BOUQUINS

COLLECTION DIRIGÉE PAR

GUY SCHOELLER

LAFFONT – BOMPIANI

DICTIONNAIRE ENCYCLOPÉDIQUE DE LA LITTÉRATURE FRANÇAISE

ROBERT LAFFONT

ISBN : 2-221-08953-7

RÉDACTEURS

suivis de leurs initiales, si nécessaire

ACKE Daniel, chargé de recherches au F.N.R.S. – Vrije Universiteit, Bruxelles.
ALAYRANGUES Pierre.
ALHAU Max, professeur de lettres modernes.
ANTOINE Gérald, professeur émérite à l'université Paris III.
ARMEL Aliette.
BALCOU Jean, professeur à l'université de Brest.
BARBARANT Olivier.
BARLOW Michel, docteur ès lettres.
BARTHELET Philippe.
BARUCH Daniel.
BAYARD Pierre, maître de conférences à l'université Paris VIII.
BAZIN Laurent [L. Ba.].
BEAUFILS Christophe.
BECKER Colette [C. Be.], professeur à l'université de Picardie.
BEGUIN Albert.
BELLENGER Yvonne, professeur à l'université de Reims.
BÉNICHOU François.
BENS Jacques, écrivain.
BERMAN Antoine.
BERNARD-GRIFFITHS Simone, professeur de littérature française à l'université Blaise Pascal-Clermont II, directeur du Centre de recherches révolutionnaires et romantiques de l'université Clermont II.
BERTHIER Patrick.
BERTRAND Alain.
BERTRAND Dominique [D. Be.].
BESNIER Patrick.
BIET Christian, maître de conférences à l'École normale supérieure Fontenay-Saint-Cloud.
BIRON Michel, professeur à l'université d'Ottawa (Canada).
BLIN Richard, professeur de lettres et critique littéraire.
BLONDEAU Philippe, journaliste.
BLOT Jean.
BODDAERT François.
BOISSON Madeleine [M. B.], docteur ès lettres.
BOKDAM Sylviane, maître de conférences à Paris XII-Villetaneuse.
BONFILS Catherine [C. B.], université de Paris-Sorbonne.
BONN Charles, professeur à l'université Paris-Nord (Paris XIII-Villetaneuse).
BOONE Danièle.
BORGEAUD Georges.
BOUDET Jacques.

BOUÉ Arlette, agrégée de grammaire.
BOUILLIER Henry, professeur émérite à l'université de Paris-Sorbonne.
BOURDON Alain.
BOURG Dominique, philosophe, rédacteur à la revue Esprit.
BOUTET de MONVEL Denis, professeur de lettres I.U.T. Paris.
BRENNER Jacques.
BRICOUT Bernadette, maître de conférences à l'université Paris VII.
BRILLANT-ANNEQUIN Anick, maître de conférences à l'université Stendhal-Grenoble III.
BROCHIER Jean-Jacques, rédacteur en chef du *Magazine littéraire.*
BROSSE Jacques.
BURY Emmanuel, maître de conférences à l'université de Reims.
CAILLOIS Roger.
CARADEC François, de l'Oulipo.
CARN Hervé, écrivain.
CATTAUI Georges.
CAZAURAN Nicole [N. C.], professeur à Paris-Sorbonne.
CHAIX-RUY J.
CHARPENTIER Françoise [F. Cha.], agrégée de lettres et docteur ès lettres, professeur à l'université Paris VII.
CHÉRY-SOBOLEWSKI Josette.
CHEVRIER Jacques, maître de conférences de littérature générale et comparée, directeur du Centre d'études francophones à l'université Paris XII-Val de Marne, chargé de cours de littérature africaine à l'université Paris III-Sorbonne nouvelle.
CITRON Pierre, professeur émérite de la Sorbonne nouvelle.
CLÉMENT Pierre-Paul [P.-P. C.].
CLINCHAMPS Christine de, docteur de IIIe cycle en littérature et civilisation françaises.
COHEN Gustave.
COLLOT Michel, professeur à l'université Paris X.
CONESA Gabriel, professeur à l'université de Reims.
CONTAT Michel, directeur de recherches au C.N.R.S. (I.T.E.M., Paris).
CORTANZE Gérard de.
COURT Antoine [A. Cou.], professeur de littérature française à l'université Jean Monnet-Saint-Étienne.
CROUZET Michel, professeur à l'université de Paris-Sorbonne.
DEGRÂCES Alyette.
DEGUISE Alix S., professeur au Connecticut College, U.S.A.
DELIBES Louis [L.D.], professeur agrégé de lettres modernes.
DELVAILLE Bernard [B.D.].
DENOIT Nicole, docteur en littérature française.
DEPREUX Jacques, poète et essayiste.
DERIVIÈRE Philippe.
DHOTEL André.
DOUMET Christian [C.D.], agrégé, normalien, docteur ès lettres, maître de conférences à l'université Stendhal-Grenoble III.
DUFIEF Anne Simone, professeur agrégé à l'université Paris X.
DUFIEF Pierre-Jean [P.-J. D.], professeur à l'université Grenoble II.
DUFOURNET Jean, professeur à la Sorbonne.
DUGAS Guy, docteur d'État en littérature comparée. Enseignant à l'université Paris XII-Val de Marne.
DUMESNIL René.

DUMINARET Antoine.
DUVAL Jean.
FAUCHER Philippe.
FAYET Bénédicte.
FERRARI Pierre.
FLEUTIAUX Pierrette, écrivain.
FONTAINE Marie-Madeleine, maître de conférences à l'université de Paris-Sorbonne.
FORESTIER Georges [G.F.], professeur à l'université de la Sorbonne nouvelle-Paris III.
FORESTIER Louis, professeur à la Sorbonne.
FORNEROD Françoise, lectrice à la faculté des lettres de l'université de Lausanne, co-directrice de la revue *Écriture.*
FRAGONARD Marie-Madeleine [M.-M. F.], professeur à l'université Montpellier III.
FRANCK Nino.
GAGNIÈRE Claude.
GASCHT André.
GAZIER Michèle.
GENDRE André [A. G.], professeur à l'université de Neuchâtel.
GÉNETIOT Alain, allocataire-moniteur-normalien à l'université de Picardie.
GILBERT Paul-Joseph.
GODARD Henri, professeur à l'université Stendhal de Grenoble.
GOFFETTE Guy.
GOYET Thérèse.
GRENIER Jean.
GRENIER Roger.
GROJNOWSKI Daniel, maître de conférences à l'université Paris VII.
GUITTON Édouard, professeur émérite à l'université Rennes II-Haute-Bretagne.
GUY Paul, auteur. Metteur en scène.
GUYARD Marius-François [M.-F. G.], professeur émérite à l'université de Paris-Sorbonne.
GUYOT Charly.
HIMELFARB Hélène [H. H.], ancien maître de conférence à l'université Paris III, chargée de conférences au musée national du château de Versailles.
HOUBERT Olivier [O. H.].
HUCHON Mireille [M. H.], professeur à l'université de Paris-Sorbonne.
JAKUBEC Doris, professeur à l'université de Lausanne.
JAN Isabelle.
JAUDEAU Sylvie, écrivain.
JOUBERT Jean-Louis, maître de conférences à l'université Paris XIII.
JOUET Jacques, écrivain.
KÉCHICHIAN Patrick, critique littéraire au Monde.
KLEIN Gérard.
KOEPPEL Philippe [P.K.], maître de conférences à l'université d'Orléans.
LAJARRIGE Jean.
LALLIER François, écrivain.
LAMY Jean-Claude, journaliste et écrivain.
LARRIVÉE Isabelle.
LARTHOMAS Pierre, professeur honoraire à la Sorbonne.
LE BRETON GRANDMAISON Henri.
LEBRUN Michel.
LECLAIR Yves, poète, essayiste, critique.
LE CLEC'H Guy.

LECUCQ Evelyne.
LE DANTEC Yves-Gérard.
LE GUILLOU Philippe, romancier.
LELY Gilbert.
LEVAILLANT Maurice.
LÉVI-VALENSI Jacqueline [J. L.-V.], professeur à l'université de Picardie-Jules Verne, présidente de la Société des études camusiennes.
MAGGETTI Daniel, assistant et chargé de cours à l'université de Zurich, co-directeur de la revue *Écriture.*
MAIGNE Vincenette [V. M.], maître de conférences à l'université d'Avignon.
MALABOU Catherine, professeur agrégée de philosophie.
MARCHAL Bertrand [B. Ma.], maître de conférences à l'université de Reims.
MARTIN Claude.
MELONIO Françoise, professeur à l'université Paris X-Nanterre.
MERCIER Michel [M. Mer.], professeur à l'université de Nantes.
MERLLIÉ Françoise, professeur de lettres.
MEZGUELDI Zohra, professeur à la faculté de lettres Casablanca I.
MICHEL Pierre, agrégé de lettres, docteur es lettres.
MINAZZOLI Gilbert.
MIRIEL Jacques-Émile.
MOATTI Christiane, professeur à la Sorbonne nouvelle, directrice de la revue des *Lettres modernes,* « Série Malraux ».
MONNIER Jean-Pierre.
MONTI Georges, éditeur.
MOREAU Jean-Luc, critique littéraire.
MORTIER Roland, professeur à l'université de Bruxelles, membre de l'Académie royale.
MOURRE Michel.
MYDLARSKI Henri [H. M.], professeur titulaire à l'université de Calgary (Canada).
NEPOTE-DESMARRES Fanny [F. N.-D.], maître de conférences, Toulouse II.
NIVET Jean-François [J.-F. N.], docteur ès lettres.
NOËL Bernard.
ORTALI Raymond, State University of New York at Albany.
ORTLIEB Gilles.
PAPPAS John, professeur émérite de littérature française, Fordham University, New York et Paris.
PASQUALI Adrien, fonds national de la recherche scientifique, Suisse.
PATRY Jacques.
PAULHAN Claire, éditrice, collaboratrice du *Monde des livres.*
PEACH Trevor, professeur de langue et littérature françaises, Saint David's University College (université du pays de Galles).
PELLETIER Yannick, docteur ès lettres, écrivain, critique littéraire.
PÉROUSE Gabriel-André, professeur à l'université Lumière-Lyon II.
PERROS Georges.
PETIT Jacques.
PICON Gaëtan.
PIETRI Jean.
PLAGNOL-DIÉVAL Marie-Emmanuelle, maître de conférences.
POPIN Jacques [J. Po.], professeur à l'université Paris XII.
POSSENTI Antonio [A. P.], professeur de langue et de littérature française à l'université de Macerata.

POT Olivier, professeur associé à la faculté de lettres de Genève.
POUILLOUX Jean-Yves.
PROGUIDIS Lakis, écrivain.
PURNAL Roland.
QUEFFÉLEC-DUMASY Lise, professeur à l'université Stendhal-Grenoble III.
QUENOT Yvette [Y. Q.], maître de conférences à l'université de Bourgogne.
QUESNEL Alain, agrégé de lettres modernes.
QUEVAL Jean.
RACAULT Jean-Michel [J.-M. R.], professeur à l'université de la Réunion.
RAFFALLI Bernard [B. R.], maître de conférences à la Sorbonne.
RAILLARD Henri, journaliste, traducteur.
RAPPAPORT Shoshana.
RÉDA Jacques.
REICHLER Claude, professeur et écrivain.
RÉMY Jean-Charles.
RENARD Pierrette, maître de conférences à l'université Stendhal-Grenoble III.
RENARDET Dominique.
REUMAUX Patrick.
REY Pierre Louis.
RODARI Florian, écrivain, critique d'art.
ROLLIN Raymond.
ROMÉAS Nicolas, journaliste.
RONZEAUD Pierre [P. Ro.], professeur de littérature française à l'université de Provence.
ROUDAUT François [F. Rou.], professeur à l'université de Rouen.
ROUDAUT Jean, professeur honoraire à l'université de Fribourg (Suisse).
ROUSSE Michel, professeur à l'université Rennes II.
SCHMIDT Joël.
SCHOPP Claude [C. Sc.]
SEGURET François.
SERMAIN Jean-Paul [J.-P. S.], maître de conférences à l'université de Provence.
SEYLAZ Jean-Luc.
SICHÈRE Bernard, philosophe, écrivain.
SOURDILLON Jean-Marc, agrégé de lettres.
STAROBINSKI Jean, de l'Institut.
STEINMETZ Jean-Luc [J.-L. St.], poète, essayiste, professeur à l'université de Nantes.
THERRIEN Madeleine, professeur à l'université de Maryland.
THIROUIN Laurent, maître de conférences à l'université d'Avignon.
VAN TIEGHEM Philippe.
VASAK Anouchka [A. Va.], ancienne élève de lettres de l'École normale supérieure de Fontenay-aux-Roses, agrégée de lettres modernes, critique théâtrale à la *Nouvelle Revue française.*
VIALA Alain, professeur à l'université Paris III-Sorbonne nouvelle.
VIDAL Jean-Pierre.
VIGNES Jean, maître de conférences à l'université de Valenciennes.
VIRCONDELET Alain, maître assistant à l'Institut catholique de Paris, docteur en histoire de l'art.
WACKENHEIM Vincent.
WYBRANDS Francis [F. W.].

AVERTISSEMENT

Le *Dictionnaire encyclopédique de la littérature française* comporte trois types d'articles. Plus de sept cents notices sont consacrées aux auteurs français (ou écrivant en français) du Moyen Age au XXe siècle. Elles proviennent du *Nouveau Dictionnaire des auteurs* publié en 1994 dans la collection « Bouquins ». Quelque trois cent cinquante articles sont dévolus aux œuvres les plus importantes de la littérature française, de la *Chanson de Roland* à *La Condition humaine.* Ils proviennent du *Nouveau Dictionnaire des œuvres* publié dans la collection « Bouquins » en 1994.

Près de trois cents articles sont entièrement inédits. Ils concernent les écoles littéraires (romantisme, surréalisme, symbolisme), les institutions (Académie française, prix Goncourt), les genres (drame, sonnet, science-fiction), les termes de rhétorique (acrostiche, polysémie, référent).

Ne figurent dans ce *Dictionnaire* que les auteurs français ou francophones nés avant 1951.

Les entrées des articles apparaissent en majuscules lorsqu'elles désignent des auteurs **(APOLLINAIRE),** en minuscules italiques lorsqu'elles concernent des œuvres (***Calligrammes***), en minuscules romaines lorsqu'il s'agit d'écoles littéraires, d'institutions ou de termes de rhétorique (**Salons littéraires**).

L'astérisque (*) renvoie aux œuvres faisant l'objet d'une entrée.

A

ABELLIO Raymond (pseud. de Georges Soulès). Romancier et essayiste. Né à Toulouse (Haute-Garonne) le 11 novembre 1907 mort à Nice le 26 août 1986. Il entre à l'École polytechnique en 1927 puis à l'École nationale des Ponts et Chaussées en 1930. Ingénieur, il se tourne vers la politique à partir de 1932. En 1937, il est élu membre du comité directeur de la S.F.I.O. Mobilisé en 1939, il est fait prisonnier en 1940. Il passe sa captivité en Silésie, est libéré en 1941 et entre au mouvement social révolutionnaire où il tente de concilier collaboration et socialisme. À partir de 1942, il aide la Résistance et se réfugie dans le Sud-Ouest. En 1946, il publie son premier roman, *Heureux les pacifiques* qui obtient le prix Sainte-Beuve. En 1947, il passe en Suisse où il restera jusqu'en 1951. Condamné par contumace en 1948, il est acquitté en 1951. Entre-temps, il publie *Les yeux d'Ézéchiel sont ouverts* (1949) et *La Bible, document chiffré* (1950). La vie de Raymond Abellio conditionne son œuvre et sa pensée. Il s'est fixé en effet de vivre d'abord, d'écrire ensuite. Il établit d'étroites corrélations entre ses romans et ses essais car à l'Histoire de notre temps, il applique des interprétations tirées de l'étude ésotérique de livres sacrés *Bible*, *Bhagavadgita* et *Kabbale*. Dans *Heureux les pacifiques*, à travers les événements du 6 février 1934, des révolutionnaires tentent de s'emparer du pouvoir pour imposer un gouvernement technocratique qui unirait les énergies de la matière aux puissances spirituelles. *Les yeux d'Ézéchiel sont ouverts* se déroulent pendant la guerre d'Espagne et l'occupation de la France. Dans les coulisses de la guerre, une lutte oppose des intelligences lucifériennes à d'autres intelligences en quête de sainteté. *La Fosse de Babel* (1962) repose sur une anticipation occultiste. Le monde occidental est en pleine décadence. Seuls trois types d'hommes – le saint, le chef communiste et le romancier – formant une caste sacerdotale unique, pourront le sauver – v. *Entretiens avec Abellio*. En 1971, Abellio donne le premier de ses trois tomes de souvenirs, *Ma dernière mémoire*, où il relate son itinéraire depuis sa petite enfance jusqu'à la période de ses choix politiques (socialisme démocratique, trotskisme, Cagoule, fascisme social). En 1973, il publie *Dans une âme et dans un corps*, son journal, où il se propose de réagir aux grands événements ou « aux petites excitations de la vie quotidienne, pâture des gens de prime saut [...] La pensée pour la première fois me vint qu'un Journal pouvait être tout autre chose qu'un registre de sensations irreliées et fortuites, toujours subjectives, mais au contraire la saisie à l'état naissant d'une pensée devenue enfin spontanément cohérente, dans sa prétention immédiate à l'universel ». Effectivement, on voit à l'œuvre ici une pensée qui se transmue en spéculations fort élevées, à propos, par exemple, de la structure absolue, *La Structure absolue* (1965), la grande préoccupation d'Abellio, qui est, au sens husserlien, « constituante » et non « construite », « transcendantale » et non « naturelle ». Dans le plus petit fragment de matière, Abellio voit non seulement de la vie mais aussi de la pensée. Ces intuitions débouchent parfois sur des considérations qui ne manquent pas de surprendre, sur la voyance astrologique chez Madame Soleil, par exemple.

Dans les écrits théoriques de Raymond Abellio, on trouve les racines d'une œuvre romanesque qui étonne par sa vigueur prophétique.

GUY LE CLEC'H.

Absurde (théâtre de l'). De l'absurde, Ionesco disait que c'était un mot « assez vague pour ne plus rien vouloir dire et pour tout définir facilement ». En effet, il désignera selon les différents critiques aussi bien Beckett, Adamov, Genet, Ionesco, Pinget, et quelques autres, que Vian, Arrabal, Duras et Dubillard. En fait, l'absurde s'inscrit dans une longue tradition de drôlerie loufoque et, comme tel, se retrouve chez nombre d'auteurs du XXᵉ siècle, mais dans les années 40-50, à travers les analyses au demeurant différentes de Sartre et de Camus (dont les théories sont mises en pratique de façon lumineuse dans *Le Malentendu*), il va synthétiser les angoisses d'une génération qui a rompu avec les certitudes scientifiques et métaphysiques des siècles précédents. Dans cette perspective, qu'on préfère, comme E. Jacquart, le terme de dérision ou qu'on s'en tienne à celui d'absurde, trois dramaturges expriment dans leurs œuvres leur incompréhension d'un monde irrationnel, l'impossibilité de satisfaire « ce désir éperdu de clarté » dont Camus entend l'appel « au plus profond de l'homme » : Ionesco, Beckett, Adamov.

Si l'absurde est plutôt d'origine sociale et psychologique chez Ionesco et chez Adamov, métaphysique chez Beckett, il suppose en tout cas l'effondrement de ce qui fonde le théâtre comme art de représenter un univers fictionnel identifiable s'appuyant sur une éthique stable, une psychologie rationnelle des personnages, et respectant les catégories consacrées de l'esthétique, ainsi que le fonctionnement conventionnel du langage. Ainsi aucun repère ne permet d'identifier un univers référentiel cohérent. Le temps, comme la pendule de *La Cantatrice chauve* (*) de Ionesco, est déréglé, il s'accélère, piétine, tourne en rond. L'espace n'a plus ni centre ni limites, on est toujours, comme Estragon (personnage de *En attendant Godot* de Beckett), « dans un autre compartiment ». Frappé d'achronie et d'atopie, ce monde est peuplé d'objets qui accentuent la confusion entre l'animé et l'inanimé, l'humain et le non-humain, brouillant les grandes catégories de la perception, partant, de la réalité. De même, les valeurs consacrées de la morale humaniste, illusoires et dérisoires, sont impuissantes devant le *Tueur sans gages* ou le *Rhinocéros* totalitaire, deux autres pièces de Ionesco. Quant à Dieu, vainement attendu, « Le salaud ! Il n'existe pas ». Dans cet univers instable et flou, les relations humaines, familiales, amoureuses ou sociales, proches du Grand-Guignol, sont frappées de non-sens et incarnées par des personnages sans épaisseur ni cohérence psychologique, à la limite du clown ou du pantin. Les règles de la psychologie classique, supposant une relation de causalité entre passions, actions et caractères, disparaissent, tout comme les distinctions entre le comique et le tragique, confondus dans la même vision désespérante du monde. Mais l'action la plus radicale de ce théâtre, amorcée par Jarry et Artaud, réside sans doute dans la destruction jubilatoire du langage verbal, frappé d'une triple impuissance à dire le monde, à constituer l'identité du personnage et à communiquer avec autrui.

Toutefois, en privilégiant les domaines du sensoriel sur le conceptuel, de l'image sur la parole, du rêve sur le réel, ce théâtre explore d'autres formes du langage et réalise enfin les vœux du *Théâtre et son double* (*) d'Artaud en mettant en scène les pulsions, émotions et incohérences de l'inconscient. L'intrigue disparaît au profit d'une structure abstraite fondée sur des tensions, oppositions, variations de rythme et de ton. Le personnage devient un signe théâtral complexe, intégré dans une partition qui décline toutes les possibilités de combinaisons des signes visuels et sonores, de l'analogie à la contradiction. Plus qu'un théâtre de l'absurde, il s'agit peut-être d'un « théâtre pur, abstrait », orchestrant formes et sons, et rompant avec la tradition aristotélicienne, discursive et rationnelle du théâtre occidental.

ANICK BRILLANT-ANNEQUIN.

Académie française. Institution fondée par Richelieu en 1635, l'Académie française est la doyenne de l'Institut de France. Elle est issue de réunions informelles de lettrés chez Valentin Conrart (1603-1675), qui en sera le premier secrétaire. Richelieu sut saisir l'occasion pour regrouper autour de lui des hommes de lettres, afin de contrôler la production littéraire, mais aussi et surtout pour travailler à la promotion de la langue française, grâce à des travaux linguistiques (dictionnaire, grammaire, rhétorique et poétique) destinés à la fixer et à la régler, la rendant ainsi « pure, éloquente et capable de traiter les arts et les sciences » (article 24 des statuts). Certes, le *Dictionnaire* ne verra le jour qu'en 1694, après une longue gestation, et Fénelon pourra, dans sa célèbre *Lettre à l'Académie* (1714), encore définir des objectifs pour les autres travaux de l'illustre assemblée, mais l'Académie est bien un haut lieu de la vie littéraire du XVIIe siècle. C'est elle qui doit décider en dernier recours de la valeur intrinsèque du *Cid* (*) – *Sentiments de l'Académie sur le Cid* (*), 1637 ; c'est en son sein que Vaugelas élabore ses *Remarques sur la langue française* (1647) ; enfin, c'est à ses membres que l'on doit la défense de la langue française (Charpentier, *De l'excellence de la langue française,* 1683), avant d'y voir louer *Le Siècle de Louis le Grand* par Perrault (1687), ce qui déclenchera la fameuse querelle des anciens et des modernes. D'autre part, les discours de réception sont de précieux témoins de la vie littéraire, attestant les positions de chacun, les réseaux d'amitié et les coteries qui font et défont les réputations (voir le discours de réception de Thomas Corneille par Racine en 1685, celui de La Bruyère en 1693, qui sont de précieux documents critiques). Au XVIIIe siècle, les travaux de l'Académie conduisent peu à peu à affirmer l'existence d'auteurs « classiques » français (notamment avec les *Remarques de grammaire sur Racine* par l'abbé d'Olivet en 1738 et les travaux de Voltaire sur Corneille) ; ce siècle affine aussi le travail sur le dictionnaire (enrichissement et mise à jour en 1718, 1740, 1760, 1792), la grammaire (Dangeau) et surtout l'orthographe, dont on cherchait la simplification et la rationalisation (Voltaire). Après l'interruption due à la Révolution (qui la supprime en 1793 et crée l'Institut en 1796) et l'adoption de nouveaux statuts en 1816, l'Académie poursuit ses travaux, en débattant longuement la réforme orthographique (Firmin-Didot, *Remarques sur l'orthographe française*, 1871), mais elle est surtout un des lieux de la guerre entre classiques et romantiques (élection de Lamartine en 1829, de Hugo en 1841 ou de Musset en 1852). L'époque contemporaine marque une inflexion dans le recrutement du corps des académiciens : l'Académie reçoit désormais des hommes de divers horizons (et pas seulement des écrivains), couronnant ainsi le plus souvent une carrière d'homme « public » plus qu'une œuvre littéraire, ce qui conduit d'ailleurs à une très nette augmentation de la moyenne d'âge (75 ans en 1977). La première femme à être élue à l'Académie est Marguerite Yourcenar en 1980.

EMMANUEL BURY.

Acrostiche. Poème dans lequel les initiales de chaque vers, lues verticalement, composent le nom d'un dédicataire, d'une personne aimée, ou le nom même de l'auteur. Plusieurs ballades de Villon présentent, à l'envoi en particulier, des acrostiches.

CHRISTIAN DOUMET.

ADAM DE LA HALLE (Adam le Bossu). L'un des meilleurs trouvères de son époque. Il naquit un peu avant le milieu du XIIIe siècle à Arras, où son père, maistre Henri Le Bossu, dit de la Halle, avait un emploi auprès des échevins. Le poète mourut entre 1285 et 1289, probablement en 1288, dans le sud de l'Italie. Son nom patronymique l'avait fait surnommer « le Bossu d'Arras », aussi tint-il à préciser : « on m'apele bochu mais je ne le sui mie » (poème du *Roi de Sézile*). Ses contemporains ont peu parlé de lui, en dépit de la renommée dont il jouissait à bon droit, mais on peut glaner les éléments d'une biographie cohérente, sinon complète et chronologiquement certaine, dans ses œuvres, surtout dans cet étonnant *Jeu de la Feuillée* (*), où il se met en scène au milieu de sa famille et de ses amis avec une gaieté féroce qui n'épargne rien ni personne ; dans son *Congé* écrit au moment de quitter Arras ; enfin dans quelques chansons et « jeux partis ». L'amour et le mariage avec une jolie fille lui avaient fait interrompre tout jeune ses études de « clergie ». Il les regretta bientôt et forma le projet de tout quitter pour aller faire l'« escolier » à Paris. On peut croire que son projet fut combattu et raillé, et qu'il dut provisoirement y renoncer, comme le prévoit la méchante fée Maglore du *Jeu de la Feuillée.* Les allusions de la pièce aux mesures prises contre les clercs bigames par un pape dont la mort est récente laissent libre de situer *Le Jeu* aussi bien vers 1255 que vers 1262 ou encore vers 1276. Le ton est tout différent dans *Le Congé ;* le poète adresse un adieu émouvant et passionné à sa jeune femme qui autrefois l'a « osté » de clergie, et qui consent à une séparation de quelques années pour qu'il puisse « aprendre et querre engien et art / de miex valoir... ». Le temps a manifestement passé ; Adam a longtemps subi les reproches de sa conscience (vv. 1-6) ; sa veine poétique se tarit, « li an acourchent mes eslais » se plaint-il (v. 48). Par ailleurs, dans le *Congié*, que l'on date de 1272, du malheureux poète Baude Fastoul, concitoyen et ami d'Adam, atteint de la lèpre comme déjà Jean Bodel et contraint à se retrancher du monde, Adam et son père apparaissent exilés à Douai. Les allusions aux dissensions civiles qui auraient motivé l'exil sont absentes du *Jeu*, alors qu'elles s'élèvent jusqu'à des apostrophes pleines de vigueur dans *Le Congé.* Tout porte à croire que quelques années séparent *Le Congé* du *Jeu de la Feuillée.* Celui-ci, antérieur à l'exil, aurait trait à un premier projet de retour à l'étude auquel Adam dut renoncer, alors que le *Congé* aurait trait à sa réalisation, peut-être à l'époque de l'exil qui aurait fort bien pu contribuer à créer les conditions favorables à la reprise de l'ancien projet. Henri Guy a mis en lumière deux chansons d'étudiants qui marqueraient la trace du séjour d'Adam à Paris. Il revint probablement à Arras, d'après deux de ses chansons où il dit la joie du « repairier en la douche contrée ». Cette biographie, reconstituée par H. Guy, semble tout a fait hypothétique ; elle a été remise en question par Jean Dufournet.

Entré au service de Robert II comte d'Artois, il le suivit en Italie en 1282, lors de l'expédition au secours de Charles d'Anjou après les Vêpres siciliennes. C'est peut-être en Italie qu'il mit en scène, pour le divertissement de la cour de son seigneur, *Le Jeu de Robin et de Marion* (*), délicieusement gracieux et spirituel. Il entreprit, vraisemblablement lors de la mort de Charles d'Anjou (1285), de chanter la geste de ce prince dans *Le Roi de Sézile*, poème épique en laisses d'alexandrins ; il ne nous en est parvenu que les dix-neuf premières laisses, probablement tout ce qu'il en composa. L'entrepreneur de spectacles qui rapporta d'Italie *Le Jeu de Robin et de Marion* le fit précéder, en le présentant aux spectateurs de l'Artois, d'une sorte de prologue, *Le Jeu du Pèlerin*, où il déplore la mort de l'auteur, « ... amé et prisié et honnerés dou conte d'Artois... » en compagnie de qui il dit avoir visité le tombeau du poète. L'œuvre d'Adam de la Halle comprend encore dix-huit « jeux partis », controverses poétiques avec un autre trouvère, jugées en général par un arbitre, sur des points de casuistique amoureuse ; trente-six chansons, seize rondeaux, sept motets, développant les thèmes habituels de la poésie courtoise, un *Dit d'Amours*, trois stances de *La Mort.* La renommée du musicien était aussi grande que celle du poète ; sa musique nous a été conservée, mais si notre goût moderne peut trouver du charme à la mélodie naïve et simple qui accompagnait les chansons et les jeux partis, nous éprouvons par contre de la difficulté à apprécier les complications harmoniques des motets et des rondels. Les deux *Jeux* d'Adam de la Halle tiennent une place tout à fait remarquable dans le théâtre profane du Moyen Âge : *Le Jeu de la Feuillée* préfigure la *sottie* des deux siècles suivants et même notre revue satirique, comme *Le Jeu de Robin et de Marion*, préfigure notre opéra-comique.

PIERRE FERRARI.

♦ *« Ce mélange de réalisme et de merveilleux, ces satires personnelles qui raillent des personnages vivants connus de tous, présents au spectacle, ces facéties licencieuses, cette ignorance de l'unité d'action à laquelle supplée l'unité de verve, où donc avons-nous déjà trouvé tous ces éléments réunis, tous ces contradictoires associés ? Dans l'ancienne comédie grecque... »* Joseph Bédier.

RÉF. : C. W. Leopold Bahlsen, *Adam de la Halle's Dramen*, thèse, Marbourg, 1885. — Henry Guy, *Essai sur la vie et les œuvres littéraires du trouvère Adam de la Halle*, Paris, 1898. — A. Guesnon, *Adam de la Halle et le Jeu de la Feuillée*, Paris, 1917. — N. R. Cartier, *Le Bossu désenchanté*, Genève, Droz, 1971. — Ch. Mauron, *Le Jeu de la Feuillée. Étude psychocritique*, Paris, 1973. — J. Dufournet, *Adam de la Halle à la recherche de lui-même*, Paris, 1974, et *Sur le Jeu de la Feuillée*, Paris 1977. — R. Berger, *Littérature et société arrageoises au XIIIe siècle : Les Chansons et dits artésiens*, Arras, 1981. — Jean Maillard, *Adam de la Halle. Perspective musicale*, Paris 1982.

ADAMOV Arthur. Écrivain français, d'origine russe. Né le 23 août 1908 à Kislovotsk (Caucase), mort à Paris le 16 mars 1970. Issu d'une famille très aisée, il quitte la Russie à l'âge de 4 ans et apprend très tôt le français. En 1924, il s'installe à Paris, où il fait la connaissance des surréalistes et fonde le journal *Discontinuité*. C'est alors qu'il traverse une longue crise psychologique et spirituelle, qu'il raconte en 1946 dans *L'Aveu* : « Ce qu'il y a ? Je sais d'abord qu'il y a moi. Mais qui est moi ? [...] Tout ce que je sais de moi, c'est que je souffre. Et si je souffre, c'est qu'à l'origine de moi-même, il y a mutilation, séparation... » Adamov, atteint d'une sévère névrose, décrit celle-ci avec une cruelle précision, pour tenter de s'en délivrer. Pour lui, la névrose met à nu, au-delà d'elle-même, la crise spirituelle de l'époque, c'est-à-dire la perte du sacré et la dégradation générale du langage. Dans les années 60, il adhère au communisme puis — après 1968 — à divers courants d'extrême gauche. Son œuvre, dès lors, oscille entre un pôle « subjectif » et un pôle « militant ». Elle est un effort pathétique pour sortir des marécages de l'absurde.

C'est au théâtre qu'Arthur Adamov a choisi d'exprimer à la fois son univers intérieur et sa vision de la société. *La Parodie*, *L'Invasion*, *La Grande et la Petite Manœuvre*, *Le Sens de la marche*, *Le Professeur Taranne*, *Tous contre tous*, *Comme nous avons été*, *Retrouvailles*, *Le Ping-Pong*, *Paolo Paoli*, pièces recueillies de 1953 à 1955 dans les deux volumes de *Théâtre*, explorent à la fois le monde de l'absurde et celui de la lutte sociale. Adamov écrit à ce propos : « L'idée me vint de montrer sur la scène, le plus grossièrement et le plus visiblement possible, la solitude humaine et l'absence de communication. » *Le Ping-Pong*, à cet égard, est la pièce maîtresse de l'auteur : deux individus aliènent leur vie dans la fascination d'un appareil à sous, se « réifient » progressivement. *Paolo Paoli*, par contre, a pour thème les causes sociopolitiques de la Première Guerre mondiale. *Printemps 71*, publiée en 1961, est une série de tableaux sur la Commune. Adamov avait par ailleurs réuni une *Anthologie de la Commune* en 1959. Accompagné de quelques récits, *L'Aveu* est réédité en 1969 avec d'autres textes sous le titre *Je ... Ils ....* En 1968 avait paru *L'Homme et l'Enfant* (des souvenirs et des pages de journal). Il faut également mentionner ses nombreuses traductions de Jung, Rilke, Dostoïevski, Strindberg, Gogol, Büchner, Gorki, Tchekhov, dans le choix desquelles on retrouverait aisément la même oscillation entre les gouffres de la subjectivité et le monde social.

Adamov a été salué par Jean Vilar, au lendemain de la guerre, comme le dramaturge qui avait su rendre au langage théâtral une certaine « netteté ». Il a su, avant tout, et avant Ionesco, exprimer les conflits d'une génération que la guerre avait psychiquement dévastée. Son œuvre, violente, âpre, déchirée, est le reflet même de cette dévastation.

ANTOINE BERMAN.

ADENET LE ROI. Né vers 1240 dans le Brabant. On ignore la date de sa mort. Ménestrel de son métier, il acquit rapidement la notoriété, grâce à la qualité de son art qui lui valut d'être surnommé « le Roi » : de nombreuses enluminures de manuscrits le représentent portant la couronne de roi des ménestrels. D'abord protégé par Henri III de Brabant et par ses fils, il passa, probablement en 1269, au service de Guy de Dampierre comte de Flandre qu'il suivit, selon ce que nous apprennent certains passages de ses poèmes, dans de longs voyages à travers l'Italie jusqu'en Calabre et en Sicile. Il était encore auprès de ce seigneur en 1296. Adenet connut aussi la cour de France, où il fut bien accueilli et admiré par les souverains et par Marie de Brabant, fille de son premier protecteur, épouse de Philippe le Hardi. Versificateur habile, d'une veine facile et agréable, il fit preuve dans ses poèmes d'une grande versatilité dans le choix des sujets comme dans le style. D'une part, il remania d'anciennes chansons épiques, en les adaptant au goût du jour : ses *Enfances Ogier* reprennent le début de la *Chevalerie d'Ogier de Danemarche* de Raimbert de Paris ; son roman de *Berte aus grans piés* est le remaniement d'une chanson de geste antérieure, et son *Bovon de Commarcis* le remaniement de l'une des chansons du cycle de Garin (ou de Guillaume d'Orange), *Le Siège de Barbastre*. Par contre, *Cléomadès*, sa dernière œuvre et peut-être la meilleure, est un roman plein d'imagination où les éléments fantastiques dominent. Inspiré probablement de légendes hispano-mauresques, il fut achevé vers 1285 à la demande de la reine de France et de Blanche, fille de Saint Louis, veuve de Ferdinand de Castille. Le héros va d'aventure en aventure, chevauchant un cheval volant d'ébène, à mouvement mécanique, don d'un roi nécromancien ; le « cheval de fust » de Cléomadès est le prototype à la fois de l'hippogriffe de l'Arioste et des avions modernes. Moins amusantes que le roman de *Cléomadès*, les chansons épiques d'Adenet, rajeunies et embellies dans la forme, mais ayant perdu la vigueur barbare des modèles, portent bien la marque de la décadence de l'épopée. Adenet y introduit souvent des éléments personnels et familiers, les descriptions des sites qu'il a connus dans ses voyages, avec une heureuse efficacité.

RÉF. : A. Henry, *Les Œuvres d'Adenet le Roi*, Bruges-Bruxelles, 5 tomes, 1951-1971. — A. Adrès, *Adenès, le dernier trouvère*, Paris, 1971.

Adolphe. Roman de Benjamin Constant de Rebecque (1767-1830), écrit en 1806, publié en 1816 à Londres. On le considère comme le type même du roman d'analyse psychologique. L'auteur a publié cet ouvrage comme une « anecdote trouvée dans les papiers d'un inconnu », pour montrer à quelles sombres tragédies peut conduire la sécheresse de cœur. Sous cette forme, qui lui permet de paraître détaché de ses propres passions d'homme de son temps, ce partisan tenace des libertés constitutionnelles a pu confesser une désillusion amoureuse et défendre des idées politiques avec une ferveur accrue. Il raconte donc qu'il a rencontré à Cérenza, dans une auberge, un étranger, et qu'au bout d'un certain temps il est entré en possession de ses papiers. Dans son manuscrit, Adolphe, cet inconnu, raconte, en s'exprimant à la première personne, comment l'existence s'est chargée de le familiariser de bonne heure avec l'idée de la mort, et comment chaque chose lui apparaît voilée de tristesse. L'amour d'une mystérieuse créature mariée et mère de famille, Ellénore, en même temps qu'il développe sa passion sentimentale, augmente en lui la sécheresse froide et contemplative. Distrait, inattentif, ennuyé, il n'éprouve que les angoisses de l'existence. Preuve d'amour et de répulsion à la fois, il voudrait changer de vie et rompre la barrière qui le sépare des autres êtres, mais une force le pousse à l'aridité de pensée et tue l'authenticité du sentiment avant qu'il puisse en sentir toute la joie. Au cours de réflexions et de douloureuses confessions, Adolphe parle de son amour où tout est sentiment et où rien d'éternel ne marque la vie spirituelle de ces deux êtres. Le drame réside dans leur incompréhension, mais surtout dans la tristesse sceptique d'Adolphe. C'est en vain qu'Ellénore, en lui consacrant sa vie, lui fait comprendre qu'elle a tout sacrifié pour le rendre heureux ; l'idée de la mort reprend le jeune homme. Un calme mystérieux et ultralucide lui rend l'existence monotone, et le pousse irrémédiablement à étouffer en lui les germes d'une passion libératrice. L'amour d'Ellénore devient un élément qui s'intègre à sa vie, mais ne lui apporte pas la lumière souhaitée : il y a trop de sécheresse en Adolphe et dans la conception qu'il se fait de la vie, avec ses bons et ses mauvais côtés. La mort de l'aimée, en même temps qu'elle fait comprendre au jeune homme ce que, pour lui, cette femme représentait vraiment, lui fait prendre conscience de l'inutilité de sa vie d'homme, d'homme incapable de s'attacher aux autres hommes et d'aimer la plus passionnée des créatures.

Quelques déclarations finales, présentées sous la forme de notes ajoutées par l'éditeur, indiquent que la vie de l'auteur n'a rien à voir avec ces amours mouvementées. Malgré cela, les critiques voient en Ellénore le portrait de Mme de Staël et reconnaissent, dans le sujet, les péripéties orageuses et douloureuses d'une liaison bien connue (en effet certains retrouvent dans cette œuvre des ressemblances variées avec une miss Lindsay que Benjamin aima). En réalité, l'écrivain s'est placé en dehors de sa propre vie tourmentée pour pouvoir contempler les passions avec objectivité. *Adolphe* est souvent cité comme exemple du héros romantique et du mal du siècle, avec *René* (*) de Chateaubriand et *Oberman* de Senancour : mais, héros sans cesse poursuivi par tous les moments de son évolution psychologique, il paraît porter en lui un violent conflit spirituel qui naît du désir d'agir et de la connaissance des erreurs du monde.

AJAR Émile : voir GARY Romain.

ALAIN Émile-Auguste (pseud. d'Émile Chartier). Philosophe et essayiste. Né à Mortagne-au-Perche (Orne) le 13 mars 1868, mort au Vésinet (Yvelines) le 2 juin 1951. Fils d'un vétérinaire, il eut une enfance banale ; elle « ne fut que bêtise », a-t-il écrit lui-même. Mais, alors qu'il était élève au collège d'Alençon, Alain perdit la foi, sans toutefois connaître la moindre crise spirituelle. Il ne brillait alors que dans les mathématiques, et songeait à entrer à Polytechnique, mais, après un échec au baccalauréat sciences, il décida de préparer Normale supérieure au futur lycée Michelet, à Vanves, où il eut pour professeur Jules Lagneau, auquel il devra son rationalisme, et surtout une figure, un exemple de philosophe qu'il n'oubliera pas *(Souvenirs concernant Jules Lagneau)*. Entré tard à Normale, en 1889, à vingt et un ans, il y affirma son caractère indépendant, prit vivement parti contre les maîtres vénérés de l'époque : Sainte-Beuve, Renan, Taine, Brunetière et, appliquant déjà sa méthode de lecture intégrale des grands textes, se nourrit de Platon, d'Aristote, de Comte et surtout de Kant qu'il proclamera l'« irréprochable maître d'école ». Il débuta dans le professorat en 1892 et, quelques années plus tard, à l'occasion de l'affaire Dreyfus, dans le journalisme politique. En 1900, il fut professeur à Rouen. Sa collaboration à des revues érudites l'ayant fait remarquer, il se trouva ensuite appelé à Paris et, à partir de 1909, fut chargé des cours du collège Sévigné et du lycée Henri-IV, dans la classe préparatoire à Normale. Dès 1906, il avait commencé, pour *La Dépêche de Rouen*, la si féconde série des *Propos*, petits articles d'abord quotidiens, où, à propos de n'importe quel fait divers, d'impressions de rues, de promenades dans la campagne, de lectures, il révèle sa vigueur de moraliste. Au moment de la guerre de 1914, bien que non mobilisable, Alain exigea de partir aux armées, où il refusa toujours un grade supérieur à celui de sous-officier. Pendant ses loisirs, il trouva l'occasion de poursuivre sa vie d'intellectuel avec *Mars ou la Guerre jugée*, écrit en 1915, et le *Système des beaux-arts*, ces deux ouvrages publiés après l'armistice. Blessé à la jambe, réformé et démobilisé, Alain reprit ses cours qui l'imposèrent non seulement à ses élèves — dont beaucoup se firent un nom et proclamèrent leur dette à l'égard du philosophe — mais aussi à un public cultivé de plus en plus large. À partir de 1920, les disciples d'Alain publièrent une feuille hebdomadaire qui contenait ses *Libres propos*, lesquels paraissaient d'ailleurs dans d'autres revues, en particulier dans *La Nouvelle Revue française* (*). En 1933, lorsqu'il abandonna le professorat, à l'âge de soixante- cinq ans, et se fixa au Vésinet, Alain entra dans une retraite fort active, puisqu'il continua de publier divers recueils de *Propos*, et qu'il écrivit de nouveaux livres, tels que son autobiographie intellectuelle, *Histoire de mes pensées*, en 1936. Marié très tard, à plus de soixante-dix ans, il reçut peu avant de mourir le Grand Prix national de littérature.

Il fut d'abord un professeur, dont l'influence et la popularité ne sont guère comparables en ce siècle qu'à celles d'un Bergson, ou autrefois à celles d'un Michelet, d'un Quinet. Mais Alain dédaignait les éclats des maîtres romantiques, et il ne possédait, pour s'imposer comme un Bergson, ni l'aisance mondaine ni même une doctrine originale. Un robuste rationalisme, un kantisme étrangement promené à travers d'infatigables observations de choses et de gens, et corrigé par ses observations, voilà toute la philosophie d'Alain. Mais Alain est-il un philosophe ? Bien plutôt un éveilleur d'esprits. Il n'a pas de système à proposer, mais seulement la constante et infiniment diverse leçon de défiance à l'égard des opinions communes, des idées toutes faites. « L'esprit n'est pas une poubelle à vérités », dit-il, et encore : « Il s'agit de former son jugement par un massacre de pensées... D'abord massacrer les lieux communs. » Que cherche-t-il, et surtout que fait-il chercher à ses élèves, à ses lecteurs ? « Une intelligence plus lourde, lestée de terre, servante des yeux et des mains, étroitement collée aux choses réelles, et qui ne sépare point l'idée de l'outil. » À propos d'Alain on parle souvent de Montaigne. Mais on évoquerait aussi, toute proportion gardée, quelque Socrate, moins léger et rusé, plus paysan. Une seule vraie passion court dans cette œuvre chaotique, informe : celle de la liberté. Alain frémit de toutes les censures, il dénonce les tyrannies, il en est même un peu obsédé. L'individu reste pour lui la seule ressource. En politique, son point de vue est celui du citoyen contre les pouvoirs ; c'est ce qu'il nomme être radical — mais ce titre, chez lui, prend un contenu mystique ; il devient la vivante protestation d'une raison volontaire dressée contre toutes les séductions de la puissance, des mythes, des honneurs, des autorités. Alain se méfie du cœur : « Ne pas craindre, rester sobre, ne rien croire, trois ressources contre le tyran » : il ne demande pas à ses élèves d'adhérer à une doctrine ou à une morale — fussent-elles les siennes — mais plutôt de le suivre dans cette ascèse laïque, perpétuelle conquête de la liberté. Une hantise des maîtres pourrait, à propos d'Alain, faire songer à Paul-Louis Courier. Mais cet indépendant ne refuse pas de se soumettre à l'ordre, pourvu qu'on lui laisse l'essentiel : sa pensée, son jugement. Puis, en même temps que le souci de « n'être jamais dupe », il éprouve le besoin de se confier, et une volonté de « tout croire de l'homme ». Ainsi ce rationaliste exaltera-t-il le romantisme viril d'un Beethoven, et ce démocrate ne semble pas si loin de professer un culte des héros : « J'ai fait mon chemin dans la compagnie de quelques grands hommes authentiques, et le reste n'a pas existé pour moi. » Alain présente trop de nuances, sinon de contradictions, pour être populaire ; son style, d'autre part, plein d'humour, abondant en formules heureuses, est concis au point de gêner parfois l'intelligence. Le rayonnement d'Alain est réduit, et il y a peu de chances pour qu'il s'élargisse ; mais d'avoir marqué profondément des élèves aussi différents que Jean Prévôt, Pierre Bost, André Maurois, Henri Massis, atteste son influence occulte sur l'intelligence contemporaine.

MICHEL MOURRE.

♦ *« On soupçonne finalement une lacune dans tant de prudence paysanne ; Alain ne tient aucun compte des passions humaines, ou plutôt ne dirait-on pas qu'il n'en soupçonne que chez le tyran... Un drôle de petit écolier de village aura persisté en lui jusqu'au bout. »* Henry Clouard. ♦ *« Ce n'est pas ton idée, Alain, que je méprise, c'est toi-même, sophiste obscur ! »* Georges Bernanos. ♦ *« J'ai connu peu de grands hommes, j'entends sans la moindre paille dans le métal... Le philosophe Alain est l'un de ceux-là, et nous sommes assez nombreux à le savoir, qui fûmes ses élèves ou ses lecteurs. »* André Maurois. ♦ *« Un moine sans Dieu : je serais tenté de proposer cette définition d'Alain, si je ne craignais de l'enfermer dans cette cathédrale désaffectée que fut la pensée morale du XIXe siècle et dont il a brisé les portes à grands coups de hache. »* Ramon Fernandez. ♦ *« Nous avons appris de lui que la probité et le courage sont les premières vertus de l'esprit, que chacun a l'intelligence qu'il mérite, que la sottise guette chacun de nous par humeur, par infatuation, par peur ou par manque de foi en soi-même ; que les questions les plus simples sont difficiles, si on y regarde de près ; que les problèmes les plus ardus se simplifient si l'on procède par ordre avec ténacité ; enfin que la liberté est la vertu première de l'homme. »* Gilbert Spire.

RÉF. : Ramon Fernandez, *Propos sur Alain*, 1941. — André Maurois, *Alain*, 1950, et *Destins exemplaires*, 1952. — Paul Fouquié, *Alain*, 1952. — Henri Mondor, *Alain, Souvenirs...* Paris, 1953. — Claude Mauriac, *Hommes et idées d'aujourd'hui*, Paris, 1953. — Olivier Reboul, *L'Éducation selon Alain*, Paris, 1974. — Robert Bourgue, *Alain, lecteur des philosophes*, Paris, 1987. — Didier Gil, *Alain, la république ou le matérialisme*, Paris, 1990.

ALAIN-FOURNIER (pseud. d'Henri Alban Fournier). Romancier. Né le 30 octobre 1886 à La Chapelle d'Angillon (Cher), porté « disparu à l'ennemi » le 22 septembre 1914 aux Éparges, près de Verdun. Toute la vie de ce descendant d'instituteurs et de paysans ramène à ses premières années dans la compagne berrichonne, à une enfance un peu triste, mais visitée par le merveilleux, par des rêves de paradis perdu au secret de la vie intérieure, qu'Alain-Fournier ne vivra plus que pour ressusciter, faisant de tous les petits événements de son existence une suite de signes, une liturgie qui ne pourra trouver son épanouissement que dans la création littéraire. En 1903, élève à Paris au lycée Lakanal, il rencontre Jacques Rivière qui prépare comme lui le concours d'entrée à l'École normale supérieure. Toute la vie d'Alain-Fournier, pendant douze ans, ne sera plus que cette amitié incomparable, qu'on peut suivre dans leur *Correspondance*, et d'autant plus féconde qu'il existait entre ces deux adolescents de fortes différences de tempérament. Fournier n'a pas le goût des idées, l'intelligence critique, la frénésie livresque de son ami. Il dédaigne l'analyse dont il craint peut-être qu'elle ne vienne troubler les musiques rares et intimes qu'il porte en lui et qu'il commence à entendre. Un jour, un de leurs professeurs leur ayant lu une page d'Henri de Régnier, Alain-Fournier et son ami se trouvent acquis au symbolisme. Alain-Fournier, resté assez indifférent à Barrès dont s'enthousiasme Rivière, assouvit son goût du mystère chez Jammes, Maeterlinck et surtout Jules Laforgue, qui influenceront les poèmes réunis plus tard dans *Miracles*. La révélation de Claudel, en 1906, apporte à Alain-Fournier l'enrichissement, surtout émotif, d'un art de la totalité, à la fois parole et pensée, un monde extérieur et monde intérieur. Mais, un an plus tôt, sa vie avait été bouleversée, transformée par une banale aventure, qu'on ne peut même pas appeler un incident : une jeune fille aperçue sur le Cours-la-Reine, avec laquelle il n'eut jamais qu'une brève conversation insignifiante, qu'il ne revit jamais plus et dont il n'eut, de temps en temps, que quelques nouvelles, mais dont il fit la figure, soudain vivante, de son rêve. Entre-temps, il avait échoué au concours d'entrée à Normale supérieure. Il fit son service militaire, entra comme secrétaire de Claude Casimir-Perier, commença de placer quelques articles dans les journaux et des contes dans les revues. L'influence de Gide combattait en lui celle de Claudel ; celle-ci le pousse au catholicisme, dont la voie d'ascétisme et d'anéantissement effraie cependant Fournier, qui commençait alors à mettre au jour ses secrets intérieurs : « Je veux, écrivait-il, je veux montrer mon visage ! Je veux atteindre, au milieu de la vie même, ce qui est le plus merveilleux de moi-même. » Pendant l'été de 1909 cependant, au cours d'un voyage à Lourdes, il paraît saisi par l'angoisse religieuse. Mais la guerre allait survenir, et Alain- Fournier tomber dès les premiers combats. En 1913, cependant, *La Nouvelle Revue française* (*) avait publié *Le Grand Meaulnes* (*), l'une des œuvres les plus délicates de cette génération de 1910 qui avait respiré les derniers effluves du symbolisme ; dans le mariage du réalisme et de la féerie s'exprimait le besoin d'« idéal », de « spirituel » des jeunes gens de l'époque ; c'était le type du « roman poétique », cherchant moins à bâtir une intrigue et des personnages qu'à créer un état d'âme ; il aura dans l'après-guerre une certaine postérité, chez des écrivains comme Marcel Arland ou Robert Brasillach.

♦ *« Vous irez loin, Fournier. Vous vous rappellerez que c'est moi qui vous l'ai dit. »* Charles Péguy, 16 septembre 1911. ♦ *« Il serait vain de vouloir distinguer le merveilleux spontané, dans son histoire, et celui qu'il y ajouta lui-même par la simple tournure de son imagination. Elle reste, en tout cas, « à peine réelle », tissée des aventures les moins analysables* [...] *Il faut savoir aussi combien il était sobre : matériellement d'abord (jamais il ne sembla prendre à la nourriture le moindre plaisir, il ne lui demandait que de l'entretenir en vie) ; mais surtout au spirituel : j'ai souvent admiré combien légèrement il goûtait à la réalité et c'était une surprise pour moi, à chaque fois, de voir de quelle impondérable mousse s'emplissait seulement la coupe qu'il y plongeait. »* Jacques Rivière. ♦ *« Alain-Fournier fait savoir que va naître une certaine poésie, aussi en allée que la poésie anglaise, et passant aussi près du cœur, mais d'un génie tout français, paysanne, c'est-à-dire simple et obscure, forte et délicate, ancienne et fraîche, avec l'efficace d'une chanson. Peut-être le temps vient-il des valeurs paysannes. Il y a Claudel, il y a Jammes, il y a Ramuz. Mais Alain-Fournier, à dix-huit ans, comprenait tout d'avance. Il rejetait violemment les livres et les théories. C'était bien plus beau ; il n'était que de passer dans la contrée étrange, et pour cela il suffirait d'aimer chèrement la campagne, les petites vies et leur mélancolie sans limite. »* Henri Pourrat. ♦ *« Son livre, quelques phrases déchirantes de « Miracles », voilà, avec des livres et le souvenir de Rilke, les analyses musicales de Proust et certains vers du grand tzigane Apollinaire, le plus cher trésor de notre temps, la réponse de notre temps aux mystérieux appels de cuivre de Gérard de Nerval, de Baudelaire et de Rimbaud. »* Jean Cassou. ♦ *« Cet art si sobre, si direct, si évocateur pourtant, mélange subtil de brume et de lumière, c'est le fruit d'un long effort qui résume toute la vie intellectuelle d'Alain-Fournier. »* Paul Archambault.

RÉF. : Jacques Rivière, introduction à *Miracles*, Paris, 1924. — Isabelle Rivière, *Images d'Alain-Fournier* (par sa sœur), 1928. — *Hommage à Alain-Fournier*, témoignages recueillis par Marcel Abraham, 1930. — Albert Léonard, *Alain-Fournier et le Grand Meaulnes*, Paris, 1943. — Walter-Jör, *Alain-Fournier, Le paysage d'une âme*, Neuchâtel, 1945. — Aimé Becker, *Itinéraire spirituel d'Alain- Fournier*, Paris, 1946. — Christian Dedeyan, *Alain- Fournier et la réalité secrète*, Paris, 1947. — Henri Gillet, *Alain-Fournier*, Paris 1948. Clément Borgal, *Alain-Fournier*,

Paris, 1955. — Jean Bastaire, *Alain Fournier ou l'anti-Rimbaud,* Paris 1978. — Pierre Suire, *Alain Fournier : au miroir du « Grand Meaulnes »,* Paris, 1988.

À la recherche du temps perdu. Roman de Marcel Proust (1871-1922), en sept parties, publiées entre 1913 et 1927.

Peu de temps après sa mort et ainsi qu'il l'avait prévu, Proust était considéré comme le premier classique de son temps. Pour ou contre, la plupart des écrivains notables de notre siècle se sont définis par rapport à lui et la *Recherche* a permis de parler de révolution proustienne comme on avait parlé de révolution copernicienne. Bien des confusions contribuent à auréoler l'œuvre d'une lumière ou plutôt d'une pénombre mythique : la *Recherche* est l'œuvre de toute une vie, une toile de Pénélope sans cesse reprise, augmentée, corrigée jusqu'au dernier souffle de son auteur. Comme cette œuvre est écrite à la première personne, on a voulu y voir un roman autobiographique, et même un roman à clés, bien que l'écrivain se soit plus d'une fois déclaré contre cette interprétation. Là où sa phrase longue et sinueuse voulait recouvrir toute la complexité des phénomènes de la réalité, on a cru lire une esthétique décadente, des complaisances maniéristes. On a parlé d'impressionnisme et de frivolité parce que l'œuvre ne cesse de revenir à ses sujets favoris, inlassablement repris et approfondis : les milieux mondains, l'amour et ses déviations ; la jalousie et l'oubli, mais surtout le drame ou la comédie du temps, l'universelle dissolution de toutes choses, y compris la personnalité du narrateur lui-même. Sartre et ses émules ont porté contre cette œuvre les accusations les plus graves sous prétexte qu'il ne s'agirait pas d'une œuvre « engagée », que l'auteur se complaisait gratuitement dans ses fantasmes. Dans *Le Temps retrouvé*, dernière partie de la *Recherche*, Proust semble par avance se justifier face à ses détracteurs : « Là où je cherchais de grandes lois, on m'appelait fouilleur de détails [...] Personne n'y comprit rien. » De fait, l'originalité du propos, qui se confond naturellement avec l'originalité de la manière, déconcerta les premiers lecteurs, ceux de Gallimard, André Gide et Jacques Copeau, rebutés et hostiles dès les premiers paragraphes et dès la fameuse première phrase « Longtemps, je me suis couché de bonne heure », ceux de l'éditeur Ollendorff, eux qui refusèrent en 1912 le manuscrit de *Du côté de chez Swann* que Proust dut se résigner à publier chez Grasset à compte d'auteur.

L'œuvre de Proust — plus de deux mille cinq cents pages dans notre édition (collection « Bouquins ») — constitue une architecture littéraire puissante en sept parties formant un ensemble cyclique plus caractérisé que *La Comédie humaine* de Balzac qui a servi de modèle à l'auteur pour la conception de son projet. Seulement ici, ce n'est pas la société qui est le protagoniste de l'œuvre au-delà de la diversité des personnages et des milieux, mais le Temps lui-même représenté depuis l'intériorité d'une conscience. Le schéma de l'œuvre, si l'on s'en tient à la ligne événementielle, peut sembler assez simple et se ramène à quelques propositions essentielles : *Du côté de chez Swann* relate la chronique d'une enfance protégée, entre le village de Combray où le narrateur passe ses vacances en famille chez la tante Léonie et Paris ; le monde se divise pour lui selon une ligne de démarcation qui commande en fait l'organisation de l'œuvre dans son ensemble, le côté de chez Swann, riche esthète d'origine juive, ami de la famille, avec sa femme Odette — un épisode particulier, à la troisième personne, *Un amour de Swann*, est consacré à l'histoire du couple —, et le côté de Guermantes, plus lointain et plus mystérieux, qui a trait à une famille de grands aristocrates des environs de Combray. L'imagination du petit garçon, par ailleurs passionnément attaché à sa mère, ne cesse de travailler entre l'un et l'autre milieu.

La deuxième partie, *À l'ombre des jeunes filles en fleurs,* a trait à l'adolescence du héros, à la découverte de la mer et du mystère des relations sexuelles, et voit l'apparition du personnage d'Albertine qui sera l'amour et le tourment du narrateur.

La troisième partie, *Le Côté de Guermantes*, tout en poursuivant le fil de l'intrigue amoureuse, voit le jeune homme découvrir et explorer les milieux mythiques de l'aristocratie. En même temps, depuis le premier tome, intervient par moments la représentation d'un riche milieu bourgeois, comique par ses prétentions intellectuelles et artistiques, celui des Verdurin.

Après la découverte des prestiges du faubourg Saint-Germain, le narrateur prend peu à peu conscience des limites de ses rêves : au-delà de leur grâce, de leur élégance, Oriane, le duc, Charlus et même Saint-Loup sont en fait des êtres frivoles et pour certains des êtres troubles. Dans la quatrième partie, *Sodome et Gomorrhe*, l'éclat du monde débouche sur les enfers, les terribles « cités de la plaine », les vices hideux, l'envers du décor.

Reste alors au héros à vivre la passion amoureuse — qui se découvrira pour lui comme l'illusion suprême — en continuant de fréquenter les uns et les autres mais sans plus croire à personne : le narrateur reprend à son compte les souffrances de Swann amoureux d'Odette. L'amour aussi est un enfer quoi que l'on fasse pour retenir l'autre. Voilà la leçon de *La Prisonnière*. Avant-dernier volet de *À la recherche du temps perdu, La Fugitive* (intitulée parfois *Albertine disparue*) rapporte comment, après le départ puis la mort d'Albertine, l'oubli s'installe chez le narrateur : c'est que « rien ne dure, pas même les plus grandes douleurs ».

Enfin éclate la guerre. Après une éclipse de plusieurs années passées en maison de santé, le narrateur retrouve en Paris un monde inconnu, métamorphosé où les différents milieux de son imaginaire hérité de l'enfance se sont mêlés ; l'univers n'est plus que brouillage et confusion. Gilberte Swann a épousé Saint-Loup, un Guermantes ; Mme Verdurin elle-même est devenue princesse de Guermantes. C'est la fin d'un monde et c'est la fin du monde puisque ne subsiste intacte aucune valeur humaine. Pourtant le narrateur qui a rencontré à travers sa vie des créateurs comme le peintre Elstir, l'écrivain Bergotte, le musicien Vinteuil, sans trop leur accorder d'importance, ce narrateur sera sauvé du désespoir par la révélation lumineuse de sa vocation d'écrivain : il a la certitude qu'elle se réalisera et qu'en lui permettant d'écrire ce Livre futur dont la *Recherche* n'est au fond que la préface ou l'état préparatoire, il échappera ainsi au naufrage universel des êtres et des choses.

Le schéma narratif même ainsi ramené à son squelette montre bien que la *Recherche* retrouve la dynamique profonde des grands récits universels. Déjà Proust reconnaissait que la figure de Noé préfigurait celle de l'écrivain sauvé du néant par son œuvre. La *Recherche* est aussi, en même temps qu'une épopée magnifiant le quotidien pour s'achever sur la fondation d'une cité nouvelle (la cité de l'esprit contre la cité sociale), une autre *Énéide*, peut-être une autre *Odyssée*, quoique fort éloignée de l'*Ulysse* de Joyce. Et aussi un drame du Temps, du vieillissement et de la mort comme le *Faust* de Goethe. Il se pourrait aussi que l'artiste, auquel d'autres artistes ouvrent la voie, doive beaucoup à la démarche de Dante guidé par Virgile dans *La Divine Comédie*. Ce livre est grand qui rejoint à tout instant les plus grands livres de l'humanité. On a beaucoup insisté sur l'immense culture de Proust à travers les références de ses propres personnages (en particulier Swann et Charlus) comme à travers les influences évidentes, revendiquées parfois par l'écrivain lui-même : Mme de Sévigné et son combat qui dura autant que sa vie pour un triomphe de l'écriture sur l'instant ; Saint-Simon, contempteur et observateur lucide d'un monde en décomposition ; La Rochefoucauld et La Bruyère pour leur art de l'aphorisme inoubliable où Proust trouva sans doute les modèles de ses « lois » qui procèdent chez lui du progrès romanesque ; Molière et son comique dénonciateur des illusions : la dette proustienne envers le Grand Siècle est immense. Mais comment méconnaître l'influence de Balzac, surtout celui du cycle des *Illusions perdues* ou de *La Recherche de l'Absolu* ? Ou celle du Flaubert de *L'Éducation sentimentale* (*) ? Sans parler des *Mémoires* de la duchesse d'Abrantès ou de ceux de la comtesse de Boigne, sources si riches de ce « kaléidoscope mondain » qui fascina tant Proust, en dépit de toute son ironie. Pourtant rien de livresque dans cette œuvre si nourrie de littérature et d'allure si naturelle et comme nonchalante. C'est que justement si, comme l'écrit Proust, « la préférence des grands écrivains va aux livres des anciens », la marque même d'un grand art est de faire oublier l'art : Proust a beaucoup lu et parfaitement assimilé ; il a eu soin dans sa jeunesse d'exorciser la tentation de reproduire les maîtres trop aimés en écrivant des *Pastiches et Mélanges* qui l'aideront à trouver sa « voix propre, reconnaissable entre toutes : unique ». Il n'en demeure pas moins que Proust revendique ses filiations. « Ce sont les publics qui sont romantiques... les maîtres sont classiques. » Le premier grand sujet de la *Recherche*, hérité de cette fameuse tradition classique française, est bien le monde, avec ses personnages symboliques représentant l'argent, l'ambition, la beauté, l'éloquence, mais l'originalité de Proust, si l'on songe aux exemples de Saint-Simon ou de La Bruyère, est d'appliquer à cette représentation du monde forcément extérieur l'engagement puissant d'une vie intérieure richissime et suraiguë. Par ce regard même, l'évocation du superficiel — tant reprochée par Cocteau à Proust ! — se voit transmuée en profondeur. C'est par là que, comme l'a bien vu Roland Barthes, l'œuvre se fait plus sociologique qu'on ne l'a cru. Comme dans les *Mémoires d'outre-tombe* (*), si chers à l'auteur de la *Recherche*, dire le monde, c'est dire la fin de ce monde et les limites de l'Histoire, célébrer à travers l'art, la Poésie qui dépasse l'Histoire. En même temps, ce roman des romans, mettant à bas les illusions de la durée continue, ordinairement associée aux notions de devenir et de progrès, semble poser le dernier terme du genre romanesque.

Après Proust, il devient impossible de traiter l'amour et l'Histoire comme des sujets sérieux, c'est-à-dire comme des réalités objectives. Vrais et faux événements et personnages s'entrecroisent : la princesse Mathilde (comme le roi Théodose et l'évocation de l'affaire Dreyfus) ne sert qu'à dénoncer dans les contradictions des positions et des jugements la perpétuelle trahison de soi par rapport à soi.

Il est impossible de dater précisément les épisodes du roman et certains critiques ont relevé des inadvertances : le vrai maître du Temps n'est pas le calendrier mais le regard du narrateur, souverain absolu qui dilate ou resserre à sa guise une heure ou une année et jusqu'au temps du sommeil. Rien ne s'apprend, rien ne progresse ; ce que Proust nous dit c'est que la politique n'est qu'une rhétorique, un mécanisme curieux à observer à l'occasion mais qui ne peut en aucun cas fournir un sens à l'incohérent destin des hommes.

La guerre de 1914-1918 dans *Le Temps retrouvé* signifie surtout (au grand scandale de certains contemporains particulièrement chauvins) un renforcement des égoïsmes, une révélation des instincts les plus bas : la découverte d'un bordel d'hommes ou le croissant dégusté par la Verdurin commentant les catastrophes lues dans les journaux.

À quoi tient donc la révolution proustienne ?

Dès la sortie du premier volume de Proust, le grand critique allemand Curtius associa son nom à celui d'Einstein et aujourd'hui Gérard Genette constate encore que « ce contempteur de l'avant-garde fut toujours un révolutionnaire malgré soi ». Ce n'est pas l'actuelle faillite des idéologies qui viendra rendre caducs le scepticisme et l'ironie de Proust.

Son œuvre fait d'ailleurs une large place aux signes les plus récurrents de la modernité : la mode, le sport, l'automobile, le téléphone, la photographie, le cinéma, tous les changements de la communication humaine ; c'est sans doute parce qu'il en a pressenti les dangers pour notre civilisation qu'il a, avec une telle fougue défendu la suprématie absolue de l'art et de la littérature. Mais la véritable contribution de Proust à la modernité a été, selon sa propre expression, la substitution d'« une psychologie dans l'espace » à une psychologie plane.

Le rôle de la mémoire en particulier tel que Proust le définit dans l'exemple fameux de la madeleine – tout un pan du passé brusquement ressuscité par la saveur d'une madeleine trempée dans une tasse de thé – repose sur une disqualification préalable de l'intelligence traditionnelle en tant qu'elle se prétend réorganisatrice du réel : « Ce que l'intelligence nous rend sous le nom du passé n'est pas lui. » Seule la mémoire involontaire liée à des sensations imprévisibles et au mystère de notre corps nous permet, à la façon de la grâce divine, de nous dégager de l'opacité du vécu et de découvrir, en un instant, de lumineuses chaînes de raisons entre des signes qui resteraient sans elle discontinus et absurdes. Inutile donc pour un romancier de croire qu'il suffit d'accumuler des notes pour faire un grand livre.

Avec la mémoire affective, l'existence soudaine coïncide avec l'essence ; le monde apparaît comme une vaste mais simple machine que l'artiste, admis à en comprendre le fonctionnement, peut mimer et pour ainsi dire pasticher. Pastichant cette fois, non les auteurs du passé, mais Dieu lui-même dans l'acte créateur. Les histoires se répètent et l'œuvre sur ce point est fidèle à la vie : l'amour de Swann pour Odette raconte déjà l'amour du narrateur pour Albertine et le baiser refusé de la mère à l'enfant-narrateur préfigure le baiser refusé de la maîtresse.

De cette simplicité à laquelle permet seule d'accéder une exploration quasi illimitée du vécu, Proust fait la finalité de son œuvre : son roman n'est qu'en apparence celui de sa propre vie, mais la vie n'est pas ici celle qu'on voit figurer dans les tombeaux égyptiens. Rien n'est fixé d'avance par une interprétation que suggérerait le romancier ; la vérité ne nous est révélée que plus tard, comme sur un puzzle reconstitué. Celui qui dit « je » n'est pas un vrai caractère mais une conscience un peu floue et molle, un enregistreur passif dont nous ne ressentons qu'à la fin du livre la toute- puissance. Proust a pour principal souci que la personnalité de son « je » ne s'interpose pas entre lui et son lecteur, afin que celui-ci coule inconsciemment les données de son vécu dans celles du narrateur, entrant ainsi malgré lui dans le roman pour en faire sa matière propre.

C'est le nous et non le je qui conduit le progrès du livre et c'est aussi le secret de cet envoûtement qui s'empare du lecteur une fois qu'il a dépassé le cap difficile des cinquante premières pages. Alors, le roman atteint à la poésie même du monde, mais la beauté dans ce livre n'est jamais gratuite et ne vise qu'à éclairer efficacement les lecteurs pour leur éviter les souffrances que pourrait leur causer une lecture erronée du monde. Avant Maurice Blanchot, Proust sait qu'un livre écrit n'est qu'à moitié fait, que c'est le lecteur qui l'achève.

La *Recherche* est donc un livre généreux, dense et lent comme la vie. Si Proust donne le sentiment de prendre son temps avec des évocations qui ne semblent pas s'imposer dans la logique narrative (la haie d'aubépines, les arbres d'Hudimesnil, les clochers de Martinville, etc.), c'est que nous les retrouverons plus tard chargés de leur vrai sens, à leur vraie place, comme des avertissements naturels, dans cette œuvre immense que Proust compare souvent à une cathédrale. Cette image rend bien compte à la fois de la composition de la *Recherche* et de l'inspiration profonde qui l'anime. La *Recherche* est une sorte de livre sacré dans un monde moderne où l'Art a remplacé Dieu. « Dans ses profondeurs personnelles, a écrit Paul Valéry, Marcel Proust a cherché la métaphysique dont aucun monde ne se passe. » De fait, tout ce flot de vie qui traverse le livre, saveurs, parfums, nourritures, œuvres d'art, princes, domestiques, analyses de rituels mondains ou recettes de cuisine, investigations ou fulgurances dans le domaine du plaisir et du désir, avec tout ce riche réseau des métaphores unissant tous ces registres du réel, tout ce journal intime qui devient livre des merveilles de la nature où la science (médicale ou botanique) ne craint pas d'apparaître pour expliquer l'étrange, est une totalité orientée, transcendée par une vision d'ensemble. Si Proust fait parfois songer à l'ange exterminateur, la *Recherche*, elle, débouche sur une résurrection ou plutôt sur sa promesse.

Une légende a longtemps prévalu qui présentait Proust comme un écrivain tardif, un mondain repenti sur qui le chef-d'œuvre serait tombé comme la foudre. En fait, dès son adolescence, Proust n'a cessé d'écrire en vue de sa grande œuvre. En 1896 (il a vingt- cinq ans) c'est son premier livre, longtemps le seul, il est vrai, *Les Plaisirs et les Jours*, un recueil de nouvelles qui porte déjà plus qu'en germe les thèmes de la *Recherche.* Il traduit l'anglais Ruskin dont l'esthétique exigeante a sur lui beaucoup d'influence, travaille longtemps à un roman à la troisième personne, *Jean Santeuil*, publié en 1952, et qui est plus qu'un cahier d'esquisse de la *Recherche* mais où ne se perçoit pas encore la voix du romancier. *Jean Santeuil* abandonné, il s'essaye à un roman – inachevé – qui mime la forme d'un essai critique, *Contre Sainte-Beuve*, publié aussi en 1952.

Après bien des tâtonnements, il semble que vers 1912 l'œuvre ait été achevée dans ses grandes lignes et dans ses grandes masses : elle ne cessera jusqu'à la mort de Proust de proliférer de l'intérieur, par l'adjonction des fameuses « paperoles ». La dernière phrase du roman a été écrite dès l'origine du projet. En 1913 paraît donc *Du côté de chez Swann* ; la guerre arrête la publication des autres volumes, et c'est Gallimard qui dès 1917 prend la relève de Grasset. En 1919, Proust reçoit le prix Goncourt pour *À l'ombre des jeunes filles en fleurs* : c'est pour lui la consécration et le début d'une gloire qu'il ne connaîtra que peu d'années puisque sa mort survint en 1922.

Reste aujourd'hui la révolution proustienne du roman : la simultanéité des points de vue, la promotion du Temps comme vrai protagoniste du roman, le renouvellement de la vision du monde par une phrase ample, circonstanciée, à méandres, où l'écrivain fait entrer tout le flux d'une conscience humaine en un moment précis avec toute sa charge parfois contradictoire de sensations, de sentiments, de souvenirs, de concepts. Par ailleurs, les thèmes fondamentaux du roman traditionnel, comme l'ambition et l'amour, reçoivent un traitement nouveau quasi clinique, nourri des courants de pensée les plus nouveaux – comme la psychanalyse. L'homosexualité, promise à un grand avenir romanesque au XXe siècle, cesse de devenir un sujet tabou : l'amour « interdit » est assimilé à un phénomène naturel – l'épisode célèbre de la fécondation de l'orchidée par le bourdon – et devient en même temps pour Proust une simple image hypertrophiée de l'amour comme puissance autodestructrice, source d'illusion, consommateur impitoyable du Temps. Dans ce domaine, Proust a plus apporté que Wilde, Gide, Cocteau et Genet, en évitant avec soin de tomber dans les pièges de la complaisance. Derrière ce qui peut apparaître comme une vision désenchantée du monde, se dégage une grande œuvre comique qui ici encore change le sens et la finalité du rire ; en grand émule de Molière, Proust ne se contente pas de tourner en dérision certains milieux sociaux qu'il a bien connus, certains phénomènes comme le snobisme, qu'il a vécu lui-même : il porte son ironie dans les replis de l'âme, dans ce que Sartre appellera les comportements de mauvaise foi et jusque dans la passion ; l'histoire de l'amour, immense malentendu, peut se raconter comme un quiproquo de théâtre.

Le désespoir n'habite pas cependant cette œuvre, par ailleurs animée d'une sensualité et d'une gourmandise universelles. Son architecture puissante est celle d'une manière d'épopée moderne où le Graal serait la conquête de l'Art ou des moyens de parvenir jusqu'à lui, pour l'écrivain comme pour son lecteur puisque Proust ne cesse de confondre les deux démarches ; son livre est le triomphe d'une conscience délivrée à la fois du monde et d'elle-même, qui tout en dénonçant le relativisme de tous les mobiles de l'action humaine continue de souscrire à un absolu, celui de l'intelligence créatrice, ultime valeur dans un univers historique qui va connaître le déclin et la chute des dieux et des idéologies.

B. R.

ALBERT-BIROT Pierre. Poète. Né à Angoulême (Charente) le 22 avril 1876, mort à Paris le 25 juillet 1967. Après avoir fait une partie de ses études à Bordeaux, il vient habiter avec sa mère cité Jarry à Paris. La vie est difficile et il doit interrompre ses études. Il rencontre le sculpteur Georges Achard et se met lui-même à sculpter. En même temps, il suit des cours en Sorbonne et au Collège de France. Il devient restaurateur de meubles et d'objets anciens pour le compte d'un antiquaire parisien. Réformé au moment où éclate la guerre de 1914, il va naître vraiment, dit-il, en 1916 quand il fonde la revue *Sic*, titre qui allie à la signification « oui » du mot latin l'initiale de trois termes essentiels : son, idée, couleur. Il en est d'abord le seul rédacteur, puis à partir du numéro 4 s'opère la rencontre avec Guillaume Apollinaire. Dès lors, *Sic* prend une place importante dans la littérature de cette époque avec les signatures de Drieu la Rochelle, Reverdy, Soupault, Tzara, Aragon, Breton et Raymond Radiguet. Pierre Albert- Birot fonde le « nunisme », école qui prône un art résolument neuf et s'inspire du futurisme de Marinetti. *Sic* disparaît en 1919. Auparavant, son fondateur avait participé et organisé en 1917 la représentation des *Mamelles de Tirésias* de Guillaume Apollinaire, qui fit alors scandale. En 1917, Pierre Albert- Birot fait paraître son premier recueil de vers, *Trente et un poèmes de poche* avec une Préface de Guillaume Apollinaire, qui voit en lui un « pyrogène ». De 1918 à 1929, il fonde le Théâtre du Plateau où il monte ses pièces, *Matoum et Tévibar* (1919), *Barbe bleue, Les Femmes pliantes* (1923), théâtre anti-réaliste où le merveilleux est tout pénétré d'humour et de tragique. Il ne renonce pas à la poésie. De *La Joie des sept couleurs* (1919) aux *Cent nouvelles gouttes de poésie* (1967), il publie une quinzaine de recueils parmi lesquels *Poèmes à l'autre moi* (1927), particulièrement représentatifs de son besoin d'unité, de son refus de tout ce que l'on oppose : la vie, la mort, le Je et l'Autre... Il écrit en même temps *Grabinoulor* (1921), *Rémy Floche, employé* (1934), *Les Mémoires d'Adam et Ève* (1948), et jusqu'à sa mort il écrivit la suite de *Grabinoulor,* autant de textes en prose d'où la poésie n'est jamais absente. Cet individualiste annonce divers courants littéraires. Dans *La Lune ou le Livre des poèmes* (1924), ses dispositions typographiques préfigurent le lettrisme, Michel Butor ou Michel Deguy. Ses pièces comiques, *L'Homme coupé en morceaux* (1921) ou *Le*

Bondieu (1922) fraient la voie à Tardieu et à Ionesco.

Max Jacob a parlé de l'« ingénuité profonde » de Pierre Albert-Birot, qui est résolument moderne et s'étonne et s'amuse des inventions dont notre civilisation est capable. Il les intègre au mouvement général qui emporte le monde transfiguré par la présence du soleil, maître de la lumière. Il exalte la vie et même le chagrin (*Amenpeine,* 1938) se trouve racheté par la création d'un poème. L'œuvre capitale de Pierre Albert-Birot, c'est *Grabinoulor,* à laquelle il travaille quarante ans durant. Cette « épopée » en prose est écrite d'une seule coulée, sans ponctuation. Jean Paulhan a pu la comparer à *Don Quichotte*. D'autres l'ont rapprochée de *Gargantua*, ou même y ont vu une préfiguration de *Tarzan.* Si Grabinoulor parcourt l'histoire et l'espace, c'est toujours pour vivre plus intensément son présent. Il connaît quantité d'aventures plus merveilleuses, plus invraisemblables les unes que les autres. « Vraiment la vie ne commence qu'à l'absurde, au-dessous c'est du plâtre », déclarait Pierre Albert-Birot. Et de son côté Max ajoutait que *Grabinoulor* « est à la fois gai, vivant, actuel... » et cent autres adjectifs.

GUY LE CLEC'H.

RÉF. : F. Pouey, *Entretiens avec Pierre Albert-Birot,* Bruxelles, 1958. – J. Follain, *Pierre Albert-Birot,* Paris, 1967. – M. Pons, *Connaissance Albert-Birot,* Saint-Front-sur-Lémance, 1968.

Alcools. C'est *Alcools* qui a fait la gloire de Guillaume Apollinaire (1880-1918), lorsque le livre parut en 1913. Toutes les recherches poétiques d'une époque lassée de la rigueur du Parnasse et des « suavités » symbolistes se retrouvent dans ce livre où la fantaisie charmante du poète côtoie une inspiration souvent tragique. D'instinct, ce Polono-Italien rejoignait la tradition poétique française la plus pure, la plus directe, telle qu'elle s'incarne, avec une séduisante « sophistication », chez Ronsard, et avec le naturel âpre et fort, et tendre à la fois, de la chanson populaire, chez François Villon. Aucun livre de cette époque, sans doute, n'a exercé une influence comparable à celle qu'Apollinaire a exercée, avec *Alcools,* sur toute la poésie française de cette première moitié du siècle, et il n'est pas certain que cette influence soit épuisée. Guillaume Apollinaire est le « pur poète », c'est-à-dire celui pour lequel le chant est aussi nécessaire et aussi naturel qu'il l'est à l'oiseau. De là cette spontanéité, cette fluidité d'un rythme qui se modèle tout naturellement sur le mouvement même de la vie, qui suit fidèlement toutes les sinuosités de l'émotion. Dans « Le Pont Mirabeau », par exemple, qui a la beauté grave et bouleversante de la douleur la plus discrète et la plus tragique, un air de « romance » populaire, presque, évoque le poète penché sur la Seine et se remémorant son amour. « L'amour s'en va comme cette eau courante / L'amour s'en va / Comme la vie est lente / Et comme l'Espérance est violente. » Renonçant à la ponctuation traditionnelle – ce qui fut une des innovations les plus discutées et les plus critiquées d'Apollinaire –, le poète ne connaît d'autre scansion que celle commandée par la respiration d'une part, et de l'autre par la palpitation intérieure de la passion.

Des pages d'une incroyable drôlerie, des « jeux », où la virtuosité et le goût de l'étonnement s'associent à l'inspiration poétique la plus authentique et la plus noble, constituent des assemblages, extravagants par instants, toujours beaux, et nouveaux de ton et d'aspect. Le mouvement épique de « La Chanson du mal-aimé », par exemple, qui porte l'incantation à un degré magnifique d'évidence et d'émotion, la nonchalance habile et délicieuse de certaines « pièces de circonstance », la résurrection de vieilles légendes rhénanes – la poésie du Rhin avait fortement marqué Apollinaire – attestent la diversité de ce recueil qui rassemble l'œuvre écrite entre 1898 et 1913. Parallèlement à la composition de ces poèmes, et de quelques romans et nouvelles, étranges et magnifiques, *L'Hérésiarque*, *La Femme assise*, *Le Poète assassiné*, etc., Guillaume Apollinaire combattait en faveur des initiatives les plus neuves de la peinture. Il fut un des théoriciens du cubisme, dans son livre *Les Peintres cubistes*, qui apparaît en quelque sorte comme l'évangile de cette nouvelle esthétique qu'il défendait, en même temps qu'il défendait aussi le futurisme. Des mouvements littéraires comme dada, comme le surréalisme, prennent en grande partie leur source, eux aussi, chez Apollinaire.

Tout en constituant le document le plus complet sur l'activité poétique de toute une époque, *Alcools* compte aussi parmi les œuvres parfaites dont se glorifie la littérature française. Nul ne conteste plus aujourd'hui le génie d'un poète, qui, outre qu'il a donné sa vie pour la France pendant la guerre de 1914-1918, a apporté à la poésie de son pays d'adoption un accent très neuf tout à la fois et traditionnel. Dans le même poème, il associe des strophes bouffonnes et pathétiques comme celles de « Marizibill » : « Elle se mettait sur la paille / Pour un maquereau roux et rose / C'était un juif il sentait l'ail / Et l'avait venant de Formose / Tirée d'un bordel de Changaï » – après quoi viennent ces vers bouleversants : « Je connais gens de toutes sortes / Ils n'égalent pas leurs destins / Indécis comme feuilles mortes / Leurs yeux sont des feux mal éteints / Leurs cœurs bougent comme leurs portes. » Dans *Alcools* et dans *Calligrammes* (*), la poésie d'Apollinaire atteint sa cime la plus haute et la plus pure, tant on sent de sincérité, d'authenticité dans l'émotion, même dans les morceaux qui peuvent paraître d'une drôlerie artificielle ou relevant du pur caprice de la fantaisie.

ALEMBERT Jean Le Rond d'. Mathématicien, encyclopédiste, philosophe. Né à Paris le 16 novembre 1717, il y mourut de la pierre le 29 octobre 1783. Fils naturel de madame de Tencin et du chevalier Destouches-Canon, un lieutenant-général d'artillerie, il fut abandonné à sa naissance sur les marches de la chapelle Saint-Jean-le-Rond, d'où son nom de baptême. De retour à Paris, son père le mit en nourrice chez Mme Rousseau, la femme d'un vitrier, rue Michel-le-Comte, où il resta jusqu'à ce qu'une maladie l'obligeât à la quitter en 1765. À l'âge de 10 ans, il fut admis au collège des Quatre-Nations sous le nom de « Chevalier d'Aremberg », nom choisi par son père afin de pouvoir l'inscrire dans ce collège de Mazarin réservé à l'aristocratie, et que l'encyclopédiste changea plus tard en d'Alembert, sans doute pour des raisons phonétiques. Cette école janséniste voulut faire de lui un nouveau Pascal anti-jésuite (il fit même un commentaire sur saint Paul), mais ces polémiques le révoltèrent et le détournèrent définitivement de la métaphysique. Son diplôme de maître ès arts obtenu, d'Alembert étudia deux ans pour obtenir une licence en droit, puis fit un an de médecine, qu'il abandonna pour se consacrer entièrement aux mathématiques.

Après avoir envoyé plusieurs communications à l'Académie des sciences de Paris (« Du mouvement d'un corps qui s'enfonce dans un fluide », 1740 ; « Sur l'intégration des équations différentielles », 1741), qui suscitèrent les louanges des commissaires, dont Clairaut, il fut nommé adjoint astronome en 1741. Deux ans plus tard parut son *Traité de dynamique*, qui contient le principe qui garde son nom. L'introduction révèle sa philosophie des sciences, qui rejette la métaphysique et se base sur la méthode expérimentale et inductive préconisée par Bacon. En 1744, il publia une suite à cet ouvrage, le *Traité de l'équilibre et du mouvement des fluides.* Ces deux publications rendirent d'Alembert célèbre et lui ouvrirent la porte du salon de Mme du Deffand. Cette même année de 1744, il envoya son *Traité des vents* à l'Académie des sciences de Berlin, qui lui discerna le prix en 1746 et l'invita à être membre de ce corps. L'année suivante, il publia ce traité sous le titre de *Réflexions sur la cause générale des vents.* Pour la même Académie, il publia des *Recherches sur les cordes vibrantes* (1747) et des *Recherches sur le calcul intégral* (1748). En 1749 parurent ses *Recherches sur la précession des équinoxes et sur la mutation de l'axe de la terre dans le système newtonien* ; en 1752 les *Réflexions sur la théorie de la résistance des fluides*, et en 1754-1756 les *Recherches sur différents points importants du système du monde.*

Malgré un grand nombre d'ouvrages apportant des « additions » et de « nouvelles observations », qui trouvèrent leur place dans les huit volumes des *Opuscules mathématiques* (1761-1780) – il existe un neuvième volume en manuscrit –, les plus importantes des découvertes mathématiques de d'Alembert étaient terminées à la fin des années 40. Gardant toujours sa renommée de savant, à partir des années 50, il se fera une réputation comme encyclopédiste, philosophe et homme de lettres. C'est en 1745 qu'il commença à travailler au projet de traduction de l'encyclopédie anglaise de Chambers. Diderot le rejoignit l'année suivante et, en 1747, ils remplacèrent l'abbé Gua à la direction de l'*Encyclopédie* (*). Son *Discours préliminaire* en 1751, écrit sous l'influence de Newton, Locke et Bacon, est un résumé de la nouvelle philosophie sensualiste de son siècle et lui valut, outre les applaudissements généraux de ses contemporains, son élection à l'Académie française en 1754, grâce aux efforts de Mme du Deffand.

Bien que chargé de la partie mathématique, d'Alembert écrivit de nombreux articles sur des sujets esthétiques et polémiques et, à cause d'une maladie de Diderot, s'occupa presque seul du deuxième volume, qui contenait l'article « Certitude » de l'abbé de Prades. Cet auteur venait de défendre dans une thèse à la Sorbonne les mêmes idées sensualistes de Locke et du *Discours préliminaire* reflétées dans son article. Elle fut condamnée et de Prades exilé. Les pouvoirs y virent une preuve d'un complot des encyclopédistes contre le trône et l'autel. La position peu orthodoxe des éditeurs avait déjà suscité les critiques du journal jésuite, *Les Mémoires de Trévoux*, entre autres. Cet article paraissait leur donner raison : l'*Encyclopédie* fut supprimée en 1752. Mais les libraires risquaient trop gros : on promit de nouveaux censeurs et la publication reprit l'année suivante avec le troisième volume, muni d'une préface audacieuse et triomphante de d'Alembert, qui accablait leurs ennemis.

Vers cette époque, d'Alembert resserra ses relations avec Voltaire, à la plume de qui il recommandait ces ennemis, tel le jésuite Berthier. En 1757, le septième volume contenait, à la demande de Voltaire, l'article « Genève », qui insultait à la fois les pasteurs de Genève, appelés « de parfaits sociniens », et les catholiques, qui ne l'étaient pas assez. De plus, il soutenait le désir de Voltaire de fonder un théâtre en Suisse, ce qui provoqua la réplique de Rousseau, *Lettre à d'Alembert sur les spectacles* (1758). Le scandale mena à une nouvelle suppression de l'*Encyclopédie* en 1759. D'Alembert et Voltaire voulurent transférer l'entreprise en Prusse sous la protection de Frédéric II, mais Diderot s'y opposa et obtint une permission tacite de continuer la rédaction clandestinement. D'Alembert ne fit désormais que les articles promis sur les mathématiques, Diderot lui ayant interdit d'autres sujets, l'accusant d'avoir causé les malheurs de l'*Encyclopédie* par ses préfaces enflammées (les volumes huit à dix-sept parurent enfin en 1765). Ne pouvant répondre à l'article « Encyclopédie » de Diderot dans ses pages, d'Alembert publia en 1759 ses *Éléments de philosophie* en guise de « préface » à l'*Encyclopédie.* Il y réitère sa vision empirique et sceptique, rejetant les raisonnements par analogie prônés par son collègue. En

1761, il publia sa *Théorie des comètes* et une *Théorie mathématique de l'inoculation* qui met en doute la pratique.

Pendant cette période encyclopédique, d'Alembert publia d'autres ouvrages tels ses *Éléments de musique* (1752) basés sur les principes de Rameau, ses *Mélanges de littérature et de philosophie* (2 vol. en 1753, élargis à 4 en 1759, et un 5e vol. en 1767), et un essai important en 1753, *Essai sur les gens de lettres et les grands.* C'est un manifeste des hommes de lettres qui revendique pour les philosophes le droit de décréter les règles de l'art et du bon goût, tenu jusque-là par l'aristocratie, plus apte, dit-il, à la guerre qu'à juger des œuvres de l'esprit. Il fait appel aux écrivains, afin qu'ils se libèrent de leur rôle avilissant de courtisan et de leur asservissement aux « grands ». Son indépendance à cet égard lui valut des difficultés avec la Cour ; mais il utilisa l'estime que lui montrait Frédéric II de Prusse (qui l'invita à être président de l'Académie de Berlin et lui donna une pension) et Catherine II de Russie (qui voulait le nommer tuteur de son propre fils) pour forcer les ministres français à le respecter. À la longue, il eut gain de cause. Grâce à son influence grandissante sur Voltaire, d'Alembert devint son « lieutenant » à Paris dans le combat pour la « bonne cause » : la diffusion des lumières et le rehaussement de la position des « philosophes » dans la société. Son élection comme secrétaire perpétuel de l'Académie française en 1772 lui donna la base nécessaire pour transformer cette institution en un bastion du parti philosophe. Sa liaison avec Mlle de Lespinasse lui fut bénéfique en ce sens car, ainsi que le dit Frédéric Masson, son salon, où régnait d'Alembert, devint « l'antichambre obligatoire de l'Académie française ». Son amour pour elle a suscité des narrations assez « romantiques », mais on ne peut nier que cette amitié lui a été fort utile, ce qui lui a peut-être donné plus de patience à son égard que ne lui en aurait inspiré un amour entièrement désintéressé.

Poussé par Voltaire à prendre une part plus active dans la lutte philosophique, d'Alembert publia en 1765 (avec deux *Lettres* supplémentaires en 1767) son essai *Sur la destruction des jésuites*, qui condamne les jansénistes encore plus sévèrement que les jésuites, récemment supprimés en France. C'est vers cette époque, après la composition du *Rêve de d'Alembert* (1769, publié en 1830) par Diderot, que le géomètre devint athée ; mais il continua à affirmer publiquement le déisme voltairien qu'il avait toujours soutenu auparavant.

Les années 70 à 80 représentent la consolidation de la position de d'Alembert comme maître de l'Académie française et arbitre des questions littéraires. Sa tentative d'imposer à l'Académie des normes pour la poésie fut violemment rejetée par le public. Le but de tout écrit étant d'exprimer clairement des pensées, l'Académie jugera bon un poème lorsqu'il se rapprochera le plus de la prose, déclare-t-il dans ses *Réflexions sur la poésie* lues à l'Académie en 1760 et publiées en 1767. Fréron s'écrie contre « l'irruption des enfants d'Archimède dans le sanctuaire de la poésie. Elle expire frappée du fatal compas » ; et Diderot conclut : « Qu'il s'en tienne donc aux équations ; c'est son lot. » Par contre, ses autres discours publiques à l'Académie eurent un grand succès, et il utilisa ces occasions pour prêcher la tolérance et la philosophie. Ses *Éloges* lui acquirent la réputation de continuateur de Fontenelle, son prédécesseur dans le genre. Les *Éloges lus dans les séances publiques de l'Académie française* furent publiés en 1779, et on publia en 1785 une édition posthume de son *Histoire des membres de l'Académie française morts depuis 1700, jusqu'en 1771* en trois volumes (vols. 4 à 6 en 1786).

Pendant ses dernières années, d'Alembert remplaça de plus en plus l'aristocratie, qu'il avait toujours combattue, dans le rôle de mécène pour les jeunes littéraires, qu'il aidait dans leur carrière. Le plus illustre de ses disciples fut Condorcet, dont il fit avec Watelet son exécuteur testamentaire. Il fut inhumé comme incrédule dans une fosse commune.

JOHN PAPPAS.

♦ *« Sur cela, grands discours sur d'Alembert, grands étonnements lorsque je dis qu'il est petit de taille, pantomime et polisson au possible. On veut par force que vous soyez grand comme Saint Christophe, et sérieux et barbu comme le* Moïse *de Michel-Ange. »* Abbé Galiani. ♦ *« ... un des plus beaux génies de la France. »* Frédéric II. ♦ *« Sa renommée dans les sciences, les honneurs que lui avaient rendus les étrangers, son influence dans deux Académies et dans le parti encyclopédiste, tout aidait à flatter en lui la prétention de régner dans la capitale des lettres. »* La Harpe. ♦ *« Ce que j'aime passionnément de M. d'Alembert, c'est qu'il est clair dans ses écrits comme dans sa conversation, et qu'il a toujours le style de la chose. ... Que j'aime sa précision, sa force et sa plaisanterie ! qu'il est sage et hardi ! qu'il est le contraire de Jean-Jacques ! »* Voltaire. ♦ *« ... le chef visible de l'illustre église dont Voltaire fut le fondateur et le soutien. »* Grimm. ♦ *« On frondait les puissances de Versailles, et on faisait sa cour à celle de l'*Encyclopédie. *Nous préférions un mot d'éloge de D'Alembert, de Diderot, à la faveur la plus signalée d'un prince. »* Le comte de Ségur. ♦ *« D'Alembert a trouvé le premier un principe général de la dynamique. Il a donné le premier le moyen d'appliquer ce principe au mouvement des fluides et des corps d'une figure déterminée. Il a résolu le premier... le problème des cordes vibrantes et de la précession des équinoxes : il a inventé enfin le calcul des différences partielles, calcul sans lequel on ne peut établir une bonne théorie du mouvement des fluides ou des corps. »* Cousin d'Avalon. ♦ *« ... un des savants les plus considérables de son temps, l'un de ses porte-parole intellectuels. »* Ernst Cassirer.

RÉF. : Joseph Bertrand, *D'Alembert*, Paris, 1889. — Max Forster, *Beiträge zur Kenntnis des Characters und der Philosophie d'Alemberts*, Hambourg, 1892. — Charles Larivière, *Catherine II et d'Alembert*, Paris, 1909. — Maurice Muller, *Essai sur la philosophie de J. d'Alembert*, Paris, 1926. — John Pappas, *Voltaire and d'Alembert*, Bloomington, 1962. — Roland Grimsley, *Jean d'Alembert*, Oxford, 1963. — Gilles Maheu,

La Vie et l'œuvre de Jean d'Alembert, univ. de Paris (thèse inédite), 1967. – Thomas L. Hankins, *Jean d'Alembert : Science and the Enlightenment*, Oxford, 1970. – Angelika Schober, *D'Alembert : der vermeintliche Vater des Positivismus*, thèse, Erlangen, 1983.

ALEXANDRE de Bernay. Nous ne connaissons pratiquement rien de la vie de ce poète français de la seconde moitié du XIIe siècle, l'un des principaux auteurs de la volumineuse compilation de poèmes qu'est le *Roman d'Alexandre*, comprenant plus de 20 000 « alexandrins » (ainsi appelés d'après le titre du roman, bien que déjà employés auparavant, notamment dans le *Pèlerinage de Charlemagne à Jérusalem,* du début du siècle). Il semble avoir été originaire de Bernay, dans l'Eure, et avoir vécu longtemps à Paris, car il est connu également sous le nom d'Alexandre de Paris. Il fait montre d'une habileté et surtout d'une érudition supérieure à celle des poètes qu'il continue ou qu'il remanie. On lui a longtemps attribué un poème d'un autre Alexandre, inconnu du XIIIe siècle, *Athis et Prophilias,* racontant les preuves (et les épreuves) de l'amitié des deux jeunes héros, le premier grec et le second romain ; une autre version porte le titre *Le Siège d'Athènes.*

RÉF. : P. Meyer, *Alexandre le Grand dans la littérature française du Moyen Âge,* 2 vol., Paris, 1886. – E. Faral, *Recherches sur les sources latines des contes et romans courtois du Moyen Âge,* Paris, 1913.

Alexandrin. Vers français de douze syllabes. L'alexandrin apparaît vers le milieu du XIIe siècle dans les chansons de geste, en particulier dans *Li Romans d'Alixandre.* Il viendrait d'un vers latin de douze syllabes, qui présente une morphologie comparable, l'asclépiade mineur. Il reste, jusqu'à nos jours, le vers le plus utilisé dans la poésie française.

Sous sa forme la plus classique, l'alexandrin est coupé par une césure (voir ce mot) à l'hémistiche (voir ce mot). Il reçoit alors deux accents fixes à la 6e et à la 12e syllabe. C'est pourquoi la césure lyrique (voir ce mot) est proscrite : « J'aime le carillon // dans tes cités antiques » (Hugo). Chaque hémistiche peut être lui-même partagé par une coupe, dont la position est variable, et qui détermine un accent secondaire : « Noble Flan / dre, où le nord // se réchau / ffe engourdi » (Hugo). À partir de cette forme canonique, l'alexandrin explore tous les effets possibles de discordance entre mètre et syntaxe. Les plus usuels sont le rejet, l'enjambement, le contre-rejet, le contre-enjambement (voir ces mots), d'ailleurs susceptibles de se combiner entre eux.

Les poètes romantiques, fidèles à l'alexandrin, s'attachent à en rompre la régularité binaire. Ils favorisent la césure pour l'œil, comme dans ce vers de Hugo : « Quoi donc ! c'est vainement qu'ici nous nous aimâmes... », et surtout la coupe ternaire qui définit l'alexandrin trimètre : « Vous voguerez, joyeux parfois, mornes souvent » (Hugo). Le symbolisme, quant à lui, propose des formes d'alexandrin libéré où les coupes 2 // 6 // 4 ou 4 // 6 // 2 ne permettent plus de parler de césure. Verlaine compose des alexandrins à mesure impaire, 3 // 5 // 4 par exemple, comme dans ce vers d'*Élégies, VII :* « Une troisième, récemment chanteuse au Havre, / Affectait / le dandinement / des matelots. » À partir de Gustave Kahn, le *e* atone en cours de vers est traité comme une valeur instable, prête à s'effacer selon les besoins de la métrique.

Dans la poésie du XXe siècle, l'alexandrin, même s'il est délaissé, garde toute sa force de référence : on le sent bien souvent affleurer dans le verset chez Claudel ou Saint-John Perse.

CHRISTIAN DOUMET.

ALLAIN Marcel : voir *Fantomas.*

ALLAIS Alphonse. Né le 20 octobre 1854 à Honfleur (Calvados), mort à Paris le 28 octobre 1905. Humoriste de vocation et de système, il fut toute sa vie la fantaisie en personne. On peut dire qu'il incarne vraiment la souriante anarchie qui fut le propre de la Belle Époque. Il débuta par un recueil de calembredaines : *À se tordre* (1891), et devait par la suite en donner beaucoup d'autres. Retenons : *Vive la vie !* (1892), *Rose et vert pomme* (1894), *Le Parapluie de l'escouade* (1894), *Deux et deux font cinq* (1895), *On n'est pas des bœufs* (1896), *Amours, délices et orgues* (1898), *L'Affaire Blaireau* (1899), et enfin le *Captain Cap* (1902). Pour le théâtre, il a écrit, seul ou en collaboration, quelques savoureuses comédies : *L'Innocent Sylvéric ou les Fonds hollandais* (joué au Théâtre des Nouveautés le 7 février 1896), *Monsieur la Pudeur* (joué au Théâtre Cluny le 4 décembre 1903). Jules Renard le tenait pour un grand écrivain. Il représente une forme du « nonsense » et de l'humour noir typique de son époque et sur laquelle André Breton ne s'est pas trompé avec l'*Anthologie de l'humour noir.*

♦ *« Il suffit de relire aujourd'hui les pâles facéties boulevardières d'un Alphonse Allais pour apprécier l'écart et mettre Courteline à son rang. »* Pierre Brisson.
♦ *« Il s'agit de rien moins* [*pour A. Allais*] *que d'éprouver une activité terroriste de l'esprit, aux prétextes innombrables, qui mette en évidence chez les êtres le conformisme moyen, usé jusqu'à la corde, débusque en eux la bête sociale extraordinairement bornée et la harcèle en la dépaysant du cadre de ses intérêts sordides, peu à peu. »* A. Breton.

RÉF. : Mme Leroy-Allais, *Alphonse Allais, souvenirs d'enfance et de jeunesse*, 1913. – Anatole Jakovsky, *Alphonse Allais, le tueur à gags*, 1955. – A. Allais, *Oeuvres anthumes* et *Oeuvres posthumes*, Laffont, « Bouquins », 1989 et 1990.

Allégorie. Du grec *allegoria :* langage par métaphore. Figure de style qui représente de façon imagée une notion abstraite. Elle se contente parfois d'écrire le mot abstrait avec une majuscule : « Beauté », « Temps » (Baudelaire, *Les Fleurs du mal* [*]), mais elle est, le plus souvent, précise au point de personnifier cette notion, en lui attribuant des vêtements ou objets symboliques ; elle peut même la faire agir, parler : « Le Temps, injurieux vieillard / Chaque jour frotte avec son aile rude » (Baudelaire, *Les Fleurs du mal*). Très présente dans la poésie du Moyen Âge, elle fut moins employée par la suite, mais connut une nouvelle heure de gloire au XIXe siècle où elle triompha notamment dans les arts plastiques. Dans le domaine littéraire, Victor Hugo a largement développé l'une des plus célèbres, celle de la mort, dans son poème « Morts » : « Je vis cette faucheuse ... / Elle allait à grands pas moissonnant et fauchant, / Noir squelette... » (*Les Contemplations* [*]).

ARLETTE BOUÉ.

Allemagne (De l'). Œuvre de Mme de Staël (baronne Germaine de Staël-Holstein, née Necker, 1766-1817). C'est l'étude de l'Allemagne saisie dans le moment complexe de son existence intellectuelle et morale qui vit la naissance du « Sturm und Drang », la renaissance de l'esprit classique et l'affirmation du romantisme. L'œuvre se divise en quatre parties : « L'Allemagne et les mœurs des Allemands » ; « La Littérature et les Arts » ; « La Philosophie et la Morale » ; « La Religion de l'enthousiasme ». Le livre commence par une description où les forêts, les grands fleuves, les neiges, les châteaux participent directement de l'âme du paysage et de la nature ; après quelques généralités sur le caractère et sur les mœurs des individus, on passe à une comparaison entre le Midi et le Nord. Le premier est qualifié de classique, le second de romantique ; puis vient une description de l'Autriche, de la Saxe et de la Prusse, avec un jugement sur leurs villes, leurs universités, leurs institutions sociales et la vie de cour. Dans la seconde partie, l'auteur disserte finement sur la littérature allemande, sur son caractère individuel et indépendant, sur sa tendance à la métaphysique et à la profondeur, et consacre une étude aux écrivains les plus importants : Wieland, dont elle admire le talent poétique essentiellement allemand, mais que vient tempérer un goût certain pour la philosophie française ; Klopstock, qu'elle porte aux nues comme poète ; Winckelmann, dont l'art a une dignité qui s'apparente à celle des monuments classiques ; Lessing, considéré comme un esprit nouveau et hardi ; Goethe, en qui se rejoignent toutes les principales caractéristiques du génie allemand ; Schiller, homme d'esprit éminent et d'une parfaite bonne foi.

Après avoir défini d'une façon géniale le romantisme, dont elle aime le nouvel idéal, l'auteur porte des jugements pénétrants sur les critiques allemands – les frères Schlegel – et sur les historiens – Müller, le poète, et Herder, l'historien religieux. Mme de Staël passe rapidement sur les beaux-arts et arrive à la philosophie en s'arrêtant particulièrement sur ses principaux représentants, depuis Kant, prince de la pensée, jusqu'à Fichte, qui a fait du moi l'âme même du monde. Les derniers chapitres sont consacrés à une étude de la pensée religieuse allemande, qui s'achève sur un hymne à l'enthousiasme, force vitale des individus et des nations.

Imprimé en 1810, le livre, désapprouvé par la censure impériale, fut saisi et détruit par la police de Napoléon ; il vit le jour seulement en 1813, en Angleterre, quand l'astre de l'empereur était déjà sur son déclin. Le libéralisme aristocratique et intellectuel de l'auteur, qui s'était affirmé à l'ombre de l'*Encyclopédie* (*) et qui était nettement en opposition avec la volonté dictatoriale de Napoléon, poussait Mme de Staël à exhorter la pensée française à la foi dans la liberté et à affirmer les valeurs de l'esprit contre la domination de la matière. Mme de Staël constate qu'en Allemagne, où la population fortement unie du point de vue ethnique est pourtant divisée du point de vue politique, commence à se manifester l'individualisme romantique ; pour expliquer un tel phénomène, elle a recours à une comparaison qui lui permettra de préciser ses propres pensées et de montrer les déficiences de sa patrie. Elle opposera les deux nations : la France, dont l'esprit a été desséché et abattu par la Révolution, et l'Allemagne qui, bien que démembrée et asservie, s'est redressée, riche de forces nouvelles. Le livre se présente donc surtout comme une œuvre ayant une valeur historique, par l'affirmation qu'il contient des théories libérales et par les liens qu'il établit entre la pensée française et le courant romantique allemand. Mme de Staël n'avait pas seulement fait connaître l'Allemagne aux Français, mais encore la France à elle-même.

Alliance de mots. Aussi appelée *oxymore* ou *oxymoron*, du grec *oxus* : « aigu », et *moros* : « émoussé ». Figure de style qui unit grammaticalement deux termes contradictoires par leur sens ou l'usage courant ; il s'agit souvent d'un groupe nom-adjectif : « Cette obscure clarté qui tombe des étoiles » (Corneille, *Le Cid* [*]). Cette figure, proche de l'antinomie (mots de sens contraire), est donc un cas particulier de l'antithèse. Comme elle propose une « cohabitation » inattendue, elle attire l'attention sur une nouvelle réalité, et se rencontre surtout dans les œuvres poétiques, soulignant une situation analysée avec pertinence : « Elle se hâte avec lenteur » (La Fontaine, « Le Lièvre et la Tortue »), ou un état d'âme profondément torturé : « Le soleil noir de la Mélancolie » (Nerval, *Les Chimères* [*], « El Desdichado »).

ARLETTE BOUÉ.

Allitération. Répétition de consonnes identiques ou phonétiquement apparentées. La fréquence inhabituelle d'un son ne pouvant être imputée au hasard, l'allitération est interprétée comme un effet d'expressivité. Elle concourt, dans certains cas très limités, à ce qu'on nomme « harmonie imitative » : « Pour qui sont ces serpents qui sifflent sur vos têtes ? » (Racine) ;

mais, la plupart du temps, elle n'a d'autre conséquence que d'attirer l'attention sur la teneur sonore de l'énoncé, mobilisant ainsi la fonction poétique du langage.

CHRISTIAN DOUMET.

AMIEL Henri Frédéric. Écrivain suisse d'expression française. Né et mort à Genève, 27 septembre 1821-11 mai 1881. De petite bourgeoisie protestante, il fut orphelin très jeune et élevé par son oncle au milieu de ses cousines qui étaient très nombreuses. Écolier modèle, grand liseur et ami de la solitude : tel nous apparaît Amiel au cours de son adolescence. Ses classes finies, ayant fait un héritage, il se rend en Italie (1842) où il demeure huit mois ; le séjour fut des plus fructueux : dans les musées de Rome, de Naples et de Florence, il eut tout loisir de se former le goût. De retour à Genève, il prit la décision d'aller faire en Allemagne ses années d'université, ce qui alors était le cas de maints étudiants de Suisse romande, la renommée des universités allemandes où enseignaient tant d'illustres professeurs n'étant pas encore assombrie par le développement du militarisme prussien. Amiel passera cinq années en Allemagne, de 1843 à 1848, consacrées surtout à l'étude de la philosophie, et en particulier de la philosophie hégélienne. À Heidelberg comme à Berlin, il eut le sentiment de recevoir une véritable initiation, si l'on en juge par les lettres qu'il envoyait à ses amis genevois et où s'affirme son enthousiasme. Schelling et Schleiermacher, tels sont ses maîtres après Hegel ; et, s'il lui arrive d'admirer le socialiste Proudhon, c'est parce qu'il voit d'abord en son œuvre une transposition française de la doctrine de Hegel. Quand il regagne sa ville natale, Amiel est encore sous le coup de ses découvertes passionnées de la métaphysique, de la poésie et de la musique allemandes. Genève le débilite et l'exaspère. L'année suivante (1849) il accède par concours à la chaire d'esthétique à l'Université, chaire qu'il échangera cinq ans plus tard (1854) contre celle de philosophie. Cet enseignement, comme on le sait, fut assez terne. Trop consciencieux, Amiel ennuyait son auditoire, les qualités de son esprit se prêtant mal à cette activité. Il n'en voulut pas moins conserver ses fonctions jusqu'à la veille de sa mort, mais ce fut pour lui un labeur où, comme on l'a dit, le sentiment du devoir accompli l'emportait de beaucoup sur la joie de l'accomplir. Du jour où il prit possession de sa chaire, Amiel ne quitta plus Genève que pour des cures ou des voyages de vacances. Tenu pour un original par beaucoup de ses concitoyens, il devait plaire à mainte femme, d'autant plus qu'il était bien fait de sa personne. Faute de savoir en choisir une, il resta célibataire, tout en gardant jusqu'à sa mort un large public féminin. S'il épousa quelqu'un, ce fut sa ville natale. Mariage désastreux, puisqu'il dit lui-même : « En épousant Genève, j'ai épousé la mort — celle de mon talent et de ma joie. » Cet Amiel, qui aux yeux de tous passait pour un heureux dans ce monde, fut en réalité un être déchiré parce qu'il s'était fait le bourreau de lui-même. Mais cela le public ne le sut qu'après sa mort. « S'appliquer à se connaître sans autre but que de se connaître, voilà le problème qu'Amiel s'imposait à lui-même avant sa trentième année » (Paul Bourget). Toute sa vie, il restera fidèle à ce funeste programme. En 1854, il publia un recueil de vers fort ordinaires intitulé *Grain de Mil,* qui obtint un succès d'estime. Il en fit d'autres par la suite : *Il Penseroso* (1858), *Jour à jour* (1880) et un volume de traductions, les *Étrangères* (1876). Notons, en passant, que la Suisse romande lui est redevable des paroles de son hymne : *Roulez, tambours* (1857), composé lors du conflit avec la Prusse à propos de Neuchâtel.

Tous les livres d'Amiel sont tombés dans l'oubli : au fond, il était tout, sauf un poète. Il avoue lui-même que « sa force est toujours critique ». À cet égard, Robert de Traz, tout comme d'ailleurs Thibaudet, observe qu'Amiel aurait pu être un critique littéraire de premier ordre : « le Sainte-Beuve genevois de la littérature internationale ». Malheureusement, il était trop marqué par l'idéalisme hégélien pour garder longtemps un contact avec le monde extérieur. Il eut beau tenter de réagir au point d'écrire : « On me croit féru de germanisme, mais ses vilains côtés m'agacent autant qu'un Parisien », ses efforts étaient condamnés à l'échec : à ses yeux le monde n'était plus guère qu'une allégorie. Se considérant comme une simple « boîte à phénomènes », il s'enferma dans un narcissisme dont on ne connaît pas d'analogue dans notre littérature. Son *Journal intime* en est la preuve. On sait qu'il ne cessa d'y travailler dès 1839, puis régulièrement pendant trente-quatre ans (1847-1881) : l'original ne compte pas moins de dix-sept mille pages. Sa publication complète fut assurée, à partir de 1976, par B. Gagnebin et Ph. Monnier (L'Âge d'homme, Lausanne). Œuvre posthume, qui fait d'Amiel un des plus grands moralistes du XIXe siècle. On sait qu'à la veille de sa mort il était persuadé que son nom sombrerait dans l'oubli. Sa gloire, il la doit avant tout à l'absolue sincérité de sa confession.

ROLAND PURNAL.

♦ *« L'histoire d'Amiel a ceci de consolant qu'elle prouve que même dans les plus cruelles maladies morales l'âme peut conserver sa noblesse et agoniser sans aucune souillure. »* Paul Bourget. ♦ *« Par personne peut-être la souffrance de se connaître n'a été ressentie avec autant d'intensité à la fois et de patience. »* Jacques Rivière. ♦ *« Quoi que l'on pense du caractère d'Amiel, il n'en demeure pas moins l'homme de la plus extraordinaire tentative qui ait jamais été faite pour dire la vérité sur soi-même. »* Edmond Jaloux.

RÉF. : A. Thibaudet, *Amiel ou la part du rêve,* 1929. — J. Vuillemier, *Le Complexe d'Amiel,* 1985.

Amours de Ronsard. Recueil de Pierre de Ronsard (1524-1585), publié en 1552. L'histoire des rééditions de cette œuvre est importante ; nous l'examinerons en son lieu. *Les Amours* ont été suivis de la *Continuation des Amours* (1555) et de la *Nouvelle Continuation des Amours* (1556). Le recueil de 1552 comprend cent quatre-vingt-trois sonnets, une « Chanson » et une « Amourette ». Il connut un grand succès et fut réédité l'année suivante, diminué de deux sonnets, augmenté de trente-huit autres et d'une « Chanson » et accompagné d'un très riche commentaire que l'humaniste Marc-Antoine de Muret avait rédigé pour mettre l'érudition ronsardienne à la portée du lecteur.

Ce recueil a pour inspiratrice une femme réelle, Cassandre Salviati, fille d'un banquier florentin établi à Blois. Ronsard la rencontra à un bal de la cour en 1545. Elle se maria peu de temps après, échappant sans doute aux prises du poète. Il ne faut pas lire *Les Amours* comme une œuvre autobiographique, mais comme le journal d'une vie amoureuse rêvée. Cette œuvre appartient à la mode naissante des « canzoniere » pétrarquistes. C'est dire que le projet amoureux est élevé, ambitieux et quelquefois désespéré. Dans le prolongement de la tradition courtoise, l'amant considère la belle comme un être absolu, lieu de beauté et de ravissement, lieu aussi d'une cruauté qui peut se manifester sans justification. Il se partage entre l'admiration, l'obéissance et le reproche. Une telle matière requiert un style « haut », riche en figures, dans lequel Ronsard se montre plus souvent grand poète qu'imitateur précieux. *Les Amours* sont redevables aussi à la tradition du néoplatonisme ficinien : l'amour est une des « fureurs » qui permettent à l'âme de retrouver l'Un, son lieu d'origine ; dans la sérénité, la femme conduit l'amant à la Beauté. Mais, chez Ronsard, ces inspirations sublimées ne sont pas sans contrepartie. Violemment sensuel, l'amant de Cassandre est l'un des rares poètes pétrarquistes à revendiquer les droits de la chair. Il use ainsi de propos sans équivoque et d'images audacieuses. Définir *Les Amours* de 1552-1553 comme abstraits, précieux et conventionnels, c'est ne les avoir lus qu'en surface. Ils révèlent au contraire un amoureux fou, pressé de rompre avec cette introversion qu'aimait le soupirant transi : poésie sauvage sous un vêtement d'apparat...

Pétrarquisme et néo-platonisme ne donnent pas à eux seuls leur noblesse à la sensualité de Ronsard : y contribuent aussi une mythologie généreuse et ornée (souvent rapportée à la légende troyenne de Cassandre) ; la présence d'un corps féminin glorieux pareil au marbre, aux pierres précieuses ; un décor plein d'âpreté (rochers, nature sauvage) ainsi que l'ambition d'un poète à vocation épique qui entend proclamer jusqu'aux limites du cosmos « l'amour qu'au cœur il porte enclose ». Malgré leur attrait, *Les Amours* ne sont pas toujours faciles à lire. Dès l'origine, on eut besoin de notes pour expliquer les allusions érudites et une langue quelquefois très savante, où dominent les inversions, les hyperbates et les figures élaborées. (Mallarmé, Char ou Bonnefoy en sont-ils moins poètes parce qu'ils ne se livrent pas à la première lecture ? Ainsi de Ronsard.) Le poète donne au sonnet, genre relativement nouveau en 1552, un essor décisif. Il limite la variation du sizain à deux combinaisons seulement : « ccd eed » et « ccd ede » avec alternance des rimes masculines et féminines. Le succès du recueil aidant, cette double disposition définira pour toujours le sonnet régulier français. Ronsard exploite la césure asymétrique du décasyllabe pour faire de ses poèmes des modèles de dynamisme. La vigueur de l'ensemble passe aussi par une forme variée et recherchée.

La *Continuation des Amours* (1555) comprend d'abord, et essentiellement, soi- xante-dix sonnets, puis quinze autres poèmes, dont cinq « Gayetés » reprises des « Folastries » de 1553. La *Nouvelle Continuation des Amours* (1556) se compose de soixante et un poèmes, dont vingt-cinq sonnets répartis en quatre groupes. Le Ronsard pétrarquiste s'affranchit. Certes, on trouve, quoi qu'on en dise, plusieurs poèmes à Cassandre dans la *Continuation* ; l'exigeante conquête de 1552 y fait entendre des échos répétés. Mais l'ensemble a changé : à l'idée succèdent les humeurs. Marie est une jeune fille de Bourgueil, d'un rang plus modeste que la dame des *Amours* ; c'est tout ce que nous savons d'elle. Ronsard l'a-t-il chantée parce qu'il l'avait rencontrée ou l'a-t-il rencontrée parce qu'il voulait changer de style ? Cette amante discrète partage sa place dans le recueil avec d'autres femmes aimées. Ronsard ne chante plus seulement l'amour, il philosophe à son sujet, prônant inconstance et variété. Le poète dialogue avec une jeune fille qu'il voudrait convaincre et non pas forcer. Les marques d'un style réflexif abondent (interjections : « Hé », « dites » ; dialogue supposé ; formules gnomiques, etc.). Quant au décor : plus de cosmos héroïque, mais une nature proche, un modeste village, une rose dont la parfaite simplicité efface les ors, les marbres et les pierres précieuses. Il faut s'étonner que le désir discret d'un amant peu engagé ait remplacé la sensualité et la passion violentes qui animaient les poèmes de 1552. Dans l'important « À son livre », Ronsard justifie son abandon de la rigidité pétrarquiste : celle-ci comprenait aussi bien le choix d'une maîtresse inaccessible que la façon altière de la chanter. Quant à la forme, l'alexandrin domine dans les sonnets. La souplesse de ce mètre est en symbiose heureuse avec la douceur du dire amoureux et sa forme dialogique. Les grands sonnets héroïques de 1552 disparaissent au profit de poèmes (sonnets également mais aussi chansons, élégies, odes) à la syntaxe fluide et simple. Inconstant jusque dans la forme, Ronsard ne respecte plus qu'une fois sur deux les règles du sonnet régulier qu'il avait imposées sans le vouloir trois ans plus tôt. Comme les autres poètes de la Pléiade à partir de 1554, Ronsard brûle ce qu'il a adoré. Dans la galerie des modèles, Pétrarque cède en partie sa place aux élégiaques latins et néo-latins.

Mais *Les Amours* et leurs *Continuations* ne sont pas classés pour autant. Ronsard ne veut pas de version *ne varietur* ! La production du poète obéit à un double mouvement de créations et de reprises corrigées. Les éditions collectives – surtout celles de 1560 et de 1578 – donnent l'occasion à Ronsard 1° d'ajouter des poèmes à ses *Amours*, 2° d'en retrancher d'autres, 3° de modifier la disposition des recueils. En 1560, Ronsard introduit la grande division binaire définitive : le *Premier Livre des Amours* (*Amours de Cassandre*, comme disent les sommaires à partir de 1578) reprend *Les Amours* de 1552 et 1553 avec quelques pièces du *Bocage* de 1554 et des *Meslanges* de 1555. Le *Second Livre* (*Amours de Marie*) reprend les *Continuations* (moins les odes), introduit les sonnets à Sinope publiés une année auparavant (Ronsard y retrouvait le grand amour audacieux), présente, entre autres nouveautés, l'admirable églogue intitulée « Le Voiage de Tours » ; il comprend un commentaire du poète Rémi Belleau. L'édition de 1578 représente l'autre grand moment du développement. La poésie amoureuse s'enrichit considérablement (en quantité : l'équivalent d'un troisième livre, mais les nouveaux recueils ne sont pas intégrés dans *Les Amours*). Le *Premier Livre* reste intact ; le *Second* est l'objet d'une division étonnante : première partie constituée du *Second Livre* de 1560, sensiblement diminué ; seconde partie, « Sur la mort de Marie », faite de pièces écrites récemment pour déplorer, dans un style funèbre baroque, la mort de Marie de Clèves, maîtresse d'Henri III : pauvre Marie de Bourgueil, trompée par les titres ! De nouveaux recueils s'ajoutent : *Les Amours d'Eurymédon et de Callirée* (pour Charles IX), très belle suite maniériste où dominent des rêveries sur la chasse et sur l'eau et le feu ; les *Sonnets et Madrigals pour Astrée*, pièces de commande ; les deux livres des *Sonnets pour Hélène* et enfin une section d'*Amours diverses.* De plus, le sonnet en décasyllabes se cantonne maintenant au *Premier Livre*, le sonnet en alexandrins au *Second. Les Amours* ont désormais leur visage définitif et les éditions collectives de 1584 et 1587 n'y changeront presque rien. En revanche, ces éditions (comme d'ailleurs celle de 1578) voient s'opérer des changements textuels internes souvent importants. Où sont les vrais *Amours* : dans la version vigoureuse et hardie des premières éditions, ou dans celle des trois dernières, toujours mouvante, qui voit un poète de plus en plus clair et classique triompher des résistances de la forme ? Le problème reste ouvert et les éditions modernes, dans leur variété, nous permettent d'apprécier tous les états du texte. Disons enfin que, dès leur naissance, *Les Amours* n'ont cessé d'intéresser les musiciens : beaucoup de poèmes se chantent et Ronsard le voulait ainsi.

A. G.

Amours du chevalier de Faublas (Les). Roman de Jean-Baptiste Louvet de Couvray (1760-1797), publié en dix-neuf parties à Paris, entre 1787 et 1790. Dès l'âge de seize ans, le chevalier de Faublas est conduit à Paris par son père en vue d'y parfaire son éducation. Visitant sa sœur dans un monastère, il ressent les premiers troubles de l'amour pour Sophie. Le comte de Rosambert, qui veut exciter la jalousie de la marquise de..., déguise le chevalier en femme et le conduit à un bal. La marquise, feignant d'être dupe et aidée en cela par son époux qui veut gagner les faveurs de la fausse demoiselle, initie Faublas aux « doux mystères de l'amour ». Le travesti du chevalier donne lieu à des méprises dignes des contes de Boccace ; Lovzinski, noble exilé polonais qui vit à Paris sous le nom de Du Portail, y contribue pour sa part. C'est sa propre fille, enfant qui lui fut volée jadis, que Faublas épousera. Mais le chevalier a donné son cœur à Sophie sans pour autant abandonner la marquise ni bien d'autres conquêtes. Le marquis de... s'aperçoit de ses relations coupables et défie en duel Rosambert, Du Portail et Faublas. Ce dernier blesse son adversaire et s'enfuit après avoir enlevé Sophie de son couvent. Au cours de sa fuite, il apprend que Sophie est cette enfant que Du Portail croit perdue. Après le mariage des jeunes gens, le Polonais disparaît avec Sophie qu'il veut soustraire aux égarements de Faublas. Le chevalier tombe malade, guérit grâce à la marquise, et rentre à Paris sous un habit de religieuse. Après une série d'aventures galantes, il est emprisonné puis délivré par la baronne Fonrose qui, lui ayant procuré des habits de femme, le place chez la comtesse de Lingolle sous le nom de Mlle de Brumont. Faublas aide la baronne à se venger de son trop vieux mari. Pour revoir Sophie, il s'introduit à nouveau dans le couvent, est reconnu, enfermé à la Bastille. La marquise obtient son élargissement ; elle est sur le point d'évincer ses rivales quand la baronne de Fonrose fait surprendre les amants. En voulant sauver Faublas, la marquise est tuée par son mari. Faublas s'apprête à fuir avec la comtesse, mais au même instant Sophie lui est rendue par son père. La comtesse se tue. Faublas perd la raison : finalement c'est le pur amour de Sophie qui le sauvera. Ce roman unit une sensibilité à la Rousseau au romanesque érotique de la littérature libertine du temps, dont le chef-d'œuvre reste *Les Liaisons dangereuses* (*) de Laclos. Mais la confusion des deux genres est réalisée au moyen de formules intermédiaires, qui ramènent tout aux aventures et ne s'attachent pas à la psychologie des personnages, si bien que le roman n'est qu'un tableau assez vivant de la vie élégante et voluptueuse du XVIIIe siècle.

Amours jaunes (Les). Recueil du poète Tristan Corbière (1845-1875), publié à Paris à compte d'auteur en 1873 aux éditions Glady spécialisées dans les livres licencieux, cette particularité n'annonçant d'ailleurs en rien le contenu du volume. Unique recueil d'un homme jeune qu'affligeait sa laideur et que son ardeur à vivre avait épuisé, *Les Amours jaunes* ont un caractère testamentaire qui par bien des côtés fait penser à Villon, grand ancêtre dans lequel Corbière ne pouvait que se reconnaître. Plus que du « journal d'une âme », il s'agit bien de la « mise en boîte » (pour ironiser à sa façon) des moments d'une existence conçue comme activité indéterminée où comptaient, au même titre que la poésie, l'avidité de la quête amoureuse (déçue) et plus souvent la liberté sans but. Pour turbulents qu'elles sont, *Les Amours jaunes* obéissent néanmoins à un évident souci de composition. La dédicace à Édouard Corbière, père du poète et romancier prisé à son époque, notamment pour son *Négrier* (1832), ne concède qu'apparemment à une soumission à l'autorité, car c'est plus réellement à une femme, Marcelle, amante passagère dont il eut souffrance et plaisir, que Corbière fait don de ses vers. Deux fables ; « Le Poète et la Cigale », « La Cigale et le Poète », encadrent le livre, sur lequel ne manque pas de s'interroger l'auteur. Qu'est-ce que « ça » ? « Une impudente pose », nous dit-il. Et encore : « Rien ou quelque chose ». Il revendique a priori une position excentrique et insurgée : « L'Art ne me connaît pas. Je ne connais pas l'Art. »

Livre personnel, *Les Amours jaunes* sont dominées par un narcissisme cruel où Corbière se plaît à offrir de lui l'image d'un raté, raté trop parfait, du reste. Constamment il bistourne en mètres syncopés son identité malheureuse de renégat, de paria, de décourageux, « pur héros de roman », d'amant mal aimé (le mot est de lui), de « poète contumace », « chassé par la rafale » et rêvant d'amours dont il choie de préférence l'impossibilité. Qu'on ne s'y trompe pas cependant. Il ne signifie par là aucune minoration de son être. Masochiste, il trouve son compte dans cette infériorité présumée, et ses poèmes d'amour, où la chair geint de désir, comme un toutou après une chienne, puisent une étonnante force dans la situation même où il se met. On peut « aimer jaune », comme l'on rit jaune ; la souffrance est là, mais il en naît un chant typique, cassé, ni éloge ni déploration, plutôt façon d'élever à la puissance d'un sarcasme, malgré tout esthétique, ce qui aurait pu n'être que douleur vive. Le voici évoquant « l'éternel madame » [*sic*], la « vénerie de Vénus », et donnant au besoin la parole à celle qu'il n'hésite pas à qualifier de « bête féroce ». La dérision plus ou moins malséante constitue bien pour lui une manière de vivre (pour ne pas mourir) et d'écrire, contaminant tout ce qu'il touche. Ainsi de célèbres paysages d'Italie devenus sous sa plume misérables chromos. Amant du paradoxe, ce chevaucheur de chimères impose aux mots et aux choses une systématique inversion qui les vide de leur substance la plus habituelle.

Les parties du livre consacrées à la Bretagne, « Armor » et « Gens de mer », tout en lui assurant plus tard une réputation toute régionale, ont finalement desservi sa gloire (un Gauguin qui n'aurait peint que Pont-Aven !) ; il y a certes là de réels chefs-d'œuvre, comme « La Rapsode foraine » et surtout « Le Bossu Bitor », fait divers qui prend les accents de la farce la plus tragique, mais on y perçoit trop fréquemment une espèce de « chic » (dont il aimait se réclamer) transformant presque en pièces à dire, en morceaux de bravoure (parlers des marins et voix rugueuses comme chez son contemporain Jean Richepin) des poèmes qui, voulant montrer l'authentique par la brutalité, finissent par ne plus être que parades d'une tapageuse originalité. Corbière le conçoit bien, qui prend soin de ne pas conclure son livre sur de tels textes, mais l'achève avec les « Rondels pour après » où, « voleur d'étincelles », « ferreur de cigales », « léger peigneur de comètes », il suppute avec une délicatesse aigre-douce la fin du poète qu'il est.

Il n'est pas certain dorénavant qu'il puisse jamais échapper à une certaine image qu'il a d'ailleurs largement contribué à répandre, celle d'un bohème impénitent, « nature » de primesaut et cœur infortuné. Son intervention dans le domaine de la poésie fut pourtant décisive. L'oralité manifeste de son tempérament a brisé le vers, en a fragmenté le flux. De multiples formes d'interruptions et de « raccrocs » travaillent les phrases, démembrent les poèmes qui, la plupart du temps, persistent néanmoins à épouser des moules classiques, le sonnet ou le rondeau par exemple. Son langage n'est jamais en repos ; perpétuellement il produit une nouvelle donne, quitte à se frotter d'argot, à se calquer sur des airs de chansons populaires ou à développer d'insolites comparaisons comme ces « Litanies du sommeil » admirées d'André Breton qui y percevait quelque exemple avant la lettre d'écriture automatique. Avec Corbière le chant est plutôt « déchant » qui, devant en découdre avec la vie, prend un éclatant plaisir à défaire l'expression et la prosodie, avance par heurts et cahots, accumule les incidents de parcours et détourne par les moyens du plus douloureux humour le moindre vocable pour en provoquer les nombreux sens dérivés ou de singuliers à-peu-près attentatoires. Cette pratique, hautement ludique, devait vite attirer l'attention de plusieurs écrivains bien résolus à renouveler la langue poétique. Verlaine, fort tôt, découvrit Corbière — on ignore, à vrai dire, par quel hasard ! — comme en témoigne la notice qu'il lui consacra dans ses *Poètes maudits* (1884). Mais c'est surtout grâce à Jules Laforgue, qui procède profondément de cette œuvre (« l'intérêt est dans le cinglé, la pointe sèche, le calembour, la fringance », en dira-t-il), que *Les Amours jaunes* auront un effet durable, répercuté tant sur certains « fantaisistes français » que sur les plus hautes figures de la poésie mondiale, T. S. Eliot et Ezra Pound qui, au contact de ces vers, apprendront une certaine forme de violence râpeuse, voire de ton désaccordé, annonçant les désharmonies méditées de l'art moderne.

J.-L. St.

Amphitryon. Œuvre de Molière (1622-1673), représentée en 1668. Elle dérive de la comédie latine *Amphitryon* [*Amphitruo*] de Plaute (Titus Macchius Plautus, 251 env. – 184 av. J.-C.). Avec la peinture très vivante et comique de quelques mésaventures conjugales, qui faisaient déjà partie de la légende et des mythes religieux, la comédie de Plaute lançait un thème dont la vogue sera grande au théâtre. Jupiter amoureux d'Alcmène descend sur terre et, avec son fidèle Mercure, messager de l'Olympe, va au palais de Thèbes où elle réside en tant que femme du souverain ; sous les traits de son mari Amphitryon qui, en réalité, est à la guerre à la tête de l'armée, il se présente à elle. Alcmène l'accueille, le prenant pour son mari, et tout émue par la valeur qu'il a déployée dans la bataille, elle s'abandonne au cours d'une longue nuit d'amour. Cependant survient le véritable Amphitryon, précédé de son serviteur Sosie ; la rencontre de celui-ci avec le faux Sosie (c'est-à-dire Mercure), qui est de garde à la porte, est le signal d'une vive dispute demeurée si populaire — surtout dans la version de Molière — qu'elle a donné naissance au terme de « sosie » pour définir le double d'une personne. Jupiter prend alors congé. Amphitryon, de retour du camp, vient à apprendre qu'il a passé la nuit chez lui, et il s'éloigne plein de souci et de soupçons. Cependant Jupiter revient, et la fiction rebondit, car le véritable Amphitryon étant arrivé inopinément, on ne sait plus, sur la scène, reconnaître lequel des deux est le vrai. Toutefois, par un dénouement quelque peu improvisé, la nouvelle de la naissance de jumeaux — c'est-à-dire d'un fils d'Amphitryon et du demi-dieu Hercule, fruit des amours d'Alcmène et de Jupiter — termine la comédie.

★ En 1668, année qui voyait également la création de *L'Avare* (*), Molière adoptait deux pièces de Plaute. Plus qu'une découverte nouvelle ou une soudaine admiration, il faut y voir le résultat d'une conjoncture, et peut-être un défi à ses détracteurs. La conjoncture, c'est le succès croissant du théâtre à machines et de ses propres comédies-ballets. On sait que la précédente adaptation de l'*Amphitryon* de Plaute (1637), *Les Sosies* de Rotrou, avait déjà été transposée en pièce à machines par le théâtre du Marais sous le titre *La Naissance d'Hercule* (1650). Le défi qui a pu doubler cette conjoncture était d'aller chercher chez Plaute, détesté par ces mêmes délicats qui contestaient à Molière d'être le Térence du XVIIe siècle, une pièce qui roule tout entière sur le thème du cocuage, pour en faire, par le recours aux vers libres et à la délicatesse des sentiments, un modèle d'élégance et ce, jusque dans les scènes les plus bouffonnes qui mettent aux prises Sosie et son double, Mercure. La trame est, en gros, celle de la pièce de Plaute, telle qu'elle a été revue par Rotrou, à ceci près que Molière a pourvu Sosie d'une épouse, Cléanthis, multipliant d'autant les scènes burlesques. Cette pièce n'est pas remarquable seulement pour la qualité de l'adaptation, pour sa poésie et son comique : quelles que soient les dettes de Molière envers Plaute et Rotrou, *Amphitryon* apparaît aussi comme une œuvre pleinement moliéresque. D'une part le dramaturge a multiplié les jeux de théâtralité, comme dans le monologue initial de Sosie, qui devient une véritable répétition théâtrale où Sosie s'adresse à sa lanterne figurant Alcmène, tout en admirant de l'extérieur, en spectateur, les qualités du récit qu'il est censé faire à la jeune femme. D'autre part, cette histoire d'usurpation d'identité devient chez lui le traitement le plus approfondi d'un des thèmes sur lesquels il est le plus souvent revenu, l'imposture.

AMYOT Jacques. Traducteur. Né à Melun le 30 octobre 1513, mort à Auxerre le 6 février 1593. De famille assez pauvre, Amyot fait pourtant des études au collège du Cardinal Lemoine, puis au collège des Lecteurs royaux, où il est élève de Pierre Danès et de Vatable. Devenu précepteur des enfants de Jacques Colin, lecteur ordinaire du roi, recommandé par ce dernier à Marguerite, sœur de François Ier, il est nommé lecteur public de grec et de latin à l'université de Bourges (1536). Dès 1542, il entreprend sa traduction des *Vies des hommes illustres* de Plutarque. Ayant quitté l'Université en 1543, il reçoit quatre ans plus tard l'abbaye de Bellozane des mains de François Ier, à qui il avait dédié sa traduction manuscrite de la *Vie de Demetrius.* Mais Amyot, depuis longtemps, désirait se rendre en Italie, et consulter les manuscrits de la bibliothèque du Vatican. Jean de Morvilliers, ambassadeur de France à Venise, l'emmena avec lui en 1547, date où paraît la traduction par Amyot des *Amours de Théagène et Chariclée.* En 1550, Amyot est à Rome, hôte de l'évêque de Mirepoix. Un an plus tard, il est chargé de porter une lettre du roi au concile de Trente, et d'y protester contre les prétentions temporelles du Saint-Siège. Après un nouveau voyage à Venise en 1552, et la publication, en 1554, de sa traduction de Diodore de Sicile, Amyot est présenté par L'Hospital à Henri II, qui le nomme précepteur des enfants de France, les futurs Charles IX et Henri III. L'année 1559 voit paraître, ou reparaître, les principales traductions d'Amyot : réédition de *Théagène et Chariclée,* publication des *Amours de Daphnis et Chloé*, traduites de Longus, et surtout première édition des *Vies des hommes illustres,* dédiées au roi. À l'avènement de Charles IX, son ancien élève, Amyot, malgré une vive opposition à Catherine de Médicis, est nommé grand aumônier de France (1560), conseiller d'État, et plus tard conservateur de l'université de Paris. Désormais les éditions des *Vies* de Plutarque se succèdent. En 1570, Amyot devient évêque d'Auxerre. En 1572, il publie à Paris la traduction des *Œuvres morales* de Plutarque. En 1578, Henri III le nomme commandeur de l'ordre du Saint-Esprit, lors de la fondation de celui-ci, le dispensant des quartiers de noblesse requis.

Son attitude pacifique, en ces temps de guerres de religion, lui vaut, à plus de soixante-dix ans, de pénibles aventures. Accusé d'avoir approuvé l'assassinat du duc de Guise (1588), il est en butte aux sévices des ligueurs, qui vont jusqu'à le déclarer excommunié ; tout cela l'oblige à s'éloigner quelques mois de son évêché. Mais sitôt les passions un peu calmées, il rentre, et le cardinal Cajetan, nonce du pape, l'ayant rétabli dans ses droits le 2 mai 1590, il s'adonne désormais exclusivement à l'étude de *La Bible* et des Pères.

Il suffit de lire quelques pages de Montaigne pour voir à quel point le XVIe siècle a aimé chercher ses belles pensées et ses grands exemples dans l'Antiquité. Passion des lettres et passion de l'héroïsme, ces deux traits essentiels de l'époque expliquent la vogue des *Vies* de Plutarque, souvent publiées en grec ou traduites en latin au cours de la première moitié du XVIe siècle. Mais Amyot va les répandre dans le large public français : sa première qualité est une passion de l'exactitude. Il a soigneusement consulté les manuscrits italiens de la Vaticane ; il s'inspire aussi des traductions latines, et ne cessera d'améliorer son texte, au fur et à mesure des rééditions, soit en ce qui concerne le style, soit en ce qui concerne l'interprétation. Ainsi présente-t-il son édition de 1565 comme « revue et corrigée en infinis passages,... à l'aide de plusieurs exemplaires vieux escripts à la main, et aussi du jugement de quelques personnages excellents en sçavoir ». Pourtant, bien qu'il affirme que la tâche d'un vrai traducteur ne consiste pas seulement à rendre le sens avec fidélité, mais aussi à imiter autant que possible le style de l'auteur, Amyot reste fort loin des méthodes modernes. Il nous amuse, lorsqu'il affuble les personnages de l'Antiquité de titres modernes, donnant, par exemple, aux stratèges grecs leurs grades d'officiers dans l'armée de Henri II. Il inquiète un peu lorsqu'il bouleverse l'ordre des mots et des phrases. Il semble avoir comme recréé Plutarque. La manière touffue et embarrassée du Grec disparaît chez Amyot, avant tout soucieux de clarté, d'aisance, de rythme. Infidèle, il l'est certes, assez souvent : mais c'est parce qu'il refuse résolument les tours savants, les néologismes, les hellénismes, parce qu'il s'est juré de n'écrire que dans un français libre de toute tutelle étrangère. Que cherche-t-il ? À intéresser les lecteurs de son temps en leur plaisant. C'est d'abord l'enseignement moral de Plutarque qu'il veut mettre à la portée des contemporains. Une érudition radicalement subordonnée à la culture de l'homme, cet idéal de l'époque classique est déjà l'idéal d'Amyot. Il écrit une langue pleine de fraîcheur, merveilleusement riche, mais qui doit plus au commun parler du peuple qu'à l'érudition. Traducteur, il parvient à se faire lire comme un auteur original. Son influence fut considérable : un Montaigne, par exemple, ne prit-il pas Amyot pour « bréviaire », ne lui donna-t-il pas « la palme sur tous nos écrivains français » ? Quelque décri lui vint du XVIIe siècle. On alla jusqu'à lui reprocher d'être un plagiaire. Il garda heureusement ses fidèles, et parmi les meilleurs, l'Académie, Vaugelas, La Bruyère, Racine le louèrent, en tant qu'écrivain ayant soumis au bon sens toutes les fantaisies de style. Cinquante ans plus tard, c'est encore dans Amyot que Jean-Jacques Rousseau apprendra à lire. On ne voit guère qu'un August Wilhelm von Schlegel, l'adaptateur allemand de Shakespeare, qui, comme Amyot, se soit affirmé un écrivain de premier rang par ses seules traductions.

♦ *« Nous autres ignorants étions perdus si ce livre* [la traduction de Plutarque par Amyot] *ne nous eût relevés du bourbier ; grâce à lui nous osons à cette heure et parler et écrire ; les dames en régentent les maîtres d'école ; c'est notre bréviaire. »* Montaigne. ♦ *« Quelles obligations ne lui a pas notre langue, n'y ayant jamais eu personne qui en ait mieux su le génie et le caractère que lui, ni qui ait usé de mots et de phrases si naturellement français, sans aucun mélange des façons de parler des provinces qui corrompt tous les jours la pureté du vrai langage français. »* Vaugelas. ♦ *«... Célèbre par son savoir, par ses ouvrages, par ses mœurs, par une vie très épiscopale. »* Duc de Saint-Simon.

RÉF. : René Sturel, *Jacques Amyot, traducteur des « Vies parallèles » de Plutarque,* 1908. — Alexandre Cioranescu, *Vie de Jacques Amyot,* 1941. — Robert Aulotte, *Amyot et Plutarque. La Tradition des « Moralia » au XVIe s.,* 1965. — *Fortunes de Jacques Amyot,* ouvr. collectif, Paris, 1986.

Anabase. Poème en dix chants, encadré par deux « chansons », de Saint-John Perse (pseud. d'Alexis Léger, 1887-1975, prix Nobel 1960), publié en 1924. Salué comme un chef-d'œuvre par les plus grands esprits européens et rapidement traduit en plusieurs langues, cet ouvrage compte parmi les plus hautes références de la poésie française contemporaine. Unique par l'extrême élaboration du langage, qui semble à la fois conçu pour fasciner l'esprit et pour le tenir à distance, il se présente d'abord comme un art du verbe basé sur le dépaysement des mots, que la hauteur du ton et l'éloignement du vocabulaire usuel chargent de sens nouveaux. Cette hauteur permanente du ton, parce qu'elle est véritablement épique (on a souvent dit que Saint-John Perse était le seul poète épique français), facilite en un sens la communication première avec l'œuvre : elle permet en effet d'y lire, comme en quelque récit tiré d'époques légendaires, l'aventure militaire d'un conquérant, maître de vastes terres et bâtisseur de villes. Ainsi nous sont montrés : la marche en avant, l'arrivée sur un site propice, le choix des plans de la cité future, la consultation des augures. Cette « création » terminée, le conquérant se tourne vers d'autres songes et, inlassablement attiré par cette « éternité qui bâille sur les sables », il reprend sa quête à travers les déserts jusqu'au seuil d'une grande et nouvelle contrée à faire sienne.

Au-delà de cette épopée de l'action, c'est le poème de toute entreprise supposant conquête et création qui se découvre peu à peu : le chant de l'effort de l'homme faisant œuvre à la poursuite de l'absolu. Derrière l'épopée guerrière, l'épopée métaphysique se dessine, reculant sans cesse les frontières de la découverte et de la lecture, car une Idée, dès qu'elle est conquise, impose la soif d'une autre Idée. Quant au style, haché de coupures brusques, toute sa structure est organisée de façon à rendre sensibles l'âpreté, la dureté, la hauteur d'un monde orienté tout entier vers la purification et la maîtrise de soi. Il en est de même des images, placées souvent sous l'invocation du sel (« mathématiques suspendues aux banquises du sel », « l'idée pure comme un sel », etc.) et qui disent la sèche et vive et pure région où l'élan créateur se minéralise dans la création.

Anachronisme. Manipulation de la chronologie consistant à placer un fait, un objet, une idée ou un sentiment avant ou après la date ou l'époque adéquates. Hugo fait dire à Charlemagne : « Tu rêves comme *un clerc en Sorbonne.* » Synonymes : prochronisme, parachronisme, métachronisme, achronie (rapprochements spatiaux ou thématiques chez Proust), uchronie (en science-fiction). Le *Dialogue des morts* est un anachronisme constitué en genre.

OLIVIER POT.

Anacoluthe. Du grec *anakoluthon* : « absence de suite ». Figure de style désignant une rupture de la construction de la phrase. Cet écart par rapport à la syntaxe courante crée un effet de surprise, qui attire l'attention et renforce donc la pensée : « Le nez de Cléopâtre, s'il eût été plus court, toute la face de la terre aurait changé » (Pascal, *Pensées* [*]). Cependant elle désigne, parfois, une maladresse due à la longueur excessive d'une phrase dont la construction est incorrecte.

ARLETTE BOUÉ.

Anagramme. Du grec *anagramma* : « renversement de lettres ». Désigne la transposition des lettres d'un mot ou groupe de mots permettant d'en former de nouveaux. Elle peut n'avoir aucune signification particulière ; certains écrivains ont choisi, pour éviter la censure, de remplacer leurs nom et prénom par leur anagramme, comme François Rabelais devenu « Alcofribas Nasier ». Mais le résultat obtenu grâce à cette permutation possède quelquefois une connotation, tel Boris Vian transformé en « Bison Ravi ». Des linguistes ont voulu voir, à travers les anagrammes de mots figurant dans certains poèmes, leurs thèmes fondamentaux ; toutefois, cette interprétation est maintenant contestée, en particulier par le sémioticien Michel Arrivé.

ARLETTE BOUÉ.

Analogie. Du grec *analogia* : « correspondance ». Relation qui unit deux objets, notions, phénomènes appartenant à des domaines différents, mais possédant des similitudes dans leur aspect, dans leur déroulement, mises en évidence par ce rapprochement. Elle peut être cocasse, comme lorsque le paysan Lubin prend George Dandin pour Claudine, une suivante dont il est épris, et lui murmure : « Ah ! que cela est doux ! Il me semble que que je mange des confitures » (Molière, *George Dandin*). Baudelaire a nommé « correspondances » ces relations entre des perceptions relevant de sens différents : « Les parfums, les couleurs et les sons se répondent » (*Les Fleurs du mal* [*], « Correspondances »), ou entre le monde matériel et le monde spirituel. Certaines figures de style reposent sur l'analogie : comparaison, métaphore, personnification, allégorie. Le raisonnement par analogie, quant à lui, s'efforce de tirer des conclusions à partir de mises en relation de ce type.

ARLETTE BOUÉ.

Anaphore. Du grec *anaphora* : « action de s'élever ou de se référer à ». Figure de style qui, en répétant un ou plusieurs mots en tête de vers, phrase ou paragraphe, marque le rythme, souligne une idée, une obsession. On la rencontre surtout dans des textes argumentatifs, discours oratoires, ou poétiques : « Rome, l'unique objet de mon ressentiment ! / Rome, à qui vient ton bras d'immoler mon amant ! / Rome qui t'a vu naître et que ton cœur adore ! / Rome enfin que je hais parce qu'elle t'honore ! » (Corneille, *Horace* [*]).

ARLETTE BOUÉ.

Anciens et Modernes. Cette opposition renvoie à un débat esthétique majeur des dernières années du règne de Louis XIV ; en fait, cela a commencé dès les années 1650, lorsque se posa la question de l'usage du merveilleux chrétien dans la poésie épique, que défendaient les Modernes, puis, vers 1670, lorsqu'il fallut choisir entre le latin et le français pour célébrer la gloire du roi. La querelle proprement dite éclate en 1687, avec la lecture par Charles Perrault, devant l'Académie, de son poème sur *Le Siècle de Louis le Grand :* il y célèbre les auteurs français modernes, en les opposant aux auteurs de l'Antiquité grecque et latine. Boileau y répond, notamment dans la *Satire X,* sur les femmes ; ses *Réflexions sur Longin,* qui défendent la notion de sublime, répliquent au *Parallèle des Anciens et des Modernes* que Perrault écrit de 1688 à 1697. Les deux adversaires se réconcilient officiellement en 1694. La bonne imitation, qui sait faire le choix dans le patrimoine littéraire de l'Antiquité, a aussi été défendue par La Fontaine (*Épître à Huet,* 1687). Perrault défend la culture moderne, qui est celle des mondains, et surtout celle des femmes (qui n'apprennent pas le latin à l'école, et encore moins le grec). La seconde querelle (1714- 1716) opposera Anne Dacier, fameuse traductrice d'Homère, au moderne adaptateur de l'*Iliade*, Antoine Houdar de La Motte.

EMMANUEL BURY.

Andromaque. Tragédie en cinq actes de l'auteur dramatique Jean Racine (1639-1699), représentée le 18 novembre 1667 à Paris, à l'hôtel de Bourgogne (une représentation privée avait eu lieu la veille dans l'appartement de la reine). L'action se déroule entre quatre personnages principaux étroitement liés selon le principe de la chaîne amoureuse de la pastorale : Oreste aime Hermione qui aime Pyrrhus qui aime Andromaque qui, fidèle à son mari défunt, n'aime personne. Dans le palais de Pyrrhus, à Buthrote, capitale de l'Épire, Hermione attend les noces promises et pour lesquelles elle est venue de Sparte. Mais le fils d'Achille temporise, la néglige, car il aime Andromaque, veuve du héros troyen Hector, sa captive, à laquelle il offre sa main, sa couronne et en même temps le salut de son fils Astyanax qu'elle soustrait par ruse au carnage troyen. Les Grecs, inquiets de cette survie d'un jeune prince ennemi, envoient Oreste chez Pyrrhus pour lui réclamer l'enfant. Oreste, passionnément épris d'Hermione, espère que Pyrrhus refusera en renvoyant sa fiancée, qui pourrait alors accepter son amour ! La menace des Grecs est une arme aux mains de Pyrrhus qui essaie de convaincre Andromaque. Celle-ci, bien qu'angoissée, oppose de la résistance. Hermione ne cache pas à Oreste qu'elle aime Pyrrhus et qu'elle espère ne pas le perdre ; elle accepte toutefois qu'Oreste demande à son rival de choisir entre elle et Astyanax. Contre toute attente, Pyrrhus se déclare prêt à livrer l'enfant et à épouser Hermione. Oreste est désespéré ; Hermione rayonne de bonheur et affiche le mépris le plus ironique envers la femme troyenne qui vient la supplier de lui rendre son enfant. Soudain, un retournement complet a lieu, grâce à une entrevue entre Pyrrhus et sa prisonnière ; ce prince, toujours épris d'Andromaque, lui offre de l'épouser et de sauver ainsi son enfant : sinon, tout est perdu. Andromaque, devant cette cruelle alternative, semble céder : son intention est d'épouser Pyrrhus, d'obtenir ainsi sa protection pour l'enfant et, aussitôt après, de se donner la mort. Hermione, devant cette suprême injure – l'autel apprêté pour elle va recevoir Andromaque ! – appelle Oreste et, invoquant son amour, le pousse à tuer Pyrrhus. Elle attend le résultat, toujours partagée entre l'amour et l'orgueil ; les hésitations d'Oreste attisent sa soif de vengeance. Mais lorsque le jeune homme vient lui annoncer qu'il a tué l'amant infidèle, Hermione laisse éclater sa douleur et son amour, repousse l'homme qui a obéi, à la lettre, à ses injonctions (« Qui te l'a dit ? »), puis elle court se tuer sur le cadavre de Pyrrhus. Oreste devient fou.

C'est avec *Andromaque* que naît véritablement la tragédie racinienne. Qu'elle constitue, par-delà *Alexandre*, un retour au mythe, est la moindre de ses caractéristiques. Les cornéliens ne s'y sont pas trompés qui ont attaqué le galanterie et la tendresse pour ne pas voir la révolution que constituait cette tragédie. Car si Racine est loin de faire table rase, la synthèse qu'il propose se situe finalement à égale distance de la tragédie cornélienne et de la tragédie romanesque et galante. Reprenant à Corneille le « grand intérêt d'État », il l'associe à la conception de la passion irrésistible issue de la tragédie galante, et invite ainsi une nouvelle forme d'intérêt tragique : la rencontre entre des intérêts politiques inévitables et des intérêts amoureux irrésistibles. D'où la mise au premier plan de conflits intérieurs insolubles et insurmontables. Chez Corneille, l'amour était une passion maîtrisable, qu'on devait et qu'on finissait par pouvoir combiner avec (ou soumettre à) la politique et la liberté du moi. Dans *Andromaque*, le drame de tous les personnages vient de ce que la politique réclame exactement le contraire de ce qu'ils veulent (Oreste, exigeant au nom des Grecs que Pyrrhus épouse la femme qu'il adore de son côté, en est le symbole), et de ce qu'en outre, chacun désirant qui ne peut le satisfaire, le choix politique est en même temps le choix de la vengeance (témoin Pyrrhus qui menace Andromaque d'épouser Hermione et d'abandonner ainsi son fils Astyanax réclamé par les Grecs). On retrouve donc la technique chère à Corneille du choix impossible (le dilemme), mais aucun personnage ne finit par choisir la postulation supérieure, celle qui chez Corneille transcende les deux termes de l'alternative (sauf Andromaque qui avait fini par accepter d'épouser Pyrrhus pour se suicider ensuite), la force d'entraînement de la passion finissant toujours par être la plus forte.

On saisit les conséquences de cette utilisation très particulière de la chaîne amoureuse que Racine a empruntée au genre de la pastorale dramatique (A aime B qui aime C qui aime D) : Andromaque, le dernier maillon de la chaîne, n'est pas une « belle inhumaine » susceptible de découvrir l'amour à la fin, et Hermione et Pyrrhus (B et C) sont trop enferrés dans leur passion respective pour être susceptibles de reporter leur amour sur qui les aime. La tragédie naît donc de ce que la passion fatale est incompatible avec la chaîne amoureuse, et l'action tragique naît du balancement entre les vaines espérances et les accès de clairvoyance de chacun : d'où le jeu permanent des paroles données et reprises, des espoirs presque réalisés qui s'écroulent, et des promesses intenables qui débouchent sur la mort et sur la folie. On voit que les cornéliens faisaient un faux procès à Racine : des héros tout occupés d'amour, certes ; mais personne n'avait montré jusqu'alors que cela pouvait déboucher sur une scène irrémédiablement dévastée.

ANEAU Barthélemy. Poète et romancier. Né à Bourges vers 1505, assassiné à Lyon le 5 juin 1561. Après des études à Bourges, où il suit des cours de grec fréquentés par de nombreux savants français et européens, souvent proches du courant évangélique de réformation de l'Église ou luthériens, il fait carrière à Lyon, dont les consuls lui ont toujours été favorables de 1533 à sa mort. « Régent » (professeur), puis principal du collège de la Trinité dans cette ville, il se montre un pédagogue novateur et attentif, soucieux de faire instruire les enfants en latin, grec, et toutes sciences. Quelques interruptions lui permettent de revenir à Bourges (1552- 1553), dont il fait l'éloge dans la *Jurisprudentia* (1554), et surtout de travailler dans les ateliers des grands imprimeurs lyonnais. Il aide à l'édition de nombreux ouvrages, et traduit des œuvres importantes qu'il accompagne généralement d'un commentaire perspicace (Eucher, Érasme, Platina, Gesner, Flavius Josèphe, etc. et surtout les *Emblèmes* du juriste italien Alciat en 1549 et la troisième *Métamorphose* d'Ovide en 1556) ; il destine plusieurs textes à la mise en musique (*Chant natal* de 1539, puis *Genethliac* de 1559), ou à la scène (*Mystère de la Nativité*, 1539, *Lyon marchant, satire françoise*, 1542, pastorale pleine de références à l'actualité). Sa réputation de savoir et sa curiosité pour les arts de représentation le font contribuer en 1548, 1550 et 1559 aux fêtes officielles lors de l'entrée de personnages importants dans la ville. Il manifeste alors son goût pour un genre en plein essor, l'emblème, qui cumule poème et figure s'expliquant l'un l'autre : dans la lignée d'Alciat, il compose pour les figures de son imprimeur Macé Bonhomme les vers de l'*Imagination poétique*, qui paraît à la fois en latin et en français (1552), après les *Décades de la description, forme et vertu naturelle des animaulx* (1549). On lui a redonné au XXe siècle le *Quintil Horatian* anonyme de 1550, qui l'a fait mépriser bien à tort, car il y attaque le plus souvent avec lucidité la *Défense et illustration de la langue française* (*) de Du Bellay. Son chef-d'œuvre est cependant sans doute son unique roman, *Alector ou le Coq, histoire fabuleuse*, d'une structure nouvelle très efficace et d'une imagination qui cumule avec verve les symbolismes de son temps. Le premier livre en paraît un an avant que l'auteur soit assassiné comme hérétique lors de la procession de la Fête-Dieu de 1561 : ses goûts aventureux pour la philosophie hermétique et pour toutes sortes de savoirs ne plaisaient ni aux fanatiques catholiques, ni à Bèze ni à Calvin.

MARIE-MADELEINE FONTAINE.

Angoysses douloureuses qui procèdent d'amours (Les). On peut tenir cet ouvrage d'Hélisenne de Crenne (pseud. de Marguerite de Briet 1500/1510 ?-après 1560), publié à Paris en 1538, pour le premier roman français, au sens moderne du mot. Le roman, écrit à la façon d'une autobiographie mais qui n'en est pas une, se divise en trois parties (vingt- huit, seize et douze chapitres) : la troisième partie s'achève par un codicille (l'*Ample narration faicte par Quezinstra en regrettant la mort de son compagnon Guenelic & de sa dame Helisenne*) en deux chapitres.

Dans la première partie, le « je » narrateur assume le nom d'Hélisenne, protagoniste féminin de l'histoire, pour raconter qu'elle a été « procréée de noblesse » et qu'elle a perdu son père lorsqu'elle avait un an. Sa mère, après lui avoir donné une éducation très soignée, la marie à onze ans à un gentilhomme à elle « estrange parce qu'il y avait grande distance de son pays au mien », écrit la romancière. Les époux ne s'en aiment pas moins d'un « amour mutuel et réciproque » et, avant qu'Hélisenne ait atteint sa treizième année, elle « excede toutes aultres femmes en beaulté de corps ». Un procès « pour une terre litigieuse » oblige le ménage à se déplacer dans une ville voisine. C'est là que pour la première fois Hélisenne voit le jeune et beau Guenelic, dont nous connaîtrons le prénom seulement au XIXe chapitre. Dans un regard c'est le coup de foudre ! Au regard, s'ajoutent un échange de lettres et des rencontres à l'église et au tribunal (les deux premiers degrés de l'amour). Indiscrétions de l'ami, jalousie du mari (nous ne saurons jamais son nom), lequel essaie de reconquérir sa femme soit par la douceur soit par la violence. Cependant, ayant découvert les « écritures » de celle-ci, il la relègue au château de Cabasus (c'est-à-dire de Crenne).

Les deuxième et troisième parties, dans lesquelles Guenelic assume le « je » par la plume d'Hélisenne, narrent les pérégrinations de l'ami à la recherche de sa dame. Après plusieurs voyages, aventures, tournois et batailles, il découvre finalement la tour où Hélisenne est emprisonnée, la libère mais, épuisée, elle meurt dans ses bras après lui avoir fait cette recommandation : « Et d'autant que tu as aymé le corps, sois dorénavant amateur de l'âme. »

L'*Ample narration,* où Quezinstra prend à son tour la parole, raconte la mort de deux amants — car Guenelic mourra de chagrin à côté de sa dame —, la descente sur terre de Mercure, qui conduit Quezinstra aux Champs Élysées pour qu'il y contemple dans leur béatitude les âmes de Guenelic et d'Hélisenne. Le dieu découvre les « écritures » de la protagoniste, enfermées dans un sachet de soie. Il transporte le petit livret sur l'Olympe où, après un débat entre Vénus et Pallas, Jupiter décide qu'il sera imprimé dans la « très inclyte cité de Paris ».

Nous avons ici un roman néoplatonicien, qui s'inspire du *Pérégrin* de Jacopo Caviceo, dont la première traduction de l'italien parut en 1527, et de la *Fiammetta* de Boccace, traduite pour la première fois en 1531, selon les dernières études de William Kemp. Roman qui trouve son unité dans l'itinéraire purificatoire du protagoniste masculin. L'espace consacré aux analyses intérieures en fait le premier roman psychologique de la littérature française. Son style doit beaucoup aux *Illustrations de*

Gaule et singularitez de Troye de Jean Lemaire de Belges : c'est le style noble et recherché qui était nécessaire pour faire accepter aux contemporains de la romancière non seulement une œuvre très moderne pour leur époque mais aussi – grâce au triomphe de la raison sur la Fortune et aux nombreuses citations bibliques – les idées morales qui la sous-tendent. Exemple lumineux, selon René Sturel, de la prose poétique de la première moitié du siècle de la Renaissance.

A. P.

Annonce faite à Marie (L'). « Mystère en quatre actes et un prologue » de Paul Claudel (1868-1955), publié en 1912. C'est la refonte, comportant d'importantes variantes, d'un drame précédent, *La Jeune Fille Violaine* (1898), qui se passe de nos jours, et dont une première version remonte à 1892. Cette œuvre, stylisée en des lignes d'une beauté mythique et quasi hiératique, traite du mystère de la conception de l'Esprit. Le poète, qui veut nous le rendre accessible, l'a incarné au cœur de notre humanité, au moyen du symbole de la « féminité pure », la jeune fille Violaine. Héritière d'un fief sacré où la vie a un rythme naturel, mais également divin (là, sur la colline s'élève le monastère, avec son sanctuaire où Dieu est présent), elle est promise en mariage par son père qui part pour la Croisade à Jacques Hury. Mais sa beauté virginale a ouvert dans le cœur de Pierre de Craon, le mystique constructeur d'églises, une blessure inguérissable, celle du désir, à laquelle s'ajoute une autre plaie, physique celle-là : la lèpre. C'est alors que Violaine, dans la plénitude de son bonheur, a la révélation de la plaie putride, cette empreinte de mort dans notre chair corruptible, que Pierre cache à son flanc. Vaincue par la pitié, elle lui donne le baiser fraternel qui lui rendra la vie, tandis qu'elle- même recevra sur sa chair innocente la marque inexorable de ce terrible mal. Elle espère cependant que Jacques ne l'abandonnera pas, si lui aussi considère l'amour comme un privilège de l'âme. Mais Jacques, trop humain, voit dans la lèpre de Violaine la confirmation des accusations perfides de Mara. Il la chasse, la traitant de parjure, et il épouse à sa place sa sombre sœur. Violaine ne se défend pas et accepte en silence le sacrifice de sa vie de femme. Pour elle débute alors le terrible calvaire qui la conduira à la sainteté. De la Croix, qui est la compréhension de la mort, jaillira à nouveau la vie : telle est la première signification du mystère. Après huit ans d'abandon et de douleur, au cours desquels la lépreuse est devenue aveugle (elle habite une grotte dans la forêt), Mara, dans un suprême défi envers Dieu, lui apporte sa petite fille morte. Et Violaine, serrant sur son cœur le petit cadavre – chair de la chair de l'homme aimé – sent la vie qui jaillit à nouveau d'elle. Une goutte de lait restée sur la lèvre de l'enfant ressuscitée et le changement de couleur de ses yeux, devenus bleus comme ceux de Violaine, apportent la preuve qu'il s'agit d'une génération spirituelle qui ne nie pas, mais prend en charge la maternité charnelle. C'est le second sens du mystère.

Cependant la perfide Mara, jalouse aujourd'hui de la sainteté de sa sœur comme elle le fut autrefois de sa douce féminité, ne révèle pas le miracle à Jacques, et tente de tuer Violaine en l'enterrant vive sous un amas de sable. C'est ainsi que la retrouve Pierre de Craon qui la transporte, mourante, dans son fief. Alors, seulement, elle révélera son innocence à Jacques, dans un dernier entretien, lui laissant comme héritage cette amère douleur qui est le pain de la terre. Elle demande à être portée au seuil du monastère abandonné pour y mourir. Au moment de sa mort, son vieux père, revenu de la Croisade, expliquera le sens de la divine sagesse, alors qu'une main invisible, descendue du ciel, fera résonner l'Angélus dans le sanctuaire ressuscité. Cette fin a pour but de rappeler le premier mystère chrétien (l'Annonciation de l'ange à Marie), duquel tous les autres découlent, racine et source de notre rédemption. Cette œuvre, exceptionnellement riche, imprégnée d'un sens poétique très élevé, produit une très grande impression. Elle est souvent considérée comme le chef-d'œuvre de Claudel.

ANOUILH Jean. Dramaturge. Né à Bordeaux le 23 juin 1910, mort à Lausanne le 3 octobre 1987. Ses parents – un père tailleur et une mère professeur de piano (et non pas violoniste comme on l'a beaucoup écrit) – s'installèrent à Paris alors qu'il n'avait que huit ans. Il fit presque toutes ses études au lycée Chaptal. Il découvrit le théâtre tout gamin au casino d'Arcachon, où l'on donnait surtout des opérettes. Vivre dans « une troupe » devint son rêve préféré. Ses premiers essais dramatiques remontent à sa douzième année, et ils étaient en vers. À seize ans, il imite Henri Bataille. Mais, peu après, il découvre les œuvres de ses grands contemporains, à la fois par la représentation et par la lecture. C'est la même année 1928 qu'il fait ses deux rencontres capitales : celle de Giraudoux en écoutant *Siegfried* à la Comédie des Champs- Élysées et celle de Cocteau en lisant *Les Mariés de la tour Eiffel*. Ce qu'il découvre dans ces deux œuvres, c'est la poésie du théâtre : il décide de refuser, dans ses propres pièces, le réalisme. Il cherchera une vérité d'une autre sorte, qui ne soit pas prétendue transposée et interprétée. Il poursuit cependant des études de jeune bourgeois : après son baccalauréat de philosophie, il s'inscrit à la faculté de droit, mais il n'y passe guère plus d'un an. Ayant à gagner sa vie, il entra dans une maison de publicité où travaillent Jacques Prévert et Jean Aurenche. Il y reste deux ans avant de devenir, pour peu de temps, le secrétaire de Louis Jouvet, qu'il détesta cordialement. Toutefois, entré dans les milieux du théâtre, il ne les quittera plus, si ce n'est pour des incursions dans le monde du cinéma, qui ne l'intéressait que pour des raisons financières. Sa première pièce représentée fut *L'Hermine* en 1932, à l'Œuvre. Succès suffisant pour qu'il décide de vivre désormais avec ses seuls droits d'auteur. Il se marie avec l'actrice Monelle Valentin dont il aura une fille, Catherine. Le jeune couple va connaître quelques années difficiles, car *La Mandarine* (1933) est un four (treize représentations) et *Y'avait un prisonnier* (1935) ne connaît qu'une modeste carrière. Heureusement Hollywood achète les droits, pour un film qui ne sera d'ailleurs jamais tourné. En 1937, Anouilh fait deux nouvelles rencontres décisives : celle de deux grands animateurs de théâtre, Georges Pitoëff et André Barsacq. Grâce à eux, il va connaître la vie de troupe dont il rêvait enfant. Il va expérimenter « sur le terrain » toutes les possibilités de l'espace scénique. Il ne sera jamais un auteur dramatique retranché dans un cabinet de travail, il sera un « homme de plateau ». En 1937, Pitoëff monte *Le Voyageur sans bagage*. En 1938, c'est *La Sauvage* (créée également par Pitoëff) et *Le Bal des voleurs* (créé par Barsacq). Ces deux pièces avaient été écrites quelques années plus tôt : *La Sauvage* en 1934 et *Le Bal des voleurs* dès 1932. Toutes deux remportent un franc succès qui marque pour Anouilh la fin de toutes les difficultés matérielles. La première s'inscrit parmi les *Pièces noires* et la seconde parmi les *Pièces roses*. De la même époque date *Jézabel* qui ne sera pas jouée, mais publiée plus tard dans le volume *Nouvelles pièces noires*. Avant la guerre, Anouilh compose encore deux pièces roses : *Le Rendez-vous de Senlis* et *Léocadia*. C'est *Léocadia* qui sera jouée d'abord, en novembre 1940, à la Michodière, avec la distribution la plus parisienne et la plus brillante du moment : Yvonne Printemps, Pierre Fresnay, Victor Boucher, Marguerite Deval. *Le Rendez-vous de Senlis* sera créé à l'Atelier après l'armistice (en 1941) et c'est Monelle Valentin qui en sera l'interprète principale. C'est elle aussi qui créera, sur la même scène, *Eurydice* (1942) et *Antigone* (*) (février 1944). Avec *Antigone*, Anouilh connaît un triomphe (cinq cents représentations). Dès sa création, on parla de cette pièce comme d'une œuvre classique, destinée à faire date dans l'histoire du théâtre en France. Les seuls reproches qui lui furent adressés concernaient sa portée morale : Anouilh avait fait de son héroïne moins le symbole de la résistance au tyran que l'incarnation d'un refus de toutes les compromissions, lequel conduisait à condamner la vie. Depuis ses débuts, Anouilh avait souvent entendu des critiques de ce genre et il ne cessait guère de les provoquer. En 1945, il prit part à la campagne de signatures en faveur de Robert Brasillach dont il n'était nullement l'ami mais qui avait toujours défendu ses pièces. « Le jeune homme que j'ai été et le jeune homme Brasillach sont morts le même jour et, toutes proportions gardées, de la même chose. » Certains auraient bien aimé qu'on inscrivît le nom d'Anouilh sur les listes noires de l'épuration. Cependant, ils ne trouvèrent rien à lui reprocher sur le plan civique.

Les premières pièces qu'il écrivit après la guerre sont encore créées chez Barsacq à l'Atelier : *Roméo et Jeannette* et la première des *Pièces brillantes* (1946) qui s'appelle *L'Invitation au château* (1947). En 1948, la première des *Pièces grinçantes*, *Ardèle ou la Marguerite*, est jouée à la Comédie des Champs-Élysées où, vingt ans plus tôt, Anouilh avait eu la révélation de Giraudoux. Mais, dans *Ardèle*, c'est l'influence de son ami Roger Vitrac qu'il déclare avoir subie. En 1950, c'est à Barrault qu'il confie *La Répétition ou l'Amour puni*. Il revient chez Barsacq en 1951, avec *Colombe*. Puis retour aux Champs-Élysées avec *La Valse des toréadors* (1952). L'année suivante, Anouilh se sépare de Monelle Valentin. Il épouse une autre comédienne, Nicole Lançon, dont il aura trois enfants. Il fait jouer *Médée* que le public boude, mais il connaît son plus grand succès depuis *Antigone* avec *L'Alouette* (six cent huit représentations), première des *Pièces costumées*, et dont l'héroïne est Jeanne d'Arc. Comme cadeau de vingtième anniversaire pour sa fille Catherine, il écrit *Cécile ou l'École des pères*. Catherine Anouilh crée la pièce en 1954. *Ornifle* voit le jour en 1955 et *Pauvre Bitos* en 1956. Cette dernière pièce provoque des réactions diverses chez les critiques, car elle se situe à l'époque de la Libération et ne manque pas d'implications politiques. Pour sa part, le public applaudit très fort. Pas de création en 1957 et 1958, mais trois nouvelles pièces en 1959 : *L'Hurluberlu*, *Le Petit Molière* et surtout *Becket ou l'Honneur de Dieu* qui obtint tout de suite un triomphe (six cent dix-huit représentations) et sera repris dès 1971 à la Comédie-Française. Anouilh a signé lui-même la mise en scène de *Becket* avec Roland Piétri. Désormais, il signera lui-même la mise en scène de toutes ses nouvelles pièces avec le même collaborateur. Il ne s'en tiendra d'ailleurs pas à ses propres œuvres : ainsi montera-t-il le *Tartuffe* (*) de Molière (1960), le *Victor ou les Enfants au pouvoir* (*) de Vitrac (1962), *L'Acheteuse* de Steve Passeur (1963), le *Richard III* de Shakespeare (1964), *L'Ordalie ou la Petite Catherine de Heilbronn* de Kleist (1967). Pendant cette période, sa production personnelle est moins abondante : *La Grotte* (1961), *La Foire d'empoigne* et *L'Orchestre* (1962). Aucune création entre 1962 et 1968. Mais le règne d'Anouilh n'est pas terminé. Il revient avec *Le Boulanger, la boulangère et le petit mitron*. Puis c'est un de ses chefs-d'œuvre : *Cher Antoine* (1969), première des *Pièces baroques*, que suivront *Les Poissons rouges* et *Ne réveillez pas Madame* (1970). Toutefois, la célébrité n'est pas une garantie contre l'insuccès. Anouilh appelle même des « fours » trois pièces qui n'atteignirent pas la centième : *Tu étais si gentil quand tu étais petit* (1972), *L'Arrestation* (1975), *Le*

Scénario (1976). Mais ces « fours » dans un théâtre n'empêchaient pas des succès dans un autre : *Le Directeur de l'Opéra* (1972), *Chers zoiseaux* (1976). En 1978, il fit représenter une bouffonnerie sur le problème du féminisme : *La Culotte*. Cette pièce marquait son retour au cher vieux théâtre de l'Atelier. Elle témoignait aussi que, toujours contesté, Anouilh restait le grand maître de la scène française contemporaine.

Il n'est pas un auteur de pièces à thèses ou à messages. Il se plaît aussi bien à donner des divertissements qu'à traiter de grands sujets. Il ne craint ni la charge ni la satire. Il est aussi à l'aise dans la fresque historique que dans la tragédie. Avant tout, il tient au jeu théâtral : il a dit qu'il fallait « jouer avec un sujet au lieu de le subir ». C'est par là que, jusque dans ses comédies bourgeoises, il échappe le plus sûrement au boulevard. On n'est nullement surpris qu'il ait largement contribué à faire connaître Samuel Beckett et Eugène Ionesco, en consacrant des articles enthousiastes à *En attendant Godot* (*) et aux *Chaises*. Ces pièces joignent le classicisme des sentiments à la nouveauté de la forme dramatique. Jean Anouilh est lui-même classique et novateur. Sa fécondité est également admirable et, à toutes ses qualités, il ajoute encore la modestie et la discrétion. Artiste, il ne se prétend qu'artisan.

JEAN BRENNER.

♦ *« Les amateurs de théâtre pour le théâtre ne peuvent rester insensibles à l'art avec lequel la convention est menée et malmenée, à la tendresse amère des croquis de personnages qui s'ébauchent, à cette écriture "à vue" – comme on dit des changements de décors. »* Bertrand Poirot-Delpech. ♦ *« La solitude qui résulte de l'absence, de la mort, de l'indifférence de Dieu, est commune aux existentialistes et à Anouilh. Ni les personnages de Sartre ni ceux d'Anouilh n'ont de Dieu pour les aider dans leur choix. »* Léonard C. Pronko.

RÉF. : H. Gignoux, *Jean Anouilh*, Paris, 1946. – R. de Luppé, *Jean Anouilh*, 1959. – P. Jolivet, *Le Théâtre de Jean Anouilh*, Paris, 1963. – P. Vandromme, *Jean Anouilh, un auteur et ses personnages*, Paris, 1965. – P. Ginestier, *Jean Anouilh*, Paris, 1969. – B. Beugnot, *Les Critiques de notre temps et Anouilh*, 1977.

Antigone. Tragédie de Jean Anouilh (1910-1987), *Antigone*, écrite en 1942, fut créée en 1944 par André Barsacq. Rien de plus simple, en son intense sobriété, que cette tragédie courant implacablement à son terme, étroitement menée par le destin. Les deux fils d'Œdipe, Étéocle et Polynice, se sont entretués sous les murs de Thèbes. Le roi Créon a ordonné des funérailles somptueuses pour Étéocle, défenseur de la ville, refusant une sépulture au traître Polynice. Qui osera lui rendre les devoirs funèbres sera puni de mort. Et voilà. Le ressort est bandé. La mort, la trahison, le désespoir sont là, tout prêts, et les éclats, et les orages et les silences. Antigone, passant outre les ordres de Créon, rendra ses derniers devoirs à son frère mort. Créon essaie de la sauver, lui prouve de dix arguments la sottise de son acte : Polynice n'était qu'un « petit fêtard imbécile » ; Étéocle ne valait pas mieux : « Ils se sont égorgés comme deux petits voyous pour un règlement de comptes. » Créon n'accorda les honneurs nationaux à la dépouille d'Étéocle que pour des raisons de gouvernement ; saurait-on dire, d'ailleurs, quelle est la dépouille d'Étéocle ? Créon s'est borné à faire ramasser le « moins abîmé ». Antigone n'ignore rien de cela, mais elle ne cède pas. Elle accomplit ce qu'elle doit et veut accomplir. À cause d'elle et par elle, la tragédie se déchaîne. Son fiancé se donne la mort à ses côtés ; Eurydice, la reine, se tranche la gorge de désespoir. Pour développer jusqu'à leurs derniers aboutissements les conséquences de son attitude devant la vie, Anouilh ne pouvait rester sur le plan du quotidien. Il lui fallait l'exceptionnel de la légende antique. Dans cette tragédie de l'absolu, Antigone n'est pas contrainte au refus de la vie et du bonheur par un passé enchaînant. Rien ne motive son acte. Elle dit non à la vie, simplement par vocation, par goût intime de la mort. Devant Créon qui lui jette : « Essaie de comprendre une minute, petite idiote ! », elle secoue la tête, insensible aux paroles étrangères à sa propre vérité : « Je ne veux pas comprendre. Moi je suis là pour autre chose que pour comprendre. Je suis là pour vous dire non et pour mourir. » La fatalité, jusqu'alors, conduisait dans les pièces d'Anouilh le ballet tragique de la vie. Antigone est à elle-même sa propre fatalité.

Antiphrase. Du grec *antiphrasis* : « discours contraire ». Figure de style qui consiste à dire ou à écrire le contraire de ce que l'on pense, mais en le laissant deviner. C'est donc un procédé ironique, proche de la litote. Elle est aussi fréquente dans le langage parlé qu'en littérature : « La Jeunesse, vieux domestique de Bartholo » (Beaumarchais, *Le Barbier de Séville* [*]).

ARLETTE BOUÉ.

Antonomase. Désigne un néologisme consistant non pas à créer un mot nouveau, mais à le faire changer de catégorie grammaticale en employant un nom propre comme nom commun, ou, plus rarement, l'inverse. Elle se produit couramment lorsqu'une marque domine le marché, et finit par désigner les articles qu'elle diffuse ; on en trouve un exemple dans *La Complainte du progrès* de Boris Vian : « Pour séduire le cher ange / On lui glisse à l'oreille [...] je te donnerai / Un frigidaire. » Des personnages d'œuvres célèbres sont aussi devenus des noms communs, comme pipelet, concierge issu des *Mystères de Paris* (*) d'Eugène Sue ; le renard du *Roman de Renart* (*) a remplacé le goupil ; un hypocrite est parfois appelé tartufe – en souvenir de la comédie de Molière – ou patelin – de *La Farce de Maître Pathelin* (*). Un préfet de la Seine a même donné son nom aux poubelles !

ARLETTE BOUÉ.

Antony. Drame d'Alexandre Dumas père (1802-1870), joué le 3 mai 1831. En voici la trame ultra-romantique : Adèle, noble jeune fille, a été fiancée, par son père, au colonel d'Hervey, quand Antony pénètre dans son existence et la trouble par l'ardeur d'une grande passion. Sombre et fascinant héros romantique, Antony, bien que son train de vie soit luxueux, ne possède ni nom, ni famille, et sa naissance est enveloppée de mystère. Il hait cette société où pourtant il a un grand succès. Mais il en serait banni si l'on connaissait son état civil. Pour ces raisons, il ne veut pas lier sa vie à celle d'Adèle. Il décide de se sacrifier pour la paix de la femme aimée, et disparaît. Le sacrifice est trop dur. Il ne peut résister à sa passion, que le temps et l'éloignement exaspèrent. Trois ans plus tard, il adresse un billet à Adèle qui est devenue Mme d'Hervey, en lui demandant une entrevue secrète. Bouleversée, la jeune femme veut fuir pour ne pas le revoir, et cherche à rejoindre son mari absent. Dès le départ, les chevaux de sa voiture s'emballent et partent au galop. Un homme s'élance pour les arrêter. Il est blessé et on le transporte chez Adèle pour lui donner les premiers soins : c'est Antony. Durant une brève convalescence, vaincue par l'impétueuse éloquence du jeune homme, Adèle lui promet de partir avec lui. Mais elle espère se dérober au moment décisif. Antony, très exalté, la précède, le soir, dans une auberge où elle doit relayer, et soudoie l'aubergiste. Ne trouvant pas de relais, elle est obligée de coucher à l'hostellerie et, la nuit, elle le trouve tout à coup dans la chambre qu'un « voyageur qui l'a précédée » consent à lui céder. Antony obtient ensuite qu'elle reparte avec lui pour Paris et reprenne sa vie habituelle. Adèle est vite torturée par le remords et offensée par des insinuations insultantes et venimeuses. Le mari va arriver. Il a été averti de la situation par des lettres anonymes. La perspective de la tragédie inévitable et du scandale, et surtout la pensée de la condition où se trouvera sa fille lorsqu'elle apprendra le déshonneur de sa mère bouleversent la coupable. Antony, pris entre la fureur et le désespoir, s'accroche à une décision folle, qui au moins sauvera l'honneur de celle qu'il aime. Hervey, au moment où il entre en scène, le trouve auprès de sa femme morte et Antony lui jette au visage la phrase terrible, demeurée célèbre dans les annales du théâtre du XIXe siècle : « Elle me résistait, je l'ai assassinée ! »

Menée avec une habileté réellement étonnante et des moments d'ombre et de mystère savamment ménagés pour accroître le pouvoir de suggestion du drame, l'œuvre s'impose par sa violence. Par elle triomphe le thème de la passion tourmentée qui dépasse toute limite, et de l'amour rebelle aux conventions, en lutte avec le formalisme qui domine la vie sociale. Le personnage d'Antony inaugure un type d'aventurier noble et passionné, prêt aux décisions les plus tragiques, emporté et perdu par la passion qu'il a lui-même suscitée. *Antony* est l'une des pièces les plus remarquables du théâtre romantique français.

Antonymie. Du grec *anti* : « contre », et *numos* : « mot ». Désigne l'opposition des sens de mots de même nature grammaticale. Ces oppositions peuvent être plus ou moins marquées : ou les antonymes sont complémentaires et s'excluent l'un l'autre, cas le plus rare : un homme, une femme ; ou ils concernent deux aspects contraires, mais non exclusifs, cas plus fréquent : partir s'oppose à arriver, mais on peut aussi rester... ; ou encore ils s'appliquent aux différents degrés d'une hiérarchie, fait le plus courant : petit, moyen, grand. D'autre part, les antonymes sont soit des mots de racines différentes, comme dans les exemples précédents, soit formés à l'aide de préfixes : possible, impossible, soit composés de termes qui, en grec ou en latin, sont eux-mêmes antonymes : xénophobe, xénophile, polychrome, monochrome.

ARLETTE BOUÉ.

A. O. Barnabooth (Le pauvre chemisier — Son journal intime). *A. O. Barnabooth* est le troisième livre de Valery Larbaud (1881-1957), publié en 1913 : c'est certainement le plus brillant de ses ouvrages et le plus connu. C'est le journal intime d'un personnage imaginaire, un multi-millionnaire sud-américain qui entend n'être pas la victime de son immense fortune, et mène d'hôtel de luxe en hôtel de luxe une vie oisive et studieuse et son interminable quête de raisons de vivre ; le livre s'ouvre sur un court apologue : *Le pauvre chemisier,* qui nous fait faire la connaissance du héros. Il y apparaît dans une de ses mésaventures caractéristiques comme un être à la fois inquiet et moqueur, sérieux et capricieux. Le *Journal* est le récit, au jour le jour, de ses tentatives et de ses aventures. Pris entre son désir d'une liberté toujours plus grande que seuls sa fortune, ses préjugés et la délicatesse de sa conscience empêchent d'être totale, et la nostalgie des attachements humains, A. O. Barnabooth retrace fidèlement les étapes de son « éducation sentimentale », et par là le livre de Valery Larbaud se rattache à la grande tradition des romans de la formation. Quelques amis, cosmopolites comme lui et que leurs conditions de famille et de fortune rendent aussi peu dépendants que lui des circonstances extérieures : un gentilhomme français, un esthète irlandais et un prince russe lui donnent la réplique. Eux aussi se trouvent dans la situation de choisir leur forme de vie : ou bien de s'engager par l'exercice d'une tâche quotidienne et la fondation d'une famille, ou bien de poursuivre leur vagabondage élégant. Lorsque A. O. Barnabooth se décide enfin au mariage et au retour au pays natal, il abandonne ce journal qui dorénavant n'aurait plus de raison d'être.

Dans cette œuvre isolée au milieu des courants littéraires de son temps et qui rend un son très moderne, Valery Larbaud joint à la meilleure tradition de l'humour satirique anglais (celle de Butler par exemple, dont Valery Larbaud a fait connaître l'œuvre au public français), la tradition moraliste de la littérature française classique, et mêle à un ton qui peut parfois passer pour frivole une analyse remarquablement profonde des sentiments de ses personnages. À travers son héros, Valery Larbaud apparaît comme une personnalité exceptionnelle, connaissant non seulement les paysages et les villes, mais les gens et les œuvres d'un grand nombre de pays. Ce roman, peut-être justement à cause de son caractère ambigu, de l'étendue de la culture de son auteur, et parce que ce dernier semble ne jamais se prendre au sérieux, est loin de jouir de l'audience qu'il mériterait.

Aparté. Parole prononcée par un acteur, dans le cadre d'une pièce de théâtre ou d'un film, s'adressant directement au public, censée ne pas être entendue par ses partenaires, et qui ne bouleverse pas la scène en cours. Les comédies de Molière, comme celles de Labiche, illustrent brillamment ce procédé. Dans la vie courante, un aparté est une parole chuchotée à un voisinage immédiat, à l'exclusion du reste de l'auditoire.

PAUL GUY.

Aphorisme. Phrase ou sentence caractérisée par sa concision et exprimant un jugement d'ordre moral, philosophique ou esthétique. L'aphorisme est fréquent chez les moralistes des XVIIe et XVIIIe siècles, tels La Rochefoucauld (*Réflexions, sentences ou maximes morales* [*], 1664) ou Chamfort (*Maximes, pensées, caractères et anecdotes* [*], 1795). Fondé sur des formulations brillantes, paradoxales, voire choquantes, il devient un genre littéraire à part entière au cours du XIXe siècle. Au XXe, des auteurs tels que Cioran *(De l'inconvénient d'être né,* 1973) ou Scutenaire (*Mes inscriptions,* 1945-1980) ont bâti une large part de leur œuvre sur des aphorismes tels que : « Ça se paie, l'argent » (Scutenaire).

ALAIN QUESNEL.

Apocope. Elle consiste en l'ablation de la finale d'un mot. Ainsi, *encor* pour *encore.* Dans le français parlé, l'apocope concerne principalement le *e* atone final suivi d'une consonne (s'il est suivi d'une voyelle, on parle plutôt d'élision), comme dans : *une port(e) fermée ; une rout(e) verglacée.* L'apocope en fin de vers est une constante dans le système du vers français. L'apocope en fin d'hémistiche, majoritaire dans les épopées médiévales, se nomme pour cette raison *césure épique.* — Le vocabulaire usuel ou argotique apocope une ou plusieurs syllabes finales de certains mots : *sous-off*[icier] ; *prof*[esseur] ; *bénéf*[ice] ; *métro*[politain].

CHRISTIAN DOUMET.

APOLLINAIRE Guillaume (pseud. de Guillaume Albert Wladimir Alexandre Apollinaire de Kostrowitzky). Poète, romancier et critique. Né à Rome le 26 (ou plus probablement le 25) août 1880, mort à Paris le 9 novembre 1918. Sa mère était fille d'un noble de la Pologne russe et d'une Italienne ; son père, qui ne le reconnut pas, était un officier italien. Avec sa mère et son frère, il passe son enfance en Italie, puis à Monaco où il est élève du collège Saint-Charles, avant de continuer ses études au collège Stanislas de Cannes puis au lycée de Nice. En 1899, la famille se fixe à Paris. Un été à Stavelot dans l'Ardenne belge (1899), puis une année passée en Allemagne (1901-1902) en qualité de précepteur lui révèlent de nouvelles contrées évocatrices de légendes et de nouveaux types d'humanité. Pour gagner sa vie, il est successivement employé de banque, puis journaliste ; il sera aussi chroniqueur, échotier, polémiste, critique littéraire, critique d'art ; il fonde et dirige une première revue, *Le Festin d'Ésope* (1903-1904), et plus tard, avec André Billy, *Les Soirées de Paris* (1912-1914). Il a pour amis de nombreux écrivains : Salmon, Jarry, Max Jacob pour n'en citer que quelques-uns et se lie avec des peintres tels que Vlaminck, Derain, Picasso, Braque, Matisse. Il célèbre l'art contemporain d'avant-garde qu'il défend contre l'incompréhension du grand public — v. *Les Peintres cubistes* (1913). Il fut aussi en relation avec les futuristes italiens ; mais la signification de son manifeste *L'Antitradition futuriste* demeure ambiguë.

Par besoin d'argent et par goût de la littérature « libre », il écrit deux romans publiés sous le manteau, *Les Onze Mille Verges* (1907) et *Les Exploits d'un jeune don Juan* (1907). De 1909 à 1914, il établit pour la collection « Les Maîtres de l'amour » des éditions d'ouvrages « libertins » français et étrangers (l'Arétin, Sade, Nerciat, Mirabeau...) avec des notices bien informées ; il dresse en 1913 avec Fleuret et Perceau le catalogue de *L'Enfer de la Bibliothèque nationale.* Il signe aussi des romans historiques scabreux et humoristiques, *La Rome des Borgia* (1913), *La Fin de Babylone* (1914), *Les Trois don Juan* (1914).

En 1909, il publie *L'Enchanteur pourrissant*, récit en prose poétique inspiré de la légende médiévale de Merlin et illustré par Derain ; en 1910, un recueil de nouvelles, *L'Hérésiarque et Cie* ; en 1911, une suite de brefs poèmes illustrés par Dufy, *Le Bestiaire ou Cortège d'Orphée*. En septembre 1911, à la suite d'un vol au musée du Louvre, il est accusé de complicité et incarcéré à la Santé pendant cinq jours ; son innocence est reconnue et le non-lieu prononcé, mais après avoir été violemment attaqué par une presse xénophobe et menacé d'expulsion ; cette épreuve laissa en lui une trace profonde. En 1913, il réunit ses meilleurs poèmes écrits depuis 1898 dans son premier grand recueil, *Alcools* (*).

En 1914, Apollinaire s'engage dans l'armée française et combat dans l'artillerie, puis dans l'infanterie. En mars 1916, peu de jours après avoir obtenu sa naturalisation, il est blessé à la tempe d'un éclat d'obus ; il subit en mai la trépanation. Il publie en 1916 *Le Poète assassiné*, recueil de nouvelles dont la première, qui donne son titre au volume, est une autobiographie mythique, tragique et ludique ; en 1917, un mince recueil de poèmes, illustré par Rouveyre, *Vitam impendere amori ;* en 1918, *Calligrammes* (*), recueil d'« idéogrammes lyriques » et de poèmes composés avant et pendant la guerre. Cependant, autour de lui, avaient commencé à se réunir de jeunes poètes appelés André Breton, Philippe Soupault, Louis Aragon, qui devaient former plus tard le noyau du groupe surréaliste ; le mot fut d'ailleurs créé par Apollinaire, mais dans une acception différente de celle qu'ils allaient lui donner. En juin 1917, il fait représenter *Les Mamelles de Tirésias*, « drame surréaliste », qui traite sur le ton de la farce aristophanesque la grave question de la repopulation. La même année, dans une conférence intitulée *L'Esprit nouveau et les poètes,* il exalte l'imagination créatrice et préconise l'esthétique de la surprise tout en se réclamant des valeurs de l'humanisme classique. Un autre drame, *Couleur du temps*, qui ne fut représenté qu'après sa mort, en novembre 1918, aboutit au règne universel de la mort. Apollinaire, dont la santé avait été atteinte par sa blessure et par les gaz asphyxiants respirés sur le front, ne résiste pas à l'épidémie de grippe espagnole de l'automne 1918. Après sa mort parurent *Le Flâneur des deux rives* (1919), recueil de chroniques sur un Paris insolite, et *La Femme assise* (1920), roman inachevé, nourri d'éléments disparates en partie autobiographiques. Des poèmes inédits ou publiés dans des revues furent groupés dans *Il y a* (1925), dans *Ombre de mon amour* (1947), dans *Le Guetteur mélancolique* (1952) ; des chroniques dans *Anecdotiques* (1926) ; des articles de critique d'art dans *Chroniques d'art* (1960) ; des travaux d'érudition dans *Les Diables amoureux* (1964). On publia aussi une « comédie parodique », *Casanova* (1952) ; des recueils de lettres, *Lettres à sa marraine* (1948), *Tendre comme le souvenir* (1952), *Lettres à Lou* (1969) ; un scénario de film écrit en collaboration avec Billy, *La Bréhatine* (1971).

Non seulement dans la poésie d'Apollinaire, mais aussi dans ses textes de fiction passent, plus ou moins déguisées ou métamorphosées, des figures féminines. À Stavelot, il tourna le madrigal, parfois en wallon, pour Mareye (Marie Dubois) ; à Paris, en 1901, il dédia des « dicts d'amour » à « Linda la zézayante ». En Allemagne, sa passion pour la jeune Anglaise Annie Playden fut profonde et durable, et l'échec le laissa désemparé. Sa liaison avec Marie Laurencin, de 1907 à 1912, fut celle d'un poète avec une artiste, souvent heureuse, parfois orageuse. Pendant la guerre, il eut une aventure ardente et brève avec Lou (Louise de Coligny-Châtillon), puis se fiança avec Madeleine Pagès qu'il abandonna après sa blessure ; enfin il épousa, six mois avant sa mort, Jacqueline, la « jolie rousse ».

Même quand il se fait conteur, chroniqueur ou critique, Apollinaire ne cesse pas d'être poète, car il sait faire jaillir du réel le plus quotidien l'étincelle de l'inattendu, de la cocasserie ou de la rêverie. Son univers personnel est nourri de culture ; mythologies antiques et médiévales, érudition souvent orientée vers le rare et le marginal, poésie des siècles passés génèrent des réseaux d'images d'où, à la rencontre de l'événement ou de l'émotion, émerge le poème, parfois mélodie limpide, parfois énigme irritante et séduisante. Chez lui, le vocable appelle le vocable, le calembour devient créateur, la matière visuelle même du mot est exploitée. Son audience fut considérable et elle est loin d'être épuisée.

MADELEINE BOISSON.

♦ *« Il fut un "voyant" considérable. »* André Breton. ♦ *« Tant s'en faut que les miracles d'Apollinaire soient ingénus comme le croyait Gide ; ce sont bien plutôt les miracles délibérés d'un magicien rompu à la confection des philtres, ou d'un barman qui connaît les ressources de ses étagères. »* Pascal Pia. ♦ *« Les découvreurs des générations suivantes ont reconnu un frère et un intercesseur dans ce poète inquiet. »* P.-O. Walzer.

RÉF. : P. Pia, *Apollinaire par lui-même,* Paris, 1954. – M. Décaudin, *Le Dossier d'« Alcools »,* Genève, 1960. – P.-M. Adéma, *Guillaume Apollinaire,* Paris, 1968. – Ph. Renaud, *Lecture d'Apollinaire,* Lausanne, 1969, – C. Tournadre (C. Debon), *Les Critiques de notre temps et Apollinaire,* Paris, 1971. – C. Debon, *Guillaume Apollinaire après « Alcools »,* t. I, Paris, 1981.

Apologue. Du grec *apologos* : « récit, fable ». Désigne une courte narration en prose ou en vers dont les personnages, animaux, voire végétaux, agissent et parlent comme des hommes, parfois même avec eux. Son but est de donner une leçon de morale. Ce type d'œuvre est très ancien, bien antérieur à la littérature écrite, et a trouvé son expression idéale sous la plume de La Fontaine. L'apologue est donc une sorte de fable, terme plus général désignant tout ce que l'on raconte, tiré de la racine latine *fari* : « parler » ; mais la fable peut ne pas donner de leçon de morale ; d'autre part, quand l'enseignement allégorique est transmis par les Saintes Écritures, on l'appelle *parabole.* Outre La Fontaine, les apologues ont été traités avec fantaisie dans les *Épîtres* de Marot, de façon satirique par Mathurin Régnier ; Furetière, Florian et Marcel Aymé en ont aussi écrit.

ARLETTE BOUÉ.

Apostrophe. Du grec *apostrophè* : « action de détourner ». Façon de s'adresser à quelqu'un ou à quelque chose qui, comme une incise, marque une rupture dans la structure d'une phrase. Elle est constituée, la plupart du temps, du nom propre seul, ou de la désignation de l'interpellé, sans déterminant, auxquels on peut ajouter une interjection : « Holà ! Almanzor » (Molière, *Les Précieuses ridicules* [*]). Cette forme abrégée et soutenue de communication se rencontre surtout dans le discours satirique ou dramatique : « À moi, comte, deux mot » (Corneille, *Le Cid* [*]), et dans le langage parlé.

ARLETTE BOUÉ.

Apposition. Du latin *appositio* : « application, addition ». Fonction grammaticale qui met un mot ou un groupe de mots en position détachée par une simple intonation dans le langage parlé, des virgules à l'écrit : « Rubens, fleuve d'oubli, jardin de la paresse, / Oreiller de chair fraîche » (Baudelaire, *Les Fleurs du mal* [*], « Les Phares »). L'apposition est l'une des fonctions de l'adjectif, quand il n'est ni épithète ni attribut ; elle exprime alors souvent une cause : « Le mouvement, excellent sans doute, n'avait pas été remonté depuis deux siècles » (Nerval, *Sylvie*) ; d'autre part, quand le nom est aussi accompagné d'un adjectif épithète antéposé, celui qui est apposé donne une qualification ponctuelle, tandis que l'épithète en donne une durable : « Mais le calme héros, courbé sur sa rapière » (Baudelaire, *Les Fleurs du mal,* « Don Juan aux Enfers ») : « calme » est constant, « courbé » ponctuel.

ARLETTE BOUÉ.

ARAGON Louis. Poète et romancier. Né et mort à Paris : 3 octobre 1897-24 décembre 1982. S'étendant sur plus de soixante ans d'un siècle où elle s'est voulue partie prenante, l'œuvre présente un écheveau d'apparentes contradictions qui ne peuvent se comprendre que dans leur chronologie, et restituées à l'histoire politique et littéraire. L'homme n'est pas moins mobile, et protéiforme : fils illégitime élevé dans le trucage familial et la gêne financière d'une bourgeoisie déclassée, dont la mère le fait passer pour son frère. Son nom même est un masque, où son père (Louis Andrieux, ancien préfet de police, devenu un vague « tuteur ») a imposé son prénom et une initiale en A que l'œuvre ne cessera d'essaimer. Pendant l'enfance, il a « tout lu », et déjà beaucoup écrit — en dictant d'abord à ses tantes, d'où peut-être son style vocal, le « piétinement de la syntaxe » selon la cadence du souffle — liant à jamais le « Mentir-vrai » de la littérature à la possibilité d'être soi. Bachelier en 1915, il commence des études de médecine (abandonnées en 1922), découvre la création contemporaine et fait la connaissance d'André Breton. Mobilisé en 1917, il se voit « infliger la vérité » sur son roman familial avant de partir au front. Retrouvant en 1919 Breton en compagnie de Philippe Soupault, ils fondent tous trois la revue au titre antiphrastique de *Littérature*. En 1920, Aragon publie avec *Feu de joie* ses premiers poèmes, ajointant et brisant les influences (Rimbaud, Apollinaire, mais aussi les libertins du XVIIe siècle) pour alléger d'une ellipse les aveux biographiques. Réécriture, masque et mélodie : malgré les métamorphoses, les données essentielles de l'œuvre sont inscrites dans ce commencement.

Scandales, recherches et défis lancent alors le groupe de jeunes gens dans l'aventure aboutissant au surréalisme. *Anicet* (1921) et le pastiche des *Aventures de Télémaque* (1922) constituent les scintillants « romans-poèmes » de cette formation. Les poèmes du *Mouvement perpétuel* (1926), les nouvelles du *Libertinage* (1924) surtout manifestent la diversité de son talent, et nous montrent aujourd'hui la position paradoxale de l'un des chefs de file d'un mouvement qui, écrivant « pour se contredire », travaille toujours à le déborder. Parallèle au *Manifeste du surréalisme* (*) de Breton, *Une vague de rêves* (1924) donna la théorie du surréalisme selon Aragon : moins confiant en la « voyance », attentif déjà à la description et au problème de la temporalité (contre le présent pur et le refus du roman de Breton), il y plaide pour un « merveilleux quotidien » issu du frottement de l'imaginaire au réel, dont *Le Paysan de Paris* (*) (1926) sera l'illustration. Sa « volonté de roman » le conduit au projet fou d'une *Défense de l'infini*, œuvre frénétique et démesurée qu'il détruira en 1927. Il traverse alors une crise très grave : après l'échec scriptural, sa liaison passionnelle avec Nancy Cunard lui fait commettre une tentative de suicide. Sinon l'homme, l'écrivain se tue avec l'exercice de démolition poétique de *La Grande Gaîté* (1929). Le pamphlet du *Traité du style* s'inscrit dans le bilan général du surréalisme en 1928 : ironisant sur les lieux communs de la libération individuelle (évasion, rêve, etc.), Aragon y esquisse son inflexion vers la politique (la plupart des surréalistes ayant adhéré au parti communiste en 1927). Les amis ne parleront bientôt plus la même langue : en 1932, le poème « Front rouge » expose Aragon à des poursuites judiciaires. La défense de Breton vise habilement à plaider pour l'irresponsabilité politique de la poésie et attaque le parti communiste : la réponse d'Aragon dans *L'Humanité* marquera leur rupture.

Liée depuis novembre 1928 à Elsa Triolet, qui lui fait découvrir la littérature et le pays russes, portée par les bouleversements politiques des années 30, l'activité d'Aragon est alors essentiellement militante. En 1934, les poèmes d'*Hourra l'Oural* et le roman *Les Cloches de Bâle* forment la renaissance de l'œuvre — avec toutes les maladresses d'une enfance — sous les couleurs du réalisme socialiste. Avec la réussite du roman *Les Beaux Quartiers* en 1936, dont il fait le second volume d'un cycle appelé « Le Monde réel », la métamorphose est accomplie. L'image de nouveau peut basculer : après sa démobilisation, Aragon organise un réseau de résistance en zone Sud et publie des poèmes « de contrebande » : *Le Crève-Cœur* (*), *Les Yeux d'Elsa*, *Le Musée Grévin*... Sa prodigieuse culture poétique et l'acceptation de sa propre mélodie — qu'il souhaitait auparavant casser — lui permettent d'emblée de réinscrire de façon moderne la tradition. Savante par ses références, sa parole est cependant immédiatement accessible, et rencontre un nombre extraordinaire de lecteurs. L'art aragonien du masque est en effet en concordance avec l'Histoire, quand tout message doit être codé. Par la réinvention du mètre et d'une rime nouvelle, l'apparente transparence convoie en fait un réseau d'images difficiles, où le lyrisme amoureux et le recours aux valeurs de la civilisation courtoise visent à contrecarrer la mythologie fasciste. À la libération, Aragon est devenu aux yeux du public le plus grand poète de la Résistance – *La Diane française, Le Nouveau Crève-Cœur*. Le réalisme s'est épanoui avec les deux grandes réussites du « Monde réel » : *Les Voyageurs de l'impériale* (achevé en 1939) et *Aurélien* (1944) où Aragon s'autorise un retour sur son enfance et sa jeunesse.

Mais l'Histoire fait injustement déraper l'accueil de ces œuvres. Devenu l'un des « maîtres à penser » de l'époque face aux existentialistes, Aragon est prisonnier des durcissements de la Guerre froide. Le poème *Les Yeux et la Mémoire* (1954) et la dernière entreprise du « Monde réel », *Les Communistes* (1949-1951), s'efforcent d'intégrer les thèses jdanoviennes, nouveau credo d'un Parti stalinien comme jamais. Aragon n'écrit plus que des essais : *L'Homme communiste* (1953), *Littérature soviétique* (1954). Au désarroi esthétique répond la révélation, lors d'un voyage en U.R.S.S., en 1952, de la réalité de la dictature, sur laquelle il fera cependant silence.

Évoluant toujours par cassures, dynamisée par la douleur, l'œuvre prend un nouveau virage après le XXe Congrès. L'autobiographie poétique *Le Roman inachevé* (1956), le roman *La Semaine sainte* (1958) et le poème *Elsa* (1959) frappent les trois coups de cette nouvelle carrière, où le travail de toute une vie va permettre de déborder les genres, et d'explorer la tragédie d'être dans une écriture de plus en plus en liberté. Saisissant la trahison par quoi le réel déforme jusqu'à la caricature l'utopie qu'on y veut inscrire, Aragon défend désormais un « réalisme sans rivages » apte à en interroger les pièges et ambiguïtés. La réflexion historique amorcée dans le renouvellement romanesque se poursuit avec l'*Histoire parallèle des États-Unis et de l'U.R.S.S.* (avec André Maurois, 1962), mais aussi dans les poèmes du *Fou d'Elsa* (1963) et des *Poètes* (1959), où l'amour devient la fondation de la temporalité, et comme la seule promesse, au présent, de l'avenir rêvé : « L'amour que j'ai de toi garde son droit d'aînesse / Sur toute autre raison par quoi vivre est basé. » Baroques, délibérément vertigineuses et indémêlables du commentaire depuis l'entreprise des *Œuvres romanesques croisées* qui tressent les romans d'Aragon et d'Elsa (1964) – donnant lieu à une biographie critique éclatée dans les préfaces et postfaces –, les dernières œuvres vont ainsi découdre ce qui apparaît comme les trois interrogations majeures d'Aragon : l'art, l'Histoire, la relation. *La Mise à mort* (1965), *Blanche ou l'Oubli* (1967), l'incendie final de *Théâtre/Roman* (1974), mais aussi les chambres d'échos d'*Henri Matisse, roman* (1971) ou des *Incipit* (1969) permettent alors de comprendre à rebours l'itinéraire qu'ils déconstruisent. Confronté plus que tout autre par les circonstances à la question d'être soi, Aragon a ainsi abordé de front – et c'est en quoi le parcours nous concerne – la déchirure du Je et du Moi. L'homme et l'œuvre ont alors fonctionné par sutures successives, vantant comme issue au dédoublement infini de la personne le libre déploiement de l'imaginaire d'abord, puis l'agir politique, qui a coïncidé un temps avec la conversion à l'autre de l'amour. La totale confusion de soi et de l'engagement explique alors certains errements, sur lesquels il faut noter que les années 1968 à 1982 reviendront, obligeant Aragon (qui préface Kundera, publie Soljenitsyne) à déposer le journal des *Lettres françaises*, qu'il dirigeait depuis 1953, faute d'abonnements soviétiques (1972). Mise à nu progressive des leurres, l'écriture devient alors la seule fondation d'un sujet qui s'échappe, et revendique finalement sa perte, le « perpétuel mourir » de la syncope poétique, éclipse musicale dans « l'eau limpide de l'être ». Close avec *Les Adieux* (1981), l'œuvre apparaît ainsi comme un immense poème labyrinthique, dont la seule vraie énigme réside dans sa langue, saturée de trilles, à la fois factice et efficace, où un être parvint à vocaliser son essence.

OLIVIER BARBARANT.

♦ *« Sa prodigieuse virtuosité n'est comparable – toutes choses égales – qu'à celle de Hugo »* Philippe Soupault. ♦ *« Je me garderai de le comparer aux poètes vivants et de dire s'il l'emporte sur eux – comme je le crois. Mais je l'introduis sans effort parmi les grands du passé. »* Mauriac. ♦ *« Nul n'aura été plus habile détexteur de l'insolite sous toutes ses formes. »* André Breton.

RÉF. : Hubert Juin, *Aragon*, Paris, 1960. – Pierre de Lescure, *Aragon romancier*, Paris, 1960. – *Aragon parle avec Dominique Arban*, Paris, 1968. – Sophie Bibrowska, *Une mise à mort, l'itinéraire romanesque d'Aragon*, Paris, 1972. – Daniel Bougnoux, *Blanche ou l'Oubli d'Aragon*, Paris, 1973. – Pierre Daix, *Aragon, une vie à changer*, Paris, 1975. – *Recherches croisées*, n°s 1 et 2, Besançon, 1988 et 1990.

Archaïsme. Mot, sens ou construction qui ne sont plus usités dans l'état actuel de la langue. « Sans coup férir » contient ainsi un archaïsme lexical (*férir* signifiait autrefois « frapper ») et syntaxique (l'antéposition du complément avant le verbe est une tournure vieillie). Le XVIIe siècle parle de « marotismes » pour « oyez » et « cuider » (chez La Fontaine). Les archaïsmes caractérisent certains personnages proustiens (Bergotte, les Guermantes).

OLIVIER POT.

À rebours. Roman le plus significatif de Joris-Karl Huysmans (1848-1907), paru en 1884. Il appartient à la « deuxième manière » de cet écrivain, c'est-à-dire à la période symboliste. L'auteur a créé, ici, une figure très représentative et devenue presque proverbiale, celle du noble Des Esseintes. C'est le dernier descendant d'une famille illustre, de sang appauvri et de nerfs ultrasensibles, voué dès le premier âge aux arts ou plus exactement aux délectations esthétiques. Ce héros a d'abord cherché en vain à satisfaire son inquiétude intérieure dans le vice et le désordre ; à présent il veut s'éloigner de la vulgarité de la vie réelle qui n'a plus aucun attrait pour son scepticisme. Il se crée en province un monde répondant à ses goûts, une maison où le moindre détail révèle sa haine de la banalité et accuse son goût pour une esthétique décadente des plus raffinée. On y voit les murs décorés d'étoffes rares aux couleurs exquisement nuancées, des parements ecclésiastiques, des meubles épousant les formes les plus caractéristiques d'une époque. À cela s'ajoutent un effort paradoxal de simplicité (sa chambre, malgré un soin exceptionnel dans chaque détail, affiche une nudité monacale) et une tendance marquée à l'artificiel. L'idée de Des Esseintes est en effet que le propre de la civilisation consiste à s'éloigner toujours de la nature, à rechercher par tous les moyens des stimulants artificiels et des sensations toujours plus raffinées, à vivre dans un monde parfaitement réel et sensible, mais créé de toutes pièces par l'artifice humain. Ainsi sa bibliothèque fait une large part aux écrivains de la décadence latine, Pétrone et Apulée avant tout, aux mystiques de toutes les époques et particulièrement aux poètes de la dernière génération, du grand maître Baudelaire à Verlaine et à Mallarmé. Les arts plastiques n'ont pas une grande part chez lui, parce qu'ils sont, à quelques exceptions près, encore trop réalistes. Des Esseintes préfère et crée des arts nouveaux qui violentent plus audacieusement la nature et s'adressent directement aux sens. Ainsi, il remplit sa serre de fleurs rares et monstrueuses, obtenues à l'aide d'étranges croisements. De plus, avec l'« orgue à bouche », il compose, pour son palais, d'exquises symphonies ; de même il mélange et combine odeurs et parfums. Dans cette ambiance extravagante et paradoxale, Des Esseintes reconstitue tout d'abord, comme dans un rêve, ses propres expériences de la vie réelle (notamment une série d'amours perverses). Puis il devient la proie de véritables cauchemars. Enfin sa santé n'y tient plus, et il est victime d'une épouvantable forme de névrose, dont les médecins le délivrent à grand-peine. Pour Des Esseintes, il n'y a pas d'issue. Son spiritualisme sensuel l'entraînerait à la folie et à l'anéantissement ; pour vivre, il faudrait se retremper dans la vulgarité atroce de la vie. La seule issue pourrait se trouver dans la foi.

Ce livre doit son charme à la vigueur aiguë de l'analyse, d'une expérience si fantastique, menée avec un style rigoureusement précis et expressément critique. Il est enfin remarquable comme document : c'est presque un répertoire systématique de toutes ces formes mentales et de ces modes artistiques que l'on désigna sous le nom de « décadence ».

Argot. Idiolecte propre à certaines couches de la société (le plus souvent la « pègre », mais aussi certains groupes professionnels comme l'armée, l'école, etc.) et dont le caractère codé (généralement limité au lexique) exige une initiation. Dans le *Jargon et Jobelin* de Villon, « mariage » désigne la pendaison, « anges » les sergents. Synonymes : poissard, bigorne, langue verte.

OLIVIER POT.

Argument. Désigne, dans son acception la plus courante, l'un des points du raisonnement grâce auquel on prouve ou réfute une thèse. D'après la rhétorique classique, le bon orateur devait savoir trouver des arguments pour convaincre : « invention », mais aussi les exposer dans un ordre efficace : « disposition », choisir les mots les plus aptes à les exprimer : « élocution », et les mettre en valeur par la diction et les gestes. L'argumentation est donc l'essentiel d'un discours ou d'un développement écrit. Ce terme se réfère également à la sorte de prologue ouvrant certaines œuvres littéraires, en particulier théâtrales : il expose sommairement le sujet d'une pièce. Ainsi, *La Veuve,* comédie de Corneille, est précédée de la dédicace, suivie de l'avis au lecteur, et de l'argument qui, en une vingtaine de lignes, résume la pièce : « Alcidon, amoureux de Clarice, [...] feint d'aimer sa sœur Doris. »

ARLETTE BOUÉ.

ARLAND Marcel. Romancier. Né le 5 juillet 1899 à Varennes-sur-Amance (Haute-Marne), mort à Saint-Sauveur-sur-École (Seine-et-Marne) le 12 janvier 1986. On a dit de lui : « Un saint de la littérature. » Et il est vrai qu'il a consacré à la littérature toute sa vie et qu'il en a toujours défendu la conception la plus haute. Le père, de bourgeoisie rurale, adjoint au maire, meurt très jeune, en 1903. L'enfant et son frère sont élevés par la mère issue de souche paysanne. La vie du village, les champs et les bois alentour vont former la sensibilité d'Arland et tout au long de sa vie, mais aussi de livre en livre, on le verra retourner à Varennes, afin de se soumettre à son jugement et d'y puiser des forces nouvelles. Dès les bancs de l'école, le « merveilleux instituteur » remarque cet esprit rare et indépendant. En 1911, Arland entre au collège de Langres et, tandis que ses succès scolaires se confirment, il découvre sa vocation dans la lecture de Stendhal, de Baudelaire et de Barrès, mais aussi dans l'*Imitation de Jésus-Christ.* Son départ pour Paris, son entrée à la Sorbonne vont donner un tour plus précis à ses ambitions. On lui confie la partie littéraire de l'*Université de Paris,* revue où il publie ses premiers textes et notes critiques et pour laquelle il obtient la collaboration de Proust, Mauriac et Giraudoux. Élève-aspirant, Arland trouve dans son peloton de futurs écrivains,

Dhôtel, Vitrac, Crevel, Limbour, séduits comme il l'est lui-même par le mouvement Dada ; il fonde avec leur aide une revue, *Aventure,* qui aura trois numéros au cours de l'année 1920, puis, après une rupture avec le groupe Breton, *Dés.* Il se lie avec Malraux duquel le rapprochent un amour de la peinture et la conviction que « tout ce qui n'est pas essentiel ne compte pas... ». C'est dans cet esprit qu'est écrit le premier livre d'Arland, *Terres étrangères,* dont la publication en 1923 lui vaudra l'amitié et l'éloge de Gide, Valery Larbaud et Rivière. Il collabore à *La Nouvelle Revue française* (*), où il publie *Sur un nouveau mal du siècle,* credo littéraire qui constitue une introduction magistrale à l'œuvre à peine entreprise, auquel Arland devait rester fidèle et qui fit grand bruit. « Je ne conçois pas de littérature sans éthique. » Enseigner la littérature, c'est la servir encore : Arland est professeur de lettres à l'école du Montcel jusqu'en 1929. Il y écrit son grand roman, *L'Ordre*, publié en trois volumes en 1929. Le succès du livre, le prix Goncourt, qui le couronne, assurent son indépendance et lui permettent de se consacrer entièrement à son œuvre. En 1930, il se marie : Janine, peintre, la compagne de sa vie, partout présente dans son œuvre, mais jamais aussi bien que dans *Avons-nous vécu ?* La même année, ils ont une fille, Dominique. L'œuvre se modifie, se diversifie, prend de l'ampleur, se détourne du roman en faveur de la nouvelle et porte le genre à un sommet rarement atteint. Mobilisé en 1939 près de Nantes, Arland est affecté en Algérie. Démobilisé à la fin de l'année 1940, il rentre dans sa maison de Brinville, près de Paris. Drieu la Rochelle sollicite sa collaboration pour *La Nouvelle Revue française* dont il vient de reprendre la direction. Arland refuse, s'enferme à Brinville, entreprend différents travaux littéraires, dont une *Anthologie de la poésie française* (1941), des essais critiques, poursuit son œuvre : *Sur une terre menacée* (1941), *Zélie dans le désert* (1944). Après la Libération, Arland déploie une intense activité critique (*Table Ronde, Combat, Arts, Gazette de Lausanne*), où s'affirment non pas seulement la sûreté de son jugement, son souci unique de la qualité littéraire, sa conception mystique de la littérature et sa combativité à son service, mais aussi une générosité et une écoute singulièrement attentives aux jeunes talents, à toute promesse, même balbutiante, pourvu qu'elle fût pure. Arland conçoit la littérature française comme un tout : assurer la transmission de l'héritage et l'accession des nouvelles générations devient sa préoccupation majeure — v. *Essais et nouveaux essais critiques* (1952). C'est dans cet esprit, presque religieux, qu'il assumera avec Jean Paulhan la direction de la *Nouvelle N.R.F.* (1953), charge qu'après la mort de ce dernier, en 1968, il assumera seul jusqu'en 1977. Lecteur, critique, directeur de revues, l'œuvre d'Arland, loin de souffrir de la multiplicité de ses activités, se développe et s'enrichit. Ce sont d'abord une suite d'essais « intimes », en partie autobiographiques, où réflexions, impressions et expériences s'entrecroisent avec une singulière harmonie : *La Consolation du voyageur* (1952), *Je vous écris* (1960), *La Nuit et les Sources* (1963), *Proche du silence* (1973), *Avons-nous vécu ?* (1977), *Ce fut ainsi* (1979), *Mais enfin qui êtes-vous ?* (1981), *Lumière du soir* (1983). Ce sont ensuite une série d'essais critiques consacrés à la littérature, Pascal, Marivaux, mais aussi à la peinture, *Chroniques de la peinture moderne* (1949), de textes consacrés à Georges de La Tour, Rouault, Chagall, Campigli... Surtout, c'est cette forme nouvelle, découverte par Arland et qui convient le plus exactement à l'intensité et à la fluidité de son talent, les grands recueils de récits, *L'Eau et le Feu* (1956), *À perdre haleine* (1960), *Le Grand Pardon* (1965), *Attendez l'aube* (1970), où chaque nouvelle, sans perdre son indépendance, est traitée à la manière d'un thème qui doit concourir à l'élaboration et à l'harmonie de l'ensemble. En 1952, Marcel Arland reçoit le grand prix de littérature de l'Académie française. En 1960, le grand prix national des Lettres. En 1968, il entre à l'Académie française.

« Dieu, l'éternel tourment des hommes, soit qu'ils s'attachent à le créer ou à le détruire »... Le jeune écrivain ajoutait : « Entre le miracle et le suicide, il y a place pour une littérature. » Cette littérature sera celle de Marcel Arland et elle aura pour visée ultime, non tant de combler le vide laissé par la perte de Dieu que de constituer une attente à laquelle Il lui faudra répondre à la fin des temps. Cette œuvre tragique qui dénonce dans le bonheur un visage du sommeil demeure pourtant et, de ce fait, parce que tout entière consacrée à l'intensité du moment, du sentiment, de la vie, « louange obstinée du monde ». Toute l'œuvre peut être comprise comme une montée vers la lumière, mais cette ascension serait sans valeur, contraire à la morale qui la fonde — « Je ne conçois pas de littérature sans éthique » — si elle ne partait pas de l'abîme et n'explorait pas avec cette clairvoyance toujours implacable les zones les plus obscures de l'âme, de la société et de la vie. Car, dans cette montée vertigineuse, Arland n'est jamais seul. Tout un peuple l'accompagne, auquel il appartient — « en route vers le Grand Pardon » — et ce sont d'abord ces paysans parmi lesquels il a grandi — « Ô mon petit peuple douloureux ! Ô mes humbles compagnons... qui avez perdu l'espoir, mais non le souvenir, de la cité éternelle... » —, violents, âpres, habités encore par la nature et son mystère ; mais doués aussi d'une grâce surprenante, essentiellement française et dont Arland — Ô clarté — sera l'exemple accompli. Veuves murées dans le malheur ou le silence, filles trompées, violentées, hommes bafoués, meurtris, mais ouverts, l'espace d'un instant, à une lumière qui vient de la terre natale, « âme en veilleuse » et chacun saisi dans cet instant fulgurant où un être se révèle et découvre sa vérité ou son destin. Chacun solidaire, épaulant l'autre ou le contredisant pour former cette unité d'un peuple en marche vers la lumière. Ainsi s'élabore l'unité des grands recueils de nouvelles, appels et réponses entrecroisés qui acquièrent la solennité d'une procession ; où chaque pèlerin résolu à aller au bout de soi-même découvre non « celui-qu'on-ne-peut-atteindre », « mais qu'il suffit de le chercher ». Ce royaume des instants ne parviendrait pas à son harmonie souveraine si Arland n'excellait dans un art difficile : celui des transitions. L'admirable fluidité du récitant rétablit l'ordre dans le chaos qui habite ce talent et où, des ténèbres à la lumière, de l'abîme au sommet, il n'est toujours qu'un pas et l'épaisseur d'un instant. Cette fluidité, cette souplesse, cette grâce, ces rythmes si savants et complexes, ruptures, sauts, retours ne constituent encore que quelques-uns des mérites d'un style exceptionnel par sa qualité. Par lui, la prose est élevée à une hauteur rarement égalée, devient un art autonome ou, comme Arland l'a dit de quelques autres, « un être ». C'est cette prose autant que la générosité humaine de son propos qui font de cette marche vers la lumière une œuvre essentielle, constitutive de notre temps.

JEAN BLOT.

♦ *« Minimum de matière première, distribution des jours et des ombres, équilibre des parties, combinaison et ménagement des effets et des contrastes, recherche de limpidité, de tons assourdis, de dépouillement* [...] *Cette technique savante recouvre une sensibilité poétique d'une qualité particulièrement fine et rare. »* Valery Larbaud. ♦ *« On peut dire qu'il n'a pas écrit une ligne qui ne tende à préparer une réponse à l'une de ces deux questions : "Qu'est-ce que la vie ?" et "Comment puis-je, comment dois-je diriger ma vie ?" »* André Malraux. ♦ *« Voyez tout ce peuple admirable de villageois et de paysannes qui vont et viennent dans les récits d'Arland. Quelle simplicité, quelle humilité dans leur âme ! Le plus bel orgueil paraît grimace à côté* [...] *C'est un trait permanent de cet écrivain, cette confiance en l'homme. »* Etiemble. ♦ *« L'écriture de Marcel Arland atteint un miracle d'équilibre entre la beauté de ses éléments verbaux et l'inquiétude sans fond qu'elle traduit... »* Alain Bosquet. ♦ *« À perdre haleine... Dans toute la littérature française, il n'existe pas un plus bel ensemble de nouvelles. »* Jacques Brenner. ♦ *« Marcel Arland donne à la nouvelle sa pleine valeur de forme littéraire, par la netteté et le resserrement d'une action qui se précise avec rapidité, même si elle évoque des temps et des lieux très différents. Les êtres s'affrontent et les choses fixent leur présence dans un champ limité, non par une mesure conventionnelle, sans doute, mais par la nécessité de répondre à un besoin plus immédiat, à une attente plus exigeante que ceux que suscitent un roman ou un poème... »* Georges Anex.

ARNAUD DANIEL. Troubadour périgourdin qui vécut dans la seconde moitié du XIIe siècle et le début du XIIIe. D'après les allusions que l'on trouve dans ses chansons à des événements historiques, on peut en effet situer son activité artistique entre 1180 et 1260. Mais nous ne connaissons rien de sa vie, en dehors de ce que nous raconte une ancienne biographie provençale. D'après celle-ci, il serait né à Ribérac, dans le Périgord, au sein d'une noble famille ; après de bonnes études, la pauvreté l'aurait contraint à chercher sa subsistance dans le métier de jongleur. L'ancien biographe rapporte qu'il aima, sans d'ailleurs obtenir ses faveurs, une grande dame de Gascogne. Nous avons de lui dix-huit *Chansons* qui toutes, sauf une, traitent uniquement d'amour. Exercé aux plus ingénieuses subtilités de la langue et du style, il se complut dans la composition de rimes précieuses. Arnaud Daniel est en effet le plus illustre représentant du « trobar clus », et mieux encore de ce « trobar ric » qui en est le terme le plus raffiné. Cette recherche extraordinaire dans l'expression, atteinte au moyen d'un style riche en artifices et en habileté rhétorique et verbale, lui valut la flatteuse considération dans laquelle son art fut tenu par Dante et Pétrarque. La postérité a retranché quelque chose de cette opinion, en plaçant ailleurs que dans l'habileté et dans la recherche de la forme la véritable essence de l'expression poétique. Mais il est certain qu'Arnaud Daniel eut une maîtrise exceptionnelle de la langue et fut un parfait constructeur de vers aux rimes sonores et riches dans la recherche d'un effet voulu ; cette recherche l'amène souvent à forger des images étranges, bizarres, mais dépourvues de profondeur de pensée. Un exemple caractéristique de son adresse poétique est la *sextine*, acrobatie de rimes ramenant les mêmes mots à la fin de chaque vers de tous les sizains en un ordre différent et compliqué ; il en fut le créateur et cette forme difficile de strophe fut imitée en France par d'autres troubadours, cependant que Dante et Pétrarque l'introduisaient dans la métrique italienne. Sur la foi de Dante qui le place au-dessus de tous les poètes d'amour et de tous les auteurs de romans en prose, on lui a longtemps attribué le *Lancelot du Lac*, attribution que la critique moderne ne semble pas pouvoir ratifier. Peut-être écrivit-il des romans en prose qui ne nous sont point parvenus. Une tradition voudrait que, dans sa vieillesse, Arnaud se fût retiré du monde pour terminer sa vie dans un cloître, mais il est fort possible qu'elle soit née d'une confusion avec la destinée de deux grands troubadours contemporains d'Arnaud, Bernart de Ventadour, et Bertran de Born, qui se retirèrent sur la fin de leurs jours, l'un à l'abbaye de Dalon en Limousin, l'autre à l'abbaye de Cîteaux.

♦ *« Mieux que tous il sut forger sa langue maternelle ; il surpassa tous vers d'amour, toutes proses de roman. »* Dante (*Purgatoire* ; XXVI, 117). ♦ *« Premier entre tous Arnaud Daniel / Grand maître d'amour / Qui honore encore son pays / Par son étrange et belle poésie. »* Pétrarque (*Triomphe d'amour* ; IV, 40).

RÉF. : U. Canello, *La Vita e le opere del trovatore Arnaldo Daniello,* Halle, 1883. — R. Lavaud, *Les Poésies d'Arnaud Daniel,* Toulouse, 1910. — G. Roja, *Arnaud Daniel, Canzoni,* Florence, 1961.

ARNAUD de Mareuil. Troubadour périgourdin. Né à Mareuil en Dordogne, dans la seconde moitié du XIIe siècle, mort probablement avant 1205. Il vécut à la cour de nombreux seigneurs, Alphonse II d'Aragon, Guillaume VIII de Montpellier, le vicomte de Béziers, suivant son ancien biographe qui raconte la rivalité en amour du poète avec le roi d'Aragon et le désespoir dans lequel le jeta l'inévitable défaite. Son activité poétique se situe entre 1170 et 1200 ; il nous reste de lui vingt-six compositions lyriques, cinq courtes épîtres amoureuses, et deux petits poèmes didactiques, les « ensenhamen ». On retrouve dans ses poèmes les habituelles formules des troubadours, mais exprimées avec tant de raffinement et de délicatesse que notre troubadour mérite une place de choix au point de vue de l'élégance et de la grâce. Arnaud fut probablement le premier créateur de l'épître amoureuse dans la littérature provençale, comme il fut aussi l'initiateur du genre didactique représenté par l'« ensenhamen » qui devait par la suite trouver un certain développement dans l'art des troubadours. Le but qu'il se propose semble être l'enseignement de la « courtoisie » à la société aristocratique, c'est-à-dire de tout cet ensemble de qualités et de manières qui assurent bonne renommée à celui et à celle qui les possèdent.

RÉF. : A. Jeanroy, *La Poésie lyrique des troubadours,* Paris, 1934. – R. C. Johnston, *La Poésie lyrique des troubadours, Arnaud de Mareuil,* Paris, 1935 (édit. crit. des œuvres). – P. Bec, *Les Saluts d'Amour du troubadour Arnaud de Mareuil,* Toulouse, 1961.

ARNAUD Georges (pseud. de Henri Girard). Romancier. Né le 16 juillet 1918 à Montpellier, mort en 1987. Les romans, essais, reportages et nouvelles de Georges Arnaud sont à l'image de sa vie, tumultueuse, aventureuse. En 1940, il s'engage dans les forces combattantes bien qu'il fût réformé. Comme le Malraux des années d'occupation, il sera fait prisonnier et n'aura de cesse de s'évader ; évasion qu'il réussira. On aurait pu croire que, une fois ses études de droit finies (un doctorat en droit et la préparation au Conseil d'État), Georges Arnaud connaîtrait à son tour ce retour « gothéen à l'ordre » que persiflait Sartre. Au contraire, en 1947, après le procès retentissant qui suivit l'assassinat de son père (lui-même écrivain) et au cours duquel il dut être innocenté, Georges Arnaud préféra s'exiler en Amérique du Sud, où il subsista misérablement jusqu'en 1949. C'est de ce séjour fondamental qu'il va tirer ses trois grands romans, *Le Salaire de la peur* (1949), *Le Voyage du mauvais larron* (1946-48), *Lumière de soufre* (1952) et un recueil de nouvelles, *La Plus Grande Pente* (1961). L'Amérique d'Arnaud n'a rien d'un conte de fées ; dans *Le Salaire de la peur*, c'est dans un Guatemala imaginaire que pourrissent sur place ses héros, minés par l'ennui, l'alcool, des maladies infectieuses qui rongent les volontés les plus âpres. Georges Arnaud a également écrit des reportages « engagés » : sur les prisons, *Prisons* (1953), sur des minorités opprimées, *Indiens pas morts* (1956). Dramaturge, il a écrit *Maréchal P...* (1958). Georges Arnaud est un humaniste, en ce sens qu'il a toujours pris la défense des humbles, des oubliés, des marginaux. Pendant la guerre d'Algérie, il a dénoncé les violences policières et condamné les atrocités de la guerre (notamment dans son pamphlet *Pour Djamila Bouhired*, 1958). Un de ses derniers titres résume bien les préoccupations de son œuvre : *Chroniques du crime et de l'innocence* (1982).

PHILIPPE BLONDEAU.

ARNAULD Antoine, dit le « Grand Arnauld ». Théologien. Né à Paris le 8 février 1612, mort à Bruxelles le 7 août 1694. Il était le vingtième enfant d'Antoine Arnauld, avocat au parlement de Paris resté fidèle à la monarchie pendant les troubles de la Ligue, et depuis lors très bien vu du gouvernement. Il étudie à Paris, est reçu docteur de théologie en Sorbonne (septembre 1641) et ordonné prêtre. Sa famille était en relations avec l'abbé de Saint-Cyran, théologien partisan de Jansénius, et pour cette raison emprisonné à Vincennes en 1639. Dès 1642, Arnauld est remarqué par les réflexions qu'il donne sur les travaux de Descartes, qu'il critique sur certains points tout en marquant un fort intérêt pour sa démarche et en y relevant des liens avec la pensée de saint Augustin. En 1643, son traité *De la fréquente communion*, qui le lance dans une violente polémique contre les jésuites, le rend célèbre. En 1644 et 1645, il publie deux *Apologies* de Jansénius, dans le cadre de ces polémiques sur la grâce. Il devient une figure de proue, puis le penseur le plus autorisé, du cercle janséniste de Port-Royal. En 1655, le duc de Liancourt, père d'une religieuse de Port-Royal, se voit refuser l'absolution par le curé de la paroisse de Saint-Sulpice, s'il ne retire pas sa fille de ce couvent. Arnauld compose à cette occasion ses *Lettre à une personne de condition* et *Lettre à un duc et pair,* qui relancent ses attaques contre les jésuites : il est censuré par la Sorbonne et exclu de la faculté de théologie (1656). Ce fut en ces circonstances que Pascal écrivit, pour le soutenir, *Les Provinciales*. Arnauld s'enferme alors à Port-Royal, où il compose, en collaboration avec Nicole et Lancelot, des ouvrages d'enseignement qui eurent un grand succès : la *Grammaire générale et raisonnée* et la *Logique*. En même temps, il poursuit sa guerre de pamphlets avec les jésuites. En 1668, lorsque prend forme l'apaisement de ces querelles appelé « Paix de l'Église », Arnauld est admis à se présenter à la Cour, au roi, au nonce du pape. Il se tourne alors contre les protestants, composant avec Nicole le *Traité de la perpétuité de la foi.* Il se trouve à ce moment-là en débat avec la fraction la plus extrémiste du jansénisme, notamment avec Martin de Barcos, neveu de Saint-Cyran, mais en revanche il est alors tenu pour un des penseurs les plus importants de son temps et jouit d'une forte notoriété. Cependant, l'apaisement des querelles jansénistes ayant été de courte durée, il est obligé de se cacher et en 1679 il passe en Belgique, d'où il continue ses polémiques, contre les protestants, les jésuites et Malebranche, tout en réaffirmant sans cesse sa fidélité au gouvernement français. Au début des années 1690, les poursuites contre lui s'apaisent, il est autorisé à rentrer à Paris, et c'est au moment où se négocie son retour en grâce qu'il meurt, peu après que son intervention eut contribué à mettre un terme à la querelle des Anciens et des Modernes, ce qui indique quel prestige et quelle autorité lui étaient reconnus dans les milieux lettrés.

Ses écrits pédagogiques ont longtemps conservé de l'audience. En revanche, ses traités et ouvrages de polémique, composés dans un style docte et d'un propos très spécialisé, ont été délaissés sitôt que les querelles autour de Port-Royal se sont achevées ; et Arnauld, considéré en son temps comme un penseur hors pair, a peu à peu pris dans l'histoire une place plus mesurée.

ALAIN VIALA.

RÉF. : Le P. Quesnel, *Histoire abrégée de la vie et des ouvrages d'A. Arnauld,* 1697. — Racine, *Abrégé de l'histoire de Port-Royal* in *Œuvres complètes,* Paris, 1951. — Sainte-Beuve, *Port-Royal* in *Œuvres,* Paris, 1955. — H. Brémond, *Histoire du sentiment religieux,* t. IV, Paris, 1966. — L. Marin, *La Critique du Discours,* Paris, 1975.

ARON Raymond. Sociologue français. Né et mort à Paris (14 mars 1905-17 octobre 1983). Par ses cours, ses articles, ses ouvrages, Aron a fortement marqué la sociologie politique française. Dès ses premières œuvres, avec un sous-titre comme « Essai sur les limites de l'objectivité historique », la démarche de Raymond Aron se profile : une méfiance profonde à l'égard des systèmes clos, une orientation volontaire vers une recherche empirique beaucoup plus proche de la ligne anglo-saxonne que des tendances françaises, ce qui explique parfois ses polémiques avec Sartre et Althusser.

En 1930, il passe son doctorat ès lettres alors qu'il termine son séjour à l'École normale supérieure où il eut pour camarades de promotion Sartre, Nizan, Senghor, Merleau-Ponty. Il enseigne à l'université de Cologne (1930-1931) et à l'Alliance française à Berlin (1931-1933) où déjà il perçoit la montée de la « peste brune ». Il occupera le poste de secrétaire au Centre de documentation sociale à l'École normale supérieure (1934-1939) et par la suite à l'École normale de Saint-Cloud (1935-1939), qu'il quittera pour une chaire de philosophie sociale à l'université de Toulouse (1939). Pendant la Seconde Guerre mondiale, Aron rejoint le général de Gaulle en Angleterre. À Londres, il assumera lui-même le poste de rédacteur en chef de *La France libre* jusqu'à la libération de la France en 1944. L'Institut des sciences politiques va dès lors l'accueillir, ainsi que l'École nationale d'administration ; de 1955 à 1968, il restera professeur de sociologie à la Sorbonne. Aron évoluera, sur le plan journalistique, de *Combat* (1946-1947) au *Figaro* en passant par *Les Temps modernes* (*) dont il assumera la rédaction en chef avec Maurice Merleau-Ponty à l'époque où il restait très proche des intellectuels de gauche de sa génération. La rupture se fera sentir quand il s'opposera à Sartre et à ses amis à propos de leur soutien inconditionnel à la Russie soviétique — il écrit alors *L'Opium des intellectuels* (1957). Dès lors, il s'orientera vers une ligne politique nettement « atlantiste ». Dans la *Révolution introuvable* (1968), il critiqua la « démission » des universitaires français au moment de mai 1968. Néanmoins, il se retrouva toujours dans le camp des décolonisateurs et restera un adversaire acerbe de la politique gaullienne dans ses écrits (1958-1969).

Aron, brillant analyste de la société industrielle — v. *Dix-huit leçons sur la société industrielle* (1962) et *Trois essais sur l'âge industriel* (1966) —, a grandement contribué à faire connaître en France la sociologie de Max Weber et tout particulièrement l'importance considérable des écrits de Tocqueville consacrés aux États-Unis. Aron est de surcroît un marxologue avisé tout en n'étant pas marxiste. Selon lui, le régime de la propriété — privée ou non — des moyens de production ne suffit pas à définir économiquement et politiquement une société. D'après une citation célèbre d'Aron : « L'Europe, vue d'Asie, n'est pas composée de deux mondes fondamentalement hétérogènes, le monde soviétique et le monde occidental ; elle est faite d'une seule réalité : la civilisation industrielle. » Selon lui, la société industrielle regroupe dans un même ensemble deux types de régimes sociaux, occidental et communiste, qui, malgré leur apparente opposition, ne sont que deux types différents de fonctionnement ayant en fait certains traits communs : une activité de production nettement séparée du cadre familial, ainsi que la concentration de la main- d'œuvre, accompagnée de la division du travail et, trait plus important, l'accumulation du capital et l'orientation de la croissance. Aron insistera sur le fait que cette croissance économique suppose chez les agents sociaux l'existence d'une certitude rationnelle, d'une application intensive du calcul économique et le développement des techniques. Cependant Aron n'ignore aucunement les conflits réels qui opposent l'U.R.S.S. et les États-Unis ; à cet égard, il manifeste un extrême scepticisme quant à une possibilité d'amélioration du rapport des deux blocs.

Parmi les ouvrages de Raymond Aron les plus significatifs, citons : *La Sociologie allemande contemporaine* (1935), *Introduction à la philosophie de l'histoire* (1938), *Les Guerres en chaîne* (1951), *Dimensions de la conscience historique* (1961), *Paix et Guerre entre les nations* (1962), *Le Grand Débat* (1963), *La*

Lutte de classes, nouvelles leçons sur les sociétés industrielles (1964), *Démocratie et Totalitarisme* (1965), *Les Étapes de la pensée sociologique* (1967), *Les Désillusions du progrès* (1969), *Histoire et dialectique de la violence* (1973), *Penser la guerre, Clausewitz*, deux tomes (1976), *Plaidoyer pour l'Europe décadente* (1977). Raymond Aron a publié ses *Mémoires. 50 ans de réflexion politique*, en 1983.

YANN BARBÉ.

RÉF. : G. Fessard, *La Philosophie historique de Raymond Aron*, Paris, 1980. — S. Mesure, *Aron et la raison historique*, Paris, 1984. — R. Colquhoun, *Aron*, Londres, 1986 (2 vol.).

ARRABAL Fernando. Auteur dramatique et cinéaste espagnol d'expression française. Né le 11 août 1932 à Mélilla (comptoir espagnol au Maroc). Arrabal est venu tôt en France. C'est un jeune homme de vingt-trois ans profondément marqué par la guerre civile espagnole qui, en 1955, s'installe à Paris. Son père, républicain, est arrêté pendant la guerre civile, sa mère est une catholique fervente avec qui il ira vivre à Madrid. Son théâtre va puiser dans cette expérience traumatisante et contradictoire ses thèmes les plus récurrents. En effet, toute son œuvre dramatique est marquée par la violence, l'antimilitarisme, l'anticléricalisme et la révolte contre le franquisme. « Le théâtre — a écrit Arrabal — est surtout une cérémonie [...] de la mise à mort et de l'exaltation de la vie. » Ses œuvres principales, *Fando et Lis* (1955), *Le Cimetière de voitures* (1958), *Le Grand Cérémonial* (1956), *L'Architecte et l'Empereur d'Assyrie* (1967) *Le Jardin des Délices* (1967), mettent en scène un univers traversé de fantasmes (notamment érotiques), de scènes sordides, de bouffées de violence sado-masochiste. Ainsi, dans *Le Grand Cérémonial,* Arrabal dépeint un Casanova monstrueux qui sacrifie des proies sans défense. Arrabal a qualifié son théâtre de « théâtre panique », un théâtre tragi-comique où s'enchevêtrent et s'harmonisent des éléments contradictoires : sacré et sacrilège, vulgarité et poésie. Arrabal a réalisé pour le cinéma *Viva la muerte* (1970) et *J'irai comme un cheval fou* (1973). Sa dernière création, *La Traversée de l'empire* (mise en scène par l'auteur), a été montée au Théâtre national de la Colline en 1988. Il publia encore *Babylone* (1995), *Passions, passions* (1997), *Le Funambule de Dieu* (1998).

HENRI RAILLARD.

RÉF. : A. Schifres, *Entretiens avec Arrabal,* Paris, 1969. — B. Gille, *Arrabal,* Paris, 1970. — F. Raymond-Mundschau, *Arrabal,* Paris, 1972. — A. Berenguer, *L'Exil et la Cérémonie,* Paris, 1977. — A. et J. Berenguer, *Fernando Arrabal,* Madrid, 1977. — P. L. Podol, *Fernando Arrabal,* Boston, 1978. — T. J. Donahue, *The Theater of Arrabal,* New York, 1980. — F. M. Torres, *Introducción al teatro de Arrabal,* Murcia, 1981. — L. O. Arata, *The Festive Play of Arrabal,* Lexington, 1982. — A. Chesnau, *Décors et Décorum : enquête sur les objets dans le théâtre d'Arrabal,* Montréal, 1984. — D. De Ruyter-Tognotti, *De la prison à l'exil. Structures relationnelles et structures spatiales dans trois pièces d'Arrabal,* Paris, 1986.

Arsène Lupin gentleman cambrioleur. Ce recueil de Maurice Leblanc (1864-1941), paru en 1907 aux éditions Lafitte, constitue le premier jalon du cycle d'Arsène Lupin ; il se compose de dix nouvelles publiées dans le mensuel *Je sais tout* de 1905 à 1907. La première, *L'Arrestation d'Arsène Lupin*, est peut-être la plus belle réussite de l'auteur, non seulement parce qu'elle impose en quelques lignes la silhouette de celui qui deviendra le plus célèbre des aventuriers, mais surtout pour sa maîtrise narrative : au terme d'un brillant exercice en énonciation, c'est (bien avant le fameux *Meurtre de Roger Ackroyd* d'Agatha Christie) la grammaire qui donne la solution de l'intrigue policière. En fait toutes les nouvelles font preuve de la même virtuosité stylistique, ce qui en accroît le charme : aux multiples déguisements du gentleman maître en trucages et mystifications répondent les astuces d'un auteur habile à prendre au piège son lecteur. La figure de Lupin y gagne en séduction : dès ce premier recueil il n'est pas seulement l'aristocrate du crime qui envoie sa carte au baron qu'il veut dévaliser (*Arsène Lupin en prison*) ou le prestidigitateur de la cambriole qui résout une énigme de plusieurs siècles au nez et à la barbe d'un célèbre détective (*Herlock Sholmès arrive trop tard*), mais encore un être aux mille visages, génie de la métamorphose à l'identité toujours fugace (*L'Évasion d'Arsène Lupin, Le Collier de la Reine, Le Sept de cœur*). « J'ai vécu sous tant de noms différents que j'ai fini par oublier le mien », se plaira par la suite à répéter le personnage ; « Moi-même je ne sais plus très bien qui je suis. Dans une glace je ne me reconnais plus. » Il est vrai que le héros, au cours de ses innombrables tribulations, collectionne les identités en gravissant sans peine tous les degrés de l'échelle sociale, aussi à l'aise en petit secrétaire étriqué qu'en prince russe (Paul Sernine, dans *813*) ou en grand d'Espagne (don Luis Perenna, dans *Les Dents du tigre*). En fait c'est plutôt aux lignées aristocratiques que va sa préférence, justifiant ainsi son surnom de gentleman : « Marquis, baron, duc, archiduc, grand-duc, petit-duc, contre-duc, tout le Gotha, quoi ! On me dirait que j'ai été roi, ventre-saint-gris, je n'oserais pas jurer le contraire. » Signes particuliers permettant de l'identifier : charme irrésistible (l'on ne compte plus ses conquêtes, souvent plus d'une par récit), cœur d'or (il ne vole qu'aux riches et, tel Robin des Bois, se fait le défenseur de la veuve et de l'orphelin) et surtout verve intarissable — ses tirades échevelées, alliant un lyrisme volontiers épique à la gouaille d'un gamin de Paris, sont l'un des grands attraits de sa saga. Celle-ci procède moins par chronologie (le volume correspondant à la jeunesse de Lupin est seulement le douzième de la série) que par touches successives composant peu à peu une fresque imposante : *Arsène Lupin contre Herlock Sholmès* (1908), *L'Aiguille creuse* (1909), *813* (1910), *Le Bouchon de cristal* (1912), *Les Confidences d'Arsène Lupin* (1913), *L'Éclat d'obus* (1915), *Le Triangle d'or* (1917), *L'Île aux trente cercueils* (1919), *Les Dents du tigre* (1920), *Les Huit Coups de l'horloge* (1923), *La Comtesse de Cagliostro* (1924), *La Demoi- selle aux yeux verts* (1927), *L'Agence Barnett et Cie* (1928), *La Demeure mystérieuse* (1928), *La Barre-y-va* (1930), *La Femme aux deux sourires* (1932), *Victor de la Brigade mondaine* (1934), *La Cagliostro se venge* (1935). Le principe de ces aventures ne varie guère (mystifications policières, enquêtes cryptographiques, chasses au trésor ou à l'homme) ; Lupin — à la Vidocq — endosse volontiers l'habit du détective chargé de faire éclater la vérité. D'où sa prédilection pour les rôles de policier (*L'Agence Barnett et Cie, Victor de la Brigade mondaine*) : dans *813* il réussit même à se faire passer pour le chef de la Sûreté ! C'est plutôt dans l'ampleur du décor ou dans l'audace de certaines intrigues que se manifeste l'invention de l'écrivain : ainsi la fameuse *Aiguille creuse* d'Étretat devient-elle le repaire du cambrioleur après avoir été le « coffre-fort des rois de France ». Ce n'est d'ailleurs pas la seule incursion du héros dans l'Histoire ; nombreuses sont les affaires où Lupin résout de très vieilles énigmes (*Le Collier de la reine, La Comtesse de Cagliostro*). L'autre originalité tient à l'utilisation de l'actualité qui prête ses événements à plusieurs intrigues : l'affaire Humbert, par exemple (*Le Coffre-Fort de Mme Imbert*), ou le scandale de Panama (*Le Bouchon de cristal*). En fait Arsène Lupin doit beaucoup à l'esprit du temps, modelant son itinéraire sur les tribulations de son époque. Héritier des dandys nihilistes du paysage fin de siècle, il procède à l'origine d'un anarchisme mondain caractéristique de la Belle Époque : c'est le Lupin première manière, « Cyrano de la pègre » (Sartre) aussi habile que primesautier, bref l'escroc gentilhomme dont les tours séduisent par leur adresse et leur esprit. Avec la tension qui monte et la guerre qui s'installe, le personnage devient patriote puis franchement cocardier : ses campagnes, plus ambitieuses (dans *813* il traite d'égal à égal avec le Kaiser), déploient une volonté de puissance qui laisse transparaître les préoccupations revanchardes ou colonialistes d'une société en crise. L'après-guerre, enfin, revient progressivement au modèle du bandit dilettante, cette fois rentré dans le rang : mettant son talent au service du bien public, Lupin s'installe dans la peau confortable d'un élégant séducteur, aventurier mondain vaguement déplacé dans le Paris des Années folles. Il serait toutefois réducteur de ramener Arsène Lupin à des modalités socio-historiques impuissantes à expliquer à elles seules l'immense succès du gentleman cambrioleur. Le mérite de Leblanc, c'est précisément d'avoir créé, avec son héros aux mille avatars, une enveloppe polymorphe que chaque lecteur vient investir de ses désirs ; matière de mythes (don Quichotte ou don Juan) ou de rêves (le Maître, l'Autre), Lupin c'est Protée au service de l'imaginaire. Toutes les lectures sont ainsi possibles, de la genèse des formes à l'histoire de la pensée : comme au même moment le Rouletabille de Leroux, le hors-la-loi de Leblanc rejoue, au gré de sa lutte avec le très positiviste inspecteur Ganimard, les tribulations d'une métaphysique à la dérive. « Vous êtes Arsène Lupin, n'est-ce pas ? — Je puis l'être ou ne pas l'être, selon ce que vous désirez » (*Les Milliards d'Arsène Lupin*). Difficile en somme de classer cette œuvre à mi-chemin entre le conte de fées et le récit initiatique ; il reste plus aisé de s'y laisser séduire, à la suite de Sartre ou Isidore Beautrelet (le détective de *L'Aiguille creuse*). « On ne s'emballe jamais trop, monsieur, quand il s'agit de pareils individus. Tout ce qui dépasse la moyenne vaut qu'on l'admire. Et celui-là plane au-dessus de tout. »

L. Ba.

ARTAUD Antonin. Poète, essayiste et auteur dramatique. Né à Marseille le 4 septembre 1896, mort à Ivry-sur-Seine le 4 mars 1948. À l'instar de celles de Nerval, de Poe ou de Nietzsche, l'œuvre d'Artaud se présente comme la relation d'une quête, visant un absolu pour lequel le poète brûla sa vie et sa raison. C'est dire que cette œuvre apparaît constamment frappée au sceau d'une exigence de sincérité jamais en défaut et due à l'oppression exercée par des souffrances continuelles d'ordre nerveux et physiologique, qui firent de son existence une tragédie. Cette volonté et pratiquement cette incapacité de ne pas tricher, imposèrent à Artaud la forme même de ses écrits (souvent apparentés à celle de la lettre), textes courts attestant le besoin de rendre compte au plus près de ses expériences intérieures. Aussi tous ses livres — à l'exception d'une œuvre de commande, *Héliogabale ou l'Anarchiste couronné* — consistent-ils en recueils d'articles, de poèmes en prose, de messages dénués de toute préoccupation exclusivement esthétique. Lorsque, en 1924, âgé de vingt-huit ans, Antonin Artaud « monte » de Marseille à Paris avec le projet de devenir comédien (il tiendra entre autres rôles au cinéma celui du moine Massieu dans *La Passion de Jeanne d'Arc* de Dreyer et celui de Marat dans le *Napoléon Bonaparte* d'Abel Gance), il s'était déjà auparavant fait soigner pour des troubles nerveux mal définis qui le privaient de sa liberté de pensée et d'action. Il n'avait publié jusqu'alors qu'un court recueil de poèmes : *Tric-Trac du ciel* (1923), et c'est presque par hasard que débute son œuvre véritable, à l'occasion du refus qui lui fut signifié de la part de Jacques Rivière, directeur de *La Nouvelle Revue française* (*), de publier dans cette revue quelques-uns de ses poèmes. Un dialogue épistolaire s'engage alors entre les deux hommes (juin 1923-juin 1924), Artaud acceptant d'emblée comme valables toutes les critiques que lui adresse Rivière à l'égard de ses œuvres, tout en revendiquant de sa part la reconnaissance d'un intérêt littéraire dans la mesure où les maladresses et les faiblesses mêmes qui lui sont reprochées rendent compte de l'étrange phénomène spirituel qu'il subit et qu'il décrit en ces termes : « Je souffre d'une effroyable maladie de l'esprit. Ma pensée m'abandonne à tous les degrés. Depuis le fait simple de la pensée jusqu'au fait extérieur de sa matérialisation dans les mots... il y a donc quelque chose qui détruit ma pensée. » Dans les livres qui succèdent à cette *Correspondance avec Jacques Rivière* publiée en 1927, *L'Ombilic des limbes* (1925), *Le Pèse-Nerfs* (1925), *L'Art et la Mort* (1929), Artaud s'assignera pour but de transcrire avec la plus grande fidélité cette étrangeté qui l'habite, cherchant à soumettre, en les déterminant par le verbe, ces « forces informulées » qui l'assiègent : en les localisant ainsi, il s'en désolidarise, échappant par là même au risque de se laisser totalement submerger par elles. Il peut en outre espérer, s'il parvient à rendre compte de ses troubles grâce à la magie d'une savante transcription évocatoire, obtenir du lecteur une reconnaissance de leur existence et par là même sortir de cette manière de néant où sa monstruosité psychique le place, le bannissant du monde des humains. Cependant, si l'investigation systématique que l'écrivain poursuit alors vis-à-vis de lui-même aide à mettre au jour les processus les plus subtils de la pensée (lesquels demeurent cachés à ceux qui, sains d'esprit, ne ressentent pas le manque révélateur de son essence), celle-ci débouche par ailleurs sur une contradiction fondamentale qu'Artaud ne cessera de vivre tragiquement : celle de vouloir « se déterminer, comme si ce n'était pas lui-même qui se déterminait, se voir avec les yeux de son esprit sans que ce soient les yeux de son esprit, conserver le bénéfice de son jugement personnel en aliénant la personnalité de ce jugement, se voir et ignorer que c'est lui-même qui se voit » (*Bilboquet*, publ. posth.). Sa tentative de prendre continuellement conscience du vertige psychique qui le désoriente et l'affole précipitera en fait plus avant le poète vers « un effondrement central de l'âme », un état de « bête mentale », paralysé par le regard qu'il dirige sur lui-même dans une sorte d'hypnotisme narcissique où il ne ressent, à la limite, plus « rien, sinon un beau pèse-nerfs, une sorte de station incompréhensible et toute droite au milieu de tout dans l'esprit ». Mais grâce au paroxysme engendré par cet essai de détermination de soi-même, Artaud fait l'expérience de la spontanéité transcendante de la pensée, irréductible à l'analyse et se dérobant à toute saisie d'elle- même. La véritable connaissance pour le poète doit alors passer par la recherche approximative d'« un point qui est justement à trouver » où l'inspiration se matérialise en images et se spatialise dans le cerveau, procédant à cette sorte « de fixation et de gel, de mise en mouvement de l'âme » dont il se sent prisonnier. L'impossibilité de se libérer de l'emprise de sa maladie psychique, Artaud la vivra désormais dans une sorte de rage perpétuelle, lui dictant une attitude de révolte radicale contre tout. Il est naturel de le voir, en 1924, adhérer au mouvement surréaliste, parallèlement à la poursuite de sa carrière d'acteur ; liaison de courte durée, qu'il brisera lorsque Breton optera pour un engagement marxiste, « comme si, du point de vue de l'absolu, il pouvait être du moindre intérêt de voir changer l'armature sociale du monde » (*À la grande nuit ou le bluff surréaliste*, 1927). C'est du théâtre que pour sa part cet « éternel témoin de soi-même » réclamera le salut de l'âme. Après avoir fait avec Roger Vitrac l'expérience du Théâtre Alfred Jarry qu'ils avaient fondé en collaboration, Artaud tentera à nouveau de donner corps à ses conceptions dramatiques en montant, en 1935, *Les Cenci*, pièce écrite par lui-même d'après Stendhal et Shelley. Quant aux idées qui présidèrent à la forme nouvelle de cette représentation, il les exprimera dans une série de textes réunis sous le titre : *Le Théâtre et son double* (*) (1938). Cherchant à faire de la représentation scénique un véritable acte magique, Artaud y propose, pour échapper à la cruauté « que les choses peuvent exercer sur nous », que l'acteur s'identifie à celle-ci, la maîtrisant par un savant exercice du souffle. Mais après le demi-échec des *Cenci*, de plus en plus désespéré, Artaud semble renoncer au théâtre. La pensée traditionnelle et métaphysique, telle qu'elle se trouve exprimée dans les ouvrages du grand René Guénon, requiert alors tout son intérêt et c'est auprès d'une peuplade retirée du Mexique, celle des Indiens Tarahumaras, qu'il va chercher en 1936 le secret d'une culture antique qui ouvre l'âme sur l'appréhension directe des principes qui régissent la vie et la mort. Au cours de son séjour, Artaud participe à différents rites liés à l'absorption d'une drogue sacrée hallucinogène dont il fait lui- même l'expérience : le peyotl. Il relatera ce voyage aux frontières du surnaturel dans un certain nombre de textes collationnés sous le titre : *Les Tarahumaras* (1945). À la lecture de ce livre, on ressent, peut-être plus que dans aucun ouvrage antérieur du poète, les qualités qu'il attribuait lui-même au style de Sénèque le Tragique mais qui, en fait, appartiennent en propre au sien : dans ces écrits, « les forces primordiales font entendre leur écho dans la vibration spasmodique des mots. Et les noms qui désignent des secrets et des forces les désignent dans le *trajet* de ces forces et avec leur force d'arrachement et de broiement ». Mais sa santé mentale décline peu à peu. Une fois rentré en France, il publie cependant un livre très court sans y apposer de nom d'auteur : *Les Nouvelles Révélations de l'Être* (1937), sortes de prophéties inspirées par l'interprétation des tarots. Au retour d'un autre voyage, en Irlande, en 1937, il sera interné pour une longue période (jusqu'en 1946), « saison en enfer » dont il décrit les affres dans ses *Lettres écrites de Rodez* (1943-1946). De sa sortie de l'hôpital psychiatrique de Rodez jusqu'à sa mort en 1948, Artaud ne cessera à tout instant d'écrire (ses *Œuvres complètes* comportent à ce jour vingt-cinq tomes, publiés entre 1956 et 1990). Ces dernières œuvres, nombreuses, témoignent de l'atermoiement perpétuel d'une âme d'autant plus supralucide à certains moments qu'elle sombre, à d'autres, dans un monde de phantasmes (entretenu peut-être, à cette époque, par une partie de son entourage). Mais c'est de cette lucidité supérieure, presque effrayante, que sont redevables en particulier (parmi beaucoup d'autres écrits restés inédits de son vivant) son poème-étude sur *Van Gogh* (1947), *Artaud le Mômo* (1947), la *Lettre à Jean Breton* sur Nerval, le texte écrit pour une émission radiophonique finalement interdite : *Pour en finir avec le jugement de Dieu.* Dernier message qu'il lança au monde avant de mourir d'un cancer le 4 mars 1948, il se donnera lui-même en spectacle au théâtre du Vieux- Colombier, sous prétexte d'une conférence, en tant que témoin au plus haut degré de la vie, d'une vie qui fut celle d'un perpétuel supplicié. Son existence entière, dans son désir véridique de connaissance, il l'aura crachée à la face de tous les universitaires et cuistres de tout poil de notre époque en la résumant dans cette phrase lapidaire : « Je n'ai jamais rien étudié mais j'ai tout vécu, et cela m'a appris quelque chose. »

PHILIPPE FAUCHER.

♦ *« Sa grande silhouette dégingandée, son visage consumé par la flamme intérieure, ses mains de qui se noie, soit tendues vers un insaisissable secours, soit tordues dans l'angoisse, soit le plus souvent enveloppant étroitement sa face, la cachant et la révélant tour à tour, tout en lui racontait l'abominable détresse humaine, une sorte de damnation sans recours, sans échappement possible que dans un lyrisme forcené dont ne parvenaient au public que des éclats orduriers, imprécatoires et blasphématoires... Un homme misérable, atrocement secoué par un dieu, comme au seuil d'une grotte profonde, antre secret de la Sibylle où rien de profane n'est toléré, où, comme sur un Carmel poétique, un* vates *exposé, offert aux foudres, aux vautours, dévorants, tout à la fois prêtre et victime. »* André Gide. ♦ *« Artaud est un solitaire aux prises avec des obsessions effrayantes qu'on aurait tort de lui croire réservées. Qui essaie de pénétrer dans son monde peuplé de goules et strié d'éclairs n'a pas envie de rire ou de se débarrasser de cette création par le facile coup d'épaule : "C'est de la folie !", car cette folie, dont il a bien fallu qu'il s'accommode, lui a servi à pénétrer plus loin que quiconque dans d'étranges régions où se posent les questions essentielles de notre vie à tous. La folie n'est pas un brevet de génie, mais elle n'en est pas un, non plus, d'infériorité. »* Maurice Nadeau. ♦ *« Artaud, c'était pur. C'était le cri de l'homme excédé par lui-même. C'était le grand soubresaut hurlant et nerveux de ceci ou de cela gainé, ganté dans l'horreur de notre chair, et qui s'impatiente, et qui, déchirant le gant, se déchire, à mourir... Antonin Artaud s'est à bon escient suicidé sa vie durant, sans une heure de répit, sans se préoccuper de disciples, d'imitateurs, pour notre salut. »* Audiberti. ♦ *« Le moins qu'on puisse dire d'Antonin Artaud, c'est qu'il ne s'est jamais avoué vaincu. C'est que l'érosion de la pensée, la ruine et la folie même le rejetaient plus sûrement à cette redoutable station intérieure qu'il s'agit (pour nous tous) de mûrir — à ce point mort, mais rayonnant, où l'être pourri rassemble ses vertus. Je ne sais quel empereur disait qu'il existe trois soleils dont le premier seul est visible. Je n'ai jamais douté qu'Artaud ne vît à son gré le second. »* Jean Paulhan. ♦ *« Je salue en Antonin Artaud la négation éperdue, héroïque, de tout ce que nous mourons de vivre. »* André Breton. ♦ *« Poète maudit dans toute l'acception du terme, Artaud s'est, en quelque sorte, immortalisé par sa résistance au monde extérieur. Se refusant aux lois naturelles comme aux lois humaines, il finit par s'inscrire en faux contre le langage tout entier, parce qu'il se persuadait que l'expression est condamnée à trahir toujours la pensée. Ayant fixé de bonne heure son attention sur le dedans de lui-même, il se soumit de plus en plus à son intériorité, là où il entendait des voix qui ne sont plus du monde des idées — pour reprendre ses propres mots. Visionnaire, dont le moindre texte brûle comme le vitriol, il demeure sans doute supérieur à son œuvre, laquelle fait songer aux fragments de quelque tragédie perdue. »* Roland Purnal.

RÉF. : André Gide, *Éloges*, Neuchâtel, 1948 ; *Feuilles d'automne*, Paris, 1949. — Numéro spécial de la revue *K*, 1948. — Numéro spécial de la revue *84*, 1948. — *Antonin Artaud et le théâtre de notre temps*, numéro spécial des *Cahiers Jean-Louis Barrault*, mai 1958. — Georges Charbonnier, *Antonin Artaud*, Paris, 1959. — Alain Virmaux, *Antonin Artaud et le théâtre*, Paris, 1970. — Jacques Prevel, *En compagnie d'Antonin Artaud*, Paris, 1974. — Henri Gouhier, *Antonin Artaud et l'essence du théâtre*, Paris, 1974. — Numéro spécial de la revue *Obliques*, Paris, 1975. — Thomas Maeder, *Antonin Artaud*, Paris, 1978. — Alain et Odette Virmaux, *Artaud*, Paris, 1979. — Jacques Garelli, *Artaud et la question du lieu*, Paris, 1982. — Numéro spécial de la revue *Europe*, Paris, 1984.

Art poétique. Texte en prose ou en vers par lequel un auteur énonce les principes normatifs de sa poétique. La tradition des arts poétiques remonte à l'Antiquité. Ainsi l'*Épître aux Pisons* d'Horace est souvent nommée *Art poétique* en raison des nombreux préceptes qu'elle contient. Ce modèle antique sera repris par Laudun d'Aigaliers (*Art poétique,* 1597), Vauquelin de La Fresnaye (*Art poétique,* 1604) et surtout par Boileau dont le poème didactique *L'Art poétique* (*) (1674) présente en quatre chants, parfois sans s'écarter d'Horace, les « règles » du classicisme en poésie (le mot comprenant également, comme il est d'usage à l'époque, la tragédie et la comédie). Moins didactique, mais tout aussi normatif, l'*Art poétique* de Verlaine (1882) définit, en neuf quatrains, les canons de l'esthétique symboliste. Les jeunes poètes des années 80 y virent un véritable manifeste, mais Verlaine prétendit n'avoir écrit qu'une « chanson ». Illustrant son propos : « De la musique avant toute chose, / Et pour cela préfère l'Impair / Plus vague et plus soluble dans l'air, [...] », le poème est écrit en vers de neuf pieds (rarement utilisés). L'*Art poétique* de Paul Claudel (1907) a d'autres ambitions. La portée philosophique en est claire (en particulier dans « Connaissance du temps »), mais on voit s'édifier aussi, au fil d'une réflexion qui mêle le poétique et le religieux, la conception claudélienne du rapport de l'homme au monde (« Traité de la co-naissance au monde et de soi-même »). Quelques années plus tard (1922), l'*Art poétique* de Max Jacob constitue en un sens le manifeste de l'« esprit nouveau ». Il s'agit d'un recueil de réflexions et d'aphorismes portant pour la plupart (mais pas exclusivement) sur l'expérience poétique. Il semble que la pratique des arts poétiques soit aujourd'hui un peu oubliée, au profit d'entreprises moins destinées à « faire école » qu'à méditer une aventure singulière de la poésie. Tel est déjà *Le Livre de mon bord* (1948) de Pierre Reverdy. Plus près de nous, cette réserve se lit encore dans les *fragments* rassemblés par Pierre Oster Soussouev sous le titre *En guise d'art poétique* (1977).

CHRISTIAN DOUMET.

Art poétique (L') de Boileau. Poème didactique de onze cents alexandrins en quatre chants du poète et critique Nicolas Boileau (1636-1711), publié à Paris en 1674, dans les *Œuvres diverses.* Ce n'est pas un « art poétique » au sens technique du terme, destiné aux professionnels de la plume, mais un « tableau », adressé à un public mondain cultivé, de ce qui autorise l'écriture poétique, depuis les dispositions nécessaires à l'homme qui va écrire jusqu'au traitement du matériau.

Le chant I (deux cent trente-deux vers) situe le champ poétique au croisement du génie personnel du poète, de l'histoire culturelle d'une société et de règles de logique élémentaire, insistant sur l'harmonie du fond avec la forme, la clarté, le travail, etc. Le chant II (deux cent quatre vers) commence l'analyse de ce champ poétique par les genres mineurs (idylle, églogue, élégie, etc. à l'exception de la fable) : même si, grâce au génie de tel Virgile, Tibulle ou Ovide, ils peuvent parfois atteindre la perfection, ces genres resteront toujours mineurs, comme détachés du sublime. Avec le chant III (quatre cent vingt-huit vers) arrive ce qui touche au sublime et fait donc figure de grand genre : la tragédie, l'épopée et la comédie à partir desquelles se dégagent des règles théorisant la pratique qui leur préexiste. Le chant IV (deux cent trente-six vers) constitue l'aboutissement de la réflexion sur les genres et les règles : en fin de compte, la création poétique est le fruit de l'adhésion du poète à une éthique dont les règles ne sont que la traduction technique.

Loin d'être un catalogue de recettes de savoir-vivre littéraire, *L'Art poétique* est donc un véritable exposé organique et démonstratif, à la fois par ce qu'il dit et par la façon dont il le dit. En effet, ses quatre chants se répondent dans une structure claire : les chants II et III présentent en miroir pulvérulence des petits genres et stricte sélection des grands, tandis que les chants I et IV qui les encadrent mettent l'artisan poète (I) face à l'homme poète (IV) pour brosser un tableau complet de ce que doit être celui qui prétend écrire. Ainsi, « les conseils techniques du chant I sont-ils illustrés par les chants II et III qui amorcent en même temps leur insuffisance et appellent le chant IV sur l'homme » (R. Zuber). Bref, *L'Art poétique* de Boileau est moins ordonné à définir une esthétique qu'à la fonder.

La doctrine qui s'en dégage peut se résumer en ces termes : le beau étant une conséquence du vrai, l'art littéraire a pour sens d'exprimer ce vrai et partant le naturel qui se caractérise par la « clarté », une parfaite adaptation de la forme au sujet, et la simplicité. Ainsi évitera-t-on les excès des déguisements (précieux, burlesque, pédant), de la fantaisie de l'imagination et, par défaut, le réalisme absolu aussi bien que l'exceptionnel, le vrai n'ayant de sens que vraisemblable. Autant dire que cet idéal, épuré et limité, nécessite un discernement dont la raison ou le bon sens et les écrivains anciens seront les guides.

Le substrat de l'ouvrage n'est pas très original ; les principales sources livresques de *L'Art poétique* sont, chez les Anciens : la *Poétique* d'Aristote, l'*Épître aux Pisons* d'Horace et le *Traité du sublime* attribué à Longin dont Boileau donne, parallèlement, une traduction-adaptation commentée ; chez les Modernes, *La Poétique* de Scaliger, celle de La Mesnardière, *La Pratique du théâtre* de l'abbé d'Aubignac (1657). *Le Parnasse réformé* (1669) et *La Guerre des auteurs* (1671) de Gabriel Guéret font partie des références de Boileau, mais c'est surtout la *Poétique* de Malherbe, en réaction contre Ronsard, et dont la fortune était assise depuis les années 1660, qui lui est le plus proche. Cependant, *L'Art poétique* dépasse les uns et les autres et s'avère créateur particulièrement en ce qu'il est destiné à répandre dans le grand public lettré des idées qui ne sont habituellement familières qu'aux doctes. De fait, vraisemblablement conçu dès 1669-70 au sein de l'Académie Lamoignon, véritable foyer de réflexion poétique mondaine (le père Bouhours, *Entretiens d'Ariste et d'Eugène*, 1670, le père Rapin, *Réflexion sur la poétique de ce temps*, 1674), il a été donné en lecture fragmentaire, dès 1672, dans le salon du cardinal de Retz, et en 1673, intégralement, chez Gourville. À côté d'une dénonciation des travers de l'écriture mondaine (excès de préciosité à la Voiture ou de pédanterie à la Chapelain, surtout en vogue dans les cercles féminins), il cherche à séduire en divertissant : ainsi, à l'abri de sa structure rigoureuse, l'exposé didactique manque volontairement de rigueur (le chant IV reprend des thèmes du chant I et souligne à dessein cette répétition) ; les clins d'œil au public sont fréquents, minimes comme dans le cas du cothurne devenu « brodequin » (chant III, 1674), plus importants comme lors du panorama historique du chant I volontairement construit comme « une suite de fragments à l'emporte- pièce sur les poètes passés » (R. Zuber) ; le ton est varié grâce à des historiques, des digressions ou des anecdotes (le chant III commence par un apologue, le chant I se ferme sur un morceau de comédie, la scène du sonnet d'Oronte) ; croquis mordants, dialogues rapides, silhouettes fugitives, allusions voilées ou martelées, traits de polémiques se font la chasse. Le vers enfin est travaillé pour permettre la mémorisation, et la pensée s'encadre dans l'hémistiche, si bien que les formules font mouche et se gravent facilement dans la mémoire (II, 94) ; bref, c'est une véritable satire au sens latin du terme.

F. N.-D.

Assonance. Répétition de voyelles ou de sons vocaliques identiques. De même que l'allitération (voir ce mot), et pour la même raison, l'assonance est interprétée, du simple fait qu'on la reconnaisse, comme un procédé expressif. Citons cette assonance en *a* de Baudelaire : « Ta tâche est... dès que le matin fait chanter les platanes, /D'acheter au bazar ananas et bananes. »

CHRISTIAN DOUMET.

Astrée (L'). Roman pastoral d'Honoré d'Urfé (1567-1625) publié en cinq parties de 1607 à 1627 ; les deux dernières par les soins de son secrétaire, Balthazar Baro. L'auteur raconte les amours du berger Céladon et de la bergère Astrée. À travers mille péripéties, l'action se déroule au Ve siècle après J.-C., aux temps anciens des Gaulois et des druides, sur les rivages enchanteurs du Lignon, dans une des plus belles régions de la France, le Forez. Astrée et Céladon s'aiment, mais, à cause de la haine qui oppose leurs familles, ils doivent dissimuler leur amour, Céladon feignant d'aimer ailleurs. Un autre berger, amoureux d'Astrée, en profite pour lui faire croire que son ami lui est infidèle : c'est pourquoi elle lui ordonne de s'éloigner pour toujours de ses regards. Céladon, désespéré, se jette aussitôt dans la rivière ; Astrée le croit mort mais il est sauvé par les nymphes. L'une d'elles, Galatée, lui déclare son amour ; lui, cependant, ne pense qu'à rejoindre Astrée, et, pour ne pas enfreindre son ordre de ne plus réapparaître à ses yeux, et alors qu'elle pleure toujours sa mort, il lui apparaît déguisé en jeune fille, sous le nom d'Alexis. La guerre ayant éclaté, le parfait amant se montre valeureux chevalier ; ainsi selon la mode de la fin du XVIe siècle et la galanterie de la cour d'Henri IV, d'Urfé nous présente le portrait idéal de l'amant et de l'homme courageux. Mais Astrée n'accorde pas encore son pardon. Céladon doit donner d'autres preuves, comme dans la tradition des héros de chevalerie : jusqu'à ce que « la fontaine magique de la vérité » assure à la jeune fille sa fidélité. L'extrême longueur du roman s'explique par le fait que sur cette trame principale se greffent et s'entrecroisent quantité d'autres récits, récits de chevalerie (car la guerre entoure le paradis pastoral) et surtout récits pastoraux animés par d'autres bergers, incarnations des diverses formes de l'amour : se détache tout particulièrement la figure de Hylas, incarnation de l'inconstance. L'œuvre prend modèle sur les grands exemples italiens de l'*Aminta* du Tasse et du *Pastor fido* de Guarini, et plus directement sur la *Diana*, roman de l'Espagnol Montemayor. La délicatesse des descriptions de la nature et la peinture des sentiments humains tels qu'on les trouve dans l'*Arcadie* de Sannazar s'y unissent à la galanterie et à l'amour tels qu'on les pratiquait dans la société française. Ce « roman des romans », très célèbre pendant tout le XVIIe siècle, peut nous paraître, pris dans sa totalité, loin de notre goût : mais il intéresse le savant par la peinture précise de l'idéal précieux et mondain qu'il nous donne ; de plus s'y affirme un goût exceptionnel pour la recherche psychologique qui — à travers la fiction pastorale — influa sur l'esprit et sur la littérature du grand siècle, et détermina l'évolution du roman psychologique.

Asyndète. Du grec *asundeton* : « absence de lien ». Figure de rhétorique qui désigne la suppression de toute marque de coordination entre des propositions : elle les juxtapose, ne les séparant que par une virgule ou un point-virgule. Cette sobriété, fréquente chez les auteurs satiriques, surprend, et met souvent en évidence une opposition entre les idées exprimées par les propositions juxtaposées. Tout comme son inverse, la « polysyndète », qui multiplie de façon excessive les coordonnants, l'asyndète est un procédé essentiellement ironique : « Arrias a tout lu, a tout vu, il veut le persuader ainsi » (La Bruyère, *Les Caractères* [*]).

ARLETTE BOUÉ.

Atala ou les Amours de deux sauvages dans le désert. Œuvre de François-René de Chateaubriand (1768-1848), publiée en 1801. L'auteur eut, dès sa jeunesse, l'idée de décrire les mœurs des sauvages, en les encadrant dans une trame historique. Le massacre (qui fut commis par les Français en Louisiane, en 1727) de la tribu rebelle des *Natchez* lui sembla un bon sujet. Et, au retour de son fameux voyage en Amérique, il devait réaliser son rêve de jeunesse dans *Atala,* simple épisode de son livre sur les Natchez, de même que *René* (*). De ces deux récits, ajoutés comme exemples au *Génie du christianisme*, *Atala* fut publié à part avant le reste de l'ouvrage. Cette « anecdote », écrite « dans les déserts et sous les huttes des sauvages », n'entend pas seulement affirmer la théorie de la beauté du christianisme, surtout dans la partie relative à la poésie de la religion, mais elle révèle un grand amour de la nature et cette richesse sentimentale qui devaient rendre l'écrivain célèbre parmi les romantiques.

Sur les rives du Meschacebé, un vieil Indien, Chactas, raconte sa jeunesse à René, jeune Français qui s'est exilé dans les forêts de la colonie après une vie douloureuse. Chactas avait été fait prisonnier et condamné à mort. Une jeune fille chrétienne, Atala, l'aime et l'aide à s'évader ; après avoir longtemps erré à travers la forêt, ils sont recueillis par un missionnaire, le père Aubry. L'Indien est prêt à se convertir pour pouvoir épouser celle qui l'a sauvé, mais celle-ci a promis à sa mère de se consacrer entièrement à la religion. Partagée entre le désir de rester fidèle à son vœu et la passion qui s'est emparée de son cœur, elle s'empoisonne. L'amant, désespéré, l'ensevelit avec l'aide du missionnaire. Dans l'atmosphère littéraire renouvelée par l'esprit de Rousseau et tournée vers la nature, l'œuvre réussit à fondre l'étude des troubles de l'amour avec la description d'un monde merveilleux et infini, et la valeur psychologique du récit se dégage d'une vaste représentation de la nature et de ses splendeurs. La trame même du récit permettait d'insérer de temps à autre des passages descriptifs à peu près indépendants. Chateaubriand, qui aimait approfondir les sentiments et les troubles subtils de l'âme, ne manque pas en de nombreux passages de cette petite œuvre de confesser, tout comme dans un journal intime, ses propres angoisses et agitations. C'est pourquoi *Atala* donne l'impression d'être divisé en un certain nombre de poèmes lyriques, reliés par un récit, comme les chants d'une rhapsodie. Outre le Prologue et l'Épilogue, on trouve différentes parties portant des titres particuliers : « Les Chasseurs », « Les Laboureurs », « Le Drame », « Les Funérailles ». Sur ce thème continu et évocateur, l'idylle des deux jeunes gens se dessine, tout enveloppée dans une vision pénétrante de la nature et des passions humaines. L'œuvre méritait bien le succès qu'elle a eu dans la littérature romantique à laquelle Chateaubriand donna une impulsion décisive : ce qu'il ne manqua pas de mentionner lui-même avec complaisance dans ses *Mémoires d'outre-tombe* (*).

Athalie. Tragédie biblique, en cinq actes, du dramaturge Jean Racine (1639-1699), composée à la demande de Mme de Maintenon et jouée à Saint-Cyr le 5 janvier 1691. Les Juifs sont divisés en deux royaumes : celui de Judée, que le culte du vrai Dieu maintient à Jérusalem, et celui d'Israël, détaché de la foi antique. Joram, roi de Judée, a épousé Athalie, de la maison d'Israël ; celle-ci, dévote aux dieux, a entraîné même son mari dans l'idolâtrie. Elle devint veuve avec un fils, Okosias, impie comme elle. Celui-ci étant auprès du roi d'Israël, son oncle, est tué avec quelques-uns de ses parents pendant un soulèvement fomenté par les prophètes qui restauraient le vrai culte. Pour venger ce massacre, Athalie fit tuer les enfants d'Okosias, qui étaient ses petits-enfants et les descendants de David. Un seul, Joas, fut sauvé par une belle-fille d'Athalie, Josabet, et fut élevé secrètement dans le Temple par le grand prêtre Joad, époux de Josabet. Ceci se passe avant la pièce elle-même : l'action se déroule dans le Temple, dans le vestibule de l'appartement du prêtre. Abner, un chef de l'armée de Judée, prévient Joad qu'Athalie, poussée par Mathan, prêtre passé à l'idolâtrie, s'apprête à attaquer le Temple, où elle croit que se cache une menace pour elle. Nous apprenons ensuite qu'elle est entrée fièrement dans le Temple où, alors qu'elle s'apprêtait à passer l'enceinte réservée aux prêtres, Joad l'a arrêtée : elle y demeure profondément frappée à la vue d'Eliacin (c'est le nouveau nom de Joas enfant). Orgueilleuse de tout ce qu'elle a fait pour son royaume, elle est sans remords pour le sang qu'elle a fait verser. Seulement, depuis quelque temps, elle est troublée par un songe où sa mère lui est apparue pour lui dire qu'elle sera, elle aussi, vaincue par le Dieu des Juifs ; puis lui est apparu un enfant très doux, vêtu comme les prêtres juifs, qui lui plongeait un poignard dans le sein. Or, dans le Temple, elle a vu prier, près de l'autel, un enfant en tous points semblable à celui du songe. Elle ordonne qu'on le fasse venir : Joas répond simplement et profondément aux questions d'Athalie ; mais, pour l'amour du vrai Dieu, il se refuse de l'accompagner à la Cour. Elle envoie alors Mathan demander l'enfant comme otage ; mais ses parents adoptifs, Joad et Josabet, refusent et font fermer les portes du Temple, où reste seulement la troupe des prêtres. Joas est couronné roi : il faut le défendre des assauts d'Athalie qu'on prévoit déjà. Une fois le siège mis au lieu saint, la reine, afin de mettre un terme au combat, fait chercher l'enfant, et un trésor qu'on y dit caché. Joad invite la reine à venir chercher le trésor. Joas couronné est caché derrière un rideau, et Joad le dévoile à la reine au moment où elle entre : voilà le trésor caché. Elle reconnaît son petit-fils, le descendant de David. Ses soldats l'abandonnent ; les Juifs à qui on présente le roi se rallient. Athalie reconnaît sa défaite, et est tuée hors du Temple.

Après la tentative plus modeste d'*Esther* (*), celle-ci est la grande tragédie biblique par laquelle le poète achève splendidement son œuvre. Il tire sa matière du *Livre des Rois* et crée l'atmosphère biblique par des songes, des prophéties et des miracles. Le grand prêtre Joad, plein d'esprit prophétique, chante la nouvelle Jérusalem, l'Église qui doit succéder à la Jérusalem corrompue. Sur un fond austèrement religieux, le drame de la cruelle reine se déroule, passionnant, bouleversant et grandiose. L'œuvre, outre quelques souvenirs de *Ion* d'Euripide, se rapproche du théâtre grec surtout par son action continue, coupée seulement de chœurs magnifiques (mis en musique par Jean-Baptiste Moreau). Cette tragédie est ainsi plus proche de l'opéra que de la tragédie française traditionnelle. Aussi ne fut-elle vraiment comprise et appréciée qu'à partir du XIXe siècle.

Aube. Poème lyrique constitué par le chant d'une femme qui se plaint de voir venir trop rapidement l'aube qui met fin à une rencontre amoureuse. On possède cinq chansons d'aube en langue d'oïl et dix-huit en langue d'oc. Ces poèmes ne répondent pas à une structure fixée commune ; leur unité provient avant tout de leur thème : la tristesse d'une nuit d'amour qui s'achève, alors que l'aube est annoncée par les oiseaux, par un guetteur ou par un veilleur sur une tour. Mais, malgré leur diversité formelle (l'un des plus célèbres est même dialogué), ils comprennent tous un refrain où le mot « aube » trouve place. L'aube, comme les autres chansons de femme (chanson de toile, chanson de mal mariée), est classée par Pierre Bec dans les genres à tendance populaire.

MICHEL ROUSSE.

AUBIGNÉ Théodore Agrippa d'. Poète et historien. Né le 8 février 1552 près de Pons en Saintonge, mort le 9 mai 1630 à Genève. Engagé de façon active dans les guerres et paix par lesquelles la monarchie française essaie de résoudre la difficile cohabitation des religions catholique et réformée, Aubigné est également le plus grand poète de sa génération. Son activité militante comme son œuvre ne se comprennent que par un engagement sans hésitation dans la foi protestante et par une fidélité déçue envers Henri IV dont il fut le compagnon.

Il est le fils de Jean d'Aubigné, juriste, bailli d'Antoine de Pons, et de Catherine de L'Estang. Ce ne sont point des origines nobles, malgré ses efforts et ceux des généalogistes de sa petite fille, Mme de Maintenon, pour se rattacher aux d'Aubigné d'Anjou ; mais une vie politique et militaire active (conspiration d'Amboise, commandement en second au siège d'Orléans) a promu Jean d'Aubigné avant sa mort en 1563. Son fils, à qui il fait promettre de venger les morts d'Amboise, suivra la voie militaire en s'échappant à seize ans (1568) de chez son tuteur, vie « noble » où il porte le titre d'écuyer, accède au grade de maréchal de camp, et adopte les préjugés, revendications et valeurs de la noblesse traditionaliste. Sa vie est liée au service d'Henri de Navarre depuis 1568 – relations orageuses souvent, car d'Aubigné a la critique rude et peu diplomatique. Il échappe de peu à la Saint Barthélemy (1572). Revenu à la Cour en 1573, comme écuyer d'Henri, il fréquente l'Académie du palais et côtoie les jeunes seigneurs (dont Bussy d'Amboise et le duc de Guise), et arrive à faire évader son maître en 1576. Mis à part quelques phases de paix ou de diplomatie à la cour de Navarre alors installée à Nérac, d'Aubigné participe à toutes les guerres (de Jarnac et Montcontour en 1569, à Coutras en 1587 et Ivry en 1590) et s'y fait remarquer par son audace, ainsi qu'il le raconte tant dans *Sa vie à ses enfants* que dans l'*Histoire universelle*. En 1590, il est nommé gouverneur de Maillezais. Il se montre constamment hostile aux alliances politiques avec les catholiques, même si cela doit faciliter l'accession d'Henri au trône de France. Après la conversion d'Henri IV, dès 1593, d'Aubigné participe activement aux assemblées des protestants qui obtiennent des places fortes de sûreté, des députés permanents auprès du roi, mais restent déçus par l'édit de Nantes publié en 1598. La paix qui s'ensuit est pour d'Aubigné l'occasion de s'initier à la controverse théologique (contre l'évêque Du Perron en 1601) et de commencer ses travaux historiques à la demande du synode de Gap (1603). Après l'assassinat d'Henri IV, les réformés veulent obtenir de nouveaux gages de sûreté (assemblées de Saumur et Thouars, 1611) ; leur mécontentement les incite à suivre dans leurs soulèvements politiques (1614, 1616) le prince de Condé, puis le duc de Rohan (1620). D'Aubigné, qui par son intransigeance a gagné le surnom de « bouc du désert », est de plus en plus mal vu de la reine Marie de Médicis : successivement ses pensions sont supprimées, ses places fortes menacées, puis lui-même proscrit ; il s'enfuit à Genève en septembre 1620. De là, il participe tant aux tensions internes de la France qu'aux préliminaires de la guerre de Trente Ans en Valteline : il conseille les fortifications de Berne, et songe encore à reprendre les armes ; il est en relation avec Mansfeld, avec les Vénitiens, avec l'Angleterre, activités bien compromettantes pour les Genevois, jusqu'à sa mort en 1630.

Sa vie familiale n'est pas toujours sereine. Marié en 1583 avec Suzanne de Lezay dont il est éperdument amoureux, et que le roi de Navarre lui obtient, malgré leur différence de naissance et de fortune, il a d'elle trois enfants : deux filles, et un fils, Constant, qui est l'objet de tous ses soins et répond mal à ses attentes : pour être mieux en cour, il abjure (1617 ?), se dissipe, assassine sa première épouse infidèle (1619) ; réconcilié avec son père en 1623, il trahit aussi vite en espionnant en Angleterre les préparatifs d'aide à La Rochelle assiégée. De ce fils agité naîtra une fille, Françoise, future épouse de Scarron et marquise de Maintenon. Les appuis de la vieillesse de d'Aubigné seront son fils bâtard Nathan, parti comme lui à Genève, et Renée Burlamachi, qu'il épouse en 1621.

D'Aubigné a eu une éducation exceptionnellement poussée : ses précepteurs dès quatre ans l'instruisent en latin, grec et hébreu ; à dix ans, il est à Paris à l'école de Matthieu Béroalde (avec Pierre de L'Estoile) ; puis son tuteur l'envoie au collège de Genève (de 1565 à 1566), alors dirigé par Théodore de Bèze. Malgré sa vie militaire, il vient à la création littéraire, sous l'influence de Ronsard, fréquente les poètes de la cour d'Henri III, puis de la cour de Nérac, continue à lire les œuvres modernes et anciennes. Son activité littéraire est intense et ininterrompue, même si les dates de parution semblent reporter à son âge mûr l'apogée de son activité intellectuelle. C'est en effet à partir de 1616 que paraissent l'admirable « poème héroïque », *Les Tragiques* (*) (commencé en 1577) et l'*Histoire universelle*, qui tous deux racontent l'épopée du parti protestant, les picaresques *Aventures du baron de Faeneste* (en 1617 deux livres, le troisième en 1619, le quatrième en 1630 à Genève, censuré !), et enfin *Les Petites Œuvres mêlées* (1630 : *Méditations sur les psaumes, Hiver, pièces épigrammatiques*). Cette part publiée lui vaut surtout des ennuis, l'*Histoire* est condamnée et brûlée, *Les Tragiques* lui valent d'être accusé de « républicanisme », il se brouille avec Condé pour ce qu'il dit des « fils dégénérés », avec Épernon pour ce qu'il dit des Gascons fanfarons et des mignons... Encore n'a-t-il fait circuler qu'en manuscrit ses pamphlets (*La Confession catholique du sieur de Sancy*, contre Harlay de Sancy, converti en 1597, *Le Caducée ou l'Ange de Paix*, contre les « prudents » du parti) et les traités politiques (*Du debvoir mutuel des Rois et des Sujets, Traité sur les guerres civiles*, 1622 ?). Il laisse divers ouvrages sans les publier : *Sa vie à ses enfants*, destinée à sa seule famille, le recueil de poésies amoureuses du *Printemps* (œuvre de jeunesse), des épigrammes latines et un recueil préparé de près de deux cents lettres. Si l'on ajoute qu'il a conçu le projet du *Ballet comique de la reine*, qu'il fait allusion à des traités de théologie perdus, il semble avoir touché à tous les genres littéraires modernes. Son style très particulier, violent, exacerbé, mais qui peut aller du sublime au comique, alliant *La Bible* à la mythologie, et la satire aux grandes visions, a souvent été utilisé comme prototype du style « baroque » ; sa valeur poétique a été sous-estimée jusqu'à la première (et seule) édition intégrale par Réaume et Caussade (1873 à 1895). Nous y reconnaissons maintenant au contraire une exceptionnelle personnalité.

MARIE-MADELEINE FRAGONARD.

♦ *« Un très bon livre en son genre si on en avait retranché quelques discours qui sentent trop le Huguenot »,* Charles Sorel. ♦ *« Le type vivant, l'abrégé de son siècle »,* Sainte-Beuve. ♦ *« Ce Titan solitaire qui à lui seul révèle sans pudeur ce qu'il y avait de prométhéen, dans l'impatience du français du XVIe siècle »,* Marc Fumaroli.

RÉF. : A. Garnier, *Agrippa d'Aubigné et le parti protestant*, 3 vol., Paris, 1928. – J. Bailbé, *A. d'Aubigné, poète des Tragiques*, Caen, 1968. – M. M. Fragonard, *La Pensée religieuse d'A. d'Aubigné et son expression*, Paris, 1986. – Th. A. d'Aubigné, *Sa vie à ses enfants*, Paris, 1986. – E. Deschodt, *Agrippa d'Aubigné*, Laffont, 1995.

Aucassin et Nicolette. Chantefable du XIIIe siècle, composée alternativement de groupes de vers assonants et de morceaux en prose. La partie poétique, destinée au chant, est accompagnée d'une mélodie : d'où le nom de ce genre de composition. Deux jeunes gens : Aucassin, de noble origine, et Nicolette, une esclave sarrasine, s'aiment. Mais les parents d'Aucassin n'autorisent pas leur mariage. Nicolette s'enfuit, suivie par son amoureux. Ils vivent de romanesques aventures ; un moment séparés, ils se retrouvent. Pendant ce temps, les parents d'Aucassin sont morts, et Nicolette apprend tout à coup sa noble origine : rien désormais ne les sépare, et heureux, ils se marient. L'histoire d'Aucassin et de Nicolette ressemble beaucoup à celle de Floire et Blanchefleur. On en rechercha pareillement les origines dans la littérature arabe et byzantine. Mais les traits propres à la littérature française du Moyen Âge ne manquent pas, non plus que ceux des romans bretons et des romans d'aventure. Aussi peut-on admettre que l'auteur, outre sa connaissance de la littérature orientale, possède bien celle de son pays. Le déroulement dramatique de la chantefable, l'alternance des vers chantés et de la prose, des monologues et des dialogues, font penser à une véritable et originale composition dramatique, à une « pantomime » ; cependant il s'agit plutôt d'un genre littéraire propre à l'auteur. La littérature française n'en a pas conservé d'autre exemple, bien que celui-ci n'en fut peut-être pas l'unique spécimen. Les personnages sont ceux de la vie quotidienne : un père trop sage pour permettre au fils d'épouser une esclave ; un domestique complice, indulgent, aux amours passagères ; des bergers, tous pris sur le vif. Tandis qu'Aucassin est entièrement dominé par une passion qui le paralyse, Nicolette se dévoile, fine et énergique. Le poète a traité le sujet avec amour, créant, au gré de sa fantaisie, situations et caractères. Poésie fraîche et délicate, où l'esprit se mêle à la grâce et où pointe, çà et là, une malicieuse ironie. – *Aucassin et Nicolette* a été édité par Mario Roques (Paris, Champion, 1925), traduit et commenté par Jean Dufournet (Paris, Garnier-Flammarion, 2e éd., 1984).

AUDIBERTI Jacques. Poète, romancier et auteur dramatique. Né à Antibes le 25 mars 1899, mort à Neuilly-sur-Seine le 9 juillet 1965. Après des études sans gloire particulière au collège d'Antibes, il devient greffier au tribunal de sa ville natale, où il copie des « grosses » à la main. Un ami de collège l'appelle à Paris pour le faire entrer dans le journalisme. Audiberti débute au *Journal* puis passe au *Petit Parisien* qui était alors le plus lu de tous les quotidiens. « Pendant quinze ans, j'appris en quoi consistent les crimes, les incendies, les tabassages, toute la poésie de la banlieue. » Durant ce même temps, il se perfectionne dans l'art des vers. Il publie un premier livre de poèmes, qui est remarqué par Valery Larbaud, Jean Paulhan, *L'Empire et la Trappe* (1930), chez un éditeur confidentiel. Son second recueil paraît huit ans plus tard et cette fois à *La Nouvelle Revue française* (*) et c'est *Race des hommes* (1937). L'année suivante, Audiberti fait ses débuts de romancier avec *Abraxas*. Dans le roman comme en poésie, il offre le spectacle le plus splendidement baroque que l'on ait pu admirer depuis longtemps. Il a eu des débuts tardifs, mais sa production va être désormais d'une extraordinaire abondance. Le titre d'un recueil poétique, paru en 1941, est tout un programme : *Des tonnes de semence*. Dans tous les genres littéraires, Audiberti va donner des preuves de son génie : après la poésie et le roman, il vient à l'essai, aux souvenirs et surtout au théâtre. C'est par hasard qu'il débute comme auteur dramatique. Quand il écrivit *Quoat-Quoat* (1945), il n'y voyait qu'un texte composé de répliques et ne le destinait nullement à la scène. Deux jeunes comédiens lui apprirent que c'était une pièce et décidèrent de le jouer, ce qu'ils firent. *Quoat-Quoat* fut créé par Catherine Toth et André Reybasz au petit Théâtre de la Gaîté-Montparnasse et, si elle ne remporta pas un grand succès, elle donna à Audiberti le désir d'écrire d'autres dialogues et, cette fois, en pensant à des représentations possibles. En 1947, *Le mal court* est joué au théâtre de la Huchette. Georges Vitaly animait cette salle de quatre-vingts places qui allait devenir un des hauts lieux de l'art dramatique contemporain. La pièce connaît un relatif succès malgré les éreintements des « grands critiques » : Gautier du *Figaro* et Kemp du *Monde.* C'est à la reprise, huit ans plus tard, qu'elle connaîtra un triomphe. Dans l'intervalle, Audiberti avait écrit une dizaine d'autres pièces, sans parvenir d'ailleurs à les faire jouer toutes. Parmi les plus réussies, citons : *La Fête noire* (1949), *Les Naturels du Bordelais* (1953), *Le Cavalier seul* (1955), *La Hobereaute* (1956), *Boutique fermée* (1962). Son plus grand succès public, après la reprise du *Mal court,* fut *L'Effet Glapion* (1959). Il pensa que *La Fourmi dans le corps*, jouée à la Comédie-Française, lui apporterait une consécration (1962). La pièce fut scandaleusement chahutée lors de sa première représentation aux « mardis habillés ». Audiberti se disait surpris de dérouter certains spectateurs par son langage : « Le scandale autour de mon nom, affirmait-il, ne provient pas d'une excessive originalité de style, mais au contraire de la fidélité de celui-ci à des rythmes et à des normes qui firent leurs preuves. » Il faut ajouter que « ... la ou les réponses qu'il (Audiberti) tente d'apporter font de ce théâtre une fête déceptive [...]. Ne sont ici prévus ni salut dans un au-delà, ni lendemains qui chantent, ni même cette sortie de secours que représente le grand rire nihiliste » (Roubine). Peu d'auteurs se sont pliés comme Audiberti à des règles établies par de grands devanciers, tout en renouvelant les formes : « La phrase audibertienne [...] s'apparente à un creuset qui malaxe en des rythmes échevelés et syncopés toutes les langues, un français grand siècle et l'argot le plus débraillé, l'archaïsme et le néologisme, l'onomatopée et l'idiolecte, etc. Les sonorités cascadent les unes sur les autres et font bouger, comme par diffraction, le sens » (Roubine). L'année 1962 le vit accéder à une situation de premier plan au théâtre. En plus de *La Fourmi dans le corps,* il put faire représenter deux autres pièces, *Pomme-pomme-pomme* et *La Brigitta.* Le théâtre ne l'avait pas fait renoncer au roman. De *La Nâ* (1944) aux *Tombeaux ferment mal* (1963), il en a publié huit, dont l'autobiographique *Monorail* (1946), *Marie Dubois* (1952), *Les Jardins et les Fleuves* (1954) et *La Poupée* (1956), dont il tira le scénario d'un film (1962). Dans le domaine poétique, il publia aussi plusieurs recueils, de *Toujours* (1944) à *Ange aux entrailles* (1964), en passant par *Rempart* (1953). Sa dernière œuvre devait être le pathétique *Dimanche m'attend* (1965), journal qu'il tint de fin 1963 à la veille de sa mort. Pendant cette période, il avait subi deux graves interventions chirurgicales et se sentait, disait-il, « flotter dans l'au-delà ». Dans ce journal, il mêle les temps, évoque mille souvenirs et réfléchit sur la vie, qu'il avoue ne pas comprendre. Ce n'est pas faute d'avoir formé et formulé mille hypothèses. Et même il avait inventé une philosophie nouvelle, « l'abhumanisme » — v. *L'Ouvre-Boîte, essai sur l'abhumanisme* (1955) —, dont il disait qu'elle s'amuse à considérer que l'homme n'est pas un être à part, mais que la nature et lui ne font qu'un. « Ceci par opposition avec l'humanisme qui s'attache à démontrer la suprématie et l'autorité de l'homme, pour ainsi dire, à côté de l'ordre universel. » Mais cet ordre universel est finalement un désordre dont il a exploré l'infinie richesse.

JACQUES BRENNER.

♦ *« Tels ceux de Hugo, les azurs d'Audiberti gardent un envers sombre. Comme chez Hugo aussi, de l'énorme jeu verbal se dégage une sorte de brume stellaire. »* Jean Follain. ♦ *« Tumultueux comme un débat de meeting, dans un pandémonium d'images traversé de trouvailles éclair, Audiberti, ce précieux naïf, est en même temps la viole et la cymbale, le hennissement et le fracassement, la stridulation et le ramage. Même son humeur noire a de la bonne humeur. »* Paul Morand. ♦ *« Audiberti avait reçu le plus général don du langage que l'on ait probablement vu parmi nos contemporains français. »* André Pieyre de Mandiargues.

RÉF. : M. Arland, *Lettres de France,* 1951. — A. Deslandes, *Audiberti,* 1964. — M. Giroud, *Jacques Audiberti,* Paris, 1967. — J.-Y. Guérin, *Le Théâtre d'Audiberti et le Baroque,* Paris, 1976. — *Audiberti le trouble-fête,* Colloque de Cerisy 1976, Paris, 1979. — C. Touloudis, *Jacques Audiberti,* Boston, 1980. — R. Koren, *L'Anti-Récit. Les Procédés de style dans l'œuvre d'Audiberti,* Genève, 1983. — G.-D. Farcy, *Les Théâtres d'Audiberti,* Paris, 1988.

AUGIER Émile Guillaume Victor. Auteur dramatique. Né à Valence (Drôme) le 17 septembre 1820, mort à Croissy (Seine-et-Oise), le 25 octobre 1889. Petit-fils de ce remuant Pigault-Lebrun, dont il défendit la mémoire, il fut loin d'avoir une vie semblable à la sienne. Augier n'eut jamais, en effet, d'autre histoire que celle de ses œuvres. Sa famille étant venue se fixer à Paris en 1828, il entra au collège Henri-IV où il se fit rapidement remarquer par sa vive intelligence. Il s'y lia, d'ailleurs, avec le duc d'Aumale dont il devait un jour devenir le bibliothécaire. Sa philosophie terminée, il entra chez un avoué pour complaire à sa famille, car on le destinait au barreau. Mais, ayant senti bien vite que sa vocation était ailleurs, il résolut de la suivre par tous les moyens. Il s'en faut pourtant qu'il ait su trouver sa voie du premier coup. Ébloui par Ponsard qui s'était fait le champion de « l'école du bon sens » pour faire échec au romantisme, le jeune Augier se crut poète, et fort longtemps puisque, avant d'en venir à la prose, il écrivit huit pièces en vers : *La Ciguë* (1844), *L'Homme de bien* (1845), *L'Aventurière* (1848), *Gabrielle* (1849), *Le Joueur de flûte* (1850), *Sapho* (1851), *Diane* (1852) et *Philiberte* (1853). Toutes furent jouées, souvent au Théâtre-Français, et obtinrent des succès divers. De tout ce théâtre en vers, ou plutôt en prose rimée où l'on ne voit que la main d'un disciple de Ponsard, un trait s'accuse avec vigueur à partir de *L'Aventurière*, le meilleur de tous ces ouvrages : la tendance à exalter les passions bourgeoises contre l'amour romantique tel que l'avait chanté Hugo. Du fait qu'Augier par la suite l'accentue encore, il se conciliera l'estime de la bourgeoisie alors toute-puissante. En 1853, il aborde le théâtre en prose avec *La Chasse au roman*, puis la *Pierre de touche*. Écrites en collaboration avec Jules Sandeau, ces deux comédies n'eurent qu'un succès douteux. C'est en 1855 qu'Augier prendra enfin possession de la scène par un coup de maître : *Le Gendre de Monsieur Poirier*, pièce écrite en collaboration avec Jules Sandeau. De là date l'énorme influence qu'il allait exercer longtemps sur le public. Il fit jouer la même année le *Mariage d'Olympe* et *Ceinture dorée*. Ensuite, ces trois autres comédies de mœurs que sont *Les Lionnes pauvres* (1858), *Un beau mariage* (1859) et *Maître Guérin* (1864), belle étude d'un notaire de campagne retors et candide. En plus de ses comédies de mœurs, il faut citer ses comédies sociales et politiques : *Les Effrontés* (1861) et la pièce qui lui fait suite : *Le Fils de Giboyer* (1862). Tout en soulevant bien des colères, chacun de ces ouvrages obtint un succès considérable. De ce même genre relève la *Contagion* (1866). Ajoutons-y, pour mémoire, *Lions et Renards* (1869).

Étant de la même génération que Dumas fils, auquel il disputait la faveur du public, Augier s'en différencie beaucoup par l'esprit ; bourgeois autant que l'autre était anarchiste, il se voulut toujours respectueux de l'ordre et champion des droits de la famille. Homme du second Empire, Augier n'a pas réussi à survivre à ce régime. En effet, les trois pièces qu'il fit jouer par la suite sont assez décevantes : *Jean de Thommeray* (1873), *Madame Coverlet* (1876), *Les Fourchambault* (1878) avec laquelle il fit ses adieux au public. On y sent par trop, en effet, l'influence de Dumas fils. Il reste qu'Émile Augier demeure au XIXe siècle notre plus robuste auteur dramatique. Il a su redonner à la comédie le sérieux dont elle avait besoin. Son observation, exempte de toute amertume, garde jusque dans la satire ce fond de chaleur humaine où se reconnaît l'art classique. Il a apporté au théâtre des êtres bien vivants ; d'une psychologie un peu courte, ils n'en ont pas moins beaucoup de relief. Enfin, l'on découvre en lui un véritable écrivain. Il fut reçu à l'Académie française en 1857.

ROLAND PURNAL.

♦ *« Augier est le poète sans idéal et sans profondeur. C'est essentiellement le poète du bourgeois. Il le rend heureux. »* Barbey d'Aurevilly. ♦ *« Augier a le meilleur style courant de théâtre qu'on écrive de son temps : le contraire d'un poète, mais un écrivain, même dans ses pièces en vers, et une rondeur à la Molière. »* Thibaudet.

RÉF. : J. Barbey d'Aurevilly, *Les 40 médaillons de l'Académie*, 1864. – J. Claretie, *Émile Augier*, 1882, – Morillot, *Émile Augier*, 1901. – Gaillard, *Émile Augier et la comédie sociale*, 1911.

AULNOY, Marie Catherine Le Jumel de Barneville, baronne, dite comtesse d'. Femme de lettres à la réputation d'aventurière. Née vers 1650 à Barneville, morte à Paris le 14 janvier 1705. Issue d'une famille normande alliée à des officiers commensaux de la maison du roi, elle est mariée à seize ans (Paris), à François de La Motte, baron d'Aulnoy, de trente ans son aîné, qui ruine le ménage et doit accepter un office subalterne chez Condé. Aidée de sa mère, Mme d'Aulnoy tente alors de se débarrasser de ce mari par une fausse accusation de lèse-majesté (1669). Confondue, elle s'exile pendant une quinzaine d'années (Flandre, Angleterre, Espagne) que ses qualités personnelles, sa curiosité politique et son acuité culturelle transforment en enrichissante propédeutique (étude des langues, observation des milieux de cour, pratique des arts...). Aussi, dès son retour en France (1685), est-elle à même de tenir, dans sa maison de la rue Saint-Benoît, un salon à la fois savant et politique (soupçonné par la police d'être un foyer d'espionnage) qui, cultivant moins l'honnêteté que le savoir-vivre, annonce ceux du XVIIIe siècle. De fait, Mme d'Aulnoy, par ailleurs membre de l'Académie des Ricovrati de Padoue, s'affirme presque journaliste – contribution anonyme probable au *Mercure galant* –, à tout le moins gazetière, avec sa *Relation du voyage en Espagne* (1690), ses *Mémoires* de cours (Madrid, 1690, Londres, 1695) et un récit de la guerre de Hollande (1693). Tous ouvrages qui ne l'empêchent pas de romancer les amours de personnages historiques (*Hippolyte, comte de Douglas*, 1690 ; *Jean de Bourbon*, 1692 ; *Le Comte de Warwick*, 1703), et de témoigner d'un goût croissant pour la fiction qui la conduit à se consacrer à huit volumes de contes : *Les Fées à la mode* et *Les Illustres Fées* (1696-1698). N'aurait-elle donc pas, ce faisant, remonté les aléas de sa vie vers un cœur fictif et enfantin ? Impliquée dans une tentative d'assassinat (1699), elle mourra quelques années plus tard, âgée de cinquante-cinq ans.

FANNY NÉPOTE-DESMARRES.

Aurélia. Nouvelle du poète Gérard de Nerval (1808-1855). Œuvre ultime de l'auteur, rédigée lors de ses séjours à la clinique du docteur Émile Blanche qui l'incite à transcrire, pour raison thérapeutique, ses rêves et fantasmagories (du 27 août au 27 novembre 1853 et du 6 août au 19 octobre 1854). Sa première partie paraîtra dans *La Revue de Paris,* le 1er janvier 1855 (il ne pourra voir les épreuves de la seconde partie – dans la nuit du 25 au 26 janvier 1855, Gérard se pend). Certains critiques ont fait l'hypothèse d'une première rédaction d'*Aurélia,* en 1841-42, période des premières crises et séjours en clinique et de la mort de Jenny Colon, ou d'un début d'écriture, en 1854, lors de son voyage en Allemagne, mais à défaut de pouvoir réellement parler d'une première version, peut-être est-il important de souligner cette continuité d'un projet qui obsédera son auteur durant toute la fin chaotique de son existence.

Inclassable, somptueuse et douloureuse, cette œuvre se veut la traduction minutieuse d'une épreuve, d'une expérience (périple et péril) : celle d'une descente au fond de soi. Une sorte d'acharnement lucide préside à la rédaction de ces pages – lucidité d'une réflexion qui cherche à prendre ses distances à l'égard d'un vécu troublé et comme rongé par son double irréel qui vient des songes (mais aussi de la fréquentation des œuvres du passé), et à voir – sans fard – la réalité. « Je vais essayer [...] de transcrire les impressions d'une longue maladie qui s'est passée tout entière dans les mystères de mon esprit – et je ne sais pourquoi je me sers de ce terme maladie, car jamais quant à ce qui est de moi-même, je ne me suis senti mieux portant. » S'autorisant de tels propos qui ponctuent l'œuvre, il serait toutefois hasardeux de vouloir la réduire à n'être qu'une pure et simple confession autobiographique. Car, outre que de telles notations font partie intégrante de la narration et ne sont point des pièces rapportées, ce qui fait question – et c'est peut-être là ce qui en rend l'énigme à la fois fascinante et désespérante (tant pour l'auteur que pour le lecteur) – c'est l'identité même du moi (tant du sujet qui écrit que de celui à propos duquel il prend la plume). Tout le récit est comme la mise en fiction d'un moi à la recherche de lui-même. Quête dramatique, drame intérieur, entre soi et soi. Tentative qui aura besoin pour se concrétiser de toutes les ressources d'une culture souvent déconcertante – « amas bizarre » – de littérature ésotérique, de recherches cabalistiques, de rêveries occultistes – ainsi que celles de l'esprit afin de tenter de reconstituer une identité qui sans cesse se délite, éclate en morceaux, se dédouble. Le récit se veut mise en ordre, volonté d'imposer forme au chaos. Le texte résulte de ce souci de clarté (ce qu'il veut, c'est « s'entretenir d'idées pures et saines pour avoir des songes logiques », ainsi qu'il le note dans un fragment). Lutte contre les hallucinations, le délire et toutes les séductions de l'immédiat. D'où toutes ces expressions : « Je veux montrer... », « je veux expliquer... », « il me semblait que... », « je croyais que... », qui essaient d'établir une saine distance entre le vécu et son récit. Peut-être plus que nulle part ailleurs avec *Aurélia* assistons-nous à la naissance d'un pur sujet narratif conscient de lui-même, de ses pouvoirs et limites. Sujet que l'on pourrait dire démultiplié, ni réel ni irréel, vaporisé sur tous les registres du temps et de l'espace, sur toutes les palettes des sens, ne tenant sa fragile unité qu'à se réassurer continuellement par l'acte même qui le fait être. Intermittences, pertes et retrouvailles qui embrassent bien plus que le temps dont la conscience « normale », préoccupée, se satisfait pour mener son train. Conscience distendue, aux frontières incertaines, en perpétuelle métamorphose, s'étendant bien au-delà du passé vécu pour aller jusqu'à l'immémorial et franchissant les limites terrestres qu'impose la mort. La lumineuse évidence dont sont auréolées ces pages offre un curieux contraste avec la cruelle expérience dont elles sont le récit. Le malaise ainsi ressenti n'est pas sans faire penser à celui que nous pouvons éprouver au sortir des rêves qui auront peuplé nos nuits. Le néant prend alors figure, l'absence s'impose comme réelle, telle l'apparition consolante d'Aurélia, en rêve. « J'ai revu celle que j'avais aimée transfigurée et radieuse. Le ciel s'est ouvert dans toute sa gloire, et j'y ai lu le mot *pardon* signé du sang de Jésus-Christ. »

F. W.

Autobiographie. Si l'on s'en tient à l'étymologie grecque, ce genre littéraire peut se définir comme le récit, par celui qui écrit, de sa propre histoire : c'est donc au passé que s'écrit l'autobiographie – quand le journal intime est nécessairement au présent. C'est au XIXe siècle que le genre est reconnu nommément comme tel. Mais quoique la définition soit, de fait, assez stricte, l'autobiographie recouvre un vaste champ, où se mêlent d'autres productions littéraires proches : le journal intime (v. ce mot) et les Mémoires (v. ce mot). Et si l'on admet que l'autobiographie commence véritablement avec *Les Confessions* (*) de J.-J. Rousseau (dont le titre renvoie inévitablement aux *Confessions* de saint Augustin), il faut cependant remonter loin en amont pour trouver les sources de ce qui deviendra l'illustration littéraire de soi par soi-même. À Montaigne par exemple, pour entamer approximativement les aventures de ce terme. Dès l'avertissement au lecteur, l'auteur annonce sans équivoque qu'il est l'unique sujet de son livre : « C'est moi que je peins. » Mais si les *Essais* (*) se fondent sur ce principe, la tournure générale de l'œuvre échappe, ne serait-ce que par son absence d'histoire chronologique, à la pure autobiographie. Cependant le branle est donné, que reprendront, chacun sur un mode différent mais qui concourt au même projet : d'Aubigné (publié en 1729), Descartes, Pascal, La Rochefoucauld, le cardinal de Retz et Mme de Sévigné, pour ne citer que les plus évidents géniteurs au « Grand Siècle » de l'autoanalyse comme médium littéraire, le cardinal de Retz et la marquise de

Sévigné s'approchant le plus de ce que l'on appelle aujourd'hui l'autobiographie, et qui obéit d'abord à une logique temporelle. Ce n'est pas le monde qui renvoie à la propre conscience de soi, mais la perception de soi, dans le déroulement de son histoire, qui fait trouver à l'introspecté sa place dans le monde. Le cardinal prend la plume pour tisser la haute lice de ses mérites (que tout un chacun lui déniait). Quant à Mme de Sévigné, dès les premières lettres connues, elle accable de reproches Bussy-Rabutin qui ne s'intéresse pas assez à elle. Arguant de ce fait, elle entreprend de se raconter, puis c'est sa fille (considérée comme un autre soi-même) qui deviendra le réceptacle et le spectateur du récit de sa vie. Un siècle plus tard, Rousseau, ouvrant la porte au romantisme, donne le parangon de l'autobiographie, en se mettant aussi en scène, pour mieux s'observer et pour mieux comprendre l'histoire de sa vie. Dès lors, les *Confessions* deviendront en quelque sorte un livre indépassable, par sa candeur et son absence de vraie mauvaise conscience. Le XIXe siècle (marqué notamment par la traduction des *Mémoires* de B. Cellini) tentera, souvent avec bonheur, et par le biais du roman qui permet peut-être d'aller plus loin dans l'aveu, de jouer librement avec le sujet : Benjamin Constant (*Adolphe* [*]), Chateaubriand (*René* [*]), Musset (*La Confession d'un enfant du siècle*), Lamartine (*Les Confidences*), Fromentin (*Dominique* [*]), Renan (*Souvenirs d'enfance et de jeunesse*), etc. Si l'on excepte les *Mémoires d'un père* de Marmontel (qui est le récit tronqué de la jeunesse de cet auteur écrit pour l'instruction de ses enfants – 1804), la *Vie de Henry Brulard*, qui fait suite aux *Souvenirs d'égotisme* de Stendhal, et l'*Histoire de ma vie* de Casanova (écrite en français), l'autobiographie ne comptera rien qui approche vraiment les *Confessions* par l'ampleur du projet littéraire. Plus près de nous, François Mauriac, Julien Green, Simone de Beauvoir, Marguerite Yourcenar renouèrent avec cette ambition, à laquelle se rattache bien entendu le fameux ouvrage de J.-P. Sartre, *Les Mots*.

FRANÇOIS BODDAERT

Avare (L') de Molière. Une des plus célèbres comédies de Molière (1622-1673), qui n'a rencontré qu'un demi-succès à sa création sur la scène du Palais-Royal en 1668. Ce relatif échec fut le résultat d'une sorte de défi tenté par le dramaturge. Après avoir adapté une première fois Plaute en cette année 1668 – faisant d'*Amphitryon* (*) une pièce à machines en trois actes et en vers libres à la fois gracieuse et burlesque –, il s'agissait pour lui de transformer *La Marmite* en une « grande comédie » en cinq actes et en prose. Après la maîtrise dont venait de témoigner la brillante versification d'*Amphitryon*, la prose de *L'Avare* a conduit les spectateurs de Molière et la critique ultérieure à s'interroger sur les raisons de ce choix. Les contemporains l'ont déploré, et le gazetier Robinet s'en est fait l'écho : « Il parle en prose, et non en vers ; / Mais, nonobstant les goûts divers, / Cette prose est si théâtrale / Qu'en douceur les vers elle égale. » Que Molière en ait retenu la leçon et soit revenu à l'alexandrin pour *Les Femmes savantes* (*), dont il annonçait le projet dès le lendemain de *L'Avare*, ne signifie pas qu'il ait eu conscience de s'être égaré. Il est très probable, en fait, qu'en écrivant *L'Avare* il ait pensé qu'il avait suffisamment donné de preuves de ses capacités pour pouvoir se permettre d'infléchir le genre de la comédie en cinq actes dans une direction nouvelle, celle du naturel. Ce qu'il avait réussi à imposer dans le jeu comique, sans doute voulait-il le faire passer dans l'écriture. C'était une hérésie au regard de la tradition de la comédie française, mais nullement par rapport aux préceptes des théoriciens classiques de la première moitié du XVIIe siècle. Les deux plus importants d'entre eux, Chapelain et d'Aubignac, avaient écrit, en effet, l'un dès 1630, l'autre en 1657, que la perfection de la vraisemblance au théâtre ne pourrait être atteinte que si les écrivains se décidaient enfin à écrire en prose.

En adaptant *La Marmite*, Molière l'a présentée dès le titre comme une comédie de caractère : son avare, s'il doit beaucoup à l'Euclion de Plaute (l'aspect maladif de son avarice, soupçonneuse, inquiète, son obsession pour sa cassette pleine d'or), est à la fois humanisé (il est amoureux, ce qui l'amène à contrarier son avarice), enraciné dans une société (il est aussi un usurier) et rendu plus comique que son modèle par de nombreuses scènes bouffonnes dont il est le centre. En même temps, Euclion devenu Harpagon apparaît comme un parfait personnage moliéresque, dont le comportement détermine l'action : il veut marier sa fille à un homme qui satisfait sa folie, en l'occurrence au vieil Anselme qui a accepté de prendre Élise « sans dot ». Mais ces deux aspects, Molière les a inscrits dans un cadre de comédie d'intrigue à l'italienne : Valère, l'amoureux d'Élise, s'est introduit chez Harpagon comme intendant de la maison (mais ses efforts pour empêcher le mariage sont à la fois vains et comiques) ; Cléante, victime de l'avarice de son père Harpagon, est amoureux de la jeune et pauvre Mariane et se retrouve le rival en amour de son père ; celui-ci reproduit ainsi le type du barbon amoureux de la comédie italienne en désirant épouser cette même Mariane qui lui est amenée par une entremetteuse ; du coup le jeune homme, comme tous les jeunes amoureux de comédie, doit se reposer sur son valet La Flèche pour satisfaire ses vœux ; et si l'industrie de celui-ci assure une partie du dénouement, puisqu'en volant la cassette d'Harpagon il oblige celui-ci à consentir au mariage de son fils avec Mariane, l'autre partie de ce dénouement, la plus développée, repose sur une double reconnaissance : Valère et Mariane sont reconnus comme le fils et la fille d'Anselme. Anselme peut donc s'effacer au profit de son fils, qui épousera Élise, et confirmer l'union de Mariane et de Cléante – prenant tous les frais du double mariage à sa charge, y compris le costume d'Harpagon que les échecs qu'il a subis n'ont pas guéri de sa folie avaricieuse. On a souvent depuis le XVIIe siècle critiqué ce dénouement à reconnaissance au nom de la vraisemblance, comme on critique ceux de *L'École des femmes* (*) et des *Fourberies de Scapin* (*). De là est née l'idée d'un Molière bâclant ses dénouements. C'est oublier que, par le recours à ce type de dénouement, Molière s'est explicitement rattaché à une tradition, puisque la reconnaissance est systématique dans la comédie d'intrigue. On peut comprendre ainsi qu'un auteur dramatique puisse s'attacher au « naturel », donc à la vraisemblance, dans les paroles et les actes de ses personnages, mais négliger la vraisemblance dans tout ce qui touche à la tradition comique. Pour Molière, le dénouement est précisément la partie de l'œuvre qui peut se passer de toute référence au naturel ; pourvu qu'il soit accordé au type de pièce qu'il achève. *L'Avare* en est la plus éclatante démonstration.

G. F.

Aventures de Télémaque (Les). Roman didactique de François de Salignac de La Mothe Fénelon (1651-1715), publié à Paris en 1699. C'est une œuvre de circonstance dans toute l'acception du terme. On sait, en effet, qu'en 1689, Fénelon devint le précepteur des trois fils du Grand Dauphin. Il dut s'occuper surtout du duc de Bourgogne, le plus difficile d'entre eux, qui se trouvait être en même temps l'héritier de la couronne. C'est dans l'*Odyssée* d'Homère qu'il a puisé son sujet. Faisant fond sur le livre quatrième, il y choisit le héros le plus propre à intéresser son élève : le jeune Télémaque, fils d'Ulysse, que l'on voit entreprendre un voyage périlleux afin de retrouver son père dont l'absence menace de causer de graves désordres dans le royaume d'Ithaque. Ce voyage dont Homère nous dit beaucoup de choses, Fénelon s'avise d'en allonger l'itinéraire, tant et si bien qu'il formera la matière de vingt-quatre livres. (Signalons que cette division date de 1717 : elle ne figure donc pas dans l'édition originale.) Il mène, en effet, son héros en Phénicie, en Égypte, en Crète, à Chypre et aux Enfers, sans oublier l'île d'Ogygie dont la reine est Calypso. Il est inutile de rappeler les épisodes de ce voyage qui sont connus de tout le monde : batailles, naufrages, crimes, ruses de guerre, harangues, et négociations, voire une vraie descente aux Enfers, et où l'amour tend plus d'un piège qu'on ne peut esquiver que par la fuite. Dans toutes ses pérégrinations, Télémaque est escorté par Mentor, le plus sûr ami de son père, Mentor dont la vigilance fait vraiment merveille et qui, à la fin, révélera sa véritable identité : il n'est autre que Minerve elle-même qui n'a pris la figure de Mentor qu'afin de mieux le protéger. La déesse lui annonce enfin qu'il va bientôt retrouver son père et elle le quitte en lui promettant un glorieux avenir. Villemain admirait beaucoup l'ordonnance de ce livre, « où l'on ne trouve pas moins de grandeur dans l'idée générale que de goût et de dextérité dans le contraste des épisodes ». Ajoutons que Fénelon enrichit son récit de tous les trésors qu'il peut emprunter aux poètes et historiens grecs. Sous couleur d'initier son élève aux textes de l'Antiquité, il ne laisse pas de lui faire un cours de morale politique, car il vise à lui apprendre son métier de souverain. Il dessine donc avec soin quelques types de l'autorité royale. Il dénonce en même temps l'espèce de maladie qu'ils se trouvent presque tous avoir en apanage : l'ambition. Il indique les diverses formes qu'elle peut prendre : très magnanime dans Sésostris ; bassement hypocrite dans Adraste, abjecte dans Pygmalion, brouillonne et fort imprudente dans Idoménée. Il n'en fallut pas davantage pour que Fénelon fût soupçonné d'un mauvais coup : on prétendit à la Cour qu'il avait fait la satire du roi et de son gouvernement, que, par ailleurs, son livre était un livre à clés et qu'il s'était permis de peindre quelques portraits d'après nature : dans Calypso, Mme de Montespan ; dans Eucharis, Mlle de Fontanges ; dans Antiope, la duchesse de Bourgogne ; dans Protésilas, le ministre Louvois et dans Idoménée enfin, Louis XIV. Dans sa colère, le roi ne vit plus en Fénelon qu'un détracteur de sa gloire. Fénelon se défendit avec beaucoup de noblesse, comme en témoigne certain message au père Tellier : « Il aurait fallu que j'eusse été non seulement l'homme le plus ingrat, mais encore le plus insensé pour vouloir faire des portraits satiriques et insolents. J'ai horreur de la pensée d'un tel dessein. » Mais le roi n'en maintint pas moins son opinion. Déjà bien compromis dans l'affaire du « quiétisme », l'auteur vit, de ce fait, se consommer sa disgrâce. Que penser de cet incident ? Il se peut, certes, que Fénelon ait mis en scène plus d'un des personnages qu'il avait sous les yeux : soit qu'il désapprouvât leurs actes, soit qu'il redoutât leur exemple. Car il déteste la guerre autant que le faste, comme tout ce qui relève de l'absolutisme. Mais de là au reste, il y a loin. Un homme tel que Fénelon est toujours exempt de toute intention maligne et dès lors doit être au-dessus d'un pareil soupçon. Ce sentiment est d'autant plus justifié que Fénelon n'avait pas l'intention de publier son ouvrage. On sait, en effet, que l'édition originale est une édition subreptice. Elle est le fruit d'une trahison. Dans un mémoire écrit de sa main, Fénelon le déclare expressément : « Tout le monde sait que le texte ne m'a échappé que par l'infidélité d'un copiste... » C'est assez pour que tout invite à voir dans *Les Aventures de Télémaque* un des ouvrages les plus énigmatiques de notre littérature. Traduit bientôt dans toutes les langues, il eut un succès prodigieux et garde même encore aujourd'hui un renom qui semble défier le temps. Il n'en dut pas moins essuyer beaucoup de critiques. De

Voltaire à Remy de Gourmont, tout le monde s'accorde pour dénoncer les lieux communs dont il est plein. Albalat y voit surtout une pâle imitation d'Homère : « Quand on compare *Télémaque* aux récits d'Homère, on est stupéfait de voir un homme qui, par ailleurs, a bien senti l'Antiquité, noyer son talent dans une rhétorique aussi glaciale. » Bien sûr, cette abondance fleurie, cette aisance, cette fluidité ont parfois sur nous le même effet qu'un soporifique. Mais il faut bien reconnaître que Fénelon n'est pas l'inventeur de ce style. On le trouve déjà dans *L'Astrée* (*), dans *Clélie* et *Le Grand Cyrus* – romans qui, au XVIIe siècle, font partie de ce qu'on peut appeler la littérature mondaine. Si l'on veut être juste, il convient de se rappeler que cet ouvrage relève de la pédagogie. Fénelon se trouve avoir un élève difficile. Selon Saint-Simon, le jeune duc « était né terrible, dur et coléreux jusqu'aux derniers comportements, opiniâtre à l'excès et naturellement porté à la cruauté ». Il fallait donc tout mettre en œuvre pour fixer son attention. Fénelon fit si bien qu'il parvint à le dompter. Pris tout entier par sa mission, il était assurément homme à tout lui sacrifier – fût-ce la qualité de son œuvre. Séduisant, certes, et chimérique autant qu'on voudra, mais capable à l'occasion de nourrir un feu sauvage que rien ne peut éteindre. Car, en ce grand seigneur, l'écriture n'est pas moins complexe que les sentiments. « Quand on aura fait, dit Brunetière, toutes les critiques qu'on en peut faire, et l'on peut en faire beaucoup, il restera toujours que dans le *Télémaque,* on retrouve beaucoup de Fénelon lui-même, et, longtemps encore, c'est ce qui suffira. »

AYMÉ Marcel. Romancier et auteur dramatique. Né à Joigny (Yonne) le 29 mars 1902, mort à Paris le 14 octobre 1967. Ses parents étaient tous deux originaires du Jura, et de leur mariage naquirent six enfants. Marcel, le plus jeune, perdit sa mère à l'âge de deux ans. Il connut à peine son père, maréchal-ferrant de son état qui, devenu veuf, mit ses aînés en pension et confia les cadets à sa belle-famille. Ainsi Marcel vécut de sa deuxième à sa huitième année à Villers-Robert, chez ses grands-parents qui exploitaient une tuilerie. Le village était assez semblable à celui qu'il décrivit plus tard dans *La Jument verte* et les habitants y connaissaient des passions politiques et religieuses (et antireligieuses) fort vives. La grand-mère attendit la mort du grand-père, en 1908, pour faire baptiser son petit-fils, celui-ci avait alors sept ans. Peu après, un nouveau décès, celui d'une tante qu'il aimait beaucoup, amena le garçonnet à proférer des blasphèmes « pour marquer au ciel sa désapprobation ». Il perdit sa grand-mère en 1910. Après avoir vécu quelques mois chez un oncle meunier, où il fut très heureux, il fut placé, à la rentrée d'octobre, comme pensionnaire au collège de Dôle, où il fut inscrit en classe de septième. Deux fois par mois, il allait passer la fin de semaine au moulin de l'oncle. Une de ses tantes habitait Dôle ; devenue veuve en 1911, elle s'empressa de prendre le jeune garçon à sa charge, ainsi qu'une petite nièce. La tante Léa était employée de magasin. En 1912, Marcel réussit le concours des bourses et le regretta vite car, chaque fois qu'il obtenait de mauvaises notes, on lui reprochait de gaspiller l'argent de l'État. Il retournait maintenant au village chaque samedi et y passait ses grandes vacances, pendant lesquelles il gardait les vaches avec d'autres bergers. Médiocre élève, il assura être devenu un cancre pendant la guerre de 1914. Il aimait mieux lire qu'étudier. En 1918, il obtient toutefois son baccalauréat de mathématiques élémentaires et une bourse d'internat qui lui permet d'entrer, en 1919, au lycée de Besançon, dans la classe préparatoire de mathématiques spéciales. Il pense pouvoir devenir ingénieur. C'est alors qu'une grave maladie l'oblige à abandonner ses études. Quand il est de nouveau sur pied, il doit accomplir son service militaire : on l'envoie en Allemagne occupée (1922-1923). Libéré, il vient à Paris. Il s'essaie dans divers métiers : employé de banque, agent d'assurances, journaliste dans une agence de presse. Il assure avoir été mauvais journaliste, dans la mesure où il ne rapportait rien d'autre que ce qu'il avait vu lui-même. En 1925, il tombe à nouveau malade, et c'est alors qu'il rédige son premier roman. Il avait déjà écrit de petites choses, mais pour son plaisir et sans l'idée de devenir un véritable écrivain. Cette fois, c'est différent. *Brûlebois* sera publié aux « Cahiers de France » en 1926. Marcel Aymé a vingt-quatre ans. Il écrit un deuxième roman, *Aller-Retour,* qu'il présente à un grand éditeur (Gallimard). Le roman est accepté et paraît en 1927. Dès lors, Marcel Aymé donnera une nouvelle œuvre chaque année : un roman, un recueil de nouvelles, voire un essai. À partir de 1930, il cesse de considérer la littérature comme un passe-temps. Elle devient un métier. Et c'est un métier qui devient rentable dès 1933 où *La Jument verte,* saluée comme un ouvrage licencieux, obtient de beaux tirages. La même année d'ailleurs, Marcel Aymé commence à travailler pour le cinéma. Marié et devenu père de famille après la naissance d'une fille, il ne déteste pas du tout les « commandes ». Il songeait aussi au théâtre, et c'est dès avant- guerre qu'il écrivit *Vogue la galère* qui ne sera jouée qu'en 1947. Pendant l'Occupation, il continuera de travailler pour le cinéma. Il fit notamment équipe avec un réalisateur d'extrême gauche, Louis Daquin, pour deux films qui remportèrent un grand succès : *Nous les gosses* et *Le Voyageur de la Toussaint* (d'après Simenon). Dans le même temps, il n'hésite pas à donner des nouvelles et des romans aux journaux de la « Collaboration », mais on ne trouve dans ses textes nulle trace d'un engagement politique quelconque ; si bien qu'il ne figurera sur aucune liste noire à la Libération, et les épurateurs ne l'inquiéteront pas. C'est l'inverse qui se produit plutôt : il fait campagne pour obtenir la grâce de Robert Brasillach que de Gaulle laissera fusiller. À partir des représentations de *Vogue la galère,* Marcel Aymé entreprend une carrière théâtrale et il obtient de francs succès avec *Lucienne et le boucher* (1947), *Clérambard* (1950), *La Tête des autres* (1952). Entre-temps, il fut invité aux États-Unis. Le genre de vie américain ne lui plut pas et devait lui inspirer deux pièces : *La Mouche bleue* (1957) et *Louisiane* (1961) qui ne comptent pas parmi ses chefs-d'œuvre. Marcel Aymé fit un retour au roman avec *Les Tiroirs de l'inconnu* (1960), mais ses dernières œuvres furent des pièces de théâtre. La dernière, *La Convention Belzébir,* fut créée quelques mois seulement avant sa mort prématurée.

Marcel Aymé a connu de grands succès commerciaux. Il était un écrivain très connu et possédait même sa légende : homme taciturne abrité derrière des lunettes noires, paysan du village de Montmartre (il habitait rue Paul-Féval). Mais on le considérait plutôt comme un auteur divertissant que comme un grand écrivain. Or son œuvre s'affirme comme une des plus neuves, des plus fortes et probablement des plus durables de notre époque. Elle est très variée, tantôt d'inspiration réaliste, tantôt d'inspiration satirique et tantôt d'inspiration fantastique. Mais il passe parfois d'un registre à l'autre dans le même ouvrage en maintenant une unité de ton. Il est bon peintre de la campagne, des petites villes et de la capitale. Parmi ses romans campagnards, on citera *La Table aux crevés* (1929) et *La Vouivre* (1943). Parmi les romans de la province, *Le Moulin de la Sourdine* (1936). Parmi les œuvres parisiennes, *Le Bœuf clandestin* (1939) et *Travelingue* (1941). Ce dernier roman est le premier volet d'une trilogie d'histoire contemporaine, dont le deuxième volet s'appelle *Le Chemin des écoliers* (1946) et se situe pendant l'Occupation, et dont le troisième volet, *Uranus* (1948), décrit les lendemains de la Libération. Les recueils de nouvelles d'Aymé sont tous de premier ordre, tels *Le Passe-Muraille* (1943) et *Le Vin de Paris* (1947). Et il faut mettre hors de pair *Les Contes du chat perché* qui commencèrent de paraître en 1934 sous forme d'albums pour enfants. Ils firent tout de suite les délices des parents. Bon observateur des mœurs, Marcel Aymé est un ami de la fantaisie qui nous délivre de la pesanteur du quotidien. Il ne nous donne aucune leçon, ne nous adresse aucun message et on lui a cherché une mauvaise querelle en lui attribuant les pensées d'un des personnages du *Confort intellectuel* (1949), où il se plaçait dans une pure tradition molièresque. De même, dans *La Tête des autres,* qui déclencha un scandale, il ne cherchait à rien prouver : il mettait en lumière certains aspects du monde contemporain. Il s'est voulu absent de son œuvre, mais y est toujours présent par son style inimitable.

JACQUES BRENNER.

RÉF. : Jean Cathelin, *Marcel Aymé,* 1958. – Pol Vandromme, *Aymé,* 1960. – Roger Nimier, *Journées de lecture,* 1965. – A. L. Dumont, *Marcel Aymé et le Merveilleux,* Paris, 1970. – Cahiers Marcel Aymé, 1981. – M. Lécureur, *La Comédie humaine de Aymé,* Lyon, 1985.

B

BÂ Amadou Hampaté. Écrivain malien. Ce grand écrivain traditionaliste, qui est mort à Abidjan, dans sa maison de Marcory, le 15 mai 1991, était né à l'orée du siècle, en 1901, à Bandiagara, ancienne capitale de l'empire toucouleur du Macina, fondé par El Hadj Oumar en 1862. Orphelin de père à l'âge de deux ans, il est adopté par un chef de province que sa mère avait épousé en secondes noces, puis à douze ans requis d'office par l'école française qu'on appelait encore à l'époque l'« école des otages ». Il continue néanmoins de suivre les cours de l'école coranique de Bandiagara, sous la direction de son maître spirituel Tierno Bokar, et reste ainsi attaché à la tradition de ses ancêtres. Apparemment sans conflit : « Pour moi, commente-t-il, c'étaient deux chemins parallèles et sans interférence. »

Après avoir passé avec succès son certificat d'études primaires, Hampaté Bâ réussit le concours d'entrée à l'École normale de Gorée, mais sa mère s'oppose à son départ : une défection qui lui vaut, à titre disciplinaire, une nomination en qualité d'« écrivain auxiliaire temporaire » à Ouagadougou, en Haute-Volta... Il y restera dix ans, de 1922 à 1932, avant d'occuper à Bamako, puis à Dakar, différents postes de commis et d'interprète dans l'administration coloniale.

Nommé ambassadeur du Mali en Côte-d'Ivoire au lendemain de l'indépendance de son pays, Amadou Hampaté Bâ n'a en fait jamais cessé de mener, parallèlement à sa carrière administrative, une série de travaux à caractère historique, religieux, anthropologique et littéraire, qui en font aujourd'hui l'un des plus illustres champions de la défense de la tradition orale africaine. Celui qui proclamait « en Afrique, chaque vieillard qui meurt, c'est une bibliothèque qui brûle », a en effet contribué à sauver de l'oubli les trésors de la mémoire populaire en recueillant et en publiant un certain nombre de récits initiatiques, parmi lesquels *Koumen, textes initiatiques de pasteurs peuls* (1961), *Kaïdara* (1964), *L'Éclat de la grande étoile* (1974) et *Njeddo Dewal, mère de la calamité* (1985). On lui doit également un ouvrage historique consacré à *L'Empire peul du Macina* (1955-1962) et un essai consacré à *Tierno Bokar, le sage de Bandiagara* (1957).

Enfin Amadou Hampaté Bâ a fait œuvre de romancier et de mémorialiste dans *L'Étrange Destin de Wangrin* (1973) et *Amkoullel, l'enfant peul*, publié à titre posthume en 1991.

JACQUES CHEVRIER.

RÉF. : H. Heckmann, *Dossier Amadou Hampaté Bâ*, Paris, 1985.

BACHELARD Gaston. Philosophe et essayiste. Né à Bar-sur-Aube (Aube) le 27 juin 1884, mort à Paris le 16 octobre 1962. Petit-fils de paysans champenois, fils d'un cordonnier, il fit des études secondaires et entra dans l'administration des P.T.T. en qualité de surnuméraire à Remiremont (1903-1905), puis de commis à Paris (1905-1913). Mais Gaston Bachelard n'avait cessé d'apprendre seul à la veillée après le travail du jour. Ce sont ces soirées laborieuses, cette solitude méditative qu'il évoque dans son dernier livre *La Flamme d'une chandelle* (1961). En 1912, le jeune autodidacte obtient sa licence de mathé- matiques.

Après la coupure de la guerre, il entre dans l'enseignement secondaire et reste de longues années professeur de physique et chimie au collège de Bar-sur-Aube. Marié et bientôt veuf, il vit seul avec sa fille Suzanne et se charge de son éducation. Il n'en poursuit pas moins son ascension universitaire. Agrégé de philosophie en 1922, il est docteur ès lettres en 1927. Sa thèse : *Études sur l'évolution d'un problème de physique : la propagation thermique dans les solides* marque déjà par son sujet et son esprit la place qu'il occupera dans l'évolution de la philosophie contemporaine. En 1927, il publie l'*Essai sur la connaissance approchée*, où il examine en savant et en philosophe la connaissance « dans sa tâche d'affinement, de précision, de clairvoyance ». Avec cet ouvrage apparaissait « dans la sphère de la philosophie française un style insolite, mûri dans le travail solitaire, loin des modes et des modèles universitaires ou académiques, un style philosophique rural » (G. Canguilhem). Dans *La Valeur inductive de la relativité* (1929), c'est en tant que « méthode de découverte progressive » qu'est étudiée la théorie de la relativité, grâce à laquelle on est passé « d'un enseignement réaliste à un enseignement relativiste ».

Enfin, Bachelard entre à l'Université, il est nommé en 1930 professeur de philosophie à la faculté des lettres de Dijon, poste qu'il occupe dix ans. De 1940 à 1955 il est titulaire de la chaire de philosophie des sciences à la Sorbonne. Devenu en 1955 professeur honoraire, Bachelard dirige l'Institut d'histoire des sciences et est élu membre de l'Académie des sciences morales et politiques. En 1961, il reçoit le Grand Prix national des lettres.

Après avoir tenté d'insérer les nouveaux concepts de la chimie au sein de la philosophie des sciences élargie qu'il s'efforce de promouvoir dans *Le Pluralisme cohérent de la chimie moderne*, Bachelard aborde un domaine tout nouveau, l'analyse philosophique des œuvres littéraires, avec *L'Intuition de l'Instant. Études sur la « Siloë » de Gaston Roupnel* (1932). Il conçoit son étude comme une explication des thèmes de l'œuvre, comme l'exposé des résonances de ceux-ci dans la méditation du lecteur philosophe. *Les Intuitions atomistiques (Essai de classification)* (1933) ouvrent une autre section de la pensée bachelardienne : l'étude archéologique et psychanalytique de la pensée scientifique en évolution. C'est déjà sur l'élémentaire, ici la poussière, que Bachelard met l'accent. Cet ouvrage annonce à la fois une œuvre magistrale du philosophe et historien des sciences, *La Formation de l'esprit scientifique : contribution à la psychanalyse de la connaissance objective*, étude systématique de quelques-uns des concepts aujourd'hui périmés sur lesquels ont vécu les sciences au XVIIe et au XVIIIe siècle, et la série consacrée à l'étude des éléments à travers les écrivains et les poètes qui le fit connaître des non-philosophes et qui débute la même année (1938) avec *La Psychanalyse du feu*.

Mais si Bachelard se retourne ainsi vers le passé c'est pour mieux montrer la non-fixité des positions acquises par la science, affirmer sa mobilité nécessaire. Aussi en 1934, dans *Le Nouvel Esprit scientifique*, souligne-t-il que les anciennes théories ne sont jamais que des cas particuliers de théories nouvelles plus vastes et qui les englobent. Poursuivant son enquête épistémologique sur les conditions intellectuelles qui déterminent la marche en avant de la pensée scientifique, le philosophe examine successivement *L'Expérience de l'espace dans la physique contemporaine*, puis, en 1951, *L'Activité rationaliste dans la physique contemporaine*. Rassemblant les résultats acquis au fur et à mesure de l'élaboration de ses travaux précédents, Bachelard pose les bases de la nouvelle philosophie des sciences. Dans *Le Rationalisme appliqué*, il expose le primat théorique de l'erreur : « Un vrai sur fond d'erreur, telle est la forme de la pensée scientifique » ; dans *La Philosophie du non*, le caractère tout provisoire de l'utilité de l'intuition : « Les intuitions sont très utiles : elles servent à être détruites. » Enfin, *Le Matérialisme rationnel* (1953) reconsidère « le matérialisme de la matière » et annonce l'avènement d'un nouveau rationalisme matérialiste, d'un matérialisme ordonné, déjà sous-jacent dans la science contemporaine.

C'est avec cinq ouvrages parus de 1938 à 1948 : *La Psychanalyse du feu*, *L'Eau et les Rêves* ; *L'Air et les Songes* ; *La Terre et les Rêveries de la volonté* ; *La Terre et les Rêveries du repos* et également grâce à ses cours de Sorbonne auxquels assistaient, à côté des étudiants, quelques-uns des écrivains et des artistes les plus éminents, que Gaston Bachelard exerça une influence qui dépassa de beaucoup le cadre de l'Université. À cette série d'études sur la rêverie spontanée qui donne naissance à l'œuvre littéraire se rattachent naturellement *La Dialectique de la durée*, « propédeutique à une philosophie du repos » au moyen de la « rythmanalyse », *La Poétique de l'espace* et *La Poétique de la rêverie*, dans lesquels la pensée de Bachelard, sans rien perdre de sa prudence critique, aboutit à une ample méditation sur l'universel.

JACQUES BROSSE.

RÉF. : P. Ginestier, *La Pensée de Bachelard*, Paris, 1968. — D. Lecourt, *L'Épistémologie historique de Gaston Bachelard*, Paris, 1969. — J. C. Margolin, *Bachelard*, Paris, 1974. — Actes du colloque « Bachelard » de Cerisy-la-Salle, Paris, 1974.

BAÏF Jean-Antoine de. Poète. Né à Venise le 19 (?) février 1532, mort à Paris à la fin d'octobre 1589. Fils naturel de l'humaniste Lazare de Baïf (1496-1547), alors ambassadeur à Venise de François Ier, Jean-Antoine est confié après son retour en France (1534) aux soins des meilleurs maîtres : Charles Estienne, Ange Vergèce, puis Jacques Toussaint, tous éminents humanistes qui lui transmettent une solide connaissance des lettres grecques et latines. Dès 1544, l'helléniste Jean Dorat vient parachever cette formation : logé chez Lazare, il découvre à son élève les « détours du Parnasse » ; Baïf lui devra, comme Ronsard et Du Bellay qui l'ont rejoint, l'épanouissement de sa vocation poétique. C'est d'ailleurs dans ce milieu des étudiants parisiens qu'il publie ses premiers essais : modestes vers liminaires inclus dans les ouvrages de ses amis. Contrairement à ses condisciples (plus âgés, il est vrai), il tarde à offrir au public ses propres travaux. Il faut attendre 1552 pour voir paraître *Le Ravissement d'Europe,* récit mythologique imité de Moschos, et surtout les *Amours* d'inspiration pétrarquiste, dédiées à une imaginaire Méline. Devant le peu de succès de ses vers, Baïf va connaître plusieurs années d'errance et d'hésitations. Le voici d'abord à Poitiers, où il rencontre en 1554 Françoise de Gennes, à qui il offrira l'année suivante les *Quatre livres de l'amour de Francine*. Il séjourne ensuite dans le Maine, où il traduit Pic de La Mirandole, puis en Normandie chez son ami Vauquelin. Il voyagera encore en Italie, après quelques mois passés à Trente, dans la suite d'un des évêques envoyés au concile.

Clerc tonsuré, Jean-Antoine a d'abord vécu de bénéfices ecclésiastiques (il est prieur de Marignac dès l'âge de 11 ans). Il s'emploie en outre à gagner les faveurs des princes : après avoir chanté en 1558 les noces du futur François II avec Marie Stuart, il obtient de celui-ci une pension qui lui sera reconduite par Charles IX et Henri III. Baïf connaît ainsi les grandeurs et les servitudes de la vie de cour avant de devenir, sous le titre de secrétaire de la Chambre du Roy, l'un des principaux poètes officiels des Valois. Aussi les vers de circonstance tiennent-ils une large place dans l'édition collective des *Œuvres en rime* parue en 1572-1573, qui réunit toute sa production antérieure. Baïf y dévoile tardivement la multiplicité de ses talents et l'étonnante variété de son inspiration : féru de mythologie dans les *Poèmes*, esprit scientifique dans *Le Premier des Météores*, poète pastoral dans les *Églogues*, satirique et volontiers grivois dans les *Passetems* il se révèle aussi comme l'un des initiateurs du théâtre humaniste *(Antigone, Le Brave, L'Eunuque)*.

Ces *Œuvres en rime* sont pourtant une page tournée dans la carrière de Baïf : abandonnant pour un temps le vers rimé, il entend se consacrer désormais tout entier à la « poésie mesurée à l'antique », dans le cadre de l'académie de poésie et de musique qu'il a créée en 1570 avec le musicien Thibault de Courville. Fondée sur l'alternance des syllabes longues et brèves, et conçue pour s'épanouir dans le chant polyphonique, cette poésie inspirera aux musiciens collaborateurs de Baïf des œuvres encore estimées comme les *Chansonnettes mesurées* mises en musique par Jacques Mauduit en 1586, et surtout *Le Printans* de Claude Le Jeune (1603). Sur le papier toutefois, le rythme des vers mesurés se perçoit assez mal, et l'orthographe déconcertante adoptée par Baïf pour ses *Etrénes de poézie fransoêze an vêrs mezurés* (1574) contribue à détourner les lecteurs d'une expérience pourtant musicalement convaincante.

Sans doute assombri par ce relatif échec, comme par les troubles civils qui déchirent le pays et par la maladie qui mine sa vieillesse, Baïf demeure pourtant fidèle à sa vocation poétique, qu'il met au service de sa foi et de ses convictions humanistes : parallèlement à ses traductions des *Psaumes* (en vers mesurés et en vers rimés), il offre dans les *Mimes, enseignemens et proverbes* une curieuse anthologie morale versifiée où se mêlent poésie sentencieuse et proverbes rimés, invectives satiriques et sombres prophéties. Dans cette œuvre ultime, comme dans l'ensemble de sa production, c'est l'audace de Baïf qu'on retiendra, comme son esprit toujours novateur : il s'est essayé à tous les genres avec une hardiesse qui n'a d'égale que son goût de l'invention formelle, et son souci de variété. Il laisse une œuvre immense, assurément imparfaite et insuffisamment relue, mais foisonnante de trouvailles poétiques, l'une des plus riches de son siècle.

JEAN VIGNES.

RÉF. : M. Augé-Chiquet, *La Vie, les idées et l'œuvre de Jean-Antoine de Baïf,* Paris-Toulouse, 1909.

Bajazet. Tragédie en cinq actes du dramaturge Jean Racine (1639-1699), représentée à Paris en janvier 1672. Personnages principaux : Bajazet, frère du sultan Amurat ; Roxane, favorite du sultan ; Atalide ; Acomat, grand vizir. L'action se déroule à Constantinople, dans le sérail. Tandis qu'Amurat est au siège de Bagdad et que son frère est, sur son ordre, prisonnier dans le sérail et doit être mis à mort, Roxane est tombée amoureuse du jeune homme. Acomat les a fait se rencontrer et il favorise leur amour, pensant faire monter sur le trône Bajazet et s'assurer ainsi une plus grande autorité sous le nouveau sultan. Bajazet fait semblant de répondre à l'amour de Roxane, mais il aime Atalide, qui, pour le sauver, se fait leur intermédiaire. Avant de lui permettre de prendre le pouvoir contre Amurat, Roxane veut que le jeune homme l'épouse. Ce dernier hésite, se défend, et elle, irritée, semble prête à faire exécuter l'ordre d'Amurat. Mais Atalide le supplie de feindre encore et se résigne à le perdre, pourvu qu'il vive. Bajazet ne connaissant pas l'art de feindre, la sultane soupçonne qu'elle a en Atalide une rivale. Afin de s'en assurer, elle révèle à Atalide qu'un messager arrivé du camp renouvelle l'ordre de tuer Bajazet ; l'évanouissement d'Atalide et la découverte sur elle d'une lettre écrite par Bajazet l'assurent de la vérité. Désormais Roxane est décidée à punir, obéissant ainsi à Amurat. Le vizir, informé des événements, déçu lui aussi — car Atalide devait être la récompense de sa victoire —, ne désespère pourtant pas : Roxane n'a pas encore fait tuer Bajazet et l'aime toujours. La sultane tente alors une dernière épreuve : elle lui offre de le sauver à condition qu'il l'épouse et qu'Atalide meure. Indigné, Bazajet refuse, réclamant la mort pour lui seul. Atalide de son côté en fait autant. C'est alors que le vizir, s'étant décidé à passer à l'action, entre au sérail avec ses hommes d'armes pour faire monter Bajazet sur le trône. Mais celui-ci vient d'être tué sur l'ordre de Roxane, laquelle a été poignardée par le messager d'Amurat qui était au courant de tout. Atalide se tue. Acomat tentera peut-être une résistance désespérée contre le sultan qui est sur le point de rentrer.

C'est l'unique fois où Racine, abandonnant les sujets antiques, a remplacé l'éloignement dans le temps par celui dans l'espace et par la singularité des mœurs, mettant en scène un fait survenu en 1637, et que le comte de Cézy, ambassadeur à Constantinople, lui avait raconté à son retour en France (« Quelques lecteurs pourront s'étonner qu'on ait osé mettre sur la scène une histoire si récente... L'éloignement du pays répare en quelque sorte la proximité du temps », dira-t-il dans sa seconde préface). Tragédie de l'amour pastoral (Bajazet et Atalide) ruiné par la brutalité de la passion amoureuse (Roxane), *Bajazet* représente une nouvelle application de la structure fondamentale inaugurée dans *Britannicus* (*) : un couple d'amoureux pur et dépourvu de pouvoir écrasé par l'indiscrète passion de celui qui tient le pouvoir. En outre, comme dans *Britannicus*, le thème des frères ennemis – présent dès *La Thébaïde* – rend plus tragiques encore les enjeux de la structure de base. La violence intrinsèque à *Bajazet* tient à la fois au cadre (le sérail, clos, mystérieux et dangereux avec ses intrigues, ses espions, ses assassins, son érotisme latent), à la personnalité extrême de Roxane, et à la situation politique de la pièce, caractérisée par l'urgence (le retour imminent du sultan qui avait ordonné à Roxane de faire périr son frère) et une cascade de sujétions : le sultan, absent, tient entre ses mains la vie de Roxane qui tient celle de Bajazet, lui-même responsable de la vie d'Atalide. Ce n'est plus la chaîne amoureuse d'*Andromaque* (*), puisque la sujétion externe (le pouvoir du sultan sur Roxane et celui de Roxane sur Bajazet) se combine avec la sujétion interne (la passion de Roxane pour Bajazet, et l'amour partagé de Bajazet et d'Atalide), mais comme toute chaîne, celle-ci engendre illusions et mensonges, menaces et revirements, et, pour finir, ne laisse pas d'autre choix aux héros que de s'entre-détruire. Par cette contradiction insoluble entre des événements extérieurs sur lesquels il n'y a pas de prise (la sujétion externe) et la responsabilité de l'individu (la sujétion interne), entre lesquels certains ont le tort de croire à une possibilité d'ajustement – d'où l'importance du rôle du grand vizir Acomat qui croit pouvoir tout manipuler et sera entraîné dans la débâcle –, *Bajazet* est assurément l'une des pièces les plus noires de Racine.

Ballade. Poème à forme fixe recouvrant la *ballette* ou ballade primitive, la *ballade proprement dite* et le *chant royal.* La ballette apparaît au XIIIe siècle, comme un genre de transition assez mal défini, mais dont découlent sans doute le *virelai* et la *ballade.* La ballade est le genre dominant de la poésie lyrique au XIVe et au XVe siècle. Elle est définie par Guillaume de Machaut comme une succession de trois strophes dont le nombre de vers, le mètre et la disposition des rimes sont identiques (en général *a b a b / b c c b*). À la fin de chaque strophe est intégré un refrain de un ou deux vers. Enfin l'*envoi,* par lequel le poète adresse son poème à un destinataire choisi, correspond souvent à une demi-strophe. C'est ainsi que se présente la ballade chez Villon (vingt-huit vers sur trois rimes, et trois strophes et demie), qui lui confère une forme canonique (*Ballade des dames du temps jadis*). La ballade disparaît au XVIe siècle, rejetée par la Pléiade. Son nom réapparaît au début du XIXe siècle, mais pour désigner, sous l'influence des ballades anglaises et allemandes, un poème narratif ou dramatique, d'inspiration populaire. C'est en ce sens qu'il faut comprendre le caractère novateur des ballades de Hugo (*Odes et Ballades,* 1826). La ballade traditionnelle fut remise en honneur à la fin du siècle par Théodore de Banville (*Trente-six ballades joyeuses,* 1873), bientôt suivi par Glatigny, Verlaine, Richepin, Cros et, plus tard, Paul Fort avec ses *Ballades françaises.*

CHRISTIAN DOUMET.

Ballade des pendus (La). Œuvre de François Villon (1431-1463 ?), publiée en 1489. Le vrai titre, qui figure sur le manuscrit, serait l'*Épitaphe Villon* ; mais l'autre, approprié et juste, est plus connu. Parmi les ballades que Villon a laissées (certaines sont écrites en argot) et qui ne sont pas comprises dans le *Testament*, celle-ci est la plus fameuse. Le poète, dans l'attente de son châtiment, se voit déjà suspendu à la potence avec ses compagnons, lavés par la pluie, desséchés et noircis par le soleil, déchirés par les corbeaux et les pies, balancés par le vent. Tout en reconnaissant que la peine encourue est juste, il demande miséricorde pour ses frères humains : « Priez Dieu que tous nous veuille absoudre. » Telle est l'interprétation traditionnelle donnée à cette ballade ; cependant la critique récente ne lui reconnaît pas de bases solides. Notons à ce sujet qu'il n'est pas nécessaire de croire que la ballade fut composée en prison, à la veille du supplice, pour que le poète ait eu le pressentiment de sa fin inévitable ; pressentiment qui pouvait naître rien qu'à voir d'autres malheureux, ses semblables, frappés par l'horrible châtiment. Cette ballade dans laquelle Villon a mis le meilleur de lui-même, contient des paroles de pitié si pathétiques qu'elle a contribué, plus que toute autre partie de son œuvre, à fixer sa légende.

Ballade du Grand Macabre (La). Farce de l'auteur dramatique belge d'expression française Michel de Ghelderode (pseud. de Michel Martens, 1898-1962), écrite en 1934 et créée au Studio des Champs-Élysées sous le titre *La Grande Kermesse.* La pièce se situe en Flandre dans la principauté de Breugellande. Le Grand Macabre, Nekrozotar, se présente lui-même comme l'Ange du Mal et vient annoncer la fin du monde rendue plausible par le retour, d'ailleurs prévu, d'une comète. Aux yeux des habitants de Breugellande, tout doit sombrer. Il se produit en effet un cataclysme météorique, mais la fin du monde, la vraie, manque au rendez-vous et la vie recommence. Le visionnaire qui se croyait l'incarnation de la Mort en meurt de saisissement. Cette farce sert en quelque sorte de contrepoids à *Mademoiselle Jaïre*, écrite à la même époque. En effet, bien que la mort demeure en filigrane dans les deux pièces, ici elle apparaît sous les traits d'un personnage burlesque. Ce thème porté de l'échelle folklorique à l'échelle humaine en rejoint un autre : celui de la déchéance des hommes, qui ont perdu le sens de la joie et de la liberté. Soulignons que le couple d'Adrian et Jusemina, tout abandonné à l'amour, chose rare dans l'œuvre de Ghelderode, détient ici une haute valeur symbolique : les amants s'expriment et ne passent sur scène que pour aller s'aimer dans les ténèbres d'un tombeau.

BALZAC Honoré de. Romancier. Né à Tours le 20 mai 1799, mort à Paris le 18 août 1850. Sa famille paternelle était originaire du Tarn, et son véritable nom était Balssa ; sa mère, née Sallambier, appartenait à une famille de la bourgeoisie parisienne. Le père, Bernard-François Balzac, tout jeune, était venu à pied de sa province méridionale ; devenu clerc de procureur, puis plus tard secrétaire au conseil du roi, il n'est mort qu'en 1829. Honoré fut un enfant sans mère et en souffrit beaucoup : Laure Sallambier lui préféra toujours un frère dont la naissance était douteuse, fit élever Honoré loin d'elle, et, jusqu'à la mort de son fils, restée sa créancière, se montra d'une singulière âpreté.

De 1807 à 1813, pensionnaire au collège oratorien de Vendôme, Balzac ne revint pas une seule fois dans sa famille. Il a évoqué ces années de collège dans *Louis Lambert*. À partir de 1814, il poursuit ses études dans une pension à Paris, puis à la faculté de droit. Il fait un stage chez un avoué, Me Guyonnet de Merville, qui servira de modèle au Derville de ses romans. Mais, appelé par la vocation littéraire et certain de son propre génie, il s'installe, à vingt ans, dans une mansarde, rue Lesdiguières, et écrit, entre autres, un assez pitoyable *Cromwell* en vers. Il prêtera à plusieurs de ses personnages ces débuts austères d'écrivain. En 1810, il habite chez ses parents à Villeparisis et y fait la connaissance d'une femme qui aura une influence décisive sur sa formation : Mme Laure de Berny, de vingt-deux ans son aînée, qui fut pour lui une mère, une maîtresse, et la plus généreuse des amies, jusqu'à sa mort en 1836. Balzac l'avait surnommée « la Dilecta » ; il la fit beaucoup souffrir, mais lui garda une profonde tendresse.

Balzac a été à la fois un écrivain précoce et tardif. La première œuvre signée de son nom, *Les Chouans*, ne parut qu'en 1829, suivie de près par *La Physiologie du mariage* (qui avait été composée et partiellement imprimée plusieurs années auparavant). Mais il avait gardé en portefeuille deux romans philosophiques, *Sténie* et *Falthurne* (écrits en 1820-1821), et publiés entre 1821 et 1826 sous divers pseudonymes (A. de Villerglé, lord R'Hoone, Horace de Saint-Aubin), toute une série de romans faciles, historiques ou populaires, qu'il avait écrits seul ou avec la collaboration d'une équipe de fabricants de littérature : *Les Deux Hector, Michel et Christine, L'Héritière de Birague, Jean-Louis ou la Fille trouvée, Clotilde de Lusignan ou le Beau Juif, Le Vicaire des Ardennes, L'Excommunié, Argow le Pirate, Wann-Chlore*, etc. Dès 1822, dans une lettre à sa sœur Laure, il parlait d'un de ces ouvrages comme d'« une véritable cochonnerie littéraire ». Il refusa toujours de les republier sous son nom, mais il est certain qu'à cette fabrication il « se fit la main » et qu'ainsi, quand fut venu le temps de son œuvre véritable, il était entraîné à la technique romanesque.

Ce temps, pourtant, n'était pas encore arrivé. En 1825, Balzac tenta d'assurer sa fortune par d'autres moyens : il s'improvisa éditeur, fonda une imprimerie (dans l'actuelle rue Visconti, en face de la maison de Racine), puis une fonderie de caractères (qui, reprise par les enfants de Mme de Berny, devint la célèbre fonderie Deberny). Ce furent autant d'échecs cuisants et de faillites, où Balzac compromit les ressources de sa famille, et celles de « la Dilecta ». Jusqu'à la fin de sa vie il devait traîner le poids des énormes dettes contractées dans ces aventures commerciales.

Les Chouans, en 1829, ouvrent la période de quelque vingt ans au cours de laquelle Balzac composa, remania sans cesse, et publia environ quatre-vingt-cinq romans, longs ou brefs. Cette prodigieuse production littéraire, qui semblerait dépasser les forces d'un seul homme, ne l'empêcha pas de mener une vie mondaine très active, de faire de grands voyages, d'avoir des aventures amoureuses, de tenter sa chance (sans succès) dans la politique, et d'échafauder encore les plus extravagantes combinaisons financières. L'écho rencontré par *Les Chouans,* et plus encore le bruit fait par *La Physiologie du mariage* lui avaient ouvert la porte des salons parisiens et des salles de rédaction. Lié avec la duchesse d'Abrantès, dont il rédigea en partie les *Mémoires*, reçu chez Mme Récamier, chez Sophie Gay, chez la princesse Bagration et le baron Gérard, il fréquentait aussi le milieu des demi-mondaines et des gens de théâtre. Il collaborait activement aux journaux d'Émile de Girardin, *La Silhouette, La Mode, Le Voleur*, et surtout à *La Caricature,* dont il fut le principal rédacteur.

Ses œuvres se succèdent rapidement. Au début de 1830, Balzac publie les *Scènes de la vie privée,* recueil de six nouvelles : *La Vendetta, Gobseck, Le Bal de Sceaux, La Maison du Chat-qui-pelote, Une double famille, La Paix du ménage* qui constituent comme la première cellule de *La Comédie humaine* et qui, du jour au lendemain, font de lui un romancier célèbre. Dès lors, s'il rencontre la résistance de la critique et des censeurs patentés, il est lu par toutes les femmes et par un public croissant. *La Peau de chagrin* (*), en 1831, confirme sa célébrité et, tout en composant les ouvrages plus difficiles qui entreront plus tard dans les *Études philosophiques,* Balzac est un peu grisé par sa gloire. C'est l'époque de son dandysme :

tilbury et chevaux, domestiques en livrée, cannes à pommeau d'argent ciselé (en attendant le pommeau d'or serti de turquoises), loge personnelle à l'Opéra. La folie de l'ameublement, qui lui coûtera si cher, apparaît dans son appartement de la rue Cassini, qu'il fait installer somptueusement. Il travaille la nuit, revêtu de son fameux froc blanc en cachemire, la cafetière de porcelaine toujours à portée de la main. Il commence les *Contes drolatiques*, où il s'amuse à écrire la langue du XVIe siècle. Et, libéral teinté de saint-simonisme jusque-là, il se rallie au parti légitimiste, devient le défenseur du trône et de l'autel.

Il s'est épris depuis peu de la marquise de Castries, qui se joue de lui, le traîne à sa remorque à Aix-les-Bains et à Genève en 1832, puis l'abandonne sèchement. Il s'en vengera en écrivant *La Duchesse de Langeais* (1833). Datent de la même époque, entre autres, *Le Curé de Tours*, *Le Colonel Chabert*, *Ferragus*, *La Fille aux yeux d'or*, *Le Médecin de campagne*, *Eugénie Grandet* (*), c'est-à-dire des ouvrages très divers évoquant les milieux aristocratiques et petits-bourgeois de Paris et de province, développant des thèses politiques et sociales, compliquant à plaisir les intrigues les plus romanesques et cédant parfois au goût des conspirations et des influences occultes.

Cependant, à la fin de 1832, Balzac a reçu une lettre anonyme lui exprimant l'admiration éperdue d'une femme. Il arrivera à découvrir l'identité de celle qu'il devait appeler « l'Étrangère » : la comtesse polonaise Eveline Hanska, avec qui s'engage une longue correspondance et qui ne deviendra qu'en 1850 Mme Honoré de Balzac. Il la rencontre une première fois, avec son mari, M. Hanski, à Neuchâtel, en Suisse, en septembre 1833, puis passe quelques semaines avec elle à Genève au début de l'année 1834. Cela n'empêchera pas Balzac de reprendre à Paris sa vie mondaine et de nouer, cette même année 1834, une liaison durable avec la comtesse Guidoboni-Visconti, née Sarah Lovell. Il achève *Séraphîta* et *Le Père Goriot* (*), inaugurant dans ce dernier livre son système des personnages reparaissant de roman en roman, mais sans concevoir encore le plan d'ensemble de *La Comédie humaine.*

Tout en conservant son appartement de la rue Cassini, il en a fait aménager un second, secret, rue des Batailles, à Chaillot. En mai 1835, il est à Vienne auprès de Mme Hanska et, au début de 1836, fait, pour défendre les intérêts des Guidoboni-Visconti dans une affaire d'héritage, un voyage en Italie où l'accompagne la jeune Mme Caroline Marbouty, déguisée en page. Il publie *Le Lys dans la vallée* (*) et fonde une revue, *La Chronique de Paris,* qui va lui coûter cher. Sa situation financière se complique, il est poursuivi par son éditeur, Werdet, et doit vivre caché pour éviter la contrainte par corps. Mais il n'en achète pas moins la villa des Jardies, près de Ville-d'Avray, qu'il fait rebâtir et installer magnifiquement (1837). Au cours d'un nouveau voyage en Italie, il a rencontré Manzoni. Au début de 1838, le voici en Sardaigne, à la recherche des mines d'argent de l'Antiquité, qu'il a projeté de remettre en exploitation. Paraissent *César Birotteau*, *La Vieille Fille*, le début des *Illusions perdues*, la première partie de *Splendeurs et misères des courtisanes* (ces deux romans majeurs ne seront achevés respectivement qu'en 1843 et 1847), un peu plus tard *Béatrix* et *Le Curé de village*. Un drame, *Vautrin,* échoue en 1840 à la Porte- Saint-Martin. Quelque temps auparavant, Balzac a tenté, à Bourg-en-Bresse, de sauver la tête d'un condamné à mort, l'assassin Peytel, qu'il avait connu dans les milieux du journalisme parisien.

Cependant, il a fondé à nouveau une revue, la *Revue parisienne,* qu'il rédige à lui seul et qui ne dépassera pas le troisième numéro ; il y publie deux articles restés célèbres : la critique féroce du *Port-Royal* de Sainte-Beuve, et l'éloge de *La Chartreuse de Parme* (*) de Stendhal. Contraint de vendre sa propriété des Jardies, il s'installe à Passy, rue Basse. À la fin de 1841, il met sur pied le vaste plan de *La Comédie humaine* et signe un traité avec quatre éditeurs associés pour soutenir l'entreprise. Il rédige le programme ou *Avant-Propos* qui figurera en tête du premier volume, et qui est la proclamation de ses ambitions littéraires, la charte de son empire personnel. Les romans les plus importants de cette période sont *Ursule Mirouet*, *Un ménage de garçon*, *Albert Savarus*, *Honorine*, *Modeste Mignon*.

M. Hanski est mort à la fin de 1841. Mais c'est deux ans plus tard seulement que Balzac peut faire le voyage à Saint-Pétersbourg, où il revoit « l'Étrangère », et revenir en visitant les villes d'Allemagne. Désormais, il a une idée fixe : épouser Mme Hanska. Et il redouble de travail pour lui assurer une existence digne d'elle, tout en faisant appel en plus d'une circonstance à la fortune de l'amie lointaine. Il la rejoint en 1845 à Dresde, l'emmène en Italie, puis à Paris, en Hollande, en Belgique. Sa servante-maîtresse, Louise Breugnot, dite Mme de Brugnol, fait main basse sur les lettres de l'Étrangère et menace Balzac d'un chantage. En 1846, Mme Hanska accouche à Dresde d'un fils mort-né, Victor-Honoré. C'est pour Balzac un coup terrible, dont il ne se relèvera pas.

Il a acquis en 1846 une maison rue Fortunée (actuelle rue Balzac), qu'il installe à grands frais pour y recevoir Mme Hanska, et se ruine chez les antiquaires. *La Cousine Bette* et *Le Cousin Pons* sont achevés et publiés en 1846-1847. Ce sont les dernières grandes œuvres. À partir de cette date, Balzac, malade, épuisé, sent ses facultés créatrices décroître. Il n'en échafaude que plus de projets de romans, et de plus en plus vastes, mais n'en termine aucun. De septembre 1847 à février 1848, il séjourne en Ukraine, à Wierzchownia, chez Mme Hanska, dont la famille essaye d'empêcher le mariage avec Balzac. Elle-même semble hésiter, effrayée par le gaspillage balzacien. Nouveau séjour ukrainien à la fin de l'année 1848. Balzac échoue aux élections législatives et, par deux fois, à l'Académie, où il n'obtient que les voix de Lamartine et de Victor Hugo. Sa santé décline rapidement.

Au début de 1850, il n'en part pas moins pour Kiev, où il retrouve Mme Hanska, sa fille et son gendre. Le 14 mars, à Berditcheff, il épouse son amie, et au mois de mai suivant M. et Mme Honoré de Balzac reprennent le chemin de Paris, à petites étapes, parce que la santé du romancier exige des précautions. Lorsque, le 21 mai, ils arrivent rue Fortunée, où Balzac avait tout fait préparer pour leur entrée dans la maison du bonheur, personne ne répond à leurs coups de sonnette. Le gardien chargé de les recevoir avait perdu la raison et se cachait, prostré, dans un coin de la demeure illuminée ! Balzac ne manqua pas de voir là un funeste présage. À peine arrivé, il est forcé de s'aliter, pour ne plus se relever. En juillet, ses souffrances deviennent atroces. Au début d'août, les étouffements commencent. Il entre en agonie le 18. Ce jour-là, Victor Hugo est venu le voir, et il a raconté cette dernière visite dans *Choses vues*. Mme de Balzac se tenait loin de la chambre du moribond. L'enterrement eut lieu le 21 août, après un office à Saint-Philippe-du-Roule, au cimetière du Père-Lachaise, ce haut lieu de l'œuvre balzacienne, d'où le jeune Rastignac avait jeté son défi à Paris : « À nous deux maintenant », où gisaient Esther Gobseck, Lucien de Rubempré, tant d'autres personnages. Victor Hugo prononça l'éloge funèbre du romancier, qui est une page magnifique.

Trente ans de préparation dans l'ombre et le silence ; dix-huit ans de création effervescente, au milieu des soucis, des aventures de toute sorte et des divertissements ; trois ans de progressif déclin : la vie de Balzac ressemble à celle de ses personnages préférés. L'imagination y joue un rôle décisif, commande les folies, les excès, les réussites et les échecs. Persuadé qu'il est des recettes pour vivre très longtemps, et ayant hérité de son père cette préoccupation de la longévité, Balzac vécut de telle sorte qu'il n'avait dépassé que de peu la cinquantaine lorsqu'il mourut, épuisé. L'un des thèmes majeurs de son œuvre entière est la consommation de l'énergie vitale par tous les usages qui en sont faits, et tout particulièrement par les activités de l'esprit. L'existence qu'il a menée, se croyant le maître de ses forces et les dépensant sans la moindre prudence, illustre tragiquement cette philosophie de l'énergie. Peu d'hommes ont fait preuve d'une telle démesure, et gaspillé avec autant d'imprévoyance des forces immenses. Mais l'œuvre est là, pour compenser tant de déraison. C'est à elle, finalement, que Balzac a sacrifié toute prudence. Non pas avec l'avarice de soi qui l'eût confiné dans son cabinet de travail : le résumé même le plus succinct de ses travers suffit à montrer que cet homme a vécu généreusement et n'a rien refusé des sollicitations de l'existence. Mais, tout assoiffé qu'il était de jouissances, de spectacles, d'activités multiples et de plaisirs renouvelés, il revenait fidèlement à son écritoire. Dans une vie singulièrement dispersée, il reste une unique constante : le travail. Et un travail qui n'était pas seulement, comme trop souvent on l'a imaginé, celui de l'invention fébrile – *Le Père Goriot* écrit en trois jours et trois nuits, chez ses amis Margonne, au château de Saché – mais aussi celui, patient et humble, de la mise au point minutieuse, des pages sans cesse reprises, remaniées, corrigées. Cette œuvre géante, qui demeure si vivante alors que le monde qu'elle évoque est depuis longtemps rentré dans l'ombre du passé, doit autant au labeur qu'à la générosité de nature. Elle a été payée par beaucoup de souffrances. L'enfant sans mère, le collégien solitaire dévoré d'angoisse métaphysique, l'imaginatif conscient de son extraordinaire génie, celui qui se considérait comme le Napoléon et le Geffroy Saint- Hilaire de la littérature, l'amoureux rêveur d'une princesse lointaine, le causeur ivre de sa propre parole, l'inventeur malheureux et l'aventurier d'affaires n'ont été que les incarnations successives ou simultanées d'un même prodigieux créateur de personnages et d'événements. Longtemps dédaignée par les délicats, méconnue ensuite par ceux qui n'y surent voir que la copie servile d'une réalité historique, l'œuvre issue de cette existence magnifique et douloureuse n'a cessé de fasciner de nouveaux lecteurs. Il n'en est pas qui soit, après un siècle, aussi vivante, aussi étrangement contemporaine de la postérité qui continue à s'y alimenter.

ALBERT BÉGUIN.

♦ *« Goethe dit de* La Peau de chagrin *qu'on peut attaquer chaque détail, trouver à chaque page des péchés de facture, des extravagances, en un mot qu'il s'y trouve plus d'imperfections qu'il n'en faudrait pour abîmer un bon livre et que, cependant, il est impossible d'y méconnaître l'œuvre d'un talent plus qu'ordinaire et de la lire sans intérêt. »* Goethe, cité par Fréd. Soret.

♦ *« M. de Balzac était un des premiers parmi les plus grands, un des plus hauts parmi les meilleurs. Tous ses livres ne forment qu'un livre, livre vivant, lumineux, profond, où l'on voit aller et venir, marcher, et se mouvoir, avec je ne sais quoi d'effaré et de terrible, mêlé au réel, toute notre civilisation contemporaine ; livre merveilleux, que le poète a intitulé comédie et qu'il aurait pu intituler histoire, qui prend toutes les formes et tous les styles, qui dépasse Tacite et qui va jusqu'à Suétone, qui traverse Beaumarchais et qui va jusqu'à Rabelais ; livre qui est l'observation et qui est l'imagination ; qui prodigue le vrai, l'intime, le bourgeois, le trivial, le matériel, et qui par moments, à travers toutes les réalités largement et brusquement déchirées, laisse tout à coup entrevoir le plus sombre et le plus tragique idéal. À son insu, qu'il le veuille ou non, qu'il y consente ou non, l'auteur de cette œuvre immense et étrange est de la forte race des écrivains révolutionnaires. »* V. Hugo.

♦ *« Dire d'un homme de génie qu'il était essentiellement bon, c'est le plus grand éloge que je sache faire. Toute supériorité est aux prises avec tant d'obstacles et de souffrances, que l'homme qui poursuit avec patience et douceur la mission du talent est un grand homme, de quelque façon qu'on veuille l'entendre. La patience et la douceur, c'est la force : nul n'a été plus fort que Balzac.* » G. Sand.

♦ « *Il avait tout en lui : grandeur de génie et grandeur morale, immense aristocratie de talent, immense variété d'aptitudes, universalité de sentiment de soi-même, exquise délicatesse d'impressions, bonté de femme, vertu mâle dans l'imagination, rêves d'un dieu toujours prêt à décevoir l'homme... tout enfin, excepté la proportion de l'idéal au réel. Tous ses malheurs, et ils furent grands, comme son caractère, ont tenu à cet excès de grandeur dans son génie ; ils dépassaient, non pas son esprit infini et universel, mais ils dépassaient le possible ici-bas... C'était un aigle qui n'avait pas dans sa prunelle la mesure de son vol.* » Lamartine.

♦ « *Quoique cela semble singulier à dire en plein* XIXe *siècle, Balzac fut un voyant. Son mérite d'observateur, sa perspicacité de physiologiste, son génie d'écrivain ne suffisent pas pour expliquer l'infinie variété des deux ou trois mille types qui jouent un rôle plus ou moins important dans* La Comédie humaine. *Il ne les copiait pas, il les vivait idéalement, revêtait leurs habits, contractait leurs habitudes, s'entourait de leur milieu, était eux-mêmes tout le temps nécessaire.* » Th. Gauthier.

♦ « *J'ai maintes fois été étonné que la grande gloire de Balzac fût de passer pour un observateur ; il m'avait toujours semblé que son principal mérite était d'être* visionnaire, *et visionnaire passionné. Tous ses personnages sont doués de l'ardeur vitale dont il était animé lui-même. Toutes ses fictions sont aussi profondément colorées que les rêves... Chacun, chez Balzac, même les portières, a du génie. Toutes les âmes sont des âmes chargées de volonté jusqu'à la gueule. C'est bien Balzac lui-même. Et comme tous les êtres du monde extérieur s'offraient à l'œil de son esprit avec un relief puissant et une grimace saisissante, il a fait se convulser ses figures : il a noirci leurs ombres et illuminé leurs lumières.* » Baudelaire.

♦ « *Il reste prouvé que Balzac n'est pas seulement un grand poète, un faiseur dans le sens antique du mot, un vrai génie de création et de découverte... mais que de plus il est aussi, et est surtout, un penseur d'une force et d'une variété infinies, qui se joue dans les généralités les plus hautes et ne se diminue pas dans les aperçus les plus fins. Pour tout dire en un mot, il restera prouvé qu'en hachant, n'importe où, une page de Balzac, en tronquant cet ensemble merveilleux d'une page, on aura, avec des teintes nouvelles et l'originalité la plus profonde, quelque chose comme les* Caractères *de La Bruyère, les* Maximes *de La Rochefoucauld,* les Pensées *de Vauvenargues et de Joubert, et les* Aphorismes *de Bacon.* » Barbey d'Aurevilly.

♦ « *Il est aussi impossible d'isoler des détails chez Balzac que dans un tableau de Rembrandt ou de Delacroix. Chez lui comme chez eux, la grandeur réside dans la stupéfiante richesse des valeurs dont le va-et-vient éternel, semblable à celui de la nature elle-même, finit par constituer une gamme complète. Chez Homère ou chez Goethe, les personnages ressemblent à des dieux s'avançant, solitaires, et le secret de leur origine est impénétrable ; chez Balzac, ils sont comme les notes d'une gigantesque symphonie : leur naissance nous paraît plus compréhensible, nous croyons porter dans notre sang les éléments qui composent leurs sombres cœurs, et il nous semble que nous respirons ces éléments dans l'air des grandes villes.* » Hugo von Hofmannsthal.

♦ « *Aucun poète n'a jamais été plus complètement absorbé dans son œuvre, et n'a jamais, plus que lui, eu foi dans ses propres rêves ni éprouvé une hallucination aussi proche de la limite du piège qu'il a lui-même dressé...* » Stefan Zweig.

♦ « *Balzac, je l'ai lu à l'âge où les petits garçons dévorent les romans d'aventures... Je revois la grande pièce aux quatre fenêtres drapées de vieux caramani aux belles couleurs... Mon Dieu, qu'elle était profonde, secrète, sûre, faite pour qu'on y subît le prestige du magicien de génie, du visionnaire assiégé par le rêve auquel il a donné la vie et qui veut, qui exige de nous, avec une espèce de cruauté magnifique, que nous courions son risque, que nous partagions, malgré nous, l'angoisse du cauchemar lucide qui l'assaillait de toutes parts, sans seulement faire chanceler sa haute raison.* » Georges Bernanos.

♦ « *J'admire comme les pensées de Balzac sont cosmologiquement justes. Telle est la part de sa forte tête dans ses créations, qu'il entre dans les lieux communs et les rend vrais.* » Alain.

♦ « *Balzac n'est pas un précurseur. Il est le créateur du monde moderne. C'est pourquoi tout jeune auteur d'aujourd'hui doit passer par lui.* » Blaise Cendrars.

♦ « *Jusqu'où, dans tous les ordres, Balzac a poussé l'audace, quels sujets il n'a pas craint de toucher, bien avant André Gide et Marcel Proust, aucun prospecteur de* La Comédie humaine *n'a encore osé le découvrir jusqu'au fond... Plus étroitement attaché aux puissances de chair qu'aucun des jeunes dandies féroces qui peuplent ses livres, nous savons pourtant que Balzac a su embraser* La Comédie humaine *d'une surnaturelle lumière... Il a eu le pressentiment de tout, et même de ce fleuve souterrain, de ce courant de grâce qui parcourt invisiblement le monde.* » François Mauriac.

♦ « *Une création créant son auteur, un homme qui n'existe que comme l'enfant de son œuvre.* » Gaétan Picon.

♦ « *L'historien des mœurs ne s'est pas contenté de représenter la société telle qu'il l'a vue. À ses descriptions se trouve associée la volonté de proposer des remèdes aux maux dont elle souffre. Il existe une morale balzacienne, qui ne s'attache guère, comme la morale classique, à définir, dans l'absolu, le Bien et le Mal, mais qui prend appui sur l'analyse sociale et tend à élaborer un programme de salut collectif.* » Pierre-Georges Castex.

RÉF. : Alain, *Avec Balzac,* 1927. — E.R. Curtius, *Balzac,* 1933. — Ph. Bertault, *Balzac et la religion,* 1942. — Ramon Fernandez, *Balzac,* 1943. — André Billy, *Vie de Balzac,* 2 vol., 1944. — Bernard Guyon, *La Pensée politique et sociale de Balzac,* 1947. — St. Zweig, *Balzac, le roman de sa vie,* trad. 1950. — Albert Béguin, *Balzac visionnaire,* 1950. — F. Marceau, *Balzac et son monde,* 1955. — Gaétan Picon, *Balzac par lui-même,* 1956. — J. H. Donnard, *Les Réalités économiques et sociales dans « La Comédie humaine »,* 1961. — P. Laubriet, *L'Intelligence de l'art chez Balzac,* 1961. — Per Nykrog, *La Pensée de Balzac,* 1966. — M. Fargeaud-Ambrière, *Balzac et la recherche de l'absolu,* 1968. — P. Barbéris, *Balzac et le mal du siècle,* 1970. — R. Fortassier, *Les Mondains dans « La Comédie humaine »,* 1974. — J.-L. Tritter, *Le Langage philosophique dans les œuvres de Balzac,* 1976. — A. Michel, *Le Mariage chez Honoré de Balzac : amour et féminisme,* 1978. — M. Bardèche, *Balzac romancier,* rééd. 1980. — N. Mozet, *La Ville de province dans l'œuvre de Balzac,* 1982. — M. Ménard, *Balzac et le comique dans « La Comédie humaine »,* 1983. — R. Chollet, *Balzac journaliste,* 1983.

Consulter aussi l'édition de *La Comédie humaine* dirigée par P.G. Castex, Gallimard, bibl. de la Pléiade, et l'édition de la *Correspondance* par R. Pierrot (5 vol. Garnier ; plus les *Lettres à Madame Hanska,* Robert Laffont, coll. Bouquins).

BALZAC Jean Louis Guez, seigneur de. Épistolier. Né et mort à Angoulême (mai ou juin 1597-18 février 1654). Après avoir étudié chez les jésuites et fait un voyage en Hollande, il suivit à Rome, en 1621, le cardinal de La Valette, fils du duc d'Épernon, et y devint assez vite son agent d'affaires. C'est d'Italie qu'il commença d'écrire ces *Lettres* qui devaient un jour lui assurer la gloire. D'emblée, ou peu s'en faut, il s'acquit l'admiration de la haute société française. C'est dire que lorsqu'il revint à Paris, l'année suivante (1622), il se vit déjà célèbre. L'un après l'autre, tous les grands personnages se mirent à le rechercher ; Richelieu lui-même fit tout ce qu'il put pour s'en faire bien voir, tant il tenait à s'attacher un esprit aussi remarquable. Néanmoins, Guez de Balzac ne voulut pas se fixer dans la capitale. Féru de solitude, il préférait se retirer dans ses terres, sur les bords de la Charente. Il n'en fut pas moins nommé par Richelieu conseiller d'État et historiographe de France. En 1634, il fut élu parmi les premiers membres de l'Académie. Il y fonda ce « prix d'éloquence », que l'Académie décerne encore tous les deux ans et dont Mlle de Scudéry fut la première lauréate en 1671.

Comme Balzac paraissait rarement à l'hôtel de Rambouillet, ses *Lettres* y étaient attendues, commentées avec passion et admirées sans réserve. Il en fit lui-même un recueil qu'il publia à Paris en 1624. On sait qu'elles sont très nombreuses, puisqu'elles n'occupent pas moins d'un volume sur deux de l'édition de ses *Œuvres complètes* (1665). On constate que la plupart sont adressées à ceux que Balzac savait gens capables de goûter son style jusqu'au tréfonds : Chapelain, Conrart et quelques autres. Sitôt qu'il vit le jour, le recueil obtint un succès prodigieux : non seulement en France, mais dans toute l'Europe. Il devait valoir à l'auteur la réputation de grand épistolier. Il faut avouer, pourtant, que l'on est loin d'y trouver des modèles du vrai style épistolaire. Cela, pour la raison très simple que le naturel y fait défaut. Trop soucieux de correction, Guez de Balzac se garde toujours d'improviser. N'osant pas être simple, il alourdit tout ce qu'il touche et donne volontiers dans l'emphase. Il n'empêche que partout sa phrase est construite à la perfection. En somme, Guez de Balzac a rendu à la prose le même service que Malherbe à la poésie. Il a préparé l'éclosion de la prose classique. Voilà pourquoi ses *Lettres* demeurent un document de premier ordre pour l'histoire de la langue française.

Mais le grand épistolier tint de bonne heure à prouver qu'il était capable d'écrire des ouvrages de longue haleine. Il publia d'abord *Le Prince* (1631) qui n'est autre qu'un panégyrique de Louis XIII : peinture fort idéalisée qui fut, d'ailleurs, censurée par la Sorbonne. Vingt ans après, *Le Socrate chrétien* (1652), dissertation fort érudite sur l'excellence de la religion. En 1657 paraissent les *Entretiens.* Il faut ajouter *Aristippe ou De la Cour*, belle dissertation sur la politique, qui ne fut publiée qu'après la mort de l'auteur (1658). Si l'on veut lire en entier un de ces ouvrages, on ne tarde pas à éprouver quelque fatigue, tant la tension du style est partout présente. Il est visible que pour Guez de Balzac la prose est loin de « ce chant naturel qu'on trouve dans celle de saint François de Sales, chez Théophile ou chez Agrippa d'Aubigné ». Il n'empêche que, si l'on s'en tient aux *morceaux,* on en trouvera plus d'un dont la solidité ne laisse pas de rappeler Sénèque. C'est dire que l'on se montre injuste envers Guez de Balzac quand on se refuse à voir en lui autre chose qu'un admirable phraseur. Encore une fois, sa gloire, il la doit à ses *Lettres.* Mais c'est néanmoins dans *Le Prince* que l'on trouve les meilleures pages qu'il ait écrites. Outre les volumes déjà cités, Balzac a composé une satire intitulée *Le Barbon* (1648) et un recueil de vers latins : *Tres libri carminorum* (1650). Rappelons enfin que, sur ses vieux jours, l'auteur dut essuyer les attaques du père Goulu, supérieur général des Feuillants, qui l'accusait tout à la fois de plagiat, de mensonge et d'immoralité. Guez de Balzac se défendit avec tant de loyauté qu'il se concilia aussitôt toute l'opinion.

ROLAND PURNAL.

♦ *« Homme éloquent, et le premier qui fonda un prix d'éloquence. La langue française lui a une très grande obligation. Il donna le premier du nombre et de l'harmonie à la prose. Il eut de son vivant tant de réputation qu'un nommé Goulu, général des Feuillants, écrivit contre lui deux volumes d'injures. »* Voltaire. ♦ *« Les louanges qu'il prodiguait aux autres devaient servir de véhicule à sa propre réputation. »* J. de Maistre. ♦ *« Il fut toute sa vie le grand* épistolier *de France. »* Sainte-Beuve. ♦ *« Certes, je m'indignais d'entendre Pierre* [*Louÿs*] *nommer Guez de Balzac "Balzac le Grand" par mépris pour l'auteur de* La Comédie humaine ; *mais pourtant il était dans le vrai lorsqu'il m'invitait à mettre les questions de forme au premier rang de mes préoccupations. »* André Gide. ♦ *« On ne peut dire qu'il crée sa phrase. Il l'emprunte à Du Vair pour lui donner une construction plus ferme et plus méthodique. Ainsi transmet-il à Bossuet un instrument auquel rien ne manque, sinon la chaleur du génie. »* Marcel Arland.

RÉF. : Hippeau, *Étude sur J.L. Guez de Balzac* in *Mém. de l'Acad. de Caen,* 1855. — Declareuil, *Les Idées politiques de Guez de Balzac,* 1906. — J.-B. Sabrié, *Les Idées religieuses de J. L. Guez de Balzac,* 1913. — G. Guillaumie, *J. L. Guez de Balzac et la prose française...,* 1927. — F.-E. Sutcliffe, *Guez de Balzac et son temps,* Paris, 1959. — R. Zuber, *Les « Belles Infidèles » et la Formation du goût classique. N. Perrot d'Ablancourt et Guez de Balzac,* Paris, 1968. — Z. Youssef, *Polémique et littérature chez Guez de Balzac,* Paris, 1972. — J. Jehasse, *Guez de Balzac et le génie romain,* Saint-Étienne, 1977.

BANVILLE Théodore de. Poète. Né à Moulins (Allier) le 14 mars 1823, mort à Paris le 13 mars 1891. Appartenant à l'école littéraire de 1830, il se rattache moins à Baudelaire qu'à Victor Hugo, à Gautier et aux Parnassiens. Amoureux de la forme autant que des couleurs, il se montra leur digne élève tout au long d'une production assez copieuse. Son premier recueil de vers, *Les Cariatides*, date de 1842. S'étant acquis par là l'estime des lettrés, Banville fit paraître un second recueil en 1846 : *Les Stalactites*. Le succès fut encore plus grand. Devenu le critique dramatique du *Pouvoir* (1850), puis du *National* (de 1869 à 1870), le poète montra qu'il savait manier la prose aussi bien que les vers. Il ne connut pourtant la véritable notoriété que le jour où il publia ses fameuses *Odes funambulesques* (*) (1857), où l'acrobatie se donne carrière avec tant de bonheur que Sainte-Beuve lui-même dut crier merveille. Des autres recueils de vers que Banville publia par la suite, les *Exilés* (1867) sont le meilleur — celui où le poète a mis le plus de lui-même. Partout son clair optimisme s'inscrit en faux contre le pessimisme de Leconte de Lisle. De la douzaine de pièces que comprend son théâtre, citons : *Le Cousin du Roi* (1857), *Les Fourberies de Nérine* (1864), *La Pomme* (1865), *Florise* (1870), *Socrate et sa femme* (1885). Mais seul demeure *Gringoire* (1886), pièce en prose dédiée à Victor Hugo. Que, d'ailleurs, Banville écrive en prose ou en vers, il est impossible de voir en lui autre chose qu'un poète. Outre son *Petit traité de poésie française* (1872), qui foisonne en aperçus des plus ingénieux, il convient de citer : *Trente-six ballades joyeuses* (1875), où il fait revivre à merveille l'esprit de Villon, *Mes souvenirs* (1882), recueil d'étincelantes causeries, *Madame Robert* (1887), volume de contes pleins d'humour, et même un roman, *Marcelle Rabbe* (1891). Ajoutons *Critiques,* ouvrage posthume (1917), où l'on retrouve ses articles de critique littéraire. Banville est le dernier venu des romantiques et, sans contredit, le plus amusant. Fort de son talent de ciseleur, il a fait de la poésie une affaire de mots et non pas de sentiments ou d'idées. Idolâtrant la rime, il en fait l'unique raison d'être du vers : « Elle est tout le vers, écrit-il, parce que dans un vers on n'entend que le mot qui est à la rime. » Mais il ne réduit pas toute la poésie à un exercice de bouts- rimés. Il a prétendu être le premier qui ait cherché à traduire le comique par la magie toute-puissante de la rime. Son meilleur titre de gloire, c'est d'avoir ressuscité les anciens petits poèmes à forme fixe en même temps que l'ode funambulesque.

ROLAND PURNAL.

♦ *« Sans repos je me suis voué / Au destin d'embraser les âmes / Peut-être ai-je encor secoué / Trop peu de rayons et de flammes. »* Th. de Banville. ♦ *« Th. de Banville est exclusivement poète ; pour lui la prose semble ne pas exister* [...] *De naissance, il eut le don de cette admirable langue que le monde entend et ne parle pas ; et de la poésie, il possède la note la plus rare, la plus haute, la plus ailée, le lyrisme. »* Th. Gautier. ♦ *« Pour dire tout ce que nous croyons être la vérité, Th. de Banville doit être considéré comme un original de l'espèce la plus élevée. »* Ch. Baudelaire. ♦ *« Mon poète, c'est le divin Théodore de Banville, qui n'est pas un homme mais la voix même de la lyre. »* S. Mallarmé. ♦ *« Th. de Banville est le poète du rhythme* (sic). *»* J. Barbey d'Aurevilly. ♦ *« Quand Th. de Banville n'est pas le poète funambule, il est le poète virtuose par excellence. On a dit justement qu'il fut le dernier des romantiques et le premier des parnassiens. »* Anatole France. ♦ *« Dans un siècle pratique et triste, Banville nous offre l'exemple extravagant d'un homme qui n'a vécu que de mots comme les divines cigales se nourrissent de leur chant. »* Jules Lemaître.

RÉF. : Sainte-Beuve, *Causeries du Lundi,* t. XIV. — C. Baudelaire, *Réflexions sur quelques-uns de mes contemporains.* — Max Fuchs, *Théodore de Banville,* 1911. — Ed. Rivarol, *La Poésie parnassienne d'après Banville,* 1915. — J. Charpentier, *Théodore de Banville,* 1925.

Barbarisme. Transgression des règles morphophonologiques d'une langue à un moment donné : *saillissaient* pour *saillaient* (Flaubert), *requérirent* pour *requirent* (Huysmans). Emploi de mots inexistants dans la langue ou non reçus selon une norme jugée correcte : « Il l'emparouille et l'endosque contre terre ; il le rague et le roupète » (Michaux). Les néologismes sont des barbarismes reçus par l'usage.

OLIVIER POT.

BARBEY D'AUREVILLY Jules- Amédée. Romancier et auteur dramatique. Né le 2 novembre 1808 à Saint-Sauveur-le- Vicomte (Manche), mort à Paris le 23 avril 1889. Ses origines et son enfance mettent d'abord en relief les deux traits essentiels de cet écrivain solitaire et original : il est normand et il est noble — de fraîche date il est vrai par son père, mais, par sa mère, descendant probablement d'un bâtard de Louis XV. Ses premières années s'écoulent dans un milieu familial austère, raidi dans tous les préjugés de l'ancienne France, tenant à des soucis désuets d'étiquette mais aussi à une éternelle exigence de vraie grandeur, milieu replié sur lui-même depuis la tourmente révolutionnaire, abondant en personnages originaux qu'on retrouvera plus tard dans les romans de Barbey. Au sortir du collège (1824), le jeune garçon vint à Valognes où il vécut pendant plusieurs années. C'est là qu'il connut les derniers survivants de la chouannerie qu'il s'efforcera plus tard de réhabiliter. Dès l'adolescence, Barbey commence à composer des vers. À dix-neuf ans, il va faire ses humanités à Paris, au collège Stanislas, où il devient l'ami de Maurice de Guérin. Une fois bachelier, en 1829, il s'installe à Caen comme étudiant en droit et rencontre le libraire Trebutien qui lui voue un attachement passionné et qu'il chargera plus tard de mille besognes d'édition, de correction d'épreuves, etc. En 1832, les deux amis lancent la *Revue de Caen,* dont l'ambition est de « réveiller la Normandie et arracher Caen à sa torpeur ». Cette revue meurt après son premier numéro dans lequel paraît sa première nouvelle, *Léa.* À cette époque, en vive réaction contre l'atmosphère familiale, Barbey d'Aurevilly sympathise avec les idées libérales et s'affirme républicain ; c'est alors qu'il publie son premier livre, *Amour et Haine,* recueil de poèmes politiques (1833). La même année, après avoir passé sa thèse, il revient à Paris grâce à une rente que lui fait son oncle, s'ennuie, voyage et, quatre ans plus tard, reparaît dans la capitale, mais complètement transformé : il n'est plus du tout républicain, adjoint à son nom de Barbey celui de d'Aurevilly qui lui vient de son oncle, mène une vie élégante et désordonnée de dandy coureur de femmes, fort aimé d'elles, et dont les journées passent en promenades, arrêts au Tortoni, dîners fins dans les restaurants à la mode en compagnie de ses amis, le vicomte de Brassard – dont il fera l'un des héros des *Diaboliques* (*) – et Roger de Beauvoir. Littérairement, il ne produit à peu près rien, mais fait d'immenses lectures, qui lui permettent de débuter dans la critique au *Globe* en 1842, puis aux *Débats* sur la recommandation de Chateaubriand, au *Constitutionnel,* à *La Revue de Paris*, à *La Presse* d'Émile de Girardin. En 1838, il avait publié un recueil de *Sonnets,* mais c'est seulement son premier roman, *L'Amour impossible* (1841), qui marque sa véritable entrée dans la littérature.

À ce moment, les excès d'alcool et d'opium mettent en danger la santé de Barbey ; c'est l'occasion, pour le dandy, d'une crise de conscience et, en quelques mois, il se trouve retourné, converti au catholicisme le plus intransigeant (quoique encore très extérieur), à l'ultramontanisme, à l'absolutisme, et devenu le plus acerbe des polémistes. Grâce à son ami Trebutien, il avait publié en 1843 une sorte de poème en prose, *La Bague d'Annibal* et une étude sur George Brummel, héros et doctrinaire du dandysme, *Du Dandysme et de G. Brummel.* Il lance maintenant une *Revue du monde catholique* qui, au cours de son existence éphémère, n'épargnera personne, et les catholiques tièdes et libéraux, moins que n'importe qui ! Cependant, sous l'influence d'une amie, la baronne Rafin de Bouglon, l'« ange blanc » qui l'arrache à l'alcool, Barbey approfondit son catholicisme qui avait été jusqu'alors plus d'attitudes que de cœur. *Une vieille maîtresse*, en 1851, fait pourtant crier au scandale ; mais six ans plus tard, *Les Prophètes du passé,* études sur Chateaubriand, J. de Maistre, Bonald, Lamennais, et violent réquisitoire contre la démocratie et la « libre pensée », placent Barbey d'Aurevilly au premier rang des écrivains catholiques. Réconcilié maintenant avec sa famille et sa province, c'est à la chouannerie normande qu'il demande l'inspiration de *L'Ensorcelée* (1854) et du *Chevalier Des Touches* (1864). À côté de ses romans, il mène, dans le *Pays,* journal de l'Empire, auquel il est attaché dès 1851, et qu'il quitte à la suite d'une polémique, en 1861, une besogne considérable de critique littéraire, une critique courageuse, trop mordante, trop partiale aussi, qui le fait souvent exclure des rubriques : s'il félicite Hello, il attaque les grands hommes du jour, Cousin, Émile Augier, Michelet, Sainte-Beuve et les « fossiles » de *La Revue des Deux Mondes* (*), Victor Hugo et ses *Misérables* (*). Il est contre l'Académie, contre Flaubert, il sera contre le Parnasse et contre Zola débutant, il vomit les bourgeois comme Scribe et Dumas fils, et les incroyants comme Renan. Le journalisme lui assure une très relative aisance ; il s'est installé au 25 de la rue Rousselet, dans une chambre meublée qu'il appelle son « tournebride de sous-lieutenant » et où se pressent, après la guerre de 1870, de jeunes amis qui le vénèrent comme un maître : Léon Bloy, Georges Landry, François Coppée, Bourget. C'est aussi la période des grandes œuvres : *Les Diaboliques* en 1874, *Un prêtre marié* en 1865, *Histoire sans nom* en 1882, auxquelles succèdent *Les Ridicules du temps* (1883) et *Ce qui ne meurt pas* (1884). Notons enfin les différents *Memoranda,* écrits à la demande de ses amis et les nombreuses lettres adressées à Trebutien et Léon Bloy, entre autres. Fin de vie assez heureuse, que Barbey, soigné par une nouvelle égérie, Mlle Louise Read, occupe aussi à écrire et à classer ses innombrables articles de critique littéraire qui formeront la série *Les Œuvres et les Hommes* dont les quinze volumes verront le jour entre 1860 et 1895.

Ses contemporains n'ont pas fait à Barbey la place qu'il méritait : son aristocratisme et son royalisme effrayaient un siècle bourgeois. On reprochait à l'écrivain son affectation, ses bravades. En fait, l'intransigeance de Barbey et son dandysme (il disait avec fierté : « J'ai parfois, dans ma vie, été bien malheureux, mais je n'ai jamais quitté mes gants blancs ») apparaissent comme une défense contre la vulgarité de l'époque. Cet artiste noble, affamé de grandeur, était hanté par le sentiment de la décadence : aussi voulut-il s'enraciner et ce n'est qu'en retrouvant la Normandie qu'il devint vraiment lui-même. C'est par leurs envoûtantes évocations de la campagne que valent surtout ses romans, pleins d'histoires effrayantes, d'étrangeté et de passion, d'images fortes, de caractères tourmentés et déséquilibrés. Barbey ne semble guère à l'aise que dans l'extraordinaire, le légendaire qui, avec sa conversion, trouvèrent leur véritable nom : le surnaturel. Telle est en effet son originalité : il accepte le surnaturel comme un fait, une évidence. L'intrusion d'un monde supérieur dans la psychologie lui semble une chose habituelle. Mais que restera-t-il des mesures humaines ? *Une vieille maîtresse* a été dénoncée comme immorale, *Les Diaboliques* comme sadiques et l'on ne pouvait prendre au sérieux la foi chrétienne d'un écrivain aussi complaisant pour des indécences aussi outrées. Barbey se refusait simplement à mutiler l'homme : « Ou il faut renoncer à peindre le cœur humain, disait-il, ou il faut le peindre tel qu'il est. » C'est une leçon de liberté qu'a retenue un écrivain comme Mauriac. Sans doute, il y a une part de réalisme chez Barbey : observation de l'individu, description des paysages ; on n'oublie pas la force avec laquelle il décrit certains êtres d'exception aussi bien que la terre normande : il n'est pas douteux que le Maupassant d'*Une vie* doit autant à Barbey qu'à Flaubert. Mais il y a également, chez l'auteur de *L'Ensorcelée,* une interrogation inquiète sur le Bien et le Mal. L'expérience du Mal, sa présence palpable, est pour lui une conviction réelle : d'où le satanisme et le fantastique qui baignent ses œuvres, ses romans en particulier qu'on aurait tort de négliger au seul profit des *Diaboliques*. Enfin, Barbey d'Aurevilly a été un témoin lucide et parfois virulent de son temps. Ses chroniques du *Gaulois*, du *Réveil*, du *Nain jaune* portent aussi bien sur la littérature que la politique ou la philosophie. Elles ont été regroupées dans les vingt-six volumes du *XIXe siècle : les œuvres et les hommes*. On y décèle sa perspicacité à l'égard de Baudelaire ou de jeunes inconnus comme Maurice de Guérin, Léon Bloy, Huysmans. Barbey fut un épistolier considérable : sa correspondance générale est en cours de publication par les soins du Centre Jacques- Petit de l'université de Besançon. Par son style, par son inquiétude devant le sacré, par son goût des limites et de leur transgression, il a ouvert la voie à la décadence qui dominera les vingt dernières années du siècle.

MICHEL MOURRE.

♦ *« C'est le duc de Guise de la littérature. »* Lamartine. ♦ *« M. Barbey d'Aurevilly est un superbe sans ambition et sans timidité qui, d'un geste bienveillant de sa cravache armoriée, écarte de lui bourgeois et princes, parce que les uns et les autres manquent désormais de cette distinction dont il ne saurait se passer et que les plus naïfs mendiants du bon Dieu montrent encore quelquefois dans leurs guenilles. »* Léon Bloy.

RÉF. : Jean Canu, *Barbey d'Aurevilly*, Paris, 1965. – P. J. Yarrow, *La Pensée politique et religieuse de Barbey d'Aurevilly*, Genève, 1962. – J. Petit, *Barbey d'Aurevilly critique*, Paris, 1963. – H. Hofer, *Barbey d'Aurevilly romancier*, Berne, 1974. – Ph. Berthier, *Barbey d'Aurevilly et l'imagination*, Genève, 1978. – N. Dodille, *Le Texte autobiographique de Barbey d'Aurevilly : Correspondances et journaux intimes*, Genève, 1987. – P. Tranouez, *Fascination et narration dans l'œuvre romanesque de Barbey d'Aurevilly*, 1987.

BARBIER Auguste. Poète. Né à Paris le 29 avril 1805, mort à Nice (Alpes-Maritimes) le 13 février 1882. Fils d'un avoué, il fit ses études au lycée Henri-IV et prit ensuite ses inscriptions à la faculté de droit. En 1830, à vingt-cinq ans, il publia en collaboration avec Alphonse Royer *Les Mauvais Garçons*, satire morale virulente mais déguisée sous la forme d'un roman historique. C'est au lendemain de la révolution de Juillet qu'il se révéla soudain, par de véritables pamphlets en vers publiés par *La Revue de Paris*, où il dénonçait avec un souffle incontestable les clichés politiques alors à la mode, les flatteurs du nouveau régime, l'idolâtrie de la légende napoléonienne, etc. Ces pièces (*Le Lion, Quatre-vingt-treize, L'Émeute, La Popularité, L'Idole*, etc.) furent réunies en 1831 dans le recueil des *Iambes*, qui obtint un succès considérable. Les œuvres poétiques suivantes de Barbier furent cependant si faibles que l'on insinua que le poète n'avait été que le prête-nom de Brizeux, l'auteur de *Marie*. Barbier publia encore des traductions de diverses œuvres de Shakespeare, de Coleridge, de Boccace, un recueil de nouvelles et, avec L. de Wailly, il composa le livret de *Benvenuto Cellini*, opéra de Berlioz qui fit une chute retentissante à l'Opéra en septembre 1838. Élu à l'Académie française en 1869, Barbier demanda à être dispensé de la visite à l'Empereur.

♦ *« Il a du talent, mais il ne domine pas ce talent ; il y va sans direction et en tâtonnant, il ne sait plus bientôt où il en est, il s'y noye presque, comme un homme qui voudrait marcher dans l'eau en y étant jusqu'au menton* [...] *C'est un poète de hasard. »* Sainte-Beuve. ♦ *« Chez Auguste Barbier, naturellement poète, et grand poète, le souci perpétuel et exclusif d'exprimer des pensées honnêtes et utiles a amené peu à peu un léger mépris de la correction, du poli et du fini, qui suffirait à lui seul pour constituer une décadence. »* Baudelaire.

RÉF. : Sainte-Beuve, *Portraits contemporains*, t. II, Paris, 1846. – H. Blaze de Bury, article in *Revue des Deux Mondes*, octobre 1882. – Léon Séché, *Annales romantiques*, Paris, 1905. – H. D. Cohen, *Barbier*, thèse, Berkeley, 1968.

Barbier de Séville (Le) ou la Précaution inutile. Comédie en quatre actes et en prose du dramaturge Pierre Augustin Caron de Beaumarchais (1732-1799), représentée pour la première fois « sur le théâtre de la Comédie-Française aux Tuileries » le 23 février 1775. Elle avait alors cinq actes, et tomba à plat. Dès le lendemain, Beaumarchais remania la pièce, la réduisit à quatre actes, et elle connut aussitôt le grand succès. Le *Barbier* avait d'abord été conçu comme un opéra comique en 1772. La pièce en quatre actes qui constitue la version définitive fut éditée en 1775, l'année de sa création. Elle est précédée d'une « Lettre modérée sur la chute et la critique du *Barbier de Séville* » et Beaumarchais annonce : « L'auteur vêtu modestement et courbé présentant sa pièce au lecteur. » Cette lettre est moins une défense qu'une introduction dans laquelle Beaumarchais répond avec une verve et un humour étincelants aux objections qui avaient été faites à son œuvre à l'occasion de la première représentation. Avant le *Barbier*, Beaumarchais avait d'abord composé pour le théâtre du château d'Étioles qui appartenait à Le Normand, le mari de la Pompadour, des parades, genre alors fort à mode, où se mêlaient les turlupinades, les calembours et les obscénités. Il avait ensuite fait jouer deux drames sérieux où il s'était révélé comme un bon disciple de Diderot : *Eugénie* en 1767. *Les Deux Amis ou le Négociant de Lyon* en 1770. Le sujet du *Barbier* n'est pas neuf et tantôt sous une forme, tantôt sous une autre, il apparaît dans le théâtre comique français du XVIIe et du XVIIIe siècle.

Le comte Almaviva, jeune gentilhomme espagnol, s'est épris d'une jeune fille rencontrée à Madrid, il la poursuit à Séville, et tente de pénétrer dans la maison où son tuteur, un vieux barbon, le docteur Bartolo, la tient enfermée, avant de l'épouser. Almaviva retrouve à Séville son ancien valet, Figaro, devenu barbier et apothicaire mais resté l'ingénieux et joyeux entremetteur qu'il était. Figaro promet d'aider son ancien maître dans cette circonstance. Il fomente deux tentatives d'entrée dans cette forteresse, qui réussissent à demi. Almaviva peut approcher la belle, déguisé la première fois en militaire, la seconde fois, en se faisant passer pour un envoyé du maître de chant de Rosine, le sinistre Basile, mais il peut seulement s'assurer que la jeune fille répond à son amour. Malgré la méfiance de Bartolo, secondé par son homme de confiance venimeux mais vénal, les deux jeunes gens sont unis dans la maison même du tuteur, et par le notaire que Bartolo avait envoyé chercher pour son propre mariage avec sa pupille. Basile, qui est à celui qui paye le mieux, leur sert de témoin. Lorsque le vieux barbon découvre le stratagème, il est trop tard, et il est obligé de s'incliner devant l'échec de sa « précaution inutile ».

Malgré la banalité de l'intrigue, la pièce était et est restée neuve par la vie débordante qui anime les personnages, et par l'esprit qui y souffle. Les personnages ne sont pas, comme souvent dans les comédies d'intrigue, seulement des pantins ; ils ont chacun leur personnalité propre et nuancée : Bartolo, vieillard par définition antipathique, est loin de manquer de finesse ; la charmante Rosine, malgré les petites ruses qu'elle se trouve contrainte d'employer, reste simple et pure ; enfin Figaro efface le souvenir de tous les valets de comédie du répertoire classique, par son dynamisme et sa verve. Signe des temps, ce n'est d'ailleurs plus un valet, il travaille maintenant pour son compte. Si le *Barbier* ne s'attaque pas encore directement à la société du temps, comme le fera, neuf ans plus tard, *Le Mariage de Figaro* (*), il montre du moins que le noble ne saurait se passer du roturier, car celui-ci possède les qualités qui lui manquent ; l'habileté, l'esprit d'entreprise, qualités auxquelles Beaumarchais laisse entendre que l'avenir appartient ; de plus, le *Barbier* contient quelques allusions qui ne pouvaient toucher que les contemporains au courant des difficultés personnelles de l'auteur, et qui avaient lu les pamphlets qu'il avait fait circuler (notamment ses *Mémoires*), pamphlets dans lesquels il prenait violemment à partie la magistrature de son temps. Écrit dans une langue étincelante mais toujours simple et rapide, la pièce unit à une très grande habileté et à un sens admirable du théâtre comique un naturel et une fraîcheur qui lui ont épargné jusqu'à nos jours la moindre trace de vieillissement.

BARBUSSE Henri. Romancier. Né à Asnières (Seine) le 17 mai 1873, mort à Moscou le 30 août 1935. Enfant assez précoce, il fit du journalisme dès la sortie du collège (1889). S'étant cru tout d'abord une vocation de poète, il fréquenta divers milieux littéraires où il fit la rencontre de la plus jeune fille de Catulle Mendès, qu'il devait bientôt épouser. En 1895, il publia un recueil de vers intitulé *Les Pleureuses*. En 1903, un roman, *Les Suppliants*, et cinq ans après un autre roman, *L'Enfer* (1908), dont la hardiesse fit sensation. En 1914, âgé de quarante et un ans, il s'engagea comme soldat, se distingua, et reçut le grade de lieutenant. En 1916, il publia *Le Feu, Journal d'une escouade*, roman qui obtint, en 1917, le prix Goncourt, mais n'en souleva pas moins de furieuses protestations, car l'auteur osait peindre la guerre dans toute son horreur. S'étant acquis, de ce fait, la célébrité, Barbusse apparut comme un guide à beaucoup d'anciens combattants. Devenu farouchement pacifiste, et transposant sa rébellion sur le plan social, il fut de plus en plus séduit par la pensée de Lénine, au point d'aller s'établir en Russie. Bien résolu à faire d'abord de la politique militante, il fit paraître néanmoins successivement un roman : *Clarté* (1919) ; des nouvelles : *Quelques coins du cœur* (1922) ; *Force* (1926) ; *Les Judas de Jésus* (1927), etc. Il faut, en outre, mentionner les essais suivants : *Paroles d'un combattant* (1921), *La Lueur dans l'abîme* (1921), *Le Couteau entre les dents* (1922), *Voici ce qu'on a fait de la Géorgie,* et une biographie : *Staline* (1935).

RÉF. : D. Charachidzé, *H. Barbusse, les Soviets et la Géorgie,* 1930. — Luc Durtain, *D'homme à homme,* 1932. — H. Bandorre, *Henri Barbusse,* Flammarion, 1995.

BARJAVEL René. Écrivain français. Né à Nyons le 24 janvier 1911, mort à Paris le 24 novembre 1985. Fils de boulanger, il exerce plusieurs métiers, employé, journaliste, chef de fabrication d'un éditeur, avant de se tourner vers la littérature. Son premier roman, *Ravage* (1943), qui décrit la disparition inexpliquée de l'électricité, l'effondrement d'une civilisation technicienne de l'avenir proche puis le retour à la terre et à la simplicité édénique, est un succès immédiat. *Le Voyageur imprudent* (*) (1944) confirme sa place parmi les maîtres de la science-fiction : le narrateur, empruntant une machine à voyager dans le temps, explore le passé et l'avenir pour finir par tuer un de ses ancêtres, ce qui le condamne à la disparition ; mais, s'il n'existe pas, il n'a pu tuer son aïeul. À côté de romans plus classiques comme *Tarendol* (1944), Barjavel persévère dans la science-fiction avec *Le diable l'emporte* (1946), récit d'une fin nucléaire du monde, *Colomb de la Lune* (1962), où le premier astronaute de l'histoire est français, *La Nuit des temps* (1968), qui évoque une ancienne civilisation ayant laissé sous la calotte antarctique un mausolée et deux survivants, et *Le Grand Secret* (1973) qui est celui de l'immortalité. Également scénariste et auteur dramatique, René Barjavel n'a cessé de manifester une fascination angoissée à l'égard de la modernité technologique qu'il refuse et de prôner sans nuances un écologisme militant et le retour à des valeurs ancestrales présumées naturelles.

GÉRARD KLEIN.

Baroque. Ce terme est à l'origine un adjectif employé par les historiens allemands de l'art. Implanté en France dans les années 30, le concept — substantivé — connut un usage élargi à la littérature, notamment à la suite des travaux de Jean Rousset (*La Littérature de l'âge baro-*

que en France, 1954). Son succès est dû à ce qu'il est vite apparu comme un pendant efficace et opératoire – du point de vue de l'histoire des formes – à la notion de classicisme. Les caractères principaux en sont l'irrégularité, la fluidité, la surprise (asymétries, jeux sur la perspective et l'illusion d'optique), ainsi qu'une métaphysique sombre (méditation sur la mort, constat de la vanité des choses humaines), le tout étant lié à une étourdissante virtuosité formelle, au goût du *concetto* (le trait d'esprit aiguisé, la pointe finale du sonnet) qui donnent à l'expression littéraire un *brio* équivalant à l'architecture somptueuse et aux arts de la Contre-Réforme. Car il faut dire que le baroque est historiquement lié à un âge de crise religieuse suivi d'un âge de reconquête (la Réforme catholique, notamment telle qu'elle est diffusée par l'art et l'éducation de l'ordre jésuite). La vision d'un monde déchiré, mais promis au salut, est ainsi développée entre 1560 et 1660 par au moins deux générations de poètes, protestants ou catholiques (d'Aubigné, Du Bartas, Chassignet, puis Régnier, Saint-Amant, Théophile ou Le Moyne) ; elle se retrouve au théâtre (*L'Illusion comique* [*] de Corneille), et constitue sans doute l'un des plus séduisants éléments de l'unité artistique de l'Europe jusqu'à la guerre de Trente Ans. Les historiens récents ont, de plus, bien montré les survivances de cette esthétique en pleine période classique, notamment dans l'opéra, attestant ainsi l'idée qu'il existe un baroque éternel alternant avec un classicisme lui-même pluriséculaire.

EMMANUEL BURY.

BARRÈS Maurice. Écrivain et homme politique. L'auteur de *La Colline inspirée* naquit à Charmes (Vosges), sur les « bastions de l'Est », le 19 août 1862 ; il mourut le 4 décembre 1923 à Neuilly-sur-Seine. Issu d'une famille de bourgeoisie aisée, il avait une double hérédité lorraine et auvergnate. D'abord l'« enfant des femmes », élevé avec une douceur presque excessive par une mère charmante, deux événements vinrent cependant le blesser pour la vie : d'abord la forte émotion ressentie, lors de la guerre de 1870, au spectacle de la défaite ; puis l'entrée comme pensionnaire à l'institution nancéienne de la Malgrange, où il souffrit du contact de ses camarades. Élève au lycée de Nancy, il suit les cours de Burdeau – le futur panamiste, dont il fera le Bouteiller de *Leurs figures* – et de Lagneau ; mais au kantisme universitaire il préfère les poètes, qu'il découvre en cachette avec son ami Stanislas de Guaita. En 1883, il se rend à Paris, assiste nonchalamment aux cours de la faculté de droit, se passionne surtout pour les lettres, rédige tout seul une petite revue éphémère, et rend visite à ses héros, à ses maîtres : Leconte de Lisle, chez qui il voit un jour Victor Hugo, Taine, Renan, dont il se moque à l'occasion – *Huit jours chez M. Renan* (1888). Il se fait connaître par de petits livres, d'abord réputés obscurs, et qui sont moins des romans que des expériences psychologiques, dans lesquels, comme issue au nihilisme de sa génération, il propose le « culte du moi », c'est-à-dire la culture du moi et la recherche de l'exaltation, afin de « sentir le plus possible en analysant le plus possible ». Il s'agit en somme d'une poursuite par chacun de sa vérité personnelle, de son être particulier, des lois qui conditionnent cet être, et des forces élémentaires qui le régissent. Aussi, ce mouvement, qui débute par l'opposition aux « barbares », c'est-à-dire à tous les êtres d'une autre « patrie psychique » – *Sous l'œil des Barbares*, 1888 – se poursuivra-t-il, avec *Un homme libre* (1889), par une première découverte de la Lorraine, et une aspiration vers la communion avec un groupe, plus large et plus profond que l'individu, avec l'âme populaire et, au-delà encore, avec l'inconscient primordial symbolisé par la jeune fille du *Jardin de Bérénice* (1891) ou le chien Velu de *L'Ennemi des lois* (1893). Entre-temps, Barrès s'est lancé dans la politique. Alliant dans son programme le nationalisme et le socialisme, il est élu député de Nancy en 1889, siège à l'extrême gauche, mais se mêle au tumulte boulangiste, et méprise le parlementarisme bientôt compromis dans le scandale de Panamà – *Leurs figures* (1902). Sa pensée politique, rejoignant sa démarche d'esthète, le pousse peu à peu à encadrer sa personnalité dans les limites fécondes d'une province, d'une nation, à la fois pour opposer aux jeux du parlementarisme les réalités de la tradition, et pour enrichir son « moi » de toutes les émotions historiques de sa race. Désormais, il va mener de front, l'une confirmant, enrichissant l'autre, une action de chef politique et une méditation d'artiste, d'où naîtra l'unité difficile de son caractère avide de s'enrichir au contact des héros, des villes d'art, des « maîtres » (surtout Pascal), ou par la contemplation passionnée des paysages lorrains, ou bien encore par les jouissances nerveuses que lui offre la « corrida » parlementaire. De ce point de vue, les « paysages passionnés » que sont *Du sang, de la volupté et de la mort* (1894) et *Amori et dolori sacrum* (1903), où l'on voit Barrès, dans les villes d'Espagne et d'Italie, en particulier Venise, chercher l'exaltation dans la contemplation des beautés d'une civilisation déjà prise par la mort, complètent exactement *Le Roman de l'énergie nationale* : c'est toujours en effet l'enrichissement du « moi » que l'auteur a en vue lorsqu'il prône le retour à la province – *Les Déracinés* (1897) –, ou lorsqu'il décrit, à travers l'agitation boulangiste, l'effort « qu'une nation dénaturée par les intrigues de l'étranger tente pour retrouver sa véritable direction » – *L'Appel au soldat* (1900).

Mais le boulangisme a échoué ; puis les antidreyfusards, dont Barrès fut l'un des chefs, ont été vaincus (*Scènes et doctrines du nationalisme*, 1902). Au lieu de s'entêter, comme certains de ses amis, à modifier un régime qu'il méprise, Barrès préfère devenir poète du nationalisme ; s'il patronne *L'Action française* naissante, il en refuse le royalisme, par souci d'unir toutes les familles spirituelles de la France en face de la menace étrangère. Barrès en effet, figure typique de la « génération de la revanche », est littéralement obsédé par l'Allemagne, d'autant plus que, alors même qu'il la combat par patriotisme, toute sa sensibilité est attirée vers elle — *Au service de l'Allemagne* (1905), *Colette Baudoche* (1909) et, après la guerre, *Le Génie du Rhin.* Dès avant 1914, Barrès se considérait comme mobilisé : aussi, la guerre venue, faisant taire ses scrupules d'artiste, il ne voulut plus être, dans ses *Chroniques* quotidiennes, qu'un propagandiste au service de nos armées ; en 1918, il eut la joie d'entrer dans Metz reconquise. Mais avec ce triomphe commença l'éclipse de l'influence barrésienne qui avait été incomparable entre 1900 et 1914 ; la jeunesse, qui trouvait ses maîtres chez Gide, Proust et Breton, et demandait la « démobilisation de l'intelligence », s'éloigna de Barrès, oubliant l'artiste pour ne plus voir en lui que le symbole d'un patriotisme « cocardier ». Après sa mort allait pourtant paraître son meilleur livre peut-être, avec *La Colline inspirée, Mes cahiers* où, depuis 1896, il recueillait les « musiques » si diverses qui le sollicitaient, véritable journal d'une âme, et l'un des plus sincères que l'on connaisse. Ce qui séduit chez Barrès — et en même temps peut éloigner —, c'est la complexité, la richesse : menant de front, sans toujours les concilier parfaitement, préoccupations littéraires et servitudes politiques, à la fois enraciné et rêvant à un « ailleurs », à un Orient poétique, désespéré en métaphysique et défenseur du catholicisme, nationaliste français mais pénétré d'influences germaniques, aspirant à l'ordre classique mais irréductiblement fidèle à ses maîtres romantiques. Son trait le plus marquant, c'est sans doute une lucidité morne qu'il a voulu tourner en action, en culte de l'énergie, ce qui le rapproche de Stendhal, mais fait aussi de lui le maître des écrivains contemporains de l'héroïsme, de l'ascétisme et de la mort, comme un Montherlant, un Drieu La Rochelle, un Malraux.

MICHEL MOURRE.

♦ *« Il n'y a pas eu de plus néfaste éducateur, et tout ce qui reste marqué par son influence est déjà moribond, déjà mort. »* André Gide. ♦ *« En somme, là où Gide a échoué, Barrès réussit en nous donnant toujours le total de lui. Barrès a passé sa vie, pour ainsi dire, à s'accorder. Gide, au contraire, s'établit dans le désaccord. »* François Mauriac. ♦ *« De Barrès s'inspireront toujours les jeunes gens que tiraillent dans le même sens ces deux forces : un sang qui demande l'action, un esprit qui veut rester libre. »* Henry de Montherlant. ♦ *« L'art barrésien, son souci de la cadence, son absence de liberté, nous l'admirons, mais nous sentons qu'il n'est pas plus d'accord avec l'art (ou l'absence d'art) de notre temps que l'art de Flaubert. »* Robert Brasillach.

RÉF. : A. Thibaudet, *La Vie de M. Barrès,* 1921. — H. Brémond, *Maurice Barrès,* 1924. — Ramon Fernandes, *Barrès,* 1943. — R. Lalou, *Maurice Barrès,* 1950. — J.-M. Domenach, *Barrès par lui-même,* 1954. — *Maurice Barrès. Actes du colloque,* Nancy, 1963. — F. Carassus, *Barrès et sa fortune littéraire,* Bordeaux, 1970. — R. Soucy, *Fascism in France. The Case of Maurice Barrès,* Berkeley, 1972. — Z. Stern- hell, *Maurice Barrès et le Nationalisme français,* Paris, 1972 ; 2e éd. 1985. — P. Ouston, *The Imagination of Maurice Barrès,* Toronto, 1974. — M. Davanture, *La Jeunesse de Barrès,* Lille, 1975. — J. Foyard, *Le Style poétique de Maurice Barrès,* Lille/Paris, 1978. — T. Field, *Barrès, A Selective Critical Bibliography, 1948-1979,* Londres, 1982. — I. M. Frandon, *Barrès précurseur,* Paris, 1983. — *La Nouvelle Revue de Paris,* no 7, 1986. — F. Broche, *Maurice Barrès,* Lattès, 1987.

BARTHES Roland. Essayiste. Né à Cherbourg le 12 mars 1915, mort à Paris le 26 mars 1980. Chez un écrivain comme Roland Barthes, quelles relations entretiennent la vie et l'œuvre ? Il s'est lui-même posé cette question dans le *Roland Barthes par Roland Barthes* qu'il a écrit en 1975. Il y dit la mort de son père alors qu'il avait un an à peine, l'enfance à Bayonne, dans une bourgeoisie provinciale désargentée, les études à Paris... Il passe, juste avant la guerre, une licence de lettres classiques à la Sorbonne, s'intéresse au théâtre. La fin de ses études et le début d'une carrière professorale sont interrompus par de longs séjours en sanatorium. Il est ensuite lecteur de français à Bucarest et à Alexandrie, avant d'entrer à l'École pratique des hautes études. En 1976, élu au Collège de France, il y crée la chaire de sémiologie littéraire, et y donne un enseignement en rupture avec les normes scientifiques et didactiques. Une mort accidentelle interrompt son œuvre en 1980. Ces informations ne prennent sens que si l'on interprète certains éléments. La présence de la maladie durant toute la jeunesse de Barthes peut nous permettre de comprendre un peu le sentiment d'exclusion qu'il a éprouvé jusque dans la plus grande notoriété, mais aussi, par une sorte de compensation, le goût des choses concrètes et le sens du corps, qui apparaissent dans toute son œuvre. Le lien d'affection à la mère induit dans les textes de Barthes diverses figures : on ne peut pénétrer ce qu'il dit de la langue ou de la photographie sans prendre en considération ce lien. Enfin, le constant porte-à-faux entre le désir d'une écriture libre de toute contrainte et l'ambition universitaire livre aussi une des entrées de l'œuvre, dans ses tensions et ses contradictions.

Dans ce même ouvrage, Barthes propose de diviser son œuvre en quatre périodes : « mythologie sociale », « sémiologie », « textualité », « morale ». On peut utiliser cette classification, malgré l'ironie qu'y met l'auteur. Elle permet de présenter une œuvre sinueuse, et accompagne le mouvement des idées en France durant trente années. La première période est placée sous l'influence de Bachelard (l'imaginaire) et de Brecht (la critique sociale). Elle compte deux œuvres marquantes : *Le Degré zéro de l'écriture* (1953) et *Les Mythologies* (1957). Vient ensuite la découverte de la linguistique saussurienne et de la sémiologie structurale. Deux orientations se dessinent : une visée scientifique, caractérisée par la tentative de décrire les données sociales en termes de signification (*Éléments de sémiologie,* 1964, *Système de la mode*, 1967) et l'ambition de fonder une « science de la littérature », puis une « science du texte » ; et, d'autre part, des prises de position esthétiques qui conduisent Barthes à expliquer et à défendre l'art et la littérature de son temps : le Nouveau Roman, la musique de Boulez, la photographie, la peinture non figurative. Il se déporte ensuite vers une critique de la prétention de scientificité dans les sciences humaines et met en avant les notions de « jouissance » et d'« écriture », d'« intertexte » et de « signifiance », dans des livres comme *L'Empire des signes* (1970), *S/Z* (1970), ou *Le Plaisir du texte* (1973). L'« écrivain » est exalté aux dépens de l'« écrivant », pour la capacité qui serait la sienne de transgresser les conventions, de « tricher la langue » et de se perdre dans l'auto-engendrement du langage. Cet achèvement du structuralisme dans une conception du langage comme libre jeu de codes indéfiniment déplacés marque la fin d'une doctrine qui s'était voulue un instrument de description rigoureux. Les derniers livres, notamment les *Fragments d'un discours amoureux* (1977) et *La Chambre claire* (1980), montrent un affranchissement complet des règles universitaires, dans une invention formelle remarquable. Barthes y retrouve une voix toute personnelle, sans jamais imposer l'image d'un moi souverain. Plusieurs recueils, dont certains posthumes, rassemblent les textes brefs, fort nombreux, qui traitent de littérature, d'arts plastiques, de musique.

Y a-t-il une unité dans cette œuvre qui touche tous les domaines de l'essai, dans ce parcours fait de ruptures successives ? On peut répondre oui, et souligner trois attitudes fondamentales. Le « détachement » d'abord, perceptible dans la critique idéologique, mais aussi dans les travaux sémiologiques où la science est jouée, simulée plutôt que proclamée ; ce détachement commande une morale et une philosophie (que Barthes nomme « neutres »), une esthétique de la mise à distance et de la fragmentation. L'« amour du langage » ensuite, qui fait des textes de Barthes une des plus brillantes écritures essayistiques de l'époque. Le « goût du concret » enfin, le sens des saveurs matérielles, dont les mots font partie, qui entraîne une si vive nostalgie du réel.

CLAUDE REICHLER.

♦ *« Un Valéry, si l'on veut, mais en beaucoup plus pervers. »* Jacques Bersani. ♦ *« Bien plus qu'un idéologue ou un philosophe, Barthes est avant tout un poète. »* Michel Butor. ♦ *« Cette écriture mouvante et somptueuse, retorse, insistante, érotique... »* Alain Robbe-Grillet. ♦ *« La parole de Barthes portait en elle le mariage de l'abstrait et du concret. »* Edgar Morin.

RÉF. : *Tel Quel*, n° 47, automne 1971. – *Poétique*, n° 47, septembre 1981. – L.-J. Calvet, *Roland Barthes, Un regard politique sur le signe*, Paris, 1973 ; *Roland Barthes*, Paris, 1990. – C. Reichler, *La Diabolie*, Paris, 1979. – B. Comment, *Roland Barthes, vers le neutre*, Paris, 1991.

BATAILLE Georges. Romancier et essayiste. Né le 10 septembre 1897 à Billom, mort le 8 juillet 1962 à Paris. Après des études à Reims, il entre au séminaire à Saint-Flour. Peu de temps après, il abandonne le séminaire et devient archiviste-paléographe. En 1920, il séjourne chez les bénédictins de l'île de Wight, et pense de nouveau se faire prêtre. Au terme du séjour à l'île de Wight, il perd définitivement la foi. En 1924, il est nommé au Cabinet des médailles de la Bibliothèque nationale. En 1929, il dirige la revue *Documents*, collabore à la *Critique sociale*. De 1931 à 1932, il suit les cours d'Alexandre Kojève sur Hegel. En 1935, il fonde avec Breton, Éluard, Klossowski, Péret et Tanguy le groupe « Contre- Attaque ». Un an plus tard, il crée le « Collège de sociologie sacrée » avec Caillois et Michel Leiris, destiné à étudier l'existence sociale et les manifestations du sacré dans la société. Il fonde également la revue *Acéphale*. Il n'a encore publié aucun ouvrage sous son vrai nom. Après la publication de *Madame Edwarda* (1941) – sous le pseudonyme de Pierre Angélique –, il quitte Paris pour des raisons de santé, et s'installe en 1943 à Vézelay. Il sera ensuite successivement bibliothécaire à Carpentras et à Orléans. En 1946, il fonde encore la revue *Critique*.

La vie de Georges Bataille se confond avec son énorme influence intellectuelle et son œuvre. De 1925 jusqu'à sa mort, il a connu tous les mouvements intellectuels, littéraires et philosophiques de son temps, y prenant une part à la fois occulte et active. L'œuvre, rassemblée à partir de 1970 dans les divers tomes des *Œuvres complètes* (« Premiers écrits », « Écrits posthumes », « Œuvres littéraires », « La Somme athéologique », etc.), est vaste et difficile.

Bataille a publié un certain nombre de récits ou de textes sous divers pseudonymes et plus tard sous son vrai nom : *Histoire de l'œil* (1928), *L'Anus solaire* (1931), *Le Petit* (1943), *L'Archangélique* (1944), *Le Coupable* (1944), *Alleluiah* (1947), *L'Abbé C.* (1950), *Le Bleu du ciel* (1957), *Les Larmes d'Éros* (1961), etc. À cela s'ajoutent des textes de « réflexion » comme *Sur Nietzsche* (1945), *Méthode de méditation* (1947), *Lascaux ou la naissance de l'Art* (1955), *Manet* (1955), *La Littérature et le Mal* (1957), *L'Érotisme* (1957), *Le Procès de Gilles de Rais* (1959), *L'Impossible* (1962) ; on a publié en 1966 un récit posthume, *Ma mère*. Mais l'essentiel du « message » de Bataille peut être situé dans *L'Expérience intérieure* (1943) et *La Part maudite* (1949).

La « pensée » de Bataille – qui a touché les domaines les plus divers, de la mystique à l'économie – a pour centre ce qu'il appelle en 1943 *L'Expérience intérieure*. On pourrait également lui donner pour titre *L'Impossible*. Mais on ne peut comprendre ces termes hors du sens que Bataille leur donne. « J'appelle expérience un voyage au bout du possible », écrit-il dans *L'Expérience intérieure*. Toute sa pensée – mais il ne s'agit pas d'une pensée théorique, d'une pensée de philosophe – est un « voyage au bout du possible », où la subjectivité éclate dans l'excès, lequel est à la fois souffrance et jouissance, ou, pour reprendre une de ces expressions synthétiques dont il a le secret, « joie suppliciante ». Bataille est au plus près de Nietzsche, pour qui la « pensée » devait devenir danse, affirmation et négation du monde et du sujet. Il est proche également des mystiques et de leur « expérience ». Comme eux, il se voit plongé dans une « nuit » qui est attente, déchirement, submersion dans l'Inconnu. Mais cette « nuit », à la différence de celle de sainte Thérèse ou de maître Eckart, est immanente à elle-même : elle ne débouche sur aucun absolu, aucun « Autre » divin. Pour Bataille, il n'y a pas d'au-delà de la « nuit ». C'est l'expérience « a-théologique ». Par suite, il s'agit d'une expérience où l'homme va jusqu'au bout de lui-même, selon des catégories que Bataille a cherché, sans les systématiser, à élaborer : « rire », « excès », « fêlure », « dépense », « jouissance », « érotisme », « inconnu », « mort », « souveraineté », « transgression », « négativité », « angoisse », « ouverture ». La liaison de ces catégories n'est évidemment pas logique : il s'agit toujours de notions qui désignent un certain « éclatement » de la subjectivité. Bataille ne décrit pas une pure expérience individuelle : il transmet, dans ses « méditations » comme dans ses « récits » et ses poèmes, ce franchissement des limites par lequel l'homme à la fois se dépasse et s'effondre. Ce qui caractérise le « sujet », c'est la faille, la blessure : « Il n'est pas d'être sans fêlure. » Hegel avait déjà dit : « Pour la conscience de soi, mieux vaut un bas déchiré qu'un bas reprisé. » Cette énigmatique formule signifiait que le propre de la conscience est la négativité, non la positivité animale. Mais cette négativité, chez le philosophe allemand, devenait moteur dialectique de la construction du « monde de l'esprit ». Bataille, lui, parle de « négativité sans emploi ». La blessure – le « bas déchiré » – est ce qui ouvre le sujet à l'infini des possibles. D'où les catégories de l'excès, de la « dépense » : « Vivre en excès, c'est vivre à perte, c'est dépenser. » L'érotisme – comme le montrent les magnifiques récits de Bataille, *Madame Edwarda* ou *L'Abbé C.* – est un tel excès, une telle dépense, un tel franchissement des limites : « De l'érotisme, il est possible de dire qu'il est approbation de la vie jusque dans la mort. » Chacune des catégories que nous avons citées ouvre sur la même expérience : celle où le sujet blessé « défaille », s'illimite dans l'excès et l'approche de la « souveraineté », sans que jamais pourtant cette « souveraineté » soit atteinte et à plus forte raison possédée. C'est aussi la « transgression », l'une des catégories les plus difficiles de Bataille, que l'on a pu caractériser comme une énergétique de la démesure et de la violence. Il s'agit, bien sûr, de cette violence que le sujet opère sur son « être clos » en s'ouvrant, dans le désir, dans l'ivresse, dans le rire, dans la débauche, dans l'exercice du « mal », à « l'infini des possibles ». C'est dans cette optique, nullement moralisante, que Bataille a retracé l'aventure sanglante et perverse de Gilles de Rais. Cette expérience de la « dépense » est, en un sens, révolutionnaire : Bataille, dans des textes consacrés à l'économie et aux mondes primitifs, l'oppose au capitalisme moderne, fondé, selon lui, sur l'accumulation, l'épargne et l'économie. Toutes les sociétés primitives dépensent un certain excédent d'énergie et de biens, comme l'a montré *L'Essai sur le don* de Mauss ; seule la société capitaliste – et c'est ce qui la condamne – a pris le chemin opposé. La pensée de Bataille, peu orthodoxe du point de vue économique, a influencé ici des sociologues modernes comme Baudrillard.

Les écrits de Bataille font voler en éclats les divisions traditionnelles entre philosophie, poésie, roman, méditation religieuse, confession, etc. En cela, ils se rapprochent des derniers « fragments » de Nietzsche. Les lire, c'est se soumettre à l'impulsion violente qui leur a donné naissance, ce n'est pas parcourir un simple corps de textes linéaires. Leur outrance, leur extrémisme, leur immédiateté sont sans égal dans la littérature et la pensée contemporaines. Bataille, naturellement, en était conscient, et s'est lui-même comparé à un « saint » et à un « feu ». Relativement ignoré de son vivant, il a exercé après sa mort une influence considérable sur de jeunes penseurs comme Michel Foucault, Philippe Sollers et Jacques Derrida.

Influence qui ne peut se comparer, au XXe siècle, qu'à celle d'Antonin Artaud : dans les deux cas, une expérience extrême, transmise avec des moyens verbaux extrêmes, bouleverse le cours de la littérature et de la pensée, vient instituer un « avant » et un « après » : Bataille et Artaud, par l'exigence presque inhumaine de leurs réflexions, ont marqué un tournant.

ANTOINE BERMAN.

♦ *« Après avoir été l'homme impossible que fascinait ce qu'il pouvait découvrir de plus inacceptable... Bataille élargit ses vues... et sachant qu'un homme n'en est totalement un que s'il cherche sa mesure dans cette démesure, se fit l'homme de l'Impossible, avide d'atteindre le point où – dans le vertige dionysiaque – haut et bas se confondent, et où la distance s'abolit entre le Tout et le Rien. »* Michel Leiris.

RÉF. : P. Klossowski, *Un si funeste désir,* Paris, 1963. – Maurice Blanchot, *L'Entretien infini,* Paris, 1969. – *Critique,* numéro spécial sur Bataille, Paris, 1963. *Bataille,* n° 32, L'Arc, Aix-en-Provence, 1967. – Lucette Finas, *La Crue,* Paris, 1972. – Jacques Chatain, *Georges Bataille,* Paris, 1973. – Denis Hollier, *La Prise de la Concorde,* Paris, 1974. – Daniel Hawley, *Bibliographie annotée de la critique sur Georges Bataille,* 1929-1976, Genève et Paris, 1976. – Jean Duranson, *Georges Bataille,* Paris, 1976. – Francis Marmande, *Georges Bataille politique,* Lyon, 1985. – Michel Surya, *Georges Bataille : la mort à l'œuvre,* Paris, 1987.

BATAILLE Henry Félix. Poète et auteur dramatique. Né à Nîmes (Gard) le 4 avril 1872, mort à Rueil-Malmaison (Hauts-de-Seine) le 2 mars 1922. Fils de Léopold de Bataille, un magistrat de l'Empire, il fit à Paris ses humanités. S'étant cru la vocation de peintre, il fréquenta l'académie Jullian, où il se distingua bientôt. Mais, féru déjà de théâtre, il fit jouer un peu plus tard une féerie qu'il avait écrite avec R. d'Humières : *La Belle au bois dormant* (1894). Cette pièce ayant subi un échec, il publia l'année suivante un recueil de vers : *La Chambre blanche* (1895). Son inspiration en est très voisine de celle de Maeterlink, de Rodenbach, poètes du Nord, et annonce cependant celle de Francis Jammes qui débuta vraiment quelques années après Henry Bataille. *La Chambre blanche* chante les souvenirs d'enfance, les impressions, les hallucinations d'une toute petite âme intimidée devant le monde extérieur. Le style des poèmes est extrêmement simple ; la métrique régulière, quoique assouplie, fait grand usage des voyelles muettes et des sonorités feutrées. Le recueil reste une des œuvres caractéristiques de l'époque, et marque une étape notable dans l'évolution de la sensibilité après les poèmes de Sainte-Beuve, de Verlaine et de François Coppée. Henry Bataille revint cependant au théâtre pour donner un drame en vers libres : *La Lépreuse* (1896). Mais ses vrais débuts de dramaturge datent de *Ton sang* (1897). Il attendra néanmoins jusqu'en 1904, année où il publie les poèmes du *Beau Voyage*, pour s'acquérir l'audience du grand public, avec *Maman Colibri* — citons, outre *La Marche nuptiale* (1905), son chef-d'œuvre : *Poliche* (1905), *La Femme nue* (1908), *Le Scandale* (1909), *La Vierge folle* (1910), *L'Enfant de l'amour* (1911), *Le Phalène* (1913), *Les Flambeaux* (représentée pour la première fois au théâtre de la Porte Saint-Martin, le 26 novembre 1912, publiée en 1913), *L'Amazone* (1917), *Les Sœurs d'amour* (1919), *L'Animateur* (1920), *L'Homme à la rose* (1920), *La Tendresse* (1921), *La Possession* (1922), *La Chair humaine* (1922). En tant que poète, il a laissé trois autres recueils de vers : *Le Beau Voyage* (1904), *La Divine Tragédie* (1917), et *La Quadrature de l'amour* (1920).

Bateau ivre (Le). Célèbre poème d'Arthur Rimbaud (1854-1891), écrit en 1871 et publié pour la première fois par Verlaine, dans son étude sur « Arthur Rimbaud » parue dans la revue *Lutèce* du 2-9 novembre 1883 et reprise dans les *Poètes maudits (Tristan Corbière, Arthur Rimbaud, Stéphane Mallarmé)*, Vanier, 1884. *Le Bateau ivre* fut par la suite inclus dans les diverses éditions des *Poésies*, dont la première (*Reliquaire, Poésies*, 1891) préfacée par Rodolphe Darzens, fut faite à l'insu de l'auteur, alors qu'il agonisait à l'hôpital de Marseille.

Ernest Delahaye, ami du poète, rapporte que sur la fin de septembre 1871, se trouvant à Charleville en compagnie de Rimbaud, ce dernier, à la veille de partir pour Paris, lui confia : « Voici ce que j'ai fait pour leur présenter en arrivant » et il lui récita *Le Bateau ivre* ; puis il ajouta tristement : « Oui, on n'a rien écrit de semblable, je le sais bien [...] Et cependant, ce monde des lettres, d'artistes ! Les Salons ! Les élégances ! [...] Je ne sais pas me tenir [...] je ne sais pas parler [...] Oh ! pour la pensée, je ne crains personne... » Pourtant, Rimbaud, qui avait à peine dix-sept ans, n'en était pas à son premier poème ni à son premier départ. Cette interrogation ne devait rien à la crainte ; il faut y voir plutôt le pressentiment d'un échec, le sentiment profond d'une incompatibilité qui déjà se manifestait à travers les strophes du *Bateau ivre* et qu'un autre poème, celui de sa propre vie, allait dévoiler.

Car la poésie fut pour lui un geste naturel que par probité il se refusa d'exploiter ; une démarche qu'il abandonna comme inefficace, ou plutôt qui se modifia d'elle-même lorsqu'il atteignit, à l'âge d'homme, une nouvelle conscience du monde et de sa propre réalité.

On a beaucoup écrit sur ses sources présumées, et les amateurs de rébus n'ont pas manqué d'en situer l'inspiration, pour le thème et même pour le langage, dans les collections de magazines illustrés tels que *Le Magasin pittoresque*, dans les poèmes de Gautier, la *Ballade du vieux marin* de Coleridge, *Les Travailleurs de la mer* de Victor Hugo, les romans de Jules Verne. Peu nous importe après tout de savoir que l'adolescent poète n'avait jamais vu la mer avant d'écrire le *Bateau ivre* ; il nous suffira d'y apprendre qu'il aimait contempler les flaques et y découvrait autant de mystères et d'enchantements que dans tous les océans réunis : le moindre morceau de matière, le moindre reflet, une coloration, lui permettaient de connaître et de savourer d'avance les qualités possibles de l'univers. Les publications illustrées, certes il s'en nourrissait, mais plus comme supports de son imagination que comme modèles, les appréciant en tant qu'objets ayant une valeur d'excitants, ne retenant, comme preuve, que les motifs où il se reconnaissait lui-même. *Le Bateau ivre* est une préfiguration de la destinée de Rimbaud dans la mesure où celui-ci demeura fidèle aux impulsions et aux images fondamentales qui commandèrent son comportement et firent sa personnalité. En fait, déjà nanti d'une expérience vécue, il tenta de donner avec ce poème, et pour la première fois dans son œuvre, une synthèse à la fois allégorique et sensible de ses aspirations et de ses contradictions. Tous ses poèmes antérieurs, à l'exclusion du « Cœur volé », ébauche du *Bateau ivre*, sont parfois visionnaires, mais demeurent en quelque sorte « réalistes », peints d'après nature, se définissant dans l'espace et le temps familiers. Ici par contre, nous entrons dans la durée où le présent devient une éternité qui engage l'être de façon totale, connaissance immédiate, voyage intérieur que le poète épuisera avec *Les Illuminations* (*) et *Une Saison en enfer* (*) : « Elle est retrouvée ? / Quoi ? / l'Éternité. C'est la mer mêlée au soleil. »

Pour l'instant, s'il a cédé à l'appel des sirènes, s'il s'est choisi « voyant », il pressent, au premier pas de cette fugue d'un nouveau genre, tout ce qu'il risque et perd. Car ses aventures spirituelles ne furent jamais pour lui un jeu sans conséquences. En ce sens, après Nerval et Baudelaire, Rimbaud chargeait la vocation de poète d'une signification et d'une gravité nouvelles. Il redonnait aux mots un poids de chair, poussé par le même besoin de sincérité que cet autre adolescent, Lautréamont, bien que ce dernier ait œuvré sur un autre plan, infiniment plus littéraire. Il n'était pas nouveau le symbole du « bateau voguant sur l'océan de la vie » et les « Bateaux-fantômes » hantaient depuis longtemps les mers de la littérature, mais jamais on ne l'avait chargé d'autant de réalité. Ce n'est plus un noble voilier que ce *Bateau ivre*, mais une péniche, faite pour les fleuves et les haleurs ; une embarcation passive, abandonnée, inutile. Bateau amoureux de l'élément que par destination il doit vaincre, au point de s'y livrer, de s'en griser et de s'y perdre. Thème de l'irresponsabilité (cher à la littérature de tous les temps mais à qui le XIXe siècle avait donné une valeur personnelle), avec ses corollaires de malédiction, de condamnation, et de paradis perdu ; ses attitudes justificatrices de protestation, d'inspiration et d'inconscience, d'orgueil et de révolte ; refus de participation que la sincérité envers soi-même transforme en une liberté plus concrète, à laquelle, dans ses propres limites, Rimbaud atteindra. La même lucidité qui lui faisait écrire à son ami Demeny, quelques mois avant de composer *Le Bateau ivre* : « Ne sachant rien de ce qu'il faut savoir, résolu à ne rien faire de ce qu'il faut faire, je suis condamné dès toujours, pour jamais », semble lui avoir dicté la conclusion du poème : « Si je désire une eau d'Europe, c'est la flache / Noire et froide où, vers le crépuscule embaumé, / Un enfant accroupi, plein de tristesse, lâche / Un bateau frêle comme un papillon de mai / Je ne puis plus, baigné de vos langueurs. Ô lames, / Enlever leur sillage aux porteurs de cotons, / Ni traverser l'orgueil des drapeaux et des flammes. / Ni nager, sous les yeux horribles des pontons ! » Mais entre-temps, mêlant un exotisme aujourd'hui usé, qu'il a su cependant fixer dans sa forme naïve, à l'extase d'une communion avec les éléments, « plus sourd que les cerveaux d'enfants », « libre, fumant, monté de brumes violettes », baignant dans « le poème de la mer, infusé d'astres », il a vécu en raffiné un univers barbare et fantastique, et a « vu quelquefois ce que l'homme a cru voir ».

Voilà pour la signification. Quant au langage, il lui est intimement associé. Rimbaud s'était créé sa matière. La forme fait corps avec le fond. Les associations de mots et d'images ne sont pas seulement des combinaisons de sonorités, l'expression d'une émotion musicale, mais la restitution d'un état consistant ; ce qui explique la puissance évocatrice du poème et le différencie de la production des symbolistes contemporains. Et si quelques images sont trop dans le goût de l'époque, trop entachées encore de romantisme et de préciosité verbale (ce « baroque » s'insère toutefois assez bien dans le climat étrange, la tonalité inouïe dont le poème est imprégné), il en est d'autres qui, s'imposant avec la violence d'un jaillissement spontané, n'en sont pas moins d'une perfection définitive. Rimbaud pouvait dire : « On n'a rien écrit de semblable » ; en effet, il échappait au discursif, à l'effusion sentimentale et musicale, utilisant un autre mode d'expression, plus riche, plus complet, opérant la mise au jour de ces *Correspondances* que Baudelaire avait révélées. Poème d'évasion et d'emprisonnement, témoignage de suave et d'amère perdition, et, en même temps, effort et désir d'échapper à ces obligations contradictoires en conservant sa propre intégrité : tel apparaît *Le Bateau ivre*.

BAUDELAIRE Charles Pierre. Poète. Né et mort à Paris : 9 avril 1821-31 août 1867. (Sa maison natale, détruite lors de la percée du boulevard Saint-Germain, s'élevait au 13 de la rue Hautefeuille à l'emplacement actuel de la librairie Hachette.) Il était issu du second mariage de Joseph-François Baudelaire (né à La Neuville-au-Pont, près de Sainte- Menehould, le 10 février 1758, mort le 10 février 1827 à Paris), peintre, ancien prêtre assermenté, puis chef des bureaux du Sénat, avec Caroline Archenbaut-Defays, ou Archimbaut-Dufays (née à Londres le 27 décembre 1793, morte à Honfleur le 16 août 1871, d'origine normande). D'une première union, contractée en 1803 avec Jeanne-Justine- Rosalie Janin, François Baudelaire avait eu un fils, Claude-Alphonse, né en 1805, qui fit carrière de magistrat et dont la seule affinité avec son demi-frère fut de mourir comme lui à quarante-six ans de paralysie générale. La mère du poète, dès le 18 novembre 1828, épousait en secondes noces le commandant Jacques Aupick ; l'enfant, puis l'homme ne se résignèrent jamais à l'intrusion de ce militaire sans souplesse (si ce n'est diplomatique, puisqu'il acheva sa carrière de général de division comme ambassadeur). Les goûts artistiques du jeune Charles, déjà formés par des promenades dans les musées en compagnie de son vieux père, s'accrurent trop vite au gré de son subrogé-tuteur. Après de bonnes études au collège royal de Lyon, puis à Louis-le- Grand, il s'installe à la pension Lévêque-Bailly (11, place de l'Estrapade), où il connaît les poètes Ernest Prarond et Gustave Le Vavasseur, qui prennent avec lui leurs inscriptions à l'École de droit. Ses premiers vers déjà caractéristiques remontent à la dix-septième année : c'est le paysage orageux d'« incompatibilité », rapporté des vacances de 1838, passées dans les Pyrénées. Deux ans plus tard, il s'éprend de la Juive Sarah, dite Louchette, et lui dédie des strophes d'un fougueux réalisme à la Pétrus Borel (« Je n'ai pas pour maîtresse une lionne illustre... ») et, peut-être, la courte invective : « Tu mettrais l'univers entier dans ta ruelle », qui sera la plus ancienne des pages retenues dans *Les Fleurs du mal* (*). Alarmé par cet esprit d'indépendance, le général Aupick obtient du conseil de famille les subsides nécessaires à l'embarquement de son beau-fils sur le « Paquebot des mers du Sud », qui devait appareiller de Bordeaux le 9 juin 1841 pour Calcutta. Ce voyage de dix mois, entrepris sans enthousiasme, allait profondément marquer le tempérament de celui qui, à côté de Leconte de Lisle, pourra provisoirement passer pour l'un des maîtres de la poésie exotique. Il en rapporte du moins l'ébauche de « L'Albatros » et le gracieux sonnet « À une Créole », inspiré par la femme de son hôte à l'île Maurice et qui sera le premier poème imprimé sous son nom, quatre ans plus tard. La rencontre de Jeanne Duval dut avoir lieu peu de temps après son retour en France, sur les planches d'un petit théâtre du quartier Latin, où il assistait à la représentation d'un vaudeville, *Le Système de mon oncle,* en compagnie de Félix Tournachon, qui allait s'illustrer comme aéronaute et photographe sous le nom de Nadar. Liaison plus que charnelle qui, bien que traversée d'épreuves diverses, de brouilles, de disputes, durera toute la vie du poète et a laissé dans son œuvre un sillage décisif.

Quant aux débuts poétiques et littéraires de celui-ci, ils sont encore discutés : outre des collaborations anonymes dont l'attribution à Baudelaire est douteuse, on peut citer une chanson écrite en commun par Baudelaire et Le Vavasseur, mais non signée (« Un soutien du valet de trèfle », 1841). Baudelaire, qui signe alors Baudelaire-Dufays, élit domicile dans l'île Saint-Louis, d'abord quai de Béthune, puis, après un bref passage rue Vaneau, quai d'Anjou, à l'hôtel Pimodan. De cette année 1842 datent ses premières connaissances littéraires et artistiques : Théophile Gautier, Théodore de Banville, Sainte-Beuve (à qui il écrira bientôt une belle épître en vers pour se placer sous l'égide de Joseph Delorme et d'Amaury, le protagoniste de « Volupté »), Fernand Boissard de Bois-Denier et Émile Deroy, jeunes peintres de grand talent, morts prématurément, et dont le second a peint du beau dandy une effigie vigoureuse et séduisante. Sous les lambris dorés de la vieille demeure des Lauzun lui apparaît pour la première fois Apollonie Sabatier, dont il fera « la Muse et la Madone » dans le premier chapitre des *Fleurs du mal,* juste après la guirlande vouée à la Vénus noire, son mauvais ange. L'année suivante voit paraître un recueil simplement intitulé *Vers,* sous les noms obscurs de Le Vavasseur, Prarond, Argonne, recueil auquel Baudelaire devait primitivement collaborer. Si nous en croyons les souvenirs de Prarond, une vingtaine des pièces qui devaient appartenir aux *Fleurs du mal* étaient composées, sinon dans leur forme définitive, dès cette même année 1843. Le jeune poète, à qui, lors de sa majorité, l'héritage de son père (75 000 francs) avait été remis, commence de l'écorner assez sérieusement pour donner à sa famille de nouvelles inquiétudes : vie fastueuse, raffinements vestimentaires, acquisition de tableaux, de beaux livres qu'il fait revêtir de somptueuses reliures, mais, surtout, entretien d'une maîtresse en titre, de race à tout le moins quarteronne... Le général coupe court à ces folies en convoquant le conseil de famille, qui désigne un conseil judiciaire, Narcisse-Désiré Ancelle (septembre 1844). Ancelle, notaire à Neuilly, brave homme totalement fermé à la littérature, s'acquitta de sa tâche avec les plus louables scrupules mais sans perdre un instant de vue l'intérêt du patrimoine. La correspondance du poète porte un témoignage presque quotidien des tortures qui lui furent ainsi imposées pendant les vingt-deux années qui lui restaient à vivre au cours desquelles, malgré la misère, la maladie, les dettes, la faim souvent, il put néanmoins « par un décret des puissances suprêmes » et contre les persécutions des sots, édifier une œuvre sublime. Sa première publication, signée Baudelaire- Dufays, est *Le Salon de 1845,* plaquette de soixante-douze pages ; parue en avril de la même année, elle passe naturellement inaperçue, sauf des jeunes chroniqueurs (Auguste Vitu, Marc Fournier), qui surent y déceler déjà un grand esthéticien, continuateur de Diderot et Stendhal. Quelque temps auparavant et un mois après, quatre sonnets sont imprimés dans *L'Artiste* – que dirigeait Arsène Houssaye, le futur dédicataire du *Spleen de Paris* (*) –, trois sont signés Privat d'Anglemont (sont-ils de Baudelaire comme on l'a dit ?), l'autre Baudelaire-Dufays, *À une Créole.* Le jeune critique continue d'essayer négligemment sa plume dans les petites gazettes ; après avoir donné comme de son cru la traduction d'une nouvelle médiocre de Croly, trouvée dans un keepsake, *Le Jeune Enchanteur,* il publie deux brillants essais de morale ironique : *Choix de maximes consolantes sur l'amour* et *Conseils aux jeunes littérateurs.* Puis, en mai 1846, c'est un second *Salon,* où sa maturité, sa perspicacité s'accusent, où sa doctrine infaillible s'impose ; Delacroix y est mis au premier rang des peintres de tous les âges, Horace Vernet plus bas que terre. Il annonce enfin son volume de vers, *Les Lesbiennes,* et un troisième traité de morale qui ne fut jamais écrit : *Le Catéchisme de la femme aimée.* Mais voici le moment où Edgar Poe est révélé au public français par de honteux démarquages anonymes ou de détestables adaptations. Tandis que le *Bulletin de la société des gens de lettres* vient d'insérer *La Fanfarlo,* le seul conte que Baudelaire ait jamais composé, petit chef-d'œuvre d'analyse autobiographique, à mi-chemin entre Mérimée et Balzac, notre poète lit en feuilleton une traduction honnête du *Chat noir* par Isabelle Meunier (janvier 1847). C'est de cette lecture, selon Charles Asselineau, l'un de ses meilleurs amis et son premier biographe, que partirent son enthousiasme pour l'auteur de *Ligeia* et du *Corbeau* et son dessein de le traduire. Cette tâche, à la fois fervente, appliquée et, du reste, relativement lucrative, se poursuivra dix-sept ans ; elle demeure un des plus beaux titres de gloire et d'amour fraternel que jamais poète ait assumés. Quelques mois plus tard, sur la scène de la Porte Saint-Martin, où l'on joue un mélodrame inspiré de Mme d'Aulnoy, Marie Daubrun lui apparaît sous les traits de la Belle aux Cheveux d'Or ; cette fille ravissante inspirera quelques-uns des plus purs poèmes d'amour des *Fleurs du mal,* dont l'« invitation au voyage » et « Chant d'automne » ; liaison intermittente mais tendrement sincère, qui durera quelque dix ans, jusqu'au jour où Banville supplantera son vieil ami dans les faveurs de la « madone ». Les journées de février 1848 fournissent au jeune dandy l'occasion de montrer son esprit d'indépendance et sa sympathie gentiment méprisante pour les bouleversements sociaux ou politiques ; on le voit sur les barricades, armé d'un fusil tout neuf, coiffé d'un chapeau tromblon et ganté de frais ; on lit même son nom parmi les rédacteurs d'une petite feuille pamphlétaire, *Le Salut public,* où quelques colonnes peuvent être de son encre au vinaigre... Mais il revient vite aux affaires sérieuses : le premier texte traduit de Poe, *Révélation magnétique,* paraît dans une revue républicaine et fouriériste : *La Liberté de penser.* On ne voit sa signature qu'une fois en 1849 (simple réimpression de *La Fanfarlo*). Il travaille à naturaliser son grand homme, qui, à ce moment même (5 octobre), trouve une mort atroce, ignominieuse pour ses compatriotes, à Baltimore. Au début de 1850, les poèmes sont copiés par un calligraphe ; le titre des « Lesbiennes » est abandonné, comme trop voyant peut-être, en tout cas comme en majeure partie inexact (Jeanne Duval n'a inspiré ou n'inspire tout de même qu'une vingtaine de pièces sur cent) ; ce sera « Les Limbes », étiquette pâlotte, mais où la théologie de l'auteur trouvait son compte. C'est elle que Baudelaire adopte encore en tête de onze sonnets, qui forment un feuilleton du *Messager de l'Assemblée,* en avril 1851 ; cette feuille avait déjà accueilli, un mois plus tôt, l'étude intitulée *Du vin et du haschich comparés comme moyens de multiplication de l'individualité,* première mouture d'un chapitre des futurs *Paradis artificiels* (*), et résultat d'une expérience sans lendemain, tentée à l'hôtel Pimodan, où le Club des Haschichins tenait ses séances. L'année 1852 se montre fertile en événements, non seulement pour Baudelaire, mais pour Leconte de Lisle, qui donne ses *Poèmes antiques* (et avec qui notre poète entretiendra des rapports cordiaux quoique distants et partagera une profonde antipathie pour les élégiaques, Musset en tête), et pour Gautier, qui rassemble ses *Émaux et Camées* (*) ; c'est à celui-ci, son aîné de dix ans mais le seul poète qu'il tutoie, que seront dédiées avec l'ex-dono pompeux et surprenant que l'on sait (« Au parfait magicien ès lettres françaises... »), *Les Fleurs du mal ;* en attendant, c'est vraisemblablement cette année-là qu'il lui adresse deux paquets de poèmes en le chargeant de les caser dans les revues où le bon Théo est en cour (« Protège-moi ferme ! » dit le billet joint aux manuscrits dont nous possédons une partie, dans des versions très différentes du texte futur). En mars-avril, une grande étude sur Edgar Poe, état primitif des notices qui figureront en tête des deux recueils d'*Histoires extraordinaires,* sort dans *La Revue de Paris.* Et c'est fin 1852 qu'Apollonie Sabatier, chez qui il dîne depuis deux ans tous les dimanches avec Flaubert, Gautier, Sainte-Beuve, Maxime Du Camp, Reyer, Houssaye..., reçoit la première épître amoureuse de Baudelaire, non signée, d'une écriture contrefaite et accompagnée des strophes les plus audacieuses, « À une femme trop gaie » (si audacieuses qu'elles seront, en 1857, l'une des pièces proscrites). Il est d'ailleurs très plausible que ce poème ait d'abord été destiné à Marie Daubrun, qui, dans le ballet des « Fleurs animées » d'après Granville, portait des toilettes aux « retentissantes couleurs » ; alors que celle que ses commensaux appelaient la Présidente se vêtait sobrement, en bonne demi-mondaine soucieuse de sa respectabilité. Ce fut une passion soudaine, partagée, mais sans lendemain, si ce n'est l'admirable litanie dite « à la nouvelle madone » et qui trouvera place entre le « cycle de la Vénus noire » et le « cycle de la Femme aux yeux verts » (Marie Daubrun) ; cependant, ils restèrent amis, sans rancœur, sinon sans regrets. La traduction des œuvres de Poe se poursuit assez régulièrement ; quelques spécimens en voient le jour dans les périodiques, dont *Le Corbeau ;* un éditeur, Victor Lecou, accepte de publier un volume ; mais le malheureux traducteur, harcelé par ses créanciers, chassé par sa logeuse faute de paiement du loyer, égare son manuscrit et se voit contraint de recommencer la besogne ! Au début de 1854, il écrit longuement à Tisserant, acteur à la Gaîté, pour lui exposer un projet de drame populaire, *L'Ivrogne,* où Marie Daubrun obtiendrait le premier rôle ; de cette tentative, il ne reste qu'un canevas très sommaire et les strophes du « Vin de l'assassin », de composition plus ancienne. Six mois après, *Le Pays,* « journal de l'Empire », entame la publication des *Histoires extraordinaires ;* le premier feuilleton s'ouvre sur une magnifique lettre-dédicace à Maria Clemm, tante et belle-mère d'Edgar Poe.

L'année 1855 va être fertile en manifestations décisives ; c'est celle de la grande Exposition universelle, ouverte le 15 mai et qui marqua l'apogée de la puissance française ; Baudelaire y est chargé de rendre compte des salons de peinture : *Le Pays,* où la série des trente-cinq nouvelles de Poe venait de se clore, insère trois études magistrales, *Méthode de* *critique, Eugène Delacroix* et *Ingres ;* elles attestent la puissance, la profondeur, l'acuité des jugements de celui qui ne s'est jamais trompé dans le choix des valeurs durables, ni sur la caducité de tout art entaché d'une préoccupation utilitaire ; c'est dans le préambule que Baudelaire exprime définitivement sa théorie antiprogressiste et déclare que le « progrès indéfini » est « un mode de suicide incessamment renouvelé ». Mais, poétiquement parlant, le grand événement de 1855 demeure la première impression du titre, désormais flamboyant, *Les Fleurs du mal,* dans le fascicule du 1er juin de *La Revue des Deux Mondes,* en tête des dix-huit poèmes appartenant à toutes les manières de l'auteur et dont le premier, *Au Lecteur,* sera maintenu comme prologue dans le volume complet. Rappelons que cette trouvaille n'est pas due à Baudelaire, qui tenait toujours pour « Les Limbes » faute d'un meilleur symbole, mais à son ami le romancier et chroniqueur Hippolyte Babou. Au cours des mois qui suivirent parurent encore deux des plus beaux poèmes en prose dans un recueil collectif intitulé *Fontainebleau* (hommage à Denecourt, défricheur de la forêt), le subtil essai *De l'essence du rire* – préfiguration du *Rire* (*) de Bergson – et une excellente esquisse du célèbre artiste dramatique Philibert Rouvière. Une seule publication importante est à signaler en 1856, celle du premier tome des *Histoires extraordinaires* de Poe. Baudelaire réservait alors le meilleur de son activité à parfaire et à classer ses poèmes, en vue de l'édition de son grand livre, qu'Auguste Poulet-Malassis, chartiste, bibliophile éminent et imprimeur à Alençon, consentait à prendre en charge. Une longue et minutieuse correspondance s'engage en vue de régler la présentation, l'établissement du texte et mille détails typographiques. *Les Fleurs du mal* sortent enfin des presses et sont annoncées le 11 juillet 1857, bien que le service en soit fait depuis quelques jours. Un libelle aussi virulent que stupide, d'un certain Gustave Bourdin, dans *Le Figaro,* déchaîna les « foudres » de la justice. Malgré un article très élogieux d'Édouard Thierry dans *Le Moniteur* (le *Journal officiel* de l'Empire) – ceux de Barbey d'Aurevilly et Charles Asselineau ayant été censurés – et la plaidoirie très noble de Me Chaix-d'Est-Ange, la sixième chambre correctionnelle, par arrêt du 20 août, sur un réquisitoire du procureur impérial Ernest Pinard, condamne Baudelaire et son éditeur à 300 et 200 francs d'amende pour « outrage à la morale publique et aux bonnes mœurs », ainsi qu'à la suppression de six poèmes (« Le Léthé », « Les Bijoux », « Femmes damnées », « Lesbos », « À celle qui est trop gaie », « Les Métamorphoses du vampire »). Ce jugement n'a été cassé par la Cour suprême que le 31 mai 1949 (mais, pratiquement, toutes les éditions des *Fleurs du mal,* depuis 1911, contiennent les pièces condamnées).

Les trois années suivantes ne sont guère marquées que par la publication de la traduction des *Aventures d'Arthur Gordon Pym,* roman d'Edgar Allan Poe, d'abord imprimé dans *Le Moniteur ;* par des études sur le haschisch, sur la caricature, dans les revues ; et par l'importante monographie de *Théophile Gautier,* où Baudelaire trace, en réalité, son propre portrait en tant que poète conscient et soucieux de son art. Il faut cependant signaler le tirage en placards, à Honfleur, du *Voyage* (suivi de *L'Albatros*). C'est le dernier en date des grands poèmes qui compléteront, dans la seconde édition des *Fleurs du mal,* le livre mutilé par la justice impériale. Après *Les Paradis artificiels,* livre inégal mais magnifique, bien qu'en partie emprunté à De Quincey, Baudelaire donne tous ses soins aux nouvelles *Fleurs,* qui passent vite de six à vingt, pour atteindre finalement le chiffre de trente-cinq. La présentation de 1861, où presque tous les poèmes de 1857 sont remaniés, accroît la renommée d'un jeune maître, que Swinburne, son premier et glorieux disciple, saluera d'un retentissant dithyrambe. Peu après, c'est le savant et courageux panégyrique de *Richard Wagner et Tannhäuser,* où le génie méconnu prend la défense du génie bafoué et fait honte à ses compatriotes. Ses rancœurs, il va commencer, au même moment, de les déverser dans un traité qu'il veut terrible et qu'il intitule déjà *Mon cœur mis à nu.* Tel qu'il nous est parvenu, sous forme de notes éparses, c'est là son vrai testament de poète, d'homme souffrant et de profond mystique. Toutefois, la notoriété dont il jouit le pousse à un geste inattendu : il se présente au fauteuil académique de Lacordaire. Candidature jugée par les uns (Vigny, Flaubert) légitime, par les autres (le prudent et jaloux Sainte-Beuve) inopportune, par beaucoup de petits chroniqueurs, intempestive, sinon scandaleuse, et finalement retirée avant le scrutin (février 1862). Quelques mois plus tard, Arsène Houssaye accepte d'insérer dans *La Presse* les vingt premiers *Petits poèmes en prose,* précédés d'une lettre- dédicace à son nom. Cet autre chef-d'œuvre lyrique ne verra le jour qu'à titre posthume, aucun éditeur n'en ayant voulu du vivant de l'auteur, malgré un article pertinent de Banville. En 1863, Baudelaire donne ses deux derniers grands morceaux de critique d'art : *L'Œuvre et la vie d'Eugène Delacroix* (mort en août) et *Le Peintre de la vie moderne* (Constantin Guys, qui lui doit toute sa gloire).

Puis, brusquement, en avril 1864, las de l'imperméabilité de la France à des valeurs par trop hardies, il part pour Bruxelles, où son ami Malassis s'est déjà mis à l'abri de ses créanciers et où il espère trouver plus de liberté, plus de loisirs et même un éditeur pour ses œuvres anciennes ou inédites. Amère déception, dès son arrivée ; plusieurs conférences sur Delacroix, Gautier, les paradis artificiels, au Cercle des Arts, n'ont aucun succès. Un voyage à Anvers, Malines, Bruges, Liège, Gand a pour résultat l'accumulation de notes volumineuses en vue d'un pamphlet contre la Belgique, où il voit une caricature de la France ; mais c'est surtout les Bruxellois qu'il fustige d'une plume cruelle dans ces pages tantôt justes, tantôt outrées, que, naturellement, aucune firme française n'acceptera d'imprimer, et qui ne seront d'ailleurs jamais mises au point. À la publication d'*Eurêka*, puis des *Histoires grotesques et sérieuses,* traduits d'Edgar Poe, de quelques nouveaux admirables chapitres du *Spleen de Paris* (titre définitif des poèmes en prose), succèdent deux courtes fugues à Paris et à Honfleur, chez sa vieille mère toujours aimée et torturée, sa seule joie et son remords quotidiens. Le 4 février 1866, Baudelaire, accompagné de son nouvel ami Félicien Rops et de Poulet-Malassis, fait une chute lors de sa visite de l'église Saint-Loup à Namur : première atteinte grave de la paralysie générale, bientôt suivie d'une attaque d'hémiplégie et de la perte de la parole. Le transfert dans une clinique religieuse de Bruxelles coïncide avec les publications presque simultanées d'une livraison du *Parnasse contemporain,* dirigé par Catulle Mendès et qui contient les *Nouvelles Fleurs du mal* (dont l'auteur a encore pu corriger les épreuves), et des *Épaves de Charles Baudelaire,* clandestinement imprimées par le fidèle Malassis (les pièces condamnées en sont le meilleur chapitre). Le 1er juillet, le pauvre infirme, dont l'intelligence demeure intacte, est ramené à Paris par Mme Aupick et le peintre Alfred Stevens. Admis à la maison de santé du docteur Duval, rue du Dôme, il y connaîtra une agonie d'un an, soigné avec un dévouement absolu par sa mère, enfin consciente du génie de l'enfant prodigue, et entouré de ses meilleurs amis, Nadar, Banville, Leconte de Lisle, Asselineau, Mme Paul Meurice. qui lui apportera la consolation de la musique wagnérienne. Charles Baudelaire est enfin délivré de « la vie, de l'insupportable vie » le 31 août 1867 ; il avait demandé et reçu les sacrements en pleine lucidité. Service à Saint-Honoré-d'Eylau et inhumation à Montparnasse, aux côtés du général Aupick (mort le 27 avril 1857), le 2 septembre ; allocutions belles et déchirantes d'Asselineau et Banville. Un an après, Michel Lévy, qui avait obstinément repoussé les offres de l'auteur, commence l'édition (préfacée par Gautier et corrigée par Banville et Asselineau) des *Œuvres complètes* en sept volumes, une fois racheté les droits pour la somme de 1 500 francs.

YVES-GÉRARD LE DANTEC.

♦ « *La poésie de M. Baudelaire, profondément imagée, vivace et vivante, possède à un haut degré ces qualités d'intensité et de spontanéité que je demande au poète moderne. Il a les dons rares, et qui sont des grâces, de l'évocation et de la pénétration. Sa poésie, concise et brillante, s'impose à l'esprit comme une image forte et logique.* » Ch. Asselineau (1857). ♦ « *Il y a du Dante dans l'auteur des* Fleurs du Mal, *mais c'est du Dante d'une époque déchue, c'est du Dante athée et moderne, du Dante venu après Voltaire, dans un temps qui n'aura point de saint Thomas.* » J. Barbey d'Aurevilly (1857). ♦ « *Vous êtes, Monsieur, un noble esprit et un généreux cœur. Vous écrivez des choses profondes et souvent sereines. Vous aimez le Beau. Donnez-moi la main. Et quant aux persécutions, ce sont des grandeurs. Courage !* » Victor Hugo (1859). ♦ « Fleurs du mal : *livre très médiocre, nullement dangereux, où il y a quelques étincelles de poésie, comme il peut y en avoir dans un pauvre garçon qui ne connaît pas la vie et qui en est las parce qu'une grisette l'a trompé.* » Mérimée (vers 1860). ♦ « *Ce que vous ne saurez pas, c'est avec quel plaisir je lis à d'autres, à des poètes, les véritables beautés de vos vers encore trop peu appréciés et trop légèrement jugés.* » Alfred de Vigny (1862). ♦ « *Il faut admirer en Baudelaire un des plus grands hommes de ce temps et qui, si nous ne vivions pas sous le règne intellectuel de Victor Hugo, mériterait que nul poète contemporain ne fût mis au-dessus de lui.* » Th. de Banville (1862). ♦ « *La profonde originalité de Charles Baudelaire, c'est, à mon sens, de représenter puissamment et essentiellement l'homme moderne... tel que l'ont fait les raffinements d'une civilisation excessive : l'homme moderne avec ses sens aiguisés et vibrants, son esprit douloureusement subtil, son cerveau saturé de tabac, son sang brûlé d'alcool, en un mot, le bilionerveux par excellence, comme dirait Hippolyte Taine. Cette individualité de sensitive, pour ainsi dire, Charles Baudelaire la représente à l'état de type, de héros, si vous voulez bien.* » Verlaine (1865). ♦ « *Il se proclama décadent et rechercha, on sait avec quel parti pris de bravade, tout ce qui, dans la vie et dans l'art, paraît morbide et artificiel aux natures plus simples* [...] *Il était un homme de décadence. C'est peut-être le trait le plus inquiétant de cette inquiétante figure.* » Paul Bourget (1883-90). ♦ « *Dans l'œuvre de Baudelaire, les derniers liens qui rattachaient encore le lyrisme romantique à l'humanité sont rompus, et le monstrueux orgueil du poète n'est fait que du mépris de ses semblables.* » F. Brunetière (1892). ♦ « *Poe et Baudelaire sont les deux seuls critiques modernes.* » Paul Claudel (1905 ; cité par Gide). ♦ « *Trop chrétien pour être cynique, et trop peu pour être humble. Riche de sens et de péché, hardi à s'ouvrir les entrailles, trop libre pour être hypocrite. Grand poète, sans abondance ni facilité, il fut plus artiste en vers qu'on n'avait été avant lui, depuis Racine.* » André Suarès (1911). ♦ « *L'ensemble de ces jugements* [de critique d'art] *fait de Baudelaire l'annonciateur clairvoyant d'un mouvement artistique qui ne devait éclore que dans les dernières années de sa vie* [...] *Cette divination n'était pas seulement due à l'instinct inné de l'originalité, à l'aptitude au discernement de la valeur technique ; elle était due surtout à une conception coordonnée de la critique d'art, à une philosophie de l'évolution artistique* [...] *On pourrait extraire de ses* Salons *un mince recueil d'axiomes et d'anticipations dont la lecture prouverait qu'aucun de nos récents écrivains d'art n'a rien inventé, ou cru inventer, que le poète des* Fleurs du Mal *n'eût déjà formulé plus parfaitement.* » Camille Mauclair (1917). ♦ « *On voit assez que Baudelaire a recherché ce que Victor Hugo n'avait pas fait, qu'il s'abstient de tous les effets dans lesquels Victor Hugo était invincible ; qu'il revient à une prosodie moins libre et scrupuleusement éloignée de la prose ; qu'il poursuit et rejoint presque toujours la production du charme continu, qualité inappréciable et comme transcendante de certains poèmes — mais qualité qui se rencontre peu, et ce peu rarement pur, dans l'œuvre immense de Hugo. Baudelaire, quoique romantique d'origine, et même romantique par ses goûts, peut quelquefois faire figure d'un classique. Il y a une infinité de manières de définir, ou de croire définir le classique. Nous adopterons aujourd'hui celle-ci : classique est l'écrivain qui porte un critique en soi-même, et qui l'associe intimement à ses travaux. La poésie de Baudelaire doit sa durée et cet empire qu'elle exerce encore à la plénitude et à la netteté singulière de son timbre. Cette voix, par instants, cède à l'éloquence, comme il arrivait un peu trop souvent aux poètes de cette époque ; mais elle garde et développe presque toujours une ligne mélodique admirablement pure et une sonorité parfaitement tenue qui la distinguent de toute prose.* » Paul Valéry (1929). ♦ « *La noblesse et la grandeur humaine de Baudelaire viennent en grande partie de son horreur du laisser- aller. La veulerie, l'abandon, la détente lui paraissent des fautes impardonnables. Il faut se brider, se tenir bien en main, se concentrer.* » Jean-Paul Sartre (1947). ♦ « *Voici le maître livre de notre poésie :* Les Fleurs du Mal. *Jamais la vérité de parole, forme supérieure du vrai, n'a mieux montré son visage.* » Yves Bonnefoy (1971).

RÉF. : A. C. Swinburne, article anonyme sur *Les Fleurs du Mal,* dans *The Spectator,* 6 novembre 1862. – Paul Verlaine, *Charles Baudelaire,* 1865. – Charles Asselineau, *Charles Baudelaire, sa vie, son œuvre,* Paris, 1869. – Eugène et Jacques Crépet, *Charles Baudelaire, étude biographique,* 1887 et 1907. – Nadar, *Charles Baudelaire intime,* 1911. – Georges Blin, *Baudelaire,* Préface de Jacques Crépet, 1939, et *Le Sadisme de Baudelaire,* 1947. – J.-P. Sartre, *Baudelaire,* 1947. – Maurice Blanchot, *L'échec de Baudelaire,* dans *La Part du Feu,* 1949. – M. Eigeldinger, *Le Platonisme de Baudelaire,* 1951. – Jean Prévost, *Baudelaire, essai sur l'inspiration et la création poétique,* 1953. – P. Emmanuel, *Baudelaire,* 1967. – R. Kopp et G. Poulet, *Qui était Baudelaire*, Skira, 1969. – M. A. Ruff, *L'Esprit du mal et l'esthétique baudelairienne,* nlle éd. 1972. – J.- P. Richard, *Poésie et profondeur,* nlle éd. 1976. – D. Rince, *Baudelaire et la modernité poétique,* 1984. – Cl. Pichois et J. Ziegler, *Baudelaire,* 1987.

BAYLE Pierre. Critique et philosophe. Né au Carlat (dans le comté de Foix ; actuellement : Ariège) le 18 novembre 1647, mort à Rotterdam le 28 décembre 1706. Enfant précoce et assez maladif, il n'eut d'abord d'autre maître que son père, lequel était ministre de l'Église protestante. Ayant appris de bonne heure le grec et le latin, il fut placé à neuf ans au collège de Puylaurens et, plus tard, chez les jésuites de Toulouse où il fit sa philosophie. Là, son inquiétude religieuse le poussa à se convertir au catholicisme, mais son zèle se refroidit, et il retourna à la foi protestante. Il se rendit alors à Genève, où il fut chargé de l'instruction des fils d'un syndic de la République. Rentré en France, il trouva à Rouen une place de précepteur, séjourna quelque temps à Paris et se fixa enfin à Sedan : il venait, en effet, d'obtenir la chaire de philosophie à l'Académie protestante. Là, il se lia avec le célèbre Jurieu. En 1681, l'Académie fut supprimée : Bayle se vit aussitôt appelé à Rotterdam, pour y occuper une chaire de philosophie. L'année suivante (1682), il publia son premier ouvrage important : *Pensées sur la comète*. Sans crier gare, Bayle s'élève contre les préjugés qui attribuent aux comètes quelque influence sur les événements de la terre. Passant en revue tous les excès commis par la superstition, il en conclut que l'athéisme, dans ses effets, se montre souvent moins funeste que l'idolâtrie. Un tollé général s'éleva contre Bayle. Les esprits s'échauffèrent plus encore quand, peu après, il fit paraître sa *Critique de l'histoire du calvinisme du P. Mainbourg,* où les adversaires de la Réforme étaient durement malmenés. Il s'ensuivit que les jésuites obtinrent du roi un ordre pour faire brûler le livre de la main du bourreau. Bayle répliqua en publiant la *France toute catholique sous le règne de Louis le Grand* (1685). Outre ces ouvrages inspirés par les événements, Bayle rêvait depuis longtemps de fonder une revue pour faire concurrence au *Journal des savants* dont le patron était Denis de Sallo, conseiller au parlement de Paris. Il l'intitula les *Nouvelles de la République des Lettres* ; le premier numéro parut en mars 1684 et le dernier en février 1687. Bayle y analysait les ouvrages scientifiques, y donnait la biographie des grands écrivains disparus, le tout mêlé de curieuses digressions. Ayant, d'autre part, la passion de la tolérance, il était souvent blessé de la conduite qu'il voyait tenir aux protestants, au milieu desquels il vivait. Grand liseur, habitué à confronter toutes les opinions, il considère qu'il est absurde de prétendre posséder toute la vérité et de l'imposer aux autres par la violence. C'est pourquoi il entreprit de formuler les principes généraux de la tolérance, dans un ouvrage qui s'élèverait au-dessus des querelles de secte et de doctrine, ouvrage en quatre volumes, que Bayle donnait comme traduit de l'anglais et imprimé à Cantorbéry : *Commentaire philosophique sur les paroles de Jésus-Christ : « Contrain-les* (sic) *d'entrer »* (1686-1688). Il demande que chacun soit libre de professer la religion qu'il croit vraie. Cette idée suscita les pires colères chez les protestants eux-mêmes. Bayle dut essuyer les coups de son vieil ami Jurieu. Par les magistrats d'Amsterdam, il se vit, en fin de compte, privé de sa chaire de philosophie. Mais il ne s'émut pas trop de cette mesure. Ayant toujours vécu de peu, il crut pouvoir se suffire avec le travail de sa plume.

C'est alors qu'il commença l'œuvre que le temps avait mûrie : son *Dictionnaire historique et critique* (1695-1697), œuvre qui fut vraiment le couronnement de sa carrière. Elle obtint, comme on sait, un énorme succès (au moins dix éditions avant 1760). Elle avait été entreprise avant tout pour combler les lacunes des dictionnaires antérieurs. Bayle, en effet, se donne mission de tout remettre en question. Sa prodigieuse érudition lui permet de passer en revue tous les problèmes de morale, de théologie et d'exégèse ; de canaliser, en quelque sorte, toute la libre pensée des siècles précédents. À cet égard, son *Dictionnaire* est un trésor de renseignements. En outre, Bayle y fait œuvre de critique littéraire à la manière de Sainte-Beuve : nul dogmatisme, rien que le jeu de la curiosité la plus avide. N'acceptant que ce qui est fondé sur un fait indubitable, il applique à toute chose l'esprit historique. C'est à juste titre qu'on le considère comme un précurseur de la critique moderne. Mais son style diffus, sa passion du détail et, parfois, son goût pour l'inconvenance, semblent appartenir bien plus à la Renaissance qu'à son propre siècle. Travailleur infatigable, Bayle fut toute sa vie un apôtre de la tolérance et de la liberté de pensée.

♦ *« C'est par son excellente manière de raisonner qu'il est surtout recommandable, non par sa manière d'écrire, trop souvent diffuse, lâche, incorrecte, et d'une familiarité qui tombe quelquefois dans la bassesse. »* Voltaire. ♦ *« Bayle possédait l'instinct, la vocation critique dans le sens où nous la définissons. Ce génie, dans son idéal complet (et Bayle réalise cet idéal plus qu'aucun autre écrivain), est au revers du génie créateur et poétique, du génie philosophique avec système, il prend tout en considération, fait tout valoir, et se laisse d'abord aller, sauf à revenir bientôt. »* Sainte-Beuve. ♦ *« Bayle aimait-il Dieu ? Aimait-il le diable ? Peut-être les a-t-il aimés tous les deux, l'un par rapport à l'autre, l'un par opposition à l'autre. Il recherche les contradictions et la lutte. Son goût le porte à la grande farce. Il aime à voir les choses s'embrouiller. Il n'est parfaitement chez lui que dans l'absurde. C'est sa demeure. D'ailleurs il y est bien à l'abri, sachant toujours, quoi qu'il arrive, voir les choses en avant... Bayle est un Faust sans âme ou un Faust dont l'âme tout au moins ne se trouve pas engagée dans le pacte qu'il conclura avec le diable. »* Bernard Groethuysen.

RÉF. : Des Maizeaux, *Vie de Pierre Bayle*, Amsterdam, 1730. — J. Devolvé, *Religion critique et Philosophie positive chez Pierre Bayle*, Paris, 1906. — P. Dibon, *Pierre Bayle, le philosophe de Rotterdam*, Paris, 1959. — E. Labrousse, *Inventaire critique de la correspondance de Pierre Bayle*, 1961 ; *Pierre Bayle, Du pays de Foix à la cité d'Érasme*, 1963 ; *Pierre Bayle, hétérodoxie et rigorisme*, La Haye, 1964. — P. Rétat, *Le Dictionnaire de Bayle et la Lutte philosophique au* XVIIᵉ *siècle*, Paris, 1971.

BAZIN Hervé. Romancier et nouvelliste. Né et mort à Angers (17 avril 1911-17 février 1996). Il s'appelle en réalité Jean Pierre Hervé-Bazin, avec deux traits d'union. Banquier et directeur de journal, son grand-père maternel, Ferdinand-Jacques Hervé, signait Charles Saint-Martin ses romans — tels que *Rouget le Braconnier* ou *La Mort d'un forçat*. Sa femme, Marie Bazin, sœur de l'académicien français René Bazin, publia, sous un nom d'homme, Jacques Bret, des romans feuilletons. C'est en 1870, à l'occasion de son mariage, que Ferdinand-Jacques Hervé ajouta au sien le nom de son épouse pour se différencier de ses frères et cousins. Cette adjonction fut légalisée en 1922 par le Conseil d'État. C'est l'éditeur Bernard Grasset qui, en supprimant d'autorité les prénoms, fit de Hervé Bazin l'auteur que l'on connaît depuis la parution, en 1948, de *Vipère au poing*. L'année précédente, il avait obtenu le prix Apollinaire pour son recueil de poésie *Jour*. Élevé par sa grand-mère jusqu'au retour de Chine de ses parents, il se heurtera violemment à sa mère, la fameuse Folcoche de son roman. Ses études furent mouvementées et il exerça divers métiers (il fut marchand forain), avant de faire ses débuts de journaliste, notamment de critique littéraire à *L'Écho de Paris* et *L'Information*. Grâce au succès de *Vipère au poing* (inspiré de ses démêlés familiaux quand il était adolescent), Hervé Bazin devient ensuite un écrivain de notoriété internationale, son œuvre étant traduite en une quarantaine de langues. Outre son premier roman qui scandalisa Colette — « La fille de Sido ne peut pas donner sa voix au fils de Folcoche », s'exclama-t-elle au moment du vote pour le prix Goncourt — il a, en effet, publié plus d'une vingtaine de livres, en particulier, *La Tête contre les murs* (1949), *La Mort du petit cheval* (1950), *Le Cri de la Chouette* (1972), *Le Matrimoine* (1967), *Madame Ex* (1975). Élu membre de l'académie Goncourt en 1958, il en devint le président en 1973, après la mort de Roland Dorgelès.

JEAN-CLAUDE LAMY.

BÉATRICE, comtesse de Die (Beatritz de Dia). Les troubadours provençaux dont les œuvres nous sont parvenues ou, du moins, les noms, sont au nombre de quatre cent soixante-dix environ. Parmi eux, dix-sept sont des femmes ; et parmi celles-ci, la première place revient certainement à Béatrice, comtesse de Die, qui aima Raimbaut comte d'Orange, grand seigneur et remarquable troubadour du XIIᵉ siècle. D'elle nous viennent cinq poésies (quatre chansons et une joute avec Raimbaut), qui ont des tons et des formes bien différents de ceux que l'on relève dans l'œuvre du sire d'Orange. Raimbaut, partisan du « trobar clus », est un poète hermétique, chercheur exaspéré de l'expression savante et élaborée et, souvent, de la virtuosité technique, choyée pour elle-même. Béatrice est émue, sincère et passionnée ; presque toujours elle traduit son monde avec une simplicité et une absence de préoccupations de forme vraiment charmantes. Béatrice aussi, naturellement, emploie parfois les compositions traditionnelles des troubadours ; mais presque toujours son œuvre est animée d'une intense ferveur sentimentale. Dans les *Chansons* de Béatrice, il y a aussi les formules et les thèmes canoniques de l'amour courtois : l'amour, principe de vertu, l'amant et l'objet aimé qui réalisent un idéal suprême de perfection ; la joie d'amour troublée par les « méditants laurengiers ». Mais l'ivresse de l'amour partagé et l'amertume du bonheur perdu, quand le cœur de l'amante devient aride et que l'amour s'éteint et s'épuise, y sont rendus avec des accents tour à tour doux et voluptueux, douloureux et émus : « Mon bel ami, mon doux amour, pourquoi êtes-vous pour moi si dur et si cruel ? Pourquoi vous qui êtes si doux envers les autres, êtes-vous si dur envers moi dans vos actes et dans vos paroles ? Souvenez-vous comment naquit cet amour qui fut nôtre. » Dans l'œuvre de Béatrice, nous sentons la réalité d'une passion vécue ; nous entendons la voix, bien que frêle et ténue, d'un poète. — Trad. Voir Raynouard. *Choix de Poésies*. Les *Chansons* ont été éditées par G. Kussler-Ratyé, dans *Archivum romanicum*, t. I.

RÉF. : Jules Chevalier, *La Comtesse de Die* in *Bulletin de la Société départementale d'archéologie... de la Drôme*, Valence, 1893. — G. Kussler-Ratyé, « Les Chansons de la Comtesse de Die » dans *Archivum romanicum*, t. I., 1917. — A. Jeanroy, *La Poésie lyrique des troubadours*, Paris, 1934, t. I. — J. Véran, *Les*

Poétesses provençales du Moyen Âge et de nos jours, Paris, 1946. – W. T. Pattison, *The Life and Works of the Troubadour Raimbaut d'Orange*, Minneapolis, 1952.

BEAUMANOIR Philippe de Rémi, sire de. Juriste et poète français. Né en 1247 dans le Beauvaisis, ou à Lorris en Gâtinais, mort au manoir de Moncel, près de Pont-Sainte-Maxence (Oise) vers 1297. Philippe de Rémi, bailli de Senlis et de Clermont, sénéchal de Poitou, de Saintonge et de Vermandois, et qui fut un conseiller très estimé de Saint Louis et de son fils Robert, comte de Clermont, est surtout célèbre pour avoir recueilli en 1283, en les accompagnant d'un précieux commentaire, les *Coutumes du Beauvoisis,* un des plus importants monuments de l'ancien droit français. Mais il n'est pas seulement un jurisconsulte illustre, il fut aussi de son temps un poète de renom. De lui nous possédons deux romans en vers, *Manekine* (vers 1270), sombre histoire d'une jeune femme mutilée et abandonnée avec son petit enfant, dans un bateau sans pilote, pour une faute dont elle est innocente, et un roman d'amour, *Jehan et Blonde,* dans lesquels Beaumanoir met à profit, avec une grande habileté et un réel sens du pathétique et même du fantastique, les traditions légendaires de son pays. Nous connaissons également de lui un certain nombre de pièces en vers, dont les plus originales sont les fatrasies. La « fatrasie », genre à la mode aux XIIIe et XIVe siècles, est proche de la rêverie par le caractère imprévu et décousu des idées et des images qui s'y succèdent. En principe, elle se bâtit sur des strophes de onze vers. Les fatrasies, ou fatras, survécurent dans les *Mystères,* où elles sont débitées par le fou entre deux scènes dramatiques et destinées à délasser le spectateur. Les fatrasies de Philippe de Beaumanoir sont pleines d'une fantaisie qui ne manque pas d'humour et à laquelle se mêlent des notes réalistes fort piquantes. En fait, il y aurait deux Philippe de Beaumanoir, le père, au milieu du XIIIe siècle, qui serait l'auteur des œuvres poétiques et romanesques, le fils, à la fin du XIIIe siècle qui rédigea les *Coutumes du Beauvoisis.*

RÉF. : A. Morel, *Étude historique sur les « Coutumes du Beauvoisis »,* Paris, 1851. – H. Bordier, *Philippe de Rémi, sire de Beaumanoir,* 2 vol., Paris, 1869-1873. – H. Suchier, notice in édition des *Œuvres poétiques*, 2 vol., Paris, 1884. – *Ph. de Beaumanoir, sa vie, son œuvre, son temps,* et *Ph. de Beaumanoir et les Coutumes du Beauvoisis,* Beauvais, Groupe d'étude des monuments et œuvres d'art du Beauvaisis, 1983.

BEAUMARCHAIS Pierre-Augustin Caron de. Auteur dramatique. Né le 24 janvier 1732 à Paris et mort, également à Paris, le 18 mai 1799. La vie de Beaumarchais fut si mouvementée et sa personnalité si riche que ni l'une ni l'autre ne se laissent facilement circonscrire. Il a été, comme on l'a dit, « horloger, harpiste, courtisan, munitionnaire, sous-traitant, spéculateur, négociant, négrier, entremetteur, forestier, plaideur et juge-mage, démarcheur, agent double, détective, maître chanteur, diplomate, armateur, pamphlétaire, auteur dramatique, philanthrope, démagogue, patriote, ministre de l'Intérieur (ou presque) ». Prodigieusement doué (beauté physique, adresse manuelle – il invente un système d'échappement pour les montres et perfectionne la harpe –, sens musical, intelligence extrême, grande sensibilité, puissance de travail peu commune et beaucoup de courage), il a pu écrire : « Ma vie est un combat » et aurait pu dire comme son Figaro : « J'ai tout vu, tout fait, tout usé », même s'il n'a pu être toujours « supérieur aux événements ».

Il est né à Paris en 1732 dans une famille de la bonne bourgeoisie : son père, André-Charles Caron, a abjuré en 1727 la religion protestante, ce qui lui a permis d'être reçu maître horloger. De son mariage avec Marie-Louise Pichon naîtront dix enfants dont quatre mourront en bas âge. Pierre-Augustin sera le seul garçon, chéri de ses sœurs et toujours très attaché à sa famille qu'il protégera et parfois fera vivre. Le jeune Caron est d'abord apprenti dans l'atelier paternel, tout en faisant par ailleurs des études assez sommaires. Mais, passionné de musique et déjà très ambitieux, il se soucie peu de succéder à son père. En 1755, il achète une charge de contrôleur de la maison du Roi à un nommé Franquet qui meurt peu après et dont il épouse la veuve. Il se fait dès lors appeler Caron de Beaumarchais, du nom d'une terre que possédait sa femme – qui meurt en 1757. Il poursuit son ascension sociale : en 1759, il est déjà familier de Mesdames, les filles du Roi, auxquelles il enseigne la musique et rend de petits services. Cette même année, il fait la connaissance d'un grand financier, Pâris-Duverney, qui l'associe à ses affaires et fera sa fortune en lui permettant d'acheter une nouvelle charge qui lui confère la noblesse. Devenu noble sans jamais l'être vraiment aux yeux de certains qui se souviendront qu'il est fils d'un horloger, il souffrira toute sa vie de cette « disconvenance sociale ». Homme d'affaires (« négociant », comme on disait alors), il appartient à cette classe qui assure au pays sa prospérité, mais jusqu'à la Révolution, souffrira de n'être pas considérée à sa juste valeur. En 1764, il obtient l'autorisation d'aller en Espagne, où il doit marier une de ses sœurs aînées qu'un certain Clavijo a compromise, et s'acquitter de missions semi-officielles. Mais Clavijo n'épousera pas Lisette et les projets grandioses échouent. De retour en 1765, il épouse en 1768 Geneviève-Madeleine Watebled, qui lui donne un fils Augustin et en 1770 une fille, Aimable-Eugénie, qui ne vit que quelques jours. Mme de Beaumarchais meurt la même année, en novembre, et Augustin en 1772, à l'âge de trois ans et huit mois. Ces malheurs domestiques durent affecter vivement l'homme sensible qu'était Beaumarchais. Par ailleurs, il commençait à être connu comme auteur dramatique grâce à deux drames joués à la Comédie-Française : *Eugénie* (1767) qui eut beaucoup plus de succès que *Les Deux Amis* (1770) dont les péripéties financières furent peu appréciées du public.

La mort de Pâris-Duverney en 1770 entraîna de très graves difficultés. Le vieux financier laissait dans son testament une forte somme à son protégé, qui la réclama à l'héritier direct, le comte de La Blache. Celui-ci contesta l'acte. Il y eut procès, gagné d'abord par Beaumarchais, puis perdu en appel. L'affaire fut portée devant le parlement Maupeou et le dossier confié au juge Goëzman qui fit un rapport défavorable. Par l'arrêt du 6 avril 1773, Beaumarchais perdait son procès, ce qui pratiquement le ruinait, et de plus, en juin, le juge portait plainte contre lui pour tentative de corruption. Contre cette accusation qui pouvait le conduire aux galères, Beaumarchais répondit par quatre mémoires qui s'adressaient à la fois au Parlement et à l'opinion publique. Sans doute parce que celle-ci fut en faveur de l'accusé, la condamnation fut relativement modérée et si les quatre mémoires furent brûlés sur les marches du Palais et leur auteur blâmé en février 1774, l'arrêt de blâme fut cassé en novembre de la même année, et l'affaire portée devant le parlement d'Aix-en-Provence. Celui- ci, tenant compte de deux nouveaux mémoires écrits par l'accusé, rendra en 1778 un arrêt qui lui sera entièrement favorable.

C'est aussi en 1774, l'année des périls, qu'il fait la connaissance de Thérèse de Willer-Mawlas qui devient sa compagne et lui donne en 1775 une fille, Eugénie. Il ne l'épousera qu'en 1786.

Prié, après l'affaire Goëzman, de quitter Paris et de se faire oublier, il devient agent secret du gouvernement. Il est d'abord chargé de retrouver et de détruire des pamphlets écrits contre la famille royale ; il parcourt l'Europe, de l'Angleterre où il a des démêlés avec le chevalier d'Éon à Vienne où l'impératrice Marie-Thérèse, le soupçonnant d'être un espion, le fait assigner à résidence durant plus d'un mois. Relâché à la demande de Paris, il garde avec les autorités des relations étroites, comme en témoignent divers écrits, en particulier sa correspondance, récemment publiée, avec Vergennes. Farouche partisan de l'indépendance des États-Unis, il permettra au gouvernement français, grâce à la fondation en juin 1778 de la maison de commerce Roderigue Hortalez et Cie, d'envoyer, plus ou moins secrètement, des secours aux Insurgents. Il arme une flotte, commerce avec l'Amérique, et parcourt la France pour charger ses navires dont plusieurs sont coulés par les Anglais. Les années qui précèdent la Révolution sont marquées par une activité intense : magnifique édition des œuvres de Voltaire, de 1783 à 1790, création d'un comité qui deviendra notre Société des auteurs dramatiques. Les acteurs de la Comédie-Française avaient superbement joué *Le Barbier de Séville* (*) en 1775. Ils devront attendre 1784 pour jouer *Le Mariage de Figaro* (*). La pièce, terminée dès 1778, était réclamée par la Cour et la ville, mais le roi interdisait la représentation d'une œuvre qu'il jugeait dangereuse. La première, le 27 avril, fut triomphale. En 1787, *Tarare,* opéra dont Beaumarchais avait écrit le livret et Salieri composé la musique, connut aussi un grand succès.

La Révolution devait le surprendre comme elle surprit tous ses contemporains. Sa richesse, peu discrète (il s'était fait construire près de la Bastille une demeure somptueuse), le faisait suspecter et il fut obligé de se défendre. En 1790, l'opéra est repris avec une suite *Le Couronnement de Tarare* qui fait scandale. En juin 1792, une pièce que l'auteur qualifie de « drame intrigué », *La Mère coupable*, est jouée au théâtre du Marais sans trop de succès. Mais d'autres soucis accaparent l'écrivain. Toujours soucieux d'aider son pays, il s'efforce de fournir à la République les armes qui lui manquent. C'est l'affaire des fusils de Hollande, qu'il expose dans des mémoires écrits à Londres, qui constituent un document précieux sur la Révolution. Emprisonné en 1792 à l'Abbaye, il échappe de peu aux massacres de Septembre, est obligé de s'enfuir, revient pour se disculper, quitte à nouveau la France en juin 1793, et bien que chargé en principe d'une mission officielle, est inscrit sur la liste des émigrés. Il se réfugie alors en Allemagne, où il connaît dans la misère un exil pénible. Ce n'est qu'en 1795, que rayé de la liste, il peut rentrer en France. Après avoir marié sa fille à Paris, il consacre ses quatre dernières années, qu'une surdité totale rend difficiles, à refaire un peu sa fortune. Il meurt d'une attaque d'apoplexie dans la nuit du 17 au 18 mai 1799.

Sur bien des points, cette existence mouvementée demeure obscure et il reste beaucoup à découvrir. L'œuvre elle-même est souvent ignorée, à l'exception des deux chefs-d'œuvre que beaucoup d'ailleurs ne connaissent qu'indirectement, par l'entremise de Mozart et de Rossini. Beaumarchais a beaucoup écrit, chansonnettes ou livrets d'opéra, pamphlets pour se défendre ou mémoires sur les sujets les plus divers. La correspondance, très abondante, est en cours de publication. Elle révèle quel admirable prosateur fut Beaumarchais. De ce point de vue, les *Mémoires contre Goëzman* sont un chef-d'œuvre d'ironie et de comique qui mériterait d'être mieux connu. Reste l'ensemble des œuvres dramatiques qui paraissent tout d'abord inégales et disparates. Beaumarchais avait d'abord écrit, dans les premières années 1760, pour un théâtre de société, des parades, courtes pièces qui bravent l'honnêteté. Il serait resté un amuseur des gens du monde s'il n'avait été en même temps disciple de Diderot, disciple soucieux de surpasser son maître en écrivant des drames. Après *Eugénie* et *Les Deux Amis,* et dans un tout autre genre, *Le Barbier de Séville* parvient à retrouver les secrets d'un comique qui avait disparu de la scène française.

Le Mariage de Figaro, œuvre plus complexe et plus profonde, assure la transition avec *La Mère coupable,* dernier volet de la trilogie (1792), dont « l'intrigue de comédie est fondue dans la pathétique d'un drame ». Entre les deux dernières œuvres en prose, *Tarare,* livret d'opéra, bien que pauvrement rimé, mérite d'être lu avec attention parce qu'il résume la philosophie politique de l'auteur.

On peut se demander quelle importance attachait Beaumarchais à ses œuvres dramatiques qu'il a qualifiées à plusieurs reprises de « rêveries de son bonnet de nuit ». L'étude des manuscrits infirme ce jugement et montre quel travail acharné a permis d'obtenir cette apparente facilité qui donne aux deux chefs- d'œuvre leur efficacité dramatique. Les textes théoriques, dont trop souvent on ne mesure pas l'importance, justifient leur dramaturgie : l'*Essai sur le genre dramatique sérieux* qui sert de préface à *Eugénie,* reprend et précise les idées de Diderot, et le manifeste qui présente *Tarare, Aux abonnés de l'Opéra qui voudraient aimer l'opéra,* plaide en faveur d'une nouvelle forme musicale, celle que Wagner illustrera.

La postérité est injuste à l'égard de l'homme. On cède trop à la tentation de le confondre avec son personnage le plus populaire, Figaro. Comme ce dernier, il était vaniteux, aimait l'argent et l'intrigue. Mais il fut aussi un ami sûr, un homme généreux, un mari, sinon fidèle, toujours aimant, un frère et un père dévoués. Il eut sans cesse deux grands desseins : défendre les femmes dont la condition lui paraissait à bien des égards humiliante ; dénoncer les disconvenances sociales dont il estimait avoir été lui-même victime. C'est la conscience de ces injustices qui donna son sens à sa vie et assure, au-delà des différences, l'unité de l'œuvre.

PIERRE LARTHOMAS.

♦ *« Je crois, comme La Harpe, qu'il avait plus de talents encore pour la comédie que pour le drame ; mais il avait un fond de moralité qui le ramenait toujours à peindre des situations pathétiques. »* Gudin de la Brenellerie. ♦ *« Sous mon règne, un tel homme eût été enfermé à Bicêtre. On eût crié à l'arbitraire, mais quel service c'eût été rendre à la société ! »* Napoléon. ♦ *« Beaumarchais était après tout une belle et vaillante espèce d'homme. »* Carlyle. ♦ *« Corneille, Molière, Beaumarchais* [...] *les trois grands génies caractéristiques de notre scène. »* Hugo.

RÉF. : Louis de Loménie, *Beaumarchais et son temps,* Paris, 1856. – Eugène Lintilhac, *Beaumarchais et ses œuvres,* Paris, 1887. – Gudin de la Brenellerie, *Histoire de Beaumarchais,* Paris, 1888. – René Pomeau, *Beaumarchais ou la Bizarre Destinée,* Paris, 1987. – Beaumarchais, *Œuvres,* la Pléiade, Paris, 1988. – Gunnar et Mavis von Proschwitz, *Beaumarchais et le Courrier de l'Europe,* Oxford, 1990.

BEAUVOIR Simone de. Romancière et essayiste. Née et morte à Paris : 9 janvier 1908-14 avril 1986. Elle appartient à une famille aisée, de religion catholique. À six ans, elle entre au cours Désir et observe les rites chrétiens, mais perd la foi à quatorze ans. Elle passe l'agrégation de philosophie en 1929. Trois ans auparavant, elle a rencontré Jean-Paul Sartre. Nommée professeur de philosophie, elle enseigne et voyage beaucoup. En 1943 paraît son premier roman, *L'Invitée.* Elle quitte l'université. En 1945, elle appartient au premier comité de rédaction des *Temps modernes.* Elle reprend ses voyages et se lie aux États-Unis avec l'écrivain Nelson Algren. En 1949, elle fait paraître *Le Deuxième Sexe.* En 1954, son roman *Les Mandarins* remporte le prix Goncourt. Elle participe aussi au congrès du « Mouvement de la paix » à Helsinki, voyage en Chine. Au cours des années 1956-1962, elle mène de front la rédaction de ses Mémoires et des voyages (Cuba, Brésil, U.R.S.S.). À mesure que se développe l'œuvre, la littérature proprement dite – à part deux courts récits, *Les Belles Images* (1966) et *La Femme rompue* (1967) – cède la place à l'essai et aux Mémoires. Deux ouvrages, de courts traités, avaient déjà permis à Simone de Beauvoir de préciser sa pensée tout en restant fidèle à l'existentialisme. Dans *Pyrrhus et Cinéas* (1944) et *Pour une morale de l'ambiguïté* (1947), on trouve les idées qui sont à la base de toute l'œuvre. « Se vouloir libre, c'est aussi vouloir les autres libres. » « Ma liberté exige pour s'accomplir de déboucher sur un avenir ouvert : ce sont les autres hommes qui m'ouvrent l'avenir. » Dans *L'Invitée,* elle parut prendre le contrepied de ce principe. L'épigraphe empruntée à Hegel affirme que « chaque conscience poursuit la mort de l'autre ». Mais ce n'est que le premier moment de l'œuvre. *Le Sang des autres* (1945), *Tous les hommes sont mortels* (1946), deux romans, puis la pièce *Les Bouches inutiles* (1945) prennent en compte la responsabilité de l'homme envers son prochain et donnent la première place à l'engagement dans la vie quotidienne. L'éthique humaniste allait voler en éclats au contact de l'Histoire. Et c'est ce constat d'échec que l'on trouve dans *Les Mandarins,* roman à clefs qui pose le dilemme des intellectuels de gauche : Faut-il dénoncer les camps de concentration soviétiques au risque de nuire à la révolution ? *Les Mandarins* annoncent déjà l'œuvre de mémorialiste de Simone de Beauvoir, qui se développe sur deux plans. Celui de l'essai d'abord. Et c'est là sans doute l'apport essentiel de l'auteur du *Deuxième Sexe* – et il est considérable – à l'existentialisme. Défense et illustration du féminisme, cet ouvrage donne à ce mouvement un essor décisif et durable en France. À travers « Les Faits et les Mythes », titre du premier volume, elle dresse un constat : « L'homme, au long de l'Histoire, est le maître, la femme, l'esclave. » Dans le second volume, « L'Expérience vécue », elle se livre à une série d'enquêtes sur la condition de la femme depuis l'enfance jusqu'à la vieillesse. L'ouvrage a été contesté et attaqué, à la différence des Mémoires, qui font l'unanimité. Se suivent *Les Mémoires d'une jeune fille rangée* (1958), *La Force de l'âge* (1960), *La Force des choses* (1963), *Une* *mort très douce* (1964) et *Tout compte fait* (1972), où elle parle de sa vieillesse pour répondre au public qu'avait ému son essai sur *La Vieillesse* (1970). L'épreuve de la mort de Jean-Paul Sartre en 1980 lui fait écrire la bouleversante *Cérémonie des adieux* (1981). Son œuvre a exercé une forte influence sur le cours de la littérature française. Elle a contribué, surtout par ses essais, à donner le pas aux sciences humaines sur l'imaginaire.

GUY LE CLEC'H.

♦ *« La méthode de Mme de Beauvoir conduit en effet seulement à ébaucher des raisonnements et à les développer dans un style relâché pour faire vécu. »* Jacques Laurent. ♦ *« Simone de Beauvoir, la pieuse, élevée au cours Désir, qui communiait trois fois par semaine, est devenue cette adversaire implacable et méprisante, mais qu'il nous est impossible de ne pas admirer, de ne pas aimer. »* François Mauriac. ♦ *« Éternelle étudiante, éternelle révoltée cherchant partout la misère cachée, la duperie, la statistique sinistre, la rencontre enrichissante, Mme de Beauvoir peut nous agacer parfois, elle nous touche toujours. »* François Nourissier. ♦ *« Ici, la poésie, c'est la vérité. Ici, personne ne triche. »* Dominique Aury.

RÉF. : G. Hourdin, *Simone de Beauvoir et la liberté,* Paris, 1962. — F. Jeanson, *Simone de Beauvoir ou l'Entreprise de vivre,* Paris, 1966. — L. Gagnebin, *Simone de Beauvoir ou le Refus de l'indifférence,* Paris, 1968. — S. Lilar, *Le Malentendu du Deuxième Sexe,* Paris, 1969. — A.-M. Lasocki, *Simone de Beauvoir ou l'Entreprise d'écrire,* La Hague, 1971. — C. Moubachir, *Simone de Beauvoir ou le Souci de l'indifférence,* Paris, 1972. — C. Cayron, *La Nature chez Simone de Beauvoir,* Paris, 1973. — M. Descubes, *Connaître Simone de Beauvoir,* Paris, 1974. — R. Cottrell, *Simone de Beauvoir,* New York, 1975. — J.-R. Audet, *Simone de Beauvoir face à la mort,* Lausanne, 1979. — C. Francis et F. Gontier, *Les Écrits de Simone de Beauvoir,* Paris, 1979. — J.-J. Zephir, *Le Néoféminisme de Simone de Beauvoir,* Paris, 1982. — T. Keefe, *Simone de Beauvoir, a Study of Her Writings,* Londres, 1984. — A. Schwarzer, *Simone de Beauvoir aujourd'hui,* Paris, 1984. — C. Francis et F. Gontier, *Simone de Beauvoir,* Paris, 1985. — F. Rétif, *Simone de Beauvoir et Ingeborg Bachmann, Tristan ou l'Androgyne ?,* Berne, 1989.

BECK Béatrice. Romancière. Née le 30 juillet 1914 à Villars-sur-Ollon (canton de Vaud, Suisse). La jeunesse de Béatrice Beck est marquée par une succession de drames familiaux. Son père, l'écrivain belge Christian Beck, fondateur de la revue *Antée*, est tué à la guerre en 1916. Mariée en 1936, Béatrice Beck perd son mari à la guerre de 1940. Dès lors, seule, sans ressources, Béatrice Beck fera mille « petits métiers » pour subsister : ouvrière d'usine, employée de bureau, femme de ménage et, à partir de 1950, — et jusqu'à la mort de celui-ci — secrétaire d'André Gide. C'est de ces expériences traumatiques qu'elle nourrira son inspiration, au point de donner naissance à un double littéraire (Barny). Ses premiers récits (*Barny*, 1948 ; *Une mort irrégulière*, prix des Neuf 1951) mettent en scène les difficultés que rencontre Barny, mariée puis veuve d'un jeune apatride, Vim Aronovitch. Avec *Léon Morin, prêtre* (prix Goncourt 1952), le lecteur retrouve Barny dans une petite ville de province, pendant la Seconde Guerre mondiale. Barny, fascinée par la beauté d'une collègue de travail, mais aussi attirée par le jeune prêtre Léon Morin, finira par retrouver le chemin de la foi. Le thème de la passion homosexuelle et de la foi chrétienne est à nouveau présent dans son roman de 1954 *Des accommodements avec le ciel.* Béatrice Beck entreprend dans ses romans de faire remonter à la surface de l'écriture des tentations et des images à demi conscientes qui à la fois l'épouvantent et la fascinent. Béatrice Beck a enseigné dans plusieurs universités américaines (Berkeley, Hollins College). Elle a obtenu le prix Prince de Monaco pour l'ensemble de son œuvre.

PHILIPPE BLONDEAU.

BECKETT Samuel. Écrivain irlandais d'expression anglaise et française. Né à Dublin le 13 avril 1906, mort à Paris le 22 décembre 1989. Issu d'une famille protestante, il est successivement pensionnaire à la « Portora Royal School » d'Einiskillen, puis élève du « Trinity College » de Dublin, où il étudie le français. En 1928, Beckett est nommé lecteur d'anglais à l'École normale supérieure de Paris, et fait la connaissance de James Joyce. En 1930, il traduit avec Alfred Péron *Anna Livia Plurabelle* de Joyce, fragment de la future *Finnegans Wake*. De 1931 à 1937, il effectue de nombreux voyages, résidant tantôt en France, tantôt en Angleterre. Mais à partir de 1938, il se fixe définitivement à Paris. Jusqu'à la guerre, Beckett avait écrit ses livres — *Dante... Bruno... Vico... Joyce* [*Dante... Bruno... Vico... Joyce,* 1929], *Whoroscope* (1929), *Proust* (1931), *Plus de coups d'épingle que de coups de pied* [*More Pricks than Kicks*, 1934], *Our Exagmination round his Factification for Incamination of Work in Progress,* et *Murphy* (1938) — en anglais. Après 1945, il commence à traduire ses ouvrages antérieurs — et notamment *Murphy* — en français, et à écrire des poèmes et des nouvelles dans cette langue. En 1953, *En attendant Godot* (*) est représenté à Paris au Théâtre de Babylone, dans une mise en scène de Roger Blin. Cette pièce connaît immédiatement un immense succès et signale le début de la carrière théâtrale de Beckett. C'est également grâce à ses pièces que Beckett acquiert une réputation croissante, qui conduit en 1969 à l'attribution du prix Nobel de littérature.

L'œuvre de Samuel Beckett est très abondante. Citons d'abord les romans et les récits (pour la plupart écrits en français) : *Murphy, Molloy* (1951), *Malone meurt* (1952), *L'Innommable* (1953), *Watt* (1953), *Nouvelles et textes pour rien* (1955), *Comment c'est* (1961), *Imagination morte, imaginez* (1965), *Têtes mortes* (1967), *Premier amour, Mercier et Camier* (1970), *Le Dépeupleur* (1971), *Film,* suivi de *Souffle* (1972), *Pas moi* (1975), ainsi que divers textes comme *Acte sans paroles, Assez, Cascando, Cendres* (1958), *Dis Joe, D'un ouvrage abandonné, Va et Vient* 1966), *Pour finir encore et autres foirades* (1976), *Compagnie* (1980), *Mal vu mal dit* (1981), *Soubresauts* (1989). Les pièces de théâtre, moins nombreuses, sont mondialement connues : *En attendant Godot, Fin de partie*, *Tous ceux qui tombent* (1957), *La Dernière Bande* (1958), *Oh les beaux jours* (1963), *Comédie* (1963), *Comédie et actes divers* (pièce radiophonique, 1964), *Pas,* suivi de *Quatre esquisses* (1978), *Catastrophe et autres dramaticules* (1982).

Œuvre « théâtrale » et œuvre « romanesque » témoignent chez Beckett de la même visée centrale : atteindre une nudité de langage, ou plus exactement de parole, qui dise comme à ras de terre la condition humaine — tout comme, d'ailleurs, les rares *Poèmes suivi de Mirlitonnades*. C'est cette visée qui donne à ses textes à la fois leur vérité universelle et un dépouillement presque abstrait. Qu'il s'agisse des pièces, des romans ou des nouvelles, la thématique est apparemment la même, apparemment indéfiniment répétitive : le temps humain, l'attente, la quotidienneté, la solitude, l'aliénation, la mort, l'errance, la non-communication, la déchéance, et aussi — plus rarement — l'espoir, le souvenir, le désir. Beckett ne parle « que » de cela. Mais ce ne sont pas ces thèmes qui définissent son œuvre, son écriture : c'est le langage employé pour les dire, les « mettre en scène ». Certes, l'œuvre propose, surtout en ses débuts, des « histoires », des personnages : le théâtre, en particulier, nous présente une galerie de clochards, d'errants, de vieillards, de clowns ou de malades qui sont devenus aussi célèbres que le roi Lear ou Hamlet de Shakespeare. Mais ces personnages n'ont pas de psychologie, pas d'individualité au sens classique : ce sont des ombres, des figures, des incarnations d'une certaine condition humaine, et surtout, ce sont des *voix*. Tout texte de Beckett est d'abord l'émergence, sur une certaine scène, dans un certain espace (et de là sa parenté profonde avec le théâtre), de *voix*, voix qui peuvent être uniques, ou multiples, ou quasi anonymes, mais qui ne cessent de parler, comme si parler, pour elles, équivalait à être, à subsister, à continuer malgré l'effondrement de tout. Ces voix ne rompent pas le silence universel qui les entoure, elles *sont*. Elles ne disent rien, ne proposent rien, ne racontent rien : elles parlent comme les bouches respirent. Ainsi parle la voix de *L'Innommable* : « Il faut donc continuer, je vais donc continuer, il faut dire des mots, tant qu'il y en a, il faut les dire, jusqu'à ce qu'ils me trouvent, jusqu'à ce qu'ils me disent, étrange peine. Il y a complète désintégration. Pas de Je, pas de Avoir, pas de Être, pas de nominatif, pas d'accusatif, pas de verbe. Il n'y a pas moyen de continuer [...] À la fin de mon œuvre, il n'y a rien que poussière : “le nommable...” » Et dans *Textes pour rien* : « C'est avec mon sang que je pense [...] C'est avec mon souffle que je pense [...] Les mots aussi, lents, le sujet meurt avant d'atteindre le verbe, les mots s'arrêtent aussi. Mais je parle plus bas, chaque année un peu plus bas. Peut-être. Plus lentement aussi, chaque année un peu plus lentement... » Cette voix à ras de terre, à ras de corps et — pour employer un paradoxe — à ras de parole, paraît éternellement sur le point de se taire, de s'éteindre, de s'engloutir dans le silence, c'est-à-dire dans le néant. Et pourtant, elle resurgit : « La voix qui s'écoute comme lorsqu'elle parle, qui s'écoute se taire, ça fait un murmure, ça fait une voix, une petite voix, la même voix petite, elle reste dans la gorge, revoilà la gorge, revoilà la bouche. » De là vient que la nudité de plus en plus désolée de ces textes, la pauvreté de plus en plus accusée de leurs thèmes fassent toucher à une sorte d'universel et dégagent, à mesure même que l'œuvre se resserre et se répète dans son espace, une sensation de vie et d'espoir. On a cherché dans les livres et les pièces de Beckett une « métaphysique de la condition humaine ». Bien qu'il y ait chez lui, certes, une véritable intensité métaphysique « existentielle », il faut la chercher là où elle se trouve, c'est-à-dire au niveau du langage. Dans *Têtes mortes*, Beckett fait ce surprenant aveu : « J'ai l'amour du mot, les mots ont été mes seuls amours, quelques-uns. » Ailleurs, il évoque ce qui pourrait être sa tâche la plus secrète : « Issu de l'impossible voix l'infaisable être. » Pour exprimer son expérience de la nudité du langage et de l'existence, il a créé un néologisme anglais, pratiquement intraduisible : la *Lessness* (la « Sanséité », la « Moinsité »). Beckett avance, creuse dans le « moins », mais ce « moins » n'est jamais équivalent à un « rien ». La même voix devient, au fil des textes, de plus en plus petite, elle s'approche de plus en plus du silence, devient silence sans cesser d'être voix : « C'est le silence et ce n'est pas le silence, il n'y a personne et il y a quelqu'un. » *(Textes pour rien).* Rarement écrivain a été aussi rigoureux, aussi fidèle à l'espace vital dans lequel il écrit. Rarement écriture a été aussi proche de la voix et du corps, et en même temps aussi abstraite (sans jamais être intellectuelle). Joyce, le lointain maître de Beckett, écrivait dans *Ulysse* : « L'Histoire est un cauchemar dont je souhaite m'échapper. » Beckett, dans son œuvre, a échappé à l'Histoire : tout ce qui se passe dans ses textes s'est réduit aux dimensions d'un être qui n'est nulle part, insituable et insitué, au-delà ou en deçà de l'Histoire. Peut-être a-t-il été aidé en cela par le passage de l'anglais au français, phénomène sans doute rarissime dans la littérature mondiale : cas singulier que celui d'un écrivain qui abandonne sa langue maternelle et en adopte une autre pour s'exprimer et bâtir son œuvre. Le français de Beckett, du reste, est comme sans lien avec le français des œuvres littéraires de ce siècle. Venue d'ailleurs, l'œuvre de Beckett ne saurait s'insérer dans l'histoire de la littérature moderne française : comme la voix qu'elle laisse parler, comme ses personnages égarés ou agonisants, elle est sans lieu : en ceci, elle est bien l'image de l'universel déracinement moderne, et c'est ce qui explique l'insolite succès qu'elle a connu, en dépit de la singularité de sa démarche et de la relative difficulté de ses textes. Il n'y a sans doute qu'un seul écrivain, en ce siècle, que l'on pourrait comparer à Beckett (ou dont l'œuvre soit entourée de la même solitude), et c'est Henri Michaux. Mais dans l'œuvre de Michaux, c'est encore et toujours Michaux qui nous parle, du fond de son essentielle étrangeté. Dans l'œuvre de Beckett, ce qui nous parle, ce n'est pas un certain Samuel Beckett, né à Dublin, etc., mais une voix qui est d'une certaine manière la Voix de tous, la Voix de l'Homme, des Hommes, de Tous les Hommes : « J'ai à parler, écrit Beckett dans *L'innommable*, n'ayant rien à dire, rien que les paroles des autres. » Avoir su écrire les « paroles des autres », de n'importe quel autre, en n'importe quel pays, dans le nulle part de l'existence souffrante et profonde, telle est la grandeur de cette œuvre.

ANTOINE BERMAN.

♦ « *La force corrosive de Beckett* [...] *ne saurait procéder de l'affirmation d'une quelconque conviction ou illustration d'une conception philosophique ou métaphysique. Il ne croit rien, il ne pense rien, il montre. Et ce qu'il montre, c'est l'homme privé de toute illusion, débarrassé des sentiments, croyances, pensées qui servent à lui masquer la réalité de son supplice, attaché à vivre intensément ce supplice, c'est-à-dire à souffrir, décapé jusqu'à l'os...* » Maurice Nadeau.

RÉF. : Ludovic Janvier, *Pour Samuel Beckett*, Paris, 1966, et *Beckett par lui-même*, Paris, 1969. — Jean Onimus, *Beckett*, Paris, 1967. — Olga Bernal, *Langage et fiction dans le roman de Beckett*, Paris, 1969. — *Beckett* « Cahiers de l'Herne », n° 31 (avec bibliographie), Paris, 1976. — Deirdre Blair, *Samuel Beckett*, Paris, 1979. — *Samuel Beckett*, « Revue d'esthétique », Paris, 1986.

BECQUE Henry François. Auteur dramatique. Né et mort à Paris (28 avril 1837-12 avril 1899). D'une famille modeste, il fit de médiocres études et dut très jeune se mettre en quête d'un gagne-pain. Employé d'abord dans les bureaux des Chemins de fer du Nord (1854), il passa ensuite à la Chancellerie de la Légion d'honneur (1855), pour devenir enfin commis d'agent de change (1856). Après son service militaire, il éprouva un besoin de liberté, et vécut de peu en donnant des leçons particulières. Vers sa trentième année (en 1867), il débuta au théâtre avec un livret d'opéra, *Sardanapale*, mis en musique par Victorin de Joncières, son compagnon de bohème. L'année suivante (1868), Becque fit représenter *L'Enfant prodigue,* vaudeville assez ordinaire, et deux ans plus tard *Michel Pauper* (1870), drame en cinq actes plutôt diffus et plein de préoccupations sociales. Après avoir servi pendant la guerre de 1870, il revint au théâtre en donnant un drame en trois actes intitulé *L'Enlèvement.* Il essuya un tel échec que, doutant de sa vocation, il se garda de présenter toute pièce nouvelle, et jugea celles des autres : de 1872 à 1878, il devint chroniqueur dramatique au journal *Le Peuple.* Revenu enfin au théâtre en qualité d'auteur, il fit jouer, en 1878, une comédie en un acte, *La Navette,* où sa maîtrise s'affirme avec éclat, et deux ans plus tard un autre acte tout aussi réussi : *Les Honnêtes Femmes* (1880). Désormais sûr de lui, Becque fit jouer au Théâtre-Français la pièce qui est tenue pour son chef-d'œuvre, *Les Corbeaux* (*) (1882), et enfin *La Parisienne* (1885). Il voulut ensuite écrire quelque grande comédie sur le monde de la finance : *Les Polichinelles.* Faute d'avoir la plume facile, et victime de ses scrupules, il y travailla pendant quatorze années sans pouvoir jamais l'achever. De son manuscrit, Henry de Noussanne a tiré une pièce en quatre actes, s'efforçant de conserver le style de l'original. Si Henry Becque est le père de ce théâtre noir (« la comédie rosse ») d'où devait sortir bientôt le Théâtre-Libre d'Antoine, il demeure surtout le restaurateur de la grande comédie réaliste du XIXe siècle. Son mérite le plus éclatant est, en effet, d'avoir porté un coup fatal à toute la convention incarnée par Scribe, Sardou et Dumas fils. « Nos prédécesseurs, dit Becque, n'étaient que des moralistes : nous, nous sommes des observateurs. » D'un pessimisme continu, il n'avait toutefois rien d'un révolté. Soutenu par un grand talent d'écrivain, il détestait les ornements et l'imbroglio. Grâce à sa cruelle concision, il donnait un relief admirable à ses figures. Outre son théâtre, Becque nous a laissé trois volumes d'études : *Querelles littéraires* (1890), *Souvenirs d'un auteur dramatique* (1895) et *Études sur l'art dramatique* (1926). Il convient d'y ajouter ses *Sonnets mélancoliques* (1887), et enfin sa *Correspondance* (posth., 1926), qui forme le tome VII de ses *Œuvres complètes.*

♦ *« C'est grâce à sa sévérité, à sa défiance envers lui-même, c'est pour n'avoir rien emprunté mais tout créé de son propre fonds, littérairement (lui dont on veut faire un réaliste), que Becque est un inventeur original, et qu'il a placé dans son œuvre des personnages essentiellement vrais, qui n'existaient nulle part que là, et ne cesseront pas d'y exister. »* Jacques Copeau.

RÉF. : Georges Pellissier, *Henry Becque et l'Académie,* 1908. — H. Dawson, *Henry Becque,* Paris, 1923. — Alexandre Arnaoutovitch, *Henry Becque,* 2 vol. 1927 (thèse). — M. Descotes, *Henry Becque et son théâtre,* Paris, 1962.

BÉDIER Joseph Charles Marie. Écrivain, professeur et romaniste français. Né à Paris le 28 janvier 1864, mort à Grand-Serre (Drôme) le 29 août 1938. Ayant passé son enfance à l'île de la Réunion où sa famille était fixée depuis longtemps, il entra à l'École normale en 1883, et y fut l'élève de Gaston Paris et de Brunetière. Agrégé de lettres en 1886, il devait occuper, trois ans plus tard (1889), la chaire de philosophie romane à l'université de Fribourg (Suisse). Un peu après il publia son premier livre : l'édition critique du *Lai de l'ombre* (1890). De retour en France, il devint maître de conférences à la faculté des lettres de Caen ; ensuite à l'École normale. En 1895, il fit paraître un remarquable essai sur les

Fabliaux. En 1903, il remplaça au Collège de France son maître Gaston Paris dans la chaire de littérature française du Moyen Âge : poste qu'il devait occuper jusqu'en 1936. Bédier toucha le grand public dès 1900 avec son *Roman de Tristan et Iseut*, adaptation très ingénieuse des textes originaux. Ce fut alors qu'il se mit à écrire ce qu'il tenait pour son œuvre capitale : *Les Légendes épiques (Recherches sur la formation des chansons de geste)* (1908-1915), ruinant ainsi toutes les théories relatives à ce problème difficile, y compris celle de son maître, Gaston Paris. Par cet ouvrage considérable, où l'intelligence s'allie à la plus stricte érudition, Joseph Bédier devait acquérir une renommée universelle. Outre sa belle édition critique de la *Chanson de Roland* (*), parue en 1921, il a dirigé avec Paul Hazard la publication d'une grande *Histoire illustrée de la littérature française*. Reçu à l'Académie française le 3 novembre 1921, Bédier fut nommé administrateur du Collège de France en novembre 1929. Il prit sa retraite en 1936.

RÉF. : Ferdinand Lot, *Joseph Bédier*, 1939. — E. Vinaver, *Hommage à Bédier*, 1942. — Talvart et Place, *Bibliographie des auteurs modernes de langue française*, t. II.

BÉGUIN Albert. Écrivain suisse d'expression française. Né le 17 juillet 1901 à La Chaux-de-Fonds, mort à Rome le 3 mai 1957. C'est en 1937, après un premier livre sur *Gérard de Nerval* (1936), que paraît la thèse d'Albert Béguin, *L'Âme romantique et le rêve*, qui aura une influence considérable sur la critique littéraire et sur l'histoire de la pensée européenne. Cet ouvrage capital servira de référence pour comparer les influences ou les oppositions relatives au rêve chez les romantiques allemands et dans la poésie française. Écrivain de la Suisse romande et germaniste averti — il a traduit Hoffmann, Mörike, Jean-Paul, Tieck... —, Albert Béguin est capable de comprendre les différents courants qui dominent la littérature occidentale et il peut être considéré comme le père de la littérature comparée. Catholique converti, ouvert aux idées de la gauche, il dirige pendant la guerre *Les Cahiers du Rhône* pour faire entendre la voix de la pensée dans la nuit du nazisme et, après la guerre, il prend la tête de la revue *Esprit*. Il s'intéresse également aux écrivains mystiques dans des ouvrages tels que *Léon Bloy, mystique de la douleur* (1948), *Pascal* par lui-même (1952), *Bernanos* (1954). Mais son inlassable activité intellectuelle se tourne tout aussi bien vers une édition de Gérard de Nerval, et vers une étude consacrée à *La Prière de Péguy* (1942). Ses études sur Balzac ont été réunies après sa mort dans *Balzac lu et relu* (1965), tandis que *Poésie de la présence* (1957) réunit des articles sur la poésie, de Chrétien de Troyes à Pierre Emmanuel.

RÉF. : G. Poulet, J. Rousset, J. Starobinski et P. Grotzer (éd.), *Albert Béguin et Marcel Raymond*, Paris, 1979.

Bel-Ami. Roman de Guy de Maupassant (1850-1893), publié en 1885. Georges Duroy, de modeste origine et médiocrement instruit, mais à l'esprit résolu et prompt et, surtout, jeune et séduisant, vient tenter sa chance à Paris après avoir servi quelque temps en Afrique comme sous-officier. Un métier de misère lui permet de vivoter, jusqu'à ce que la rencontre d'un ancien compagnon d'armes, Charles Forestier — qui s'est fait une brillante situation dans le journalisme —, lui offre l'aubaine tant attendue. La femme de son ami, Madeleine, belle intrigante, l'aide à rédiger son premier article pour *La Vie française*. Cet article fait sa fortune. Duroy sait plaire au directeur du journal, le riche Walter, homme d'affaires rusé, qui le charge de la « Chronique » et des « Échos ». Son audace supplée à son manque de culture. Mais c'est surtout aux femmes qu'il sait plaire ; Madeleine le conseille sagement. Une jeune femme élégante et corrompue, Clotilde de Marelle, devient sa maîtresse ; la femme et les filles de son patron sont également folles de lui. Un duel terminé à son avantage accroît encore son prestige. Toutes ces amitiés féminines aident puissamment Duroy, devenu désormais « Bel-Ami » : il doit ce surnom à la fille d'une de ses amies, séduite, comme les autres, par son charme. En fait, Bel-Ami n'a pas de plan défini. Ce n'est que peu à peu que naît, dans son esprit d'arriviste sans scrupule, l'idée de faire son chemin par les femmes ; de là sa désinvolture et, dans sa fourberie, cet air avenant qui trompe souvent les moins naïfs. Déjà, la conquête de Mme Walter n'est plus une simple curiosité de vicieux ; en renvoyant cyniquement la pauvre femme après le premier caprice, il dévoile jusqu'au plus profond son âme. Son ami Forestier meurt poitrinaire. Bel-Ami épouse Madeleine et conclut avec elle une sorte de pacte d'entraide. Le vieux comte de Vaudrec, ami intime du ménage Forestier, puis du ménage Duroy, meurt en léguant un million à Madeleine. Pour accepter la succession, il lui faut le consentement de son mari ; prétextant qu'il importe de « sauvegarder les apparences », celui-ci donne son accord en échange de la moitié du legs. Or, *La Vie française* a fait fortune ; le politicien qui l'inspirait, Laroche-Mathieu, est devenu ministre ; c'est un familier de la maison Duroy. D'ailleurs, Bel-Ami se fait appeler à présent M. Du Roy ; sa faveur est plus grande que jamais. Mais il ne s'estime pas assez comblé : il convoite l'immense fortune de son patron Walter, directeur du journal et homme d'affaires avisé. Pour y parvenir, il se fait aimer de Suzanne, sa fille, à peine âgée de 17 ans. Puis il fait surprendre sa femme Madeleine et le ministre en flagrant délit ; Laroche-Mathieu doit démissionner et Madeleine accepter le divorce. Enfin, il enlève Suzanne pour contraindre Walter à cette union tant désirée et ne se soucie nullement de Mme Walter qui devient folle de douleur.

Ce roman connut un grand succès et fit scandale ; Maupassant fut accusé de pessimisme outré ; on lui a reproché d'avoir trop assombri les couleurs. Il répondit qu'il s'était borné à faire une satire d'un « certain journalisme » et de « certains milieux » politiques et mondains de Paris. Ce livre demeure une œuvre marquante dans la production littéraire du temps par son brio irrésistible et son style alerte et précis.

BELLEAU Rémy. Poète. Né à Nogent-le-Rotrou en 1528, mort à Paris le 6 avril 1577. Né dans une famille modeste du Perche, clerc du diocèse de Chartres, il doit sans doute à ces origines géographiques l'appui du poète Hugues Salel, qui séjourne à Chartres, et de Nicolas Denisot, du Mans, tous deux susceptibles de le mettre en relation avec ceux qui seront dorénavant ses amis : Olivier de Magny, Marc-Antoine Muret et Étienne Jodelle d'abord, puis Ronsard, Du Bellay et tous les membres de la Pléiade auxquels il reste profondément attaché toute sa vie. Ils feront de ses funérailles une manifestation d'amitié et de solidarité littéraire. Outre le bénéfice d'une cure (près de Loches en 1561), son existence a été assurée par deux familles successives : les Choiseul d'abord, puis la toute-puissante famille des Guise-Lorraine. L'abbé Christofle de Choiseul, qui jouit de plusieurs bénéfices dans le Bassigny (Haute-Marne), l'entretient au moins de 1550 à 1560, et lui permet de résider longuement à Paris. En 1553, Belleau joue dans la *Cléopâtre captive* de Jodelle comme il le fera plus tard dans le *Brave* de Baïf, et participe aux fêtes qui ont marqué les premiers succès des élèves des collèges de Boncourt et Coqueret ; dans les années suivantes, il contribue comme ses amis à la traduction des vers cités dans la *Dialectique* de Ramus (1555) et publie dans les œuvres de Ronsard ses premiers poèmes, les *Petites inventions* de 1554 et 1555, avant de les joindre, augmentées de six poèmes, à sa traduction des *Odes d'Anacréon* (1556) : ce recueil, dans lequel Belleau manifeste déjà sensualité et érudition, fait immédiatement sa célébrité. Les Choiseul, proches des Guise et de leur château de Joinville, sont dans la dépendance effective des princes de Lorraine. C'est tout naturellement que Belleau entre définitivement en 1563 au service de René de Lorraine, marquis d'Elbeuf, comme gouverneur de son fils, neveu du cardinal Charles de Lorraine et du duc François de Guise ; il avait auparavant tenté, sous le commandement de René, une carrière militaire dans la cavalerie lors de la campagne d'Italie de 1556-1557. Rentré rapidement à Paris, il rédige le *Commentaire* du *Second Livre des Amours* de Ronsard (1560). À la mort de René de Lorraine et de sa femme (1566), le cardinal de Lorraine lui garde sa confiance, et fait du poète le superintendant de son neveu, charge qu'il conserve jusqu'à sa mort. Lorsque commencent véritablement, en 1560, les guerres de religion, Belleau réprouve l'arrestation du prince calviniste Louis de Condé, pris au piège des Guise en 1561, et se félicite de sa libération dans trois longs poèmes anonymes, aussitôt traduits en latin par l'un de ses amis réformés, Florent Chrestien. Mais devant le spectacle dramatique donné au cours de l'année 1562 par les prises et sacs de villes, du fait des reîtres allemands introduits par les chefs réformés (Rouen, Le Havre, Caen, Poitiers, etc.), Belleau obéit à l'invitation expresse de Ronsard et se range définitivement du côté des Guise : son *Dictamen metrificum de bello Huguenotico*, conçu au début de 1563, est écrit en accord avec les discours violents composés en 1562 et 1563 par son ami. Peu belliqueux cependant, le poète préfère au style pamphlétaire de Ronsard la verve grotesque des vers macaroniques (illustrés naguère par des Italiens et des Provençaux) ; ces neuf pages assurent sa survie aux XVIIe et XVIIIe siècles, mais Belleau n'avait accepté de les imprimer qu'en 1571 (augmentées de quelques lignes en 1574, sous la poussée d'une actualité toujours plus terrible). Composée dans la même période (1563), une comédie plus modérée, partagée entre les deux religions, *La Reconnue*, est publiée après sa mort sans avoir reçu les dernières corrections nécessaires. Le grand talent de Belleau se manifeste essentiellement dans une sorte de pastorale raffinée conçue pour le château de Joinville, *La Bergerie*, dont la *Première journée* paraît en 1565, remaniée en 1572 et augmentée d'une *Seconde journée*. « Peintre des formes naturelles », des fêtes et des beaux objets, Belleau les décrit en artiste gourmand dans la première vraie prose poétique française, qui insère des poèmes aux mètres recherchés. Le lapidaire poétique des *Amours et nouveaux eschanges des pierres précieuses, vertus et propriétés d'icelles* (1576) continue, sous la forme de petits hymnes variés, l'éloge savant des pierres aux propriétés magiques, mêlant descriptions et récits mythiques comme il l'avait fait dans ses *Petites inventions* : avec la plus gracieuse précision.

MARIE-MADELEINE FONTAINE.

RÉF. : Sandor Eckhart, *Rémy Belleau, sa vie, sa « Bergerie »*, Budapest, 1917. – Doris Delacourcelle, *Le Sentiment de l'art dans « La Bergerie », de Rémy Belleau*, Oxford, 1945. – Madeleine Jurgens, *Ronsard et ses amis*, Archives nationales, Paris, 1985. Voir aussi les ouvrages sur La Pléiade.

Belle Dame sans mercy (La) : voir **CHARTIER Alain.**

BENDA Julien. Écrivain français. Né à Paris, le 26 décembre 1867, mort à Fontenay-aux-Roses, le 7 juin 1956. Après être passé par l'École centrale, puis par la faculté des lettres, il débuta dans la littérature au moment de l'affaire Dreyfus, à la *Revue blanche*. Il collabora ensuite aux *Cahiers de la Quinzaine* (*) de Charles Péguy et publia, en 1910, *L'Ordination*. Benda participe alors au mouvement de réaction antiromantique de l'époque, dénonce le bergsonisme et les ravages du sentiment dans l'intelligence moderne. Journaliste pendant la guerre – *Les Sentiments de Critias* –, il publie en 1919 *Belphégor*, critique des tendances littéraires contemporaines à préférer la religion de l'émotion et de l'action à la spéculation pure. C'est encore le thème, en 1927, de son livre le plus connu, *La Trahison des clercs*, où il accuse les intellectuels d'avoir trahi la cause de l'esprit en cédant aux attraits de l'engagement politique – ce qui ne signifie d'ailleurs pas, dans la pensée de Benda, que le clerc doive se désintéresser des affaires temporelles. Lui-même, vers 1936 et pendant la Seconde Guerre mondiale, milite avec les intellectuels « antifascistes ». Il n'a pas cessé de défendre le rationalisme démocratique entre l'appel à l'élémentaire, à la « Vie », ou d'attaquer la littérature d'aujourd'hui au nom d'un classicisme un peu sec – v. *La France byzantine*. Mais Julien Benda néglige quelque peu la contrepartie positive. Ce n'est pas un philosophe mais un polémiste, avec ses qualités : mordant, agressivité ; mais aussi ses défauts : impuissance à comprendre la pensée d'autrui qui touche parfois au sectarisme.

♦ « *Ce qui fait la valeur des livres de Benda, c'est précisément le contraire de ce qu'il prône ou annonce : la passion, non pas la logique, l'humeur, non pas la sérénité, la pureté et la saveur de la forme, non pas la rigueur et l'importance du fond. Il n'est pas de littérateur plus authentique que cet ennemi des littérateurs.* » Gaétan Picon.

RÉF. : C. Bourquin, *Julien Benda, ou le Point de vue de Sirius*, 1925. – F. Lefèvre, *Entretiens avec Julien Benda*, 1925. – P. Brodin, *Maîtres et témoins de l'entre-deux-guerres*, New York, s.d. – J. Sarocchi, *Julien Benda*, Paris, 1968.

BEN JELLOUN Tahar. Poète, romancier et essayiste marocain d'expression française. Né le 1er décembre 1944 à Fès (Maroc), prix Goncourt 1987 pour *La Nuit sacrée.* Héritier d'une double culture, arabe et française. Après des études secondaires à Tanger puis philosophiques à l'université de Rabat, il écrit son premier poème, *L'Aube des dalles,* sous l'effet d'une « blessure », la répression brutale des manifestations populaires de mars 1965 à Casablanca. Influencé alors par la poésie surréaliste puis par Baudelaire, Verlaine et Rimbaud mais aussi par Nietzsche, Maïakovski, Nazim Hikmet et les cinéastes Buñuel, Fellini, Ozu, il collabore de 1968 à 1970, avec Laâbi et Khaïr-Eddine, à la revue *Souffles.* L'écriture-cicatrice des poèmes et proses poétiques réunis ensuite dans les recueils : *Cicatrices du soleil* (1972), *Le Discours du chameau* (1974), *Les amandiers sont morts de leurs blessures* (1976), *À l'insu du souvenir* (1980) évoque la blessure du corps arraché à sa terre, la tension du désir, les fissures de la mémoire d'où surgit l'image des villes aimées. Elle joue sur un matériau varié – géographie affective, bestiaire symbolique, personnages mythiques – qui réapparaîtra dans la prose d'*Harrouda* (1973). L'arrivée à Paris, en 1971, élargit l'inspiration de Ben Jelloun : la soutenance, en 1975, d'une thèse en psychiatrie sociale lui fournit la matière d'un essai, *La Plus Haute des solitudes* (1977) – sur la solitude sexuelle et affective de l'émigré –, d'une œuvre de fiction, *La Réclusion solitaire* (1976), roman- poème du désespoir, puis d'une pièce, *Entretien avec M. Saïd Hammadi ouvrier algérien* (mise en scène d'Antoine Vitez, 1982). Aspects d'une réflexion sur le corps-langage d'exil qui ira se diversifiant, se greffant sur la dénonciation des nouvelles féodalités nationales (*Moha le fou, Moha le sage,* 1978), du racisme (*Hospitalité française,* 1984), de toutes les formes d'oppression y compris la mafia (*L'Ange aveugle,* 1992). Se fondant sur la quête d'identité, une nouvelle problématique se développe dans les grands récits : introspection, interrogation sur l'écrivain et sur l'écriture. Sans renoncer au fonds culturel ni aux formes de la littérature maghrébine (rhétorique de l'oralité, contes, métaphorisation, onirisme et imaginaire), Ben Jelloun rejoint le projet de l'écrivain moderne. Quel que soit, en effet, le prétexte narratif : traversée imaginaire du Maroc (*La Prière de l'absent,* 1981), semi-autobiographie (*L'Écrivain public,* 1983), détournement d'identité (*L'Enfant de sable,* 1985, *La Nuit sacrée,* 1987), relecture d'une vie (*Jour de silence à Tanger,* 1990), rêve et quête du trésor (*Les Yeux baissés,* 1991), le narrateur donne à lire la solitude existentielle, l'interrogation sur le sens, le travail sur l'espace et la mémoire (*Marseille comme un matin d'insomnie,* 1986, *Sahara,* 1987), la fuite du réel et l'irréversibilité de la parole. Cette recherche angoissée est tout enveloppée du bonheur d'écrire et de la séduction d'une voix particulière, murmurée, poétique et lumineuse.

PIERRETTE RENARD.

BENOIT Pierre. Romancier. Né le 16 juillet 1886 à Albi (Tarn), mort le 3 mars 1962 à Ciboure (Pyrénées-Atlantiques). Fils d'un officier supérieur, il fit des études à l'université d'Alger, puis à celles de Montpellier et de Paris où il arriva en 1908. Licencié ès lettres, il devint le secrétaire de Léon Bérard – lui-même sous-secrétaire d'État aux Beaux-Arts dans les cabinets Poincaré, Briand et Barthoux. De 1914 à 1921, Pierre Benoit fut rédacteur et bibliothécaire au ministère de l'Instruction publique. Il avait débuté dans les lettres par un recueil de poèmes, *Diadumène* (1914), dédié à Maurice Barrès. Mais son premier roman *Kœnigsmark* (1918) obtint un immense succès et, pendant quarante années, Pierre Benoit écrira quarante romans ; parmi lesquels on peut citer *L'Atlantide* (1919), *Mademoiselle de La Ferté* (1923), *La Châtelaine du Liban* (1924), *Le Puits de Jacob* (1925), *Soleil de minuit* (1930), *Les Environs d'Aden* (1940), *Lunegarde* (1942), *Aïno* (1948), *Ville perdue* (1954), *Fabrice* (1956), *Montsalvat* (1957) *La Sainte Vehme* (1958). Mais il faudrait presque tous les citer, tant les films qui se sont inspirés de leur trame sont devenus célèbres. Les romans de Pierre Benoit se passent dans des régions ou des pays parfois excentriques où l'auteur avait généralement voyagé. La richesse de son imagination, son goût pour un fantastique modéré, pour le suspense et le mystère, son sens de la fatalité qui s'insère dans les amours et les destins humains, les décors exotiques soigneusement peints qui révèlent une documentation précise font de tous ces livres des modèles de romans d'aventures, même si l'on a pu reprocher à Pierre Benoit ses plans systématiques : même nombre de pages par exemple, artifices divers, dont le plus connu fait que tous les noms des héroïnes de ses romans commencent par la lettre A : Aurore de *Kœnigsmark*, Antinea de *L'Atlantide*, Allégria de *Pour don Carlos* (1920), Annabel du *Lac salé* (1921), Antiope dans *La Chaussée des géants* (1922), Angélica dans *Les Compagnons d'Ulysse* (1937). Pierre Benoit connaît parfaitement son métier et ne cache pas qu'il le pratique en professionnel. À cette question que lui avait posée Paul Guimard : « Ce métier-là, comment le concevez- vous ? », il répondit : « Comme une chose qui n'existerait pas sans un amour, une soumission, une dévotion de tous les instants. » Il fut élu à l'Académie française en 1931.

JOËL SCHMIDT.

BENSERADE Isaac de. Poète et dramaturge. Né à Lyons-la-Forêt près de Rouen en 1612, mort le 20 octobre 1691 à Gentilly. Issu de la petite noblesse protestante, il reçoit le baptême catholique à Paris le 5 novembre 1613, après la conversion de son père. Il étudie la théologie à la Sorbonne, mais néglige ses études pour se tourner vers le théâtre : il fait jouer en 1634 *Iphis et Iante,* comédie inspirée des *Métamorphoses* d'Ovide. Amoureux d'une actrice, la Bellerose, il écrit pour elle une tragédie, *Cléopâtre* (1635), dédiée à Richelieu, ce qui lui vaut une pension de six cents livres. On lui doit aussi les tragédies de *La Mort d'Achille* (1636) et de *Méléagre* (1641), et une tragi-comédie, *Gustaphe* (1637). Reçu à l'Hôtel de Rambouillet, il y fréquente aussi bien les doctes Conrart, Ménage et Chapelain que les galants Voiture, Godeau et Sarasin, composant au gré des modes diverses poésies légères. On le voit également dans les cabarets libertins en compagnie de Saint-Amant, Boisrobert, Chapelle et Colletet. Introduit à la Cour, il entre au service de la reine Anne d'Autriche, de Monsieur (Gaston d'Orléans) qui lui donne un appartement aux Tuileries, et de Mazarin qui le dote de nombreux et riches bénéfices ecclésiastiques. En 1648-1649, une querelle oppose les partisans de son *Sonnet de Job* à ceux du *Sonnet d'Uranie* de Voiture, divisant la République des Lettres et manifestant des clivages politiques au début de la Fronde. Séducteur galant aux cheveux roux, il fréquente les ruelles précieuses et la chambre des filles d'honneur de la reine pour qui il compose des poésies de circonstance sur leurs intrigues amoureuses. Organisateur des ballets du roi depuis sa *Mascarade de Cassandre* (1651), il compose des vers de ballet jusqu'en 1681, participant avec Molière aux *Plaisirs de l'Île enchantée* (1664). Poète courtisan, il répond à la commande de Louis XIV qui souhaite, pour l'instruction du Dauphin, des *Métamorphoses d'Ovide en rondeaux* (1676), puis des *Fables d'Ésope en quatrains* (1678). Élu à l'Académie française en 1674, il se consacre au dictionnaire et se querelle avec Furetière. Luttant contre l'élection de Boileau mais pour celle de La Fontaine, il est du parti de Perrault dans la querelle des Anciens et des Modernes. Vieilli et retiré dans sa maison de campagne à Gentilly, il compose des prières et une paraphrase des psaumes inédites, et meurt de la gravelle en 1691. En 1697, paraît une édition partielle de ses *Œuvres* en deux volumes, *Poésies* et *Ballets*.

ALAIN GÉNETIOT.

RÉF. : A. Mennung. « Der Sonettenstreit und seine Quellen », dans *Zeitschrift fur französischen Sprache und Literatur,* XXIV, 1902. — C. I. Silin, *Benserade and His Ballets de Cour,* 1940. — R. Finch, « *Je suis dehors* », dans *French Studies,* 33, 1979. — M. Moog Grunewald, *Metamorphosen der « Metamorphosen »,* 1979. — J. Jehasse, « Benserade et La Fontaine », dans *Mélanges G. Couton,* 1981.

BÉRANGER Pierre Jean de. Célèbre chansonnier. Né à Paris le 19 août 1780, mort dans cette ville le 16 juillet 1857. D'une famille qui se prétendait noble et n'avait d'autre fortune que son nom, il fut élevé chez son grand-père, à cause de la séparation de ses parents. Mis par la suite, en 1789, dans une pension du faubourg Saint-Antoine, il assista à la prise de la Bastille « du haut du toit de la maison ». Quelque temps après, son grand-père l'envoya auprès d'une tante qui tenait une auberge à Péronne. Grâce à cette femme de cœur qui se fit sa mère adoptive, l'enfant put apprendre à lire, à écrire et à calculer. Il suivit en outre les cours de l'Institut patriotique organisé selon les principes de Jean-Jacques Rousseau. À quatorze ans, il entra dans l'atelier d'un imprimeur. On sait qu'avec son patron il y faisait déjà des vers. Deux ans après, en 1796, son père venant de fonder une maison de banque à Paris, il dut aller le rejoindre. Devenu commis, il montra vite quelque aptitude dans ce genre de travail. Pourtant, fort de sa vocation qu'il sentait naître, il se mit bientôt à écrire, se laissant séduire par les genres les plus divers : d'abord, en ébauchant une comédie satirique (*Les Hermaphrodites*), ensuite un poème épique (*Clovis*), enfin des odes d'un caractère religieux (*Le Jugement dernier,* etc.). Mal satisfait de ces tentatives, d'autant qu'il menait une vie misérable, il voulut, en 1802, partir pour l'Égypte où Bonaparte venait de faire son expédition. Détourné de ce projet par son entourage, il se mit à esquisser ses premières chansons. En 1805, il fut employé par le peintre Landon à la rédaction des *Annales du Musée.* Sa vie précaire ne prit fin que le jour où il entra en qualité d'expéditionnaire dans les bureaux de l'Uni-

(1809). Se sentant à l'abri du besoin, ,er composa alors quelques-unes de ses les plus joyeuses : *Roger Bontemps, La riole, La Bacchante.* En 1813, reçu membre de la Société du Caveau, que présidait Désaugiers, il s'y fit applaudir pour sa verve. En 1815, la publication de son premier recueil de *Chansons* lui valut de la part de ses chefs une sévère admonestation. Fort de sa popularité, Béranger n'en tint aucun compte. Si, dans ses chansons nouvelles, il chante toujours le plaisir, il n'en accorde pas moins la place prépondérante à la politique pour attaquer à la fois le trône et l'autel. Quand paraît son deuxième recueil (1821), il est destitué de son poste, traduit en cour d'assises et condamné à trois mois de prison. S'il put faire paraître sans accroc son troisième recueil (1825), il devait s'attirer, par contre, un procès retentissant lorsqu'il publia le quatrième (1828) : neuf mois de prison, sans parler de l'amende. Sa peine, il la subit à la prison de la Force. C'est dire que, quand vint l'explosion de 1830, Béranger devait jouer un rôle décisif. « Ta part fut belle en ces grandes journées », dira-t-il plus tard de lui-même. Par l'irrésistible effet de ses chansons, son influence sur la jeunesse et sa liaison avec les chefs du parti libéral, il a contribué largement à la chute des Bourbons. Après la victoire, il se retira de la scène, jugeant que son rôle était terminé. En 1833, il publia son dernier recueil de chansons. Fier d'être parisien jusqu'à la moelle des os, ce républicain de vieille date repoussa toujours les honneurs et les pensions. Il était tenu en haute estime par Talleyrand, Chateaubriand et Lamartine. Sa mort mit en relief son caractère de poète national ; ses obsèques furent célébrées aux frais de l'État. Il s'est trouvé plus d'un critique pour voir en lui un faux bonhomme. Quoi qu'il en soit, il eut le mérite de faire plus d'une chanson qu'on peut relire encore aujourd'hui. Signalons enfin son œuvre posthume : *Ma biographie,* parue en 1852. La « gloire de Béranger » est un curieux phénomène littéraire qui trouve son explication moins dans le talent du poète que dans son aptitude à épouser les goûts de ses contemporains et dans son habileté à jouer les libéraux persécutés.

ROLAND PURNAL.

♦ *« Béranger me rappelle constamment Horace et Hafiz qui, tous deux, se sont élevés au-dessus de leur temps et qui, s'attaquant par leurs railleries et leur badinage à la corruption des mœurs, en ont fait leur thème littéraire. Béranger, dans son milieu, occupe la même situation. Mais, comme il est sorti d'une condition plus humble, il ne dédaigne pas trop le côté graveleux et vulgaire, et même il le traite avec une certaine complaisance. »* Goethe.

♦ *« J'ai reparcouru dernièrement le recueil des* Chansons *de Béranger, sans y rien trouver qui ne me paraisse vulgaire, banal et rebutant. »* A. Gide.

RÉF. : P.-J. de Béranger, *Ma biographie,* 1852, et *Procès fait aux chansons de P.-J. de Béranger... avec le réquisitoire... le plaidoyer...* 1821. — J. Bernard, *J. Béranger et ses chansons,* 1858. — A. Arnould, *Béranger, ses amis, ses ennemis et ses critiques,* 1864, 2 vol. — J. Brivois, *Bibliographie de l'œuvre de P.-J. de Béranger,* 1876. — M. de Baillehache, *Grands bonapartistes...,* 1899. — A. Zevaès, *Les Procès littéraires au XIXe siècle,* 1924. — J. Touchard, *La Gloire de Béranger,* 1968. — S. Dillaz, *Béranger,* 1971.

Bérénice. Tragédie en cinq actes de l'auteur dramatique Jean Racine (1639-1699), représentée à Paris le 21 novembre 1670 par la troupe royale de l'Hôtel de Bourgogne. Trois personnages seulement : la protagoniste, Titus et Antiochus. Une action très simple : Titus, après avoir vaincu la Judée, a ramené avec lui à Rome la reine Bérénice, qu'il aime et à qui il a promis le mariage. Vespasien mort, rien ne s'oppose plus à la volonté du nouvel empereur. C'est ce que pense la reine ; elle le dit à Antiochus, roi de Comagène, lequel, à la fois amoureux d'elle et ami de Titus qui a voulu l'avoir près de lui à Rome, souffre intérieurement d'être le confident de leur amour. Puisque tout espoir lui est interdit, il partira, après avoir révélé à la jeune femme, plus surprise qu'offensée, le sentiment qu'il éprouve pour elle. Mais à présent, Titus voit clairement quel est son devoir à l'égard de Rome et de lui-même refusant d'imposer une reine orientale à un régime hostile à la royauté, refusant surtout de renoncer à sa gloire en bafouant la loi romaine ; aussi décide-t-il de la quitter. Comme il se montre réservé et affligé, alors qu'elle vient à sa rencontre toute confiante, elle en déduit qu'il sait quelque chose de l'amour d'Antiochus, qu'il en éprouve de la jalousie, et se sent dès lors rassurée. Titus charge Antiochus d'expliquer sa décision à Bérénice, puis de la ramener en Orient. Ce dernier qui, même à présent, n'espère plus rien pour lui, ne se résout à parler que poussé par la jeune femme, qui, indignée, ne le croyant pas, le chasse et demande à voir Titus. Mais Titus, après un moment de douloureuse incertitude, s'est ancré dans sa résolution héroïque. Au cours du dialogue inévitable et déchirant, il parle le langage du devoir ; elle, celui de l'amour, ne comprenant pas que Titus, empereur, ne soit pas maître de son destin. Le Sénat acclame Titus comme empereur, l'attachant encore plus à son devoir. Bérénice, une fois son désespoir apaisé, apparaît, tranquille, décidée à partir, et, s'il le faut, à mourir. À l'annonce de son départ, Titus ne fléchit pas dans sa résolution, mais déclare à Bérénice qu'il ne lui survivra pas. Survient Antiochus, qui révèle à Titus son amour malheureux et son désir d'en finir avec la vie. Devant un tel amour et une telle douleur, Bérénice se ressaisit : elle vivra pour que les deux hommes vivent, elle conservera le souvenir doux et déchirant, soutenue par la certitude — car son doute fugitif s'est évanoui, — que l'amour de Titus n'est en rien inférieur au sien.

Racine a tiré sa tragédie d'un texte de Suétone réduit à une phrase (« Titus reginam Berenicem... cui étiam nuptias pollicitus ferebatur... statim ab Urbe dimisit invitus invitam ») ce qui lui a permis de gommer les aspects peu reluisants des deux héros dans le récit de l'historien, et le quatrième livre de l'*Énéide* (les adieux de Didon et d'Énée) lui a fourni son inspiration poétique. L'auteur lui-même le déclare, qui ajoute qu'il voulut tenter l'action la plus simple qui soit, et « faire quelque chose de rien ». Émus, les spectateurs applaudirent, mais aussitôt quelque critique émit l'opinion — qui prévalut ensuite au XVIIe siècle — que cette tragédie n'en était pas une. Elle fut longtemps considérée comme une pastorale héroïque et comme la moins bonne tragédie de l'auteur. On dit même, pour chercher à l'excuser d'avoir choisi un sujet impossible, que celui-ci lui avait été imposé par Henriette, duchesse d'Orléans, laquelle, en cachette, aurait également demandé à Corneille de traiter le même thème (*Tite et Bérénice,* [*]). On voulut aussi voir dans cette œuvre une allusion à l'amour de Louis XIV pour Marie Mancini, brisé par un renoncement douloureux. La critique moderne place cet ouvrage au premier rang, certains y voient même la plus racinienne des tragédies de l'auteur. C'est que cette tragédie est à la fois une gageure et l'exacerbation du système dramatique racinien. Gageure, en effet : ni événements, ni sang, ni mort, ni même de violence extériorisée dans les affrontements entre les personnages ; on se sépare à la fin en gémissant « hélas » mais en se jurant de vivre, on déplore tour à tour les affres du désespoir amoureux sans menacer son fauteur de sanglantes représailles, on se débat contre un état de fait antérieur au commencement de l'action, et qu'on pourrait, semble-t-il, annuler d'un simple mot. Nous assistons à la séparation, à la fois forcée et de leur propre volonté, de deux personnages qui s'aiment, le tout sous les yeux d'un amoureux souffrant et résigné. D'une situation dramatique conflictuelle — Antiochus face à Bérénice et Bérénice face à Titus pourraient se comporter comme Oreste face à Hermione et Hermione face à Pyrrhus —, Racine pouvait tirer des effets de violence passionnelle. Loin de tout affrontement et de toute persécution, *Bérénice* présente, cas unique dans la production racinienne, la synthèse entre pureté et passion. Et pour une fois le tragique ne résulte pas de cette structure d'opposition, d'où la logique infernale sort toujours triomphante ; le tragique naît de ce que la passion ne veut s'accommoder d'aucune souillure à la pureté de l'amour ; de ce que le pouvoir lui-même, pour une fois du côté de la pureté, veut interdire la passion au lieu d'en être l'instrument contraignant et meurtrier.

En même temps Racine, en faisant intervenir la notion nouvelle de « tristesse majestueuse », distingue *Bérénice* d'une tragédie à fin heureuse ordinaire tout en soulignant son propre système dramatique : le tragique particulier à *Bérénice* vient de ce que les héros se débattent désespérément contre un état de fait sur lequel ils ont prise et qui les dépasse tout à la fois, et surtout de ce que leur situation à la fin de la pièce paraît au spectateur aussi lamentable que si la mort avait frappé. Notons pour finir que ce drame intervient dans un cadre politique qui est à la fois secondaire par rapport au drame passionnel et indispensable puisqu'il est la cause du drame. L'équation cornélienne politique-amour n'est pas abandonnée, elle est complètement renversée. Et c'est à cette nouvelle équation que le public fit fête, au détriment de la pièce concurrente de Corneille *Tite et Bérénice*, grande pièce pourtant, qui n'obtint sur le théâtre de Molière qu'un succès honorable.

Bergeries (Les). Pastorale dramatique du poète Honorat de Bueil, marquis de Racan (1589-1670), publiée en 1625 et jouée quelques années plus tôt, en 1619, sous le titre : *Arthénice* (anagramme de Catherine). La pièce retrace les amours de deux couples de bergers, parvenant à réaliser leur rêve sentimental au terme de nombreuses aventures. L'héroïne en est Arthénice, qui naquit sous la protection de Diane et fut désignée, tout enfant, pour être un jour l'épouse du berger Lucidas. Mais elle a donné son cœur à Tisimandre, amant malheureux d'Ydalie, éprise à son tour d'Alcidor, lequel brûle d'amour pour Arthénice. Arthénice, la première, trahit le choix secret de son cœur en accordant plus de faveurs à Alcidor, suscitant ainsi la jalousie de Lucidas. Celui-ci donne rendez-vous à la bergère près de l'antre du magicien Polysthène avec l'accord de ce dernier. La jeune fille y rencontre Tisimandre, désespéré de l'indifférence d'Ydalie à son égard. Cherchant à le séduire, la jeune fille tente, mais en vain, de l'arracher à sa rivale, lorsque apparaît Lucidas qui conduit Arthénice dans l'antre du magicien : là, un miroir enchanté lui révèle faussement l'intimité d'Alcidor et d'Ydalie. Le cœur brisé, Arthénice décide sur-le-champ de se retirer parmi les jeunes filles vouées au culte de Diane et, repoussant Alcidor, se réfugie dans la paix du couvent. Mais en apprenant qu'Alcidor, qui a tenté de se suicider, est en danger de mort, elle accourt vers lui, bouleversée ; à la vue du jeune homme, saisie d'émotion, elle défaille entre les bras de son père Silène. Celui-ci, frappé par tant de passion, décide de hâter le mariage des jeunes gens. Entre-temps, le père d'Ydalie, apprenant les prétendues relations coupables qu'entretiennent sa fille et Alcidor, veut immoler Ydalie sur l'autel de Diane. Mais Tisimandre qui veillait sauve la jeune fille, celle-ci finira par passer de la reconnaissance à l'amour et consentira à accorder sa main à son sauveur. Reste un dernier obstacle au mariage d'Arthénice : c'est l'opposition de Diane qui tient au fait que le futur époux est un étranger. Toute difficulté disparaîtra, lorsque Silène reconnaîtra, en Alcidor, l'un de ses neveux, disparu enfant, lors d'une crue du fleuve. Il ne reste plus au poète qu'à chanter le bonheur du berger et de la bergère. Que ce soit dans l'action dramatique ou dans le jeu des situations, cette pièce présente une certaine incohérence, néanmoins

Racan est parvenu à la rendre vivante par la sincérité de son amour pour la nature ; échappant au caractère conventionnel des pastorales, il introduit dans la littérature précieuse et mondaine de l'époque, cette note de naturalisme ingénu qui atteindra plus tard, avec La Fontaine, son épanouissement.

BERGSON Henri Louis. Philosophe. Né à Paris le 18 octobre 1859, mort le 4 janvier 1941. Bergson fit en qualité d'externe de brillantes études au lycée Condorcet. Il eut le prix de rhétorique au concours général, mais aussi le prix de mathématiques, et ses maîtres le destinaient à une carrière scientifique (il avait même résolu, encore élève, le « problème des trois cercles » dont Pascal parlait à Fermat). Bergson se présenta néanmoins à l'École normale, section lettres, où il entra en 1878, condisciple de Jaurès et de Blondel. Parmi ses professeurs se trouvaient Ollé-Laprune et Boutroux. Il fut reçu deuxième, derrière Jaurès, à l'agrégation, et commença sa carrière de professeur au lycée d'Angers, de 1881 à 1883, puis au lycée de Clermont- Ferrand, où il resta jusqu'en 1888, donnant également des conférences à la faculté des lettres de cette ville. Il publie dans ces années des *Extraits de Lucrèce* (1884) pour l'enseignement secondaire. Et il prépare ses thèses qu'il soutient en 1889. La thèse principale est l'*Essai sur les données immédiates de la conscience*. La thèse complémentaire, latine, qui était alors d'obligation, a pour titre : *Quid Aristoteles de loco senserit.* Après Clermont-Ferrand, Bergson avait été nommé à Paris, à Rollin, puis au lycée Henri-IV. C'est dans ce dernier établissement qu'il donna cet enseignement brillant dont beaucoup gardèrent le souvenir. En 1897, il publie *Matière et Mémoire, Essai sur la relation du corps à l'esprit.* Avec ces deux premiers grands ouvrages, voici complètement formée la pensée philosophique de Bergson, qui est d'ailleurs tout le contraire d'un système. Car Bergson n'acceptait pas de parler de son œuvre comme d'un tout. Et n'aimant ni réfuter ni bâtir des théories, il s'efforçait seulement de « regarder naïvement en soi et autour de soi ». Cette pensée qui est avant tout un effort, une lutte contre les habitudes intellectuelles, venait au juste moment dans les dernières années du siècle. Car la philosophie qui avait cours alors semblait avoir renoncé à toute ambition métaphysique. D'une part, c'était le « positivisme », issu des travaux d'Auguste Comte, le « scientisme », fondé sur les sciences physiques, les idées de Darwin et la psychologie associationniste, et l'une et l'autre de ces deux conceptions postulaient le déterminisme et rejetaient toute explication du réel autre que celle, plus ou moins limitée, que peut nous donner la méthode mathématique. D'autre part, en opposition avec ces doctrines, mais sans vigueur ni véritable invention, on rencontrait un « spiritualisme » qui s'efforçait de maintenir les notions de providence, d'âme et de libre arbitre ; un courant « néo-criticiste » et « pragmatiste » qui, à la suite de Kant, envisageait l'espace et le temps comme de simples formes de la sensibilité humaine, et, accusant par conséquent le scientisme d'être lui aussi une métaphysique, cherchait la vérité dans une sagesse ; un « idéalisme », enfin, pour lequel la conscience restait la réalité absolue. L'importance des premiers ouvrages de Bergson a été de rendre le mouvement à cette pensée immobilisée.

Il commence par une vigoureuse critique des points de vue du scientisme. Pour autant en effet qu'il admire Spencer (dont l'évolutionnisme se proposait d'expliquer le registre entier du réel, depuis les combinaisons les plus humbles de la matière jusqu'aux plus hautes sociétés humaines), il ne veut en retenir que l'esprit d'observation et le souci de la vue directe des choses, et il repousse ainsi la conception mécaniste que Spencer et les scientistes se font des opérations de la nature. D'une façon générale, il faut que l'esprit s'oriente vers l'absolu, par une intuition qui dépasse toute analyse et devient une sorte de sympathie intellectuelle permettant de se transporter à l'intérieur de l'objet pour saisir ce qu'il a d'essentiel et de permanent. On peut reconnaître dans cette intuition un souvenir de l'« aperception immédiate interne » de Maine de Biran, et aussi de l'« expérience interne » de Schopenhauer. Et l'on voit de quelle conséquence a été cette nouvelle méthode, puisqu'elle fait de la pensée une expérience de l'esprit qui va immédiatement à celui-ci comme à son objet, et libère ainsi la recherche philosophique de l'encombrement des réflexions sur l'histoire qui en étaient venues vers 1880 à tout obstruer. On a comparé Bergson à Debussy. C'est qu'il invite à écouter une « mélodie intérieure ». Le fruit de cette méthode, et la découverte que Bergson considérera toujours comme l'essentiel de son œuvre, est sa théorie de la « durée ». L'homme est durée purement qualitative, devenir. Il est un « élan vital » qui est d'ailleurs l'âme même de l'univers. Cette philosophie sans programme, mais vouée à la profondeur, a exercé aussitôt une influence déterminante sur de nombreux esprits. La théorie de la durée, a remarqué Jean Wahl, se trouve à l'origine de la pensée de Whitehead, de Sorel, de Péguy, de Marcel Proust. La théorie des images, dans *Matière et Mémoire*, ouvre la voie des recherches de William James et du néo-réalisme américain.

En 1898, Bergson est maître de conférences à l'École normale supérieure. En 1900, il est nommé au Collège de France, où il occupe d'abord la chaire de philosophie ancienne (il étudie alors dans son cours les *Ennéades*, retenant de Plotin ses intuitions du temps, de la mémoire, du mouvement, de l'éternité), puis, à partir de 1904, celle de philosophie moderne, dans laquelle il succède à Gabriel Tarde. Il donne ses leçons le vendredi. Elles sont très suivies, à la fois par les étudiants et le grand public. Bergson a en effet une extrême séduction de parole ; ses improvisations ont un caractère de perfection ; sa mesure et sa discrétion emportent l'adhésion et gagnent les cœurs. Et ce sont là des qualités analogues à celles de son style, précis et clair, tout en étant nuancé et harmonieux, et qui porte aisément les pensées les plus hardies et les aperçus les plus difficiles. Il faut remarquer d'ailleurs que ce style, qui n'est certes pas en philosophie une des moindres innovations de Bergson, a certainement fini par nuire au prestige de sa pensée, car cette profondeur si aisément accessible a pu passer pour banale. Mais au début du siècle Bergson est universellement illustre. À ses ouvrages publiés s'ajoute le retentissement de ses mémoires sur l'*Idée de cause*, présenté au Congrès de Paris de 1900, sur le *Parallélisme psycho-physique* (Congrès de Genève, 1906), sur l'*Intuition philosophique* (Congrès de Bologne, 1911). L'année où il est entré en fonctions au Collège de France, Bergson a aussi publié *Le Rire, essai sur la signification du comique* (*).

En 1907, il publie *L'Évolution créatrice*. Les deux premiers ouvrages, *Données immédiates* et *Matière et Mémoire*, avaient posé le problème de la nature de l'intelligence, et *L'Évolution créatrice* s'attache à le résoudre en considérant dans sa totalité le phénomène de la vie et de l'évolution. Deux traditions relatives à l'intelligence se partagent la pensée philosophique. La plus ancienne reconnaît en elle une faculté purement contemplative, dont l'acte est de saisir des essences éternelles : mais dans ce cas on comprend mal le rapport qu'elle peut avoir avec l'individu dans lequel elle est apparue. L'autre tradition relie l'intelligence à la vie. Mais encore faut-il distinguer le point de vue des sceptiques (ou de Nietzsche) qui la réduisent ainsi à un rôle pratique en opposant la vie au réel et l'acte de vivre à la connaissance théorique, et celui des néo- platoniciens, chez lesquels la vie, qui est dispersion à partir de l'unité primordiale, est aussi conversion, mouvement de retour vers l'Un. L'intelligence est alors le premier moment de ce double mouvement, lorsque, faute de pouvoir concevoir l'unité comme telle, l'esprit fragmente le réel. Ces deux points de vue sont réunis d'une façon originale dans *L'Évolution créatrice*. Au chapitre II, l'intelligence y est reconnue comme une fonction pratique qui fait l'identité de l'« homo faber » et de l'« homo sapiens ». C'est alors qu'elle connaît la matière inerte dans ses formes et ses schèmes. Mais l'intelligence ne cesse pas aussi de devenir spéculative, ce qui est un mystère eu égard aux fins quotidiennes de l'homme, mais s'explique dans une conception plus profonde de la vie. Celle-ci est un élan, qui s'efforce de se séparer de la matière dans laquelle il ne cesse de se perdre, pour se saisir enfin lui-même et ainsi pour s'accomplir. L'intelligence est alors la procession qui prépare la conversion, laquelle sera la connaissance proprement mystique, et cette religion à laquelle Bergson lui-même commence à accorder toute son attention.

Ces années de l'immédiat avant-guerre sont les plus actives de la carrière publique de Bergson. Il donne des articles à la *Revue philosophique*, à la *Revue de métaphysique et de morale*, au *Vocabulaire philosophique* que dirige et anime André Lalande ; en 1912, il part en mission aux États-Unis, où son cours (à l'université Columbia de New York) a pour sujet *La Spiritualité et la Liberté*. Élu en 1914 à l'Académie française, il n'y est reçu que le 24 janvier 1918, après son second séjour (1917) aux États-Unis, où il joue alors un rôle important, car, illustre, connaissant à fond la langue anglaise, pourvu de nombreux amis, il est reçu par Wilson qu'il informe de la situation en Europe ; il contribue sans doute à la décision d'entrée en guerre. Quand le conflit sera terminé, il présidera la Commission de coopération intellectuelle de la S.D.N. Au Collège de France, il s'est fait suppléer dès 1914 par Le Roy, qui le remplace définitivement en 1921. En 1919, Bergson a publié *L'Énergie spirituelle*. Puis, s'intéressant aux théories qu'Einstein vient de formuler, il écrit son étude, *Durée et Simultanéité* (1922). La maladie l'accable alors, et il doit se retirer de la vie publique, sans pourtant cesser le moins du monde de travailler. En 1928, le prix Nobel lui est attribué. En 1932 paraissent *Les Deux Sources de la morale et de la religion*. *Les Deux Sources* sont le dernier ouvrage de Bergson et l'ultime étape de sa pensée. Il constate d'abord l'opposition entre l'obligation morale qu'impose la société à ses membres, et la morale « ouverte » du héros. Cette seconde morale n'est pas le développement de la première, mais une invention, un saut par lequel la vie, enlisée dans les formes stables, reprend son élan. À l'opposition de la morale close et de la morale ouverte correspond d'ailleurs celle de la forme statique et de la forme dynamique des religions. D'un côté, c'est le dogme, le rite, le culte ; de l'autre, l'invention généreuse des mystiques et des saints, tels que Thérèse d'Avila, François d'Assise ou Pascal. Tous ceux-ci ont retrouvé le contact avec cet effort créateur qui caractérise la vie, et qui est « de Dieu, si ce n'est pas Dieu lui-même ». *Les Deux Sources de la morale et de la religion* doivent beaucoup aux recherches de l'ethnologie et de la sociologie, et aussi à l'enseignement des événements contemporains, car la guerre avait montré tous les dangers de la régression morale qui ramenait l'individu de l'universel au groupe. Mais l'expérience la plus profonde que contiennent *Les Deux Sources* est celle qui rapproche alors Bergson de l'expérience mystique proprement chrétienne. Il lit les études de Delacroix sur la mystique, de Baruzi sur Jean de la Croix. Et, sans renier ses origines juives, il en vient à penser que quelque chose de divin s'est incarné dans Jésus, et il donne au christianisme une adhésion « de volonté » qui lui permettra de retrouver la foi la plus humble, celle, non pas du philosophe, mais du berger. En 1934, Bergson publie encore un recueil d'anciens articles, dont l'introduction a valeur de biographie intellectuelle : *La Pensée et le Mouvant*. Maintenant presque paralysé par la maladie, il mène une vie sédentaire, l'hiver à Paris, l'été en Touraine. Il s'effraie des progrès de l'hitlérisme. Il meurt le 4 janvier 1941.

JEAN DUVAL.

♦ *« M. Bergson parlait* [au Collège de France] *avec la ténuité audacieuse, neuve et profonde qui lui est demeurée propre, sans négligence et pourtant sans aucune affectation, composant et proposant, mais n'étalant jamais une idée, fût-elle capitale, et fût-elle profondément révolutionnaire. »* Ch. Péguy. ♦ *« Le bergsonisme est une de ces rares philosophies dans lesquelles la théorie de la recherche se confond avec la recherche elle-même, excluant cette espèce de dédoublement réflexif qui engendre les gnoséologies et les méthodes. »* Vladimir Jankélévitch. ♦ *« D'emblée, ce philosophe du XXᵉ siècle s'introduit modestement mais sûrement dans le dialogue qui s'est institué, il y a vingt-cinq siècles, entre Zénon d'Elée et Héraclite. Par sa critique de l'idée de néant, on le dirait un continuateur de Parménide. Par sa théorie du mouvant il est un héraclitéen. Peut-être un jour verra-t-on (ce dont Heidegger se rend compte) que les prestiges d'un Platon, l'art consommé qu'eut Aristote de rédiger et d'approfondir les idées du sens commun, la sévère méditation cartésienne, l'idéalisme kantien, la dialectique hégélienne ont été autant de moyens pour écarter l'esprit du réel. Comme un Berkeley ou un Biran dans leurs meilleurs moments, Bergson très souvent nous ramène vers lui. Ce serait un beau rêve, et qui n'est pas une impossibilité, que les post-bergsoniens rejoignent les anté-socratiques. »* Jean Wahl. ♦ *« Henri Bergson a médit de l'intelligence, mais c'était pour éviter qu'elle se détournât de la vie et qu'elle réduisît en esclavage l'esprit dont elle n'est que l'outil. »* Louis Lavelle. ♦ *« Son erreur a peut-être été de penser que les hommes valaient que l'on fût leur ami... Très haute, très pure, très supérieure figure de l'homme pensant, et peut-être l'un des derniers hommes qui auront exclusivement, profondément et supérieurement pensé... Bergson semble déjà appartenir à un âge révolu, et son nom le dernier grand nom de l'intelligence européenne. »* Paul Valéry. ♦ *« L'œuvre de Bergson s'élève semblable à une cathédrale, mais à une cathédrale dont le plan se serait précisé, développé, spiritualisé, au cours de sa réalisation : cathédrale inachevée, dont l'essence peut-être est de demeurer telle, mais qui, en sa perspective d'infini, traduit une aspiration religieuse, très proche des faits positifs et cependant transcendante à eux, prudente et hardie, docile aux leçons de l'expérience et y assurant son élan, par un accord fondamental de l'esprit avec le réel, où elle retrouve son principe et sa fin. »* Jacques Chevalier. ♦ *« Ce qui nous frappe dans la philosophie de Bergson, c'est la valeur qu'il donne à l'homme..., mais aussi la conscience aiguë qu'il a des risques de la condition humaine. »* Émile Bréhier.

RÉF. : J. Maritain, *La Philosophie bergsonienne*, Paris, 1914 (rééd. 1948). — A. Thibaudet, *Le Bergsonisme*, Paris, 1923. — V. Jankélévitch, *Bergson*, Paris, 1931. — G. Deleuze, *Le Bergsonisme*, Paris, 1966. — D. Janicaud, *Une généalogie du spiritualisme français*, 1969. — P. Trotignon, *L'Idée de vie chez Bergson et la critique de la métaphysique*, Paris, 1969. — P. Souley, *Bergson politique*, Paris, 1989. — A. de Lattre, *Bergson. Une ontologie de la perplexité*, Paris, 1990.

BERL Emmanuel. Journaliste, historien, essayiste et romancier français. Né au Vésinet le 2 août 1892, mort à Paris le 22 septembre 1976. Issu d'un milieu de grands bourgeois israélites, libres penseurs et humanistes, des industriels du côté paternel, des universitaires du côté maternel, il est apparenté à Bergson et à Henri Franck. Tout jeune, il part pour Berne suivre les cours de Husserl. Il fréquente Barrès et la comtesse de Noailles. En 1912, il passe en Sorbonne sa licence de lettres avec une thèse sur *Le Quiétisme de Fénelon* à qui il emprunte une ligne de conduite qu'il suivra jusqu'à sa mort : ne rien faire qui ne vous soit donné. Il rencontre, peu avant la Première Guerre mondiale, une jeune fille qui lui inspirera plusieurs livres dont le superbe roman autobiographique *Sylvia* publié en 1952. Il part pour le front en 1914, mais est réformé deux ans plus tard. Retiré alors dans le Béarn, il compose sa première œuvre : *Recherches sur la nature de l'amour* (1923). En 1917, il se lie d'amitié avec Marcel Proust qui lui enseigne la « solitude de l'homme et la fatalité des passions ». Leur complet désaccord sur ce dernier sujet les brouille au bout de cinq semaines. En 1924, Drieu la Rochelle vient le tirer de sa retraite ; ils fondent ensemble en 1926 un petit journal hebdomadaire aux accents apocalyptiques : *Les Derniers Jours.* « Nous sentions bien, écrit Berl dans *Sylvia,* que les commandes du progrès étaient lâchées, les hommes submergés. Mais nous le sentions sans y croire tout à fait. » En 1925 paraissent ses *Méditations pour un amour défunt* et en 1927 *La Route nº 10.* Journaliste, il collabore à *Monde* de Barbusse et à *Europe* sous la direction de Jean Guéhenno. La publication en 1929 de *Mort de la pensée bourgeoise,* suivie de *Mort de la morale bourgeoise* (1930) qui marque son entrée à *La Nouvelle Revue française* (*), le rend célèbre pour ses dons d'observateur aigu de la société française et pour ses prises de position peu conformistes. Gaston Gallimard le charge de diriger *Marianne,* hebdomadaire politique et artistique qui aura, de 1932 à 1937, une grande influence sur les milieux intellectuels de l'entre-deux-guerres. Fort isolé, à gauche comme à droite, Berl rédige et publie seul, de 1937 à 1939, *Pavés de Paris.* Entre-temps, il a publié plusieurs livres : *Le Bourgeois et l'Amour* (1931), *Lignes de chance* (1935), *Discours aux Français* (1935), *Le Fameux Rouleau compresseur* (1937). S'il rédige en juin 1940 les deux premiers discours de Pétain, il rompt dès le mois d'août avec le régime de Vichy. Réfugié en Corrèze avec sa femme, le compositeur Mireille, il se consacre à une *Histoire de l'Europe* en deux volumes (1946 et 1947). Ensuite, il alternera essais politiques, livres d'humeur et récits avec une verve et une intelligence pleines de charme : *Présence des morts* (1956), *Rachel et autres grâces* (1965), *Nasser tel qu'on le loue* (1968), *La Fin de la IIIᵉ République* (1968), *À contretemps* (1969), *Le*

Virage (1972) et *À venir* (1974). Peu de temps avant sa mort, il répond aux questions de Patrick Modiano dans *Interrogatoire,* suivi de *Il fait beau, allons au cimetière* (1976). On y retrouve le pamphlétaire courtois, l'intellectuel impétueux, le pacifiste ami de Malraux, le grand styliste, le vieux renard solitaire mais toujours aux aguets, bref, Emmanuel Berl tel qu'il fut et demeure dans ses écrits : la jeunesse même.

GUY GOFFETTE.

RÉF. : B. Morlino, *Emmanuel Berl, les tribulations d'un pacifiste,* Lyon, 1990. – J. d'Ormesson, *Tant que vous penserez à moi,* entretien avec Emmanuel Berl, Paris, 1992.

BERNANOS Georges. Romancier, auteur dramatique et essayiste. Né à Paris le 20 février 1888, mort à Neuilly-sur-Seine le 5 juillet 1948. Bernanos a eu une carrière littéraire très brève, n'ayant débuté, de façon éclatante, qu'avec *Sous le soleil de Satan*, en 1926, donc au seuil de la quarantaine.

Ses ascendances paternelles étaient lorraines, tandis que la lignée maternelle venait du Berry. Son nom et la tradition familiale lui ont fait attribuer de lointaines origines espagnoles, peut-être légendaires. De souche villageoise, son père, tapissier et décorateur, avait acquis une certaine fortune. Georges Bernanos fut élevé dans des collèges catholiques, à Paris et en province, fit ensuite des études de lettres et de droit, entra de bonne heure dans le combat politique et le journalisme. En 1913-1914, il dirigea à Rouen un hebdomadaire monarchiste dans lequel il prit à partie le philosophe radical Alain. Engagé volontaire, il fit toute la guerre de 1914 dans un régiment de cavalerie, fut blessé et décoré. Au retour, marié et père d'un premier enfant – il en aura six – il renonça à son ancienne activité et devint inspecteur d'une compagnie d'assurances à Bar-le-Duc.

C'est pendant ses tournées, dans les wagons de chemin de fer et les buffets de gare, qu'il composa son premier roman, dont le succès lui permit de quitter les assurances pour vivre de sa plume. Dès lors, il changea souvent de résidence, allant des Pyrénées en Normandie, puis en Provence, et poursuivant un écrasant labeur littéraire. Deux autres romans, *L'Imposture* et *La Joie* (prix Femina 1929), suivirent bientôt, puis un pamphlet, *La Grande Peur des bien-pensants* (1931). Redevenu journaliste par intermittence, il s'engagea en 1932 dans une polémique demeurée célèbre avec ses anciens maîtres de l'Action française. Mais l'année suivante il reprenait son œuvre romanesque et écrivait une partie du roman qui ne paraîtra qu'en 1943 sous le titre de *Monsieur Ouine*, après avoir été souvent interrompu. Il le fut une première fois par un terrible accident de motocyclette qui le laissa infirme pour le reste de ses jours.

De 1934 à 1937, il vécut avec sa famille à Palma de Majorque. Ce furent des années d'une extraordinaire fécondité littéraire. Au prix d'un travail acharné, il écrivit presque simultanément *Un crime*, *Un mauvais rêve* (publié seulement après sa mort), *Le Journal d'un curé de campagne* (*), *La Nouvelle Histoire de Mouchette* et plusieurs chapitres de *Monsieur Ouine.*

Survint la guerre d'Espagne ; les sympathies politiques de Bernanos l'inclinèrent d'abord vers les insurgés franquistes mais les horreurs de la répression à Majorque et le rôle qu'y jouèrent certains prélats le bouleversèrent profondément. Rentré en France, il publia un grand livre vengeur, *Les Grands Cimetières sous la lune*, qui en appelait à la conscience des catholiques, et dont l'influence fut immense.

En juillet 1938, obéissant à un rêve qui datait de son adolescence, Bernanos s'embarqua avec toute sa famille pour le Paraguay ; il ne devait y rester que quelques jours, et c'est au Brésil qu'il se fixa pour de longues années, d'abord à Rio, puis très loin à l'intérieur, à Pirapora, et enfin dans la ferme de la Croix-des-Âmes, près de Barbacena, dans l'État de Minas. Il devait achever, au printemps 1940, *Monsieur Ouine.* Mais la guerre avait éclaté en Europe ; l'ancien combattant exilé en suivit les péripéties avec passion et se voua désormais à des écrits de combat qu'annonçaient déjà, avant les hostilités, *Scandale de la vérité* et *Nous autres Français*. Multipliant les articles dans la presse brésilienne, publiant *Lettre aux Anglais*, écrivant *Les Enfants humiliés* (journal de l'année 1939-1940, l'un de ses plus beaux livres, publié seulement en 1949), il fut l'un des grands animateurs spirituels de la Résistance française.

En juin 1945, il quitta ses amis brésiliens pour venir poursuivre le combat dans la France délivrée. Ses derniers écrits d'exil, *La France contre les robots, Le Chemin de la Croix-des-Âmes,* ses articles dans la presse de la Libération, ses conférences, constituent, face à l'évolution de l'après-guerre et aux grandes puissances matérielles, la plus éloquente protestation pour la liberté de l'homme et pour une civilisation chrétienne, conçue d'ailleurs sans aucun esprit de retour en arrière. Mais Georges Bernanos devait s'exiler une fois encore. C'est en Tunisie qu'il passa ses deux dernières années, et, alors qu'il était déjà atteint d'un mal mortel, il composa son ultime chef-d'œuvre, les *Dialogues des carmélites* qui ont été joués sur toutes les scènes du monde après la mort de l'auteur.

Mort à l'hôpital américain de Neuilly, où on l'avait ramené d'urgence, en juillet 1948, Bernanos reste l'une des plus grandes figures de la littérature contemporaine, et son nom n'a cessé de croître.

ALBERT BÉGUIN.

♦ *« Demain le premier livre, le premier roman d'un jeune écrivain, M. Georges Bernanos, sera dans toutes les mains, et M. Georges Bernanos, auteur de* Sous le soleil de Satan, *sera célèbre. Je dirai de lui, comme je disais naguère de Marcel Proust, qu'une grande force intellectuelle et imaginative apparaît au firmament des lettres. Ne nous y trompons pas une minute. La façon dont est traité le sujet classe immédiatement M. Georges*

Bernanos sur le plan d'un Balzac ou d'un Barbey d'Aurevilly. Ce que je suis le premier à annoncer ici ce matin, avec une sécurité absolue, sera bientôt banal et courant. » Léon Daudet, article du 7 avril 1926 qui révéla Bernanos au public. ♦ « *Il m'a fait penser à du Villiers de l'Isle-Adam, quelquefois à du Claudel, plus souvent aux* Diaboliques *de Barbey d'Aurevilly, au* Désespéré *de Léon Bloy et plus souvent aux* Frères Karamazov *et aux* Possédés *de Dostoïevski. Mais tous ces rapprochements ne l'étouffent pas. Il est de force à les supporter. Il reste lui-même.* » André Bellessort. ♦ « *Son talent de pamphlétaire fait merveille. Il n'a pas plus à s'occuper de la réalité. Il monologue, il divague superbement. Il dit n'importe quoi avec magnificence ; il le rabâche avec somptuosité. Il est incapable de suivre une idée un peu claire ou un peu abstraite ; mais, pour entasser des images et des visions, il est sans égal... C'est l'artiste qui nous intéresse, non le paladin. Et l'artiste en somme est remarquable. Un merveilleux caricaturiste et, mieux encore, un créateur d'images symboliques ou lyriques, plus ou moins justes, mais toujours frappantes.* » André Thérive. ♦ « *Depuis que j'ai été en Espagne, que j'entends, que je lis toutes sortes de considérations sur l'Espagne, je ne puis citer personne, hors vous seul, qui, à ma connaissance, ait baigné dans l'atmosphère de la guerre civile espagnole et y ait résisté. Vous êtes royaliste, disciple de Drumont – que m'importe ? Vous m'êtes plus proche, sans comparaison, que mes camarades des milices d'Aragon – ces camarades que pourtant, j'aimais.* » Simone Weil, lettre à Bernanos, 1937. ♦ « *Il n'a aucun goût pour la vérité, ce qui est intolérable chez un polémiste. On peut se demander s'il sera longtemps possible de lire Bernanos. La réponse est douteuse.* » Kléber Haedens. ♦ « *Bernanos est le préposé au dégoût : il n'est pas obligé, lui, de ravaler son fiel. Atrocement injuste à l'égard des individus, il ne l'est pas à l'égard de son époque, qui est une basse époque, il faut en convenir : il est bon que ce vieil ange, irrité à temps et à contretemps, nous le crie.* » François Mauriac, 1946. ♦ « [Bernanos avait] *cette qualité royale, la force, cette domination magistrale des événements et des figures, et ce don spécial du romancier qui est ce que j'appellerai le don des ensembles indéchiffrables et des masses en mouvement.* » Paul Claudel.

RÉF. : F. Lefèvre, *Georges Bernanos,* Paris, 1926. – A. Thérive, *Galerie de ce temps,* Paris, 1931 ; *Moralistes de ce temps,* Paris, 1948. – R. P. Bruckberger, *Lignes de faîte,* Paris, 1942. – L. Estang, *Présence de Bernanos,* Paris, 1947. – G. Picon, *Bernanos,* Paris 1948. – *Georges Bernanos,* recueil collectif, Paris, 1949. – H. Massis, *Charles Maurras et son temps,* tome I, Paris, 1951. – C. Moeller, *Littérature du XXe siècle et Christianisme,* tome I, Paris, 1953. – A. Béguin, *Bernanos par lui-même,* Paris, 1954. – L. Chaigne, *Georges Bernanos,* Paris, 1954. – H. Urs Von Balthasar, *Le Chrétien Bernanos*, Paris, 1956. – M. Estève, *Le Sens de l'amour dans les romans de Bernanos,* Paris, 1959. – G. Gaucher, *Georges Bernanos ou l'Invincible Espérance,* Paris, 1962. – W. Bush, *Souffrance et Expiation dans la pensée de Bernanos,* Paris, 1962. – H. Deblüe, *Les Romans de Georges Bernanos ou le Défi du rêve,* Neuchâtel, 1965. – Y. Bridel, *L'Esprit d'enfance dans l'œuvre romanesque de Georges Bernanos,* Paris, 1966. – W. Burkhard, *La Genèse de l'idée du mal dans l'œuvre de Georges Bernanos,* Zurich, 1967. – J. Jurt, *Les Attitudes politiques de Georges Bernanos jusqu'en 1931,* Fribourg, 1968. – B. Fitch, *Dimensions et structures chez Bernanos,* Paris, 1969. – W. Bush, *Georges Bernanos,* New York, 1969. – *Georges Bernanos, Colloque de Cerisy,* Paris, 1972. – H. Guillemin, *Regards sur Bernanos,* Paris, 1976. – Y. Rivard, *L'Imaginaire et le Quotidien,* Paris, 1978. – P. le Touzé, *Le Mystère du réel dans les romans de Bernanos,* Paris, 1979. – M. Gosselin, *L'Écriture du surnaturel dans l'œuvre romanesque de Georges Bernanos,* Lille / Paris, 1979. – J. Jurt, *La Réception de la littérature par la critique journalistique. Lecture de Bernanos 1926-1935,* Paris, 1980. – M. Estève, *Georges Bernanos, un triple itinéraire,* Paris 1981. – A. R. Clark, *La France dans l'histoire selon Bernanos,* Paris, 1983. – L. Peeters, *Une prose du monde : Essai sur le langage de l'adhésion dans l'œuvre de Bernanos,* Paris, 1984. – P. Gille, *Bernanos et l'angoisse,* Nancy, 1984.

BERNARD Paul dit **Tristan.** Romancier et auteur dramatique. Né à Besançon (Doubs) le 7 septembre 1866, mort à Paris le 7 décembre 1947. Fils d'un architecte bientôt appelé à Paris par ses travaux, il suivit les cours du lycée Fontanes, puis obtint une licence en droit et s'inscrivit au barreau de Paris. Après son service militaire, il dirigea, dans l'Oise, une fabrique d'objets en aluminium. Mais il était peu fait pour ce genre de vie et il devint même, un jour, directeur du vélodrome Buffalo.

Il débuta dans les lettres en 1891 en publiant un article dans *La Revue blanche* (*). Dès ce moment, il abandonna son prénom de Paul et signa *Tristan.* Après avoir fait paraître en collaboration avec P. Véber un recueil de contes : *Vous m'en direz tant* (1894), il donna seul au théâtre, l'année suivante, *Les Pieds nickelés* (1895), qui obtinrent un vif succès. Dès lors, sa verve ira croissant, toujours avec le même bonheur, dans le domaine de la comédie : *Le Fardeau de la liberté* (1897), *L'Anglais tel qu'on le parle* (1899), *L'Affaire Mathieu* (1900), *Daisy* (1901), *Triplepatte* (1905), *Les Jumeaux de Brighton* (1908), *M. Codomat* (1909), *Le Danseur inconnu* (1910), *Le Costaud des Épinettes* (1910), *Le Petit Café* (1911), *L'Accord parfait* (1911), *On naît esclave* (1912), *Jeanne Doré* (1913), *L'École du piston* (1916), *La Volonté de l'homme* (1917), *Le Sexe fort* (1917), *Les Petites Curieuses* (1920), *Jules, Juliette et Julien* (1929), etc. Tout comme Bernstein, Tristan Bernard offre l'exemple d'une carrière pure de tout échec. Ce fait est d'autant plus remarquable que chez lui l'homme de théâtre était doublé d'un romancier plein d'humour et d'invention. Citons : *Les Mémoires d'un jeune homme rangé* (1899), *Amants et Voleurs* (1905), *Secrets d'État* (1908), *Les Veillées du chauffeur* (1909), *Mathilde et ses mitaines* (1920), *L'Enfant prodigue du Vésinet* (1921), *Féerie bourgeoise* (1924), *Autour du ring* (1926), etc. En ironique observateur de la vie très quotidienne, Tristan Bernard s'est plu surtout à nous montrer que le caractère est loin d'être l'apanage de l'homme.

♦ « *M. Tristan Bernard n'est pas, comme tel ou tel autre, un amuseur de profession, un plaisantin volontaire, détenant et exploitant le secret de divertir interminablement le public par les mêmes tours. Il est un écrivain-né, probablement un grand écrivain, dont l'œuvre vaut ce que valent sa pensée et sa personne, qu'on ne peut juger ou même goûter pleinement sans le comprendre, et que l'on ne comprendra jamais si l'on ne détermine au préalable sur quel système précis d'idées ou de sensibilité s'appuie son œuvre facile et diverse.* » L. Blum.

RÉF. : T. Bernard, *Souvenirs épars d'un ancien cavalier,* 1917. — P. Souday, *Tristan Bernard et le roman policier* in *Les Livres du temps,* t. I. — H. Bordeaux, *La Vie au théâtre,* 1910-21. — R. Blum, *Tristan Bernard,* Monaco, 1925. — P. Blanchart, *Tristan Bernard, son œuvre,* Château-Thierry, 1932. — J. J. Bernard, *Mon père Tristan Bernard,* Paris, 1955.

BERNARDIN DE SAINT-PIERRE Jacques-Henri. Romancier et essayiste. Né au Havre le 19 janvier 1737, mort à Eragny-sur-Oise le 21 janvier 1814. Bien qu'il se soit paré du titre de chevalier, il a longtemps souffert d'une naissance qu'il avouera plus tard « honnête mais commune ». Si l'« enfance inoubliée » (Édouard Guitton) est bien l'un des ressorts secrets de l'œuvre, celle de Bernardin, sous la tutelle d'un père indifférent, puis de prêtres sévères, n'a pas été heureuse, sinon dans les rêveries romanesques qu'alimente la lecture de *Robinson Crusoé* et des *Vies des saints.* De son séjour dans les collèges religieux, à Caen puis à Rouen, il conservera l'aversion de l'existence collective et un anticléricalisme tenace. Seule échappée, mais décevante : un voyage à la Martinique, à douze ans, en compagnie de son oncle. Sorti du collège avec un prix de mathématiques, il entre en 1757 à l'École des ponts et chaussées. Nanti d'un brevet d'ingénieur obtenu dans des circonstances obscures après une scolarité incomplète, il sert en Allemagne (1760), puis à Malte (1761). Partout il entre en conflit avec ses supérieurs et ses collègues, qui contestent à la fois ses titres nobiliaires et ses diplômes. Sans emploi, il part en Hollande, puis en Russie (1762), où il trouve des protecteurs et est présenté à l'impératrice, séjourne en Pologne (1764), puis à Dresde, Berlin, Vienne, et revient enfin à Paris en 1766, aussi démuni qu'il en était parti. Ces pérégrinations aventureuses comportent quelques zones d'ombre liées à des activités occultes d'agent de la diplomatie secrète. C'est de cette période que datent ses premiers écrits. En Russie, il présente à Catherine II un plan de république idéale située près de la mer d'Aral, première mouture d'une longue série de projets de communautés utopiques. Dans les *Voyages dans le Nord* (1767), il s'essaie à la réflexion politique à la manière de Montesquieu, dont il récuse cependant le déterminisme climatique. Engagé comme ingénieur pour l'expédition secrète de colonisation de Madagascar que projette le comte de Maudave, mais brouillé avec ce dernier dès le départ de Lorient, il débarque à l'île de France (actuelle île Maurice) où il séjourne deux ans (1768- 1770), peu séduit par la luxuriance de la nature tropicale, écœuré surtout par la médiocrité de la population blanche, les horreurs de l'esclavage et les querelles internes à l'administration de l'île. D'abord protégé par l'intendant de la colonie, le naturaliste Pierre Poivre, il s'aliène sa bienveillance pour avoir tenté de séduire son épouse. Après un bref séjour à l'île Bourbon voisine (La Réunion), où il croit trouver un modèle de bonheur pastoral dont il restera durablement marqué, il regagne Paris en 1771, de nouveau sans situation et sans argent. Alors s'ouvre une période difficile sous le signe de la pauvreté et de l'échec : il fait le siège des bureaux pour obtenir des secours, essaie de s'introduire auprès des encyclopédistes, avec qui il rompra bientôt (1779), devient l'ami de Rousseau, sur qui il a laissé un émouvant témoignage. La publication du *Voyage à l'île de France* (1773) passe inaperçue ; matrice d'une bonne partie de l'œuvre ultérieure, cette relation vaut à la fois par la netteté de ses positions anti-esclavagistes, par le mélange singulier de reportage documentaire et de confession personnelle, et par le sentiment de la nature qui s'affirme d'une façon très nouvelle dans quelques belles pages descriptives. La publication des *Études de la nature* (1784) lui apporte enfin la sécurité matérielle et la reconnaissance sociale. Cet ample ouvrage, dont on n'a généralement retenu, pour s'en moquer, que le finalisme anthropocentriste, s'inscrit par son ambition systématique dans la perspective de l'*Encyclopédie* (*), mais s'en distingue par son optique spiritualiste et providentialiste, son refus de la démarche analytique, son attention aux résonances harmoniques du spectacle de la nature et du cœur humain, qui l'apparentent à la « Philosophie de la nature » du premier romantisme. *Paul et Virginie* (*), annexé à la troisième édition (1788), n'en illustre pas seulement les thèses sur le mode fictionnel ; à la lisière du roman et de la pastorale, ce récit, qui introduit véritablement l'exotisme dans la littérature française, est lisible à plusieurs niveaux : sous la « naïveté » un peu mièvre de l'idylle enfantine, qui fit son succès et plus tard justifia son discrédit, le texte est d'une singulière richesse. Dans cette paraphrase de la Genèse, le couple enfantin, dont l'amour est à la fois innocent et interdit puisque symboliquement incestueux, s'identifie tour à tour à Adam et Ève, à l'Androgyne platonicien, aux Dioscures Castor et Pollux. Au paradis terrestre initial du royaume d'enfance, que l'irruption de la tentation sensuelle de l'adolescence voue à une inévitable dégradation, fait écho l'incorruptible splendeur du paradis final retrouvé dans la mort. Le succès du livre fait de Bernardin un personnage officiel couvert d'honneurs et de prébendes. Homme d'ordre, indifférent d'ailleurs à la chose politique, il fait allégeance aux régimes successifs, sans pour autant aliéner sa liberté intérieure. S'il n'est plus le paria mis en scène dans le conte philosophique *La Chaumière indienne* (1791), c'est toujours dans la solitude et le repli sur la vie privée qu'il conçoit le bonheur. La Révolution, dont il traverse sans les voir les péripéties, protégé par une heureuse indifférence au monde et une tardive installation dans la vie conjugale — en 1793 il a épousé Félicité Didot, la fille de son imprimeur –, le nomme intendant du Jardin des Plantes (1792), puis professeur de « morale républicaine » à la toute récente École normale supérieure, enfin membre de l'Institut, où son déisme spiritualiste l'oppose au « parti athée » des héritiers des encyclopédistes. Remarié après la mort de sa femme à une jeune fille de vingt ans, Désirée de Pelleporc (1800), il se rallie à Napoléon, entre à l'Académie française, en devient même le président (1807). À sa mort, en 1814, il laisse une énorme masse de manuscrits dont son secrétaire Aimé-Martin tirera la matière des douze volumes d'*Œuvres complètes* publiés en 1818. Travail contestable voire suspect – les textes ont souvent été tronqués ou réécrits – et qui ne répond guère à son titre, puisqu'il ne recueille que des fragments épars des grands continents narratifs auxquels Bernardin consacra des années de son existence : *L'Arcadie*, sorte d'épopée en prose à la manière du *Télémaque*, ou encore *L'Amazone*, énorme roman utopique, sont demeurés inachevés et sans doute inachevables. La contradiction entre la fragmentation du matériau littéraire et une volonté de totalisation du monde et de l'expérience humaine explique l'échec des *Harmonies de la nature*, la plus intéressante des œuvres posthumes : en une étonnante rencontre avec le système de Fourier, il y envisage la nature non comme un ensemble d'objets à décrire séparément selon l'ordre analytique, mais comme un immense réseau de correspondances unissant chacun d'eux à tous les autres, combinatoire infinie que nulle écriture ne saurait épuiser. Porte-parole trop complaisant du conformisme politique, « vieux sage » désagréablement pontifiant, savant contestable et moqué, Bernardin est aussi un visionnaire à redécouvrir et un poète secret de l'unité cosmique.

JEAN-MICHEL RACAULT.

♦ *« Il partage à vif ses lecteurs : on l'aime, on le déteste. Je ne puis le supporter. »* Étiemble. ♦ *« De nos jours, la fortune de ce petit livre est doublement étrange : d'un côté, l'attachement un peu superstitieux que l'on voue aux contes pour enfants ; de l'autre, le dédain presque unanime des historiens, des éditeurs et des critiques, qui ne semblent guère sensibles qu'à la fadeur et à la pompe d'une œuvre dont leur échappent l'émotion et la beauté. »* Robert Mauzi.

RÉF. : M. Souriau, *Bernardin de Saint-Pierre d'après ses manuscrits*, Paris, 1905. – L. Roule, *Bernardin de Saint-Pierre et l'harmonie de la nature*, Paris, 1930. – A. Duchêne, *Les Rêveries de Bernardin de Saint-Pierre*, Paris, 1935. – D. Tahhan Bittar, *Bernardin de Saint-Pierre romancier*, Paris, 1970. – H. Hudde, *Bernardin de Saint-Pierre : « Paul et Virginie ». Studien zum Roman und seiner Wirkung*, Munich, 1975. – P. Robinson, *Bernardin de Saint-Pierre. « Paul et Virginie »*, Londres, 1986. – J.-M. Racault (éd.), *Études sur « Paul et Virginie » et l'œuvre de Bernardin de Saint-Pierre*, Paris, 1986. – *Revue d'Histoire littéraire de la France*, numéro spécial Bernardin de Saint-Pierre, n° 5, 1989.

BERNART DE VENTADOUR. Troubadour limousin. Bernard de Ventadour ou Bernart de Ventadorn (né dans la deuxième moitié du XIIe siècle, mort moine dans l'abbaye de Dalon au début du XIIIe), dont nous sont parvenues environ cinquante chansons, est, d'après le jugement unanime des critiques modernes, le plus grand des troubadours, le plus authentique poète. Ceux qui cultivèrent au Moyen Âge la poésie des troubadours ne semblent pas être d'accord avec ce jugement : bien que les « canzonieri » aient accueilli largement sa poésie, dans aucun de ces recueils de chansons la place d'honneur ne lui est réservée : Dante ne le cite même pas dans son *Traité de l'éloquence en langue vulgaire* et ne présente aucune de ses compositions comme exemple de l'illustre façon de versifier ; cependant Dante a presque certainement connu des poésies de Bernard et c'est d'une admirable image de Bernard que s'inspire, à en croire certains critiques, la comparaison : « Telle une alouette qui plane dans l'air / D'abord en chantant, puis se tait, contente / De la dernière joie qui la rassasie » (« Paradis », XX, 73-75). Bernard n'est pas comme Daniel, comme Folquet, comme Pierre d'Auvergne, un adorateur de la technique et de la forme pure ; il n'est pas un chercheur de modes nouveaux et subtils, il n'est pas un adepte du « trobar clus ». Et tandis que presque tous les troubadours proclament, et avec raison, que la grande poésie ne peut naître si ce n'est de l'exercice tourmenté et laborieux d'une technique experte, Bernard, tout en étant un artiste raffiné et élu, et ayant une très haute conscience de la valeur de l'art en tant que technique, souligne dans une de ses *Chansons* que la source première de sa poésie est la sincérité de l'inspiration : « Le chant qui ne vient pas du fond du cœur n'a pas de valeur » [Chantars no pot gaire valer / Si d'inz del cor no mou lo chans]. Dans cette solennelle affirmation de Bernard, Dante aurait pu reconnaître cette idée même de la poésie qu'il exprime d'un accent ému dans le colloque avec Bonagiunta Orbicciani : « Je suis un de ceux qui, lorsque l'amour l'inspire, fais attention à ce qu'il dit et je vais m'exprimant de la même manière » (« Purgatoire », XXIV, 52-54) et, dans la conscience de cet intime accord idéal, trouver un motif de profond intérêt pour le poète de Ventadour.

L'affirmation de Bernard, selon laquelle il n'y a pas de poésie qui ne sorte du cœur, est loin d'être un simple postulat ; elle exprime l'essence de la poésie de Bernard et montre que le poète a une pleine et totale conscience de la manière dont est née son œuvre. Bernard est un poète d'amour et, comme l'ont souligné tous les critiques depuis Diez, uniquement d'amour. Or, à qui ferait attention seulement à la matière, le monde poétique de Bernard ne semble pas s'écarter des lieux communs de la tradition des troubadours. Ceux-ci cependant, chez Bernard, ont apparu aux critiques non pas comme des formules littéraires employées à froid, mais comme des moyens expressifs, grâce auxquels le poète a réussi à représenter la réalité de sa vie sentimentale. Dans les *Chansons* de Bernard, tous les critiques ont relevé un contenu « autobiographique » ; non pas dans le sens que nous pourrions donner aujourd'hui à cette expression, en ce que les poésies de Bernard traduiraient et transfigureraient les buts essentiels de l'expérience humaine du poète, mais dans le sens propre, concret et matériel du mot ; en effet, la poésie du troubadour témoigne de l'authenticité des faits qui composent la vie de Bernard. À tel point que Carducci a pensé à suppléer « avec les vers du poète, au manque de notices documentées sur la vie de Bernard de manière à reconstruire entièrement l'histoire sentimentale du grand troubadour ». Sur la trame offerte par le biographe ancien, sont disposées par Carducci, comme du reste par Appel et par d'autres, les rimes de Bernard, de telle sorte qu'elles viennent exprimer non seulement dans les traits généraux, mais même dans les détails concrets, le processus de ce splendide roman fascinant que serait la vie du poète : langueurs, désirs, angoisses du premier amour pour sa dame, la vicomtesse de Ventadour, désirée dès l'enfance, lointaine et inaccessible d'abord, encourageante ensuite ; l'ivresse d'un amour partagé enfin obtenu ; l'extase du premier baiser, et plus tard, les amertumes, les déceptions et le dépit du poète jaloux d'un noble chevalier que la volubile vicomtesse fait montre de lui préférer, à lui qui reste l'humble fils de la boulangère du château ; les soupçons du vicomte jaloux qui s'éloigne du poète, et la dame de congédier l'amant Bernard ; la vie pauvre du troubadour exilé et errant qui soupire après l'amour perdu, souffre et pleure pour la trahison de sa dame et éclate en chants impétueux de colère et de désir ; dans l'éloignement douloureux et dans la triste solitude, il sent qu'un nouvel amour n'illuminera jamais plus son âme. Cependant, il trouvera réconfort et joie auprès d'une splendide dame, joyeuse et aimante, la plus grande dame de son époque, Éléonore d'Aquitaine, devenue duchesse de Normandie, qu'il invoquera dans un de ses *Chants*, sous le nom de « Aziman » (« Aimant ») ; c'est alors le long et incertain séjour du poète à la cour de Raymond V de Toulouse : séjour agité par d'autres amours et par d'autres aventures, dont l'écho un peu confus et incertain se trouve dans quelques chansons de Bernard.

Certes tous ces sentiments et toutes ces déceptions se retrouvent dans la poésie de Bernard ; mais ils ne sont pas l'essence de cette poésie. La véritable poésie de Bernard est en réalité hors de ces passages où le poète « discourt » ouvertement de ses amours et de leurs vicissitudes. Le véritable lyrisme se reconnaît non pas dans les expressions où le poète « raconte » son drame sentimental, mais dans quelques images qui, pour celui qui regarderait la répartition matérielle des diverses chansons, ne concernent pas la partie substantielle de celles-ci. Pour découvrir le ton, le timbre essentiel de la poésie de Bernard, il faut se tourner non pas vers la considération de la matière dont elle résulte, mais saisir les accents les plus intenses et les plus véritables, les remarques les plus nettes et les plus claires, les détails les plus limpides et colorés dans lesquels le poète est arrivé à traduire l'impression qui a mis en branle son imagination. Il faut distinguer les moments où le poète ordonne et compose seulement des thèmes abstraits, des notions, des « concetti », de ces autres moments où jaillit, bref, presque toujours, mais intense, l'éclair de l'image se détachant de la grisaille indistincte du ton narratif avec une pleine et subite évidence : « Maintenant je ne vois pas resplendir le soleil tant ses rayons se sont obscurcis ; car une clarté d'amour m'éclaire comme un soleil qui rayonne dans mon cœur... Les prés me semblent verts et vermeils comme au doux temps de mai... et la neige me paraît une fleur blanche et vermeille... » ; « J'ai entendu la douce voix du rossignol sauvage et elle a résonné dans mon cœur... » ; « J'ai été très longtemps comme un homme égaré par l'amour » ; « Je l'ai aimée depuis le temps où nous étions tous deux enfants... » ; « Comme la branche se plie là où le vent la tourne, le temps va et vient, puis revient, pour des jours, pour des mois, pour des années... » ; « Quand je la vois, je tremble de peur, comme la feuille contre le vent... » ; « Je voudrais bien la trouver seule en train de dormir ou faisant semblant, pour pouvoir lui voler un doux baiser, puisque je n'ai le courage de le lui demander... » ; « Quand je vois l'alouette agiter, de joie, ses ailes dans le soleil, s'oublier et se laisser tomber à cause de la douceur qui lui en vient au cœur... » Tels sont les accents de l'authentique poésie de Bernard. Grâce à eux, nous pouvons pénétrer le secret de sa personnalité si singulière. Ce sont des accents plus que jamais mobiles et variés ; mais jusque dans cette variété, il est facile de saisir une unité, une sensibilité toujours même, le reflet d'un monde unique. Les moments les plus lyriques de Bernard sont ceux dans lesquels le poète « s'oblida » et « s'espert », se perd et s'oublie. C'est alors que nous découvrons un homme, presque absent à lui-même, absorbé dans la contemplation d'un monde lointain, plongé dans une atmosphère de rêve : « Ara no vei luzir soleih... La dousa votz ai auzida... Be la volgra sola trobar... » ; ce n'est qu'égarement languide et absorbé, doux oubli, ravissement « étonné » et « extatique ». — Trad. Niemeyer, 1926. L'édition la plus récente est celle de Moshé Lazar (Paris, 1970).

RÉF. : C. C. Fauriel, *Histoire de la poésie provençale,* t. 2, 1846. — Hans Bischoff, *Biographie des troubadours Bernhard von Ventadorn*, Berlin, 1873 ; thèse. — J. M. Smith, *The Troubadours at Home ; their Lives*, New York, 1899. — M. Lazar, *Les Poésies de Bernard de Ventadour*, Paris, 1970.

BÉROALDE DE VERVILLE François. Romancier. Né à Paris le 28 avril 1558, mort à Tours peut-être en 1629. Fils de Mathieu Béroalde, théologien et historien protestant, il assista enfant aux guerres civiles et perdit sa mère, en 1562, dans la peste qui ravagea Orléans. Il étudia toutes les sciences de son temps, et publia à vingt ans un *Théâtre des instruments mathématiques et mécaniques de Jacques Besson, Dauphinois.* Puis il se lança dans la poésie avec *Les Appréhensions spirituelles* (1586), et y revint en 1600 avec un ambitieux poème sur le ver à soie, la *Sérodokimasie,* ouvrage polémique truffé d'épigrammes. Mais le roman était le genre littéraire qu'il préférait, et il en écrivit plusieurs dans un style diffus et maniéré conforme au goût du temps : *La Pucelle d'Orléans* (1593), *Les Aventures de Floride* (1593-1594), *Le Cabinet de Minerve* (1596), *Les Amours d'Asionne* (1597), *L'Histoire d'Hérodias* (1600), *Le Voyage des princes fortunés* (1610), etc. Il se lança également dans la politique en imitant *L'Utopie* de Thomas More dans *L'Idée de la République,* traduisit les *Lamentations* de Jérémie (*Les Ténèbres,* 1599), et remania la traduction du *Songe de Polyphile ou Hypnérotomachie* de Colonna, faite par Jacques Martin (1600). On attribue aussi à ce polygraphe *Le Palais des curieux,* mélange philosophique et littéraire, paru en 1612. Le seul ouvrage qui le rendit célèbre parut anonyme ; c'est *Le Moyen de parvenir* imprimé sous le titre de *Salmigondis* — (1610), dialogue entre une foule de personnages, où l'on parle de tout au hasard dans un style souvent licencieux et plein de verve. Reprenant le cadre du banquet, cette œuvre s'apparente à la « ménippée » antique, alliant la satire à une grande liberté formelle. Béroalde l'aurait écrite après avoir abandonné le protestantisme et s'être fait prêtre. Il mourut chanoine de Saint-Gatien-de-Tours (il l'était devenu en 1583 grâce à la protection de son élève d'Aubigné). Béroalde vénérait l'alchimie comme la science des sciences. Il prétendait avoir découvert la pierre philosophale, le mouvement perpétuel et la quadrature du cercle.

RÉF. : V. L. Saulnier, *Béroalde de Verville* in *Bibl. d'Hum. et Renaiss.,* 1944, t. V. — I. Zinguer, *Structures narratives du « Moyen de parvenir » de Béroalde de Verville,* Paris, 1979.

BERTAUT Jean. Poète. Né à Caen en 1552, mort à Séez le 8 juin 1611. Bertaut reçut de son père, professeur de sciences, une solide formation première qui le rendit familier des auteurs grecs et latins. À seize ans, nous dit-il dans le *Discours sur la mort de M. de Ronsard,* il s'engoue des œuvres du chef de la Pléiade et de Desportes. L'un et l'autre devaient encourager le jeune poète ; le second l'introduisit à la Cour et resta toute sa vie son ami fidèle. Doucement mais sûrement, Bertaut franchit les étapes d'une carrière de courtisan ; nommé par Henri III précepteur du comte d'Angoulême, fils naturel de Charles IX, puis, de 1575 à 1589, secrétaire et lecteur ordinaire du roi aux côtés de Du Perron, il devint, dès cette époque, le poète de service tissant sur chaque événement des vers mélodieux où se font jour parfois les accents d'une mélancolie naturelle qui ne manquent point de charme. Les titres seuls et les sujets de ces poèmes sont assez, par eux-mêmes, expressifs : une longue pièce de vers sur la mort de Lysis (Anne de Joyeuse) déplorée par Daphnis (Henri III) (1587), *Complainte sur la mort du feu Roy* (Henri III) *faite peu après son trespas* (1589), *Cantique sur la conversion du Roy* (Henri IV) *fait au nom et par le commandement de feu madame de Bourbon, tante de Sa Majesté* (1593), *Discours présenté au Roy allant en Picardie combattre l'Espagnol* (1596), *Prière prophétique pour la grandeur et prospérité de Monseigneur le Dauphin* (le futur Louis XIII) (1601). Aussi dévoué à Henri IV qu'il l'avait été à Henri III, il acheva sous le premier Bourbon la carrière commencée sous le dernier Valois. En 1594, il reçut l'abbaye d'Aulnay ; en 1600, il était aumônier de la reine, Marie de Médicis ; mais ce n'est qu'en 1607 qu'il est ordonné prêtre, afin de pouvoir accéder à l'épiscopat ; nommé évêque la même année, il va prendre possession de son siège à Séez, ce qui ne l'empêche pas d'être quelques semaines plus tard à la Cour où il compose : *Pannarette ou fantaisie sur les cérémonies du baptême de Monseigneur le Dauphin,* ainsi que des cartels et mascarades, où il se fit apprécier comme librettiste et metteur en scène. La plupart de ces œuvres furent regroupées dans le *Recueil des œuvres poétiques* (1601) et le *Recueil de quelques vers amoureux* (1602), tous deux publiés par son frère. C'est dans le second de ces recueils que figurent les *Élégies.* En prose, Bertaut a laissé des *Sermons sur les principales fêtes de l'année.* Quoique se réclamant de Ronsard, quoique disciple de Desportes, il fut aux côtés de Du Perron l'un de ces « poètes du Louvre » qui par leur souci de rigueur, de clarté et d'harmonie préludent à Malherbe.

♦ *« Les autres au rebours accusent ta sagesse / Et ce hautain désir que te fait mépriser / Plaisirs, trésors, grandeurs pour t'immortaliser. »* M. Régnier. ♦ *« Bertaut s'est fait un chemin particulier entre Ronsard et Desportes. Il a plus de clarté que le premier, plus de force que le second et plus d'esprit et de politesse que les deux autres ensemble. »* Mlle de Scudéry.

RÉF. : A. Chenevière, *Introduction* aux *Œuvres poétiques* de Bertaut, 1891. — G. Grente, *Jean Bertaut,* Paris, 1903. — T. D. J. Allot, *The Poetry of Bertaut,* Oxford, 1959. — L. Terreaux, édition du *Recueil de quelques vers amoureux,* Paris, 1970.

BERTRAN DE BORN. Troubadour périgourdin. Né fort probablement aux environs de 1137-1140, mort peut-être au monastère de Dalon en 1208 et certainement avant 1215. Quoi qu'il en soit, son activité, sur le plan de la politique et de la poésie, activité dont font foi les documents et les œuvres qu'il a laissés, peut se situer entre 1181 et 1194. C'est un des poètes les plus intéressants de la fin du XIIe siècle. Dante a fait de lui dans *L'Enfer* (XXVIII, 130) un portrait assez effrayant et plein de puissance ; il le montre, portant sa tête coupée parmi les fauteurs de désordre. Seigneur du château de Hautefort, en Périgord, il réussit à spolier son frère Constantin qui se mit sous la protection de Richard Cœur de Lion. Assiégé dans son château, Bertran de Born fut obligé de s'avouer vaincu, mais il redevint cependant un peu plus tard seigneur de Hautefort. Au reste, une biographie ancienne rapporte qu'il était toujours en guerre avec ses voisins. Dans les graves démêlés qu'eurent entre eux les membres de la famille royale d'Angleterre, Bertran de Born prit parti pour Henri Court-Mantel, et l'aida dans la lutte qu'il menait contre son père et son frère, Richard Cœur de Lion. Mais quand Henri Court-Mantel mourut en 1183, Bertran de Born se rallia sans vergogne au parti de Richard Cœur de Lion qu'il soutint contre ses ennemis. Ses poésies, au nombre d'une quarantaine, comprennent des poèmes d'amour sans grand intérêt, et surtout des sirventes politiques, moraux et guerriers, tout embrasés par la passion qui agitait l'auteur dès qu'il s'agissait de guerre, de coups d'épée, de carnage et de riche butin. C'est par là que sa poésie, échappant aux motifs conventionnels et monotones de l'amour courtois, est originale et chargée d'intensité. Figure solitaire et indifférente aux joutes littéraires de son temps, il ne cherche pas la nouveauté dans des artifices de rhétorique ; il a un style qui lui est propre : rapide, concis, plein de force dans l'expression et les images. La seule difficulté que présente son œuvre réside dans l'interprétation qu'il convient de donner à ses vers, dans l'identification des personnages et dans une compréhension claire des allusions faites aux événements historiques.

RÉF. : C. C. Fauriel, *Histoire de la littérature provençale,* t. 2, 1846. — Rochat, *Bertran de Born ; étude sur un poète du XIIe siècle,* Vevey, 1857. — Clédat, *Du rôle historique de Bertran de Born,* 1879. — Albert Stimming, *Bertran de Born, sein Leben und seine Werke*, Halle, 1879. — Vicomte H. de Grimouard, *Un champion de la liberté, Bertran de Born,* Poitiers, 1922. — C. Appel, *Bertran de Born, Leben und Werke,* Halle, 1931. — W. D. Paden *« De l'identité historique de Bertran de Born »*, dans *Romania*, 101, 1902, 192. — W. D. Paden, T. Sankovitch et P. H. Stablein, *The Poems of the Troubadour Bertran de Born,* Berkeley-Los Angeles, 1986.

BERTRAND Louis Jacques Napoléon, dit Aloysius. Poète. Né à Ceva (Piémont) le 20 avril 1807, mort à Paris le 29 avril 1841. Le nom d'Aloysius Bertrand reste attaché désormais à la naissance du poème en prose, genre qui semble être venu instinctivement sous sa plume et qu'illustre son seul recueil, *Gaspard de la nuit* (*). Né dans le Piémont, Bertrand passera la plus grande partie de sa vie dans la bonne ville de Dijon qu'évoquent à l'occasion ses textes ; la place du Morimont, les églises de Saint-Jean et de Saint-Bénigne, les tilles (les rivières) se retrouvent dans ses pages, et c'est sur les remparts mêmes de la vieille cité qu'il feint d'avoir reçu des mains d'un inconnu (qui n'est autre que le diable) le manuscrit de l'unique livre qu'il composa. Fort tôt, Bertrand a montré ses talents d'écrivain, quand il participait à l'une de ces sociétés littéraires provinciales si importantes alors pour l'éclosion des jeunes talents. De 1826 à 1828, lors de séances de la Société d'études de Dijon, il récite une cinquantaine de ses premières compositions, parmi lesquelles des « bambochades », c'est-à-dire l'équivalent poétique de petits tableaux familiers peints dans la manière du Hollandais Pierre de Laer (surnommé Bambochio). Son mode d'expression était déjà trouvé. Le journalisme à tendance politique le sollicite ensuite. En 1828, il fonde *Le Provincial,* qui ne dure que deux mois. Il en profite pour y publier d'autres poèmes. Attiré par la capitale, il va venir l'année suivante à Paris où on le voit fréquenter la rue Notre-Dame-des-Champs (Hugo et les collaborateurs de *La Muse française*) et les salons de l'Arsenal (Nodier). Il est certain que son talent y fut suffisamment reconnu pour retenir un Sainte-Beuve, par exemple. Cependant, la misère le menaçant, il regagne Dijon où, de nouveau, il s'intéresse au journalisme, gérant *Le Spectateur* en 1830 (les journées de Juillet le soulèvent d'enthousiasme), puis fondant en 1831 *Le Patriote de la Côte-d'Or* qui témoigne librement de ses idées avancées. Des différends éclateront, du reste, entre ce dernier journal et *Le Spectateur* d'allure plus modérée. Tenté par le théâtre, l'une des ressources des poètes nécessiteux de ce temps, il n'en retirera que déboires avec son vaudeville *Le Sous-Lieutenant de hussards* et son drame *Daniel*, refusé par Harel. C'est en 1833 que, plutôt mal inspiré, il décide de s'installer définitivement à Paris. Il y exerce des fonctions mal connues, mais qui, de toute façon, semblent avoir été insuffisantes pour subvenir même à ses plus indispensables besoins. De ses amours on ne sait rien qu'une liaison très passagère avec une certaine Célestine. Seule éclaircie dans cette pauvre vie : l'acceptation par Renduel, l'éditeur attitré des romantiques, de son recueil *Gaspard de la nuit. Fantaisies à la manière de Rembrandt et de Callot.* Encore cette publication sera-t-elle retardée « sine die ». Bertrand atteint de phtisie tombe bientôt gravement malade ; il traîne d'hôpital en hôpital (la Pitié, Saint-Antoine) pour finir, en véritable exemple du poète infortuné déjà chanté par Gilbert, à l'hôpital Necker en avril 1841. Éditée par les soins de Victor Pavie à Angers, son œuvre, unique, ne paraîtra que posthume, en novembre 1842. Elle connaîtra vite un précieux renom, et Baudelaire, puis Mallarmé s'en réclameront. À son tour André Breton la comptera au nombre de ses préférences.

JEAN-LUC STEINMETZ.

♦ *« Bertrand me fait l'effet d'un orfèvre ou d'un bijoutier de la Renaissance ; un peu d'alchimie par surcroît s'y serait mêlée, et à de certains signes et procédés Nicolas Flamel aurait reconnu son élève. »* Sainte-Beuve. ♦ *« Dans la nuit de Gaspard, qu'importe s'il faut étendre longtemps la main pour sentir tomber une de ces pluies très fines qui vont donner naissance à une fontaine enchantée !* » André Breton.

RÉF. : Henri Chabeuf, *Louis Bertrand et le romantisme à Dijon*, Dijon, 1889. – Cargill Spriestma, *Louis Bertrand (1807-1841) dit Aloysius Bertrand*, Paris, 1926. – Fernand Rude, *Aloysius Bertrand*, Paris, 1971. – Henri Corbat, *Hantise et imagination chez Aloysius Bertrand*, 1975.

BERTRAND de Bar-sur-Aube. Poète. Il vécut au début du XIIIe siècle, et fut l'auteur d'une célèbre chanson de geste, *Aimeri de Narbonne* ; *Girart de Vienne* lui est également attribué. C'est lui qui, en quelques vers restés célèbres, s'avisa de faire une classification dans le cycle épique carolingien, désignant chacun des groupes sous le nom de « geste » du roi, geste de Doon de Mayence et geste de Garin de Montglane ; les deux œuvres citées se rattachent à la dernière de ces gestes.

BÉRULLE Pierre de. Cardinal. Né au château de Sérilly, près de Troyes (Aube) le 4 février 1575, mort à Paris le 20 octobre 1629. D'une famille de parlementaires, il dut à sa cousine, Mme Acarie, dont l'hôtel fut, au seuil du XVIIe siècle, ce que devait être plus tard Port-Royal, d'entrer rapidement en contact avec le milieu dévot de Paris. Élève des jésuites, il subit profondément l'influence de la spiritualité ignatienne. Il se montre homme d'action résolu, se fait le défenseur ardent du catholicisme contre les protestants. Il introduit en France l'ordre des Carmélites avec qui, par la suite, il aura des démêlés. Il fut surtout le fondateur de l'ordre des Oratoriens, destiné à lutter contre les aspects mondains qu'avait pris le sacerdoce. Il intervient encore dans la réforme d'un certain nombre d'autres ordres religieux. Il joue aussi un certain rôle politique. Il conseille à Richelieu le siège de La Rochelle et est à l'origine du rapprochement franco-espagnol de 1627, ce qui lui valut le chapeau de cardinal. Ces diverses activités ne doivent pas faire oublier l'écrivain mystique. Ami de François de Sales, de Vincent de Paul, de Saint-Cyran, il donne avec le *Discours de l'état et de la grandeur de Jésus pour l'union ineffable de la divinité avec l'humanité* (1623), qui fit dire au pape que son auteur méritait d'être appelé « l'apôtre des mystères du Verbe incarné », une des grandes œuvres spirituelles de l'époque. Sa doctrine, où s'amalgament les influences du néo-platonisme, de Pic de La Mirandole, des mystiques rhéno-flamands, de saint Bernard et de saint Ignace, est centrée sur le Christ, Verbe incarné, sans qui l'homme n'est que pur néant. C'est à lui d'aller à la rencontre de Jésus, d'intégrer dans son âme les événements de la vie du Christ, d'y adhérer, de les revivre de façon que le cœur s'imprègne des énergies divines qui en découlent. Ce mystique, cet homme d'action, portait aussi un vif intérêt aux gens de lettres. Il fit lever les obstacles qui empêchaient l'impression de *La Bible polyglotte* de Lejav et encouragea Descartes à poursuivre ses travaux, fort en honneur chez les oratoriens. Les *Œuvres complètes* du cardinal de Bérulle furent publiées pour la première fois en 1644 et sa correspondance rassemblée en 1937-1939.

GUY LE CLEC'H.

RÉF. : J. Dagens, *Bérulle et les origines de la restauration catholique*, Paris, 1952. – J. Orcibal, *Le Cardinal de Bérulle : évolution d'une spiritualité*, Paris, 1965.

Bestiaires et Lapidaires. Le Bestiaire moralisé, qui connut une durable faveur pendant tout le Moyen Âge, décrit comme les traités et les encyclopédies de l'époque – avec la plus amusante fantaisie – la nature et les mœurs des animaux, mais vise à un but tout différent. C'est un traité d'instruction religieuse, qui fonde ses leçons sur un symbolisme naïf, où les animaux et leurs caractères deviennent l'expression et la preuve des vérités et des mystères de la religion, et l'illustration de ses préceptes. Le Bestiaire a laissé sa trace dans tout l'art du Moyen Âge : il s'enlace aux chapiteaux, il brille dans les vitraux des cathédrales, il inspire les poètes. Sa source est dans le *Physiologue*, ouvrage grec composé probablement dans la seconde moitié du IIe siècle à Alexandrie. La faune du *Physiologue* et des Bestiaires se réduit à quelques dizaines d'animaux, souvent fabuleux, comme l'onocentaure, la sirène, le phénix. Citons les *Bestiaires* de Philippe de Thaon (XIIe siècle), de Guillaume le Clerc (début XIIIe siècle), de Pierre de Beauvais (écrit avant 1217 ?) et le *Bestiaire d'amour* de Richard de Fournival (vers 1250).

★ Alors que le symbolisme du Bestiaire remonte aux origines du genre, dans les premiers *Lapidaires* français, la description des pierres et de leurs propriétés merveilleuses reste une fin en soi, ce qui les rapproche des traités et des encyclopédies de sciences naturelles du Moyen Âge, comme le *Des propriétés des choses* [*De proprietatibus rerum*] de Barthélemy l'Anglais (XIIIe siècle), l'*Acerba* de Cecco d'Ascoli, l'*Image du monde*, les *Livres dou Trésor* de Brunetto Latini, *Le Roman de Sidrach* (fin XIIIe siècle), etc. Si les sources lointaines en sont Pline, Dioscoride, Damigeron (*De lapidibus*), et même des traités orientaux, nos Lapidaires dérivent plus directement du *Des pierres précieuses* [*De gemmis*] de Marbode, évêque de Rennes (1035-1123). C'est le cas du *Lapidaire* du début du XIIe siècle, version du *De gemmis*, l'œuvre française la plus ancienne que nous possédions dans sa rédaction originale. C'est aussi le cas du *Lapidaire* de Philippe de Thaon, antérieur à son *Bestiaire*. Plus tard les *Lapidaires*, en devenant mystiques, chercheront leurs pierres dans *La Bible* (pierres du pectoral et de l'éphod) ou dans l'*Apocalypse* (chap. XXI), et enseigneront surtout la signification morale des pierres, mais sans négliger leurs propriétés pratiques. Tel, après beaucoup d'autres, est encore le *Lapidaire* en prose compilé à la demande de Philippe de Valois vers le milieu du XIVe siècle. Nombreux sont, par ailleurs, les

Volucraires et les *Herbiers*, traitant des vertus des oiseaux et des plantes.

BÈZE Théodore de. Théologien et auteur dramatique. Né à Vézelay le 24 juin 1519 d'une famille ancienne, mort à Genève le 13 octobre 1605. Orphelin de mère, il fut élevé par son oncle Nicolas de Bèze, conseiller au parlement de Paris ; celui-ci confia très tôt le soin de son éducation à l'helléniste Melchior Wolmar, qui le prit même en pension chez lui à Orléans pendant sept ans. Dans la maison de Wolmar, luthérien fervent, il connut Calvin et d'autres représentants du protestantisme, mais la littérature classique, surtout Tibulle et Catulle, l'attirait alors plus que la théologie ; il composa ses premiers vers latins à quinze ans. Devenu docteur en droit à l'âge de vingt ans, il vint à Paris où il vécut pendant dix ans et publia en 1548 un recueil de poèmes, *Juvenilia*, qui le firent considérer par ses contemporains comme le meilleur poète latin de son temps. En 1544, s'étant épris d'une jeune fille, Claudine Denosse, il avait contracté avec elle un « mariage de conscience », car il ne voulait pas renoncer aux deux bénéfices ecclésiastiques dont il vivait.

Plus tard, s'étant rallié à la cause des réformés, il se rendit à Genève où Calvin bénit son mariage et l'aida à se procurer du travail. Son drame sacré *Abraham sacrifiant* date de cette époque (il fut représenté en 1550). Alors qu'il projetait de fonder une imprimerie, on offrit à Théodore de Bèze la chaire de grec à l'académie de Lausanne qu'on venait de fonder. En 1558, à la suite d'un différend avec les autorités de Lausanne, il revint à Genève où l'appui de Calvin lui valut une chaire de théologie et la charge de pasteur. Mais la situation politique et religieuse ne tarda pas à le rappeler en France où il prit part aux guerres de Religion comme pasteur dans l'armée huguenote. Au colloque de Poissy (1560), il joua un rôle de premier plan, en se déclarant contre la présence réelle. La fin de la guerre le ramène à Genève près de Calvin, désormais vieux et affaibli ; à la mort de ce dernier (1564) il le remplace comme recteur de l'académie, « modérateur de la vénérable compagnie des pasteurs » (jusqu'en 1580) et chef du protestantisme français. Il préside le synode de La Rochelle (1571), où s'organise l'Église réformée, et par son livre *De jure magistratuum* élève une protestation indignée contre le massacre de la Saint-Barthélemy (1572). Cette intense activité politique et ecclésiastique va de pair avec une abondante production littéraire. Citons les traductions des *Psaumes*, la *Confession de la foi chrestienne* et sa défense de Calvin contre Castellion, où, après le supplice de Servet, il prône l'intolérance religieuse (*De haereticis a civili magistratu puniendis*, 1554). À la période genevoise se rattachent : la publication, avec traduction latine, du fameux manuscrit grec de l'Ancien Testament qu'il découvrit à Lyon et dont il fit don à l'université de Cambridge (1565) ; la *Vie de Calvin*, écrite immédiatement après la mort du réformateur ; les *Icones virorum illustrium* (1580), et l'*Histoire ecclésiastique des Églises réformées au royaume de France*. Il quitta sa chaire en 1600 et mourut peu après.

RÉF. : H. M. Baird, *Theodore Beza, the Counsellor of the French Reformation*, New York, 1899. — A. Picard, *Théodore de Bèze, ses idées sur le droit d'insurrection et son rôle pendant la première guerre de Religion*, thèse, Cahors, 1906. — Paul F. Geisendorf, *Théodore de Bèze*, Genève, 1949.

Bibliothèque bleue : v. **Colportage.**

BILLETDOUX François. Auteur dramatique, comédien, romancier, chansonnier, journaliste et homme de radio. Né et mort à Paris (7 septembre 1927-26 novembre 1991). Après des études au lycée Condorcet où il fit partie d'une troupe de théâtre « Les Mascarilles », Billetdoux suit les cours de l'école d'art dramatique Dullin, puis ceux de l'I.D.H.E.C. (Institut des hautes études cinématographiques). À 19 ans, il entre au Club d'essai de Radio-France dirigé par Jean Tardieu où il travaillera avec Pierre Schaeffer, et où sa pièce *Les Ânes rouges* sera diffusée. « La radio m'a tenu lieu d'université », avait-il coutume de dire. Il y devient ensuite responsable des « variétés », et fait débuter des artistes tels que Yves Robert, Jeanne Moreau et les frères Jacques. À partir de 1946, il collabore à diverses revues dont *Les Lettres françaises* et *Opéra*. En décembre 1948, chargé de la direction du poste de radiodiffusion de Fort-de-France (Martinique), il y demeure jusqu'en 1951. De retour en métropole il y reprend, grâce à Francis Claude, ses activités de production radiophonique : « Les Vertiges de M. Flute », « La roue tourne »... En 1953 débute sa collaboration avec la revue *Art*. Il produit et anime en 1954 « De qui se moque-t-on ? » et « C'est pas tous les jours dimanche » (musique, chants, poèmes, sketches) sur Paris-Inter. De façon continue depuis son retour en France, il écrit de nombreux monologues et sketches destinés au cabaret et qu'il joue lui-même, notamment à l'Écluse, au Lapin agile, et chez Milord l'Arsouille. Sa première véritable pièce de théâtre sera *À la nuit la nuit*, créée en 1955 au Théâtre de l'Œuvre : « Mon premier insuccès d'estime », dira-t-il, suivi de *Les Plus Beaux Métiers du monde*, à l'Œuvre également, qui fut un échec. La même année il rédige son premier roman : *L'Animal*. En 1957, il publie chez Robert Laffont son second roman, *Royal Garden Blues*, dans lequel une fête foraine, organisée par des aristocrates, tourne mal. Le narrateur en est ainsi défini : « Trente ans d'âge, cent ans de regrets, mille ans de mensonges. »

Tchin-Tchin créé en 1959 par Billetdoux lui-même, avec Katharina Renn et Claude Berry au Théâtre de Poche Montparnasse, connaît un véritable triomphe. Cette pièce douce-amère raconte la descente aux enfers de l'alcoolisme de Pamela et Cesaro, abandonnés par leurs conjoints qui convolent ensemble. Elle sera représentée trois cents fois, créée à Londres, à Broadway, traduite en dix-neuf langues, jouée dans vingt-huit pays. Après le Poche-Montparnasse, elle sera reprise au Théâtre moderne, puis en 1984, par Peter Brook et Maurice Benichou au Théâtre Montparnasse (avec Marcello Mastroianni et Natasha Parry). En 1960, *Le Comportement des époux Bredburry,* « comédie burlesque et philosophique », inspirée d'un fait divers (une femme veut vendre son mari par amour), connaît un relatif échec au Théâtre des Mathurins. Mais dès l'année suivante *Va donc chez Törpe* permet à Billetdoux de renouer avec le succès. Cette pièce, dont l'action se déroule dans une singulière auberge où les clients viennent pour mourir, et qui donne lieu à un étrange dialogue entre un inspecteur de police et la tenancière du lieu, fut unanimement saluée par la critique. Billetdoux publie ensuite son troisième roman : *Brouillon d'un bourgeois.* En 1962, il participe, avec *Pour Finalie* à une trilogie commandée par Antoine Bourseiller pour le Théâtre des Champs-Élysées, avec Ionesco et Vauthier : *Les Chemises de nuit.* En 1964, sa pièce *Il faut passer par les nuages,* sous-titrée « Le Poème d'une chatte de gouttière », est créée à l'Odéon-Théâtre de France par Madeleine Renaud et Jean-Louis Barrault.

En mars de la même année, Billetdoux met en scène son « western métaphysique » : *Comment va le monde, môssieur ? Il tourne, môssieur !* (au Théâtre de l'Ambigu (Prix de la jeune critique). En juillet 1967, dans le cadre du Festival d'Avignon, Antoine Bourseiller monte ce que l'auteur appellera « Un prospectus prématuré de mai 68 » : *Silence ! l'arbre remue encore...* avec Serge Reggiani. *Pitchi Poï,* écrit pour l'Eurovision, sera produit la même année, mais non diffusé. Commence alors une période de remise en question des cadres de la dramaturgie : « Si le théâtre a encore un sens de nos jours, c'est en moi que je dois retrouver son origine. » Il s'engage alors dans une suite de travaux « sur les matériaux élémentaires » (voix « sans écriture », canevas de type forain, jeu avec de grandes marionnettes, monologues, généalogies de clowns, etc.) : *Quelqu'un devrait faire quelque chose* (1969), *7 + Quoi*, retiré de l'affiche du Gymnase après deux représentations (1969), *Femmes parallèles,* sa première pièce jouée au Français, mise en scène par J.-P. Roussillon (1970), *Rintru pa trou tar hin* (1971), *Ne m'attendez pas ce soir au Petit Odéon* (1971), *Les Veuves* (1972). La même année « carte blanche » lui est donnée pour une soirée poétique salle Richelieu. Il est nommé président de la Société des gens de lettres et s'attelle à l'épineux problème des droits d'auteur. En 1973 il devient membre du Haut Conseil de l'audiovisuel. L'année suivante, J.-P. Miquel lui passe commande d'un texte pour les comédiens-français, ce sera : *La Nostalgie camarade,* représentée trente fois. C'est alors que celui qui se définissait comme le « pauvre griot du monde occidental » cesse momentanément d'écrire pour le théâtre : « Si je me suis arrêté de produire des œuvres nouvelles, c'est comme un compositeur auquel on aurait obstinément interdit l'accès à l'instrumentation, et qui en outre se serait fait trop souvent rabrouer parce qu'il tape comme un sourd sur le piano. » En 1974 *Les Veuves* sont créées au Round House de Londres. En 1981, Roger Blin monte au Petit Montparnasse une pièce que Billetdoux avait écrite pour la radio : *Ai-je dit que je suis bossu ?* En 1983, *L'Arlequin du doute* est publié. Billetdoux rompt enfin son long silence dramaturgique en 1988, grâce à une commande de Jorge Lavelli pour le Théâtre de la Colline qui donnera : *Réveille-toi, Philadelphie,* avec Denise Gence, triomphalement accueilli par le public et la critique (prix de la Littérature dramatique de la ville de Paris, prix du Syndicat de la critique dramatique et musicale). L'œuvre et l'auteur sont couronnés par le Molière du meilleur auteur dramatique 1989, et par le grand prix de l'Académie française, la même année. En 1992, de façon posthume est publié un recueil de textes et chants initialement prévu pour plusieurs médias (radio, disque, livre et télévision) accompagné de sa seule version discographique, *Appel de personne à personne.*

NICOLAS ROMÉAS.

♦ *« Ce par quoi Billetdoux échappe aux définitions commodes, c'est précisément ce qui fait sa valeur d'homme de théâtre : sa verve, sa virtuosité et son abondance verbale. Entre le spectateur et lui, Billetdoux fait s'élever à la façon d'un rideau de fumée, ce chatoiement des mots, ces monologues parfaits qui sont le charme de ses pièces. »* François Nourissier.

RÉF. : J.-M. Lhote, *Mise en jeu de François Billetdoux,* Paris, 1988.

Biographie. Genre littéraire remontant à l'Antiquité, et illustré par Suétone et Plutarque (dont la traduction des *Vies des hommes illustres,* par Jacques Amyot [1559], peut faire figure de premier ensemble biographique important en langue française). Le dictionnaire de Richelet, dans son édition de 1728, méconnaît ce mot qui entre cependant dans notre langue autour de 1720. On utilisait, jusqu'alors et même longtemps après, le terme *vies* qui allait de l'histoire d'un roi à l'hagiographie d'un saint, ou le syntagme *Mémoires sur la vie de M...* pour annoncer l'histoire d'un personnage moins glorieux : ainsi les *Mémoires sur la vie de Jean Racine* par son fils (1747) qui retracent assez précisément la vie de l'écrivain, et contiennent même une petite biographie de Boileau. C'est au XVIIe siècle que ce genre commence à fleurir : chacun dans sa singularité, les *Mémoires pour la vie de M. de Malherbe* de Racan (vers 1630), *La Vie de Monsieur Pascal* par sa sœur, Mlle Périer (1670), l'*Histoire d'Henriette d'Angleterre* (1669), par Mme de La Fayette, à quoi l'on peut ajouter sans exagération Tallemant des Réaux avec ses

Historiettes, fait œuvre de biographe. Bossuet lui-même, dans ses *Oraisons funèbres* (*), approche parfois de la perfection dans l'évocation des faits biographiques à des fins démonstratives. Mais sans doute la première véritable réussite dans le genre, tant par sa longueur que par son contenu, est-elle la *Vie de M. Des-Cartes* (1692) d'Adrien Ballet qui resta, jusqu'à une date très récente, l'unique source d'éléments biographiques sur le philosophe ! Si le XVIIIe siècle utilise le récit anecdotique de la vie d'un personnage, c'est presque toujours dans une perspective romanesque (par exemple, *La Vie de mon père* de Restif de La Bretonne). Mais, au XIXe siècle, donnant sa *Vie de Rancé* (1844), Chateaubriand commence à dévier vers la biographie pure. Lamartine, pour assurer péniblement son existence, publiera dans la presse des biographies d'écrivains illustres, issues de compilations. Et, dans le genre historique, on verra l'émergence d'un rameau qui a, aujourd'hui encore, une grande importance ; et des monographies plus ou moins romancées comme le *Cinq-Mars* de Vigny, l'ébauche du *Napoléon* de Stendhal ou, sur le même personnage, l'étude d'Édgar Quinet (1835), ont des vertus proprement historiques. Mais le XIXe siècle est celui de la redécouverte des auteurs anciens (en même temps que la passion pour le règne de Louis XIII), d'où l'impressionnante quantité de notices anecdotiques, souvent fort longues, publiées en préambule des œuvres remises au jour. Dans le genre, Théophile Gautier, avec ses *Grotesques* (1845), donne une série de portraits d'écrivains du passé (dont Villon, Théophile de Viau, Cyrano de Bergerac...) qui font revivre ces auteurs. En 1853, Renan, avec sa *Vie de Jésus,* va bouleverser le récit biographique en s'attaquant à la tradition hagiographique : il humanise son Christ. Malgré les défauts idéologiques de l'œuvre, Renan ouvre une porte qui ne sera pas refermée. Daniel-Rops reprendra le sujet un siècle plus tard pour le traiter à l'opposé et, là encore, avec un immense succès. Entretemps, François Mauriac, avec sa courte mais remarquable *Vie de Racine* (1928), revenait à la tradition du XIXe siècle, tout comme Anatole France et son curieux *Rabelais* (1909). Aujourd'hui, la biographie jouit d'une confortable audience, et pas seulement sur le plan historique (le *Louis XI* de Murray Kendall ou le *Louis XIV* de François Bluche) : Gilbert Lely et *La Vie du marquis de Sade,* Jean Lacouture et *André Malraux, François Mauriac* ou *Léon Blum,* ou encore l'important *Victor Hugo* d'Hubert Juin attestent le bon accueil réservé à ce genre littéraire. On peut citer également les travaux d'Henri Guillemin, d'Henri Troyat ou ceux de Jean Orieux (sur Voltaire) pour illustrer le savoir-faire biographique contemporain.

FRANÇOIS BODDAERT.

BLANCHOT Maurice. Critique et romancier. Né le 22 décembre 1907 à Quain, en Saône-et-Loire. Après des études universitaires, il commence une carrière de journaliste au *Journal des débats* (1933), à *Combat* (1936), à *L'Insurgé* (1937), aux *Écoutes* (1938). De 1941 à 1944, il tient la chronique littéraire du *Journal des débats.* Bien que, dans sa jeunesse, il ait incliné vers la « jeune droite », il refuse pendant la guerre de collaborer avec le régime vichyste, et se retire progressivement de toute vie publique. C'est le début d'un long exil intérieur où Blanchot se consacre à son œuvre et à sa réflexion sur la littérature. Il signe néanmoins en 1960 le « Manifeste des 121 » et, en mai 1968, entre au Comité des écrivains et des étudiants.

L'œuvre de Maurice Blanchot, peu connue du grand public, bénéficie, à l'égal de celle de Georges Bataille ou de Pierre Klossowski, d'une autorité considérable dans le monde intellectuel. Cette œuvre, qu'il faut classer — selon des critères que la pensée de cet auteur, il est vrai, remet en cause — en « romans » et en « essais », est d'un accès difficile, et requiert une lecture exigeante. L'œuvre romanesque, moins connue que l'œuvre « critique », comprend une série de « romans » et de « récits » qui, comme tous les grands exemples du genre au XXe siècle, sont inclassables. *Thomas l'obscur* (1941), *Aminadab* (1942), *Le Très-Haut* (1948), *L'Arrêt de mort* (1948), *Le Ressassement éternel* (1951), *Au moment voulu* (1951), *Celui qui ne m'accompagnait pas* (1953), *Le Dernier Homme* (1957), *L'Attente, l'oubli* (1962), *La Folie du jour* (1973) témoignent d'une évolution romanesque qui va vers toujours plus de dépouillement et de nudité ; parti d'un roman que Sartre — assurément à tort — a pu qualifier de « fantastique », *Thomas l'obscur*, Blanchot élimine peu à peu, par un patient travail d'écriture, tout ce qui, dans sa prose, se rattachait encore à des formes traditionnelles (personnages, intrigues, histoire, décor, etc.). Néanmoins, le sens profond de cette évolution romanesque, visant à obtenir un texte de plus en plus « neutre », de plus en plus anonyme et exsangue, ne peut s'éclairer que par la réflexion que Blanchot a menée dans une longue série d'articles, articles régulièrement rassemblés en essais : *Faux pas* (1943), *Lautréamont et Sade* (1949), *La Part du feu* (1949), *L'Espace littéraire* (1955), *La Bête de Lascaux* (1959), *Le Livre à venir* (1959), *L'Entretien infini* (1969), *L'Amitié* (1971) et *Le Pas au-delà* (1973), *L'Écriture du désastre* (1980), *La Communauté inavouable* (1984). Signalons d'ailleurs que, dans les derniers ouvrages cités, la « forme critique » et la « forme romanesque » finissent par se rejoindre. Blanchot n'est pas à proprement parler un « critique » ou un « théoricien » ; encore moins peut-on le considérer comme un philosophe. C'est un homme qui s'interroge sur l'écriture, ou la littérature, en tant que « scène » d'une expérience humaine essentielle. Tous ses romans, tous ses récits, mais aussi tous ses articles tournent autour de cette question : qu'est-ce qu'écrire ? Qu'est-ce que cette « force » qui constitue la littérature ? Ou — pour employer son langage (un langage qui possède une cohérence et une vigueur propres) — qu'est-ce que l'« espace littéraire » ? Pour correspondre, plutôt que répondre, à cette question, Blanchot a interrogé les œuvres majeures de la littérature contemporaine de Mallarmé à Artaud, de Kafka — *De Kafka à Kafka* (1981) — à Bataille, etc. La réponse est à la fois personnelle et universelle : écrire, c'est chercher ce point, ce moment où quelque chose comme une « œuvre » deviendrait possible, c'est « entrer dans l'affirmation de la solitude où menace la fascination ». La littérature est pour ainsi dire le « négatif » de l'expérience « diurne » du monde : dans cette dernière, l'homme produit, travaille, construit, vit dans le projet et le temps créateur. La littérature a ceci de fascinant et d'essentiel qu'elle est la « contestation » absolue : « Contestation du pouvoir établi, contestation de ce qui est (et du fait d'être), contestation du langage et des formes du langage littéraire, enfin contestation d'elle-même comme pouvoir. » Une telle contestation, on le voit, est par essence « subversive » : mais elle ne se cristallise jamais en « projet subversif » (comme dans la Révolution). Elle est la part de ce que Bataille a appelé la « négativité sans emploi », ou ce que Blanchot appelle encore plus fortement le « ruissellement du Dehors éternel ».

Dans ses derniers écrits, Blanchot avance encore plus loin dans cette interrogation, et — influencé par Emmanuel Lévinas — s'engage dans une réflexion sur l'« inconnu » et l'« autre ». L'« autre » n'est pas mon « alter ego », mais l'« inconnu » radical. Cette expérience de l'altérité — qui ne cède à aucun humanisme facile — est fortement exprimée dans des ouvrages comme *L'Amitié* et *Le Pas au-delà*. Elle signale le point extrême d'une réflexion marquée à la fois par sa rigueur et par un goût de la fascination que tout lecteur de Blanchot a pu à son tour éprouver.

ANTOINE BERMAN.

♦ *« L'œuvre de Maurice Blanchot est d'une importance majeure, pas seulement parce qu'elle est celle d'un écrivain au langage admirable, d'un analyste qui sut porter la « critique » à une profondeur jusqu'alors jamais atteinte, mais parce qu'il a libéré l'art de l'esclavage du naturalisme et de la psychologie, en instituant un mode nouveau, qui n'est ni roman, ni récit, ni essai, « genre » qui ne porte pas de nom, mais qui amène à chercher, à écrire selon une dimension nouvelle : celle du Neutre, dimension encore peu explorée, encore qu'elle le fût jadis par Héraclite, et qui amènera un jour à répondre de manière entièrement nouvelle à la question : « Qu'est-ce que penser ? »* Roger Laporte.

RÉF. : Sartre, *Situations I*, Paris, 1947. — *Critique* (numéro spécial), Paris, 1966. — Françoise Collin, *Maurice Blanchot et la question de l'écriture*, Paris, 1971. — Daniel Wilhem, *Maurice Blanchot, La Voix narrative*, Paris, 1974. — *Gramma* (numéros spéciaux), *Blanchot I* et *Blanchot II*, Paris, 1976.

Blason. Genre poétique né au XVe siècle (G. Alexis, *Blason des fausses amours,* 1486), en vogue chez les rhétoriqueurs et développé surtout de 1535 à 1550 (*Blasons anatomiques du corps féminin*) sous l'influence de Clément Marot qui écrit dans ce recueil le célèbre blason du *Beau Tétin.* Poème bref et énumératif à rimes plates (souvent en octosyllabes) prenant pour thème un objet (anneau ou épingle pour Hugues Salel, par exemple) ou une partie du corps (surtout féminin), le blason est encomiastique (élogieux) ou satirique (« contre-blason » comme le *Blason du laid tétin* [1536] écrit par Marot). Peu prisé par la Pléiade (ni Du Bellay, ni Ronsard, ni Peletier n'y font allusion), ce genre disparaît à la fin du siècle.

FRANÇOIS ROUDAUT.

Blé en herbe (Le). Roman de Colette (1873-1954), publié en 1923. Deux jeunes gens, Phil et Vinca, ont grandi l'un près de l'autre, bons et tendres camarades de jeux et de vacances, jusqu'au jour où ils s'éveillent à leur vie d'homme et de femme. C'est d'abord le garçon qui abandonne le paradis de l'enfance, sous la séduction d'une aventurière qui parvient sans peine à faire de lui son amant. Que fera Vinca ? Bien qu'elle ne sache rien, elle a déjà tout deviné, avec son sûr instinct de femme : à tout prix, il lui faut garder Phil auprès d'elle. Elle épie le garçon, le suit, l'attend ; et lorsque ce dernier, tourmenté par un obscur remords, tentera de se suicider, la petite Vinca, dans un élan déjà maternel, se donne à lui pour le retenir et le sauver. Colette a bien précisé les intentions de son roman : il s'agissait de rappeler que la passion n'a pas d'âge, et que la petite jeune fille de quinze ans est déjà une femme, avec toutes les souffrances et l'énergie de la maturité. En face de l'homme raisonnable, égoïste et assez pesant, s'élève ainsi dans *Le Blé en herbe* un hymne à la femme, à sa sensibilité délicate et à sa générosité.

BLOCH Jean Richard. Écrivain français. Né et mort à Paris (25 mai 1884-15 mars 1947). Il commence d'abord une carrière universitaire mais s'en dégage bientôt pour se consacrer à la littérature et à la politique. Son premier livre, *Lévy* (1912), est un recueil de nouvelles. Mais c'est dans la fresque balzacienne d'... *Et Cie* (1918) — histoire de l'ascension d'une famille d'industriels alsaciens — que Bloch affirme l'originalité de son talent passionné, fiévreux même, exalté par la puissance de la vie moderne, et en même temps inquiet et rêveur, prophétique, tel qu'il se manifestera en 1925 dans l'exotisme violent et tragique de *La Nuit kurde.* À cette époque, J. R. Bloch est déjà engagé dans la politique, il collabore à l'hebdomadaire communiste *Clarté* : dès avant la guerre, influencé par Romain Rolland — avec lequel il fonde la revue *Europe* —, Élie Faure, Georges Sorel, il avait fondé à Poitiers, où il enseignait, *L'Effort libre*, revue qui combattait la gratuité de l'art. À ses yeux, il ne peut en effet y avoir d'art véritable que supporté par une grande foi humaine ; la littérature ne se renouvellera qu'en annexant les passions sociales modernes — c'est-à-dire, pour J. R. Bloch, prolétariennes et communistes. De là l'inspiration politique qu'on trouvera non seulement dans des essais de combat comme *Espagne, Espagne !* (1936), *Naissance d'une culture* (1936), dans son théâtre révolutionnaire : *Le Dernier Empereur* (1926), *Danton* (1946), mais encore dans *Sybilla* (1932), livre à clefs, où cette constante se mêle curieusement à l'évocation d'Isadora Duncan.

RÉF. : Mme G. Pierre-Brossolette, Éloge de J. R. Bloch prononcé au Conseil de la République, *Journal Officiel* du 19 mars 1947. — Article *sub nomine* dans le *Dictionnaire de Biographie française* de Prévost et d'Amat. — *Europe*, n° 446, juin 1966. — J. Albertini, *Avez-vous lu Bloch* ?, Paris, 1981.

BLOCH Marc. Historien français. Né à Lyon (Rhône) le 6 juillet 1886, mort près de Lyon le 16 juin 1944. Fils d'un professeur d'histoire romaine à la Sorbonne, il passa son agrégation d'histoire après avoir fait ses études à l'École normale, et alla achever sa formation en Allemagne, où il suivit les cours de Bücher et de Harnack pendant les années 1909-1912. Professeur au lycée de Montpellier, puis à Agen, il se vit confier, au lendemain de la Première Guerre mondiale, une chaire d'histoire médiévale à la faculté de Strasbourg, qu'il occupera jusqu'en 1936. Après sa thèse, présentée en Sorbonne en 1920, sur l'attitude des rois de France envers leurs serfs, il se consacra à la fois à l'étude de la condition paysanne, avec *Les Caractères originaux de l'histoire rurale française* (1931), et à l'histoire des institutions politiques du Moyen Âge avec *Les Rois thaumaturges* (1924), essai sur le caractère surnaturel de la fonction royale, et *La Société féodale* (1939-1940). Fondateur, avec Lucien Febvre, rencontré à Strasbourg, des *Annales d'histoire économique et sociale*, il succéda en 1936 à Henri Hauser à la chaire d'histoire économique de la Sorbonne. Très préoccupé alors des problèmes de la réforme de l'enseignement, intéressé à la politique depuis les accords de Munich, il fut mobilisé en 1939, et se réfugia après l'armistice en zone sud où il obtint un poste à la faculté de Strasbourg, repliée à Clermont-Ferrand, puis à celle de Montpellier. Entré dans la Résistance en 1943, il devait être arrêté au printemps de 1944 et fusillé peu après le débarquement allié. Son livre posthume, *Le Métier d'historien*, a confirmé encore la valeur de Marc Bloch comme l'un des historiens français les plus originaux de l'époque contemporaine, de même que *L'Étrange Défaite*, parue en 1990.

BLONDIN Antoine. Journaliste et romancier. Né et mort à Paris (11 avril 1922-7 juin 1991). La parution, en 1949, de *L'Europe buissonnière* fit l'effet d'une provocation. Son auteur, un jeune homme de vingt-sept ans, non seulement n'y prenait pas la guerre qui venait de s'achever au sérieux, mais en parlait même avec une désinvolture que l'on ne pouvait guère attendre d'un garçon qui, après d'honnêtes études de philosophie, avait passé plus de deux ans dans un camp de travail nazi.

Ce roman partiellement autobiographique attira sur Antoine Blondin l'attention et l'amitié de Marcel Aymé, puis celles de Roger Nimier. Ces deux hommes allaient énormément compter dans sa vie.

Dès lors, c'est-à-dire pendant les quarante années qui suivirent, la vie d'Antoine Blondin fut gouvernée par plusieurs passions parallèles, et parfois contradictoires : l'amitié (aux deux noms qui précèdent, il faut ajouter ceux de Michel Déon, Jacques Laurent, Albert Vidalie, Kléber Haedens, Paul Morand et beaucoup d'autres) ; le sport (il suivit vingt-sept Tours de France et couvrit sept jeux Olympiques pour le journal *L'Équipe* — v. *L'Ironie du sport* —) ; la littérature, et l'alcool.

Cette dernière passion, dont il a admirablement parlé dans *Un singe en hiver* (1959) et *Monsieur Jadis* (1970), lui a donné, auprès d'une certaine presse, une réputation de mauvais aloi. Il s'agit pourtant là d'une sorte d'« acquiescement aux limites », dont le sens tragique et la démesure même forcent le respect.

Antoine Blondin est l'auteur de quatre romans — *Les Enfants du bon Dieu* (1952), et *L'Humeur vagabonde* (1955), s'ajoutant aux titres cités — et de deux recueils de nouvelles — *Monsieur Jadis* et *Quat' saisons* (1975). On y retrouve des personnages qui se ressemblent beaucoup, sans doute parce qu'ils ressemblent à leur auteur : très juvéniles, au bord de l'irresponsabilité même, ils traversent les événements avec une sorte de passivité, ou mieux, d'indifférence, qui en fait presque des êtres d'un autre monde.

Cette élégante désinvolture, mais aussi une écriture transparente et malicieuse donnent à ces romans un charme auquel certains lecteurs ne résistent pas, mais qui en a fortement agacé d'autres. Jointes à une aversion marquée de leur auteur pour la chose politique, en un temps (les années 50) où le cœur de l'intelligentsia française battait à gauche, elles ont valu une solitude réputation d'homme de droite à cet écrivain qui ne se situait lui-même nulle part. Il est vrai que plusieurs de ses amis déjà nommés affichaient des positions sans nuances pour l'Indochine et l'Algérie françaises, auxquelles Antoine Blondin s'est parfois rallié, plus par esprit de provocation sans doute que par conviction véritable.

Auteur d'un assez petit nombre d'ouvrages de fiction, mais de plusieurs milliers d'éblouissantes chroniques, surtout sportives, mais aussi littéraires, Antoine Blondin est à la fois une des figures les plus attachantes du second demi-siècle et un de ses écrivains les plus personnels, un cavalier seul dont l'« humeur vagabonde » aura intrigué, séduit et fait rêver trois générations de lecteurs.

JACQUES BENS.

BLOY Léon. Romancier et essayiste. Né à Périgueux le 31 juillet 1846, mort à Bourg-la-Reine, le 3 novembre 1917. Fils d'un fonctionnaire des Ponts-et-Chaussées, second d'une nombreuse famille, Léon Bloy fit de brèves études ; à quatorze ans, il quitte le collège pour étudier le dessin et, dès 1864, il travaille à Paris où il est commis d'architecte. La rencontre de Barbey d'Aurevilly, en 1867, détermine sa conversion, ou plutôt son retour au catholicisme et le confirme dans ses ambitions littéraires. Mais la guerre le ramène à Périgueux et, démobilisé (il a combattu dans l'armée de la Loire), il décide d'y demeurer. En 1873, il revient à Paris et occupe divers emplois : copiste chez un notaire, commis à l'enregistrement, dessinateur aux Chemins de fer du Nord, tandis qu'il fait ses premières et difficiles tentatives littéraires ; *L'Univers,* journal de Veuillot, *La Restauration,* la *Revue du monde catholique...* acceptent mal son intransigeance religieuse et sa violence ; il ne peut publier ni *La Méduse-Astruc,* poème en prose inspiré par un buste de Barbey, ni *La Chevalière de la mort,* étude poétique et mystique sur Marie-Antoinette. Il lui faudra attendre 1882 pour trouver dans un petit journal, *Le Chat noir,* la liberté d'écrire. Les quelques années qui précèdent sont pour lui des années fort importantes, marquées par la rencontre avec Anne-Marie Roulé (on renverra ici au *Désespéré* : le drame vécu par Caïn Marchenoir et Véronique fait mieux saisir que tout récit cette aventure où le mysticisme peu à peu l'emporte sur la sensualité), par la mort de son père, en mai 1877, par celle de sa mère, en septembre, par les séjours à la Grande Trappe de Soligny, où il fait de vains essais de vie monastique, par les pèlerinages à La Salette où l'entraîne Tardif de Moidrey. Léon Bloy dira plus tard de ce prêtre qu'il « tenait de lui le meilleur de ce qu'il possédait intellectuellement », l'idée même de ce « symbolisme universel », qu'il allait appliquer à l'histoire, aux événements contemporains et à sa propre vie. Dès cette époque, il écrit *Le Symbolisme de l'apparition* qui ne sera publié qu'en 1925.

En juin 1882, Anne-Marie Roulé, devenue folle, doit être internée. « Je suis entré dans la vie littéraire à trente-huit ans, après une jeunesse effrayante et à la suite d'une catastrophe indicible qui m'avait précipité d'une existence purement contemplative », dira plus tard Léon Bloy. C'est en 1884, en effet, qu'il publie ses deux premiers livres, *Le Révélateur du globe*, étude sur Christophe Colomb qui, malgré l'élogieuse préface de Barbey, passe à peu près inaperçu, et les *Propos d'un entrepreneur de démolitions* ; recueil des articles donnés depuis la fin de 1882 au *Chat noir,* ce second ouvrage provoqua par la violence de ses attaques quelque scandale ; il en fut de même au *Figaro* où Bloy accueilli avec éclat se vit très vite refuser ses articles ; il créa alors son propre journal, *Le Pal,* dont la publication fut interrompue après quatre numéros. Commencé à cette époque – il parut en 1887 – *Le Désespéré* donne, à travers la transposition romanesque, l'image la plus juste de la vie de Bloy jusqu'à cette date ; ce mode d'expression, à demi autobiographique, lui convient alors et il envisage bientôt d'écrire un second roman, *La Désespérée* : l'héroïne en serait Berthe Dumont qu'il a rencontrée en 1884 et qui mourut en 1885. Mais, pour vivre, il revient au journalisme, publie dans le *Gil Blas,* en 1888 et 1889, des articles repris plus tard dans *Belluaires et Porchers*, collabore ensuite à *La Plume.* En avril 1889 meurt Barbey d'Aurevilly, en août Villiers de l'Isle-Adam, avec qui Bloy était fort lié depuis quelques années. À la fin de cette même année, il rencontre Jeanne Molbech, fille d'un poète danois, qu'il épouse l'année suivante. Déçu par ses échecs, il quitte la France en février 1891 pour le Danemark où il fera des conférences. C'est à Copenhague que naît, en avril, sa fille Véronique. Ce séjour est aussi le moment de la rupture avec Huysmans dont le prétexte fut l'attitude inamicale de ce dernier, et la vraie raison la publication de *Là-Bas* où Bloy retrouvait ses idées (et sa personne) caricaturées. Il revient en septembre 1891 au moment du procès que Péladan lui avait intenté pour un article. Quelques mois plus tard, les derniers amis connus auprès de Barbey : Buet, Landry, Louise, Read... le « lâchent » à leur tour.

En 1892, paraît *Le Salut par les Juifs*, l'un de ses ouvrages auquel il attachait le plus d'importance ; écrit pour répliquer à Drumont, il est au centre de la pensée et des rêves de Bloy qui ordonne l'histoire du monde autour d'Israël. La même année, il rentre au *Gil Blas* auquel il donne des récits inspirés par la guerre de 1870, repris en 1893 dans *Sueur de sang*, et une série de nouvelles, *Histoires désobligeantes* (1894). Une polémique où il défendit Tailhade mit fin à cette collaboration ; *Léon Bloy devant les cochons* raconte les détails de cette affaire.

Léon Bloy revient alors au projet ancien de roman ; mais l'année 1895 lui est particulièrement douloureuse ; en janvier, son fils André, né en février 1894, meurt subitement ; Pierre, qui naît en septembre, meurt lui aussi quelques semaines plus tard. Bloy évoquera ces événements dans *La Femme pauvre* où, comme dans *Le Désespéré,* est reprise, transposée, sa propre vie. La rédaction de ce récit est achevée en mars 1897. En mars également naît sa fille Madeleine. Depuis 1892, il tenait régulièrement, sans intention littéraire, son journal ; il eut, en 1895, l'idée d'y puiser la matière d'un livre ; cette relecture fit naître le projet d'une publication pour laquelle il reprit le texte, l'allégeant, le récrivant parfois. *Le Mendiant ingrat* (1892-1895) fut publié en 1898 ; sept autres volumes devaient suivre. Ni *La Femme pauvre* ni *Le*

Mendiant ingrat n'ayant obtenu le succès espéré, Bloy décide de quitter à nouveau la France pour le Danemark ; il y passe dix-huit mois avec sa famille. En lisant *Fécondité* de Zola que *L'Aurore* publiait en feuilleton, il prit les notes d'où il tira *Je m'accuse...,* pamphlet où la critique de Zola se mêle à des réflexions sur la politique française et l'affaire Dreyfus. Il écrit aussi au Danemark *Le Fils de Louis XVI.* De retour en France, en 1900, il publie ces deux ouvrages et travaille à l'*Exégèse des lieux communs* qui paraît en 1902 ; il poursuivra dans une « deuxième » série (1912) cet inventaire, « livre terrible sous son apparente cocasserie », où sont analysées une à une ces expressions toutes faites par quoi se traduit la « sottise bourgeoise ». La polémique se fait à nouveau plus directe dans *Les Dernières Colonnes de l'Église,* études sur les écrivains catholiques admis : Coppée, Brunetière, Bourget, Huysmans... En 1904, paraissent *Mon journal* (1896-1900) en 1905, *Quatre ans de captivité à Cochons-sur- Marne,* récit des quatre années passées à Lagny, après le retour du Danemark, et *Belluaires et Porchers,* recueil d'articles parfois anciens ; certains datent de 1888. Désormais la vie de Bloy se confond avec son œuvre ; du moins peut-on se contenter d'une énumération de titres, d'une énumération aussi des amis, de plus en plus nombreux qui l'entourent à cette époque : Jacques et Raïssa Maritain, Van der Meer, Rouault, Ricardo Vinès, Georges Auric... pour ne citer que quelques-uns parmi les plus connus ; plusieurs ont été convertis par Bloy. À Montmartre, de 1904 à 1911, puis à Bourg-la-Reine, où il mourra, il écrit *L'Épopée byzantine* (reprise plus tard sous le titre de *Constantinople et Byzance*), rêverie historique à propos d'un ouvrage de Schlumberger ; *Celle qui pleure* (1908), consacrée à l'apparition de la Vierge aux bergers de La Salette ; *L'Invendable* (1909), journal des années 1904-1907, *Le Sang du pauvre* (1909) qui est, avec *Le Salut par les Juifs,* un des livres où se condense sa pensée. *Le Vieux de la montagne,* cinquième volume du journal, paraît en 1911 ; en 1912, *L'Âme de Napoléon*, et la deuxième série de l'*Exégèse des lieux communs ;* en 1914, *Le Pèlerin de l'absolu.* Bloy regrettera de n'avoir pas donné ce titre à l'ensemble de son journal.

La guerre marque profondément les dernières œuvres, les deux volumes du journal, *Au seuil de l'apocalypse* (1916) et *La Porte des humbles,* publiée après la mort de Bloy ; plus encore *Jeanne d'Arc et l'Allemagne* (1915), les *Méditations d'un solitaire en 1916* et le livre auquel il travaillait au moment de sa mort, *Dans les ténèbres.* De cette œuvre, les polémiques surtout ont frappé — et irrité — les contemporains ; elles expliquent en grande partie l'insuccès sur l'instant, cette « conspiration du silence » dont se plaignait Bloy. Avec le recul, elles n'ont gardé que leur vigueur et souvent leur saveur, et s'intègrent dans l'ensemble de l'œuvre. La violence, plus que colère à l'égard de ceux qu'il jugeait, était pour Bloy un mouvement naturel, une manière d'aborder le réel, un élan que l'on retrouve par ailleurs et qui donne à son style son éclat et sa force. L'unité de cette œuvre est religieuse ; il faut la chercher dans la quête de l'absolu, dans la dénonciation des apparences, que l'œuvre romanesque ou historique rend plus sensibles encore que les « méditations » des dernières années. Dans l'histoire de Napoléon ou de Louis XVII, comme à travers ses personnages romanesques ou, dans son journal, à travers les événements de sa propre vie, Bloy cherche à saisir le sens d'un destin. Tout à ses yeux est symbole, ce qui est une affirmation de mystique, mais aussi de poète. Il savait bien que les sujets — romanesques ou historiques —, que les œuvres des autres n'étaient que prétextes à retrouver les grands thèmes et les figures qui le hantaient. Il l'a reconnu souvent : « ... le fils de Louis XVI, c'est moi-même, c'est-à-dire [...] que je l'ai vu en moi, dans la grande glace noire qui est au fond de mon cœur. » Cette image lui est familière : la réalité (l'histoire, le monde, soi-même...) est un « grand miroir aux énigmes » que l'écrivain a mission d'interroger.

JACQUES PETIT.

♦ *« C'est un esprit plein de feu et d'enthousiasme* [...] *polémiste de talent, fait pour toutes les luttes, tous les combats, toutes les mêlées... »* Barbey d'Aurevilly. ♦ *« ... C'est bien notre monde qu'il annonce et les auditeurs subjugués le distinguent vaguement à travers les images et les symboles de ce style d'une opulence byzantine, comme on voit entre les puissants piliers de l'Arc de Triomphe descendre un soleil rouge. »* Georges Bernanos. ♦ *« Quand on lit Bloy, on est transporté aussitôt dans ces régions surnaturelles où il se promène comme sur une grand'route en y faisant sonner des souliers à clous. »* Julien Green. ♦ *« Il détient un génie comique auquel je suis plus sensible dans son œuvre qu'à ses aspects d'Apocalypse* [...] *Sa vision des êtres, cette pulsation de la bêtise quotidienne* [...] *voilà ce qui est unique chez Bloy. »* François Mauriac.

RÉF. : *Œuvres complètes,* établies par J. Bollery et J. Petit, dont le 15e et dernier volume a paru en 1975. — H. Colleye, *L'Âme de Léon Bloy,* 1930. — P. Termier, *Introduction à Léon Bloy,* 1932. — S. Fumet, *Mission de Léon Bloy,* 1935. — A. Béguin, *Léon Bloy l'impatient,* 1944. — M.J. Lory, *Léon Bloy et son époque,* 1944. — J. Petit, *Léon Bloy,* 1944. — J. Bollery, *Léon Bloy,* 3 vol., 1947-1954. — G. Cattaui, *Léon Bloy,* 1954. — H. Juin, *Léon Bloy,* 1957, — J. Petit, *Léon Bloy devant Dieu,* 1967. — M. Dereu, *Le Style de Léon Bloy.* — *Léon Bloy,* L'Herne, 1988. — Une dizaine de volumes de correspondance ont été publiés, dispersés chez différents éditeurs.

BODEL d'Arras Jean (appelé aussi Bodiaus ou Bordiaus). Trouvère et ménestrel. On l'a identifié aussi avec l'auteur de fabliaux, Jehan Bedel. Il vécut à Arras dans la seconde moitié du XIIe siècle et mourut en 1210. Il était probablement clerc, et sa multiforme activité poétique était goûtée et appréciée par ses concitoyens. Vers 1205, alors qu'il s'apprêtait à partir pour la Terre sainte, il se trouva atteint de la lèpre. Obligé de se retrancher tout vivant du monde des vivants, il adressa à ses amis un émouvant chant d'adieu, ses *Congés*, dont les stances sont dédiées tour à tour à ses bienfaiteurs, à ses compagnons (« com plus les aim plus les eschive... »), à la ville entière (« Anuis ki en mon cuer abonde / salue moi à la reonde / Arras et toute la kemune... »). Une stance est dédiée à un Baudin Fastoul, le même Baude Fastoul vraisemblablement qui devait connaître un sort identique et qui écrira à son tour un *Congé* imité de celui de Jean Bodel, comme l'imitera plus tard Adam de la Halle — v. *Le Jeu de la Feuillée* (*) — quittant Arras pour d'autres raisons. Jean Bodel créait là un nouveau genre de composition poétique dont les plus beaux aboutissements seront *La Repentance Rutebeuf* et les *Testaments* de Villon. Mais si *Li Congiés* est sa dernière œuvre poétique, il nous reste de lui un poème épique qui ne manque pas de grandeur, la *Chanson des Saisnes*, sur la lutte de Guiteclin de Saxe contre Charlemagne. Le théâtre du Moyen Âge lui doit *Le Jeu de saint Nicolas*, l'une des premières œuvres dramatiques marquant la transition entre le miracle purement religieux et la représentation profane, probablement composé à la requête d'une confrérie ou d'un collège pour être joué à l'occasion de la fête du saint. A. Henry a mis en valeur les qualités exceptionnelles de ce *Jeu* dans une remarquable édition critique, accompagnée d'une traduction. H. Rey-Flaud l'a étudié dans *Pour une dramaturgie du Moyen Âge* (Paris, P.U.F., 1980). On connaît aussi de Jean Bodel des chansons et des pastourelles ; on y trouve, comme dans d'autres pastourelles de l'époque, le couple de Robin et de Marion que portera sur la scène avec tant d'esprit et de fraîcheur Adam de la Halle un demi-siècle plus tard, dans son *Jeu de Robin et de Marion* (*). Enfin si l'identification de Jean Bodel avec Jehan Bedel est exacte, comme il est vraisemblable, il serait l'auteur de nombreux *Fabliaux* (*), alertes et sans longueurs, parmi lesquels *Barat, Haimet et Travers*, amusante histoire de trois voleurs et d'un jambon qu'ils se subtilisent tour à tour les uns aux autres ; *Brunain, la vache au prestre*, malicieuse application profane de la pieuse maxime « centum pro unum accipietis », bien innocente à côté de celle, beaucoup plus directe et irrévérente, qu'en fera Franco Sacchetti dans le conte 234 de ses *Trois cents nouvelles* ; *Gombert et les deux clercs*, dont le sujet sera presque identiquement repris par Boccace dans la nouvelle VI, IXe journée du *Décaméron* ; les *Deux Chevaux*, charmant tableautin plein de vivacité, autour d'un défi entre un convers et un vilain sur la force de leurs « roncins », etc. Dans ce dernier, l'auteur cite sept de ses fabliaux, dont un ou deux ne nous sont pas parvenus.

PIERRE FERRARI.

RÉF. : O. Robnström, *Étude sur Jean Bodel*, 1900. — M. Ungureanu, *La Bourgeoisie naissante : Société et littérature d'Arras aux* XIIe *et* XIIIe *siècles*, Arras, 1955. — Ch. Foulon, *L'Œuvre de Jean Bodel*, Paris, 1958. — A. Henry, *Le Jeu de saint Nicolas de Jean Bodel*, 3e éd., Bruxelles, 1980.

BOILEAU Nicolas dit Boileau- Despréaux. Poète et critique, né et mort à Paris (1er novembre 1636-13 mars 1711). Orphelin de mère depuis sa petite enfance, ayant de surcroît subi à 12 ans une opération de la pierre qui interrompt momentanément ses études et le mutile, ce quinzième des seize enfants d'une famille de la bourgeoisie de robe suit, du collège d'Harcourt à la faculté de droit, un cursus traditionnel de futur robin, au terme duquel il est reçu avocat à 20 ans. Mais, très tôt, ses goûts et ses talents littéraires s'affirment (au collège de Beauvais où il reprend ses études, à 13 ans, il se signale par ses ébauches versifiées) et l'inscrivent sur une trajectoire parallèle. De fait, dès 1657, le tout jeune avocat s'occupe moins de plaider que de poser la première pierre, polémique (future Satire I) et conceptuelle — début de la traduction du *Traité du sublime* attribué à Longin — d'un vaste édifice littéraire auquel la mort de son père, la même année, lui permet de se consacrer sans souci financier. Il hésite seulement sur la voie à suivre : celle des ordres, dans le sillage d'un frère aîné prêtre (il se fait tonsurer en 1662), ou celle du monde, aux côtés d'un autre aîné, protégé de Chapelain, Gilles, avec qui il fréquente (1659-1663) les cercles littéraires et mondains colbertistes, en même temps qu'il fait preuve d'inclination pour des personnages moins conformistes (Furetière ou Patru), voire libertins (Des Barreaux, Chapelle...). Cet esprit d'indépendance ne plaît pas aux tenants des institutions, et Nicolas, non plus que Gilles, ne font partie des gratifiés de 1663. Aussi, continuant de laisser libre cours à sa plume (*Stances sur « L'École des femmes »,* puis Satire II à Molière, 1663), Boileau, âgé de 27 ans, se retourne contre Chapelain (Satires VII, 1663 et IV, 1664). Comme ce comportement n'empêche pas le roi de concéder des éloges au talent du satiriste de la noblesse (Satire V, 1664), non seulement celui-ci donne de nouvelles satires (VI et III), mais avec l'aide de Racine, Chapelle et Furetière, il attaque encore — *Chapelain décoiffé,* 1665, parodie du *Cid* (*) —, et fréquente même l'Hôtel de Nevers, foyer d'opposition à Colbert. C'est pourquoi la première édition, anonyme, qu'il donne de ses *Satires* (*) (1666) est prise pour cible par les amis du ministre et de son homme de confiance. Cette hostilité vaut à Boileau l'appui de la sérieuse Académie Lamoignon (1667) dans la sérénité de laquelle le « poète d'humeur » peut « se faire poéticien » et esquisser un tableau des rapports entre politique, littérature et religion. En effet, s'il écrit encore (1666-67) la Satire IX pour répondre aux querelles déclenchées par l'édition de 1666, la Satire VIII (1667) prend le tour plus général d'une réflexion sur l'homme, tandis que la deuxième édition des *Satires* (1668) est accompagnée d'un *Discours* d'analyse du bien-fondé des critiques « ad hominem », puis (1669) d'une *Dissertation sur Joconde.* Mais surtout, à l'abri d'une déclaration d'allégeance au roi (Épître I, 1669) deux fois renouvelée (Épîtres IV et VIII, 1672, 1675), – v. *Épîtres* (*) –, Boileau développe ses positions dans les termes d'une critique (*L'Arrêt burlesque,* 1671, le début du *Lutrin* (*), 1672, les *Épîtres*) et d'une poétique (achèvement de la traduction du *Traité du sublime* et *L'Art poétique* (*), 1672), toutes deux mondaines. Cette évolution porte ses fruits et, bien que Colbert lui refuse encore en 1673 un privilège d'édition globale pour son œuvre, Boileau est aspiré dans la sphère du pouvoir : protégé de Mme de Montespan, il est présenté au roi (1674) et obtient même, dès la mort de Chapelain, le privilège attendu, qui lui permet de publier ses *Œuvres diverses* (1674). À 41 ans enfin, après avoir soutenu Racine dans la querelle de *Phèdre* (*), (Épître VII), il est nommé avec lui historiographe du roi. Cette première consécration officielle entrave cependant l'écrivain qui se contente d'une nouvelle édition plus complète de ses *Œuvres* (1682-83) et de rares compositions de circonstance (opéra ou comédie, 1683). Quasiment imposé par le roi à l'Académie française (1684), Boileau entre également à l'Académie des inscriptions et médailles (1685). Mais, au moment où il atteint ces sommets, les belles-lettres n'ont plus dans l'État la place dont elles jouissaient jusque dans les années 1670, et c'est un appareil en train de se figer dans lequel entre le poète.

Le 27 janvier 1687, lors d'une séance à l'Académie, *Le Siècle de Louis le Grand*, poème de Charles Perrault, fait éclater les tensions inhérentes à ce qui est en train de devenir le « classicisme » : c'est le début de la querelle des Anciens et des Modernes. Boileau ne contre-attaque qu'en 1693 avec l'*Ode au roi sur la prise de Namur,* de style pindarique, qui devait démontrer la supériorité des Anciens, mais c'est un échec. Et même s'il refuse d'abord d'être relégué au rang de « nouveau Chapelain des lettres », revenant à l'attitude combative de ses débuts (Satire X contre les femmes, *Réflexions critiques* sur Longin (1694), *Épigrammes* diverses), il comprend que le goût a évolué et que le temps joue contre lui ; il accepte de se réconcilier avec Perrault (1694). Le ton des Épîtres X et XI « À mes vers » et « À mon jardinier » (1697) traduit l'apaisement. Mais avec l'Épître XII « Sur l'amour de Dieu » (1697) et la Satire XII « Contre l'équivoque » (1706), Boileau fait preuve d'une austérité religieuse qui n'est plus de mise, et l'entourage jésuite du roi interdit la publication de cette dernière. De plus en plus marginal, malgré les places officielles qu'il occupe, Boileau travaille pour la postérité à des éditions toujours plus élaborées de son œuvre : fin 1698, il projette avec Brossette une édition commentée (elle sera posthume, 1716), puis entreprend, à 65 ans, une nouvelle édition, dite favorite, complétée et dotée d'une nouvelle Préface des *Œuvres diverses* (1701) et réagira encore avec vigueur à la critique du *Journal de Trévoux* (1703) (nouvelles épigrammes) ; mais à partir de 1709, s'il se bat encore, c'est seulement pour publier sa Satire XII sur l'équivoque ; toutefois, les jésuites l'emporteront, jusqu'à sa mort.

FANNY NÉPOTE-DESMARRES.

RÉF. : G. Lanson, *Boileau,* Paris, 1892. – René Bray, *Boileau, l'homme et l'œuvre,* Paris, 1942. – Jules Brody, *Boileau and Longinus,* Genève, 1958. – Pierre Clarac, *Boileau,* Paris, 1964. – Bernard Beugnot et Roger Zuber, *Boileau, visages anciens, visages nouveaux, 1665-1970,* Montréal, 1973. – Bernard Bray, « Le Classicisme de Boileau », *XVIIe siècle,* n° 143, Paris, 1984.

BOILEAU-NARCEJAC : v. **Roman policier.**

BOISROBERT François Le Métel, abbé de. Poète et auteur dramatique. Né à Caen en 1589, mort à Paris le 30 mars 1662. Fils d'un avocat protestant rouennais, François Le Métel de Boisrobert débute comme avocat, mais plutôt que de plaider, il préfère écrire des vers. Introduit à la Cour par Du Perron, il collabore avec Théophile de Viau, Saint-Amant et Charles Sorel, au livret du ballet des *Bacchanales,* représenté au Louvre le 26 février 1623. Parfait courtisan, il trouve le moyen d'appartenir à la suite d'Henriette de France lors de son mariage avec Charles Ier d'Angleterre, mais se fait un ennemi en la personne de lord Holland et doit quitter Londres. En 1627, nous le voyons à Paris, amusant le cardinal de Richelieu par ses talents de mime et de conteur, et se chargeant d'une partie de sa correspondance. En 1630, de passage à Rome, Boisrobert charme par son esprit le pape Urbain VIII, qui le récompense en lui accordant le prieuré de Nozay, en Bretagne. De retour en France et converti au catholicisme depuis 1621, il reçoit les ordres, mais ce fut un bien étrange ecclésiastique, aimant passionnément le jeu et les plaisirs de la table. Ainsi qu'il le dira plus tard lui-même : « S'il faut parfois que je soutienne / Ou le repons ou bien l'antienne, / Je n'en saurois venir à bout : / Je mets le désordre partout. » Ses occupations auprès de Richelieu lui valurent l'abbaye de Châtillon-sur-Seine et la charge de conseiller d'État ordinaire. C'est à Boisrobert que l'on doit sans doute la fondation de l'Académie française, dont il fut l'un des premiers membres : il en élabora les statuts et recruta lui-même vingt-huit des quarante premiers académiciens. Ami de Pierre Corneille, il demande à Richelieu de faire cesser la polémique contre *Le Cid* (*) en 1637, sa position lui permettant d'intercéder en faveur de ses amis. Ses poèmes furent publiés dans les recueils collectifs de 1619 à 1630, mais il fit également œuvre religieuse (*Paraphrase des sept psaumes de la pénitence,* 1627) et encomiastique (*Le Sacrifice des muses, Le Parnasse royal,* 1635). Les deux volumes de ses

Épîtres en vers (1646-1659) constituent son recueil poétique majeur, dans lequel il se fait le chroniqueur de la vie mondaine. Dramaturge membre des « Cinq Auteurs », on lui doit dix-huit pièces de théâtre, dont *Pyrandre et Lysimène, ou l'Heureuse Tromperie* (1633), *L'Aveugle de Smyrne* (1638), *La Vraye Didon* (1643), *La Jalouse d'elle-même* (1650), *La Folle Gageure* (1653) ainsi qu'un roman, l'*Histoire indienne d'Anaxandre et d'Orazie,* paru en 1629, et *Les Nouvelles héroïques et amoureuses* (1657).

RÉF. : A. Magne, *Le Plaisant Abbé de Boisrobert,* Paris, 1909. – Cauchie éd., *Épistres en vers,* Paris, 1921-1927. – J. Carcopino, *Boisrobert,* Paris, 1963.

BONNEFOY Yves. Poète et essayiste. Né à Tours (Indre-et-Loire) le 24 juin 1923. Son père était employé des chemins de fer et sa mère institutrice, fille elle-même d'un instituteur d'origine paysanne. Après avoir passé les baccalauréats de mathématiques et de philosophie au lycée Descartes de Tours, Yves Bonnefoy poursuit des études de mathématiques, d'histoire des sciences et de philosophie dans les classes préparatoires de son lycée, à l'université de Poitiers puis à la Sorbonne. Il reçoit à Paris l'enseignement des philosophes Gaston Bachelard et Jean Hyppolite. Sous la direction du philosophe et poète Jean Wahl, il prépare un mémoire de maîtrise, depuis lors détruit, sur Kierkegaard et Baudelaire. Il se familiarise en particulier avec les œuvres de Plotin, Hegel, Chestov, qu'il lit dans la traduction de Boris de Schloezer. Pendant trois ans, Yves Bonnefoy est attaché de recherche au Centre national de la recherche scientifique pour une étude de la méthodologie critique aux États-Unis.

Adolescent, Yves Bonnefoy a découvert la poésie par la lecture de Paul Valéry, auquel il ne s'attachera pas. Baudelaire, Rimbaud, Mallarmé le marquent plus profondément et deviennent pour lui les représentants de la condition moderne de la poésie. Il les évoquera souvent dans ses textes critiques. À son arrivée à Paris, il découvre les auteurs et les peintres surréalistes. Parmi les textes qui ont compté pour lui, il mentionnera plus tard : *Pleine marge*, *L'Immaculée Conception*, *L'Homme approximatif*. Durant l'été 1946, il rencontre régulièrement André Breton et les membres ou les sympathisants de son groupe, parmi lesquels il nouera des amitiés fidèles, particulièrement avec Christian Dotremont, Gilbert Lely et Georges Henein. À l'égard de l'orthodoxie du groupe, Yves Bonnefoy est resté néanmoins réservé. Lors des préparatifs de l'exposition surréaliste de 1947, refusant d'endosser les tendances occultistes du manifeste *Rupture inaugurale*, il rompt avec André Breton. Des textes écrits à cette époque et publiés dans des revues confidentielles (*La Révolution la nuit, Les Deux Sœurs, Troisième convoi*), Yves Bonnefoy n'a repris ultérieurement, en les modifiant, que les poèmes parus en 1947 sous le titre *Anti-Platon*. Il évoque et juge ses ouvrages de jeunesse dans les *Entretiens sur la poésie* (1990). La brève expérience du surréalisme comme plus tard la rencontre de Pierre Jean Jouve ont été le point de départ d'une réflexion sur les pouvoirs et les périls de l'image, ainsi que sur la nécessité, pour la parole, de détruire les maléfices qui la séparent de la vie réelle. Il en résulte une première œuvre, le recueil poétique *Du mouvement et de l'immobilité de Douve* (1953), qui attire aussitôt une large attention. On y perçoit une fiction sous-jacente : Bonnefoy a repris dans ses poèmes les éléments d'un récit, qu'il a préféré détruire, mais dont il a laissé substituer la dernière partie : celle-ci paraît en 1975 sous le titre *L'Ordalie*. Elle sera reprise avec diverses proses de fiction ou de libre recherche, parmi lesquelles *L'Arrière-Pays*, rassemblées sous le titre *Récits en rêve*. D'autres recueils poétiques ont fait suite : *Hier régnant désert* (1958), *Pierre écrite* (1964), *Dans le leurre du seuil* (1975). Constituant un ensemble cohérent, les quatre premiers recueils ont été regroupés dans *Poèmes* (1978). Ont paru ultérieurement : *Ce qui fut sans lumière* (1987), *Début et fin de la neige* (1991).

L'œuvre poétique d'Yves Bonnefoy va de pair avec une œuvre considérable de traducteur. On lui doit, dès 1951, la traduction d'un ensemble de textes de Shakespeare : *Henry IV* (première partie), *Jules César*, *Hamlet*, *Le Conte d'hiver*, *Vénus et Adonis*, *Le Viol de Lucrèce*. S'y ajouteront *Le Roi Lear*, *Roméo et Juliette*, *Macbeth*. Il faut mentionner aussi, publiées d'abord en revue, de superbes traductions de Keats. En 1989 paraissent *Quarante-cinq poèmes de Yeats.* Dans l'introduction de ce volume, Bonnefoy a défini les principes qui le guident dans son activité de traducteur : « Fidélité absolue », mais « au plus près du débat qu'ont eu les mots dans le texte avec les données d'une vie ou les chiffres d'une pensée ou d'un rêve » ; il faut savoir risquer la « nécessaire violence de l'explicitation ».

Dans de nombreuses études historiques et critiques, à partir de 1954, Yves Bonnefoy a interrogé les artistes et les poètes sur le sens qu'ont revêtu pour eux le recours au langage, les problèmes de la représentation, l'emploi de la couleur. Des voyages en Méditerranée et surtout la rencontre dans les villes et les campagnes italiennes avec l'art de la Renaissance et du baroque ont constitué une incitation de première importance. Bonnefoy a été particulièrement sensible à la qualité de signe ou de présence révélée par des lieux, des édifices, des œuvres figuratives. À une étude sur la peinture murale gothique en France ont succédé des ouvrages où un persistant souci de poétique fondamentale s'attache à des œuvres et à des expériences artistiques très diverses, de Piero della Francesca à Balthus, de la *Chanson de Roland* (*) à Louis-René Des Forêts. Les principaux ouvrages qui en portent témoignage s'intitulent : *L'Improbable* (1959), *Arthur Rimbaud* (1961), *Un rêve fait à Mantoue* (1967),

Rome, 1630 (1970), *Le Nuage rouge* (1977), *La Vérité de parole* (1988), *Sur un sculpteur et des peintres* (1989), *Entretiens sur la poésie* (1990), *Alberto Giacometti : biographie d'une œuvre* (1991). Yves Bonnefoy a été l'un des rédacteurs de la revue *L'Éphémère* (1966- 1972).

Après avoir enseigné dans plusieurs universités françaises et, au titre d'invité, à Genève et aux États-Unis, Yves Bonnefoy est élu en 1981 au Collège de France, pour y occuper la chaire d'études comparées de la fonction poétique.

Les déchirements de la conscience contemporaine dans son rapport au monde, et la fonction que peuvent remplir de nos jours la poésie et l'art : telles sont les questions que l'œuvre d'Yves Bonnefoy affronte depuis ses débuts. Elle y apporte réponse de manière libre et toute personnelle, mais avec le souci de communiquer un sens qui puisse être largement partagé. Bonnefoy part du constat d'un péril. La séparation, à notre époque, prévaut sous divers aspects : clôture de l'individu sur lui-même, repliement du langage sur ses pouvoirs autonomes, fuite de la pensée dans l'univers des essences et des concepts, piège que tendent les images à notre rêve et qui nous font oublier l'ici et le maintenant de notre destin. Il refuse de se rallier aux résurgences modernes de la pensée gnostique. Toute perfection uniquement esthétique adviendrait au détriment de la « vraie vie ». Pour avoir perçu ce péril en lui-même, Bonnefoy engage une lutte qui sera incessante, en prenant passionnément le parti de la finitude. Passer par l'acceptation de la mort est dès lors une étape indispensable. Celui qui ose affronter la limite obscure retrouve, sur une autre rive, les choses simples en qui se ranime la manifestation de l'être ; la demeure habitée, la lumière, le feu, la pierre, le feuillage, la neige... À partir du théâtre emblématique et violent de *Douve*, la poésie de Bonnefoy, sans se départir de sa première inquiétude, s'est développée jusqu'à un point de maturité où une légitimité est rendue aux paroles confiantes de l'amour, de l'acquiescement à l'existence mortelle. La poésie peut s'employer à la célébration d'une « terre seconde » qui est celle même où nous vivons. Dans une forme qui n'oublie pas les mètres traditionnels, mais qui les assouplit par l'enjambement et qui demeure ouverte, irrégulière, désireuse de répondre aux surgissements de l'inconscient, la poésie d'Yves Bonnefoy, avec une rare intensité, se porte vers un sacré indépendant de toute théologie ou mythologie positives.

JEAN STAROBINSKI.

♦ *« S'il est une œuvre qui, nous approchant de l'essence du poème, suscitant notre besoin d'interroger, de connaître, de définir, et lui répondant, est telle qu'elle nous retient dans sa parole comme dans une grâce qui se suffit* [...] *c'est bien celle d'Yves Bonnefoy. »* Gaëtan Picon. ♦ *« La poésie de Bonnefoy ne se confine pas dans l'immanence, mais s'oriente vers une région de l'être plus lointaine, plus sacrée, plus désirée, qui est celle de la transcendance. »* Georges Poulet. ♦ *« Il est certain que dans la poésie de Bonnefoy existe une très intense nostalgie de l'harmonie, mais que celle-ci est toujours brisée à un moment donné, comme s'il voulait dire :* [...] *tout chant trop sonore serait un mensonge, il y a, il doit y avoir une ombre étendue sur la poésie d'aujourd'hui. »* Philippe Jaccottet.

RÉF. : John E. Jackson, *Yves Bonnefoy*, Paris, 1976. – Jérôme Thélot, *Poétique d'Yves Bonnefoy*, Genève, 1983. – John T. Naughton, *The Poetics of Yves Bonnefoy*, Chicago, 1984. – Mary Ann Caws, *Yves Bonnefoy*, Boston, 1984. – Richard Vernier, *Yves Bonnefoy ou les mots comme le ciel*, Tübingen-Paris, 1985. – Gérard Gasarian, *Yves Bonnefoy : la poésie, la présence*, Seyssel, 1986. – Michèle Finck, *Yves Bonnefoy : le Simple et le sens*, Paris, 1989. – Richard Stamelman, *Lost beyond telling*, Ithaca et Londres, 1990. – *L'Arc* n° 66, 1976. – *World Literature Today* n° 53, 1979. – *Sud* n° 15, 1985 (importante bibliographie). – *Poetry World* n° 3, automne 1990.

Bonnes (Les). Pièce de Jean Genet (1910-1986), créée en 1947 au théâtre de l'Athénée par Louis Jouvet. La chambre d'une femme riche. Lit, commode, coiffeuse, profusion de fleurs. Cette femme parle à sa bonne avec une insolence outrée, un bel emportement hautain. « Reculez-vous. Vous sentez le fauve. De quelle infecte soupente où la nuit les valets vous visitent rapportez-vous ces odeurs ? » On le voit, cela sonne faux. Pourquoi étaler une telle haine, une telle répulsion ? Parfois, même, le dialogue déraille carrément. Le ton, monté trop haut, fléchit. De brefs moments d'abandon interviennent. Oubliant leurs situations respectives, les personnages se laissent aller à se tutoyer, à donner des marques d'une complicité étrange. Soudain vient le tour de la servante. Elle exprime, avec la même furieuse et invraisemblable violence, le dégoût que lui inspire son humble condition. À l'instant où, ayant atteint le paroxysme de la rage, elle paraissait être sur le point d'étrangler sa patronne retentit la sonnerie criarde et déplacée d'un réveil. Le jeu doit prendre fin. Car c'était bien un jeu ou, plutôt, les deux rôles étant tenus par deux bonnes, un psychodrame spontané. La vraie maîtresse, maintenant, va rentrer. Il faut tout ranger en vitesse. Ôter la jolie robe, rendosser la vieille défroque, la vieille peau. Les bonnes, tout à coup, se sentent singulièrement lasses. Elles craignent qu'une négligence ne les trahisse. Elles se reprochent mutuellement leur impuissance et leur folie. Genet a su souligner là une chose très importante, qu'on a en général le grand tort d'ignorer. Frustrées, malheureuses, ces pauvres filles sont pleines de fiel. Né de leur souffrance, il ne fait que l'aviver, mais elles ne parviennent pas à y échapper. Elles se débattent en vain, chaque jour plus lourdes d'une rancune qui les empoisonne. Cette rancune, elles la crient. Cela les soulage un peu, mais ne les délivre pas. De même (mais cette idée-ci a déjà été soulignée avec force, en particulier par Brecht) la gentillesse superficielle, à bon marché et complaisante de leur patronne ne leur met aucun baume au cœur. Ça lui est facile, clament-elles avec dépit. Elle est belle, riche, aimée, rien ne la contrarie. Qu'est-ce qui l'empêche de se payer, par surcroît, le luxe de la douceur et d'une relative bonté ? Cette petite joie supplémentaire s'ajoute à celles qu'elle a déjà. Oh, démolir cet abri douillet où elle rosit et engraisse. Provoquer sa déconfiture, sa débâcle. Voir cet aimable contentement se muer en hargne crispée. La tentation est irrésistible. Les bonnes y succombent. Mais elles sont si mal armées, comment réussiraient-elles ? Condamnées à un quasi-esclavage, elles sont en même temps réduites à une quasi- enfance, de sorte que, mal informées du monde et de ses lois, elles ne peuvent concevoir qu'un projet totalement dépourvu de réalisme, et qui échoue lamentablement. Brève, et d'autant plus grave et intense, cette pièce a une grande vigueur.

BORDEAUX Henry. Romancier français. Né le 29 janvier 1870 à Thonon-les-Bains, en Savoie, province qui sert de cadre à nombre de ses romans, mort à Paris le 29 mars 1963. Venu étudier le droit à Paris mais attiré par les lettres, il fréquente le café Vachette, rencontre Moréas, Boylesve, Maurras, se lie avec son véritable maître Paul Bourget, et se fait remarquer par une biographie parue à Gand en 1891 : *Villiers de l'Isle-Adam*, ainsi que par une série d'articles de critiques, *Âmes modernes*, parue en volumes en 1894. C'est vers 1900 qu'il commence sa véritable carrière de romancier : *Les Roquevillard* (1906), *La Robe de laine* (1910), *La Neige sur les pas* (1912), *La Peur de vivre* (1921), sont les titres les plus connus d'une œuvre très féconde qui comporte soixante-quinze autres romans, des ouvrages critiques et plusieurs pièces de théâtre, dont *L'Écran brisé*, monté à la Comédie-Française le 22 juin 1908, et *Un médecin de campagne*, drame créé au théâtre de l'Œuvre le 6 mai 1911. Une vie sans grands événements, sinon une guerre très glorieuse en 1914-18, et l'élection à l'Académie française le 22 mai 1919, existence qui évoque assez le calme bourgeois de l'œuvre de Bordeaux, romancier de la famille, de la province et de la religion. Cet écrivain fort soucieux de morale combat au nom de la tradition contre les forces du désordre, peint des sentiments « naturels », et campe imperturbablement des héros bourgeois ou paysans, bien étrangers au monde habituel de la littérature moderne. Aussi n'a-t-il guère été épargné par l'ironie de nombreux critiques, qui lui reprochaient ses poncifs moraux, en oubliant que la révolte a aussi ses poncifs.

♦ *« Ce romancier n'est pas seulement un peintre savoureux des mœurs locales et un intellectuel dressé aux meilleures disciplines. Il est aussi... un traditionnel. »* Paul Bourget. ♦ *« Je ne crois pas qu'il y ait beaucoup d'œuvres plus attaquées que celles de M. Henry Bordeaux qui est un romancier qui... un romancier que... Oui, mais enfin un romancier, n'est-ce pas ? Et voilà ce que personne ne songe à contester. »* Pierre Benoit.

RÉF. : H. de Régnier, *Portraits d'hommes*, t. II, 1924. – Paul Bourget, *Quelques témoignages*, t. I, 1928. – Jules Bertaut, *Henry Bordeaux*, 1930. – Pierre Benoit, *Henry Bordeaux...*, 1931.

BOREL Pétrus dit le Lycanthrope. Poète et romancier. Né le 29 juin 1809 à Lyon, mort le 17 juillet 1859 à Mostaganem (Algérie). Image presque caricaturale du « guignon », Pétrus Borel le Lycanthrope s'impose déjà par les particularités qui entourent son nom. Le prénom de Pétrus (et non de Pierre comme on l'a dit trop souvent) lui fut donné par son père dès la naissance. Quant à son surnom d'« homme-loup », il s'en dota plus tard – autant par sarcasme que par conviction profonde. Dès l'âge de onze ans, Borel vit dans la capitale, après avoir passé son enfance à Lyon (dont se souvient *Dina*, l'une des nouvelles de son *Champavert*). Il voudra embrasser la carrière d'architecte. Dans ce milieu, il connaît ses premiers camarades, vite révoltés contre leurs maîtres tout inspirés de néo-classicisme. Sa rébellion veut aussi s'exprimer par la plume. Autour de lui et du sculpteur Jehan Duseigneur se forme en 1829 le Petit Cénacle, pour faire pendant à l'illustre Cénacle hugolien. Ce sont tous jeunes gens en colère, férus de couleur locale et bientôt, lors des journées de juillet 1830, de républicanisme. On compte dans leurs rangs des étoiles mineures : Alphonse Brot, Augustus Mac-Keat (Maquet), Philothée O'Neddy (Théophile Dondey), mais aussi des personnalités appelées à connaître la gloire : Gautier et Nerval (que l'on appelle encore Gérard). En ces années, Borel commence à publier des poésies dans l'*Almanach des Muses* ou les *Annales romantiques*. En 1832, il fait paraître le volume de ses *Rhapsodies* dont la préface incendiaire est un véritable acte de foi en faveur de la liberté de création. C'est alors que se constitue la passagère Camaraderie du Bousingo qui compte publier en plusieurs volumes les *Contes du Bousingo* (*Onuphrius* de Gautier, *La Main de gloire* de Nerval devaient en faire partie). En 1833, Borel publie un recueil de nouvelles, *Champavert. Contes immoraux* (*). Il les présente dans une étrange préface où il les attribue à un certain Champavert, réplique en plus sombre de lui-même. Le livre obtient quelque succès de scandale. Attentif aux arts, Borel donne cette même année un article, *Des artistes penseurs et des artistes creux*. Il se lance aussi dans la traduction de *Robinson Crusoé*, qui, d'abord publié en fascicules, sort en deux volumes en 1836. Mais la franche misère s'empare de lui. Vivant en concubinage et père d'un jeune enfant, Justus, il doit quitter Paris et s'installer dans le triste hameau du Bas-Baizil (Haute-Marne) où il continue d'écrire le grand roman qu'il a sur le métier : *Madame Putiphar*, narrant le lamentable et sublime amour de deux Irlandais, Patrick et Déborah. Après bien des complications, le livre paraît enfin, en 1839, mais il est aussitôt éreinté par le redouté Jules Janin. C'en est à peu près fini de la carrière littéraire de Borel, qui ne renonce pourtant pas. Il collabore aux *Français peints par eux-mêmes* de Curmer avec deux types, *Le Gniaffe* (le cordonnier) et surtout *Le Croque-Mort*, fort apprécié de Balzac. Il publie des nouvelles historiques, *La Nonne de Peñaranda* (*Revue de Paris*, juin 1842) ou le mystificateur *Trésor de la caverne d'Arcueil* (même revue, avril 1843). Il fonde l'éphémère *Revue pittoresque*, tient la chronique théâtrale du *Commerce* (10 avril-15 juillet 1844) et dirige momentanément *Le Satan* où il donne un Salon en six feuilletons (1844). Enfin il met en chantier deux romans : *Madame Hélène* et *Mon ami Panturier* (dont nous avons le plan). Sur les conseils de Gautier toutefois, il sollicite un poste dans l'administration coloniale et part en Algérie, où il est d'abord secrétaire du maréchal Bugeaud, puis inspecteur de la colonisation à Mostaganem. Son ancienne maîtresse est venue le rejoindre avec sa belle-fille, Gabrielle, qu'il va épouser le 2 septembre 1847. Il publie encore quelques textes dans l'*Akhbar*, auquel il confie, en l'adaptant, un de ses anciens récits, *Daphné*, sous le titre *Un Anglais en Afrique*. À Mostaganem il se fait construire une maison flanquée d'une tour, son « Castel de Haute-Pensée », mais il s'estime désormais « littérateur *in partibus* » placé loin de l'« ingrate patrie ». Le mauvais sort s'acharne sur lui, car il est destitué de ses fonctions après la révolution de 1848, puis réintégré loin de sa famille dans le département de Constantine. Il rejoint Mostaganem en 1851, exerce quelque temps les fonctions de maire à Blad-Touaria, mais, bien vite, des différends l'opposent au sous-préfet, le vicomte de Gantes, et au préfet d'Oran, Louis Majorel. Sa tentative pour les accuser de malversation tournera court ; il sera révoqué définitivement le 27 août 1855. Il va désormais se contenter, comme un simple colon, de vivre du produit de ses terres. Le 14 avril 1857 lui naît un fils, Aldéran. Court moment de bonheur. Il rime encore quelques gracieux poèmes pour les filles de Otten, le nouveau sous-préfet de Mostaganem, mais le 17 juillet 1859, sans doute frappé d'une insolation, il meurt subitement dans ses champs.

JEAN-LUC STEINMETZ.

♦ *« Il y a dans tout groupe une individualité pivotale* [...] *Pétrus Borel était cet astre. »* Théophile Gautier. ♦ *« Sans Pétrus Borel, il y aurait une lacune dans le romantisme* [...] *Pétrus Borel fut l'expression la plus outrecuidante et la plus paradoxale de l'esprit des Bousingots ou du Bousingo. »* Charles Baudelaire. ♦ *« Pétrus Borel est peut-être le seul auteur français par qui nous pouvons nous faire une idée de ce qu'on appelait, au début du* XIX*e siècle, le genre frénétique. »* André Breton.

RÉF. : Jules Claretie, *Pétrus Borel le Lycanthrope*, Paris, 1865. — Aristide Marie, *Pétrus Borel le Lycanthrope, sa vie, son œuvre*, Paris, 1922. — Enid Starkie, *Pétrus Borel en Algérie*, Oxford, 1950 ; *Pétrus Borel the Lycanthrope. His Life and Times*, Londres, 1954. — Jean-Luc Steinmetz, *Pétrus Borel, un auteur provisoire*, Lille, 1986.

BOSCO Henri. Romancier. Né le 16 novembre 1888 à Avignon, mort le 4 mai 1976 à Nice. L'un des auteurs français parmi les plus discrets, les plus secrets. On pourrait dire que la musique de sa prose merveilleuse, ou les thèmes de sa musique d'une « fréquence » si insolite, si personnelle sont destinés à ceux dont l'âme ne craint pas l'exaltation : l'âme, le maître mot de son œuvre, avec son pendant matériel, la terre, et l'ombre aussi parce que dans son Midi règne un soleil quasi insoutenable. Il est probable qu'à un style unique réponde une vision singulière : fusion des contraires, entente des adversaires. Ils ont nom paganisme fécondant et christianisme salvateur. Dieu et les dieux, l'Éden à retrouver et l'Olympe à restaurer. Bosco maintient cette délicate balance et le regard intérieur de notre psyché est hypnotisé par un tel « projet » supporté par un tel art. L'univers de Bosco est marqué d'une modernité, d'une contemporanéité qui s'appuie sur le passé. Le lecteur se meut ici dans un climat redoutable et exorcisé, dont une Provence privilégiée, élue, est le symbole. Parmi les principales œuvres, dont la plupart sont des épures inspirées de la nature et des offrandes dédiées à une surnature, il faut citer *Le Sanglier* (1932), *L'Âne Culotte* (1937), *Hyacinthe* (1940), *Le Mas Théotime* (1945) pour lequel il obtient le prix Renaudot ; *Le Jardin d'Hyacinthe* (1945), *Monsieur Carré-Benoît à la campagne* (1947), *Malicroix* (1948), *Un rameau de la nuit* (1950), *L'Antiquaire* (1954), *Sabinus* (1957) et *Le Récif* (1971). Des livres de souvenirs, comme *Un oubli moins profond* (1961), rédigés lors des vingt dernières années de sa vie, en marquent les étapes. Cette vie fut modeste dans ses apparences : naissance à Avignon, licence ès lettres et agrégation d'italien, enseignement à l'université de Belgrade, puis successivement à Grenoble, à Naples et surtout de 1931 à 1955, à Rabat, où Bosco fonda l'Alliance française au Maroc. L'œuvre de Bosco fut couronnée par diverses distinctions : le grand prix national des Arts et Lettres en 1953, le grand prix littéraire de la Méditerranée en 1965 et le grand prix de littérature de l'Académie française en 1968. L'écrivain repose à Lourmarin, au pied du Lubéron, pays qu'il aimait tant. De sa fraîcheur native et intacte malgré les ans, il avait su extraire également une trilogie de livres pour enfants, dernières pages d'une œuvre qui par son exigence et son originalité rappelle celle de certains romantiques allemands.

JEAN-CHARLES RÉMY.

♦ *« Henri Bosco s'avance aux confins d'un étrange domaine où la rêverie de l'homme s'ouvre aux songes parfois monstrueux de l'univers. »* Cl. Girault.

RÉF. : J. Lambert, *Un voyageur des deux Mondes*, Paris, 1952. — J.-P. Canvin, *Henri Bosco et la poétique du sacré*, Paris, 1974. — J.-C. Godin, *Henri Bosco, une poétique du mystère*, Montréal, 1968. — *Renaissance de Fleury*, cahiers consacrés à Henri Bosco, rédigés par différents auteurs et publiés à Saint- Benoît-sur-Loire : « La Spiritualité de Henri Bosco », 1970 ;

« Henri Bosco, la terre et le royaume », 1976. – *L'Art de Henri Bosco,* colloque international de Nice, Paris, 1981.

BOSSUET Jacques-Bénigne. Prélat et écrivain. Né à Dijon le 27 septembre 1627, mort à Paris le 12 avril 1704. La famille Bossuet était originaire de Seurre sur la Saône, où le nom se trouve mentionné dès 1428 ; la noblesse de robe lui était acquise avec Antoine, le bisaïeul ; elle portait « trois roues d'or sur champ d'azur ». Le grand-père, Jacques Bossuet, prit parti contre la Ligue et Mayenne, pour Henri IV ; il fut membre du parlement de Bourgogne exilé de Dijon, puis élu deux fois « maïeur » de cette ville. Avec cet homme d'action paraissent les traditions familiales d'ordre et de dévouement à la royauté. Son fils Bénigne, avocat au parlement, contribue à apaiser la sédition des vignerons *Lanturelu* en 1630. La famille était solidement implantée par ses alliances en Bourgogne et dans le milieu parlementaire, à tel point que Bénigne, ne pouvant être conseiller à Dijon, entra, en 1638, au parlement de Metz, transféré à Toul. Il retrouvera plus tard à Metz son fils chanoine Jacques-Bénigne, qui ne l'avait pas suivi en 1638. Jacques-Bénigne et son frère plus âgé, Antoine, restés à la garde de leur oncle Claude Bossuet, seront élevés ensemble. Avec ce frère seulement – le père de l'abbé Jacques-Bénigne Bossuet, futur évêque de Troyes – se révèle la tendresse familiale. Sa mort en 1699 sera un rude coup pour l'évêque de Meaux, qui a rarement parlé de ses affections. Du pays natal il ne dit rien non plus. On peut trouver dans son éloquence l'héritage d'un tempérament bourguignon, mais il a quitté sa province à quinze ans, pour n'y revenir qu'à de rares occasions. Toutefois, d'une province ravagée par la guerre civile et étrangère, il a pu emporter le désir d'un pouvoir central fort et de frontières consolidées – la marche de Franche-Comté ajoutée en 1674 comblera ce dernier désir – et une famille où l'on fait ses affaires très normalement en se poussant l'un l'autre, a pu lui donner la conception d'une société conservatrice. Il y a peu d'événements dans la vie de Bossuet, et il n'y a pas d'accident : on dirait que les circonstances tracent le cours de son génie et jamais carrière déterminée par les contingences ne parut mieux servir une vocation de la nature.

Né le septième enfant, quatrième survivant, il est destiné à l'Église. Son grand-père et parrain, Jacques Bossuet, n'avait-il pas écrit le jour de sa naissance, sur le livre de raison, ces paroles du *Deutéronome : Circumduxit eum, et docuit, et custodivit quasi pupillam oculi ?* Tonsuré à huit ans, pourvu à treize d'un canonicat à Metz, il fait de bonnes études dans le collège des jésuites (attenant à la maison de son oncle) où sa ténacité lui vaut le surnom d'un calembour célèbre : *bos suetus aratro.* Sa mémoire heureuse, excitée par son oncle, lui fait retenir des vers de Virgile, « sans nombre ». Mais la découverte intellectuelle de sa jeunesse sera en même temps la joie de son cœur : ce fut une *Bible* latine sur laquelle, vers l'âge de quatorze ans, il mit la main dans le cabinet de son père et qu'il eut la permission d'emporter, illumination qu'il se rappellera toute sa vie.

Il vient à Paris en octobre 1642, pour faire les deux années de sa philosophie, dans le célèbre collège de Navarre, où les études de théologie suivront sa maîtrise ès arts. Avec des intervalles passés dans son canonicat, il est dix ans étudiant à Paris, dans un Paris en pleine fermentation politique et intellectuelle. À son arrivée il a vu rentrer Richelieu mourant ; et quand il quitte Paris, on est en pleine Fronde des princes. L'étudiant Bossuet ne manque pas d'ouvertures sur le monde : à seize ans, il a « prêché » à minuit à l'Hôtel de Rambouillet, et il fréquente aussi les meilleurs milieux de l'érudition parisienne. Il sera, comme dit Rébelliau, « un théologien à l'air libre ». Mais deux influences vont l'engager : d'une part, celle de son maître, Nicolas Cornet, « docteur de l'ancienne marque, de l'ancienne simplicité, de l'ancienne probité » (oraison funèbre de Cornet, par Bossuet, 1663), esprit ferme qui a découvert les cinq propositions condamnables dans l'*Augustinus,* mais esprit modéré. L'autre rencontre est celle de saint Vincent de Paul ; sous sa direction il fera sa retraite de prêtrise à Saint-Lazare, avant d'être ordonné le 16 mars 1652. En suite de quoi, il choisira l'*action* du ministère apostolique. Ce n'est pas que le monde lui ait jamais fait illusion ; il n'a pas eu besoin de conversion. Dieu s'est toujours imposé à lui, comme le choix du bonheur. À Langres, à la veille du sous- diaconat (le 20 septembre 1648), il prononce : « Ma carrière est de quatre-vingts ans tout au plus [...] Et si cette vie est si peu de chose parce qu'elle passe, qu'est-ce que les plaisirs qui ne tiennent pas toute la vie, et qui passent en un moment ? Cela vaut-il bien la peine de se damner ? » Cette dialectique eudémoniste conduira toute la vie de Bossuet : « Tout le but de l'homme est d'être heureux. Jésus-Christ n'est venu que pour nous en donner le moyen. » Ainsi s'introduisent les *Méditations sur l'Évangile*, vers 1695, et ce désir du bonheur essentiel explique encore son inquiétude devant les raffinements du pur amour, proposés par Fénelon, qu'il prend pour du quiétisme, et sa défense acharnée de l'espérance théologale.

Mais dans le cœur de cet ambitieux du divin, l'exemple de saint Vincent de Paul a fait passer la charité. Il s'ensuit un enrichissement – imprévisible – de son humanité. Parce qu'il veut être utile, sa vie se confond, profondément, avec son œuvre, et son œuvre est variée pour répondre aux divers besoins de son prochain. Cet homme de la *Bible* a été un humaniste autant par devoir que par attrait. De 1652 à 1659, il est principalement dans son canonicat de Metz ; il soutient les missions populaires de saint Vincent et prêche lui-même devant des auditoires variés. Il rencontre les juifs et les protestants ; et sa toute première œuvre est une *Réfutation du catéchisme du sieur Paul Ferry* (1655). La controverse s'engage dans la courtoisie et sur un plan très élevé. De même, sa direction spirituelle est large, plus religieuse que moraliste. La quatrième lettre à une demoiselle de Metz a pour sujet l'Église, ou « Jésus-Christ répandu et communiqué » — v. *Lettres de piété et de direction*. Enfin, comme il vit retiré, il lit assidûment les Pères de l'Église, et la lecture des Pères grecs en particulier vaudra à son éloquence, surtout dans la période suivante, une allégresse et une sorte de suavité métaphysique, à peu près inconnues dans la prose française.

Vers 1659, il est à peu près fixé à Paris, et sa réputation croissante l'amène dans les chaires les plus renommées : les Minimes (Carême de 1660), les Carmélites de la rue Saint-Jacques (1661), le Louvre (1662) devant le Roi. C'est à l'amour de Dieu qu'il tente d'attacher le cœur du jeune souverain, avide de bien d'autres bonheurs, en lui rappelant ses devoirs actifs du roi. Le Carême du Louvre est le moment le plus adapté à son goût, le plus riche de tendresse humaine et religieuse à la fois. Nous le connaissons, ainsi que l'ensemble des sermons, non tel qu'il a été prononcé, mais tel que Bossuet l'a préparé dans ses manuscrits, car il n'a fait imprimer que ses discours officiels. C'est dans l'édition des *Œuvres oratoires* établie sur les originaux et dans l'ordre chronologique par l'abbé Lebarq, et revue par Urbain et Lévesque, qu'il faut suivre l'évolution de Bossuet. Devant l'indocilité des libertins, il se raidit parfois, ou il menace. Mais sa carrière de prédicateur parisien s'achève sur deux pièces solennelles qui sont des sommes : l'*Oraison funèbre de la reine d'Angleterre* (1669), leçon que la Providence donne aux rois par le moyen de l'histoire ; et celle de *Madame, duchesse d'Orléans*, sa fille (1670) — v. *Oraisons funèbres* (*) — symphonie des douleurs, car elle veut « dans un seul malheur déplorer toutes les calamités du genre humain, et dans une seule mort faire voir la mort et le néant de toutes les grandeurs humaines ».

Le préceptorat du dauphin (1670-1680) se passe dans le silence. Bossuet renonce à son évêché de Condom pour remplir son devoir à la Cour ; l'*Exposition de la doctrine de l'Église catholique* (1671), qui convertit Turenne, est son livre le plus vendu. Cependant les nécessités de l'enseignement ont véritablement renouvelé sa pensée : pour former un honnête homme et un roi compétent, Bossuet s'est fait philosophe et historien. Il n'aura pas le temps de publier lui-même ses ouvrages de politique et de philosophie, mais le *Discours sur l'histoire universelle* (1681) est une synthèse décidée de l'ordre de Dieu et de l'activité humaine. Quoique frappé par la mort des « empires », l'historien fait confiance au « bon sens qui est le maître de la vie humaine » — v. également *Politique tirée des propres paroles de l'Écriture sainte*, *Traité de la connaissance de Dieu et de soi-même*. Malgré son goût des retraites (à la Trappe chez Rancé), Bossuet ne se dérobe pas à la société de son temps : une élite intellectuelle se groupe à la Cour autour de lui (dont La Bruyère) ; le 8 juin 1671, il est reçu à l'Académie française et après le préceptorat, il sera nommé président aumônier de la dauphine (1680), puis de la duchesse de Bourgogne (1697), conseiller d'État (1697). L'opinion lui décernerait le chapeau de cardinal, mais Louis XIV ne s'en avise pas. Cet homme qui « dit ce qu'il veut » (Valéry), ne fait pas ce qu'il veut, et son bon sens échoue souvent dans l'action. On dirait même qu'il manque de prise sur ses contemporains les plus proches, autant qu'il en a sur le verbe humain. Combien de fois la Cour l'a dupé ! L'Assemblée du clergé (1681-1682) dont il a la responsabilité intellectuelle s'achève dans une impasse. Les protestants, convaincus par lui d'avoir varié — v. *Histoire des variations des Églises protestantes* (1688) —, s'éloigneront davantage par des variations plus résolues.

Le diocèse de Meaux qu'il administre avec une vigilance paternelle (1681-1704), outre des tracas comme ceux de l'abbaye de Jouarre, lui donne bien des consolations affectives : il publie pour son clergé des commentaires latins *Liber Psalmorum* (1691), *Libri Salo monis* (1693), et avec ses religieuses il médite l'Évangile — *Méditations sur l'Évangile* (1695) — et les Mystères — *Élévations à Dieu sur tous les mystères de la religion chrétienne* —, ou encore il donne aux plus intimes dirigées ses épanchements et ses vers sur le *Cantique des Cantiques*. Il se récrée dans sa campagne de Germigny aux horizons ouverts, où même il a reçu l'amitié, chargée d'espérance, de Fénelon. Car ses pires adversaires n'étaient point ses ennemis : Fénelon, Richard Simon, rencontrés sous une autre incidence, auraient été ses auxiliaires. La désolation intime de son cœur et l'illusion de cette vie étreinte par le péché, Bossuet l'a exprimée dans une méditation sur la première *Épître de saint Jean*, qu'il n'a point publiée — v. *Traité de la concupiscence*. Mais c'est par la logique et par la raillerie qu'il a écrasé Fénelon en cour de Rome (avec l'appui du roi et l'alliance de Mme de Maintenon), par la force qu'il a réduit Richard Simon, qui respectait trop peu saint Augustin et ne sentait pas la poésie du style biblique. Bossuet lutte à la proue, mais lui-même il est mal vu à l'Assemblée du clergé de 1700, qu'il essaie de mener à la fois contre les jansénistes doctrinaux, contre les casuistes relâchés et contre les jésuites trop tolérants des cérémonies chinoises. Quel beau champ il laisse ouvert aux quolibets des philosophes !

Son tempérament robuste l'avait toujours soutenu. Quand, au début de 1703, il constate qu'il a la pierre, il est désemparé. Il se traîne encore à Versailles pour demander — vainement — son neveu comme successeur. Il ne retourne pas à Meaux, afin de recevoir les soins des médecins de Paris. Il compose encore une

Explication de la prophétie d'Isaïe sur l'enfantement de la Sainte Vierge, et un *Commentaire du Psaume XXI* (sur la passion et le délaissement de N.-S.). Il se fait relire de ses œuvres celles qui nourrissent son cœur, et, sans se lasser, l'*Évangile de saint Jean*. La mort lui montre son visage affreux, qu'il avait tant appréhendé pour les autres : « Ah ! mon Dieu ! qu'est-ce que ceci ? Il faut donc se résoudre. » Dans son domicile rue Sainte-Anne, il se résout avec simplicité, le 12 avril 1704, laissant une œuvre à moitié inédite et le renom d'un honnête homme, peu entendu à ses affaires, d'un savant, d'un « Père de l'Église » (La Bruyère). C'est la postérité qui devait découvrir dans l'orateur le poète quasi involontaire, et dans l'expression d'une foi dogmatique et traditionnelle, l'originalité d'une nature.

THÉRÈSE GOYET.

XVIIe siècle. ♦ *« L'homme le plus honnête, le plus droit, le plus doux et le plus franc qui ait jamais été mis à la Cour. »* Mme de La Fayette. ♦ *« Doux, humain, affable, de facile accès, humble, aimable... »* Saint-Simon. ♦ *« Vous parlez de majesté, vous parlez d'élévation, eh bien ! je soutiens qu'il y en a plus dans ce livre* [Le Discours sur l'histoire universelle] *que dans Thucydide. »* Charles Perrault, s'adressant aux défenseurs des Anciens.

XVIIIe siècle. ♦ *« On sent que son génie a besoin de la plus grande liberté pour se déployer dans toute sa vigueur et que les entraves d'un goût sévère, les détails d'une correction minutieuse et la sécheresse d'une composition léchée ne feraient qu'énerver cette éloquence brûlante et rapide. »* D'Alembert.

XIXe siècle. ♦ *« Bossuet imite les prophètes hébraïques. Prophète lui-même, il donne à sa langue la hauteur, l'autorité, l'antiquité et quelquefois la divinité du Vieux Testament. L'accent de l'hébreu et ses âpres images passent avec lui dans le français, et en font une langue d'airain* [...] *Le français se moule, au besoin, rude, âpre, disproportionné, colossal, fruste, sur le génie incorrect et démesuré de ce Michel-Ange de notre langue. »* Lamartine. ♦ *« Bossuet, c'est l'esprit qui embrasse le mieux, le plus lumineusement, le plus souverainement un corps, un ensemble de doctrines morales, politiques, religieuses, qui excelle à l'exposer avec clarté et avec éclat, avec magnificence, en se plaçant au point de vue le plus élevé ou au centre ;* [...] *mais en même temps c'est un esprit qui n'en sort pas, de cette nef, de cette sphère si bien remplie qui ne sent pas le besoin d'en sortir, qui n'invente rien au fond, qui n'innove jamais : il hait la nouveauté, l'inquiétude et le changement ; en un mot, c'est le plus magnifique et le plus souverain organe et interprète de ce qui est institué primordialement et établi. »* Sainte-Beuve.

XXe siècle. ♦ *« Bossuet rugirait en voyant aujourd'hui l'Église se montrer si accommodante et d'entendre parler de son évolution. Il la veut immuable, et toutes les "variations" appartiennent à l'hérésie. »* A. Gide. ♦ *« Tout le monde connaît le* Bossuet du *Louvre ;* [...] *ce monumental portrait est peut-être la cause d'une erreur d'optique grave. Sur la foi de cette pompeuse machine, on va se figurant que le modèle, en son vivant occupait une place correspondante, en rapport avec tant de génie et de magnificence* [...] *Le contraste entre le Bossuet des manuels, celui de Brunetière et de Lanson, et le Bossuet des contemporains, est d'autant plus piquant qu'il est moins notre ouvrage ;* [...] *ce rôle de prophète et de pontife, de conscience de la nation, c'est assurément celui qu'il souhaitait pour lui-même. »* Louis Gillet. ♦ *« Dans l'ordre des écrivains, je ne vois personne au-dessus de Bossuet, nul plus sûr de ses mots, plus fort de ses verbes, plus énergique et plus délié dans tous les actes du discours, plus hardi et plus heureux dans la syntaxe et en somme plus maître du langage, c'est-à-dire de soi-même. Trois siècles de changements très profonds et de révolution dans tous les genres, un nombre énorme d'événements et d'idées intervenues rendent nécessairement naïve, ou étrange, et quelquefois inconcevable à la postérité que nous sommes, la substance des ouvrages d'un temps si différent du nôtre. Mais autre chose se conserve... »* Paul Valéry. ♦ *« Bossuet est le plus grand maître de la prose française, qui est infiniment supérieure à tout ce qu'on est convenu d'appeler notre poésie. Son langage contient tous les* canons *de notre parler et remplit magnifiquement notre bouche et notre poitrine. C'est quelque chose comme la* Messe royale *de Dumont, si bien adaptée aux poumons de nos vieux chantres. D'autre part, Bossuet est dans notre langage le plus grand des docteurs de la catholicité. Ses ouvrages théoriques sont d'une force, d'une clarté et d'une majesté qui baignent l'âme de lumière et la transportent de joie et d'admiration. »* P. Claudel. ♦ *« L'auteur de l'*Histoire des variations *tient bien moins de place dans les nourritures intellectuelles et morales de notre époque que celui des* Provinciales *et des* Pensées. *Brunetière n'a pas eu de successeur dans son zèle oratoire et pugnace pour M. de Meaux* [...] *On le salue respectueusement quand on le rencontre, mais on ne se dérange pas de son trottoir pour venir lui presser chaleureusement les deux mains. »* Thibaudet. ♦ *« Au Bossuet qui se possède et se dompte parfois jusqu'à s'éteindre, nous préférerons d'abord le Bossuet qui se cherche, puis le Bossuet qui se trouve ou plutôt se retrouve et qui, sûr de lui-même, libre de toute convention et de toute contrainte, s'abandonne à sa piété et à son génie. »* Abbé Brémond.

RÉF. : Abbé François Ledieu, *Mémoires et Journal*, 1855-1857. — A. Floquet, *Études sur la vie de Bossuet*, 1855. — J. Lebarq, *Hitoire critique de la prédication de Bossuet*, 1888. — A. Rébelliau, *Bossuet, historien du Protestantisme*, 1891. — Urbain et Lévesque, *Chronologie de la vie de Bossuet*, t. XV de la *Correspondance*, 1925. — A. Virely, *Bossuet, essai d'iconographie*, Mâcon, 1938. — J. Calvet, *Bossuet, l'homme et l'œuvre*, 1941. H. A. — G. Martimort, *Le Gallicanisme de Bossuet*, 1956. — J. Truchet, *La Prédication de Bossuet*, Paris, 1960 ; *Bossuet panégyriste*, Paris, 1962. — T. Goyet, *L'Humanisme de Bossuet*, Paris, 1965. — J. Truchet, *Politique de Bossuet*, Paris, 1966. — J. Le Brun, *Bossuet*, Paris, 1970 ; *Les Opuscules spirituels de Bossuet*, Nancy, 1970 ; *La Spiritualité de Bossuet*, Paris, 1972. — R. J. Hesbert, *Saint Augustin, maître de Bossuet*, Paris, 1980. — Actes du colloque *Journées Bossuet. La prédication au* XVIIe *siècle*, Paris, 1980.

BOUHOURS père Dominique. Critique et grammairien. Né à Paris le 15 mai 1628, mort dans cette ville le 27 mai 1702. Il fait ses études au collège de Clermont, entre, le 11 septembre 1644, dans la Compagnie de Jésus et enseigne d'abord dans plusieurs maisons de son ordre. À Rouen, où il prononce ses vœux en 1662, il est chargé de l'éducation des princes de Longueville, puis envoyé comme aumônier à Dunkerque que les troupes du roi viennent de reprendre aux Anglais. Là, il attire l'attention de Colbert en rédigeant un mémoire sur cette ville et devient précepteur du fils aîné du ministre, le marquis de Seignelay. Suit une rapide ascension parisienne : en 1666, il devient le supérieur du collège de Clermont, enthousiasme les mondains par son brio, fréquente les salons, rencontre Bossuet, Bourdaloue, Mme de Sévigné, le père Rapin et Racine, qui lui demande parfois de « marquer les fautes qu'il pouvait avoir faites contre la langue ». Son admiration et son amitié pour Bussy-Rabutin, exilé depuis la Fronde, font qu'il en publie la correspondance et vante son style léger et naturel. Il écrit des vies de saints (saint Ignace en 1679, saint François Xavier en 1682), une épitaphe pour Molière et s'acharne, dans de nombreuses publications (dont les *Pensées chrétiennes* en 1669), contre les jansénistes. C'est contre la traduction de l'*Imitation de Jésus-Christ* d'Isaac de Sacy qu'il fulmine dans le deuxième *Entretien* et c'est contre Arnauld et Nicole qu'il écrit sa *Lettre à un seigneur de la cour* (1668). Ses *Doutes sur la langue française* (1674), ses *Remarques nouvelles sur la langue française* (1675-1676) et la *Suite des remarques nouvelles* (1692) s'attachent à stigmatiser les archaïsmes et la rhétorique de Port-Royal. Il est alors le plus connu des mondains défenseurs du bel usage qui contribuèrent à épurer la langue française, lorsqu'il publie les *Entretiens d'Ariste et d'Eugène*, en 1671. Ses livres, défendant les positions de Vaugelas, s'écartent cependant du côté didactique et pesant des *Remarques* pour adopter le ton de la conversation — *La Manière de bien penser dans les ouvrages de l'esprit*. Pour ce « puriste », le style doit être fondé sur l'« exactitude » et la « délicatesse » d'une langue parvenue à son apogée, parfaite, soumise à la perfection de son monarque et dirigée par lui. La Bruyère, Saint-Évremond, le père Jouvency, jésuite de Rome, ont vanté ses écrits, jusqu'à Voltaire, qui l'inclut dans son *Temple du goût*.

CHRISTIAN BIET.

♦ *« Au panier les Bouhours ! »* V. Hugo. ♦ *« Notre langue lui doit plus qu'à aucun auteur, sans excepter Vaugelas. »* E. Quélennec.

RÉF. : Georges Doncieux, *Un jésuite homme de lettres au XVIIe siècle, le père Bouhours*, 1886.

Boule de suif : voir ***Soirées de Médan***.

BOULLE Pierre. Romancier français. Né en Avignon le 20 février 1912, mort à Paris le 31 janvier 1994. Muni d'un diplôme d'ingénieur de l'École supérieure d'électricité, il se lance dans une vie aventureuse en Extrême-Orient : de 1936 à 1939, il est planteur de caoutchouc en Malaisie. Il s'installe ensuite en Indochine, mais en 1941 retourne en Malaisie, où il s'engage dans les Forces françaises libres. Après l'invasion japonaise, il se bat en Birmanie, en Chine et en Indochine. Fait prisonnier, il s'évade en 1944 et regagne la France. L'Asie et l'expérience de la guerre constitueront pour Pierre Boulle une source principale d'inspiration, comme en témoigne *Le Pont de la rivière Kwaï* (1958), qui lui apportera la notoriété et sera adapté au cinéma. *Le Sacrilège malais* (1951), *Un métier de seigneur* (1960) se rattachent aussi à cette période de sa vie, sur laquelle il reviendra dans son autobiographie *Aux sources de la rivière Kwaï* (1966). Pierre Boulle implique ses personnages dans des situations bizarres et impossibles à résoudre, par exemple dans *Le Photographe* (1967) ou *La Face* (1963), qui met en scène un procureur confronté à un cas de conscience inextricable. Ses romans de science- fiction s'inscrivent dans la tradition propre aux auteurs français de ce genre : *La Planète des singes* (1963) aux allures de conte philosophique, ou encore *Le Jardin de Kanashima* (1964). Certaines de ses nouvelles touchent de près ou de loin à ce même domaine (*E=MC2*, 1957), ou bien inaugurent un nouveau style de fantastique avec ses *Contes de l'absurde* (prix de la Nouvelle 1953). Cette œuvre abondante et diverse est dominée par le sentiment de l'absurde, un goût prononcé pour la logique irrationnelle, le paradoxe, et exprime un pessimisme teinté d'ironie ; l'auteur, cependant, distille sa fantaisie philosophique avec aisance dans des intrigues habilement agencées qui exaltent l'héroïsme et le courage.

JACQUES-ÉMILE MIRIEL.

BOURDALOUE Louis. Prédicateur. Né à Bourges le 20 août 1632, mort à Paris le 13 mai 1704. « Le plus célèbre prédicateur du temps », comme disent ses contemporains, était entré à seize ans dans la Compagnie de Jésus. Il sortait d'une famille de petits commerçants, de « bourgeois marchands » ; mais son père était avocat. Après une quinzaine d'années d'études, et après avoir accumulé tout un fonds de belles-lettres et de culture antique qu'il mettra plus tard au service de sa prédication, il fut nommé professeur de rhétorique, de philosophie, de théologie morale, dans divers collèges des jésuites. Ses supérieurs découvrent son talent d'orateur et l'envoient aussitôt prêcher en Picardie, en Normandie, en Bretagne, où il obtient un tel succès qu'il est bientôt appelé à Paris. « À peine eut-il paru, raconte un témoin, que de tout Paris et de la Cour même, une foule prodigieuse accourut. » On trouve également, dans les *Lettres* (*) de Mme de Sévigné, bien des échos de cette notoriété si rapide. En 1669, à trente-sept ans, Bourdaloue passe de la ville à la Cour sur la demande de Louis XIV. Il prêche devant le roi l'Avent de 1670, le Carême de 1672, quatre autres Carêmes entre 1674 et 1682, quatre Avents de 1684 à 1693 ; en tout dix séries de *Sermons* à la Cour, alors qu'habituellement, le même prédicateur n'y était guère rappelé plus de trois fois. Après la révocation de l'édit de Nantes, Louis XIV envoie Bourdaloue enseigner les nouveaux convertis du Languedoc, et le jésuite se fait rapidement admirer et aimer par sa douceur et son esprit de tolérance. Toute sa vie d'ailleurs, en marge de sa prédication, il s'était dépensé pour visiter les malades, assister les agonisants, et surtout porter des secours spirituels aux prisonniers. Ayant abandonné la chaire de Versailles en 1696, Bourdaloue, pendant ses sept dernières années, se voue aux œuvres de charité et aux hôpitaux. On peut dire cependant qu'il prêcha jusqu'à son dernier souffle. On ne cessait de le demander pour des discours de fête, des sermons de circonstance. Douze jours avant sa mort, le 1er mai 1704, il prenait encore la parole à une cérémonie de vêture de carmélite.

Un prédicateur favori des Grands. Et pourtant une vie banale, terne, tout intérieure, de religieux fervent à accomplir tous ses devoirs. On peut le résumer comme le fit Sainte-Beuve : « Il avait prêché. » À en croire Voltaire, aussitôt Bourdaloue apparu, Bossuet cessa de régner sur la chaire. C'est inexact ; mais il reste vrai que, bien souvent, ses contemporains le mirent au-dessus de l'évêque de Meaux. L'évêque et le religieux sont d'ailleurs des hommes, sinon de tempérament, du moins de formation semblable. Bourdaloue est plus froid, mais comme Bossuet nourri d'Écriture sainte, formé par un long commerce avec les auteurs de l'Antiquité, auxquels il ne demande d'ailleurs pas des parures de discours mais toujours quelque illustration morale. De Bossuet, il présente aussi le zèle apostolique audacieux, impitoyable. Il n'est certes pas homme à acheter faveur et popularité chez les Grands par des complaisances à leurs vices : en pleine époque des désordres du roi, il choisit comme sujet de sermon le thème de l'impureté, « frappant comme un sourd, disant des vérités à bride abattue », selon le témoignage de Mme de Sévigné, il a la rudesse, la liberté souveraine d'un homme conscient d'accomplir une mission divine ; il n'hésite pas à entremêler son discours de mille allusions à des faits ou à des personnages contemporains, et même à bâtir des portraits que toute la Cour pouvait aisément reconnaître ; tantôt, à propos de la médisance, c'est le Pascal des *Provinciales* ; ou, sur l'hypocrisie, le *Tartuffe* (*) de Molière ; à propos de la prière, il aborde le cas délicat du mysticisme fénelonien ; une autre fois, il s'en prendra à Arnault et à ses outrances de doctrine. En lisant ses portraits, on pense aux *Maximes* (*) de La Rochefoucauld, aux *Caractères* (*) de La Bruyère, parfois même à certains personnages de Molière. Derrière le prédicateur, reparaît alors le professeur de rhétorique : en homme de son siècle, Bourdaloue dédaigne le cas individuel, il crée des types, il s'occupe de l'âme éternelle, de l'Homme. Mais tandis qu'à travers toute l'œuvre de Bossuet court le frémissement des commencements tumultueux de l'époque classique, Bourdaloue paraît toute rigueur, austérité, jusqu'à l'excès même : ses sermons, bien construits certes, n'ont pas la richesse ni surtout le mouvement qui emporte chez Bossuet. Point de fleurs, point de traits saillants, point de gestes même, car ce jésuite, pour éviter toute distraction, gardait les yeux baissés tout le temps de son prêche et avançait dans son discours, rigide comme insensible. Dédaignait-il de séduire ? Il ne voulait pas toucher, mais convaincre. Être sensible, affectueux, lui eût paru sans doute un début de complaisance — et l'on comprend que Fénelon n'ait guère prisé sa manière. Bourdaloue comptait sur la seule raison, sur les « certitudes impassibles » qui réduisent l'adversaire à la contradiction. Logicien parfois brutal, « il s'empare sur-le-champ de l'esprit de l'auditeur et le frappe, comme d'un coup de massue, du bloc des sévères et irrésistibles doctrines qu'il va lui développer ». Que si, ensuite, l'émotion voulait paraître, Bourdaloue ne la rejetait point ; mais, il ne faisait rien pour la flatter, il ne la tolérait, semble-t-il, que comme le résultat de l'illumination des esprits. Le style de Bourdaloue marque une fin bien plus qu'un commencement : c'est l'instant où la rigueur raisonnable atteint un point de telle tension qu'elle devient intolérable — ou, plus simplement, qu'elle commence à fatiguer, à ennuyer. Tandis que mourait Bourdaloue, Massillon l'avait déjà remplacé dans la chaire française et, au classicisme impétueux, presque féroce du jésuite, avait substitué une douceur et une onction dignes de Fénelon.

JACQUES PATRY.

♦ *« J'aime mieux les redites du père Bourdaloue que les choses nouvelles d'un autre. »* Louis XIV. ♦ *« Un des premiers qui étala dans la chaire une raison toujours éloquente fut le père Bourdaloue. »* Voltaire. ♦ *« On a dit de Bourdaloue que c'est Nicole éloquent. Je dirai aussi : c'est le Despréaux de la chaire : mais un Despréaux en prose et dont les qualités essentielles et rassises, séparées de l'accent et de l'action, n'ont conservé aucune vivacité, aucune fraîcheur* [...] *Cependant, quand on prend la peine de l'étudier, on y retrouve les plus sérieux mérites. »* Sainte-Beuve. ♦ *« Malgré les trois points de ses sermons – ces trois piquets de tente où l'orateur sacré s'abritait pour parler une heure –, Bourdaloue le sermonnaire et le théologien est un immense moraliste, en pleine humanité et en pleine âme. »* Barbey d'Aurevilly.

RÉF. : Sainte-Beuve, *Causeries du lundi*, t. I et t. X. — Anatole Feugère, *Bourdaloue, sa prédication et son temps*, 1876. — R. P. Lourds, *Bourdaloue, sa vie et ses œuvres*, 1881. — Eugène Griselle, *Histoire critique de la prédication de Bourdaloue*, 2 vol., 1901. — Ethna Byrd, *Bourdaloue*, 1929. — R. Daeschler, *Bourdaloue*, 1929. — R. P. d'Hérouville, *Bourdaloue*, 1947. — Actes du colloque de 1977 à Dijon, *Journées Bossuet. La Prédication au* XVIIe *siècle*, Paris, 1980.

BOURDET Édouard. Auteur dramatique. Né à Saint-Germain-en-Laye le 26 octobre 1887, mort à Paris le 18 janvier 1945. Esprit hardi et cultivé, ayant eu très jeune le goût du théâtre, il débuta par une comédie, *Le Rubicon*, qui obtint un vif succès lors de sa création au théâtre Michel, le 17 janvier 1910. Il ne revint à la scène que dix ans après pour donner successivement *La Cage ouverte* (1920), *L'Heure du berger* (1922) et *L'Homme enchaîné* (1923). Il dut pourtant attendre jusqu'à la quarantaine pour s'acquérir toute l'audience à laquelle son très grand talent lui donnait droit. Ce fut avec *La Prisonnière* (1926) : grâce à la maîtrise de l'auteur, l'honnête y savait prévaloir sur le scabreux. Dans toutes les pièces qui suivirent : *Vient de paraître* (1927), *Le Sexe* *faible* (1929), *La Fleur des pois* (1932), *Les Temps difficiles* (1934) et *Fric-Frac* (1936), Bourdet confirma cette maîtrise. Étant né pour la comédie psychologique, Bourdet a peint sans indulgence les mœurs de son temps. S'il cultive les sujets audacieux, il ne le fait pas moins « avec tous les scrupules de la conscience la plus droite ». Son style incisif fait merveille et ce n'est point tomber dans l'exagération que de voir en lui un petit-fils de Beaumarchais. Rappelons enfin qu'Édouard Bourdet fut administrateur général du Théâtre-Français de 1936 à 1940 ; il y fit preuve d'une grande activité réformatrice, dans laquelle il fut secondé par des collaborateurs de tout premier plan, tels que Jacques Copeau, Charles Dullin, Louis Jouvet et Gaston Baty, dont il sut s'entourer. Après avoir donné sa démission, il écrivit encore deux pièces à succès : *Hyménée* (1941) et *Père* (1944).

Bourgeois gentilhomme (Le). Comédie-ballet en cinq actes et en prose de Molière (1622-1673), avec musique de Jean-Baptiste Lully (1632-1687), créée à Chambord le 14 octobre 1670 où elle obtint un succès considérable. Son titre dit bien ce qu'il veut dire. Molière s'en prend à un travers fréquent à son époque : la prétention, si commune au parvenu, de faire figure dans le monde en singeant les manières de la noblesse.

Au lendemain de la visite en France de l'ambassadeur de Turquie, Louis XIV commanda à Molière et Lully une comédie- ballet où figurerait une turquerie : les deux hommes avaient créé une attente en régalant la Cour un an plus tôt d'une extraordinaire comédie-ballet burlesque en trois actes, *Monsieur de Pourceaugnac*, qui reposait sur les tours joués à un gentilhomme limousin pour le dégoûter d'épouser une Parisienne, et qui établissait un univers de mascarade et de folie. Selon le même principe qui avait consisté à achever les ridicules de Pourceaugnac en le déguisant en femme, la pièce devait culminer sur un déguisement en Turc du héros. Cet univers et ce principe, Molière les a combinés avec une nouvelle interrogation sur l'un des thèmes clés de son théâtre, l'être et le paraître. Bourgeois dont le désir de devenir noble est devenu une véritable folie qui conditionne tous ses faits et gestes — les deux premiers actes sont entièrement remplis de ses efforts ridicu- les pour acquérir les manières de la noblesse auprès de différents maîtres (de musique, de danse, d'armes, de philosophie), et le troisième le montre aux prises avec un comte et une marquise qui le flattent et l'exploitent en se moquant de lui — M. Jourdain s'oppose à ce que Cléonte épouse sa fille Lucile et annonce qu'il ne la mariera qu'à un gentilhomme, même pauvre. Pour tourner cet obstacle, le valet de Cléonte imagine de déguiser son maître en fils du Grand Turc afin d'obtenir le consentement de Jourdain ; et pour l'abuser complètement il suffira d'entrer dans sa folie en organisant un anoblissement fictif : c'est l'objet de la « cérémonie turque » qui constitue l'intermède entre les actes IV et V de la comédie. Des personnages peu fouillés, malgré une remarquable Mme Jourdain qui tente de s'opposer au délire de son mari, une peinture de mœurs superficielle, une intrigue extrêmement ténue : c'est que nous sommes dans une comédie- ballet qui repose sur une exceptionnelle qualité d'intégration des intermèdes chantés et dansés dans la comédie, et sur un M. Jourdain virevoltant et omniprésent.

BOURGES Élémir. Romancier. Né à Manosque (Alpes de Haute-Provence) le 26 mars 1852, mort à Auteuil le 13 novembre 1925. Enfant précoce dont les parents avaient vécu, en qualité de précepteurs, dans l'aristocratie hongroise, il fit de bonnes études au lycée de Marseille, où il fut condisciple de Ferdinand Brunetière. Curieux de tout, il montrait déjà ce goût de la lecture qui fera dire plus tard à quelqu'un : « Quand il a cinq minutes, il relit l'Encyclopédie. » Arrivé à Paris en 1874, il dut d'abord gagner sa vie dans divers journaux. S'étant lié avec Bourget, Barbey d'Aurevilly et Mallarmé, il fonda, avec Signoret, *La Revue des chefs-d'œuvre* (1881- 1886). Devenu chroniqueur dramatique (1881- 1883), il entra au *Gaulois* en 1885, et pendant un an y tint le rôle de secrétaire de rédaction. S'étant rendu à Prague, il y avait pris femme (en 1803) : mariage qui exerça sur son œuvre la plus salutaire des influences. En 1886, ayant fait un petit héritage, il alla se fixer à Samois, dans la forêt de Fontainebleau ; il y resta jusqu'en 1902. Ensuite il vécut à Versailles, et enfin à Auteuil. Il était, depuis 1902, membre de l'académie Goncourt. S'étant mis très jeune à l'école de Sophocle, de Dante, de Shakespeare et des Élisabétains, sans oublier Saint- Simon, Stendhal et même Richard Wagner, Bourges fut possédé toute sa vie par le démon de la création. Faute de trouver la grandeur dans la vie moderne, il fit de l'art un sacerdoce, et de la solitude son bien le plus précieux. S'il s'est consacré tout entier au roman d'imagination, c'est parce que ce genre est le domaine où se peut le mieux assouvir le goût des constructions grandioses. Son œuvre entière, jaillie au déclin du naturalisme, ne comporte que trois romans : *Le Crépuscule des Dieux* (1884), *Sous la hache* (1885), *Les oiseaux s'envolent et les fleurs tombent* (1893). Ajoutons *La Nef* (1904-1922), épopée métaphysique à laquelle il travailla quelque trente années. Créateur d'un monde à la fois sombre et féerique, Bourges fut un très grand prosateur. Si, par le trop de contention, il manque parfois de naturel et de simplicité, il y substitue le sens du tragique et la leçon des grands modèles. Fervente autant que laborieuse, et loin du marché littéraire, sa vie fut une des plus nobles qu'un écrivain puisse mener.

♦ *« Je viens de lire* Le Crépuscule des Dieux *et je vous dirai que cette lecture m'a donné sur les personnages modernes que vous faites revivre une sorte de vision shakespearienne ; une vision qui m'a pris et charmé par quelque chose de la grandeur folle et de la fantaisie démoniaque des rois et des princes du merveilleux imaginateur anglais.* » Edmond de Goncourt, lettre à É. Bourges, 18 mars 1884. ♦ *« Élémir Bourges, ne lâchant aucune partie de l'œuvre* [Le Crépuscule des Dieux], *nous choque et nous fatigue quelquefois par la disproportion du sujet et l'importance qu'il lui attribue, mais aussi, dans ses belles pages, atteint à une ampleur peu commune. M. Élémir Bourges, de l'aveu de tous, est au premier rang des jeunes écrivains déjà connus. Et si l'on peut attendre de lui une œuvre prochaine de premier ordre – dès aujourd'hui, c'est un noble talent, de ceux dont l'attitude honore les travaux de l'esprit.* » Maurice Barrès, 1885. ♦ *« Son œuvre est bien haute pour notre temps et en quelque sorte bien trop protégée contre l'esprit du jour. Elle est classique en ce sens qu'elle ne s'adresse qu'à l'essentiel de l'homme, et romantique parce qu'elle fait une immense part au lyrisme et qu'elle est profondément révoltée sous son apparence sereine. La mode, qui est capricieuse, a négligé Bourges comme elle a négligé Villiers de l'Isle-Adam.* » Edmond Jaloux.

RÉF. : Raym. Schwab, *La Vie d'Élémir Bourges,* 1948 (thèse). – Marcel Arland, *Lettres de France,* 1951. – André Lebois, *Les Tendances du symbolisme à travers l'œuvre d'Élémir Bourges,* 1953. *La Genèse du « Crépuscule des Dieux »,* Paris, 1954. – Alexandre Arnoux, *Études et Caprices,* 1953. – G. Marie, *Elémir Bourges ou l'Éloge de la grandeur,* Paris, 1962.

BOURGET Paul Charles Joseph. Romancier et essayiste. Né à Amiens (Somme) le 2 septembre 1852, mort à Paris le 25 décembre 1935. Fils de Justin Bourget, un éminent mathématicien, qui fut recteur des académies d'Aix et de Clermont, il montra de bonne heure un goût très vif pour la lecture, en même temps qu'il recevait d'excellentes leçons de choses. Venu à Paris au sortir du lycée, il suivit les cours de l'École des hautes études et obtint sa licence ès lettres (1874). Disciple de Taine et de Sainte-Beuve, il fut d'abord professeur libre. Bien qu'il fût surtout alors attiré par la critique, il débuta dans les lettres par trois recueils de vers : *La Vie inquiète* (1874), *Edel* (1878) et *Les Aveux* (1882), où il évoque les détours d'un cœur en quête de lui-même. Il révéla bientôt sa maîtrise en publiant un livre qui fera sensation : *Essais de psychologie contemporaine* (1883). Cette œuvre de moraliste, qu'allaient enrichir de *Nouveaux Essais* (1855), dénotait, en effet, une rare rigueur d'esprit. Bourget fut loin de s'en tenir là dans le domaine de la critique, ainsi qu'en témoignent les beaux livres qu'il fit paraître par la suite : *Physiologie de l'amour moderne* (1890), *Sensations d'Italie* (1891), *Outremer ; notes sur l'Amérique* (1895), *Études et Portraits* (1906) et enfin *Pages de critiques et de doctrine* (1912 à 1922). Mais, dès la trentaine, l'auteur aspirait à devenir romancier. En fils spirituel de Benjamin Constant, il brûlait de s'inscrire en faux contre la platitude naturaliste et de régénérer le roman par l'intelligence. Au roman physiologique dont Zola s'était fait le champion (Zola, « la matière faite homme »), il répondrait par le roman psychologique, lequel consiste, comme chacun sait, dans l'analyse des états d'âme et des crises de conscience. Se faisant d'abord le peintre de la vie mondaine, il fit paraître, coup sur coup, *Cruelle énigme* (1885), *Un crime d'amour* (1886), *André Cornélis* (1887) et *Mensonges* (1887). Devenu ainsi le « sauveur » qu'attendait le public lettré, Bourget s'acquit une gloire aussi soudaine qu'éclatante. Après *Le Disciple* (1889), dont Brunetière fut le grand défenseur, Bourget se plut à analyser les maux dont souffrait son époque. D'où la longue suite de romans où la religion, la morale et la sociologie tiendront une place toujours plus grande : *Un cœur de femme* (1890), *Terre promise* (1892), *Cosmopolis* (1892), *Une idylle tragique* (1896), *La Duchesse bleue* (1898), et surtout *L'Étape* (1902), *Un divorce* (1904), *L'Émigré* (1907), *Le Démon de midi* (1914), *Le Sens de la mort* (1915), *Némésis* (1918), *Un drame dans le monde* (1921), *Cœur pensif ne sait où il va* (1924), *Nos actes nous suivent* (1927). Tenu longtemps pour le maître du roman psychologique, Bourget fut, pourtant, loin de faire œuvre de psychologue au sens rigoureux du mot. En lui sommeillait, en effet, un moraliste. Pour son malheur, il permit à ce dernier de se substituer au psychologue plus que de raison. Ce défaut est surtout sensible dans les romans où il fait le procès de l'époque. Chose d'autant plus regrettable que le romancier pèche souvent du côté de la composition. Aussi le sent-on plus à l'aise dans la nouvelle. Dans ce domaine, où il excelle, il faut citer : *Pastels* (1889), *Un scrupule* (1893), *Voyageuses* (1897), *Complications sentimentales* (1898), *Un homme d'affaires* (1900), *Monique* (1902), *L'Eau profonde* (1902), *Les Détours du cœur* (1908), *L'Envers du décor* (1911), *Le Justicier* (1919), *Anomalies* (1920). Tout comme Brunetière, son compagnon de jeunesse, Bourget use d'un style oratoire, souvent lourd, mais qui se sauve par son mouvement même. Il était entré à l'Académie française en 1894.

♦ « *... L'art curieux, subtil et savant, avec lequel M. Paul Bourget mêle ensemble la description des lieux et l'analyse aiguë des états d'âme de ses personnages. L'analyste, en lui, se double d'un peintre ou d'un poète.* » F. Brunetière. ♦ « *Ce romancier sans muscles ni cartilages.* » Léon Bloy. ♦ « *Il manque de frivolité. Et il manque d'esprit. On ne songeait pas à en faire la remarque, si parfois il ne se plaisait pas à égayer ses récits de traits agréables ; dans ce cas, les plaisanteries des anas, les à-peu-près, les confusions de mots des illustrés et les cuirs lui semblent du meilleur goût... C'est une nature de travailleur appliqué, consciencieux et un peu lourd.* » René Doumic. ♦ « *En face du naturalisme triomphant, et qu'il a sans tapage contribué à ruiner, il est venu proclamer que l'âme existe aussi, et d'innombrables lecteurs et lectrices lui on su un gré infini d'avoir remis cette vérité en honneur.* » Victor Giraud. ♦ « *Si ce grand ouvrier des lettres a prolongé jusqu'à la vieillesse une production très régulière,* Le Démon de midi *a mis le point final au meilleur de son œuvre. Sa forme et sa substance romanesque appartiennent au passé. Mais pendant trente ans Bourget a été un original témoin du roman français, tel que l'avaient constitué Balzac et George Sand.* » Thibaudet.

RÉF. : Ch. Du Bos, *Appoximations,* 1992. – L. Bertrand, *Bourget-le-Reconstructeur,* 1927. – E. Seillière, *P. Bourget, psychologue et sociologue,* 1937.

— A. Feuillerat, *Paul Bourget,* 1938. — M. Arland, *Essais,* 1952. — M. Mansuy, *Un moderne, Paul Bourget,* 1960.

Bourgogne (hôtel de). Ce lieu, qui appartenait aux Confrères de la Passion, seuls autorisés à organiser des représentations théâtrales à Paris depuis le Moyen Âge, fut le premier théâtre permanent de la capitale, lorsqu'il fixa une troupe ambulante à la fin du XVIe siècle. À la fin des années 1620, cette troupe, dirigée par Bellerose et renforcée par le farceur Gros-Guillaume, cesse de partager l'endroit avec les comédiens-italiens, et s'impose grâce à la protection royale (officielle à partir de 1629). Devenue troupe des « Comédiens du roi », elle créera les chefs-d'œuvre de Rotrou, de Corneille et de Racine. Elle dominera la scène tragique jusqu'en 1680, année où la réunion des troupes parisiennes imposée par le roi fonde la Comédie-Française (v. ce mot).

EMMANUEL BURY

BOURIN Jeanne. Romancière française. Née le 13 janvier 1922 à Paris. Elle est fille d'un conservateur d'hypothèques et l'épouse d'André Bourin, journaliste et homme de lettres. Elle fait ses études au lycée Victor-Duruy et entre à la Sorbonne. En 1963, elle publie son premier roman : *Le bonheur est une femme* qui évoque les amours de deux poètes du XVIe siècle, Ronsard et Agrippa d'Aubigné. *Très sage Héloïse*, qui fait revivre l'amante d'Abélard, paraît en 1966, et *La Dame de Beauté* en 1970 : Agnès Sorel, favorite de Charles VII, reçut du roi la seigneurie de Beauté-sur-Marne, d'où vient son surnom. Jeanne Bourin consacre ensuite plusieurs années à la préparation de son roman *La Chambre des dames* (1979), chronique d'une famille au XIIIe siècle. *Le Jeu de la tentation* (1981) en est la suite. *Le Grand Feu* (1985) se situe aux confins du XIe et du XIIe siècle, dans la vallée du Loir et à Blois. *Les Amours blessées* (1987) sont celles de Cassandre et de Ronsard. *Les Pérégrines* (1989) et *Les Compagnons d'éternité* (1992) se passent au temps des croisades — les pérégrines étant les femmes qui suivaient les croisés : les « aventurières de Dieu ». Jeanne Bourin a également écrit un livre de cuisine médiévale, *Les Recettes de Mathilde Brunel* (1985), l'héroïne de *La Chambre des dames* ; un conte d'enfants, *Le Sanglier blanc* (1987), et un ouvrage sur les jardins médiévaux et leurs plantes, *La Rose et la Mandragore* (1990). Elle est conférencière et collabore à divers journaux. C'est un Moyen Âge familier que décrit Jeanne Bourin : le bourg, la rue, le verger, les métiers. Ces romans se présentent comme des histoires vraies. Ils se déroulent au sein même de la vie quotidienne et le bonheur y est le plus souvent présent.

CHRISTINE DE CLINCHAMPS.

Bouts-rimés. Jeu littéraire dans lequel chaque participant s'efforce de construire, de la façon la plus plaisante ou la plus spirituelle, un poème sur des rimes fixées d'avance par l'ensemble des joueurs.

CHRISTIAN DOUMET.

BOVE Emmanuel (pseud. de Bobovnikoff). Romancier et nouvelliste. Né le 20 avril 1898 à Paris, où il est mort le 13 juillet 1945. Redécouverte et très largement rééditée après avoir été occultée pendant près d'un demi-siècle, l'œuvre de Bove semble avoir désormais acquis la place qui lui revient, singulière et essentielle, dans la littérature contemporaine. « Il n'y a pas de sujet », notait-il en 1936, bien avant les théoriciens de l'*Ère du soupçon*, « il n'y a que ce qu'on éprouve. J'éprouve avec force par exemple l'inaction, ce sera une action dans un livre ». Il aurait aussi bien pu dire le goût de l'échec ou l'inaptitude à vivre, tant ses personnages semblent condamnés, par leurs insuffisances et leur lucidité même, à n'avoir aucune prise sur le monde qui les entoure. La biographie de Bove présente de vastes zones d'ombre que, par discrétion naturelle, il s'est toujours gardé d'éclairer. On sait toutefois que, né d'un père russe sans profession fixe, et d'une mère luxembourgeoise d'origine modeste, bientôt délaissée pour une Anglaise fortunée, il a été vivement marqué par cet écartèlement familial entre deux milieux inconciliables (qu'il évoquera de façon saisissante, à peine transposée, dans le roman *Le Beau-Fils*, 1934). Partagé durant son adolescence entre Paris et Genève avant d'être envoyé en Angleterre pour y achever ses études, il décide très tôt d'écrire et exerce indifféremment des métiers aussi divers que précaires. En 1921, après trois années d'un service militaire qui lui aura épargné le front, et nombre de romans populaires composés sous le pseudonyme de Jean Vallois (« Un métier totalement étranger à celui d'un écrivain », dira-t-il plus tard), il se marie et quitte la France pour aller s'installer près de Vienne, en Autriche. C'est là que, s'aventurant rétrospectivement dans un passé récent hanté par l'expérience du dénuement et de la pauvreté, il entame la rédaction de ses premiers récits et ébauche les personnages qui peupleront l'œuvre à venir. Rentré en France avec sa famille dont il ne tardera pas à son tour à se séparer, il publie son premier texte sous le nom de Bove en 1924 — « Le Crime d'une nuit », repris dans *Henri Duchemin et ses ombres*. La nouvelle attire l'attention de Colette, à qui il confie un manuscrit au titre tristement moqueur, *Mes amis* (1924), portrait pathétique et dérisoire d'une solitude. La parution du livre est vivement saluée par la critique, et marque pour Bove le début d'une période féconde puisque, après un second roman, *Armand*, et un essai sur Bécon-les-Bruyères — « qui existe à peine » et où les maisons sont plus immobiles qu'ailleurs — il publiera au cours de la seule année 1928 pas moins de six romans et recueils de nouvelles. Citons *Un père et sa fille, Cœurs et Visages, Une fugue, La Mort de Dinah* et

L'Amour de Pierre Neuhart où le style de Bove, par une absolue neutralité qui souligne d'autant l'opacité des mobiles et des situations, atteint sa forme la plus dépouillée. La plupart de ses personnages apparaissent, sinon comme des marginaux qui s'efforcent laborieusement de sauver les apparences, comme des êtres voués à l'immobilisme ou à une vaine agitation intérieure par une médiocrité pour ainsi dire ontologique, victimes consentantes de rapports sociaux ou affectifs qui les renvoient infailliblement à eux-mêmes. Se prévalant de l'exemple de Proust ou de Balzac qui ont bâti leur œuvre autour des mêmes figures, Bove estimait en effet qu'un « roman ne doit pas être une chose achevée, une chose réussie en soi : on ne devrait pas pouvoir isoler un roman de l'œuvre de son auteur, pas plus qu'on ne peut détacher un beau vers d'un poème ». On a été tenté de voir, dans cette description crépusculaire d'un monde qui semble échapper aux repères chronologiques habituels, une illustration avant l'heure de la philosophie existentialiste de l'après-guerre. C'est ne pas tenir compte de l'ironie cachée, qui confine parfois à la perversité, avec laquelle Bove « laisse » agir ses personnages et amène malgré lui le lecteur, par des détails d'autant plus convaincants qu'ils n'ont aucune utilité apparente dans le récit, à partager leur vision entravée du monde et leur détresse soupçonneuse et butée. De 1930 à 1940, après un second mariage, Bove continuera de mener une existence incertaine et nomade, marquée par de nombreuses collaborations aux journaux de l'époque, par la composition de nouveaux *Petits Contes* ou romans (*Journal écrit en hiver*, 1930, *Un célibataire*, 1932, *Le Pressentiment*, 1935, *Adieu Fombonne*, 1937, *La Dernière Nuit*, 1939, *Un homme qui savait*, écrit en 1942, publié en 1985) et même par quelques incursions dans le roman policier (*Le Meurtre de Suzy Pommier*, 1933). Démobilisé peu après la déclaration de guerre, et refusant toute offre de collaboration littéraire dans la France occupée, il quitte la métropole pour l'Algérie en 1942, dans l'espoir de rejoindre les milieux de la Résistance à Londres. Il n'y parviendra pas et c'est à Alger — où il sera l'un des membres fondateurs du Comité national des écrivains —, dans la fréquentation des artistes et intellectuels groupés notamment autour de la revue *Fontaine*, qu'il écrit ses trois derniers romans, d'ores et déjà promis à une indifférence générale : *Le Piège* (1945), *Départ dans la nuit* (1945) et *Non-lieu* (1946), où les milieux troubles de la collaboration et les incertitudes de l'époque servent de dernière toile de fond à une difficulté d'être qu'il n'aura cessé, à travers une trentaine de livres et de nombreux textes encore inédits, d'explorer. De santé longtemps fragile, très affaibli par une maladie infectieuse contractée durant son exil algérois, Emmanuel Bove est mort à l'âge de 47 ans, quelques mois après son retour en France.

GILLES ORTLIEB.

♦ *« Emmanuel Bove : il a comme personne le sens du détail touchant. »* Samuel Beckett. ♦ *« Un père et sa fille* est un des plus beaux livres que je connaisse. *»* Max Jacob. ♦ *« Sa manière se caractérise par un divorce absolu entre le sordide des situations évoquées et l'écriture totalement déculpabilisée qui les restitue, entre le désespoir du constat et l'allégresse de sa narration. »* Raymond Cousse.

RÉF. : *Emmanuel Bove*, Flammarion, 1983 (textes établis et rassemblés par Raymond Cousse ; plaquette hors commerce).

BOYER Claude. Auteur dramatique (qui portait le titre d'abbé) né à Albi en 1618, mort à Paris en 1698. Il écrivit vingt-trois pièces en cinquante ans de carrière (essentiellement des tragédies), de *La Porcie romaine* en 1645 à *Judith* en 1695. Après de bons débuts dans le sillage de Corneille, il eut un milieu de carrière qui le fit considérer par ses contemporains comme le meilleur auteur tragique après Corneille (ce qui lui valut d'être élu à l'Académie française en 1667), avant que ses vingt dernières années ne soient assombries par l'hostilité permanente d'une partie de la critique, liée au clan de Racine, dont il avait été le détracteur puis l'imitateur, et qui le considérait comme son plus encombrant rival, puis, au moment de la querelle des Anciens et des Modernes, liée au parti des Anciens. L'éreintement dont il a été victime dans *L'Art poétique* (*) de Boileau (1674) l'a condamné à passer devant la postérité pour un auteur froid et de troisième ordre, alors que plusieurs de ses pièces sont d'un niveau bien supérieur à celles de ses rivaux directs, Quinault et Thomas Corneille. On retiendra tout particulièrement *Oropaste ou le Faux Tonaxare*, *Les Amours de Jupiter et de Sémélé*, l'un des fleurons du genre de la tragédie « à machines », et *Agamemnon* (1680), l'un des plus grands succès de la fin du siècle.

GEORGES FORESTIER.

RÉF. : Ernst Göhlert, *Abbé Claude Boyer, ein Rivale Racines,* Leipzig, 1915. — Clara Carnelson Brody, *The Works of Claude Boyer,* New York, 1947. — Chr. Delmas, *Recueil de tragédies à machines,* Toulouse, 1985. — Chr. Delmas et G. Forestier, *Boyer : Oropaste ou le Faux Tonaxare,* Genève, 1990.

BOYLESVE René (pseud. de René Tardiveau). Romancier. Né à La Haye-Descartes (Indre-et-Loire) le 14 avril 1867, mort à Paris le 14 janvier 1926. Ayant suivi les cours de l'École des sciences politiques, puis ceux de l'École du Louvre, il débuta dans les lettres vers la trentaine en publiant *Le Médecin des dames de Néans* (1896). Par ce roman, il se révélait subtil observateur de la bourgeoisie provinciale, et le demeura dans les livres qui suivirent : *Mademoiselle Cloque* (1899), *La Becquée* (1901), *L'Enfant à la balustrade* (1903), *La Jeune Fille bien élevée* (1912), etc. Tous ces ouvrages constituent des documents sur ce que l'auteur nomme lui-même « l'ingrate beauté du conservatisme ». En même temps, Boylesve peignit les désordres causés par la passion de l'amour : *Sainte-Marie des Fleurs* (1897), *Mon* *amour* (1908), et surtout *Le Parfum des îles Borromées* (1898). Il se présenta enfin sous un tout autre aspect lorsqu'il laissa courir sa plume : *La Leçon d'amour dans un parc* (1902), etc. Psychologue très original, au style plein de naturel, Boylesve se désintéresse des règles de la composition pour suivre uniquement son caprice. D'inspiration toute française et peu soucieux de la publicité, il demeura toute son existence un modèle de modestie. En 1919, il était devenu membre de l'Académie française.

♦ *« Il avait un esprit vigoureux, qui n'a pas tout entier passé dans ses livres, au son délicieux et discret, réfléchi, peu fait pour la foule. »* Émile Henriot. ♦ *« Je crois que je représentais pour lui les péchés qu'il n'avait pas osé commettre (en littérature s'entend)... Il n'était pas si bourgeois qu'il le paraissait d'abord, mais chez lui tout était discret ; sa sensibilité n'en paraissait que plus exquise. »* A. Gide.

RÉF. : J. Bertaut, *Les Romanciers du nouveau siècle*, t. I, 1912. — F. Lefèvre, *Une heure avec René Boylesve*, 1924. — R. Martineau, *Types et Prototypes*, 1931. — G. Truc, *Introduction à la lecture de René Boylesve*, 1931. — A. Bourgeois, *René Boylesve, l'homme, le peintre de Touraine*, 1945 ; *La Vie de René Boylesve*, Paris, 1958. — E. Lefort, *La Touraine de René Boylesve*, Tours, 1949 ; *René Boylesve et le problème de l'amour*, Genève, 1950. — J. Ménard, *L'Œuvre de René Boylesve*, Paris, 1956.

BRANTÔME Pierre de Bourdeille, abbé et seigneur de. Mémorialiste. Né à Brantôme (Dordogne), vers 1540, mort le 15 juillet 1614 à Paris. Il était destiné par le rang de sa famille à la vie frivole du courtisan, par son esprit hardi et turbulent aux aventures guerrières qui s'offraient nombreuses au cours d'un demi-siècle fort agité. Son enfance s'était passée à la cour de Navarre, il avait été étudiant à Paris et à Poitiers (1555) ; tout jeune, il avait été nommé abbé commendataire de Brantôme par Henri II, qui honorait ainsi les services du frère puîné, Jean, tombé à Hesdin (1553). Depuis il avait voyagé, il s'était battu, il avait bavardé et fleureté dans les antichambres et dans les ruelles. Il a près de cinquante ans et il s'est retiré aigri et désabusé dans ses terres, lorsque à la fin de 1583 une chute de cheval lui brise les reins, le cloue pendant des années dans un lit et lui fait découvrir sa vocation de mémorialiste. Les contemporains en ont très peu parlé ; lui-même ne nous a pas laissé dans ses *Mémoires* une autobiographie suivie. Mais au travers des faits d'armes et des histoires d'alcôve — *Vies des dames galantes*, *Vies des dames illustres*, *Vies des hommes illustres et des grands capitaines* —, il se met en scène, ici et là, au hasard des événements, « en écrivant à la cavalière » ; et cette série décousue d'instantanés vigoureux et colorés campe une figure singulièrement vivante et attachante du personnage.

Dès 1557 il parcourt l'Italie (où son père, « un homme scabreux, haut à la main et mauvais garçon », a servi sous Bayard) ; il y manque être aveuglé « par un accident d'une arquebusade [...] une fois à Portefin près de Gesnes ». Et il est soigné de galante façon par « une fort belle dame de là mesme [qui] sçachant guérir du fœu, auquel le laict d'une femme est très propre, [lui] jettoit dans les yeux du laict de ses blancs et beaux tétins ». Attaché à François de Guise, grand prieur de France, il le suit en Italie en 1559. À la mort de François II, il escorte en Écosse sa jeune veuve, Marie Stuart. Entre-temps il a paru à la cour. Il est le témoin plus ou moins direct de tous les événements, il connaît tout le monde. Où ne s'est-il pas battu ? Contre les huguenots, à Blois, à Bourges, à Rouen, à Dreux (1562) ; contre les Turcs en Afrique, sous don Garcia de Tolède ; il en revient par Madrid et Lisbonne. Il va au secours de Malte (1565), puis décide d'aller combattre le Turc en Hongrie : la mort de Soliman (1566) l'arrête à Venise. L'année suivante, il se bat à Saint-Denis. En 1569 (troisième guerre de Religion), il est à Brantôme, malade : défait à Moncontour, l'amiral de Coligny s'y fait recevoir avec sa suite au milieu de laquelle le jeune Henri de Béarn apprend le métier des armes ; le futur Henri IV sera en 1573 parmi les assiégés, lorsque Brantôme suivra son ami Strozzi au siège de La Rochelle où il lui arrivera de deviser la nuit, dans la tranchée, de belles et honnestes dames avec le sévère Monluc.

Cependant, « de moyens et de grades point, comme aucuns de mes compagnons [...] qu'aujourd'huy je les vois advancez comme potirons et fort aggrandis », se plaint-il, resté simple gentilhomme ordinaire de la chambre d'Henri III, comme il l'a été de Charles IX. Et en 1582, Henri III lui ayant refusé la survivance de la charge de sénechal du Périgord pour le jeune fils de son frère aîné qui vient de mourir, il abandonne la cour avec éclat. Ayant quitté le roi avec une insolente riposte, il rencontre quelques amis : « Je conte tout et dis et jure, renie et proteste, que quand j'aurois eu mille vies, je n'en employerois jamais une pour roys de France [...]. Sur ce je maugrée le ciel, je maudis ma fortune, je déteste la grâce du Roy [...]. J'avois par cas à la seinture pendue la clef dorée de la chambre du Roy : je l'en destache, je la prends et la jecte du gué des Augustins dans la rivière. » Dans sa rancune il projeta de se donner aux Guises, de passer au service du roi d'Espagne. Il ne semble plus avoir paru à la cour. Après sa chute de cheval, il vécut à Brantôme ou auprès de sa belle-sœur, Mme de Bourdeille, veuve de son frère aîné ; il était auprès d'elle en 1588, quand elle refusa de livrer ses gens, réfugiés en son château de Mathas, au prince de Condé menaçant. Devant la fière réponse de Jacquette de Montbron, Condé hésita ; sa mort, survenue peu de jours après, termina l'affaire. Les années s'écoulent. Brantôme partage son activité entre ses *Mémoires*, la construction de son nouveau château de Richemond et d'innombrables procès. Il meurt le 15 juillet 1614, et est inhumé à Richemond. Son testament prévoyait dans tous les détails l'édition luxueuse de ses œuvres, à faire après sa mort. Mais celles-ci ne virent le jour que cinquante ans plus tard. Superficiel, naïf, léger, préoccupé du détail anecdotique plus que du sens historique des faits, Brantôme n'a rien de l'historien, sauf l'impartialité. Mais combien de charme dans cette causerie à bâtons rompus avec son lecteur, sans ordre, primesautière (en apparence), avec sa verve fanfaronne, ses boutades, ses tours de phrases inoubliables. Le même esprit, le même bonheur dans l'expression se retrouvent tout du long des *Mémoires*, trop peu connus dans leur ensemble, à cause de l'injuste préférence donnée aux *Vies des dames galantes.*

PIERRE FERRARI.

♦ *« ...cavalier d'honneur, vrai François, nay d'illustre maison, nourry des roys mes père et frères, parent et familier amy des plus galantes et honnestes femmes de nostre temps... »* Marguerite de Valois. ♦ *« ... Ce n'est point dans Mézeray, mais dans Montluc, Brantôme... etc., que l'on se fait une idée du français au* XVIe *siècle. Le style de ces auteurs contemporains en apprend autant que leurs récits. »* Mérimée. ♦ *« Supposez l'œuvre de Brantôme perdue, notre connaissance de l'histoire politique n'y perdrait presque rien, celle de l'histoire des mœurs serait singulièrement mutilée. »* P. Villey.

RÉF. : Monmerqué, *Notice sur Brantôme*, dans le t. I de son édition des *Œuvres de Brantôme*, 1822. – Louis Lalanne, *Lexique des œuvres de Brantôme*, 1880. – René Doumic, *Brantôme et l'« Honnête » Galanterie*, dans *Études sur la littérature française*, t. II, 1898. – F. Crucy, *Brantôme*, 1934. – L. C. Stevens, *La Langue de Brantôme*, 1939.

BRASILLACH Robert. Romancier et essayiste. Né à Perpignan le 31 mars 1909, fusillé le 6 février 1945 au fort de Montrouge. Fils d'un officier tué pendant les combats du Maroc en 1914, il arrive à Paris vers 1926, suit les cours d'André Bellessort à Louis-le-Grand et fait un brillant passage à l'École normale supérieure. À sa sortie de l'École, il se lance dans le journalisme, se fait remarquer par une enquête sur la « fin de l'après-guerre » et se voit confier, à vingt-trois ans, par Charles Maurras, le feuilleton littéraire de *L'Action française* qu'il tiendra de 1932 à 1939 et dont il a réuni les meilleures chroniques dans son livre *Les Quatre Jeudis* (1944). Il écrit plusieurs romans, *L'Enfant de la nuit* (1934), *Le Marchand d'oiseaux* (1936), *Comme le temps passe* (1937), où dominent les influences de Giraudoux et d'Alain-Fournier, mêlant la féerie à la réalité, pénétrés d'un sentiment nostalgique de l'adolescence, de rêves de vacances, de la simple poésie éveillée par de longues promenades dans les quartiers populaires de Paris. Critique théâtral, ami fervent des Pitoëff, Brasillach se passionne aussi pour le cinéma et publie, en collaboration avec son beau-frère Maurice Bardèche, une *Histoire du cinéma* (1935). Engagé dans la politique active à partir du 6 février 1934, il participe à l'évolution de nombreux intellectuels de droite vers le fascisme ; il s'exalte de la guerre d'Espagne (*Le Siège de l'Alcazar*, 1939, et *Les Cadets de l'Alcazar*, 1936) ; l'émerveillement qu'il éprouve en 1937 en assistant à un congrès de Nuremberg (*Les Sept Couleurs*, 1939) est un événement décisif de sa vie qui va le conduire, quelques années plus tard, à être un des journalistes le plus en vue de la collaboration. Arrêté en 1944, condamné à mort par la Cour de justice, il sera fusillé le 6 février 1945. Dans la *Lettre à un soldat de la classe soixante* et surtout dans *Notre avant-guerre* (1941) il a laissé des confessions politiques et intellectuelles où il témoigne souvent pour toute sa génération.

RÉF. : Dominique Pado, *Maurras, Béraud, Brasillach, trois condamnés, trois hommes, trois générations*, Paris, 1945. – J. Isorni, *Le Procès de Robert Brasillach*, Paris, 1946. – P. Vandromme, *Robert Brasillach, l'homme et l'œuvre*, Paris, 1956. – P. Sérant, *Le Romantisme fasciste*, Paris, 1960. – B. George, *Robert Brasillach*, Paris, 1968. – C. Ambroise-Colin, *Un procès de l'épuration. Robert Brasillach*, Tours, 1971. – G. Sthème de Jubécourt, *Robert Brasillach, critique littéraire*, Lausanne, 1972. – P. D. Tame, *La Mystique du fascisme dans l'œuvre de Brasillach*, Paris, 1986. – J. Baldran, C. Bochurberg, *Brasillach ou la Célébration du mépris*, Paris, 1988. – P. Louvier, *Brasillach ; l'illusion fasciste*, Paris, 1989. – P. Pellissier, *Brasillach... le maudit*, Paris, 1989.

BRAUDEL Fernand. Historien français. Né à Luméville (Meuse) le 24 août 1902, mort à Paris le 28 novembre 1985. Le père était instituteur et directeur d'école. Un des grands-pères était lorrain, l'autre nîmois (il fut communard). Le jeune Fernand Braudel fit ses études en Seine-et-Oise et à Paris, où son père avait été nommé. Il fut reçu à l'agrégation à 21 ans, envoyé au lycée de Constantine, puis à Alger (il s'y maria, y écrivit ses premiers textes). Il retourna ensuite à Paris, professeur dans divers lycées. Il se fit nommer, pour trois ans, à São Paulo, au Brésil. Il avait lié, dès cette époque, des amitiés précieuses aux *Annales d'histoire économique et sociale,* avec Lucien Febvre surtout, et à la *Revue historique,* et décidé de son sujet de thèse (d'abord la politique méditerranéenne de Philippe II, puis la Méditerranée à l'époque de Philippe II : le changement en disait long sur les orientations qui étaient désormais les siennes).

Lieutenant d'artillerie en 1939-1940, il est fait prisonnier, pour cinq ans. Il écrit dans son camp, de mémoire, sur des cahiers d'écolier, les chapitres successifs de *La Méditerranée,* et les envoie à Lucien Febvre. Celui-ci, après la guerre, le soutiendra efficacement, fera de lui son successeur au Collège de France. La thèse sur *La Méditerranée et le monde méditerranéen à l'époque de Philippe II* est publiée en 1949, et la même année Braudel devient président du jury de l'agrégation d'histoire, nomination qui facilitera beaucoup la diffusion de la « nouvelle histoire » dans la recherche et l'enseignement. Simultanément, Braudel et Charles Morazé organisent la Sixième section (« Sciences économiques et sociales) de l'École pratique des hautes études (fondée par Victor Duruy en

1867). Fernand Braudel est désormais chef d'école, chef d'un chantier qui va s'élargissant, jusqu'à la fondation de l'École des hautes études en sciences sociales et de la Maison des sciences de l'homme, dans les dernières années 60 et les premières années 70. Il est, pour quelques décennies, comme Camille-Ernest Labrousse et Pierre Renouvin, un « grand patron » de la corporation historienne.

L'univers braudélien est centré sur la Méditerranée (« J'ai passionnément aimé la Méditerranée, sans doute parce que venu du Nord, comme tant d'autres, après tant d'autres »), une Méditerranée fortement ibérique, espagnole et portugaise, élargie aux Amériques de même langues, ouverte au monde grec et ottoman, aux sémites de tous les siècles, pénétrée d'influences nordiques, d'apports transsahariens. Avant la guerre, transformant ses vacances d'été en campagnes documentaires, Braudel photographie, de dépôt en dépôt, les vieux papiers qui l'intéressent, prélève ses échantillons, butine à travers la plus vaste des Méditerranées. Après la guerre, c'est un autre butin qui l'emporte (bien que le goût des archives n'ait jamais abandonné notre auteur), le butin bibliographique, les lectures illimitées – historiens, géographes, sociologues, anthropologues, économistes, théoriciens...

Appétit de faits, amour des idées, éclat du style écrit et oral... Les trois ingrédients de l'« histoire parfaite » se trouvent chez Fernand Braudel. Il se laissera tenter, après Georges Duby, par l'Académie française (1985), sera célébré, sur le tard, par les médias. Sans doute la trilogie intitulée *Civilisation matérielle, économie et capitalisme* (1979) est-elle pour quelque chose dans cette reconnaissance. Sans doute aussi le succès de ce livre, le deuxième chef-d'œuvre braudélien, doit-il quelque chose à la montée de la consommation d'histoire et à la popularité de cette discipline depuis 1968 et 1975, et à un des thèmes nouveaux de la pensée braudélienne, l'apologie de l'économie de « marché » (mais celle-ci se distingue du « capitalisme », s'oppose à lui). Il est bien vrai que Braudel, mort au moment où le gorbatchévisme, en U.R.S.S., s'apprête à entrer en action, peut passer pour un annonciateur, un prophète. Et il faut ajouter que la crise de longue durée dans laquelle le monde est entré en 1973-74 confirme les intuitions des fondateurs de l'histoire des conjonctures (Simiand, Kondratieff...), renforce leurs problématiques, permet au vieux Braudel de dire des choses neuves, en face d'économistes trop souvent égarés par les Trente Glorieuses et désarçonnés par le retour de la Dépression.

L'Identité de la France est le dernier livre de Fernand Braudel (1986). Il est inachevé. La partie que l'auteur a eu le temps d'écrire n'est probablement pas la plus originale de l'ensemble projeté. Braudel ne sera pas jugé là-dessus. Ni même sur ses réalisations institutionnelles, domaine où son caractère impérieux et son esprit caustique firent merveille (mais occasionnèrent bien des querelles, et les petitesses de la « débraudélisation »).

Il sera jugé sur ses ambitions scientifiques, sur son amour des grands sujets, sur sa conception exigeante du déterminisme, sa vision de conjonctures souveraines qui ne laissent à l'individu, fût-il grand, qu'un rôle subordonné. Il sera jugé sur les théories, les ébauches de théorisation qu'il a proposées, et sur les orchestrations superbes qui les accompagnent. Il sera jugé sur son projet épistémologique majeur, celui d'un « marché commun » des sciences humaines, où toutes commerceraient avec toutes, sous la houlette de l'histoire, la fédératrice. Peut-être, après avoir donné des résultats excellents, ce projet apparaît-il comme timide, insuffisant, susceptible d'autoriser le retour aux spécialisations les plus débilitantes, et même aux micro-histoires les plus traditionnelles. Peut-être est-ce vers des théories unificatrices du champ entier des phénomènes spécifiques de l'homme, vers une construction unitaire systématique, que doit tendre aujourd'hui le braudélisme vivant.

ROBERT BONNAUD.

BRÉBEUF Georges de. Poète. Né à Thorigny (Calvados) en 1618, mort à Venoix (près de Caen) en 1661. Issu d'une famille de vieille noblesse, mais sans grande fortune, il fit ses études à Caen puis à Paris. Il prit un emploi comme précepteur du futur maréchal de Bellefonds, en même temps qu'il essayait de se faire connaître par ses écrits. Dans sa province normande d'origine, il eut l'occasion de faire la connaissance de Pascal et de Corneille, qu'il admira beaucoup ; à Paris, il entra en relation avec Conrart, Ménage et Chapelain, qui jouissaient d'une autorité reconnue dans le milieu littéraire, et avec l'historien Mézeray, normand lui aussi. Il se fit connaître auprès du public qui fréquentait les salons grâce à *La Gageure*, recueil de cent cinquante madrigaux et épigrammes contre les femmes trop fardées. Mais ses principaux succès tinrent à des traductions burlesques : *L'Énéide travestie* (1650), *Lucain travesti en vers enjoués* (1656). Puis il donna une traduction poétique soutenue de *La Pharsale* de Lucain, en 1658. La même année, il rassemblait en un volume ses *Poésies diverses*. Il eut aussi une abondante activité de poète courtisan, composant des vers d'éloge pour Fouquet, Mazarin, Louis XIV, et à l'occasion des batailles gagnées par la France, celle des Dunes en particulier, ou de la paix des Pyrénées et du mariage de Louis XIV (*Panégyrique de la paix*) ; il en réunit la plupart dans ses *Éloges poétiques* (1661). Mais sa carrière de poète de cour ne remplit pas ses attentes ; son amertume et son pessimisme chrétien s'expriment dans ses *Entretiens solitaires* ; il se retira auprès de son frère, curé de Venoix, et acheva là un recueil de *Lettres* et une *Défense de l'Église romaine* (publiés posthumes par son frère). Il fut estimé durant les années de sa carrière parisienne, assez souvent critiqué ensuite, notamment par Boileau, pour les excès de ses images et de son ton. Les manuels de rhétorique du début du XVIIIe siècle le citent encore assez souvent, pour fournir des exemples de figures de style. Il est surtout représentatif de la poésie burlesque, et d'une veine d'écriture baroque ou maniériste, active en France au plein cœur du XVIIe siècle.

ALAIN VIALA.

RÉF. : René Harmand, *Essai sur la vie et les œuvres de Georges Brébeuf*, Paris, 1897.

BRETON André. Poète et essayiste. Né à Tinchebray le 18 février 1896 et mort à Paris le 28 septembre 1966. La vie de Breton se confond pratiquement avec celle du mouvement dont il est sans doute le principal représentant littéraire : le surréalisme. Fortement influencé par Paul Valéry, dont il fait la connaissance en 1914, Breton rencontre successivement Jacques Vaché (1916) puis Apollinaire. En 1919, il publie ses premiers poèmes. C'est alors qu'il fonde avec Louis Aragon et Philippe Soupault la revue *Littérature*, et y publie (en collaboration avec Soupault) le premier texte surréaliste, *Les Champs magnétiques*. De 1919 à 1921, il participe au mouvement Dada, et étudie (influencé par Freud, qu'il rencontre en 1921) l'« automatisme psychique ». En 1924 paraît le premier *Manifeste du surréalisme* (*). Breton et ses amis fondent en même temps un « Bureau de recherches surréalistes » et une revue appelée *La Révolution surréaliste*. En 1930 paraît le *Second Manifeste*. Breton définit ainsi le terme « surréalisme » : « Automatisme psychique pur par lequel on se propose d'exprimer soit verbalement, soit de toute autre manière, le fonctionnement réel de la pensée... » Définition qui ne rend qu'imparfaitement compte du « programme » surréaliste, lequel, pareil en cela au romantisme allemand, aspire à « réconcilier » le rêve et la réalité, et à promouvoir une « libération totale » de l'être humain. Bien que Breton ne soit pas le seul surréaliste, il est – et de loin – la figure de proue du mouvement. Figure discutée, parfois autoritaire et sectaire, perpétuellement en lutte contre les « déviations » : ainsi successivement de Tzara (l'un des fondateurs du mouvement Dada), d'Artaud (qui prône une « révolution » plus métaphysique), d'Éluard et d'Aragon, qui se rallient au programme révolutionnaire marxiste. Jusqu'à sa mort, Breton incarnera l'« orthodoxie » surréaliste avec une fougue et une passion qui lui sont propres. Entre- temps, il aura su donner à son mouvement une ampleur quasi mondiale, tout en le dégageant des équivoques de l'engagement politique (le poète, en 1935, met fin à son « idylle » avec le parti communiste français, et s'oriente vers une pensée plus libertaire).

L'œuvre de Breton ne saurait être distinguée de sa personne et de son action. Poèmes, proses littéraires, essais, manifestes tournent tous autour d'un même centre. Certes, Breton veut être – entre autres choses – le théoricien du mouvement : bien que les *Manifestes* aient été rédigés collectivement, il est facile d'y reconnaître son style. Cette ambition théorique s'exprime dans d'autres œuvres également : *Introduction au discours sur le peu de réalité* (1927), précédé par la magnifique *Lettre aux voyantes* (1925) et par *Légitime défense* (1926), *Le Surréalisme et la Peinture* (1928), *Misère de la poésie. L'affaire Aragon devant l'opinion publique* (1932), *Position politique du surréalisme* (1935), *Notes sur la poésie* (1936), *Dictionnaire abrégé du surréalisme* (1938), *Anthologie de l'humour noir* (1940), *Prolégomènes à un troisième manifeste du surréalisme ou non* (1942), *Arcane 17* (1944), *La Clé des champs* (1953), *Entretiens avec Breton* (1952), *Du surréalisme en ses œuvres vives* (1953), *Constellations* (1959), *Poésie et autre* (1960), *L'Écart absolu* (1965). Breton a également été un grand fondateur de revues : depuis *Littérature* et *Le Surréalisme au service de la révolution* (1930), jusqu'à *Le Surréalisme, même* (1954) et *La Brèche, action surréaliste* (1961). L'œuvre poétique n'est pas moins féconde : *Mont de Piété* (1919), *Les Champs magnétiques* (1920), *Clair de Terre* (1923), *Ralentir travaux* (1930), *Le Revolver à cheveux blancs* (1932), *L'Air de l'eau* (1934), *Point du jour* (1934), *L'Amour fou* (1937), *Trajectoire du rêve* (1938), *Fata Morgana* (1942), *Ode à Charles Fourier* (1947), *La Lampe dans l'horloge* (1948). L'œuvre en prose a été rendue fameuse par *Poisson soluble* (1924), *Les Pas perdus* (1924), *Nadja* (*) (1928), *L'Immaculée Conception* (1930), *L'Union libre* (1931), *Les Vases communicants* (1932), *Flagrant délit* (1949). Parmi les nombreux textes de Breton sur l'art (et surtout la peinture), il faut citer *L'Art magique* (1957).

Dans ses essais comme dans ses proses littéraires, Breton reste avant tout un poète. Mais la poésie de sa prose est bien différente de celle de ses poèmes ; si ces derniers se caractérisent par un déferlement d'images – comme toute la poésie surréaliste –, la prose de Breton est à la fois baroque et classique. De longues phrases surchargées de métaphores, fréquemment sinueuses et interminables, colorées et très travaillées, habillent la pensée. On a parfois reproché au Breton théoricien d'être « fumeux » ; le reproche est injuste, mais il est vrai que le poète répugne à livrer ses pensées nues ; il aime les entourer d'un foisonnement de mots et de périodes. On retrouve le même foisonnement dans l'un des premiers textes de Breton, *Poisson soluble,* l'un des seuls à répondre au concept d'« écriture automatique ». « Fiez-vous au caractère inépuisable du murmure », a écrit une fois le poète. *Poisson soluble* est à coup sûr un texte « irrationnel » du point de vue de la prose classique, mais le désordre de ses associations verbales trahit une logique cachée, donnant en quelque sorte raison à Lacan quand il affirme que l'« inconscient est structuré comme un langage ». On connaît également la fameuse déclaration de Breton selon laquelle les mots doivent désormais « faire l'amour ». Cette connotation amoureuse — plus qu'érotique — vaut d'ailleurs pour toute son œuvre : Breton, qui se proclame l'héritier des romantiques allemands, de Nerval, de Rimbaud, de Lautréamont, n'est pas un poète « déchiré » comme Apollinaire et Éluard, c'est au fond le chantre du bonheur et de la femme. Les quelques pages d'*Arcane 17* consacrées aux femmes comptent parmi les plus belles qui aient sans doute été consacrées par un homme à l'éloge de la « féminité ». On en dirait autant des pages de *La Clef des champs*, où Breton compare la place Dauphine à un sexe féminin. Cet amour de la vie, cette santé foncière n'ont pas échappé à Artaud, qui — au plus fort du conflit l'opposant aux surréalistes — n'a voulu voir dans Breton qu'un « bourgeois repu ». Et il est vrai que ce dernier est loin des abîmes de l'auteur du *Théâtre et son double* (*). Mais c'est justement cette vitalité, cette passion de vivre et de lutter qui ont donné à Breton cette aura et cette autorité uniques dans le monde littéraire de l'entre-deux-guerres. Dans un siècle bouleversé, assailli par des totalitarismes adverses, il a su réveiller pour un temps la flamme éternellement jeune du Romantisme. Nous trouvons aujourd'hui suspectes, et en effet confuses, ses élucubrations sur la magie, l'occultisme, les automatismes inconscients. Mais il ne faut jamais oublier qu'il a été capable de créer un « champ magnétique » qui a modifié durablement le destin de la poésie, et d'ailleurs aussi celui de la peinture. Le monde n'est plus tout à fait ce qu'il était avant le surréalisme, même si celui-ci est passé à l'Histoire. Citons, pour finir, ces quelques vers du poète qui, mieux que tout commentaire, expriment sa passion et son espoir : « L'étreinte poétique comme l'étreinte de chair / tant qu'elle dure / défend toute échappée sur la misère du monde. »

ANTOINE BERMAN.

♦ *« Breton a fait de nous des êtres neufs ; son exemple, sa parole nous précipitent à corps perdu vers une vie dont nous sommes de jour en jour plus altérés... Il existe des œuvres qui sont objet de rêverie ou de méditation. La pensée et la présence au jour le jour de Breton nous sont un sujet d'exaltation. Son œuvre est le noyau d'un monde en formation. »* Jean-Louis Bédouin.

RÉF. : Julien Gracq, *André Breton, quelques aspects de l'écrivain,* Paris, 1948. — Jean- Louis Bédouin, *André Breton,* Paris, 1950. — Ferdinand Alquié, *Philosophie du surréalisme,* Paris, 1955. — Marguerite Bonnet, *Les critiques de notre temps et André Breton,* Paris, 1970. — Sarane Alexandrian, *André Breton,* Paris, 1971. — Henri Béhar, *André Breton, le grand indésirable,* Paris, 1990. — *André Breton,* catalogue de l'exposition du Centre G. Pompidou, Paris, 1991.

Brigade. C'est ainsi que Ronsard désigne, de 1549 à 1552 (voir par exemple le *Voyage d'Arcueil*), les poètes réunis autour de lui, parmi lesquels Du Bellay et Baïf. La *Défense et Illustration de la langue française* (*) va être le manifeste de ce groupe qui s'exprime en termes militaires pour critiquer les partisans de Marot et les poètes néo-latins. La Brigade annonçant la Pléiade, c'est à cet article que seront analysées les principales orientations de ce manifeste.

FRANÇOIS ROUDAUT.

Britannicus. Tragédie en cinq actes du dramaturge Jean Racine (1639-1699), représentée à Paris le 13 décembre 1669 sur la scène de l'Hôtel de Bourgogne. Néron qui, sous ses attitudes encore sages et vertueuses, commence à laisser percer sa véritable nature, a fait séquestrer, dans son palais, Junie descendante d'Auguste, en la séparant de Britannicus qui l'aime. Agrippine, mère de Néron, qui avait sacrifié pour lui les droits de Britannicus, enfant issu des premières noces de Claude, commence maintenant à favoriser secrètement ce fils contre le jeune empereur qui essaie d'échapper à sa tutelle. Néron, qui s'est épris de Junie, apprend par Narcisse, qui fait semblant d'être dévoué à Britannicus, l'amour qui unit les deux jeunes gens, et en même temps les manèges secrets de sa mère et de son demi-frère. Junie repousse ses propositions d'amour et de mariage, et Néron lui répond en proférant les menaces les plus claires contre l'homme aimé ; la jeune femme, lorsqu'elle se trouve avec ce dernier, et sachant que Néron est aux écoutes, est forcée de cacher son amour. La jalousie et la cruauté de l'empereur se donnent libre cours ; il tourmente son rival, par l'entremise de Narcisse qui confirme à son maître l'infidélité de Junie ; lorsque celle-ci, ne se croyant pas surveillée, explique à Britannicus le piège qu'on lui a tendu, Néron les fait prisonniers tous deux. Agrippine, que les gardes forcent à demeurer dans son palais, a une conversation avec son fils ; elle lui rappelle qu'elle a osé accomplir, pour lui, les crimes les plus atroces, en vue de lui faire obtenir le trône ; puis elle se défend de vouloir aider Britannicus à prendre le pouvoir. Néron fait semblant d'être persuadé et disposé à lui obéir, tout en étant au contraire décidé à tuer son demi-frère. En vain Burrhus essaie de rappeler Néron à la vertu ; Narcisse a facilement raison de ses derniers scrupules. Britannicus est empoisonné par l'empereur, au cours d'un banquet où il a été invité et qui aurait dû sceller leur réconciliation. Burrhus, terrorisé, apporte cette nouvelle à Agrippine qui, pressentant déjà les nouveaux crimes qu'il va accomplir, accuse son fils. Junie se retire dans le collège des Vestales, malgré la fureur de Néron qui est passionnément amoureux d'elle.

Que *Britannicus* constitue une réponse à Corneille et ses amis qui critiquaient le caractère superficiel du sujet d'*Andromaque* (*) et l'excessive galanterie de ses héros ne signifie pas qu'elle soit une tragédie cornélienne. Le choix d'un sujet romain (Tacite), le retour à l'histoire, la solidité de l'enjeu politique fournissent en fait à Racine l'occasion d'affirmer sa fidélité à sa propre dramaturgie : en mettant sur la scène un « monstre naissant » qui se trouve être un empereur (Néron), chez qui l'abandon à ses passions se combine avec la nécessité politique de faire place nette autour de lui, en l'opposant à un personnage tout aussi fort que lui mais qui lui est lié par le sang le plus proche (sa mère Agrippine), avec comme conséquence de la lutte l'écrasement d'un couple d'innocents (Britannicus et Junie), Racine créait une intrigue dépourvue d'événements extérieurs, où tout s'enchaîne selon les virtualités infernales inscrites dans la donnée initiale. Un tel schéma était de nature à provoquer non point l'admiration devant la manière dont les héros font face aux coups du sort ou surmontent les conflits (système cornélien), mais la terreur et la pitié devant la violence des affrontements politico- passionnels, l'émergence de la monstruosité du premier rôle (Néron) et l'inéluctabilité du devenir funeste des autres personnages.

Que *Britannicus* ait été un demi-succès à ses commencements ne s'explique pas seulement par la fronde des poètes rivaux, dont la jalousie avait commencé à se manifester dès *Andromaque* et le poursuivrait jusqu'à *Phèdre* (*). Si, comme toujours, on louait le style magnifique de ses vers, c'était pour reprocher à Racine le choix d'un sujet monstrueux. Reproche malintentionné, certes, l'histoire de la tragédie abondant en sujets de ce type ; mais cette critique révèle que l'on avait été sensible à la force de la structure thématique centrale de la pièce : l'écrasement d'un couple amoureux pur et impuissant par la passion indiscrète d'un personnage tout-puissant et monstrueux. On saisit l'évolution par rapport à *Andromaque*, où, quoique le thème clé de l'opposition pureté de l'amour/passion infernale fût déjà présent, le tragique de l'écrasement naissait presque automatiquement de la chaîne amoureuse : Pyrrhus, « violent mais sincère », n'y paraît pas habité par la « volonté perverse » de forcer les sentiments d'autrui et d'écraser toute résistance. Cette structure thématique ainsi modifiée va désormais constituer le cœur de la création racinienne, et on va la retrouver dans *Bajazet* (*), *Mithridate* (*), *Phèdre*, et même, dans une moindre mesure, dans *Iphigénie* (*).

BRION Marcel. Romancier et essayiste français. Né le 21 novembre 1895 à Marseille (Bouches-du-Rhône), mort à Paris en 1984. Licencié en droit, il s'inscrit au barreau de sa ville natale mais, dès l'âge de trente ans, il se lance dans la carrière des lettres et devient un spécialiste reconnu de la Renaissance italienne qu'il illustre, entre autres, par des ouvrages sur *Giotto* (1927) et sur *Machiavel* (1943). Sa connaissance de l'art lui permet d'écrire trois études : *Art abstrait* (1956), *Art fantastique* (1961), *Art romantique* (1963). Mais c'est surtout au romantisme allemand qu'il consacre son talent en publiant quatre volumes sur *L'Allemagne romantique* vue à travers ses écrivains, mais également à travers les thèmes du voyage initiatique : il unit la littérature allemande des voyages aux thèmes de la conquête du monde et de soi-même ainsi qu'aux grands mythes et aux cycles antiques et médiévaux (1962-1978). Marcel Brion s'est essayé avec succès au roman fantastique avec *La Folie Céladon* (1935), *Château d'ombres* (1974), *La Fête de la tour des âmes* (1974), *Le Château de la princesse Ilse* (1981). Il a été élu membre de l'Académie française en 1964.

RÉF. : M.-S. Maurin, *L'Univers fantastique de Marcel Brion*, Paris, 1981.

BROSSES Charles de. Magistrat, érudit et écrivain. Né à Dijon le 7 février 1709, mort à Paris le 7 mai 1777. Dès 1730 il devint conseiller au parlement de Bourgogne. Lecteur passionné de Salluste, il réédita *La Conjuration de Catilina* et *La Guerre de Jugurtha*, puis il tenta, à l'aide des fragments existants, une reconstitution intégrale (d'après Salluste) de l'*Histoire de la République romaine dans le cours du VIIe siècle* (de la fondation de Rome). Pour rendre son œuvre plus parfaite, grâce à une connaissance directe des lieux, il fit avec des amis, du 30 mai 1739 au 15 avril 1740, un voyage en Italie, dont les péripéties ont donné naissance au récit plein de vivacité de ses *Lettres familières écrites d'Italie en 1739 et 1740*, dont la première édition, parue en l'an VII, s'intitulait : *Lettres historiques et critiques sur l'Italie.* Certains ont affirmé que, à l'exception de neuf d'entre elles, elles avaient été écrites une vingtaine d'années après la date indiquée, et ne furent en réalité rédigées qu'à l'aide de notes prises pendant le voyage et d'après les originaux gardés par les destinataires. Devenu, en 1741, président à mortier au parlement de Bourgogne, une vive querelle avec le commandant militaire de cette province valut en 1744 à de Brosses d'être exilé une première fois dans ses terres. En 1746, il fut nommé membre correspondant de l'Académie des inscriptions ; en 1750, il publia ses *Lettres sur l'état actuel de la vie souterraine d'Herculée et les causes de son ensevelissement sous les ruines du Vésuve* ; en 1756, les deux volumes de l'*Histoire des navigations aux Terres australes* ; en 1765, le *Traité de la formation méchanique* (sic) *des langues et des principes physiques de l'étymologie,* où certains, à cause de la théorie sur l'origine monosyllabique du langage, ont voulu voir un emprunt inavoué à *La Science nouvelle* de Vico (1725-1744), alors que la source véritable, et à l'égard de laquelle l'auteur reconnaît pleinement sa dette, est l'*Essai sur les hiéroglyphes* de Warburton (1737). En 1770, Voltaire, pour des raisons d'intérêt, fit échouer la candidature de Brosses à l'Académie française. La même année, indigné par la tyrannique réforme des parlements imposée par Maupeou, de Brosses jeta à son valet de chambre sa toque et sa toge en s'écriant : « Tenez ! il n'y a plus que les laquais qui les puissent porter » ; geste qui lui valut un second exil, mais aussi la charge de premier président, en 1775, lorsque le parlement de Bourgogne fut rétabli dans la plénitude de ses prérogatives.

♦ *« Nul plus que lui n'eut le goût fin et délicat des arts, la sensibilité italienne unie à la malice et à la naïveté gauloises. »* Sainte-Beuve. ♦ *« De Brosses est une image du vieil esprit français et surtout bourguignon, franc, vif et salé, poussant sa pointe sans vergogne jusqu'à la gaillardise, frondeur en religion et même en politique, nullement impie ou séditieux, prenant en paroles les plus grandes libertés, goguenard et conservateur. »* Rigault.

RÉF. : Th. Foisset, *Le Président de Brosses, histoire des lettres et des parlements au* XVIIIe *siècle,* 1842. — H. Mamet, *Le Président de Brosses, sa vie et ses ouvrages,* Lille, 1874. — Giuseppe de Socio, *Le Président Charles de Brosses et l'Italie,* Rome, 1923. — Yvonne Bézard, *Le Président de Brosses et ses amis de Genève,* 1939. — Y. Florenne, *Le Président de Brosses,* Paris, 1964. — H. Harder, *Le Président de Brosses et le voyage en Italie au dix-huitième siècle,* Genève, 1981.

BRUNETIÈRE Ferdinand Vincent-de-Paul Marie. Critique. Né le 19 juillet 1849 à Toulon, mort le 9 décembre 1906 à Paris. Nommé maître de conférences à l'École normale supérieure en 1886, il collabora dès 1875 à *La Revue des Deux Mondes* (*) dont il devint directeur en 1895. Adepte d'un classicisme rationaliste dont il retrouvait la parfaite expression au XVIIe siècle, Brunetière, avec son goût des vastes synthèses et des idées générales, est en réalité tributaire du positivisme, même lorsqu'il est amené à proclamer la « banqueroute de la science ». Sa célèbre théorie de l'« évolution des genres » est de filiation darwiniste lorsqu'il conclut à une identité entre les sciences naturelles et l'histoire littéraire. Adversaire de nombreuses écoles littéraires de son époque, il écrivit contre Zola *Le Roman naturaliste.* Publié en 1898, son *Manuel de l'histoire de la littérature française* lui valut une renommée européenne déjà préparée par ses œuvres précédentes, et que ne firent qu'accroître les suivantes : *L'Évolution de la critique* (1890), *Évolution de la poésie lyrique en France au dix-neuvième siècle ; Histoire de la littérature française classique* ; *Histoire du théâtre français* (1891-92) ; *Évolution des genres dans l'histoire de la littérature ; Études critiques sur l'histoire de la littérature française* et enfin son étude sur *Honoré de Balzac* (1905), dans laquelle il revenait sur certains jugements émis dans sa jeunesse sur cet écrivain. D'abord libre penseur, Brunetière publia en 1895 un article intitulé *Après une visite au Vatican,* par lequel il affirmait son évolution vers le catholicisme, et qui suscita de nombreuses controverses. Ce rapprochement avec la religion est encore attesté par : *Sur les chemins de la croyance* (1904), et par ses écrits posthumes *Discours de combat* (1907) et *Lettres de combat* (1912).

♦ *« Ferdinand Brunetière fut un critique qui avait des idées générales et qui même, si l'on peut trop en avoir, en avait trop. Assez instruit et admirable surtout pour faire croire qu'il l'était extrêmement, très laborieux du reste à travers les mille occupations diverses qu'il s'imposait, trouvant le temps de lire beaucoup, de réfléchir vite et de se faire des idées auxquelles il fallait que les faits se pliassent, il abondait en prestiges qui séduisaient et en paradoxes auxquels il excellait à donner l'air de vérités éternelles. »* Émile Faguet. ♦ *« Ce qu'il soutient n'est pas toujours très juste ; mais toujours très solidement établi. Oserait-on dire même : d'autant mieux établi que moins juste. »* André Gide.

RÉF. : J. A. Chollet, *La Théologie de Brunetière,* Arras, 1907. — W. Jéquier, *Ferdinand Brunetière et la critique littéraire,* Lausanne, 1922. — L. J. Bondy, *Le Classicisme de Ferdinand Brunetière,* Anvers, 1930. — V. Giraud, *Brunetière,* 1932. — J. Van der Lugt, *L'Action religieuse de Ferdinand Brunetière,* Bruges, 1936. — A. Autin, *Ferdinand Brunetière,* 1945. — J. Clark, *La Pensée de Ferdinand Brunetière,* 1954.

Bucolique. Relatif à la vie des bergers et, par suite, propre à exprimer en poésie le charme de la vie agreste. La poésie bucolique a, dès l'Antiquité, constitué un genre à part entière, qu'illustrent, en Grèce, les *Idylles* de Théocrite et, à Rome, les *Bucoliques* de Virgile. Le vers bucolique est un hexamètre dont la césure se faisait au quatrième pied. En France, la poésie bucolique est représentée à travers toutes les époques, de la Pléiade aux romantiques. Certains auteurs paraissent, au XVIIIe siècle, plus particulièrement sensibles aux thèmes pastoraux, souvent d'ailleurs par révérence à Virgile, comme Delille, Parny ou Millevoix. De nos jours, la poésie bucolique ne peut guère s'entendre que comme l'expression nostalgique du sentiment de la nature.

CHRISTIAN DOUMET.

BUDÉ Guillaume. Humaniste. Né le 26 janvier 1468 à Paris, mort dans cette même ville le 20 août 1540. D'une famille noble, qui exerçait des charges de trésorerie et de chancellerie, il était destiné à cette carrière ; il commença à apprendre le droit sans beaucoup de goût et fit quelques folies de jeunesse. Soudain, à vingt-quatre ans, il reprit entièrement son instruction, dans toutes les branches du savoir, avec une passion telle qu'il fut victime de lésions nerveuses dont il souffrira toute sa vie. Il commença à traduire en latin plusieurs traités de Plutarque, puis, en 1508, publia ses *Annotations aux pandectes*, qui allaient renouveler les études juridiques. En 1514, paraissent ses *Libri V De asse et partibus eius*, traité des monnaies et mesures anciennes aux différentes époques, dont, sur la demande du roi, il écrivit un abrégé en français : *Sommaire ou épitomé du livre De asse* (1522). Nommé par Charles VIII secrétaire du roi, il est ensuite envoyé comme ambassadeur à Rome (1515), mais, s'opposant au pape Léon X, il demande à être rappelé. Il va désormais accompagner continuellement François Ier, en particulier à l'entrevue du camp du Drap d'or, en 1520. Grâce à la protection royale, et malgré l'échec de longues négociations avec Érasme, sous son impulsion est fondé en 1530 le Collège des trois langues, qui devait devenir le Collège de France. Il était également depuis 1522 maître des requêtes, charge qui le mêla à plusieurs procès, comme celui de l'hérétique Louis de Berquin, brûlé en 1529, au cours duquel il montra toute sa modération. Ami des hommes les plus savants de son temps, d'Érasme (avec lequel il se brouille à la suite de l'affaire du Collège des trois langues), de Thomas Morus, d'Étienne Dolet, de Rabelais, il entretenait avec eux plusieurs correspondances, de préférence en grec et en latin car, malgré les efforts déployés par le roi en faveur du français, Budé écrivit toujours assez maladroitement la langue nationale. Nommé, en 1522, maître de la librairie de Fontainebleau transportée plus tard à Paris et devenue la Bibliothèque nationale, il continuait à publier sur les questions les plus diverses : des dissertations philosophiques comme celle intitulée *Du mépris des choses fortuites* [*De contemptu rerum fortuitarum*, 1521], un traité *De l'institution du prince* publié en 1547, des encouragements à la jeunesse érudite, un plaidoyer en faveur des savants (*De philologia*, 1532), de doctes *Commentaires sur la langue grecque* (1529), et un recueil fragmentaire de lettres écrites dans le grec le plus pur. Sa curiosité était inlassable, allait aussi bien à la littérature qu'à la numismatique, à l'économie politique, à la vénerie, à la législation, à la pédagogie, aux mathématiques, à la philosophie. Premier helléniste français, c'est lui qui imposa l'étude du grec, et non sans luttes. Il fut à la fois une figure exemplaire de la Renaissance et un homme de tradition ; si par exemple il substituait au « trivium » et « quadrivium » médiéval un plan d'études plus rationnel, c'était la thèse essentielle de tout l'humanisme médiéval qu'il reprenait lorsqu'il montrait que la philosophie, loin d'être un danger pour la foi, était une préparation à l'Évangile.

♦ *« Le prodige de la France... »* Érasme. ♦ *« Si Rabelais a plus de verve, de fantaisie, de largeur de vue et, pour tout dire en un mot, de génie, Budé, fils de Paris, apporte son tempérament propre : la mesure, le goût, la hauteur de pensée. Il est, avec tout ce que cela comporte de don à autrui et d'originalité, un initiateur. »* R. Barroux.

RÉF. : R. Rebitté, *G. Budé, restaurateur des études grecques*, 1846. — E. de Budé, *Vie de G. Budé*, 1884. — J. Plattard, *G. Budé et les Origines de l'humanisme français*, 1923. — M.-M. de La Garanderie, *Christianisme et Lettres profanes (1515-1535)*, 1976.

BUFFON Georges Louis Leclerc de. Naturaliste et écrivain. Né le 7 septembre 1707 au château de Montbard, près de Semur, mort à Paris le 16 avril 1788. Il était fils de Benjamin-François Leclerc (1682-1773) et d'Anne-Christine Maslier (1680-1731). Buffon semble avoir eu une jeunesse assez agitée. Il fait ses études au collège des jésuites de Dijon, où autrefois Bossuet a été élève. Il montre des dispositions certaines pour les mathématiques, il est licencié en droit et se lie avec un jeune Anglais, le duc de Kingston, dont le précepteur, Hinckmann, lui communique son goût pour l'histoire naturelle. À partir de 1730, les deux jeunes gens parcourent l'ouest et le sud de la France — à Angers, où ils séjournent plusieurs mois, Buffon aurait suivi les cours de l'École de médecine —, visitent l'Italie, reviennent en France par la Suisse et partent tous deux pour l'Angleterre. Buffon y retourne en 1738 ; il passe alors trois mois à Londres et s'y plaît autant que deux illustres Français qui l'y avaient précédé de peu, Voltaire (entre 1726 et 1729), Montesquieu en 1730-1731. Mais, en France, Buffon s'était déjà fait connaître par ses travaux ; il avait donné quelques mémoires de mathématiques et de physique (dans l'un d'entre eux, il prouvait expérimentalement la réalité des miroirs ardents d'Archimède), et d'économie rurale qui lui avaient valu d'être nommé dès 1733 — à vingt-six ans — membre adjoint de l'Académie des sciences (classe de mécanique). En 1735, il publie une traduction de l'ouvrage de l'Anglais Hales, *La Statique des végétaux,* particulièrement remarquable par les recherches sur la nutrition des plantes ; le traducteur, dans son Introduction, définissait avec clarté les conditions et les méthodes des sciences expérimentales que lui-même pratiquait : à Montbard, il avait entrepris de vérifier les lois de la botanique en faisant de nombreuses expériences dans les pépinières qui lui appartenaient, et il avait publié plusieurs mémoires, en collaboration avec Duhamel de Monceau, sur la formation et la résistance des bois. En 1740, il devait donner une autre traduction, celle de la *Méthode des fluxions* de Newton. Mais, en 1739, Buffon entre à l'Académie des sciences, cette fois dans la classe de botanique, et est nommé intendant du Jardin du Roi (actuel Jardin des Plantes). C'est là que l'intérêt encore sporadique qu'il avait manifesté pour l'histoire naturelle devient sa principale préoccupation et qu'il conçoit le dessein et le plan de son *Histoire naturelle générale et particulière*. Dès 1744, il annonce que l'œuvre comprendra quinze volumes ; en fait, elle en aura trente-six et demeurera inachevée.

Tout d'abord, Buffon réorganise et développe le Jardin du Roi. Il acquiert des terrains, les fait planter, construit des cages et des volières, augmente les collections ; mais c'est plus encore sur l'enseignement qu'il fait porter son effort ; grâce à ses réformes, les cours donnés par des démonstrateurs attireront un public de plus en plus nombreux. Parallèlement, Buffon entreprend une œuvre qu'il veut aussi vaste et universelle que celle de ses modèles, Aristote, Théophraste et Pline. Placé à la tête d'une documentation unique, ayant toute facilité de l'accroître et de la vérifier par les travaux que faisaient parvenir à cet établissement des correspondants de tous les pays, entouré de savants dont il allait faire ses collaborateurs directs, Buffon organise la mise en route de ce tableau de la nature entière comme il a organisé le futur Muséum. Le médecin Louis Daubenton (1716-1799) se chargera plus spécialement de la partie anatomique et à cette occasion fondera une science nouvelle, l'anatomie comparée ; collaborateur immédiat de Buffon dans son *Histoire* dont il eut l'honneur de signer seul les premiers tomes avec lui, Daubenton fut la personnalité la plus remarquable du groupe qu'il quittera en 1753. Les autres collaborateurs, Guineau de Montheliard (1720-1785) et surtout l'abbé Gabriel Bexon (1745-1784) à qui sera confiée la description des oiseaux, se contenteront d'être les aides obscurs du maître et demeureront anonymes jusqu'au jour où Buffon voudra bien révéler qu'il avait eu recours à leurs talents. En fait, Buffon est l'âme de tout l'ouvrage : non seulement il en écrit une grande partie et s'y réserve les vastes aperçus généraux, mais ce sont ses idées que mettent en œuvre les collaborateurs dont il corrige les écrits. L'intendant du Jardin du Roi avait acquis les moyens de réaliser un aussi ambitieux projet. Il s'était donné, avant d'entrer en fonction, une solide formation mathématique et mécanique ; il s'était livré à de multiples expériences, non seulement de physique, mais aussi de botanique appliquée ; enfin la lecture assidue des anciens et des écrivains du XVIIe siècle — il admirait particulièrement la langue et de Bourdaloue et de Massillon —, un goût très tôt développé chez lui pour la grandeur, la régularité du style, un penchant très net pour la forme oratoire par quoi il se distingue de ses contemporains — v. *Discours sur le style* (*) — avaient fait de lui un écrivain très conscient et très scrupuleux, soucieux avant tout d'exactitude.

Dès 1744, Buffon adopte une règle de vie qui lui est imposée par le souci de consacrer le plus de temps possible à la rédaction de son *Histoire,* et dont il ne se départira pas jusqu'à sa mort. Chaque année, il passe huit mois à Montbard. Il s'y occupe de ses domaines, des fonderies et des forges qui y sont installées, mais surtout il y travaille ; levé dès cinq heures, il se promène, reste quelques instants au milieu de ses volières d'oiseaux rares, puis dicte pendant quatre heures, ne consacre qu'une demi-heure à son déjeuner, se remet au travail jusqu'à deux heures, dîne et donne ses soins à ses devoirs de grand propriétaire. À cinq heures, il retourne au travail et consacre sa soirée à des lectures. Exigeant avec lui-même, il passe un temps considérable à polir et repolir son style et reprend de cinq à six fois le même texte. À Paris, où il ne passe que quatre mois par an, il se donne à ses tâches officielles, fréquente peu de salons, où sa conversation, au témoignage de ses contemporains, est négligée et pesante. Tous ces traits de caractère, son indifférence aux polémiques, aux modes et aux passions de son temps, son indépendance, sa solidité, sa dignité, sa probité, une certaine raideur enfin, devaient lui attirer l'hostilité des Encyclopédistes.

En 1749, Buffon donne les trois premiers volumes de l'*Histoire naturelle* qui contiennent le *Discours de la manière d'étudier l'histoire naturelle,* la *Théorie de la terre*, le *Discours sur la nature des animaux, L'homme,* ainsi que des articles consacrés à un certain nombre de quadrupèdes. Le quatrième volume paraît en 1753. Les autres devaient suivre régulièrement, sauf une interruption de deux années, causée par une longue maladie de Buffon, jusqu'en 1789. Après 1751, année marquée par la condamnation en Sorbonne du premier volume de l'*Histoire* qui vient de paraître, censure à laquelle l'auteur se soumet, l'histoire de la vie de Buffon est celle de la publication des tomes de son ouvrage. Signalons cependant quelques étapes marquantes : en 1752, mariage de Buffon avec Marie-Françoise de Saint-Belin ; en 1753, Buffon, sans avoir fait les visites traditionnelles, est reçu le 25 août à l'Académie française ; son discours de réception — v. *Discours sur le style* — est, contrairement aux habitudes, applaudi par l'assemblée ; en 1764, naissance de son fils qui sera guillotiné en 1794 — avant d'expirer, il aurait adressé au peuple ces simples mots : « Citoyens, je m'appelle Buffon. » Tandis que, secondé par une équipe de secrétaires qui pour lui dépouillent les renseignements venus de tous les pays, ordonnent et classent, préparent le travail, entouré de ses collaborateurs directs, Buffon, inlassable, poursuit la publication de son œuvre. De 1753 à 1767 est publiée en onze volumes la suite des Quadrupèdes, de 1770 à 1783 les neuf volumes des Oiseaux, de 1783 à 1788 les cinq volumes des Minéraux ; de 1774 à 1789, Buffon fait paraître parallèlement sept volumes de suppléments — le tome V de ces Suppléments contient les *Époques de la nature* (1778). Les honneurs affluent de toute l'Europe : Louis XV le nomme comte en 1777 ; on érige sa statue par Pajou dans le Jardin du Roi avec l'inscription *Majestati naturae par ingenium* ; la grande Catherine enfin lui demande son buste. La Sorbonne cependant n'oublie pas son droit de regard sur l'œuvre et sa portée philosophique. Elle renouvelle en 1779, à propos de la parution des *Époques de la nature,* la condamnation de 1751 qui vise la *Théorie de la terre ;* cette fois cependant, l'humiliation de 1751 est épargnée à Buffon, le veto royal intervient.

Peu d'hommes furent plus fêtés, plus comblés d'honneurs et de distinctions que Buffon en son temps. Il eut les faveurs du pouvoir, l'audience de l'étranger, l'admiration des humbles et celle des grands, le respect et l'estime universelles. La vogue que connurent les sciences naturelles fut en partie son fait, au point qu'on ne peut plus démêler si c'est lui qui l'introduisit ou si c'est de cette vogue qu'il bénéficia. Mais peu de penseurs de ce temps surent aussi bien se préserver des périls qu'impliquait un renom si public et qui ne se démentit pas. Jamais Buffon ne modifia son mode de vie ni ses habitudes de travail. L'*Histoire naturelle* fut un des plus grands succès de librairie du temps, passant devant *La Nouvelle Héloïse* — v. *Julie ou la Nouvelle Héloïse* (*) — et l'*Encyclopédie* (*) ; les éditions, les traductions s'en multiplièrent ; après la mort de Buffon, la suite que devait lui donner Lacépède prolongea longtemps encore le succès de l'œuvre. L'engouement du public pour les sciences de la nature ne suffirait pas à expliquer cette éclatante réussite mais, en son temps, Buffon fut considéré plutôt comme un philosophe et un écrivain que comme un savant – ce qui n'était d'ailleurs que justice. Ses œuvres suscitèrent chez les penseurs du temps une vive émulation et, malgré leurs divergences de vues, Diderot et Condillac furent partiellement tributaires de son œuvre. Aussi bien est-ce l'idée directrice qui demeure ce qu'il y a de plus estimable dans cette immense synthèse. Cependant, dans l'histoire des sciences, le mérite de Buffon ne fut pas mince. Les progrès réalisés dans les sciences naturelles par ses successeurs, même lorsqu'ils contredisent les conclusions de Buffon, sont à mettre à son crédit, ne serait-ce que parce qu'il fut le premier à oser poser les problèmes dans leur ensemble avec une audace intellectuelle qui force encore l'admiration.

JACQUES BROSSE.

♦ *« Le grand phrasier. »* D'Alembert. ♦ *« Pas si naturelle que cela. »* Voltaire (à propos de l'*Histoire naturelle*). ♦ *« On a trouvé dans les montagnes de la Hesse une pierre qui paraissait porter l'empreinte d'un turbot et sur les Alpes un brochet pétrifié : on en conclut que la mer et les rivières ont coulé tour à tour sur les montagnes. Il était plus naturel de soupçonner que ces poissons apportés par un voyageur, s'étant gâtés, furent jetés et se pétrifièrent dans la suite des temps, mais cette idée était trop simple et trop peu systématique. »* Voltaire. ♦ *« On retrouve dans ses erreurs l'empreinte de son génie... Souvent, après avoir recueilli des faits jusqu'alors isolés et stériles, il s'élève et arrive aux résultats les plus inattendus... »* Vicq d'Azyr. ♦ *« Il paraissait commander à ses idées plutôt qu'être entraîné par elles. »* Condorcet. ♦ *« Beaucoup d'écrivains avaient écrit sur la physique ; mais Buffon fut le premier qui, des immenses richesses de cette science, ait fait celles de la langue française, sans corrompre ou dénaturer ni l'une ni l'autre. »* La Harpe. ♦ *« La partie de son ouvrage la plus parfaite, celle où il restera toujours l'auteur fondamental, c'est l'*Histoire des quadrupèdes. *»* Cuvier. ♦ *« Trop majestueux, trop monotone, trop ostentatoire, surtout trop peu sensible, Buffon décrit et n'émeut jamais. »* A. de Lamartine. ♦ *« Le* Discours sur le style *n'est que la confidence un peu apprêtée d'un grand artiste. »* Villemain. ♦ *« Buffon est le premier qui, dans les temps modernes, a traité ce sujet* [l'origine des espèces] *au point de vue essentiellement scientifique. »* Darwin. ♦ *« Je ne sais où l'on a pris que le style de Buffon a de l'emphase ; il n'a que de la noblesse, de la dignité, une magnifique convenance, une clarté parfaite. »* Sainte-Beuve. ♦ *« J'ai été émerveillé de trouver dans les préceptes de style du sieur Buffon nos pures et simples théories sur l'art. »* Flaubert.

RÉF. : Chevalier Aude, *Vie de Buffon,* 1788. – *Éloges* de Lacépède, 1789 ; de Condorcet, 1790. – R. Heim et coll. *Buffon,* Paris, Museum, 1952. – J. Roger, *Les Sciences de la vie dans la pensée française du XVIIIe siècle,* Paris, 1963. – M. Foucault, *Les Mots et les Choses,* Paris, 1966. – L. Hanks, *Buffon avant l'Histoire naturelle,* Paris, 1966. – M. Duchet, *Anthropologie et histoire au siècle des Lumières,* Paris, 1971, rééd. Flammarion, 1977. – D. Brahimi, « La Sexualité dans l'anthropologie humaniste de Buffon », *Dix-huitième siècle,* N° 12, Paris, 1980. – P. Gascar, *Buffon,* Paris, Gallimard, 1983. – C. Rosso, « Buffon, la fin des loteries et la peur de souffrir », dans *Les Tambours de Santerre,* Pise, 1986. – *Buffon, 1788-1988,* Paris, Imprimerie nationale, 1988.

Burlesque. À l'origine, ce mot est un adjectif (de l'italien *burlesco* : « comique, plaisant »), qui donna en France, au XVIIe siècle, son nom à un style reposant sur le mélange des tons : il s'agit en effet de détourner des personnages tragiques ou épiques en les faisant parler comme des personnages de comédie, avec un registre lexical bas et vulgaire par rapport à la langue épique ou tragique conventionnelle. Son pendant naturel est le style « héroï-comique » (v. ce mot), qui, au contraire, fait parler des personnages communs comme des princes de tragédie. Le cœur du procédé repose sur une distorsion de la hiérarchie traditionnelle des styles, telle que la définissait Aristote dans sa poétique : chaque personnage devait parler selon son rang (à la tragédie les princes, à la comédie les bourgeois). On comprend dès lors la puissance du procédé du point de vue de la critique littéraire et de la genèse de nouvelles formes. Au XVIIe siècle notamment, alors que l'esthétique d'ensemble repose sur la mémoire et l'imitation, la parodie est vite apparue comme un genre privilégié. Saint-Amant (1594-1661) le définissait dès 1640 en tête de son poème héroï-comique intitulé *Le Passage de Gibraltar* ; selon lui, il est un art du « tempérament » (mélange), qui nécessite une grande virtuosité et une connaissance très précise de la langue. C'est dans cette lignée que Scarron entreprend son *Virgile travesti* (1648-1653), qui est une traduction-adaptation burlesque de l'*Énéide* de Virgile. La subtilité de ce jeu avec la référence explique pourquoi le burlesque a été vite combattu par le goût mondain : de fait, son essence très savante le rattache plutôt au milieu de la robe (constitué de juristes érudits), d'origine citadine et bourgeoise. Guez de Balzac puis Scarron condamnèrent les excès du genre, et essayèrent d'en définir une poétique tempérée, susceptible de plaire au goût de la Cour. Ainsi compris, le burlesque a persisté à l'époque classique, sous la plume de Boileau (*Arrêt burlesque, Le Chapelain décoiffé,* et *Le Lutrin* [*]), et, de façon plus subtile, mais omniprésente, dans les *Fables* (*) de La Fontaine, dont l'« honnête gaieté » doit beaucoup au *spoudogeloion* (mélange de sérieux et de comique) propre à la poésie burlesque. Au XVIIIe siècle, le *Télémaque travesti* (1715) ou l'*Iliade en vers burlesques* (1716) de Marivaux, mais aussi les effets plaisants de contraste que Montesquieu introduit dans ses *Lettres persanes* (*) sont autant d'avatars du burlesque, dont le caractère corrosif plaît tant à l'esprit des Lumières. Le XIXe siècle, après avoir loué le goût du grotesque (Gautier, Hugo) et fait du mélange des tons une esthétique (Musset), rend au burlesque ses lettres de noblesse avec la modernité (de Rimbaud au surréalisme, en passant par Laforgue et Apollinaire), avant qu'il devienne un genre majeur de l'art cinématographique (de Méliès à Jacques Tati).

EMMANUEL BURY.

BUSSY-RABUTIN (Roger de Rabutin, comte de Bussy, dit). Officier et écrivain. Né à Épiry le 13 avril 1618, mort à Autun le 9 avril 1693. Issu d'une famille de noblesse d'épée bourguignonne, familière des rois et lettrée, ce cousin de Mme de Sévigné, neveu de sainte Jeanne de Chantal, aurait dû être une figure politique de son siècle ; or il n'a cessé de s'en démarquer. Après une enfance bourguignonne et studieuse, Bussy, qui poursuit depuis 1629 ses études à Paris (collège de Clermont), les suspend (1634-35) pour assurer la charge du régiment de son père, nommé lieutenant- colonel du roi en Nivernais, puis les arrête (1635) pour suivre la carrière militaire. Il s'y fait remarquer par son héroïsme (Arras, 1640) autant que par des soucis galants et une inconscience répétée de ses responsabilités qui le font embastiller (1641). Apparemment assagi, il se marie (1643), achète une charge de capitaine-lieutenant de chevau-légers (1644), succède à son père dans sa charge, puis devient conseiller d'État (1646). Mais, après la mort de sa femme (1647) qui lui a donné trois filles, s'il poursuit sa montée en grade (mestre de camp de la cavalerie légère, 1653), il recommence ses excès (brouilles successives avec les Grands sous qui il sert, Condé en 1651, puis Turenne en 1653 et 1656) et se couvre de gloire (1658). Une satire des dames de l'aristocratie *(Carte du pays de Braquerie)*, écrite avec Conti, prélude dès 1654 à l'expression d'un libertinage ostentatoire, autant privé (liaison alors qu'il est remarié et orgie en 1659) que politique (amitié avec la Grande Mademoiselle et divulgation d'un pamphlet contre la Cour, *Histoire amoureuse des Gaules*, 1661-65). Les marques d'attention du jeune Louis XIV qui, par exemple, ratifie son entrée à l'Académie française (1665) ne le tempérant pas, Bussy est destitué de sa charge, embastillé puis exilé sur ses terres à 48 ans. Il pose alors au gentilhomme campagnard soucieux de son cadre de vie (il aménage son château), de sa vie familiale, de ses affaires, et entre dans la vie littéraire (rédigeant ses *Mémoires* dès 1667, en même temps qu'il correspond avec plus de deux cents personnes dont Mme de Sévigné, les pères Rapin et Bouhours...). Au terme de six ans de démarches, il est autorisé par le souverain à de brefs séjours à Paris, mais n'est pas agréé dans la charge d'historiographe du roi qu'il ambitionnait (1677). Ses qualités littéraires font cependant de lui une autorité reconnue et consultée en matière de critique, si bien que Louis XIV l'autorise à revenir à la Cour (1682). Mais, après quelques visites éclairs, comprenant qu'il n'a pas de prise sur la société de cour louis-quatorzienne, il se contente d'un rappel de principe de la place de la noblesse d'épée dans le royaume (*Généalogie de la maison de Rabutin,* 1685), et se cloître orgueilleusement chez lui jusqu'à sa mort.

FANNY NÉPOTE-DESMARRES.

RÉF. : C. Rouben, *Bussy-Rabutin épistolier,* Paris, 1974. – J. Duchêne, *Bussy-Rabutin*, Fayard, 1992.

BUTOR Michel. Romancier, essayiste et poète. Né à Mons-en-Barœul (Nord) le 14 septembre 1926. Les éléments sociaux fondamentaux de la biographie de Michel Butor sont peu nombreux, mais ils jouent un rôle essentiel dans l'œuvre. On peut compter parmi eux le fait d'être le troisième enfant d'une famille de sept. De *Passage de Milan* à *Degrés*, l'œuvre exprimera une très grande attention au problème des relations familiales, des réseaux complexes qu'elles constituent. La famille étant installée à Paris dès 1929, Michel Butor y fera ses études à l'école paroissiale, il est ensuite pensionnaire dans un collège de jésuites à Évreux lors de la « drôle de guerre » (le monde des représentations chrétiennes sera toujours présent en son œuvre), puis étudiant à Louis-le-Grand (hypokhâgne, 1943-1944) et à la Sorbonne (philosophie). Il prépare l'agrégation (1949-1950) après avoir rédigé sous la direction de Gaston Bachelard un mémoire sur « Les Mathématiques et l'idée de nécessité » (1947). Il est déjà lié à des artistes, Zanartu, Masurovsky avec qui il construira des livres, et il a publié sa première étude « Hommage partiel à Max Ernst » (1945). Il a rencontré André Breton (1946), et ses premiers poèmes, recueillis dans *Travaux d'approche* en 1972, sont marqués par l'esthétique surréaliste.

Michel Butor va mener de front une existence double, de voyageur et d'écrivain, nourrissant la littérature de sa vision du monde, organisant ses déplacements en songeant à leur profit pour son œuvre. Professeur à Minieh (Haute-Égypte) en 1950, il commence la rédaction de *Passage de Milan* (publié en 1954). À Salonique (1954) où il enseigne, il écrit *L'Emploi du temps* (publié en 1956), qui transforme un séjour à Manchester (1951). En 1956 à Genève, il rédige *La Modification* (publié en 1957) ; il y est professeur à l'École internationale, où il connaît Marie-Jo, qui deviendra sa femme et la mère de ses quatre filles. À cette époque, ses voyages se limitent encore au bassin méditerranéen (*Le Génie du lieu*, 1958). Ils vont être planétaires, ceinturant la terre (*Réseau aérien*, 1962), puis explorant systématiquement les continents américains (*Mobile*, 1962 ; *6 810 000 litres d'eau par seconde*, 1965), australien (*Ou*, 1971), brésilien et japonais. La série de ces grands voyages ne pourra se clore que lorsque les textes en seront venus à couvrir l'espace terrestre entier.

Michel Butor est un écrivain en mouvement : il bouge sans cesse d'un aéroport à l'autre, répondant à une invitation, se rendant à une manifestation, bien qu'il ait été professeur à l'université de Genève jusqu'en 1991 ; il donne plus encore le sentiment du mouvement en circulant sans cesse entre les domaines artistiques différents : la peinture (*Illustrations* 1964-1976), la musique (*Dialogue avec 33 variations de Ludwig van Beethoven*, 1971). Dans le domaine particulier des classifications de la littérature, c'est la notion même de genre que sans cesse il transgresse, construisant des poèmes spatiaux (*Description de San Marco*, 1963), regroupant de façon imprévisible des textes de nature différente (*Ou*), associant critique, fiction et poésie (*La Rose des vents*, 1970).

Cette œuvre donne au lecteur l'impression de répondre à un projet presque antérieur à sa publication régulière. Elle est à la fois variée et organisée. Les ouvrages se regroupent en blocs de cinq livres, certains achevés (*Répertoire*, *Matière de rêves*), d'autres en cours (*Illustrations, Le Génie du lieu, Envois*), d'autres, enfin, à leurs débuts (la série des *Improvisations sur...*). Or ces « pentateuques » s'organisent progressivement en pentaèdres, qui eux-mêmes se mettront un jour en place pour constituer un « mobile » plus vaste. Il y a ainsi chez Michel Butor la vision, et la construction d'une œuvre en continuelle expansion (comme l'était *La Comédie humaine* de Balzac) et aux rapports multiples (car *Un coup de dés jamais n'abolira le hasard* [*]...). Les livres de Michel Butor obéissent dans leur construction à une logique identique : a) le point de départ en est un élément banal, ce que chacun par conformisme et par lassitude considère comme allant de soi ; b) ce fait de savoir, de culture, ou de conduite, est développé dans ses conséquences jusqu'à ce qu'éclatent ses contradictions, et qu'il soit bien évident qu'une telle situation ne se perpétue que par aveuglement ; c) cette critique est élaborée par juxtaposition, confrontation, intégration d'éléments qu'on avait pu tenir pour distincts, séparés. La délimitation d'un champ de savoir, ou de réflexion le rend faux ; il importe de resituer un élément qui, isolé, serait inintelligible, dans l'ensemble le plus vaste possible pour avoir chance de mesurer sa portée, de connaître son pouvoir ; d) l'ensemble (le monde du savoir occidental : *Degrés* ; le monde terrestre : *Le Génie du lieu*, etc.) donne sens au particulier, mais il n'est pas dénombrable ; le fait qu'il ne puisse être ni énuméré, ni circonscrit, fait que tout développement doit présenter les signes d'un inachèvement fondamental, qui ne manifeste rien d'autre que notre caractère mortel ; e) du fait même qu'est entreprise l'écriture d'un livre, le projet se déforme, car il ne peut se réaliser hors du temps, mais prend du temps pour être mené à bonne fin (*L'Emploi du temps*).

L'œuvre tend à se constituer sous la forme d'une sculpture régulière qui ne serait pas en trois dimensions, mais construite et défaite par le temps qui l'oriente. L'œuvre romanesque n'est pas proposée au lecteur comme un modèle fini, mais lui est adonnée avec charge pour lui de la poursuivre.

Tout aux premiers temps de son activité littéraire, Michel Butor émettait le souhait, d'une façon qui passa pour provocante à l'égard des valeurs défendues par le surréalisme, de voir le roman évoluer vers « une espèce nouvelle de poésie à la fois épique et didactique » (*Répertoire I*). Si la musique se développe par un jeu de contraintes formelles, il faut rapprocher la littérature de Michel Butor d'un art de la fugue. Le roman est didactique par son souci d'explorer progressivement un état reçu pour en faire valoir les présupposés, et conduire à une liberté plus grande. Il peut également être tenu pour épique : toutes nos relations (nos images et notre langage) étant sociales, nous ne pouvons espérer améliorer notre sort particulier que par un changement collectif de conscience. La littérature touche de ce fait au politique (en envisageant l'établissement d'un nouveau contrat social), et au religieux (en contribuant à l'édification d'un imaginaire collectif). Elle n'a pas pour objet de nous proposer une résolution symbolique des conflits auxquels nous nous affrontons, mais de nous permettre de mieux en prendre conscience.

JEAN ROUDAUT.

C

Cabale. Ce mot désigne les coteries littéraires qui, à l'époque classique (XVIIe- XVIIIe siècle), faisaient et défaisaient les succès, notamment au théâtre. C'est un aspect essentiel de la vie littéraire de ce temps, souvent animée par la polémique et les débats les plus vifs. On connaît, outre la querelle des premières *Lettres* de Balzac (1624-1629), la fameuse querelle du *Cid* (*) de Corneille (1637) et, plus tard dans le siècle, la querelle qui opposa Racine à Pradon au sujet de *Phèdre* (*) (1677), et où Pradon faillit l'emporter. Molière dut batailler contre deux puissantes cabales, à l'occasion de *L'École des femmes* (*) en 1662, puis, plus dangereusement, lors des attaques des dévots contre le *Tartuffe* (*) (1664-1669)

EMMANUEL BURY.

CADOU René Guy. Poète. Né à Sainte-Reine-de-Bretagne (Loire-Atlantique) le 15 février 1920, mort à Louisfert (Loire- Atlantique) le 20 mars 1951. La brève existence de René-Guy Cadou ne connut qu'un cadre : celui de la Bretagne et des petites écoles de village. Orphelin très jeune, il reprit le métier de son père et fut envoyé en différents points de sa province natale comme instituteur suppléant. À dix-sept ans, il avait publié un premier recueil de poèmes, *Les Brancardiers de l'aube,* et ne cessa dès lors de poursuivre avec ferveur l'édification de son œuvre poétique : *Forges du vent* (1938), *Retour de flamme* (1940), *Années-lumière* (1941), *Morte-Saison* (1941), *Bruits du cœur* (1942), *La Vie rêvée* (1944). En 1943, il rencontre celle qui allait devenir sa femme et lui inspirer le très grand amour qui embrase les poèmes d'*Hélène ou le Règne végétal* (posth. 1952) (recueil qui regroupe tous les poèmes écrits par Cadou entre 1944 et les mois qui précédèrent sa mort). L'ensemble de l'œuvre a été réuni en 1978 sous le titre : *Poésie la vie entière*.

S'étant rapidement débarrassé de l'influence surréaliste qui apparaît dans ses premières œuvres, René Guy Cadou parvint à élaborer une poésie très personnelle, au tour simple et pur. Dans ses meilleurs poèmes, toutes recherches esthétiques semblent s'abolir et les strophes n'être plus que le reflet très direct des émotions d'un homme remarquablement sensible à toutes les manifestations de la vie.

Café littéraire. Il constitue, avec les salons, l'un des lieux favoris de la vie littéraire et philosophique au XVIIIe siècle. Le café lui-même était une boisson qui passait pour favoriser l'activité intellectuelle. La mode en fut lancée à la fin du XVIIe siècle par l'Italien Procopio (fondateur du fameux café Procope). En tant que lieu, on pouvait y discuter librement de tous les sujets, moins gravement que dans les salons, et avec beaucoup plus de liberté qu'à la Cour. À l'origine surtout fréquenté par le milieu du théâtre (le Procope faisait face à la Comédie-Française), le café littéraire devient le lieu des cabales, et sera naturellement un lieu de débat politique lors de la Révolution française. Il retrouvera un rôle important dans le domaine de la vie littéraire après l'Empire, lors des débats opposant les tenants du classicisme à ceux du romantisme. Le café de la Régence, le café du Vaudeville faisaient et défaisaient les réputations, comme les cabales du Grand Siècle, et le café devient ainsi un « lieu » littéraire constamment évoqué dans les romans ou la poésie. Au XVIIIe comme au XIXe siècle, il demeure un lieu important de la vie journalistique avant d'être, sur la butte Montmartre, le repaire favori des chansonniers. La tradition se poursuivra au XXe siècle, parfois de façon plus débridée, avec la mode, après 1945, de certains cafés de Saint- Germain-des-Prés fréquentés notamment par les existentialistes.

EMMANUEL BURY.

***Cahiers de la Quinzaine*.** Publication périodique fondée et dirigée par le poète Charles Péguy (1873-1914), de 1900 à sa mort sur le front de la Marne. C'est une des plus typiques manifestations de la littérature française. Elle répond à cette exigence morale : ordonner un groupe d'idées et de discussions afin de procéder dans tous les domaines de la spiritualité avec une vision claire des choses. La très riche sensibilité de Péguy et surtout son indomptable combativité, son énergie inlassable (il ouvre des librairies, donne des leçons de propagande et montre en tout et pour tout une débordante vivacité critique), se manifestent pleinement dans la série de ces *Cahiers.* D'abord conçus à la manière d'une revue, par la suite se présentant comme la publication, à chaque numéro, d'une œuvre entière, publiée pour elle-même, les *Cahiers* marquent, chez l'auteur et chez le groupe dominé par sa figure de chrétien sans dogme et de nationaliste sans étroitesse, le passage du socialisme dreyfusard à l'amour de la tradition, à la lutte pour maintenir le sérieux et la sincérité de toute position morale. Œuvres qui se ressentent de la jeunesse de leurs auteurs, les séries annuelles engagent toute l'activité de l'écrivain et rassemblent vite autour d'un noyau d'amis fidèles — survinrent pourtant des dissensions et des luttes inévitables avec d'anciens camarades — des auteurs qui devaient réellement dire quelque chose de neuf, de Georges Sorel à Pierre Hamp, d'André Spire à Romain Rolland, des frères Tharaud (qui offrirent leur maison comme siège de la publication) à Pierre Mille, à Julien Benda, à André Suarès. Péguy, le « gérant », fut véritablement l'instigateur d'une nouvelle manière de comprendre la littérature et la politique, et même la religion, manière d'une complexité ardente et réfléchie qui implique l'abandon des délicatesses du symbolisme ou des grossièretés du naturalisme pour une plus grande compréhension de l'homme, de l'artiste et du citoyen. Problèmes coloniaux et syndicaux, discussions sur l'école primaire et sur les universités populaires, lois sociales pour les ouvriers et les enfants, affirmations en faveur des nationalités opprimées montrent la largeur de vues d'un milieu qui, sans fonder une école ou un mouvement, eut une importance décisive. Ceci est à l'origine de la formation même d'un moralisme rigoureux qui affirmait la solidité nationale de la France devant tout événement, par l'explication de sa fonction historique. Dans cette œuvre durable et pleine de foi, Péguy, chez qui l'influence de la philosophie de Bergson est évidente, revit plus encore que dans ses propres œuvres telles que *Notre jeunesse,* précieux témoignage sur cette époque.

Cahiers du Sud (Les). Revue littéraire publiée entre 1925 et 1969. Quatre numéros parurent d'abord en 1914 sous le titre *Fortunio,* nom que lui donna Marcel Pagnol, membre fondateur avec Gaston Mouren. Participèrent à ces numéros Marcel Gras, Julien Coutelen, Yves Bourde, Jean Ballard. Désargentée, *Fortunio* cesse de paraître durant la Première Guerre mondiale. La tourmente passée, deux autres tentatives : une « Série d'Aix » ; puis une deuxième voit le jour à Marseille et devient en 1925 : *Les Cahiers du Sud.* Principaux collaborateurs : Jean Ballard, directeur, Gabriel d'Aubarède, Léon-Gabriel Gros, Marcel Brion, Louis Brauquier, Pierre Humbourg, André Gaillard, Georges Bourguet, Jean Malan. En 1928, André Gaillard remplaça Gabriel d'Aubarède au poste de rédacteur en chef, et ce fut le nécessaire bain de jeunesse, les poètes d'avant-garde figurant désormais au sommaire de la revue : Henri Michaux, Supervielle, Éluard, Vitrac, Antonin Artaud, Benjamin Péret qui fit scandale avec *Dormir, dormir dans les pierres. Les Cahiers du Sud* perdirent de nombreux abonnés, mais, optant pour l'aventure et les diamants noirs, c'était le bon départ à la recherche des contrées inconnues de la poésie et de toutes les philosophies, de l'Islam à l'Occident. Jean Cayrol a pu dire : « *Les Cahiers du Sud* représentaient le seul steamer en haute poésie. » Mis en place par André Gaillard, Gabriel Bertin en 1930 prendra la relève en compagnie de Léon-Gabriel Gros. Au début de cette période au cours de laquelle la revue prenait le visage qu'elle a gardé, Joë Bousquet y laissera, de 1931 jusqu'à sa mort (1950), une empreinte profonde par ses articles d'un ésotérisme d'oc très personnel. En 1939, la plupart des collaborateurs mobilisés et dispersés, la revue fut en quelque sorte paralysée. En 1940, Jean Ballard, rendu à la vie civile, aidé de Paul Valéry, de Jean Giraudoux et de René Laporte, reprit ses publications. La France, divisée par l'occupation allemande, vit refluer en zone sud de nombreux écrivains pour qui Paris représentait un danger ou une insupportable présence. Benjamin Crémieux, Julien Cain, Breton, Cayrol, Voronca, Daumal, Desnos, Fondane et Simone Weil, sous le pseudonyme d'Émile Novis, se groupèrent ou confièrent des écrits : « Pleine marge » d'André Breton, « L'Iliade ou le poème de la Force » de Simone Weil, *Exil* de Saint-John Perse en mai 1942. Le numéro spécial : « Le Génie d'oc et l'Homme méditerranéen », paru en 1943 sous la direction de Joë Bousquet et de René Nelli, bien qu'étant une recherche en profondeur de l'esprit métaphysique et traditionnel occitan et une remise en question du catharisme, mettait aussi en parallèle plus secrètement les assassinats de la croisade et la misère sous la botte nazie. La Seconde Guerre finie, les plaies pansées, *Les Cahiers du Sud* changèrent en 1945 de formule, ils devinrent trimestriels. De nouveaux poètes apportèrent un sang neuf, Jean Tortel, Pierre Guerre, René Ménard, Toursky. Chaque sommaire se caractérisa par un fronton, un thème groupant des études, des écrits, soit autour d'une grande figure ou des ensembles littéraires : Dante, Vinci, Kafka, Max Jacob, Kierkegaard, Éluard, « Exploration du pays des Merveilles », dû à Brunius, « Pensée médiévale » avec René Huyghe et Georges Duby, « Il y a dix ans, René Daumal », « Problèmes du roman », soulevés par Bernard

Dort, « Domaine féerique » animé par Michel Carrouges. Sans oublier les numéros spéciaux : « Le Théâtre élisabéthain » (1941), « Le Romantisme allemand » (1937), « Lumière du Graal » (direction René Nelli, 1950), « Paul Valéry vivant » (par ses amis ; 1946). Peut-on parler de philosophie des *Cahiers du Sud ?* Certes non, la rigueur n'est qu'apparente : après le voyage toutes les philosophies s'y retrouvent, mêlant étrangement classicisme romantique et langage occitan à l'homme méditerranéen.

CAILLOIS Roger. Essayiste. Né à Reims le 3 mars 1913, mort à Paris le 21 décembre 1978. Après des études à l'École normale supérieure qui le mèneront à l'agrégation de grammaire, l'auteur adhérera au groupe surréaliste (de 1932 à 1935) avant de se brouiller avec André Breton. Il trouvera sa voie véritable en poursuivant des recherches sur le sacré et ses manifestations dans la vie sociale qui le conduiront à fonder avec Georges Bataille et Michel Leiris le Collège de sociologie (1938). De cette période datent deux volumes d'essais : *Le Mythe et l'Homme* (1938) et *L'Homme et le Sacré* (1939). La guerre le surprend en Amérique du Sud où il décide de rester (1940-1945), il fonde à Buenos Aires un Institut français, s'intéresse à la littérature sud-américaine (il traduit Antonio Porchia, Pablo Neruda, Jorge Luis Borges..., traductions dont certaines paraîtront lors de son retour en France, dans la collection « La Croix du Sud » qu'il fonde alors), lance la revue *Les Lettres françaises.* Chargé par l'U.N.E.S.C.O. de la direction des lettres et du développement culturel, il fonde en 1952 la revue *Diogène* (Revue internationale des sciences humaines) qu'il dirigera jusqu'à sa mort. À la recherche de « sciences diagonales », il publie de nombreux essais sur la poésie ou l'esthétique : *Les Impostures de la poésie* (1944), *Vocabulaire esthétique* (1946), *Babel* (1948), *Poétique de Saint-John Perse* (1954), *Art poétique* (1956), *Esthétique généralisée* (1962, ouvrage repris avec d'autres essais sur le fantastique et la dissymétrie en 1976 sous le titre *Cohérences aventureuses*) ; en 1978 paraissent *Approches de la poésie* (recueil de textes parus antérieurement). Parallèlement à ses travaux sur l'écriture, Caillois poursuit ses recherches sur l'imaginaire : « Ce ne sont pas les idées que j'aime, mais les données du monde, les appels des larges pans de ténèbres derrière lesquels l'univers dérobe vite ses lois et ses manières, la pénombre où il dissimule les modèles de ses rouages comme la source des énergies qui les meuvent. » Ces travaux aboutiront à de nombreux ouvrages : *Approches de l'imaginaire* (1974), *L'Incertitude qui vient des rêves* (1956), *Méduse et Cie* (1960), *Images, Images* (1966), *Pierres* (1966), *L'Écriture des pierres* (1970), *Cases d'un échiquier* (1970), *La Pieuvre* (1973)... La question du jeu fera aussi partie de ses intérêts puisqu'il dirige en 1967 le volume *Jeux et Sports* de l'Encyclopédie de la Pléiade après avoir publié en 1958 *Les Jeux et les Hommes.* En 1971, il est élu à l'Académie française ; il reçoit de nombreux prix pour l'ensemble de ses travaux, l'année de sa mort (1978) qui voit paraître un ouvrage quasi autobiographique, *Le Fleuve Alphée.*

Les facettes multiples de l'œuvre ne devraient pas abuser, elles ne désignent pas des centres d'intérêt transitoires mais des « carrefours » cent fois hantés, à la croisée desquels se cherchent des « analogies aléatoires ». Derrière le fourmillement des apparences (naturelles, artistiques, imaginaires) doit présider un ordre secret qu'il échoit au penseur d'essayer de retrouver. Non par désir d'imposer un ordre à ce qui n'en a pas, selon toute apparence, mais exigence de découvrir les lois qui organisent le monde et lui donnent cette incohérence de surface. Déchiffrer plus que décrypter, ramener au jour d'une parole précise, presque coupante, lucide, les phénomènes les moins évidents, telle sera la démarche dont l'auteur s'attardera à montrer la fécondité. La fascination pour les manifestations les plus obscures (qu'elles soient naturelles ou sociales) ne doit pas entraîner l'esprit à sacrifier ses pouvoirs de mise en ordre. Proche en cela des romantiques allemands (Novalis surtout et son projet encyclopédique), épris d'exhaustivité, Caillois se méfie des systèmes de lecture tout donnés (marxisme et psychanalyse auront chacun en leur domaine manqué l'essentiel). « Le monde n'est pas une sylve inextricable et confuse, mais une forêt de colonnes dont les alignements rythmés répercutent le même message : la prédominance, sous le vacarme général, d'une architecture dépouillée. » Cohérence, symétries ou régularités sont comme les émanations des choses, ce qu'elles dégagent pour un regard soucieux de les reprendre dans les filets d'une langue rigoureuse. La justesse des images, revendiquée comme bien propre de la poésie, et la justesse de la parole de l'écrivain sont complémentaires d'une même aventure au cœur du mystère de l'univers. L'exercice de la lucidité n'est pas schématisation ou abstraction, mais participation critique et poétique au monde.

FRANCIS WYBRANDS.

RÉF. : *La Nouvelle Revue française,* n° 320, Paris, septembre 1979. – Denis Hollier, *Le Collège de sociologie*, Paris, 1979. – *Cahiers pour un temps,* Paris, 1981.

Calembour. Jeu d'esprit reposant sur l'homophonie, c'est-à-dire le rapprochement entre deux termes aux sons semblables ou très voisins ; le jeu de mots, lui, repose sur la polysémie, c'est-à-dire le rapprochement entre des termes semblables mais de sens différent. Cette confrontation des sons entraîne souvent celle des sens, et crée une équivoque déclenchant le rire, que l'on trouve surtout dans la langue populaire et la poésie moderne : « Ah tombe neige / Tombe et que n'ai-je » (Apollinaire, *Alcools* [*]). Le calembour, dont l'effet était jugé trop facile, fut longtemps méprisé et rejeté par la bienséance. Ce sont les poètes et linguistes modernes qui l'ont réhabilité pour son aspect créateur et ses possibilités métaphoriques. On peut considérer la rime comme un demi-calembour imposé, ne recherchant pas le rire ; poussée à l'extrême et s'étendant sur deux vers entiers, elle redevient un jeu, l'holorime.

ARLETTE BOUÉ.

CALET Henri (pseud. de Raymond Barthelmess). Romancier, chroniqueur et journaliste. Né à Paris le 3 mars 1904 d'un père parisien et d'une mère flamande, mort à Vence (Alpes-Maritimes) le 14 juillet 1956. S'il s'est largement inspiré de sa propre existence pour composer ses livres, c'est que celle-ci, difficile, hasardeuse et souvent bouleversée, l'a fortement marqué. Ballotté entre des parents instables et divisés, il fait très tôt l'expérience de la rue et de la solitude. Il passe une partie de son adolescence en Belgique occupée et, après des études secondaires qui ne l'enthousiasment pas, exerce divers petits métiers : clerc d'huissier, employé dans plusieurs commerces, correcteur d'imprimerie, etc. Si *La Belle Lurette*, son premier livre, publié en 1935, est intégralement consacrée à cette période clef de sa vie, il n'est aucun des livres qu'il écrira ensuite qui n'y revienne peu ou prou comme si, « condamné à peiner incessamment sur un autoportrait qui ne sera jamais achevé » – v. *Peau d'ours* –, il lui fallait sans arrêt revenir puiser à la source des images pour reprendre courage et continuer son entreprise de « narcissisme de longue haleine ». C'est de son enfance aussi, sans doute, qui le promena de France en Hollande, que lui vient le goût des voyages : la Belgique, la Suisse dans *Rêver à la Suisse* (1948), l'Italie dans *L'Italie à la paresseuse* (1950), mais aussi l'Afrique du Nord et l'Amérique du Sud, dont on trouvera des échos dans son recueil de nouvelles *Trente à quarante* (1947). Là où il séjourne plus longtemps, il enseigne le français. Mais c'est Paris qu'il aime depuis toujours, Paris qui lui manque, le fait revenir, Paris qu'il arpente de long en large, le Paris populaire en particulier dont il se fait le chantre, notamment dans *Le Tout sur le tout* (1948), son chef-d'œuvre, mais aussi le Paris des beaux quartiers qu'il décrit dans *Les Grandes Largeurs* (1951).

Il fait ses débuts littéraires dans une petite revue, *Avant-poste*, puis, au cours d'un voyage aux Açores, commence à écrire son premier roman, *La Belle Lurette*, que Jean Paulhan fait publier aux éditions Gallimard. Cet ouvrage sera suivi de *Le Mérinos* en 1937 et de *Fièvre des polders* en 1939. Mobilisé, Calet est fait prisonnier en juin 1940. Il s'évade après sept mois de captivité et tire de cette expérience la matière d'un livre qui ne paraîtra qu'en 1945 : *Le Bouquet*. Pendant cinq années (1940-1945), il vit en marge des milieux littéraires. Il exerce alors la profession de statisticien avant de devenir directeur d'une usine de céramique électro-technique dont il démissionne en 1944, « dégoûté ». Il commence à la Libération une carrière de journaliste à *Combat* et collabore à divers journaux et périodiques comme *Marie-France*, *Carrefour* et *Le Parisien libéré*. Ces chroniques et articles écrits « à ras d'homme », dans le style cher à Calet, ont été en partie rassemblés et publiés en volume dans *Les Deux Bouts* (1954), *Contre l'oubli* (1956) et dans *Acteur et Témoin* (1959). Cette activité débordante – il travaille aussi à la radio et à la télévision – ne le fait pourtant pas connaître du grand public, et son œuvre, qui compte une vingtaine d'ouvrages, demeure injustement méconnue (elle suscitera un regain d'intérêt posthume, dans les années 80). Désabusé, Calet publie encore deux romans : *Monsieur Paul* (1950) et *Le Grand Voyage* (1952). La suite qu'il pensait leur donner, son livre de la cinquantaine, il ne l'écrira pas, la maladie l'ayant rejoint. Les notes seules, prises en vue de ce livre, *Peau d'ours*, seront publiées, posthumes, en 1958. Elles forment un témoignage bouleversant sur la vie difficile et compliquée de l'auteur et donnent une idée de la manière dont il travaillait : au plus près de soi, de sa vie. De là vient que, lisant Calet, on a souvent la gorge nouée. Lui qui avait pris, dès le départ, « le chemin des pauvres » parlait comme personne des petites gens, des « paumés » de tout bord. Nostalgique et désenchanté, il s'est défendu de tout pathétique en maniant un humour tendre et une ironie sans méchanceté. Pudique et discret, il cachait ses larmes sous la cocasserie. Son style à l'emporte-pièce est sans défaut. Il fait de Calet un écrivain irremplaçable.

GUY GOFFETTE.

♦ « *Pour faire comme tout le monde, Calet sucrait son café. Rien qu'une tasse de café. Brève. Possible. Mais qui fait battre le cœur et ouvre les yeux, beaucoup trop bien. Il est mort de ce café, d'une qualité incomparable. Il avait la pâleur de Raymond-la-Science, celle aussi de Buster Keaton. Il savait où il allait. Où nous allons. Sans réaction. Aboulique. Debout néanmoins. Tout cela en bon français. Sobre. Correct. Possible.* » Francis Ponge.

RÉF. : La revue *Grandes largeurs* a consacré un numéro à Henri Calet avant de publier ses *Lettres* (1935-1956) à Georges Henein, Paris, 1981.

Calligramme. Poème qui représente par sa disposition typographique un objet reconnaissable, en rapport avec son contenu. Après avoir parlé d'« idéogrammes lyriques », Apollinaire inventa le mot de *calligrammes,* qu'il donna comme titre à un célèbre recueil de 1918 où il explore le procédé. On a fait remonter celui-ci au Chant de la Dive Bouteille, effectivement disposé en forme de bouteille, au *Cinquième Livre* de Rabelais. Mais l'invention d'Apollinaire se rattache sans doute plus directement, d'une part, aux préoccupations du symbolisme en matière de typographie, et en particulier à l'expérience de Mallarmé dans *Un coup de dés jamais n'abolira le hasard* (*) (1897) ; d'autre part, aux futuristes italiens et à leurs compositions idéogrammatiques. On nomme parfois le calligramme vers *rhopalique* (du nom d'un vers qui, par la longueur progressive de ses mots, donne l'image d'une massue, en grec *rhopalos*).

CHRISTIAN DOUMET.

Calligrammes. Recueil poétique de Guillaume Apollinaire (1880-1918), publié en 1918 avec le sous-titre « Poèmes de la paix et de la guerre (1913-1916) ». Les poèmes figurés ont été pratiqués dès l'Antiquité grecque et au temps de la Renaissance (la Dive Bouteille de Rabelais). Apollinaire appela les siens « idéogrammes lyriques » avant d'inventer le mot « calligramme ». Son ambition était de revenir à l'idéogramme, principe de l'écriture, tout en rivalisant avec les peintres : l'œil doit saisir le calligramme d'un seul regard comme un dessin ou un tableau ; mais l'exigence de la lecture s'oppose en fait à cette saisie synthétique. Les calligrammes proprement dits sont en minorité dans le recueil. Ils sont parfois simples, le plus souvent composés de plusieurs figures entretenant entre elles des rapports expressifs, quelquefois aussi insérés dans des poèmes d'une présentation traditionnelle.

La première partie, « Ondes », contient des poèmes qui évoquent, au moyen d'une syntaxe fondée sur la discontinuité, l'univers coloré de peintres tels que Delaunay et Chagall, des poèmes narratifs dans lesquels des scènes de la rue parisienne se transfigurent en mythes, et des poèmes-conversations apparemment faits de phrases notées au vol et juxtaposées. Dans la deuxième partie, « Étendards », on aperçoit le poète artilleur à Nîmes. La troisième, « Case d'armons », fut d'abord polycopiée sur le front. L'espace de la guerre, orienté par le danger, illuminé pendant la nuit par les fusées et les tirs d'artillerie, y apparaît coloré, mystérieux et féerique ; l'existence du soldat, malgré le danger, est évoquée comme une aventure lyrique ; l'écriture poétique tend à l'éclatement du sens. Dans les deux parties suivantes, « Lueurs des tirs » et « Obus couleur de lune », qui correspondent à la découverte de l'horreur des tranchées, la tonalité s'assombrit sensiblement ; la réalité est atroce, la douleur et la mort toujours présentes ; la guerre n'est « jolie » que pour un cavalier qui va mourir « là-bas ». Aux poèmes de guerre se mêlent des poèmes d'amour dédiés à Madeleine ou au souvenir de Marie. Dans la dernière partie, « La Tête étoilée », l'inspiration s'est enrichie de l'épreuve de la souffrance. Le poète prophétise dans « La Victoire » le surgissement d'une nouvelle vision et d'un nouveau langage ; dans « La Jolie Rousse », il se range parmi les explorateurs des vastes régions de l'imaginaire, tout en se posant en arbitre dans la querelle « de l'ordre et de l'aventure », qu'il réconcilie dans « La Raison ardente ».

La nouveauté formelle de *Calligrammes* est encore supérieure à celle d'*Alcools* (*). Apollinaire a réussi à y dire l'expérience du soldat de la guerre de 1914-18 sans banalité, sans exhibition de patriotisme cocardier, et à la métamorphoser. L'invention est riche et jaillissante, l'expression toujours imprévue. L'humour du combattant courageux s'allie à un sentiment profond de fraternité ; l'évocation souvent précise de la réalité ne fait aucun tort au mystère poétique.

M. B.

CAMUS Albert. Romancier, auteur dramatique et essayiste. Né à Mondovi, village du Constantinois (Algérie), le 7 novembre 1913 ; mort à Villeblevin, près de Montereau, le 4 janvier 1960. C'est à Alger, dans le quartier populaire de Belcourt, qu'Albert Camus passe son enfance et son adolescence, marquées par la pauvreté matérielle de sa famille et par la présence éclatante du soleil méditerranéen. Il n'oubliera jamais ni l'une ni l'autre : « La misère m'empêcha de croire que tout est bien sous le soleil et dans l'histoire ; le soleil m'apprit que l'histoire n'est pas tout. » De son père, ouvrier agricole, mort à la guerre en 1914, il ne connaîtra qu'une photographie, et quelques anecdotes, par exemple son dégoût devant une exécution capitale. À sa mère, qui pense et parle difficilement, et « qui ne savait même pas lire », le lie « toute sa sensibilité ». On peut penser que le désir et la volonté d'être écrivain, qu'il reconnaît très tôt en lui-même, ont tenté de répondre à cette absence et à ce silence. À dix-sept ans, élève boursier au lycée d'Alger, il est atteint d'une tuberculose dont les rechutes seront nombreuses, qui lui interdira de se présenter à l'agrégation de philosophie, et viendra souvent interrompre ou ralentir des activités que sa menace permanente aura sans doute contribué à multiplier. La maladie enseigne brutalement à l'adolescent épris des joies du corps, amateur de football et de bains de mer, qu'il est mortel, et solitaire. La rencontre de Jean Grenier, son professeur, son modèle, puis son ami, la découverte de Nietzsche sont capitales. Un premier mariage, en 1934, est rompu deux ans plus tard. En 1936, il soutient à la faculté d'Alger un diplôme d'études supérieures, sur « Métaphysique chrétienne et néoplatonisme » ; parallèlement aux divers métiers qu'il exerce, il milite activement au sein de mouvements contre le fascisme, pour la paix, pour l'avènement d'une culture populaire, bientôt pour l'Espagne républicaine. Sous l'égide du parti communiste, auquel il adhère en 1935, il fonde une troupe de théâtre : « Théâtre du travail », où il est à la fois acteur, metteur en scène, adaptateur de Malraux, de Gide, d'Eschyle ; il participe à la rédaction de *Révolte dans les Asturies* pour cette troupe. Lorsqu'en 1937 il quitte le P. C. — qui cessait de soutenir le nationalisme algérien —, il fonde le « Théâtre de l'Équipe », dont le répertoire atteste son goût pour le théâtre espagnol ou élizabéthain. La passion du théâtre restera une des constantes de sa vie. Elle n'exclut pas le désir fondamental d'écrire pour « témoigner » de ce qu'il connaît : la vie dans un « quartier pauvre », où s'est découvert pour lui le « sens vrai de la vie ».

Après diverses tentatives romanesques, les essais de *L'Envers et l'Endroit*, sa première œuvre, publiée en 1937, allient le récit d'expériences personnelles, venues de l'enfance ou de voyages récents en Europe centrale ou à Palma, celui de scènes vues ou de choses entendues, et la réflexion sur leur portée symbolique et leur signification morale. Ils disent la beauté du monde, mais aussi qu'« il n'y a pas d'amour de vivre sans désespoir de vivre ». Dès cette époque, Camus donne au roman une visée philosophique : « Si tu veux être philosophe, écris des romans. » Il ne publie pas *La Mort heureuse*, achevée en 1938, dont il reconnaît sans doute le manque d'unité. Sa pensée, qui refuse de se complaire dans l'abstraction, et s'appuie sur la contemplation lucide du monde, le goût du bonheur, la pleine conscience de la mort, s'exprime parfaitement dans l'admirable lyrisme charnel de *Noces* (1939). Une première version de *Caligula*, poétique et romantique, est terminée en 1941. En même temps, Camus trouve dans le journalisme un mode d'action et d'expression qui lui convient ; entre 1938 et 1940, il écrit dans *Alger républicain*, organe du Front populaire, puis dans *Soir républicain*, dont il est rédacteur en chef, de nombreux articles, très variés : politique ou polémique nationale ou locale, chroniques judiciaires et littéraires, reportages, dont le remarquable « Misère de la Kabylie ». Malgré son pacifisme profond, il tente de s'engager à la déclaration de la guerre, alors que la maladie l'a fait réformer, par un sentiment de solidarité dont *La Peste* (*) recueillera les échos. En 1940, il quitte l'Algérie ; à part un long séjour à Oran en 1941, il n'y reviendra plus que de loin en loin ; mais le souvenir lumineux de sa terre natale nourrira bien des pages. Remarié en 1940, il travaille comme technicien à *Paris-Soir*, est obligé de se soigner au Chambon-sur-Lignon ; à partir de 1943, il vivra à Paris, où il sera lecteur aux éditions Gallimard. Entre 1942 et 1945, tandis que, dès 1943, il participe activement à la Résistance, il publie ce qui, selon ses propres dires, constitue le « cycle de l'absurde », et fait de lui, soudain, l'un des écrivains majeurs de sa génération : *L'Étranger* (*) (1942), *Le Mythe de Sisyphe* (1942), *Le Malentendu* (1944), la version définitive de *Caligula*, créée en 1945. À partir de la question initiale : « la vie vaut-elle la peine d'être vécue ? », Camus explore les fondements, les manifestations, les conséquences de l'absurde. À la Libération, il dirige, avec Pascal Pia, le journal *Combat*, qu'il quittera en 1947, après y avoir publié nombre d'éditoriaux, en partie repris dans *Actuelles I* qui, en relation directe avec l'histoire en train de se faire et en prolongement aux *Lettres à un ami allemand* (1944), affirment la nécessité de préserver les valeurs morales au sein de la politique. Camus, qui est de toutes les luttes pour la liberté et les droits de l'homme, incarne alors ce que Sartre appellera l'« admirable conjonction d'une personne, d'une action et d'une œuvre ». En 1947, *La Peste* ouvre magistralement le cycle de la révolte et de la solidarité, développé avec *L'Homme révolté* (1951), qui suscite d'âpres polémiques : on reproche à Camus sa vision « métaphysique » de la révolte et, à travers sa condamnation du totalitarisme, celle du marxisme ; à ce cycle appartiennent *L'État de siège* (1948) et *Les Justes* (1949). L'œuvre théâtrale se continuera par des adaptations, dont certaines, *Requiem pour une nonne*, d'après Faulkner, (1956) et *Les Possédés*, d'après Dostoïevski, (1959) sont de véritables créations. La guerre d'Algérie, en 1954, lui est une tragédie personnelle ; son « appel à la trêve civile », en 1956, reste sans effet. S'il intervient sans cesse en faveur de « libéraux », ou de « nationalistes », il se refuse à toute prise de position publique qui risquerait d'être un encouragement au terrorisme. Après *L'Été* (1954), qui renoue avec le lyrisme de *Noces, La Chute* (1956) et les nouvelles de *L'Exil et le Royaume* (1957) marquent le renouvellement de la création romanesque. Les thèmes de l'innocence et de la culpabilité, de la solitude, qui ont toujours été présents dans l'œuvre et la pensée, y prennent une résonance plus nostalgique. En 1957, le prix Nobel de littérature couronne une œuvre qui « met en lumière les problèmes qui se posent de nos jours à la conscience des hommes ». *Les Discours de Suède* (1958) redisent la nécessité, pour le créateur, de ne pas se séparer de son temps, et, cependant, la portée atemporelle de toute grande œuvre. Alors qu'il avait entrepris un roman, « Le Premier Homme », qui devait revenir à ses sources, Camus meurt dans un accident de voiture le 4 janvier 1960.

À travers la diversité des genres — essais, romans, théâtre —, au moyen d'un langage apparemment classique, recourant le plus souvent à un réalisme symbolique qui est loin d'avoir livré tous ses secrets, l'œuvre de Camus continue de proposer ses interrogations sur le scandale du mal, sur la grandeur et la misère de l'homme contemporain, pris dans les fureurs de l'histoire, aspirant, sans illusions, à la beauté, à la paix, à l'innocence, à la justice. Témoignant d'un humanisme lucide, elle donne à l'absurde, à la révolte, à la passion de vivre, à la conscience des limites et de la mort, la forme et le sens d'une mythologie du XXe siècle.

JACQUELINE LÉVI-VALENSI.

♦ *« Camus a non seulement lutté contre la paresse de l'intelligence (son œuvre est comme l'ivresse de la lucidité), il s'est encore plus opposé à la paresse du cœur. »* Jean Grenier. ♦ *« De l'œuvre de Camus, je crois pouvoir dire : "Ici, sur les champs malheureux, une charrue fervente ouvre la terre, malgré des défenses et malgré la peur." »* René Char. ♦ *« L'Afrique du Nord a, en sa personne, donné naissance à un maître à qui toute une longue suite d'écrivains, d'origine chrétienne et musulmane, doivent leur faim de justice, leur amour des hommes et une exigence sans limite à l'égard de soi-même. »* Jules Roy.

RÉF. : Roger Quillot, *La Mer et les Prisons*, Paris, 1956. – Jean-Claude Brisville, *Camus*, Paris, 1959. – *Hommage à Albert Camus* (numéro spécial de *La Nouvelle Revue française*), Paris, 1960. – Jean Grenier, *Albert Camus*, Paris, 1968. – Jacqueline Lévi-Valensi, *Albert Camus et les critiques de notre temps*, Paris, 1970. – *Cahiers Albert Camus*, Paris, depuis 1971. – Paul Viallaneix, *Le Premier Camus*, Paris, 1973. – *Série Albert Camus, Revue des Lettres modernes*, Paris, 1968-1976. – Herbert R. Lottmann, *Albert Camus*, Paris, 1978. – J. Gassin, *L'Univers symbolique de Camus*, Paris, 1981 ; *Camus et la politique*, Paris, 1986 ; *Camus et le théâtre*, Paris, 1992. – *Album Camus*, iconographie choisie et commentée par Roger Grenier, Paris, 1982. – *Albert Camus*, actes du colloque de Cerisy-la-Salle (juin 1982), 1985. – Roger Grenier, *Albert Camus, soleil et ombre : une biographie intellectuelle*, Paris, 1991.

CAMUS Jean-Pierre. Évêque, romancier, nouvelliste et essayiste. Né et mort à Paris (1584-1652). Jean-Pierre Camus est probablement l'écrivain le plus prolifique du XVIIe siècle. Né dans une famille de la bourgeoisie aisée, pieuse et royaliste (son père a soutenu successivement Henri III et Henri IV), aîné de vingt frères et sœurs, Jean-Pierre Camus fait des études de droit, et devient en 1602 avocat au parlement de Paris, charge qu'il assure durant quatre ans. Il reçoit ensuite en quelques mois une formation théologique accélérée, et il est nommé par le roi en 1608 évêque de Belley, dans l'Ain. Consacré par François de Sales, auquel le liera désormais une longue amitié, il assure pendant vingt ans l'administration de son diocèse, tout en faisant de nombreux voyages à Paris, où il fréquente les milieux mondains et littéraires (ami notamment de Théophile de Viau, il prend sa défense et se porte garant de ses bons sentiments). Membre important du parti ultramontain, il finit par être jugé dangereux au point qu'on lui interdit de prêcher en 1626, et que les Jésuites eux-mêmes rompent les ponts avec lui. Trois ans plus tard, il résigne son évêché et se retire dans son abbaye d'Aunay en Normandie. Il assure pendant quelques années le vicariat général de l'archevêché de Rouen, puis Louis XIV le nomme évêque d'Arras en 1650, deux ans avant sa mort. Sa carrière d'écrivain est parallèle à sa carrière religieuse : de 1608 à 1618, il publie les onze volumes des *Diversités*, gigantesque œuvre polygraphique qu'il avait conçue à l'origine dans la perspective des *Essais* (*) de Montaigne. À partir de 1615, il publie en recueils les très nombreuses homélies qu'il prononçait. Dès 1620, encouragé par François de Sales, il se lance dans l'écriture de romans édifiants : il publie ainsi une trentaine de romans en une douzaine d'années. Puis, en 1628, il commence à publier des nouvelles, surtout tragiques, dans la lignée des *Histoires tragiques* de François de Rosset : ce sont en quinze ans neuf cents nouvelles en une vingtaine de recueils. S'il ne cesse d'écrire, l'histoire littéraire n'a pas retenu jusqu'ici son œuvre de polémiste (1630-1642) et de catéchiste et controversiste (1637-1652). Pourtant tout se tient chez Camus : ses romans et ses nouvelles se situent dans le prolongement de sa prédication religieuse, et sont au service d'une même cause : la rénovation catholique proposée par le concile de Trente. Il s'agissait pour lui tantôt de prêcher la vertu en proposant des histoires exemplaires, tantôt d'inspirer l'horreur du vice en l'étalant dans toute son abjection. Il n'est pas sûr qu'il ait vu juste sur ce dernier point, mais l'on ne peut faire grief au sympathique évêque de ne pas avoir deviné que la tradition du roman noir qu'il a contribué à fonder allait conduire au marquis de Sade. On a fait longtemps de lui un écrivain illisible, comme de tant d'écrivains qui ont précédé les grands classiques : rien n'est plus faux. Sa phrase est vive, pleine d'éclats inattendus, d'images bizarres, d'associations surprenantes, et même de jeux de mots rabelaisiens. Si l'on peut parler d'une écriture baroque, c'est bien à Jean-Pierre Camus qu'il faut renvoyer : par là, autant que par la noirceur de son imagination qui se déploie dans certaines de ses *Nouvelles*, il n'est pas très éloigné de notre sensibilité.

GEORGES FORESTIER.

RÉF : P. Sage, *Agathonphile*, Genève, 1951. – H. Coulet, *Le Roman jusqu'à la Révolution*, Paris, 1967. – J. Descrains, *Homélies des États généraux*, Genève, 1970. – J.-P. Collinet et J. Serroy, *Romanciers et Conteurs du XVIIe siècle*, 1975. – M. Lever, *Le Roman français au XVIIe siècle*, Paris, 1981. – J. Descrains, *Jean-Pierre Camus et ses Diversités ou la Culture d'un évêque humaniste*, Lille-Paris, 1985. – *Jean-Pierre Camus et les Pays de l'Ain* (Colloque de Belley, 1984), Belley, 1986. – J. Descrains, *Essais sur Jean-Pierre Camus*, Paris, 1992.

Candide ou l'Optimisme. Roman philosophique de Voltaire (François-Marie Arouet, 1694-1778), publié en 1759. On en connaît le sujet : élevé dans le château d'un baron, un certain jeune homme appelé Candide mène la vie la plus agréable en compagnie de son précepteur, le Dr Pangloss. Et pour cause : il tient de ce dernier que le monde est absolument bon, vu que toute cause amène la meilleure fin d'une manière inéluctable. Jusqu'au jour où le châtelain trouble cette quiétude : ayant surpris le cher Candide sur le sein de sa fille Cunégonde, il l'envoie sur l'heure à tous les diables d'un grand coup de pied au derrière. Réduit à rouler sa bosse, le jeune homme parcourt divers pays qui se chargeront de lui montrer que ce monde répond fort peu au mirifique enseignement du bonhomme Pangloss. Qu'il se trouve en Angleterre, en France ou en Italie, force lui est de constater que le mal prévaut sur le bien de la manière la plus sauvage. Plus il avance, plus il déchante. Devenu comme le jouet de la fatalité, il essuie toutes les vexations imaginables, y compris un morne séjour chez les pirates. Toujours escorté de Pangloss, qui reste sourd à l'évidence, Candide s'est fait d'autres amis en cours de route : Martin, l'antipode de Pangloss, et le fidèle Cocambo. Tous quatre finissent par échouer à Constantinople. Au milieu de tant de revers, Candide ne trouve même pas ce brin de consolation que l'amour peut apporter. La preuve, c'est que, rejoint par la belle Cunégonde, il ne sait vraiment que lui dire, tant il la trouve décatie et ennuyeuse comme la pluie. Il est près de songer au suicide. Mais un Turc plein de sagesse lui enseigne enfin le moyen de rendre la vie supportable : oublier le monde le plus possible en cultivant son jardin. Instruit à l'école du malheur, Candide s'efforcera, désormais, de suivre ce conseil. Tout cet appareil romanesque ne doit pas nous abuser. *Candide* est, en réalité, un livre de polémique. Voltaire y réfute, en effet, la doctrine de l'optimisme dont le philosophe Leibniz s'était fait le champion : « Tout est pour le mieux dans le meilleur des mondes possibles », chaque chose étant déterminée par le principe de « raison suffisante » et conduite à ses fins dernières par la « fatalité en bien ». Voltaire proteste là contre. De ce que Dieu ait fait le monde le plus parfait possible, il ne suit nullement que ce monde soit exempt de défauts, ni que tout mal concourt au bien universel. Qu'on le veuille ou non, un tel système tend forcément à engourdir l'intelligence. La simple observation des faits nous montre que tout s'inscrit en faux contre l'optimisme en question. Dans toute la chronique de son siècle, Voltaire ne voit guère que le théâtre des pires abominations. Il dénonce l'hypocrisie et la méchanceté des hommes, sans oublier leur sottise, en même temps que le désordre des événements et l'absurdité des institutions. Chemin faisant, il dit leur fait à quelques aberrations de l'esprit humain qu'il haïssait plus que tout : le goût de la guerre, le dogmatisme et l'intolérance religieuse. *Candide* est donc un abrégé de l'univers, où l'auteur tourne en dérision tout le système de Leibniz. L'idée de notre précarité nous est rendue partout sensible. D'autant plus que Voltaire demeure assez distinct de ses personnages. Hormis peut-être *Gulliver*, il n'est pas d'ironie plus âcre, plus recuite et plus continue que celle de *Candide*. Certes, il nous indique, à la fin, un recours contre ce pessimisme : le jardin, ce nirvâna. Mais comment y croire sans réserve ? Ce n'est là qu'un pis-aller, et le problème du mal reste entier.

De tous les petits romans que Voltaire écrivit à partir de 1759, *Candide* est sûrement le plus philosophique, bien que son auteur l'appelât une « petite coïennerie ». Il ne contient guère, il est vrai, de psychologie, tous ses épisodes n'ayant d'autre fin que de faire ressortir la thèse. Il n'en faut pas moins reconnaître que Voltaire atteint tout ce qu'il vise. Si radical, en effet, que soit son pessimisme, il est toujours tonifiant. Il est certain que Voltaire est le maître du pessimisme ironique. Eugène Marsan observe à cet égard : « De toutes ses veines, c'est celle-là qui a le moins souffert du temps. Ce qu'il avait de caduc dans sa poésie, de sec dans son histoire, de court dans sa philosophie a fini par rebuter, au lieu que le pessimisme de *Candide* a de plus en plus séduit. » Ajoutons que Voltaire s'y révèle grand styliste : exempt de toute rhétorique, il atteint le naturel, la clarté, la correction, la finesse et l'équilibre.

Canevas. Trame, base d'un livre, d'un article, d'une pièce de théâtre ou d'un film. Le canevas, qu'il soit un compte rendu d'événements vécus ou bien le fruit de l'imagination d'un auteur, constitue un repère, une somme de notes à partir desquelles une œuvre sera développée.

PAUL GUY.

Cantatrice chauve (La). Pièce d'Eugène Ionesco (1912-1994), créée le 11 mai 1950 au Théâtre des Noctambules, dans une mise en scène de Nicolas Bataille, et publiée en 1954. Cette « cantatrice chauve » n'existe pas. Voilà peut-être le fond du « scandale » de la première représentation. Voilà peut-être la provocation inaugurale d'une dramaturgie ambitieuse. Pièce vide pour les notables des Noctambules, « pièce didactique » pour son auteur, *La Cantatrice chauve* est à l'affiche, sans interruption depuis 1957 et dans la même mise en scène, avec une distribution tournante. Point de cantatrice, donc « chauve ou chevelue » (*Notes et Contre-notes*). Elle est le centre absent dont l'évocation furtive provoque, dans un dialogue qui ne relève que de la logique du « nonsense », un silence outré.

Les environs de Londres, un intérieur bourgeois, une pendule qui, au lever de rideau, frappe « dix-sept coups anglais » ; les Smith, puis leurs invités reçus d'étrange façon, les Martin ; une bonne insolente et détective, un capitaine des pompiers oublieux et bavard. Des personnages sans psychologie, aucun événement particulier, aucun réalisme crédible ni dans le temps ni dans l'espace, et un comique de situation, de langage, irrésistible. Pourtant, nous assistons, l'auteur y insiste, à la « tragédie du langage ». C'est en lisant un manuel de conversation anglaise, dont nul n'ignore qu'il fonde le plus souvent sa pédagogie sur un alignement de clichés et de truismes, que Ionesco aurait eu la révélation de sa pièce, point de départ d'une authentique vocation théâtrale. Il ne s'agissait donc que de *montrer* ce qui donne au départ comme « vérité absolue ». Montrer, c'est démonter. Les personnages, que la mise en scène de Nicolas Bataille stylise à l'extrême par leur position dans l'espace, ont la précision et la drôlerie de marionnettes mues par un langage purement social ; l'intrigue est circulaire : la fin reprend le début en inversant les couples ; les mots, rigoureusement organisés dans la syntaxe, distinctement articulés sur scène, se mettent à vivre pour eux-mêmes : de la dizaine de Bobby Watson – une famille dont tous les membres portent le même nom – au délire verbal de la fin, les sonorités, comme la pendule anglaise, s'agitent tels des grelots ou de sonnettes d'alarme.

Au-delà d'une satire de la bourgeoisie, fût-elle, dit Ionesco, « la petite bourgeoisie universelle, le conformiste de partout », au-delà même de l'« anti-pièce » — il fallait bien, à l'époque, se situer *contre* : contre le théâtre, de boulevard, classique, ou de tradition psychologique —, au-delà donc de ces effets circonstanciels, *La Cantatrice chauve* pointe quelque chose comme l'œil du cyclone, un lieu métaphysique que seul le théâtre peut désigner, un *vide* insondable. L'absence du personnage éponyme et, plus encore, l'amnésie vertigineuse du couple Martin — cet homme et sa femme qui ont tout oublié du lien qui les unit — en sont plus que la représentation dérisoire ou absurde.

A. Va.

Cantilène de sainte Eulalie. Ce court poème (28 vers) en l'honneur d'Eulalie, vierge chrétienne qui subit le martyre plutôt que d'adorer les faux dieux, est le document le plus ancien rédigé en français vulgaire ayant une intention littéraire (881). On y raconte comment, par ordre de Maximien, la jeune fille devait être brûlée vive ; mais les flammes s'éloignent miraculeusement de son corps. Puis, au moment d'être décapitée, la voici enlevée dans le ciel « sous forme de colombe ». La cantilène française est la copie parfaite d'une séquence latine qui se trouve sur le même manuscrit. — Pour ce texte, utiliser *La Chrestomathie de la littérature en ancien français* d'A. Henry, Berne, 6e éd., 1978, p. 2-3.

Capitaine Fracasse (Le). Roman de Théophile Gautier (1811-1872), publié en 1863. Il nous présente d'abord un château abandonné en Gascogne, dans la première moitié du XVIIe siècle, où le dernier héritier des Sigognac vit mélancoliquement dans la misère, avec la seule compagnie d'un vieux valet, d'une haridelle et d'un chat. Une troupe de neuf comédiens errants interrompt sa solitude pleine de paresse, en lui demandant l'hospitalité pour une nuit. Ces gens étranges (Blazius le Pédant, l'ivrogne émérite ; le Tyran, sorte de géant bourru au bon cœur ; Matamore le « tranche-montagne » ; Léandre et Scapin) accompagnés de quatre femmes (la Séraphina ; la délicate Isabelle, l'ingénue ; Zerbine, la piquante et délicieuse servante et Dame Léonarde, la duègne), avec leur enjouement, leur langage gracieusement maniéré (nous sommes au temps des « Précieuses »), avec leur bonne humeur sans arrière-pensée, enchantent le jeune baron de Sigognac et le persuadent de se joindre à eux, au moins pour rejoindre Paris où il trouvera meilleure fortune. Ensuite, le jeune homme finit par se lier d'amitié avec ces braves gens et, à la mort du pauvre Matamore, accepte de prendre sa place, en prenant le nom de Capitaine Fracasse. Un amour profond et délicat commence à le lier à la jeune Isabelle. Pendant ce temps se déroulent d'étranges aventures et défilent sous nos yeux d'agréables descriptions de pays, de villages, d'auberges, tavernes, bouges, théâtres et villes ; jusqu'à ce qu'un arrogant gentilhomme, le duc de Vallombreuse, amoureux d'Isabelle et repoussé par elle, la fasse enlever et l'emmène dans son château. Les comédiens sous la conduite de Sigognac assiègent le château, libèrent la jeune fille, et le baron blesse gravement en duel le ravisseur. Survient le père de ce dernier, le vieux prince de Vallombreuse, qui emporte son fils, le croyant mort, mais, en même temps, il reconnaît en Isabelle sa fille unique, qui lui avait été ravie. Pendant ce temps, Sigognac, persuadé d'avoir tué le duc, consent pour se soustraire au péril, à se séparer des comédiens et à retourner dans son château. Mais le duc de Vallombreuse n'est pas mort ; guéri de sa blessure et de sa passion, il se réconcilie avec Sigognac qui épousera Isabelle et reprendra ce rang social qu'exigent sa noblesse et sa valeur. La deuxième partie du roman est, comme on le voit, prolixe et un peu recherchée. (Il ne manque même pas un trésor retrouvé dans le vieux château, et dont bénéficiera le héros.)

Il est clair que cette œuvre dérive du *Roman comique* (*) de Scarron. Une fois de plus, la meilleure inspiration de Gautier est d'ordre descriptif : il a ici dessiné et colorié une belle série d'estampes Louis XIII, comme il avait cherché à faire une collection d'exquis tableaux de la fin du XVIIe siècle dans *Mademoiselle de Maupin* (*).

Capitale de la douleur. Ce recueil du poète Paul Éluard (pseud. d'Eugène Grindel, 1895-1952), publié en 1926, contient deux groupes de poèmes déjà publiés sous les titres de *Répétitions* (1922) et *Mourir de ne pas mourir* (1924), et se termine sur des poèmes plus récents : « Les Petits Justes » et « Nouveaux poèmes ». — Dans *Répétitions*, les domaines du rêve et de la réalité se confondent et se mêlent étroitement. Les mots, les membres de phrases se heurtent, se contredisent et parviennent à faire fleurir d'énigmatiques images. Ici, « Des aveugles invisibles préparent les linges du sommeil » et « Au milieu d'une île étonnante / Que ses membres traversent / Elle vit d'un monde ébloui. » La matière de *Répétitions* se refuse à toute espèce de définition rationnelle, cohérente, n'obéit qu'aux lois mystérieuses de l'inconscient et irradie d'admirables éclairs poétiques. « Sans regret, sans honte, / J'ai quitté le monde », nous dit le poète de *Mourir de ne pas mourir,* et les poèmes qui forment ce recueil sont en effet des poèmes de la solitude, plus spécialement de la solitude du rêve, du rêveur. Le poète est clos dans son univers onirique, les êtres qui le hantent ne sauraient se dissocier de sa personne, atteindre à la réalité objective : « L'Amoureuse » « a la forme de mes mains, / ... / la couleur de mes yeux, / Elle s'engloutit dans mon ombre. » Le monde extérieur est d'ailleurs inaccueillant, plein de chausse-trapes : « Le vent se déforme, / Il lui faut un habit sur mesure, / Démesuré. / Voilà pourquoi / Je dis la vérité sans la dire. » Le poème est souvent, aussi, constat d'un malheur immuable, absolu, dans lequel l'homme est muré en tous temps et lieux : « Il ne demande rien, il n'est pas insensible, / Il est triste en prison et triste s'il est libre. »

Les « Nouveaux poèmes » poursuivent la transcription des aventures intérieures du poète. Paul Éluard est maintenant parfaitement maître de son vocabulaire poétique et nous assistons à un défilé d'images superbes et insolites : « Je parle / Et quand je dors / Ma gorge est une bague à l'enseigne de tulle. » L'inspiration du poète s'élargit, le désespoir qui nourrissait *Mourir de ne pas mourir* semble, pour un moment, conjuré : « J'ai rencontré la jeunesse. / Toute nue aux plis de satin bleu, / Elle riait du présent mon bel esclave. » Les derniers des « Nouveaux poèmes » achèvent cette évolution et nous en donnent la clé. Ce sont de très beaux poèmes d'amour, dans lesquels la femme aimée et exaltée est une médiatrice qui permet au poète de sortir de sa prison intérieure et lui rend la possession du monde : « Je chante la grande joie de te chanter. / ... / Ô toi qui supprimes l'oubli, l'espoir et l'ignorance, / Qui supprimes l'absence et qui me mets au monde, / Je chante pour chanter, je t'aime pour chanter / Le mystère où l'amour me crée et se délivre. » Ces poèmes, qui succèdent à la « saison en enfer » du poète, baignent dans une atmosphère chaude et lumineuse, ont la pureté et l'allégresse d'une « invention du monde ».

Caprices de Marianne (Les). Comédie en deux actes d'Alfred de Musset (1810-1857), publiée en 1833 et représentée en 1851. Coelio aime sans espoir Marianne, épouse du vieux juge Claudio. Il se confie à son ami Octave, cousin de la dame, personnage subtil, sceptique et capricieux, qui lui offre ses services : Coelio, bien que légèrement soupçonneux, accepte. Octave a des difficultés, car Marianne avertit son mari qui la fait surveiller ; lorsque le jeune homme lui confie qu'il en aime une autre, Marianne paraît contrariée. Son mari lui a interdit de s'entretenir avec son cousin, mais elle le fait chercher et lui promet de ne plus être sévère pour ses admirateurs et même lui laisse entendre qu'elle le préférerait à Coelio. Averti par Octave, Coelio se rend la nuit sous le balcon de Marianne pour lui déclarer son amour. Ayant appris entre-temps que son mari a fait placer deux spadassins aux aguets, elle s'écrie, dans la nuit : « Fuyez, Octave. » Coelio se croit alors trahi par son ami et il meurt, le cœur déchiré. Quand Marianne apprend qu'Octave n'est pas mort, elle voudrait se donner à lui, mais celui-ci ne pense qu'à son ami et la repousse. Cette pièce est une des perles les plus fines du théâtre de Musset : dans une Naples shakespearienne du XVIe siècle se déroule l'éternelle aventure, le jeu tragique de l'amour et de la mort ; pour exprimer le drame, Musset a mis au point une prose ailée et intense, où la fougue romantique se résout parfois en accents raciniens. Marianne est la femme prompte à vouloir celui qui ne se soucie pas d'elle. Musset a peint deux aspects de son âme dans Coelio passionné et dans le sceptique Octave. Pour rendre plus émouvant le destin de Coelio, Musset a placé à ses côtés le personnage de sa mère, femme tendre et vertueuse. Le côté grotesque à peine indiqué du caractère du mari, l'intarissable esprit d'Octave, n'enlèvent rien, bien au contraire, à cette authentique tragédie. Librement écrite, sans souci de la scène, c'est sans conteste une des pièces les meilleures et les plus typiques du théâtre romantique.

Caractères (Les) de La Bruyère. Recueil de maximes et de portraits de l'écrivain et moraliste Jean de La Bruyère (1645-1696) imprimé en 1687 et publié en 1688 sous le titre : *Les Caractères de Théophraste, traduits du grec, avec les Caractères ou les Mœurs de ce siècle.* Il est probable que La Bruyère avait mis de nombreuses années à en rassembler les éléments et à les composer. Il en escomptait si peu de succès qu'il abandonna le produit de la vente à la fille de son éditeur. Le succès cependant fut triomphal. *Les Caractères* eurent neuf éditions du vivant de l'auteur. L'année même de la parution, deux autres éditions se succédèrent. En 1689, la quatrième édition contenait, à la différence des précédentes, de nombreux ajouts : trois cent quarante-quatre caractères nouveaux, la cinquième (1690) cent cinquante, la sixième (1691) soixante-quatorze, la septième (1692) soixante-seize, enfin la huitième (1694) plus de quarante, de telle sorte que le nombre des articles était passé de quatre cent vingt à onze cent vingt et que le texte de l'ouvrage avait triplé. Il convient d'ajouter que l'accueil reçu par *Les Caractères* s'explique en grande partie par la curiosité du public qui voulait mettre un nom en face des portraits tracés par La Bruyère. Déjà de son vivant de nombreuses « clés » avaient circulé manuscrites ; après sa mort, il en parut plusieurs. Qu'on pût cependant reconnaître aisément quelques-uns de ses modèles lui valut certes l'audience du public, mais aussi d'accroître le nombre de ses ennemis. Dans les dernières éditions le développement des *Caractères* faisait presque oublier la traduction de l'œuvre antique. L'imitation du texte grec est en vérité très limitée. Les maximes et les réflexions se rattachent par leur forme aux *Maximes* (*) de La Rochefoucauld, aux *Pensées* (*) de Pascal et aux *Essais* (*) de Montaigne. Quant aux « portraits », ils constituaient une des distractions les plus en vogue dans la société du temps, qui y satisfaisait son goût, poussé jusqu'à une extrême minutie, de la lucidité psychologique. En dépit de la forme aphoristique de l'ouvrage et de la dissimulation volontaire de l'auteur, qui joue en artiste consommé de l'absence de transitions, un certain plan semble se dégager de la disposition des *Caractères*. Après avoir exposé sa doctrine littéraire dans un premier chapitre (« Des ouvrages de l'esprit »), La Bruyère va décrire les divers éléments de la société : il traite d'abord, dans son deuxième chapitre, « Du mérite personnel », trop souvent incompris et mal récompensé. Parlant ensuite « Des femmes », il lui arrive de laisser paraître une secrète tendresse, à côté d'âpres remarques sur les défauts du sexe et sur les tristes usages du « monde ». « Du cœur » semble hésiter entre un pessimisme digne de La Rochefoucauld et un besoin de donner confiance aux hommes. Après avoir traité « De la société et de la conversation », La Bruyère aborde la peinture des classes sociales : il s'en prend aux richesses mal acquises ou mal employées (« Des biens de fortune ») ; il se moque de la bourgeoisie vaniteuse « De la ville » et dénonce les graves erreurs « De la Cour ». Le chapitre « Des Grands » est souvent d'une ironie mordante pour ceux qui profitent des avantages d'une illustre naissance. Presque au centre du livre se trouve un éloge de Louis XIV, où l'enthousiasme est tempéré par de prudentes exhortations (« Du souverain ou de la République »). Le moraliste proprement dit apparaît dans le chapitre « De l'homme », suivi « Des jugements ». On revient aux observations concrètes dans les chapitres « De la mode », « De quelques usages » — dénonciation particulièrement vive des abus — et « De la chair ». La conclusion (« Des esprits forts ») est une attaque en règle contre les libertins et pourrait être une justification du livre, mais l'argumentation sincère et passionnée de La Bruyère n'a pas le mérite de la nouveauté : on en trouverait les éléments chez Pascal.

Dans cette riche galerie prennent place toutes les professions (financiers avides, littérateurs envieux, prêtres mondains), les produits particuliers du temps (valets enrichis, parvenus tels que le faux dévot Onuphre, copie retouchée de Tartuffe), les types les plus divers : le riche, le pauvre, l'égoïste, Cydas le bel esprit, Narcisse l'efféminé, les gens affairés qui n'ont rien à faire, Arrias qui a tout lu et tout vu, Arténice dont il fait un portrait délicat, le Collectionneur, le Distrait — hautement comique... Incisifs ou longuement développés (Émire est un véritable petit roman), dramatiques (Glycère est une mordante comédie mondaine), ces portraits plurent mais firent scandale, chacun y voulant trouver des allusions à des personnages réels. Il ne fait pas de doute que La Bruyère ait trouvé ses modèles dans le monde où il vivait, dans cette société des Condé à Chantilly, où se retrouvait tout ce qui comptait alors en France, et qui offrait à l'observateur l'anthologie la plus colorée des passions humaines. Mais La Bruyère va toujours au-delà de la simple anecdote et la plupart de ses portraits rassemblent et fondent en de parfaites unités romanesques des traits qui ont pu être empruntés à des personnages différents. *Les Caractères* n'en ont pas moins été écrits au jour le jour, comme un journal que l'auteur s'est contenté de classer pour la publication : et c'est une des qualités essentielles de ce livre de n'obéir à aucun système, à aucune idée préconçue de démonstration, d'être touffu et contradictoire comme la vie même. Le genre littéraire adopté par La Bruyère n'allait pas sans périls : s'il débarrassait l'auteur du souci des transitions, il pouvait le faire tomber dans la monotonie par l'accumulation de courts fragments de structure identique. Cet écueil de tous les moralistes, La Bruyère l'a merveilleusement évité grâce à son étonnante mobilité de style, de ton et d'esprit. Amer ou railleur, parfois cachant sa pointe sous une feinte naïveté, parfois passionné jusqu'à l'enthousiasme, il semble inépuisable dans ses tours de phrase : il s'exclame, se risque aux grandes périodes (« Ni les troubles, Zénobie »), nous apostrophe, parfois déclame (assez malheureusement), puis semble s'effacer pour laisser place à des monologues ou de petits dialogues, à moins qu'il ne dresse de saisissants parallèles, tels que le Riche et le Pauvre. Il faut lui reconnaître le génie de l'imprévu, quitte à lui reprocher parfois de rechercher d'une manière un peu trop voyante la surprise et l'effet. Il lui manque la simplicité souveraine des grands maîtres, mais sa langue, où se mêlent archaïsmes et néologismes, mots populaires et préciosités, est une des plus riches de notre littérature, et son style brisé, relevé de mots d'esprit, de contrastes, de chutes inattendues annonce une époque nouvelle, plus légère et plus colorée. Romanciers et auteurs dramatiques des XVIIIe et XIXe siècles ne se lasseront pas d'aller puiser au trésor des *Caractères*.

Ce tableau d'une société est l'œuvre d'un esprit un peu chagrin, marqué par ses débuts difficiles et par quelque ressentiment d'homme de lettres, mais encore attaché à la vie de son siècle dont il supporte chaque jour personnellement les travers, et dépourvu de la sérénité du philosophe contemplant les idées supérieures. Il s'amuse des ridicules, dénonce avec amertume les injustices, sans oser ou songer à en rechercher les causes dans l'ordre politique et social. Sans indulgence pour les prêtres mondains, il n'aura pas le moindre sarcasme à l'égard des croyances elles-mêmes, comme on en trouvera bientôt chez Fontenelle. Lucide mais conservateur autant que l'était Montaigne, il se fait trop peu d'illusions sur la nature humaine pour songer à transformer profondément l'ordre et les habitudes de la société. Son œuvre puise dans les schémas et les valeurs relevant d'une idéologie de l'ordre, ancienne, cohérente et figée. En homme de son siècle, il se distingue des « philosophes » de l'époque suivante par son pessimisme psychologique. Sa raison ironique reste insensible aux systèmes. Il s'émeut des abus, mais laisse indemnes les institutions. L'idée ne lui viendrait pas de se poser en réformateur. Même lorsqu'il cherche à dépasser la peinture sociale et à étudier l'homme « en soi », il est loin d'avoir la profondeur d'un La Rochefoucauld ou d'un Pascal. En philosophie et en morale, il se contente d'une vérité moyenne et vivable. Plus qu'à l'essence de l'homme, il s'attache d'ailleurs aux variétés individuelles. La Bruyère n'a pas son pareil pour isoler le mot, le geste, le « tic » où se trahit d'un coup tout un caractère. Il est meilleur à mesure qu'il se rapproche du concret. Non qu'il recherche la singularité pour elle-même : ce sont bien des passions communes et des types généraux qu'il vise, mais toujours pris dans l'instant de leur manifestation et dans le cadre d'une société particulière : non l'homme abstrait, mais le courtisan, la grande dame, le magistrat, le financier, le prédicateur du siècle de Louis XIV sur le commencement de son déclin classant ainsi les individus suivant une géographie morale immuable, mais dramatisée par un pessimisme d'origine augustinienne. Il n'a certes pas songé à donner un témoignage historique quoiqu'on devine à travers ses tableaux de mœurs cette domination croissante de l'argent qui était en train de faire craquer les cadres et les traditions de l'ancienne société. Mais le réalisme concret et, pourrait-on dire, photographique de La Bruyère, si bien servi par un style agile et incisif, marque à lui seul une transition entre les grands classiques et le XVIIIe siècle : il nous mène finalement plus près de Montesquieu et de Voltaire que de Molière.

Ce penseur, à tant d'égards conservateur, propose pourtant une réhabilitation de l'image du peuple, liée aux souffrances qui révoltent son âme charitable, mais aussi à l'utilité publique du labeur, qu'il souligne en économiste préphysiocratique. Cela se manifeste dans une politique chrétienne, qui attend du roi et de Dieu le maintien d'une hiérarchie sociale justifiée par la répartition équilibrée des fonctions, l'assurance d'un ordre public protégeant contre la méchanceté de l'homme naturel, la récompense des mérites, et qui se trouve en porte à faux dans une France gangrenée par une ascension sociale qui repose sur le seul pouvoir d'un argent iniquement gagné, où les misères sont accrues par les guerres et l'imposition démesurée, ce que ne masque pas le faux éclat d'une cour où règnent le mensonge et l'ennui. Cela se manifeste encore dans la liberté avec laquelle *Les Caractères*, s'inscrivant dans des cadres rhétoriques, renouvellent ceux-ci, selon les exigences du naturel classique, mais avec le « tour », le « je-ne-sais-quoi » du bel esprit mondain, s'assurant la survie future par ce qu'ils ont de plus moderne, en particulier la satire et la parodie des vices à la mode. Cela se manifeste enfin dans la tension entre l'ordre global du recueil, l'ordre particulier des chapitres, et l'utilisation de remarques détachées qui font éclater ce cadre fixe, transformant la taxinomie en variations infinies, relativisant et rendant provisoire toute définition, ouvrant sur un questionnement incessant. La Bruyère sollicite l'intelligence et l'imagination du lecteur, le déplaçant d'un point de vue à l'autre, des hypothèses à leur retournement polémique, des amplifications à leur chute ironique, provoquant des effets de miroir, des jeux d'échos, appelant donc une lecture en « sens agile » qui nous rend *Les Caractères* presque contemporains.

CARCO Francis (pseud. de François Carcopino-Tusoli). Romancier et poète. Né à Nouméa (Nouvelle-Calédonie) le 3 juillet 1886, mort à Paris le 26 mai 1958. Membre de l'académie Goncourt (1937). Poète et romancier, il a lui-même défini son inspiration dans ses souvenirs sur Katherine Mansfield : « Un romantisme plaintif où l'exotisme se mêle au merveilleux avec une nuance d'humour et de désenchantement. » Déclaration qui complète l'espèce de manifeste qu'il publie en 1912 pour présenter un groupe d'amis qui prendra le nom de « fantaisiste ». La fantaisie, c'est « un souci agréable de liberté spirituelle et sentimentale qui permet de donner au monde des aspects imprévus ». Son premier recueil de poèmes, *La Bohème et mon cœur* (1912), répond à ces déclarations et sera suivi de bien d'autres dont *Vers retrouvés* (1920-23), *Petite suite sentimentale* (1923-37), *Mortefontaine* (1946) et *Poèmes en prose* (1948) où la voix tendre de Gérard de Nerval semble parfois se faire entendre. Il se fera par la suite le biographe de ce poète (1955). Dans *Scènes de la vie de Montmartre* (1919) et *À voix basse* (1938) ainsi que dans ses biographies d'Utrillo (1938) et d'autres peintres, il évoque ses souvenirs du temps où il vivait à Montmartre parmi les peintres de son époque. Le succès, c'est grâce à ses romans qu'il l'a connu. Y passent la femme étrange, les mauvais garçons et les filles dites de joie. Les plus célèbres de ces romans sont : *Jésus la Caille* (1914), *L'Homme traqué* (1922), *L'Ombre* (1933), *Brumes* (1935). Au-delà de l'exotisme et d'une couleur locale dont le cinéma de l'époque s'est emparé, l'œuvre romanesque traduit par son style même certaines des tendances psychologiques de Francis Carco, que l'on découvre au détour d'aveux comme ceux où il parle de « la secrète et mystérieuse ivresse que distillait la solitude » ou « je ne vis que de tourment et d'inquiétude et, j'ai beau faire, je n'y peux rien ». En même temps se fait jour une aspiration à un ailleurs que reflètent certains décors, celui « des rues obscures, des bars, des ports retentissant des appels des sirènes, des navires en partance et des feux dans la nuit ». Romantisme des bas-fonds allié à une sorte de naturalisme traité en poète, telles sont les caractéristiques de cette œuvre dont l'apparente dureté cache une secrète tendresse.

GUY LE CLEC'H.

Carmen. Nouvelle de Prosper Mérimée (1803-1870), publiée en 1845. Don José, brigadier dans un régiment de dragons, Basque ardent et naïf, rencontre à Séville la bohémienne Carmen, et est subjugué par son charme. Chargé de la conduire en prison, il lui permet de s'enfuir, et de ce fait se voit dégradé et puni. Pourtant il la recherche ; ayant blessé par jalousie un officier, il quitte tout et, se joignant à elle, devient contrebandier. Il mène une vie dure, contraire à son tempérament honnête, et pourtant presque joyeuse, parce qu'il pense parvenir enfin à posséder complètement la femme aimée, loin des autres hommes. Puis de contrebandier il devient, pour elle, voleur et brigand. Mais Carmen qui, elle aussi, l'avait tout d'abord aimé, est déjà lasse de son amour et de sa jalousie. Elle a, selon la coutume gitane, un époux qui revient du bagne, et José le tue. C'est lui, désormais, le mari de Carmen ; il propose à la jeune femme de fuir ensemble en Amérique, pour y mener enfin une vie honnête. Elle ne veut même pas en entendre parler, parce qu'elle vient de s'éprendre d'un « picador », Lucas. Au cours d'une fête de taureaux, José a la certitude que les deux jeunes gens s'aiment. Il menace alors Carmen, exige qu'elle le suive, mais cette dernière refuse, non point parce qu'elle aime Lucas, mais elle veut recouvrer sa liberté. Elle jette à terre son alliance, c'est alors que José la tue. Ce conte est construit d'une façon classique : le narrateur, au cours d'un voyage d'étude archéologique en Espagne, rencontre José le bandit, puis Carmen, revoit enfin cet homme, qui attend d'être mené à l'échafaud et écoute sa misérable histoire. Un bref aperçu sur les bohémiens, leur civilisation et leur langue constitue l'épilogue bizarre de cette œuvre et marque le détachement que l'écrivain entretient à l'égard de son sujet. C'est pourquoi on croit déceler une certaine froideur artistique dans la construction très soignée, dans les réminiscences érudites et littéraires. Même l'atmosphère bohémienne, le tempérament particulier de l'héroïne enlèvent tout caractère universel à cette histoire qui demeure très inférieure à *Manon Lescaut*. Pourtant, tout en ne possédant pas la passion sincère et la vaste signification de cette dernière œuvre, *Carmen* demeure quand même une des histoires d'amour et de mort les plus typiques et les plus suggestives. La mort surtout domine dans ce récit. Carmen, superstitieuse, fière, sauvage, douée d'une étrange probité, en a le pressentiment dès le début. Elle a averti José qu'elle est un démon, qu'elle porte malheur à ceux qui l'approchent et qu'elle l'a aimé par gratitude. Lorsqu'elle n'est plus éprise de lui, elle ne s'en cache point. Mais José est l'homme qui n'aime qu'une seule femme. Carmen est sa destinée, et il l'accepte ; il donne tout pour elle, et au fur et à mesure qu'il s'enlise dans le mal il s'élève dans l'amour, se renfermant dans sa solitude, exigeant et terrible. La femme sent tout cela, elle sent cette résolution tragique, et le défie ; mais elle le craint, puis se résigne parce qu'elle a rencontré une force sombre, plus puissante que la sienne.

★ Le livret de *Carmen* de Georges Bizet (1838-1875), opéra en quatre actes, représenté à Paris en 1875, a été tiré de la nouvelle de Mérimée.

CARMONTELLE ou **CARMONTEL** (Louis Carrogis dit). Peintre, architecte, graveur et auteur dramatique. Né le 25 août 1717 à Paris, mort en 1806 à Paris. Les étapes de l'ascension sociale de ce fils de cordonnier sont inconnues jusqu'en 1757, date à laquelle il enseigne le dessin au vidame d'Amiens au château de Dampierre. Pendant la guerre de Sept Ans, il est topographe auprès du comte Pons de Saint-Maurice qui, après la paix, le fait succéder à Collé dans la charge de lecteur du duc de Chartres. Il devient alors organisateur de fêtes, décorateur, auteur, acteur et metteur en scène pour la famille d'Orléans. En 1778, il crée pour le duc d'Orléans le parc Monceau qu'il conçoit sur le modèle anglais et qu'il parsème de « fabriques », reproduisant des édifices pittoresques de tous pays. Il réalise également six cents portraits très fidèles de personnages de la famille ou de la maison d'Orléans, « depuis Mgr le dauphin jusqu'au frotteur de Saint-Cloud », peignant les grands de ce monde et les célébrités. L'activité graphique de ce peintre amateur qui n'exposa jamais dans les Salons comprend également des aquarelles destinées à illustrer ses *Proverbes dramatiques*, ainsi qu'un « transparent » de quarante-deux mètres de long, destiné à être projeté avec une lanterne magique et présentant à travers les quatre saisons une centaine de scènes évoquant toute la société du XVIIIe siècle dans des parcs paysagers.

Carmontelle, outre des divertissements et des pièces de circonstance et d'hommage, compose plus de deux cents proverbes dramatiques lorsque Mme de Montesson, la tante de Mme de Genlis, introduit cette mode chez son amant le duc d'Orléans. Huit volumes paraissent de 1768 à 1781, suivis de quatre volumes du *Théâtre de Campagne* en 1775. Carmontelle porte à son point d'achèvement ce genre mi-littéraire, mi-mondain né au siècle précédent dans le salon de Mme de Rambouillet et qui se développa ensuite sous l'impulsion de la duchesse du Maine et de Mme de Pompadour. Il s'agit d'une courte pièce de théâtre, à la limite du scénario ou de l'anecdote, destinée à illustrer une morale que le spectateur doit deviner ou que le lecteur trouve à la fin du volume assurant la publication. Les *Proverbes dramatiques* de Carmontelle, dont Musset a repris quelques « mots » et que la Comédie-Française a joués de 1938 à 1960, sont un témoignage éclatant de la vogue du théâtre de société. Conçus pour être interprétés par des aristocrates amateurs dans le métier, ils offrent des intrigues simples presque sèches à force d'épure, des caractères réalistes ou typés, propres à mettre en valeur les talents dramatiques des acteurs. Certes pointillistes par leur nécessaire brièveté, ils offrent un panorama social vaste, assez réaliste en dépit de quelques conventions ou préventions inhérentes à leur public pour renseigner l'historien des mœurs et des mentalités.

MARIE-EMMANUELLE PLAGNOL-DIÉVAL.

Carnets de Joubert. Joseph Joubert (1754-1824) avait pris très tôt l'habitude de noter ses pensées sur des feuillets épars : les plus anciens datent de 1774-76. L'auteur a vingt ans, il est aux Doctrinaires de Toulouse. Il s'exerce à la maxime moralisante : « Un jeune homme méfiant est en danger d'être un jour fourbe. » Ou bien : « Le devoir et les bienséances ne sont pas toujours d'accord. » Une réflexion sur la chasteté « mère des vertus » occupe six lignes. N'y a-t-il pas quelque narcissisme dans ces embryons d'autoportrait ? Par la suite, monté à Paris, secrétaire d'autrui, Joubert élargit l'exercice en y joignant notes de lecture ou amorce de développements plus suivis : par exemple une série de remarques sur les femmes, les jeunes filles, les petites filles (sans doute en 1783) ou des fragments sur le thème de la bienveillance universelle, travail commandé par Diderot (1779-1783).

En octobre 1786, Joubert commence à utiliser des petits carnets pour y inscrire ses pensées. Il en remplira plus de deux cents jusqu'en 1824. Faire de l'écriture un exercice journalier : la formule était dans l'air depuis que Rousseau avait déclaré au début des *Rêveries* (divulguées en 1782) : « Ces feuilles ne seront qu'un informe journal de mes rêveries », souhaitant « rendre compte des modifications de "son" âme et de leurs successions » et comparant son travail aux « opérations que font les physiciens sur l'air pour en connaître l'état journalier ». Le « *diarisme* » littéraire était né. Diderot lui-même, que Joubert a dû voir travailler, a placé ses derniers ouvrages sous le signe de la rédaction discontinue, suivant le rythme biologique de l'inspiration.

En limitant son œuvre à des notes brèves accumulées au fil des lectures et des événements, Joubert a poussé la formule à son dernier degré. Il est l'auteur d'un « non-livre » qu'il aurait repris, récrit, réorganisé autrement s'il avait voulu en tirer la matière d'un livre. Mais il se disait « impropre au discours continu » et, quand on le pressait de produire, répondait : « Pas encore, il me faut une longue paix. » Cette abstinence, cette retenue sont l'effet de l'inquiétude et du perfectionnisme : « Excelle et tu vivras », disait-il encore. Espérait-il qu'on publierait un jour ses carnets tels quels ? Sûrement pas : il savait trop que l'état du texte était de nature à plonger l'éditeur dans l'embarras et le lecteur dans le malaise. Après le mince *Recueil des pensées* procuré par Chateaubriand en 1838, Paul de Raynal, pour rendre son oncle lisible, crut nécessaire de classer par thèmes et par chapitres les deux volumes de *Pensées, essais et maximes de Joubert suivis de lettres à ses amis et précédés d'une notice sur sa vie, son caractère et ses travaux* qu'il publia en 1842 (rééd. augmentées en 1850, 1861, 1864). L'époque prêtait à ce genre de reconstitution où l'on ne s'interdisait ni les arrangements ni les maquillages. Ces *Pensées* tinrent lieu de vulgate jusqu'à ce qu'André Beaunier puis sa femme réalisent la mise au jour des *Carnets de J. Joubert, textes recueillis sur les manuscrits autographes* (1938), apport complété par P. Tessonneau à deux reprises (*Essais 1771-1821,* 1983 et *Pensées, jugements et notations. Anthologie critique,* 1989). On attend l'édition intégrale de la correspondance.

Comment lire Joubert ? On hésitera toujours entre deux solutions : les extraits rangés par thèmes ou la somme éparpillée à l'état brut. La tentation est grande, et l'exercice profitable, de se constituer une « anthologie critique » disposée à son gré. Suivant la pente dangereuse de la mode, Georges Poulet (1966) avait filtré tout ce qui touchait à l'érotisme : bravade excitante mais véritable contresens s'agissant d'un être qui, certes, n'était pas bégueule, mais que taraudait une exigence de pudeur et de continence hors du commun. Pour éviter ces trahisons, rien de mieux que d'aller au texte intégral : toutefois, celui qui se plonge dans les *Carnets* risque d'en trouver fastidieuse la lecture suivie et de se mettre à « filtrer » lui aussi. Joubert pratique un pointillisme tatillon, il se complaît dans la sinuosité, dans l'approximation permanentes. Il fournit les éléments d'une analyse multiple et constamment interrompue, laissant à chacun le soin de faire la synthèse à sa place. Toujours séduit, le lecteur reste toujours déçu.

Impression à dépasser. Quiconque s'intéresse à la vie intérieure et croit l'âme plus importante que le corps, lequel n'est nullement négligé pour autant mais ramené à son rang, appréciera la compagnie de Joubert et ses exquises confidences. Quiconque fait de sa méditation une recherche assidue et jamais satisfaite de la vérité, quiconque accorde aux conquêtes spirituelles une valeur supérieure aux réussites mondaines et conçoit comme une conversion permanente l'effort de l'homme pour rejoindre l'absolu, se reconnaîtra dans ce balbutiement plus proche de la parole que de l'écrit. Joubert est un incomparable directeur de conscience pour des âmes déboussolées. Il vivait dans une époque particulièrement troublée, en mal de quiétude et d'équilibre. Il avait connu les passions et dépensait une grande énergie à les réfréner. Telle sentence parmi d'autres : « Or, quand Dieu se retire en lui-même, le sage, imitant son modèle, se détourne lui-même du monde livré à son extravagance et retire en Dieu son esprit. Quand Dieu se retire du monde, le sage se retire en Dieu », vaut de longs sermons et ne risque guère de perdre de son actualité.

Pareille exigence, aux frontières de l'ascèse, s'accommodait d'une étonnante économie de mots. À chaque instant le raccourci du type : « Newton. Que sa poire était mûre », supplée au développement. Trois mots jetés sur le papier : « Expier des songes », sont lourds de sens retenu et inexprimé. Jouant de la métaphore comme d'un miroir et cherchant l'effet d'image, Joubert excelle à mettre dans un rapport imprévu la matière et l'esprit, l'enveloppe charnelle et « l'être invisible qu'elle contient » ; il tire sa profondeur et son charme de ces combinaisons : « J'ai l'esprit et le caractère frileux. » « J'ai trop de cervelle pour ma tête ; elle ne peut pas jouer à l'aise dans son étui. » « Le corps est la baraque où notre existence est campée. » « La réminiscence est comme l'ombre du souvenir. » « L'exemple descend et ne monte pas. » « Chaque esprit a sa lie. » « Quand je luis... je me consume. » Pareilles équivalences anticipent sur les correspondances du symbolisme. Poète en prose à sa manière mais gravant au burin, Joubert apprend à écrire à rebours de Bernardin de Saint-Pierre, voire de Chateaubriand, dont il avouait que les roucoulades le fatiguaient. Il était pleinement styliste et pleinement moraliste à la fois, par tempérament et par vocation. Témoin, intermédiaire, intercesseur, nul mieux que lui peut-être ne fait comprendre la difficile « révolution » intellectuelle qu'a vécue une société en pleine transhumance. Tiraillé entre deux mondes et tourmenté d'élévation, apôtre de l'idéal, reflétant tout l'espace d'un temps et donnant l'impression d'échapper au temps, Joubert, écrivain paradoxal, nous laisse à déguster, comme en une litanie de versets définitivement inorganisés, un livre de sagesse pour tous les temps.

É. GU.

Carte du Tendre. Cette carte symbolique est décrite par Madeleine de Scudéry dans la première partie de son roman héroïque *Clélie* (*) (1654). Les principaux lieux de la psychologie amoureuse y sont décrits selon un mode allégorique qui était alors très familier. Les trois causes du sentiment amoureux sont assimilées à trois rivières qui mènent aux trois villes du pays de Tendre. Ce sont l'Estime, la Reconnaissance et l'Inclination. L'Estime s'acquiert par les qualités de l'esprit, qui sont autant de villes et de villages sur le cours de la rivière : « Jolis Vers », « Billet galant » et « Billet doux », puis « Sincérité », « Générosité », « Probité », « Respect », et ainsi de suite. La Reconnaissance passe par « Soumission », « Complaisance » et « Petits Soins », avant d'arriver à « Assiduité », puis « Grands Services », l'ultime étape étant « Constante Amitié ». Seule Inclination (qui désigne la passion immédiate) n'est bordée d'aucune ville, car elle fait passer directement de Nouvelle Amitié (la première rencontre) à Tendre. Au-delà de cette limite se trouvent la Mer dangereuse et les Terres inconnues, dangers de la passion amoureuse qui va trop loin et dont se méfie la chaste Mlle de Scudéry. Cette topographie représente en fait une remarquable tentative linguistique et morale de définir avec précision toutes les nuances du sentiment. Elle sera la clef de toute analyse de la passion jusqu'à Marivaux au moins, et on peut en voir encore une rigoureuse utilisation dans *La Princesse de Clèves* (*) de Mme de La Fayette (1678), ainsi que dans les tragédies de Racine.

EMMANUEL BURY.

CASANOVA DE SEINGALT Giacomo Girolamo. Mémorialiste et aventurier italien qui écrivit surtout en français. Né à Venise le 2 février 1725, mort au château de Dux (Bohême), le 4 juin 1798. Il est célèbre par l'*Histoire de ma vie*, écrite en français, publiée posthume en 1822 dans une adaptation traduite en allemand, et en 1826, en français, dans un texte remanié ; ces éditions n'avaient pas été confrontées avec le manuscrit, qui a cependant été conservé à Leipzig. L'authenticité de cet ouvrage fut suspectée par Foscolo ; il fut attribué sans raison à Stendhal qui l'admirait. Ces *Mémoires* — terme que l'on employa très vite pour les désigner — constituent un des documents les plus importants relatifs à la vie au XVIIIe siècle. Les vantardises érotiques et les affirmations cyniques de l'auteur, qui se montre affranchi de préjugés sociaux, y sont telles que cette œuvre n'est pas seulement la confession d'un débauché, mais une critique de son temps ; en effet, l'auteur s'y présente comme un produit de son époque, et s'érige presque en juge des faiblesses humaines. Après une préface où il tente de justifier sa manière de vivre, Casanova parle de sa famille, qui est, dit-il, d'origine espagnole. Sa naissance à Venise lui donne l'occasion de décrire cette société dans laquelle il a fait tant d'expériences. À l'âge de huit ans il commence à observer le monde, guidé par une grande curiosité pour toutes les choses de la vie : la société fastueuse et brillante de Venise lui offre un spectacle dans lequel il ne tardera pas à jouer un rôle. Après diverses escapades de peu d'importance et beaucoup d'appréhensions au sujet de sa propre santé, il est élevé par sa grand-mère et envoyé à Padoue pour y faire ses études : il devient très vite expérimenté dans les malices du monde. Il s'éprend d'une certaine Bettina, mais s'aperçoit qu'un rival lui est préféré ; il trouve alors un subterfuge pour faire croire que la jeune fille est possédée et bouleverse ainsi sa vie. En effet, Bettina se désespère et on la croit folle. Après avoir reçu les ordres mineurs à Venise, Casanova connaît plusieurs aventures amoureuses et, chemin faisant, se perfectionne dans la connaissance des hommes. Quelques aventures avec une certaine Juliette, puis une Lucie montrent bien vite que le brillant aventurier recherche le plaisir sous toutes ses formes, et que, sans faire l'apologie de la perversité, il n'a aucun scrupule en fait de moralité. Il perd les bonnes grâces d'un protecteur, le sénateur Malipiero ; puis cet entreprenant garçon de vingt ans est mis au séminaire, dont il est vite chassé ; enfermé dans une forteresse, puis obligé de quitter Venise, il vit à Chioggia, fait un pèlerinage à Lorette, se rend à Naples et à Rome, où il entre au service du cardinal Acquaviva et où de nouvelles affaires galantes égayent son existence.

C'est à cette époque que commence pour Casanova une véritable vie d'aventurier : il change bien vite ses vêtements ecclésiastiques contre l'uniforme militaire ou l'habit du courtisan, fait partie de la suite d'un grand seigneur ou d'un autre, voyage dans toutes les capitales d'Europe, cherche partout son profit immédiat, et en amour sa plus grande jouissance. En nous racontant ses vices et ses ruses, il se montre tel qu'il était, avec son amour de la sincérité la plus libre. Il est un partisan loyal de la bonté instinctive, un admirateur de la beauté, telle que seuls les philosophes pouvaient la rêver dans un retour à l'innocence primitive. Voyageant pendant un demi-siècle de Londres à Constantinople, de Paris à Saint-Pétersbourg, de Vienne à Madrid, l'écrivain connut les intrigues de la société, ses coulisses, ses ambitions et ses vices ; c'est pourquoi, en dehors même du tableau de ses conquêtes amoureuses, il représente avec quelque véracité l'Europe du XVIIIe siècle. Au milieu des figures de souverains et de chanteurs, de savants et de prostituées, l'œuvre nous introduit dans un monde que peu de mémorialistes ont décrit avec autant de sagacité. Le héros sait habilement agir dans une société décadente et se servir de l'ambition des hommes et de la vanité des femmes pour mener gaiement sa vie. Tout au long de son récit, l'auteur se peint sous les traits d'un débauché fanfaron et d'un escroc, faisant preuve de cynisme. L'*Histoire de ma fuite des « Plombs » de Venise*, en partie réécrite et résumée dans le texte des *Mémoires,* montre que Casanova, au-delà de son apparence frivole, s'intéresse aux problèmes de son époque ; il entretient des relations avec Frédéric de Prusse, Voltaire, Rousseau, Goldoni, Galiani et aussi avec Benoît XIV et Clément XIV ; sans compter celles qu'il eut par nécessité avec Marie-Thérèse et Joseph II.

La connaissance de nombreux documents de l'époque et des travaux historiques de la fin du XIXe siècle, en confirmant la véracité de la partie documentaire de l'œuvre, la place dans sa véritable perspective.

♦ « *Ce serait un bel homme s'il n'était pas laid ; il est grand, bâti en Hercule ; un teint africain, des yeux vifs, pleins d'esprit à la vérité, mais qui annoncent toujours la susceptibilité, l'inquiétude ou la rancune, et lui donnent un peu l'air féroce. Plus facile à être mis en colère qu'en gaîté, il rit peu, mais il fait rire, il a une manière de dire les choses qui tient de l'Arlequin balourd et du Figaro, et le rend très plaisant.* » Prince de Ligne.
♦ « *Casanova figure comme cas particulier, comme "réussite" unique, dans la littérature universelle, ne serait-ce que parce que ce charlatan fameux est entré dans le Panthéon de l'esprit créateur d'une manière aussi injustifiée que Ponce Pilate dans le Credo.* » Stefan Zweig.

RÉF. : F. W. Barthold, *Die geschichtlichen Persönlichkeiten in J. Casanova's Memoiren,* Berlin, 1846. – V. Ottmann, *Jakob Casanova von Seingalt, sein Leben und seine Werke,* Stuttgart, 1900. – C. Wibley, *Literary Portraits,* Londres, 1904. – É. Maynial, *Casanova et son temps,* Paris, 1910. – P. Grellet, *Les Aventures de Casanova en Suisse,* Lausanne, 1919. – J. Le Gras, *L'Extravagante Personnalité de Jacques Casanova, chevalier d'industrie,* Paris, 1922. – S. Zweig, *Trois poètes de leur vie : Stendhal, Casanova, Tolstoï,* Paris, 1937. – P. Wilding, *Les Grands Aventuriers du XVIIIe s.,* Paris, 1938. – J. Le Gras, *Le Véritable Casanova,* Paris, 1950. – J. Lucas-Dubreton, *Le Don Juan de Venise : Casanova,* Paris, 1955. – R. Abirached, *Casanova ou la Dissipation,* Paris, 1961. – F. Furlan, *Casanova et sa fortune littéraire,* Bordeaux, 1971. – P. Chiara, *Il vero Casanova,* Milan, 1977. – N. Rival, *Casanova, la vie à plaisir,* Paris, 1977. – F. Marceau, *Une insolente liberté, les aventures de Casanova,* Paris, 1983. – E. Roustaing, *Le Bal masqué de Casanova,* Paris, 1985. – C. Thomas, *Casanova, un voyage libertin,* Paris, 1985.

Catachrèse. Du grec *katakhrèsis* : « abus ». Procédé de style consistant à employer un mot de façon abusive, c'est-à-dire sans tenir compte de son sens littéral, mais simplement en s'appuyant sur l'analogie. Toutefois, l'expression obtenue appartient au langage courant. On peut donc la qualifier de métaphore usée, dont on a même oublié qu'il s'agissait d'une métaphore : les bras d'un fauteuil, le pied d'une montagne. On recourt à la catachrèse quand aucun mot n'a été créé pour désigner telle ou telle partie d'un objet : la tête d'un clou.

ARLETTE BOUÉ.

Caves du Vatican (Les). Roman d'André Gide (1869-1951), paru en 1914, qui doit beaucoup de sa notoriété au personnage de Lafcadio, le héros de l'« acte gratuit ». Le récit est divisé en cinq longs chapitres. Dans les deux premiers, nous assistons au conflit qui oppose Anthime-Armand Dubois, physiologiste dilettante, mécréant et franc-maçon (nous sommes vers 1890), à son beau-frère le comte Julius de Baraglioul, romancier mondain, ultra-catholique et candidat à l'Académie. Après la conversion soudaine d'Anthime, Julius, revenu de Rome à Paris, est chargé par son vieux père mourant de faire des recherches sur un jeune Roumain de dix-neuf ans, un certain Lafcadio Wluiki. Ce dernier, intrigué par l'intérêt qu'on lui porte, finit par apprendre que le vieux comte Juste Agénor de Baraglioul est son père ; il a avec le vieil infirme une conversation émouvante, et il héritera par conséquent d'une partie de son immense fortune. Durant cette même journée, le hasard lui fait accomplir un héroïque sauvetage qui lui permet de faire la connaissance de la fille aînée de Julius, Geneviève. Au troisième livre, nous sommes en Gascogne, à Pau, où opère une bande de filous internationaux ; ceux-ci répandent le bruit que le pape a été victime d'une odieuse conjuration des loges et qu'il se trouve prisonnier dans les caves du Vatican, ou mieux dans celles du château Saint-Ange, pendant que sa place est tenue par un sosie ; de nombreuses âmes simples et crédules se laissent tromper et duper par cette invention mirobolante. Un des agents de cette association est Protos, aventurier dont le vrai nom n'est connu de personne ; compagnon de collège de Lafcadio, Protos a eu une influence néfaste sur son esprit et lui a même laissé en héritage sa propre amie, Carola. Un autre beau-frère de Julius, Amédée Fleurissoire, quitte la ville de Pau pour venir à Rome au secours du pape, comme un croisé. Le pauvre homme, attiré dans un hôtel équivoque, se laisse conquérir, bien qu'en proie au remords, par Carola qui s'attache à lui et veut le protéger, cependant que Protos le surveille et le bluffe, craignant qu'Amédée, malgré son ingénuité, ne finisse par trouver la duperie trop évidente ; cette situation se prolongerait si, sur la ligne Rome-Naples, Amédée ne trouvait un jour la mort, victime d'un crime « gratuit » de Lafcadio. Ce dernier, prédestiné par sa naissance même et par son éducation désordonnée à accueillir toute idée de rébellion, a fini par construire pour lui-même une mystique redoutable de l'« acte gratuit » : comme quelque temps auparavant à Paris, sous les yeux de Geneviève, il avait cédé au goût de l'héroïsme, maintenant, avec la même indifférence, il s'est abandonné à la tentation du crime. Mais il est immédiatement prisonnier de son acte, parce que Protos, qui suivait Amédée, l'a vu précipiter le malheureux par la portière du train, et l'inquiète maintenant par de mystérieux signaux ; enfin, il déclare à Lafcadio qu'il n'y a pour lui, désormais, qu'une seule issue : celle de s'enrôler de l'« autre côté » en devenant son complice ; ce que Lafcadio refuse, horrifié.

La mort d'Amédée a, pendant ce temps, déchaîné une série d'événements insoupçonnés : Julius de Baraglioul qui, sous l'influence de son diabolique frère, traversait une dangereuse crise de conscience, est rappelé par lui à une orthodoxie plus étroite ; Anthime, au contraire, trouve dans tout cela un prétexte à renier sa conversion et à revenir à ses anciennes idées (il est alors instantanément repris par une sciatique dont il avait été miraculeusement guéri) ; Carola, terrifiée, croyant que Protos est l'assassin d'Amédée, le dénonce à la police ; son acte lui coûtera la vie, et Protos est immédiatement arrêté pour son double crime. Lafcadio, bouleversé, est en proie à un trouble profond : il a cru jouer, mais il s'aperçoit avec horreur que les choses deviennent pour lui beaucoup plus sérieuses qu'il ne l'avait imaginé. Maintenant que le malheureux Amédée est mort, il a repris, dans la conscience de Lafcadio, toute sa valeur de personne humaine, et cela est un tourment insoutenable pour Lafcadio ; de plus, sa loyauté lui représente combien il est répugnant de laisser Protos en prison ; enfin, il a peur et honte de se dénoncer ; déchiré par le remords, il en souffre comme d'une déchéance. Julius, à qui il se confie, ne sait lui montrer qu'une seule voie, la Foi. Dans la même nuit, Geneviève de Baraglioul lui offre son amour, sa pitié et son angoisse. Et ceci concourt à rendre plus tragique l'irrésolution de Lafcadio.

Il est inutile de chercher dans ce livre la « vraisemblance » que certains trouvent indispensable au genre romanesque : l'auteur lui-même l'a appelé une « sotie » : ainsi l'inconséquence, l'exception, deviennent ici une règle. C'est en réalité une satire, un « divertissement » dans la plus large signification du mot, où sont poursuivies avec une lucidité éblouissante, avec une subtile ironie et surtout avec une joyeuse absence de préjugés, les conséquences possibles, dans la vie pratique, de certains idéaux sommaires, de certaines idées fixes, croyances ou théories, caractéristiques de la « fin de siècle ». Une sécheresse dans l'exposition des faits – qui a été souvent reprochée aux romans de Gide – ne gâte rien ici, parce qu'elle rentre dans les lois mêmes de l'œuvre, qui trouve de ce fait sa parfaite expression dans le style d'une rigueur toute classique, illuminé par l'ironie et gouverné par une intelligence qui donne une hallucinante vitalité à chaque page du livre.

Une pièce de théâtre fort curieuse et fort intéressante, tirée par André Gide lui-même de son roman, a été publiée et jouée en 1951.

CAZOTTE Jacques. Nouvelliste. Né à Dijon le 7 octobre 1719, mort à Paris le 25 septembre 1792. Fils de Bernard Cazotte, notaire auprès du greffe des États de Bourgogne. Il fit ses études au collège des jésuites des Godrans où l'un de ses oncles était religieux. Des noms illustres l'y avaient précédé tels que Bossuet, Buffon ou Crébillon. Antoine Bret et Jean-François Rameau, le neveu du musicien, y furent ses camarades. Dès son jeune âge, sa famille le destina aux affaires. En 1740, avocat, il monte à Paris et entre dans l'administration de la Marine. Stagiaire, il fréquente les milieux littéraires à la mode et publie deux contes : *La Patte du chat* en 1741 et *Les Mille et une Fadaises* en 1742. Son inspiration est aussi bien orientale – *Les Mille et Une Nuits* ont été traduites par Galland en 1704 – que nationale : contes de fées et contes de Perrault. Le ton des œuvres est léger, galant et satirique : le jeune Cazotte, ambitieux, veut plaire. En juillet 1747, la Marine le nomme à la Martinique, contrôleur des îles du Levant. Fonctionnaire zélé et actif, il y fera deux séjours. Entre-temps, il participera à la querelle des Bouffons et il dénigrera J.-J. Rousseau dans un libelle sans nuances, les *Observations sur la lettre de Jean-Jacques Rousseau* (1753), dans lequel il se livre à une violente attaque « ad hominem », et prend le parti de la musique française. À son retour définitif en France, malade et en butte à des démêlés financiers avec l'ordre des jésuites, à la suite de la faillite du père La Valette, il peut néanmoins acquérir le domaine de Pierry, près d'Épernay, grâce à l'héritage de son frère aîné. Il y résidera avec sa famille jusqu'à sa mort, tout en faisant de fréquents séjours à Paris. Il peut dès lors se consacrer entièrement à la littérature. Dans cet asile champêtre, il écrira, entre autres, *Ollivier* (1763), long poème en prose et en douze chants à la manière des troubadours, et une nouvelle romanesque et sentimentale : *Le Lord impromptu* (1771). Arrive enfin son chef-d'œuvre : *Le Diable amoureux* (*) en 1772. C'est à cette nouvelle que Cazotte doit sa renommée littéraire. D'une part, elle fait de lui le précurseur du récit fantastique français et, d'autre part, elle pose à ses biographes et à ses critiques des questions essentielles. Ce conte allégorique dans lequel s'affrontent les forces du Bien et du Mal a connu des interprétations très diverses. Pour les romantiques, Nerval en particulier, c'est une œuvre initiatique, un écrit grâce auquel l'auteur nous transmet un savoir ésotérique qu'il faudrait lire derrière la fantaisie du conte. Hypothèse d'autant plus séduisante qu'après avoir écrit son chef-d'œuvre Cazotte fut initié au martinisme dans la secte des Élus-Cohens. La critique du XIXe siècle n'hésita pas à s'engager dans cette voie : pour elle, il n'y avait pas de solution de continuité entre la publication du *Diable amoureux* et l'affiliation de Cazotte à une secte d'illuminés. Ce pas semble trop vite franchi. Bien que difficile à dater, l'adhésion de Cazotte au martinisme est postérieure à la parution du *Diable amoureux* et ne dure que trois ans : en effet, les martinistes, favorables au changement, puis à la Révolution, ne pouvaient retenir parmi eux le maître de Pierry. En revanche, il est indéniable que les préoccupations de Cazotte sont souvent assez proches de celles des Élus-Cohens. Il y a, assurément, dans ce conte, une vision de la condition humaine, des efforts de l'homme pour choisir, librement, sa voie au milieu du Bien et du Mal, qui est aussi celle de certains illuministes. Ce spiritualisme de Cazotte explique son adhésion à ce courant, mais ne fait pas, pour cela, de son chef-d'œuvre un ouvrage clé de l'ésotérisme. Cependant, ce mysticisme éclaire ses positions politiques. L'Histoire n'a d'autre interprétation que théologique, et la Révolution française ne peut être qu'une formidable et gigantesque incarnation de Satan lui-même. Dans ces années de tourmente, mysticisme et politique ne font qu'un dans l'esprit de Cazotte ; son souci obsédant de sauver le Roi et sa famille n'est qu'une grandiose façon de s'opposer au diable. Incarcéré lors des massacres de septembre, il sera sauvé par sa fille Élisabeth, mais de nouveau arrêté en 1792, jugé, puis condamné, il périra sur l'échafaud le 25 septembre, en proclamant : « Je meurs comme j'ai vécu, fidèle à mon Dieu et à mon Roi. »

PHILIPPE KOEPPEL.

♦ *« Qui se serait attendu, dans ce siècle d'incrédulité où le clergé lui-même a si peu défendu ses croyances, à rencontrer un poète que l'amour du merveilleux purement allégorique entraîne peu à peu au mysticisme le plus sincère et le plus ardent ? »* Gérard de Nerval.

RÉF. : Gérard de Nerval, *Les Illuminés*, 1852. – Edw. P. Shaw, *Jacques Cazotte*, Cambridge, U.S.A., 1942. – Max Milner, *Le Diable dans la littérature française de Cazotte à Baudelaire*, Paris, 1960. – D. Rieger, *Jacques Cazotte*, Heidelberg, 1969. – G. Décote, *L'Itinéraire de Jacques Cazotte*, Genève, 1984.

CÉLINE Louis-Ferdinand (pseud. de Louis-Ferdinand Destouches). Romancier. Né à Courbevoie le 27 mai 1894, mort à Meudon le 1er juillet 1961. Céline doit sa notoriété à une œuvre romanesque qui révolutionna pendant l'entre-deux-guerres la littérature française par la liberté et la crudité de son style. Celui-ci, démarqué du parler populaire, traduit bien, par son absence de soumission aux conventions livresques de l'époque, le but que s'était fixé l'auteur : la restitution la plus fidèle possible de la charge émotive déposée en lui par la vie.

Cette œuvre, en grande partie autobiographique, reflète la personnalité tourmentée et contradictoire d'un homme qui, de son vivant comme après la mort, suscita des admirations et des critiques aussi passionnées les unes que les autres (et qui ne sont souvent pas étrangères aux anathèmes qu'il formula à la fin des années 30). La vie et l'œuvre de Céline, inséparables l'une de l'autre, s'éclairent mutuellement.

Le père du futur écrivain, licencié ès lettres, est employé dans une maison d'assurances, tandis que sa mère tient un magasin de dentelles à Paris, passage Choiseul, où réside la famille. L'été, la mère et le fils partent souvent sur les plages de la Manche vendre cette dentelle aux estivants. Cette vie, assez monotone, est interrompue en 1904 par un séjour que fait le jeune Louis-Ferdinand en Angleterre, pour y apprendre la langue. Céline se fera plus tard le chroniqueur désenchanté des événements de cette jeunesse sans joie réelle dans son roman *Mort à crédit*. Il y rapportera également l'expérience éprouvante de la recherche et de l'exercice de petits emplois qu'il occupa durant son adolescence. En 1912, après l'obtention de la première partie du baccalauréat, qu'il a préparé tout seul, le jeune homme signe un engagement de trois ans dans l'armée. Il se trouve alors affecté au 12e Cuirassiers en garnison à Rambouillet.

La guerre de 1914-1918 en fera dès sa première année un héros, alors que, maréchal des logis, il mène à bien une mission particulièrement périlleuse. Celle-ci lui vaudra, en même temps que la médaille militaire et les honneurs de la couverture de *L'Illustré national*, une grave blessure à la tête qui le rendra invalide à 75 %. Dans son premier roman, *Voyage au bout de la nuit* (*), Céline relatera son aventure de la guerre, en la montrant sous un jour grotesque et sordide, sans aucun rapport avec le prétendu héroïsme qu'on lui attribua alors.

Trépané à la suite de sa blessure, Céline est muté en Angleterre où il sert dans une usine d'armement, puis envoyé en mission au Cameroun, d'où il rapporta la dysenterie et le paludisme avant de revenir en Angleterre, à Londres, où il prépare sa seconde partie de baccalauréat. Après avoir passé avec succès son examen, le jeune homme s'installe à Rennes où il commence en 1918 des études de médecine qui dureront six ans. C'est en cours d'études que Céline épouse la fille du directeur de l'école de médecine de Rennes, Édith Follet, dont il aura un enfant en 1920. En 1924 enfin, le futur médecin dépose à Paris sa thèse de doctorat, qui porte sur *La Vie et l'œuvre de Philippe-Ignace Semmelweis,* chirurgien hongrois du XIXᵉ siècle, novateur que Céline nous décrit comme la victime de continuelles persécutions de la part de ses collègues. Cet écrit représente sa première œuvre littéraire, et l'une des plus belles. On y distingue sa compassion pour un homme dont le destin préfigure singulièrement le sien. Surtout, il y bouscule déjà la syntaxe traditionnelle, infusant ainsi à la langue un lyrisme volcanique qui se transmue parfois en une musique transparente et nostalgique, caractères que ce petit livre partage avec les œuvres postérieures les plus réussies. Une fois en possession de son titre de médecin, Céline quitte sa famille et va travailler à la Société des nations à Genève, puis à Liverpool dont il revient pour apprendre qu'il est divorcé. Il connaît à partir de ce moment une période instable, entreprenant de nombreux voyages, au Cameroun, au Canada, aux États-Unis, où il s'initie à la médecine du travail, à Cuba, avant de rentrer en France en 1928 et d'ouvrir à Clichy un cabinet de médecine qu'il délaissera en 1931 pour travailler dans un dispensaire, toujours à Clichy.

C'est pendant cette période que, pour meubler ses nuits d'insomniaque, ce médecin s'amuse à écrire un roman, qui sera le fameux *Voyage*, et dont il mène de front la rédaction avec celle d'une pièce de théâtre, *L'Église,* qui sera créée à Lyon en 1933 et qui représente une sorte de réplique de celui-ci. (On retrouve d'ailleurs le même personnage central, Bardamu, dans les deux œuvres.) Publié par Denoël en 1932, le *Voyage au bout de la nuit* manque de peu le prix Goncourt et obtient le Renaudot. C'est à partir de ce premier roman que Louis-Ferdinand Destouches prend pour pseudonyme littéraire le prénom de sa grand-mère, Céline.

À peine paru, le roman fait l'effet d'une bombe. Nombre de personnalités littéraires politiquement de droite aussi bien que de gauche ne ménagent pas à son égard les expressions du plus vif enthousiasme. Léon Daudet avait essayé âprement de l'imposer pour le prix Goncourt, tandis qu'Aragon et Elsa Triolet vont le traduire en russe. Dans le *Voyage au bout de la nuit*, Céline se fait le contempteur acharné d'une vie vouée à la dégradation au sein d'un univers halluciné où les marionnettes humaines se disloquent peu à peu dans une agitation convulsive. Son second roman, *Mort à crédit,* paru en 1936, décrit un monde identique, mais l'écrivain reprend dans ce livre des éléments autobiographiques antérieurs à ceux qu'il a utilisés dans le *Voyage.* C'est en effet sa jeunesse, vécue passage Choiseul, qui lui fournit le matériau d'un roman encore plus désespéré et plus burlesque que le précédent, où les caricatures sont davantage poussées et où la frontière entre le réel et l'imaginaire semble encore moins nette, tandis que le style se fait très personnel, s'éloignant plus encore que dans le *Voyage* du langage écrit traditionnel.

Un texte assez court, *Mea Culpa*, date de cette même année 1936 ; ce texte comportait certaines attaques contre la Russie soviétique qu'il vient de découvrir avec horreur au cours d'un séjour effectué pour dépenser les droits d'auteur que lui valait la traduction russe de son livre. En fait, anarchiste de tempérament, Céline semble avoir hésité jusque-là entre différentes opinions politiques. Ses charges antimilitaristes et anticolonialistes du *Voyage,* un hommage à Zola qu'il avait prononcé en 1934 à Médan, avaient largement contribué à le faire passer auprès d'un bon nombre de gens pour un écrivain de gauche. Ce petit livre viendra désillusionner ceux-ci et révéler un choix politique nettement orienté vers la droite, orientation que ses pamphlets ultérieurs confirmeront.

À cette époque, Céline, passionné de musique et surtout de danse, fait la connaissance d'une danseuse, Lucette Almanzor, qui deviendra sa compagne jusqu'à la fin de sa vie (il l'épousera à Paris en 1943). Il s'engage entretemps comme médecin à bord d'un paquebot qui fait le voyage Bordeaux-Terre-Neuve (1937), puis revient habiter chez sa mère, près du passage Choiseul (1939). Il délaisse alors un temps le roman pour s'adonner à la rédaction de pamphlets qui seront en fait les principaux responsables de ses malheurs futurs. Dans ces écrits, qui ont pour titres *Bagatelles pour un massacre* (1937), *L'École des cadavres* (1938) et *Les Beaux Draps* (1941), Céline pourfend dans des termes violents, si ce n'est orduriers, énormément de personnes, mais plus particulièrement ses confrères en littérature, et les Juifs qu'il semble tenir pour responsables de tous les malheurs du monde. Mais l'outrance verbale est telle dans ces trois livres que les antisémites les plus virulents se désolidarisèrent de leur auteur. Cependant, ces textes ne se réduisent pas à des recueils d'invectives : dans nombre de pages Céline nous fait entendre les notes d'une mélodie arachnéenne, libre de toute servitude circonstancielle, et qui se fait nostalgie pure. Il réunira un grand nombre d'entre elles, détachées notamment de *Bagatelles pour un massacre,* dans l'étrange féerie qu'il publiera en 1959 sous le titre : *Ballets sans musique, sans personne, sans rien.*

En 1940, Céline reprend son métier de médecin sur un navire qui joint Marseille à Casablanca, le « Shella », qui sera finalement coulé par les Allemands. Après avoir participé à l'exode avec Lucette Almanzor, il endosse la blouse de médecin-chef d'un dispensaire de la banlieue parisienne, à Bezons. En 1944, cherchant à devancer la victoire des Alliés, il rejoint le gouvernement de Vichy en exil à Sigmaringen, dans l'idée de gagner le Danemark, où il avait placé ses économies. Mais, suspect aux yeux des Allemands tout autant qu'il le sera à ceux de ses compatriotes qui verront en lui un dangereux collaborateur, il est emprisonné trois mois. En 1945, à sa sortie de la prison de Sigmaringen, se situe l'épisode le plus rocambolesque d'une vie pourtant fertile en événements : accompagné de Lucette, de leur chat Bébert et de l'acteur Le Vigan, Céline traverse l'Allemagne en feu, en proie à ses dernières et plus terribles convulsions. Après bien des vicissitudes, il parvient enfin le 27 mars 1945 à Copenhague, pour être aussitôt jeté à nouveau en prison. Il y demeurera quatorze mois, jusqu'au 26 février 1947, date à laquelle on l'interne, pour raison de santé, à l'hôpital national du Danemark. Libéré enfin le 24 juin 1947, Céline va vivre dans un grenier, puis dans une chaumière, dénué pratiquement de tout. En 1950, cible de littérateurs à la haine tenace tels que Roger Vailland et Jean-Paul Sartre (« le ténia », comme l'appelle Céline dans le court pamphlet qu'il lui adresse en 1948 : *À l'agité du bocal*), il apprend que les tribunaux français l'ont condamné à l'indignité nationale et à la confiscation de ses biens. Mais, amnistié l'année suivante, il rentre enfin en France en 1951. Dès lors, il résidera à Meudon, en compagnie de Lucette Almanzor, vivant surtout de son travail de médecin. Mais Céline a recommencé à écrire, publiant successivement *Féerie pour une autre fois* (1952) et *Normance* (1954), qui en est la suite. Ces nouveaux ouvrages passent totalement inaperçus du public, et il semble se faire autour de son nom une véritable conspiration du silence : jusqu'à la publication en 1957 de *D'un château l'autre*. Mais, pas plus que *Guignol's Band* paru déjà en 1944, ces livres ne peuvent être comparés aux œuvres antérieures de Céline. Très décousus, encombrés de perpétuelles onomatopées, ils témoignent surtout de l'absence d'inspiration qui pousse leur auteur à s'imiter lui-même. Celui-ci se retrouvera cependant avec sa dernière publication, *Nord* (1960), dans laquelle il retrace sa traversée de l'Allemagne en 1945, et grâce à laquelle il connaît une seconde renommée. Des articles critiques commencent à paraître sur son œuvre, et on finit par s'émouvoir sur le sort d'un homme génial que la vie n'a pas ménagé. Mais Céline meurt peu après, alors qu'il rédige un dernier roman, *Rigodon,* dont la publication sera posthume.

Céline s'est toujours défendu de vouloir faire passer dans ses œuvres un message, d'exprimer des idées. Ce n'est pas à l'intellect, à la raison, qu'il s'adresse, mais uniquement à l'affectivité du lecteur. Dans ses livres les plus réussis, il sait admirablement jouer de la confrontation d'une réalité décapée de ses séductions, toujours superficielles, avec la traduction d'une émotion que la langue écrite française, adaptée surtout à l'expression des idées claires et distinctes, est incapable de restituer. Aussi a-t-il recours, pour parvenir à ce but, aux phrases tronquées, fréquemment incohérentes, qui sont le propre du langage parlé par les couches sociales les plus populaires. Son emploi des expressions argotiques révèle ainsi chez lui non pas une philosophie, mais une vision de la vie comme objet de dérision perpétuelle, absurdité énorme à laquelle l'homme ne parvient pas à s'adapter. C'est pourquoi, chez Céline, le burlesque se conjugue toujours au pathétique et interdit au lecteur de choisir un point de vue rationnel sur le monde, qui lui apporterait ce confort intellectuel dont il se montre avide. Comme tous les grands poètes, Céline dénonce d'abord cette absurdité grâce à l'évocation de l'évanescence des êtres et des choses. Il nous fait ainsi les confidents de ce remuement intérieur que la vie ne cesse de susciter en lui et de sa nostalgie pour un monde totalement insoumis, sans lois directrices. L'instrument littéraire qu'il s'est forgé, sa langue, est à la mesure de son émotion : les mots semblent ne pas pouvoir y tenir en place, comme s'ils se trouvaient doués d'une vie indépendante, gonflés d'un courant ininterrompu qui circule entre eux tous. Nouveau démiurge, Céline, par la simple force de son verbe, nous donne l'impression hallucinante que les mots incarnent pleinement une réalité dont le monde extérieur n'est plus que la pâle copie.

PHILIPPE FAUCHER.

♦ *« Un romantisme très particulier, très nouveau, car il rejoint le freudisme dans les régions souterraines où l'amour et la mort, le goût de l'éternité et de la vision du néant, se mêlent et s'étreignent. »* Pierre Audiat. ♦ *« De sa lamentable expérience demeurent pourtant un style, un accent, pas seulement un langage, mais un monde aussi présent, opaque et définitif que celui de Balzac, de Dickens ou de Proust : l'univers de la misère humaine chanté par un poète du désespoir. »* Pierre de Boisdeffre. ♦ *«* Bagatelles pour un massacre, *c'est un livre carnassier, et qui paraît sous un ciel d'orage, à la lueur des éclairs* [...] *Impossible de donner une idée de ce déversement de bile et d'urée, solide, liquide et gazeux, qu'est le bouquin enflammé de Céline* [...] *Il faut remonter jusqu'à la Réforme* [...] *pour ouïr pareil tocsin, sonné à toutes les cloches de la foire populaire. »* Léon Daudet. ♦ *« ...Mais on peut se demander si Céline lui-même n'est pas la créature la plus extraordinaire de ce monde paranoïaque qu'il dénonce. Il est susceptible, méfiant, et par certains côtés il ressemble au colonel Réséda en personne, car il croit tout le monde prêt à lui faire des "vacheries". »* Kléber Haedens. ♦ *« Toute morale et tout dégoût à part, on sent le vice initial d'une telle conception, d'une telle présentation du monde. Elle consiste à ne saisir de l'existence que ce qu'il peut y avoir de sordide, de misérable, d'infâme, et à situer tout l'homme dans ce qu'il y a dans l'homme de plus dégradé... Au milieu de tant d'ordures, parmi ce paysage souillé, sans soleil et sans perspective, le pathétique et la pitié naturellement appelés ne savent même trouver place, et le dernier mot reste toujours à cette même abjection. »* Gonzague Truc.

RÉF. : Marc Hanrez, *Céline*, Paris, 1961. – Nicole Debrie-Panel, *L.-F. Céline*, Paris, 1961. – Pol Vandromme, *L.-F. Céline*, Paris, 1963. – *Céline,* numéro des *Cahiers de l'Herne,* publié sous la direction de Dominique de Roux, rééd. 1972. – Tarmo Kunnas,

Drieu La Rochelle, Céline, Brasillach et la tentation fasciste, 1972. – Frédéric Vitoux, *L.-F. Céline : misère et parole,* Paris, 1973. – Jean-Pierre Richard, *Nausée de Céline,* Paris, 1973. – Albert Chesnau, *La Langue sauvage de L.-F. Céline,* Université Lille-III, 1974. – Jean-Pierre Dauphin, *L.-F. Céline : Pour une poétique célinienne,* Paris, 1975. – Willy Szafran, *L.-F Céline : essai psychanalytique,* Bruxelles, 1976. – Jean-Pierre Dauphin et Jacques Bondillet, *Album Céline,* « Bibl. de la Pléiade », Paris, 1977. – Philippe Murray, *Céline,* Paris, 1984. – Jean Guénot, *L.-F. Céline damné par l'écriture,* Paris, 1984. – François Gibault, *Céline : I. Le Temps des espérances (1894-1932) ; II. Délires et persécutions (1932-1944) ; III. Cavalier de l'apocalypse (1944-1961),* Paris, 1985. – Henri Godard, *Poétique de Céline,* Paris, 1985. – Philippe Alméras, *Les Idées de Céline. Mythe de la race, politique et pamphlets*, Paris, 1993. – Stéphane Zagdanski, *Céline seul*, Paris, 1993.

CENDRARS Blaise (pseud. de Frédéric-Louis Sauser). Écrivain français d'origine suisse (naturalisé en 1916). Dans sa vie d'aventures, où tout s'enchevêtre et se confond, il est souvent difficile de faire la part du véridique, du menti et du rêvé. Deux dates sont avérées : celle de sa naissance, le 1er septembre 1887, à La Chaux-de-Fonds, et celle de sa mort, à Paris, le 21 janvier 1961. Le reste – cette existence vécue à cent à l'heure et mangée par les deux bouts – est strictement « littérature », et peu d'écrivains ressemblent à ce point à leur œuvre, sinon peut-être Villon dont par maints aspects Cendrars se sentait parent... Et c'est justement vers sa parentèle, réelle cette fois, qu'il faut regarder pour saisir un peu mieux cette personnalité hors du commun des lettres. Ses origines sont paysannes et protestantes, toutes fondées sur le labeur et la fidélité, l'honnêteté et le courage. Seul son père dérogera à ce lignage aussi respectable que pesant, et il n'est pas difficile d'imaginer le trouble qui saisira très tôt le jeune Sauser devant cette situation familiale pénible parce que ambiguë. De la mère il tient ces qualités humaines et spirituelles qui ne le lâcheront jamais ; du père, le goût des voyages, des entreprises chimériques, de la boisson, et une impécuniosité tellement tenace que l'on peut se demander s'il n'y a pas là quelque désir secret de s'y complaire. Voyages donc, et dès la prime enfance, en Égypte puis à Naples où il attrapera le goût de la rue et de sa faune. Il n'a pas dix ans que son précepteur anglais (c'est alors une courte période faste pour la famille) lui apprend à boire. De retour en Suisse, en 1896, les Sauser pérégrinent au fil des mauvaises affaires, de Neuchâtel à Bâle. L'enfant difficile est mis en pension en Allemagne ; la rigueur du traitement et la mentalité germanique l'insupportent : on le retire, mais cette brève expérience laissera chez lui une phobie de tout ce qui est allemand. On vient à Paris visiter l'Exposition universelle de 1900, et Frédéric-Louis y découvre le Transsibérien, bien propre à donner corps aux voyages imaginaires suscités par la lecture des frères Reclus. Peu enclin aux études scolaires, l'adolescent rétif et ombrageux est mis dans une école commerciale ; mais la musique (il joue du piano) et la littérature (il est alors passionné par Nerval) l'emportent sur l'économie : il fugue en Allemagne. De retour, ses parents s'inclinent devant l'irréductible asociabilité de leur fils, et l'autorisent à partir pour Saint-Pétersbourg, chez un joaillier suisse qui y prospère. Flanqué de Rogovine, un aventurier tel qu'il les recherchera toujours, Frédéric- Louis arrive à Moscou en septembre 1904. La légende commence alors. Il prendra sans doute le Transsibérien jusqu'aux confins de la Sibérie, pendant la terrible guerre russo-japonaise. Mais ses séjours en Chine et en Perse ne sont guère attestés ; lui-même, à la fin de sa vie, laissera entendre que la réalité de ces voyages importe peu. De retour dans la capitale russe, le 1er janvier 1905, il s'immerge dans le monde slave, fréquente les milieux révolutionnaires, et passe beaucoup de temps à la Bibliothèque impériale. Il rentre en Suisse en avril 1907, et commence à tenir un journal de lectures (le « cahier noir ») tout en faisant des petits métiers et en dévorant tous les livres qui lui tombent sous la main. De 1908 à 1909, il est étudiant à Berne, en médecine et en philosophie ; c'est là qu'il rencontre une jeune Juive polonaise, Félicie Poznanska (Féla) qui deviendra plus tard sa femme, lui donnera trois enfants, et lui vouera un attachement qui pèsera beaucoup à l'écrivain. À Berne, il découvre Nietzsche, Freud et Wagner, et commence la rédaction de *Novgorode, la légende de l'or gris et du silence* – livre mystérieux, que personne ne verra jamais, mais qui aurait été édité en Russie par un ami de Cendrars. À partir de 1910, Freddy Sauser (ou Sausey, selon le nom qu'il se donnera un temps) court le monde : l'Europe d'abord (Paris, Bruxelles, Londres), puis à nouveau la Russie et la Pologne (1911) et les États-Unis (1912). Il écrit des articles, des poèmes et notamment « Hic Haec Hoc » et « Les Pâques à New York » (1912) – œuvres qu'il signera de son pseudonyme à présent assuré : Blaise Cendrars (de braise et de cendres, expliquera-t-il). Lors de son séjour belge, le jeune poète lit Remy de Gourmont qui l'enthousiasme, surtout *Le Latin mystique*. À dater de juin 1912, il choisit la France, et Paris, comme point d'ancrage d'abord, comme patrie ensuite. Vivant dans le plus extrême dénuement, il fréquente les anarchistes, le milieu, les bas-fonds, et se lie avec les peintres de l'avant-garde (Chagall, les Delaunay, Léger, Soutine, Modigliani...) et les poètes de la modernité (Apollinaire, Max Jacob, qui l'appellera « Le Suisse errant », Cravan...). Il fonde, à cette époque, une revue, *Les Hommes nouveaux*, où seront bientôt publiés « Les Pâques » et *Séquences*. Parallèlement, il fait paraître en collaboration avec Sonia Delaunay le premier « livre simultané », « La Prose du transsibérien et de la Petite Jehanne de France », à quelques exemplaires – voir *Poésies* (*) de Cendrars. La hardiesse stylistique et rythmique de ces poèmes lui vaut aussitôt l'intérêt de ses pairs. Son nom commence à circuler et, sa forte personnalité aidant, sa verve, sa faconde, ses discours intarissables et sa vaste culture en font une figure attirante du Paris artistique. Il vit chichement près de Barbizon quand éclate la Grande Guerre. Cendrars, qui vient de publier son long poème « Le Panama ou les Aventures de mes sept oncles », s'engage aussitôt ; il sera grièvement blessé en Champagne le 28 septembre 1915 (jour, remarquera-t-il, de la mort de Gourmont) : on l'ampute du bras droit, au niveau du coude. Sa légendaire silhouette estropiée fera, dès lors, le tour du monde. Ce moignon, dont il souffrira tout le reste de sa vie, s'il le handicape, lui donne une énergie supplémentaire (Picasso dira d'ailleurs : « Cendrars, le poète qui est revenu de la guerre avec un bras en plus »). Son activité et ses réalisations dans tous les domaines vont s'accroître considérablement : écriture, conférences, expositions, éditions, cinéma, voyages... Il s'intéresse encore beaucoup à la musique et crée en collaboration avec Darius Milhaud et Fernand Féger un ballet qui sera donné avec succès en octobre 1923 : *La Création du Monde*. Il dirige les éditions de la Sirène, tourne avec Abel Gance (il écrira pour lui des scénarios), collabore à des revues, entreprend des traductions de Dostoïevski et Stevenson, etc. Et son œuvre personnelle s'augmente : *La Guerre au Luxembourg* (1916), *L'Eubage* (publié en 1926), *Profond aujourd'hui* (1917), *Dix-neuf poèmes élastiques* (1913-1919), *J'ai tué* (1918), *La Fin du monde filmée par l'ange Notre-Dame*, *Au cœur du monde* (1919-1922), *Anthologie nègre* (1921)... Beaucoup de ses textes paraissent Au Sans Pareil. En 1923, Blaise Cendrars fait la connaissance de l'écrivain Oswald de Andrade qui l'invite au Brésil l'année suivante. Le poète est fasciné par ce monde exubérant qu'il explore inlassablement ; il y reçoit le premier exemplaire de *Kodak* – qu'une mise en demeure de la firme commerciale fera rebaptiser *Documentaires*. Outre vingt-trois singes, Cendrars rapporte du Brésil ses *Feuilles de route* et un roman auquel il songeait depuis longtemps et qu'il a écrit en six semaines, *L'Or*. Ce livre, qui connaîtra un succès considérable (et lui vaudra la détestation des Américains), paraît chez Grasset en 1925. Cendrars fait une tentative sans lendemain dans l'import-export. Et l'année 1926, de retour d'un second voyage au Brésil, il donne enfin le roman auquel il a toujours été le plus attaché et dont il a traîné l'idée et les ébauches de par le monde : *Moravagine*. Le personnage satanique, et malgré tout pitoyable, de cet « idiot » hantait Cendrars depuis son adolescence, et sans doute trouvait-il assez de ses obsessions dans le drame visionnaire de cet anti-héros. Nouveau succès. Il travaille avec Cassandre à des slogans d'affiches publicitaires, et s'attelle à un roman qu'il ne finira jamais, *John Paul Jones*. Dès lors, Cendrars se consacre à la prose. En 1928, il publie *Petits contes nègres pour les enfants des Blancs*, en 1929, *Le Plan de l'Aiguille* et *Les Confessions Dan Yak*, en 1930, *Rhum* (d'après l'affaire Galmot), et *Comment les Blancs sont d'anciens Noirs*. Il reçoit la visite de Dos Passos. De 1931 à 1933, il est malade, fatigué, et passe beaucoup de temps à Biarritz et dans sa bicoque du Tremblay-sur-Mauldre. Il écrit *Aujourd'hui* (1931) et *Vol à voile* (1933). En 1934, il découvre et fait découvrir l'œuvre d'Henry Miller ; une forte et longue amitié s'ensuit. À cette époque, Cendrars devient grand reporter, il collabore à différents journaux pour lesquels il couvre des sujets aussi variés que le grand banditisme ou la croisière inaugurale du « Normandie ». En cette occasion, il fait un long voyage aux États-Unis, au Mexique, au Guatemala, publie *Panorama de la pègre* (1935), va en Espagne, pendant la Guerre civile, pour le journal d'extrême- droite *Gringoire*, publie *La Vie dangereuse* (1936), devient correspondant de guerre dans le corps expéditionnaire britannique en 1939, donne, en plus *D'Oultremer à Indigo*, un récit de cette expérience : *Chez l'armée anglaise* (1940) qui est saisi par l'occupant. Il se replie sur Aix-en-Provence où il se cloître sans écrire pendant plusieurs années. Il y rencontre le père Bruckberger qui aura une grande influence spirituelle sur lui. Il se remet au travail en 1944, et publie cette année-là ses *Poésies complètes*. Viennent alors les grands livres de l'aventure personnelle, ses récits où l'autobiographie et la mythologie intime se mêlent : *L'Homme foudroyé* (1945), *La Main coupée* (1946), *Bourlinguer* (1948), *Le Lotissement du ciel* (1949) – année où il fait paraître *La Banlieue de Paris*, illustrée de cent trente photographies d'un inconnu nommé Robert Doisneau. Veuf de Féla, il se remarie avec sa vieille amie Raymonde. Cendrars participe maintenant à de nombreuses émissions radiophoniques mais ne voyage presque plus. En 1950, il se fixe à Paris, et travaille beaucoup : *Le Brésil, des hommes sont venus* est publié en 1952, *Noëls aux quatre coins du monde* en 1953, *Emmène- moi au bout du monde* en 1956, *Trop c'est trop* en 1957, *À l'aventure* en 1958 ; et, à la fin de cette même année, André Malraux, autre grand « aventurier », le décore de la cravate de commandeur de la Légion d'honneur. Son dernier livre, *Films sans images*, est publié en 1959.

FRANÇOIS BODDAERT.

♦ *« L'Homère du Transsibérien. »* John Dos Passos. ♦ *« C'est au cœur même de la vie que Cendrars est ancré. Il est le plus actif des hommes, et cependant serein comme un lama tibétain. »* Henry Miller. ♦ *« Il m'apprit – et je n'ai jamais pu l'oublier – qu'il fallait vivre la poésie avant de l'écrire ; écrire, c'était superflu. »* Philippe Soupault. ♦ *« Lui et ses problèmes avaient le voyage dans le ventre. »* Henri Michaux.

RÉF. : Louis Parrot, *Blaise Cendrars*, Paris, 1948. – Henry Miller, *Blaise Cendrars*, Paris, 1951. – *Blaise Cendrars nous parle...* Propos recueillis par Michel Manoll, Aix-en-Provence, 1952. – Jean Rousselot,

Blaise Cendrars, Paris, 1955. – Numéro spécial de *L'Arc*, Paris, 1961. – Numéro spécial du *Mercure de France*, Paris, 1962. – J.-Cl. Lorey, *Situation de Cendrars*, Neuchâtel, 1965. – A. t'Serstevens, *L'homme que fut Blaise Cendrars*, Paris, 1972 ; numéro 566 de la revue *Europe*, 1976. – Myriam Cendrars, *Blaise Cendrars*, Paris, 1984.

Centaure (Le). Œuvre en prose de l'écrivain Maurice de Guérin (1810-1839), parue dans *La Revue des Deux Mondes* (15 mai 1840) ; elle forme, avec *La Bacchante* et quelques pièces de vers, le recueil de *Poèmes*, publié après sa mort, en même temps que son *Journal* et ses lettres. Animal fabuleux et mythologique, le centaure connaît la joie suprême de participer, dans la plénitude de son être, à la nature et à la splendeur des choses. Joies et inquiétudes alternent en une volupté divine pour donner à son existence un sens profond et inimitable. Vieux maintenant et solitaire, perdu au sommet d'une montagne, il évoque sa jeunesse heureuse, les moments d'ivresse folle quand il courait par la plaine et nageait dans l'onde verte des fleuves, ou bien quand tout à coup, immobile, il contemplait la réalité avec des yeux extasiés. Tout comme Chiron, lui aussi est un centaure de la montagne ; se souvenant des paroles de son sage compagnon, il peut goûter la paix des choses, à cette heure de son déclin, car il sait que ce moment est celui où son âme va retourner au sein de l'univers et se fondre en lui à la façon des fleuves qui coulent dans les entrailles de la terre. Ce poème, tout animé d'un sens panique de la beauté, témoigne de la plus haute fête de l'imagination et de la joie d'un moment créateur.

CÉSAIRE Aimé. Écrivain et homme politique martiniquais. Né à Basse-Pointe, le 25 juin 1913. Issu d'une famille modeste, Aimé Césaire, qui s'est révélé excellent élève, est envoyé à Paris poursuivre ses études : il est reçu en 1935 au concours d'entrée à l'École normale supérieure. Il élabore alors, avec Léopold Senghor et quelques autres étudiants négro-africains de Paris, la notion de « négritude » : le mot apparaît pour la première fois en 1939, dans son *Cahier d'un retour au pays natal*, grand poème du ressourcement aux racines nègres. Rentré dans son île natale en 1939 comme professeur de lycée, il fonde, avec sa femme, Suzanne Césaire, et quelques amis, la revue *Tropiques*, qui réussit à maintenir en Martinique (André Breton en portera témoignage) une parole de résistance culturelle. En 1945, Césaire est élu, avec le soutien du parti communiste, maire de Fort-de-France et député à l'Assemblée nationale française – charges qu'il a depuis conservées sans discontinuer. À l'Assemblée, il a été l'un des principaux artisans de la loi de la départementalisation des anciennes colonies (1946). Ses adversaires indépendantistes le lui ont, plus tard, vivement reproché. Césaire entend s'opposer à la fois aux tenants de l'ordre colonial (il publie contre eux en 1953 un virulent pamphlet : *Discours sur le colonialisme*) et à ses anciens alliés communistes, qu'il accuse de ne rien comprendre aux problèmes coloniaux (il rompt avec eux dans sa *Lettre à Maurice Thorez*, 1956). Il fonde en 1958 son propre mouvement, le Parti progressiste martiniquais. Il se fait historien pour analyser (*Toussaint-Louverture*, 1960) un premier exemple de décolonisation.

Il rassemble en 1946 dans *Les Armes miraculeuses* des poèmes de facture surréalisante, souvent parus dans *Tropiques*. Leur âpre violence se retrouve dans les recueils ultérieurs, *Soleil cou coupé* (1948) et *Corps perdu* (1950), refondus dans *Cadastre* (1961) et dans *Ferrements* (1960). La plupart de ces poèmes disent la destruction d'un monde ancien, dans un flamboiement d'images de cataclysmes, d'éruptions volcaniques, de catastrophes en tous genres, et annoncent l'avènement d'un monde nouveau, appelé par des futurs et des impératifs insistants. Cependant, les poèmes de *Moi, laminaire* (1982) laissent percer les découragements de l'homme d'action et l'angoisse de voir se perdre le feu des volcans dans la vase maléfique des mangroves.

Auteur de théâtre, Césaire a été joué un peu partout à travers le monde. *La Tragédie du roi Christophe* posait, en 1963, à partir d'un épisode célèbre de l'indépendance d'Haïti, les difficiles problèmes de la décolonisation. *Une saison au Congo* (1966) raconte, à la manière des grandes chroniques brechtiennes, la mort de Patrice Lumumba. *Une tempête* (1968), adaptation de la pièce de Shakespeare, met l'accent sur les conflits raciaux qui opposent Caliban, l'esclave noir, Prospero, le maître blanc, et Ariel, le mulâtre.

Toute la vie, toute l'œuvre d'Aimé Césaire sont restées fidèles à son impulsion de jeunesse : « Pousser d'une telle raideur le grand cri nègre que les assises du monde en seront ébranlées. »

JEAN-LOUIS JOUBERT.

RÉF. : L. Kesteloot, *Aimé Césaire*, Paris, 1962. – B. Kotchy, *Aimé Césaire, l'homme et l'œuvre*, Paris, 1973. – A. Songolo, *Aimé Césaire, une poétique de la découverte*, Paris, 1985. – D. Delas, *Aimé Césaire*, Paris, 1991.

CESBRON Gilbert. Romancier, dramaturge et essayiste. Né et mort à Paris : 13 janvier 1913 - 12 août 1979. Au cours de ses études à l'École des sciences politiques, il est amené à assurer l'intérim d'un ami malade à la direction d'une station de radio. Il se prend au jeu et décide d'en faire son métier – un métier qu'il exercera à plein temps jusqu'à l'âge de la retraite. Pendant la guerre de 1939-45 paraît son premier roman, *Les Innocents de Paris,* une œuvre pleine de poésie et de tendresse. Les romans qui suivent sont de la même veine : *La Tradition Fontquernie* (1947) ; *Notre prison est un royaume* (1948) ; *La Souveraine* (1949).

Avec *Les saints vont en enfer* (1952), qui évoque l'apostolat des prêtres ouvriers, un tournant s'amorce dans l'œuvre de Gilbert

Cesbron. Désormais, tous ses romans auront pour cadre, sinon pour intrigue, une des préoccupations majeures de notre temps : l'enfance délinquante dans *Chiens perdus sans collier* (1954) ; le cancer et l'euthanasie dans *Il est plus tard que tu ne penses* (1958) ; la solitude des personnes âgées dans *Avoir été* (1960) ; la condition féminine dans *Une abeille contre la vitre* (1964). La tentation est grande de « résumer » chacun des romans de Gilbert Cesbron par l'énoncé d'un « problème » de notre époque ! *C'est Mozart qu'on assassine* (1966) : les enfants du divorce ; *Je suis mal dans ta peau* (1969) : la promotion des jeunes nations africaines ; *Voici le temps des imposteurs* : le monde de la presse et des médias ; *Don Juan en automne* : l'érotisme actuel ; *Mais moi je vous aimais* : les handicapés mentaux. Mais c'est bien mal parler d'un roman qui est essentiellement création de personnages, élaboration d'un univers et d'une atmosphère !

Parallèlement à ses romans, Gilbert Cesbron publie un grand nombre de nouvelles : *Des enfants aux cheveux gris* (1968) ; *La Ville couronnée d'épines* (1974) ; *Un vivier sans eau* (1979). De même, ses multiples prises de position donnent lieu à des essais : *Chasseur maudit* (1953) ; *Ce siècle appelle au secours* (1955) ; *Libérez Barabbas* (1957) ; *Une sentinelle attend l'aurore* (1965) ; *Lettre ouverte à une jeune fille morte* (1968) ; *Ce que je crois* (1970) ; *Des leçons d'abîme* (1971) ; *Mourir étonné* (1976) ; *Huit paroles pour l'éternité* (1978) ; *Passé un certain âge* (1980) ; *La regarder en face* (1982).

Bien qu'elle ait été peu jouée, l'œuvre dramatique de Cesbron n'en est pas moins considérable : *Il est minuit, docteur Schweitzer* (1952) ; *L'Homme seul* (1961) ; *Mort le premier* (1970), pour ne citer que les pièces principales. Enfin, Gilbert Cesbron donne la mesure de son talent poétique dans un recueil paru en 1976, *Merci l'oiseau ;* mais aussi dans ses contes, *Traduit du vent* (1950), *Tout dort et je veille* (1959), *Leur pesant d'écume* (1980), et également dans les cinq volumes de son *Journal sans date* (1963 à 1983) où se conjuguent toutes les facettes de son talent multiforme.

MICHEL BARLOW.

RÉF. : M. Barlow, *Gilbert Cesbron, témoin de la tendresse de Dieu,* Paris, 1965; *La Foi de Gilbert Cesbron*, Paris, 1987.

Césure. Coupe principale où se fait le départ entre les deux groupements syllabiques constitutifs d'un vers long, ou hémistiches. La césure prend place après une syllabe tonique : en général la sixième dans l'alexandrin, la quatrième ou la sixième dans le décasyllabe, la quatrième dans l'octosyllabe : « J'aurais été soldat // si je n'étais poète » (Hugo).

On réserve en général le terme de *césure* à un arrêt fixe entre deux hémistiches, et celui de *coupe* à un arrêt mobile à l'intérieur du vers. On parle cependant de *césure mobile* à propos des vers impairs. La césure est déterminée le plus souvent par une articulation syntaxique ou logique, et se marque soit par une pause nette dans la diction, soit par une accentuation de la syllabe tonique : « Que toujours, dans vos vers, // le sens, coupant les mots, / suspende l'hémistiche, // en marque le repos » (Boileau).

À partir de l'époque romantique, la césure à l'hémistiche devient souvent purement visuelle : « Tantôt pâle, tantôt / rouge et splendide à voir » (Hugo), pour s'effacer finalement, chez Verlaine par exemple, et faire place à des coupes libres : « L'Espoir luit / comme un brin de paille / dans l'étable. »

Pour la *césure épique,* voir *apocope.*

CHRISTIAN DOUMET.

CHALLE Robert. Romancier, voyageur et philosophe. Né à Paris le 17 août 1659, inhumé à Chartres le 27 janvier 1721. Son importance dans l'histoire littéraire n'a pu être établie que très récemment, dissimulée qu'elle était par l'anonymat et les avatars de la publication de ses œuvres. L'orthographe de son nom est bien Challe et non Chasles ou Challes. Il est issu d'un milieu bourgeois en pleine ascension sociale, et si son père est simplement titulaire d'un office de juré porteur de grains, en revanche, son oncle maternel, Pierre Raymond, receveur des finances, est lié aux milieux financiers et politiques autour des Colbert. Challe prétend avoir été en relation, au cours de ses études au collège de la Marche, avec Seignelay (pourtant son aîné de huit ans), qui l'aurait ensuite honoré de sa protection. Il est également permis de douter de sa prétendue participation à la bataille de Mont-Cassel, car il s'oriente d'abord vers une carrière d'avocat, avant de se lancer dans une vie d'aventures avec l'espoir de faire fortune.

À la mort de son père, en 1681, il se querelle avec son frère aîné, qu'il estime avantagé dans le partage de la succession ; sa famille, pour l'éloigner, l'associe à l'un des actionnaires de la Compagnie sédentaire des pêches de l'Acadie, Charles-François Duret de Chevry. Challe effectue plusieurs missions au Canada entre 1682 et 1687, date à laquelle il prétend avoir été vaincu et emprisonné par les Anglais, détenu à Boston, puis envoyé à Londres, où il aurait été secouru par Saint-Évremond. Ruiné, il demeure dans l'oisiveté, uniquement occupé à la lecture, avant son embarquement sur l'« Écueil », en qualité d'écrivain du Roi, en 1689, pour une expédition vers les Indes orientales. Le départ de l'escadre est remis à l'année suivante, car le navire est affecté à la surveillance des côtes françaises. Le voyage se déroulera de février 1680 à août 1691, et Challe en laisse un récit particulièrement vivant et pittoresque dans son *Journal d'un voyage aux Indes* (1721). Mais il échoue dans sa tentative de s'enrichir et désormais se tourne vers les lettres.

Son nom est d'abord associé à une *Continuation du Don Quichotte*, pour laquelle il demande un privilège en 1702 : il aura la surprise, en 1713, de reconnaître son œuvre dans le tome VI du *Don Quichotte* publié sous le nom de Filleau de Saint-Martin. En 1708, un pamphlet anonyme le déclare condamné pour avoir lu des livres défendus : sans doute est-il en train de rédiger les *Difficultés sur la religion*, ouvrage dans lequel il adresse au père Malebranche ses doutes sur la religion. En 1713 paraît son chef-d'œuvre, le roman *Les Illustres Françaises* (*). Rien de tout cela ne lui apportera la gloire ni la fortune : il vit dans le dénuement, plus ou moins exilé à Chartres, sans doute occupé à la rédaction de ses *Mémoires* inachevés (ils s'interrompent à l'année 1701), datés de 1716, et qui contiennent des pages importantes sur la colonisation de l'Acadie et des vues originales sur le siècle de Louis XIV.

JACQUES POPIN.

RÉF. : Numéro spécial de la *Revue d'histoire littéraire de la France*, 1979.

CHAMFORT Sébastien Roch Nicolas de (pseud. de Sébastien-Roch Nicolas). Littérateur et moraliste. Né le 22 juin 1740 au village de Theix, près de Saint-Genès-Champanelle (Puy-de-Dôme) (?), mort à Paris le 13 avril 1794. Rien de moins sûr que la date et les circonstances entourant sa naissance. Conjecture la plus vraisemblable : enfant naturel de Jacqueline Dauphin de Leyval, dame de Montrodeix, née Cisternes de Vinzelles, et de Nicolas, chanoine de la cathédrale de Clermont ; déclaré de parents inconnus, il est adopté par François Nicolas — parent du chanoine ? —, épicier, et son épouse Thérèse, née Croizet (ou Creuzet). Âgé apparemment de 10 ans, il est envoyé à Paris pour y faire ses études au collège des Grassins. Élève indiscipliné, voire caustique, mais brillant, il remporte tous les prix « comme par gageure ». Après une fugue qui le conduit, avec Letourneur, à Cherbourg, où les deux drilles devaient s'embarquer à la découverte de l'Amérique, il aurait demandé à son complice : « Avant de faire le tour du monde, si nous faisions le tour de nous-mêmes ? » De retour à Paris, il réintègre les Grassins. Sa philosophie terminée, au principal du collège qui veut le destiner à l'Église, il lance : « Je ne serai jamais prêtre. J'aime trop le repos, la philosophie, les femmes, l'honneur, la vraie gloire ; et trop peu les querelles, l'hypocrisie, les honneurs et l'argent. » Livré à lui-même et sans ressources, il commence une « longue carrière de mercenaire littéraire » — nègre de prêtres en mal de sermons, poète, journaliste... — et voyage, d'abord en Belgique, comme précepteur, ensuite en Allemagne, où il ne se découvre pas le moins du monde allemand. Mais ce séducteur, un Adonis-Hercule, contracte tôt une maladie vénérienne dont il se ressentira toute sa vie. C'est sans doute vers 1761 que, pour faire figure dans le monde et la République des lettres, il prend le nom de Sébastien Roch Nicolas de Chamfort. Il collabore au *Journal encyclopédique* et fait jouer à Paris *La Jeune Indienne,* comédie en un acte et en vers, qui a pour tout mérite de contenir en germe la satire chamfortienne de la société (1764). La même année, l'Académie française couronne son *Épître d'un père à son fils sur la naissance d'un petit-fils,* condamnée par certains pour irréligion et morale scandaleuse. Il fréquente alors philosophes et aristocrates, et compose plusieurs volumes du *Grand vocabulaire français.* Son ode, *La Grandeur de l'homme,* est couronnée par l'Académie des jeux Floraux en 1766, et il travaille, dès 1767, à sa seule tragédie, *Mustapha et Zéangir,* qui sera jouée le 1er novembre 1776 à Fontainebleau, devant la Cour. Le roi, ému par le spectacle de l'attachement que se vouent les demi-frères éponymes de la pièce, lui accorde une pension de mille deux cents livres. Auparavant, Chamfort avait fait jouer une comédie en un acte et en prose dans l'esprit des *Lettres persanes* (*), *Le Marchand de Smyrne* (1770), et avait remporté trois prix : deux de l'Académie de Marseille avec son *Combien le génie des grands écrivains influe sur l'esprit de leur siècle* (1767) et son *Éloge de La Fontaine* (1774) ; un de l'Académie française avec son *Éloge de Molière* (1769). Le *Dictionnaire dramatique,* qui est de lui pour l'essentiel, paraît en 1776. L'année suivante, il « se libère » de Condé qui se l'était attaché comme secrétaire des commandements. Sa notoriété est alors telle que Mme Du Deffand voit en lui un successeur possible de Voltaire (1778). Il est élu à l'Académie française (1782) mais, écœuré par Paris, se retire avec une veuve au manoir de Vaudouleurs, près d'Étampes. Là, l'être meurtri qu'il est devenu coule les jours les plus heureux de son existence en compagnie d'une femme remarquable. Mais celle-ci meurt soudainement cinq mois plus tard. Chamfort continue pourtant à travailler. Il collabore aux *Considérations sur l'ordre de Cincinnatus* de Mirabeau (1784), brochure où est réduite à l'imposture la légitimité d'une noblesse se recevant des impératifs de l'histoire et du sang ; est nommé secrétaire ordinaire du Cabinet de Mme Elisabeth, sœur de Louis XVI, et reçoit, deux ans plus tard (1786), « en considération de ses travaux littéraires », une pension royale de deux mille livres. Mais 1789 approche. Pour vivre en acteur de la Révolution, il s'installe aux Arcades du Palais-Royal et milite dans l'ombre de Mirabeau qu'il « crée » à son image et à son langage ; rédige avec lui le discours *Des académies* ; prêche la démocratie dans divers journaux ; fonde avec d'autres la « Société de 1789 » ; compose les vingt-six premiers *Tableaux historiques de la Révolution française.* Entre-temps, les pensions ont été supprimées, et Chamfort est pratiquement démuni : il avait donné ses économies à la Révolution. Après un bref et malheureux passage à la tête de la *Gazette de France,* il est nommé en 1792, avec Carra, à la direction de la Bibliothèque nationale. « Je suis le ministre de l'argent, vous êtes le ministre de l'intelligence », lui écrit Roland. Mais avec la fin de la Convention girondine, Chamfort perd ses protecteurs et, encore qu'il ait été républicain de la première heure, Tobiesen-Duby, son subalterne au cabinet des Estampes, le dénonce au Comité de sûreté générale. Incarcéré aux « Madelonnettes », lui qui ne veut ni « pourrir » dans la vermine ni « satisfaire aux besoins de la nature en présence et en commun avec trente personnes », il jure, s'il en sort, qu'on ne l'y reverra plus. Il est libéré quarante-huit heures plus tard, mais placé sous la surveillance d'un gendarme. Sur ce, nouvelle dénonciation de Tobiesen-Duby. Devant être reconduit dans une maison d'arrêt, Chamfort, sous prétexte de se préparer, gagne son cabinet et se tire une balle dans la tête. La balle dévie sur son œil droit. Étonné de vivre, il se taillade la gorge et le corps à coups de rasoir, et s'effondre dans un cri. Toujours vivant, il est soigné et semble se rétablir. Cinq mois plus tard, pourtant, il succombe dans d'atroces douleurs, laissant derrière lui des cartons entiers de « petits carrés de papier ». C'est le très peu de ces papiers-fragments, « la plus grande partie » ayant disparu à sa mort et celle-là même qui avait survécu ayant été réduite de moitié (!), qui constitue les *Produits de la civilisation perfectionnée,* mieux connus sous le titre de *Maximes et pensées, caractères et anecdotes* (*), et le titre de gloire de Chamfort. L'acuité de son regard sur l'Ancien Régime finissant et la hauteur de son idéal politique, derrière l'apparent cynisme de sa vision des hommes, en font, avec sa verve de feu et ses désarrois de conscience sans faux-fuyants, le plus tragique des moralistes français.

HENRI MYDLARSKI.

♦ *« Voilà un jeune homme qui écrira comme on faisait il y a cent ans ! »* Voltaire. ♦ *« Quand j'ai eu le matin la conversation de Chamfort, elle m'attriste pour toute la journée. »* Mme Helvétius. ♦ *C'est une branche de muguet entée sur des pavots. »* Rivarol. ♦ *« Je me suis toujours étonné qu'un homme qui avait tant de connaissance des hommes eût pu épouser si chaudement une cause quelconque* [= la cause de la Révolution]. » Chateaubriand. ♦ *« Trop maladif et trop irrité pour mériter jamais d'obtenir une place dans la série des véritables mémorialistes, son nom restera attaché à quantité de mots concis, aigus, vibrants et pittoresques. »* Sainte-Beuve. ♦ *« Inconsolable des misères de l'homme, et portant noblement sa misanthropie comme la loyauté d'un galant cœur. »* Les Goncourt. ♦ *« Homme riche en profondeurs et en arrière-fond de l'âme, sombre, douloureux, ardent. »* Nietzsche. ♦ *« J'y ai pris beaucoup de plaisir, mais quelle sécheresse. »* Julien Green. ♦ *« C'est le récit d'une négation de tout qui finit par s'étendre à la négation de soi, une course vers l'absolu qui s'achève dans la rage du néant. »* Albert Camus.

RÉF. : Pierre-Louis Ginguené, « Vie de Chamfort » in *Œuvres de Chamfort, recueillies et publiées par un de ses amis,* Paris, an III (1795). — Maurice Pellisson, *Chamfort, étude sur sa vie, son caractère, ses écrits,* Paris, 1895. — Émile Dousset, *Un moraliste du* XVIII*e* *siècle : Sébastien-Roch-Nicolas Chamfort et son temps,* Paris, 1943 . — Julien Teppe, *Chamfort, sa vie, son œuvre, sa pensée,* Paris, 1950. — John Renwick, *Chamfort devant la postérité, 1794-1984,* Oxford, 1986. — Claude Arnaud, *Chamfort,* Paris, 1988.

Champavert. Contes immoraux. Contes de Pétrus Borel « le Lycanthrope » (1809-1859), publiés à Paris en 1833. Une année après ses *Rhapsodies,* Borel descend de nouveau dans l'arène pour braver bourgeois et « philistins » avec ce volume, dont le titre et les illustrations sont déjà plus qu'une promesse. La préface commence par mystifier le lecteur en lui annonçant la nouvelle du suicide de Champavert — tel serait, affirme-t-on, le vrai nom de Borel — et dessine ensuite le portrait physique et moral de l'auteur, avec d'amples citations des *Rhapsodies.* Suivent, chacune précédée d'une forêt d'épigraphes, six longues nouvelles, qui contiennent ce qui pouvait exister de plus truculent, de plus horrible et de plus cruel dans l'imagination de celui qui aimait s'appeler « le Lycanthrope ». Elles sont accompagnées par le commentaire paradoxal et narquois de l'auteur, lequel, s'il trouble parfois leur unité, en constitue cependant la partie la plus originale et la plus intéressante.

CHAMPFLEURY (pseud. de Jules François Félix Husson). Romancier et critique d'art. Né à Laon (Aisne) le 10 septembre 1821, mort à Sèvres (Seine) le 6 décembre 1889. Fils d'un modeste employé, il ne possédait pas assez de ressources pour achever ses études, et dès son arrivée à Paris, vers sa vingtième année, dut travailler comme commis dans une librairie. Ses premiers articles parurent en 1844 et, après avoir adopté son pseudonyme sur le conseil de Houssaye, il effectua ses véritables débuts dans les lettres avec *Chien-Caillou, fantaisie d'hiver* (1847), qui lui valut des éloges de Victor Hugo. Tout en donnant des pantomimes au Théâtre des Funambules (*Pierrot valet de la mort,* 1846 ; *Pierrot pendu,* 1847, etc.), et des critiques d'art à différentes revues où il attaque la postérité d'Ingres, les beaux- arts officiels, et défend Courbet, champion du réalisme, Champfleury continue de publier des romans qui, au lendemain du 2 décembre, bénéficient du regain d'intérêt pour les lettres, contrepartie de l'étouffement de la vie politique. Il écrivit alors ses meilleures œuvres : *Les Aventures de mademoiselle Mariette* (1853), où il se révèle un peintre de la bohème supérieur à Murger, *Les Bourgeois de Molinchart* (1854), *L'Usurier Blaizot* (1853), *M. de Boisdhyver* (1856) — roman de mœurs cléricales —, *La Succession Le Camus* (1858), histoire d'un héritage, le mieux construit peut-être des livres de Champfleury, etc. Après avoir fondé en 1856 une éphémère *Gazette de Champfleury,* il encouragea Duranty et ses jeunes amis à lancer la revue *Le Réalisme,* et publia lui-même sous ce titre un recueil-manifeste. Les années suivantes seront principalement consacrées à des critiques d'art (*Les Frères Le Nain,* 1862, *Histoire de faïences patriotiques sous la Révolution,* 1866, etc.), et à une monumentale *Histoire de la caricature* en plusieurs volumes, parus à partir de 1865. Champfleury était également collectionneur, jusqu'à la manie, jusqu'à la maladie — il l'évoque dans *Le Violon de faïence* (1862), l'un des meilleurs romans de sa deuxième période ; ces romans ne connurent en général aucun succès. En 1872, la nomination de Champfleury comme conservateur du musée de Sèvres — où il devait mourir — lui fournit l'occasion de poursuivre ses travaux sur la céramique ; au cours de ses dernières années, il fit encore paraître de nombreuses études sur La Tour, Courbet, Wagner, Balzac, Nerval, *Henry Monnier, sa vie et son œuvre,* et des *Souvenirs et portraits de jeunesse* (1872). C'est d'un oubli assez injuste que sont victimes les romans de Champfleury, histoires de bourgeois de province, chronique laonnaise si exacte, si impitoyable qu'elle valut à l'auteur des difficultés avec les autorités du département. Thibaudet les considère comme « un des tableaux les plus solides d'une vie de province par quelqu'un qui la sent, qui l'a vécue ». Champfleury conserve cependant sa place dans l'histoire littéraire : passionné de vérité et d'observation, moraliste amer, il se targuait d'être l'inventeur du « réalisme », mais le génie de Flaubert a relégué Champfleury au second plan. Il y avait chez ce « champion de France pour les fautes d'orthographe durant tout le second Empire », comme le dit encore Thibaudet, un mépris en quelque sorte doctrinal de la forme qui l'opposa toujours à Flaubert, lequel écrivit *Madame Bovary* (*) comme un défi à son ami, pour lui prouver qu'on pouvait être réaliste et bien écrire. L'art vrai, soutenait au contraire Champfleury, consiste à « rendre des idées sans les faire danser sur la phrase ». Ainsi s'opposait-il aussi bien aux romantiques qu'aux Goncourt, en prônant une « utile réaction contre les faiseurs de ronsardisme, de gongorisme, les faiseurs de mots, les chercheurs d'épithètes » — les Goncourt se vengèrent, dans *Charles Demailly*, en mettant en scène Champfleury sous les traits de Pommageot, homme de lettres grotesque.

RÉF. : P. Eudel, *Champfleury, son œuvre, ses collections,* 1891. — M. Clouard, *L'œuvre de Champfleury,* 1891. — P. Martino, *Le Roman réaliste sous le second Empire,* 1913. — E. Bouvier, *La Bataille réaliste (1844-1857),* rééd. 1973. — *Champfleury, l'art pour le peuple,* Musée d'Orsay, 1990.

CHAMSON André. Romancier français. Né le 6 juin 1900 à Nîmes (Gard), mort en 1983 à Paris. Telles qu'elles apparaissent dans ses romans, la pensée, l'inspiration d'André Chamson sont inséparables de ses origines cévenoles et de ses racines calvinistes. Le terrien domine chez cet écrivain qui s'est plu en particulier à raconter l'épopée des camisards, et des hommes de son pays dans *Roux le bandit* (1925), *Les Hommes de la route* (1927), *Le Crime des justes* (1928), *La Galère* (1939), *La Superbe* (1967), *La Tour de Constance* (1970) et *La Suite cénevole.* À travers ses ouvrages, André Chamson témoigne son intérêt sensible et passionné pour les résistants à toutes les oppressions, pour les marginaux qui donnent souvent l'exemple de la liberté. C'est pourquoi on retrouve André Chamson engagé lui-même dans les combats de la Résistance contre l'occupant nazi, après sa participation à la lutte antifasciste dans l'entre-deux-guerres. C'est pourquoi aussi il s'engage dans la célèbre « Brigade Alsace-Lorraine » aux côtés d'André Malraux. Conjointement à sa carrière de romancier, ce chartiste va mener ensuite une carrière d'administrateur public comme conservateur du musée du Petit-Palais de Paris où il a organisé les premières grandes expositions internationales de l'après-guerre, puis comme directeur général des Archives de France (1959-1971). Membre de l'Académie française dès 1956, André Chamson a raconté les tribulations de sa vie dans une sorte d'autobiographie romancée, *Le Chiffre de nos jours* (1954).

RÉF. : M. Berry, *Chamson, sa vie, son œuvre,* Paris, 1984.

CHANDERNAGOR Françoise. Romancière née le 19 juin 1945 à Palaiseau, Françoise Chandernagor garde un grand attachement pour la maison des origines familiales dans la Creuse : toutes ses héroïnes ont ainsi un lieu de refuge et de réconfort. Entrée à 21 ans à l'École normale d'administration, elle a intégré en 1969 le Conseil d'État.

Ses romans ont immédiatement connu un grand succès. *L'Allée du roi* (Julliard, 1981) a obtenu le prix des Ambassadeurs et celui des lectrices de *Elle.* Cette biographie de Mme de Maintenon narre l'ascension de Françoise d'Aubigné, femme du poète Scarron puis épouse morganatique de Louis XIV. Le récit, mené avec une exactitude historique parfaite, un sens puissant de la narration, de la richesse des sentiments et du détail pittoresque, convainc tout autant les intellectuels que les lecteurs de *best-sellers.*

Françoise Chandernagor s'attache ensuite au destin de « la Sans-Pareille », contemporaine ambiguë, proche du pouvoir, comme elle a pu en rencontrer dans le cadre des fonctions administratives qu'elle a exercées jusqu'en 1993. L'histoire de Christine Valbray se déploie dans une trilogie : *La Sans-Pareille* (de Fallois, 1988), *L'Archange de Vienne* (de Fallois, 1989) et *L'Enfant aux loups* (de Fallois, 1990), dont le nom générique, « La Leçon des ténèbres », annonce que la chute brutale suit de près les succès de cette intrigante devenue secrétaire d'État. Abandonnée au fond de la prison de Rennes, elle ne cesse d'aimer Charles de Fervacques, le ministre qu'elle surnomme l'Archange.

Le retour de Françoise Chandernagor au roman historique avec *L'Enfant des lumières* (de Fallois, 1995) est l'occasion d'un nouveau portrait de femme seule dans l'adversité, d'une mère qui émancipe son fils dans la France des années 1780, pour lui permettre de donner sa mesure dans des intrigues où il est passé maître. Le personnage de *La Première Épouse* (de Fallois, 1998) est une femme brisée, qui n'a cessé d'être trahie pendant vingt-cinq ans de mariage et jusqu'au divorce par un mari beau, intelligent mais obstinément menteur et volage. Ce livre, sans doute le plus personnel de son auteur, résonne comme un cri, d'amour mais aussi de fureur, celui que pousse tout être humain en constatant que les loups menaçants font partie de son entourage le plus proche.

Depuis 1995, Françoise Chandernagor est membre de l'académie Goncourt.

ALIETTE ARMEL

Chanson de Roland. Le récit des guerres légendaires de Charlemagne en Espagne, de l'incomparable lutte soutenue par Roland à Roncevaux, de l'extermination des infidèles et du traître Ganelon par l'empereur, nous est parvenu en plusieurs rédactions, diverses de date et de langue ; la plus ancienne et la plus illustre est celle qui a été conservée dans un manuscrit devenu célèbre, de la Bibliothèque d'Oxford ; c'est à cette rédaction que l'on se réfère quand on parle simplement de la *Chanson de Roland.*

Le développement du sujet est le suivant : Charlemagne combat victorieusement depuis sept ans en Espagne contre les Maures ; seule lui résiste désormais la cité de Saragosse, dont Marsile est roi. Celui-ci, qui est à la limite de ses possibilités de résistance, demande la paix avec le dessein de manquer aux éventuels accords, à peine les Français auront-ils quitté la Péninsule. Parmi les membres de l'état- major chrétien, le comte paladin Roland est pour la guerre jusqu'à la destruction totale de l'ennemi ; mais c'est l'avis du plus grand nombre qui prévaut, c'est-à-dire la discussion des offres de Marsile. Qui ira donc à Saragosse traiter au nom de Charles ? Pour cette mission (dangereuse, car, en d'autres occasions, le roi païen a donné la preuve d'une extrême cruauté envers les ambassadeurs), plusieurs barons parmi les plus valeureux se mettent en ligne ; mais l'empereur refuse, ne voulant pas courir le risque de perdre l'un d'entre eux. Roland propose alors Ganelon, son beau-père, en même temps beau-frère de Charlemagne. La proposition est acceptée. Ganelon, qui n'est en rien un lâche, mais est attaché à des affections humaines, et qui a senti une intention hostile dans la désignation de son beau-fils, part plein de rancœur. S'étant rendu compte de son état d'âme, les Sarrasins le gagnent à l'idée d'une trahison qui lui offrirait les moyens de se venger : Marsile feindra d'accepter toutes les conditions posées par Charlemagne, y compris l'obligation de se convertir ; sur quoi, Ganelon convaincra son roi de retourner en France ; dans les gorges des Pyrénées, l'arrière-garde franque, où se trouvera Roland avec les guerriers les plus valeureux, sera attaquée par des forces supérieures et détruite. Le plan concerté réussit. Vingt mille hommes qui comptent parmi les meilleurs, commandés par Roland, sont attaqués dans les gorges de Roncevaux par quatre cent mille mahométans. Bien que les chrétiens accomplissent des prodiges de valeur, infligeant à leurs adversaires d'énormes pertes, inévitablement le nombre a l'avantage sur l'héroïsme ; quand le gros de l'armée, appelé par le son du cor merveilleux de Roland (mais trop tard à cause de la répugnance obstinée de l'héroïque paladin à s'en servir), revient sur ses pas, il ne trouve sur le champ de bataille ensanglanté que des milliers de cadavres. Une intervention divine arrête le soleil, et prolonge le jour de telle sorte que les Francs peuvent rejoindre les troupes des païens survivants qui se retirent, et en font un grand carnage, les repoussant jusqu'à l'Èbre. Marsile, mutilé de la main droite, regagne péniblement Saragosse. Sa défaite coïncide avec l'arrivée en Europe de Baligant, émir de Babylone, qui depuis un certain temps s'était préparé à lui prêter secours, et a rassemblé des hommes de quarante royaumes. À peine Charlemagne a-t-il fini de célébrer, à Roncevaux, les funérailles de ses morts que l'attaque des troupes de Baligant se dessine. La terrible bataille trouve son point culminant dans un duel qui met aux prises les deux chefs suprêmes : l'émir est abattu ; à sa mort les Infidèles prennent la fuite ; les Francs pénètrent dans Saragosse ; Marsile meurt de chagrin ; la guerre est finie. Ayant laissé des garnisons dans le nouveau territoire conquis, Charlemagne rentre à Aix-la-Chapelle ; la fiancée de Roland, Aude, à la nouvelle de la mort du comte meurt sur le coup ; Ganelon est jugé et écartelé ; la reine Bramidoine, veuve de Marsile, reçoit le baptême.

Tout ce récit est exposé en quatre mille décasyllabes environ, de cadence un peu monotone, mais suggestive et majestueuse, rassemblés en lais plus ou moins longs, toujours assonancés et faits pour être chantés sur une mélodie uniforme. Un art conscient de ses procédés a indéniablement présidé à la naissance de ce poème qui ne peut être isolé de la grande tradition de la poésie épique antique, et que personne n'oserait, de nos jours, présenter comme l'expression naïve et un peu rudimentaire d'une âme primitive, suivant la thèse soutenue par le romantisme, à qui l'on doit le mérite de la « découverte » du poème, au début du XIXe siècle. Cependant, aussi évident qu'il soit, cet art qui atteint sa pleine mesure dans les scènes de la mêlée de Roncevaux, reste difficile à définir exactement. On a dit faussement que la langue de la *Chanson de Roland* était « maigre et nue » ; le terme à employer serait plutôt « abondante » ; si les comparaisons y manquent complètement, les métaphores n'y sont pas rares. Cependant, la langue employée n'a rien de faussement brillant, mais au contraire maintient d'un bout à l'autre du poème un ton de gravité solennelle d'une réelle grandeur, un peu hiératique. Dans un récit où tout n'est que rencontres, coups, assauts et fuites, on peut être surpris de l'absence de mouvement dans le style ; c'est que l'action dramatique est recomposée en une suite de tableaux juxtaposés, d'où résulte moins un effet de plastique et de statuaire, comme on l'a souvent répété, ou un effet monumental, que celui que peut produire un vitrail gothique dans lequel figures, gestes et couleurs apparaissent perpétuellement transparents, immobiles et comme à jamais fixés.

Auteur, signification, date de composition du poème ont été et continuent à être l'objet de savantes discussions. Le dernier vers fait mention d'un certain « Turoldus », dans lequel on peut voir le poète de la *Chanson*, et qui a été identifié avec différents personnages historiques. L'identification qu'accueille favorablement la critique de nos jours est celle d'un Théroulde, évêque de Bayeux, plus tard moine à l'abbaye du Bec en Normandie, ayant vécu vers la fin du XIe siècle. En réalité, il est difficile de préciser le sens du vers, et ce Théroulde peut aussi bien désigner un jongleur qui chantait la geste, que le copiste qui venait de finir de la recopier, ou encore l'auteur d'une source latine ou vulgaire, en prose ou en vers, utilisée par un imitateur anonyme ; il se peut même qu'il ne s'agisse, en l'occurrence, que d'un simple artifice littéraire. La langue du manuscrit d'Oxford, de coloris anglo- normand, dans lequel transparaissent d'autres éléments linguistiques, n'est pas la langue originale, bien que celle-ci ne puisse être déterminée avec certitude. De toute façon, l'œuvre fut certainement composée sur le continent, dans l'Île-de-France, la Normandie ou la Picardie. Pour la date de la composition, on est en mesure de fixer deux limites fondées sur des éléments positifs et solides : l'an 997 d'une part et l'an 1130 environ d'autre part ; préciser davantage dans cet espace qui embrasse tout le XIe siècle et une bonne partie du XIIe n'est pas chose facile, car tous les arguments produits jusqu'ici à ce sujet laissent subsister des doutes ou sont de nature incertaine. La grande question est de savoir s'il faut remonter à une époque antérieure à la première croisade (1095-1099) ou s'il faut penser aux années de ce grand événement ; des études récentes veulent que la *Chanson* soit tout à fait indépendante de la littérature historiographique relative à la croisade, et en placent la naissance aux environs de 1120- 1125.

Le problème de la date rejoint celui de la signification du texte. Chacun sait que les aventures contées dans la *Chanson* ont un fond de vérité historique : au printemps de l'année 778, Charlemagne, qui n'était pas encore empereur, fut appelé à intervenir dans les dissensions qui avaient éclaté entre les princes musulmans d'Espagne ; il prit la tête d'une expédition militaire dans la Péninsule, où il mit le siège devant Saragosse ; cependant une rébellion des Saxons l'obligea rapidement à lever le siège et à prendre la voie du retour ; alors qu'il repassait les Pyrénées, le 15 août 778, son arrière-garde parmi laquelle se trouvaient des personnages éminents (dont Roland, « préfet de la Marche de Bretagne ») fut détruite, non par les Sarrasins, mais par des bandes de brigands basques. La *Chanson* voudrait-elle être un poème historique ? On peut dire qu'à cette question, la critique du XIXe siècle répondait affirmativement car, malgré les différences de vues entre les divers spécialistes, ils étaient d'accord pour considérer la *Chanson*, et en général toute la poésie épique française, comme le dernier anneau d'une longue tradition poétique ou légendaire perdue, d'abord franque, puis latine et française, qui avait commencé au lendemain même des événements historiques, sous forme de chants ou de récits tissés autour de ces événements. La critique de ces dix dernières années, ayant abandonné le postulat des origines lointaines des chansons de geste, et y ayant substitué l'affirmation que ces chansons sont un produit absolument nouveau de la civilisation des XIe, XIIe et XIIIe siècles, en est arrivée, dans l'ensemble, à placer la *Chanson de Roland* dans le climat des croisades, et à y déceler un but de propagande et d'exaltation dans le cadre de ces croisades. Il est certain que le poème respire l'atmosphère de la Guerre sainte ; la chose est rendue plus évidente encore grâce à l'épisode de Baligant où l'on a universellement reconnu un développement inutile, dérangeant l'économie de l'œuvre ; quant aux passages qui touchent, directement Roland, il est clair qu'ils puisent leur raison d'être, non dans l'exaltation de la lutte pour la chrétienté, mais dans le sentiment illimité de respect que le vassal nourrissait à l'égard du seigneur, et dans l'exaltation des vertus de loyauté et de fidélité ; c'est pour ce respect et ce sens de la fidélité que meurent Roland et sa suite, Aude également. L'indéniable unité extérieure du poème aurait donc été réalisée à partir de matériaux préexistants, originairement étrangers à l'esprit de conquête religieuse, mais repris et modelés dans un but d'exaltation de la foi militante. Il faut à ce sujet se rappeler que l'idée d'en finir avec les Infidèles par leur anéantissement total est née bien avant 1095 ; depuis le VIIIe siècle, l'Occident vivait sous la menace des Arabes et dans l'effort opiniâtre fait pour les chasser du midi de la France, des terres ibériques, des îles de la Méditerranée ; le projet de délivrer le Saint-Sépulcre de ses profanateurs apparaît comme un corollaire du déclin de la puissance musulmane en Occident, déclin provoqué par les armées des princes français, espagnols et normands, et des Républiques maritimes d'Italie. Depuis le début du XIIe siècle, l'ordre de Cluny qui s'était fait l'instigateur et l'organisateur de la lutte séculaire de la chrétienté espagnole contre les Almoravides, répandait l'idée que l'on pouvait gagner la couronne du martyre en combattant la domination sarrasine. En 1063, la situation de la péninsule Ibérique amena le pape Alexandre II à penser qu'il fallait mobiliser tout le monde chrétien au secours de la cause espagnole pour laquelle l'Église prit dès lors infatigablement la défense par des subventions, des encouragements et des récompenses spirituelles. La *Chanson de Roland*, qui ne contient aucune allusion explicite aux guerres en Terre sainte, mais a pour thème précisément celles que Charlemagne entreprit au sud des Pyrénées, aura donc plus de rapport avec la Reconquête qu'avec la Croisade.

Il faut ajouter à ces faits que l'amitié fraternelle de Roland et d'Olivier était déjà proverbiale, quelques décades après 1050. Que l'on réfléchisse enfin, circonstance non remarquée jusqu'alors, que déjà à l'aurore du XIIe siècle, la littérature est entièrement dominée par un ensemble cohérent d'idées et de sentiments se rapportant aux notions de valeur, de jeunesse, d'amour, etc. ; ces idées et ces sentiments, chargés d'une puissante force expansive, sont cependant absents de la *Chanson* : chose étrange pour une œuvre née en 1110-1120 ou 1125, quand le concept de jeunesse des trouvères s'est infiltré jusque dans un texte ascétique comme le *Boeci* provençal. Il est donc probable que la *Chanson* est antérieure aux croisades et peut se placer, à six ou quinze ans près, vers 1070. De toute façon, la *Chanson de Roland* est, sans aucun doute, un des monuments les plus grandioses de la littérature moderne. L'influence qu'elle a exercée sur la poésie postérieure, en France et à l'étranger, est incalculable. De nombreux érudits lui ont consacré attention et recherches. Imprimée pour la première fois par Francisque Michel à Paris en 1837, elle a eu par la suite toute une série d'éditions, conçues selon des critères divers, parmi lesquelles il faut citer celles de Joseph Bédier (avec commentaire ; Paris, 1922), de Raoul Mortier (avec « essai d'interprétation du problème des origines » ; Paris, 1939) et de Giulio Bertoni (Florence, 1935). Nombreuses aussi ont été les traductions. Récemment, la *Chanson de Roland* a été éditée par C. Segre (2 vol., Genève, Droz, 1989), traduite par P. Jouin (Paris, Folio, 1979), commentée par R. F. Cook (*The Sense of the Song of Roland*, Ithaca-Londres, Cornell University Press, 1987) et H. E. Keller (*Autour de Roland*, Paris, Champion, 1989). Pour l'iconographie, se reporter au livre de R. Lejeune et J. Stiennon (Bruxelles, 1966). Voir également, J. Dufournet, *Cours sur la Chanson de Roland*, Paris, 1972.

Chansons de geste. La littérature médiévale nous a transmis près de quatre-vingts chansons de geste ; leur vogue commence avec la littérature en langue française, puisque le premier grand monument en est la *Chanson de Roland* (*) que l'on date de la fin du XIe siècle, et elles restent en faveur, en se transformant, tout au long du Moyen Âge ; on les mit en prose au XVe siècle, et elles survécurent dans la Bibliothèque bleue. Mais leur période de floraison majeure se situe au XIIe siècle et dans la première moitié du XIIIe. Elles ont pour thème les exploits essentiellement guerriers de personnages historiques ou légendaires. Ces hauts faits (en latin *gesta*) donnèrent au genre son nom de chanson de *geste*. Mais, plus encore que la matière, c'est la rigueur formelle qui fait l'unité du genre. Les textes de la grande époque des chansons de geste se présentent comme une suite de laisses (v. ce mot) assonancées. Ces laisses, dont la longueur est variable, de quelques vers à plus d'une centaine, constituent les unités narratives et formelles de base. La narration n'est pas toujours linéaire, et le même événement est parfois repris d'une laisse à l'autre sous une forme différente. Le vers est de dix syllabes avec une forte césure après la quatrième syllabe, parfois de huit ou douze syllabes. Les vers d'une même laisse sont unis entre eux par une même assonance (identité de la dernière voyelle accentuée), plus rarement par la rime. La laisse est chantée, un peu sans doute comme une mélopée, avec un vers d'intonation et un vers de conclusion qui ont chacun une mélodie spécifique. L'exécution de la chanson de geste est assurée par des jongleurs qui souvent s'accompagnent à la vielle. Elle est publique, et se déroule aussi bien sur la place du marché ou dans la taverne que dans la salle d'apparat des châteaux ou dans les monastères où font étape les pèlerins. Au début du XIIIe siècle, le trouvère Bertrand de Bar-sur-Aube classa la masse des chansons épiques en trois « gestes » ou cycles : cycle du Roi, cycle de Doon de Mayence (ou des vassaux révoltés), cycle de Garin de Monglane (ou de Guillaume d'Orange). Cette classification commanda désormais la répartition des œuvres dans les manuscrits. Le cycle du Roi a pour centre le personnage de Charlemagne : on y trouve la plus ancienne chanson de geste, et en même temps le chef-d'œuvre du genre, la *Chanson de Roland* (dont l'auteur est peut-être le Turold qui se nomme à la fin), et d'autres œuvres dont les auteurs nous sont souvent inconnus : *Aspremont,* le *Pélerinage de Charlemagne, Aiquin*, la *Chanson des Saisnes* de Jean Bodel, *Jehan de Lanson*... L'empereur y apparaît comme un infatigable défenseur des pays chrétiens, en lutte contre les païens, Sarrasins et autres. Dans le cycle des vassaux révoltés, le héros est un vassal dont le mérite n'a pas été reconnu par son roi ou son suzerain et qui se rebelle ; il peut même avoir la forte personnalité d'un bâtard renégat et sacrilège. Autour de ce thème d'une rébellion impie contre un pouvoir sacré, on rassemble des œuvres très diverses : *Gormont et Isembart* (un roi mécréant qui vient d'Angleterre envahir la France et un traître qui ira jusqu'à tuer son père), *Raoul de Cambrai* (qui, dans une rage meurtrière, incendie le monastère dont l'abbesse est la mère de son écuyer), *Girard de Roussillon, Renaud de Montauban* (popularisé sous le titre *Les Quatre Fils Aymon*), etc. Le cycle de Guillaume offre beaucoup plus d'unité. Il comprend vingt- quatre chansons qui furent écrites du XIIe au XIVe siècle et dont les héros appartiennent tous au même lignage issu d'Aimeri de Narbonne (les Narbonnais), fils de Garin de Monglane. Le personnage le plus populaire en est Guillaume d'Orange, guerrier redoutable aux Sarrasins et d'une fidélité indéfectible à son roi, qui finit par se faire moine et fonder Saint-Guillaume-le-Désert (*Le Couronnement de Louis, Le Moniage Guillaume*). Le ton des chansons de ce cycle passe de la mort tragique et douloureuse de Vivien (*La Chanson de Guillaume*) aux exploits souvent truculents d'un Guillaume aux ruses redoutables, aux poings terribles et au courage sans faille (*Le Charroi de Nîmes, La Prise d'Orange*) ; on y rencontre aussi le géant Rainouart qui ne sait combattre qu'avec un « tinel » (massue) et qui devient une figure très populaire (*Aliscans*). La question des origines des chansons de geste partage les érudits. De courts récits épiques les ont précédées dont on n'a gardé que des traces, mais doit-on partir de là pour écrire la genèse du genre ? Il fallut sûrement, pour aboutir aux chefs-d'œuvre que nous possédons, après une longue gestation dans des chants populaires et des récits de jongleurs, l'intervention décisive d'un auteur. Le débat a toute chance de se poursuivre longtemps.

MICHEL ROUSSE.

Chansons de toile. Ces quinze pièces en vers, anonymes, du XIIe siècle, d'inspiration épique, sont les plus anciens documents de la poésie lyrique française. Le thème est toujours à peu près le même : une jeune fille (bele Erembors, bele Aiglentine, bele Doette, bele Yolanz, etc.) est occupée à coudre ou à tisser des fils d'or et de différentes couleurs, le plus souvent enfermée dans sa chambre ou dans une tour. Le nom de « chansons de toile » leur vient du fait qu'elles étaient chantées dans les appartements des femmes, tandis que ces dernières étaient occupées à leurs ouvrages. Et comme on y raconte toujours une brève histoire d'amour, elles furent aussi appelées autrefois « chansons d'histoire ».

Dans trois de ces chansons apparaît, non pas une jeune fille, mais une jeune femme mal mariée qui se lamente de son mari, vieux et méchant, et désire un ami, ou qui, si elle l'a, se console avec lui. Comme il convient à des héroïnes de contes, les jeunes filles sont toutes belles et n'ont d'autres pensées que l'amour qu'elles portent à un chevalier ou un ami, jeune preux, parfois lointain, qui provoque leurs soupirs. Il y a parfois un malentendu entre eux, mais tout s'aplanit très vite, et si les mal mariées se consolent de leurs malheurs d'épouses avec leurs amants, les jeunes filles épousent l'ami ou s'unissent à lui. Une seule, après avoir longtemps attendu le bien-aimé qui est parti au loin, apprend d'un écuyer sa mort et, désespérée, entre dans un couvent qu'elle a elle-même fondé. Le monde, qui apparaît dans ces compositions poétiques, est un monde chevaleresque : les héroïnes sont des filles d'empereurs ou de rois. Les jeunes filles, même quand elles se montrent sans trop de préjugés, sont pleines d'innocence : c'est un élan instinctif et sincère qui les pousse dans les bras de leurs amis et qui fait pécher quelques-unes d'entre elles. Il y a dans les descriptions et les dialogues une délicatesse exquise : les jeunes filles ont toujours une attitude extrêmement humble, douce et soumise et, même lorsqu'elles sentent le poids de leur malheur, elles ne sortent jamais des limites d'une noble retenue. Les *Chansons de toile,* comme toutes les compositions poétiques les plus anciennes, étaient accompagnées de musique, mais la notation musicale n'a été conservée que pour quatre d'entre elles. – Les *Chansons de toile* ont été éditées, traduites et commentées par M. Zink (Paris, Champion, 1978).

Chant royal. Ce genre apparaît au XVe siècle dans les exercices poétiques de la Confrérie du Puy de Notre-Dame d'Amiens. Au départ, il y eut le serventois, poème de cinq onzains de décasyllabes et un envoi, en l'honneur de la Vierge. Le contenu religieux du poème empruntait les expressions de l'amour courtois. Et c'est à l'imitation de la chanson amoureuse que le serventois fut transformé en chant royal par l'adjonction d'un refrain. Le chant royal fut particulièrement en honneur dans les confréries normandes de Dieppe, Rouen, Caen, où il faisait l'objet de concours pieusement littéraires.

MICHEL ROUSSE.

Chants de Maldoror (Les). Sorte d'épopée en prose d'Isidore Ducasse, dit comte de Lautréamont (1846-1870). Elle comprend six chants et fut publiée à Paris en 1869, le premier chant ayant paru l'année précédente (1868). Il s'en fit une autre édition en 1874 (Lacroix, Bruxelles). C'est le seul gros ouvrage que l'auteur ait écrit. Encore n'est-il pas achevé. À cet égard, on ignore tout des intentions de Lautréamont, comme on ignore sa vie intime, son caractère et presque son physique (on ne possède qu'un seul portrait de lui).

Ce livre magique et torturé semble bien être l'archétype de l'œuvre de génie. C'est le plus déconcertant de la littérature française. On arrive mieux à dégager son idée fondamentale que le thème particulier de chacune de ses parties. Il s'agit de la rébellion de l'homme contre Dieu. De ce Dieu, créateur du monde, Lautréamont célèbre la haute malfaisance en se fondant sur tous les crimes dont sa création est le théâtre depuis l'origine des temps. Faisant de lui l'objet de son exécration, il s'installe dans l'absurde pour mieux blasphémer son nom : Dieu, autrement dit « l'Éternel à face de vipère ». Dans cette sorte de course à l'abîme, il ne relâche jamais rien de sa fureur blasphématoire. Ce faisant, Lautréamont n'est pas pur de toute influence. Il tire son inspiration de ses lectures. De Young, il retient en effet la grandiloquence funèbre, de Byron le satanisme, de Dante, enfin, la couleur de certaines visions et certains tours oratoires. Il serait absurde néanmoins de s'y attarder. Car un esprit original se fait jour à travers elles : un esprit qui se manifeste dans une certaine conception de la nature. Ici, en effet, le règne animal prévaut sur les autres. D'où la mise en jeu d'un facteur assez terrible : le complexe de la vie animale, autrement dit l'énergie d'agression. Gaston Bachelard a, le premier, mis l'accent sur cet aspect insolite de l'univers de l'auteur. Il nous révèle que le bestiaire en question comprend cent quatre-vingt-cinq animaux. Il observe que « les formes animales y sont souvent mal dessinées. En fait, elles ne sont pas reproduites. Elles sont simplement produites ou plutôt induites par les actes eux-mêmes ». Alors que chez Sade, par exemple, la violence reste soucieuse de son objet et, par là, humaine, ici elle déborde toujours les frontières humaines. Voilà donc un univers où toute défense est illusoire, du fait que l'attaque peut se donner carrière sans jamais courir le moindre risque. Ajoutez que la cruauté se trouve avoir ses raisons en dehors même de ce qui relève de l'instinct de conservation. Or donc, la dent, la griffe, la corne, le bec, le dard et la ventouse : tous ces moyens sont évoqués dans *Les Chants de Maldoror.* Si l'auteur tient l'aigle en haute estime, il lui préfère néanmoins le requin, le crabe, l'araignée, le pou et surtout le poulpe qui, dit-on, pousse l'intelligence jusqu'à se couvrir avec les débris de ses victimes. Tels sont les hôtes de sa vie intérieure. « Ô poulpe au regard de soie ! Toi dont l'âme est inséparable de la mienne ; toi, le plus beau des habitants du globe terrestre et qui commandes à un sérail de quatre cents ventouses ! » Maldoror se laisse tellement prendre à son jeu qu'il en vient lui-même à faire l'amour avec la femelle du requin au milieu de la tempête.

Il est certain qu'un tel spectacle devient vite insoutenable. Sorte de monstre antédiluvien, l'auteur insiste sur tant de points qu'on est bien forcé de croire qu'il se délecte dans ses tableaux hallucinants. Ce mot, d'ailleurs, nous éclaire : « Moi, je fais servir mon génie à peindre les délices de la cruauté. » Il était donc naturel qu'on le soupçonnât d'être atteint d'aliénation mentale. Il semble, pourtant, que tout s'inscrive en faux contre pareille hypothèse. Le propre de l'aliénation est de séparer le sujet du reste du monde. Si Lautréamont avait été fou, il eût cessé d'être accessible aux autres hommes. Or son œuvre s'est acquis un nombre croissant de lecteurs. Dans le plan de l'écriture, son discours est très cohérent : les mots chevauchent régulièrement, comme les phrases et les périodes — suivant un rythme souverain. On sent partout un sûr équilibre mental. Quant à la violence qui s'y donne carrière, il semble qu'elle n'ait aucun rapport avec l'aliénation. Remy de Gourmont lui-même, revenant de son opinion, est tout près de voir en Lautréamont « un ironiste supérieur, un homme engagé par un mépris féroce pour les hommes à feindre une folie dont l'incohérence est plus sage que la raison moyenne ».

Certains pensent que le délire de Lautréamont est l'effet d'un traumatisme occasionné par le séjour qu'il dut faire dans un internat. Ce régime scolaire est riche en drames de ce genre : ce ressentiment que donne l'expérience de l'humiliation. Ici, la mauvaise révolte d'un adolescent de génie que sa réclusion mène à l'asphyxie. Qu'on l'écoute : « Ces mystères au fond desquels notre existence étouffe comme un poisson au fond d'une barrique. » Ailleurs : « Moi, comme les chiens, j'éprouve le besoin de l'infini... » Ailleurs encore : « Ton esprit est tellement malade qu'il ne s'en aperçoit pas, et que tu crois être dans ton naturel chaque fois qu'il sort de ta bouche des paroles insensées, quoique pleines d'une infernale grandeur. » Tout serait alors supposé s'expliquer facilement. Dès qu'un homme, ayant conscience de son génie, se voit écrasé par un monde qu'il abomine, il ne trouve qu'une échappatoire : l'explosion, autrement dit le verbe, la parole. Voilà pourquoi cet ouvrage prend l'aspect d'un monologue frénétique. Certes, l'auteur use avant tout d'un langage qui sent sa classe de rhétorique. Ainsi, le début : « Plût au ciel que le lecteur trouve son chemin abrupt et sauvage à travers les marécages désolés de ces pages sombres et pleines de poison. » Ce style assure, d'ailleurs, toute la trame de l'ouvrage. Seulement, voici qu'un autre esprit se donne carrière : « J'ai fait un pacte avec la prostitution, afin de semer le désordre dans les familles. » Tant de violence froide n'étouffe pas chez l'auteur le don de l'invention gratuite. Ayant l'hyperbole dans le sang, ce flagellateur est d'abord un visionnaire. Il trouve à chaque instant des images inouïes que ne souille aucune rhétorique : l'« homme à la verge rouge », l'« homme aux lèvres de bronze » ou l'« homme à la chevelure pouilleuse ». Ce fantastique ne lui fait pas perdre d'autant le sens de la réalité : « La suie qui remplit l'intérieur des cheminées ». Puis son génie de fulguration reprend le dessus. Témoin ce trait admirable : « La tête de la vipère, séparée de son tronc, siffle encore pendant quinze jours. » C'est dans ce foisonnement d'images que réside assurément le caractère original de l'œuvre de notre auteur. Malraux, néanmoins, a fait observer que cette originalité est le fruit d'un procédé. Comparant le texte de 1869 avec celui de 1874, il constate que Lautréamont s'est avisé de « remplacer toutes les abstractions par des noms d'objets ou d'animaux, lesquels n'ont point de rapport logique avec le poème ». Par exemple, le nom de Dazet (l'esprit du bien) se voit remplacé successivement par « poulpe au regard de soie », « gros crapaud », « monarque des marécages », « acarus sarcopte qui produit la gale ». Quoi qu'il en soit, l'œuvre conserve tout son prestige, en dépit du désaveu que l'auteur en a fait lui-même : c'est le naturel du génie de se contredire. Edmond Jaloux voit dans *Les Chants de Maldoror* le chef-d'œuvre du romantisme français. Son auteur, en tout cas, a ouvert une carrière immense à l'imaginaire.

Chapeau de paille d'Italie (Un). Comédie en cinq actes des auteurs dramatiques Marc-Michel (1812-1868) et Eugène Labiche (1815-1888), représentée pour la première fois en 1851. C'est l'odyssée burlesque du jeune Fadinard qui se trouve entraîné, le jour de ses noces, dans une suite d'aventures imprévues et de situations inextricables. En route vers son logis parisien où doivent le rejoindre sa fiancée Hélène Nonancourt et le cortège nuptial, il suit la route de Charentonneau quand son cheval s'empare d'un chapeau de paille d'Italie suspendu à un arbre, et le mange. C'est le début des malheurs de Fadinard qui doit se mettre sur-le-champ à la recherche d'un chapeau identique pour le restituer à sa propriétaire, Anaïs Beauperthuis, laquelle se trouvait en galante compagnie avec le lieutenant de hussards Émile Tavernier, quand le cheval prit le fameux chapeau. La dame exige une restitution immédiate ; sans sa coiffure, elle ne saurait regagner le domicile conjugal, car elle éveillerait les soupçons de son mari. Fadinard se rend vainement chez une modiste — qui fut son amie — puis chez une baronne qui donne à ce moment une réception ; la noce de Fadinard le suit chez la baronne, ne soupçonne pas le but de ses recherches laborieuses et assaille le buffet qu'elle croit dressé à son intention, pendant que le fiancé est entraîné dans les salons, car on le prend pour un ténor italien attendu. Mais la baronne a justement offert le fameux chapeau à sa filleule qui n'est autre qu'Anaïs Beauperthuis. Or Anaïs Beauperthuis est sortie le matin même sous le prétexte de faire l'emplette d'une paire de gants ; depuis, son mari l'attend impatiemment. Fadinard commet l'imprudence de raconter son histoire à M. Beauperthuis, qui suit le cortège pour rechercher sa femme. Après maintes péripéties très drôles, tout s'arrange ; sur une place publique, devant la demeure de Fadinard, tout le monde se retrouve ; parmi les cadeaux de noces il y a un chapeau de paille en tout point semblable ; il est remis à Anaïs dont l'honneur est sauf. Cette comédie est le type par excellence du vaudeville français dans la seconde moitié du XIXe siècle et, à la faveur d'une savante gradation de malentendus, les auteurs dépeignent certaines figures de bourgeois, employés, notaires, étrangers. — En 1927, René Clair a tiré de cette comédie un film célèbre qui porte le même titre.

CHAPELAIN Jean. Poète et critique. Né à Paris le 4 décembre 1595, il y mourut le 22 février 1674. Fils d'un notaire, il fut de très bonne heure initié au latin et au grec, puis étudia l'espagnol et l'italien, il devint ainsi un fin connaisseur des littératures ancienne et moderne. La préface qu'il donna à l'édition originale du poème *Adonis* de Giambattista Marino, publié à Paris en 1623, attira sur lui l'attention de Richelieu. On dit que c'est en lui tenant un discours sur les trois unités dramatiques qu'il acheva de gagner les grâces du cardinal qui le pensionna généreusement et fit de lui un arbitre très écouté en matière de littérature. Il joua un grand rôle dans la fondation et l'animation de l'Académie française qui, comme l'Académie florentine *della Crusca*, fut chargée d'exercer une sorte de critique officielle sur les lettres : au cours des ardentes discussions qui opposèrent partisans et adversaires du *Cid* (*) de Pierre Corneille, il fut le principal auteur des *Sentiments de l'Académie sur « Le Cid »* (*), en 1637, où il tenta de produire un jugement équilibré, conciliant les critiques demandées par Richelieu et les louanges qu'appelait le génie novateur de Corneille. D'ailleurs, les jugements prononcés dans ses *Lettres*, surtout celles de la première période, sont souvent marqués par ce ton conciliant, voire franchement indulgent. La réputation de cet « arbiter humanarum litterarum » était si grande que Colbert eut recours à lui pour rédiger des notices individuelles devant servir à l'établissement d'une liste de tous les écrivains européens dignes de recevoir une pension du roi, plus ou moins élevée selon les indications fournies.

Mais Chapelain souhaitait consacrer sa réputation de critique par une grande œuvre. On lui savait des ambitions poétiques. Bien qu'il n'eût publié que quelques odes (dont l'*Ode à Richelieu*, 1633), une traduction de *Guzman de Alfarache* de Mateo Alemán et quelques poèmes, dont le plus connu est *Julie* — v. *La Guirlande de Julie* (*) —, l'on disait partout qu'il égalait ou surpassait Homère et Virgile ; pour en être sûr, on attendait impatiemment qu'il eût achevé *La Pucelle ou la France délivrée*, poème épique en vingt-quatre chants, auquel il travailla pendant vingt ans. On répétait : « Dans mille ans l'on parlera d'elle / ou l'on ne parlera de rien. » Mais quelle pluie d'épigrammes, quelle avalanche de satires en 1656, quand furent publiés les douze premiers chants, chacun de mille deux cents vers ! Les douze autres ne furent publiés qu'en... 1882. Tous les gens de bonne foi ne purent que déplorer les maladresses de la composition et la rugosité des vers. Et l'on chanta : « Depuis vingt ans on parle d'elle / Dans dix mois on n'en dira rien. » Les plaisanteries et les sarcasmes de Boileau (surtout), de Racine, de La Fontaine et de Molière furent virulents : la génération du classicisme triomphant se moquait ainsi d'un homme qui apparaît pourtant comme l'un des fondateurs les plus experts de sa doctrine.

LOUIS DELIBES.

CHAPPAZ Maurice. Écrivain suisse de langue française. Né le 21 décembre 1916 à Lausanne, d'une famille valaisanne appartenant autant à la terre qu'à la magistrature. Il acquiert une formation classique au collège de l'abbaye de Saint-Maurice (à Martigny, en Valais) de 1928 à 1937.

Il entreprend des études de droit à l'université de Lausanne, qu'il ne termine pas (1938-1940) ; des études de lettres à l'université de

Genève sont abandonnées : il opte pour la littérature et l'indépendance. Il décide, contre un modeste entretien et la garantie de sa liberté, de gérer les vignes que possède son oncle Maurice Troillet et d'en surveiller non seulement la vinification mais la vente (1951- 1954). Il travaille ensuite comme aide-géomètre lors de la construction du barrage de la Grande-Dixence (1955-1958).

Cette tension d'origine sociale se double d'une ambivalence à la fois personnelle et atavique – propre au mode de vie paysan du Valais en vigueur jusque dans notre siècle – entre nomadisme et sédentarisme. Chappaz a besoin d'une famille – il épouse l'écrivain Corinna Bille en 1947 ; d'une maison qui joue le rôle de point fixe : ce sera Veyras-sur-Sierre (dès 1957), puis l'abbaye du Châble. Mais il lui est tout aussi vital de chercher ailleurs le pendant de ce qu'il a en propre, pour être tout ensemble désapproprié et propriétaire, libre et fixé. « Il faut un "ici" avec son ambiguïté qui nous pince. Suisse romande : un ciel et une geôle. » Sa vie se confond donc avec ses livres, poétiques d'abord, récits ensuite, souvenirs et méditations enfin, et ses voyages dont certains marquants : Laponie (1968), Népal (1970), mont Athos (1972), en Russie par le Transsibérien avec Corinna (1979), en Chine où il réside à Pékin (1981), au Liban (1982), au Spitzberg en cargo (1986).

Les œuvres poétiques de Maurice Chappaz marquent toutes les étapes existentielles d'un parcours qui va du livre à la réalité : *Les Grandes Journées de printemps* (1944), *Verdures de la nuit* (1945), *Testament du Haut- Rhône* (1953), *Le Valais au gosier de grive* (1960), *Chant de la Grande-Dixence* (1965), *Office des morts* et *Tendres Campagnes* (1966), *A rire et à mourir* (1983).

Les récits prennent des formes diverses, de l'évocation à l'échange épistolaire, du lyrisme à l'invective, du dialogue fictif à la description ; l'auteur procède toujours par fragmentation, découpage, saut et rupture, et le fil narratif se recompose dans l'esprit du lecteur interpellé de mille manières. Les uns plongent leurs racines dans le Valais archaïque et mystique comme le *Portrait des Valaisans en légende et en vérité* (1965) et *Le Match Valais-Judée* (1968) et ouvrent, la colère aidant, sur la veine poético-pamphlétaire de Chappaz : *Les Maquereaux des cimes blanches* (1976). Les autres explorent l'espace, horizontal et vertical, des montagnes et des vallées, d'ici et d'ailleurs : *La Tentation de l'Orient* (1960), *La Haute Route* (1974), *Lötschental secret* (1975), *La Haute Route du Jura* (1977).

Deux traductions d'auteurs de l'Antiquité, en collaboration avec Eric Genevay, complètent et approfondissent le travail poétique de Chappaz : les *Idylles* de Théocrite (1951) et les *Géorgiques* de Virgile (1954).

Des livres récents se nourrissent de la vie familiale : correspondance avec son oncle Maurice Troillet : *Le Gagne-Pain du songe* (1990) ; évocation de souvenirs autour de la vie et de la mort de Corinna Bille : *Octobre 1979* et *Le Livre de C.* (1986) ; portraits de deux figures tutélaires : *La Veillée des Vikings* (1990) ; préparation d'une autobiographie, dont une partie a paru sous le titre de *L'Apprentissage* (1977). Sa correspondance avec Gustave Roud paraît en 1993.

Trois caractéristiques principales distinguent l'œuvre de Maurice Chappaz et permettent de l'orienter. Tout d'abord, l'écrivain recourt constamment au lyrisme tant dans ses poèmes que dans ses récits, ses pamphlets que ses échanges épistolaires. Il propose l'engagement personnel comme seul capable d'assurer souffle et durée à l'inspiration poétique. Sa veine lyrique s'accompagne, en vers et en prose, de procédés de distanciation comme l'humour, le rire et l'ironie qui indiquent cette part d'irréductibilité, de liberté et de doute qui habite son être. L'image, proche en son principe de celle définie par André Breton et Philippe Soupault, ainsi que les figures de la rupture et du heurt, dynamisent son écriture lyrique qui passe, avec une précision inouïe, du monde familier et concret aux visées spirituelles les plus justes et les plus enjouées. Le but étant de se lancer d'incessants défis pour vivre au cœur d'un présent perpétuel. « Et j'écris quand j'ai besoin de vivre. » La deuxième caractéristique est l'absence notable de fiction. Chappaz utilise constamment d'une part la première personne comme garantie de l'auteur et de son vécu tout comme de ses vues anticipatrices audacieuses et d'autre part le pays du Valais, plaines et montagnes, en tant que lieu familier et biographique aussi bien que comme « pays de la Bible », c'est-à-dire une grande référence mythique. Quant à la troisième, elle réside dans une extrême liberté. Nulle frontière entre les genres littéraires : pour Chappaz, le lyrisme s'accommode aussi bien de la prose que de la poésie ; la polémique engage simultanément le vécu et l'imaginaire ; contes, légendes et mythes sont plus près de l'autobiographie que du roman. Récits, poèmes, lettres, pamphlets traitent tous d'un seul et même sujet, métaphysique s'il en est : la quête de l'origine. La reconnaissance du mystère de la naissance se lit, avec lucidité et humilité, dans les signes de la disparition, de la perte, de la fin ; ainsi l'écrivain va-t-il de l'*Apocalypse* à la *Genèse*, selon un mouvement qui alimente toute son œuvre, et suivant une réflexion reposant sur le principe de l'analogie universelle. Il refuse toute méthode déductive et tout déterminisme causal ; une de ses formules l'explicite ainsi : le « progrès » tend à remplacer le « royaume » ou « Fichtre : qu'Eckart remplace Descartes ! ».

DORIS JAKUBEC.

CHAPPUZEAU Samuel. Romancier et auteur dramatique. Né et mort à Paris (1625-1671). Par sa famille, Chappuzeau appartenait à la noblesse de robe, de religion protestante.

Après avoir fait ses études à Châtillon-sur-Loing et à Genève, il connut une existence vagabonde, parcourant l'Europe et tâtant de divers métiers pour subsister. Il voyagea en Angleterre, dans les Pays-Bas, en Suisse, en Allemagne et en Italie, fut secrétaire de la duchesse de Hesse-Cassel et précepteur de Guillaume d'Orange. Chappuzeau s'adonna aussi à de nombreux travaux alimentaires de librairie, parmi lesquels on peut mentionner *Le Cercle des femmes, entretien comique tiré des « Colloquia » d'Érasme* (1656), œuvre qui est loin de n'être qu'une traduction et fait une large part à l'observation personnelle — il semble que Molière s'en soit inspiré dans *Les Précieuses ridicules* (*) —, sa traduction des *Colloques* d'Érasme sous le titre de *Les Entretiens familiers* (1662) ou encore les *Six voyages de J. B. Tavernier... qu'il a faits en Turquie, en Perse et aux Indes* (1676) — mise en forme des notes rapportées par l'illustre voyageur. Parmi les œuvres personnelles de Chappuzeau, relevons un roman, *Ladice ou les Victoires du grand Tamerlan,* une tragi-comédie, *Damon et Pythias ou le Triomphe de l'amour et de l'amitié* (1657), deux comédies de mœurs, *L'Académie des femmes* qui, avant Molière, s'attaque de nouveau aux Précieuses et annonce *Les Femmes savantes* (*), et *Le Riche mécontent ou le Noble imaginaire* (1662), dont le sujet n'est pas sans anticiper sur celui du *Bourgeois gentilhomme* (*). Ces rapprochements ne sont pas, au demeurant, très surprenants puisque Chappuzeau était en relations avec la troupe de Molière. Mais l'œuvre la plus intéressante de Chappuzeau demeure son *Théâtre français* (1674) qui contient de précieuses indications sur la vie des comédiens et reste une source essentielle sur ce sujet habituellement négligé au XVIIe siècle.

RÉF. : Fr. Meinel, *Samuel Chappuzeau,* Leipzig, 1908.

CHAR René. Poète. Né à L'Isle-sur-la-Sorgue (Vaucluse) le 14 juin 1907, mort à Paris, le 19 février 1988. En 1918, il entre au lycée d'Avignon, fait en 1924 un séjour en Tunisie, entre à l'école de commerce de Marseille, accomplit deux années de service militaire à Nîmes. Il entre alors en contact avec le surréalisme. Il publie en 1928 ses premiers poèmes, *Les Cloches sur le cœur.* Ses vrais débuts datent de *Arsenal* (1929). Éluard vient alors le voir à L'Isle-sur-la-Sorgue. René Char se rend à Paris et rencontre Aragon, Breton... Il collabore au numéro 12 de *La Révolution surréaliste*, figure avec Buñuel et Dalí parmi les jeunes membres du groupe surréaliste entre 1930 et 1934. En 1930, il publie *Ralentir travaux*, écrit en collaboration avec Éluard et Breton. En 1934, il regroupe un certain nombre de ses poèmes dans *Le Marteau sans maître* et s'éloigne du surréalisme. Il dédie *Placard pour un chemin des écoliers* (1937) aux enfants espagnols morts pendant la guerre civile et poursuit sa quête poétique dans *Dehors la nuit est gouvernée* (1938) et *Le Visage nuptial.* Mobilisé en 1939, il entre dans la Résistance en 1940 — où il va devenir le capitaine Alexandre. Période qui se reflète dans *Feuillets d'Hypnos* (1946), écrits dans le maquis. Le recueil *Seuls demeurent* est publié en 1945 — il reparaît en 1948 avec *Feuillets d'Hypnos, Les Loyaux Adversaires, Le Poème pulvérisé* et *Fontaine narrative* dans le recueil collectif *Fureur et mystère*. René Char se retire à l'Isle-sur-la-Sorgue, mais il n'hésite pas à l'occasion à manifester son indignation, notamment lorsqu'il s'élève contre l'installation de fusées sur le plateau d'Albion (1966). Mais c'est à la poésie qu'il se consacre avant tout. Les recueils se succèdent : *Le Soleil des eaux* (spectacle pour une toile de pêcheurs, 1949), *Les Matinaux* (1950), *À une sérénité crispée* (1951), *Lettera amorosa* (1953), *Recherche de la base et du sommet* (1955), *La bibliothèque est en feu* (1957), *La Parole en archipel* (1962), *Retour amont* (1966), *Trois coups sous les arbres* (1967), *Le Nu perdu* (1971), *Aromates chasseurs* (1975), *Chants de la Balandrane* (1977). En août 1970 est morte Yvonne Zervos, à qui René Char avait dédié plusieurs poèmes. En 1973 disparaissent Picasso et Louis Fernandez, qui avait travaillé avec Char pour plusieurs livres. En 1978 meurt Georgette Goldstein, la première femme de Char, à qui avait été dédié *Le Marteau sans maître*. Malgré un grave accident cardiaque en 1978, René Char publie *Fenêtres dormantes et porte sur le toit* (1979), *La Planche de vivre*, anthologie de traductions (en collaboration avec Tina Jolas) en 1981, puis les *Voisinages de Van Gogh* (1985). Mais l'*Éloge d'une soupçonnée* (1988) sera posthume. Son dernier poème intitulé « L'Amante » est dédié à sa seconde femme, Marie-Claude Char, qu'il a épousée en octobre 1987. « À présent que la bougie s'écœure de vivre, l'écoute rougeoie aux fenêtres. »

Poésie, éthique, poétique, tels sont les trois vocables autour desquels s'articule l'œuvre de René Char. Dans *Partage formel*, il repousse l'image surréaliste au profit d'un « âpre ascétisme allégorique, la conquête des pouvoirs extraordinaires dont nous nous sentons profusément traversés mais que nous n'exprimons qu'incomplètement faute de loyauté, de discernement cruel et de persévérance ». Le rêve, l'écriture automatique, l'inconscient peuvent fournir des poèmes. Mais gare aux stéréotypes, aux contrefaçons.

Être poète, c'est faire, agir. Certains tiennent René Char pour un grand poète politique qui a « le plus pathétiquement réagi à notre histoire depuis 1945 » (Georges Mounin). Mais les fragments de *Feuillets d'Hypnos* ne peuvent être considérés comme des textes de circonstance : ils justifient une lutte, un refus permanent. René Char nous le dit dans *Recherche de la base et du sommet*, il s'est élevé dans la Résistance contre tout ce qui plaquait « sur les gerçures de mon visage une gifle de fonte rouge ». Au poète de préparer ensuite l'avenir pour que les monstres ne reparaissent pas. Cette poésie de la « fureur » et du « mystère » se retourne alors sur elle-même pour retrouver la fraîcheur de son origine, la violence de son surgissement. Ici, plus d'éloquence, le mot sorti du silence et qui y retourne, l'aphorisme qui explose et retombe dans son obscurité première. Par là, René Char fait penser à Héraclite dont les fragments ont une concision qui résulte de « cet effort qu'a dû faire l'expression pour parvenir à se situer entre le "tout" et le "rien" ; elle s'est déprise du silence mais, ne pouvant tout dire, elle s'est rattachée à ce Sens qu'elle n'épuise pas dans les mots qui en proviennent » (Jean Brun, *Les Présocratiques*). Union de la poésie et de la pensée que René Char célèbre, comme l'a reconnu Heidegger. Mais la poésie est première, attente de la pensée et de la parole. Il en résulte des textes difficiles, d'une richesse inépuisable : ancrée dans les splendeurs du monde, notamment celles du paysage vauclusien où vit le poète. Dépouillement, rigueur. La poétique est une éthique, une recherche du court-circuit d'images qui provoque le contact entre des mots et des règnes (végétal, animal...) qui s'opposent. « Je m'inquiète de ce qui s'accomplit sur cette terre, dans la paresse de ses nuits, sous son soleil que nous avons délaissé — Je m'associe à son bouillonnement. » Cette poésie prend ainsi en charge des expériences multiples, des instants de beauté menacés par l'Apocalypse. Lors de la publication de *Dans la pluie giboyeuse*, René Char déclare : « Étant un peu plus encore délivrés de l'espérance, nous nous approchons d'autant d'une nouvelle liberté-vérité du monde de l'homme. »

Poésie, éthique, poétique sont orientées vers un but unique : créer de la beauté vécue dans l'exaspération des contradictoires, « sur la ligne hermétique de partage de l'ombre et de la lumière. Mais nous sommes irrésistiblement jetés en avant. Toute notre personne prête aide et vertige à cette poussée ». Beauté qui se manifeste pour René Char aussi bien dans la poésie que dans le théâtre, la critique et parfois même le ballet. Il est significatif qu'un musicien aussi exigeant que Pierre Boulez, dans sa première période créatrice, ait donné une version musicale à plusieurs textes de ce poète, saluant « la violence taillée de ses paroles, son paroxysme exemplaire, sa pureté ». Beauté intransigeante qui ne suppose aucune compromission avec les mots d'ordre sociaux, avec ce qui viole l'ordre mystérieux de la terre. Beauté active, convulsive et contrôlée à la fois, où tous les hommes, s'ils ont la patience d'écouter le poète, pourront se retrouver au sein d'une *Commune présence* — titre d'un choix de poèmes paru en 1964 et augmenté en 1978. La poésie, par des chemins escarpés, cherche à rassembler les hommes. Ce que René Char disait dans la dédicace de la première partie de *Recherche de la base et du sommet* fut et demeure son intention avouée : « *Pauvreté et privilège* est dédié à tous les désenchantés silencieux, mais qui, à cause de quelques revers, ne sont pas devenus pour autant inactifs. Ils sont le pont. Fermes devant la meute rageuse des tricheurs, au-dessus du vide et proches de la terre commune, ils voient le dernier et signalent le premier rayon. Quelque chose qui régna, fléchit, disparut, réapparaissant devrait servir la vie : notre vie des moissons et des déserts et ce qui la montre le mieux en son avoir illimité. On ne peut pas devenir fou dans une époque forcenée bien qu'on puisse être brûlé vif par un feu dont on est l'égal. » Le poète est celui qui commence et qui rassemble. Et moins que jamais il n'est question de s'accommoder du chaos et de la violence — celle de l'Histoire entre autres. Dans *Aromates chasseurs*, il est dit : « Il y a ceux qui ont bu l'eau de la baignoire de Marat, et nous qui avons frissonné à l'horizon de Saint-Just et de Lénine. Mais Staline est perpétuellement imminent. On conserve avec des égards la mâchoire de Hitler... » Dans ce poème, Orion, chasseur aveugle, chemine entre les formes mythologiques qui parsèment le ciel et les senteurs de la terre. Le poète a-t-il trouvé une sérénité qui n'a plus rien de crispé ? Non, l'éclair continue à jaillir. Mais René Char se tient désormais dans les profondeurs du temps dont il tamise l'or. « Je voudrais que mon chagrin si vieux soit comme le gravier de la rivière : tout au fond. Mes courants n'en auraient pas souci. » Solitude qui n'est pas isolement mais incitation pour les hommes à « regarder la terre sur laquelle ils vivaient et à la tutoyer en baissant les yeux ».

GUY LE CLEC'H.

♦ *« Une part de sa grandeur, celle qui le rend sans égal en notre temps, vient de ce que sa poésie est révélation de la poésie, poésie sur la poésie, et, comme dit Heidegger à propos d'Hölderlin, poème de l'essence du poème. »* Maurice Blanchot. ♦ *« Il n'y a ici aucune éloquence, aucune exagération pathétique — mais le poète donne spontanément à tout ce qu'il voit et à tout ce qu'il dit une valeur incommensurable, une grandeur sacrée. Le sentiment de ce qu'il y a de sacré dans l'homme, le monde et la parole du poète : voici ce qui nous exalte chez René Char. »* Gaétan Picon. ♦ *« René Char incarne aujourd'hui, par ses ambitions, son sens du mystère poétique, son attitude intransigeante, la poésie moderne dans la victoire qu'elle a fini par remporter sur tout ce qui se pare plus ou moins frauduleusement de ce nom. »* Maurice Nadeau.

RÉF. : Georges Mounin, *Avez-vous lu Char ?*, Paris, 1946 nouv. éd. 1989. — Numéro spécial de *L'Arc*, 1963. — Pierre Guerre, *René Char*, Paris, 1971. — *Cahiers de l'Herne*, numéro consacré à René Char, Paris, 1971. — Jean-Claude Mathieu, *La Poésie de René Char, ou le Sel de la splendeur*, Paris, 1984. — Éric Marty, *René Char*, Paris, 1990. — Paul Veyne, *René Char en ses poèmes*, Paris, 1990.

CHARDONNE Jacques (pseud. de Jacques Boutelleau). Romancier et essayiste. Né à Barbezieux (Charente) le 2 janvier 1884, mort à La Frette (Val-d'Oise) le 29 mai 1968. Son père était un pur Charentais et dirigeait une importante maison de cognac. Sa mère était une Américaine, fille de ce David Haviland qui avait fondé à Limoges une fabrique de porcelaine dont la renommée fut mondiale. Ainsi est-ce dans la grande bourgeoisie protestante qu'a grandi le futur écrivain. Toutefois, ses parents n'étaient ni sévères, ni possessifs : ils laissaient l'enfant libre de ses allées et venues dans la petite ville où il noua vite des amitiés et des amours. Il a dit que la douzième année était l'âge de la passion. Il était attiré par le théâtre et par le cirque. Il fonda un éphémère journal, *Le Loufoque,* avec ses amis Henri et Geneviève Fauconnier qui, plus tard, écriraient des livres eux aussi. Il a lui-même évoqué son adolescence dans *Le Bonheur de Barbezieux*. Il devait quitter sa ville natale à l'âge de dix-huit ans. Cette année-là, tandis que son ami Henri Fauconnier s'embarque pour la Malaisie, il devient secrétaire du préfet du Puy-en-Velay, tout en préparant son baccalauréat. Il ne retournera pas à Barbezieux que ses parents, soudainement ruinés, viennent de quitter pour Paris où il les rejoint. Il s'inscrit à la faculté de droit et à l'École des sciences politiques. Il y retrouve un ami de Barbezieux, Maurice Delamain. Après la licence, c'est le service militaire. On envoie le jeune Jacques au Havre, mais on le réforme vite pour maladie pulmonaire. C'est pendant sa convalescence qu'il écrit son premier ouvrage, *Catherine* (1904), qu'il garde dans ses tiroirs et qu'il ne publiera que soixante ans plus tard. Les médecins lui conseillent d'aller vivre dans un pays chaud. Le voici en Tunisie, où il s'essaie aux affaires, en travaillant dans une pêcherie, puis dans une entreprise de nourriture pour le bétail. Il s'intéresse aussi aux plantations malaises de son ami Fauconnier et il y gagnera quelque argent qui lui permettra, à son retour à Paris, de trouver un emploi chez le libraire-éditeur P. V. Stock : celui-ci cherchait en effet un secrétaire qui serait en même temps son commanditaire. À la même époque, Chardonne se marie avec une jeune fille de Bordeaux, rencontrée à Royan, Marthe Schÿler-Schröder, dont il aura deux enfants. Parmi les premiers livres qu'il choisit de faire éditer, on citera *L'Hérésiarque* d'Apollinaire et le *Toi et Moi* de Géraldy. Un peu plus tard, il propose à P. V. Stock un nouvel apport de fonds, à condition que soit créée une société en commandite. Ce qui est fait. Mais P. V. Stock passe ses nuits à jouer au poker au Cercle de la Presse et il n'hésite pas à puiser dans la caisse de la librairie quand la chance l'abandonne. Chardonne fait alors dissoudre la société par décision de justice et le malheureux Stock se voit condamner à rembourser en deux ans les sommes que son secrétaire lui a avancées. Or il s'en trouve incapable. Mais la guerre survient et l'exécution du jugement se trouve ajournée. Chardonne est versé dans l'auxiliaire et affecté comme infirmier à l'hôpital militaire d'Aulnay-sous-Bois. Bientôt il est définitivement réformé et va s'installer en Suisse dans le village de Chardonne, dont il adoptera le nom pour écrire. Il y vivra quatre ans, d'abord seul, puis avec sa femme qui le rejoint avec leur fils Gérard. C'est là qu'il écrit *L'Épithalame* et c'est là que naît sa fille France. *L'Épithalame* est un roman du couple. Le tissu narratif traditionnel fait place à une succession de scènes où l'on peut discerner l'influence de Tolstoï que Chardonne considérera toujours comme le maître des maîtres. En 1919, retour en France. Le commerce des livres a été prospère pendant la guerre et P. V. Stock aurait pu souvent rembourser ses dettes. Mais il a préféré jouer au poker. Il ne veut pourtant pas que sa maison revienne à son ancien secrétaire. Il met son fonds aux enchères en février 1921. Malheureusement pour lui, aucun acquéreur sérieux ne se présente. Finalement, c'est toute la maison Stock – le local et le fonds – qui est cédée aux commanditaires pour le montant de leur créance. Celle-ci appartient maintenant à une société que Chardonne vient de créer avec son ami Delamain. La Librairie Stock devient ainsi Librairie Delamain et Boutelleau. Chardonne confiait que cette opération, imposée par les circonstances, était l'un des deux remords de sa vie (sur l'autre, il s'est tu). Cependant, P. V. Stock recevrait jusqu'à sa mort une pension versée par ses successeurs et sa veuve en bénéficierait à son tour. Première œuvre éditée par Delamain et Boutelleau, *L'Épithalame* paraît en octobre 1921. Le livre obtiendrait le prix Goncourt si l'on n'apprenait que l'écrivain Chardonne et l'éditeur Boutelleau ne sont qu'un seul homme. Mais la presse est enthousiaste, le meilleur article étant celui de Léon Blum. Patron de la maison Stock, Chardonne s'est surtout intéressé à la littérature étrangère : la collection « Le Cabinet cosmopolite » est le modèle des diverses séries « du monde entier » qu'ont entreprises d'autres éditeurs. Mais Chardonne fut aussi l'éditeur préféré de Cocteau qui publia chez lui des romans, des poèmes et des essais. Dès 1922, Chardonne se sépare de sa femme, dont il ne divorcera qu'un peu plus tard. Il vit d'abord seul à l'hôtel. Le désarroi qu'il éprouve provoque un nouvel accès de tuberculose. Les médecins le condamnent. Six mois à Chamonix lui rendent la santé. Il rentre à Paris et vit quelque temps avec une chanteuse de l'Opéra-Comique, Lucie Vautrin, qui lui conseille de s'installer dans la grande banlieue sur les coteaux de La Frette qui dominent la Seine. Il s'y fait construire une maison. La maison prête, il est tombé amoureux d'une autre jeune femme rencontrée à Paris au hasard de ses promenades. C'est avec elle qu'il se marie et s'installe à La Frette. Cette épouse se fera connaître elle-même plus tard comme écrivain sous le nom de Camille Belguise. Le deuxième roman de Chardonne, *Le Chant du bien-heureux*, paraît en 1927, six ans après *L'Épithalame.* Sa production devient ensuite régulière : *Les Varais* (1929), *Éva* (1930), *Claire* (*) (1931). Tous ces ouvrages établissent sa réputation de « romancier du couple ». C'est avec *Claire* qu'il connaît pour la première fois les gros tirages. Il se transforme en essayiste dans *L'Amour du prochain* (1932), puis entreprend un vaste roman familial, *Les Destinées sentimentales* (trois volumes qui paraissent de 1934 à 1936), où il met en scène les marchands de cognac et les fabricants de porcelaine qu'il connaît depuis son enfance. Puis il revient aux problèmes du couple avec *Romanesques* (1937) qui marque la fin de sa première époque. Pendant quelques années, l'essayiste va prendre en lui le dessus, requis par les grands problèmes du temps. Il entend défendre des valeurs menacées et se situe dans la tradition libérale. Un volume intitulé *Chronique privée* paraît en 1940 avant la défaite des armées et ne prête pas à polémique. Il en va différemment avec *Chronique privée de l'an 40* qui voit le jour en 1941 et dont quelques pages surprennent et scandalisent plus d'un lecteur : Chardonne y dit que nous avions vécu dans les illusions et qu'il faut ouvrir les yeux à la réalité. Les critiques qu'il soulève l'amènent ensuite à écrire *Voir la figure* où il affirme que la France pourrait s'intégrer honorablement dans l'Europe nouvelle qui se dessine. Le livre qui se veut réaliste est l'œuvre d'un rêveur. En 1942, Chardonne fit un choix dans les trois volumes parus depuis la guerre et en retrancha les pages qui prêtaient à polémique : le nouveau livre ainsi obtenu parut sous le titre *Attachements* et fut la dernière publication de Chardonne pendant l'Occupation. Il n'en allait pas moins connaître quelques moments difficiles à la Libération. Se trouvant en Charente, il fut arrêté et retenu quelques semaines à la prison de Cognac. On le relâcha sans qu'il ait été jugé. Il ne passerait jamais devant un tribunal quelconque, le Parquet de Versailles qui étudia son dossier n'y trouva rien qui offrît matière à inculpation. Pourtant le Comité de Libération de La Frette réclamait sa tête. Chardonne ne put rentrer chez lui tant que les passions ne furent pas calmées. Il composa alors un livre appelé *Détachements,* où il prend en effet ses distances avec une époque détestable. Ce livre qui ne parut qu'après sa mort est un livre charnière, car Chardonne allait faire peau neuve. Il allait inventer une nouvelle forme littéraire : des œuvres de composition libre où il mêlerait souvenirs, nouvelles et réflexions. Son style deviendrait de plus en plus musical et aérien : *Chimériques* (1948), *Vivre à Madère* (1953), *Le Ciel dans la fenêtre* (1959), *Demi-Jour* (1964) comptent parmi les chefs-d'œuvre de la prose française. Après la guerre, il avait laissé la direction des éditions Stock à Maurice Delamain. Désormais, on l'appela « l'ermite de La Frette », mais il quittait souvent son ermitage et y recevait aussi des amis. Il comptait beaucoup de grands admirateurs dans les nouvelles générations de romanciers, de Nimier à Déon, de Marceau à Nourissier. Sa correspondance occupait ses matinées. Dans les dernières années, Morand et lui s'écrivaient presque quotidiennement, c'était leur manière à eux de tenir un journal. Très conscient de sa valeur, Chardonne aimait répéter le mot de Hugo : « le vieux s'estime », mais tous les amateurs en matière littéraire pensaient qu'il avait bien raison d'être content de lui.

JACQUES BRENNER.

♦ *« Si la postérité est juste, elle placera les œuvres de Chardonne à côté de celles des plus grands moralistes français. »* Edmond Jaloux. ♦ *« Chardonne, architecte et entrepreneur, crée entièrement son matériau et le secret ne s'en devine point. C'est léger comme du verre le plus fin, et rien d'autre que la barbarie ne la brisera. »* Henri Clouard. ♦ *« L'art le plus subtil et le plus naturel ; parvenu à son extrême décantation, il garde tout son frémissement. »* Marcel Arland. ♦ *« On croit trop à la langueur suivant Rousseau et à la dureté selon Retz ; la réconciliation s'opère très bien quand on lit Chardonne. »* Roger Nimier.

RÉF. : Ginette Guitard-Auviste, *La Vie de Jacques Chardonne et son art,* 1953. — Pol Vandromme, *Chardonne, c'est beaucoup plus que Chardonne,* 1962. — Paul Morand, *Un puritain voluptueux,* 1970. — G. Guitard-Auviste, *Chardonne ou l'incandescence sous le givre,* Paris, 1984.

CHARLES D'ORLÉANS. Poète. Né le 24 novembre 1394 en l'hôtel Saint-Pol, à Paris ; mort à Amboise le 5 janvier 1465. Fils de Louis de France, duc d'Orléans (fils de Charles V et frère de Charles VI), et de Valentine, fille de Jean Galéas Visconti, duc de Milan. Sa jeunesse fut douloureuse et orageuse, et la tristesse qui s'en dégage assombrit sa vie entière. Tout jeune, à treize ans (1407), il pleure son père, assassiné par les sicaires du duc de Bourgogne, Jean sans Peur, dans la rue Barbette, qui en garde des allures de coupe-gorge. Le voici, chargé par sa mère, Valentine Visconti (1408), épouse inconsolable du plus volage des maris, amant de la reine Isabeau de Bavière, d'une vengeance qu'il doit poursuivre et qui pèse sur les épaules de ce jeune Hamlet. À quatorze ans, il épouse Isabelle de France, fille de Charles VI, qui avait quelques années de plus que lui et était déjà veuve de Richard II, roi d'Angleterre. Isabelle met au monde un enfant, Jeanne, qui épousera Jean II, duc d'Alençon, et meurt (1409). À vingt ans, Charles épouse Bonne, fille de Bernard VII, comte d'Armagnac et connétable de France ; elle mourra en 1415 sans postérité. Alors que Jean sans Peur se fait absoudre de son crime par les théologiens et que Jean Petit écrit son apologie, ce qui soulève l'indignation de Gerson, recteur de l'université de Paris, Charles est devenu, malgré lui, chef de parti. Il vend les joyaux de sa famille pour payer ses troupes et se rallie aux Armagnacs. À partir de 1410 — il n'a que seize ans —, il mène la vie pleine de dangers des camps de partisans. Son mariage avec Bonne d'Armagnac consolide sa situation d'opposant ; il obtient de Charles VI le désaveu de l'assassinat de son père et commence à paraître à la Cour. Charles est brave et prend part à la bataille d'Azincourt, le 25 octobre 1415, où il est relevé, blessé, d'entre les morts, par les Anglais. Puis, c'est une captivité de vingt-cinq années dans les brouillards et les châteaux lugubres d'Angleterre, qui lui font écrire dans la langue qu'il a apprise : « In black mourning is clothed my corage » [Mon cœur s'enveloppe dans le noir]. La fille de Chaucer, devenue lady Suffolk, lui donne bien quelques consolations de tous ordres, qui ne lui font pas, cependant, oublier sa jeune femme, Bonne d'Armagnac, mais surtout sa patrie qu'on a la cruauté de lui faire voir dans les brumes du lointain : « En regardant vers le pays de France, / Un jour m'advint à Douvres sur la mer, / Qu'il me souvint de la douce plaisance / Que je pouvais audit pays trouver, / Si commençai de cœur à soupirer / Quoique certes un grand bien me faisait / De voir France que mon cœur aimer doit. » Il est un peu défaitiste, notre Charles, et donnerait tout, son corps et son âme à la paix à laquelle il aspire et qui le rendrait à ses foyers : « Priez pour paix, douce Vierge Marie, / Reine des cieux et du monde maîtresse, / Faites prier par votre courtoisie, / Saints et saintes, et prenez votre adresse / Vers votre Fils, requérant sa Hautesse, / Qu'il lui plaise son peuple regarder, / Que de son sang a voulu racheter, / En déboutant guerre qui tout dévore. / Priez pour paix, le vrai trésor de joie. » Il charme ses loisirs forcés en composant de délicats et raffinés poèmes. De son exil, il rapportera un recueil de *Ballades* et la plupart de ses *Chansons,* dont quelques-unes ont d'ailleurs été composées avant son exil.

En 1440, Charles d'Orléans, veuf depuis de longues années, épouse Marie, fille d'Adolphe, duc de Clèves, femme coquette et lettrée, qui lui est proposée ou imposée par les Bourguignons. En 1441, contre forte rançon, il est libéré et rentre en France. D'abord, il se laisse entraîner dans les intrigues des deux partis qui cherchent à l'attirer dans leur camp, puis il se tourne vers le duché de Milan sur lequel il fait valoir les droits qu'il tient de sa mère. Mais déjà François Sforza s'est emparé du duché. Charles, enfin, se retire loin de la cour parisienne et de l'hôtel Saint-Pol, et se réfugie dans son château de Blois, où l'on peut voir encore ses appartements et la célèbre *vis* (escalier), recevant la noblesse d'épée, celle de robe, et de plume, voire un vagabond de génie : François Villon, qui participera au concours de ballades, sur le refrain : « Je meurs de soif aux bords de la Fontaine. » Mais, plus que le bruit des fêtes, il aime le silence de la solitude, les allégories, sorties de son imagination, dansant autour de lui la carole de ses pensées, et pareilles à celles qu'inventait, dans la première moitié du XIIIe siècle, son compatriote, Guillaume de Lorris, pour son *Roman de la Rose.* Bien avant les Musset de l'époque romantique, il porte son cœur en écharpe et dit de lui-même : « Je suis celui au cœur vêtu de noir. » Et bien avant les Maeterlinck du symbolisme, il se représente en aveugle, cherchant ses chemins à travers les ténèbres : « Aveugle suis, ne sais où aller doie. / De mon bâton, afin que ne fourvoie, / Je vais tâtant mon chemin çà et là, / C'est grand pitié qu'il convient que je soie / L'homme égaré qui ne sait où il va. » Cependant, il a des consolations, celles que lui apporte le printemps, par exemple, célébré par nos poètes depuis les trouvères et les troubadours. Qui ne connaît le *Rondel du printemps :* « Le temps a laissé son manteau / De vent, de froidure et de pluie, / Et s'est vêtu de broderie, / De soleil luisant clair et beau », qui devait s'accompagner de la délicieuse musique du temps des Ockeghem et des Dufay, ces bons compositeurs de Flandre et du Hainaut. Sa consolation, il la trouve encore, tel un orfèvre, dans la perfection de son art, ciselant ses difficiles rondels dans la forme abba, abab, abbaba, avec triple retour du vers initial, ou dans la ballade de la forme ababbecded, trois fois répétée, avec un envoi, qui est une demi-strophe, et dont François Villon donnera le modèle. Pas plus lui que les auteurs du *Livre des cent ballades* (1395), il n'a découvert ce beau secret de la prosodie française de l'alternance des rimes féminines et masculines, qui sera réservé au Ronsard de la *Continuation des amours* de 1555. Mais c'est lui faire tort que de ne le connaître que par ses petites pièces à forme fixe, et parfaite ; il sait, quand il le veut, et que les circonstances l'inspirent, s'élever à la grande éloquence, comme dans la *Complainte de France :* « France, jadis on te voulait nommer / En tous pays le trésor de noblesse / Car un chacun pouvait en toi trouver / Bonté, honneur, loyauté, gentillesse, / Science, sens, courtoisie, prouesse, / Tous étrangers aimaient à te suivir. / Ore, je vois, ce dont j'ai déplaisance / Qu'il te convient maint grief mal soutenir. / Très chrétien, franc royaume de France. » Mon irritation n'en est que plus vive de constater qu'il ne sut pas trouver de pareils accents pour célébrer Jeanne, la Bonne Lorraine, comme a fait Christine de Pisan, en son *Dittié de Jeanne d'Arc,* et François Villon dans sa *Ballade des dames du temps jadis.* Cependant, elle avait, au prix de sa vie et selon sa mission et l'ordre de ses voix, délivré, en 1429, sa bonne ville d'Orléans. Il se crut quitte pour lui avoir payé une robe. C'est peu. Mais il n'importe. Ce prince poète est un grand poète, faisant à deux siècles de distance écho à son émule le roi chansonnier, Thibaut de Champagne et de Navarre, et annonçant... qui ? Personne, les princes, les rois et les empereurs ne s'étant plus, depuis, mêlés de poésie.

GUSTAVE COHEN.

♦ *« Charles d'Orléans est le mieux doué de tous les poètes qu'ait eus la France depuis les plus fins et gracieux poètes de la langue d'oc, et il serait au milieu d'eux comme leur chef et leur maître de chœur. »* E. Faguet. ♦ *« Il sait mesurer la phrase à l'idée, le poème au sujet. Pas de grandes machines ni de vastes compositions ; quand il s'y essaie, il ennuie, mais il n'essaie pas souvent. Il a de petits fragments d'idées, de fines pointes de sentiments, une mousse légère d'esprit : avec goût, mot nouveau, chose nouvelle. Il détermine les dimensions du cadre où une telle inspiration aura toute sa valeur : rondeaux, ballades, virelais, c'est l'affaire de quelques vers et pas plus. Ses sujets sont peu de chose : la banalité de l'amour courtois, la banalité du renouveau qui chasse l'hiver. Mais il a le don du style : il renouvelle ces thèmes usés à force de grâces imprévues, d'images fraîches... »* G. Lanson. ♦ [La poésie de Charles d'Orléans] *n'a rien de nouveau pour le fond ni pour la forme ; elle emploie tout le matériel allégorique et symbolique du* Roman de la Rose *et l'utilise dans des rondeaux et des ballades comme Eustache Deschamps ; mais la personnalité charmante du poète renouvelle tout cela ; jamais on n'a dit des riens avec plus de grâce et de finesse ; jamais les sentiments doux, tendres sans vraie passion, mélancoliques sans vraie tristesse, n'ont trouvé un interprète plus délicat ; jamais l'ironie sur soi-même et sur les autres n'a été plus légère et plus bienveillante ; jamais avant lui le français n'avait été manié avec cette aisance et cette adresse. »* Gaston Paris. ♦ *« Si Charles d'Orléans n'avait pris soin de réunir ses essais poétiques dans de beaux manuscrits, nous saurions à peine aujourd'hui que ce grand personnage fut un des poètes les plus remarquables de son temps. Au* XV*e siècle en effet, on ne semble pas avoir attaché plus d'importance aux délassements poétiques du bon duc qu'aux vers de tant d'autres grands seigneurs, ses aînés ou ses contemporains, vers d'amateurs destinés à vivre un instant et rien de plus. Louis XII et François Ier partagèrent à cet égard l'indifférence dédaigneuse de leur époque et les poésies de Charles d'Orléans, qu'on ne songea pas à faire imprimer, restèrent manuscrites et inconnues jusqu'au milieu du* XVIII*e siècle. »* A. Piaget. ♦ *« M. Gaston Paris a comparé Charles d'Orléans à Henri Heine ; pour nous, nous le rapprocherions plus volontiers du délicieux Horace et du poète persan Omar Khayyam. C'est le même épicurisme souriant et désabusé, enfermé dans de petits poèmes d'une forme parfaite. »* Jean-Marc Bernard.

RÉF. : Ferdinand Kuhl, *Die Allegorie bei Charles d'Orléans,* Marburg, 1886. — Ernest Charvet, *La Mort du duc Charles d'Orléans (1547),* Amiens, 1888. — Georg Bulbrich, *Ueber Charles d'Orléans...,* Berlin, 1893. — Pierre Champion, *Histoire poétique du* XV*e siècle,* id., *Vie de Charles d'Orléans,* Paris, 1911. — A. Perreau, *La Véritable Édition originale des poésies de Charles d'Orléans,* Paris, 1923. — S. Cigada, *L'Opera poetica di Charles d'Orléans,* Milan, 1960. — D. Poirion, *Le Poète et le Prince,* Paris, 1964. — J. Fox, *The Lyric Poetry of Charles d'Orléans,* Oxford, 1969. — P. Tucci, *Charles d'Orléans,* Milan, 1970. — Sh. Sasaki, *Sur le thème de Nonchabir dans la poésie de Charles d'Orléans,* Paris, 1974. — A. Planche, *Charles d'Orléans ou la recherche d'un langage,* Paris, 1975.

CHARRIÈRE Mme de (née Isabelle Agnès Elizabeth Van Tuyll Van Serooskerken Van Zuylen). Femme de lettres d'origine néerlandaise et d'expression française. Née à Zuylen (Utrecht) le 20 octobre 1740, morte à Colombier (Neuchâtel) le 26 décembre 1805. De famille d'ancienne noblesse hollandaise, elle se rebelle contre les préjugés de son milieu, et, en 1753, compose un roman anonyme : *Le Noble*, satire amusante de l'aristocratie à la manière de *Candide* (*), que sa famille fait retirer de la circulation. Elle entreprend une correspondance clandestine de plusieurs années avec un officier suisse au service de la Hollande : Constant d'Hermenches, et séjourne six mois en Angleterre. Après plusieurs mariages manqués, notamment avec l'Écossais James Boswell et avec le marquis de Bellegarde, elle épouse à trente et un ans un ancien précepteur suisse de ses frères, Charles-Emmanuel de Charrière, et vivra à Colombier, près de Neuchâtel, séjour coupé de voyages à Spa, à Paris, à Genève.

En 1785, elle rencontre à Paris, chez les Suard, Benjamin Constant, de vingt-sept ans son cadet, neveu de Constant d'Hermenches, et une complicité intellectuelle, une amitié amoureuse s'ébauchent, entretenues par les séjours de Constant à Colombier et une longue correspondance.

En 1784, elle écrit *Lettres de Mistriss Henley*, roman peut-être autobiographique d'une jeune femme sensible mariée à un homme trop raisonnable. La même année, les *Lettres neuchâteloises* décrivent une société vue par un jeune Allemand. En 1785, les *Lettres écrites de Lausanne*, roman pédagogique, évoquent la sage éducation qu'une mère aimante de la bonne société lausannoise fait donner à sa fille qui découvre l'amour. Dans une suite, *Caliste* (1787), un chef-d'œuvre souvent lu séparément, un des protagonistes raconte comment son indécision et des préjugés l'ont empêché de trouver le bonheur. Roman très lu à son époque, *Caliste* a pu inspirer en partie *Corinne* (*) et *Adolphe* (*). Madame de Charrière l'aurait écrit à la suite d'une déconvenue sentimentale.

Elle s'est intéressée à la vie politique de la Hollande et de la Suisse, et s'est passionnée pour celle de la France, a écrit des pamphlets et des contes critiquant la monarchie. Les *Lettres d'un évêque français à la Nation*, de 1789, prêchent la tolérance, la suppression de la peine de mort, révèlent les dilemmes posés à un évêque libéral. Elle avait accueilli avec enthousiasme la Révolution, mais s'est indignée des excès de la Terreur. Les émigrés qui traversaient la Suisse ont renouvelé son inspiration. En 1793, dans les *Lettres trouvées dans des portefeuilles d'émigrés*, une même générosité peut se trouver dans deux camps opposés. En 1795, avec *Trois femmes*, roman philosophique sur le thème du devoir kantien, l'action se transporte en Allemagne. Elle écrit des comédies de salon ou des pièces d'aspect politique comme *L'Émigré* en 1793. Plus tard, elle est retournée, avec *Sir Walter Finch et son fils William* publié en 1806, à la vie anglaise et aux questions pédagogiques. Très musicienne, elle a écrit plusieurs opéras dont un *Zadig* et *Les Phéniciennes*, ainsi que de la musique de chambre.

L'injustice la révoltait. Elle a écrit un plaidoyer pour défendre Thérèse Levasseur, accusée d'avoir poussé Rousseau au suicide, et traduit *La Nature et l'Art* [*Nature and Art*] de l'écrivain anglais Elizabeth Inchbald (1753-

1821) publié en 1796, critique du système judiciaire anglais.

Nourrie de littérature française, elle admirait l'élégance du style de Voltaire qu'elle a souvent pastiché. Elle recommandait la lecture de Locke. Pédagogue dans l'âme, vers la fin de sa vie, elle a instruit, guidé, conseillé plusieurs jeunes amies.

Son œuvre a été très estimée par Sainte-Beuve qui louait la grâce de son esprit. Comme d'autres romancières de son temps, elle fut un peu oubliée, mais une volumineuse correspondance, très vivante, et ses œuvres ont repris vie grâce à la réédition de quelques romans et à la parution de l'édition critique des *Œuvres complètes* en dix volumes. On y découvre un esprit parfois caustique, de fines analyses psychologiques et littéraires, une quantité d'œuvres ébauchées, et un roman inédit, riche de pensées et d'idées : *Henriette et Richard.*

ALIX S. DEGUISE.

CHARTIER Alain. Poète. Né à Bayeux vers 1385, mort vers 1435. Clerc, notaire et secrétaire, il servit successivement deux rois : Charles VI le Fou, et Charles VII le Victorieux, et exerça des ambassades en Allemagne et à Venise (1425), en Écosse (1428). Il eut une cure au diocèse d'Angers et deux canonicats à Paris et à Tours. La première émotion qui fit de lui un poète lui vint de la bataille d'Azincourt (1415), non qu'il y participât, comme son émule, Charles d'Orléans, mais parce qu'elle lui fut occasion de poser un problème moral, qu'il traita dans son *Livre des quatre dames* (1416), en vers octosyllabiques, naturellement. Il y présente quatre femmes, dont l'une y a perdu son ami, laissé pour mort sur le champ de bataille ; la deuxième y a vu son mari fait prisonnier, comme Charles ; celui de la troisième est porté disparu ; celui de la quatrième a fui. Laquelle est la plus malheureuse ? La dernière assurément, c'est ce que conclura, comme en une décision des anciennes cours d'amour, le juge, qui est le poète lui-même. Mais ce qui porte à son comble sa réputation déjà grande, à la suite du premier poème, c'est *La Belle Dame sans mercy* (1424). Le poète a perdu celle qu'il aimait et qui gît sous la lame où elle a emporté son cœur. Tout en promenant sa tristesse profonde, il rencontre une fête dans un verger, avec sonneries de ménestrels et abondant repas, telle qu'on en voit dans les belles tapisseries du temps, par exemple celle de *La Dame à la Licorne*. À table, il remarque un amoureux de noir vêtu, qui s'efforce de dominer son sentiment. Il entre dans la danse, comme il y en a de si bien décrites dans les œuvres du XIIIe siècle, mais restant toujours avec la même femme. L'auteur, qu'on appelait alors l'acteur, suit le couple et, caché dans une treille, l'observe, écoutant les propos échangés entre lui et elle, dans le verger. En vain, celui-là tente d'émouvoir l'insensible qui proclame : « Je suis franche (libre) et franche veux être, / Sans moi de mon cœur dessaisir / Pour en faire un autre le maître. » Elle l'envoie se pourvoir ailleurs, à quoi il ne saurait consentir : « Ah ! cœur plus dur que le noir marbre / En qui merci ne peut entrer. » Ce qui justifie le titre. Le couple se sépare et l'acteur-auteur de conclure par un éloquent huitain d'appel aux dames et aux demoiselles : « Et vous, Dames et Demoiselles, / En qui honneur naît et s'assemble, / Ne soyez mie si cruelles, / Chacune ni toutes ensemble. / Que jà nulle de vous ressemble, / Celle que m'oyez nommer ci, / Qu'on appellera, ce me semble, / La belle Dame sans Mercy. » L'affaire n'en resta pas là. Cette conclusion fit scandale. Celles du temps s'indignèrent contre l'indiscret poète qui les accusait de dureté. Surtout s'émurent les membres de la *Cour amoureuse,* créée au plus fort de la guerre de Cent Ans, par le faible Charles VI, et la fière Isabeau de Bavière. L'acte de fondation spécifiait que tous les membres qui composaient des pièces ou ballades contre le beau sexe devaient être exclus. En conséquence, la cour d'amour d'Issoudun le fit bannir à son de trompe à l'instigation d'un autre poète jaloux, Pierre de Nesson. L'affaire fit couler des flots d'encre, au point d'engendrer un cycle de *La Dame sans mercy,* dont le bruit dura pendant un siècle encore. Il fut contraint de faire publiquement amende honorable, si grand était alors le prestige de la femme dans la société du temps.

Alain Chartier n'est pas seulement un poète, mais un maître et « plasmateur » de la prose française, comme il est visible dans le *Quadrilogue invectif* (1422), vibrant appel politique à la nation française, expiant ses fautes par l'ire de Dieu, la patrie y devenant un être vivant, qui élève son ardente plainte : « Qu'est devenue la constance et loyauté du peuple français, qui si longtemps a eu renom de persévérer, loyal, ferme et entier, vers son naturel, seigneur sans quérir nouvelles mutations ? Plusieurs de la chevalerie et des nobles crient aux armes, mais ils courent à l'argent : le clergé et les conseillers parlent à deux visages et vivent avec les vivants ; le peuple veut être en sûreté gardé et tenu franc (libre) et est impatient de souffrir sujétion de seigneurie. » Peuple, chevalier, clergé récriminent, les uns contre les autres, accusant la cupidité et l'envie qui ruinent le pays et nuisent à l'union nécessaire. « Ils vivent de moi et je meurs pour eux », dit le peuple dans une déclaration lapidaire et toujours actuelle. Ce patriote était donc bien préparé, en même temps que sa consœur, Christine de Pisan, auteur du *Dittié de Jeanne d'Arc* (1429), à célébrer les mérites, la valeur et la gloire de celle qui, selon Michelet, est à la fois la Vierge et déjà la Patrie. C'est en latin, toutefois, qu'il l'exalte en juillet 1429, dans une lettre adressée à un prince étranger : « Quand on considère cette héroïne, on est saisi, stupéfait de ses paroles, de ses actes et de ses exploits, si nombreux, si admirables, accomplis en si peu de temps. Mais pourquoi s'en étonner ? Quelle est la qualité nécessaire à un chef militaire que la Pucelle ne possède pas ? L'habileté militaire ? La sienne est étonnante. Le courage ? Elle a le cœur si haut que nul ne l'égale. L'activité ? Elle triomphe des plus grands. La justice, la vertu, la chance ? Elle les possède plus que personne au monde. Quand elle va se battre avec l'ennemi, elle conduit elle-même l'armée, elle établit elle-même le camp ; elle dirige elle-même la bataille et l'assaut, elle fait elle-même avec courage le métier de soldat et remplit le rôle de chef depuis déjà longtemps. Au signal du combat, elle saisit sa lance, la brandit, la jette sur l'ennemi, et, éperonnant son cheval, elle fond dans la mêlée. Voilà l'héroïne qui paraît non point venue de la terre, mais tombée du Ciel, pour soutenir, sur sa nuque et ses épaules, la France défaillante. C'est elle qui a retiré le roi des orages et des tempêtes qui le ballottaient sur les gouffres, pour le mener au port et au rivage. C'est elle qui lui a inspiré l'espoir. C'est elle qui a arrêté l'élan sauvage des Anglais, qui a excité l'audace des Français, qui a empêché la ruine de la France, qui a étouffé l'incendie de la France. Ô Vierge unique, digne de gloire, digne d'honneurs divins ! Honneur du royaume digne de louange, éclat de notre lis, lumière et gloire non seulement de la France, mais de toute la chrétienté ! » (Traduction G. Cohen, *Scènes de la vie en France au Moyen Âge,* 1944). Ce bon écrivain fut un grand patriote.

GUSTAVE COHEN.

♦ *« Rien ne subsiste de ses vers sans âme, prosaïque produit de la frivolité chevaleresque ; où le fond est vain sous la forme fausse. Mais sa prose française est d'un homme qui a vécu avec les Anciens. C'est une sorte de* [Guez de] *Balzac du* XV*e siècle, mais ce Balzac, comme l'autre, fait faire à notre prose sa première rhétorique et par ses exercices l'assouplit et l'élève. Qu'il rencontre un sentiment vrai (et il l'a eu, de même que chez tous les grands lettrés du temps : le patriotisme et la pitié du peuple), alors il écrira les plus fermes et les plus nobles pages de prose qu'on ait, avant La Boétie et L'Hospital, des pages qui n'ont guère plus vieilli que les meilleures du* XVI*e siècle. »* G. Lanson. ♦ *« Il n'y a pas au* XV*e siècle de renommée littéraire plus grande que celle d'Alain Chartier. Nul poète français jusqu'à Ronsard n'a été plus admiré de ses contemporains. Si l'excès de cette gloire nous surprend, il faut avouer qu'Alain Chartier a laissé loin derrière lui tous ses prédécesseurs du* XVI*e siècle. Il se rattache à leur tradition, mais il donne à cette tradition une portée tout autre et un éclat nouveau. »* L. Foulet.

RÉF. : Pierre Champion, *Histoire poétique du* XV*e siècle,* Paris, 1923. — J. Edward Hoffnan, *Alain Chartier, History Work and Reputation,* Columbia, 1942. — C. J. H. Walravens, *Alain Chartier : études biographiques,* Amsterdam, 1971. — J. Laidlaw, *The Poetical Works of Alain Chartier,* Cambridge, 1974. — P. Bourgoin-Hemeryck, *Les Œuvres latines d'Alain Chartier,* Paris, 1977. — F. Rouy, *L'Esthétique du Traité moral d'après les œuvres d'Alain Chartier,* Paris, 1980.

Chartreuse de Parme (La). C'est la dernière œuvre de Stendhal (Henri Beyle, 1783-1842), publiée en 1839. Dans le premier chapitre, sous le titre « Milan en 1796 », l'auteur, se fondant sur les prétendues confidences d'un lieutenant français du nom de Robert, nous fait faire la connaissance du vieux marquis del Dongo, partisan de l'Autriche et féroce réactionnaire, mais surtout de deux femmes, la jeune marquise et la sœur du marquis, Gina del Dongo. Par de rapides indications, l'auteur insinue que le héros du roman, le « jeune marquis » Fabrice del Dongo, est le fruit des amours de Robert et de la marquise. Ce garçon grandit dans la période tumultueuse et glorieuse des guerres napoléoniennes. Au château de Grianta (ensuite Griante), sur le lac de Côme, où son père et son frère aîné représentent la réaction et l'obscurantisme, il se serre contre sa mère et sa tante Gina (veuve d'un officier de Napoléon). En 1815, à la nouvelle du retour de Napoléon de l'île d'Elbe, Fabrice s'enfuit de la maison pour combattre avec lui ; après de romanesques aventures, il arrive à Waterloo l'après-midi même de la bataille, à laquelle il assiste sans y comprendre grand-chose, étant ensuite entraîné dans la retraite. À son retour, chassé par le marquis Del Dongo, il se réfugie auprès de sa tante à Parme. En effet la très belle Gina, restée veuve, avait connu le premier ministre du prince de Parme, le comte Mosca ; pour sauver les apparences, elle avait épousé le vieux duc de Sanseverina, et était l'ornement de l'anachronique cour du petit tyran de Parme. Dans ce milieu, le jeune Fabrice, pour seconder l'ambition de sa tante, s'apprête, maintenant que la voie de la gloire militaire lui est fermée, à suivre la carrière ecclésiastique et devient coadjuteur du vieil archevêque. Mais son ardente jeunesse, à laquelle manque un véritable but, l'entraîne dans d'aventureuses et faciles amours. L'une de ces aventures a pour conséquence un duel au cours duquel, pour se défendre, il tue l'acteur comique Giletti. L'incident est exploité à Parme par la cabale des envieux du comte Mosca et de la belle Sanseverina. Fabrice, invité à rentrer par de fausses promesses d'immunité, est enfermé dans la forteresse, au sommet de la fameuse tour Farnèse (réplique imaginaire du château Saint-Ange). Il reste là longtemps, continuellement menacé de mort. Durant ces mois de captivité naît et grandit l'amour de Fabrice et de la jeune Clélia, fille du gouverneur de la forteresse, l'ambitieux général Fabio Conti. Les jeunes gens communiquent par une série d'ingénieux stratagèmes, tandis que la duchesse de Sanseverina, craignant avec raison que son neveu ne soit empoisonné par ses ennemis, fait parvenir à Fabrice, en accord avec Clélia, les moyens de fuir. Il réussit à descendre de la tour et s'échappe. Mais l'un des expédients employés pour favoriser sa fuite a été la forte dose d'opium que l'on a fait absorber au général Fabio Conti qui est en danger de mort ; et Clélia, tourmentée par les remords, a fait vœu, si son père a la vie sauve, de suivre en tout ses volontés et de ne plus voir Fabrice. Elle épousera donc le très riche marquis Crescenzi. Pendant ce temps, à Parme, le vieux prince meurt de maladie, du moins le croit-on ; en réalité il a été empoisonné par le conspirateur poète, Ferrante Palla, secondé par la duchesse de Sanseverina. Le comte Mosca, ayant réprimé une insurrection, se sent assez puissant auprès du nouveau roi, Ranuce-Ernest V, pour conseiller à Fabrice de rentrer, ainsi qu'à sa tante qui l'avait suivi dans sa fuite. Mais Fabrice, ayant appris le prochain mariage de Clélia, était revenu à Parme sans tarder et, volontairement, avait rejoint la tour de la forteresse, se livrant ainsi aux mains de ses ennemis. Suit une longue et rapide série d'intrigues ; les ennemis du comte Mosca reprennent l'avantage et cherchent à faire mourir Fabrice. La duchesse de Sanseverina (dont l'amour pour son neveu est désormais manifeste, et qui est torturée par la jalousie) cherche dans le même moment à le sauver et lui conseille de ne point troubler le mariage de Clélia. Le jeune roi, follement amoureux de la Sanseverina, profitant de l'inquiétude de la duchesse, lui promet de libérer Fabrice, moyennant ses faveurs. Sitôt le marché conclu et exécuté, la Sanseverina quitte Parme, entraînant avec elle le comte Mosca qui par la suite l'épousera. Fabrice, désormais dans la carrière ecclésiastique, devient un célèbre prédicateur ; mais, miné par sa passion, il ne songe qu'à retrouver Clélia, luttant tour à tour contre son amour et son devoir. Il réussit enfin à la joindre pour une courte période ; la mort de leur petit enfant conduit vite à la tombe Clélia, torturée par les remords. Fabrice, abandonnant honneurs et richesses, se retire alors à la chartreuse de Parme, et ne tarde pas à mourir lui aussi.

La dernière partie du récit est, de l'avis commun, trop rapide et quelque peu arbitraire. Mais un défaut de ce genre ne suffit pas à compromettre la beauté de ce chef-d'œuvre. Dans celui-ci, Stendhal a fait passer tout son idéal d'art et de vie, le mirage désormais lointain de la gloire de l'épopée napoléonienne, la passion de l'aventure, l'amour très profond pour l'Italie contemporaine et pour l'Italie si admirée de la Renaissance (et cela nous a valu la splendide et pittoresque réussite de cette anachronique cour de Parme), mais surtout l'amour de l'amour. Il y a dans le livre de cet écrivain, qui alors touchait à la vieillesse, un ton nouveau : les aventures de son héros sont présentées avec une sorte de mélancolie nostalgique et d'amoureuse indulgence, et le roman se rapproche de l'irréelle douceur d'un poème romantique. Les analyses psychologiques raffinées, la rigueur obstinée et précise du style, les considérations philosophico-morales, tout est transfiguré dans le rare bonheur d'une vision lyrique, qui atteint dans les meilleures pages (et ce sont les plus nombreuses) à la pureté rythmique d'un chant. Certains épisodes sont restés célèbres : la très originale évocation de la bataille de Waterloo, la vie de Fabrice dans la tour..., mais la valeur la plus haute et la vraie qualité du livre restent cet heureux abandon à l'imagination d'un tempérament d'écrivain qui se montre, d'une aussi exquise façon, analytique et cérébral. Presque ignoré de son temps (le livre fut apprécié seulement par quelques initiés), ce chef-d'œuvre nous apparaît aujourd'hui comme un des livres-clés de toute la littérature du XIXe siècle. Il tient dans la première moitié du siècle la place que, dans la seconde moitié, occupera *L'Éducation sentimentale* (*). Il y a dans *La Chartreuse de Parme* comme l'extrême aboutissement de cette psychologie raffinée du XVIIIe siècle (rappelons-nous l'admiration de Stendhal pour Laclos) ; tandis que la précision du trait, l'élimination de toute emphase, en vertu d'un très lucide et continuel enthousiasme presque toujours contenu, permettaient déjà à Stendhal de cueillir les fruits les plus vrais du réalisme naissant et d'affronter avec vigueur le vaste tableau de mœurs que Balzac n'a pas apprécié et étudié en vain. Enfin, et c'est peut-être là un des traits les plus originaux de ce livre d'action, l'aventure y est comprise et présentée comme l'expression poétique d'une moralité intime, dans laquelle elle trouve sa résolution.

Ces qualités suffisent à un grand livre. Elles ne permettent pas, seules, d'expliquer le succès. De plus en plus de lecteurs ne cessent de lire *La Chartreuse de Parme,* et de la relire. Se reconnaissent-ils donc sous les traits du tyran, de Fabrice ? Il se peut. Ils se retrouvent aussi, et bien plus, dans la principauté de Parme, dans cette petite cour grouillante d'intrigues pendant que les Ferrante Palla aiguisent leurs ressentiments et leurs armes.

Parme apparaît moins comme la réduction d'un empire que comme celle d'un ensemble de puissances et, pour tout dire, de l'humanité déchirée. Les ambitions personnelles et les visées politiques s'y mêlent étroitement. La tour Farnèse, ses geôliers rampants et son général Conti uniquement soucieux d'être bien en cour, voilà une parfaite miniature de l'État policier. Mosca qui traverse les complots en sage habile, le tyranneau lui-même terrorisé et dont le petit univers est peuplé de sa police secrète, les conspirateurs illuminés agitant le peuple et travaillant en fait pour les rivaux du prince, les influences d'outre-frontières, tout cela forme autant d'images et de personnages bien connus.

On le voit, ce livre-clé du XIXe siècle l'est également du XXe ; Stendhal atteint là aussi à l'idéal de sa devise (qu'il tenait de Danton) : « La vérité, l'âpre vérité ! »

Et les seules clartés de ce monde cruel, ce sont en fin de compte les visages, tragique de la Sanseverina, douloureux de Clélia, et celui, hautain, détaché et brûlant à la fois, de Fabrice, qui parvient au-delà de toute haine et de tout mépris. Ces visages sont l'amour, éternel, avec l'ambition et la brigue. L'amour, qui devait apparaître à Stendhal comme ce paysage « sublime » que Fabrice contemplait de la tour Farnèse.

CHASSIGNET Jean-Baptiste. Poète. Né à Besançon en 1571, mort à Gray en octobre

1635. *Le Mespris de la vie et consolation contre la mort*, publié à Besançon en 1594, lui assure une certaine réputation, puis il est vite oublié. Charles Nodier tente de le réhabiliter en 1800, mais il faut attendre les années 50 pour le voir remis à la place qu'il mérite, tout près de Sponde et de La Ceppède, à un rang à peine inférieur au leur. Son père était docteur en médecine et magistrat municipal de la ville libre de Besançon. Jean-Baptiste devient docteur en droit en 1592 ou 1593. En 1596, il est nommé avocat fiscal au bailliage de Gray. À ce titre, il est chargé de négociations en Flandre. Comme la date de sa naissance, la date de sa mort a donné lieu à nombre de suppositions. La récente découverte du testament du poète permet d'affirmer qu'il est mort entre le 25 et le 29 octobre 1635. Sa première œuvre connue, *Job ou De la fermeté*, date de 1592 et n'a jamais été publiée en son entier. Il publie *Paraphrases sur les douze petis prophètes du vieil testament* en 1601, puis *Les Paraphrases sur les cent cinquante psaumes de David* en 1613. En 1892, Théodore Courtaux publie quatre-vingt-sept *Sonnets franc-comtois inédits* (attribués à Chassignet), que le poète aurait écrits une vingtaine d'années après *Le Mespris.* La première édition moderne du *Mespris* date de 1967. Chassignet poète baroque ? La question reste ouverte.

RAYMOND ORTALI.

♦ *« Enfin Malherbe vint, a dit Boileau qui, s'il avait connu notre Chassignet, lui aurait accordé en partie les éloges qu'il donne au premier. »* Sautreau de Marsy. ♦ *« Peu de poètes, jusqu'à J. B. Rousseau, ont surpassé Chassignet dans la traduction des psaumes. »* F. X. de Feller. ♦ *« On a oublié, en parlant de Sponde, le nom de Chassignet, poète à mon sens bien plus curieux, car son œuvre a ce ton direct, ému, convaincant, qui retient et qui séduit. »* André Blanchard.

RÉF. : R. Ortali, *Un poète de la mort : Jean-Baptiste Chassignet*, Genève, 1968.

CHATEAUBRIAND François-René, chevalier, puis vicomte de. Romancier, essayiste et mémorialiste. Né le 4 septembre 1768 à Saint-Malo, mort à Paris, rue du Bac, le 4 juillet 1848. Son père René-Auguste, armateur (car le « commerce de mer » ne dérogeait pas), ne connut qu'une passion : rendre fortune et considération à la branche déchue de la vieille famille qu'il représentait ; en 1761, il put acquérir le domaine et le château féodal de Combourg où, en 1775, il prit résidence seigneuriale. Il avait épousé Apolline de Bédée, tour à tour mystique et mondaine, trop encline à confier ménage et enfants à des mains mercenaires. François, dit « Franchin », était le sixième enfant vivant d'une lignée dont l'aîné, Jean-Baptiste, magistrat et petit-gendre de l'illustre Malesherbes, mourut sur l'échafaud en 1794. Quatre filles suivaient : la dernière, Lucile, allait devenir la confidente préférée de son puîné.

Emporté d'abord par sa nourrice au « joli village de Plancouet », François, de trois ans à sept ans, court les grèves de Saint-Malo avec les « sautereaux » du pays, fils de pêcheurs, de nobles ou de bourgeois ; lecture, écriture, calcul s'apprennent à la diable chez de vieux maîtres privés. Les études secondaires eurent lieu au collège de Dol, couronnées par un séjour d'un peu plus d'un an au collège plus important de Rennes, « ce Juilly de la Bretagne », où des prêtres distingués avaient assuré la relève des jésuites et maintenu leurs méthodes. Ici et là, François affirmait des dons précieux pour les lettres. Il acheva cependant son « cours de mathématiques » avec l'intention de devenir « officier de mer ». Envoyé à Brest pour y subir l'examen probatoire de « garde-marine », trop vite las d'y attendre l'autorisation des bureaux de Versailles, sans crier gare, dans l'été de 1783, il tombe comme des nues à Combourg, en déclarant sa « volonté ferme d'embrasser l'état ecclésiastique » ; volonté qui ne résiste point à un séjour de plusieurs mois au collège ecclésiastique de Dinan, antichambre du séminaire ; il y apprit du moins des rudiments d'hébreu. Suivirent deux pleines années (1784-1786) de séjour au foyer paternel ; années décisives pour la formation de son esprit et de son cœur. Dans le vieux château féodal, il n'avait d'autre distraction que ses méditations, ses lectures, et la compagnie de sa sœur Lucile. Intelligente, sensible, d'une nervosité maladive — très probablement, en 1804, elle se tua dans une crise de dépression nerveuse —, elle partagea le désenchantement précoce du jeune rêveur. « Tu devrais peindre tout cela », lui conseillait- elle au cours de leurs promenades. Il tenta des « tableaux de la nature » en des vers encore maladroits. Lucile avait éveillé la conscience de son génie.

Au milieu d'août 1786, le vieux comte (qui allait mourir le mois suivant) remit au chevalier un brevet de sous-lieutenant au régiment de Navarre. Et le chevalier partit pour Cambrai où son bataillon tenait garnison. De 1786 à 1791, il acheva sa formation en prenant contact avec l'armée et avec Paris. Sa vie militaire était, en effet, coupée par des congés dits « de semestre » — de trois ou de six mois. Par le crédit de son frère aîné Jean-Baptiste, il connut les salons parlementaires et, dans quelques cercles littéraires, des écrivains comme Fontanes et Ginguené. Présenté à la Cour, il eut l'honneur de chasser avec le roi ; le lendemain, il retournait s'enfermer dans sa chambre, esquissant, en fils spirituel de Rousseau, le projet d'une vaste épopée sur l'« homme de la nature » qui se déroulerait dans les forêts de l'Amérique ; là, croyait-il, on trouvait encore de véritables sauvages. En 1790-1791, il fut témoin des premiers excès de la Révolution. D'accord avec Malesherbes, qui l'avait pris en gré, il décida, en guise d'émigration, d'aller au Nouveau Monde, en se proposant de découvrir le « passage du Nord-Ouest » reliant les mers polaires à l'Atlantique. Il prépara ce voyage avec soin dans la bibliothèque de son « vieux maître ».

Embarqué le 7 avril 1791 à Saint-Malo sur le brigantin le « Saint-Pierre », il débarqua le 11 juillet à Baltimore. Le 10 décembre, il reprenait passage à Philadelphie sur un bâtiment qui faisait voile vers Le Havre. Ces cinq mois sur la terre américaine, comment les avait-il employés ?

On en a beaucoup discuté, on en discute encore au rythme de la découverte de documents nouveaux, certains d'ailleurs contradictoires. A-t-il eu, par exemple, avec Washington, l'entretien qu'il a conté ? On peut suivre la relation contenue dans le texte intégral des *Mémoires d'outre-tombe* (*), mais cette relation présente des lacunes. Il a été d'abord au Niagara, semble être descendu depuis les lacs du Canada jusqu'au confluent de l'Ohio et du Mississippi. Il aurait là séjourné quelque temps, poussant la pointe d'un certain nombre d'excursions dans le territoire des Natchez et des Florides. On manque de précisions sur sa remontée vers Philadelphie. Apprenant par hasard la fuite du roi à Varennes, et dépourvu, d'ailleurs, d'argent, il se presse de rentrer en France pour rejoindre l'armée des émigrés. Explorateur, Chateaubriand ne rapportait à Malesherbes qu'un projet et un plan ; mais, écrivain, il avait développé l'esquisse de son « épopée indienne » et enrichi son imagination par une vision neuve de la nature et des hommes.

Débarqué au Havre le 2 janvier 1792, il gagne Saint-Malo ; dès le 21 février, il se laisse marier par sa mère à Céleste Buisson de la Vigne, jeune orpheline qu'on croyait riche héritière. Après avoir vécu quelques semaines à Paris avec elle, il se rend en juillet, en même temps que son frère (lequel, rentré plus tard imprudemment en France, y périt sur l'échafaud avec Malesherbes, en avril 1794), à Bruxelles, « quartier général de la haute émigration » ; de là, à Trèves où il est incorporé dans une des compagnies bretonnes de l'armée des princes ; gentilshommes et anciens officiers y servaient comme simples soldats. Blessé à la jambe au siège malheureux de Thionville, malade de fièvre et de dysenterie, mis en congé le 16 octobre, il dut retraiter seul, pensant plus d'une fois mourir sur quelque talus, à travers Luxembourg et Belgique ; d'Ostende, une mauvaise barque le mena à Jersey près d'un oncle émigré qui le soigna et le fit passer, avec un maigre viatique, à Londres. Il y arriva le 21 mai 1793.

À Londres, il connut d'abord, dans un misérable grenier, les extrémités du dénuement et de la faim, vivant de leçons, de traductions pour des libraires, commençant, en outre, son *Essai historique sur les révolutions*. Après un dur hiver, il accepta, au printemps de 1794, un emploi de professeur de français dans deux écoles bien classées de la petite ville de Beccles (comté de Suffolk) ; il donnait aussi des « leçons privées » aux jeunes filles des « gentlemen », des notables et bourgeois de la région ; par exemple à Charlotte Ives, fille du pasteur de Bungay. Soigné chez le révérend après une chute de cheval, il eut l'imprudence (il l'a conté, du moins) de se laisser candidement aimer par cette enfant de quinze ans. « Je suis marié », s'écrie-t-il lorsque Mme Ives lui propose de devenir son gendre ; et il s'enfuit à Londres. Il y retrouve — c'était à la fin de 1796 — les épreuves de son *Essai,* que le libraire Deboffe mit en vente le 18 mars 1797. Le succès relatif de ce premier ouvrage, « livre de doute et de douleur », devait-il dire, mais « non pas livre impie », lui valut un semblant de célébrité parmi les salons de la « haute émigration » que de grandes dames — qu'il devait nommer les « félicités exilées » — tenaient dans l'ouest de la capitale. Il y rencontra Mme de Belloy, longtemps ignorée de ses biographes, avec qui, jusqu'aux premiers mois de son retour en France, il noua une liaison passionnée.

Son ancien ami Fontanes, gagné aux idées religieuses que l'on professait d'ailleurs en ces milieux d'élite, était auprès de lui lorsqu'il apprit, en juin 1798, par une lettre de Jersey, la mort récente de sa mère ; première étape de ce qu'on a pu appeler sa conversion ; une lettre de sa pieuse sœur Mme de Farcy, en septembre, lui confirmait la nouvelle ; Mme de Farcy mourut elle-même en juillet 1799. À cette date, Chateaubriand, pour répondre à la publication sacrilège du poème de Parny, *La Guerre des dieux*, avait entrepris d'écrire « un petit ouvrage très chrétien » intitulé *Des beautés poétiques et morales de la religion chrétienne.* Cet ouvrage grossit vite sous sa plume ; il devait comporter deux volumes ; le premier était imprimé lorsque, au printemps de 1800, à l'appel de Fontanes rentré à Paris, Chateaubriand décida de rompre audacieusement son exil. Sous le nom d'emprunt d'un Suisse, Lassagne, le 6 mai 1800 il « abordait à Calais avec le siècle ». Fontanes, ancien proscrit du Directoire, était installé depuis le coup d'État de Brumaire dans la faveur de Lucien Bonaparte et de Mme Elisa Bacciochi, frère et sœur du Premier consul. Il avait promis à Chateaubriand la puissante protection de ses protecteurs. C'est ainsi, dans l'atmosphère bienveillante de la haute société consulaire, que pendant quatre ans se développa la carrière littéraire de Chateaubriand. Il l'inaugura en publiant le 22 décembre 1800 dans le *Mercure de France*, acquis et rénové par Fontanes et ses amis, une « Lettre sur la seconde édition de l'ouvrage de Mme de Staël » — c'est-à-dire sur le livre *De la littérature*. Il y déclarait : « Ma folie à moi, c'est de voir Jésus-Christ partout, comme Mme de Staël la perfectibilité [...] J'ai le malheur de croire, avec Pascal, que la religion chrétienne seule explique le problème de l'homme. » De ce principe, ainsi affirmé, toute son œuvre doit sortir. C'est qu'à Paris il a senti se fortifier tous les élans et tous les choix issus de sa conversion.

Par Fontanes, il a connu le délicat philosophe platonicien Joubert et par lui la comtesse de

Beaumont, fragile jeune femme échappée par miracle, avec une santé compromise, aux tourments de la Révolution ; dans le « salon bleu » de Pauline se rassemblait un groupe d'amis du Premier consul appliqués à la restauration de l'ordre religieux. Bientôt aimé de Pauline, Chateaubriand mit au point près d'elle et de sa « petite société » le grand ouvrage presque terminé en Angleterre ; mais d'abord, et comme un « ballon d'essai », il en détacha un épisode significatif, *Atala* (*), qui parut au début d'avril 1801 ; l'immense succès de cette « petite histoire américaine » mit d'un coup son auteur à la mode. Pendant l'été de 1801, enfermé avec Pauline de Beaumont dans une agréable maison de Savigny-sur-Orge, où Joubert et leurs amis venaient les voir, Chateaubriand termine enfin son grand ouvrage. Avec un sens remarquable de l'opportunité, les cinq volumes du *Génie du christianisme* furent publiés le 14 avril 1802, quatre jours avant que le bourdon de Notre-Dame sonnât les Pâques du Concordat : apologie inattendue, toute sentimentale et esthétique, dont le sous-titre indiquait bien l'inspiration : *Génie*... ou *Beautés de la religion chrétienne.* Avec *Atala,* un second épisode, *René* (*), y servait comme d'imagerie démonstrative au chapitre « Du vague des passions ». Ces deux petits romans « édifiants et chrétiens » devaient être réunis à part dès 1805, en un volume de « format élégant et commode ». *René* allait révéler, enseigner, propager le « mal du siècle ». La deuxième édition du *Génie* (1803) était précédée d'une dédicace au « Citoyen Premier consul », pour qui « trente millions de Français priaient au pied des autels qu'il leur avait rendus ».

En 1803, le Consul payera sa dette en nommant l'auteur premier secrétaire d'ambassade à Rome, où le chef de la mission était le cardinal Fesch, son oncle. En octobre, Pauline de Beaumont, pauvre « hirondelle » blessée, le rejoignait, pour mourir bientôt, le 4 novembre, entre ses bras. Cette visite funèbre semble avoir accentué les différends surgis dès le début entre le secrétaire et l'ambassadeur. Le cardinal ayant demandé le rappel de son subordonné, Bonaparte nomma celui-ci ministre de France au Valais ; c'était un avancement. Chateaubriand, revenu à Paris, publie dans le *Mercure* sa *Lettre à M. de Fontanes* sur la campagne romaine, appelle auprès de lui sa femme demeurée jusqu'alors en Bretagne, et qui désormais ne le quittera plus, et prépare son départ pour la Suisse. Mais sa conscience monarchiste est réveillée par l'exécution du duc d'Enghien : le jour même, par l'intermédiaire du ministre Talleyrand, il envoie au Consul sa démission, motivée en apparence par la santé de sa femme ; mais le maître ne fut point dupe ; lié désormais par l'honneur au sort de Louis XVIII et de la monarchie légitime, Chateaubriand ne sera plus pendant dix ans, dans la France nouvelle, qu'un opposant.

Un nouvel ouvrage, à la fois poétique et religieux, avait été conçu par lui à Rome en 1803, et commencé à Paris dès 1804 ; il s'appelait alors *Les Martyrs de Dioclétien ;* simple récit historique où, sous le nom du héros Eudore, Chateaubriand se transposait lui-même dans le passé. L'intrigue devait se développer à Rome, en Grèce, en Crète et en Palestine. Fut-ce seulement afin d'en rapporter les « couleurs » de ses tableaux que René-Eudore, en juillet 1806, s'embarquait à Venise pour la Grèce et l'Orient ? Un passage longtemps retranché de ses *Mémoires* confesse qu'un autre sentiment le poussait aussi « aux pays de l'aurore ». La romanesque Nathalie de Noailles pour laquelle, abandonnant Delphine de Custine (qui dès la fin de 1802 avait succédé dans son cœur à Pauline de Beaumont), il avait conçu une passion de « délire » et de « folie », lui avait assigné rendez-vous à Grenade. Elle semble avoir exigé qu'il accomplît d'abord le pèlerinage en Grèce et aux Lieux saints, alors périlleux, comme une sorte d'exploit chevaleresque, afin de la mériter.

Rentré à Paris le 5 juin 1807, après une longue et fatigante randonnée dont il allait conter les péripéties dans l'*Itinéraire de Paris à Jérusalem*, Chateaubriand publia le mois suivant dans le *Mercure,* dont « une suite d'arrangements venait de le faire seul propriétaire », un article imprudent qui courrouça l'Empereur ; le *Mercure* fut supprimé contre le versement d'une indemnité, son propriétaire exilé à deux lieues au moins de Paris. Il acheta, de son indemnité, « une chaumière » à Châtenay, la Vallée-aux-Loups, qui devait être pendant près de dix ans sa résidence favorite, toujours regrettée ; il la restaura, la développa, en dessina le parc, le plantant de ses arbres préférés et d'essences exotiques, souvenirs de ses voyages.

Repris et remaniés, *Les Martyrs* furent élargis jusqu'à la dignité d'une épopée chrétienne ; le ciel et l'enfer y participèrent. Sous cette forme définitive, destinée à justifier le « merveilleux chrétien », ils parurent le 27 mars 1809, avec le sous-titre : « ... *ou le triomphe de la religion chrétienne* ». Leur insuccès relatif affligea Chateaubriand. Au printemps de 1811, l'*Itinéraire de Paris à Jérusalem* ne lui valut que des éloges. Le 20 février, il avait été élu de justesse à l'Académie française au fauteuil laissé vacant par le décès de Marie-Joseph Chénier, mais il se refusait à corriger le discours trop libéral préparé pour sa réception ; c'était accepter de n'être jamais reçu solennellement.

Les deux années suivantes, il s'occupa de deux œuvres importantes, dont la seconde seule devait être pleinement réalisée : d'une part, ayant constaté que l'histoire de la France « était encore tout entière à écrire », il se proposa de la « refaire ». D'autre part, il forma le projet (apparu dès 1803) de se raconter lui-même directement en des *Mémoires* qu'il appelait les « Mémoires de ma vie ». Les deux desseins avaient reçu l'approbation formelle de la duchesse de Duras apparue dans son existence en 1809, qu'il nommait « chère sœur », et qui, avec un dévouement infatigable, allait s'instituer son égérie politique jusqu'en 1828, année où elle mourut.

Chateaubriand déclare lui-même que la chute de l'Empire marque la fin de sa carrière littéraire. Avec la Restauration, sa carrière politique commençait. Il l'inaugurait, dès les premiers jours d'avril 1814, par un pamphlet injuste et magnifique, *De Buonaparte et des Bourbons*, où la haine s'extravasait souvent en poésie. Pair de France, ambassadeur en Suède (non résident), ministre d'État, défenseur des « ultras », il publie un traité de politique constitutionnelle en septembre 1816 : *La Monarchie selon la Charte*, et, pour y avoir protesté dans un Post-Scriptum hardi contre le renvoi de la « Chambre introuvable », il est rayé de la liste des ministres d'État, et privé de ses pensions. Après avoir été l'âme de la revue *Le Conservateur,* publiée par ses amis politiques, il rentre en faveur avec eux et, du 1er janvier 1821 au 6 juin 1824, semble atteindre le sommet de ses ambitions : il est successivement ministre plénipotentiaire à Berlin, ambassadeur à Londres, le poste alors le plus en vue de notre diplomatie, délégué au congrès de Vérone, où il noue des relations personnelles avec le tsar Alexandre Ier, enfin ministre des Affaires étrangères, avec mission d'appliquer le programme de l'intervention exclusive de la France dans la guerre contre les républicains espagnols, décidée par la Sainte-Alliance. « Ma guerre d'Espagne !... » dira-t-il plus tard en se targuant d'avoir réussi où Napoléon avait échoué – v. *Guerre d'Espagne de 1823.* Le 6 juin 1824, ses dissentiments avec Villèle s'étant accentués, il reçut une brutale ordonnance de destitution, « chassé du ministère comme un laquais » et « comme s'il avait volé la montre du roi sur la cheminée ». Il entame aussitôt une campagne implacable dans le *Journal des débats,* campagne qui, en décembre 1827, finit par amener la chute de Villèle. Lors de la constitution du ministère Martignac – lequel, sans les préventions de Charles X, aurait pu être un ministère Chateaubriand –, il accepte l'ambassade de Rome, refuge, pour lui, de poésie, dont il se démit courageusement lorsqu'en août 1928 Polignac fut appelé au pouvoir ; perspicace, il refusait d'avance de « participer au malheur de la France ». Le 7 août 1830, il descendait pour la dernière fois de la tribune de la Chambre des pairs, après avoir, dans un discours d'une violence calculée, défini les raisons qui l'empêchaient de servir la monarchie « bâtarde » issue des journées de juillet. Les jours suivants, Chateaubriand se dépouillait de toutes ses charges et pensions pour n'être plus qu'un écrivain indépendant. Un écrivain qui, d'ailleurs, depuis quinze ans, ne s'était pas laissé oublier.

La publication de ses *Œuvres complètes* (de 1826 à 1831) lui avait permis non seulement d'enrichir chacune d'elles d'une introduction substantielle, mais d'y ajouter des ouvrages encore inédits : l'épopée de sa jeunesse, *Les Natchez*, retouchée dans son âge mûr, les *Aventures du dernier Abencerage*, nouvelle espagnole contemporaine de l'*Itinéraire, Le Voyage en Amérique*. Dans ses rares loisirs, Chateaubriand avait en outre continué son *Histoire de France,* grand projet avorté, dont les *Études historiques*, malgré des fragments souvent admirables, ne donnèrent en 1831 qu'une très insuffisante idée.

Pendant cette période, une amitié féminine éclaira et bientôt domina sa vie. Juliette Récamier avait su transformer en amitié amoureuse un amour auquel de 1818 à 1820 elle avait accordé des satisfactions jusqu'alors refusées par elle à tant d'autres. Dans le salon littéraire et politique qu'elle tenait au couvent de l'Abbaye-aux-Bois, rue de Sèvres, où les revers financiers du banquier, son mari, l'avaient contrainte de se réfugier dès 1819, elle ménageait un rôle de plus en plus prépondérant à René vieillissant. Depuis 1826, il habitait rue d'Enfer dans un pavillon attenant à l'« Infirmerie de Marie-Thérèse », asile qu'avec sa femme il avait fondé pour recueillir de vieux prêtres et de vieilles dames nobles trahis par la fortune. Il le quitta en 1838 pour habiter un appartement de la rue du Bac presque voisin de l'Abbaye. Après 1830, chaque après-midi, il venait au salon de Mme Récamier présider avec elle le cercle d'admirateurs choisis que, pieuse vestale de son culte, elle savait réunir, maintenir, entretenir et renouveler autour de lui.

Par fidélité aux Bourbons exilés, Chateaubriand reprit d'abord sa plume de journaliste politique ; ses pamphlets publiés sous forme de brochures et dont le plus vivant s'intitulait : *Madame, votre fils est mon roi !* défendirent la cause de la duchesse de Berry et de Henri V. Membre à Paris du conseil politique de la duchesse, il fut arrêté en juin 1832 et subit une détention préventive d'une quinzaine de jours dans les appartements du préfet de police ; un non-lieu intervint. À deux reprises, en 1833, il tenta d'arranger, en qualité d'ambassadeur extraordinaire et secret, les différends de famille survenus entre sa mandataire et Charles X ; deux voyages – le second avec un détour par Venise dont il découvrait la poésie pendant un séjour de quelque dix journées – le menèrent jusqu'à Prague ; le château de Hradshin abritait l'exil du vieux roi. Il n'obtint rien, et se lassa. Il parlait souvent alors de s'exiler lui-même en Suisse ou en Italie, pour y achever, avec son existence, son œuvre capitale.

Cette œuvre, les « Mémoires de ma vie », devenus *Mémoires d'outre-tombe* (*) à partir de 1832 – œuvre conçue à Rome en 1803 auprès du sépulcre de Pauline de Beaumont, et commencée en 1809 –, fut l'occupation principale de sa vieillesse. Il la reprit alors entièrement et la transforma : « Si j'étais destiné à vivre, annonçait-il dans sa *Préface testamentaire,* je représenterais dans ma personne représentée dans mes *Mémoires* l'épopée de mon temps. » C'est à ces *Mémoires* qu'il entend confier le soin de le transmettre à la postérité. Au printemps de 1834, pour un auditoire choisi où figurait Sainte-Beuve, Mme Récamier organise à l'Abbaye une série de « lectures » révélant la première partie de l'ouvrage et les livres de la quatrième qui relataient les deux « courses » à Prague. En 1836 (année où il publie *Essai sur la littérature anglaise*), une « société par actions », comprenant mille six cents actionnaires, acheta la propriété des *Mémoires* qu'elle devait publier seulement après la mort de leur auteur, sous condition de lui servir une pension viagère. Pour qu'elle augmentât cette pension, Chateaubriand consentit, dès 1838, à lui laisser publier les deux volumes du *Congrès de Vérone* détachés du manuscrit. Ils n'obtinrent qu'un succès limité.

En novembre 1841, *Les Mémoires d'outre-tombe* étaient terminés : non leurs tribulations. En 1844, la « Société propriétaire » ayant vendu à *La Presse* de Girardin le droit de publier son œuvre en feuilleton dès qu'il aurait fermé les yeux, Chateaubriand imposa de prudentes révisions à son texte — trois au moins dont la dernière en 1847 ; pour satisfaire aux scrupules de plus en plus exigeants de sa femme, de Mme Récamier et de leurs amis, il lui infligea ainsi d'importantes mutilations (jugements politiques, pages de lyrisme et de fantaisies, comme celles du « séjour à Venise »). Les exécuteurs testamentaires, en 1848-1850, introduisirent à leur tour dans le texte des adoucissements et pratiquèrent des suppressions complémentaires ; la suppression, entre autres, de la division en « livres et en parties » ; si bien que dans *La Presse* et dans l'édition originale les *Mémoires* ne présentaient plus qu'une confuse succession de chapitres. En 1948 seulement, dans l'édition dite « du centenaire », nous avons restauré, dans toute la mesure du possible, le texte tel qu'il existait en 1841, avec ses cinquante livres, distribués en quatre parties.

En 1844, René vieilli fit paraître une œuvre suprême, la *Vie de Rancé*, comme pour jeter une suprême lamentation ; en racontant les misères et les grandeurs du réformateur de la Trappe, il réussit à se raconter encore en un style plein de ténèbres et d'éclairs, qui parfois se souvient de Saint-Simon et parfois semble annoncer, par-delà même le symbolisme, les audaces modernes.

Ses dernières années, tourmentées par les douleurs et les impotences d'un rhumatisme goutteux, furent amères et désenchantées. Mme de Chateaubriand mourut en février 1847. Mme Récamier était affligée d'une cécité presque complète. Toujours habité d'une âme aventureuse, le grand vieillard avait accompli ses deux derniers voyages pour répondre à l'appel de son « jeune roi » Henri V ; l'un à Londres en 1843, l'autre en 1845 à Venise.

Il s'éteignit peu après que le canon des « journées de juin » eut cessé de retentir sur Paris. Conduit à Saint-Malo, il fut mené le 19 juillet, au milieu d'une pompe civile et militaire, jusqu'au tombeau creusé en plein roc, à la pointe de Grand-Bé, où il avait souhaité de prendre son repos parmi l'inquiétude des flots, des vents et de la mer qui, quatre-vingts ans plus tôt, avaient bercé sa naissance.

MAURICE LEVAILLANT.

♦ *« Travaillez, travaillez, mon cher ami ; devenez illustre, vous le pouvez, l'avenir est à vous. »* Fontanes à Chateaubriand. ♦ *« C'est le seul homme de lettres honnête avec qui je me sois trouvé en présence depuis que j'existe. »* L.-Cl. de Saint-Martin. ♦ *« Il semble que le génie du peintre incomparable fût empreint dans ce spectacle magnifique* [les funérailles de Ch.], *et qu'à lui seul parmi les hommes il ait été donné d'ajouter après sa mort une page splendide au poème immortel de sa vie. »* Ampère. ♦ *« Chateaubriand est assurément un rhéteur et un poète de grande envergure. »* Goethe. ♦ *« Chateaubriand prend partout, même dans les littératures vicieuses, mais il opère une vraie transmutation, et son style ressemble à ce fameux métal qui, dans l'incendie de Corinthe, s'était formé du mélange de tous les autres métaux. »* Joubert. ♦ *« De ce Rubens du style je n'ai jamais estimé très haut que la palette. Il n'était pas assez simple de cœur et de génie pour moi... mais c'était une grande sensibilité littéraire, et le plus grand style qu'un homme puisse avoir en dehors du naturel, le génie des ignorants. »* A. de Lamartine. ♦ *« ... Ce fabricant de belle littérature qui allie de la façon la plus répugnante le scepticisme distingué et le voltairianisme du* XVIII*e siècle au sentimentalisme distingué et au romantisme du* XIX*e. Cet alliage ne pouvait manquer de faire époque en France au point de vue du style, bien que, dans le style, le faux saute souvent aux yeux, malgré tous les artifices. »* Karl Marx. ♦ *« Vainqueur avant d'être affermi, appelé peut-être à s'élever au rang des Pères de l'Église, il s'embourba dans sa gloire et ne devint qu'un homme de lettres... Mais, quoique la frivolité de l'esprit le retînt misérablement rattaché aux erreurs et aux besognes de ce bas monde, il domina de toute sa tête l'arrogant troupeau de ses contemporains. »* Louis Veuillot. ♦ *« Sans doute fus-je bien avisé de me forcer longtemps à l'admiration de ce que l'on me donnait comme admirable. Mon penchant naturel me portait vers Chateaubriand ; je décidai de lui préférer Stendhal, qui m'instruisit bien davantage. »* André Gide.

RÉF. : Maurice Levaillant, *Introduction à l'Édition du centenaire des Mémoires d'outre-tombe (tome I),* Paris, 1928. — Marie-Jeanne Durry, *La Vieillesse de Chateaubriand,* Paris, 1933. — Philippe André-Vincent, *Les idées politiques de Chateaubriand,* Paris, 1936. — Maurice Levaillant, *Chateaubriand, Madame Récamier et les Mémoires d'outre-tombe,* Paris, 1936. — André Maurois, *Chateaubriand,* Paris, 1938. — Joan Evans, *Chateaubriand,* Londres, 1939. — Duc de la Force, *Chateaubriand au tribunal,* Avignon, 1941. — Louis Martin-Chauffier, *Chateaubriand,* Paris, 1943. — R. D. de Séchelles, *Chateaubriand et l'âme celte,* Saint-Brieuc, 1948. — Émile Henriot, *Courrier littéraire* XIX*e siècle. Autour de Chateaubriand,* Paris, 1948. — Maurice Levaillant, *Splendeurs, misères et chimères de Monsieur de Chateaubriand,* Paris, 1948. — Michel Robida, *Chateaubriand,* Paris, 1948. — Maurice Levaillant, *Le véritable Chateaubriand,* Oxford, 1951. — Jules Bertaut, *La vie privée de Chateaubriand,* Paris, 1952. — Maurice Levaillant, *Chateaubriand prince des songes,* Paris, 1960. — J. P. Richard, *Paysage de Chateaubriand,* Paris, 1967.

— J. Mourot, *Rythme et société dans les « Mémoires d'outre-tombe »*, Paris, 1969. — A. Vial, *Chateaubriand et le temps perdu*, Paris, 1971. — P. Clarac, *À la recherche de Chateaubriand*, Paris, 1975. — M. Lelièvre, *Chateaubriand polémiste*, Paris, 1983. — *Correspondance générale*, éd. P. Riberette, Paris, 1971 et suiv.

CHATEAUBRIANT Alphonse de. Romancier. Né à La Prévalaye (Ille-et-Vilaine) le 22 mars 1877, mort à Kitzbühel (Autriche) le 2 mai 1951. Il passa toute son enfance dans le bocage vendéen, au château de La Motte. Son grand-père était peintre, son père musicien. En 1911, le prix Goncourt le révèle au grand public avec son roman *Monsieur des Lourdines*, histoire d'un gentilhomme campagnard du XIXe siècle, qui utilisait dans l'intrigue des thèmes sans grande originalité, mais s'imposait par la puissance de son évocation du bocage. Artiste solitaire, n'ayant guère d'autre ami que Romain Rolland, Alphonse de Chateaubriant, mobilisé dès 1914, connut, pendant quatre années de front, une expérience bouleversante de la guerre qui devait déterminer son évolution future : socialement, il eut le sentiment d'un retour aux sources élémentaires dans le naufrage du rationalisme occidental ; spirituellement, une sorte d'extase mystique en 1915 fera désormais de Chateaubriant un chercheur de Dieu, mais indépendant des Églises et du dogme. *La Brière*, en 1923, qui obtint le grand prix du roman de l'Académie, restait dans l'inspiration de *Monsieur des Lourdines*, avec ses harmonies rustiques, son association des passions humaines assez sauvages et des énergies du monde animal. *La Réponse du Seigneur*, en 1933, est déjà moins l'œuvre d'un romancier que d'un mystique. Chateaubriant protestait contre le matérialisme moderne, contre les conceptions égoïstes de la vie, et rêvait d'un nouveau Moyen Âge ; c'est dans le national-socialisme allemand qu'il crut le trouver. Au retour d'un voyage outre-Rhin en 1937, il saluait, dans *La Gerbe des forces*, une religion nouvelle capable de liquider l'individualisme et l'intellectualisme et de retrouver l'ivresse des communions avec la terre primitive. Alphonse de Chateaubriant allait donc devenir un ardent collaborateur de l'occupant allemand, dirigeant l'hebdomadaire *La Gerbe* qu'il avait fondé en 1940. Condamné en 1945, il s'enfuit en Autriche où, réfugié dans un monastère, il mourut. Son journal, dont des extraits parurent en 1953 dans *Les Fragments d'une confession*, rend compte du mysticisme qui habita la fin de sa vie.

RÉF. : R. Brasillach, *Les Quatre Jeudis*, Paris, 1944. — L.-A. Maugendre, *Alphonse de Chateaubriant, 1877-1951*, Paris, 1977.

Châtelaine de Vergy (La). Conte en vers français du XIIIe siècle, l'un des plus parfaits et des plus populaires de tout le Moyen Âge. Sa célébrité semble avoir été constante depuis le XIIIe jusqu'à la fin du XVe siècle et il a été, pendant toute cette époque, l'objet de nombreuses imitations. Il a retrouvé sa vogue première dès la fin du XVIIIe. *La Châtelaine de Vergy* raconte l'histoire touchante et terrible d'un chevalier, amant secret de la nièce du duc de Bourgogne. La duchesse de Bourgogne, furieuse de voir ses avances sans effet sur le chevalier, l'accuse auprès du duc de lui avoir fait la cour. Le chevalier ne peut convaincre le duc de son innocence qu'en lui dévoilant le secret de ses amours. Malheureusement le duc ne garde pas le secret promis au chevalier et se le laisse arracher par la duchesse. Celle-ci se venge en faisant comprendre à la malheureuse châtelaine qu'elle est au courant de cette intrigue. Celle-ci, se croyant trahie par le chevalier, meurt subitement, désespérée. Le chevalier découvre son corps inanimé et ne peut survivre à un tel désastre dont il s'accuse d'être l'auteur. Le duc, devant la noirceur de sa femme, tue la coupable, au milieu d'un bal. Ce conte est un véritable chef-d'œuvre où se rencontrent à la fois une extrême délicatesse de sentiments et une sensualité très fraîche. La noblesse des discours, l'enchaînement des circonstances, la vivacité du récit, le charme du style justifient pleinement la renommée dont a joui, à travers les âges, cette belle histoire. — *La Châtelaine de Vergy* a été éditée et traduite par R. Stuip (Paris, 10/18, 1985).

Châtiments (Les). Recueil de poèmes satiriques de Victor Hugo (1802-1885), publié en 1853. Le poète exilé après le coup d'État du 2 décembre donne libre cours à la haine qu'il voue à Napoléon III dont il fait l'archétype de la tyrannie. Victor Hugo met au service de sa fureur tout son génie poétique et sa grandiloquence effrénée, et reprend, dans ses vers, tous les éléments qui avaient fourni la matière de son violent pamphlet publié l'année précédente : *Napoléon-le-Petit*. L'outrance manifeste de certains passages n'enlève rien à la vigueur de l'attaque ; avec son goût du gigantesque, Hugo construit un personnage aux dimensions démesurées et concentre autour de lui tout le mal qui sommeille au fond de la nature humaine, tous les aspects les plus odieux d'une politique faite de violence et de fraude. Le récit est alourdi au suprême degré par l'emphase systématique et en quelque sorte mécanique, défaut capital de toute l'œuvre de Hugo : développements trop considérables, minutie exagérée dans les détails. *Les Châtiments* sont divisés en sept livres dont les titres sont tout un programme : « La société est sauvée », « L'ordre est rétabli », « La famille est restaurée », « La religion est glorifiée », « L'autorité est sacrée », « La stabilité est assurée », « Les sauveurs se sauveront ». Certains passages sont très connus par leurs apostrophes de haut goût : Napoléon-le-Petit est l'homme qui, tel un voleur, « de nuit alluma sa lanterne / Au soleil d'Austerlitz » ; quand il entra en grande pompe à Notre-Dame, un mois après son crime, le Christ, sur la croix, « avait été cloué pour qu'il restât » ; à ceux qui méprisaient ses invectives en disant : « Bah ! Le Poète ! il est dans les nuages ! », Hugo répondait fièrement : « Soit. Le tonnerre aussi »... À l'idée que son ennemi pourrait se vanter de « rester » au moins dans l'Histoire, il s'écrie : « Non, tu n'entreras point dans l'Histoire, bandit ! / Haillon humain, hibou déplumé, bête morte, / Tu resteras dehors et cloué sur la porte ! » Par ailleurs, certains poèmes sont d'une authentique grandeur : « Aube », où l'on retrouve dans toute sa splendeur l'auteur de tant de descriptions magistrales ; « La Caravane », où Hugo se montre visionnaire de toute la force de son génie ; et la fameuse « Expiation », avec les scènes apocalyptiques de la défaite de Napoléon le Grand : « Waterloo ! Waterloo ! Waterloo ! morne plaine ! »

CHAVÉE Achille. Poète belge d'expression française. Né à Charleroi le 6 juin 1906, mort à La Hestre le 4 décembre 1969. L'une des figures marquantes du surréalisme en Belgique, fondateur du groupe « Rupture » (1934), du « Groupe surréaliste du Hainaut » (1939) et après une période de clandestinité, durant la guerre, du groupe « Haute-Nuit » (1945), créateur en 1927 de l'Union fédéraliste wallonne du Centre et membre des Brigades internationales pendant la guerre d'Espagne où il combattit sur le front d'Albacete. C'est essentiellement un poète lyrique, explorateur douloureux de son univers intérieur. Épris de chaleur humaine, d'amour et d'amitié, il use d'un humour très personnel pour masquer son extrême vulnérabilité. Son œuvre, dispersée en une trentaine de plaquettes, est en cours de réédition depuis 1977. Citons : *Pour cause déterminée* (1935), *Le Cendrier de chair* (1936), *Une foi pour toutes* (1936), *La Question de confiance* (1940), *Écorces du temps* (1947), *À pierre fendre* (1952), *Quatrains pour Hélène* et *L'Enseignement libre* (1958), *L'Éléphant blanc* (1961), *Décoctions* (1964), *De vie et mort naturelle* (1967) et *Le Grand Cardiaque* (1969).

CHAZAL Malcolm de. Écrivain mauricien d'expression française. Né à Vacoas le 12 septembre 1902, mort le 1er octobre 1981 à l'île Maurice. Il descend d'un disciple de Swedenborg émigré à la Réunion au XVIIIe siècle. D'abord ingénieur agronome, il est devenu fonctionnaire de l'administration des téléphones. En 1947, Francis Ponge communique à Jean Paulhan un manuscrit intitulé *Sens plastique*. Paulhan lui consacre bientôt dans *Le Figaro* un article enthousiaste. « Ça n'arrive pas tous les jours de rencontrer un écrivain de génie, que personne ne connaît. En voici un... Ce livre est un recueil de pensées, ou mieux, de métaphores, ou plus exactement de correspondances. » Il soulignait la diversité et l'unité du recueil, « cette façon de demeurer le même à travers les aventures des yeux, de l'oreille et des doigts ». Parmi les admirateurs de Malcolm de Chazal, on trouve alors aussi bien André Breton que Georges Duhamel. Après *Sens plastique* (1948), il publie *La Vie filtrée* (1949), *L'Âme de la musique* (1950), *La Pierre philosophale* (1951), *L'Évangile de l'Eau* (1952), *Petrusmok* (1956), *Le Sens de l'Absolu* (1956), *Sens magique* (1957)...

« En France, a-t-il déclaré, mes seuls amis spirituels sont les surréalistes. » Comme eux, sans doute, il a voulu s'avancer « aux frontières de l'intraduisible, au royaume de l'au-delà du mot, au pays de l'inexprimable ». Manière de réinterpréter, de réévaluer les rapports de l'homme et du monde au moyen de l'analogie. Il s'est voulu « voyant » avant tout. Enfant, il eut dans le jardin familial de Curepipe le sentiment de voir Dieu en regardant une fleur d'azalée.

Ses ouvrages sont traversés de traits humoristiques car l'humour, dit-il encore, c'est « la structure de l'absolu ». C'est dire qu'un certain usage – roué et naïf – du langage est nécessaire si l'on veut parvenir à une sorte d'illumination. Malcolm de Chazal cherche à « couper les angles aux mots, à installer des pentes au sein de leur substance, afin de faire ruisseler la sensation au-dehors ». Il souhaite revenir à l'écriture des premiers hommes qui « contenait les gestes-mots des bêtes, la plupart des gambades-mots des animaux, les animations-mots des plantes ». Peintre, il rejoint certaines des théories de Dubuffet sur l'art brut.

GUY LE CLEC'H.

CHÉNIER André-Marie. Poète. Né à Constantinople le 29 ou le 30 octobre 1762, mort sur l'échafaud à Paris le 7 thermidor an II (25 juillet 1794). Troisième fils et quatrième enfant de Louis Chénier, négociant en drap qui essayait de se reconvertir dans le service diplomatique, et d'Élisabeth Santi-Lomaca, fille d'un orfèvre, drogman de l'ambassade : les mariages franco-ottomans étaient fréquents sous l'Ancien Régime. Sa mère, issue d'une famille latine d'Orient mais élevée dans le culte de la Grèce, fut la première initiatrice d'André à l'Antiquité. Amené en France en 1765 avec tous les siens, l'enfant séjourna pendant près de huit ans chez son parrain André Béraut, marchand drapier à Carcassonne. En 1773, il rejoint ses frères au collège de Navarre à Paris, où se formera son esprit et où naîtront ses amitiés avec Abel de Malartic, Louis et Michel Trudaine, François de Pange. Ses premiers écrits conservés datent de 1778, il entre dans sa dix-septième année : ce sont des exercices d'imitation poétique, où l'élève fait déjà preuve d'une étonnante maîtrise. Deux ans plus tard, il part pour Strasbourg comme cadet surnuméraire au régiment d'Angoumois, amorce d'une carrière militaire qui ne devait pas durer plus de huit mois. Amer, humilié, il regagne Paris, « poète sans emploi », et bien en peine d'en trouver un à sa convenance. Ambitieux, ardent à vivre, mais pauvre, farouche et fier, ainsi se définira-t-il quelques années plus tard. Disposition héritée de son père qui occupa le poste ingrat de consul général auprès du sultan du Maroc de 1767 à 1782 et dont la médiocre carrière au service du roi devait déboucher sur l'échec et l'amertume.

Dès dix-neuf ans, André Chénier s'est donné un maître et un modèle : Lebrun dit Lebrun-Pindare, l'un des hôtes du salon de sa mère, homme bien plus âgé que lui et poète d'une espèce peu commune. Il se fait également apprécier de Palissot, autre figure marquante du monde des lettres. Tous les deux seront républicains sous la Révolution : des affinités politiques se dessinent déjà. Tout, en revanche, détourne Chénier de Dorat, rimeur frivole, ou de Delille, abbé de cour. Son temps, son énergie se répartissent entre le travail et les « distractions fougueuses » où l'entraînent les frères Trudaine. On a insisté trop complaisamment sur les succès amoureux d'André : on ne lui connaît qu'une liaison avérée, celle qu'il eut avec Mme de Bonneuil, créole aguichante, l'une des trois sœurs de Santuary, dont l'aînée fit pendant sept ans les délices du poète officier Antoine Bertin, qui la chanta sous le nom d'Eucharis dans ses *Amours* publiées en 1780. André Chénier devait célébrer de même Lycoris, D'(A)z(a)n, Camille, deux dénominations (voire trois ?) pour la même inspiratrice : on ignore la date précise du début (1784 ou plus tôt) et de la fin (1787 ou plus tard) de sa liaison avec Michèle de Bonneuil. Le jeune homme doit également compter avec le handicap de la maladie : de fréquentes crises néphrétiques l'épuisent au point de donner crédibilité au thème de la mort prochaine. Sensualiste et matérialiste, véhément de nature, André Chénier rêve d'une poésie qui serait l'émanation directe de ses états successifs et changeants. Ainsi faut-il comprendre le distique fameux : « L'art, des transports de l'âme est un faible interprète ; / L'art ne fait que des vers, le cœur seul est poète. » « L'âme », c'est-à-dire le foyer des sentiments ; « le cœur », c'est-à-dire l'organe moteur de l'énergie vitale.

Sa boulimie créatrice explose en projets qui s'ajoutent les uns aux autres, mais il ne termine ni ne publie rien, laissant son cadet, Marie-Joseph, prendre de l'avance. André semble avoir souffert toute sa vie d'un syndrome d'exclusion qui lui fit adopter à l'égard des autres des positions extrêmes. Comme la génisse du célèbre *cuadro* (« Fille du vieux pasteur »), il marche toujours seul et « paît à l'écart ». Quelques amis subviennent à ses besoins et partagent ses secrets. Sans les Trudaine, il n'aurait pas fait le voyage de Suisse en septembre-octobre 1784 ni amorcé deux ans plus tard un voyage en Italie, voyage apparemment interrompu en route. Brèves diversions dans une existence dont les soucis matériels et l'humeur sombre obscurcissent les perspectives. En 1787, pour ne pas peser à son père et peut-être par désir d'éloignement, André Chénier se résigne à prendre un modeste emploi de secrétaire auprès de l'ambassadeur de France à Londres. Il connaîtra dans cet exil des moments de noire mélancolie. Chaque été le ramène en France pour des congés prolongés jusqu'en novembre. Il a noué de nouvelles relations : le peintre David, Marie Cosway, auprès de laquelle il joue le rôle de soupirant, Julien Niemcewicz, la comtesse d'Albany et Vittorio Alfieri ; il a ses entrées chez les Pourrat, les Le Coulteux, les Condorcet ; il rencontre La Fayette, Volney, Adam Smith, Jefferson... enrichit et élargit ses projets mais reste toujours aussi braqué contre ceux qu'il appelle des « cyclopes littéraires » et fuit jalousement tout ce qui pourrait ressembler à un début de carrière. Repli qu'accentue, à chaque automne, l'isolement londonien. Ce va-et-vient durera jusqu'en 1790. Quatre ans seulement lui restent à vivre lorsqu'il touche le sol français pour la dernière fois, sans doute en juin ou juillet.

Rentré à Paris, André Chénier prend la Révolution en marche. Elle devait lui plaire « a priori ». Toute sa famille avait milité pour les droits de l'homme, aspirant à la liberté, à l'égalité, haïssant privilèges et censures. Mais le poète, trop lucide, a tôt fait de flairer le danger : si le changement de régime entraîne le passage d'une tyrannie à une tyrannie pire que la précédente, à quoi bon ? Son père et lui seront « ce qu'on appelle modérés, c'est-à-dire amis de l'ordre et des lois », plaçant tout leur espoir dans la Constitution, tandis que sa mère « a renoncé à toute son aristocratie et est entièrement démagogue, ainsi que Joseph » (lettre de Louis Chénier à sa fille en date du 24 décembre 1791). « Seul et sans soutien », André affirme n'avoir jamais appartenu à aucune faction, à aucun parti. Connaissant son individualisme farouche, on peut le croire. Une guerre d'extermination implacable s'établit au fil des semaines entre lui, rameur solitaire, et les jacobins. Quelle nécessité l'a poussé à devenir, enfin, un écrivain public ? à rédiger et diffuser des articles, des libelles, à faire éditer pour la première fois un poème (l'*Ode sur le Jeu de Paume,* en avril 1791), à s'exposer dangereusement alors que les circonstances devraient l'inciter à la prudence ? « Sa vie avait trouvé son emploi », déclare Jean Fabre : sa vie et sa plume. Mais pouvait-il prévoir l'emploi, ou le contre-emploi, qu'il serait amené à jouer dans le psychodrame qui allait secouer la France ? Il s'y enferra littéralement, avec héroïsme, acharnement, rage, consternation, écœurement. « Jusqu'à leur destruction ou à la nôtre », écrit-il. À partir du 10 août, il fait partie des suspects mais, dans la clandestinité, continue à agir et à écrire. « Il sait qu'il doit mourir », ses papiers en témoignent : la guillotine l'attend. Dans la foulée, il conçoit un ultime projet, les *Iambes,* entamés dès 1792 et auxquels il travaillera encore en prison, quelques jours avant sa mort – v. *Poésies* (*) de Chénier. Fils des Lumières, ce rationaliste trop sensible devait se montrer logique jusqu'au bout. Arrêté le 17 ventôse an II (4 mars 1794), André Chénier passa devant le tribunal révolutionnaire le 6 thermidor et fut exécuté le lendemain.

Comme Jean-Jacques Rousseau, mais dans des conjonctures atroces, il avait su mettre sa vie en conformité avec ses écrits.

ÉDOUARD GUITTON.

♦ *« Cet Orphée républicain, déchiré pour sa modération par les femmes thraces de la Terreur. »* A. de Lamartine. ♦ *« C'est bien un poète mort, il est vrai, mais c'est aussi une poésie nouvelle qui vient de naître. »* Victor Hugo. ♦ *« Nous n'avions rien de pareil depuis Ronsard et, du temps de Ronsard, la langue n'était pas mûre. »* Charles Maurras. ♦ *« Chénier est un de nos grands poètes. Il a pris place parmi nos classiques et il le mérite. Il y a ceci de singulier dans son sort, qu'il est à lui seul toute une révolution, mais une révolution qui n'a pas abouti. »* Edmond Schérer. ♦ *« Je ne pense pas que parmi les poètes français André Chénier soit l'un des plus grands, mais il est à coup sûr celui dont le destin est le plus émouvant* [...] *Sur cette jeune ombre, les ennemis se sont réconciliés. »* Robert Brasillach. ♦ *« Il est des œuvres plus parfaites ou plus sublimes ; aucune autre ne donne au même degré le sentiment d'une présence, l'illusion d'un visage ami. »* J. Fabre.

RÉF. : P. Dimoff, *La Vie et l'œuvre d'André Chénier jusqu'à la Révolution française,* 1936. — Ch. Maurras, *Poésie et Vérité,* 1942. — G. Walter, *André Chénier, son milieu et son temps,* 1947. — R. Brasillach, *Chénier,* 1947. — J. Fabre, *Chénier,* Paris, 1965. — F. Scarfe, *A. Chénier, his Life and Work,* Oxford, 1965. — E. Guitton, « Vingt ans d'études chéniéristes », *Dix-huitième siècle,* n° 14, 1982. — E. Quillen, *L'Angleterre et l'Amérique dans la vie et la poésie d'A. Chénier,* Berne-Francfort, 1982. — *Cahiers Roucher-André Chénier, passim,* depuis 1980. — « André Chénier », *C.A.I.E.F.,* n° 42, 1990.

CHÉNIER Marie-Joseph. Homme politique et écrivain. Baptisé le 11 février 1764 à Constantinople, mort à Paris le 10 janvier 1811. Il entra à dix-sept ans au régiment des dragons de Montmorency, en sortit deux ans après et se lança dans la carrière des lettres. Passionné de théâtre, il essuya plusieurs échecs avant que la popularité lui vienne grâce à *Charles IX ou l'École des rois* (1789), tragédie mémorable dont la première représentation (4 novembre) coïncida avec les débuts de la Révolution. Chénier donna ensuite *Henri VIII* (1791) et *Caius Gracchus* (1792) : cette dernière œuvre devait être interdite pendant la Terreur (il y réclamait « des lois et non du sang »). *Fénelon* (1793), pièce à la morale élevée et religieuse, obtint un brillant succès mais resta sans effet. *Timoléon* (1794) ne put être joué, le manuscrit ayant été saisi et brûlé par la tyrannie décemvirale. L'écrivain s'occupa de politique, appartint au club des Jacobins, puis fut membre de la Convention et vota la mort du roi. Sa réussite et son caractère lui firent des ennemis. En avril 1792, lors de la fameuse affaire des Suisses de Châteauvieux, André et Marie-Joseph Chénier avaient pris des positions diamétralement opposées par voie de presse. Néanmoins Marie-Joseph protégea son frère, devenu suspect, mais, lui-même exposé, il ne parvint pas à le sauver de la guillotine. Accusé par la réaction royaliste d'avoir été le « Caïn » d'« Abel » Chénier, il composa l'*Épître sur la calomnie* (1797). Il était également l'auteur d'hymnes et d'odes, *À la Raison, À l'Être suprême, Au 9 Thermidor, Au 10 Août,* et du très populaire *Chant du départ.* Il soutint d'abord Bonaparte, fut membre du Conseil des Cinq-Cents, du Tribunat, mais par la suite se dressa contre la dictature et, en 1802, fut éloigné de toute charge publique comme l'ensemble des Idéologues. Homme de franchise et de conviction, il eut le courage de faire reparaître l'*Épître à Voltaire* (1806), qui mit le comble à sa disgrâce, et exhala son amertume dans une belle élégie, *La Promenade à Auteuil*, poème posthume (1817). Seule lui fut maintenue la tâche de continuer les *Éléments de l'Histoire de France* de Millot et de tracer un *Tableau historique de la littérature française depuis 1789 jusqu'en 1809* (1818), qui témoigne d'un classicisme étroit et fermé à l'avenir. Avant que la maladie ne l'emporte, « il se proposait d'examiner si la raison et le bon goût admettent un genre romantique » (Daunou).

RÉF. : Joseph Lingay, *Éloge de M.-J. Chénier...*, 1814. — Louis J.-G. de Chénier, *La Vérité sur la famille de Chénier*, 1844. — Félix Pyat, *Marie-Joseph Chénier et le prince des critiques,* 1844. — Ch. Labitte, *Études littéraires,* t. II, 1846. — A. Liéby, *Études sur le théâtre de M.-J. Chénier*, 1901, thèse. — A.-J. Bingham, *M.-J. Chénier. Early Political Life and Ideas*, thèse, 1939 ; « Napoléon et M.-J. Chénier », *Studi Francesi*, sept.-déc. 1963 ; « M.-J. Chénier Idéologue and Critique », *Studies on Voltaire*, vol. 194, Oxford, 1972. — J. Gaulmier, « De la Saint-Barthélemy au chant du départ », *R.H.L.F.*, 1973. — *Cahiers Roucher - André Chénier* n° 2 (1982) et n° 3 (1983).

CHESSEX Jacques. Poète, romancier et essayiste suisse d'expression française. Né le 1er mars 1934 à Payerne (canton de Vaud). Après des études de lettres à l'université de Lausanne, terminées avec un mémoire de licence consacré à Francis Ponge, il entre dans l'enseignement ; pédagogue par atavisme et par vocation, il est depuis 1962 professeur de littérature française au gymnase cantonal de la Cité, à Lausanne, et réside à Ropraz.

Au cours de ses études déjà, Jacques Chessex participe au mouvement littéraire né autour de revues suisses romandes tels *Pays du lac* et *Rencontre ;* il poursuivra ce travail d'animateur de revue avec la fondation, en 1964, d'*Écriture,* en collaboration avec l'éditeur Bertil Galland. Mais c'est par les poèmes du *Jour proche* (1954), tôt suivis par *Chant de printemps* (1955), *Une voix la nuit* (1957) et *Batailles dans l'air* (1959), que Chessex débute en littérature. Marqués par l'influence de Gustave Roud et de Pierre-Louis Matthey, ses premiers recueils, traversés d'un lyrisme clair qui n'échappe pas toujours à la tentation de l'hermétisme, masquent à peine déjà, dans le chant de la beauté des choses et l'attention minutieuse aux paysages, l'intuition de la précarité de l'être et la hantise de la mort.

Les poèmes de jeunesse, auxquels fait suite un court récit dense et concis, *La Tête ouverte* (1962), préparent un premier roman d'inspiration très gidienne. Portée par une écriture classique et raffinée, *La Confession du pasteur Burg* (1967), à l'intériorité dramatique fulgurante, se réclame de l'esprit de *La Nouvelle Revue française* (*) — à laquelle Chessex, fasciné par l'autorité de Jean Paulhan, collabore par des chroniques et des notes de lecture.

À la concision de la poésie et des proses de jeunesse succède le débordement baroque, tant dans l'autoportrait que trace, avec une verdeur rabelaisienne, *Carabas* (1971) que dans *Portrait des Vaudois* (1969) et dans *L'Ogre* (1973), puis dans plusieurs autres romans, comme *Judas le Transparent* (1982) ou *Jonas* (1987). Dans *Portrait des Vaudois,* Chessex cherche à travers son pays à retrouver sa propre identité fortement marquée par ses racines familiales et par la situation archétypale du suicide du père ; il se présente là comme s'il puisait son énergie créatrice du sol natal et d'un principe de cohésion interne. L'image paternelle, autoritaire et écrasante, est au centre de *L'Ogre,* au titre en clin d'œil aux contes de Perrault, qui met en scène un professeur lausannois en proie à ses démons et condamné à l'échec. Dans *Judas le Transparent,* la source d'inspiration est *La Bible ;* elle fournit à l'écrivain la figure symbolique du traître, dans un roman qui matérialise la présence obsédante du mal et du diable. Biblique aussi la réminiscence qui préside à *Jonas* (1987), histoire de la dérive d'un quinquagénaire englouti au sein d'une « ville matrice », Fribourg, à l'instar du prophète homonyme dans le ventre de la baleine. Quant à *Morgane madrigal* (1990), si les hantises habituelles de Chessex sont disséminées dans le texte, l'écrivain s'y rattache au surréalisme et y témoigne de son intérêt pour la peinture.

En lutte contre l'étroitesse d'une morale et d'un conformisme puritains, Chessex crée un monde romanesque dont les héros sont habités par une sensualité gourmande et une angoisse existentielle panique. Ses personnages sont divisés entre la rage de vivre et la fascination de la mort ; cette dualité est traduite par une écriture vindicative, truculente et haute en couleur, qui obéit tantôt à une esthétique réaliste, marquée par un naturalisme précis, parfois très accentué, tantôt au maniérisme baroque. La visée de Chessex est de conférer au tout un caractère métaphysique et universel, en prenant appui sur le sentiment de la mort et sur l'érotisme ; dans ses livres se conjuguent ainsi l'influence de la Réforme, qui pousse à un élan vertical et ontologique, et la réaction, volontiers provocante, au calvinisme, qui s'exprime par le dépassement des conventions et des bienséances. L'originalité de sa voix, qui lui a valu le prix Goncourt décerné à *L'Ogre,* est depuis longtemps reconnue à l'extérieur des frontières helvétiques, et fait de lui le prosateur romand le plus connu de notre siècle, après Ramuz.

Dans ses recueils de nouvelles, Chessex condense en quelque sorte sa technique de romancier : que ce soit dans *Le Séjour des morts* (1977) ou dans *Où vont mourir les oiseaux* (1980), il cristallise en effet, en peu de pages, des situations « exemplaires », ou croque des personnages très typés. Polyvalent, Chessex continue d'écrire de la poésie (son recueil intitulé *Comme l'os* a paru en 1988) et de signer des chroniques d'art. L'écrivain porte un intérêt attentif à ses pairs, comme en témoignent ses essais consacrés aux auteurs suisses romands dont il se sent proche, ainsi qu'aux maîtres français du réalisme auxquels il s'apparente : il poursuit, de *Charles-Albert Cingria* (1967) aux *Saintes Écritures* (1972), de *Maupassant et les autres* (1983) à *Flaubert ou le Désert en abyme* (1991), une démarche critique subjective et passionnée, qu'emportent l'adhésion et l'empathie.

DANIEL MAGGETTI.

Chiasme. Du grec *khiasma* : « disposition en croix », mot lui-même tiré de la lettre *khi* figurée, en majuscule, par une croix. Figure de style qui, dans deux expressions successives comprenant des termes communs ou de même nature grammaticale, intervertit l'ordre des seconds par rapport aux premiers, ce qui donne une symétrie inverse. Cet effet de rythme offre une vision synthétique du sujet abordé et peut souligner l'union de deux réalités : « Elle changeait... / Le trône en échafaud et l'échafaud en trône » (Hugo, *Les Contemplations* [*]), mais, le plus souvent, le chiasme renforce une opposition : « Il faut manger pour vivre et non pas vivre pour manger » (Molière, *L'Avare* [*]).

ARLETTE BOUÉ.

Chimères (Les). Suite de sonnets du poète Gérard de Nerval (1808-1855), publiée en 1853. Bien que cet ensemble fasse partie des *Filles du feu* (*), l'usage est souvent de le considérer comme un tout autonome ; de fait, si l'on suit les étapes de composition du livre auquel il est lié, force est de constater que Nerval songea tardivement à y joindre ces *Chimères* qui ne sont d'ailleurs pas annoncées sur la couverture du volume, volume qui, d'autre part, ne comporte pas de table des matières. Le titre général de *Chimères* ne surprend pas les lecteurs familiers de l'écrivain, qui le savent habitué à croiser dans le réel des figures imaginaires qui constamment lui échappent.

L'œuvre strictement poétique de Gérard est fort réduite, quoique inoubliable : plusieurs dizaines d'odelettes composées entre 1830 et 1835, un manuscrit partiellement demeuré inédit, mais sans doute écrit en 1841, lors de sa première crise de folie : le manuscrit Dumesnil de Gramont, quelques rares publications dans *L'Artiste* entre 1842 et 1845. À partir de 1852, donc sur le tard, Nerval, à l'instigation de son ami Arsène Houssaye, procédera à divers regroupements : dans *La Bohème galante* (série d'articles qui paraissent dans *L'Artiste*), dans les *Petits châteaux de Bohême* ensuite, avec, notamment, l'ensemble « Mysticisme », dans *Les*

Filles du feu enfin. À travers ces tentatives a-t-il jamais atteint la parfaite unité qu'il souhaitait ? Toujours est-il que *Les Chimères,* constituées de douze pièces de vers (*Le Christ aux Oliviers* en comptant cinq à lui seul), offrent apparemment une certaine cohérence, d'une part en ce qui concerne la forme adoptée : le sonnet, d'autre part en ce qui regarde les thèmes, si diffus, si bizarres soient-ils. Le discours – car l'énonciateur parle, presque à haute voix – se développe sur un fonds mythologique où, le cas échéant, apparaît aussi quelque figure biblique. Dans cette suite, il est permis de distinguer un noyau originel formé par les poèmes publiés dans *L'Artiste* entre 1842 et 1845 : « Vers dorés » devenu « Delfica », « Le Christ aux Oliviers » et « Pensée antique » devenus « Vers dorés », soit sept sonnets, au milieu desquels Nerval va insérer « Artémis ». Ces huit poésies constituent la seconde partie des *Chimères*. Le début, quant à lui, comprend des poésies non publiées en revue (à l'exception de la première) : « El Desdichado », « Myrtho », « Horus », « Antéros ». Certaines, cependant, reprennent des vers appartenant au manuscrit Dumesnil de Gramont datable de 1841. Ces questions de datation apparaissent d'autant plus importantes que l'on peut aisément en déduire, après analyse, que Nerval, en fait, organise là une matière ancienne et que celle-ci était apparue, presque née d'un souffle prophétique, dès les mois de sa première crise, en 1841. L'obscurité des *Chimères* s'en trouve justifiée et, pour ainsi dire, scellée, Nerval lui-même assurant dans la lettre-préface des *Filles du feu* que de tels textes « perdraient de leur charme à être expliqués ». Certains critiques ont cru devoir se conformer à cette parole du poète qui, du moins, revendiquait pour elle le « mérite de l'expression ». Il semble insuffisant, toutefois, de respecter une telle mise en garde ; mais l'enfreindre, c'est assurément se confronter à la folie de Gérard, que lui-même, en 1841, dans une lettre à Ida Ferrier, accepta de caractériser du nom de « théomanie », soit une tendance à voir les actions humaines doublées par la présence des dieux et des démons. Une partie du secret des *Chimères* s'éclaire de cette singularité. Diverses mythologies sont mises à contribution par le poète pour énoncer une sorte de conflit entre des divinités d'autrefois et un dieu, le Kneph d'« Horus », le Jehova d'« Antéros », le Créateur du « Christ aux Oliviers » (le Christ, dans ce dernier cas, faisant alors partie non de la Trinité, mais des demi-dieux sacrifiés). À travers cette lutte, il convient sans doute de repérer la propre posture de Nerval, en rivalité avec le Père, représenté par le monothéisme, et mettant tout son espoir, voire son amour, en des déesses : Isis, Artémis, des prophétesses : Myrtho, Delfica, ou la « sainte de l'abîme » et non plus du ciel.

La suite des *Chimères* s'ouvre logiquement sur un sonnet identitaire : « El Desdichado », où Nerval institue son propre personnage de déshérité, prêt à rentrer dans toute une lignée de héros ou de dieux malheureux : « Suis-je Amour ou Phébus, Lusignan ou Biron ? » Le parcours chimérique s'achève, onze sonnets plus tard, comme après un tour d'horloge, et trouve son possible accomplissement dans « Vers dorés », qui fait succéder au conflit la réconciliation produite par un panthéisme sensible, la reconnaissance d'un « Dieu caché » et la métempsycose.

Longtemps négligé, parce qu'on le jugeait incompréhensible, l'ensemble des *Chimères* fut réestimé tardivement au moment où l'on redécouvrait le romantisme allemand. Les surréalistes en admirèrent le mystère quasi alchimique. Artaud y vit une formidable « tripsion » (malaxage) des mythes à des fins de purification personnelle (et c'est sans doute comprendre au mieux Nerval) ; Pierre Jean Jouve en loua la portée abyssale. Dès 1853, Nerval avec ces sonnets faisait pénétrer le langage poétique dans une ère nouvelle où la substance même des mots crée un univers et où s'élance en lignes pures un sens différé, l'éclatante révélation d'un secret qui n'en maintient pas moins ses arcanes.

J.-L. St.

CHRÉTIEN ou CHRESTIEN DE TROYES. Poète et romancier. De dates précises, en l'absence de documents provenant de la ville qu'on peut supposer avoir été son lieu de naissance et qui fut incendiée à la fin du XIIe siècle, on n'en saurait espérer, mais on peut déduire de la chronologie de ses œuvres et de leurs dédicaces quelques indications. Il naît probablement à Troyes vers 1130 et meurt vers 1195. Il entre dans la vie littéraire vers 1158-60, par des traductions d'Ovide *(Métamorphoses, Art d'aimer),* un *Marc et Iseut*, perdu. Puis viennent *Érec et Énide*, environ 1170 ; *Cligès ou la Fausse Morte* (entre 1176 et 1177) ; *Lancelot ou le Chevalier à la charrette*, env. 1170, dédié à Marie, fille d'Éléonore d'Aquitaine, laquelle épousa, en 1164, Henri Ier le Libéral, comte de Champagne ; *Yvain ou le Chevalier au lion*, 1177- 1179 ; *Perceval* ou *Le Conte du Graal* dédié à Philippe d'Alsace, comte de Flandre, env. 1182, et inachevé.

L'œuvre conservée est assez considérable : cinq larges romans en vers octosyllabiques à rimes plates sans alternance, alors instrument du genre. Ce genre, il ne l'a pas créé, puisque avant lui, dans la décennie qui va de 1150 à 1160, il y a ce que j'ai appelé la Triade classique *(Thèbes, Énéas, Troie)* et le *Roman de Brut* de Wace, de 1155, où figurent déjà le roi légendaire Arthur, lancé par Geoffrey of Monmouth, dans son *Histoire des rois de « Bretagne »*, vers 1136, et les chevaliers de la Table Ronde ; en un mot, la matière de Bretagne et l'élément celtique, propre à envelopper l'action des brouillards de Thulé, qui en font accepter l'invraisemblance, ce qui n'empêche pas Chrétien, en lui empruntant son cadre et ses personnages, de les transposer dans la société courtoise française de la seconde moitié du

XIIe siècle avec ses fêtes et ses tournois, ses amours et ses « chevaliers errants, qui vont aventure quérant ».

Mais le tableau réaliste et évocateur qu'en trace ce puissant imaginatif ne suffit pas à notre Champenois. Psychologue, il a scruté la condition humaine. Par ses contes, comme il les appelle parfois trop modestement, il crée le roman psychologique et le roman à thèse, préparant ainsi le genre à ses immenses destinées futures du XIXe et du XXe siècle. Pour lui, la destinée de l'homme jeune et amoureux, cherchant sa vie, se débat entre l'amour et l'aventure. La jeune fille, fière d'avoir été distinguée par celui qui l'aime, se satisfait de l'amour ; mais celui-ci, même réalisé dans le mariage, laisse l'homme jeune insatisfait. Il lui faut, pour combler son âme ardente et utiliser ses disponibilités, l'aventure, qui peut consister à surmonter les merveilles et les enchantements entravant sa route, mais qui s'y déguise aussi sous des formes morales : le secours du chevalier à la veuve et à l'orphelin, la délivrance de prisonniers, ou de religieuses : la libération du Saint-Sépulcre ou encore la conquête du Graal.

La plus ancienne œuvre conservée de Chrétien de Troyes, *Érec et Énide*, pose d'emblée ce problème sans l'expliciter : Érec a conquis Énide, la belle au « chainse » blanc troué au coude, en la disputant au chevalier à l'épervier, et, avec le consentement du roi Arthur et de son épouse Guenièvre, il l'épouse. Mais il s'endort dans les délices de l'union charnelle (description réaliste et cependant discrète de la nuit de noces) et l'on murmure autour de lui qu'il est « recréant » d'armes et de chevalerie, c'est-à-dire qu'il y renonce. Sa femme en pleure et est contrainte de le lui révéler. Alors il l'entraîne dans les plus folles aventures, dont il triomphe par sa bravoure, lui montrant qu'il n'a rien perdu, jusqu'à celle de la « Joie de la Cour », figuration d'une descente aux Enfers, thème fréquent dans les romans de Chrétien, car l'amour est plus que la mort.

Cligès, après nous avoir dépeint les amours à Windsor, sur la Tamise (que j'ai reconnue comme chose vue), d'Alexandre et de Soredamor (Blonde d'Amour) à la cour de Bretagne, transporte ensuite la scène en Allemagne et à Constantinople, pour décrire celles de leur fils Cligès, et de Fénice, qui ne se donne à lui, quoique devenue femme de l'empereur Alexis, qu'après avoir été changée, par sa nourrice Thessala, en fausse morte dans un riche tombeau. Elle ne veut pas être à plusieurs « parsonniers » (possesseurs) et proclame ce motto : « Qui a le cœur, il ait le corps », ce qui fait un autre Tristan ou, plus probablement, un super Tristan.

Lancelot ou le Chevalier à la charrette retrace la quête de Lancelot pour arracher la reine Guenièvre, enlevée par Méléagant en Gorre, « le royaume d'où nul n'échappe ». Elle s'abandonne à lui, mais non sans lui reprocher durement d'abord d'avoir hésité plus de deux pas avant de monter dans la charrette patibulaire du nain (destinée aux condamnés) pour entreprendre la plus difficile des délivrances. En un tournoi final, auquel il participe, la femme aimée abuse de son pouvoir en ordonnant à son chevalier servant de s'y faire battre en combattant « au noauz » (pour néant, pour rien). Il semble que Chrétien se soit dégoûté de cet abus de pouvoir dont le thème lui avait été imposé par sa protectrice : Marie de Champagne, et il fit achever le roman par Geoffroy de Lagny.

Yvain ou le Chevalier au lion (du nom du noble animal qu'il délivre de l'étreinte d'un serpent et qui désormais le suit partout) nous ramène au thème initial de l'amour et de l'aventure : Yvain, après avoir tué Esclados le Roux, épouse sa veuve, Laudine ; mais à l'instigation de Gauvain, neveu d'Arthur, la quitte, quinze jours après les noces, pour courir aventures un an, avec son consentement. Mais comme il oublie le terme fixé, elle lui signifie son congé définitif et il en devient fou. Sur les instances de sa suivante, Punete, que le Chevalier au lion a délivrée en combat judiciaire de ses persécuteurs, elle lui accorde finalement son pardon. Solution originale du conflit de l'amour et de l'aventure, dans le cadre du mariage ; l'aventure à tempérament.

Perceval ou le Conte du Graal est l'histoire du jeune « nice », ou naïf, qui se fait armer chevalier par le roi Arthur, et, accueilli par hasard dans le château du roi pêcheur, y voit passer devant le « méhaigné » (paralysé), le cortège du Graal, avec la lance qui saigne. Comme il a omis d'interroger son hôte sur la signification du vase (graal) où Joseph d'Arimathie recueillit le sang du Crucifié, et dont l'hostie suffit à nourrir le père du roi pêcheur : « Tant sainte chose est le graal », le château lui apparaît le lendemain vide et, pour le retrouver, il se livre à une longue et aventureuse quête que Chrétien non plus n'acheva pas, car « la mort devança », dit un de ses continuateurs, Gerbert de Montreuil.

Chrétien de Troyes n'est pas seulement un romancier passionnel, mais un grand styliste. Il faudrait citer entre autres tout le cortège du Graal (car l'Enchantement du vendredi saint n'appartient pas seulement au *Parsifal* de Wagner, imité du nôtre), et la « Complainte des pauvres pucelles », dans *Yvain* que je crois avoir rendu célèbre. C'est dire qu'avant Wagner il a parcouru le difficile chemin qui va de l'amour terrestre de Tristan à l'amour sacré de Perceval.

GUSTAVE COHEN.

♦ *« Il répandait le beau français à pleine main. »* Huon de Méry, XIIIe siècle. ♦ *« C'était, en somme, un homme d'esprit beaucoup plus que de sentiment, un conteur adroit dans le détail, parfois maladroit dans l'ensemble, un écrivain habile qui n'a pas toujours su ou voulu donner à son style la perfection qu'il a parfois atteinte. »* G. Paris. ♦ *« C'est une scène exquise, dans* Le Chevalier au lion, *que l'éveil de l'amour dans l'âme d'une veuve éplorée... il y a un grain de Marivaux dans ce Champenois. »* G. Lanson. ♦ *« Le plus ancien* *roman arthurien qui nous soit connu est l'*Érec *de Chrétien de Troyes. Il n'est pas difficile de prouver que c'est au demeurant le premier du genre, et que c'est par conséquent à cet écrivain que revient l'honneur d'avoir créé le roman arthurien français. On constate combien le poète apparaît d'entrée de jeu compréhensif et génial. »* W. Förster. ♦ *« L'initiatrice, c'est la Dame, en qui réside toute science et toute bonté. C'est elle qui, par sa grâce et par la vertu ennoblissante de l'amour, enseigne au chevalier la prouesse, lui apprend à* valoir, *le fait monter en prix par une série d'épreuves voulues, le développe et l'accomplit. »* J. Bédier. ♦ *« Jusqu'à preuve que d'autres poètes l'ont précédé dans la composition de romans arthuriens, il sera permis de le considérer comme le créateur du genre, comme le premier inventeur de ce monde poétique où jouent des formes étranges, où l'obscur fascine l'esprit à l'égal de la lumière, où se poursuivent des destinées singulières et mystérieuses. »* E. Faral. ♦ *« Dans* [*le*] *mélange du réel et du surréel réside toute la magie de ce grand poète, de ce grand créateur du roman moderne. »* Reto R. Bezzola.

RÉF. : G. Cohen, *Chrétien de Troyes et son œuvre*, nouv. édition, Paris, 1948. – R. S. Loomis, *Arthurian Tradition and Chretien de Troyes*, New York, 1949. – J. Frappier, *Chrétien de Troyes*, 2e éd., Paris, 1968. – K. Halasz, *Structures narratives chez Chrétien de Troyes*, Debrecen, 1975. – L. Carasso-Bulow, *The Merveilleux in Chrétien de Troyes' Romances*, Genève, 1976. – D. Kelly et coll., *The Romances of Chrétien de Troyes*, Lexington (Kentucky), 1982. – R. T. Pickens, *The Sower and his Seed. Essays on Chrétien de Troyes*, Lexington (Kentucky), 1983.

CHRISTINE DE PISAN. Poétesse. Née à Venise en 1363, morte vers 1430, probablement à l'abbaye de Poissy (Yvelines). Son père, Thomas di Benvenuto de Pizzano (bourgade près de Bologne), astrologue et « conseiller salarié de la cité de Venise », entra au service du roi de France, et toute sa famille le rejoignit à Paris en 1370. Christine connut une adolescence heureuse et studieuse à la cour de ce Charles V dont elle devait devenir l'historienne. Mariée à quinze ans à Étienne Castel, notaire et conseiller du roi, mère de trois enfants, elle n'eut sans doute point songé, dans l'existence facile et choyée qui lui était promise, à tirer profit de sa culture, de ses goûts littéraires, qui lui avaient valu l'amitié et l'admiration des poètes Eustache Deschamps et Jean de Montreuil, et du futur chancelier de l'Université Jean Gerson.

Son père, dont la mort du roi avait déjà diminué le crédit, s'éteignit en 1385 ; son mari fut emporté par une « hastive epidemie » en 1389. Christine connut la gêne, les procès. Elle gouverna d'une main ferme « la nef demeurée en la mer en orage et sans patron » (*L'Avision*) ; monnayant son talent, offrant ses vers aux princes et aux grands seigneurs, elle sut plaire, elle s'imposa. En seize ans, de 1389 à 1405, elle composera « XV volumes principaux sans les autres particuliers petits dittiés » (*ibidem*). Aux recueils de ballades (*Cent ballades, Ballades de divers propos, Cent ballades d'amant et de dame*, etc.), aux rondeaux, lais, virelais, complaintes, « dictiez amoureulx » – v. *Œuvres poétiques* (*) –, où souvent l'expression des sentiments a beaucoup de grâce et de sincérité, succède une œuvre trop abondante certes et empreinte des défauts de son époque, l'abus de l'érudition et de l'allégorie. Elle lui valut d'illustres protecteurs, Louis d'Orléans, le duc de Berry, le duc de Bourgogne, la reine Isabeau, Charles d'Albret, connétable de France ; et en Angleterre le comte de Salisbury, et Henry de Lancastre qui la voudrait à sa cour, comme Jean Galéas Visconti la voudrait à Milan. Citons parmi ses œuvres en vers le *Livre de prudence* « à l'enseignement de bien vivre », l'*Epistre d'Othea à Hector* sur « la droite chevalerie », le *Dit de Poissy*, le *Débat de deux amans*, le *Dit de la Pastoure*, le *Livre du duc des vrais amans*, tous sur les thèmes de l'amour courtois, enfin l'*Epistre au dieu d'Amours* qui marque le début de la bataille livrée par Christine au *Roman de la Rose* (*), dans laquelle Jean Gerson sera à ses côtés pour l'honneur des dames, contre Jean de Montreuil, Gontier et Pierre Col. Le *Dit de la rose* (1401) mettra le point final à la controverse. Ouvrage de plus longue haleine, *Le Chemin de longue estude* (1402), poème encyclopédique mieux goûté de son temps qu'il ne saurait l'être de nos jours, chante en plus de 6 000 vers le voyage en rêve de Christine au Parnasse, puis à travers les différents Ciels, au parlement où Dame Raison entourée de personnages allégoriques cherche le remède aux maux de l'humanité dans les vertus d'un roi sage, bon et juste. Le long poème de *La Mutacion de fortune* (1403) est plus intéressant pour nous dans sa première partie, autobiographie mêlée d'allégories, que dans sa suite, compilation touffue de la mythologie, de l'histoire sainte, de l'histoire romaine et des événements contemporains.

Désormais célèbre, Christine est chargée par Philippe le Hardi, duc de Bourgogne, d'écrire l'éloge de la vie du feu roi : le *Livre des faits et bonnes mœurs du sage roi Charles V*, en prose (1404), est vivant et riche d'intérêt en dépit de la lourdeur du style latinisant. En une adaptation, en prose également, des *Dames de renom* de Boccace, Christine rassemble les femmes de tous les temps, célèbres par leur héroïsme ou par leur vertu, dans le cadre allégorique de *La Cité des Dames* (1405) ; *Le Trésor de la Cité des Dames ou Livre des trois vertus* (1406) en enseigne le chemin aux femmes de toutes les catégories sociales. Toujours en prose, le *Livre des faits d'armes et de chevalerie* (1405), sur l'art militaire, et le *Livre du corps de policie* (1407), sur l'« état du peuple » et l'art du gouvernement, sont en grande partie « cueillis », « ès autorités des auteurs », c'est-à-dire compilés d'après Végès, Valère, Maxime et Frontin. *L'Avision* (1407), sous une curieuse forme allégorique, raconte la vie de Christine depuis son enfantement par la Nature dans le grand ventre du Chaos, puis son arrivée au royaume de Libera, la France, dont l'histoire est transposée en un symbolisme moralisateur et satirique, jusqu'à sa rencontre avec Philosophie qui la console de la méconnaissance des hommes et des assauts de la fortune.

Cependant, une tragique époque a commencé pour la France ; Armagnacs et Bourguignons se massacrent, l'accord de Pontoise n'apaise rien, les troubles reprennent avec une violence accrue ; Christine, « pauvre voix criant en ce Royaume », a adressé à la reine une noble et forte *Lamentation* (1410) sur les maux de la France ; son *Livre de la paix* (1413) confirme sa fidélité à la couronne, honnit les rebelles cabochiens. Ensuite sa voix se tait. Réfugiée probablement au cloître de Poissy, elle souffre dans son cœur devenu profondément français des malheurs de la France ; l'Anglais est à Rouen, l'Anglais triomphe à Azincourt, l'Anglais est couronné à Paris. Sa voix ne s'élèvera plus qu'une seule fois en un dernier chant d'allégresse dans *Le Dittié de Jeanne d'Arc* : « L'an mil quatre cent vingt et neuf / Reprit à luire le soleil... »

Lue et même imitée encore au XVIe siècle, Christine fut ensuite oubliée jusqu'à la fin du siècle dernier. Plusieurs de ses ouvrages attendent toujours une édition critique.

PIERRE FERRARI.

♦ *« Muse éloquente entre les IX, Christine... seule en tes faits au Royaume de France ! »* Eustache Deschamps, XIVe siècle. ♦ *« Mais elle fut Tulle et Caton, / Tulle, car en toute éloquence / Elle eut la rose et le bouton. / Caton aussi en sapience. »* Martin le Franc, XVe siècle. ♦ *« Rectissima doctissimaque puella, candida et erudita virgo. »* Gabriel Naudé, XVIIe siècle. ♦ *« Elle n'a point de génie et la haute originalité, soit du style, soit de la pensée, lui fait défaut... mais c'est une belle intelligence, vaste et largement ouverte... elle voulut être savante et sut rester modeste. »* Petit de Julleville. ♦ *« ... un des plus authentiques bas-bleus... la première de cette insupportable lignée de femmes auteurs... qui n'ont affaire que de multiplier les preuves de leur infatigable facilité égale à leur universelle médiocrité... »* G. Lanson.

RÉF. : Mathilde Laigle, *Le Livre des trois vertus et son milieu historique et littéraire*, Paris, 1912. — Ernst Nyss, *Christine de Pisan et ses principales œuvres*, La Haye-Paris, 1914. — Mme du Castel, *Ma grand-mère Christine de Pisan*, Paris, 1938. — R. Pernoud, *Christine de Pisan*, 1982. — Ch. C. Willard, *Christine de Pisan. Her Life and Works*, New York, 1984. — A. J. Kennedy, *Christine de Pisan, a Bibliographical Guide*, Londres, 1984.

Chronique. Dans le caractère savant de ce mot emprunté au grec se devine l'ambition de qui veut rapporter les faits historiques dans leur succession chronologique et leur donner statut de document irréfutable. Les premières chroniques françaises apparurent au milieu du XIIe siècle, et retraçaient l'histoire du monde jusqu'à l'époque de leurs auteurs ; on y trouve donc une compilation d'écrits antérieurs augmentée de faits contemporains. On utilisa le genre pour servir les intérêts des rois. À la cour anglo-normande, Wace (*Le Roman de Rou*) et Benoît de Sainte-Maure (*Chronique des ducs de Normandie*) composent, pour servir le prestige d'Henri II, l'histoire d'une société dominée par les valeurs chevaleresques. Les *Grandes Chroniques de France,* d'abord rédigées en latin, puis continuées en français, œuvre des moines de Saint-Denis, réécrivent l'histoire pour mieux asseoir l'autorité royale. La quatrième croisade trouve, en Robert de Clary et Villehardouin, des chroniqueurs qui permettent d'approcher l'événement. Quant à Joinville, en rapportant les paroles et les faits de « notre saint roi Louis », il fait aussi œuvre d'hagiographe. Les Chroniques qui dès lors se multiplient servent les intérêts de grandes familles ou rehaussent le prestige des grands princes (en particulier à la cour de Bourgogne). C'est avec Commynes qu'au XVe siècle un changement s'opère ; en s'attachant à découvrir avec lucidité et pessimisme les mobiles des actions humaines, il donne au genre une orientation nouvelle.

MICHEL ROUSSE.

Cid (Le). C'est sans doute l'œuvre la plus célèbre de Pierre Corneille (1606-1684). Le dramaturge y prend pour personnage une figure déjà fameuse. La personnalité historique de Ruy Díaz de Bivar (1026 ou 1040-1099), dit le Cid Campeador à cause de sa fierté héroïque et chevaleresque et de son profond sentiment religieux, est en effet le symbole de la « noblesse » chrétienne et espagnole, et, depuis les premières manifestations de la poésie épique castillane jusqu'au romantisme, elle a inspiré un très grand nombre d'ouvrages poétiques et dramatiques, en Espagne et ailleurs. Le premier en date et en importance est le *Poème du Cid* [*Cantar de mio Cid*] : il s'agit du plus ancien document de la poésie épique espagnole qui nous ait été conservé, publié la première fois, en 1779. Tout de suite après parut le *Poème* [*Cantar*] *de Rodrigo*, qui, comme l'indique son deuxième titre, *Mocedades de Rodrigo*, évoque les exploits de jeunesse du Cid. C'est dans le drame de Guillén de Castro (1569-1631) *Les Enfances du Cid*, publié en 1618, que Corneille a puisé pour sa tragi-comédie en cinq actes, *Le Cid*, représentée à Paris, en janvier 1637, sur la scène du théâtre du Marais dirigé par le grand acteur Montdory. L'action se déroule à Séville. Chimène et Rodrigue s'aiment ; le père de la jeune fille, don Gomes, comte de Gormas, semble ne pas s'opposer à leur mariage. Mais Fernand, roi de Castille, confie à don Diègue, père de Rodrigue, l'éducation du prince. Don Gormas, considérant que cette tâche devait lui être confiée, affronte don Diègue, l'insulte, le gifle et le désarme d'un coup d'épée. Le vieillard demande à son fils de le venger ; Rodrigue, après une lutte douloureuse avec lui-même, au cours des fameuses « stances », obéit à son devoir, défie le comte, et le tue. Chimène demande justice au roi contre l'assassin de son père, tandis que don Diègue justifie son fils et réclame d'être puni à sa place. L'infante qui aime en secret Rodrigue, mais qui avait étouffé son amour pour favoriser celui de Chimène, ouvre maintenant son cœur aux plus doux espoirs... Les deux amoureux cependant s'aiment toujours ; Rodrigue ose s'introduire de nuit chez Chimène et, caché, l'entend déclarer à sa suivante qu'elle exigera la punition de Rodrigue et sa mort, puis se tuera à son tour. Se montrant alors, le jeune homme, au cours d'un dialogue très pathétique, demande à Chimène de le tuer de sa propre main. Mais la jeune fille refuse et ne lui cache ni son amour ni l'espoir qu'il puisse se défendre contre le roi et contre elle. Le père de Rodrigue suggère à son fils de tenter une action d'éclat susceptible de le racheter et de mettre fin à ses malheurs : les Maures cherchent à surprendre Séville et vont débarquer pendant la nuit. Rodrigue qui recherche la mort accepte et, en prenant la tête de quelques milliers de guerriers, repousse les assaillants et fait prisonniers deux rois. Le récit de cet héroïque exploit suscite les louanges les plus chaudes de la part du roi. Chimène vient encore lui demander justice, mais le monarque lui annonce qu'au cours du combat Rodrigue est mort, et la pousse ainsi à révéler son amour et sa douleur. Mais aussitôt que Chimène apprend que son bien-aimé est encore en vie, elle réclame vengeance : le roi, plein de reconnaissance pour celui qui vient de battre les Sarrasins, la lui refuse. La jeune fille offre alors sa main à celui qui voudra la venger : don Sanche, qui l'aimait sans espoir, se présente. Rodrigue est disposé à se laisser tuer pour apaiser Chimène, et le lui déclare au cours d'une nouvelle entrevue chez elle ; mais elle refuse et le supplie d'être le vainqueur, en l'arrachant ainsi des bras de don Sanche. Lorsque ce dernier, battu, vient lui apporter son épée, la jeune fille, croyant qu'il a tué Rodrigue, l'accable d'injures et lui avoue son amour pour le Cid. Mais Rodrigue est vivant, et il est vainqueur. Elle ne lui cache plus son sentiment mais elle ne peut accepter d'être unie ainsi au meurtrier de son père. Un jour, peut-être, leurs noces seront célébrées ; de nouveaux exploits du jeune héros et la volonté du souverain lèveront tous les obstacles qui s'opposent à cette union et au bonheur dont les deux jeunes gens sont également dignes.

Par ses couleurs, son ton épique, son action étendue sur plusieurs années, le drame espagnol offrait à Corneille le thème de l'amour de deux jeunes gens, que des faits dramatiques vont séparer, et la lutte entre l'amour et l'honneur bien que ce conflit fût, en quelque sorte, étouffé au milieu d'un nombre excessif d'aventures romanesques et épiques. « On n'avait point su encore parler au cœur chez aucune nation ; cinq ou six endroits très touchants, mais noyés dans la foule des irrégularités de Guillén de Castro, furent sentis par Corneille, comme on découvre un sentier couvert de ronces et d'épines » (Voltaire). Corneille prend comme pivot de son drame cette lutte intérieure entre deux sentiments, et réduit l'action à ses éléments essentiels, en la contenant dans les limites de vingt-quatre heures (selon le goût du théâtre français) et en la concentrant dans une violente crise psychologique. L'aventure extérieure demeure romanesque, amoureuse, pleine de véhémence, et elle assure ainsi à cet ouvrage une jeunesse éternelle ; mais la vie profonde du drame consiste dans la lutte entre l'amour et le devoir ; ce sera là, désormais, le trait essentiel et constant de la tragédie française qui, avec *Le Cid*, atteint déjà sa forme définitive. Le contraste est d'autant plus pathétique que Rodrigue devait tuer don Gormas pour se montrer digne de Chimène et que celle-ci devait demander justice contre l'homme aimé, pour se montrer digne de lui ! Les éléments demeurés romanesques dans ce drame, son décor héroïque et guerrier, sont fondus et ardemment transfigurés par cette passion de l'honneur qui exalte et tourmente, tour à tour, l'âme des deux protagonistes. Très vite, une querelle s'éleva autour du *Cid* (ce fut une véritable bataille). On accusa Corneille de plagiat : Mairet, Scudéry attaquèrent vivement l'auteur qui riposta par sa *Lettre apologétique au sieur Scudéry*. L'Académie, nouvellement fondée, fut appelée par Richelieu à jouer le rôle d'arbitre, et Chapelain fut chargé de rédiger *Les Sentiments de l'Académie sur le « Cid »* (*). Ces *Sentiments* furent publiés le 20 décembre 1637. Commentaire des *Observations* de Scudéry, les *Sentiments* le suivent sur toutes les questions concernant les règles : invraisemblance du sujet (une fille bien née ne peut aimer le meurtrier de son père), entorse aux bienséances du fait de « l'impudicité » de Chimène (qui non seulement ne chasse pas Rodrigue de chez elle, mais lui avoue qu'elle l'aime), critique de l'unité de temps (trop d'événements en vingt-quatre heures), caractère trop épisodique du personnage de l'infante... ; ils condamnent en outre de nombreu- ses expressions. Mais ils approuvent cependant plusieurs points de détail critiqués par Scudéry (le caractère du Comte, le rôle de don Sanche...), louent la force des passions et des pensées, soulignent « l'agrément inexplicable » de l'ensemble, et le lavent de toutes les accusations de plagiat. Corneille, qui avait espéré un jugement entièrement favorable, songe un moment à répondre, mais, connaissant le rôle joué par Richelieu dans la condamnation des académiciens, il juge plus prudent de se taire. Blessé, il n'écrit plus et on le croit perdu pour le théâtre. Chapelain écrit à Guez de Balzac (1639) qu'« il ne fait plus rien » et qu'« il ne parle plus que de règles et de choses qu'il eût pu répondre aux académiciens ». En 1648, lors de la publication de ses *Œuvres*, il fait précéder *Le Cid* d'un Avertissement qui est, dix ans après, sa réponse. Il se défend d'avoir accepté l'arbitrage de l'Académie, et il revient sur la question du vrai et du vraisemblable en invoquant la vérité de l'histoire, en citant l'historien espagnol Mariana et en donnant deux romances espagnoles qui racontent le mariage. En 1660, dernières séquelles : l'Exa- men du *Cid* et certains passages des trois *Discours sur le poème dramatique* contiennent encore des justifications et s'offrent le luxe de quelques autocritiques ; mais surtout, désormais sensible lui aussi à l'importance des bienséances, Corneille laisse planer le doute, au prix de quelques vers du dénouement légèrement retouchés, sur l'acceptation par Chimène de son mariage, même différé, avec Rodrigue.

Cette querelle et la condamnation très officielle de la jeune Académie française nous permettent de mesurer exactement la place occupée par Corneille dans le champ littéraire de cette période. Reconnu comme le plus doué, il n'est pas jugé le plus parfait. Du moins, pas plus parfait que les autres. Et puis *Le Cid* n'était qu'une tragi-comédie, et avec la renaissance de la tragédie régulière en 1634 (*Sophonisbe* (*) de Mairet), la tragi-comédie avait perdu toutes chances d'être acceptée comme le genre le plus haut placé dans la hiérarchie littéraire du XVIIe siècle. *Sophonisbe* avait balayé les espoirs des jeunes dramaturges qui avaient déployé tous leurs efforts entre 1628 et 1631 pour prouver que la tragi-comédie était le grand genre « moderne », et que les veilles studieuses des écrivains du XVIIe siècle pouvaient en faire pour leur temps l'équivalent de ce qu'avait été la tragédie dans l'Antiquité. Avec la réussite de *Sophonisbe*, œuvre écrite précisément par l'un des plus illustres représentants de la génération des « Modernes », il était devenu clair que la tragédie régulière non seulement n'était pas un genre impraticable, mais qu'elle pouvait en outre obtenir le label de modernité. En un sens, le choix d'un sujet de tragi-comédie comme *Le Cid* constituait en 1637, de la part de celui qui ambitionnait d'être le *primus inter pares*, une erreur stratégique. Attaqué dans sa suprématie, à peine conquise, critiqué dans ses principes esthétiques, jugés peu assurés, Corneille se devait de faire la preuve qu'il n'était pas capable seulement d'embraser le public par le charme presque magique d'une stupéfiante histoire d'amour chevaleresque ; la preuve aussi qu'il n'était pas digne d'admiration seulement pour les parties séparées de sa pièce, et que celles-ci sont la base d'un drame extrêmement concentré, fondé sur le choc entre des volontés et des passions, d'une violence inouïe. Les trois années de silence qui séparent *Le Cid* et *Horace* (*), le choix du genre de la tragédie pour sa nouvelle pièce, de la tragédie historique qui plus est — *Médée*, sa première tragédie, était une tragédie mythologique —, la précaution qu'il prit de soumettre sa nouvelle pièce à un comité de critiques proches de Richelieu et de l'Académie française montrent qu'il a cherché à s'en donner tous les moyens. Une fois définitivement installé dans sa suprématie, après *Cinna* (*), c'est-à-dire une fois qu'il aura fait accepter sa dramaturgie de l'acte extraordinaire et qu'il aura inventé la tragédie à fin heureuse, il pourra revenir sur *Le Cid*, et le transformer, sans le retoucher en quoi que ce soit, en tragédie.

CINGRIA Charles-Albert. Écrivain suisse d'expression française. Né et mort à Genève, 10 février 1883-1er août 1954. Entre ces deux dates, sa vie a été faite de vagabondages dont Paris était le point de départ. Cet écrivain-troubadour a toujours préféré les chemins buissonniers de la culture et de sa géographie personnelle à la position établie, au succès qui aurait pu paralyser tant soit peu ses mouvements. Il a circulé sur les routes poussiéreuses des campagnes, s'arrêtant là où le plaisir, l'amitié, l'inattendu le sollicitaient, s'émerveillant de tout et de rien, comme on dit. Un rien qui captive par ses détails faits de ces choses ordinaires que l'on ne voit plus mais qui restent fabuleuses : le ciel, la pluie, le beau temps, l'herbe, les visages... tout ce que proposent le hasard, l'imprévu et le quotidien.

L'étendue de ses errances ne se plaisait guère aux délimitations administratives. Il ne préférait pas a priori la France à l'Italie, il les aimait dans le plaisir de leur différence. Ainsi visita-t-il à peu près toute l'Europe, du nord au sud, sans oublier de traverser la Méditerranée pour pénétrer un peu dans le Maroc et l'Algérie. Son moyen de locomotion n'était pas les jambes de Jean-Jacques, mais une bicyclette qu'il montait dans sa chambre, qui n'allait pas trop vite, ni trop lentement comme la marche du promeneur solitaire. Autrement dit, la voiture mange des kilomètres et annule les détails de la route, la marche est trop lente, le vélo tient l'équilibre entre ces deux excès. Puis, le soir, il y a les merveilleuses et discrètes étapes, les petits bistrots, la place du village, les orgues où jouer, à la tribune de l'église, le petit carnet de poche sur lequel répertorier les surprises et les émotions de la route et des arrêts. Les origines de Cingria sont multiples et diverses. Sans doute l'esprit cosmopolite de Charles-Albert vient-il de là. Sa mère était polonaise et sœur de Casimir Stryenski, stendhalien connu, installé à Paris ; son père était turco-dalmate, de Raguse précisément, ayant vécu et fait fortune à Constantinople. Les Cingria étaient catholiques romains mais de formation et de sensibilité orientales, c'est-à-dire aimant le faste liturgique, devenant genevois au nom de l'horlogerie que le père exerçait, naturalisés Suisses donc, mais apportant à l'austérité de la ville des habitudes de pachas, une fantaisie et une liberté peu habituelles, un plaisir à dépenser une fortune qui, dans les mains des deux frères, Alexandre (1879-1945), maître verrier et écrivain, et Charles-Albert, ne tarda pas à fondre sous le soleil des voyages et des aventures : après quoi il fallut bien accepter les aléas d'une situation plus que capricieuse.

C'est sans doute à Genève que Cingria se prit de passion pour le royaume de Lotharingie, que la défaite de Charles le Téméraire, une fois pour toutes, mais sait-on jamais, a compromis. À la latinité se seraient ajoutés les rêves et les profondeurs germaniques. Ainsi se furent réconciliés des complémentaires que l'on a préféré diviser. C'était le rêve de ce baladin du monde occidental que Charles-Albert fut si parfaitement, si on veut bien enlever au nom de baladin son sens péjoratif. Qu'il aimait rassembler des différences, refuser qu'il y ait des inconciliables !

Ainsi aura-t-il promené sa curiosité, son appétit d'unité de Rome à Paris, de l'Allemagne rhénane à la Hollande, de l'Espagne au désert... Quelques titres de ces voyages : *Pendeloques alpestres* (1929), *Le Canal exutoire* (1931), *L'Eau de la dixième milliaire* (1932) (pages sur Rome), *Impressions d'un passant à Lausanne* (1932), *Enveloppes* (1943), *Le Camp de César* (1945), *Musiques de Fribourg* (1945), *Le Bey de Pergame* (1947), *Bois sec, bois vert* (1948). Ajoutons-y ceux de ses deux grandes études : *La Civilisation de Saint-Gall* (1929) et *La Reine Berthe* (1947). Réunies, ses *Œuvres complètes* (1967-1968) forment onze volumes, auxquels ont été adjoints cinq volumes de *Correspondance générale* (1975-1978).

De même qu'il fréquenta quelques salons parisiens, surtout ceux où l'on rencontrait Igor Stravinski, dont il fut l'ami — le musicien russe lui rend un fervent témoignage de reconnaissance dans *Chroniques de ma vie* —, de même il secouait volontiers de ses habits les miettes des petits fours pour rejoindre une famille de nomades du côté de Chantilly ou les artisans du quartier qu'il habitait à Saint-Germain-des-Prés.

La conversation de Charles-Albert était éblouissante ; sa légende venait de là. Il partageait ce don avec les contemporains qu'il fréquentait : Paul Claudel, Jean Cocteau, Erik Satie, Max Jacob, Blaise Cendrars, Jean Paulhan, des peintres, dont Modigliani, qui fit son portrait. Cependant, il était fort agacé de savoir qu'on l'écoutait plus qu'on ne le lisait. Il ne confondait pas les paroles et les écrits. Écrire d'ailleurs lui était, selon son aveu, une sublime corvée. Dans une langue que certains jugent médiévale, d'autres baroque, mais qui ne manque nullement de modernité, Charles-Albert a célébré la vie, le monde, la musique, les visages, sans oublier jamais de chanter, dans le secret de lui-même et, parfois, dans sa prose même, le magnificat permanent qui animait toute sa sensibilité, une sorte de reconnaissance à Dieu, un peu balbutiante par respect et par pudeur, au fond de laquelle le pathétique d'une âme solitaire et souvent incomprise apparaît. Sa poétique peut se résumer à ce principe qu'il a formulé : « Si l'on ne trouve pas surnaturel l'ordinaire, à quoi bon poursuivre. » Cingria ne croyait qu'au « bitume de l'être ».

GEORGES BORGEAUD.

RÉF. : Jacques Chessex, *Charles-Albert Cingria*, Paris, 1967. — Jacques Réda, *Le bitume est exquis*, Paris, 1984.

Cinna ou la Clémence d'Auguste. Tragédie en cinq actes et en vers de Pierre Corneille (1606-1684), créée à Paris en 1642 sur la scène du théâtre du Marais. Émilie, élevée et protégée par Auguste, n'a pourtant pas pardonné à l'empereur d'avoir proscrit et fait mourir son père. Cinna, qui l'aime, sera l'instrument de sa vengeance. La conspiration est organisée et prête ; imminente est l'action où il devra se montrer digne de la jeune fille. Avec Maxime, deuxième chef de la conspiration, Cinna est appelé par Auguste qui, hésitant au milieu des mille soucis du pouvoir absolu, leur demande s'il doit conserver ce pouvoir ou bien rendre leur liberté aux Romains. Cinna lui conseille de garder l'empire, Maxime de l'abandonner. Les insistances du premier persuadent Auguste, qui lui promet Émilie en épouse et offre à Maxime le gouvernement de la Sicile. Mais Cinna révèle à son camarade qu'il désire qu'Auguste garde le pouvoir, pour avoir le prétexte de le lui enlever lui-même, en le tuant et en méritant ainsi la main d'Émilie. Maxime, qui est lui aussi amoureux de la jeune fille, apprend ainsi que Cinna l'aime et en est aimé. Refusant dans un premier temps de dénoncer Cinna à l'empereur, comme le lui conseille l'esclave affranchi Euphorbe, il laisse entrevoir qu'il ne pourra résister longtemps à cette tentation. Quant à Cinna, il est en proie à une douloureuse perplexité : tuera-t-il l'homme qui voulait donner la liberté aux Romains ? Mais, persuadé par l'insistance passionnée d'Émilie, il décide finalement d'assassiner l'empereur et de se donner la mort tout de suite après. Euphorbe dévoile le complot à Auguste, en y ajoutant la fausse nouvelle que Maxime vient de se noyer, en proie au remords. L'empereur, plein d'amertume et las, hésite entre la punition et le pardon ; Livie, sa femme, le pousse au pardon mais il rejette son avis. Il fait alors demander Cinna : Émilie décide, si la conjuration est éventée, de rejoindre son père, satisfaite de ne pas avoir failli à son devoir. Maxime lui propose de fuir avec lui, loin d'Auguste qui sait tout, mais elle le repousse avec indignation. Cinna, prêt à la mort, persiste dans son dur héroïsme même en présence d'Auguste. Émilie vient déclarer qu'elle est non seulement la complice, mais aussi l'inspiratrice de cet homme, c'est-à-dire la seule coupable. Auguste est profondément troublé en découvrant tant d'ennemis dans sa maison même. Maxime qu'il croyait mort et repenti vient à son tour avouer sa culpabilité et dévoiler le mensonge avec lequel Euphorbe avait essayé de le sauver. Toutes ces déceptions poussent l'empereur à choisir une solution magnanime ; il offre encore à Cinna et à Émilie son amitié. Les deux jeunes gens sont éblouis par tant de grandeur d'âme ; quant à Maxime, sa punition sera de contempler l'amour de ses deux amis couronné par le mariage.

La conspiration de Cinna, le pardon d'Auguste conseillé par Livie furent racontés par Sénèque, lui-même traduit par Montaigne (*Essais,* 1,23) ; en outre, chez Dion Cassius, Corneille avait trouvé la conversation d'Auguste avec Mécène et Agrippa (qu'il remplace par Cinna et par Maxime) sur l'utilité d'abandonner le pouvoir. L'auteur y ajoute

Émilie, femme au caractère romain, tourné vers la vengeance, et Maxime que l'amour malheureux pousse vers la perfidie sur l'instigation d'Euphorbe. Cette intrigue d'amour garde une ligne sévère, et les sentiments tendres chez ces deux hommes sont toujours unis à des sentiments politiques élevés. Émilie possède une véritable trempe romaine ; elle n'aime que pour être vengée et devenir libre.

Cinna, écrivait un contemporain en septembre 1642, « donne de l'admiration à tout le monde : c'est la plus belle pièce qui ait été faite en France, les gens de lettres et le peuple en sont également ravis, elle est aussi belle que celles de Sénèque ». On ne saurait trop souligner l'importance de la mention explicite « les gens de lettres et le peuple » : avec *Cinna,* Corneille a enfin conquis la double approbation qui lui faisait défaut depuis la querelle du *Cid* (*) et les critiques formulées contre le dénouement d'*Horace* (*). De fait, le sujet est historique, mais cette fois le vrai n'entre pas en conflit avec le vraisemblable : il ne s'agit ni de l'histoire d'une fille qui épouse le meurtrier de son père, ni de l'histoire d'un frère qui tue sa sœur. Quant aux inventions de théâtre, qu'il s'agisse de personnages imaginaires ou des nécessités de regrouper des temps et des lieux nécessairement dispersés, elles ne produisent rien qui ne soit vraisemblablement acceptable. Par là, *Cinna* fut longtemps considéré comme la meilleure pièce de Corneille, et du même coup comme le meilleur « poème tragique » du temps, si ce n'est de tous les temps.

Cinna est le second fragment de la vaste fresque romaine et péri-romaine — *Attila, Suréna* — que Corneille n'allait cesser de brosser tout au long de sa carrière, de la période de la fondation de la ville — *Horace* — jusqu'à la période du Bas-Empire — *Héraclius* — en passant par les périodes de guerre civile, durant la République — *Sertorius* —, à la fin de la République — *La Mort de Pompée* —, durant l'Empire — *Othon.* Second fragment de la fresque romaine, *Cinna* est en même temps le sommet de la fresque : le moment choisi est celui de la confirmation de la domination absolue d'Auguste sur Rome et sur l'Empire romain. *Cinna* décrit l'exact moment de l'arrivée de Rome, à l'issue d'une ultime convulsion, à son apogée. Par là, *Cinna* n'est pas seulement le complément d'*Horace. Cinna* présente à la monarchie française le miroir de sa propre accession à son apogée, et, partant, de son identification définitive à la puissance et à la suprématie intellectuelle et artistique romaines. Cette perspective allégorique rend les rapprochements précis avec l'actualité des années 1630-1640 extrêmement aléatoires. Il serait certes téméraire d'écarter tout à fait l'idée que cette tragédie de la conspiration et de la clémence a pu être donnée à Corneille par le climat du temps : Richelieu était nommément désigné par certains milieux comme un tyran, et des conspirations répétées voulurent l'abattre. La France n'en était pas moins un royaume, et la légitimité de son chef, Louis XIII, monarque de droit divin, n'était contestée de personne. Auguste, que son apothéose finale fait accéder à la monarchie de droit divin, peut-il être rapproché d'un Richelieu invité à la clémence ? Quel rapport entre un ministre — même un ministre tout-puissant — et un Auguste accomplissant un acte royal qui, en lui conférant en même temps la vraie légitimité royale, l'identifie en fait à Louis XIII ? *Cinna* traite bien plutôt de ce qui est pour les humanistes depuis le XVIe siècle un cas d'école : qu'est-ce qui distingue la royauté de la tyrannie, thème de réflexion qui fournira encore le fondement de plusieurs autres pièces de Corneille, *Héraclius, Pertharite*, *Œdipe* notamment. Au moment où le pouvoir royal — et non le seul Richelieu, qui n'est que la volonté agissante et le bras armé de Louis XIII — est en train de réduire les factions féodales qui résistent à l'absolutisme, au moment où la descendance royale est définitivement assurée depuis la naissance du futur Louis XIV (1638), on conçoit l'intelligence politique d'un Corneille montrant à tous comment un grand règne et un grand empire sont sortis d'une ultime conjuration qui se légitimait en croyant à tort s'attaquer à un pouvoir tyrannique.

G. F.

Cinq grandes odes. Recueil de cinq poèmes de Paul Claudel (1868-1955), suivis d'un *Processionnal pour saluer le siècle nouveau.* La première Ode, « Les Muses », a été commencée à Paris en 1900 et terminée à Fou-tcheou en 1904. On sent très nettement la coupure, lorsque le poète s'écrie tout à coup : « Je laisse cette tâche à la Terre ; je refuis vers l'espace ouvert et libre. » La deuxième Ode, « L'Esprit et l'Eau », fut écrite à Pékin en 1906 ; la troisième, « Magnificat », est datée de Tien-Tsin, 1907 ; la quatrième, « La Muse qui est la Grâce », fut écrite également à Tien-Tsin en 1907 ; la cinquième, « La Maison fermée », a été écrite à Tien-Tsin en 1908. Quant au *Processionnal pour saluer le siècle nouveau,* il est daté de Shanhaïkwan, 1907. Cet ensemble constitue la plus importante œuvre lyrique de Claudel. Elle se rattache étroitement, à la fois par l'époque de sa composition et par la nature de l'inspiration, d'une part à l'*Art poétique*, qui ne la précéda que de peu, et dont l'élaboration s'intercale même entre le commencement et la fin des « Muses » et, d'autre part, à *Partage de midi*, qui est de 1906. Claudel venait de subir alors la plus grande crise passionnelle de sa vie ; c'est cette crise, semble-t-il, qui l'avait amené à approfondir et à formuler les données essentielles de sa pensée et de son art, et dont le souvenir hante jusqu'au bout les *Cinq grandes odes.*

Ces poèmes difficiles sont précédés d'« Arguments », comme les traités ou les articles de l'*Art poétique.* La première ode seule n'en a point. Elle s'inspire d'un sarcophage trouvé sur la route d'Ostie, que l'on peut voir au Louvre et qui représente les neuf Muses et, au milieu, Terpsichore. Le poète y exprime les diverses étapes de la création poétique, en réservant à l'enthousiasme et à la passion, symbolisée par Erato, la place suprême. Elle intervient après un hiatus qui correspond aux années de crise. « L'Esprit et l'Eau » reprend l'un des thèmes fondamentaux de l'*Art poétique,* à savoir la continuité de la création et le lien qu'entre toutes choses visibles et invisibles tisse l'esprit, et l'eau qui en est le symbole.

« Magnificat » célèbre la naissance du premier enfant né du mariage de Claudel et rappelle en même temps la conversion du poète, qui fut touché par la grâce le jour de Noël, lorsqu'il vit, en quelque sorte, dans ses bras, ce petit enfant, qui est le Verbe incarné. « La Muse qui est la Grâce » est, dans la forme lyrique grecque de la strophe, de l'antistrophe et de l'épode, un dialogue pathétique entre le poète qui désire se vouer à une tâche temporelle et la Muse « qui est la Grâce », laquelle cherche à l'entraîner vers les sommets où la passion lui a donné autrefois l'illusion de vivre. Mais c'est finalement le souvenir trop terrestre de cette passion même qui l'en détourne. « La Maison fermée » célèbre le mariage du poète et son installation dans l'Église. Elle contient une magnifique peinture des quatre vertus cardinales assimilées aux quatre points cardinaux, la Prudence au Nord, la Force au Midi, la Tempérance à l'Orient et la Justice à l'Occident.

Le *Processionnal* forme une digne conclusion à ce débordement lyrique. Jamais poète français n'avait été aussi proche de Pindare, mais d'un Pindare tout pénétré de christianisme. Les *Cinq grandes odes* manifestent aussi la continuité que Claudel a toujours sentie entre les plus hautes inspirations de l'Antiquité et la révélation judéo-chrétienne. Elles constituent, pour la vigueur du style et la force de l'expression, le sommet de l'œuvre claudélien. On ne trouve que dans certaines scènes de *Partage de midi* et dans quelques-uns des poèmes de *Corona benignitatis anni Dei* une semblable plénitude.

CIORAN Emil Michel. Essayiste roumain de langue française pour la plus grande part de son œuvre. Né le 8 avril 1911 à Rasinari (Roumanie), mort à Paris le 20 juin 1995. Cioran jouit du statut d'écrivain français, bien qu'il ait rédigé la première partie de son œuvre dans sa langue maternelle — citons deux titres de cette période traduits en français : *Des larmes et des saints* [*Lacrimi şi sfinţi*] et *Sur les cimes du désespoir* [*Pe culmile Disperari*]. Né en Transylvanie d'un père de confession orthodoxe, il fait des études de philosophie au cours desquelles il se passionne pour Simmel et Bergson. À vingt ans, une grave crise intérieure décide de sa vocation d'écrivain. Il exorcise son désespoir dans un premier livre, paru en 1933 : *Sur les cimes du désespoir.* D'autres titres suivront jusqu'en 1937 quand un impérieux besoin de rompre avec ses racines le pousse à s'établir en France. Il s'adonne alors avec tant d'ardeur au français qu'il décide d'adopter cet idiome. Son premier livre français est édité en 1949 chez Gallimard : *Précis de décomposition.* Sa carrière d'écrivain de langue française se confirme. Ce marginal par vocation est aussi insituable dans son activité littéraire qu'il l'est dans la société. Penseur issu de la lignée nietzschéenne des « philosophes-écrivains », il n'appartient pas cependant au monde des premiers dont il dénigre l'esprit de système et le goût pour les spéculations stériles. Il se dit plus volontiers « penseur organique », celui qui tire ses théories de la totalité de son être, autant de ses défaillances physiques que de ses émotions devant un réel insaisissable par la pensée. Il se sent, en revanche, plus proche des moralistes du XVIIIe siècle dont il adopte la langue raffinée et la prédilection pour l'aphorisme. Concision, humour, causticité, sens du paradoxe, telles sont les grandes qualités de ce styliste incomparable, doué d'une verve tonique lorsqu'il se livre avec une jubilation communicative à la dissection des hontes de l'espèce humaine.

Le lecteur est tout d'abord frappé par un nihilisme forcené, fruit d'un esprit provocateur qui a retenu les leçons du cynisme antique auquel il se réfère. Le Diogène de nos temps modernes abandonne son tonneau pour prendre la plume. Une métaphysique négative sous-tend cette pensée issue d'un dualisme radical. Fidèle à la vision gnostique du monde, il n'hésite pas à intituler l'un de ses livres *Le Mauvais Démiurge* (1969) et il adhère à l'idée d'une création viciée, perpétrée par le principe du mal. L'œuvre de Cioran est une réflexion sur l'injustifiable, autrement dit sur le mal. Réflexion sur la souffrance d'exister — *De l'inconvénient d'être né* (1973) — et par voie de conséquence sur l'histoire (*Histoire et Utopie*, 1960, *Écartèlement*, 1979), mais aussi sur les pièges d'une connaissance qui écarte irrémédiablement du paradis — *La Chute dans le temps* (1964).

À ce déterminisme de l'existence, de la matière, de l'espèce, on ne peut qu'opposer la liberté d'une conscience négatrice, la seule capable de subvertir l'ordre du mal (« seul est subversif l'esprit qui met en cause la liberté d'exister », écrit Cioran dans *Le Mauvais Démiurge*) ou le sourire détaché d'un scepticisme qui, faute d'espérance, échappe au désespoir. Le pyrrhonisme de Cioran refuse l'illusion, c'est un « exercice d'anti-utopie » qui dissout les fanatismes pour frayer une voie vers la sagesse. Aussi ne sommes-nous pas surpris quand Cioran, le « sceptique d'un monde finissant », se tourne, après avoir exécré les convulsions d'un christianisme fauteur de troubles, vers la doctrine de Bouddha, la seule à vraiment prendre en compte la souffrance inhérente à la vie et à prôner une souveraine indifférence.

S'il nous conduit de la sorte sur les traces des mystiques et des sages, c'est avec l'unique dessein de chercher le remède au mal d'être. Cependant cet écrivain talentueux l'a déjà trouvé dans l'exercice littéraire. Ayant converti ses maux en mots – v. *La Tentation d'exister* –, il travaille à donner non pas un sens mais un style à sa vie, confiant son salut à la voie esthétique.

SYLVIE JAUDEAU.

RÉF. : S. Jaudeau, *Cioran ou le Dernier Homme*, Paris, 1990.

Claire. Roman de Jacques Chardonne (1884-1968), publié en 1931. Un homme découvre peu à peu qu'il est heureux. Il invente et perfectionne son bonheur. « J'ai tenté en écrivant *Claire* de peindre l'amour à peine troublé par l'idée de la mort et les contrecoups légers de la vie et des caractères. À présent, je dirais que même ces ombres n'existent pas dans l'amour. Rien ne change pour lui, l'être aimé est immuable, hors du temps, affranchi de la mort. Pourtant une ombre subsiste : on n'attend plus rien de la vie que le malheur. » Il se pourrait que ce soit justement cette crainte de l'avenir qui permette de connaître le bonheur dans l'instant présent. Au vrai, le bonheur est ici constamment menacé et demande de la bonne volonté. Ce livre fait suite à un autre, intitulé *Éva* (1930), et que Chardonne n'estime guère séparable : « Sans doute, j'ai voulu montrer que la même femme peut désespérer un homme ou l'enchanter ; du moins deux femmes qui seraient presque la même. Les relations humaines dépendent beaucoup de l'épiderme. »

Classicisme. Ce terme désigne couramment la période de la littérature française contemporaine du règne personnel de Louis XIV (1661-1715), et plus particulièrement les années 1660-1685, où fleurissent les œuvres des auteurs « classiques », que la tradition a longtemps réduits à « quatre amis » : Molière, Racine, Boileau et La Fontaine. En réalité, l'usage du substantif est tardif, et on peut dire que la notion de « classicisme » est une invention posthume. Il n'y a pas eu à proprement parler d'« école de 1660 », et c'est au XVIIIe siècle que l'on commence à désigner ces auteurs comme des classiques. Voltaire hésitait encore, en 1761, à utiliser ce mot pour les écrivains français, et le dictionnaire de Littré (1872) considère encore le substantif « classicisme » comme un néologisme. De fait, son usage s'est développé à l'occasion des querelles littéraires du XIXe siècle, lorsqu'on opposa, comme le faisait Stendhal, les auteurs d'autrefois aux jeunes auteurs modernes, les romantiques. Selon Stendhal en effet, le « romanticisme » est le fait des écrivains qui veulent plaire au public de leur temps, alors que les « classiques » écrivent pour « plaire à leurs arrière-grands-pères » (*Racine et Shakespeare,* 1823). À ce titre, Racine est un romantique, pour les années 1670, mais il est absurde de vouloir plaire en 1830 avec l'esthétique de Racine. Le schéma historiographique va se préciser pendant tout le XIXe siècle, pour culminer dans l'*Histoire de la littérature française* de Gustave Lanson (1857- 1934) qui paraît en 1894 : tout y est centré sur la génération des écrivains des années 1660-1670, en présentant ce qui précède comme « la préparation des chefs-d'œuvre » et ce qui suit comme « la fin de l'âge classique ». Le classicisme serait donc un âge de maturité et d'équilibre, qui ne pourrait être suivi que par une décadence. Ce schéma historique s'explique par l'idéal même qui fonde la pensée des auteurs classiques : on se représentait alors l'histoire des civilisations selon un modèle cyclique, où le flambeau des lettres et des arts, accompagnant la suprématie militaire et politique, passait de main en main au fil des siècles. On raisonnait donc par grands « siècles » : siècle de Périclès (Ve siècle av. J.-C.), siècle d'Auguste (au début de notre ère), siècle de Léon X (c'est-à-dire l'Italie de la Renaissance) et enfin, en rivalité avec le « siècle d'or » espagnol (XVIe et début du XVIIe siècle), le « siècle de Louis XIV », comme le baptisera Voltaire dans un livre qui porte ce titre (1751). Ce schéma à la fois historique et organique (naissance, jeunesse, maturité, vieillesse) explique en grande partie la façon dont on a perçu ensuite le classicisme français. Ainsi, selon Lanson, Pierre Corneille (1606-1684) et Blaise Pascal (1623-1662) représentent une première génération de classiques, qui mettent en place des règles – pour le théâtre notamment – et une esthétique – fondée sur le naturel. Cette génération est suivie par celle de Molière (1622-1673) et de Jean de La Fontaine (1621-1695), auxquels on associe volontiers Jean Racine (1639-1699), malgré son plus jeune âge. À ces grands noms s'ajoute celui de Nicolas Boileau (1636-1711), le « régent du Parnasse » longtemps considéré comme le théoricien du classicisme, mais qui en fut surtout le dernier témoin vivant, au seuil du XVIIIe siècle, après avoir été le principal défenseur des « Anciens », dans la fameuse querelle des années 1687-1694, contre Charles Perrault, le partisan des « Modernes ». Son *Art poétique* (*) (1674), inspiré du poète latin Horace, rappelle les principales règles de la poésie et du théâtre, mais il vient après coup, et n'est en rien un programme qu'aurait suivi une « école ». Il ne prend d'ailleurs pas en compte les genres les plus brillants du temps, comme les *Fables* (*) de La Fontaine (1668, 1678 et 1694), et néglige les genres en prose où brillent les grands auteurs mondains, Mme de Sévigné (1626-1696) avec la lettre, le cardinal de Retz (1613-1679) avec les Mémoires, et le duc de La Rochefoucauld (1613-1680) avec les maximes. De même, il ne parle pas du roman, qui est le genre moderne par excellence et auquel Mme de La Fayette (1634-1693) donnera bientôt ses lettres de noblesse avec *La Princesse de Clèves* (*) (1678). La période du classicisme doit donc être considérée dans sa richesse et dans sa diversité.

Le premier trait remarquable de cette période est de vouloir fonder en dignité la langue française. Il s'agit pour elle de se définir par rapport à la langue mère, le latin, qu'ont illustrée les grands « classiques » de l'âge d'or romain, Cicéron, Virgile et Horace. Le « classicus » est en effet, au sens propre, c'est-à-dire du point de vue scolaire, celui dont on doit imiter la langue et les expressions. Faut-il rappeler qu'au XVIIe siècle on apprenait ce qu'est la littérature en latin, au collège ? Le passage à la langue maternelle ne va pas du tout de soi, surtout pour les matières savantes (théologie, droit, philosophie, médecine) : c'est pour cela que Descartes fera sensation avec le *Discours de la méthode* (1637), ouvrage philosophique écrit en français ! Les premières générations du XVIIe siècle, avec Malherbe (1555-1628) pour la poésie, Guez de Balzac (1597-1654) et Vaugelas (1585-1650) pour la prose, vont donc s'efforcer de rendre le français aussi souple et aussi riche que son modèle, le latin. Toute une école de traducteurs ira dans le même sens en « adaptant » assez librement les grandes œuvres de l'Antiquité pour enrichir le patrimoine de la langue française, aussi bien du point de vue des « choses » (l'invention, le fond) que du point de vue des « mots » (l'élocution, le style) : ce sont les « belles infidèles », véritable laboratoire de la prose française classique. L'effort de cette première génération culmine avec la fondation de l'Académie française en 1635 : elle fut chargée de composer une grammaire, un dictionnaire, une poétique et une rhétorique de la langue française, pour la rendre capable de traiter tous les sujets. La pureté et la clarté, qui sont les traits les plus souvent évoqués lorsqu'on parle de classicisme, sont donc avant tout des critères linguistiques. Guez de Balzac disait qu'il fallait « débrouiller la masse », c'est-à-dire rendre la prose claire, facilement compréhensible et agréable à lire (ce qu'on faisait alors à voix haute). Vaugelas insiste longuement sur l'équilibre de la période en prose, comme Malherbe avait recherché l'équilibre et la clarté sonore et syntaxique du vers en poésie. Cet effort grammatical, tant pour la syntaxe que pour le lexique, s'appuie sur une norme essentielle : le « bon usage », qui est la « façon de parler de la plus saine partie de la Cour, conformément à la façon d'écrire de la plus saine partie des auteurs du temps » (Préface des *Remarques sur la langue française,* 1647). Cela a conduit à une réduction du lexique : on condamne les termes techniques, populaires, et tout le vocabulaire qui concerne les métiers ou les savoirs précis. Seuls les savants, considérés par les mondains comme des « pédants » (c'est-à-dire, au sens propre, des maîtres d'école), continueront à goûter la langue française dans toute la richesse et la saveur que défendaient encore Ronsard ou Du Bellay au XVIe siècle. Les dictionnaires du temps témoignent de ces tensions : le dictionnaire de l'Académie (qui paraît le dernier, en 1694) fixe l'usage de la langue parlée et écrite selon Vaugelas, alors que celui de Furetière (son concurrent direct, paru en 1690) est « universel » et s'intéresse à tous les mots, même les plus techniques. Quant au dictionnaire de Richelet – le premier à paraître en 1680 –, il a l'originalité de s'appuyer sur des citations d'auteurs français, attachant ainsi le destin de la langue à celui de la littérature.

Pour créer cette langue moderne, les auteurs français se posent donc en rivaux et en imitateurs des grands modèles classiques, tout en voulant l'emporter à leur tour sur les réussites incontestables des littératures italienne et espagnole qui les ont précédés sur cette voie et qu'ils ont toujours à l'esprit. Cette imitation féconde des auteurs anciens, où il s'agit plus d'« émulation » (Guez de Balzac) que de copie servile, explique la référence constante à l'Antiquité que l'on trouve dans l'art classique : grands Romains chez Corneille, rois grecs et mythologie chez Racine, source ésopique de La Fontaine, tout cela vise à fonder en dignité la littérature française, tant par rapport à la tradition néo-latine (encore très vivace au XVIIe siècle) que par rapport à la tradition religieuse (qui condamne le divertissement de la fiction et l'imitation d'auteurs païens). L'autre aspect frappant du classicisme est donc de lier radicalement littérature et morale, ce que l'on résume facilement par la formule du poète latin Horace qui propose de mêler le plaisant à l'utile (« miscere utile dulci »). En joignant cette double exigence à la définition d'un public idéal, les classiques finiront par répéter à l'envi que la seule règle est de plaire, même si l'on y parvient en dépit des règles, comme s'en vantait Corneille à propos du *Cid* (*). Certes, la doctrine, illustrée par le critique Jean Chapelain (1595-1674), impose certaines règles précises : unités de lieu, de temps et d'action au théâtre, puis dans le roman ; souci de vraisemblance – par rapport à la vérité – et de bienséance – à la fois accord interne avec les mœurs des personnages mis en scène et accord externe par rapport à la morale du public ; mais le classicisme est aussi constitué par une série de refus, refus du merveilleux invraisemblable, refus de l'outrance métaphorique et des hyperboles, refus de la confusion ou de la trop grande densité du style. Le juste équilibre s'exprime par le « je ne sais quoi » (défini notamment par le père Bouhours en 1671), et par l'affirmation d'une esthétique de la grâce, dont La Fontaine disait qu'elle est « plus belle encore que la beauté », car elle est en mouvement et accepte une part d'irrégularité et de surprise – qu'on songe à l'étonnante versification irrégulière des *Fables* (*). L'autre maître mot de cette esthétique est celui de « naturel », qui va de pair avec la grâce : opposé à l'effort stylistique trop visible, le « naturel », sans nier cet effort, cherche à le dissimuler. Le bon style est alors celui qui semble jaillir de lui-même, et qui paraît nous mettre en contact directement avec l'écrivain. Cet idéal a été défini par la tradition épistolaire, et brillamment illustré, après Balzac et Voiture, par les lettres de la marquise de Sévigné. Mais on le trouve partout, chez Pascal notamment et chez Molière (qui en fait l'un des secrets de son jeu théâtral) ; il sera l'idéal de style du roman classique — dont un des chefs-d'œuvre est justement un roman épistolaire, *Les Lettres portugaises* (*) (1669). Le caractère insaisissable de cette qualité, lié à l'idéal du « je ne sais quoi », rejoint un autre pôle de la doctrine classique : la théorie du sublime qui, selon le théoricien grec Longin (Ier siècle apr. J.-C.), traduit par Boileau en 1674, dissocie l'efficacité du discours de l'application mécanique des règles et des niveaux de style. Nuançant ainsi la trop fréquente assimilation du classicisme à un ensemble de règles strictes et stériles, le sublime et le naturel, sur lesquels la critique contemporaine a remis l'accent, apportent au classicisme une essentielle dimension de liberté.

EMMANUEL BURY.

CLAUDEL Paul. Auteur dramatique, poète et essayiste. Né le 6 août 1868 à Villeneuve-sur-Fère en Tardenois (Aisne), mort à Paris le 23 février 1955. Vosgien par son père, des confins de la Champagne et de l'Ile-de-France par sa mère, il connaît une enfance dispersée entre les résidences successives de ses parents : Bar-le-Duc (1870-1876), Nogent-sur-Seine (1876-1879), Wassy-sur-Blaise (1879-1882). En 1882, la famille, hormis le père, s'installe à Paris. Paul, externe au lycée Louis-le-Grand, échoue au premier baccalauréat en 1883, est reçu l'année suivante. En philosophie, il a pour professeur Burdeau et pour condisciples Marcel Schwob, Léon Daudet, Romain Rolland, avec lequel il assiste à des concerts (Beethoven, Wagner). Reçu au baccalauréat ès lettres en 1885, il prépare une licence en droit et suit les cours de l'École des sciences politiques.

Au sortir d'une enfance pieuse, il a perdu la foi, mais le kantisme de Burdeau et le scientisme ambiant lui pèsent (un « bagne matérialiste », dira-t-il plus tard). De juin à septembre 1886, il découvre les *Illuminations* (*) et *Une saison en enfer* (*) de Rimbaud, qui exercent sur lui « une action que j'appellerai séminale et paternelle ». Le 25 décembre suivant, aux vêpres de Noël, il reçoit sa propre illumination et retrouve le chemin de la foi. Il lui faudra toutefois quatre ans de débats avant de rentrer dans le giron de l'Église.

Dès août 1886, il écrit *Pour la messe des hommes*, suivi en 1887 d'autres poèmes. Il fréquente les Mardis de Mallarmé, mais celui-ci n'efface point la marque de Rimbaud. Entre 1886 et 1888, il aborde le genre dramatique et compose *L'Endormie* puis *Une mort prématurée*, dont il ne nous reste que *Fragment d'un drame*. En 1889, il écrit *Tête d'or* (1re version) qui sera publié l'année suivante, en même temps qu'il commence *La Ville*, achevée en 1891 et publiée en 1893. Il fait partie d'un petit cercle comprenant Jules Renard (dont il admire le style), Marcel Schwob, Léon Daudet, Maurice Pottecher (son compatriote vosgien, fondateur du Théâtre du peuple à Bussang), Camille Mauclair, Bywanck, le Hollandais de Paris. Parfois l'accompagne sa sœur Camille, dont la notoriété de « sculpteuse » grandit (*L'Abandon* est de 1888, *La Valse* de 1893), cependant que sa liaison avec Rodin est connue du Tout-Paris des arts.

Soucieux de protéger son indépendance de créateur, Paul songe à acquérir un métier. Reçu premier au concours des Affaires étrangères (1890), il est attaché au ministère et s'installe quai Bourbon, dans l'île Saint-Louis, non loin de Camille. C'est alors qu'il rédige la première version de *La Jeune Fille Violaine*. En février 1893, il est nommé vice-consul suppléant à New York, avant de se voir confier la gérance du consulat de Boston (décembre 1893-février 1895).

L'exil américain ne l'empêche pas d'écrire : il compose *L'Échange*, achève la seconde version de *Tête d'or* et traduit l'*Agamem- non* d'Eschyle.

Nommé à Shanghaï en novembre 1894, il ne rejoindra son poste qu'en juillet 1895. Pendant son séjour en France, tantôt à Paris, tantôt à Villeneuve, il entreprend une nouvelle version de *La Ville*. Sa première campagne chinoise va s'étendre sur quatre ans : d'abord affecté à Shanghaï où il s'ennuie, il est bientôt chargé de gérer le consulat de Fou-tcheou, qui lui plaît davantage. De retour à Shangaï à la fin de 1896, il est en mars 1897 à Hank'eou : là, il négocie la construction du chemin de fer Hank'eou-Pékin et se lie d'une amitié qui ne cessera plus avec son collègue belge E. Francqui. En septembre, il est à nouveau à Shanghaï. Durant l'été 1898, il voyage au Japon, avant d'être enfin nommé vice-consul en titre à Fou-tcheou, retrouvé avec bonheur. Dans ses diverses résidences, il se partage entre ses tâches professionnelles, la lecture, en particulier celle des Livres saints, et la création : il compose *Le Repos du septième Jour,* achève la seconde version de *La Ville,* reprend *La Jeune Fille Violaine,* écrit de nombreux poèmes de *Connaissance de l'Est*.

En octobre 1899, après un détour par la Syrie et la Palestine (il est à Bethléem le jour de Noël), il regagne la France où il va s'installer presque dix mois, à Villeneuve et, le plus souvent, à Paris. Mais deux séjours surtout méritent mention, l'un à l'abbaye de Solesmes au printemps, l'autre en deux temps à celle de Ligugé : il se demande et compte demander à Dieu si sa vocation n'est pas d'être prêtre et religieux. Ne percevant nulle réponse claire, il retourne en Chine et reprend son poste de Fou-tcheou, où il va demeurer jusqu'en 1905. Sur le bateau, il rencontre celle qui partagera sa vie durant quatre ans, lui donnera une fille et deviendra l'Ysé de *Partage de midi*.

À Fou-tcheou, sa vie tant privée que publique lui laisse le temps de poursuivre son œuvre. Il publie *L'Arbre* – réunissant *Tête d'or* II, *La Ville* II, *La Jeune Fille Violaine* II, *Le Repos du septième Jour, L'Échange* ; il termine *Connaissance de l'Est* et la première des *Cinq grandes odes* (*), dont la fin est l'écho lyriquement transposé de la passion qu'il est en train de vivre ; il compose aussi *Co- naissance du temps* et le *Traité de la co- naissance au monde et de soi-même*.

Durant l'été 1903, Paul Claudel et Rosalie Vetch reçoivent Philippe Berthelot et sa compagne Hélène – point de départ d'une amitié qui jouera un rôle déterminant dans la carrière du poète diplomate. Celle-ci ne tarde pas à être menacée : une campagne de dénonciations oblige le Quai d'Orsay à enquêter sur place ; Rosalie, enceinte, doit quitter Fou-tcheou le 1er août 1904. Bientôt Claudel apprendra qu'elle a rencontré un autre homme. De retour en Europe, il essaie vainement, en compagnie du mari deux fois berné, de retrouver la fugitive.

En août 1905, sur les conseils des moines de Ligugé réfugiés en Belgique, il tourne le dos à ce passé brûlant et choisit deux voies pour y parvenir. D'un côté le mariage : il épouse Reine Sainte-Marie Perrin, fille de l'architecte de Fourvière, le 15 mars 1906, trois jours avant de repartir vers la Chine. De l'autre, la création artistique : il fait de son aventure la matière d'un drame, *Partage de midi,* écrit d'abord presque à chaud, puis repris et imprimé (mais non publié) en septembre 1906.

Troisième campagne chinoise de mai 1906 à août 1909, d'abord à Pékin, puis à Tien-tsin. En janvier 1907 naît Marie Claudel, chantée dans la troisième Ode ; la quatrième et la cinquième suivront de près. De mars 1908 datent les débuts de *L'Otage* et de la *Corona*. Le même mois voit paraître dans *La Nouvelle Revue française* (*) toute neuve la première contribution claudélienne : *Hymne au Saint Sacrement*. Parmi ses compagnons de la célèbre revue : Gide, Rivière, Suarès. Il exerce auprès d'eux un apostolat peu discret qui ne réussit qu'auprès de Rivière. Les relations avec Gide s'aigriront jusqu'à la rupture, en 1914, lors de la publication des *Caves du Vatican* (*).

De 1909 à 1916 s'étend la période européenne de la carrière de Claudel, jalonnée par cinq étapes : Prague, 1909-1911 ; Francfort, 1911-1913 ; Hambourg, de septembre 1913 à la déclaration de guerre ; Paris-Bordeaux-Paris, 1914-1915 ; mission économique à Rome, 1915-1916. Il traverse en mars 1913 une semaine affreuse : son père meurt le 3 ; le 10, il fait interner sa sœur Camille devenue « folle ». Celle-ci restera enfermée jusqu'à sa mort en octobre 1943.

L'œuvre continue à s'enrichir : il termine *L'Otage* (1910) ; en 1910-1911, il récrit encore une fois *La Jeune Fille Violaine,* qui devient *L'Annonce faite à Marie* (*), montée par Lugné-Poe au Théâtre de l'Œuvre en décembre 1912. Le *Bulletin de l'Œuvre* publie son texte, très instructif : « Mes idées sur la manière générale de jouer mes drames. » L'année suivante, au théâtre allemand d'Hellerau en compagnie de Darius Milhaud, son futur musicien, il en découvre une parfaite réalisation. Il compose d'autre part la *Cantate à trois voix* (1911-1912) ; *Protée* (1913) ; *Le Pain dur* (1913-1914) ; *Le Père humilié* (1915-1916).

En janvier 1917, Claudel est nommé ministre de France au Brésil. Il part pour Rio, accompagné de Milhaud en qualité de secrétaire. Il voyage beaucoup et déploie une grande activité pour contrecarrer l'influence allemande. Il rencontre le prodigieux danseur Nijinski, pour lequel il compose *L'Homme et son désir,* et se lie d'amitié avec Audrey Parr (« Margotine ») qu'il fait travailler aux décors et costumes. Il écrit les grands poèmes de *Feuilles de saints*.

De janvier à août 1919, il séjourne en France et commence à songer au *Soulier de satin* (*). Nommé à Copenhague, il est surtout requis par la Commission de contrôle du Schleswig- Holstein. En septembre 1920, il interrompt le *Soulier de satin* pour écrire *L'Ode jubilaire (...) de Dante.* En janvier 1921, il est nommé ambassadeur au Japon, où il n'arrivera que dix mois plus tard. Lors de deux passages à Londres, il retrouve Rosalie et leur fille Louise : ainsi débute le long et pénible épilogue du drame de Fou-tcheou.

Sa mission à Tokyo s'étend de novembre 1921 à février 1927, marquée par le séisme du 1er septembre 1923 : l'incendie ravage l'ambassade de France et détruit entre autres manuscrits celui de la IIIe Journée du *Soulier de satin.* En décembre 1924, l'ambassadeur aura la satisfaction d'inaugurer la Maison franco-japonaise à Tokyo, avant d'aller séjourner durant toute l'année 1925 en Europe. Il passe des vacances familiales au château de Lutaine, où il commence les *Conversations dans le Loir-et-Cher*.

1926 va être sa dernière année d'Extrême-Orient ; le poète n'y perd pas son temps : il compose *Cent phrases pour éventails, L'Oiseau noir dans le soleil levant*, écrit plusieurs essais et met au net *Le Soulier de satin.*

Après les six années d'ambassade à Tokyo viennent, en nombre égal, celles de Washington, 1927-1933. La tâche professionnelle y sera beaucoup plus lourde : visites aux divers États, pacte Briand-Kellog, épineuse question de la « dette » ; mais son séjour est entrecoupé de longs congés en France : 1927 et 1930. En 1927, Claudel achète le château de Brangues (Isère), où il termine les *Conversations dans le Loir-et-Cher* et compose *Christophe Colomb.* À Washington, il noue une amitié fervente, entretenue par une correspondance parfois quotidienne, avec Agnes E. Meyer, qui l'aide à supporter son fardeau. Il achève *Positions et Propositions* (1928) et ouvre la série de ses commentaires de *La Bible* qui formeront, jusqu'à sa mort, le second versant de son œuvre, encore plus important à ses yeux que le premier : il commence *Les Aventures de Sophie* en décembre 1931, achève *Au milieu des vitraux de l'Apocalypse* en 1932, compose *Figures et Paraboles* de 1931 à 1933.

En mars 1933, Philippe Berthelot, malade, est mis en disponibilité ; il mourra l'année suivante. Claudel est nommé à Bruxelles, port d'attache entre maints voyages vers la Hollande et la France. Il écrit *L'Introduction à la peinture hollandaise* – reprise dans *L'Œil écoute* –, *Pan et Syrinx* (à Brangues), *Jeanne au bûcher* (pour Ida Rubinstein), *Un poète regarde la Croix* et commence *L'Epée et le Miroir*.

Mis à la retraite après 47 ans de services, il quitte Bruxelles en juin 1935, heureux de se donner enfin tout entier à son art. Les fruits de ce dernier ne suffisent pas à convaincre l'Académie française de l'accueillir : elle lui préfère Claude Farrère (mars 1935). D'août 1936 à l'automne 1937, une maladie grave (anémie persistante) entrave son élan ; il achève néanmoins *L'Épée et le Miroir* (1937). En 1938, il compose, de nouveau pour Ida Rubinstein, *L'Histoire de Tobie et de Sara,* à la fois drame et parabole biblique.

Après la déclaration de guerre, il revient à Paris. Par l'entremise de Marie Romain- Rolland, il retrouve l'amitié de son compagnon de jadis. En juin 1940, il part pour Alger, convaincu que la guerre doit s'y poursuivre ; évincé, il retourne à Brangues. D'abord enclin à suivre le maréchal Pétain dans son effort de « révolution nationale », il est bientôt déçu et se tourne vers l'autre camp. En novembre 1943, grâce à la ténacité de J.-L. Barrault qui va devenir le metteur en scène attitré de Claudel, *Le Soulier de satin* est triomphalement représenté au Français. 1943, c'est aussi l'année où meurt Camille, que son frère a pu revoir une dernière fois. L'œuvre « biblique » se poursuit avec *Paul Claudel interroge l'Apocalypse,* 1941-1942, puis *Paul Claudel interroge le Cantique des cantiques,* 1943-45.

À la Libération, l'un de ses premiers gestes est l'envoi d'un message au général de Gaulle, suivi d'une longue lettre d'analyse et de conseils. En mai 1948, il accepte d'entrer au Conseil national du R.P.F. ; mais il le quittera en mars 1952, n'admettant pas que les gaullistes mêlent leurs voix à celles des communistes pour faire échec à l'Europe. Claudel et de Gaulle se garderont néanmoins estime jusqu'au bout.

L'écrivain – le dramaturge surtout – connaît enfin la gloire et les honneurs : il est élu à l'Académie, sans avoir posé sa candidature (1946). Ses pièces sont jouées en France et à l'étranger ; on retiendra surtout la création de *Partage de midi* en décembre 1948 au théâtre Marigny, avec Edwige Feuillère et J.-L. Barrault, la représentation de *Jeanne au bûcher* à l'Opéra en décembre 1950, et enfin, peu de jours avant sa mort, la reprise de *L'Annonce* au Français.

Les ouvrages qu'il compose au cours de sa dernière décennie – 1945-1955 – sont presque tous, suivant sa résolution prise depuis longtemps déjà, des commentaires plus ou moins hardis et torrentiels des Livres saints. Il achève celui du *Cantique des cantiques* et il écrit *La Rose et le Rosaire* en 1945 ; il rédige *Emmaüs* (1945-47) ; *L'Évangile d'Isaïe* (1948-50) ; il le reprend en 1954. C'est au milieu d'une phrase d'*Isaïe* que sa plume s'est arrêtée à son dernier jour, le 23 février 1955.

Le rappel d'une vie, si riche soit-elle d'années, de péripéties et d'œuvres, ne suffit pas à embrasser dans son ampleur et sa complexité le phénomène Claudel, on veut dire la rencontre en un seul d'au moins quatre personnages hors du commun : un homme privé plein d'imprévisibles contrastes, un homme public dont l'envergure est souvent encore mal mesurée, un croyant fort d'une foi intrépide et qu'il voudrait contagieuse, et par-dessus le tout un fulgurant génie lyrique et dramatique. Lui-même nous a livré l'un des secrets de cette étrangeté dans un texte de 1920 : « La vérité est que l'être humain est bâti, si je peux dire, à deux étages ; au premier [...] il y a un bourgeois naïf, fort disposé à se tenir content de ce monde matériel, persuadé que le bonheur consiste dans la plus large satisfaction possible de tous ses besoins physiques. Dans le sous-sol [...] il y a un original qui considère un tel bonheur comme pire que la plus affreuse des catastrophes, et qui met sournoisement tout en œuvre pour l'empêcher. C'est cet anarchiste essentiel et souterrain que le christianisme est venu évangéliser, non sans dommage quelquefois pour le bon ordre du médiocre immeuble... »

Cet apologue éclaire les deux faces, à tant d'égards irréductibles, de celui qui aurait pu dire, à la ressemblance de son maître : « Je est un autre. » L'une de ces faces, celle des jours ordinaires, c'est l'aspect extérieur du catholique, défenseur de la règle, de toutes les règles et se les imposant à soi-même, hormis le temps de la folle crise méridienne. À l'opposé triomphe l'« homme de désir » — de tous les désirs : celui de Dieu, mais aussi de sa création et des créatures, au premier rang desquelles la femme au triple visage : la Sagesse des Livres bibliques, la Vierge du *Soulier de satin,* la Femme enfin, héroïne de chacun de ses drames, « sur le front de qui est inscrit le mot : mystère. Elle est la possibilité de quelque chose d'inconnu. Un être secret et chargé de significations. Un être secret et de soi-même ignoré qui postule d'une intervention extérieure sa réalisation » (Préface de *Partage de midi,* 1948). Mais au fait, n'est-ce pas en même temps et très exactement le destin de celui qui a reçu le don de la dévisager et de l'identifier : le poète ?

GÉRALD ANTOINE.

♦ *« Je n'attache absolument aucun prix à la valeur littéraire de mon œuvre. C'est Frizeau le premier qui, ramené à Dieu par mes drames et sachant y voir la religion dominer tout, me fit penser : je n'ai donc pas écrit en vain. La beauté littéraire de mon œuvre n'a pour moi d'autre importance que celle qu'y peut trouver un ouvrier qui a conscience d'avoir bien fait sa tâche.* » Paul Claudel, d'après le *Journal* d'André Gide. ♦ *« Claudel est redoutable et cruel ; il se jette sur nous avec la même impétuosité que son Dieu... Ce n'est pas l'assentiment de notre goût qu'il désire ; mais il exige notre âme, afin de l'offrir à Dieu.* » Jacques Rivière. ♦ *« Cet homme donne à chaque instant la preuve qu'il est l'égal des plus grands, encore qu'on ne le puisse comparer longuement et utilement avec aucun. Qu'il inquiète, qu'il enthousiasme ou qu'il déconcerte, il possède cette vertu suprême de s'emparer de l'âme et de faire, pendant la minute suffisante, oublier qu'il y a un autre monde que le sien, oublier qu'il y a d'autres personnes, et qui écrivent.* » Georges Duhamel. ♦ *« Son œuvre, comme le grondement pathétique de l'orgue, crée une atmosphère de vigoureuse et suprême noblesse.* » Anna de Noailles. ♦ *« Le plus gros paquet de mer poétique que nous ayons reçu depuis Hugo.* » A. Thibaudet. ♦ *« Catholique intégral ayant depuis près d'un demi-siècle fait en lui l'unité du chrétien, de l'homme et du poète, Claudel, dans la littérature française, est celui qui a consacré la parole humaine.* » Charles Du Bos. ♦ *« Il y a du barbare chez Claudel – on l'a dit avec raison – mais, comme la littérature moderne est en train de se tromper, en grande partie du moins, sur le sens de la civilisation, il est salutaire de se renouveler par cette barbarie-là.* » Gaëtan Bernoville. ♦ *« Je l'aime et le veux ainsi, faisant la leçon aux catholiques transigeants, tièdes et qui cherchent à pactiser. Nous pouvons l'admettre, l'admirer ; il se doit de nous vomir. Quant à moi, je préfère être vomi que vomir.* » André Gide. ♦ *« C'est l'*Otage *et* Tête d'or *que j'ai préférés... Dès les premiers versets, j'étais bouleversé comme à l'approche d'une tempête sublime. Plus tard, j'ai réagi contre l'emphase et l'affectation d'un langage qui me semblait aussi éloigné du naturel que l'argot inventé du distingué Rictus.* » Marcel Jouhandeau. ♦ *« Je ne vois pas d'écrivain de notre temps, si l'on fait exception pour Ramuz, qui ait, au même point que Paul Claudel, consenti au monde entier, qui l'ait assumé pour nous, qui se soit efforcé de nous le rendre, et qui ne sente enfin que pour connaître... Il était la plénitude, il était aussi la modestie dans la plénitude.* » Jean Paulhan. ♦ *« Toute la vie de Claudel n'a été qu'un long, patient et douloureux effort pour se rendre lui-même praticable au souffle. Chaque drame porte la trace d'un obstacle vaincu et dépassé. Successivement, la volonté de puissance, le désir d'une liberté sans frein, le refus de la loi, l'amour de la femme, les liens du sang et de la race, la passion même de l'univers ont été laissés derrière nous, car la route nous invitait à continuer.* » Jacques Madaule.

RÉF. : J. Rivière, *Études,* Paris, 1911. – G. Duhamel, *Paul Claudel, le philosophe, le poète, l'écrivain,* Paris, 1913. – R. Grosche, *Paul Claudel,* Hellerau, 1930. – J. Madaule, *Le Génie de Paul Claudel,* Paris, 1934 ; *Le Drame de Paul Claudel,* Paris, 1947. – Numéro spécial de *La Vie intellectuelle,* Paris, 10 août 1935. – Numéro spécial de *La Nouvelle Revue française,* Paris, décembre 1936 ; de la nouvelle *N.R.F.,* Paris, septembre 1955. – A. Molitor, *Aspects de Paul Claudel,* Paris, 1945. – H. Urs von Balthasar, *Paul Claudel, der seidene Schuh,* Lucerne, 1947. – J. Samson, *Paul Claudel poète musicien,* Paris, 1947. – *Cahiers Paul Claudel,* Paris, 1960. – H. Guillemin, *Le « converti » Paul Claudel,* Paris, 1968. – A. Blanc, *Les Critiques de notre temps et Claudel,* Paris, 1970. – P. Brunel, *Claudel et Shakespeare,* Paris, 1971. – M. Lioure, *L'Esthétique dramatique de Paul Claudel,* Paris, 1971. – G. Antoine, *Paul Claudel ou l'enfer du génie,* Paris, 1988. – D. Millet-Gérard, *Anima et la Sagesse,* Paris, 1990.

Claudine à l'école. Publié en 1900, ce roman est le premier de ce qu'on appelle la série des *Claudine* de Willy, pseudonyme d'Henri Gauthier-Villars (1859-1931), et Colette (1873-1954). Dans une scène rapportée par Colette dans *Mes apprentissages* (1936), Catulle Mendès l'aurait prise à part pour lui faire la confidence suivante : « C'est vous, n'est-ce pas, l'auteur des *Claudine* [...] Mais non, mais non, je ne vous pose pas de questions, n'exagérez pas votre embarras [...] Dans [...] je ne sais pas, moi [...] dans vingt ans, trente ans, cela se saura. Alors vous verrez ce que c'est que d'avoir, en littérature, créé un type. » Le propos n'était qu'à moitié prophétique, puisque, après bien des tribulations, une décision de justice, prise en 1955, a imposé de garder conjoints les noms des deux auteurs ; reste – l'essentiel de l'œuvre ayant bien été créé par Colette – le type. C'est-à-dire le personnage de Claudine. Pour bien le comprendre, il faut bien distinguer les deux versants de l'œuvre : d'un côté, construite à l'aide de notations brèves mais renouvelées, une Claudine étrangement solitaire, sans mère, au père farfelu et inconsistant, quasi absent, qui n'a pour refuge qu'elle-même, placée au centre d'un univers personnel axé sur sa chatte Fanchette et son jardin, dépeint comme le microcosme de la campagne et des bois environnants, image de la vie ; il ne lui manque qu'un être avec qui partager cette solitude, qui tout à la fois lui pèse et l'enrichit. Un rêve l'habite, qu'explicite Colette lors de la scène finale du bal de l'école : « Je me sens l'âme tout endolorie, parce que, moi qui n'aime guère danser, j'aimerais danser avec quelqu'un que j'adorerais de tout mon cœur, parce que j'aurais voulu avoir là ce quelqu'un, pour me détendre à lui dire tout ce que je ne confie qu'à Fanchette ou à mon oreiller (et même pas à mon journal), parce que ce quelqu'un me manque follement, et que j'en suis humiliée, et que je ne me livrerai qu'au quelqu'un que j'aimerai et que je connaîtrai tout à fait – des rêves qui ne se réaliseront jamais, quoi ! » L'œuvre à venir témoignera de cette espèce de tension vers une exigeante pureté, toujours déçue, toujours reprise. De l'autre côté, voici Claudine... à l'école, prise dans le monde social, jugé avec impertinence, voire avec cruauté. Monde social : monde des rapports humains, des plaisirs recherchés : la métaphore du chat se retourne et ne renvoie plus à la quête, même, d'un paradis ; est-ce là l'influence de Willy ? Toujours est-il que, sous le regard troublé et trouble d'une jeune fille, le ballet des personnages se compose, décompose, recompose dans les jeux des désirs, des jouissances, des rapports de force : Claudine recherche l'amour – affection et caresses mêlées – de la sous-maîtresse Aimée Lanthenay, mais elle échoue et se console à maltraiter la petite sœur d'Aimée, Luce, qui « se laisse injurier voluptueusement, et [lui] jette des regards de reconnaissance » ; c'est qu'Aimée est soumise, corps et âme, à la maîtresse, Mlle Sergent, qui ne dédaigne pas de la prêter à Dutertre, son supérieur : délégué cantonal et médecin des écoles, il est, comme le loup du *Petit Chaperon rouge*, amateur de chair(s) fraîche(s), sans dédaigner pour autant Mlle Sergent elle-même ; et il ne pourra que faire déplacer le fiancé d'Aimée, Armand Duplessis, un sous-maître par trop dépourvu de complaisance. Ce ballet d'une triste humanité jouisseuse, Colette en montre les évolutions en l'enserrant dans la vie de l'école : la « laïque » y perd de son lustre, de leçon en leçon — leçons de composition française, d'arithmétique, de dessin, de couture, de musique... —, et ce ne sont pas les scènes de l'inspection, de l'examen de fin d'année, de l'inauguration des nouveaux locaux, qui pourraient le lui rendre. Petit coup de patte politique signé Willy à la naissance de l'Éducation nationale : un livre revient, comme un manuel, *Aphrodite* de Pierre Louÿs. *Claudine à l'école* feint, lui, de n'être ni un livre ni un roman : c'est, dit son héroïne, « décidément un journal ». Sous l'apparent décousu du déroulement scolaire des heures et des jours, dans une langue qui mime le parler quotidien et où sont habilement jetés des traits de dialecte bourguignon pour faire plus vrai, ce « journal » apparaît riche de promesses, en ce qui concerne l'œuvre de Colette, et couronne en apothéose celle de Willy. Quand ils se sépareront, il rentrera dans l'ombre tandis qu'elle commencera vraiment sa carrière.

M. Mer.

CLAVEL Bernard. Romancier, essayiste, critique d'art, journaliste français. Né à Lons-le-Saunier (Jura) le 29 mai 1923, d'un père boulanger et d'une mère fleuriste. Après son certificat d'études (1938), il exerce une multitude de métiers : de débardeur à polisseur de lunettes, de bûcheron à relieur, de pâtissier à employé de bureau. Il fut même lutteur forain. Ces tâches alimentaires n'empêchent pas Bernard Clavel de répondre à une impérieuse vocation : être artiste. Il peint, il écrit mais le succès ne suit pas. De cette douloureuse expérience naît *L'Ouvrier de la nuit* (1956). La dure école de la vie nourrit des romans comme *La Maison des autres* (1962) ou *L'Hercule de la place* (1966). 1958 fut une année charnière : Jacques Peuchmaurd accueille Clavel aux éditions Laffont ; *Qui m'emporte* est salué par *Le Canard enchaîné*. L'écrivain est conseillé et encouragé par Hervé Bazin, Armand Lanoux, Jean Reverzy... Entré comme journaliste au *Progrès de Lyon,* il connaît son premier succès littéraire avec *L'Espagnol* (1959), remarqué par André Stil comme par Yves Berger, couronné par le prix Eugène Le Roy. L'adaptation télévisée qu'en fit Jean Prat en 1967 gagne à Clavel un public fidèle et étendu. Seront adaptés pour la télévision, entre autres livres, *La Maison des autres, L'Hercule sur la place, Malataverne, Le Silence des armes.* Pour le cinéma, Denis de La Patelière adapte *Le Tonnerre de Dieu* (tiré de *Qui m'emporte*), avec Jean Gabin, et *Le Voyage du père,* avec Fernandel. En 1968, le prix Goncourt est décerné aux *Fruits de l'hiver,* dernier tome de la suite romanesque *La Grande Patience*. « Un romancier du peuple devenu un romancier populaire » : cette définition de Bernard Clavel par Michel Ragon s'accorde à une œuvre qui, à travers la quotidienneté des travaux, des joies et des peines, célèbre la vie, le courage et la force de continuer sa tâche et d'aimer en luttant contre les éléments et les événements, contre soi-même et, malheureusement, les autres parfois. Tel est le fond des grandes fresques, l'une consacrée à la Franche- Comté, *Les Colonnes du ciel,* l'autre au Québec, *Le Royaume du Nord,* ou des romans isolés comme *Le Seigneur du fleuve* ou *La Révolte à deux sous.*

La générosité, la révolte qui animent l'œuvre de Clavel doivent à l'activité militante de ce dernier, en compagnie des pères Robert Boyer et Maurice Lelong, de l'anarchiste Louis Lecoin, des animateurs de « Terres des hommes ». Les luttes pour l'objection de conscience et la paix, les réfugiés du Bangladesh et les enfants victimes des guerres conduisent au *Massacre des innocents* (1970), au *Silence des armes* (1974), et à *Lettre à un képi blanc* (1975)... La passion de conter et l'amour des enfants ont amené Clavel à écrire pour ceux-ci une vingtaine de volumes ; de *L'Arbre qui chante* (1967) à *La Cane de barbarie* (1992). Enfin, la peinture n'a pas été abandonnée par Clavel qui a écrit sur *Paul Gauguin, Léonard de Vinci...*

Couronné par de nombreux prix (Fénéon, Jean Macé, populiste...), Bernard Clavel a reçu pour l'ensemble de son œuvre le grand prix littéraire de la Ville de Paris.

YANNICK PELLETIER.

***Clélie, histoire romaine*.** Roman en dix volumes de Madeleine de Scudéry (1607-1701), publié en 1654-1660 : les premiers volumes portaient la signature de son frère, Georges de Scudéry (1601-1667), mais, bien vite, la véritable origine de l'œuvre fut connue et l'auteur dut mettre son propre nom sur un texte qui fut un succès de librairie. Sur le légendaire héroïsme de la jeune fille romaine, vu à travers l'œuvre de Tite-Live, Mlle de Scudéry composa les aventures les plus variées et les plus étranges. Elle passe des langueurs sentimentales de l'héroïne, aimée par Aronce, fils du roi Porsenna, et par Horatius Coclès, aux entretiens des chefs étrusques et à la description des agréments d'une vie sociale que seuls pouvaient connaître les salons français du XVIIe siècle. Comme *Le Grand Cyrus* et d'autres romans, *Clélie* est une déformation précieuse des mœurs antiques. Le roman a pour prétexte historique la guerre de Tarquin contre Rome, après son expulsion et sa tentative pour revenir dans la ville avec ses alliés étrusques. Conformément à l'esthétique baroque, l'œuvre commence « in medias res ». Mais, à la différence du *Grand Cyrus,* la grande épopée a disparu et la psychologie des personnages est plus nuancée. L'ouvrage s'assigne pour objet principal l'« anatomie » du cœur amoureux et des problèmes moraux. La composition est celle d'une œuvre à tiroirs où de nombreuses intrigues secondaires se greffent sur l'histoire principale. Se faisant miroir du temps, le roman est aussi une chronique de la société précieuse et de ses divertissements. Mlle de Scudéry exclut le recours à la première personne et fait intervenir des récitants.

Cette grande composition romanesque, livre à clés pour les contemporains qui y retrouvaient différents personnages de la noblesse française, contient la célèbre *Carte du Tendre* (*). Cette « Carte du Tendre », forgée dans le cadre du salon précieux et liée à l'histoire de la tendre amitié de Madeleine de Scudéry et de Pellisson, témoigne de la recherche de rapports amoureux fondés sur le respect de la femme.

Dans le huitième tome de l'ouvrage, une conversation est consacrée à l'invention des fables, inscrivant dans l'œuvre une théorie du roman largement tributaire des conceptions héroïques. Le romancier doit « regarder le monde en général, comme un peintre regarde son modèle, quand il travaille ». Le roman n'est pas simple calque historique, le pacte de la fiction consistant à faire « recevoir le mensonge mêlé avec la vérité ». Il faut des merveilles sans excès et il convient de pros- crire « les choses bizarres ou impossibles ». Distinct de l'histoire, le roman, qui vise l'instruction du lecteur, suppose néanmoins des connaissances précises relatives aux coutumes, aux religions et même à la géographie. Il exige aussi de son auteur une connaissance de la civilité, de la raillerie et l'art d'ôter à la morale « ce qu'elle a de rude et de sec ».

Cléopâtre captive. Tragédie en cinq actes d'Étienne Jodelle (1532-1573), représentée en février 1553 (devant Henri II et la Cour) et publiée tardivement en 1574. Ce fut un grand événement littéraire. On la considère comme la première tragédie « pure » de la Renaissance, ébauche hésitante des chefs-d'œuvre du siècle classique. Son sujet est emprunté à Plutarque (*Vie d'Antoine*), et non, comme c'était l'habitude, à celui d'une tragédie antique, dont *Cléopâtre* garde la structure. L'action se situe après la mort d'Antoine et la victoire d'Octave « Octavion » sous la plume de Jodelle. Il s'agit plus, en réalité, d'un récit dialogué que d'une tragédie proprement dite. Au premier acte, tandis qu'un chœur de jeunes Égyptiennes commente les événements et exprime sa douleur devant l'humiliation qui frappe Cléopâtre, surgit l'ombre d'Antoine, qui prédit au peuple assemblé des jours de malheur. Le deuxième acte se réduit à un dialogue entre Octave et Agrippa qui, tout en commentant les derniers événements d'Égypte, exaltent la grandeur impérissable et toujours triomphante de Rome. Entourée du chœur, Cléopâtre se plaint que sa beauté, si efficace avec César et Antoine, n'ait aucun pouvoir sur Octave et que même la promesse de dons royaux et d'honneurs extraordinaires ait été vaine, le rigoriste Octave ne pensant qu'à la gloire et au prestige de Rome et prétendant faire figurer l'altière souveraine, enchaînée à son char, le jour de son triomphe. Cléopâtre se retire après ces lamentations, concluant, dans un dialogue avec le chœur, qu'elle n'a désormais d'autre alternative que le suicide. Au quatrième acte se place un dialogue entre Octave et l'ombre d'Antoine, ce dernier reprochant au vainqueur son intransigeance, le priant d'avoir pitié d'une reine aussi belle. Octave lui fait alors remarquer que sa bonté fut un mal pour lui-même et le peuple romain. Aucun personnage ne paraît au cours du cinquième acte. Le chœur vient annoncer la mort de Cléopâtre, déplorant qu'une destinée si cruelle ait été réservée à une femme aussi puissante. Cette pièce, où alternent les décasyllabes et les alexandrins, est remarquable par la place réservée au lyrisme choral. Le commentaire moral est privilégié dans cette première tentative européenne, postérieure cependant de trente-sept années à la *Sophonisbe* de Trissin, représentée en Italie en 1517.

Cliché. Figure de style dont le nom est emprunté au domaine de la photographie, plus précisément à la plaque permettant de reproduire indéfiniment une photo. On l'applique à une image – métaphore ou comparaison – usée par un emploi répété. Il s'agit souvent d'une expression du langage courant, qui se veut originale et spontanée, mais est devenue banale : « prendre ses jambes à son cou ». Le cliché permet de ridiculiser la solennité compassée des personnages qui en abusent : Flaubert a stigmatisé cette façon de s'exprimer dans le *Dictionnaire des idées reçues :* « Chats : les appeler tigres de salon. » Il peut cependant être source de créativité s'il est renouvelé en étant pris au pied de la lettre : « Le pourboire qui lui servirait à manger » (Vian, *L'Écume des jours*), ou par la légère modification de l'un de ses termes : « Qui donc a fait pleurer les saules riverains » (Apollinaire, *Alcools* [*], « Mai »).

ARLETTE BOUÉ.

Cligès : voir **CHRÉTIEN de Troyes.**

COCTEAU Jean. Romancier, auteur dramatique, poète, essayiste et cinéaste. Né à Maisons-Laffitte, le 5 juillet 1889, mort à Milly-la-Forêt le 11 octobre 1963. Issu d'une famille de la haute bourgeoisie, Cocteau perdit son père à dix ans et vécut dès lors, avec sa mère, son frère et sa sœur, chez son grand-père qui possédait un hôtel particulier à Paris. Il fit ses études au lycée Condorcet, dans un cours privé, puis au lycée Fénelon, cependant qu'il rencontrait les célébrités de l'époque chez son grand-père et que celui-ci lui faisait découvrir les œuvres de Beethoven, Berlioz et Wagner. Déjà il avait commencé à écrire et le 4 avril 1908 De Max organisa une audition de ses poèmes au théâtre Fémina. Le succès fut immédiat. Cocteau, sacré adolescent prodige, triompha dans les salons où il fréquentait Catulle Mendès, Lucien Daudet, Edmond Rostand, Anna de Noailles, Jules Lemaître, Marcel Proust. En même temps, il donnait ses premiers recueils : *La Lampe d'Aladin* (1909), *Le Prince frivole* (1910), *La Danse de Sophocle* (1912), dont il devait par la suite interdire la réimpression.

Entré en contact avec Diaghilev, pour lequel il composa un argument de ballet : *Le Dieu bleu* (1912), et avec Stravinski, Cocteau comprit, grâce à leur attention amicale, qu'il faisait fausse route. Il renonça à Paris, au succès trop facile et, retiré à la campagne, entreprit la rédaction du *Potomak* (1919), véritable prise de conscience des sources secrètes et profondes de la poésie. Réformé en 1914, il s'engagea comme ambulancier civil et se fit adopter par les fusiliers marins de Nieuport. Expulsé par l'autorité maritime, il apprit, le lendemain de cette expulsion, que tous ses camarades avaient péri lors d'un assaut — expérience d'où naîtront les poèmes du *Discours du grand sommeil* (in *Poésies,* 1924) et *Thomas l'Imposteur* (1923). En 1915, il se lie avec Roland Garros, qui le fait participer à des vols d'acrobatie et auquel il dédie *Le Cap de Bonne-Espérance* (in *Poésies,* 1924) ; en 1916, il rencontre Picasso et fréquente peintres et écrivains d'avant-garde : Apollinaire, Max Jacob, Reverdy, Cendrars, Modigliani. Le 18 mai 1917, les Ballets russes donnent la première représentation de *Parade*, ballet réalisé par Cocteau, Satie, Picasso, et qui fait scandale. L'année suivante, Cocteau fonde avec Cendrars les éditions de la Sirène, qui publieront nombre d'œuvres remarquables. Par ailleurs, Cocteau devient le porte-parole du Groupe des Six, dont il définit l'esthétique dans *Le Coq et l'Arlequin*, et il se fait le défenseur de la poésie, de la peinture et de la musique nouvelles dans *Carte blanche* — ces deux essais recueillis dans *Le Rappel à l'ordre* (1926). En 1919, Cocteau fait la connaissance de Radiguet, rencontre qui le bouleverse et le pousse à une nouvelle retraite au cours de laquelle il élabore *Le Secret professionnel* (1922), art poétique et traité de style d'une intense profondeur.

À partir de 1921 commence une nouvelle période extrêmement féconde : *Les Mariés de la tour Eiffel* (1923), *Antigone* et *Œdipe Roi* (publiés en 1928) au théâtre ; *Plain-Chant* (1923), *Thomas l'Imposteur* (1923), *Le Grand Écart* (1923) pour la poésie et le roman. La mort de Radiguet, le 12 décembre 1923, jette Cocteau dans une dépression qui l'amène à utiliser l'opium, puis à se rapprocher du catholicisme. En 1924, il rassemble et publie ses *Poésies 1916-1923* ; l'année suivante, il fait une première cure de désintoxication, écrit *Orphée* et les poèmes d'*Opéra, Cri écrit, Prière mutilée* et *L'Ange Heurtebise*. En 1926, il compose pour Stravinski le texte d'*Œdipus Rex* et publie sa *Lettre à Jacques Maritain*, qui marque sa rupture avec tout dogme religieux, le poète réservant toute son attention à la seule lumière foudroyante de son expérience intérieure. Durant l'hiver 1928-29, Cocteau se libère définitivement de la drogue au cours d'une lutte et de souffrances terribles qu'il décrit dans les notes et les dessins d'*Opium* (publié en 1930). Et c'est encore en clinique, durant sa cure de désintoxication, qu'il compose, en dix-sept jours, *Les Enfants terribles* (*) (1929).

En 1930, Cocteau tourne son premier film, *Le Sang d'un poète,* et donne à la Comédie-Française *La Voix humaine*. Jusqu'en 1946, il va d'ailleurs s'exprimer essentiellement par le théâtre : *La Machine infernale* (1934), *Les Chevaliers de la Table Ronde* (1937), *Les Parents terribles* (1938), *Les Monstres sacrés* (1940), *La Machine à écrire* (1941), *Renaud et Armide* (1943), *L'Aigle à deux têtes* (1946). Entre-temps, le poète publiera des *Portraits-Souvenirs* (1935), *Soixante dessins pour les Enfants terribles* (1935), et le compte rendu d'un tour du monde en quatre-vingts jours accompli pour *Paris-Soir* à la suite d'un pari : *Mon premier voyage* (1937). Il se lie avec Jean Marais en 1937 et avec le boxeur Al Brown, qu'il fera remonter sur le ring, l'aidant ainsi à reconquérir son titre de champion du monde. En 1939, Cocteau compose *La Fin du Potomak ;* en 1941, *Le Foyer des artistes.*

Le poète, qui a désormais exploré tous les domaines de la parole, va trouver maintenant un nouveau mode d'expression, la « poésie de film », qui, sans qu'il renie rien de sa rigueur, lui gagnera un public immense. Ce sont successivement : *L'Éternel Retour,* scénario et dialogues (1943), *La Belle et la Bête*, réalisation (1945), *Ruy Blas,* scénario et dialogues (1948), *L'Aigle à deux têtes* (1948), *Orphée* (1950) et *Le Testament d'Orphée*, réalisation (1960), œuvres où se reflète avec de plus en plus d'intensité et de profondeur sa mythologie personnelle. Parallèlement, il compose quelques-uns de ses plus beaux poèmes : *Allégories* (1941), *Léone* (1945), *La Crucifixion* (1946), *Le Chiffre sept* (1952), *Appogiature* (1953), *Clair-Obscur* (1954), *Cérémonial espagnol du phénix* (1961), *Requiem* (1962) ; rassemble des souvenirs : *La Belle et la Bête, Journal d'un film* (1946), *Maalesh* (1949), *Le Cordon ombilical* (1962), des chroniques : *Reines de la France* (1948), *La Corrida du Premier Mai* (1957), des conversations : *Entretiens autour du cinématographe* (1951), donne un *Jean Marais* (1951) et un *Gide vivant* (1952), ainsi qu'une *Lettre aux Américains* (1949) et une dernière pièce : *Bacchus* (1952), tragédie de la générosité. Il écrit des arguments de ballet : *Phèdre* (1950), *La Dame à la licorne* (1953), expose des peintures et des céramiques, décore des chapelles et, au grand effroi des bien-comme des mal-pensants, entre à l'Académie royale de Belgique, puis à l'Académie française (1955). Cependant, ses deux œuvres les plus significatives de cette période d'après-guerre demeurent sans doute *La Difficulté d'être* (1947) et le *Journal d'un inconnu* (1952), car elles nous font découvrir son visage le plus juste et le plus à vif. À partir de 1983, le journal de Jean Cocteau a commencé à paraître sous le titre de *Passé défini.*

Cocteau a souffert de ne pas offrir à ses contemporains une apparence entière, d'avoir trop de dons, trop de diversité ; sensible à l'enchanteur, on se méfiait de ses enchantements. La mort, en l'immobilisant, devait mettre au jour sa forme véritable, et l'unité d'une œuvre essentiellement tournée vers l'exploration de nos abîmes où règne cette nuit lumineuse chantée par les mystiques. L'époque de la vie du poète n'est qu'un entre-temps pour son œuvre, et il faut que disparaisse sa vie voyante pour qu'apparaisse sa vision.

RAYMOND ROLLIN.

♦ *« De la pointe des images jusqu'au bec de la plume, jusqu'au trait des formules flèches, l'art de Jean Cocteau s'installa une fois pour toutes à l'extrémité de l'aigu ; son menton interrogeant, son regard transperçant, son nez en fer de flèche, ... ses mains affilées, ses cheveux dressés, en toute sa personne Cocteau vécut à la crête de sa vie, "allant jusqu'au bout de lui-même", disait-il, quand nous lui proposions de prendre du repos ; se reposer eût été s'émousser. L'électricité sortait comme d'un paratonnerre de tous les angles de son génie individualisé jusqu'à la rupture. »* Paul Morand.

RÉF. : André Fraigneau, *Cocteau par lui-même,* Paris, 1957. — *Cahiers Jean Cocteau,* Paris, publication commencée en 1969. — Jacques Brosse, *Cocteau,* Paris, 1970. — Gérard Mourgue, *Cocteau*, Paris, 1990.

Coffret de Santal (Le). Recueil du poète Charles Cros (1842-1888), publié en 1873. Ces poèmes rendent un son très personnel qui les différencie de toute la production symboliste. Ils apportent à cette esthétique une note humaine et douloureuse. Dès le début, le poète nous avertit que le coffret de santal ne garde que quelques parfums et ne contient que des choses tristes, ensevelies dans le passé. « Les Chansons perpétuelles », « Drames et fantaisies », « Vingt Sonnets », « Grains de sel », « Fantaisies en prose » nous peignent, avec plus ou moins de bonheur, le monde ténébreux de l'artiste qui, tourmenté par les agitations et l'absurdité de la vie, passe de l'amour au désespoir, de l'exaltation à l'indifférence et à l'ennui. Le poète parfois sait tirer de vives et harmonieuses variations de motifs insolites et presque étrangers à son inspiration : par exemple dans « Chant éthiopien » et dans « Li-tai-pé » ; « La Chanson de route arya » célèbre la conquête de la race pure, sa marche à travers le monde, et exalte la force éternelle de la « tribu souveraine ». Il arrive que cette recherche d'exotisme ne s'élève pas au-dessus d'artifices de poète mineur. Cependant, à l'aube du symbolisme, Charles Cros se révèle d'une importance égale à celle de Corbière et de Laforgue, auquel il s'apparente.

COHEN Albert. Écrivain suisse d'expression française. Né le 16 août 1895 à Corfou (Grèce), mort le 17 octobre 1981 à Genève. La famille, des commerçants juifs, s'installe à Marseille où l'enfant fait ses études. Au lycée, il se lie d'amitié avec Marcel Pagnol. Cohen termine ses études à Genève par une licence de droit. Il acquiert la nationalité suisse. Il participe au mouvement sioniste et, en 1925, il sera son délégué auprès de la Société des nations. Il entre au Bureau international du travail, se marie. Il aura une fille, Myriam. Cependant, il achève son chef-d'œuvre, *Solal,* qui paraît en 1930 et assure la gloire de l'écrivain. Le roman sera suivi d'une pièce, *Ézéchiel,* qui est représentée à la Comédie- Française en 1933. *Mangeclous,* qui constitue une suite à *Solal,* paraît en 1938. Dès les débuts de la guerre, Cohen gagne Londres où il sera associé au gouvernement de De Gaulle. Il devient le Conseiller juridique du Comité intergouvernemental pour les réfugiés (1945) à Londres ; puis, en 1947, à Genève, de l'Organisation internationale des réfugiés. Il revient à la littérature en 1954 avec *Le Livre de ma mère ; Belle du Seigneur* (1968) ; *Les Valeureux* (1969). Traduite en de nombreuses langues, cette œuvre a été couronnée par le grand prix du roman de l'Académie française.

La saga juive d'Albert Cohen est une épopée sans rivale dans la littérature contemporaine. La famille des Solal, les aventures qui les conduisent des sommets de la société et du bonheur aux bas-fonds, à la misère et au suicide, constituent l'essentiel de cette œuvre, qui représente sur un mode souvent tragique, mais aussi comique, la vitalité, l'exubérance et la douleur du peuple de la Bible chassé de l'Histoire. Ivres de soleil, celui d'Israël et celui de la Grèce (les Solal ont leur port d'attache et leur origine à Céphalonie), plus ivres encore des mots que leur prête le génie baroque de leur créateur, ils ont traversé *Solal, Mangeclous, Belle du seigneur, Les Valeureux,* sans prendre une ride, ni gagner une once de sagesse. Ils constituent une dérisoire Olympe, infiniment bavarde, sans pouvoir sur le réel, mais devant laquelle le temps est désarmé. Le merveilleux conteur, rival contemporain de Schéhérazade, est aussi un prophète qui annonce le règne de l'amour, dont les expériences érotiques de Solal sont les prodromes douloureux. Œuvre étonnamment comique, déchirante, terrible de vérité, fantastique, d'un romantisme exacerbé, l'épopée des Solal constitue un classique juif sans rival dans le domaine français.

JEAN BLOT.

COLETTE Sidonie-Gabrielle. Romancière. Née le 28 janvier 1873 à Saint-Sauveur-en-Puisaye (Yonne), morte à Paris le 3 août 1954. Colette : c'est un nom de famille — son nom de jeune fille — et non un prénom. Si l'on met à part des séries d'articles de journaux publiés dès 1907 sous le titre « Le Journal de Colette », qui joue d'une sorte d'intime complicité avec le lecteur, et trois courtes œuvres, dont une anthologie, en 1917 et en 1921, il faut attendre 1923 et *Le Blé en herbe* (*) pour que Colette, enfin, n'utilise que son patronyme : elle n'avait été jusque-là, littérairement, que Colette Willy, et la série des *Claudine*, ses premiers romans, n'avaient même été signés que du seul Willy, le pseudonyme de son premier mari, avant qu'elle n'obtînt, en 1907, de figurer comme coauteur : Willy et Colette Willy apparurent alors conjointement, et ce n'est que depuis 1955 que les *Claudine* sont signées Willy et Colette — v. *Claudine à l'école* (*). C'est assez dire que, dans une vie qui ne leur fut pas facile, la femme et l'écrivain eurent à faire front, à lutter pour faire reconnaître leur originalité et leur indépendance. Rien ne leur fut donné, et la conquête d'une maîtrise ne se fit qu'au travers d'une vie sentimentale agitée et d'expériences professionnelles variées ; l'écrivain Colette fut aussi critique musical, journaliste, mime, actrice et auteur de théâtre, propriétaire d'un magasin de produits de beauté, scénariste et dialoguiste... souhaitait-elle même être écrivain ? Dans « La Chaufferette » du *Journal à rebours* (1941), elle a elle-même affirmé que non, ayant à ses débuts écrit, non par vocation, mais par nécessité — pour gagner sa vie, et par là sa liberté.

Colette est née petite dernière d'une famille de quatre enfants. Sa mère, Sido, eut deux maris, épousant le second dans l'année même où elle avait perdu le premier, en 1865. Le premier lui avait donné deux enfants : Juliette, la distante et mystérieuse « sœur aux longs cheveux », née en 1860, qui se pendra en 1908, et Achille (1863-1913), qui s'installera comme médecin à Châtillon-Coligny ; le second lui en donna deux, lui aussi : Colette bien sûr, mais après Léo dit « le sylphe » (1866-1940), qui traversa sa vie hanté par le paradis perdu de Saint-Sauveur-en-Puisaye, en vieil enfant incapable de s'intéresser au présent. Une sœur comme absente, la complicité des deux frères, un père — Jules Colette, capitaine pensionné pour avoir perdu une jambe en 1859, lors de la campagne d'Italie, et devenu percepteur — passionnément épris de sa femme, une mère passionnément éprise de son aîné Achille : « Si un enfant pouvait raconter, pendant qu'il la traverse, sa véritable enfance, son récit ne serait peut-être que drames intimes et déceptions. Mais il n'écrit que son âge adulte. Cependant, il croit garder intacts les souvenirs de son enfance. Je me méfie même des miens. Nous devenons imaginatifs sur le tard, en même temps qu'optimistes, pour déformer en les dépeignant ces violents chagrins, ces mélancolies, cette jalousie brûlante — toutes passions dont l'amour, après, ne fait que remâcher la saveur. » Cette tardive analyse de *Belles saisons* (1943) témoigne de ce que l'enfance est la terre natale de tous nos sentiments et de ce que l'écriture de Colette sera : un jeu complexe de la mémoire et de l'imagination mêlées. En 1890, Juliette mariée réclame à son beau-père des comptes de tutelle, ce qui fait apparaître la mauvaise gestion des biens de la famille par Jules Colette : des enchères publiques furent nécessaires pour apurer les comptes. En 1891, Sido et son mari, Léo et Colette, devaient quitter Saint-Sauveur pour trouver refuge auprès d'Achille, à Châtillon-Coligny.

Dès lors, pourquoi, comment ne pas s'évader, en misant sur l'amour ? En deux voyages à Paris, 1889 et 1892, son destin prend forme : le 15 mai 1893, Colette se marie à Châtillon-Coligny avec Henri Gauthier-Villars, alias Willy, né en 1859. Sens du calembour et du bon mot, sens de la publicité et des relations publiques, goût de l'émulation érotique, c'est un homme à la fois secret et qui ne cesse de se mettre en scène : il venait de perdre, en 1891, une femme profondément aimée qui lui avait laissé un fils, mis en nourrice chez les Colette en 1892 ; il ne rêvait plus que gloire et éclat mondains, faisant travailler des nègres à des œuvres de circonstance. Dès 1894, Colette découvre qu'elle est trompée, et, trahie par son « sang monogame », entre dans une profonde dépression. Pour s'en sortir, elle ne peut que jouer le jeu de Willy ; au festival de Bayreuth, en 1901, elle va avec son mari et avec une amie, Georgie Raoul-Duval : trio amoureux dans tous les sens du terme. Mais en même temps, poussée par Willy, elle écrit la série des *Claudine*, de 1900 à 1907 — ce qui la ramène dans son jeu : en 1902, *Claudine à Paris*, portée au théâtre, voit le triomphe de l'actrice Polaire, et Willy s'exhibe avec, à ses bras, Polaire et Colette déguisées en Claudine. Puis il s'éprend d'un autre tendron, Meg Willars, née en 1885 — et c'est la séparation de fait en novembre 1906, puis la séparation légale en 1907, le divorce enfin en 1910. Dès 1906, Colette fait ses débuts de mime et d'actrice de théâtre, trouve appui et refuge auprès d'une nouvelle amie, sorte de substitut maternel, Missy — Mathilde de Morny —, et, après avoir ouvert la veine animalière de son œuvre avec *Dialogues de bêtes* (*) (1904), publie une sorte de bilan d'elle-même en 1908, *Les Vrilles de la vigne*. Après une brève liaison avec Auguste Hériot, Colette, qui a commencé à collaborer au journal *Le Matin*, tombe amoureuse d'un de ses rédacteurs en chef, Henry de Jouvenel, né en 1876. Bonheurs, rupture, retrouvailles : après la mort de Sido, le 15 septembre 1912, la fille ne peut plus que prendre sa place dans la chaîne des générations ; Colette et Henry de Jouvenel se marient le 19 décembre 1912, et le 3 juillet 1913, c'est la naissance d'une fille, Colette de Jouvenel, dite Bel-Gazou. D'un premier amour à un deuxième : deux romans, une seule héroïne, rendent compte à leur façon de ce cheminement, *La Vagabonde* (1910) et *L'Entrave* (1913). Puis c'est la guerre, l'entrée pour Colette dans un nouveau monde : celui du cinéma, une carrière politique brillante pour son mari, qui n'est plus qu'un bel infidèle : Colette entreprend alors l'éducation sentimentale de son beau-fils, Bertrand de Jouvenel, né en 1903, revient sur son enfance avec *La Maison de Claudine* en 1922, écrit *Mitsou*

(1919), *Chéri* et *La Fin de Chéri* (1920, 1926), *Le Blé en herbe* (1923) ; Colette tout court est née, mais c'est la séparation, en 1923, et le divorce, en 1925, d'avec Henry de Jouvenel, tandis que son fils Bertrand lui aussi s'éloigne.

Dans les années 1925-1954, un nouvel homme, Maurice Goudeket, et deux nouveaux cadres apparaissent : Saint-Tropez et La Treille muscate, maison achetée en 1926, vendue en 1938 – le Palais-Royal et l'appartement de la rue de Beaujolais, acheté en 1938. Les honneurs pleuvent, de la Légion d'honneur à l'académie Goncourt. Deux ombres viennent ternir le tableau : l'arrestation de Goudeket par les Allemands en 1941 (il sera libéré trois mois plus tard) – et la maladie : une arthrose de la hanche va peu à peu, à partir de 1938, immobiliser Colette et contribuer, d'une douloureuse façon, à sa légende. Un grand écrivain s'est imposé, ce dont témoignent *La Naissance du jour* (1928), *Sido* (1929), *La Seconde* (1929), *Prisons et Paradis* (1932), *Le Pur et l'Impur* (1932), *La Chatte* (1933), *Duo* et *Le Toutounier* (1934, 1939), *Mes apprentissages* (1936), *Bella-Vista* (1977), *Chambre d'hôtel* (1940), *Julie de Carneilhan* (1941), *Le Képi* (1943), *Gigi* (1944), *L'Étoile Vesper* (1946), *Le Fanal bleu* (1949). Ses *Œuvres complètes*, aux éditions du Fleuron, paraîtront de 1948 à 1950, quelque temps avant sa mort, le 3 août 1954.

MICHEL MERCIER.

♦ *« Colette, seule de son sexe, sait qu'écrire est un art, le possède et confond quantité d'hommes qui l'ignorent. »* Paul Valéry. ♦ *« Il y là bien plus que du don : une sorte de génie très particulièrement féminin et une grande intelligence. Quel choix, quelle ordonnance, quelles heureuses proportions... Quel tact parfait, quelle courtoise discrétion dans la confidence... Pas un trait qui ne porte et qui ne se retienne, tracé comme au hasard, comme en se jouant, mais avec un art subtil, accompli. J'ai côtoyé, frôlé sans cesse cette société que peint Colette et que je reconnais... factice, frelatée, hideuse... Il ne me paraît point que Colette, malgré toute sa supériorité, n'en ait pas été quelque peu contaminée. »* André Gide. ♦ *« Elle n'a voulu parler que de ce qu'elle aimait, tout simplement... Songez à tout ce qu'elle nous aida à connaître, à toutes les joies sensuelles qu'elle nous a accordées. Elle a nommé les objets et les bêtes, comme Adam dans le premier jardin. »* R. Brasillach. ♦ *« Colette, le plus grand écrivain français naturel : son style, d'un naturel admirable, et très au-dessus, selon moi, de Gide et de Valéry, est tout le contraire de celui des alambiqués, des laborieux, des pasticheurs* [...] *Jamais, sous sa plume, je n'ai surpris une bêtise* [...] *Colette est, je crois, la seule personne à propos de qui j'ai parlé de génie. »* H. de Montherlant. ♦ *« Vous n'êtes pas du tout une femme convenable, Madame Colette* [...], *vous êtes la fière impudeur, le sage plaisir, la dure intelligence, l'insolente liberté : le type même de la fille qui perd les institutions les plus sacrées et les familles. »* Jean Anouilh. ♦ *« C'était notre meilleure journaliste qui s'était égarée dans le roman. »* Jean Paulhan. ♦ *« J'insiste bien, et n'insisterai jamais assez, sur ceci que la grandeur de Madame Colette vient de ce qu'une inaptitude à départir le bien et le mal la situait dans un état d'innocence auquel il serait indigne de substituer une pureté volontaire, artificielle, conventionnelle, sans le moindre rapport avec l'effrayante pureté de la nature que l'homme abîme par le désordre de son ordre et par les verdicts absurdes de son tribunal. »* Jean Cocteau. ♦ *« Mais ce monde en apparence paisible et quotidien, ce monde trop connu, voici que nous y sommes pris comme dans un piège. »* J.-M. G. Le Clezio. ♦ *« Colette vit avec les simples, comme sa mère, mais aussi comme la Sorcière de Michelet. Elle est millénaire, fille directe des Grandes Mères. »* Armand Lanoux.

RÉF. : Colette, *Œuvres,* Bibl. de la Pléiade (pour son appareil critique), Paris, 1984, 1986, 1991. – *Colette, nouvelles approches critiques,* Paris, 1986. – *Cahiers Colette,* n°s 3 - 4, 1979, et n° 11, 1988. – Biographies : M. Raphorst-Rousseau, *Colette, sa vie et son art,* Paris, 1961. – M. Sarde, *Colette libre et entravée,* Paris, 1978. – H. Lottman, *Colette*, Paris, 1990.

Collège de France. Établissement fondé en 1530 par François Ier sous le nom d'*Institution des Lecteurs Royaux.* Poussé en particulier par sa sœur Marguerite et par l'humaniste Guillaume Budé, le roi décide d'établir en France un collège indépendant de l'université de Paris et destiné d'abord à l'étude des langues anciennes et orientales, à l'instar de ce qui se développe depuis quelques années dans les pays voisins (université d'Alcalá en 1508, collège des Trois-Langues à Louvain en 1517). Cette institution est directement sous l'autorité du roi, qui nomme les professeurs et décide des chaires à créer. Le Collège est dirigé par les aumôniers successifs du roi sous François Ier, par le cardinal de Lorraine sous Henri II, puis par Jacques Amyot de 1560 à 1590. Les cours, annoncés par voie d'affiches, se tiennent dans différents lieux, avant la construction de bâtiments propres (entrepris en 1610, ils ne seront achevés que sous Louis XV). Les professeurs portent la robe et le bonnet jusqu'en 1775. En 1551, Ramus est le premier à faire ses cours en français et non plus en latin, au grand scandale de Dorat. La première année, le roi crée des chaires de grec (P. Danès et J. Toussaint, auquel succédera Dorat en 1556), d'hébreu (F. Vatable, P. Paradis), de latin (B. Latomus) et de mathématiques (O. Finé). Le Collège s'oppose d'emblée à la Sorbonne, qui ne peut se résoudre à voir les textes sacrés expliqués hors de son contrôle et, de surcroît, par le recours au grec et à l'hébreu. Une chaire de langues orientales est créée plus tard pour G. Postel (1538) et une chaire de philosophie pour Vicomercato (1542) : l'indépendance face à la faculté de théologie est nettement affirmée, et elle s'accroît encore avec la nomination en 1551 de Pierre Ramus, qui va occuper sa chaire jusqu'à sa mort à la Saint-Barthélemy (1572). Henri IV élargit l'enseignement en fondant une chaire d'anatomie et une autre de botanique. Au cours des XVIIe et XVIIIe siècles, le Collège perd de son renom : l'irrégularité de certains cours, le faible traitement des professeurs, le peu de chaires existantes, la médiocrité de certains enseignements, tout cela contribue à soumettre cette institution à l'Université. Il faut attendre les années 1768-1787 pour que les chaires créées reflètent l'évolution de la science. En 1793, la Convention rétablit le Collège dans son indépendance première. C'est alors pour lui le début d'une nouvelle naissance. Des titulaires prestigieux occupent des chaires très spécialisées. Citons, pour le XIXe et le début du XXe siècle, en lettres : Bergson, Burnouf, Champollion, Michelet, Quinet, Renan ; en sciences : Ampère, Bernard, Berthelot, Cuvier, Laennec. Le Collège retrouve sa vocation de lieu de la plus haute érudition, et une certaine indépendance à l'égard du pouvoir. Michelet et Quinet, reprenant, sous les ovations, possession de leur chaire, seront immortalisés dans le tableau de Bouilhet. Plus près de nous, le Collège a compté parmi ses membres Paul Valéry, Roland Barthes et Yves Bonnefoy.

FRANÇOIS ROUDAUT.

COLLETET Guillaume. Poète. Né et mort à Paris : 12 mars 1598-10 février 1659. Fils d'un procureur du Châtelet, il étudie le droit et devient avocat en 1619, mais il décide de se consacrer aux belles-lettres. Il publie de nombreux poèmes dans des recueils collectifs à partir de 1620 et participe aux réunions des cercles lettrés d'Antoine Brun, de Piat Maucors et de Marie de Gournay. Ami de Théophile de Viau, il est poursuivi comme un des auteurs du *Parnasse satyrique* à la suite de l'arrêt du Parlement de 1623, et condamné à l'exil. Réfugié à Saint-Denis, il rentre ensuite à Paris et anime, en 1626, le groupe ronsardisant des Illustres Bergers, qui s'évade dans un monde pastoral inspiré de *L'Astrée* (*). Pensionné par Richelieu, il fait partie du groupe des « Cinq auteurs » et de la première Académie française. Mais après le retrait de sa pension en 1650, il finit sa vie dans la misère. Animateur de la vie littéraire, poète conciliant l'héritage de Ronsard et la réforme malherbienne, Colletet est la fois un poète bachique et satirique, un grand lettré ami des « libertins érudits » (Gassendi, La Mothe Le Vayer, N. Heinsius, G. Naudé) et le traducteur de la *Doctrine chrétienne* de saint Augustin. Son œuvre poétique — *Le Trébuchement de l'ivrogne* (1627), *Divertissements* (1631), *Épigrammes* (1653), *Poésies diverses* (1656) — se veut un divertissement à ses travaux savants : l'*Art poétique* (1658) et le recueil des *Vies des poètes français,* immense somme d'histoire littéraire dont le manuscrit a brûlé en 1871 et dont il ne reste que des copies fragmentaires.

ALAIN GÉNETIOT.

RÉF. : P. A. Jannini, *Verso il tempo della ragione,* 2e éd., 1989. — V. Pompejano Natoli, *Verso una biografia di G. Colletet,* 1989.

Colomba. Nouvelle de Prosper Mérimée (1803-1870), publiée en 1840. Après la bataille de Waterloo, Orso della Rebbia, lieutenant dans les armées de Napoléon, retourne dans sa Corse natale qu'il avait quittée tout jeune. Deux ans auparavant, son père a été tué ; on disait au pays que le meurtrier était un Barricini (famille ennemie de la sienne). L'existence sur le continent, l'éducation reçue avaient affaibli chez le jeune homme le sens de la « vendetta », si bien qu'il tendait à accepter la version officielle du crime qui innocentait les Barricini. Mais l'ambiance insulaire, celle de Pietranera — son village natal —, l'esprit borné et ardent de sa sœur Colomba qui attendait son retour en vue de l'accomplissement du devoir sacré, tout cela ravive en lui les vieilles passions. Le préfet d'Ajaccio tente de réconcilier les deux familles et fournit un témoignage qui, aux yeux perçants de Colomba, a tout l'air d'être une nouvelle machination de ses ennemis. Le doute n'est plus permis à Orso et la guerre reprend entre les deux familles. Alors qu'il se promène dans la campagne, les deux frères Barricini aux aguets font feu sur lui ; blessé, il riposte de deux coups de fusil, tuant l'un et l'autre. Puis il prend le maquis en compagnie de deux bandits de sa connaissance. Colomba le rejoint ; elle est accompagnée de miss Nelvil, jeune Anglaise installée à Pietranera et déjà éprise d'Orso. À dos de cheval, elles le font transporter à la maison ; les soldats lancés à la poursuite du bandit arrêtent les deux jeunes filles qui sont aussitôt relâchées par le préfet. Orso guérit ; il est mis hors de cause et épouse miss Nelvil. Il ne lui reste plus qu'à quitter l'île ; Colomba le suit. Quant au vieux Barricini, il perd la raison.

La parfaite construction de cette nouvelle en fait presque une tragédie ; l'atmosphère est bien rendue, avec les anciennes coutumes, la figure rude des populations et celle des bandits ; Colomba, vierge vengeresse, se dresse fière et pure. Le style est dépouillé, net, de haute tenue littéraire. L'auteur s'élève bien au-dessus de son roman, mais le soin consacré à son art prouve qu'il n'en est pas tout à fait détaché.

Colportage. Ce terme désigne le procédé par lequel a été diffusée la majeure partie de la littérature populaire du début du XVIIe siècle à la seconde moitié du XIXe siècle. Les historiens ont remis à l'honneur ce continent perdu de la littérature, dont le plus célèbre fleuron est la *Bibliothèque bleue* (qui doit son nom à la couleur de sa couverture), créée à Troyes par l'imprimeur-libraire Nicolas Oudot au seuil du XVIIe siècle. Imprimant ces livres avec des caractères usés et sur du mauvais papier à bon marché, il réutilise, pour les illustrer, des bois empruntés à d'autres ouvrages. Il sera imité plus tard par des imprimeurs de Rouen et de Limoges, qui produiront et diffuseront cette même littérature populaire. Le fonds ainsi colporté reprend des romans de chevalerie, des contes pour enfants, des almanachs et surtout des livres de dévotion. Le colportage fut sévèrement contrôlé au courant des XVIIe et XVIIIe siècles, car il échappait partiellement au régime de la librairie. On alla jusqu'à punir de mort le colportage de livres clandestins (1757) ; diverses lois réglementent sa pratique au fil du XIXe siècle (1849, 1852). Le colportage fut favorisé par les pratiques de lectures collectives (notamment pendant les veillées), ce qui faisait dire à Mercier que ces livres étaient du « papier qui parle » (*Tableau de Paris,* 1788). L'anonymat général des auteurs (qui reprennent et mêlent les sources), la variété du public (souvent illettré, du paysan au petit-bourgeois citadin) font de cette production livresque un contrepoint essentiel à la connaissance de la « grande » histoire littéraire, celle du public savant et lettré.

EMMANUEL BURY.

Comédie (du grec *kômôidia*). Genre dramatique qui a pour but de divertir par la représentation des mœurs ou des caractères.

Malgré la permanence d'une tradition comique populaire, le genre de la comédie n'apparaît en France qu'au XVIe siècle, en raison de l'admiration des humanistes pour le théâtre antique ; ils rêvent de ressusciter la comédie morale, à la manière du poète latin Térence, et se proposent comme visée ambitieuse la correction des mœurs, à travers les modèles italiens de la *Commedia sostenuta.* Ils aspirent à une comédie régulière, et veulent prêter son langage à chaque personnage, mais ils reprennent les types traditionnels du soldat fanfaron, du vieillard amoureux, du valet roublard, et ne parviennent pas à se dégager de ce modèle pour élaborer un théâtre original et vivant qui plonge ses racines dans la sensibilité et les besoins profonds du temps ; de sorte que leurs œuvres (*Les Esprits* (*) de Pierre Larivey, *Les Contents* de Turnèbe), loin de répondre à une attente, sont souvent bien sages et détachées d'un public, qui d'ailleurs leur fait défaut.

C'est dans les années 1630 que la comédie va éclore, avec une première période de tâtonnements et d'expériences fécondes, en essayant ses jeunes forces dans deux directions principales. D'une part, en regardant vers l'Italie, elle imite les œuvres antiques (latines) ou modernes, tout en actualisant les lieux et les personnages, comme le font Rotrou (*Les Sosies, Les Captifs*), d'Ouville ou Quinault, dont les pièces comportent des intrigues compliquées et des situations surprenantes, avec substitutions d'enfants, esclaves revenus de pays lointains, pirates et naufrages. D'autre part, surtout après 1639, en s'inspirant de la *comedia* espagnole, dont le romanesque échevelé est à la mode, Scarron (*L'Héritier ridicule*), Thomas Corneille (*Le Geôlier de soi-même*), Boisrobert, Cyrano de Bergerac (*Le Pédant joué*) mettent en scène durant une quinzaine d'années des amants courageux et ombrageux, des filles audacieuses donnant des rendez-vous galants la nuit, des pères terribles et des dames de compagnie complices. Les auteurs subissent l'influence, à court terme stérilisante, de cet héritage énorme, et la comédie a du mal à trouver sa voie propre et à obtenir le droit de cité qu'elle espère, face au genre sérieux dont la noblesse et la prééminence sont incontestées. C'est Pierre Corneille qui se montre alors le plus original, lui dont les comédies de jeunesse (*Mélite, La Veuve, La Place royale*), pleines de vitalité et de charme, se caractérisent par la recherche d'un réalisme stylisé qui enthousiasme les Parisiens, ravis de découvrir sur scène des personnages qui sont leurs contemporains, qui fréquentent les lieux à la mode de la capitale, et qui s'expriment, même s'ils ne sont pas profondément individualisés, dans une langue souvent spontanée et pleine de sève, en partie débarrassée des ornements rhétoriques qu'imposait la scène jusque-là.

Trente ans plus tard, Molière se souvient de la voie ouverte par Corneille vers un certain réalisme de la parole et hisse le genre à un point de perfection inégalée. Il parvient d'abord à faire la synthèse entre deux courants jusque-là divergents de la vulgate comique : le désir de faire rire, selon la tradition farcesque issue de Plaute, et l'ambition séculaire de châtier les mœurs pour corriger l'homme, dans la lignée de Térence et du théâtre humaniste. La comédie adopte alors une double visée : elle se fait psychologique, et scrute les travers profonds de l'homme, afin d'en faire apparaître les ridicules et de les sanctionner par le rire ; mais elle devient aussi satirique à l'égard des mœurs sociales pour fustiger les modes et les vices du temps : « Vous n'avez rien fait, si vous n'y faites reconnaître les gens de votre siècle », dit Dorante, dans *La Critique de l'École des femmes.* Jamais le théâtre n'a été si loin dans la dénonciation des cancers d'une société comme l'hypocrisie religieuse (*Le Tartuffe* [*]) ; et jamais la représentation du réel (la *mimesis*) n'a été aussi fidèle : abandonnant les emplois traditionnels du soldat fanfaron, du pédant ridicule et de l'entremetteuse, Molière grossit les traits de ses héros, mais en leur donnant une présence et une complexité inconnues à ce jour, au point de dérouter ses contemporains, qui lui reprochent d'avoir prêté à Arnolphe, le barbon de *L'École des femmes* (*), certains traits sympathiques, alors que, jusque-là, le vieillard trompé ne pouvait être que ridicule. La comédie est devenue un grand genre, à l'égal du tragique, d'autant qu'elle fait preuve d'une variété de tons qui lui permet de le concurrencer, dans ses scènes les plus pathétiques (*Le Misanthrope* [*]).

Après cet âge d'or, la comédie traverse une crise, comme si Molière l'avait épuisée, et ses successeurs — Dancourt (*Les Trois Cousines*), Dufresny (*L'Opéra de campagne*), Regnard (*Le Légataire universel* [*]) et Lesage (*Turcaret* [*]) — poursuivent la satire des mœurs du temps. Ne croyant plus à une nature humaine éternelle, ils s'intéressent à certains types de personnages nouveaux dans la société, comme la coquette ou le financier, et peignent avec drôlerie leur égoïsme et leur immoralité cynique. Par réaction à ce courant inquiétant, des auteurs comme Destouches (*Le Glorieux*) ou Gresset (*Le Méchant*) créent une comédie moralisante, mais sa froideur didactique et sentencieuse la conduit dans une impasse dramatique, tout comme la comédie larmoyante de Nivelle de La Chaussée (*La Fausse Antipathie*).

C'est au XVIIIe siècle que la comédie renaît pour jeter ses derniers feux, en tant que genre homogène, là encore dans des voies opposées. Marivaux vise l'illusion mimétique, avec l'analyse de l'amour naissant et des ruses de l'amour-propre, dans un style raffiné et tout en nuances délicates. Cependant, bien que ses personnages évoluent dans une société nettement hiérarchisée, puisque la différence des conditions y est souvent un obstacle au mariage, ses intrigues sont hors du temps (*Les Fausses Confidences* [*], *Le Jeu de l'amour et du hasard* [*]). Avec le brillant Beaumarchais, au contraire, la comédie se fait moins mimétique pour viser la jouissance intellectuelle du spectateur (*Le Barbier de Séville* [*], *Le Mariage de Figaro* [*]) ; le dramaturge lui montre les ficelles du genre, lui rappelle qu'il est au théâtre, afin de le distancier et de valoriser le démiurge qu'est l'auteur : car c'est ce dernier qui excelle à enfermer ses personnages dans des situations inextricables, pour les dénouer ensuite avec une prodigieuse facilité, à jouer en virtuose des effets comiques qu'il règle selon une balistique impeccable, à faire des mots d'auteur, si bien que tous ses personnages ont le même esprit ; autant dire qu'il ne s'intéresse pas à la peinture psychologique, même s'il le revendique à cor et à cri dans ses préfaces. Ce n'est pas un hasard si ce jeu de miroir systématique, caractéristique de l'essoufflement du genre, correspond au moment où Diderot porte un coup fatal à la sacro-sainte règle de la séparation des genres, qui avait préservé la pureté de la comédie.

Elle ne reparaîtra plus ensuite qu'épisodiquement et sous des formes bien appauvries. Après une traversée du désert durant l'époque romantique, elle revient à la fin du siècle, où des auteurs comme Alexandre Dumas fils, Meilhac et Halévy ou Edmond Rostand n'écrivent que des œuvres courtes sans recul critique, qui ne visent qu'à divertir. Puis, avec Labiche (*Un chapeau de paille d'Italie* [*]) et Feydeau surtout (*Tailleur pour dames, L'Hôtel du libre-échange*), le genre retrouve un souffle nouveau, en délaissant toute recherche de vraisemblance, et en présentant, sur un rythme effréné, des pantins cruellement malmenés par des situations qui les dépassent. Enfin, la comédie reparaît sous la forme d'une certaine tradition (*Topaze* de Marcel Pagnol, *Amphitryon 38* de Giraudoux) avant que la mutation brutale, fondée sur la redécouverte et la prééminence de la farce et du jeu clownesque (Alfred Jarry, Beckett, Ionesco), subvertisse, sur le mode de l'absurde, le langage et la logique qui étaient les fondements du genre.

Cette extraordinaire souplesse de la comédie, qu'on a pu prendre pour un manque de netteté, et qui a parfois suscité le mépris des doctes, a constitué en fait l'une des raisons majeures de sa richesse.

GABRIEL CONESA.

Comédie-Française. Institution centrale de l'histoire du théâtre français, la Comédie-Française, créée en octobre 1680, fut le résultat de la fusion progressive des troupes parisiennes (Bourgogne, Marais, « troupe du roi » de Molière). Cette troupe détient le monopole du théâtre à Paris, et joue les grandes pièces du répertoire (Corneille, Molière, Racine), puis celles de Regnard, de Crébillon et de Voltaire. Installée longtemps rue des Fossés-Saint-Germain, elle déménage aux Tuileries en 1770, puis au Théâtre-Français du faubourg Saint-Germain (1782, actuel Odéon). Dans les troubles de la Révolution, la Comédie- Française se divise en deux tendances (dont l'une est menée par le célèbre Talma, 1763- 1826) avant d'éclater complètement en 1793. Rétablie par l'Empire (1804), pourvue d'une salle au Palais-Royal (salle Richelieu), elle est délaissée par la monarchie restaurée, avant de revenir au-devant de la scène avec la bataille d'*Hernani* (*) (1830). La gestion de la compagnie fut placée sous la tutelle d'un administrateur d'État à partir de 1850, et elle joua un répertoire à la fois classique et moderne (créant les pièces de Scribe, de Dumas fils ou de Victorien Sardou). La fin de siècle verra deux grands tragédiens dominer la Comédie- Française : Mounet-Sully (1841-1916) et Sarah Bernhardt (sociétaire de 1872 à 1880). Délaissée face aux innovations du théâtre moderne dans les années 20, elle reprend la voie des créations grâce à Édouard Bourdet (1936-1939), avant de rechercher un juste équilibre entre tradition et création sous la houlette de Maurice Escande, de Pierre Dux ou de Jacques Toja, puis de s'ouvrir à d'autres voies qui restent encore à explorer (Jean Le Poulain, Antoine Vitez, Jacques Lassalle).

EMMANUEL BURY.

COMMYNES Philippe de. Historien. Né en Flandre (certainement pas, comme on l'écrit parfois, au château de Commynes, de nos jours Comines, canton de Quesnoy-sur-Deule, Nord) en 1447 ; mort le 18 octobre 1511 en son château d'Argenton (Deux- Sèvres). Son père, Colart de Commynes, était seigneur de Renescure et n'a jamais été, pas plus que son fils, seigneur de Commynes (la graphie Commynes, on écrivait autrefois Commines, est maintenant authentifiée par un sceau). Philippe de Commynes sera connu comme seigneur de Renescure, titre qu'il prendra à la mort de son père, puis comme sire d'Argenton, terre dont il fut gratifié par Louis XI. Colart avait exercé à la cour du duc de Bourgogne, Philippe le Bon, de très importantes fonctions : celle de gouverneur de Cassel, de bailli de Gand, de souverain bailli de Flandre et il était chevalier de la Toison d'or. Mais il avait eu de nombreux procès et lorsqu'il mourut, en mai ou juin 1453, suivi de peu par sa seconde femme, Marguerite d'Armuyden, mère de Philippe, il était couvert de dettes. La terre de Renescure fut saisie et c'est sans doute grâce à la succession de Marguerite d'Armuyden que Jean de Commynes, cousin germain de Philippe et qui était devenu le tuteur de l'orphelin, put racheter le fief en renonçant, au nom de son pupille, à la succession de Colart.

Futur chevalier, Commynes n'apprit ni le grec ni le latin, ce qu'il devait regretter plus tard, mais il fut instruit dans le métier des armes et très tôt envoyé à la cour de son souverain qui était en même temps son parrain. À dix-sept ans, en novembre 1464, le jeune homme est attaché à la personne de l'héritier du duché, Charles comte de Charolais, le futur Téméraire, de quatorze ans son aîné. C'est à ses côtés qu'il participe à la Ligue du bien public et aux expéditions de représailles contre les Liégeois ; en 1465, il assiste à la bataille de Montlhéry, en 1466 à la destruction de Dinant. Peu après l'avènement de Charles comme duc de Bourgogne, en 1467, Philippe de Commynes est nommé conseiller et chambellan du Téméraire : notons qu'il n'a guère plus de vingt ans. C'est à ce titre qu'il joue un rôle dans la fameuse entrevue de Péronne (1468) et certainement un rôle de modérateur. Dès Péronne s'ébauchent des relations entre le jeune homme et Louis XI ; celui-ci, reconnaissant des services rendus, sut certainement distinguer dans le conseiller du duc les mérites éminents qui l'avaient amené si jeune à ce poste. Comme il était dans la tactique du roi de gagner et d'attacher à son service les meilleurs collaborateurs de son adversaire, il est probable qu'il lui fit des avances. Très discret sur sa personne, Commynes ne nous en dit rien, pas plus qu'il ne nous précise quelle fut son action à Péronne et dans les diverses missions dont il fut chargé en Bourgogne. C'est chez un autre chroniqueur, Olivier de La Marche, que nous trouvons mention d'un tournoi donné à l'occasion du mariage de Charles le Téméraire et de Marguerite d'York (1468) où le seigneur de Renescure parut « richement couvert et harnaché... armé et emplumé ». Il est possible que ce soit à cette époque que doive se placer un voyage que fit le conseiller en Angleterre, voyage qui eut lieu fort probablement pendant la période bourguignonne de la vie de Commynes. Les relations entre Commynes et son maître sont encore bonnes puisque, par lettre du 1er octobre 1469, le duc décharge son chambellan de tout ce qui pourrait encore être dû au trésor ducal du chef de son père. Chargé de diverses missions, Commynes se rend à plusieurs reprises à Calais ; à l'occasion d'un de ces voyages apparaît pour la première fois le mécontentement de Commynes qui reproche au duc de l'avoir inutilement exposé. Puis nous le trouvons en Bretagne et en Castille (1471) où il se rend en service commandé sous prétexte d'un pèlerinage à Saint-Jacques-de- Compostelle.

Soudain, Commynes franchit le pas. Dans la nuit du 7 au 8 août 1472, il quitte le territoire bourguignon et va rejoindre Louis XI aux Ponts-de-Cé. La riposte est immédiate ; un acte du 8 août 1472, dicté à six heures du matin, mentionnant que le seigneur de Renescure « s'est aujourd'hui, date de ceste, distrait de nostre obéissance et rendu fugitif au parti contraire », confisque sa terre. Jamais le Téméraire ne devait pardonner cette défection. Trois ans plus tard, dans les trêves de Soleure, le nom de Commynes figure encore parmi ceux des ennemis du duc qu'on excepte de toute amnistie.

Mais Louis XI compense largement les pertes subies. Il octroie à son nouveau serviteur la principauté de Talmont, ce qui amène un interminable procès que Commynes perdra contre la famille de La Trémoille, la capitainerie de Chinon, la terre et la seigneurie de Chaillot, le sénéchalat de Poitou, la capitainerie du château de Poitiers. Le 27 janvier 1473, le roi lui fait épouser Hélène de Chambes, fille de Jean de Montsoreau et de Jeanne Chabot, qui lui apporte en dot la seigneurie d'Argenton (Argenton-Château dans l'arrondissement de Bressuire, Deux-Sèvres), dont Commynes portera désormais le titre. Bien qu'il reste encore très discret sur ses activités à la cour de France, nous savons que Commynes vivait dans une intimité de tous les instants avec son nouveau maître. Il couche dans la chambre du roi et fait fonction de « valet de chambre », il lui sert de chef de cabinet, décachetant les dépêches et y répondant. Il est chargé de missions diplomatiques en Allemagne et en Italie. Si la faveur dont il jouit semble se ralentir à l'époque de la mort du Téméraire, il possède de nouveau la confiance du roi à sa mort. Témoin quotidien des faits et gestes de Louis XI comme il l'avait été de ceux du Téméraire, il était donc le mémorialiste tout désigné pour parler de la querelle des deux hommes et des deux États qui occupaient alors le premier plan de l'actualité.

Après la mort de Louis XI (31 août 1483), Commynes commet une lourde faute politique. Ses idées libérales, l'admiration qu'il professe pour le parlementarisme anglais, le souci également de donner un contrepoids à l'autorité royale, l'entraînent dans l'opposition qui se forme pendant la minorité de Charles VIII et qui groupe les féodaux autour de la personne de Louis duc d'Orléans, fils de Charles d'Orléans, le poète. Anne, fille de Louis XI, régente, et Pierre de Beaujeu, son époux, ont tôt fait de mater la révolte. Les esprits hardis comme notre mémorialiste, qui recherchaient le bien public, furent compromis dans cette aventure dont entendaient tirer profit quelques seigneurs agités et ambitieux. Ils doivent subir les conséquences de leur imprudence. Pour avoir participé à la « guerre folle », Commynes se voit dépouillé de ses charges et de ses terres, il perd aussi définitivement le procès engagé avec les La Trémoille pour la principauté de Talmont. Enfin, il est emprisonné à Corbeil, à Paris et, en 1488, à Loches, enfermé pendant plusieurs mois dans une des célèbres cages de fer que Louis XI réservait à ses prisonniers de marque.

Malgré sa condamnation devant le Parlement, une amnistie lui rend la liberté et ses terres où il est relégué. C'est là qu'entre 1489 et 1494 il compose les cinq premiers livres des

Mémoires. En 1490, il reparaît à la Cour. Bien qu'il soit opposé aux guerres d'Italie, ses talents diplomatiques sont mis à profit au cours des tractations qui préparent l'expédition de Charles VIII. Ce dernier l'emmène à sa suite. Commynes remplit à Venise une mission mémorable et négocie avec Sforza le traité de Verceil. Sa vie politique semble s'être terminée là. Bien qu'il ait été nommé conseiller de Louis XII et qu'il soit retourné en Italie en 1507, Commynes paraît ne plus s'occuper que de ses affaires privées et de la rédaction de la suite de ses *Mémoires*. Il en commence les livres VI et VII en 1495-1496, les remanie et les achève en 1497-1498. Il meurt le 18 octobre 1511 en son château.

Nous possédons un portrait de Commynes, sa statue funéraire élevée avec celle de sa femme sur son tombeau en la chapelle du château d'Argenton et qui est maintenant au Louvre. Sur ses traits, on lit une grande finesse, passablement d'amertume éclairée par une discrète ironie, le tout tempéré et comme enveloppé de gravité et de dignité. Homme d'une pénétrante intelligence, sachant trouver en chaque événement ses causes profondes, habile à dénouer les fils des intrigues les plus embrouillées, admirablement et quotidiennement informé, connaisseur perspicace du cœur humain, Commynes est mieux qu'un témoin, c'est un véritable historien. Il a même sa philosophie de l'histoire, qu'il n'a point apprise dans les livres mais qu'il a tirée de la leçon des événements. Profondément humain, modéré, sage, il juge des êtres et des faits, et il est en droit de les juger. Commynes n'avait pas fait ses humanités, il ne s'est pas frotté comme tant de chroniqueurs à l'éloquence latine, aussi écrit-il comme il parle, à notre plus grande joie. D'où cette bonhomie apparente, cette très fine candeur qui lui valent immédiatement la sympathie de ses lecteurs, d'où le succès permanent de son œuvre. Jamais sans doute il ne lui serait venu à l'esprit de se faire historien, si l'archevêque de Vienne en Dauphiné, Angelo Cato, redevable à Louis XI de la situation qu'il occupait, n'avait demandé à cet intime du roi de lui fournir les éléments dont il pourrait composer une Histoire de Louis XI. C'est donc une manière de brouillon que les *Mémoires* de Commynes, qui laisse à l'archevêque, mort d'ailleurs avant l'achèvement de la rédaction de ces souvenirs, le soin de le mettre en beau style. Ce malheur nous a été épargné.

JACQUES BROSSE.

♦ *« *Le Passant : *Quelle est cette déesse empreinte en cet ivoire / Qui se ront les cheveux, et tord les bras ?* — Le Prestre : *L'Histoire.* — Le Passant : *Et l'autre, qui d'un œil tristement dépité / Lamente à ce tombeau ?* — Le Prestre : *La simple Vérité.* — Le Passant : *Ne gît point mort ici le Rommain Titelive ?* — Le Prestre : *Non, mais bien un François dont a mémoire vive ! / Surpasse ce Rommain, pour sçavoir égaler / La vérité du fait avec le beau parler / ... Philipe fut son nom, son surnom de Commines. »* Ronsard, *Épitaphe de Philippe de Commynes,* 1554. ♦ *« Vous y trouverez le langage doulx et aggreable d'une naïvfe simplicité ; la narration pure et en laquelle la bonne foi de l'autheur reluit évidemment, exempte de vanité, parlant de soy, et d'affection et d'envie parlant d'aultruy ; ses discours et exhortements accompaniez plus de bon zele et de verité que d'aulcune esquise suffisance, et tout partout, de l'authorité et gravité, représentant son homme de bon lieu et eslevé aux grans affaires. »* Montaigne. ♦ *« Je suis fort aise qu'il vous ait paru comme à moi que M. de Commines a un tour plaisant aussi bien que du bon sens, et sur cela vous trouvez de la consolation, dites-vous, de voir que les honnêtes gens de son temps souffroient comme ceux du nôtre. »* Bussy-Rabutin, *Lettre à Mme de Sévigné,* 1678. ♦ *« Comme écrivain de Vies, Philippe de Commines ressemble singulièrement à Plutarque ; sa simplicité est même plus franche que celle du biographe antique... À la vérité* [Plutarque] *est plus instruit que Commines ; et néanmoins le vieux seigneur gaulois, avec l'Évangile et sa foi dans les ermites, a laissé, tout ignorant qu'il était, des mémoires pleins d'enseignements. »* Chateaubriand. ♦ *« Commynes justifie tout à fait pour moi le mot de Vauvenargues : "Les vrais politiques connaissent mieux les hommes que ceux qui font métier de philosophie, je veux dire qu'ils sont plus vrais philosophes", mais pour cela, il faut qu'ils soient de vrais politiques en effet, et il en est peu qui justifient ce titre à l'égal de Commynes... Philippe de Commynes est, en date, le premier écrivain vraiment moderne. »* Sainte-Beuve. ♦ *« La valeur historique des* Mémoires *est à la hauteur de son mérite littéraire, dont la couleur et le mouvement ne le cèdent point à la finesse psychologique et à la pénétrante malice. »* J. Calmette.

RÉF. : Lenglet-Dufresnoy, *Preuves des mémoires de Commynes,* 1747. — Kervyn de Lettenhove, *Lettres et négociations de Philippe de Commynes,* 1867-1874. — Bourrilly, *Les Idées politiques de Philippe de Commynes,* 1899. — J. Calmette, *Introduction aux* Mémoires, 1924-1925. — B. Croce, *Il Personnagio italiano che escorto il Commynes,* Naples, 1932. — Gerhard Heidel, *La Langue et le Style de Philippe de Commynes,* Leipzig et Paris, 1934. — G. Charlier, *Commynes,* Bruxelles, 1945. — Jean Dufournet, *La Destruction des mythes dans les Mémoires de Ph. de Commynes,* Genève, 1966 ; *La Vie de Ph. de Commynes,* Paris, 1969 ; *Études sur Philippe de Commynes,* Paris, 1975 ; *Sur Philippe de Commynes,* Paris, 1982. — J. Demers, *Commynes mémorialiste,* Montréal, 1975. — J. Liniger, *Ph. de Commynes,* Paris, 1978.

Comparaison. Du latin *comparatio* : « action d'accoupler, de comparer ». Figure de style qui rapproche deux éléments, le comparé et le comparant, possédant un ou des points communs ; cette confrontation se fait toujours par l'intermédiaire d'un outil grammatical. En l'absence de cet outil, elle devient une métaphore. Grâce à la comparaison, le comparé prend un sens différent : « La paupière bistrée s'abaissait et s'élevait comme une aile de chauve-souris » (Gautier, *Le Roman de la momie*). Ici, le rapprochement reposant sur des similitudes de forme, couleur et mouvement, introduit une impression de mystère, de peur. En rhétorique, la comparaison peut être l'une des preuves du raisonnement.

ARLETTE BOUÉ.

Complainte. Poème exprimant la tristesse née d'un événement déplorable (le plus souvent, la mort d'un être cher) sur un mode proche de la complainte chantée. Exemple : la *Complainte Rutebeuf* dont la première strophe donne le ton général : « Que sont mes amis devenus / que j'avais de si près tenus / Et tant aimés ? / Je crois qu'ils sont trop clairsemés, / Ils ne furent pas bien semés / Et sont faillis. » Au Moyen Âge, la complainte fait souvent alterner deux mètres sur deux rimes seulement.

CHRISTIAN DOUMET.

Comte de Monte-Cristo (Le). Ce célèbre roman d'Alexandre Dumas (1802-1870) a d'abord été publié en feuilleton dans *Le Journal des débats* : 28 août-26 novembre 1844 (1re et 2e partie) ; 20 juin 1845-15 janvier 1846 (3e et 4e partie) ; publication originale : Paris, Pétion ou Baudry, 1844-1846. Lorsqu'il signe avec Béthune et Plon, vers la fin de 1843, le contrat du *Comte de Monte-Cristo,* Dumas est avant tout un auteur dramatique qui a porté la révolution au théâtre et aussi le rénovateur des *Impressions de voyage*. *Les Trois Mousquetaires* (*) ne lui ont pas encore donné ce renom de maître du roman historique que les journaux s'arracheront. Le projet primitif s'intitule *Impressions de voyage à Paris.* Après le succès extraordinaire des *Mystères de Paris* (*) d'Eugène Sue (*Le Journal des débats,* 22 juin 1842-15 octobre 1843), les éditeurs demandent à l'écrivain plus de roman et moins d'impressions. Dumas conçoit, en s'inspirant d'une anecdote « idiote » imprimée par Peuchet dans *Mémoires tirés des archives de la police de Paris,* une intrigue romanesque qui présidera à la découverte d'un Paris inconnu et à laquelle il donnera le titre de *Monte-Cristo* en souvenir d'un voyage effectué en compagnie du jeune prince Napoléon Bonaparte entre le 28 juin et le 4 juillet 1842 (voir « Un mot à propos du *Comte de Monte-Cristo* », *Le Monte-Cristo,* no 22, 17 septembre 1857). Dans un vaste prologue, Dumas lui-même et son ami Albert de Morcerf rencontrent à Rome, pendant le Carnaval de 1838, un mystérieux inconnu — en qui Dumas reconnaît l'hôte somptueux qui les a reçus, lui et le prince Napoléon, sur l'île réputée déserte de Monte-Cristo ; le comte de Monte-Cristo leur offre la plus fastueuse des hospitalités et tire Albert des mains des bandits romains ; en échange, Albert de Morcerf, en l'absence de Dumas retenu à Florence, promet au comte de l'introduire dans le monde parisien que celui-ci affirme ne pas connaître ; le corps du roman lui-même devait être consacré à la vengeance du comte, thème allusivement annoncé dans le prologue dont le manuscrit est conservé au Musée de Villers-Cotterêts.

Sur les conseils de Maquet, que le succès des *Trois Mousquetaires* (*Le Siècle,* 14 mars-11 juillet 1844) a intronisé collaborateur unique (pour le roman), Dumas décide de repenser l'organisation de son œuvre, consacrant au passé du comte de Monte-Cristo, qui ne devait faire que l'objet d'un récit dans le récit, la première partie du roman qui, dès lors, est découpé en trois épisodes : Marseille, Rome (qui désormais ne sera plus un récit à la première personne) et Paris, chaque ville constituant une unité narrative et temporelle. *Marseille* (28 février 1815-5 septembre 1829) relate la passion et la rédemption de Dantès : le complot qui le condamne à une prison perpétuelle ; son accession à toute science grâce à un autre prisonnier, l'abbé Faria, qui devient son père d'élection et lui lègue le secret du fabuleux trésor enterré dans l'île de Monte-Cristo ; son évasion ; la récompense du juste (l'armateur Morrel) conclut l'épisode. *Rome* (11-21 février 1838) reprend le prologue primitif qui conserve la même fonction : dix ans plus tard, Dantès, devenu le comte de Monte-Cristo (vu par un voyageur français, Frantz d'Épinay, double de Dumas), mérite la reconnaissance d'Albert de Morcerf qui lui propose d'être son introducteur à Paris. *Paris* (21 mai-6 octobre 1839) constitue le volet sombre du Jugement dernier, la punition des maudits, et décrit minutieusement les machines infernales qu'invente le comte pour mener à sa fin l'implacable vengeance qu'il a méditée : un à un sont châtiés ses persécuteurs qui appartiennent aux puissants du jour (Fernand, devenu général et comte de Morcerf ; Danglars, banquier, devenu baron ; l'ancien substitut Villefort, devenu procureur général).

Dumas et Maquet rédigent en trois semaines, sans doute à Trouville (août 1844), *Marseille* qui, aussitôt imprimée dans *Le Journal des débats*, soulève un intérêt prodigieux : « Rappelons-nous quel poids nous fut ôté de dessus la poitrine, et de quel appétit nous déjeunâmes le matin où *Le Journal des débats* nous apprit que Monte-Cristo était sorti sain et sauf de son sac » (Mérimée, « La Littérature espagnole », *La Revue des Deux Mondes,* 15 avril 1851).

L'horizon d'attente créé est tel que les aléas de la publication (les abonnés des *Débats* doivent patienter pendant plus de six mois avant d'en entamer la troisième partie) non seulement ne nuisent pas à la popularité du roman, mais encore semblent la renforcer. Les innombrables éditions, traductions, adaptations théâtrales (Dumas lui-même a en tiré trois drames : *Monte-Cristo,* drame en deux soirées, Théâtre-Historique, 2 et 3 février 1848 ; *Le Comte de Morcerf* et *Villefort,* Ambigu-Comique, 1er avril et 8 mai 1851) ou cinématographiques attestent de la force persistante de cette popularité qui confère au *Comte de Monte-Cristo* le statut de classique du peuple, malgré les réticences de la critique délicate qui en dénonce les ficelles mélodramatiques.

Le Comte de Monte-Cristo, comme tous les romans majeurs, fictions tendant au mythe, conserve son secret et relève d'une multiplicité de lectures. Il pose avant tout la question du mal et de la justice : l'homme a-t-il le droit, lorsque Dieu paraît silencieux, de punir en appliquant la loi du talion ? Ou, disciple du Christ, doit-il pardonner ? Le chemin d'Edmond Dantès part de l'Ancien Testament pour aboutir au Nouveau (Danglars, le plus coupables, est pardonné, après que la mort de l'enfant innocent a anéanti la prétention de Dantès d'être un agent de la Providence). Admirateur de Dante, Dumas écrit sa *Divine Comédie* un œil sur *La Comédie humaine* de Balzac, et réussit admirablement à insérer son récit eschatologique dans une description réaliste et dénonciatrice de la France louis-philipparde. Le héros, d'ascendance (ironiquement) byronienne, partage le rêve de l'artiste romantique de quitter Paris, nouvelle Babylone condamnée, pour un Orient mythique, où l'homme vit libre, délié de toute entrave sociale.

Cette vision poétique est soutenue par l'art du romancier, d'essence théâtrale, qui articule une succession de scènes rapides, au dialogue simple et naturel, étonnamment moderne, jusqu'à dans son lâché, et qui triomphe dans la variété des tons, du pathétique au franc comique.

La postérité, passant outre au jugement de tous les académismes et ratifiant le sentiment des lecteurs sans cesse renouvelés, donne peu à peu au *Comte de Monte-Cristo* sa vraie place, l'une des premières.

C. Sc.

Concession. Figure de pensée qui admet un point de vue différent du sien, pour mieux, ensuite, développer et argumenter son opinion. Appelée aussi « opposition » en analyse grammaticale, elle est une relation logique essentielle dans un raisonnement. Accorder une concession est, dans une conversation ou un dialogue philosophique, une façon habile d'obtenir l'adhésion de l'interlocuteur à une thèse difficile à admettre, en commençant par le ménager, voire le flatter : « Pleurez, malheureux Tahitiens ! Pleurez ; mais que ce soit de l'arrivée, et non du départ de ces hommes ambitieux et méchants » (Diderot, *Supplément au voyage de Bougainville*).

ARLETTE BOUÉ.

CONDÉ Maryse. Romancière, dramaturge et essayiste, née Maryse Boucolon le 11 février 1937 à Pointe-à-Pitre en Guadeloupe. Elle quitte les Antilles en 1953 pour Paris et le lycée Fénelon. Après des études à la Sorbonne, elle épouse en 1961 le comédien guinéen Mamadou Condé et part enseigner durant douze ans en Afrique. De retour à Paris, elle publie deux pièces d'inspiration politique puis un roman, *Heremakhonon* (1976, réédité en 1988 sous le titre *En attendant le bonheur*). Si cette première tentative est plutôt mal accueillie, *Ségou* (1984), son troisième roman, connaît un immense succès. Cette fresque en deux parties – *Les Murailles de terre* et *La Terre en miettes* – retrace la vie de la famille royale du Mali du XVIIIe au milieu du XIXe siècle.

En une dizaine de romans, Maryse Condé est devenue un des écrivains francophones les plus lus dans le monde. D'*Une saison à Rihata* (1981) à *La Colonie du nouveau monde* (1993), en passant par *La Vie scélérate* (1987), ses inspirations et son style ont évolué. Elle met toujours en scène des personnages à la recherche de leur identité, dans *Moi, Tituba, sorcière noire de Salem* (1986) ou *Les Derniers Rois mages* (1992), mais leurs racines sont désormais plus souvent caraïbéennes ou noires américaines qu'africaines. Le monde créole hante d'ailleurs *Traversée de la Mangrove* (1989) et *La Migration des cœurs* (1995), une réécriture antillaise des *Hauts de Hurlevent*.

A côté de la « négritude » césairienne et de la créolité, Maryse Condé a creusé son propre sillon depuis sa thèse sur les *Stéréotypes du Noir dans la littérature antillaise*. Et parallèlement à son œuvre romanesque et universitaire, ses nouvelles, ses articles, voire ses émissions radiophoniques (BBC, RFI), elle a continué à écrire des pièces de théâtre. En 1988, elle a publié *Pension les Alizés*, en 1989, *An Tan Revolisyon*, et plus récemment *Comédie d'amour*, dont l'humour tranche avec un univers d'ordinaire plus sombre. Couronnée par de très nombreux prix (elle fut la première femme à recevoir le prix Puterbaugh en 1993), Maryse Condé est remariée à Richard Philcox et vit entre la Guadeloupe et New York où elle enseigne.

FRANÇOIS BÉNICHOU

Condition humaine (La). Roman publié en 1933 par André Malraux (1901-1976), prix Goncourt. C'est encore la Révolution qui constitue le cadre du roman. Tout aussi présente que dans *Les Conquérants* (1928), elle n'existe que dans la mesure où chacun des héros lui appartient. Le véritable drame se joue en quelques jours : l'action y gagne en densité. Nous sommes à Shanghaï en 1927. La Révolution doit éclater d'un moment à l'autre. Elle est menée par le proléta- riat communiste. Les troupes du Kuomintang marchent sur la ville, conduites par Tchang-Kaï-Chek. La Révolution éclate, triomphe. Tchang-Kaï-Chek, défenseur de la tendance modérée du Kuomintang, établit son gouver- nement et exige des communistes qu'ils remettent leurs armes. Ceux-ci refusent, mais l'Internationale appuie la demande de Tchang-Kaï-Chek, qui décide l'arrestation des communistes dont les chefs meurent dans les tortures les plus atroces. La tragédie profonde des héros de *La Condition humaine,* c'est qu'ils jouent leur destin dans une partie dont seule la fin importe. C'est que, pour eux, l'homme compte et que, dans la partie qu'ils jouent, l'homme ne compte pas. Ils sont lucides ; ils savent qu'ils ne sont que des jouets et se disent que l'Internationale a raison, mais la conscience subjective qu'ils ont de leur destin individuel et du destin de l'homme se révolte, se refuse à admettre l'usage qui est fait de la condition d'homme ; leur tragédie oppose leur raison à leur instinct. Et l'on sent que toute la tendresse de Malraux va à cet instinct. Mi-européen, mi-japonais, Kyo Gisors connaît dans leurs moindres détails tous les rouages de la révolution qu'il a organisée. Il la vit dans son propre sang, mais c'est son destin qu'il vit. La révolution donne simplement un sens à sa vie. Tchen, lui, est un fanatique, terroriste par compensation, pour laver dans le sang sa propre humiliation et l'humiliation des exploités de Chine. Hemmelrich est, lui, hanté par sa propre impuissance à participer à l'action ; il trouve dans le combat final une porte ouverte sur la liberté. Ferral, enfin, le capitaliste puissant contre qui viendra se briser la Révolution, noue tous les fils qui assurent le pouvoir de Tchang-Kaï-Chek ; mais il ne diffère pas des autres héros de Malraux : son mobile essentiel est la volonté de puissance, tout comme c'est le mobile essentiel de Garine dans *Les Conquérants.* Chacun des héros du livre est plongé dans la boue de sa condition d'homme et chacun veut y échapper. En vain. Comme dans la vie. Il n'y a rien de plus grand et de plus bas que l'homme. Tout se trouve en lui : toutes les grandeurs et toutes les servitudes. Tout se trouve en tout homme. Tel est le sens de sa condition. Le roman se termine au ministère des Finances, à Paris. Ferral est venu rendre des comptes pour obtenir l'appui du gouvernement français et des grandes banques. Il ne pourrait y avoir de fin plus cruelle. Ni plus vraie. Ce roman est le cœur de toute l'œuvre de Malraux, et il en donne la clé. Tous ses livres sont les étapes successives d'une quête passionnée de la liberté, et l'histoire de son échec. Ils enseignent tous que, quelle que soit sa grandeur, l'homme ne sera jamais plus grand que l'homme. Il ne dépassera jamais son destin. Il n'échappera jamais à sa condition.

Confessions (Les). Œuvre autobiographique de Jean-Jacques Rousseau (1712-1778), publiée en deux parties, en 1782 et 1789. Cette première édition, posthume, présente un texte incomplet. Il en résulte que les éditeurs doivent aujourd'hui considérer comme textes de référence les deux manuscrits existants, l'un conservé à Genève (Bibliothèque universitaire), l'autre à Paris (Bibliothèque de la Chambre des députés). Rédigées de 1765 à 1770, *Les Confessions* inaugurent la dernière période créatrice de l'écrivain, celle des œuvres autobiographiques, qui comprendra encore les *Dialogues* et *Les Rêveries du promeneur solitaire* (*). Il est important de remarquer que cette période est postérieure à celle des grandes œuvres philosophiques, publiées, ainsi que *Julie ou la Nouvelle Héloïse* (*), entre 1750 et 1762. Rousseau en effet, après s'être dressé contre la société, tenue pour responsable du mal et de la dénaturation de l'homme, se retrouve en position d'accusé, et, par là même, dans l'obligation de se justifier. Il est donc évident que le récit des *Confessions* n'est pas étranger à une visée apologétique. Mais cette œuvre, première grande autobiographie des temps modernes, est beaucoup plus que cela. Elle est audacieuse et novatrice, et s'inscrit dans le projet global du philosophe, qui est anthropologique ; la note placée en tête du manuscrit de Genève présente *Les Confessions* comme « un ouvrage unique et utile, lequel peut servir de première pièce de comparaison pour l'étude des hommes, qui certainement est encore à commencer... » Rien n'est plus connu que la thèse autour de laquelle gravitent les écrits philosophiques. Il n'est cependant pas inutile de la rappeler ici, dans la forme résumée qu'en a donnée Rousseau lui-même dans le *Dialogue troisième* : « La nature a fait l'homme heureux et bon, mais la société le déprave et le rend misérable. » Le *Discours sur l'origine et les fondements de l'inégalité* (1755) s'était proposé de retracer, à partir du concept conjectural de l'homme de la nature, l'histoire de cette dénaturation à l'échelle de l'humanité. Dans *Les Confessions*, cette même histoire est étudiée à partir d'une vie individuelle : celle de l'auteur lui-même, envisagée de la naissance à la cinquante-troisième année. L'ensemble de l'ouvrage est divisé en douze livres ou chapitres. Le tempo du récit est très variable. Deux durées sont à envisager ici : celle des événements narrés (nombre d'années) et celle du récit (nombre de pages). Le premier livre, par exemple, retrace les seize premières années, celles de l'enfance et de l'adolescence, alors que le texte de ce récit comprend quarante pages dans l'édition de la Pléiade (1959). Les livres suivants recouvrent des périodes beaucoup plus courtes, parfois une année, parfois quelques mois. Dans la première partie (livres I-VI), le nombre de pages par livre est régulier : il oscille entre quarante et cinquante. Dans la seconde, cet équilibre est rompu. Les livres VII et IX atteignent respectivement soixante-douze et quatre-vingt-huit pages. Presque tous les lecteurs des *Confessions* ont marqué leur préférence pour les premiers livres. Ce sont ceux où l'écart entre le temps des événements narrés et celui de l'écriture est le plus grand. Rousseau s'y montre un poète incomparable. En France, le XVIIIe siècle nous avait fait assister à un tarissement de la veine poétique. Ici, comme dans *La Nouvelle Héloïse*, la poésie fait sa rentrée par le détour de la prose, mais d'une prose musicale, chargée d'émotions et cependant simple jusqu'à la transparence, capable de rendre présents le bonheur perdu, les paysages, les visages, les voix qui se sont tues. L'importance du premier livre n'est plus à démontrer : c'est le plus solidement structuré, et les grands thèmes rousseauistes y sont orchestrés avec un art incomparable. Tout lecteur qui veut se faire une idée nette des pouvoirs de l'écrivain devrait relire ces pages avec la plus grande attention. Il y découvrirait autre chose que des récits édifiants, banalisés par le discours scolaire. C'est aussi le livre où la visée anthropologique est la plus évidente. On peut y suivre, de la naissance à la seizième année, les étapes d'une lente dénaturation, qui conduit Rousseau de la pureté des origines (l'enfance genevoise et protestante) à l'exil volontaire en terre savoyarde. Résumer la suite du récit, ce serait refaire la biographie de Rousseau. Aussi nous contenterons-nous d'évoquer les épisodes marquants du récit.

Rencontre avec Mme de Warens à Annecy ; séjour à Turin et conversion au catholicisme ; retour à Annecy (II-III). Voyages en Suisse et à Paris, retour chez Mme de Warens à Chambéry (IV). Installé aux Charmettes, tout près de Chambéry, Rousseau fait des études sérieuses et systématiques, en parfait autodidacte. Il se fixe à Paris après une année de préceptorat à Lyon (V-VI). Pendant une année, il est secrétaire d'ambassade à Venise. De retour à Paris, il fait la connaissance de Thérèse Levasseur (VII). Sur la route de Vincennes, il voit, dans une sorte d'illumination, le système qu'il développera dans ses écrits philosophiques. Les deux premiers *Discours* lui valent une subite célébrité (VIII). Il quitte Paris et s'installe chez Mme d'Épinay, à l'Ermitage près de Montmorency. Pour une fois, Rousseau « aime d'amour » : la passion éprouvée pour la comtesse d'Houdetot donne à *La Nouvelle Héloïse* alors en gestation sa flamme et sa force de séduction. Il quitte l'Ermitage pour s'installer à Montmorency (IX). Premières manifestations du délire de persécution, qui assombrira les dernières années de sa vie : Rousseau se croit victime d'un « complot » ourdi par les philosophes contre sa personne et son œuvre. Il jouit cependant de l'amitié et de la protection du maréchal de Luxembourg. Intense activité créatrice pendant cette période : *La Nouvelle Héloïse, Du Contrat social* et *Émile* (*) paraissent (X-XI). Après la condamnation de ce dernier livre, Rousseau se réfugie en Suisse, où il entreprendra la rédaction des *Confessions*, dont le récit s'achèvera sur le bref séjour à l'île de Saint-Pierre sur le lac de Bienne (12 septembre-25 octobre 1765) (XII).

Dans le manuscrit de Genève, une note liminaire présente *Les Confessions* en ces termes : « Voici le seul portrait d'homme, peint exactement d'après nature et dans toute sa vérité, qui existe et qui probablement existera jamais. » Le ton péremptoire et hyperbolique de cette déclaration peut indisposer le lecteur, mais ne doit pas lui faire oublier que *Les Confessions* marquent un tournant décisif dans la connaissance de l'homme. Pour la première fois, un écrivain a osé pénétrer « dans le labyrinthe obscur et fangeux » de sa vie intime, non pour piquer la curiosité du lecteur, mais pour donner à comprendre sa personnalité. Précurseur de la psychologie génétique, Rousseau écrit dans le préambule du manuscrit de Neuchâtel (première version des *Confessions,* interrompue au milieu du livre IV) : « Pour bien connaître un caractère il y faudrait distinguer l'acquis d'avec la nature, voir comment il s'est formé, quelles occasions l'ont développé, quel enchaînement d'affections secrètes l'ont rendu tel... » Précurseur de la psychanalyse, il a compris l'importance des faits apparemment insignifiants. En révélant sans complaisance les étrangetés de sa vie amoureuse, faite de plus d'échecs que de bonnes fortunes, il ouvre la voie à une compréhension globale du comportement amoureux, où le psychisme joue un rôle déterminant, et où, comme il l'écrit, « ce qui se voit n'est que la moindre partie de ce qui est ». Mais n'oublions pas ce qui pour beaucoup de grands écrivains fait des *Confessions* l'œuvre maîtresse de Rousseau, celle que la postérité ne cessera de lire : c'est l'œuvre d'un magicien de la langue qui a donné l'éveil à une nouvelle façon de sentir. Nul mieux que Joseph Joubert, parce que artiste lui-même, n'a su le dire : « J.-J. Rousseau avait l'esprit voluptueux. Dans ses écrits, l'âme est toujours mêlée avec le corps, et ne s'en sépare jamais. Aucun homme n'a fait mieux sentir que lui l'impression de la chair qui touche l'esprit, et les délices de leur hymen. »

P.-P.C.

Confrères de la Passion. En 1402, Charles VI autorisa la « Confrérie de la Passion et Résurrection Notre-Seigneur » à jouer des mystères (v. ce mot) à Paris. Elle produisit jusqu'en 1548 des mystères divers, la *Passion* bien sûr, mais aussi des vies de saints (*Vie de saint Louis*) ; elle avait aménagé pour ce faire une salle de l'hôpital de la Trinité, qui fut peut-être la première véritable salle de théâtre en France. En 1542, le Parlement reproche aux confrères de la Passion d'être des artisans ignorants et de causer par leurs spectacles bien des turpitudes. En 1548, il leur interdit de représenter dorénavant le *Mystère de la Passion* et tout mystère à sujet sacré ; ils venaient d'acquérir la salle de l'hôtel de Bourgogne ; ils se survécurent encore quarante ans.

MICHEL ROUSSE.

Connotation. Sens particulier d'un mot, d'un énoncé s'ajoutant au sens ordinaire selon la situation ou le contexte. Dans *Le Rouge et le Noir* (*) de Stendhal, les signifiés « rouge » et « noir » (les couleurs désignées par ces sons) forment les signifiants de nouveaux signifiés (par exemple « guerre » et « religion »). Jugée comme un concept linguistique vague parce que associée à des valeurs émotionnelles et subjectives (ainsi les « noms de lieux » chez Proust), la connotation sert néanmoins à construire les isotopies du texte (« le chant sous le texte » comme dit Mallarmé). Elle peut être de nature visuelle (les calligrammes par exemple).

OLIVIER POT.

CONON DE BÉTHUNE (ou Coenes, ou Quesnes). L'un des plus anciens trouvères du nord de la France et l'un des meilleurs. Né vers le milieu du XIIe siècle, mort vers 1220. Fils de Robert V le Roux, apparenté aux comtes de Flandre et de Hainaut, il fut appelé à de hautes fonctions au cours de la quatrième croisade (1200), après avoir probablement déjà pris part à la troisième (1189). Son maître dans l'art de « trouver » avait été son parent Huon d'Oisy, châtelain de Cambray. Le jeune poète chanta ses vers à la cour de France : l'une de ses chansons nous l'apprend, qui reproche à la reine Aelis d'avoir souri de son parler d'Artois. Il nous est parvenu de lui une dizaine de chansons vigoureuses, plus riches de personnalité que la plupart des chansons de l'époque, encore qu'elles ne s'écartent point des thèmes habituels de l'amour courtois. Le rôle de Conon au cours de la quatrième croisade nous est connu par différents chroniqueurs, et en particulier par Villehardouin qui en trace dans *La Conquête de Constantinople* un beau portrait de guerrier et de diplomate. Conon de Béthune, « qui bons chevaliers et sages estoit, et bien eloquens », fut peut-être élu par les barons « bail » de l'empire après la mort d'Henri, successeur de Baudouin (1216), en tout cas après la mort de l'impératrice Yolande de Flandre (1219).

RÉF. : A. Wallensköld, *Chansons de Conon de Béthune,* Paris, 1921. – R. Levy, *Le Symbole du saule chez Conon de Béthune,* 1936. – J. Longnon, *Les Compagnons de Villehardouin,* Genève, 1978.

CONRART Valentin. Grammairien. Né et mort à Paris : 1603 - 13 septembre 1675. Issu de la riche bourgeoisie protestante, il achète en 1627 une charge anoblissante de secrétaire du roi et se constitue un réseau d'amis et de clients. Des réunions qu'il tient chez lui à partir de 1629 avec Gombauld, Chapelain, Godeau, Malleville naît l'Académie française, dont il est nommé secrétaire perpétuel dès sa création en 1634. Reçu à l'hôtel de Rambouillet, ami de Mlle de Scudéry, il ignore le grec et le latin mais passe pour un des meilleurs connaisseurs de la langue française : Vaugelas et d'Ablancourt se soumettent aux remarques de ce puriste pour leurs traductions. Il ne publie presque rien, mais recopie dans son *Recueil* manuscrit de nombreux poèmes et documents de première importance et échange de nombreuses *Lettres* avec les écrivains de son temps.

ALAIN GÉNETIOT.

RÉF. : R. Kerviler et E. de Barthélemy, *V. Conrart,* 1881. – *Lettres à Lorenzo Magalotti,* éd. G. Berquet et J. P. Collinet, 1981. – A. Bourgoin, *V. Conrart,* 1883.

Conséquence. Du latin *consequentia* : « suite, succession ». Figure de pensée qui annonce la suite logique ou matérielle d'une idée, d'un fait. Avec l'infinitif, elle suggère seulement la possibilité de réalisation : « Et peux-tu conserver une âme assez hardie / Pour voir ce qu'à mon cœur coûte ta perfidie ? » (Corneille, *La Place Royale*), tandis que l'on met l'accent sur la réalisation de la conséquence grâce à l'indicatif : « Mais un maudit galant m'est venu brusquement / ... / par ses vains discours m'embarrasser de sorte / Qu'Angélique à son aide a su gagner la porte » (Corneille, *La Place Royale*). On emploie parfois le subjonctif, pour interpréter ou nier l'intensité. Elle désigne également la dernière partie d'un syllogisme, ou conclusion, toujours introduite par « donc ».

ARLETTE BOUÉ.

CONSTANT DE REBECQUE Benjamin Henri. Homme politique et écrivain français d'origine suisse. Né à Lausanne (Suisse) le 25 octobre 1767 ; mort à Paris le 10 décembre 1830. Son père, Juste de Constant de Rebecque, était un gentilhomme vaudois dont la famille, originaire de l'Artois, était venue s'établir en Suisse au XVIIe siècle pour y pratiquer librement la religion protestante ; sa mère, Henriette de Chandieu, descendait de huguenots français du Dauphiné. Ayant perdu sa mère de bonne heure, Benjamin Constant fut élevé par son père, capitaine dans un régiment suisse au service des Pays-Bas, qui le confia à de nombreux précepteurs généralement peu recommandables. Enfant très précoce, nerveux, impressionnable, avide de lectures, le jeune Benjamin était à douze ans un puits de science mais un esprit déséquilibré et mal fait. Envoyé à Oxford, puis à Erlangen, à Édimbourg enfin, il fut confié aux soins de l'académicien Suard qui lui fit connaître, à Paris, la haute société du temps. C'est à Paris que Constant, alors adolescent, eut une première liaison avec une femme mariée, Mme Johannot ; ce n'était que le commencement d'une série d'intrigues, les unes courtes, les autres fort longues, qui se succédèrent à partir de 1787. Qu'il s'agisse de Mme Trevor, de Mme de Charrière, de Mme Lindsay, et plus tard de Mme de Staël, c'est toujours le même schéma : la femme mûre, maternelle, un peu virile, éprise d'un adolescent – même à l'époque de Mme de Staël, Benjamin Constant était un adolescent vieilli – faible, féminin, incapable d'être fixé lui-même sur la sincérité des sentiments qui devaient l'amener aux actes les plus singuliers et les plus ridicules : crises de désespoir, menaces, supplications, suicides manqués. Il n'avait pas vingt ans qu'il commençait à travailler à une « histoire du polythéisme » qui devait, sous le titre *De la religion*, être l'œuvre de sa vie dont le dernier volume ne paraîtra qu'à titre posthume. Mais ce n'était pas ce travail qui devait donner à ce caractère instable une assise solide. Fréquentant à Paris les mauvais lieux, pris par la fièvre du jeu qui devait empoisonner toute son existence, en perpétuel déplacement, Benjamin Constant ne trouva un peu de calme que durant son séjour en Allemagne (1787-1794), où son père lui avait obtenu le poste de chambellan à la petite cour de Brunswick. Benjamin s'y ennuya ferme, s'afficha avec une comédienne et s'y maria avec une jeune Allemande, Wilhelmine von Cramm. Ce mariage fut malheureux et ne dura guère ; le divorce fut prononcé en 1795.

Dès 1794, Benjamin a rencontré en Suisse l'illustre Mme de Staël qui y vivait avec son père, Necker, et une cour turbulente d'anciens amants et de prétendants. Aussitôt, Constant fut sur les rangs et, bien qu'il ait fait d'abord mauvaise impression, il réussit à se faire agréer mais seulement après de nombreuses scènes fort pénibles. Ces amours qui durèrent quatorze ans ne furent qu'une longue suite de querelles, de brouilles et de raccommodements, Benjamin Constant ne souhaitant, surtout dans les dernières années, que d'être délivré de ces chaînes qui lui pesaient, mais implorant sa maîtresse dès qu'elle faisait mine de le quitter. Un moment, il crut qu'il allait jouer, à l'ombre de Mme de Staël, un rôle politique en France ; à l'instigation de son égérie, il venait de publier, sous le Directoire, *De la force du gouvernement actuel de la France et de la nécessité de s'y rallier* ; sous le Consulat, Bonaparte, après un long travail de sape de la part de Mme de Staël qui devait bientôt se rendre insupportable, consentit à nommer Benjamin Constant membre du Tribunat, mais, plutôt que d'accepter les avances fort claires du consul, Benjamin se drapa dans une dignité toute romaine et laissa passer sa chance. Elle ne se représentera plus de sitôt. Éliminé de l'Assemblée où il venait d'être élu, par le sénatus-consulte du 27 nivôse an X, il se trouva brusquement rendu à la vie privée. Le 8 juin 1796, Germaine de Staël mettait au monde une fille qui ressemblait fort à Benjamin Constant ; Albertine de Staël épousa sous la Restauration le duc Albert de Broglie. Désormais indésirable, Mme de Staël, devenue veuve, commença sa course errante à travers l'Europe, accompagnée de ses bagages, de sa cour et de Benjamin qui soupirait après sa liberté. C'est en 1806, à Genève, que Constant écrivit *Adolphe* (*), roman que l'auteur ne se décida à publier qu'en 1816 à Londres, et auquel il n'attacha jamais une importance extrême. Il est juste d'ajouter qu'*Adolphe* ne fut pas un succès de librairie ; on le lut dans un cercle restreint et on l'oublia vite. C'est seulement lorsque le roman d'analyse psychologique fut à la mode, à la fin du XIXe siècle, qu'*Adolphe* conquit un vaste public. Cependant, entre Germaine de Staël et Benjamin Constant les scènes se multipliaient, toujours en public, et Benjamin, définitivement lassé, croyait avoir enfin trouvé la femme de sa vie en la personne de Charlotte von Hardenberg, divorcée de M. von Marenholtz et présentement épouse d'un émigré français, le comte Dutertre. En 1808, Charlotte se rendit libre ; après avoir longtemps hésité, Benjamin Constant l'épousa en secret ; ce n'est que deux ans plus tard qu'il osa annoncer ce mariage à Germaine de Staël ou, plutôt, qu'il le lui fit annoncer par sa femme elle-même. C'est cette double union que peindra, non sans une certaine cruauté qui, d'ailleurs, s'en prend d'abord à Constant lui-même, le court récit autobiographique inachevé, *Cécile*, rédigé vers 1810.

Dès que le pouvoir impérial chancela, la carrière de Benjamin Constant commença. C'est encore à Mme de Staël qu'il dut de rentrer sur la scène. Lorsque celle-ci, en 1814, jugea opportun de se rapprocher de Bernadotte, prince héréditaire de Suède et qui parut pendant quelques semaines devoir jouer le premier rôle dans la France à demi occupée par les Alliés, elle entraîna avec elle son ancien amant. Mais, bien vite, leurs espoirs furent brutalement détrompés. Constant pensait, lui, à s'affirmer d'abord comme le théoricien du régime politique à venir et, coup sur coup, publiait, *De l'esprit de conquête*, virulent pamphlet antibonapartiste, puis les *Réflexions sur les institutions, la distribution des pouvoirs et des garanties dans une monarchie constitutionnelle* (1814) et *De la liberté des brochures, des pamphlets et des journaux considérée sous le rapport de l'intérêt du gouvernement* (1814). Ces libelles valurent à leur auteur, fixé à Paris et qui avait repris la particule, un grand succès. Accueilli dans les salons politiques, il s'y posait comme l'homme des idées libérales, ce qui le plaçait dès l'abord dans l'opposition. C'est au milieu de ces agitations et des calculs de l'ambition que Constant s'éprit soudain de Juliette Récamier : « Je passe la soirée chez Mme Récamier, et cette femme, avec qui j'ai vécu en Suisse, que j'ai vue en maintes occasions et de toutes les manières, qui ne m'a jamais fait aucune impression, me saisit tout à coup et m'inspire un sentiment violent. Suis-je fou ou bête ? Mais cela passera, j'espère », et le *Journal* de l'année 1814 est rempli de cet amour qui ne « passe » pas. C'est pour se faire agréer de Juliette que Benjamin se fait royaliste, qu'il assiste aux séances mystiques de Mme de Krüdener qui lui a promis que, grâce à elle, son rêve amoureux se réaliserait, mais la belle Juliette restera froide à ses avances. Cette folie passagère, accompagnée d'un renouveau de son goût pour le jeu, trouble ce cerveau politique. Et lorsque l'Empereur revient de l'île d'Elbe, Constant est devenu le soutien des Bourbons ; il y a presque de l'héroïsme dans l'article publié dans *Le Journal des débats*, peu avant l'événement : « Je n'irai pas, misérable transfuge, me traîner d'un pouvoir à l'autre, couvrir l'infamie par le sophisme et balbutier des mots profanés pour racheter une vie honteuse. » Puis c'est la débâcle, Constant sent sa vie menacée et s'enfuit ; lorsque l'Empereur annonce une constitution nouvelle, il se montre, est fort bien reçu par celui qu'il appelait un monstre, est chargé par lui de rédiger l'*Acte additionnel aux constitutions de l'Empire*. Lorsque survient Waterloo, Constant, poursuivi par les lettres atroces de Mme de Staël qui lui demande de rendre l'argent qu'il lui doit afin de doter leur fille, sent la terre se dérober sous ses pieds. Dès que s'est terminée l'épopée des Cent-Jours, il reprend un certain *Siège de Soissons,* poème antibonapartiste commencé autrefois à Göttingen ; ce qui ne l'empêchera pas, quelques années plus tard, de rendre justice aux tentatives libérales de l'Empereur dans ses *Mémoires sur les Cent-Jours*. Le triomphe des ultras contraint Constant à l'exil ; il retrouve enfin son épouse qui ne l'avait pas accompagné à Paris, et ils s'établissent tous deux en Angleterre en 1816. C'est là que sera publié *Adolphe.*

Après la dissolution de la Chambre introuvable, Benjamin, de retour à Paris, collabore à tous les journaux libéraux, au *Courrier français,* au *Constitutionnel,* au *Temps,* à *La Minerve française,* prononce sur la religion des conférences à l'Athénée, multiplie les brochures : *Des élections prochaines* et *Entretiens d'un électeur avec lui-même,* en 1817 ; *Des élections de 1818* et *Lettre à M. Odilon Barrot sur l'affaire Wilfrid-Regnault,* en 1818, et commence la publication du *Cours de politique constitutionnelle*, où se trouvent rassemblés presque toutes les brochures et tous les pamphlets parus depuis le Directoire. L'œuvre constitue en quelque manière le manifeste du parti modéré et progressiste, en qui Constant voyait l'instrument idéal de la mise en application des idées de la bourgeoisie libérale qu'il représentait. Enfin, en 1819, Benjamin réussit à se faire élire député de la Sarthe. Il a cinquante-deux ans, il ne lui reste plus que onze ans à vivre mais, dans ce court laps de temps, il va enfin jouer le rôle auquel il s'était senti destiné depuis la jeunesse et qui, à plusieurs reprises, lui avait échappé de peu. Dès le début de sa nouvelle carrière, à propos des débats sur la presse, son attitude se définit et se précise, et le pamphlétaire s'affirme aussitôt comme un grand parlementaire, à l'aise surtout dans la discussion, dans les débats. Mais les désordres de sa vie privée nuisent à son autorité ; c'est par là qu'il prête le flanc à ses adversaires, il en prend son parti et scandalise. Vivement attaqué à droite – il manque d'être victime d'un attentat au moment de la réaction qui suit l'assassinat du duc de Berry –, Benjamin Constant n'en demeure pas moins fidèle à la monarchie tout en contribuant par ses interventions à la Chambre et ses courts ouvrages, recueillis en particulier dans les *Mélanges de littérature et de politique*, à créer dans l'opinion publique ce courant libéral à qui reviendra le pouvoir après la Restauration. Aussi sa popularité est-elle immense ; il connaît la griserie des acclamations, la jeunesse des écoles lui fait fête partout où il se rend. Au moment où les ordonnances des ministres de Charles X vont déclencher la révolution de Juillet, il est, avec La Fayette, l'homme le plus populaire de la gauche. Seuls son état de santé et l'opposition plus ou moins avouée de son entourage l'empêcheront d'occuper, au cours des journées révolutionnaires, la place qui semblait devoir lui revenir. Lorsque la révolution éclate, il est absent de Paris ; couvert de dettes, pressé par ses créanciers, il se repose à la campagne auprès de sa femme, à laquelle il est – depuis la mort de Germaine de Staël (1817) et la fin de son aventure manquée avec Juliette Récamier – enfin fidèle, et qui le précédera dans la tombe. Louis-Philippe se montre généreux et le tribun libéral plein de dignité. Il reprend sa place sur les bancs de l'opposition, prend une part prépondérante à de nouveaux débats sur la presse, et meurt le 10 décembre 1830. Ses obsèques officielles sont l'occasion d'une vaste manifestation populaire, le menu peuple de Paris est venu honorer en lui l'homme des idées nouvelles.

Depuis sa mort, la gloire de Benjamin Constant n'a cessé de grandir ; considéré d'abord comme un profond penseur politique – surtout sous le second Empire –, puis, à partir des années 1880, comme le créateur du roman psychologique moderne, Benjamin Constant a vu croître son prestige et son public avec les publications du *Cahier rouge* et de son *Journal intime*, celui-ci de plus en plus complet d'une édition à l'autre, où sa personnalité complexe et contradictoire, singulière et singulièrement moderne, apparaît sous une lumière sans indulgence. Cet intérêt pour la personne de Benjamin Constant se manifesta également par la parution, à la fin du XIXᵉ siècle, d'une grande partie de sa *Correspondance : Lettres à Mme Récamier* (1882), *Lettres à sa famille* (1885), *Lettre à Mme de Charrière* (1894). C'est également à titre posthume qu'avaient vu le jour les ouvrages auxquels il tenait le plus : le dernier tome du traité *De la religion* (1831) et *Du polythéisme romain considéré dans ses rapports avec la philosophie grecque et la religion chrétienne* (1833).

JACQUES BROSSE.

♦ « *Ce n'est que comparé à lui-même qu'on sent tout ce qui lui manque.* » Sismondi. ♦ « ... *Benjamin Constant est le Suisse le plus Français qui ait jamais été.* » Sainte-Beuve. ♦ « *La magnifique vertu de la nature de Benjamin Constant, si incohérente d'autre part et si troublée, fut la plus complète bonne foi avec les autres et, ce qui est plus extraordinaire encore, avec soi-même.* » Paul Bourget. ♦ « *J'aime surtout Benjamin Constant parce qu'il vivait dans la poussière desséchante de ses idées, sans jamais respirer la nature, et qu'il mettait sa volupté à surveiller ironiquement son âme si fine et si misérable.* » M. Barrès. ♦ « ... *Et ce n'est pas pour un être pensant un spectacle indifférent que le portrait de cet homme qui désirait les orages et qui, conduit par les passions, par l'ennui, l'ambition, le hasard, à la vie publique, professa la liberté sans y croire.* » A. France. ♦ « *Benjamin Constant fut de ces hommes à qui le public ne marchande pas l'admiration, et qui n'obtiennent jamais pleinement sa confiance et son respect.* » G. Lanson. ♦ « *Il vécut plusieurs vies, il les manqua toutes, et ne réussit en somme que son enterrement* [...] *Il valait mieux que sa réputation, il valait même mieux que ses actes.* » L. Dumont-Wilden. ♦ « *La noblesse suprême de Benjamin Constant, c'est d'inclure les sentiments eux-mêmes dans ce domaine de la responsabilité qui n'inclut d'ordinaire que les actes... C'est, lorsqu'en lui le sentiment s'interrompt, décroît ou meurt, de s'éprouver non seulement responsable, mais coupable de ne plus sentir.* » Charles Du Bos.

RÉF. : Coulman, *Notice sur Benjamin Constant,* 1831. – Mme de Staël, *Dix années d'exil.* – Ph. Godet, *Mme de Charrière et ses amis,* 1906. – G. Rudler, *La Jeunesse de Benjamin Constant,* 1909. – E. Herriot, *Mme Récamier et ses amis,* 1924. – L. Dumont-Wilden, *Vie de Benjamin Constant,* 1930. – Ch. Du Bos, *Grandeur et misère de Benjamin Constant,* 1946. – A. de Kerchove, *Benjamin Constant ou le Libertin sentimental,* 1950. – G. Poulet, *Benjamin Constant par lui-même,* 1968. – K. Kloocke, *Benjamin Constant, une biographie intellectuelle,* 1984. – L. Girard, *Les Libéraux français (1815-1875),* 1986. – P. Pachet, *Les Baromètres de l'âme : naissance du journal intime*, Paris, 1990.

Conte. À l'origine, le conte est un récit oral hérité de la tradition et qui se donne comme une fiction intentionnelle, puisque l'incipit « il était une fois » ouvre les portes d'un autre monde. Tissé de paroles et de silences, de mimiques et de gestes, de lumière et d'obscurité, le récit séculaire crée un véritable cercle magique autour du conteur, qui se veut caisse de résonance pour une parole venue d'ailleurs et plus anciennement vivante que lui. Lorsque l'adaptateur savant rassemble les contes en un recueil, il s'attache à recréer le cercle par la fiction d'une histoire-cadre (*Les Mille et Une Nuits*) ou d'une société conteuse (*Le Décaméron*). Mais qu'advient-il du conte lui-même quand il entre en littérature?

Les personnages que met en scène le conte traditionnel apparaissent comme des « fonctionnaires », c'est-à-dire des « supports de fonctions », selon le mot de Claude Brémond. Le roi et la princesse, l'ogre et la fée sont des figures sans épaisseur, comme celles du jeu de cartes ou du théâtre d'ombres. « Non des élans intérieurs mais des causes extérieures meuvent et font avancer les personnages du conte », écrit Max Lüthi. À chacun des protagonistes correspond une sphère d'actions bien plus qu'un caractère. Mais cette ignorance où nous sommes de ce qui se joue au cœur des êtres représente une force, en ce qu'elle favorise toutes les projections.

Dans sa peinture des personnages, l'adaptateur savant est tenté d'introduire des notations psychologiques qui demeurent étrangères à la tradition orale. Si la Belle se perce la main d'un fuseau, dans la version de Perrault, c'est parce qu'elle est « fort vive, un peu étourdie » ; dans celle des frères Grimm, c'est parce qu'elle aspire à voir danser le fuseau. Ces adjonctions participent, on le voit, d'une rationalisation qui constitue déjà une lecture du conte.

Alors que, dans la tradition orale, les animaux, les plantes, les objets sont des acteurs à part entière au même titre que les hommes, puisque le récit met en scène toute la création, le conte merveilleux apparaît bien souvent dans ses versions littéraires comme un récit humanisé. Se souvient-on par exemple que, dans la tradition orale, le rôle de sœur Anne sur sa tour solitaire est tenu par un chien, que la Cendrillon de Basile est chatte au moins par son surnom (motif que l'on retrouve dans certaines versions occitanes), que la grand- mère du Petit Chaperon rouge est, dans la bouche des conteurs, tout aussi sauvage et velue que le loup des grands bois, un peu loup elle-même ? Le conte littéraire nous propose surtout des acteurs à visage humain, ce qui réduit bien sûr sa part de mystère.

En ce qui concerne la trame narrative issue de la mémoire collective, celle-ci est dans le cas du conte suffisamment stable pour s'être inscrite dans des récits divers. C'est même cette stabilité qui définit la notion de conte type sur laquelle repose la classification Aarne- Thompson, une « ornière traditionnelle » que la parole conteuse emprunte sans s'y enliser jamais. L'architecture du conte n'est généralement pas bouleversée par les adaptateurs qui veulent se faire l'écho des voix antérieures. En revanche, ces derniers choisissent parfois d'associer des contes et des séquences, procédant ainsi à des mariages inattendus. Dans le choix des attributs physiques ou vestimentaires des héros comme dans l'évocation d'un climat, d'un décor, la liberté de l'adaptateur se fait plus grande encore.

Mais cette liberté que revendique avec force un Henri Pourrat lorsqu'il entreprend de restaurer les contes populaires afin de leur rendre « verdeur et vie » n'est-elle pas celle du conteur doué, artiste à part entière, dont la création éphémère reflète toutes les circonstances de son énonciation ? Le conte traditionnel, en dépit de sa trame fixée par la tradition, participe d'une littérature orale mouvante en ce que l'instinct de variation du conteur donne à chaque récit les couleurs d'un instant unique.

Cela dit, la liberté du conteur est une liberté surveillée. L'auditoire – adulte ou enfantin – est dans l'attente d'une histoire qu'il connaît, qu'il contrôle et parfois anticipe. L'adaptateur savant bénéficie d'une liberté beaucoup plus grande dans le traitement des motifs des contes populaires. Ainsi vont être censurés des éléments contraires à l'idée que l'auteur se fait de son époque ou à son équation personnelle. Ni Perrault ni les frères Grimm ne transcrivent le repas cannibale du Petit Chaperon rouge mangeant la chair, buvant le sang de sa grand-mère, le strip-tease de la fillette devant le loup concupiscent et son triomphe lorsqu'elle s'échappe grâce à une ruse scatologique. Tous ces motifs sont pourtant fortement ancrés dans la tradition orale. À l'inverse, certaines adjonctions littéraires visent à enraciner le conte dans un espace et une époque. Comme le souligne Marc Soriano, « il n'existe pas d'incompatibilité entre le maintien des contes populaires et leur historicité ».

Claude Lévi-Strauss évoque à propos du conte l'image d'un « satellite sans planète susceptible de se laisser capter par d'autres pôles d'attraction ». Ainsi le conte merveilleux porte-t-il en lui-même la possibilité d'une déviation vers la facétie – l'ironie de Charles Perrault désamorce souvent le merveilleux de l'intérieur. Un autre infléchissement possible du conte merveilleux est la dramatisation. On substitue alors aux ressorts magiques des actions humaines qui sous-tendent un développement dramatique. Ainsi, plus rien de merveilleux dans le Barbe-Bleue de Perrault, si ce n'est cette clef dont le sang ne s'efface pas. Enfin, certains adaptateurs sont tentés d'assigner à la lutte du héros contre l'agresseur une sursignification chrétiennne — c'est le cas d'Henri Pourrat. Or, dans le conte traditionnel, souligne Marie-Louise Tenèze, « Dieu n'a pas besoin d'être sollicité pour mettre le monde en ordre ».

Ces quelques glissements ne sont rendus possibles que par une déperdition de sens. Dans les sociétés traditionnelles, le conte présentait un caractère fonctionnel. Il offrait tout à la fois une mémoire, une morale, un système d'explication du monde et des chemins d'initiation. Aujourd'hui, le conte ne suscite souvent qu'un plaisir d'ordre esthétique, l'acceptation d'un texte dont le sens est perdu.

Ces vieux récits transmis de génération en génération sont pourtant notre source vive. Qu'ils aient pu traverser les siècles par la force du bouche à oreille dit assez leur nécessité.

BERNADETTE BRICOUT.

Contemplations (Les). Recueil de poèmes de Victor Hugo (1802-1885). C'est, avec *La Légende des siècles* (*), l'œuvre poétique maîtresse de l'auteur. L'ouvrage, publié en 1856, c'est-à-dire bien après *Les Feuilles d'automne*, *Les Chants du crépuscule*, *Les Voix intérieures*, et *Les Rayons et les Ombres* (qui remontent à la période 1830-1840), ne manque cependant pas d'analogies avec ces derniers. Il reprend et développe des thèmes identiques, mais avec plus de maîtrise et avec cette énergie farouche que le poète acquit dans son exil solitaire à Jersey. Les dix mille vers des *Contemplations* ont été écrits, pour la plupart, au cours des cinq années qui précédèrent leur publication ; mais Hugo, qui voulait donner à son recueil l'apparence d'un journal de son âge mûr, a antidaté maints poèmes. Le livre est divisé en deux parties de trois livres chacune : la première, « Autrefois » (1830- 1843), comprend : Livre I, « Aurore » — Livre II, « L'Âme en fleur » — Livre III, « Les Luttes et les Rêves » : la seconde, « Aujourd'hui » (1843-1855) : Livre IV, « Pauca mese » — Livre V, « En marche » — Livre VI, « Au bord de l'infini ». Ces deux parties, « un abîme les sépare, le tombeau », nous dit le poète dans sa Préface. Ce tombeau est celui où reposent, à Villequier, sa fille Léopoldine et son gendre.

Dans ces poèmes, il n'est guère fait allusion à la politique ni aux questions sociales ; sur ce point, le poète a préféré livrer sa pensée dans ses romans et dans *Les Châtiments* (*) ; on y retrouve les sujets chers à Hugo : merveilleuses visions de la nature, poèmes d'amour, dialogues avec les hommes ou les choses, souvenirs d'enfance et de jeunesse. Nombreuses sont les poésies demeurées célèbres : « Le Firmament est plein de la vaste clarté », « La Vie aux champs », « Vere novo », « À Granville », « Vieille chanson du jeune temps », « Paroles dans l'ombre », « La Source »... C'est du meilleur Hugo ; à noter également le splendide poème inspiré par la mort de sa fille : « À Villequier ». C'est là qu'on trouvera également la célèbre « Réponse à un acte d'accusation », où il définit sa position de poète romantique. À présent, le dessin des poèmes est plus soigné, les images cessent d'être estompées et acquièrent une précision remarquable ; on devine que le poète a profité de l'exemple de ses anciens disciples : Gautier — v. *Émaux et Camées* (*) —, Théodore de Banville et Leconte de Lisle — v. *Odes funambulesques* (*) et *Poèmes antiques*. Mais ce qu'il y a de plus caractéristique, c'est que l'auteur s'abandonne à la magie du verbe et tend de plus en plus à diviniser son art, à considérer comme d'authentiques révélations de la vérité suprême les maximes, les images qui naissent, innombrables, du feu de son inspiration. Dès les premières pages, dans la célèbre « Suite », il proclame cette déification de la parole : « Car le Mot c'est le Verbe, et le Verbe c'est Dieu ». Sur ce chemin, « le prince de la parole » rencontre le poète de la patrie ; l'artiste génial devient un visionnaire apocalyptique. Poème après poème, Victor Hugo se compose une figure de prophète ; dans la solitude farouche de son île déserte, face aux éléments déchaînés, il vit en pleine union avec la mer et le ciel, avec le passé et le présent, avec les morts et les vivants, avec le chaos et la divinité, avec la vérité et l'erreur, avec le bien et le mal en lutte dans son cœur comme dans l'univers. Dans « Ibo », par exemple, aux vers iambiques, vigoureux et comme haletants, Hugo s'élance vers « l'infini » de la création, part à la recherche de la vérité suprême coïncidant avec le néant éternel. « Les Mages » le montrent prenant place parmi les prophètes de l'humanité, héros de la pensée et de l'art, « gladiateurs de Dieu ». « Ce que dit la bouche d'ombre » dans ses huit cents vers est une sorte de Genèse, un traité « De rerum natura » aux prétentions théologiques et morales : Hugo fait parler les éléments et fait place à toutes les religions, à toutes les croyances humaines y compris la métempsycose. « À celle qui est restée en France » est le titre de la dernière pièce des *Contemplations ;* en dédiant son œuvre entière à sa fille morte, le poète trouve des accents d'un pathétique poignant et profondément humain.

Dans l'ensemble, la valeur du recueil est inégale : la poésie la plus achevée, au sens le plus haut, alterne avec des élans déclamatoires, brillants certes, mais emphatiques. *Les Contemplations* demeurent un monument littéraire original et puissant ; c'est la première tentative en vue d'élever la poésie au rang de religion, de faire de l'inspiration un moyen d'atteindre, de façon absolue, les vérités suprêmes que la simple raison ne saurait saisir. C'est à juste titre que Rimbaud nommera Hugo « le premier des voyants ». Enfin tout le surréalisme peut reconnaître en lui, à travers son art brillant et vigoureux (que l'on a trop souvent jugé superficiel), son premier initiateur et son premier maître.

Contes cruels. Volume de contes, publié en 1883, de Villiers de L'Isle-Adam (1838-1889). On n'a pas manqué de rapprocher Villiers de

L'Isle-Adam des romantiques allemands et d'Edgar Poe. Il est certain qu'il a subi leur influence, mais son œuvre reste fortement originale et au moins, dans le domaine de la littérature française, sans équivalent, sinon peut-être l'œuvre de Gérard de Nerval. Les personnages dont Villiers écrit l'histoire vivent tous dans une atmosphère bizarre, souvent morbide, où le rêve, les communications mystérieuses, l'appréhension de la mort, se mêlent à la vie. Dans le premier conte de ce recueil, « Véra », le rêve est plus réel que la mort, puisque Véra continuera à vivre dans le souvenir de son amant, jusqu'au jour où celui-ci la verra morte en rêve. Le repliement sur soi-même s'exprime symboliquement dans « L'Inconnue », où l'héroïne, qui est sourde, entend toutefois les paroles de l'âme ; elle renoncera à l'amour car elle craint que son infirmité ne le gâte. « L'Intersigne » est consacré aux présages menaçants et aux appréhensions qui précèdent la mort, et qui se distinguent si peu de la vie de celui qui en est hanté qu'on ne sait plus s'ils ne provoquent pas la mort qu'ils annoncent. Le titre du recueil est encore plus nettement justifié par le conte suivant : « Le Convive des dernières fêtes », où un grand seigneur sadique n'a pas de plus grand plaisir que de prendre la place du bourreau lors des exécutions capitales. Vient ensuite l'histoire des « Demoiselles de Bienfilâtre », où l'ironie se mêle aux terribles malédictions du destin : deux sœurs réussissent sans déroger à entretenir leurs vieux parents en travaillant en secret, de nuit, au plus vieux métier du monde, mais l'une d'elles, tombée amoureuse d'un jeune homme, se donne et meurt pour avoir ainsi manqué à son devoir. Si, au début de ce recueil, l'influence d'Edgar Poe est particulièrement nette, Villiers réussit ensuite à créer une atmosphère très nouvelle et très personnelle.

Nouveaux Contes cruels, publiés en 1888, sont d'une inspiration toute proche des *Contes cruels*, mais l'atmosphère y devient de plus en plus irrespirable, et les sentiments qui animaient les premiers se retrouvent ici avec une violence accrue et poussée à l'extrême. L'amour, qui survivait à la mort dans « Véra », dépasse ici la vie et ne se laisse pas atteindre par la réalité ; il reste le privilège secret de ceux qui aiment dans « L'Amour sublime » ; de même dans « La Torture par l'espérance », le sadisme du « Convive des dernières fêtes » se dématérialise et devient une torture mentale dans l'histoire du Juif dont le tribunal de Saragosse entretient l'espoir d'une évasion impossible ; enfin, dans un mode moins tragique, on retrouve l'ironie des « Demoiselles de Bienfilâtre » dans la nouvelle « Les Amies de pension ».

Les *Histoires insolites*, publiées la même année que les *Nouveaux Contes cruels*, se déroulent dans un climat plus détendu, à l'exception des « Amants de Tolède » où Villiers fait revivre une Espagne imaginaire du temps de l'Inquisition, avec l'atroce histoire des deux amants que le tribunal détache de l'amour sensuel en provoquant en eux la plus horrible satiété. Par contre, « La Maison du bonheur » est un hymne à l'amour et au bonheur dans un cadre lumineux mais irréel. Le problème du dernier instant et des appréhensions mystérieuses qui le précèdent reparaît, mais cette fois la terreur est atténuée par l'ironie du ton dans « Ce Mahoin ! » et dans « Les Phantasmes de M. Redoux ».

Les mêmes thèmes se retrouvent dans un court recueil de 1886 : *L'Amour suprême*. Dans le conte qui donne son titre au livre, la conception de l'amour de Villiers s'est épurée et atteint son point culminant : le véritable amour est l'amour divin qui embrase l'âme de la jeune héroïne de cette histoire et la conduit chez les Carmélites. Enfin, on retrouve ici la préoccupation de l'instant qui précède la mort dans les deux autres nouvelles qui composent ce recueil : « Le Secret de la potence » et « L'Instant de Dieu ».

Visionnaire exalté et romantique exubérant, tantôt Villiers se complaît dans l'horrible ou le macabre, tantôt il s'amuse à mystifier le lecteur par un humour inquiétant ; tantôt enfin il évoque une atmosphère d'une grande sérénité, mais toujours il décrit un monde qui n'appartient qu'à lui. Son style, parfois emphatique, est le plus souvent d'une pureté et d'une beauté admirables.

Contes de Charles Perrault. Réunion posthume (1781) de deux séries de brefs récits (de quelques lignes à quelques pages) merveilleux et horrifiques, l'une en vers et l'autre en prose, respectivement constituées en 1694 (R. Zuber) et en 1697, par leur auteur, chef de file des Modernes, Charles Perrault (1628-1703). Bien que tardif, ce regroupement d'histoires accomplit le dessein de l'auteur qui soulignait, dès 1694 (Préface), l'unité de ces onze textes écrits entre 1691 et 1695 ; de fait, il met en relief, derrière la pittoresque variété de leurs éléments narratifs ou formels, la constante des intrigues familiales.

La première série, intitulée *Contes en vers*, réunit, après la Préface de 1694, *Griselidis* (nouvelle à coloration pastorale et sans féerie, lue à l'Académie française en 1691, sous le titre de *La Marquise de Salusses ou la Patience de Griselidis*) et sa lettre de défense, à deux contes où intervient le surnaturel, mythologique dans *Les Souhaits ridicules* (paru dans *Le Mercure galant* en 1693) et féerique dans *Peau d'âne*, dont c'est l'édition originale. Dans *Griselidis*, un prince mysogine rencontre une bergère douée de qualités physiques et morales telles qu'il tombe amoureux et l'épouse. Puis il la met à l'épreuve – après qu'elle lui a donné une fille, il la lui retire et la déclare morte, répudie Griselidis et feint de chercher à se remarier. Comme elle accepte tout, il la restaure dans la dignité de son statut et lui révèle que loin d'être morte, leur fille, qu'il mettait parallèlement à l'épreuve, va se marier avec le fils d'un roi.

Dans *Peau d'âne,* une princesse orpheline de mère, que son père veut épouser, échappe à son sort, grâce à sa fée marraine en renonçant aux apparences de sa qualité. Elle séduit néanmoins le fils d'un roi. Son père, invité au mariage, s'en montre satisfait. Dans *Les Souhaits ridicules,* un mari, pauvre et sans enfant, qui désirait mourir, se voit offrir par Jupiter ce qui pourrait le rendre heureux. Mais sa femme et lui utilisent mal cette possibilité et ne changent rien à leur sort.

Un manuscrit de *Contes de ma mère Loye,* dédié en 1695 par « P. P. » (Pierre Perrault, le fils de Charles), « À Mademoiselle » (fille de Philippe d'Orléans) en des termes qui reprennent les éléments majeurs de la Préface de 1694, comportait *La Belle au bois dormant* (une version à la tonalité plus mondaine sera donnée au *Mercure galant* en 1696), *Le Petit Chaperon rouge, La Barbe bleue, Le Maître Chat ou le Chat botté ;* il est le noyau d'une deuxième série, imprimée en 1697. Celle-ci, ornée d'un frontispice global et ouverte par l'épître dédicatoire du manuscrit, ajoute *Les Fées, Cendrillon ou la Petite Pantoufle de verre, Riquet à la houppe* et *Le Petit Poucet* aux contes précédents ; chacun y est illustré d'une vignette. Formellement, l'ensemble paraît plus homogène que celui des *Contes en vers :* toutes les histoires, sauf *La Barbe bleue*, se définissent comme des « contes » (cf. les sous-titres) ; *Le Maître Chat* mis à part, elles reprennent toutes la formule initiale traditionnelle « il était une fois », et toutes se terminent par une, voire deux, moralités en vers.

Dans *La Belle au bois dormant,* la fille unique d'un roi et d'une reine échappe, grâce à une fée marraine, à la mort que lui prédit une vieille fée que ses parents avaient offensée. Elle séduit, après cent ans d'enchantement, le fils d'un roi et d'une ogresse qui l'épouse et lui donne deux enfants. Après avoir en vain tenté de dévorer belle-fille et petits-enfants, l'ogresse se suicide. *Le Petit Chaperon rouge* raconte l'histoire d'une petite fille ignorante des dangers du monde. Elle est envoyée par sa mère chez sa grand-mère malade, de l'autre côté de la forêt. D'abord protégée par des bûcherons du loup qu'elle y rencontre, elle est dévorée, chez sa mère-grand, par le même loup, qui a avalé cette dernière et pris son apparence. Dans *La Barbe bleue,* la fille cadette d'une veuve, ayant accepté d'épouser un homme riche mais laid, et déjà plusieurs fois marié, trahit sa confiance et encourt sa vengeance. Sauvée par ses frères, qui tuent le mari, elle hérite de lui, marie sa sœur, installe ses frères et se remarie elle-même. Dans *Le Maître Chat ou le Chat botté,* le fils cadet d'un pauvre meunier, orphelin et n'ayant hérité que d'un chat, épouse, grâce à la magie de ce dernier, la fille d'un roi. Les deux frères aînés qui avaient hérité des biens matériels du meunier n'arrivent à rien. Dans *Les Fées,* la fille cadette, belle et polie, d'une veuve dont elle est le souffre-douleur, reçoit d'une fée la dot qui lui permettra d'épouser le fils d'un roi ; sa sœur aînée, laide, jalouse et mal polie, est sanctionnée par la même fée et finit par mourir seule, abandonnée par sa propre mère. *Cendrillon :* issue du premier mariage de son père, elle est le souffre-douleur de sa belle-mère et de ses demi-sœurs, dont elle est la cadette. Grâce à sa fée marraine, elle obtient les moyens d'aller à un bal où elle séduit le fils du roi, qui l'épouse. Elle marie aussitôt ses deux aînées. *Riquet à la houppe* raconte l'histoire d'un prince laid mais intelligent et d'une princesse belle mais sotte, qui grâce au don d'une fée (ou à leur amour) peuvent se donner ce qui leur manque et se marient. La sœur cadette de la princesse, belle mais sotte, auprès de qui la fée n'est pas intervenue, ne se marie pas. Dans *Le Petit Poucet,* le cadet mal aimé d'une famille de sept garçons dont les parents, pauvres, veulent se débarrasser, réussit, grâce à sa ruse, à éviter la mort à tous ses frères, puis, grâce aux bottes magiques d'un ogre, à rentrer chez lui couvert des biens dudit ogre, à trouver un emploi enrichissant à la cour et à titrer ses frères.

Comme la vie et l'œuvre de Charles Perrault sont dominées par une réflexion classique, sur l'ordre du monde et son sens, cette jonglerie sur des thèmes infantiles produite par un vieil homme laisse d'abord croire à une activité purement récréative dont il se dédouanerait, au moins pour la partie la « moins justifiable », celle des contes en prose, en en déléguant la paternité à son fils. Or il n'en est rien et les contes, en vers ou en prose, ont leur place, d'abord au cœur de la méditation de l'homme dont ils sont l'expression d'autant plus achevée qu'elle est plus « naïve », celle que l'on atteint après les dissertations abstraites et qui permet l'exposé de « vérités solides et dénuées de tous agréments [...] dans des récits agréables », assurément plus utile au fonctionnement de l'ordre social que lesdites dissertations ; ensuite, parmi les préoccupations de leur époque, dans la lignée d'une interrogation nouvelle sur les savoirs coutumiers et la valeur des métaphores populaires. De fait, ces contes accompagnent l'interrogation sur le sens et la transmission du savoir qui tisse la trame de la querelle des Anciens et des Modernes et qu'avait déjà soulevée, à leur manière, par exemple Pierre Daniel Huet (*Traité sur l'origine des romans,* 1669) ou Jean de La Fontaine (*Contes*, 1664-74 et *Fables* (*), 1668-93).

Tous les récits portent sur le destin d'une famille, emblème de la société réduite à ses rouages fondateurs, l'alliance et la filiation, de façon à ce que soit posée la question de ce qui est à leur croisement, de manière explicite (l'enfant) et implicite (l'avenir et le renouveau de la famille). Chaque conte est ainsi ordonné à tester les divers cas de fonctionnement de la structure familiale — sans enfant *(Les Souhaits ridicules)* ou avec enfants (jusqu'à sept dans *Le Petit Poucet*) ; à la même génération ou sur deux *(Le Petit Chaperon rouge),* voire trois générations *(La Belle au bois dormant, Griselidis)* ; avec un ou deux parents, mariés ou remariés, ou bien muni d'une parentèle sur plusieurs générations (le Petit Chaperon rouge a mère et grand-mère), etc. – Et tandis que le merveilleux permet d'en exploiter toutes les potentialités et confère au conte une efficacité exceptionnelle, un enjouement mondain voile pudiquement la rigueur pédagogique. Le constat que dresse Perrault est alors double : si la reproduction et la restauration du modèle familial sont de Nature, elles ne s'effectuent jamais de façon normale (la famille du Petit Poucet dans laquelle il y a « tant d'enfants en si peu de temps » fournit un écho inverse à celle de la Belle au bois dormant par exemple, dont les parents « étaient si fâchés de n'avoir point d'enfants », etc.). Quant aux enfants – les héros –, ils ne répondent jamais non plus à un type d'enfant « normal » ; leurs qualités positives ou négatives s'avèrent toujours sans exemple (Riquet à la houppe, par exemple, est « si laid et si mal fait qu'on douta longtemps s'il avait forme humaine ») ; et quand, a contrario, ils semblent entrer dans une « norme », ils sont destinés à mourir tels les frères de Poucet réduits à eux-mêmes. Ainsi, les *Contes* révèlent-ils que jamais la famille ne suit ce que l'on pouvait supposer être son économie naturelle et que la dynamique d'ordre dont elle est le dépositaire n'est que de principe.

Perrault montre en effet que le seul fait d'aller dans le sens de la structure familiale en formulant avec précision ce qui doit être pratiqué revient à pervertir son fonctionnement effectif ; l'identification de l'enfant comme tel, avec ses caractères de faiblesse, d'impuissance et de mutisme (cf. par excellence le Petit Poucet ou le Petit Chaperon rouge) lui rend impossible l'acquisition naturelle des conditions d'un ordre adulte de l'épanouissement et de la parole. Les *Contes* élargissent alors le message aux règles de la vie sociale et montrent que celle-ci, apparemment fondée sur la définition des droits de chacun, ne peut en réalité reposer que sur le renoncement à l'expression de ces droits au profit d'une attitude intérieure et librement consentie du don de ses biens et, à terme, de sa personne aux autres membres du corps social : le premier acte de Cendrillon, épouse du prince, est de loger au palais puis de marier ses deux chipies de sœurs, tout comme celui de l'héroïne de *La Barbe bleue,* une fois débarrassée de son époux, est d'installer ses frères et de marier sa sœur, avant même de penser à elle, etc. L'enseignement ultime des *Contes* revient donc à proposer une retranscription en creux des valeurs sociales puisque l'ordre n'est pas plus donné qu'il n'est à définir, toujours à atteindre et en puissance. Il est donc tout au plus possible d'en suggérer les voies par des paroles enfantines sur le don et le sacrifice de soi, en commençant par donner la parole, même fictivement, à son propre fils et en considérant le public mondain auquel on s'adresse comme des enfants, c'est-à-dire, en clair, comme les seuls aptes à faire tourner la société.

Se fondant sur la Préface de 1694 qui signale que les *Contes* ont été composés à partir de traditions orales, la recherche des sources est allée bon train : les folkloristes ont tenté de remonter la piste du corpus des contes populaires français, mais sans parvenir à identifier avec certitude des originaux ou à savoir comment Perrault les aurait connus. À défaut, l'on s'est alors interrogé sur des sources d'inspiration moins directes : mythologie védique, druidique, etc., qui conduisirent à voir des rapports entre les ogresses et les « lamies » antiques, les beaux-frères de *La Barbe bleue* et les Acvins védiques, *La Belle au bois dormant* et un mythe solaire, etc. Mais, outre que ces rapprochements invitent à la prudence, ils sont sans rapport avec l'esprit du projet de Perrault ; et tout au plus, si l'on tient à rester dans cette logique, pourrait-on s'interroger sur une logique de recréation collective, une « mode des contes de fées » autour de la décennie 1695-1705 qui vit la publication de plusieurs centaines de contes, sous la signature de Mme d'Aulnoy, Mlle Lhéritier (nièce de Charles Perrault), Catherine Bernard, etc.

À titre d'illustration de l'intérêt hypothétique et limité d'une recherche des sources, on retiendra l'exemple de *Griselidis :* ce conte de Perrault semble avoir sa source littéraire initiale dans le *Décaméron* (X, 10), mais une version latine en est donnée par Pétrarque (1374) et une traduction ainsi que de nombreuses adaptations circulent tout au long des XVe et XVIe siècles sous le titre de *La Patience de Griselidis.* Son histoire est même associée à celle de vie de saints et l'on peut estimer que c'est à ce titre que Perrault en eut connaissance. Il faudrait répéter l'exercice pour chaque histoire ! De surcroît, comme la plupart des *Contes* de Perrault se retrouve par exemple chez les frères Grimm (1785-1863), au moins dans leur première édition des *Contes* (*La Belle au bois dormant, Dornröschen, La Barbe bleue, Blaubart, Cendrillon,* etc.), ou ont été mis en musique – *La Belle au bois dormant* et *Cendrillon* par Michel Henri Carafa de Colobrano (1787-1872), Louis Hérold, 1829, Tchaïkovski (1890) ou encore Respighi (1920) –, il faut admettre l'existence d'un patrimoine commun au-delà duquel, bien évidemment, se trouve le sens des *Contes* de Perrault.

F. N.-D.

Contre-rejet. Procédé rythmique par lequel on anticipe, à la fin d'un vers ou d'un hémistiche, un groupe verbal du vers ou de l'hémistiche suivant, afin de mettre en valeur le mot ainsi anticipé. Comme le rejet et l'enjambement, le contre-rejet est un phénomène de discordance entre le mètre et la syntaxe ou le sens. On distingue le contre-rejet interne (d'hémistiche à hémistiche) : « Je meurs plus tard : *voilà* // tout le fruit de ma feinte. » (Racine), du contre-rejet externe (d'un vers sur l'autre) ; « Souvenir, souvenir, que me veux-tu ? L'automne // Faisait voler la grive à travers l'air atone » (Verlaine).

CHRISTIAN DOUMET.

Contrerimes (Les). Publié après sa mort, en 1921, ce mince volume rassemble l'essentiel de l'œuvre poétique de Paul-Jean Toulet (1867-1920). Dès 1913, Toulet avait entrepris, sans hâte, de publier cet ensemble de courts poèmes. Francis Carco (qui allait publier à la fin de cette même année un numéro spécial de la revue *Vers et Prose* consacré aux poètes « fantaisistes », qui avaient fait de Toulet leur maître) avait désiré inaugurer une collection poétique, dite des « Cinq » et avait successivement pressenti Tristan Derème et Paul-Jean Toulet afin qu'ils lui remissent un manuscrit. Toulet fit effort pour rassembler ses poèmes et en adressa le manuscrit à J. Aurélien Coulanges, l'éditeur de la collection. Seuls furent publiés *Au vent crispé du matin* de Carco et *La Flûte fleurie* de Derème. Peu encouragé par les ventes, l'éditeur renonça et Toulet ne reçut jamais son manuscrit en retour. Il en envoya alors un double à Henri Martineau qui en annonça la publication dans un numéro spécial du *Divan,* consacré à Toulet, qui parut en juillet-août 1914. La souscription avait donné de bons résultats, mais la guerre empêcha la parution du volume. Ce n'est qu'en 1918 que Martineau remit aux frères Émile-Paul, éditeurs, le manuscrit de Toulet, qui parut en volume le 31 décembre 1920, cinq mois après la mort de l'auteur, qui n'en eut entre les mains que les épreuves. Les contrerimes proprement dites sont au nombre de soixante-dix. Elles sont suivies de quatorze chansons de mètres divers, de douze dizains en octosyllabes et de cent neuf coples qui sont des distiques ou des quatrains en vers alexandrins aux rimes presque toujours embrassées et qui, malgré leur étroite dimension, ne laissent pas d'être animées souvent par un étrange et captivant lyrisme.

Il existe deux définitions essentielles de la contrerime. La première est due à Pierre-Olivier Walzer, dans son *Paul-Jean Toulet, l'œuvre, l'écrivain* (1949) : « La contrerime est cette pièce formée le plus souvent de trois quatrains, construits d'après le schéma : 8-6-8-6 rimant a-b-b-a, de sorte que le grand vers rime avec le petit, ce qui donne à la strophe un élan et une rapidité impossibles à atteindre dans une strophe aux vers égaux. » La seconde est de Michel Décaudin dans sa Préface aux *Contrerimes* (Poésie/Gallimard, 1979) : « Système d'une science exquise, avec ses deux octosyllabes et ses deux hexasyllabes alternés, rimant, selon l'expression de Toulet, “à contre- longueur” : en vingt-huit syllabes se superposent deux schémas légèrement décalés l'un par rapport à l'autre, l'ordre des vers étant a-b-a-b et celui des rimes a-b-b-a ; il en résulte une allégresse de la démarche, qu'accentuent encore la brièveté des pièces, l'usage du rejet et celui de l'ellipse. » Dans sa *Vie de Paul-Jean Toulet* (1921), Henri Martineau, qui fut son ami et son éditeur, note encore : « Toulet affectionnait surtout ces pièces d'un mètre tout spécial qu'il a, sinon inventé, tout au moins porté à un point de réussite unique et qu'aujourd'hui quelques jeunes poètes ont tenté de lui emprunter. Il les appelait des *contrerimes.* Elles se composent toutes de strophes de quatre vers régulièrement alternés (8-6-8-6) mais rimant à contre-mesure pour ainsi dire (a-b-b-a) et dont, avec une étonnante virtuosité, le poète obtenait un rythme pressé, souple et bondissant. » En effet, Toulet n'a pas inventé la contrerime. Leconte de Lisle l'avait utilisée, par exemple, dans « Le Manchy » – v. *Poèmes barbares* (*) –, mais l'alternance de l'alexandrin et du décasyllabe était loin de donner au poème le charme et la souplesse uniques que, seul, Toulet a su lui conférer. Parmi les poètes qui, à sa suite, mais avec beaucoup moins de rigueur, ont adopté ce rythme, il faut citer : Francis Carco, Philippe Chabaneix et surtout Jean Pellerin, dans *Le Bouquet inutile.*

L'essentiel de l'inspiration de Toulet dans ses *Contrerimes,* c'est une réflexion sur la fugacité de l'instant éternisée par la perfection de la forme. Henri Martineau l'avait noté : « Presque jamais un poème de Toulet n'est contemporain de l'émotion qu'il retrace. Il est toujours le fruit du temps, du souvenir et d'une lente cristallisation. » Tableaux parisiens du début du siècle, bars d'hôtels disparus, regrets d'une jeunesse enfuie, souvenirs du Béarn et des « montagnes Pyrénées », de l'île Bourbon et de la Chine, fumées d'opium qui grésille, Toulet saisit toutes les occasions, y compris dans des vers d'inspiration plus érotique et qui ne sont pas sans rappeler Parny, d'être à la fois tendre et narquois, grave et léger. Pour reprendre l'expression de Maurice Rat, il « cueille les roses en sachant qu'elles se fanent et en fait une guirlande pour les nouer au ciel gris ». Tout le charme vénéneux de ces poèmes réside dans l'intimité profonde de la vie, du souvenir et de la mort : « La vie est plus vaine une image / Que l'ombre sur le mur. / Pourtant l'hiéroglyphe obscur / Qu'y trace ton passage / M'enchante, et ton rire pareil / Au vif éclat des armes ; / Et jusqu'à ces menteuses larmes / Qui miraient le soleil. / Mourir non plus n'est ombre vaine. / La nuit, quand tu as peur, / N'écoute pas battre ton cœur : / C'est une étrange peine. »

B. D.

Conversion. Terme de logique, désignant la permutation du sujet et de l'attribut d'une proposition, qui permet d'en obtenir une nouvelle. Il faut cependant observer des règles très strictes, déjà analysées par Aristote, pour que, après l'opération, le résultat de la conversion soit exact. Ce dernier ne doit, en effet, rien affirmer de plus que la phrase avant conversion. On peut observer différents cas de figure : une affirmation universelle devenant particulière, une négation universelle ou affirmation particulière le restant : « Ne pouvant faire que ce qui est juste fût fort, on a fait que ce qui est fort fût juste » (Pascal, *Pensées*).

ARLETTE BOUÉ.

COPEAU Jacques. Écrivain français, comédien et rénovateur du théâtre. Né à Paris le 4 février 1879, mort à Pernand-Vergelesses (Côte-d'Or) le 20 octobre 1949. De bonne heure orphelin de père, il fit de bonnes études secondaires, puis essaya divers métiers, et fut enfin à même de se consacrer à la critique théâtrale. Dès le début du XXe siècle, il collabora à *L'Ermitage*, et surtout à la *Grande Revue*, où il étrilla sans pitié les idoles du jour : Bataille, Bernstein, etc. Devenu l'ami de Claudel, de Gide et de Schlumberger, il fonda avec eux *La Nouvelle Revue française* (*) dont il devint le secrétaire général (1908). En collaboration avec Jacques Croué, il écrivit en 1911 un drame tiré des *Frères Karamazov* qui remporta un grand succès. Deux ans plus tard (1913), soutenu par Gaston Gallimard, il créa le théâtre du Vieux-Colombier, dans le but d'épurer le théâtre, de combattre le mercantilisme, et d'écraser le cabotinage sous toutes ses formes. Copeau y fera triompher l'esprit d'équipe. Il y joue Thomas Heywood, comme il y jouera plus tard Claudel, Gide, Schlumberger, Romains, Ghéon, Mazaud, Vildrac, Roger Martin du Gard – sans oublier Shakespeare, Molière et Mérimée. Ce théâtre nouveau répondait à un besoin profond ; aussi obtint-il d'emblée l'audience du public. Pendant la guerre, Copeau effectuera, à la demande de Clemenceau, une tournée en Amérique (1917). Après la guerre, il fonda l'École dramatique du Vieux-Colombier. Il y monta de nouveaux spectacles, notamment sa *Maison natale* (1924). Par malheur, des difficultés matérielles sans cesse accrues l'obligèrent à fermer son théâtre la même année. Abandonnant alors Paris, Copeau, qui était d'origine bourguignonne, se retira en Bourgogne avec son école. De ses élèves, il fit des comédiens de campagne et baptisa les « Copiaus » leur troupe animée d'un esprit médiéval qui longtemps parcourut la France, et même la Suisse et la Belgique. Tant en son pays qu'à l'étranger, Copeau prit, en outre, l'habitude de lire certains textes qu'il tenait pour les plus beaux de la littérature universelle. De mai 1940 à mars de l'année suivante, il fut administrateur de la Comédie-Française. Outre *La Maison natale*, citée plus haut, Copeau nous a laissé *Critiques d'un autre temps* (1923), *Souvenirs du Vieux-Colombier* (1931), et une vie de François d'Assise intitulée *Le Petit Pauvre* (1946). Jacques Copeau demeure avant tout l'homme qui, envers et contre tout, a donné à la scène française la magistrale leçon dont elle avait besoin. Jusqu'à son dernier jour, il ne cessa d'entretenir ce qu'il appelait la « dévotion au théâtre ». Son *Journal* (1901-1948), passionnant témoignage de son action comme de sa vie d'homme, a été publié en 1991. En 1972 a paru sa *Correspondance avec Martin du Gard*, en 1987 et 1989 sa *Correspondance avec André Gide*.

ROLAND PURNAL.

RÉF. : A. Séché, *Dans la mêlée littéraire*, 1935. – R. Brasillach, *Animateurs de théâtre*, 1936. – L. Chencerel, article nécrologique dans le *Larousse mensuel* de décembre 1949.

COPPÉE François Édouard Joachim. Poète. Ce chantre du petit peuple de Paris est né le 12 janvier 1842, dans une famille de vieux Parisiens de condition modeste, et mort le 23 mai 1908 à Paris. Tout jeune, il doit entrer comme expéditionnaire au ministère de la Guerre, où son père occupait un emploi obscur. Mais, à la même époque, il publie déjà des poésies dans de petites revues, collabore bientôt au *Parnasse*, rencontre Leconte de Lisle et, chez ce dernier, José-Maria de Heredia, qui deviendra son meilleur ami. C'est de cette époque que date son premier recueil de poésies : *Le Reliquaire*, paru en 1866. Attaché à la bibliothèque du Sénat en 1869, il cède sa place à Leconte de Lisle en 1872, lorsqu'il est nommé archiviste du Théâtre- Français, poste qu'il abandonnera en 1883, lorsque le comité de lecture aura refusé d'entendre son drame *Severo Torelli*. Son premier recueil de vers en 1866 et, deux ans plus tard, *Intimités* l'avaient fait connaître et apprécier du public littéraire. C'est par le théâtre, cependant, qu'il conquiert la popularité, avec *Le Passant*, représenté triomphalement à l'Odéon en 1869 et suivi, après la guerre de 1870, de nombreux drames et comédies. Il continue d'autre part à publier des recueils de vers, *Les Humbles* (1872), *Le Cahier rouge* (1874), *Olivier* (1876), *Récits et Élégies* (1878), *L'Arrière-Saison* (1887), *Les Paroles sincères* (1891). Chargé d'un feuilleton dramatique à *La Patrie*, il abandonne le journalisme lors de son élection à l'Académie française, en 1884. Dix ans plus tard, il s'aventurera quelque temps dans la politique, au moment de l'affaire Dreyfus, en devenant l'un des animateurs de la Ligue de la patrie française avec Barrès et Jules Lemaître. Évincé par ce dernier de son poste de président, il se retira, et ses dernières années furent attristées par une longue et douloureuse maladie à laquelle il succomba. Patronné par Catulle Mendès, le jeune Coppée avait d'abord subi l'influence de ses grands aînés, demandant à Hugo ses antithèses, à Leconte de Lisle ses rimes sonores : c'était un parnassien, mais d'orthodoxie douteuse ; le culte de l'art pour l'art ne lui suffisait pas, il allait, à la suite de Baudelaire et du Sainte-Beuve de *Vie et poésies de Joseph Delorme*, vers une poésie d'intimité bourgeoise, et petite-bourgeoise. Petit employé, il se sentait de plain-pied avec les humbles, il exprimait des idées, des scènes, des sentiments, des rêves modestes, banals, mais toutefois dans un art assez travaillé pour intéresser les lettrés. Délaissant le pittoresque majestueux cher à Leconte de Lisle pour les émotions prosaïques d'un flâneur de Paris, il peindra de petits tableaux de rue (*Le Petit Épicier de Montrouge*, 1872), chantera les idylles de jardins publics et de faubourgs, sans nulle crainte du conventionnel, exaltant avec un étonnant succès ce que Thibaudet a appelé la « mystique française du petit » : les nourrices et les « pioupious », les enfants sans mère, les voyous au grand cœur, les ivrognes s'attendrissant sur le sommeil de leur enfant, une arrière-boutique d'épicier ou un talus sur les fortifications de Paris, tout est prétexte à Coppée pour ses clichés sentimentaux. Poète du peuple ? On peut en douter ; mais certainement le poète le plus populaire de la fin du XIXe siècle. Des mélodrames comme *La Grève des forgerons* ravissaient les lecteurs de romans- feuilletons. Coppée est aujourd'hui presque oublié ; il faut au moins lui tenir compte d'avoir aimé Verlaine et de l'avoir soutenu dans ses chroniques.

♦ *« Il n'y a là qu'un cas de mauvaise littérature. »* Henri de Régnier. ♦ *« Vous excellez dans la poésie familière et domestique, dans les tableaux d'intérieur, et vos charmantes petites toiles me font penser aux maîtres de l'école hollandaise, à Mieris, à Terburg, que vous égalez souvent par la précision du faire, par la franchise du trait, par la liberté d'un pinceau toujours exact, sans être jamais léché ni minutieux... »* Victor Cherbuliez.

RÉF. : M. de Lescure, *François Coppée, l'homme, la vie, l'œuvre*, 1889. – H. Schoen, *François Coppée, l'homme et le poète*, 1909. – Le Meur, *La Vie et l'œuvre de F. Coppée*, 1932.

Corbeaux (Les). Comédie en quatre actes de l'auteur dramatique Henry Becque (1837-1899) représentée à Paris le 14 septembre 1882. Vigneron, un industriel qui s'est enrichi à force de travail assidu, jouit d'une certaine aisance avec sa femme, ses trois filles et son fils. Associé dans une fabrique florissante, il s'est, depuis peu, lancé dans la construction d'immeubles. Au moment où l'on prépare le mariage d'une de ses filles, Blanche, il est emporté par une mort soudaine. Son fils, qui jusqu'alors n'a pensé qu'à s'amuser, part faire son service militaire, tandis que s'abattent sur la veuve et les orphelines les « corbeaux » : son associé, Teissier, vieil avare, le notaire qui ne pense qu'à faire de bonnes affaires, l'architecte. Apparemment en lutte entre eux, tous s'accordent cependant pour profiter de l'inexpérience des pauvres femmes qu'ils assurent vouloir protéger. Finalement, elles doivent céder pour rien les terrains et les constructions entreprises, et pour une somme minime leurs actions dans la fabrique. C'est presque la misère. Le fiancé de Blanche, qui l'avait séduite, l'abandonne maintenant qu'elle n'a plus de dot et la jeune fille en perd presque la raison ; sa sœur, Judith, cherche en vain du travail tandis que l'autre, Marie, qui est bonne et pleine de bon sens, épousera le vieux Teissier et sauvera ainsi sa famille par son sacrifice. Maintenant, il les protégera des corbeaux. « Depuis la mort de votre père – dit-il – vous êtes entourés de voleurs. » Œuvre rude, amère, balzacienne par la manière robuste dont sont campés les personnages des profiteurs : première affirmation, jamais surpassée, du théâtre naturaliste. Sa couleur uniformément grise, après un premier acte d'une exquise gaieté, a nui à son succès sur la scène, mais la pièce fut bientôt considérée comme un de ces chefs-d'œuvre qui demeurent à cause de la force, de la vérité et de la poésie qui s'en dégagent.

CORBIÈRE Tristan (Édouard Joachim Corbière). Poète. Fils du romancier, journaliste et navigateur Édouard Corbière (1793- 1875), il est né le 18 juillet 1845 au manoir de Coat-Congar, en Ploujean, près de Morlaix, et mort à Morlaix le 1er mars 1875. Après avoir passé sa petite enfance au Launay, propriété toute voisine, avec son frère et sa sœur cadets, Edmond et Lucie, il entre comme interne au lycée de Saint-Brieuc, où, entre deux devoirs, il ébauche des narrations maritimes, à l'imitation du *Négrier*, le roman de son père tout récemment réédité. Une première crise de rhumatismes, à l'âge de quinze ans, le fait retirer de la classe de troisième avant le dernier trimestre, qu'il reprend au lycée de Nantes, avec, pour correspondant, son oncle le docteur Jules Chenantais. Mais bientôt la maladie le contraint à suspendre définitivement ses études et, après un séjour à Cannes et à Luchon, à s'installer à Roscoff, où les siens possédaient une résidence d'été. À la pension Le Gad, il se lie avec quelques peintres obscurs. En décembre 1869, il entreprend en compagnie de l'un d'eux, Jean-Louis Hamon, un voyage en Italie (Naples, Castellamare, Sorrente, Capri, Rome, Gênes). À Morlaix et à Roscoff, composition probable d'une partie des chapitres des futures *Amours jaunes* (*) consacrés à la vie des marins et des « terriens » de sa région, « Gens de Mer » et « Armor ». Au printemps de 1871 descendent à l'hôtellerie de Roscoff le comte Rodolphe de Battine, officier convalescent, et sa maîtresse, Armida-Josefina Cuchiani ; Tristan, « croché » dès l'abord par cette beauté pour lui insolite, lui donnera le surnom de Marcelle ; tout un chapitre et les pièces liminaire et terminale de son unique ouvrage exalteront cette passion sans doute réciproque mais orageuse. Dès la fin de l'année, il rejoint le couple à Paris et loue une chambrette à Montmartre. Il accompagnera ses nouveaux amis dans leurs déplacements, à Douarnenez, aux environs du Mans (où Battine possède le château des Aiguesbelles), et en Italie (mai 1872). À Paris, il ne fréquente, d'ailleurs, que le milieu des rapins et les coulisses des petits théâtres. Cependant, sans qu'on ait jamais su par quels intermédiaires, il collabore plusieurs fois, au cours de 1873, à *La Vie parisienne* (quelques poèmes et deux nouvelles). Au mois d'août de cette même année, les frères Glady éditent, aux frais de l'auteur (ou plutôt de son père), *Les Amours jaunes,* à moins de cinq cents exemplaires. La publication passe complètement inaperçue. Pendant l'été de 1874, Corbière va pour une quinzaine de jours dans la Sarthe, chez Battine. En décembre, on le trouve évanoui, en tenue de soirée, sur le carreau de sa chambre ; il est transféré à l'hospice Dubois, où Marcelle accourt à son chevet ; puis sa mère le ramène à Morlaix. Malgré les soins du médecin de famille, Alexandre Bodros, il s'éteint dans la soirée du 1er mars 1875, pressant sur sa poitrine des bruyères en fleur.

Son œuvre, brève mais géniale, et vraiment sans ascendance (si ce n'est celle de Villon), ne fut découverte que plusieurs années après sa mort. Pendant l'hiver de 1882, Léon Épinette, dit Léo Trézenik, et Charles Morice firent à Verlaine la lecture des *Amours jaunes,* dont Pol Kalig, fils du docteur Chenantais, leur avait procuré un exemplaire. Enthousiasmé, l'auteur des *Romances sans paroles* accorda à Corbière, dans un numéro de *Lutèce* (revue fondée par Trézenik) d'août 1883, la première partie de ses *Poètes maudits.* Ces études, dont les deux autres concernaient Rimbaud et Mallarmé, parurent l'année suivante en volume chez Léon Vanier. Léon Bloy dans un article du *Chat noir,* Huysmans dans son roman *À Rebours* (*), et plus tard Jean Ajalbert dans *Le Figaro* proclamèrent leur admiration pour *Les Amours jaunes* que Vanier se décida à rééditer en 1891. La gloire de Tristan n'a cessé de grandir, et il convient de rendre un hommage particulier aux travaux de son premier biographe, René Martineau.

YVES-GÉRARD LE DANTEC.

♦ *« Poète ignoré des poètes, marin jugé amateur par le moindre moussaillon du port, il a fallu, huit ans plus tard, Verlaine et une sorte de miracle pour appeler sur lui la première vague d'une gloire sourde, indécise. »* Alexandre Arnoux. ♦ *« Poète prisonnier de sa nature, mais conscient de ses pouvoirs au point qu'il trouve sa liberté, sa nourriture, dans les limites mêmes de sa prison ; poète maudit qui se couronne de sa malédiction et renverse, d'un geste royal, l'éteignoir gigantesque qu'est pour lui la Création, Corbière n'a pas fini de nous enseigner et de nous justifier. »* Jean Rousselot.

RÉF. : Paul Verlaine, *Les Poètes maudits,* Paris, 1888. – René Martineau, *Tristan Corbière,* Paris, 1925. – Jean Rousselot, *Tristan Corbière,* Paris, 1951. – A. Sonnenfeld, *L'Œuvre poétique de Tristan Corbière,* Paris, 1960. – F. Burch, *Tristan Corbière, L'Originalité des « Amours jaunes » et leur influence sur T. S. Eliot,* Paris, 1970. – P. O. Walzer, *La Révolution des sept,* Neuchâtel, 1970. – Henri Thomas, *Tristan le dépossédé,* Paris, 1972. – K. H. Macfarlane, *Tristan Corbière dans les « Amours jaunes »,* Paris, 1974. – P. A. Jannini, *Un altro Corbière,* Rome, 1977. – M. Dansel, *Tristan Corbière,* Lausanne, 1985.

Corinne ou l'Italie. Roman de Mme de Staël (baronne Germaine de Staël-Holstein, née Necker, 1766-1817), publié en 1807. Lord Oswald Nevil, malade moralement et physiquement, voyage en Italie durant l'hiver 1794-1795 pour se distraire. Il fait, à Rome, la connaissance de Corinne, célèbre poétesse, au moment de son couronnement au Capitole ; il est séduit par ses dons brillants et son charme personnel. Le développement de la situation psychologique est intimement lié à la description de l'Italie. L'idylle se précise, et les sentiments des héros se révèlent au cours de leurs flâneries dans les domaines de l'art et de l'esprit. Les vestiges du passé, les églises, les monuments, les palais, un bal ou une soirée sont autant de prétextes à dissertations pour Corinne ; tout ce qu'elle voit lui donne occasion de juger les caractères et les mœurs des Italiens, la littérature, l'art, la philosophie et la vie. Cependant la sympathie qu'éprouvaient l'un pour l'autre les deux protagonistes devient un sentiment plus doux. Oswald voudrait épouser Corinne, mais celle-ci hésite ; pleine de scrupules, elle redoute les intransigeances du rigide conformisme anglais. Dans le décor enchanteur de Naples et de Venise, Oswald révélera le remords que lui donne la douleur qu'il causa à son père en nouant une idylle avec une femme indigne de lui ; Corinne lui dévoilera son origine anglaise et comment, à la suite d'une mésentente avec sa belle-mère et en rupture avec les convenances sociales, elle est venue en Italie pour donner libre cours à ses penchants artistiques. À ce moment prend fin la partie descriptive et commence la véritable analyse psychologique de deux âmes tourmentées. Oswald, rappelé en Angleterre par son régiment, part avec le désir de réconcilier Corinne avec sa famille et, d'une certaine manière, de la réhabiliter aux yeux du monde. Mais, subjugué par le climat moral de son pays, et loin de la femme aimée, il se laisse reprendre par ses sentiments habituels, par le respect des convenances, par les préjugés sociaux, et, cédant aux nécessités pratiques de la vie, il épouse Lucile, demi-sœur de Corinne. Corinne, ignorant tout, rejoint Oswald en Écosse ; en apprenant le prochain mariage des jeunes gens, elle sacrifie aux fiancés sa passion. Elle retourne en Italie, à Florence, et chante encore un dernier chant pour Oswald avant de s'éteindre entre les bras de Lucile et d'Oswald accourus vers elle.

Corinne, roman né d'un voyage en Italie et de l'amitié amoureuse de Mme de Staël avec le jeune diplomate Pierre de Souza Holstein, fut, pour toute une génération romantique et passionnée, le livre de l'idéal et de l'amour. L'ouvrage comporte deux parties bien distinctes. L'une abonde en discours et en descriptions ; elle eut le mérite de révéler l'Italie aux Français au moment où les conquêtes napoléoniennes favorisaient leur venue dans la péninsule. Même si le jugement de Corinne fut souvent superficiel, et erroné au point de provoquer la colère de Foscolo, elle a toutefois donné de l'Italie une image qui ne traduit pas seulement la mélancolie des ruines et la grandeur du passé, mais aussi la poésie d'un peuple, dont elle a compris, avec une admirable pénétration, les forces latentes. L'autre partie reprend, dans une atmosphère d'une élévation quasi religieuse, l'idée déjà développée dans *Delphine* : le sacrifice de la femme amoureuse, victime des lois de la société, bien que supérieure par la générosité et le génie ; en un mot, l'éternel conflit entre la passion et le devoir.

CORNEILLE Pierre. Auteur dramatique. Né à Rouen le 6 juin 1606, mort à Paris le 1er octobre 1684. Il appartenait à une de ces vigoureuses familles de bourgeoisie provinciale, riches d'enfants et d'alliances, qui donnaient à l'Église des prêtres, au roi des fonctionnaires, au palais des avocats et des procureurs. Le grand-père Pierre Corneille, conseiller référendaire à la chancellerie du parlement de Normandie, avait eu huit enfants. L'aîné, Pierre Corneille, père du poète, est maître des Eaux et Forêts en la vicomté de Rouen et épouse la fille d'un avocat de Rouen, Marthe le Pesant, dont il a six enfants. Pierre Corneille, le poète, est l'aîné ; il a trois ans de plus que sa sœur Marie, qui épousera un sieur Ballan, lieutenant en la prévôté de Normandie ; cinq ans de plus que son frère Antoine, qui sera prêtre, curé de Fréville et auteur de *Poésies chrétiennes ;* dix-sept de plus que sa sœur Marthe, qui sera la mère de Fontenelle ; dix-neuf de plus que son frère Thomas, qui le suivra dans la carrière d'auteur dramatique et occupera après sa mort son fauteuil à l'Académie (on sait combien, malgré la différence d'âge, les deux frères et leurs deux ménages vivront étroitement unis) ; vingt-trois enfin de plus que la dernière-née, Madeleine, qui mourra en 1635 à six ans.

Il habitera jusqu'à l'âge de cinquante-six ans sa maison natale, rue de la Pie, près du Vieux-Marché, devenue sa propriété à la mort du père en 1639 (cette maison, restaurée, abrite aujourd'hui un musée Corneille). Il ne la quittera qu'en 1662 pour aller habiter Paris, en même temps que son frère Thomas, et ne s'en défera qu'un an avant sa mort, en vue d'arrangements relatifs à sa succession. Il tenait également de son père une petite maison de campagne à Petit-Couronne près de Rouen (autre musée Corneille aujourd'hui). À Paris, il logera successivement à l'hôtel du duc de Guise jusqu'à la mort de celui-ci, puis rue des Deux-Portes, à proximité des théâtres du Marais et de l'Hôtel de Bourgogne, enfin sur la paroisse Saint-Roch, rue d'Argenteuil, où il mourra.

Il fit ses études chez les jésuites de Rouen, au collège du Maulévrier, tout neuf alors, actuellement lycée Corneille. Sa vie et son œuvre garderont l'empreinte de la forte discipline des fils de saint Ignace : piété solide, large humanisme, culte de la volonté et de la domination de soi. Maintes fois il témoignera publiquement de son attachement à la Société de Jésus, « qui a élevé ma jeunesse et celle de mes enfants » — par exemple la dernière strophe d'une ode adressée en 1668 à son vieux professeur, le père Delidel, sur son traité *De la théologie des saints :* « Je fus ton disciple, et peut-être / Que l'heureux éclat de mes vers / Éblouit assez l'univers / Pour faire peu de honte au maître. » On sait aussi qu'il prendra ouvertement position contre la doctrine janséniste de la grâce, par exemple dans *Andromède* (1650), dans *Œdipe* (1659), et qu'il répondra vertement dans la préface d'*Attila* (1667) aux attaques de Nicole contre le théâtre.

Licencié en droit à dix-huit ans (1624), il fait pendant quatre ans son stage d'avocat au parlement de Rouen. C'est l'époque de son premier, et peut-être du seul grand amour de sa vie, pour une jeune fille qu'on a vainement voulu identifier, amour brutalement interrompu, sans doute en raison de la disconvenance des fortunes. C'est d'elle qu'il dira huit ou dix ans après encore, dans l'*Excuse à Ariste :* « Je me sens tout ému, quand je l'entends nommer [...] Je ne vois rien d'aimable après l'avoir aimée. » C'est elle, d'après son neveu Fontenelle, qui serait l'héroïne de sa première pièce de théâtre *Mélite*, et cette comédie chanterait sa joie triomphante d'amoureux qui venait d'évincer un rival et qui se croyait alors sûr d'épouser. Ne dira-t-il pas lui-même dans l'*Excuse à Ariste :* « Charmé de deux beaux yeux, mon vers charma la Cour » ? Ce qui ne peut s'appliquer qu'à *Mélite,* puisqu'on lit dans l'*Examen* de cette comédie : « Le succès en fut surprenant ; il établit à Paris une nouvelle troupe de comédiens [...] et me fit connaître à la Cour. » Quoi qu'il en soit, ce premier coup d'essai, écrit vers sa vingtième année (on discute sur la date exacte), commença la réputation de Corneille.

Vers le même temps (à vingt-deux ans, 1628), son père lui achète l'office d'avocat du roi au siège des Eaux et Forêts et à l'amirauté de France à Rouen, qu'il exercera à la Table de Marbre du palais pendant plus de vingt ans (et ce n'était pas une sinécure) conjointement à ses travaux littéraires.

Clitandre, ou l'Innocence délivrée, tragi-comédie échevelée, et quatre comédies — *La Veuve*, *La Galerie du palais*, *La Suivante*, *La Place royale* — se succèdent de 1631 à 1634 sur la scène du théâtre du Marais, dirigé par Montdory, qui n'allait pas tarder à s'affirmer comme le plus grand acteur tragique de son temps ; 1635 est l'année où Richelieu met la haute main sur le secteur littéraire : création de l'Académie française et pensions à plusieurs poètes, dont Corneille, devenus ainsi ses domestiques à gages. Corneille fait partie des « Cinq Auteurs » chargés d'écrire sous les ordres du maître des comédies dont il leur donne le scénario, mais il semble n'avoir participé qu'à la rédaction de la première des trois pièces mises au crédit des « Cinq Auteurs », *La Comédie des Tuileries.* Entre-temps, la *Sophonisbe* (*) de Mairet ayant remis en vogue la tragédie, Corneille s'y essaie en 1635 dans *Médée*. Il se tourne ensuite vers l'Espagne : il y avait depuis le XVIe siècle, à Rouen, une importante colonie espagnole, et lui-même, par le mariage d'un de ses oncles, était apparenté à l'une de ces familles espagnoles de Rouen, les Chalon, dont l'un des membres, alors jeune garçon de dix-huit ans, s'appelait Rodrigue. Il tire d'abord des *Rodomontades espagnoles* (édition bilingue à Rouen, 1627) le matamore de l'éblouissante apologie du théâtre intitulée *L'Illusion comique* (*) (1636) et continue par *Les Enfances du Cid* de Guillén de Castro, dont il tire *Le Cid* (*), dont la première eut lieu en janvier 1637 dans l'allégresse publique de Paris, délivré de la menace des Espagnols par la reprise de Corbie quelques semaines plus tôt.

Le succès sans précédent du *Cid* et, peu après, la publication intempestive de l'orgueilleuse *Excuse à Ariste* (« Je ris du désespoir de tous mes envieux [...] Pour me faire admirer je ne fais point de ligue... ») déchaînent bientôt la fameuse querelle du *Cid,* la plus violente bataille de pamphlets de l'histoire de notre théâtre. Corneille y rend coup pour coup, et l'affaire menaçait d'en venir aux voies de fait, quand elle s'arrêta brusquement sur l'ordre de Richelieu (octobre 1637). Dès juin, il avait chargé l'Académie d'arbitrer le débat, afin d'imposer par là l'autorité de la nouvelle institution ; et Corneille avait dû s'incliner devant sa volonté. *Les Sentiments de l'Académie sur le Cid* (*), rédigés sous la surveillance étroite du cardinal, ne furent achevés qu'en décembre : tant le maître fut difficile à satisfaire, ne voulant, semble-t-il, ni flatter ni blesser trop vivement l'orgueil de son « protégé ». La blessure pourtant fut profonde et longue à guérir. Corneille en voulut toujours à Richelieu, et pendant plus de deux ans sa veine parut tarie. Par surcroît, il se trouvait alors engagé dans une longue et vaine procédure contre l'administration pour protester contre la création d'un second avocat du roi à la Table de Marbre, ce qui diminuait les revenus de sa charge.

Enfin, en 1639, tandis que sévit à Rouen et en Normandie la révolte des Va-Nu-Pieds soulevés contre le fisc et que Richelieu envoie en mission spéciale à Rouen pour la levée des tailles un homme à poigne, le père de Pascal, Corneille se remet au travail : et c'est *Horace* (*), lu au début de 1640 à Chapelain, d'Aubignac et autres doctes, mais dont il refuse malgré leur avis de modifier le dénouement. La pièce, jouée en 1640, parut en librairie en janvier 1641 avec une dédicace à Richelieu d'une étonnante soumission, qui reconnaît au puissant ministre la haute main sur les orientations du théâtre du temps. Dédicace qui laisse aujourd'hui perplexe, tant l'éloge paraît ironique sous la reconnaissance servile. Il est vrai qu'il allait se marier, et peut-être le ministre était-il intervenu (c'est du moins ce qu'a dit Fontenelle) pour forcer le consentement du père de la jeune fille. Elle s'appelait Marie de Lampérière, était fille du lieutenant civil et criminel des Andelys, et avait onze ans de moins que son mari. Elle lui donnera sept enfants échelonnés de 1642 à 1656, et sa sœur cadette épousera Thomas Corneille en 1650. Le jour même du mariage, une péripneumonie le terrassa, et la nouvelle de sa mort alla jusqu'à Paris. Soucis du mariage, maladie et convalescence paraissent avoir ralenti son activité littéraire durant cette année 1641. *Cinna* (*) ne semble avoir été créé qu'au printemps 1642. Le succès sans réserve que remporta la nouvelle tragédie confirma définitivement la suprématie de Corneille dans le genre tragique. En 1643, *Polyeucte* (*) triomphe également auprès du public.

Cinna ne sortit des presses qu'en janvier 1643, plus d'un mois après le décès de Richelieu, dont le poète refusa de célébrer la mémoire mais s'interdit également de la flétrir. Bientôt Mazarin, résolu de lui faire servir sa propagande, dote à son tour Corneille d'une pension importante, ce qui vaut à ce « Romain » un *Remerciement* en vers, où il est égalé aux plus grands Romains de l'Antiquité et, peu après, la dédicace de *Pompée*, où lui est appliqué le vers de Virgile : « Tu regere imperio populos, Romane, memento. » Adressées à un puissant personnage, ces énormités paraissaient alors toutes naturelles ; en revanche celles de la dédicace de *Cinna* à Montoron, riche particulier, avaient fait sourire.

Dès lors poète quasi officiel (on lui commande des légendes en vers pour les gravures d'un somptueux mémorial consacré aux actions du défunt roi), Corneille donne une première édition de ses *Œuvres complètes* (1re partie 1644 ; 2e partie 1648), l'Académie lui ouvre enfin ses portes (1647) et Mazarin lui commande pour les fêtes du Carnaval de 1648 à la Cour une pièce à machines, *Andromède*, dont une maladie du jeune roi, puis les premiers troubles de la Fronde retardent la représentation jusqu'au début de 1650. En 1647, à la suite de son ami Floridor, qui avait succédé à Montdory à la tête du Marais, il passe à l'Hôtel de Bourgogne auquel il confiera désormais ses pièces.

Naturellement respectueux du pouvoir, il reste, sous la Fronde, longtemps fidèle à Mazarin ; d'ailleurs, on crut lire dans *Don Sanche d'Aragon*, comédie héroïque (janvier 1650), une apologie de la reine et de son cher ministre, assez transparente pour provoquer de la part de Condé et de ses amis une cabale qui fit tomber la pièce au bout de quelques jours. Sur ces entrefaites, le duc et la duchesse de Longueville essaient de soulever la Normandie ; Mazarin fait arrêter les princes (Condé, Conti et Longueville), et se rend à Rouen avec la reine et le jeune roi pour briser l'insurrection : plusieurs hauts magistrats sont destitués, et Corneille se voit investi par la confiance du ministre des fonctions considérables de procureur des États de Normandie, enlevées à un homme lige des Longueville : c'était anéantir l'opposition de la province que d'en confier le poste clé à un homme dont on connaissait le loyalisme et la timidité. Mais, si le magistrat ne déçut point cette confiance, le poète parut se laisser gagner par le courant général en faveur des princes prisonniers : cédant au prestige romanesque du « héros » malheureux, Corneille écrit *Nicomède*, où tout le monde reconnut Condé, et qui, joué au moment même où Mazarin, cédant, venait de libérer les princes, reçut un accueil triomphal.

Ce fut la seule imprudence de sa carrière, mais il la paya cher : il s'était pour toujours aliéné Mazarin, qui jusqu'à sa mort (1661) ne lui donnera plus un sou, sans nulle reconnaissance des princes, qui se hâtèrent de remettre en place son prédécesseur aux États de Normandie. Et comme il s'était trop hâté de vendre son office de la Table de Marbre, il se trouva brusquement privé tout ensemble d'emploi et de pension. Pour comble, au théâtre même, la fortune semble l'abandonner : sans tenir compte de la désaffection du public pour le genre tragique en cette période troublée, il lance *Pertharite*, qui (était-ce en outre un coup de Condé ? s'était-il reconnu dans l'usurpateur Grimoald ?) est un four complet (décembre 1651). Déjà, avant cet échec, il avait consacré ses loisirs forcés à tenir les comptes de sa paroisse pour l'exercice 1651-1652, et à traduire en vers quelques chapitres de l'*Imitation de Jésus-Christ*. Après *Pertharite,* dégoûté du théâtre, il se donne tout entier à cette traduction, travail difficile et de longue haleine, qui l'occupe jusqu'en 1657, mais qui s'avéra un des plus gros succès de librairie du siècle.

Il revient ensuite à des occupations plus profanes ; travaille dès 1656 à une pièce à machines, *La Conquête de la Toison d'or*, pour un marquis de Sourdéac, riche seigneur normand, à qui il faudra plus de deux ans pour achever en son château de Neubourg les préparatifs d'un spectacle qu'il voulait magnifique ; prépare lentement une nouvelle édition d'ensemble de son théâtre, avec *Examen* de chaque pièce, et trois grosses préfaces en forme de *Discours* pour exposer et défendre ses idées sur le théâtre ; fréquente les belles précieuses de Rouen et correspond avec celles de Paris ; fait un doigt de cour – platonique – à Marquise (la Du Parc) lors du séjour à Rouen de la troupe de Molière en 1658 ; écrit diverses galanteries et bagatelles en vers, que Sercy publiera en 1660 dans son 5e recueil de *Poésies choisies.* C'est la période mondaine de sa vie, celle où se fait le plus deviner l'influence de son frère Thomas.

Les deux frères entrent bientôt dans l'orbite de Fouquet, nouveau soleil dispensateur de commandes et de pensions, et Corneille fait une rentrée triomphale au théâtre avec *Œdipe*, grassement payé par Fouquet (1659). C'est ensuite *La Toison d'or* (munie « in extremis » d'un Prologue de circonstance en l'honneur du mariage du roi), qui triomphe en Normandie (1660), puis sur la scène parisienne (1661). Elle s'y maintint plus d'un an ; on n'avait jamais vu sur un théâtre rien d'aussi magnifique.

1662 : *Sertorius* ; Corneille va de triomphe en triomphe : c'est l'apogée de sa carrière. Les deux ménages de Pierre et de Thomas quittent Rouen pour se fixer à Paris. Une édition monumentale in-folio du théâtre de Corneille paraît en 1663 : signe tangible d'une consécration depuis longtemps déjà européenne. La même année inaugure le mécénat royal : pensionné par le roi ainsi que les principaux écrivains d'alors, Corneille chantera désormais (en vers souvent admirables) les campagnes victorieuses du jeune roi, sous lequel servent bientôt ses deux grands fils.

Mais, cette même année 1663, la querelle de *Sophonisbe* est un premier indice qui montre qu'au théâtre la manière de Corneille commence à n'être plus au goût du jour. Et bientôt l'astre naissant de Racine menace sa suprématie : la balance est encore indécise après le succès de l'*Alexandre* de Racine (1665) ; mais, en 1667, le triomphe d'*Andromaque* (*) fait oublier le succès honorable d'*Attila*, où pourtant Corneille avait voulu se surpasser, mais qu'il avait peut-être eu tort de confier à la troupe de Molière, dont les qualités étaient contestées dans le tragique. Comme après *Le Cid,* comme après *Pertharite,* complètement découragé, il abandonne le théâtre et pour la seconde fois se réfugie dans de pieuses traductions (*L'Office de la Vierge :* deux ans de travail, mais cette fois vente médiocre). On le voit à la première de *Britannicus* (*) (1669), seul et taciturne dans une loge, et Racine, dans sa préface, l'accuse de venir « briguer des voix contre lui jusqu'aux heures où l'on représente ses comédies ». La guerre est cette fois déclarée : la bataille décisive a lieu en novembre 1670 – c'est le duel des deux *Bérénice* (*), celle de Racine et *Tite et Bérénice* (*) de Corneille, duel qui tourne à l'avantage du plus jeune.

En vain Corneille, vers le même temps, écrit-il des vers adorables de jeunesse pour compléter la *Psyché* de Molière, qui, pris de court, avait fait appel à lui. Aucune troupe maintenant ne veut plus de ses pièces. Molière même refuse *Pulchérie*, où pourtant un rôle était destiné à sa femme, écrit pour elle. Finalement, cette pièce ne put être jouée qu'au théâtre du Marais, alors bien tombé, « reléguée, dira-t-il, dans un lieu où l'on ne voulait plus se souvenir qu'il y eût un théâtre ». Elle y obtint pourtant un succès suffisant pour rendre confiance au vieux poète, devenu moins exigeant, et pour lui rouvrir la scène de l'Hôtel de Bourgogne pour sa pièce suivante *Su- réna* (1674). Ce fut la dernière : il venait de perdre à la guerre un de ses fils, tué en Hollande, et *Suréna,* cette œuvre exquise, n'avait rencontré qu'un morne accueil. Il se tut.

Il avait soixante-huit ans, et il lui en restait dix à vivre. Très assidu aux travaux de l'Académie, il publie encore de temps en temps d'admirables vers (presque tous dédiés au roi) pour lutter contre l'oubli qui se fait autour de son nom, même à la Cour : on oublie pendant sept ans de lui payer sa pension, on lui fait attendre sept ans un bénéfice promis par le roi pour son plus jeune fils. Sans Thomas Corneille et son journal, *Le Mercure galant,* le public saurait-il seulement qu'il vit encore ? Deux fils morts, un fils soldat, l'autre prêtre, une fille mariée, une autre religieuse : il n'avait plus auprès de lui que sa femme et leur dernière fille, qui, sacrifiant sa vocation religieuse, s'était dévouée à ses vieux parents. Une première attaque en 1681 l'avait laissé un peu diminué, et il ne sortait plus depuis plus d'un an, lorsqu'il mourut le 1er octobre 1684, dans l'aisance, contrairement à ce que la légende fit croire plus tard.

Trois mois après, Racine lut à l'Académie, pour la réception de son frère, un incomparable éloge de Corneille, où il revendiquait pour le grand poète un rang égal à celui des plus grands héros de l'histoire.

LOUIS HERLAND
(actualisation de Georges Forestier).

XVIIe siècle ♦ *« ... Je vous puis répondre que jamais réputation n'a été si bien établie que la vôtre en Angleterre et en Hollande. Les Anglais, assez disposés naturellement à estimer ce qui leur appartient, renoncent à cette opinion, souvent bien fondée, et croient faire honneur à leur Ben Jonson de le nommer le "Corneille d'Angleterre". » Lettre de Saint-Évremond à Corneille, 1668.* ♦ *« ... Où trouvera-t-on un poète qui ait possédé à la fois tant de grands talents, tant d'excellentes parties ? L'art, la force, le jugement, l'esprit. Quelle noblesse, quelle économie dans les sujets ! Quelle véhémence dans les passions ! Quelle gravité dans les sentiments ! Quelle dignité, et en même temps quelle prodigieuse variété dans les caractères !* [...] *Enfin, ce qui lui est surtout particulier, une certaine force, une certaine élévation, qui surprend, qui enlève et qui rend jusqu'à ses défauts, si on lui en peut reprocher quelques-uns, plus estimables que les vertus des autres. Personnage véritablement né pour la gloire de son pays, comparable* [...] *aux Eschyles, aux Sophocles, aux Euripides, dont la fameuse Athènes ne s'honore pas moins que des Thémistocles, des Périclès, des Alcibiades qui vivaient en même temps qu'eux. »* Racine, *Discours à l'Académie française*, 1685. ♦ *« ... Un autre est simple, timide, d'une ennuyeuse conversation ; il prend un mot pour un autre, et il ne juge de la bonté de sa pièce que par l'argent qui lui en revient ; il ne sait pas la réciter, ni lire son écriture. Laissez-le s'élever par la composition ; il n'est pas au-dessous d'Auguste, de Pompée, de Nicomède, d'Héraclius ; il est roi, et un grand roi ; il est politique, il est philosophe ; il entreprend de faire parler des héros, de les faire agir ; il peint les Romains : ils sont plus grands et plus Romains dans ses vers que dans leur histoire. »* La Bruyère. ♦ *« Il savait les belles-lettres, l'histoire, la politique, mais il les prenait principalement du côté qu'elles ont rapport au théâtre. Il n'avait pour toutes les autres connaissances ni loisir, ni curiosité, ni beaucoup d'estime. Il parlait peu, même sur les matières qu'il connaissait parfaitement. Il n'ornait pas ce qu'il disait, et pour trouver le grand Corneille il fallait le lire* [...] *Il était mélancolique, il lui fallait des sujets plus solides pour espérer et pour se réjouir que pour se chagriner ou pour craindre. Il avait l'humeur brusque et quelquefois rude en apparence ; au fond il était très aisé à vivre, bon père, bon mari, bon parent, tendre et plein d'amitié* [...] *Rien n'égalait son incapacité pour les affaires que son aversion : les plus légères lui causaient de l'effroi et de la terreur. Quoique son talent lui eût beaucoup rapporté, il n'en était guère plus riche. Ce n'est pas qu'il eût été fâché de l'être, mais il eût fallu le devenir par une habileté qu'il n'avait pas et par des soins qu'il ne pouvait prendre* [...] *Il ne s'était pas trop endurci aux louanges à force d'en recevoir ; mais, s'il était sensible à la gloire, il était fort éloigné de la vanité. Quelquefois il se fiait trop peu à son rare mérite et croyait trop facilement qu'il pût avoir des rivaux* [...] *À beaucoup de probité naturelle il a joint dans tous les temps de sa vie beaucoup de religion et plus de piété que le commerce du monde n'en permet ordinairement. Il a eu souvent besoin d'être rassuré par des casuistes sur ses pièces de théâtre, et ils lui ont toujours fait grâce en faveur de la pureté qu'il avait établie sur la scène, des nobles sentiments qui règnent dans ses ouvrages et de la vertu qu'il a mise jusque dans l'amour. »* Fontenelle.

XVIIIe siècle ♦ *« Molière disait de Corneille qu'il y avait un lutin qui tantôt lui faisait ses vers admirables, et tantôt le laissait travailler lui-même. »* Voltaire. ♦ *« Il sera toujours le père du théâtre. Il est le premier qui ait élevé le génie de la nation, et cela demande grâce pour environ vingt de ses pièces qui sont, à quelques endroits près, ce que nous avons de plus mauvais par le style, par la froideur de l'intrigue, par les amours déplacées et insipides, et par un entassement de raisonnements alambiqués qui sont l'opposé du tragique. Mais on ne juge un grand homme que par ses chefs-d'œuvre et non par ses fautes. »* Voltaire.

XIXe siècle ♦ *« S'il vivait, je le ferais prince ! »* Napoléon Ier. ♦ *« L'action de Corneille fut si grande qu'elle forgea des âmes héroïques. »* Goethe. ♦ *« Le grand Corneille, à travers ses hautes qualités, avait, je ne dirai pas beaucoup d'esprit, mais prodigieusement de bel esprit ; quand ils ne sont point passionnés et grandioses, et même alors, une fois que leur mot sublime est lâché, ses personnages continuent de raisonner, et ils le font avec subtilité et à outrance ; ils parlent de tête ; le cerveau chez eux prend la place du cœur ; ils raffinent et quintessencient les idées et les choses. Faites un seul moment une supposition : retirez au grand Corneille toute sa chaleur, toute son inspiration de cœur et d'âme, et demandez-vous ce qu'il deviendra avec cette faculté desséchée et refroidie de finesse exacte et de raisonnement. »* Sainte-Beuve.

XXe siècle ♦ *« Le poète, le héros, me conquérait par la fierté inflexible, le tragique puissant, le duel somptueux du dialogue ample ou rapide. Qui est né au pays de Corneille et a écouté sa voix vit et meurt selon ses commandements. Dans les conflits du cœur, ses leçons stoïques se dressent en nous, comme l'ange sévère à l'épée flamboyante, debout devant les portes de l'Éden, et obtiennent notre soumission... Les nations ne sont pas constituées uniquement par leurs territoires ; le génie de Corneille vaut des provinces. »* Anna de Noailles. ♦ *« Je crois que Pierre Corneille mérite bien le nom que l'on peut proposer pour lui. Il a été violent et il a été tendre, il a été dur et il a été doux et même fade, il a été charmant, emphatique, merveilleux, lucide, et tantôt admirablement pénétrant et tantôt conventionnel. Il a été héroïque et il a été saint. Il a été précieux, et il a été l'écrivain le plus robuste de notre langue. Il a tendu son miroir à l'univers, et il a aussi créé son univers glacé de poète savant, parfois accessible à lui seul. Oui vraiment, il a été notre Shakespeare. »* Robert Brasillach. ♦ *« Il reste* [de Corneille] *une arête sans bavure, apparaissant abrupte à travers l'anecdote des tragédies, ces illustrations insensées quoique pleines d'une infernale grandeur, de toutes les formes de la volonté de puissance, et aboutissant en surplomb à l'*amor fati, *l'acceptation souriante et affirmative du destin, où Nietzsche aussi parviendra, et par le même sentier de chèvre. »* Roger Caillois. ♦ *« Pendant deux siècles et demi, la France s'est plu à trouver dans son théâtre les lois mêmes de la grandeur d'âme et, plus ou moins explicitement, une sorte d'orthodoxie héroïque, magnifique et vital contrepoids à l'orthodoxie chrétienne. »* J. Schlumberger.

RÉF. : Marty-Laveaux, notes de la grande édition complète des œuvres de P. Corneille, dans la collection des *Grands Écrivains*, 12 vol., 1862. — O. Nadal,

Le Sentiment de l'amour dans l'œuvre de P. Corneille, Paris, 1948. – G. May, *Tragédie cornélienne, tragédie racinienne. Étude sur les sources de l'intérêt dramatique,* Urbana, 1948. – G. Couton, *La Vieillesse de Corneille,* 1949 ; *Corneille,* Paris, 1958 ; *Corneille et la tragédie politique,* Paris, 1984. – L. Herland, *Corneille par lui-même,* Paris, 1954. – B. Dort, *Corneille dramaturge,* 1957. – S. Doubrovsky, *Corneille et la Dialectique du héros,* Paris, 1963. – A. Stegman, *L'Héroïsme cornélien. Genèse et signification,* Paris, 1968. – M.-O. Sweetser, *La Dramaturgie de Corneille,* Genève, 1977. – *Pierre Corneille,* Colloque de Rouen, 1984, Paris, 1985. – M. Prigent, *Le Héros et l'État dans la tragédie de Pierre Corneille,* Paris, 1986. – G. Conesa, *P. Corneille et la Naissance du genre comique (1629-1636),* Paris, 1989. – M. Fumaroli, *Héros et Orateurs. Rhétorique et Dramaturgie cornéliennes,* Genève, 1990.

CORNEILLE Thomas, dit Corneille de l'Isle. Poète et dramaturge. Né à Rouen le 20 août 1625 ; mort aux Andelys le 8 décembre 1709. Comme son frère, le grand Pierre Corneille, il fait d'abord ses études de droit et exerce quelque temps comme avocat au parlement de Normandie ; puis il se tourne vers le théâtre et donne d'abord des comédies imitées du théâtre espagnol, de Calderón surtout et de don Francisco de Rojas, où il cherche le comique dans la charge et le grotesque : *Les Engagements du hasard* (1647), *Le Geôlier de soi-même* (1655). Vers 1655, il aborde la tragédie où, presque dès le début, avec *Timocrate* (1656), il obtient un succès prodigieux puisque la pièce atteignit, chiffre considérable à l'époque, quatre-vingts représentations consécutives. En 1657, c'est *Bérénice,* inspirée par le *Grand Cyrus* de Mme de Scudéry, et que vont suivre une trentaine de tragédies, presque toutes fort bien accueillies, particulièrement *Stilicon* (1660), *Camma et Pyrrhus* (1661) – où l'affluence du public fut telle que les acteurs trouvèrent à grand-peine la place de jouer ; *Ariane* (1672), certainement le chef-d'œuvre de Thomas Corneille, où l'on sent déjà l'influence racinienne et qui, pour cette raison, put rivaliser avec *Bajazet* (*) représenté à la même époque, *Le Comte d'Essex* (1678), *Bradamante* (1696). Mais Thomas Corneille n'avait pas abandonné la comédie : dans *Le Galant doublé* (1669), il continue à imiter les auteurs espagnols ; avec *L'Inconnu,* comédie à machines donnée en 1675, il remporte un des plus grands succès de sa carrière ; avec *Les Dames vengées* (1682) il réplique aux satires de Boileau ; mais on ne se rappelle plus guère que son *Festin de pierre* (1673), transposition en vers, édulcorée, de la pièce de Molière, écrite sur la demande de la veuve de ce dernier. Jaloux des triomphes de Quinault, et sans doute encouragé par Racine et par Boileau, Thomas Corneille tente également sa chance comme librettiste de théâtre lyrique : *Circé* est applaudie en 1675, mais *Le Triomphe des dames* tombe vite deux ans plus tard, et ni *Psyché* (1678), malgré la collaboration de Fontenelle et de Lully, ni *Médée* (1693), malgré la musique de Marc-Antoine Charpentier, n'eurent la faveur du public. Après son élection à l'Académie en 1684 (il fut reçu par Racine le 2 janvier 1685), élection votée à l'unanimité, bien qu'au terme de longs efforts, Thomas Corneille allait d'ailleurs renoncer presque complètement au théâtre pour se consacrer aux questions de langage : il prend une part active à tous les travaux de l'Académie, publie les *Remarques sur la langue française* (*) de Vaugelas avec des notes (1687) où – et c'est une originalité féconde à l'époque – il se montre plus attentif à l'usage des écrivains qu'à celui de la Cour et du monde, devient un des principaux collaborateurs du *Dictionnaire* dont il publie en 1694 un supplément, le *Dictionnaire des arts et sciences,* consacré aux termes techniques, fait partie de la commission chargée d'arbitrer la fameuse querelle opposant Furetière à l'Académie et, malgré la faiblesse de sa vue (il devait mourir complètement aveugle), termine enfin un *Dictionnaire universel, géographique et historique* (1708). De vingt années le cadet de Pierre Corneille, Thomas semble avoir été subjugué par la manière de son frère qu'il ne se lasse de démarquer – dans son *Camma* pour *Pertharite,* dans son *Comte d'Essex* pour *Suréna,* et surtout dans *La Mort d'Annibal* pour *Nicomède* – que pour essayer de se mettre à l'école du jeune Racine : c'est bien cependant à l'auteur du *Cid* (*) qu'il doit ses thèmes essentiels, l'amour noble, le goût des choses politiques et surtout la fameuse opposition de la passion et de l'honneur. Mais le romanesque amoureux prend le pas chez lui sur le romanesque héroïque, ce qui le rapproche de son rival Quinault. Peut-être Thomas Corneille a-t-il été victime de sa merveilleuse facilité qui l'inclinait trop à n'être qu'un imitateur.

♦ *« Le cadet n'avait pas la force et la profondeur du génie de l'aîné ; mais il parlait sa langue avec plus de pureté, quoique avec plus de faiblesse. C'était un homme d'un très grand mérite, et d'une vaste littérature ; et si vous exceptez Racine, auquel il ne faut comparer personne, il était le seul de son temps qui fût digne d'être le premier au-dessous de son frère. »* Voltaire. ♦ *« Dans Thomas Corneille les qualités secondaires et purement spirituelles de son illustre frère se montraient plus ouvertement et, pour ainsi dire, sur le premier plan, n'étant plus tenues en bride et comme ramassées à l'ombre du génie ; mais, chez Thomas, il s'y mêlait encore de la verve et du feu de poésie. »* Sainte-Beuve. ♦ *« Il ne s'est jamais imposé d'autre règle que les caprices de la mode ; content du succès présent, il n'a jamais été tourmenté de cet éternel souci du mieux, dont sont travaillés les vrais artistes ; il n'a point pensé à la postérité et c'est par un assez juste retour que la postérité l'a dédaigné. »* Gustave Reynier. ♦ *« Il a écrit trop vite, d'un style trop impersonnel, et le temps n'épargne pas ce qu'on a fait sans lui. »* G. Michaut.

RÉF. : F. Bar, *Le Berger extravaguant,* Genève, 1960. – D. A. Collins, *Thomas Corneille Protean Dramatist,* La Haye, Mouton, 1966. – Y. Giraud, *Timocrate,* Genève, 1970. – C. Cosnier, *L'Amour à la mode,* Paris, 1973. – C. J. Gossip, *Stilicon,* Genève, 1979. – E. Fischler, *La Dramaturgie de Thomas Corneille* (thèse), Paris, 1976. – G. Forestier, *L'In-*

connu dans *Aspects du théâtre dans le théâtre*, Toulouse, 1986. — J. Truchet, *Théâtre du XVIIe siècle*, tome II, Paris, 1986.

Cornet à dés (Le). Recueil de poèmes en prose de Max Jacob (1876-1944), rédigé entre 1904 et 1910, et publié en 1917. Max Jacob revendique son originalité dans une Préface qui a valeur de manifeste. Il prend ses distances à l'égard d'un genre littéraire fondé par Aloysius Bertrand — *Gaspard de la nuit* (*), 1842 —, repris par Baudelaire, Mallarmé, Rimbaud (et Pierre Reverdy, dont Max Jacob se sent si proche qu'il préfère ne pas le citer). À un moment où André Breton et ses amis découvrent les *Illuminations* (*), Max Jacob porte sur l'œuvre de Rimbaud de sérieuses critiques, qui ne lui seront pas pardonnées : « Le poème est un objet construit et non la devanture d'un bijoutier. Rimbaud, c'est la devanture du bijoutier, ce n'est pas le bijou : le poème en prose est un bijou. » Par là même il précise sa propre originalité, sur quoi il reviendra dans son *Art poétique* (1922) : le pittoresque du décor ou l'intérêt du sujet sont secondaires dans le poème en prose, où seuls importent « l'accord des mots, des images et leur appel mutuel et constant ». Il prend ainsi position contre l'esthétique de ses amis, et va se trouver de plus en plus solitaire. Dans un article intitulé par antiphrase « Les mots en liberté », et publié la même année (1917) dans *Nord Sud*, le poète oppose à la négligence insignifiante la contrainte productive. Il se veut classique, juge nécessaire de placer la voix.

Max Jacob se plaît à la surprise et à la diversité des tons. Ses poèmes portent pour titres des indications de genre (« Poème sentimental », ou « Poème dans un goût qui n'est pas le mien »), des lieux communs moraux (« Craindre le pire ») ; ils constituent des hommages à des héros littéraires (« Fantômas »), ou sont de discrets indices biographiques (« La Rue Ravignan »). Max Jacob ne fait pas du poème le lieu d'une évocation sentimentale ou la relation d'un événement, mais un objet verbal. Dans sa Préface au *Laboratoire central*, Yvon Belaval parle de « hiéroglyphe verbal » pour caractériser *Le Cornet à dés.* Le poème défait les associations traditionnelles, et les regroupe avec le minimum de motivation, d'annonce. Les changements de perspective sont fréquents ; les attaques des phrases sont sans cesse variées. Les effets de juxtaposition, les métamorphoses rapides donnent le sentiment que les mots naissent des mots : « Comme un bateau est le poète âgé / ainsi qu'un dahlia, le poème étagé / Dahlia ! Dahlia ! que Dalila lia. » Le but de Max Jacob est de rendre sensibles les évocations que produisent les mots, d'explorer leur espace et d'inventorier ainsi la réalité qui nous constitue. Il explique à Yvon Belaval la façon de procéder : « Tu n'as qu'à chantonner et à mettre des mots dessus. Tu prends un mot, tu le casses, tu le tournes, tu le retournes. Ainsi le Cormoran, le corps Morand... »

Si Jacob prend plaisir à ces déambulations dans les mots et les formes littéraires, le souci, qui l'occupera toute sa vie (faire servir le travail littéraire au progrès spirituel) s'exprime dès son premier livre. Ses parodies (« À la recherche du traître », « Roman populaire », « Encore le roman feuilleton »...) lui permettent de dire obliquement sa vie double et douloureuse. Toutes les formes d'expression participent du « genre biographique ». Max Jacob considère avec humour l'autoportrait sensible qu'il trace ainsi de lui. Se mêlent les souvenirs de l'enfance en Bretagne, la vie de misère à Paris, les espérances spirituelles, qui sont tout pour lui depuis la rencontre du 22 septembre 1909 : « La tombe est une fenêtre ouverte sur le mystère. » L'humour est pour lui une façon de parler de la souffrance avec décence.

J. ROU.

Côté cour/côté jardin. Indication théâtrale destinée à situer les déplacements des comédiens et l'implantation des éléments techniques sur le plateau. Lorsque l'on assiste à un spectacle, le côté « jardin » désigne la gauche de la scène et le côté « cour » la droite. L'origine en est l'orientation de l'ancien théâtre du château des Tuileries, dont le bâtiment donnait sur le jardin à gauche, et sur la cour à droite. Un metteur en scène ne peut se passer de ce vocabulaire, souvent utilisé dans le texte même de la pièce. La pratique fréquemment employée pour se souvenir du sens de ces termes est de visualiser les initiales de Jésus-Christ. Les comédiens, en scène, doivent évidemment inverser ces données.

PAUL GUY.

Coupe. Arrêt réel ou virtuel qui sépare plusieurs groupes rythmiques à l'intérieur du vers. La coupe se distingue de la césure par sa mobilité. Ainsi l'alexandrin classique comprend-il une césure et deux coupes mobiles, une par hémistiche : « Tout peut naî / tre ici-bas // d'une atten / te infinie » (Paul Valéry). Dans les vers courts, la coupe unique prend valeur de césure. Au XIXe siècle, les coupes mobiles tendent à se substituer à la césure fixe dans le vers long, déterminant l'usage des vers trimètres et donc de la coupe ternaire. Le fait est fréquent dans l'octosyllabe : « Et la mer / se mit / à pleurer » (Maeterlinck), aussi bien que dans le décasyllabe : « Ce toit tranquille / où mar / chent des colombes » (Valéry), ou dans l'alexandrin : « Des châtaigniers ; / des plants de fleurs / formant la dune » (Verlaine).

La coupe lyrique se place, contrairement aux tendances habituelles de la langue, après le *e* atone précédant une consonne initiale de mot : « ... et c'est assez pour moi / Traî*tre*, // qu'elle ait produit // un monstre comme toi » (Racine).

CHRISTIAN DOUMET.

COURIER DE MÉRÉ Paul-Louis. Polémiste et érudit. Né à Paris le 4 janvier 1772, mort le 10 avril 1825 dans son domaine de la

Chavonnière à Véretz (Indre-et-Loire). Paul-Louis Courier passa une partie de son enfance en Touraine où son père, riche bourgeois et homme cultivé, avait dû se réfugier après avoir séduit une duchesse. C'est de lui qu'il reçut les premiers rudiments. Son père le destinait à la carrière du génie et l'envoya à Paris apprendre les mathématiques. Bien qu'il eût beaucoup plus d'inclinaison pour les lettres, Courier se soumit aux vues paternelles et fut envoyé à l'école d'artillerie de Châlons-sur-Marne. Il en sortit en 1793 avec le grade de lieutenant d'artillerie et fut envoyé immédiatement à l'armée du Rhin. Là, ce soldat malgré lui conçut dès l'abord un profond mépris pour la guerre et réussit, ce qui à l'époque tenait du prodige, à ne point monter en grade. Il exécutait ponctuellement les tâches qui lui étaient assignées mais ses préoccupations étaient ailleurs, il lisait les auteurs grecs. En 1795, dans une période fort sombre pour les troupes de la Révolution, alors qu'elles faisaient le blocus de Mayence, Courier quitte le front et sans congé rentre chez lui. Sa justification : « J'y pensai geler et jamais je ne fus si près d'une cristallisation complète. » Il est vrai qu'il venait de perdre son père. Le jeune officier est réclamé comme déserteur. On s'entremit et on arrangea l'affaire, mais en 1796-1797, ce n'est pas en Italie que Courier fait campagne mais à Albi et Toulouse, où il compte les boulets et profite du vent de plaisir qui soufflait, la Terreur passée. En 1798, il est nommé commandant d'artillerie en Italie – v. *Lettres de France et d'Italie*. À Rome, c'est à la bibliothèque du Vatican qu'il consacre tous ses loisirs ; voulant y faire une ultime visite avant de quitter Rome avec l'armée, il se trouve isolé, seul Français, et pense être tué d'un coup de fusil. De retour en France, et de 1800 à 1803, il accumule les congés de maladie qu'il met à profit pour continuer ses traductions du latin et du grec, et rentrer ses récoltes. Mais l'armée ne l'oublie pas ni ses protecteurs. Il est nommé chef d'escadron et envoyé de nouveau en Italie en 1803 ; il y restera jusqu'en 1809, parcourant la péninsule au gré des missions militaires, s'installant pour travailler dès qu'il en a la possibilité et négligeant dans sa retraite de répondre aux ordres qui l'appellent ailleurs. C'est pendant ce séjour qu'il traduisit l'*Hipparque* et *De l'équitation* de Xénophon, publiés à Paris en 1809, poussant la conscience jusqu'à monter à cheval à la grecque sans étriers et sans fers afin de mieux comprendre les préceptes de l'auteur. En 1809, brève flambée d'enthousiasme militaire, Courier espérait commander une armée. Déçu, il donna sa démission après Wagram et cette fois sa retraite est définitive. Aussitôt, il retourne en Italie et, à la bibliothèque San Lorenzo de Florence, reprend l'étude du manuscrit de *Daphnis et Chloé* dont il devait publier des passages inconnus d'Amyot (1810) ; une malencontreuse tache d'encre faite sur le manuscrit lui cause bien des ennuis, il se défend dans une *Lettre à M. Renouard* ; en 1812, il est à Naples auprès de la comtesse d'Albany ; ce sont les échos de ses discussions d'alors qu'il reproduit plus tard dans la fameuse *Conversation avec la comtesse d'Albany*. En 1814, Courier, après bien des hésitations, se marie, puis part en voyage en oubliant sa femme. Enfin de retour, il reprend ses traductions et publie en 1818 *L'Âne de Lucien de Patras*. Il vit alors tantôt à Paris, tantôt en Touraine, se présente à l'Académie des inscriptions. Sa candidature repoussée, il se venge de cet échec dans sa *Lettre à MM. de l'Académie des inscriptions et belles-lettres* – v. *Pamphlets*.

Il s'installe alors à la Chavonnière qu'il ne quittera plus, sauf pour des voyages à Paris rendus nécessaires par ses procès. Ce n'est pas en effet la tranquillité qu'il a trouvée à la campagne. Ses idées, son caractère lui valent bien des déboires. À partir de 1816, la vie de Courier est partagée entre les travaux des champs, ses difficultés villageoises avec ses voisins, avec les autorités, et la rédaction de ces *Pamphlets* qui firent sa gloire. Ils se succèdent, nets comme des coups de feu et comme eux explosifs, mais drus et pleins de sel attique : en 1816, la *Pétition aux deux Chambres*, sur les arrestations arbitraires ; en 1819, le *Procès de Pierre Clavier-Blondeau* ; en 1819-1820, les *Lettres au rédacteur du « Censeur »*, sur les abus du pouvoir, de la magistrature et de l'Église ; en 1820, les *Lettres particulières* sur les ridicules de la noblesse ancienne et d'Empire ; en 1821, le *Simple discours de Paul-Louis, vigneron de la Chavonnière, aux membres du conseil de la commune de Véretz à l'occasion d'une souscription pour l'acquisition de Chambord*. Le *Simple discours* lui vaut des poursuites, Courier s'y attendait et il s'en explique dans le malicieux *Aux âmes dévotes*. Il est effectivement condamné à deux mois de prison et deux cents francs d'amende. La veille du jour où expire sa détention, il est tiré de Sainte-Pélagie pour être conduit devant le tribunal pour un nouveau pamphlet, la *Pétition à la Chambre des députés pour les villageois que l'on empêche de danser*. Il en est quitte pour une réprimande. Sa riposte vient aussitôt, c'est le *Procès de Paul-Louis Courier*. Au lieu de se taire, Courier accumule les écrits satiriques, le *Livret de Paul-Louis, La Gazette du village*, la *Pièce diplomatique*, la *Première* et la *Deuxième réponse aux anonymes ;* bien mieux, il assortit maintenant ses œuvres de commentaires critiques d'une apparente objectivité, qui sont autant de louanges, pleines de dignité et de mesure, qu'il s'adresse à lui- même. Avec le *Pamphlet des pamphlets* (1824), Courier s'emploie à faire l'apologie du genre auquel il a attaché son talent : « Cet ouvrage, dit-il, est, à proprement parler, la justification de tous les autres. » Celui que la presse libérale appelle le Rabelais de la politique, le Montaigne du siècle, l'émule heureux de Pascal, ne pouvait récolter que des haines et des haines toutes proches. Dans son *Livret*, en

1824, il avait écrit : « Paul-Louis, les cagots le tueront. » Le 10 avril 1825, à quelques pas de sa maison, il est abattu d'un coup de fusil et meurt sur place. L'enquête qui suit sa mort ne donne aucun résultat. Peut-être a-t-il été assassiné par un de ses domestiques avec la complicité de sa propre femme. Il laissait inachevés des fragments d'une traduction des *Histoires* d'Hérodote à laquelle il avait consacré de nombreuses années. Nourri des écrivains politiques athéniens, Courier a créé ou recréé un genre qui mourut avec lui. Il y a mis tous les dégoûts que lui inspiraient une vie dont la meilleure part fut donnée à l'armée qu'il haïssait, une époque qu'il abhorrait, un tempérament bilieux, susceptible et plein de hargne. Libéral, voltairien, vaguement bonapartiste après la chute de l'Empire, orléaniste sous la Restauration pour n'être point légitimiste, Courier représente l'incarnation parfaite de l'esprit de la bourgeoisie frondeuse de 1820, de cette « classe moins élevée quoique mieux élevée, qui ne meurt pour personne, et qui, sans dévouement, fait bien tout ce qui se fait : bâtit, cultive, fabrique autant qu'il est permis ; lit, médite, calcule, invente, perfectionne les arts, sait tout ce qu'on sait à présent, et sait aussi se battre, si se battre est une science ». Point de doute, cependant, que s'il eût vu le triomphe de la bourgeoisie et de la monarchie bourgeoise de Louis-Philippe, Courier n'eût été contraint de passer, d'enthousiasme, dans l'opposition.

JACQUES BROSSE.

♦ *« Courier est doué d'un grand talent naturel qui ressemble par certains côtés à celui de Byron ainsi qu'à ceux de Beaumarchais et de Diderot. Il a de lord Byron la promptitude à s'emparer de toutes choses qui pourraient lui servir d'arguments ; de Beaumarchais, l'habileté chicanière ; de Diderot, la dialectique ; et à cela s'ajoute qu'il est aussi spirituel qu'on peut l'être. »* Goethe. ♦ *« Avant de rencontrer sa destinée, il a gravé dans l'airain tous les sentiments qui lui furent communs avec nous, et qui absoudraient cette génération si jamais elle était accusée d'avoir été la muette spectatrice de toutes les hontes de la France depuis quinze ans. »* Armand Carrel. ♦ *« Peu de matière et beaucoup d'art, c'est là toute la devise et le secret du talent de Courier* [...] *Comment entra-t-il dans la politique ? Par le détail, par ce qu'il y a de plus particulier. Ce sont des petites choses qui l'ont décidé ; le talent, chez lui, qui cherchait jour et matière, et qui s'ennuyait à ne point s'exercer, s'empare de ces riens et en fait à la fois des thèmes d'art achevés et de merveilleuses petites pièces de guerre. »* Sainte-Beuve. ♦ *« Il a dérobé à La Bruyère son art d'aiguiser l'épigramme, à Pascal l'ironie mordante et légère. Aux vieux conteurs il a pris la narration aisée, lumineuse, teinte d'un comique délicieux. »* G. Lanson. ♦ *« Au temps où les jeunes écrivains n'exprimaient que la vague mélancolie ou les passions exaltées d'une imagination malade, Courier fait parler le franc bon sens et l'ironie. Ses idées sont antiques et simples, son style d'une merveilleuse clarté. Il plaît à tous ceux qui goûtaient mal le mysticisme ou la frénésie de l'école nouvelle, à toute la descendance de Voltaire... Paul-Louis Courier s'est fait pamphlétaire. Ce n'est point par amour des hommes. A le bien comprendre, il n'est peut-être qu'un grincheux plein de talent. »* Paul Arbelet. ♦ *« C'est une singulière destinée que celle de la gloire d'un Paul-Louis Courier : ni moraliste, ni penseur, ni psychologue, ni conteur, qu'a-t-il donc pour lui qui vaille encore ? Je ne lui vois pas d'autres titres à la durée que d'être un prosateur parfait, auquel il faudra toujours revenir demander conseil et le secret de l'art d'écrire. »* Émile Henriot.

RÉF. : A. Carrel, *Essai sur la vie et les écrits de P.-L. Courier*, en tête de l'édition des *Œuvres*, Paris, 1834. — Sainte-Beuve, *Causeries du lundi*, t. VI, Paris, 1853 ; et *Nouveaux lundis*, t. III et IV, Paris, 1865. — R. Gaschet, *La Jeunesse de P.-L. Courier*, Paris, 1911 : *P.-L. Courier et la Restauration*, Paris, 1913 ; *La Vie et la mort de Courier*, Paris, 1914. — P. Arbelet, *Trois solitaires*, Paris, 1934. — N° spécial de la revue *Europe*, 1966.

COURTELINE Georges (pseud. de Georges Moineaux). Auteur dramatique et romancier. Né à Tours le 25 juin 1858 (et non en 1860 comme l'indiquent quelques biographes, Courteline ayant pris l'habitude de se rajeunir de deux ans) ; mort à Paris, le jour anniversaire de sa naissance, le 25 juin 1929. Fils de l'humoriste Jules Moineaux, il débuta jeune dans les lettres en fondant une feuille éphémère appelée *Paris-moderne* (1881). La même année, il dut aller faire son service à Bar-le-Duc (dans les chasseurs à cheval). S'il goûta peu la vie de caserne, il y puisa néanmoins l'inspiration des trois savoureuses satires qui fondèrent sa réputation : *Les Gaietés de l'escadron* (1886), *Le Train de 8 h 47* (1888) et enfin *Lidoire* (1891). Dans ces récits, tout comme dans ceux qui allaient suivre, le dialogue tenait une place prépondérante. Aussi l'auteur put-il sans peine les convertir en pièces de théâtre. D'où la remarque si souvent faite : gardez-vous bien, chez Courteline, de séparer le romancier du dramaturge. Il faut considerer son œuvre d'un seul bloc, tant à chaque page de ses livres le théâtre se retrouve. En 1892, l'auteur change tout à fait de décor, en publiant *Boubouroche*, nouvelle dont il devait tirer, l'année suivante, la fameuse comédie bourgeoise qui demeure peut-être son chef-d'œuvre. Étant, par ailleurs, employé dans l'administration des Cultes, il put observer à loisir bon nombre de ses collègues qu'il présentera dans ce roman plein de verdeur que sont *Messieurs les Ronds-de-Cuir* (*) (1893). Ayant peint la vie de caserne et celle des bureaux, Courteline voudra s'en prendre à celle des gens de justice. Il avait, d'ailleurs, de qui tenir : son père était l'auteur des *Tribunaux comiques*. Soucieux plus que jamais de l'observation directe, il nous donne une suite de tableaux d'une véracité saisissante : *Un client sérieux* (1896), *Le Commissaire est bon enfant* (1899), *Le Gendarme est sans pitié* (1899), *L'Article 330* (1900), *Les Balances* (1901). Quant à la vie des petits-bourgeois, il l'avait évoquée déjà dans *Boubouroche*. Il continue dans la dizaine de pièces brèves que tout le monde connaît : *La Peur des coups* (1894), *La Cinquantaine* (1895), *Le Droit aux étrennes* (1896), *Monsieur Badin* (1897), *Hortense, couche-toi !* (1897), *Théodore cherche des allumettes* (1897), *La Paix chez soi* (1903), et *La Cruche* (1909) — v. *Pièces brèves* (*).

Dans un temps où la pièce à thèse infestait le théâtre, Courteline a eu le mérite de rester bravement à l'écart pour maintenir la vie au premier plan. Se gardant de tout didactisme, il s'est plu à donner carrière à sa seule observation et à son aisance naturelle. S'il fronde l'autorité des lois, c'est parce qu'il la trouve bien souvent absurde et par là propre à causer pas mal de tribulations pour le commun des mortels. C'est à ces derniers surtout que Courteline s'intéresse. Qu'ils soient militaires, magistrats, employés ou petits rentiers, la plupart de ses personnages sont au-dessous du médiocre. Rien que par leurs noms, ils acquièrent d'emblée un pouvoir comique tout à fait rare. Grincheux, tenaces et lunatiques, la verve que Courteline leur prête est d'une truculence inouïe. Tous ces types d'humanité n'ont donc pas eu de peine à balayer le personnel mangé aux mites qui datait de Scribe. Est-il besoin de le dire ? *Boubouroche*, colosse ingénu qui se laisse duper par tout le monde, demeure sa plus belle création. Aucune méchanceté ne se décèle chez Courteline. Dans la plupart de ses pièces brèves, l'argument fait la bascule : fort de sa connaissance d'un article du Code, un quidam, par exemple, tyrannise son prochain mais, à la fin, doit rendre les armes parce que l'article est susceptible de plusieurs interprétations. Si loin qu'il aille dans la charge, Courteline se garde bien de perdre de vue la réalité quotidienne. Telle est la raison de l'empire qu'il eut toujours sur le public. Ici, vraiment, l'observation régit toutes choses. Pierre Brisson note à cet égard : « C'est bâti dans l'extravagance à grands traits de vérité : un jet de cocasserie qui vient du fond de l'homme. » Son œuvre est une comédie humaine à la portée de tous. On y trouve une amertume assez proche de celle de Molière – ce Molière qu'en 1905 il a pastiché d'une façon un peu scolaire dans *La Conversion d'Alceste*. Si l'on ne peut voir en Courteline un grand créateur dramatique, du moins faut-il reconnaître qu'il eut à un très haut degré le don de l'expression. Il s'impose d'abord en effet par son langage : un style verveux, simple et rapide, aux solides articulations et qui respire toujours bien. Pour sa prose, Courteline s'égale aux meilleurs écrivains français. Il avait été élu, le 24 novembre 1926, à l'académie Goncourt.

♦ *« Courteline se laisse trop facilement aller à une truculence facile qu'il prête indifféremment à tous ses personnages. Mais, sans doute, plus l'humanité qu'il peint est vulgaire, moins il sied que ses représentants soient différenciés. »* André Gide. ♦ *« Alors qu'on est souvent déçu en approchant un écrivain dont l'œuvre vous a conquis, il était impossible de fréquenter Courteline sans l'aimer. Il était vraiment l'homme de ses livres : raisonneur comme le sieur Trielle, bohème comme Stéphen Hour, crédule comme Boubouroche, emporté comme Hurluret. Le bon cœur et le mauvais caractère, tout y était. »* Roland Dorgelès.

RÉF. : E. Buenzod, *Une époque littéraire, 1890-1910*, Neuchâtel, 1941. – E. Herriot, *Les Maîtres que j'ai connus*, in *Conferencia*, 37 A, nº 1, 1948. – A. Dubeux, *La Curieuse Vie de Georges Courteline*, Paris, 1949. – P. Bornecque, *Le Théâtre de Georges Courteline*, Paris, 1969. – J. Bernard, *Le Théâtre de Courteline*, Paris, 1978.

CRÉBILLON Claude Prosper Jolyot de. Romancier. Né et mort à Paris : 14 février 1707 - 12 avril 1777. Tôt orphelin de sa mère, instruit par les jésuites qui trouvent en lui un sujet brillant mais ne peuvent le retenir, il est élevé par son père, le célèbre dramaturge et académicien Prosper Jolyot de Crébillon, qui dit un jour de son fils, par plaisanterie, qu'il était « le plus mauvais de ses ouvrages ». De fait, les contes et les romans de Crébillon (fils) tirent leur charme principal d'une alliance presque toujours réussie entre l'ironie, la finesse et la grâce du trait d'esprit, et leur tendance marquée à l'érotisme. Dans *Le Sylphe* (1729), et plus tard *Ah ! quel conte !* (1754) Crébillon utilise plaisamment la vogue du conte de fées qui autorise les situations piquantes et les épisodes saugrenus. Les peintures licencieuses de *L'Écumoire* (1734), mêlées aux allusions politiques à la querelle encore vive de la bulle *Unigenitus,* valent à Crébillon un séjour à la prison de Vincennes, de même que *Le Sopha* en 1742 est suivi d'un bref exil hors de la capitale. Mais le caractère subversif de ses œuvres n'est pas assez affirmé pour que les autorités aient beaucoup à le craindre. Son amabilité naturelle et la bonne humeur de ses écrits lui valurent toujours l'indulgence de ses protecteurs. Gai compagnon et homme de beaucoup d'esprit, il appartient au Caveau, « société bachique et chantante » fondée par Piron en 1729, pour associer les trois plaisirs de la bonne table, de la chanson spirituelle et de l'amitié. Après un roman épistolaire, les *Lettres de la marquise de M*** au comte de R**** (1732) qui le montre capable d'évoquer l'émotion et la passion, *Les Égarements du cœur et de l'esprit* (1736) le consacrent, aux yeux des historiens de la littérature, comme un des plus fins analystes du sentiment et des manœuvres amoureuses de salon, dans un registre différent, mais aussi intéressant que Prévost et Marivaux à la même époque. *Les Heureux Orphelins* (1754) sont d'abord la traduction d'un récit anglais à la troisième personne, puis adoptent la forme épistolaire lorsque Crébillon reprend le sujet de la sensibilité et du libertinage qui l'intéresse davantage. En 1768, les *Lettres de la duchesse de *** au duc de ****, puis en 1771 les *Lettres athéniennes,* dernier ouvrage publié, sont également des romans par lettres. Crébillon a épousé en 1748 Henriette-Marie Stafford-Howard, sa compagne anglaise, dont il a un fils depuis 1746. Bien en peine de vivre de sa plume, il obtient grâce à Mme de Pompadour une charge de censeur royal (1759) qu'il exerce avec bénignité ; il meurt négligé par ses contemporains, qui ne font guère d'accueil à ses dernières œuvres. Deux d'entres elles sont pourtant caractéristiques et appréciées aujourd'hui comme des chefs-d'œuvre en leur genre. Il s'agit de deux dialogues, *La Nuit et le*

Moment (1755), et *Le Hasard du coin du feu* (1763), dont la rédaction a probablement suivi de peu celle des *Égarements.* Dans le premier, la scène est dans un château à la campagne, précisément dans l'alcôve de Cidalise. Celle-ci voit surgir dans son appartement Clitandre, en robe de chambre ; il ne peut dormir et vient bavarder avec son amie, c'est-à-dire échanger les plus récentes anecdotes sur la vie amoureuse et les liaisons cachées ou scandaleuses de leurs connaissances. Ces confidences font bientôt naître chez les deux personnages un désir que le « moment » favorise... Au matin, on se sépare avec la plus grande simplicité. Le second dialogue est également vif, et pas davantage encombré de grands sentiments. Crébillon ménage la progression dramatique avec un art consommé de la gradation, de l'échange amical et badin, passant par les stratagèmes de la coquetterie et du désir, jusqu'à l'attendrissement ; le retour à l'indifférence amicale est à peine couvert par un aveu d'amour qui doit tout à la politesse et rien au cœur. Entremêlé d'anecdotes licencieuses, mais présentées dans un langage allusif qui voile le fait sans le dissimuler et laisse au lecteur le plaisir de deviner le sens érotique sous les euphémismes d'une parfaite élégance, le dialogue offre un tableau désinvolte et amer à la fois des mœurs du temps : « Jamais, dit Clitandre, les femmes n'ont mis moins de grimaces dans la société ; jamais l'on n'a moins affecté la vertu. On se plaît, on se prend. S'ennuie-t-on l'un avec l'autre ? on se quitte avec tout aussi peu de cérémonie que l'on s'est pris [...] Il est vrai que l'amour n'est entré pour rien dans tout cela ; mais l'amour, qu'était-il, qu'un désir que l'on se plaisait à s'exagérer, un mouvement des sens dont il avait plu à la vanité des hommes de faire une vertu ? On sait aujourd'hui que le goût seul existe ; et si l'on se dit encore qu'on s'aime, c'est bien moins parce qu'on le croit que parce que c'est une façon plus polie de se demander réciproquement ce dont on sent qu'on a besoin. » Crébillon se place, après Hamilton, avant Duclos et Laclos, dans la lignée des auteurs qui ont eu sur les illusions sentimentales et les jeux de l'amour en société, sur la coquetterie des femmes et les mensonges des mondains, un regard acéré ; mais il a su évoquer aussi bien l'amour naissant dans des cœurs neufs, l'apprentissage et les désillusions de la vie et les malheurs de l'amour-passion.

CATHERINE BONFILS.

RÉF. : Étiemble, *Romancier du XVIIIe siècle,* Paris, 1965. — Henri Coulet, *Le Roman jusqu'à la Révolution,* Paris, 1967. — Ernest Sturm, édition critique de *L'Écumoire ou Tanzaï et Néadarné, Histoire japonaise,* Paris, 1976 ; *Crébillon fils et le libertinage au XVIIIe siècle,* Paris, 1970. — Bernadette Fort, *Le Langage de l'ambiguïté dans l'œuvre de Crébillon fils,* Paris, 1978. — Jacques Rustin, *Le Vice à la mode, Étude sur le roman français de « Manon Lescaut » à l'apparition de « La Nouvelle Héloïse »,* Paris, 1979.

CRÉBILLON (père) Prosper Jolyot de. Poète tragique. Né à Dijon le 13 février 1674 ; mort à Paris le 17 juin 1762. Fils du greffier en chef de la Chambre des comptes de Dijon, il achève dans cette ville ses études de droit et trouve un emploi chez un procureur parisien, grand amateur de théâtre, qui le pousse lui-même vers la littérature. Mais sa première pièce, une tragédie, *La Mort des enfants de Brutus* (1703) est un désastre ; *Idoménée* (1705) a un peu plus de succès ; enfin, avec *Atrée et Thyeste* (1707), Crébillon affirme ce penchant pour l'horrible qui sera son originalité — mais une scène restée fameuse, où l'aîné des deux fils présente à son père une coupe pleine du sang de son propre enfant, fit trouver l'œuvre « trop tragique ». En 1708, Crébillon donne encore une *Électre* ; cependant son goût excessif pour le romanesque le met mal à l'aise dans la simplicité de la Grèce antique, dont il ne connaît d'ailleurs les auteurs qu'en traduction. C'est d'un roman de Segrais qu'il tire le sujet de *Rhadamisthe et Zénobie* (1711), détestée par Boileau et pourtant la meilleure pièce de l'auteur, qui eut un succès considérable jusqu'à l'époque romantique. Puis vinrent *Xerxès* (1714) qui tomba dès la première représentation et *Sémiramis*, échec presque aussi complet. Aussi, pendant neuf années, Crébillon s'éloigne-t-il de la scène. Fort besogneux toute sa vie, malgré les dons du Régent, du duc de Bourbon, de divers financiers, bouleversé par la mort de sa femme en 1711, il s'enferme dans un hôtel à peu près vide, s'entoure d'animaux, rêve à des romans qu'il n'écrira jamais. Mais le succès des pièces de Voltaire, qui se posait en rival de Crébillon, ramène l'attention sur ce dernier : il est élu à l'Académie française en 1731 et donne un nouveau trait de son originalité en composant son discours de remerciement en vers ; en 1735, il est nommé censeur de la librairie. Son indifférence au courant philosophique, son monarchisme passionné font bientôt de lui un protégé de la Cour : mais *Catilina* a beau avoir été achevé sur les instances de Mme de Pompadour et représenté dans les costumes spécialement payés par Louis XV, la pièce n'a qu'un maigre succès en 1748, comme, six ans plus tard, *Le Triumvirat.* Malgré une carrière agitée, Crébillon fit pourtant grande figure en son temps. Il y a longtemps, aujourd'hui, qu'on ne le représente plus, mais il tient sa place dans l'histoire de notre théâtre. Il se croyait l'héritier de Racine : en fait, il marque plutôt la fin de la tragédie classique, en confondant violence et grandeur, en substituant à la simplicité racinienne sa prédilection pour les complications de toutes sortes, méprises, reconnaissances, naufrages, catastrophes. Ses vrais maîtres sont La Calprenède, Scudéry, Segrais ; mais il pousse le romanesque jusqu'à l'horrible. La tragédie, selon ses propres termes, est pour lui « une action funeste qui doit être présentée aux spectateurs sous des images intéressantes et qui doit les conduire à la pitié par la terreur ». Avec une telle doctrine, avec aussi son style emphatique, ce « Racine ivre », comme l'appelait Boileau, fait figure moins d'héritier des classiques que de précurseur du mélodrame romantique.

♦ *« M. de Crébillon avait plus de génie que de littérature... Si M. de Crébillon avait plus châtié son style, je ne balancerais pas à le placer, malgré ses défauts, infiniment au-dessus de Rousseau* [J.-B.]... *»* Voltaire. ♦ *« J'estime son génie et respecte sa vieillesse, mais, quelque honneur que je porte à sa personne, je ne dois que justice à ses pièces. »* J.-J. Rousseau. ♦ *« Crébillon, qui eut un immense succès, est un homme d'imagination active, sans cesse occupée à emmêler et à démêler les fils d'une action romanesque. La qualité des matériaux lui est indifférente : il prend à La Calprenède, à Corneille, à Racine, des situations, des caractères, des sentiments ; il amalgame les lieux communs, il invente des férocités ou des héroïsmes sans exemple ; peu lui importe : jamais il n'a jeté un regard vers la nature. »* G. Lanson.

RÉF. : A. Houssaye, *Galerie du* XVIII*e siècle*, 1884. — Grimm, *Correspondance littéraire.* — M. Dutrait, *Étude sur la vie et le théâtre de Crébillon*, Bordeaux, 1895 ; thèse.

CRENNE Hélisenne de (pseud. de Marguerite de Briet). C'est la première en date des romancières françaises. Née à Abbeville entre 1500 et 1510, morte vraisemblablement à Paris après 1560. Peut-être fille unique de Marc Briet, qui présente ses fiefs à Gorenflos en 1498 ; mariée à Philippe Fournel et de lui séparée quant aux biens après 1550 (ainsi que nous l'apprenons d'actes notariés qui sont la seule et unique source de sa biographie lacunaire).

Son roman, *Les Angoysses douloureuses qui procèdent d'amours* (*), fut imprimé à Paris en 1538 chez Denis Janot. Chez le même éditeur, elle fit paraître en 1539 ou 1540 (le privilège date du 18 octobre 1539) *Les Epistres familieres et invectives* (respectivement au nombre de treize et de cinq) ; en 1540, *Le Songe de Ma Dame Helisenne* (deux éditions contemporaines dont l'une renferme aussi les épîtres), réimprimé en 1541 ; et une traduction « en prose poétique » dédiée à François Ier : *Les quatre premiers livres des Eneydes du tres elegant poete Virgile* (privilège du 8 mars 1541, deux seuls exemplaires au monde : Bibliothèque de l'Arsenal et Bibliothèque de Genève).

Le roman connut un vif succès au XVIe siècle. Réimprimé à Lyon en 1539 ou 1540 « à la marque d'Icare » par Denis de Harsy et à Paris en 1541 par Pierre Sergent et par Pierre Hermier, il fut inclus, à partir de 1543, dans *Les Œuvres de Madame Helisenne de Crenne* (Paris, Charles Langelier, 1543 et 1544).

En 1550, Claude Colet, sur les instances des demoiselles M. & F. de N. (Nesle : Françoise de Mailly et sa belle-sœur Marie de Hangard) et avec le consentement de Marguerite de Briet elle-même, revit le corpus (exception faite pour la traduction de l'*Énéide*) pour émonder des latinismes et le rendre plus intelligible. Claude Colet de Rumilly, poète, était aussi « très versé dans la connaissance des langues, surtout du français » — ainsi que l'affirme son contemporain Jean Pillot dans l'épître préliminaire de sa *Gallicae linguae institutio* (1550). Voilà donc la vraie raison du choix d'Hélisenne. Les *Œuvres,* revisées par Colet, furent imprimées à Paris en 1551 par Charles Langelier et Étienne Groulleau, et par ce dernier seulement, toujours à Paris, en 1553, 1555 et 1560. Colet, maître d'hôtel de la marquise de Nesle, Renée de Rieux, étant décédé vers la fin de 1553, on doit en déduire que la romancière était encore vivante en 1560 et peut-être vivait-elle encore en 1581, étant donné que Marie de Romieu la nomme comme si elle était encore de ce monde dans son *Brief discours que l'excellence de la femme surpasse celle de l'homme.*

Après 1560, le roman ne fut plus réimprimé : c'était désormais l'époque des guerres de Religion. Marguerite de Briet, presque oubliée pendant trois siècles, a connu de nos jours un vif réveil d'intérêt de la part des chercheurs.

ANTONIO POSSENTI.

Crescendo : voir **Gradation.**

CRETIN Guillaume. Poète. Né entre 1461 et 1465, mort en 1525. Il fut trésorier de la chapelle de Vincennes, puis chapelain. Aumônier royal en 1514, il sera nommé en 1523 chantre de la Sainte-Chapelle de Paris. Son œuvre est toute de circonstance : *Plainte sur le trépas du chevalier de Byssipat, Déploration sur le trépas d'Okeghem.* Il laissa inachevée une vaste *Chronique françoyse* en vers. Si l'on en croit Étienne Pasquier, c'est Cretin que Rabelais désigne sous le nom de Raminagrobis dans le *Tiers Livre* — v. *Gargantua et Pantagruel* (*).

Certains de ses poèmes sont pleins d'une fantaisie allègre qui ne manque pas d'esprit, mais qui parfois fait long feu, comme le *Débat sur le passe-temps des chiens et des oiseaux.* En vérité, c'est dans ses épîtres en vers, tantôt lyriques, tantôt narratives, où la versification est éblouissante, que Guillaume Cretin, délivré de l'obsession des formes fixes, nous apparaît le plus valable. Il ouvre la voie à Clément Marot, qui devait parvenir à de belles réussites dans le genre et qui n'a jamais caché son admiration pour ce « souverain poète françois », « le bon Cretin au vers équivoqué ». Marot n'est pas le seul à admirer sa virtuosité et notamment son art des rimes équivoquées. Mais cet art n'est que l'aspect le plus voyant d'une exigeante recherche formelle qui entend la poésie comme une sorte de musique, plutôt que de chercher à livrer un « message ». — Les œuvres poétiques de Guillaume Cretin ont été publiées par Kathleen Chesney (Paris, 1932).

Crève-cœur (Le). Recueil de poèmes de Louis Aragon (1897-1982), publié à Paris en 1941 sous l'occupation nazie. Depuis *Hourra l'Oural* en 1934, Aragon, qui se consacrait essentiellement à la création romanesque, sans parler d'une intense activité journalistique, n'avait plus publié de poèmes. C'est pourtant dans cette même période que le poète, en lui, accomplissait une évolution dont ce recueil fut le premier fruit, et qui donna à l'auteur un instrument poétique adapté à l'expression de ce qu'il avait à dire : la « drôle de guerre », la défaite et l'Occupation. Par là, cette réflexion secrète sur le mode d'expression poétique préparait la poésie de résistance, la poésie nationale de 1939-45, dont Aragon allait être un des poètes majeurs. Les premiers poèmes du *Crève-Cœur* (« Vingt ans après », « J'attends sa lettre au crépuscule », « Le Temps des mots croisés ») parurent dans le numéro de décembre 1939 de la *Nouvelle Revue Française* (*) : Aragon y revenait à l'alexandrin et au vers rimé, ou, pour employer ses propres termes, au « vers compté » (en vérité il y en avait bien quelques exemples glissés dans des recueils antérieurs, mais épisodiques, et comme en contrepoint). L'emploi de la rime et du vers compté (alexandrins et décasyllabes surtout, parfois octosyllabes) ne se présente pourtant pas comme un quelconque néo-classicisme. L'utilisation de la rime a été assouplie par un large emploi du rejet, de la rime intérieure, de rythmes brisés, etc. En outre, l'inspiration d'Aragon s'en va chercher des sources jusque dans les chants et complaintes du Moyen Âge français, et notamment de l'époque de la guerre de Cent Ans dont le contenu même et l'accent n'étaient pas sans analogie avec ce que l'on pouvait ressentir en 1940. Aussi bien ces questions sont-elles explicitement abordées par l'auteur dans l'essai qu'il a joint au *Crève-Cœur* : « La Rime en 1940 », où la poétique nouvelle d'Aragon (qui ne prétend d'ailleurs pas l'imposer ni faire école, il le précisera dans l'essai « De l'exactitude historique en matière de poésie ») se présente comme une renaissance du chant français, et du même coup comme une réaffirmation de la patrie au temps du malheur. De fait, le recueil, que l'auteur peut encore faire paraître légalement en 1941, grâce à l'emploi de ce que lui-même nomme la « contrebande littéraire » (ou l'art d'exprimer les idées interdites avec les mots permis), contient aussi les premiers poèmes de résistance de l'auteur – et peut-être les premiers qui aient été composés –, « Les Lilas et les Roses », publié en septembre 1940 dans *Le Figaro*, deux surtout qui furent immédiatement célèbres : « Les Croisés » et « Richard II 40 » (« Je reste roi de mes douleurs »). À bien des égards, la publication de ce recueil fit date, non seulement dans l'œuvre d'Aragon, mais pour ce qui est de l'histoire littéraire de la France sous l'Occupation : un public nombreux retrouva dans ce chant brisé l'écho de sa souffrance et de ses espoirs encore hésitants. En pleine guerre, les poèmes du *Crève-Cœur* furent connus en Angleterre et aux États-Unis, et y apportèrent une image plus juste de la France envahie.

Le Nouveau Crève-Cœur, publié en 1948, reprend la veine poétique du premier, mais dans un autre contexte : celui de « la nouvelle duperie » (dans le poème intitulé « MCMXLVI »), et des guerres coloniales. Un certain nombre de poèmes sont consacrés à Elsa (« Amour d'Elsa »), un autre, « Le Cri du butor », contient des éléments d'une confession poignante, annonciatrice de thèmes que d'autres recueils développeront largement quelques années plus tard.

CREVEL René. Romancier et essayiste. Né et mort à Paris : 10 août 1900-18 juin 1935. Crevel entreprit des études de droit et de lettres, mais il les délaissa après son service militaire (1923) pour participer à l'aventure surréaliste. Il a lui-même raconté ce passage en ces termes : « Avait commencé des recherches pour une thèse de doctorat ès lettres sur *Diderot romancier*, quand, avec Marcel Arland, Jacques Baron, Georges Limbour, Max Morise, Roger Vitrac, il fonda une revue, *Aventure,* qui lui valut d'oublier le XVIIIe siècle pour le XXe. C'est alors qu'il connut Louis Aragon, André Breton, Paul Éluard, Philippe Soupault, Tristan Tzara, et un jour, devant un tableau de Giorgio de Chirico, il eut enfin la vision d'un monde nouveau. Il négligea définitivement le vieux grenier logico-réaliste, comprenant qu'il était lâche de se confiner dans une médiocrité raisonneuse... et persuadé qu'il n'est pas de vie morale possible pour qui n'est point docile aux voies souterraines ou se refuse à reconnaître la réalité des forces obscures, a décidé une fois pour toutes d'essayer, tant par ses actes que par ses écrits, d'écarter les barrières qui limitent l'homme et ne le soutiennent pas. »

Tous les portraits de Crevel soulignent son aisance, sa beauté, son intelligence ; merveilleusement doué pour le monde, il préféra obéir au souci d'une recherche plus profonde, tournant le dos au succès. Son œuvre se développa en trois temps : l'exploration des divers modes du moi, la systématisation de la révolte, l'engagement révolutionnaire. Ses trois premiers romans : *Détours* (1924), *Mon corps et moi*, *La Mort difficile*, témoignent ainsi du désir de se connaître à la fois en tant qu'être et en tant qu'essence afin d'atteindre à la possession de son moi fondamental. Par leur construction rigoureuse mais ouverte, leur liberté, leur charme d'écriture, ces livres, surtout le second, sont un document essentiel sur l'esprit de la jeunesse des années 20, en même temps que des œuvres majeures, dont on s'étonne qu'elles demeurent encore aujourd'hui quelque peu méconnues.

L'aventure surréaliste fut ensuite l'élan au sein duquel Crevel réussit un temps à identifier son moi et sa volonté agissante d'expression ; il fut alors l'un des théoriciens et des pamphlétaires les plus vigoureux du mouvement dans ses essais : *L'Esprit contre la raison* (1927), *Paul Klee* (1930), *Dalí ou l'Anti-Obscurantisme* (1931), *Le Clavecin de Diderot* (1932), cependant qu'il inventait une forme de roman expérimental avec *Babylone* (1927) et *Êtes-vous fou ?* (1929). L'engagement révolutionnaire ne s'est traduit que par un gros roman : *Les Pieds dans le plat* (1933), mais il était déjà sensible dans les œuvres précédentes.

Les livres de Crevel séduisent d'abord par la qualité de leur écriture, le côté eau courante de la phrase, qui toutefois se tache souvent d'ombre, mais ce n'est pas cette qualité qui est essentielle, Crevel ayant d'ailleurs renoncé à la cultiver. Le plus durable tient dans le naturel du langage et sa fougue ; on assiste au spectacle d'une pensée qui se découvre en même temps qu'elle s'écrit, et qui va vite, et qui se charge d'images, et qui brasse à la fois l'imaginaire, le réel et le surréel. Alors les livres de Crevel ne nous atteignent plus seulement comme une « œuvre », mais comme une présence — la traduction organique et vivante d'une présence.

Crevel participait à la préparation d'un congrès international pour la défense de la culture lorsqu'il se suicida. Cette mort a reçu les interprétations les plus diverses : désir d'arrêter sa vie à l'apogée de sa jeunesse, déception politique, crainte de la maladie qui le rongeait, mais ces explications sont probablement vaines ou insuffisantes. Il vaut mieux retenir ce que Crevel écrivait en 1925 dans le numéro 2 de *La Révolution surréaliste* : « On se suicide, dit-on, par amour, par peur, par vérole. Ce n'est pas vrai. Tout le monde aime ou croit aimer, tout le monde a peur, tout le monde est plus ou moins syphilitique. Le suicide est un moyen de sélection. Se suicident ceux-là qui n'ont point la quasi universelle lâcheté de lutter contre certaine sensation d'âme si intense qu'il la faut bien prendre, jusqu'à nouvel ordre, pour une sensation de vérité. Seule cette sensation permet d'accepter la plus vraisemblablement juste et définitive des solutions, le suicide. »

BERNARD NOËL.

RÉF. : C. Courtot, *René Crevel ou le Clavecin mal tempéré,* Paris, 1966 ; *René Crevel,* Paris, 1969. — E. Batache, *La Mystique charnelle de Crevel*, Paris, 1976. — M. B. Rochester, *René Crevel,* Stanford, 1978. — Revue *Europe* n° 679/680, 1985.

Critique d'art. Ni esthétique ni philosophie de l'art, la critique d'art occupe en France depuis le XVIIe siècle une place spécifique dans les productions de l'esprit auxquelles artistes (peintres le plus souvent) mais aussi philosophes et écrivains prendront part. Les dernières décennies du XVIIe siècle donnent naissance, au cours de la célèbre « querelle des Anciens et des Modernes » (voir l'article), à la notion de critique. La tradition représentée par les Anciens et leur référence à une norme transcendante (idéale, rationnelle) de beauté ne sont plus des modèles à imiter ; la subjecti- vité enracinée dans un milieu, une histoire, devient maîtresse des normes du beau. On assiste ainsi à l'émergence de la notion de goût qui s'autonomise et, parallèlement, à l'émancipation de l'œuvre d'art qui devient fin en soi, objet fournissant les critères de sa propre production et se donnant à la contemplation de l'amateur. Ainsi le père Bouhours (1628- 1702), dans son dialogue *Des manières de bien penser dans les ouvrages de l'esprit* (1687) qui met aux prises deux personnages, le classique Eudoxe (derrière lequel on peut voir le représentant de Boileau) et le moderne Philanthe (partisan des modernes), réhabilite-t-il le « cœur », la sensibilité, la rhétorique des passions, et ouvre ainsi les voies dans lesquelles la critique d'art s'engouffrera. Si l'abbé Batteux peut encore, en 1746, dans *Les Beaux-Arts réduits à un même principe*, se faire le chantre d'une esthétique proche de celle des classiques et revendiquer la rationalité du « bon goût », ce sont les thèses de l'abbé Du Bos (*Réflexions critiques sur la poésie et sur la peinture,* 1719), chantre du sentiment, seul juge indiscutable en matière de beauté, qui triompheront, ou celles de Crousaz qui, dans son *Traité du beau* (1715), écrit : « (Le terme de beauté) exprime le rapport des objets que nous appelons beaux avec nos idées, ou avec nos sentiments, avec nos lumières ou avec notre cœur. » Le XVIIIe siècle, le « siècle de la critique », marquera définitivement l'ère de la subjectivité et commencera à aborder les œuvres dans leur individualité ou dans leur originalité (voire génialité). Ainsi Roger de Piles (1635-1709), dans son *Cours de peinture par principes* (1708), s'attachera-t-il (à la suite de Félibien et de Du Fresnoy) en homme de l'art et amateur éclairé à rendre compte du « vrai parfait » incarné par les œuvres les plus aptes à donner vie sensible au moindre trait. On retrouvera chez Diderot, dans ses *Essais sur la peinture* (1765) et dans ses *Salons* (1759-1781), une semblable attention aux œuvres qui saura exalter tout à la fois la sensualité qui émane des couleurs d'un Chardin que le moralisme qui imprègne les scènes de genre d'un Greuze. L'œuvre picturale est ainsi installée au cœur des préoccupations de l'époque et devient inséparable des conditions sociales et individuelles qui l'ont vue naître et des effets qu'elle est censée produire sur les sensibilités et les esprits. (Taine, dans sa *Philosophie de l'art*, parue en 1882, poussera jusqu'à la caricature un hégélianisme réduisant les œuvres à leurs conditions historiques d'émergence.) Au cours des deux siècles qui suivront, si l'on excepte les noms d'esthéticiens tels T. Jouffroy ou Quatremère de Quincy, Alain, E. Souriau, C. Lalo ou M. Dufrenne, la critique sera surtout illustrée par les artistes eux-mêmes, tant écrivains que peintres. Mouvement significatif qui témoigne de ce que l'art, alors que son passé est de plus en plus livré à la consommation culturelle d'un public au goût influencé le plus souvent par des intérêts extra-artistiques, devient territoire réservé, affaire d'avant-gardes de plus en plus coupées d'une société qui a du mal à suivre. Théophile Gautier, dans ses *Salons* (1837-47-61) ou dans *L'Art moderne* (1856), lance l'idée de « l'art pour l'art » à laquelle les réalistes (Champfleury, *Le Réalisme* [1857], Duranty, *La Nouvelle Peinture* [1876] ou certains écrits de Zola) opposeront une vision moins « idéaliste » de l'art et de ses fonctions. Le nom de Baudelaire cristallise toutes les tensions et contradictions que l'art doit affronter dans une société en proie à la « modernité ». Les *Salons* de 1845-46-55-59 ou l'essai sur le peintre Constantin Guys, *Le Peintre de la vie moderne* (1860), élèvent la critique au niveau d'un art autonome. Guillaume Apollinaire, dans ses *Chroniques d'art* (1902-1918), ou Francis Ponge, dans *L'Atelier contemporain* (1977), témoigneront d'une grande attention aux mouvements les plus créateurs du siècle. La plupart des grandes peintres — de Delacroix à Jean Bazaine en passant par Matisse ou Signac — sauront montrer que la critique peut être aussi exigeante que l'art lui-même.

FRANCIS WYBRANDS.

Critique littéraire. Discipline littéraire qui a pour objet l'étude des œuvres de la littérature.

La notion de « critique littéraire » n'a cessé de soulever, depuis le XVIe siècle, débats et controverses. On s'est interrogé sur son existence même, d'abord : « Il n'y a pas de critique littéraire et il ne peut y en avoir parce qu'il n'y a pas de code littéraire », professe Remy de Gourmont. Sur son statut ensuite : « La critique littéraire n'est pas un genre à proprement parler, rien de semblable ni d'analogue au drame ni au roman, mais plutôt la contrepartie de tous les autres genres, leur conscience esthétique, si l'on peut dire, et leur juge » (Brunetière). Enfin, sur son aptitude à prononcer un jugement : « Si le marquis de Sade, Baudelaire, Rimbaud, Lautréamont, Mallarmé nous parviennent dans leur étonnante fraîcheur, c'est grâce à quelques dénigrements et diffamations : Jules Janin, Brunetière, Maurras, France, Faguet, Gourmont. L'éreintement conserve un auteur, mieux que l'alcool ne fait un fruit » (Jean Paulhan). C'est dire la défiance constante qu'a suscitée cette discipline, et avant tout auprès des créateurs eux-mêmes. Tel Flaubert, s'indignant de ne jamais rencontrer « une critique qui s'inquiète de l'œuvre en soi, d'une façon intense [...] [de] sa composition, [de] son style, [du] point de vue de l'auteur ».

Pourtant, la vivacité du débat montre assez la place qu'occupe la critique littéraire dans la vie des lettres. Sans parler même de cette terreur exercée par la critique journalistique, dont les arrêts font — momentanément — vivre et mourir les œuvres, l'*Évolution de la critique* (titre d'un ouvrage de Brunetière) est incontestablement allée dans le sens d'une reconnaissance toujours plus grande. Parallèlement, le discours critique a tendu à se spécialiser, annexant toutes sortes de disciplines scientifiques et philosophiques. Le rapport à l'objet littéraire s'est, lui aussi, modifié, délaissant peu à peu le souci du jugement esthétique, pour tenter, conformément au vœu de Flaubert, une interrogation des formes et de leur fonctionnement. Au point que les années 1960-70 ont vu le critique, soutenu par le mouvement éditorial et une floraison de revues, passer au premier plan de l'activité littéraire. L'œuvre de Roland Barthes marque sans doute l'apogée de ce phénomène.

Pour prendre la mesure de cet événement qu'on a appelé la « révolution de la nouvelle critique », sans doute faut-il considérer son substrat historique, et revenir aux différentes significations dont s'est chargée la notion de critique littéraire au fil des siècles.

Platon, Horace ou Montaigne sont à leur façon critiques lorsqu'ils traitent des œuvres des autres. Toutefois, pour que *la* critique se constitue, il lui fallait faire face à une littérature qui ait elle-même pris conscience de son existence en tant qu'activité autonome à l'intérieur des sociétés.

Si l'on excepte les *Vies des troubadours,* premiers témoignages d'une érudition portant sur les conditions de production de la littérature, on ne peut guère parler encore de critique littéraire au Moyen Âge. Il faut attendre le renouvellement intellectuel du début du XVIe siècle pour qu'apparaisse, de façon concertée, le souci d'ordonner les valeurs de la littérature du passé. Ce que font les *Arts et rhétorique* des grands rhétoriqueurs. L'invention de l'imprimerie, le développement des centres urbains et des aristocraties cultivées, enfin l'affirmation d'un esprit national déterminent l'essor d'une réflexion sur les textes et sur l'usage de la langue. La *Défense et illustration de la langue française* (*) (1549) de Du Bellay est à la fois la synthèse de ces préoccupations très largement nouvelles et le premier monument de critique littéraire en France. En effet, non seulement Du Bellay dénonce la pauvreté de certaines œuvres (celles de Marot ou de Mellin de Saint-Gelais), mais il fonde aussi l'espoir d'une littérature plus haute, dont il montre d'ailleurs la voie dans ses propres ouvrages. Voilà incarnés les deux principes de toute vraie critique littéraire : la *dénonciation* et l'*incitation.*

Principes féconds sur lesquels s'appuiera la critique du XVIIe siècle, en formulant les canons du classicisme (v. ce mot). Car ce qui était encore optimisme foisonnant chez les hommes de la Pléiade deviendra vite, sous la plume de Malherbe ou de Boileau, une conception largement dogmatique du beau et des moyens de l'atteindre. Avec les *Commentaires de Desportes* (après 1606), le premier donne l'exemple d'une critique vétilleuse et sévère à l'excès, appliquée à la poésie. Mais si, chez Malherbe, le critique le cède rapidement au poète, dans l'ordre des réputations, il n'en va pas de même pour Boileau, qui s'imposera comme le critique le plus prestigieux de l'époque classique. Son *Art poétique* (*) (1674) résume en un sens, et d'ailleurs assez tardivement, une pensée qu'avant lui exprimaient déjà Chapelain (*Sentiments de l'Académie française sur le Cid* (*), 1638) ou d'Aubignac pour le théâtre (*La Pratique du théâtre,* 1657). On a souvent dénoncé le dogmatisme, voire la « banalité », de ce texte. Il reste que Boileau eut le mérite de reconnaître les écrivains importants de son temps (Racine, Molière, La Fontaine) et d'accorder ces exemples à quelques préceptes qui, peu ou prou, se confondront avec l'idéal classique en France : le souci de la vérité, la recherche du naturel, le refus de l'excès.

À côté de cette critique « normative » des œuvres, le XVIIe siècle poursuit, dans la lignée de Du Bellay, la réflexion sur la langue, avec Vaugelas (*Remarques sur la langue française,* 1647) et Ménage (*Les Origines de la langue française,* 1650).

L'*Art poétique* et le dogme qu'il énonce ne pouvaient manquer de susciter des réactions. C'est lui, plus ou moins directement, qui est à l'origine de ce qu'on nomme d'ordinaire « la Querelle des Anciens et des Modernes » (v. l'article). Il s'agit d'un affrontement de coteries, somme toute dérisoire, mais qui fixe pour assez longtemps la pierre d'achoppement de la critique littéraire : la dévotion que les œuvres doivent ou non marquer à l'égard des auteurs anciens. La Bruyère, Bayle, Fontenelle, Fénelon ne manqueront pas de prendre position dans cette querelle héritée du siècle de Louis XIV. L'abbé Du Bos est sans doute de ceux qui aident à dépasser le débat. Dans ses *Réflexions critiques sur la poésie et la peinture* (1719), il propose des vues nouvelles sur l'expérience esthétique considérée non plus comme une mobilisation du goût, mais bien comme une émotion physique que la critique aura charge de décrire et, si possible, d'expliquer. Voltaire, dont l'œuvre entière, mais surtout le *Dictionnaire philosophique,* fourmille de remarques critiques sur la littérature, n'oublie pas l'expérience physique de l'art. Sa critique est pourtant d'abord une critique de goût, dont les critères restent très personnels à celui qui la formule. Elle se déploie en tous sens et n'évite pas les contradictions. Voltaire tient le discours d'un homme d'esprit, d'un amateur au jugement fin et sûr, rarement celui d'un théoricien.

Or, si l'on veut reconnaître un sens à la critique littéraire des encyclopédistes, il faut précisément y voir une divulgation des œuvres à fin d'enseignement. Ainsi se dessinent une nouvelle place de l'art dans la société et, par contrecoup, une nouvelle utilité de la critique littéraire ; car expliquer les œuvres, c'est en montrer la valeur d'exemple. Telle est la thèse de Diderot, de Marmontel ou de Mercier.

Pour que prenne corps une critique romantique, des apports extérieurs seront nécessaires, qui lui viendront principalement de Mme de Staël et du « groupe de Coppet ». Par ce canal, dissident au regard de la littérature officielle de l'Empire, seront introduites en France les réflexions sur la littérature et sur l'art en général qui ont vu le jour outre-Rhin. Car c'est bien une conception du beau venue d'Allemagne qu'exprime le célèbre chapitre XI du *De l'Allemagne* (*), intitulé « De la poésie classique et de la poésie romantique » (1814), où l'auteur adopte le parti d'une beauté idéale, individualiste et subjective. Ce faisant, elle ouvre la voie à la critique littéraire romantique.

Il serait vain, en fait, de rechercher l'unité d'une telle notion. D'abord parce que, à travers la première moitié du XIXe siècle, le romantisme (v. ce mot) est affaire d'œuvres plus que de considérations critiques. Ensuite parce que, si critique il y a, elle est assumée à la fois par des écrivains (comme Stendhal), par des journalistes (ceux du *Globe* en particulier) et par des professeurs (Villemain). Enfin parce que la critique littéraire des romantiques est bien souvent mêlée à des implications politiques qui tournent autour du clivage entre conservateurs et libéraux. Un nom se détache cependant sur toute la période, celui de Sainte-Beuve. On voit souvent en Sainte-Beuve le fondateur de la critique moderne. C'est sans doute que, oublié comme poète, il est le premier à demeurer dans l'histoire littéraire pour son œuvre critique. Les oscillations de sa méthode sont telles, entre le dogmatisme et le subjectivisme, l'impressionnisme et la science, qu'on a peine à la résumer. Une idée pourtant semble l'animer constamment, selon laquelle l'homme se confond avec ses livres. À voir « l'homme dans sa vérité », à dresser des « portraits », à pratiquer des « autopsies morales », on approche du même coup la vérité de l'œuvre. En outre, les articles des *Lundis* aiment établir des filiations, reconnaître des générations d'écrivains et des « familles d'esprits » : Lamartine, Urfé, Rousseau, Chateaubriand, par exemple. Cette conception explique que Sainte-Beuve ait été un grand découvreur d'auteurs oubliés (Mme du Deffand, Saint-Amant...). Sa curiosité enveloppante ne se lasse jamais là, pas plus qu'ici, auprès de ses contemporains. Ses choix y furent pourtant moins heureux. Il n'a rien compris à Stendhal, à Flaubert, à Baudelaire. Il loue Sand, Musset, Mérimée et Béranger. Dans son *Contre Sainte-Beuve,* Proust écrira : « Il est bien clair que, si tous les ouvrages du XIXe siècle avaient brûlé sauf les *Lundis,* et que ce soit dans les *Lundis* que nous dussions nous faire une idée des rangs des écrivains du XIXe siècle, Stendhal nous apparaîtrait inférieur à Charles de Bernard, à Vinet, à Molé, à Mme de Verdelin, à Ramond, à Sénac de Meilhan, à Vicq d'Azyr, à combien d'autres, et assez indistinct, à vrai dire, entre d'Alton Shée et Jacquemont. »

Sainte-Beuve s'intéressait aux œuvres en cernant une personnalité. La « génération positive » entendra, elle, fonder une critique scientifique. Ainsi Taine (*De l'idéal dans l'art,* 1867 ; *De l'intelligence,* 1870) puis son disciple Paul Bourget (*Essais de psychologie contemporaine,* 1883) s'attachent-ils non plus seulement à décrire mais encore à expliquer les œuvres par un déterminisme qui englobe la race, le milieu, le moment. Explication réductrice à laquelle s'opposent, au sein de l'Université, les deux principaux fondateurs de l'histoire littéraire : Faguet (*L'Art de lire,* 1912) et Lanson (*Histoire *de la littérature française,* 1894). De leur propre aveu distincts de la critique littéraire, ils eurent le mérite de rapprocher, sans les nier l'une et l'autre, la littérature de l'histoire.

En réalité, c'est encore une fois du côté des artistes eux-mêmes qu'il faut rechercher les visions critiques les plus fructueuses. Chez Baudelaire, dont les choix infaillibles portent l'admiration au plus haut degré de la lucidité ; chez Barbey d'Aurevilly ; et surtout dans les *Divagations* de Mallarmé.

Parmi eux, il faut faire une place à part à Proust. Proust n'a cessé de méditer la nature et les conditions de l'œuvre d'art. Aussi bien a-t-il constamment impliqué, dans sa réflexion, l'acte même de la critique. Évoluant à cet égard d'une dévotion « idolâtre » pour Ruskin à un souci tourné vers la vision propre de l'artiste, il fonde sur cette vision la tâche du critique. L'article qu'il consacre à Gérard de Nerval, dans *Contre Sainte-Beuve,* donne la mesure de cette ambition : « Si un écrivain aux antipodes des claires et faciles aquarelles a cherché à se définir laborieusement à lui-même, à saisir, à éclairer des nuances troubles, des lois profondes, des impressions presque insaisissables de l'âme humaine, c'est Gérard de Nerval dans *Sylvie.* » Ces « lois profondes », ces « impressions presque insaisissables », voilà ce que devra découvrir la critique. Longtemps après Proust, c'est encore un projet où se reconnaîtrait tout un pan de notre critique littéraire.

On ne saurait aborder la critique littéraire au XXe siècle sans souligner d'abord la puissance croissante des revues, depuis le règne de Jules Janin, critique dramatique au *Journal des Débats,* ou de Philarète Chasles à *La Revue des Deux-Mondes* (*). Théophile Gautier en fut le témoin, vingt ans durant, dans ses contributions à *La Presse.* Et Balzac, on s'en souvient, se ruina lui-même dans des entreprises de presse qu'il nourrissait aussi de sa verve critique. À la fin du XIXe siècle, la critique d'Anatole France se construit au fil de ses chroniques hebdomadaires au *Temps* (1886- 1893). Celle de Remy de Gourmont, dans les colonnes du *Mercure de France* (*). Certaines revues, comme *La Revue blanche* (1890-1900), deviennent de véritables centres de ralliement pour une nouvelle génération d'écrivains ou pour certains courants de pensée. Tel est le cas des *Cahiers de la Quinzaine* (*), où s'exprime Charles Péguy, ou de *L'Action française*, qu'illustre la virulence de Léon Daudet. Tel est encore à peu près le rôle que joueront bientôt les revues surréalistes comme *Littérature.*

Face aux questions posées par cette multiplication des « points de vue » se situe la naissance, en 1909, de *La Nouvelle Revue française* (*). Autour de Gide, Jean Schlumberger, Henri Ghéon et Jacques Copeau s'interrogent sur le devenir de la critique. La sauver des dogmatismes et de l'esprit partisan, lui rendre en somme sa liberté et sa spontanéité : tels sont les buts que se propose l'entreprise (bientôt associée à une maison d'édition) de Gaston Gallimard. Sa réussite tient sans doute à la qualité de ses animateurs.

De fait, les critiques importants de l'entre-deux-guerres seront des écrivains à part entière, sans esprit de système et sans inquiétudes théoriques, qui brilleront surtout par la pertinence et la finesse de leurs analyses. C'est Jacques Rivière et les profondes pages d'*Études* (1924) ; c'est Gide dont les *Prétextes* (1903) et *Nouveaux prétextes* (1911) rassemblent les articles parus très tôt dans *La Revue blanche ;* c'est Valéry, dans les cinq volumes de *Variété* (1924-45) ; c'est Alain dans *Le Système des beaux-arts* (1920) et *Propos sur l'esthétique* (1923) ; c'est enfin Claudel et le libre ton des *Conversations dans le Loir-et-Cher* (1935). Le plus jeune d'entre eux, Jean Paulhan, directeur de la N.R.F. depuis 1925, fixe pour tâche à la critique de dépasser toutes les formes de conformisme et de dénoncer partout ce qu'il nomme « la terreur dans les lettres » (*Les Fleurs de Tarbes,* 1941).

La N.R.F. fera également connaître l'un des critiques les plus éclectiques (il disait « panthéistes ») de la période : Albert Thibaudet. On l'a comparé (René Welleck) à Sainte-Beuve pour cette raison même. Mais un Sainte-Beuve qui se serait nourri de la philosophie de Bergson. Son livre sur *La Poésie de Stéphane Mallarmé* (1926), passé d'abord inaperçu, a beaucoup fait pour la compréhension moderne de son sujet et pour la réputation de son auteur. Non moins que la posthume *Histoire de la littérature française de 1789 à nos jours* où Thibaudet dessine une véritable géographie de la littérature nationale. Mais, à Sainte- Beuve, Thibaudet tient aussi par des liens méthodologiques qui font de lui peut-être le dernier critique du XIXe siècle.

Au moment où paraissait, près de trente ans après sa mort, son *Montaigne* inachevé (1963), la critique littéraire avait pris des voies nouvelles qui rendaient ce livre presque anachronique. Des voies sur lesquelles la critique avait rencontré et parfois annexé les découvertes des sciences humaines.

L'impulsion était venue de Bachelard, le premier à reconnaître l'apport que constituait la psychanalyse pour la compréhension des textes littéraires. Dans ses essais « élémentaires » (*La Psychanalyse du feu,* 1938, *L'Eau et les Rêves,* 1942, *L'Air et les Songes,* 1943...), il tente de construire, éclairé par sa connaissance de Freud et de Jung, une psychologie générale des éléments. Ainsi s'élabore une méthode de lecture des profondeurs qu'explicitent les derniers textes de Bachelard (*La Poétique de la rêverie,* 1960). Le même souci d'une approche de l'inconscient dans les œuvres anime les travaux de Marcel Raymond, et en particulier son *De Baudelaire au surréalisme* (1933). Ce qu'il est convenu d'appeler la « nouvelle critique » reconnaîtra sa dette à ces pionniers, ainsi qu'au grand livre d'Albert Béguin, *L'Âme romantique et le rêve* (1946).

Sur un horizon assez différent, la critique sartrienne n'est pas moins fondatrice. Elle remonte aux essais parus dans la N.R.F. entre 1936 et 1940, essais consacrés à Faulkner, Dos Passos, Giraudoux, Mauriac, Camus ou Nizan, et finalement rassemblés dans les volumes de *Situations.* Cette critique est en rapport avec les travaux de Sartre sur l'imaginaire (*L'Imaginaire,* 1940). Si on a pu la dire « philosophique », c'est dans la mesure où elle tente de déceler la « philosophie » de l'auteur, de dévoiler ses présupposés métaphysiques (ainsi, à propos des romans de Mauriac). Elle s'interroge plus généralement sur la nature du projet qui fonde le texte, et constitue par là un exemple achevé d'analyse idéologique. La réflexion de Sartre sur la littérature s'est poursuivie jusqu'au terme de son œuvre avec *L'Idiot de la famille* (1971-72). Elle avait été marquée par un livre capital au regard des théories modernes sur la littérature, *Qu'est-ce que la littérature ?* (1964).

Dans la suite de ces renouvellements, la « nouvelle critique » prend forme dès les années 50. À travers des inspirations très différentes, elle restera unanimement fidèle à ce souci de l'en deçà des textes.

La *thématique,* représentée par Georges Poulet (*Études sur le temps humain,* 1950), Jean Rousset (*Formes et Signification,* 1962), Jean-Pierre Richard (*L'Univers imaginaire de Mallarmé,* 1962) et Jean Starobinski (*La Transparence et l'Obstacle,* 1958), explore l'œuvre pour découvrir en elle des foyers latents où s'organise son sens et s'alimente son avancée ; ainsi se définissent les thèmes dont tout le travail du critique consistera à montrer la fécondité et l'enchaînement en un « paysage » cohérent. La *psychocritique,* avec Charles Mauron (*Des métaphores obsédantes au mythe personnel,* 1963), s'efforce, elle, de retrouver les structures inconscientes qui permettent de rendre compte de l'œuvre. De même, la *sociocritique* tente, avec Lucien Goldmann, de rattacher l'œuvre à une « vision du monde » qui la dépasse de beaucoup.

Roland Barthes, sans doute la plus importante figure critique de la seconde moitié du XXe siècle, assume en un sens ces divers courants, dans une langue et selon des approches de la littérature qui, malgré de spectaculaires évolutions, lui demeurent très personnelles. Mais *Le Degré zéro de l'écriture* (1953) n'aurait jamais vu le jour sans l'apport décisif de la linguistique que Barthes contribue à faire entrer dans le champ de la critique littéraire, et dont s'était inspirée la démarche structuraliste, qui, autour des années 1960-70, régnera sur l'ensemble des sciences humaines. L'œuvre de Barthes se déploiera sur les territoires les plus variés et les plus inattendus (*Le Système de la mode,* 1967, *Roland Barthes par Roland Barthes,* 1975...) Elle sera toujours fidèle à son goût du texte comme spectacle et au sens hédoniste de la *dérive* la plus libre. Pour cette raison même, elle reste exemplaire aux yeux de toute une génération, et aussi bien inclassable.

D'une autre nature est l'œuvre de Maurice Blanchot. À l'écart de tous les mouvements de mode, retirée dans une sorte d'ombre qu'on a qualifiée d'« oraculaire », cette critique cherche inlassablement à saisir, à travers les textes, l'essence de l'écriture. Les œuvres auxquelles elle s'intéresse sont précisément de celles où l'écriture est posée comme un acte problématique : Mallarmé, Kafka, Rilke, Sade, Lautréamont... (*L'Espace littéraire,* 1955 ; *Le Livre à venir,* 1959 ; *L'Entretien infini,* 1969).

Mais c'est finalement au plus près du texte, de sa matérialité et de son fonctionnement que semblent se situer, dans les mêmes années, les intérêts critiques. En témoignent les travaux de Gérard Genette (*Figures II* et *Figures III*), tout entiers placés sous le signe d'une nouvelle rhétorique ; ou ceux d'Henri Meschonnic (*Pour la poétique,* 1970) qui s'intéresse à la profération de la parole poétique. La critique génétique, de son côté, reconstitue, à partir des avant-textes, les processus et les modèles de production de l'œuvre.

La crise qui frappe la critique actuelle n'est pas l'effet d'un tarissement mais, au contraire, d'un foisonnement de méthodes assez disparates. Cette crise ne lui est pas spécifique. Mais, si elle ressent plus fortement que d'autres disciplines la mort (assez brutale, il faut le dire) du structuralisme, c'est que ce dernier avait trouvé en elle un terrain de choix. Faut-il souligner qu'à côté d'un savoir devenu largement universitaire la presse poursuit sur la littérature un discours sans grand rapport avec les débats de la nouvelle critique ? Discours d'honnête homme, soucieux d'informer sur ce qui se fait, et d'infléchir la pente du goût. La critique vit depuis longtemps sur cette ambiguïté. Mais sans doute jamais le divorce entre les deux pôles ne fut aussi grand qu'aujourd'hui.

CHRISTIAN DOUMET.

CROMMELYNCK Fernand. Dramaturge belge d'expression française. Né à Bruxelles le 19 novembre 1885, mort à Saint-Germain-en-Laye (Yvelines) le 18 mars 1970. Il appartient à une famille de comédiens. Dès 1906, le Théâtre du Parc à Bruxelles crée sa première pièce, *Nous n'irons plus au bois.* En 1911, au Théâtre du Gymnase à Paris, est créé *Le Sculpteur de masques,* un acte en vers que préface le poète Émile Verhaeren. Le même théâtre représente *Le Marchand de regrets.* C'est en 1920 que Lugné-Poe monte et joue au Théâtre de l'Œuvre *Le Cocu magnifique*, le chef-d'œuvre de Crommelynck. En 1921, Gaston Baty monte *Les Amants puérils* à la Comédie Montaigne. En 1925, Louis Jouvet joue *Tripes d'or* à la Comédie des Champs-Élysées. En 1929 est créée au Théâtre de l'Œuvre *Carine ou la Jeune fille folle de son âme.* En 1934, le Palais des Beaux-Arts de Bruxelles représente *Une femme qu'a le cœur trop petit,* reprise à Paris la même année, où se joue aussi, à la Comédie des Champs- Élysées, *Chaud et Froid ou l'Idée de monsieur Dom.*

Les grandes dates de la vie de Crommelynck sont marquées par la création de ses pièces où l'on a vu se conjoindre l'expressionnisme allemand, le symbolisme de l'Irlandais Synge et la truculence flamande. Cependant Crommelynck déclarait lui-même : « Ma mère était bourguignonne, ma grand-mère tourangelle ; je ne vois pas ce que l'esprit belge vient à faire dans mon cas. » Son œuvre la plus connue, *Le Cocu magnifique,* porte en sous-titre « farce lyrique », opposition de termes qui définit le climat général de ce théâtre. Farce, oui, mais aussi sotie au sens où l'on entendait ces deux mots aux XIVe et XVe siècles. Crommelynck recourt à une intrigue bourgeoise, bien conduite, caractéristique de la farce, en même temps qu'à un langage débridé fondé sur une fausse logique, principe de la sotie. Le lyrisme chez lui plonge aux sources des instincts et des passions. Ce style de théâtre est destiné à mettre sous les yeux du spectateur, par les gestes et les démarches – n'oublions pas que Crommelynck fut lui-même comédien –, des personnages dépouillés de leurs oripeaux sociaux et exposés dans leur monstrueuse nudité. Bruno, le cocu magnifique, a épousé Stella, qui est jeune, naïve et amoureuse de son mari. Mais, en proie à une jalousie morbide, il se persuade qu'elle le trompe. Et, pour être certain qu'il a raison, il la pousse dans les bras d'autres hommes. C'est le cercle infernal, absurde. Il a raison parce qu'il a eu tort. Le faux et le vrai finissent par s'interpénétrer, par passer l'un dans l'autre. Comment ? Sous le couvert d'une opération dont Crommelynck ne révèle pas le secret. Il impose seulement un masque sur le visage de ceux ou de celles qui sont chargés de l'incarner. Bruno contraint Stella à vivre, en effet, un masque sur le visage, il lui déclare : « Ta figure de poupée est le plus parfait des mensonges ! Ton vrai visage, c'est ce masque de monstre. » De même, Carine, la jeune fille folle de son âme, a affaire à des personnages masqués et promène parmi eux son innocence qui n'est peut-être, elle aussi, qu'un masque plus subtil que le visage du mal déclaré. *Le Sculpteur de masques,* titre significatif, dresse face à face un moribond et un lépreux dont les visages cachés expriment avec d'autant plus de force l'angoisse et la terreur. Théâtre ambigu qui fait parfois penser à Pirandello et préfigure le « théâtre de l'absurde ».

GUY LE CLEC'H.

RÉF. : A. Beyer, *À la rencontre de Crommelynck,* Lüttich, 1946. – G. Féal, *Le Théâtre de Crommelynck,* Paris, 1976.

CROS Charles Hortensius Émile. Poète et inventeur. Né le 1er octobre 1842 à Fabrezan (Aude), mort à Paris le 9 août 1888. Par ses origines, Cros bénéficie d'un atavisme littéraire et scientifique : son grand-père avait publié un manuel de calcul décimal (ce qui, en 1799, était tout nouveau) et divers ouvrages de belles-lettres ; son père était philosophe et on lui doit une *Théorie de l'homme intellectuel et moral* (1836). C'est lui qui se chargea de l'instruction de ses fils, Charles et ses deux frères (Antoine, le médecin-philosophe, 1833-1903, et Henry, le sculpteur, 1840-1907). Très tôt Charles manifeste ses aptitudes dans tous les domaines (littérature, sciences, dessin et musique). Son passage, comme surveillant, à l'Institution des Sourds-muets (1860-1863) est l'occasion de réfléchir à tous les moyens de communiquer, notamment par la parole. À cette date, par son frère Henry – qui fait partie du « Salon des Refusés » –, il est en contact avec quelques-uns des futurs impressionnistes, peut-être déjà Manet, qu'il connaît au plus tard en 1868 et qui sera l'un de ses meilleurs amis. C'est la grande heure du Parnasse et de Baudelaire : il adhère au premier et admire le second, comme représentants de la modernité poétique. Il publie ses premiers vers dans *L'Artiste*, fréquente le « salon » de Nina de Villard (*La Dame aux éventails* de Manet) qui devient vite sa maîtresse. Par elle, il fait connaissance de tout ce qui compte alors en littérature : Mendès et Coppée, mais aussi Verlaine et Villiers de l'Isle-Adam. Parallèlement, il publie de courtes et décisives plaquettes scientifiques : *Étude sur les moyens de communication avec les planètes* et *Solution générale du problème de la photographie des couleurs* (1869). Dans ce dernier ouvrage, il donne lumineusement la théorie d'un procédé qu'il passera toute sa vie à perfectionner avec succès ; malheureusement, il se trouve en concurrence avec un autre inventeur, Ducos du Hauron. le guignon fait son entrée dans sa vie ; il n'en sortira plus. Après la guerre et la Commune, passée comme brancardier du côté des Fédérés, Cros est avec Verlaine un des premiers à accueillir Rimbaud à Paris (1871) : époque de fascination mutuelle et de crises d'amour-propre, les deux poètes s'apprennent beaucoup l'un à l'autre, non sans heurts. Autour de Cros, Rimbaud, Verlaine se fondent les Zutistes qui règlent leur compte au Parnasse et prônent une esthétique fondée sur une appréhension sensible des objets et un jeu subtil des rythmes : *Le Coffret de santal* (*) de Cros, son premier recueil (1873 ; une deuxième édition augmentée paraîtra en 1879), affirme cette doctrine en des pièces inégales. Peu après, *Le Fleuve*, illustré par Manet, constitue une admirable édition, mais ne vaut pas la célébrité à Cros (1874). Pour ce dernier commence le temps de la « rancœur lasse » : tour à tour il est évincé du troisième *Parnasse contemporain* (1876) et frustré d'une invention promise à un bel avenir, le phonographe – encore appelé paléophone – dont il invente incontestablement la théorie (avril 1877), mais dont Édison réussit la démonstration pratique. Déçu, « oublié, méprisé », Cros s'engage dans une « vie trouée de hasard » : il fréquente les cercles bohèmes (les Hydropathes notamment), le

Chat Noir où il apparaît comme un amuseur, diseur de monologues (1879-1885). Il renouvelle entièrement ce genre qui devient, entre ses mains, un dangereux instrument de destruction par l'absurde et l'humour corrosif : un Breton ou un Ionesco ne s'y tromperont pas, pas plus que, parmi ses contemporains, Alphonse Allais, Gustave Kahn ou Laforgue. Dans ses dernières années, il poursuit parallèlement ses recherches scientifiques (nombreuses notes à l'Académie des sciences) et sa création poétique : *La Vision du grand canal royal des Deux-Mers* (1888) et divers poèmes réunis après sa mort dans *Le Collier de griffes* (1908). Une puissante angoisse, une violence contenue, une amère dérision caractérisent cette dernière œuvre. Miné par l'alcool et la maladie, il disparaît dans l'indifférence générale. Il faudra le surréalisme pour rendre justice à cet esprit multiforme, visionnaire, apte à percevoir toute nouveauté, mais incapable — faute de persévérance et d'argent — de lui donner toujours forme tangible. La totalité de ce que nous connaissons actuellement de son œuvre n'a été publiée qu'en 1970.

LOUIS FORESTIER.

♦ *« Génie, le mot ne semblera pas trop fort à ceux, assez nombreux, qui ont lu ses pages impressionnantes à tant de titres. »* Verlaine. ♦ *« Génie, auquel on ne saurait comparer, dans toute l'histoire de l'esprit humain, que Bernard Palissy, Léonard de Vinci et les grands hommes complets de la Renaissance. »* Émile Gautier. ♦ *« Il fait partie de cette classe d'esprits qui ont à leur sommet les Léonard de Vinci et les Pascal et, à leurs derniers rangs, les monomanes et les fous. »* Émile Verhaeren. ♦ *« L'unité de sa vocation, en tant que poète et en tant que savant, tient à ce que, pour lui, il s'est toujours agi d'arracher à la nature une partie de ses secrets. »* André Breton. ♦ *« C'est une joie de mettre un moment sa main dans celle de ce fin compagnon du crépuscule, de ce dévaleur de pentes chimériques au bas desquelles vous attend sur les lèvres d'un amour léger le poème impromptu du bien-être mélancolique. »* René Char.

RÉF. : A. Breton, *Anthologie de l'humour noir*, 1940. – L. Forestier, *Charles Cros, l'homme et l'œuvre*, 1969. – R. L. Mitchell, *The Poetic Voice of Charles Cros*, 1976. – L. Forestier, *Charles Cros*, nouvelle édition 1988. – P. E. Richard, *Charles Cros. Inédits et documents*, Remoulins, 1992.

CUSTINE Astolphe Louis Léonor, marquis de. Romancier et essayiste. Né au château de Niderviller (Moselle) le 18 mars 1790, mort à Saint-Gratien (Val-d'Oise) le 25 septembre 1857. Petit-fils du général de Custine et fils de Philippe de Custine et de Delphine de Sabran. Son grand-père et son père furent guillotinés au temps de la Révolution, et le marquis Astolphe de Custine passa une enfance solitaire au château de famille de Fervaques, dans le Calvados. Sa mère fut un temps la maîtresse de Chateaubriand, dont l'influence se fit sentir sur le jeune homme. Très tôt il commence à voyager. De 1811 à 1822 il parcourt différents pays d'Europe, ce qui lui fournit la matière de *Lettres écrites à différentes époques pendant des courses en Suisse, en Calabre, en Angleterre et en Écosse* (1830). Sa correspondance avec le marquis de La Grange, traducteur de Jean-Paul Richter, témoigne que Custine fut l'un des introducteurs du romantisme allemand en France. Il repousse à différentes reprises des héritières titrées pour épouser une provinciale qui meurt à vingt et un ans (1825) après lui avoir donné un fils, qui va mourir à son tour en 1826. Malheurs qui font suite au scandale qui éclabousse Astolphe de Custine en 1824 quand son homosexualité est rendue publique. Il perd sa mère en 1826. Tenu délibérément à l'écart de la société (l'ordre moral règne sous Charles X), il tente de rentrer en grâce par son seul talent. Mais ses quatre romans seront des échecs, que ce soit *Aloys ou le Religieux du mont Saint-Bernard* (1829), autobiographie déguisée qui va plus loin dans l'audace qu'*Armance*, paru la même année, *Ethel* (1835), *Romuald ou la Vocation* (1848), roman théologique qui cherche à réfuter l'incrédulité religieuse. En 1833, il aborde le théâtre avec *Béatrice Cenci* qui lui vaudra des mécomptes. Mais sa vraie vocation, c'est le voyage. Et déjà, *L'Espagne sous Ferdinand VII* (1838) lui vaudra l'admiration de Balzac. Mais ce seront ses *Lettres de Russie*, parues en 1843 sous le titre de *La Russie en 1839*, qui lui permettront de prendre une éclatante revanche. Le succès est considérable. Les réflexions que l'on y trouve nous semblent encore aujourd'hui d'une remarquable pertinence. « Ce précieux écrivain avait contre lui toute la mauvaise fortune que méritait son talent », a pu écrire Baudelaire d'Astolphe de Custine.

GUY LE CLEC'H.

RÉF. : Marquis de Luppé, *Astolphe de Custine*, 1957. – J. F. Tarn, *Le Marquis de Custine*, 1985.

CYRANO DE BERGERAC Hector Savinien. Romancier et auteur dramatique. Né et mort à Paris (6 janvier 1619– 28 juillet 1655). De noblesse de robe récente, originaire de Paris (et non de Gascogne comme le dit la légende entérinée par Edmond Rostand dans son drame), il fit ses études au collège de Beauvais dont il a caricaturé le principal Jean Grangier, dans son *Pédant joué*. Il s'enrôla ensuite comme cadet dans la compagnie des Gardes avec laquelle il fit le siège de Mouzon et d'Arras (1640). Il y reçut un coup d'épée dans la gorge ; après quoi il abandonna l'armée et revint à Paris. Il y fréquenta les cercles les plus libertins et fut disciple de Gassendi et du jeune Molière. Sa vie dissipée eut rapidement raison de son modeste patrimoine, aussi vécut-il quelque temps chez D'Assoucy, renonçant à l'indépendance absolue ; en 1647 seulement, il entra en possession du petit héritage paternel. C'est à cette époque qu'il écrivit la comédie plus haut mentionnée et les *Lettres satiriques* contre Scarron, Montfleury, D'Assoucy, etc. et conçut une grande œuvre, *L'Autre Monde,* espèce d'utopie nouvelle (il connaissait l'œuvre de Campanella) dans laquelle, avec une bizarre fantaisie, il exposa ses conceptions audacieuses de physique, d'astronomie et de philosophie. Quand éclata la Fronde, il fut tout d'abord contre le gouvernement et écrivit de violentes *mazarinades,* puis il mit sa plume au service du Cardinal. Tout cela ne l'avait pas enrichi, et assez impécunieux, il se mit sous la protection du duc d'Arpajon et écrivit une tragédie, *La Mort d'Agrippine*, qui, représentée à l'Hôtel de Bourgogne, y fit scandale par ses idées antireligieuses et tomba tout de suite. Repoussé par son protecteur mis en méfiance, mal guéri d'une blessure provoquée par la chute d'une poutre sur sa tête, il fut secouru par sa pieuse sœur Catherine, supérieure du couvent des Filles de la Croix, et finit ses jours chez un cousin, où il se convertit avant de mourir.

Son ami Le Bret publia, en 1657, tiré de son manuscrit *L'Autre Monde : L'Histoire comique des États et Empires de la Lune* (*), puis *L'Histoire comique des États et Empires du Soleil* (*) en 1662 avec de nombreuses coupures.

♦ *« Avide de liberté intellectuelle, hostile à toute autorité, en particulier à celle d'Aristote, il affirme le mouvement de la Terre, l'éternité et l'infinité du Monde, l'intelligence des bêtes, la puissance de l'imagination et la constitution atomique des corps ; il critique les preuves de l'immortalité de l'âme et de la Providence, combat la Création et les miracles, aboutit à une sorte de panthéisme naturiste, et, chemin faisant... donne la formule de l'aérostat, du parachute et du gramophone. »* René Pintard.

RÉF. : R. Pintard, *Le Libertinage érudit dans la première moitié du* XVIIe *siècle,* Paris, 1943 (réimp. 1983). — M. Alcover, *La Pensée philosophique et scientifique de Cyrano de Bergerac,* Paris, 1970. — J. Prévot, *Cyrano de Bergerac romancier,* Paris, 1977. — *Œuvres complètes*, éd. J. Prévot, Paris, 1977. — J. Prévot, *Cyrano de Bergerac, poète et dramaturge,* Paris, 1978. — M. Alcover, *Cyrano de Bergerac relu et corrigé,* Paris, 1990.

Cyrano de Bergerac. Comédie héroïque en cinq actes et en vers d'Edmond Rostand (1868-1918), représentée pour la première fois à Paris en 1897. C'est l'œuvre la plus populaire du théâtre français de la fin du XIXe siècle. Cyrano de Bergerac, poète bizarre, polémiste ardent, philosophe d'avant-garde, auteur dramatique et homme d'armes, est ici évoqué d'une façon très vivante, dans un cadre et dans une action qui contribuent à mettre son caractère en relief. Dès le premier acte, à l'Hôtel de Bourgogne, il révèle les traits essentiels de sa nature : son caractère querelleur et bravache qui le pousse à empêcher une représentation pour l'unique raison qu'un acteur lui déplaît, la tournure littéraire de son esprit qui lui inspire une ballade au moment même où il va se battre en duel, et le côté romantique de son amour pour sa cousine Roxane. Roxane, elle, aime un jeune cadet de Gascogne, beau, mais peu spirituel : Christian de Neuvillette. Redoutant pour celui-ci les brimades violentes de ses compagnons d'armes, elle cherche à le faire protéger par son terrible cousin dont elle ignore la passion. Cyrano accepte et Christian, conscient de son manque d'esprit dans une époque où l'esprit est tant apprécié par les femmes, s'adresse à lui pour lui demander conseil. Et voici notre Cyrano embarqué dans une aventure qui à la fois le ravit et l'angoisse. Il écrit les lettres d'amour de son rival, lui suggère les paroles à dire à la bien-aimée et arrive même, au cours d'une scène célèbre, à faire, caché dans l'ombre, une vibrante déclaration à la jeune fille. Convaincue, elle se penchera sur son balcon pour embrasser... Christian qui, prestement, a repris sa place. Roxane est également aimée du comte de Guiche, mais grâce à Cyrano, le gentilhomme ne peut arriver à ses fins. Maintenant, Roxane et Christian sont mariés ; il ne reste plus à de Guiche qu'à se venger et envoyer Christian et Cyrano faire le siège d'Arras avec les cadets de Gascogne qu'il tient sous son commandement. Durant l'assaut, Christian est tué, le jour même où Roxane est parvenue à le rejoindre. Pendant leur séparation, c'est Cyrano qui a écrit les lettres que Christian adressait à Roxane : lettres d'amour ardentes qui avaient justement impressionné la jeune femme. Peu avant de mourir, Christian avait reconnu que ce n'était pas lui mais Cyrano que Roxane aimait, et les deux amis s'étaient mis d'accord pour lui dire la vérité et lui révéler leur supercherie. Mais la mort de Christian scelle maintenant l'aveu sur les lèvres de Cyrano. Roxane se retire dans un couvent. Durant quinze ans, Cyrano vient la voir chaque samedi et s'entretenir auprès d'elle du défunt. Un jour, des ennemis de Cyrano le blessent mortellement. Faisant un suprême effort, il ira voir Roxane une dernière fois et lui révélera son drame, sa peine. Mais il est trop tard : Cyrano s'éteint, laissant Roxane plongée dans la souffrance d'un amour deux fois perdu.

Du point de vue lyrique et dramatique, cette comédie est parfaite. Le climat en est si intense qu'il étouffe même la personnalité de chacun des personnages. En ceci résident la faiblesse de l'œuvre et son caractère un peu faux ; mais on ne peut qu'admirer sa qualité poétique, souple et étincelante, à travers laquelle se cristallise toute une tradition littéraire française qui va d'Honoré d'Urfé jusqu'à Dumas père et Richepin, en passant par Scarron et Regnard. Cyrano, le héros au grand nez et au cœur d'enfant, terrible spadassin et amant ingénu, est un personnage cher à l'esprit français et que chaque siècle a représenté sous une forme ou sous une autre. Il incarne ici, dans sa plénitude, le héros romantique du XIXe siècle. Sorti tout entier de *Ruy Blas* (*) en s'appuyant sur les précieux, les grotesques et les pédants du XVIIe siècle, *Cyrano* a procuré un regain de jeunesse au romantisme. Comment, dès lors, s'étonner du prestige de son auteur ? Durant trois lustres, Rostand s'est acquis la plus haute gloire de poète dont on puisse faire mention en France depuis Hugo.

D

DABIT Eugène. Romancier né à Paris le 21 septembre 1898, mort à Sébastopol (Crimée) le 23 août 1936. Issu d'une famille d'ouvriers, il fit de bonnes études primaires. Devenu, à quatorze ans, apprenti ferronnier, puis électricien du Nord-Sud, il s'engagea en 1916, et demeura au front jusqu'à la fin de la guerre. Il se crut d'abord la vocation de peintre. Durant huit ans, il espéra en vain qu'elle pourrait lui fournir un gagne-pain. En 1926, il délaissa la peinture au profit de la littérature et publia un roman, *Hôtel du Nord* (1929), évocation d'un petit hôtel du quai de Jemmapes qui devait d'emblée le rendre célèbre (mais le film réalisé par Marcel Carné en 1938 est aujourd'hui plus fameux). Dès lors il fréquenta les plus grands écrivains de son temps, et ce contact lui fut un précieux stimulant. La douzaine de livres que Dabit nous laisse suffit pour le classer parmi les meilleurs romanciers de sa génération. Citons : *Petit-Louis* (1930), récit de sa vie pendant la guerre, *Villa Oasis ou les Faux Bourgeois* (1932), *Faubourgs de Paris* (1933), *Un mort tout neuf* (1934), *L'Île* (1934), *La Zone verte* (1935), et *Trains de vie* (1936). Cette même année, Dabit se rendit en Russie avec André Gide et d'autres écrivains français. Atteint de scarlatine, il mourut à l'hôpital de Sébastopol. On sait que le livre de Gide, *Retour de l'U.R.S.S.*, lui est dédié. Des œuvres posthumes de Dabit, il convient de retenir : *Les Maîtres de la peinture espagnole* (1937), *Le Mal de vivre* (1939) et son admirable *Journal intime* (1939). Eugène Dabit use du langage parlé avec une rare maîtrise. Sa peinture de la pauvreté garde un accent dont la justesse est inégalable.

♦ « *On ne pouvait imaginer quelqu'un plus digne d'être aimé que Dabit.* » André Gide. ♦ « *Humble avec les humbles, il les a peints avec tendresse, mais sans complaisance. Sans pittoresque non plus – il ne les découvrait pas du dehors, il était des leurs. Sans souci d'une attitude, sans grandiloquence, il craignait par-dessus tout un accent faux.* » Marcel Arland. ♦ « *J'aimais, j'admirais en lui un artiste qui continuait de vivre et de travailler sans effort, comme d'ailleurs sans pose. La bourgeoisie ne l'avait pas touché.* » Jean Guéhenno.

RÉF. : Louis Le Sidaner, *Eugène Dabit,* Paris, 1938. – *Cahiers de Paris,* Numéro spécial, septembre 1938. – Eugène Dabit, *Journal intime (1928-1936),* Paris, 1939. – *Hommage à Eugène Dabit,* Paris, 1939. – Maurice Dubourg, *Eugène Dabit,* Paris, 1939 ; *Eugène Dabit et André Gide*, Paris, 1953. – P. Bardel, *Un écrivain trop oublié : Dabit,* in *Littérature*, 14, septembre 1967.

Dada. Mouvement anti-littéraire et anti-artistique fondé à Zurich en 1916. En réaction contre une civilisation qui a conduit aux absurdes massacres de la Première Guerre mondiale, Dada prône la destruction nihiliste de toutes les valeurs morales et esthétiques jusqu'alors reconnues. Le nom même de cette entreprise a été choisi pour son absence de signification. Ses promoteurs, parmi lesquels Tzara, Arp, Picabia et Duchamp, ont recours à de spectaculaires scandales et à une pratique constante du « non-sens » pour contester, bien au-delà de l'académisme, l'ensemble de la culture occidentale. Devenu strictement parisien, Dada s'essouffle et meurt vers 1920. De lui, et en réaction contre lui, est né le surréalisme.

ALAIN QUESNEL.

Dame aux camélias (La). Titre d'un roman et d'un drame de Alexandre Dumas fils (1824-1895). Le roman, qu'il écrivit à vingt-trois ans, obtint, en 1848, un grand succès ; le drame, représenté en 1852, eut aussitôt un retentissement énorme à Paris, puis à l'étranger. Le sujet du roman et du drame (avec quelques variantes de peu d'importance) est l'amour d'un jeune homme de très bonne famille, Armand Duval, pour une courtisane à la mode, Marguerite Gautier. Entraînée par une passion profonde hors de son milieu, Marguerite sent la nécessité de porter son amour loin des gens qu'elle fréquente, dans un désir tout nouveau de pureté et de solitude. Les amants se réfugient donc dans une petite maison de campagne (à Auteuil dans le drame, à Bougival dans le roman), où leur idylle atteint un moment la plénitude de l'éphémère félicité accordée à l'amour. Mais, dans cette maison même, le père d'Armand se fait secrètement annoncer à Marguerite. Le vieillard comprend la sincérité de son amour, mais Marguerite, de son côté, doit comprendre que cet amour constitue un obstacle à la vie et à l'avenir d'Armand dont, par surcroît, la jeune sœur ne pourra épouser l'homme qu'elle aime, à cause de la déshonorante liaison de son frère. Marguerite se voit demander le grand sacrifice ; elle cède et s'enfuit. Armand, qui ne sait rien, croit qu'elle est lasse de lui et désireuse de relations plus rémunératrices. Quelque temps après, il la rencontre à Paris, devenue la maîtresse du comte de Varville, et, désespéré, il lui jette par dérision, devant tout le monde, une forte somme qu'il vient de gagner au jeu, en déclarant que maintenant il est quitte envers elle. La femme éprouve une si vive douleur (dans le roman, Armand affiche publiquement devant elle ses relations avec la courtisane Olympe) que sa santé, déjà chancelante, en est détruite pour toujours. La maladie prend une forme rapide et sans espoir. Quand la fidèle Nanette, à l'insu de sa maîtresse, révèle la vérité à Armand par une lettre, le jeune homme arrive au chevet de l'aimée pour recevoir son dernier soupir.

On a coutume de faire coïncider avec la première représentation de *La Dame aux camélias* le début du réalisme sur la scène, et il est certain que la « comédie de mœurs » est née de ce drame. Suspendu entre deux époques, encore imprégné d'un romantisme lyrique passionnel et déjà dirigé vers l'observation des modes de vie d'une société et des problèmes qui s'y posent, il devait réaliser une heureuse fusion de deux manières et de deux attitudes. Dans la vérité objective d'un climat réaliste, Marguerite Gautier apparaît dans toute la gloire d'un grand amour silencieux et connaît une mort pathétique. Elle acquiert un pouvoir d'émotion dramatique, qui la rend supérieure à tant d'autres héroïnes du romantisme auxquelles elle succédait pourtant. À l'époque, elle parut aussitôt chargée d'une humanité puissante. — C'est du drame de Dumas que, sur un livret de Francesco Maria Piave (1810-1876), le compositeur italien Giuseppe Verdi (1813-1901) tira *La Traviata* (op. 19), opéra représenté pour la première fois en 1853 à Venise.

Dame de chez Maxim (La). Comédie en trois actes de Georges Feydeau (1862-1921), représentée en 1899. Un jeune médecin, revenant d'une soirée de noce, ramène chez lui une danseuse de mœurs légères, oubliant qu'il a une femme. De la nécessité de cacher à celle-ci la présence de l'autre jaillissent les incidents les plus imprévus, parmi lesquels domine la situation du second acte. En effet, passant pour la femme du médecin, l'heureuse bénéficiaire du quiproquo en vient à présider la fête d'un mariage en province, et ses manières effrontées sont prises là pour des raffinements d'élégance parisienne et imitées par les pieuses dames du pays. Au moment où elle s'aperçoit que le marié est un de ses ex-amis, elle s'enfuit avec lui. L'obstination de l'oncle du jeune médecin à vouloir réconcilier son neveu avec l'épouse présumée fait naître une série de péripéties et d'inventions finissant par la réconciliation générale des mariés et des fiancés. Cette comédie est techniquement un des exemples les plus parfaits dans le théâtre comique du XIXe siècle, lequel, tout en mouvement et trouvailles, eut auparavant son maître en Labiche et son modèle dans *Un chapeau de paille d'Italie* (*). Elle ne manque pas d'expédients grossièrement voyants, comme celui du fauteuil « extatique » sur lequel le médecin immobilise les personnages en cas de situation inextricable ; mais ces procédés sont combinés avec une telle habileté et justifiés avec tant d'acuité d'observation que les effets comiques les plus extravagants paraissent naturels. C'est la farce typique, parfaite, dans laquelle la personne humaine agit avec la rigidité désarticulée et inadaptée d'un pantin, hors des lois normales de la vraisemblance, se sert d'expressions mordantes, riches en traits satiriques souvent bien décochés. Plusieurs adaptations cinématographiques ont été tirées de cette œuvre.

DANCOURT Florent Carton, sieur d'Ancourt. Auteur dramatique né le 1er décembre 1661 à Fontainebleau (Seine-et-Marne), mort le 6 février 1725 à Courcelles-le-Roy (Loiret). De famille noble, il refusa tout d'abord d'entrer chez les jésuites, puis, à la fin de ses études, d'embrasser la carrière d'avocat. Il tomba amoureux de la fille de l'acteur La Thorillière, l'enleva, l'épousa et débuta avec elle à la Comédie-Française en 1680. Il jouait avec succès les rôles de financiers, était un excellent Alceste, il lui appartenait de haranguer le public ; le roi lui donnait des preuves de bienveillance, et ses comédies, dont le nombre dépasse la cinquantaine, plaisaient : *Le Chevalier à la mode* (1687), *Les Bourgeoises à la mode* (1693), *Les Bourgeoises de qualité* (1700), ainsi que toute une série de petites comédies villageoises, assez osées de ton, telles *Les Vendanges de Suresnes, Les Vacances, Le Notaire obligeant, Les Trois Cousines, Le Galant Jardinier.* Mais il s'irritait des humiliations auxquelles sa situation d'acteur l'exposait, et finalement, en 1718, il se retira à Courcelles avec sa femme, se convertit à la dévotion, traduisit les *Psaumes* et passa ses dernières années à composer des œuvres pieuses. Ses comédies, qu'il écrivit en collaboration avec un certain Saint-Yon presque inconnu, décrivent l'évolution des mœurs, du siècle de Louis XIV à la Régence.

RÉF. : Jules Lemaître, *La Comédie après Molière et le théâtre de Dancourt,* 1882, thèse. — Francisque Sarcey, Notice précédant le *Théâtre choisi,* Paris, 1884. — J. Brütting, *Das Bauern-Französich in Dan-*

court Lustspielen, Altenburg, 1911. — A. Blanc, *F. C. Dancourt. La Comédie française à l'heure du soleil couchant,* Tübingen et Paris, 1984.

DARD Frédéric. Romancier français. Né à Jallieu (Isère) le 29 juin 1921. Après des débuts dans le journalisme, il se trouve, à la Libération, en butte à de sérieuses difficultés matérielles. Il quitte Lyon pour Paris où, afin de subvenir à ses besoins, il commence à écrire des romans policiers. C'est ainsi qu'entre en scène le commissaire San-Antonio, « superflic » et beau gosse, qui narre ses aventures à la première personne. Le premier roman (*Réglez-lui son compte*, 1949), d'une inspiration proche de celle de Peter Cheney, alors fort en vogue, se vend mal. Il n'en va pas de même des suivants : publiées aux éditions « Fleuve Noir », les premières enquêtes signées San-Antonio connaissent un succès vertigineux. Les ventes s'enflent et les titres s'accumulent au rythme de trois, voire cinq, par an. Au milieu des années 60, les ventes se comptent par dizaines de millions : San-Antonio est devenu un véritable phénomène de société. Le grand public, tous milieux socio-culturels confondus, s'arrache ces petits livres faciles à lire. En 1965, à Bordeaux, de doctes universitaires consacrent un séminaire à : « Une forme du roman noir au XXe siècle : le phénomène San-Antonio ». Le succès est d'autant plus étonnant que Dard ne cesse de construire une œuvre personnelle qui, elle, demeure méconnue.

D'où vient le triomphe de San-Antonio ? L'œuvre, à ses débuts, reste fidèle au modèle du « roman noir » anglo-saxon, que l'on découvre alors en France. Les titres en témoignent (*Laissez tomber la fille ; Du plomb dans les tripes ; Des dragées sans baptême*), qui pourraient être signés Chandler, Goodis ou Chase. L'intrigue policière est au départ primordiale. Cependant apparaissent très vite des personnages nouveaux, truculents et pittoresques : l'« Hénaurme » inspecteur Bérurier et son épouse Berthe, ogresse obèse et nymphomane ; l'inspecteur Pinaud, le « vieux débris ». Sur un fond de « Série Noire », de plus en plus stylisé jusqu'à sa disparition, un certain folklore français se déploie. Il est fondé sur le beaujolais (vin des terrassiers à l'époque des premiers « S.A. »), le camembert et une grivoiserie qui vire sans hésiter à la franche et joyeuse obscénité. L'intrigue, vaguement policière, n'est plus que prétexte à un déferlement exubérant de fantaisie verbale. Les titres changent et se font moins limpides : *Ménage tes méninges, Le Gala des emplumés, En peignant la girafe*. Les calembours, contrepèteries, énumérations à la façon de Rabelais se multiplient. Ils sont le plus souvent centrés sur d'obscures et prodigieuses performances sexuelles. L'auteur s'en prend au lecteur, l'accable, le déçoit, est de connivence avec lui. Il a l'air de lui dire : rien de tout ceci n'est sérieux, mais pourtant... C'est ce ton neuf, paillard sans doute, drôle toujours et, aussi étrange que cela paraisse, léger, qui a fait le succès de San-Antonio. Débridé et irrespectueux, il tranchait avec les attitudes compassées et la langue de bois en usage à cette époque.

Mais, comme Hyde à l'endroit (ou à l'envers) de Jekyll, San-Antonio masquait Frédéric Dard. Ce dernier publiait en effet, sous son nom propre, des œuvres d'une facture fort différente des « San-Antonio », œuvres qui ne rencontraient qu'un succès d'estime : *Les salauds vont en enfer, Toi le venin* (1957), *Le Monte-Charge* (1961). Ici l'intrigue policière se plie à une analyse psychologique des plus fines qui révèle une vision pessimiste de la condition humaine. Dard peut légitimement être situé du côté de chez Céline, Marcel Aymé, voire Nimier, à cause de son rejet désespéré de la « connerie universelle ».

Pourtant, si le dédoublement San-Antonio/Frédéric Dard est douloureux, les « deux » auteurs se retrouvent ici : dans la terreur qu'inspire un monde absurde, dans un appel presque désespéré à la tendresse. Alors même que San-Antonio écrivait un roman sur les rapts d'enfants (*Faut-il tuer les petits garçons qui ont les mains sur les hanches*, 1985), Frédéric Dard vécut un calvaire personnel : l'enlèvement de sa fille. Si le drame a connu une issue heureuse, le romancier a été profondément marqué par l'épreuve du père.

En 1972, il avait publié, sous le nom de San-Antonio, son autobiographie : *Je le jure.* Depuis, de nombreux romans (dont *Les clefs du pouvoir sont dans la boîte à gants*, 1981, et *Les Soupers du prince*, 1992) ont paru, signés San-Antonio, mais ici le beau commissaire n'apparaît plus. Dard a rejoint son double qui, d'écrivain fictif, est devenu un écrivain réel et reconnu. Sa vision singulière, attachante, incisive et quelque peu noire de l'humanité suscite un peu plus que de l'intérêt : de l'amitié.

ALAIN QUESNEL.

DARIEN Georges (pseud. de Georges Adrien). Romancier né le 6 avril 1862 à Paris, mort le 19 août 1921 à Paris. Ses parents étaient des commerçants de religion protestante. Sa mère disparaît alors qu'il est encore en bas âge et son père se remarie avec une catholique intransigeante. Darien fait ses études au lycée Charlemagne. En 1881, il devance l'appel. Il passe en conseil de guerre pour insubordination en juin 1883 et est envoyé dans une compagnie disciplinaire en Tunisie. Ce qui lui fournira la matière de *Biribi, discipline militaire*, une fois rendu à la vie civile à Paris en 1886. Mais le livre ne paraîtra qu'en 1890 après *Bas les cœurs* (1889), roman satirique où Darien peint les conséquences des événements de 1870-71 sur un milieu provincial petit-bourgeois. *Biribi* contribua à faire abolir par la Chambre des députés les bataillons disciplinaires. Darien publie en 1891 *Les Antisémites, Les Pharisiens.* Par la suite, il collabore à divers périodiques anarchistes ou libertaires comme *Le Roquet, L'Endehors.* Il fonde en 1893 *L'Escarmouche* qui disparaît un an plus tard. Il collabore à *L'Ennemi du peuple*. Une partie des textes qu'il a donnés alors seront rassemblés en 1972 dans un recueil intitulé *L'Ennemi du peuple*. *Le Voleur* paraît en 1897 (Louis Malle en donnera une adaptation cinématographique en 1967). Sans grand succès. Ce roman redécouvert en 1955 attira l'attention d'André Breton qui lui consacra un article où l'on peut lire que l'œuvre de Darien en général « est le plus rigoureux assaut que je sache contre l'hypocrisie, l'imposture, la sottise, la lâcheté ». Cependant, à l'époque même de la publication du *Voleur*, Alfred Jarry place ce livre dans la bibliothèque du Dr Faustroll. Darien écrit un pamphlet, *La Belle France*, qui paraît en 1901. Puis il se consacre au théâtre. Il donne une pièce tirée de *Biribi* puis un grand mélodrame inspiré de l'affaire Steinheil. En 1911, il fonde *La Revue de l'impôt unique* qui n'eut qu'un an d'existence. Il se présente sans succès aux élections générales puis aux élections pour le Conseil municipal de Paris en 1912. En 1914, il collabore au *Rappel*. Il se marie en 1921 peu de temps avant de mourir. Cette vie comporte une part de mystère. Darien fut-il le héros du *Voleur* ? Ses livres ne suffisant pas à le faire vivre, d'où tirait-il ses ressources ?

GUY LE CLEC'H.

DAUDET Alphonse. Romancier né le 13 mai 1840 à Nîmes, mort à Paris le 15 décembre 1897. Son enfance se déroule dans la fabrique paternelle, une entreprise de soieries. Ruinée, la famille doit s'exiler à Lyon. Sensible et précoce, Alphonse y découvre la tristesse d'un climat pluvieux, les humiliations et les souffrances de la pauvreté : il jouit pourtant d'une grande liberté qu'il met à profit pour découvrir les plaisirs du canotage et faire l'école buissonnière. La situation familiale se détériore définitivement ; à l'âge de seize ans, il doit quitter le lycée et accepter un emploi de maître d'études au collège d'Alès. La solitude, les blessures d'amour-propre et le chahut rendant cette expérience éprouvante, il quitte Alès pour des raisons mal élucidées et rejoint son frère à Paris où il veut tenter une carrière littéraire.

Il mène cette vie difficile et misérable qu'on appelait « la bohème ». En 1858, il publie un recueil de vers *Les Amoureuses*, qui connaît un vif succès mondain, tôt suivi du silence. Il réussit pourtant à placer des chroniques, en prose ou en vers, d'inspiration boulevardière ou rabelaisienne, dans les journaux : au *Gaulois*, à *Paris-Journal*, et surtout au *Figaro*. Daudet est attiré par le théâtre, où les succès sont glorieux et lucratifs, mais il ne parvient pas à faire lire ses manuscrits. L'existence devient plus que précaire : l'intervention d'un ami, Lépine, chef de cabinet du duc de Morny, lui vaudra un poste de secrétaire, sinécure qui assurera sa vie matérielle. En collaboration avec ce Lépine, Alphonse Daudet fera représenter trois courtes pièces : *La Dernière Idole* (1862), *Les Absents* (1864), *L'Œillet blanc* (1865). Entre-temps, sa santé — une syphilis compliquée de lésions tuberculeuses — avait rendu nécessaires des séjours dans le Midi et en Corse, et surtout un voyage en Algérie. Le Midi inspire à Daudet des chroniques provençales, qui, remaniées et regroupées, deviendront *Les Lettres de mon moulin* (*) (1869) ; le voyage en Algérie sera transposé dans *Tartarin de Tarascon* (*) (1872), premier volume d'une trilogie qui contient *Tartarin sur les Alpes* (1885) et *Port Tarascon* (1890). En 1868, Daudet publie un roman largement autobiographique *Le Petit Chose*. En dépit d'un début de notoriété, sa situation financière reste très médiocre ; l'échec retentissant de *L'Arlésienne* (1872), drame accompagné par une musique de Bizet, le relatif insuccès des *Contes du lundi* (1873) faillirent le détourner de la carrière littéraire. Son premier roman parisien *Fromont jeune et Risler aîné* (1874) marquera le début du succès. *Jack* (1876) raconte la vie d'un enfant et promène le lecteur dans les milieux ouvriers provinciaux et parisiens ; *Le Nabab* (1877) retrace les dernières années du second Empire ; *Les Rois en exil* (1879) abordent le sujet original de la vie quotidienne des souverains détrônés ; *Numa Roumestan* (1881) est l'occasion de proposer une étude du méridional ; *L'Évangéliste* (1883) s'inspire d'un fait divers douloureux, le détournement d'une jeune fille par une secte religieuse ; *Sapho* (1884) transpose une liaison de jeunesse, « un collage » avec Marie Rieu ; *L'Immortel* (1888) est une peinture satirique de l'Académie française ; *La Petite Paroisse* (1895) analyse les tourments de la jalousie et *Soutien de famille* (1898) propose le portrait d'une génération à travers celui d'un héros accablé par une trop lourde charge. Il faut faire une place à part à une longue nouvelle, *Le Trésor d'Arlatan* (1897), située en Camargue, qui aborde un problème de refoulement véritablement psychanalytique.

Daudet a adapté pour le théâtre ses principaux romans et a écrit pour la scène une pièce d'inspiration darwinienne, *La Lutte pour la vie* (1889) ; on mentionnera aussi des recueils de souvenirs et de critique dramatique, et surtout *La Doulou* (1929), journal posthume où l'écrivain notait, jour après jour, les progrès d'un mal incurable.

Sa femme Julia Allart (1847-1940) fut également sa collaboratrice ; il eut deux fils : Léon (1867-1942) (v. l'article qui lui est consacré) et Lucien (1878-1946) à qui on doit une *Vie d'Alphonse Daudet* (1941).

Alphonse Daudet souffre d'avoir été lu d'une façon à la fois restrictive et abusive. Enfermé dans une image d'auteur provençal facile, le conteur des *Lettres de mon moulin* éclipse le romancier ; partiellement vulgarisée par des éditions pour la jeunesse ou pour l'école, son œuvre est dénaturée et perd sa force et son originalité. Très indépendant, Daudet n'accepta jamais la discipline de l'école naturaliste : ami de Flaubert et de Zola, intime des Goncourt, il partageait avec les réalistes le goût de l'observation et de la vérité en peinture : « D'après nature » était sa devise. Sa réputation d'aimable « charmeur » ne doit pas dissimuler un profond pessimisme, même s'il se refuse à donner des tableaux trop crus pour des raisons à la fois esthétiques et morales : « Ah ! ces gens qui disent tout, les piètres écrivains... » Amoureux de modernité, sensible à l'air du temps, Daudet fut souvent un précurseur dans le choix de ses sujets — découvrant le peuple avant Zola, écrivant le premier sur les enfants du divorce dans *Rose et Ninette* (1892) ; il est le témoin précieux d'une société, fondée sur le mensonge et l'illusion, dont il excelle à mettre à nu les rouages. « Sensitif », Daudet refuse la règle de l'impersonnalité dans l'art : sa subjectivité transparaît dans son ton personnel, où se mêlent l'humour et la pitié, ce qui a provoqué de nombreux rapprochements entre lui et Dickens, et dans les thèmes qu'il choisit : le petit peuple et le Midi, cher à son enfance, restent ses sources d'inspiration les plus fécondes. Sa prose nerveuse, concise jusqu'à l'ellipse mais d'une grande richesse de vocabulaire, donne plus une impression qu'elle n'élabore un tableau précis et suggère une action ou un sentiment avec une remarquable intensité de vie. La poésie des *Lettres de mon moulin,* le lyrisme du *Petit Chose,* le burlesque de *Tartarin de Tarascon,* la puissance de réalisme de romans comme *Jack* ou *Sapho* attestent la diversité d'un talent fait d'émotion et de fantaisie, mais aussi de dons d'observateur remarquables.

ANNE-SIMONE DUFIEF.

♦ *« C'est un enchanteur, un de ces conteurs méridionaux qui jouent ce qu'ils content avec des gestes qui créent et une voix qui évoque. Tout s'anime sous leurs mains ouvertes. Tout prend une couleur, une odeur, un son. Ils pleurent, ils rient avec leurs héros, ils les tutoient, les rendent si réels qu'on les voit debout tant qu'ils parlent. »* Émile Zola ♦ *« C'est un écrivain infiniment curieux . Intense, outrée, intermittente et comme émiettée, telle est d'ordinaire sa traduction de la vie. Ce qu'il rend toujours, et qu'il communique, c'est l'impression directe, immédiate des choses. Il est, je crois, l'écrivain le plus sincèrement "réaliste" qui ait été. »* Jules Lemaître. ♦ *« Je découvrais que Daudet avait été le premier romancier français qui ait donné une place au malaise, au désespoir non définissable, ou à la joie que nous tirons de ce qui parvient à nos sens sans les informer. »* Jacques Laurent.

RÉF. : Léon Daudet, *Alphonse Daudet,* 1898. — Lucien Daudet, *Vie d'Alphonse Daudet,* 1941. — J. H. Bornecque *Les Années d'apprentissage d'Alphonse Daudet.* 1951. — M. Sachs, *The Career of Alphonse Daudet,* Cambridge/Mass, 1965. — Hare, *Alphonse Daudet A Critical Bibliography,* 1974. — M. T Jouveau, *Alphonse Daudet et F. Mistral,* 1980.

DAUDET Léon. Romancier et essayiste né à Paris le 16 novembre 1867, mort à Saint-Rémy-de-Provence (Bouches-du-Rhône) le 30 juin 1942. Fils d'Alphonse Daudet, dès son adolescence, alors qu'il est encore, au lycée Louis-le-Grand, élève de Burdeau et condisciple de Claudel, Marcel Schwob, Bédier, il rencontre la plupart des grands hommes de la politique et des lettres de l'époque (Hugo, Gambetta, Renan, Zola, les Goncourt, Mistral, etc.) dont il a laissé des portraits passionnés dans *Paris vécu* et dans ses nombreux volumes de *Souvenirs*, qui font de lui l'un des meilleurs mémorialistes de l'époque 1880-1914. Élève de Charcot, il abandonne la médecine en 1893 après un échec au concours de l'internat et publie en 1894 *Les Morticoles*, virulente satire des milieux médicaux, dont on trouvera la contrepartie dans les évocations de *Devant la douleur*. Tout au long de sa vie d'ailleurs, Léon Daudet ne cessera d'aborder les problèmes de biologie et de psychopathologie — en particulier dans *Le Monde des images, Le Rêve éveillé, L'Hérédo*. D'abord d'idées « avancées », passionné pour le wagnérisme et la philosophie allemande, marié à Jeanne Hugo, petite-fille du poète, Léon Daudet subit l'influence de Drumont, et l'affaire Dreyfus achève de l'amener au nationalisme, tandis que *Le Voyage de Shakespeare*, fresque épique et fantastique posant le problème de la création esthétique, confirme sa renommée littéraire, et que son retour à la foi catholique commence à le dresser contre l'influence des idées germaniques en France. Après avoir fait partie de la Ligue de la patrie française, il rencontre Charles Maurras vers 1904 et lance avec lui, en mars 1908, le quotidien *L'Action française*. Plus encore que le doctrinaire Charles Maurras, c'est Daudet qui sera l'animateur des polémiques du journal, contre l'espionnage allemand avant la guerre de 1914 *(L'Avant- Guerre)*, contre le défaitisme en 1917, contre la politique de Briand après 1924, etc. Élu député de Paris en 1920, Léon Daudet, après l'assassinat dans des circonstances restées mystérieuses de son fils Philippe en 1923, se trouve engagé dans de violentes attaques contre la police, qui lui valent une condamnation à quelques mois de prison. Il s'évade peu après de la Santé et passe deux ans d'exil en Belgique où il trouvera la matière des méditations esthétiques publiées dans son *Courrier des Pays-Bas* (1928). Léon Daudet s'imposa surtout par ses dons de polémiste, de la famille de Rabelais mais de celle aussi de Léon Bloy, « ardent jusqu'à la brutalité, passionné jusqu'à la fureur, inquiet aussi jusqu'à la souffrance », comme l'a défini Octave Mirbeau. Critique littéraire, ce qui frappe le plus chez ce défenseur passionné de l'ordre monarchique, c'est un besoin de liberté débordante, un dédain complet des partis pris politiques : ami de Drumont, il a été aussi celui de Schwob ; ami de Massis, il a défendu Gide et imposé Marcel Proust au jury Goncourt ; compagnon de Maurras, il a admiré Claudel, découvert Bernanos et Céline ; auteur d'un livre sur *Le Stupide XIXᵉ siècle*, il a cependant voué un amour enthousiaste à Balzac, à Baudelaire, il a toujours vibré au génie lyrique de Hugo ; nationaliste français, méridional de sang, il a été le familier de Goethe *(Goethe et la synthèse)*, et de Shakespeare.

Quand il délaisse l'abstraction qui ne convenait pas à sa nature (*Les Idées en armes*, etc.) et le roman, où il n'innove guère, il peut être compté au nombre des écrivains marquants de la première moitié du siècle.

MICHEL MOURRE.

♦ *« Il y avait chez cet homme prodigieusement intelligent, d'une érudition gigantesque, d'une puissance de travail inimaginable, un mélange de clairvoyant à demi prophétique, de sceptique et d'apôtre. Plus qu'un contemporain, c'était un homme du* XVIe *siècle : il se sentait mal à l'aise dans une époque restée bourgeoise. »* Edmond Jaloux. ♦ *« On lui reproche de juger les hommes, dans ses immortels recueils de* Souvenirs, *trop superficiellement, et l'on pourrait dire de lui... qu'il recherche l'homme tel qu'il se montre et non tel qu'il est ; il préfère la caricature au dessin. »* Maurice Martin du Gard.

RÉF. : P. Dresse, *Léon Daudet vivant*, Paris, 1948. – P. Dominique, *Léon Daudet*, Paris, 1964. – J.-N. Marque, *Léon Daudet*, Paris, 1971.

DAUMAL René. Poète né à Boulzicourt (Ardennes) le 16 mars 1908, mort à Paris le 21 mai 1944. Son père était un instituteur voué au socialisme et anticlérical. Le curé du lieu disait de lui qu'il était le seul honnête homme du canton. René héritera de son exigence morale. En 1912, la famille viendra habiter la vallée de la Meuse à Vireux-Molhain où il commence ses études primaires. Il a d'abord appris seul à lire. En 1914, les Daumal fuient l'invasion et vont se réfugier en Corrèze, puis le père est nommé à Paris comme fonctionnaire au ministère des Finances. En 1917-1918, nouveau repli à Langres. À onze ans, le jeune René commence une collection de coléoptères et fera maintes expériences de chimie. En 1920, c'est de nouveau les Ardennes. Études au lycée de Charleville. Se livre aux sports, mais lit énormément : ouvrages d'occultisme, Victor Hugo, Voltaire, surtout Jules Verne. Commence à s'intéresser à l'Orient et à l'Inde en particulier. Entre 1922 et 1925, il est au lycée de Reims où il fait la connaissance de Roger Gilbert-Lecomte, Robert Meyrat et Roger Vaillant. Il poursuit alors des expériences mystérieuses sur le sommeil pour comprendre la mort qu'il croit semblable au sommeil. S'oriente aussi avec ses amis vers la littérature. Reçu bachelier en 1925, il se met à l'étude du sanskrit. La poésie pour lui est bientôt liée à une recherche mystique. Il absorbe un poison afin de faire l'expérience de l'évanouissement et s'assurer que la conscience subsiste alors que les fonctions du corps sont anéanties. Il essaie l'opium mais sans s'intoxiquer, et tente avec ses amis des rendez-vous durant le sommeil. Finalement, il entre au lycée Henri-IV en lettres supérieures, où il reçoit d'Alain, professeur de philosophie, un enseignement qui lui apprend la rigueur des moyens d'expression. Un accident l'empêche de se présenter au concours de Normale et il se résout à préparer sa licence comme étudiant libre à la Sorbonne. Il écrit les premiers poèmes de *Contre-Ciel* et en 1928 avec Meyrat, Lecomte et Vailland il fonde une revue : *Le Grand Jeu*. Intéressé par le surréalisme, il marque bientôt une essentielle divergence avec Breton qui semble se contenter de certaine magie littéraire alors que Daumal met en jeu la vie tout entière, dans l'exaltation d'une pensée renouvelée. Le groupe du *Grand Jeu* se dissout en 1932. Daumal, qui a obtenu sa licence mais renoncé au professorat pour se consacrer à la littérature, devra toujours mener une vie difficile. Il rencontre Alexandre de Salzmann, qui lui transmet l'enseignement de Gurdjieff. Avec la troupe de danseurs sacrés d'Uday Shankar, il fait un bref séjour aux États-Unis où il rejoint Vera Milanovna que plus tard il épousera. En 1933, après la mort d'Alexandre de Salzmann, il poursuivra des relations d'ordre spirituel avec la femme de celui-ci et dès lors s'efforcera de mener une vie régulière. Mais s'il renonce à la drogue, ayant rompu avec Roger Gilbert-Lecomte qui s'y adonne avec désespoir, l'ascétisme qu'il s'impose se révèle assez néfaste, car il doit partager son temps, sans s'accorder de loisirs, entre des travaux de traduction mal payés, des recherches personnelles et des compositions littéraires. Il a écrit *La Grande Beuverie* où il fustige poètes et savants, esclaves satisfaits de conceptions bâtardes, et il compose encore des poèmes. Après avoir séjourné quelques mois à Évian puis à Genève en 1934, il reçoit en 1935 le prix Jacques-Doucet pour son recueil de poèmes de *Contre-Ciel.* Séjour à l'île de Ré, puis de nouveau à Genève. En 1937, on le retrouve dans les Alpes, et en 1938 à Paris où Mme de Salzmann le présente à Gurdjieff. Il traduit des textes hindous. En 1939, il doit constater le résultat d'une vie soumise à des occupations et préoccupations dévorantes : ses deux poumons sont gravement atteints. Mais l'ordre chronologique et les faits les plus connus ne peuvent donner idée de ses tourments spirituels. En effet, il a fait la connaissance de Jean Paulhan qui l'a beaucoup aidé et pour lequel il s'est pris d'une amitié passionnée. Or Jean Paulhan s'opposait avec fermeté aux mystiques de Salzmann et Gurdjieff dont il estimait que les arguments étaient insuffisants, et l'influence néfaste sur l'esprit de Daumal. Celui-ci, qui ne voulait donner sa confiance qu'à « un seul » maître, ne put pourtant se détacher ni de Mme de Salzmann ni de Jean Paulhan. Ainsi, pendant le peu d'années qui lui restent à vivre, il ne trouvera pas vraiment la paix, passant de cure de repos à des travaux épuisants, néanmoins toujours animé d'une foi ardente et confiante. En 1940, il retrouve Jeanne de Salzmann à Cahors avec Vera qu'il ne tardera pas à épouser, il revient à Paris où Gurdjieff est demeuré, repart pour la zone libre, écrit les poèmes de *La Guerre sainte* qui paraîtront dans la revue *Fontaine* en 1942 et feront partie de son recueil *Poésie noire, poésie blanche* (posth., 1954). Il est à Allauch dans l'été 1942 puis à Pelvoux, revient à Paris, de nouveau à Pelvoux dans l'été 1943. Six fois en deux ans, il change de résidence et vit dans un dénuement extrême, se nourrissant très mal. Après avoir entrepris la traduction du *Bouddhisme Zen* de D. T. Suzuki pour Jean Herbert en 1941, il a mis en train son livre capital *Le Mont Analogue* (posth., 1952), qu'il poursuit jusqu'à sa mort le 21 mai 1944. Il a trente-six ans.

Si l'on veut comprendre l'œuvre de Daumal, il ne faut pas essayer de définir sa démarche dont la biographie nous montre maints retournements et maintes divergences. Kantien avec Alain, rêveur avec les surréalistes, se vouant à la drogue puis à l'ascétisme, soucieux d'une vérité rigoureuse, passionné par la conception de l'unité de Spinoza, livré à des exercices religieux, divisé entre la hantise de la mort et la certitude d'un au-delà, condamnant la religion chrétienne, puis l'admirant sans réserve, s'efforçant de remonter aux pures sources orientales et stupéfait devant la métaphysique familière et contradictoire de Jean Paulhan, il n'est pas d'auteur qui soit à la fois plus exigeant, plus partagé et plus fidèle. Aucune ligne ne peut être nettement tracée pour suivre sa pensée, mais il est possible de la situer.

On peut dire, en termes approximatifs, que certains romantiques, comme Kleist ou Nerval, aspiraient à un *autre* monde, à une sorte de ravissement dans une recherche poétique animée d'une conviction profonde qui les livrait à d'impossibles rêves et parfois à la folie. En fait, ils reprenaient une démarche religieuse ou mystique en dehors de toute religion, et ils éprouvaient le manque d'un ordre rituel et de dogmes, de telle façon qu'ils s'évertuaient à une imagerie certes riche de sens mais hasardeuse. Rimbaud, qui fut un guide pour Daumal, a introduit dans cette exaltation romantique la notion nouvelle d'une « méthode » à chercher, d'une « étude » à poursuivre pour en venir à la réalité d'une vie autre, disons éternelle. C'était une véritable révolution. Le langage détenait en soi le secret d'une vérité entière qu'on pouvait, qu'on devait mettre au jour, au-delà de l'imagerie, par un remaniement positif de la parole vivante. Jean Paulhan, qui fit une forte impression sur Daumal, tout en s'inspirant de Lao Tseu plutôt que de Rimbaud, s'exerçait à une recherche langagière d'ordre métaphysique et qui avait pour but de nous replacer « en Dieu » et de nous changer. Cette évolution de la pensée poétique, qui part de l'imagerie pour en venir à une science du langage, permet de comprendre comment Daumal tente d'assurer son chemin. Il commence par décider que la poésie n'a aucun sens si elle ne s'affirme pas dans une *Parole absolue.* Ce point de départ manifeste la même exigence que celle de Rimbaud et de Paulhan. Comme l'un et l'autre, il écarte tout langage temporel voué aux simples usages, à la technique ou à l'esthétique, pour se livrer à l'exercice d'une recherche positive. C'est pour lui d'abord irréfutable que toute parole est inutile si elle n'exprime pas notre accord avec un ordre universel, un cosmos dont nous sommes une part et où nous devons trouver notre raison d'être. Son premier travail consiste à éliminer toute expression vaine ou parasitaire. Dans *La Grande Beuverie*, il condamne les *Pwats* (ou poètes) seulement soucieux de parader, aussi bien que les savants dont les méthodes excluent, dès le principe, tout recours à une raison première pour se préoccuper seulement de causalités fragmentaires. À la poésie, à la science, il tient donc à substituer une connaissance qui remonte aux origines. Le premier souci de Daumal sera de détruire tout ce qui masque ces origines, c'est-à-dire les idées — même religieuses. Il faut que le langage devienne pur et par lui-même transforme réellement notre pensée. Ce fut le rôle du *Grand Jeu* de faire d'abord table nette, de nous réduire à ne plus rien avoir dans l'esprit, afin que renaisse une lumière nouvelle. C'est pourquoi Daumal se sépare très tôt du surréalisme qui, tout en manifestant l'intention d'atteindre une autre réalité, s'en tient trop facilement à un jeu d'écriture qui retrouve les anciennes errances, en dépit de son effort pour rompre les communes fonctions verbales. Et c'est ici que se révèle le ressort essentiel de la recherche de Daumal. Il s'agit pour lui sans cesse de « remettre en question ». Voilà pourquoi il semble souvent passer d'un extrême à l'autre, de la négation à l'affirmation, de la « poésie noire » à la « poésie blanche », non pas pour se perdre dans une contradiction logique, mais pour reprendre chaque fois *plus loin* la route d'abord suivie. Il semble parfois que chaque tentative doive réduire à néant lui-même et sa recherche, mais c'est lorsqu'il en vient aux limites mêmes de l'expression et de la conscience qu'il dépasse ces limites et à partir du rien voit renaître la vérité, de la même façon que, lorsqu'il tentait de s'asphyxier, il trouvait la certitude d'un au-delà révélé. « L'action révoltée procède de la colère, l'action ironique procède de l'orgueil, l'action accomplie avec grâce procède de l'humilité. » Ainsi la bataille que livre Daumal finit par le réduire au dernier degré de la spiritualité. Après avoir pratiqué poésie, drogue, ascèse, religion, il se retrouve plus bas que les littérateurs, les savants et les mystiques, mais plus près, dans la profondeur, d'une origine secrète et mieux éveillé que quiconque. Il en vient même à se « résigner » à la plus commune littérature, considérant que celle-ci ne saurait être en elle-même une tentative mystique, mais qu'elle se réduit à de simples contes, qui, toutefois, dans leur humilité, peuvent être « analogues » à cette montée de la pratique religieuse vers un destin éternel. C'est ainsi qu'il entreprend de rédiger *Le Mont Analogue* qui est une simple légende. Selon cette légende, il existe une île bien réelle située hors de notre espace et qu'il faut atteindre grâce à une trouée invisible que seuls certains élus peuvent deviner. Dans cette île s'élève une montagne dont le sommet ne s'atteint que grâce à une ascension patiente, on dirait interminable, qui ne va pas sans nombreux relais ni sans ménager des repères pour ceux qui suivront. Mais, dès le début, les voyageurs peuvent découvrir certaines pierres lumineuses qu'on appelle « peradam » et qui sont des cristaux d'une roche absolument pure et dont la forme, contrairement à tout cristal, est courbe. Ainsi, quoiqu'on soit très loin du sommeil, il suffit d'avoir préparé et entrepris l'ascension pour acquérir comme des fragments d'absolu qui vous donnent l'entière certitude de l'autre vie. Mais, comme pour Rimbaud et Paulhan, il fallait, selon Daumal, reconnaître d'abord que la réalité de cette autre vie est évidente et nécessaire.

La démarche de Daumal se situe donc dans un courant profond où la pensée, depuis Rimbaud, tend à établir que la connaissance essentielle ne peut nous être donnée que par une mystique et même une poésie qui s'affirment comme seule vraie science. À la condition expresse que les croyances et les réalisations de l'art ne cessent d'être interrogées, au cours de notre vie et de notre conduite, la vérité ne peut que parler en nous, dans notre langage, et assurer notre destin au-delà d'un monde dont la réalité exige déjà, à tout instant, une révolution transcendante. Pour quoi Daumal, homme de religion, cherche à renoncer à toute prétention afin d'écouter une parole (aussi bien littéraire) venue d'ailleurs pour nous sauver.

ANDRÉ DHÔTEL.

RÉF. : A. Rolland de Renéville, *Univers de la parole,* Paris, 1944. — M. Random, *Les Puissances du dedans,* Paris, 1966. — *La Voie de René Daumal,* numéro spécial d'*Hermès,* Paris, 1967. — J. Biès, *René Daumal,* Paris, 1967. — *Le Grand Jeu,* numéro spécial de *L'Herne*, nº 10, présenté par M. Thivolet, Paris, 1968. — M. Random, *Le Grand Jeu,* Paris, 1970. — *René Daumal ou le retour à soi ; Textes et études sur son œuvre,* Paris, 1981. — P. Powrie, *René Daumal, Études d'une obsession,* Genève, 1990.

Décasyllabe. Vers de dix syllabes. Le décasyllabe est issu du sénaire iambique latin, à travers l'*endecasyllabo* italien (cher à Dante en particulier) dont la finale, souvent atone, finit par s'effacer.

La césure est placée soit après la 4e syllabe (césure *a minori*), soit — et plus souvent — après la 6e (césure *a majori*). La coupe en 5 // 5, que Voltaire fustigeait mal à propos dans son *Dictionnaire philosophique* (« ces vers ne pourraient être tolérés dans des ouvrages de longue haleine, à cause de la cadence uniforme »), est, elle, fort ancienne, et signalée chez Hugo, Verlaine ou Leconte de Lisle, pour son rythme dansant. En fait, le décasyllabe traditionnel est souvent trimètre, dans la mesure où l'hémistiche de 6 est lui-même coupé en deux unités : « Le mur fléchit // sous le noir / bataillon » (Hugo).

C'est à ce mètre, le plus ancien de la poésie française, que recourt Valéry dans *Le Cimetière marin ;* il dit d'ailleurs qu'il s'est imposé à lui ; son effort consista à « porter ce Dix à la puissance du Douze ». Le décasyllabe devient chez lui un tétramètre : « Ce toit / tranquille // où mar / chent des colombes. »

CHRISTIAN DOUMET.

DE COSTER Charles. Écrivain belge de langue française. Né le 27 août 1827 à Munich de parents belges, mort le 7 mai 1879 à Ixelles (Brabant). Sa famille le destinait au sacerdoce, mais il choisit une autre carrière, et encore à l'université de Bruxelles, il commença de fréquenter le cercle *Lothoclus,* qui publia ses premiers essais littéraires dans un journal manuscrit. Il fut reçu docteur en philosophie, mais son incapacité à entreprendre une carrière le priva de toute sécurité matérielle. Il conçut un amour qui se termina obscurément après des années, et dont il reste des souvenirs, outre un bref roman paru dans la *Revue nouvelle* de 1851 sous le titre *Silhouette d'amoureux,* dans les *Lettres à Élisa,* écrites entre 1851 et 1858. Un recueil de *Légendes flamandes*, écrites en français du XVIe siècle, valut à son auteur le succès, et un emploi auprès d'une Commission royale chargée de la publication de lois anciennes, où il resta quatre ans. En 1861, il publia un autre recueil de contes, *Les Contes brabançons*, écrits en français moderne ; et en 1868, après dix ans d'un travail fatigant et tenace, *Légende de Ulenspiegel et de Lamme Goedzack au pays de Flandres et ailleurs* qui ne fut pas appréciée à sa parution mais valut à son auteur une gloire posthume, étant considérée comme l'œuvre fondatrice des lettres belges. Découragé, De Coster se rendit à Paris, mais ne tarda pas à retourner en Belgique et, en 1870, il accepta un poste de professeur à l'École de guerre et une charge de répétiteur à l'École militaire. Réduit à vivre de ces appointements, il tenta d'écrire un roman sur la révolution belge, en composa un autre, médiocre, *Voyages de noces,* et la relation d'un de ses voyages en Hollande que l'on commença de publier en 1878. Mais la tristesse de son existence avait affaibli son organisme, et il mourut peu après cinquante ans.

RÉF. : Ch. Potvin, *Charles De Coster,* biographie suivie des *Lettres à Élisa,* 1894. — Liebrecht, *La Vie et le rêve de Charles De Coster,* 1927. — J. Hanse, *Charles De Coster et son œuvre,* Louvain, 1928. — L. L. Sosset, *La Vie pittoresque et malheureuse de Charles De Coster,* Verviers, 1938. — J.-M. Klickemberg, *Style et archaïsme dans la légende d'Ulenspiegel de Charles de Coster,* Bruxelles, 1973.

***Défense et illustration de la langue française*.** Manifeste littéraire de la jeune « école » poétique groupée autour de Ronsard (à laquelle la tradition a donné le nom célèbre de « Pléiade »). Il est signé par Joachim du Bellay (1522-1560). La *Défense* parut en mars 1549 à peine quelques mois après la publication de l'*Art poétique* de Sebillet qui venait d'exciter l'animosité des novateurs en énonçant plusieurs des principes qu'ils reconnaissaient comme leurs, d'autant qu'il avait été désigné comme l'un des principaux organisateurs de l'entrée d'Henri II à Paris en 1549.

D'Italie, de Pétrarque, des *Dialogues* de Sperone Speroni (parus en 1542), « souffle » un vent de renaissance artistique, littéraire, l'idée désormais lumineuse de la mission artistique d'un peuple. Dès lors, et compte tenu de l'enthousiasme des jeunes poètes, de leur influence grandissante jusqu'à la Cour, enfin du courant puissant de l'humanisme, on comprend mieux le programme préconisé par la jeune école poétique et son sens profond.

Trois articles essentiels ressortent de cette étude : tout d'abord, l'idée agissante du manifeste entier, celle du triomphe de la langue nationale française qui comporte d'une part la « défense » de cette langue contre les « latinisants » qui considèrent la « latine » comme seul mode d'expression et contre ceux qui s'en servant mal la compromettent, et d'autre part, l'« illustration » obtenue en l'enrichissant par un apport considérable de mots nouveaux. Cet apport peut être obtenu de différents façons : par l'emploi des mots de terroir rendus à la vie et au besoin modifiés, par les diminutifs, par la formation de mots composés, par la construction de mots nouveaux sur des racines existantes, soit nationales, soit grecques ou latines, encore que la plus extrême prudence soit recommandée à l'égard des emprunts au grec et au latin.

Ensuite, la création d'une vraie poésie. Pour ce, on abandonne tous les genres qui ont triomphé au Moyen Âge et dont usent encore les héritiers des grands rhétoriqueurs et rimeurs comme Marot, tels que la « ballade », le « rondeau », le « virelai », la « chanson », etc. Par contre, inspirés profondément par les Anciens, les genres de l'« ode », de l'« élégie », du « sonnet », de l'« églogue », de la « comédie » et de la « tragédie » sont ceux qui donneront à notre poésie sa valeur propre, son renouveau de goût et de profondeur. À ce changement d'inspiration correspond celui de l'esprit et de la technique poétiques : d'une part, et comme Pétrarque l'avait indiqué, une intelligente « imitation » sera permise et même recommandée au poète ; de l'autre, les règles de la versification se précisent, qui influenceront la poétique jusqu'à nos jours comme nécessité et alternance des rimes, combinaison des strophes, etc.

Enfin, se trouve exprimé dans la *Défense* l'idéal artistique de la langue et du Poète. Désormais, la poésie ne doit plus être considérée comme l'occasion donnée à un homme de prouver uniquement sa virtuosité verbale ou d'« amuser ». Le poète, et c'est une idée très souvent reprise chez Ronsard et bien d'autres, par un travail long et patient, atteindra la gloire la plus haute, l'immortalité. Le Roi n'est rien sans le Poète : c'est en effet au poète qu'incombe le soin de conférer l'immortalité ; au poète d'élever les âmes, de faire comprendre la mission profonde de l'art. Ainsi se constituera une école poétique prodigieuse qui, inspirée de l'exemple italien et particulièrement pétrarquiste, l'égalera puis le transcendera.

La fermeté du style, la vitalité et l'intelligence des principes exprimés, l'influence considérable de la « Pléiade », enfin l'état d'esprit du moment et la faveur de la Cour expliquent aisément, sans qu'il soit besoin d'insister, le retentissement prodigieux et durable de la *Défense et Illustration* dont certains points essentiels, adoptés par le classicisme, ne seront plus remis en question avant les luttes du romantisme au XIXe siècle et dominent encore la poésie et la littérature contemporaines.

DEFORGES Régine. Écrivain français, née en 1935 à Montmorillon (Vienne). Première femme éditeur, Régine Deforges publie dans les années 1960 un bon nombre de livres dont beaucoup sont jugés scandaleux : poèmes érotiques, romans noirs introuvables du XVIIIe siècle, pamphlets, romans libertins (dont *Le Con d'Irène* d'Aragon), textes féministes. En butte à de nombreux procès, elle se bat pour la liberté d'expression et notamment pour la libre circulation des textes érotiques. En 1978, elle est obligée de déposer son bilan ; mais elle remonte sa maison quelques années plus tard.

Entre-temps, l'éditeur à scandale est devenu un écrivain à succès. Elle écrit et publie toute une série de romans à caractère autobiographique : *Le Cahier volé* (1978), sur le vol de son journal intime alors qu'elle avait quinze ans ; *Blanche et Lucie* (1976), regard d'amour sur ses deux grands-mères ; *Les Enfants de Blanche* (1982), où elle évoque l'enfance provinciale de sa mère. Le premier succès commercial vient avec les *Contes pervers* (1980), plus tard portés à l'écran.

Mais c'est la trilogie consacrée aux années de guerre *La Bicyclette bleue* (1981), *101, avenue Henri-Martin* (1983) et *Le diable en rit encore* (1985) qui assure à Régine Deforges une des premières places parmi les auteurs de best-sellers du dernier quart du XXe siècle. Comme dans *Autant en emporte le vent* — les héritiers de Margaret Mitchell ont d'ailleurs intenté un procès à Régine Deforges, mais en vain —, l'auteur met en scène une héroïne passionnée, et elle la promène, selon les recettes les plus éprouvées du roman populaire et sentimental, à travers une série d'aventures érotiques décrites avec gourmandise.

Le succès de cette trilogie, entretenu par les polémiques que suscite la personnalité de l'auteur, a relégué au second plan ses nombreux autres livres : *La Révolte des nonnes* (1981, fresque historique de la Gaule du VIe siècle), *Lola et quelques autres* (1983), *Sur les bords de la Gartempe* (1985), *Pour l'amour de Marie Salat* (1987), *Sous le ciel de Novgorod* (1989), *Noir Tango* (1991), *Rue de la Soie* (1994), *La Dernière Colline* (1996), *Cuba-libre !* (1999).

DELAVIGNE Casimir Jean François. Auteur dramatique né au Havre le 5 avril 1793, mort à Lyon le 11 décembre 1843. Fils d'un riche armateur, il fut, très jeune encore, envoyé à Paris au lycée Napoléon (aujourd'hui Henri- IV) où il eut Eugène Scribe comme condisciple et ami. Il y devint un des élèves les plus distingués. En rhétorique, il composa un *Dithyrambe sur la naissance du roi de Rome* (1811) qui lui valut un prix, et la protection du comte Antoine Français, de Nantes. Admis dans le cercle de ce dernier, le jeune homme put approcher les meilleurs esprits de la capitale. Son père ayant été ruiné par les guerres napoléoniennes, il obtint un emploi dans l'administration, sous la condition expresse qu'il ne s'y présenterait qu'une fois par mois pour toucher ses appointements.

Il écrivit alors plusieurs pièces de vers qui furent assez remarquées, notamment *Charles XII à Narva, La Découverte de la vaccine, Les Charmes de l'étude, L'Enseignement mutuel.* La chute de l'Empire fit de lui un poète lyrique ; les événements douloureux qui accablaient la France en 1815 lui inspirèrent un recueil d'élégies qu'il appela *Les Messéniennes* (1818-1819) par assimilation des malheurs du pays à ceux de l'antique Messénie. Il obtint alors un tel succès qu'il fit figure de poète national. (On ne partage plus guère aujourd'hui cet enthousiasme.) Fort heureusement, un an plus tard, il se tourna vers le théâtre et dès lors ne le quitta plus.

D'entrée de jeu, il s'imposa d'éclatante façon avec *Les Vêpres siciliennes* représentées à l'Odéon le 23 octobre 1819, tragédie en cinq actes, en vers. Voulant ensuite s'essayer dans la comédie, il donna, l'année suivante, *Les Comédiens* (1820), pièce agréablement faite. Revenant à la tragédie, il fit jouer à l'Odéon *Le Paria* (1er décembre 1821), qui est la plus classique de ses œuvres et qui contient d'assez beaux chœurs.

S'étant vu retirer, en raison de l'esprit libéral qui se manifestait dans ses œuvres, son poste officiel, Delavigne se vit alors confier par le futur Louis-Philippe la bibliothèque du Palais-Royal. Le 6 décembre 1823, le Théâtre-Français affiche son *École des vieillards*, comédie qui lui valut d'entrer, en 1825, à l'Académie française et obtint plus de succès que celle qu'il y donna cinq ans plus tard (le 6 mars 1828) : *La Princesse Aurélia.* Dès lors, il se consacra uniquement à la tragédie ; *Marino Faliero*, créée le 30 mai 1829, à la Porte-Saint-Martin ; *Louis XI* représentée au Théâtre-Français le 11 février 1832 ; *Les Enfants d'Édouard* jouée au même théâtre le 18 mai 1833. Ces deux dernières pièces dans lesquelles il tentait d'imiter Shakespeare connurent un accueil enthousiaste. Il écrivit, par la suite, trois autres drames : *Don Juan d'Autriche,* monté le 17 octobre 1835, *La Fille du Cid,* joué pour la première fois le 2 mars 1839, et la tragédie en un acte *Une famille au temps de Luther,* créée au Théâtre-Français le 12 avril 1836, pièces qui n'ajoutent rien à sa gloire.

Dans l'histoire du drame romantique, qui commence avec *Cromwell* (1827) et s'achève avec *Les Burgraves* (1843), Casimir Delavigne mérite de figurer, bien qu'il soit loin d'être un épigone de Hugo. Il représente, en effet, un compromis entre le romantisme et le classicisme. Mais, si incontestable que fût sa force dramatique, elle traînait après elle trop de défauts de style pour obtenir l'audience de la postérité. Delavigne a également, avec divers collaborateurs, écrit les paroles d'un certain nombre d'opéras et d'opéras-comiques ; citons : *La Muette de Portici* (1828), *Fra Diavolo* (1830), *Robert le Diable* (1831). Il est l'auteur de *La Parisienne* (1830), chant patriotique improvisé pendant les journées révolutionnaires, qui devint immédiatement fort populaire, ainsi que de *La Varsovienne* (1832), que les Polonais chantèrent plus d'une fois dans les combats qui les opposaient aux Russes.

ROLAND PURNAL.

RÉF. : Sainte-Beuve, *Portraits contemporains,* t. III, 1846. – M. Fauchier Delavigne, *Casimir Delavigne intime*, Paris, 1907. – G. Fasoli, *Casimir Delavigne auteur dramatique,* thèse, Aix, 1949.

Délie, objet de plus haute vertu. Recueil de poésie amoureuse de Maurice Scève (1500-1562 env.). Publié en 1544 chez Antoine Constantin avec cinquante emblèmes, ce recueil est assurément la plus haute manifestation poétique de ce que l'on appelle, un peu abusivement, la Renaissance lyonnaise. Mais si Scève par sa vie et son activité adhère parfaitement à l'esprit de l'humanisme lyonnais, sa *Délie* par de subtiles distorsions se détache des modèles culturels sur lesquels elle se profile. Ce long poème est une suite de quatre cent quarante-neuf dizains de décasyllabes, interrompus tous les neuf dizains par un emblème (une vignette gravée accompagnée d'un « motto », devise) dont le motto se retrouve versifié au dernier ou aux deux derniers vers du dizain qui le suit. Cette construction architectonique, d'une parfaite rigueur, contribue à l'impression d'hermétisme de l'œuvre, encore accentuée par le rapport énigmatique des emblèmes et du texte.

Premier *Canzoniere* français, l'œuvre se place explicitement sous le patronage de Pétrarque. Comme le *Canzoniere*, elle est consacrée à une dame parfaite en vertu et en beauté, objet d'un amour traversé d'exigences spirituelles, par lequel l'amant-poète entend atteindre connaissance et perfection ; mais, chez Scève, amour aussi dévoré d'une ardeur sensuelle où il se refuse à voir une faute, et qui se heurte à la rigueur impitoyable de la dame. Contrairement à ce qui se passe dans le *Canzoniere,* la mort de la dame n'ouvre pas un second versant du livre, c'est la mort de l'amant qui clôt le livre, et il n'est pas question que dans l'au-delà la dame devienne le guide de l'ascension spirituelle du poète, et le moyen de son apaisement intérieur. Dans le tombeau figuré par l'ultime emblème, image du tombeau poétique qu'est le livre, l'amant crie : « [...] apres ma mort encores cy dedens / Je pleure et ars pour ton ingratitude » (D. 447).

La personnalité de l'inspiratrice importe peu ; le nom de Délie, « surnom louable », cache en partie la personnalité de la poétesse Pernette du Guillet avec qui Scève, son aîné de près de vingt ans, a entretenu un commerce poétique et amoureux. Mais l'amour ici compte plus que l'aimée, et le poème est consacré à en exprimer la brûlure, les tourments et les contradictions. On a voulu, au XVIe siècle, entendre dans le nom de Délie une anagramme de l'Idée, ce qui ne disconvient pas à un certain versant néo-platonicien de l'érotique de Scève ; néo-platonisme un peu suspect cependant, car si Délie est la perfection du monde, « Celle beaulté qui embellit le Monde » (D. 7), elle n'est nullement le reflet d'une beauté supérieure, objet de l'ascèse spirituelle qui est le moteur platonicien de l'amour. Encore moins sera-t-elle le support et la médiatrice d'une pensée religieuse et chrétienne. Le poète, qui, dans son grandiose *Microcosme* (1562), placera le rêve d'une restauration adamique dans la perspective du salut par le Christ et de la parousie, ici ne connaît d'autre transcendance que Délie elle- même, dont la perfection « clôt » « le hault ciel Empirée », la limite des sphères du monde visible (D. 4). S'il existe assurément dans *Délie* une tension spiritualiste, on ne peut dire que l'inspiration en soit platonicienne, encore moins chrétienne.

Délie est celle de Délos, la sœur nocturne d'Apollon, Artémis ou Diane. Elle en rayonne la lumière froide, qui emplit l'amant de sa substance peut-être maléfique : « ... comme Lune infuse dans mes veines / Celle tu fus, es et seras DELIE » (D. 22), et son nom dit explicitement de quelle lumière elle l'éclaire — « Car je te cele en ce surnom louable / Pour ce qu'en moy tu luys la nuict obscure » (D. 59). De Diane d'ailleurs elle a la cruelle chasteté et le goût de la chasse. De la lune elle a l'inconstance et la muabilité. Semblable à Vénus par la beauté, elle est une anti-Vénus, perpétrant le meurtre de l'amour (D. 101). Dotée d'un mystérieux pouvoir cosmique, elle règle et dérègle les saisons, faisant surgir dans cette poésie précieuse et souvent abstraite de brusques éclats d'une réalité paroxystique : « Ma Dame et moy jouantz emmy un pré / Voicy tonnoirre, esclairs, nuict, et la pluye... » (D. 170).

Ainsi le poète convoque-t-il autour de Délie un riche répertoire mythologique et métaphorique. Sa figure cependant est à peine saisissable ; de son corps, de son visage, on n'a que l'idée la plus vague. En revanche se trouvent mises en scène les tortures, les contradictions, la lutte à coups de poing (« aux Cestes contendant », D. 181) dont l'amant est le champ clos. Combat que symbolise l'antithèse, structure fondamentale du poème : lutte du oui et du non, antithèses de la lumière et de la ténèbre, de la nuit et du jour, de la mort et de la vie, de la liberté et de la servitude, de la présence et de l'absence... Cette contradiction de l'état amoureux cache sans doute une angoisse plus secrète, qui affleure parfois : « Ma face, angoisse à quiconques la voit, / Eust à pitié esmeue la Scythie » (D. 45). Un désir de mort hante l'amant-poète, lié à une haine de soi dont il renvoie la cause au refus d'amour dont il est victime : « ... en me hayant de toute hayne extreme / Comme me hayt sa gracieuseté, / Je me suis fait ennemy de moymesme » (D. 401). Blessure narcissique profonde, qui fait peser constamment la menace de la crise mélancolique : c'est de ce côté sans doute qu'il faut chercher le secret de ce texte. *Délie* passe pour une œuvre difficile, hermétique même : cette difficulté est très exagérée. Sans doute cette poésie se trouve-t-elle toujours aux bords de ce secret, point sombre autour duquel elle tourne. Scève recherche une forme exigeante qui peut allier le vocabulaire de l'abstraction à une somptueuse langue de la sensation. De la rigueur de la construction, du serrage extrême de la syntaxe naît l'impression de densité que chacun peut ressentir devant ce texte, qui a souvent fait penser à Mallarmé. Mais on peut se laisser porter au long de ce parcours où l'expérience poétique est constamment liée à l'expérience amoureuse. Parcours qui mène, au-delà même des pleurs posthumes de l'amant-poète, à l'espoir d'une éternité poétique « Oultre le Ciel amplement long et large ».

F. Cha.

DELILLE Jacques. Poète né à Clermont (Puy-de-Dôme) le 22 juin 1738 et baptisé le même jour à la paroisse de Notre-Dame du Port, mort à Paris le 1er mai 1813. Fils naturel d'Antoine Montanier, avocat au présidial de Clermont, et de Marie-Hiéronyme Bérard de Chazelles. Après quatre années de nourrice et un séjour à Chanonat, le jeune Delille fut envoyé à moins de dix ans au collège de Lisieux à Paris et y fit de si brillantes études que ses maîtres « voulurent le conserver ». Aussi allait-il être simultanément apprenti poète et maître répétiteur, puis professeur dans différents collèges de Paris, puis à Amiens, puis au collège de la Marche à Paris. Dès 1757, on l'appelle l'abbé Delille, mais il ne sera jamais prêtre.

Après s'être fait remarquer par des épîtres à l'accent novateur, il donna en 1769 une traduction en vers des *Géorgiques* qui lui valut d'un coup la gloire, une chaire de poésie latine au Collège de France et, en 1774, d'être admis à l'Académie française. La publication (1782) des *Jardins*, poème à la fois descriptif et didactique, le fit considérer comme le plus grand poète français après Voltaire. En 1784, il accompagna Choiseul-Gouffier dans son ambassade à Constantinople, emportant avec lui les éléments d'un nouveau poème, conçu quelques mois auparavant, *L'Imagination,* dont la gestation profitera du spectacle des beautés grecques et orientales, l'auteur cédant à la double « Impression des objets extérieurs et des lieux ». De retour à Paris, il conçoit le projet des futurs *Trois Règnes de la nature.* À cette époque, son naturalisme s'élargit et s'approfondit, mais il ne publie rien.

Lié à l'Ancien Régime et à la Cour, Delille, sous la Révolution, se terre et se tait ; sa notoriété le protège du pire. En mai 1795, le poète s'éloigne de Paris, fait étape en Lorraine, parcourt la Suisse, l'Allemagne, séjourne à Londres, partout bien accueilli et partout poursuivant la rédaction simultanée de plusieurs ouvrages. Dès 1800, *L'Homme des champs ou les Géorgiques françaises* a paru à Strasbourg.

Marié, vieilli, Delille regagne la France en 1802, retrouve sa chaire au Collège de France et laisse publier coup sur coup l'ensemble des œuvres mûries pendant son exil : un *Dithyrambe sur l'immortalité de l'âme,* dont la rédaction remontait à 1794 (1802, texte probablement retouché), *Le Malheur et la Pitié* (1803), poème à la gloire de la monarchie défunte qui reçoit un accueil tumultueux, une traduction en vers de l'*Énéide*, jugée inférieure à celle des *Géorgiques,* une traduction également en vers du *Paradis perdu* de Milton, fort admirée des premiers lecteurs, *L'Imagination* (1806) et *Les Trois Règnes de la nature* (1808), vastes poèmes en huit chants chacun dont le premier tort est d'arriver vingt ans trop tard : la double synthèse poétique issue du programme des Lumières s'échoue dans les sables. Delille rime encore trois agréables chants en vers libres sur *La Conversation* (1812) où se résume son art de vivre. Il laisse aussi des *Poésies fugitives* et une traduction de l'*Essai sur l'homme* de Pope publiée à titre posthume en 1821. La sortie de ses œuvres complètes en plusieurs collections (1821, 1824, 1832, 1833) et la réédition de recueils divers attestent que sa gloire fut durable.

Delille exerça, au moins jusqu'en 1850, un véritable magistère sur le public français : c'est à son école que les romantiques apprirent à faire des vers, quitte à le renier ensuite. Il avait passé pour être le Virgile de sa génération. À cause du charme de sa récitation, on l'appelait le « dupeur d'oreilles ». Maître du genre descriptif, dont la mode s'imposait vers 1780, il avait réussi mieux que ses rivaux et malgré d'incontestables défauts à donner un contenu poétique aux nouveaux élans de la sensibilité en faisant résonner à l'unisson l'âme et l'univers. Son lyrisme se tient dans un équilibre fragile entre le classicisme à l'agonie et le romantisme à naître. Avec Bernardin de Saint-Pierre et avant Chateaubriand, il compte au nombre des premiers « enchanteurs » de notre littérature. On le fêta, on le vénéra jusqu'à sa mort et il eut droit à des funérailles grandioses, hommage spontané de la nation tout entière.

ÉDOUARD GUITTON.

♦ *« Il fait un sort à chaque vers, et il néglige la fortune du poème. »* Rivarol, 1782. ♦ *« Avec quel goût et quelle délicatesse il a su vivifier les objets les plus stériles par des nuances de philosophie et de sentiment* [...] *Il a tout embelli, tout fertilisé ».* Lablée, 1789. ♦ *« Cet homme n'a dans la tête que des sons et des couleurs, mais voyez ce qu'il en fait. »* Joubert, 1805. ♦ *« L'adroit et gentil émailleur / Qui brillanta les Géorgiques, / Des poètes académiques, / Delille est encor le meilleur. »* Lebrun, vers 1805. ♦ *« L'abbé Delille était le poète des châteaux modernes, de même que le troubadour était le poète des vieux châteaux ; les vers de l'un, les ballades de l'autre font sentir la différence qui existait entre l'aristocratie dans la force de l'âge et l'aristocratie dans la décrépitude : l'abbé peint des lectures et des parties d'échecs dans les manoirs, où les troubadours chantaient des croisades et des tournois. »* Chateaubriand, vers 1836. ♦ *« Il tourna au didactique et au descriptif. Delille ne fit autre chose, toute sa vie, que travailler, polir, tourner, vernisser, monnayer, mieux qu'aucun de ses contemporains, les matières de ce genre, y tailler, pour ainsi dire, des meubles Louis XV et Louis XVI, des ornements de cheminée et de toilette, bons pour tous les boudoirs* [...] *Il fabriqua, en quelque sorte, les joujoux d'une époque encyclopédique. »* Sainte-Beuve, 1837. ♦ *« À un moment où l'art se découvrait des affinités mystérieuses avec la magie et où le magnétisme animal faisait fureur, Delille a été l'un des plus rusés magnétiseurs du public français : un peu sorcier, magicien accompli, diable inoffensif, illusionniste, il a donné à ses contemporains l'illusion du génie et leur a fait croire, le temps d'une transe, à la résurrection de Virgile et de Racine. »* E. Guitton, 1974.

RÉF. : Rivarol, *Lettres critiques sur le poème des Jardins,* Paris, 1782. – Sainte-Beuve, *Portraits littéraires,* t. II, Paris, 1844. – *Delille est-il mort ?* ouvrage collectif, Clermont-Ferrand, 1970. – E. Guitton, *J. Delille et le poème de la nature en France de 1750 à 1820,* Paris, 1974.

DELTEIL Joseph. Romancier né le 20 avril 1894 à Villar-en-Val (Aude), mort le 12 avril 1978 près de Montpellier. Sa carrière littéraire commence en 1919, lorsqu'il publie un recueil de vers intitulé *Le Cœur grec.* À cette époque s'exerce sur lui l'influence de la poésie symboliste : il avouait éprouver beaucoup d'admiration pour Henri de Régnier. Quant à la poésie, il l'abandonne très rapidement, pour ne plus se consacrer qu'à l'écriture romanesque. Delteil participe activement à la révolution littéraire des années 20, dominée par l'émergence du surréalisme. Plus tard, dans *La Deltheillerie* (1968), livre à la fois nostalgique et féroce, il racontera sa « montée » à Paris, ses premiers entretiens avec Breton et Aragon. Dans le *Manifeste du surréalisme* (*), il figure d'ailleurs en bonne place, parmi ceux qui ont fait « acte de surréalisme absolu ». Mais il sera exclu du groupe en 1926, à la suite du scandale des *Poilus* (évocation de la grande guerre). Son premier grand succès intervient dès 1922, avec *Sur le fleuve Amour*, très remarqué par Mac Orlan et Aragon. Au cours de ces « années électriques », il se lie avec des personnalités du monde artistique : Sonia et Robert Delaunay,

Marc Chagall. Son deuxième roman, *Choléra* (1923), fait beaucoup parler de lui dans le Tout-Paris. Suivent *Les Cinq Sens* (1924), *Jeanne d'Arc* (1925), qui obtint le prix Femina, et aurait dû servir de scénario au film de Dreyer interprété par Falconetti. Delteil s'oriente vers une littérature de voyage, avec son roman chinois *La Jonque de porcelaine* (1927). Il fait la connaissance du jeune André de Richaud qui vient de publier son hagiographie : la *Vie de saint Delteil* (1928). En 1930 a lieu la rencontre la plus déterminante de son existence, puisqu'il s'agit de Caroline Dudley, cette Américaine qui avait créé la Revue Nègre à Paris, et allait devenir sa femme. L'auteur de *Saint Don Juan* (1930) se voit alors contraint de réduire son activité à la suite d'une pleurésie. En 1935, Delteil entre en correspondance avec Henry Miller, avec lequel il entretiendra un dialogue passionné, grâce à une proximité d'inspiration et d'écriture.

Lorsqu'il décide de se retirer dans une petite propriété de campagne, non loin de Montpellier, Delteil revient vers ses origines modestes et rurales (son père était bûcheron). Il se sent enfin dans son élément, vivant et travaillant comme un paysan, préparant en secret sa « cuisine paléolithique ». À la Tuilerie de Massane, où il restera jusqu'à sa mort, il renonce à cette gloire éphémère que lui avaient fait miroiter ses succès parisiens ; il revient à la simplicité des choses. Cette nouvelle vie occasionne de nouvelles amitiés, parmi lesquelles celle du peintre Soulages et du poète François Cariès. En 1947, Joseph Delteil publie *Jésus II*. En 1953, il effectue un voyage en Espagne, en compagnie de Miller. Il se consacre à la vigne et à l'édition, deux activités qui semblent complémentaires, tant la métaphore viticole et culinaire s'accommode chez lui d'une production artisanale. En 1961, on entend à nouveau prononcer son nom dans le monde littéraire, à l'occasion de la publication des *Œuvres complètes*, qui regroupent en fait un choix de six ouvrages parmi une trentaine de titres disponibles. Delteil assume la postérité de son œuvre, en l'expurgeant, en essayant de donner le meilleur de sa production. Il consacre ainsi la dernière partie de sa vie à rassembler des morceaux choisis, ce que confirment les parutions d'*Alphabet* (1973) et du *Sacré corps* (1976). Depuis la mort de Delteil, ses livres sont régulièrement réédités, et suscitent chaque fois de nouveaux intérêts. Il fut quelque peu oublié à la suite de sa retraite à la campagne, mais il n'en demeure pas moins un auteur extrêmement apprécié d'un cercle de fidèles. Dans un texte publié en 1966 dans *Les Cahiers du Sud,* il donnait de son œuvre cette définition qui le situe assez bien au cœur d'une modernité qui se cherche entre une poétique de la transgression et une redécouverte de l'ascèse : « Mon œuvre n'est-elle pas toute cathare, avec son double caractère, son ambivalence : d'un côté cette atmosphère de volupté, cet érotisme, cette scatologie ; de l'autre, la passion de l'absolu, le goût de la sainteté, Dieu partout ! »

OLIVIER HOUBERT.

RÉF. : André de Richaud, *Vie de saint Delteil,* Paris, 1928. – *Entretiens,* nos 27-28, Rodez, 1969. – Jean-Marie Drot, *Vive Joseph Delteil,* Paris, 1974. – Robert Briatte, *Joseph Delteil, qui êtes-vous ?* Lyon, 1988. – J.-M. Drot, *Joseph Delteil, prophète de l'an 2000,* Montpellier, 1990.

DEL VASTO Lanza. Écrivain français d'origine italienne. Né le 21 septembre 1901 à San Vito dei Normanni (Italie), mort à Murcie en 1981. Après des études au lycée Condorcet dont il a relaté certains épisodes dans *Enfances d'une pensée* (1970), il poursuit ses études supérieures à Florence et à Pise et pratique divers métiers, montrant qu'il sait être à la fois un manuel, un artiste et un intellectuel. C'est ainsi qu'il est successivement professeur de latin et de langues vivantes, fabricant de bijoux. Après des années d'apprentissage et de réflexion, Lanza del Vasto part pour les Indes en 1936 et y séjourne jusqu'en 1938. La connaissance de ce continent hautement spiritualisé et l'amitié du Mahatma Gandhi décident de l'inspiration de toute son œuvre. Quelques années plus tard, il publiera un récit sur son expérience de la sagesse de l'Orient dans *Le Pèlerinage aux sources* (1943). Disciple de Gandhi, il tente de faire passer dans notre monde occidental le message de la spiritualité, d'autant plus qu'il se montre inquiet du développement catastrophique de ce qu'il nomme « les quatre fléaux » qui risquent, selon lui, de mener notre planète à sa perte : la guerre, la sédition, la misère, et la servitude. C'est alors que dans une série de conférences, de déclarations et d'ouvrages, il énonce les principes d'une action non violente. Il prône un retour à une vie plus concrète, plus simple et plus saine qui pourrait s'abstraire de la course au profit et à la surproduction, et de l'assouvissement anarchique et pernicieux des désirs les plus dangereux, au risque de la destruction de l'homme et de la Terre. En ce sens, Lanza del Vasto est un précurseur de l'écologie moderne. Prophète ? Plus souvent un Cassandre qui vitupère avec calme, mais aussi avec résolution contre les dangers d'auto- destruction qui nous menacent et qui préconise un retour à la Nature. Ce combat pour que l'homme redevienne enfin maître de lui-même, Lanza del Vasto l'a engagé dans trois directions et par conséquent de trois façons différentes : par ses livres, qui se succèdent régulièrement depuis 1945, et dans lesquels il expose sa doctrine gandhiste de la non-violence et sa philosophie de la fraternité et de l'amour retrouvés : *Principes et préceptes du retour à l'évidence* (1945), *Commentaires de l'Évangile* (1951), *Vinobâ ou le Nouveau Pèlerinage* (1954) – après un second voyage aux Indes –, *Approches de la vie intérieure* (1962), *La Technique de la non-violence* (1971), *Éclats de vie et points de vérité*

(1973), *La Conversion par contrainte logistique* (1974), *Rien qui ne soit tout* (1975). Autre aspect du combat de Lanza del Vasto, la création d'une communauté dans le midi de la France, l'Arche, où l'on pratique l'artisanat et la méditation. Enfin, Lanza del Vasto a pris part à la lutte non violente par l'action directe : jeûne à Clichy en 1959 pour protester contre la torture en Algérie, manifestation contre l'arme nucléaire, prises de position en faveur des objecteurs de conscience et contre l'extension du camp militaire du Larzac dans une « Lettre ouverte au président de la République » (1972). Lanza del Vasto en impose par sa simplicité et sa grandeur, par son lyrisme prophétique aussi, qui le place parmi les premiers penseurs français inspirés par la philosophie de la non-violence de style gandhiste.

JOËL SCHMIDT.

DENIS Maurice. Peintre et écrivain français. Né à Granville (Manche) le 25 novembre 1870, mort à Paris le 13 novembre 1943. Ce chef d'école de l'art religieux contemporain était passé par l'École des beaux-arts et par l'Académie Jullian, où il avait rencontré Sérusier, avec lequel il participera, en 1891, à la première exposition du groupe des Nabis. Denis aspire déjà à un art libéré des conventions ; impressionné par Cézanne et Gauguin, il illustre, en 1891, *Sagesse* de Verlaine, et commence à militer en faveur du symbolisme chrétien. Des séjours en Italie, à Florence, puis à Rome, et l'étude des peintres de la Renaissance et du Moyen Âge confirment sa position : Fra Angelico surtout sera son maître ; il lui enseignera que « la beauté est un attribut de la divinité. La beauté de la nature est une preuve de Dieu. La beauté du corps humain donne à l'artiste l'idée du parfait ». Ainsi, en marge de l'impressionnisme, Maurice Denis parvient-il à trouver son expression personnelle, très influencée toutefois par la technique de Gauguin, dans un art qu'on a pu définir, plus encore que d'incarnation, d'idéalisation de la chair. Après avoir décoré de nombreuses églises et aussi le théâtre des Champs-Élysées, il fondera en 1919, avec Georges Desvallières, un atelier d'art sacré pour la rénovation de la peinture religieuse. À côté de son œuvre décorative, Maurice Denis a laissé des œuvres intimistes (notamment des portraits de femmes, d'enfants) d'une grande sensibilité. Ses *Théories* et ses *Nouvelles Théories sur l'art moderne et l'art sacré* l'ont également révélé comme écrivain.

Dénotation. Élément stable, non subjectif et analysable hors du discours, de la signification référentielle ou cognitive d'une unité lexicale : ainsi, *rouge* désigne une couleur précise, définissable en termes objectifs de longueurs d'onde (par opposition au *rouge* connotant par exemple le danger). Ce concept fait problème dans la mesure où le sens dénotatif d'un mot relève comme ses connotations du contexte énonciatif : ainsi l'unité *pâtre* dépend de son environnement aussi bien dans « les petits pâtres en bérets verts » (Loti) que dans « le pâtre-promontoire » (Hugo).

OLIVIER POT.

DÉON Michel. Romancier né à Paris le 4 août 1919. Après des études au lycée Jeanson-de-Sailly, puis à Monaco où son père était conseiller du prince, à la faculté de droit de Nice enfin, Michel Déon sert en 1939 dans les troupes du général de Lattre de Tassigny. Démobilisé, il deviendra en 1942 secrétaire de rédaction de *L'Action française* repliée à Lyon, jusqu'en 1944 où il retrouve Charles Maurras qu'il admire et dont il devient alors l'ami intime. Journaliste de 1944 à 1946, il « fuira » la France, à partir de la Libération, voyageant un peu partout en Europe et dans le monde. En 1947 et 1948 paraissent deux textes dont il ne fera pas grand cas par la suite : *Adieu à Sheila* et *Amours perdues*. En 1950, celui que Pol Vandromme définit comme un « sybarite réfractaire » publie ce qu'il considérera comme son premier « vrai » roman : *Je ne veux jamais l'oublier*. C'est l'époque de sa grande amitié avec cet autre « hussard », selon l'expression de Bernard Franck, Antoine Blondin. Avec Jacques Laurent et Roger Nimier, ces écrivains de droite se définissaient par leur rejet de l'existentialisme et du « réalisme militant ». Déon part ensuite pour les États-Unis, grâce à une bourse de la fondation Rockefeller ; à son retour, il est conseiller dans une maison d'édition. 1945 : publication de *Tout l'amour du monde* ; 1952, *La Corrida* ; 1954, *Le Dieu pâle* ; 1956, *Les Trompeuses Espérances*. En 1956, il écrit au Portugal un pamphlet quelque peu désabusé : *Lettre à un jeune Rastignac* ; 1957 : *Fleur de colchique* ; 1958 : *Les Gens de la nuit* ; 1960 : *La Carotte et le Bâton* (pamphlet qui a pour thème le conflit du Maghreb et marque une certaine prise de distance avec les affaires du siècle). L'« exilé volontaire » continuera alors son errance européenne, et s'installera finalement en Grèce, à Spetsaï, où il restera jusqu'en 1961 et écrira *Le Balcon de Spetsaï*. Il devient à son retour directeur littéraire des éditions de la Table Ronde. En 1964, il regagne la Grèce où il écrira en 1965 *Le Rendez-Vous de Patmos* et, en 1967, *Un parfum de jasmin* où Pierre-Henri Simon décèlera une certaine « désinvolture dans l'amoralisme ». Déon s'installe ensuite en Irlande où il fonde un foyer et où naîtront *Les Poneys sauvages*, qui seront couronnés en 1970 par le prix Interallié.

Sa pièce *Un égoïste* est diffusée par l'O.R.T.F. en 1969, au même moment qu'a lieu la publication de son anthologie touristique : *Visitez l'Italie du Nord*. En 1973, *Un taxi mauve*, épopée irlandaise, lui vaudra le grand prix du roman de l'Académie française. Ensuite il y aura *Le Jeune Homme vert, Les 20 Ans du jeune homme vert* (1977), un livre pour enfants, *Thomas et l'infini*, et un livre de confidences, *Mes arches de Noé*, en 1978. Michel Déon est élu la même année à l'Académie française. Puis ce sera en 1981 : *Un déjeuner de soleil,* et en 1985 *Bagages pour Vancouver*, *Ma vie n'est plus un roman* (théâtre) en 1987, ainsi que *La Montée du soir. Un souvenir* est publié en 1990 et enfin, en 1992, *Le Prix de l'amour*.

NICOLAS ROMÉAS.

Dépôt légal. Survivance de la censure royale, institutionnalisée en 1741, la Régie du Dépôt légal a été organisée par la loi du 21 juin 1943 et le décret du 21 novembre 1960. Elle a pour objet la « constitution d'une documentation centrale » et la « conservation de la pensée écrite ». La loi fait donc obligation aux imprimés « de toute nature » (et aux produits de l'audiovisuel) d'être déposés en quatre exemplaires à la Bibliothèque nationale lorsqu'il s'agit d'un livre, en quatre exemplaires à la Bibliothèque nationale et en un exemplaire au ministère de l'Intérieur (ou au parquet du département) lorsqu'il s'agit d'un périodique. Les ouvrages pour la jeunesse font l'objet d'un dépôt supplémentaire au ministère de la Justice. Seuls sont exemptés les travaux dits « de ville », « administratifs » et « de commerce ».

FRANÇOIS BODDAERT.

DE PURE abbé Michel. Écrivain né à Lyon le 19 novembre 1620, mort à Paris le 7 mars 1680. Ce cadet d'une famille de marchands et magistrats lyonnais s'orienta vers la carrière ecclésiastique. À quatorze ans, il fut le plus jeune chanoine de France. Il poursuivit jusqu'au doctorat en théologie. En 1647, il obtint la charge honorifique de conseiller et aumônier du roi. Il gagna la sympathie de ses confrères, tel l'abbé de Boisrobert, académiste dont il devint le confident. La fréquentation des gens de plume lui donna le goût d'écrire. En 1650, il entra à Lyon dans la maison de Monseigneur le cardinal-archevêque Alphonse de Richelieu. En 1653, de retour à Paris, il entra dans les bonnes grâces de Mazarin, qui lui octroya une charge d'historiographe, et publia une *Vie de Monseigneur Alphonse* en latin.

Intégré à la république des lettres et à son jeu de coteries, il se lia avec Michel de Marolles et avec l'abbé d'Aubignac qui cherchèrent à l'attirer, qui du côté des latinistes, qui du côté des gens de théâtre. L'abbé d'Aubignac, en lui présentant sa *Nouvelle histoire du temps ou Relation véritable du royaume de coquetterie* (1654), l'incita à découvrir le monde secret des « ruelles ». Il écrivit une relation de son expérience sous le titre *La Prétieuse ou le Mystère des ruelles* (*) dont le premier tome fut publié en 1655. D'Aubignac l'accusa alors de plagiat. L'abbé De Pure donna aussi en 1656 une farce intitulée *Prétieuse.* Il paracheva le premier ouvrage avec un quatrième tome paru en 1658, après avoir entrepris un roman, *Épigone, histoire du siècle*, et une tragédie, *Ostorius.* Il fut pensionné en 1659 par Mazarin pour écrire sa biographie.

Le triomphe de Molière avec *Les Précieuses ridicules* (*) (1659), en le dépouillant de son aura de découvreur de la préciosité, le remplit d'amertume. En 1661, il commença une vie d'érudit et de traducteur. La publication d'un traité maladroit sur le théâtre lui valut la disgrâce royale. Il finit ses jours très lié avec les poètes et les doctes, soutenant Corneille dans son amour pour la Du Parc et dans sa rivalité avec Racine. Il publia une *Vie de Léon X.* Donneau de Visé lui rendit un hommage funèbre dans *Le Mercure galant* (*).

DOMINIQUE BERTRAND.

Derborence. Roman de l'écrivain suisse d'expression française Charles-Ferdinand Ramuz (1878-1947), publié en 1934. « Derborence, le mot chante doux ; il vous chante doux et un peu triste dans la tête... » On croit entendre un conteur de veillées. C'est pourtant sur un fait divers assez banal que Ramuz se fonde dans ce roman. Mais ce fait divers, il est vrai, résulte d'une manifestation des forces naturelles, et de ce fait il acquiert donc une ample résonance. L'on sait du reste que l'auteur est apte autant que personne à se mouvoir en ces lieux où la poésie se rencontre avec la condition humaine.

D'abord le sujet du roman. Il est très simple : dans le canton de Vaud, une montagne s'éboule, engloutissant une vingtaine de bergers. On devine ce qui s'ensuit. Voilà tout le village en révolution pour commenter la nouvelle. Ce chœur angoissé de vieillards, de femmes et d'enfants que suscite depuis Eschyle toute catastrophe de ce genre. Après un long mois d'attente, ils voient soudain apparaître un des bergers. Il est l'homme par excellence — l'homme qui revient de loin. Il leur conte son odyssée souterraine. Moins pour les éclairer sans doute que pour briser le sortilège dont son propre cœur est la proie. Hélas, il semble bien que le génie des Ténèbres soit le plus fort, puisque notre berger finit par retourner sur ses pas, pour rejoindre un de ses compagnons — dans ce mystérieux domaine qui leur sert à tous de tombeau.

Est-il besoin de le redire ? Écrivain de toujours acquis au symbolisme, Ramuz procède par images. C'est le fond de son esprit comme c'est la forme de son art. Mais si l'image est son privilège, il n'en use jamais que dans la mesure où elle est en accord avec les mœurs de son pays romand. Il veut qu'elle soit liée au parler de ses personnages, à leurs gestes, voire à leurs intentions secrètes. Entendez que l'auteur n'aspire qu'à s'effacer. Et c'est par le scrupule qu'il a de s'incarner dans ses héros qu'il acquiert ce ton véridique qui caractérise son œuvre. Il est permis d'avancer que les belles pages de *Derborence* ont trait moins au drame qu'à des scènes d'un caractère familier situées en marge de ce drame. Un vieillard retrouve au détour d'un chemin l'odeur même qui fit le délice de son enfance ; une jeune femme découvre qu'elle sera mère ; un homme sent en pleine solitude qu'une amitié lui est acquise.

C'est dans l'évocation de ces sentiments très humbles que Ramuz atteint à la grandeur.

Dérivation. Dans les formations néologiques, adjonction par affixation d'éléments lexicaux à une unité lexicale (le radical). Au contraire de la préfixation (le *rerecorriger* de Flaubert reste un verbe comme *corriger*), la suffixation modifie la catégorie grammaticale de l'unité résultante (l'adjectif *étéal* tiré du substantif *été* chez Ronsard ; « nos beaux *demains* » chez Verlaine). La *dérivation impropre* est un changement de catégorie grammaticale sans modification formelle : la « carte du Tendre » (*Les Précieuses ridicules* (*) de Molière), « *l'effilé* de multicolores perles » (Mallarmé). La distinction entre *dérivation* et *composition,* fondée sur l'autonomie de l'affixe, n'est pas absolue : *re-* n'existe pas hors de *refaire*, mais *contre-* se comporte par rapport à *contrefaire* comme *porte-* dans le composé *portefeuille.* Les formations savantes échappent à la classification : *gastrotomie* et *tomographie* ne relèvent ni de la dérivation (*tom-* est- il affixe ou préfixe ?) ni de la composition (*tom-* ne peut exister hors de l'unité lexicale).

OLIVIER POT.

DÉROULÈDE Paul. Écrivain français. Né le 2 septembre 1846 à Paris, mort le 30 janvier 1914 à Montboron (près de Nice). Son premier essai théâtral fut un acte en vers : *Juan Strenner*, qui fut représenté en 1869 à la Comédie-Française. La guerre de 1870, à laquelle il prit part comme chasseur à pied, l'orienta vers la politique et les lettres. En 1872 il publia *Les Chants du soldat*. Cette œuvre fut suivie de *L'Hetmann*, drame en vers, et de *La Moabite*, dont la représentation fut interdite. L'un des fondateurs de la « ligue des patriotes » à laquelle il devait vouer toute sa vie, boulangiste en 1887, élu député d'Angoulême deux ans plus tard, il fut arrêté en 1899 pour avoir tenté de renverser la République parlementaire. En 1900, impliqué à nouveau dans un complot contre l'État, il fut condamné à dix ans d'exil. Il rentra en France par l'Espagne à la suite d'une amnistie. De ses œuvres, empreintes du plus fervent patriotisme, il convient de citer : *Marches et Sonneries* (1881), *De l'éducation militaire* (1882), *Le Premier Grenadier de France, La Tour d'Auvergne* (1886), *Chants du paysan* (1894). Parmi ses œuvres théâtrales : *Messire du Guesclin* (1895) et *La Mort de Hoche* (1897).

RÉF. : J. Claretie, *Paul Déroulède*, Paris, 1883. — J. et J. Tharaud, *La Vie et la mort de Déroulède*, Paris, 1914. — J. Krynen, « Paul Déroulède, poète de la revanche », in *Annales de l'université des sciences sociales de Toulouse*, 1980.

DERRIDA Jacques. Philosophe, essayiste né le 15 juillet 1930 à El Biar (Algérie). Après des études secondaires à Alger, Jacques Derrida entre en 1950 à l'École normale supérieure, où il entreprend sous la direction de Jean Hyppolite son mémoire de maîtrise sur *Le Problème de la Genèse chez Husserl* (récemment publié). Il devient, en 1956, assistant à l'université Harvard (Massachusetts), et commence en 1957, également sous la direction de Jean Hyppolite, une thèse : « L'Idéalité de l'objet littéraire » qu'il abandonnera plus tard. En 1960, il est assistant à la Sorbonne pour quatre ans et obtient en 1962 le prix Cavaillès pour sa traduction et son commentaire de *L'Origine de la géométrie* de Husserl. En 1965, il est nommé professeur de philosophie à l'École normale supérieure et travaille, à partir de cette époque, en collaboration étroite avec le groupe et la revue *Tel Quel.* C'est également le début de la grande influence que la « déconstruction » derridienne exerce sur la critique littéraire nord-américaine. À partir de 1972, Derrida partage son enseignement entre Paris et diverses universités américaines (avec de régulières visites à John Hopkins et à Yale). En 1975, il crée le G.R.E.P.H. (Groupe de recherches sur l'enseignement philosophique) qu'il dirige jusqu'en 1979, date à laquelle sont publiés les collectifs : *Qui a peur de la philosophie ?* et *États généraux de la philosophie.* Avec ce travail commence une réflexion critique sur l'institution philosophique française que Derrida poursuit encore actuellement. À la fin de l'année 1982, Derrida se rend à Prague pour participer à un séminaire clandestin animé par le groupe « Soixante-dix-sept » ; il est arrêté à la frontière par les autorités policières, emprisonné puis libéré quelques jours après grâce à la mobilisation des intellectuels français et à l'intervention du président de la République. Il fonde en 1983 le Collège international de philosophie à Paris, dont il est le président jusqu'en 1985. Il continue de participer aux activités du Collège depuis cette date et fait partie du conseil d'administration.

Il est « visiting professor » à l'université de Cornell (New York), puis, en 1987, « visiting professor » à Irvine (Californie). En 1988, il dirige avec Jacques Bouveresse la Commission de philosophie qui lui est confiée par Pierre Bourdieu et François Gros, à l'initiative du ministre de l'Éducation nationale, dans le cadre d'une réflexion générale sur les contenus d'enseignement. Jacques Derrida enseigne comme professeur depuis quelques années à l'École des hautes études en sciences sociales à Paris.

L'œuvre écrite de Jacques Derrida est considérable ; parmi ses ouvrages fondamentaux, on peut citer : *L'Écriture et la Différence* (1967), ouvrage dans lequel se trouve la conférence « Cogito et histoire de la folie » qui provoque la rupture avec Michel Foucault, *La Voix et le Phénomène* (1967), *De la grammatologie* (1967), *La Dissémination* (1972), *Marges de la philosophie* (1972), *L'Archéologie du frivole (Introduction à l'Essai sur l'origine des connaissances humaines de Condillac)* (1973), *Glas* (1974), *Éperons. Les styles de Nietzsche* (1978),

La Vérité en peinture (1978), *La Carte postale, de Socrate à Freud et au-delà* (1980), *Signéponge* (1983), *D'un ton apocalyptique adopté naguère en philosophie* (1983), *Otobiographies. L'enseignement de Nietzsche et la politique du nom propre* (1984), *Schibboleth. Pour Paul Celan* (1986), *Parages* (1986), *Ulysse gramophone, deux mots pour Joyce* (1987), *De l'esprit, Heidegger et la question* (1987), *Psyché, Inventions de l'autre* (1987), *Mémoires pour Paul de Man* (1988), *Limited Inc.* (1990), *Le Problème de la genèse dans la phénoménologie de Husserl* (1990), *Du droit à la philosophie* (1990). Cette liste n'est pas exhaustive, et il faudrait de plus y ajouter bon nombre d'articles de revues ou de journaux, d'interviews, et de textes publiés dans des ouvrages collectifs.

À partir d'une réflexion sur la phénoménologie de Husserl et en suivant le geste heideggerien de « Destruktion » de la métaphysique, Derrida inquiète, dès ses tout premiers travaux, la philosophie dans sa détermination traditionnelle. Il met au jour, à l'intérieur de cette tradition, des chaînes conceptuelles, des affirmations ontologiques et logiques qui constituent la philosophie comme telle et qui n'ont pu, pour cette raison, être critiquées par elle. Ainsi en est-il de la détermination fondamentale de l'« être » comme « présence » que Heidegger le premier a mise en lumière. Cette détermination se manifeste essentiellement au sein du traitement classique de la question du langage où il apparaît que la « parole », gage de la proximité que la pensée entretient avec elle-même, reçoit un privilège exorbitant par rapport à l'« écriture », qui n'en serait que la représentation dérivée ; Derrida écrit, dans *De la grammatologie* : « Au regard de ce qui unirait indissolublement la voix à l'âme ou à la pensée du sens signifié, voire à la " chose même " [...] tout signifiant, et d'abord le signifiant écrit, serait dérivé. Il serait toujours technique et représentatif. Il n'aurait aucun sens constituant. » La tradition de pensée philosophique est alors caractérisée par Derrida comme « logocentrisme » ou « phonocentrisme » : « Le logocentrisme est solidaire de la détermination de l'être de l'étant comme présence. » Derrida propose dans toute son œuvre, à partir de lectures de textes très minutieuses (Platon, Hegel, Husserl, Heidegger...), une « déconstruction » du logocentrisme, c'est-à-dire une critique de ses présupposés. Cette déconstruction s'articule autour des concepts fondamentaux de « différance » (voir l'article « La Différance » dans *Marges de la philosophie*) et d'« archi-écriture » (voir *De la grammatologie*). Derrida interroge beaucoup le rapport que la philosophie entretient avec la littérature ; une nouvelle définition du « texte » – v. *La Dissémination* – est à l'œuvre dans ses lectures de Mallarmé, Ponge, Joyce, etc. Ajoutons enfin que la déconstruction est aussi un travail de questionnement sur l'institution philosophique, sur l'enseignement et son pouvoir, que Derrida n'aura cessé de penser et d'interroger.

CATHERINE MALABOU.

RÉF. : *Écarts : Quatre essais à propos de Jacques Derrida*, Paris, 1973. – « Jacques Derrida », revue *L'Arc*, n° 54, 1973. – *Les Fins de l'Homme : autour du travail de Jacques Derrida*, Paris, 1981. – « Derrida », *Revue philosophique de la France et de l'étranger*, n° 2, 1990.

DESBORDES-VALMORE Marceline (pseud. de Marceline-Félicité-Josèphe Desbordes, épouse de François Prosper Lanchantin, dit Valmore). Poète et femme de lettres née le 20 juin 1786 à Douai, morte le 23 juillet 1859 à Paris. Quatrième enfant d'Antoine- Félix-Joseph Desbordes, peintre en armoiries, et de Catherine-Josèphe Lucas, elle ne poussa pas ses études au-delà de l'école primaire. La Révolution ayant causé la ruine du foyer, Catherine décide de partir avec Marceline pour la Guadeloupe, où l'une de ses cousines a fait fortune ; avant de gagner Bordeaux et en vue de pourvoir aux frais du voyage, la mère fait tenir à la fillette des rôles d'enfant ou d'ingénue aux théâtres de villes traversées : Lille, Rochefort, Pau, Toulouse, Tarbes. Mais à Basse-Terre, où elles parviennent à la fin de 1801, elles trouvent l'émeute et une épidémie de fièvre jaune, qui emporte Catherine. Marceline, de retour à Douai, y débute comme cantatrice. Elle obtient successivement des engagements à Rouen, puis à l'Opéra-Comique, grâce à la recommandation de Grétry (1805), et y noue une idylle sans lendemain avec le docteur Alibert, médecin de ce théâtre. Poursuivant sa carrière dramatique, en province et en Belgique, elle est alors hébergée à Paris chez son oncle Constant Desbordes. Elle rencontre, vers 1809, le mystérieux séducteur qu'elle surnomme Olivier (peut-être Henri de Latouche, qui sera l'éditeur de Chénier), et de qui elle aura un fils qui ne vivra que cinq ans. Elle débute, en 1813, à l'Odéon, non sans succès. Engagée à la Monnaie de Bruxelles, elle est très applaudie dans la Rosine du *Barbier de Séville* (*). C'est là, en septembre 1817, qu'elle épouse Prosper Valmore, qui joue depuis quelques mois sur la même scène. En 1819, Marceline publie son premier recueil de vers, où se trouve intercalée une nouvelle, *Élégies, Marie et romances.*

Pendant vingt ans, le ménage va mener une existence nomade et des plus précaire pour l'exercice de leur profession (à laquelle Marceline renoncera dès 1823) ; il réside à Paris, à Lyon (au moment de l'insurrection de 1832), à Bordeaux, à Rouen, et jusqu'à Milan ; il s'installe enfin à Paris, où Prosper ne cesse d'être harcelé par la malchance. Trois enfants leur sont nés : Hippolyte, Hyacinthe, dite Ondine, et Inès. La protection de Mme Récamier a procuré une pension de mille francs à Marceline, qui commence à jouir d'une solide notoriété et reçoit les suffrages des poètes en renom, Lamartine, Vigny, Hugo, Barbier, Brizeux et jusqu'à Baudelaire. Elle a réussi à faire éditer une demi-douzaine de volumes : *Élégies et poésies nouvelles* (1825), *Poésies* (la fameuse édition collective de 1830), *Les Pleurs* (1833), *Pauvres fleurs* (1839), *Bouquets et Prières* (1843), y compris un choix de poèmes précédé d'une longue introduction de Sainte-Beuve (1842) et, en outre, plusieurs recueils de contes en prose. Mais ces éclaircies sont de courte durée ; le malheur s'acharne sur le foyer, comme sur l'entourage le plus précieux de celle qui est désormais la plus haute incarnation féminine du romantisme. Inès meurt de la poitrine, à peine parvenue à sa majorité ; c'est à son chevet que sa mère écrit ce magnifique *Rêve intermittent d'une nuit triste*, où elle revit toute sa jeunesse. Puis c'est la perte de Mlle Mars et de Mme Récamier, ses fées bienfaisantes. Ondine, qui a commencé une belle carrière professorale, mariée depuis peu à l'avocat Jacques Langlais, perd son unique enfant à quatre mois et meurt dans sa trentième année ; Félix, le frère de Marceline, l'a précédée de deux ans. Et c'est le tour de la plus fidèle amie, la musicienne Pauline Duchambge. Enfin, brisée par tant d'épreuves, de deuils, de misère, Marceline s'éteint, presque seule, presque oubliée dans son triste petit logement de la rue de Rivoli. Un ami fervent et discret, Gustave Revillod, recueille à Genève les *Poésies inédites*, qui contiennent quelques-uns de ses chefs-d'œuvre. Premier en date des poètes du Romantisme, et notre plus géniale poétesse depuis Louise Labé, Marceline Valmore, en dépit d'une prolixité intermittente (qu'elle partage d'ailleurs avec Lamartine), est, en réalité, un précurseur inattendu des maîtres de notre poésie moderne, Rimbaud et surtout Verlaine : on lui doit l'invention de plus d'un rythme, celui de onze syllabes notamment, et la genèse des *Romances sans paroles*. Cette soi-disant ignorante était une savante méconnue d'elle-même. Au surplus, elle fut la marraine indiscutable de toutes nos muses de la fin du siècle : Anna de Noailles, Gérard d'Houville, Renée Vivien, Cécile Sauvage, Marie Noël. Son importance n'a fait que croître avec le temps ; elle est encore à découvrir.

YVES-GÉRARD LE DANTEC.

♦ *« La poésie de Mme Desbordes-Valmore est essentiellement rêveuse...* [Sa] *muse est triste, et, chose singulière, ce n'est presque jamais au ciel qu'elle va chercher ses consolations ; elle ne songe en quelque sorte à Dieu que dans trois ou quatre élégies touchantes sur la mort de son enfant. Sa douleur est toute terrestre, à moins qu'elle ne devienne maternelle. Il me semble que Mme Desbordes-Valmore n'a encore obtenu que la moitié du triomphe réservé à un talent tel que le sien ; ses vers passionnés vont au cœur ; qu'elle leur imprime un caractère religieux, ils iront à l'âme. »* Victor Hugo, février 1821. ♦ *« Si quelqu'un a été servi dès le début, c'est bien elle : elle a chanté comme l'oiseau chante, comme la tourterelle gémit sans autre science que l'émotion du cœur, sans autre moyen que la note naturelle. De là, dans les premiers chants surtout qui lui sont échappés, avant aucune lecture, quelque chose de particulier et d'imprévu, d'une simplicité un peu étrange, élégamment naïve, d'une passion ardente et ingénue, et quelques-uns de ces accents inimitables qui vivent et qui s'attachent pour toujours dans les mémoires aimantes à l'expression de certains sentiments, de certaines douleurs. »* Sainte-Beuve, 1842. ♦ *« ... l'oiseau que la voix imite / T'a prêté sa plainte et ses chants, / Et plus le vent du nord agite / La branche où ton malheur s'abrite, / Plus ton âme a des cris touchants... »* Lamartine, 1839. ♦ *« Si le cri, si le soupir naturel d'une âme d'élite, si l'ambition désespérée du cœur, si les facultés soudaines, irréfléchies, si tout ce qui est gratuit et vient de Dieu suffisent à faire le grand poète, Marceline Valmore est et sera toujours un grand poète. Il est vrai que si vous prenez le temps de remarquer tout ce qui lui manque de ce qui peut s'acquérir par le travail, sa grandeur se trouvera singulièrement diminuée, mais au moment même où vous vous sentiez le plus impatienté et désolé par la négligence, par le cahot, par le trouble, que vous prenez, vous, homme réfléchi et toujours responsable, pour un parti pris de paresse, une beauté soudaine, inattendue, non égalable, se dresse, et vous voilà enlevé irrésistiblement au fond du ciel poétique. Jamais aucun poète ne fut plus naturel, aucun ne fut jamais moins artificiel. »* Baudelaire. ♦ *« Nous proclamons à haute et intelligible voix que Mme Desbordes-Valmore est tout bonnement la seule femme de génie et de talent de ce siècle et de tous les siècles, en compagnie de Sappho peut-être et de sainte Thérèse. »* Paul Verlaine. ♦ *« Oui, la trop sensible Marceline, toute de soupirs et de bonne volonté, mais si sincère et d'une grâce si ingénue ! La mélodie jaillit d'elle, spontanément, souvent gauche et complaisante, mais soudain d'une émouvante pureté. Il n'y a rien de plus simple, dirait-on ; sans doute, ni de plus rare ; et c'est par où Marceline, malgré son ignorance, rejoint certains trouvères, et déjà nous prépare au chant de Verlaine, qui d'ailleurs a repris quelques-uns de ses rythmes impairs. »* Marcel Arland.

RÉF. : Sainte-Beuve, *Portraits contemporains*, t. II, Paris, 1846 ; *Causeries du Lundi*, t. XIV, Paris, 1862 ; *Nouveaux Lundis*, t. XII, Paris, 1870 ; *Marceline Desbordes-Valmore, sa vie et sa correspondance*, Paris, 1870. — Baudelaire, *L'Art romantique*, 1868. — P. Verlaine, *Les Poètes maudits*, 1888. — L. Descaves, *La vie douloureuse de Marceline Desbordes- Valmore*, Paris, 1910. — J. Boulenger, *M. Desbordes- Valmore, sa vie et son secret*, Paris, 1927. — M. Sesma, *Le Secret de Marceline Desbordes-Valmore*, Paris, 1945. — J. Moulin, *Marceline Desbordes-Valmore*, 1955. — F. Ambrière, *Le Siècle des Valmore*, 1987.

DESCARTES René. Philosophe que l'on peut considérer comme le premier philosophe moderne, en même temps qu'un savant de premier ordre, en particulier un des plus grands mathématiciens de tous les temps. Né à La Haye, à la frontière du Poitou et de la Touraine (aujourd'hui : La Haye-Descartes), le 31 mars 1596, il mourut à Stockholm, à la cour de la reine Christine de Suède, le 11 février 1650. Son père appartenait à la petite noblesse de robe, et exerçait les fonctions de conseiller au parlement de Bretagne à Rennes. Sa mère mourut en couches en 1597. Son père se remaria quelques années après. Descartes vécut son enfance à la campagne ; il semble avoir été de santé assez chétive. En 1604, il fut placé au collège jésuite de La Flèche, de fondation récente, mais qui avait déjà un début de réputation comme école du meilleur niveau. Il y reçut une formation conforme à ce que pouvaient alors espérer de mieux les enfants des familles privilégiées. Le régime scolaire était assez souple, tant pour la vie quotidienne (l'heure de lever était laissée à son choix) que pour les contenus (on lui accorda dérogation pour consulter les livres réputés « dangereux »). La formation du jeune noble incluait une éducation sportive (notamment la pratique de l'escrime) en même temps qu'intellectuelle et morale. Sur le plan intellectuel, il apprit le latin et les humanités, l'histoire, l'éloquence, enfin la philosophie, c'est-à-dire la morale et la logique, mais aussi les mathématiques et la physique (telle que définie par Aristote). Sur le plan moral, l'instruction religieuse occupait une grande place, et les cours de métaphysique (telle que définie par saint Thomas) complétaient ceux de philosophie. Enfin, le collège organisait des cérémonies et des fêtes à usage à la fois religieux, mondain et pédagogique. Au total, Descartes apparaît comme un cas exemplaire de formation conforme à la « ratio studiorum » des jésuites, et selon ses propres écrits, il garda une impression favorable de cette formation, au moins de ses procédés, sinon de ses contenus, qu'il fut plus tard amené à critiquer. Il semble avoir passé dix ans dans cet établissement, et l'avoir quitté vers 1614. En 1616, en tout cas, il est à Poitiers, où il se présente aux épreuves du baccalauréat et, immédiatement après, de la licence en droit (novembre 1616), dans les deux cas avec succès. Sur l'ensemble de ses études, il fait figure d'élève brillant, apprécié par ses professeurs, et n'ayant connu là aucun conflit majeur.

Sa formation le préparait à une carrière du même ordre que celle de son père. Cependant, après un temps d'hésitation au cours duquel il fit sans doute un voyage à Paris, il se tourne vers une carrière militaire : il s'engage dans l'armée du prince Maurice de Nassau, protestant allié de la France, et part pour la Hollande, où il se trouve en garnison à Bréda de novembre 1618 à avril 1619. Selon Baillet, premier biographe de Descartes et qui put avoir des témoignages de première main, ce fut à Bréda que le talent scientifique du jeune homme put se révéler. Le 10 novembre 1618, un concours mathématique fut affiché dans la ville, consistant en l'étude d'un problème considéré comme très difficile. Le texte était en flamand ; Descartes, qui ignorait cette langue, demanda qu'on lui traduisît l'énoncé en français ou en latin ; celui à qui il demanda la traduction se trouva être Beeckman, physicien renommé : l'anecdote dit que Beeckman donna la traduction à condition que, si Descartes trouvait la solution, il la lui communiquât aussitôt, ce que Descartes fit, et leur amitié naquit de la circonstance. Dès lors, Descartes se voua à la réflexion scientifique en compagnie de Beeckman, étudiant avec lui les lois de la chute des corps, celles de la pression des liquides, et rédigeant à son intention un petit traité d'acoustique et d'harmonie, le *Compendium musicae* (janvier 1619).

Au cours du printemps et de l'été 1619, il quitte la Hollande et entreprend de voyager en Europe. Il semble avoir de la sorte poursuivi la tradition ancienne, et très développée durant la Renaissance, du tour d'Europe des savants, que pratiquaient les jeunes érudits. À l'automne 1619, il se fixe à Ulm, ville réputée comme foyer des mathématiques. Selon le récit qu'il en a fait lui-même (dans ses *Olympiques*), il connut là une nuit d'enthousiasme et de révélation, du 9 au 10 novembre 1619 : trois rêves successifs lui auraient marqué sa vocation de découvreur scientifique, l'orientant vers une « science admirable » qu'il se devait d'établir, et qui semble bien être l'« algèbre géométrique », c'est-à-dire la géométrie analytique, dont il a été effectivement l'initiateur. C'est à partir de ce récit que s'est forgée la légende du « poêle » (la chambre chauffée) dans lequel il aurait eu une illumination (en fait, sa méditation le menant à l'intuition d'une discipline neuve).

Il entreprend alors la rédaction d'un traité, qu'il laisse inachevé, reprenant ses pérégrinations dès le printemps 1620. Il passe par la Bohême, où certaines traditions disent qu'il aurait pris part, ou du moins assisté à la bataille de la Montagne Blanche ; mais rien n'en est prouvé. Il voyage en Frise, où se situe une autre anecdote célèbre de la légende cartésienne : les mariniers qui le transportaient complotèrent de l'assommer, le dépouiller et le jeter à l'eau, mais il les surprit et les menaçant de son épée les mit à raison... Mais le plus important tient aux itinéraires des sept ans qui suivent. Itinéraires géographiques et intellectuels. Il séjourne durant plus d'un an à Paris (1622-1623), puis gagne l'Italie, où il visite Venise et Rome, revient en Poitou (1624-1625), puis séjourne de nouveau à Paris jusqu'en 1628. Sa période de formation est alors terminée, et il commence à donner des travaux productifs. En 1626, il découvre la loi des sinus, puis trouve des solutions aux problèmes de la duplication du cube et de la trisection de l'angle, surtout, il fréquente alors de façon assidue les milieux scientifiques parisiens. Il fait partie du cercle du père Mersenne, oratorien et chercheur qui fut un des animateurs de la vie savante de l'époque — v. *La Vérité des sciences contre les sceptiques et les pyrrhoniens* de Mersenne. Il est en relations avec l'opticien Mydorge, avec l'astronome Morin. Il réalise des expériences d'optique avec Ferrier et Villebressieu. En même temps, il a des entretiens avec Guez de Balzac, considéré comme le meilleur styliste du moment, avec le métaphysicien Gibieuf, avec Silhon, érudit et métaphysicien lui aussi. Enfin, il rencontre le cardinal Bérulle, fondateur de l'Oratoire, qui l'encourage à aller aussi loin qu'il le peut dans sa recherche philosophique, pour peu qu'elle soit en accord avec la foi chrétienne. Dans ces années-là, Descartes mena aussi une vie mondaine assez constante. Son attitude est alors semblable à celle de quantité de jeunes nobles de haute formation intellectuelle, qui pratiquent à la fois les salons et les académies érudites.

Cette attitude change en 1628, où il décide de quitter Paris et la France, pour rechercher une solitude plus studieuse et développer ses travaux de manière plus indépendante. Il retourne vers la Hollande. Il se rend d'abord à Dordrecht, auprès de son ami Beeckman, puis il séjourne dans diverses villes du pays (Franeker, Amsterdam, Deventer, Leyde, Utrecht, Santport, Endegeest, enfin Egmont où il se fixe en 1644). Ces années hollandaises constituent la période la plus productive de sa carrière. Il avait commencé en France un traité demeuré inachevé, les *Règles pour la direction de l'esprit*. À partir de 1629, il travaille à un grand ouvrage de physique, le *Traité du monde*. Il l'achève en 1634, mais ne le publie pas (il paraîtra à son insu et avec des erreurs en 1634 puis correctement à titre posthume en 1677) : en effet, ce traité se fondait sur le système de Galilée, et ce dernier fut condamné à Rome par l'Inquisition le 23 juin 1633 ; Descartes ne voulut pas entreprendre une lutte avec les autorités religieuses. Mais il tira de la matière de ce traité quelques études portant sur des points limités qui ne risquaient pas de déclencher des poursuites : de 1634 à 1637, il composa ainsi *La Dioptrique*, *La Géométrie* et *Les Météores*. Pour préparer leur publication, il rédigea le texte qui devait leur servir de préface, et qui est le *Discours de la méthode*. L'ensemble fut enfin publié en 1637.

L'accueil fut assez favorable, même si quelques savants polémiquèrent contre les propositions cartésiennes. Il ne faut pourtant pas imaginer un Descartes à la fois célèbre et persécuté. Les polémiques ne portèrent que sur des points très délimités de ses traités scientifiques. Et l'accueil n'eut rien de triomphal : les érudits traditionalistes fréquentaient les livres en latin, et Descartes avait rédigé le sien en français, si bien que pour beaucoup de savants il passa inaperçu. Le mouvement qui devait faire de Descartes le philosophe français le plus célèbre commença donc dans un cercle restreint. On y remarquera Huygens, savant hollandais réputé, et surtout le père Mersenne, qui poursuivait avec Descartes une correspondance abondante et assidue, consacrée à des questions physiques et mathématiques. Dans la foulée de ces publications, polémiques et questions prit forme un petit traité de *Statique* (1638) consacré à des questions d'application pratique, telles que la poulie, le coin, la vis. Dans ces mêmes années, l'attention du chercheur se porte, après la physique et les mathématiques, vers les sciences de la vie et vers la médecine : il observe les organismes vivants et dissèque des animaux. C'est le temps où se développe sa théorie des « animaux-machines ».

Mais dans les esprits de cette époque, imprégnés de religiosité, les enjeux métaphysiques restaient essentiels et ce que le *Discours* en avait laissé entrevoir attisait l'attention. Ainsi Descartes rédigea, dans l'hiver 1639-1640, ses *Méditations métaphysiques* (achevées en mars 1640), en latin cette fois. Leur parution lui apporte la notoriété, mais déclenche aussi des polémiques plus rudes. L'université protestante d'Utrecht réclama son expulsion ; puis celle de Leyde l'accusa de pélagianisme et de blasphème. Descartes tentait de se justifier, tout en travaillant à un texte qui reprenait tout l'essentiel de son *Traité du monde* en ce qui concerne la physique : les *Principes de la philosophie* (commencé en 1641, achevé en 1644). Il y envisage des concessions à ses critiques, mais ne dévie pas de son propos sur l'essentiel. C'est aussi que, malgré les attaques dont il était l'objet, sa renommée de philosophe novateur avait dépassé le petit monde des savants et atteint le milieu des princes mécènes. La princesse Elizabeth, princesse palatine exilée à La Haye, instruite et curieuse de philosophie, entra en relation avec lui et ils entretinrent une correspondance suivie, qui forme un gros volume de *Lettres*. Le marquis de Newcastle en Angleterre, la reine Christine en Suède firent de même. Au total, Descartes se trouvait donc condamné par les autorités religieuses, regardé avec suspicion par les doctes, mais bénéficiaire d'une certaine vogue de la part des mondains et politiques modernes.

Cela ne pouvait que l'inciter à entreprendre un achèvement de son œuvre en traitant des questions de morale, qui s'y trouvaient jusque-là réduites à la portion congrue, n'ayant pour l'essentiel de place que dans quelques considérations du *Discours*. Il composa le *Traité des passions de l'âme* (achevé en 1649). Dans le même temps, la reine Christine de Suède lui faisait proposer de séjourner à sa Cour et de bénéficier de son mécénat. Descartes eût aimé rentrer en France, mais la régence y était une période troublée. Il ne souhaitait pas demeurer en Hollande, où la suspicion s'acharnait contre lui. Il accepta donc l'invitation suédoise, qui au demeurant le nantissait d'une forme de consécration officielle et où il voyait l'occasion d'incarner l'image du philosophe conseiller d'un monarque, figure la plus prestigieuse que l'homme de lettres pût alors rêver. Sitôt achevé le *Traité des passions*, il prit donc la mer pour Stockholm. Mais le mécénat de la reine Christine ne répondit pas exactement à ce qu'il en imaginait. On lui demanda d'abord de collaborer à un livret de ballet, en composant des vers. Puis, si la reine commença à prendre des leçons de philosophie, elle les fixa à cinq heures du matin. Et les savants attitrés de la Cour intriguaient contre ce nouveau venu qui leur faisait concurrence. L'expérience n'eut donc rien d'exaltant, et les rigueurs de l'hiver aidant, Descartes fut atteint d'une pneumonie, dont il mourut en neuf jours.

Sa biographie apparaît, par bien des traits, conforme à ce que pouvait être la carrière d'un savant héritier de l'humanisme : la formation dans un excellent collège jésuite, le tour d'Europe des lieux de science et les contacts avec le cercle parisien des chercheurs et avec la « République des lettres » européenne appartiennent à une tradition humaniste, de même que le caractère encyclopédique de ses curiosités s'inscrit dans la lignée des esprits désireux d'accéder au « rond des sciences » (Du Bellay), que Rabelais et Pic de la Mirandole avaient illustrée. Sa tentative ultime pour devenir le savant attitré d'un prince régnant en relève aussi. Mais sa carrière se singularise par une indépendance de vie et de recherche plus grande que l'ordinaire dans ce milieu et ce temps, de même que son œuvre par une jonction plus étroite que chez ses prédécesseurs entre découverte scientifique et composition philosophique. S'ajoute à cela l'invention littéraire qui marque ses écrits, le fait d'avoir rédigé en français là où l'usage eût imposé le latin, d'avoir, en conséquence, porté le débat philosophique davantage sur la place publique, d'avoir pris les mondains cultivés pour un auditoire méritant le respect, quand les doctes, par tradition, s'enfermaient dans le réseau des spécialistes.

Dans ses travaux, deux apports majeurs : pour la quête philosophique et métaphysique, le *cogito*, pour la réflexion sur la logique du monde, l'édification d'un outil mathématique dont la géométrie analytique constitue une pièce nouvelle et maîtresse. La notoriété à laquelle il parvint à la fin de sa vie ne signifie pas que la pensée cartésienne se soit répandue comme traînée de poudre. Si son nom était connu et quelques rudiments de sa pensée assez vite vulgarisés en lieux communs galvaudés (les animaux-machines étaient objets de conversations entre gens cultivés, mais aussi de plaisanteries), sa pensée n'était vraiment perçue que d'un très petit nombre, et souvent encore avec des réticences : ainsi les savants jansénistes de Port-Royal, s'ils furent curieux de Descartes, comme Arnauld, n'étaient pas cartésiens pour autant — v. en particulier *Logique de Port-Royal* d'Antoine Arnauld et Pierre Nicole. Ce n'est que dans le dernier tiers du siècle qu'elle atteignit à une audience et une influence larges et significatives. Ce siècle-là ne fut donc pas cartésien. Du moins Descartes y représente-t-il la pointe extrême d'une préoccupation alors cruciale : celle de concilier la foi chrétienne avec des découvertes (depuis l'héliocentrisme, et l'attraction universelle qui en est le corollaire, jusqu'à la circulation du sang) qui en remettaient en cause les fondements, du moins la doctrine en place. La carrière de Descartes, en marge des milieux les mieux établis de la recherche à l'époque, apparaît donc comme le biais par lequel une capacité de réflexion mathématique s'est trouvée investie dans une recherche singulière, source d'audace dans la conception et, par là, source de propositions neuves qui font de lui un philosophe occupant une place parmi les quelques-uns qui ont contribué à des mutations en profondeur de la pensée occidentale.

ALAIN VIALA.

♦ *« Pour vous dire naturellement ma pensée, tout ce qu'il y a jamais eu de grands philosophes et d'intimes confidents de la nature n'étaient que des nains et des pygmées auprès de vous... »* More à Descartes, 1648. ♦ *« Descartes a découvert en trente années plus de vérités que tous les autres philosophes ensemble. »* Malebranche, 1674. ♦ *« Descartes inutile et incertain. »* Pascal. ♦ *« Descartes, ce mortel dont on eût fait un dieu / Chez les païens, et qui tient le milieu / Entre l'homme et l'esprit... »* La Fontaine, 1679. ♦ *« J'ai coutume de dire que la philosophie cartésienne est l'antichambre de la vérité, et qu'il est difficile de pénétrer bien avant, sans avoir passé par là. »* Leibniz. ♦ *« Descartes est, dans le fait, le vrai fondateur de la philosophie moderne, en tant qu'elle prend la pensée pour principe. L'action de cet homme sur son siècle et sur les temps nouveaux ne sera jamais exagérée. C'est un héros ; il a repris les choses par les commencements, et il a retrouvé de nouveau le vrai sol de la philosophie, auquel elle est revenue après un égarement de mille ans. »* Hegel. ♦ *« Descartes, dans l'histoire de la pensée, ce sera toujours ce cavalier français qui partit d'un si bon pas. »* Péguy, 1914. ♦ *« Sortir de la sujétion de ses précepteurs, c'est, selon Descartes, faire passer l'humanité de l'âge puéril à l'âge viril, en lui apportant une méthode capable d'assurer le discernement du vrai et du faux. »* Brunschvicg, 1927. ♦ *« Pendant que nous essayons d'accorder ici, de nier là, et enfin d'expliquer par le poids de l'histoire pourquoi il n'a peut-être pas tout dit comme il fallait, lui, par les lois non écrites de la gloire, il subsiste tout... »* Alain, 1932. ♦ *« À l'origine de cette prodigieuse transformation du monde humain, c'est un* Moi *que l'on trouve, c'est la personne forte et téméraire de Descartes, dont la philosophie, peut-être, a moins de prix pour nous que l'idée qu'il nous donne d'un magnifique et mémorable* Lui. *»* Valéry, 1944.

RÉF. : A. Baillet, *Vie de M. Descartes*, 2 vol., Paris, 1691. — J. Maritain, *Descartes*, Paris, 1926. — É. Gilson, *Étude sur le rôle de la pensée médiévale dans la formation du système cartésien*, Paris, 1930. — E. Husserl, *Méditations cartésiennes*, Paris, 1931 (trad.). — L. Brunschvicg, *Descartes*, Paris, 1937. — H. Gouhier, *Essais sur Descartes*, Paris, 1937. — K. Jaspers, *Descartes und die Philosophie*, Berlin, 1938 ; Paris (trad.), 1938. — J.-P. Sartre, « La Liberté cartésienne » in *Situation I*, Paris, 1947. — F. Alquié, *La Découverte métaphysique de l'homme chez Descartes*, Paris, 1950 ; *Descartes*, Paris, 1955. — G. Radis-Lewis, *Descartes et le rationalisme*, Paris, 1966 ; *L'Œuvre de Descartes*, Paris, 1971. — J.- L. Marion, *Sur l'ontologie de Descartes*, Paris, 1975 ; *Sur la théologie de Descartes*, Paris, 1981.

DESCHAMPS Eustache, dit Morel. Poète né vers 1346 à Vertus, en Champagne, mort vers 1407. Élève et, sans doute, neveu de Guillaume de Machaut, le grand poète et musicien de Champagne, il entre, à quatorze ans, au service d'Isabeau de France, fille du roi Jean II le Bon, mariée à Galéas Visconti. Étudiant des arts libéraux à la faculté d'Orléans, il y traduit la comédie latine *Geta*, de Vital de Blois. En 1368, date de la naissance de Charles VI, il devient écuyer et « chevaucheur » (c'est-à-dire courrier diplomatique), ce qui le mène sur tous les mauvais chemins de l'Europe dans des conditions parfois fort pénibles :

« Près d'un an que je suis messager, / Et que toujours ai la boîte portée / Lettres aussi et souffert maint danger / Pour deux cents francs, en la haute contrée. » Il se plaint, en Bohême surtout, des lits sales, de la cervoise (bière) et de la vermine, regrettant partout son Paris : « Rien ne se peut comparer à Paris », ou même Vincennes et son château de Beauté. Autre malheur, plus grave : les Anglais lui ont brûlé sa maison et, désormais, il veut s'appeler Brûlé des Champs. Mais elle lui est remplacée par le château de Fismes. En 1373, il avait été nommé bailli de Valois, ce qui est une belle charge, en résidence, à Senlis, avec sa femme et ses trois enfants, puis maître des Eaux et Forêts de Champagne et de Brie, en quoi il précède La Fontaine. Déjà, en 1394, il se plaint de la vieillesse, ce barbon de quarante-huit ans, qui devait s'éteindre vers soixante ans, en 1406 ou 1407. Son œuvre poétique, qui ne compte pas moins de onze volumes *in-8*° de la Société des anciens textes français, éditée par Queux de Saint-Hilaire, comprend, dans le Manuscrit 840, à la Bibliothèque nationale, quinze cents pièces, savoir : 1 175 ballades, 142 chants royaux (autre genre à forme fixe), 170 rondeaux *(idem)*, 84 virelais (de « virer », tourner, comme rondeau vient de ronde et ballade, de « baler », danser), 84 lais, mais, en outre, des traités plus considérables, en vers toujours tels *La Fiction du lion* (1382) qui, par allégories, trace ses devoirs au jeune roi Charles VI, *Le Miroir de mariage*, qui est assez antiféministe, *Le Lai de franchise* (Noblesse), *Le Lai du roi, La Fiction de l'aigle*, lourdes machines, moins agréables que ses petites pièces. Dans cette production, plus didactique que proprement poétique, c'est toute la société de son temps qu'Eustache Deschamps nous présente, avec ses moines et ses prêtres, gros mangeurs, ses trésoriers généraux et ses receveurs des aides, autres dévorateurs, coupables de gabegies aux dépens du populaire « bestiaus foulés par le lion ». En cela, il fait figure de réaliste et de précurseur de François Villon, à qui il donne le modèle des testaments aux legs comiques : « Donnant au Roi, le Louvre et le Palais, / Et la Tour du Roi, c'est beau lais. » De même qu'il devance de près d'un siècle l'*Avocat Pathelin* — v. *La Farce de maître Pathelin* (*) —, qui est d'environ 1464, par la *Farce de Trubert et Antroignard*, où le premier se vante en ces termes : « Je fais d'un preud'homme larron / Et je fais d'un mauvais garçon / Homme de bonne renommée. » Le dialogue des *Quatre officiers de l'hôtel du roi* précède de plus d'un siècle, cette fois, la moralité de *La Condamnation de banquet* (1507) — v. *Moralités* (*) —, et de près de deux siècles, Ronsard, par cette *Ballade de la vieillesse* : « Pourquoi fait donc dame ni pucelette / Si grand refus de s'amour à ami, / Qui séchera sous le pied comme herbette, / C'est grand folie. » Mais c'est de trois siècles qu'il devance cet autre Champenois : La Fontaine, dans la charmante fable : *Le Chat et les Souris,* dont le refrain célèbre, est : « Qui pendra la sonnette du chat ? » Mais, où il n'annonce personne que lui-même, c'est dans la délicieuse chansonnette, que mainte « soubrette » du Théâtre-Français récite encore en public, toujours avec succès, et qui a pour refrain : « Suis-je, suis-je, suis-je belle ? » Le ton s'élève et atteint une grande noblesse quand Eustache Deschamps s'adresse aux poètes de son temps, à l'Anglais Chaucer, auteur des *Contes de Canterbury*, plus connu alors comme traducteur du *Roman de la Rose* (*). Non content de créer d'abondants exemples de poèmes à forme fixe, alors à la mode, Eustache Deschamps en a donné la théorie dans son *Art de dictier* (composer) *et de faire chansons*, où les poètes du siècle suivant, les « grands rhétoriqueurs », iront puiser les règles qu'ils pratiqueront. En conclusion : si Eustache Deschamps, cet universel précurseur, n'avait point existé, la poésie française n'en aurait pas été trop appauvrie, mais il manquerait un important maillon à la chaîne ininterrompue de notre production poétique.

GUSTAVE COHEN.

♦ *« Le personnage est intéressant ; il a une brusquerie joviale, la parole rude et salée, le rire sonore ; la galanterie chevaleresque n'est pas son fort. Les dames le gênent et il méprise la femme... Il aimait la liberté et il aimait l'argent : dans l'horreur de Deschamps pour la noblesse et la Finance, entre un sincère amour du peuple... Pensant et sentant avec lui, il a eu conscience de la patrie, un des premiers de notre nation. Sa poésie est toute réelle et personnelle, toute de circonstance ; il rime, au jour le jour, tous les événements de sa vie et tous ceux de son temps. Il ne lui manque que d'être poète. »* Gustave Lanson. ♦ *« Deschamps est très près de son siècle, il a donné à la poésie le sens de la réalité : là est la nouveauté de son œuvre. Cette réalité lui apparaît assez laide... Malgré la rigueur fréquente du trait, il y a quelque chose d'étriqué dans sa poésie. Son œuvre n'est guère qu'une chronique au jour le jour... Il n'y faut pas chercher de poésie. »* Lucien Foulet.

RÉF. : Ernest Hoepffner, *Eustache Deschamps, Leben und Werke ;* Strasbourg, 1904. — Robert Bossuat, *Manuel bibliographique de la littérature française du Moyen Âge*, Melun, d'Argences, 1951 n° 4406-4430. — Gustave Cohen, *La Poésie en France au Moyen Âge*, Paris, Richard-Masse, 1952 ; *La Vie littéraire en France au Moyen Âge,* Paris, Tallandier, nouv. éd., 1953. — D. Poirion, *Le Prince et le Poète,* Paris, 1966, et « Eustache Deschamps et la société de cour », dans *Littérature et société au Moyen Âge,* Paris, 1978, p. 89-109. — H. Heger, *Die Melancholie bei den französischen Lyrikern des Spätmittelalters,* Bonn, 1967, ch. III.

DES FORÊTS Louis-René. Écrivain et poète né à Paris le 28 janvier 1918. Pensionnaire dès l'âge de neuf ans, il lit les aventures du *Petit chasseur de la pampa* d'Arnould Galopin et se découvre une vocation de marin à laquelle il aura tout loisir de penser dans son collège religieux de Saint-Brieuc. Seules les lectures édifiantes étant autorisées, Louis-René des Forêts découvre clandestinement, vers quatorze ans, Shakespeare et Baudelaire. Il lira peu après Pascal, Rimbaud, Goethe et Joyce.

Sa mère meurt en 1936. Il étudie le droit et les sciences politiques à Paris. Mais son intérêt ira essentiellement à la musique et à la littérature. Il regrettera souvent que la guerre l'ait empêché de poursuivre une formation musicale dont plusieurs écrits porteront la trace. Ne serait-ce que « Les Grands Moments d'un chanteur », récit construit comme une partition d'opéra, avec ses instants dramatiques, ses multiples facettes théâtrales, la disposition particulière du décor scénique. Des Forêts se passionne entre autres pour Suarès dont il découvre *Sur la vie* dans la bibliothèque de son père. Ce sera là aussi l'un des points de convergence de la complicité qui le liera plus tard à Queneau. Une connaissance intime et quasi encyclopédique d'un univers littéraire. Il est mobilisé en 1939. Son père meurt en 1940. Il écrit *Les Mendiants* publié en 1943. Premier roman écrit comme un « Bildungsroman » ; la composition romanesque est organisée comme une multiplicité de récits imbriqués et porteurs, chacun, d'un prénom — celui du locuteur engagé dans le drame. Le relais repris par chacun des personnages acteurs — ils mettent en scène *Othello* de Shakespeare — permet au récit de se poursuivre.

Dans ces mêmes années, Des Forêts se lie d'amitié avec Raymond Queneau et André Frénaud. Il s'engage dans la Résistance, expérience dont « Un malade en forêt », qui relate l'évasion d'un prisonnier, sera largement tributaire. Son frère aîné meurt lors de la prise de Belfort. Il retourne à la campagne dans le Berry et y achève la rédaction du *Bavard* publié en 1946. Accueilli dans la plus grande indifférence, n'était l'estime immédiate de Bataille, ce long monologue met en scène un bavard impénitent résolu à décrire la crise qui l'oblige à parler alors même qu'il n'a rien à dire. La confession se double ici d'une mise à nu du fonctionnement du langage qui se retourne contre qui le détient. Résolument engagé dans un processus quasi destructeur. Des Forêts montre la réflexivité propre de toute œuvre attentive à ce qui la produit et la met en mouvement. Il s'installe un an à Paris, où il exerce la fonction de conseiller littéraire chez Robert Laffont. En 1945, son ami Jean de Frotté, à qui sont dédiés *Les Mégères de la mer*, est fusillé par les nazis. Peu après son mariage en 1946 avec Jeanine Carré, Des Forêts se retire à nouveau dans le Berry où il travaille durant cinq ans à la rédaction du *Voyage d'hiver*. Ce roman qu'il fait lire à Queneau sera abandonné. Il publie dans *L'Arbalète, Les Lettres nouvelles*, et *La Nouvelle Revue française* (*). Son fils Guillaume naît en 1947. Naissance d'Élisabeth sa fille en 1951. Dès 1953, il revient à Paris pour s'occuper chez Gallimard de l'encyclopédie de la Pléiade avec Raymond Queneau. Il se liera d'amitié avec Robert Antelme, Georges Bataille et Maurice Blanchot. Il fréquente les concerts du Domaine musical. En 1957, il s'engage dans le Comité contre la guerre en Algérie et signe le *Manifeste des 121*. *La Chambre des enfants*, publié en 1960, obtient aussitôt le prix des Critiques. Les cinq récits qui composent le recueil posent diversement la question du « Je » et de l'autre, celle du théâtre et de l'imposture, celle d'une mémoire démentielle où un enfant maniaque s'obstine à retrouver chaque trace d'un triomphe ancien, celle d'un fractionnement de toutes les instances narratives, en particulier le récit. Il projette une revue internationale en 1964. Ses contributions sont publiées en italien dans *Il Menabo*. Sa fille Élisabeth meurt accidentellement en 1965. Il entre au comité de lecture des éditions Gallimard en 1966 et découvre Hopkins dont il commence à traduire les *Lettres* qui seront publiées en 1976. En 1967, il publie *Les Mégères de la mer*, version prosodique d'un fragment de roman abandonné. Il est cofondateur et rédacteur de la revue *L'Éphémère* avec Bonnefoy, Du Bouchet, Celan, Leiris et Picon. Il participe en 1968 au congrès culturel de La Havane, à Cuba. Il se consacre à l'activité de peintre dès 1969 et expose pour la première fois ses encres de Chine à Ancy-le-Franc à l'invitation de son ami Pierre Bettencourt. Il commence à travailler en 1975 à une autobiographie romancée sous forme de fragments intitulée *Ostinato* — une perspective d'ensemble — dont quelques pages paraissent dans *La Nouvelle Revue française* en 1984. S'y retrouve non plus une stratégie narrative mais une cohérence réintroduite comme après coup, et ayant directement partie liée avec la langue. Une langue sous l'emprise de laquelle un enfant turbulent et altier, à la mémoire frondeuse, se cherche un vocabulaire complice propre à nommer les lieux, les odeurs, les objets, les gestes.

Il expose ses dessins et tableaux au centre Beaubourg et écrit *Le Malheur au Lido*, qu'il dédie à son ami Pierre Klossowski. *Voies et détours de la fiction* paraît en 1985. C'est la reprise d'un questionnaire publié en 1962 dans le numéro 10 de la revue *Tel Quel*. Les réponses prudemment données par Des Forêts pourraient se lire comme une tentative supplémentaire d'élucidation. Sorte d'état provisoire de la littérature aujourd'hui. Il reçoit le prix Maeterlinck en 1988 et publie les *Poèmes de Samuel Wood*, poèmes d'autant de révoltes contenues et de farouche reconnaissance ; solennité sauvage et effrayante plénitude d'une voix venue d'ailleurs et qui tisse, inaccessible au temps et à l'usure, une trame souple et effrontément résistante à l'oppression. Cette œuvre « éclairée par l'écume », reçoit le grand prix national des Lettres en 1990. Expérience de lecture nécessaire, l'œuvre de Louis-René des Forêts revêt l'apparence d'un sarcasme, gage de qui se défie du langage. Elle se mesure à l'aune de l'ancienne promesse faite par un enfant, inébranlable en son dessein de se taire. Un vœu contradictoire et irréductible, assermenté à la langue même.

SHOSHANA RAPPAPORT.

♦ *« Il s'ensuit qu'à mes yeux ce sont là des œuvres parmi les plus belles et nécessaires qu'on ait écrites dans notre langue, et j'en dirai autant sinon plus encore des* Mégères de la mer *qui vont bien un jour apparaître comme un des lieux les plus sauvages, comme une des rives les plus déchiquetées d'inconnu de notre poésie d'Occident, en fait ici très voisine – mais non sans un rien de distance, où s'obstine notre espérance – de la mystique orientale. »* Yves Bonnefoy.

RÉF. : Maurice Blanchot « La Parole vaine », postface au *Bavard,* Paris, 1963. – Pascal Quignard *Le Vœu de silence,* Paris, 1985. – Yves Bonnefoy, « Une écriture de notre temps », in *La Vérité de parole,* Paris, 1988. – *Louis-René des Forêts,* cahier six-sept, *Le Temps qu'il fait,* Paris, 1991.

DESHOULIÈRES, Antoinette du Ligier de La Garde, Mme. Poétesse née et morte à Paris : 1634 (?) - 17 février 1694. Fille d'un maître d'hôtel d'Anne d'Autriche, ayant reçu une éducation très complète, elle épousa en 1651, pendant la Fronde, Guillaume Deshoulières, officier du régiment de Condé. Après la victoire de Mazarin, elle s'exile avec son mari à Bruxelles. Emprisonnée par les Espagnols en 1657, elle lit Descartes, Gassendi et les Pères de l'Église. Rentrée à Paris en 1658, elle fréquente Conrart, Pellisson, Benserade, Quinault, les deux Corneille, La Rochefoucauld. Elle tient salon, anime la cabale contre la *Phèdre* (*) de Racine en 1677, et se range dans le parti des Modernes. Ses poèmes d'inspiration pastorale paraissent dans le *Mercure galant*, avant d'être rassemblés dans ses *Poésies* (1688 et 1695). Atteinte en 1682 d'un cancer dont elle mourra en 1694, son inspiration s'infléchit vers des réflexions morales et chrétiennes.

ALAIN GÉNETIOT.

RÉF. : F. Lachèvre, *Les Derniers Libertins,* 1924. – W. Perkins, « Mme Deshoulières, One of the "Derniers Libertins" ? » dans *Newsletter SSFCS,* 5 (1983), pp. 125-133.

DESMARETS DE SAINT-SORLIN (Jean Desmarets dit). Écrivain, danseur, bouffon royal (?), et porte-parole culturel de la politique royale. Né et mort à Paris (1595-28 octobre 1676). D'une famille parisienne de bourgeoisie marchande aux alliances nobles, Jean Desmarets apparaît déjà comme pourvu d'une vaste culture à la mode de la Renaissance quand, à l'âge de dix-huit ans (1613), ses talents de danseur et d'amuseur le font remarquer par la régente Marie de Médicis qui le place (1614), en tant que « fou », auprès de Louis XIII, alors âgé de treize ans. Desmarets en devient immédiatement le « favori » et participe au Conseil étroit en tant que tel. Ainsi commence pour lui une dizaine d'années (1614-1625) de « complicité adolescente » avec le jeune roi. Mais le conflit qui éclate entre le roi et sa mère (1617) contraint le jeune homme à prendre parti, et en 1620, nommé député des fortifications royales par Louis XIII, il l'accompagne assiéger le parti de la régente (Caen), dont il relate la reddition. Si le retour en grâce de la régente (1622), négocié par Richelieu, coûte à Desmarets sa place au Conseil étroit, il sait user de diplomatie pour retrouver les bonnes grâces de la reine mère. Desmarets, tout en continuant de servir le roi – il danse dans les ballets royaux et assume fidèlement sa charge de député (*L'Entreprise des Rochellois découverte,* 1625) –, donne des gages au cardinal dont il a compris l'importance croissante, et à Catherine de Médicis : il participe, par exemple, à la remontrance adressée au roi par le parlement, avec l'assentiment du cardinal, et y regrette le temps de son harmonie avec la famille royale (*Voyage de Fontainebleau,* 1623), ainsi qu'au recueil de Lettres de Faret, écrit à la louange de la raison d'État (1627). Dans le même temps, sa capacité littéraire s'affirme et il écrit son premier ouvrage d'importance, un roman historico-pastoral, *Ariane*, qu'il lit avec succès au cercle Conrart (1631), future Académie française, et qui lui ouvre les portes du salon de Rambouillet. Richelieu, voyant alors le nouveau parti qu'il peut tirer de lui, intègre peu à peu Desmarets, âgé d'une trentaine d'années, à ses équipes de « gouvernement culturel ».

C'est ainsi que durant l'année 1634, Desmarets, alors au midi de sa vie, voit se concrétiser une large part de ses ambitions : il épouse la fille d'un conseiller du roi, obtient pour lui-même les charges de conseiller du roi en ses Conseils, contrôleur général de l'Extraordinaire des guerres et surintendant des fortifications de France, tandis que Richelieu fait de lui le chancelier de l'Académie française et l'intendant de sa propre maison. Dorénavant et pendant près de dix ans, jusqu'à la mort du cardinal (1642), Desmarets agit comme une sorte de secrétaire d'État à la propagande gouvernementale, essentiellement par le biais de tragédies, tragi-comédies, comédies et allégories, qu'il écrit, à partir de 1636, sur des sujets parfois proposés par Richelieu : *Aspasie, Scipion l'Africain, Roxane, Érigone, Les Visionnaires, Mirame.* Sans permettre à l'homme de lettres de se consacrer autant qu'il le souhaiterait à d'autres œuvres, tel que son poème épique, *Clovis*, commencé dès 1634, ses fonctions ne l'empêchent pas de publier, par exemple, un deuxième roman, *Rosane,* et un recueil de ses *Œuvres poétiques* (1641). Après la mort du cardinal, il donne encore *Europe* (1643), comédie allégorique célébrant la grandeur de la France et la politique du cardinal, et les circonstances vont resserrer ses liens avec le clan des Richelieu. En effet, il devient tout d'abord intendant de la maison de l'héritier du cardinal, le deuxième duc de Richelieu, et poursuit sa carrière dans son orbe (lorsque celui-ci est nommé général des Galères, Desmarets devient secrétaire général de la Marine de Levant en 1643). Ensuite, il favorise une union clandestine entre l'une de ses cousines et le jeune duc de Richelieu, frondeur, (1649), qui lui vaudra d'ailleurs quelque temps de Bastille. Mais à sa sortie de prison (1650), Desmarets, âgé d'une cinquantaine d'années, est invité par les Richelieu à se retirer sur leurs terres poitevines (1651) et, en signe de gratitude pour les services rendus, ils lui concèdent la seigneurie de Saint-Sorlin dont il porte désormais le titre.

Durant cet exil-retraite, Desmarets trouve les voies d'une piété de plus en plus militante et mûrit plusieurs œuvres de caractère religieux, qui paraîtront à partir de 1653, *Les Promenades de Richelieu* (1653), *L'Imitation de Jésus-Christ* et *Le Combat spirituel* (1654), tandis que, soucieux de rentrer en grâce, il achève, à la gloire de Louis XIV, une première version de son *Clovis* (1657), et à celle de Mazarin, *Les Délices de l'esprit* (1658) tout ordonnés à démontrer aux libertins la supériorité de la religion chrétienne comme source de bonheur et d'inspiration littéraire. Désormais, la réflexion et les activités religieuses et littéraires de Desmarets sont indissociables et les quinze dernières années de sa vie seront occupées à lutter pour défendre la supériorité de la religion catholique, de la monarchie très chrétienne et du merveilleux chrétien sur le merveilleux païen. Il n'hésitera pas à participer activement à la condamnation à mort d'« hérétiques » (Simon Morin, 1663 et Charpy de Sainte-Croix, 1670), et à engager (1665) contre le janséniste Nicole une vive controverse doctrinale qui tournera rapidement à la polémique pamphlétaire (querelle des Imaginaires), et dont les thèmes préludent à ceux de la querelle des Anciens et des Modernes. *La Défense du poème héroïque* (1670), *Esther* ou l'édition 1673 de *Clovis,* en portent les traces. Ces œuvres de combat ne font cependant pas oublier à Desmarets son statut de doyen des conseillers du roi et à ce titre il lance, avec son *Triomphe de Louis et de son siècle* (1674), les premiers jalons de la littérature encomiastique louis quatorzienne « moderne ». Il meurt à Paris, âgé de 81 ans (1676).

FANNY NÉPOTE-DESMARRES.

RÉF. : M.-A. Caillet, *Un visionnaire du XVIIe siècle : Jean Desmarets de Saint-Sorlin,* Paris, 1935. — H. G. Hall, *Richelieu's Desmarets and the Century of Louis XIV,* Oxford, 1990.

DESNOS Robert. Poète né à Paris le 4 juillet 1900, mort en déportation à Térézin (Tchécoslovaquie) le 8 juin 1945. Fils d'un mandataire aux Halles et marqué par le souvenir du quartier Saint-Merri où il a grandi, il fait des études sommaires et occupe divers emplois : commis chez un droguiste ou courtier de publicité, puis secrétaire du journaliste mondain Jean de Bonnefon. En même temps, en 1922, par ses amis Benjamin Péret et Roger Vitrac, il est introduit dans le groupe littéraire qui va bientôt se manifester par le mouvement surréaliste. De ce mouvement, il sera, temporairement, l'une des expressions exemplaires — « Desnos a joué dans le surréalisme un rôle nécessaire, inoubliable », notera André Breton — par la facilité avec laquelle il se prête aux expériences de l'écriture automatique, des rêves et autres « cadavres exquis », et avant d'en être exclu en 1930 en raison de ses activités journalistiques. Spécialiste de la radio à partir de 1932 et auteur, avec son ami Aléjo Carpentier, de slogans publicitaires devenus vite populaires, il est mobilisé en 1939, collabore l'année suivante au quotidien *Aujourd'hui* fondé par Henri Jeanson — et en même temps, sous le pseudonyme de Cancale, aux publications anti-allemandes clandestines. Arrêté en février 1944, il est déporté. Son dernier poème, adressé à sa femme, sera recueilli par un infirmier tchèque qui le découvre, mourant, au moment de l'avance victorieuse des armées soviétiques : « Il me reste d'être ombre parmi les ombres... »

Il est juste de reconnaître que cette mort dramatique et précoce a tronqué une œuvre qui était loin de son accomplissement. Il est non moins pertinent d'ajouter que c'est avec raison que Desnos a été exclu de la stricte observance de l'inspiration surréaliste, car il n'y a participé que par son goût des jeux verbaux — qu'il fasse parler Rose Sélavy : « Ô mon crâne étoilé de nacre qui s'étiole », ou l'Aumonyme : « Notrę paire quiète, ô yeux ! / que votre “non” soit sang (t'y fier ?). » En fait, « piéton de Paris », dès ses jeunes années, il est un compagnon errant de la grande fraternité de l'amitié et de l'amour, perpétuellement attiré par les phosphorescences de la nuit, où s'exprime l'ange du bizarre : phosphorescences dont la trace demeure, tant dans son scénario du film de Man Ray, l'*Étoile de mer* (1924) que, plus tard, dans sa « Complainte de Fantômas » (1933), composée pour la radiodiffusion : « Allongeant son ombre immense / sur le monde et sur Paris / quel est ce spectre aux yeux gris / qui surgit dans le silence ? » Plus encore que dans les ouvrages de ses débuts et de son apprentissage — les récits en prose de *Deuil pour deuil* (1924) et *La Liberté ou l'Amour !* (1927), ce dernier mutilé par les tribunaux pour cause d'érotisme — le meilleur de son inspiration est à rechercher dans ses recueils poétiques, *C'est les bottes de sept lieues cette phrase : « Je me vois »* (1926), *Corps et Biens* (1930) et *Fortunes* (1942), où se reflète la quotidienneté d'une vie constamment fidèle aux impulsions sentimentales, tout autant que dans des pages anciennes rassemblées, posthumes, dans *Domaine public* (1953) et *Nouvelles Hébrides* (1978) : mythologies d'une époque triste-heureuse, qu'illustraient les chansons d'Yvonne George à l'Empire, l'apparition du jazz hot et les flonflons du Bal Nègre de la rue Blomet, à deux pas du domicile où Desnos rêvait parmi ses chats... Le dernier de ses livres que le poète ait pu voir publiés est un récit sur la drogue, *Le vin est tiré* (1943) : ultime message de celui qui, comme son Corsaire Sanglot de *Deuil pour deuil,* se voulait « témoin attentif des événements dont la rue, espérons-le, sera le théâtre ».

NINO FRANK.

RÉF. : P. Berger, *Robert Desnos,* Paris, 1953. — R. Buchole, *L'Évolution poétique de Desnos,* Bruxelles,

1956. — Revue *Europe* n° 517-518, mai-juin 1972. — P. Laborie, *Robert Desnos*, Paris, 1975. — M.-C. Dumas, *Robert Desnos ou l'Exploration des limites*, Paris, 1980. — H. Laroche-Davis, *Robert Desnos, une voix, un chant, un cri*, Paris, 1981. — P. Berger, *Desnos*, Paris, 1986.

DES PÉRIERS Bonaventure. Poète et conteur. On ignore la date et le lieu de sa naissance, il est probable toutefois qu'il vit le jour dans les dernières années du XVe ou les premières du XVIe siècle à Arnay-le-Duc, en Bourgogne. Sa mort se situe vers 1543. Il fit ses études sous Robert Hurault, abbé de Saint-Martin d'Autun ; en même temps, il exerça les fonctions de maître d'école. En 1535-36, il collabore à l'équipe neuchâteloise qui, sous la direction d'Olivétan, édite *La Bible* (1535), puis à la correction du premier tome des *Commentaires de la langue latine* [*Commentarii linguae latinae*] d'Étienne Dolet (1536). Il devint en 1536 valet de chambre de la fameuse reine de Navarre, Marguerite d'Angoulême, sœur de François Ier et femme d'Henri d'Albret. Cette princesse protégeait quantité d'écrivains persécutés pour leurs croyances, dont Marot qui fut, avant Des Périers, valet de chambre de la reine. La cour d'Alençon ne pouvait toujours suffire à l'entretien de ceux qui, nombreux, avaient recours à elle ; aussi Des Périers éprouva-t-il à plusieurs reprises bien des difficultés pour se faire payer sa pension. Lorsqu'il n'est pas à Alençon ou à Nérac, Des Périers voyage. C'est le plus souvent à Lyon qu'il se rend, c'est là qu'il se fixe après ses pérégrinations. Lyon était alors avec ses imprimeurs, ses artistes et ses écrivains, dont Marot, maître et ami de Des Périers, le centre le plus important de la vie intellectuelle en France après Paris et un foyer de libre pensée. Une des premières œuvres connues de Des Périers, outre divers poèmes de circonstance, est sa traduction du *Lysis* de Platon. Il devait donner, par la suite, plusieurs autres travaux philologiques ; citons sa traduction du traité *Des quatre vertus cardinales selon Sénèque*. Mais les grandes œuvres de Des Périers sont naturellement le *Cymbalum mundi* et *Nouvelles récréations et joyeux devis* (*). La première œuvre valut à son auteur maint déboire. Esprit fort libre et quelque peu imprudent, suspect d'hérésie et même d'athéisme, Des Périers eut certainement à souffrir de ce trait de caractère. Jusqu'en octobre 1541, il reste au service de Marguerite de Navarre. Sur ses dernières années, les témoignages manquent. La tradition veut qu'il se soit suicidé au cours d'une crise de folie furieuse, sans doute dans l'année 1543.

♦ *« Des Périers était un monstre et un fripon d'une impiété achevée. »* Mersenne. ♦ *« C'est un ouvrage* [le Cymbalum mundi] *qui n'a pas le plus léger, le plus éloigné rapport au christianisme. »* Voltaire. ♦ *« Des Périers se distingue parfaitement de Rabelais et de Marot, les seuls contemporains auxquels on pourrait le comparer. Sa place est marquée à côté, un peu au-dessous d'eux, sans qu'aucun rapport de parenté les unisse. »* Louis Lacour.

RÉF. : Louis Lacour, *La Vie et les œuvres de Bonaventure Des Périers*, 1856. — V. L. Saulnier, « Recherches sur diverses poésies de Bonaventure Des Périers », *Bulletin du Bibliophile*, 1950, p. 225-251. — L. Sozzi, *Les Contes de B. Des Périers*, Turin, 1965.

DESPORTES Philippe. Poète né à Chartres en 1546, mort à Bonport (Eure) le 5 octobre 1606. Desportes appartenait à une famille bourgeoise de Chartres et reçut une bonne instruction. Il savait le latin et le grec et probablement l'hébreu et manifesta très tôt des dispositions pour la poésie. Sa vie fut celle d'un courtisan ; d'abord attaché à l'évêque du Puy, Antoine de Senecterre, qu'il accompagna en Italie, puis au secrétaire d'État Villeroy, par l'intermédiaire de qui il se lia étroitement avec Ronsard, Baïf et Jamyn, il accompagna en Pologne, en 1573, le duc d'Anjou, le futur Henri III, qui venait d'y être élu roi, et rentra en France l'année suivante avec lui lorsque Henri d'Anjou devint roi de France. Desportes fut un des intimes et un des conseillers les plus écoutés d'Henri III. Celui-ci le combla de ses faveurs, le nommant lecteur du roi et le gratifiant de deux abbayes, celles de Tiron et de Josaphat dans le diocèse de Chartres. Il n'empêche que Desportes, sentant que le vent tournait, quitta le roi et sa cause et se rallia à la Ligue. Attaché à Villars-Brancas, gouverneur du Havre, il devait participer à la défense de Rouen contre les troupes d'Henri IV. Il sut cependant rejoindre à temps le parti du Béarnais triomphant, en offrant sa médiation lors des négociations qui devaient aboutir en 1594 à la reddition des dernières villes normandes restées fidèles à la Ligue. Il ne jouit évidemment plus de la faveur dont il avait bénéficié sous Henri III, sous le règne d'Henri IV. Il semble cependant que celui-ci ne lui ait pas tenu rigueur de son attitude lors des guerres civiles. Il lui rendit souvent visite et s'apprêtait à lui confier l'éducation du Dauphin, le futur Louis XIII, lorsque Desportes mourut.

Dès 1567, Desportes s'était fait connaître par des *Stances* qui lui assurèrent la faveur du duc d'Anjou ; sa réputation grandit lorsque circulèrent ses imitations de l'Arioste, le *Roland furieux, La Mort de Rodomont, Angélique*, qui virent le jour en 1572 dans un recueil collectif. C'est l'année suivante que parurent les *Premières œuvres*, qui contiennent entre autres les deux livres des *Amours de Diane*, un livre des *Amours d'Hippolyte* et un livre d'*Élégies*, qui comptent parmi les plus belles poésies profanes de Desportes. La réédition des *Premières œuvres* en 1583 contenait en outre les *Dernières amours*, rebaptisées dans les éditions ultérieures *Cléonice*, le second livre des *Élégies*, les *Diverses amours*, les *Bergeries*, les *Cartels et Mascarades*, les *Épitaphes* et les *Prières* de Desportes. Mais, devenu abbé de Tiron, Desportes délaissa la poésie profane et s'employa à la traduction des *Psaumes*, à laquelle il travailla longtemps : les cinq premières paraphrases furent publiées en 1587 ; la série complète, en 1603. Il voulait dans cette œuvre donner l'équivalent pour les catholiques de ce qu'étaient pour les réformés les *Psaumes* traduits par Marot.

De son vivant, et surtout sous le règne d'Henri III, Desportes a été considéré comme l'égal de Ronsard à qui on l'a souvent préféré. Sous le rapport de l'originalité et de l'étendue du génie, il demeure toutefois de loin inférieur à son prédécesseur. Mais il se distingue favorablement de lui par un certain nombre de qualités fort estimables, la simplicité et la clarté du style et de la langue, la facilité, la légèreté, la suavité. Entre la Pléiade et Malherbe, Desportes occupe une place de transition non négligeable.

Vivant dans la retraite de son abbaye de Bonport, près de Pont-de-l'Arche, Desportes y reçut les jeunes poètes envers qui il se montra toujours généreux et serviable et exerça sur eux une vive influence. Peu avant sa mort, il se brouilla avec Malherbe, dont on connaît, malgré l'estime véritable dans laquelle il le tenait, le mot assez féroce : « Votre potage vaut mieux que vos vers. »

JACQUES BROSSE.

♦ *« Desportes, d'Apollon, ayant l'âme remplie / Alors que nostre langue estoit plus accomplie, / Reprenant les sonnets d'art et de jugement, / Plus que devant encore écrivit doucement. »* Vauquelin de La Fresnaye. ♦ *« Ce poète orgueilleux* [Ronsard] *trébuché de si haut, / Rendit plus retenus Desportes et Bertaut. »* Boileau. ♦ *« Ce poète clair et facile, de peu de génie, mais de très réel talent, et qui possédait remarquablement son métier, résume admirablement l'époque à laquelle il a vécu, son éclat et ses défaillances. »* J. Lavaud. ♦ *« Desportes était un de ces écrivains, à l'imagination bizarre et artificielle, qui ne peuvent éprouver une émotion quelconque sans chercher aussitôt une image pour la dépeindre. Rien chez eux de direct, d'immédiat et qui rende le beau son de la plénitude. »* Jean-Marc Bernard.

RÉF. : J. Lavaud, *Un poète de cour au temps des Valois, Philippe Desportes*, Paris, 1936.

Destinées (Les). Poèmes philosophiques. Recueil posthume du poète Alfred de Vigny (1797-1863), publié par Louis Ratisbonne en 1864. Il se compose de onze poèmes : quelque deux mille alexandrins. Le plus ancien de ces poèmes est de 1839 et le dernier de 1863. C'est dire que tout le recueil s'échelonne sur l'espace d'un quart de siècle environ. Chacun de ces poèmes nous révèle un aspect de ce pessimisme fondamental dont Vigny s'est fait le champion jusqu'à sa mort.

« Les Destinées » (1849). C'est la pièce liminaire du recueil du même nom. Conçue d'un bout à l'autre en strophes de trois vers, elle ne laisse pas d'évoquer ce rythme dont Dante use dans son « Enfer ». Sauf à noter que pour Vigny l'enfer n'est autre que ce monde même. Écoutez plutôt : « Depuis le premier jour de la création / Les pieds lourds et puissants de chaque Destinée / Pesaient sur chaque tête et sur toute action. » Ces « Destinées » sont donc les filles du Destin, les hideuses divinités qui s'ingénient à tourmenter l'espèce humaine. Sans doute la venue du Christ a-t-elle pu faire naître chez l'homme un immense espoir. Mais cet espoir-là ne fut qu'un leurre – par la volonté du Créateur. Dieu n'a fait, en somme, qu'élargir notre collier de misère. Quel est donc le mot de cette énigme ? Bien malin qui pourrait le dire : « Ô sujet d'épouvante à troubler le plus brave ! / Question sans réponse où vos saints se sont tus ! / Ô mystère ! Ô tourment de l'âme forte et grave ! » En dépit de certains accents chaleureux, cette composition est laborieuse. Au vrai, le pessimisme de Vigny n'atteint à la grandeur que dans l'invective. Ici, le philosophe étouffe le poète, et par là même toute émotion devient impossible.

« La Colère de Samson » (1839). C'est une longue suite d'alexandrins à rimes plates. Vigny aborde ici le mythe de l'éternel féminin. Depuis toujours, en effet, un combat sans trêve se livre « entre la bonté d'homme et la ruse de femme ». Par la bouche de Samson, le poète prophétise, et sa vision est atroce. Écoutez-le : « Bientôt, se retirant dans un hideux royaume. / La Femme aura Gomorrhe et l'Homme aura Sodome / Et se jetant de loin un regard irrité / Les deux sexes mourront chacun de son côté. » Devant cette Dalila qu'il aimait naguère plus que tout au monde, Samson, le juste, se sent triste à mourir : « Toujours voir serpenter la vipère dorée / Qui se traîne en sa fange et s'y croit ignorée. » Réquisitoire que couronne le vers fameux : « La Femme, enfant malade et douze fois impur. » Samson, soûl de colère, se vengera. Secouant les colonnes du temple, il écrase d'un seul coup ses ennemis, leurs dieux et leurs autels. Des onze poèmes que renferme le recueil des *Destinées,* celui-ci est un des meilleurs, précisément parce que l'invective l'emporte sur l'argument philosophique.

« La Mort du loup » (1843). Ce poème est trop célèbre pour avoir besoin d'éclaircissements. Rien de plus simple que sa donnée : « Comment on dit quitter la vie et tous ses maux / C'est vous qui le savez, sublimes animaux. » Que l'homme, donc, se garde d'oublier cette leçon. Que, pareil au loup acculé par les chasseurs, il se renferme dans un stoïcisme farouche et meure avec bravoure sans proférer une parole : « Gémir, pleurer, prier est également lâche / Fais énergiquement ta longue et lourde tâche / Dans la voie où le sort a voulu t'appeler / Puis après, comme moi, souffre et meurs sans parler. »

« La Maison du berger » (1844). Ce long poème en strophes de sept vers nous montre que l'homme peut trouver quelque remède à ses maux dans l'amour de la créature, un amour fondé tout entier sur la tendresse et la mutuelle compassion : « Sur mon cœur déchiré, viens poser ta main pure, / Ne me laisse jamais seul avec la Nature / Car je la connais trop pour n'en pas avoir peur. » Vigny dresse ici une certaine image de la femme qui s'oppose en tout point à celle qu'il avait dressée dans « La Colère de Samson ». Éva est bien, en effet, l'antithèse de Dalila. Témoin ces vers admirables par lesquels s'achève son invocation : « Pleurant, comme Diane au bord de ses fontaines / Ton amour taciturne et toujours menacé. »

« La Bouteille à la mer » (d'octobre 1853). Une fois de plus l'auteur s'applique à mettre en symbole la misère humaine. Son monde est un monde sans Dieu. Mais le désespoir auquel le mène un pareil état de conscience n'en demeure pas moins toujours actif. Son stoïcisme est loin d'exclure chez lui tout sentiment de fraternité. Bien au contraire : il éprouve une réelle pitié pour ses compagnons d'infortune. Faute de mieux, on peut toujours préparer le progrès de l'humanité future. Que l'homme travaille donc à son œuvre sans se soucier du résultat immédiat. Si cette œuvre comporte quelque grandeur, elle sera sûrement comprise un jour et vraiment féconde. Tel est justement le thème de « La Bouteille à la mer ». Ici, Vigny exalte le don de soi-même jusqu'à l'exhaustion ; voyant que son navire est sur le point de couler, un capitaine refuse d'accepter la mort avant d'avoir légué aux hommes de l'avenir le fruit de son ultime expérience. Brave autant que lucide, il veut que la terre puisse connaître un jour toutes les circonstances qui ont marqué son trépas. Au mépris de la tempête, il se livre à divers calculs, consigne maintes observations, dresse, en somme, le plan de son propre naufrage dans le détail. Après quoi, il glisse son message dans une bouteille... Maintenant, il peut mourir tranquille : « Il sourit en songeant que ce fragile verre / Portera sa pensée et son nom jusqu'au port ; / Que d'une île inconnue il agrandit la terre ; / Qu'il marque un nouvel astre et le confie au sort ; / Que Dieu peut bien permettre à des eaux insensées / De perdre des vaisseaux, mais non point des pensées / Et qu'avec ce flacon, il a vaincu la mort. » Vigny use ici de la strophe de sept vers, celle-là même que nous retrouvons dans « L'Esprit pur » et dans « La Maison du berger », strophe qu'on tient pour sa plus belle réussite lyrique.

« La Flûte » (non datée). Réduit par la malchance à mendier son pain, un joueur de flûte se croit le dernier des hommes. Vigny s'efforce de le consoler : « C'est assez de souffrir sans se juger coupable. » Il lui montre que, le plus souvent, notre échec relève moins de l'esprit que de la matière : « Du corps et non de l'âme accusons l'indigence. / Des organes mauvais servent l'intelligence... » Il n'en veut d'autre preuve que cette flûte même que le malheureux tient dans ses doigts : « Regardez votre flûte, écoutez-en le son. / Est- ce bien celui-là que voulait faire entendre / La lèvre ? Était-il pas ou moins rude ou moins tendre ? / Eh bien c'est au bois lourd que sont tous les défauts, / Votre souffle était juste et votre chant est faux... » Sous l'effet de ces paroles, le pauvre se réconforte et considère l'avenir avec plus de sérénité.

« La Sauvage » (1843). Quelque part, dans les solitudes du Nouveau Monde, une jeune Indienne, fuyant les horreurs de la guerre, s'en vient, avec ses enfançons, demander asile à quelque sujet britannique. Maison cossue et puritaine où l'on célèbre justement la fête de Noël. C'est dire que la pauvre s'y voit aussitôt accueillie avec tous les égards qu'implique la vraie charité chrétienne : « Ma sœur, dit-il enfin, entre dans ma famille ; / Tes pères ne sont plus ; que leur dernière fille / Soit sous mon toit solide accueillie, et chez moi / Tes enfants grandiront innocents comme toi. »

« Wanda » (1847). Dans ces strophes, Vigny évoque la Russie telle qu'on la pouvait voir quelques années avant la prise de Sébastopol : un tsar dont l'énorme puissance se fonde uniquement sur l'esclavage. Rien ni personne n'est capable d'émouvoir ce cœur de pierre. Témoin l'histoire que voici : une femme appartenant à une famille illustre, jeune et belle, promise au plus heureux destin, n'hésite pas à quitter son palais de Moscou pour suivre en Sibérie son époux condamné aux travaux forcés. Tout héroïsme, tout sacrifice. Sous ce climat terrible, elle endure les pires privations et finit par en mourir. Car le tsar est en tout point à l'image du Dieu de Vigny, à savoir l'indifférence en personne : « Quel signe formidable a-t-il au front cet homme ? / Qui donc ferma son cœur de trois cercles de fer / Dont s'étaient cuirassés les empereurs de Rome / Contre les cris de l'âme et les cris de la chair ? / Croit-on parmi ses serfs qu'à la fin il se lasse / De semer les martyrs sur la neige et la glace / D'entasser les damnés dans un terrestre enfer ? »

« Les Oracles » (1862). De tous les poèmes contenus dans ce recueil, voici le moins réussi. Du haut de sa tour d'ivoire, Vigny invective la démocratie. Mais son verbe manque d'efficacité, car il cède partout à l'emphase et aux lieux communs : « Toute démocratie est un désert de sables / Les parlements jouaient aux tréteaux populaires / Maîtres en long discours à flots intarissables / Non. Dans l'histoire il est de noirs anniversaires. »

« Le Mont des Oliviers » (1839-1851), en revanche, relève fort heureusement d'une bien autre inspiration. Toute la fleur du pessimisme de l'auteur s'y trouve enclose. Tandis que ses apôtres dorment à poings fermés, Jésus confie à Dieu, son père, l'angoisse dont son âme est rongée. Se sentant plus pauvre que jamais, il l'adjure de venir à son aide. En vain ! Dieu élude toute réponse. On ne saurait vraiment être plus seul au monde. Morceau d'une superbe venue, qui s'achève par ces simples mots : « Dans le bois, il entendit des pas / Et puis il vit rôder la torche de Judas. »

« L'Esprit pur » (1863). Comme dans « La Maison du berger », Vigny use ici de la strophe de sept vers. Il chante les travaux de la plume, le métier d'écrivain. Évoquant le souvenir de ses aïeux, il constate qu'ils furent tous des gens pleins de bravoure : chasseurs, guerriers, corsaires, que sais-je. Hélas, ils n'eurent jamais souci de laisser la moindre relation de leurs exploits ! Pas un d'eux ne sut se recueillir « pour graver quelque page et dire en quelque livre / Comme son temps vivait et comment il sut vivre ». Si bien que « tous sont morts en laissant leur nom sans auréole ». Quant à lui, Alfred de Vigny, il s'est bien gardé de les imiter. Car en soi l'action n'est rien. Seul l'esprit la sublime, et par là même la consacre. Véritable testament poétique, ce poème contient, en dépit de certains prosaïsmes, quelques-uns de ses plus beaux vers.

Tel est le recueil des *Destinées.* Onze poèmes, mais non pas onze chefs-d'œuvre. Faut-il citer Eugène Marsan : ces poèmes, « qui oserait prétendre qu'ils soient vraiment purs de toute longueur, de toute obscurité gratuite, de toute gaucherie et de toute rhétorique au mauvais sens du mot ? ». Mais gardons-nous bien d'être injuste. Vigny prend place parmi ce petit nombre de poètes soucieux de mettre en scène « sous une forme épique et dramatique » une pensée philosophique. Tâche difficile et audacieuse, mais, que l'abstrait et le concret viennent à se fondre dans le feu de l'invective ou de l'imprécation, et la réussite est parfaite. Aussi devons-nous à Vigny une centaine de vers qui sont au nombre des plus parfaits de notre poésie.

DESTOUCHES (Philippe Nericault, dit). Auteur dramatique né le 9 avril 1680 à Tours, mort le 4 juillet 1754 au château de Fortoiseau près de Villiers-en-Bière (Seine-et-Marne). À dix-sept ans, il abandonna sa famille pour se joindre à une troupe de comédiens ambulants. Après quelques années aventureuses, il fut engagé comme secrétaire par le résident français en Suisse, M. de Puysieux, qui encouragea ses premiers essais dans la comédie de caractère (*Le Curieux impertinent,* 1710 ; *L'Ingrat,* 1712 ; *L'Irrésolu,* 1713 ; *Le Médisant,* 1715). Il accompagna en 1717 l'abbé Dubois en Angleterre ; nommé secrétaire d'ambassade, il resta à Londres où il épousa une Anglaise. Revenu à Paris en 1723, il entra à l'Académie, grâce, probablement, aux services politiques qu'il avait rendus, car ses meilleures comédies n'étaient pas encore écrites : *Le Philosophe marié* (1727), inspiré par son propre mariage, et *Le Glorieux* (1732). En 1735, il acheta la charge du gouverneur de Melun et se retira près de cette ville, où il vécut très dévotement ; il composa des épigrammes contre le siècle et continua d'hésiter entre le rire, le pathétique et le désir de faire de la morale, dans ses dernières comédies dont on ne connaît plus aujourd'hui que les titres. Citons encore *L'Homme singulier* (posth. 1764).

RÉF. : A. Hoffmann-Liponska, *Destouches et la comédie moralisante,* université de Poznan, 1979.

Diable amoureux (Le). Nouvelle de Jacques Cazotte (1719-1792), publiée une première fois en 1772, puis en 1776. C'est cette seconde version que nous lisons aujourd'hui. Ce chef-d'œuvre de Cazotte est considéré comme l'ancêtre de la littérature fantastique française. Il s'agit d'un conte plein de fantaisie et de sensualité, qualités qu'apprécièrent avant tout les contemporains. De nos jours le lecteur, à la suite des romantiques, l'interprète parfois comme une œuvre initiatique inspirée par l'illuminisme et, plus particulièrement, par la secte des Élus-Cohens. Ce récit relate l'inquiétante aventure survenue à un jeune Espagnol, officier dans un régiment napolitain, Alvare Maravillas, qui s'éprendra d'une jeune femme, belle et désirable, dont on ne sait si elle n'est pas le diable en personne. Alvare, esprit fort et curieux, est entraîné par un compagnon dans une cérémonie d'invocation du démon. Apparaît alors une horrible tête de chameau qui, après avoir proféré d'une voix sépulcrale un terrifiant « Che vuoi ? », se transforme d'abord en un charmant épagneul, puis en une jeune femme ravissante. Biondetta entre ainsi dans la vie d'Alvare. Dès lors, elle n'aura de cesse de le séduire afin de devenir sa maîtresse. Alvare, d'abord prudent, tombe jour après jour sous le charme de la tentatrice. Cazotte, habilement, a doué Biondetta de tous les traits d'une jeune adolescente : elle est fragile et tendre. Femme aimante, elle se laisse blesser par une rivale. Le lecteur connaît l'étrangeté diabolique de la première apparition mais, comme le héros, finit par l'oublier en partie. Alvare, sur le point de succomber, ne sera sauvé que par l'image de sa mère qui se manifeste, tantôt dans un songe, tantôt dans une église à Venise. Enfin, fou d'amour pour cet être ambigu qu'il veut humain, il décide d'emmener Biondetta en Espagne pour que doña Mencia, sa mère, modèle de piété, bénisse leur union. Biondetta s'opposera de toutes ses forces — démoniaques ? — à ce voyage qui se fera cependant. Durant le périple, elle multipliera les embûches et les sortilèges. À peu de distance du château familial, les deux jeunes gens sont contraints de se réfugier dans une ferme. Cette fois, Alvare cède et, après une nouvelle apparition de la tête de chameau, il sombre dans l'inconscience. Revenu à lui quelques heures après, il constate la disparition de Biondetta. De retour chez sa mère, il conclut que son aventure n'était qu'un rêve. N'était-ce qu'un songe ? C'est la question que continueront à se poser les lecteurs. On peut voir dans *Le Diable amoureux* soit un conte à la fois fantaisiste et sensuel, soit l'histoire d'une tentation et d'une initiation rédemptrice : Alvare a réussi, malgré les puissances du Mal, à faire son salut. Cette alternative pose la question du sens de l'œuvre. Les romantiques ont voulu y voir une œuvre initiatique. De nos jours, la critique se veut plus nuancée. Le Cazotte du *Diable amoureux* est d'abord un auteur qui désire plaire : le diable est à la mode, le conte une forme littéraire qu'apprécie le public. Il n'en demeure pas moins que Cazotte est aussi un mystique qui rejette l'idéal des Lumières et qui, à une date difficile à préciser, mais en tout cas située bien après la parution de sa nouvelle, adhéra, pour un temps, au martinisme. Œuvre initiatique ou conte libertin au goût du jour ? C'est la deuxième solution qui est à retenir, en n'oubliant pas que les convictions religieuses et mystiques de Cazotte furent toujours très proches de celles des illuministes. Il a une vision de l'homme ballotté par les forces du Bien et du Mal, et en butte aux attaques du Malin, tout comme l'est Alvare. Le lecteur contemporain, plus qu'à cet aspect du conte, sera surtout sensible à son caractère fantastique. Dès les premières lignes, il est plongé dans un univers, dont il ne sait s'il est celui du rêve ou de la réalité, de l'illusion ou du réel. Tout ensemble, Alvare pense que Biondetta est un démon et une femme. Cazotte sait, en outre, parfaitement susciter l'angoisse en jouant sur les registres de l'humain et du surnaturel, du réalisme et de l'onirique. C'est ce mélange qui fait du *Diable amoureux* une œuvre originale. Cazotte a l'art de créer un climat inquiétant fait de soupçon, dans lequel le lecteur se perd sous l'œil ironique d'un écrivain dont la plume a plus d'un charme. C'est cette dernière lecture du conte qui fait de Cazotte le précurseur français du récit fantastique.

P. K.

Diable au corps (Le). Premier roman de Raymond Radiguet (1903-1923), écrit alors que son auteur avait entre 16 et 18 ans, et publié l'année même de sa mort. L'histoire racontée par ce jeune romancier est en partie autobiographique et certainement inspirée par ses souvenirs. Il convient toutefois d'ajouter ce que Radiguet lui-même écrivait dans une note trouvée après sa mort : « On a voulu voir en mon livre des confessions. Quelle erreur !... C'est à la fois pour donner au *Diable* le relief d'un roman que tout y est faux, et ensuite pour peindre la psychologie d'un jeune garçon. » Le récit commence en 1918 : le héros, François, n'a que 16 ans, mais les troubles apportés par la guerre et l'indulgence aveugle de ses parents lui permettent de mener, bien qu'il soit encore au lycée, une vie relativement indépendante. C'est alors qu'il rencontre une jeune fille, Marthe, de deux ans son aînée et déjà fiancée à un jeune homme mobilisé, Jacques. Une liaison s'ébauche entre les deux jeunes gens. Et lorsque Marthe, qui s'est mariée au cours d'une permission de Jacques, habite seule l'appartement conjugal, les rencontres se font de plus en plus rapprochées, et François vit presque entièrement chez elle. Ils se lancent alors tous deux à l'aventure et commettent mille imprudences, auxquelles la mère de Marthe s'efforce de remédier. Les multiples lâchetés de François, trop jeune pour l'aventure qu'il vit, n'atteignent pas l'amour que Marthe lui porte. Plus âgée que lui, elle ne s'étonne pas de ses faiblesses, elle les prend en charge sans les lui reprocher. Mais Marthe s'aperçoit qu'elle est enceinte. Le premier instant de bonheur passé, François succombe sous le poids d'une responsabilité qu'il ne peut assumer. Il laisse à la famille de Marthe le soin de dissimuler cette naissance et de laisser croire à Jacques que cet enfant est le sien. Marthe, peu après la naissance, meurt en appelant François, sans que celui-ci ait osé franchir les barrières qui le séparent d'elle pour la revoir.

Toute la force du livre réside dans le personnage de François qui vit une aventure d'homme avec une âme d'enfant. Raconté à la première personne, le récit ne nous fait grâce d'aucune de ses faiblesses, mais l'analyse des sentiments qui l'animent est présentée avec une telle justesse de ton que, sans pour cela l'excuser, on ne peut imaginer qu'il puisse agir autrement. L'intrigue du *Diable au corps* fit quelque scandale lors de sa parution. La guerre y apparaissait comme la condition même du bonheur des héros du livre : cette femme qui trompait sans remords, avec un tout jeune homme, son mari alors qu'il était au front, ce jeune garçon qui lui dictait les « seules lettres tendres » que son mari ait jamais reçues d'elle, semblaient inspirés par un cynisme révoltant. Les héros du livre pouvaient en effet paraître cyniques, mais ils l'étaient avec innocence et, si l'aventure était scabreuse, le roman était chaste ; aussi bien ce récit eut-il d'emblée une valeur mythique qui ne fit que grandir. La merveilleuse sobriété des moyens d'expression, la simplicité essentielle du récit ont, très vite, fait de ce petit livre un véritable classique. Qu'on le veuille ou non, Radiguet renoue avec la tradition des romanciers moralistes, qui va de Mme de La Fayette à Stendhal et même à Proust.

Diaboliques (Les). Célèbre recueil de nouvelles de Jules Barbey d'Aurevilly (1808-1889), publié à Paris en 1874. Expliquons-en d'abord le titre : croyant à l'ingérence du diable dans toutes les affaires humaines, l'auteur s'attache à raconter plusieurs cas surprenants de perversion morale, propres à lui servir de pièces à l'appui. Ici, cet esprit du mal s'incarne toujours dans une femme. Donnons maintenant l'argument de chacune de ces nouvelles. D'abord « Le Rideau cramoisi » : sous le premier Empire, un tout jeune officier, le vicomte de Brassard, se trouve avoir pris pension chez d'honnêtes bourgeois de province. Quelqu'un détonne dans ce milieu : leur fille Alberte. Belle à faire peur, elle le subjugue d'autant plus qu'il la voit toujours observer la politesse la plus froide. Pourtant, un soir, pendant le dîner, il sent que le pied d'Alberte se pose sur le sien, de telle manière qu'il ne peut croire à une méprise. Il lui remet donc un message. Peine perdue, car le lendemain, il la voit se détourner de lui. Faute de s'expliquer ce changement d'attitude, il se met tant à la maudire qu'il songe à déménager. Or, en pleine nuit, voilà qu'elle arrive dans sa chambre et se donne avec une frénésie qui n'a d'égale que son mutisme. Elle récidive. Entreprise d'autant plus hardie qu'Alberte doit traverser chaque fois la chambre de ses parents pour l'aller rejoindre. S'ils venaient à se réveiller ? Non, l'épilogue sera plus terrible : certaine nuit plus belle que les autres, Brassard s'aperçoit soudain qu'Alberte n'est plus qu'un cadavre, jamais il ne saura la cause de ce mystérieux trépas. Plus anodine est la nouvelle intitulée « Le Plus Bel Amour de don Juan » : ce don Juan s'appelle ici le comte Ravila de Ravilès. Fort assidu auprès d'une dame du faubourg Saint-Germain, il a remarqué qu'il inspirait quelque aversion à la fillette de cette dernière. Ce sentiment, il l'attribue au dépit que la petite éprouve de se voir supplantée par un tiers dans le cœur de sa mère. En quoi il s'abuse. Devant sa mère, en effet, la fillette avoue finalement qu'elle est enceinte de Ravila. En toute innocence, elle explique ainsi la chose : s'étant assise par mégarde dans le fauteuil du don Juan, elle avait eu l'impression d'être tombée dans le feu et dès lors en avait déduit qu'elle était grosse. — « Le Bonheur dans le crime » : fille d'un maître d'armes surnommé la Pointe-au-corps, Hauteclaire Stassin l'a remplacé dans l'exercice de son métier. Étant belle autant que sage et redoutable escrimeuse, elle voit venir chez elle la jeunesse qui tient à s'entretenir dans l'art de manier l'épée. Bientôt courtisée par le comte Serlon de Savigny, elle répond à ses espérances et devient sa maîtresse. Bien qu'il soit marié, elle renonce à son métier pour le suivre dans son château. Là, travestie en femme de chambre, elle fait preuve de tant de qualités qu'elle gagne vite la confiance de la châtelaine. De connivence avec Serlon, elle décide de l'empoisonner et s'acquitte si bien de sa tâche que personne ne songerait à l'accuser. Si diabolique est ce crime qu'il dispensera ses auteurs de tout remords. Devenue comtesse, Hauteclaire Stassin pourra jouir avec son amant de tous les plaisirs du monde. — « Le Dessous de cartes d'une partie de whist » : Dans quelque ville de province où le jeu est la grande affaire, la comtesse de Stasseville est le mystère en personne. Spirituelle autant que froide, elle est devenue la maîtresse d'un certain Mermor de Kerkoël. Bientôt jalouse de sa fille, elle l'empoisonne, de telle manière qu'on puisse croire à une maladie de langueur. Elle y réussit à merveille. Il n'empêche qu'elle survivra peu à sa victime. Après le décès, on découvre dans sa demeure, au fond d'une caisse de résédas, le cadavre d'un poupon. Ajoutons qu'en ses derniers jours, elle avait pris l'habitude de mâchonner sans répit des tiges de la fleur en question. — « À un dîner d'athées » : Un certain major Ydow se trouve avoir pour maîtresse une splendide créature surnommée la Pudica. Et pour cause : idéalement chaste, son visage évoque celui d'une Vierge de Raphaël. Hélas, l'intérieur est tout autre. On ne saurait imaginer pire putain que cette fille-là. Devenue l'idole du régiment, elle jette le mouchoir à qui sait lui plaire, tout en restant avec Ydow pour sauver les apparences. Sans être dupe, ce dernier ferme les yeux. Jusqu'au jour où, l'ayant surprise en train de cacheter quelque lettre, il apprend de sa bouche même qu'il est de tous ses amants celui qu'elle a le moins aimé. Ivre de rage, Ydow la renverse sur la table : s'emparant de la cire à cacheter, il lui en barbouille le sexe et scelle le tout avec le pommeau de son épée. — « La Vengeance d'une femme » : Faussement soupçonnée d'adultère, la duchesse de Sierra-Leone a été contrainte d'assister à un spectacle effroyable : son époux, un grand d'Espagne, s'étant saisi de l'amoureux, lui a fait arracher le cœur pour qu'on le donne à manger aux chiens. Anéantie de dégoût, elle déserte à jamais sa demeure pour se fixer à Paris, avec la ferme intention de se venger de ce monstre. Voici comment elle s'y prendra : elle, duchesse de Sierra-Leone, se fait fille publique, afin que sa propre ignominie rejaillisse un jour sur le duc et ruine à jamais cet honneur auquel il tient plus que tout au monde. Elle réussira au-delà de toute espérance. Témoin sa terrible épitaphe : « Duchesse de Sierra-Leone, fille repentie, morte à la Salpêtrière, etc. » Dans sa préface, l'auteur précise qu'en dépit de sa hardiesse ce livre est avant tout l'œuvre d'un moraliste chrétien : « Toute peinture étant toujours assez morale quand elle est tragique et qu'elle donne l'horreur des choses qu'elle retrace. »

Les romans de Barbey décrivent un monde privé d'espérance. Les nouvelles des *Diaboliques* se meuvent dans un univers sulfureux où le crime est sans punition et surtout sans remords : les monstres qui s'y meuvent illustrent une sorte de tératologie de la morale humaine. Ils excitent une étonnante « fascination ». Ce monde d'où la grâce est absente est soumis à la séduction et à la toute-puissance destructrice de la Femme : Barbey se plaît, comme Baudelaire, à dessiner le double visage de la féminité dans lequel la décadence se reconnaîtra, séduction et fatalité. Tout comme chez Gobineau et Villiers de L'Isle-Adam, une forme de réalisme fait bon ménage avec le mystère. Un art consommé du récit estompe les disparates et soutient l'intérêt des lecteurs en même temps qu'il déconcerte ces derniers par la multiplicité et la diversité des points de vue. Avec Villiers de L'Isle-Adam, Barbey d'Aurevilly tient une grande place dans le renouvellement du récit court vers 1870.

Diachronie. Analyse des faits de langue dans leur succession, leur changement, leur évolution d'un moment à un autre de l'histoire. La phonétique historique ou l'étymologie, par exemple, déterminent les différentes étapes par lesquelles passent un phonème ou un sens. Pour les structuralistes fonctionnalistes, la diachronie se réduirait en réalité à une succession de synchronies. Le titre de Valéry *Charmes* fait jouer la dimension diachronique (le mot vient de *carmen*, signifiant « poème »).

OLIVIER POT.

Dialecte. Forme d'une langue utilisée dans un environnement plus restreint que la langue même et ayant son propre système lexical, syntaxique et phonétique. Si les diverses langues romanes sont bien des dialectes du latin, on réserve néanmoins, par opposition à « langue », le terme de *dialecte régional* (ou patois) à un système de même origine, mais n'ayant pas obtenu un statut culturel et social équivalent. Le *dialecte social* désigne la pratique linguistique propre à un groupe socioculturel : argots professionnels, technolectes, systèmes cryptonymiques, etc. Dans *Julie ou la Nouvelle Héloïse* (*), de Rousseau, les régionalismes marquent l'innocence et la simplicité des personnages.

OLIVIER POT.

Dialogues de bêtes. Recueil de textes de Colette (1873-1954) ; ces textes étaient au nombre de quatre dans l'édition originale de 1904, de sept en 1905, de douze enfin en 1930 ; le livre a grandi à la mesure de la gloire de Colette. C'est pour elle, en 1903, l'occasion de faire entendre sa petite musique personnelle, en marge de la série des *Claudine* (*) ; c'est pour elle, en 1930, une manière d'affirmer que son talent d'écrivain animalier n'est en rien usurpé. Au point de départ, elle ne se contente pas de mettre en scène, dans un artifice théâtral teinté d'humour, les dialogues d'un chien et d'un chat, évoqués dans leur vie propre et dans les rapports qu'ils entretiennent avec leurs maîtres : une peinture en filigrane de ces maîtres – le mari et la femme – suggère l'existence d'un couple heureux, ce qui est l'envers rêvé de ce qui est analysé dans *Claudine en ménage* (1902) et dans *Claudine s'en va* (1903) ; aussi, à partir d'une telle prémisse, comprend-on comment la description de l'animal – dans son apparence extérieure comme dans les sensations qui le lient intimement au monde – va devenir la clé de la vision du monde de Colette, d'une sorte d'acceptation sereine et émerveillée de l'univers. À sa manière propre, l'écrivain rivalise désormais avec celui dont elle admire la maîtrise, le Rudyard Kipling du *Livre de la jungle*, dont les deux livres venaient d'être traduits en 1899. Observation exacte, sympathie profonde, contemplation heureuse : entre le monde humain et le monde animal, Colette, ostensiblement, fait pencher la balance vers le monde animal, dont l'évocation lui est à la fois recréation et récréation – loisir de la vraie vie. Après les *Dialogues de bêtes,* elle publie les trente-trois textes qui composent, en 1916, *La Paix chez les bêtes* : « Tout le mal vient des hommes », constatait déjà Bagheera, la panthère du *Livre de la jungle.* En 1932, elle publie les dix textes de *Paradis terrestres* qu'elle reprendra en 1935 dans un ensemble plus vaste intitulé *Prisons et Paradis* : Colette y déplore les instincts de geôlier de l'homme qui enferme dans des zoos les animaux qu'il aime capturer, tout en chantant un hymne à la liberté – et à ses risques – dans un monde qu'elle rêve pur de tout contact humain. La description du serpent, celle des paons, toutes deux ouvrant le recueil, sont devenues des pages d'anthologie. Il faut lire enfin *Autres bêtes,* titre fourre-tout des œuvres complètes du Fleuron, où sont regroupées des œuvres diverses : *Regarde* (1929), *Chats* (1936), *Broderie ancienne* (1944), *De la patte à l'aile* (1943). De la pochade de quelques lignes à la mini- nouvelle de quelques pages, Colette n'a cessé de dialoguer, toute sa vie, à sa façon, avec les bêtes : elles apparaissent partout dans l'œuvre, dans des textes spécifiques comme dans les textes où rien ne semblait les appeler particulièrement, et leur absence même en devient significative, jusque dans tel ou tel roman.

M. Mer.

DIB Mohammed. Poète et romancier algérien de langue française. Sans doute le plus important, avec Kateb Yacine. Né le 21 juillet 1920 à Tlemcen. Après avoir exercé divers métiers, il est en 1950-51 journaliste à *Alger républicain,* le quotidien communiste de l'Algérie colonisée. Cet environnement militant explique en partie l'écriture de ses trois premiers romans publiés, *La Grande Maison* (1952), *L'Incendie* (1954) et *Le Métier à tisser* (1957), trilogie qui décrit l'Algérie colonisée et la lente prise de conscience progressiste. Écriture qualifiée souvent abusivement de réaliste, même si cette tonalité y est dominante. L'itinéraire prétexte du jeune héros Omar lui permet en effet de donner à voir successivement la misère urbaine, les premiers soulèvements de paysans dans les campagnes et l'apprentissage du prolétariat dans la petite industrie naissante. Mais ces trois romans, jamais manichéens, révèlent aussi à une lecture plus attentive cette préoccupation des pouvoirs de la parole qui ne cessera de hanter l'écrivain à mesure que son écriture mûrira.

D'ailleurs dès cette époque Dib écrit d'une manière plus personnelle des textes moins connus, dont la veine dominera lorsque, après avoir été expulsé d'Algérie en 1959, il publiera des recueils poétiques de plus en plus exigeants : *Ombre gardienne* (1961), *Formulaires* (1970), *Omneros* (1975), *Feu, beau feu* (1979), *O Vive* (1987). En 1962, le roman *Qui se souvient de la mer* est une peinture de la guerre qui choisit délibérément le fantastique plutôt que le réalisme pour suggérer l'horreur, cependant qu'en 1964 *Cours sur la rive sauvage* développe la quête initiatique autour de laquelle se construit le volet non réaliste de cette œuvre, et qu'on retrouvera dans *La Danse du roi* (1968), *Dieu en Barbarie* (1970), *Le Maître de chasse* (1973), *Habel* (1977), *Les Terrasses d'Orsol* (1985), ou *Le Sommeil d'Ève* (1989).

Pourtant ces textes sont aussi une interrogation angoissée sur la modernité. Modernité d'une Algérie à l'identité problématique dans les trois premiers : *La Danse du roi* est une réflexion sur la possibilité de dire la mémoire et sur le décalage de ceux qu'habite un passé envahissant dans une modernité amnésique ou faussaire. *Dieu en Barbarie* et *Le Maître de chasse* radicalisent ce doute sur la légitimité d'une modernité technocratique non pas par une dénonciation politique, mais par un questionnement sur les pouvoirs de la parole et de l'action même pétrie de bonnes intentions. *Habel* va encore plus loin, introduisant une subtile variation sur l'exil dans la grande ville européenne et sur la marge où la folie fascine.

C'est sur cette « rive sauvage » que se placent délibérément les romans les plus récents de Mohammed Dib, jusqu'au sombre dépouillement de *Neiges de marbre* (1990), où l'autobiographie est presque directe, ou de *Le Désert sans détour* (1992). L'amour, la folie et l'écriture vont souvent de pair dans cette œuvre, que ce soit dans la poésie ou dans *Habel, Les Terrasses d'Orsol* ou encore *Le Sommeil d'Ève,* qui sont de ce fait les meilleurs romans de cet auteur essentiel qu'une critique pressée qualifie à tort de « réaliste » en le cantonnant à ses premiers romans, ou de « serein », en se fiant uniquement à l'aspect de l'homme, alors que cette œuvre, qu'on s'obstine à ne pas lire à sa juste mesure, est probablement une des plus chargées d'inquiétude de notre modernité, une de celles qu'on peut le moins cantonner dans une lecture « régionaliste » réductrice.

CHARLES BONN.

RÉF. : Charles Bonn, *Lecture présente de Mohammed Dib,* Alger, 1988. – Beïda Chikhi, *Problématique de l'écriture dans l'œuvre romanesque de Mohammed Dib,* Alger, 1989. – Naget Khadda, *Mohammed Dib, romancier : esquisse d'un itinéraire,* Alger, 1986.

Didactique. Les œuvres du Moyen Âge veulent autant instruire que plaire. Le *Roman de la Rose* (*) relève sans doute du genre didactique. Mais on y classera surtout les ouvrages qui visent à transmettre un savoir (souvent repris à des encyclopédies latines), comme l'*Image du monde* de Gossuin de Metz ou le *Miroir historial* de Jean de Vignay, ou encore les descriptions du monde, comme la *Mappemonde* de Pierre de Beauvais. Mais on ne négligera pas non plus les bestiaires (le premier, de Philippe de Thaon, est de 1130), les lapidaires (v. ces deux mots), les computs. On pourra y faire figurer aussi une infinité d'ouvrages à destination plus pratique, tel ce *Doctrinal aux simples gens* qui devait procurer aux curés les connaissances à dispenser à leurs paroissiens.

MICHEL ROUSSE.

Didascalie. Élément du texte d'une pièce de théâtre (ou d'un scénario de film), elle donne au lecteur ou au metteur en scène des indications relatives au comportement des personnages. Ainsi, dans *Rhinocéros* d'Eugène Ionesco, la majeure partie des répliques s'accompagne de précisions en caractères italiques ou entre parenthèses, concernant les intonations, les directions de regard, les mouvements : « *Bérenger, tremblant et agité.* – Du calme ! Du calme ! Du calme ! *(Daisy court vers la fenêtre du fond, regarde, puis vers la fenêtre de face et regarde...)* ».

PAUL GUY.

DIDEROT Denis. Écrivain et philosophe né à Langres, le 5 octobre 1713, de Didier Diderot, maître coutelier, et d'Angélique Vigneron, mort à Paris le 31 juillet 1784. Au moment de sa naissance, Montesquieu a vingt-quatre ans, Voltaire dix-neuf, Buffon six, et Rousseau un an. D'Alembert est de quatre ans plus jeune que Diderot. De 1723 à 1728, Diderot est élève au collège des jésuites de Langres. Le 22 août 1726, il reçoit la tonsure « par provision », un de ses oncles songeant à résigner éventuellement en sa faveur un canonicat. En avril 1728, Diderot s'en va poursuivre ses études à Paris (collège d'Harcourt ou Louis-le-Grand). Le 2 septembre 1732, il est reçu maître ès arts de l'université de Paris. Au cours des dix années suivantes son existence nous demeure assez obscure. Il fut, entre 1733 et 1735, clerc en l'étude du procureur Clément de Ris, Langrois d'origine. Pendant quelques mois, il exerça les fonctions de précepteur des enfants de Randon de Massane, receveur général des finances du Poitou. Dans ses *Mémoires*, Mme de Vandeul, sa fille, nous le dit « livré à lui-même, tantôt dans la bonne, tantôt dans la médiocre, pour ne pas dire la mauvaise compagnie » et n'ayant pour vivre « d'autre ressource que les sciences, qui lui méritaient la colère de son père ». C'est en 1741 qu'il fait la connaissance d'Anne-Antoinette Champion, de trois ans son aînée, qu'il épouse secrètement, le 6 novembre 1743. Depuis février 1742, Diderot est lié d'amitié avec Rousseau, rencontré au Café de la Régence. Au cours de la même année, il procure une traduction de l'*Histoire de Grèce* de Temple Stanyan, publiée chez Briasson, au printemps de 1743. Il collaborera, entre 1744 et 1748, avec Toussaint et Eidous, à la traduction du *Dictionnaire de médecine* de Robert James. Mais le premier ouvrage où Diderot exprime une pensée personnelle est son adaptation, accompagnée de *Réflexions* en notes, de l'*Essai sur le mérite et la vertu* de Shaftesbury (Amsterdam, 1745).

Le privilège d'une *Encyclopédie*, traduite de Chambers, mais « avec des additions », est signé par le chancelier d'Aguesseau, le 21 janvier 1746. Entre le vendredi saint et le lundi de Pâques de la même année, Diderot compose les *Pensées philosophiques*. L'ouvrage paraît avant l'été ; il est condamné, le 7 juillet, par un arrêt du parlement de Paris. La *Promenade du sceptique* est rédigée l'année suivante (publication en 1830). À l'instigation du curé de Saint-Médard, le lieutenant général de police Berryer est averti, le 20 juin 1747, par Perrault, l'un de ses subordonnés, que Diderot est « un homme très dangereux et qui parle des saints mystères de notre religion avec mépris ». Le 16 octobre, Diderot est chargé, avec d'Alembert, de la direction de l'*Encyclopédie* (*). Le roman des *Bijoux indiscrets* paraît, anonymement, en janvier 1748. Quelques mois plus tard, Diderot donne ses *Mémoires sur différents sujets de mathématiques*. Il rédige *L'Oiseau blanc, conte bleu*, qui ne sera publié qu'en 1798. La *Lettre sur les aveugles à l'usage de ceux qui voient*, mise en vente au début de juin 1749 et commentée dans une lettre fameuse de l'auteur à Voltaire (11 juin), entraîne, le 24 juillet, l'arrestation de Diderot, qui est emprisonné au donjon de Vincennes. Dès le 21 août, il peut quitter sa cellule, mais demeure en résidence surveillée dans l'enceinte du château. C'est alors que le prisonnier reçoit la visite de J.-J. Rousseau, occasion de ce qu'il est convenu d'appeler « l'illumination » de Vincennes. Le 3 novembre, Diderot est remis en liberté. Rendu à ses travaux et ayant rompu avec Mme de Puisieux, dont, depuis 1745, il était l'amant, il se consacre à l'élaboration du tome premier de l'*Encyclopédie*.

En octobre 1750, le « Prospectus » de l'*Encyclopédie* est répandu dans le public. Le *Dictionnaire* va, dès lors, et jusqu'en 1766, être au centre des occupations et préoccupations de Diderot. Au début de l'année 1751 paraît la *Lettre sur les sourds et les muets.* Au même moment, Diderot écrit ses deux *Lettres au R. P. Berthier*, qui, dans le *Journal de Trévoux*, s'en était pris au « Prospectus » de l'*Encyclopédie*. Le 4 mars, Diderot recevait, avec d'Alembert, le diplôme lui conférant le titre de membre de l'Académie de Berlin. Une fois parus les tomes I et II de l'*Encyclopédie* (juillet 1751, janvier 1752) et après la soutenance, en Sorbonne, de la thèse de l'abbé de Prades, un arrêt du Conseil du roi ordonne, le 7 février 1752, la suppression du *Dictionnaire*. Cependant, dès le mois de mai, grâce à l'intervention de Mme de Pompadour et de quelques ministres, l'arrêt est tacitement rapporté. Diderot participe à la polémique qui se livre autour de l'abbé de Prades en rédigeant ses *Observations sur l'instruction pastorale de Mgr l'Évêque d'Auxerre* (3e partie de l'*Apologie de M. l'abbé de Prades*).

L'année 1753 est marquée par la naissance de Marie-Angélique Diderot, baptisée le 3 septembre en l'église Saint-Étienne-du-Mont. Avant que naquît Angélique, Diderot avait eu trois enfants, une fille morte en nourrice et deux fils, le premier emporté « d'une fièvre violente » à l'âge de cinq ans, le second victime d'un accident : « Il tomba des bras de la femme qui le portait, sur les marches de l'église où on allait le baptiser » (*Mémoires* de Mme de Vandeul). De la fin de la même année 1753 datent les *Pensées sur l'interprétation de la nature* (on ne connaît, de cette première édition, qu'un exemplaire ; une seconde édition, fort augmentée, parut l'année suivante). C'est, semble-t-il, en 1755 que débutent les relations de Diderot et de Sophie Volland ; on sait qu'elles nous ont valu l'une des plus admirables correspondances de notre littérature. En février 1755, « seul de tous les gens de lettres », Diderot assiste aux funérailles de Montesquieu. En avril, il publie *L'Histoire et le secret de la peinture en cire.* Dans le tome V de l'*Encyclopédie* il donne, parmi beaucoup d'autres articles, celui qui s'intitule, précisément, « Encyclopédie ».

Au cours des années 1757 et 1758, Diderot se fait connaître comme auteur dramatique. Il publie d'abord (février 1757) *Le Fils naturel ou les Épreuves de la vertu*, suivi des *Entretiens avec Dorval*. L'œuvre ne sera jouée qu'en 1771. En 1758 paraissent *Le Père de famille* (première représentation à Paris en 1761) et le *Discours sur la poésie dramatique*. Une réplique du *Fils naturel :* « Il n'y a que le méchant qui soit seul » est à l'origine de la brouille de Diderot avec Rousseau. La *Lettre à d'Alembert* (octobre 1758) devait consommer publiquement la rupture. En janvier 1759, le parlement de Paris condamne *De l'esprit,* l'*Encyclopédie* et les *Étrennes des esprits forts* (nouvelle édition des *Pensées philosophiques*). Jusqu'en janvier 1766, Diderot et Jaucourt mèneront à son achèvement l'*Encyclopédie*, dont les tomes VIII à XVII seront distribués, non sans difficulté d'ailleurs, après cette date. En novembre 1759, Diderot donne, dans la *Correspondance littéraire* de Grimm, son premier *Salon*. Jusqu'en 1781, il en paraîtra huit autres. *La Religieuse* (*) est écrite en 1760 (publication, 1796), et c'est sans doute entre 1762 et 1764 que s'esquisse une première ébauche du *Neveu de Rameau* (*), remaniée vers 1773. Elle paraîtra, d'abord, dans la traduction de Goethe, en 1805, puis dans l'édition Brière (1821-1823). Le texte de cette édition est celui d'une copie fournie par Mme de Vandeul. Un manuscrit original du *Neveu* a été découvert et publié par Monval, en 1891. La vente de la bibliothèque de Diderot à Catherine de Russie contre 15 000 livres et une pension de 300 pistoles se place en 1765. L'année suivante, l'écrivain compose son *Essai sur la peinture*. Publié en 1795, dans la *Décade philosophique*, l'*Essai* fut traduit en allemand l'année suivante. Schiller et Goethe l'admiraient fort.

Les années 1769 à 1773 comptent parmi les plus fertiles quant à l'activité littéraire de Diderot. Du début de 1769 date la composition des *Regrets sur ma vieille robe de chambre* (publiés en 1772). En septembre de la même année, l'écrivain achève *Le Rêve de d'Alembert* (publié en 1830). Pendant l'été de 1770, Diderot est à Langres et à Bourbonne. Il tente en vain une réconciliation avec son frère le chanoine et s'occupe du mariage de sa fille avec Caroillon de Vandeul. Il retrouve, à Bourbonne, Mme de Meaux et sa fille, Mme de Prunevaux. De ce moment datent l'*Entretien d'un père avec ses enfants* et *Les Deux Amis de Bourbonne* (publiés en 1773, à Zurich, en tête des *Contes moraux et nouvelles idylles* de Gessner). Le 1er octobre paraissent, dans la *Correspondance littéraire,* les *Observations sur*

Garrick ou les Acteurs anglais, ébauche du *Paradoxe sur le comédien* (*). *La Pièce et le Prologue* est composée, probablement, en 1771. Totalement remaniée au cours des années suivantes, elle aboutit, en 1781, à *Est-il bon ? Est-il méchant ?* (*La Pièce et le Prologue* a été publiée en 1821 ; *Est-il bon ? Est-il méchant ?* en 1834. On sait que Baudelaire admirait beaucoup cette dernière pièce.) Le 9 septembre 1772, Diderot marie sa fille. À la fin du même mois, il a achevé *Ceci n'est pas un conte* (donné, en avril 1773, dans la *Correspondance littéraire*) et *Sur l'inconséquence du jugement public* (publié en 1796). Le *Supplément au voyage de Bougainville* (qui ne paraîtra qu'en 1796) date de la même année. Une première édition collective des *Œuvres* de Diderot paraît, en six volumes, à Amsterdam, chez Marc-Michel Rey. La rédaction du *Paradoxe sur le comédien* est de 1773. Remaniée encore en 1778, cette œuvre n'atteindra le public qu'en 1830. Il faut sans doute également situer à cette période la rédaction de *Jacques le Fataliste* (*) (publié en 1796 ; dès 1785, Schiller avait donné, dans la *Thalie*, une traduction allemande de l'épisode de Mme de la Pommeraye).

Au début de juin 1773, Diderot quitte Paris pour La Haye, d'où, par Dresde, il gagne la Russie. Il arrive à Saint-Pétersbourg le 8 octobre. Il y séjourne jusqu'au 5 mars de l'an suivant. De retour à La Haye, en avril, il y demeure jusqu'au début de septembre, puis regagne Paris. Au cours de cette période de voyages, Diderot prépare sa *Réfutation de l'ouvrage d'Helvétius intitulé l'Homme* (l'œuvre ne sera publiée au complet qu'en 1875) et annote la *Lettre sur l'homme* du philosophe hollandais Hemsterhuis (ce commentaire ne sera retrouvé qu'en 1964). À La Haye, en 1774, l'écrivain surveille l'édition française des *Plans et statuts des différents établissements ordonnés par l'impératrice Catherine II*, du maréchal Betzki (Amsterdam, 1775), tout en rédigeant ses *Observations* sur un projet de constitution (*Nakaz* en russe) de Catherine II (1re édition, très partielle, 1899, date où sont également publiés les *Mémoires pour Catherine II*, écrits pendant le séjour en Russie). Ses notes de *Voyage en Hollande* paraîtront en 1819. Il semble aussi qu'une partie des *Éléments de physiologie* ait été rédigée pendant le séjour à La Haye (les *Éléments* ne sont connus que depuis 1875). Le *Plan d'une université pour le gouvernement de Russie* est composé en 1775 (édition intégrale, 1875). C'est à cette époque que se rattache également l'*Entretien d'un philosophe avec la maréchale de* ***.

À partir de 1776, la production de Diderot se raréfie. Sa santé est devenue précaire. Il collabore cependant à l'*Histoire des deux Indes* de l'abbé Raynal (1re édition 1772, 2e 1774, 3e 1781), qui est un véritable manifeste contre le colonialisme et l'esclavagisme. Six mois après la mort de Rousseau, soit en décembre 1778, paraît l'*Essai sur Sénèque le philosophe* (l'édition princeps porte la date de 1779). Une seconde édition, en 1782, offre un texte considérablement remanié : *Essai sur les règnes de Claude et de Néron et sur les mœurs et les écrits de Sénèque*. En octobre 1783, d'Alembert meurt. Quatre mois plus tard, c'est le tour de Sophie Volland. Le 31 juillet 1784, Diderot s'éteint, dans cette demeure de la rue Richelieu où il s'était installé un an auparavant. Il est inhumé, le 1er août, en l'église Saint-Roch. Son gendre écrit à Caroillon de Melleville : « Les funérailles ont été distinguées et le convoi nombreux [...] Je me flatte que, comme tout l'appareil de la religion, jusqu'au prétendu confesseur, était à l'enterrement, les parents de Langres seront contents et même tranquilles. »

CHARLY GUYOT.

XVIIIe siècle. ♦ *« Tout est dans la sphère d'activité de son génie ; il passe des hauteurs de la métaphysique au métier d'un tisserand, et de là il va au théâtre. Quel dommage qu'un génie tel que le sien ait de si sottes entraves et qu'une troupe de coqs d'Inde soit venue à bout d'enchaîner un aigle ! »* Voltaire. ♦ *« C'est un gentil garçon, bien doux, bien aimable, grand philosophe, fort raisonneur, mais faiseur de digressions perpétuelles. Il m'en fit bien vingt-cinq hier, depuis 9 heures qu'il resta dans ma chambre jusqu'à 1 heure. Oh ! que Buffon est bien plus net que tous ces gens-là ! »* Président de Brosses. ♦ *« C'est un homme à oublier qu'il doit revenir ; le temps et l'espace sont devant lui comme devant Dieu : il croit être partout et être éternel. »* Abbé Galiani. ♦ *« C'est l'homme le moins capable de prévoir ce qu'il va faire ou ce qu'il va dire ; mais quoi qu'il dise, il crée et il surprend toujours. »* Grimm. ♦ *« C'était la tête la plus naturellement encyclopédique qui ait peut-être jamais existé... Ses idées étaient plus fortes que lui ; elles l'entraînaient, pour ainsi dire, sans qu'il lui fût possible ni d'arrêter ni de régler leur mouvement... Diderot conversait bien moins avec les hommes qu'il ne conversait avec ses propres idées. »* J.-H. Meister.

XIXe siècle. ♦ *« J'avais toujours été épris, non pas des opinions et de la manière de penser de Diderot, mais de sa manière d'écrire. »* Goethe. ♦ *« Je me suis mis, hier, à Diderot, qui m'enchante positivement et qui a mis mon esprit en branle jusqu'à son fond. »* Schiller. ♦ *« Ce sophiste spirituel fait des incursions dans le domaine de la critique avec une précipitation si désordonnée que la moitié de ses coups partent en l'air. »* Schlegel. ♦ *« Il était à la fois le plus vaste, le plus prompt et le plus fertile des esprits.* [Mais]... *l'homme, avec tous ses grands dons, avait plutôt un caractère féminin. »* Th. Carlyle. ♦ *« Diderot, c'est le paradoxe. »* Nisard. ♦ *« Cet énergumène a écrit de belles pages comme il arrive aux fous de faire de beaux rêves. Mais il a porté plus loin qu'aucun autre l'emphase et la jonglerie philosophiques. »* Geoffroy. ♦ *« Diderot ne possède pas ses idées, mais ses idées le possèdent ; il les subit, pour en réprimer la fougue et les ravages. »* Taine. ♦ *« La salamandre qui s'appelait Diderot, et qui vivait dans le feu de l'esprit, dans le feu du cœur, dans le feu de l'enthousiasme, dans le feu de la gaîté et dans le feu des larmes, dans tous les feux que l'homme, d'essence immortelle, puisse allumer sur la terre avec la torche sublime de ses facultés, s'y est consumée. »* J. Barbey d'Aurevilly. ♦ *« Quel homme, Diderot ! Voltaire est immortel et Diderot n'est que célèbre. Pourquoi ?... L'un est le dernier esprit de l'ancienne France, l'autre est le premier génie de la France nouvelle. »* E. et J. de Goncourt.

XXe siècle. ♦ *« Si Diderot rata ses tragédies bourgeoises, ce fut pour avoir voulu les faire vertueuses. Nul mieux que lui ne connut le pouvoir des intrigues lentes, implacables, des mensonges, des calculs. »* Jean Cocteau.

RÉF. : J.-A. Naigeon, *Mémoires historiques et philosophiques sur la vie et les ouvrages de Diderot*, 1821. – I. K. Luppol, *Diderot. Ses idées philosophiques*, Paris, 1936. – Fr. Venturi, *Jeunesse de Diderot (1713-1753)*, Paris, 1939. – Y. Belaval, *L'Esthétique sans paradoxe de Diderot*, 1950. – H. Dieckmann, *Inventaire du fonds Vandeul et inédits de Diderot*, 1951. – Ch. Guyot, *Diderot par lui-même*, Paris, 1953. – P. Vernière, *Spinoza et la pensée française avant la Révolution*, t. II, *XVIIIe siècle*, 1954. – R. Mortier, *Diderot en Allemagne entre 1750 et 1850*, 1954. – J. Mayer, *Diderot homme de science*, Rennes, 1959. – H. Dieckmann, *Cinq Leçons sur Diderot*, Genève, 1959. – J. Proust, *Diderot et l'Encyclopédie*, Paris, 1963. – R. Kempf, *Diderot et le roman*, Paris, 1964. – Y. Benot, *Diderot : de l'athéisme à l'anticolonialisme*, Paris, 1970. – J. Chouillet, *La Formation des idées esthétiques de Diderot*, Paris, 1973. – Y. Sumi, *Le Neveu de Rameau, caprices et logiques du jeu*, Tokyo, 1975. – M. Duchet, *Diderot et l'Histoire des deux Indes*, Paris, 1978. – P. Saint-Amand, *Diderot. Le Labyrinthe de la relation*, Paris, 1984. – A. Wilson, *Diderot, sa vie et son œuvre*, Paris, 1985. – G. Daniel, *Le Style de Diderot*, Genève, 1986.

Diégèse. Éléments d'un récit considéré comme une séquence linéaire et chronologique, l'histoire brute, le canevas ou le scénario donnés comme tels et autosuffisants (la fable ou matériau narratif d'Aristote). Le terme permet d'opérer une distinction vis-à-vis de la narration ou du récit, qui introduisent par rapport à la diégèse des distorsions diverses (modification de l'ordre des séquences par prolepses ou analepses ; ellipses, accélération, ralentissement ou itération ; point de vue du narrateur, intervention de l'auteur, etc.). Plus largement la diégèse désigne, à la suite de la sémiotique cinématographique, moins l'histoire elle-même que l'univers où elle advient. La poétique classique nomme aussi diégèse le récit sans dialogue, par opposition au récit mixte du drame ou de l'épopée.

OLIVIER POT.

Diérèse. Prononciation distinctive en deux syllabes, de deux voyelles contiguës à l'intérieur d'un même mot : pri-er, sangli-er, ha-ïr, po-ète. Dans la diction poétique, ce procédé peut aller à l'encontre de l'usage courant par souci de ralentissement, de solennisation, ou simplement pour satisfaire aux exigences du mètre, « Source délici-euse en misères féconde » (Corneille), « Et l'impur Ger-yon qu'Alcide châti-a » (Hugo). Le procédé inverse est la *synérèse.*

CHRISTIAN DOUMET.

DIERX Léon. Poète né à Saint-Denis (île Bourbon, redevenue La Réunion depuis 1848) en 1838, mort à Paris le 11 juin 1912. Venu à Paris suivre les cours de l'École centrale, il s'y fixa tout à fait après un bref séjour dans son île natale, et occupa toute sa vie un modeste emploi bureaucratique qui lui procurait assez de loisirs pour qu'il refusât tout avancement. À de juvéniles *Aspirations* (1858) poétiques et à un recueil plus solide, *Poèmes et Poésies* (1864), succédèrent *Les Lèvres closes* (1867). C'est abusivement, fût-ce avec sa douce complicité, que l'auteur de ce livre puissant et suave s'est trouvé rangé dans la troupe artificielle et disparate des « Parnassiens », sous le prétexte qu'il fréquentait beaucoup Leconte de Lisle, son compatriote créole, lui-même arbitrairement choisi comme chef de file, avec Gautier et Banville, par le rusé Mendès. Il suffit de lire l'admirable préface des *Lèvres closes* (supprimée, on ne sait pourquoi, de toutes les rééditions « corrigées » bien à tort) pour se convaincre de l'indépendance de ce disciple de Baudelaire et de ce précurseur de Verlaine : la modulation exquise et savante du *Soir d'octobre* : « Un long frisson descend des coteaux aux vallées... » préfigure les *Poèmes saturniens* et *Sagesse* ; rien n'y apparaît de la rigueur guindée, du stoïcisme impassible, de la manie historique et archéologique qu'une poignée de poètes tentait de mettre à la mode et que la poussée du symbolisme allait jeter, vingt ans plus tard, au magasin des accessoires inutilisables. Dierx fut d'ailleurs respecté comme un maître par les « jeunes » dans son âge mûr et sa verte vieillesse, au point d'être élu prince des poètes à la mort de Mallarmé (1898), lui-même successeur de Verlaine. Parmi les œuvres de Léon Dierx, il convient encore de citer l'harmonieux dialogue de *La Rencontre* (1875), *Les Amants* (1879) qui contiennent maintes pages d'une très prenante sensibilité.

♦ *« Tête superbe : un 1830 blond. Toujours serré dans sa redingote. Sans gestes. Rieur et très rieur par instants. Grand fumeur de cigarettes. Il vit assez retiré, occupe un emploi à l'Instruction publique, fréquente les peintres, peint lui-même avec talent. N'est pas encore décoré ! »* Verlaine. ♦ *« Son bagage de poète est assez considérable. Il plane toujours, et sur des sommets inconnus des hommes. »* Émile Zola. ♦ *« On oublie l'œuvre* [...] *On la reprendra un jour, et, à travers ses beautés lentes, limpides et précises, on percera jusqu'au cœur et au cerveau de cet homme si particulier, en vérité unique par cette probité du rêve et du chant qui, sans concession et sans mélange, sans même qu'il eût vent, n'a appartenu qu'à lui. »* André Fontainas.

RÉF. : P. Verlaine, *Les Hommes d'aujourd'hui*, Paris, 1886. – P. Bourget, *Études et portraits*, t. I, Paris, 1888.– E. Noulet, *Léon Dierx*, 1925. – M. L. Camus-Clavier, *Le Poète Léon Dierx*, thèse, Paris, 1942.

DIETRICH Luc. Écrivain né le 17 mars 1913 à Dijon (Côte-d'Or), mort le 12 août 1944 à Paris. Très tôt, il a connu la misère. Il a six ans quand meurt son père. À neuf ans, il est recueilli par un oncle qui le place dans l'asile de jeunes anormaux de Parray-Vaucluse, où il demeure deux ans. Il a dix-huit ans quand meurt sa mère. Il n'a ni métier ni fortune. Il écrit. En 1930, Luc Durtain préface son recueil de poèmes *Huttes à la lisière* (publié sous le nom de Luc Ergidé) et Jules Supervielle lui manifeste quelque intérêt. Il rencontre Rose (Arlette dans *L'Apprentissage de la ville*), une reine du « milieu » qui l'entretient. De 1932 à 1939, il vit parmi les truands, participe au trafic de la drogue. À dix-neuf ans, au parc Monceau, il a rencontré Lanza del Vasto, qui devient son ami et l'aide à s'exprimer. En Italie, Luc Dietrich fait l'expérience onirique qui donne naissance au *Livre des rêves*. *Le Bonheur des tristes* attire sur lui l'attention de la critique. Soutenu par les conseils de Lanza del Vasto, il écrit *L'Apprentissage de la ville* (1942). Luc Dietrich se lie avec Daumal, subit l'influence de Gurdjieff. Un recueil posthume, *L'Injuste Grandeur* (1951), rassemble *Le Livre des rêves* et des textes inédits. Luc Dietrich avait également composé avec Lanza del Vasto un petit volume intitulé, avec justesse, *Dialogue de l'amitié* (1947). Écrivain d'une qualité rare, c'était aussi un superbe photographe, comme en témoignent deux albums : *Terre* et *Emblèmes végétaux*.

♦ *« Depuis* Le Petit Chose *d'Alphonse Daudet et* David Copperfield *on a vu paraître bien des souvenirs d'enfance qui plaisent et émeuvent par quelque côté* [...] *Mais ce qui donne son caractère unique au* Bonheur des tristes, *c'est que l'auteur ne se souvient pas de son enfance mais y revient, y rentre, retrouve ses yeux, ses raisons, sa voix d'enfant, et l'émerveillement des choses vues pour la première fois, et le vertige de l'avenir inconnu, et l'hésitation aux bifurcations du destin comme si le choix restait ouvert. Ce ne sont pas des cendres remuées, c'est une tige qui bourgeonne à nouveau, c'est l'arbre qui se souvient de sa vie au nouveau printemps* [...] *Mais* Le Bonheur des tristes [...] *c'est encore une somme de pensée et de science enfantines ; les observations et réflexions du petit solitaire sur les feuilles, les cailloux, les fleurs, les poissons, sur le soleil, les eaux d'en bas et les eaux d'en haut, les étoiles qui donnent à boire aux plantes, sur le temps, Dieu, l'amour et la mort, forment une métaphysique et une cosmogonie sous-jacentes pour nous tous sans doute à la première révélation du monde, absentes pourtant, si je ne me trompe, de tous les autres récits d'enfance jusqu'à présent. »* Lanza del Vasto.

RÉF. : Michel Random, *Les Puissances du dedans*, Paris, 1966.

Dieux ont soif (Les). Avec cette œuvre publiée en 1912, Anatole France (François-Anatole Thibault, 1844-1924) s'est attaqué au grand roman historique, sans pour cela renoncer à la manière qu'il affectionne, puisque le récit est divisé en une série de tableaux : conversations, discours, digressions de toutes sortes y abondent et l'on y retrouve l'habituel personnage, cultivé et raisonnable, du philosophe mondain, chargé de commenter les faits et de les juger sous forme d'élégants paradoxes. Le philosophe est, en l'occurrence, le citoyen Brotteaux des Ilettes, ex-financier de l'Ancien Régime, sceptique et épicurien, qui mène paisiblement sous la Terreur une vie misérable et fabrique des marionnettes dans sa mansarde. Mais le vrai héros du récit est le jeune peintre Évariste Gamelin, élève du grand David, révolutionnaire austère et fanatique qui s'est voué corps et âme à la grande cause de la Révolution personnifiée par Marat et Robespierre. De sa section, il passe à la Commune et devient membre du tribunal révolutionnaire. Son art le met en contact avec Élodie Blaise, la jolie fille d'un grand éditeur d'estampes et marchand de tableaux à l'enseigne de l'« Amour peintre » ; il se prend pour elle d'une violente passion et l'austère révolutionnaire fait ainsi deux parts dans sa vie. Autour de lui se meuvent divers personnages : sa mère, femme du peuple ; sa sœur, qui a fui à l'étranger avec un aristocrate ; une élégante intrigante, autrefois amie de l'ex-financier Brotteaux ; un prêtre non assermenté, le barnabite Longuemare qu'héberge ce même Brotteaux... Tout ce monde est emporté dans le grand tourbillon des événements : Marat est assassiné, la Vendée se soulève, les armées de l'Europe envahissent la France, Robespierre et ses partisans mettent la Terreur à l'ordre du jour. Un vent de folie sanguinaire obscurcit les esprits : les dieux ont soif. Persuadé qu'il accomplit, en tant que juge, un devoir atroce mais nécessaire, l'infortuné Évariste ne recule pas devant son destin, et quand éclate la contre-révolution de Thermidor, il s'arrache des bras de la trop tendre Élodie pour courir à la mort au côté de Robespierre. Presque tous les personnages du récit périssent sur la guillotine. Après les horreurs de la réaction commence avec le Directoire une vie nouvelle de luxe et de corruption ; et la voluptueuse fille de l'éditeur ne tarde pas à remplacer le malheureux Évariste.

Anatole France écrivit rapidement ce livre, dont le style est cependant fort soigné, mais il travailla avec beaucoup de conscience à la documentation qui le sous-tend. Bien qu'il connût parfaitement la période révolutionnaire, il se fit un almanach où il inscrivit, jour par jour, les événements historiques qui se déroulèrent pendant la période dont il voulait traiter. Son livre se proposait surtout de développer certaines de ses vues sur l'histoire et la condition humaine, vues qui avaient déjà inspiré la satire qu'il avait publiée en 1908, *L'Île des pingouins*. Dans *Les dieux ont soif,* France entend montrer que ceux qui vivent les plus grandes crises politiques et sociales passent au travers sans les voir et que la majesté de l'histoire ne se discerne que de loin. Mais surtout, il enseigne, avec l'exemple de son héros, Évariste Gamelin, que les hommes sont cruels et féroces dans la mesure ou ils imaginent posséder la vérité. Enfin, avec le personnage d'Élodie, il illustre cette idée, qui lui est chère, que la vie dévore la vie, que le propre des vivants est, avant tout, d'oublier les morts. Élodie, « trop sage pour ne plus aimer », tient à son nouvel amant les mêmes propos, tendres et tout aussi sincères, dont elle enchantait son amant de la veille. Parmi les œuvres d'Anatole France, *Les dieux ont soif* est, avec l'*Histoire comique*, une de celles qui ont le moins vieilli ; c'est certainement une des plus vigoureuses et des moins complaisantes. Toutefois, Anatole

France ne peut être considéré comme un romancier de première grandeur : ses héros sont plutôt l'incarnation de ses idées que des personnages vivants, et la tragédie d'Évariste Gamelin, par exemple, est expliquée par un esprit critique plutôt que profondément vécue. En revanche, l'art raffiné de France demeure incomparable dans la peinture des personnages secondaires ; son esprit fin et pénétrant lui permet de saisir le sens des événements, le reflet des idéaux et des faits dans les mœurs, l'atmosphère, la mentalité de l'époque.

Diphtongue. Voyelle qui comporte une variation de timbre au cours de son émission. Contrairement à l'anglais (*house*) ou à l'allemand (*Haus*), le français moderne a éliminé les diphtongues (comme en témoigne la graphie résiduelle, *fleur, haut, fait* comportaient autrefois deux syllabes) et a fortiori les triphtongues (au XVIe siècle, *eau* est encore prononcé *e-a-o*).

OLIVIER POT.

Discours sur le style. Discours de réception à l'Académie française prononcé par le naturaliste Georges Louis Leclerc, comte de Buffon (1707-1788), le 25 août 1753. Plutôt que de faire l'éloge de son obscur prédécesseur, Jean-Joseph Lauguet de Gergy, archevêque de Sens, Buffon préféra examiner ses idées sur le style. Son dessein, dans le *Discours,* est double : d'une part, il pousse une critique allusive quant aux hommes, serrée et pertinente quant aux défauts du style à la mode ; d'autre part, il édifie une théorie, formule des règles, propose une rhétorique. Tout juste accorde-t-il à ses confrères la flatterie un peu forte qu'il a puisé ses idées dans leurs ouvrages. Il s'attache d'abord à différencier la fausse éloquence de la vraie, la première où « le corps parle au corps » la seconde supposant « l'exercice du génie et la culture de l'esprit ». Ainsi peut-il affirmer que « ceux qui écrivent comme ils parlent, quoiqu'ils parlent très bien, écrivent mal », et l'on a pu croire qu'il s'en prenait à Diderot. Le style, pour lui, c'est « l'ordre et le mouvement qu'on met dans les pensées ; d'où la nécessité du plan issu de la méditation. Ce plan n'est pas encore le style, mais il en est la base ; il le soutient, il le dirige, il règle son mouvement et le soumet à des lois ». Pour Buffon, « tout sujet est un », la clarté étant à ce prix, et il en trouve la preuve dans le fait que, si les ouvrages de la nature sont parfaits, c'est qu'« elle travaille sur un plan éternel dont elle ne s'écarte jamais ». Par suite, il s'agit pour l'écrivain « d'imiter la nature dans sa marche et dans son travail ». La véritable éloquence est opposée à « l'emploi de ces pensées fines et à la recherche de ces idées légères, déliées, sans consistance et qui, comme la feuille du métal battu, ne prouvent de l'éclat qu'en perdant de la solidité ». (Là, il vise Fontenelle et Marivaux.) Buffon tient au surplus qu'il ne faut pas exprimer des choses ordinaires et communes d'une manière singulière et pompeuse ; que, possédant pleinement son sujet, y ayant réfléchi longuement, il ne s'en faut point écarter ; et qu'à la délicatesse, au goût, au scrupule sur le choix des expressions, à l'attention de ne nommer les choses que par les termes les plus généraux, il y a lieu de joindre « de la défiance pour son premier mouvement, du mépris pour tout ce qui n'est que brillant, et une répugnance constante pour l'équivoque et la plaisanterie ». (Voltaire est, ici, directement visé.)

Sa conclusion est que « bien écrire, c'est tout à la fois bien penser, bien sentir et bien rendre ». À son sentiment, « le style est l'homme même » et, la pensée étant commune à tous, un beau style n'est tel « que par le nombre infini des vérités qu'il présente », exprimées par un beau génie. On peut juger sévère une théorie qui cherche principalement dans le style la noblesse, la gravité et la majesté, qui ne voit guère de salut hors de l'éloquence, et pour qui l'aimable se confond avec le frivole. Néanmoins, le *Discours sur le style* demeure un ouvrage clef, auquel devront toujours se reporter ceux qui voient dans le style une haute valeur de civilisation et l'un de ses signes essentiels.

Dispute (La) de Marivaux. Comédie en un acte, en prose, de Marivaux (1688-1763). Retirée de l'affiche après une unique représentation par les Comédiens français, le 19 octobre 1744. Pour savoir qui, de l'homme ou de la femme, a donné le premier exemple de l'infidélité, le souverain « philosophe » d'un royaume imaginaire, s'est livré à une expérience. « Quatre enfants au berceau », deux garçons et deux filles, « furent portés dans la forêt où il avait fait bâtir cette maison exprès pour eux, où chacun d'eux fut logé à part, et où actuellement même il occupe un terrain dont il n'est jamais sorti, de sorte qu'ils ne se sont jamais vus ». Au moment où le rideau se lève, dix-huit ans ont passé ; le prince et sa cour s'installent dans une « galerie » ménagée autour de l'édifice pour observer leur rencontre : « On peut regarder le commerce qu'ils vont avoir ensemble comme le premier âge du monde ; les premières amours vont recommencer, nous verrons ce qui en arrivera. » L'intrigue, extrêmement épurée, fait tenir en un acte toute l'évolution et les diverses figures du sentiment amoureux telles que Marivaux les a disséquées dans son œuvre depuis plus de vingt ans. Les spectateurs voient successivement la naissance à soi-même dans le miroir d'un ruisseau (« Mais savez-vous bien que cela est très beau, que cela fait un objet charmant ? »), la rencontre de l'autre et la surprise de l'amour, la séparation qui doit le faire durer, adoucie par le don du portrait (et déjà la naissance de la coquetterie, car la jeune femme garderait volontiers son image qui l'enchante), l'intrusion de la rivale et le défi lancé à ses charmes (« Je n'ai qu'à lui ôter son Azor dont je ne me soucie pas, mais rien que pour avoir la paix »), l'attrait d'un visage nouveau et, finalement, le chassé-croisé inévitable des couples. L'« épreuve » ne répond guère à la question qui l'avait suscitée : vanité, faiblesse, vengeance, ennui de se voir trop souvent et trop facilement, inconstance sont également le fait des hommes et des femmes. Un troisième couple amoureux et fidèle surgit inopinément à la dernière scène sans corriger l'impression de désillusion et d'amertume créée par le déroulement de la pièce. Cette comédie philosophique rencontra, au XVIIIe siècle, l'incompréhension d'un public insensible à son originalité. Une remarquable mise en scène de Patrice Chéreau, en 1973, prouva qu'elle est une des plus graves et des plus intéressantes d'un dramaturge parvenu à sa maturité. Ainsi ressuscitée, elle n'a cessé, depuis, d'être à l'affiche.

C. B.

Distique. En prosodie gréco-latine, ensemble formé par un hexamètre suivi d'un pentamètre. En prosodie française, groupe de deux vers, de longueur égale ou inégale, et formant une strophe par unité stylistique ou sémantique. Le poème d'Apollinaire « La Loreley » est constitué d'une suite de distiques.

CHRISTIAN DOUMET.

Dithyrambe. Dans l'Antiquité, chant liturgique en l'honneur de Dionysos qu'entonnaient les fidèles autour de son autel. Devenu un genre poétique, dans lequel s'illustrèrent entre autres Pindare et Simonide, le dithyrambe donna naissance, sous une forme dialoguée, à la tragédie. En France, depuis le Moyen Âge, le mot désigne un genre poétique qui a pour sujet la louange hyperbolique d'un personnage (sans adopter de forme fixe).

CHRISTIAN DOUMET.

Dits. Ce genre poétique fut très populaire en France surtout aux XIIIe, XIVe et XVe siècles. Il se rattache à la littérature morale et didactique, toutefois le Dit est aussi libre dans son esprit que dans sa forme, et sa portée dépend avant tout de son auteur. Le Dit est tantôt poème de circonstance et satire du temps présent, tantôt fable morale ; enfin au XVe siècle, devenu le Dittié, c'est un long poème constituant ou bien un véritable recueil poétique réunissant des genres tout à fait différents, comme les *Dittiés* de Jean Froissart, ou bien un récit historique de tendance épique comme le *Dittié de Jeanne d'Arc* de Christine de Pisan. Parmi les Dits satiriques qui connurent un si vif succès aux XIIIe et XIVe siècles, signalons : le *Dit des Jacobins*, le *Dit des cordeliers*, le *Dit des cornettes*, le *Dit des rues de Paris*, le *Dit du bon vin*, le *Débat de l'eau et du vin*, la *Bataille de Carême et de Carnage.* Tous ces poèmes procèdent de la verve populaire la plus malicieuse ; ils s'attaquent aux moines qui exploitent la piété des pauvres gens, aux marchands rusés, aux femmes capricieuses et malignes, aux modes ridicules ; ils célèbrent les plaisirs souvent les plus vulgaires. Par leur esprit, ils se rapprochent des *Fabliaux* (*). Mais à côté de ces innombrables Dits satiriques, généralement anonymes, certains poètes authentiques ont relevé le Dit en lui donnant un accent et une allure tout personnels. Le premier en date de ces grands poètes est Rutebeuf (XIIIe siècle). Son *Dit de l'herberie* est un monologue dramatique plein de pétulance. Son *Dit des béguines*, petit poème satirique alertement troussé, est plus classique dans sa forme et dans son esprit. Par contre, le *Dit d'Aristote* est un poème moral. C'est probablement du début du XIVe siècle qu'il faut dater un véritable petit chef-d'œuvre d'un poète artésien, Jean Auri : le *Dit des ivrognes.* Ce court poème débute par une invocation à « Saint Tortuel de la montaigne », un saint qui fait à lui seul plus de miracles que tous ses collègues réunis : ce saint n'est autre que le patron des ivrognes, le vin. La description des heureux effets du culte qu'on lui rend est écrite avec une malice et en entrain remarquables.

Avec le chef de l'école poétique du XIVe siècle, Guillaume de Machaut, grand inventeur de genres poétiques nouveaux, le Dit se transforme. Il devient un genre mi-narratif, mi-lyrique ; sur une hypothèse romanesque, en laquelle se mêlent scènes réalistes et imaginaires, le poète brode de belles variations lyriques. Tels sont, de cet auteur, le *Voir dit* et le *Dit de la fontaine amoureuse*. Dans ce dernier, le poète entend un amant se plaindre, il le console et l'accompagne au jardin de féerie où Vénus, sur les instances du poète, réconciliera les amants. Guillaume de Machaut a donc annexé le Dit à la littérature courtoise. Il n'empêche que, parmi ses contemporains ou après lui, le Dit conservera son caractère premier, à la fois moralisateur et satirique. Nous en avons un bon exemple dans le *Dit des patenôtres*, composé vers 1320 et œuvre d'un certain Geffroy, dont nous ne connaissons, outre ce poème, qu'un *Martyre de saint Bacus*, poème parodique de la meilleure venue. Le *Dit des patenôtres*, sous prétexte d'inviter à la prière toutes les classes de la société, nous en présente un tableau fort pittoresque où ne manquent ni le réalisme ni la malice. À peu près à la même époque (premier quart du XIVe siècle), un ménestrel du comte Gui de Blois et de Gaucher de Chastillon, connétable de France, Watriquet de Couvin, composait un grand nombre de *Dits moraux*, pleins d'agrément et fort ingénieux ; le *Dit de l'Iraigne*, le *Dit des huit couleurs*, où il met souvent en scène des animaux, tirant de l'observation de leur vie des considérations morales qui ne sont pas dénuées de fraîcheur. Ses descriptions, dans une langue colorée et pittoresque, sont d'une réelle beauté. Philippe de Vitry (1285 env.-1361), poète, mathématicien, érudit, philosophe, moraliste, et grand personnage (il mourut évêque de Meaux), est l'auteur du plus célèbre Dit de tout le Moyen Âge : le *Dit de Franc Gontier*, qui met en scène le paysan Gontier et sa femme, dame Helaine, et décrit avec beaucoup de pittoresque et de véracité la vie champêtre. Gontier est un homme heureux, il est son seul maître : « Je n'ay la teste nue / Devant tirant, ne genoil qui se ploie » ; il est libre : il n'a ni ambition ni envie : « Labour me paist en joyeuse franchise ; / Moult j'aime Helaine et elle moy sans faille, / Et c'est assez. » Cette noble exaltation de la vie libre et simple de la campagne rend un son d'une authentique pureté. Avec Jean Froissart et Christine de Pisan, qui reprendront la tradition créée par Guillaume de Machaut, le Dit s'éloignera de plus en plus de la poésie populaire, pour devenir un genre savant avant de disparaître.

Divagations. Recueil de textes en prose du poète Stéphane Mallarmé (1842-1898) et dernière œuvre publiée par ses soins, en 1897, chez Eugène Fasquelle, dans la « Bibliothèque Charpentier ». Cette édition, en partie originale, comprend dix chapitres : « Anecdotes ou Poèmes », « Volumes sur le divan », « Quelques médaillons et portraits en pied », « Richard Wagner, Rêverie d'un poète français », « Crayonné au théâtre », « Crise de vers », « Quant au Livre », « Le Mystère dans les lettres », « Offices », « Grands faits-divers ». Outre les poèmes en prose qui composent la première partie, Mallarmé a repris – et souvent remanié – dans ce recueil ses articles, chroniques, hommages et autres écrits de circonstance, en particulier sa rêverie sur Wagner donnée à *La Revue wagnérienne* (1885), ses chroniques théâtrales de *La Revue indépendante* (1886-1887), sa conférence sur Villiers de l'Isle-Adam (1890), ses dix articles publiés dans *The National Observer* (1892- 1893) et ses onze « Variations sur un sujet » de *La Revue blanche* (*) (1895-1896). Comme l'indique le titre d'un des chapitres, « Grands faits-divers », il s'agit bien de journalisme, et le poète s'en excuse d'ailleurs dans un avertissement tout de modestie, quand on sait que pour le poète le journal est l'antithèse absolue du livre : « Un livre comme je ne les aime pas, ceux épars et privés d'architecture. Nul n'échappe, décidément, au journalisme. » Et de fait Mallarmé aborde, d'un texte à l'autre, les sujets les plus divers, de Richard Wagner au scandale de Panama et du théâtre au Livre, en passant par la musique, la messe, les vacances à la campagne, la danse, l'alchimie, le travail prolétarien, l'aristocratie ou encore l'Académie. Mais le titre et l'aveu initial de modestie ne doivent pas tromper le lecteur, car l'avertissement se poursuit ainsi : « À part des poèmes ou anecdotes, au début, que le sort exagéré fait à ces riens, m'obligeait (envers le public) de n'omettre, les Divagations apparentes traitent un sujet, de pensée, unique – si je les revois en étranger, comme un cloître quoique brisé, exhalerait au promeneur, sa doctrine. » Un sujet, de pensée, « unique » : toutes les *Divagations*, sous leur diversité apparente, sont en somme, pour reprendre le titre des articles de *La Revue blanche*, des « Variations sur *un* sujet », qui révèlent au lecteur-promeneur, d'une façon qui n'a rien de dogmatique, la « doctrine » même de Mallarmé. Cette doctrine à reconstituer en prolongeant mentalement les lignes d'un cloître brisé, c'est naturellement la conception mallarméenne de la poésie, et plus généralement de la littérature : c'est dans « Crise de vers » qu'après avoir évoqué la révolution du vers libre Mallarmé définit ce qu'il appelle le double état de la parole en opposant précisément la littérature à l'universel reportage ; c'est dans « Quant au Livre » qu'il évoque le Livre, « instrument spirituel », limite et fin de toute littérature. Mais s'il est vrai que la littérature n'est pas seulement une activité parmi d'autres, mais ce qui rappelle, par son étymologie même, l'énigme primordiale de la lettre, les *Divagations* proposent, au-delà de simples considérations littéraires stricto sensu, une réflexion sur toutes les formes de représentation, qu'il s'agisse des mythes, des religions, des représentations littéraires, artistiques, politiques ou sociales, qui renvoient toutes à ce que Mallarmé nomme le « Mystère dans les lettres », un mystère qui a remplacé pour lui le mystère chrétien et qui témoigne du génie symbolique de l'homme. De ce point de vue, l'utopie du Livre est bien le centre de la rêverie ou des divagations mallarméennes. S'il est vrai que « la littérature existe et, si l'on veut, seule, à l'exclusion de tout », le Livre fait figure d'aboutissement rêvé pour cette odyssée des lettres qui est aussi la bible de l'esprit humain.

Livre de journaliste, mais d'un journalisme essentiel, ces *Divagations* sont ainsi à lire, en contrepoint des *Poésies* (*), comme une poétique générale de la fiction, où l'esthétique peut rejoindre l'économie politique.

B. Ma.

Dizain. Strophe de dix vers. Le dizain est la strophe privilégiée de l'ode au XVIIe siècle. Il est particulièrement illustré par Malherbe. La disposition de rimes la plus fréquente est celle qu'adopte précisément Malherbe : *a b a b // c c d / e e d.* qui présente les trois enchaînements de rimes possibles (croisées, plates et embrassées). Maurice Scève, dans sa *Délie* (*), fait reposer l'architecture carrée du poème sur l'enchaînement de dizains de décasyllabes.

CHRISTIAN DOUMET.

DJIAN Philippe. Romancier français. Né à Paris en 1949. Ses premiers écrits publiés, un recueil de nouvelles, *50 contre 1* (1981), et un roman, *Bleu comme l'Enfer* (1982), portent la marque de la littérature américaine contemporaine, en particulier du « roman noir ». Il entreprend ensuite une saga qui de *Zone érogène* (1984) à *Maudit manège* (1986) culmine avec *37,2° le matin* (1985). L'adaptation cinématographique de ce roman par J.-J. Beneix (1986) lui vaut la faveur de lecteurs jeunes. Écrite à la première personne, la trilogie retrace, sur le mode de l'autobiographie romancée, l'existence d'un homme qui voit la mesquinerie et la cruauté de la vie s'opposer à sa vocation d'écrivain, et qui, à travers de sombres péripéties, finit par triompher, dans l'amertume d'abord, la sérénité ensuite. Si l'influence d'auteurs américains comme Henry Miller, Jack Kerouac, Richard Brautigan est perceptible, ses livres n'en ont pas moins une tonalité propre. Au-delà de l'intrigue, Djian emporte l'adhésion de son lecteur par un style personnel reposant sur un travail musical sur les mots. Le rythme, le « phrasé » au sens que ce mot a dans le jazz semblent de prime abord ceux du langage parlé. Pourtant, la force de ces trois romans tient avant tout à la puissance d'une langue courante qui n'est pas utilisée telle quelle mais détournée, voire violée afin de traduire une émotion. L'œuvre de Djian se poursuit avec *Échine* (1988), les nouvelles de *Crocodiles* (1989), et deux romans, *Lent dehors* (1991) et *Sotos* (1993).

ALAIN QUESNEL.

DOLTO Françoise. Médecin psychanalyste et écrivain français. Née et morte à Paris (6 novembre 1908-25 août 1988). Issue d'un milieu de grande bourgeoisie, elle reçoit une éducation stricte, religieuse, est instruite à domicile et donc fréquente peu l'école. Docteur en médecine en 1939, elle entreprend dès 1934 une analyse avec René Laforgue et devient membre de la Société psychanalytique de Paris en 1938 après avoir donné comme titre à sa thèse *Psychanalyse et Pédiatrie.* Mariée en 1942 au Dr Boris Dolto, elle en aura trois enfants. En 1939, Édouard Pichon lui confie, à l'hôpital Bretonneau, le traitement des enfants anormaux, retardés, présentant des troubles nerveux ou des troubles du caractère. En 1940, elle prend en charge, jusqu'en 1978, une consultation psychanalytique d'enfants à l'hôpital Trousseau (psychothérapie conduite en public, avec comme assistance une dizaine de médecins ou analystes en formation). Elle rédige, à partir de cette expérience, *Le Cas Dominique*, ouvrage qui permet au grand public de découvrir l'originalité de ses conceptions et de sa pratique. Parallèlement, sa carrière d'analyste l'amène à côtoyer les grands noms de la psychanalyse en France (André Berge, Georges Mauco, Juliette Favez- Boutonnier, Jenny Aubry, Bernard This, etc.). Le 16 juin 1953, elle démissionne (avec Daniel Lagache, Juliette Boutonnier et Jacques Lacan) de la Société psychanalytique de Paris pour fonder la Société française de psychanalyse. Une scission (26 mai 1964) l'amène à suivre Lacan lorsqu'il fonde, le 21 juin 1964, l'École freudienne de Paris. En 1969, Françoise Dolto participe à ses premières émissions de radio puis réitère, en 1978, sur France-Inter (« Lorsque l'enfant paraît »). En 1979 elle crée, dans un souci de prévention, « La Maison Verte », où se réunissent, en présence d'analystes, des femmes enceintes et des enfants de 0 à 3 ans accompagnés d'un adulte (mère, père ou nourrice). C'est dire combien Françoise Dolto a contribué à ouvrir le champ de la psychanalyse à ceux que l'on appelle les « inadaptés précoces ». La nouveauté de son enseignement à Trousseau a résidé dans l'ouverture à un auditoire de l'« aire d'intimité » que Françoise Dolto réussissait à créer entre le patient, sa famille et elle. Sachant, à l'instar de Winnicott, que l'enfant est en quête non pas d'un objet, mais de la « capacité de trouver », elle s'efforçait de restituer au petit malade — via une expérience de réciprocité — une capacité de création. Mais une telle expérience suppose un analyste capable de mettre en place une « aire de sécurité » à partir de laquelle le patient peut faire surgir une vérité.

On peut donc dire que Françoise Dolto a mis au point pour les enfants la technique dont « ils » avaient besoin, et en a fait la théorie dont « elle » avait besoin. L'analyse avec elle laisse une place à l'imprévu, au jeu, au paradoxe et à l'humour, comme nous le montrent ses ouvrages : *Lorsque l'enfant paraît* (1977 à 1979), *La Cause des enfants* (1985), *L'Enfant du miroir* (1987), *La Cause des adolescents* (1988) et *Paroles pour adolescents ou le complexe du homard* (avec Catherine Dolto-Tolitch, sa fille, en collaboration avec Colette Percheminier, 1989). Et cependant, c'est « au nom de la théorie » que les analystes ont cherché bien souvent à rejeter l'expérience technique de Françoise Dolto, aveuglés qu'ils étaient par leur propre participation aux fantasmes œdipiens meurtriers des jeunes patients. Son interrogation ne s'est pas limitée au domaine spécialisé de l'enfance ou de l'adolescence mais s'est aussi portée sur *L'Évangile au risque de la psychanalyse* (1980- 1982) et *La Foi au risque de la psychanalyse* (1983). Par ailleurs ses travaux ont abordé la sexualité féminine et la psycho pathologie de la vie quotidienne (*L'Image inconsciente du corps,* 1984). À la fin de sa carrière, Françoise Dolto, comme Freud, a caressé le rêve d'avoir le public pour patient. Le dialogue qu'elle a réussi à instaurer avec « son » public garde la marque d'une analyste de très grand talent que l'on peut également découvrir dans *Autoportrait d'une psychanalyste, 1934-1988* (1989). Elle est à situer parmi les grandes figures qui ont marqué l'histoire de la psychanalyse.

MAUD MANNONI.

***Dominique*.** Roman du peintre et écrivain Eugène Fromentin (1820-1876), publié en 1862 dans *La Revue des Deux Mondes* (*). Dominique de Bray, orphelin, est élevé par une vieille tante et un jeune instituteur à la campagne ; sauvage et instinctif, il est d'une nature très sensible. Adolescent, on l'envoie au collège ; rêveur, il s'adonne à la poésie et a un seul ami, Olivier. Une cousine de celui-ci, Madeleine, le trouble profondément, mais, de deux ans son aînée, elle épouse Alfred de Nièvres et reste en bonne amitié avec le jeune homme. L'amour non avoué de Dominique devient plus vif et douloureux ; il veut vivre auprès d'elle, lui faire un peu connaître son âme ; sa passion devient si aiguë qu'il ne peut plus la taire. La femme, dans sa générosité d'âme, voudrait le guérir, mais elle s'aperçoit bien vite qu'elle l'aime aussi et, atterrée, l'éloigne pour toujours, mettant entre eux sa confession, obstacle suprême. Dominique, pendant ce temps, a tenté sa chance dans les milieux littéraires, mais sans succès ; puisqu'il n'a pas réussi davantage comme écrivain politique, il revient à sa terre, où il restera, gentilhomme campagnard, maire, mari et père, inconnu et rasséréné. Le renoncement à l'amour, imposé à la conscience de l'homme par le déchirement de la femme amoureuse et honnête, est traité avec une extrême délicatesse sur le ton d'une confession voilée. Ce livre est d'ailleurs en partie autobiographique ; il est significatif en ce sens que Fromentin, peintre de qualité, écrivain habile – v. les pages descriptives d'*Un été dans le Sahara*, d'*Une année dans le Sahel* –, critique pénétrant de la peinture flamande et hollandaise – v. *Les Maîtres d'autrefois* –, connaissant parfaitement ses limites, a voulu dire ici le renoncement nécessaire à l'homme, quand il sent ne pas avoir la force d'être celui dont il rêva dans sa jeunesse orgueilleuse. Telle est la pensée profonde de ce livre, et sans doute est-ce là ce qui le distingue des autres chefs-d'œuvre du roman psychologique autobiographique. Le ton nuancé, automnal, modéré même dans l'effusion, la ferveur ingénue et romantique dominée, muée en une attitude presque classique, autant de caractères qui font de ce roman une œuvre originale et attachante.

Dom Juan ou le Festin de pierre. Pièce de Molière représentée en 1665. Dans l'histoire de la littérature universelle, il est rare de trouver un sujet et un personnage qui aient été l'objet d'une tradition plus riche que celle créée autour du nom de « Don Juan », figure des plus humaines symbolisant la joie de vivre, le plaisir terrestre, l'amour léger et insatiable, et jusqu'à une frivolité impie de l'esprit en opposition avec l'austère gravité, l'inquiétude du divin, qui caractérisent la figure d'un « Faust ». La première œuvre dans laquelle la légende trouve sa forme artistiquement définie est *Le Séducteur de Séville et le Convive de pierre* [*El burlador de Sevilla y convidado de piedra*], comédie en trois journées, en vers, attribuée à Tirso de Molina (frère Gabriel Téllez, 1583 ?-1648), dont la plus ancienne édition connue se trouve dans les *Doce comedias nuevas de Lope de Vega, y otros autores* (Barcelone, 1630). Rapidement connue en Italie, la comédie espagnole fut mise à contribution par les comédiens de la « commedia dell'arte », et parmi de nombreux textes, on a retenu deux remaniements du sujet, intitulés *Le Convive de pierre,* un de Giliberto, aujourd'hui perdu, l'autre de Giacinto Andrea Cicognini (1606-1660), « œuvre modèle » en prose, composée probablement avant 1650. Le mérite de Cicognini est d'avoir introduit le sujet de don Juan sur les scènes italiennes et de compter parmi les sources directes de la comédie de Molière. Apportées en France par les acteurs de la « commedia dell'arte » qui, en 1657 triomphaient au Théâtre des Italiens à Paris, les œuvres de Giliberto et de Cicognini connurent à leur tour de nombreuses imitations. Rappelons la tragi-comédie en cinq actes de l'acteur Dorimond, représentée à Paris en 1661 et imprimée en 1665 ; la tragi-comédie, également en cinq actes et en vers, d'un autre acteur, Villiers, imprimée après 1665, etc.

C'est dans les œuvres de ces imitateurs français et surtout italiens, que Molière trouva les grandes lignes de son *Dom Juan, ou le Festin de pierre,* en cinq actes en prose, représenté à Paris le 15 février 1665. Malgré le succès, la pièce disparut de l'affiche au bout de quelques semaines. Elle ne fut plus jamais représentée (jusqu'au XIXe siècle, on ne joua que la version en vers expurgée de Thomas Corneille, 1677), et ne fut pas publiée du vivant de Molière. Dom Juan (c'est l'orthographe des éditions du XVIIe siècle), en quête de nouvelles aventures, a quitté sa femme Elvire ; quand celle-ci le rejoint, il lui déclare hypocritement qu'il se repent de l'avoir arrachée au cloître ; elle le quitte alors en le menaçant de la punition céleste. Aidé de son serviteur Sganarelle, il veut ravir en mer une jeune fille à son fiancé (I) ; mais les deux compères vont faire naufrage et deux paysans les sauveront. Malgré les reproches du fiancé qui est l'un des sauveteurs, dom Juan fait la cour à la villageoise et lui promet de l'épouser, promesse qu'il a déjà faite auparavant à une autre villageoise : Mathurine. Les deux femmes se prennent aux cheveux et dom Juan les tient toutes deux en respect (II). Dans une forêt, où les deux compères déguisés fuient les frères d'Elvire, dom Juan et Sganarelle font la rencontre d'un mendiant. Sganarelle cherche en vain à s'opposer à l'impiété de son maître lequel veut bien faire l'aumône d'un louis d'or, à condition que le mendiant blasphème. Ce dernier ayant refusé avec la plus vive énergie, dom Juan lui donnera néanmoins le louis promis « par amour de l'humanité ». Un hasard fait, un peu plus tard, qu'il sauve un gentilhomme attaqué par des voleurs ; ce gentilhomme est dom Carlos, l'un des frères d'Elvire qui, reconnaissant, lui accorde jusqu'au lendemain pour réparer l'honneur de sa sœur. – Ils tombent alors sur le superbe tombeau d'un Commandeur que dom Juan a tué en duel, quelques mois plus tôt. Dom Juan fait inviter la statue à dîner par son serviteur (III). La scène se passe ensuite dans sa propre maison où il reçoit un marchand, Monsieur Dimanche, son créancier ; après s'être moqué de lui, il le renvoie sans le payer. Son père, dom Louis, blâme sévèrement ce fils débauché qui lui répond en peu de mots, avec une froide dérision, et le vieillard lui prédit la punition que lui-même, avant le Ciel, pourrait bien lui infliger. Survient Elvire, tout à fait détachée des affections de ce monde, mais qui le supplie d'éviter la colère divine : dom Juan loin de se troubler, se sent à nouveau attiré par sa femme transfigurée par la douleur. La table est prête, la statue du Commandeur entre, s'assied et, à son tour, invite dom Juan à dîner pour le jour suivant (IV). Devant son père, le jeune dépravé se montre repentant, mais cette hypocrisie sera sa dernière tromperie. À dom Carlos, qui lui demande de considérer Elvire comme son épouse, il répond négativement, en alléguant le projet d'Elvire de vivre uniquement dans la dévotion. Un dernier avertissement lui est donné par un spectre, qui disparaît lorsque dom Juan veut le frapper. Mais voici la statue du Commandeur qui se présente au libertin, pour l'emmener dîner ; elle le prend par la main et lui révèle qu'il est condamné. Foudre et tonnerre tombent sur dom Juan, la terre s'ouvre pour l'engloutir. Sa mort venge ses offenses et libère le monde ; seul le serviteur réclame son salaire impayé.

Que *Dom Juan* soit aujourd'hui la pièce la plus fameuse de Molière ne s'explique pas seulement par son inscription dans le célèbre mythe du séducteur foudroyé : le *Dom Juan* de Molière est jugé mystérieux dans son origine, énigmatique en ses significations, maudit par son immédiat étouffement. On a cru jusqu'à une date très récente que *Dom Juan* avait été rapidement écrit pour pallier l'interdiction de *Tartuffe* (*) et la perte de recettes qui en résultait. Par là s'expliqueraient la prose, l'irrégularité des lieux et des temps, l'éclatement de l'action, l'absence de liaison nette entre les actes, le mélange des genres. On sait aujourd'hui que deux mois et demi avant la première, Molière était tellement avancé dans l'écriture de sa comédie qu'il pouvait déjà passer commande de tous les décors nécessaires à sa représentation. Début décembre 1664, tous les linéaments de l'action sont donc en place. Quand on sait que pour un dramaturge du XVIIe siècle, lorsque le plan est fait, la pièce est faite, et que trois semaines suffisent pour la versification — activité secondaire — d'une pièce en cinq actes, on comprend que le choix de la prose pour *Dom Juan* est un choix tout à fait délibéré. Il en va de même pour toutes les caractéristiques atypiques de la pièce. La clé de l'écriture, de la structure et de la scénographie de *Dom Juan,* a été fournie par la connaissance que nous avons aujourd'hui des décors de la pièce : cette comédie s'apparentait au genre contemporain de la *pièce à machines.* Dès lors, si *Dom Juan* est la patiente reconstruction en pièce à machines d'un matériau emprunté à des auteurs français ou italiens, qui avaient déjà fait représenter des *Festins de pierre* (tragi- comédie pour les auteurs français, farce pour les Italiens) sur les scènes parisiennes, on est délivré de toute tentation de voir dans son étonnante liberté structurelle une « modernité » anachronique ou une volonté absolue de subversion. Reste à résoudre la question : pourquoi une pièce à machines ? Une pièce à machines, parce que son sujet, tel que le lui ont fourni ses prédécesseurs, était un sujet de tragi-comédie, inassimilable à la structure de la comédie classique ; parce que, surtout, les mouvements de la statue (IV et V), l'apparition du spectre (V, 5), le foudroiement et la disparition de dom Juan, tout cela ressortit au merveilleux et à l'usage d'une machinerie que seul le théâtre à machines permettait au plan matériel, et légitimait par rapport aux étroites classifications des genres littéraires.

Étroitement liée à *Tartuffe* sur le plan des significations (notamment la dénonciation de l'hypocrisie et de la fausse dévotion), *Dom Juan* en diffère ainsi radicalement pour tout le reste, action, dramaturgie, personnages... De là cette structure très particulière, dans laquelle la progression de l'action n'a rien à voir avec celle de la comédie, ni même avec celle de la tragi-comédie, genre des œuvres qui sont les sources de la pièce de Molière (deux *Festin de pierre* en 1659 et 1660). Si tels passages de l'acte I (dialogue entre un maître conquérant et un valet à l'esprit court, préparation d'une nouvelle entreprise amoureuse qui risque d'être dangereuse) pourraient annoncer une action de tragi-comédie, la présence dès la scène 1 de Gusman, l'écuyer de la femme délaissée, Elvire, puis l'arrivée de celle-ci, dont les reproches embarrassent dom Juan, situent dès le début la nature de l'action de toute la pièce : dynamisme des personnages humains ou surnaturels qui vont apparaître à la suite les uns des autres pour harceler le héros ; passivité de celui-ci, qui se contente d'agir (de parler surtout) à l'intérieur des situations créées par les autres et qui doit même faire face aux remontrances de son valet. Ainsi, c'est par hasard, après l'échec lamentable de la tentative d'enlèvement, qu'à l'acte II dom Juan et Sganarelle se retrouvent sur une plage ; et les paysannes qu'il séduit lui « tombent dessus » sans qu'il puisse profiter d'une victoire purement verbale : le fiancé, une autre paysanne l'en empêchent, et la fin de l'acte annonce que des hommes sont à sa poursuite. De même à l'acte III : dom Juan et Sganarelle en fuite sont égarés, la rencontre du Pauvre est « providentielle », puisqu'il les met sur la route du tombeau du Commandeur, et la rencontre des deux frères d'Elvire résulte de la logique de la poursuite. C'est encore plus clair à l'acte IV, où dom Juan, rentré chez lui, n'exprime pour tout projet que la préoccupation terre à terre de souper, et subit les fâcheux qui le harcèlent (son créancier, son père, Elvire, la statue du Commandeur). Quant à l'acte V, si dom Juan pense avoir trouvé dans le masque du faux dévot le moyen d'échapper à ses poursuivants, il se contente encore de subir leur défilé, jusqu'à ce que la statue vienne à sa rencontre pour le foudroyer.

Mais qui est dom Juan ? Grand seigneur corrompu, sensuel et volage, comédien admirable dont la parole vaut de l'or, jeune homme indifférent à l'autorité et à la mort, aristocrate qui soutient son rang par la démonstration de son courage, athée sans pitié pour les certitudes des misérables, séducteur insensible et cruel, héros poursuivi en définitive par tous ceux qu'il a bernés, les facettes du personnage sont innombrables. Aussi n'est-il pas sympathique tout en attirant l'intérêt, ni franchement condamnable malgré son absence totale d'authenticité. Comme si Molière, dépositaire de la tradition humaniste, condamnait l'éternel comédien incapable de découvrir la vérité derrière la comédie du monde, tandis qu'un autre Molière, que les dévots voulaient envoyer au feu, se projetait dans le libertin foudroyé, le tout sans négliger une intention satirique dans le croquis de certains grands seigneurs de la Cour.

Toutes ces facettes ont un dénominateur commun : déjà désigné comme un petit marquis par son habillement et comme un personnage comique par ses éloges paradoxaux (de la conquête amoureuse notamment), dom Juan partage avec les autres grands ridicules de Molière cette caractéristique fondamentale qu'est l'aveuglement. Ce n'est pas un paradoxe si l'on considère que dom Juan est certes le plus actif des grands héros de Molière en paroles, mais qu'il est sans prise sur l'action une fois que son projet d'enlèvement du premier acte a échoué. Or, chez tous les maniaques de Molière, il y a un lien nécessaire entre leur passion, leur absence de prise sur l'action et leur aveuglement. Les érudits ont montré que Molière avait parfaitement illustré dans *Dom Juan* le lieu commun théologique de l'« endurcissement du pécheur », à travers la relation qu'entretient dom Juan avec les avertissements et les manifestations du ciel. Mais cette illustration tire toute sa force de ce que dom Juan refuse d'entendre ces avertissements et se révèle incapable de déchiffrer les signes que lui adresse le Ciel. Ce n'est qu'à l'extrême fin, quand il aura vérifié par la pointe de son épée la « preuve » de la manifestation céleste, qu'il confirmera sa volonté d'« endurcissement » (« Non, non, il ne sera pas dit, quoi qu'il arrive, que je sois capable de me repentir », V, 5). Jusqu'à ce moment, il se contente de se refuser à voir.

Ce refus de voir est manifeste dès le début de la pièce, lorsque, au premier avertissement de Sganarelle concernant la mort du Commandeur, Molière fait répondre par son personnage : « Ah ! n'allons point songer au mal qui peut nous arriver, et songeons seulement à ce qui peut nous donner du plaisir. » (I, 2). Il est régulièrement réaffirmé ensuite, à partir du moment où la statue est entrée en scène (fin de l'acte III). Refus de voir, incapacité à déchiffrer : incontestablement ce personnage, dans les paroles duquel des générations d'exégètes se sont ingéniées à rechercher un discours organisé de libertin en révolte contre Dieu, est, avant tout, un personnage typiquement moliéresque par son aveuglement. Libertin certes, mais en 1665, on l'était « jusques au feu exclusivement ». Don Juan, lui, va jusqu'au feu parce qu'il est aveugle. De même qu'en 1665 on pouvait être dévot sans aller jusqu'à donner sa fille et sa maison à son directeur de conscience.

★ L'opéra du compositeur autrichien Wolfgang Amadeus Mozart (1756-1791), *Don Juan* [*Don Giovanni*] « dramma giacoso » en deux actes représenté à Prague le 20 octobre 1787, éclipse tous les précédents *Don Juan* mis en musique. Le livret, en italien, de Lorenzo Da Ponte (1749-1838) est tiré de la comédie de Molière et suit d'assez près celui écrit par Bertali (1735-1815), librettiste du *Mariage secret* pour un opéra de Gazzaniga (1743-1818), représenté à Vienne dans la même année 1787.

DONNEAU DE VISÉ Jean. Auteur dramatique né et mort à Paris (4 décembre 1638 - 8 juillet 1710). Fils d'un maréchal des logis de Monsieur, il entra dans la carrière ecclésiastique, mais marqua très tôt un vif intérêt pour le théâtre. Désireux de se faire remarquer, il prit parti contre Molière dans ses *Nouvelles nouvelles* (1662) et avec sa comédie *Zélinde ou la Véritable Critique de l'École des femmes* (1663). Molière ayant répliqué par *L'Impromptu de Versailles*, Donneau se piqua au jeu, fit une *Réponse à l'Impromptu* et continua à accabler Molière dans une *Lettre sur les affaires du théâtre* (décembre 1663). Il changea pourtant d'opinion par la suite, et se montra élogieux dans la *Lettre sur la comédie du Misanthrope* (1667). Devenu l'ami de Molière, il fit même jouer par sa troupe quelques-unes de ses pièces.

On lui doit des comédies de mœurs comme *La Mère coquette ou les Amants brouillés* (1665), *La Veuve à la mode* (1667), qui exploite le contraste comique entre une situation macabre et le jeu des hypocrisies mondaines, *Le Gentilhomme Guespin* (1670), qui reprend le thème du ridicule de la noblesse de campagne. Dans l'*Avertissement aux lecteurs* des *Dames vengées* (1694), Donneau plaide pour un comique fin et délicat, excluant les « plaisanteries outrées » de la farce, et selon lui conforme à l'attente nouvelle du public, parterre compris. Toujours soucieux de répondre au goût du temps, Donneau de Visé crée, en 1670, *Les Amours de Vénus et d'Adonis,* tragédie précieuse et galante couronnée de succès.

Ses comédies reçoivent un accueil plus mitigé, les dernières étant de véritables échecs. Donneau publie parallèlement des recueils d'anecdotes : *Les Diversités galantes* (1664), *Les Nouvelles galantes, comiques et tragiques* (1669) qui mêlent les bluettes raffinées et les contes grivois.

Cet auteur ambitieux, doublé d'un travailleur acharné, s'est surtout illustré par son activité de journaliste. Il fonda, en 1672, *Le Mercure galant*, qu'il rédigea en collaboration avec Thomas Corneille à partir de 1690. Le roi, sensible aux flagorneries du journal, maintint à son rédacteur une pension exceptionnelle qui atteignit les quinze mille livres, en 1697. Donneau de Visé bénéficia d'un logement au Louvre et d'une grande notoriété.

DOMINIQUE BERTRAND.

RÉF. : P. Mélèse, *Donneau de Visé,* Genève, 1936.

DORGELÈS Roland (pseud. de Roland Lecavelé). Écrivain français. Né à Amiens (Somme) le 15 juin 1886, mort à Paris le 19 mars 1973. Il a commencé par être élève de l'École des beaux-arts et par fréquenter la bohème littéraire et artistique de Montmartre et du « Lapin Agile », dont il conservera la nostalgie. Il la fera revivre dans nombre de ses livres qui constituent une véritable chronique de cette époque : *Le Château des brouillards* (1932), *Bouquet de bohème* (1947), *Au beau temps de la Butte* (1963). Dans *Portraits sans retouches*, il ressuscite certains des hommes auxquels il accordait une importance particulière : Octave Mirbeau, Tristan Bernard, Toulouse-Lautrec, Van Gogh, Poulbot, Courteline. Un autre versant de son œuvre, c'est la guerre de 1914 où, dès les premiers jours, il s'engagea dans l'infanterie. Des tranchées, il donne un tableau impressionniste dans *Les Croix de bois* qui lui vaudront d'obtenir le prix Fémina en 1919. Ici, le tragique et la gouaille parisienne sont les deux faces de l'Histoire. Dans les combats, Roland Dorgelès fait sa part à la « blague divine » qui est capable d'exalter le courage du poilu. Mais il conclut tristement devant l'orgueil héroïque de certains combattants : « Allons, il y aura toujours des guerres, toujours, toujours. » Blessé, il avait demandé à être versé dans l'aviation. Expérience d'où il a tiré un recueil de nouvelles, *Le Cabaret de la belle femme* (1919). Plus à son aise dans la chose vue que dans l'imaginaire, il échoue à peindre dans *Saint Magloire* (1921) une sorte de prophète qui, démobilisé, ne parvient pas à se réinstaller dans une société dont il fait le procès. Roland Dorgelès retourne, par le biais du roman cette fois, à ses premières amours, Montmartre, dans *Le Marquis de la Dèche* (1971), fresque haute en couleur, œuvre picaresque qui est aussi son chant du cygne. Un troisième aspect de son œuvre fut le voyage, l'exotisme. *Sur la route mandarine* (1925), *Partir, La Caravane sans chameaux* constituent autant de reportages supérieurs dont l'Indochine d'entre les deux guerres forme la toile de fond. Dans *Carnet d'identité* (1945) enfin, il a donné une image vivante de ce que fut la France sous l'occupation nazie. Roland Dorgelès était membre de l'académie Goncourt depuis 1929.

GUY LE CLEC'H.

RÉF. : A. Dubeux, *Roland Dorgelès,* Paris, 1930. — M. Dupray, *L'Empreinte des « Croix de bois »,* in *Les Amis de Dorgelès,* avril 1979. — *Colloque Roland Dorgelès,* Paris, 1980. — J. Despert, *À propos des « Croix de bois »,* in *Les Amis de Dorgelès*, avril 1984. — M. Dupray, *Dorgelès, un siècle de la vie littéraire française,* Paris, 1986.

Doublet. Couple de mots de même étymologie dont l'un a subi les lois de transformation normale de la langue, et l'autre est décalqué après coup de la langue mère : ainsi *natal* et *Noël,* issus tous deux du latin *natalis.* Par les doublets synonymiques, une langue s'autotraduit : dans *us et coutumes, coutumes* sert d'interprétant à *us.*

OLIVIER POT.

Dramaturge. Terme à double sens. En France, initialement et jusqu'à nos jours, il est traditionnellement un synonyme d'auteur dramatique. Mais depuis les années 60, sous l'influence du terme allemand « der Dramaturg », il peut nommer non pas l'écrivain de théâtre [« der Dramatiker »], mais le conseiller littéraire attaché à un metteur en scène, à une troupe, ou à un directeur de théâtre. Sa fonction est alors multiple, et surtout très variable selon les individus : participation au choix d'une œuvre, traduction ou adaptation, documentation, écriture des textes destinés au public comme à la presse, et même regard critique lors des répétitions. L'opinion du monde théâtral français est partagée quant à la nécessité du dramaturge (au sens allemand). Certains considèrent que toutes ses tâches relèvent du métier de metteur en scène ou de secrétaire général, d'autres (tel Patrice Chéreau) travaillent depuis des années avec sa collaboration.

EVELYNE LECUCQ.

Drame. Terme du vocabulaire théâtral dont l'origine est le mot grec *drama*, qui signifie « action » (et non « tragédie », comme le croit trop souvent l'usage contemporain). En France, c'est à propos du Moyen Âge que l'on peut parler pour la première fois de drame, avec les drames liturgiques, dont les mystères sont la forme populaire la plus connue. Cepen- dant, la formation de l'esprit classique puis la domination exclusive, à partir du milieu du XVIIe siècle, des deux genres nettement tranchés de la comédie et de la tragédie semblent devoir figer l'univers théâtral. Ce n'est qu'au milieu du XVIIIe siècle que Diderot, dans une série de méditations sur le théâtre, qu'illustrent plusieurs pièces où il essaie d'appliquer ses principes, propose la création d'un nouveau genre, le drame bourgeois, où soient représentées, en prose, et dans une intention ouvertement morale, les conditions et les émotions de l'homme ordinaire moderne (*Le Fils naturel* et *Entretiens sur « Le Fils naturel »*) ; cette tendance est représentée aussi, avec des nuances, par Sedaine (*Le Philosophe sans le savoir*) et Nivelle de La Chaussée. À la faveur des émotions révolutionnaires naît ensuite le genre populaire du mélodrame, illustré surtout par Pixérécourt.

Un peu plus tard, face à la perpétuation de la tragédie néoclassique héritée des principes de Boileau, et à la stagnation de la grande comédie en vers sur le modèle moliéresque, les écrivains romantiques, lecteurs et amateurs du théâtre anglais, allemand et espagnol, proposent une nouvelle forme de théâtre, susceptible de séduire un public contemporain par la représentation d'émotions naturelles. Les propositions théoriques de Stendhal (*Racine et Shakespeare*, 1823-1825), les premières œuvres, semi-ironiques, de Mérimée (*Théâtre de Clara Gazul*, 1825), trouvent une expression développée et spectaculaire dans la fameuse *Préface de « Cromwell »* de Hugo (1827), qui demande l'abandon des unités classiques et le mélange du sublime et du grotesque. Sur scène, Hugo, avec le célèbre *Hernani* (*) (25 février 1830) ou *Ruy Blas* (*) (1838), est plus contesté que Dumas, dont les grands succès (*Antony*, 1831 ; *La Tour de Nesle*, 1832) surpassent en popularité *Marion Delorme* (1831) ou *Lucrèce Borgia* (1833). Appartiennent encore au drame romantique *Chatterton* de Vigny (1835) et, non représenté, l'admirable *Lorenzaccio* (*) de Musset (1834). *Les Burgraves* (1843), traditionnellement désignés comme marquant la mort du drame romantique, sont plutôt un vaste poème épique, et leur succès contesté intervient à un moment où la faveur, jamais vraiment assurée, du genre s'est effritée, et où le goût pour le classique revient, favorisé par les succès de l'actrice Rachel.

L'appellation de *drame* sert de nouveau après le milieu du siècle pour désigner le théâtre bourgeois non comique : Augier, Dumas fils ; puis, dans la mouvance du naturalisme, Becque, Mirbeau ; et enfin un ensemble assez disparate d'auteurs secondaires « fin de siècle », dont émerge encore aujourd'hui, pour sa versification à la fois romanesque et brillante, Edmond Rostand (*Cyrano de Bergerac* (*), *L'Aiglon*). Au XXe siècle, l'appellation de *drame* pourrait convenir encore à de nombreuses œuvres graves de grands créateurs (Claudel, Montherlant par exemple), mais son emploi s'est peu à peu perdu au profit de l'étiquette plus neutre et plus malléable de « pièce ».

PATRICK BERTHIER.

Drame liturgique. La dénomination date des érudits du XIXe siècle qui ont désigné de la sorte les productions dramatiques que l'on trouve insérées dans les cérémonies religieuses du IXe siècle à la fin du Moyen Âge, et bien au-delà dans certaines régions. Il s'agit de courtes pièces en latin, parfois mêlé de français, qui donnent vie à des épisodes pris à la Bible ou à des vies de saints. Elles se développèrent d'abord à Pâques autour de l'annonce de la Résurrection du Christ aux saintes femmes, puis, selon un schéma analogue, à Noël, autour de l'annonce de la naissance du Christ aux Bergers et aux Rois mages (*Officium Stellae*). Ces épisodes furent peu à peu étoffés, et l'une des scènes les plus prisées des jeux de Noël était le massacre des innocents (*Ordo Rachelis*). Le plus ancien drame liturgique qui nous soit parvenu est le *Quem quaeritis,* qui retrace la visite au Tombeau, et qui était destiné à être joué dans les monastères. On y voit des prêtres, revêtus de leur aube et la tête couverte, tenir les rôles féminins. Ces jeux étaient chantés. Certains ont pensé que le théâtre profane était issu de ces drames liturgiques, quittant l'église pour être représentés sur le parvis. Sans être aussi affirmatif, on peut penser que le *Jeu de saint Nicolas* de Jean Bodel, par exemple, reprend bien des éléments des drames liturgiques consacrés aux miracles de saint Nicolas et que, entre l'art des jongleurs et le drame liturgique, eurent lieu des échanges féconds.

MICHEL ROUSSE.

DRELINCOURT Laurent. Pasteur et poète, né à Paris le 14 janvier 1626, mort à Niort le 2 juin 1680. Fils du pasteur de Charenton, Charles Drelincourt, il est issu de la haute bourgeoisie évangélique. Après des études de théologie à Saumur, son père le consacre pasteur en 1651. Il exerce son ministère à La Rochelle, puis à Niort de 1660 à sa mort. Introduit dans les cercles lettrés parisiens dès son enfance, ami de Conrart, il multiplie dans ses sermons renommés les figures brillantes et les métaphores cosmologiques (*Les Étoiles de l'Église et les Chandeliers mystiques,* 1682). Dernier grand poète protestant français avant la révocation de l'Édit de Nantes, il publie en 1677 son recueil de *Sonnets chrétiens*.

ALAIN GÉNETIOT.

RÉF. : *Sonnets chrétiens,* préface d'A.-M. Schmidt, 1948.

DRIEU LA ROCHELLE Pierre. Romancier et essayiste né et mort à Paris (3 janvier 1893-15 mars 1945). Élève de l'École des sciences politiques et nourri dès son adolescence par les œuvres des doctrinaires et des poètes de l'action, Barrès, Kipling et surtout Nietzsche, c'est avec une véritable ivresse qu'il partit pour le front en août 1914. Il participa en particulier aux batailles de Charleroi — v. *La Comédie de Charleroi* (1934) — et de Verdun ; blessé, hospitalisé, il écrivit alors ses poèmes réunis sous le titre *Interrogation* (1917), où il célébrait, supérieure à la lutte des patries, la fraternité mystique des guerriers et des héros. À partir de 1920, Drieu se mêla à tous les mouvements de son époque, tenté aussi bien par Maurras que par le communisme, le surréalisme et les efforts de fédération européenne de la politique briandiste. Mais le thème dominant de son œuvre reste l'obsession de la décadence : on la trouve aussi bien dans ses essais, par exemple *Mesure de la France* (1924) où il montrait la politique mondiale entrée désormais dans l'ère des masses, impitoyable aux vieilles civilisations raffinées comme celle de la France, que dans ses romans : *L'Homme couvert de femmes* (1925), *Blèche* (1929), *Une femme à sa fenêtre* (1930), *Le Feu follet* (1931), *Drôle de voyage* (1933), *Rêveuse bourgeoisie* (1937), tableaux lucides de la bourgeoisie assez veule, débauchée et désespérée de l'après-guerre. À partir des années 30, la politique prit une place prépondérante dans l'œuvre de Drieu : celui-ci, après avoir fait de vains efforts pour essayer de grouper le capitalisme intelligent autour de l'idée européenne, évolua vers le fascisme après le 6 février 1934, et l'on peut suivre son itinéraire intellectuel dans des recueils d'études philosophiques et d'articles politiques comme *Socialisme fasciste* (1934), *Chroniques politiques* (1942), dans des œuvres théâtrales comme *Charlotte Corday* (1944), *Le Chef* (1944), dans un roman en grande partie autobiographique comme *Gilles* (1939), ou mythique comme *L'Homme à cheval* (1943). Depuis toujours il rêvait d'une nouvelle Europe, à la fois aristocratique et socialiste : c'est ce qui explique qu'il se soit engagé, après 1940, dans la politique de collaboration avec l'Allemagne nationale-socialiste. La politique hitlérienne dans les pays occupés ne tarda guère cependant à l'effrayer et à le décevoir et, dans ses derniers écrits, il envisageait un inévitable triomphe du communisme mondial. Contraint de se cacher chez des amis après la Libération, protégé cependant par des amitiés fidèles comme celle d'André Malraux, il se suicida le jour où il apprit qu'un mandat d'arrêt venait d'être lancé contre lui.

♦ *« Comme Barrès, comme Péguy pour les leurs, Drieu la Rochelle prend figure de témoin de sa génération. »* Benjamin Crémieux, 1922. ♦ *« Drieu la Rochelle ne semble pas avoir fait le choix. Tous les partis cherchent à se le concilier. Sa liberté d'esprit blesse la droite. Son aristocratisme inquiète la gauche. La généralité se méprend sur ses intentions* [...] *Cette voix virile pose des problèmes à la solution desquels tient notre vie. »* Robert Desnos, 1923. ♦ *« Ce silencieux, cet homme si froid qui n'a jamais fait de gestes, comme mortellement intelligent, c'était un romantique d'une nature singulière : un romantique qui avait l'horreur de tout artifice. La comédie des humains, il en portait le dégoût dans ses yeux éteints et sa moue de roi détrôné* [...] *Sa vie, c'est la salle de jeu des grands désœuvrés. Cela finit souvent sur une mauvaise carte. »* Jacques Chardonne.

RÉF. : Dominique Desanti, *Drieu la Rochelle, le séducteur mystifié,* Paris, 1978 ; nouvelle éd. 1992. – Pierre Andreu et Frédéric Crover, *Drieu la Rochelle,* Paris, 1979. – *Cahier de l'Herne,* n° 42, Paris, 1982. – Marie Balvet, *Itinéraire d'un intellectuel vers le fascisme,* Paris, 1984.

DRUON Maurice. Écrivain français. Né le 23 avril 1918 à Paris. Il fait ses études au lycée Michelet de Vanves puis entre à la faculté des lettres de Paris, à l'École des sciences politiques et à l'École de cavalerie de Saumur dont il sort aspirant en 1940. Il participe alors à la bataille de la Loire. En 1942, il part pour Londres rejoindre les Forces françaises libres et participe aux émissions de la B.B.C. avec son oncle Joseph Kessel. Ils écrivent ensemble les paroles du *Chant des partisans* en 1943 puis Maurice Druon est correspondant de guerre (1944-1945). Il publie un essai, *Lettres à un Européen* (1944) et un récit de guerre, *La Dernière Brigade* (1946). Sa trilogie, *La Fin des hommes* (1948-1951) obtient un grand succès. C'est une chronique sans fard de la grande bourgeoisie d'entre les deux guerres mondiales. Le premier tome : *Les Grandes Familles* (1948) reçoit le prix Goncourt. *La Volupté d'être* (1954) est un plaidoyer en faveur de la vie de courtisane. Avec le roman historique *Les Rois maudits* (sept volumes, 1955-1977), qui se déroule au XIVe siècle, Druon touche un vaste public. En 1958, il publie une biographie d'*Alexandre le Grand.* Entré à l'Académie française en 1966, il en devient secrétaire perpétuel en 1986. Tout en se consacrant à la littérature, il poursuit une carrière politique : il est ministre des Affaires culturelles (1973-1974), député de Paris (1978- 1981), représentant à l'Assemblée des communautés européennes (1979-1980). En 1968, il réplique à la révolte des étudiants par son essai *L'Avenir en désarroi* – autres ouvrages politiques : *Le Pouvoir* (1965), *La Parole et le Pouvoir* (1974), *Attention la France !* (1981), *La Culture et l'État* (1985). Il écrit un récit mythique sur le « principe du pouvoir » : *Les Mémoires de Zeus* (en 2 tomes 1963-1967), des pièces de théâtre dont *Mégarée* (1942), *Un voyageur* (1953), *La Contessa* (1961 – adaptation de *La Volupté d'être*), des nouvelles et récits regroupés dans *Le Bonheur des uns...* (1967), un conte pour enfants, *Tistou les pouces verts* (1957). Il a reçu le prix littéraire prince Pierre de Monaco pour l'ensemble de son œuvre (1966).

CHRISTINE DE CLINCHAMPS.

DU BARTAS DU BGuillaume Salustre ou **Sal(l)uste.** Poète né à Montfort en 1544, mort à Mauvezin (aujourd'hui dans le Gers) le 28 août 1590. Il descendait d'une famille de marchands aisés, anoblie en 1565 par l'acquisition de la terre du Bartas qui conferait le titre de sieur. Devenu protestant comme tout son entourage à la suite de la conversion du roi et de la reine de Navarre, Du Bartas hérita à la mort de son père, en 1566, de ses biens et de son titre.

Il avait étudié le droit à Toulouse, où il s'était lié avec des personnages destinés à jouer un rôle dans la vie littéraire et politique de leur temps (Pierre de Brach par exemple) ; il avait participé aux jeux Floraux de la ville, remportant même en 1565 la « Violette » qui récompensait le meilleur poème présenté ; et il acheta en 1571 dans sa ville natale, Montfort, la charge de juge qu'il n'exerça guère, continuant plutôt de s'occuper de ses affaires, de rimer et de fréquenter la cour de Navarre à Nérac. La reine Jeanne d'Albret lui « commanda » de rédiger la *Judith,* poème épique et biblique qu'il ne publia qu'après la mort de sa protectrice, en 1574, dans un recueil intitulé *La Muse chrétienne* où figuraient deux autres poèmes de lui, *Uranie* et *Le Triomphe de la foi.* Quoique protestant convaincu, Du Bartas ne semble pas à cette date avoir participé aux guerres de Religion : il s'en excuse dans *La Muse chrétienne* – en 1574, il a trente ans – sur sa haine de la guerre et son goût pour les Muses, avouant préférer « passe(r) oisivement en (s)on Bartas la vie ».

En 1576, tout va changer. Cette année-là

marque son entrée dans la vie publique. C'est le moment où Henri de Navarre regagne son royaume après être resté captif pendant quatre ans à Paris, depuis la Saint-Barthélemy. Le nom du poète apparaît sur l'état des officiers de la cour de Nérac comme écuyer tranchant du roi. Il faut croire que son oisiveté était une oisiveté active puisqu'en 1576 D'Aubigné raconte que Du Bartas travaillait déjà depuis un certain temps à sa *Semaine*, qu'il publiera en 1578 avec un succès immense. La même année 1578, à l'occasion de l'arrivée de la reine Marguerite (la reine Margot) venue rejoindre son époux, il compose un poème polyglotte intitulé *Accueil de la reine de Navarre* où trois nymphes, la Latine, la Française et la Gasconne, chantent chacune dans sa langue la louange de la jeune princesse. Du Bartas poète gascon : il convient de ne pas l'oublier.

L'auteur de *La Semaine* est un homme de caractère aimable, cultivé, dénué de fanatisme, ce qui n'est pas sans mérite dans cette époque de fureurs partisanes. Il poursuit son activité poétique (publication de l'*Hymne de la Paix* et des *Sonnets des neuf Muses Pyrénées* en 1582), en même temps qu'il est employé par le roi de Navarre à des missions diplomatiques non dépourvues d'importance. D'autre part, on sait par les archives du Gers que cette période est fertile pour lui en ennuis de toutes sortes : tracas causés par plusieurs procès qu'il lui faut mener et soucis de santé sérieux.

En 1584, le roi de Navarre lui fait l'honneur de lui rendre visite au Bartas : visite mémorable, d'autant plus que les éléments s'en mêlent et que la foudre tombe sur le château, dans la salle où sont réunis les convives pendant la réception ! Mais tout ne se passe pas toujours si mal.

En avril de cette même année paraît le début (les deux premiers jours) de *La Seconde Semaine,* réédité dès septembre. En décembre, c'est le *Brief advertissement sur sa première et seconde semaine,* une plaquette dans laquelle le poète se livre à l'examen de son œuvre et se justifie énergiquement des critiques qu'on lui a adressées. Il est au faîte de la gloire. On le lit, on l'admire dans toute l'Europe, on le traduit même en latin, on le compare aux plus grands : « Les pilastres et frontispices des boutiques allemandes, polaques et espagnoles se sont enorgueillis de son nom joint à ces divins héros : Platon, Homère, Virgile », écrit Gabriel de Lerm, l'un de ses traducteurs. On ne cesse de le rééditer : de ce point de vue, Du Bartas est en son temps un phénomène, un véritable auteur de « best-sellers » (plus de soixante-dix éditions de l'ensemble de ses œuvres entre 1574, date de la première publication de *La Muse chrétienne,* et 1590, date de sa mort, et encore plus de cent si l'on va jusqu'en 1616).

En outre, le poète jouit de l'estime de son prince, qui le nomme en 1585 gentilhomme ordinaire de sa chambre. Diplomate apprécié, il est chargé en 1587 de mener auprès du roi Jacques VI d'Écosse une ambassade afin de négocier le mariage de la princesse de Navarre Catherine de Bourbon, sœur du roi Henri. La mission échoue et le projet n'aboutit pas, mais le poète revient chez lui comblé d'honneurs et de présents par le roi d'Écosse, son fervent admirateur au point d'avoir traduit en anglais l'*Uranie* du Gascon. Celui-ci rend la politesse et traduit en français un poème du royal confrère sous le titre *La Lépante du roi d'Écosse.*

Pendant les années qui suivent, Du Bartas continue de travailler. En 1589, Henri III est assassiné et le roi de Navarre devient roi de France sous le nom d'Henri IV. Le poète, malade, s'est retiré de la vie publique. Il n'est plus en état de participer aux campagnes militaires et peut tout juste célébrer la victoire de son maître en mars 1590 dans *Le Cantique d'Ivry* avant de s'éteindre l'été suivant, laissant à la tête d'une fortune assez considérable une veuve et quatre filles non encore mariées.

En 1591 paraîtra à La Rochelle une suite à *La Seconde Semaine,* puis une autre à Genève en 1593 et la dernière à Paris en 1603. Le poème demeurera définitivement inachevé au IVe Jour.

Au moment de sa mort, cinq ans après celle de Ronsard, la renommée de Du Bartas éclipsait celle du Vendômois et couvrait l'Europe, jusqu'à influencer quelques-uns des plus grands poètes étrangers : Le Tasse en Italie, plus tard Milton en Angleterre, Vondel aux Pays-Bas. Puis cette gloire s'éteignit et il n'en resta à peu près rien dès le milieu du XVIIe siècle. C'est que le monde changeait. On avait lu Du Bartas par plaisir et aussi pour s'instruire, parce que son œuvre, « encyclopédique », faisait le tour des connaissances, mais l'image qu'elle donnait de l'univers se périma et cessa d'intéresser. En outre, le goût classique ne tolérait plus le baroquisme du poète gascon et faisait de son style une vieillerie. En somme, son déclin illustrait l'évolution du siècle et le passage d'un âge à l'autre.

Il est d'ailleurs possible que le renouveau de faveur, très relatif, que connaît aujourd'hui la poésie de Du Bartas avec tout ce qui est baroque, soit aussi révélateur d'une nouvelle évolution dans l'histoire des sensibilités. Telles seraient la grandeur et les limites de ce poète, dont l'œuvre comprend pourtant de réelles beautés, que de se voir toujours condamné, pour le meilleur et pour le pire, à représenter autre chose que lui-même.

YVONNE BELLENGER.

♦ *« Après Ronsard, qui ne lui cède en rien, il est le premier. »* La Croix du Maine. ♦ *« Bartas est un fort méchant poète. »* Du Perron. ♦ *« Il fut toujours un peu le poète des provinces et celui des réfugiés. »* Sainte-Beuve. ♦ *« Du Bartas conserve jusqu'au bout une indépendance de "Barbare", qui ne sait pas gouverner son instinct et ne connut jamais la juste "mesure" des Classiques. »* Marcel Raymond.

RÉF. : G. Pellissier, *Vie et œuvre de Du Bartas,* Paris, 1902. — M. Raymond, *L'Influence de Ronsard,* chap. 26, Genève, 1965. — *Judith,* éd. A. Baïche, Toulouse, 1970. — B. Braunrot, *L'Imagination poéti-*

que chez Du Bartas, Chapel Hill, 1973. – L. Keller, *Palingène, Ronsard. Du Bartas,* Berne, 1974. – *La Semaine,* éd. Y. Bellenger, Paris, 1981. – J. Dauphiné, *Guillaume de Saluste Du Bartas, poète scientifique,* Paris, 1983. – *Du Bartas poète encyclopédique au* XVI*e siècle,* éd. J. Dauphiné, Lyon, 1988. – *La Seconde Semaine*, éd. Y. Bellenger *et al.* ; Paris, 1991-1992.

DU BELLAY Joachim. Poète né au bourg du Liré, en Anjou, en 1522 ; mort à Paris le 1er janvier 1560. Joachim du Bellay appartenait à l'illustre famille qui, outre plusieurs capitaines, diplomates et mémorialistes, donna, en ce même XVIe siècle : Guillaume du Bellay, sire de Langey (né en 1491, mort le 9 janvier 1543), homme de guerre, diplomate et historien ; le cardinal Jean du Bellay né en 1492, mort le 16 février 1560, ambassadeur et humaniste, l'un des patrons du Collège de France ; et leur frère Martin, lieutenant général de la Normandie, mort à Glatigny en 1559, oncles tous trois de Joachim. Vers 1546, le jeune Joachim étudia le droit à Poitiers. Là, il se lia avec l'humaniste Muret et avec quelques poètes latins et français, comme Jean de La Péruse, Salmon Macrin, etc. Mais la rencontre de Jacques Peletier en 1546, celle de Ronsard en 1547 comptèrent davantage dans l'éveil de sa vocation poétique. Il alla avec le dernier se mettre, à Paris, sous la direction de Dorat, principal du collège de Coqueret. Dans ce collège, à vrai dire assez obscur, il eut la joie de découvrir de jeunes gentilshommes qui, négligeant la Cour où leur naissance leur aurait permis de briller, se consacraient avec passion à l'étude des Anciens et surtout des Italiens. Autour de Ronsard, ils s'imposaient la tâche de préparer une révolution poétique. En 1549, Du Bellay publiait la *Défense et illustration de la langue française* (*). L'histoire s'est habituée à considérer cette œuvre comme le manifeste de l'école de Ronsard. On sait que le premier article de son programme est la réhabilitation de la langue française. Le second article de son illustration, insistant sur la nécessité du travail sur l'imitation des Anciens pour créer une littérature française, Du Bellay demande qu'on renonce à la vieille poésie de Marot et des rhétoriqueurs, ainsi qu'aux genres pratiqués en France jusqu'à ce jour et qu'on leur substitue hardiment l'élégie, l'ode, l'épopée, en bref, tous les genres qui furent en honneur chez les Anciens. Au surplus, il souhaite qu'on enrichisse la langue en créant des vocables nouveaux. Ce manifeste, comme on le sait, intéresse moins par le fond que par la ferveur qui l'anime. Il sert de préface à *L'Olive, et quelques autres œuvres poétiques. L'Olive*, chant d'amour en cinquante sonnets, est le premier « canzoniere » français en sonnets. Lui font suite, parmi les « autres œuvres », les *Vers lyriques*, odes que domine l'influence d'Horace. Est publié, à la fin de la même année 1549, le *Recueil de poésie*.

En 1550, deuxième édition (augmentée) de *L'Olive*. Du Bellay, alors, tombe gravement malade. En 1552, il publie une traduction du quatrième chant de l'*Énéide*, ainsi que les *Inventions.* Atteint de surdité comme son ami Ronsard, il est loin de jouir, comme lui, d'une santé florissante. En avril 1553, il part néanmoins pour Rome, afin d'y devenir le secrétaire de son oncle, le cardinal Jean du Bellay. Son séjour, qui dura quatre ans, plaît d'abord au poète, qui avait rêvé des affaires et se trouvait chargé d'administrer la maison du cardinal. Mais peu à peu vient la déception : au regret du pays natal s'ajoutent les tracas domestiques et la lassitude du spectacle de la Rome pontificale. Dégoût, ennui, tout le convie à s'enfermer dans son domaine d'élection : la poésie. Aussi écrira-t-il beaucoup. Mais ce n'est qu'après son retour de Rome (sept. 1557) qu'il publie le fruit de ses veilles. En 1558, il donne en effet deux nouveaux recueils de sonnets : les *Regrets* (*), où la nostalgie alterne avec la colère ; puis *Les Antiquités de Rome*, où sa voix prend un ton plus grave pour exalter tout à la fois le sentiment de la grandeur romaine et le néant de toute grandeur. Plusieurs de ces sonnets sont demeurés classiques. À ces deux livres vient s'ajouter un ensemble de petites pièces, charmantes par leur simplicité : *Divers jeux rustiques.* La même année, il donne encore ses *Poemata* en quatre livres : il s'affirme, par cet ouvrage, comme l'un de nos meilleurs poètes néo-latins. Au cours de l'année suivante (1559), le poète, dont la santé s'altère de plus en plus, se trouve avoir de graves difficultés avec sa famille. Il n'en publie pas moins la traduction française d'une satire d'Adrien Turnèbe : *La Nouvelle Manière de faire son profit des lettres*, il l'accompagnait d'une satire dans le goût de Mathurin Régnier : *Le Poète courtisan*. Sainte-Beuve la tenait pour une de nos grandes satires classiques. Épuisé par la maladie, Joachim du Bellay mourut subitement à Paris le 1er janvier 1560 – il avait trente-sept ans – et fut enseveli dans le chœur de l'église Notre-Dame. Aussitôt après sa mort sont publiés le *Discours au roi sur la poésie*, une traduction du livre VI de l'*Énéide* et le *Discours sur le sacre.* Plus tard verront encore le jour d'autres œuvres posthumes, dont un très beau poème politique : l'*Ample discours au roi sur le fait des quatre états du royaume de France.* On le considère comme un des plus beaux ornements de son siècle. Réputation qu'il justifie pleinement. Car s'il est loin d'avoir la puissance de Ronsard, et, disons, sa richesse et sa variété, Du Bellay paraît plus spontané dans l'expression des sentiments. Par sa sensibilité même, autant que par son pessimisme, Joachim du Bellay introduit dans la poésie française une source nouvelle d'inspiration.

♦ *« Du Bellay aspirait d'abord à imiter et reproduire Horace en français, l'Horace lyrique : c'était une noble et impossible ambition. Mais voilà que, sans y songer presque, il rivalise avec un Perse ou un Juvénal en ces crayons parlants, expressifs, des espèces d'eaux-fortes à la plume ; il nous donne la monnaie de certaines pièces de l'Arioste ; il devance Mathurin Régnier, et c'est ainsi qu'il mérite d'être appelé véritablement le premier en date de nos satiriques classiques. »* Sainte-Beuve.

♦ *« De tous les poètes du* XVIe *siècle, c'est le plus personnel, celui qui a mis le plus de lui-même dans ses écrits. »* E. Faguet. ♦ *« Si ce n'est pas Du Bellay qui introduisit le sonnet en France, c'est lui du moins qui l'y acclimata, qui le mit en honneur. Ronsard avait tout d'abord pindarisé ; Du Bellay, lui, commença par pétrarquiser* [...] *Malheureusement, il n'emprunte guère à Pétrarque que ses mignardises et ses subtilités. »* Georges Pellissier.

RÉF. : Ch. Marty-Laveaux, Notice biographique parue dans le *Journal des Savants* et reproduite au t. XIII des *Nouveaux Lundis* de Sainte-Beuve. — II. Chamard, *Joachim du Bellay*, Lille, 1900. — V. L. Saulnier, *Du Bellay*, 1951. — *Du Bellay* (colloque d'Angers), 1990, 2 vol.

DUBILLARD Roland. Auteur dramatique et comédien. Né à Paris le 2 décembre 1923. Roland Dubillard fait ses premières armes d'auteur dramatique, dès le lendemain de la Seconde Guerre mondiale, au Club d'essai de la Radiodiffusion française, en écrivant des textes pleins d'insolence et de fantaisie. C'est encore la radio qui lui permet en 1953 de confirmer et d'approfondir son talent, grâce à *Grégoire et Amédée*, une série quotidienne de « sketches minute », où l'humour et la poésie naissent de réflexions inattendues sur les menus faits de la vie quotidienne. Il n'est pas sans intérêt de noter qu'avec ces dialogues brefs, à la fois tendres et percutants, Roland Dubillard invente un style qui fera, dix ans plus tard, le succès des cafés-théâtres. En 1953, il fait jouer *Si Camille me voyait*. En 1961, le Théâtre de Poche crée *Naïves hirondelles*, qui connaît un grand succès. Suivront : *La Maison d'os* (1962), *Le Jardin aux betteraves* (1969), *« ... Où boivent les vaches »* (1972). Plusieurs séries de *Diablogues*, « Inventions à deux voix », reprendront les meilleurs sketches de *Grégoire et Amédée*. Comédien, Roland Dubillard a été l'interprète exceptionnel de toute son œuvre. On lui doit par ailleurs des poèmes, *Je dirai que je suis tombé* (1966), et des nouvelles, *Olga ma vache* (1974). On qualifie généralement l'œuvre de Roland Dubillard de « théâtre de l'absurde », le plaçant ainsi aux côtés de Beckett, Adamov et Ionesco. C'est abuser de la simplification : Roland Dubillard ne prétend pas que le monde est incompréhensible ni que la présence de l'homme sur la terre n'a aucune signification ; même s'il le pense, ce n'est pas son propos. Ce qu'il nous montre, ce sont des êtres dont la vision de la réalité ne coïncide pas avec celle des autres. Cette vision, difficile à cerner, quelques thèmes assez graves surgissent plus fréquemment que d'autres : la vieillesse et la mort, l'étroitesse de l'« espace du dedans », la fragilité de l'amour. Les personnages de Roland Dubillard sont donc tour à tour vulnérables et agressifs, prisonniers de leur « maison d'os » et emportés par leurs rêves, pudiques et provocants. Mal à l'aise dans leur peau et dans celle des autres, ils cherchent fiévreusement une solution à leur difficulté d'être. Ils ont peu de chances de la trouver, car aucune lumière ne leur vient d'en haut : cette sorte d'interdiction de la transcendance est, sans doute, ce qui fait à la fois leur faiblesse et leur grandeur.

JACQUES BENS.

DU BOS Charles. Critique né à Paris le 27 octobre 1882, mort à La Celle-Saint-Cloud (Seine-et-Oise) le 5 août 1939. Pensionnaire à l'école Gerson, il fit ses premières études au lycée Janson-de-Sailly où il se lia avec Jean-Louis Vaudoyer et le futur philosophe Joseph Baruzi. Spontanément attiré par tout ce qui était anglais (sa mère était d'ailleurs d'origine britannique), il souhaita, au retour d'un voyage à Venise (1900), être envoyé à Oxford, où il passa l'année 1900-1901 au collège de Balliol ; il se rendit ensuite à Berlin, assista aux cours du philosophe Simmel, fréquenta le cercle des amis du poète Stefan George et se lia en particulier avec Gundolf. Ayant achevé ses années d'apprentissage d'esprit européen par un séjour à Florence, au cours duquel il eut de fécondes rencontres avec l'historien d'art Bernard Berenson (Du Bos préparait d'ailleurs à cette époque une thèse sur Botticelli), il entra à Paris avec une connaissance parfaite de l'anglais, de l'allemand et de l'italien qui lui permit, parallèlement à ses études de littérature française, de mener de front toute sa vie l'approfondissement de ces trois cultures. À la fin de l'année 1908, sur les conseils de l'abbé Mugnier, ancien directeur de Huysmans, Charles Du Bos commença de tenir le *Journal* aussi bien de sa vie intime, et surtout religieuse, que de sa vie intellectuelle : rencontres littéraires, musicales, etc. Les amitiés auront, après Dieu, la meilleure part de la vie de Du Bos, celles en particulier de Paul Bourget, de Henry James, de François Mauriac et, aux approches de 1914, du jeune groupe de *La Nouvelle Revue française* (*), avec Jacques Rivière, Jean Schlumberger, Henri Ghéon et André Gide. C'est seulement à trente-sept ans, en 1919, que Du Bos laissa publier un écrit de lui, *Réflexions sur Mérimée ;* ce fut le début d'une production abondante, recueillie dans les sept volumes d'*Approximations* (1922-37) : études critiques parues dans des revues, conférences, cours littéraires faits dans des salons amis, entre autres sur William Pater (1923), sur Tolstoï (1924), sur Thomas Hardy (1925), sur Stefan George (1926), etc. Cinq entretiens sur André Gide formeront la deuxième partie du *Dialogue avec André Gide* (1929) ; les cours sur Byron et sur Benjamin Constant formeront la base des volumes intitulés : *Byron et le besoin de la fatalité* (1929) et *Grandeur et misère de Benjamin Constant* (posth. 1946). Des *Extraits d'un Journal,* parus en 1929, révélèrent l'effort religieux poursuivi par Du Bos depuis 1918, et qui devait trouver son accomplissement dans sa conversion au catholicisme, le 30 juillet 1927.

Cependant le rayonnement de son œuvre critique s'étendait en France et à l'étranger ; depuis 1922 il était un des animateurs des rencontres de Pontigny ; en janvier 1930, il créait avec son ami Mauriac la revue *Vigile ;* en

1932, il participait activement à l'« année Goethe », faisait une tournée de conférences en Allemagne et poursuivait son œuvre critique avec un *François Mauriac et le problème du romancier catholique* (1933). Sa santé, qui avait toujours été faible, devint, à partir de cette époque, de plus en plus inquiétante et nécessita plusieurs opérations en 1935. Les difficultés matérielles d'autre part contraignirent l'écrivain à accepter de tenir un cours à l'université Notre-Dame, et en novembre 1937 il s'embarquait pour l'Amérique. À son retour en France, au printemps suivant, ses amis Gilson et Baruzi essayèrent vainement de lui obtenir une chaire au Collège de France. Déjà d'ailleurs se confirmait la prochaine tragédie européenne qui fut l'obsession des derniers mois de la vie de Charles Du Bos. Ce que celui-ci a apporté à la littérature, ce fut avant tout une passion de comprendre, qui n'était d'ailleurs que la forme de sa passion d'aimer. Il ne pouvait parler que des œuvres pour lesquelles il éprouvait de la sympathie, et se résignait à ignorer le reste. Critique dominée par la sensation, et qui risque de s'abandonner trop aux suggestions des nerfs, sans doute : mais l'infatigable puissance d'accueil, l'attention à toutes les inquiétudes de l'époque (indemne d'ailleurs de tout parti pris de modernité) ne relevaient point, chez un chrétien aussi authentique que Du Bos, de la légèreté du dilettantisme, mais plutôt de la charité s'épanouissant en un remarquable exemple de liberté intellectuelle.

♦ « *Du Bos abordait les poètes, les penseurs, les artistes sur lesquels se concentrait sa méditation avec l'humilité profonde devant l'objet qui caractérise toute recherche scientifique... Nul n'a admiré plus généreusement, plus délicatement : délicatement, j'y insiste ; il peut arriver en effet que l'admiration reste un sentiment massif, compact, qui fait pour ainsi dire écran entre l'esprit et son objet. Ici c'est exactement le contraire qui se produisait. On eût dit que l'admiration était pour lui un tremplin... qu'elle lui conférait le don magique d'inventer les voies d'accès les plus subtiles par où atteindre les tréfonds où réside la plus individuelle qualité d'une œuvre et d'une âme.* » Gabriel Marcel. ♦ « *Charles Du Bos, que je considère comme le plus grand des critiques français, fut obligé d'abandonner, après quelques vains essais, jusqu'à l'idée d'une œuvre créatrice. Je suis sûr qu'il était poète et admirablement doué, mais l'activité poétique avait été paralysée par un prodigieux développement des facultés de réflexion.* » Jacques Maritain. ♦ « *On ne saurait l'appeler un critique, si critiquer c'est juger et classer. Ou du moins n'agissait-il en critique qu'au départ, dans le partage qu'il établissait entre les écrivains dignes de son attention et ceux auxquels il refusait l'existence. Son parti pris de grandeur était inflexible, et il se peut que son horreur de toute vulgarité l'ait quelquefois détourné d'ouvrages qui eussent été dignes de le retenir. Il ne condamnait pas, d'ailleurs on eût perdu sa peine à vouloir lui arracher un jugement. Il avait une impuissance étonnante non pas même pour rejeter, mais pour ignorer, pour ne pas connaître.* » François Mauriac.

RÉF. : F. Mauriac, G. Marcel, etc., *Hommage à Charles Du Bos,* Paris, 1945. – Gouhier, *Charles Du Bos,* Paris, 1949. – Jean Mouton, *Charles Du Bos, sa relation avec la vie et avec la mort,* Paris, 1954. – Charles Dédéyen, *Le Cosmopolitisme littéraire de Charles Du Bos,* Paris, 1965-71. – Georges Poulet, *Entre moi et moi,* Paris, 1977. – Michel Crèpa, *Charles Du Bos ou la tentation de l'irréprochable,* Paris, 1990.

DUCHARME Réjean. Romancier canadien d'expression française. Né à Saint-Félix de Valois le 12 août 1941. On sait fort peu de choses sur cet écrivain secret qui s'est toujours plu à brouiller les pistes sur son identité, égrenant avec parcimonie quelques indications biographiques peut-être enjolivées : études secondaires à Joliette chez les Clercs, passage en coup de vent à l'École polytechnique de Montréal et valse des petits métiers (commis de bureau, typographe, chauffeur de taxi ou... auto-stoppeur). Il aurait même été, en 1962, « dans l'Arctique avec l'Aviation canadienne » ; mais, précise-t-il non sans ironie, « personne ne veut me croire. Je ne sais pourquoi ». L'on sait également, cette fois avec certitude, qu'il sera encore parolier (notamment pour Robert Charlebois), scénariste (*Les Bons Débarras, Les Beaux Souvenirs*) et même peintre (sous le pseudonyme de Roch Plante). Quoi qu'il en soit, la parution fracassante, en 1964, de son premier livre, *L'Avalée des avalés*, l'a projeté sur la scène médiatique — non sans malentendus, une partie de la critique québécoise n'hésitant pas à remettre en question l'existence du romancier. Cette célébrité ne l'empêchera pas, en dépit de nouveaux succès littéraires, d'afficher la même réserve tenace à l'égard des journalistes : tout se passe en fait comme si Ducharme avait choisi de se réfugier dans son œuvre pour y défier l'inhospitalité du monde et s'y réinventer une enfance. C'est donc à ses textes (romans, pièces de théâtre ou « poème romanesque ») que l'on demandera les clefs de son imaginaire : après *L'Avalée des avalés* viennent encore *Le Nez qui voque* (1967), *L'Océantume* (1968), *La Fille de Christophe Colomb* (1969), *L'Hiver de force* (1973), *Les Enfantômes* (1976), *Ha Ha !...* (1982)... L'écrivain y confie un lancinant mal d'être à des personnages en rupture de ban avec le réel : adolescents égarés dans la vie comme dans la pensée, qui laissent libre cours à leur soif d'absolu à travers l'inceste, l'affabulation ou la perversité. C'est que le retour aux sources ludiques de l'enfance est inséparable d'un rejet violent de la réalité ; aussi le jeu est-il souvent tragique et l'humour toujours noir. Passion ou lucidité, pureté ou parodie, l'essentiel reste de parler envers et contre tout. Il en résulte un discours foisonnant où les mots se bousculent comme venus du plus profond de l'être : collages, calembours et citations défont avec cynisme l'édifice culturel pour mieux laisser monter la voix de l'innocence. Cette œuvre intense, placée par son auteur sous le signe de Nelligan, brille d'un feu à part dans le paysage littéraire de notre temps ; excessif dans sa tendresse comme dans sa cruauté, Ducharme est par ses outrances mêmes de la race des Vian, Salinger ou Beckett.

LAURENT BAZIN.

DUCIS Jean François. Auteur dramatique né à Versailles le 22 août 1733, mort le 31 mars 1816 dans la même ville. Ses parents, originaires de Savoie, s'étaient établis à Versailles où son père, petit commerçant, vendait du lin. Malgré sa condition modeste, il fit suivre à son fils les cours du collège d'Orléans fondé à Versailles par le Régent. Le jeune Ducis remplit ensuite diverses fonctions bureaucratiques : secrétaire du maréchal de Belle-Isle, puis commis dans les bureaux de la Guerre. Il put cependant se consacrer entièrement à la littérature. Sa première tragédie, *Amélise* (Théâtre-Français, 1768), fut un véritable four ; il eut plus de chance dans ses tentatives, d'ailleurs timides, pour adapter Shakespeare, qu'il avait découvert, pour la scène française. Il adapta ainsi *Hamlet* (1769), dont le succès fut grand malgré la colère de Voltaire qui traita Shakespeare d'« histrion barbare », *Le Roi Lear* (1783), *Othello* (1792). Ces adaptations, qui paraissent aujourd'hui infidèles et fades, ont eu le mérite de révéler Shakespeare à la France. Mais son *Œdipe chez Admète* (1778) est inspiré à la fois de Sophocle et d'Euripide. Il lui ouvrit les portes de l'Académie, où il occupa le fauteuil de Voltaire. Il écrivit encore deux autres tragédies, modernes celles-ci, *Abufas ou la Famille arabe* (1795), qui fournit à Talma l'une de ses meilleures créations et remporta un grand succès, et *Phédor et Wladimir ou la Famille de Sibérie*, qui tomba immédiatement dans l'oubli. Nommé membre de l'Institut en 1795, maintenu lors des décrets de réorganisation de 1803 et de 1816, son attachement inébranlable au catholicisme et à la royauté, et son désintéressement total sont restés légendaires. Ses *Œuvres* réunies ont paru en 1819-1826 en quatre volumes, complétées par les *Œuvres posthumes* (1827), auxquelles il faut joindre un volume de lettres d'une lecture agréable (1878).

RÉF. : Campenon, *Essais et mémoires, ou Lettres sur la vie, le caractère et les écrits de J.-F. Ducis*, Paris, 1824. — *« Ducis », Cahiers Roucher-Chénier*, Versailles-Rennes, 1986.

DUCLOS Charles Pinot. Romancier et essayiste né à Dinan (Côtes-du-Nord) le 12 février 1704, mort à Paris le 26 mars 1772. Versatile, jouisseur, spirituel et superficiel, il fut une modeste réplique des grands esprits du temps. Envoyé à Paris, au lieu d'assister au cours de la faculté de droit, il fréquentait le Procope, le Gradot, et le milieu où dominait Caylus. Entré à l'Académie des inscriptions, il se découvrit l'érudition nécessaire à la lecture de certains mémoires sur le duel, les langues celtiques, les druides. Il expérimenta ensuite sa propre habileté dans le roman scabreux (*Histoire de Madame Luz,* 1741) et dans *Les Confessions du comte de* ***(1742), romans qui ont été récemment redécouverts et ont fait l'objet d'éditions critiques. Après un ballet (*Les Caractères de la folie,* 1743) et un récit fantastique (*Acajou et Zirphile,* 1744), son *Histoire de Louis XI*, très appréciée, lui valut d'être élu à l'Académie française dont il devint le secrétaire perpétuel. Il collabora grandement à la quatrième édition du *Dictionnaire de l'Académie française* (1762), évitant de se compromettre avec l'*Encyclopédie* (*). Il avait déjà été, pendant six ans, maire de Dinan, lorsque, en 1750, il accepta la charge d'historiographe du roi. La protection de Louis XV et celle de Mme de Pompadour ne lui firent jamais défaut. En 1751, ses *Considérations sur les mœurs de ce siècle* entretenaient sa réputation de vivacité psychologique et de brillante légèreté, tandis que les allusions plus libertines des *Mémoires pour servir à l'histoire des mœurs du XVIII*e *siècle* étaient loin de déplaire aux lecteurs. Les années venant, Duclos aborda des problèmes plus sérieux : en 1759, il travailla à un *Essai sur les ponts et chaussées, la voirie et les corvées,* puis, en 1766, un voyage en Italie lui inspira des *Considérations,* ensuite il se plongea dans la rédaction des *Mémoires secrets sur le règne de Louis XIV, la Régence et le règne de Louis XV* publiés après sa mort (1790). Posthumes également sont ses *Remarques sur la grammaire générale et raisonnée.*

RÉF. : L. de Bourgo, *Un homme de lettres au* XVIIIe *siècle,* thèse, Bordeaux, 1902. — P. Meister, *Ch. Duclos,* St-Briac, PUB, 1956. — J. Brengues, *Duclos ou l'obsession de la vertu,* Genève, 1971.

DU DEFFAND Marie de Vichy-Chamron, marquise. Femme de lettres née le 25 septembre 1696 (ou 1697 ?), morte à Paris le 23 septembre 1780. Élevée au couvent de la Madeleine du Traisnel, elle gardera un mauvais souvenir de l'éducation reçue mais aussi la nostalgie de la foi religieuse, dont la perte fera d'elle une athée marginale. Elle épouse en 1718 le marquis du Deffand de La Lande (mort en 1750) dont elle se sépare vite (témoignage de Mlle Aïssé). Elle participe aux fêtes de la Régence (témoignage de Mathieu Marais sur sa liaison avec Delrieu de Fargis) et de la cour de Sceaux (elle fait là sans doute la connaissance de Voltaire et son apprentissage de maîtresse de salon auprès de Mme du Maine). Elle se lie aussi durablement avec le président Hénault, Pont-de-Veyle, Formont (ils deviendront « de longues habitudes »). Mais elle exprime aussi, à côté d'un parisianisme invétéré et du goût des mondanités auxquelles elle ne pourra jamais renoncer, son insatisfaction devant le caractère superficiel de la galanterie. Ainsi très tôt elle évoque l'ennui et la mélancolie qui l'accompagneront toute sa vie.

Elle tient salon rue de Beaune puis, de 1747 jusqu'à sa mort, au couvent Saint-Joseph, rue Saint-Dominique. En 1752, elle va s'installer pour une année chez son frère, le comte de Vichy, à Chamron, au moment où la cécité la menace avant de devenir rapidement totale ; elle y rencontre Julie de Lespinasse, fille naturelle du comte de Vichy et de la comtesse d'Albon ; après de difficiles tractations avec sa famille, elle prend Julie auprès d'elle comme demoiselle de compagnie pour une cohabitation de dix ans qui s'achèvera par une brouille éclatante en 1764 : Julie, devenue rivale, en recevant chez elle les fidèles qui viennent visiter la marquise, « trahit » celle-ci et, crime inexpiable, éloigne d'elle définitivement son favori, d'Alembert, tandis que d'autres, dont Hénault, se partagent entre les deux femmes. Au-delà des querelles de personnes se marque une opposition dans l'esprit des salons : celui de la « muse de l'Encyclopédie », ouvert à la pensée moderne, se distingue de l'esprit aristocratique et cosmopolite (le milieu diplomatique est bien représenté) de celui de la marquise très attachée au goût classique que menace la décadence, hostile au « parti » des philosophes, au bel esprit qu'ils cultivent, à leur intellectualisme desséché, mais hostile aussi à l'extravagant Rousseau. Seul Voltaire trouve grâce devant elle, partiellement, comme mainteneur du goût classique et directeur de conscience ou maître de philosophie à qui elle demande d'être un nouveau Montaigne.

En 1765, elle rencontre Horace Walpole, de vingt ans son cadet, le plus français des Anglais, un « original » typiquement britannique caractérisé par une peur maladive du ridicule, un prototype du gentleman esthète ou dandy, personnage proustien, admirateur de Mme de Sévigné, « la sainte de Livry ». Jusqu'en 1780 il ne fera que cinq courts séjours à Paris, mais entretiendra fidèlement des relations épistolaires avec la marquise, dont seules les lettres subsistent. On y découvre l'écho des gronderies de Walpole et les ruses de l'épistolière pour exprimer, à travers le plaisir et la peur des mots, la force du sentiment, le conflit et le choix impossible entre le cœur et l'esprit, leur fragile équilibre sans cesse menacé, la présence obsédante de l'ennui, la déréliction existentielle, la recherche de l'absolu dans une mystique de la sensibilité. Dans le même temps, elle entretient une correspondance tout aussi suivie avec les Choiseul et l'abbé Barthélemy (surtout pendant l'exil à Chanteloup, 1770-1774) à qui elle réclame inlassablement et dont elle obtient continûment des marques d'affection multipliées. Ainsi elle semble trouver dans ce jeu ostensible d'escarmouches apparemment très artificiel et joué sur différents registres le bonheur que lui refuse l'existence. Étonnante promotion de l'écriture qui vient doubler et même remplacer la réalité, et signale, à travers les *Lettres* de la marquise, une véritable « entrée en littérature ».

PIERRE ALAYRANGUES.

RÉF. : Lionel Duisit, *Madame du Deffand épistolière*, Genève-Paris, 1963. – Benedetta Craveri, *Madame du Deffand e il suo mondo*, Milan, 1982, tr. fr., Paris, 1986.

DU FAIL Noël, seigneur de La Hérissaye. Écrivain né au manoir de Château-Letard près de Rennes vers 1520, mort à Rennes le 7 juillet 1591. Il vint faire ses études de droit à Paris. Son humeur joyeuse et rustique ne paraît pas avoir été bien affectée par les nombreux embarras financiers qui l'obligèrent à entrer dans l'armée (on le voit, en 1544, à la bataille de Cérisoles), ni par l'austérité de sa charge de magistrat, qu'il obtint après avoir fait plusieurs séjours dans des universités du sud de la France et passé sa licence. Devenu conseiller au Parlement à la suite d'un riche mariage, fermement établi en Bretagne, il ne connut plus d'autres incidents qu'une nouvelle campagne au Piémont en 1550-1551 et, au cours de ses dernières années, les difficultés professionnelles suscitées par sa conversion au protestantisme, les troubles de la Ligue et de méchantes attaques de goutte. Sur la demande d'Henri III, Du Fail avait dressé dans ses *Mémoires* en 1579 un tableau érudit de la vie judiciaire dans sa province. Mais ce fut en tant que facétieux qu'il devint célèbre et qu'il reste vivant. Ses *Propos rustiques de Maistre Léon Ladulfi, Champenois* (1547), ses *Baliverneries ou Contes nouveaux d'Eutrapel* de 1548, enfin ses *Contes et Discours d'Eutrapel* de 1585 présentent un tableau étonnamment vivant de la campagne française au XVIe siècle, agrémenté par des conversations de paysans qui semblent enregistrées sur place, par de nombreuses réminiscences d'humaniste nourri de Virgile et d'Horace, et surtout par le joyeux personnage d'Eutrapel, digne cousin des héros de Rabelais.

♦ *« Sa philosophie respire la santé, toute de franchise et de naturel, contre toute hypocrisie et outrecuidance. »* V. L. Saulnier.

RÉF. : G. Reynier, *Les Origines du roman réaliste*, 1912. – E. Philipot, *La Vie et l'œuvre littéraire de Noël Du Fail*, 1914. – G. Pérouse, *Nouvelles françaises du XVIe siècle*, 1977, chap. XV.

DUHAMEL Georges. Romancier et essayiste né à Paris le 30 juin 1884, mort à Valmondois (Seine-et-Oise) le 13 avril 1966. Son père, médecin, était incapable de se fixer et les études de Georges Duhamel en souffriront à leur début. En 1902, il commence ses études de médecine. Dès 1907, il commence à écrire et ses premiers recueils poétiques, *Des légendes, des batailles* (1907), *L'Homme en tête* (1909), *Selon ma loi* (1910), *Compagnons* (1920), portent la marque de son appartenance au groupe de l'Abbaye. Il s'intéresse au théâtre et fait jouer *La Lumière* (1911), *Dans l'ombre des statues* (1912), *Le Combat* (1913) où se fait sentir l'influence de Claudel à qui il consacre un essai en 1913. La guerre de 1914 marque profondément sa pensée. Chirurgien, il procède au front à plus de quinze cents opérations. Expériences d'où il tire une *Vie des martyrs* (1917) et *Civilisation 1914-1917*, prix Goncourt 1918. Il élargit par la suite ses considérations sur son époque. Dans *La Possession du monde* (1919), à la civilisation technique il oppose les valeurs du cœur. La publication entre 1920 et 1932 du cycle *Vie et aventures de Salavin* étend son audience au plan international. En 1927, il part pour la Russie et en rapporte *Le Voyage de Moscou* (1927), puis pour les États-Unis, ce qui lui fournit la matière de *Scènes de la vie future* (1930). En 1935, il est élu à l'Académie française dont il devient secrétaire perpétuel de 1942 à 1946. C'est désormais un personnage officiel, membre de plusieurs autres académies. Ce qui ne l'empêche pas de publier une œuvre romanesque et surtout de mener à bien la *Chronique des Pasquier* (10 volumes, de 1933 à 1944). Dans un article étonnant de justesse paru dans *La Nouvelle Revue française* au moment où paraît *Vue de la Terre promise* (1934), troisième tome de la *Chronique des Pasquier*, Jean Prévost fait de Georges Duhamel l'homme et l'enfant de la petite bourgeoisie, ce qui suffit à délimiter son « humanisme moral », son amour du « nid et de la nichée » au nom duquel « il juge et condamne le monde ». On peut vite passer sur la poésie de Duhamel, qui n'est que de la prose rimée sur de grands sentiments (l'amour, l'amitié), et sur son théâtre. C'est que l'esthétique le requiert moins que le message. « Personne n'a voulu ramasser la besace et le bâton de Tolstoï. » Il s'en charge. Si *Vie des martyrs* et *Civilisation* sont placées sous le signe d'une observation quasi clinique, *La Possession du monde* fait déjà droit à une sagesse fondée sur la charité et la communion humaine. Cet humanisme un peu nostalgique du *Voyage de Moscou*, des *Scènes de la vie future*, de *Querelles de famille*, où se trouvent condamnés l'automobile, la radio, le cinéma, prête aujourd'hui à sourire...

Avant d'en venir là, Georges Duhamel a subi l'influence de Dostoïevski, sensible dans *Vie et aventures de Salavin*. *La Confession de minuit* (1920), le premier tome de ce cycle, montre dès le départ les limites de cette influence. Salavin ne ressemble nullement à l'Idiot dont les actes et les sentiments mettent en déroute la raison. Dans la suite de l'œuvre, *Deux hommes* (1924), histoire d'une amitié difficile, marque un progrès. *Le Journal de Salavin* (1927), comme le note pertinemment Jean Prévost, renouvelle le personnage qui « devient celui que l'auteur a craint d'être ». Ce don Quichotte rêve de ressusciter une sainteté laïque. Notion que l'on retrouve dans d'autres romans qui n'appartiennent pas au cycle de Salavin : *La Nuée d'orage* (1928), ou *La Pierre d'Horeb* (1926). Mais ces romans écrits comme en marge prolongent certains thèmes chers à Duhamel à la même époque : une religion sans merveilleux, le sentiment de la faiblesse humaine. Revenant à Salavin avec *Le Club des Lyonnais* (1929), Georges Duhamel considère avec pénétration les relations de la petite bourgeoisie et du prolétariat. Salavin se montre incapable de jouir des biens propres à sa classe — la culture, la courtoisie — qui précisément le coupent des prolétaires. Il est en porte à faux.

Si Georges Duhamel a pu craindre de devenir Salavin, il a bientôt pris ses précautions pour échapper à ce destin. La *Chronique des Pasquier*, ce sera tout à la fois des mémoires imaginaires et un monument élevé à la gloire des vertus bourgeoises, à la gloire de cette classe qu'il « se refuse à appeler moyenne, car si moyenne elle demeure dans l'ordre de l'argent, elle brille par l'esprit, le savoir, le désintéressement au premier rang d'une société à laquelle elle prodigue sans compter des maîtres, des principes, des méthodes, des clartés, des exemples, des excuses ». Ce qui prédomine dans la famille Pasquier, ce sont d'abord des soucis d'argent, qui engendrent des conflits. « Est-ce donc ça, une famille ? Des duperies, des trahisons, des querelles, des chantages et des mensonges ? Cela vaut-il vraiment tant d'amour, tant de peines, tant de travail et tant d'espoirs ? » Laurent Pasquier, l'enfant rêveur, l'adolescent idéaliste, va se heurter au cynisme de ses frères, à l'extravagance de son père, que compenseront son amour pour ses sœurs et son amitié pour Justin Weill avec qui il imagine une société utopique épurée des bassesses de ce monde. Instruit par l'expérience, Laurent Pasquier fera dans sa vie une large place à la générosité.

En 1950, Georges Duhamel regroupe sous le titre *Les Livres du bonheur*, cinq œuvres relatives à la nature et au monde de l'enfance. En 1944, il avait publié le premier de ses cinq volumes de souvenirs, *Lumières sur ma vie*, achevés en 1953.

Georges Duhamel, ce « réaliste de l'âme », par son art classique, ne répond pas aux angoisses explicites de notre époque, non plus qu'à ses angoisses implicites sur lesquelles la psychanalyse pose ses interrogations. Son œuvre aura été le reflet fidèle d'un temps et d'une classe. Elle a vieilli avec l'un et l'autre. Elle n'a pas perdu tout intérêt pour autant. Elle risque seulement d'intéresser désormais surtout l'historien des mœurs plutôt que le lecteur qui s'interroge sur le destin contrarié de l'homme et du monde.

GUY LE CLEC'H.

♦ *« Habile et limitée, modeste, papelarde et vivante, la* Chronique des Pasquier *reste une réussite... En elle triomphe la forme moderne, la forme "bourgeoise de l'épopée". »* R. M. Albérès.

RÉF. : Pierre-Henri Simon, *Georges Duhamel*, Paris, 1947. — Numéro spécial du *Mercure de France*, Paris, 1967. — Jacques J. Zéphir, *Bibliographie duhamélienne*, Paris, 1972. — *Georges Duhamel au XXᵉ siècle*, colloque, Paris, 1984.

DUMAS Alexandre fils. Romancier et auteur dramatique. Fils naturel du suivant. Né à Paris le 28 juillet 1824, mort à Marly-le-Roi (Yvelines) le 27 novembre 1895. Son enfance fut très délaissée : mis en pension à Paris dès l'âge de neuf ans (1833) il n'en sortit qu'à dix-sept (1841), bien qu'entre-temps il ait dû parfois changer de lieu à cause de sa mauvaise santé. Au collège Bourbon pour finir, il obtint tous les premiers prix. Après un séjour de six mois sous le toit paternel, il résolut de vivre seul, afin de se dédommager de ses années de réclusion. Dès 1842, il mena donc joyeuse vie, courant les filles et hantant les endroits où l'on s'amuse. Cette existence dura trois ans. Le réveil fut assez rude : en 1845, le jour de sa majorité, il se trouvait en face de cinquante mille francs de dettes — somme fabuleuse à cette époque, surtout pour un garçon qui n'avait certes aucun patrimoine à attendre. Comme il devait le dire plus tard : « Ne sachant rien faire, je fis de la littérature. » Il faut croire qu'il était vraiment né pour cela. Ayant d'abord publié *Péché de jeunesse* (1845), un recueil de vers qui passa inaperçu, il fit jouer la même année un acte en vers à l'hôtel de Castellane : *Le Bijou de la reine*. Désormais, il n'écrira plus qu'en prose. Au retour d'un voyage en Espagne, en compagnie de son père (1846), il composa un roman qui rappelait de tout point la manière de ce dernier : *Les Aventures de quatre femmes et d'un perroquet* (1846). Sentant qu'il s'était trompé de voie, il crut sage de renoncer à la pure imagination pour faire dépendre tout son art de l'observation directe de la vie. En réaliste, il s'efforçait de peindre le monde tel qu'il le voyait. Son coup d'essai fut un coup de maître, puisqu'en 1848 il publiait le roman qui s'intitule *La Dame aux camélias* (*). Dès ce jour même, l'auteur, qui avait vingt-quatre ans, n'eut plus rien à envier à la renommée de son père. Ce dernier, loin d'être jaloux d'un tel succès, s'en réjouit plus que tout autre, appelant son fils son « meilleur ouvrage ». Au cours des trois années suivantes, et pour calmer ses créanciers, Dumas écrivit une dizaine de romans : *Le Docteur Servand* (1849), *Césarine* (1849), *Tristan le Roux* (1850), *Le Régent Mustel* (1850), *Diane de Lys* (1851), etc.

Il en eût, certes, écrit bien d'autres s'il n'avait pas été invité, par un des familiers de son père, à se tourner vers le théâtre. Dumas suivit ce conseil : rapidement il convertit en comédie de mœurs sa fameuse *Dame aux camélias*. Il n'eut pas à s'en repentir : ce fut un triomphe (1852). Dès ce jour, chez l'heureux auteur, le dramaturge éclipsera totalement le romancier (Dumas ne reviendra au roman qu'une seule fois, en 1866, avec *L'Affaire Clemenceau*). En faisant subir l'année suivante (1853) le même traitement à *Diane de Lys*, il connut un nouveau triomphe. Se trouvant ainsi avoir payé la majeure partie de ses dettes, il put travailler sans contrainte. Faisant plus que jamais œuvre de réaliste, il fit jouer successivement *Le Demi-Monde* (1855), *La Question d'argent* (1857), *Le Fils naturel* (1858), *Un père prodigue* (1859). Dans ces comédies se fait jour la tendance à moraliser dont il abusera plus tard. Vers 1860, une maladie causée par l'excès de travail entravera sa carrière. Ce fut seulement en 1864 qu'il pût reprendre la plume pour nous donner *L'Ami des femmes* (1864). S'étant dégagé de l'influence de Scribe, il invente alors ce qu'on peut appeler le théâtre de doctrine. En bon disciple de Diderot, il soutient que le théâtre doit avant tout être utile. Toute pièce devient ainsi une thèse, l'intrigue une démonstration, et les personnages des porte-parole de l'auteur. Ce théâtre, dont le premier modèle sont *Les Idées de Madame Aubray* (1867), comprend un certain nombre de pièces qui provoquèrent souvent plus de scandale que d'applaudissements : *Une visite de noces* (1871), *La Princesse Georges* (1871), *La Femme de Claude* (1873), *Monsieur Alphonse* (1874), *L'Étrangère* (1876), *La Princesse de Bagdad* (1882), *Denise* (1885) et *Francillon* (1887).

Peintre assurément prestigieux de la société parisienne, son théâtre fut hardi en son temps, mais a beaucoup vieilli, en raison des changements qui se sont opérés dans la vie sociale. Il n'empêche qu'il est vraiment le créateur de la pièce moderne : de sa *Dame aux camélias* est sortie la comédie de mœurs. À ses œuvres il faut ajouter *Le Théâtre des autres* (qui comprend les pièces qu'il écrivit en collaboration avec Émile de Girardin, Pierre Corvin, Armand Durantin, etc.), *Entr'actes* (1878) et *Nouveaux Entr'actes* (1890) (où se trouvent réunies la plupart de ses brochures d'actualité). Académicien depuis 1874, il est mort laissant inachevée sa *Route de Thèbes*.

♦ *« M. Dumas n'appartient à aucun parti, à aucune religion ; il a aussi peu de foi dans les superstitions du passé que dans celles du présent, et c'est précisément à cause de cela qu'il observe, qu'il pense et qu'il voit non seulement le présent, mais aussi l'avenir. »* Léon Tolstoï. ♦ *« Il a souffert des contradictions que la présence simultanée du grand écrivain de théâtre et du moraliste font coexister en lui. Il est possible qu'en effet le second se soit, dans certaines de ses pièces, développé aux dépens du premier. Il y a toujours une heure, dans l'histoire d'un esprit, où quelque puissance s'exagère et atrophie le reste. Mais le défaut de la fin était la qualité du commencement, et M. Dumas a dû aux antithèses de sa double disposition native d'écrire des pièces sans analogue, d'un attrait singulièrement suggestif et saisissant. »* Paul Bourget. ♦ *« M. Alexandre Dumas est un moraliste aussi bien qu'un dramaturge. Voilà quinze ans qu'il partage avec M. Renan les fonctions de directeur spirituel de la foule humaine. Mais que ces deux confesseurs sont de tempérament contraire !* [...] *On reconnaît généralement que l'auteur des* Idées de Madame Aubray *est un mystique. Il a vu la Bête et soufflé l'esprit de Dieu aux comédiennes du Gymnase et de la Comédie-Française. »* Anatole France.

RÉF. : P. Bourget, *Essais de psychologie contemporaine*, 1886. — H. Parigot, *Le Drame d'Alexandre Dumas*, 1899. — P. Lamy, *Le Théâtre d'Alexandre Dumas fils*, 1928. — N. C. Arvin, *Alexandre Dumas fils*, 1939. — A. Maurois, *Les Trois Dumas*, 1957 ; nouvelle éd. Laffont, « Bouquins », 1993.

DUMAS Alexandre père. Romancier et auteur dramatique né le 24 juillet 1802 à Villers-Cotterêts (Aisne), mort le 5 décembre 1870 à Puys, près de Dieppe (Seine-Maritime). Son père, le général de division Thomas-Alexandre Davy de la Pailleterie, dit Dumas, qui s'était illustré pendant les campagnes de la République mais que l'Empire avait mis en disgrâce, mourut en 1806 et la famille Dumas ne disposa plus que de maigres ressources. Après quelques années d'études fort négligées, surtout dans le domaine des humanités, le jeune Alexandre fut contraint de gagner sa vie. Il fut clerc d'avoué à Villers-Cotterêts, puis à Crépy-en-Valois et, à l'âge de vingt ans, décida d'aller tenter sa chance à Paris où il arriva (1823) muni d'une lettre de recommandation pour le général Foy, qui était alors un des chefs de l'opposition. Cette protection et sa belle écriture lui valurent d'être embauché en qualité d'expéditionnaire dans les bureaux de la chancellerie du duc d'Orléans. Mais, dès cette époque, il ne rêvait que de conquérir la gloire dans la littérature ; son existence étant maintenant à peu près assurée, il décida donc de refaire complètement son instruction, en autodidacte, commença à faire éditer des poèmes et quelques nouvelles, et, à partir de 1825, à donner des vaudevilles aux théâtres du Boulevard. Ses véritables débuts datent cependant de son drame *Henri III et sa cour* (1829), dont l'immense succès, précédant celui d'*Hernani* (*), annonçait le triomphe prochain de la jeune génération littéraire romantique. Dumas, qui dès 1823 avait senti quel inépuisable réservoir de sujets dramatiques pouvait être l'histoire nationale, fut incontestablement le pionnier de cette révolution théâtrale. Avec une série de drames donnés au Théâtre-Français, à l'Odéon, etc., parmi lesquels : *Antony* (*) (1831), *Charles VII* (1831), *La Tour de Nesle,* en collab. (1832), *Catherine Howard* (1834), *Don Juan de Maraña ou la Chute d'un ange* (1836), *Kean ou Désordre et génie* (1836), et avec les adaptations scéniques qu'il donna plus tard de ses romans, il fut d'ailleurs le seul des grands romantiques à connaître une gloire théâtrale capable de rivaliser avec celle de Scribe, par exemple.

Homme de théâtre avant tout, il le resta en devenant romancier. Il garda le goût de la mise en scène et des coups de théâtre. Du passé, il ne retint toujours que les grandes actions et les grands hommes, riches en couleurs. Autodidacte, sa formation l'avait préservé de ce scepticisme et de ce relativisme qui accompagnent toute culture profonde. L'histoire n'était pas pour lui un objet de science, ou de simple curiosité, mais une source d'exaltation. Aussi, dans le passé, est-ce uniquement le démesuré, l'exceptionnel qu'il retient et utilise. Sans doute, dans ses quelque quatre-vingts romans (romans signés, mais non pas intégralement écrits par lui, car la part de Maquet, jeune professeur du lycée Charlemagne, avec lequel Dumas collabora de 1839 à 1851, semble importante) y a-t-il un énorme déchet. On ne lit plus guère ceux de la première période, *Le Capitaine Paul* (1838), *Les Aventures de John Davis* (1840), *Le Chevalier d'Harmenthal* (1843), *Georges* (1843), *Amaury* (1844), œuvres de petites dimensions comparées aux trilogies des « mousquetaires » – *Les Trois Mousquetaires* (*) (1844), *Vingt ans après* (*) (1845), *Le Vicomte de Bragelonne* (*) (1848) – et des guerres de religion – *La Reine Margot* (1845), *La Dame de Montsoreau, Les Quarante-Cinq* – ou au *Comte de Monte-Cristo* (*) (1845), qui demeurent les chapitres d'une véritable mythologie allègre, truculente, virile, humoristique, héroïque, dont l'influence sur les foules est inappréciable. La prodigieuse vitalité de Dumas le poussait d'ailleurs à toucher à tous les genres. Il écrivit les œuvres historiques : *Gaule et France* (1832), *Jeanne d'Arc* (1842), *Louis XIV et son siècle,* etc., qui ne méritent pas plus, il est vrai, que d'être citées pour mémoire ; mais la série de ses *Impressions de voyage* (1835-59) à travers l'Europe font de lui le premier maître du grand reportage. Naturellement, la politique l'a tenté : en 1830, il fit le coup de feu avec les insurgés, courut à Soissons où, revolver au poing, il s'empara d'une poudrière, partit en mission en Vendée et y organisa une garde nationale pour résister à une éventuelle chouannerie, fut élu capitaine de la garde nationale parisienne, mais se brouilla avec Louis-Philippe (qui l'avait pris cependant pour bibliothécaire au lendemain du succès d'*Henri III et sa cour*), fit scandale aux Tuileries, refusa de prêter serment au nouveau régime et, finalement, revint à la littérature pendant toute la période de la monarchie de Juillet.

En 1851, après avoir été, en mars et en juin 1848, deux fois candidat malheureux aux élections dans l'Yonne et en Seine-et-Oise, il s'exila en Belgique : mais c'était moins Louis-Napoléon qu'il fuyait que ses créanciers. Cinq ans plus tôt, en effet, après l'énorme succès remporté par une adaptation des *Trois Mousquetaires,* Dumas – tout en donnant encore des œuvres originales telles que : *Les Demoiselles de Saint-Cyr* (1843), *Catilina,* en collaboration (1848) – avait décidé de refondre pour la scène la plupart de ses romans et, pour les jouer, de bâtir son propre théâtre, le Théâtre historique, dont la construction avait coûté une somme fabuleuse. On y représenta *La Reine Margot* (1847), *Monte-Cristo* (1848), *La Jeunesse des mousquetaires, Ma guerre des femmes* (1849), etc. L'enthousiasme du public ne permit pas cependant de faire face aux dépenses énormes de l'établissement et, en 1851, cette aventure tournait au désastre financier au point que Dumas, désormais incapable de lui payer ses mensualités, se vit contraint de congédier son « nègre » Maquet. En Belgique, il écrivit ses tintamarresques et passionnants mémoires – *Mes mémoires* (1852-54) – et les derniers volumes des *Mémoires d'un médecin* : *Ange Pitou* (1851) et *La Comtesse de Charny* (1852), qui faisaient suite à *Joseph Balsamo* (1846) et au *Collier de la Reine* (1849). Rentré en France en 1853, il fonda au mois de novembre *Le Mousquetaire,* quotidien qui eut d'emblée un grand tirage pour l'époque – il publia l'*Iliade* en roman-feuilleton – et devint en 1857 *Le Monte-Cristo,* hebdomadaire « publié et rédigé par M. Alexandre Dumas seul ». Mais ses démêlés avec la censure de Napoléon III poussèrent Dumas à courir une nouvelle aventure : en 1860, il rejoignit l'expédition de Garibaldi en Sicile, se lança pour le compte du révolutionnaire italien dans un trafic de contrebande d'armes, puis séjourna pendant quatre années à Naples, où Garibaldi l'avait nommé conservateur du musée. Devenu insupportable aux Napolitains, qui le considéraient comme un profiteur, il revint à Paris. Ses nouvelles tentatives journalistiques avortèrent ou végétèrent ; Alexandre Dumas, qui, selon ses propres estimations, avait gagné durant sa vie dix-huit millions de francs-or, qui avait ébloui Paris par ses réceptions fastueuses et parcouru l'Europe en menant le train d'un grand seigneur d'Ancien Régime, qui s'était fait bâtir un château et un théâtre personnel, ne put passer les dernières années de sa vie qu'à la charge de son fils et de sa fille, Mme Petel. Il laissait non pas douze cents volumes comme il s'en vantait, mais tout de même plus de trois cents, et une multitude d'articles. Les histoires de la littérature le maltraitent, mais il reste, avec Balzac et Hugo, le plus lu des romantiques. Il n'a pas de style, c'est vrai. Mais ce colosse de la littérature avait le don de la vie. En dépit de leur inconsistance psychologique, ses personnages sont inoubliables. Peut- être ne faut-il pas juger Dumas selon les mesures valables pour les autres écrivains : c'est un créateur de légendes, comme la France n'en avait plus eu depuis les chansons de geste.

MICHEL MOURRE.

♦ *« Tu rentras dans ton œuvre éclatante, innombrable, / Multiple, éblouissante, heureuse, où le jour luit* [...] */ Et moi, dans l'unité sinistre de la nuit... »* Victor Hugo. ♦ *« C'est un Encelade, un Prométhée, un Titan ! »* Lamartine. ♦ *« Vous êtes plus qu'un grand écrivain vous etes une des grandes forces de la nature. »* Michelet. ♦ *« Lui qui porte un monde d'événements, de héros, de traîtres, de magiciens, d'aventuriers, lui qui est le drame en personne, croyez-vous que les goûts innocents ne l'auraient pas éteint ? Il lui a fallu des excès de vie pour renouveler sans cesse un énorme foyer de vie. »* George Sand. ♦ *« Le merveilleux Dumas... »* Apollinaire.

RÉF. : A. Dumas, *Mes mémoires,* Paris, 1851-1854. — Ch. Glinel, *Alexandre Dumas et son œuvre,* Reims, 1884. — H. Blaze de Bury, *Alexandre Dumas, sa vie, son temps, son œuvre,* Paris. — H. Parigot, *Alexandre Dumas père,* New York, 1901. — Lecomte, *Alexandre Dumas : sa vie intime, ses œuvres,* Paris, 1902. — J. Lucas-Debreton, *La Vie d'Alexandre Dumas père,* Paris, 1928. — M. Constantin-Weyer, *L'Aventure vécue de Dumas père,* Genève, 1944. — J. Charpentier, *Alexandre Dumas,* Paris, 1947. — H. Clouard, *Alexandre Dumas,* 1955. — Cl. Schopp, *Alexandre Dumas,* 1985.

DUMÉZIL Georges. Historien des religions français. Né et mort à Paris (4 mars 1898-11 octobre 1986). Fils d'un officier supérieur, il s'oriente vers les lettres et il entre à l'École normale supérieure. Ayant obtenu ses grades universitaires, il enseigne au lycée de Beauvais en 1920, puis dans différentes universités étrangères. Il est notamment lecteur à l'université de Varsovie (1920-1922), professeur d'histoire des religions à l'université d'Istanbul (1925-1931), lecteur à l'université d'Upsala (1931-1933), professeur à l'École nationale des langues orientales et directeur d'études à l'École pratique des hautes études (1935-1968). Il occupe la chaire des civilisations indo-européennes (1949-1968) au Collège de France ; nommé membre de l'Institut en 1970, il est élu membre de l'Académie française en 1978. Le simple énoncé de cette carrière prestigieuse donne la mesure des préoccupations intellectuelles et des recherches érudites de Georges Dumézil. Grâce à ses voyages et à ses séjours en Europe, à ses contacts nombreux avec les civilisations orientales et extrême-orientales, Georges Dumézil, dès le début de son enseignement, dirige ses recherches vers les mythologies comme étant les expressions allégoriques des civilisations. Sa thèse de doctorat d'État intitulée *Le Festin d'immortalité* (1924) est une étude de mythologie comparée. Derrière les mythes, Georges Dumézil entend débusquer les idéologies du pouvoir, et derrière les idéologies, les structures fondamentales des sociétés indo- européennes qu'on retrouve selon une sorte de dorsale géographique qui va de l'Inde au nord-ouest de l'Europe, couvrant ainsi une partie de l'Orient et une partie de l'Occident. À travers une série d'ouvrages, *Les Mythes romains* (1942), *Tarpeia* (1947), *L'Héritage indo-européen à Rome* (1949), *L'Idéologie tripartie des Indo-Européens* (1958), *La Religion romaine archaïque* (1966), *Heur et malheur du guerrier, aspect mythique de la fonction guerrière chez les Indo-Européens* (1969), *Du mythe au roman* (1970), *Fêtes romaines d'été et d'automne,* suivi de *Dix questions romaines* (1975). Georges Dumézil étudie ce qu'il appelle la tripartition fonctionnelle des Indo-Européens dont la société est hiérarchisée en guerriers, en prêtres et en producteurs (éleveurs et agriculteurs). Trois schémas qui correspondent à la force physique, à la magie de la religion et à la richesse. Grâce à ses recherches, qui s'étendent aussi bien à l'étude des dieux, comme Jupiter — v. *Jupiter, Mars, Quirinus* (1941) ou *Les Dieux des Indo-Européens* (1952) — à la théologie zoroastrienne, à la linguistique (*Essais de philologie comparative indo-européenne,* 1947), qu'à la Scythie, aux sagas, à l'ethnologie et à l'archéologie, Georges Dumézil a réussi non seulement à déterminer, mais à prouver les constantes d'une idéologie qui s'étendrait au-delà des frontières des nations et des empires, et qu'on retrouverait dans l'Antiquité, aussi bien en Caucasie que chez les Celtes, en Grèce, à Rome, en Germanie ou en Iran. Cette thèse fondamentale, qui apporte une véritable révolution dans l'historiographie antique, ne s'applique pas seulement à l'histoire des civilisations anciennes, mais également à celle du Moyen Âge, avec ses barons, ses clercs et ses paysans, avec ses classes fortement délimitées et hiérarchisées.

La place de Dumézil dans les sciences humaines dépasse largement le domaine indo-européen. La confrontation des sociétés ayant un lointain passé commun s'inspire de la linguistique structurale : la nature et la valeur d'un fait observé dans une culture donnée peuvent être établies à partir de la place qu'occupe le fait correspondant dans un système culturel différent. L'idée très neuve d'une création sans cesse renouvelée qui s'est imposée à Dumézil à partir de ses propres travaux explique des aménagements successifs par l'application d'un même schéma générateur : une structure donnée agit à tous les niveaux de la société, c'est une certaine conception de la société qui soutient les réactions religieuses, juridiques, philosophiques, esthétiques par lesquelles le génie d'une civilisation s'exprime.

DURANTY Louis Émile Edmond. Romancier né et mort à Paris (5 juin 1833 - 10 avril 1880). Avec son maître Champfleury, il fut la principale figure du mouvement d'où devait sortir le naturalisme. Sa vie tout entière fut marquée par la malchance. Transplanté à la campagne peu après sa naissance, il eut une enfance délaissée. Il était fils naturel d'Émilie Lacoste, qui lui donna le nom emprunté de Duranty, et de L. E. Anthoine. Vers sa vingtième année (1852) il revint à Paris, s'y fit remarquer par son intelligence aiguë et sentit que sa vocation était le métier d'écrivain. Il fonda d'abord une revue intitulée *Réalisme* qui n'eut guère que six numéros mais fit beaucoup parler d'elle. Devenu critique d'art pour gagner sa vie, il soutint efficacement la peinture impressionniste, alors naissante, devint l'ami de Courbet, de Manet et de Degas, lequel devait laisser de lui un portrait des plus saisissant, et publia, en 1876, *La Nouvelle Peinture, à propos du groupe d'artistes qui expose dans les galeries Durand-Ruel.* Tout en polissant son œuvre de romancier, il décida de se faire montreur de marionnettes. En dépit de la cocasserie qu'il y dépensait, son entreprise finit par faire faillite. La plupart des pièces de son répertoire sont réunies dans le volume intitulé : *Théâtre des marionnettes du Jardin des Tuileries* (1862). Duranty nous a laissé trois romans en tous points remarquables : *Le Malheur d'Henriette Gérard* (1860) qui se déroule dans un milieu de bourgeoisie provinciale ; le second, *La Cause du beau Guillaume* (1862) qui évoque la vie rurale ; le dernier, paru dix ans plus tard, nous transporte dans le grand monde : *Les Combats de Françoise du Quesnoy* (1872). Duranty fut loin d'obtenir le succès qu'il méritait. En souffrit-il ? Nul ne le sait. Quoi qu'il en soit, il ose écrire, en 1857 : « Je suis de ceux que l'avenir n'effraie pas. » Il avait raison, car Zola lui accorda une place dans sa galerie des ancêtres du naturalisme. Dédaignant toute musique, toute virtuosité, Duranty se distingue de ses contemporains par l'aptitude qu'il eut toujours de regarder les choses sans chercher en même temps à être quelqu'un. D'où sa merveilleuse liberté. C'est pourquoi la critique actuelle commence à lui rendre justice.

RÉF. : M. Parturier, *Joly et Duranty*, Paris, 1948. — L.-É. Tabary, *Duranty, étude bibliographique et critique*, Paris, 1954. — M. Crouzet, *Un méconnu du réalisme : Duranty*, 1965.

DURAS Marguerite (pseud. de Marguerite Donnadieu). Romancière, auteur dramatique et cinéaste née à Gia-Dinh, près de Saïgon, le 4 avril 1914, morte à Paris le 3 mars 1996. Ses parents, d'un milieu modeste, sont enseignants, attirés par le rêve colonial. Sa mère est institutrice, son père qu'elle ne connaîtra guère, professeur de mathématiques. Le père meurt en laissant trois enfants ; l'existence heureuse de la famille Donnadieu, en « Indo », se transforme alors en une vie plus hasardeuse, plus aventureuse. Pour subvenir aux besoins des siens, la mère accepte des postes précaires dans la brousse. « Petits blancs », colons méprisés et misérables, la famille vit comme les indigènes. La jungle tout autour devient l'aire de jeux des enfants, tremplin d'imaginaire, lieu de toutes les terreurs, de toutes les fascinations. La mère, dotée d'un caractère pugnace et autoritaire, achète une concession, fruit de ses économies de vingt années. Mais ignorante de la coutume du pot-de-vin ou ne voulant pas, par morale, y céder, elle se fait berner par l'administration qui lui vend une terre incultivable, harcelée par la mer de Chine. La légende s'installe : plus tard la mer de Chine deviendra le Pacifique, et cette mère abusée, une déesse révoltée contre les dieux, défiant son destin dans une sorte de folie souveraine.

En pension à Saïgon, la jeune Marguerite découvre les premiers émois, la violence de sa sensualité, la force impérieuse du désir. C'est à cette époque qu'elle rencontrera l'Amant, un riche et jeune Chinois, première expérience de l'amour, mais aussi de la transgression sociale.

Puis elle rentre en France. Son imaginaire est déjà nourri de tout ce qui construira l'œuvre à venir, de cette histoire de l'enfance, dont la future romancière tissera inlassablement la trame, la déchirant, la raccommodant : la lèpre, la jungle, le monde colonial, les palaces blancs, la corruption administrative, la puissance de la nature, l'irrésistible poussée du désir, la mort, les parfums.

En 1932, elle se fixe à Paris. Elle prépare une licence de droit, fait des études de mathématiques, s'inscrit en Sciences politiques. En France, elle découvre l'ennui, garde en elle la nostalgie des îles, des fleuves qui, comme des résilles, parcourent les terres humides, entretient en elle cette violence dont elle avait eu la révélation, éprouve l'amertume de cette liberté perdue de l'enfance, vécue sur les « terres du barrage ».

Les tensions familiales sont accrues par ce que l'auteur ressent très vite comme une terrible injustice : la préférence que sa mère accorda à son fils aîné, « un fils superbe, tendre et dévoué ». Cette différence dans l'amour, déclara-t-elle plus tard, fut subie « comme un malheur ».

Lentement, ainsi que d'une chose qui a peine à se livrer – d'où l'utilisation systématique de la parataxe et de l'asyndète, figures de style qui tentent de préciser, de formuler l'indicible en entassant substantifs et épithètes et en supprimant les liens logiques – se plantent les pilotis d'une œuvre dont *La Famille Taneran*, manuscrit refusé par les éditions Gallimard puis publié en 1943 sous le titre *Les Impudents* chez Plon, est le premier chantier. L'année suivante, Gallimard, conscient de son erreur, publie *La Vie tranquille*.

Parce qu'elle prétend qu'un écrivain ne peut écrire sous le nom du père, elle décide d'emprunter son pseudonyme à un nom de ville du Lot-et-Garonne. Désormais, elle s'appellera Marguerite Duras. En 1939, elle épouse Robert Antelme, qui réchappera des camps de la mort à l'issue de la Seconde Guerre mondiale, et au sujet duquel, elle écrira *La Douleur* (1985), récit autobiographique, mais auquel la violence, la souffrance brutale et l'émotion conféreront une portée universelle. En 1942, elle rencontre Dyonis Mascolo, dont elle aura un fils, Jean. Sa vocation d'écrivain s'affirme, influencée par les auteurs américains de la « lost generation », elle écrit, en 1950, *Un barrage contre le Pacifique*, qui reprend, de manière détournée, l'histoire de son enfance et surtout attribue à sa mère une dimension épique. Dans son appartement de Saint-Germain-des-Prés qui fut un lieu d'accueil de résistants, elle reçoit des artistes et des intellectuels : Bataille, Claude Roy, Edgar Morin, Blanchot... Dans ces mêmes années, elle milite au parti communiste, dont elle est un temps secrétaire de cellule puis qu'elle quittera avec violence.

Dès lors, elle ne cesse d'écrire. À un rythme soutenu, elle publie des ouvrages au ton et au contenu très homogènes : *Le Marin de Gibraltar* (1952), *Les Petits Chevaux de Tarquinia* (1953), *Des journées entières dans les arbres* (1954), *Le Square* (1955), *Moderato Cantabile* (1958), *Les Viaducs de Seine-et-Marne* (1960), *Dix heures et demie du soir en été* (1960). Tentée un temps très court par l'aspect novateur du Nouveau Roman, elle fera vite cavalier seul, prédisant les dangers de stérilité de cette école. Confusément, elle comprend que l'écriture théâtrale puis cinématographique, seront essentielles pour donner sens à sa création. Au cinéma, Alain Resnais lui demande un scénario : de cette collaboration éclatera la bombe inattendue du festival de Cannes 1959, *Hiroshima mon amour*.

Le cycle de Lol V. Stein s'inaugure en 1964 avec *Le Ravissement...* Cette œuvre-pilote satellisera d'autres œuvres grâce auxquelles Duras essaiera sans cesse d'approcher du sens mystérieux des êtres, des choses et du monde. Anne-Marie Stretter, image quasi archétypale d'une femme qu'elle a rencontrée dans son enfance sans jamais lui parler, hantera ce cycle, du *Vice-Consul* (1966) à *Savannah Bay* (1982), de *India Song* (1973) à *Son nom de Venise dans Calcutta désert* (1976), de *L'Amour* (1971) à *La Femme du Gange* (1973). Œuvre qui ne cesse de rebroder, de reprendre le canevas autobiographique pour le retravailler, le réinventer. « L'histoire de notre vie, de ma vie, elle n'existe pas, ou bien alors, il s'agit de lexicologie. Le roman de ma vie, de nos vies, oui, mais pas l'histoire. C'est dans la reprise des temps par l'imaginaire que le souffle est rendu à la vie », confie-t-elle.

Elle crée au théâtre avec la Compagnie Erouk-Deluca *Les Eaux et Forêts, Le Square, La Musica* (1965), *Yes, peut-être, Le Shaga* (1968). Madeleine Renaud devient son interprète préférée, depuis *Des journées...* (1968) à *Eden-Cinéma* (1977) et *Savannah Bay*.

Les événements de mai 68 la voient au premier plan de la contestation étudiante. Elle participe à des débats, des colloques, des motions, des comités, est, dit-on, à l'origine du fameux slogan « Sous les pavés, la plage ». De cette époque révolutionnaire, elle écrira *Détruire, dit-elle* (1969), livre-charnière qui servira de transition avec l'écriture cinématographique à laquelle elle s'adonnera désormais. Elle porte ainsi à l'écran, avec des moyens limités. *Détruire, dit-elle* (1969), *Jaune le Soleil*, d'après *Aban Sabana David* (1970), *Nathalie Granger* (1973), *India Song* (1975), chef-d'œuvre de l'imaginaire durassien, sorte d'apogée de son art, transfiguré dans l'image et la musique, *Le Camion* (1977). « Hors de toutes les combines », comme elle aime à le répéter, elle est de tous les combats, contre toutes les oppressions et pour tous les opprimés. La stature de Marguerite Duras grandit, elle devient un auteur-culte, objet de toutes les admirations et de toutes les haines. Ses livres sont attendus chaque année avec impatience et constituent, en en scandant les motifs, en en modulant les variations, le roman inventé de son imaginaire : *L'Homme assis dans le couloir* (1980), *Agatha* (1981), *L'Homme Atlantique* (1982), *La Maladie de la mort* (1982), *La Pluie d'été* (1990). Elle atteint la consécration et le grand public avec *L'Amant* (1984), véritable phénomène de société, couronné par l'académie Goncourt. Touchant à tous les genres, elle écrit des articles pour la presse, comme elle en écrivit autrefois dans *France Observateur* ou *Vogue*. *L'Été 80* (1980) renouvelle le genre et lui rend sa morale.

Souffrante ces dernières années, à la suite de plusieurs cures de désintoxication et atteinte d'emphysème pulmonaire qui l'ont conduite près de la mort dont son œuvre est si familière, délaissant sa maison de campagne de Neauphle-le-Château, qui fut un des hauts-lieux durassiens dans les années 1970 – v. le petit ouvrage *Les Lieux de Marguerite Duras* (1977) illustré de photos –, elle vit à Paris et dans la proustienne solitude des Roches Noires à Trouville, face à la mer, auprès de son dernier compagnon, Yann Andréa, et surtout face à ce vide, à ces enfouissements, à ces trappes, à ces absences dont les sables de la plage présumée de Balbec sont la métaphore, entretenant avec ce fameux « pacte autobiographique », dont son œuvre s'est nourrie, une subversion et un retournement qui l'ont menée dans le lieu même de l'écriture, secret et indicible.

Face au déchaînement médiatique provoqué par l'adaptation au cinéma de *L'Amant*, réalisée par le publiciste et cinéaste Jean-Jacques Annaud (1992), elle trouve néanmoins des forces pour condamner avec violence le film et son auteur auquel elle avait pourtant donné son accord, « pour le fric » dit-elle. Elle publie, au moment de la sortie du film sur les écrans, *L'Amant de la Chine du Nord*, « roman en profondeur », dégagé de l'aspect « pot-pourri » de *L'Amant*, plus concentré sur l'histoire du Chinois et nourri d'indications de mise en scène pour une éventuelle et autre réalisation cinématographique. Elle publie en mai 1992 *Yann Andréa Steiner*, dont le succès relève aussi du phénomène de mode, faisant du compagnon avec lequel elle vit depuis 1980 un héros durassien au même titre qu'Aurélia Steiner, Anne-Marie-Stretter ou le vice-consul, usant librement de sa désormais légendaire « écriture courante » au risque d'hétérogénéiser la matière narrative, d'où surgissent toutefois malgré redites et tics de langage, comme générés par une grâce presque involontaire, des moments d'intense poésie pure.

ALAIN VIRCONDELET.

RÉF. : Alain Vircondelet, *Marguerite Duras*, Paris, 1972 ; *Duras, biographie,* 1991. — Marcelle Marini, *Territoires du féminin avec Marguerite Duras*, Paris, 1977. — Yann Andréa, *M. D.*, Paris, 1983. — Jean-Luc Seylaz, *Les Romans de Marguerite Duras*, Paris, 1983. — Madeleine Borgomano, *Duras, une lecture des fantasmes*, Paris, 1985. — Jean Pierrot, *Marguerite Duras*, Paris, 1986. — *L'Arc*, numéro *Marguerite Duras*, 1990 — Aliette Armel, *Marguerite Duras et l'autobiographie,* Paris, 1990. — Christiane Blot-Labarrère, *Marguerite Duras,* Paris, 1992.

DUTOURD Jean. Romancier, essayiste et pamphlétaire. Né le 14 janvier 1920 à Paris. C'est un tempérament de polémiste qui innerve l'œuvre de Jean Dutourd. Humour caustique (« britannique » dirait l'auteur) qu'il applique d'abord à lui-même. Jean Dutourd a été fait prisonnier pendant la guerre et s'est évadé. C'est avec sa femme Camille Lemercier qu'il est entré dans la Résistance et qu'il a participé à la libération de Paris. Il a travaillé de 1947 à 1950 dans les services français de la B.B.C., il y écrira son premier roman *Tête de chien* (1950). En 1952, il touchera le grand public avec son roman *Au bon beurre* (prix Interallié). *Au bon beurre*, ou les aventures drôlatiques et sordides de deux petits commerçants sous l'Occupation, est une charge féroce contre les traficotages en tout genre auxquels se livrèrent une partie des Français pendant la guerre. La guerre, la « drôle de guerre » plutôt, a inspiré Jean Dutourd. La drôlerie souvent pathétique de cette guerre est un des thèmes de *Les Taxis de la Marne* (1956), qui est un récit haut en couleur de la campagne de juin 1940. Après un échec aux élections en 1958, Jean Dutourd va se consacrer à la fois à son œuvre et à son métier de journaliste. Il exercera ses talents dans la grande presse : à la fois comme critique dramatique et comme critique de télévision au journal *France-Soir*. Son métier lui permet d'être en prise directe avec les péripéties de l'actualité. Il est donc au premier rang pour observer les brusques évolutions de la société, dont il s'inspire pour composer ses romans. Ce moraliste croque ainsi son époque, ses travers, ses ridicules. *Le Séminaire de Bordeaux* (1987) est à cet égard significatif : le phénomène de la libération des mœurs y fait l'objet d'un portrait au vitriol. Les Simonot (personnages ridicules de cet instantané des années 70 qu'est le *Séminaire*) sont les dignes héritiers des Poissonard (les commerçants du *Bon beurre*). Jean Dutourd déteste toutes les formes de conformisme : jargons à la mode, lieux communs, esprit de sérieux. Un titre résume bien ses détestations : *Les Dupes* (1959) et *L'École des jocrisses* (1970). De son expérience à la B.B.C., il a tiré une connaissance de la langue anglaise qui a fait de lui le traducteur d'Hemingway (*Le Vieil Homme et la mer*), de Truman Capote (*Les Muses parlent*) et de Chesterton (*L'Œil d'Apollon*). L'Angleterre lui a aussi inspiré les *Mémoires de Mary Watson* (1980), autobiographie imaginaire de l'épouse du collaborateur de Sherlock Holmes. Il a publié ses essais de littérature sous le titre très classique de : *Le Fond et la Forme* (1965). Il a été élu à l'Académie française en 1978.

PHILIPPE BLONDEAU.

DU VAIR Guillaume. Magistrat, évêque et moraliste. Né à Paris le 7 mars 1556, mort à Tonneins (Lot-et-Garonne) le 3 août 1621. Issu d'une famille de noblesse auvergnate, fils d'un avocat général à la Cour des aides, il montra dans son enfance des dons exceptionnels, et ce fut à l'âge de quatorze ans qu'il passa sa licence « en décret ». Après avoir été quelque temps maître des requêtes de François, duc d'Alençon, il reprit sa liberté par dégoût des intrigues, et fut admis en 1584 au parlement de Paris en qualité de conseiller clerc. D'abord ligueur, il s'efforça, à partir de 1588, d'opérer un rapprochement entre Henri III et la Ligue, puis, après l'assassinat du souverain, reconnut que la seule solution des troubles politiques exigeait la conversion d'Henri IV et le ralliement autour du prince légitime. Il devint alors une des plus importantes figures du parti des « politiques ». Représentant du parlement de Paris aux états généraux de la Ligue qui s'ouvrirent le 25 janvier 1593, il s'efforça de déjouer les intrigues étrangères en répandant son *Exhortation à la paix* (1592), mémoire dans lequel il écartait les prétentions du roi d'Espagne, de Mayenne, du duc de Savoie, etc., et soutenait la fidélité à Henri de Navarre. Quelques mois plus tard, le 28 juin 1593, il fit un habile et courageux discours intitulé *Suasion de l'arrêt rendu en Parlement pour la manutention* *de la loi salique*, et obtint du parlement la condamnation, comme contraire aux lois fondamentales du royaume, de tout gouvernement de la France par un prince étranger. Nommé maître des requêtes par Henri IV, il fut chargé en 1596 d'une mission en Angleterre, puis nommé intendant général à Marseille avec la tâche de pacifier la Provence ; il reçut, en 1599, la charge de premier président du parlement d'Aix et, le 16 mai 1616, sans avoir rien sollicité, fut nommé garde des Sceaux par Marie de Médicis. Du Vair, qui avait reçu les ordres dès sa jeunesse, puisqu'il était chanoine de Meaux avant d'entrer au parlement de Paris, refusa, en 1603, l'évêché de Marseille ; il accepta cependant celui de Lisieux en 1618. Trois ans plus tard, alors qu'il accompagnait Louis XIII au siège de Nérac, il fut emporté par une épidémie. C'est une grande figure de la magistrature française du XVIe siècle, l'un de ses meilleurs orateurs et l'un des plus profonds théoriciens de l'éloquence. Son *Traité de l'éloquence française et des raisons pourquoi elle est demeurée si basse* (1594) marque une date dans l'histoire de notre langue et eut une grande influence sur Malherbe. Nourri des auteurs de l'Antiquité, traducteur des discours de Démosthène et de Cicéron et d'œuvres de saint Basile, Du Vair fut également un moraliste : c'est à Épictète et à la tradition du Portique qu'il se rattache dans ses traités *De la constance et consolation ès calamitez publiques* (1594) et *De la philosophie morale des stoïques* (1585) qui paraît avoir été plagiée par Charron dans *Les Trois Livres de la sagesse*. Toutefois, son important *Traité de la sainte philosophie* (avant 1585) laisse bien apparaître, à côté du disciple des stoïciens, le chrétien qui s'exprimera dans les *Méditations sur Job* (1606), les *Méditations sur le cantique d'Ézéchias* (1600) et les *Méditations sur les lamentations de Jérémie* (1600).

JACQUES BROSSE.

RÉF. : DU VR. Radouant, *G. Du Vair, l'homme et l'orateur*, Paris, 1909. — V. Giraud, *Écrivains et soldats*, Paris, 1921. — P. Mesnard, « Du Vair et le néo-stoïcisme », article dans *Revue d'histoire de la philosophie*, 1928, p. 142-166. — M. Fumaroli, *L'Âge de l'éloquence*, 1980, p. 492-530 et 688-690.

E

École des femmes (L') de Molière. Comédie en cinq actes de Molière (1622-1673), créée sur la scène du Palais-Royal le 26 décembre 1662. Proche de la courte comédie de *L'École des maris* par son titre, par le thème du cocuage, par le point de départ (un barbon de quarante ans tient recluse sa pupille qu'il veut épouser), par la perspective morale (Arnolphe a les mêmes idées rétrogrades sur les femmes et sur le mariage que Sganarelle), par le caractère du personnage central (un ridicule désigné comme tel par une scène initiale qui le met aux prises avec un « honnête homme »), *L'École des femmes* est la première « grande comédie » de Molière parce qu'elle est sa première comédie en cinq actes et en vers où peinture des mœurs et peinture des caractères sont étroitement associées dans le cadre d'une intrigue originale. Première « grande comédie » véritablement moliéresque, donc, elle profite pleinement des élargissements permis par le passage des trois actes de *L'École des maris* à cinq actes : l'approfondissement du personnage central, riche bourgeois qui prétend à la noblesse, ainsi que de l'ingénue, que l'on voit passer de la niaiserie à l'intelligence amoureuse, et l'étoffement réaliste que confère à la pièce l'introduction d'un couple de paysans, geôliers maladroits de l'héroïne.

Bourgeois intelligent et redouté depuis vingt ans pour son esprit prompt à se moquer des cocus de sa ville, Arnolphe révèle son aveuglement par ses prétentions nobiliaires (il veut se faire appeler monsieur de la Souche, du nom d'une métairie qu'il possède), par sa phobie du cocuage et par sa certitude d'y échapper en faisant élever sa pupille et future épouse, Agnès, dans la plus grande sottise possible. De retour de voyage, il rencontre le fils de son meilleur ami, Horace, qui lui apprend qu'il a séduit une jeune fille nommée Agnès, séquestrée par un certain monsieur de la Souche (I, 4) : il comprend ainsi que la naïveté d'Agnès a précisément permis au jeune homme de s'introduire chez lui pour faire sa cour avec succès, ce qu'elle lui avoue de bon gré (II, 5). Désormais l'intrigue progresse au rythme des ruses d'Agnès, que l'amour éveille à l'intelligence : lançant un pavé à la tête d'Horace, elle en profite pour lui faire passer un message (III) ; elle l'introduit dans sa chambre et le cache dans son armoire à l'arrivée d'Arnolphe (IV), et pour finir elle s'enfuit avec lui en pleine nuit (V). Mais l'une des grandes originalités de la pièce est que nous ne voyons rien de tout cela : toutes ces actions sont des récits faits par Horace à Arnolphe, dont il ignore toujours la double identité. Ainsi le comique provient-il de la naïveté d'Horace qui informe son rival et surtout de la confusion croissante d'Arnolphe, ridicule et pitoyable à la fois, qui découvre l'inutilité de chacune de ses précautions et la vigueur de l'intelligence amoureuse qu'Agnès déploie pour un autre que lui. C'est cette rétractation de l'action scénique au profit du discours et de l'approfondissement psychologique qui a permis de parler du classicisme de *L'École des femmes.* La pièce ne s'en termine pas moins par un double coup de théâtre, le premier par lequel Horace, croyant mettre Agnès en sécurité, la confie à Arnolphe, le second qui assure le dénouement en révélant la véritable identité d'Agnès, reconnaissance qui la rend à son père et à Horace, tandis qu'Arnolphe s'enfuit, la parole coupée.

Sur le plan dramaturgique, *L'École des femmes* résulte de la rencontre entre deux schémas dramatiques d'origine différente. On y retrouve la trame de la comédie à l'italienne : un jeune homme au nom italien — Horace est la transposition d'Horatio, l'amoureux type de la commedia dell'arte —, tombé amoureux d'une jeune fille aperçue à son balcon, cherche à s'introduire auprès d'elle en dépit de toutes les précautions prises pour la réserver au barbon qui veut l'épouser. Mais là où on attendrait un Mascarille ou un Scapin qui aurait aidé son maître à parvenir à ses fins, on trouve au centre de la pièce non un valet, mais le barbon précisément, au nom symbolique d'Arnolphe, saint patron des cocus depuis le Moyen Âge. Par là, la véritable ossature de *L'École des femmes* est à nouveau celle de la farce : l'histoire d'un mauvais tour joué involontairement à un jaloux, qui avait justement cru prendre toutes ses précautions. Mais une fois encore ce jaloux, cocu virtuel, n'est pas n'importe quel jaloux. Comme dans *L'École des maris*, la pièce s'ouvre sur un dialogue entre lui et le raisonneur, qui permet de définir sa folie. C'est un esprit assez fin pour s'être daubé de la bêtise de tous les cocus de la ville, mais qui sombre dans l'aveuglement quand il s'agit de sa propre relation aux femmes : persuadé que la femme doit être sous l'entière dépendance de l'homme, il croit qu'il pourra faire ce qu'il voudra d'une innocente. Ainsi Arnolphe n'est pas un simple personnage de farce qui est ridiculisé parce qu'il a constitutivement, en tant que mari (ou futur mari), vocation à être cocu, donc trompé et berné : il est ridiculisé parce qu'il se révèle être un fantoche, victime des apparences, aveugle sur le monde et sur lui-même. Enfin, Molière retient de la farce le principe du personnage vedette, que jusqu'alors seules quelques comédies en cinq actes fondées sur l'acteur comique Jodelet avaient utilisé. Ainsi la révolution que constitua *L'École des femmes* tient aussi au fait que, pour la première fois dans une pièce en cinq actes, l'opposant d'un couple amoureux, Arnolphe en l'occurrence, est présent dans trente et une scènes sur trente-deux. Cessant de se cantonner dans la petite comédie, la synthèse moliéresque entre la comédie à l'italienne et la farce, synthèse révolutionnaire, ne pouvait que heurter ceux qui se faisaient une idée arrêtée de la « grande comédie » en cinq actes et en vers, et ce d'autant plus que la satire, qui déborde maintenant le domaine du « petit divertissement », frappe une deuxième fois une puissante catégorie d'individus : les tenants de la morale traditionnelle fondée sur la religion. De là une violente querelle littéraire qui dura toute l'année 1664 et qui revêtit toutes les formes (libelles, pièces de théâtre, chanson insultante, accusation d'inceste auprès du roi). En réaction, Molière fit jouer deux courtes comédies, *La Critique de l'École des femmes* et *L'Impromptu de Versailles* (juin et octobre 1663), où il se défend, explique ses principes esthétiques et dresse une éblouissante caricature de ses ennemis. Malgré l'approbation très hautement manifestée par le roi, à la demande duquel est écrit et devant qui est créé *L'Impromptu*, Molière était devenu un homme dangereux. Le climat dans lequel allait naître la longue bataille de *Tartuffe* (*) était déjà en place.

G. F.

Éducation sentimentale (L'). Sous ce titre, Gustave Flaubert (1821-1880) écrivit deux romans : l'un, œuvre de jeunesse, commencé à Paris en 1843 et terminé à Rouen en 1845, ne fut publié qu'en 1914 ; l'autre, composé alors que l'auteur était en pleine possession de ses moyens, compte parmi les œuvres maîtresses du XIXe siècle.

Commencée en octobre 1864, *L'Éducation sentimentale* parut le 17 novembre 1869. À vrai dire, ce qui sépare et rend profondément étrangère la première *Éducation* à la seconde, ce n'est pas tant la diversité des scénarios (les preuves abondent, qui permettent de considérer la première comme une ébauche du roman de 1869), que la transmutation opérée par Flaubert des valeurs de la première et, par-delà ces valeurs, de la vie elle-même en œuvre d'art. La deuxième *Éducation* est à la fois l'histoire morale des hommes qui vécurent sous la monarchie de Juillet et l'histoire sentimentale d'une âme qui recherche l'inaccessible. Roman social et confession personnelle, étude de mœurs et livre d'amour, de passion : c'est dire le chemin parcouru. Frédéric Moreau, étudiant à Paris vers 1840, inquiet, mécontent, nourrit de vagues ambitions, ou plutôt des velléités à la fois littéraires, artistiques et mondaines. Son amour tendre et profond pour Mme Arnoux, femme d'un équivoque éditeur d'art tenant boutique de tableaux et gravures faubourg Montmartre, semble être la seule lumière de sa vie. Le ménage Arnoux est plutôt mal assorti ; fidèle jusqu'au sacrifice à son mari qu'elle n'aime point, Mme Arnoux — une des plus délicates figures qu'aient créées Flaubert — ne peut réprimer vis-à-vis de Frédéric une tendresse faite d'audace et de froideur, d'abandon et de découragement. Ayant fait la connaissance de Rosanette, une courtisane de bas étage, Frédéric hésite entre elle et Mme Arnoux, dont les indécisions finissent par le lasser. Il s'intéresse par ailleurs à une autre femme, la très riche Mme Dambreuse, qui pourrait l'aider à réaliser ses ambitions mondaines. Car, Frédéric est une de ces âmes impressionnables et sensuelles mais faibles, secouées par des frissons d'énergie qui retombent vite, en définitive toujours prêtes aux compromissions les plus lâches. Mais voici que Marie Arnoux lui avoue qu'elle l'aime et accepte un rendez-vous. Il l'attendra vainement pendant des heures, au coin de la rue Tronchet. Énervé, déçu, empli d'une colère orgueilleuse, sentant son amour disparaître « comme un feuillage emporté par un ouragan », il ira sangloter de détresse et de volupté dans les bras de Rosanette. Plus tard seulement, il saura que si Mme Arnoux ne fut pas fidèle au rendez-vous, c'est parce qu'elle fut retenue auprès de son enfant, brusquement en proie à une atteinte du croup. Mais maintenant Rosanette le tient, vulgaire, jalouse, provocante. Il a d'elle un fils qui meurt rapidement : même la paternité se réduit à une expérience terne et malheureuse. Sans amour, ayant délaissé Rosanette, il s'est rapproché de Mme Dambreuse dont il devient l'amant. Maintenant qu'elle est veuve, il se dispose à l'épouser pour donner à sa vie une solution quelconque. Mais, dans un sursaut d'énergie, il quittera Mme Dambreuse qui insulte à sa douleur et à son amour pour Marie Arnoux. Frédéric retourne alors dans son pays : il va retrouver la petite Roque qui l'aima si longtemps, si fidèlement, et à qui il avait laissé quelque espoir. Mais la petite Roque a épousé un de ses vieux camarades de classe qui est parvenu à le supplanter.

Bien des années après, en mars 1867, à la nuit tombante, « comme il était seul dans son cabinet, une femme entra » — « C'est lui, c'est donc lui », dit-elle en l'attirant vers la fenêtre. Dans le jour qui se meurt, ils évoqueront le passé ; des ombres se lèveront sous leurs pas, puis ce sera l'aveu, l'aveu tant attendu. Brusquement, s'arrachant à sa torpeur, à la griserie : « Adieu ! dit-elle... je ne vous reverrai jamais. C'était ma dernière démarche de femme ! » Mais avant, « elle défit son peigne ; tous ses cheveux blancs tombèrent. Elle s'en coupa, brutalement, à la racine, une longue mèche. — Gardez-les ! Adieu. Et ce fut tout ».

Livre d'amour, de passion douloureuse : cette scène et tant d'autres, la présence enchanteresse de Mme Arnoux qui domine l'œuvre entière, comme Mme Schlésinger domina la pensée de Flaubert, font de *L'Éducation sentimentale* un témoignage irrécusable sur la vie sentimentale de l'auteur. M. Gérard-Gailly a montré avec toute la précision, mais aussi toute la délicatesse et la pudeur qu'une âme sensible et farouche comme celle de Flaubert exigeait, les interférences et les recoupements du rêve et de la réalité dont cette œuvre est le fruit amer et brûlant. Un fait éclairera, mieux que tout autre, cette émouvante histoire : on a retrouvé les livres que Flaubert envoya à Mme Schlésinger. Tous sont conservés avec leur dédicace, un seul manque : c'est *L'Éducation sentimentale.*

Outre le ménage Schlésinger, auquel correspond partiellement dans le roman le ménage Arnoux, on a pu retrouver ainsi un certain nombre de « clefs » qui, si elles permettent d'identifier les modèles vivants auxquels des traits furent empruntés, montrent, par-delà l'intérêt anecdotique d'une telle identification, le mécanisme de la création flaubertienne et la maîtrise que l'auteur apporta dans l'art de tisser le réel et l'imaginaire, tant et si bien qu'« il devient impossible d'apercevoir le point où l'œuvre cesse d'être de l'histoire » (René Dumesnil). À la faveur d'une telle analyse, on découvre le roman de mœurs, la fresque sociale. Si Mme Dambreuse, dont le salon sert de cadre à de nombreuses scènes de *L'Éducation sentimentale*, lui fut inspirée par Mme Delessert, l'amie de Mérimée, si Martinon n'est pas sans rappeler Mérimée lui-même, M. Dambreuse, quant à lui, est un banquier de la bourgeoisie orléaniste, qui conseille à Frédéric de se livrer à des opérations boursières ; Dussardier, le jeune émeutier qui se mêle à la bagarre opposant étudiants et police, au quartier Latin, fait partie de cette jeunesse qui, vivant dans la fièvre révolutionnaire préparatoire à 1848, était « assez intelligente et assez forte pour concevoir un idéal, mais pas assez pour le réaliser ». Et ainsi, de proche en proche, se reconstitue une époque, selon la scrupuleuse méthode d'information que Flaubert avait déjà utilisée pour *Madame Bovary* (*). Nous savons par sa *Correspondance* que Flaubert s'inquiéta de savoir la nature des principales spéculations boursières durant l'été de 1847, qu'il demanda à Schlésinger lui-même de lui raconter ses souvenirs sur un vieux vaudeville qui fut joué, alors que Paris était en pleine révolution. À son ami Duplan, il écrit pour savoir si, « dans la nuit du 25 au 26 juin », c'était « la garde nationale ou la ligne qui occupait la rive gauche ». Ainsi, se trouve minutieusement recréée toute la vie parisienne de la cinquième décade du XIXe siècle, cette fermentation politique et sociale qui conduisit à la révolution de 1848 et au coup d'État. Georges Sorel a pu dire : « Un historien désireux de connaître l'époque qui précéda le coup d'État ne peut négliger *L'Éducation sentimentale.* »

Par tous ses aspects, *L'Éducation sentimentale* est le livre flaubertien par excellence : l'auteur y a mis la surabondance de toute sa vie intérieure et son peu de dispositions pour la vie pratique. C'est le livre du « bovarysme » masculin, à cette différence toutefois que l'échec de Frédéric Moreau, dans son pessimisme radical, n'a pas la force émotive de l'histoire de *Madame Bovary*, et c'est là sans doute ce qui explique l'insuccès du livre à sa parution et la défaveur dont, aujourd'hui encore, il se ressent auprès de certains lecteurs. Henry Céard nous rapporte qu'ayant un jour dit son admiration à Flaubert pour *L'Éducation*, celui-ci, laissant transparaître sa surprise, lui répliqua que c'était « un livre condamné, parce qu'il ne fait pas ça ; et joignant ses mains longues et élégantes, il simula une construction en pyramide. Le public — ajoutait-il — veut des œuvres qui exaltent ses illusions, tandis que *L'Éducation sentimentale* !... et il renversa ses grandes mains, fit le geste que tous ses rêves renversés tombaient dans un trou sans espoir ».

L'apparente monotonie d'un style accordé à l'écoulement quotidien de l'existence, mais riche en harmonies cachées, ne pouvait que confirmer le lecteur dans cette impression. Comment, aujourd'hui, ne pas reconnaître en cette œuvre goethéenne par son ampleur, un des livres capitaux de la littérature moderne qui a vu, par la suite, tant de copies de ce héros mélancolique. Certaines pages comme celles décrivant la rencontre des deux amants, à la fin du roman, comptent parmi les plus pures et les plus lyriques de toute l'œuvre flaubertienne. Livre condamné, « livre maudit » écririons-nous aujourd'hui, nous pouvons conclure, avec Théodore de Banville, que de ce chef-d'œuvre « tout le monde contemporain était sorti ».

Églogue. Petit poème pastoral qui met en scène des bergers. Le mot, qui vient du grec *eklogè,* « morceau choisi », désigna d'abord un petit poème quelconque choisi par son auteur en vue de la publication. C'est en ce sens étymologique que l'entend Baudelaire dans ces deux vers de « Paysage » : « Je veux, pour composer chastement mes églogues, / Coucher auprès du ciel, comme les astrologues... » Mais, après qu'on l'eut appliqué aux *Bucoliques* de Virgile, il en vint à ne conserver que son sens moderne. C'est ainsi qu'on parle des *églogues* de Théocrite, et que Ronsard intitule un de ses recueils *Églogues et mascarades* où, prenant pour modèles Théocrite et Virgile, mais aussi l'*Arcadia* de l'Italien Sannazar, il compose une suite de scènes pastorales unies par une légère intrigue. Sous les dehors de la simplicité, une églogue est souvent un poème à clés, comme en témoigne l'*Églogue au Roi sous les noms de Pan et Robin,* où Marot, sous le nom de Robin, s'adresse à François Ier-Pan.

CHRISTIAN DOUMET.

Élégie. Poème à forme non fixée, caractérisé par un ton mélancolique. Dans l'Antiquité, le mot désigne une pièce de vers sur un sujet quelconque, composée d'hexamètres et de pentamètres alternés, formant distique élégiaque. Telles sont les *Élégies* de Catulle, celles de Properce, deux recueils imités des poètes alexandrins, ou encore celles de Tibulle.

Les *Élégies* de Ronsard, fidèles au modèle de Catulle, chantent l'amour sur le mode du regret, enrichissant le mot du sens qu'il gardera. Selon Ronsard, l'élégie ne devrait guère dépasser trente ou quarante vers, mais il renonça luimême fréquemment à cette brièveté. Les *Élégies* d'André Chénier (publiées en 1819, mais écrites entre 1785 et 1788), tributaires, dans l'esprit de la fin du XVIIIe siècle, du goût pour l'antique (elles furent écrites au retour d'un voyage à Naples), ouvrent en fait la voie à l'élégie romantique, et on les a souvent rapprochées des élégies de Lamartine. L'alliance de l'amour et du paysage antique paraît bien être en fait un trait assez constant du genre, qu'illustrent encore les *Élégies romaines* de Goethe publiées en 1793, au retour d'un voyage en Italie. Lorsque Apollinaire intitule un des poèmes du *Guetteur mélancolique* « Élégie » (1909), c'est au paysage rhénan qu'il associe le souvenir d'un amour défunt (« Et notre amour se mêlait à la mort »), mais la forme est ici aussi nostalgique — quatrains d'alexandrins régulièrement rimés — que le sujet qui l'inspire.

CHRISTIAN DOUMET.

ELIADE Mircea. Écrivain français d'origine roumaine. Né le 9 mars 1907 à Bucarest (Roumanie), mort à Chicago le 23 avril 1986. Il entre à l'université de Bucarest en 1925 et il manifeste aussitôt un grand intérêt pour la philosophie, l'histoire des religions et les langues orientales. Ayant achevé ses études avec un diplôme consacrant son étude sur *Marsile Ficin et Giordano Bruno*, il séjourne aux Indes entre 1928 et 1932 et s'initie au sanscrit à l'université de Calcutta, tout en pratiquant le yoga, sur lequel il écrira plusieurs ouvrages parmi lesquels *Le Yoga. Essai sur les origines de la mystique indienne* (1936) ; *Yoga, immortalité et liberté* (1954). Pendant cette période, il se fait connaître aussi comme essayiste et historien de l'histoire des religions qu'il enseigne à l'université de Bucarest ; il publie des œuvres romanesques, *La Nuit bengali* (1933), *Le Retour du paradis* (1934), *Les Houligans* (1935). Après une carrière diplomatique en qualité d'attaché culturel à Londres en 1940 puis à Lisbonne, il s'installe à l'École des hautes études et publie des ouvrages fondamentaux : *Le Mythe de l'éternel retour* (1949), qui tend à montrer que toutes les religions dans leur profondeur ont sensiblement les mêmes racines, les mêmes thèmes et les mêmes mythes, et que les religions archaïques peuvent être interprétées selon les données des cycles du Cosmos. Il reprendra et développera ces idées dans un autre ouvrage, *Aspects du mythe* (1962), et il les complétera dans son *Traité d'histoire des religions* (1949) ainsi que dans d'autres ouvrages, fruits de ses voyages, de ses études personnelles et de ses cours dans les universités européennes et américaines : *Le Chamanisme et les techniques de l'extase* (1951) et un roman traduit en français en 1956, *Minuit à Sérampore* (1939). En cette même année 1956, il enseigne l'histoire des religions à l'université de Chicago et il fait paraître *Le Sacré et le Profane* qui analyse la désacralisation de l'homme contemporain. Dans *Mythes, rêves et mystères* (1957), il montre à quel point les croyances primitives et leurs analyses peuvent être utiles à la civilisation moderne dans la crise qu'elle traverse. De même, dans *Forgerons et Alchimistes* (1956), il fournit une synthèse de ses recherches sur les mythes du travail et du métal, auxquels se rattache l'alchimie. En dépit des critiques qu'il a dû subir au cours de sa carrière — on a trouvé, par exemple, trop aléatoires ou trop imaginatives ses perspectives d'historien des religions —, Mircea Eliade est, à l'égal d'un Georges Dumézil, un des penseurs les plus originaux de notre XXe siècle et un des interprètes et des analystes les plus singuliers de la symbolique religieuse et de ses incidences sur le comportement humain (il a commencé à publier en 1976 *Histoire des croyances et des idées religieuses*). Il publie en 1980 le premier tome de ses Mémoires (*Promesses de l'équinoxe*). Le deuxième (*Les Moissons du solstice*) est paru posthume en 1988.

JOËL SCHMIDT.

RÉF. : *Myths and Symbols. Studies in Honor of Mircea Eliade*, Chicago, 1968. — *Cahier de l'Herne* n° 33, Paris, 1978. — D. Allen, *Mircea Eliade et le phénomène religieux*, Paris, 1982.

Élision. Chute d'un son vocalique final devant un son vocalique initial (devant une consonne, on parle d'*apocope*). Ainsi, le *i* de *si* s'élide devant *il.* L'élision concerne, dans la grande majorité des cas, le son terminal d'un mot suivi d'une voyelle ou d'un *h* non aspiré.

Elle peut être seulement phonétique (*un*(*e*) *arme*) ou marquée par une apostrophe : *lorsqu'il.* La règle de l'élision est l'une des constantes du système prosodique français. Elle touche même le pronom *le* après un impératif, dans l'ancienne langue : « De la mer et des vents, conduisez-l(e) à bon port » (Ronsard). Quelques mots se comportent comme si leur voyelle initiale était précédée d'un *h* aspiré (voyelle « couverte ») ; *le onze ; le onzième ; le uhlan.*

CHRISTIAN DOUMET.

Ellipse. Du grec *elleipsis :* « manque ». Figure de style marquant une rupture dans un énoncé, puisqu'elle supprime les mots d'une phrase que l'environnement immédiat permet de deviner. Cette économie de vocabulaire est fréquente dans la langue parlée. En outre, par sa concision, elle acquiert de la densité en ne gardant que les mots chargés de sens, aussi la rencontre-t-on dans l'expression de sentiments intenses : désir, regret... en particulier dans le discours dramatique : « Je t'aimais inconstant, qu'aurais-je fait fidèle ? » (Racine, *Andromaque* [*]).

ARLETTE BOUÉ.

ELSKAMP Max. Poète belge d'expression française. Né et mort à Anvers (5 mai 1862-10 décembre 1931). C'est, sans contredit, le plus original des poètes belges de son temps. De bonne bourgeoisie catholique, et très pieux, il éprouva très jeune le goût de son folklore natal. De 1892 à 1895, il publia diverses plaquettes à faible tirage dont l'édition collective parut en 1898 sous le titre de *La Louange de la vie*. Ce sont : *Dominical*, *Salutations dont d'angéliques*, *En symbole vers l'apostolat* et les *Six chansons de pauvre homme pour célébrer la Semaine de Flandre*. La même année, il fit paraître *Eluminures* (1898). Il semble que le symbolisme ait été son élément naturel. Il évoque la rumeur des cloches, l'or des retables et la poussière des processions — sans oublier la vie des humbles. Toute son œuvre se déroule comme une litanie où les nuages seraient des anges commis au soin d'embellir notre pauvre vie. On songe à un primitif qui fabrique ses couleurs lui-même. Mais cet art naïf est loin d'être toujours exempt de préciosité. Par là même, Elskamp semble bien le frère septentrional de Francis Jammes. Néanmoins, et en dépit de certaines gaucheries, l'ensemble garde un ton classique. Signalons que la guerre de 1914 inspira au poète deux recueils d'un sentiment tout différent : *Sous les tentes de l'exode* (1921) et *Chansons désabusées* (1922). Avant de mourir, Elskamp retrouva sa vraie veine avec *Chanson de la rue Saint-Paul* (1928).

♦ *« L'âme que je perçoive la plus transparente est la vôtre et sur cette verrière, autrement que des motifs à coloration et chatoiement vains, se figure... candidement comme le chant d'enfants primitifs ou la rêverie elle-même directe, y adhérant pour seule voile et toute blancheur... »* Mallarmé à Elskamp.

RÉF. : Jean de Bosschère, *Max Elskamp,* Paris, 1914. — Charles-Louis Philippe, *Max Elskamp,* Liège, 1951. — Robert Guiette, *Max Elskamp,* Paris, 1955. — Pascal de Sadelear, *Max Elskamp poète et graveur,* Bruxelles, 1985.

ÉLUARD Paul (pseud. d'Eugène Grindel). Poète né le 14 décembre 1895 à Saint-Denis, mort le 18 novembre 1952 à Paris. Après des études à Paris, il effectue de longs séjours en Suisse pour rétablir sa santé gravement menacée. À la fin de la Première Guerre mondiale, il fait la connaissance de Breton, Soupault, Aragon, Tzara, Max Ernst, Arp, Magritte, Miró et Man Ray. C'est l'époque où il s'engage pleinement dans l'expérience surréaliste. En 1924, il quitte la France et fait le tour du monde. À son retour, il adhère au parti communiste et milite pour une poésie plus sociale : « Le temps est venu où tous les poètes ont le droit et le devoir de soutenir qu'ils sont profondément enfoncés dans la vie des autres hommes, dans la vie commune » (conférence prononcée en Espa- gne en 1936). Dès lors, sa trajectoire, sans renier le surréalisme, prendra de plus en plus un aspect politique.

Paul Éluard est sans doute le plus grand poète qu'ait produit le mouvement surréaliste. Et c'est sans doute le seul poète français — avec Jacques Prévert — à avoir connu au XXe siècle une certaine popularité. Non que sa poésie soit facile, au mauvais sens du terme. Quand bien même elle déroute le lecteur habitué au vers traditionnel, elle reste marquée — au-delà de ses obscurités apparentes — par une certaine transparence. *Poèmes pour la paix* (1918), *Les Hommes et leurs animaux* (1920), *Mourir de ne pas mourir* (1924), *Capitale de la douleur* (*) (1926), *Défense de savoir* (1928), *L'Amour la poésie* (1929), *La Vie immédiate* (1932), *La Rose publique* (1934), *Notes sur la poésie* (1936), *Les Yeux fertiles* (1936), *Cours naturel* (1938), *Le Livre ouvert* (1940), *Sept poèmes d'amour en guerre* (1943), *Poésie ininterrompue* (1946), *Le Dur Désir de durer* (1946), *Le temps déborde* (1947), *Corps mémorable* (1947), *Poèmes politiques* (1948), *Pouvoir tout dire* (1951), *La jarre peut-elle être plus belle que l'eau ?* (1951), toutes ces œuvres témoignent d'une conquête de la transparence. Il faut citer aussi les ouvrages publiés avec d'autres poètes, comme *L'Immaculée Conception* (1930), *Ralentir travaux* (1940), et les textes écrits dans *Le Surréalisme au service de la Révolution* à partir de 1930.

D'abord influencé par l'unanimisme, Éluard a évolué vers une poésie de plus en plus libérée des entraves traditionnelles. Nul doute que le surréalisme, en cela, l'ait aidé à trouver sa dimension propre. *Capitale de la douleur* témoigne que cette libération — à la fois poétique et personnelle — a dû être difficile. Proclamé chantre de la vie, de l'amour, de la chaleur humaine, de la simplicité, Éluard a dû lutter pour échapper au monde de la solitude, de la maladie et de la mort. « J'ai été seul, a-t-il dit une fois, et j'en frémis encore. » Cet arrière-fond de souffrance et de « froid » (comme il dit dans *Capitale de la douleur*) donne tout son prix à son éloge du bonheur. Parmi les surréalistes, il est *le* poète de l'amour, plus encore que Breton. Ses poèmes sur la femme aimée (sur les femmes aimées, faudrait-il dire, car Éluard a été marqué par plusieurs amours qui l'ont « inspiré » — voir *Lettres à Gala,* posth., 1984) comptent parmi les plus beaux poèmes d'amour de la langue française. Il chante l'amour dans une poésie simple, directe, riche en images audacieuses, mais toujours accessible. L'une des qualités les plus notables de ses poèmes est certainement l'ouverture. Chaque vers, chaque image, chaque mot est une porte donnant sur un monde diaphane, léger, d'une pureté et d'une liberté qui n'appartiennent qu'à lui. Poète de l'amour, Éluard a logiquement été aussi le poète de l'amitié, de la solidarité entre les hommes : « La poésie, écrit-il, ne se fera chair et sang qu'à partir du moment où elle sera réciproque. Cette réciprocité est entièrement fonction de l'égalité du bonheur entre les hommes. Et l'égalité du bonheur porterait celui-ci à une hauteur dont nous ne pouvons encore avoir que de faibles notions... » Telle est la conviction qui, au fil des années, soutient des recueils comme *La Vie immédiate* et *Poésie ininterrompue.* Titres qui, en eux-mêmes, expriment tout un programme : la vraie poésie est « immédiate » et « ininterrompue », elle est poésie de tous les jours, poésie du quotidien, des gestes journaliers, des choses simples. La poésie éclaire littéralement la vie des hommes. Elle est lumière : « Mille images de moi multiplient ma lumière. » Éluard est unique par cette foi grave et souriante qu'il a dans la lumière. Amour, amitié, bonheur sont lumière. Et la lumière, elle, est liberté. Sa poésie transmet au lecteur cette vision, d'un optimiste plutôt exceptionnel. Non que le poète croie cette liberté facilement accessible. *Le Dur Désir de durer* marque bien qu'il s'agit d'une lutte, voire d'une ascèse, que la souffrance, la mort, la solitude, la folie, et aussi l'oppression et l'incompréhension, sont toujours là, en arrière-fond, un arrière-fond nocturne et obscur contre lequel le poète élève son rideau de paroles lumineuses et tendres.

Éluard est un prodigieux créateur d'images. C'est par l'image qu'il « donne à voir » la lumière. On l'a souvent sommé d'expliquer ce vers apparemment contradictoire ou énigmatique : « La terre est bleue comme une orange. » Cette comparaison au premier abord absurde peut servir à faire comprendre sa poétique, si l'on renonce à l'expliquer et si l'on se confie à la dynamique propre de l'image. À une certaine profondeur de la perception, terre et fruit du Sud, bleu et orange se confondent et évoquent la saveur, la substance de la vie terrestre.

On trouverait facilement chez Éluard des centaines d'images de ce genre, à la fois énigmatiques et lumineuses, toutes secrètement porteuses d'un message de vie et d'espoir. Saint-Just avait dit que « le bonheur est une idée nouvelle en Europe ». Éluard reprend poétiquement ce credo. Sa poésie est, finalement, clarté et générosité. Elle est bonté. De quel autre poète pourrait-on dire la même chose ?

ANTOINE BERMAN

RÉF. : Louis Parrot et Jean Marcenac, *Paul Éluard,* Paris, nouvelle éd., 1969. — Jean-Pierre Richard, *Onze études sur la poésie moderne,* Paris, 1981. — Daniel Bergez, *Éluard ou le rayonnement de l'être,* Seyssel, 1982. — Jean-Charles Gateau, *Éluard, le frère voyant*, 1988.

Émaux et Camées. C'est le recueil de poésies le plus célèbre et le plus important de Théophile Gautier (1811-1872). La plupart des poèmes qui y figurent sont très courts et écrits en quatrains d'octosyllabes. Paru en 1852, ce livre marque en quelque sorte la fin de la première grande poésie romantique, idéaliste, sentimentale et grandiloquente, et inaugure la poésie parnassienne. Il comprend une cinquantaine de poésies, la plupart descriptives, où, dans une forme d'une pureté cristalline, l'auteur exprime, avec légèreté et délicatesse, les divers aspects du monde extérieur (« Étude de mains », « Variations sur le carnaval de Venise », « Cœrulei Oculi », « L'Obélisque de Louxor », « Odelette anacréontique », « Apollonie », « La Rose-Thé », « Carmen », etc.). Le poème inscrit en tête de l'ouvrage lui sert d'introduction ; l'auteur y proclame les droits de « l'art pour l'art », qui s'éloigne de la réalité en se tournant vers une contemplation désintéressée de la beauté. La dernière poésie précise la « poétique » de Gautier : le poète entend donner le jour à une forme absolument plastique et rigoureusement définie : « Sculpte, lime, cisèle ; / Que ton rêve flottant / Se scelle / Dans le bloc résistant. » C'est ainsi qu'une carrière poétique qui avait commencé par le truculent romantisme des premiers vers s'orientait avec décision vers la représentation plastique du « monde sensible ». La couleur et l'admirable netteté de ligne d'*España* aboutissaient à l'élégance raffinée de ce dernier recueil. Pour ses idées sur l'art, pour son sens de la discipline nécessaire à l'artiste, pour son amour de la forme pure et son instinct du métier, Gautier fut considéré à juste titre, par Baudelaire lui-même, comme un « maître » (« Gautier, c'est l'amour exclusif du Beau, avec toutes ses subdivisions, exprimé dans le langage le mieux approprié »). Dans ce livre caractéristique, les meilleurs poèmes sont encore ceux d'inspiration élégiaque. L'originalité, la grâce de certaines notations exquises sont constamment rehaussées par une émouvante recherche de perfection.

Emblème. Genre littéraire particulièrement développé au XVIe siècle — après les *Emblemata* (1531; traduction française en 1536) du juriste Alciat — qui consiste à jouer sur les rapports entre trois éléments : d'une part un texte court (la devise, appelée aussi *motto*) et une image, et d'autre part un texte qui commente les deux premiers éléments appelé l'*impresa*. L'ensemble tient habituellement dans le cadre de la page : le lecteur est ainsi invité à se faire spectateur et analyste des rapports entretenus par l'image et les textes. Les principaux emblèmes sont ceux de Gilles Corrozet (*Les Blasons domestiques,* 1539), Maurice Scève (*Délie* [*], 1544), Georgette de Montenay (*Emblèmes et devises chrestiennes,* 1571). La théorisation du genre sera effectuée au XVIIe siècle par le père Ménestrier dans son *Art des emblèmes* (1664).

FRANÇOIS ROUDAUT.

Émile ou De l'éducation. La plus connue peut-être des œuvres de Jean-Jacques Rousseau (1712-1778). Elle fut écrite et publiée en 1762, peu après *Julie ou la Nouvelle Héloïse* (*) et *Du contrat social.* Rousseau, fidèle à son principe selon lequel l'homme naît bon, ses vices étant seulement imputables à un état social mal organisé et à une éducation foncièrement mauvaise, voulut établir dans ce livre les principes d'une éducation naturelle ; il le fit, en se conformant à la mode du temps et en donnant à son traité la forme d'une sorte de « roman psychologique ». Si l'on dépouille l'histoire de l'éducation d'Émile de quelques détails, on s'aperçoit qu'elle se ramène facilement à quelques grands principes. L'« éducation naturelle » est, pour Rousseau, non pas celle fondée sur les règles de la société et sur les traditions de l'école, mais sur la connaissance de la véritable nature de l'homme ; c'est pourquoi une étude rigoureuse de la nature de l'enfant s'impose. Ce point constitue une nouveauté pédagogique d'une grande importance ; c'est Locke qui en a pour la première fois proclamé et souligné la nécessité, aussi Rousseau le considère-t-il en quelque sorte comme son seul précurseur. Il faut admettre en outre que les instincts naturels, les premières impressions, les sentiments et les jugements simples et spontanés qui naissent dans l'esprit de l'homme au contact de la nature sont les meilleurs guides de sa conduite et l'enseignement le plus précieux. Il s'ensuit qu'il faut respecter et favoriser chez l'enfant le développement de ces phénomènes instinctifs, et se garder de les étouffer par une éducation mal comprise comme on l'avait fait jusqu'à présent. Ces considérations amènent à la conception de l'« éducation négative » (le rôle du maître étant surtout de préserver l'enfant) et à la polémique contre l'éducation « positive » du XVIIIe siècle : cette dernière, selon l'auteur, tend à former prématurément l'intelligence et à instruire l'enfant dans ses devoirs d'homme mûr. Rousseau au contraire veut « perfectionner les organes du savoir [...] préparer le chemin à la raison par un bon exercice des sens... ». L'éducation négative ne donne pas la vertu, mais elle protège du vice ; elle n'inculque pas la vérité, mais elle protège de l'erreur. Elle dispose l'enfant à prendre le chemin de la vérité quand il sera en mesure de la comprendre, et du bien quand il aura acquis la faculté de le connaître et de l'aimer. Ces affirmations de principe sont suivies de la description d'un cycle complet d'éducation : celui-ci est divisé en quatre périodes, lesquelles correspondent au développement du corps, des sens, du cerveau et du cœur.

La première période, allant de un à cinq ans et correspondant à une vie purement physique, doit être employée à fortifier le corps, sans la moindre contrainte, en évitant de forcer le développement intellectuel et moral du petit enfant (« c'est un grand désavantage pour lui d'avoir plus de paroles que d'idées, et de savoir dire plus de choses qu'il n'en peut penser »).

La seconde période, de cinq à douze ans, est celle durant laquelle l'enfant accomplit ses expériences concernant le monde extérieur. Vivant toujours à la campagne, en contact direct avec la nature, il s'habitue seul à éduquer ses sens et ses organes, et à s'en servir pour satisfaire ses propres désirs : il apprend à tirer de justes conclusions de ses propres expériences, et exerce ainsi avec la plus grande droiture sa propre raison, en découvrant par lui-même les principes de tout savoir. Apprendre à lire est une chose secondaire par rapport à tout cela : l'enfant habitué à s'intéresser à tout y arrivera de lui-même. L'éducateur n'est qu'un guide. Les punitions de ses fautes, qui entraîneront la connaissance de ce qu'il ne doit pas faire, doivent naître de l'expérience directe. Si, aux lectures et aux leçons de morale, l'auteur préfère la causerie et la « leçon de choses », il accorde — avec juste raison d'ailleurs — une place importante à l'éducation physique. Habitué à mener une vie au grand air, usant d'une nourriture simple et abondante, l'enfant sera « un bel animal ».

Arrivant ainsi à la troisième période, celle de l'éducation intellectuelle, l'enfant sera apparemment très ignorant, mais plein de vie, observateur pénétrant, capable d'exercer ses facultés logiques et de s'instruire lui-même. Sa vivacité naturelle, secondée et guidée opportunément, le fera très rapidement s'instruire. Il lui faudra peu de livres — *Robinson Crusoé*, exemple d'énergie naturelle, est ici très recommandé — et beaucoup d'expérience. L'ardeur de savoir est naturelle en lui, et il faut viser à la satisfaire, mais nullement pour lui permettre de faire belle figure par une accumulation de notions mécaniquement enregistrées. À l'étude des sciences naturelles, qui comportent la géographie et les mathématiques, on doit ajouter l'apprentissage d'un métier manuel (Rousseau suggère celui de menuisier).

Puis vient la quatrième période, de quinze à vingt ans : à ce point (quinze ans), finit d'ordinaire l'éducation ; mais c'est la comprendre d'une manière trop étroite, car en réalité elle devrait commencer maintenant... Jusqu'alors, l'homme connaissait seulement sa propre existence physique. Il devra désormais étudier ses relations avec les choses et, puisqu'il naît à la vie morale, ses rapports avec l'humanité : cette tâche sera à proprement parler l'occupation de toute sa vie. Une telle éducation sera évidemment morale et religieuse. Le sens religieux de la vie s'est développé naturellement chez le jeune homme par l'observation de la nature : l'épisode montrant Émile qui s'agenouille devant le soleil, sentant naître en lui un acte d'adoration spontané pour son Créateur, est célèbre. Cependant, la saine connaissance de soi-même l'a disposé à connaître ses semblables, et l'amour de lui-même est devenu amour du prochain. Arrivé à ce point, il n'est pas toujours possible, et même souhaitable, d'apprendre à éviter le mal en en expérimentant directement les conséquences ; aussi, « quand l'expérience est dangereuse, au lieu de l'accomplir nous-mêmes, nous pouvons tirer une leçon de l'Histoire » (c'est-à-dire de l'expérience des autres). Les idées religieuses, peu nombreuses, simples, fondées sur le sentiment, doivent être enseignées à l'élève seulement à l'âge de dix-huit ans : s'il les connaît trop tôt, on court le risque qu'il ne les connaisse jamais bien, c'est-à-dire qu'elles restent pour lui pures abstractions.

La nouveauté et l'audace du livre de Rousseau ne peuvent être mesurées pleinement aujourd'hui, car une grande partie de ses idées sont désormais passées dans la pratique même de l'éducation, et ses principes sont suivis par tous. Qu'il suffise de dire qu'il a révolutionné complètement la pédagogie, en commençant l'étude systématique de l'âme de l'enfant et en introduisant triomphalement, dans le domaine éducatif, les principes de la méthode expérimentale. Tous les célèbres éducateurs du XIXe siècle, depuis Pestalozzi, Herbart, Froebel, tout en le discutant, dérivent directement de Rousseau. Une forme passionnée et éloquente, un style direct et vivant, riche de digressions poétiques, conservent à ce livre toute sa vitalité.

EMMANUEL Pierre. Poète né à Gan, en Béarn, le 3 mai 1916, mort à Paris le 22 septembre 1984. Ses études secondaires accomplies à Pau, il fait des études scientifiques, devient élève du philosophe Jean Wahl. Après un bref séjour aux États-Unis où son père séjournait, il gagne sa vie comme professeur libre, à Cherbourg, puis à Pontoise. Deux rencontres sont décisives pour sa vocation poétique ; celle de Pierre Jean Jouve, qui l'encourage dans ses premiers essais, puis celle d'Henri Michaux, qui l'introduit dans le « monde des lettres ». Son premier livre paraît en 1940 (*Élégies*) – le livre ne quitta pas les caves de son éditeur belge. Il séjourne durant quatre ans à Dieulefit, dans la Drôme, d'où il envoie le manuscrit du *Tombeau d'Orphée* à Pierre Seghers, qui l'édite avec un certain succès en 1941 (nouvelle édition revue en 1967). Pierre Emmanuel participe alors à la Résistance. En 1942 paraissent divers recueils inspirés par l'horreur des temps et sa foi en l'homme : *XX Cantos* (réédités et considérablement augmentés en 1947 sous le titre *Chansons du dé à coudre*), *Jour de colère, Le Poète et son Christ, Combats avec tes défenseurs, Orphiques.* Période d'intense création que celle qui va jusqu'à la fin de guerre, il rédige *Sodome* (paru en 1944), *Mémento des vivants* (1944) et *La liberté guide nos pas* (1945) (« Où es-tu mon pays d'eau vive et de forêts / Pays aimé des morts, terre fidèle et tendre ? »), en 1946 paraît *Tristesse, Ô ma patrie.* Puis vint la période des remises en question, des engagements plus personnels : entrée à la Radiodiffusion française, où il dirige le service anglais, puis américain ; voyages ; publication d'un essai autobiographique, *Qui est cet homme ?* (1948) (en 1954, il donnera un autre texte autobiographique, *L'Ouvrier de la onzième heure,* qui cherche à « achever la destruction de [ses] enthousiasmes mutilés » – ces deux textes seront repris, en 1970, en un volume, sous le titre *Autobiographies*), d'essais sur la poésie, jugés plus tard « assez juvéniles » : *Poésie raison ardente* (1947), et de sa seule et malheureuse tentative romanesque : *Car enfin je vous aime* (1949, réédité en 1983). En 1952 paraît *Babel,* qui marque une rupture dans sa production et son existence, véritable « épopée spirituelle de l'histoire humaine », gros livre mêlant prose et versets : « Les hommes / Vivent en contrebas de leurs paroles, vains / De ces mots dont ils font des montagnes... » Dès ce tournant du siècle, Pierre Emmanuel occupera une place assez en marge dans la poésie française, à l'écart des courants dominants d'une époque qui préfère les productions plus modestes ou modiques, raréfiées. *Visage nuage* (1956) et *Versant de l'âge* (1958) constituent comme deux résumés de cette quête poétique, et, s'ils reprennent les thèmes essentiels de sa poésie (comprendre l'homme dans son intériorité et dans l'univers, l'éternel et l'actuel, la terre et le ciel, la souffrance et la louange...), ils marquent une inquiétude à l'égard du langage, de ses possibilités et limites (en quoi la démarche de l'auteur rejoint les préoccupations de maints poètes contemporains). L'inspiration biblique, plus spécifiquement chrétienne, ne cesse d'irradier cette œuvre : *Les Jours de la Nativité* (1960), *Évangéliaire* (1961), *Les Jours de la Passion* (1962), *La Nouvelle Naissance* (1963), *Le Goût de l'Un* (1963), *La Face humaine* (1965). En 1967, il donne un *Baudelaire* et, en 1968, il est reçu à l'Académie française (fait unique dans les annales de la maison, il donnera sa démission en 1975, pour protester contre l'élection de Félicien Marceau, dont l'attitude collaborationniste durant la Seconde Guerre mondiale heurtait ses engagements). Un long poème où l'inspiration chrétienne se réaffirme, *Jacob,* paraît en 1970. « La plus profonde nuit pour un homme, c'est l'homme. / Profonde et dure. » L'engagement humaniste pour l'esprit et ses productions ne perd pas ses droits, comme en témoigne *Pour une politique de la culture* (1971) (à cette époque, il préside la Commission des affaires culturelles du VIe plan, l'Institut national de l'audiovisuel...). La dernière décennie de la vie du poète sera marquée par une très foisonnante production : *Sophia* (1973), *Tu* (1978), une trilogie : *Le Livre de l'homme et de la femme*, constituée de *Una, ou la Mort la vie* (1978), *Duel* (1979) et *L'Autre* (1980), enfin *Le Grand Œuvre* (sous-titré *Cosmogonie,* en 1984) vient conclure une œuvre qui n'aura eu de cesse de s'abreuver à la source de ses désirs : « Nantis, repus, nous sommes affamés de l'appétit que nous avons perdu. »

FRANCIS WYBRANDS.

Emphase. Du grec *emphasis* : « action de paraître ou faire paraître ». Figure de rhétorique désignant une solennité excessive. Elle peut concerner la construction d'une phrase (emphase syntaxique) : elle met alors en valeur un élément en le détachant de l'énoncé et en le rappelant par un pronom : « moi, je... », ou les mots eux-mêmes (emphase sémantique) : ils sont mis en évidence par un simple accent d'insistance dans un discours, répétés ou trop forts (hyperboliques) ; ou encore les phrases accumulent les figures de style. L'emphase est le propre du style oratoire dont la force expressive était recherchée autrefois, mais a pris, de nos jours, un sens péjoratif, synonyme d'enflure, de grandiloquence. Dans *Madame Bovary* (*), Flaubert ridiculise le personnage du pharmacien Homais en lui faisant tenir des propos boursouflés : « Pourquoi ces festons, ces fleurs, ces guirlandes ? Où courait cette foule, comme les flots d'une mer en furie... »

ARLETTE BOUÉ.

En attendant Godot. Cette pièce, la première composée en français par l'écrivain irlandais Samuel Beckett (1906-1989), a été créée et publiée en 1953. Jouée, depuis, sur les principales scènes du monde, dénigrée avec passion et applaudie avec plus de passion encore, elle a apporté la gloire à son auteur. Dans un coin de campagne, un coin qui serait vide si ne s'y dressait un arbre, par un soir lent, deux clochards attendent un certain Godot. Ils ne l'ont jamais vu, ils ne savent même pas pourquoi ils l'attendent. Ce qu'ils en espèrent est confus. La seule chose qui les tient, vague comme le paysage, n'alimentant aucun rêve, n'accrochant aucune pensée précise, est ce fait brut : il a promis de venir. Cette perspective leur sert d'alibi, de prétexte pour rester là, ensemble, jusqu'à la nuit tombée, elle leur donne une raison de ne pas se pendre, sinon un moyen de tuer le temps. Il est rebelle, le temps, rétif et retors, il passe comme ça lui chante, il a le goût de la contradiction, il aime bien traîner et s'attarder quand on voudrait qu'il se dépêche, on croirait qu'il se plaît en la compagnie de ces pauvres hères si pitoyablement dépourvus d'imagination et de ressources. La journée en finira-t-elle jamais de finir ? Quand, quand donc entendra-t-on sonner l'heure où Godot doit paraître ? Estragon et Vladimir en parlent, c'est même leur principal sujet de conversation, sans cesse ils se le demandent, se le redemandent. On a l'impression qu'ils interrogent l'écho, le sourd désert qui les entoure. Dérisoires, leurs voix s'y perdent. L'écho s'est ensablé, le ciel est vide. Il ne se passe rien. Ils sont là, ensemble. Au fait, pourquoi sont-ils ensemble ? Ils ne savent plus. L'habitude... Ils ont pourtant du mal à se supporter. Souvent chacun est parti, de son côté, vaquer à son néant. Mais l'habitude enchaîne, il a fallu qu'ils se retrouvent, qu'ils recommencent à s'entretenir de leurs petites misères, du vide de leur vie, de leurs souvenirs qui sont si vagues, si flous, si incertains, d'événements qui pourraient se produire et, décidément, ne se produisent pas, de l'hypothétique venue de Godot. Ils ressassent ; leur dialogue est plus monotone que le plus monotone des monologues. L'auteur le fait admirablement sentir sans jamais, pour sa part, tomber dans ce travers. Il se répète, mais il y met tant de virtuosité que non seulement il n'ennuie pas mais il y gagne beaucoup en comique. Si toute action est absente de cette curieuse pièce, il y a cependant une diversion. Du désert surgit un couple encore plus singulier que celui formé par Estragon et Vladimir. Un maître et son esclave. Le premier traite le second d'une façon absolument odieuse, comme on n'oserait pas traiter un chien puisque, non content de lui jeter pour toute pâture les os du poulet qu'il dévore, il le fouette avec une cruauté démentielle. Et cependant, comme Estragon se résigne à Vladimir, l'esclave subit le maître. Et la souffrance qu'il inflige n'apporte aucune joie au tyran. Avec ce petit tableau, l'auteur semble dénoncer, en un raccourci saisissant, l'exploitation de l'homme par l'homme, aussi bien dans les sociétés que dans les couples où, trop fréquemment, l'un impose son joug à l'autre sans que nul en tire profit. Ces passants restent là un bon moment, à étonner Estragon et Vladimir, et enfin, grotesque et furieux attelage, s'en vont avec fracas. Le silence tombe. « Ça a fait passer le temps », dit Vladimir. « Il serait passé sans ça », répond Estragon. « Oui. Mais moins vite », dit Vladimir. Peu après, un messager leur annonce que Godot ne viendra pas ce soir, mais demain. Le lendemain arrive. Tout recommence. Même dialogue désabusé, insignifiant, pitoyable (mais — et justement pour ces raisons — irrésistiblement drôle). Reparaissent les passants de la veille. Ils ont vieilli. Le tyran, maintenant, est aveugle. L'esclave, muet. L'attelage vacille, s'écroule, ne se redresse qu'à grand-peine. Quant à Godot, il se fait, à nouveau, excuser : il viendra, certes, mais demain. Il était inévitable qu'un tel théâtre, si résolument nouveau, provoquât des réactions violentes. Anecdote, psychologie, sociologie, politique, lyrisme, religion, morale et satire, tout ce à quoi cet art, depuis Eschyle, s'était appliqué, se trouvait relégué, superbement, au magasin des accessoires. Avec l'audace du génie, Beckett mettait en spectacle une révolte, une souffrance, un désespoir si absolus que c'était une gageure de les faire descendre sur les planches, lieu où le manque de mouvement, de brillant, de vivacité, de fantaisie et d'éclat (toutes qualités qui pouvaient sembler, a priori, incompatibles avec un thème aussi philosophique) voue fatalement à l'échec. Mais il avait assez de tours dans son sac pour se le permettre. La pénible absurdité de la vie est un trop gros morceau ? Qu'à cela ne tienne. Elle se reflète dans une foule de détails très simples, très humbles, très quotidiens dont il est facile (quand on est Beckett) de tirer des gags extrêmement savoureux. Elle perce dans les banales formules de la conversation courante. Point n'est besoin de grands mots, les plus plats suffisent. Employés avec une feinte naïveté, ils retrouvent leur fraîcheur. Ils portent. Ils amusent. Innocemment, ils créent le climat burlesque, insolite, douloureux et tendre grâce auquel cette pièce révolutionnaire demeurera classique.

Encyclopédie ou Dictionnaire raisonné des sciences, des arts et des métiers, par une société de gens de lettres. C'est la grande entreprise qui, conçue et courageusement défendue par l'écrivain et philosophe Denis Diderot (1713-1784), marque, au milieu du XVIIIe siècle, le triomphe de l'« esprit philosophique » dans la lutte contre la tradition, l'autorité et ses abus. « Il faut tout examiner, tout remuer sans exception et sans ménagement », dira Diderot, et encore : « Il faut fouler aux pieds toutes ces vaines puérilités, renverser les lumières que la raison n'aura point posées, rendre aux sciences et aux arts une liberté qui leur est si précieuse. » Par son importance : 17 volumes in-folio, 11 volumes de planches auxquels s'ajouteront 5 volumes de suppléments (en 1777) et deux volumes de tables, composés en 1780 par Panckoucke et Rey ; par la durée de son élaboration de 1751 à 1772 (soit vingt et un ans) ; par les grands noms qu'elle réunit, Diderot, d'Alembert, Voltaire, Montesquieu, etc., l'*Encyclopédie* apparaît comme l'œuvre la plus considérable et la plus représentative d'une époque.

Enfants terribles (Les). Roman publié en 1929 par Jean Cocteau (1889-1963). Cette œuvre clé de Cocteau, et pour laquelle celui-ci s'est vu imputer, au côté de Gide, l'émancipation de la jeunesse de l'entre-deux-guerres, s'écarte en réalité de tout souci sociologique. L'originalité du livre tient dans une sorte de tempo imperceptible, qui l'apparente à la mythologie fantastique, au conte de fées. Bien loin d'être une bourgeoise émancipée, Élisabeth semble être l'incarnation d'une petite déesse, quelque sœur de Némésis, quelque Antigone. La bataille de boules de neige qui ouvre le livre prend valeur de symbole. Voici Paul, le frère d'Élisabeth, le premier personnage différencié dans le tumulte et l'agitation des écoliers. Il avance, insensible au divertissement : « Il cherchait Dargelos, il l'aimait. » Et ces deux petites phrases suffisent à établir l'interrogation qui ne va cesser de croître jusqu'au dénouement : mais lui, Paul, est-il aimé, sera-t-il aimé ? Il court vers son idole. Après quoi, c'est Dargelos, en dieu de la foudre : « Un coup le frappe en pleine poitrine. Un coup sombre. Un coup de poing de marbre. » Ce n'est plus une boule de neige qui vient frapper Paul, c'est la destinée. Immobilisé dans son élan, il va subir une fixation sur celui qu'il ne reverra plus. Paul, ramené par Gérard, doit garder le lit quelques mois ; il était faible de la poitrine, la boule de neige n'a fait que provoquer la crise. Élisabeth trouve, pour fouetter l'amour-propre de son frère et l'empêcher de sombrer dans la mollesse, une attitude admirable. Elle le traite de vieillard goutteux. Instinctivement, Paul joue le jeu, mais avec une vigilance qui le sauve. Le lien qui unit le frère et la sœur en est renforcé, tandis que Gérard transfère son amitié de Paul à Élisabeth, et commence à aimer celle qui se transforme en une jeune fille. Élisabeth devient mannequin ; elle se fait une amie : Agathe. Le trio devient quatuor. Agathe ressemble à Dargelos. Paul va pouvoir dominer, par personne interposée, et connaître un amour possible. Mais Élisabeth survient un jour avec Michaël, et devient la femme de celui-ci. « Mais le génie de la chambre veillait » et Michaël se tue, le soir de son mariage, car personne ne doit poser la main sur la vierge sacrée. Le groupe reconstitue alors la chambre dans la grande galerie de l'hôtel dont Élisabeth a hérité. Paul découvre enfin qu'il aime Agathe, reflet de Dargelos. L'on assiste alors au tissage de toile d'araignée d'Élisabeth qui, au cours de la nuit, va de l'un à l'autre. Elle persuade Paul qu'Agathe aime Gérard puis persuade Gérard qu'Agathe l'aime. Enfin, elle finit par arracher à Agathe la promesse d'accepter la demande en mariage de Gérard, puisque Paul ne l'aime pas. Gérard et Agathe se marieront, mais Paul s'empoisonnera, avec une boule de poison que lui a envoyée Dargelos, rencontré fortuitement (?) par Gérard dans la rue. Près de mourir, Paul découvrira la trahison de sa sœur en même temps que l'amour d'Agathe. Mais Élisabeth se saisit d'un revolver et se tue au moment où meurt son frère. « Ils aboutiront où les chairs, où les âmes s'épousent, où l'inceste ne rôde plus. » Un glissement vertigineux mène de la boule de neige brandie par Dargelos, jeune dieu cruel de la cour de la cité Monthiers, à la boule noire et vénéneuse envoyée par le même Dargelos adulte à sa victime d'autrefois, et qui achèvera celle-ci « comme si le temps, la croissance et l'oubli ne prévalaient pas contre un ordre du destin ». Le soin avec lequel Cocteau a construit son décor annonce le roman moderne. La chambre est un lieu hermétiquement clos qui fait penser au cercle de la magie noire. Le trésor qui n'offre aux yeux du profane que le spectacle d'un bric-à- brac de clés anglaises, de tubes d'aspirine et de bigoudis contient en réalité les accessoires d'une liturgie prodigieuse. Et l'envoûtement même que ce livre procure aux lecteurs achève de convaincre : il s'agit là d'une transposition religieuse, d'une quête de quelque Graal. – En 1950, Jean-Pierre Melville réalisa, avec le concours de l'auteur, une adaptation cinématographique du roman.

Enjambement. Débordement de la phrase sur le mètre, sans mise en valeur d'aucun élément particulier. Comme le rejet et le contre-rejet, l'enjambement constitue une discordance entre la syntaxe et l'unité du vers. Il s'en distingue cependant en ce que rejet et contre-rejet ont pour vocation de souligner l'élément débordant (rejet) ou anticipant (contre-rejet). « Longtemps au pied du perron de / La maison où entra la dame / Que j'avais suivie pendant deux / Bonnes heures à Amsterdam » (Guillaume Apollinaire).

Fréquent aux XVe et XVIe siècles, l'enjambement est condamné par Malherbe, Boileau et les classiques dans leur ensemble : « Les stances avec grâce apprirent à tomber ; / Et le vers sur le vers n'osa plus enjamber » (Boileau).

Racine paraît le pratiquer cependant, mais on peut presque toujours interpréter chez lui le phénomène comme un rejet. Les romantiques réhabiliteront l'enjambement ; ainsi le voit-on apparaître dès les premiers vers d'*Hernani* (*) de Victor Hugo : « Serait-ce déjà- lui ?... C'est bien à l'escalier / Dérobé. »

CHRISTIAN DOUMET.

Envoi. Strophe finale d'une ballade, correspondant souvent à une demi-strophe (quatre ou cinq vers), par laquelle le poème est « envoyé » ou adressé à un dédicataire, personne aimée ou considérée à un titre quelconque. C'est pourquoi l'envoi débute généralement par un vocatif : Prince, Sire, Seigneur, ou un nom propre... D'un point de vue historique, l'envoi est emprunté à l'ancienne forme du chant royal.

CHRISTIAN DOUMET.

Épigramme. À l'origine, inscription en vers ou en prose gravée sur un monument. L'épigramme est un poème bref et satirique, terminé par une pointe. Boileau la définit : « Un bon mot de deux rimes orné ». Elle se présente sous la forme d'un dizain, d'un huitain, d'un sizain ou d'un quatrain, en vers réguliers ou libres. L'exigence est d'ailleurs située moins dans sa versification que dans l'efficacité de sa chute. Aussi a-t-elle souvent une valeur polémique, comme cette épigramme de Boileau : « En vain, par mille et mille outrages, / Mes ennemis dans leurs ouvrages / Ont cru me rendre affreux aux yeux de l'univers ; / Cotin, pour décrier mon style, / A pris un chemin plus facile : / C'est de m'attribuer ses vers. »

CHRISTIAN DOUMET.

Épilogue. Du grec *epilogos* : « conclusion d'un discours ». Désigne la partie d'une œuvre qui, après le récit proprement dit, relate brièvement les faits postérieurs à l'action. Il fait corps, comme le prologue, avec le texte, à la différence de la préface et de la postface qui en sont détachées. Au théâtre, l'épilogue désigne une courte allocution, souvent en vers, prononcée à la fin d'une représentation par un personnage ou un chœur ayant ou non participé à l'intrigue. Cette pratique, courante dans l'Antiquité, s'est raréfiée au fil du temps. Depuis le XVIIe siècle, l'épilogue termine surtout un texte non théâtral. On en trouve dans des œuvres en vers : après le Sixième Livre des *Fables* (*) de La Fontaine, qui terminait la première édition, ou pour clore le long poème de Lamartine, *Jocelyn.* On en rencontre également à la suite du dernier chapitre de certains romans, comme *Le Grand Meaulnes* (*) d'Alain-Fournier.

ARLETTE BOUÉ.

ÉPINAY Louise Florence Pétronille Tardieu des Clavelles, marquise d'. Mémorialiste née à Valenciennes (Nord) le 11 mars 1726, morte à Paris le 15 avril 1783. Elle épousa à dix-neuf ans son cousin Denis de La Live d'Épinay ; ce fut un mariage d'amour, mais les illusions de la jeune femme se dissipèrent rapidement : son mari menait la vie la plus dissolue, mangeant sa grosse fortune ; Mme d'Épinay se consola en devenant la maîtresse de Claude Dupin de Francueil, puis de Melchior Grimm, auquel elle demeura liée jusqu'à la mort, collaborant même à sa *Correspondance*. Pendant ce temps, elle réunissait dans son salon les principaux représentants de la culture encyclopédique du demi-siècle : Duclos, Saint-Lambert, Diderot, Rousseau, et entretenait des rapports amicaux avec Goldoni et l'abbé Galiani. Durant le long séjour qu'elle fit à Genève entre 1757 et 1762, elle fut en relations avec Voltaire qui montra beaucoup d'estime pour elle. En plus de différents ouvrages pédagogiques – *Lettres à mon fils* (1758), *La Conversation d'Émilie* (1774) –, elle a laissé une remarquable correspondance, où l'on distingue particulièrement les *Lettres à l'abbé Galiani*, et un roman qu'on a pu présenter comme ses mémoires : *Histoire de Madame de Montbrillant.* Elle fut longtemps la protectrice de Rousseau, qu'elle abrita près de son château de la Chevrette, dans cet Ermitage qu'elle avait fait restaurer pour lui en 1756 ; une rupture éclatante survint entre eux, non sans que Grimm et Diderot aient versé de l'huile sur le feu, étant tous deux amis et ennemis du pauvre Jean-Jacques.

♦ *« Il n'y a pas de livre qui nous peigne mieux le XVIIIe siècle, la société d'alors et les mœurs, que les* Mémoires *de Mme d'Épinay. »* Sainte-Beuve.

RÉF. : G. Charlier, *Mme d'Épinay et J.-J. Rousseau,* 1909. – Henri Valentino, *Une femme d'esprit sous Louis XV : Mme d'Épinay,* Paris, 1952.

Épique. Qui a trait à la forme, au ton élevé, à l'esprit héroïque de l'épopée (voir ce mot). Action ou personnage digne d'être le sujet d'une épopée. *Poème épique :* récit en vers d'aventures héroïques. *Style épique :* propre à ce genre de récit. *Vers épique :* dans l'Antiquité, l'hexamètre dactylique ; en France, on désigne aussi parfois de cette manière l'alexandrin. Pour *césure épique,* voir *apocope.*

CHRISTIAN DOUMET.

Épître. Terme archaïque pour « lettre ». En poésie, pièce de vers à forme non fixée, adressée à quelqu'un. Les *Épîtres* d'Horace, modèles du genre, traitent en vers de sujets moraux et de questions esthétiques. La dernière, ou *Épître aux Pisons,* constitue son *Art poétique.* C'est avec Marot, au XVIe siècle, que l'épître devient en France un genre littéraire. Celles qu'il adresse à François Ier, « pour le délivrer de prison » par exemple, attirent sur lui l'attention du roi. Mais dans sa *Défense et illustration de la langue française* (*), Du Bellay exprime le discrédit qui pèse sur l'épître aux yeux de la Pléiade : « Quant aux épîtres, ce n'est guère un poème qui puisse grandement enrichir notre vulgaire, pour ce qu'elles sont volontiers de choses familières et domestiques... »

Du modèle horatien, Boileau retient, dans ses douze *Épîtres* (*), le propos moral. Mais célébration des plaisirs de la campagne (VI), consolation à Racine au lendemain de l'échec de *Phèdre* (*) (VII) ou hommage au roi (VIII) sont autant de prétextes à laisser affleurer des conceptions esthétiques, comme dans l'*Épître IX* où Boileau proclame le principe de sa doctrine : « Rien n'est beau que le vrai, le vrai seul est aimable. »

Lamartine compose encore, sous forme de réponse publique en vers, une *Épître à M. Sainte-Beuve*. Le sous-titre de « conversation » dit assez la liberté du genre. Mais là encore, le propos moral se mêle, de façon assez caractéristique, au jugement esthétique.

CHRISTIAN DOUMET.

***Épîtres de Boileau*.** Recueil de douze « lettres » d'une centaine d'alexandrins chacune écrites par le poète et critique Nicolas Boileau (1636-1711). Elles sont adressées à des personnages représentatifs des ordres du royaume et, pour deux d'entre elles (X et XI), à des « miroirs » du poète. Elles saisissent le prétexte d'événements politiques ou de la vie privée de Boileau, pour illustrer les facettes de ses positions sur la place de l'écriture et le rôle du poète. Les neuf premières *Épîtres* sont composées sur une petite dizaine d'années (1669 à 1677) ; après une interruption d'une vingtaine d'années, Boileau revient à l'art de l'épître, autour des années 1695-96, avec trois *Épîtres nouvelles* (X à XII) précédées d'une Préface. Cette chronologie souligne une certaine continuité de l'exercice avec celui de la satire. En effet, le premier groupe d'*Épîtres* prend le relais des neuf premières *Satires* (*) (composées de 1657 à 1668), tandis que le second est écrit au moment où Boileau revient à la satire, ses épîtres s'intercalant entre les satires X-XI (1693-94) et la Satire XII (1701). Ce groupe d'œuvres, dont les thèmes se répondent et les genres se rejoignent au point qu'on a pu les confondre, achève l'ensemble de l'œuvre du poète.

Épître I, adroite louange « Au roi » pour l'exhorter à renoncer à la guerre et à favoriser les arts de la paix (composée en 1669). Épître II « À M. l'abbé des Roches », s'élève contre la justice et se clôt sur une version de la fable de l'huître et des plaideurs (1673 ?). Épître III « À M. Arnauld », porte sur la fausse honte liée au jugement d'autrui, à partir d'une analyse des raisons pour lesquelles le janséniste n'a pas réussi à convaincre le pasteur Claude (1669 ?). Épître IV (cent soixante-douze vers, « Au roi »). Après quelques lignes en prose d'avis au lecteur, une relation élogieuse, et souvent burlesque, du passage du Rhin par les troupes de Louis XIV voile élégamment le reproche : les conquêtes sont trop rapides pour que le poète puisse les suivre, et la barbarie des noms est une matière peu poétique (1672). Épître V « À M. de Guilleragues secrétaire du cabinet du roi », annonce l'intention de Boileau d'abandonner la satire, et fait l'éloge de la médiocrité et de la sagesse qui conviennent à son âge et à la fonction poétique (1674). Épître VI « À M. de Lamoignon, avocat général », évoque les charmes de la retraite, les soucis de la vie parisienne et de la charge d'historiographe du roi ; elle laisse paraître les mêmes qualités d'enjouement que la suivante (1674 et 1677). La septième épître, « À. M. Racine », pour le consoler de l'échec de *Phèdre* (*) auprès du public qui lui préféra la *Phèdre* de Pradon, invite le poète à se moquer des critiques envieux tout comme firent Molière et Boileau (1677) La huitième épître « Au roi » : Boileau menace son maître de ne plus écrire si le rythme de ses conquêtes reste inchangé (1675 ?). La neuvième « À M. le marquis de Seignelay, secrétaire d'État » revient sur le principe essentiel exposé dans *L'Art poétique* (*) : « Rien n'est beau que le vrai... » (1675). La dixième épître « À mes vers » répond aux critiques parues contre la Satire X et annonçant la retraite du poète en raison de son âge, construit en réalité une louange de ses faits et écrits. L'Épître XI « À mon jardinier » explique la difficulté du métier poétique et la nécessité ontologique du travail. L'Épître XII « Sur l'amour de Dieu » « À M. L'abbé Renaudot », prône morale et esprit d'austérité.

L'ordre des neuf premières *Épîtres,* lors de leur première publication regroupée (1683), qui ne correspond pas à celui de leur composition, ainsi que le rythme qui leur est imposé par les *Épîtres* adressées au roi (I, IV, VIII), témoignent de la volonté de Boileau d'ordonner le recueil comme les étapes d'une démonstration. Trois thèmes la développeraient : mieux valent les arts de la paix que ceux de la guerre (« Au roi », I, IV, VIII) ; dans l'exercice de la paix civile, les valeurs de beauté et de vérité doivent l'emporter sur l'exercice d'une justice et d'un ordre formel temporel (« Aux clercs et à son jardinier », II, XI, XII) ; enfin, dans l'ordre des valeurs du beau exprimées par l'art littéraire, la création est supérieure à l'opinion (III, V, VI, VII, X). Ainsi Boileau explique-t-il que l'ordre du monde repose moins sur un maître de la guerre (roi) que sur des « maîtres de la paix » et parmi ceux-ci, qu'il est moins le fait des civils ou des religieux au sens exact du terme que celui des maîtres du beau culturel (jardinier et hommes de lettres) ; ces derniers étant, en définitive, les seuls véritables maîtres de l'univers en tant que voix de Dieu par l'expression du beau.

F. N.-D.

Éponyme. Se dit d'un personnage lorsqu'il donne son nom au titre d'une œuvre. Tarfuffe (*) de Molière, Eugénie Grandet (*) de Balzac, Caligula de Camus, ou Nadja (*) de Breton sont des héros éponymes.

EVELYNE LECUCQ.

Épopée. Long récit en vers d'aventures héroïques et merveilleuses, où l'histoire se mêle à la légende, et dont le but est de célébrer un héros ou un grand fait. L'*Iliade* et l'*Énéide* sont des épopées.

La Poétique d'Aristote fait de l'épopée un genre à part entière, à côté de la poésie tragique, de la comédie et du dithyrambe (voir ce mot). « L'épopée, dit Aristote, s'accorde avec la tragédie en tant qu'elle est une représentation d'hommes nobles qui utilise — mais seul — le grand vers, mais le fait qu'elle a un mètre uniforme et qu'elle est une narration les rend différentes. Elles le sont encore par leur longueur : [...] l'épopée n'est pas limitée dans le temps. » Ce qui fonde cette longueur, ajoute Aristote, ce sont les *épisodes.* En outre, elle « exige coups de théâtre, reconnaissances et scènes violentes ; et il y faut encore la qualité de la pensée et de l'expression ». Bien plus que la tragédie, « elle admet l'irrationnel qui est le moyen le plus propre à provoquer la surprise ». Mais cette définition, dans laquelle pourraient se reconnaître aussi toutes les grandes épopées extra-occidentales (comme le *Mahābhārata* en Inde), montre la parenté du genre avec la tragédie. En même temps, l'épopée reste une forme poétique, liée à l'usage du vers épique. Enfin, elle constitue le germe du roman.

Ses traits distinctifs sont la qualité héroïque des personnages (Ulysse, Achille, Énée, Roland...) ; son usage des hauts faits (la prise de Troie) ; le caractère spectaculaire et mémorable de ses épisodes qui incarnent les valeurs d'un peuple ou d'une époque ; enfin sa longueur, qui excède celle de tous les autres poèmes.

Depuis *La Chanson de Roland* (*), l'histoire de l'épopée en France est celle de son déclin. Pour ces admirateurs de l'Antiquité que furent les hommes du XVIe et du XVIIe siècle, elle constitue encore le genre le plus difficile et le plus prestigieux. D'où ce rêve qui les hante de doter la France d'une grande épopée nationale. La matière pourrait y être puisée à trois sources : la « fable » antique, les textes bibliques et l'histoire humaine. En fait, c'est d'Italie que viendront les grandes réussites, avec le *Roland furieux* de l'Arioste (début du XVIe siècle) et surtout *La Jérusalem délivrée* du Tasse (1575) qui connut un immense succès européen.

Succès qui manqua à la fastidieuse (et inachevée) *Franciade* de Ronsard (1572), dont le héros Francus, fils d'Hector, se voit attribuer la fondation du royaume de France. *Les Tragiques* (*) d'Agrippa d'Aubigné, malgré leur force émotionnelle, n'eurent pas de suite immédiate. Quant au *Moïse sauvé* de Saint-Amant (1653), sur un sujet biblique, son auteur lui-même le définissait comme une « idylle héroïque » pour le distinguer de l'épopée. L'un des derniers, Voltaire entreprit, avec *La Ligue* (1723) qui deviendra plus tard *La Henriade,* une épopée consacrée aux guerres de Religion et à l'œuvre d'apaisement d'Henri IV. Mais le propos de Voltaire, qui scandalisa les esprits religieux, reste trop soucieux du « message » (les effets désastreux du fanatisme) pour être vraiment épique. Hugo, enfin, avait donné le nom de « petites épopées » aux premiers poèmes destinés à *La Légende des siècles* (*) (1859, 1877, 1883). Certains comptaient déjà plus de mille vers. Mais cette histoire de l'humanité à travers le combat du Bien et du Mal prend vite les allures d'une épopée moderne par l'amplification du réel, la symbolisation des objets et des faits, enfin l'élaboration de mythes incarnant de valeurs morales exemplaires.

Sans doute l'épopée est-elle devenue un genre assez artificiel à partir de l'essor du roman moderne. Celui-ci sait en effet mieux rendre sensible la cohérence des épisodes. Peut-être encore la vision de l'homme moderne n'intègre-t-elle plus l'héroïsme et la noblesse morale comme des valeurs assez universellement partagées pour être illustrées dans une œuvre continue. « L'équivalent moderne de l'*Iliade,* ce n'est pas une épopée en vers, mais un roman : *Guerre et Paix* » (Roger Caillois).

CHRISTIAN DOUMET.

ERCKMANN-CHATRIAN (ERCKMANN Émile et CHATRIAN Alexandre dits). Romanciers. Le premier naquit à Phalsbourg (Moselle) le 21 mai 1822 et mourut à Lunéville (Meurthe-et-Moselle) le 14 mars 1899. Le second naquit au Grand-Soldat (Soldatenthal, Meurthe) le 18 décembre 1826, et mourut à Villemomble (Seine) le 3 septembre 1890. Les deux futurs romanciers se lièrent d'amitié à Phalsbourg où Erckmann faisait son droit, alors que Chatrian était répétiteur au collège : ce fut l'origine de tant de récits composés en commun, dans lesquels les mœurs alsaciennes sont décrites avec exactitude et tendresse. Cette œuvre, où se rejoignent la nature rêveuse d'Erckmann et la jovialité de Chatrian, comprend notamment la série des romans nationaux : *L'Invasion*, parue en 1862 sous le titre *Le Fou Yegof*, *Madame Thérèse* (1863), *Histoire d'un conscrit de 1813* (1864), *Waterloo*, suite du *Conscrit de 1813* (1865), *Histoire d'un homme du peuple* (1865), *La Guerre* (1866), *Le Blocus* (1867) ; la série des contes et romans populaires : *L'Illustre Docteur Mathéus* (1859) qui fut leur premier grand succès, *Maître Daniel Rock* (1861), *Contes des bords du Rhin* (1862), *L'Ami Fritz* (1864), *Les Confidences d'un joueur de clarinette* (1863), *La Maison forestière* (1866), *Hugues-le-Loup* (1866), *Le Juif polonais*. Une autre série postérieure à 1870 contient notamment les *Contes vosgiens* (1877). *Le Juif polonais* et *L'Ami Fritz*, transposés au théâtre, eurent un grand succès. Une rupture survenue entre les deux écrivains mit fin à quarante ans de collaboration — v. *Romans nationaux* (*).

RÉF. : G. Benoît-Guyot, *La Vie et l'œuvre d'Erckmann-Chatrian,* 1963. — J. P. Rioux, *Erckmann et Chatrian ou le trait d'union,* 1989.

Érec et Énide : voir **CHRÉTIEN de Troyes.**

Esbahis (Les). Comédie du poète et médecin Jacques Grévin (1538-1570), jouée dans le cadre du collège de Beauvais en 1560 et publiée en 1561. L'intrigue complexe (particularité nouvelle à cette époque en France) de cette pièce repose principalement sur des ruses et des quiproquos dont le but est de favoriser les amours des jeunes gens aux dépens de ceux des barbons : on y trouve le jeune avocat rival du vieillard Josse et de l'italien Pantaleone pour l'amour de la jeune Madeleine, l'entremetteuse, le père avare, le serviteur habile, le domestique niais. Bien qu'elle soit écrite en octosyllabes (vers de la farce), cette pièce (la deuxième comédie de Grévin, après *La Trésorière*, 1558), marque un infléchissement de la production française vers la « commedia erudita » : on note en effet l'influence de Térence et des deux comédies de Piccolomini, *Gl'Ingannati* et *Alessandro* (jouées en 1555 devant la Cour à Fontainebleau). L'effort considérable d'adaptation (il s'agit de mettre en place une comédie nationale) fait de cette œuvre une production tout à fait originale dans laquelle le rire est au service de la morale : la comédie tente d'être l'égale de la tragédie dans la peinture des passions humaines.

F. R.

Espoir (L'). Roman publié en 1937 par André Malraux (1901-1976). Les livres précédents de l'auteur posaient le problème de l'homme devant la Révolution, celui-ci débat plus précisément de l'homme devant l'organisation de la Révolution, à propos de la guerre d'Espagne que Malraux a vécue. La première partie s'appelle « L'Illusion lyrique ». C'est la vaste fresque, haute en couleur et en fraternité, de cette explosion qui a soulevé l'Espagne et son peuple contre la misère. Cette partie est sentimentale. La liberté naît ce soir-là et c'est vraiment l'Espoir qui chante dans toutes les poitrines. Mais il faut organiser la Révolution, « organiser l'Apocalypse », parce qu'en face il y a Franco, une armée organisée, une armée en campagne. On ne vainc pas des tanks en chantant l'Internationale. Il arrive un moment où il faut préférer au lyrisme la froide organisation de la victoire. C'est la deuxième phase : « Le Manzanarès » (nom du cours d'eau reconquis par les républicains avec l'aide des internationaux), où se révèle l'importance du parti communiste. Ce parti, qui ne se soucie pas de l'homme, organise ; il est le seul à le faire, avec les fascistes ; il forge l'armée de la Victoire. Mais le problème humain n'est pas résolu pour autant. « Être et Faire » : anarchistes et communistes, la passion de la justice et de l'efficacité, ceux pour qui l'homme seul compte et ceux pour qui la fin justifie les moyens. Les premiers sont nécessairement condamnés, mais Malraux ne les oublie pas bien qu'il sache que concrètement les communistes ont raison. L'un d'eux, Manuel, organise le désordre dans son secteur. Il fait corps avec la Révolution. Il devient un chef car le communisme est d'abord une école de chefs. Il y a entre les communistes et les autres la différence qu'il y a entre ceux qui savent ce qu'ils veulent et ceux qui ne le savent pas. Être et Faire. Manuel fait ; Hernandez voulait être, il est fusillé par les phalangistes. Hernandez portait en lui la fraternité, pour Manuel la fraternité prend la forme de l'action. Et c'est la guerre cette fois : la guerre idéologique, la possibilité de vaincre, l'espoir. L'espoir pour ceux qui croyaient lutter pour donner un sens à la vie de millions d'hommes pour qui la vie n'avait jamais eu de sens. Écrit comme une chronique, ce livre est toute la guerre d'Espagne, en surface et en profondeur ; *L'Espoir* est écrit à la fois « verticalement » et « horizontalement ». La guerre civile n'y est pas évoquée à l'occasion d'un drame individuel comme chez Hemingway, elle y existe dans sa totalité. *L'Espoir* est une somme. Il est fait de toutes les tragédies dont est faite la guerre d'Espagne. La grande leçon de ce livre, c'est la fraternité. Pour Kyo, dans *La Condition humaine* (*), « le contraire de l'humiliation, c'est la dignité ». Pour le héros de *L'Espoir,* « le contraire de l'humiliation, c'est la fraternité ». L'homme seul, c'est une idée de philosophe. L'homme considéré dans ses rapports avec d'autres hommes, c'est de la chair et du sang. La fécondité de cette nouvelle attitude sauve la condition humaine. L'homme n'est pas condamné, comme Kyo l'était ; la fraternité le sauvera. Tel est le véritable « Espoir » du livre, c'est un espoir en l'homme.

Esprits (Les). Très plaisante comédie de l'auteur comique Pierre de Larivey (vers 1540-1619), traduite de l'*Aridosio* de Lorenzino de Médicis et publiée à Paris en 1579. Son principal personnage, qui se nomme Séverin, est un type d'avare sordide, dont la tradition allait nous valoir bientôt Harpagon et ses dérivés. Ce Séverin se trouve avoir trois enfants qui vivent sous son toit : deux fils et une fille. Un soir que la maison est vide, le plus hardi d'entre eux s'avise d'y recevoir celle qu'il aime. Fâcheuse idée, car le vieillard rentre à l'improviste. Pour sauver la situation, le valet Frontin imagine de faire croire à ce dernier que sa demeure est hantée par des esprits (d'où le titre de la pièce). Fou de terreur, Séverin n'ose franchir le seuil. Mais comme il ramène quelque bourse remplie d'écus et qu'il veut la mettre en lieu sûr, il se résout à l'enfouir, sans se douter qu'il est épié par l'amoureux de sa propre fille. Sitôt qu'il a quitté la place, ce dernier rafle les écus et les remplace par des cailloux. Quand l'avare se rend compte du désastre, il éclate en lamentations (monologue que Molière imitera plus tard). On lui fait savoir alors qu'il recouvrera son trésor s'il consent à laisser chacun de ses enfants se marier selon son cœur. Séverin ne voulant rien entendre à cet égard, son frère Hilaire, qui est l'indulgence en personne, se chargera d'arranger les choses le mieux du monde : tout finit par un triple mariage. Cette comédie, on le voit, est une pure comédie d'intrigue. Elle est en prose, comme toutes celles que Larivey écrivit. Parfois licencieuse dans les mots, elle n'en garde pas moins, à tout prendre, un tour très honnête. Son dialogue toujours vif est plein d'une verte saveur et s'élève quelquefois jusqu'au vrai comique. Témoin ce trait de nature, quand Séverin rentre en possession de ses écus : « Dieu soit loué ! Ce sont les mêmes ! » On ne saurait trop insister sur les mérites de Larivey. Ce Champenois, qui était fils, semble-t-il, d'un Italien, peut être considéré comme le principal créateur de la comédie française. « Grâce à lui, note Marcel Arland, notre comédie vient de trouver sa prose : celle que Molière fera triompher. »

Essai. Genre littéraire difficilement définissable mais qui trouve avec les *Essais* (*) de Montaigne (édition définitive, 1595) une sorte de parangon. Entre le traité et le discours, ce genre n'obéit en fait à aucune règle précise. Richelet, dans l'édition de 1728 de son *Dictionnaire,* écrit : « Beaucoup d'auteurs ont donné, par modestie, ce titre à leurs ouvrages. » À peine plus rigoureux, Littré parlera de « livres spéciaux ». Cependant, la tendance générale de l'essai, tant en France qu'à l'étranger, est celle d'une sorte de mémoire philosophique, que l'on songe à Bacon (*Essays*, 1597), Leibniz (*Essais de Théodicée*, 1710), Voltaire (*Essai sur les mœurs,* 1756), Condillac (*Essai sur l'origine des connaissances humaines,* 1749), Diderot (*Essai sur la vie de Sénèque,* 1778), Maine de Biran (*Essai sur les fondements de la psychologie,* 1812), Lamennais (*Essai sur l'indifférence en matière religieuse,* 1817-1823), Gobineau (*Essai sur l'inégalité des races humaines,* 1853-1855), Taine (*Essai sur l'histoire du tiers état,* 1871), Bergson (*Essai sur les données immédiates de la conscience,* 1889), Mauss (*Essai sur le don,* 1932-1934), pour ne citer que quelques ouvrages définis par leurs auteurs comme des « essais ». (Notons cependant que nombre d'ouvrages appartenant au genre n'incluent pas le terme d'*essai* dans leur titre, ainsi qu'il apparaît tout particulièrement au XXe siècle : *Variété* de Valéry, *Valeurs* de Suarès, *Papiers collés* de Perros relèvent dans une large mesure de l'essai sans le proclamer expressément.) Quoique d'inspiration philosophique, ces livres ressortissent plus souvent à la méditation, à la pensée plutôt qu'à la philosophie pure. Le sujet central sert de prétexte à un développement plus ample, et qui déborde largement le cadre originellement annoncé, emprunte des chemins de traverse, suit des pistes, parfois s'égare dans les digressions. Adorno dans *L'Essai comme forme (Notes sur la littérature),* après avoir énoncé que ce genre « abolit aussi le concept traditionnel de méthode », conclut que « la légère souplesse dans la conduite de la pensée de l'essayiste le contraint à une plus grande intensité que dans la conduite de la pensée discursive, parce que l'essai ne procède pas, comme elle, aveuglément, automatiquement, mais qu'il doit à tout instant se réfléchir lui-même ». C'est que l'essai, dans sa conception classique, est le réceptacle des avatars du moi. L'auteur est tout entier présent dans son discours et dans sa démonstration : il est même, bien souvent, la vraie dynamique de son texte. Et, en ce sens, Montaigne reste un exemple indépassable.

FRANÇOIS BODDAERT.

***Essais de Montaigne*.** Le 24 juillet 1570, Michel de Montaigne (1533-1592), alors âgé de 37 ans, vendit sa charge de conseiller à la cour des aides de Bordeaux et se retira dans son domaine de Montaigne, pour « passer dans le calme et à l'abri des soucis » le reste de ses jours. Il n'avait d'autre but que de « parfaire sa demeure » et de consacrer « les douces retraites de ses ancêtres » à « sa liberté, sa tranquillité et ses loisirs ». Son intention était d'abord de laisser son esprit « en pleine oisiveté s'entretenir soi-même et s'arrêter et rassoir en soi ». Mais l'esprit de ce Gascon n'était guère capable de rester oisif. Et Montaigne découvre bientôt que, « faisant le cheval échappé, il se donne cent fois plus d'affaires à soi-même qu'il n'en prenait pour autrui ». Dès lors, pour « se faire honte à lui-même » de « tant de chimères et de monstres fantasques », il décide de « les mettre en rôle », c'est-à-dire de consigner par écrit, « sans ordre et sans propos », tout ce qui vient à lui traverser l'esprit (*Essais*, I, 8). Il en sortit un livre déconcertant et touffu, dans lequel il ne saurait être question de chercher un plan ni même de deviner la matière des différents chapitres d'après leur titre : il ne faudrait pas voir une exception dans l'exemple classique du chapitre des coches (III, 6), qui traite de la coutume de saluer les gens qui éternuent, des rapports entre le mal de mer et la peur, de l'opportunité du luxe vestimentaire et de la libéralité chez les rois, puis s'étend longuement sur les peuples du Nouveau Monde et la conquête espagnole. Quel charme ont ces propos à bâtons rompus ou, comme dirait Montaigne, « à sauts et à gambades » où l'auteur ne se propose pas d'autre but que de se peindre, c'est-à-dire de nous donner en toute sincérité, « sans étude et artifice », les réactions d'un honnête homme (Montaigne dirait plutôt d'un gentilhomme) en face des maximes des auteurs anciens ou des mille anecdotes qu'il a pu rencontrer au cours de ses lectures, comme en face des coutumes ou des événements de son époque et de tout ce dont il a pu avoir une expérience directe. À l'attrait d'un contact intime avec un esprit libre, nourri de culture antique, mais en même temps habile à lire en lui-même, s'ajoute la séduction d'un style vif, merveilleusement savoureux, pétri de métaphores et dont tout l'art ne vise qu'au naturel, au « parler simple et naïf, tel sur le papier qu'à la bouche, parler succulent et nerveux, court et serré... éloigné d'affectation, déréglé, décousu et hardi... non pédantesque, non fratesque, non plaideresque, mais plutôt soldatesque » (I, 26).

Pour ce livre étrange, attachant et enrichissant, Montaigne inventa le titre d'*Essais*, qui indique à la fois la modestie et l'originalité de son intention : l'auteur tient à nous avertir dès l'abord qu'il n'a visé ni la gloire ni la commodité du lecteur et qu'il a seulement cherché à faire sur toutes les questions l'« essai » de son jugement, soit pour reconnaître finalement qu'il s'agit d'un sujet « trop profond pour sa taille », soit pour « étançonner un sujet vain et de néant », soit pour choisir, sur un sujet noble et difficile, mais souvent débattu, la voie qui lui paraît la plus judicieuse (I, 50). En même temps que les essais de son jugement, il nous présente les « essais de sa vie », c'est-à-dire les différents aspects de son expérience personnelle, entreprise « fantastique et éloignée de l'usage commun » (II, 8). Comme l'ont établi les travaux de Pierre Villey, il y eut une évolution des *Essais* au cours des vingt-deux ans qui s'écoulèrent entre la « retraite » et la mort de Montaigne. À l'exemple des *Nuits attiques* d'Aulu-Gelle et des « leçons » de tant d'humanistes de la Renaissance, les *Essais* ne sont guère au début qu'un recueil d'exemples catalogués et brièvement commentés ou un ensemble de préceptes tirés de la morale antique. Montaigne lit et annote ses lectures en faisant des rapprochements ou des commentaires encore assez impersonnels ; il écoute aussi et raconte les anecdotes dont il peut avoir eu connaissance, mais, même dans ce cas, on ne peut nier que ses premiers essais « puent un peu l'étranger » : il n'a pas, dès le début, pris conscience de sa vocation originale. Il n'en viendra que peu à peu, à partir non des livres, mais de son expérience personnelle (toujours confrontée d'ailleurs avec celle des Anciens), à se tourner vers soi, pour livrer au lecteur tous les aspects de son être physique et moral, d'abord sans autre prétention que d'« amuser un voisin, un parent, un ami » content de garder cette image de lui (II, 18), mais ensuite avec la conviction d'écrire un livre de portée universelle, car « chaque homme [...] porte en soi la forme entière de l'humaine condition » (III, 2). À cette évolution dans la forme et la conception de l'essai est liée une évolution dans la conception de la sagesse. Parti du stoïcisme (dont l'influence est particulièrement sensible dans l'Essai I, 19 : « que philosopher c'est apprendre à mourir »), Montaigne aboutit, à travers le scepticisme (dont les grands thèmes sont développés avec ampleur dans la fameuse *Apologie de Raimond de Sebonde*, II, 12), à une philosophie de la nature qu'on serait tenté de rapprocher de l'épicurisme, si elle n'était fondée avant tout sur l'obéissance au précepte socratique de la connaissance de soi.

La lecture des *Essais*, tels qu'ils nous sont parvenus dans l'édition posthume de 1595, ne nous permet guère de suivre cette évolution. (Les *Essais* parurent pour la première fois en 1580 : ils comprenaient deux livres. En 1588 parut une édition « augmentée d'un troisième livre et de six cents additions aux deux premiers ». En marge d'un exemplaire de cette édition, dit exemplaire de Bordeaux, Montaigne fit encore des additions considérables, qui figurent dans l'édition définitive.) D'une part, la succession des chapitres ne respecte pas l'ordre dans lequel ils ont été rédigés. D'autre part, Montaigne n'a cessé d'annoter ce qu'il avait écrit, et ces annotations, qui parfois d'ailleurs contredisent quelque peu le texte primitif, font partie des *Essais* tels que nous les lisons. Si, n'ayant d'autre souci que de s'enrichir et de se divertir au contact de Montaigne, on ne tient pas compte de la date de chaque passage et qu'on se contente d'accepter la forme définitive du texte, on a beaucoup moins l'impression d'assister à une évolution que de se trouver en présence d'une sagesse pleine de nuances : des accents épicuriens se mêlent aux thèmes stoïciens, le scepticisme ne se sépare pas d'une immense confiance dans « notre mère Nature » et n'exclut pas une recherche constante du jugement vrai, et toutes les idées philosophiques reposent sur l'analyse du moi qu'elles concourent à nous faire connaître dans tous ses replis.

Faiblesse de l'homme : l'*Apologie de Raimond de Sebonde.* Le premier article de cette sagesse est, comme l'a souligné Pascal, une conscience aiguë de la faiblesse et des limites de la nature humaine. L'*Apologie de Raimond de Sebonde* s'attache à décrire avec éloquence les différents aspects de notre infirmité, pour rabattre notre inconcevable prétention : « Est-il possible de rien imaginer si ridicule que cette misérable et chétive créature, qui n'est pas seulement maîtresse de soi, exposée aux offenses de toutes choses, se dit maîtresse et empérière de l'Univers, duquel il n'est pas en sa puissance de connaître la moindre partie, tant s'en faut de la commander. » Physiquement, l'homme est bien peu de chose : « La plus calamiteuse et fragile de toutes les créatures, c'est l'homme... elle se sent et se voit logée parmi la bourbe et le fient du monde, attachée et clouée à la pire, plus morte et croupie partie de l'univers, au dernier étage du logis et le plus éloigné de la voûte céleste, avec les animaux de la pire condition. » Qu'est-ce en effet que notre terre par rapport au « branle admirable de la voûte céleste », à « la lumière éternelle de ces flambeaux roulant si fièrement sur nos têtes » ? Qu'est-ce que notre vie passagère en face de l'incorruptibilité des astres ? Nous fléchissons à la moindre attaque : « Quant à la force, il n'est animal au monde en butte à tant d'offenses que l'homme [...] les poux sont suffisants pour faire vaquer la dictature de Sylla. C'est le déjeuner d'un petit ver que le cœur et la vie d'un grand et triomphant empereur. » Mais n'allons pas chercher dans cette faiblesse physique le signe d'une destinée particulière : nous ne sommes pas plus démunis que les animaux dont nous nous croyons si différents. L'exemple des nations qui ignorent l'usage du vêtement prouve que nous sommes capables de résister aux intempéries. La terre nous fournit largement de quoi assurer notre nourriture, et la nature nous a pourvus, pour nous défendre, d'armes plus nombreuses que la plupart des animaux, l'habitude de protéger notre corps par des moyens acquis avec du bois et du fer nous venant d'un instinct naturel au même titre que pour l'éléphant celle d'aiguiser ses défenses. Par vanité, nous aimerions mieux devoir à notre industrie ce que nous tenons en réalité de la nature. « Nous enrichissons les autres animaux de biens naturels et les leur renonçons pour nous honorer et ennoblir de biens acquis. » Mais Montaigne est impitoyable dans sa volonté de nous « ramener et joindre à la presse », de nous convaincre que nous sommes « d'une condition fort moyenne, sans aucune prérogative, préexcellence vraie et essentielle ».

À y bien réfléchir, nous ne pouvons avancer aucune preuve valable de cette préexcellence. Tout d'abord, il serait enfantin de prétendre que l'homme donne un signe de sa supériorité sur les animaux en les asservissant, car il asservit de même les esclaves qui sont des hommes, et « les hommes qui nous servent le font à meilleur marché ». D'ailleurs sont-ce vraiment les animaux qui sont nos esclaves ? « Il ne semble pas que les plus abjects serviteurs fassent volontiers pour leurs maîtres ce que les princes s'honorent de faire pour les bêtes. » De plus, par quelle qualité pouvons- nous affirmer que nous surpassons les animaux ? Ce n'est certes pas par la beauté : « Quand j'imagine l'homme tout nu, même en ce sexe qui semble avoir le plus de part à la beauté, ses tares, sa sujétion naturelle et ses imperfections, je trouve que nous avons eu plus de raison que nul animal de nous couvrir. Nous avons été excusables d'emprunter ceux que nature avait favorisés plus que nous, pour nous parer de leur dépouille et nous cacher sous leurs parures de laine, poil, plume et soie. » Ce n'est pas davantage par les qualités morales : Montaigne a beau jeu de montrer, par une série d'anecdotes, que les animaux nous sont bien souvent supérieurs pour la sobriété, la fidélité, la gratitude et toutes les vertus. Quant à l'intelligence, de quel droit jugeons-nous la nôtre supérieure ? Croyons- nous pénétrer les « branles internes et secrets » des bêtes ? « Quand je me joue à ma chatte, qui sait si elle passe son temps de moi plus que je ne fais d'elle ? Nous nous entretenons de singeries réciproques. » Si nous ne pouvons communiquer avec les bêtes, il est bien présomptueux d'affirmer que leur stupidité en est responsable, plutôt que la nôtre : « Elles nous peuvent estimer bêtes, comme nous les en estimons. Ce n'est pas grand'merveille si nous ne les entendons pas : aussi ne faisons- nous les Basques et les Troglodytes. » Bien qu'elles n'utilisent pas le langage articulé, elles communiquent parfaitement entre elles, tout comme « nos muets disputent, argumentent et content des histoires par signes, ou comme nous utilisons les gestes pour exprimer mille nuances ». La facilité avec laquelle nous dressons certains animaux à la parole prouve bien qu'ils ont « un discours au-dedans qui les rend ainsi disciplinables » et qu'ils sont loin d'être stupides. Sur ce thème de l'intelligence des bêtes, Montaigne est intarissable : il accumule les exemples qui prouvent leur ingéniosité et il nous raconte une série d'histoires dans lesquelles éclate leur aptitude à comprendre et à deviner.

En regard de ces aptitudes souvent merveilleuses des animaux, que vaut cette fameuse raison dont nous sommes si fiers ? Pour en juger, « laissons là le peuple qui laisse la plupart de ses facultés naturelles oisives ». Prenons l'humanité « en sa plus haute assiette », « en ce petit nombre d'hommes excellents et triés qui, ayant été doués d'une belle et particulière force naturelle, l'ont encore roidie et aiguisée par soin, par étude et par art, et l'ont montée au plus haut point de sagesse où elle puisse atteindre [...] Les maladies et les défauts que nous trouverons en ce collège-là, le monde les pourra hardiment avouer pour siens ». L'exemple de ces hommes éminents que sont les grands philosophes de l'Antiquité prouve avec évidence que la raison est incapable d'arriver à la moindre certitude. En effet, ils peuvent se ranger en trois grandes catégories : ceux qui ont prétendu atteindre la vérité, ceux qui ont soutenu que c'était impossible à l'homme, et les sceptiques qui ont déclaré ne pas pouvoir se prononcer sur cette question plus que sur aucune autre. Or, l'attitude sceptique est justifiée du seul fait que les dogmatistes, si sûrs de leurs affirmations, n'ont jamais pu se mettre d'accord sur aucun point. Et Montaigne d'énumérer avec complaisance les opinions contradictoires et absurdes professées, non seulement au sujet de Dieu et de l'univers physique, mais au sujet même de l'âme, « gîte et retraite de la raison », et au sujet de l'anatomie du corps qui lui sert d'« étui ». C'est là un signe manifeste d'impuissance : « Si [...] nous recevions quelque chose sans altération, si les prises humaines étaient assez capables et fermes pour saisir la vérité [...] au moins se trouverait-il une chose au monde [...] qui se croirait d'un consentement universel. Mais ce, qu'il ne se voie aucune proposition qui ne soit débattue et controversée [...] montre bien que notre jugement naturel ne saisit pas bien ce qu'il saisit. »

Pour nous en convaincre, point n'est d'ailleurs besoin de considérer cette « infinie confusion d'opinions qui se voit entre les plus savants et ce débat perpétuel et universel » : nous n'avons qu'à regarder en nous-mêmes et considérer « l'incertitude que chacun sent en soi ». Combien mal assurée est l'« assiette » de notre jugement : « Ce que je tiens aujourd'hui et ce que je crois, je le tiens et le crois de toute ma croyance ; tous mes outils et tous mes ressorts empoignent cette opinion... mais ne m'est-il pas advenu, non une fois, mais cent, mais mille et tous les jours, d'avoir embrassé, à l'aide de ces mêmes impressions, en cette même condition, quelque autre opinion que depuis j'ai jugée fausse ? » Il n'y a d'ailleurs pas lieu de s'étonner de ces démentis perpétuels que nous nous donnons à nous-mêmes, car notre jugement est « aisé à incliner et à tordre par bien légères occurrences ». Comme toutes les facultés de notre âme, il varie « selon les mouvements et altérations du corps, lesquelles [...] sont continuelles ». Il dépend de nos émotions et de nos passions : « La joie et la gaîté ne nous font-elles pas recevoir les sujets qui se présentent à notre âme de tout autre visage que le chagrin ou la mélancolie ? » Et la colère qui nous échauffe pendant une discussion, ne nous attache-t-elle pas fortement à l'opinion que nous nous sommes trouvé défendre ? Montaigne cite son expérience personnelle, confirmée par plusieurs anecdotes, pour montrer à quel point la raison « est un instrument de plomb et de cire, allongeable, ployable et accommodable à tous biais et à toutes mesures ». C'est un des thèmes majeurs des *Essais* que ce « dérèglement de notre esprit », cette inconstance de nos opinions et de nos goûts (par exemple I, 53; II, 1). À la base de notre jugement si fragile, on ne trouve d'ailleurs que des connaissances incertaines. En effet « toute connaissance s'achemine en nous par les sens ; ce sont nos maîtres : la science commence par eux et se résout en eux. Qu'on leur attribue le moins qu'on pourra, toujours faudra-t-il leur donner cela, que par leur voie et entremise s'achemine toute notre instruction ». Or, ils sont loin d'être infaillibles : tout d'abord nous ne savons pas si nous ne manquons pas d'un, deux ou trois sens, car « c'est le privilège des sens d'être l'extrême borne de notre apercevance. Il n'y a rien au-delà d'eux qui nous puisse servir à les découvrir : voire si l'un des sens ne peut découvrir l'autre ». Un aveugle-né sait, par les gens normaux, qu'il lui manque la vue, mais il ne peut du tout se représenter ce que c'est ; peut-être, correspondant aux qualités qui nous paraissent « occultes », y a-t-il un sens dont nous n'avons aucune idée : qui sait si, « par le défaut de quelque sens, le vrai visage des choses ne nous est pas caché ? » Bien plus, dans le domaine qui leur est accessible, ils nous induisent constamment en erreur : les exemples classiques d'erreurs des sens, l'expérience quotidienne de l'influence de nos préjugés, de nos dispositions et de nos émotions sur nos perceptions montrent bien que, finalement, les sens et l'entendement « mentent et se trompent à l'envi » et que nous vivons comme dans un songe perpétuel. « Ceux qui ont apparié notre vie à un songe ont eu de la raison à l'aventure plus qu'ils ne pensaient [...] Nous veillons dormant et dormons veillant. Je ne vois pas si clair dans le sommeil, mais quant au veiller, je ne le trouve jamais assez pur et sans nuage ; encore le sommeil en sa profondeur endort parfois les songes, mais notre veiller n'est jamais si éveillé qu'il purge à point les rêveries qui sont les songes des veillants et pires que songes. » Comment savoir si « notre penser, notre agir est pas un autre songer et notre veiller une espèce de dormir ? » Comment discerner la vérité de l'illusion, alors que nous adhérons chaque fois avec autant de force aux renseignements fournis par les sens, qui varient selon les individus et selon les circonstances ? Nous ne disposons d'aucun critère. « Pour juger des apparences [...] il nous faudrait un instrument judicatoire ; pour vérifier cet instrument, il nous y faut de la démonstration ; pour vérifier la démonstration, un instrument : nous voilà au rouet. Puisque les sens ne peuvent arrêter la dispute, étant pleins eux-mêmes d'incertitude, il faut que ce soit la raison ; aucune raison ne s'établira sans une autre raison : nous voilà à reculons jusqu'à l'infini. »

Aussi notre science, bâtie sur des fondements aussi peu solides que nos sensations et notre jugement, n'est-elle qu'une vaine fumée, et ne nous procure-t-elle aucun bien véritable. Incapable d'atteindre l'être, elle ne peut pas davantage nous rendre heureux : « A-t-on trouvé que la volupté et la santé soient plus savoureuses à celui qui sait l'astrologie ou la grammaire ? » La philosophie a-t-elle préservé Aristote ou Varron des incommodités humaines, « ont-ils tiré de la logique quelque consolation à la goutte ? » Bien plus, la science engendre souvent le souci, comme le prouvent les inquiétudes qui nous viennent de la connaissance de la médecine : « Lorsque les vrais maux nous faillent, la science nous prête les siens. » Mais nous ne voulons pas confesser cette impuissance, parce que les ambitions démesurées de la science flattent notre incurable vanité, responsable en grande partie des maux qui sont notre partage : « l'inconstance, l'irrésolution, l'incertitude, le deuil, la superstition des choses à venir, l'ambition, l'avarice, la jalousie, l'envie, les appétits déréglés, forcenés et indomptables, la guerre, le mensonge, la déloyauté, la détraction et la curiosité » (II, 12).

Portée de ce scepticisme. Quel est le but de Montaigne en traçant de la nature humaine un tableau si noir ? Question toujours disputée et souvent avec passion. On ne peut guère manquer, en effet, de trouver bien étrange cette *Apologie*, qui prétend défendre un ouvrage de théologie en montrant l'impuissance de la raison : incapable d'apporter des arguments solides, elle n'a pas le droit d'attaquer ceux de Sebonde, qui ne peuvent être pires que les siens propres. L'intention paraît d'autant plus ironique que Montaigne ne manque pas de railler au passage notre prétention à parler de Dieu, car « l'homme ne peut être que ce qu'il est, ni imaginer que selon sa portée ». Comment ne pas être tenté de voir en Montaigne un Voltaire, lorsqu'il nous montre l'homme se taillant Dieu à son image et, « bien loin d'honorer celui qui nous a faits », honorant « celui que nous avons fait » ? Comment ne pas être frappé par l'insistance avec laquelle il s'indigne contre notre anthropocentrisme, aussi peu légitime que celui d'un oison qui s'imaginerait faites pour lui les diverses pièces de l'univers ? Certaines considérations sur des croyances païennes facilement transposables frappent immédiatement comme des attaques fort insolentes de la religion chrétienne : « Il était tenu pour certain à Athènes qu'Ariston, ayant voulu jouir de la belle Périctione, n'avait su ; et fut averti en songe par le dieu Apollon de la laisser impollue et intacte jusqu'à ce qu'elle fût accouchée : c'étaient le père et la mère de Platon. Combien y a-t-il ès histoires de pareils cocuages procurés par les dieux contre les pauvres humains et de maris injurieusement décriés en faveur de leurs enfants ? » Lorsque Montaigne dit que notre faible raison serait folle d'assigner des bornes à la puissance de Dieu et qu'elle doit s'incliner devant les miracles, n'ajoute-t-il pas : « Combien de choses appelons-nous miraculeuses ou contre nature ? Cela se fait par chaque homme et par chaque nation selon la mesure de son ignorance ? » Et ailleurs (III, 11), il raconte comment il a assisté à la naissance et à la diffusion d'un miracle.

Si les arguments ne manquent pas pour faire de l'*Apologie* un vigoureux pamphlet voltairien, on peut cependant montrer tout aussi bien que ces pages, où l'ironie se joint au lyrisme, sont un poème à la gloire de Dieu et de la religion révélée. Il suffit pour cela de prendre Montaigne au mot, lorsqu'il prétend par la peinture de notre fragilité nous pousser à l'humilité et à la docilité à l'égard de l'Église, « l'homme nu et vide » devenant, par la conscience de sa faiblesse, « propre à recevoir d'en haut quelque force étrangère » et capable « d'anéantir son jugement pour faire plus de place à la foi ». Il suffit de le croire aussi quand il soutient qu'en combattant l'anthropomorphisme et l'anthropocentrisme il cherche à nous donner une véritable idée de la grandeur de Dieu et à nous convaincre que Dieu seul peut se connaître et « interpréter ses œuvres ». N'a-t-il pas exprimé ailleurs (I, 56), de la façon la plus nette, sa conception de la Providence : « Dieu est bien notre seul et unique protecteur et peut toutes choses à nous aider ; mais, encore qu'il daigne nous honorer de cette douce alliance paternelle, il est pourtant autant juste comme il est bon et comme il est puissant, mais il use bien plus souvent de sa justice que de son pouvoir et nous favorise selon la raison d'icelle, non selon nos demandes » ? S'il remarque, dans l'*Apologie*, que la religion, faite pour extirper les vices, « les couve, les nourrit, les incite », son indignation ne vient-elle pas, comme il le dit, de son attachement à la religion, de sa révérence pour une foi véritable ayant « un pied et fondement divin » et qui paraîtrait dans toutes nos actions : « Et me déplaît de voir faire trois signes de croix au bénédicité, autant à grâces (et plus m'en déplaît-il que c'est un signe que j'ai en révérence et continuel usage...) et cependant toutes les autres heures du jour les voir occupées à la haine, l'avarice, l'injustice » (I, 56). D'ailleurs, l'accent religieux et l'envolée du célèbre morceau qui sert de conclusion à l'*Apologie* semblent témoigner d'une conviction sincère : « Nous n'avons aucune communication à l'être, parce que toute humaine nature est toujours au milieu entre le naître et le mourir, ne baillant de soi qu'une obscure apparence et ombre et une incertaine et débile opinion [...] Mais qu'est-ce donc qui est véritablement ? Ce qui est éternel, c'est-à-dire qui n'a jamais eu de naissance ni n'aura jamais de fin, à qui le temps n'apporte jamais aucune mutation [...] Dieu seul “est”, non point selon aucune mesure du temps, mais selon une éternité immuable et immobile... » À cette conclusion si religieuse d'un homme païen, Plutarque, qu'il vient de citer longuement, Montaigne déclare vouloir, pour terminer, « joindre seulement ce mot » d'un autre païen, le stoïcien Sénèque : « “Ô la vile chose, dit-il, et abjecte que l'homme, s'il ne s'élève au-dessus de l'humanité ”. Voilà un bon mot et un utile désir, mais pareillement absurde, car de faire la poignée plus grande que le poing, la brassée plus longue que le bras et d'espérer enjamber plus que de l'étendue de nos jambes, cela est impossible et monstrueux, ni que l'homme se monte au-dessus de soi et de l'humanité [...] Il s'élèvera si Dieu lui prête extraordinairement la main, il s'élèvera, abandonnant et renonçant à ses propres moyens, et se laissant hausser et soulever par des moyens purement célestes. »

Montaigne, au fond de lui-même, croit-il à la réalité de ce secours céleste ou pense-t-il que, en fait, il ne nous est jamais donné de nous élever au-dessus de notre misérable condition ? Est-il en son cœur chrétien ou sceptique ? C'est une question qui, à la vérité, est impossible à trancher. En faveur de la sincérité de ses déclarations chrétiennes, on pourra toujours invoquer son horreur de la duplicité et ce qu'il nous dit de sa franchise naturelle. Mais, d'un autre côté, on ne peut s'empêcher de douter du christianisme d'un homme foncièrement hostile à l'ascétisme (voir par exemple I, 39) et qui ne fait aucune place aux idées de péché et de rédemption. Aussi chacun pourra-t-il toujours, en lisant les *Essais*, suivre le penchant commun à « coucher les dits d'autrui à la faveur des opinions qu'on a » (II, 12). Quel que soit le sentiment, à jamais insondable, de Montaigne, il y a, à n'en pas douter, certaines conclusions qu'il a voulu tirer de la faiblesse de notre raison. S'il a tenu à peindre si vigoureusement l'impuissance de l'homme, c'est qu'il pensait y puiser une leçon de prudence, de modestie et de tolérance. La « monstrueuse guerre », qui déchire les Français au nom des croyances religieuses, lui inspire une horreur (III, 12) qu'il voudrait communiquer à tous. Aux réformés, il voudrait montrer la présomption qu'il y a à vouloir « ramener Dieu à notre mesure », en lui interdisant d'être à la fois « en paradis et en la terre » (dans l'eucharistie). Aux catholiques, il veut enseigner la modération, en leur rappelant que leur foi devrait les inciter à la douceur et que Dieu doit prendre en bonne part « l'honneur et la révérence que les humains lui rendent, sous quelque nom et en quelque manière que ce soit » (II, 12).

Pour lui, la conscience de la faiblesse et de l'instabilité de son jugement le conduit à éviter les « troubles de la conscience » et à rester catholique : ne se jugeant pas capable de choisir, il « prend le choix d'autrui » et reste « en l'assiette où Dieu [l'] a mis », de peur, s'il quittait cette position stable, de se mettre à « rouler sans cesse ». Il sera d'ailleurs conservateur aussi en politique, car il lui semble « très inique de vouloir soumettre les constitutions et observances publiques et immobiles à l'instabilité d'une privée fantaisie » ; et « il y a grand amour de soi et présomption d'estimer ses opinions jusque là que, pour les établir, il faille renverser une paix publique et introduire tant de maux inévitables et une si horrible corruption des mœurs... » « Est-ce pas mal ménagé d'avancer tant de vices certains et connus » — trop connus en un temps où les États sont en proie à l'instabilité et à la confusion — « pour combattre des erreurs contestées et débattables » (I, 23) ? Son scepticisme conduira donc Montaigne à rester à l'écart des querelles théologiques et des discussions politiques, et du même coup ces sujets seront naturellement bannis des *Essais* : c'est d'ailleurs, selon lui, la seule attitude à prendre, si on se place au point de vue de la gloire de Dieu et du bien de l'État. En effet, la théologie est une « étude si sérieuse et si vénérable » qu'il ne faut pas la « mener en passant » (I, 46). Quant aux discussions politiques, elles sont vaines : « Ces grandes et longues altercations de la meilleure forme de société et des règles plus commodes à nous attacher sont altercations propres seulement à l'exercice de notre esprit », car « nous prenons des hommes liés déjà et formés à certaines conditions » et « nous ne pouvons guère les tordre de leur pli accoutumé que nous ne rompions tout [...] Rien ne presse un État que l'innovation : le changement donne seul forme à l'injustice et à la tyrannie ; on peut s'opposer [...] à l'altération et corruption [...] Mais d'entreprendre à refondre une si grande masse et à changer les fondements d'un si grand bâtiment, c'est à faire à ceux qui veulent... guérir la maladie par la mort » (III, 9). Montaigne ne se bornera pas à cet idéal pyrrhonien : soumission aux usages de son pays en même temps que tolérance à l'égard des autres et suspension du jugement sur tout ce qui est hors de prise. Voulant imiter l'ignorance consciente d'elle-même qui, d'après la Pythie, faisait de Socrate le plus sage des mortels, il rencontre un objet qui a le privilège de pouvoir être connu avec certitude : c'est le moi, ce sont les états successifs de l'être « ondoyant et divers » que nous sommes tous. Conscient de son instabilité essentielle, il sait bien qu'il ne peut fixer ce moi, que l'objet de son étude « va trouble et chancelant, d'une ivresse naturelle », mais il « le prend comme il est en l'instant qu'[il s'] amuse à lui ». Il ne « peint pas l'être, mais le passage, non d'âge en âge [...] mais de minute en minute ». De cette façon, il pourra se vanter, en nous présentant les diverses faces de son être intime, « que jamais homme ne traita sujet qu'il entendît ni connût mieux » (III, 2). Ainsi le pyrrhonisme lui-même a poussé Montaigne « à avoir les yeux incessamment tournés vers soi » : il a contribué à lui faire découvrir la voie propre de son génie. Les arguments rassemblés dans l'*Apologie* ne sont guère originaux ; mais, ce qui est bien personnel, c'est, outre l'ardeur avec laquelle l'auteur s'efforce de tirer du scepticisme une leçon de sagesse pacificatrice, la manière dont il s'évade du doute universel des pyrrhoniens, non par un « cogito » augustinien ou cartésien, mais par une introspection purement phénoméniste et, par suite, échappant à l'accusation de dogmatisme. À partir de cette introspection, il va aboutir à des conclusions qui ne sont plus ni sceptiques ni phénoménistes et qui permettent de mieux saisir l'intention profonde de son scepticisme.

La philosophie de la nature. En s'observant lui-même, il ne trouve pas seulement un « branle perpétuel » : il découvre un certain nombre de vérités générales relatives à la condition humaine et, comme il le dit lui-même, toute une « philosophie morale » (III, 2). Cette philosophie morale se fonde essentiellement sur une méditation du précepte antique : « Vivre conformément à la nature. » Montaigne est convaincu que la nature est un guide maternel : l'*Apologie* nous la montre, avec éloquence, protégeant tous les êtres animés et les conduisant, avec douceur, « à toutes les actions et commodités de la vie ». Chez lui, le scepticisme et la confiance en la nature vont de pair et s'unissent dans la conviction que la grande erreur de l'homme, la source de tous ses maux, c'est de substituer à la nature les chimères de son esprit. « Nous voulons abandonner Nature et lui voulons apprendre sa leçon, elle qui nous menait si heureusement et si sûrement » (III, 12). Le stoïcisme, pour lequel Montaigne avait d'abord professé l'admiration de tant d'humanistes, représente la pire folie : proclamer comme Épictète que « l'homme n'a rien proprement sien que l'usage de ses opinions », c'est tout simplement avouer qu'il n'a « que du vent en partage » (II, 12). Le véritable sage doit aimer, non ses opinions, mais les dons de la nature : il avouera que la santé est infiniment précieuse (II, 12), il ne fera pas fi de la beauté physique (III, 12) et surtout il ne méprisera pas la volupté, car, n'en déplaise aux stoïciens, « en la vertu même, le dernier but de notre visée est la volupté » (I, 19). Même les plaisirs corporels sont une douceur dont il est absurde de se détourner : n'allons pas souhaiter « que nous nous sustentions, mettant seulement en la bouche un peu de cette drogue par laquelle Épiménides se privait d'appétit et se maintenait. Ni qu'on produisît stupidement les enfants par les doigts ou par les talons. Ni que le corps fût sans désir et sans chatouillement ». N'ayons pas scrupule à suivre les douces règles établies par la nature, qui a voulu « que les actions qu'elle nous a enjointes pour notre besoin nous fussent aussi voluptueuses » et que nous y fussions poussés « non seulement par la raison, mais par l'appétit » (III, 13). Montaigne déteste « un esprit hargneux et triste qui glisse pardessus les plaisirs de la vie, qui ne sait pas arrêter la promptitude de sa fuite en la savourant et ruminant ». Le dernier chapitre des *Essais* se termine (presque) sur cette conclusion : « C'est une absolue perfection, et comme divine, de savoir jouir loyalement de son être. »

Pour jouir pleinement de notre être, la nature nous a réservé des plaisirs plus durables, plus variés et plus profonds que les voluptés corporelles : ce sont les plaisirs de l'esprit (III, 13). L'un des plus grands est celui de la conversation (dont la lecture nous fournit un avant-goût) : Montaigne l'estime « le plus fructueux et naturel exercice de notre esprit » et il en « trouve l'usage plus doux que d'aucune autre action de notre vie », à condition, bien entendu, qu'elle s'exerce « entre esprits vigoureux et réglés » qui aient des opinions un peu divergentes, ainsi chacun est haussé au-dessus de lui-même par le désir de répondre aux attaques qui le pressent de tout côté ; l'émulation donne de l'élan à l'imagination, et l'esprit se trouve admirablement stimulé. Quel bénéfice et quel plaisir de discuter avec des gens qui savent « disputer avec ordre », c'est-à-dire suivre le sujet proposé et répondre réellement à ce qu'on leur dit ; qui cherchent non à contredire, mais à voir juste, et qui, ayant le courage de supporter la contradiction et une « correction » méritée, n'hésitent pas à être eux-mêmes d'une vigoureuse franchise pour redresser les jugements déviés ! À côté des discussions sérieuses, « les devis pointus et coupés, que l'allégresse et la privauté introduisent entre les amis gaussant et gaudissant plaisamment et vivement les uns des autres », sont un exercice moins « sérieux et tendu », mais non moins « aigu et ingénieux, ni moins profitable » ; car « en cette gaillardise, nous pinçons parfois des cordes secrètes de nos imperfections, lesquelles, rassis, nous ne pouvons toucher sans offense, et nous nous entradvertissons utilement de nos défauts » (III, 8). La conversation, ainsi entendue, nous fait goûter quelques-uns des bienfaits de l'amitié, qui doit toujours servir à notre perfectionnement.

Mais la véritable amitié, celle dont Montaigne a fait avec La Boétie une expérience magnifique et dont il nous parle avec une émotion incomparable, est autre chose qu'une « familiarité nouée par quelque occasion ou commodité » : c'est une union totale des âmes « qui se mêlent et confondent l'une et l'autre, d'un mélange si universel qu'elles effacent et ne retrouvent plus la couture qui les a jointes ». Elle repose sur une sympathie inexplicable, une correspondance prédestinée. « Si l'on me presse de dire pourquoi je l'aimais, je sens que cela ne se peut exprimer qu'en répondant : parce que c'était lui, parce que c'était moi. » Cette amitié parfaite, en laquelle chaque volonté se confond avec celle de son ami, a la chaleur des sentiments profonds, une « chaleur constante et rassise, toute douceur et polissure, qui n'a rien d'âpre et de poignant ». Elle serait encore « plus pleine et plus comble », si elle pouvait exister entre un homme et une femme, puisque l'union des âmes s'accompagnerait de celle des corps, mais « ce sexe semble incapable de soutenir l'étreinte d'un nœud si durable ». Même entre deux hommes, l'amitié procure la joie la plus grande qu'il soit possible d'éprouver. « L'ancien Ménandre disait celui-là heureux qui avait pu rencontrer seulement l'ombre d'un ami : il avait certes raison de le dire [...] car, à la vérité, si je compare tout le reste de ma vie [...] aux quatre années qu'il m'a été donné de jouir de la douce compagnie [de mon ami], ce n'est qu'une nuit obscure et ennuyeuse [...] J'étais déjà si fait et accoutumé à être deuxième partout qu'il me semble n'être plus qu'à demi. » Une telle amitié, qui « possède l'âme et la régente en toute souveraineté », est nécessairement unique. « C'est un assez grand miracle de se doubler et n'en connaissent pas la valeur ceux qui parlent de se tripler » (I, 27).

Plaisirs du corps et joies de l'esprit ne sont malheureusement pas toute la vie humaine : chaque homme est appelé à rencontrer la douleur et la mort. Mais, si la nature ne peut lui éviter ces maux, elle peut lui enseigner à les supporter sans trop de peine. Ici encore, ce sont ses leçons qu'il faut écouter et non celles de l'orgueilleuse philosophie stoïcienne. Montaigne a d'abord dit, comme les stoïciens, qu'il fallait se préparer à la mort en y pensant constamment. « Ôtons-lui l'étrangeté, pratiquons-la, accoutumons-la, n'ayons rien si souvent en la tête que la mort. À tout instant, répétons-la à notre imagination et en tous visages » (I, 20). Mais s'il répétait les leçons de Sénèque, c'est qu'il n'avait pas pris pleine conscience de son sentiment profond : plus tard, il pensera que « la préparation à la mort a donné plus de tourment que n'a fait la souffrance » et qu'on augmente l'importance des maux à y penser trop d'avance. « Ils ne viendront pas assez tôt, leur vrai être ne nous dure pas assez, il faut que notre esprit les étende et allonge, et qu'avant la main il les incorpore en soi et s'en entretienne » (III, 12). Déjà au moment où il subissait l'influence stoïcienne, il avouait : « En quelque manière qu'on se puisse mettre à l'abri des coups, fût-ce sous la peau d'un veau, je ne suis pas homme qui y reculasse. » Mais il ne pensait pas qu'il fût possible de « passer à son aise », en détournant sa pensée de la mort. Et pourtant, « nature même nous prête la main et nous donne le courage. Si c'est une mort courte et violente, nous n'avons pas loisir de la craindre ; si elle est autre, je m'aperçois que, à mesure que je m'engage dans la maladie, j'entre naturellement en quelque dédain de la vie. Je trouve que j'ai bien plus affaire à digérer cette résolution de mourir quand je suis en santé que quand je suis en fièvre » (I, 20). De là à conclure qu'il faut s'en remettre entièrement à cette prévoyance de la nature, il n'y a qu'un pas, et Montaigne n'hésite pas à le franchir quand il observe l'héroïsme simple des paysans, qu'il évoque en des lignes admirables : « Regardons à terre les pauvres gens que nous y voyons épandus, qui ne savent ni Aristote, ni Caton, ni exemple, ni précepte : de ceux-là tire nature tous les jours des effets de constance et de patience plus purs et plus raides que ne sont ceux que nous étudions si curieusement en l'école. Combien en vois-je ordinairement qui méconnaissent la pauvreté ? Combien qui désirent la mort ou qui la passent sans alarme et sans affliction ? Celui-là qui fouit mon jardin, il a ce matin enterré son père ou son fils. Les noms mêmes de quoi ils appellent les maladies en adoucissent et amollissent l'âpreté : la phtisie, c'est la toux pour eux ; la dysenterie, dévoiement d'estomac ; une pleurésie, c'est un morfondement, et, selon qu'ils les nomment doucement, ils les supportent aussi. Elles sont bien graves quand elles rompent leur travail ordinaire : ils ne s'alitent que pour mourir. » Dira-t-on que cette patience n'est que l'effet de leur stupidité et de leur manque d'imagination ? Montaigne répond avec énergie : « Pour Dieu, si c'est ainsi, tenons d'ores en avant école de bêtise » (III, 12).

La maîtrise de soi et l'idéal moral. Suivre docilement les leçons de la nature, « regarder et la douleur et la volupté de vue pareillement réglée et pareillement ferme », en s'efforçant « d'éteindre l'une et d'étendre l'autre » (III, 13), n'est pas chose aussi facile qu'il pourrait sembler. Montaigne est loin de prêcher le laisser-aller : « Il n'est [...] science si ardue que de bien et naturellement savoir vivre cette vie » (III, 13). C'est qu'il y a dans l'homme des forces puissantes qui s'opposent à cette conformité à la nature. Pour bien jouir de la volupté, il faut résister à la tentation de s'y « vautrer », car « l'intempérance est peste de la volupté et la tempérance n'est pas son fléau : c'est son assaisonnement ». Pour éviter le plus possible la douleur, douleur, il faut modérer ses passions et pratiquer un détachement parfois difficile, car « plus nous amplifions notre besoin et possession, d'autant plus nous engageons-nous aux coups de la fortune et des adversités » (III, 10). Montaigne avoue avoir éprouvé, malgré son tempérament peu emporté, quelque peine à « brider » ses passions, qui « ne se gouvernent pas toujours selon la mesure des occasions », et s'être senti trop faible pour leur résister autrement qu'en les empêchant de naître. Aux âmes sensibles qui éprouvent « les événements contraires et les injures de la fortune en leur profondeur et âpreté », il conseille d'employer « leur art à se garder d'en enfiler les causes » et à en « détourner les avenues » comme Caton qui, lorsqu'on lui offrit une belle vaisselle fragile, « la cassa incontinent pour s'ôter de bonne heure une si aisée matière de courroux envers ses serviteurs » ou comme notre Gascon qui s'abstient de jouer, pour ne pas s'attrister quand il perd, et qui a étouffé, pour garder sa tranquillité, son penchant à l'ambition. Cette abstention semble impliquer, en même temps que la modération dans les désirs, une certaine modération dans les affections. « Qui désirera du bien à son pays comme moi, sans s'en ulcérer ou maigrir, il sera déplaisant, mais non pas transi, de le voir menaçant ou sa ruine ou une durée non moins ruineuse [...] Qui ne bée pas après la faveur des princes, comme après chose de quoi il ne se saurait passer, ne se pique pas beaucoup de la froideur de leur accueil et de leur visage ni de l'inconstance de leur volonté. Qui ne couve point ses enfants ou ses honneurs d'une propension esclave ne laisse pas de vivre commodément après leur perte » (III, 10).

Cette insensibilité conseillée par Montaigne n'est pas purement et simplement un monstrueux égoïsme, car elle nous permet non seulement de conserver notre tranquillité, mais encore de nous rendre réellement utiles. Ce ne sont pas, remarque-t-il, les gens qui se passionnent le plus pour les choses qui agissent le plus efficacement : « Combien de gens se hasardent tous les jours aux guerres de quoi il ne leur chaut, et se pressent aux dangers des batailles, desquelles la perte ne leur troublera pas le sommeil ? Tel, en sa maison, hors de ce danger, qu'il n'oserait avoir regardé, est plus passionné de l'issue de cette guerre et en a l'âme plus travaillée que n'a le soldat qui emploie son sang et sa vie. » L'action, pour être bien menée, exige le calme intérieur. « Cette âpreté et violence de désirs empêche plus qu'elle ne sert à la conduite de ce qu'on entreprend... Nous ne conduisons jamais bien la chose de laquelle nous sommes empêchés et conduits. » Montaigne n'a jamais blâmé le dévouement (et lui-même fut un excellent maire de Bordeaux, et se dévoua, même en sa vieillesse, à la pacification de son pays) : « Je ne veux pas qu'on refuse aux tâches qu'on prend l'attention, les pas, les paroles et la sueur et le sang » (III, 10). Il a exalté la bonté et béni son père de lui avoir inculqué, dès l'enfance, l'habitude « de regarder plutôt vers celui qui me tend les bras que vers celui qui me tourne le dos » (III, 13). Mais il a recommandé avec insistance de se garder de la vaine agitation, de résister à la tentation de se créer mille tâches par incapacité à rester en repos (par besoin de « divertissement », dira Pascal) : « Voyez les gens appris à se laisser emporter et saisir ; ils le font partout, aux petites choses comme aux grandes [...] Ils s'ingèrent indifféremment où il y a de la besogne et sont sans vie quand ils sont sans agitation tumultuaire ; ils ne cherchent la besogne que pour l'embesognement. Ce n'est pas qu'ils veuillent aller tant comme c'est qu'ils ne se peuvent tenir. L'occupation est à certaine manière de gens marque de suffisance et de dignité, leur esprit cherche son repos au branle, comme les enfants au berceau : ils ne se peuvent dire autant serviables à leurs amis comme importuns à eux-mêmes. » Ces agités commettent une déplorable confusion, en prenant pour essentiel leur rôle, qui n'est que la surface souvent trompeuse de leur moi : « Il faut jouer dûment son rôle, mais comme rôle d'un personnage emprunté : du masque et de l'apparence, il n'en faut pas faire une essence réelle, ni de l'étranger le propre [...] J'en vois qui se transforment et se transsubstantient en autant de nouvelles figures et de nouveaux êtres qu'ils entreprennent de charges... Le jugement d'un empereur doit être au-dessus de son empire et le voir et considérer comme accident étranger ; et lui doit savoir jouir de soi à part et se communiquer, comme Jacques et Pierre, au moins à soi-même » (III, 10).

« Jouir de soi » en ce sens n'est pas seulement épicurien : ce n'est pas seulement savourer les plaisirs que la vie réserve à l'être humain, c'est aussi cultiver sa vie intérieure et protéger jalousement l'intégrité du moi profond. Lorsque Montaigne déclare qu'il « se faut prêter à autrui et ne se donner qu'à soi-même » ou « se donner à autrui sans s'ôter à soi », il entend que, si l'on ne reste pas soi-même, on n'a plus grand-chose à donner à autrui. Le premier de tous nos devoirs est l'amitié qui nous lie à nous-même, parce que, bien comprise, elle exclut l'égoïsme au même titre que les autres passions et entraîne l'accomplissement de nos devoirs envers autrui. Il ne s'agit pas d'une « amitié fausse, qui nous fait embrasser la science, la richesse et telles choses d'une affection principale et immodérée », ni d'une « amitié molle et indiscrète, en laquelle il advient ce qui se voit au lierre, qu'il corrompt et ruine la paroi qu'il accole », mais d'une « amitié salutaire et réglée, également utile et plaisante. Qui en sait les devoirs et les exerce, il est vraiment du cabinet des Muses, il a atteint le sommet de la sagesse humaine et de notre bonheur : celui-ci, sachant exactement ce qu'il se doit, trouve dans son rôle qu'il doit appliquer à soi l'usage des autres hommes et du monde, et, pour ce faire, contribuer à la société publique les devoirs et offices qui le touchent. Qui ne vit aucunement à autrui ne vit guère à soi » (III, 10). Cette amitié exige avant tout la connaissance de soi, et, à force de « s'épier de près » et d'avoir « les yeux incessamment tendus vers soi » (II, 12), on finit par se façonner, comme l'auteur des *Essais* a pu en faire l'expérience : « Moulant sur moi cette figure, il m'a fallu si souvent me composer pour m'extraire que le patron s'en est fermé et aucunement formé soi-même : je ne suis peint en moi de couleurs plus nettes que n'étaient les miennes premières. Je n'ai pas plus fait mon livre que mon livre m'a fait » (II, 18). Celui qui rentre en soi-même parvient en effet à dégager l'essentiel et à le distinguer du factice, de cette croûte superficielle formée par des passions désordonnées que, en toute lucidité, nous désavouerions, et par des habitudes qui ne sont, pour notre personnalité, que purs accidents. C'est là la tâche maîtresse, de beaucoup la plus difficile (car la vanité et la paresse lui font de terribles obstacles) : « Avez-vous su méditer et manier votre vie ? Vous avez fait la plus grande besogne de toutes » (III, 13). En revanche, « le pire état de l'homme, c'est où il perd la connaissance et le gouvernement de soi » (II, 2). Se connaître et se gouverner, c'est, en mettant au jour ce qu'il y a d'authentique en nous, retrouver la nature, mais une nature qui est en fait un idéal plutôt qu'une spontanéité. C'est en même temps reconquérir l'usage du plus précieux de nos biens, « la liberté de notre âme » (III, 10), dont la manifestation essentielle est l'indépendance du jugement, de cette faculté maîtresse « qui dispose tout, qui agit, qui domine et qui règne » (I, 26). Ce culte de la liberté de jugement est ce que Montaigne a conservé du stoïcisme et, sans doute, ce qui permet de comprendre finalement le rôle du scepticisme, destiné surtout à libérer l'entendement de tous les préjugés et de toutes les superstitions.

Ainsi l'éthique de Montaigne est loin de se réduire à la maîtrise de soi qu'exige tout épicurisme réfléchi : nous avons d'autres devoirs que de vivre avec le plus de plaisir et le moins de douleur possible. En effet, si Montaigne estime que la grande affaire est de vivre tranquille, il ne croit pas qu'il y ait pour l'homme de véritable tranquillité sans l'approbation de sa conscience : « Le vice laisse, comme un ulcère en la chair, une repentance en l'âme qui toujours s'égratigne et s'ensanglante elle-même [...] Il n'est pareillement bonté qui ne réjouisse une âme bien née. Il y a certes je ne sais quelle congratulation de bien faire qui nous réjouit en nous-même, et une fierté généreuse qui accompagne la bonne conscience » (III, 2). Dans ce sentiment très vif des exigences de la conscience, Montaigne a puisé la force de son indignation contre certains vices qu'il ne se lasse pas de flétrir. Celui qui lui fait le plus horreur est peut-être la déloyauté, d'autant plus méprisable que la racine en est, au fond, la lâcheté, qui fait horreur à la fois au gentilhomme, à l'admirateur des héros de l'Antiquité et au sage épris de liberté. « C'est un vilain vice que le mentir, et qu'un ancien peint bien honteusement quand il dit que c'est donner témoignage de mépriser Dieu et de craindre les hommes : il n'est pas possible d'en représenter plus richement l'horreur, la vilité et le dérèglement ; car, que peut-on imaginer plus vilain que d'être couard à l'endroit des hommes et brave à l'endroit de Dieu [...] Notre intelligence se conduisant par la seule voie de la parole, celui qui la fausse trahit la société publique » (II, 17). Quelle honte de voir la fausseté en usage même parmi les gentilshommes qui, dans leurs querelles, n'hésitent pas à « plâtrer le fait » et à renier leur intention première en cherchant à leurs paroles une interprétation plausible ! « Il ne faut pas regarder si votre action ou votre parole peut avoir autre interprétation ; c'est votre vraie et sincère interprétation qu'il faut maintenir, quoi qu'il vous coûte. On parle à votre raison et à votre conscience, ce ne sont pas parties à mettre en masque : laissons ces vils moyens et ces expédients à la chicane du palais. »

Autant que contre la déloyauté, la conscience de Montaigne s'indigne contre la cruauté, qui, elle aussi, est fille de la couardise (II, 27) : « La vaillance de qui c'est l'effet de s'exercer seulement contre la résistance s'arrête à voir l'ennemi à sa merci : mais la pusillanimité, pour dire qu'elle est aussi de la fête, n'ayant pu se mêler à ce premier rôle, prend pour sa part le second, du massacre et du sang [...] Qui rend les tyrans si sanguinaires ? C'est le soin de leur sûreté et que leur lâche cœur ne leur fournit d'autres moyens de s'assurer qu'en exterminant ceux qui les peuvent offenser, jusqu'aux femmes, de peur d'une égratignure. » Montaigne condamne ce vice partout où il le rencontre, dans les violences des guerres de Religion comme dans l'usage bien établi de la torture judiciaire. « Tout ce qui est au-delà de la mort simple me semble pure cruauté. Notre justice ne peut espérer que celui que la crainte de mourir ou d'être décapité ou pendu ne gardera de faillir en soit empêché par l'imagination d'un feu languissant ou des tenailles ou de la roue [...] En quel état peut être l'âme d'un homme, attendant vingt-quatre heures la mort, brisé sur une roue ou, à la vieille façon, cloué à une croix ? » (II, 27). Non moins inhumaine que ces supplices monstrueux est la question. « C'est une dangereuse invention que celle des géhennes, et semble que ce soit plutôt un essai de patience que de vérité. Et celui qui les peut souffrir cache la vérité et celui qui ne les peut souffrir. Car pourquoi la douleur me fera-t-elle plutôt confesser ce qui en est qu'elle ne me forcera de dire ce qui n'est pas ? » (II, 5). Un peuple qui accepte la déloyauté et qui encourage la cruauté ne devrait pas se targuer du titre de civilisé, ni prétendre à aucune supériorité sur les peuples dits sauvages : « Il ne se trouva jamais aucune opinion si déréglée qui excusât la trahison, la déloyauté, la tyrannie, la cruauté, qui sont nos fautes ordinaires. Nous les pouvons donc appeler barbares eu égard aux règles de la raison, mais non eu égard à nous, qui les surpassons en toute sorte de barbarie. » Les « cannibales » du Nouveau Monde ont séduit le cœur de Montaigne, parce que leurs mœurs, bien qu'étranges, lui ont paru plus loyales et moins cruelles que les nôtres (I, 30). Aussi a-t-il flétri, avec une éloquence magnifique, la conduite honteuse des conquérants espagnols qui, cherchant non pas à former ces peuples, mais à les exploiter, n'ont su leur apporter que la corruption. « Combien il eût été aisé de faire son profit d'âmes si neuves, si affamées d'apprentissage, ayant pour la plupart de si beaux commencements naturels ! Au rebours, nous nous sommes servis de leur ignorance et inexpérience à les plier plus facilement vers la trahison, luxure, avarice et vers toute sorte d'inhumanité et de cruauté, à l'exemple et patron de nos mœurs. Qui mit jamais à tel prix le service de la mercadence et de la trafique ? Tant de villes rasées, tant de nations exterminées, tant de millions de peuples passés au fil de l'épée, et la plus riche et belle partie du monde bouleversée pour la négociation des perles et du poivre : mécaniques victoires ! Jamais l'ambition, jamais les inimitiés publiques ne poussèrent les hommes les uns contre les autres à si horribles hostilités et calamités si misérables » (III, 6). Tout comme la manière dont il parle de nos devoirs envers nous-mêmes, de tels accents témoignent chez Montaigne d'une incontestable foi morale.

La pédagogie. Si la sagesse de Montaigne ne se réduit pas à l'égoïsme épicurien ou à l'ironie sceptique, c'est que la préoccupation centrale de Montaigne fut peut-être, en définitive, d'acquérir, ou de conserver, l'esprit et le cœur d'un gentilhomme ou, selon l'expression antique, d'un homme libre. Aussi retrouve-t-on les thèmes majeurs de sa pensée dans le chapitre consacré à la manière de former un homme digne du nom de gentilhomme : tous ces thèmes qui, nonchalamment développés à travers les *Essais*, paraissent souvent manquer d'unité trouvent ici leur harmonie naturelle, grâce à l'intention ouvertement pédagogique de ces pages consacrées à l'« institution des enfants »

(I, 26). Pour libérer l'enfant de l'étroitesse d'esprit et de la présomption d'un homme qui a « la vue raccourcie à la longueur de son nez », Montaigne veut lui donner le monde entier pour livre, afin qu'il y trouve l'enseignement que le lecteur des *Essais* reçoit de l'*Apologie*. L'adolescent contemplera « la grande image de notre mère nature dans son entière majesté », pour apprendre à « se voir de bons biais » et à ne pas donner une importance démesurée aux choses qui concernent un être aussi minuscule. Il voyagera pour « frotter et limer » sa cervelle à celle d'autrui et acquérir ainsi le sens de la relativité de nos opinions et coutumes : mis en présence de « tant d'humeurs, de sectes, de jugements, d'opinions, de lois et de coutumes », il apprendra « à juger sainement des nôtres » et à reconnaître « l'imperfection de notre jugement et sa naturelle faiblesse, qui n'est pas un léger apprentissage ». Ainsi Montaigne impose à son élève une véritable cure de scepticisme, destinée à lui apprendre la modestie et l'indulgence, à l'inciter à modérer l'ardeur de ses désirs et la violence de ses chagrins, en même temps qu'à le débarrasser de ses préjugés et à permettre ainsi l'exercice de son jugement personnel.

Pour que la personnalité de l'enfant puisse s'épanouir, pour qu'il n'ait pas une âme servile, dominée par la crainte de châtiments pénibles, Montaigne recommande qu'on ne l'abrutisse pas de coups et qu'on l'élève dans la joie et la douceur. Son opposition aux châtiments corporels, couramment utilisés dans les collèges de son temps, vient à la fois de sa répugnance foncière pour la cruauté et de son horreur épicurienne de la souffrance évitable. Convaincu que la sagesse ne consiste jamais à brutaliser la nature, mais simplement à la discipliner dans la mesure nécessaire pour qu'aucune de ses tendances ne soit contrariée, il demande instamment qu'on prenne soin « d'ensucrer les viandes salubres à l'enfant » : on le réveillera le matin « au son des instruments », comme faisait le père de Montaigne ; on lui rendra l'étude aimable grâce à des classes « ornées de fleurs et de feuillées » plutôt que de « tronçons d'osier sanglant » ; on ne l'abandonnera pas « à la colère et humeur mélancolique d'un furieux maître d'école ». On ne le tiendra pas « à la géhenne et au travail quatorze ou quinze heures par jour comme un portefaix ». On lui donnera le goût de la philosophie en lui montrant que, bien comprise, elle prêche une « éjouissance continuelle ». Mais l'« éjouissance continuelle » est une conquête et, si Montaigne recommande la douceur dans l'éducation, il ne se fait pas pour autant l'apôtre de la mollesse. Son idéal est représenté par Socrate, qui, certes, acceptait de bonne grâce de boire ou de « jouer aux noisettes » avec les enfants, mais qui sut aussi supporter avec sérénité « la faim, la pauvreté [...] la prison, les fers et le venin » (III, 12). Tenant à rendre son disciple capable, au besoin, de faire bonne figure dans toutes les épreuves, il recommande qu'on veille à rendre ce courage moins difficile, en prenant soin d'endurcir le corps dès l'enfance. « Ce n'est pas assez de lui raidir l'âme, il faut encore lui raidir les muscles », car Montaigne sait, par expérience, combien l'âme peut « ahanner » en compagnie d'un corps « trop tendre et trop sensible ». Il faut aguerrir l'enfant, supprimer « toute mollesse et délicatesse au vêtir et au coucher, au manger et au boire » et l'entraîner à supporter « la sueur, le froid, le vent, le soleil et les hasards qu'il faut mépriser ». Le meilleur moyen d'obtenir cette endurance sera la pratique des exercices physiques : course, lutte, danse, maniement des armes. « L'accoutumance à porter le travail étant accoutumance à porter la douleur, on le rompra à la peine et âpreté des exercices pour le dresser à la peine de la colique, de la dislocation et du cautère. » Ce dressage physique a pour but de donner au jeune homme la maîtrise de son corps, afin qu'il puisse être un homme vraiment libre « qui peut toutes choses sur soi » : il faut qu'il soit capable de « surpasser en vigueur et en fermeté ses compagnons » jusque dans la débauche, et « qu'il ne laisse à faire le mal, ni à faute de science ni à faute de force, mais à faute de volonté ».

Cette maîtrise de soi — pour laquelle Montaigne a toujours gardé une admiration toute stoïcienne — n'a de valeur que mise au service d'une volonté droite. Pour diriger et orienter sa volonté, un homme libre ne doit compter que sur son jugement personnel : aussi faut-il s'efforcer avant tout de former le jugement de l'enfant et lui apprendre à se servir de son entendement plutôt qu'à répéter mécaniquement une leçon. Il faut choisir un précepteur qui ait la tête « plutôt bien faite que bien pleine » et qui renonce à « criailler aux oreilles, comme qui verserait dans un entonnoir », mais veuille bien faire passer tout son enseignement par l'« étamine » du jugement : « Nous rendons l'entendement servile et couard à ne rien lui laisser faire de soi. » Il faut bannir les méthodes d'autorité utilisées dans les collèges et stimuler l'activité de l'esprit, mettre l'âme « sur la montre, lui faisant goûter et discerner d'elle-même » et demander compte à l'élève, non des mots de sa leçon, mais du sens et de la substance. C'est seulement par ce moyen qu'on arrivera à former non pas un spécialiste, mais simplement un « habile homme » : Montaigne, qui ne se propose pas d'autre fin, bien loin de prôner une éducation encyclopédique, conseille de négliger les diverses sciences (qui pourront toujours s'acquérir facilement, une fois le jugement formé) et de s'attacher à la seule philosophie « en la partie où elle traite de l'homme et de ses devoirs et offices ». Son sujet est en effet de la plus haute importance, puisqu'elle apprend « à se connaître, à bien vivre et à bien mourir », et c'est en même temps celui qui peut le mieux donner, dès l'enfance, matière à l'exercice du jugement (alors que les sciences, au moins telles qu'on les comprenait alors, ne peuvent guère être reçues que passivement). Pour enseigner la philosophie morale, il n'y a qu'à faire réfléchir l'enfant sur les livres qui le mettent en contact « avec les grandes âmes des meilleurs siècles » et aussi sur les menus incidents de la vie quotidienne : toutes les occasions étant bonnes pour exercer la réflexion, l'écolier ne passera guère de temps sans étudier, mais sa leçon « se passant comme par rencontre sans obligation de temps ni de lieu » ne lui sera pas pénible.

La valeur de cet enseignement se reconnaîtra à ses fruits. Certes, il est, parmi les enfants, des terres ingrates qui n'en pourront guère donner : pour ceux-là point de remède, sinon de les mettre « pâtissiers en quelque bonne ville », fussent-ils fils de duc. Mais pour les âmes naturellement « bien nées », le gain de l'étude sera non pas de savoir discourir sur le bien et le mal, mais d'être « meilleurs et plus sages ». Le « bon élève » de Montaigne se montrera un agréable compagnon (car on aura eu soin de lui apprendre la civilité d'un homme plus soucieux de se corriger soi-même que de reprendre les autres) : il se pliera docilement aux usages en vigueur et témoignera de l'indifférence « en son goût, soit chair, poisson, vin ou eau » ; il fera preuve de jugement dans ses propos, et, dans une discussion, il se rendra toujours à la vérité, en quelque main qu'elle se trouve. Sa conversation aura d'autant plus de charme que son esprit, toujours en éveil, sera animé d'une « honnête curiosité » de toutes choses, tout en sachant se garder de la superstition et du fanatisme. On verra aussi en lui un fidèle et loyal serviteur de son prince, sans qu'il soit un courtisan, car c'est un métier où l'on ne peut conserver la pleine liberté de son jugement. Il ne s'abaissera ni au mensonge ni à la cruauté, qui dégradent l'homme et supposent un esclavage intérieur. Enfin, il saura garder de la tempérance dans les plaisirs et de la sérénité dans les épreuves et, ayant été capable de toujours supporter la perte de ses biens, il sera tout naturellement prêt pour le dépouillement suprême, sans avoir besoin de penser sans cesse à la mort, qui est « le bout, non le but de la vie » (III, 12). En somme, ce bon élève aura les qualités et les défauts de Michel de Montaigne, sûr de son jugement plutôt que de sa mémoire, soucieux de conserver sa liberté intérieure et de ne faire tort à personne plutôt qu'ardent à se dévouer, au reste accommodant et d'un commerce délicieux, pourvu qu'on n'attente pas à son indépendance. Lorsque l'auteur des *Essais* parle d'éducation, comme lorsqu'il parle de la raison, de la nature, de l'amitié ou de la mort, c'est toujours de lui-même qu'il entretient son lecteur. Mais que ses propos aient en même temps une portée très générale, on peut s'en convaincre en voyant la fécondité de ses idées pédagogiques, qui furent largement utilisées par les maîtres de Port-Royal et, dans la suite, par tous ceux qui essayèrent de renouveler l'enseignement et de l'arracher au pédantisme et à la routine.

Un bréviaire d'humanisme. Montaigne n'avait pas tort de dire de ce livre « consubstantiel à son auteur » que « qui touche l'un touche l'autre ». Comme il apportait non un système, mais une série de réflexions qui devaient leur unité à leur lien étroit avec son « moi », admirateurs et détracteurs ont exalté ou attaqué, dans les *Essais*, non une doctrine, mais une tournure d'esprit et une qualité d'âme. Les esprits critiques, plus soucieux de comprendre que de construire, épris avant tout de sincérité et de liberté, tels Voltaire ou Sainte-Beuve, ont aimé Montaigne et salué en lui leur maître. Les esprits rigoureux et systématiques, les êtres avides d'absolu, ceux qui ne croient pas pouvoir s'épanouir sans se donner et se dépasser, tels Pascal, Malebranche (ou Rousseau), irrités par son allure vagabonde, son penchant à l'égoïsme ou par la sérénité avec laquelle il accepte le relatif, ont haï et vilipendé Montaigne comme un représentant séduisant de leurs plus dangereuses tentations. Mais ses ennemis ont subi son influence et ses admirateurs l'ont trahi. Immense est envers lui la dette des classiques, qui se sont pourtant indignés de son désordre dans la composition et de son indiscrétion à étaler son « haïssable moi » jusqu'en ses particularités les plus vulgaires (telles que l'abondance de ses poils, son goût pour les melons, ou son incapacité à marcher sans se crotter !). Assez étrange, en revanche, fut l'enthousiasme du XVIIIe siècle qui, de ce conservateur, de cet ennemi de la violence et de la passion, de cet homme prudent et modéré, finit par faire le patron des réformateurs intempérants, des athées convaincus et même des révolutionnaires. Ces paradoxes témoignent de la vitalité et de la fécondité d'une œuvre dont il serait difficile d'exagérer l'importance. Les *Essais*, qui ont assimilé et nous ont transmis, sous une forme abordable et même charmante, tout l'acquis de l'Antiquité, sont en même temps la première en date et la plus décisive des œuvres modernes. Sans eux, aurions-nous les analyses lucides et vigoureuses de Pascal, la remise en question cartésienne, la sagesse de Molière et son sens du « naturel », la malice de La Fontaine, l'ironie de la critique voltairienne, le respect de Rousseau pour l'instinct et la nature, le culte gidien de la sincérité et les méandres subtils de l'analyse proustienne ? À propos de nos plus grands chefs-d'œuvre, on évoque Montaigne, parce que, le premier, il représente avec éclat la tendance fondamentale du génie français qui, de Pascal à Bergson, en passant par Racine, Vauvenargues, Stendhal ou Maine de Biran, produisit tant de psychologues et de moralistes. Malgré ses allures désordonnées et son mépris de la logique, ce gentilhomme gascon était bien français, par son esprit critique, sa méfiance à l'égard des grandes constructions métaphysiques, son bon sens et sa malice ; par son amour de la vie, son goût pour les plaisirs des sens et ceux de la conversation et par sa sociabilité comme par sa bonne grâce, sa franchise et son sens du courage, de la loyauté. Mais en même temps il fut admiré des Anglais au moment où ses compatriotes le dédaignaient et il ne fut pas sans influencer Goethe. C'est que, ennemi de tous les particularismes et faisant sien le fameux vers de Térence : « Homo sum et nil humanum a me alienum puto », il fut un humaniste au sens plein du mot ; l'adjectif humain vient spontanément à l'esprit pour le caractériser, peut-être parce qu'il n'a pas essayé de brusquer la nature pour la hausser au-dessus d'elle-même, mais aussi parce qu'il a su l'observer assez finement pour trouver le secret d'une harmonie qui, tout en donnant une bonne place aux plaisirs et à la douceur de vivre, n'exclut pas les joies et les efforts qui font la dignité d'une vie d'homme.

Esther. Tragédie de l'auteur dramatique Jean Racine (1639-1699), en trois actes et en vers, avec chœurs. Elle fut jouée à Saint-Cyr pour la première fois en 1689 par les pensionnaires du collège du même nom. On sait à quelles circonstances elle dut d'avoir vu le jour : Racine avait été prié par Mme de Maintenon, fondatrice de ce collège, de lui faire « quelque espèce de poème moral ou historique » susceptible d'être interprété par ses élèves. Autrement dit, un ouvrage d'édification qui fut en même temps un divertissement. Elle y mettait, il est vrai, une condition restrictive assez fâcheuse pour Racine : il fallait « que l'amour y fût entièrement banni ». D'abord, le poète avait donc fait la sourde oreille. Depuis l'affreuse querelle de *Phèdre* (*), c'est-à-dire bientôt douze ans, il avait renoncé au théâtre, pour se consacrer à sa charge d'historiographe et à sa vie familiale. Mais le moyen de ne pas répondre à la demande en question ? Force lui était bien de céder. Passant outre à l'avis de Boileau, Racine rouvrit donc la Bible et choisit le sujet d'Esther. Il y voyait l'occasion de réaliser un projet qu'il avait souvent caressé : « Lier le chœur avec l'action comme dans les anciennes tragédies grecques. » Telle fut la genèse de l'ouvrage. Donnons-en maintenant le canevas. L'action se déroule à Suse, en Perse. Le roi Assuérus a répudié son épouse Vasthi ; parmi toutes les jeunes filles qu'on lui présente, il choisit Esther, qui cache ses origines juives et devient ainsi reine. Au début du drame, Esther apprend, par son oncle Mardochée parvenu jusqu'à elle en secret, que le roi a ordonné l'extermination de tous les Juifs habitant la Perse. Il suit les conseils de son ministre, Aman, qui est furieux contre Mardochée parce que ce dernier, seul parmi ses sujets, refuse de lui rendre un hommage servile. Aman couve sa vengeance ; le roi, au cours d'une nuit sans sommeil, se fait lire les annales de son royaume et se rappelle ainsi les bienfaits de Mardochée, se souvenant notamment de la conjuration qui le menaçait et dont Mardochée l'a averti. Ne l'ayant pas encore récompensé pour cela, il décide de le faire maintenant. Il demande à Aman quelle peut être la plus haute récompense qu'un roi puisse octroyer à un loyal sujet ; l'ambitieux ministre, se croyant visé, conseille à Assuérus de le promener dans la ville, recouvert de pourpre, ceint d'un diadème, chevauchant un coursier royal. Assuérus alors ordonne qu'on accorde cet honneur à Mardochée. Esther demande au roi et à Aman de venir dîner à sa table. Cette invitation réconforte le ministre, atterré par le triomphe qu'il a lui-même contribué à offrir au Juif. Au cours d'un banquet, Esther révèle son origine, exalte la gloire du vrai Dieu, narre l'histoire du peuple juif, ses fautes et ses malheurs, et l'espoir que ce peuple a placé en la personne d'Assuérus, espoir qui vient d'être déçu à cause des calomnies d'Aman. Celui-ci implore Esther, mais le roi décide de l'envoyer à la potence (qu'Aman avait fait préparer pour Mardochée), en offrant à ce dernier la place de premier ministre. Les Juifs recouvrent leur entière liberté.

La tragédie débute par un prologue ; chaque acte s'achève par un chœur chanté par les jeunes filles juives qu'Esther garde cachées dans son palais. Il y a un autre chœur vers la moitié du IIe acte. La musique fut composée par Jean-Baptiste Moreau. Racine, en revenant au théâtre après douze ans, et après sa conversion, choisit un sujet religieux et en tire un spectacle pieux, et en même temps royal. Les teintes trop vives et orientales de l'original biblique apparaissent ici atténuées ; la vision du massacre des ennemis des Juifs a été supprimée. La cruauté d'Aman est au contraire davantage soulignée ; Assuérus enfin est peint sous un aspect moins capricieux et moins féroce ; l'épilogue montre comment une ambition perfide est justement punie. Il s'agit presque d'une tragédie politique, éclairée par le sourire d'Esther, imprégnée d'un tendre lyrisme religieux. Racine dans cet ouvrage se rapproche des Grecs par l'utilisation des chœurs et par la place accordée à la religion, qui est au centre du drame. Le profond réalisme psychologique des tragédies profanes de Racine y est néanmoins absent ; Dieu en effet guide lui-même toute l'action. La grâce d'Esther, sœur d'autres héroïnes douces et tendres, et le ton qui domine le drame sont des traits tout à fait raciniens.

ÉTIEMBLE René. Écrivain français. Né le 26 janvier 1909 à Mayenne. Orphelin de père à trois ans, il fait de brillantes études au lycée de Laval dont il est boursier, puis à la khâgne de Louis-le-Grand (1927-1929) et entre à l'École normale supérieure. Son intérêt passionné pour la philosophie, conçue non comme une histoire de spéculations successives, mais bien comme une école de vérité morale et humaine, le conduit dans trois directions apparemment divergentes : l'étude du chinois, afin de connaître l'une des pensées maîtresses de l'humanité ; l'étude de la grammaire qui énonce les règles fondamentales du discours et donc de tout raisonnement ; du droit, enfin, qui organise les rapports des hommes et énonce la morale objective de leurs relations. Sa curiosité passionnée, son appétit prodigieux du savoir ne s'arrêtent pas là. C'est à regret qu'il renonce à des études de médecine qui lui permettraient de fonder en connaissance son intuition de la réalité première, celle du corps, dont on trouve dans ses romans la recherche passionnée. Car cet esprit, dont on a dit justement qu'il était le plus libre de notre temps, entend explorer les déterminismes, biologique, juridique et social, culturel enfin, qui apportent à la liberté ses limites en même temps que sa réalité et les conditions de son exercice.

Dès Normale, René Étiemble se heurte à la politique mais, aussi grandes que soient ses sympathies pour les idées ou partis de progrès, il ne supportera jamais la discipline qu'ils imposent et les demi-vérités dont ils font leur régime quotidien. Son service militaire (1932 à 1933) lui révèle la crise que traversent l'Europe et la France. Pensionnaire à la fondation Thiers où, tout en travaillant le chinois, il entreprend à la fois son œuvre de romancier avec *L'Enfant de chœur* (qui paraîtra en 1937) et son œuvre de chercheur et d'essayiste sur Rimbaud, il se lance dans l'action publique en acceptant la charge de secrétaire des Amis du peuple chinois et de secrétaire de l'Association internationale des écrivains pour la défense de la culture. Professeur au lycée de Beauvais (1936-1938), il veut connaître le monde, quitter l'Europe ; il part pour Chicago où il enseigne à l'université, puis au Mexique, où il commence *Peaux de couleuvre*, qui ne paraîtra qu'en 1948. Quand la guerre éclate, il est de nouveau à Chicago avec Yassu Gauclère, qu'il épousera. Rallié à la France libre, il est détaché à l'« Office of War Information » à New York (1943). Appelé en Égypte par le recteur (futur ministre) Taha Hussein, il fonde la section française de l'université Farouk-Ier d'Alexandrie, fonde et dirige la revue *Valeurs*. Cependant son œuvre critique se développe : critique littéraire des *Temps modernes* (*), de *La Nouvelle Revue française* (*), il publie ses articles et essais dans cinq volumes (de 1952 à 1967), sous le titre de *Hygiène des lettres*, consacre un essai à *Supervielle* (1960), etc. Professeur de littérature à Montpellier, il met au point sa documentation pour l'une de ses œuvres capitales, *Le Mythe de Rimbaud* (1952-1968). Docteur ès lettres (1952), il est nommé à la Sorbonne professeur de littérature générale et comparée. En 1963, il épouse en secondes noces Jeanine Kohn. Son formidable appétit de savoir ne tarit pas : il utilise pour ses recherches une quinzaine de langues, mais connaît particulièrement bien le chinois et le russe. Il poursuit ses recherches philosophiques : *Confucius*, en 1956 ; *L'Orient philosophique*, trois tomes, de 1957 à 1959 ; ses études sur la littérature et le comparatisme : *Le Babélien*, trois tomes (1960-62) ; *Comparaison n'est pas raison* (1963) ; *Le Sonnet des voyelles* (1968), *Essais de littérature (vraiment) générale* (1974), *Quelques essais de littérature universelle* (1982), etc. ; fait le récit de ses voyages : *Retours du monde*, 1969 ; écrit une pièce, *L'Ennemie publique*, couronnée en 1948 par le prix de la Première Pièce et publiée en 1957 ; expose ses idées politiques dans *Six essais sur trois tyrannies* (1950), *Quarante ans de mon maoïsme* (1976) ; entreprend la défense de la langue française : *Parlez-vous franglais ?* (1964). En 1952, Étiemble a reçu le prix Sainte-Beuve pour *Le Mythe de Rimbaud*.

Il est impossible de rendre compte en quelques lignes d'une œuvre aussi vaste, aussi riche, qui a épousé tant de formes différentes et abordé des domaines aussi variés. Son intuition fondamentale n'en demeure pas moins simple et entière : la vérité et, à son service, un combat d'une fougue admirable contre tous les mensonges qui peuvent la voiler ou la dénaturer. De cette vérité, l'homme est l'objet, le sujet, le porteur, l'homme avec son passé infini, situé sur l'horizon mondial où s'épanouissent des cultures multiformes. Démythifier, démystifier, voir clair, dire juste : l'œuvre romanesque développe et illustre ce projet. Dans la civilisation moderne, le corps est caché, brimé, ses justes aspirations dénaturées par l'intensité des relations familiales, l'imposture sociale, la maladie. *Blason d'un corps* (1961) célèbre l'épanouissement érotique d'un corps libéré par l'amour de la honte qui s'inspire et accédant à sa vérité. « Hygiène du corps » (morale autant que physique) pourrait servir de sous-titre à l'œuvre romanesque, de la même façon que la notion d'*Hygiène des lettres* a permis de rassembler l'œuvre critique. Le projet est voisin : une même verve, une même passion s'exercent maintenant sur le corps littéraire. Là encore, il s'agit de guérir de l'imposture, de découvrir la santé. La littérature n'est ni une religion ni une mystique, mais un art et un métier. Dans tous ses essais et articles, de Gide à Robbe-Grillet, de Montaigne à Breton, une même préoccupation guide Étiemble : préserver la mission de la littérature qui est de dire précisément aux hommes ce qu'ils sont, la nature de la société où ils vivent, leurs désirs, leurs aspirations, et d'assurer entre eux une communication fondée sur la vérité. C'est bien pourquoi il devait consacrer son œuvre maîtresse au mythe de Rimbaud. Il n'est pas de mythe sans viol de l'esprit. Par la collation de tous les mensonges proférés sur Rimbaud, par leur analyse, Étiemble parvient à démonter les structures d'un mythe moderne, à éclairer sa formation, à montrer la prolifération de l'imposture, favorisée par la peur et l'égarement des passions. Or, pour restaurer Rimbaud dans sa pure grandeur de poète, il faut le libérer du mythe qui le dénature et corrompt l'esprit de ses lecteurs. C'est ainsi que le mythe, parce qu'il obscurcit les consciences, constitue un obstacle à ce progrès, qui doit avoir pour moteur et moyens une compréhension meilleure et plus vaste des hommes et du monde. En s'intéressant avec une passion et une science égales aux littératures étrangères et, en priorité, à celles qui sont les plus éloignées de la nôtre, Étiemble, par ses écrits autant que par son enseignement, s'est efforcé d'élargir aux dimensions de la planète l'intérêt et la connaissance de ses contemporains. Par l'une et l'autre, il a démontré l'autonomie de ces littératures, leur génie propre et irréductible, qui s'exprime à travers une langue dont la pureté et l'authenticité garantissent l'originalité et la vérité du message. D'où la lutte entreprise contre cette corruption baptisée par lui le « franglais ». Mais il s'est efforcé aussi de découvrir et mettre en valeur les invariants, formels autant que substantiels, qui fondent la vérité unique et générale de l'homme, que par toute son œuvre Étiemble défend, préserve, illustre.

JEAN BLOT.

♦ *« Un des esprits les plus libres de ce temps. »* Ferdinand Alquié. ♦ *« Étiemble, ou l'art de ne pas être tiède. »* Robert Mallet.

RÉF. : Adrian Marino, *Étiemble ou le Comparatisme militant*, Paris, 1982.

Étranger (L'). Roman d'Albert Camus (1913-1960), publié en 1942. Il reste l'une des œuvres majeures de la littérature du XXe siècle, et l'une des plus troublantes, par l'insolite du personnage, la singularité de l'écriture, le secret qu'elle garde. Meursault est le narrateur de sa propre histoire. Son récit, très concerté, comprend deux parties, sensiblement différentes dans leur ton et leur contenu. Dans la première, Meursault décrit, avec l'apparence d'un total détachement, sa vie quotidienne à Alger, depuis l'annonce de la mort de sa mère jusqu'au meurtre qu'il est amené à commettre. Sur le ton du constat, en phrases juxtaposées, le plus souvent au passé composé, Meursault note les besoins de son corps, sa fatigue, son envie de fumer, sa difficulté à supporter la chaleur ; il prend acte de ses sensations, note aussi son ennui, ou son indifférence : « Cela m'était égal », ou « Cela revenait au même » ; il ne s'embarrasse ni d'analyse psychologique ni de l'expression de ses sentiments. Bien qu'il décrive avec minutie son arrivée à l'asile de vieillards où sa mère vient de mourir, la veillée mortuaire ou le convoi, il ne manifeste pas le chagrin attendu ; de la même manière sont relatés sa rencontre à la plage avec Marie, le lendemain de l'enterrement, le début de sa liaison avec elle, son dimanche, sa vie monotone d'employé de bureau, ses relations avec ses voisins de palier. C'est à cause de l'un d'eux, Raymond Sintès, que tout va basculer. Meursault accepte de l'aider dans ses démêlés avec sa maîtresse arabe, et le frère de celle-ci. Une bagarre éclate, un dimanche, à la plage. Après un premier combat, auquel il ne participe pas, Meursault en évite un second, et prend le revolver de Raymond ; il revient ensuite, seul, sur la plage brûlante, vers une source où il espère trouver un peu de fraîcheur ; mais l'un des Arabes est lui aussi revenu. Aveuglé par la chaleur et le soleil, par l'éclat du couteau qu'a sorti l'Arabe, Meursault tire sur lui, et sent qu'il détruit l'équilibre du monde naturel. Il tire encore sur le corps inerte : « Et c'était comme quatre coups brefs que je frappais sur la porte du malheur. » Ce meurtre, dû, comme le dira Meursault, au hasard et au soleil, se déroule dans une véritable apocalypse ; la mer, le ciel y participent, et un lyrisme étonnant éclate soudain. Dans la seconde partie du roman, la narration ne retrouvera pas le ton neutre du début. Emprisonné, Meursault apprend à s'arranger avec le temps, et à se souvenir ; il n'est plus celui qui ne vivait qu'au présent, par ses sensations. Fidèle à sa volonté de vérité, il refuse de feindre le repentir, ou de jouer le jeu de la société en donnant les réponses que l'on attend de lui. Son procès, auquel il assiste en spectateur, est une caricature – qui ne manque pas d'humour – de la justice et de ceux qui l'exercent ; les événements les plus anodins de sa vie deviennent des chefs d'accusation ; on lui reproche d'« avoir enterré sa mère avec un cœur de criminel ». Il est condamné à la peine capitale. Le dernier chapitre du roman opère un changement radical : Mersault y exprime sa passion de vivre ; face à l'aumônier, il crie sa colère et sa révolte contre cette mort prématurée, contre la condition humaine, contre toute idée de vie future. Prêt à tout revivre, purifié, « vidé d'espoir », il s'ouvre alors « pour la première fois à la tendre indifférence du monde », et, au sein même de l'absurde, connaît un bonheur paradoxal : « J'ai senti que j'avais été heureux et que je l'étais encore. » La force, et le succès durable du roman, tiennent sans doute à ce que, dès ses premières phrases : « Aujourd'hui maman est morte. Ou peut-être hier, je ne sais pas », *L'Étranger* impose son univers et la présence physique de son personnage- narrateur, dans un remarquable effet de réel.

Le roman donne une forme romanesque, mais admirablement vivante, à la réflexion philosophique du *Mythe de Sisyphe*, dont la rédaction est contemporaine. L'absurde est représenté à la fois dans la succession des jours d'une vie banale, dans la suite de hasards qui font de Meursault un meurtrier, dans la surenchère d'absurdité même, apportée par la société, le fonctionnement de l'appareil judiciaire, la peine de mort. Fondamentalement innocent, étranger au monde et à lui-même, Meursault est un homme de l'absurde ; il n'a d'autre certitude que celle de la vie terrestre, d'autre bonheur que celui de vivre, et trouve sa grandeur dans sa vérité et sa révolte. Le roman se situe ici et maintenant, dans un temps et un espace identifiables. Cependant, le réalisme symbolique, le rayonnement mystérieux du personnage atteignent une portée universelle ; c'est un véritable mythe moderne, celui de l'absurde, que crée l'aventure de Meursault.

J. L.-V.

Étrenne. Genre littéraire qui consiste en un court poème accompagnant un cadeau ou un souhait offert à l'occasion du jour de l'an. Clément Marot a composé cinquante-quatre étrennes, et les poètes de la Pléiade (Du Bellay a, en outre, écrit des étrennes latines, les *Xenia*) ont poursuivi cette tradition qui perdure chez Mallarmé.

FRANÇOIS ROUDAUT.

***Eugénie Grandet*.** Roman d'Honoré de Balzac (1799-1850), publié vers la fin de 1833. C'est le premier de ses grands livres, quelques-uns disent son chef-d'œuvre. Dans la ville de Saumur, le terrible père Grandet, ex-tonnelier, a réuni grâce à une série d'heureuses spéculations une fortune qu'il augmente avec une héroïque et atroce avarice. Le lecteur est transporté au sein de la famille, qui comprend la fidèle servante Nanon, l'épouse de Grandet, femme sans volonté, et la fille de Grandet, la jeune Eugénie, un être d'une lumineuse beauté à l'âme noble et délicate, autour de laquelle se combattent les cupidités et les intrigues des deux grandes familles bourgeoises de la ville, les Cruchot et les Des Grassins, qui espèrent s'unir par un mariage à la très riche héritière. Le soir même de l'anniversaire d'Eugénie, occasion d'une petite fête chez les Grandet, arrive à l'improviste Charles Grandet, jeune Parisien élevé dans le luxe et l'oisiveté, fils d'un frère du vieux Grandet qui, à la suite d'une faillite de quatre millions, s'est fait sauter la cervelle. Le vieil avare apprend la mort de son frère par une lettre qui le prie de prendre soin de la liquidation et de fournir à son fils les moyens d'aller tenter fortune aux Indes. Durant les quelques jours que passe dans la maison ce jeune homme bouleversé par le malheur prend naissance chez Eugénie une profonde passion pour son cousin, un véritable grand amour que Charles, ému, semble partager. Puis le jeune homme part, non sans avoir prêté des serments d'éternelle fidélité.

Cette première partie est la meilleure : les personnages ont un relief incomparable, les faits s'entremêlent et se développent d'une façon classique, l'amour d'Eugénie enfin est saisi avec une délicatesse qui ne fut peut-être jamais plus atteinte par Balzac. Le reste n'est que la conclusion, l'histoire d'Eugénie dépendant entièrement de ce premier épisode décisif auquel s'oppose le portrait classique de l'avare, le personnage du père, qui prend peu à peu une terrible importance. Informé que sa fille a confié à son cousin, lors de son départ, tout le petit trésor qu'il lui avait donné, le vieillard la condamne littéralement à la prison dans sa chambre et ne se réconcilie avec elle que lorsqu'il sent que la mort de sa femme est proche. Il est alors poussé par la pitié et aussi par la voix de l'intérêt, craignant qu'Eugénie ne revendique la part d'héritage qui lui revient. Cependant Charles ne donne pas de ses nouvelles ; Eugénie n'en reste pas moins fidèle à son rêve. Le père Grandet, désormais octogénaire, fait progressivement passer dans les mains de sa fille son immense fortune ; maintenant il peut mourir (c'est là que se situe l'épisode le plus célèbre du roman ; véritable morceau d'anthologie que la mort de ce vieillard qui, au bord de la tombe, se résout enfin à confier l'or qu'il possède à sa fille, non sans lui dire : « Tu me rendras compte de tout là-bas »). Mais voici que le cousin revient, nouvellement enrichi, après une dure vie d'aventurier qui l'a rendu presque semblable à son oncle ; il ne pense plus à la petite jeune fille de province dont il ignore l'énorme fortune et se laisse entraîner à un médiocre mariage d'intérêt. Eugénie, qui l'aime toujours, paiera les dettes du père de Charles, que ce dernier refuse de reconnaître, puis épousera un de ses vieux prétendants de Saumur, à condition qu'il y ait « mariage blanc ». Veuve à trente-six ans, elle finit sa vie dans la solitude, consacrant son immense fortune à des œuvres de charité.

Bien que cette partie soit faible et hâtive, l'œuvre resplendit d'une force d'art incomparable : le personnage d'Eugénie et celui de son père sont justement considérés parmi les plus heureux de tous les portraits dus à la plume de ce créateur de génie. Le style se montre, ici, mobile, pénétrant et beaucoup moins minutieux et lourd que dans bien d'autres œuvres du même romancier ; pas de longues digressions morales qui, si elles confèrent à certaines de ses œuvres un réel intérêt, en gâtent souvent la pureté de lignes.

Euphémisme. Du grec *eu* : « bien », et *phémê* : « parole ». Figure de rhétorique par laquelle on atténue une idée, un sentiment triste, désagréable, voire odieux, ou les défauts d'un être. La plupart du temps, on remplace le mot par un groupe de mots ou périphrase, évitant de le prononcer ou de l'écrire, comme s'il fallait l'exorciser. Ainsi, *mourir* est rarement employé, surtout lorsque le verbe concerne un être proche, mais il est évoqué par un euphémisme ; La Fontaine le prouve dans ces vers : « L'époux d'une jeune beauté / Partait pour l'autre monde » (*Fables* [*], « La Jeune Veuve »).

ARLETTE BOUÉ.

Euphonie. Du grec *eu* : « bien », et *phonê* : « son ». Elle désigne, en musique, le son agréable émanant d'une seule voix ou d'un seul instrument, et, par analogie, tout procédé permettant d'adoucir la prononciation, de produire des sonorités harmonieuses. Dans la langue française, elle consiste surtout à éviter l'hiatus, c'est-à-dire la rencontre désagréable de deux voyelles successives qui oblige la bouche à rester ouverte, aussi a-t-elle entraîné l'adjonction des consonnes *s* ou *t* après des formes verbales, *l'* devant on, ou l'élision des voyelles *e* et *i* : « À moins que l'on ne songe ? / ... / la peur se corrige-t-elle ? » (La Fontaine, *Fables* [*], « Le Lièvre et les Grenouilles »).

ARLETTE BOUÉ.

Exclamation. Du latin *exclamatio* : « éclats de voix, cris ». Déclaration expressive qui traduit un sentiment intense de joie, tristesse, surprise, désir, colère... Elle peut être rendue par une simple intonation, un énoncé à la mélodie montante et au final accentué et prolongé. Très fréquente dans le langage oral, on la rencontre également à l'écrit, surtout dans les pièces de théâtre : « Tu fais le raisonneur ! » (Molière, *L'Avare* [*]), et, dans un récit, lors d'un passage au style direct : « Moi, des tanches ! dit-il ; moi, héron, que je fasse / Une si pauvre chère ! » (La Fontaine, « Le Héron »), ou pour marquer l'irruption du narrateur.

ARLETTE BOUÉ.

Exégèse. Ensemble des problèmes de lecture et de compréhension d'un texte portant sur la pluralité et la divergence des significations, leur succession historique, leurs conflits. Longtemps reléguée dans l'interprétation philologique ou doctrinale (par exemple les quatre niveaux de la lecture médiévale de la Bible : sens matériel, allégorique, tropologique, anagogique), l'exégèse bénéficie d'un nouvel intérêt avec l'herméneutique existentielle (Ricœur) ou la théorie de la réception (Jauss).

OLIVIER POT.

Exergue. Du latin *exergum* : « hors-d'œuvre », mot lui-même tiré du grec *ergon :* « œuvre ». Désigne un emplacement réservé, sur une médaille, à la date et à quelques inscriptions. En littérature, il s'applique à une citation placée au début d'une œuvre ou de chacune de ses parties : chapitres d'un roman, pièces d'un recueil poétique. Ainsi, au début du premier poème des *Ariettes oubliées,* Verlaine cite deux vers de Favart : « Le vent, dans la plaine, / Suspend son haleine », le troisième est précédé d'une phrase de Rimbaud : « Il pleut doucement sur la ville », le dernier de plusieurs lignes de l'écrivain Cyrano de Bergerac. Donc, un exergue peut varier de quelques mots à un paragraphe, être en vers ou en prose, d'auteurs plus ou moins connus ; la citation est même parfois en langue étrangère : « Capellos de Angelos », « Tantus in maligno positus » (Verlaine, *Parallèlement*).

ARLETTE BOUÉ.

Exorde. Du latin *exordiri* : « commencer ». Terme de rhétorique désignant la première partie d'un discours. Dans la rhétorique classique, en effet, l'ordre du discours ou « dispositio » était immuable, et devait comprendre successivement l'exorde, la narration, l'argumentation, contenant elle-même confirmation et réfutation, enfin la péroraison. Ce plan ne se limitait pas aux discours, mais se retrouvait aussi bien dans le genre épistolaire du XVIIe siècle que dans d'autres types d'œuvres classiques. L'exorde, sorte d'entrée en matière, avait pour but de gagner l'attention et la bienveillance des auditeurs. Bossuet en offre d'admirables exemples dans ses oraisons funèbres, discours prononcés en présence de la Cour à l'occasion de la mort des grands du royaume. Celle d'Henriette de France rappelle dans son exorde que Dieu est le maître des rois auxquels il donne de grandes et sévères leçons et que la vie de la reine d'Angleterre en est un exemple puisque, chrétienne accomplie, elle a su user de la bonne et de la mauvaise fortune pour préparer son salut.

ARLETTE BOUÉ.

F

Fable. Genre traditionnel de la littérature pédagogique, la fable est constituée d'un récit court, qui met le plus souvent en scène des animaux, et d'une morale, qui en tire la leçon. Illustrée dans l'Antiquité par l'esclave grec Ésope puis par le poète latin Phèdre, la fable doit son succès à la place privilégiée qu'elle a occupée dès les origines dans les premiers exercices scolaires, ce qui l'a rendue familière à tout un public qui avait fréquenté le collège. C'est précisément sous couvert d'une entreprise pédagogique que Jean de La Fontaine publie le premier recueil de ses *Fables* (*) (1668), dédié au Dauphin. Mais le fabuliste, s'opposant à la tradition prosaïque du genre, choisit de le mettre en vers, d'amplifier les récits, avec la liberté caractéristique de son vers irrégulier et le choix d'un vocabulaire pittoresque et coloré, sans crainte de l'archaïsme que condamnaient pourtant les puristes. Il fit ainsi de la fable un genre majeur de la poésie française, sans parvenir cependant à faire école. Parmi ses héritiers, on peut retenir Eustache Lenoble avec l'*Esprit d'Ésope* (1695) et *La Grotte des Fables* (1696), ainsi que La Motte, pour les *Fables nouvelles* (1719), et bien sûr Florian et ses *Fables* (1792). Le propre du genre étant de mettre en scène des animaux, les fabulistes sont conduits à s'interroger sur les rapports de l'homme et de la nature, et sur la symbolique du bestiaire. De La Fontaine à Florian, on note donc une influence profonde de la pensée pastorale, qui mêle observation exacte de la nature et tradition littéraire et mythologique. Il faut aussi rappeler tout ce que la fable doit au genre de l'emblème (v. ce mot), qui unit une devise, une narration et une illustration, dans un composé subtil qui est donné à décrypter au lecteur. Poursuivant cette filiation, le graveur François Chauveau avait illustré les *Fables* de La Fontaine dès la première édition. Jean-Baptiste Oudry au XVIIIe siècle puis Gustave Doré au XIXe siècle continueront ce travail, associant ainsi au texte poétique une iconographie qui a beaucoup contribué à inscrire les fables dans notre mémoire collective.

EMMANUEL BURY.

***Fables de La Fontaine*.** Œuvre principale du poète Jean de La Fontaine (1621-1695), qui se divise en douze livres : les six premiers (cent vingt-quatre fables) ont été publiés en 1668 sous le titre de *Fables choisies et mises en vers par M. de La Fontaine ;* huit fables parurent ensuite séparément en 1671 dans un volume de *Fables nouvelles et autres poésies,* puis furent reprises dans le second recueil qui compte quatre-vingt-neuf fables ; il comprend les livres VII à XI et parut en deux fois (les livres VII et VIII en 1678, les livres IX, X et XI en 1679) ; enfin le livre XII (vingt-cinq fables) ne vit le jour qu'en 1694, quelques mois avant la mort de l'auteur. Lorsque La Fontaine publia son premier recueil, en 1668 (à l'âge de quarante-sept ans donc), il avait donné diverses pièces de circonstance et les deux premiers recueils de ses *Contes* ; ces derniers lui avaient valu la notoriété, mais avaient fait scandale. Le 31 mars 1668, il lançait ses *Fables choisies et mises en vers,* dans une édition luxueusement imprimée et illustrée de gravures du dessinateur Chauveau : l'œuvre eut un succès foudroyant, et il fallut faire une seconde édition la même année. La Fontaine explora alors d'autres genres, en particulier le roman mythologique avec *Psyché*, mais continua à utiliser celui de la fable pendant tout le reste de sa carrière, apparaissant de plus en plus comme le spécialiste français, et même mondial, de cette forme.

Les deux recueils présentent des tonalités un peu différentes, qui marquent l'évolution de La Fontaine à l'égard de ce genre. Le premier se place sous l'égide d'Ésope, dont il contient, en tête, une *Vie.* Il est également marqué par l'héritage des autres fabulistes antiques, Phèdre et Babrius. Ces deux derniers avaient, avant lui, entrepris de développer la matière des apologues d'Ésope qui, chez celui-ci, se réduisent à des aphorismes moraux très brefs et secs. Le titre même du volume la fontainien indique comment il se situe dans la continuité littéraire de ce projet, puisqu'il annonce des *Fables choisies et mises en vers.* On peut alors se demander si l'ordre des différents livres dans le premier recueil correspond à une structure méthodiquement instaurée. Il est bien difficile de trancher sur ce sujet, comme d'ailleurs sur bon nombre des questions que suscite cette œuvre complexe.

Ce premier recueil est dédié à *Monseigneur le dauphin* (le « Grand Dauphin », fils de Louis XIV, avait alors sept ans) et l'Épître dédicatoire, à travers les éloges d'usage à l'intention du roi, annonce l'ouvrage comme destiné à instruire le prince tout en le divertissant : on retrouve là l'image traditionnelle du poète éducateur des souverains, associée à celle de la littérature dotée d'une fonctionnalité édifiante en même temps que d'une finalité de plaisir, ou plus exactement une esthétique où le plaisir est mis au service de l'édification. La Fontaine, dans son poème liminaire, réitère cette assertion tout en donnant une définition du genre qu'il pratique : « Tout parle en mon ouvrage, et même les poissons. / Ce qu'ils disent s'adresse à tous tant que nous sommes. / Je me sers d'animaux pour instruire les hommes. » La définition du genre est plus détaillée dans la Préface proprement dite. Elle expose brièvement l'histoire de la fable, explicite son projet (rendre quelques fables antiques « nouvelles par quelques traits qui en relèvent le goût ») et décrit ainsi le genre de l'apologue : l'apologue est composé de deux parties, dont on peut appeler l'une le corps et l'autre l'âme. Le corps est la fable, l'âme la moralité. Le livre I contient vingt-deux fables qui sont parmi les plus généralement connues, et dont les moralités sont aussi nettes que de large extension : « La Cigale et la Fourmi », « Le Corbeau et le Renard », « La Grenouille qui veut se faire aussi grosse que le bœuf », « La Besace », « L'Hirondelle et les Petits Oiseaux », « Le Rat des villes et le Rat des champs », « Le Loup et l'Agneau », « La Mort et le Bûcheron », « Le Renard et la Cigogne », « Le Chêne et le Roseau »...

Le livre II (vingt-deux fables aussi) s'ouvre par un texte qui est à nouveau une définition du genre et une défense des options esthétiques du poète : *Contre ceux qui ont le goût difficile.* Il s'y justifie d'avoir adopté un genre considéré comme mineur : il pourrait sans doute écrire plutôt des églogues ou des épopées, mais les « difficiles » ne lui en sauraient pas davantage gré : « Les délicats sont malheureux : / Rien ne saurait les satisfaire. » Parmi les fables qui composent ce livre II, nombre sont très connues également : « Le Lion et le Moucheron », « L'Astrologue qui se laisse tomber dans un puits », « Le Lièvre et les Grenouilles »... Il ne semble donc pas possible de distinguer un axe thématique qui opposerait le livre II au livre I, pas plus qu'une spécificité formelle ayant même fonction. On remarque, en revanche, que le livre III s'ouvre sur une fable dédiée à Maucroix, ami de jeunesse de La Fontaine : « Le Meunier, son Fils et l'Âne ». De sorte que chaque début de section offre un poème d'inspiration « moderne », c'est-à- dire où l'invention propre de La Fontaine se laisse libre cours au lieu de reprendre une fable de la tradition antique. Suivent (sur un total de vingt fables), notamment : « Les Membres et l'Estomac », « Le Loup devenu berger », « Les Grenouilles qui demandent un roi », « Le Lion devenu vieux »... Le livre IV (vingt-deux fables) s'ouvre sur « Le Lion amoureux », dédié à Mlle de Sévigné (fille de l'épistolière), présentée comme une « belle indifférente » : même procédé, donc, que pour les précédents. On trouve là « Le Jardinier et son seigneur », « L'Âne et le Petit Chien », « Le Geai paré des plumes du paon »... L'ensemble est peut-être plus moderne que les autres livres, avec une part plus grande faite à une satire sociale plus directe ; mais ce n'est qu'un trait tendanciel, non une méthode de répartition des fables.

Au début du livre V (vingt et une fables), « Le Bûcheron et Mercure » est dédié au duc de Bouillon et constitue une nouvelle justification de la conception la fontainienne du genre de l'apologue. Suivent « Le Pot de terre et le Pot de fer », « Le Laboureur et ses enfants », « La Poule aux œufs d'or »... Le livre VI commence par une fable singulière parce qu'elle est « double » : « Le Pâtre et le Lion » et « Le Lion et le Chasseur » ; là encore, le poète revient sur le genre, son esthétique et ses techniques : « Une morale nue apporte de l'ennui ; / Le conte fait passer le précepte avec lui. » Ce livre contient notamment « Le Cocher, le Chat et le Souriceau », « Le Lièvre et la Tortue », ou encore (dernière pièce du recueil) « La Jeune Veuve », qui n'est pas tant une fable qu'une moralité illustrée en forme de petite nouvelle. Vient enfin un épilogue, adressé au lecteur qui justifie la fin du volume par la seule crainte de ne pas bien assumer un long ouvrage, et l'annonce des publications suivantes, dans d'autres genres (signe que la dédicace contenait une bonne part de convention).

Le second recueil est précédé d'un Avertissement qui relève de la procédure d'entame observée dans le premier : La Fontaine y annonce au lecteur qu'il va trouver à ces fables un air et un tour un peu différents de ceux qu'[il] a donnés aux premières. Il souligne que sa source d'inspiration a changé, et qu'au lieu d'Ésope, il s'est tourné cette fois vers l'Indien Pilpay. Deux traductions en étaient parues, l'une en 1644, l'autre en 1666. À l'inverse d'Ésope, adepte de l'apologue sec et ramassé, les fables orientales s'organisent en textes complexes. L'enrichissement que La Fontaine avait apporté au modèle ésopique donne à penser que ce modèle oriental lui convenait mieux ; mais on peut aussi estimer que s'il se place sous l'égide de Pilpay, c'est (outre le soin de se renouveler et l'attention à une mode qui dans les années 1670 « orientalise » volontiers) pour trouver des garants à sa propre inclination, qui va vers des récits sans cesse plus développés et dramatisés. Suit une dédicace à Mme de Montespan qui était à cette date sa protectrice à la Cour.

Le livre VII (dix-huit fables) montre cependant tout de suite que La Fontaine n'a pas totalement abandonné la source ésopique : la fable 9, « Le Coche et la Mouche », s'en inspire. Mais ce livre, qui s'ouvre par « Les Animaux malades de la peste », contient aussi des inventions originales de La Fontaine : « Le Rat qui s'est retiré du monde » fait allusion à l'actualité ; « Le Héron-La fille » développe le schéma des fables doubles. On trouve également là : « La Laitière et le pot au lait », « L'Homme qui court après la fortune et l'Homme qui l'attend dans son lit », « Le Chat, la Belette et le Petit Lapin »...

Le livre VIII contient vingt-sept fables, dont « Le Pouvoir des fables », nouvelle réflexion sur le genre et la manière de la pratiquer, qui culmine par l'évocation célèbre : « Si Peau d'Âne m'était conté, j'y prendrais un plaisir extrême. / Le monde est vieux dit-on : je le crois ; cependant / Il le faut amuser encore comme un enfant. » On y trouve également des inventions « modernes » de La Fontaine, où il s'éloigne du modèle traditionnel de l'apologue : « Les Deux Amis », « Tircis et Amarante ». Figurent aussi dans ce même livre : « La Mort et le Mourant », « Le Savetier et le Financier », « Les Obsèques de la lionne »... La « modernité » (au sens indiqué plus haut) est encore sensible dans le livre IX, avec « Les Deux Pigeons », « Le Gland et la Citrouille », et « L'Huître et les Plaideurs » de tradition rabelaisienne et que Boileau avait déjà utilisée, enfin par le premier *Discours à Mme de La Sablière*. Même tendance au livre X (quatorze fables) avec « Les Lapins », qu'accompagne un *Discours à M. de La Rochefoucauld,* qui est encore une réflexion littéraire. Et au livre XI, dédiée au duc du Maine (fils de Louis XIV et de Mme de Montespan, alors âgé de neuf ans), la fable « Les Dieux voulant instruire un fils de Jupiter » complète cet ensemble ; voisinent avec cela des fables plus traditionnelles, comme « Le Loup et le Renard », ou bien des thèmes traditionnels renouvelés par l'usage d'allusions à l'actualité, comme « Le Paysan du Danube ». Le livre XII, enfin, rassemble des pièces éparses : il est dédié au duc de Bourgogne, petit-fils de Louis XIV, et se termine par un poème mythologique qui s'écarte du schéma de la fable proprement dite : « Philémon et Baucis ».

La fable est un genre qui suppose beaucoup de liberté : aussi il n'y a rien d'étonnant en ce que La Fontaine n'ait pas constitué ses recueils, et leurs différents livres, selon un ordre précis. En revanche, comme on l'a souligné plus haut, il revient constamment sur les questions soulevées par la définition du genre et par son statut, en même temps qu'il évolue vers une facture de plus en plus personnelle de ces poèmes. La manière dont, au fil même de son évolution, il a mis à profit cette liberté du genre est un trait caractéristique de l'œuvre. C'est aussi que l'apologue n'était pas tenu pour un des genres majeurs, n'avait pas place dans les arts poétiques inspirés d'Aristote, et, en France, ne comptait guère de grands modèles reconnus. Outre la source ésopique, et Phèdre, La Fontaine pouvait se prévaloir de l'exemple d'Horace, qui avait employé des apologues dans ses *Satires* et ses *Épîtres.* Mais bien autant que des Anciens et de Pilpay, il a pu tirer parti d'une tradition européenne, médiévale et renaissante, comme il l'avait déjà fait pour ses *Contes.* Les *Fables* doivent beaucoup aux *Fabliaux* (*), ainsi qu'au *Roman de Renart* (*), qui fournit la base de la nomenclature des caractères attribués aux animaux, et donc de la fonction représentative de traits humains universels dévolue à ceux-ci, et à l'*Ysopet* (*) de Marie de France. Mais il emprunte davantage encore à des auteurs du XVIe siècle. Celui-ci avait vu des auteurs de grande notoriété employer la fable à l'occasion, comme Marot dans son *Épître à Lyon,* et Bonaventure Des Périers, dont la *Comparaison des alchimistes avec la bonne femme qui portait une potée de lait au marché* — v. *Les Nouvelles Récréations et Joyeux Devis* (*) — lui fournit le modèle de « La Laitière et le Pot au lait », ou encore Régnier. Mais La Fontaine utilise plus encore les fables en prose latine de l'Italien Abstémius et du Français Gilbert Cousin, ainsi que les fables en vers latins de l'Italien Faërne, et surtout de fabulistes français Guillaume Haudent, auteur des *Trois cent six apologues d'Ésope* et Gilles Corrozet, auteur des *Fables du très ancien Ésope Phrygien, premièrement écrites en vers et depuis mises en vers français* (1542). Il doit beaucoup, et peut-être plus qu'aux précédents, à l'art de l'emblème, notamment aux *Emblèmes* de Guillaume Guéroult (1550). À cela s'ajoute l'influence de Rabelais, dont l'écho au XVIIe siècle est, en général, bien plus grand que ne l'ont cru longtemps les historiens, que les écrivains d'alors ne l'ont avoué, et que La Fontaine, comme la veine des *Contes* en témoigne, connaissait à coup sûr fort bien. Reste que cette tradition, pour vivante et dynamique qu'elle fût, n'avait donné aucun ouvrage considéré comme de premier plan, et qui eût imposé un modèle précisément défini. Ce qui procure à La Fontaine plusieurs avantages. D'une part, il dispose d'une matière abondante chez ses prédécesseurs (et de fait il n'invente que très peu les sujets de ses fables), mais d'autre part, il conserve une grande liberté dans la façon de les traiter ; en second lieu, il peut faire usage de toutes sortes de sources sans pour autant, en l'absence d'un grand maître moderne du genre, qu'il paraisse s'éloigner des Anciens : ce qui lui permet, dans le climat esthétique de son époque, de se présenter comme un adepte de l'imitation de l'Antiquité que tous les théoriciens recommandaient jusqu'à la querelle des Anciens et des Modernes. C'est dans le contexte de celle-ci d'ailleurs qu'il exposa, en 1687, dans son « Épître à Huet », sa conception d'une imitation libre, qui se nourrit des Anciens et les modernise en même temps : « Mon imitation n'est pas un esclavage. / Je ne prends que l'idée et les tours et les lois / Que nos maîtres suivaient eux-mêmes autrefois. / Si d'ailleurs quelque endroit, plein chez eux d'excellence, / Peut entrer dans mes vers sans nulle violence / Je l'y transporte et veux qu'il n'ait rien d'affecté, / Tâchant de rendre mien cet air d'antiquité. » Deux exemples peuvent illustrer suffisamment la façon dont il réorganise les matériaux fournis par ses sources. Le premier sera celui de « La Besace », et éclaire sa liberté à l'égard des Anciens. Le sujet vient d'Ésope, qui le traite en peu de mots sous le titre « Les Défauts des hommes » : « Jupiter nous a donné deux besaces. Il nous a mis sur le dos celle qui contient nos défauts et il a suspendu sur notre poitrine celle qui est lourde des vices d'autrui. » Ce texte est repris quasi mot pour mot à la fin de la fable la fontainienne ; mais celle-ci se construit d'abord par une anecdote abondamment illustrée, avec une galerie de portraits théâtralisés : le singe, l'ours, la fourmi, l'éléphant défilent pour se déclarer très contents d'eux et se moquer des défauts d'autrui. De la sorte s'accomplit une réécriture par amplification, qui fait que d'une « moralité » laconique, à peine imagée (la besace fait image, mais ne procure pas plus de sens que l'autre forme proverbiale de la même moralité, « La Paille et la Poutre »), on passe à un tableau animé et riche d'effets comiques : le ridicule, qui est le cœur même de la leçon, n'est plus dans l'idée, mais il se diffuse dant toute la forme du texte, ce qui le rend bien plus perceptible et efficace. La Fontaine peut donc ainsi à bon droit se réclamer d'Ésope et, conformément à ce qu'il affirme dans l'« Épître à Huet », faire entrer les mots mêmes de celui-ci dans son poème, mais, en fait, l'essentiel du texte (en volume comme en effets produits sur le lecteur) tient à son invention propre, à ce qui relève du libre cours donné à son imaginaire à partir de l'idée de base trouvée chez le fabuliste antique. Deuxième exemple, mais qui est d'orientation inverse : « La Laitière et le Pot au lait » ; ce cas permet de voir comment La Fontaine peut aussi bien élaguer, alléger, un modèle oriental pour le rendre plus conforme à ce que l'idéal esthétique nourri de l'Antiquité imposait de souci de sobriété. Le thème du rêveur mégalomane est universel, ou à peu près. Il en existe des versions indiennes et persanes. Le schéma de la fable est toujours le même : un personnage ambitieux s'imagine, à partir d'un mince atout, construire des succès démesurés et, quand il parvient dans son rêve au faîte de la puissance, il brise par sa maladresse ou sa bêtise l'objet qui lui avait servi de point de départ. Ce personnage n'est d'ailleurs pas forcément une laitière : une des illustrations du thème se trouve chez Rabelais, avec les projets délirants de Picrochole qui se voit, à partir d'une querelle de hobereaux, en conquérant du monde... Le schéma se précise, au fil du temps, et le personnage de la laitière y prend place, avec Jacques de Vitry en France (XIIIe siècle) et Nicolas de Pergame jusqu'au XVIe siècle où Bonaventure Des Périers l'emploie dans sa *Comparaison des alchimistes...* ; dans tous les cas, le récit est lourd, encombré, d'application mécanique. La Fontaine, en le reprenant, le simplifie, le réduit à une petite scène instantanée, sans comparaison méthodique, se contentant de suggérer une valeur apologétique d'ordre universel (« Quel esprit ne bat la campagne ? / Qui ne fait des châteaux en Espagne ?... »).

Cette recherche d'un équilibre entre la sobriété et l'animation du récit est caractéristique de la façon dont La Fontaine conçoit la fable ; lui-même a eu des formules diverses et diversement accentuées, insistant tantôt sur la portée morale, sur l'« idée » (« Et conter pour conter me semble peu d'affaire »), tantôt sur l'agrément du récit (« Contons, mais contons bien ») : mais l'essentiel reste bien que la fable est avant tout un « art de la manière ». De fait, les leçons morales proposées là ne sont guère autres que celles des adages du monde, et leur répertoire ne serait pas d'un grand art pour un poète. Tout réside donc dans la façon de les mettre en forme pour les rendre attractives, en fonction d'une culture et d'un goût. Art de la manière, les *Fables* ont pu être considérées à juste titre comme une sorte de résumé de tous les genres littéraires possibles. Cette formule est traditionnelle à propos de La Fontaine ; il ne faut pas la surestimer : quel genre littéraire ne peut inclure des fragments relevant d'un autre ?... Mais il ne faut pas non plus la sous-estimer : ses recueils de fables offrent en effet des abrégés de beaucoup, sinon tous, les genres et les registres possibles. On y trouve des contes (« La Jeune Veuve »), des discours (« Le Paysan du Danube »), des idylles (« Philémon et Baucis ») aussi bien que des dissertations critiques (voir ci-dessus les textes introductifs des différents livres et leur caractère d'auto-analyse littéraire, ou « Le Pouvoir des fables »...), et surtout, on y trouve un condensé de l'art théâtral. Ce trait avait été remarqué très tôt par les critiques et historiens de la littérature, tel l'abbé Batteux qui, dans son *Manuel de Belles Lettres* de 1747, donne une analyse du « Chêne et le Roseau » tout axée sur l'observation des procédés de dramatisation (dialogue, événements...). Mais avant tout ce trait avait été revendiqué par La Fontaine lui-même, définissant ses *Fables,* en tête du premier recueil, comme « une comédie en cent actes divers / Et dont la scène est l'univers... »

C'est dans cette perspective que la lecture des *Fables* s'enrichit, soit pour l'effet qu'elle produit, soit pour les analyses qu'elle permet. Et s'agissant de dramatiser et théâtraliser, trois caractéristiques principales sont à observer : la gestion du récit, les effets visuels, et la conduite du dialogue. La fable est récit, ce qui suppose qu'elle prenne en charge les effets d'attente, de surprise ou de suspens. Le suspens y est rare, dans le principe : thème traditionnel et moralité attendue font qu'on prévoit le plus souvent le dénouement. La Fontaine joue de cette contrainte. Tantôt il l'exhibe en plaçant la moralité en tête et en soulignant l'attente du récit qui va être un récit... sans inattendu : « La raison du plus fort est toujours la meilleure... / Nous l'allons montrer tout à l'heure » et l'histoire se termine « sans autre forme de procès » (« Le Loup et l'Agneau »). Tantôt, au contraire, il débute sans préambule, comme « in medias res ». « Le chêne un jour dit au roseau... » ; il n'y a même plus alors de présentation minimale des personnages en présence : leurs propos la prendront en charge ; et à la limite, il n'y a plus de « moralité » : le récit se suffit à lui-même. Les formules varient, mais la forme fondamentale subsiste : le texte montre comment le récit est géré, tire l'attention du lecteur vers l'enchaînement narratif plus que vers la leçon à en retenir. À déplacer ainsi le point d'application de la mémorisation, il ne peut que donner un effet supplémentaire.

Le deuxième problème de la dramatisation est celui de l'effet visuel : car l'on reste dans le cadre d'un genre narratif, diégétique et non mimétique, et l'imaginaire du lecteur doit donner forme et présence aux personnages. À cet égard, deux procédés sont essentiels chez La Fontaine. Le premier est l'utilisation d'un bestiaire traditionnel ; cela lui permet en effet de camper des personnages et des situations en peu de mots, les protagonistes étant immédiatement identifiés par leur simple nomination. On voit là le bénéfice de ce qui reste une de ses trouvailles majeures : la fusion qu'il a opérée entre le modèle de la « moralité » ésopique et la tradition du bestiaire prise dans le *Roman de Renart*. Le deuxième procédé est celui de la description « a minima » : il consiste à réduire la représentation, lorsqu'elle est nécessaire, à un trait, stylisation ou caricature, qui permet une visualisation imaginaire suffisante. Tel est le « héron au long bec emmanché d'un long cou... ». C'est la simplicité du trait qui frappe, non sa précision, ni son détail, encore moins sa couleur (La Fontaine emploie peu d'adjectifs de couleurs). Ce point appelle une remarque sur une légende : on a voulu voir en La Fontaine un observateur minutieux de la vie des bêtes, que ses fonctions de maître des eaux et forêts de Château-Thierry auraient mis à même de faire un travail de zoologue... ; il est évident qu'il n'y a rien de scientifique, et pas même un souci de réalisme dans ses croquis : il utilise les animaux pour animer ses récits de façon plus condensée que ne le permettent les personnages humains, mais il ne s'intéresse pas à la nature pour elle-même... Troisième procédé majeur : le dialogue. On parle beaucoup dans les *Fables*, et « même les poissons », comme il le souligne lui-même ; et on y parle même lorsque ce ne serait pas, en toute rigueur de la logique narrative, indispensable. Mais c'est que le dialogue fait passer du récit diégétique au mimétique, qui est, hors du théâtre, le moyen de la théâtralité maximale. Et il faut accorder à cet art du dialogue toute l'attention qu'il requiert.

On trouve dans les *Fables* toutes les formes de l'éloquence, du discours composé et authentique (dans « Le Paysan du Danube » par exemple) aux effets cocasses de l'épidictique d'autosatisfaction (les propos du chêne dans « Le Chêne et le Roseau ») ou de flagornerie (le renard dans « Le Corbeau et le Renard »), en passant par la brièveté cinglante des répliques ironiques (la réponse de la fourmi dans « La Cigale et la Fourmi »). Aussi, bien plus que par leur description, toujours réduite au minimum, les acteurs des apologues sont caractérisés par leur façon de parler. Et en cela, La Fontaine est en accord avec les compétences, les attentes et les goûts du public mondain de son époque : l'art de la conversation y faisait le fleuron distinctif de la vie des salons. La Fontaine a sans doute fréquenté les conférences de l'Académie des orateurs, organisée par Richesource dans le début des années 1660, où l'on débattait en pour et contre sur des questions de morale générale ; il a, à coup sûr, fréquenté des salons parmi les plus brillants de son temps, celui de Mme Fouquet ou celui de Mme de La Sablière, et d'autres moins huppés (comme celui de Mlle Vitart, où il rencontra Racine) : la mise en écrits versifiés de ces deux sources contemporaines, de ces modèles de l'éloquence mondaine, est un apport décisif à son art de la fable. On ne saurait parler d'une psychologie fouillée dans cette œuvre : chaque acteur y est nanti d'un trait dominant, et de bien peu de contradictions ou d'éléments d'évolution ; ce sont des « caractères » au sens que ce terme a chez La Bruyère, des types de comportement, non des illusions figuratives de la complexité du réel. Mais par le travail minutieux des façons de s'exprimer, ils deviennent représentatifs de traits de mœurs qui peuvent prétendre à l'universalité.

Là se mesure une propriété de la création la fontainienne, souvent ignorée ou sous- estimée par ses historiens et exégètes, mais que l'on commence aujourd'hui à évaluer avec plus de précision : l'influence de l'« esthétique galante ». Celle-ci se développa dans l'entourage de Mlle de Scudéry et de Pellisson, dans le cercle des protégés de Fouquet dont La Fontaine fit partie, et ses effets s'étendent bien au-delà, dans le monde littéraire et dans le temps. Dans la théorisation qu'en a donné Pellisson, l'accent est mis sur deux points principaux. Le rôle de l'écrivain y est défini comme celui d'un « philosophe », c'est-à-dire d'un homme qui invite ses semblables à découvrir et à aimer une sagesse avant tout pragmatique, en mettant à profit la culture riche dont il s'est doté ; et de ce point de vue, la culture qui les sous-tend étant d'une extrême richesse, les *Fables* correspondent très précisément à un tel projet. Le second point essentiel concerne les enjeux proprement stylistiques. Pellisson faisait l'éloge du « style moyen » qui peut, sans rupture de ton, s'abaisser à traiter des petites choses ou s'élever jusqu'aux grandes. Les *Fables* en sont un accomplissement, confinant au burlesque d'un côté et touchant aux questions politiques les plus ardues de l'autre : citons, comme exemple qui résume la fusion de ces extrêmes, « Les Grenouilles qui demandent un roi », ou encore, d'une tonalité un peu différente, « Le Songe d'un habitant du Mogol ». Le style de La Fontaine apparaît là comme celui d'une variété calculée.

Parmi les écrivains de son temps, il est un de ceux qui ont le vocabulaire le plus diversifié. Mettant à profit les libertés que le genre mineur qu'est la fable autorise, il n'hésite pas à employer des mots des jargons de métiers, ou des termes vieillis, des expressions populaires ou des provincialismes, aussi bien que des mots abstraits du registre le plus relevé. « Fromage », « soliveau » ou « baudet » ont droit de cité dans ses vers, et non par métaphores, aussi bien que « roi », « deuil » ou « État »... Et l'alliage se fait dans les mêmes poèmes, voire dans les mêmes vers, portant à un point culminant l'effet de variété. Lequel se retrouve dans la facture de la versification. La Fontaine est un héritier de Marot, mais un héritier qui a encore augmenté la liberté rythmique illustrée par le poète renaissant. D'une part, il utilise volontiers l'alexandrin, et sait en composer les cadences fortement marquées ; mais d'autre part, il use tout aussi volontiers de vers courts (notamment de l'octosyllabe) et en particulier n'hésite pas à employer des vers impairs. Surtout, il saute des uns aux autres, les associant dans une même strophe. Par-delà Marot, c'est la technique des Grands Rhétoriqueurs qui trouve là un écho. Et la conjonction de la variété des rythmes avec celle de la variété des termes lui permet d'élaborer les formules au pouvoir fortement évocateur qui tracent d'un trait le contour d'un personnage ; ou qui transfèrent les effets de surprise que ne peut avoir le déroulement du récit sur des effets de surprise rythmique qui crée l'effet de sens : il suffit d'un exemple pour le résumer, comme celui des assonances et des rimes soulignées par le rythme dans une phrase comme « ... il m'est quelquefois arrivé / de manger / le berger »...

Du point de vue de son art, La Fontaine est pleinement de son temps : mais en poussant aussi loin qu'il était possible les recherches de la variété prônée par l'esthétique galante, il propose des textes qui échappent au seul cadre de son temps, qui sollicitent la curiosité des lecteurs d'autres temps. Il est aussi pleinement de son temps pour ce qui regarde la portée des *Fables.* Non qu'il faille y voir une sorte de satire directe de son époque, et imaginer qu'une lecture « à clefs » serait pertinente. Le lion-roi-des-animaux n'est pas une figuration de Louis XIV. D'ailleurs, le personnage du lion, comme tous les autres, n'est pas réduit à un seul rôle constant : ce roi des animaux est tantôt épais, brutal, injuste, tyrannique (« Les Animaux malades de la peste »), tantôt sage et généreux (« Le Lion et le Rat ») ; de même, les tours du renard sont parfois exposés de façon à mettre les rieurs de son côté, parfois à son désavantage ; ou encore, la tortue est présentée sous un jour positif quand elle triomphe du lièvre, et sous un jour négatif quand, obsédée par le désir de voyager, elle se fie aux deux canards pour la véhiculer dans les airs, etc. L'effet satirique est autre. Il s'appuie sur une vision de la société de son temps, et de l'échelle sociale, depuis les degrés le plus défavorisés (paysans, bûcherons : « Quel plaisir a-t-il eu depuis qu'il est au monde ?... / Point de pain quelquefois et jamais de repos » « La Mort et le Bûcheron ») jusqu'aux plus élevés (aristocrates et rois). Il s'appuie à l'occasion sur des allusions à l'actualité politique (« La Ligue des rats »). Mais les critiques qu'il formule sont d'ordre traditionnel, qu'il s'agisse des déboires du paysan qui fait appel à son seigneur pour détruire le gibier qui menace ses récoltes et voit celles-ci encore plus détruites par la chasse seigneuriale, ou qu'il s'agisse de la très récurrente attaque contre les flatteurs et mauvais conseillers qui entourent les monarques (sur ces cas, voir « Le Jardinier et son seigneur », « Le Marchand, le Gentilhomme », « Le Pâtre et le fils de roi » et « Les Animaux malades de la peste »)... Il y a une politique de La Fontaine, qui semble bien se définir par le vœu d'un équilibre de type patriarcal où le détenteur du pouvoir exercerait celui-ci d'une façon effectivement paternelle : cet équilibre est assez précisément décrit dans « Les Membres et l'Estomac ». La critique est donc bien présente chez lui, mais elle n'y résonne pas de façon révolutionnaire.

Tout aussi sensible est la critique des erreurs dues aux superstitions, comme dans « L'Horoscope ». Il y a une philosophie de La Fontaine : il connaît l'œuvre de Descartes, sans y adhérer totalement, il connaît aussi les philosophes « libertins » et il n'ignore pas l'épicurisme rénové par Gassendi. Mais il est à la fois conformiste (à l'égard des doctrines de son temps) et progressiste : il est partisan du progrès des sciences (voir « Le Gland et la Citrouille »). Dans l'ensemble, cependant, le pessimisme domine : les travers qu'il croque, il les traite comme si leur correction était, en fin de compte, une entreprise sans cesse à reprendre ; il ne semble guère croire au progrès de l'homme. Cela se manifeste notamment dès qu'il est question d'amour-propre (« La Besace ») ou, tout court, d'amour (« Les Deux Pigeons », « La Jeune Veuve »). Mais, assurant la synthèse de ses recherches stylistiques et transcendant son pessimisme, le La Fontaine qui dessine son image dans les *Fables* est avant tout un poète d'humour. Le rire y est partout présent, fût-ce dans les sujets les plus graves, et le comique multiforme. Les romantiques ont peu apprécié cette morale de la dérision de tout, depuis le précurseur Rousseau, qui dans *L'Émile* (*) interdit la lecture des *Fables*, jusqu'à Lamartine qui y voyait une morale égoïste. C'est que le rire y nimbe même les émotions, met à distance tous les sujets comme tous les objets. Et il est certain que l'usage scolaire qui a longtemps été fait des *Fables*, données à apprendre aux jeunes écoliers comme « récitations » en même temps que leçons de morale en obviait et minimisait les significations. De nos jours, une grande part des références implicites à l'esthétique galante qu'elles contiennent, comme une part tout aussi grande des allusions culturelles multiples dont elles sont tissées, ne sont plus guère perceptibles, et en tout cas pas à la première lecture. En revanche, l'art du style et l'humour restent des voies d'accès pour le lecteur : à partir de quoi, il pourra découvrir que cette œuvre apparemment simple est des plus complexes et des plus denses qui soient. La conservation scolaire des *Fables* s'est fondée en partie sur un malentendu, mais la consécration et la conservation générale de cette œuvre reposent, bien plus solidement, sur les multiples strates de sens dont elle se compose, et qui sollicitent et solliciteront encore lectures et interprétations.

A. Vi.

Fabliaux. Contes en vers de caractère comique. C'est sous cette forme que les écrivains français du Moyen Âge ont manifesté leurs dons de conteurs. Nous en possédons environ cent cinquante, publiés en divers recueils dont le plus important est le *Recueil général et complet des fabliaux des XIIIe et XIVe siècles* d'Anatole de Montaiglon et Gaston Raynaud (six volumes édités à Paris entre 1872 et 1890). La plupart datent du XIIIe siècle, mais le recueil en contient également de la seconde moitié du XIIe. Les plus nombreux sont anonymes, mais quelques noms sont parvenus jusqu'à nous : Henri d'Andely (première moitié du XIIIe siècle), qui appartenait au haut clergé parisien ; Rutebeuf (milieu du XIIIe siècle), un des plus grands poètes de cette époque ; Philippe de Rémi, sire de Beaumanoir (1246-1296), bailli royal, puis sénéchal de Saintonge et de Poitou, jurisconsulte célèbre et délicat poète ; Jean Bodel (mort en 1210), auteur d'un jeu : le *Jeu de saint Nicolas* (*) et d'une chanson de geste : la *Chanson des Saisnes* qui narre la conquête de la Saxe par Charlemagne ; d'autres encore sont attribués à des chevaliers, des clercs, des jongleurs et des ménestrels : Jacques de Baisieux, Jean Le Gallois d'Aubepierre, Douin de Lavesne, etc. Le vers usuel est le vers de huit pieds, à rime plate généralement. Les fabliaux contiennent en moyenne quelques centaines de vers. La langue, les scènes évoquées et les aventures nous reportent presque toujours dans la région picarde. Le mot « fabliau », que les critiques préfèrent à celui de « fableau », est précisément un mot picard. Parmi les fabliaux les plus anciens, il faut citer : *Richeut, Aubérée, Le Chevalier à la corbeille*. *Richeut* a dû être écrit vers 1160 et est le premier fabliau connu. Il porte le nom de l'héroïne, une prostituée très connue qui attribue à un prêtre, à un chevalier et à un bourgeois la paternité de son fils Sansonnet, qu'elle élève avec l'argent et dans l'esprit de ses divers pères putatifs. Elle lui enseigne la doctrine du prêtre, lui inculque les manières mondaines du chevalier, le sens des affaires du marchand et, amalgamant le tout avec sa propre expérience, fait de son fils une inégalable crapule cynique et cruelle qui court le monde en exploitant les femmes, comme Richeut avait exploité les hommes. *Aubérée* est une entremetteuse. Usant d'un stratagème, elle fait chasser comme infidèle une épouse sans tache, la livre à celui qui la convoite et la fait enfin reprendre par le mari berné à qui Aubérée a vanté l'innocence de la jeune femme. *Le Chevalier à la corbeille* rapporte la mésaventure d'une belle-mère trop zélée : soupçonnant quelque visite nocturne dans la chambre de sa belle-fille, dont le mari est en voyage, la vieille tombe dans la corbeille qui sert au chevalier pour se hisser jusqu'aux appartements de la belle. Le page, s'étant aperçu de cet accident, se met à secouer si fort la vieille qu'il lui ôte pour toujours toute velléité de fourrer son nez dans les affaires de sa bru. Les sujets des fabliaux ne sont pas tous aussi libres. On trouve, parmi eux, le récit dévot, qui tire, à l'ordinaire, son origine des livres saints apocryphes comme *Le Pasteur* d'Hermas, *L'Itinéraire de saint Pierre* ou les *Narrations* d'Aristée. Un genre particulièrement populaire est celui des contes à intentions satiriques contre le clergé. Ils s'attaquent surtout au bas clergé séculier, ignorant et matérialiste, qui profite de la crédulité des campagnards, plus qu'aux évêques et aux moines, eux-mêmes fort maltraités par la suite. Les trois plus connus de ce genre sont : *Le Curé qui mangea des mûres, Les Perdrix, Estula*. Dans le premier, qui est moins satirique qu'irrespectueux, un curé, qui revient de tournée à cheval, passe près d'un buisson couvert de mûres. Il s'arrête, se place debout sur son cheval et fait la réflexion : « Je serais bien attrapé si quelque mauvais plaisant criait : hue ! » Mais il prononce tout haut ce mot, le cheval détale et le curé tombe dans le buisson. Le deuxième est le prototype d'un très grand nombre d'histoires à trois personnages : le laïc (vilain, bourgeois, plus rarement chevalier), le clerc et la femme qui est toujours du côté le plus avantageux pour elle. Un vilain, nommé Gombaud, a pris deux perdrix. Il demande à sa femme de les préparer, tandis qu'il ira inviter le curé à les manger avec eux. Mais la femme y goûte et finit par les manger toutes deux.

Lorsque le vilain revient, elle lui recommande d'aiguiser son couteau. Elle prend le prêtre à part, lui affirme qu'il n'y a pas de perdrix et que son mari a dessein de lui couper les oreilles. Le curé s'enfuit. La femme se récrie et dit à son mari qu'il s'en va emportant les perdrix. L'homme part à la poursuite du prêtre. Le plus souvent, d'ailleurs, c'est le clerc qui est le complice de la femme pour berner le mari. Il y a encore, et c'est le mieux représenté, le conte libertin, le plus souvent extrêmement grossier et brutal, comme le *Dit de Bérenger* – qui est le prototype du *George Dandin* de Molière –, *La Male Dame, Le Court Mantel*, manteau qui s'allonge ou se raccourcit suivant la vertu de la dame qui le porte.

Il en est qui ne sont que plaisants comme *Le Vilain Mire, Le Vilain qui conquit le paradis par plaid* (plaidoyer), *Le Valet qui d'aise à mésaise se met* et *La Jeune Veuve* ; ces deux derniers d'un auteur dont nous connaissons le nom : Gautier le Leu, un des rares auteurs de fabliaux qui fassent preuve d'une certaine finesse psychologique. Le sujet de *La Jeune Veuve* fut repris par La Fontaine, dans ses *Fables* (*) (Livre VI, 21). Le sujet du *Vilain Mire* est célèbre : un vilain (paysan) bat tous les jours sa femme ; celle-ci veut se venger. Deux messagers s'arrêtent à sa chaumière : ils cherchent un mire (médecin) pour la fille du roi, qui a une arête en travers de la gorge. La femme déclare aux messagers que son mari est un excellent médecin, mais qu'il ne veut pas le reconnaître à moins qu'on ne l'ait roué de coups. Une fois battu, le vilain suit les deux hommes à la Cour. Devant la malade, il fait des contorsions si drôles que la princesse éclate de rire et est, du même coup, délivrée de son arête. Ceci suffit à établir au vilain une solide réputation de guérisseur, et les malades affluent. Il s'avise alors d'un stratagème : il les fait ranger devant lui et déclare qu'il va les soigner avec les cendres du plus malade d'entre eux. Tous se récusent et se déclarent alors bien portants. Comblé de richesses, le médecin malgré lui s'en retourne auprès de sa femme et décide d'exercer dorénavant la médecine. On sait que Molière reprit ce sujet en écrivant *Le Médecin malgré lui* (*). À la même veine, appartient encore : *La Vieille qui graissa la patte au chevalier.* On avait dit à une pauvre vieille, dont la vache avait été confisquée par son seigneur, qu'il fallait, pour se la faire rendre, graisser la patte au chevalier. Celle-ci prend l'expression au pied de la lettre. Elle se rend au château et, s'approchant du seigneur qui se promène les mains derrière le dos, elle lui graisse la main avec un morceau de lard. Bien des *Fabliaux* reposent ainsi sur des jeux de mots, des plaisanteries traditionnelles.

D'autres, cependant, ont un tour nettement moralisateur, comme *La Housse partie* et *Le Chevalier au barizel.* Du premier, également connu sous le titre du *Bourgeois d'Abbeville*, nous avons deux rédactions du XIIIe siècle, dont l'une est d'un trouvère connu, Bernier. Un riche bourgeois a renoncé à ses biens afin de marier richement son fils. Celui-ci l'héberge pendant douze ans. Mais, un jour, sur les instances de sa femme, il chasse le vieillard, qui lui demande au moins une couverture pour se garantir du froid. Le fils envoie son petit garçon chercher à l'écurie une couverture de cheval ; mais l'enfant coupe la couverture en deux et n'en remet que la moitié. Le vieillard se lamente, le père fait des reproches à l'enfant ; mais celui-ci lui répond qu'il garde l'autre moitié pour lui, quand, devenu vieux à son tour, il le chassera de la maison. Le père comprend la leçon et garde le vieillard chez lui. Dans *Fole Largece* (la folle générosité) de Philippe de Beaumanoir, un saunier (collecteur de sel) fait éprouver à sa femme oisive les fatigues et les périls de son dur métier et parvient ainsi à la guérir de ses folles prodigalités. Un des plus célèbres (souvent représenté dans l'iconographie des XIVe et XVe siècles) est *Le Lai d'Aristote* d'Henri d'Andély. Le « Maître de ceux qui savent », après avoir reproché à Alexandre le Grand son faible pour Phylis, se laisse à son tour séduire par les manèges de la jeune femme, au point d'accepter de se promener à quatre pattes, sellé et bridé, avec la femme à cheval sur lui ; cependant que, du haut d'une tour, son royal élève admire la scène. Citons encore, parmi les plus connus : *La Bourse pleine de sens, Les Trois Aveugles de Compiègne*, *Merlin Merlot, Le Tombeur Notre Dame / Le Jongleur de Notre Dame* et *L'Ange et l'Ermite*, dont Voltaire devait donner une imitation au chapitre XX de *Zadig* (*).

Mais en général, les *Fabliaux* ont pour sujet des prostituées, des rufians, des parasites, des filous, des maris trompés, bernés ou crédules, des prêtres et des moines vicieux, des nonnes corrompues, des femmes infidèles et pleines d'astuce, des femmes luxueuses, des filles assez bornées mais aux sens bien éveillés, des étudiants fort coquins, des trompeurs sans scrupules, des hommes libidineux, des paysans tantôt stupides, tantôt rusés, tout un monde de railleurs et de raillés, d'escroqueurs et d'escroqués. Aucune classe de la société n'est particulièrement visée ; cependant, il faut noter que leurs auteurs témoignent d'un manque de sympathie, qui ne se dément jamais, pour les faibles et qu'ils sont toujours du côté des rieurs ; c'est moins une attitude délibérée qui en est la cause que le désir de faire rire en racontant des aventures comiques dans un langage des plus libres. Ce monde, qu'il serait d'ailleurs faux de croire calqué sur un monde réel, est, avant tout, un monde factice, littéraire, opposé à cet autre monde fictif fait de chevalerie et de pureté qui a servi de sujet à un autre courant littéraire de la même époque : la littérature courtoise. C'est le goût pour la sensualité qui donne ce ton un peu lourd aux *Fabliaux.* Mais la trame de leurs sujets se rattache à celle de toute littérature profane.

Diverses théories ont été proposées par les érudits, étonnés de rencontrer dans les fabliaux des sujets traités dans les pays les plus divers et aux époques les plus variées : théorie de l'origine aryenne de ces contes, théorie anthropologique, théorie polygénétique, théorie de l'origine orientale. Celle-ci, prônée en particulier par Gaston Paris (*Les Contes orientaux dans la littérature française du Moyen Âge*, 1877), résiste encore et se rattache à cette conception un peu ingénue, mais tenace, d'une Inde ancienne qui, dans l'histoire de la culture, représenterait un stade particulièrement archaïque, alors que cette région, carrefour de nombreuses civilisations, ne peut avoir, en fait, qu'une culture faite d'apports extérieurs. Joseph Bédier, dans son livre magistral (*Les Fabliaux*, 1895), a fait justice de la théorie orientale en montrant, jusqu'à l'évidence, que l'Inde ne nous a transmis qu'une infime partie des matériaux élaborés en Occident. Dans ce même ouvrage, Bédier a mis en lumière la fluidité de la littérature folklorique qui se transmet de pays en pays et de personne à personne avec une incroyable rapidité et par mille chemins. Ce serait donc une entreprise insensée que vouloir les préciser. Après les acquisitions d'une critique aussi sagace, il nous est facile de reconnaître la part de vérité de chacune des doctrines citées plus haut. On peut admettre qu'un même conte puisse naître simultanément en Arabie et en Normandie, puisque la tendance à raconter est universelle et que certaines réflexions et certaines situations sont spontanées sous n'importe quel ciel et à n'importe quelle époque. Il se peut que, dans tel ou tel conte, se trouvent mêlés à des éléments hétérogènes et surajoutés, des restes de mythes célestes apportés par certains peuples aryens qui émigrèrent de leur pays d'origine. Il se peut aussi que des rites et des coutumes encore plus anciens y subsistent. Il y a des *Fabliaux* qui peuvent nous avoir été transmis par l'Orient, d'autres par l'Antiquité grecque ou latine, d'autres par la littérature comique de la Basse Latinité ou par la littérature byzantine, mais à la manière dont nos *Fabliaux* ont influencé d'autres périodes littéraires ou Boccace, Sacchetti et l'Arioste. Il n'en reste pas moins vrai que les *Fabliaux* français des XIIe, XIIIe et XIVe siècles ne sont pas tel ou tel mythe aryen, telle ou telle croyance magique, telle ou telle fable arabe ou indienne, ou latine, ni ce thème ou cet autre, mais bien ce qu'ils sont : des fabliaux français qui ont leur physionomie propre, différente de celle d'autres pays et d'autres temps, même quand il y a coïncidence de sujet ; physionomie qu'ils ont empruntée à la personnalité des poètes de l'époque, au goût d'un certain public et qui se caractérise par une joyeuse et joviale grossièreté. S'il fallait chercher une origine à ce genre, si caractéristique de toute une époque et de toute une civilisation, il faudrait sans doute remonter aux *Fables milésiennes* de l'écrivain grec Aristide de Milet (IIe siècle av. J.-C.), genre que remit en honneur Apulée.

Quant à l'évolution du *Fabliau*, elle se place tout entière entre deux dates extrêmes : 1159 ou 1160 et 1340, c'est-à-dire qu'elle couvre près de deux siècles ; mais le siècle d'or du *Fabliau* est le XIIIe et les premières années du XIVe. Après 1340, on s'avisa que le vers n'était pas nécessaire à ces récits. Ce genre, qui avait été à l'origine de l'art de la nouvelle en Italie (art illustré par Boccace, Sacchetti, Masuccio, Bandello, Straparola, l'Arioste et quelques autres), redevient à la mode en France sous sa nouvelle forme : la nouvelle. C'est ainsi que les récits de l'auteur des *Cent Nouvelles Nouvelles*, ceux de Marguerite de Navarre, de Bonaventure Despériers et même, sous une forme assez différente, de Rabelais, appartiennent encore à cette tradition très caractéristique de la civilisation française.

L'influence des *Fabliaux* ne devait pas s'arrêter au XVIe siècle ; c'est encore leur tradition qu'on retrouve dans certaines farces et comédies de Molière. La Fontaine alla jusqu'à reprendre quelques-uns de leurs sujets, pour en faire des contes en vers, qui, par leur esprit comme par leur forme, demeurent très proches de cette littérature gauloise, et même des fables, « La Veuve » par exemple — v. *Fables* (*). C'est le même esprit qu'on retrouve dans quelques nouvelles de Voltaire, dont l'une au moins (*L'Ange et l'Ermite*) est une transcription d'un récit médiéval. Par leurs sujets, et par l'affectation de l'auteur d'écrire le vieux français, *Les Contes drolatiques* de Balzac appartiennent au même courant. Enfin, plus proche de nous, il faut signaler l'emploi qu'Anatole France a fait de certains de ces petits chefs-d'œuvre. Ainsi, l'inspiration même des *Fabliaux*, leur esprit, n'a pas cessé, aux différentes époques de la littérature française, de demeurer comme une source à laquelle ont puisé les tempéraments les plus divers et comme une constante de cette littérature. Des *Fabliaux* devait provenir un autre courant : celui de la farce, qui atteint son apogée avec le XVe siècle. Bien qu'on ne retrouve dans les Farces de cette époque, aucun sujet qui provienne directement des *Fabliaux*, c'est bien le même esprit railleur, cette même volonté de comique à tout prix, qui en fait le fond. Enfin, il faut signaler l'importance de la représentation dans les arts plastiques des thèmes issus des *Fabliaux*, qui devaient avoir un tel succès dans l'iconographie du XIVe siècle et plus généralement du Moyen Âge finissant. On retrouve, en effet, ces thèmes surtout en sculpture, et particulièrement dans la sculpture sur bois des stalles du XIVe et XVe siècle, et cette introduction de thèmes très profanes, et même grossiers, dans le chœur des églises démontre, s'il en était besoin, à quel point ces histoires étaient populaires de leur temps. — De nouvelles éditions des *Fabliaux* ont vu le jour, procurées par W. Noomen et N. van den Boogaard (à partir de 1983, à Assen, Pays-

Bas), par Ph. Ménard (Genève, Droz, 1978) et G. Raynaud de Lage (Paris, Champion, 1986). Diverses études ont permis d'y voir plus clair dans l'origine, la thématique et le public du genre — en particulier celles de P. Nykrog (Copenhague, 1957), J. Rychner (Genève), Droz, 1960), O. Jodogne (Turnhout, Brepols, 1975), Ph. Ménard (Paris, P.U.F., 1983), D. Boutet (Paris, P.U.F., 1985), M. Th. Lorain (Paris, Champion, 1979).

FABRE D'ÉGLANTINE (pseud. de Philippe François Nazaire Fabre). Auteur dramatique né à Limoux (Aude) le 28 décembre 1750, mort à Paris le 5 avril 1794. Fils d'un marchand drapier, il est d'abord destiné à l'Église, prend l'habit chez les Frères de la doctrine chrétienne et enseigne au collège de Toulouse. Le prix (un lys d'argent, et non pas l'églantine d'or dont il prétendait tirer son surnom) qu'il remporte en 1775 aux Jeux floraux, pour un sonnet à la Vierge, le décide sans doute à tenter sa chance dans le monde et dans la littérature et, à vingt ans, il abandonne la soutane. C'est le début d'une vie errante : on voit Fabre d'Églantine à Liège, puis à Chalon, puis à Lyon ; il fait partie quelque temps d'une troupe de comédiens, puis s'essaie comme compositeur de musique, écrit des odes, commence un roman comique. Venu se fixer à Paris en 1787, il fait représenter la même année aux Italiens une comédie, *Les Gens de lettres,* et au Théâtre-Français une tragédie, *Augusta,* qui n'ont, l'une et l'autre, aucun succès. Fabre d'Églantine a pourtant d'incontestables dons de poète comique, l'esprit d'observation, la vigueur d'imagination, qui commencent à s'affirmer dans *L'Amour et l'intérêt* (1789), *Le Présomptueux* (1789), puis dans *L'Intrigue épistolaire* (1791) — où l'on trouve un amusant personnage de peintre qui ne serait autre que Greuze — et surtout dans *Le Convalescent de qualité,* histoire d'un aristocrate tombé malade en mai 1789, sorti seulement de son lit en 1790, et dont les étonnements devant les transformations apportées dans les mœurs quotidiennes par la Révolution fournissent le prétexte à maints épisodes bouffons. Mais la politique, qui n'avait encore place dans cette pièce que d'une manière plaisante, va bientôt prendre tout entier Fabre d'Églantine et orienter ce poète léger vers le théâtre à thèse et la prédication d'une nouvelle morale sociale, dans *Les Précepteurs,* où les principes éducatifs de Rousseau sont victorieusement opposés à la pédagogie traditionnelle — mais l'œuvre ne sera représentée qu'en 1799, avec un grand succès d'ailleurs. C'est encore l'inspiration de Jean-Jacques, exaltant Alceste, personnification du citoyen vertueux et sensible, contre Philinte, l'aristocrate doucereux et perfide, qu'on retrouve dans la meilleure pièce de Fabre, *Le Philinte de Molière ou la Suite du Misanthrope* (1790). Passionné par le mouvement social dès 1789, à la fois cordelier et jacobin, Fabre contribue à préparer les journées du 20 juin, devient secrétaire de Danton et député de Paris à la Convention, où il vote la mort du roi et montre sa violence en de nombreuses occasions, par exemple contre ses anciens amis girondins. En janvier 1794, accusé d'avoir reçu cent mille francs des administrateurs de la Compagnie des Indes pour falsifier à leur profit un décret de confiscation, il est arrêté et jugé par le Tribunal révolutionnaire en même temps que Danton, Camille Desmoulins, Hérault de Séchelles, etc., qui se plaignirent hautement d'être ainsi « accolés à un voleur » — bien qu'il paraisse aujourd'hui prouvé que Fabre ait été innocent et victime d'une machination. Il fut guillotiné avec les autres dantonistes. Aigri, de caractère assez déplaisant, poète au style des plus négligés, c'est à sa célèbre chanson *Il pleut, il pleut, bergère* et à sa participation à l'établissement du calendrier révolutionnaire que Fabre d'Églantine doit de n'être pas tout à fait oublié, plus qu'à son *Philinte.*

FAGUET Émile. Critique né à La Roche-sur-Yon (Vendée) le 17 septembre 1847, mort à Paris le 7 juin 1916. Normalien, il passa son doctorat en 1883, choisissant comme sujet de thèse *La Tragédie française au XVIe siècle,* qui reçut les plus grands éloges. Il obtint très vite la chaire de poésie française à la Sorbonne (1897), et tira de ses cours cette *Histoire de la poésie française de la Renaissance au Romantisme,* en plusieurs volumes, qui, aujourd'hui encore, est fort utile. Ses qualités de fin psychologue et les excellents éclaircissements qu'il apporta aux problèmes idéologiques reparaissent dans ses *Études littéraires*, consacrées chacune à un siècle de la littérature française, du XVIe au XXe, mais brillent particulièrement dans les trois volumes des *Politiques et Moralistes* (1891-1899). Il collabora également à de nombreuses revues comme critique littéraire et dramatique, se montrant toujours fort brillant et spirituel : *Propos littéraires* (1902-1909), *Notes sur le théâtre* (1889-1895), *Propos de théâtre* (1903-1907). Ayant foi dans l'intelligence (dans l'acception, traditionnelle alors en France, d'un rationalisme assez aride), dénué du sens du mystère, il montra, par ses qualités mêmes, quelles étaient ses limites : son incompréhension de la poésie de Baudelaire, et en général de tout le mouvement symboliste dont le mysticisme l'ennuyait, est demeurée célèbre. Il s'occupa en outre de politique théorique, d'un point de vue strictement libéral : *L'Anticléricalisme* (1906), *Le Socialisme* (1907), *Le Pacifisme* (1908), *Le Féminisme* (1910).

RÉF. : René Doumic, *Écrivains d'aujourd'hui,* 1894. — Alphone Séché, *Émile Faguet,* 1904. — Maurice Duval, *Émile Faguet, le critique, le moraliste, le sociologue,* 1911. — Henry Bordeaux, *Pèlerinages littéraires...,* 1913. — Ernest Seillière, *Émile Faguet, historien des idées,* 1938.

Fantastique. Genre littéraire narratif fondé sur la présence d'éléments surnaturels. Si, dans les mythes et légendes, le surnaturel est l'objet d'une croyance ; s'il est donné comme le principe même du monde réel dans le conte de fées ; si la science-fiction s'efforce de le ramener au rationnel, il n'en va pas de même dans la littérature fantastique. Le surnaturel y pénètre insidieusement un quotidien qu'il subvertit et où il s'affirme comme une donnée brute, non révocable, troublante et inintelligible. Cela provoque chez le lecteur un doute, une hésitation, qui peut causer le malaise, l'angoisse, voire la peur. Cette incertitude quant au statut du réel suffit à définir le genre, comme l'a montré Todorov (*Introduction à la littérature fantastique,* 1970).

Le fantastique moderne apparaît en France au XVIIIe siècle, sous la triple influence de l'orientalisme (traduction des *Mille et Une Nuits* par Galland, de 1704 à 1717), de l'illuminisme (Cagliostro, Saint-Germain...) et du « roman noir » ou « gothique » anglais (*Le Moine* de Lewis). Le *Vathek* de l'Anglais Beckford, publié directement en français en 1786, souligne la fascination exercée par les contes arabes. L'œuvre énorme et magistrale, rédigée en français par le Polonais Potocki à partir de 1797, *Manuscrit trouvé à Sarragosse,* témoigne des trois influences. À un moindre degré, *Le Diable amoureux* (1772) de Cazotte ouvre des perspectives que le romantisme explorera. Nerval, qui a médité sur cette œuvre (*Les Illuminés,* 1852), écrit quelques récits fantastiques dont *La Main de gloire* (1832) qui repose sur la sorcellerie. Sur la base de schémas solides et éprouvés, son ami Gautier produit de nombreux contes (*La Cafetière,* 1831 ; *La Morte amoureuse,* 1836 ; *Arria Marcella* 1852). Conjuguant surnaturel et érotisme voilé, Gautier aborde les thèmes du rêve, de l'aberration, du vampirisme et de la réincarnation. L'influence de l'Allemand Hoffmann, sensible chez lui, n'apparaît guère chez d'autres romantiques, dominés par la tradition britannique et les tenants du genre dit « frénétique » : Nodier (*Smarra ou les Démons de la nuit,* 1821 ; *La Fée aux miettes,* 1832), Sandeau (*L'Âne mort,* 1829), Chasles (*L'Œil sans paupière,* 1832), Rabou (*Le Ministère public,* 1832). Avec ces deux derniers, Balzac a d'ailleurs collaboré à un recueil collectif, *Les Contes bruns* (1832). Bon connaisseur du « roman gothique » dont il se fait le continuateur (*Melmoth réconcilié,* 1835), Balzac utilise les ressorts du fantastique à des fins philosophiques (*Le Centenaire,* 1822 ; *L'Élixir de longue vie,* 1830 ; *La Peau de chagrin,* 1831).

La traduction des contes de Poe par Baudelaire (de 1848 à 1865) contribue à renouveler le genre. Déjà, Mérimée lui avait donné un souffle nouveau : *Les Âmes du Purgatoire* (1834), *La Vénus d'Ille* (1837), *Lokis* (1869), le plus étrange de ses contes. Comme lui, Villiers de L'Isle-Adam (*Contes cruels* (*), 1883 ; *Nouveaux Contes cruels,* 1886) joue moins sur la terreur ou l'angoisse que sur l'indécision où il laisse le lecteur, pris dans un dilemme : ou ce qu'il a lu est susceptible d'une explication rationnelle mais plate, ou il lui faut accepter la plus inquiétante irrationalité. À la même époque, Maupassant aborde des thèmes fantastiques fortement gauchis par ses obsessions et son état mental pathologique (*Lui ?* 1883 ; *Apparition,* 1883 ; *Un fou ?* 1884 ; *Le Horla,* 1887). Jules Verne lui-même, dans *Le Château des Carpathes* (1892), a recours au surnaturel, mais l'explique et de ce fait le détruit par une interprétation « scientifique », conforme aux idéaux d'un siècle qui se veut positiviste.

Il pourrait sembler que notre époque technologique n'ait plus que faire du fantastique. Paradoxalement, fantômes et monstres littéraires y pullulent. Ainsi, une atmosphère noire et inquiétante baigne les récits et romans de Jean Ray (*Le Grand Nocturne,* 1942 ; *Malpertuis,* 1943). S'appuyant sur une profonde connaissance du folklore français et de l'Histoire, Claude Seignolle renouvelle à la fois le genre et le traditionnel « roman paysan » (*La Malvenue,* 1965 ; *Histoires vénéneuses,* 1970). D'autres auteurs, tels M. Brion (*Les Escales de la haute nuit,* 1942), G. Langelaan (*Nouvelles de l'antimonde,* 1962), J.-L. Bouquet (*Les Filles de la nuit,* 1978), nous mènent dans des univers d'autant plus troublants qu'ils communiquent avec le nôtre. Cette pérennité du courant fantastique n'est guère étonnante : c'est celle des universelles et éternelles angoisses humaines. Plus curieux est le fait que, à de rares et remarquables exceptions près, la littérature fantastique francophone s'exprime plus souvent par le conte ou la nouvelle que par le roman, comme si la concision et l'ellipse imposées par les « genres courts » convenaient mieux pour égarer le lecteur et le laisser dans une déroutante expectative.

ALAIN QUESNEL.

Fantômas. Roman policier des écrivains Pierre Souvestre (1874-1914) et Marcel Allain (1885-1969), publié en 1911, le premier d'une série fameuse, est considéré aujourd'hui comme un des classiques du genre. Ce livre s'ouvre sur la présentation mystérieuse du personnage de Fantômas, évoqué au cours d'une soirée chez la marquise de Langrune. On attribue la récente disparition de lord Beltham à quelque intervention maléfique, à peine oset-on prononcer le nom de son auteur. Qui est cet ennemi numéro un de la police ? Le lendemain de cette soirée, la marquise est trouvée égorgée dans ses appartements. Personne n'a pu s'introduire dans le château ; les soupçons se portent sur un hôte de la maison, le jeune Charles Rambert, qui échappe à la police et qu'on retrouve noyé quelques jours plus tard. Son père, Étienne Rambert, est accusé d'avoir tué son fils pour sauver l'honneur de sa famille. Mais l'inspecteur Juve, loin de donner crédit à l'opinion courante, poursuit ses enquêtes personnelles. Tenace et paradoxal – il est peut-être à l'origine du commissaire Maigret de Simenon –, on le retrouve mêlé à des situations inextricables. C'est ainsi que, peu après l'assassinat de la marquise, il découvre à Paris, dans l'appartement d'un certain Gurn, le cadavre de lord Beltham. Deux vols audacieux au Royal-Palace des Champs-Élysées, la réapparition de Charles Rambert qu'on croyait mort et qui se lie d'amitié avec l'inspecteur Juve lui-même, l'assassinat de l'intendant de la marquise de Langrune, la liaison scandaleuse de lady Beltham avec Gurn convaincu d'avoir tué le vieux lord, une quantité d'actions simultanées aboutissent finalement au jugement de Gurn. Appelé à y déposer en qualité de témoin, Juve fait une déclaration sensationnelle où il tente de prouver que Gurn, Étienne Rambert et Fantômas ne font qu'un. Le jury ne se laisse pas convaincre, mais condamne Gurn, pour l'assassinat de Beltham, à être décapité. Une substitution de personne s'opère, avec le concours de lady Beltham, la veille de l'exécution. C'est un acteur fort bien grimé et ayant toute l'apparence du condamné que l'on envoie, après l'avoir drogué, à l'échafaud. Aujourd'hui, le roman policier fait preuve d'un métier plus assuré. Il n'empêche que *Fantômas* traîne après soi un pittoresque auquel on ne peut rester insensible.

Farce de maître Pathelin (La). Chef-d'œuvre du théâtre comique français du Moyen Âge, d'auteur inconnu, composé vers 1464 ; la publication la plus ancienne que l'on connaisse est celle de Lyon (1485-1486). Maître Pathelin, avocat, par d'habiles flatteries obtient à crédit de l'étoffe d'un marchand nommé Guillaume. Il l'invite donc chez lui, lui promettant à la fois un bon repas et son argent. Après quoi, il convient avec sa femme d'une supercherie : quand le marchand arrive, l'épouse de Pathelin lui dit que son maître est malade depuis plusieurs jours, elle le lui montre même au lit en proie au délire et s'exprimant en divers dialectes. Guillaume n'insiste pas, pensant qu'il a vendu son étoffe au diable apparu à lui sous l'aspect de Pathelin. Là-dessus, le berger Thibaut l'Agnelet vient demander les bons offices de l'avocat Pathelin : il a tué et mangé les brebis de son maître, prétextant de leur maladie et pour éviter la contagion des autres ; mais la fraude a été découverte. Au tribunal, le propriétaire des brebis (qui est le marchand Guillaume) reconnaît dans le défenseur d'Agnelet notre ami Pathelin auquel il a vendu son étoffe et qu'il croyait moribond. Cela produit un imbroglio très comique. Quand le juge l'interroge sur ses brebis, il répond en parlant de son étoffe, confondant les deux fraudes dont il a été victime. Le magistrat, qui ne comprend rien, veut entendre le berger ; mais celui-ci, selon les conseils de Pathelin, se contente de bêler. Entre le marchand qui lui semble fou et le berger qui lui semble idiot, le juge se contente de renvoyer chacun chez soi. Mais vient le tour de l'avocat qui veut se faire payer ses bons conseils, et Agnelet de continuer à bêler, sans qu'il soit possible de lui tirer autre chose. C'est la meilleure œuvre du théâtre comique français avant Molière : c'est déjà une comédie plutôt qu'une farce. Non seulement maître Pathelin, aux amabilités mielleuses suivies de tromperies habiles, mais tous les personnages sont très vivants : la femme de l'avocat, rusée ; le marchand, et le berger qui sait retourner contre son avocat la supercherie que ce dernier vient de lui suggérer. Avec son vieil esprit français, cette comédie annonce déjà le comique dense de Molière et la morale désenchantée de La Fontaine. Les proportions assez vastes de l'œuvre (près de 1 600 vers) sont cependant des plus strictes et l'action ne traîne jamais. Les types sont restés populaires, ainsi que quelques répliques au nombre desquelles ce trait prononcé par le juge s'adressant au marchand qui lui parle d'étoffe quand il s'agit de bêtes : « Revenons à nos moutons. »

— *La Farce de maître Pierre Pathelin* a été étudiée, traduite et commentée par Jean Dufournet (Paris, Garnier-Flammarion, 1986, et Paris, Champion, 1986).

Farces du Moyen Âge. Les représentations de pièces comiques, ne cherchant qu'à faire rire, sans intentions moralisatrices et sans ambitions littéraires, n'ont certainement pas manqué au cours de tout le Moyen Âge. Mais rien ou à peu près ne nous est parvenu du répertoire antérieur au XVe siècle ; ce que nous connaissons du répertoire des XVe et XVIe siècles, quelque 150 pièces comprenant plus de 115 farces, est fourni surtout par deux recueils, l'un de 64, l'autre de 72 pièces, jouées probablement dans la région lyonnaise les premières, en Normandie les secondes : une étude de la genèse et de l'évolution de la farce est donc malaisée. Une certaine parenté lie la farce aux *Fabliaux* (*) : les deux s'adressent au même public populaire, s'amusent des mêmes sujets, et certaines farces semblent bien être la mise en scène d'un fabliau. La première farce connue, *Le Garçon et l'Aveugle*, remonte à 1280 environ. Des éléments de farce ne manquent pas dans le très original *Jeu de la feuillée* (*) d'Adam de la Halle, joué à Arras vers 1274. Avec *La Sote chançon à jouer de personnaiges* d'Eustache Deschamps (XIVe siècle), qui s'apparente à la farce, et avec sa *Farce de maistre Trubert et d'Antroignart*, sorte de fabliau mêlé de dialogues, c'est tout ce qui est resté du XIIIe et du XIVe siècle.

Les pièces du XVe siècle sont plus nombreuses : il faut noter que la distinction entre farce, moralité et sotie était très approximative et que souvent les pièces portent le titre de farce tout en ayant les caractères d'une moralité ou d'une sotie et réciproquement : c'est le cas de la *Farce de Marchandise et Mestier, Pou d'Acquest, Le Temps qui court et Grosse Despense* (env. 1448), moralité politique contre les réformes de Charles VII ; et de la *Farce de Marchebeau, Galop, Amour et Convoitise* (env. 1450). De l'époque de Louis XI est le *Dialogue de Messieurs de Mallepaye et de Baillevent*, aventuriers faisant des rêves de fortune, amusant et bien tourné, attribué autrefois (à tort) à Villon. De la même époque est le chef-d'œuvre du théâtre comique du Moyen Âge, *La Farce de maître Pathelin* (*) (env. 1464). Elle fut à plusieurs reprises imitée (*Nouveau Pathelin*, env. 1474 ; *Le Testament de Pathelin*, env. 1490), mais les imitations sont loin de valoir le modèle. Également de la seconde moitié du XVe siècle semble être la *Farce nouvelle très bonne et fort joyeuse du cuvier*, que l'on a cru cependant (mais sans preuves sérieuses) pouvoir faire remonter jusqu'au XIVe siècle : Jacquinot est affligé d'une femme acariâtre et d'une belle-mère qui soutient sa fille. On lui fait signer un « rolet » spécifiant tout ce qu'il s'oblige à faire dans la maison. Il est forcé de signer. Mais comme il tend la lessive avec sa femme, celle-ci tombe dans le cuvier et va se noyer. Jacquinot, impitoyable, lit tout le « rolet » et conclut que le sauvetage n'entre pas dans ses attributions. Il ne cédera aux prières qu'une fois délivré de son « rolet », et sur la promesse qu'il sera désormais le maître. Alerte, spirituelle, finement observée, c'est l'une des meilleures farces du Moyen Âge. Dans la *Farce nouvelle du pasté et de la tarte*, assez plaisante, deux coquins, ayant entendu le « paticier » convenir avec sa femme d'un signe de reconnaissance pour la livraison d'un pâté, en profitent. Mais, voulant répéter la ruse pour avoir une tarte, ils reçoivent une volée de coups. Une assez plate *Farce du brigand, du sergent, du vilain*, etc., est incorporée dans le *Mystère de saint Fiacre*, avec lequel elle n'a aucun autre rapport que sa première et sa dernière rime. De la même façon, la *Farce de Malbec, Malegorge et Maleguêpe* (env. 1477), allégorie satirique et politique, sert d'intermède à un *Mystère de la Passion.* Vers la fin du siècle, la *Farce de Pattes-ouaintes* (1492) est plutôt une sotie qu'une farce. Par contre, la *Moralité de l'aveugle et du boiteux* d'André de la Vigne — v. *Moralités* (*) — a tous les caractères d'une farce. Avec le *Mystère de saint Martin* auquel elle servait d'intermède, on jouait en 1496, à Serre-en-Bourgogne, toujours du même auteur, la *Farce du munyer de qui le diable emporte l'âme en enfer*. Fort grossière, mais pleine de traits piquants, elle met en scène le sujet d'un fabliau de Rutebeuf *(Le Pet au vilain)* ou les mésaventures d'un jeune diable qui croit rapporter à Lucifer l'âme du meunier, guettée à son lit de mort, pendant que la meunière, dans les bras du curé, berne le moribond.

Du XVIe siècle nous possédons une centaine de farces, dont une quinzaine datées. Le rire s'y exerce aux dépens de toutes les classes et de tous les états, de tous les travers et de toutes les mésaventures. Prêtres, moines et nonnes sont souvent daubés, comme dans la *Farce de l'Abbesse, seur de Bon Cœur, seur Esplourée, seur Safrete et seur Fessue ;* ou dans la *Farce des trois brus et des deux hermites*, dans la *Farce de frère Guillebert*, qui réédite l'une des *Facéties* de Bracciolini *(Les Brais du Cordelier) ;* ou enfin dans la *Farce d'un Curia* « qui trompa par finesse la femme d'un laboureur » (1595). La noblesse n'est pas épargnée : la *Farce d'un gentilhomme et son pays lequel devient laquès* est assez amusante ; celle du *Gentilhomme, Lison, Naudet, La Damoyselle*, celle des *Deulx gentilz hommes, le mounyer, la mounyere et les deulx femmes des deulx gentilz hommes abillees en damoyselles...* voient le vilain berner cruellement le seigneur. On se moque du pédant dans la *Farce joyeuse de maistre Mimin estudiant*, à qui sa fiancée, l'amour aidant, fera oublier le latin et réapprendre le français. Ailleurs, c'est le lourdaud que ses parents font étudier et qui accumule inepties et incongruités *(Farce de Pernet qui va à l'école ; Farce de la mère et du filz lequel veult estre prebstre).* Les pitreries et les bourdes d'un simple d'esprit forment souvent tout le sujet de la pièce : *Jenin filz de rien ; Jeninot qui fist un roy de son chat ; Mahuet badin, natif de Bagnolet* « qui va à Paris pour vendre ses œufs et sa cresme ». Plus spirituelle est la *Farce de Jolyet, la femme et le père :* Jolyet, marié depuis quinze jours, apprend avec joie qu'il sera père avant la fin du mois ; mais à la réflexion, calculant que de ce pas il aura soixante-douze enfants en six ans, il veut rendre sa femme. Tout s'arrange car le beau-père s'engage à élever à ses frais les enfants qui naîtraient à moins de dix mois l'un de l'autre. Fort plaisante est la *Farce nouvelle de Colin filz de Thevot le maire* (1542) : Colin, qui n'a pas plus de cervelle que de courage, parti guerroyer à Naples, s'en revient ayant perdu jument, dague, jaque et bonnet pour avoir bataillé contre une brave vieille femme qui veut venger ses poules. Mais il ramène un prisonnier qu'il suppose être sarrasin et qui n'est qu'un pèlerin allemand. Les faux braves sont encore persiflés dans la *Farce de l'aventureulx, Guermouset, Guillot et Rigault* (1525 env.), aussi spirituelle que le monologue de la même époque du *Franc-Archier de Cherré,* qui est cependant loin de valoir son modèle du siècle précédent, *Le Franc-Archier de Baignolet*, véritable farce à un seul personnage — v. *Sermons joyeux et Monologues dramatiques* (*) — ou *Les Trois Gallants et Phlipot* (1545 env.) — v. *Soties* (*).

Bons tours joués à un tavernier, à un marchand (*Le Chauldronnier, le savetier et le tavernier ; Le Cousturier et Esopet*, son apprenti qui le fait passer pour anthropophage) ; quiproquos de sourds (*Maistre Mimin le gouteux ; Le Marchand de pommes et d'aulx*, entendant pommes pour œufs et œufs pour pommes) ; simples scènes de marché, remplies de querelles et d'horions : *Farce de l'Antéchrist, sergent des Halles, de la bourgeoise et des deux poissonnières ; Farce de l'aveugle et de la tripière ; Farce des trois commères et du vendeur de livres*, intéressante, car le catalogue du vendeur comprend un grand nombre de titres de farces perdues ; *Farce d'un pardonneur, d'un triacleur et d'une tavernière*, où le vendeur de fausses reliques et le vendeur de thériaque s'affrontent, en s'égosillant à qui mieux mieux avec une fantaisie cocasse qui fait du pardonneur un digne émule de l'inénarrable frère Oignon du *Décaméron* de Boccace (Journée VI, nouv. 10) ; propos orduriers de valets ou de chambrières (*Farce du cousturier et son varlet*, plaisantant grassement avec leurs clientes ; *Débat de la nourrisse et de la chamberière ; Farce nouvelle des chamberières* « qui vont à la messe de cinq heures pour avoir de l'eau beniste ») ; faux malades et faux médecins (*Le Médecin, le badin, la femme et la chamberière,* où le médecin tire d'embarras le badin coupable d'infidélité ; *Le Médecin qui guarit de toutes sortes de maladies et de plusieurs autres ; Farce de frère Phillebert*, diagnostiquant le mal d'amour de Perrette Venez-Tost, chambrière, à traiter par le mariage) ; le droit d'aînesse (*Les Bâtards de Caulx*) ; la procédure judiciaire *(Farce des femmes qui demandent les arrerages de leurs maris et les font obliger par nisi) ;* l'amende pour rupture de promesse de mariage *(La Mère, la fille, le tesmoing, l'amoureulx et l'oficial) ;* tout est prétexte à la gaieté truculente d'un public facile. Naturellement, maris trompés et bafoués, femmes revêches et obstinées, querelles de ménage figurent parmi les sujets préférés. S'il y a une farce des *Hommes qui font saler leurs femmes à cause qu'elles sont trop douces* (1558), il y en a une des *Femmes qui font refondre leurs maris*, les trouvant trop vieux ; mais les jeunes maris que le fondeur livre à Jennette et à Perrette sont bien moins commodes et ont la main trop prompte. Aussi, dans une autre farce, *Le Trocheur de maris* présente-t-il ses échantillons, mais en fin de compte les trois femmes renoncent au troc et s'en tiennent à ceux qu'elles ont, encore que l'un soit jaloux, l'autre méchant et le troisième stupide. La farce n'est pas tendre pour la femme : *Dire et Faire, ou Faire vaut mieux que Dire*, de Pierre Gringore (1511) ; *Farce des deux jeunes femmes qui coiférent leurs maris par le conseil de maistre Antitus ; Farce de l'obstination des femmes ; Les femmes qui font escurer leurs chaulderons ; Colin qui loue et despite Dieu en ung moment a cause de sa femme ; Farce de Lucas sergent boueteux et borgne*, à qui sa femme bouche l'œil sain pour laisser fuir son amant ; la *Farce du rectraict*, où l'amant surpris sort de sa cachette peu ragoûtante si contrefait que le mari épouvanté le prend pour le diable ; et combien d'autres peignent la femme sous les couleurs les moins flatteuses. Si tous les maris n'ont pas la cynique philosophie de ceux de la *Farce moralisée des deux hommes et leurs deux femmes* « dont l'une a malle teste et l'autre est tendre du cul » (1545 env.), qui déclarent bien préférable une infidélité câline à une vertu hargneuse ; si quelques-uns ont recours à Martin Bâton *(Farce joyeuse de Martin Bâton qui rabbat le caquet des femmes ; Farce du Pont aux Asgnes ; Farce du Savetier, Marguet, Jaquet, Proserpine et l'Oste)*, c'est beaucoup plus souvent la femme qui a le dessus. *Le Savetier nommé Calbain* (1548) répond par des chansons aux demandes d'argent de sa femme ; fatiguée, elle lui sert du vin drogué, lui dérobe sa bourse et accueille par des chansons les récriminations du bonhomme à son réveil. Si les scènes amusantes et les traits comiques abondent, rares sont cependant les farces qui nous restent du XVIe siècle s'élevant nettement au-dessus du niveau de la parade de bateleurs. Il faut mettre parmi les meilleures la *Farce nouvelle très bonne et très joyeuse de la cornette* (1545), par Jehan d'Abundance, basochien : les deux neveux d'un vieux mari cajolé et trompé par sa trop jeune femme vont lui révéler ses fredaines ; prévenant l'attaque, elle persuade le mari qu'ils veulent lui faire changer la façon de porter sa cornette. Aussi ne veut-il rien entendre : elle lui plaît comme elle est, dit-il ; elle peut aller de travers, vu qu'il trouve cela bon ! Il finit par les chasser. Les personnages sont bien dessinés, les reparties plaisantes. La *Farce très bonne et fort joyeulse de George le Veau* est beaucoup plus amère. George le Veau prélude à Georges Dandin, et sa femme, « fille de maison / à qui on donne sans raison / un badault sans nulle science », est une Angélique en plus cruelle : le pauvre mari, parce qu'il est faible, subit mille avanies ; on le revêt d'une peau de veau, on feint de le croire transformé en bête, on veut l'écorcher, on l'exorcise. Nous citerons encore la farce de *Robinet badin et la femme vefve*, où le personnage de la veuve éplorée offrant sa main à Robinet son valet, le défunt sitôt mis en terre, est presque un personnage de comédie : « Ce n'est rien qu'une femme seule, / ma mye. Un chacun la deboulte. / Raison veult que je m'y reboutte, / car Dieu m'en a amonnestée, / car dès la première nuictée / qu'on sonnoit pour le trespassé / dont le deuil n'estoit pas passé, / j'ouys bien de nostre maison / les cloches disant en leur son / insessamment, ce me sembloyt : / Pren ton valet, pren ton valet. » Généralement fort grossière, la farce adoucit parfois son style en mettant en scène l'amour et les amoureux : à côté d'une *Farce nouvelle contenant le débat d'un jeune moine et d'un vieil gen-d'arme par devant le dieu Cupidon pour une fille, fort plaisante et recreative*, d'une *Farce* (ou plutôt dialogue) *du vieil amoureulx et du jeune amoureulx*, celui-là médisant des femmes, celui-ci chantant leurs louanges, la *Farce de deux amoureux recreatis et fort joyeux* (1541), de Clément Marot, évoque avec une verve charmante les confidences que se font de leurs amours les deux amoureux, l'un plus naïf, l'autre plus expert ; une *Comédie* de Marguerite de Navarre (1547) fait se disputer sur l'amour, non sans grâce, deux jeunes filles, l'une dédaigneuse et fière, l'autre tendre et aimante, et deux jeunes femmes, l'une fidèle par honneur à un mari qu'elle n'aime pas, l'autre malheureuse de l'abandon du mari qu'elle aime. Il nous faut citer aussi la *Farce de la pipée*, obscure, mais ingénieuse et amusante satire de l'amour : les personnages, costumés en oiseaux : Verdier,

Jaune-Bec, Rouge-Gorge se laissent tous prendre à la pipée par les charmes trompeurs de Plaisante-Folie, qui ne les remet en liberté qu'après les avoir plumés. La grande majorité des farces ne présente pas – ou peu – de valeur littéraire ; mais l'ensemble forme une galerie animée et vivante de types, de silhouettes, de scènes populaires ou bourgeoises au langage dru, extrêmement intéressante pour l'histoire des mœurs. – Les farces ont été éditées par A. Tissier, Garnier-Flammarion, 1984, et Droz (6 vol.) à partir de 1986, et étudiées par B. Rey-Fland, *La Farce ou la Machine à rire*, Droz, 1984.

FARGUE Léon-Paul. Poète né et mort à Paris : 4 mars 1876–24 novembre 1947. Son enfance fut assombrie par le lancinant mystère dont on entoura longtemps sa naissance – son père, ingénieur de Centrale bientôt renconverti dans la céramique, ayant succombé, ô scandale, aux charmes d'une couturière. Léon-Paul attendra près de trente ans pour voir la situation se régulariser. Secrète blessure et douloureux tourment dans lesquels il faut certainement voir l'origine de sa mélancolie quasi maladive et de son hypersensibilité, lui que « le seul passage d'une pensée à une autre faisait rougir ». Tout naturellement, il trouva refuge dans les rêves et les livres. Après de brillantes études secondaires (il eut Mallarmé et Faguet comme professeurs), il entre en khâgne, au lycée Henri-IV, où Bergson enseigne la philosophie et où Jarry, Charles- Louis Philippe et Thibaudet furent ses condisciples. Mais si ses parents le voyaient déjà normalien, il choisira quant à lui de ne rien faire. Le piano, la peinture l'intéressent ; la poésie l'enchante. Régnier l'introduit aux « Mardis » de Mallarmé, où il rencontre Schwob, Valéry, Viélé-Griffin. Il n'a pas vingt ans mais déjà la musique de l'ineffable, les dessous de la beauté et un sens assez instinctif du jeu des ombres et des plaintes qui travaillent sous l'apparence, ont scellé son destin.

Ses premiers poèmes paraissent dans *L'Art littéraire* en 1894, puis Fargue donne, à la revue *Pan*, *Tancrède* (1895) dont l'incipit donne le ton : « Il était plusieurs fois un jeune homme si beau que les femmes voulaient expressément qu'il écrivît. » S'y affirme un univers tremblant d'amour, d'intersignes et d'attente, que ne cessera d'enrichir la suite de l'œuvre. Fargue écrit beaucoup mais déchire presqu'autant. Il fait preuve d'un tel souci de la perfection et d'une telle exigence (il voulait par exemple deux points de suspension au lieu des trois habituels), qu'éditer un de ses textes relève de l'exploit. Noctambule et marcheur infatigable, il arpente Paris au gré de l'amitié et des cafés (*Poisons*, 1946, réédité en 1992), allant de la rive gauche à Montmartre et de Clichy à Vincennes. Velléitaire à force de scrupules, il refuse de publier – excepté *Nocturnes* (1905) – jusqu'à ce que Valery Larbaud, rencontré fin 1909, aux obsèques de Charles-Louis Philippe, parvienne à lui subtiliser le manuscrit de *Tancrède* afin d'en assurer l'édition. En 1912 paraissent enfin aux naissantes éditions de la N.R.F. ses *Poèmes* et en 1914, un album de vers intitulé *Pour la musique*, où sont regroupés des poèmes publiés en 1896 dans *Le Mercure de France* (*). Dans *Poèmes* s'exprime toute la personnalité de Fargue. Une tendresse palpable s'y conjugue aux affres de la solitude : « Tout a pour but la solitude. » Empêtré comme malgré lui dans la matière épaisse du temps, l'auteur se sent orphelin du père (mort en 1909), du passé, du bonheur. « Ma vie ! J'ai voulu t'embrasser sur la bouche. Mais tu t'es reculée en me soufflant avec dérision dans la figure. » Déçu, consumé de nostalgie, hanté par son enfance, Fargue soigne sa blessure d'être au feu de sa langue, la vêt de l'étoffe bleue et baptismale de ses images : à son âme exilée, il apprend à voler. Devenu patron de l'atelier paternel, il se débat entre difficultés financières et chroniques lucratives. Mobilisé en 1914 puis rapidement réformé, il fréquentera Breton, Aragon, Soupault mais refusera de se laisser embrigader. Il se tait jusqu'en 1924, année qui voit la fondation, par la princesse Bassiano, de la revue *Commerce*, dont il acceptera la direction avec Larbaud et Valéry. Il y publiera l'essentiel des textes d'*Espaces* (1929) et de *Sous la lampe* (1930).

Avec *Épaisseurs* et *Vulturne* (les deux parties d'*Espaces*), Fargue atteint au merveilleux cosmique. Dépité (« Poète, le resteras-tu, dans cette île tournante musquée de mensonges et de fantômes, qui ne te rendent pas ton amour, qui t'appellent monsieur quand tu les tutoies mais où tout le monde tire de toi le meilleur, jusqu'au moulage de la mort ? »), il fuit vers les enchantements d'une réalité supérieure. Entre réel et surréel, en une écriture quasi astrale, il touche, par-delà l'irrationnel et le pur émoi, au plus secret de l'être et à l'indifférence divine. En 1933, *Ludions*, qui regroupe des vers de jeunesse, fait l'effet d'une embellie, entre *D'après Paris* (1932) et *Le Piéton de Paris* (1939), qui consacrent le Fargue amoureux de la ville, de sa géographie secrète, de ses « quartiers à bretelles » comme de ceux « couleur de pintade et d'arrosoir ». Par les rues où « tout est sanglotant de musique », il va, déshabillant le réel, vendangeant avec ivresse regards et pensées incomprises. Avec *Haute solitude* (1941), « diorama d'états d'âmes », nous ne quittons pas la ville mais nous entrons en communion avec la détresse d'un homme ivre de solitude : « C'est un moule qui se resserre, comme de la terre à blé autour d'un corps de soldat abandonné. » Fantôme murmurant ses pas, veilleur aux aguets de son destin, il noie son âme de roulier sentimental dans l'alcool des nuits et dans l'ombre de Nerval qui « partit dans la nuit pour aller revoir une figure de vierge ».

En 1942 paraîtront deux recueils de chroniques : *Refuges* et *Déjeuners de soleil*. 1943 sera l'année du drame. Un jour qu'attablé, il se penche pour ramasser sa boîte d'allumettes, il est frappé d'hémiplégie. Dès lors, « inscrit dans son écorce », coincé entre l'inerte et la poésie, lui qui affirmait écrire pour mettre de l'ordre dans sa sensualité, est condamné à regarder en face la « douleur aux yeux de corbeau ».

Depuis sa chambre-bateau sise à la proue de Montparnasse, et soigné avec un infini dévouement par sa femme, le peintre Chériane, il reste cependant à l'affût du passé et du miracle, auquel il ne cessa de croire, d'une possible guérison. Hélas, souffrance, hallucinations et insomnies seront son lot. Le lit devient écritoire d'où sortiront les chroniques de *La Lanterne magique* (1944), *Méandres* (1947) qui comporte un émouvant témoignage sur son état (« En rampant au chevet de ma vie »), et *Portraits de famille* (1947). Il mourra n'ayant jamais su s'adapter à l'existence, trop exigeant (« Il faut que chaque mot qui tombe soit le fruit bien mûr de la succulence intérieure, la goutte qui glisse du bec de la bécasse à point »), trop indépendant (« Je préfère les hommes aux œuvres »), trop humainement et trop entièrement poète.

RICHARD BLIN.

♦ *« Poète, constamment poète. »* Paul Valéry. ♦ *« S'il y eut jamais un poète né* [...] *quelqu'un à qui la Fée a remis un grain de sel et une étincelle de feu* [...] *c'est notre ami L. P. Fargue. »* Paul Claudel. ♦ *« Le plus gros propriétaire de mots de son époque. »* Drieu La Rochelle. ♦ *« Entre la masse basaltique d'un Claudel et les pures cristallisations d'un Valéry, il y eut* [...] *ce déroulement, soudain, comme d'une crosse de fougère ivre ; ce dépliement, soudain, comme d'une aile de névroptère séchant au feu des lampes son fin lacis de gaze verte. »* Saint-John Perse. ♦ *« La langue française, entre les mains d'un poète original et puissant, peut donner des accents lyriques aussi purs que les plus beaux et les plus vantés de la lyrique anglaise ou allemande. »* Valery Larbaud.

RÉF. : *Hommage à Léon-Paul Fargue*, recueil collectif, numéro spécial des *Feuilles libres*, juin 1927. — André Beucler, *Dimanche avec Léon-Paul Fargue*, Paris, 1947. — Claudine Chonez, *Léon-Paul Fargue*, Paris, 1950. — *Correspondance* (1910-1946), Léon-Paul Fargue, Valery Larbaud, établie, présentée et annotée par Th. Alajouanine, Paris, 1971.

FARRÈRE Claude (pseudonyme de Frédéric-Charles Bargone). Romancier français. Né à Lyon le 27 avril 1876, mort à Paris le 21 juin 1957. D'une famille d'origine italienne, il fut d'abord officier de marine, servit quelque temps sous les ordres de Pierre Loti et passa de nombreuses années en Extrême-Orient. C'est là qu'il trouva le cadre de ses meilleurs livres : *Fumée d'opium*, *Les Civilisés* (1906), qui décrivaient la vie des Français d'Indochine et qui obtinrent le prix Goncourt ; *La Bataille*, qui évoquait la guerre russo-japonaise. Par la suite, Farrère se détourna de l'exotisme pour aborder le roman de mœurs, où il devait être beaucoup moins heureux (*Mademoiselle Dax, jeune fille,* 1907 ; *Les Petites Alliées,* 1910). Il fut élu membre de l'Académie française en 1935, contre Paul Claudel.

JACQUES PATRY.

FAURE Élie. Historien d'art. Né à Sainte-Foy-la-Grande (Gironde) le 4 avril 1873, mort à Paris le 29 octobre 1937. Cet essayiste, qui tenait par sa mère à la célèbre famille des Reclus, fit d'abord des études de médecine ; à côté de ses travaux littéraires, il ne cessa d'ailleurs d'exercer sa profession médicale. Mais, dès sa jeunesse, il fréquente assidûment les salles du Louvre et se lie avec des artistes, Rodin, Bourdelle, Claude Monet. L'affaire Dreyfus, où il s'engage à fond, décide de sa carrière littéraire : ses premières critiques d'art paraissent dans les journaux dreyfusards et des conférences données à l'université populaire formeront la base de son *Histoire de l'art* (premier volume en 1909) qui connaîtra un grand succès, mais plus à l'étranger qu'en France. Élie Faure, en dépit de ses opinions politiques, subit surtout l'influence de Nietzsche et de Sorel ; et c'est Nietzsche encore, avec Lamarck, Michelet, Dostoïevski et Cézanne qu'il célèbre dans ses *Constructeurs* (1914), livre touffu et grandiose, riche d'aperçus nouveaux sur Dostoïevski particulièrement, dont l'étude critique annonce celle de Gide, *Dostoïevski*, qui ne paraîtra qu'en 1923. Pendant les hostilités, Élie Faure servit brillamment au front comme médecin militaire et il tira de cette expérience son livre *La Sainte- Face* (1917), l'un des meilleurs livres de guerre de l'époque. En 1927 paraît *L'Esprit des formes* et, en 1932, *Mon périple* et *Découverte de l'Archipel*, psychologie passionnée des cultures européennes.

Fausses Confidences (Les). Comédie en trois actes, en prose, de Marivaux (1688-1763), représentée pour la première fois à Paris par les Comédiens italiens le 16 mars 1737. Dorante est un jeune bourgeois de belle mine, mais sans fortune. Amoureux fou d'Araminte, veuve fort riche, il se fait engager comme son intendant sur la recommandation de son oncle et avec l'appui de la suivante Marton, à qui il se trouve fiancé à son entrée dans la maison, par un quiproquo qu'il accepte. Il retrouve chez Araminte un de ses anciens valets, Dubois, qui se charge de mener l'intrigue en sa faveur. Dubois instruit Araminte qu'elle est aimée de son intendant, mais qu'elle ne doit pas s'attendre à un aveu, car celui-ci la respecte infiniment ; puis il répand la nouvelle de cette passion grâce à des « confidences » forgées et des situations embarrassantes créées tout exprès. Araminte lutte contre le progrès de ses sentiments, refusant de s'avouer l'attirance qu'elle éprouve pour le jeune homme. Elle se heurte à son entourage, à sa mère qui voudrait la voir épouser un comte. Souhaitant que Dorante parle, afin — prétend-elle — d'avoir une raison de le chasser, elle le contraint, dans une scène cruelle pour tous deux, à écrire de sa part un billet au comte, dans lequel elle accepte sa main. Dorante souffre, mais ne se dévoile pas. Dubois s'arrange pour faire lire devant la maisonnée une lettre forgée où Dorante proclame qu'il préfère s'embarquer plutôt que continuer à souffrir. Tiraillée entre un parti qui lui parle en faveur du jeune homme, et vers lequel penche son propre cœur, et les adversaires de Dorante qui le traitent avec dureté et condescendance, Araminte cède finalement à l'amour. Dorante lui révèle alors les « fausses confidences » dont elle a été victime, en les justifiant par la vérité de sa passion. C'est la dernière grande pièce de Marivaux ; il ne donnera ensuite que quelques comédies en un acte. Le cadre réaliste, les réticences du cœur et de la raison, les souffrances nées de situations ambiguës et des silences forcés, le valet rusé qui tire les ficelles, l'amoureuse Marton sacrifiée au dénouement, la lutte entre amour et préjugé, la conclusion en demi-teinte lui donnent une remarquable intensité.

C. B.

FEBVRE Lucien. Historien français. Né le 22 juin 1878 à Nancy, mort le 25 septembre 1956 à Saint-Amour (Jura). Après des études au lycée de Nancy, il entra à la faculté des lettres de cette ville, puis il passa le concours de l'École normale supérieure et fit une carrière d'enseignant après avoir obtenu l'agrégation d'histoire. À trente-trois ans, en 1911, il soutint une thèse sur *Philippe II et la Franche-Comté*, thèse qui, pour l'essentiel, n'a guère vieilli et demeure un des monuments de l'historiographie française. Lucien Febvre entra dans l'enseignement supérieur, enseigna à la faculté des lettres de Dijon, puis à celle de Strasbourg après la guerre 1914-1918. Dès lors, son enseignement comme son œuvre seront orientés vers une dénonciation implicite de ce qu'on appelle l'histoire historicisante, événementielle, anecdotique. Sa conception de l'histoire, toujours en vigueur aujourd'hui, est au contraire plus globale. Partant du principe que l'histoire est inséparable des contextes sociaux et économiques où elle prend nécessairement ses racines, Lucien Febvre cherche à y intégrer des éléments, connaissances et travaux empruntés à d'autres sciences humaines : la géographie avec *La Terre et l'évolution humaine, introduction géographique à l'histoire* (1922) ; les aspirations religieuses et leur éclosion dans le monde en mutation de la Renaissance : *Un destin : Martin Luther* (1928), *Le Problème de l'incroyance au XVIe siècle, La religion de Rabelais* (1942) ; les dimensions spirituelles qui s'expriment à travers les langues et les littératures : *Autour de l'Heptaméron, amour sacré, amour profane* (1944). Le XVIe siècle lui paraît une époque privilégiée pour faire sentir à quel point, dans son déroulement, l'histoire peut être tributaire de la technique, de la sociologie, de l'ethnographie, de la linguistique et de toutes les sciences humaines. Lucien Febvre peut donc être considéré comme le fondateur au XXe siècle de l'École française d'histoire qui a trouvé son assise dans la célèbre VIe section de l'École des hautes études et son expression dans la revue *Les Annales d'histoire économique et sociale*, fondée en collaboration avec Marc Bloch en 1929. Deux autres ouvrages, *L'Apparition du livre* (1954) et *Combats pour l'histoire* (1957) montrent bien les orientations des recherches de Lucien Febvre, qui entend réconcilier l'histoire avec les travaux et le quotidien de tous les hommes. Son activité et son prestige — il est membre de l'Académie des sciences morales et politiques en 1949 — lui permettent de jouer un rôle après la guerre dans la création du C.N.R.S. et de lancer la *Revue d'histoire de la Seconde Guerre mondiale.* En 1983, il publia *Pour une histoire à part entière.*

JOËL SCHMIDT.

Féerie. Tiré de fée, du latin *fatum* : « destin ». Désigne, de façon générale, un spectacle merveilleux, le plus souvent poétique et irrationnel, où figurent parfois des êtres censés posséder des pouvoirs magiques, comme les fées, génies ou démons. L'enchantement est également renforcé par des costumes et des décors somptueux, et changeant à vue grâce à des « machines ». Le XVIe et le XVIIe siècle en furent très friands ; ainsi, la commedia dell'arte s'adapta au goût du public en proposant des spectacles qui nécessitaient de grands moyens mécaniques, au service de scénarios de féeries : on pouvait voir des personnages s'envoler, des statues s'animer ! Les pastorales dramatiques, divertissements mêlant vers, musique, danse et scènes de magie, dans un cadre champêtre, où s'illustrèrent entre autres Alexandre Hardy et Honoré d'Urfé, furent en vogue dans le premier quart du XVIIe siècle, et certaines œuvres baroques comprennent des éléments de féerie, comme *L'Illusion comique* (*) de Corneille : un magicien y aide un père à retrouver son fils en le lui faisant apparaître. Après une période moins fastueuse, le genre redevint à la mode au XIXe siècle grâce aux spectacles parisiens du boulevard du Temple, parmi lesquels le plus célèbre fut celui du mime Deburau. Enfin, on en retrouve, au XXe siècle, sous la plume de poètes tels que Supervielle : ses romans ou recueils ressemblent parfois à des pièces de théâtre, des féeries, teintées de mélancolie : *Le Voleur d'enfants, L'Homme de la pampa.* Edmond Rostand en a aussi porté une à la scène avec *Chantecler,* dont les personnages sont des animaux ; mais son caractère symbolique et didactique en a fait une œuvre incomprise.

ARLETTE BOUÉ.

Femme de trente ans (La). Roman de Honoré de Balzac (1799-1850), publié pour la première fois en 1831, plusieurs fois remanié et publié à nouveau en 1834. C'est l'une des premières manifestations importantes du génie romanesque du grand écrivain. Une série de tableaux détachés nous montre différents moments de la vie d'une femme. Julie, l'héroïne, nous apparaît tout d'abord en 1813 ; elle s'est éprise d'un bel officier, Victor, comte d'Aiglemont. Le père de la jeune fille, vieux gentilhomme malade, connaît toute la délicatesse d'âme de sa fille et la vulgarité profonde de Victor ; aussi cherche-t-il vainement à s'opposer à cet amour. Quelques mois plus tard les jeunes gens sont mariés : l'incompatibilité de leurs caractères, ajoutée à l'aversion physique qu'elle éprouve maintenant pour son mari, tourmente cruellement Julie et met en péril sa vie même. La situation s'aggrave lorsque la jeune femme se prend d'amour platonique pour un jeune noble anglais. Elle résiste à cet amour de toutes ses forces mais, à la suite d'une série d'événements très romanesques, son amour provoque la mort du garçon. Après cette jeunesse orageuse, nous retrouvons Julie à trente ans, dans le plein épanouissement de sa beauté. Elle est désormais résignée aux infidélités de son époux ; elle est donc prête à le traiter en camarade et à se faire son allié dans la fortune croissante que semblent lui promettre ses ambitions politiques. Elle tombe alors amoureuse de Charles de Vandenesse, dont elle aura bientôt un fils. Après cette première partie, digne du meilleur Balzac, nous n'avons plus qu'une série d'épisodes plus extravagants les uns que les autres. D'affreux malheurs fondent sur Julie, en châtiment de son crime qui est d'avoir espéré atteindre le bonheur en violant les lois divines et humaines. C'est d'abord la noyade tragique de l'enfant, fruit de la faute. Puis, dix ans plus tard, le départ de la fille aînée de Julie avec un bandit hébergé par hasard par Victor. Ce dernier tombe bientôt dans la misère et s'en va en Amérique tenter de refaire sa fortune. Là, il retrouvera sa fille mariée à un corsaire. Julie, restée avec sa dernière fille, à qui elle a tout sacrifié, finit par mourir de chagrin en s'apercevant que celle-ci est corrompue et ingrate. Dans son abondance excessive, ce roman nous donne un exemple typique de la puissance de Balzac au début de sa fulgurante carrière ; il met en évidence les qualités et les défauts du romancier. Toutes les notions et toutes les formes de son art s'y affirment avec une vigueur inouïe, en un pittoresque désordre.

Femmes savantes (Les). Cette comédie en cinq actes et en vers de Molière (1622-1673) fut représentée pour la première fois le 11 mars 1672, au Palais-Royal, avec un succès qui ne se démentit pas au cours des 215 représentations qu'elle connut sous le règne de Louis XIV. Malgré quelques ressemblances avec *Les Visionnaires* de Desmarets, *La Comédie des Académistes* de Saint-Évremond, *Le Cercle des femmes* de Chapuzeau, la pièce est originale. *Les Femmes savantes* sont, comme *Tartuffe* (*), le tableau d'une famille troublée par une lutte domestique entre deux partis bien opposés : d'une part le camp des fous aveuglés par une manie et de ceux qui les exploitent. D'autre part les gens de bon sens qui prisent avant tout le naturel. Comme toujours, le fou a le pouvoir et veut marier sa fille à celui qui flatte sa manie. Chrysale, bon bourgeois qui aime à vivre dans une douce quiétude, supporte difficilement les éclats de sa femme Philaminte, de Bélise, sa sœur, et d'Armande, sa fille, toutes trois occupées de poésie et de sciences et pleines de mépris pour les humbles travaux domestiques : ne prétendent-elles pas renvoyer leur servante Martine parce qu'elle offense les règles de la grammaire ? Bélise et Armande affectent de mépriser le mariage. Par contre Henriette, seconde fille de Chrysale, simple et sensée, espère épouser Clitandre. Celui-ci a d'abord aimé Armande, puis, lassé par sa préciosité, il s'est tourné vers sa jeune sœur, ce dont l'aînée ressent quelque dépit. Philaminte veut donner Henriette à un poète précieux, Trissotin, qui sait flatter les manies des trois savantes, leur récite des vers et écoute leurs discours sur la philosophie et la science. Il échange tout d'abord avec son collègue, le savant Vadius, qu'il a lui-même introduit, les compliments les plus excessifs. Puis l'un et l'autre finissent par se quereller et s'injurier comme des portefaix à la suite d'une critique que Vadius a risquée sur un sonnet, sans en connaître l'auteur, lequel est évidemment Trissotin. Pour consoler le grand homme de cette avanie, Philaminte lui accorde la main d'Henriette. Mais Henriette résiste, soutenue par son père, par le frère de Chrysale, Ariste, et par Martine, la servante. Armande, en principe opposée au mariage, s'accommoderait fort bien de Clitandre, qui n'a nul désir de renouer avec elle. Les noces sont près d'être célébrées, encore qu'Henriette ait déclaré à Trissotin qu'elle ne l'aimait pas, et le notaire se trouve en présence des deux factions : l'un des prétendants, Trissotin, est soutenu par la mère de la jeune fille ; l'autre, Clitandre, par son père. Ce dernier céderait peut-être à sa femme, avec cette faiblesse qui le caractérise, lorsque Ariste reçoit une nouvelle propre à bouleverser toute l'assistance : Chrysale est entièrement ruiné. Sans barguigner, Trissotin renonce à ses prétentions ; il se trahit, car c'était là une feinte destinée à assurer le bonheur des deux amoureux.

L'auteur reprend ici le thème des *Précieuses ridicules* (*), en transformant ses héroïnes, de sottes provinciales, en Parisiennes prétentieuses aux ambitions excessives : elles s'adonnent à l'érudition, à la métaphysique, à l'étude des sciences. S'il était un sujet difficile à traiter, c'est assurément celui que choisit Molière. L'avarice et l'hypocrisie peuvent engendrer des situations dramatiques. Mais la préciosité et le pédantisme sont des défauts littéraires qu'il est plus naturel de bafouer dans une satire que de porter à la scène. La manière dont Molière sut tirer parti de son sujet montre combien prodigieuse était sa maîtrise, combien sûrs étaient les effets qu'il tirait de l'observation continuelle de la société. Il y a dans *Les Femmes savantes* des portraits à peine déguisés. Personne ne douta que Trissotin fût l'abbé Cotin, et Vadius le poète Ménage, fameux par l'indélicatesse avec laquelle il pillait les auteurs anciens. Quant à l'ensemble des caractères, on peut les définir en disant qu'ils se font les uns aux autres contrepoids, comme il arrive assez souvent chez Molière. Chrysale, Henriette, Clitandre, Martine s'opposent avec la plus extrême vigueur au trio des « femmes savantes » et à leurs acolytes rimailleurs et pédants. Et au sein même de cette engeance prétentieuse les différences sont grandes : tandis que Bélise est une vieille sentimentale, mais sans venin, qui trompe le vide de son existence avec cette toquade, Armande est tout au contraire occupée de calculs assez peu reluisants. De son côté, Philaminte apparaît comme une maîtresse femme, qui possède le goût de l'outrance mais qui n'est pas dénuée d'esprit ni de générosité. D'aucuns voudraient faire de Chrysale le porte-parole de Molière et le champion de l'ignorance. En réalité, Molière ne veut atteindre que ceux qui accordent aux spéculations de l'esprit une importance excessive, risquant par là de tomber dans l'erreur et — pour peu que l'opiniâtreté s'en mêle — de faire le malheur de leurs proches (ainsi Philaminte avec sa fille Henriette). C'est pourquoi Molière, par réaction, entreprend de faire l'apologie de la femme d'intérieur et des vertus domestiques. La grâce d'Henriette, le bon sens de Chrysale, cependant assujetti aux caprices de sa femme, la sagacité de Martine remplissent la comédie de légèreté et de bonne humeur.

FÉNELON François de Salignac de La Mothe. Prélat et écrivain né le 6 août 1651 au château de Fénelon, dans le Périgord, mort à Cambrai le 7 janvier 1715. Sorti du séminaire de Saint-Sulpice, ordonné prêtre vers 1675, il rêve de missions lointaines. Mais, après trois ans de ministère paroissial à Saint-Sulpice, l'archevêque de Paris lui confie la direction de l'établissement des Nouvelles catholiques, où l'on recevait les jeunes protestantes récemment converties. Pendant les dix ans qu'il remplit ces fonctions, Fénelon se lie avec des personnalités du monde parisien, en particulier avec le duc de Beauvilliers et sa femme, mère d'une nombreuse famille, pour laquelle il écrit le *Traité de l'éducation des filles* (1689). Il avait également rencontré Bossuet, s'était entièrement attaché à lui, et avait composé sous son inspiration le *Traité du ministère des pasteurs* (1688), dans lequel il établissait l'illégitimité des ministres protestants ; ce fut encore grâce à la recommandation de Bossuet que Louis XIV, qui venait de révoquer l'Édit de Nantes, confia à Fénelon la direction d'une mission en Saintonge et en Poitou. Repoussant tout emploi de la force, Fénelon obtint de grands résultats dans ces provinces troublées par le fanatisme religieux, en n'usant que de prudence et de charité, et grâce à une façon particulière d'accommoder le catholicisme (jusqu'à sacrifier l'« Ave Maria » au début de ses sermons), sans rien renier cependant de l'essentiel. Aussi, malgré les censeurs, Louis XIV accorda toute sa confiance à Fénelon et, poussé par Mme de Maintenon, il le choisit en 1689 comme précepteur de son petit-fils, le duc de Bourgogne, nature dure et hautaine, caractère difficile, que Fénelon saura apprivoiser peu à peu. Il compose pour lui des résumés historiques et moraux comme les *Dialogues des morts*, des traités littéraires, des *Fables*, et surtout *Les Aventures de Télémaque* (*). Son préceptorat terminé, Fénelon est nommé par Louis XIV archevêque de Cambrai (1694). C'est à la même époque que Mme Guyon commençait à attirer sur elle l'attention des milieux ecclésiastiques : bien vue à la Cour, accueillie par Mme de Maintenon et Mme de Beauvilliers, en relation avec Bossuet lui-même, Mme Guyon — on s'en aperçut bientôt — professait le mysticisme sentimental connu sous le nom de quiétisme, et que l'Église avait condamné dès 1691. Le quiétisme, en face de la mystique traditionnelle, inclinait à dédaigner l'étape ascétique, la lutte contre les passions.

Mme Guyon avait d'autre part l'âme d'une animatrice de secte ; plusieurs fois emprisonnée, elle fut ensuite condamnée par les conférences ecclésiastiques d'Issy. Mais Fénelon, entre-temps, avait été gagné à sa cause : dans le quiétisme, il voyait surtout une religion présente au cœur. Il espéra rallier Bossuet à Mme Guyon ; mais, apprenant que Bossuet préparait une *Instruction* contre le quiétisme, il fit rapidement paraître son *Explication des maximes des saints*, fortement influencée par l'hérésie guyonniste. Bossuet, qui voyait dans le quiétisme une primauté accordée à l'expérience intérieure (trait fondamental de Fénelon) aux dépens de la tradition de l'Église, et qui soupçonnait son ancien protégé de verser déjà dans le déisme, rompit avec lui et l'attaqua vivement jusqu'à ce qu'il obtînt, en 1699, la condamnation de son livre par le Saint-Siège. Fénelon fit aussitôt une humble soumission, mais des lèvres plus peut-être que du cœur. Au même moment, sans l'aveu du prélat, était publié le *Télémaque* : Louis XIV y vit une critique de son règne, fit arrêter l'impression, et disgracia l'auteur. D'Alembert a pu dire que « la grande hérésie de Fénelon était en politique, non pas en théologie ». Fénelon était en effet, aux yeux de Louis XIV, « le plus bel esprit et le plus chimérique du royaume ». Il appelait des réformes, mais en rétrograde plus qu'en homme de progrès ; dans son *Examen de conscience sur les devoirs de la royauté* et dans ses fameuses *Tables de Chaulnes,* c'est au nom de la stricte tradition qu'il s'en prend à l'absolutisme. Son idéal, proche de celui de Saint-Simon, est d'une monarchie fortement tempérée par une noblesse honorée et puissante, rénovée par l'accès aux professions commerciales, mais purifiée par l'interdiction de toute mésalliance, et qui, sans exercer directement le gouvernement, contrôlerait l'autorité royale.

Désormais, réfugié et en quelque sorte exilé dans son diocèse, Fénelon ne fut plus qu'un pasteur irréprochable, prenant soin de l'instruction religieuse, secourant ses fidèles, ou se dépouillant de tout, pendant le dur hiver de 1709, pour nourrir l'armée française qui campait devant sa ville. La mort de son élève le duc de Bourgogne mit un terme à ses dernières ambitions politiques. Fénelon avait été élu membre de l'Académie en 1693, il rédigea pour elle un véritable plan de travail, sa *Lettre sur les occupations de l'Académie* (1714). Écrite quarante ans après *L'Art poétique* (*) de Boileau, cette lettre nous fait sentir l'évolution du classicisme vers des formes moins absolues, soustraites à la tyrannie d'une règle par trop inflexible et plus ouvertes à la vie des sentiments. Ici, le sentiment de la nature devient moins scientifique. Il se fond dans une conception pleine de simplicité, d'ingénuité primitive. Visité par de nombreux étrangers de distinction, directeur écouté, Fénelon écrivait son *Manuel de piété*, et dans ses *Lettres*, où il réintégrait son quiétisme dans le cadre du christianisme traditionnel, il prodiguait à ses filles spirituelles d'admirables conseils de renoncement, qu'il était le premier à mettre en pratique. Plus encore que sa doctrine, c'était la personne de Fénelon qui séduisait. Cet être un peu chimérique était plus humain que Bossuet, nerveux, sentimental, à la fois sévère et courtois, lettré, raffiné et gai, enfantin parfois jusqu'au mauvais goût de la sensiblerie guyonniste, d'une extrême tolérance, aimant les artistes, permettant le théâtre, mais capable aussi bien de se révéler comme un directeur exigeant, rigoureux, bien plus que ne le laisserait croire sa doctrine, mais toujours assez délicat – ou assez habile – pour entourer ses injonctions ou ses défenses d'une onction insinuante, irrésistible. Fuyant, péchant par dérobade en face de Bossuet qui pèche par violence, partagé, sinon tourmenté, il fut à l'image de cette époque de transition qu'est la fin du Grand Siècle : son hellénisme n'a pas la grandeur de l'hellénisme des vrais classiques, mais il est plus vivant aussi, et c'est, comme l'écrivait Sainte-Beuve, « de l'antique ressaisi naturellement et sans effort » ; sa religion veut une piété plus amoureuse mais plus libre aussi, elle pousse à se confier à l'instinct de la conscience, à un abandon sentimental à Dieu qui, détaché du dogme, deviendra aisément la religion de Mme de Warens et du Rousseau de Clarens, et des *Rêveries* (*) – celui-ci dans sa jeunesse, avait d'ailleurs subi, comme influence majeure, celle de Fénelon. L'utopiste de Salente, exalté par la nature, n'est pas loin non plus du Jean-Jacques politique. Contemporain de Bossuet (quoique de vingt-quatre ans son cadet), il l'est bien plus, par l'esprit, des hommes « sensibles » du XVIIIe siècle.

MICHEL MOURRE.

♦ *« Je suis à moi-même tout un grand diocèse, plus accablant que celui du dehors. Mon fond semble changer à toute heure. »* Fénelon. ♦ *« Fénelon imite Homère, Virgile et Platon, jusqu'à la souplesse désossée d'un vêtement qui se plie au nu et aux formes des membres... Il effémine avec grâce cette langue trop durcie par la trempe de Bossuet ; il la rend malléable et propre aux plus tendres épanchements de la piété, de la rêverie et de l'amour. »* Lamartine. ♦ *« C'est un mystique sans ascension de cœur, comme disent les mystiques. »* J. Barbey d'Aurevilly. ♦ *« On a tracé de Fénelon vingt portraits, qui en donnent une idée juste sans le représenter exactement, tant il fut complexe, ondoyant et flexible, humble et hautain, détaché et soigneux de lui, résigné, puis soudain redressé vers l'espérance. »* Mgr Grente. ♦ *« Tendre et violent, détaché et tenace, avide à la fois de se perdre et de se dominer, cet amant des âmes, cet amant de Dieu offre l'image d'une flamme tantôt fumeuse, tantôt très pure, mais permanente. »* Marcel Arland.

RÉF. : Chevalier de Ramsay, *Histoire de la vie et des ouvrages de Fénelon,* La Haye, 1723. – Henri Brémond, *Apologie pour Fénelon,* Paris, 1910. – Albert Chérel, *Fénelon au XVIIIe siècle en France,* Paris, 1918 ; *Fénelon, ou la Religion du pur amour,* Paris, 1934. – E. Carcassonne, *Fénelon, l'homme et l'œuvre,* Paris, 1946. – J.-L. Goré, *L'Itinéraire de Fénelon, humanisme et spiritualité,* Paris, 1957. – H. Gouthier, *Fénelon philosophe,* Paris, 1977. – M. Haillant, *Culture et imagination dans les œuvres de Fénelon « ad usum Delphini »,* Paris, 1983.

FÉNÉON Félix. Critique né le 22 juin 1861 à Turin, mort le 22 février 1944 à Châtenay-Malabry. Félix Fénéon est l'une des personnalités les plus attachantes, les plus intéressantes et les plus énigmatiques du post-impressionnisme et du symbolisme – figure parfaitement évoquée par cette autre éminence grise qu'a été Jean Paulhan, dans un essai intitulé *F. F. ou le Critique*, paru en 1945. Après une enfance et une adolescence en Bourgogne, Félix Fénéon vient à Paris à dix-neuf ans, où il passera un concours pour devenir rédacteur au ministère de la Guerre, et fréquentera les jeunes milieux littéraires de la capitale. De Félix Fénéon, dandy parfait, double de Baudelaire et de Dorian Gray, l'histoire a retenu son très réel attachement à la cause anarchiste – et sa plus hypothétique participation à l'attentat perpétré en 1894 contre le restaurant Foyot, rendez-vous très mondain situé en face du Sénat. Ses amitiés anarchistes le feront alors comparaître devant la cour d'assises de la Seine, lors du très fameux procès des Trente qui met un terme à la grande agitation et aux attentats qui secouèrent la société française, et qui verra Félix Fénéon acquitté après des séances au tribunal qui feront, grâce aux reparties du critique, la joie des chroniqueurs du temps – sans que pour autant, et ce jusqu'à sa mort, la police ne vienne clore son dossier. Mais ces activités anarchistes, pour réelles et pittoresques qu'elles soient, ne doivent pas éclipser la profonde influence qu'a eue Fénéon sur les artistes de son temps, de 1880 à 1914 et dans une mesure autre pendant l'entre-deux-guerres, et l'on pourra ainsi rattacher le nom de Fénéon à toutes les entreprises novatrices en matière de peinture et de littérature. Action maïeutique tout d'abord, et l'on voit Félix Fénéon à l'origine d'un grand nombre d'activités éditoriales, auxquelles collaborent toujours ses amis peintres et écrivains, à la tête de *La Libre Revue*, qu'il fonde en 1883, de *La Revue indépendante*, plus politique, qu'il fonde en 1884, et où sera publiée la « Prose pour des Eisseintes » de Mallarmé, *La Vogue*, qu'il fonde en 1886, avec Kahn, Henry et Laforgue, et où il publiera *Les Illuminations* (*) de Rimbaud, jusqu'aux éditions de la Sirène.

Action critique ensuite, par sa participation à plus de vingt revues littéraires, symbolistes et anarchistes (*La Libre Revue, L'Indépendante, La Revue moderniste*...) où il défend le groupe de peintres qu'il affectionne, les post- impressionnistes et les pointillistes, Seurat, Signac, Dubois-Pillet, Luce, Cross, Camille et Lucien Pissarro, sans jamais vouloir adopter les vues de Gauguin sur le symbolisme en peinture. La plus importante de ses collaborations aux revues fut sans conteste celle qu'il assura de 1893 à 1903 à *La Revue blanche*, où son talent et sa connaissance des milieux artistiques trouveront à s'employer au mieux : il publia Laforgue, qu'on avait oublié, il fit connaître Fargue et Apollinaire, réussit, un temps, à glisser des pages de Jarry, et fit travailler, à côté de ses amis Luce et Signac, Van Dongen et Matisse. Dans une petite rubrique de *La Revue blanche* viendront s'inscrire les *Passim*, collection de fusées politiques et sociales qui dans leur forme annoncent les fameuses *Nouvelles en trois lignes* que Fénéon donne au *Matin* en 1906, et qui resteront peut-être parmi les plus étonnantes créations littéraires de Fénéon, par la concision de l'expression et l'exploitation du fait divers. Mais si Fénéon est remarquable par le style critique qu'il invente, adaptant parfaitement son discours à la matière qu'il traite, ses articles demeureront, de son vivant, dispersés, Fénéon ayant été l'homme d'un livre, *Les Impressionnistes en 1886*, dont le style épousera la peinture, comme pour s'assurer de la plus haute probité critique (et on se souviendra du titre de l'essai de Paulhan). On citera, dans un registre proche du canular, le *Petit bottin des lettres et des arts* (1886), livre de critique acerbe qu'on doit à la plume conjointe de Fénéon, Moréas, Paul Adam, Méténier, ainsi que le *Petit glossaire pour servir à l'intelligence des auteurs décadents*, autre collectif paru en 1888 sous le pseudonyme de Jacques Plowert. Fénéon deviendra, à partir de 1906, et jusqu'au tournant des années 30, employé chez le marchand de tableaux Bernheim Jeune, responsable de l'art contemporain, puis très vite directeur artistique de la galerie, pour le plus grand bien de ses amis peintres des années 1885-1895 et de personnages nouveaux comme Matisse. À côté de la galerie et comme pour la prolonger, il fonde en 1919 le *Bulletin de la vie artistique*, crée les éditions Bernheim- Jeune, qui publieront des volumes importants sur les peintres du temps, devenant ainsi — mais ne l'était-il pas déjà ? — un personnage capital de la vie artistique. Ses *Œuvres* ne seront réunies qu'en 1948.

VINCENT WACKENHEIM.

♦ Sur le langage critique de Fénéon *« ... une langue tour à tour concise et dissolue, orbiculaire et acérée, par les substantifs en ribambelles, par les adjectifs qui se haussent, par les trappes à tire-volets... »* Jean Moréas. ♦ *« De sa haute taille, la face yankee, froide et linéaire et anguleuse un peu, domine. »* Paul Adam. ♦ *« Quel critique lapidaire vous êtes, et un ami. »* Mallarmé. ♦ *« Émerveillant critique littéraire aussi, Félix Fénéon apporte une forme d'un verbalisme nourri, une phrase aux vives dentelures d'un rythme personnel. »* Georges Vanor. ♦ *« Le faux Yankee de la rue Richepanse, M. Félix Fénéon* [...] *cet écrivain si dépouillé qu'il avait pour ainsi dire inventé, dans ses immortelles nouvelles en trois lignes du* Matin, *les mots en liberté qu'ont adoptés les futuristes. »* Apollinaire.

RÉF. : Guillaume Apollinaire, « M. Félix Fénéon », in *Mercure de France*, février 1914. — Jean Paulhan, *F. F. ou le critique* — repris comme préface aux *Œuvres* de Félix Fénéon, Paris, 1948. — Joan U. Halperine, *Félix Fénéon,* biographie, Paris, 1991.

Fêtes galantes. Recueil du poète Paul Verlaine (1844-1896), publié en 1869. C'est assurément son chef-d'œuvre, si l'on s'en tient à la musicalité du vers ainsi qu'à la délicatesse des sentiments qui s'y expriment. Déjà, dans les *Poèmes saturniens*, s'était fait jour une sentimentalité légère qui trouve ici une nouvelle raison de s'affirmer : abandonnant, pour peu de temps il est vrai, Saturne, « fauve planète, chère aux nécromanciens », le poète choisit pour rêver à son aise le cadre d'une époque révolue : un monde à lui, entièrement fait de grâces et de songes, va lui permettre d'apaiser cette soif d'amour qui le tourmente. Le ton général est délicieusement Louis XV : dans son admiration pour la peinture de Watteau, Fragonard, Chardin, Boucher, suscitée par le livre alors récent des Goncourt sur l'*Art du XVIIIe siècle* et par diverses visites au Louvre, le poète évoquera les galanteries surannées, la délicatesse souriante et perverse des sentiments, la douceur des paroles susurrées. Sous un ton badin qui cache les larmes derrière le masque de Pierrot et le beau geste de Colombine (« Pantomime », « Mandoline »), Verlaine chante l'extase devant un paysage (« Clair de lune », « Colloque sentimental ») et unit l'adoration pour la créature aimée à une vision attendrie des choses puisque, toutes, elles frémissent d'une même vie, s'ouvrent à la lumière et à la joie, comme à la tristesse, en un geste d'offrande. Colombine fuit Arlequin, Polichinelle complote, cependant que d'autres dansent la farandole. L'envie de mourir vous prend (« Les Indolents »), mais sait-on pourquoi (« En sourdine »)? Cette poésie symboliste avant la lettre, et sortie tout armée du cerveau du poète, suggère, en de véritables tableaux décoratifs, les splendeurs et les illusions d'une société faite de précieuses, de figures sentimentales et de faunes railleurs s'ébattant dans un parc. Les habitudes d'un milieu galant et frivole sont observées avec une ironie attendrie (« Sur l'herbe », « À la promenade ») et décrites d'une touche légère : le poète unit les soupirs de l'amour à l'hommage rendu à la beauté de jadis. Ces courtes strophes, où la musique passe avant toute chose, ces claires peintures, qui évoquent, dans leur entrelacement de motifs sensuels et délicats, quelque nouvel « Embarquement pour Cythère », rendent possible pour un instant, grâce à la magie de l'art, ce retour à la félicité, sans cesse entrevue, sans cesse poursuivie. La feinte naïveté de l'expression, le laisser-aller savant de la prosodie, tout concourt à faire de ce recueil un livre exceptionnel.

FEUILLET Octave. Romancier. Né à Saint-Lô, le 11 août 1821, mort à Paris le 29 décembre 1890. Issu d'une famille de fonctionnaires, il fait de brillantes études au lycée Louis-le-Grand, commence à suivre des cours de droit mais débute déjà timidement dans la littérature par des nouvelles, des contes enfantins et une collaboration à un roman-feuilleton collectif. Ses premiers succès lui viennent au théâtre, avec *Un bourgeois de Rome,* en 1845, à l'Odéon, puis *Échec et mat,* drame en cinq actes, et *La Vieillesse de Richelieu* (1848). Feuillet commençait à être connu quand l'opposition de son père, qui destinait son fils à la diplomatie, le contraignit à regagner Saint-Lô. Ses *Scènes et proverbes* (1851), parus à *La Revue des Deux Mondes* (*), dont il restera un collaborateur habituel, achèvent cependant de révéler Feuillet : il y imite Musset pour la forme, mais y met une inspiration toute différente, « bourgeoise » et moralisatrice, qui le fait appeler en dérision par les romantiques le « Musset des familles ». Son succès se confirme dans le roman avec *Bellah* (1852), épisode des guerres de Vendée, au théâtre avec *La Crise* (1854) — celle de l'honnête femme de trente ans à qui sa vertu commence de peser —, que suivront des œuvres aimables et assez fades comme *La Petite Comtesse* (1857), *Le Roman d'un jeune homme pauvre* (1858), *Histoire de Sibylle,* plaidoyer pour la religion paru en 1868 qui suscitera *Mademoiselle de la Quintinie,* violente réplique de George Sand. Rendu enfin à la liberté par la mort de son père, Feuillet vient s'établir à Paris où il est fêté comme un auteur officiel, reçu à l'Académie en 1862, et dont les pièces, avant d'être livrées au public parisien, sont représentées à Compiègne devant l'impératrice Eugénie qui y tient parfois elle-même un rôle. C'est elle qui lui confiera le poste de bibliothécaire du palais de Fontainebleau. Bientôt cependant Feuillet s'éloigne à nouveau de Paris, retourne habiter quelque temps dans son domaine dans les environs de Saint-Lô avant de commencer une vie errante et assez triste. L'Empire tombé, il abandonne spontanément sa charge de bibliothécaire et refuse de toucher le traitement que Jules Favre offrait de lui maintenir ; son isolement s'accroît, ses derniers romans, les meilleurs peut-être, comme *Monsieur de Camors, Julia de Trécœur* (1872), *Histoire d'une Parisienne* (1881), *L'Honneur d'un artiste* (1890) sont moins bien accueillis que les précédents. Il connaît au théâtre de véritables échecs mais résiste néanmoins à la vague naturaliste en demeurant le romancier favori du public féminin.

♦ *« Son succès a deux causes :* 1) *la basse classe croit que la haute classe est comme ça ;* 2) *la haute classe se voit là-dedans comme elle voudrait être. »* Gustave Flaubert. ♦ *« Repassant d'un coup d'œil l'œuvre d'Octave Feuillet, je le bénis d'avoir sauvé le romanesque, d'en avoir renouvelé le charme et de lui être resté fidèle dans les temps d'épreuve. Et, bien qu'une autre littérature m'ait fait connaître des plaisirs plus aigus, j'admire franchement de quelle grâce l'auteur du* Roman d'un jeune homme pauvre *a su manier le romanesque, quand je vois ce qu'est devenu ce vieil oiseau bleu entre certaines pattes. »* Jules Lemaître.

RÉF. : Sainte-Beuve, *Nouveaux Lundis,* t. V — Jules Claretie, *Octave Feuillet,* Paris, 1883. — Henri Bordeaux, *La Jeunesse d'Octave Feuillet,* Paris, 1922. — A. Borresen, *Le Théâtre d'Octave Feuillet,* 1929.

FEYDEAU Georges. Auteur dramatique né à Paris le 8 décembre 1862, mort à Rueil-Malmaison le 6 juin 1921. Fils du romancier réaliste Ernest Feydeau, il néglige ses études dès son adolescence, pour se consacrer au théâtre ; ses premiers essais lui valent des encouragements de Labiche, mais deux comédies, *Le Diapason* et *Amour et Piano,* représentées à l'Athénée en 1883, n'attirent guère l'attention sur lui. Feydeau écrit aussi à cette époque de nombreux monologues et en 1886, à vingt-cinq ans, fait accepter par le Théâtre de la Renaissance *Tailleur pour dames,* sa première grande pièce, fort bien accueillie. Il connaît pourtant encore quelques années difficiles, jusqu'en 1892, date à laquelle, avec *Monsieur chasse,* il atteint le grand succès qui ne se démentira plus pendant toute sa carrière, à travers une production très abondante (une pièce environ chaque année). Il va renouveler le genre du vaudeville par une étude plus approfondie des caractères, dans une série d'œuvres qui n'ont pas cessé d'être reprises et de faire rire, *Champignol malgré lui* (1892), *L'Hôtel du libre-échange* (1894), *La Dame de chez Maxim* (*) (1899), *Occupe-toi d'Amélie* (*) (1908). Dans *Le Bourgeon* (1906), *La main passe* (1907), il aborde la vraie comédie mais réussit mieux encore dans ces pièces en un acte, farces conjugales plus simples, plus détendues que celles de Courteline, bâties avec des moyens volontairement rudimentaires — personnages banals, absence d'intrigue —, et déchaînant cependant une gaieté irrésistible par le feu d'artifice des quiproquos, des mots d'esprit : *Feu la mère de Madame*, *On purge bébé* (1910), *Mais n'te promène donc pas toute nue !* (1912). Rapidement, Feydeau fit l'unanimité des critiques en sa faveur, il se vit pillé par les confrères, célébré par des hommes d'un esprit bien différent du sien, comme Jean Richepin, Catulle Mendès. Mais son existence, malgré des droits d'auteur considérables, resta jusqu'au bout harcelée par le besoin d'argent et se finit dans la démence.

On a pu sans exagération le comparer au Molière des *Fourberies de Scapin* (*), du *Bourgeois gentilhomme* (*). Personne, dans l'époque contemporaine, n'a eu aussi naturellement et spontanément que Feydeau la vertu comique, mais son originalité est d'avoir réussi à donner, par la truculence bouffonne de la charge, une vérité psychologique, une image suggestive de la vie.

MICHEL MOURRE.

♦ *« Je suis pétrifié d'admiration devant le mathématicien, l'horloger, l'ingénieur, le thaumaturge, le démiurge qui invente, rêve, combine, construit, remonte, fait marcher imperturbablement et impeccablement une machine aussi compliquée, aussi miraculeuse, aussi parfaite, sans que s'affole un seul rouage, sans que saute un seul ressort. »* Jean Richepin. ♦ *« Georges Feydeau... donna à un genre, décrié par les artistes, une gloire inédite et comme des lettres de noblesse, le « réintégra », si l'on peut dire, dans la littérature dramatique. »* Edmond Sée. ♦ *« Feydeau était un grand comique. Le plus grand après Molière... Les pièces de Feydeau ont la progression, la force et la violence des tragédies. Elles en ont l'inéluctable fatalité. Devant les tragédies, on étouffe d'horreur. Devant Feydeau, on étouffe de rire. »* Marcel Achard.

RÉF. : A. Shenkan, *Georges Feydeau,* Paris, 1972. – J. Lorcey, *Georges Feydeau,* Paris, 1977. – H. Gidel, *La Dramaturgie de Georges Feydeau,* Paris 1978. – *Le Théâtre de Georges Feydeau,* Paris, 1979. – M. Estelban, *Georges Feydeau,* Boston, 1983.

Figures de rhétorique. Elles désignent ce que la rhétorique ancienne appelait effets de style, c'est-à-dire tous les procédés permettant de donner à ce qui est dit ou écrit plus de force, de variété, voire de poésie, afin d'émouvoir, impressionner, surprendre, convaincre. Elles sont très nombreuses – certains en ont recensé deux cents – et ne concernent pas que la littérature, mais aussi le langage parlé. La plupart des linguistes les classent en rapprochant les procédés voisins. On peut ainsi distinguer ceux qui s'adressent à l'imagination en employant les mots dans leur sens figuré et recourant à l'analogie : *comparaison, métaphore, allégorie, personnification* (v. ces mots) ; ceux qui atténuent un énoncé : *litote, euphémisme* (v. ces mots), ou, au contraire, l'amplifient : *hyperbole, gradation, répétition, anaphore* (v. ces mots) ; d'autres jouent sur les oppositions : *antithèse, antiphrase, paradoxe, chiasme, oxymore* (v. ces mots) ou la substitution : *métonymie, synecdoque* (v. ces mots). Certaines de ces figures ne reposent pas seulement sur le choix des mots, mais aussi sur la syntaxe : ainsi, la phrase peut présenter une rupture de construction (*anacoluthe*) ou des éléments semblables (*anaphore, parallélisme*), symétriques et inverses (*chiasme*), ou encore omettre des mots (*ellipse*), ou les liaisons (*asyndète*). Une figure de rhétorique n'a d'intérêt que si elle est en accord avec les idées ; lorsque le style n'est pas approprié au fond, les effets sont purement formels, et le texte superficiel, aussi un commentaire qui se contente de relever les figures de rhétorique sans expliquer les idées qu'elles mettent en valeur est-il dénué d'intérêt.

ARLETTE BOUÉ.

Filles du feu (Les). Recueil de nouvelles publié en 1854 par Gérard de Nerval (Gérard Labrunie, 1808-1855), suivi de douze sonnets réunis sous le titre : *Les Chimères* (*). Les nouvelles sont intitulées *Angélique, Sylvie, Jemmy, Octavie, Émilie.* On y a joint une comédie, *Corilla*, et une étude sur les mystères et les religions antiques, *Isis.* – *Jemmy,* récit imité de l'allemand, ayant pour cadre la région de Belle-Rivière aux États-Unis, est une pittoresque peinture des mœurs des colons d'Amérique au début du XIXe siècle. – *Octavie* n'est guère autre chose que la brève notation de quelques souvenirs plus ou moins galants de l'auteur, obsédé par le souvenir de l'actrice Jenny Colon, dont il s'était éloigné pour chercher l'oubli en Italie. – *Émilie* est l'histoire d'un jeune officier des armées de la République qui épouse, en Alsace, une jeune fille de famille allemande et apprend un jour qu'il a tué dans un combat le père de celle-ci. Il se jette volontairement au-devant de la mort dans une charge, sachant qu'il a perdu l'amour de sa jeune épouse qui ne peut lui pardonner son crime involontaire. Mais le recueil tire surtout sa valeur des deux premières nouvelles, dont la seconde peut même être considérée comme le chef-d'œuvre qui a le plus assuré la renommée de Gérard de Nerval.

Disons d'abord quelques mots d'*Angélique.* C'est presque un abus de donner le nom de nouvelle à ces pages tout à fait caractéristiques de la manière de Nerval. Celui-ci, dans une suite de douze lettres, nous raconte mille choses sous prétexte de nous faire connaître les recherches qu'il effectue dans diverses bibliothèques de Paris et de la province, pour trouver un certain ouvrage dont il a besoin. Ce lui est d'abord une occasion de nous parler de ses promenades, et de nous donner de charmantes descriptions de Senlis, du château de Chaalis, d'Ermenonville, etc., puis de nous initier au folklore de ces régions, de nous citer de vieilles chansons qu'il y a entendues. Mais, dans les bibliothèques, il consulte des archives d'où il tire pour nous toutes sortes d'histoires singulières ou fantastiques et notamment celle qu'il développe le plus longuement : les aventures de la belle Angélique de Longueville, fille d'un des plus grands seigneurs de Picardie, sous Louis XIII, laquelle se laisse enlever par un serviteur de son père, garçon de bonne mine mais simple fils de charcutier. Angélique, après avoir erré durant quelques années avec son ravisseur qu'elle n'a cessé d'aimer, reste veuve, et finit dans la misère.

Venons-en à *Sylvie,* dont le sujet traité avec un peu plus de suite que celui d'*Angélique,* bien qu'avec beaucoup de fantaisie encore, peut se résumer ainsi : Gérard est épris d'une actrice à qui il n'ose déclarer son amour et qu'il nomme Aurélie (nous savons qu'ici encore il s'agit de Jenny Colon). Il apprend un soir qu'un autre a ses faveurs. Et quelques mots qu'il lit, en parcourant mélancoliquement une gazette, le font songer à son enfance qui s'est écoulée dans la campagne du Valois. Le désir lui vient de revoir les « hameaux » d'autrefois. Il loue en pleine nuit une voiture et se fait conduire à Loisy. Durant tout le trajet, il évoque ses innocentes amours avec la brune Sylvie, jeune dentellière du village, brûle de la revoir et peut-être de l'épouser. Il se rappelle en même temps que son idylle était troublée par le souvenir de deux rencontres avec la blonde Adrienne, jeune châtelaine, depuis lors entrée en religion, et qui, à l'époque, dans ses rêves, s'opposait à Sylvie, comme la chimère à la réalité. Cette rêverie nocturne constitue la partie la plus importante de la nouvelle. Mais voici le petit jour et Gérard est arrivé à Loisy. Il y retrouve Sylvie. Hélas ! elle n'a plus la simplicité d'autrefois et lui paraît singulièrement raisonnable. Ils vont ensemble à Chaalis, là même où il avait jadis entrevu Adrienne, costumée en génie céleste, dans une sorte de mystère joué dans les salons du château. Et il ne peut se garder de demander à Sylvie ce qu'est devenue la « religieuse ». En même temps, il pense à Aurélie qui doit, à cet instant, se faire applaudir à Paris. Il voudrait que Sylvie l'arrachât à ces souvenirs. Mais elle ne paraît pas s'y prêter. Le soir même, il apprend qu'elle est fiancée au « Grand Frisé », pâtissier à Dammartin. Il repart aussitôt vers la décevante Aurélie. Et la nouvelle s'achève, plusieurs années plus tard, par le récit d'une des visites que Gérard, maintenant détaché, fait, de loin, à ses amis de Dammartin. Il y assiste au paisible bonheur du Grand Frisé et de Sylvie. C'est par elle qu'il apprend qu'Adrienne est morte au couvent. *Sylvie,* par la fraîcheur des sentiments, la poésie des descriptions et la délicatesse du réalisme, est une des œuvres les plus exquises de notre littérature. L'auteur y a ajouté quelques pages intitulées : *Chansons et légendes du Valois.* Quant aux sonnets, ils forment la part la plus illustre de l'œuvre poétique de Gérard de Nerval — v. *Les Chimères* (*).

Fin de la nuit (La) de Mauriac : v. ***Thérèse Desqueyroux.***

FLAUBERT Gustave. Romancier né à Rouen le 21 décembre 1821, mort à Croisset le 8 mai 1880. On a dit de Gustave Flaubert qu'il fut un trait d'union entre deux époques, ou encore, un confluent où vinrent s'unir les courants romantique et réaliste. Ses œuvres, en effet, par leur lyrisme (d'ailleurs très personnel), doivent quelque chose aux poètes de *La Muse française* et du *Cénacle* qu'il admira si fort en sa jeunesse ; mais, plus encore, elles prolongent, sans limites d'aucune sorte, le roman tel que le conçurent Stendhal, mort en 1842, et Balzac, disparu en 1850, bien avant que Flaubert ait imprimé son premier livre.

Fils d'un Champenois et d'une Normande, il joint en lui les traits des deux races ; au physique, il est un pur Viking : il en a la taille haute, le regard, l'opiniâtreté et l'esprit d'indépendance. Mais il doit à son père, professeur de clinique et chirurgien en chef de l'Hôtel-Dieu de Rouen, après avoir été un des plus brillants élèves de Dupuytren, sa méthode d'analyse scrupuleuse, sa précision scientifique. Il rechercha, en clinicien, la vérité sous les faux-semblants ; il la décrira avec une objectivité qui lui sera reprochée comme si elle était une marque d'insensibilité, alors qu'il conservera toute la vie un cœur ingénu.

Il a grandi dans un hôpital, joué, enfant, dans un petit jardin, sous les fenêtres d'un amphithéâtre d'anatomie. Il a connu la souffrance et la mort dès ses premières années. Mais la mélancolie d'un tel lieu était tempérée par la douceur d'un foyer familial très uni, où l'on aimait rire. De ces contrastes sont venus sans doute et sa tendance à la tristesse et son besoin de grosse gaieté, son goût des farces, et cette invention d'un personnage fictif, « Le Garçon », auquel ses camarades et lui — lui surtout, et jusqu'à la fin de sa vie — prêtent les propos cyniques les plus extravagants, les mieux faits pour effaroucher les « bourgeois » qu'il prend en horreur. À côté de cela, il a grand besoin de tendresse, et le montre dans ses lettres à sa mère, à sa sœur de trois ans plus jeune que lui. Il allait la perdre le 20 mars 1846, trois mois après la mort de son père. Ces deuils répétés, la présence au foyer d'une enfant dont la venue avait coûté la vie à la jeune mère, une maladie nerveuse épileptiforme, mais qui vraisemblablement ne fut pas, comme on l'a dit, l'épilepsie vraie, assombrirent encore le destin de Flaubert, inclinèrent davantage son esprit vers le pessimisme. Sa santé l'obligea à interrompre ses études de droit, ce qui fut plutôt un soulagement, car il ne concevait pas, étant encore sur les bancs du lycée, qu'il pût être autre chose qu'un écrivain.

La famille de Mme Flaubert était du pays d'Auge. Le docteur Fleuriot, installé à Pont-l'Évêque, avait épousé une demoiselle Cambremer de Croixmare, dont il eut une fille — la mère du romancier. Ses liens ramenaient chaque été les Flaubert à Trouville, où les parents champenois venaient les rejoindre. Trouville n'était encore qu'un village de pêcheurs ; mais la beauté du site attirait nombre d'artistes, et ce fut là que le jeune collégien fit, au vrai, son éducation sentimentale. Une idylle ébauchée avec une amie de sa sœur, une fille de l'attaché naval anglais, l'amiral Collier, servit de prélude au grand roman d'amour, à la grande passion de Flaubert pour Mme Schlésinger, rencontrée à Trouville en 1836. Cette passion est à l'origine d'un des chefs-d'œuvre du roman français : *L'Éducation sentimentale* (*).

Il est remarquable que, dès sa jeunesse, Flaubert ait été attiré par les sujets qu'il devait développer plus tard dans la pleine maturité : on trouve dans les écrits de l'enfant et de l'adolescent (certains ont été imprimés dans le petit journal *Le Colibri* qu'il rédigeait seul, en troisième, au lycée) l'embryon de ce qui allait devenir *La Tentation de saint Antoine* — dès 1835 : *Voyage en enfer* ; en 1837, *Rêve d'enfer* ; en 1839, *Smarh* ; de même trois versions de *L'Éducation sentimentale* précèdent le roman de 1869 : en 1836 les *Mémoires d'un fou* ; puis, à vingt ans, alors qu'il était étudiant à Paris, *Novembre* ; enfin en 1843, une première *Éducation sentimentale*, qui n'a de commun que le titre avec le texte définitif. Mais les Goncourt ont dit avec raison que certaines pages de *Novembre* étaient un chef-d'œuvre, ce qui n'empêchera pas le jeune auteur d'attendre encore treize années avant de rien livrer au public. Lorsque, obéissant à la mode littéraire, il écrit, en 1837, *Une leçon d'histoire naturelle : genre commis*, et l'imprime dans *Le Colibri*, cette « physiologie » balzacienne préfigure ce que nous retrouverons dans *Madame Bovary* (*) et dans *Bouvard et Pécuchet*, évidemment avec plus d'éclat.

Il s'était lié sur les bancs de l'école de droit avec un autre étudiant, comme lui fils de médecin, Maxime Du Camp. Malgré quelques orages, leur amitié fut durable, bien que refroidie par la hâte de Du Camp à se pousser dans le monde, et l'indifférence de Flaubert, qui, aux objurgations de son ami, répondit : « Être connu n'est pas ma principale affaire. Je vise à mieux : à me plaire, et c'est plus difficile [...] Le succès me paraît être un résultat et non pas le but [...] J'ai en tête une manière d'écrire et gentillesse de langage à quoi je veux atteindre. Quand je croirai avoir cueilli l'abricot, je ne refuse pas de le vendre, ni qu'on batte des mains s'il est bon. D'ici là, je ne veux pas flouer le public, voilà tout... Nous ne suivons plus la même route ; nous ne naviguons plus dans la même nacelle. Que Dieu nous conduise où chacun demande ! Moi, je ne cherche pas le port, mais la haute mer. Si j'y fais naufrage, je te dispense du deuil ! » Cela fut écrit en juin 1856, avant même que fût achevé le roman qui le tenait occupé depuis 1851, *Madame Bovary*. Tel il devait demeurer jusqu'à la mort qui le prit, en plein travail, le 8 mai 1880, avant qu'il eût achevé *Bouvard et Pécuchet*.

Il avait, en compagnie de Du Camp, parcouru à pied la Touraine, la Bretagne et la Normandie, en longeant les côtes, de la Loire à la Seine, au printemps de 1847. En avril 1848, il eut le chagrin de perdre un de ses intimes, Alfred Le Poittevin, dont la sœur fut la mère de Guy de Maupassant. Comme pour se consoler en traitant un sujet longuement mûri avec lui, il s'était mis à rédiger *La Tentation de saint Antoine*, après avoir mis au net les notes rapportées de son voyage en Bretagne ; celles-ci devaient former un volume *Par les champs et par les grèves* dont les chapitres impairs sont de Flaubert, les pairs (encore inédits) de Du Camp. *La Tentation de saint Antoine* tint Flaubert jusqu'en septembre 1849. Les médecins lui prescrivaient, son état nerveux s'aggravant, un séjour dans les pays chauds ; il avait décidé de partir avec Du Camp pour l'Orient, mais il voulait auparavant achever sa tâche et lire le manuscrit à Du Camp et à Louis Bouilhet, son grand ami, son « alter ego ». Ceux-ci, la lecture achevée, donnèrent à Flaubert le conseil de jeter le manuscrit au feu et de n'y plus songer. Il importait, ajoutèrent-ils, qu'il « mît sa muse au pain sec, pour la guérir de son lyrisme » et, à cet effet, d'écrire l'histoire de l'officier de santé Delamare, ancien élève du père Flaubert. Sentence que nous jugerions aujourd'hui inique, car si elle avait été obéie littéralement, la littérature française aurait perdu un chef-d'œuvre ; mais s'il fut bon que Flaubert mît dans un tiroir au lieu de le brûler le manuscrit de la première *Tentation*, sans doute fut-il heureux aussi qu'il l'abandonnât provisoirement pour écrire, sur le conseil de ses amis, *Madame Bovary*.

Il se mit en route pour l'Orient le 29 octobre 1849, parcourut avec Du Camp l'Égypte et remonta le Nil jusqu'à la deuxième cataracte, visita l'Asie Mineure, la Turquie, la Grèce, et revint par l'Italie. Il y fit provision de souvenirs qui trouvèrent leur emploi dans *Salammbô* (*), dans *Hérodias*, et dans les versions ultérieures de *La Tentation de saint Antoine*.

Avant ce départ, deux événements importants survinrent dans sa vie : il avait retrouvé, en 1842, pendant son séjour à Paris, Elisa Schlésinger, femme de l'éditeur de musique, et était devenu son ami. Fut-elle sa maîtresse ? Cela est peu probable, bien qu'elle l'ait aimé : cette grande passion demeura sans doute insatisfaite, comme dans le livre immortel qui nous en a donné une version sans nous en livrer le secret.

L'autre événement biographique est de même importance, bien que tout différent : dans l'atelier du sculpteur Pradier, ami de sa famille, Gustave avait rencontré, en 1846, la poétesse Louise Colet. Elle était fort belle, mais bas-bleu s'il en fut jamais, et toujours en quête de quelque prix littéraire. Il lui plut. Pendant une dizaine d'années, ils furent amants. Liaison traversée de bien des disputes, de ruptures momentanées, de replâtrages ; les voyages de Flaubert, et surtout son travail acharné firent de cette vie tout le contraire d'une fraîche idylle, souvent même un enfer. Mais lui à Croisset, elle à Paris, comme ils se retrouvaient à Mantes, à mi-chemin, tout alla quand même jusqu'à ce qu'une bourrasque plus forte emportât tout, le jour que la Muse se mit en tête de venir à Croisset, dans l'espoir, sans doute, de convaincre Mme Flaubert de décider son fils à l'épouser.

Retiré à Croisset, près de sa mère, n'ayant guère de distractions que les soins donnés à l'éducation de sa nièce et quelques voyages à Paris, Flaubert vécut en solitaire. Quelques passades, mais surtout un commerce épistolaire assidu avec des amis et amies de choix, lui suffirent. Ses œuvres, peu nombreuses, ne comportent que trois grands romans, trois contes brefs, un « mystère » (*La Tentation de saint Antoine*), si l'on s'en tient à ce qui fut publié de son vivant. Il y faut ajouter une pièce de théâtre, *Le Candidat*, qui subit un échec au Vaudeville le 11 mars 1874, une féerie *Le Château des cœurs*, écrite avec Bouilhet et d'Osmoy, et qui ne fut pas représentée, un roman posthume *Bouvard et Pécuchet*, inachevé, et surtout cette *Correspondance* qui forme aujourd'hui treize gros volumes, et qui est peut-être le paradoxal chef-d'œuvre d'un écrivain dont le credo artistique tenait en ce seul article : le premier venu est plus intéressant que le nommé Gustave Flaubert – ce qui voulait dire que l'écrivain doit demeurer absent de son œuvre, comme Dieu reste invisible dans la création.

Sa biographie, après son retour d'Orient, se confond avec l'histoire de ses livres. *Madame Bovary*, en 1856, avait commencé de paraître dans *La Revue de Paris*, fondée par Du Camp au retour du voyage en Orient, et, à cause de son libéralisme, mal vue du pouvoir. On prit prétexte de quelques scènes du roman pour engager des poursuites contre la revue et l'écrivain. Une habile plaidoirie de Me Sénart provoqua l'acquittement malgré le réquisitoire d'une sévérité inique du substitut Pinard (7 février 1857). En avril, le volume paraissait chez Michel Lévy, et le procès maladroit servit grandement à le lancer. La presse fut d'ailleurs louangeuse, particulièrement avec Sainte-Beuve, dans *Le Moniteur* du 4 mai, et Baudelaire *(L'Artiste)*, mais bien entendu les journaux de droite dénoncèrent l'immoralité de l'auteur et déplorèrent son acquittement. Qu'avait-il fait cependant ? Goncourt rapporte ce mot de Mgr Dupanloup : « *Madame Bovary ?* Un chef-d'œuvre, monsieur. Oui, un chef-d'œuvre pour ceux qui ont confessé en province. » Une œuvre morale, en tout cas, car l'histoire d'Emma n'offre rien qui puisse être regardé comme une apologie du vice. Victime de ses rêves, de ce triste penchant à toujours vouloir ce que la vie ne peut raisonnablement lui donner, dédaignant ce qu'elle tient, poursuivant de chimériques espoirs, Emma Bovary souffre de la médiocrité provinciale. Mariée à un officier de santé, elle étouffe dans le village où son mari exerce la médecine. Un hobereau du voisinage n'a pas de mal à en faire sa maîtresse, puis se lasse vite d'elle ; déçue, elle manque mourir de chagrin, prend sa revanche avec un clerc de notaire, signe des traites pour se faire belle, et, acculée à la ruine, entraînant son pauvre niais de mari dans les pires embarras, elle se fait donner de l'arsenic par le garçon du pharmacien Homais, et s'empoisonne. On ne peut résumer un livre où chaque détail a sa valeur, où tout est ordonné avec un art de composition admirable, où chaque caractère est d'une vérité qui en fait un « type » demeuré vivant, et dont le nom est passé dans la langue. Quand on demandait à Flaubert quel avait été le modèle de Mme Bovary, il répondait : « C'est moi ! » Et cela est exact. Il a pu dire aussi : « Ma pauvre Bovary, à cette heure, souffre et pleure dans vingt villages de France ! » Elle restera vraie tant qu'il y aura des êtres pour rêver et pour souffrir.

Mal consolé de cette histoire du procès, il chercha refuge dans un sujet qui l'entraînait bien loin dans le passé et dans l'espace et il « entreprit de ressusciter Carthage ». Polybe lui fournit les données historiques, avec la guerre des Mercenaires. Patiemment, il entreprit d'immenses lectures pour donner un fondement acceptable à l'histoire de *Salammbô*, fille d'Hamilcar Barca. Il alla sur les lieux voir les paysages historiques. Le nom de l'héroïne est un de ceux que les Phéniciens donnaient à Vénus. Quand le roman parut, l'archéologue Froehner en critiqua la vraisemblance historique. Citant ses sources, Flaubert le confondit, et il se trouve aujourd'hui que les plus récentes découvertes, loin de ruiner ses hypothèses, les confirment en général, comme c'est le cas pour les enfants immolés à Moloch. Le récit suit l'histoire : Carthage n'ayant point tenu les promesses faites aux Mercenaires engagés par la République, ceux- ci se soulèvent, et sous le commandement du Libyen Mâtho, du Grec Spendius et du Numide Narr 'Havas, assiègent Carthage. Mâtho, ayant aperçu Salammbô, fille du suffète Hamilcar, conçoit pour elle une passion qui le brûle. Il pénètre par surprise dans le temple de Tânit, protectrice de la ville, dérobe le voile sacré de la déesse ; le sort des armes semble alors favoriser les Barbares. Schahabarim, le grand prêtre, ordonne à Salammbô d'aller, seule, dans le camp des Mercenaires, et, comme Judith, de tuer le général ennemi et de reprendre le Zaïmph. Elle obéit, s'abandonne au Libyen, reprend le voile, mais profite du sommeil de Mâtho pour s'enfuir, sans le tuer. Les Mercenaires sont vaincus par Hannibal, qui les accule dans le Défilé de la Hache, où ils périssent de faim et de misère. Mâtho est supplicié, et Salammbô meurt à la vue du martyre du Barbare terrible qui avait fait trembler Carthage et, dans ses bras, s'était fait doux comme un enfant... Le succès fut aussi grand que celui de *Madame Bovary* lorsque le livre parut en novembre 1862 : il avait coûté près de six ans passés dans les « affres du style ».

Aussitôt Flaubert fit le plan de *L'Éducation sentimentale ;* il voulait y faire revivre le temps de sa jeunesse, les espoirs et les déceptions de la génération qui fit la révolution de 1848 : le cadre historique est reconstitué avec tant de minutieuse exactitude, tant d'art, que Georges Sorel a pu dire : « Un historien désireux de connaître l'époque qui précéda le Coup d'État ne peut négliger *L'Éducation sentimentale.* » Mais c'est aussi l'autobiographie de Flaubert, sa passion pour Mme Schlésinger, et tout est vrai, compte tenu des transpositions indispensables qui, de l'éditeur de musique Schlésinger, font un marchand de tableaux, éditeur d'œuvres d'art, et réunissent en un même personnage Frédéric, Flaubert lui-même (pour tout ce qui concerne son amour pour Marie Arnoux) et Du Camp, pour l'épisode de Mme Dambreuse, qui fut dans la réalité Mme Delessert. La suture est si bien faite, qu'elle reste invisible. Publiée en novembre 1869, *L'Éducation sentimentale* n'eut qu'un médiocre succès. Mais un peu plus tard, Banville allait constater que

« tout le roman contemporain en était sorti ». Elle fut en effet la bible des naturalistes.

La guerre interrompit la composition de *La Tentation de saint Antoine*, qui ne put paraître qu'en 1874. Avec ce livre, l'écrivain dotait la littérature française d'un ouvrage sans analogue, et dont la portée rappelle celle de *Faust*. En 1875, Commanville, mari de sa nièce, est ruiné et menacé de faillite. Avec un dévouement extrême, Flaubert se dépouille pour le sauver. En vain, il n'y parviendra point, et sera d'ailleurs payé d'ingratitude. Ses amis l'aident : George Sand lui offre d'acheter Croisset et de l'y laisser sa vie durant. Il croit pouvoir se passer de cette aide. Et George Sand meurt six mois plus tard. Il a mis en chantier un autre grand roman qui doit être le récit des déceptions éprouvées par deux anciens commis, qu'un héritage affranchit du labeur quotidien, et qui, installés à la campagne, se mettent en tête d'entreprendre ce qu'ils sont mal préparés à mener à bien, échouent piteusement dans leurs essais d'agronomie, puis d'archéologie, de médecine, puis de littérature, et, écœurés, se remettent, de guerre lasse, à « copier comme autrefois » pour passer la vie. On a dit que ce livre faisait le procès de la science, et c'est une grossière erreur : c'est le procès du manque de méthode, que fait Flaubert, la critique de ceux qui croient savoir et n'ont pas même appris à apprendre. Leçon très haute et par cela même destinée à n'être que difficilement comprise, et d'autant moins que le livre est inachevé, et que nous ignorons ce que devaient copier les deux « bonshommes », dont le choix constituait évidemment la preuve de leur enrichissement spirituel, car — Flaubert le dit — ils avaient appris dans toutes leurs expériences à souffrir, comme lui-même, de la bêtise universelle, au point de ne plus la tolérer.

Pour obéir au vœu de George Sand, qui lui reprochait de toujours « travailler dans la désolation », sans jamais écrire rien de consolant, il entreprit *Un cœur simple*. Ces souvenirs d'enfance à Trouville, à Pont-l'Évêque, groupés autour de sa servante Félicité, joints à *La Légende de saint Julien l'Hospitalier* et à *Hérodias* forment les *Trois Contes* (*) inspirés, le premier d'un vitrail, le second d'un tympan de portail de la cathédrale de Rouen, entraînant le lecteur en plein Moyen Âge de la Légende dorée, et puis en Judée, à l'orient de la mer Morte, dans la citadelle de Machaerous. Hérode Antipas, Tétrarque de Galilée, pour obéir à Salomé qui, ayant dansé devant lui, lui avait plu, ordonna au bourreau de trancher la tête de Jean-Baptiste et de l'apporter à la jeune fille sur un plateau. Trois récits de couleur si variée que tout l'art de Flaubert se trouve résumé dans cette opposition des paysages et des nuances psychologiques.

Les dernières lettres publiées dans sa *Correspondance* nous montrent Flaubert « las jusqu'aux moelles » — terrassé par le chagrin et le travail. La mort vint le prendre le 8 mai 1880. Il avait eu avant de mourir la consolation d'assister au triomphe de son disciple Guy de Maupassant dont *Boule de suif* (*), publiée dans *Les Soirées de Médan* (*), était saluée comme un chef-d'œuvre.

Flaubert, traité par les « jeunes » amis de Zola et de Daudet comme leur maître à tous, entouré par eux d'une affection déférente, pouvait trouver en ces marques d'admiration si spontanée le présage de la place réservée à son œuvre dans l'histoire des lettres françaises. L'abondance des travaux récemment consacrés à Flaubert, particulièrement sur son style et ses manuscrits, confirme son rôle capital dans l'évolution du genre romanesque jusqu'au milieu du XXe siècle. Cet écrivain, qui s'est voulu et trouvé à l'écart des modes de son temps, est aujourd'hui reconnu comme l'un des plus considérables de la fin du XIXe siècle.

RENÉ DUMESNIL.

♦ *« Flaubert ? C'était un géant qui abattait une forêt pour faire une boîte. »* A. Dumas père. ♦ *« Un géant, au moral et au physique, tel nous apparaîtra toujours Gustave Flaubert... » « Ce fut par l'effrayante exactitude de l'observation, par l'acuité prodigieuse de la vision, que Flaubert remplaça le grossissement de Balzac, suppléant l'idéalisation par l'intensité, et, venant après le Walter Scott nouveau, il n'acceptera rien de son charlatanisme sublime... »* Th. de Banville. ♦ *« Je puis dire ce que Gustave Flaubert a fait du roman après lui* [Balzac] *: il l'a assujetti à des règles fixes d'observation, l'a débarrassé de l'enflure fausse des personnages, l'a changé en une œuvre d'art harmonique, impersonnelle, vivant de sa beauté propre, ainsi qu'un beau marbre. Telle est l'évolution accomplie par l'auteur de* Madame Bovary. *Après l'épanouissement littéraire, la féconde production de 1830 ; il a trouvé moyen d'inventer un genre, et de jeter les préceptes d'une école... Il semble venu après ces années de fécondité fiévreuse, après l'effroyable avalanche de livres écrits au jour le jour, pour rappeler les écrivains au purisme de la forme, à la recherche lente du trait définitif, au livre unique, où tient une vie d'homme. »* E. Zola. ♦ *« La première qualité de Flaubert, qui, pour moi, éclate aux yeux dès qu'on ouvre un de ses ouvrages, c'est la forme, cette chose si rare chez les écrivains, et si inaperçue du public ; je dis inaperçue, mais sa force domine et pénètre ceux qui y croient le moins, comme la chaleur du soleil chauffe un aveugle qui n'en voit cependant point la lumière.... Chez lui, la forme, c'est l'œuvre elle-même : elle est comme une suite de moules différents qui donnent des contours à l'idée, cette matière dont sont pétris les livres... »* Maupassant. ♦ *« Tout le tempérament du grand artiste éclatait en ces incomparables pages de la* Tentation de saint Antoine *et de* Salammbô *où, loin de notre vie mesquine, il évoquait les éclats asiatiques des vieux âges, leurs éjaculations et les abattements mystiques, leurs démences oisives, leurs férocités commandées par ce lourd ennui qui découle, avant même qu'on les ait épuisées, de l'opulence et de la prière... »* J.-K. Huysmans. ♦ *« Chez Flaubert l'observateur profond corrigeait le visionnaire, et il avait soin de ne pas néliger dans le développement des caractères les images du monde intérieur. »* P. Bourget. ♦ *« Si l'on applique à Flaubert le critère qui sert, selon Brunetière, à reconnaître les écrivains hors pair, et si on se demande ce qui manquerait à notre littérature au cas où il n'eût pas existé, on le voit très grand. Sa place dans notre suite littéraire apparaît sous une lumière saisissante, et son influence est la plus forte qui se soit probablement* *exercée sur le roman français. »* A. Thibaudet. ♦ *« Ce qui frappe, c'est la merveilleuse absence, dans cette vie, de toute haine, Flaubert déteste des symboles : l'épicier, l'écrivain suave, le réformateur socialiste ; dès qu'il n'est plus question du type général, mais d'un individu, d'un homme vivant, d'un être de chair et de sang, quand il s'agit, en somme, de quelqu'un et non plus d'une idée, les violences de langage aussitôt disparaissent* [...] *Un homme dont il se croit l'ennemi, s'il le regarde avec attention, il se découvre cent raisons de le tolérer, d'abord, et très vite de commencer presque à l'aimer* [...] *En face des hommes qu'il rencontre, Flaubert, si prévenu qu'il soit, spontanément, "pense avec eux", il comprend, même s'il désapprouve : peut-être n'est-il pas défendu de trouver dans ce comportement naturel d'une âme quelque chose de ce qu'on nomme la charité. »* Henri Guillemin. ♦ *« Et je songeais à Flaubert, et toute l'injustice de son art — fruit d'une déplorable théorie et d'un urgent besoin de macération (qui reste avec son enthousiasme, le meilleur de lui, peut-être). »* André Gide. ♦ *« Cela paraît énorme, mais la phrase de Flaubert n'a pas toujours cette beauté de ligne et de mouvement qui fait le grand style (mettons le style de Pascal et celui de Voltaire). Elle avance comme un régiment en marche. Le mot semble choisi pour lui-même, il ne se fond pas avec le reste, il se détache avec une énergie continue et fatigante. On aimerait mieux, au prix de quelques défauts, un style qui donnât l'impression de respirer comme un être vivant, avec cette liberté qu'avait Flaubert lorsqu'il ne se surveillait pas, lorsqu'il oubliait sa couronne de fleurs d'oranger. »* Julien Green.

RÉF. : A. Thibaudet, *Gustave Flaubert*, Paris, 1935. — R. Dumesnil, *Gustave Flaubert, l'homme et l'œuvre*, Paris, 1936. — M. J. Durry, *Flaubert et ses projets inédits*, Paris, 1950. — J. Bruneau, *Les débuts littéraires de Gustave Flaubert*, Paris, 1962. — J.- P. Sartre, *L'Idiot de la famille*, Paris, 1971-72. — V. Brombert, *Gustave Flaubert par lui-même*, Paris, 1971. — Jeanne Bem, *Désir et savoir dans l'œuvre de Flaubert*, Paris, 1979. — Cl. Mouchard et J. Neefs, *Flaubert*, Paris, 1986. — R. Debray-Genette, *Métamorphoses du récit. Autour de Flaubert*, Paris, 1988. — H. Lottman, *Gustave Flaubert*, Paris, 1989.

FLÉCHIER Valentin Esprit. Prédicateur né à Pernes, dans le comtat Venaissin (aujourd'hui Vaucluse) le 19 juin 1632 ; mort le 16 février 1710 à Nîmes. Issu d'une famille d'artisans, il entre à seize ans dans la congrégation de la Doctrine chrétienne, qui l'emploie d'abord dans l'enseignement ; il est quelque temps professeur de rhétorique à Narbonne, et il est ordonné prêtre en 1657. Mais, des dissensions l'opposant aux supérieurs de son ordre, il vient à Paris, se mêle à la vie mondaine, est accueilli à l'Hôtel de Rambouillet et, par le gendre de la marquise, le duc de Montausier, obtient en 1661 une place de lecteur du dauphin. En 1665, il assiste aux Grands Jours d'Auvergne, sur lesquels il a laissé des *Mémoires sur les Grands Jours d'Auvergne*. Ses prédications commencent à connaître le succès : Fléchier allait se révéler particulièrement grâce à ses *Oraisons funèbres*, et les premières — celles de la duchesse de Montausier en 1762 (Julie d'Angennes, fille de la marquise de Rambouillet) et de la duchesse d'Aiguillon en 1675 — lui valurent une telle renommée qu'il fut élu à l'Académie en 1673 : reçu le même jour que Racine, son discours éclipsa complètement celui du dramaturge. Un an plus tard, lorsqu'il prononça l'oraison funèbre de Turenne, Fléchier se trouvait à son apogée ; et pourtant, mis en rivalité avec Bossuet pour les oraisons funèbres de Marie- Thérèse et de Michel Le Tellier, il ne parvint pas à s'égaler à l'Aigle de Meaux. Louis XIV, qui avait déjà donné à Fléchier la charge d'aumônier de la dauphine, le nomma, en 1685, évêque de Lavaur : « Je vous ai fait un peu attendre une place que vous méritiez depuis longtemps, lui dit le roi, mais je ne voulais pas me priver si tôt du plaisir de vous entendre. » Deux ans plus tard, en 1687, Fléchier prit le siège de Nîmes, au lendemain de la révocation de l'édit de Nantes, dans une province à très forte minorité protestante. Le nouvel évêque s'empressa de modérer l'action rigoureuse de l'intendant de province, et ses *Mandements,* ainsi que ses *Lettres pastorales* (recueillis et édités ensemble pour la première fois en 1826), obtinrent de grands résultats. On vit alors que ce prêtre mondain était pénétré d'esprit évangélique : ainsi, pendant la disette de 1709, il distribua des sommes considérables aux protestants comme aux catholiques, sans aucune discrimination de confession. L'originalité de Fléchier, c'est surtout sa constante préoccupation littéraire. Il contribue à restaurer le beau langage. Il est habile, ingénieux. On craint parfois qu'il ne soit que cela, plus homme de lettres qu'homme d'Église, plus soucieux de plaire par ses phrases que de prêcher et de sauver son auditoire. Rarement énergique (sauf dans les passages saillants de son oraison funèbre de Turenne) mais toujours élégant, habitué de l'Hôtel de Rambouillet, il a les qualités aimées des précieuses : une irréprochable pureté, un art singulier de manier les artifices de style, l'antithèse en particulier.

RÉF. : Sainte-Beuve, *Introduction aux Mémoires de Fléchier,* Paris, 1856. — Abbé A.-E. Delacroix, *Vie de Fléchier,* 1865. — Fabre, *Fléchier orateur,* 1886. — G. Grente, *Fléchier,* Paris, 1934.

Fleurs du mal (Les). Recueil de poèmes de Charles Baudelaire (1821-1867). Publié en 1857, il réunissait presque toute la production du poète depuis 1840. Le titre, primitivement choisi, aurait été *Les Lesbiennes*, puis *Les Limbes* ; il fut changé, paraît-il, sur le conseil d'un ami de Baudelaire. Après le procès qui lui fut intenté pour immoralité, Baudelaire en publia une deuxième édition en 1861, d'où il avait supprimé les six « Pièces condamnées ». Par contre, trente-cinq autres poèmes, presque tous de grande valeur, y étaient ajoutés. Dans l'édition posthume de 1868, préfacée par Théophile Gautier, à qui le livre est dédié, et établie par Banville et Asselineau, figurent vingt-cinq nouveaux poèmes (notamment ceux qui avaient été publiés clandestinement à Bruxelles, en 1866, par Poulet-Malassis sous le titre *Épaves*). L'ouvrage, tel qu'il se présente dans la seconde édition établie par l'auteur, se divise en six parties : « Spleen et Idéal », « Tableaux parisiens », « Le Vin », « Fleurs du mal »,

« Révolte », « La Mort ». Certains ont voulu voir, dans cette présentation, l'intention de donner au livre la rigoureuse construction d'un poème, d'illustrer l'histoire d'une âme dans les divers moments de son expérience intérieure. C'est ainsi que le spectacle décevant de la réalité et les expériences sans issue, qui fournissent les thèmes des deux premières parties, auraient conduit le poète, après avoir en vain cherché, pour oublier son angoisse, une consolation dans les « paradis artificiels », dans l'ivresse, à une réflexion sur le mal, sur ses attraits pervers et sur l'horrible désespoir qu'il engendre. C'est alors que le poète aurait lancé ce fameux cri de révolte contre l'ordre de la création, avant de trouver un refuge et un aboutissement dans la mort. Tout nous autorise à penser que, si ce dessein ne fut pas totalement étranger au poète, il va, ainsi exprimé, à l'encontre de l'idée même que Baudelaire se faisait de la poésie : si, selon lui, les préoccupations morales ne devaient pas en être absentes, en aucun cas elles ne pouvaient en commander l'ordonnance et la réalisation. Il s'agit plutôt d'une évocation, à proprement parler symbolique, de cette dualité fondamentale qui se partageait son âme et qui le poussait irrésistiblement tour à tour vers les sommets de l'extase et les abîmes du péché – dualité dont il a parfaitement conscience que, s'il fut le premier à la ressentir avec tant d'acuité, il ne la partage pas moins avec tout homme, en cela son « semblable » et son « frère », ainsi qu'il le proclame hautement dans son arrogante apostrophe « Au lecteur » qui ouvre le livre. C'est pour avoir préservé et cultivé cette dualité essentielle, pour l'avoir élevée à la hauteur d'une ascèse que Baudelaire fut revendiqué par les esprits les plus divers, les plus opposés, et que son œuvre est allée en s'imposant, carrefour d'idées et de sentiments, point d'aboutissement et point de départ.

L'expérience poétique de Baudelaire s'inscrit tout entière entre les premiers vers du « Voyage » et le vœu qui l'achève : « Plonger au fond du gouffre, Enfer ou Ciel, qu'importe ? / Au fond de l'inconnu, pour trouver du *nouveau* ! » S'il fallait donner à tout prix un sens à l'aventure intérieure du poète, c'est, sans nul doute, dans ce poème qu'il conviendrait de le chercher. Amour, gloire, bonheur, désir, tous les thèmes chers à Baudelaire s'y trouvent résumés, rassemblés, sans oublier « le spectacle ennuyeux de l'immortel péché », partout rencontré, « du haut jusques en bas de l'échelle fatale » ; sans oublier non plus la mort, « vieux capitaine », éternelle compagne. Certes, l'idée que Baudelaire se fait du destin du poète reprend les termes traditionnels du romantisme : le poète est venu sur terre pour interpréter la réalité à la lumière de son rêve ; il s'insurge contre les conventions, demeure en dépit de tout un inadapté, trouble la conscience et le cœur de ceux à qui il offre ses sublimes mirages (« Bénédiction », « L'Albatros », « Le Guignon ») ; mais, tout en reprenant à son compte ces revendications, il leur en adjoint de nouvelles, qui font de lui le premier des poètes modernes. C'est ainsi qu'à la question : « Tout commence donc à Baudelaire ? », on peut répondre avec Jean Cassou : « Tout, non ! mais quelque chose » ; en effet, « Baudelaire est devenu représentatif d'un certain nombre d'éléments qui manquaient au visage spirituel de la France et qui nous apparaissent devoir être désormais maintenus, affirmés et défendus, avec une vigueur combative, sans cesse renouvelée ».

C'est lui, Baudelaire, qui a formulé cette loi première à partir de laquelle s'organisera désormais consciemment toute poésie ; la loi de l'analogie universelle, sur laquelle il s'est expliqué en maints endroits et notamment dans son fameux sonnet des « Correspondances ». Si on les prive de cette perspective, des poèmes comme « La Chevelure », « L'Invitation au voyage », « La Vie antérieure » et tant d'autres deviennent de simples allégories littéraires, certes fort belles ou émouvantes, mais dénuées de cette vérité absolue en dehors de laquelle la poésie demeure un jeu ou un exercice. Or, les poèmes de Baudelaire sont « vrais », essentiellement vrais. Un vers comme : « Cheveux bleus, pavillon de ténèbres tendues », doit être éprouvé, ressenti comme un rapport absolu, inconditionnel, entre les « souvenirs dormant dans cette chevelure » et l'immensité du ciel, azur fait de ténèbres. Or, c'est bien de ce rapport absolu, et de lui seul, qu'est né ce vertige qui s'empare de nous ; et ce vertige, quel est-il ? Sinon la poésie elle-même, hors de laquelle ces cheveux ne sont plus qu'un objet quelconque de notre univers, émouvant sans doute, mais déchu. On ne peut d'autre part oublier que Baudelaire fut un de ces artistes qui rêvèrent de « découvrir les lois obscures en vertu desquelles ils ont produit, et de tirer de cette étude une série de préceptes dont le but divin est l'infaillibilité de la production poétique ». Poète moderne, Baudelaire le fut par l'effort volontaire que déploya sa merveilleuse intelligence critique pour s'assurer des pratiques nécessaires à la naissance de la poésie : n'est-ce pas lui encore, qui nous dit : « L'inspiration vient toujours quand l'homme le veut, mais elle ne s'en va pas toujours quand il le veut. / De la langue et de l'écriture prises comme opérations magiques, sorcellerie évocatoire. »

Assumant et transposant dans son rêve toutes les expériences de la vie et toutes les apparences du monde, il n'est pas une de ses évocations qui n'ait un caractère irréductiblement original, allant bien au-delà du simple réalisme. « Dans certains états de l'âme presque surnaturels, la profondeur de la vie se révèle tout entière dans le spectacle, si ordinaire qu'il soit, qu'on a sous les yeux. Il en devient le symbole. » Les poèmes abondent, qui révèlent, dans un symbolisme transparent, leur substrat intellectuel ou qui ne semblent être au contraire que grâce du langage, mystère et simplicité, et où chante seule la poésie : « Harmonie du soir » et, surtout, « Recueillement » peuvent être cités parmi les exemples les plus parfaits de tout le recueil. « L'Invitation au voyage » se résout, elle, en une musicalité pure qui transcende, en quelque sorte par anticipation, tous les développements possibles du poème dans un climat magique. Cependant le « Rêve parisien » atteint, avec l'aisance la plus naturelle, à certaines audaces dont Rimbaud ou les surréalistes se souviendront. Poète de la grande ville, aimant le bitume et le bruit de Paris, il en a chanté les rencontres bouleversantes (« À une passante » : « Ô toi que j'eusse aimée, ô toi qui le savais ! »), les déchets d'humanité qui la hantent : les ivrognes, les petites vieilles, les aveugles, les chiffonniers. Maître du paysage urbain, il a créé une seconde nature, où l'architecture remplace les arbres et la verdure, où les « petites vieilles » s'en retournent à la terre comme les feuilles d'automne. Pour orgueilleux et solitaire qu'ait été l'univers où il se situait d'emblée, dominant les hommes et les choses, le poète n'a point cessé d'être solidaire de cette triste humanité, dont il a revécu les douleurs, la souffrance, les erreurs, le péché et le mal. « Le poète jouit de cet incomparable privilège, qu'il peut être à la fois lui-même et autrui... et si de certaines places paraissent lui être fermées, c'est qu'à ses yeux elles ne valent pas la peine d'être visitées. » Ses chants d'amour, où il approfondit avec une fatale obstination les mouvements les plus secrets du cœur, depuis les rares instants de sérénité jusqu'aux troubles les moins avoués, refusent toute complaisance envers soi-même et rendent un son inimitable. Cela est vrai, soit qu'il reprenne dans « Le Balcon » le thème classique de l'inexorable fuite du temps, soit qu'il rêve avec une simplicité plus bouleversante encore (dans le « Chant d'automne »), de fraternels abandons de l'âme ; soit enfin qu'il élucide, avec un courage presque sacrilège et une complaisance tenace, les liens secrets de l'amour et de la haine, du désir et de la vengeance, de la volupté et du crime (voir les célèbres « Pièces condamnées », celles que lui inspirèrent Jeanne Duval, la « Vénus noire », et cet original ex-voto, « dans le goût espagnol » : « À une Madone »). Mais, jusque dans les rêveries les plus enchanteresses sur la grâce féminine, on retrouve, insistant et douloureux, l'appel de la misère humaine (« À celle qui est trop gaie » et surtout « Réversibilité » : « Ange plein de gaîté, connaissez-vous l'angoisse... ? »). Dans les plus suaves et mélancoliques images demeurent présents le sens d'un commun destin, la douloureuse vision d'un paradis perdu, que le poète saura évoquer dans des termes d'une simplicité antique et définitive (« Moesta et errabunda » ; « le vert paradis des amours enfantines »).

On en arrive ainsi aux trois poèmes qui composent « Révolte » et aux pièces qui portent en propre le titre de *Fleurs du mal* (et notamment les « Pièces condamnées »). C'est dans ces morceaux que s'affirment, bien plus important que tout satanisme, le sentiment de la fatalité du péché en même temps que celui du juste châtiment, inévitable et immanent à nous-mêmes. Cette conception fondamentalement baudelairienne, le poète l'exprime de la manière la plus concise, en recourant au mythe du Péché originel. « Désir, vieil arbre à qui le plaisir sert d'engrais, / Cependant que grossit et durcit ton écorce. / Tes branches veulent voir le soleil de plus près » : ces vers, tirés du « Voyage », expriment assez bien la nécessité et, par là, la quasi-légitimité du mal ; mais la fatalité du péché n'est pas autre chose, dans la vie morale, que la nécessité de la souffrance. Cette certitude se résout, dans les moments de la plus haute inspiration, en un sentiment de charité universelle, en une grande pitié pour soi et pour les autres. Baudelaire, cet esprit toujours en mouvement, qui ne renonça point au droit de se contredire et dont les attitudes variées ne peuvent être réduites à quelque doctrine traditionnelle, n'est jamais plus lui-même que dans les moments où il porte son jugement sur la vie humaine : en lui, un drame se déroule, qui dépasse toute complaisance personnelle, la douleur d'un homme – la sienne –, devenant, sans le secours de la moindre métaphysique, la douleur de chacun. Ce déchirement de tout un être trouve son expression la plus accomplie et la plus universelle, dans des pièces allant de la délicate et douloureuse fantaisie du « Cygne » jusqu'aux graves accents des deux confessions intitulées : « Je n'ai pas oublié, voisine de la ville » et « La servante au grand cœur dont vous étiez jalouse », en passant par les poèmes sur « Les Sept Vieillards », « Les Petites Vieilles », « Les Aveugles » (déjà cités), ainsi que « Crépuscule du matin », « Crépuscule du soir » et « La Mort des pauvres ». Telles sont les raisons qui ont fait dire que Baudelaire prolongea le romantisme jusqu'à ses extrêmes conséquences, le purifiant et le perfectionnant à un tel point que, tout comme un classique, il en vint à identifier son drame avec l'éternelle tragédie de tous les hommes. Cette position ressort clairement de son style, qui ne veut renoncer à aucune des subtilités qu'il a entrevues, ni à ce renouveau de classicisme le plus authentique. Mais ce qu'il chercha avant tout, ce fut de briser les cadres de la rhétorique et du discours où s'enlisait la poésie traditionnelle, en la libérant du carcan des expressions usuelles. Un dessein aussi ambitieux, et aussi nouveau ne pouvait se réaliser sans courir de nombreux dangers et sans quelque dispersion : incertitudes de style qui passent comme des ombres et masquent parfois certaines de ses miraculeuses illuminations, insistance peut-être excessive sur certains thèmes. Son existence si malheureuse, sa terrible clairvoyance se cristallisèrent dans un atroce pessimisme, dans ce triste jugement qu'il portait sur la destinée humaine, à jamais symbolisée à ses yeux par le mythe du péché originel : ainsi fut-il un analyste horrifié, mais fasciné, du vice et de la perversion. C'est cet aspect particulier de son œuvre qui fit tenir l'homme et sa poésie pour scandaleux, blasphématoires ou sataniques. Mais cette interprétation est manifestement incomplète, unilatérale : elle ne tient nul compte de cette autre moitié, de ce monde idéal d'où la première reçoit sa lumière et sa signification. Certes, il y a la « Vénus noire », Jeanne Duval, « bizarre déité brune comme les nuits » ; mais il y a aussi, son « analogue » sa « correspondance » dans le divin, « la très-belle, la très-bonne, la très-chère » : Mme Sabatier. Plus loin encore, les réunissant au-delà de leurs apparences, il y a cette « maîtresse des maîtresses » : la Mémoire, — cette mémoire qui fit de Baudelaire un de nos plus grands poètes.

Floire et Blancheflor. Une des plus célèbres légendes médiévales ; transcrite dans toutes les langues littéraires de l'époque, elle a fourni le sujet de divers romans d'aventures. La première version en vers que nous en possédions est le petit poème de *Floire et Blancheflor*, composé par un trouvère français inconnu, vers 1160. Floire et Blancheflor sont nés le même jour, lui d'un roi sarrasin, elle d'une esclave chrétienne. Ils sont nés pour s'aimer et, dès lors, rien ne parviendra plus à les séparer. Il n'empêche que le père de Floire, prenant ombrage de cet amour, envoie son fils étudier au loin. Après quoi, il vend à des marchands la pauvre Blancheflor. Mais son fils, qui souffre du mal du pays, revient à la Cour et recherche en vain sa bien-aimée. On lui fait croire qu'elle est morte. Aussitôt, le jeune homme veut mourir à son tour ; sa mère, prise de pitié, lui révèle la vérité, et son père désarmé lui indique alors où se trouve Blancheflor, et comment il pourra la racheter. Guidé par l'amour, Floire arrive à Babylone ; c'est là, en effet, que la jeune fille, achetée par l'émir, se trouve enfermée dans une tour inaccessible. Floire parvient à y pénétrer, caché dans un panier de roses ; hélas, le bonheur des jeunes gens est de courte durée. Un beau matin, l'émir les surprend et les condamne au bûcher. Chacun d'eux s'accuse pour sauver l'autre. Un tel amour remplit de pitié l'émir et les juges. Finalement, libérés, ils pourront se marier. Floire se convertit au christianisme et retourne dans ses États, qu'il doit gouverner après la mort de son père. Cette légende semble être d'origine orientale. Elle est dominée par l'idée de la fatalité ; l'amour étant conçu comme l'attirance irrésistible que des âmes éprouvent l'une pour l'autre, laquelle les fait triompher de tous les obstacles. Sans doute fut-elle connue en France bien avant l'époque du poème qui nous l'a conservée, car on en trouve déjà des traces dans des compositions antérieures. Ce poème français est plein d'épisodes qui retardent le dénouement, mais offrent néanmoins de belles descriptions. Du XIIIe siècle aussi, mais postérieure à celle dont il vient d'être question, nous possédons une autre version française de tradition populaire. Ici, l'auteur a modifié le caractère des personnages ainsi que certains épisodes. Par ailleurs, on retrouve la même histoire, mais contée sur un autre ton et avec quelques variantes, dans la fable intitulée *Aucassin et Nicolette* (*). — *Floire et Blancheflor* a été édité, traduit et commenté par J.-L. Leclanche (Paris, Champion, 1980 et 1986, et Lille, 1980).

FLORIAN Jean-Pierre Claris de. Romancier et auteur dramatique né le 6 mars 1755 à Sauve (Gard), d'une famille bourgeoise et aisée des Cévennes, mort le 13 septembre 1794 à Sceaux (Hauts-de-Seine). Il passe toute son enfance dans les Cévennes, sans autre événement que la rencontre, vers sa dixième année, de son grand-oncle Voltaire qui lui fait connaître les *Fables* (*) de La Fontaine et l'encouragera dans ses premiers essais littéraires. Amené à Paris, Florian est reçu à quinze ans parmi les pages du duc de Penthièvre, puis passe par l'École militaire de Bapaume et obtient une compagnie dans les dragons de Penthièvre. Mais il abandonne bientôt l'armée pour revenir auprès de son protecteur, qui l'attache à son service avec le titre de gentilhomme. Dès lors, résidant tantôt à Anet, tantôt à Sceaux, auprès du duc qui le charge de distribuer ses libéralités, Florian se consacre tout entier aux lettres : c'est au théâtre qu'il fait ses débuts avec des comédies gracieuses et gaies, par lesquelles il ressuscite au Théâtre-Italien le genre des *Arlequinades,* mais avec un Arlequin plus fin, plus spirituel que celui connu jusqu'alors, avec même une nuance sentimentale, brave homme, bon époux, bon fils et bon père, dans *Les Deux Billets* (1779), *Les Deux Jumeaux de Bergame, Le Bon Ménage* (1782). Amateur et connaisseur de littérature espagnole, Florian donnera une traduction assez libre, mais appauvrie, de *Don Quichotte* ; c'est à Cervantès encore qu'il emprunte le thème de son roman pastoral *Galatée* (1783), suivi d'*Estelle et Némorin* (1788). Florian est très bien en cour, ainsi que nous le montre sa lettre à Boissy d'Anglas, datée du 31 mai 1788 : « J'ai obtenu — dit-il — en trois semaines le brevet de lieutenant-colonel, la croix de Saint-Denis, mon fauteuil académique, et une abbaye à six lieues de Paris pour une tante à moi... » Il suivait la mode — qui allait alors aux bergeries ; c'est l'influence de Gessner surtout qu'il subit, mais il traite le genre avec une telle fadeur larmoyante qu'elle fut sensible aux contemporains eux-mêmes (« de la soupe au lait », disait Marie-Antoinette des romans de Florian). *Numa Pompilius,* faible et prétentieuse imitation des *Aventures de Télémaque* (*), valut à Florian une féroce critique de la part de Rivarol. Ce sont ses *Fables*, publiées en 1792, qui ont sauvé ce poète facile de l'oubli : la bienveillante morale naturelle de Florian, limpide, optimiste, qui jamais ne livrera les agneaux aux loups, y est rajeunie par des traits de malice, de raillerie. Le reste de son œuvre, dont se détachent des *Nouvelles* (rééditées en 1974), est caractéristique de ce retour à un romanesque sentimental, éthéré, moralisateur, que vit la fin du XVIIIe siècle, au milieu des plus audacieuses dépravations de la vie quotidienne. Banni en 1793 par le décret interdisant aux nobles de séjourner à Paris, Florian alla se réfugier à Sceaux, où d'ailleurs il fut bientôt appréhendé. Le 9 thermidor le sauva de la guillotine. Mais il devait mourir, brisé par les émotions, à trente-neuf ans, le 13 septembre 1794. Ses *Lettres au marquis A. de Florian* (1779-1793) ont été publiées en 1957.

JACQUES PATRY.

♦ *« On éprouve à rappeler le souvenir du chevalier de Florian le genre d'agrément que donne la rencontre, dans une boutique de bric-à-brac, d'un vieux pastel très fin, à demi effacé. »* A. France. ♦ *« Un des charmes et aussi une des supériorités de Florian, c'est d'avoir "sensibilisé" la fable. »* G. Saillard.

RÉF. : Sainte-Beuve, *Causeries du lundi,* t. III. — Léo Claretie, *Florian,* 1888. — Gustave Saillard, *Florian, sa vie, son œuvre,* Toulouse, 1912. — « Florian », *Cahiers Roucher-Chénier, n° 8,* Versailles-Rennes, 1988.

FOLLAIN Jean. Poète et nouvelliste né à Canisy (Manche) le 29 août 1903, mort à Paris le 10 mars 1971. Son grand-père maternel était notaire, son grand-père paternel instituteur, son père professeur au collège de Saint-Lô où il fit ses études secondaires et obtint le prix d'excellence en douzième et en philosophie. Il gardera toujours un souvenir précieux de cette période d'avant la guerre de 1914, où il était plongé dans un monde attaché aux traditions et au protocole, ravi par les promenades solennelles du dimanche à travers la campagne. Après un séjour à Leeds en Angleterre, il fait à Caen ses études de droit avec un succès et une application si remarquables que ses réponses, excellentes, arrachèrent un jour des larmes à un vieil examinateur. En 1923, premier voyage à Paris, où il s'installe en 1924 et où il fait un stage chez un avoué. Il s'inscrit en 1927 au barreau de Paris où il exercera jusqu'en 1952. Sa vie est partagée entre la pratique attentive du droit, des errances à travers Paris, le souci du cérémonial et de la dignité (son premier achat parisien fut celui d'un habit), enfin la littérature qui était pour lui une constante et minutieuse recherche. Il se lie très tôt avec les peintres et les poètes rassemblés par Fernand Marc, autour de la revue *Sagesse*, où il publie ses premiers poèmes. Il fait la connaissance de Salmon, Reverdy, Mac Orlan, Fargue, Guéguen, Armen Lubin, Max Jacob, Pierre Minet. En 1932, il collabore à *La Nouvelle Revue française* (*), à *Commerce*, à *Europe*. Mariage en 1934 avec Madeleine Denis, fille de Maurice Denis, peintre elle-même sous le nom de Dinès. En 1940, il est mobilisé comme canonnier dans la D.C.A. à Châteaudun. En 1951, il quitte le barreau pour exercer la fonction de magistrat au tribunal de grande instance de Charleville. S'ouvre une période de longs voyages, en 1957 en Thaïlande et au Japon, en 1960 au Brésil et au Pérou, en 1966 aux États-Unis, en 1967 en Côte-d'Ivoire et au Sénégal, en 1969 à Sainte-Hélène. Il a quitté la magistrature et a cessé toute activité professionnelle en 1961. Il est tué le 10 mars 1971 à 24h10 par une voiture, quai des Tuileries.

Ses ouvrages, assez nombreux, comportent des recueils de poèmes parmi lesquels *Usage du temps* (1943), *Exister* (1947), *Les Choses données* (1951), *Territoires* (1953), *Tout instant* (1957), *Des heures* (1960), *Appareil de la terre* (1964), *D'après tout* (1967), *Espaces d'instants* (1971), et des livres de notations en prose, entre autres *Paris* (1935), *Canisy* (1942), *Chef-Lieu* (1950), *Collège* (posth., 1973). Il fut plus d'une fois honoré par des prix littéraires et obtint en 1970 le Grand prix de la poésie de l'Académie française.

En dépit de la grande estime et de l'admiration qui lui furent toujours accordées, on n'a pas tout à fait compris l'importance de son œuvre. Celle-ci se distingue de façon catégorique de toutes les compositions littéraires de son époque sans s'y opposer le moins du monde, comme si son auteur n'en avait pas connaissance. Jean Follain, mondain aussi bien que solitaire et attentif aux moindres choses et aux moindres êtres, méfiant mais voué à la confiance et à la bonté, soucieux de précision autant que de rêves, ne se laisse à aucun moment classer ni saisir, et on a pu le prendre pour un fantaisiste ou un original dont la plume savante transcrit heureusement les événements les plus divers et les plus secrets. En fait, pour donner le sens de cette sorte d'abîme qu'il creuse en littérature, beaucoup plus étonnant que les manifestations surréalistes ou futuristes, il faut le rattacher à des poètes comme Limbour, Thomas, Lubin, Robin, lesquels, eux-mêmes souvent laissés à l'abandon, présentent ce caractère commun de renoncer à toute idée suivie, pour se livrer à des notations fragmentaires, au mépris de la composition et au bénéfice de certaines visions soudaines tout à fait uniques et d'une vérité criante. Jean Follain, pour sa part, a commencé par s'intéresser à des observations toujours divergentes, saisissant d'abord par exemple dans *Paris* la présence d'une terre ancestrale sous les pavés, et des souvenirs lointains dans l'esprit des passants ordinaires. Puis il s'est passionné pour toutes les démarches rituelles, en particulier celles de l'Église. Ce n'était pas simple curiosité mais le sentiment que ces rites, comme les détails d'une observation commune, laissaient filtrer par leur fragmentation l'éclat d'une intelligence insoupçonnée et même une sorte d'appel de l'éternité. Comme pour les poètes cités plus haut, comme pour Rimbaud, c'est notre salut qu'il semble souvent mettre en jeu. Croyant, incroyant, Jean Follain se livre, selon l'expression de Jean Grosjean, à une « incertitude confiante ». Et c'est alors qu'apparaît entre les témoignages de la mort, des crimes, de la guerre, de la médiocrité même dont il désigne sans cesse les obstacles, une rupture saisissante par où s'annonce une pureté sans doute indicible mais irrécusable.

Jean Follain, refusant toute allusion transcendante, qu'elle soit métaphysique ou religieuse, se bornant à rapporter ce qu'il a regardé et ce qui se passe d'ordinaire ou de sensationnel, a été confronté comme malgré lui à une contradiction essentielle entre la fragilité de nos *instants* et l'étonnement de les voir s'affirmer en dépit de tout et même *durer* dans un présent qu'on ne parvient pas à effacer (« Le Présent fulgure »). Bien loin de profiter de ces dissociations éblouissantes qui lui livrent une espérance pour ainsi dire sacrée, il demande à ses mots de serrer toujours au plus près les objets, les gestes qui marquent les limites de toute vie et de toute prétention. C'est au cours de cet exercice patient et presque rituel que surgissent soudain des éclairs, que ce soient les clous chez un quincaillier, la grâce d'une chevelure ou d'un corps de jeune fille. L'affaire capitale, c'est qu'on a la certitude que ces apparitions, comme les paroles mêmes de Follain, deviennent les médiatrices d'une merveille encore lointaine mais nécessaire.

ANDRÉ DHÔTEL.

RÉF. : André Dhôtel, *Jean Follain*, Paris, 1972. — Jean Follain, *Agendas 1926-1971*, Paris, 1993.

FOLQUET de Marseille. Poète provençal. Né à Marseille dans la seconde moitié du XIIe siècle, mort à Toulouse en 1231. Il joue un rôle important dans l'histoire de la poésie provençale. Fils d'un riche marchand génois fixé à Marseille, il est né dans cette ville et non pas à Gênes, comme on le dit souvent. La preuve en est donnée par Pétrarque qui, dans son *Triomphe d'amour,* écrit : « Folquetto, qui a fait don de son nom à Marseille en le retirant à Gênes. » Il fut l'ami de grands seigneurs, tels que Richard Cœur de Lion, Barral, seigneur de Marseille, Alphonse VIII de Castille, d'autres encore. Il se fit moine vers 1200, et entra au monastère cistercien du Toronet. Il est fait allusion à cette conversion dans le chant IX du *Paradis* de Dante. Archevêque de Toulouse de 1205 jusqu'à sa mort, il persécuta les hérétiques, fut un des promoteurs de la croisade contre les Albigeois, et donna son appui à saint Dominique, fondateur des dominicains. Le poème provençal sur la croisade des Albigeois témoigne des dizaines de milliers de victimes qu'il fit périr sur le bûcher. Son œuvre poétique est antérieure à sa conversion (1180-1196). D'une grande érudition, il connaissait parfaitement les classiques de l'Antiquité et imita Ovide et Sénèque. C'était aussi un subtil dialecticien, formé par la philosophie scolastique. Cette tournure d'esprit apparaît même dans ses *Chansons* qui sont toutes fort sensuelles, et où s'exprime son tempérament passionné et raffiné (son biographe provençal lui attribue plusieurs passions).

RÉF. : Fauriel, *Histoire de la poésie provençale,* t. II, 1846. — Hugo Pratsch, *Biographie des troubadours, Folquet von Marseille,* thèse, Berlin, 1879. — R. Stronski, *Le Troubadour Folquet de Marseille,* Cracovie, 1910.

FONTENELLE Bernard Le Bovier de. Philosophe et essayiste né le 11 février 1657 à Rouen, mort le 9 janvier 1757 à Paris. Fils d'un avocat et neveu des Corneille par sa mère, il fit ses premières études au collège des jésuites, puis son droit, mais, inscrit au barreau, ne plaida qu'une fois, une cause que d'ailleurs il perdit. Son premier voyage à Paris, en 1674, fut suivi de nombreux autres, mais il ne s'établit définitivement dans la capitale qu'en 1687.

C'est au *Mercure galant*, rédigé alors par son oncle Thomas Corneille et par Donneau de Visé, qu'il fit ses débuts littéraires, en mai 1677, avec des poésies intitulées *L'Amour noyé* et *Élégie du ruisseau à une prairie.* Il se croyait un génie dramatique et en resta persuadé toute sa vie, malgré les cuisants échecs que connurent ses premières œuvres, *Psyché* (1679), comédie lyrique, *Bellérophon* (1679), opéra-ballet, toutes deux sur une musique de Lulli, et *Aspar* (1680), tragédie à la représentation de laquelle, si l'on en croit Racine, on employa pour la première fois le sifflet.

Fontenelle était en revanche fort apprécié dans les salons, chez Mme de la Sablière, Mlle de Scudéry, Ninon de Lenclos, où il charmait les femmes par sa conversation spirituelle et toujours parfaitement délicate. Bel esprit, avec des coquetteries un peu désuètes, habitué dès sa jeunesse à rimer des vers galants, compliqués, ingénieux et subtils, il se sentait parfaitement à l'aise au milieu du renouveau de préciosité qui se produisait alors à Paris.

Dès ses *Dialogues des morts* (1683), cependant, se manifestent son originalité et son indépendance de pensée, cachées toutefois par la froide sérénité de la forme. La même année parurent le *Jugement de Pluton* et les *Lettres galantes du chevalier d'Her...*, qui remportèrent un succès considérable, mais dont Fontenelle a toujours nié être l'auteur : c'était, pour le style, « du Benserade tout pur », mais l'attaque ne visait rien moins que l'institution du mariage, consacrée par la religion. Peu après, avec les *Entretiens sur la pluralité des mondes* (1686), Fontenelle allait trouver sa place véritable, on ne peut dire de vulgarisateur — la qualité du public auquel il s'adressait, comme sa propre qualité d'écrivain l'interdisent — mais d'intermédiaire entre les savants et les gens du monde. Pour reprendre les expressions de Sainte-Beuve, il faisait « entrer les vérités de Copernic dans une enveloppe à la Scudéry », il offrait « des vérités, bonbonnière à la main, absolument comme on offrirait des dragées et des pastilles ». Il s'imposait aussi par la sûreté et la diversité (mathématiques, géométrie, physique, astronomie, chimie, médecine) de ses connaissances, et par le sentiment tranquille qu'il avait d'un progrès du monde moderne ; comme Voltaire un siècle plus tard avec Newton, il faisait pénétrer dans la mentalité de son temps la nouvelle vision du monde résultant des découvertes de Copernic et de Descartes. En 1686 et 1687 paraissent deux livres qu'on peut considérer comme la première manifestation nette de l'esprit nouveau qui allait triompher au XVIIIe siècle : *L'Origine des fables*, où les mythes religieux des Anciens sont regardés comme autant d'inventions de la niaiserie humaine, et l'*Histoire des oracles*.

En 1687, lorsque Perrault, par la lecture, lors d'une séance extraordinaire de l'Académie, de son poème *Le Siècle de Louis le Grand*, déclencha la fameuse querelle des Anciens et des Modernes, c'est dans le camp de ces derniers que se rangea Fontenelle : son *Traité sur la nature de l'églogue* (1688) est une impitoyable critique de Théocrite et, dans sa *Digression sur les Anciens et les Modernes* (1688), il affirme la supériorité de ses contemporains sur Homère, Platon, Démosthène, car, « étant montés sur leurs épaules, nous voyons plus loin qu'eux ». Cette attitude ne facilita guère son entrée à l'Académie française. Il n'y fut admis qu'après quatre échecs, en mai 1691, et fit, en guise de discours de réception, un panégyrique enthousiaste des Modernes. C'est encore cette querelle — autant que la guerre entre les partisans de Corneille et ceux de Racine et enfin de vieilles rancunes à venger — qui l'amena peu après à refuser sa voix à La Bruyère qui se vengea en faisant, dans ses *Caractères* (*), un féroce portrait de Fontenelle, sous le nom de Cydias.

Après publication des *Poésies pastorales* (1688), et la représentation, avec succès, des tragédies lyriques *Thétis et Pélée* (1689) et *Énée et Lavinie* (1690), Fontenelle abandonna pendant une trentaine d'années la littérature de divertissement : alors commença la deuxième, et la meilleure époque de son talent. Cartésien dégagé de toute idée préconçue, toujours homme de salon et homme d'esprit, mais épuré de son faux goût, membre de l'Académie des sciences en 1697, secrétaire perpétuel de cette Académie en 1699, reçu à l'Académie des inscriptions et belles-lettres en 1701, il consacra la plus grande part de son temps à sa correspondance avec divers savants étrangers, et surtout à la rédaction de son *Histoire du renouvellement de l'Académie royale des sciences en 1699* (1715) et de ses soixante-dix *Éloges des académiciens* (1715). Bien que pendant ses fonctions de secrétaire de l'Académie des sciences il n'eût publié qu'un livre, *Éléments de la géométrie et de l'infini* (1727), il ne parvenait pas à contenir sa manie d'auteur dramatique ; les tragédies se succédaient, également froides et médiocres : *Macate* (1720), *Le Tyran* (1724), *Abdalonime* (1725), *Henriette* (1740), *Lysianasse* (1741), etc. En 1742, il achevait une *Vie de M. Corneille avec l'histoire du théâtre français jusqu'à lui,* à laquelle il travaillait depuis 1685.

Heureux vieillard, toujours aussi brillant dans le trait d'esprit (mais c'était maintenant chez la duchesse du Maine, ou Adrienne Lecouvreur, ou Mme de Tencin, ou Mme Geoffrin, ou Mme Helvétius), un peu intimidé devant les audaces du nouveau siècle, il restait jaloux de son indépendance et avait refusé les richesses, les dignités et même la place de président perpétuel de l'Académie des sciences que le Régent lui offrait. Sa longévité — il est mort centenaire, à un mois près — paraît symbolique. Plus complètement que Fénelon, Fontenelle fait la transition entre le XVIIe siècle et le XVIIIe. Trop « honnête homme », il fut révolutionnaire à la manière des gens qui ne sauraient se passer de la vie de société, c'est-à-dire simplement paradoxal. Mais personne n'a été aussi savant avec autant de clarté et d'élégance.

JACQUES PATRY.

♦ *« Cydias* [Fontenelle] *est bel esprit : c'est sa profession. Il a une enseigne, un atelier, des ouvrages de commande, et des compagnons qui travaillent sous lui : il ne vous saurait rendre de plus d'un mois les stances qu'il vous a promises, s'il ne manque de parole à Dosithée, qui l'a engagé à faire une élégie ; une idyllle est sur le métier, c'est pour Crantor qui le presse, et qui lui laisse espérer un riche salaire. Prose, vers, que voulez-vous. Il réussit également en l'un et en l'autre... C'est en un mot un composé du pédant et du précieux, fait pour être admiré de la bourgeoisie et de la province, en qui néanmoins on n'aperçoit rien de grand que l'opinion qu'il a de lui-même. »* La Bruyère. ♦ *« Que je vous plains ; ce n'est pas un cœur que vous avez là dans la poitrine, c'est de la cervelle, comme dans la tête. »* Mme de Tencin, à Fontenelle. ♦ *« Fontenelle est autant au-dessus des autres hommes par son cœur qu'au-dessus des hommes de lettres par son esprit. »* Montesquieu. ♦ *« Fontenelle mérite d'être regardé par la postérité comme un des plus grands philosophes de la terre, et, malgré leurs défauts, la plupart de ses ouvrages ne devraient jamais périr... C'est à lui, en grande partie, qu'on doit cet esprit philosophique qui fait mépriser les déclamations et les autorités pour discuter le vrai avec autorité. »* Vauvenargues. ♦ *« Le premier parmi les savants qui n'ont pas eu le don de l'invention. »* Voltaire. ♦ *« Fontenelle a accueilli en lui toutes les connaissances, toutes les influences ; il a simplement laissé, en toute sérénité, chaque affirmation peser en son esprit son juste poids ; il est apparu à ses contemporains comme une énigme, parce qu'il les transformait, sans qu'ils pussent rendre compte de cette force étrange et tout intérieure qui laisse le visage et les yeux immobiles : le calme sourire de la raison. »* Jean-Raoul Carré.

RÉF. : D'Alembert, *Éloge de Fontenelle*. — Flourens, *Fontenelle*, Paris, 1847. — Sainte-Beuve, *Causeries du lundi*, tome III, Paris, 1852. — Maigron, *Fontenelle, l'homme, l'œuvre, l'influence,* Paris, 1906. — Carré, *La Philosophie de Fontenelle*, Paris, 1932. — Pierre Chambry, *Fontenelle*, Paris, 1937. — F. Grégoire, *Fontenelle*, Paris, 1947. — W. Krauss, *Fontenelle und die Aufklärung*, Munich, 1969. — A. Pizzo- russo, *Il Ventaglio e il compasso, Fontenelle e le sue teorie letterarie*, Naples, 1964. — A. Niderst, *Fontenelle à la recherche de lui-même*, Paris, 1972. — Actes du colloque de Rouen, éd. A. Niderst, 1989.

FORT Paul. Poète né à Reims le 1er février 1872, mort à Montlhéry le 21 avril 1960. Fils d'un minotier champenois, il fait ses études au lycée Louis-le-Grand et se destine à Saint-Cyr lorsqu'il rencontre Pierre Louÿs, qui le présente à André Gide et éveille en lui le goût de la poésie. Au café Voltaire, qu'il commence à fréquenter, il retrouve Barrès et les animateurs du symbolisme, Verlaine, Mallarmé, Moréas. Sur le conseil de Vallette, directeur du *Mercure de France* (*), alors que le naturalisme régnait encore sur la scène, il lance à dix-sept ans un manifeste en faveur d'un théâtre symboliste, qui prépare la création, en 1890, du Théâtre de l'Art, devenu ensuite le Théâtre de l'Œuvre, et où furent interprétés *Les Cenci* de Shelley, *La Tragique Histoire du docteur Faust* de Marlowe, des œuvres de Verlaine, Maeterlinck, Rachilde, et même une adaptation du premier chant de l'*Iliade*. Cette tentative dramatique fait grand bruit, mais prend fin en 1893, et Paul Fort commence à publier dans *Le Mercure* et dans *L'Ermitage* des poèmes qui, réunis, deviendront en 1896 les premières *Ballades françaises*. Fondateur du *Livre d'art* en 1896, il lance en 1905 l'importante revue *Vers et Prose,* qu'il dirigera plus tard avec Paul Valéry et où se retrouveront les meilleurs poètes issus du symbolisme. Tout en continuant à publier ses *Ballades françaises,* Paul Fort reviendra plusieurs fois et brillamment au théâtre avec des légendes dramatiques, *Les Chroniques de France*, un *Louis XI, curieux homme* en 1922, une *Ysabeau* en 1924 à l'Odéon, *Les Compères du roi Louis XI* en 1927, à la Comédie-Française.

Bien qu'il ait été triomphalement élu en 1912 prince des poètes, on peut se demander si l'on a donné à Paul Fort toute la place à laquelle il a droit. Il a d'abord cette originalité d'avoir cultivé, et avec quelle abondance, un genre unique, ces *Ballades françaises,* sans tomber jamais dans la monotonie. Symboliste par sa jeunesse, ses origines et ses amitiés littéraires, proche surtout de Francis Jammes, il a comme ce dernier un sentiment toujours jeune de la nature, il réussit à mêler aux suggestions symbolistes de rêve et de mélancolie le réalisme des images, la simplicité des thèmes familiers. Dans l'intellectualisme de la poésie contemporaine, il a, sans aucun souci de la nouveauté, chanté des thèmes simples, ressassés, épuisés, semble-t-il, qui se voient soudain, chez Paul Fort, emportés dans une infatigable ronde, grâce à un don d'inépuisable créateur d'images, à une langue toute de fraîcheur et d'aisance.

MICHEL MOURRE.

♦ *« Un poète intégral... »* Maeterlinck. ♦ *« Je sais qu'il est prolixe et sentimental, que sa facilité n'évite ni la négligence ni le relâchement, et que l'apparence prosaïque de ses vers agace et lasse. Mais il désarme par sa gentillesse, sa fantaisie et son enthousiasme. »* Marcel Arland.

RÉF. : Edmund Gosse, *French Profiles,* Londres, 1905. — André Fontainas, conférence sur Paul Fort publiée en introduction des *Ballades françaises,* Paris, 1922. — Paul Fort, *Mémoires, toute la vie d'un poète,* Paris, 1944. — *Hommage à Paul Fort, prince des poètes,* numéro spécial de *Flammes vives,* 1952. — Pierre Béarn, *Paul Fort,* Paris, 1960.

FOUCAULT Paul Michel. Philosophe. Né à Poitiers le 15 octobre 1926, mort à Paris le 25 juin 1984. Après des études secondaires à Poitiers, il décide de préparer le concours d'entrée à l'École normale supérieure, à Poitiers d'abord, en pleine guerre, puis au lycée Henri-IV à Paris où il suit l'enseignement de Jean Hyppolite. Il entre à l'École normale en 1946 et traverse alors une période subjectivement difficile. Il étudie l'allemand, découvre l'œuvre de Heidegger, suit les cours de Desanti, de Merleau-Ponty, et de Louis Althusser, avec lequel il se lie d'amitié. Il adhère au parti communiste en 1951 (et le quittera dès 1953). Reçu à l'agrégation de philosophie en 1951, il s'intéresse beaucoup à la psychologie, lit Lacan et Binswanger, travaille un temps à l'hôpital Sainte-Anne dans une position « intermédiaire entre les malades et les médecins ». Il lit Bataille et Blanchot, et découvre véritablement Nietzsche en 1953. Il est nommé assistant à l'université de Lille en octobre 1952. Il publie en 1954 *Maladie mentale et personnalité.* Grâce à l'intervention de Georges Dumézil, il est nommé lecteur à l'université d'Uppsala en 1955, et commence la rédaction de sa thèse sur l'histoire de la folie. Il quitte Uppsala en 1958 pour Varsovie, puis pour Hambourg. Il achève alors la rédaction de l'*Histoire de la folie à l'âge classique*, Georges Canguilhem ayant finalement accepté de patronner un travail qui s'inscrit fort peu dans les normes universitaires. Cette thèse est soutenue à Paris en mai 1961 et publiée la même année. L'*Histoire de la folie* restera l'une des œuvres majeures de Foucault : la folie y est décrite comme cet objet paradoxal résultant d'un violent partage entre raison et déraison, et produit à l'intersection d'une multitude de pratiques et de savoirs propres à une culture donnée (ainsi de la folie à l'âge moderne soumise tout entière à la stratégie du savoir psychiatrique).

Nommé à l'université de Clermont-Ferrand, où il enseigne de 1960 à 1966, il publie en 1963 *Raymond Roussel* et *Naissance de la clinique* présenté comme une archéologie du regard médical. Il publie en 1966 *Les Mots et les Choses*, qui connaissent aussitôt un vif succès. Restituant aux sciences humaines leur enracinement dans cet espace anthropologique qui succède à l'espace classique de la représentation, Foucault montre leur dépendance à l'égard d'une idée récente de l'homme qui est déjà selon lui en train de disparaître pour faire place à de nouveaux modes de pensée. Il enseigne à l'université de Tunis en 1966-1968 et écrit *L'Archéologie du savoir,* publiée en 1969. Il participe sur place au mouvement étudiant tandis que se déroulent à Paris les événements de mai 68. Il regagne la France à la fin de 1968 et est nommé à l'université de Vincennes où il réorganise le département de philosophie. De cette époque date la figure du Foucault militant gauchiste : celui qui crée en 1971 le « Groupe information sur les prisons », celui qu'on voit à Madrid en 1975, en Allemagne en 1977, à Téhéran en 1978, et qui soutient en Pologne le mouvement « Solidarité » à partir de 1981.

Il publie en 1971 « Nietzsche, la généalogie, l'histoire », article dans lequel il prend clairement ses distances avec toute perspective structuraliste et revendique une histoire nietzschéenne de la discontinuité et du jeu sans fin des forces. Il est nommé professeur au Collège de France en 1970 et publie sa leçon inaugurale sous le titre *L'Ordre du discours* (il y décrit son projet d'une histoire de la « volonté de vérité » se manifestant dans des jeux de pouvoir-savoir). Il publie en 1975 *Surveiller et punir*, archéologie de la société disciplinaire décrite comme jeu immanent des normes et quadrillage des disciplines, puis en 1976 *La Volonté de savoir*, premier tome de l'« Histoire de la sexualité » (généalogie cette fois du dispositif moderne de sexualité destiné à produire le « sexe » comme vérité à dévoiler et comme réel à contrôler au point de rencontre d'une médicalisation de la sexualité et d'une gestion nouvelle de la vie). Après un long silence, il publie enfin en 1984 les tomes II et III de l'« Histoire de la sexualité », *L'Usage des plaisirs* et *Le Souci de soi* : considérant l'expérience grecque, il établit une généalogie du sujet énoncée en termes d'ascèse, de maîtrise, une esthétique de l'existence orientée vers une modulation heureuse de l'acte et vers une libre disposition de soi. Il est brutalement emporté par le sida alors qu'il est en train d'achever le dernier volume, qui ne paraîtra pas.

BERNARD SICHÈRE.

♦ *« L'œuvre de Foucault est une longue exploration de la transgression, du franchissement de la limite sociale, qui tient inséparablement à la connaissance et au pouvoir. »* Pierre Bourdieu. ♦ *« Il avait installé son observatoire sur les zones de l'être vivant où les distinctions traditionnelles du corps et de l'esprit, de l'instinct et de l'idée, paraissent absurdes : la folie, la sexualité, le crime. De là, son regard tournait comme un phare sur l'histoire et sur le présent, prêt aux découvertes les moins rassurantes. »* Georges Dumézil. ♦ *« Foucault a discrédité les questions de possibilité transcendantale au profit des questions de possibilité historique. »* Georges Canguilhem. ♦ *« C'est toute la philosophie de Foucault qui est une pragmatique du multiple. »* Gilles Deleuze.

RÉF. : Hubert Dreyfus et Paul Rabinow, *Michel Foucault, un parcours philosophique,* Paris, 1984. – Gilles Deleuze, *Foucault,* Paris, 1986. – Michel Foucault philosophe, « Rencontre internationale », 1989.

Fourberies de Scapin (Les). Comédie en trois actes et en prose de Molière (1622-1673), créée sur la scène du Palais-Royal à Paris le 24 mai 1671. Bien qu'elles appartiennent à la toute dernière période de sa carrière, *Les Fourberies de Scapin* sont un retour de Molière à la comédie à l'italienne où il fit ses débuts. Il reprend une petite farce de son répertoire : *Gorgibus dans le sac*, qui n'a pas été conservée. Pour en faire une comédie en trois actes, Molière y ajouta des éléments divers qu'il emprunta un peu partout : en particulier au *Phormion*, comédie de Térence ; quant à la fameuse scène du sac, elle est tirée du théâtre de Tabarin ; celle de la galère provient d'une comédie de Cyrano de Bergerac, *Le Pédant joué* ; enfin, le dialogue qui ouvre la pièce est imité d'une scène analogue d'une comédie de Rotrou : *La Sœur*. Malgré tous ces emprunts, si habituels dans le théâtre de Molière, mais comme toujours admirablement fondus et mis en valeur, *Les Fourberies de Scapin* sont une pièce très originale, et l'intrigue, si invraisemblable et si conventionnelle, n'est qu'un prétexte à un jeu intarissable d'inventions bouffonnes et de scènes qui sont dignes de la grande comédie de caractère. *Les Fourberies* n'eurent pas grand succès du vivant de Molière : ses spectateurs étaient habitués de sa part à plus de délicatesse et s'étonnèrent de ce retour, qu'ils estimèrent fâcheux, à ses origines. Elles n'eurent que dix-sept représentations, de 1671 à 1673. Par contre, aussitôt après la mort de leur auteur la pièce connut un succès éclatant (cent quatre-vingt-dix-sept représentations de 1673 à 1715).

En l'absence de son père Argante, Octave a épousé une jeune fille pauvre et de naissance inconnue, Hyacinthe ; de son côté, son ami Léandre veut épouser une jeune Égyptienne, Zerbinette. Mais les deux pères reviennent : Argante, qui destinait à son fils Octave la fille de Géronte, veut faire casser son mariage avec Hyacinthe ; quant à Géronte, il est furieux des projets de Léandre, et il lui interdit d'épouser Zerbinette. Celle-ci, d'ailleurs, enlevée dans son enfance par des Égyptiens, ne peut être délivrée que contre une forte somme. Les deux jeunes gens n'ont plus qu'une ressource : s'en remettre à l'habileté du valet Scapin ; Scapin leur promet de les tirer d'affaire, à la condition qu'ils se prêtent à la comédie qu'il prépare pour duper les deux pères. Scapin, au cours de scènes truculentes, parvient à arracher aux deux vieillards l'argent nécessaire à l'exécution des projets de leurs fils, en faisant jouer à un autre valet, Silvestre, le rôle du frère d'Hyacinthe, soldat brutal, et en prétextant l'enlèvement de Léandre par un Turc qui, sous prétexte de lui faire visiter sa galère, le retient prisonnier et ne le délivrera que contre rançon. Géronte se lamente : « Que diable allait-il faire dans cette galère ? » et essaie de trouver des expédients pour ne pas payer la rançon ; il ne s'y décide que lorsque Scapin l'a convaincu que c'est ce qui lui reste à faire. Mais Scapin s'est promis de se venger de l'avarice de Géronte ; il le fait entrer dans un sac pour échapper à une attaque imaginaire d'une troupe de spadassins qui veulent le tuer. Il en profite pour lui assener une grêle de coups de bâton ; mais Géronte sort la tête et s'aperçoit de la supercherie ; Scapin s'enfuit. Heureusement, on découvre qu'Hyacinthe est la fille que Géronte cherchait et qu'il avait promise à Argante pour son fils, et que Zerbinette n'est autre que la fille d'Argante, volée dans son enfance par des Égyptiens. Scapin, qui feint d'être blessé et même sur le point de mourir, se fait porter sur la scène où les vieillards, plus embarrassés encore que furieux, lui pardonnent.

Cette comédie d'intrigue à l'italienne, dénuée d'intentions satiriques ou morales, paraît marquer ainsi la fidélité de Molière à lui-même comme aux procédés comiques de la farce française et de la farce italienne : elle se situe dans la lignée de *L'Étourdi*, sa première comédie (à l'italienne) en cinq actes, où tout reposait déjà sur les inventions incessantes d'un valet fourbe, aussi bien que dans la lignée de ses courtes farces où pleuvent les coups de bâton sur les personnages ridicules. De là les célèbres réserves de Boileau qui regrettait dans son *Art poétique* (*), publié un an après la mort de Molière (1674), que celui-ci se fût éloigné de la grande comédie de mœurs et de caractère qui faisait de lui le Térence du XVIIe siècle (« Dans ce sac ridicule où Scapin s'enveloppe, / Je ne reconnais plus l'auteur du *Misanthrope* »). Fidélité à soi, fidélité à la tradition comique, *Les Fourberies* possèdent en outre une dimension supplémentaire, qui rattache cette comédie aux grandes comédies- ballets de la fin de la carrière de Molière : *Monsieur de Pourceaugnac*, *Le Bourgeois gentilhomme* (*), *Le Malade imaginaire* (*). Cette dimension, qui s'exprime essentiellement à travers le rôle primordial du valet Scapin, véritable apologie du jeu théâtral, consiste en une sorte de théâtralité généralisée. Il suffit de réfléchir sur la nature des fourberies de Scapin, « forgeur d'inventions et de machines » (I, 2). Dans la définition qu'il donne de lui-même (« et je puis dire, sans vanité, qu'on n'a guère vu d'homme qui fût plus habile ouvrier de ressorts et d'intrigues »), on retrouve le même vocabulaire que dans la présentation des tours qu'un autre fourbe, Sbrigani, s'apprêtait à jouer au provincial ridicule de *Monsieur de Pourceaugnac* : les tours, stratagèmes et ressorts des fourbes ne sont rien d'autre que des « comédies ». Et c'est une véritable pièce de théâtre que Scapin joue à Géronte dans la fameuse scène du sac (III, 2), où, tandis que Géronte est caché dans et aveuglé par le sac, Scapin joue trois personnages : lui-même qui feint d'essuyer les coups de bâton dont il accable Géronte, et deux spadassins successifs, un Gascon et un Basque, dont il imite le langage et l'accent. De même, c'était une véritable pièce de théâtre qu'il avait jouée avec le valet Silvestre déguisé devant l'autre vieillard (II, 6). Auteur et acteur, Scapin est aussi directeur d'acteurs : dès la scène 3 du premier acte, il avait tenté en vain de faire répéter Octave en esquissant devant lui le personnage de son père, avant de préparer longuement Silvestre à son rôle (I, 5). Scapin héritier du valet fourbe de la comédie italienne ? On voit qu'il est aussi l'héritier du Molière jouant son propre personnage de directeur et d'acteur dans *L'Impromptu de Versailles*, petite comédie qui était, au sens propre du terme, une exhibition du théâtre sur le théâtre.

FOUREST Georges. Poète né à Limoges le 6 avril 1867, mort à Paris le 25 janvier 1945. Après avoir fréquenté les facultés de droit de Toulouse et de Paris, il se qualifie sur sa carte de visite « avocat loin de la cour d'appel ». « Des biens fonciers lui assurant, avec l'indépendance, le plein exercice d'une merveilleuse vocation de paresse, il se laissa aller à la joie de vivre, de fréquenter des poètes et d'être enfin poète à son tour » (José Corti, 1957). Cet amateur a lui-même défini sa philosophie de la vie : « Ne prends rien au sérieux ni toi ni les autres ni rien en ce monde et dans l'autre. » Laurent Tailhade l'introduit en 1989 au *Décadent* où il publie *Le Doigt de Dieu* et use du pseudonyme collectif Mitrophane Crapoussin. Il collabore à *L'Ermitage* d'Henri Mazel, fréquente les cafés du quartier Latin et les cabarets montmartrois. C'est au Soleil d'Or, place Saint-Michel, rapporte Willy (Henri Gauthier-Villars) dans sa préface à *La Négresse blonde*, qu'il récite pour la première fois l'*Épître testamentaire pour régler l'ordre et la marche de mes funérailles.* « Artiste méticuleux, il rime patiemment des vers fantasques, et la joie qu'il nous donne vient justement de cette collaboration d'un versificateur impeccable et d'un humoriste irrévérencieux, d'un érudit et d'un burlesque » (André Dumas, 1937). Son premier recueil, *La Négresse blonde*, paraît en 1909 ; ses *Contes pour les Satyres* en 1923 ; enfin, dernier recueil, *Le Géranium ovipare* en 1935 chez José Corti, qui n'a cessé depuis de rééditer ses œuvres.

FRANÇOIS CARADEC.

FRANCE Anatole (pseud. de François-Anatole Thibault). Poète, romancier et essayiste né à Paris le 16 avril 1844, dans une maison du quai Malaquais où son père était libraire, mort le 12 octobre 1924 à « La Béchellerie », Saint-Cyr-sur-Loire (Indre-et-Loire). Après avoir fait ses études au collège Stanislas et composé, à quinze ans, une *Légende de sainte Radegonde,* il collabora à divers bulletins de bibliophilie et sembla s'orienter vers l'érudition, encore qu'il ait publié (1864) un pastiche d'André Chénier dans l'*Intermédiaire des chercheurs et curieux.* En 1868, il publie son premier livre, *Alfred de Vigny,* et entre, l'année suivante, comme lecteur chez Alphonse Lemerre, éditeur du *Parnasse contemporain*, dans le second recueil duquel figureront deux de ses poèmes (1871). Il dédie à Leconte de Lisle les *Poèmes dorés* (1873), harmonieux, descriptifs, de facture intégralement parnassienne. Membre du comité chargé de préparer le troisième recueil du *Parnasse contemporain,* il fait écarter les vers de Mallarmé, Verlaine et Charles Cros. En 1876 paraissent les *Noces corinthiennes*, drame antique en vers suivi de courts poèmes, composé d'après Goethe, et représenté à l'Odéon en 1902, à l'Opéra-Comique en 1922. Anatole

France, nommé commis surveillant à la bibliothèque du Sénat (1876), épouse en 1877 Marie-Valérie Guérin de Sauville dont il aura une fille, Suzanne (il divorcera en 1893). Il publie successivement un recueil de deux nouvelles : *Jocaste* et *Le Chat maigre* (1879) ; *Le Crime de Sylvestre Bonnard* (1881), délicat récit « fait dans l'ombre des livres », et qui connut un grand succès. *Les Désirs de Jean Servien* (1882), dans lequel Anatole France décrit sa passion pour l'actrice Élise Devoyod, fut suivi par *Le Livre de mon ami* (1885) ; *Balthasar* (1889), *Thaïs* (1890), « histoire d'une pécheresse sauvée et d'un ermite damné », qui remporta un succès extraordinaire et fut créée à l'Opéra (musique de Massenet) en 1894 ; *L'Étui de nacre* (1892), recueil de contes, dont le plus important est *Le Procurateur de Judée ; La Rôtisserie de la reine Pédauque* (1893), où sont évoquées pour la première fois la vie et les opinions de l'abbé Jérôme Coignard, évoluant au milieu d'un petit monde très XVIIIe siècle mais déjà « francien ». *Les Opinions de M. Jérôme Coignard* (réunion d'articles de *L'Écho de Paris*) datent de la même année. Dès 1885, France avait commencé à donner au *Temps* des articles de critique qui seront réunis dans les cinq volumes de *La Vie littéraire* (Ier volume : 1888). *Le Lys rouge* (1894), inspiré par Mme Arman de Caillavet – dont la liaison avec l'écrivain avait commencé en 1888 – est la chronique d'un salon parisien à la fin du XIXe siècle. Ce roman (porté au théâtre en 1899) devait, dans l'esprit de l'égérie, montrer que France n'était pas un romancier inférieur à Paul Bourget. *Le Jardin d'Épicure* (1894) est particulièrement imprégné de la philosophie, à la fois désenchantée et sage, du « bon maître ».

Après la publication du *Puits de Sainte-Claire* (1895), choix de contes rapportés d'Italie, et son élection, l'année suivante, à l'Académie française, au fauteuil de Ferdinand de Lesseps, France – qui, entre-temps, a préfacé *Les Plaisirs et les Jours*, premier livre de Marcel Proust – publie *L'Orme du mail* (1897), premier volume de *L'Histoire contemporaine* et *Le Mannequin d'osier* (2e vol. de la série, 1897) qui, adapté pour la scène, fut représenté, sans succès, au théâtre de la Renaissance en 1904. *L'Anneau d'améthyste* (3e vol.) sera publié en 1899 ; *M. Bergeret à Paris* (4e vol., satire des « trublions » nationalistes) en 1901. Ces quatre livres nous donnent, sous forme de conversations très fines sur les problèmes du temps entre les divers notables d'une ville de province, un piquant résumé de la société française à l'époque de l'affaire Dreyfus, telle que France avait pu l'observer dans le salon de Mme de Caillavet, l'un des centres du dreyfusisme mondain ; comme l'a écrit Émile Faguet à propos du *Mannequin d'osier,* c'est « un pamphlet formidable, présenté avec un sourire enchanteur ». La plupart des protagonistes – qu'il s'agisse de prêtres qui convoitent un évêché, ou du préfet juif et franc-maçon – ont un relief durable et, plus que tous, le sceptique M. Bergeret, maître de conférences à la faculté des lettres, qui professe que « les hommes furent jadis ce qu'ils sont à présent, c'est-à-dire médiocrement bons et médiocrement mauvais ». Cette *Histoire contemporaine,* France l'a vraiment vécue. Lorsque Zola publia, en 1898, *J'accuse* dans *L'Aurore,* France signa à la requête de Marcel Proust la pétition dite « des intellectuels » réclamant la révision du procès Dreyfus. Ses écrits politiques et sociaux sont notamment : *Opinions sociales* (1902) ; la Préface du livre de Combes, *Une campagne laïque ; L'Église et la République, Sur la pierre blanche* (1905) et *Vers les temps meilleurs* (1909). L'œuvre littéraire d'Anatole France se poursuivit avec *Au petit bonheur* (1898) ; *Pierre Nozière* (1899), rempli de souvenirs d'enfance, et *L'Affaire Crainquebille* (qui fut illustrée par Steinlen), histoire d'une erreur judiciaire – une nouvelle édition parut en 1902 dans les *Cahiers de la Quinzaine* (*) de Péguy ; en 1903 eut lieu la première représentation de *Crainquebille* à la Renaissance. Crainquebille, marchand des quatre-saisons de la rue Montmartre, est devenu un « type » populaire. Parurent ensuite : *Histoire comique* (1903) ; *La Vie de Jeanne d'Arc* (1908), dont les deux volumes ne réussirent pas à faire admettre France parmi les historiens professionnels ; *L'Île des Pingouins* (1908), fiction sous le couvert de laquelle l'écrivain dit leur fait aux politiciens ; *Les Contes de Jacques Tournebroche* (1908), *Les dieux ont soif* (*) (1912), *Le Génie latin* (1913), *La Révolte des anges* (1914), *Sur la voie glorieuse – Ce que disent nos morts* (1916), *Le Petit Pierre* (1918), *La Vie en fleur* (1922). Les deux ouvrages les plus importants de cette dernière période sont *Les dieux ont soif* et *La Révolte des anges,* romans parus après la mort de Mme de Caillavet. Le premier a pour toile de fond l'époque révolutionnaire que France connaissait bien, et le prodigieux succès qui accueillit ce livre fut la considération de sa grande maîtrise. Quant à *La Révolte,* c'est un mythe où l'auteur s'exprime « une bonne fois à fond, sur la religion, sur l'intelligence, sur la vie, sur Dieu... ». Anatole France, qui avait épousé en secondes noces Emma Laprévotte, passa ses dix dernières années à « La Béchellerie ». En 1921, trois ans avant sa mort, il reçut le prix Nobel de littérature.

HENRI LE BRETON GRANDMAISON.

♦ *« Je n'ai pas assez de vertu pour croire et professer la religion de l'humanité. Je n'ai pas le courage de renoncer aux fantaisies, aux caprices de la conscience individuelle. J'aime mes erreurs. Je ne veux pas renoncer à la liberté délicieuse de m'égarer, de me perdre, de perdre mon âme. Je veux pouvoir me tromper chaque fois que j'en aurai envie. »* Anatole France. ♦ *« Il est disert, fin, élégant. C'est le triomphe de l'euphémisme. Mais il reste sans inquiétude ; on l'épuise du premier coup. Je ne crois pas beaucoup à la survie de ceux sur qui d'abord tout le monde s'entend. »* André Gide. ♦ *« On peut dire que vous avez exercé sur la littérature anglaise une influence plus grande même que celle de vos œuvres sur les lettres françaises. »* H. G. Wells, lettre à Anatole France. ♦ *« Faux bon-*

homme et affété... » Romain Rolland. ♦ *« Conteur de grande race. »* François Mauriac. ♦ *« Comme la bêtise n'était pas toujours son fort, il a vu plus loin que la plupart de ses contemporains. »* Étiemble. ♦ *« France est cet écrivain travaillé de trouble, secret. Il est un écrivain de culture, et aussi un chroniqueur ouvert aux questions de son temps. Il est à la fois fluctuant et fidèle à quelques grandes opinions qui nourrissent sa pensée et son œuvre. »* Marie-Claire Bancquart.

RÉF. : J.-J. Brousson, *Anatole France en pantoufles,* Paris, 1924. – C. Maurras, *Anatole France, politique et poète,* Paris, 1924. – Aragon, A. Breton, Drieu la Rochelle, P. Éluard, J. Delteil, Ph. Soupault, *Un cadavre,* Paris, 1924. – L. Carias, *Anatole France,* 1931. – C. Braibant, *Le Secret d'A. France,* Paris, 1935. – J. Suffel, *Anatole France,* 1946. – A. Vandegaus, *A. France. Les Années de formation,* 1954. – J. Levaillant, *Les Aventures du scepticisme. Essai sur l'évolution intellectuelle d'Anatole France,* 1965. – M.-Cl. Bancquart, *Anatole France, Un sceptique passionné,* 1984.

FRANÇOIS DE SALES, saint Théologien et écrivain français. Né le 21 août 1567 au château de Sales, en Savoie, près de Thorens ; mort à Lyon le 28 décembre 1622. D'une famille noble et riche, il fit ses humanités chez les jésuites, étudia le droit à Padoue, et reçut à vingt-quatre ans le bonnet de docteur. Son père avait obtenu pour lui, du duc de Savoie, une charge de conseiller au sénat de Chambéry, mais François avait la vocation sacerdotale. En 1593, il fut ordonné prêtre par l'évêque de Genève, son oncle, qui, voyant le succès de ses premiers sermons, le chargea d'une mission dans le Chablais, en plein territoire calviniste. François affronta les embûches des fanatiques ; innovant dans l'apostolat, il répandit de courts écrits, véritables tracts qu'il faisait glisser sous les portes et où l'on trouve, avec surprise, cités élogieusement, les *Essais* (*) de Montaigne, alors peu connus. François de Sales fit des conversions si nombreuses que le pape l'envoya auprès du célèbre Th. de Bèze, mais leurs conférences, en 1597, restèrent sans résultat. Nommé évêque de Nicopolis et coadjuteur de Genève, François, voulant ramener le pays de Gex sous l'autorité de l'Église, se rendit à Paris pour obtenir d'Henri IV l'autorisation nécessaire. Il fut reçu avec honneur, prêcha le carême au Louvre, mais le roi, malgré des offres d'évêché et de pension, ne parvint pas à le retenir en France. François de Sales allait d'ailleurs sous peu remplacer son oncle au siège de Genève. Sacré évêque en 1602, il va redoubler de zèle pour la conversion des protestants, s'occuper de la réforme des monastères, secourir les pestiférés, obtenir du duc de Savoie l'exemption d'impôts pour ses paysans victimes des avalanches, et auxquels il distribuera lui-même toute sa fortune. Mais ce pasteur exemplaire fut aussi un homme d'esprit raffiné ; et c'est une société fort littéraire qu'il forma avec ses deux amis, Camus, évêque de Belley, et d'Urfé, l'auteur de *L'Astrée,* dont saint François de Sales ne trouvait nullement la lecture dangereuse. En 1604, à l'occasion d'une prédication de carême à Dijon, il rencontra Mme de Chantal. En 1609, il publia son *Introduction à la vie dévote.* En 1610, il fonda l'ordre de la Visitation, dont la baronne de Chantal fut la première supérieure, et dont la règle fut celle de saint Augustin, la moins exigeante, comme l'avait voulu François, l'ordre étant d'abord ouvert à des personnes de tempérament délicat et faible, et aux infirmes mêmes. Le *Traité de l'amour de Dieu* avait été publié en 1616, mais le saint, sentant sa santé s'affaiblir, se résigna bientôt à prendre son frère pour coadjuteur. En 1619, il revint à la cour de France, rencontra Vincent de Paul, encouragea les débuts de la réforme de Port-Royal, se lia enfin avec Louis XIII. Et ce fut au cours d'un dernier voyage dans la vallée du Rhône, vers Avignon, qu'il tomba malade et mourut à Lyon.

On fait souvent de François de Sales un prêtre bonhomme, l'apôtre tolérant d'une piété facile et mondaine. De son temps, on l'accusa de relâchement. On peut répondre qu'il est souvent presque aussi sévère que son compatriote Calvin. Son charme, sa douceur, une certaine préciosité ? Ce sont bien en effet des traits de son caractère ; mais il dominait et réglait ces dehors aimables, il en jouait pour mieux convaincre. Son souci constant, c'était de s'adapter tout entier aux âmes. Directeur, guide pratique bien plus que théologien, il fait montre, en particulier dans ses *Entretiens spirituels,* d'un style de moraliste tout à l'opposé de celui des jansénistes certes, mais aussi bien de tout relâchement religieux. Sa ressource essentielle est la simplicité, l'appel au bon sens. Il se défie d'une perfection présomptueuse, toute faite, absolue, valable pour tous. Puisqu'il sert un Dieu incarné, il croit possible d'accommoder les exigences de l'amour à toutes les conditions terrestres. La nature entière lui sert pour orner sa langue : il évoque les eaux limpides, les bois, les oiseaux, les abeilles, le « frifillis des feuilles », et il faut convenir qu'on trouve parfois chez lui une certaine subtilité mystique, une préciosité dévote qui n'est pas si éloignée de la préciosité galante de son ami Honoré d'Urfé. Le style de François de Sales, comme disait Sainte-Beuve, « sent plus l'Hymette que le Calvaire ». Ce saint était optimiste : la vie chrétienne n'évoquait pas pour lui le « todo y nada », la montée difficile d'un chemin abrupt où s'exalte un saint Jean de la Croix ; il la voyait au contraire « dans une belle plaine, fertile et florissante, où l'on peut arriver par des routes ombrageuses, gazonnées et doux fleurantes, d'une pente facile et polie comme est celle des voûtes célestes ». Il ne pouvait s'empêcher d'être honnête homme, lecteur de Rabelais, de Montaigne, bon latiniste et bon helléniste, hébraïsant même. Il aimait les sciences. Chez personne peut-être la Renaissance ne s'était aussi parfaitement fondue avec le christianisme. Tout le XVIIe siècle le lira ; déjà il semble annoncer Fénelon, qui a sa grâce, sa douceur mystique, son style fleuri aussi. Mais Fénelon est plus près d'une Antiquité livresque, et plus homme de cour. François de Sales ne quitte jamais la nature vivante ; ce n'est pas un prélat grand seigneur, mais plutôt un pasteur rustique. Canonisé en 1665, il fut proclamé Docteur de l'Église (premier et unique de langue française) en 1877.

MICHEL MOURRE.

♦ *« Malgré son goût très vif pour la spéculation platonicienne, il n'était ni philosophe, ni théologien de profession* [...] *De tout ce que les livres dogmatiques lui ont appris, il a éprouvé la pleine vérité par de longues expériences et sur lui-même et sur les autres. »* Henri Brémond. ♦ *« Entre tous ses exercices spirituels il apportait, je le sais, un soin tout particulier à la prière tant vocale que mentale. »* Vincent de Paul. ♦ *« François de Sales pose de plus le problème de l'humanisme dans son sens dramatique ; il le résout par la transcendance. Mais hors de la transcendance, qu'est donc l'homme en sa nature close ? »* E.-M. Lajeunie. ♦ *« François de Sales a insufflé à la spiritualité un air nouveau, venu tout droit des cimes évangéliques. »* André Ravier.

RÉF. : Henri Brémond, *Histoire littéraire du sentiment religieux en France,* Paris, 1916-1936. — Étienne-Marie Lajeunie, *Saint François de Sales et l'Esprit salésien,* Paris, 1962 ; *Saint François de Sales. L'homme, la pensée, l'action,* Paris, 1966. — André Ravier, *La Spiritualité salésienne, Chambray-lès-Tours,* 1980 ; *Un sage et un saint, François de Sales,* Paris, 1985.

François le Champi. Roman de George Sand (Aurore Dupin, 1804-1876), publié en livraison dans le *Journal des débats,* en 1848, en volume l'année suivante ; il forme avec *La Petite Fadette* et *La Mare au Diable* cette trilogie de romans champêtres à laquelle est surtout liée la réputation de George Sand. François, un enfant trouvé, vit à la campagne avec la vieille Zabelle, pauvre femme qui l'a adopté pour la pension que lui vaut la garde de l'enfant, et aussi dans l'espoir que, plus tard, il travaillera pour elle. L'enfant grandit, beau et gentil, et il est protégé par Madeleine, la jeune meunière, qui concentre sur François toute son affection, tyrannisée qu'elle est chez elle par sa belle-mère et son vieux mari. Le meunier a une maîtresse, la méchante Sévère. À quelque temps de là, cette dernière fait vainement des avances à l'enfant trouvé qui est devenu un bel adolescent ; par vengeance, elle conseille au meunier de chasser le jeune homme, sous prétexte qu'il s'entend trop bien avec Madeleine. François apprend de la bouche de son amie les décisions et l'antipathie du meunier (Madeleine se garde pourtant de lui communiquer les indignes soupçons dont ils sont tous deux l'objet) ; il quitte alors le moulin et va travailler ailleurs. L'affection profonde qu'il garde pour Madeleine à qui il demeure fidèle donne un caractère de pureté presque religieux aux quelques années qu'il passe alors. Après la mort du meunier, il revient pourtant au vieux moulin, où il retrouve Madeleine. C'est alors que les calomnies qui se répandent à nouveau sur leurs relations finissent par révéler aux deux amis la véritable nature de leurs sentiments. François d'abord en a honte, et s'éloigne du moulin ; puis après y être retourné, il s'aperçoit que la même prise de conscience s'est accomplie chez Madeleine. Et l'histoire se termine par de joyeuses noces. Tout ce récit est écrit avec une charmante délicatesse : une sensibilité amoureuse enveloppe personnages et paysages, et se reflète dans les grâces d'un style limpide et vivant, fluide et lumineux, dans sa savante simplicité. Ici, comme dans les autres romans champêtres nommés plus haut, George Sand oublie certaines grâces maniérées du XVIIIe siècle. Entre la romantique effusion des sentiments qui encombre une si grande partie de son œuvre et une vision nettement réaliste des choses de la campagne, elle a su trouver une sorte d'équilibre qui lui a permis d'atteindre ses plus incontestables réussites.

FRÉRON Élie-Catherine. Journaliste et critique né à Quimper-Corentin en Basse-Bretagne le 18 janvier 1718, marié le 21 janvier 1752 avec Thérèse Guyomar dont il eut huit enfants, parmi lesquels Stanislas le futur révolutionnaire. Devenu veuf, il se remarie en 1766 avec Annétic Royou. Mort dans sa maison de Montrouge à Paris le 10 mars 1776.

Après avoir commencé ses études à l'école des jésuites de Quimper, Fréron se retrouve à Louis-le-Grand en 1734. Il y fait son noviciat et est professeur de 1737 à 1739 à Caen puis à Paris. Il quitte alors la Société de Jésus pour travailler avec le journaliste Desfontaines. C'est là qu'il apprend à la fois à faire un journal et à se méfier de Voltaire. En 1743, Fréron est initié à la franc-maçonnerie et en 1744 il est « le grand orateur de la grande loge de Saint-Jean-de-Toulouse ». À la mort de son maître, Fréron, tout en s'exerçant à la poésie et à l'histoire, va lancer des *Lettres de Madame la Comtesse de...* dont l'insolence primesautière l'envoie à Vincennes du 17 janvier au 12 mars 1745 puis pour trois mois en exil à Bar-sur- Aube. Trois ans plus tard, le journaliste a assez de relations pour publier avec une « permission tacite » *Les Lettres sur quelques écrits de ce temps,* son premier grand périodique (du 8 janvier 1749 au 26 janvier 1754). Ce qui forme un ensemble de 62 cahiers de 72 pages chacun. Mais il était alors trop risqué d'être un journaliste critique. Surtout quand on a un tel talent et que vos feuilles ont un tel succès ! Aussi furent-elles en l'espace de cinq ans six fois suspendues. Les premières grandes victimes de Fréron furent Marmontel et surtout Voltaire. L'année 1752 est importante puisque c'est alors que Fréron, qui va être reçu à l'Académie de Nancy, prend position contre les philosophes. Désormais la vie de Fréron s'identifie à cette bataille philosophique qui est une des plus formidables batailles idéologiques de notre histoire. En 1754, le journaliste fonde *L'Année littéraire* qui va paraître tous les dix jours avec ses 72 pages à douze sous, et que la veuve et le fils reprendront en 1776. Redoutable polémiste, Fréron a, peut-on dire, réussi à empoisonner l'existence des philosophes qui, à leur tour, firent l'impossible pour le faire taire. Citons quelques-unes de ses campagnes de presse : la défense de la musique française lors de la querelle des Bouffons, l'assassinat du théâtre de Diderot, la dénonciation des planches illustrant l'*Encyclopédie* (*) et qui faillit ruiner l'entreprise, tout ce qui, à ses yeux, abaissait le génie de Voltaire. Ce dernier, ulcéré, accepta de faire jouer à la Comédie-Française une pièce de théâtre *L'Écossaise* où Fréron devenu « Frélon » puis, la scène étant à Londres, « Wasp », était traité comme un misérable délateur. Devant cette agression, que n'importe quel tribunal interdirait aujourd'hui, Fréron sut tenir bon. Voltaire récidiva avec des *Anecdotes sur Fréron,* qui ne sont assurément pas à l'honneur de l'auteur. C'est que Fréron représentait une puissante critique. Véritable patron de presse, il dirigeait toute une équipe, avait des correspondants aux quatre coins de l'Europe, mais le combat antiphilosophique de Fréron ne doit faire oublier ni l'ouverture ni la qualité de son esprit. Aussi, par exemple, sait-il reconnaître la grandeur de *Julie ou la Nouvelle Héloïse* (*) ; ou, à l'occasion, de Voltaire même. Ou bien encore il sait se montrer un véritable homme des Lumières dans son action en faveur du bonheur du plus grand nombre. Fréron est certainement un des grands critiques du XVIIIe siècle et son meilleur journaliste littéraire. Citons le fameux quatrain de Voltaire : « L'autre jour, au fond d'un vallon, / Un serpent mordit Jean Fréron. / Que pensez-vous qu'il arriva ? / Ce fut le serpent qui creva. » Citons aussi la réplique moins connue de la victime : « Il n'y a pas grand mal à cela si Voltaire est le serpent. Il m'a tout l'air, en effet, de crever de rage et un peu de mon venin » (À Triboudet, Bourges, le 24 janvier 1763).

JEAN BALCOU.

RÉF. : Jean Balcou, *Fréron contre les philosophes,* Genève, 1975 ; *Le Dossier Fréron,* Saint-Brieuc- Genève, 1975 ; *Anecdotes sur Fréron,* dans *Œuvres complètes de Voltaire,* 1760, Oxford, 1986. — Jacqueline Biard-Millérioux, *L'Esthétique d'Élie-Catherine Fréron,* Paris, 1985.

FROISSART Jean. Historien, poète et romancier. Né en 1337, ou plus probablement en 1333, à Valenciennes (Nord), mort après 1400, peut-être entre 1410 et 1414, à Chimay (Hainaut, Belgique). Nous ne savons à peu près rien de son enfance, sinon ce qu'il en a dit lui-même dans ses poèmes. Dès l'âge de douze ans, si ses souvenirs sont exacts, il attendait d'avoir l'âge d'aimer : « Et lors devisoie a par mi : / Quand revendra le temps por mi / Que par amours porai amer ? », car déjà, il savait : « Que toutes joies et toute honnours / Viennent et d'armes et d'amours. » Il se fit clerc cependant, et reçut donc une bonne instruction, mais il semble qu'il ne fut ordonné prêtre que tardivement. Son métier, très tôt il l'a choisi, ce sera de célébrer les hauts faits des princes, de chanter l'amour courtois ; en cela il fit merveille et acquit une solide réputation. Mais la profession d'homme de lettres ne pouvait s'exercer alors que dans les cours et un auteur comme Froissart ne pouvait vivre que des subsides que lui versaient des protecteurs princiers. D'où ses innombrables voyages qui l'amenèrent à sillonner l'Europe occidentale. Il semble d'ailleurs qu'il ait fait vite de nécessité vertu ; bientôt il les entreprit pour se documenter, pour interroger les gens, voir les lieux afin de mener à bien ses très volumineuses *Chroniques*.

D'abord attaché à Robert de Namur, marié à la sœur de la reine d'Angleterre, il forme le dessein d'écrire une histoire des guerres de son temps à l'exemple des *Vrayes chroniques* de Jean le Bel dont il recopiera plus d'un passage. En 1361, nous le trouvons à la cour d'Angleterre, auprès de Philippa ou Philippine de Hainaut, femme d'Édouard III. Il lui portait un récit des événements survenus depuis 1356, qui fut reçu avec faveur, et probablement quelques-unes de ses poésies. Nommé secrétaire de la reine et « clerc de sa chambre », encouragé dans sa vocation d'historiographe, Froissart fréquenta des seigneurs anglais et les chevaliers français faits prisonniers à la bataille de Poitiers par laquelle s'ouvre cette première ébauche des *Chroniques.* Il est même possible qu'il ait vu le roi Jean le Bon qui, après avoir été emprisonné pendant plusieurs années au manoir de Savoie à Londres, y revint pour y mourir en 1364. Froissart ne reste pas dans la capitale, il voyage, vient peut-être en France en 1364, se rend en 1365 en Écosse auprès des comtes de Douglas (dans son livre IIIe, ch. CXIX-CXXV, il fera état des renseignements alors recueillis). En 1366, il est à Bordeaux et en Guyenne où il accompagne le Prince Noir, fils d'Édouard III et de la reine Philippine ; en 1367-1368, il suit en Italie le duc de Clarence, frère du Prince Noir, venu épouser à Milan Yolande, fille de Galéas II, duc de Milan. De Milan, Froissart se rend en Savoie puis à Ferrare, Bologne et Rome où il fait la connaissance de Pétrarque. C'est à Rome qu'il apprend la mort de sa protectrice, la reine d'Angleterre (1369). Rentré en Hainaut, Froissart trouve un autre protecteur en la personne de Wenceslas de Luxembourg, duc de Brabant et fils de Jean, roi de Bohême. C'est pour lui qu'il écrit un long roman en vers, *Méliador*. Le duc le récompense en lui donnant la cure de Lestinne-au-Mont, près de Mons. Froissart occupa peu de temps ce poste de pasteur de campagne qui convenait aussi peu que possible à son tempérament. Puis le voilà passé sous un autre mécène, Guy II de Châtillon, dernier comte de Blois, lequel avait combattu à la bataille de Crécy et, par sa femme, Marie de Namur, était apparenté au premier protecteur de l'historiographe. De lui, Froissart reçut la charge de chapelain attaché à sa personne et, en 1384, le canonicat de Chimay. De 1369 à 1384, il semble que Froissart ait assez peu voyagé. Il est donc probable qu'il travailla à ses *Chroniques.* Ce serait à cette époque qu'il aurait compris la nécessité de les faire commencer plus haut et de partir du changement dynastique qui fit passer la couronne de France de la maison des Capétiens directs dans celle des Valois, et préférer le Français Philippe VI à l'Anglais Édouard III, c'est-à-dire aux origines mêmes de la guerre de Cent Ans. Une telle chronique existait déjà, complète et véridique, c'était celle de Jean le Bel. Froissart ne se fit pas scrupule de l'utiliser au point d'en venir à un véritable démarquage. Pour les années subséquentes, il avait auprès des princes anglais recueilli bien des éléments ; jusqu'alors son œuvre, qui s'adressait à des Anglais, subissait presque exclusivement l'influence anglaise. Désormais, par Wenceslas de Luxembourg et surtout par Guy de Blois, il connaissait d'autres points de vue. C'étaient ses protecteurs, il écrivait pour eux, il va de soi qu'il fit tout pour leur agréer. C'est ce qu'illustrent fort bien les rédactions successives du livre I ; commencé en 1369, il fut remanié dans un sens bien plus favorable à la France, sous l'influence de Guy de Blois en 1376, avant d'être repris en 1400 en une nouvelle version. Notons ici que c'est justement grâce à la multiplicité des maîtres qu'il servit que nous pouvons, dans une certaine mesure, faire confiance à Froissart. N'en eût-il eu qu'un, nous risquerions de n'avoir que le point de vue d'un seul sur les événements qu'il rapporte. Dès 1384, Froissart se remet en route à la suite de Guy de Blois qui se rend à la cour de France et y séjourne en 1384, 1385 et 1386. Il rentre en Flandre et nous savons qu'en 1386 il s'est rendu à l'Écluse et peut-être à Riom en Auvergne. Puis, en 1388, attiré par la renommée de Gaston Phébus, comte de Foix, il traverse la France pour gagner le Béarn. À Pamiers, il rencontre un obligeant chevalier de Gaston, Espan du Leu, qui lui sert de guide et lui raconte d'étonnantes prouesses. Après un séjour de trois mois à Orthez, il repart en février 1389 et pousse jusqu'en Avignon ; là il se documente sur les événements et les hommes du Midi qu'il ne connaissait encore que par ouï-dire. Au retour, il traverse l'Auvergne et assiste aux noces de Jean, duc de Berry et frère de Charles V, avec Jeanne de Boulogne et d'Auvergne. Il séjourne à Paris quelque temps (été 1389-1390), et il y compose le IIIe livre — qui contient les événements de Béarn — et une partie du IVe livre de ses *Chroniques.* Après avoir traversé la France du Nord, il se rend en Hollande et en Zélande. En 1392, il est de nouveau à Paris, en 1393 à Abbeville. Il repasse la Manche en 1394-1395 et va à la cour d'Angleterre où règne alors Richard II à qui il offre un exemplaire de ses œuvres poétiques. Ceux qu'il a connus autrefois sont morts ; il semble cependant que Froissart, qui jouissait d'un grand prestige, retrouva aisément des protecteurs. C'est à ce moment qu'on perd sa trace, la nouvelle version du premier livre et les derniers chapitres du livre IV, qui va jusqu'à l'an 1400, sont datés de 1400. Son nom n'est plus mentionné après 1404. On sait seulement qu'il mourut après cette date dans son canonicat de Chimay. Comme, au témoignage de ses contemporains, il ne serait mort qu'à plus de quatre-vingts ans, il semble raisonnable de reporter la date de son décès jusqu'en 1414.

Froissart a donc connu à peu près tous les hommes dont il parle, au moins dans la seconde partie de son récit. Il a voulu voir les êtres et les choses avant d'en parler, et pour cela n'a ménagé ni son temps ni ses fatigues. Ses *Chroniques* sont fondées sur des souvenirs et des témoignages, et comme il est clair qu'il manque d'esprit critique, il devrait donc être un parfait miroir du réel. Est-ce à dire qu'il est objectif ? Certes non, car, d'une part, il écrit pour faire sa cour et entend plaire à ceux qui paieront son œuvre. De plus, et ceci est peut-être plus grave, Froissart est un véritable homme de lettres, un poète et un romancier. Il ne manque pas d'imagination et dramatise à plaisir. Nous le prenons sur le fait lorsqu'il nous raconte par exemple la déroute de Philippe VI et son arrivée devant la porte du château de Labroye. Sa peinture est émouvante, il nous montre le roi « tout desconforté, et y avait bien raison », mais nous avons le récit du même fait par le froid, mais exact, Jean le Bel, et l'on sent tout de suite, à lire les deux versions, que Froissart en a rajouté.

Surtout, épris dès l'enfance de l'idéal chevaleresque, Froissart déforme systématiquement et probablement inconsciemment dans ce sens son récit, et néglige bien des aspects de l'histoire : le sens véritable de la guerre, l'affreuse misère du peuple, les réactions des bourgeois. Son histoire est déjà presque anachronique, comme l'était la chevalerie française à Crécy, comme elle le sera plus encore à Azincourt. Chez lui, la noblesse ne se mêle guère de politique, mais de festins, de chevauchées, d'amour courtois. On ne peut donc demander à Froissart de nous donner une histoire complète de son temps, ce n'est pas d'ailleurs son dessein et il prend soin de nous en avertir. Il écrit pour que « les grans merveilles et li biau fait d'armes qui sont avenu par les grans guerres de France et d'Engleterre... soient notablement registré ».

Ce qui, dans les événements historiques, l'intéresse surtout, c'est donc ce qu'il a mis dans le reste de son œuvre. Car, malgré leurs dimensions gigantesques, Froissart n'a pas écrit que les *Chroniques.* Il a laissé, outre le long roman en vers *Méliador,* plus de vingt- cinq mille vers. Poète, Froissart a de l'élégance, de la grâce, de la spontanéité, du naturel. Son œuvre abonde en rêveries pleines de charme, en inventions amusantes, et si les subtilités laborieuses et compassées à la mode du temps n'y sont pas absentes, on y rencontre de très agréables et très adroits poèmes. Il n'est pas douteux qu'ils firent autant pour sa renommée que ses *Chroniques.*

JACQUES BROSSE.

♦ *« J'ayme les historiens ou fort simples ou excellens. Les simples qui n'ont point de quoy y mesler quelque chose du leur, et qui n'y apportent que le soin et la diligence de ramasser tout ce qui vient à leur notice, et d'enregistrer à la bonne foy toutes choses sans chois et sans triange, nous laissant le jugement tout entier pour la cognoissance de la vérité. Tel entre autres, pour exemple, le bon Froissart, qui a marché en son entreprise d'une si franche naïfveté, qu'ayant faict une faute, il ne creit aucunement de la reconnoistre et corriger en l'endroit où il en a esté adverty, et qui nous représente la diversité mesme des bruits qui couroyent, et les différens rapports qu'on luy faisoit : c'est la manière de l'histoire nue et informe ; chacun peut en faire son profit autant qu'il a d'entendement. »* Montaigne.

RÉF. : Kervyn de Lettenhove, Notice en tête de l'édition des *Chroniques,* 1870. – S. Luce, Notice pour son édition des *Chroniques.* – Paulin Paris, *Nouvelles recherches sur la vie de Froissart.* – F. S. Shears, *Froissart, Chronicler and Poet,* Londres, 1930. – B.-J. Whiting, *Proverbs in the Writings of Jean Froissart,* 1935. – P. Philippeau, *Froissart et Jean le Bel,* 1936. – *VIe Centenaire de Jean Froissart,* Valenciennes, 1937. – P. F. Ainsworth, « Style direct et peinture des personnages chez Froissart » dans *Romania,* 93, 1972, p. 498-522. – P. F. Dembowski, *Jean Froissart and his Meliador,* Lexington (Kentucky), 1983.

FROMENTIN Eugène. Peintre et écrivain né le 24 octobre 1820 à La Rochelle, d'une famille d'hommes de loi et de médecins, mort à Saint-Maurice (Charente-Maritime) le 27 août 1876. Il fait d'excellentes études au collège de sa ville natale où il se passionne pour les auteurs de l'Antiquité et du XVIIe siècle, mais découvre aussi les poètes et les écrivains romantiques. Enfin il commence à dessiner. Arrivé à Paris à dix-neuf ans, il reste bientôt bouleversé par la mort d'une jeune femme avec laquelle il avait ébauché une idylle d'adolescent, et c'est dans cette émotion durable qu'il faut voir l'origine de *Dominique* (*). À cette époque, Fromentin hésite encore sur sa carrière, songe au barreau sur les conseils pressants de sa famille mais, sa vocation de peintre paysagiste se précisant, il obtient d'entrer dans un atelier et de travailler avec des paysagistes, d'ailleurs médiocres, Remond et Cabat. L'Orient l'attire ; en 1846, il saisit l'occasion de faire un voyage en Algérie d'où il revient émerveillé : l'Afrique lui fait aimer les couleurs vigoureuses, et, à son retour, Fromentin expose au Salon ses premières toiles, qui furent accueillies avec faveur. Par la suite, sa peinture connut un succès constant ; en 1847, il obtint un prix au Salon et en 1859 reçut la Légion d'honneur. Deux nouveaux voyages algériens, en 1847 et en 1855, ce dernier après son mariage, vont lui donner la matière de ses premiers livres. *Un été dans le Sahara* (1857) et *Une année dans le Sahel* (1858) qui lui valent les éloges de George Sand, Michelet, Sainte-Beuve. Fromentin commence alors sa confession romancée, *Dominique*, qui sera achevée en 1862 : artiste de plus en plus recherché, menant une existence aisée et paisible, tout intérieure, d'homme de famille, il donne à la peinture la plus grande partie de son temps. La guerre de 1870 et surtout la Commune indignent ses sentiments d'homme ordonné, modéré et catholique – car il est revenu de son premier romantisme parisien à la foi de son enfance. La paix revenue, il fait un voyage en Belgique et en Hollande, de musée en musée, et il tirera de ses notes *Les Maîtres d'autrefois*, qui demeurent un des chefs-d'œuvre les plus lus de la critique d'art. Il avait également donné dans ce genre deux autres ouvrages : *Visites artistiques* (1852), et *Simples pèlerinages* (1856).

Fromentin a vécu toute sa vie de la vente de ses tableaux : il est pourtant moins original comme peintre que comme écrivain, et au raffinement de ses toiles on peut préférer l'intense coloris de ses deux volumes de descriptions algériennes. Il a le don de l'expression nette, vive, jaillissante et surtout une sensibilité extrêmement mobile qui se trouve naturellement mieux à son aise en littérature qu'en peinture (selon son propre témoignage, c'est d'ailleurs pour dire ce que la peinture ne peut exprimer qu'Eugène Fromentin se mit à écrire ses premières relations de voyages). Évocateur de paysages, cette fois de la Saintonge, il l'est encore dans *Dominique*, ce chef-d'œuvre libre de toute influence due à la mode ou à une école, expression complète et parfaite d'une personnalité ; mais plus encore peintre du cœur, des nuances pudiques du sentiment, de l'insensible passage dans l'âme d'une femme chez qui la droiture et la fidélité seront plus fortes, de la camaraderie à l'amitié, de l'amitié à la passion. À une mélancolie qui n'est pas sans rappeler Maurice de Guérin, Fromentin alliait le réalisme du décor, de la nature. Dans ses tableaux d'Algérie également, la précision du dessin et de la couleur ne pouvait que plaire à la jeune école naturaliste : Flaubert, les Goncourt ne manquèrent pas de saluer chaleureusement Fromentin. Mais l'œuvre de ce dernier marque aussi une importante étape de l'histoire de la sensibilité au XIXe siècle : à l'évangile romantique de la passion absolue et sainte, l'auteur de *Dominique* oppose avec une sagesse un peu mélancolique les fécondes contraintes des habitudes sociales et morales, la soumission aux fatalités de la vie. On a publié à titre posthume les *Lettres de jeunesse* (1909) de Fromentin datées de ses premiers voyages, ainsi que son carnet de *Voyage en Égypte* (1935).

MICHEL MOURRE.

♦ *« Ce récit ne ressemble à rien et fait beaucoup chercher, beaucoup penser, beaucoup attendre... Tout ce qui est peinture de lieux, de personnes, de situations et d'impressions est exquis. Tout ce qui est analyse est très facile, très profond, encore mystérieux à beaucoup d'égards et bien ménagé. »* George Sand, lettre à Fromentin, à la suite de la publication de la première partie de *Dominique* dans *La Revue des Deux Mondes*, 18 avril 1862. ♦ *« Fromentin nous offre ce rare exemple, ce fait unique d'un peintre distingué et charmant, explorateur d'une région nouvelle, révélateur d'une nature, créateur d'un genre, dont les amateurs se disputent les toiles, et qui a été en même temps l'un des écrivains les plus variés, les plus imprévus, les plus savoureux de notre temps. »* Edmond Schérer. ♦ *« Si habile à s'inventorier, Fromentin connaissait son mal et que la volupté déchirante de se souvenir longtemps lui avait caché la vie, l'avait menacé de ne pouvoir vivre.* » E. Henriot.

RÉF. : Ed. Maynial, *E. Fromentin*, 1904. – C. Reynaud, *La Genèse de Dominique*, 1936. – V. Giraud, *Eugène Fromentin*, 1945. – A. Lagrange, *L'Art de Fromentin*, thèse, 1952. – F. Marcos, *Fromentin et l'Afrique*, thèse, 1954. – A. M. Christin, *Fromentin, conteur d'espace*, 1981. – B. Wright et J. Thompson, *La Vie et l'œuvre d'E. Fromentin*, 1987.

FURETIÈRE Antoine. Écrivain et lexicographe. Né et mort à Paris (1619-14 mai 1688). D'une famille de très petite bourgeoisie, il fit toutefois d'excellentes études acquit une connaissance approfondie de l'Antiquité, assimila même les rudiments de quelques langues orientales, et se destina d'abord au barreau. Reçu avocat en 1645, il acheta une charge de procureur fiscal à Saint-Germain. Peu après, il entra dans l'état ecclésiastique, et fut nommé abbé de Chalivoy et prieur de Chuines. Mais ses seules passions allaient aux lettres : après avoir publié *Le Voyage de Mercure* en 1653, réquisitoire en vers contre les littérateurs et les pédants, et diverses poésies en 1655, il fut élu à l'Académie française en 1662. La Compagnie était alors absorbée par la rédaction de son premier dictionnaire. Furetière ne tarda pas à juger l'entreprise incomplète, décida de publier lui-même un dictionnaire pour lequel, grâce à une ruse, il obtint un privilège royal. La querelle s'aggravant, Furetière fut accusé de profiter du travail commun pour son propre dictionnaire, et il intenta devant le Conseil du roi un procès à l'Académie. Après avoir fait paraître en 1684, avant celui de l'Académie, l'*Essai d'un dictionnaire universel*, il fut exclu de la Compagnie. En mauvaise posture devant les tribunaux (bien que le roi se fût opposé à l'élection du remplaçant de Furetière du vivant de ce dernier), l'écrivain en appela au public par des libelles en vers et en prose, et par des épigrammes amusantes, mais injurieuses, et assez grossières parfois. Il avait publié entre-temps son *Roman bourgeois* (*) (1666), et collaboré avec Racine en 1668 pour *Les Plaideurs*. Il ne put voir ni la fin de son procès, ni l'impression définitive de son *Dictionnaire universel contenant généralement tous les mots français tant vieux que modernes, et les termes des sciences et des arts*, qui n'eut lieu, en Hollande, qu'en 1690, deux ans après la mort de son auteur, avec une préface de Bayle. Du courant secondaire mais important des Scarron et des Sorel, poète moyen s'inspirant de Mathurin Régnier dans ses satires – qui restent bien en deçà de celles de Boileau –, Furetière a joué un rôle estimable en tant qu'adversaire de la préciosité et du romanesque.

JACQUES PATRY.

♦ « *Il a publié divers ouvrages tant en vers qu'en prose, où il a montré qu'il avait beaucoup de talent pour cette espèce de morale qui cherche à nous guérir du vice en le tournant en ridicule.* » Bayle. ♦ « *L'abbé Furetière, homme caustique et médiocre écrivain, faisait des satires dans le goût de Régnier. Il les montrait à Boileau jeune encore : le disciple, né avec plus de talent que le maître, profita trop bien dans cette école dangereuse.* » Voltaire. ♦ « *Furetière reprend la voie non de Scarron* [...] *mais de Sorel, un ennemi, celui-là, des emphatiques, des galants et des précieux. Furetière est un ami de Boileau et de Racine, mais ce n'est pas un artiste : son* Roman bourgeois *est une collection assez incohérente de portraits et de satires.* » G. Lanson.

RÉF. : F. Gégou, *Antoine Furetière, abbé de Chalivoy, ou la chute d'un immortel,* Paris, 1962. – B. Quemada, *Histoire des dictionnaires français,* Paris, 1968. – A. Rey, « Antoine Furetière, imagier de la culture classique », in *Le Dictionnaire universel d'Antoine Furetière,* Paris, 1978. – M. Vialet, *Triomphe de l'iconoclaste, Le Roman bourgeois et les lois de la cohérence romanesque,* Paris, 1989.

G

GABORIAU Émile. Romancier. Né à Saujon (Charente-Inférieure) le 9 novembre 1832, mort à Paris le 28 septembre 1873. D'abord clerc d'avoué, il s'engage en 1852 dans la cavalerie, puis part pour l'Afrique avant d'être réformé en 1856. Il se lance alors dans le journalisme, collaborant à diverses feuilles tout en étant le secrétaire de Paul Féval. Il publie des souvenirs de bivouac et tâte de la satire ; mais c'est avec le « roman judiciaire » qu'il conquiert la célébrité. *L'Affaire Lerouge*, publiée dans *Le Pays* en 1865, passe d'abord inaperçue, mais est finalement remarquée par le rédacteur en chef du *Soleil* qui reprend le feuilleton en 1866. Le succès est immédiat Gaboriau, à son grand étonnement, devient célèbre : il vient de lancer un genre qui lui vaudra la fortune. Il entre au *Petit Journal,* le plus populaire des journaux à un sou de l'Empire ; il y assume la tâche délicate de remplacer Ponson du Terrail, parti pour une feuille concurrente. Il triomphe bientôt avec *Le Crime d'Orcival* (1866), et ne cessera dès lors d'accumuler les succès : *Le Dossier 113* (1867), *Les Esclaves de Paris* (1867), *Monsieur Lecoq* (1868) — sans doute sa meilleure réussite — et, de 1868 à 1873, *La Vie infernale, La Clique dorée, La Dégringolade, Le Petit Vieux des Batignolles, La Corde au cou.* L'histoire littéraire retient volontiers Gaboriau comme le père du roman policier ; s'il n'en est pas l'inventeur (Lamothe-Langon s'est frotté dès 1820 au problème du meurtre en chambre close), il a su néanmoins couler des influences diverses dans une forme qui lui est propre. À Poe, il emprunte la figure du détective raisonnant qui conduit son enquête par induction théorique, à Balzac le goût de la peinture sociale et l'évocation des milieux. Enfin il garde, du feuilleton-roman de son temps, un sens certain du mélodrame : amours illégitimes, captation d'héritage... Le résultat est parfois grandiloquent, mais toujours attachant : parce qu'il a su faire place à l'humain dans le cadre abstrait de l'intrigue, Gaboriau est l'instigateur d'un roman policier « à la française » (Narcejac), moins logique que psychologique.

LAURENT BAZIN.

RÉF. : R. Bonniot, *Émile Gaboriau ou la Naissance du roman policier,* 1985.

GACE BRULÉ. Trouvère champenois (fin du XIIe — début du XIIIe siècle). De ce chevalier, nous ignorons tout. Il était champenois, c'est dire qu'il a vécu dans un milieu où la poésie fleurissait avec Conon de Béthune. Presque aussi célèbre que son contemporain Thibaut de Champagne, il n'a ni son sens musical de la langue, ni sa délicatesse, mais il a de l'élégance et plus de naïveté et de simplicité que son rival, par exemple dans des pièces comme : « Les oisillons de mon païs / Ai oïz en Bretagne. » Des quelque soixante-dix chansons d'amour que nous avons conservées de lui, citons, sur le thème cent fois repris de l'amour courtois, qui fait le fond de tous les poèmes de ce temps, les trois chansons : « Je ne vais pas querant tel délivrance / Par quoi amors soit de moi departie », « De bone amor et de loial amie / Me vient souvent pitiez et remembrance » et surtout « Quant voi l'aube du jour venir, / Nulle rien ne doit tant haïr, / Qu'elle fait de moi departir / Mon ami que j'aim par amour ». Dans ce dernier poème, passant outre les conventions, Gace Brulé exprime, tout uniment, les soupirs de la dame qui, dans son lit, pense à son amant. Mais une des pièces les plus originales de ce trouvère est le « jeu parti », dialogue entre le poète et un chevalier amoureux, qui lui demande ses conseils ; ceux-ci ne varient pas, il faut se soumettre à l'amour, quelque peine qu'on en doive endurer, car, de lui-même, il est une suffisante récompense ; c'est un piteux amant que celui qui, pour en avoir été maltraité, veut abandonner l'Amour. — Les poésies de Gace Brulé ont été éditées sous le titre de *Chansons* par G. Huet (Société des anciens textes français, Paris, 1902) et par H. Petersen Dyggve (Helsinki, 1951).

RÉF. : H. Petersen Dyggve, *Gace Brulé, trouvère champenois,* Helsinki, 1951. – J. Frappier, *La Poésie lyrique en France aux* XII*e et* XIII*e siècles,* Paris, 1954, p. 141-161. – G. Lavis et M. Stasse, *Les Chansons de Gace Brulé, concordancier et index,* Liège, 1979.

GADENNE Paul. Romancier né le 4 avril 1907 à Armentières (Nord), mort à Cambo-les-Bains le 1er mai 1956. Auteur d'une œuvre exigeante et solitaire, Paul Gadenne appartient – avec Jean Reverzy, Raymond Guérin et quelques autres – à cette lignée d'écrivains qui, assez discrets ou trop originaux pour ne pas demeurer de leur vivant à l'écart des courants et milieux littéraires, ont été reconnus tardivement, mais d'autant plus sûrement. Sa famille ayant été chassée d'Armentières par la guerre, Paul Gadenne a grandi à Boulogne-sur-Mer puis, à partir de 1918, à Paris, où il a fait toutes ses études et reçu une solide formation classique (hypokhâgne, khâgne et agrégation de lettres en 1931) le destinant à l'enseignement. Il occupe son premier poste en Normandie en 1932 mais, dès l'année suivante, un début de tuberculose le contraint à une retraite de deux ans dans un sanatorium de Haute-Savoie, à Praz-Coutant. Il n'en sortira pas guéri et, après une seconde année d'enseignement au lycée climatique de Gap, il entre définitivement dans le cycle des rechutes et rémissions qui lui interdiront, pour plus de quelques mois d'affilée, toute activité extérieure. « Chacun sait que l'on médite d'autant plus volontiers sur la mort que l'on est en meilleure santé » : on aurait tort, toutefois, d'inverser cette phrase de Gadenne et de vouloir rattacher son œuvre à un quelconque sentiment d'exclusion ou d'exil intérieur ; même si elle témoigne d'une attention au monde parfois exacerbée, à laquelle la maladie ne peut être tout à fait étrangère, Paul Gadenne avouait, plus simplement, écrire « pour essayer de savoir un peu de soi-même, expliquer son angoisse, son espérance ou son tremblement » et aussi parce que « le bonheur d'écrire, c'est celui de vivre dans l'avenir, [...] c'est de savoir qu'il est possible de devenir un autre ». C'est cette métamorphose, précisément, que dépeint son premier roman, *Siloé*, achevé vers 1937 mais publié en 1941 seulement, alors que son auteur est depuis deux ans réfugié à Bayonne. Ce long récit, en partie autobiographique, d'une rédemption morale dans le milieu clos d'un sanatorium – d'où la comparaison fréquente, sinon tout à fait pertinente, avec *La Montagne magique* de Thomas Mann –, sera suivi, en 1947, par un roman plus ramassé et d'un dessin moins linéaire, *Le Vent noir,* par quoi il faut entendre celui de la passion portée jusqu'à son dénouement extrême. C'est encore à Bayonne, où il s'est marié peu après la guerre, que Paul Gadenne écrira, dans des conditions de vie précaires, ses deux romans suivants, tentatives d'investigation romanesque du mystère de la création artistique : à travers le personnage d'un poète dans *La Rue profonde* (1948) – où l'on croit parfois déceler, sous le récit, les pages de carnet d'un observateur immobile – ou celui d'un sculpteur retiré dans une petite ville du Sud-Ouest, aux prises avec la « lente poursuite de l'idée » et le « grain d'absolu » d'une statue d'Ève à arracher de la matière des jours – *L'Avenue* (1949). En 1951, après une rechute plus grave que toutes les précédentes, Gadenne quitte Bayonne pour Cambo- les-Bains, où il remanie et achève *La Plage de Scheveningen* (1952), illustration d'un thème qui lui est cher, celui de la rencontre et de la séparation, dans l'ombre portée de la guerre et de la collaboration. Si ce livre, sans doute l'un des plus réussis de Gadenne, est aussi une réflexion sur la culpabilité (« être coupable, c'est ne plus faire bloc avec soi-même, ne plus être un »), on serait tenté de dire du dernier et bref récit qu'il a publié de son vivant, *L'Invitation chez les Stirl* (1955), que c'est le roman de l'ambiguïté : celle qui gauchit la plupart des rapports entre les êtres, mais aussi celle recherchée par l'auteur lui-même lorsqu'il avoue que l'intrigue, délibérément ténue, importe moins que « tout ce qui n'est pas dit ». Définitivement alité le 27 mars 1956, Paul Gadenne n'aura guère eu le temps de mettre la dernière main à ce qui est peut-être son chef-d'œuvre et aura grandement contribué à sa reconnaissance posthume, *Les Hauts Quartiers*, finalement publié, après bien des vicissitudes, en 1973. Formellement plus proche de *Siloé* qu'aucun des autres romans, ce livre, auquel Gadenne tenait beaucoup, en constitue en même temps l'exacte et troublante antithèse puisqu'il décrit un lent acheminement vers les ténèbres et l'effacement, dans l'enfer ordinaire d'une ville de province à peine fictive, toute bruissante de rumeurs et de personnages diversement intentionnés. S'il est vrai, comme l'affirmait Gadenne dans un projet de préface, qu'« un écrivain n'a toute sa vie qu'une idée dont il montre les différents versants », *Les Hauts Quartiers* marquent sûrement l'aboutissement de l'un de ses efforts les plus constants : atteindre, à travers la littérature, à un au-delà de la littérature qui serait la vie même, de ses manifestations visibles à ses significations les plus secrètes. Signalons également l'ensemble des nouvelles désormais rassemblées sous le titre *Scènes dans le château* (dont *La Coccinelle,* écrite à 21 ans et annonçant déjà certains des romans de la maturité, *Baleine,* qui a la densité d'un roman miniature, *Chronologie courte, Insomnie, Train de banlieue,* etc.), un recueil de *Poèmes* posthumes, des réflexions sur la technique et le métier du romancier (*À propos du roman*) et, en attendant la parution des *Carnets,* les rééditions de quelques textes parus autrefois en revue ou demeurés inédits (*Bal à Espelette, Le Guide du voyageur, La Conférence, Le Jour que voici*), qui jettent a posteriori un éclairage précieux sur certains aspects de son œuvre.

GILLES ORTLIEB.

♦ *« Un romancier qui parvient à donner cette sensation du gouffre, sans que rien semble voulu ou forcé, est un grand romancier. »* Albert Béguin.

♦ *« Semblable en cela à tous les grands romanciers, Gadenne savait que le récit est le lieu privilégié non des réponses mais des questions. »* Pierre Mertens. ♦ *« L'accent de la vérité – écrivons le mot réprouvé – qui est aussi celui du doute et de l'attente, aux écoutes de l'inconnu. »* Henri Thomas.

RÉF. : Robert Kanters, *Des écrivains et des hommes,* Paris, 1952. – Jean Crocq, *Poésie et vie spirituelle dans l'œuvre de Paul Gadenne,* Annales de la faculté des lettres de Toulouse, 1965.

GALLO Max. Écrivain français. Né à Nice le 7 janvier 1932. Max Gallo fait ses études au lycée du Parc impérial de Nice, puis il entre à l'Institut des études politiques de Paris. Agrégé d'histoire, docteur en histoire contemporaine et docteur ès lettres, il commence à enseigner au lycée de Nice (de 1960 à 1965) ; il est ensuite nommé maître assistant à la faculté des lettres de cette même ville. Son origine niçoise et sa formation d'historien auront une influence prédominante sur son œuvre. Les premiers ouvrages qu'il publie concernent en particulier les différents totalitarismes du XXe siècle : *L'Italie de Mussolini* (1964), *Histoire de l'Espagne franquiste* (1969), *La Nuit des longs couteaux* (1970). Il écrit également *Maximilien Robespierre, Histoire d'une solitude* (1968). Max Gallo veut analyser ce qui s'est passé sur la totalité de la scène historique, afin d'en saisir les articulations idéologiques et de mettre au jour les motivations politiques des acteurs du drame. On retrouve un même projet quand Max Gallo aborde le genre romanesque avec *Le Cortège des vainqueurs* (1972). Ses romans deviennent de vastes fresques qui reconstituent dans la durée les hasards de l'histoire, généralement dans le décor de la ville de Nice. *La Baie des anges* (1975) raconte l'assimilation de trois émigrés italiens arrivés à Nice à la fin du XIXe siècle, et la destinée de leurs descendants jusqu'à la période contemporaine. *Que sont les siècles pour la mer* (1977) est un livre encore plus ambitieux, puisqu'il évoque vingt- cinq siècles d'histoire en Provence. Dans *Les Hommes naissent tous le même jour* (tome I : *Aurore*, 1978 ; tome II : *Crépuscule*, 1979), l'auteur fait s'entremêler les vies parallèles de six familles, éparpillées dans le monde entier. Ici aussi, l'écrivain cherche à saisir la complexité de la réalité psychologique et sociale au milieu des soubresauts de l'histoire. Dans les livres suivants, Max Gallo semble revenir à l'histoire pure, mais c'est de façon beaucoup plus politique : *Le Grand Jaurès* (1984), ou *Lettre ouverte à Maximilien Robespierre sur les nouveaux Muscadins* (1986) qui est plutôt un pamphlet. L'intellectuel de gauche Max Gallo est requis par la politique. En 1981, il a été élu député socialiste des Alpes-Maritimes ; il est en 1984 et 1985 secrétaire d'État et porte-parole du gouvernement. Il siège au Parlement européen. Son activité de journaliste correspond à son engagement politique : il a notamment été rédacteur en chef du *Matin de Paris* en 1985-1986. Cependant, il prend assez vite ses distances avec le pouvoir en place. Auteur extrêmement prolifique, ses nombreuses occupations (mentionnons au passage qu'il travaille dans l'édition et qu'il a par ailleurs réalisé des émissions pour la télévision) ne l'ont pas empêché de continuer à publier des livres à un rythme soutenu : *Jules Vallès* (1988), *Une affaire publique* (1989), *Napoléon* (1997), *De Gaulle* (1998).

JACQUES-ÉMILE MIRIEL.

Gargantua, Pantagruel, Tiers Livre, Quart Livre, Cinquiesme Livre des faicts et dicts héroïques du bon Pantagruel. Roman de l'humaniste et romancier François Rabelais (1483 ?-1553), publié de 1532 à 1564. Les deux premiers tomes romanesques de Rabelais sont signés du pseudonyme d'Alcofribas Nasier. Vers 1532 paraît *Pantagruel. Les horribles et espoventables faicts et prouesses du tresrenomme Pantagruel Roy des Dipsodes / filz du grand geant Gargantua.* Rabelais inventait ainsi un fils au géant du livret populaire *Les grandes et inestimables Cronicques : du grant et enorme geant Gargantua : Contenant sa genealogie / la grandeur et force de son corps. Aussi les merveilleux faicts darmes quil fist pour le Roy Artus.* Rabelais fut vraisemblablement l'éditeur critique de cet ouvrage anonyme, qui recueille des légendes en rapport avec le cycle arthurien et qu'il a doté d'une table des matières de sa composition où il met en valeur des épisodes comme la jument de Gargantua ou les cloches de Notre-Dame, qu'il développe dans son second roman (paru vraisemblablement en 1535) dont la seconde édition est intitulée : *La vie inestimable du grand Gargantua, pere de Pantagruel, jadis composee par L'abstracteur de quintessence. Livre plein de pantagruelisme.*

En 1542, il réunit ses deux ouvrages en les présentant dans l'ordre chronologique de la fiction sous le titre de *Grandes Annales ou cronicques Tresveritables des Gestes merveilleux du grand Gargantua et Pantagruel son filz.* En 1546, il y ajoute un *Tiers Livre des faictz et dictz Heroïques du noble Pantagruel, composez par M. Franç. Rabelais docteur en Medicine, et Calloïer des Isles Hieres.* En 1552 paraissent le *Quart Livre des faicts et dicts Heroiques du bon Pantagruel* (dont quelques chapitres avaient été publiés en 1548) et une version du *Tiers Livre* « reveu, et corrigé par l'Autheur sus la censure antique ». À titre posthume se fait la publication, en 1562, de l'*Isle Sonante* et, en 1564, du *Cinquiesme et dernier livre des faicts et dicts Heroïques du bon Pantagruel.*

C'est donc sous le titre de *Faicts et dicts Heroïques* que Rabelais réunit sa geste pantagruéline. Les deux premiers livres tiennent plutôt de la chronique, des biographies d'hommes célèbres ou même de l'hagiographie, le troisième du dialogue philosophique, les deux derniers, du récit de voyage. Tous les ouvrages, dotés d'un prologue où sont apostrophés les lecteurs, sont divisés en courts chapitres avec titres : y alternent narrations, dialogues vifs et souvent facétieux, énumérations comiques ou didactiques, dans un incessant mélange de niveaux de style, avec des créations et des emprunts verbaux qui en font l'œuvre linguistiquement la plus riche de la littérature française.

Le *Gargantua,* premier dans la chronologie fictive, mais second en rédaction, conte les enfances du héros, fils de Grandgousier, ses hauts faits, et s'achève, comme dans les cycles des romans de chevalerie, par la création d'une abbaye. Un dizain préliminaire, qui invite le lecteur à se dépouiller de toute passion, rappelle la définition aristotélicienne du rire (« Mieux est de ris que de larmes escripre / Pource que rire est le propre de l'homme »). Ce rire, que l'on a pu qualifier de carnavalesque, qui se joue de tout, se complaît dans le bas corporel, se fonde sur des jeux de mots populaires et approximatifs, est une des grandes constantes de l'œuvre ; Rabelais dans le *Quart Livre* en souligne la vertu thérapeutique et les humanistes la vertu pédagogique.

Le prologue, avec son développement sur les Silènes d'Alcibiade, tiré d'un célèbre adage d'Érasme et sa métaphore de l'os à moelle, pose le problème central de la lecture allégorique, pierre d'achoppement de la critique rabelaisienne. À la suite de saint Paul et d'Érasme, Rabelais tient à l'occultation d'un message sélectif selon les individus, mais aussi à une juste moyenne à tenir entre lecture littérale et lecture allégorique, concevant de nombreux épisodes comme une propédeutique à cette bonne lecture.

Le récit débute par la découverte dans un tombeau de la généalogie de Gargantua et d'une pièce de vers énigmatiques, les *Fanfreluches antidotées,* à allusions mythologiques, religieuses et politiques. La naissance de Gargantua par l'oreille gauche de sa mère, l'imposition de son nom à l'imitation des Hébreux, son goût précoce pour le vin, son ingéniosité dans l'invention d'un torchecul sont remarquables. Des chapitres descriptifs sont consacrés à sa livrée, avec pour emblème l'Androgyne de Platon et en lettres grecques la devise de saint Paul : « La charité ne cherche pas son propre avantage » (inscription notable de l'ouvrage sous le double patronage platonicien et paulinien) et à une discussion sur la signification des couleurs blanc et bleu où sont condamnées certaines interprétations de rébus.

Confié, après une éducation désastreuse sous la férule des sophistes (appelés sorbonagres dans les premières éditions), à Ponocrates (« le travailleur » en grec), le héros part pour Paris dans un voyage qui fait renouer avec des épisodes des *Grandes Cronicques* : l'énorme jument qui abat les bois du pays que Gargantua appelle « beauce », le vol des cloches de Notre-Dame pour les mettre au cou de sa jument. Le programme éducatif du jeune héros est ensuite la matière de chapitres denses. Ponocrates, après avoir pris connaissance de ses vicieuses habitudes, l'institue de sorte qu'il ne perde heure du jour. Cet idéal d'éducation humaniste est fondé sur l'éveil et la diversité des disciplines et des expériences, toujours référées néanmoins à l'Antiquité.

La seconde partie du livre, véritable *Institution du prince,* est consacrée à la guerre picrocholine, née d'un conflit entre les fouaciers de Picrochole et les bergers et les métayers de Gargantua dans le Chinonais et derrière laquelle on a relevé le double écho d'une querelle entre le père de Rabelais et un voisin et du conflit entre François Ier et Charles Quint. Dans ces développements épiques apparaît frère Jean des Entommeures qui, avec le bâton de la croix, sauve le clos de son abbaye et, homme d'action, est le personnage central des affrontements. Face à l'impulsif Picrochole, portrait type de l'atrabilaire, Grandgousier se conduit en sage roi, prêt à toute conciliation, refusée par Picrochole « hors du sens et délaissé de Dieu » qui ne rêve que de conquête universelle. La guerre fournit maints épisodes comiques : Gymnaste pris pour un diable déguisé, Gargantua qui fait tomber en se peignant les boulets d'artillerie, les six pèlerins mangés en salade (épisode offrant, dans une perspective érasmienne, la condamnation des pèlerinages et du culte des saints qui, avec la condamnation de l'inutilité des moines, forme le fonds de la satire religieuse dans cet ouvrage). Gargantua, après un discours magnanime aux vaincus, récompense largement ses compagnons et acquiesce à la demande de frère Jean de fonder une abbaye à son devis, avec des règles diamétralement opposées aux règles habituelles. Les complaisantes descriptions de Thélème (« volonté » en grec) évoquent l'architecture renaissante et celles du *Songe de Poliphile* de Colonna. L'inscription sur la porte n'y invite que les nobles chevaliers, prêcheurs évangéliques, dames de haut parage. La vie à Thélème est réglée selon le franc arbitre de chacun avec la devise « fay ce que vouldras ». Cette utopie se termine par une énigme trouvée au fondement de l'abbaye, vraisemblablement empruntée à Mellin de Saint-Gelais, et diversement interprétée par les héros : description du jeu de paume ou « decours et maintien de verité divine ».

Le *Pantagruel,* avec les enfances et les hauts faits du héros, apparaît comme le palimpseste du *Gargantua.* Le parti pris de style et de culture populaires a pu être lu comme le dessein d'écrire une anti-épopée chrétienne de la fraternité universelle. Le début de l'ouvrage est propre à frapper l'imagination du lecteur, conduit au temps de Caïn, quand l'ingestion de nèfles provoque des déformations diverses dont le gigantisme. La plaisante généalogie des ancêtres mythologiques, bibliques, médiévaux, folkloriques, de Pantagruel parodie la généalogie du Christ, préfigurant la figure christique de Pantagruel.

La naissance de Pantagruel, le futur dominateur des altérés, une année de grande sécheresse, est, dans un registre différent, tout aussi extraordinaire que celle de son père. La mort en couches de sa mère, Badebec, fille du roi des Amaurotes en Utopie (noms empruntés à l'*Utopie* de Thomas More), laisse Gargantua dans une hésitation comique entre larmes et rire. L'enfance du héros est marquée par le gigantisme et la voracité. Les préoccupations linguistiques sont importantes dans cet ouvrage. Lors de son tour des universités françaises, avec son précepteur Epistémon (« le sage » en grec), Pantagruel s'emporte contre l'écolier limousin qui contrefaisait le français en francisant de nombreux termes latins. À Paris, le catalogue de la bibliothèque Saint-Victor, célèbre bibliothèque de théologie, est prétexte à dresser une liste comique de livres, aux titres souvent grotesquement latinisés. La célèbre lettre de Gargantua à son fils a été lue comme un manifeste de l'humanisme renaissant louant le rétablissement de toutes les disciplines et des langues avec des accents semblables à ceux de la lettre de 1521 de Rabelais à l'humaniste Budé sur les ténèbres de l'époque précédente et la lumière actuelle. Gargantua, qui veut que son fils devienne un « abîme de science », lui dresse un programme de connaissances et une ligne de conduite morale.

La rencontre de Panurge (« le rusé »), un des héros principaux de la geste pantagruéline, est marquée par l'affection immédiate de Gargantua pour ce personnage polyglotte, grand rassembleur de langues face au corrupteur qu'est l'écolier limousin et incarnation du sophiste, peut-être. Ses relations avec Pantagruel, dont on a pu penser qu'il était le double, animent toute l'œuvre. Après la soutenance publique par Pantagruel de neuf mille sept cent soixante-quatre thèses et sa résolution du procès pendant entre Baysecul et Humevesne (critique des lenteurs de la justice et de l'incompétence des commentateurs), Panurge passe pour quelques chapitres au premier plan avec le récit de son évasion des mains des Turcs, ses suggestions obscènes sur la manière de bâtir les murailles de Paris. Ses mœurs longuement décrites montrent un joyeux drille et mauvais garçon. Il se substitue à son maître dans la dispute par signes avec Thaumaste, un savant anglais qui souhaitait disputer de philosophie, géomancie et cabale. La guerre, déclenchée par l'envahissement du pays des Amaurotes par les Dispodes, engendre des épisodes comiquement épiques : quatre compagnons, par leur ruse, défaisant six cent soixante cavaliers ; Pantagruel assoiffant et compissant les ennemis ou faisant de son ennemi Loup Garou une arme avec laquelle il abat les ennemis. La guérison miraculeuse par Panurge d'Epistémon qui avait eu la tête coupée et était descendu aux Enfers où les hommes célèbres occupent des contre-emplois est un jeu sur le monde à l'envers, tout comme la descente du narrateur dans la bouche de Pantagruel.

Le *Tiers Livre* est fort différent dans la forme du *Pantagruel ;* le petit diable facétieux des mystères du XVe siècle qui altère les buveurs en introduisant du sel dans leur bouche y devient l'« idée et exemplaire de toute joyeuse perfection ». L'érudition occupe une place importante dans cet ouvrage qui traite de l'éventualité du mariage de Panurge, en rapport avec les débats contemporains sur le mariage (où s'étaient illustrés ses amis légistes Tiraqueau et Bouchard, Érasme, Corneille Agrippa) et la querelle des femmes, d'actualité chez les poètes du milieu du siècle. En fait, dépassant la question du mariage, Rabelais s'intéresse au problème de la résolution des perplexités de l'homme par les conseils ou par la révélation, et à la validité des méthodes divinatoires ; Pantagruel y propose une ligne de conduite : « Chascun doibt estre arbitre de ses propres pensées et de soi mesme conseil prendre » et ne jamais se laisser abuser par la philautie (terme érasmien utilisé par Rabelais dès 1532 dans une lettre-dédicace à Tiraqueau pour désigner un attachement entêté à sa propre doctrine et dont le remède est la connaissance de soi et la folie aux yeux du monde selon l'enseignement de saint Paul). L'ouvrage est encadré de deux éloges paradoxaux : celui des dettes par Panurge et celui du pantagruélion, plante aux vertus extraordinaires, par le narrateur. Les consultations de Panurge occupent la quasi-totalité du livre, consultation de ses proches, recours aux sorts virgiliens, aux songes, à des personnages possédant traditionnellement le don de divination : la Sibylle de Panzoust, Nazdecabre le muet qui s'exprime par signes, le vieux poète Raminagrobis que l'approche de la mort rend prophétique, l'astrologue Her Trippa ; puis à des sages invités à un banquet ; un théologien, un médecin, un légiste, un philosophe ; enfin au fou Triboulet. Une des constantes de l'ouvrage, indépendamment de la satire du discours de certains de ces conseilleurs, est la diversité des interprétations que les personnages donnent aux signes, Panurge refusant toute interprétation défavorable. Pantagruel et Panurge se retrouvent dans leur décision commune d'aller consulter l'oracle de la Dive Bouteille.

Le *Quart Livre,* doté d'un prologue où Rabelais fait l'apologie de la « médiocrité » (recherche du juste milieu), se présente comme un récit de voyage, évoquant les découvertes contemporaines du Nouveau Monde, les épopées antiques et aussi un livret populaire, *Le Disciple de Panurge*, qui décrit les navigations de ce dernier. L'argument est celui, vite oublié, de la question du mariage de Panurge ; il s'agit en fait d'un voyage d'apprentissage du monde, à l'imitation de celui d'Apollonius de Tyane, où les héros sont mus par le « studieux desir de veoir, apprendre, congnoistre ». Alors que la première rédaction du *Quart Livre* de 1548 ne comprend que onze chapitres (épisode des moutons de Panurge, descente à l'île des Alliances, satire de pratiques de cour, à l'île de Chely, pays de Cocagne qui contraste avec l'épisode des Chicanoux, satire de la justice, long épisode de la tempête qui s'achève par l'arrivée au pays des Macréons), Rabelais, en 1552, intercale dans ce texte des anecdotes contemporaines ; il accuse la signification religieuse de l'épisode de la tempête et augmente le livre d'épisodes significatifs : description de l'île des Macréons, mémoire du monde, puis épisodes de satire religieuse avec Quaresmeprenant, l'île des Andouilles, l'île des Papefigues, hérétiques condamnés à la désolation, celle des Papimanes, mise en scène de la cour du pape Jules III et satire de la papauté pour servir la cause gallicane. La découverte des paroles gelées, réflexion sur la correspondance entre les mots et les choses, précède l'arrivée au manoir de messire Gaster, symbole de l'esprit ingénieux, mal servi néanmoins par les Gastrolatres et les Engastrimythes. L'ouvrage, après une scène scatologique, mais peut-être aussi initiatique, s'achève, comme l'*Éloge de la folie* d'Érasme, par une invitation à boire. Tout au long du voyage, les héros pantagruéliques de la nef s'opposent aux allégories des insulaires souvent monstrueux, symboles de tous les immobilismes des institutions humaines. Dans cette quête de la connaissance, le *Quart Livre* propose un syncrétisme des cultures, utilisant largement, par exemple, les ouvrages de Plutarque sur les mythes égyptiens. Un glossaire en fin de livre montre la part importante réservée à l'hébraïsme et les préoccupations linguistiques de Rabelais.

Le *Cinquiesme Livre* (connu par trois états différents : l'*Isle Sonante,* l'édition de 1564 et un manuscrit non autographe), dont l'authenticité a donné matière à maintes controverses, n'est probablement qu'une supercherie d'éditeurs ayant voulu faire passer pour la fin de la navigation des brouillons de livres précédents et des notes de lecture. Le texte correspondant à l'*Isle Sonante* contient principalement l'épisode de l'île Sonante proprement dite, caricature, derrière les oiseaux, de la papauté et du clergé, et celui du pays des Chats fourrés, violente critique des magistrats. Ces textes pourraient être contemporains du *Quart Livre* de 1548 ; le chapitre des Apedeftes, satire de la Cour des comptes, seulement donné par l'*Isle Sonante,* semble apocryphe. Dans les deux autres états, plus longs, les cas de divergence de chapitres ne concernent que des emprunts à d'autres œuvres ou des traductions du *Songe de Poliphile.* L'ensemble comprend un prologue qui n'est autre que la première version de celui du *Tiers Livre* et une navigation française que Rabelais aurait projeté de faire faire à ses héros à la fin du *Tiers Livre,* les amenant de Saint-Malo par les côtes françaises en Poitou, pays des lanternes, et à la Dive Bouteille en Touraine. L'épisode de la Quintessence qui fait les héros abstracteurs atteste du caractère initiatique de ce voyage. Quelques étapes, moins développées, conduisent les héros dans l'île d'Odes, dans l'île des frères Fredons, dénonciation de la confession et du carême, au pays de Satin, île de merveilles et de faux témoignages connus par Ouï-dire. Une séance iniatique, dans le temple longuement décrit, permet d'avoir le mot de la Bouteille : « trinch », prélude à une séance de fureur poétique. Que Rabelais n'ait pas publié de son vivant cette quête de la Bouteille que l'on peut lire comme une alliance du monde celtique et grec, en quête d'une nouvelle Atlantide, semble significatif de son désir d'occultation du message et d'un ésotérisme que certains commentateurs n'hésitent pas à lire dans toute l'œuvre.

Du *Pantagruel* au *Quart Livre,* Rabelais n'a cessé d'affiner sa pensée dans tous les domaines. Il approfondit les leçons du pantagruélisme et de l'évangélisme, en varie les présentations. Il précise ses partis pris philologiques, élaborant un système orthographique complexe, en relation avec les codifications contemporaines et avec une réflexion à visée métaphysique sur la forme des choses. Il convie au festin du monde tous les mots et toutes les réalités en attente de la révélation finale.

M. H.

***Garin le Loherain*.** Chanson de geste du XIIIe siècle, écrite en laisses de vers décasyllabes et appartenant au cycle des Loherains (épopée racontant les aventures de quatre générations de personnages, formée de quatre chansons : la première présente Hervis, *Hervis de Metz,* la seconde ses fils Garin et Begon, *Garin le Loherain,* la troisième le fils de Garin, *Gerbert de Metz,* et la quatrième le propre fils de Gerbert, *Anséis*). Le poème nous raconte le développement des longues rivalités féodales entre la maison de Lorraine, représentée par Garin et son frère Begon, et les Fromont, seigneurs de Soissons.

Thierry, roi d'Arles, sur le point de mourir, offre en mariage à Garin, en présence du roi Pépin, sa propre fille Blanchefleur, unique héritière de ses États. L'événement suscite l'opposition des Fromont et l'on en arrive à une guerre pleine d'épisodes nombreux et variés, au cours desquels s'illustrent la sagesse mesurée de Garin et la compétence belliqueuse de Begon. À la fin, on décide de s'en remettre au jugement du roi et la belle Blanchefleur, cause de tant de luttes, est conduite à la Cour ; Pépin, la voyant si jolie, s'éprend d'elle et l'épouse. Garin est prêt à s'élancer sur le roi lui-même, mais un évêque s'entremet. Peu après Garin et Begon épousent deux cousines du roi ; mais ceci est loin de terminer la lutte avec les Fromont, qui reprend avec plus d'acharnement et sera poursuivie par les fils des deux frères : l'un après l'autre, presque tous les combattants succombent. Le poème est représentatif des mœurs du XIe siècle et des luttes féodales de cette époque ; on peut même y reconnaître les noms de quelques grandes familles de ce temps, et le ton tout entier de la narration est celui d'un récit historique plein de vraisemblance. — *Garin le Lorrain* a été édité par E. du Meril (Paris, 1846) et traduit par B. Guidot (Nancy, 1986) ; *Gerbert de Metz* a été édité par P. Taylor (Namur, 1952) et traduit par B. Guidot (Nancy, 1988).

GARNIER Robert. Poète tragique né à La Ferté-Bernard (Sarthe) en 1545, mort le 20 septembre 1590 au Mans. Il étudia le droit à Toulouse, où il se lia avec le poète Guy du Faur de Pibrac. Ce fut à Toulouse qu'en 1565, avec d'autres poètes, il accueillit Charles IX et Catherine de Médicis ; la même année il composa son premier recueil de vers : *Plaintes amoureuses* ; il remporta le prix de l'Églantine aux Jeux floraux de 1566. Toujours en compagnie de son ami Pibrac, il devint avocat du parlement de Paris en 1567, et composa un *Hymne à la monarchie* et *Porcie* (1568). Rentré un an plus tard dans sa province natale, il obtint d'abord la charge de conseiller au présidial puis, en 1574, celle de lieutenant au criminel. Sa vie semble avoir été assez tranquille et elle nous est mal connue, marquée seulement par la composition et la représentation de ses ouvrages. En 1573, Garnier écrit son *Hippolyte*, que Ronsard proclame devant être « plus dur contre les ans que marbre ni qu'airain » ; en janvier 1574 paraît *Cornélie*, et il collabore au *Tombeau* publié par Ronsard après la mort de Charles IX. En 1580 paraît son premier recueil de tragédies, avec *Marc-Antoine, La Troade* et *Antigone ou la Pitié*, cette dernière pièce se conformant, comme les autres, au modèle sénéquien et s'inspirant des *Phéniciennes* et de l'*Œdipe à Colone* de Sophocle. En 1582, Garnier donna *Bradamante*, tragi-comédie inspirée du *Roland furieux* de l'Arioste (le genre connaîtra une belle fortune au XVIIe siècle). En 1583 parurent *Les Juives* (*), chef-d'œuvre du poète, seule tragédie de Garnier jouée encore assez régulièrement, et que son puissant lyrisme biblique a fait nommer par Faguet l'« *Athalie* du XVIe siècle ». Mais, à cette époque, Garnier est déjà décidé à abandonner le théâtre ; il n'y est revenu un instant avec *Les Juives* que, dit-il, pour chanter « quelque cas de notre Dieu ». Sa carrière culmine avec sa nomination, en 1586, au Grand conseil du roi. Mais ses dernières années semblent avoir été sombres. Dévot, il se rangea quelque temps du côté de la Ligue, puis fit sa soumission. Pendant les trente années qui suivirent sa mort allaient se succéder les éditions de ses œuvres. Il reste le plus grand représentant de la tragédie au XVIe siècle, dont il résume et accomplit tous les efforts.

♦ *« Et maintenant Garnier, sçavant et copieux / Tragique a surmonté les nouveaux et les vieux, / Monstrant par son parler assez doucement grave / Que notre langue passe aujourd'hui la plus brave. »* Vauquelin de La Fresnaye, 1605. ♦ *« Garnier s'éleva au-dessus d'eux* [Jodelle et ses amis] *sans avoir encore ni pureté ni élégance ; sa diction se rapproche davantage de la noblesse tragique, mais de manière à tomber trop souvent dans l'enflure... Il offre pourtant quelques scènes touchantes par les sentiments qu'ils* [les Anciens] *lui ont fournis, quoiqu'il ne sache pas les revêtir d'une expression convenable. »* La Harpe, 1799. ♦ *« Ses pièces ont peu d'action, fatiguent par d'interminables monologues, mais où brillent déjà les répliques foudroyantes, les vers frappés en médailles et les couplets éloquents... Parmi tous les dramaturges français du XVIe siècle, Garnier est incontestablement le meilleur artisan du vers. »* Raymond Lebègue. ♦ *« Garnier a été... un lyrique plus encore qu'un dramaturge. Dans les poèmes lyriques qu'il nous a laissés, le seul défaut semble dans l'excès même de la facilité. Il n'est pas un poète français à qui la grâce poétique ait été donnée avec plus de générosité, pas un dont l'œuvre poétique paraisse alimentée à une source aussi ruisselante et inépuisable. »* Thierry Maulnier.

RÉF. : M.-M. Mouflard, *Robert Garnier*, La Ferté-Bernard, 1961, et La Roche-sur-Yon, 1963, 2 vol. — M. Gras, *R. Garnier, son art et sa méthode*, Genève, 1965.

GARY Romain. Romancier né à Moscou le 8 mai 1914, mort à Paris le 2 décembre 1980. Romain Gary, de son vrai nom Romain Kacew, ignore l'identité de son père — peut- être le comédien Ivan Mosjoukine —, et passe une enfance pauvre en Lituanie et en Pologne avec sa mère, Nina, une ancienne actrice de théâtre, de culture juive. Il arrive à l'âge de treize ans à Nice, où Nina vit de petits métiers avant de devenir gérante d'hôtel. Il est élève au lycée Masséna, puis étudiant en droit à Aix-en-Provence et Paris. Instructeur de l'armée de l'air, il rejoint la France libre en juin 1940. Il fait toute la guerre dans l'aviation (escadrille Lorraine), et prend part aux campagnes d'Angleterre, d'Afrique et de France. Compagnon de la Libération en 1945, il considérera toujours le gaullisme comme sa seule famille politique. Il deviendra Romain Gary pour l'état civil en 1951.

Après la guerre, il mène simultanement les deux carrières de diplomate et d'écrivain. La première le conduit en Bulgarie, en Suisse, à l'O.N.U. et à Los Angeles (où il est consul général), avec un intermède en Bolivie. La seconde est jalonnée de plusieurs succès dont son premier roman, écrit pendant la guerre, *Éducation européenne* (prix des Critiques, 1945), *Les Racines du ciel* (prix Goncourt, 1956), *Lady L.* (1959) et un texte autobiographique, *La Promesse de l'aube* (1960). À cette date, Gary, qui vient de rencontrer l'actrice américaine Jean Seberg, pour qui il divorce de sa première femme, l'écrivain Lesley Blanch, se sent à l'étroit dans la diplomatie et reprend sa liberté. À l'exception d'un passage, comme chargé de mission, au ministère de l'Information en 1967, il vit désormais de travaux de journalisme et de ses livres. De cette période datent plusieurs réussites romanesques, dont *La Danse de Gengis Cohn* (1967), *La Tête coupable* (1968), *Chien blanc* (1970), *Les Enchanteurs* (1973), ainsi qu'un pamphlet théorique contre le nouveau roman, *Pour Sganarelle* (1965), et deux films qu'il dirige lui-même, *Les Oiseaux vont mourir au Pérou* (1968) et *Kill* (1972).

Auteur populaire, méprisé de l'intelligentsia, Gary souffre de cette méconnaissance et décide de se donner une nouvelle existence littéraire.

Il invente de toutes pièces un écrivain, qu'il baptise Émile Ajar, et le dote d'une écriture très personnelle, différente de celle qu'on lui connaît. Après un premier succès, *Gros-Câlin* (1974), il perfectionne le dédoublement en demandant à son petit cousin, Paul Pavlowitch, d'incarner Ajar pour les médias. La mystification réussit au point que Gary, qui ne sera jamais identifié de son vivant, finit, sous cette nouvelle identité, par obtenir une deuxième fois le prix Goncourt, avec *La Vie devant soi* (1975). Parallèlement à l'œuvre d'« Ajar » — *Pseudo* (1976), *L'Angoisse du roi Salomon* (1979) — il continue à publier sous son propre nom des ouvrages à succès : *Au-delà de cette limite votre ticket n'est plus valable* (1975), *Clair de femme* (1977), *Les Cerfs-Volants* (1980). Mais ce jeu sur l'identité accentue peut-être un processus dépressif, en cours de longue date, qui le voit, un an après le suicide de Jean Seberg (proche de lui, malgré leur divorce), mettre fin à ses jours en 1980, laissant comme testament littéraire un court texte révélant l'identité d'Ajar : *Vie et mort d'Émile Ajar*.

Si Gary est assuré de rester dans l'histoire littéraire grâce à l'affaire Ajar, il serait injuste que son œuvre soit méconnue en tant que telle. Entre la condescendance qui accueillait certains des textes signés « Gary » et les dithyrambes suscités par les livres d'« Ajar », une attitude mesurée semble aujourd'hui possible. Elle implique de saisir la cohérence d'une œuvre de plus de trente titres, qui est bien « une » — quelles que soient les périodes ou les identités — et qui puise ses racines dans des traditions peu connues en France, celles de l'humour juif et des conteurs russes. Ancrée dans la résistance au totalitarisme et le souvenir de la Shoah, elle prône un humanisme généreux, ouvert à la diversité culturelle, et dénonce inlassablement toutes les exclusions. Si elle ne s'interdit pas les répétitions et les facilités, elle est aussi portée par une grande créativité formelle — notamment un art d'inventer des « voix » littéraires — et un comique corrosif.

PIERRE BAYARD.

RÉF. : Dominique Bona, *Romain Gary*, Paris, 1987. — Pierre Bayard, *Il était deux fois Romain Gary*, Paris, 1990. — Jean-Marie Catonné, *Romain Gary / Émile Ajar*, Paris, 1990.

Gaspard de la nuit. Recueil de poèmes en prose de Louis Jacques Napoléon Bertrand, dit Aloysius Bertrand (1807-1841), imprimé en 1842 par les soins des amis de l'auteur. Bien que vivement apprécié par quelques connaisseurs et honoré d'une préface de Sainte-Beuve, le livre demeura longtemps dans l'obscurité. Environ vingt ans après sa publication, Baudelaire, dans la préface à son *Spleen de Paris* (*), y faisait allusion comme à l'œuvre d'un précurseur de la poésie moderne. Depuis lors, la renommée et l'influence de ces pages n'ont fait que croître. C'est un recueil de brefs et pittoresques « petits poèmes en prose », nouveau genre littéraire dont Aloysius Bertrand peut être regardé comme l'initiateur. La longue introduction a pour épigraphe quatre vers des *Consolations* de Sainte-Beuve et débute par une série de vers de cinq pieds qui célèbrent les fastes médiévaux de la ville de Dijon. Les voici d'ailleurs : « Gothique donjon / Et flèche gothique / Dans un ciel d'optique / Là-bas, c'est Dijon. / Ses joyeuses treilles / N'ont point leurs pareilles ; / Ses clochers jadis / Se comptaient par dix. / Là plus d'une pinte / Est sculptée ou peinte, / Là plus d'un portail / S'ouvre en éventail. / Dijon moult me tarde / Et mon luth camard / Chante ta moutarde / Et ton Jacquemart. » Certes, on ne saurait mieux faire une synthèse, ni être plus précis, en dépit des difficultés accumulées de la rime et du vers : cela témoigne d'une sûreté de main et d'une maîtrise qui ne trompent point. L'auteur rapporte ensuite la rencontre qu'il fit un jour d'un poète étrangement maniaque : celui-ci, après lui avoir longuement confié les expériences que lui valurent certaines recherches mystiques sur la nature de l'art, disparut en lui laissant entre les mains un manuscrit intitulé : « Gaspard de la nuit, fantaisies à la manière de Rembrandt et de Callot. » Suit une préface, signée du même Gaspard, où l'auteur se borne à expliquer l'étrange caractère de son œuvre, en rappelant le souvenir de nombreux peintres, spécialement de peintres flamands ; vient ensuite une « Dédicace » à Victor Hugo, dans laquelle le poète se déclare sur le point de dire adieu à la vie, laissant, comme unique témoignage de ses rêves, ce petit livre. On arrive enfin aux « Fantaisies de Gaspard de la nuit » : c'est une série de quelques morceaux en prose, divisée en six livres (« École flamande », « Le Vieux Paris », « La Nuit et ses prestiges », « Les Chroniques », « Espagne et Italie », « Silves »), avec un appendice comprenant une « Postface » dédiée à M. de Sainte-Beuve et des « Pièces détachées extraites du portefeuille de l'auteur ». L'arsenal romantique y trouve une place de choix comme on peut en juger dès l'abord par les titres des poèmes (« L'Alchimiste », « Départ pour le sabbat », « Les Gueux de nuit », « La Chambre gothique », etc.) : flèches, donjons, tourelles et clochers gothiques, sylphides, gnomes et fées, démons incubes et succubes, soldats, aventuriers, brigands, vagabonds, pendaisons et suicides foisonnent à travers ces pages et sont évoqués avec une indéniable puissance. L'auteur reconnaît évidemment pour ses maîtres Hugo, Gautier, Byron et Nodier ; mais en les imitant — et en cela il est semblable à Gérard de Nerval — il joint à la truculence colorée de l'école française les fantaisies mystiques du romantisme germanique.

Ce livre peut être considéré comme un abrégé du romantisme. Il a toutefois un caractère propre qui l'apparente aux œuvres les plus originales et fait de Bertrand le précurseur des audaces modernes de la poésie française, du symbolisme au surréalisme. Bertrand emploie habituellement les données archéologiques ou historiques avec une pleine liberté d'esprit : il revit ces pittoresques visions d'un passé librement reconstitué, de façon ironique et personnelle. S'il est capable de tableaux d'une étonnante sûreté, il rapporte tout à une vérité sentimentale intime : car c'est bien au plus profond de sa vie intérieure de poète qu'il puise tous les traits décisifs et les images d'une vérité absolue qui forment la matière de son œuvre, pour créer cette ambiance réellement magique qui lui appartient en propre. On ne saurait mieux situer cette œuvre étrange et féconde qu'en rappelant les phrases que Baudelaire lui a consacrées dans la dédicace de son *Spleen de Paris* : « J'ai une petite confession à vous faire. C'est en feuilletant, pour la vingtième fois au moins, le fameux *Gaspard de la nuit*, d'Aloysius Bertrand (un livre connu de vous, de moi et de quelques-uns de nos amis, n'a-t-il pas tous les droits à être appelé *fameux*), que l'idée m'est venue de tenter quelque chose d'analogue, et d'appliquer à la description de la vie moderne, ou plutôt d'*une* vie moderne et plus abstraite, le procédé qu'il avait appliqué à la peinture de la vie ancienne, si étrangement pittoresque. » Rappelons enfin qu'une œuvre comme *Le Cornet à dés* (*) de Max Jacob prolonge jusqu'à nous des échos de ce véritable chef-d'œuvre qu'est *Gaspard de la nuit.*

GAULLE Charles de. Homme d'État et écrivain français. Né le 22 novembre 1890 à Lille, mort le 9 novembre 1970 à Colombey-les-Deux-Églises (Haute-Marne). Fils d'un professeur, préfet des études et directeur de l'école Fontanes, il fait des études primaires et secondaires à l'école Saint-Thomas-d'Aquin de Lille, puis à l'école de l'Immaculée-Conception, où enseigne son père, et enfin à Paris, au collège Stanislas, où il entre en 1908. Il est reçu à Saint-Cyr en 1909 et il est promu sous-lieutenant en 1912, lieutenant en 1913. Il fait la guerre de 1914 et il est blessé à la jambe près de Dinant le 15 août 1914. Promu capitaine en 1915, il sert dans le 3e régiment d'infanterie à Arras. Blessé pour la quatrième fois lors de la bataille de Verdun, à Douaumont, il est fait prisonnier le 2 mars 1916 et il est interné en Allemagne, notamment à Ingolstadt, d'où il tentera plusieurs fois de s'évader. Après l'armistice, Charles de Gaulle est détaché auprès de l'armée polonaise, en 1920, avec le grade de commandant, et il participe à l'offensive contre les armées de l'Union soviétique en Volhynie. Cité à l'ordre de l'armée par deux fois, une première fois par le maréchal Pétain pour sa conduite à Verdun, une seconde fois par le général Weygand pour son action en Pologne, il devient en 1921 professeur d'histoire militaire à l'École spéciale militaire de Saint-Cyr. L'année suivante, en 1922, il est admis à suivre les cours de l'École supérieure de guerre. Deux années plus tard, il publie son premier ouvrage, *La Discorde chez l'ennemi* (1924), qui comporte cinq études où l'auteur tente d'expliquer comment les chefs militaires allemands, dominés par un excès de volonté de puissance, ont pu être vaincus, et il s'emploie également à définir les qualités indispensables à un véritable chef de guerre, dont il trace le portrait idéal. Affecté en 1924 à l'état-major de l'armée du Rhin à Mayence, il entre l'année suivante au cabinet du maréchal Pétain, vice-président du Conseil supérieur de la guerre. Il prononce des conférences très remarquées à l'École supérieure de guerre et à la Sorbonne, et fait paraître des articles de stratégies et de tactiques militaires dans *La Revue militaire française.* Commandant du 19e bataillon des chasseurs à pied en 1927, chargé de mission en Irak, en Iran et en Égypte de 1929 à 1931, comme membre de l'état-major des troupes du Levant à Beyrouth, il est affecté en 1931 au secrétariat du Conseil supérieur de la Défense nationale et il fait paraître son second livre, *Le Fil de l'épée* (1932), qui est dédié au maréchal Pétain, lequel veille de très près à la carrière de son ancien subordonné à Verdun. Dans cet ouvrage, Charles de Gaulle exprime avec son goût de la concision, de la formule frappante, de la syntaxe à la fois ample et incisive ses idées sur le rôle de la France dans le monde, sur l'indépendance qu'elle doit farouchement défendre et sur les hommes de caractère qui doivent veiller sur elle et dont la devise devrait pouvoir tenir en trois mots : « réserve, caractère, grandeur ». Lieutenant-colonel en 1933, Charles de Gaulle fait paraître en 1934 son troisième ouvrage, *Vers l'armée de métier*, où il attaque implicitement la conception, à ses yeux périmée, de la stratégie défensive, comme celle de la ligne Maginot, alors en honneur à l'état-major de l'armée française, encore influencé par la guerre de 14-18. Il prône, en revanche, une armée à la fois rapide, puissante et surtout mobile, constituée d'unités de combat cuirassées et motorisées — telle que le général Estienne l'avait déjà préconisée. Il réclame pour la France une organisation de la défense nationale qui ne compte pas a priori sur l'alliance des autres nations, toujours aléatoire. Cet ouvrage provoque une polémique entre ceux qui soutiennent ces conceptions révolutionnaires, notamment Paul Reynaud, au Parlement, et les membres de l'état-major qui ne comprennent pas que la mécanisation est en train de transformer toutes les stratégies. Cet ouvrage, qu'on a dit prémonitoire, inspirera le général allemand Guderian, organisateur des fameuses divisions Panzer. Mais, *Vers l'armée de métier* est également un livre d'écrivain formé à la littérature du classicisme français, un ouvrage de grand style. Du moins, s'il est peu écouté dans les sphères politiques, Charles de Gaulle sera placé à la tête de régiments de chars, à Metz en 1937, en qualité de colonel. En 1938, après une polémique avec le maréchal Pétain qui s'en prétend l'auteur, le colonel de Gaulle fait paraître un nouveau livre, *La France et son armée.* Il y retrace les grandes étapes de l'histoire militaire de la France depuis les origines jusqu'à la Grande Guerre, il étudie l'armée de l'Ancien Régime et, en particulier celle de la Révolution, celle de Napoléon Bonaparte et celle de la IIIe République. Il montre que cette armée n'a été victorieuse que lorsqu'elle a été soutenue par la nation et qu'elle a su obéir à quatre critères généraux : l'unité, la foi, le progrès, le chef. Nommé au début de la guerre de 1939 commandant des chars de la Ve armée en Alsace, le colonel de Gaulle participe ensuite, à la tête de la 4e division cuirassée, à Montcornet, à Crécy-sur-Seine, et à Abbeville à des contre-offensives et réussit un moment à refouler l'ennemi. Promu le 1er juin 1940 général de brigade, il entre le 6 juin dans le ministère Paul Reynaud comme sous-secrétaire d'État à la Défense nationale. Mais la défaite se lit à la fois sur le terrain et dans les esprits. Le 17 juin, le général de Gaulle regagne Londres où il a effectué diverses missions par deux fois et il y lancera le 18 juin son célèbre appel à la Résistance, marquant son refus de l'armistice et de la capitulation, parce que cette guerre est une guerre mondiale et que la France a perdu une bataille, mais n'a pas perdu la guerre, comme il le dira quelques jours plus tard — v. *Appels*. Inlassablement Charles de Gaulle reprendra ses thèmes dans les *Discours et Messages* (1940-1946) par lesquels il soutiendra la volonté et le patriotisme des hommes qui se sont ralliés à lui et engagés derrière la « France libre », qui deviendra en 1944, le 4 juin, à Alger, le Gouvernement provisoire de la République française dont il sera le président. Ce gouvernement sera transféré à Paris à la fin d'août 1944, après la libération de la capitale où le général de Gaulle fera son entrée le 25 août 1944. Devant l'impossibilité de faire adopter une constitution qui éviterait le retour des erreurs de la IIIe République et d'un Parlement omnipotent, il donne sa démission le 20 janvier 1946 et se retire à Colombey-les-Deux-Églises. Là il rédigera ses *Mémoires de guerre*, divisés en trois tomes, *L'Appel* (1954), *L'Unité* (1956), *Le Salut* (1959). Il y raconte les péripéties et les luttes qu'il a eu à soutenir, notamment contre ses alliés anglais et américains, pour faire admettre au monde que la France était toujours combattante entre 1940 et 1945. Il continuera ses *Mémoires* en 1969, mais de ce nouveau travail ne paraîtra qu'un tome seulement, *Mémoires d'Espoir*, où il raconte son retour aux affaires à partir de juin 1958, à la suite du drame algérien, l'adoption d'une nouvelle constitution qui donne à l'exécutif un rôle primordial, rôle qui sera encore renforcé par l'élection du président de la République au suffrage universel. Chef de l'État, le général de Gaulle entreprend de nombreux voyages dans le monde où il se montre farouchement attaché à l'« indépendance nationale ». Il termine la guerre d'Algérie, reconnaît la Chine populaire de Mao Tsé-Toung, s'élève contre la guerre que mènent les Américains au Vietnam. Réélu président de la République au second tour en 1965, il démissionnera de ses fonctions un an après Mai 1968 et après le rejet par référendum d'une loi qui entendait notamment supprimer le Sénat. Il meurt à Colombey-les-Deux-Églises, sans avoir pu achever ses *Mémoires*, qui resteront comme le reflet, selon la formule célèbre, d'une « certaine idée de la France » que se forgea dès son enfance Charles de Gaulle et qui tendait à la placer, par son rôle exemplaire et par son influence, au premier rang des nations. Mais c'est surtout l'écrivain qui doit, après l'homme politique que l'Histoire n'a pu encore juger dans son ensemble, retenir l'attention et sans aucun doute aussi l'admiration : sûreté du verbe, concision de la syntaxe, efficacité du choix des mots, romantisme des sentiments lié à un pessimisme actif et à une volonté de vaincre qui constituent les deux axes apparemment contradictoires de l'action du militaire et du politique. Sa phrase est parfois très proche de celle des *Mémoires d'outre-tombe* (*) (à la fin desquels ressemble la fin des *Mémoires de guerre*), proche de celle de Chateaubriand et des romantiques par le sentiment de la grandeur, par le goût de l'universalité et de la prophétie. Mais l'écrivain Charles de Gaulle sait aussi tempérer son lyrisme par une sobriété qui l'apparente aux penseurs du XVIIe siècle, comme La Rochefoucauld, du XVIIIe siècle, comme Vauvenargues, ou du XIXe siècle comme Joubert. Le soin qu'il mettait à écrire, les nombreuses ratures que portent ses manuscrits prouvent qu'il faisait sienne la formule classique de Boileau : « Souvent sur le métier, remettez votre ouvrage. Polissez-le sans cesse et le repolissez. » Mais c'est aussi une tradition militaire de la France que ses officiers généraux et ses maréchaux soient souvent de grands écrivains et d'importants mémorialistes : le général de Gaulle ne fait pas exception à cette tradition.

JOËL SCHMIDT.

♦ *« Ce qui est le grand vice du style écrit de De Gaulle, c'est la tendance à accumuler des cascades d'adjectifs et de substantifs là où il devrait y avoir normalement des verbes et des propositions subordonnées indiquant des actes et des mouvements. »* Jean-François Revel. ♦ *« Quel accent de France de Gaulle n'aura-t-il pas fait sien ? Tous lui appartiennent, quoiqu'il ne les maîtrise pas tous également : les moralistes lui conviennent mieux que les romantiques et, parmi ces derniers, Chateaubriand l'inspire mieux que Barrès. »* François Mauriac. ♦ *« Son goût naturel le portait vers le style noble, sinon pompeux, vers Bossuet et Malraux, plutôt que vers Diderot et Sartre ; vers l'oraison funèbre et la plaidoirie, plutôt que vers l'épigramme et la sotie ; Vauvenargues, Chateaubriand et Péguy furent ses modèles, après les Latins. »* Jean Lacouture.

RÉF. P. Barrès, *Charles de Gaulle*, Paris, 1944. — J.-F. Revel, *Le Style du général*, Paris, 1959. — D. de Roux, *L'Écriture de Charles de Gaulle,* Paris, 1967. — J. Lacouture, *De Gaulle*, Paris, 1969. — J.-M. Cotteret et R. Moreau, *Recherches sur le vocabulaire du général de Gaulle*, Paris, 1969. — A. Malraux, *Les Chênes qu'on abat*, Paris, 1971. — J. Boly, *De Gaulle écrivain*, Paris, 1978. — F.- G. Dreufus, *De Gaulle et le gaullisme : essai d'interprétation*, Paris,

1982. – O. Rudelle, *De Gaulle : pour mémoire,* Paris, 1990. – G. Caillet, *De Gaulle : le journal du monde*, Paris, 1990. – J. Serroy, *De Gaulle et les écrivains*, Paris, 1991.

GAUTIER Théophile. Poète et romancier né à Tarbes (Hautes-Pyrénées) le 30 août 1811, mort à Neuilly (Seine) le 23 octobre 1872. On lui refuse d'habitude une place de premier plan parmi les écrivains de son temps et, en dehors de son *Capitaine Fracasse* (*), on le lit peu ; il reste pourtant à la croisée des courants littéraires du XIXe siècle puisque, parti du romantisme flamboyant, il allait devenir en quelque sorte le fondateur du Parnasse, et l'inspirateur de la génération de poètes de 1850, parmi lesquels Baudelaire. Il naît dans une famille honorable, ardemment royaliste, et son père, ancien et courageux officier des guerres napoléoniennes, fort lettré de surcroît, encourage ses premières tentatives poétiques. Jeune collégien à Paris, Gautier manifeste déjà bruyamment son aversion pour les classiques et son enthousiasme pour Villon, Rabelais, les Romains de la décadence, et surtout les poètes irréguliers et presque maudits du préclassicisme, dédaignés par la tradition littéraire depuis Boileau, et qu'il remettra plus tard en honneur – en particulier Saint-Amant – dans ses études sur *Les Grotesques*. Gautier, à cette époque, hésite un peu sur sa carrière : il commence à écrire, fréquente également un atelier de peinture. Mais l'avènement de Victor Hugo décide de son avenir : il devient, en 1830, l'homme de main émerveillé du chef du romantisme, professant lui-même un romantisme excentrique, s'ingéniant à provoquer le bourgeois, portant habituellement gants jaunes, pourpoints de velours noir et chevelure mérovingienne descendant jusqu'aux épaules. Avant d'être écrivain, Gautier est déjà un personnage. Meneur des « flamboyants » à la première d'*Hernani* (*), pour insulter les classiques, les « grisâtres », il se fait couper le célèbre gilet rouge. Quelques mois plus tard paraissent ses premières poésies, qui montrent déjà son habileté dans la description précise et colorée des objets et des paysages. La coïncidence de la révolution de Juillet empêche qu'elles soient remarquées, mais la légende naïve et démoniaque d'*Albertus* suscite, deux ans plus tard, l'enthousiasme des Jeune-France ; les « philistins », en revanche, sont atterrés en 1835 par la préface de *Mademoiselle de Maupin* (*), aussi importante que la préface de *Cromwell*, où Gautier affirme sa religion esthétique, son culte de l'« art pour l'art », son parfait dédain de la morale, mais aussi celui des effusions sentimentales, de la poésie philosophique et sociale, des prophètes avec leurs rêveries de progrès, ce qui commence à séparer le « bon Théo » de ses amis romantiques. Déjà, deux ans plus tôt, dans *Les Jeune-France*, il s'était moqué des habitués du cénacle qu'il réunissait dans son impasse du Doyenné, où l'on buvait dans un crâne en se livrant à toute sortes d'excentricités, atmosphère bien rendue encore dans *La Comédie de la mort* (1838), où le plus truculent romantisme s'unit au macabre le plus terrifiant. C'est aussi à cette période qu'il faut rattacher *Le Capitaine Fracasse*, paru bien plus tard et où l'on retrouve, dans une imitation romantique de Scarron, le penchant de Gautier pour l'époque Louis XIII. Ami incomparable, « page de Hugo », compagnon de Balzac, c'est par amitié autant que par besoin d'argent que Gautier s'est fait critique, ayant écrit, dans un style ardent et riche, quelque deux mille feuilletons sur la littérature, la peinture, la danse aussi, qui restent la meilleure évocation de la vie artistique sous la monarchie de Juillet et le second Empire. Un *Voyage en Espagne*, en 1840, met en mouvement toute sa sensibilité et offre à Gautier ce décor coloré avec un pinceau autant qu'avec une plume.

Mais il ne tarde pas à sentir que le public est las du romantisme. Il ne se contente plus de railler gentiment les grandes passions : il va rejeter tout le faste romantique des mots et des images où il avait excellé, pour s'enfermer volontairement dans les limites d'une représentation objective et impersonnelle. En 1858, il renouvellera le roman historique de Hugo avec son *Roman de la momie*. L'œuvre capitale de la deuxième partie de sa vie est d'ailleurs *Émaux et Camées* (*), parue en 1852, et qui marque vraiment le début d'un art nouveau, dédaigneux des grands sentiments et de l'effet, éliminant complètement tous les élans du moi pour une recherche de la seule perfection formelle. En miniaturiste qui refuse tout ce qui pourrait altérer la netteté de sa vision, Gautier s'enfermait volontairement dans une métrique brève, des strophes courtes, des rythmes peu variés. C'était un coup très dur porté à tous les épanchements et à toutes les éloquences des poètes de 1830. Ceux de 1850 allaient au contraire se grouper autour de Gautier, d'abord à *L'Artiste*, puis à *La Revue de Paris*. Non seulement Baudelaire, mais Banville, Bouilhet, Flaubert se réclamaient de Gautier. Ce qu'ils aimaient chez lui, c'était son sens de l'éminente dignité de l'artiste, son amour de la beauté plastique, une tendance à mêler la volupté et la mort, un exotisme, et surtout une véritable religion de la consolation par l'art, dont le plus grand fidèle sera Baudelaire, dédicaçant ses *Fleurs du mal* (*) à Théophile Gautier comme « au poète impeccable », « au parfait magicien ès lettres françaises ». Mais l'influence du « bon Théo » allait atteindre aussi des poètes comme Leconte de Lisle : l'ode intitulée *L'Art* formulait en effet le credo le plus austère de l'école parnassienne.

On ne saurait oublier enfin que, tout au long de sa carrière, Gautier a écrit des récits fantastiques (« La Morte amoureuse », « Arria Marcella », etc.) qui – selon le mot de Baudelaire – témoignent d'une « intelligence innée de la correspondance et du symbolisme universels ».

MICHEL MOURRE.

♦ *« Théophile Gautier* [...] *est un des talents que je reconnais ; mais il est sans force de conception... Il a un style ravissant, beaucoup d'esprit, et je crois qu'il ne fera jamais rien, parce qu'il est dans le journalisme. »* Balzac (Lettre à Mme Hanska du 15 octobre 1838). ♦ *« Il ressuscitait l'Antiquité comme ces esprits artistes de la Renaissance, qui commencèrent la Réforme. À trois siècles de distance, il recommençait, hardi et applaudi, le paganisme... »* Edmond et Jules de Goncourt, 1852. ♦ *« Il y a dans le style de Théophile Gautier une justesse qui ravit, qui étonne, et qui fait songer à ces miracles produits dans le jeu par une profonde science mathématique... Il a introduit dans la poésie un élément nouveau que j'appellerai la consolation par les arts de tous les objets pittoresques qui réjouissent les yeux et amusent l'esprit. Dans ce sens, il a vraiment innové. »* Baudelaire. ♦ *« Fils de la Grèce antique et de la jeune France... / Mage à Thèbes, druide au pied du noir menhir, / Flamine aux bords du Tibre et brahme au bord du Gange, / Mettant sur l'arc du dieu la flèche de l'archange / D'Achille et de Roland hantant les deux chevets, / Forgeur mystérieux et puissant, tu savais / Tordre tous les rayons dans une seule flamme. »* Victor Hugo, 1873. ♦ *« Il n'avait pas un grand instinct du rythme. »* Émile Faguet. ♦ *« Nul avant lui, hormis Rabelais, cet autre poète, n'avait fait preuve, même approximative, d'une telle fécondité, d'une pareille abondance verbale. »* Laurent Tailhade. ♦ *« C'est précisément cette délibération soutenue que Gautier apporta dans l'exercice de ses fonctions poétiques qui lui valut, avec la reconnaissance des lettres, cette place particulière, spéciale, royale presque, qu'on peut douter peut-être qu'il mérite, mais dont nous ne le délogerons pas. »* André Gide.

RÉF. : Ch. de Spoelberch de Lovenjoul, *Histoire des œuvres de Théophile Gautier*, 1887. – M. du Camp, *Théophile Gautier*, Paris, 1890. – A. Cassagne, *La Théorie de l'art pour l'art chez les derniers romantiques*, Paris, 1906. – R. Jasinski, *Les Années romantiques de Théophile Gautier*, Paris, 1929. – M. Voisin, *Le Soleil et la nuit. L'Imaginaire dans l'œuvre de Théophile Gautier*, 1981. – M. C. Schapira, *Le Regard de Narcisse. Romans et nouvelles de Théophile Gautier*, 1984.

GAUTIER de Coincy, dom. Trouvère et bénédictin. Né à Amiens en 1177, mort à Soissons en 1236. Une chronique de l'abbaye bénédictine de Saint-Médard de Soissons fait mention de son entrée dans les ordres à l'âge de quinze ou seize ans. Entre 1214 et 1233 il fut prieur de Vic-sur-Aisne. C'est un des plus personnels parmi les poètes lyriques du Moyen Âge, mais il est surtout connu par *Les Miracles de la Sainte Vierge* où sont rassemblées les versions, en langue vulgaire et en vers, de soixante-quinze légendes mariales parmi les plus connues. Gautier tire la matière de ses contes des nombreuses compilations latines, en particulier de celle d'Hugues Farsit, qu'il se contente souvent de traduire à la lettre ; mais le simple fait de réunir sous un même titre des éléments si divers suffit à indiquer une intention qui dépasse un simple souci d'édification religieuse. Gautier de Coincy, en effet, se distingue de ses prédécesseurs (Herman de Valenciennes, Gilbert de Nogent, Hélinand, etc.) non seulement par une certaine élaboration littéraire, mais aussi par une inspiration poétique et une fraîcheur d'émotion qui lui sont propres. Alors que dans les compilations antérieures, le miracle dû à l'intercession de la Vierge ne servait qu'à admonester et à édifier le fidèle, Gautier débarrasse sa foi de tout symbole rationnel et s'abandonne au miracle avec l'âme ravie d'un véritable « jongleur de Notre-Dame ». La Vierge lui apparaît comme une source inépuisable de miséricorde et d'indulgence et auprès d'elle il n'est pas de péché qui ne trouve son pardon. Son intervention providentielle vient toujours sauver des situations les plus désespérées les âmes en train de se perdre, par exemple lorsqu'elle prend la place de la religieuse qui s'est enfuie de son couvent ou qu'elle ressuscite un enfant mort dans les bras de l'infanticide qui va être brûlée. Grâce à cet aspect merveilleux et spectaculaire, le recueil de Gautier de Coincy a joui d'une grande popularité ; non seulement il fut traduit et adapté dans toutes les langues, mais il fut encore une des sources essentielles du théâtre religieux, qui y puisa les sujets de quantité de « miracles » et de « passions ». Les 30 000 vers qui composent le recueil, dans la monotonie d'un récit où se répètent fréquemment les mêmes situations, malgré les rimes riches et les effets rhétoriques, n'offrent, à vrai dire, qu'assez peu de véritables réussites poétiques, mais la charmante douceur de l'inspiration et la naïveté du sentiment qui a fleuri dans le cœur du poète se sont conservées à travers les siècles.

RÉF. : A. Ducrot-Granderye, *Études sur les miracles de Notre-Dame*, Helsinki, 1932. – F. V. Kœnig, *Les Miracles de Notre-Dame par Gautier de Coincy*, Genève, 1966. – A. Garnier, *Mutations temporelles et cheminement spirituel*, Paris, 1988.

GAXOTTE Pierre. Écrivain français. Né le 19 novembre 1895 à Revigny (Meuse), mort à Paris en 1982. Après des études secondaires au lycée de Bar-le-Duc dans sa région natale, pays de marche et de patriotisme qui le marquera profondément, il vient à Paris, y prépare l'École normale supérieure, entre à la Rue d'Ulm et obtient le grade d'agrégé d'histoire et de géographie. Il enseigne ces deux disciplines au lycée d'Évreux, mais il s'intéresse également à la politique et apparaît, ce qui n'est pas exceptionnel au commencement du XXe siècle, comme un monarchiste modéré, ou du moins comme un partisan d'un pouvoir autoritaire incontesté. C'est pourquoi il devient le secrétaire de Charles Maurras, directeur de *L'Action française*, puis, après la guerre, le rédacteur en chef de *Candide* entre 1924 et 1940 et de *Ric et Rac*, qui représente le courant traditionaliste de la droite française. Il collabore également à de nombreux journaux et revues, parmi lesquels *La Revue des Deux Mondes* (*). Il fait paraître dans *Le Figaro* des éditoriaux où il se présente en général comme le gardien de la raison et du bon sens face aux bouleversements et aux démissions morales qui, selon lui, ébranlent notre société. Mais c'est moins le polémiste que l'historien qui est connu et apprécié. Pierre Gaxotte a publié de nombreux ouvrages d'histoire dans lesquels le classicisme de son style s'allie à une synthèse éclairée de ses sujets, presque tous consacrés à la royauté, et où l'écrivain marqué politiquement transparaît dans ses goûts, ses choix, ses jugements, ses critiques, ses éloges, et ses partis pris. On lui doit notamment *La Révolution française* (1928) envers laquelle il se montre critique, *Le Siècle de Louis XV* (1933), *Frédéric II* (1938), où il témoigne d'une certaine admiration pour l'unificateur de son pays, *La France en face de l'Allemagne,* 2 vol. (1963), *Paris au XVIII*e *siècle* (1968), *Le Nouvel Ingénu* (1971), pastiche de Voltaire pour juger notre temps, avec humour et humeur, *Apogée et chute de la Royauté* : tome I, *Le Roi Soleil, 1661-1682* (1973), tome II, *Le Roi et la Nation*, et tome III, *Louis le Bien-Aimé, 1715-1750* (1974). Il entre à l'Académie française en 1953, occupant le fauteuil laissé vacant par René Grousset, historien des croisades. Si les historiens universitaires regardent avec quelque condescendance les ouvrages de Pierre Gaxotte, il n'en reste pas moins vrai que celui-ci, comme tout vulgarisateur de talent, même s'il n'est pas toujours très objectif, a ouvert à l'Histoire un public qui, sans lui, ne s'y serait peut-être jamais intéressé.

JOËL SCHMIDT.

GENET Jean. Poète et auteur dramatique né et mort à Paris : 19 décembre 1910 - 13 avril 1986. Il ne connaîtra jamais son père ni sa mère, et, pendant son enfance, sera confié successivement à l'Assistance publique et à des paysans dans le Morvan. À l'âge de dix ans, injustement accusé de vol, il est envoyé dans une maison de correction. C'est le début d'une longue trajectoire « délinquante » qui, après des années de vie vagabonde en France et en Espagne, le conduit à la prison en 1942, plus précisément à Fresnes, où il écrit son premier poème, *Le Condamné à mort*. En 1948, Genet échappe à la relégation grâce à l'intervention de plusieurs écrivains célèbres. Mais dès cette époque sa carrière littéraire et théâtrale est bien engagée : Jouvet a monté *Les Bonnes* (*) en 1947. Auteur discret (malgré sa croissante célébrité), Genet a pris dans les années d'après-guerre certains engagements politiques : défense des « Black Panthers » ou, avec Michel Foucault, des prisonniers et des travailleurs immigrés.

Genet est surtout connu pour ses pièces de théâtre : *Les Bonnes* (1947, dernière version en 1959), *Haute Surveillance* (1949), *Le Balcon* (1956, dernière version en 1962), *Les Nègres* (1959) et *Les Paravents* (1961). Mais son œuvre romanesque n'est pas moins importante : *Pompes funèbres* (1947), *Querelle de Brest* (1947), *Notre-Dame des Fleurs* (1944), *Miracle de la rose* (1947), à quoi il faut ajouter *Le Journal du voleur* (1949), œuvre autobiographique, et les recueils de poèmes qui ont marqué son entrée dans la littérature : *Le Condamné à mort*, *Chants secrets* (1944), *Poèmes* (1948).

On a défini Genet comme le poète du vol, de l'homosexualité, du crime et de la trahison. Et il est vrai qu'il a voulu transformer ces « vices » en véritables « vertus théologales » par l'alchimie d'une écriture somptueuse et flamboyante. Avec Genet, c'est tout un univers réprouvé, réprimé et condamné — celui des voleurs, des travestis, des traîtres, des assassins, des prostituées, des marginaux — qui pénètre dans l'espace littéraire. L'auteur ne décrit pas ce monde de l'extérieur, comme pourrait le faire un journaliste de faits divers ou un écrivain de romans-feuilletons : il fait lui-même partie de ce monde trouble, il est (ou a été) voleur, homosexuel et marginal. Il décrit ce monde concrètement, réalistement, crûment, mais le but de son écriture est de donner à cet « envers » sulfureux du monde — celui des « mauvais quartiers », des prisons, des rues louches, etc. — tout l'éclat possible. Plus profondément, Genet affirme qu'il s'agit de célébrer « ces humeurs bouleversantes, le sang, le sperme et les larmes ». « Sans doute, écrit-il encore, l'une des fonctions de l'art est-elle de substituer à la foi religieuse l'efficace de la beauté. Au moins cette beauté doit-elle avoir la puissance d'un poème, c'est-à-dire d'un crime. » Il faut donc prendre l'expression : poète du crime, de l'homosexualité et du vol au pied de la lettre. C'est en tant que poète, en tant que transmutateur, que Genet aborde l'« envers du monde », dont les lois les plus secrètes sont le désir, la violence, la transgression et la mort. Dès ses premiers vers (dans *Le Condamné à mort*), Genet avait pris conscience de cette étrange vocation poétique. « Et fort de cette force ô reine je serai le ministre secret de ton théâtre d'ombres », ainsi apostrophait-il la Mort.

Son œuvre théâtrale reprend, avec la solennité, la violence et l'immédiateté propres au théâtre, la même tâche transformatrice et célébratrice. Pour Genet, le théâtre est avant tout un rite, un cérémonial rigoureux dans lesquels sont à la fois exaltés et exorcisés les fantômes du désir, du crime, de l'amour et surtout de la mort : « Si nous opposons la vie à la scène, c'est que nous pressentons que la scène est un lieu voisin de la mort, où toutes les libertés sont possibles », écrit-il dans les *Lettres à Roger Blin sur « Les Paravents ».* Au fil des années, son œuvre théâtrale acquiert aussi, en filigrane, un sens politique : la peinture des réprouvés est aussi celle des dominés, des marginalisés, des victimes, et, par une logique implacable, une dénonciation des bourreaux et des oppresseurs. Ici, vices et vertus, bien et mal, pureté et impureté, amour et cruauté, loi et transgression, etc. échangent indéfiniment leurs signes, et c'est ce qui fait de la lecture de Genet un vertige et une fascination.

ANTOINE BERMAN.

♦ *« C'est ce pouvoir de transfiguration poétique qui fait le prix d'une œuvre où les gestes du crime apparaissent à travers les figures aériennes d'une danse à demi féerique, à demi sacrée. »* Gaëtan Picon.

RÉF. : Jean-Paul Sartre, *Saint Genet, comédien et martyr,* t. I des *Œuvres complètes de Jean Genet,* Paris,

1952. – Claude Bonnefoy, *Genet*, Paris, 1965. – Jean-Marie Magnan, *Genet*, Paris, 1967. – Albert Dichy, Pascal Fouché, *Jean Genet, essai de chronologie : 1910-1944*, Paris, 1988. – Jean-Bernard Moraly, *Jean Genet, la vie écrite*, Paris, 1988. – Edmond A. El Maleh, *Jean Genet, le Captif amoureux et autres essais*, Paris, 1988.

GENEVOIX Maurice. Romancier et essayiste né le 29 novembre 1890 à Decize (Nièvre), mort le 8 septembre 1980 à Alsudia-Cansades (Espagne). Après des études au lycée Pothier d'Orléans et au lycée Lakanal à Sceaux, il est reçu premier à l'École normale supérieure en 1911. La guerre de 1914-1918 décidera peut-être de sa vocation d'écrivain, parce qu'il en connaîtra toutes les tragédies et toutes les souffrances, sera grièvement blessé à la Marne en 1915, et se retrouvera à Verdun en 1916.

Maurice Genevoix rapportera de ces épreuves partagées avec ses compagnons en présence de la mort des souvenirs d'autant plus poignants qu'il n'y cherche pas les effets dramatiques, mais décrit la guerre avec une lucidité sensible d'un saisissant effet, et dénonce le monde funèbre des tranchées d'une manière impitoyable. Ces souvenirs comprennent cinq volumes sous le titre général *Ceux de 14 : Sous Verdun* (1916), *Nuits de guerre* (1917), *Au seuil des guitounes* (1918), *La Boue* (1921). *Les Éparges* (1923). Sur la mort qu'il a approchée au cours de la guerre, qu'il a vue et qu'il a éprouvée dans sa chair et son intelligence, il écrira un essai d'un stoïcisme élevé : *La Mort en face* (1972). Mais Maurice Genevoix n'est pas resté obsédé seulement par la guerre et par la mort. Amoureux de la terre, des eaux, des arbres de sa Loire natale, humaniste agnostique, enchanté par la nature, il a traduit dans nombre de ses romans et essais ses émerveillements, son sens du terroir et de ceux qui y vivent, à la fois modestes et sublimes. Dès *Raboliot* (1925), auquel est décerné le prix Goncourt, il atteint à la consécration littéraire. *La Dernière Harde* (1938), *Eva Charlebois* (1944), *Laframboise et Bellehumeur* (1942), *L'aventure est en nous* (1952), *Fatou Cissé* (1954), *Agnès, la Loire et les garçons* (1962), *Derrière les collines* (1964), *La Forêt perdue* (1967), *Un jour* (1976), *Lorelei* (1978), autant de titres, déjà évocateurs, qui jalonnent l'œuvre d'un écrivain dont l'authenticité n'a jamais failli et qui gagne, de livre en livre, un épanouissement tout à fait exceptionnel.

À ces souvenirs et à ces romans, il convient d'ajouter le goût de Maurice Genevoix pour l'animal qui anime la nature, lui donne sa respiration et ses mouvements, goût qu'il a relaté dans des sortes d'hymnes à la joie de vivre et à l'acceptation de la mort : *Tendre Bestiaire* (1969), *Bestiaire enchanté* (1969), *Bestiaire sans oubli* (1971). Élu à l'Académie française en 1946, Maurice Genevoix en a été le secrétaire perpétuel de 1958 à 1973.

JOËL SCHMIDT.

GÉRALDY Paul (pseud. de Paul Le Fèvre). Écrivain français. Né le 6 mars 1885 à Paris, mort à Neuilly en 1983. Il fait des études aux lycées Henri-IV et Buffon, et il se destine à la carrière littéraire. Il publie un recueil de poèmes, *Toi et Moi* (1913) – auquel fera écho près de cinquante ans plus tard *Vous et Moi* (1960). Le style et la pensée du premier recueil, à la fois délicats, populaires et sentimentaux, touchent un très large public, qu'il s'efforce ensuite d'atteindre également par le théâtre, pour lequel il écrit un certain nombre de pièces : *Les Noces d'argent* (1917), *Aimer* (1922), *Les Grands Garçons* (1923), *Robert et Marianne* (1925), *Christine* (1932), *Duo* – d'après Colette – (1938), *Trois comédies sentimentales* (1961).

On doit également à Paul Géraldy un roman, *Le Prélude* (1923), et des essais, notamment *La Guerre, Madame...* (1916) et *L'Homme et l'Amour* (1951). Sous le charme d'une écriture légère se dessinent une imagination mélancolique et des sentiments nostalgiques qui sont propres à émouvoir – sans tristesse excessive.

GERBERT ou GIBERT de Montreuil. Trouvère. Il vécut dans la première moitié du XIIIe siècle. Il fut l'un des continuateurs du *Perceval* de Chrétien de Troyes : ses 17 000 vers, qui se trouvent entre l'interpolation de Wauchier de Denain et celle de Manessin, racontent les aventures que Perceval dut affronter pour expier le péché qui causa la mort de sa mère. Vers 1227, Gibert dédia à la comtesse Marie de Ponthieu son *Roman de la Violette ou de Gérard de Nevers*. Le roman se bâtit sur le pari que fait un chevalier, le comte Lisiard de Forez, de séduire Euriaut, la dame aimée par le comte Gérard de Nevers, qui en a vanté la beauté et la fidélité. Lisiard découvre, au moyen d'un artifice, qu'Euriaut porte depuis la naissance sur son sein une marque, une violette, dont Gérard connaît seul l'existence : il se targue, sur cette preuve, d'avoir gagné son pari. Le roi Louis, à la cour duquel appartiennent les chevaliers, malgré la sympathie qu'il éprouve pour Gérard, est lui-même frappé par le récit de Lisiard. Gérard, le héros du roman, emmène sa dame dans la forêt et l'y abandonne. Il s'ensuit une longue série d'aventures. En dépit de leur séparation, les deux amants ne peuvent oublier leur amour. En vain, de nobles chevaliers offrent leur cœur à Euriaut ; de son côté, Gérard n'est détaché qu'en apparence de sa dame ; il parviendra à la fin du roman à la sauver du bûcher sur lequel elle va monter, condamnée sur une accusation mensongère. Gérard la défend ; sûr de son innocence, il soutient un duel, en est vainqueur et libère la dame. Il peut maintenant accuser Lisiard, cause première de leurs malheurs et de ses aventures ; il sort victorieux du duel et on célèbre enfin les noces des deux amants. Le *Roman de la Violette* développe des motifs qui se trouvent aussi en d'autres romans français, tel le *Roman de Guillaume de Dole*. Inspiré d'une tendance aristocratique, il représente, tout au moins en partie, la littérature de la haute société française à l'époque qui marque l'apogée de la civilisation médiévale. On y retrouve l'influence des romans de Chrétien de Troyes et particulièrement de *Yvain ou le Chevalier au Lion* (*) et, en quelques endroits, de certaines chansons de geste. Gerbert de Montreuil, en suivant l'usage introduit par Jean Renart avec son *Guillaume de Dole,* a inséré dans son poème de nombreuses chansons qui, bien connues des lecteurs, devaient ajouter à l'agrément du roman. Un grand nombre des personnages du roman sont historiques, bien que les noms soient souvent altérés : nobles chevaliers et dames célèbres de l'époque, intimes du roi Louis VIII. Le *Roman de la Violette,* l'un des plus caractéristiques parmi les romans d'aventures, est remarquable par la vivante représentation qu'il nous donne des coutumes du monde aristocratique de son temps. – Le *Roman de la Violette* a été édité par L. Buffrun (Paris, Société des anciens textes français, 1928) et adapté par G. Truc (Paris, 1931).

RÉF. : Fr. Kraus, *Über Gerbert de Montreuil und seine Werke,* Erlangen, 1897. – M. Wilmotte, *Gerbert de Montreuil et les écrits qui lui sont attribués,* in *Bull. Acad. roy. de Belgique,* 1900.

Germinal. Roman d'Émile Zola (1840-1902), publié en 1885. Ce treizième volume du cycle des *Rougon-Macquart* est une des œuvres les plus célèbres de l'auteur. C'est l'histoire d'une grève, « le soulèvement des salariés, le coup d'épaule donné à la société qui craque un instant, en un mot la lutte du capital et du travail. C'est là qu'est l'importance du livre, je le veux prédisant l'avenir, posant la question qui sera la question la plus importante du XXe siècle », précise Zola dans son Dossier préparatoire. L'action se déroule dans le bassin houiller du nord de la France, que le romancier a visité, à Montsou, nom inventé, de mars 1866 à avril 1867. Étienne Lantier, un des fils de Gervaise Macquart – v. *L'Assommoir* –, vient d'être renvoyé de l'atelier du chemin de fer de Lille où il travaillait comme machineur, pour avoir giflé son chef. Il se fait engager au puits du Voreux dans l'équipe de Maheu. Il va partager le travail et la vie extrêmement difficiles des mineurs « dévorés » par le capital, nouveau Minotaure dont le mythe structure le récit. Les mineurs sont résignés à cet esclavage depuis des générations. Étienne, venu d'ailleurs et de nature violente, se révolte. Il se met en contact avec un leader socialiste de Lille, lit brochures et livres, digère mal quelques théories et organise la lutte contre la Compagnie des mines. Il crée une caisse de secours. Mais la grève est provoquée par la Compagnie avant que les fonds recueillis soient suffisants pour permettre aux mineurs de tenir. Au bout de deux mois et demi de luttes et de souffrances, ils doivent reprendre le travail. Mais ils se sont comptés, ils ont compris que la lutte était possible. Les antagonismes sont devenus irréductibles, la troupe a tiré sur les grévistes et fait des morts. La victoire du capital n'est qu'apparente, comme le suggèrent les dernières pages de l'œuvre. Étienne part pour Paris un matin de printemps, aube symbolique de temps nouveaux. Il va mener de nouvelles luttes, tandis qu'à Montsou : « Des hommes poussaient, une armée noire, vengeresse, qui germait lentement dans les sillons, grandissant pour les récoltes du siècle futur, et dont la germination allait bientôt faire éclater la terre. » Ainsi se termine le roman.

C'est d'abord un documentaire sur le travail et la vie des mineurs que Zola décrit en détail à travers essentiellement une famille, celle des Maheu. Il est allé à Anzin, est descendu au fond d'un puits de mine, a pris cent feuillets de notes sur le terrain et restitue avec précision conditions de travail et de vie, maladies, mœurs, rituels, fêtes..., en un tableau suffisamment juste et honnête pour que, pour la première fois, les mineurs se reconnaissent dans un roman : une délégation des leurs assistera aux obsèques du romancier, au cri de « Germinal ! Germinal ! ». Le tableau qu'il présente des tensions opposant capital et travail ou petit et grand capital (dans le roman, la petite mine de Deneulin à la grande société anonyme dont l'exploitation de Montsou est dirigée par un directeur, Hennebeau) est historiquement juste. Zola, dans son désir de vérité, prend le contre-pied des discours paternalistes bourgeois ou de l'« humanitairerie » lénifiante de la « gauche », aussi trompeuse à ses yeux : à travers un réseau de métaphores animales et un système rigoureux de parallélismes et d'oppositions entre la vie des bourgeois (en particulier les Hennebeau et les Grégoire) et celle des mineurs, il rend sensible la dureté de la condition des seconds ravalés par le capital à une vie et un travail de bêtes dans l'enfer du fond. Il est, humainement, du côté des exploités. Mais la situation qu'il peint, une société travaillée en tous sens et à tous niveaux par les tensions les plus graves, menacée à tout moment d'explosion (un leitmotiv du roman est : « Il faut que ça pète ! »), lui fait peur. Zola pressent l'émergence des masses et leur force future. Il montre, en face, un capitalisme borné, avide, sûr de lui, inconscient de l'évolution historique. Aussi reprend-il le discours apocalyptique courant à son époque qui avait vu plusieurs révolutions, dont la Commune : le mythe du Grand Soir, l'idée que la lutte des classes ne peut aboutir qu'à la destruction de la civilisation et à la barbarie. Significativement, il forge le nom de Montsou sur celui de Montceau-les- Mines où venaient de se produire des grèves sanglantes et des actions anarchistes. Montsou, c'est aussi sous le mont, sous le terri, le feu qui couve et qui embrasera la société. Cette peur se lit également dans la présentation qu'il fait du mouvement ouvrier et de ses leaders dont il ne retient presque exclusivement que les querelles, les luttes (très réelles) entre tendances, auxquels il donne trop souvent un savoir mal digéré. Mais il se laisse entraîner avec eux, comme les mineurs, par le rêve d'une société de justice. Étienne, quoique chargé d'une lourde hérédité alcoolique et d'abord conçu comme un meurtrier par hérédité, devient un héros authentique, un militant révolutionnaire dont l'action est juste. Le roman bascule alors vers l'avenir.

C. Be.

Germinie Lacerteux. Roman des écrivains Edmond (1822-1896) et Jules (1830-1870) de Goncourt, publié en 1865. À la recherche d'un art qui fut à la fois une vivante évocation de la réalité et un document émouvant sur les maux de la société moderne, les Goncourt illustrèrent par cette œuvre une nouvelle méthode littéraire. Les tristes aventures d'une servante y sont retracées avec une précision brutale qui, cependant, n'exclut pas la pitié. On suit pas à pas, dans ce roman, les différentes étapes de l'avilissement d'un être jusqu'à sa mort. Le mensonge, l'ivrognerie, les rêves d'amour, le vol : tout se mêle dans la vie de l'héroïne, Germinie. Un amour pour un être indigne, Jupillon, la conduit de ruine en ruine jusqu'à la prostitution et à la vie la plus abjecte. Et le livre, commencé par un premier récit de l'enfance de Germinie racontée par elle-même à sa vieille patronne, se termine par la vision d'un coin de cimetière où, anonyme parmi les autres tombes, se trouve celle qui contient les restes d'une malheureuse dévoyée. L'œuvre, remarquable en tant que peinture de la vie des classes humbles, entend aussi porter un jugement historique sur la société et les mœurs. À partir d'un cas réellement connu et étudié comme un document typique de l'époque contemporaine, les Goncourt peignent un tableau « vrai », dans lequel l'art et la science cherchent à se fondre en une création magistrale. Les principes de cette nouvelle formule littéraire, dans laquelle l'influence des idées de Flaubert et de Taine est évidente, seront ensuite appliqués par Zola et toute une école littéraire (le naturalisme). *Germinie Lacerteux* fut portée au théâtre – en 1888, par Edmond de Goncourt – dans une œuvre haute en couleur, mais d'une faible intensité dramatique.

GEVERS Marie. Écrivain belge d'expression française. Née le 30 décembre 1883 à Edegem-Anvers, sur le domaine familial de Missembourg, où elle a passé toute sa vie et où elle est morte le 9 mars 1975, ne l'ayant quitté que pour rendre visite à ses enfants et ses petits-enfants au Zaïre et au Ruanda. Ses premiers essais poétiques furent encouragés par Émile Verhaeren et publiés en 1917. Lauréate en 1934 du prix populiste pour son roman *Madame Orpha ou la Sérénade de mai*, elle a célébré la Campine anversoise dans *La Ligne de vie* (1937) et dans *Paix sur les champs* (1941) et les bords de l'Escaut dans *La Comtesse des digues* (1931) et *La Grande Marée* (1937) qui ont contribué à asseoir sa réputation littéraire. Si elle a chanté la découverte de la terre africaine dans *Des mille collines aux neuf volcans* (1953) et dans *Plaisir des parallèles* (1958), c'est à l'ombre de la grande maison familiale sur laquelle veillait *Guldentop* (1935), son génie familier, que la « Colette du Nord » a donné sa pleine mesure. C'est là qu'elle a célébré le *Plaisir des météores* (1938), consacrant son temps aux fleurs de son jardin, dont elle a dressé le catalogue nourri de vieilles traditions dans *L'Herbier légendaire* (1949) et réveillant le souvenir de sa jeunesse et des êtres chers qui ont partagé sa vie dans l'admirable *Vie et mort d'un étang* (1961). Elle était membre de l'Académie royale de langue et de littérature françaises.

ANDRÉ GASCHT.

RÉF. : Adrien Jans, *Marie Gevers,* Bruxelles, 1964. – Marnix Gijsen, *Marie Gevers,* Bruges, 1969. – C. Skenazi, *Gevers et la nature,* Bruxelles, 1983.

GHELDERODE Michel de (pseud. d'Adolphe-Adhémar Louis Martens). Auteur dramatique belge d'expression française. Né à Ixelles, dans le Brabant, le 3 avril 1898, mort à Schaerbeeb le 1er avril 1962. En profond désaccord avec l'esprit bourgeois de sa famille, il éprouve très tôt le besoin de rompre avec son milieu : il le fera plus tard, symboliquement, en prenant le nom de Michel de Ghelderode.

Après des études classiques à l'institut Saint-Louis de Bruxelles, Ghelderode s'inscrit en 1915 au conservatoire de musique. Mais il n'y restera que deux ans. Il devient alors précepteur et tient à partir du 13 juin 1917 la chronique artistique d'un hebdomadaire financier. Entretemps, il cisèle des premiers contes et termine sa pièce *La Mort regarde à la fenêtre,* poème dramatique en un acte qui sera créé l'année suivante. Désormais il ne cessera plus d'écrire. En 1920, tandis qu'il effectue son service militaire, Ghelderode achève *Giet Bouteille* et *Le Cavalier bizarre,* pochade en un acte qui ne sera créée que vingt ans plus tard. Les années suivantes, le jeune écrivain publie dans une revue quelques contes et poèmes, et devient professeur à l'institut Dupuich, puis libraire (en 1922). Paraît alors *L'Histoire comique de Keizer Karel,* son premier ouvrage imprimé. Mais c'est seulement trois ans plus tard qu'il écrit sa première pièce importante, *La Mort du docteur Faust*, tragédie en trois épisodes qui est montée le 27 janvier 1928. Il récidive l'année suivante avec les trois actes de *Barabbas*, drame qu'il vient de terminer et l'acte unique d'*Escurial*, écrit en 1927. Michel de Ghelderode est alors au centre même de la vie littéraire bruxelloise. Il vient tout juste d'entrer dans sa trentième année et déjà son œuvre est appréciable. Mais il n'en reste pas là. En 1934, il crée pour la radio *Sire Halewyn*, un drame envoûtant tiré d'une vieille ballade flamande. La même année, il écrit encore *La Ballade du Grand Macabre* (*) et commence *Mademoiselle Jaïre*, un mystère en quatre tableaux qui sera créé en 1949, suivie par la rédaction en 1936 de *Hop Signor !*, un drame cruel aux accents typiques ghelderodiens que montera Gobert six ans plus tard. Mais le 1er février 1939, le dramaturge renonce au théâtre et entreprend la rédaction des premiers contes qui paraîtront en 1941 sous le titre de *Sortilèges*. Malgré cette œuvre considérable, Ghelderode a dépassé la cinquantaine quand il se fait connaître en France. C'est à une émission radiophonique enregistrée en 1951 et parue sous le titre *Les Entretiens d'Ostende*, que cet homme, par ailleurs solitaire et misanthrope, doit sa notoriété. Mais il meurt à Schaerbeeb le 1er avril 1962 dans cette solitude qui fut toujours la sienne, se croyant oublié de tous.

L'œuvre théatrale de Ghelderode, étrange et fantasque, apparaît comme un carnaval féroce où s'agitent, pareils à des marionnettes, des personnages fantoches au langage vif et coloré. Dans ce monde frénétique nourri des légendes de la vieille Flandre, la fatalité, qui seule agit, pousse le personnage ghelderodien à des situations extrêmes qui le forcent à se dépouiller du déguisement social et culturel dont il s'est revêtu et que symbolise sur la scène la somptuosité du décor dans lequel il évolue. Cette recherche poétique de l'homme à l'état brut où perce la nostalgie profonde d'un instinct archaïque fait de Michel de Ghelderode un des dramaturges les plus originaux du XXe siècle.

PHILIPPE FAUCHER.

♦ *« Ghelderode, c'est le diamant qui ferme le collier des poètes que la Belgique porte autour du cou. Ce diamant noir jette des feux cruels et nobles. Ils ne blessent que de petites âmes. Ils éblouissent les autres. »* Jean Cocteau. ♦ *« Parmi les écrivains contemporains, Ghelderode est l'un des rares capables de faire prisonnier le spectateur d'une sorte d'horreur sacrée, peut-être parce qu'il croit à la magie du théâtre. »* Catherine Valogne.

RÉF. : J. Francis, *Michel de Ghelderode, dramaturge des pays de par-deçà,* Bruxelles, 1949. — P. Vandrome, *Ghelderode,* Paris, 1963. — A. Jans, *La Vie de Ghelderode,* Paris, 1972. — R. Beyen, *Ghelderode,* Paris, 1974. — N. B. Castro, *Un Moyen Âge contemporain, le théâtre de Michel de Ghelderode,* Lausanne, 1979. — *Michel de Ghelderode et le théâtre contemporain,* éd. R. Beyen, Bruxelles, 1980.

GHÉON Henri (pseud. de Henri Vangeon). Auteur dramatique né à Bray-sur-Marne le 15 mars 1875, mort à Paris le 23 juillet 1944. Docteur en médecine qu'attirait la littérature, il ne tarda pas à s'y consacrer tout entier. Ayant débuté par un recueil de vers, *Chansons d'aube* (1897), il ne publia qu'en 1911 le livre qui le fit connaître : *Nos directions,* plaidoyer pour la renaissance du théâtre poétique. Pour appuyer son dire, il donna, la même année, une tragédie populaire intitulée *Le Pain* dont l'esprit se retrouvera plus tard dans *L'Eau de vie,* tragédie rustique (1921). Pendant la guerre de 1914-1918, il se convertit au catholicisme, sur le front de l'Artois. Sous l'effet de cette conversion, il conçut le dessein de reprendre les traditions de notre théâtre religieux du Moyen Âge ; d'où la longue suite de mystères où il tente de rendre une vie ingénue à des sujets depuis longtemps tombés en désuétude.

Le théâtre d'Henri Ghéon sera donc entièrement tiré de la vie des saints, ou peu s'en faut : en 1920, *Le Pauvre sous l'escalier*, tragi- comédie que Copeau joua au Vieux- Colombier, *Le Pendu dépendu* (1920), *Les Trois Miracles de sainte Cécile* (1922), *Le Martyre de saint Valérien* (1922), etc. Dès 1924, s'étant fait un public, il crée une troupe, les Compagnons de Notre-Dame. Ghéon, pour qui l'art dramatique était avant tout œuvre de charité, composera beaucoup d'autres pièces. Citons surtout : *Le Triomphe de saint Thomas d'Aquin* (1924), *Le Comédien et la Grâce* (1925), *Les Aventures de Gilles* (1936). Mêlant le drame à la farce, il veut entretenir avec bonhomie un commerce perpétuel entre la terre et le ciel. Homme de théâtre, sa langue ferme, drue et chaude frappe l'esprit de l'auditeur. Mais il manque souvent de discipline et par là tombe dans le pathos. Outre son théâtre, Ghéon a écrit : *L'Homme né de la guerre* (1919), récit de sa conversion, *Parti pris* (1924), réflexions sur l'art littéraire, *Le Saint Curé d'Ars* (1928), *Les Jeux de la terre et du ciel* (1929), roman, et enfin *Promenades avec Mozart* (1932).

♦ *« En Ghéon aucune tristesse ; c'est une âme de cristal et d'or pleine de sonorités merveilleuses, tout ce qui le touche y retentit ; rien ne la laisse indifférente ; pourtant, à travers tout elle reste la même. Tout l'émeut et rien ne la trouble, le monde se revoit en elle dans une charmante, vibrante et souriante harmonie. »* André Gide.

RÉF. : Henri Brochet, *Henri Ghéon,* Paris, 1946. — Maurice Deleglise, *Le Théâtre d'Henri Ghéon,* 1947. — M. A. Anglès, *André Gide et le premier groupe de « La Nouvelle Revue française »,* Paris, 1978.

GHIL René. Littérateur et poète français d'origine belge. Né à Tourcoing (Nord) le 27 septembre 1862, mort à Niort (Deux-Sèvres) le 15 septembre 1925. On peut le classer parmi ceux que Thibaudet a appelés les « militants du symbolisme », c'est-à-dire les symbolistes de la première heure qui ont créé les cadres et posé les problèmes de l'école. Leur activité est liée surtout à celle des « petites revues », comme *Vogue,* dont les rédacteurs étaient Jules Laforgue et Gustave Kahn. René Ghil fait partie du groupe de Laforgue, Kahn, Stuart Merrill, Robert de Souza. Il débuta par un recueil de vers, *Légende d'âmes et de sangs* (1885), et écrivit un *Traité du verbe* (1885) qui met en relief les qualités communes à certaines voyelles et à certains sentiments. En 1888 il créait une « poésie scientifique » et, fort de ses principes, entreprenait de mettre en vers libres l'évolution du monde et de l'humanité. L'œuvre qu'il écrivit dans cet esprit est divisée en trois parties : *Dire du mieux, Dire des sangs, Dire de la loi.* La première comprend : *Le Geste ingénu* (1887), *Le Meilleur Devenir* (1889), *L'Ordre altruiste* (1894) ; la deuxième, *Le Pas humain* (1898), *Le Toit des hommes* (1902), *Les Images* *du monde* (1912). Citons encore : *De la poésie scientifique* (1909).

RÉF. : Robert Montal, *René Ghil, du symbolisme à la poésie cosmique,* 1962.

GIDE André Paul Guillaume. Romancier né et mort à Paris (22 novembre 1869-19 février 1951). Ses origines éclairent déjà la personnalité de Gide, complexe, fuyante, balancée en des aspirations contradictoires vers la liberté totale et vers le conformisme, tout ensemble sensuelle et puritaine, prédestinée aux doutes et aux retours, à l'inquiétude : Gide était de souche protestante, à la fois paysanne et bourgeoise, Cévenol par son père, se rattachant à la bourgeoisie d'affaires normande par sa mère. Mais, dans l'enfance, ce fut un protestantisme rigide et assez triste qui domina, marquant pour toujours le jeune élève de l'École alsacienne ; il fit des études irrégulières ; silencieux, ses maîtres le croyaient même un peu stupide ; en fait, il vivait replié sur lui-même, perdu dans son inconscient, ne trouvant quelque joie que dans des émotions de nature. À la ferveur religieuse s'oppose bientôt en lui une sensualité précoce, qui se cherche, troublée, dans la honte et la hantise du péché. Lorsque Gide atteint ses vingt ans, c'est l'époque du symbolisme, et il commence à publier dans de petites revues de l'École. Déjà il connaît Pierre Louÿs, à Montpellier il a rencontré Paul Valéry, et on l'introduit chez Mallarmé. C'est en 1891 qu'il publie son premier livre, qu'il intitule « œuvre posthume » : *Les Cahiers d'André Walter*, l'histoire d'un jeune homme qui s'épuise, manque le monde et sa vie par excès de richesse intérieure, par impuissance à se choisir. Le livre n'a aucun succès – Gide l'a d'ailleurs fait éditer à ses frais, comme *Les Poésies d'André Walter*, à la langue aussi symboliste, aussi mièvre. Le vrai Gide n'est pas dans ces tentatives de jeunesse, mais dans la crise spirituelle qu'il commence de traverser à cette époque et qui l'amènera à secouer les contraintes du piétisme familial. L'occasion de sa libération sera un voyage en Algérie, accompli en 1893-1894 ; il tombe malade et, au cours de sa convalescence, s'abandonne pour la première fois à une exaltation naturelle. C'est sous l'influence symboliste qu'il avait encore écrit *Le Traité du Narcisse* (1891), *La Tentative amoureuse* et *Le Voyage d'Urien* (1893). Deux ans plus tard, *Paludes*, satire des milieux parisiens, marque déjà une transition ; mais on peut dire que Gide ne commence vraiment qu'avec *Les Nourritures terrestres* (*) (1897), qui chantent la complicité d'un jeune être avec toutes ses faims, tous ses désirs, la recherche de la ferveur dans une communion avec la joie du monde charnel, la valeur de la surprise pour aviver cette ferveur, enfin le refus de toutes les servitudes familiales, sociales, religieuses, personnelles même, car la liberté ne se vit que dans l'instant et seulement chez l'être en perpétuel état de naissance.

Ce message allait attirer à Gide – malgré lui, ne cessa-t-il de prétendre – bien des disciples. Mais était-ce vraiment tout Gide ? L'hédonisme des *Nourritures* n'est qu'un sursaut indispensable, le début d'une recherche du moi, de son équilibre surtout, et l'auteur de *Saül*, publié seulement en 1903 mais écrit dès 1898, sait bien qu'il existe aussi des servitudes pour l'homme en apparence libéré mais tenaillé par ses désirs. Alternance de l'ivresse sensuelle et d'un certain puritanisme, tel est le trait caractéristique de l'œuvre gidienne jusque vers 1910, l'austérité de *La Porte étroite* (1909) répondant ainsi à *L'Immoraliste*, qui célébrait la joie de la convalescence et le monde des couleurs, des parfums, du corps peu à peu retrouvé. L'auteur d'*Isabelle* (1912), de *L'École des femmes*, de *La Symphonie pastorale*, est déjà plus sûr de lui et de son rôle de réformateur qu'il jouera avec tant de succès dans la période d'après-guerre. Solitaire encore, presque complètement inconnu, il a pourtant brillamment participé à la vie littéraire, soit en collaborant à la revue *L'Ermitage* où il retrouve Claudel, Henri Ghéon, Jammes, Paul Valéry, soit, bien plus encore, en fondant en 1908, avec Copeau et Jean Schlumberger, *La Nouvelle Revue française* (*). Être soi, « s'exiger tel qu'on est », libre de la société, libre de son passé, infiniment disponible, ces thèmes, qui figuraient déjà dans les *Nourritures*, sont repris en 1914 dans *Les Caves du Vatican* (*), roman (mais l'auteur l'appelle « sotie ») d'un comique irrésistible, mais qui devra surtout son immense influence au personnage de Lafcadio, vivante et fascinante illustration de la théorie de l'« acte gratuit », c'est-à-dire de l'acte qui n'a pas de cause, ne sert à rien, n'est fait que par plaisir pur, et où l'on peut voir comme l'apogée de la disponibilité gidienne. L'impuissance où nous sommes de soumettre l'homme à des lois, Gide avait pu l'éprouver personnellement en 1912, lorsqu'il avait été appelé à siéger comme juré à la cour d'assises de la Seine-Maritime – v. ses *Souvenirs de la cour d'assises*. *Les Caves du Vatican* vont cependant consommer la rupture de Gide et des catholiques : Ghéon, Jammes et surtout Claudel, rencontré en 1905, et qui avait espéré convertir Gide après *La Porte étroite* en 1909, mais qui irrita son ami en lui demandant des explications brutales sur ses mœurs ; Gide y vit une « sommation ».

Pendant la guerre de 1914-1918, alors qu'il se dévoue pour les réfugiés, c'est à son propre puritanisme que Gide doit faire face ; un moment même il semble y céder, donne son adhésion morale à *L'Action française* et traverse une nouvelle crise religieuse. Mais l'immédiat après-guerre va lui donner la célébrité : de nombreux jeunes disciples, fervents, excessifs même, frères et cousins du héros de Radiguet, se montrent impatients de réagir contre la grandiloquence patriotique dont on les a gorgés pendant les hostilités. Ils se reconnaissent dans Nathanaël et plus encore dans Lafcadio. Ils cherchent un libérateur, et se tournent vers cet écrivain âgé maintenant de plus de cinquante ans et qui, malgré une œuvre déjà considérable, n'était connu, jusqu'à la guerre, que des milieux lettrés. Mais on prône alors la « démobilisation de l'intelligence », et n'est-ce pas à cette démobilisation que n'ont cessé de convier tous les livres de Gide ? Non que toutes les résistances soient vaincues : en 1923, le *Dostoïevski* suscite une vive réaction d'Henri Massis ; Henri Béraud mène contre Gide la « croisade des longues figures » ; la publication de *Corydon* et de *Si le grain ne meurt* scandalise les gens moraux. Mais, auprès de la jeune génération, *Les Faux-Monnayeurs*, œuvre complexe, de proportions considérables, grand roman mais sans unité, et qui vaut surtout par ce qu'il renferme de confession, vaut à Gide un nouveau succès, en 1925. Le retournement définitif est accompli vers 1930, et le gros de l'opinion littéraire, qui à la même époque découvre Proust, Freud, D. H. Lawrence, se range du côté de Gide.

La préoccupation d'autrui, le sens social, qui s'étaient un moment manifestés pendant la Grande Guerre, reprennent alors le dessus chez Gide : en 1926, il part pour l'Afrique noire, rapporte de ce long voyage deux livres qui sont un réquisitoire contre le colonialisme et suscitent une commission d'enquête — *Voyage au Congo* et *Le Retour du Tchad*. L'éveilleur de liberté commence à méditer sur les conditions de la liberté, sa réforme individuelle l'achemine naturellement vers la réforme sociale (à la façon de Rousseau, et l'on peut dire de Gide qu'il fut le Rousseau de notre temps) ; ainsi, à partir de 1930, le voit-on dénoncer le capitalisme, proclamer ses sympathies pour l'État sans religion, sans classes, sans familles, et annoncer, dans ses pages de journal intime, qu'il est prêt à donner sa vie pour le triomphe de l'U.R.S.S. Mais un voyage à Moscou provoque sur cet enthousiasme un effet de douche froide : Gide, pour qui la liberté signifiait avant tout liberté de l'écrivain, se fût peut-être accommodé de Trotsky, non de Staline, et il ne ménage pas ses critiques dans *Retour de l'U.R.S.S.* et dans *Retouches à mon retour de l'U.R.S.S.* en 1937. Les trois actes d'*Œdipe*, écrits en 1930 et joués en 1932 par les Pitoëff, avaient déjà mis sur la scène l'échec d'une liberté. Mais, dès 1930, l'œuvre était pour ainsi dire achevée : Gide restait le premier écrivain de l'époque, mais l'enthousiasme de la jeunesse commençait à le déserter pour des littérateurs plus « engagés », comme André Malraux : le temps de Lafcadio était passé, ou plutôt Lafcadio allait courir les révolutions de Chine et d'Espagne. Devant l'événement, Gide prenait au contraire, non sans quelque affectation, une attitude goethéenne : il commente Racine pendant la campagne de 1940 et, l'occupation survenant, il marque pendant quelques mois une certaine hésitation sur l'attitude à prendre avant de rompre, en mars 1941, avec *La Nouvelle Revue française* dirigée par Drieu. En 1942, il rejoignit Tunis, et, après son retour à Paris en 1945, il ne publiera plus que *Thésée*, une traduction de *Hamlet* depuis longtemps en chantier, et une adaptation scénique du *Procès* de Kafka. En novembre 1947, il recevait le prix Nobel de littérature ; en décembre 1950, la Comédie-Française représentait une comédie tirée des *Caves du Vatican*. Il meurt le 19 février 1951.

L'influence de Gide a été immense : il est bien, selon le mot de Malraux, le « contemporain capital » de tous les hommes nés à la vie intellectuelle et sensible entre 1920 et 1935. Gide fut le témoin d'un temps, et défini malgré lui par ce temps où l'appel à la liberté bénéficiait encore de facilités matérielles aujourd'hui compromises. Mais on ne se lassera sans doute pas de lire le *Journal* (publié en volume à partir de 1939) et d'y suivre Gide « avec son visage inquiet, ses doutes et la somme fuyante de ses pensées ». Quoi qu'il advienne de l'œuvre, le personnage ne s'oubliera pas.

JACQUES PATRY.

♦ *« Un être intact, voilà ce que j'admire en Gide. La vie ne l'entame pas, n'arrive pas à le diminuer. »* Jacques Rivière. ♦ *« Son œuvre n'est pas l'œuvre d'un esprit pur, ni celle d'un pur sensuel ni même celle d'un homme extrêmement sensible. Mais on y trouve constamment une âme. »* Marcel Arland. ♦ *« Tout l'avenir du destin de Gide dépend de l'issue de la lutte entre les deux grands courants dont il est traversé, qui se partagent son être intime : le courant de l'inquiétude, et celui de la sérénité. »* Charles Du Bos, 1929. ♦ *« Comme Nietzsche, André Gide a découvert un homme nouveau, une nouvelle religion de l'âme. »* Ernst-Robert Curtius. ♦ *« L'œuvre de Gide n'est peut-être tout entière qu'un vaste débat moral ; sans cesse on y entend dialoguer, comme d'une coulisse mystérieuse, la voix de la conscience. »* Léon Pierre Quint. ♦ *« Cet écrivain présente une sorte de cas limite : celui d'une finesse extraordinaire, jointe à une absence de système qui touche au pathologique. »* Julien Benda. ♦ *« Gide n'a cessé d'être divisé contre lui-même. Sans doute, de très bonne heure, a-t-il pris parti pour l'épanouissement libre et spontané de l'instinct ; mais, jusqu'à ces dernières années, il n'avait pu se résoudre à jeter par-dessus bord ce qui, en lui, protestait. Parfois même, comme dans les pages de* Num quid et tu, *le gémissement inénarrable couvrait la voix de l'homme charnel. Aujourd'hui toute protestation est étouffée ; le Gide de 1932 semble débarrassé de quelque chose ou de quelqu'un ; ce qu'il écrit pèse moins lourd, il s'est terriblement allégé. »* François Mauriac, 1932. ♦ *« Gide, dont l'œuvre ferait croire qu'il n'a pas de cœur et qu'il a ou qu'il est tout cela, quelles ne sont pas ses limites ! »* Henry de Montherlant. ♦ *« Le contemporain capital... »* André Malraux.

RÉF. : Charles Du Bos, *Le Dialogue avec André Gide,* Paris, 1929. — Ramon Fernandez, *André Gide,* Paris, 1931. — Jean Hytier, *André Gide,* Alger, 1938. — *Hommage à André Gide,* numéro spécial de *La Nouvelle Revue française,* 1951. — Roger Martin du Gard, *Notes sur André Gide*, Paris, 1951. — Claude Mauriac, *Conversations avec André Gide,* Paris, 1952. — Pierre Herbart, *À la recherche d'André Gide*, Paris, 1952. — Jean Delay, *La Jeunesse d'André Gide*, Paris, 1956-1957. — Claude Martin, *Gide par lui-même*, Paris, 1963. — Maria van Rysselberghe, *Les Cahiers de la petite dame*, Paris, 1973-1977. — Auguste Anglès, *André Gide et le premier groupe de la N.R.F.*, Paris, 1978. — Eric Marty, *André Gide,* Lyon, 1987.

GILBERT Nicolas Joseph Laurent. Poète né le 15 décembre 1750, à Fontenoy-le-Château, près d'Épinal (Vosges), mort à Paris, le 16 novembre 1780. Élevé par un jésuite, puis au collège de l'Arc à Dôle, ce fils de paysans reçoit une éducation solide alors généralement réservée à des enfants de meilleure naissance. Plus tard, l'auteur du *Poète malheureux* verra dans cette anomalie moins une faveur qu'un caprice du destin, mais il demeurera toute sa vie profondément attaché à l'idéal de ses maîtres. À Nancy, qu'il gagne à la mort de son père (1768), il donne des leçons, tente d'ouvrir un cours de littérature, publie ses premiers essais : une histoire persane, les *Familles de Darius et d'Éridame* ou *Statira et Amestris* (1770), un *Début poétique* composé de trois héroïdes (1771), plusieurs odes dont *Le Jugement dernier* (1773). Son isolement, son impatience, son désarroi l'éveillent à sa vraie vocation : *Le Carnaval des auteurs, Le Siècle*, esquisse de la célèbre satire (1773). Sa pauvreté, l'indifférence de l'Académie, dont il a brigué les couronnes pour deux de ses odes, ajoutent à son amertume. À vingt-quatre ans, aigrement critiqué par La Harpe, abandonné de ceux, comme d'Alembert, dont il espérait la protection, il atteint à Paris le comble de sa misère – et de son art : en une véhémente satire en vers, il instruit le procès du Siècle des lumières ; ennemi déclaré des encyclopédistes, il dénonce en style voltairien l'athéisme (« Croire en Dieu fut un tort permis à nos ancêtres »), la facilité des mœurs, l'intellectualisme et l'obscurité de la poésie en faveur. *Le Dix-Huitième Siècle* paraît en 1775 : scandale, succès. Entre-temps, Fréron, M. de Beaumont, archevêque de Paris, s'étaient intéressés au sort du poète. Les grands, comprenant enfin qu'on ne désire que leur bien, pensionnent généreusement l'ingénu champion d'une tradition en péril (cassette du roi, Mercure de France, caisse épiscopale, étrennes de la part de Mesdames, tantes du roi), Gilbert échappera de justesse à cette gloire dorée (la parution de *Mon apologie* en 1778 y avait encore contribué). Chute de cheval. Opération du trépan. Il meurt à l'Hôtel-Dieu, âgé d'à peine trente ans, portant en lui sa clé – cette clé, purement mythique peut-être, qu'il aurait avalée dans une crise de délire consécutive à son accident. Geste absurde, geste exemplaire qui, plus que son œuvre, donne à rêver. « Le malheur est une idée nouvelle en Europe. » Le négatif du mot de Saint-Just trouverait ici son écho. Gilbert croit voir dans l'échec et la misère temporels une intention particulière du destin, les conditions d'un salut littéraire et spirituel définitif. Aussi est-il traditionnellement considéré comme l'un des premiers « poètes maudits ». Au naturel, cet enfant du siècle de Rousseau est un exact disciple de Boileau. L'énergie des vers prouve les vertus des règles. L'étrange est que parfois sa voix s'altère d'émouvante façon. L'*Ode imitée de plusieurs psaumes* qu'il écrivit huit jours avant sa mort – ode plus connue sous le titre d'*Adieux à la vie* – annonce discrètement le romantisme de Chateaubriand et de Lamartine.

PAUL-JOSEPH GILBERT.

RÉF. : Nodier, Notice de l'édition de 1817. – Alfred de Vigny, *Stello,* Paris, 1832. – Hégésippe Moreau, *Un souvenir à l'hôpital.* – De Lescure, Notice des *Œuvres choisies* de Gilbert, Paris, 1882. – Ernest Laffay, *Le Poète Gilbert,* Paris, 1898. – B. Wojcieckowska Bianco, *Gilbert, poeta del Malheur,* Lecce, 1984.

GILBERT-LECOMTE Roger. Poète et prosateur né le 18 mai 1907, mort à Paris le 31 décembre 1943. Les poèmes qu'il composa vers l'âge de quatorze ans témoignent déjà d'une sûreté de vision étonnante. Un peu plus tard, avec ses amis de lycée : René Daumal, Pierre Minet, Roger Vailland, il forma le groupe des « simplistes » basé sur l'exercice de la révolte et de l'humour ; ce que nous en connaissons à travers les *Lettres à ses amis* (posthume, 1958) de Daumal et le *Petit théâtre* (1958) de Daumal et Gilbert-Lecomte prouve une merveilleuse liberté d'esprit et l'abandon radical à ce qu'on pourrait appeler, faute de mieux, le génie de la jeunesse. Vinrent ensuite des expériences plus systématiques et plus dangereuses : la drogue, le dédoublement, la médiumnité, qui permirent à Gilbert-Lecomte et à Daumal de jeter les bases de cette « métaphysique expérimentale », dont le souci ne devait plus cesser de hanter leur vie et dont on retrouve l'obsession dans *Morphée ou l'Empoisonneur public.*

Après avoir commencé ses études de médecine, Gilbert-Lecomte y renonça brusquement pour se consacrer à ses recherches et à l'écriture. Il avait vingt ans ; il était extrêmement beau et comme auréolé de son génie : les milieux littéraires parisiens s'ouvrirent immédiatement à lui, le fêtant, le choyant. Tout en jouant avec ce succès, il était ailleurs, tourné vers ce centre où s'élaborent la vie et la connaissance. En 1928, il lança le premier numéro d'une revue, *Le Grand Jeu*, qui sous sa direction et celle de Daumal allait essayer de pousser dans toutes les directions mentales possibles les expériences commencées à Reims. Parallèlement au surréalisme, cette revue apportait un esprit plus nouveau encore, une volonté excessive de débordement de la pensée traditionnelle. L'entreprise se poursuivit jusqu'en 1930 puis échoua ; la voie était ouverte, mais elle devait passer d'abord par la solitude. En 1933 intervint la rupture avec Daumal, sans doute l'événement le plus douloureux de la vie de Gilbert-Lecomte qui, de plus en plus adonné à la drogue, commençait son terrible périple de douleur et de misère, tout en se dirigeant vers son génie le plus profond.

En 1929, Gilbert-Lecomte avait publié, avec une introduction, la *Correspondance inédite d'Arthur Rimbaud ;* il donna ensuite les poèmes de *La Vie, l'Amour, la Mort, le Vide et le Vent* (1933) et un court essai : *Sima, la peinture et « Le Grand Jeu »* (1933), puis ce fut le silence.

Il n'avait cependant pas cessé d'écrire ; il accumulait notes et projets en vue d'un grand livre intitulé *Retour à tout,* mais la mise en forme ne venait pas, l'angoisse était plus forte que la parole. Comme Rimbaud, Gilbert-Lecomte refusait d'être une main à plume ; il n'a noté que des éclairs, mais ils sont fulgurants et composent tout de même une œuvre ainsi que l'a prouvé la publication de *Testament*, sorte de panorama de sa pensée et de sa poésie. Ces fragments parlent d'ailleurs le langage même de notre être, langage conquis à force de renoncement, de dépossession, de douleur, et qui de plus en plus fait figure d'exemple. Dépouillé de tout : de sa séduction, de son succès, de sa « gloire », Gilbert-Lecomte mourut à l'hôpital Broussais dans la misère ; il avait atteint le fond d'où sa parole, scellée de son vivant, allait commencer à pouvoir rayonner sur l'avenir sans qu'il ait à la compromettre. Son *Œuvre complète* a été publiée : *Correspondance* en 1971, *Prose* en 1974 et *Poésies* en 1977.

BERNARD NOËL.

RÉF. : Alain et Odette Virmeaux, *Roger Gilbert-Lecomte et « Le Grand Jeu »,* Paris, 1981.

GIONO Jean. Romancier né et mort à Manosque, dans les Basses-Alpes : 30 mars 1895 - 9 octobre 1970. Son père, cordonnier un peu anarchiste, généreux, amateur de lectures dont *La Bible*, était fils d'un Piémontais venu en France en 1831, peut-être déserteur, pour s'engager dans la Légion. Sa mère, repasseuse, très catholique, était fille d'un militaire provençal, clairon dans la musique de la Garde de Napoléon III, et d'une Picarde. Giono attachera surtout de l'importance à ses origines piémontaises. Fils unique, il entre dans une école religieuse puis au collège de sa ville, où il sera un élève moyen. Dès cette époque, il aime à inventer et à raconter des histoires. Après sa première communion, il perd définitivement la foi.

En 1911, son père étant tombé malade, il doit, pour aider à faire vivre sa famille, quitter le collège au début de la première et entrer comme garçon de courses à l'agence manosquine du Comptoir national d'escompte ; il y restera jusqu'en 1929, gravissant tous les échelons. À la même date, lors d'un séjour à Vallorbe chez ses cousins Fiorio, il découvre à la fois la montagne et ce que peut être la vie d'une vaste tribu familiale, avec sa diversité romanesque. Il est passionné de lecture et découvre la littérature gréco-latine, Homère, les tragiques grecs, Virgile, les classiques français, et Cervantès. Il commence à écrire des poèmes et à les publier dans un journal local. En 1914 éclate la guerre, où sera tué son meilleur ami. Il est incorporé au début de 1915 dans la Drôme, à Richerenches, puis à Montségur ; sa période d'instruction l'amène aussi à Montmélian, puis à Briançon. À la fin de mai 1916, il est envoyé au front. Il vivra Verdun, où il verra tomber nombre de ses camarades, puis le Chemin des Dames, le Kemmel. Bien qu'une fois commotionné par un obus, et une autre fois légèrement gazé, il se tire de là sans dommage et sans galon, mais avec une horreur viscérale de la guerre qui ne le quittera jamais : elle restera pour lui le mal absolu. Libéré en 1919, il épouse en 1920, après la mort de son père, Élise Maurin, jeune enseignante manosquine connue en 1914 ; ils auront deux filles, Aline et Sylvie. Il continue à se cultiver, découvrant la peinture à travers les reproductions, et la musique surtout par le disque. Il écrit des poèmes en prose, des contes, des pages autobiographiques, et commence un roman médiéval, *Angélique*, qu'il n'achèvera pas. Il se lie avec Lucien Jacques (1891-1961), poète et peintre, comme lui fils de cordonnier, qui sera son plus grand ami, le guidera souvent dans les débuts de son écriture, publiera sa première plaquette de poésie, *Accompagnés de la flûte* (1924), et le poussera vers le roman. Il écrit *Naissance de l'Odyssée*, qui sera refusé par un éditeur comme « jeu littéraire », et apprend ainsi son métier d'écrivain. Avec son roman suivant, *Colline*, il se fait le chantre de la Provence ; c'est là que se dérouleront ses six premiers livres, et il y gagnera la réputation, qui l'exaspérera toujours, d'écrivain régionaliste ; elle est d'autant moins fondée que sa Provence, bien que minutieusement observée, est, dans sa nature profonde, très largement imaginaire. En 1929 paraissent *Colline*, que Lucien Jacques a envoyé chez l'éditeur Grasset, et qui obtient le prix américain Brentano, et *Un de Baumugnes*. Gide, Guéhenno, Chamson, Paulhan, le soutiennent avec enthousiasme. Le succès est immédiat auprès du public comme de la critique. L'agence bancaire où il travaillait ayant fermé, il prend le risque de devenir uniquement écrivain. Il achète alors, en s'endettant, sa maison du Paraïs, sur les pentes qui dominent Manosque ; il y vivra toute sa vie, la quittant assez rarement : il se proclamera lui-même « voyageur immobile », ne se déplaçant qu'en imagination. Il complète sa trilogie de *Pan* en publiant son troisième roman, *Regain* (*), qui obtient le prix anglais Northcliffe. (Jamais, de toute sa vie, Giono n'aura un prix français important.)

Après dix ans, l'image de la guerre est assez éloignée de lui pour qu'il supporte de l'évoquer en 1931 dans *Le Grand Troupeau*, où il oppose l'horreur du front à la paix des campagnes provençales. En 1932, il remonte plus loin encore, jusqu'à son enfance émerveillée, dans *Jean le Bleu*. En 1934, *Le Chant du monde*, un des plus beaux et des plus équilibrés de ses livres, est le dernier de sa période heureuse, et le premier de ceux qu'il situe en montagne. Ils alterneront jusqu'à la guerre avec ceux qui ont la Provence pour cadre. Mais Giono voit se développer une triple menace : la France s'industrialise, les ligues fascistes prennent de l'importance, Hitler est venu au pouvoir en Allemagne et réarme. À partir de 1934, Giono se met à livrer des combats. Il n'est que pour quelques mois proche des communistes. En revanche, sa lutte contre la guerre, comme pacifiste intégral, durera plusieurs années. Quant à ses efforts pour préserver l'humanité de l'argent-roi, de la technique envahissante, de la défiguration de la nature, de l'expansion des grandes villes, il les poursuivra jusqu'à sa mort. Mais il sait au fond de lui que cette action, qui est pour lui un devoir, est vaine. Les héros de *Que ma joie demeure*, de *Batailles dans la montagne* sont des sauveteurs, mais aussi, à la fin, des déserteurs : Giono se bat pour la liberté des autres, mais aussi pour la sienne. Ses essais, *Les Vraies Richesses* en 1936, *Le Poids du ciel* en 1938, ses écrits pacifistes comme *Refus d'obéissance* en 1937, la *Lettre aux paysans sur la pauvreté et la paix* en 1938, expriment en plus clair, parfois presque comme une prédication, ce qu'il dit implicitement dans ses romans : il faut préserver la paix et revenir aux valeurs naturelles. De 1935 à 1939 se réunissent autour de lui deux fois par an, dans la communauté de vacances du Contadour, en haute Provence, des centaines de femmes et d'hommes qui partagent ses idéaux utopiques. Mais la guerre éclate. Giono se résout à se déjuger en ne refusant pas d'obéir ; pour préserver la subsistance de sa famille, et son œuvre à venir, il se laisse mobiliser à Digne. Arrêté presque aussitôt pour ses écrits pacifistes, il est emprisonné à Marseille, au fort Saint-Nicolas, pendant deux mois, dont une partie en cellule. Un non-lieu est finalement prononcé, et il est libéré des obligations militaires. Il renonce à toute action politique.

Mais, dès 1938, il a senti le besoin profond de renouveler son univers romanesque, jusque-là paysan et artisanal, antérieur à la motorisation, sans références culturelles, peuplé de personnages parfois violents mais jamais méchants. La redécouverte de Stendhal, à la même date, le pousse vers plus de retenue et de densité, moins de descriptions et de lyrisme, une langue dégraissée. Il commence à prendre un long virage, qui va durer jusqu'en 1945. Sa capacité de création est perturbée par la guerre. Il ne parvient pas à finir vraiment un roman. Il écrit des textes autour d'écrivains, comme Melville et Virgile, une suite aux *Vraies Richesses*, un roman maritime inachevé, *Fragments d'un paradis*. Il publie des textes écrits surtout avant la guerre : *L'Eau vive*, nouvelles, et un volume de *Théâtre*. Pour vivre, il accepte de donner en feuilleton à un journal vichyssois, *La Gerbe*, son roman commencé en 1938, *Deux cavaliers de l'orage*. Poursuivi par la haine des communistes qui ne lui pardonnent pas de s'être écarté d'eux après en avoir été proche, il est l'objet en 1943 d'un article profondément injuste et malhonnête dans *Les Lettres françaises* clandestines. Il a beau être en contact avec des résistants, abriter des maquisards dans une ferme, en septembre 1944, à la Libération, il est arrêté, et incarcéré d'abord à D gne, puis, non loin, à Saint- Vincent-les-Forts. Il sera libéré le dernier jour de janvier 1945, sans avoir même été inculpé, le dossier étant totalement vide. Mais l'opinion le classe comme collaborateur, sans tenir compte de ce qu'il n'a jamais dit un mot en faveur du nazisme ou de Vichy, et de ce qu'il a en 1943 écrit une pièce interdite par les Allemands, *Le Voyage en calèche*. Il est sur la « liste noire » du Comité national des écrivains, et ne peut rien publier pendant trois ans. Il tire de ces expériences amères la découverte que l'homme est souvent mauvais. La capacité de mépris et de haine est née en lui, et alimentera sa création à venir.

Il puise aussi dans cette épreuve une nouvelle vigueur. Son œuvre prend deux directions. C'est d'abord le « cycle du Hussard », commencé en 1945 avec *Angelo* (publié en 1958), suivi de *Mort d'un personnage*, du *Hussard sur le toit* (*) écrit de 1946 à 1951, et du *Bonheur fou* écrit de 1953 à 1957. Tout ce « cycle » est ouvertement placé sous le signe de Stendhal. Il n'en est pas de même des *Chroniques*, une série de chefs-d'œuvre écrits à partir de 1946 : *Un roi sans divertissement* publié en 1947, *Noé* en 1948, *Les Âmes fortes* en 1950, *Les Grands Chemins* en 1951, *Le Moulin de Pologne* en 1952. Certes, des constantes subsistent : observation aiguë, imagination débordante, acuité des sensations éclatant en images imprévues. Mais la plupart des œuvres sont des études d'âmes et de caractères. Une psychologie imaginaire y est créée. Les paysages sont devenus rares. L'humanité y est dépeinte sous des couleurs noires ; les calculateurs égoïstes abondent.

Giono, après 1948, resurgit lentement dans le paysage littéraire français, après avoir été injurié ou gommé. En 1951, avec *Le Hussard sur le toit*, il a retrouvé sa stature. En 1953, une série d'entretiens radiodiffusés avec Jean Amrouche obtient un succès éclatant, et le Grand prix littéraire de Monaco lui est décerné. En 1954, il est élu à l'académie Goncourt. Il se donne le temps de voyager : plusieurs fois en Italie de 1951 à 1960, une fois en Écosse en 1952, en Espagne en 1959. Dans sa création, il garde ce besoin de se renouveler qui le tient depuis 1938. Il aime s'essayer à ce qu'il ne sait pas faire — ou pas encore. Il réussit. Chacune de ses *Chroniques* diffère des autres par le mode de narration. De plus en plus souvent, il délaisse provisoirement le roman. Il s'essaie au récit de voyage avec *Voyage en Italie* en 1952, au compte rendu de procès avec *Notes sur l'affaire Dominici* en 1955, à l'étude historique avec *Le Désastre de Pavie*. En 1963, il se renouvelle dans le domaine théâtral avec *Domitien* et *Joseph à Dothan*. Il publie des chroniques journalistiques qui seront recueillies en trois volumes après sa mort. Il se passionne pour le cinéma, écrivant le scénario de *L'Eau vive* (1958), le scénario et les dialogues d'*Un roi sans divertissement* (1963), devenant metteur en scène pour *Crésus* (1960). Dans ses dernières années, redevenu casanier en raison d'une faiblesse cardiaque, il revient au roman avec *Ennemonde*, *Le Déserteur*, *Dragoon* et *Olympe*, tous deux inachevés, et le dernier chef-d'œuvre, *L'Iris de Suse* (*). Ayant atteint à une sagesse faite de simplicité et d'ironie, il voit sans peur venir la mort, à soixante- quinze ans.

PIERRE CITRON.

♦ *« Pour moi, les trois meilleurs écrivains de cette génération sont Montherlant, Bernanos et Giono... »* André Malraux. ♦ *Sur* Le Chant du monde *: « Pour moi, ce chant, dont il nous donne avec chaque nouveau livre des variations sans fin, est bien plus précieux, plus émouvant, plus poétique que le Cantique des cantiques. »* Henry Miller.

RÉF. : Claudine Chonez, *Giono par lui-même*, Paris, 1956. – Notices de l'éd. Pléiade des *Œuvres romanesques complètes* de Giono (6 vol., 1971-1983), dir. R. Ricatte, et des *Récits et essais* (1988), éd. P. Citron. – *L'Arc* nº 100, Le Revest Saint-Martin, 1986. – Pierre Citron, *Giono 1895-1970*, Paris, 1990.

GIRAUDOUX Jean. Romancier et dramaturge né à Bellac (Haute-Vienne), le 29 octobre 1882, mort à Paris, le 31 janvier 1944. Fils d'un percepteur, issu d'une famille d'origine paysanne, il entre en 1893 comme boursier au lycée de Châteauroux où il fait de bonnes études classiques. Arrivé à Paris en 1900, il est élève de première supérieure au lycée Lakanal. Charles Andler, son professeur, lui donne le goût de la culture germanique qu'il approfondira pendant son séjour à l'École normale supérieure de 1903 à 1904 et pendant quelques mois passés en Allemagne en 1905 comme précepteur dans une famille princière. Lecteur à Harvard en 1906, il rentre un an plus tard à Paris, devient le secrétaire de Bunau-Varilla, directeur du *Matin* – où Giraudoux donne des contes (*Les Contes d'un matin*) et tient la page littéraire –, se lie avec A. François-Poncet, Pierre Benoit et Bernard Grasset, le jeune éditeur des *Provinciales* en 1909. Ayant passé en 1910 le concours des chancelleries, Giraudoux entre dans la carrière diplomatique, mais est mobilisé comme sergent en août 1914, combat en Alsace et en Champagne, est blessé dès les premiers mois de guerre, cité, décoré, blessé de nouveau aux Dardanelles – v. *Lectures pour une ombre* et *Adorable Clio*, souvenirs de guerre. Chargé de mission au Portugal, puis aux États-Unis, il se marie en 1921 et, la même année, devient au Quai d'Orsay chef du service des œuvres françaises à l'étranger, et en 1924 chef des services de presse. Dès lors, en marge de sa carrière administrative, il va se consacrer à la création littéraire, d'abord exclusivement romanesque. Romanesque très différent, il est vrai, de celui qu'on attend d'habitude dans les romans : il ne tient guère aux caractères, aux personnages, qui sont presque des symboles, des ombres gracieuses, des reflets de l'âme de l'auteur, de ses choix, de ses refus, de ses rêves en face de la vie ; il ne tient pas plus à l'intrigue, volontairement négligée, parfois tout à fait absente, comme dans *Simon le Pathétique*, ou juste ébauchée en passant, dans *Siegfried et le Limousin*, ou reprise d'un thème éternel, dans *Bella*, ou franchement présentée comme un jeu désinvolte, comme une aimable parodie littéraire, parodie de l'*Odyssée* dans *Elpénor*, de *Robinson Crusoé* dans *Suzanne et le Pacifique*. Pourtant c'est le style de Giraudoux qui d'abord surprit le plus et fut vivement discuté : cette préciosité faisait crier au gongorisme. On voulait n'y voir qu'une recherche gratuite de la virtuosité, un jeu, alors qu'elle était l'instrument parfait de la volonté métaphysique de l'auteur de créer un monde à part, régi par les seules lois de l'art et de la fantaisie. Ainsi, Giraudoux romancier possédait-il déjà les qualités essentielles du véritable homme de théâtre : le dédain de la réalité quotidienne, l'indifférence à la ressemblance, l'aspiration vers un monde magique, soustrait aux demi-mesures de la réalité et pourtant exemplaire.

Siegfried et le Limousin en 1922 était un roman ; mais cinq ans plus tard, Giraudoux en fait paraître les fragments d'une version dialoguée et il ne faudra plus que la rencontre de Jouvet, en 1928, pour l'introduire au théâtre, avec *Siegfried,* qui ouvrait une série d'éclatants succès. Entre-temps Giraudoux allait parcourir le monde comme inspecteur des postes diplomatiques et consulaires avant d'être nommé, en 1939, au début de la guerre, commissaire à l'Information. Réfugié à Cusset après la défaite de 1940, il rentre deux ans plus tard à Paris où il fait représenter en 1943 *Sodome et Gomorrhe*. Deux œuvres posthumes, *La Folle de Chaillot* et *Pour Lucrèce* allaient encore être révélées en 1945 et 1953, ainsi que des recueils d'essais politiques, *Sans pouvoirs* (1945), complétant *Pleins pouvoirs* (1939) et *La Française et la France* (1951). Pas plus que dans ses romans, Giraudoux n'a cherché sur la scène à briller par l'originalité des sujets : *Siegfried* n'est au fond qu'une adaptation, le thème d'*Ondine* (*) a été emprunté à La Motte-Fouqué, ceux d'*Électre*, de *Judith*, d'*Amphytrion*, de *La guerre de Troie n'aura pas lieu* (*) appartiennent au patrimoine le plus traditionnel. Seules de ses pièces, *Intermezzo* et *La Folle de Chaillot* sont absolument originales. Giraudoux dédaigne tout autant les fameux « conflits psychologiques », la peinture sociale ou celle des caractères. Ses pièces sont au-delà des particularités individuelles, hors du temps. Il retrouve ainsi la vertu essentiellement mythique, religieuse, du théâtre. Sans doute nous touche-t-il moins par la sensibilité que par l'intelligence, mais son dessein est de nous arracher à l'accidentel, de nous « confronter solennellement » avec le destin humain.

MICHEL MOURRE.

♦ *« Nul moyen, sinon par barbarie, de résister au sourire de Giraudoux. »* André Gide. ♦ *« Un très bon élève qui ajoute à cette sagesse le prestige mystérieux du cancre. »* Jean Cocteau. ♦ *« Qu'on me pardonne ! C'est, je crois, la France que je m'étais mis à aimer en Giraudoux. »* Aragon. ♦ *« Lorsque Jean Giraudoux offre le monde, il l'offre comme si vraiment cela ne valait rien, en s'excusant de n'avoir rien d'autre pour l'instant à offrir* [...] *Il ne faut pas reprocher à Jean Giraudoux de voir les choses à travers une intelligence raffinée et une très curieuse culture, puisque son but est justement de faire au monde inculte le présent de cette culture.* » Robert Brasillach. ♦ « *La métaphore chez Giraudoux (et à la limite, elle devient calembour) n'est pas autre chose que cette équivalence, cette identité brusquement affirmée entre l'essence d'une chose et son apparence, sans primat métaphysique accordé à l'une ou à l'autre. En d'autres termes, les métaphores de Giraudoux ne sont pas transcendantes au réel, mais immanentes à lui* [...] *"Illusionniste sans matériel", comme il s'appelait lui-même, Giraudoux est le plus grand des romanciers réalistes contemporains.* » Claude-Edmonde Magny.

RÉF. : Maurice Bourdet, *Jean Giraudoux, son œuvre,* Paris, 1928. – Robert Brasillach, *Portraits,* Paris, 1935. – *Hommage à Giraudoux,* numéro spécial de *Confluences,* sept.-oct. 1944. – C.-E. Magny, *Précieux Giraudoux,* Paris, 1945. – V. H. Debidour, *Jean Giraudoux,* Paris-Bruxelles, 1955. – René Marill Albérès, *Esthétique et morale chez Jean Giraudoux,* Paris, 1957. – Jacques Robichez, *Le Théâtre de Giraudoux,* Paris, 1976. – Lise Gauvier, *Giraudoux et le thème d'Électre,* Paris, 1982. – Jacques Body, *Jean Giraudoux, la légende et le secret,* Paris, 1986.

GLISSANT Édouard. Écrivain martiniquais. Né sur un morne reculé, à Bézaudin, près de Sainte-Marie, au nord de l'île, le 21 septembre 1928. Enfant d'une famille modeste, brillant élève (il a suivi les cours d'Aimé Césaire au lycée Schoelcher), il se fait remarquer par l'ampleur de sa culture littéraire et philosophique. Il continue ses études à Paris et se lie aux milieux intellectuels négro-africains, rassemblés autour de *Présence africaine*. Mais il s'intéresse aussi à l'avant-garde littéraire et il écrit dans la revue *Les Lettres nouvelles.* Après plusieurs recueils poétiques – *Un champ d'îles* (1953), *La Terre inquiète* (1954), *Les Indes* (1955) – le prix Renaudot décerné à *La Lézarde* en 1958 récompense un ambitieux projet romanesque. Militant activement contre le système colonial, Édouard Glissant est expulsé des Antilles et assigné à résidence en France. Il peut rentrer en Martinique en 1965 : il anime alors, autour de l'Institut martiniquais d'études et de la revue *Acoma* (1971-1973), une réflexion en profondeur sur l'identité antillaise. Après avoir dirigé quelques années, à partir de 1982, *Le Courrier de l'UNESCO,* il enseigne dans une université de Louisiane.

Le projet d'Édouard Glissant, développé dans une suite d'essais littéraires et philosophiques de très haute tenue – *Soleil de la conscience* (1956), *L'Intention poétique* (1969), *Le Discours antillais* (1981), *Poétique de la relation* (1990) – a souvent été résumé par le concept d'« antillanité », dépassement de la négritude par la mise en relation du peuple antillais, avec son histoire et son paysage. Contre la pensée close de l'« un », Glissant célèbre le « divers », le consentement à la différence, la fécondité de l'errance. Le principe de « relation » organise son œuvre en un « archipel de livres », les personnages, les thèmes, les images s'échangeant d'une forme littéraire à l'autre, de la poésie : *Le Sel noir* (1959), *Le Sang rivé* (1969), *Boises* (1977), *Pays rêvé, pays réel* (1985), *Fastes* (1991), au théâtre : *Monsieur Toussaint* (1961), et au roman : *Le Quatrième Siècle* (1964), *Malemort* (1975), *La Case du commandeur* (1981), *Mahagony* (1987). La lucidité et l'ampleur de la réflexion, la maîtrise littéraire, l'invention langagière placent Glissant au tout premier rang de la production intellectuelle de la fin du XXe siècle.

JEAN-LOUIS JOUBERT.

Gnomique (poésie). Genre poétique très ancien (voir par exemple les *Proverbes* de Salomon) qui, après avoir connu une vogue certaine dans l'Antiquité et au Moyen Âge, se développe particulièrement au XVIe siècle où l'on publie les textes médiévaux de tradition populaire (*Dictz et sentences notables*) ou scolastique (*Dictz* de Caton). Après Érasme et ses *Adages* (dont la première édition paraît en 1500), les érudits publient les pensées et réflexions des anciens sages. La production (souvent des distiques ou des quatrains) s'accroît surtout à la fin du siècle avec, en particulier, les recueils de P. Habert, A. de Baïf (*Mimes,* 1576), R. Belleau, G. de Pibrac (*Quatrains,* 1576) et F. Habert. « Ce que tu vois de l'homme n'est pas l'homme, / C'est la prison où il est enserré : / C'est le tombeau où il est enterré, / Le lict branlant où il dort un court somme » (Pibrac).

FRANÇOIS ROUDAUT.

GOBINEAU Joseph Arthur, comte de. Diplomate et écrivain né à Ville-d'Avray (Hauts-de-Seine) le 14 juillet 1816 ; mort à Turin le 13 octobre 1882. Fils d'un officier de la garde royale, il grandit, dès ses premières années, dans les héroïques souvenirs de ses ancêtres vikings et le mépris de la société démocratique moderne. Adolescent, il parle déjà parfaitement l'allemand, étudie les coutumes celtiques et, encouragé par son père, commence à étudier les langues et les cultures orientales. Arrivé à Paris à dix-neuf ans, en 1837, sans fortune, il doit accepter un emploi subalterne à la Compagnie du Gaz, puis aux Postes, publie des articles dans *La Revue des Deux Mondes* (*), *La Quotidienne*, etc. et essaie de vivre en écrivant des romans d'aventures : *Le Prisonnier chanceux* (1846), *Ternove* (1847), *Nicolas Belavoir* (1847), *Mademoiselle Irnois* (1847), *L'Abbaye de Typhaines* (1848). C'est la révolution de 1848 qui va ouvrir à ce légitimiste la carrière diplomatique : le 15 juin 1849, Gobineau devient chef de cabinet de Tocqueville, ministre des Affaires étrangères et, après la chute de son ami, il reste au service de l'État, envoyé successivement à Berne (1849), à Hanovre (1851), à Francfort (1854), où il rencontre Prokesch-Osten. En 1853 paraît la première partie du célèbre *Essai sur l'inégalité des races humaines*, presque aussitôt traduit en anglais et en allemand, la deuxième partie en 1855, année où Gobineau part pour Téhéran comme membre d'une mission extraordinaire auprès du shah de Perse — v. *Trois ans en Asie, de 1855 à 1858.* Rentré en France en 1858, il dirige en 1861 une mission chargée d'aller délimiter les pêcheries de Terre-Neuve et, aussitôt après ce voyage en Amérique, retourne, comme ministre plénipotentiaire cette fois, à Téhéran où il réside jusqu'à 1863. En 1864 paraît le *Traité des écritures cunéiformes*, dont Gobineau affirme qu'elles ne sont aucunement assimilables aux nôtres en raison de leur caractère talismanique, en 1865 *Les Religions et les philosophies dans l'Asie centrale*, et en 1869 l'*Histoire des Perses*, application à l'Iran de la théorie de la race comme dynamisme de l'Histoire. Ministre à Athènes, puis à Rio de Janeiro, Gobineau rentre en France en mai 1870, passe la guerre dans sa propriété de l'Oise et reçoit en 1872 sa nomination d'ambassadeur à Stockholm, où il achèvera sa carrière en 1877. Ses dernières années seront occupées par des voyages à travers l'Europe, principalement en Italie et en Allemagne, par son amitié spirituelle avec Richard Wagner rencontré à Rome en 1876, et par la publication de plusieurs ouvrages parmi lesquels *Les Pléiades* (*) (1874), *Nouvelles asiatiques* (1876), le poème d'*Amadis* (1876) et *La Renaissance* (1877).

Ses doctrines, poussées à leurs plus extrêmes conclusions par Vacher de Lapouge et mises en pratique par le IIIe Reich, ont valu à Gobineau une célébrité qui a longtemps occulté l'originalité proprement littéraire de son œuvre. Justice lui est aujourd'hui rendue. Comme le remarque Gaëtan Picon, « Sa voix peut ne pas être habile, car elle a pour elle la force de l'expérience la plus hardie, la plus fervente et la mieux dominée. »

RÉF. : L. Thomas, *Arthur de Gobineau inventeur du racisme*, 1941. — J. Gaulmier, *Spectre de Gobineau*, 1965. — J. Boissel, *Gobineau (1816-1882), un Don Quichotte tragique*, 1981. — P. L. Rey, *L'Univers romanesque de Gobineau*, 1981.

GOMBERVILLE Marin Le Roy de, sieur du Parc. Écrivain né et mort à Paris (1600-14 juin 1674). Fils de famille noble, il débute à quinze ans dans la carrière des lettres par un ennuyeux poème sur la vieillesse. Ami des beaux esprits de son temps, il fait partie, dès sa fondation, de l'Académie française, dont il sera l'un des membres les plus actifs. À partir de 1620, il commence à publier, avec un grand succès, des romans. *La Carithée* (1621), pastorale imitée de *L'Astrée* (*), se veut un roman historique dont l'action se situe en Égypte ; les contemporains reconnurent Louis XIII et le duc de Luynes dans cette œuvre à clés. Mais le chef-d'œuvre de Gomberville est *L'Exil de Polexandre et d'Ériclée* : il en donna quatre versions (1619, 1629, 1632, 1637). L'ouvrage exalte l'héroïsme masculin : être d'exception, Polexandre s'inscrit dans la lignée du généreux cartésien ou des personnages cornéliens. La composition du récit obéit à une esthétique baroque de l'irrégularité et du foisonnement : les batailles, les duels, les naufrages y alternent avec des dissertations géographiques et des renseignements techniques sur la navigation. Gomberville s'inspire de la musique qui forme « son tout, de parties non seulement différentes, mais diamétralement opposées ». À la fin de sa vie, s'étant lié avec les solitaires de Port-Royal, Gomberville devint franchement janséniste, fit retraite, écrivit des ouvrages de piété, notamment une allégorie (*La Cythérée,* 1640) et un ouvrage d'emblématique (*La Doctrine des mœurs,* 1646) qui illustre la vanité du monde temporel. Il fut même soupçonné, en 1656, d'être l'auteur de la première *Provinciale*. Il mourut bourrelé de remords à cause du mal qu'il croyait avoir fait avec ses romans, qui suscitèrent l'engouement des contemporains, et qui ont fait l'objet d'une redécouverte à l'ère du western et du cinéma à grand spectacle.

RÉF. : S. Kévorkian, *Le Thème de l'amour dans l'œuvre romanesque de Gomberville,* Paris, 1972.

Goncourt (académie). Société littéraire créée en vertu d'une disposition du testament d'Edmond de Goncourt (mort le 16 juillet 1896) et dont il a ébauché le projet dans son *Journal* (*) à la date du 3 décembre 1885. Edmond de Goncourt voulait ainsi honorer la mémoire de son frère Jules, disparu en 1870. Il est prévu que cette société se composera de dix membres, nommément désignés dans le testament pour huit d'entre eux, et dont le premier, Alphonse Daudet, mourra un an plus tard, en 1897 ; elle décernera un prix annuel de cinq mille francs à un jeune écrivain auteur de la meilleure « œuvre d'imagination » de l'année ; seuls des gens de lettres feront partie de la société. Réunie pour la première fois le 21 décembre 1903, l'académie Goncourt récompense John-Antoine Nau pour son roman *Force ennemie.* Gide, Léautaud, Francis Jammes, Colette, Charles-Louis Philippe publient cette même année des œuvres qui auraient mieux inauguré le palmarès, d'autant qu'ils sont tous plus jeunes que Nau, âgé de quarante-trois ans. L'histoire du prix Goncourt offrira d'autres bizarreries... Depuis 1915, les académiciens votent à l'issue d'un déjeuner au restaurant Drouant, place Gaillon, à Paris ; depuis 1958, ce déjeuner a lieu non plus en décembre, mais en novembre.

On cite volontiers les « oubliés » du palmarès de l'Académie : *Du côté de chez Swann,* de Proust, ignoré en 1913 au profit du *Peuple de la mer,* de Marc Elder (mais les jurés couronneront en 1919 *À l'ombre des jeunes filles en fleurs*) ; *Voyage au bout de la nuit* (*), de Céline, devancé dès le premier tour en 1932 par *Les Loups,* de Guy Mazeline... Mais le Goncourt a couronné notamment *La Condition humaine* (*) de Malraux (1933), *La Loi* de Roger Vailland (1957), *La Marge* d'André Pieyre de Mandiargues (1967), *Le Roi des Aulnes* de Michel Tournier (1970), ainsi que *Le Rivage des Syrtes* de Julien Gracq (1951) qui un an plus tôt, dans *La Littérature à l'estomac,* avait dénoncé les prix littéraires et qui refusa celui qui lui était décerné. Parfois, au lieu d'encourager un jeune écrivain, conformément au vœu de son fondateur, l'académie Goncourt récompense tardivement un auteur connu afin de saluer ses mérites ; ainsi de Marguerite Duras, couronnée pour *L'Amant* en 1984.

Le chèque remis au candidat, dont la valeur est maintenant de cinquante francs (nouveaux), est devenu un objet de plaisanterie. Mais les maisons d'édition et les auteurs prennent au sérieux les retombées médiatiques et commerciales du prix qui, depuis la Seconde Guerre mondiale, assure de plus en plus souvent au volume distingué un tirage de plusieurs centaines de milliers d'exemplaires. Aux méchantes rumeurs soupçonnant que des manœuvres de coulisse décident d'avance du partage des principaux prix (Goncourt, le plus convoité, mais aussi Renaudot, Fémina, Médicis, Interallié), partage dont les petites maisons d'édition ne recueilleraient que des miettes, les gros éditeurs (Gallimard, Grasset, Le Seuil...) rétorquent que c'est à eux que la plupart des meilleurs auteurs adressent prioritairement leurs manuscrits. Ajoutons que le prix Goncourt récompense traditionnellement un roman, alors que le testament d'Edmond de Goncourt autorisait un plus large choix. Enfin, depuis 1974, l'académie Goncourt a décidé, sous l'impulsion notamment de son président Hervé Bazin, de primer chaque année un recueil de nouvelles, un récit historique et, plus récemment, une biographie et une œuvre poétique.

PIERRE-LOUIS REY.

GONCOURT Edmond Louis Antoine, et **Jules Alfred, Huot de.** Edmond de Goncourt est né à Nancy (Meurthe-et-Moselle) le 26 mai 1822 et mort à Champrosay (Essonne) le 16 juillet 1896 ; son frère Jules est né et mort à Paris (17 décembre 1830 - 20 juin 1870). Fils d'un officier supérieur de la Grande Armée, ils firent l'un après l'autre d'assez bonnes études, en montrant pour les lettres un penchant des plus marqués. De huit ans plus âgé que son frère, Edmond eut le premier le désir d'écrire. Mais en raison de la conformité de leurs goûts, ils s'associèrent bientôt dans cette entreprise. Quant au tempérament, c'était une autre affaire : autant Edmond était d'une humeur taciturne et encline à se concentrer, autant Jules apparaissait comme l'enthousiasme en personne. Ce contraste fit que l'on se partagea la besogne : Edmond, avec minutie, dressait le plan de chaque ouvrage ; Jules, que passionnait l'art d'écrire, s'attachait surtout au style. Il serait pourtant absurde de parler de chacun d'eux en particulier. Bien qu'Edmond ait survécu à son frère tout un quart de siècle, il n'en demeure pas moins son compagnon, parce que leurs œuvres maîtresses ont été toutes achevées, ou du moins conçues pendant leur collaboration. Les frères Goncourt offrent donc le spectacle de deux esprits qui ont su se fondre en un seul pour atteindre au même idéal. Quel était donc cet idéal ? Se consacrer d'abord à la peinture de la *vie vraie* : « De même que l'histoire se fait avec des documents écrits, le roman actuel doit se faire avec des documents relevés d'après nature. » Ce point de vue doit englober tous les types d'humanité, depuis l'aristocratie jusqu'au menu peuple. Ensuite, être résolument « moderne », c'est-à- dire analyser jusqu'à l'exhaustion toute la complexité de l'époque où l'on vit. Pour finir, le problème du « style » : se forger un vocabulaire original, apte à traduire l'univers ainsi mis à jour – ce qui implique l'abandon de la syntaxe traditionnelle. Cet instrument neuf, ils l'appelèrent l'écriture artiste. De là, ce style papillotant et plein de fièvre auquel manque tout naturel et qui devait bientôt vieillir.

S'étant voués de bonne heure à ce roman réaliste dont Zola fut le plus illustre représentant, après Stendhal, Balzac et Flaubert, les Goncourt lui sont toujours restés fidèles. Travailleurs infatigables, ils furent si bien possédés du démon de l'expression que leur vie entière peut passer pour un long martyre. Comme romanciers, ils débutèrent par *En 18...* (1851) ; ils écrivirent ensuite *Les Hommes de lettres* (1860), qui allaient devenir *Charles Demailly* (1868). Puis vinrent *Sœur Philomène* (1861), *René Mauperin* (1864), *Germinie Lacerteux* (*) (1865), *Manette Salomon* (1867), *Madame Gervaisais* (1869). *Germinie Lacerteux* demeure sans doute leur meilleur roman. D'Edmond seul, nous avons quatre récits : *La Fille Élisa* (1877), *Les Frères Zemganno* (1879), *La Faustin* (1882) et *Chérie* (1884). Même dans le domaine de l'histoire, les Goncourt ont eu l'ambition de faire avant tout œuvre d'art. On sait que leur époque favorite fut le XVIIIe siècle français, y compris la Révolution. Il faut citer : *Histoire de la société française pendant la Révolution* (1854), *Portraits intimes du XVIIIe siècle* (1857-1858), *Madame du Barry* (1860), *La Femme au XVIIIe siècle* (1862), *Madame de Pompadour* (1878), sans oublier *L'Art du XVIIIe siècle* (1859). Ouvrages curieux où revit surtout l'anecdote, documentés à merveille et parfois exaspérants par leur minutie. Féru de peinture comme son frère, Edmond s'est en outre consacré à l'étude de l'art japonais comme peuvent en témoigner les études qu'il publia sur ses vieux jours : *Outamaro* (1891), *Hokousai* (1896), etc.

Les Goncourt écrivirent aussi des pièces de théâtre dont l'insuccès les affecta profondément. Retenons *Henriette Maréchal* (1865) et *La Patrie en danger* (1873). S'il faut en venir au *Journal* (*) des Goncourt (1851-1896), que plus d'un tiennent pour leur chef-d'œuvre, on sait qu'Edmond n'en publia qu'une partie après la mort de son frère (entre 1887 et 1896). Le reste est resté inédit pendant longtemps ; la première publication intégrale, établie par Robert Ricatte, sous le patronage de l'académie Goncourt, date de 1956-1958. Le *Journal* fait revivre dans ses notations souvent indiscrètes la vie littéraire d'une époque saisie sur le vif. Il importe, enfin, de faire état d'un point d'histoire littéraire : au second étage de sa maison d'Auteuil (qu'il appelait « le grenier »), Edmond de Goncourt avait l'habitude de réunir le dimanche un petit cénacle d'amis ; c'est dans ce grenier que se concrétisa l'idée de fonder une académie des Goncourt. (Idée qui vint sans doute à Edmond lorsque celui-ci fut élu membre de l'académie de Bellesme.) Instituée par l'écrivain, l'académie fut reconnue d'utilité publique en 1903 — et le premier prix Goncourt décerné la même année. Nul n'ignore qu'elle se compose de dix membres qui sont chargés de décerner chaque année un prix « au meilleur volume d'imagination en prose » (de préférence un roman). Les premiers membres en furent les écrivains suivants : Élémir Bourges, Léon Daudet, Lucien Descaves, Gustave Geffroy, Léon Hennique, J.-K. Huysmans, Paul Margueritte, Octave Mirbeau, les frères Rosny.

ROLAND PURNAL.

♦ *« MM. de Goncourt sont des artistes aussi distingués que convaincus et sincères, un talent rare en deux personnes, de parfaits gentilshommes de lettres. Ce sont des modernes et de purs modernes ; ils marchent hors rang, courageux et unis, à leurs risques et périls, se tenant par goût aux avant-postes de l'art ; ils tentent constamment, ils cherchent sans cesse. Je les définirais encore comme deux hérétiques en littérature, des plus consciencieux et des plus aimables. Et qui est-ce qui n'est pas plus ou moins hérétique aujourd'hui ? »* Sainte-Beuve. ♦ *« Les Goncourt donnèrent de la solidité à l'art même en y introduisant la science sous la forme de document : le document humain [...] Zola, Flaubert gagnèrent leur salut dans la description ; les Goncourt s'attachèrent au fait. Voilà la trouvaille ! »* J.-H. Rosny jeune. ♦ *« Je sais trop ce que je dois aux auteurs de* Germinie Lacerteux *et à celui de* La fille Élisa *pour ne point leur garder, intacte, l'admiration que m'inspirèrent ces deux romans. »* Francis Carco. ♦ *« Il ne m'est pas pénible, il ne me paraît nullement injurieux d'avouer que rien ne m'attache aux romans des frères Goncourt.* Germinie Lacerteux *semble avoir reçu de Réjane, quand elle joua la pièce, sa plus large part de vie réelle. Je lus* René Mauperin, La Faustin [...] *J'avais l'impression, chaque fois, qu'un malheur immérité disputait, à de probes et minutieux observateurs, à des écrivains désintéressés, leur chance d'avoir du génie. »* Colette.

RÉF. : Alidor Delzant, *Les Goncourt*, Paris, 1889. — Pierre Sabatier, *L'Esthétique des Goncourt*, Paris, 1920. — François Fosca, *Edmond et Jules de Goncourt*, Paris, 1941. — Robert Ricatte, *La Création romanesque chez les Goncourt*, Paris, 1953. — André Billy, *Vie des frères Goncourt*, Paris, 1956. — Marcel Sauvage, *Jules et Edmond de Goncourt précurseurs*, Paris, 1970. — E. Caramaschi, *Réalisme et impressionnisme dans l'œuvre des frères Goncourt*, Pise et Paris, 1971.

GOURMONT Remy de. Poète, romancier, dramaturge et essayiste né à Bazoches-au-Houlme (Orne) le 4 avril 1858, mort à Paris le 17 septembre 1915. D'une famille de gentilshommes et de maîtres imprimeurs du XVIe siècle, il fit ses études au lycée de Coutances, pour suivre ensuite les cours de la faculté de Caen. Venu se fixer à Paris en 1884, il entra aussitôt à la Bibliothèque nationale. Il en dut sortir en 1891 pour avoir écrit un article jugé scandaleux sur le « Joujou patriotique » : article qu'il avait fait paraître au *Mercure de France*, revue dont il était un des fondateurs (1890). Atteint d'un lupus à la face dès sa vingt-sixième année, il fut réduit à se cacher dans son logis jusqu'à la fin de ses jours. C'est dire que sa vie se confond avec ses œuvres. Homme de goût, curieux de tout et fort enclin à l'érotisme, Gourmont fut d'abord poète, romancier et même dramaturge. Sa production poétique comprend *Les Oraisons mauvaises* (1900), *Simone* (1901) et *Les Divertissements* (1912). Parmi ses romans, il convient de citer *Merlette* (1886), *Une nuit au Luxembourg* (1906) et *Un cœur virginal* (1907). Son théâtre comprend : *Lilith* (1892), *Théodat* (1893), poèmes dramatiques en prose. Il y faut ajouter ce qu'on peut appeler sa contribution au symbolisme : *Les Proses moroses* (1894), *Histoires magiques* (1894), *Le Pèlerin du silence* (1896) et enfin *Le Livre des masques, Portraits symbolistes, gloses et documents sur les écrivains d'hier et d'aujourd'hui* (1896-1898). Mais Gourmont demeure avant tout un admirable essayiste avec : *Le Latin mystique* (1892), *L'Esthétique de la langue française* (1899), *La Cultures des idées* (1900), *Le Problème du style* (1902), *Le Chemin de velours, nouvelles dissociations d'idées* (1902), *La Physique de l'amour* (1903), *Les Promenades littéraires* (1904-1913), etc. Mentionnons enfin *Les Lettres d'un satyre* (1913), les *Lettres à Sixtine* (1921) et *Les Lettres à l'Amazone*. Disciple d'Épicure, de Bayle et de Renan, Gourmont ne croyait guère qu'aux vérités partielles. Son pessimisme, comme d'ailleurs son goût pour l'anarchie, l'incitait toujours à prendre l'idée par le biais le plus singulier. Trop souvent, en route, il laissait son érudition s'égarer dans le détail. On lui doit néanmoins bon nombre de découvertes dans le domaine de la critique comme dans celui de l'esthétique. Fondateur, collaborateur et régent du *Mercure de France*, il fut le plus grand critique du groupe symboliste.

ROLAND PURNAL.

RÉF. : P. de Querlon, *Remy de Gourmont*, 1903. — P. Delior, *Remy de Gourmont et son œuvre*, 1909. — A. Lowell, *Six French Poets*, N.Y., 1915. — J. de Gourmont et R. Delle Donne, *Bibliographie des œuvres de Remy de Gourmont*, 1922. — G. Rees, *Remy de Gourmont, essai de biographie intellectuelle*, 1940 ; thèse. — Ed. Martinet, *Princes des lettres*, Genève, 1945. — M. Penaud, *Gourmont et l'individualisme en France, de 1890 à 1914*, thèse, 1976.

GRACQ Julien (pseud. de Louis Poirier). Romancier et essayiste né le 27 juillet 1910 à Saint-Florent-le-Vieil (Maine-et-Loire). Julien Gracq doit avant tout sa renommée à une œuvre romanesque dont les qualités poétiques l'apparentent, par-delà le mouvement surréaliste dont il s'est lui-même réclamé, à l'atmosphère et à l'esprit des plus grands récits romantiques. Après des études secondaires brillantes poursuivies à Nantes (il sera cinq fois lauréat au concours général), Louis Poirier entre en 1930 à l'École normale supérieure et suit les cours de l'École libre des sciences politiques avant d'être reçu à l'agrégation d'histoire en 1934. Nommé ensuite professeur à Quimper, il semble destiné à une carrière universitaire. Sa vocation littéraire se révèle cependant en 1938 par la publication de son premier récit, *Au château d'Argol*, dont le tirage reste alors très confidentiel et que Julien Gracq (ce pseudonyme fut choisi dès ce premier ouvrage) place dans sa Préface sous les auspices conjugués de Hegel et du surréalisme. L'univers gracquien se trouve déjà tout entier dans ce petit livre dont l'intrigue, la seule véritablement de toute l'œuvre de Gracq, semble devoir beaucoup à celle du curieux roman de Goethe, *Les Affinités électives*. Mais, dans ce récit, comme dans les romans ultérieurs de Gracq, l'aventure psychologique et sentimentale s'estompe au profit du rôle royal que l'auteur réserve au paysage (en l'occurrence la Bretagne). Celui-ci, en effet, bien loin de figurer un banal décor évoqué par l'auteur à des fins qui lui sont étrangères, s'affirme comme une force omniprésente et envoûtante, dépositaire d'un secret que les personnages cherchent à forcer grâce à une mobilisation constante de leur affectivité et de leurs sens. Le lecteur se trouve ainsi sollicité à éprouver avant tout un climat, une atmosphère, grâce à un style particulièrement dynamique et musical, qui rend compte au moyen de nombreuses comparaisons des plus subtiles dispositions psychologiques que son environnement naturel provoque chez le protagoniste.

C'est seulement en 1945 que paraîtra *Un beau ténébreux*, le second récit de Gracq. En 1940, en effet, l'écrivain, mobilisé, puis fait prisonnier, devra passer quelques mois dans un stalag de Silésie avant d'être rapatrié pour raison de santé et de pouvoir poursuivre à Amiens, puis à Angers, sa carrière de professeur. Dans ce second livre, Julien Gracq fait participer le lecteur à l'attente de son porte-parole, Gérard, devant un dénouement tragique qu'il sent devoir inéluctablement se produire. Ce sentiment d'attente, où se confondent l'angoisse et une sorte d'espérance insensée, fournira à Gracq le thème de son drame *Le Roi pêcheur*, représenté en 1949 à Paris et dans lequel il traite à sa manière le mythe du Graal. La parution de cet essai dramatique survient après celle d'un recueil de poèmes en prose, *Liberté Grande*, en 1947. Entre-temps, Gracq s'est installé à Paris où il enseigne de 1947 à 1970 l'histoire et la géographie au lycée Claude Bernard. Poursuivant, parallèlement à cette activité, son œuvre littéraire, Gracq verra son audience brusquement élargie par l'attribution qui lui est faite en 1951 du prix Goncourt pour son somptueux et ample récit, *Le Rivage des Syrtes*, prix qu'il refuse au nom d'une honnêteté intellectuelle et d'une volonté de dégagement qu'il avait revendiquées pour l'écrivain l'année précédente dans un court pamphlet, *La Littérature à l'estomac*. De tous les récits de Gracq, *Le Rivage des Syrtes* se révèle le plus solennel, le plus dégagé des contingences historiques et géographiques. Le romancier se complaît ici à évoquer inlassablement les paysages marins, à suggérer au lecteur la présence totalement envoûtante de la mer, symbole de la liberté, dont il nous décrit la lente immixtion dans une sorte de Venise délabrée en proie à un pourrissement inexorable. Une trame tout à fait analogue soutient le quatrième roman de Gracq, paru sept ans plus tard, en 1958, *Un balcon en forêt* — à ceci près que l'action est située à une époque précise (1940) et que la forêt tient le rôle de la mer. À partir de 1938, Julien Gracq a donc livré à son public, de sept ans en sept ans, avec une constance remarquable, quatre récits qui font apparaître des préoccupations totalement identiques malgré la personnalité irréductible de chacun. C'est de ce même souci que rendront compte à leur manière les trois nouvelles parues en 1970 sous le titre de *La Presqu'île*, mais cette fois, le propos ne comporte plus la moindre trace d'intrigue romanesque. Gracq livre ici au lecteur le compte rendu d'un vagabondage de l'esprit et des sens plus ou moins circonstancié au gré des paysages où il cherche à débusquer l'imprévu qui viendra miraculeusement le libérer de la pesanteur de l'habitude. Parallèlement à cette œuvre de pure création, Gracq s'est adonné à une tâche critique dont la première expression est son admirable étude sur l'œuvre d'André Breton, parue dès 1948 et suivie de *Préférences* en 1961 qui collecte bon nombre de préfaces et d'écrits de circonstance dispersés jusque-là dans différents livres. Après 1970, et *La Presqu'île*, Gracq semble avoir définitivement délaissé la création romanesque, en adoptant une attitude de découvreur, tant dans le domaine critique, avec les deux volumes de *Lettrines* (1967 et 1974) et *En lisant en écrivant* (1980), que dans celui des souvenirs autobiographiques, avec *La Forme d'une ville* (1985) et *Autour des sept collines* (1988), ou les pages des *Carnets du grand chemin* (1992). À l'occasion de ces dernières publications, Gracq retrouve sa vocation originale (et originelle) d'écrivain géographe et d'arpenteur. *Autour des sept collines* consigne ses impressions italiennes. Il fait de Rome la ville-musée par excellence, tout en fouillant derrière cette belle surface polie de prêt-à-porter culturel, pour échafauder en rêve l'image d'une « cité lacunaire, trouée de clairières inquiétantes et encore jamais vues ». À ce genre d'écrit, on peut encore joindre *Les Eaux étroites* (1976), analyse bachelardienne d'une imagination modelée par l'élément aquatique et fortement inspirée du *Domaine d'Arnhem* de Poe. Le nom de Julien Gracq restera donc attaché à ses grands récits poétiques qui invitent le lecteur à autant de tête-à-tête avec une nature qui en représente la part nécessairement complémentaire. Gracq ne cesse d'interroger celle-ci avec obstination, condamnant ses personnages principaux à une attitude expectative en même temps qu'à une tension de toute leur volonté vers l'obtention d'un message que la nature recèle mais ne délivre qu'à ceux qui s'abandonnent totalement à son pouvoir. Lorsque celui-ci se fait enfin jour à l'esprit des protagonistes, a lieu la catastrophe finale (seulement prédite, en ce qui concerne Aldo dans *Le Rivage des Syrtes*). Mais celle-ci cautionne la survenue de la liberté à laquelle ces personnages aspiraient, appréhendée comme un vide qui réduit à néant toute réalité illusoire. À ce titre, les romans de Gracq figurent autant de fenêtres ouvertes sur l'illimité de la vie, indifférencié et inqualifiable. Mais c'est peu à peu qu'il est donné au lecteur d'assister au retrait des apparences, dans un mouvement de résorption qui découvre l'envers du monde et rature définitivement la consistance apparente des choses et des êtres.

PHILIPPE FAUCHER.

♦ *« Tous les romans, récits, nouvelles, poèmes narratifs, publiés par Julien Gracq* [...] *ont en commun le caractère d'être des récits à haute tension et de ne viser à rien d'autre ou presque, semble-t-il, qu'à faire ressentir au lecteur la présence de pareille tension derrière les mots de l'écriture. »* André Pieyre de Mandiargues. ♦ *« J'envisage cette œuvre d'artiste dans son espace volontairement limité comme un immense travail de tapisserie de cette chaude confortable laine drue de Kairouan, un ouvrage de longue patience, de volonté opiniâtre, d'une trame serrée, entrecoupée de nœuds solides, et dont les couleurs de sable et de végétal se laissent en même temps penser et percevoir, mentales autant que visuelles. »* Franz Hellens.

RÉF. : J.-L. Leutrat, *Julien Gracq,* Paris, 1966. – *Julien Gracq,* numéro des *Cahiers de l'Herne* publié sous la direction de J.-L. Leutrat, Paris, 1972. – A. Denis, *Julien Gracq,* Paris, 1978. – *Julien Gracq,* Actes du Colloque international d'Angers (1981), Angers, 1982.

Gradation. Du latin *gradatio* : « passage successif d'une idée à une autre ». Figure de style offrant une succession de mots d'intensité croissante, aussi appelée crescendo (« en croissant » en italien), ou décroissante : decrescendo. Elle amplifie donc, crée une dramatisation, et tend souvent vers l'hyperbole (v. ce mot). Cette figure est très fréquente dans les pièces de théâtre, les comédies : « Je me meurs, je suis mort, je suis enterré » (Molière, l'*Avare* [*]), tragédies ou tragi- comédies : « Va, cours, vole et nous venge » (Corneille, *Le Cid* [*]). On la rencontre beaucoup aussi dans le style oratoire, chez les auteurs ayant accordé une grande importance au rythme : « J'allais, au gré des tempêtes, agiter la cime des forêts, ébranler le sommet des montagnes, ou tourbillonner sur les mers » (Chateaubriand, *Mémoires d'outre-tombe* [*]).

ARLETTE BOUÉ.

Grand Meaulnes (Le). Roman d'Alain-Fournier (1886-1914), publié en 1913. C'est, avec la *Correspondance*, la seule œuvre importante de l'auteur. Elle suffit à le faire placer haut dans la hiérarchie des lettres françaises. Livre de maturité pour la correction du style, la progression du mystère, la rigueur extrême de la composition : rien, ici, n'est superflu ; mais aussi, livre plein des rêves de la jeunesse, de son désir impatient du bonheur absolu, de son besoin inlassable de mystique et d'irréalité. Dans l'univers le plus immobile, le plus calme, un petit village, une petite école du pays de Sologne, le rêve vient s'insérer tout à coup dans le quotidien. Augustin Meaulnes, le héros, est à la fois l'instrument et le possédé du merveilleux : son arrivée dans la petite école, son intimité avec le narrateur brisent autour de celui-ci le cercle des accoutumances : « Quelqu'un, écrit le narrateur, est venu qui m'a enlevé à tous ces plaisirs d'enfant paisible. Quelqu'un a soufflé la bougie qui éclairait pour moi le doux visage maternel [...] Quelqu'un a éteint la lampe autour de laquelle nous étions une famille heureuse, à la nuit, lorsque mon père avait accroché les volets de bois aux portes vitrées. Et celui-là, ce fut Augustin Meaulnes... » Mais le « grand Meaulnes », jeune paysan du Cher, est lui-même le prisonnier d'un monde mystérieux : c'est sans le vouloir, une nuit, au hasard d'un accident de route, qu'il a goûté à l'enivrante saveur du Pays perdu. Égaré dans le coin le plus désolé de la Sologne un soir d'escapade, il pénètre dans un château mi-réel, mi-féerique, royaume d'enfants, de forains, de comédiens, d'étranges paysannes en costumes de fête... Augustin Meaulnes, émerveillé, apprend qu'on va célébrer les noces du jeune châtelain et d'une mystérieuse jeune fille de Bourges, que personne n'a vue. Mais la jeune fiancée n'arrive pas. Elle ne viendra pas. Frantz de Galais, le fiancé, est désespéré. La noce s'achève avant de commencer. Il faut rentrer au village et à l'école : mais le grand Meaulnes est ravi par la vision d'une jeune dame magnifique, entrevue dans un salon, et qu'il a suivie dans une promenade en barque. Avant de la quitter, il lui dit son nom et elle, le sien : elle est Yvonne de Galais, la sœur de Frantz. Meaulnes retourne dans son village, mais il est désormais l'être d'un autre monde, qui apporte « autre chose », la fraîcheur, l'indéfinissable. Ses anciens camarades le sentent bien, qui s'éloignent maintenant de lui, excepté le narrateur, son confident de classe, qui brûle de l'accompagner un soir dans le château des rêves. Meaulnes ne vit que pour revoir la jeune fille ; mais, au retour comme à l'aller de son voyage, il s'est perdu et ne sait plus trouver la route. Un jour arrive à l'école un nouvel élève, bohémien étrange qui tente de ravir à Meaulnes le plan qu'il a commencé de dresser, d'après ses souvenirs, de la région mystérieuse. Mais le bohémien, ôtant plus tard le bandeau qui lui couvrait le front, se fait reconnaître pour le jeune Frantz de Galais : avant de disparaître, il confie à Meaulnes que sa sœur est à Paris, lui donne une adresse et lui fait jurer, ainsi qu'à son compagnon, de se tenir prêts à le secourir s'il les appelle un jour. Meaulnes part pour Paris, mais n'envoie au narrateur que des lettres désespérées. Son ancien compagnon, au hasard d'une promenade, retrouve le chemin du mystérieux château et cette demoiselle de Galais que Meaulnes alla un jour chercher à Paris. La jeune fille s'émeut au nom de Meaulnes. Les adolescents se marient. Mais, le soir des noces, on entend un cri que seuls connaissent Meaulnes et le narrateur ; c'est Frantz qui revient dire son désespoir et demander à Meaulnes de chercher avec lui à travers le monde la fiancée perdue jadis. Le lendemain, le grand Meaulnes a disparu et Yvonne, sa femme, meurt quelques mois après. Plus tard, le narrateur, devenu instituteur, découvre parmi de vieux cahiers d'élèves le journal intime du grand Meaulnes : arrivé à Paris, cherchant en vain Yvonne, celui-ci a rencontré la fiancée de Frantz. Ils se sont aimés et la jeune fille, comme signe de tendresse, lui a donné la dernière lettre qu'elle possédait du jeune noble. Meaulnes s'aperçoit avec horreur que son amour est impossible, et il rejette Valentine. Comment aurait-il pu, après cette aventure, consentir au bonheur alors qu'il avait entendu l'appel de Frantz ? Il devra d'abord réunir les deux fiancés. Quand il aura réussi et qu'il rentrera au pays, sa femme sera morte et il s'en ira, Dieu sait où, avec la petite fille qu'elle lui a laissée.

L'intrigue, assez compliquée, surtout vers la fin du livre, a un sens tout symbolique ; c'est l'art particulier d'Alain-Fournier que de savoir ainsi unir la richesse et la précision des détails à la féerie de l'atmosphère. On ne doit pas chercher ici une analyse de caractère : il s'agit moins d'ailleurs d'un roman que d'un long poème qui veut faire partager au lecteur un certain état d'âme. Le symbole est assez transparent : il existe un point de félicité qui, une fois atteint, ne le sera plus jamais. Le grand Meaulnes est poursuivi par le rêve d'un bonheur qui le rend désormais inapte à tous les autres. L'absolu de son désir fait de lui un séparé, incapable de trouver la paix et le contentement dans un être fini. Tout le livre est ainsi dans le continuel contraste entre cette rêverie infinie, dont les deux personnages principaux sont prisonniers, et l'affection, la simplicité, le réalisme avec lesquels Alain-Fournier peint les circonstances physiques et psychologiques autour d'eux. Les jeunes gens, les êtres ardents et déchirés d'un impossible désir, ne se lasseront jamais sans doute de lire et d'aimer *Le Grand Meaulnes.* L'influence que ce roman a exercée sur la littérature française contemporaine est considérable et nombreuses sont les œuvres, dont l'inquiète et douloureuse aventure de la jeunesse forme la trame même du récit, qui ont emprunté au *Grand Meaulnes* cette atmosphère de rêve ou s'en sont souvenues.

Graziella. Épisode des *Confidences* (1849) d'Alphonse de Lamartine (1790-1869), publié séparément en 1852. Le récit s'inspire d'une aventure amoureuse vécue au cours du premier séjour de l'auteur en Italie (1811-1812). Lamartine et son ami Virieu se lient avec un pêcheur napolitain, Andrea. Un jour de septembre (?) une tempête les contraint à se réfugier à Procida ; ils y rencontrent la famille du pêcheur et partagent son existence simple dans l'île, puis à Naples. La belle Graziella, petite- fille d'Andrea, conçoit pour Lamartine un attachement très pur, inconscient jusqu'à ce que ses grands-parents la fiancent à un cousin. Désespérée, elle s'enfuit de la maison ; Lamartine la retrouve à Procida, prête à se faire religieuse, et reçoit l'aveu de son amour. Revenus à Naples, les jeunes gens vivent quelques mois de bonheur mêlé d'inquiétudes. En mai, Lamartine doit rentrer en France. En novembre il reçoit une lettre de Graziella mourante.

Graziella, texte représentatif de la sensibilité et de la rhétorique romantiques, est l'œuvre la plus lue de Lamartine, et l'une des plus controversées ; passionnants et ardus sont les problèmes posés par la genèse, les avatars et la véracité du récit ; conçu d'abord, en 1844, comme un commentaire (bref) du poème « Le Premier Regret » pour une édition des *Œuvres complètes*, il devient un épisode remplissant le tiers du volume des *Confidences* à prétention autobiographique. L'auteur en parle comme d'un « roman vrai », « vrai au fond » ; pourtant, comme il a repris ses premières *Confidences* en vue de dire plus ou de « tout dire », il a refait, plus d'une fois, l'épisode de Graziella, apportant non de véritables révélations, mais des indices, dans *Antoniella* (1867) et dans ses *Mémoires inédits* (1870). Roman vrai ? Vrai roman plutôt, embellissant et falsifiant une réalité que les érudits ont fini par déceler : la chronologie du récit ne correspond pas au séjour de Lamartine à Naples ; il n'avait pas alors 18, mais 21 ans ; l'héroïne s'appelait en fait Antoniella, elle n'était pas « corailleuse », mais travaillait dans une manufacture de tabacs ; « Mon départ l'avait tuée » (*Mémoires politiques*)... Non, elle est morte de phtisie ! Que penser de cette idylle séraphique dont le stéréotype est repris dans les romans populaires du même auteur ? Les héros s'aiment sans le savoir, aussi innocents que frère et sœur ; les âmes communient dans l'instant sans un projet, les corps n'éprouvent pas un désir ! La vérité est plus prosaïque et moins édifiante : un divertissement de touriste, d'aristocrate désœuvré (dans le mois de son retour en Bourgogne, Lamartine songe à d'autres liaisons à renouer et à nouer) ; une passade sans lendemain, qui laisse pourtant une marque profonde dans la mémoire et dans la conscience. Jusqu'à ses dernières années, le fantôme de la jeune Napolitaine revient hanter le poète avec la chaîne et le boulet des remords que lui inspire sa jeunesse gâchée, dissolue, stérile. Cette Antoniella qu'il n'ose nommer, cette amante mal aimée, il découvre un peu tard qu'elle l'a aimé pour de vrai, plus que toutes les autres. N'est-ce pas pour exorciser ses dégoûts de soi qu'il construit en s'efforçant d'y croire cette trop belle histoire d'un amour en fait posthume ?

A. Cou.

GRÉBAN Arnoul. Poète dramatique né au Mans (Sarthe), vers 1420, mort dans la même ville en 1470. Né au Mans et non, comme on a dit parfois, à Compiègne (« Les deux Grébans ont Le Mans honoré », écrit Clément Marot), il vient faire ses études à l'université de Paris où il est reçu maître ès arts en 1444 et bachelier en théologie en 1456.

Après avoir dirigé la maîtrise de la cathédrale Notre-Dame, Arnoul Gréban retourne dans sa ville natale, où il mourra, chanoine de l'église Saint-Julien. Pendant son séjour à l'université de Paris, il avait composé pour l'association dramatique des confrères de la Passion le mystère de *La Passion de Paris* (*), déjà connu en 1452, et avait collaboré avec son frère Simon au *Triumphant mystère des Actes des Apostres* qu'on jouait encore à Bourges et à Paris un siècle plus tard. À la fois poète habile et savant théologien (il le montre bien, par exemple, dans la discussion très serrée où il oppose l'Enfant Jésus aux docteurs de la Loi), organiste, compositeur de musique, Arnoul Gréban n'a rien d'un écrivain naïf, primitif. Organisateur de fêtes publiques, il est au contraire soucieux de plaire, de se mettre au goût du jour ; peu curieux d'innovations, il suit scrupuleusement la démarche théâtrale de *La Passion d'Arras* d'Eustache Marcadé, qu'il démarque et, quelquefois même, plagie.

Cependant, on ne peut nier qu'Arnoul Gréban a donné une œuvre immense, à la fois poétique et musicale, tragique et grotesque, d'où se dégage une incontestable impression de puissance et de grandeur.

♦ *« Il a tenté une synthèse impossible, essayé une entreprise désespérée : figurer sur les échafauds de la place publique, au cœur de la cité, et sous le ciel de Dieu, l'œuvre du Créateur, mais cette entreprise a laissé des ruines encore imposantes. »* Gustave Cohen.

RÉF. : E. Roy, *Les Mystères de la Passion en France du* XIV*e au* XVI*e siècle*, 1903. – Gustave Cohen, *Le Théâtre au Moyen Âge*, t. I. – O. Jodogne, *Le Mystère de la Passion d'Arnoul Gréban*, 2 vol., Bruxelles, 1959-1983.

GREEN Julien. Écrivain américain d'expression française. Né et mort à Paris (6 septembre 1900-13 août 1998). Élevé dans un climat d'amour et de piété, au sein d'une famille de sept enfants, il eut une enfance heureuse jusqu'à la mort de sa mère en 1914. De cette disparition qui le marque profondément naît un sentiment d'abandon dont l'œuvre portera plus tard la trace. Mais ce drame provoque aussi l'éveil de l'adolescent qui connaît alors les premiers conflits entre la foi de son enfance et le monde ignoré de la sensualité. À l'âge de seize ans, Julien Green abjure la religion de sa mère, le protestantisme, pour se convertir au catholicisme. Après avoir servi comme ambulancier puis comme aspirant pendant la Première Guerre mondiale, il part pour les États-Unis, à l'université de Virginie, où il complétera ses études de 1919 à 1922. C'est là qu'il connaît la période la plus tourmentée de sa jeunesse et qu'il a la révélation de ses sentiments véritables en s'éprenant d'un étudiant, comme il le racontera dans son *Autobiographie*. Divisé entre une sensualité extrême – mais frappée d'interdits moraux – et de profondes aspirations religieuses, il ne trouve de refuge que dans la lecture ou le rêve. C'est aussi de cette époque que date son premier essai littéraire connu, *The Apprentice Psychiatrist* [*L'Apprenti psychiatre*, Paris, 1984], publié dans la revue de l'Université. De retour en France, Green s'interroge sur son avenir, songe un moment à devenir peintre puis décide de se consacrer plus entièrement à la littérature. Il publie en 1924 sa première œuvre d'importance, le *Pamphlet contre les catholiques de France*, dans lequel il exprime de façon véhémente un ensemble de positions religieuses marquées par le sens du mystère et de la damnation en même temps qu'il reproche aux catholiques leur indifférence. Œuvre d'un inconnu, le *Pamphlet* n'obtient pas le retentissement espéré mais vaut à Julien Green l'admiration et l'amitié du philosophe Jacques Maritain – v. *Une grande amitié. Correspondance J. Green-J. Maritain* – ainsi qu'une entrée dans le monde des lettres. La même année, il écrit *Le Voyageur sur la terre*, qui sera publié en 1926. Dans cette nouvelle, le jeune écrivain aborde le thème de la folie dans un climat mystique empreint de poésie qui tranche avec les tendances littéraires de son époque, partagées entre le réalisme traditionnel et les innovations du subjectivisme. *Mont-Cinère* (1926) révèle le talent du romancier ; *Adrienne Mesurat* (1927) et *Léviathan* (1928) le confirment et mettent Julien Green au rang de ces rares écrivains capables d'imposer, de livre en livre, un univers personnel. Ces trois romans de jeunesse s'inspirent d'une même vision dramatique de la destinée humaine, condamnée à la solitude ou à l'ennui, et vouée à l'anéantissement dans la folie ou la mort lorsqu'elle tente de s'arracher à sa prison pour conquérir une liberté d'ailleurs illusoire. Réalistes en apparence – Julien Green n'a jamais caché ce qu'il devait à Balzac –, ces œuvres proviennent pourtant moins de l'observation du réel ou des comportements humains, en dépit de leur grande précision psychologique, que d'une inspiration onirique, hantée par les visions de la mort et du désir, auxquelles l'auteur s'est efforcé de donner tous les aspects de la vraisemblance. Plus serein, *L'Autre Sommeil* (1930) est le récit d'une libération intérieure qui conduit, cette fois, à la sérénité de la connaissance de soi et à l'acceptation de la mort. Ce récit mesuré de Julien Green sera suivi, avec

Épaves (1932), d'un retour de l'écrivain aux sources les plus âpres de son inspiration. Roman d'une crise morale avortée, récit immobile, neutre, sans intrigue véritable et sans acte, *Épaves* accomplit et achève cette première période — la plus désolée — de l'œuvre de l'écrivain. *Le Visionnaire* (1934), *Minuit* (1936) et *Varouna* (1940) révèlent les tendances mystiques de l'auteur sans rompre la continuité de son œuvre. Aussi le pessimisme tragique des romans de jeunesse se retrouve-t-il dans ces dernières œuvres, mais il semble transfiguré par la révélation d'un autre monde, celui du rêve mystique, où l'existence trouve le secret de sa destinée et sa délivrance. Peu à peu, cependant, Julien Green comprend que l'expérience mystique n'est qu'une étape d'un itinéraire spirituel qui devait le mener des zones indécises — mais fécondes — de l'agnosticisme, aux certitudes dont il avait reçu entre-temps le témoignage. Reconverti à la foi catholique en 1939, l'écrivain ne manque pas de s'interroger, toutefois, sur la compatibilité de sa vocation religieuse et de sa vocation d'écrivain. Le temps de la réflexion durera sept années qui seront aussi celles d'un exil forcé aux États-Unis (1940-45) pour échapper à la menace de la guerre. Le silence de l'œuvre sera partiellement comblé par la parution des premiers volumes du *Journal*, commencé en 1919. Publié pour la première fois en 1938, le *Journal* de Julien Green semble opposer à l'inquiétude d'un conflit mondial la nécessité d'un équilibre spirituel fondé sur la réconciliation de l'âme et du corps en laquelle l'homme pourrait trouver un refuge contre le désespoir. De retour en Europe en 1945, Julien Green poursuit son œuvre qui porte désormais la marque de la foi retrouvée (à l'exception du *Malfaiteur* 1955). Mais les préoccupations religieuses du chrétien ne semblent pas avoir porté atteinte à la liberté du romancier. Aussi *Si j'étais vous* (1947), *Moïra* (1950), *Chaque homme dans sa nuit* (1960) et *L'Autre* (1971) cherchent-ils moins à traduire la certitude de la foi que l'inquiétude du croyant face au mystère de la grâce, inquiétude dont Julien Green lui-même ne s'est jamais départi. Loin de toute intention édifiante, ces quatre romans peuvent donc être considérés comme une tentative de conciliation entre la vérité de la foi et la vérité romanesque : le pessimisme tragique des œuvres de jeunesse se retrouve ici encore mais, à la lumière de la foi, le pathos de la souffrance semble devenir la condition même du salut de l'homme. Encouragé par le comédien Louis Jouvet, l'écrivain vient au théâtre avec *Sud* (1953), *L'Ombre* (1954) et *L'Ennemi* (1958). Ces trois pièces forment une suite de drames intimistes, de facture classique, où se retrouvent les thèmes familiers de l'œuvre, en particulier celui de la passion. Plus encore que ses romans, le théâtre de Julien Green amplifie jusqu'au drame le pouvoir équivoque du dialogue qui, loin d'apporter une solution aux conflits humains, ne fait qu'aggraver le malentendu qui en est la cause.

Cependant, délaissant le théâtre, Julien Green se lance dans une vaste *Autobiographie* qui compte quatre parties : *Partir avant le jour* (1963), *Mille chemins ouverts* (1964), *Terre lointaine* (1966) et *Jeunesse* (1974). Récit de l'enfance et de l'adolescence, cette œuvre de la maturité est aussi une confession spirituelle, témoignage d'une âme et d'un siècle, dans la tradition augustinienne. Écrite dans un style sobre et puissant, sur le ton du détachement sensible, cette *Autobiographie* vient couronner l'œuvre de Julien Green. En 1971, l'écrivain est élu à l'Académie française, où il remplace François Mauriac. Depuis, Julien Green poursuit son œuvre qui, malgré l'âge, semble inépuisable. Ce sont les années d'un éclectisme fécond allant de l'essai (*Liberté chérie*, 1974, *Ce qu'il faut d'amour à l'homme*, 1978, *Le Langage et son double*, 1983) à la biographie religieuse (*Frère François*, 1983) sans oublier le roman (*Les Pays lointains*, 1987, *Les Étoiles du Sud*, 1989) et la rédaction du *Journal*. Moins graves, ces œuvres sont celles d'un homme réconcilié qui semble avoir retrouvé, au soir de la vie, les accents de la jeunesse. Il n'est pas sans intérêt que l'œuvre de Green, surgie il y a près d'un siècle des zones les plus obscures de l'âme, ait pu atteindre ces régions de lumière où nous la voyons aujourd'hui.

PHILIPPE DERIVIÈRE.

♦ *« ... aucune autre époque ne possède de romans de sujets aussi admirables que* Le Tour d'écrou, Le Procès *ou* Le Voyageur sur la terre. » Jorge Luis Borgès. ♦ *« Où que l'on classe Julien Green, le rapprochement entre son œuvre et les autres œuvres contemporaines ne pourra qu'apparaître arbitraire. Sa solitude est totale. »* Gaëtan Picon. ♦ *« Philosophique par sa portée, l'œuvre de Julien Green est celle-là même que Kierkegaard appelait de ses vœux, il y a cent ans. Peut-être Kierkegaard eût-il salué en Julien Green le romancier que lui-même n'a pas su être... »* André Blanchet.

RÉF. : Walter Benjamin, *Illuminations*, Francfort, 1928 ; Zurich, 1930. — Jacques Petit, *L'Homme qui venait d'ailleurs*, Paris, 1969. — Annette Tamuly, *J. Green, À la recherche du réel*, Sherbrooke, 1976. — Robert de Saint-Jean, en collaboration avec Luc Estang et Giovanni Lucera, *Julien Green*, Paris, 1990.

GRENIER Jean. Romancier et essayiste né à Paris en 1898, mort à Dreux-Vernouillet (Eure-et-Loir) le 5 mars 1971. S'il naquit à Paris, il n'en est pas moins breton, attendu que ses parents l'étaient et qu'il fut élevé en Bretagne à partir de l'âge de deux ans. Il fit ses premières études à Saint-Brieuc et c'est là qu'il se lia d'amitié avec Louis Guilloux. Il devait écrire, sous une forme légèrement romancée, ses « souvenirs d'enfance et de jeunesse » : ce sont *Les Grèves* (1957). Au bord des côtes bretonnes et d'une mer perpétuellement en mouvement, symbole pour lui de l'indétermination, il rêvait des pays méditerranéens où le soleil donne à toute chose des contours précis, symbole de l'exactitude. Étudiant en philosophie, il est reçu à l'École normale supérieure. Il obtient l'agrégation en 1922. Il enseigne d'abord au lycée Michelet, puis à Albi. Dès 1924, il obtient un poste en Italie, à l'Institut français de Naples. Il utilisera les souvenirs de ce séjour dans un roman tardif, *Voir Naples*, qu'il laissera inachevé (posth. 1973). Parmi les visiteurs, auxquels il eut la joie de faire admirer la ville et la région, figure Max Jacob. De l'Italie, Grenier passa sur le continent africain. C'est à Alger qu'il compta parmi ses élèves Albert Camus, qui devait lui vouer toujours les plus vives admiration et reconnaissance. Grenier venait, de publier *Les Îles* (1932), livre de poète plus que de philosophe, et où s'opposent le goût du monde et le dérisoire de l'existence. En 1939, Grenier rentre en France. Il y passera les années d'Occupation. En 1945, toujours attiré par la Méditerranée, il demande à être envoyé en Égypte. Il enseignera à Alexandrie, puis au Caire. Il est nommé ensuite à la faculté des lettres de Lille. Il terminera sa carrière universitaire à la Sorbonne où il occupera la chaire d'esthétique. Cependant, en dépit des titres dont il aurait pu s'enorgueillir et des postes qu'il occupa, il ne ressemblait en rien à un professeur, en ce sens qu'il ne cherchait nullement à faire partager ses certitudes, mais simplement à communiquer sa curiosité et à éveiller les esprits. Son hostilité à tout enregimentement s'est manifestée dans son célèbre *Essai sur l'esprit d'orthodoxie* (1938). Plus tard, il exprima ses doutes sur les vertus de l'action dans des essais philosophiques comme *Le Choix* (1941) et dans les *Entretiens sur le bon usage de la liberté* (1948). Il reviendra sur ce sujet dans *Absolu et Choix* (1961). Cette préoccupation de l'absolu ne l'empêchait nullement d'être attentif à tout ce qui concerne l'humain et la vie quotidienne. Il faut lire *À propos de l'humain* (1955), *L'Existence malheureuse* (1957), *La Vie quotidienne* (1968). Tous ces livres sont d'un sagace observateur et d'un poète qui cherche sa vérité dans les faits les plus humbles de son expérience personnelle : ils sont l'œuvre d'un écrivain au style souple qui restera comme un de nos derniers classiques. Il était ami des chiens et des chats, dont il a merveilleusement parlé (*Sur la mort d'un chien*, 1957). Il connaissait mieux que quiconque les peintres d'hier et d'aujourd'hui, ainsi que le prouvent divers essais, tel *L'Esprit de la peinture contemporaine* (1951). Ses *Carnets 1944-1971* ont été publiés en 1991.

GRESSET Jean Baptiste Louis. Poète et littérateur né à Amiens, où son père était échevin, le 29 août 1709, mort dans cette même ville le 16 juin 1777. Il fait des études chez les jésuites de sa ville natale et les termine à Paris, au collège Louis-le-Grand. Entré à seize ans au noviciat des jésuites, on l'envoie enseigner dans divers collèges de l'ordre, mais en 1733, à vingt-quatre ans, il compose un badinage en vers, *Ver-Vert*, qu'il se contente d'abord de répandre dans un cercle d'amis. Ce petit livre plaisantait en effet les mœurs des couvents ; mais *Ver-Vert*, imprimé à La Haye un an plus tard sans l'autorisation de l'auteur, connaît tout de suite un grand succès qui attire à Gresset l'animosité d'une supérieure de la Visitation, sœur d'un ministre. Celle-ci porte plainte contre lui. Gresset continue cependant à écrire des poésies légères et ironiques comme *Le Carême impromptu, Le Lutrin vivant, La Chartreuse* (1733-35), bien accueillies, les dernières surtout, par les salons, mais suscitant le scandale des supérieurs de l'auteur qui, après plusieurs réprimandes, décident de le muter de Tours, où il enseigne les humanités, au collège de La Flèche. On demande enfin à Gresset de renoncer à entrer dans la Compagnie. Arrivé à Paris en 1735, il est chaleureusement reçu dans le monde et se marie. Après un essai malheureux dans la tragédie, qui convenait mal à son caractère insouciant, il prend une belle revanche dans la comédie avec *Le Méchant* (1747) qui fait de lui un des auteurs les plus en vue. Frédéric II l'invitera plusieurs fois à venir en Prusse ; Gresset se contentera d'être nommé membre de l'Académie de Berlin. Un an après la représentation du *Méchant*, il est élu à l'Académie française, mais quitte bientôt Paris pour Amiens, où il fonde une société littéraire. À partir de ce moment, il revient à une piété fervente mais un peu bruyante, brûle plusieurs de ses manuscrits, rétracte ses ouvrages dans une lettre publique qui dénonçait la poésie comme un art dangereux. En récompense de ces bons sentiments, Louis XVI lui envoie des lettres de noblesse, et le comte de Provence, futur Louis XVIII, le fait nommer historiographe de l'ordre de Saint-Lazare.

♦ *« Doué du double privilège, / D'être au collège un bel esprit mondain, / Et dans le monde un homme de collège. »* Voltaire.

RÉF. : E. Vogüé, *Gresset*, 1894. — R. Finch, *The Sixth Sense*, Toronto, 1966. — S. Menant, *La Chute d'Icare*, Genève, 1981.

GRÉVIN Jacques. Médecin et poète né à Clermont-en-Beauvaisis en 1538 ; mort à Turin à la fin de l'année 1570. On possède peu de documents sur sa vie. Étudiant en médecine à Paris en 1558, il écrit très tôt : une *Description du Beauvaisis* (1558), des poèmes de circonstance. Il fait jouer au collège de Beauvais *La Trésorière* (1558) et *Les Esbahis* (*) (1560). Épris sans doute de Nicole, la fille de l'imprimeur Charles Estienne, il publie un canzoniere, *Olympe* (1560). En 1561, il publie son *Théâtre*, augmenté d'une tragédie, *César* (qui reprend le thème traité par Muret), de la seconde partie d'*Olympe* et de sa *Gélodacrye*. Grévin était devenu protestant dès 1560, et en 1563 il attaque violemment Ronsard dans le *Temple de Ronsard* (paru à Genève en 1563). Après des séjours à Londres puis à Anvers chez Plantin (il y publie un traité de toxicologie, un autre sur les venins, et traduit deux recueils d'emblèmes), Grévin gagne l'Italie et s'occupe alors surtout de médecine. Outre un traité d'anatomie

(1564), il publie la traduction des *Histoires, disputes et discours des illusions et impostures des diables* (1567, augmentée en 1579), célèbre traité de Jean Wier. Il est alors à Turin au service de la duchesse Marguerite de Savoie, sœur de Henri II. Médecin renommé de son temps, Grévin est connu de nos jours pour l'aisance de ses vers (imités en partie de Ronsard), et surtout pour l'importance de son apport au théâtre : il est le premier à avoir publié une tragédie et une comédie françaises originales. Ses vers, exclusivement des alexandrins pour sa tragédie, sont vigoureux. Suivant les leçons d'Horace et d'Aristote, Grévin produit les premières pièces totalement coupées de la tradition du théâtre médiéval.

FRANÇOIS ROUDAUT.

RÉF. : L. Pinvert, *Jacques Grévin,* Paris, 1898. — M. Lazard, *La Comédie humaniste au XVIe siècle et ses personnages,* Paris, 1978.

GRIMM Frédéric Melchior, baron de. Critique allemand d'expression française. Né à Ratisbonne (Bavière) le 26 décembre 1723, mort à Gotha le 19 décembre 1807. Appartenant à une famille sans fortune, il put néanmoins faire de bonnes études de droit à l'université de Leipzig. Ayant su plaire, par la suite, au comte de Schomberg, il se vit confier par lui l'éducation de ses enfants et put bientôt l'accompagner à Paris. Grimm, qui joignait à un solide savoir beaucoup de manège et d'habileté, ne tarda pas à se pousser dans le monde.

Vers 1749, il fit la rencontre de J.-J. Rousseau. Dans le domaine musical une vive querelle partageait alors Paris en deux camps irréductibles : les partisans de la musique française (« le coin du roi ») et ceux de la musique italienne (« le coin de la reine »). Rousseau étant de ces derniers, Grimm s'empressa de le soutenir. Afin de mieux prouver son dire, il lança même dans la mêlée un libelle intitulé *Le Petit Prophète de Boehmischbroda* (1753). Cet opuscule obtint un succès prodigieux. Voltaire lui-même ne put s'empêcher de dire : « De quoi s'avise donc ce Bohémien d'avoir plus d'esprit que nous ? » Ce mot suffit pour fonder la réputation de l'auteur.

Dès lors, Grimm se vit rechercher par tous les cercles de Paris. Après avoir été le secrétaire du comte de Friesen (neveu du maréchal de Saxe) et celui du duc d'Orléans, il allait obtenir une autre sinécure beaucoup plus lucrative encore : en cette même année 1753, il fut chargé, en effet, par le fameux abbé Raynal, de rédiger, avec l'aide de Diderot et de Mme d'Épinay, puis de Meister, la correspondance littéraire qu'il adressait à des princes étrangers. On sait que ces souverains étaient le roi de Pologne, la princesse de Saxe-Gotha, la reine de Suède et l'impératrice Catherine de Russie.

Fort des succès qu'il obtenait, Grimm donna carrière à sa vanité. Présenté par Rousseau à Mme d'Épinay sa bienfaitrice, il entra si bien dans l'intimité de cette dernière que Rousseau fut bientôt contraint de quitter l'ermitage même qu'elle lui avait fait construire à Montmorency (1757). On sait que l'affaire est évoquée dans les *Confessions* (*) de Rousseau. Toute mesure faite à l'esprit de vengeance, il semble bien que Grimm ait joué là le rôle d'un mouchard, pour ne pas dire davantage. Enivré donc par ses succès, il ne se contenta pas de se brouiller avec Rousseau ; il oublia ou attaqua ses autres amis, ne conservant de bonnes relations qu'avec Diderot. En 1776, il fut nommé ministre de la ville de Francfort près de la cour de France et créé, peu après, baron du Saint Empire.

Obligé de quitter la France en 1790, il séjourna quelque temps à Bruxelles, puis se rendit à Pétersbourg. Là, il reçut de la grande Catherine les fonctions de ministre de Russie près le cercle de Basse-Saxe. Il y mourut à quatre-vingt-quatre ans.

Diplomate d'occasion, faiseur et bon styliste, Grimm est surtout l'incarnation d'un certain cosmopolitisme. Sa *Correspondance littéraire*, qui fut publiée une première fois en 1812-13, nous offre un taleau fidèle de notre littérature depuis 1753 jusqu'à 1790 : soit un intervalle de près de quarante ans.

ROLAND PURNAL.

♦ *« Il est un homme à côté de moi, aussi supérieur à moi que j'ose me croire supérieur à d'Alembert, aux qualités que j'ai en réunissant une infinité d'autres qui me manquent, plus sage que moi, plus prudent que moi, ayant une expérience des hommes et du monde que je n'aurai jamais ; obtenant sur moi cet empire que je prends quelquefois sur les autres. Ce que la plupart des hommes sont pour moi, des enfants, je le deviens pour lui. »* Diderot, lettre à Falconet, juillet 1767. ♦ *« Il est vrai que, du plus au moins, il était arrogant avec tout le monde... A son ton naturellement tranchant, il ajouta la suffisance d'un parvenu, et devint même ridicule, à force d'être impertinent. Le commerce des grands l'avait séduit au point de se donner à lui-même des avis qu'on ne voit qu'aux moins sensés d'entre eux. »* Rousseau. ♦ *« Peu d'hommes connaissent les hommes aussi bien que Grimm, et on en trouverait moins encore qui possèdent au même degré que lui le talent de vivre avec les grands et de s'en faire aimer, sans compromettre jamais ni la franchise ni l'indépendance de leur caractère. »* Frédéric II de Prusse.

RÉF. : Edmond Schérer, *Melchior Grimm*, Paris, 1887. — G. Rubensohm, *Die Correspondance littéraire unter F. M. Grimm und H. Meister*, thèse, Berlin, 1917. — A. Cazes, *Grimm et les encyclopédistes*, Paris, 1934. — J. Royall Smiley, *Diderot's Relations with Grimm*, Urbana, Illinois, 1950. — L. Schwartz, *The « Correspondance littéraire » and the Philosophical Spirit*, Los Angeles, 1962.

GRINGORE Pierre. Poète dramatique né vers 1475, sans doute à Thury-Harcourt (Calvados) ; mort en 1538 ou 1539, sans doute en Lorraine. Nous ne savons rien de sa jeunesse ; après des études assez négligées, semble-t-il, il fait paraître en 1499 son premier livre, le *Chasteau de Labour*, long poème où l'on voit Châtiment, Besoin, Disette, Souci, etc. venir donner des conseils domestiques à un jeune couple, et qui connut treize éditions de 1499 à 1532 ; œuvre morale, par conséquent, à laquelle il faut joindre le *Chasteau d'Amour* (1500), une de ces satires contre les femmes comme le Moyen Âge les a tant aimées, *Les Folles Entreprises* (1505), *Les Abus du monde* (1509 ?), *Les Menus Propos* (1521). En novembre 1501, Gringore (et non Gringoire, comme le XIXe siècle l'a écrit à tort) dirige à Paris la représentation d'une pièce donnée en l'honneur de l'archiduc Philippe d'Autriche ; il fait en effet partie de la confrérie théâtrale des Enfants sans-souci, où il occupe l'importante fonction de mère Sotte, avant de devenir lui-même prince des Sots, c'est-à-dire directeur de la confrérie, pendant une vingtaine d'années. Passionné de théâtre, organisateur de fêtes et de mystères, il finit par en écrire lui-même : c'est d'abord la *Vie monseigneur sainct Loys roy de France, par personnaiges*, puis, beaucoup plus originale, la *Sotye nouvelle des chroniqueurs*, attribuée à Gringore, jouée à Paris en mai 1515, où les abus du règne de Louis XI sont railleusement pris à partie. L'œuvre théâtrale la plus importante de Gringore reste cependant *Le Jeu du prince des Sots et de mère Sotte* (*), qui, représenté pour la première fois à Paris le mardi gras 1512, connut un immense succès jusqu'à la seconde moitié du XVIe siècle. Le pape Jules II y faisait les frais des rires populaires. Protégé de Louis XII, Gringore s'empresse en effet d'épouser les querelles du roi, qui lui donneront l'occasion d'écrire des pamphlets violemment injurieux, *L'Entreprise de Venise...* (1509), *L'Obstination des Suisses* (1510) et, contre Jules II encore, contre les richesses et les prétentions au pouvoir temporel de la papauté, *La Chasse du cerf des cerfs* (jeu de mots avec le titre de « servus servorum » que se donnait le souverain pontife) et *L'Espoir de la paix* (1511). Mais François Ier paraît avoir été moins favorable au poète, et au théâtre en général, que son prédécesseur, aussi, après avoir cherché de nouveaux protecteurs chez les magistrats et dans l'épiscopat, Gringore se met au service du duc de Lorraine dont il devient héraut d'armes le 5 avril 1518, charge comportant l'anoblissement et le titre de Vaudémont. Il vit désormais à la cour de Nancy, mais fait encore quelques voyages à Paris et dans la vallée du Rhône, jouissant d'une fin de vie paisible, tournée, semble-t-il, vers la piété, ce qui entraînera Gringore à écrire un dernier pamphlet, contre Luther cette fois, *Le Blason des hérétiques* (1524). Zélé à servir la politique de son souverain, scrupuleusement fidèle à sa devise : « Tout par raison, raison partout, partout raison », Gringore ne ressemble guère au personnage romantique et presque révolutionnaire qu'en ont fait Hugo dans *Notre-Dame de Paris* (*) et Théodore de Banville dans *Gringoire*.

MICHEL MOURRE.

RÉF. : É. Picot, *Pierre Gringore et les comédiens italiens*, 1878. – Ch. Oulmont, *P. Gringore*, 1911. – H. Guy, *Histoire de la poésie française au XVIe s.*, Paris, 1968, t. I, p. 278-296.

GRIPARI Pierre. Écrivain français. Né et mort à Paris (7 janvier 1925 - 23 décembre 1990). À la fin de la dernière guerre, en 1944, Pierre Gripari est en khâgne au lycée Louis-le-Grand. Si la mort de son père marque la fin de ses études, il reste néanmoins un grand lecteur et garde le goût d'un savoir encyclopédique. Il vit ensuite de petits travaux, puis s'engage, de 1946 à 1949, dans les troupes aéroportées. De 1949 à 1957, il milite au parti communiste. Le rapport Khrouchtchev au XXe Congrès du P.C. soviétique et les événements de Hongrie induisent chez lui un revirement tel qu'il finit par adopter des positions d'extrême droite. Il se dit désormais, avec un certain goût pour la provocation, néo-fasciste et antisémite, voire révisionniste, bien que farouchement antinazi.

Ces positions et la coloration qu'elles impriment à son œuvre lui nuisent considérablement auprès des éditeurs. Il publiera cependant plus d'une trentaine de volumes, où l'autobiographie et les considérations personnelles adoptent le plus souvent le masque de la fiction, dont il pense qu'elle permet de « reconstruire le monde ». À cette veine appartiennent *L'Incroyable Équipée de Phosphore Noloc* (1964), *La Vie, la mort et la résurrection de Socrate-Marie Gripotard* (1968). Il publie également des essais critiques, comme *Nouvelles critiques* (1987), où il rend un hommage particulier à Marcel Aymé, et fait jouer *Lieutenant Tenant* (1962), qui obtient un certain succès.

À partir de 1967, Pierre Gripari trouve la notoriété avec la publication des *Contes de la rue Broca*. Ce volume sera suivi de plusieurs autres, comme *Histoire du prince Pipo* (1976) et *Contes de la Folie-Méricourt* (1983, prix de la Fondation de France). Ce conteur-né a toujours affirmé que les enfants constituent un public tout aussi sérieux et respectable que les adultes. Il est vrai qu'ils ont certainement été ses plus enthousiastes et fidèles lecteurs.

AGNÈS VAQUIN.

GROSJEAN Jean. Écrivain né le 21 décembre 1912 à Paris. Sa mère meurt alors qu'il a trois ans. Il connaît un parcours scolaire original qui le conduit de l'école primaire au baccalauréat de philosophie en 1933, via une école d'agriculture et le métier d'ajusteur. L'année où il obtient son baccalauréat, il entre au grand séminaire sulpicien d'Issy-les-Moulineaux où il apprend les méthodes modernes d'exégèse biblique. En 1936 et 1937 il séjourne en Syrie, Irak, Palestine et Égypte. Ayant rejoint la France après un bref séjour à Rome, il est ordonné prêtre catholique et reçoit son premier ministère ecclésiastique à Port-à-l'Anglais en 1939, année où il est mobilisé. En 1940, au camp de Sens, il se lie avec André Malraux. Leur amitié durera jusqu'à la disparition de ce dernier. Malraux remettra lui-même aux éditions Gallimard, en 1946, les notes qui deviendront le premier recueil publié par Jean Grosjean, *Terre du temps*. C'est encore lui qui incitera Grosjean, en écho à leurs conversations, à écrire *La Gloire*. Grosjean fait la connaissance de Claude Gallimard durant sa captivité en Allemagne, de 1941 à 1942. À son retour à Port-à- l'Anglais, il fréquente les tout premiers prêtres ouvriers. En 1950, il quitte l'Église catholique et se marie. Il commence alors à travailler pour le compte des éditions Gallimard. En 1956, il acquiert dans l'Aube une ancienne ferme, où il résidera à maintes reprises. De 1967 à 1986 Jean Grosjean participe à la direction de *La Nouvelle Revue française* (*). Il demeure ensuite conseiller littéraire auprès des éditions Gallimard.

L'œuvre de l'écrivain comporte quatre veines essentielles : la poésie, la traduction, le commentaire des textes johanniques et le récit. Mentionnons également un recueil d'entretiens (*Araméennes*, 1988) qui livre au lecteur une pensée aussi originale que cohérente et qui éclaire l'œuvre.

Ce sont les poèmes appris à l'école communale qui, aux dires mêmes de Grosjean, l'ont initié à la « puissance du langage ». La découverte de *La Bible* viendra après, mais elle lui apparaîtra comme le seul langage qui le concerne. Son œuvre presque entier semble placé au service du récit biblique. La forme poétique a peut-être fini par lui sembler à cet égard insatisfaisante. Un long intervalle sépare en effet la parution de *La Gloire* (1969) de celle de *La Lueur des jours* (1991), le dernier recueil de poèmes publié, où figurent des textes bien antérieurs à la date de publication. Parurent néanmoins entre-temps des poèmes isolés en revues ou intégrés à des récits. Les recueils antérieurs sont : *Terre du temps* (1946, prix de la Pléiade), *Hypostases* (1950), *Le Livre du Juste* (1952), *Fils de l'Homme* (1954, prix Max Jacob), *Majestés et Passants* (1956), *Austrasie* (1960), *Apocalypse* (1962), *Hiver* (1964), *Élégies* (1967, Prix des critiques).

Les traductions sont essentielles à l'œuvre de Grosjean. « Si Amos avait été écrit [traduit] par Rimbaud et Osée par Verlaine, confie-t-il, j'aurais été quelque farouche lecteur jamais lassé des textes qui lui disent le monde et lui dictent sa vie. » La première de ces traductions, *Les Prophètes*, a paru en 1955. Suivent, pour le domaine biblique : une première traduction des textes johanniques (in *Nouveau Testament*, 1971), une seconde traduction de *L'Évangile selon Jean* (1988) et celle de *La Genèse* (1987). Grosjean a également traduit *Le Marchand de Venise* (1956) de Shakespeare, Eschyle et Sophocle (*Tragiques grecs*, 1967) et *Le Coran* (1979). Aux traductions johanniques se rattache un texte majeur, *L'Ironie christique* (1991), commentaire du quatrième évangile. Il s'agit quasiment d'une œuvre de réécriture qui vise à mettre au jour les ressorts dramatiques de l'original.

Tous les récits de Grosjean, de *Clausewitz* (1972) à *Samson* (1989), centrés à des niveaux divers autour de la figure du Christ, manifestent une conception originale du temps. À l'abstraction de l'histoire se substitue la seule durée que nous puissions connaître, celle d'une vie. Ainsi les personnages du *Messie* (1974) et des *Beaux Jours* (1980), d'*Élie* (1982), de *Darius* et de *Pilate* (1983), de *Jonas*, de *Kleist* (1985) et de *La Reine de Saba* (1987) sont tous contemporains du Christ : l'histoire est un éternel présent qui se déplace. Les récits de Grosjean échappent donc tant au genre historique qu'à la compréhension traditionnelle de *La Bible* comme Grand Récit de l'histoire du monde. Or cette conception s'annonce dès le premier recueil publié : « C'est toujours aujourd'hui, mon fils, depuis que tu es né. »

DOMINIQUE BOURG.

GUÉRIN Charles Louis Joseph Augustin. Poète né le 29 décembre 1873 à Lunéville (Meurthe-et-Moselle), mort dans cette même ville le 17 mars 1907. Il fit ses premières études au collège Saint-Pierre-Fourier de Lunéville, puis au collège Saint-Sigisbert de Nancy. Une très large aisance lui permit de se consacrer entièrement à la poésie, aux études d'art, à des lectures très nombreuses et très diverses ; il acquit ainsi de bonne heure une vaste érudition. Vers sa seizième année, il composa un recueil de sonnets intitulé *Les Perce-Neige,* qui devinrent ensuite *Les Roses noires,* pour prendre, en 1893, le titre définitif de *Fleurs de neige,* œuvre qui se ressent fortement de la lecture que fit l'auteur des poètes symbolistes et qu'il signa d'un pseudonyme anagrammatique, Heirclas Rügen. Rodenbach, à qui il emprunte une des épigraphes, devait devenir le premier maître de Guérin et préfacer son volume plus compact *L'Agonie du soleil (Joies grises)* (1894), à la fin duquel Guérin adoptait nettement les théories de la poésie et de la prosodie nouvelles et se déclarait « décadent ». Cet ouvrage, plus curieux que vraiment original, fut suivi d'un ensemble plus important, *Le Sang des crépuscules* (1895), dédié en partie à Rodenbach, en partie à Mallarmé, qui, voyant en Guérin un poète d'avenir, lui avait donné un avant-dire de quelques lignes élogieuses. Un bon tiers de cette œuvre est formé de poèmes déjà personnels, puissants et suaves, mais que Guérin ne jugea pas dignes d'une réimpression. Dès 1896 furent composées les premières pages du *Cœur solitaire* (1898), qui classera Guérin parmi les plus importants poètes de sa génération. Ce fut au cours d'un voyage dans le Sud-Ouest, jusqu'à Biarritz (où il effectua de fréquents séjours et découvrit la mer, l'une de ses plus puissantes sources d'inspiration), que Guérin rendit visite à Francis Jammes, puis lui adressa, comme remerciement de son accueil à Orthez, l'admirable pièce : *Ô Jammes, ta maison ressemble à ton visage,* une des plus simplement émouvantes qu'ait jamais dictées l'amitié. De la fin de l'année suivante, au cours de laquelle il fit de nombreux séjours en Allemagne, en Italie, à Londres, date la grande élégie de *L'Éros funèbre,* qui, d'abord imprimée dans la revue *L'Ermitage,* puis en plaquette sous ce même titre, ouvrira *Le Semeur de cendres.* Ce second grand livre de Guérin, d'abord intitulé *L'Inquiétude du siècle,* parut en 1901 au *Mercure de France* (*), revue à laquelle Guérin collaborait depuis six ans. Son art y était devenu plus classique et plus ample, son inspiration avait mûri. Il se peut que le poète ait trop écouté les conseils périlleux de l'excellent Heredia, auquel il devait son entrée à *La Revue des Deux Mondes* (*) et qui allait lui faire décerner, en première ligne et avant Anna de Noailles, un grand prix académique (1902). Toutefois le retour à une facture plus stricte ne paralysa nullement la sensibilité de ce jeune maître.

Cependant l'inquiétude, qui était au fond de sa nature ardente, scrupuleuse, sincèrement consciente de la faiblesse humaine, conduisait ce perpétuel rêveur, intimement attaché néanmoins à ses traditions lorraines, de pays en pays, « de ville en ville » afin d'y « user son spleen » ; après de fréquents retours parmi les siens, qu'il adorait, il allait demander au soleil de Provence un réconfort dont avait besoin sa santé déjà déclinante. Barrès l'appelait « un grand poète de sa petite patrie », et lui promettait sa voix au scrutin suivant sous la Coupole. Une nouvelle édition, très augmentée et remaniée, du *Cœur solitaire* parut en 1904. Dans l'intervalle, Guérin préparait son troisième grand livre, *L'Homme intérieur,* qui vit le jour en 1905. Une sorte de durcissement, qui confine simultanément à l'ascèse et au stoïcisme, imprègne cette suite de poèmes austères, mais encore nourris de sève, de grave mélancolie, de doute et d'espoir alternés ; la forme en est parfois trop châtiée, la pensée trop philosophique ; mais on y trouve de lumineux paysages, de douloureuses confidences, et une maturité, une force que bien des poètes pouvaient envier à celui que ses contemporains plaçaient au premier rang, aux côtés d'Henri de Régnier et de Francis Jammes. Mais cet être entre tous discret, réservé, et qui ne confiait son drame qu'à la poésie qui le brûlait et demeurait pourtant sa seule raison de vivre, d'aimer et de croire, sentit bientôt ses forces décroître. Un séjour de plusieurs mois à Saint-Moritz, dans l'Engadine, coupé d'un voyage en Italie (où il alla s'incliner sur les tombes de Shelley et de Keats, ses frères spirituels), ne parvint pas à revigorer un organisme déjà cruellement atteint par la phtisie. Rentré brusquement à Lunéville, en février 1907, il y fut terrassé, le 17 mars, par une congestion cérébrale.

YVES-GÉRARD LE DANTEC.

♦ *« Je jette un regard en arrière et, embrassant la vie de Charles Guérin, je me dis qu'il n'y eut jamais un poète aussi douloureux que lui. Pour que cette opinion soit intéressante, il faut la prendre au pied de la lettre. »* Francis Jammes.

RÉF. : Maurice Gauchez, *Charles Guérin,* Bruxelles, 1907. — Fernand Baldensperger, *Charles Guérin et son œuvre lyrique,* Paris, 1920. — Philippe Quinche, *Les Thèmes principaux de l'œuvre poétique de Charles Guérin,* thèse, Zofingue, 1945. — « Hommage à Charles Guérin », *Points et Contrepoints,* n° 111, 1974.

GUÉRIN Georges Maurice de. Poète né et mort au Cayla, près d'Albi (4 août 1810-17 juillet 1839). Descendant d'une famille noble et pauvre, ardemment royaliste et catholique, il passe une enfance rêveuse, imaginative, comblée de toutes les émotions discrètes et profondes de la province et de la nature, très religieuse aussi, ce qui le fait destiner dès lors à l'état ecclésiastique. Après avoir commencé ses études au petit séminaire de Toulouse, il entre au collège Stanislas de Paris, où il rencontre Barbey d'Aurevilly et où il commence à entretenir avec sa sœur, Eugénie, une correspondance passionnée, qui allait continuer, ininterrompue, jusqu'à sa mort. En 1831, retourné dans sa famille pendant les vacances, il s'éprend d'une jeune fille, hésite sur sa destinée, renonce bientôt à la vie religieuse, sent un besoin de repos et de retraite, et va l'assouvir à La Chesnaie, en Bretagne, parmi les disciples de l'abbé de Lamennais. Mais La Chesnaie, où il arrive au début de l'hiver 1832, était alors agitée de fièvres, de rancunes, de haines : Lamennais, qui venait d'encourir une première condamnation du Saint-Siège, était absorbé dans ses projets d'Église nouvelle, il évoluait vers l'apostasie complète et se soucia assez peu de l'âme de ce jeune homme inconnu. Ce séjour marque pourtant dans la vie de Maurice de Guérin une coupure décisive : c'est alors qu'il s'émancipe à peu près complètement de la foi et, dans un déchirement entre l'éducation chrétienne et l'exaltation romantique qui l'entraîne à un culte païen de la nature, son génie poétique s'éveille au contact de la Bretagne. Maurice y passe encore quelques mois chez des amis, après avoir quitté La Chesnaie en septembre 1833, puis en 1834 il part pour Paris, fait un peu de journalisme et obtient une classe provisoire au collège Stanislas. Il se produit alors une transformation radicale de son caractère : Maurice de Guérin retrouve le dandy Barbey d'Aurevilly, il devient lui- même un jeune homme à la mode, mondain, élégant, léger et amoureux, brillant causeur. C'est pourtant à cette époque qu'il écrit son *Centaure* (*) et sa *Bacchante*, qui ne sera publiée qu'en 1861. Ce n'était, à ses yeux, qu'un début. Mais, quelques mois après son mariage avec une jolie Indienne de Calcutta, la phtisie dont il était atteint fit soudain d'effrayants progrès. Ramené au Cayla par sa sœur, réconcilié avec la foi chrétienne, Maurice de Guérin allait mourir dans sa famille, pendant l'été 1839. Il n'avait rien publié de son vivant. Mais sa sœur allait se vouer entièrement à sa mémoire, aidée de Barbey d'Aurevilly qui fit paraître les *Reliquiae* de Maurice en 1860. Vingt ans plus tôt, George Sand avait déjà révélé Maurice de Guérin en présentant *Le Centaure* aux lecteurs de *La Revue des Deux Mondes* (*).

L'œuvre qu'il a laissée reste exceptionnelle, unique dans notre littérature : on ne voit pas à Guérin de sources ni d'influence. Elle est née absolument de son drame intérieur qui fut le conflit, dans une nature incontestablement mystique, entre une formation, un héritage moral catholiques et un génie littéraire qui était tout à l'opposé du catholicisme. Avec Nerval, et plus radicalement que Nerval, il se tient en marge du romantisme français, peut-être parce qu'ils sont les seuls, en France, à avoir fait du romantisme une véritable révolution spirituelle qui, à chacun d'eux, a coûté la vie.

Sa sœur, Eugénie de Guérin (1805-1848), manifeste son talent dans ses lettres et son *Journal intime* (1834-1842) ainsi que dans les écrits recueillis dans les *Reliquiae d'Eugénie de Guérin*, publiés pour la première fois en 1855.

MICHEL MOURRE.

♦ *« C'était une de ces âmes froissées par la réalité commune, tendrement éprises du beau et du vrai, douloureusement indignées contre leur propre in- suffisance à le découvrir, vouées en un mot à ces mystérieuses souffrances dont René, Obermann et Werther offrent sous des faces différentes le résumé poétique. »* George Sand. ♦ *« Maurice de Guérin est un panthéiste ; mais un panthéiste d'un accent jusqu'à lui inconnu. C'est un panthéiste qui, pour être profond et puissant, n'est ni trouble, ni confus, comme tous les esprits qui inclinent au panthéisme* [...] *C'est un panthéiste ; mais dans la netteté et dans la lumière. »* J. Barbey d'Aurevilly.

RÉF. : G. Sand, *Poètes et romanciers modernes, XXXVIII ; Georges de Guérin* in *Revue des Deux Mondes,* 15 mai 1840. – J. Barbey d'Aurevilly, *Poésie et Poètes,* 1906. – E. Decahors, *Maurice de Guérin, essai de biographie psychologique,* 1932. – B. d'Harcourt, *Maurice de Guérin et le poème en prose,* 1932. – S. Gaulupeau, *Le Rôle de l'imagination chez Maurice de Guérin*, thèse, 1966.

Guerre de Troie n'aura pas lieu (La). Pièce en deux actes du romancier et dramaturge Jean Giraudoux (1882-1944), représentée pour la première fois à Paris le 21 novembre 1935 et publiée la même année. La pièce, dont le décor représente la cour d'un palais, commence sur ces mots d'Andromaque : « La guerre de Troie n'aura pas lieu. » Mais Cassandre répond : « La guerre de Troie aura lieu. » Hector rentre de guerre, avec une armée victorieuse, et qui n'aspire qu'à la paix. Mais déjà la guerre menace : Hector apprend que son frère, Pâris, a enlevé Hélène, et que la Grèce en armes la vient réclamer. Hector a pourtant juré à Andromaque que la guerre qui vient de s'achever était la dernière. « C'était la dernière, ricane Cassandre. Une autre l'attend. » On dit, il est vrai, que Pâris est las d'Hélène et Hélène lasse de Pâris. Mais Troie ne rendra pas la belle captive : n'a-t-elle pas conquis tous les hommes de la ville ? Même les géomètres, « pour lesquels il n'y a plus de mètres, de grammes, de lieues ; il n'y a plus que le pas d'Hélène, la coudée d'Hélène, la portée du regard d'Hélène ; et l'air de son passage est la mesure des vents... ». Les prêtres d'ailleurs interrogent les entrailles des victimes et la réponse est sans réplique : Hélène ne peut quitter Troie.

Au deuxième acte, qui se déroule devant l'immense porte, ouverte, de la guerre, Troïlus, frère d'Hector et de Pâris, brûle d'embrasser Hélène. Pâris, qui survient, l'y encourage. Mais Troïlus s'enfuit, alors qu'Hélène lui promet : « Nous nous embrasserons, Troïlus, je t'en réponds. » Divertissement, hors de l'unique préoccupation : aura-t-on la guerre ? Gravement, les grands corps de l'État s'occupent de l'affaire. Et d'abord le Conseil des Intellectuels, qui s'aperçoit qu'il manque aux Troyens un chant de guerre : à Démokos de le leur composer ! On organise aussi un concours d'épithètes pour injurier l'ennemi, telles que « Fils de bœufs ! » « Cousin de crapauds ! ». Qu'au moins, dit Andromaque, si la guerre éclate, l'avenir des peuples soit tributaire d'un amour et non d'une aventure, qu'au moins Hélène aime Pâris. Mais Hélène se soucie fort peu de telles considérations. Arrivent les envoyés des Grecs : d'abord l'irritable Oïax qui gifle Hector. Celui-ci, martyr de la paix, ne répond pas. Hector veut rendre Hélène : Ulysse l'accepterait. Encore faudrait-il qu'on donne à Ménélas l'assurance qu'Hélène n'a pas connu Pâris. Hector l'affirme. Mais quoi, dira-t-on qu'un Troyen est impuissant ? Deux marins arrivent à point pour sauver l'honneur de Pâris et des hommes de leur cité : sur le bateau, ils ont été les témoins des doux embrassements de Pâris et d'Hélène. Iris descend alors du ciel, messagère des dieux. Aphrodite l'a chargée d'interdire qu'on sépare Hélène de Pâris. Mais Pallas lui a aussi enjoint d'avertir les Troyens de rendre Hélène, au risque de la guerre. Quant à Zeus, il souhaite qu'on laisse Hector et Ulysse face à face, afin qu'ils essaient de sauver la paix. La scène entre Ulysse et Hector est la plus importante de la pièce, et aussi la plus belle : l'un et l'autre veulent sincèrement la paix. Alors, dit Hector, la guerre est évitée ! Ulysse est plus pessimiste, et plus sage : Hector ne sait-il donc pas qu'avant toute guerre les adversaires se rencontrent, essaient aussi sincèrement l'un que l'autre de sauver la paix, et que pourtant de leurs palabres, c'est la guerre toujours qui sort ? La guerre est affaire non des volontés humaines, mais du destin. La fin de la pièce est dominée tout entière par l'inéluctable accomplissement de la fatalité. Autant qu'Hector, Ulysse veut la paix : on peut compter sur lui pour persuader Ménélas et lui faire accroire que sa femme est restée pure. Mais entretemps, Oïax, enivré, embrasse de force Andromaque, malgré Cassandre, et devant Hector qui, pacifiste à tout prix, ne bronche toujours pas. Démokos, le barde guerrier, s'effraie qu'on rende Hélène ; il accuse ses concitoyens de lâcheté. Hector, pour sauver la paix, le perce d'un coup de lance. Mais Démokos, mourant, accuse le Grec Oïax de l'avoir assassiné. Et Hector, navré, conclut : « La guerre de Troie aura lieu... »

C'est une tragédie accomplie qu'a écrite ici Giraudoux : toute l'action en effet est dominée par la Fatalité ; nous assistons au resserrement progressif du champ de la liberté humaine.

Personne, à l'époque, n'avait ainsi restauré le théâtre dans sa valeur légendaire et su allier la fantaisie au rigoureux déroulement du drame.

GUI II, châtelain de Coucy. Nous savons peu de chose de ce trouvère picard de la fin du XIIe siècle qu'on identifie généralement avec Gui II, gouverneur du château de Coucy, né vers le milieu du XIIe siècle et mort en 1203, au cours de la traversée qui devait conduire les chevaliers de la IVe croisade à Constantinople. Des quelques chansons qui nous sont parvenues de lui, la plus célèbre, sans conteste, est celle qui commence par le vers : « A vos, amant, plus qu'à nule autre gent. » Ce sont les adieux du poète à sa dame, lors de son départ pour la IIIe croisade (1189) : en décasyllabes assonancés, le poète fait ses ultimes recommandations et il regrette ce bonheur que Dieu lui fait si chèrement payer en le lui reprenant. Bien qu'il faille faire la part des conventions courtoises, on ne peut s'empêcher de trouver ici et là une des expressions très simples d'une sincérité indéniable. Plein de fantaisie se révèle le poème dont le premier vers est : « Bien cuidai vivre sans amour », en octosyllabes, encore que le thème de la folie de l'amour et des perfections de la dame y soit des plus banals. Citons enfin trois jolis poèmes en décasyllabes, qui chantent la belle saison et les amours : « Li nouveaux tems et mais et violete, / Et rossignols me semont de chanter », « Quant li estés et la douce saisons / fait feuille et flor et les près raverdir / et li doux chans des menus oisillons », « La douce vols del rossignol sauvage / Qu'oi nuit et jour contoier et tenir ». Ce sont de douces et charmantes chansons, que la beauté du printemps et de l'été arrache au poète et dont l'esprit n'est pas sans annoncer les *Rondeaux* de Charles d'Orléans. Poète plein de délicatesse autant que d'habileté, le châtelain de Coucy fut célèbre en son temps, ce qui lui valut de devenir un héros de roman – *Roman du châtelain de Coucy et de la dame de Fayel* (*) –, encore que rien ne laisse supposer que les aventures, qui lui sont prêtées aient réellement été siennes. – Les *Chansons* du châtelain de Coucy ont été éditées par F. Fath (*Die Lieder des Castellans von Coucy*, Heidelberg, 1885, et par A. Lerond, (Paris, P.U.F., 1964) ; plusieurs ont été traduites par J. Dufournet dans *L'Anthologie de la poésie lyrique française des XIIe et XIIIe siècles* (Gallimard, Paris, 1989).

GUILLAUME IX, duc d'Aquitaine. Poète de langue romane. Né le 22 octobre 1071, mort en 1127. Il fut l'un des plus étranges et des plus intéressants personnages du Moyen Âge. Neuvième duc d'Aquitaine et septième comte de Poitou en 1086, il était le plus grand feudataire de la France d'alors et gouvernait un territoire bien plus important que celui des rois capétiens. Sa famille, très ancienne, observait les lois religieuses, mais aimait le faste et les plaisirs. Guillaume IX, lui, s'affranchit presque totalement de l'Église et provoqua un véritable scandale. Après avoir engagé presque toute la noblesse française dans la première croisade, le pape Urbain II parcourut en vain les États du duc pour la sainte expédition. Guillaume IX, au lieu d'y participer, profita du départ de Raymond de Saint-Gilles, comte de Toulouse, pour envahir ses terres, prétextant des droits de sa femme, la duchesse Philippa, fille unique de Guillaume IV de Toulouse et nièce de Raymond. Si Guillaume IX se croisa en 1101, avec une armée de trente mille hommes, ce ne fut pas par enthousiasme religieux, mais attiré par les récits d'aventures qui lui parvenaient d'Orient. Peu de mois avant, il avait encore humilié, au concile de Poitiers, l'évêque Pierre II, car celui-ci voulait excommunier une nouvelle fois le roi de France Philippe Ier qui avait enlevé la comtesse d'Anjou.

L'expédition du duc d'Aquitaine en Orient fut d'ailleurs un désastre. Son armée fut en grande partie décimée par les Sarrasins, près d'Héraclée, et le duc eut beaucoup de mal à atteindre Antioche avec ses derniers hommes. Après avoir pris part au siège de Tortose, il fut reçu à Jérusalem par le roi Baudouin le jour de Pâques, en 1102. S'étant rembarqué pour la France, il fut contraint par les vents de retourner à Antioche ; mais la perte de ses fidèles compagnons à la bataille de Ramla et sa participation à l'inutile siège d'Ascalon le guérirent de sa soif d'aventures. Le 29 octobre 1102, nous le retrouvons à Poitiers. Au cours des années suivantes, il lutta contre ses vassaux d'Aquitaine, réussit à les soumettre, mais perdit définitivement le comté de Toulouse. En 1120, Guillaume se rendit avec six cents chevaliers au secours du roi d'Aragon Alphonse Ier le Batailleur (Alphonse VII de Castille), qui fut victorieux des Almoravides à Grenade.

Mais ce n'est pas tellement l'activité politique et militaire de Guillaume qui intéresse l'histoire. Le duc d'Aquitaine fut surtout le premier troubadour, le premier poète d'amour en langue vulgaire. C'est à lui que nous devons probablement la conception de l'amour et de la femme qui dominera jusqu'à nos jours dans la poésie européenne. Dans les onze pièces de ses *Vers* qui nous ont été gardées, l'on passe de l'expression d'un amour purement sensuel, héritage de l'Antiquité transmis au haut Moyen Âge, à une exaltation extatique de la femme, symbole d'une beauté presque divine. Cette transformation d'une poésie uniquement sensuelle, parfois même bassement obscène, en une exaltation poétique qui, tout en demeurant imprégnée d'une forte sensualité, s'élève à une spiritualité absolument nouvelle, et riche d'un prodigieux avenir dans toute l'Europe, peut s'expliquer par la rencontre de Guillaume IX, porte-parole d'une société laïque émancipée de la tutelle de l'Église, avec un mouvement ascétique d'une hardiesse surprenante, qui avait sa source à Fontevrault. Robert d'Arbissel, fondateur de cette congrégation, mit à la tête de l'ordre non pas un homme, mais une femme, invitant les moines à la servir et à la respecter comme le Christ avait demandé à l'apôtre saint Jean de le faire pour la Vierge Marie. Cette abbesse était d'ailleurs toujours une veuve, du moins au commencement de l'ordre. C'est dans l'immense cité monastique de Fontevrault, qui contenait plusieurs maisons de moniales, et d'autres pour les moines, que se retirèrent successivement la première femme de Guillaume IX, Ermengarde d'Anjou, qui, après son divorce, avait épousé le duc de Bretagne Alain Fergant, puis la seconde femme de Guillaume, Philippa, avec sa fille Aldéarde, ainsi que de nombreux autres seigneurs et dames de l'Anjou et du Poitou, notamment la fameuse comtesse d'Anjou Bertrade de Montfort, qui avait ému la France entière en quittant son mari pour vivre avec le roi Philippe Ier, attirant sur le souverain les plus terribles condamnations de l'Église.

À cette véritable épidémie de conversions, Guillaume, qui avait désespéré sa femme par de nombreuses conquêtes féminines et surtout par sa passion pour la vicomtesse de Châtellerault, réagit d'abord par des sarcasmes. En fait, le duc fut beaucoup plus touché et remué qu'il ne voulait le laisser voir, et si, par la suite, ses *chansons* continuèrent de protester contre une ascèse qu'il jugeait contraire à la nature, le poète en vint, tout en voulant justifier son amour naturel pour la femme, à spiritualiser cet amour ; ainsi naquit ce culte fervent de la dame, typique de toute la poésie lyrique des troubadours ; cette dame est d'ailleurs toujours mariée, liée, non pas par la chasteté conventuelle, mais par le sacrement qui l'attache à un mari. Elle induit seulement l'amant qui la vénère à la servir humblement, sans même l'espoir d'être un jour exaucé dans ses vœux. Poète, l'amant doit se contenter d'exprimer sa passion et de la ciseler dans des chansons toujours nouvelles qu'il compose, vers et mélodie, à la gloire de sa dame.

Guillaume IX est le premier poète français chez qui l'on trouve cette conception de l'amour et de la femme. Les chroniqueurs du temps le traitaient de comédien et de débauché sans vergogne ; cependant, encore aujourd'hui, Guillaume d'Aquitaine nous étonne et nous émeut ; ses chansons, bien que typiques du style de l'époque, sont aussi d'un modernisme surprenant, notamment par leur densité, leur spontanéité, leur fraîcheur, la nouveauté des sentiments et des termes. Ajoutons enfin que, si l'esprit de Fontevrault semble avoir tenu pour Guillaume IX le même rôle que le catharisme chez presque tous les autres troubadours, il est une autre influence fort importante qui s'est exercée sur sa poésie ; il s'agit du « zajal » andalou. Il existe en effet de grandes similitudes de thèmes et de métrique entre le *Divan* du poète hispano-arabe Abu Bakr Ibn Quzmãn (1095-1160) et les *Vers* de Guillaume IX ; E. Lévi-Provençal a découvert que certains passages, restés longtemps absolument indéchiffrables, des manuscrits contenant les chansons de notre poète, étaient simplement de l'arabe assez mal transcrit. L'influence arabe sur la poésie des troubadours, longtemps niée par les érudits romanistes modernes à l'encontre de ceux du XVIIIe siècle, est maintenant établie de façon incontestable.

♦ *« On remarque dans les vers de cet illustre troubadour une facilité, une élégance et une harmonie dont les premiers essais de l'art ne sont jamais susceptibles. »* Abbé Millot (1774). ♦ *« Tous les auteurs qui ont parlé de lui l'ont représenté comme doué de la valeur et de l'esprit, mais d'une corruption de mœurs scandaleuse même dans ce siècle, où elle était extrême. »* Ginguené. ♦ *« Ce singulier seigneur que n'embarrasse aucun scrupule religieux, aussi sensuel qu'âpre au gain, incapable de prendre au sérieux les choses les plus graves, qu'il s'agisse de la croisade ou du serment conjugal, prêt à tout sacrifier à ses fantaisies amoureuses, a laissé onze poèmes où une exquise sensibilité s'allie à la plus facétieuse sensualité et où de sublimes accents font oublier un libertinage d'ailleurs fort spirituel. »* A. Fliche.

RÉF. : *Histoire littéraire de la France,* t. XI, 1759, et XIII, 1814. — Palustre, *Histoire de Guillaume IX duc d'Aquitaine,* Poitiers, 1880. — A. Richard, *Histoire des comtes de Poitou, 778-1204,* t. II, 1903. — A. Jeanroy, *Les Chansons de Guillaume IX duc d'Aquitaine,* Paris, 1927. — J.-Ch. Payen, *Le Prince d'Aquitaine,* Paris, 1980.

GUILLAUME de Lorris. Poète né dans les premières années du XIIIe siècle, à Lorris en Gâtinais, entre Orléans et Montargis, mort entre 1237 et 1240. Nous ignorons presque tout de ce poète mort très jeune et qui laissa inachevée une œuvre unique, le *Roman de la Rose* (*), composé alors de plus de quatre mille vers. Il n'avait, en effet, que vingt-cinq ans lorsqu'il commença son poème, puisque, nous dit-il, il a eu le songe qu'il raconte cinq ans auparavant alors qu'il était dans sa vingtième année. Incontestablement, Guillaume de Lorris était un lettré ; il connaissait fort bien *L'Art d'aimer* d'Ovide qu'il imite, ainsi que les romans de Chrétien de Troyes. Son style se ressent de sa fréquentation de l'éloquence latine, sa versification est adroite et savante, enfin un dessein didactique se poursuit, avec discrétion d'ailleurs, tout au long du poème. Il y a de fort grandes probabilités pour que Guillaume de Lorris ait été un clerc. Et il se peut que ce soit sa qualité de clerc qui l'ait poussé à faire de l'aimée une rose, donnant un tour décisivement mystique à l'amour courtois qu'il peint. Mais Guillaume de Lorris est d'abord, et avant tout, un véritable poète. Si le sujet qu'il traite n'a rien d'original, s'il n'a fait que rassembler les éléments très conventionnels qui étaient depuis longtemps devenus des lieux communs, il leur donne une saveur nouvelle, une fraîcheur exquise qui n'appartient qu'à lui parce que cette histoire, banale en somme, semble réellement un épisode de sa vie intérieure.

♦ *« Il vaudrait mieux commenter le* Romant de la Rose *que s'amuser à je ne say quelle grammaire latine qui a passé son temps.* » Ronsard. ♦ *« Li* Romans de la Rose *a esté reccu par les librairies des seigneurs comme livre plaisant et rempli de beaux traits de doctrine, malgré les prescheurs et théologiens marris de ce qu'il estoit trop manié et appris de toutes sortes de gens, tellement que plusieurs crierent contre.* » Claude Fauchet. ♦ *« J'ai cogneu plusieurs esprits assez cognoissants qui faisoyent profession de tirer de belles et doctes inventions du* Roman de la Rose *et de livres pareils. Certes je trouvay à la fin que c'estoit* aurum legere ex stercore Ennii. » Agrippa d'Aubigné.

RÉF. : Dr Püschel, *Li Romanz de la Rose, première partie par Guillaume de Lorris,* Berlin, 1872. – E. Langlois, *Origines et sources du Roman de la Rose,* Paris 1891. – G. Paré, *Les Idées et les lettres au* XIII*e siècle. Le Roman de la Rose,* Montréal, 1947. – D. Poirion, *Le Roman de la Rose,* Paris, 1973. – R. Lejeune, « Propos sur l'identification de Guillaume de Lorris, auteur du *Roman de la Rose* », dans *Marche romane,* 26, 1976, p. 5-17. – J. Dufournet et coll., *Études sur le Roman de la Rose de G. de Lorris,* Paris, 1984.

GUILLAUME de Machaut ou **Machault.** Poète et musicien. La date de sa naissance, mal connue, peut se situer entre 1282 et 1300 sans preuves certaines, plus proche de cette dernière date pour la vraisemblance des tardives amours que le poète chante dans son *Voir dit* ; il mourut en 1377. Natif de Machault, dans les Ardennes, il fut remarqué, encore tout jeune clerc, par Jean de Luxembourg, fils de l'empereur Henri VII, roi de Bohême, qui l'attacha à son service comme aumônier et secrétaire vers 1323. Guillaume suivit son maître au cours de toutes ses expéditions, en Bavière, en Pologne, en Lituanie, en Russie, mais il ne sut pas être le chantre du roi de Bohême, dernier chevalier d'aventure, dont la fin héroïque à la bataille de Crécy (1346) (aveugle, il se fait attacher sur son cheval et s'élance vers la mort entouré de quelques fidèles) présentait pourtant le caractère de l'épopée. Mais la poésie épique était bien morte, et ce sera le chroniqueur Froissart qui relatera la journée de Crécy ; lorsque Guillaume de Machaut voudra, vers 1370, s'essayer au poème épique (ou plutôt à l'histoire) en chantant, en neuf mille vers de huit syllabes, dans *La Prise d'Alexandrie*, la vie et les exploits de Pierre Ier de Lusignan, roi de Chypre, il sera plat et ennuyeux. Grâce à la protection de Jean de Luxembourg, Guillaume était depuis 1377 chanoine de Reims. Célèbre autant comme musicien que comme poète – *Lais, Messe « Notre-Dame »* –, il eut d'illustres protecteurs : Charles III le Mauvais, pour qui il écrivit entre autres son *Jugement du Roy de Navarre* et un long poème, *Confort d'ami*, lorsque le roi de Navarre, accusé de conspiration, fut emprisonné par le roi Jean ; Pierre de Lusignan ensuite, le héros de *La Prise d'Alexandrie*.

Guillaume de Machaut, qui fut tenu au cours de son siècle comme un chef d'école et qui le fut, en un certain sens, n'innova point dans le fond s'il innova dans la forme. Le roman d'amour en vers et en prose du *Voir dit*, vécu ou non, se détache du reste de l'œuvre par un ton de sincérité attachante. L'influence de Guillaume de Machaut ne s'exerça pas seulement en France : en particulier le plus grand des poètes anglais du XIVe siècle, Chaucer, s'est parfois inspiré de notre poète, et l'on a relevé dans ses œuvres de nombreux points de contact, notamment avec le *Dit de la fontaine amoureuse*, le *Dit dou vergier*, le *Dit du lion*, et *Le Remède de fortune*. – Les Œuvres de Guillaume de Machaut ont été éditées par Paulin Paris (1875), E. Hoepffner (1908-1921) et V. Chichmaref (1909).

PIERRE FERRARI.

♦ *« Guillaume de Machaut sut quelquefois écrire, mais il ne sut jamais se borner.* » Petit de Julleville.

RÉF. : L. de Mas Latrie, *Guillaume de Machaut et la prise d'Alexandrie*, dans *Bibliothèque de l'École des Chartes*, t. XXXVII, pp. 445-70, 1876. – C. de Boer, *Guillaume de Machaut et l'Ovide moralisé*, dans *Romania*, t. XLIII, pp. 335-52, 1914. – W. Eichelberg, *Dichtung une Wahrheit in Machauts « Voir Dit »*, Francfort, 1935. – A. Prioult, *Un poète voyageur : Guillaume de Machaut et la « Reise » de Jean l'aveugle roi de Bohême, en 1328-29*, dans *Les Lettres romanes*, t. IV, pp. 3-39, 1950. – W. C. Calin, *A Poet at the Fountain*, Lexington (Kentucky), 1974. – M. P. Cosman et B. Chandler, *Machaut's World*, New York, 1975. – J. Cerquiglini, « *Un engin si subtil* ». *Guillaume de Machaut et l'écriture au* XIV*e siècle*, Paris, 1984.

GUILLAUME ou **GERVAIS du Bus.** Poète né probablement dans la seconde moitié du XIIIe siècle, mort après 1338. Gervais du Bus fut notaire de la chancellerie royale sous Philippe le Bel, nous savons qu'il occupa ce poste au moins de 1313 à 1338. Il a été identifié par Ch.-V. Langlois comme le principal auteur du *Roman de Fauvel* (*), écrit violemment satirique qui fut continué et imité au XIVe siècle. Les auteurs de ces remaniements et de ces augmentations appartenaient d'ailleurs au même milieu que Gervais du Bus, tel le bailli Raoul Chaillou de Pestain.

RÉF. : *Le Roman de Fauvel par Gervais du Bus,* publié d'après tous les mss. connus, par A. Langfors, Paris, 1914-16 – Ch.-V. Langlois, *La Vie en France au Moyen Âge de la fin du* XII*e au milieu du* XIV*e siècle d'après des romans mondains du temps,* Paris, 1924. – E. Dahnk, *L'Hérésie de Fauvel,* Leipzig, 1935.

GUILLERAGUES Gabriel-Joseph de Lavergne, vicomte de. Diplomate et écrivain né à Bordeaux le 18 novembre 1628, mort à Constantinople le 4 mars 1685. D'une famille de parlementaires gascons, anoblie au XVIe siècle et cliente des Condés, cet homme ainsi en marge du système louis-quatorzien réussit pourtant à en être un prestigieux ambassadeur. Après une enfance bordelaise et des études parisiennes, il est reçu avocat au parlement de Bordeaux (1650). Naturellement du parti des princes frondeurs, mais diplomate réaliste, il négocie (1653) le ralliement du prince de Conti dont il devient, à la mort de Sarasin (1654), secrétaire des commandements. Dans le sillage des fonctions du prince, Guilleragues poursuit son ascension bordelaise (conseiller au parlement et mariage brillant en 1658, premier président de la cour des aides en 1660) et, adoptant la dévotion nouvelle de Conti, gagne sa confiance jusqu'à le représenter aux États de Languedoc (1666), mais il s'y ruine. À la mort de Conti, il accepte l'office parisien de secrétaire des commandements du duc de Foix, grâce auquel il est au contact des meilleurs salons, de Boileau, de Racine, de Mmes de Sévigné, de La Fayette, Scarron (future Mme de Maintenon). Il sait attirer l'attention du roi par des couplets à sa gloire, des *Valentins*, hommage implicite à Madame, et surtout des *Lettres portugaises* (*) (1669), dont l'immense succès contribue à le promouvoir, la même année, dans la charge de secrétaire ordinaire du roi, bien qu'elles paraissent sans nom d'auteur. Il la remplit avec tact et compétence mais sans plus écrire d'ouvrage d'importance. Cinq ans plus tard, talonné par ses créanciers, il revend sa charge. Devenu rédacteur à *La Gazette de France*, il attend d'être nommé ambassadeur auprès de la Porte (1677), poste clef de la diplomatie royale. De 1679 à 1685, la vie de Guilleragues à Constantinople avec sa famille est sérieuse (correspondance commerciale, affaires du sofa et des corsaires tripolitains, création de la valise diplomatique, achat de manuscrits orientaux...) ; mais sa correspondance au roi et à ses amis (Pomponne, Colbert de Croissy, Seignelay, Racine) traduit sa difficulté à vivre l'éloignement et la crainte de l'oubli. Il mourra avant d'avoir été rappelé à Paris.

FANNY NÉPOTE-DESMARRES.

GUILLEVIC Eugène. Poète né le 5 août 1907 à Carnac, mort à Paris le 19 mars 1997. Eugène Guillevic, dont le père abandonna la mer pour la gendarmerie, eut une enfance triste. Ce fils du pays breton devra quitter de bonne heure sa terre natale pour suivre sa famille à Jeumont, dans le Nord, puis à Ferrette, en Alsace, aux hasards des nominations de son père. Écolier très doué, il poursuivra alors ses études secondaires au collège d'Altkirch, avant d'éprouver l'espoir, en 1926, d'abandonner une vie pauvre et étriquée en réussissant un concours d'administration. Nommé receveur d'enregistrement, il devra attendre cependant l'année 1935 pour être dépêché à l'administration centrale à Paris, avant d'occuper, en 1946, le poste important d'inspecteur de l'Économie nationale. Il commença à écrire assez jeune, mais c'est seulement lorsque son art sera parvenu à maturité qu'il se décidera à publier, en 1942, son premier recueil de poèmes, *Terraqué*, qui révélera immédiatement une voix totalement nouvelle dans la poésie française. Dans des pièces généralement très concises, surchargées d'une émotion suggérée avec une très grande pudeur, il y évoque pour la première fois sa Bretagne, cet univers pauvre de rochers et de fougères, qu'il ne cessera d'exalter dans ses livres suivants et au centre duquel l'homme fait figure d'étranger, qui ne peut se défaire d'un sentiment permanent d'incomplétude qu'au prix d'une humilité sans limites s'exprimant par une totale sympathie pour les choses les plus « basses » : les animaux, les charognes, la terre. En 1943, conséquence d'une longue réflexion à laquelle le poussèrent ses responsabilités professionnelles, Guillevic adhère au parti communiste, engagement assez étrange si on confronte l'optimisme idéologique du marxisme avec le sentiment de désespérance et de détresse intime qui émane de *Terraqué* et que ne démentiront pas les recueils suivants : *Exécutoire* (1947), *Gagner* (1949). En 1954, Guillevic publiera *Trente et un sonnets* devant illustrer ses convictions politiques. Il y traite la forme classique du sonnet d'une façon très originale, non dépourvue de virtuosité, en répudiant de ces poèmes toute trace d'éloquence, comme s'il se livrait à une entreprise de démythification des somptuosités gratuites habituelles à la poésie française. Son œuvre s'enrichira encore par la suite de nombreux recueils dont *Carnac* (1961), *Sphère* (1963), *Ville* (1969), *Inclus* (1973), *Du domaine* (1977), *Etier* (1979), *Trouées* (1982), *Requis* (1983), *Autrefois* (1984).

Dans tous ses livres, Guillevic livre au lecteur la vision d'un monde étrange et dont l'existence, tout autant que pour le poète latin Lucrèce, ne semble due qu'au hasard, un monde qui aurait dû ne pas être. Son univers, aussi bien moral que physique, se révèle soumis à une pesanteur écrasante qui impose à toute forme de vie une horizontalité minéralisante. Aucune lumière n'y sacralise les existences que le poète nous décrit comme aspirant continuellement, dans un apeurement presque panique, à une résorption totale, en deçà de la naissance et de la germination, et cherchant à s'enfouir le plus profondément possible dans la chair du sol natal auquel les ramène la mort. Guillevic trouvera ainsi dans l'ellipse une forme adéquate à l'expression de ses sentiments, comparable à la gaucherie d'un geste brusque qui révèle une tendresse et une pitié infinies pour les êtres, impossibles à communiquer sans maladresse. Elle confère à nombre de ses poèmes une force lapidaire qu'une éloquence plus éclatante serait incapable d'exprimer. Les mots mêmes dont il use apparaissent compacts, rugueux, fermés sur eux-mêmes, à l'image des bêtes monstrueuses et des galets qui représentent pour ce Breton perpétuellement nostalgique de sa terre les dieux les plus dignes d'invocation.

PHILIPPE FAUCHER.

GUILLOUX Louis. Romancier né le 15 janvier 1899 à Saint-Brieuc, mort à Paris le 14 octobre 1980. Son père était cordonnier et actif militant socialiste. Par toute sa vie et par toute son œuvre, Guilloux restera fidèle à ce milieu, à ses valeurs, à son idéal. Boursier au lycée de Saint-Brieuc, en 1912, il devient surveillant d'internat en 1916. Dès la fin de la Première Guerre mondiale, il gagne Paris et, en

1921, entre à *L'Intransigeant* comme lecteur d'anglais. Il se marie en 1924. Il aura une fille, Yvonne, en 1932. Il se lie d'amitié avec Jean Grenier, Henri Petit, André Chamson. Celui-ci le présente à Daniel Halévy qui dirige une collection chez Grasset. Guilloux écrit depuis toujours. Il achève et fait lire à Halévy *La Maison du peuple*, qui paraîtra en 1927. Le livre va bouleverser Guéhenno. Liés par une même origine, les deux écrivains seront amis. Chez Halévy, Guilloux fait la connaissance d'André Malraux et une amitié va naître qui durera jusqu'à la mort de ce dernier. Sans accepter jamais la discipline d'un parti, Guilloux a toujours eu une vive conscience politique. La montée du fascisme va le conduire à plusieurs engagements : il est secrétaire du premier Congrès mondial des écrivains antifascistes, en 1935, puis responsable du Secours populaire français, organisé pour venir en aide aux réfugiés qui vont bientôt affluer de l'Espagne déchirée par la guerre civile. Cependant, il achève son chef-d'œuvre, *Le Sang noir*, qui paraît en 1935. Lié à Gide, il est invité par celui-ci à l'accompagner, lors de son voyage en U.R.S.S. (1936). Guilloux visite Leningrad, Moscou, Tiflis. À son retour, il se voit confier la direction de la page littéraire du journal *Ce soir*, de tendance communiste. Quand paraît le *Retour d'U.R.S.S.* de Gide, on exige de lui une dénonciation critique à laquelle il se refuse. Il se voit contraint de démissionner. Il collabore à la direction littéraire de la Radio, à Paris d'abord, à Rennes ensuite, et fait des conférences. L'aide aux réfugiés espagnols mobilise toute son énergie : il se bat contre le mauvais vouloir des autorités, l'indifférence du public. La guerre l'oblige à regagner la Bretagne, Saint-Brieuc, où il achève *Le Pain des rêves*, qui paraît en 1942. De même qu'il a refusé l'engagement dans un parti politique, Guilloux ne s'engagera pas dans la Résistance, mais il l'aidera de mille manières et sera à plusieurs reprises inquiété par les autorités. Il entreprend son second chef-d'œuvre, *Le Jeu de patience*, qui ne paraîtra qu'en 1949. À la Libération, Guilloux sera interprète auprès des troupes américaines. Il racontera cette expérience, trente ans plus tard, dans *O.K. Joe*, paru en 1976. De retour à Paris, Louis Guilloux poursuit son œuvre, achève et publie *Le Jeu de patience* qui sera couronné par le prix Théophraste Renaudot. Il voyage, en Égypte, en Yougoslavie, et fait nombre de conférences. Il accepte une mission pour le haut- commissariat international des Réfugiés et procède à une enquête sur la situation des personnes déplacées, parquées dans des camps, en Allemagne, en Italie, en Grèce (1961). Cependant, son œuvre se poursuit par la publication de *Absent de Paris* (1952), *Parpagnacco* (1954) *Les Batailles perdues* (1960). Guilloux a trouvé en Albert Camus un ami qu'il aime comme un frère. Sa mort l'affecte profondément. Il fait des adaptations pour la télévision : récits de Conrad et, surtout, *Les Thibault* (*) de Roger Martin du Gard. *La Confrontation*, en 1968, *O.K. Joe*, en 1976, *Coco perdu* et *Carnets*, en 1978, démontrent la vitalité, la richesse de ce talent et assurent sa présence. *Le Sang noir* a été porté à la scène avec grand succès, sous le titre de *Cripure*. L'œuvre de Guilloux, traduite en une quinzaine de langues, a été couronnée par le grand prix national des Lettres, le grand prix du Roman de l'Académie française, le Grand Aigle d'or du Festival de Nice.

Dès ses premiers livres — *Compagnons*, *La Maison du peuple* — Guilloux est profondément engagé et restera fidèle à cet engagement. Mais celui-ci est complexe et demande à être compris. Il s'agit bien d'un témoignage qui s'efforce, de livre en livre, de dire une même vérité. Séduit par le fantastique, attentif au rêve (*Parpagnacco*), cet écrivain se méfie pourtant de son imagination. N'est-elle pas une manière de mensonge ? Il se veut simple, dépouillé. La pudeur lui est d'autant plus nécessaire que la vérité qu'il lui faut montrer est douloureuse, souvent atroce, toujours bouleversante. C'est qu'il s'agit du mal qui rôde parmi les hommes ; non pas le diable, haut en couleur, mais ce mal concret, quotidien, que les hommes se font les uns aux autres par cupidité, indifférence ou imbécillité. Des humiliés et offensés, Guilloux sera le chantre, l'apôtre, le prophète et son œuvre et sa vie ressemblent à un sacerdoce. Le milieu qu'il décrit est celui des victimes d'une société injuste, cruelle et qui condamne à la misère ceux qui refusent sa loi d'airain. Il dit leur espoir, leur lutte, leurs victoires sans lendemain et leurs batailles perdues. Ce peuple est porteur d'une vérité qui le dépasse et qu'il manifeste. L'urgence de son besoin, l'immédiateté de son désir le rendent fidèle au concret de la vie. Mieux, il l'exprime et c'est en lui qu'on le peut saisir. Quand, dans *Le Sang noir*, Cripure lève son verre « À la santé des hommes vivants », ceux qu'il salue ainsi se distinguent au premier chef par une vertu morale où se retrouvent, comme dans toute cette œuvre, l'idéal socialiste d'organisation et de justice et l'idéal chrétien de charité, de dépassement, de spiritualité. Mais la simplicité nécessaire de l'existence de « ces hommes vivants » les ouvre aussi à la vérité des choses et à leur vie silencieuse.

Le style de Guilloux est issu de cette matière, de cette pâte humaine qu'il a choisie ou qui l'a choisi. Sa poétique peut se résumer dans le terme de « montrer ». Montrer, et non pas expliquer, juger, commenter : décrire. La nature douloureuse, souvent à la limite du supportable, de ce qu'il y a à montrer, exige une extrême pudeur. Chuchotements, murmures, allusions vont peupler ces livres qui traitent des grands moments de l'Histoire contemporaine. Ce qui est dit est là pour désigner tout ce que l'on ne dit pas, et choisi de telle sorte qu'il en fait deviner l'étendue et la profondeur. Est-ce un hasard si le sport pratiqué par le jeune

Guilloux est le fleuret ? Son style est celui de l'escrimeur : à peine touché la cible, il faut rompre aussitôt. Ces saisies, ces ruptures exigent de l'écrivain un grand art de narrateur, afin que ces éclairs de vérité soient noués dans le majestueux ensemble des grands romans. Guilloux est un narrateur consommé dont le propos labyrinthique conduit sûrement le lecteur à ces rendez- vous où la trame se déchire pour révéler un instant le mal et le bien qui s'affrontent ici-bas au sein des couples, des familles, des luttes sociales, des guerres. De cet art de la narration, de la science du temps qu'il suppose, *Le Jeu de patience* constitue le meilleur exemple. Mais c'est sans doute *Le Sang noir*, et surtout son personnage central, Merlin dit Cripure, qui résume le mieux toute la portée de l'œuvre et illustre son projet. On a justement comparé ce professeur de philosophie, révolté contre toutes les bassesses de ce monde, à un Don Quichotte des temps modernes. Mais, parce que aussi mal armé que le fut le chevalier à la triste figure, les moulins qu'il combat n'ont que trop de réalité, Cripure campe pour l'époque l'image d'un saint laïque destiné à lui survivre et à témoigner contre son injustice, mais aussi en faveur de son espoir.

JEAN BLOT.

♦ *« L'éternelle rancune contre le réel. »* André Malraux. ♦ *« J'affirme que Cripure est nécessaire à la pleine compréhension de l'homme de ce temps-ci* [...] *J'affirme que Cripure est une arme pour l'homme de demain contre l'homme d'hier... »* Louis Aragon. ♦ *« J'admire et j'aime l'œuvre de Louis Guilloux, qui ne flatte ni ne méprise le peuple dont il parle et qui lui restitue la seule grandeur qu'on ne puisse lui arracher, celle de la vérité. Ce grand écrivain, parce qu'il a fait ses classes à l'école de la nécessité, a appris à juger sans embarras ce qu'est un homme. »* Albert Camus.

RÉF. : Y. Pelletier, *Thèmes et Symboles dans l'œuvre romanesque de Louis Guilloux*, Rennes, 1979. – M.-J.-M. Green, *Louis Guilloux*, York, 1980. – Sous la direction de Y. Pelletier, *Louis Guilloux*, Châteauneuf-sur-Charente, 1983. – J.-L. Jacob, *Guilloux, romancier du peuple,* Paris, 1983. – Colloque de Cerisy, *Louis Guilloux*, 1986.

GUIOT de Provins. Poète. Il vécut dans la seconde moitié du XIIe et le début du XIIIe siècle. Il alla à Jérusalem, fut bénédictin à Clairvaux, puis à Cluny. Entre 1203 et 1208, il composa dans un style original un ouvrage satirique en deux mille six cent quatre-vingt-onze vers octosyllabiques qu'il appelle *Bible*. Ce poème, dont le titre signifie qu'il prétend ne dire que la vérité, passe en revue toute la société contemporaine. On a aussi de lui cinq *Chansons d'amour*.

RÉF. : J. Orr, *Les Œuvres de Guiot de Provins,* Manchester, 1913. – Ch. V. Langlois, *La Vie au Moyen Âge, d'après quelques moralistes du temps,* Paris, 1926.

GUIRAUT de Bornelh. Poète limousin. Bien que l'on ne connaisse point la date exacte de la naissance ni celle de la mort de ce troubadour, il est possible de situer son activité poétique entre 1160 et 1200. Il appartenait au riche château du vicomte de Limoges. De ce troubadour nous possédons soixante-dix-sept poèmes, des chansons pour la plupart, mais aussi des sirventes, tensons, « plaintes » ou pastourelles, notamment une poésie populaire, une « alba » [« Reis glorios »]. Non moins que Peire d'Auvergne, son prédécesseur, Guiraut était surnommé de son temps « le maître des troubadours » et, comme lui, il figure dans les florilèges à la place d'honneur. Dante, dans son *Traité de l'éloquence en langue vulgaire*, le range, ainsi d'ailleurs qu'il se rangeait lui-même, au nombre des « poètes de rectitude », c'est-à-dire moralisants (d'ailleurs, à un certain moment de sa carrière, Dante a subi très vivement l'influence du troubadour). Dans son « Purgatoire », il devait, il est vrai, donner la palme de poésie à Arnaud Daniel de préférence au « Limousin » (lequel n'est autre que Guiraut, originaire de Limoges). En fait, Guiraut de Bornelh est aussi le poète de l'amour. Ses chansons, généralement composées dans le style troubadour le plus conventionnel, ont parfois une certaine vivacité d'accent : ainsi le poème « Er'ai gran joi » : « L'autre jour, dans le jardin en fleurs où pépiaient les oiseaux, m'est apparu un lis : depuis lors il charme mes yeux et a conquis mon cœur. » Poète moralisant, Guiraut l'est aussi, et non seulement dans ses sirventès, d'inspiration essentiellement morale et politique, mais aussi dans ses chants d'amour, où les deux aspects de son talent alternent, s'entrelacent et se confondent. La morale dont il s'inspire est une morale chevaleresque. Pour Guiraut, en effet, comme pour tous les troubadours, l'amour est bien « un éperon et un guide » en vue d'une vertu plus grande et la beauté des femmes elle-même doit nous y inciter. Guiraut déplore que l'idéal de la chevalerie « soit traîné dans la boue » et que le noble amour que nous devons aux femmes ne soit pas estimé à sa valeur. Il vitupère les avares (« i rics malvatz »), car leur vice est celui que la morale chevaleresque réprouve entre tous. La poésie de Guiraut de Bornelh a donc pour source d'inspiration le déclin d'une vie de cour où le plaisir allait de pair avec une estime réciproque (voir la chanson « Per solatz reveillar »). Pour vivante, cependant, que soit son œuvre, elle n'en est pas moins farcie de proverbes et de sentences à la manière des poètes gnomiques, et en particulier de Marcabrun, mais sans avoir sa violence de langage. Troubadour savant et austère, Guiraut s'élève déjà à la hauteur de l'humaniste et possède un sens jaloux de l'art comme de la technique. Il avait été, dans sa jeunesse, partisan du « trobar clus » et revendiquait pour le poète le droit de revêtir sa pensée d'une parure choisie, affirmant que ce qui s'éloigne du commun (« sens echartatz ») ajoute du prix à la poésie ; il se vantait de rechercher les termes étranges (« que son tuchs chargat e ple / d'us estranhs sens naturals / e no sabon tuch de cals ») que le premier venu ne saurait découvrir. Guiraut se convertit bruyamment au « trobar leu », c'est-à-dire à une poésie facile et simple, et entreprit de composer des chansons qu'un enfant lui-même pourrait comprendre (« ben esclairatz »). Ce nouvel idéal artistique, le poète l'a défendu dans une tenson où il converse avec un certain Linhaure, son ami, qui pourrait bien être Raimbaut d'Orange, partisan de la poésie hermétique – v. *Vers* de Raimbaut d'Orange. Pour appuyer ses dires, le prétendu Linhaure se réfère à la thèse de Dante condamnant Guittone d'Arezzo, lorsqu'il affirme qu'il ne faut jamais perdre contact avec le peuple. Mais Guiraut de répliquer que le seul goût qui compte, c'est le goût du public. Dans ses œuvres, le troubadour a bien montré, du reste, qu'un tel souci n'est pas inconciliable avec la recherche d'une certaine profondeur de pensée et de la dignité dans l'expression. – Les *Poésies,* de Guiraut de Bornelh ont été éditées par A. Kolsen (Halle, 1909).

RÉF. : R. Lavaud, « Le Troubadour Guiraut de Bornelh », dans le *Bulletin de l'École félibréenne du Périgord,* 12, 1904. – A. Kolsen, *Sämtliche Lieder des Trobadors Guiraut de Bornelh,* Halle, 2 vol., 1910-1935.

Guirlande de Julie (La). Recueil de madrigaux composés à l'Hôtel de Rambouillet vers 1634 en l'honneur de Julie d'Angennes, fille aînée de la marquise, la célèbre Arthénice. La mode de ce type de recueil venait d'Italie et se répandit en France à cette époque. Tous les beaux esprits de l'Hôtel y apportèrent leur contribution. Chapelain, Conrart, Arnaud de Corbeville, Scudéry, Tallemant des Réaux, etc. Calligraphié par Jarry, orné de miniatures, le volume fut offert à Julie en 1641. Tallemant le considère comme « une des plus illustres galanteries qui aient jamais été faites » et le décrit ainsi : « Toutes les fleurs en étaient enluminées sur du vélin, et les vers écrits sur du vélin aussi [...] Le livre est tout couvert des chiffres de Mlle de Rambouillet. Il est relié de maroquin de Levant des deux côtés, au lieu qu'aux autres livres il y a du papier marbré seulement. Il a une couverture de frangipane. » Seul Voiture, poète vedette de l'Hôtel, n'y participa point, car l'initiative en revenait à Charles de Sainte-Maure, duc de Montausier, son rival auprès de Julie, qui utilisa cet hommage collectif pour faire sa cour. *La Guirlande* se compose de soixante-seize madrigaux célébrant chacun une fleur, emblématique d'une perfection de Julie. Cet ouvrage est un témoignage parfait de la poésie mondaine sous Louis XIII : goût de la petite pièce raffinée, travail du blason, métaphores dans la tradition pétrarquisante et art de la pointe finale.

V. M.

GUITRY Sacha. Dramaturge et acteur né à Saint-Pétersbourg (Russie) le 21 février 1885, mort à Paris le 24 juillet 1957. Fils du célèbre acteur Lucien Guitry, il fait des études laborieuses à Paris tout en fréquentant le monde du théâtre. En 1902, il fait jouer sa première pièce et se marie en 1904 avec une comédienne. C'est le début d'une chronique sentimentale. Dès 1915, il s'intéresse au cinéma et tourne *Ceux de chez nous* qui a le mérite de conserver des images de Rodin, Monet, Renoir, Anatole France, Sarah Bernhardt et Saint-Saëns. Auteur de pièces de boulevard, chéri du public, il porte à la scène, comme pour faire oublier les facilités du genre, des personnages illustres : *Deburau* (1918), *Pasteur* (1919), *Mozart* (1926), *Jean de la Fontaine* (1928), *Talleyrand* (1947). Élu à l'académie Goncourt en 1939, il en démissionnera en 1948, son attitude pendant l'Occupation prêtant à la critique. L'après-guerre fut du reste fatale à son théâtre et c'est plutôt au cinéma qu'il s'intéressera jusqu'à sa mort.

De 1902 à 1949, Sacha Guitry a fait jouer quelque cent quarante pièces, dont il fut souvent le principal interprète (certaines – en plus du roman *Les Mémoires d'un tricheur* – furent également portées à l'écran). À ses débuts, certains critiques, tel Paul Léautaud, ont voulu voir en Sacha Guitry un nouveau Molière à propos de pièces comme *Un beau mariage* (1911) ou *Une petite main qui se place* (1922). Il loue sa facilité, sa langue si naturelle, ses dons d'observation, l'émotion et l'esprit dont il fait preuve. Il lui reconnaît aussi un grand mérite, il ne s'occupe pas de la chose publique ni des « questions dites sérieuses ». L'esprit mais pas l'esprit de sérieux, en somme ! Mais les amis du Cartel (Charles Dullin, Louis Jouvet, Georges Pitoëff, Gaston Baty) considéraient déjà, vers les années 1926-1936, que ce type de théâtre avait fait son temps...

GUY LE CLEC'H.

RÉF. : R. Benjamin, *Sacha Guitry, roi du théâtre,* Paris, 1933. – J. Harding, *Sacha Guitry, the last Boulevardier,* Londres, 1968. – D. Desanti, *Guitry, cinquante ans de spectacle,* Paris, 1982. – J. Lorcey, *Guitry,* Paris 1982 ; *Cent ans de théâtre et d'esprit,* Paris, 1985. – H. Jadoux, *Le Théâtre et l'Amour, Guitry,* Paris, 1985.

H

HALDAS Georges. Écrivain suisse de langue française. Né le 14 août 1917 à Genève. De père grec et de mère suisse française, il a vécu quelques années avec son père à Céphalonie. Mais c'est à Genève qu'il s'est installé. Son œuvre reste marquée de cette double appartenance, dans son souci constant de précision et la rigueur attentive portée à chaque instant vécu. On peut y déceler quelque chose de cette minutie lumineuse de la peinture hollandaise dont il parle dans un livre attachant, *À la recherche du rameau d'or,* lui qui est à la fois profondément présent en sa foi dans les détails concrets et magnifiquement lyrique, méditerranéen, verbal et populaire. C'est un écrivain à la rencontre de la parole, à la recherche de cette lumière humaine enfin retrouvée et rendue avec émotion. Ce qui donne à chacun de ses livres un ton juste, fait de confiance en un savoir sans vanité.

« Mon travail ? Insérer le fil d'or de l'éternité dans le tricot du temps », dit-il dans *Le Livre des passions et des heures* (1979), une longue chronique très aboutie des vies rencontrées au café.

Porté par la volonté d'éclairer le vécu à la lumière de ce qui le fonde, Haldas est devenu, hors des modes, un des maîtres contemporains de l'autobiographie et du journal d'écrivain. Ces livres redressent ses lecteurs, là où tant d'autres les démontent. Là n'est pas son moindre talent. Partir de l'anecdote banale, de sa remémoration, des incises du quotidien, puis remonter aux causes premières du sens, aux nœuds psychiques afin d'en définir la part de relation voulue, ou, retenue, est ici une vraie expérience. Cet accoucheur du sens qu'est Haldas en ses meilleurs moments exige de ses lecteurs une volonté de partage peu commune.

Peu à peu s'ajoutent une dizaine de recueils de poèmes (*Cantiques de l'aube,* 1942, *Sans feu ni lieu,* 1968, *Funéraires,* 1976, *Un grain de blé dans l'eau profonde,* 1982) une longue suite de chroniques (*Boulevard des philosophes,* 1964, *Chroniques de la rue Saint-Ours,* 1973, *La Légende des repas,* 1987), une importante série de carnets regroupés sous le titre *L'État de poésie* et une autobiographie en plusieurs volumes (*La Confession d'une graine*) publiée à partir de 1984. Voué à l'écriture, Haldas se veut un « scribe de l'essentiel ». Les événements de sa vie ne comptent que transmués en sens et en relation.

Georges Haldas a exercé divers emplois, souvent précaires : correcteur d'édition, journaliste, directeur de collections (aux éditions Rencontre et à L'Âge d'Homme). Il a traduit Saba, Catulle et Anacréon, édité en collaboration des œuvres de la littérature espagnole, russe, italienne, et écrit un grand nombre de préfaces. Scénariste de plusieurs films avec le cinéaste Claude Goretta, Haldas voyage en Grèce et en Italie (*Échos d'une vie,* 1980) et plus récemment au Maroc (*L'Intermède marocain,* 1989). Haldas est un témoin lucide et cultivé de nos tensions. Au fil des années, sa réflexion porte toujours plus sur les mythes fondateurs des religions du Livre. On ne peut qu'en pressentir la brûlante actualité : christianisme, judaïsme et islam aujourd'hui.

PATRICK CLOUX.

HAMILTON Anthony. Écrivain irlandais d'expression française. Né en Irlande en 1646, mort en 1720, il passa presque toute son enfance en France, au service des Stuarts. Sa culture, comme celle de tous les lettrés de la cour de Charles II, était principalement française. D'ailleurs, son œuvre d'écrivain vivant et divertissant est en partie d'expression française, ainsi notamment des *Mémoires du chevalier de Grammont* qui, dans un style brillant, scintillant, constellé de pointes humoristiques, racontent les aventures et la vie galante du beau-frère de l'auteur. Publiés en 1715, ces *Mémoires* eurent aussitôt un grand succès, jusqu'en Angleterre où ils furent traduits l'année suivante. Hamilton écrivit aussi cinq *Récits* où il tenta d'imiter les *Mille et une nuits*, ainsi que de mordantes *Poésies diverses.*

HARDY Alexandre. Poète dramatique né à Paris vers 1572, mort (sans doute de la peste) vers 1632. Hardy est le premier auteur dramatique professionnel et le plus prolifique auteur de théâtre du XVIIe siècle, puisqu'il déclarait avoir écrit plus de six cents pièces. Sa vie est extrêmement mal connue. L'extraordinaire érudition historique, mythologique et biblique qu'il déploie dans son œuvre suggère une naissance dans une famille aisée et une éducation dans un collège. Il semble s'être attaché à des troupes de comédiens itinérants (Paris ne possédait pas encore de théâtre professionnel) dès l'âge de vingt ans : d'abord la troupe d'Adrien Talmy le jeune, puis, à partir de 1598, la troupe des Comédiens du Roi de Valleran le Conte, qui sera dirigée une vingtaine d'années plus tard par Bellerose, grâce auquel elle pourra enfin s'installer à Paris en louant l'unique théâtre parisien, l'Hôtel de Bourgogne. Si un contrat daté de 1611 le désigne comme comédien, sa principale fonction était de fournir à ses associés des pièces, et l'énormité de son œuvre nous permet de déduire qu'il écrivait une pièce nouvelle toutes les trois semaines. Mais, comme il était d'usage alors, ces pièces étaient non sa propriété mais celle de toute la troupe, qui en conservait ainsi l'exclusivité. Vers l'âge de cinquante ans, alors qu'il jouit d'un rayonnement considérable (dont témoignent des poèmes à sa gloire écrits par des écrivains aussi fameux que Théophile de Viau ou Tristan L'Hermite), il songe à faire publier une partie de son œuvre : il commence en 1623 par son adaptation du roman grec le plus célèbre au XVIIe siècle, *Les Éthiopiques* d'Héliodore, intitulée *Théagène et Chariclée,* vaste composition constituée de huit « poèmes dramatiques » de cinq actes chacun. De 1624 à 1628, il publie les cinq tomes de son *Théâtre,* chaque tome comprenant des tragédies – parmi lesquelles *Didon se sacrifiant, Coriolan, Scédase ou l'hospitalité violée, Panthée, Marianne* – et des tragicomédies – notamment *La Belle Égyptienne, Félismène, La Force du sang, Gésippe ou les Deux Amis* – et se terminant par une pastorale – entre autres *Alcée ou l'Infidélité* et *Le Triomphe d'amour* –, au total trente-trois pièces en cinq actes.

C'est à cette occasion que ses rapports avec Bellerose se sont détériorés au point d'aboutir à la rupture en 1626 : puisque toute pièce publiée tombait dans le domaine public et pouvait être reprise par n'importe quelle autre troupe, Bellerose souhaitait conserver l'exclusivité du théâtre de Hardy et ne lui restitua qu'une infime partie de son œuvre. Aussi, en janvier 1627, se lie-t-il avec la troupe de Villiers, mais on ne sait ce qu'il advint de cette association. Sa rupture avec Bellerose fut lourde de conséquences : le comédien fit appel à de jeunes auteurs qui triomphèrent rapidement avec des tragi-comédies d'un nouveau genre – sujets empruntés à des romans modernes, surtout à *L'Astrée* (*), refus de toute règle de composition dramatique, adoption des préceptes linguistiques et stylistiques de Malherbe –, qui démodèrent d'un coup, au moment même où elle commençait à être publiée, toute l'œuvre de Hardy. Depuis longtemps figure de proue du parti ronsardien qui résistait contre le discrédit croissant lancé sur l'œuvre de la Pléiade par Malherbe et ses jeunes adeptes, Hardy partit en guerre contre Bellerose et ses protégés dans le tome V de son *Théâtre* (1628). Oubliant qu'il avait lui-même écrit des tragi-comédies et que ses tragédies sont rarement soumises aux règles des unités, il se posa en défenseur de la tragédie régulière et en continuateur de l'œuvre de la Pléiade, reprochant à ses jeunes rivaux le caractère débridé de leur invention dramatique et la préciosité malherbienne de leur écriture. Deux des auteurs visés, Auvray et Pierre Du Ryer, répliquèrent alors par un opuscule intitulé *Lettres à Poliarque et Damon sur les médisances de l'auteur du Théâtre,* qui attaquaient surtout l'orgueil de Hardy et son écriture archaïque, à quoi lui-même répondit par un pamphlet d'une extraordinaire violence, *La Berne des deux rimeurs de l'Hôtel de Bourgogne.* La querelle n'alla pas plus loin, et l'on n'entendit plus parler du vieil auteur (qui n'est pas pour autant mort dans la misère, comme le voudrait la légende) : le succès des tragicomédies de la jeune génération dut lui apprendre qu'il avait définitivement perdu la partie, d'autant que la nouvelle troupe qui prenait alors pied à Paris (la troupe de Montdory qui s'installera bientôt définitivement dans le jeu de paume du Marais) cherchait à concurrencer l'Hôtel de Bourgogne en faisant appel à de jeunes auteurs qui proposaient de nouvelles formes d'écriture, différentes encore de celles de la tragi-comédie triomphante – v. *Mélite,* première comédie de Corneille. Si Hardy a pu être jugé archaïque dès 1628, s'il est effectivement souvent difficile à lire du fait de sa syntaxe complexe et quelquefois décousue, de son goût pour l'érudition mythologique, de son penchant ronsardisant pour le mot rare, technique ou archaïque, et le néologisme, son œuvre, qui mérite d'être redécouverte pour sa force, sa liberté, sa poésie violente (et quelquefois gracieuse), a joué un rôle considérable dans l'avènement de la dramaturgie classique française. Médiateur entre la tragédie humaniste destinée aux lettrés et le public populaire pour lequel il écrivait (friand d'action mouvementée et de scènes spectaculaires ou violentes), il a progressivement tourné le dos au statisme de la tragédie du XVIe siècle, fondé sur la déploration et le lyrisme choral : en pratiquant la tragédie irrégulière et la tragi-comédie, ce contemporain de Shakespeare et de Lope de Vega est véritablement l'inventeur, pour la France, de l'action dramatique.

GEORGES FORESTIER.

♦ *« À une époque où l'on ne discute même pas encore sur les règles, Hardy peut aborder avec une totale liberté, dont la sérénité va parfois jusqu'à la naïveté, les problèmes théâtraux qu'il a choisis, et exercer sans entrave ses considérables facultés d'invention. Rien ne le gêne. Il a, dans ses meilleurs moments, la simplicité confondante et juste des grands primitifs, et le vrai théâtre en liberté, c'est le sien.* » J. Scherer.

RÉF. : T. J. Reiss, *Toward Dramatic Illusion : Theatrical Technique from Hardy to Horace,* New Haven & London, 1971 — C. Frederici, *Réalisme et Dramaturgie. Étude de quatre écrivains : Garnier, Hardy, Rotrou, Corneille,* Paris, 1974. — J. Scherer, *Théâtre du XVIIe siècle,* vol. I, Paris, 1975. — B. Bearez Caravaggi, *La Belle Égyptienne,* Fasano-Paris, 1983. — Ph. Ford, *Panthée,* Exeter, 1984.

Harmonie imitative. Procédé stylistique dans lequel la structure phonique tend à traduire par imitation l'expérience acoustique dénotée par l'énoncé : « L'insecte net gratte la sécheresse » (Valéry).

L'idée de l'harmonie imitative remonte au dialogue *Le Cratyle* de Platon. La correspondance entre les sons et les choses y est érigée en théorie, comme elle le sera, sous diverses formes, au XVIIe siècle chez Arnauld, puis au XVIIIe chez l'abbé d'Olivet, et surtout chez Antoine de Piis (*Harmonie imitative de la langue française*). Il faut toutefois distinguer l'harmonie imitative de l'harmonie suggestive, qui désigne la convenance naturelle des sons à une idée ou à une « suggestion ». Malgré les thèses du phonéticien M. Grammont, ces convenances naturelles sont aujourd'hui jugées arbitraires, au nom de ce que Mallarmé nommait déjà « l'arbitraire du signe ».

CHRISTIAN DOUMET.

***Harmonies poétiques et religieuses*.** Œuvre du poète Alphonse de Lamartine (1790-1869), publiée en 1830. Entre sa réception à l'Académie française et la révolution de Juillet, Lamartine publie ce recueil formé de poèmes composés pendant les quatre années précédentes. De son séjour en Toscane datent les « harmonies » proprement dites. De retour en France, il a retrouvé une inspiration plus intime et des tourments religieux : en 1829, il écrit au printemps l'« Hymne au Christ » que suivront à l'automne les sombres *Novissima verba* et « Le Tombeau d'une mère ». L'ensemble n'a donc pas l'unité que suggère le titre, mais il est d'une qualité qui emporta les faveurs de la critique et du public.

À l'ampleur de l'œuvre (quarante-sept poèmes) correspond celle de chaque harmonie, celle même de chaque phrase : « phrase femelle » (Flaubert) peut-être, mais qui traduit cette communion avec la nature, cette louange de Dieu dans ses œuvres qui sont les thèmes essentiels. Non les seuls : confiance et doute, grandeur et familiarité s'entrelacent, parfois dans la même pièce. Cette variété n'a d'égale que la virtuosité. L'« Hymne au Christ », où « foi et amour » n'excluent pas l'interrogation, est une véritable symphonie dont alexandrins, octosyllabes et impairs composent, de manière très concertée, les mouvements. Jamais Lamartine n'a été moins « amateur » ; jamais il n'a été plus maître de ses moyens.

L'inspiration aussi s'est élargie. Personnelle encore (« Souvenir d'enfance »), elle est souvent cosmique et s'élève jusqu'aux plus hauts mystères (« L'Infini dans les cieux », « Jehova, ou l'Idée de Dieu »), mais de quelle religion s'agit-il ?

La biographie inciterait à la croire catholique : dédié à Manzoni, l'« Hymne au Christ » n'est-il pas écrit dans les jours mêmes où Lamartine fait ses Pâques ? Sa foi pourtant est ébranlée : de l'extérieur, par les compromissions politiques de l'Église de la Restauration (« Aux chrétiens dans les temps d'épreuves ») ; de l'intérieur, parce que le mystère déconcerte sa raison. Dans *Novissima verba,* la nuit de l'âme est comparée à l'agonie du Christ, lançant « à son Père un pourquoi sans réponse / Tout semblable à celui que ma bouche prononce ! ». Ne croirait-on pas enten- dre le Vigny du « Mont des Oliviers » ? Lamartine, lui, ne va pas jusqu'à l'athéisme, mais n'arrive pas à concilier l'existence de Dieu et la réalité du mal. Avec le cléricalisme et l'irrationalité, ce scandale-là le détachera un jour du catholicisme. Dès les *Harmonies*, on entend ces dissonances.

Reste qu'en 1830 la joie et l'adoration dominent, justifiant l'épigraphe biblique : *Cantate Domino, omnis terra, quia mirabilia fecit.* Cette joie est toujours religieuse. Loin d'être un de ces panthéistes qu'il avait « en horreur et mépris », le poète célèbre un Dieu paternel dans les merveilles de sa création. Vers lui il fait monter une prière toujours reprise d'adoration et d'amour, plus rarement de demande : heureux, il n'est pas de ceux à qui le bonheur fait oublier le Père.

Ce Dieu qu'il adore avec une évidente sincérité, il ne l'identifie pas absolument à celui du christianisme. Avant la lettre, il est moderniste : la vérité religieuse est progressive, les révélations se succèdent d'âge en âge. À la fin du recueil, il place une invocation « À l'Esprit-Saint » : « ... suscite un homme ! [...] / D'un autre Sinaï fais flamboyer la cime. »

Bientôt Lamartine se croira ce nouveau Moïse et enseignera un christianisme purifié.

Si la religion est l'inspiration majeure des *Harmonies*, elle n'est pas la seule. La politique dicte l'« Invocation pour les Grecs ». « Milly, ou la Terre natale » évoque les souvenirs d'enfance. « Le Premier Regret » est une élégie à la mémoire de la future Graziella. Une « épître » à Sainte-Beuve permet au poète de prendre date : un jour *Jocelyn* (*) sera le chef-d'œuvre de cette poésie « intime » louée chez son ami.

Cette diversité des thèmes, qui révèle une tout autre richesse que celle des *Méditations* (*), ne suffirait pas à faire des *Harmonies* le sommet du lyrisme lamartinien. Encore fallait-il que Lamartine travaillât : ce fut le cas, aussi bien en Toscane qu'en France. Le poète niait ce labeur : « La plupart des pièces sont trop peu travaillées », déclarait-il, peu après la publication. La réalité est tout autre : « Milly », par exemple, a connu au moins trois états. Avec les *Harmonies*, il prouvait que le « moment du génie » (Stendhal) reste stérile sans des heures de persévérance et que le plus grand artiste doit accepter la collaboration d'un artisan.

L'édition des souscripteurs ajouta aux *Harmonies* dix-sept pièces, pour la plupart écrites après 1840 : souvent des vers d'album ou des pièces composées pour des loteries. L'une de ces dernières, « Sur l'image du Christ écrasant le mal », fait écho aux *Novissima verba* : « Deux mille ans sont passés et l'homme attend encore... »

M.-F. G.

HÉLINAND. Poète né probablement vers 1160 en Picardie d'une famille d'origine flamande, mort aux environs de 1229. Il fit ses études à Beauvais et mena pendant quelques années la vie brillante et dissipée des trouvères. Admiré et applaudi partout, il conquit rapidement la célébrité, mais son esprit inquiet le poussait continuellement à la recherche d'un idéal, qui n'était peut-être qu'un désir sans bornes de liberté. Et soudainement, un jour, il devait avoir trente ans, au milieu de la stupéfaction générale, il s'enferma dans le monastère cistercien de Froidmont, près de Beauvais, pour expier les jours qu'il avait consacrés à la vie mondaine. La même ardeur que l'adolescent avait déployée dans la recherche des plaisirs, l'homme plus mûr l'employa à des pratiques austères et à faire pénitence. C'est là que, entre 1194 et 1197, il composa ce sublime poème que sont *Les Vers de la mort*, chant suprême où le poète invitait ses contemporains à la réflexion et qui fut sa dernière œuvre. (Mais on lui doit, en outre, quelques œuvres en latin, des écrits variés, des sermons et une chronique.). Ses *Vers* ont exercé une influence profonde et durable sur la poésie du Moyen Âge. Le style d'Hélinand, véhément et direct, relève d'un bout à l'autre la banalité du sujet. – *Les Vers de la mort* ont été édités par Wulff et Walberg (Société des anciens textes français, Paris, 1905) et traduits par M. Boyer et M. Santucci (Champion, Paris, 1983).

HELLENS Franz (pseud. de Frédéric van Ermenghem). Écrivain belge d'expression française. Né et mort à Bruxelles (8 septembre 1881 - 20 janvier 1972). Il fait ses études à Gand chez les jésuites. À partir de 1912, il devient bibliothécaire au parlement belge. En 1920, avec son roman *Mélusine* qu'il considère comme une œuvre présurréaliste, il prend conscience de sa vocation d'écrivain. Il voyage beaucoup et se lie d'amitié avec quelques-uns des grands artistes de son temps : Modigliani, Maeterlinck, Gorki, Maïakovski et Essenine, Supervielle, Paulhan, Arland, Ponge, Éluard... En 1922, il fait paraître une revue, *Le Disque vert* à la direction de laquelle s'associe Henri Michaux et dans laquelle André Malraux publiera l'un de ses premiers textes. L'œuvre de Franz Hellens est très abondante puisqu'elle comporte plus de cent volumes qui se répartissent dans les genres les plus divers, contes et romans, poèmes et essais, pièces de théâtre. Deux titres : *Les Réalités fantastiques* (1923) et *Le Fantastique réel* (1967) résument sous cette diversité une constante, tant dans l'inspiration que dans l'élaboration. Le rêve et l'imaginaire procèdent du réel qu'ils métamorphosent pour atteindre à ce que Franz Hellens appelait « la vie seconde », véritable voyage dont le parcours est balisé par la mythologie, la légende et l'histoire. Le réel, ce sont les éléments dont Bachelard a pu relever la présence dans l'œuvre des poètes, tout pénétrés du symbolisme que leur confère la vie intérieure de l'écrivain. Franz Hellens, à cet égard, s'avoua toujours plus proche de la poésie – *Poésie complète* (1905-1959) – qui est intuition au premier chef, que de la prose. Cependant, on lui doit de grands romans, dans lesquels le contact avec le réel est maintenu. Les plus riches sont, si l'on met à part *Mélusine : Moreldieu* (1946), *Naître et Mourir* (1948), *L'Homme de soixante ans* (1951) et *Mémoires d'Elseneur* (1954). Moreldieu représenterait la part diabolique de l'homme, entravé sur la terre, hanté par le désir de descendre encore et toujours plus bas. La présence du mal est ainsi révélée par Franz Hellens, sous des formes diverses, dans toute son œuvre romanesque. Il n'en fait pas une catégorie éthique mais un être qui exerce sur chaque homme une puissance qu'il s'agit de conjurer. Non de détruire puisque le monde, pour Franz Hellens, se compose de forces antagonistes.

GUY LE CLEC'H.

RÉF. : A. Lebois, *Franz Hellens,* Seghers, 1963.

HELLO Ernest. Écrivain né et mort à Lorient (4 novembre 1828 - 14 juillet 1885). Fils de magistrat, élevé dans un milieu bourgeois et sceptique où le catholicisme n'avait qu'une place marginale, il fait ses études à Rennes, puis à Paris, au collège Sainte-Barbe et à Louis-le-Grand. Élève très doué, il renonce, après des études de droit, à la profession d'avocat en raison de sa réticence devant la perspective d'avoir à défendre des causes injustes. C'est en écoutant, à partir de 1846 à Notre-Dame, les sermons de Lacordaire, qui jouera, malgré les sévères critiques qu'il lui adressera, le rôle de « médiateur », qu'il découvre sa vocation spirituelle. L'abbé Baudry, de Saint-Sulpice, et l'oratorien Alphonse Gratry compléteront sa formation théologique. Il se consacrera dès lors à la défense et à la promotion du catholicisme intégral. Exclusivement commandée par la foi, sa vision du monde ne se traduira cependant pas, comme pour Louis Veuillot par exemple, par un engagement politique explicite, ou par un goût pour la polémique violente, comme chez Léon Bloy.

En 1857, il se marie avec Zoé Berthier, elle-même écrivain – sous le nom de Jean Lander –, auteur de récits édifiants inspirés de la pensée d'Hello. La constitution fragile d'Hello, son instabilité nerveuse excessive, autoriseront l'épouse à tenir un rôle maternel de protectrice et de garde-malade. Le couple partage son temps entre Kéroman, le manoir familial près de Lorient, et Paris, où Hello rencontre quelques écrivains, notamment Barbey d'Aurevilly et, en novembre 1875, Léon Bloy qui restera, quelques années, son ami. Tous deux seront les premiers à reconnaître l'originalité et le génie singulier, mélangés, d'Hello ; le second dans une proximité spirituelle dont l'essentiel de son œuvre témoigne.

Le premier lieu d'expression de sa pensée, Ernest Hello le trouvera dans la presse. En août 1859, il fonde, avec Georges Seigneur et avec l'approbation de l'abbé Vianney, curé d'Ars, un journal, *Le Croisé*, qui aura seulement deux ans d'existence. Il collabore ensuite à de nombreuses publications, notamment la *Revue du monde catholique*, mais toujours avec difficulté et réticences de la part des responsables de ces organes.

En 1859 également, il publie son premier livre, *M. Renan, l'Allemagne et l'athéisme au XIXe siècle*, début d'un combat qui n'eut guère d'écho contre l'auteur de la *Vie de Jésus*. Deux ans plus tard paraît une « Théorie et Histoire » du *Style*, inaugurant la partie critique, de loin la moins intéressante, de son œuvre. Ce texte sera repris en 1872 dans son livre le plus connu, le plus synthétique de sa pensée, *L'Homme*. Plusieurs de ses ouvrages sont des recueils d'articles, et ne connurent, même de la part du public catholique, jamais beaucoup plus qu'un succès d'estime. Outre d'assez médiocres *Contes extraordinaires* (1879), sa seule œuvre de fiction, Hello est également l'auteur de traductions et de présentations d'auteurs mystiques : le *Livre des Visions et Instructions de la Bienheureuse Angèle de Foligno* (1868) ; *Rusbrock l'Admirable* (1869) ; les *Œuvres choisies de Jeanne Chézard de Matel* (1870).

Il faut mettre à part, et probablement plus haut, ses *Physionomies des saints* (1875), dans lesquelles la vivacité de la narration confère une sorte de naturel au merveilleux des épisodes contés, et surtout *Paroles de Dieu* (1877), tentative, souvent admirable, d'interprétation symbolique et mystique de textes des Écritures. Enfin, plusieurs recueils posthumes, notamment les deux volumes *Du néant à Dieu* (1921) révèlent l'intimité spirituelle de cet esprit enflammé, perpétuellement inquiet, mêlant l'idée de la gloire divine à celle d'une autre gloire, d'une reconnaissance plutôt, toute terrestre celle-là, dont il fut avide : la sienne.

Le drame et la grandeur d'Ernest Hello résident probablement dans la vision et l'interprétation intégralement mystique et catholique du monde qui ne laisse nulle alternative à ce qui s'en écarte. Ce monde, son monde, c'était le dix-neuvième siècle aspirant à vivre de l'esprit moderne que la Révolution et les Lumières avaient commencé de construire sur les ruines d'un monde ancien, régi par Dieu et conduit par la foi. Le style d'Hello est à l'image de ce drame et de cette grandeur : il peut s'essouffler, faiblir, manquer de toute architecture, et se caricaturer lui-même, ou bien, l'instant d'après, atteindre des sommets, sembler jouir d'une inspiration proprement surnaturelle. C'est Barbey d'Aurevilly qui écrivait de lui : « ... En dehors du mysticisme qui a fait de lui ce qu'il est quand il est absolument supérieur, Ernest Hello n'existe pas. »

PATRICK KÉCHICHIAN.

RÉF. : Patrick Kéchichian, *Les Usages de l'éternité*. Essai sur Ernest Hello, Paris, 1993.

Hémistiche. Étymologiquement, « demi-vers ». Chacune des deux parties d'un vers césuré : « J'aime le souvenir // de ces époques nues » (Baudelaire). L'hémistiche est généralement composé de deux mesures rythmiques (J'ai- / -me le souvenir), sauf dans le cas des hémistiches courts : « Le Démon, // dans ma chambre haute » (Baudelaire). L'hémistiche est donc caractéristique des mètres longs à structure binaire. Le terme ne s'applique strictement qu'aux groupements syllabiques égaux en nombre de part et d'autre de la césure (6//6, 5//5). Mais, par extension, il désigne aussi des séries inégales (4//6, 3//5...).

CHRISTIAN DOUMET.

HÉMON Louis. Romancier né le 12 octobre 1880 à Brest, mort le 8 juillet 1913 à Chapleau, dans la province d'Ontario (Canada). En 1903, il abandonna ses études, sa famille, le monde où il avait grandi et où il vivait (son père était professeur d'université) ; après huit ans de vagabondage en Angleterre, il s'établit au Canada, d'abord à Québec et à Montréal, puis dans les forêts de Péribonka, dans une famille de bûcherons, menant leur vie, observant leurs mœurs et leurs coutumes. C'est de cette expérience que naquit son roman *Maria Chapdelaine* (*), description de la vie des colons français au Canada, qui met en relief leur attachement à la mère patrie, leurs traditions, leur religion. D'abord publié en feuilleton dans *Le Temps* en 1914, le roman n'eut guère de succès, jusqu'à ce que Daniel Halévy le reprît en 1921 dans ses *Cahiers verts ;* alors seulement la critique et le public se rendirent compte de la valeur de cette œuvre, et l'auteur devint soudainement célèbre. Mais il était mort huit ans auparavant, écrasé par un train. Nous avons cependant plusieurs romans posthumes de lui : *La Belle que voilà* (1923) ; *Colin-Maillard* (1924) ; *Battling Malone, pugiliste* (1926) ; et enfin, en 1950, *Monsieur Ripois et la Némésis*.

♦ *« Elle* [la manière de Louis Hémon] *est directe, sans recherche ni complication, toute pleine de détails de la vie quotidienne ; elle ne hausse pas le ton, elle ne recherche pas les musiques savantes ; et cependant une poésie secrète y sourd, discrète et pure comme une eau de source qui coule, sans bruit, sur la mousse. »* Henry Bordeaux.

RÉF. : Henry Bordeaux, *Portraits d'homme,* tome I, Paris, 1924. – Allan McAndrew, *Louis Hémon, sa vie et son œuvre,* Paris, 1936. – N. Deschamps, *Le Mythe de Maria Chapdelaine,* Montréal, 1981. – *Colloque Louis Hémon,* Quimper, 1986.

Hendécasyllabe. Vers de onze syllabes. Utilisé jusqu'au XIVe siècle, ce vers fut délaissé par les classiques et les romantiques. Dans son goût des mesures impaires, Verlaine y a quelquefois recours : « Des danses, sur des rythmes d'épithalames, / Bien doucement se pâmaient en longs sanglots. »

CHRISTIAN DOUMET.

HENNIQUE Léon. Romancier et auteur dramatique né à Basse-Terre (Guadeloupe) le 4 novembre 1851, mort à Paris le 15 décembre 1935. Adepte de l'école naturaliste, il fut un des six auteurs des *Soirées de Médan* (*) (1880) où parut sa nouvelle *L'Affaire du grand 7.* Son œuvre de romancier comporte : *La Dévouée* (1878), *Élisabeth Couronneau* (1879), *Benjamin Rozès* (1882), *Pœuf* (1887), *Un caractère* (1889), *Jacques Demour* (1897), et *Minnie Brandon* (1899). Hormis les deux derniers, ces romans sont fort oubliés, l'influence de Zola s'y faisant trop sentir, tout comme celle des Goncourt. Pourtant l'auteur s'y révélait observateur consciencieux des mœurs de son temps. Parmi ses œuvres dramatiques, il faut retenir : *L'Empereur d'Assoucy* (1880), *Esther Brandès* (1887), *La Mort du duc d'Enghien* (1888), *Amour* (1890), et *L'Argent d'autrui* (1893). Comme les romans cités plus haut, ces drames sont tous de stricte obédience naturaliste. Signalons enfin sa *Chronique du temps qui fut la Jacquerie* (1903). Hennique fut, depuis sa fondation, membre de l'académie Goncourt.

RÉF. : L. Deffoux et E. Zavie, *Le Groupe de Médan,* 1920. – J. Bonclère, article nécrologique in *Larousse mensuel,* août 1936. – G. Ravon, *L'Académie Goncourt en dix couverts,* Avignon, 1943. – N. Hennique-Valentin, *Mon père, Hennique,* Paris, 1959.

Heptaméron. Récits de Marguerite d'Angoulême (1492-1549), sœur de François Ier, duchesse d'Alençon par son premier mariage, reine de Navarre par son second. De son vivant, elle eut sa part de louanges officielles où un portrait se reconnaît sous les conventions. On louait son savoir, son adresse aux affaires d'État, sa piété surtout, et aussi ses talents de poète : en 1547 ce sont des poésies, religieuses pour l'essentiel, qui sont rassemblées dans *Les Marguerites de la Marguerite des princesses.* Mais on ignorait ce qui fit ensuite sa réputation, cet *Heptaméron* resté inédit, et peut-être inachevé, à sa mort : soixante-douze contes dans une prose qui a un peu vieilli et, pour les relier, des dialogues où l'on en débat avec une aisance toute nouvelle alors.

En 1558, une première version est imprimée, par un de ses « valets de chambre » mais sans nom d'auteur, dans un ordre et sous un titre (*Histoires des amants fortunés*) pareillement arbitraires. En 1559 paraît l'*Heptaméron des Nouvelles de très illustre et très excellente princesse Marguerite de Valois, royne de Navarre,* « remis en son vray ordre ». Claude Gruget, autre serviteur de la reine, donnait au recueil l'ampleur et le titre qui lui sont restés : *Heptaméron,* sept journées, par référence au *Décaméron,* dix journées, de Boccace. Dans le prologue, en effet, on se proposait d'imiter Boccace et de « parachever », en dix jours, une centaine d'histoires, mais Gruget a dû s'interrompre, faute de matière, au début de la huitième journée. Son texte fit longtemps autorité, réimprimé tel quel ou, à partir de 1698, « mis en beau langage », c'est-à-dire retouché phrase à phrase. Il faut attendre 1853 pour lire un autre texte, établi d'après manuscrit, et pouvoir mesurer les libertés prises par Gruget, qui avait effacé du texte tout ce qui marquait de près ou de loin quelque inclination pour la religion réformée : nul risque, en 1559, à montrer des moines paillards ou meurtriers, mais pas question, sous Henri II, de mettre en doute le salut par les œuvres, ou l'utilité, pour un mourant, de « satisfaire » à ses péchés en léguant ses biens à l'Église... On lit aujourd'hui les contes et les débats rétablis dans leur intégralité et leur liberté. Il reste encore, en comparant les copies manuscrites, à établir un texte aussi sûr que possible.

Imitant Boccace, Marguerite de Navarre a supposé une société de dames et de gentilshommes provisoirement isolés du monde et de leur vie quotidienne, alors qu'ils reviennent d'une cure aux eaux de Cauterets. Chemins coupés par les orages et la crue des rivières, mésaventures diverses rassemblent dix voyageurs dans une abbaye où ils vont attendre qu'un pont soit construit. Si, le matin, ils écoutent la plus âgée des dames lire et commenter un texte biblique, « l'asprès- disner », devenus « devisants », ils disent à tour de rôle une histoire donnée pour véritable, et c'est la série des « histoires » qui fait le livre. Outre leur encadrement, les récits doivent encore à Boccace la variété de leurs sujets. Marguerite de Navarre n'a pas voulu choisir entre contes à rire et histoires tragiques, pas plus qu'entre les tons les plus divers : comique de farce, quand un Gascon fait passer un sabot de bois pour un jambon en croûte, et comédie psychologique dans les discours embrouillés d'un hardi capitaine qui n'ose pas parler d'amour à une jeune femme vertueuse ; violences immédiates dans le tableau d'un suicide, dans les meurtres ou les viols, et tourments tout intérieurs d'amants dédaignés ou séparés malgré eux... Et les mêmes quiproquos au lit tournent en rire ou s'achèvent au contraire en tragédie.

Mais c'est de son propre fonds que vient la complexité d'un texte aux abords si faciles. L'œuvre est double et dans sa forme et dans son inspiration. Forme double : les récits sont pris dans une histoire cadre et dans des dialogues qui les annoncent — c'est la forme « à l'italienne » — mais Marguerite de Navarre, au lieu d'enchaîner en notant d'un mot, comme Boccace, larmes ou sourires de l'auditoire, a trouvé là le lieu où donner à chaque devisant sa voix propre, dans des conversations qui vont et viennent, comme naturellement, du grave au plaisant. On y commente les aventures et leurs personnages et on les oublie parfois pour débattre de l'amour, de l'honneur ou de la vertu, et, loin de rester strictement subordonnés aux récits qu'ils encadrent, ces débats, avec leurs caprices, inaugurent en France l'art du dialogue mondain. Inspiration double aussi, entre le dedans et le dehors, entre morale et mondanité. La reine de Navarre a vécu à la cour, mêlée aux jeux de la politique comme aux fêtes et à la galanterie : d'où la présence, entre les récits venus d'un lointain passé, de très modernes anecdotes, précisément situées dans la société qui fut la sienne, d'où l'attention qu'elle porte aux masques et aux mensonges, aux désirs et aux ambitions. Mais elle fut aussi un « esprit extatique », comme disait Rabelais dans sa dédicace du *Tiers Livre,* tournée vers le ciel et inquiète des exigences spirituelles que lui avait enseignées l'évêque Guillaume Briçonnet, dès 1522-1524, dans leur correspondance : d'où le souci de placer les histoires, fût-ce les plus scabreuses et les plus noires, sous le regard de Dieu ; d'où, contre les cordeliers, des critiques de « doctrine » ; d'où la très insistante condamnation de l'orgueil et, entre ce très mondain *Heptaméron* et les plus mystiques de ses poèmes, de multiples échos. Les devisants eux-mêmes, dans leur diversité, figurent toute l'expérience de celle qui les a mis en scène, et il n'est pas si vain qu'il semblerait de disputer, comme on l'a fait, de leur identité : leur présence et leurs portraits doivent beaucoup, à coup sûr, au souvenir de ceux qui furent ses proches. Son mari Henri d'Albret revit probablement en Hircan, Oisille doit peut-être quelque chose à sa mère Louise de Savoie, et Marguerite elle-même a bien pu se dédoubler pour se représenter, jeune, dans le rôle de Parlamente et, vieillie, austère et souriante encore, dans celui d'Oisille.

La fortune, ou l'infortune, du livre fut de passer bientôt pour un recueil de contes gaillards que la reine aurait écrit, selon le mot de Brantôme, « en ses gaîtés ». L'*Heptaméron* reste à découvrir dans sa complexité, avec ce « bouquet » d'histoires aux couleurs variées et ces débats si subtils dans leur très plaisante vivacité.

N. C.

Heptasyllabe. Vers de sept syllabes. Présentant toujours, quelle que soit la coupe, un groupe métrique impair, ce vers produit un effet de rythme instable particulièrement approprié à la vision incertaine, par exemple chez Verlaine : « Nous sommes les Ingénues / Aux bandeaux plats, à l'œil bleu, / Qui vivons presque inconnues, / Dans les romans qu'on lit peu... ». L'heptasyllabe est parfois nommé aussi « petit vers épique » en raison de l'usage qu'en firent Molière (*Amphitryon,* I, I), Boileau et Hugo.

CHRISTIAN DOUMET.

HEREDIA José-Maria de. Poète né aux environs de Santiago de Cuba (île de Cuba) le 22 novembre 1842, mort au château de Bourdonné (Seine-et-Oise) le 3 octobre 1905. D'une famille d'origine espagnole qui compta de nombreux conquistadores, mais français par sa mère, Heredia naît à Cuba, où son père était planteur de café. Après avoir passé en France ses années de collège et obtenu son baccalauréat en 1858, il revient à La Havane où, tout en suivant des cours de droit, il découvre avec enthousiasme Ronsard, Chateaubriand et le Hugo de *La Légende des siècles* (*). Ayant regagné Paris avec sa mère, il passe par l'École des chartes, mais se passionne surtout pour la littérature et publie ses premiers vers en 1862 dans une petite revue. C'est l'époque du déclin du romantisme, et Heredia rejoint les écrivains de la jeune école parnassienne : Sully Prudhomme, dont il est déjà l'ami depuis quelque temps, Catulle Mendès, et surtout Leconte de Lisle qui l'accueille en 1866 parmi les collaborateurs du *Parnasse contemporain*.

José-Maria de Heredia connut longtemps cette originalité d'être un des poètes les plus célèbres tout en demeurant à peu près inédit. En effet, son existence étant assurée grâce à la fortune familiale, il ne faisait paraître que quelques traductions. De temps à autre il donnait des sonnets aux revues, mais ce n'est qu'en 1893 qu'il se décida à les réunir en un volume, *Les Trophées* (*), qui connut aussitôt un succès considérable (la première édition fut épuisée en quelques heures). Le 30 mai 1895, Heredia entra à l'Académie française, où il fut reçu par François Coppée. Il n'écrira plus désormais que quelques poésies de circonstance, assumera la direction littéraire du *Journal* et sera nommé, en 1901, administrateur de la bibliothèque de l'Arsenal.

Comme chez tous les parnassiens, l'effort principal de Heredia tend vers la perfection absolue de la forme. Il a adopté toutes les idées du groupe sur la poésie descriptive, qui préfère à tout les belles images empruntées à l'histoire, à la légende, à la nature. Mais son tempérament, à l'opposé du rigide pessimisme d'un Leconte de Lisle, donne un tour très original à l'orthodoxie parnassienne. On trouve en effet chez Heredia une exaltation continuelle de la vie, une joie impétueuse, un goût du panache, de l'héroïsme au grand soleil, qu'il doit à ses origines espagnoles et aux brûlants souvenirs de son adolescence cubaine ; tout cela concilié avec le souci parnassien du réalisme exact, de la précision plastique, poussé ici à l'extrême, puisque l'auteur des *Trophées* adopte la forme poétique la plus sobre : le sonnet. Dans ce cadre de quatorze vers, Heredia essaie de fixer, usant et abusant des diamants et des perles, tout un spectacle naturel, tout un moment de l'Histoire capable de susciter un songe philosophique.

Pour personne n'a été plus vrai le célèbre vers de Boileau : « Un sonnet sans défaut vaut seul un long poème. »

MICHEL MOURRE.

♦ *« La couleur ! [...] C'est là, en effet, qu'il faut en venir, puisqu'il s'agit de Heredia, de ce grand coloriste en prose inconnu encore, même dans le coloriste en vers qu'on connaissait, et qui rayonne et se projette... »* J. Barbey d'Aurevilly. ♦ *« Le beau et noble poète José-Maria de Heredia a ciselé, sculpté, fouillé, enluminé, émaillé, au cours de sa vie, de multiples sonnets auxquels il confiait, pour les mieux définir, sa chaude admiration pour les héros, sa vision épique de l'histoire, ses rêves des siècles morts et sa passion des couleurs éclatantes. Son œuvre aristocratique s'est faite lentement, à l'écart de la réclame et du tapage, avec un net dédain de la hâte et un insouci persistant du public et des disputes littéraires. C'était d'un bel exemple et d'une claire fierté. »* Émile Verhaeren. ♦ *« Heredia mettait dans toute société une joyeuse émotion physique. Il était né sous le signe de la planète Jupiter. Son agrément personnel, ses dons périssables ne nous ont-ils pas masqué l'essentiel de son génie, ce qui ne meurt pas ? »* Maurice Barrès. ♦ *« Il accueillait à bras ouverts, et son accueil était si chaud que l'on ne s'apercevait pas tout de suite que son cerveau était un peu moins ouvert que ses bras ; mais il aimait tant la littérature que, même ce qu'il ne comprenait pas par l'esprit, je crois encore qu'il y parvenait par la lettre, et je ne me souviens pas de l'avoir entendu bêtifier sur rien. »* André Gide.

RÉF. : J. Barbey d'Aurevilly, *Poésies et Poètes*, 1906. — M. Ibrovac, *José-Maria de Heredia, sa vie, son œuvre*, 1923. — W. Ince, *Heredia*, 1979 (en anglais).

Hernani ou l'Honneur castillan. Drame en cinq actes de Victor Hugo (1802-1885), représenté pour la première fois le 25 février 1830. L'action se déroule en Espagne au début du XVIe siècle. La belle doña Sol a inspiré une profonde passion au proscrit Hernani. Celui-ci, incapable de vivre sans elle, brave cet interdit qui pèse sur lui ; il vit dans le maquis avec des brigands et, pendant la nuit, obtient des rendez-vous secrets de son aimée. Le cœur de doña Sol ne bat que pour Hernani, mais un vieil oncle de doña Sol, Ruy Gomez, qui désire l'épouser, essaie de la soumettre à sa volonté. Hernani lui-même a un rival en don Carlos, le jeune roi d'Espagne qui deviendra empereur sous le nom de Charles Quint. La situation se complique encore du fait que Gomez, comme Hernani, trame des complots contre le roi. Hernani est surpris, une première fois, par don Carlos dans les appartements de doña Sol. Très chevaleresquement, le roi promet de garder le secret et sauve Hernani. Au cours d'une autre rencontre, c'est Hernani qui a l'occasion de soustraire le roi au poignard des conjurés. Ruy Gomez, cependant, dans l'espoir de pouvoir épouser doña Sol, emmène celle-ci dans un château. Hernani s'y rend aussi. Le roi les rejoint et enlève de force doña Sol. Ruy Gomez refuse de lui livrer Hernani. Entre ces deux prétendants, un pacte est scellé : Gomez, qui a sauvé la vie à Hernani, permet à celui-ci de poursuivre le ravisseur et tous deux se prêteront assistance en vue de l'assassinat du roi, mais Hernani doit s'engager à se suicider dès qu'il entendra le son du cor de Gomez. Don Carlos réussit à mettre la main sur tous les conjurés mais, comme il apprend qu'il vient d'être élu empereur, il renonce à ces aventures de jeunesse, fait preuve de clémence en faveur de tous ceux qui en voulaient à sa vie et permet à Hernani d'épouser doña Sol. Les deux jeunes gens, après tant d'aventures, vont enfin connaître le bonheur ; mais voici que, le soir même de leurs noces, le cor de Ruy Gomez retentit. Hernani s'empoisonne et doña Sol avec lui. Gomez, frappé par l'horreur de son geste et pris de remords, se tue à son tour. Cet ouvrage est fondé tout entier sur la fatalité de la passion et sur le respect des lois chevaleresques. Les personnages, malgré un déploiement de gestes héroïques, manquent de vérité psychologique et de consistance. Ce drame, toutefois, nettement inspiré par la tradition romantique, celle du *Cid* (*) de Corneille et celle des *Brigands* de Schiller, possède une indéniable force poétique susceptible de ravir et de transporter le lecteur. La magie du verbe fait accepter les situations les plus extraordinaires. La passion amoureuse trouve, dans les célèbres dialogues entre doña Sol et Hernani, des accents impérissables. C'est parce que *Marion Delorme* avait été interdite, en 1829, que le poète dut la remplacer, à la Comédie-Française, par cet ouvrage qu'il écrivit en un mois. Lors de la première représentation se déchaîna l'attaque des jeunes romantiques, conduits par Théophile Gautier, contre le public bourgeois encore attaché aux formes traditionnelles. La légendaire soirée a été racontée par Théophile Gautier lui-même dans son *Histoire du Romantisme*. De violentes polémiques suivirent ce tumulte, demeuré célèbre sous le nom de « bataille d'Hernani », première grande bataille du nouveau théâtre romantique.

Hérodiade. Œuvre du poète Stéphane Mallarmé (1842-1898), qui a tenu à en faire « un être purement rêvé et absolument indépendant de l'histoire », Hérodiade, figure des Évangiles, devient l'héroïne d'un mythe personnel : « La plus belle page de mon œuvre sera celle qui ne contiendra que ce nom divin *Hérodiade*. Le peu d'inspiration que j'ai eue, je le dois à ce nom, et je crois que si mon héroïne s'était appelée Salomé, j'eusse inventé ce mot sombre et rouge comme une grenade ouverte. » Commencée dès 1864 comme tragédie, puis convertie en poème, abandonnée après la crise de 1866 pour n'être reprise que dans les dernières années, *Hérodiade* est une œuvre inachevée : seule fut publiée du vivant de Mallarmé, dans le deuxième *Parnasse contemporain* en 1871, la scène de 1865. Cette scène fut reprise en 1887 dans l'édition photolithographiée des *Poésies* (*), puis dans l'édition posthume de 1899 avec cette note : « Hérodiade, ici fragment, où seule la partie dialoguée comporte, outre le Cantique de saint Jean et sa conclusion en un dernier monologue, des Prélude et Finale qui seront ultérieurement publiés, et s'arrange en poème. » Quant à l'*Ouverture ancienne*, publiée pour la première fois en 1926, Mallarmé l'avait abandonnée, après avoir tenté de la corriger, pour la remplacer par le Prélude, inachevé, évoqué dans la note. Ce n'est qu'en 1959 que Gardner Davies devait publier l'ensemble des manuscrits laissés par Mallarmé à sa mort sous le titre *Les Noces d'Hérodiade. Mystère.* À ne considérer que la scène, qui fut pour les contemporains toute l'*Hérodiade* de Mallarmé, et l'œuvre emblématique du symbolisme, on y découvre en tout cas, en face de la nourrice tantôt inquiète, tantôt ironique, une vierge farouche, non plus la rose cruelle des *Fleurs*, « Celle qu'un sang farouche et radieux arrose », mais un lis épris d'une pureté infinie, « Triste fleur qui croît seule et n'a pas d'autre émoi / Que son ombre dans l'eau vue avec atonie ». Rejetant la nourrice, identifiée aux paradis menteurs de l'enfance, c'est en elle et non plus dans le ciel ou « l'azur séraphique » qu'elle cherche désormais, grâce au miroir, le secret de son être. Cette Hérodiade toute tournée vers elle-même (« Oui, c'est pour moi, pour moi, que je fleuris, déserte ») refuse tout contact, perçu comme un viol ou une profanation, et sa rêverie glacée se plaît à confondre la beauté et la mort. Mais après avoir congédié la nourrice, la vierge s'avoue son mensonge, qui cache en fait l'attente d'une « chose inconnue ». Cette scène où Hérodiade dialogue moins avec la nourrice qu'elle ne développe en un long monologue son rêve de beauté déploie, sans recourir aux facilités narratives ou descriptives, une variation métaphorique (florale, minérale, stellaire) sur cette beauté froide où se confondent pureté, virginité et stérilité. Valéry proposait de voir « dans cette alliance d'apparence inhumaine, dans cette sorte de vocation de l'âme à l'état de cristal, l'extrême expression de toute une esthétique », sinon d'une éthique. « Le sujet de mon œuvre est la beauté », avait dit Mallarmé de son *Hérodiade*. Toujours est-il que le personnage de la vierge au miroir peut apparaître comme la figure privilégiée d'une poésie qui, après avoir désespérément regardé vers l'azur séraphique, se saisit elle-même dans un vertige de réflexivité jusqu'à devenir, dans le sonnet en -ix, allégorique d'elle-même. « Hérodiade, où je m'étais mis tout entier sans le savoir », avouera Mallarmé au lendemain de la grande crise de 1866. Il reste que la Scène n'est que le moment d'un drame qui trouve toute sa signification dans l'ensemble projeté et finalement inachevé des *Noces* : cette « chose inconnue » que la vierge attend à la fin, c'est la révélation d'elle-même, ou son Idée, qui sera le fruit de ses noces fictives avec la tête de saint Jean, noces de la vierge et du saint, de la beauté parfaite et du regard idéal, comme le suggèrent les derniers mots du Finale : « Abstraite intrusion en ma vie, il fallait / La hantise soudain quelconque d'une face / Pour que je m'entr'ouvrisse et reine triomphasse. »

Le *Cantique de saint Jean*, publié seulement en 1913 dans l'édition des *Poésies* préparée par le docteur Bonniot, et traditionnellement placé après la scène selon la chronologie du drame, devait en réalité constituer la deuxième partie du Prélude nouveau, comme une anticipation prophétique de la décollation. Ce poème, qui rappelle par sa forme les hymnes liturgiques, se compose de sept quatrains sans autre ponctuation qu'un point final, et les dix derniers doivent se lire comme une seule phrase. Le cantique, mis dans la bouche du saint au moment même de la décollation, fait de cette tête avide d'un idéal céleste, par un symbolisme inscrit dans le nom même de saint Jean, le saint du solstice d'été, un nouveau soleil qui s'exalte avant de retomber, ou plutôt de « penche[r] », pour ce baptême mortel, un « salut » définitif.

B. Ma.

HÉROËT Antoine, dit de la Maisonneuve. Poète né et mort à Paris (1492 ?-1568). Originaire d'une famille d'officiers royaux, Antoine Héroët fit carrière de poète de cour. À partir de 1524, il reçut une pension de Marguerite de Navarre, sœur de François Ier, et de Louise de Savoie ; protégé également par François Ier, Héroët fut nommé par le roi abbé de Notre-Dame de Cercanceaux en 1543 et évêque de Digne en 1552. Il composa de nombreux poèmes de circonstance et des pièces galantes dont les plus connues sont l'*Épitaphe de Louise de Savoie* (mère de François Ier et de Marguerite), le *Blason de l'œil, Douleur et Volupté, L'Honneur des femmes*, ainsi que de nombreux rondeaux, dizains et huitains. Mais c'est en tant que poète philosophique qu'Héroët conquit de son temps la gloire et qu'il est passé à la postérité. Deux grands poèmes, *L'Androgyne*, présenté au roi en 1536, et *La Parfaicte Amye*, œuvre publiée en 1542, connurent un très vif succès dont témoigne le nombre des éditions parues au XVIe siècle : seize pour *L'Androgyne*, vingt pour *La Parfaicte Amye*, son chef-d'œuvre. Appartenant encore par sa langue et par sa versification à l'école de Marot, ami de Mellin de Saint-Gelais, Héroët se rapproche de l'école lyonnaise, à laquelle il n'a pas appartenu, et annonce, avec elle, la Pléiade. Aussi non seulement Thomas Sebillet dans son *Art poétique français* mais Du Bellay dans sa *Défense et illustration de la langue française* (*) lui rendent-ils hommage. Du Bellay devait aller jusqu'à dédier à Héroët l'un des poèmes de son *Recueil de poésie* de 1549.

♦ *« Un petit œuvre mais qui, en sa petitesse, surmonte les gros ouvrages de plusieurs. »* Étienne Pasquier.

RÉF. : G. Gohin, notice et bibliographie dans édition des *Œuvres poétiques d'Héroët*, Paris, 1909. — M. Deslex, *A. Héroët e la Parfaicte Amye*, Turin, 1952.

Héroï-comique. Terme apparu vers 1660 pour qualifier une œuvre littéraire qui mêle les tons, les scènes, les personnages héroïques et comiques. Une œuvre héroï-comique marie donc les genres réputés nobles, comme la tragédie ou l'épopée, et les genres populaires, comme la comédie. Plus largement, ce genre qui vise à faire rire traite sur un ton noble, avec une outrance qui frise l'emphase, des sujets bas, triviaux, voire mesquins. Ainsi, dans *Le Lutrin* (*) (1674), Boileau peint-il sur un ton épique une dispute entre moines née d'un fort maigre prétexte. Très en vogue au XVIIe siècle, le genre héroï-comique procède à l'inverse du burlesque.

ALAIN QUESNEL.

Hétérométrique. Se dit d'un poème ou d'une strophe combinant des vers de mètres différents.

CHRISTIAN DOUMET.

Hexamètre. Terme de métrique latine et grecque qui désigne le vers de six pieds dont le cinquième est un spondée. L'*Iliade* et l'*Énéide* sont composées en hexamètres. Abusivement, le mot désigne parfois (chez Hugo notamment) l'alexandrin. Le vers français de six syllabes est plus justement nommé *hexasyllabe*.

CHRISTIAN DOUMET.

Hexasyllabe. Vers français de six syllabes. La coupe de l'hexasyllabe, lorsqu'elle se présente, est d'une très grande liberté. Les poètes, depuis le XIXe siècle, jouent de cette liberté pour rompre le rythme facilement mécanique de ce vers court : « Dans Venise la rouge, / Pas un bateau ne bouge, / Pas un pêcheur dans l'eau, / Pas un falot » (Musset).

CHRISTIAN DOUMET.

Hiatus. Rencontre de deux voyelles soit à l'intérieur d'un mot (hiatus interne), comme dans *poésie,* soit entre deux mots successifs (hiatus transitoire) : *on criA hAro sur le baudet.* La langue courante a toujours tendu à éviter l'hiatus. C'est ainsi, par exemple, qu'elle a maintenu, dans l'inversion, le *t* euphonique de *va-t-il.* Boileau, quant à lui, proscrit l'hiatus de la langue poétique : « Gardez qu'une voyelle à courir trop hâtée / Ne soit d'une voyelle en son chemin heurtée. »

Cependant, il s'en faut que cette règle ait été vraiment appliquée, et même qu'elle se justifie, puisque l'hiatus interne est en français un phénomène courant. On tient donc d'ordinaire pour cacophonique la rencontre de voyelles identiques ou trop proches (*il va à Arras*). Mais aussi les poètes n'ont pas manqué de tirer parti des effets expressifs de l'hiatus : « Et elle allait, et elle allait / Et puis j'ai regardé ailleurs » (Pierre Reverdy).

CHRISTIAN DOUMET.

Histoire comique de Francion. Roman de Charles Sorel (1599 ou 1602-1674) publié en 1623, à Paris, chez Billaine, sans nom d'auteur, et précédé d'un agressif « Avertissement aux lecteurs ». Cette version originale en sept livres connaît une suite, publiée anonymement en 1626, en onze livres, avec de nombreuses modifications, et une épître insolente « Aux grands ». Un dernier état, à nouveau corrigé et comportant douze livres, est publié en 1633, avec pour titre *La Vraye Histoire comique de Francion*, pour nom d'auteur Moulinet du Parc, une épître dédicatoire adressée à Francion lui-même. Pendant trois siècles le roman fut connu sous cette forme réductrice des audaces du texte initial : il fallut attendre la découverte d'une copie, en 1893, et l'édition critique d'Émile Roy, en 1931, pour redécouvrir un récit autrement plus corrosif, ce qui explique peut-être, autant qu'un faible tirage, la disparition des autres exemplaires. D'où une difficulté réelle pour les éditeurs : faut-il privilégier le texte de 1633, comme le fait Antoine Adam (1958), ou se contenter de celui, écourté, de 1623, comme le fait Yves Giraud (1979) ? Entre la liberté elliptique du récit premier et l'accroissement frileux de l'ultime version, où se trouve l'expression la plus authentique de la pensée de Sorel ? Sans doute faut-il répondre dans les deux : la métamorphose du roman peut correspondre à l'évolution transformant un auteur de vingt ans, qui a toutes les impertinences de la jeunesse et ose les exprimer dans une société assez permissive, en un auteur mûr, soucieux de respectabilité, déjà engagé dans des polémiques littéraires, et vivant dans un monde où il ne fait plus bon se dire libertin et fronder les autorités morales et religieuses. Aussi doit-on d'abord évoquer l'ensemble du récit de 1633, d'un point de vue romanesque, pour donner connaissance de l'intrigue, encore que l'on ne puisse savoir si cette structure provient d'un plan global concerté « a priori » ou si elle résulte d'un simple collage. Il semble donc préférable d'évaluer ensuite l'intérêt philosophique de l'œuvre, d'un point de vue historique, à partir des seuls éléments fournis par la version de 1623.

Le roman s'organise autour de deux pôles féminins. Laurette représente l'amour charnel, vénal et finalement décevant, dont la recherche domine le récit originel, avec pour couronnement la fête libertine du VIIe livre. Naïs, connue par un portrait dans ce récit premier, est l'objet d'une quête dans les récits ultérieurs qui s'achèvera sur sa fusion parfaite avec le héros Francion, car elle symbolise la beauté pure, non désincarnée, l'âme noble, et la perfection morale, et surtout la possibilité d'un amour complet échappant à l'érosion du temps. Un subtil jeu de miroirs réunit les différents états de l'intrigue : le livre I centré sur Laurette s'opposant au livre XII centré sur Naïs, le II et le XII se répondant par l'intermédiaire de figures analogiques de Laurette : Agathe et Émilie, les III-IV et X-XI ayant pour principal protagoniste le pédant Hortensius, les V et X étant consacrés à l'amitié et à l'amour, autour de Diane et de Joconde, les VI et IX entraînant, selon les mêmes contrastes, des milieux paysans aux cours de Paris et de Rome, le livre VII ayant le rôle de pivot, puisqu'il s'ouvre sur la fête libertine, l'abandon de Laurette, et se clôt sur le départ vers Naïs, vers l'harmonie véritable. Le parcours du héros, si l'on considère l'ensemble des romans, aura donc constitué une initiation, permettant le dépassement des seuls désirs physiques, lié à la découverte de leur caducité et de leur insuffisance, se couronnant avec la rencontre d'un être grâce à qui les langages de l'esprit et du corps peuvent enfin coïncider. Francion, dont le nom symbolise la franchise, la noblesse, mais surtout la liberté, peut ainsi se donner sans se perdre, en se trouvant pleinement en autrui, et par autrui.

Mais l'œuvre de Sorel, surtout dans sa version de 1623, comporte bien d'autres sources d'intérêt. Du point de vue des structures narratives d'abord. L'histoire est en effet racontée pour moitié par un narrateur omniscient, les personnages et les faits étant présentés par lui, et pour moitié par le récit personnel des principaux protagonistes. Cela permet d'intéressants jeux spatio-temporels, Francion et Agathe nous faisant longuement revivre leur adolescence, tandis que l'action occupe symboliquement sept jours, ce qui situe scandaleusement la fête libertine, qui dure également sept jours, du vendredi au vendredi. Les dialogues permettent d'exercer cette liberté de parole que revendiquent successivement Francion, Agathe et Perrette, les porte- parole d'un libertinage affiché que complète, sous le masque du nonsens, le galimatias corrosif du fou Collinet, à la sagesse humaine, trop humaine. Des fantaisies poétiques expriment le goût pour la volupté (lettre galante, sonnet amoureux de Francion, credo de la fête libertine). Des parodies stigmatisent les superstitions religieuses (pratiques magico-dévotes et risibles de l'impuissant Valentin, sermon sur le repentir de Marie-Madeleine contredit par la prédication scandaleuse de la maquerelle Perrette). Des satires ridiculisent les vices sociaux (de l'éducation aliénante des collèges à la culture scolastique du pédant Hortensius, des mesquineries des poètes ridicules à la vulgarité des paysans, des iniquités des magistrats aux maléfices des voleurs, de l'avarice des bourgeois à la grotesque vanité des nobles dénaturés comme Bajamond). Une grande plasticité dans l'utilisation du langage, du poétique au burlesque, et une liberté de ton qui se restreindra dans les versions suivantes, une imagination qui culmine dans le rêve de Francion et qui se tarira quelque peu ensuite, la représentation d'un héros en qui la noblesse d'âme pourrait s'allier avec la vitalité du corps, par l'exercice d'une liberté en actes, laquelle se banalisera ultérieurement, tout cela fait du roman de 1623 un témoignage inégalable sur la jeunesse du XVIIe siècle, avant la mise sous éteignoir des aspirations libertines, avec le procès du poète Théophile de Viau, et les normalisations morales, esthétiques et langagières de l'époque classique.

P. Ro.

Histoire comique des États et Empires de la Lune (L'). Roman d'Hector Savinien Cyrano de Bergerac (1619-1655). Une édition posthume a été publiée, en 1657, par un ami de l'auteur, Le Bret, qui, prudemment, s'est livré à une censure mutilant le texte par de nombreuses coupures et corrections. Les éditions modernes sont établies, avec restitution des passages supprimés ou modifiés, à partir de deux copies manuscrites sensiblement différentes, conservées à Paris (éd. Mettra, Weber, Alcover, Prévot) et à Munich (éd. Jordan, Laugaa). L'édition princeps comportait ce titre, sans doute dans un souci de parallélisme avec *L'Histoire comique des États et Empires du Soleil,* roman inachevé, publié en 1662 seulement, dans les *Nouvelles œuvres,* mais les manuscrits donnent pour titre *L'Autre Monde.* Les dates de composition sont inconnues. Le récit fait alterner des narrations à la première personne (ce « je » n'étant pas le représentant constant et unique de l'auteur, mais annonçant le héros « Dyrcona » des *États et Empires du Soleil*), des descriptions et des dialogues. Il n'y a pas plus de leçon philosophique explicite, systématique et univoque qu'il n'y a de point de vue absolument privilégié, ni sur les personnages, dont beaucoup changent de statut (le « héros » terrien est pris pour un singe, un oiseau, ou un sélénite, le démon de Socrate se métamorphose, bien des interlocuteurs restent mystérieux), ni sur les mondes, dont l'un est toujours la Lune de l'autre, le même et l'inverse à la fois. Deux parties principales (le voyage vers la Lune – interrompu par un détour au Canada et une longue escale au paradis – et le séjour sur la Lune) délimitent une introduction révélant le désir du voyage et une conclusion ramenant le héros sur Terre, en Italie, puis en France. Les moyens de locomotion utilisés sont variés : fioles pleines de rosée, machine propulsée par des fusées, enlèvement par le démon de Socrate et par le diable pour l'aller et le retour du héros ; force de l'imagination pour Adam et Ève, vertu ascensionnelle de la fumée sacrificielle pour Énoch, barque de Noé pour Achab, chariot aimanté pour Élie, pensionnaires du paradis ; oies pour Gonzalez (Espagnol portant le nom du héros du roman d'un précurseur de Cyrano, F. Godwin, dont l'ouvrage *Un homme dans la Lune* fut traduit en 1648). Un roman de John Wilkins (*Discovery of a New World,* 1638) évoquait déjà l'existence possible d'habitants sur la Lune, mais Cyrano doit sans doute beaucoup plus, pour le voyage imaginaire, à l'*Histoire vraie* de Lucien de Samosate et à Rabelais, pour l'utopie à More et à Campanella, et pour diverses inventions burlesques et parodiques à Charles Sorel (*Histoire comique de Francion* (*), *Le Berger extravagant*). À ces merveilleuses machines volantes s'ajoutent de nombreux prodiges : double langage sélénite (gestuel pour le peuple et musical pour l'élite), nourriture par « fumigation », paiement en poèmes, maisons mobiles ou à vis, « livres-magnétophones », qui entraînent dans une sorte de vertige technologique, sans rien ôter à la prodigalité d'une nature présentée comme universelle et inépuisable donatrice. Le discours sur l'homme est plus ambigu, puisque la société sélénite qui renverse les valeurs terrestres en soumettant les vieillards aux jeunes, en célébrant le sexe et en condamnant l'épée, en réduisant les guerres à des face-à-face symboliques, en remplaçant une « mort triste » par une mort choisie, festive et joyeuse, connaît aussi l'intolérance, la xénophobie, l'injustice, possède des prêtres, des badauds et des prisons, pâtit donc de la même absence du sens de la relativité et de la même limitation de la liberté que la société terrienne. Mais *L'Autre Monde* n'est pas seulement un rêve de vol, un récit de science-fiction, une nouvelle représentation du monde à l'envers. C'est aussi un roman comique, un conte d'initiation philosophique, une satire d'inspiration libertine et un essai paradoxal de vulgarisation scientifique dans un contexte de scepticisme généralisé. Le séjour au Canada comporte des entretiens avec M. de Montmagny, le gouverneur, où sont évoqués l'héliocentrisme, les mouvements de la terre, la pluralité des mondes, l'infinitude de l'univers, la décomposition des soleils et la destruction des mondes. Le démon de Socrate fait des révélations sur les Solariens, sur la sensibilité du chou ; Gonzalez affirme l'unité de la matière et l'existence du vide ; un professeur sélénite explique l'éternité du monde, la nature des atomes, le rôle du hasard, la nature de la perception sensorielle ; le jeune homme de la Lune nie l'immortalité et la spiritualité de l'âme, les miracles, la résurrection des corps, et l'existence de Dieu. Pendant ce temps le héros découvre expérimentalement que les traditions établies reposent sur des erreurs physiques et cosmographiques, des réductions anthropocentriques, des absurdités théologiques. Il est puni pour avoir mordu dans la pomme du savoir, hué pour avoir pris la défense d'Aristote, ridiculisé pour s'être référé aux dogmes catholiques, et il a manqué d'être accidentellement entraîné en enfer. Son ultime profession de foi est de peu de poids à côté des multiples parodies bibliques, des persiflages sur les miracles, des jeux de mots scandaleux qui parsèment un roman dont l'indéniable pouvoir de subversion naît de l'ironie du ton autant que de l'audace du propos. Cet ouvrage satirique anticipe sur l'esprit critique de Fontenelle, sur l'ironie de Voltaire, sur l'imaginaire de Diderot. Peut-on en conclure pour autant que ce livre qui balaie, avec jubilation, superstitions et croyances, qui démonte les sophismes et déplace les lieux communs, débouche sur une révélation matérialiste ou sur un constat aporétique, donne un sens ou s'avoue non-sens ? En aucun cas. Cyrano met en parallèle des systèmes scientifiques opposés qui comportent des exactitudes, mais aussi des archaïsmes et des bizarreries. Chacun d'entre eux sert à dénoncer les idées reçues, à redonner à l'homme le sens d'une nature ouverte sur l'infini, mais leur confrontation sert à éveiller notre sens critique. La dynamique de la contradiction s'accorde au jeu des oppositions d'un roman qui mêle réel et imaginaire, Terre et Lune, les doctrines les plus incompatibles, et qui impose une lecture polysémique. La conquête du scepticisme est une forme d'exercice de la liberté : on découvre que l'on ne peut rien savoir, mais on gagne beaucoup à apprendre cela.

Les États et Empires du Soleil se présentent comme une suite des *États et Empires de la Lune,* ce qui peut amener à lire *L'Autre Monde* comme un seul récit, en diptyque. On y retrouve les mêmes séquences : désir d'évasion dans l'espace de la part d'un narrateur maintenant nommé Dyrcona, ascension (ici avec une fusée de verre), étape transitoire (la macule), rencontres merveilleuses (le peuple des régions éclairées), conflits avec les indigènes (oiseaux), procès et libération par un avocat ayant séjourné sur Terre, rencontres et conversations sur des sujets politiques scientifiques, intervention du livre (Campanella remplace Cardan), présence de philosophes (Platon, Démocrite, Campanella, Pomponazzi, Descartes). La fin brutale du roman pose des questions (Cyrano n'a-t-il pu l'achever, a-t-il voulu maintenir son œuvre ouverte, est-ce quelqu'un d'autre qui a supprimé la fin au moment où Descartes intervenait ?) et en laisse d'autres sans réponse (Dyrcona serait-il revenu sur Terre, de lui-même ou guidé par un autre « diable », ou serait-il resté là-haut loin de ce monde d'ignorance qu'il avait voulu fuir ?). Ce second récit de voyage cosmique qui débute par les tribulations picaresques du héros pris pour un sorcier et arrêté à Toulouse (ville où avait été brûlé le libertin Vanini) raconte une quête philosophique prométhéenne sans réponse finale ni retombée « terre à terre ». Il révèle surtout, encore plus que le précédent, la richesse d'une œuvre rendue poétique par les décalages que l'ironie crée dans la représentation des événements, des discours théoriques et des personnages ; par le jeu de tensions perpétuelles entre l'appel à la raison critique dans les domaines scientifiques et philosophiques, et l'appel à l'imagination en matière de voyage sidéral, de descriptions de contrées fabuleuses ou de prodiges surprenants ; par la fantaisie verbale, le jeu des pointes et le baroquisme des images. Cyrano, poète sceptique et philosophe incrédule, est un écrivain superbement paradoxal.

P. Ro.

Histoire comique des États et Empires du Soleil (L') de Cyrano de Bergerac : voir ***Histoire comique des États et Empires de la Lune (L').***

Histoire de Gil Blas de Santillane. Roman d'Alain-René Lesage (1668-1747). Les premier et deuxième livres parurent en 1715, le troisième en 1724, le quatrième en 1735. L'édition définitive parut en 1747. Il est aujourd'hui prouvé que l'auteur n'a pas copié, comme on l'a soutenu, un ouvrage espagnol. Nous savons toutefois que les sources de cette œuvre sont nombreuses. Tout d'abord, *Marcos de Obrégon* de Vicente Espinel, ensuite d'autres romans picaresques, les mémoires politiques et les pamphlets sur les règnes de Philippe III et de Philippe IV d'Espagne. L'extraordinaire variété des épisodes de ce livre, qui n'a d'espagnol que le cadre, mais demeure si typiquement français, en rend la trame très complexe. Gil Blas, fils d'un écuyer et d'une duègne, quitte à dix-sept ans la maison paternelle pour aller étudier à l'université de Salamanque. Une série d'événements imprévus rend impossible l'exécution de son projet auquel, du reste, il ne tient pas outre mesure. Volé par un muletier qui devine combien ce jeune homme est naïf, il tombe sur une bande de brigands, dont il est contraint de partager la vie pendant quelque temps. Il réussit pourtant à s'enfuir, en sauvant une dame qui était elle-même captive de ces gens. Accusé injustement, il est emprisonné puis libéré. À Valladolid, il rencontre son compatriote Fabrice, qui jouera un si grand rôle dans sa vie. Grâce à lui, il devient le serviteur d'un chanoine, puis d'un médecin, l'original docteur Sangrado, et se met à exercer l'art médical. De Valladolid il se rend à Madrid, où l'attendent d'autres aventures. Il sert d'abord un « petit maître », vit avec des comédiennes et devient l'amant d'une d'entre elles. Il passe ensuite d'un maître à un autre, et finit par connaître des milieux très divers. Il commence une nouvelle vie le jour où il devient le favori du duc de Lerme. À partir de cet épisode, le livre présente un intérêt historique, puisque l'auteur nous découvre les secrets du gouvernement et de l'administration. En fait, sous le voile de la fiction, c'est le gouvernement du Régent qui est dépeint ici. Emprisonné une fois de plus, Gil Blas quitte enfin Madrid. De passage à Valladolid, il rencontre à nouveau le fameux docteur Sangrado. Il arrive à Oviedo, sa ville natale, où son père agonise. Après avoir épousé la belle Antonia, il rejoint la Cour et, protégé par le roi, devient le favori du comte d'Olivarès qui l'envoie à Tolède en mission spéciale. Mais son protecteur tombe en disgrâce et, après une longue série d'aventures, Gil Blas, qui était veuf depuis plusieurs années, épouse Dorothée, qui lui donnera plusieurs enfants. Ainsi finit cette histoire.

Considéré généralement comme très supérieur au *Diable boiteux*, ce roman manque cependant d'unité. Cela s'explique facilement si l'on songe que *Gil Blas* n'a pas été écrit d'une seule traite. La galerie des portraits, déjà si riche, du *Diable boiteux* s'est encore complétée. Si, dans son premier roman, Lesage nous apparaît surtout comme un héritier direct des moralistes du XVIIe siècle, ici sa curiosité semble plus grande : le tableau de genre est devenu un tableau historique. Dans le troisième volume, l'auteur nous dépeint la corruption et les basses intrigues des administrations. Lorsqu'en 1735 Lesage publie la dernière partie de son roman, son pessimisme s'est atténué, mais non son intérêt pour la chose publique. De plus si, dans *Le Diable boiteux,* Lesage se fait le disciple de La Bruyère et ne veut être qu'un artiste avide de sensations dont le plaisir est de donner dans ces pages le spectacle de la société qui grouille autour de lui, dans *Gil Blas,* ou tout au moins dans quelques-unes de ses parties, il n'est plus seulement un artiste ou un moraliste : il s'intéresse aux faits sociaux en eux-mêmes. Une autre influence se fait sentir : celle de Montesquieu qui, en 1721, avait publié ses *Lettres persanes* (*). Mais c'est tout de même la variété des portraits et des tableaux qui constitue l'intérêt principal de *Gil Blas.* Le portrait du chanoine goutteux, par exemple, celui du docteur Sangrado, qui tue ses malades à force de saignées, ne sont pas indignes de la grande tradition moliéresque. Celui de Gil Blas lui-même, déguisé en médecin, celui de don Carlos Alonzo de la Ventoleria qui, par toutes sortes de procédés, veut réparer l'outrage des années, celui de don Gonzale Pacheco, vieux rabougri, jouet de sa maîtresse, demeurent inoubliables. Malgré quelques pages plus faibles, ce livre est d'une fraîcheur incomparable, surtout lorsque l'écrivain se plaît à nous peindre, avec un sens étonnant de la couleur, le spectacle de ses semblables, plus riches de vices que de vertus. *Gil Blas* demeure ainsi un des grands documents du réalisme français, un vaste tableau du monde, imprégné d'une morale indulgente mais jamais cynique.

Histoire de ma vie, de Sand. Mémoires de George Sand (Aurore Dupin, 1804-1876), en vingt volumes (1854-1855). L'annonce de la rédaction des Mémoires de George Sand fit naturellement une grande impression dans le monde littéraire de l'époque, on en attendit la publication avec une impatience qui n'était pas seulement curiosité littéraire. En fait, la romancière, dans ses Mémoires, se montrait beaucoup plus réservée que dans sa vie : elle taisait les détails les plus osés de son existence et surtout les ancêtres de la narratrice occupaient, dans le récit, une part démesurément grande par rapport à celle que se réserva George Sand pour elle-même. La biographie des aïeux de George Sand remplit près de dix volumes, depuis Auguste II roi de Pologne, arrière-grand-père de Sand par la comtesse Aurore de Kœnigsmarck, le maréchal de Saxe et Mme Dupin de Francoeil, la grand-mère paternelle. Le volume qui est consacré à cette dernière, morte en 1821 seulement, est fort intéressant. Sans doute George Sand se retrouvait-elle dans sa grand-mère Dupin, femme du XVIIIe siècle, qui avait gardé l'élégance, l'esprit et la liberté mondaine de cette époque.

Si George Sand se montre particulièrement discrète sur ce qui touche à sa vie privée, elle ne garde pas la même pudeur lorsqu'elle évoque ses proches parents. Ainsi conte-t-elle longuement la jeunesse orageuse de sa mère, exposée à des « hasards effrayants » au cours de la campagne d'Italie. Au IIIe volume, le lecteur touche à peine à l'époque de la naissance de l'auteur. Au Xe, la baronne Dudevant (la narratrice) quitte son mari et vient à Paris en compagnie de Jules Sandeau. L'histoire de sa jeunesse et de ses passions est voilée à l'extrême et il y a certainement plus d'exactitude, malgré la fiction, dans *Les Lettres d'un voyageur, Le Secrétaire intime* et *Elle et Lui.* On trouverait plutôt dans ses Mémoires une histoire des idées de George Sand, de son intelligence, la description de la genèse de son inspiration : il est curieux de voir comment elle savait faire des types de tout son entourage, recherchant la poésie avec Musset, la musique avec Liszt, la politique avec Michel de Bourges. Plus qu'un récit de sa vie, c'est l'histoire de son entourage qui nous est ici racontée et l'ensemble de ces volumes forme une œuvre d'un très grand intérêt.

Histoire du chevalier des Grieux et de Manon Lescaut. Roman de l'abbé Prévost (1697-1763), publié en 1731. Il constitue d'abord le dernier volume des amples *Mémoires et aventures d'un homme de qualité* (1728-1731), et fait partie de ses nombreuses rééditions au XVIIIe siècle, mais il est publié séparément dès 1733, et Prévost en supervise deux rééditions en 1742 et 1753. Ce court roman a occulté l'œuvre de Prévost, et il est même souvent désigné par le seul nom de son héroïne, Manon Lescaut, devenue assez mythique pour inspirer à son tour d'autres artistes. Cette évolution a été rendue possible par les propriétés du texte, mais elle risque aussi de les dissimuler. L'*Histoire du chevalier des Grieux et de Manon Lescaut* était facile à détacher de son cadre. Comme l'explique l'homme de qualité, Renoncour, dans un « Avis » initial, il l'a placée après la conclusion de ses mémoires, parce qu'elle était trop longue et qu'elle n'a joué aucun rôle dans sa vie, tout comme il n'a joué qu'un rôle mineur dans le destin des deux amants. Il se contente en effet d'introduire le récit de des Grieux qui occupe l'essentiel du roman. Il est cependant investi d'une fonction importante, puisque, avec l'autorité de ses propres aventures, il donne au lecteur une première image des amants, à la fois pathétique et énigmatique. Il relève en particulier le contraste entre leur évidente qualité et leur situation de proscrits : Manon enchaînée avec d'autres filles de joie, et des Grieux à bout de ressources et prêt à la suivre en Amérique. Renoncour le retrouve deux ans plus tard, enseveli dans la douleur, et par sa curiosité, il lui donne l'occasion de revivre son amour, de ressusciter Manon par la parole. L'amant éploré commence par raconter comment, encore adolescent, il découvre Manon et quitte tout, famille et études, pour la suivre, mais il est trop jeune pour obtenir d'épouser ou pour entretenir la jeune fille, d'origine plus modeste, et abandonnée à elle-même. Attirée par le luxe et les divertissements de la société parisienne, elle le renvoie alors à son père pour suivre un amant fortuné. Une fois enrichie, elle renoue avec des Grieux, qui renonce pour elle au séminaire. Ils sont dans une situation trop précaire pour n'être pas alors victimes d'escrocs ou pour ne pas devoir recourir aux expédients, au vol (des Grieux triche au jeu), ou à la prostitution. Des Grieux arrache ainsi Manon des bras de deux riches protecteurs, le père, puis le fils, et essaye de retourner la situation, en les grugeant, mais mal lui en prend. Ils se retrouvent tous deux en prison, arrivent non sans ruse et violence à s'en échapper une première fois, mais la seconde, Manon est déportée, et des Grieux sans argent ne peut que l'accompagner. En Amérique, ils subissent la persécution du gouverneur, et s'enfuient dans le désert ; Manon épuisée meurt, laissant des Grieux inconsolable. Le récit qu'il fait à l'homme de qualité est pour lui un moyen de retenir le passé, mais aussi de lui donner forme et sens : c'est à la fois une célébration et un plaidoyer. Parce qu'il a accompagné Manon dans sa condamnation, sa dégradation, sa persécution puis sa mort violente, parce qu'il a lui-même participé à cette déchéance sociale et morale, des Grieux ne peut en effet être fidèle à son amour et à son sentiment que s'il parvient à montrer la dignité de Manon, à justifier son comportement, ce qui revient aussi à accuser l'ordre humain, divin ? – qui les a condamnés au malheur. Tout le sens du roman, toute la fascination qu'il exerce, reposent sur cette position particulière de des Grieux : tentant d'entraîner Manon dans son exaltation amoureuse et obligé de subir les conséquences de ses infidélités et de sa recherche étourdie des plaisirs et de l'argent, ayant tout sacrifié à l'amour, vécu comme un absolu, et conduit par cet amour à se compromettre avec la prostitution, le vol, le meurtre, à tromper sa famille, à exploiter ses amis, comme Tiberge ou M. de T. À intituler le roman de Prévost *Manon Lescaut,* le lecteur oublie le travail de remémoration et d'idéalisation effectué par l'amant, et n'en retient que l'objet : ce que des Grieux met au centre de sa vie et de son destin, mais reste le plus secret, le plus irréductiblement voilé. Le mystère de Manon tient à sa place dans le roman, puisqu'elle est vue à travers l'image que s'en fait et que veut bien en donner des Grieux, mais il tient aussi à l'impossibilité de concilier les attentes sentimentales de son amant avec ce qu'elle peut socialement et matériellement faire. Sur le personnage de Manon se noue le paradoxe du roman : son amant, pour la faire entrer dans son pathétique récit et conférer à leur amour une dimension tragique, doit invoquer tout ce qui dans son comportement et son caractère a suscité le malheur et qui révèle son indignité et exclut toute héroïsation : sa légèreté, ses escroqueries, sa ronde de courtisane, sa déportation. Manon n'est donc tragique qu'autant qu'elle ne l'est pas : par-delà le deuil, des Grieux s'enferme dans une contradiction sans issue, et c'est ce qui confère à son récit sa valeur dramatique. L'originalité de Prévost est d'avoir suggéré la force de la passion en lui opposant des détails concrets, et parfois grotesques : logement, carrosse loué, compte des dépenses, gains illicites, escroqueries, pistolet chargé, chambre forcée, culotte oubliée. Mais il n'utilise pas seulement les conditions matérielles comme obstacles du sentiment, il les fait entrer dans l'appréhension que des Grieux se fait de l'amour, dans sa tentative pour lui donner une signification, et pour recomposer une image de lui-même et de Manon qui justifie sa conduite et tienne lieu de ce qu'il a perdu : elles font partie de lui, et de ce qu'il cherche à en comprendre et à en dire. Ce processus d'intégration touche la trame quotidienne de l'existence, dotant d'une curieuse résonance affective les éléments les plus prosaïques (une bougie, une mèche de cheveux, une pièce d'or, une chambre d'auberge). Cela vaut également pour l'évocation circonstanciée de la fin du règne de Louis XIV et du début de la Régence, la difficulté de des Grieux à construire un sens devenant celle de toute une société. Une contradiction de même ordre touche la manière dont des Grieux exalte l'amour et justifie idéologiquement son aventure. Il conteste les interdits que la religion, sa famille ou la société lui ont opposés, et il les rend en partie responsables de son malheur, mais pour saisir son destin et légitimer sa passion, il est contraint d'emprunter à ces instances qui le condamnent leurs discours et leurs valeurs : à cause de son éducation, son milieu, ses inclinations, par la logique même de son entreprise, il n'a pas d'autre choix. Ce qu'il voit dressé contre l'amour est aussi ce dont il a besoin pour le dire, pour donner aux êtres et aux sentiments une qualité et un nom : sens aristocratique de l'honneur qu'il revendique, et que son père invoque contre lui, sens religieux de la faute qui l'amène à distinguer l'intention de l'acte, ce que lui reproche son ami Tiberge, goût pour l'étude et la littérature. Prévost a constamment joué de ce qu'il y a de contradictoire dans le sentiment, les rapports amoureux, les valeurs morales, les comportements sociaux, mais dans *Manon Lescaut* il en a confié l'expression à celui qui en est l'acteur principal, tirant ainsi de cette tension irrésolue le principe d'une présence passionnée et inquiète : la parole de des Grieux résonne encore de la vibration du désir face à ce qui se dérobe. Outre le drame de Théodore Barrière, ce roman inspira de nombreuses œuvres musicales. La plus populaire est *Manon*, l'opéra de Jules Massenet sur un livret de Meilhac et Gille.

J.-P. S.

Histoire du Graal. Le *Cycle breton* comporte une série de romans qui se rattachent à Perceval. Le Saint-Graal serait le vase dans lequel Joseph d'Arimathie recueillit le sang du Christ. Robert de Boron, poète dont nous ne savons rien, composa dans les dernières années du XIIe siècle un poème : le *Roman de l'estoire dou Graal*, sur les voyages de Joseph d'Arimathie, qui, dans l'Évangile apocryphe de Nicodème, joue un rôle important et est mentionné au Moyen Âge dans la légende de la *Vindicta Salvatoris.* Robert de Boron s'inspire de cette légende en retraçant toute l'histoire de Joseph et du Graal ; selon ce poète, il faudrait confondre la coupe dans laquelle Jésus avait mangé et institué l'Eucharistie le jour de la sainte Cène, avec celle qui aurait servi à recueillir le sang jaillissant des plaies de Jésus crucifié. Quand, plus tard, Joseph fut jeté en prison, il aurait reçu des mains de Dieu lui-même le Graal qu'il aurait gardé durant les nombreuses années de sa captivité. Libéré par Vespasien et Titus au moment de la destruction de Jérusalem, après avoir converti ces deux empereurs au christianisme, Joseph abandonne sa patrie avec quelques-uns de ses compagnons et fonde avec eux une communauté qui se réunit tous les jours autour d'une table en l'honneur du Graal. Les moines laissent une chaise libre destinée à être occupée par le défenseur futur du Graal. Le poème se termine par un récit nous montrant le beau-frère de Joseph, Bron, en route pour l'Occident avec la sainte relique, après que Joseph lui eut confié la garde du vase sacré. Robert de Boron continua son œuvre par un *Merlin* en vers dont il ne nous est parvenu qu'un seul fragment, mais dont nous possédons une rédaction complète en prose. Là, l'histoire de Merlin se mêle à celle du Graal, car l'enchanteur prédit qu'un chevalier du roi Arthur fera la conquête du vase sacré ; et ainsi la légende du Graal s'unit au thème breton. Un troisième poème de Robert, *Perceval* (*), qui ne nous est parvenu que dans une version en prose, racontait la conquête du vase sacré par Perceval. À la même époque (XIIe et XIIIe siècle), naissaient les romans en vers de Chrétien de Troyes et la rédaction en prose de certains poèmes qui étaient aussitôt réunis sous forme de compilations cycliques. La plus ancienne est celle connue sous le nom de *Petit Saint-Graal,* et qui comprend *Joseph d'Arimathie*, résumé en prose du poème de Robert de Boron ; *Merlin*, version en prose — déjà citée — du poème du même nom, œuvre de Robert de Boron ; *Perceval*, nouvelle rédaction du poème de Chrétien de Troyes ; la *Mort d'Arthur*, histoire des conquêtes continentales d'Arthur jusqu'à la dernière bataille, suivant le récit de l'*Histoire des rois de Bretagne* et du *Roman de Brut* de Wace.

Il existe un autre recueil, celui du *Grand Saint-Graal* (ou *Lancelot-Graal*), qui ne peut être, comme on le prétend, de Gautier Map, célèbre écrivain anglo-latin mort vers 1210. Il s'agit, en quelque sorte, d'une compilation postérieure au *Petit Saint-Graal*, et qui appartient au premier quart du XIIIe siècle. Elle se compose de cinq parties : *Estoire dou Graal*, qui est le *Joseph d'Arimathie* amplifié : *Merlin*, qui est simplement le *Merlin* de Robert de Boron avec une longue suite sur l'histoire des amours de Merlin et de Viviane ; *Lancelot*, qui est la partie la plus développée et dont le nom a souvent servi à désigner tout le cycle. Il contient l'histoire de Lancelot, et raconte les amours de Lancelot avec Guenièvre, son amitié avec Galehaut et le sortilège par lequel, se croyant dans les bras de Guenièvre, il est en réalité dans les bras de la fille d'un roi ; de cette union naîtra Galaad, le futur conquérant du Graal. La quatrième partie est la *Quête du Graal*, partie originale, qui se sert de *Perceval* et de ses premières suites, mais préfère à Perceval un héros encore plus chaste et plus pur, Galaad. Ayant perdu la trace du Graal, les chevaliers de la Table ronde, Galaad, Gauvain, Lancelot, Perceval, etc., se mettent à la recherche de la relique sacrée, mais c'est seulement à Galaad, personnage mystique, pur parmi les purs, que sera réservé l'honneur de le retrouver. Le récit est semé d'épisodes et de personnages symboliques, et toute la *Quête* est une allégorie de la recherche de Dieu. Enfin la cinquième et dernière partie est constituée par la *Mort d'Arthur*, qui reprend en la développant la *Mort d'Arthur* du *Petit Saint-Graal*, en racontant non sans un sens artistique très vif la fin tragique d'un monde héroïque et chevaleresque, une sorte de crépuscule des dieux. La procession du Graal est éclairée par la symbolique chrétienne et pourrait représenter une allégorie de la Messe selon le rite byzantin.

Dans le roman inachevé de Chrétien de Troyes, *Le Conte du Graal*, la merveilleuse aventure du héros n'a pas le sens religieux qu'elle prendra tout de suite avec son continuateur anonyme, puis plus clairement encore avec Robert de Boron, ces deux auteurs identifiant le vase apparu à Perceval avec celui de Joseph d'Arimathie. La légende devient ainsi un mystère religieux, et le poème s'élève jusqu'à symboliser la chrétienté et la rédemption ; mais comme la conquête du Graal n'est pas due à la courtoisie et à l'audace mais à un degré absolu de perfection spirituelle, celui qui ne la possède pas doit céder la place, dans la recherche de la précieuse relique, à la figure mystique de Galaad. Le sens religieux est respecté même dans le *Parzival* de Wolfram d'Eschenbach. Wagner atteindra aux mêmes sommets avec son *Parsifal*, où l'on voit l'ancienne légende, qui a refleuri durant le romantisme, présentée à nouveau avec toute l'actualité d'un poème national.

Dans le cycle de la Table ronde, le roman de Perceval et du Saint-Graal prend la valeur d'une conclusion ; avec la conquête du Graal se terminent les « temps aventureux », les fables païennes et celtiques, et commence la nouvelle ère chrétienne du monde franco- germanique.

L'histoire du Graal a été mise en théâtre par J. Gracq dans *Le Roi pêcheur* (1948) et par Fl. Delay et J. Roubaud dans *Graal- Théâtre* (1977).

Pour lire les principaux textes du cycle du Graal, on utilisera les éditions de B. Cerquiglini, *Robert de Boron, Le Roman du Graal* (Paris, 10/18, 1981), d'H. O. Sommer, *The Vulgate Version of the Arthurian Romances* (Washington, 6 vol., 1909-1913), d'A. Micha, *Lancelot* (Genève, Droz, 9 vol., 1978-1983), d'A. Pauphilet, *La Quête du Saint Graal* (Paris, Champion, 1923), de Jean Frappier, *La Mort du Roi Arthur* (Genève, Droz, 1936). *Le Conte du Graal* de Chrétien de Troyes a été édité par F. Lecoy (Paris, Champion, 2 vol., 1973-1975) et traduit par J. Ribard (Paris, Champion, 1979).
HIS

Holorime. Est dit holorime un vers qui rime sur toute sa longueur avec le précédent : « Par le bois du Djinn, où s'entasse de l'effroi, / Parle ! bois du gin ! ou cent tasses de lait froid » (A. Allais).

CHRISTIAN DOUMET.

Homophonie. Identité phonique entre deux graphies différentes. Exemple : *-ss-* et *-ti-* dans *passion* et *relation.*

CHRISTIAN DOUMET.

Horace. Tragédie en cinq actes de Pierre Corneille (1606-1684), qui fut représentée en 1640 sur la scène du théâtre du Marais. Le sujet de cette pièce a été fourni à Corneille par la lecture des *Histoires* de Tite-Live, de Florus et surtout de Denys d'Halicarnasse. Les trois historiens proposaient d'un même fait des versions à peu près identiques : sur la proposition de Métius Suffétius, Rome et Albe, qui rivalisaient pour avoir la prééminence, avaient désigné chacune des combattants : les trois Horaces avaient à répondre du sort de Rome, les trois Curiaces du destin d'Albe. La ville dont les représentants seraient vaincus devrait se soumettre à sa rivale. S'aidant d'une ruse, après que ses frères eurent succombé, Horace avait tué ses adversaires et assuré les destinées de Rome. Mais il avait égorgé sa sœur, qui pleurait l'un des Curiaces auquel elle s'était fiancée. Pour prix de sa victoire, il eût été condamné à mort et exécuté sur l'ordre des duumvirs, si le vieil Horace, dont on n'avait pas oublié le zèle au service du roi Tullus Hostilius, ne s'était interposé avec chaleur, réclamant qu'on lui laissât ce dernier enfant, qui d'ailleurs avait droit à la reconnaissance de tous. Sur ce même sujet, l'Arétin avait composé *Horace*, Lope de Vega l'*Honrado hermano* et Pierre de Laudun d'Aigaliers un *Horace Trigémine.* Mais s'il est possible que Corneille ait eu connaissance des œuvres de ses prédécesseurs, sa tragédie ne leur doit rien.

À l'acte I, Sabine, jeune épouse d'Horace, déplore que des guerres fratricides opposent Romains et Albains. L'un de ses trois frères, Curiace, est fiancé à sa belle-sœur Camille. On apprend qu'une décision commune va mettre un terme à ces effusions de sang ; le sort doit désigner dans chacun des camps trois champions qui seront chargés de faire triompher la cause de la patrie. L'acte II révèle coup sur coup aux Horaces et aux Curiaces leur infortune ; un choix unanime les commet au soin de défendre les intérêts de Rome et d'Albe. Déchiré par la perspective d'un devoir si pénible, Curiace, le fiancé de Camille, refuse cependant de s'y soustraire ; dans le même temps, Horace manifeste une joie orgueilleuse et brutale. Devant l'éloquence et les larmes des deux femmes, les guerriers faiblissent quelque peu. Mais l'arrivée du vieil Horace met fin à ces atermoiements. Il envoie les jeunes gens au combat, et les exhorte avec une grandiloquence émue. À l'acte III, Sabine, gardée à vue dans la maison, tire quelque espoir du fait que les armées se sont mutinées et ont voulu forcer leurs chefs à choisir d'autres combattants. On interroge les dieux. Sombre, Camille n'espère plus rien ; et ses pressentiments se justifient puisque les augures sont favorables. Un peu après que le combat se fut engagé, Julie, la confidente de Sabine, qui se trouvait sur les remparts, annonce que deux des Horaces sont morts et que le dernier fuit devant ses assaillants tous trois blessés. C'est là que se place la parole fameuse du vieil Horace, au comble de l'indignation et de la fureur, et qui réplique à la question de Sabine : « Que vouliez-vous qu'il fît contre trois ? – Qu'il mourût ! » Mais il est instruit à l'acte IV du stratagème dont Horace a fait usage pour triompher des Curiaces ; inégalement blessés, ceux-ci ont poursuivi Horace plus ou moins vite, selon la gravité de leur blessure. Et lui les a tués à tour de rôle sans difficulté. Le désespoir de Camille offense le vainqueur dans son amour-propre et dans son patriotisme sommaire. Il tue sa sœur et se juge bien fondé de le faire. L'acte V met en présence le meurtrier et son père, qui lui reproche cette inutile violence. Horace se déclare prêt à comparaître devant le roi. Bien que son inhumanité le rende antipathique au dernier point, il est acquitté grâce à la plaidoirie du vieil Horace, qui fait valoir que c'est là un vainqueur, et que cette qualité toute nouvelle lui donne droit à certaine immunité passagère. Car la reconnaissance du peuple lui reste acquise. Le patriotisme l'emporte sur toute autre considération, et le fratricide est absous.

Il semble qu'il y ait là deux actions et deux drames différents : le premier s'achève avec le combat ; le second éclate à l'instant de l'assassinat et est mené jusqu'à son terme avec le procès. Le crime commis par Horace peut entraîner une condamnation à mort et, par deux fois, sa vie est donc en péril. Mais à défaut d'une étroite unité d'action, la double épreuve à laquelle est confrontée le héros crée une gradation dans les dangers encourrus qui constitue une « unité de péril », et surtout l'intérêt que suscite le sort de toute la « gens Horatia » achève de donner à la pièce sa véritable unité. Du récit de Tite-Live qui n'offrait qu'une médiocre situation dramatique, Corneille, en inventant le personnage de Sabine, tire les effets les plus poignants, du fait que ces deux familles étroitement unies se trouvent écartelées par des sentiments contradictoires. Il s'agit de choisir entre l'amour et le patriotisme. Et Corneille, qui sait bien qu'il n'y a de héros tragique que confronté à un destin et à des choix hors du commun, considère toujours la difficulté comme le critère le plus sûr du devoir. L'habileté avec laquelle est fragmenté le long récit historique, le coup de théâtre de la fausse nouvelle apportée par Julie – fausse nouvelle qui permet au vieil Horace de réagir avec toute l'intransigeance bornée, absolue, magnifique d'un vieux soldat qui ne connaît que la consigne –, et l'élargissement, apporté par le procès du Ve acte, à une réflexion sur le rapport entre le héros, la loi et la raison d'État font de cette tragédie très sobre et mûrie dans la retraite l'un des chefs-d'œuvre de Corneille.

Pourtant, à sa création, *Horace* ne produisit pas tout l'effet que Corneille avait dû escompter : « Il courut un bruit, dit un contemporain, qu'on ferait encore des observations et un jugement sur la pièce. » Il avait soumis sa nouvelle tragédie à un comité de critiques qui condamna, en effet, la fin de la pièce, déclarant difficilement acceptable ce héros qui transperce sa propre sœur de son épée : de même qu'avait été jugé contraire à la vraisemblance qu'une fille épouse le meurtrier de son père, de même il paraissait contraire au comportement ordinaire des hommes civilisés qu'un frère aille jusqu'à assassiner sa sœur. Une telle action, quoique historique, n'était pas jugée bonne pour le théâtre. Passant outre, Corneille reconnaîtra pourtant vingt ans plus tard : « C'est une croyance assez générale que cette pièce pourrait passer pour la plus belle des miennes, si les derniers actes répondaient aux premiers. Tous veulent que la mort de Camille en gâte la fin » (Examen d'*Horace*). L'avis fut-il partagé par le public qui avait déjà fêté *Le Cid* (*) sans se soucier de l'avis des « doctes » ? Le succès ne fut-il que d'estime ou de curiosité ? Succès public il y eut, très certainement ; mais avec de telles réserves de la part des « savants » que Corneille, vingt ans plus tard, dans l'Examen d'*Horace,* parlera de « chute ». Le mot, en tout cas, est révélateur de l'échec qu'a rencontré non la pièce en elle-même, mais Corneille au plan de sa stratégie littéraire. En un temps où la consécration absolue ne peut venir que de la double approbation du public et des savants, Corneille va devoir encore donner des gages à ceux-ci, qui détiennent le vrai pouvoir de légitimation. Il lui faudra trouver un sujet dans lequel son personnage principal puisse accomplir un acte exceptionnel qui soit à la fois extraordinaire *et* vraisemblable : ce sera, deux ans plus tard, *Cinna* (*). Malgré ces réserves, *Horace* n'en a pas moins constitué une étape d'une importance considérable dans la carrière de Corneille : avec elle, il s'est engagé dans la voie de la tragédie historique et romaine – *Le Cid* (*) n'était qu'une tragi-comédie, fondée sur un sujet plus légendaire qu'historique –, dont il ne s'écartera plus guère ; il y est venu plus tard que ses rivaux, mais, comme il l'avait fait tour à tour pour la comédie et pour la tragi-comédie, il les a surpassés dès son coup d'essai.

HUGO Victor Marie. Poète, romancier et auteur dramatique né à Besançon le 26 février 1802, mort à Paris le 22 mai 1885. Son enfance s'écoule dans la maison des Feuillantines, qu'il a chantée dans des vers célèbres, à l'exception de l'année 1811 qu'il passe à Madrid où Mme Hugo, avec ses trois fils, a rejoint son mari promu général en avril 1809. Fin mars 1812 et jusqu'à fin décembre 1813, la vie reprend aux Feuillantines. La vocation du jeune Victor-Marie s'affirme vite. En 1816, il note : « Je veux être Chateaubriand ou rien » ; en 1819, il est couronné par l'Académie des jeux Floraux et fonde, avec ses frères Abel et Eugène, le *Conservateur littéraire* qui durera jusqu'en mars 1821. Il écrit son premier roman, *Bug-Jargal* (première version publiée en 1820, seconde version en 1826), dont le sujet est une révolte de Noirs à Saint-Domingue. En 1820, il reçoit une gratification du roi Louis XVIII pour son *Ode sur la mort du duc de Berry*. En 1821, il perd sa mère (le général Hugo se remarie peu après).

1822 marque son véritable début dans la vie comme dans la carrière des lettres. Le 8 juin, il publie son premier recueil poétique : *Odes et Poésies diverses* et, en octobre, il épouse son amie d'enfance, Adèle Foucher. Viennent ensuite un roman, *Han d'Islande* (1823), *Nouvelles odes* (1824), *Bug-Jargal* (1826), *Odes et Ballades* (1826), recueil complet des premières poésies (édition définitive en 1828), le drame de *Cromwell* (1827), qui s'ouvre sur une *Préface*, où l'auteur se pose en théoricien et en chef du romantisme (à la tragédie classique, dont il critique l'artifice et les limites, il oppose le drame moderne qui doit mêler, comme le fait la nature même, le sublime et le grotesque, ces deux éléments de la réalité). Les mêmes années voient la naissance des premiers enfants, Léopold, Léopoldine, Charles, François-Victor, sa nomination de chevalier de la Légion d'honneur, et la mort du général Hugo.

La publication des *Orientales* (*) (1829), qui exploitent avec un éclat et une virtuosité incomparables le goût et la sympathie des contemporains pour l'Orient, celle du *Dernier Jour d'un condamné*, appel humanitaire pour la suppression de la peine de mort, affermissent la jeune gloire que les *Odes et Ballades* et la *Préface* de *Cromwell* avaient déjà fondée. L'appartement du poète, rue Notre-Dame-des-Champs, devient le siège du Cénacle romantique. Mais au théâtre il ne s'était pas encore imposé, bien que la rénovation de la scène lui apparût comme la première tâche de la génération nouvelle : *Cromwell* était injouable, et *Marion Delorme* (1829) n'avait pas obtenu le visa de la censure. Avec *Hernani* (*), qui, à partir du 25 février 1830, triompha sur la scène de la Comédie-Française, la gloire de Hugo s'impose définitivement, et la victoire de la jeune garde romantique sur la vieille garde classique devient un fait acquis. La même année voit la naissance de sa fille Adèle.

De 1830 à 1843, Hugo connaît une période particulièrement féconde ; il aborde tous les genres. Avec *Notre-Dame de Paris* (*) (1831), il publie son premier grand roman – éclatante résurrection du Moyen Âge et, en même temps, poème tragique de la fatalité. En poésie, quatre recueils : *Les Feuilles d'automne* (1831), *Les Chants du crépuscule* (1835), *Les Voix intérieures* (1837), *Les Rayons et les Ombres* (1840) dépassent la virtuosité extérieure des premiers poèmes, marquent un progrès constant dans le sens d'une inspiration plus grave et méditative. Au théâtre, il cherche le succès populaire avec un drame en vers : *Le Roi s'amuse* (1832), et trois drames en prose : *Lucrèce Borgia* (1833), *Marie Tudor* (1833), *Angelo, tyran de Padoue* (1835), mais il revient à une inspiration plus élevée dans *Ruy Blas* (*) (1838), son chef-d'œuvre dramatique avec *Hernani*. Ces années sont consacrées à un labeur acharné, à une création littéraire ininterrompue, cependant que, dans la vie privée du poète, se mêlent, comme les rayons et les ombres, la tristesse et la joie ; Mme Hugo est devenue la maîtresse de Sainte-Beuve, mais, à partir de 1833, Hugo trouve consolation et réconfort dans l'amour que, jusqu'à sa mort, lui vouera une jeune actrice, Juliette Drouet. En 1841, après trois échecs qui lui furent fort sensibles, il entre à l'Académie française.

Cette dure et féconde période qui a permis à Hugo de conquérir le premier rang s'achève sur un échec littéraire et sur un malheur. D'un voyage dans la vallée du Rhin, qu'il a fait en 1840 avec Juliette Drouet, Hugo a rapporté un admirable journal de route, *Le Rhin* (1842) et l'idée d'un drame épique, *Les Burgraves*, qui fut sifflé en mars 1843 au Théâtre-Français. Découragé, Hugo renonce au théâtre. En juillet, il part pour les Pyrénées, avec Juliette : le 9 septembre, revenant de Cauterets, il apprend par les journaux la mort de sa fille Léopoldine, noyée à Villequier. Il semble que, nommé pair de France en 1845, il ait cherché dans l'activité politique une diversion à ce malheur. De 1843 à 1851, il continue à écrire : des poèmes (et notamment *À Villequier*), le début d'un roman qui deviendra *Les Misérables* (*), mais il n'achève rien ; aucun ouvrage n'est publié dans cette période. En revanche, il participe de plus en plus activement à la vie politique. Il intervient souvent à la tribune dans un sens libéral et humanitaire, mais il n'est encore ni républicain ni socialiste. En 1848, le 4 juin, il est élu sur une liste de droite. Il fonde un journal, *L'Événement*, qui soutient la candidature de Louis-Napoléon Bonaparte à la présidence de la République. Élu en 1849 à l'Assemblée législative comme conservateur, il rompt avec le parti de l'ordre par son discours sur la misère, puis par son discours sur les affaires de Rome, enfin sur la loi Falloux. Le 17 juillet 1851, il prononce un violent réquisitoire contre les desseins dictatoriaux de « Napoléon-le-Petit ». En vain, il essaie d'organiser la résistance au coup d'État : il doit fuir en Belgique, et Louis-Napoléon Bonaparte signe peu après son décret d'expulsion.

L'exil durera de décembre 1851 à septembre 1870. Après un séjour à Bruxelles, Hugo se réfugie, en août 1852, avec sa famille à Jersey, dans la maison de Marine-Terrace. En octobre 1855, sur l'ordre du gouvernement anglais, il doit quitter Jersey ; il s'installe à Guernesey, dans la propriété d'Hauteville-House, qu'il ne quittera qu'en 1870. Ces vingt années d'exil – et de labeur solitaire – seront la période la plus féconde et la plus haute de son génie, et lui-même en eut le sentiment : « Ma proscription est bonne, et j'en remercie la destinée. » La maison d'Hauteville-House est aménagée selon ses goûts ; levé dès six heures du matin, il travaille toute la journée dans une pièce vitrée qui a vue sur les côtes de France. Sa femme et ses enfants sont auprès de lui, mais feront sur le continent des séjours de plus en plus prolongés ; Juliette Drouet s'est installée non loin de lui, et ne le quittera pas un instant ; il réunit aussi des amis, avec lesquels il s'initie au spiritisme, organisant de fréquentes séances de « tables mouvantes ». Devenu ardemment républicain, il ne cesse de dénoncer le nouveau régime : il refuse l'amnistie que lui accorde Napoléon III en 1859. Le proscrit de Guernesey jouit alors d'un prestige mondial. C'est l'époque la plus haute de la vie et de l'œuvre.

Napoléon-le-Petit (1852), virulent pamphlet en prose, et surtout *Les Châtiments* (*) (1853), recueil de poèmes satiriques, engagent le combat contre l'usurpateur. Mais l'année suivante, commençant *La Fin de Satan*, et écrivant des milliers de vers qui prendront place dans les recueils ultérieurs, il se tourne vers la poésie philosophique et lyrique. *Les Contemplations* (*), qui paraissent à Paris et à Bruxelles en 1856, sont accueillies comme son chef-d'œuvre lyrique. *Dieu* et *La Fin de Satan* sont en voie d'achèvement, mais l'éditeur Hetzel pousse l'écrivain à terminer *Les Misérables* et à entreprendre un recueil de poèmes narratifs inspirés par l'histoire universelle : *Les Petites Épopées.* Les « petites épopées » deviennent *La Légende des siècles* (*) dont la première série paraît en 1859. En 1861, après un court voyage en Belgique, Hugo termine *Les Misérables* qui paraissent l'année suivante : le succès est considérable. Viennent ensuite : *William Shakespeare* (1864) – long essai qui devait primitivement servir de préface à la traduction de Shakespeare entreprise par François-Victor Hugo, où le poète expose très librement sa théorie du génie –, les *Chansons des rues et des bois* (1865), recueil de poésies légères depuis longtemps commencé, et deux romans : *Les Travailleurs de la mer* (1866), *L'Homme qui rit* (1869). En 1858, Mme Hugo meurt à Bruxelles.

Revenu à Paris le 5 septembre 1870, élu à l'Assemblée nationale qui siège à Bordeaux, Hugo donne en pleine séance sa démission de député. Battu aux élections suivantes, il sera élu sénateur de Paris en 1876. Il interviendra vigoureusement pour l'amnistie en faveur des Communards. Mais il est déçu par l'orientation du nouveau régime ; en août 1872, il regagnera même Hauteville-House, sa demeure d'exil, pour y séjourner près d'un an. Il se mêlera de moins en moins à la vie politique. Il continue à écrire, mais le rythme n'est plus celui des années précédentes : et la plupart des œuvres publiées de 1870 à 1885 sont des œuvres déjà commencées dans l'exil.

Les publications de cette dernière période sont : *L'Année terrible* (1872), *Quatre-Vingt-Treize* (1874), *Actes et Paroles* (1875-76), les dernières séries de *La Légende des siècles* (1877-83), *L'Art d'être grand-père* (1877), poèmes inspirés par ses deux petits-enfants, Georges et Jeanne, qui ont occupé une grande place dans les dernières années de sa vie, le consolant de la perte de ses enfants (Charles est mort en 1871, et François-Victor en 1873) ; *Histoire d'un crime* (1877-78), réquisitoire contre Napoléon III, *Le Pape* (1878), *La Pitié suprême* (1879), *Religions et Religion* (1880), *L'Âne* (1880), *Les Quatre Vents de l'esprit* (1881), important recueil où figurent des pièces souvent très anciennes, *Torquemada* (1882). À sa mort, Hugo laisse de nombreux manuscrits qui feront l'objet de publications posthumes : *Théâtre en liberté*, *La Fin de Satan* (1886), *Choses vues* (1887-1900), *Toute la lyre* (1888- 1893), *Alpes et Pyrénées* (1890), *Dieu* (1891), *France et Belgique* (1892), *Les Années funestes* (1898), *Postscriptum de ma vie* (1901), *Dernière gerbe* (1902), *Océan, Tas de pierres* (1942).

À vrai dire, de 1870 à 1885 Hugo se contente de récolter la moisson semée pendant les années de l'exil. Sa gloire ne cesse de grandir et, en dépit des deuils et des malheurs domestiques qui l'assombrissent et des manifestations de plus en plus pénibles d'un érotisme sénile qui amène, entre la fidèle Juliette et lui, de fréquentes et dramatiques ruptures, cette vie donne l'impression d'un destin exceptionnellement réussi. Elle s'achève en apothéose. Pour tout le peuple républicain, Hugo est un éclatant symbole. Ses discours (sur la tombe d'Edgar Quinet, sur Voltaire, pour l'ouverture du Congrès littéraire international) ont un vaste retentissement. Les manifestations se multiplient en l'honneur du vieux poète. Le 26 février 1880, c'est le banquet pour le cinquantenaire d'*Hernani ;* le 27 février 1881, Paris célèbre officiellement son entrée dans sa quatre-vingtième année ; le 4 mars, les sénateurs unanimes se lèvent en son honneur. Le 11 mai 1883, Juliette Drouet meurt. Quelques semaines plus tard, Hugo prend ses dispositions testamentaires (« Je refuse l'oraison de toutes les Eglises, je demande une prière à toutes les âmes. Je crois en Dieu. » En 1884, il fait un bref voyage en Suisse.

Le vendredi 15 mai 1885, Hugo est atteint de congestion pulmonaire ; il meurt le 22 mai. Le 1er juin, le gouvernement décide les funérailles nationales ; son cercueil est exposé sous l'Arc de Triomphe et transporté au Panthéon.

Hugo a été le plus populaire des écrivains de son époque ; sans doute est-il encore le plus populaire des écrivains français. Il le doit en partie à ce destin d'exilé auquel il a su donner une couleur légendaire, à une position politique qui lui a valu d'être, au moment où naissait la troisième République, le symbole du régime nouveau : mais aussi à sa sensibilité même, à son entente des sentiments fondamentaux, qu'ils soient ceux de l'existence privée ou de la vie civique, à son éloquence à la fois éclatante et simple. Sa gloire a dépassé l'habituelle gloire des littérateurs. Mais cette audience, qui ne s'est pas démentie, a souvent écarté de lui les « connaisseurs ». La tradition académique lui a longtemps préféré Lamartine, Musset ou Vigny, moins violemment romantiques ; et, après Baudelaire, les tenants de la poésie nouvelle lui ont souvent reproché l'impureté de son lyrisme, son caractère narratif, son manque de rigueur et de densité. La réponse d'André Gide « Hugo, hélas ! » à une enquête demandant le nom du plus grand poète français est, à cet égard, significative. Cependant cette œuvre est d'une telle diversité qu'après avoir été l'« écho sonore » de tout un siècle elle est capable de répondre à l'appel de n'importe quelle génération.

La fécondité est le premier caractère du génie hugolien. Mais il ne s'agit pas de l'abondance facile qui se contente de reproduire le résultat d'une spontanéité première ; fécondité, ici, c'est aptitude à tirer de soi-même des formes toujours différentes de création. Il y a loin des pièces les mieux venues des premiers recueils aux grandes pages poétiques de la maturité et de la vieillesse : *Le Satyre*, tel passage de *Dieu* et de *La Fin de Satan*, tel poème des *Quatre Vents de l'esprit*, ou le *Tombeau de Théophile Gautier*. Distance qui correspond à la fois à un approfondissement de la vie intérieure, que l'exil a favorisé, et à la progressive conquête de cette souveraineté technique qui permettait à Mallarmé de dire : « Il fut le vers personnellement. »

L'œuvre, dans son étonnante diversité, est sans doute inégale. Le théâtre a vieilli ; il demeure pourtant l'exemple même de la liberté romantique, et on peut retrouver dans le drame claudélien plus d'un écho des idées de la *Préface* de *Cromwell.* Quelques-uns des romans (*Les Misérables, Les Travailleurs de la mer*), sont, sinon des romans au sens où nous prenons le mot depuis Balzac, du moins de prenants poèmes — épiques ou tragiques. Le prosateur est admirable : éloquent avec magnificence, concis avec éclat ou sobriété quand il le veut (comme dans *Choses vues*).

Mais c'est surtout le poète qui demeure. Contrairement aux interdits classiques, qu'il récuse, et aux interdits modernes, qu'il ignore, Hugo voit dans la poésie un « vaste jardin » où « il n'y a pas de fruit défendu ». Il aborde tous les thèmes, utilise tous les tons et tous les registres : tour à tour épique, satirique, élégiaque, allant de la fresque au tableau de genre, exprimant avec une simplicité où chacun peut se reconnaître les grands lieux communs du sentiment, ou se livrant aux mouvements lyriques de l'âme, plongeant au plus profond d'un inconscient ouvert aux voix mystérieuses du monde, et s'abandonnant aussi bien aux jeux d'une fantaisie charmante, rêveuse, érotique, puis saugrenue... Il est le plus varié et le plus puissant poète d'un siècle dont il témoigne éminemment : le mythe de sa grande trilogie *(La Légende des siècles, Dieu* et *La Fin de Satan)* — la rédemption de l'homme à travers le temps — est la seule expression poétique valable de l'optimisme historique du siècle, et cette philosophie de l'histoire est spontanément accordée à l'imagerie la plus personnelle et la plus profonde : le contraste du jour et de la nuit, des rayons et des ombres, est en même temps celui du Bien et du Mal, de la conscience et du non-conscient. Pour Hugo, le grand problème est celui de l'existence du Mal, qui se présente à lui sous la forme de l'injustice sociale, et dans la Nature sous la forme de l'existence infrahumaine ; et la seule finalité — dans l'Histoire comme dans la vie individuelle — est d'extirper le Mal, de rendre l'inconscient à la conscience, la nuit au jour, Satan à Dieu.

Au-delà de son siècle, il semble qu'Hugo témoigne des prochaines aventures poétiques. Son influence sur Baudelaire, sur Rimbaud, sur Mallarmé lui-même, sur les surréalistes, n'est pas niable. Il voit dans l'inconscient une source privilégiée du poétique ; libérant la métaphore de son destin de comparaison rationnelle, il use de l'image avec une hardiesse et une étrangeté toutes nouvelles ; il entrechoque les mots avec une fureur sans précédent. On a mis récemment en lumière, dans les poèmes posthumes *Dieu* et *La Fin de Satan*, la présence d'une imagination mythique étroitement rattachée à ce climat de surrationalité qui est celui de la poésie moderne. Le poète de la « bouche d'ombre » est tout proche de nous.

Mais il ne s'agit pas, pour Hugo, comme pour les poètes qui le suivront, de créer un nouveau langage. Si la poésie moderne tend à substituer un langage de création à un langage d'expression, Hugo n'est pas moderne : sa poésie est une poésie d'expression. Il sait, il sent, il voit des vérités, des présences, des formes, et son magnifique langage n'est que le procès-verbal de sa vision. « Trouvant toujours le sens comme l'eau le niveau », le mot, pour lui, est un signe expressif. Ce poète auquel nous pensons le plus souvent comme au rhéteur type est le moins verbal qui soit, puisque, s'il parle, c'est seulement pour capter sa vision, la contraindre à une immobilité et à une précision où il puisse la posséder au lieu d'être possédé par elle. De *La Pente de la rêverie* aux derniers poèmes, Hugo a vécu avec intensité et sincérité l'expérience de l'homme qui a tout oublié de lui-même, sinon qu'il est conscience et effroi d'être au monde, écho des voix de l'infini, soulevé par un vent ténébreux. Il a vécu la présence de ce qui échappe au regard et au langage humains, et sa recherche n'est qu'un long effort pour contraindre cet invisible à prendre forme, cet indicible à s'incarner dans les mots. Sa poésie est une incantation qui vise et provoque la présence de ce qui ne peut être présent, mais qu'il a cru entrevoir. C'est pourquoi il lui arrive d'user du langage avec négligence, se répétant sans y prendre garde comme si, à force de frapper à la porte, il espérait la voir s'ouvrir. La monotonie, ici, n'est pas une faiblesse ni une ruse de style, mais une sorte d'insistance magique et d'espoir. Le flot des alexandrins, avec leurs rimes et leurs mots aussi monotones que les vagues *(ombre* et *sombre, ténèbres* et *funèbre, horrible* et *terrible)* part à l'assaut d'on ne sait quelle terre, et les mêmes images — *angles de la nuit et de l'immensité, porches de l'infini* — s'entassent comme si de leur reprise allait jaillir l'éclair qui dévoilera enfin la géométrie des ténèbres. Ouvert à la fois aux signes mystérieux du monde et à ceux de l'événement temporel, Hugo apparaît comme un visionnaire cosmique qui a tenté d'accorder sa révélation de l'énigme universelle à une interprétation optimiste et rationaliste de l'histoire humaine.

GAËTAN PICON.

♦ *« Il possède un talent remarquable et sur lequel la littérature allemande a marqué son influence* [...] *Je le comparerai à Manzoni. Il y a en lui beaucoup d'objectivité, et il me semble être aussi important que MM. de Lamartine et Delavigne. » « C'est un beau talent, mais tout engagé dans la fâcheuse direction romantique de son temps. » « Je ne lui fais pas un crime de vouloir s'enrichir, non plus que de s'efforcer de récolter les lauriers du jour ; mais s'il aspire à une gloire durable, il doit d'abord commencer par écrire moins et travailler davantage. »* Goethe. ♦ *« La musique des vers de Hugo s'adapte aux profondes harmonies de la nature ; sculpteur, il découpe, dans ses strophes, la forme inoubliable des choses ; peintre, il les illumine de leur couleur propre. Et, comme si elles venaient directement de la nature, les trois impressions pénètrent simultanément le cerveau du lecteur. De cette triple impression résulte la* morale des choses. *Aucun artiste n'est plus universel que lui, plus apte à se mettre en contact avec les forces de la vie universelle, plus disposé à prendre sans cesse un bain de nature. Non seulement il exprime nettement, il traduit littéralement la lettre nette et claire ; mais il exprime avec l'*obscurité indispensable *ce qui est obscur et confusément révélé. »* Baudelaire. ♦ *« Des injures sont aussi des injures, en vers comme en prose ; et personne, dans ce siècle, à l'exception de Louis Veuillot peut-être, n'en a vomi de plus grossières que V. Hugo... »* F. Brunetière. ♦ *« Hugo,* trop cabochard, *a bien du vu dans les derniers volumes :* Les Misérables *sont un vrai poème. J'ai* Les Châtiments *sous la main.* Stella *donne à peu près la mesure de la* vue *de Hugo. »* Rimbaud. ♦ *« ... Hugo, dans sa tâche mystérieuse, rabattit toute la prose, philosophie, éloquence, histoire au vers, et, comme il était le vers personnellement... »* Mallarmé. ♦ *« Victor Hugo est demeuré le poète de l'individualité dans toute la force de l'expression. Jamais, ou presque jamais, il ne s'est élevé au-dessus d'elle ; jamais il n'a rendu la vie universelle ; il ne réussit pas à pénétrer la pensée d'unité. C'est un poète de fractionnements, d'analyses, qui individualise et isole tout ce qu'il touche, un poète objectif, toujours guidé par ce qui se trouve en dehors de lui-même, toujours attiré de l'esprit à la matière, de l'idée au symbole, de la substance à la forme. »* Mazzini. ♦ *« Cette œuvre signifie la lutte du Génie et de l'Erreur. L'Erreur était certainement plus grande que le Génie. Mais, souvent, celui-ci a été plus fort qu'elle. »* Charles Maurras. ♦ *« Le plus grand poète français, hélas !... »* André Gide. ♦ *« Il mangeait son pain d'un meilleur appétit, et sa cuisse de bœuf, il buvait son vin d'un meilleur cœur qu'un compagnon d'Achille... Un homme qui buvait dans le creux de sa main à la source de la création charnelle, d'aussi près que les anciens païens, qui embrassait l'univers charnel d'un embrassement neuf, charnel... il ouvre les yeux, sinon les plus profonds, du moins les plus voyants qui se soient jamais ouverts sur le monde charnel... cet antique, cet homme d'un génie unique était ravagé d'au moins un double politicien, un politicien de politique qui le fit démocrate et un politicien de littérature qui le fit romantique ; mais il avait reçu le don de voir la création comme si elle sortait ce matin de la main du Créateur. »* Charles Péguy. ♦ *« Victor Hugo est un inspiré, on peut même dire qu'il fut l'Inspiré par excellence, et son œuvre est la meilleure démonstration qui soit de ce phénomène étrange, et si embarrassant pour la disposition critique, que l'on appelle l'inspiration. »* Paul Claudel. ♦ *« Hugo n'a sûrement pas ici... le crédit qu'il mérite. Il a écrit beaucoup de bêtises, mais on est excusable d'avoir écrit beaucoup de bêtises quand on a vécu quatre-vingt-trois ans et qu'on avait la plume facile. Ses éclairs sont impressionnants. Il lui arrive d'avoir de la profondeur, et une anthologie de lui, faite du seul point de vue de l'intelligence, causerait des surprises. On dira peut-être que ce qu'il a écrit de profond, en proportion de l'énormité de son œuvre, est peu ; mais, après tout, le nombre des vers divins est très réduit chez Racine : je n'en compte pas plus de vingt-deux. Il est fort possible que l'alternance française ramène Hugo à la surface. »* Henry de Montherlant.

RÉF. : *Victor Hugo raconté par un témoin de sa vie*, Paris, 1863 (par Mme Victor Hugo). — E. Biré, *Victor Hugo*, 4 vol., 1883-94. — E. Dupuy, *Victor Hugo, l'homme et le poète*, Paris, 1885. — Charles Renouvier, *Victor Hugo, Le Poète*, Paris, 1893 ; *Victor Hugo, Le Philosophe*, Paris, 1900. — Ch. Péguy, *Victor-Marie, comte Hugo*, 1912. — P. Berret, *Victor Hugo*, Paris, 1927. — André Maurois, *Olympio*, Paris, 1952. — Chanoine G. Venzac, *Les Origines religieuses de Victor Hugo*, Paris, 1955. — P. Albouy, *La Création mythologique chez Victor Hugo*, Paris, 1963. — J. Gaudon, *Le Temps de la contemplation*, Paris, 1969. — Cl. Gély, *Victor Hugo, poète de l'intimité*, Paris, 1969. — J. B. Barrère, *La Fantaisie de Victor Hugo*, Paris, 1972-73. — A. Ubersfeld, *Le Roi et le Bouffon. Étude sur le théâtre de Victor Hugo de 1830 à 1839*, Paris, 1974. — H. Juin, *Victor Hugo*, 3 vol., Paris, 1980 à 1986. — J. B. Barrère, *Victor Hugo*, Paris, 1984. — Y. Gohin, *Victor Hugo*, Paris, 1986.

Huis clos. Pièce en un acte de Jean-Paul Sartre (1905-1980), jouée pour la première fois au théâtre du Vieux-Colombier en mai 1944.

C'est probablement la pièce la plus célèbre de Sartre. Inès, Estelle et Garcin sont morts. Ils se retrouvent en enfer, et se rencontrent dans un salon Empire où ils sont enfermés après s'être attendus à de terribles tortures physiques. Se demandant d'abord en quoi consiste leur damnation, ils évoquent le passé qui l'a provoquée. Inès, lesbienne, a poussé au désespoir son amie qui l'a tuée et s'est suicidée. Garcin, militant pacifiste, a trahi sa cause pour s'enfuir ; arrêté, il est mort lâchement ; Estelle a noyé l'enfant qu'elle a eu de son amant, qui s'est tué. Ils s'attendaient à retrouver leurs victimes en enfer, et se demandent pourquoi ils sont ensemble. Inès, la plus clairvoyante, comprend que le bourreau est « chacun de nous pour les deux autres ». Ils conviennent alors de ne plus s'adresser la parole, mais bientôt Estelle ne peut s'empêcher de parler et Inès de lui faire des avances. Estelle la repousse et se tourne vers Garcin, qui ne peut faire abstraction de leur présence. Le couple Inès-Estelle n'est pas plus possible que le couple Estelle-Garcin car ils ne peuvent se délivrer de la présence d'Inès, qui les guette et détruit de ses sarcasmes les efforts que fait Garcin, obsédé par son passé, pour qu'Estelle voie en lui autre chose qu'un lâche. La porte s'ouvre, mais aucun d'eux n'a le pouvoir de sortir, ils comprennent qu'ils sont inséparables, qu'ils seront tous les trois indéfiniment à la fois victimes et bourreaux les uns des autres, que « l'enfer, c'est les autres » – Cette pièce est d'un mécanisme rigoureux, presque mathématique, car fondé sur le triangle que forment les personnages, incapables de nouer à deux une relation authentique, une réciprocité que ne détruise pas la présence du troisième, autant que de ne pas se poser en antagonistes dès qu'ils essaient d'accepter leur situation. Elle illustre la lutte fondamentale entre les consciences, qui intervient dès que disparaissent les faux-fuyants de la vie sociale et les artifices de la mauvaise foi.

Huitain. Strophe de huit vers. Le huitain est la strophe de la *ballade primitive* (voir *ballade*), chez Guillaume de Machaut. Il restera la strophe de la *petite ballade,* par exemple dans la *Ballade des dames du temps jadis* de Villon. Dans cette forme, la rime du huitain répond au schéma : *a b a b / b c b c.*

CHRISTIAN DOUMET.

Humanisme. Ce mot récent (XIXe siècle) marque la révolution intellectuelle et morale (fin XVe-première moitié du XVIe siècle) caractérisée, dans tous les domaines du savoir, par une réaction contre la pensée scolastique et un retour à l'Antiquité. L'homme est considéré non plus seulement dans sa relation à Dieu, mais pour lui-même : il est devenu une fin, non un moyen, et l'humaniste s'oppose au théologien comme les *humaniores litterae* (études profanes) aux *diviniores litterae* (études sacrées). L'enthousiasme pour l'Antiquité se double d'un esprit de méthode et d'un désir de rationalisation mathématique. L'humanisme se marque tout d'abord par le désir de restauration de la langue latine dans sa pureté première : les premiers ouvrages qui sortent des presses de la Sorbonne (dirigées par le bibliothécaire Guillaume Fichet) sont un recueil de lettres (modèle d'art épistolaire) puis un traité de versification. On décèle là une des caractéristiques importantes de l'humanisme : le rôle de la parole, grâce à laquelle les « hommes de pierre », suivant l'expression d'Érasme, peuvent devenir des hommes de culture. Très vite les textes anciens, sans distinction entre textes païens et textes sacrés, sont l'objet de lectures, c'est-à-dire d'explications qui privilégient le sens littéral. Les cours des professeurs italiens arrivés en nombre à Paris remportent un grand succès. Les Grecs viennent former des élèves : Georges Hermonyme enseigne en 1476 à Reuchlin, Lefèvre d'Étaples, Budé, Érasme. Paraissent bientôt de nouvelles traductions de Platon et d'Aristote qui tentent de se dégager des traductions scolastiques (ce qui n'est pas toujours le cas, loin s'en faut, les nouveaux traducteurs s'inspirant très souvent des gloses et même des anciennes traductions). Jacques Lefèvre d'Étaples (vers 1450-1536) édite Aristote (en reprenant des traductions d'humanistes italiens), Denys l'Aréopagite, Raymond Lulle, des textes mystiques allemands et surtout le *Quincuplex Psalterium* (1509) qui offre les cinq versions du Psautier accompagnées de notes philologiques. Bientôt, il fait paraître une version française de la Bible (1530). C'est la naissance de l'évangélisme, non pas doctrine mais mouvement de retour aux sources de la foi, c'est-à-dire de l'Écriture. Guillaume Budé (1468-1540) s'attache à restituer les textes dans leur pureté originelle en substituant aux gloses des commentaires philologiques, seule voie possible pour une étude rigoureuse du texte et de la civilisation antique. Après une étude sur les monnaies et leur pouvoir d'achat (*De Asse,* 1515), Budé publie quelque sept mille articles de commentaires sur la langue grecque (1529). Érasme exprimera ainsi l'orientation générale du mouvement en écrivant dans une lettre-préface au pape Léon X en 1516 : « C'est aux sources même que l'on puise la pure doctrine. » Par ce type de travail le chrétien se rapproche de sa foi, comme l'expose Budé dans son analyse de la transition de l'hellénisme au christianisme (1534) : l'étude des textes antiques est une propédeutique à celle de l'Évangile. Les païens, qui n'ont pas connu le message du Christ, peuvent cependant être tenus pour des préchrétiens ; d'où la célèbre exclamation d'Érasme : « Saint Socrate, priez pour nous ! » Plus qu'à la nature, l'humanisme est lié aux livres qu'il ne cesse de glorifier ; l'imprimerie est la dixième des Muses, Typosine. Le livre représente en effet un « multiplicateur » considérable des connaissances et permet d'assouvir cette soif exprimée par Rabelais dans la célèbre lettre de Gargantua à Pantagruel. L'accroissement des connaissances permet celui du bonheur de l'homme. Cette pensée nouvelle découle de la notion de l'excellence de l'homme (*dignitas hominis*) exprimée par l'Italien Jean Pic de La Mirandole (1463-1494) : l'homme, bon par nature, est libre de choisir le degré de l'échelle des êtres sur lequel il entend se situer. L'éducation contribuera à développer l'individu dans un contexte de liberté où l'exhortation à la vie civile occupe une place importante. L'humanisme se voit ainsi investi d'une mission qui a pour fin le bonheur de l'humanité (d'où son prosélytisme) sous la forme d'un épicurisme (suivre la nature). Il met en place l'idée — laïque — d'une république des lettres chargée d'influer sur les monarchies pour les tempérer, avec l'aide de la morale et de l'Évangile. L'enseignement se double d'institutions qui appliquent les méthodes nouvelles : les collèges humanistes (collège de Coqueret, du Cardinal-Lemoine) se développent à Paris, comme en province les centres de Meaux (G. Briçonnet) et de Fontenay-le-Comte (A. Tiraqueau). La fondation par François Ier du Collège de France (*) manifeste ce désir de réforme dans l'ordre et dans la tolérance.

FRANÇOIS ROUDAUT.

Hussard sur le toit (Le). Publié en 1951, ce roman est l'un des chefs-d'œuvre de Jean Giono (1895-1970). Sous Louis-Philippe, une épidémie de choléra éclate en Provence. Elle est très meurtrière. Le choléra est une maladie extrêmement spectaculaire, il se déchaîne en un rien de temps. Il tord, contracte et consume les corps, il foudroie. L'auteur l'exploite à merveille. Le jeune Angelo, colonel de hussards piémontais en exil, trouve soudain, alors qu'il somnole sur son cheval, un village absolument et curieusement désert. Poussant les portes, il y découvre des cadavres, crispés dans des postures atroces et assaillis par les rats, les oiseaux, les chiens et les truies. Le ciel est livide et la chaleur étouffante. La fatigue, l'écœurement, le désarroi et la soif le tourmentent. Il gagne un autre village : même désolant et affreux spectacle. Enfin, un vivant. C'est un jeune médecin envoyé là, mais trop tard, et tout à fait dépourvu de médicaments. L'un l'autre ils se réconfortent. Le médecin apprend à Angelo à chercher les moribonds dans les cachettes les plus inattendues et à tenter de sauver les malades en les frictionnant. Malgré leur obstination, ils n'en raniment aucun. Bientôt le médecin lui-même est atteint, et Angelo assiste, impuissant, à son agonie. Il reste seul. Il n'a guéri personne, mais il a surmonté sa peur. Dorénavant, il sera d'autant plus seul. En effet la peur s'est emparée des esprits avec une violence qui surpasse celle du mal, pourtant si violent. Dans ces conditions, Angelo a quelque peine à gagner Manosque, où il doit voir son frère de lait. Lorsqu'il y arrive, il manque d'être lynché comme empoisonneur. Pour échapper à cette fin stupide et affreuse, il vit quelques jours sur les toits, en compagnie d'un chat. Il a tout le temps d'observer et de méditer. Pour se nourrir, il fait des razzias dans les appartements. Une de ces expéditions lui fournit l'occasion de rencontrer Pauline de Théus, jeune femme qui n'a pas peur. Elle lui offre une chose merveilleuse : du thé bouillant et bien sucré. Peu après, descendu de son piédestal, il rencontre une religieuse qui, restée pour garder un couvent, passe ses journées à laver les morts. Il l'aide. Mais, de plus en plus nombreux, les habitants désertent la ville pour se réfugier sur les collines, où l'air est plus sain. Un vaste campement y a été organisé. Le frère de lait, Giuseppe, en est l'un des principaux responsables. Mais la vie au camp ne convient pas au jeune hussard. Il n'apprécie pas certains usages, en particulier celui de bannir, inflexiblement, les familles des malades. La chaleur atteint à son comble, et une pluie torrentielle se met à tomber, annonçant l'automne. Le choléra, lui, persévère. Angelo, coquettement habillé de neuf et porteur d'une bourse bien garnie, reprend route. Devant un barrage, il rencontre à nouveau Pauline. Ils le contournent ensemble, avec beaucoup d'esprit. Recherchés, ils passent à la belle étoile une nuit périlleuse et continuent leur chemin. Ils traversent un pays désert, un village que le mal, curieusement, a épargné. Alors qu'ils commencent à l'oublier, ils se font prendre et jeter en quarantaine. Séjour malsain, ils se hâtent de fuir. Ils passent une nuit chez un vieux médecin philosophe qui leur explique la nature profonde du choléra : « un sursaut d'orgueil ». Un soir Pauline essaie de sourire et se met à vomir. Angelo la soigne. Il n'a aucun espoir. Il la sauve. Puis, la laissant chez son mari, il part vers l'Italie. Le soleil brille. Il est heureux.

On voit que ce roman bondit et rebondit. Il est plein de couleur, de parfums, de lumière. Concret, il est en même temps poétique. La symbolique qui s'y trouve n'est jamais appuyée, mais il est clair que le choléra représente la guerre. Angelo, qui le traverse sans en être atteint, est ouvertement un héros de Stendhal, frère du Fabrice del Dongo de *La Chartreuse de Parme* (*). Pauline et lui, nobles, courageux, brillants, naturels, font partie d'une aristocratie de l'humanité. Autour d'eux, en une fresque sans cesse renouvelée, se manifestent d'une part le choléra, que Giono fait plus effrayant et plus redoutable encore qu'il ne l'est dans la réalité, d'autre part des êtres qui se trouvent tout à coup dans une société désorganisée, et d'où jaillissent tantôt des qualités exceptionnelles de dévouement et de générosité, tantôt un égoïsme, une avidité et une cruauté sans fond. Ainsi, *Le Hussard sur le toit* est à la fois un grand roman d'aventures imprégné de Stendhal et une œuvre épique où le héros triomphe d'une fatalité qui le dépasse.

HUYSMANS Joris-Karl (de son vrai nom, Georges Charles Marie Huysmans). Romancier né et mort à Paris (5 février 1848-12 mai 1907). Il connut une « jeunesse d'humiliation et de panne ». Né à Paris, mais héritier par son père d'une lignée d'artistes flamands, son enfance est assombrie par le remariage de sa mère. Élève assez terne au lycée Saint-Louis, il suit pendant quelque temps des cours de droit, puis devient, en 1868, un petit fonctionnaire au ministère de l'Intérieur. Incorporé en 1870 dans les mobiles de la Seine, réformé, réintégré dans son ministère, il fait quelque temps après la guerre un voyage en Hollande, à la suite duquel il prend les prénoms de Joris-Karl et publie en 1874, à ses frais, *Le Drageoir aux épices*, recueil de poèmes en prose, suivi d'un premier roman, *Marthe, histoire d'une fille*.

Ces débuts le font remarquer de Zola et, en compagnie de Céard, Maupassant, Alexis, Léon Hennique, Huysmans, avec sa nouvelle *Sac au dos*, collabore aux *Soirées de Médan* (*), recueil qui fut le manifeste de la jeune école naturaliste. En 1879, c'est à Zola qu'il dédie *Les Sœurs Vatard*. Dès cette époque, cependant, son originalité s'affirme en marge du groupe : son style d'abord, de visuel, de peintre, avec une précision et un coloris d'enluminure, le distingue des autres naturalistes. Le naturalisme, d'autre part, déborde d'une santé robuste, il manifeste une confiance presque mystique dans les forces élémentaires de la vie, tandis que Huysmans est un petit bourgeois hépatique et pessimiste, exhalant son écœurement devant le monde moderne qu'il considère composé en majorité « de sacripants et d'imbéciles ». Dans *En ménage* (1881), *À vau-l'eau* (1882), c'est lui-même qu'il met en scène dans des personnages de petits célibataires lamentables aux prises avec des filles ou, comme M. Folantin, avec la mauvaise cuisine des restaurants à bon marché. Ces misères dérisoires prennent chez Huysmans une importance démesurée, obsédante, car elles symbolisent l'absurdité d'existences ternes, inconnues, sans issue ; avec une sorte de parti pris et un impitoyable soin du détail, le romancier s'établit dans ce désespoir d'autant plus accablant qu'il ne tient pas à des circonstances exceptionnelles mais à l'essence même de la vie quotidienne. Tout en publiant ses livres, Huysmans poursuivait posément, exactement, sa carrière de fonctionnaire, suivant la filière administrative, voyageant peu, sans autres aventures que celles de son imagination.

À rebours (*) (1884) marque une rupture déjà plus nette avec l'esthétique naturaliste : Des Esseintes, le personnage de ce livre, est le type du « décadent » maniaque impuissant à renouveler sa sensation sinon par un détraquement systématique du système nerveux, par une recherche effrénée d'imaginations bizarres, et d'excentricités morbides. C'est l'époque où le jeune Barrès s'écrie : « Réfugions-nous dans l'artificiel » et *À rebours* illustre le changement profond que va connaître la littérature avec le symbolisme. Des Esseintes reste pourtant de la même famille spirituelle que M. Folantin : si leurs moyens d'évasion sont différents, c'est bien un même dégoût du siècle qui les anime, et Huysmans était ainsi arrivé à une sorte de nihilisme qui justifiait le dilemme où l'acculait Barbey d'Aurevilly : « La bouche d'un pistolet ou les pieds de la Croix. » Avant de se convertir, il allait faire toutefois l'étape satanique, avec *Là-bas* (1891), où s'exprime son intense curiosité des phénomènes surnaturels, suscitée par ses relations avec des occultistes, des magnétiseurs, et surtout avec le prêtre défroqué Boullan. Huysmans vit alors pendant quelque temps entouré de pressentiments, de menaces mystérieuses, il se croit victime des vengeances diaboliques des Rose-Croix, mais Boullan meurt en 1893 et le romancier va se trouver désormais sous la seule influence de l'abbé Mugnier, qu'il a rencontré en 1891. C'est sur le conseil de celui-ci que, l'année suivante, il fait à la trappe d'Igny une retraite suivie, de 1894 à 1896, par plusieurs séjours à Solesmes et à Saint-Wandrille. À Igny, Huysmans s'est confessé et il a communié : conversion soudaine, racontée dans *En route* et qui suscite une vive agitation dans les milieux littéraires parisiens. Centré sur le personnage de Durtal, le roman de sa conversion va se poursuivre par *La Cathédrale* (1898) et *L'Oblat* (1903). En 1898, Huysmans avait en effet décidé de prendre sa retraite et d'aller mener la vie des oblats à côté de l'abbaye de Ligugé. C'est là qu'il écrit sa biographie de *Sainte Lydwine de Schiedam*. Les moines ayant été expulsés par la loi sur les congrégations, Huysmans rentre à Paris, se retire chez les bénédictines de la rue Monsieur, fait paraître en 1906 *Les Foules de Lourdes*, réplique au livre de Zola, et meurt après de terribles souffrances supportées avec une foi ardente.

Car le christianisme de Huysmans a été absolument sincère. L'écrivain n'avait toutefois rien renié de son esthétique passée ; converti, il garda le « style artiste », renouvela avec un réalisme imagé et savoureux la littérature catholique. Il avait le droit de rester fidèle à l'art, puisque c'est l'art d'abord qui l'avait attiré vers l'Église et attaché à elle : le critique qui, en 1883, exaltait des méconnus comme Cézanne, Degas, Seurat, Pissarro, Odilon Redon — v. *L'Art moderne* — ne se lassa plus d'être émerveillé par le symbolisme de la cathédrale de Chartres, par les lumières colorées de ses vitraux, par les in-folios enluminés des vieux moines. Huysmans était un merveilleux érudit — trop érudit pour être un véritable romancier : il s'occupe moins de construire une intrigue que de faire entrer dans son roman d'abondantes et passionnantes digressions sur l'art, l'histoire, la science, la bibliophilie, la religion. Peut-être était-il aussi trop réellement tourmenté par le problème de sa propre vie pour inventer des personnages. Il n'a pas eu de son vivant les triomphes de librairie d'un Zola ou d'un Maupassant ; mais son succès est durable, entretenu par un cercle de fidèles fervents qui aiment en lui l'homme autant que l'écrivain.

MICHEL MOURRE.

♦ *« ... Cette haine carthaginoise du lyrisme, de la mélodie dans le discours, est sa marque indélébile. Quand une phrase pourrait finir avec éloquence, Huysmans la mutile tout à coup, lui coupe la queue méchamment, perversement, avec des cisailles grinçantes et ébréchées, de même qu'un barbare ou un méchant garçon qui détruirait à plaisir une belle chose. »* Léon Bloy. ♦ *« Huysmans... d'une famille originaire de Flandre qui compta parmi ses membres différents peintres célèbres... ; c'est ainsi qu'on a pu dire de leur descendant qu'il ne fit que transporter dans la littérature leurs qualités d'observation minutieuse et de réalisme poussé jusqu'à la trivialité. Il y faudrait ajouter pour les derniers ouvrages de M. Huysmans une tendance au mysticisme, qui n'est point incompatible, d'ailleurs, avec un certain fond de grossièreté naturelle et de « primitivité » d'esprit ; et cela, joint à un l'on ne sait quoi de précieux, de contourné et de bizarre dans l'expression, ne laisse pas de faire un mélange assez intéressant. »* Charles Le Goffic. ♦ *« Victor Hugo, et combien d'autres écrivains de son temps, parlent sans cesse de leur cœur ; Huysmans ne parle que de son âme, et elle est errante, afin presque toujours, d'ailleurs, de s'associer à des images inédites, à des transpositions audacieuses qui prêtent un langage rajeuni aux impressions et aux sensations à traduire. Ce n'est pas, en effet, son cœur, mais plutôt son âme qu'il met à nu, ausculte, prend à partie et à témoin. Et pas plus que Baudelaire il n'a de larmes, « ni d'oignon pour les faire couler », dit encore Suarès. »* Lucien Descaves.

RÉF. : A. Thérive, *J. K. Huysmans*, 1924. – H. Bachelin, *J. K. Huysmans, du naturalisme littéraire au naturalisme mystique*, 1925. – H. Trudgian, *L'Esthétique de Huysmans*, 1935. – R. Baldick, *La Vie de J. K. Huysmans*, Paris, 1958. – F. Zayed, *Huysmans, peintre de son époque*, 1973. – A. Vircondelet, *Joris-Karl Huysmans*, Paris, 1990. – J. Borie, *Huysmans, le diable, le célibataire et Dieu*, Paris, 1992.

Hymne. Chant sacré en l'honneur d'une divinité. Dans l'Antiquité, poème en l'honneur des dieux et des héros. En poésie, un hymne retient généralement ce sens d'éloge en l'appliquant à des objets tantôt sacrés tantôt profanes, mais sans que le poème ait une forme fixée. Citons l'*Hymne des pères de famille* de Ronsard, l'*Hymne au Christ*, l'*Hymne de la mort*, l'*Hymne à la douleur*... de Lamartine. L'hymne s'ouvre généralement sur une invocation : « Frappe encore, ô douleur, si tu trouves la place !... » (Lamartine).

CHRISTIAN DOUMET.

Hyperbole. Du grec *huperbolè* : « excès ». Figure de rhétorique qui donne du relief à un énoncé en employant des termes exagérés, dépassant largement la pensée ; La Bruyère en utilise pour qualifier le courtisan : « Tyran de la société et martyr de son ambition » (*Les Caractères* [*]). On peut la trouver dans le langage parlé, mais on la rencontre surtout sous la plume des journalistes, pour attirer l'attention, particulièrement dans les titres, et, en littérature, dans les discours oratoires ou dramatiques. Créant un effet d'emphase, elle est aussi très présente dans les épopées, qui ont toujours cherché à amplifier les événements. Ainsi Victor Hugo accumule-t-il les hyperboles dans cette allégorie de la déroute : « La Déroute, géante à la face effarée, / Qui, pâle, épouvantant les plus fiers bataillons, / Changeant subitement les drapeaux en haillons » (*Les Châtiments* [*], « L'Expiation »).

ARLETTE BOUÉ.

I

Iambe. Dans la prosodie antique, pied composé d'une brève suivie d'une longue : u —. Pour des raisons qui tiennent à la qualité accentuelle de la prosodie française, la notion d'iambe n'y recouvre en principe aucune réalité (voir *pied*). Toutefois, le terme peut aider à caractériser approximativement certains phénomènes rythmiques. Elle a en particulier une grande importance dans la conception claudélienne de l'expression poétique : « On peut dire que le français est composé d'une série d'iambes dont l'élément long est la dernière syllabe du phonème et l'élément bref un nombre indéterminé pouvant aller jusqu'à cinq ou six de syllabes indifférentes qui le précèdent » (voir « Réflexions et propositions sur le vers français », in *Positions et propositions* de Claudel).

CHRISTIAN DOUMET.

Idylle. Petit poème bucolique et amoureux. Dans l'Antiquité, le terme s'appliquait à de « petits tableaux » de genre (c'est son sens étymologique). Mais, parmi les célèbres idylles de Théocrite, les plus prisées furent vite celles qui mettaient en scène des amours pastorales. Ainsi s'infléchit le sens du mot. Virgile et Ausone chez les Latins, Ronsard et André Chénier en France, ont illustré le genre de l'idylle. *La Légende des siècles* (*) de Victor Hugo comprend un ensemble consacré aux amours mythologiques et antiques, intitulé « Le Groupe des idylles ». Celle qui porte le nom de « Théocrite » est une imitation du modèle grec.

CHRISTIAN DOUMET.

Igitur ou la Folie d'Elbehnon. Conte inachevé, en prose, du poète Stéphane Mallarmé (1842-1898), publié en 1925 par le docteur Bonniot, à partir des notes laissées par le poète. C'est en 1869, au sortir de la grande crise inaugurée trois ans plus tôt, à l'occasion du travail sur *Hérodiade* (*), par la découverte du néant, que Mallarmé conçoit le projet d'*Igitur*, dont il révèle à Cazalis la finalité : « C'est un conte par lequel je veux terrasser le vieux monstre de l'impuissance, son sujet du reste, afin de me cloîtrer dans mon grand labeur déjà réétudié. S'il est fait (le conte), je suis guéri ; *Similia similibus.* » Ce conte resté à l'état d'ébauche, mais qui resurgira sous une autre forme dans le poème *Un coup de dés jamais n'abolira le hasard* (*), a donc pour Mallarmé en 1869 une fonction essentiellement thérapeutique ; il s'agit, comme le montre la référence à la formule même de l'homéopathie, de soigner le mal par le mal, c'est-à-dire de liquider définitivement une crise — celle de l'impuissance ou de l'absolu — que Mallarmé a désormais dépassée, en la revivant sous une forme littéraire. Tout le décor de ce conte, rideaux, tentures, chimères du mobilier, pièces d'orfèvrerie, miroir, et le drame même qui s'y joue, font revivre ainsi, notamment dans cette espèce de parenthèse rétrospective que constitue la « Vie d'Igitur », les nuits de Tournon et de Besançon où le rêve de création se heurte à l'impuissance et à l'ennui. Quatre parties, outre l'épisode intitulé « Vie d'Igitur », apparaissent dans ce conte : « Le Minuit », « L'Escalier », « Le Coup de dés », « Le Sommeil sur les cendres, après la bougie soufflée ». Si aventureux qu'il soit de renouer le fil d'un texte fragmentaire et inachevé, qui tient à la fois du conte et du *Discours de la méthode* — « ce Conte s'adresse à l'Intelligence du lecteur qui met les choses en scène, elle-même » —, on peut y lire au moins l'argument suivant : Igitur, le héros au nom de conjonction — une conjonction qui en rappelle une autre, l'« ergo » du « Cogito », surtout quand on sait que c'est très probablement la lecture de Descartes, en lui révélant la notion de fiction, qui a permis à Mallarmé, au début de 1869, de dépasser cette crise de l'absolu —, se découvre l'héritier d'une tradition littéraire immémoriale, ou d'une folie, celle d'un acte littéraire absolu capable d'abolir le hasard. Parce qu'il sait désormais la vanité de cet acte, Igitur, « suprême incarnation de cette race » atteinte par la « maladie d'idéalité », entreprend de renouer la généalogie de ce rêve ancestral en descendant, comme le Vigny de *L'Esprit pur*, dans les « escaliers de l'esprit humain ». En revivant l'histoire de ce rêve pour le porter à la conscience de soi, le « moi projeté absolu » d'Igitur se retrouve à la fin confronté à l'acte – le coup de dés – qu'attendent ses ancêtres, mais un acte qui n'est plus désormais qu'une fiction (« dans un acte où le hasard est en jeu, c'est toujours le hasard qui accomplit sa propre Idée en s'affirmant ou se niant »), si bien que le héros peut à la limite se contenter d'un simulacre : « Igitur secoue simplement les dés », avant de se coucher sur les cendres de ses ancêtres. Œuvre d'exorcisme, ce conte inachevé, à la fois odyssée mentale et saison en enfer, aura permis au rêveur absolu de redevenir, au début des années 1870, « un littérateur pur et simple ».

Igitur, en tout cas, témoigne, dans la prose mallarméenne, d'une écriture nouvelle, moins linéaire que circulaire ou plutôt spiralée, à l'image de cette descente dans les escaliers de l'esprit humain. Cette écriture musicale, déjà sensible dans les vers de l'*Ouverture ancienne d'Hérodiade*, avec des répétitions et des jeux d'échos syllabiques, ne survivra guère aux années 1860, et c'est une tout autre logique musicale que révélera ce qui peut apparaître comme l'ultime avatar d'*Igitur*, le *Coup de dés*.

B. Ma.

Île mystérieuse (L'). Roman d'aventures en deux parties (« Les Naufragés de l'air » et « L'Abandonné ») de Jules Verne (1828-1905), publié en 1874, faisant suite à deux autres volumes : *Les Enfants du capitaine Grant* et *Vingt mille lieues sous les mers*. Pendant la guerre de Sécession, des prisonniers des Sudistes réussissent à s'évader et à prendre possession d'un aérostat sur lequel ils s'envolent. En plein océan, l'engin est entraîné par une trombe marine et ses occupants viennent s'échouer sur la plage d'une île déserte. Privés de toutes ressources, les cinq compagnons (l'ingénieur Cyrus Smith, Gédéon Spillett, le noir Nab, le marin Pencroff et le jeune Harbert) essaient de trouver le moyen de faire face à la situation. L'île, qu'ils baptisent du nom de Lincoln, offre des ressources admirables et insoupçonnées. Nos cinq naufragés se persuadent bientôt qu'ils sont secourus par quelque puissance mystérieuse. Ils reçoivent également un message qui leur permet de retrouver le fameux Ayrton, l'ancien forçat que lord Glenarvan – v. *Les Enfants du capitaine Grant* – avait abandonné sur un îlot voisin et que nos gens parviennent à sauver. Finalement, une découverte leur révélera le mystère qui les obsède de plus en plus : le fameux « Nautilus » du capitaine Nemo a cherché refuge dans ces parages. En effet, les naufragés rencontrent l'illustre navigateur et arrivent tout juste pour assister à sa mort. Grâce au concours du capitaine Nemo, ils pourront par la suite rentrer dans leur patrie, emmenant avec eux Ayrton. Dans ce roman, Jules Verne s'est sans nul doute inspiré du *Robinson Crusoé* de Daniel Defoe. De même que Robinson est par-dessus tout l'incarnation de l'humanité pensante, les cinq naufragés de *L'Île mystérieuse* sont celle de l'humanité savante. Ils sont les tenants d'une civilisation fondée sur la science et la morale : comme tels, ils doivent pouvoir triompher des forces aveugles de la nature. Ce point de vue fait du roman une œuvre bien représentative de la mentalité de la seconde moitié du XIXe siècle.

Illuminations (Les). Recueil de poèmes en prose d'Arthur Rimbaud (1854-1891), publiés pour la première fois dans les numéros mai-juin 1886 de *La Vogue*, et en plaquette, la même année (notice de Paul Verlaine), sous le titre *Les Illuminations*, édition faite à l'insu de l'auteur qui se trouvait alors en Abyssinie. Cette première publication n'était pas entièrement conforme au manuscrit original : des omissions, erreurs typographiques et fautes de lecture, reprises par les éditions successives (en particulier celle de 1892, Vanier) en altéraient le sens. Contrairement à l'affirmation de Verlaine dans sa notice : « Le livre que nous offrons au public fut écrit de 1873 à 1875... » – et par conséquent postérieurement à *Une saison en enfer* (*) datée de 1873 –, une partie des *Illuminations* fut probablement composée en 1872 et dans les premiers mois de 1873. Toujours selon Verlaine, le titre serait de Rimbaud et viendrait du même mot anglais signifiant « gravures coloriées » [painted plates]. Le manuscrit autographe, incomplet à l'origine, compte au total quarante-quatre « illuminations » ; le musicien Charles de Sivry, beau-frère de Verlaine, le conserva jusqu'en 1886, puis le confia à Louis le Cardonnel qui le fit remettre à Gustave Kahn, alors directeur de *La Vogue*. Très tôt, Rimbaud s'était essayé au poème en prose, incité, semble-t-il, par la lecture de Baudelaire. C'est vers le premier semestre de 1872 qu'il aurait composé la *Chasse spirituelle*, manuscrit que nous ne connaissons que par la seule mention qu'en fait Verlaine dans une lettre à Charles de Sivry, en août 1878, et qu'on a voulu confondre avec *Les Illuminations*.

Synthèse de l'œuvre rimbaldienne, *Les Illuminations* ont ouvert de nouveaux horizons à la littérature, paraissant même frayer et épuiser d'avance les voies qu'elles impliquent. La ferveur de ce poète de dix-huit ans ressemble à celle d'un chercheur d'or trouvant la « veine » qui le sacre et justifie son existence ; et ce qui frappe dans cette œuvre, tout à la gloire de l'adolescence, c'est sa fulgurance et son intensité. Les références à des faits personnels ne manquent pas dans *Les Illuminations* ; ils en constituent même la matière essentielle, intégrée aux émotions « vécues » de la lecture et de la fiction : relation en quelque sorte d'une poésie en acte où on retrouve les souvenirs d'enfance, les vicissitudes de sa vie parisienne – un an plus tôt à l'appel de Verlaine il arrivait dans la capitale, apportant *Le Bateau ivre* (*) –, ses départs, ses randonnées solitaires, ses aspirations et ses tourments antérieurs, son récent séjour en Angleterre en compagnie de Verlaine ; mais peu importe en fait, et il n'entrait sans doute pas dans le dessein du poète de se livrer à des confessions dans le style romantique, fût-ce en transposant symboliquement les lieux, les comparses et le héros ; il s'agit encore moins de théâtre. Rimbaud sait qu'il est poète (lettre à Izambard, mai 1871), par ce qu'il a reconnu d'abord de semblable ou d'inférieur à lui dans les poètes consacrés, et par la révélation qu'il a de la valeur et de l'essence même de la démarche poétique ; avec la ferveur des pionniers, il va s'efforcer d'atteindre l'ardeur qui l'habite, au lieu de se borner à n'en saisir que les reflets, s'efforcer de se découvrir et non de s'exploiter comme en témoigne la *Lettre du voyant*. Que sont *Les Illuminations*, sinon des exercices intérieurs prolongeant les exercices d'après nature des *Poésies*. Un seul mouvement anime l'ensemble de ces poèmes : peintre de l'univers intérieur, Rimbaud va bouleverser la conception encore superficielle de l'introspection, tenter de se donner dans l'immédiat et la totalité une image du monde et de lui-même, trouver l'essentiel. De là une forme particulière de langage, dont les termes s'articulent sur la coloration affective dont ils sont chargés, sans perdre pour autant leur réalité propre, la qualité concrète qui a suscité cette coloration. Ainsi naissent et jaillissent ces rapprochements inusités (dont on fera un simple système formel) et ce rythme qui n'emprunte presque plus rien à la logique de la description réaliste. Car il ne s'agit pas de rendre « réelle » une vision, mais d'accéder à la « vision » de la réalité, d'explorer jusqu'au bout (il ira même jusqu'à user d'alcool et de haschich) les méandres de l'imaginaire, en dehors de l'espace et du temps familiers. Mû et pensé par ses sensations, ses émotions, ses images (« On me pense »), il entend les orchestrer tout en s'y livrant et prendre ainsi possession de lui-même. Poésie ascèse si l'on veut, pensée qui veut se faire à travers les données des sensations désorganisées pour les mieux saisir dans leur pureté originelle et leur vérité première, afin peut-être de retrouver et de prouver l'extase des fêtes de l'enfance contredites et déniées par le présent. Iconoclaste, rejetant ou refusant les symboles appris et l'imagerie sentimentale héritée, éventrant les idoles pour trouver son dieu, il refait ses propres symboles et sa propre mythologie, se dégageant peu à peu du pathos et des motifs sentimentaux de l'Occident avec des accents et des intuitions nietzschéennes : certains poèmes perdent le caractère visionnaire du recueil et prennent le tour « pensé », éthique, d'*Une saison en enfer*. *Les Illuminations* sont la révolte en acte, les délices du cri et les éblouissements : aphorismes cinglants, élans lyriques tronqués et ravalés, visions mystiques et prophétiques d'accent, golfes de tendresse soudain déployés sous le ravissement d'une aube d'enfance, plénitude et pureté anciennes qu'il ne peut désormais que cerner ou traverser, rages. Il serait vain de vouloir raconter ces poèmes (parmi les plus souvent cités : « Conte », « Parade », « Vies », « Matinée d'ivresse », « Barbare », « Démocratie », « Guerre », « Solde ») ou de les commenter pour eux-mêmes. Constatons qu'on y retrouve encore la conception du Poète inspiré, de l'Élu, du Héros vaticinant et irresponsable, l'élan vers une pureté idéale et sa contrepartie non moins idéale d'impureté ; mais chez Rimbaud la soif d'essentiel et de vérité, la vigilance envers soi-même, affirment et dénoncent à la fois les jeux les plus séduisants de l'imagination qui se consume dans la solitude de sa splendeur. Il semble amorcer ici une expérience sur la nature même de son inspiration, et de trop bien la connaître lui fera perdre bientôt le goût de la cultiver ; emporté dans ce mouvement, irréversible sans l'acceptation de compromissions, il ne fera que se déterrer lui-même et se mettre au jour, changeant d'esprit et amenuisant peu à peu jusqu'au silence sa nécessité d'écrire – v. *Une saison en enfer*. C'est de ce même silence que *Les Illuminations* et l'œuvre entière de Rimbaud, qui a bouleversé la poésie moderne, tirent un supplément de richesse, de résonance et de profondeur.

Illusion comique (L'). Comédie en cinq actes et en vers de Pierre Corneille (1606-1684), jouée pour la première fois à Paris, au théâtre du Marais, en 1636, et publiée en 1639. Corneille n'avait encore donné aucune de ses grandes tragédies ; dans *Médée* seulement, il avait commencé à faire entendre des accents nouveaux, mais *Médée* n'était qu'une imitation d'Euripide et de Sénèque ; c'est comme poète comique qu'il s'était fait connaître avec *Mélite*, ainsi que notamment *La Galerie du palais* et *La Place royale*. Aussitôt après *Médée*, il donne *L'Illusion comique*, qu'il définit lui-même dans sa dédicace comme un étrange monstre. L'expérience fut bien reçue du public qui fit un long succès à *L'Illusion comique*. Clindor, depuis des années, s'est enfui de la maison familiale, à cause de l'excessive sévérité de son père, Pridamant. Toutes ses recherches étant demeurées vaines, Pridamant s'adresse, en désespoir de cause, à un magicien, Alcandre. Celui-ci lui révèle que, après avoir tâté de plusieurs métiers, son fils est maintenant le second, grassement payé, d'un capitan fanfaron, Matamore. Il lui promet de le faire apparaître dans sa grotte, grâce à ses enchantements. Le vieillard, qui a suivi l'enchanteur, assiste alors à des scènes et des dialogues qui se déroulent fort loin du lieu où il se trouve. Le spectateur, lui-même, peut voir et entendre le rusé Clindor se
perpétuelles rodomontades du spada
maître, et de sa ridicule passion pou
devenue amoureuse de Clindor. Men
père d'Isabelle, Géronte, et berné pa
le capitan finit par s'incliner devant
teur. L'intrigue se complique avec

scène de Lyse, servante d'Isabelle, elle-même amoureuse de Clindor. S'en voyant dédaignée, elle médite de se venger. Mais Pridamant, malgré les propos rassurants d'Alcandre, est fort inquiet ; il voit son fils en danger et ne sait comment lui porter secours. Ainsi s'achève l'acte II. À l'acte III surgissent de nouvelles traverses : le père d'Isabelle a choisi un époux pour sa fille et ce n'est naturellement pas Clindor, mais Adraste. Celui-ci s'estime blessé par les insolences de Clindor et le provoque, tandis que Matamore s'enfuit. Clindor succombe. Les enchantements finis, les visions évanouies, Pridamant se lamente sur la mort de son fils ; mais pour le rassurer le magicien lui montre Clindor qui n'est pas mort, mais seulement en prison pour avoir tué Adraste. Aidé par Isabelle et Lyse qui, prise de remords, a séduit le geôlier, il parvient à s'évader.

À l'acte V, nous voyons Isabelle, Lyse et Clindor, vêtus en grands personnages. Clindor, qui s'apprête à consommer l'adultère avec la princesse Rosine, femme de son bienfaiteur, en est retenu par Isabelle à laquelle il rend son cœur volage. Résistant ensuite à la passionnée Rosine, il n'en est pas moins assassiné par les sbires du prince qui les faisait surveiller, et Isabelle, qui s'était précipitée, est entraînée auprès du prince, amoureux d'elle depuis longtemps. Désespoir de Pridamant sous l'œil ironique d'Alcandre, qui lui montre alors les mêmes personnages, bien vivants et en train de se partager de l'argent : devenus comédiens, Clindor et ses amis viennent d'interpréter le dernier acte d'une sanglante tragédie. Alcandre parvient, non sans mal, à convaincre Pridamant des vertus du théâtre et du bon choix de son fils.

Telle est cette « galanterie extravagante » dont la nouveauté a assuré une bonne part du succès : une pièce qui commence dans une atmosphère de mystère dans un cadre de pastorale (un magicien et sa grotte), se poursuit dans la comédie pure (un couple d'amoureux se moquant d'un fanfaron), débouche sur la tragicomédie (trahison, duel, mort, prison, évasion), et finit en tragédie (assassinat du héros) tout en se prétendant comédie ; une pièce qui raconte une histoire à travers des fragments d'histoires, qui fait parler le plus le personnage qui agit le moins (Matamore), qui plonge le public dans l'illusion la plus complète afin de démonter le processus de l'illusion théâtrale, qui provoque le rire le plus franc avant de conduire le spectateur au bord de la terreur et de la pitié tragiques... Corneille en 1635-1636 se sentait donc déjà assez sûr de lui pour se laisser aller à un tel « caprice » qui déroule quatre années en deux heures, qui nous fait passer de la Touraine à Bordeaux, avant de nous conduire en Angleterre et à Paris, qui mélange les genres, qui accorde une attention différente aux personnages selon les actes, et qui surtout, loin de concentrer, fait éclater l'action entre trois niveaux différents qui s'emboîtent les uns dans les autres. Chef-d'œuvre du théâtre baroque, dit-on aujourd'hui. On peut le dire, en effet ; mais Corneille n'avait pas habitué son public à cette veine. La clé de l'originalité de *L'Illusion comique* est donc tout entière dans cette structure dite du « théâtre dans le théâtre » : contrastes et paradoxes se résolvent tous par le fait que *L'Illusion comique* est une œuvre dans laquelle une pièce (acte V) s'enchâsse dans une autre pièce (actes II, III, IV) qui s'enchâsse elle-même dans une première pièce (acte I et fin de l'acte V). De là, la variété des lieux dans un lieu unique, l'étalement du temps dans une durée très courte, la multiplicité des actions à l'intérieur de la même histoire. De là, cette pièce que son auteur présente comme le comble de l'originalité, alors qu'elle est, si l'on prend isolément situations, personnages et thèmes, l'une des moins originale de tout son théâtre. En somme, *L'Illusion comique* est la plus belle démonstration du brio de Corneille, et ce brio on le retrouve même dans les situations les moins originales de la pièce : qu'est-ce que Matamore, en effet, si ce n'est l'un des personnages les plus codés de toute l'histoire du théâtre, présent dans une bonne part des tragi-comédies de la même époque ? Or Corneille l'a traité avec une verve si étincelante qu'il a assuré une bonne part du succès de la pièce et qu'il a fait oublier tous les soldats fanfarons qui l'avaient précédé.

G. F.

Illustres Françaises (Les). Roman de Robert Challe (1659-1721), publié en 1713. Ce fut un des grands succès du XVIIIe siècle comme l'attestent une vingtaine d'éditions, des adaptations théâtrales, des traductions et les continuations qu'on tenta de lui donner. Il est construit sur le type des histoires encadrées : un groupe d'amis de la bourgeoisie et de la noblesse parisienne forme un cadre de devisants à la composition variée, qui écoute sept récits successifs, faits par quatre d'entre eux. Trois de ces narrateurs rapportent ainsi non seulement leurs propres aventures mais aussi celles d'un tiers ; pourtant ces récits, sauf dans un cas, sont tous à la première personne. Si l'on ajoute que les personnages cumulent souvent leur rôle de récitant et celui de protagoniste, qu'ils circulent à l'intérieur de plusieurs histoires, que ces histoires même interfèrent entre elles, on comprendra que ce roman retient l'attention du seul point de vue des structures narratives.

Les six premières histoires sont celles de couples : « Histoire de M. Des Ronais et de Mlle Dupuis », « Histoire de M. de Contamine et d'Angélique », « Histoire de M. de Terny et de Mlle Fenouil », « histoire de M. Des Prez et de Mlle de l'Épine », « Histoire de M. Des Frans et de Silvie ». La septième, « Histoire de M. Dupuis et de Mme de Londé », avant d'en venir à l'histoire de ces deux amants, fait le récit des débauches et des aventures amoureuses de Dupuis le libertin. Cette énumération et la variété des techniques utilisées ne sauraient cependant masquer une unité profonde que l'auteur indique dans sa préface, en parlant de « son roman et ses histoires ». La série des interférences entre les personnages d'une part, et entre les narrations d'autre part, a pour effet de placer l'intérêt romanesque dans la lecture elle-même. En confrontant les points de vue sur une même réalité diversement éclairée, en faisant que tel mystère se résout ailleurs, dans un autre récit convergent, le romancier confie au lecteur l'analyse critique de la subjectivité de tout récit. L'unité est également à trouver dans la problématique factuelle : les histoires sont d'abord celles des obstacles qui se dressent devant les amants désireux de s'unir par amour et celles des diverses solutions qu'ils mettent en œuvre pour les surmonter : l'attente avec ses risques (1re histoire) et ses miracles (2e histoire) ; le mariage secret et son issue ici toujours tragique (5e et 6e histoire) ; le mariage coup de force, évidemment exceptionnel (3e histoire) ; l'union libre aussi parfois (la veuve de la 7e histoire), tandis que se profilent à l'horizon du roman les solutions sages du mariage de raison. L'unité est encore idéologique, qui, suivant les indications du titre, se trouve dans la constitution d'un idéal féminin attachant, celui de jeunes femmes lucides, point bégueules mais réservées, aimantes, constantes et capables de soutenir jusqu'au bout leurs engagements. Un idéal d'autant plus convaincant que ces figures sont saisies dans le commerce ordinaire de la vie, selon les principes de l'histoire véritable, qui relève du naturel plutôt que du réalisme. Ce n'est pas un des moindres paradoxes que ce roman, anonyme, ait longtemps servi à nommer celui qui ne voulait être que « l'auteur des *Illustres Françaises* ».

J. Po.

Image. Processus logique s'adressant surtout à l'imagination, d'où son nom, qui vise à rendre une action ou une idée plus claire ou plus belle en lui donnant des caractéristiques empruntées à d'autres objets, autrement dit en détournant, dans un contexte précis, un mot de son sens habituel. Elle peut prendre la forme d'une comparaison, d'une métaphore, d'une allégorie (v. ces mots). Ce procédé très vivant se rencontre aussi bien dans la langue parlée que dans la littérature. Elle tire sa force de sa nouveauté, s'affaiblit quand elle est usée : il s'agit alors d'un cliché.

ARLETTE BOUÉ.

Impromptu. Du latin *in promptu* : « sous la main, sur-le-champ ». Désigne une petite création artistique, en principe improvisée ; on en trouve dans le domaine musical, en particulier, à l'époque romantique, des œuvres pour piano, mais aussi en littérature. Ainsi Molière, après avoir répondu aux attaques dirigées contre *L'École des femmes* (*) grâce à *La Critique de l'École des femmes,* créa une nouvelle pièce, *L'Impromptu de Versailles,* pour tenter de contrer définitivement les arguments de ses détracteurs. Dans les onze scènes de son acte unique, il se présente lui-même, s'occupant des répétitions, et prenant ses ennemis à partie ; deux mois plus tard, Montfleury, acteur de l'hôtel de Bourgogne qu'il avait ridiculisé, lui répondit dans *L'Impromptu de l'Hôtel de Condé ;* le caractère polémique de ces textes apparaît donc nettement. Mais le mot pouvait désigner simplement une création écrite en peu de temps, que l'on prétendait improvisée, le plus souvent en vers, sous forme de couplet, madrigal ou épigramme : parmi les jeux auxquels s'adonnaient les précieux au XVIIe siècle, et qui obligeaient les habitués des salons à rivaliser d'esprit, figuraient ces courtes compositions à forme imposée : « Je vous ferai un impromptu à loisir que vous trouverez le plus beau du monde » (Molière, *Les Précieuses ridicules*[*]). Au XXe siècle, des auteurs dramatiques ont repris le genre, comme Jean Giraudoux qui, dans *L'Impromptu de Paris,* réfléchit à son tour sur l'art théâtral avec les acteurs de la troupe de Louis Jouvet, ou Eugène Ionesco dans *L'Impromptu de l'Alma.*

ARLETTE BOUÉ.

Incipit. Mot latin signifiant « il commence ». Terme qui, en paléographie — science des écritures anciennes —, désigne les premiers mots d'un manuscrit, et, dans le domaine religieux, le début d'un document ecclésiastique, d'une bulle. En littérature, il s'applique, par analogie, au commencement d'un ouvrage. Il peut même servir de titre à un poème : « Heureux qui comme Ulysse... » (Du Bellay, *Regrets* [*]), « La servante au grand cœur... » (Baudelaire, *Les Fleurs du mal* [*]). Dans un roman, où il représente la plongée dans le texte, son rôle est essentiel. Ces premiers mots sont parfois des tournures consacrées, que l'on retrouve régulièrement au début de certaines œuvres, comme les contes pour enfants : « Il y avait dans un grand vieux château... », « Il y avait dans les terres du pays d'Auge... » (George Sand, *Contes d'une grand-mère,* « La Reine Coax », et « Les Ailes du courage »), en particulier les contes de fées : « Il était une fois un roi et une reine... », « Il était une fois un gentilhomme... » (Perrault, *La Belle au bois dormant,* et *Cendrillon*). Comparer les incipit de différents romans, contes ou nouvelles peut être fort intéressant, et révéler que beaucoup d'écrivains traditionnels présentent d'abord les lieux : « La Grand-Rue-du-Port, à Chasseneuil... » (Genevoix, *Lorelei*) ; d'autres montrent les personnages en pleine action : « Un matin que Madeleine Blanchet, la jeune meunière de Cormouer, s'en allait... » (George Sand, *François le Champi*), tandis que certains auteurs préfèrent commencer par un dialogue : « Ça, mon ami, dis-je à Labarbe, tu viens encore de prononcer... » (Maupassant, *Ce cochon de Morin*).

ARLETTE BOUÉ.

Index. L'*Index librorum prohibitorum* est le répertoire, édicté par l'Église romaine, des ouvrages interdits de lecture. Créée par Paul IV en 1559, pour lutter contre les hérésies et l'atteinte aux bonnes mœurs, cette censure, promulguée sous le nom d'Index par le concile de Trente en 1564, connut trente-deux éditions jusqu'en 1948, date de sa dernière publication. D'abord confié à la Congrégation de l'Index puis au Saint-Office (en 1917), il fut supprimé en 1966, sous le pontificat de Paul VI. Une centaine d'ouvrages furent mis à l'Index au XVIIe siècle, une cinquantaine au XVIIIe siècle, dix-neuf au XIXe siècle et seize au XXe siècle. Parmi les auteurs français, citons : Abélard, d'Alembert, Béranger, Condillac, Condorcet, Descartes, Diderot, Dolet, Fénelon, Gide, Hugo, La Fontaine, Lamartine, Lamennais, Montaigne, Montesquieu, Pascal, Rabelais, Rousseau, Sartre, Voltaire et... le *Grand Dictionnaire universel du* XIXe *siècle* de Pierre Larousse...

FRANÇOIS BODDAERT.

Ingénu (L'). Conte satirique de Voltaire (François-Marie Arouet, 1694-1778). L'ouvrage fut imprimé à Genève par les Cramer, sous le titre de *L'Ingénu* et portant comme mention de lieu Utrecht et non Genève ; les premiers exemplaires parvinrent à Paris au mois d'août 1767. Voltaire ne voulut pas convenir qu'il en était l'auteur, et, lorsqu'il autorisa un éditeur parisien à publier ce conte, celui-ci fut présenté comme une œuvre de Monsieur du Laurens, le fameux satiriste anticlérical, qui venait de publier, en 1764, *L'Évangile de la raison* et allait publier le *Compère Mathieu.* Du Laurens, d'ailleurs, ne risquait rien ; ses écrits étaient encore plus violents et il y avait longtemps qu'il avait quitté la France pour la Hollande. L'éditeur parisien Lacombe donna pour titre à l'œuvre : *Le Huron ou l'Ingénu*, titre sous lequel elle est également connue. L'histoire du Huron, qui se passe sous le règne de Louis XIV, est proposée aux lecteurs comme étant une « Histoire véritable tirée des manuscrits du père Quesnel » (le fameux théologien mort au début du siècle). Un jeune homme, qui a toujours vécu parmi les Hurons en Amérique, débarque en Basse-Bretagne où un prieur et sa sœur le reconnaissent pour leur neveu, Hercule de Kerkabon. Comme « il dit toujours naïvement ce qu'il pense et qu'il fait ce qu'il veut », en « bon sauvage » qu'il est, il est surnommé l'Ingénu. Se confiant à son intelligence naturelle que n'ont point corrompue les préjugés, il va connaître bien des mésaventures, au cours desquelles ses étonnements, apparemment naïfs, lui feront proférer une série de jugements pleins de sagacité. Converti par sa nouvelle famille, il est baptisé et s'éprend de sa marraine, Mlle de Saint-Yves qu'il ne peut épouser, la parenté spirituelle qui existe entre eux étant un obstacle selon les lois de l'Église. Après avoir vaillamment repoussé une attaque anglaise en Basse-Bretagne, il se rend à Versailles pour y trouver le prix de ses services et tâcher d'obtenir la main de sa fiancée. En chemin, il soupe avec des Huguenots, puis parvient à la Cour ; loin d'avoir satisfaction, il se voit éconduire et mettre à la Bastille pour avoir déplu à un commis. Il a pour compagnon de captivité un janséniste, qui fait son instruction et s'émerveille de sa perspicacité et de la justesse de son esprit : « Son entendement, n'ayant point été courbé par l'erreur, était demeuré dans toute sa rectitude. » Son bon sens parvient à modifier certaines des opinions du janséniste. Pendant ce temps, le prieur et sa sœur tentent en vain de le faire relâcher. Mlle de Saint-Yves, s'échappant du couvent où on l'avait fait enfermer, part pour Versailles et arrive à déjouer ses poursuivants. Elle obtient d'être reçue par un sous-ministre, Saint-Pouange, et sollicite l'élargissement de son amant. Elle résiste aux propositions déshonnêtes qui lui sont faites, puis finit par céder, un jésuite lui ayant fait entendre qu'elle doit délivrer l'Ingénu, même si son honneur en est le prix. Tandis que l'on fête la libération du Huron, Mlle de Saint-Yves tombe malade de douleur et de honte ; des médecins (tournés en ridicule par l'auteur) s'empressent à son chevet, et elle meurt. M. de Saint-Pouange, qui n'est pas foncièrement mauvais, éprouve des remords et fait accepter à Hercule de Kerkabon, instruit par l'expérience et devenu philosophe, une charge d'officier : « Le temps adoucit tout. »

Ce conte philosophique est écrit avec beaucoup d'esprit. Le problème traité est celui du bonheur social, entravé par les conventions et l'ingérence de la religion dans la vie intime des individus. L'amour est le ressort qui déclenche les événements, et les événements appellent les réflexions. Cette fiction, présentée sous la forme d'un court roman, permet à Voltaire de répandre certaines de ses idées philosophiques. Il critique les abus sociaux et s'en prend tour à tour aux jésuites, aux jansénistes, aux hauts fonctionnaires, aux médecins. Il défend la « simple nature », le « bon sauvage », contre les coutumes imposées par la civilisation et que ne ratifie pas la raison. La vérité que présentent ces lestes croquis demeure cependant toujours caricaturale. Le ton est gai, vif, mordant. *L'Ingénu* possède toutes les brillantes qualités qui firent le succès de Voltaire.

Intermède. Du latin *intermedius :* « interposé, intercalé ». Désigne un divertissement que l'on jouait autrefois entre les actes d'une pièce de théâtre ou pendant les entractes de n'importe quel spectacle. Il était essentiellement constitué de chants et de danses, exécutés par un chœur et un ballet. Il connut son heure de gloire au XVIIe siècle, grâce à la conjonction de trois circonstances exceptionnelles : Louis XIV adorait la danse, art dans lequel lui-même excellait, Lully et Marc-Antoine Charpentier, musiciens de génie, travaillèrent en collaboration avec Molière, et d'illustres danseurs, présents à Versailles, pouvaient exécuter ces petits ballets. C'est ainsi qu'entre les cinq actes du *Bourgeois gentilhomme* (*) prennent place quatre intermèdes, et la pièce se termine en apothéose avec le *Ballet des nations.* D'autres œuvres de Molière comportent des intermèdes, même la dernière, *Le Malade imaginaire* (*), qui en offre trois. Le goût de l'époque pour la magnificence, le spectacle total associant littérature et musique, a souvent été oublié car on réduit trop fréquemment le XVIIe siècle au classicisme ; or chants et danses n'avaient pas leur place que dans les intermèdes, mais étaient parfois aussi intimement liés à l'action, comme dans les « tragédies en musique », dont *Andromède* de Corneille est un bel exemple, ou les comédies-ballets, ou spectacles féeriques et mythologiques, tels que *Psyché,* né de la collaboration de Corneille et Molière. Les genres se sépareront ensuite pour donner naissance à l'opéra français.

ARLETTE BOUÉ.

Intertextualité. Recouvrant en partie la fonction que la poétique traditionnelle attribuait à l'*imitatio,* mais réélaborée par Julia Kristeva en référence aux concepts de polyphonie et de carnavalisation chers à Bakhtine, la notion d'intertextualité définit l'ensemble des relations multiples (citations, plagiats, parodies, allusions) qu'un texte, séquence de texte ou mot entretiennent avec d'autres textes, séquences de textes ou mots qui les précèdent ou les suivent dans l'histoire littéraire. À cet égard, tout énoncé se construit explicitement ou non à la jonction d'autres énoncés dont il est à la fois la relecture, l'interprétation (dans ce cas l'intertexte peut fonctionner comme *interprétant*), la condensation ou le déplacement, « l'intertexte n'ayant d'autre loi que l'infinitude de ses reprises » (Barthes). Le texte littéraire ne s'articule pas toujours à d'autres textes littéraires : il peut se concevoir à l'intérieur d'une formation ou d'un mode de représentation idéologique, d'un savoir doxographique communément partagé (Flaubert génère des séquences entières à partir du dictionnaire des « idées reçues », soit des formules stéréotypées constituant le discours dominant de son temps). Préférable parce que plus englobant, le concept d'*interdiscours* permet de considérer toute activité textuelle comme étant par nature déjà intertextuelle et hétérogène, radicalisation qui conviendrait au postmodernisme actuel. *Intertextualité* peut s'opposer à *intratextualité.*

OLIVIER POT.

Inversion. Du latin *invertere* : « retourner ». Elle désigne un changement dans l'ordre habituel des mots : obligatoire dans certaines tournures, comme l'interrogation, les incises, les phrases commençant par un adjectif attribut, l'expression du souhait, de la concession, de la supposition au subjonctif, qui, toutes, placent le sujet après le verbe : « Que béni soit le ciel » (Racine, *Esther* [*]). L'inversion est conseillée, surtout à l'écrit, après certains adverbes et locutions, comme « aussi », « peut-être ». En dehors de ces cas, on y recourt pour obtenir plus de clarté ou de logique, mais surtout dans des textes très littéraires, en particulier poétiques, afin de mettre en valeur le mot déplacé, ou de créer un effet de rythme, de sonorité : « Toi qui ... / Fus de mes premiers ans la compagne assidue / Et qui d'un même joug souffrant l'oppression » (Racine, *Esther*).

ARLETTE BOUÉ.

IONESCO Eugène. Auteur dramatique né le 26 novembre 1912 à Slatina (Roumanie), mort le 28 mars 1994 à Paris. La vie d'Eugène Ionesco, né de père roumain et de mère française, est très vite l'histoire d'une séparation. Après l'enfance française, partagée entre Paris et les années lumineuses de La Chapelle-Anthenaise, dans la Mayenne, Ionesco retourne en Roumanie — il y apprendra le roumain —, où il vivra de 1925 à 1938. C'est la fin du paradis, la révélation du temps et de la mort. C'est aussi la deuxième rupture, celle de ses parents ; dès lors, l'équation est assez simple : mère = France, père = Roumanie : « Le mot patrie n'est pas supportable puisqu'il signifie le pays du père ; mon pays pour moi était la France [...] parce que mon pays ne pouvait être que celui dans lequel vivait ma mère. » En 1937, Ionesco, alors professeur, épousait Rodica Burileano, dont il aura une fille en 1944. C'est en France qu'il entreprend de rédiger une thèse de littérature : *Les Thèmes du péché et de la mort dans la poésie française depuis Baudelaire.* De retour en Roumanie peu avant la guerre, la montée du fascisme lui est vite intolérable : tous ses amis y succombent en « rhinocéros ». Refusant aussi bien de « mourir pour le nazisme » que de « combattre pour Staline », Ionesco décide de quitter promptement le pays, et de s'établir définitivement en France. On est loin encore de l'« antithéâtre », loin même, semble-t-il, du théâtre — que Ionesco avouera plus tard ne pas aimer.

Était-ce cette étrangeté à sa propre langue, son « étonnement » primitif face au monde qui l'entraînera jusqu'à *La Cantatrice chauve* (*) ? C'est, dit-il, en essayant d'apprendre l'anglais dans un manuel de conversation qu'il eut l'intuition de sa première pièce (1950). Si *La Cantatrice chauve* surprit tout le monde, affligea bon nombre de critiques et simples spectateurs — mais reste, avec *La Leçon*, la seule pièce jouée sans interruption depuis plus de trente ans dans un théâtre parisien —, elle inaugure une œuvre proliférante et variée, qui n'exclut aucun genre (sinon la poésie) : de la critique (*Non* [*Nu*, 1934], recueil d'articles rédigés en roumain ; *Notes et Contre-notes*, 1962) au cinéma, en passant par l'autobiographe (*Journal en miettes*, 1967, *Passé présent présent passé*, 1968), le roman, les contes pour enfants et le dessin (*Le Blanc et le Noir*, 1981). Mais Ionesco est avant tout auteur dramatique. Chaque année, presque, verra la création d'une nouvelle pièce. Hormis peut-être

Les Chaises (1952), la plus « beckettienne » des œuvres de Ionesco, les premières pièces s'élaborent autour de la dérision du langage et des conventions : *La Leçon* (1951), *Victimes du devoir* (1953), *Amédée ou Comment s'en débarrasser* (1954), *Jacques ou la Soumission* (1955). Avec *Tueur sans gages* (1957), Ionesco introduit le personnage de Bérenger, humaniste naïf qui réapparaît dans *Rhinocéros* (1958) et *Le roi se meurt* (1962). Les pièces suivantes (*La Soif et la Faim*, 1966, *Macbett*, 1972) prennent volontiers un tour parabolique ; jusqu'à *L'Homme aux valises* (1975), dont le titre ne pouvait mieux définir le destin de Ionesco.

C'est aux premières heures de la « révolution roumaine » de décembre 1989 que Ionesco refera une entrée en scène spectaculaire. Multipliant les appels à la communauté internationale pour inciter les gouvernements à venir en aide matériellement et militairement au peuple roumain, Ionesco semble alors retrouver une manière d'identité avec le pays de son père : « Je suis Français par ma culture mais je me sens redevenir Roumain. »

« Antithéâtre », « drame comique », « farce tragique », Ionesco a très souvent, fût-ce sur le mode parodique, apposé ses propres étiquettes à ses œuvres comme sur des pots de confiture savoureuse. Mais la naissance et le développement de son œuvre dramatique – qui, négligée au départ, atteint en dix ans un succès impressionnant – est inséparable, aussi, des jugements critiques auxquels elle a donné lieu. C'est dans un dialogue permanent avec cette critique honnie que Ionesco, qui lui-même a bien volontiers pratiqué le genre, édifie son œuvre. Ionesco se dit toujours fidèle à sa quête d'un théâtre d'« avant-garde », fondé sur quelques principes élémentaires (refus de la psychologie classique, de la séparation en genres, de l'identité), qui se résument en un seul : l'accueil de la contradiction : « Rien n'est tragique, tout est comique, tout est réel, irréel, impossible, concevable, inconcevable. Tout est lourd, tout est léger. » Force est pourtant de constater que l'œuvre a évolué vers moins de provocation vraie et plus de concessions à la convention. *La Cantatrice chauve* et *La Leçon* introduisent indéniablement un ton nouveau, fait d'une continuelle rupture avec les automatismes du quotidien et de la norme : un « scandale » réussi, qu'un seul critique éclairé, Jacques Lemarchand, sut apprécier avec éloquence, humour et poésie : « Ce théâtre est pour moi un théâtre d'aventure, prenant ce mot dans le sens même où l'on parle de roman d'aventure. Il est théâtre de cape et d'épée, illogique comme l'est *Fantômas* (*), invraisemblable comme l'est *L'Île au trésor*, aussi irrationnel que *Les Trois Mousquetaires* (*). Mais comme eux poétique et burlesque, et exaltant, et comme eux passionnant. » Avec *Les Chaises*, Ionesco donne à son théâtre la dimension métaphysique qu'il développera jusqu'à la refondre dans une structure plus classique avec *Le roi se meurt*. Mais c'est avec *Tueur sans gages*, puis surtout *Rhinocéros*, que l'auteur fait son entrée dans la signification, voire le théâtre à thèse, ce que certains ne lui pardonneront pas. Si Ionesco, davantage rivé au réel, a quitté son état d'apesanteur linguistique (l'envol et la lévitation comptent parmi les plus beaux fantasmes de son œuvre), sa parole intarissable et sa confiance, malgré qu'il en ait, dans le dialogue avec ses contemporains en font un des « fous » les plus respectables de son temps.

ANOUCHKA VASAK.

RÉF. : Ionesco, *Notes et Contre-notes*, Paris, 1962 et 1966. – *Entre la vie et le rêve, entretiens avec Claude Bonnefoy*, Paris, 1966 et 1977. – Serge Doubrovsky, « Le Rire d'Eugène Ionesco », *N.R.F.*, février 1960. – Paul Vernois, *La Dynamique théâtrale d'Eugène Ionesco*, Paris, 1972. – Emmanuel Jacquart, *Le Théâtre de dérision*, Paris, 1974.

Iphigénie en Aulide. Tragédie en cinq actes, de l'auteur dramatique Jean Racine (1639-1699). Représentée somptueusement à Versailles le 18 août 1674, puis à Paris, sur la scène de l'Hôtel de Bourgogne, en janvier 1675, elle remporta le plus vif succès. C'est plus spécialement de l'œuvre d'Euripide *Iphigénie en Aulide* que s'inspira alors Racine, revenant aux sujets grecs qu'il avait délaissés, depuis *Andromaque* (*), pour des tragédies romaines ou orientales ; *Britannicus* (*), *Bérénice* (*), *Bajazet* (*) et *Mithridate* (*). Le Clerc et Coras unirent leurs maigres talents pour tenter de concurrencer Racine. Mais leur pièce, jouée quatre ou cinq fois, en mai 1675, au théâtre de la rue Guénégaud, ne s'attira que brocards et dédains. En 1640, Rotrou avait déjà écrit une *Iphigénie,* à l'exemple de Sibilet dont l'œuvre date de 1549. Cependant Racine ne doit rien à l'un et à l'autre de ces deux écrivains. Par ailleurs, on sait qu'il prépara une *Iphigénie en Tauride,* dont il écrivit le premier acte en prose.

Le premier acte d'*Iphigénie* se passe à Aulis, dans le camp des Grecs, avant le lever de l'aurore. Agamemnon, qui s'était tout d'abord rendu aux volontés de Calchas le devin et s'apprêtait à immoler sa fille, est pris de remords. Il vient d'envoyer l'un de ses serviteurs dévoués, Arcas, afin d'arrêter sur le chemin Iphigénie et sa mère Clytemnestre, venues toutes deux d'Argos. Pour leur expliquer la nécessité de ce voyage, Agamemnon avait argué de l'impatience d'Achille, fiancé à Iphigénie, disant que ce dernier voulait qu'on célébrât les noces avant le départ de la flotte. Le roi prétexte maintenant qu'Achille, amoureux d'une captive, Ériphile, ne consent plus à un mariage aussi précipité. En butte aux reproches d'Ulysse, roi d'Ithaque, qui lui fait grief de son manque de piété et d'obéissance aux dieux et qui montre la plus grande hâte à faire voile en direction de Troie, le malheureux père défend cependant sa fille avec quelque fermeté, lorsqu'on lui annonce soudain l'arrivée d'Iphigénie et de Clytemnestre. À l'acte II, Ériphile, jeune captive qu'Achille a ramenée de son expédition contre Lesbos, découvre à sa suivante qu'elle aime le fiancé d'Iphigénie et qu'il n'y a rien qu'elle ne se sente capable de tenter pour empêcher l'union que l'on projette. Là-dessus paraît Iphigénie qui s'étonne de la froideur de son père et pose avec candeur des questions qui semblent sinistres. Trompées par le billet que leur envoya trop tard Agamemnon, Clytemnestre et sa fille éconduisent Achille sans que celui-ci puisse s'expliquer leur conduite. L'acte III débute par une scène brève entre Agamemnon et la reine, à qui ordre est donné de s'éloigner du camp avant la cérémonie nuptiale. Incapable de comprendre cette fantaisie du roi, Clytemnestre s'étonne. Mais Arcas, se refusant à être complice d'un pareil crime, révèle à tous l'effrayante vérité et le subterfuge d'Agamemnon pour tromper sa fille et éloigner Clytemnestre. Et c'est alors le magistral « Il l'attend à l'autel pour la sacrifier » qui tombe comme une saisissante prise de conscience de toute l'horreur de la pièce, et que suivent les cris : « Lui ! » — « Sa fille ! » — « Mon père » — « O ciel, quelle nouvelle ». Outré que l'on ait abusé de son nom pour faire tomber Iphigénie dans un piège, Achille assure à la mère éplorée : « Votre fille vivra, je puis vous le prédire. » Agamemnon, se voyant démasqué, plaide misérablement sa cause devant Iphigénie, qui lui adresse de tendres reproches, et devant Clytemnestre qui n'épargne pas les injures. Il décide de faire évader les deux femmes. Mais, jalouse, Ériphile ne veut point renoncer à la mort de sa rivale et va dénoncer les projets de fuite à Calchas. À l'acte V, Iphigénie, arrêtée alors qu'elle quittait Aulis, se résigne à la mort. Encore une fois Achille a pris des mesures pour la défendre de la cruauté de Calchas ; il la supplie de le suivre. Elle s'y refuse avec beaucoup de dignité. De son côté la reine fait montre d'une douleur presque extravagante, qui lui fait dire : « Oui, je la défendrai contre toute l'armée. » Iphigénie lui fait ses adieux, et s'éloigne pour satisfaire aux exigences des dieux. Après que la reine indignée a appris de la bouche de sa suivante qu'Ériphile a embrassé le parti du devin Calchas et dénoncé Iphigénie au moment de sa fuite, Arcas vient annoncer qu'Achille s'emploie de tout son pouvoir à retarder l'instant du sacrifice. Enfin le coup de théâtre attendu permet à l'œuvre de finir dans une apothéose ; Ériphile a été reconnue comme une autre Iphigénie, fruit d'un mariage clandestin entre Thésée et Hélène, de telle sorte que l'oracle qui désignait pour victime « une fille du sang d'Hélène » s'éclaircit désormais. Pressée de faire un choix, l'armée la désigne au coup fatal. Elle devance le sacrificateur et se tue elle-même, laissant à leur joie Iphigénie, Clytemnestre et Achille.

Retour au mythe, après quatre pièces historiques ? *Iphigénie* est en fait plus qu'un simple retour : elle représente l'irruption du sacré dans le cadre de la tragédie rationaliste française. Non que la dimension humaine soit absente : *Iphigénie* est toujours le lieu de l'affrontement des trois passions cardinales de la tragédie moderne, l'ambition (Agamemnon, Ulysse), la vengeance (Ériphile), l'amour (Iphigénie-Achille face à la passion jalouse d'Ériphile) ; tout possède une explication rationnelle, y compris le miracle final qui voit le sacrifice d'Ériphile en lieu et place d'Iphigénie. Mais en même temps tout se révèle conforme à l'avertissement des dieux, qui, à travers la liberté d'hommes victimes de la fatalité de leurs passions, avaient annoncé tout ce qui allait se passer. Depuis trois siècles, on regrette que Racine se soit laissé aller à une facilité dramatique en construisant le personnage d'Ériphile, jeune fille inconnue qui se révèle à la fin l'Iphigénie que la volonté divine appelait au sacrifice. Vulgaire quiproquo destiné à justifier un deus ex machina ? En fait, Ériphile constitue la clé de la pièce, et ce sur un double plan. D'une part, Ériphile et Iphigénie constituent le dédoublement d'un même personnage. De là un jeu subtil de distinctions et de ressemblances, dont on peut pousser l'analyse fort loin : elles sont liées parce qu'elles ne sont qu'une ; tout les sépare en apparence, tout les rapproche en vérité, comme l'indique clairement leur relation amoureuse respective avec Achille. Or, si elles s'opposent très exactement comme la nuit et le jour, c'est que, pour la pensée rationaliste française, Iphigénie ne peut être sacrifiée que si elle est coupable. Racine a bien tué Iphigénie à la fin de sa pièce ; mais il a tué la face nécessairement coupable d'Iphigénie. D'autre part, Ériphile permet de répondre à la traditionnelle question : « *Iphigénie*, tragédie grecque ? », en relevant qu'il s'agit d'abord d'une tragédie providentielle. Les dieux connaissent le destin des hommes, et Jupiter n'est pas muet : il suffirait de recoller les bribes de ce qu'il laisse entrevoir aux humains à propos de l'identité d'Ériphile. Achille accuse Agamemnon de lire de trop loin dans les secrets des dieux quand il dit qu'Ériphile est « une autre Hélène ». Et Clytemnestre ne rappelle-t-elle pas que Calchas, l'interprète des dieux, a dit « mille fois » qu'une fille était née autrefois d'une union clandestine entre Thésée et Hélène, et que cette « jeune princesse » était « cachée au reste de la Grèce » (IV, 4) ? Qui ne voit pas qu'Ériphile, dont le « silence même, accusant la noblesse, / Nous dit qu'elle nous cache une illustre princesse », est venue en Aulide « interroger Calchas » afin de « perdre un faux nom » pour « reprendre le sien » ? Dès lors, que voit-on dans *Iphigénie* ? Comme ailleurs chez Racine, on voit des hommes victimes de leurs illusions, mais cette fois la principale illusion est suscitée par le voile des différences qui masquent la ressemblance, et par le refus des hommes de « lire » la parole divine. De là naît le chaos — au dernier acte les hommes sont près de s'ensanglanter —, quand il suffirait de prêter une oreille attentive pour entendre clairement la voix des dieux qui ne cessent de parler.

Iris de Suse (L'). Dernier roman de Jean Giono (1895-1970), publié en 1970. L'écrivain y a repris quelques éléments de deux romans qu'il avait peu auparavant laissés inachevés, *Dragoon* et *Olympe*. L'action se déroule dans le Midi, en 1904-1905 ; elle est axée sur Tringlot, un voleur, pillard de maisons, complice d'assassins ; au début du récit, s'étant approprié le fruit des rapines de sa bande, il est poursuivi par ses complices au sortir de Toulon. Pour brouiller sa piste, il se joint aux bergers d'un grand troupeau en transhumance. Arrivé dans les hauteurs, il y rencontre des personnages extraordinaires : la petite baronne Jeanne de Quelte, veuve, fantasque, romantique, indépendante ; son cousin Casagrande, plus âgé, à moitié italien, naturaliste et philosophe mystérieux et subtil ; le beau forgeron Murataure, marié à une femme surnommée l'Absente : bien que n'étant ni sourde ni muette, elle ne parle jamais et ne semble rien entendre. Un amour tumultueux unit la baronne et Murataure : elle finit par se faire enlever par lui en auto, et, volontairement, ils manquent un virage et se précipitent dans le vide ; la voiture flambe, et il ne reste de la baronne qu'une toque ornée d'une plume de faisan, que Casagrande fait enterrer solennellement. Tringlot restitue à ses complices l'argent volé qu'il détenait, et qui ne peut plus lui servir à rien, car il ne se consacrera désormais qu'à aimer l'Absente et à la protéger contre la cupidité de sa famille ; cet amour ne pourra jamais être payé de retour.

Le roman, difficile, elliptique, étonne non seulement par son titre cryptique (l'iris de Suse est présenté comme un os, d'ailleurs fictif, dans la boîte crânienne d'un rat), mais parce que le protagoniste, un criminel, est rendu tranquillement sympathique au lecteur par une multitude de petits traits et par l'attention qu'il porte aux êtres, et surtout parce que, bien que l'unité du ton narratif y soit constamment sauvegardée, le récit oscille entre le roman d'aventures policières, l'opéra bouffe par son humour, et le roman métaphysique ou mystique par l'importance qui y est accordée au zéro (Giono a pensé à l'intituler *L'Invention du zéro*) aussi bien dans les spéculations retorses de Casagrande que dans l'être même de l'Absente ou dans l'amour de Tringlot pour elle. Le zéro est en un sens un absolu. Il est significatif que Giono ait clos son œuvre (car il se savait au bout du rouleau) en la consacrant en filigrane à cette notion d'absolu qui avait été si profondément au cœur de sa réflexion.

Isométrique. Se dit d'un poème ou d'une strophe combinant des vers de mètre identique.

CHRISTIAN DOUMET.

ISTRATI Panaït. Romancier roumain d'expression française. Né à Braïla (Roumanie) le 10 août 1884, mort à Bucarest le 16 avril 1935. Fils de contrebandier grec, roumain par sa mère, gamin du port, rédacteur, à vingt ans, à la *Roumanie ouvrière*, fervent des causes sociales et finalement secrétaire du syndicat des travailleurs portuaires, il erra de par le monde, visitant, malgré les pires difficultés, les rives méditerranéennes, l'Europe ou l'Afrique du Sud, s'embarquant parfois clandestinement sur un vapeur d'où on le jetait à terre à la première escale, tantôt valet de chambre, tantôt photographe ambulant. Ainsi se formait la matière d'observations, qu'il rend souvent avec un réalisme brutal et une vigoureuse originalité. En janvier 1921, Romain Rolland recevait, de l'hôpital de Nice, une lettre trouvée sur un homme qui avait essayé de se suicider en s'ouvrant la gorge. Frappé de cette lecture, il voulut, à la guérison du blessé — qui était Istrati — le connaître, et il écrivit pour lui la Préface de *Kyra Kyralina*, roman qui eut un grand succès et qui forma par la suite le premier volume de la trilogie : *Les Récits d'Adrien Zograffi* (1924-26). Bien que la plupart de ses œuvres — *Les Chardons du Baragan* (1928), *Pour avoir aimé la terre* (1930), etc. — soient écrites en français, Istrati reste un écrivain roumain par les thèmes qui l'inspirent. Des œuvres écrites en sa langue maternelle, rappelons *Passé et Avenir* [*Trecut si viitor*], *Les Aveux d'un vaincu* [*Spovedania unui invis*]. D'abord communiste convaincu, il changea d'opinions à la suite d'un voyage en Russie. Il consigna les impressions de ce voyage dans les deux volumes de *Vers l'autre flamme*, paru en français, en 1929.

♦ *« Un Gorki balkanique. »* Romain Rolland.

RÉF. : P. Istrati, *Mes départs* et *Le Pêcheur d'éponges. Pages autobiographiques*, Paris, 1928 et 1930. — L. Chéronnet, *Panaït Istrati...* in *Chronique des Lettres françaises*, 4e trim. 1926. — H. Barbusse, *De chaque côté de la barricade* in *Humanité*, 22.5.1927.— A. Billy, *La Littérature française contemporaine*, 1927.— F. Lefèvre, *Une heure avec...*, 5e série, Paris, 1929. — V. Marcu, *Männer und Mächte der Gegenwart*, Berlin, 1930. — I. Capatana, *Panaït Istrati, ou l'Homme qui n'adhère à rien*, Soutraine (Oise), 1941. — E. Raydon, *Panaït Istrati. Vagabond de génie*, Paris, 1968. — M. Jutrin-Klener, *Panaït Istrati, un chardon déraciné*, Paris, 1970. — A. Oprea, *Panaït Istrati. Dosar al vieţii şi al operei*, Bucarest, 1976. — D. Seidmann, *L'Existence juive dans l'œuvre de Panaït Istrati*, Paris, 1984. — *Panaït Istrati, notre contemporain, le livre du centenaire : 1884-1984*, Association des amis de Panaït Istrati, Aix-en-Provence, 1986. — E. Geblesco, *Panaït Istrati et la Métaphore paternelle*, Paris, 1989.

J

JABÈS Edmond. Écrivain né au Caire le 16 avril 1912, mort à Paris le 2 janvier 1991. Jusqu'en 1957, année où il est contraint de quitter l'Égypte pour la France, la vie d'Edmond Jabès est avant tout marquée par la publication de plaquettes de poésies (qu'il reniera en 1943), de rencontres décisives, celle de Max Jacob (en 1935, à Paris), de Paul Éluard (en 1937), de Jean Grenier (en 1947), de Gabriel Bounoure (en 1952), de René Char (en 1954) et par diverses activités éditoriales (notamment à *La Part du sable* avec Georges Henein) et politiques (antifasciste et contre l'antisémitisme). Écrites à partir de 1943, et publiées en 1947 par Pierre Seghers, les *Chansons du repas de l'ogre* inaugurent un ensemble de textes poétiques ou aphoristiques qui seront réunis et publiés avec une préface de Gabriel Bounoure, à Paris, en 1959, sous le titre *Je bâtis ma demeure*. L'installation à Paris en 1957 marque une rupture tant sur le plan de la vie que sur celui de l'orientation de l'œuvre. Dans le silence et les difficultés, Jabès se met à la rédaction du premier volet d'un cycle qui devait primitivement en comporter trois : *Le Livre des questions* (1963), *Le Livre de Yukel* (1964) et *Le Retour au livre* (1965), triptyque bientôt suivi d'une série de quatre autres titres : *Yaël* (1967), *Elya* (1969), *Aely* (1972) et *El, ou le Dernier Livre* (1973) – cet ensemble formant *Le Livre des questions*. Fragments, ébauches de récits, dialogues de rabbins imaginaires, méditations sur l'écriture et le livre, témoignent d'une quête qui, de livre en livre, de reprises en réécritures, ne cesse de s'aventurer à la recherche de la plus grande justesse de l'expression. Incessante fébrilité d'une écriture qui sans relâche s'efforce de se réfléchir pour échapper aux pièges narcissiques ou spéculaires et qu'une autre trilogie thématisera et approfondira : *Le Livre des ressemblances* : *Le Livre des ressemblances* (1976), *Le Soupçon le Désert* (1978) et *L'Ineffaçable l'Inaperçu* (1980). « Notre histoire ne sera jamais que l'histoire d'un livre dans la transparence des jours défunts, où s'effeuille la ressemblance. » Cette méditation de la ressemblance aboutira deux ans plus tard à la publication d'un nouveau livre, *Le Petit Livre de la subversion hors de soupçon* (1982), livre de méditations où la notion de subversion vient comme doubler celle de ressemblance : « L'écrit n'est pas un miroir. Écrire, c'est affronter un visage inconnu. » Avec *Le Livre du dialogue* (1984), *Le Parcours* (1985) et *Le Livre du Partage* (1987) se clôt un troisième cycle intitulé *Le Livre des limites.* Limites de la pensée butant sur un impensé lorsqu'elle ne peut se satisfaire des réponses déjà données, limites de l'identité qui doit passer par l'autre pour se reconnaître, limites de la vie en proie à l'effritement d'un incessant mourir : « ... Cet intervalle insignifiant qui sépare la mort du “mourir”. » La dernière décennie de l'œuvre et de l'activité de Jabès, enfin reconnu en France et à l'étranger (colloques, traductions...) est marquée aussi par la publication de deux livres, *Un étranger avec, sous le bras, un livre de petit format* (1989) et, publié de façon posthume, *Le Livre de l'hospitalité* (1991). Si les mots « livre » et « désert » reviennent si souvent sous la plume de Jabès, c'est qu'ils définissent l'espace jamais clos où s'exerce une parole ouverte sur son origine et sur l'effraction du silence qu'elle entraîne. « La parole n'a droit de cité que dans le silence des autres paroles. Parler c'est d'abord s'appuyer sur une métaphore du désert, c'est occuper une blancheur, un espace de poussière ou de cendre, où la parole victorieuse s'offre dans sa nudité affranchie. » La condition poétique est donc proche de la condition qu'une longue histoire de persécutions a faite aux Juifs : Juif et poète, tel se revendique Jabès, dans la difficulté – sans compromis possibles. Si le poids du passé fait retour à chaque moment du présent de l'histoire juive, l'écriture en quête du livre inachevable, d'un lieu toujours espéré, doit assumer dans sa tension les déchirures du temps. « Créer c'est, du futur, faire le passé de tout acte. » Mémoire (souvenirs personnels et collectifs) et anticipation d'un avenir encore à faire tissent leurs fils à même les vocables qui en ont la charge. L'écriture épouse le temps, le fabrique dans des récits de fiction qui n'ont rien de fictif ou d'évasif. Le dernier mot n'appartient à personne : la parole n'est qu'à être partagée, rompue.

FRANCIS WYBRANDS.

RÉF. : Adolfo Fernandez Zoïla, *Le livre, recherche autre d'Edmond Jabès,* Paris, 1978. – *Du désert au livre* (Entretiens avec Marcel Cohen), Paris, 1980. – *E. Jabès* (collectif), *Cahiers Obsidiane,* Paris, 1982. – *Écrire le livre,* colloque de Cerisy, Seyssel, 1989. – Didier Cahen, *Edmond Jabès,* Paris, 1991.

JACCOTTET Philippe. Poète et prosateur suisse d'expression française. Né le 30 juin 1925 à Moudon (canton de Vaud). Après une enfance passée dans sa petite ville natale, il fait ses études à Lausanne. La rencontre capitale de sa jeunesse est celle du poète Gustave Roud qui l'initie au romantisme allemand (en particulier à Novalis et à Hölderlin) et qui lui offre l'exemple d'un chemin poétique tout d'humilité, d'écoute patiente du monde, hors de tout souci de gloire. L'inspiration poétique touche Jaccottet précocement, et dès 1944 il publie des poèmes, des proses et des chroniques littéraires. Paraissent les premiers livres, assez vite retranchés pour insuffisance de la liste des œuvres : les proses oniriques de *Trois poèmes aux démons* (1945) et l'ample poème du *Requiem* (1947), réédité en 1991 accompagné d'importantes remarques.

Après la licence de lettres, il rencontre en Italie Ungaretti, avec lequel il se lie d'une amitié durable. Il s'installe à l'automne 1946 à Paris, comme collaborateur des éditions Mermod : il fréquente surtout Francis Ponge, mais aussi Henri Thomas et André Dhôtel. Dans ces années de l'après-guerre, Jaccottet entre dans une carrière de grand traducteur avec des versions de livres de Thomas Mann, et surtout de Robert Musil, dont il traduit au fil des ans la quasi-totalité de l'œuvre. Mais il sait servir également Platon, Homère, Hölderlin, Leopardi, Ungaretti, Rilke, Góngora et Mandelstam. De 1950 à 1970 se développe une intense activité critique : les plus belles de ses études sont réunies en 1968 dans *L'Entretien des muses* et en 1987 dans *Une transaction secrète*, tandis que des monographies sont consacrées à Gustave Roud (1968) et à Rilke (1970).

L'œuvre poétique reconnue débute en 1953 avec *L'Effraie* (poèmes de 1946-1950), où la prosodie reste assez proche de la tradition et où la présence du moi est encore importante. Cette même année, l'installation à Grignan, dans la Drôme, et le mariage avec Anne-Marie Haesler, peintre, lui permettent d'atteindre une plus grande justesse du rapport au monde. *La Promenade sous les arbres* (1957) est une méditation sur l'expérience poétique, *L'Ignorant* (1958) rassemble des poèmes écrits de 1952 à 1956, dans lesquels le moi s'efface sensiblement. De 1957 à 1960, une crise poétique est surmontée à travers les proses d'*Éléments d'un songe* (1961) et le récit *L'Obscurité* (1961). La rencontre émerveillée des poètes japonais du haïku permet l'essor des heureux poèmes d'*Airs* (1967) et des proses du « milieu doré » recueillies dans *Paysages avec figures absentes* (1970). Jaccottet donne des poèmes organisés en suites dans *Leçons* (1969) et *Chants d'en bas* (1974), deux livres de deuil. Proches de l'inspiration très sombre de ces recueils, les proses d'*À travers un verger* et de *Les Cormorans* affrontent la mort sans pouvoir la contourner. Les poèmes d'*À la lumière d'hiver* (1977) et les proses de *Beauregard* (1981) apparaissent comme des éclaircies. *Pensées sous les nuages* (1983) réunit des poèmes écrits de 1976 à 1982 et contient quelques-uns des vers les plus purs de toute l'œuvre, tandis que *Cahier de verdure* (1990) rassemble des proses et des poèmes. *Libretto* (1990) recueille des proses anciennes et nouvelles consacrées à l'Italie.

Un des apports principaux de Philippe Jaccottet à la poésie de ce temps réside peut-être dans les carnets de *La Semaison*, publiés à partir de 1963 et augmentés régulièrement. Le poète de Grignan s'y forge un outil poétique précis et léger, apte à recueillir la lumière des journées.

Le souci de Jaccottet n'a jamais été l'invention, mais bien plutôt la justesse. Il s'agit de lire le monde, de voir, d'écouter. « L'attachement à soi augmente l'opacité de la vie. Un moment de vrai oubli, et tous les écrans les uns derrière les autres deviennent transparents. » La poésie est donc une opération spirituelle qui épure l'âme et la rapproche du centre, et du réel. Une poésie qui s'écarte du réel, selon Jaccottet, se perd.

Une des principales difficultés est de bien user de l'image, qui peut étourdir et brouiller les rapports entre les éléments du monde. « Les images ne doivent pas se substituer aux choses, mais montrer comment elles s'ouvrent, et comment nous entrons dedans. Leur tâche est délicate. » La critique de l'image court dans toute l'œuvre, à la suite de Musil.

On a voulu voir dans Jaccottet le « poète de l'insaisissable » ; formule exacte en un sens : « Il y a de l'inconnu, de l'insaisissable, à la source, au foyer même de notre être. » Mais il faut marquer avec force que l'œuvre de Jaccottet est aussi le lieu d'une confiance dans la capacité de la poésie de rapprocher du monde. Ce grand douteur sait aussi saisir les choses « brusquement mais exactement, comme d'un coup de fusil ».

La pensée de la mort habite toute l'œuvre : « une voix donnée à la mort ». Mort seulement pensée dans les premiers poèmes — c'est la mort qui obsède Jaccottet, et non les morts, que voulait rejoindre la poésie de Roud. À partir de *Leçons,* la mort n'est plus pensée mais vue en face, affrontée. L'épreuve impose une critique sévère de tel « Livre des morts » (dans *L'Ignorant*). De 1966 à 1974, le poète subit les assauts d'un doute absolu, assez proche de celui d'un Leopardi. Par la suite, un équilibre se rétablit, une liberté intérieure est acquise, dans une sorte de légèreté taoïste.

Le doute est presque toujours là ; dans l'impossibilité essentielle de s'adosser à une quelconque foi, il est seulement permis d'avancer des hypothèses fragiles : « La plus haute espérance, ce serait que tout le ciel fût vraiment un regard », et de s'ouvrir à la lumière, même si elle aussi peut mentir.

Une quête minutieuse et patiente de la justesse, un refus de tous les mensonges de l'époque, un désir de pureté (celle trouvée dans Hölderlin ou dans Novalis) et de hauteur, un congé à toutes les poses avantageuses : telle est la figure humble et noble de Philippe Jaccottet, dans sa vie comme dans ses écrits. La poésie comme probité.

JEAN-PIERRE VIDAL.

♦ *« À l'approche de ces poèmes s'éveille une confiance. Notre regard, passant d'un mot à l'autre, voit se déployer une parole loyale, qui habite le sens, comme la voix juste habite la mélodie. Nulle feinte, nul apprêt, nul masque. »* Jean Starobinski. ♦ *« Dire juste, selon l'éthique et la poétique de Jaccottet, c'est toujours parvenir à dire le moins. »* Jean-Luc Seylaz. ♦ *« À peine si ce chuchotement paraît être encore celui d'un être, d'une personne. On croirait que c'est le monde même qui, ici, se mire et se chante. »* Jacques Borel.

RÉF. : J.-P. Richard, *Onze études sur la poésie moderne,* Paris, 1964. — J. Starobinski, Préface à *Poésie 1946-1967,* Paris, 1971. — J. Borel, *Poésie et Nostalgie,* Paris, 1979. — J. Onimus, *Philippe Jaccottet, une poétique de l'insaisissable,* Seyssel, 1982. — J.-L. Seylaz, *Philippe Jaccottet, une poésie et ses enjeux,* Lausanne, 1982. — M.-C. Dumas et al., *La poésie de Philippe Jaccottet,* Paris, 1986. — *Alentour de Philippe Jaccottet, Sud,* n° 80-81, Marseille, 1989. — J.P. Vidal et al., *Philippe Jaccottet,* Lausanne, 1989. — J.-L. Steinmetz, *La Poésie et ses raisons,* Paris, 1990.

JACOB Max. Poète et romancier né à Quimper le 12 juillet 1876 (ses connaissances astrologiques lui ayant fait, plus tard, juger maléfique ce jour, il se déclara né le 11 juillet), mort au camp de Drancy le 5 mars 1944. Le grand-père, Samuel Alexandre, natif de Neunkirchen, vint habiter en Bretagne et mourut à Quimper (1889). Fils de Prudence Jacob et de Lazare Alexandre (qui, en 1888, fit substituer le nom de Jacob à celui d'Alexandre comme patronyme), Max Jacob était le quatrième de six enfants. Sa plus jeune sœur, à qui il fut très attaché, Mirthé-Lea, était née en 1884. À Quimper, Max Jacob suit une scolarité ordinaire, menant à bien des études classiques, s'adonnant parallèlement au dessin et à la musique, découvrant en dehors de l'école la littérature des symbolistes. Bénéficiaire en 1894 d'une bourse d'études supérieures, il quitte Quimper pour Paris, et choisit de préparer l'École coloniale. Ce qu'il abandonnera rapidement, avant d'être appelé sous les drapeaux en 1896, pour seulement six semaines, se disant désolé d'avoir été réformé. Dès 1898, il rend compte de diverses expositions dans *Le Moniteur des arts.* Il traverse une période de pauvreté et de douleur qu'il évoquera dans plusieurs de ses textes : « Alors commença cette vie de privations et de souffrances qui est encore aujourd'hui la mienne... » (*Le Roi de Béotie*, 1921). La misère brise son amour pour une jeune femme, Cécile. Au début du siècle, entre 1901 et 1902, il fait la connaissance de Picasso puis de Guillaume Apollinaire, qu'il rencontre par l'intermédiaire du « baron » Mollet. Les amitiés jouent un rôle considérable dans la vie de Max Jacob ; elles sont nombreuses et fidèles bien que capricieuses. De nouveaux lecteurs viendront régulièrement le voir, et deviendront ses amis et ses correspondants.

Il occupe ces années à des lectures multiples, et fondamentales. Son intérêt le porte vers les zones frontières de la pensée, la chiromancie ou l'astrologie, à quoi il s'adonnera de plus en plus sérieusement, ayant pour guide Conrad Moricand ; plusieurs de ses livres sont organisés selon les principes d'une caractérologie liée à l'astrologie (*Cinematoma,* 1920, *Tableau de la bourgeoisie*, 1929). Très soucieux des questions religieuses, encore que sa famille n'ait pas été pratiquante, il se passionne pour la Kabbale (la traduction du Zohar par Jean de Pauly paraît en 1906-1911). Habitant au 7, rue Ravignan, il élabore durant cette même période les poèmes en prose qui constitueront le recueil *Cornet à dés* (*) (1917). L'événement déterminant de son existence se produit le 22 septembre 1909, vers quatre heures de l'après-midi. Dans *Les Œuvres burlesques et mystiques de Frère Matorel* (1912), puis dans *La Défense de Tartufe* (1919), il racontera poétiquement l'émotion qui le saisit à constater que, sous l'aspect d'un ange, Dieu lui rend visite : « Il a une robe de soie jaune et des parements bleus. Il se retourne et je vois cette face paisible et rayonnante. » Le 29 juin 1939, à la demande de l'abbé Foucher, il rédige le : « Récit de ma conversion ». Au retour d'une journée de travail à la Bibliothèque nationale, rentré dans sa chambre et décidé à se mettre à l'aise, il ôte son chapeau haut de forme, sa redingote, et pousse un cri : « Il y avait sur mon mur un Hôte. Je tombai à genoux, mes yeux s'emplirent de larmes soudaines. Un ineffable bien-être descendit sur moi, je restai immobile, sans comprendre. En une minute, je vivais un siècle. Il me semble que tout m'était révélé. J'eus instantanément la notion que je n'avais jamais été qu'un animal, que je devenais un homme. Un animal timide. Un homme libre. Instantanément aussi, dès que mes yeux eurent rencontré l'Être Ineffable, je me sentis déshabillé de ma chair humaine, et deux mots seulement m'emplissaient : mourir, naître. Le personnage de mon mur était un homme d'une élégance dont rien sur terre ne peut donner l'idée. Il était immobile dans une campagne ; il était vêtu d'une longue robe de soie jaune clair, ornée de parements bleu clair. Je le vis d'abord de dos, sa belle chevelure tombait sur ses nobles épaules. Il tourna légèrement la tête et je vis une partie de son front, la pointe de son sourcil et sa bouche. La campagne dans laquelle il se trouvait était un paysage très agrandi que j'avais dessiné quelques mois auparavant et qui représentait le bord d'un canal » (cité en appendice de *La Défense de Tartufe* par le père Blanchet). Il se sent, à l'instant même, totalement requis par l'évidence religieuse. Les années suivantes (il passe l'été 1913 à Céret dans les Pyrénées avec Braque, Picasso et Gris) sont occupées par sa conversion au christianisme. Le 18 février 1915, il est baptisé sous le nom de Cyprien (ce qui signifie, selon lui, la croissance comme le nom de Vénus. Aragon, dans *Anicet*, le désigne sous le nom de Chipre). Il a pour parrain Picasso. Dès lors, il mène une vie qui pourrait être tenue pour double : passant la nuit au « Lapin agile », et se précipitant au Sacré-Cœur le matin, pour faire ses dévotions. Généreux, il est toujours démuni, et doit faire appel à des mécènes : Paul Poiret l'invite à l'île Tudy, Liane de Pougy, qui est devenue en 1910 princesse Ghika, l'accueille à Roscoff. Ses relations tumultueuses sont ponctuées par des ruptures et des réconciliations. Il collabore à *Littérature*, fréquente ceux qui constitueront bientôt le groupe surréaliste. Mais, dans la préface au *Cornet à dés* (1917), Max Jacob marque ses distances à l'égard de Rimbaud, que, justement, exalte alors André Breton. Cela marquera la séparation de Max Jacob et des membres du groupe, André Breton lui reprochant tout autant son homosexualité gaie que sa foi catholique. Les bien-pensants ne l'accueillent pas plus généreusement : le goût littéraire de Max Jacob pour les mots et leurs jeux fait douter de la véracité de sa conversion, d'autant que Max Jacob cède volontiers au Démon qui le navre. Jouant dans les titres de plusieurs de ses ouvrages à joindre le cabotinage et la foi, il est entendu de peu de gens : « Et toi qui sens mes larmes au travers de ces lignes, / Songe que de la Vérité elles sont les signes », écrit-il dans *Le Laboratoire central* (1921). Son livre sur *La Défense de Tartufe* (1919) le fait passer pour un Tartufe. Sa poésie est taxée de fantaisiste – en la compagnie de Larbaud, *A. O. Barnabooth* (*), 1908 ; de Fourest, *La Négresse blonde*, 1909 ; de Carco, *Chansons aigres douces*, 1913). Au milieu de la guerre, associé à Cendrars, Apollinaire, Fargue, Reverdy, il sera qualifié de cubiste.

Se rendant à l'Opéra, le 27 janvier 1920, il est renversé par une voiture place Pigalle. Il narre son douloureux séjour à l'hôpital Lariboisière dans *Le Roi de Béotie* (1921). La même année, il quitte Paris pour s'établir à Saint-Benoît-sur-Loire, au presbytère de l'abbé Fleureau. Il y réside sept ans, revient à Paris en 1928, retourne à Saint-Benoît en 1936. Ses séjours ne sont pas continus ; il voyage, retourne à maintes reprises en Bretagne. En 1931 paraissent les *Poèmes de Morven Le Gaélique*. Il se rend à Guéret en 1923 pour rencontrer Jouhandeau, tant est vive son admiration pour *Monsieur Godeau intime*. En juin 1925, il traverse l'Italie jusqu'à Naples, où enseigne Jean Grenier. En 1926, il va jusqu'à Madrid, Tolède ; au retour, il rencontre Louis Emié à Bordeaux. De nouvelles amitiés se nouent avec Lucien Lanoë, Roger Secrétain. Mais en décembre 1925, il a fait la connaissance de Maurice Sachs ; le récit de leurs relations, *Alias*, le fera profondément souffrir. Il travaille intensément ; il publie la même année un recueil de lettres fictives *Le Cabinet noir*, 1922 (l'édition est complétée en 1928), un roman *Filibuth ou la Montre en or*, ainsi que des réflexions sur l'*Art poétique*. Et, en 1923, un autre roman, *Le Terrain Bouchaballe*.

Depuis sa première exposition de gouaches chez Bernheim le 8 mars 1926, Max Jacob consacre une bonne part de son temps à la peinture, et à l'enluminure de ses manuscrits. Une partie de ses revenus dépend de ces travaux. Ses amitiés s'étendent : Michel Leiris, Yvon Bélaval, pour qui il écrit des *Méditations* afin de l'inciter à se convertir, lui rendent visite. André Beaudin l'illustre.

Il revient à Paris en 1928, et s'installe rue Nollet, où lui rendront visite Georges Hugnet, Philippe Lavastine, Alain Daniélou. En avril 1928, Jean Cassou publie dans la *N.R.F.* un article essentiel sur « Max Jacob et la liberté ». Il a cinquante-deux ans ; il est reconnu comme écrivain, ce qui se marquera, en 1936, par la publication de *Morceaux choisis*. Il correspond avec Edmond Jabès, Roger Toulouse, Michel Manoll, Marcel Béalu, fait des conférences à Nantes, Brest, Morlaix. En 1938 paraît le dernier livre publié de son vivant, *Ballades* – qui reprend notamment un ouvrage antérieur, *Les Pénitents en maillots roses* (1925).

Depuis son retour à Saint-Benoît, Max Jacob appréhende la guerre. Le 1er mars 1939, il écrit à Edmond Jabès : « Je suis hors du monde. / Je ne puis subir que le martyre. » Il sert quotidiennement la messe, envisage de se consacrer à des travaux d'exégèse, rédige de nombreux horoscopes. Durant l'occupation allemande, les meurtres frapperont les siens, sa sœur aînée succombe, en 1942, quand son beau-frère, déporté, meurt à Compiègne. En 1943, son frère est déporté. Max Jacob porte l'étoile jaune, ce qui rend sa vie pire que celle du crapaud : « Jadis personne ne me remarquait dans la rue, maintenant les enfants se moquent de mon étoile jaune. Heureux crapaud ! tu n'as pas d'étoile jaune », écrit-il dans un de ses *Derniers poèmes*. Sa plus jeune sœur (« ma préférée ») est arrêtée, et meurt en 1944. De la famille Alexandre de Quimper seul survivra un fils, Jacques. Le 24 février 1944, Max Jacob est arrêté à la sortie de la messe par la Gestapo, dont il prononçait le nom selon la prononciation française : « J'ai ta peau. » Il est mené au camp de Drancy, où il meurt le 5 mars 1944.

Au lendemain de la guerre ont paru les *Derniers poèmes en vers et en prose* (1945) (« Passé de mon passé toi seul es funéraire. / La mort est un printemps qui n'est pas éphémère. »), *Le Miroir d'astrologie* (1949), et surtout une importante correspondance.

L'importance littéraire de Max Jacob a été longtemps sous-estimée, malgré les témoignages d'admiration de ses contemporains, Saint-Pol Roux, Gide, Claudel, Gingria, Malraux, Guilloux. Raymond Queneau, dans un texte de 1974 (« C'était il y a trente ans... ») lui a rendu le plus juste et le plus bel hommage : « Quelques-uns sont allés jusqu'à employer le mot "martyr" à propos de la fin de Max Jacob. Il me semble qu'on peut le dire non seulement à cause de sa mort mais aussi à cause de sa vie entière. Martyr, c'est être témoin. Max fut un témoin de la poésie, un témoin aussi de sa religion. On ne le prit pas toujours au sérieux (il s'y prêtait d'ailleurs — par humilité ? par négligence ?). Il fut un méconnu, méconnu par ses pairs, les poètes eux-mêmes, il faut bien le reconnaître qui, pour la plupart, l'exclurent du nombre des grands. Il fut aussi méconnu par ses coreligionnaires (j'entends les catholiques) qui ne virent en lui que le pécheur, le fantasque, l'inconséquent. Seuls le prirent au sérieux des persécuteurs qui, le replaçant parmi ses *autres* coreligionnaires, lui donnèrent enfin — et hélas — la palme qu'il méritait, la palme réelle du martyr et du témoin véritable. »

JEAN ROUDAUT.

♦ *« Vous avez à la fois les dons d'un poète et les grâces d'un chrétien, rien nulle part d'artificiel et de méchant, mais partout ces belles vertus qu'on appelle l'humilité et la charité, celle-ci dans son double sens. »* Paul Claudel, lettre à Max Jacob, 13 janvier 1937. ♦ *« Il n'est sans doute pas, de nos jours, d'auteur plus déconcertant que Max Jacob. Il semble ne se prendre jamais au sérieux, comme Henri Heine : et le rire, le sourire du moins, est toujours chez lui voisin des pleurs. On dirait, par moments, qu'il se moque un peu du lecteur. Mais je sais un moyen de ne jamais être sa dupe : c'est de l'aimer. Alors tout s'éclaircit soudain et ce qui paraissait feint d'abord devient pudeur et tendresse. »* André Gide. ♦ *« Ce qui caractérise son œuvre, c'est l'absence d'erreur, même lorsqu'il se complaît dans le saugrenu ou le fantastique pur. Le toucher est toujours juste. Quant au clavier sur lequel il jouait, c'est un des plus étendus : il va de la fantaisie inquiète, du choquant, de l'incroyable et parfois de la simple assonance, à une sorte de mysticisme voilé, de sincérité profonde et pure qui devait nécessairement lui conseiller de s'adresser directement à Dieu. »* Léon Paul Fargue. ♦ *« Max Jacob est de ces gens que les gens sérieux ne veulent pas prendre au sérieux. »* Daniel-Rops. ♦ *« Nous devons tous beaucoup à Max Jacob : il nous a éveillés au sentiment secret des êtres et des choses et préservés de bien des confusions. Sans lui, la Poésie aurait fini par se disperser. »* Francis Carco. ♦ *« Nul mieux que Max n'a su réussir ce miracle : se rendre invisible, tromper l'œuvre à force de transparence et donner en pâture à l'époque un homme de paille qu'elle puisse brûler sans atteindre le poète. »* Jean Cocteau.

RÉF. : P. Lagarde, *Max Jacob mystique et martyr,* Paris, 1944. — M. Parturier, *Max Jacob, note biographique,* Paris, 1944. — A. Billy, *Max Jacob. Une étude avec des lettres inédites à Guillaume Apollinaire,* Paris, 1945. — M. Béalu, *Dernier visage de Max Jacob, 1937-44,* Périgueux, 1946. — Y. Beleval, *La Rencontre avec Max Jacob,* Paris, 1946. — J. Rousselot, *Max Jacob, l'homme qui faisait penser à Dieu,* Paris, 1946. — *Revue des Lettres modernes,* numéro spécial, Paris, 1973. — J. Pérard, *Max Jacob l'universel,* Colmar, 1974. — R. Plantier, *L'Univers poétique de Max Jacob,* Paris, 1976. — A. Thau, *Poetry and Anti-poetry : a Study of Selected Aspects of Max Jacob's Poetic Style,* North Carolina, 1976. — M. Pleynet, C. Parisot, J. Warnod, *Max Jacob, dessins,* Paris, 1978. — J. Morganroth Schneider, *Clown at the Altar : the Religious Poetry of Max Jacob,* North Carolina, 1978. — S. Levy, *The Play of the Text : Max Jacob's « Le Cornet à dés »,* Wisconsin, 1981. — P. Andreu, *Vie et mort de Max Jacob,* Paris, 1982.

JACQ Christian. Romancier né à Paris le 28 avril 1947. Au cours de solides études littéraires, il apprend le latin et le grec, la philosophie et l'histoire de l'art. Homme de fidélité et de passion, il épouse à 18 ans Françoise, qui sera la femme de sa vie. Ils choisissent l'Égypte comme destination de leur voyage de noces, le pays qui sera son deuxième coup de foudre : il deviendra égyptologue.

Les études sont longues : après quatorze années et d'innombrables séjours sur la terre des pharaons, il obtiendra son doctorat en études égyptologiques en 1979. En attendant, pour faire vivre sa famille — une fille est née en 1972 —, Christian Jacq doit travailler. Il exercera quelques métiers qui, sans qu'il s'en doute, s'avéreront utiles un jour. Il est producteur délégué de France-Culture, avant d'entrer dans une des maisons d'édition du groupe des Presses de la Cité, où il devient l'homme à tout faire : directeur de collection, notamment de la série « Gnose », correcteur, nègre, essayiste... Sous un pseudonyme, il est même l'auteur d'une série de romans policiers dans le style anglais. C'est ainsi qu'il fait ses gammes dans l'écriture, apprend à mener une action et à bâtir une intrigue.

Il écrit un certain nombre d'essais — *Le Message des bâtisseurs de cathédrales* (1974) — et une dizaine d'ouvrages sur l'Égypte, notamment *L'Égypte des grands pharaons* (1982), couronnée par l'Académie française, et les *Monuments de l'Égypte ancienne* (1984). Sa première œuvre de fiction, *Le Moine et le Vénérable* (1985), remporte un succès flatteur et lui vaut cette appréciation de Robert Laffont, son éditeur : « Vous avez l'étoffe d'un romancier », qui décidera de sa carrière.

Associant la technique romanesque à l'érudition de l'égyptologue, il écrit une série de romans historiques qui vont faire de lui l'un des écrivains préférés du public. D'un livre à l'autre, ses tirages, que la presse qualifie invariablement de « pharaoniques », ne cessent d'augmenter. En 1992, *L'Affaire Toutankhamon* lui vaut le prix des maisons de la Presse. Avec la trilogie historico-policière du *Juge d'Égypte*, Christian Jacq s'installe à la première place des ventes en librairie, des clubs et des livres de poche. Une nouvelle étape est franchie en 1995 avec la série *Ramsès*, composée de cinq volumes qui paraissent à raison d'un par trimestre, performance rarement égalée.

La vogue actuelle de l'égyptologie, dont il est l'un des principaux responsables, n'est pas près de s'épuiser, grâce aux découvertes incessantes des égyptologues. Christian Jacq, qui lit et écrit couramment les hiéroglyphes au point de les utiliser comme mode d'écriture rapide, a réuni une documentation considérable qui lui permettra, dans les romans qu'il prépare, de continuer à faire revivre, à la façon d'une bande dessinée, l'histoire de l'Égypte jusque-là figée dans la pierre.

CLAUDE GAGNIÈRE

Jacques le Fataliste et son maître. Roman de Denis Diderot (1713-1784), dont une première version semble avoir existé dès 1771. Diffusé (avec des coupures) dans la *Correspondance* de Grimm de 1778 à 1780, il ne fut publié qu'en 1796. *Jacques le Fataliste* est le récit le plus long et le plus complexe de Diderot. Par quelques parties de satire anticléricale, il se rapproche de *La Religieuse* (*), mais le ton est bien différent : Diderot songe moins à toucher les cœurs qu'à exciter l'esprit par la vivacité de ses jugements, le comique et parfois le burlesque des situations. Comme *Le Neveu de Rameau* (*), *Jacques le Fataliste* est un long dialogue, mais ce dialogue contient toutes sortes d'aventures, de récits, de digressions extrêmement variés. Il n'y a pas d'action suivie à proprement parler. Jacques et son maître, personnages errants, toujours prêts à raisonner de tout et à philosopher sur la vie de l'homme, nous sont présentés au début de leur voyage, mais nous ne savons ni d'où ils viennent, ni où ils vont, ni pourquoi ils se déplacent ; toujours est-il qu'ils ne semblent pas pressés, s'arrêtent volontiers en route, reviennent sur leurs pas, et tentent toutes les aventures qui se présentent à eux. L'auteur intervient souvent pour réfléchir sur ses personnages et sur leur conduite, pour nous faire part de ses hésitations sur ce qu'il leur fera dire ou faire. Mais, à côté de ces réflexions en marge, le dialogue se poursuit d'un bout à l'autre, interrompu sans cesse par des incidents, des rencontres, ou même des sautes d'humeur. Le personnage de Jacques, valet maître, qui a son franc-parler et n'hésite pas à reprendre et à gourmander celui qu'il sert, est très typique de cette fin de XVIIIe siècle et fait, à maintes reprises, penser au personnage de Figaro – v. *Le Barbier de Séville* (*) et *Le Mariage de Figaro* (*) –, dont il n'a pas cependant l'esprit d'intrigue. Jacques est un bon garçon, naïvement philosophe, mais ingénieux et qui sait toujours se tirer d'un mauvais pas. Pour distraire son maître, il a entrepris de lui raconter l'histoire de sa vie et de ses amours, mais son récit est sans cesse arrêté par les réflexions de son maître qui lui rappelle un autre épisode qu'il ne lui avait pas encore raconté, ou encore par ses propres digressions philosophiques.

Jacques a une opinion bien définie sur la vie humaine et sur les événements de ce monde ; il dit avoir déduit cette opinion des enseignements de son capitaine, au temps où il était soldat : tout ce qui arrive, prétend-il, est écrit dans le grand registre du destin et par le seul fait qu'une chose est advenue, c'est qu'il ne pouvait en être autrement. À la lumière de ce principe inébranlable, il juge tous les événements humains : il s'exhorte lui-même et il exhorte les autres à la résignation. C'est, présenté sous une forme élémentaire et terre à terre, la conception même de Diderot : la vie est un enchaînement de forces que l'homme n'a que l'illusion de commander. Jacques, d'ailleurs, est le premier à s'abandonner à de vaines récriminations, dont son maître lui fait aussitôt remarquer qu'elles sont directement en contradiction avec ses principes ; Jacques n'attend pas cette réprimande pour s'en repentir et se le reprocher, quitte à retomber peu après dans la même incohérence. Il se révèle ainsi comme un observateur impartial de ses propres tribulations comme de celles d'autrui et, par là même, s'entend fort bien avec son maître.

Dans la suite un peu chaotique des aventures de Jacques s'insèrent quantité d'autres récits : l'histoire des amours de Mme de La Pommeraye et du marquis des Arcis (racontée par une hôtesse bavarde et cordiale, dont le type sera repris par Victorien Sardou dans *Fernande*) ; la romanesque aventure d'un moine défroqué, devenu le secrétaire du marquis, et racontée par lui-même à nos deux héros (c'est le prétexte, pour Diderot, à une diatribe contre les couvents d'hommes, pendant de ses attaques contre les couvents de femmes de *La Religieuse*) ; la vie et les aventures de M. Desglands, rapportées tantôt par Jacques, tantôt par son maître, qui rassemblent, tous deux, leurs renseignements et leurs souvenirs. À un certain moment, Jacques, pris d'un violent mal de gorge, est incapable de parler, son maître en est fort ennuyé et Jacques plus encore que son maître. Mais ce dernier, faisant contre mauvaise fortune bon cœur, le distrait en lui racontant un de ses amours de jeunesse. Jacques, pour retrouver la montre qui avait été dérobée à son maître, se lance dans une aventure qui pourrait mal tourner : il est mis en prison, mais il réussit à se tirer de ce mauvais pas. Après bien des détours, nous voici à nouveau au chevet de Jacques chez Desglands. Là se terminent ses aventures, car Diderot, qui veut en finir avec son personnage, tout en prétendant posséder des mémoires d'ailleurs suspects, dont l'essentiel ne nous est même pas donné, met arbitrairement fin à son récit.

Ce roman, tout à fait original et étrange par sa présentation et son esprit, n'est pas sans rappeler bon nombre de romans du XVIIIe siècle : depuis *Le Diable boiteux* de Lesage jusqu'au *Candide* (*) de Voltaire et à *Vie et opinions de Tristram Shandy* de Sterne. Diderot reconnut lui-même que l'œuvre de Sterne fut sa source principale. La truculence de nombreuses scènes, la liberté du langage et la vivacité de la narration révèlent en outre l'influence de Rabelais, dont Diderot fut toujours un fervent admirateur. Et Jacques n'est pas sans ressembler, par certains traits, à Panurge. Il n'empêche que l'œuvre demeure une des plus originales de toute la littérature française, par ses apparents défauts mêmes — mais ils sont voulus, concertés —, par l'enchevêtrement de ses épisodes, la densité des sujets, la variété des digressions, qui en renouvellent, de page en page, l'intérêt. C'est certainement une des œuvres où se montre le plus ouvertement le tempérament vigoureux, paradoxal, généreux et souvent génial de Diderot.

JAKEMON (ou Jakemes) **Sakesep (?).** Poète picard de la seconde moitié du XIIIe siècle, auteur du *Roman du châtelain de Coucy et de la dame de Fayel* (*), composé probablement après 1285 et qui est l'une des plus célèbres variations sur le thème du « cœur mangé ». Certaines indications du poème font supposer que l'auteur ne fut pas trouvère de métier, mais plutôt un gentilhomme sans fortune, écrivant en amateur. À la fin du *Roman,* l'auteur annonce qu'il va cacher son nom dans un « engien » ; et les sept vers qui suivent permettent de lire en acrostiche « Jakemes », forme picarde de Jacques (Jakemon, au cas régime). Il est fort probable que là se borna l'« engien », et qu'il faille totalement négliger les sept vers suivants qui terminent le poème et d'où l'on a tiré les différents noms proposés tour à tour, Sakesep, Makesep, Sakès, Makès, et autres. Est-il Jacques Bretel ?

RÉF. : M. Delbouille, *Problèmes d'attribution et de composition,* IV ; *Rev. belge de philol. et d'hist.,* tome XII, 1933. *Le Roman du Castelain de Coucy, etc.,* par Jakemes, Paris, 1936. — A. Petit et F. Suard, *Le Châtelain de Coucy par Jakemes,* Troesnes (La Ferté-Milon), 1986.

JAMMES Francis. Poète né à Tournay (Haute-Pyrénées) le 2 décembre 1868, mort à Hasparren (Pyrénées-Atlantiques) le 1er novembre 1938. Son grand-père, Jean- Baptiste, docteur en médecine, et son père, Victor, étaient nés à Pointe-à-Pitre ; sa mère était originaire de Sisteron ; son père quitta la Guadeloupe à sept ans pour rejoindre sa famille à Orthez, puis vécut à Tournay et devint receveur de l'enregistrement à Bordeaux. Le futur poète fit ses études aux collèges de Pau et de Bordeaux, et fut quelque temps clerc de notaire à Orthez, où il demeurera plus de trente ans.

Ses premiers poèmes, de forme très régulière, parurent en de minces cahiers par les soins d'un imprimeur orthézien (*Six sonnets* et deux recueils intitulés *Vers*), en 1891 et 1892. Une troisième plaquette, plus étoffée, en 1893, toujours titrée *Vers*, inaugura la vraie manière du poète : « J'ai fait des vers faux, écrivait-il dans sa préface, et j'ai laissé de côté, ou à peu près, toute forme et toute métrique [...] Mon style balbutie, mais j'ai dit la vérité... » On y lisait une dédicace à Hubert Crackanthorpe et à Charles Lacoste (peintre depuis réputé). Le premier de ces amis, en regagnant l'Angleterre, déposa le petit volume chez Mallarmé, de qui Jammes reçut immédiatement un merci délicieux : « Il faut, ajoutait-il, que ceci ne passe pas inaperçu. » Dès l'année suivante, par l'entremise d'Arthur Chassériau, de Loti, de Régnier et de Gide, aiguillonné par Mallarmé, la librairie Ollendorff acceptait de publier un nouvel ensemble de *Vers*, où étaient repris en partie les premiers cahiers et le volume de 1893. Tout le milieu symboliste accueillait avec une sympathie mêlée de surprise cette flûte gauche aux accords dissonants, mais d'une incontestable et neuve mélodie. André Gide, particulièrement séduit, tint à acquitter, en 1895, les frais d'impression d'*Un jour,* dialogue rustique, dédié à Régnier, au *Mercure de France.*

Jammes se décida à visiter ses nouveaux amis, et fit à Paris la connaissance d'Henry Bataille, de Rodenbach, de Samain, de Marcel Schwob. Après un voyage à Biskra, où il retrouva Gide et sa jeune femme, et une rencontre de Coppée à Pau, il reçut, à Orthez, Samain et le musicien Raymond Bonheur et leur lut sa nouvelle œuvre, *La Mort du poète.* En 1898, à la suite de touchantes *Litanies en l'honneur de Francis Jammes* dans l'*Ermitage*, il invita Charles Guérin : ce dimanche des Rameaux orthézien marque une date au calendrier de la poésie et de l'amitié ; de Biarritz, peu après, Jammes recevait l'admirable pièce votive *Ô Jammes ta maison...*, qui allait prendre place dans *Le Cœur solitaire*, alors que Guérin s'enchantait du premier livre compact de son ami, paru deux mois plus tôt : *De l'Angélus de l'aube à l'Angélus du soir.* Quelques mois après, Jammes fit un séjour à La Roque-Baignard, en Normandie, chez Gide ; il y composa la merveilleuse *Élégie quatrième*, qui devint l'un des joyaux du *Deuil des primevères* : c'est l'avènement de sa seconde phase poétique, où s'épanouit un registre libre, sans procédé mais non sans mystère.

Puis, entre 1899 et 1904, Jammes s'affirmera prosateur de grande classe, avec le triptyque de ses jeunes filles mélancoliques ou naïves : *Clara d'Ellébeuse*, *Almaïde d'Étremont*, *Pommes d'anis* : prose, en vérité, aussi mélodieuse, plus subtile encore que ses vers, moderne en une atmosphère de l'ancien temps. Période agitée que celle-là, coupée de voyages en Provence, à Paris, où Jammes est présenté à Debussy, à Redon, à Claudel ; à Bruxelles, où il est salué par Thomas Braun et Max Elskamp, et jusqu'à Amsterdam. Féconde aussi pour la poésie, puisqu'elle voit naître l'épopée villageoise de *Jean de Noarrieu*, les *Tristesses*, reflet d'une déconvenue amoureuse, et l'exquise geste en prose du *Roman du lièvre*.

En 1906, un pèlerinage au Cayla lui inspire son premier poème vraiment chrétien, *En Dieu*, sur quoi s'ouvre *Clairières dans le ciel.* Durement frappé par la mort soudaine de Charles Guérin, son meilleur ami, il est sauvé du désespoir par une jeune fille de Soissons,

Geneviève Gœdorp, que les *Tristesses* ont enthousiasmée ; il l'épouse à Lourdes à la fin de 1907. Sa destinée est désormais fixée dans un climat de paisible et fécond bonheur. Après les beaux distiques des *Géorgiques chrétiennes*, des sonnets placés sous le vocable de la Vierge sont groupés autour du *Cantique de Lourdes*. Jammes s'imposait dès lors comme l'un de nos meilleurs poètes catholiques, aux côtés de Le Cardonnel, de Péguy, de Claudel. Les jeunes l'entouraient, le vénéraient, accomplissaient le pèlerinage d'Orthez comme un rite.

En 1921, la famille émigrait au pays basque, dans une demeure plus vaste du village d'Hasparren, léguée par une vieille admiratrice. Jammes y rédigea ses *Mémoires*, pittoresques et pleins de bonhomie ; il y écrivit encore des récits, d'émouvants *Quatrains*, et les frais paysages de *Ma France poétique*, enfin les souples décasyllabes d'*Alouette*, des *Sources* et des *Feux*. Ces quinze dernières années furent une apothéose. En 1937 eut lieu, pour l'Exposition, son dernier voyage à Paris ; une longue causerie sur lui-même y charma un nombreux et fervent auditoire. Ce fut, hélas ! sa suprême joie. Un mal impitoyable envahit soudain cet organisme qui semblait construit pour durer un siècle. À la Toussaint de 1938, il expirait après une longue et douloureuse agonie, le jour même où l'une de ses filles prenait le voile à Lyon.

YVES-GÉGARD LE DANTEC.

♦ *« J'aimais mieux sa rosée que son eau bénite. »* Anna de Noailles. ♦ *« Francis Jammes avait pleinement conscience de son importance ; dans le mouvement littéraire contemporain, elle est considérable et peut justifier son orgueil. Je crois qu'il fallait cet orgueil pour lui permettre de s'affirmer, et dès ses tout premiers poèmes, avec une aussi intransigeante originalité. Jammes rompait net avec les écoles et la tradition poétique. Son œuvre n'est dans le prolongement de rien ; elle part à neuf et du sol même ; c'est une source où les altérés, où* ceux qui ont le cœur pur, *viennent boire, Jammes est d'une authenticité ravissante. »* André Gide. ♦ *« Il ne s'agit pas d'un poète, dans le sens professionnel du mot, il ne s'agit pas de prosodies, il ne s'agit pas d'écriture, il s'agit d'une voix, et jamais accent plus pur et plus naturel ne s'était élevé de notre terre chrétienne et baptisée. »* Paul Claudel. ♦ *« Cher Jammes, poète grand et doux, votre œuvre est ce gave bondissant entre les aulnes qui jaillit sans fin d'un cœur sanctifié. J'honore en vous et dans tous les inspirés, vos frères, une de ces images indiscernables de la bonté de Dieu en ce monde... Un vers de Jammes, un air de Mozart, il n'en faut pas plus pour savoir que, si l'humanité s'enfonce dans ces ténèbres où le sang d'Abel n'a jamais fini d'être répandu, cette lumière n'en existe pas moins dont vous êtes le témoin et le héros. Cette lumière et cette joie. »* François Mauriac.

RÉF. : André Gide, *Prétextes,* 1905 ; *Nouveaux Prétextes*, 1911. — Pierre Lasserre, *Les Chapelles littéraires : Claudel, Jammes, Péguy,* Paris, 1920. — A. Schilla, *F. Jammes unter Berücksichtigung seiner Naturdichtung*, thèse, Königsberg, 1930. — A. Flory, *Francis Jammes*, 1941. — Jean Soulairol, *Francis Jammes,* 1941. — Robert Mallet, *Francis Jammes. Sa vie, son œuvre,* Paris, 1947 ; *Francis Jammes et le jammisme*, Paris, 1961 ; *Francis Jammes*, Paris, 1969.

JAMYN Amadis. Poète né et mort à Chaource près de Troyes (probablement 1538-1593). Jamyn n'avait guère que treize ou quatorze ans lorsque Ronsard le prit à son service en qualité de page. Le chef de la Pléiade le traita comme un fils, et c'est sous sa direction qu'il fit ses études avec des maîtres comme Dorat et Turnèbe. Ronsard le prit comme secrétaire de 1565 environ à 1573 ; en 1566, il lui assura une rente en échange du prieuré de Croixval ; les deux poètes habitèrent ensemble au prieuré de Saint-Cosme-lez-Tours. Collaborant avec Ronsard à la préparation de *La Franciade*, Jamyn fut amené à étudier de très près l'*Iliade* et reprit la traduction en vers français qui avait été commencée par Hugues Salel et dont il devait publier les treize derniers livres en 1580. Il commença la traduction de l'*Odyssée*, qu'il laissa inachevée. Grâce à la protection de Ronsard, Jamyn obtint les postes de lecteur royal en 1571 et de secrétaire du roi vers 1573 et il reçut divers bénéfices. En 1570, il avait publié à Lyon un *Avant-Chant nuptial* pour le mariage de Charles IX, mais c'est en 1575 que Jamyn devait donner, sous le titre d'*Œuvres poétiques*, l'ensemble des poèmes composés jusqu'alors. Le recueil comprenait les *Poésies adressées à leurs Majestez*, *Oriane*, suite de pièces en l'honneur d'une Tourangelle dont Jamyn avait été amoureux, *Callirée,* poèmes dédiés à Marguerite d'Atri-Acquaviva, maîtresse de Charles IX, *Artémis* : sous ce nom mythologique, Jamyn célébrait les mérites de la maréchale de Retz dont il fréquentait le salon. Les succès mondains de Jamyn furent vifs et, sous Henri III, il fut appelé à faire partie de l'Académie du Palais ; on le comptait alors au nombre des « plus excellents poètes français ». Après la mort de Ronsard, il se retira dans sa ville natale, où il mourut, sans doute au commencement de 1593.

RÉF. : Sainte-Beuve, *Tableau historique et critique de la poésie française au XVIe siècle.* — P. Champion, *Ronsard et Amadis Jamyn*, Paris, 1924. — Th. Graur, *Amadis Jamyn*, Paris, 1929.

JANKÉLÉVITCH Vladimir. Philosophe et essayiste. Né à Bourges le 31 août 1903, mort à Paris le 6 juin 1985. Après des études secondaires au lycée Louis-le-Grand, il entre à l'École normale supérieure et est agrégé en 1926. Il enseigne ensuite, après avoir passé son doctorat en 1933, à l'Institut français de Prague et dans divers lycées. Sa carrière proprement universitaire commence à Toulouse en 1936 ; il enseignera successivement à Lille et à Paris, après avoir momentanément perdu son poste pendant la guerre.

Vladimir Jankélévitch est à la fois un philosophe de la morale et un éminent connaisseur de la musique. Sa pensée possède certaines affinités avec le christianisme d'un Kierkegaard, qu'il a profondément étudié. Mais, dans son œuvre, l'influence de Bergson, qui a été son maître, est tout aussi importante. C'est d'ailleurs avec un ouvrage consacré à ce dernier qu'il commence son œuvre philosophique en 1933. De nombreux autres livres suivront : *La Mauvaise Conscience* (1933), *L'Odyssée de la conscience dans la dernière philosophie de Schelling* (1933), *L'Ironie ou La Bonne Conscience* (1936), *L'Alternative* (1938), *Du mensonge* (1943), *Le Mal* 1947), le monumental *Traité des vertus* (1949), *Philosophie première* (1954), *Le Je-ne-sais-quoi et le Presque-rien* (1957), *L'Aventure, l'ennui, le sérieux* (1963), *La Mort* (1966), *L'Irréversible et la Nostalgie* (1983), œuvres auxquelles il faut ajouter les livres consacrés à la musique et aux musiciens : *Gabriel Fauré et ses mélodies* (1938), *Maurice Ravel* (1939), *Le Nocturne* (1942), *La Musique et l'Ineffable* (1961). Moraliste, Jankélévitch prend pour thème de réflexion — fidèle en ceci à Bergson — l'existence de la conscience dans le temps. Il salue la « vertu de l'instant », et donc du concret, s'élevant contre l'intellectualisme et l'ironie qui ne sont qu'une manière de nier le temps et l'existence. Cette réflexion sur la valeur morale du temps et de l'instant ne tombe à aucun moment dans les abstractions que, du reste, elle dénonce. Jankélévitch fait également preuve d'originalité en analysant des expériences humaines comme l'ennui ou le mensonge, généralement fort peu étudiées par les philosophes. Mais cet élève de Bergson, cet admirateur de Schelling et de Kierkegaard est aussi un disciple indirect des grands moralistes français. Comme eux, il aime le style, la mélodie des phrases, et refuse la sécheresse des traités philosophiques traditionnels. On retrouve ces mêmes qualités d'analyse et d'écriture dans ses livres sur les musiciens romantiques ou impressionnistes, auxquels il a consacré des pages d'une extrême finesse. Avec Jean Wahl, son contemporain, Vladimir Jankélévitch témoigne d'une certaine école de la philosophie contemporaine. On a pu lui reprocher son dédain presque total des « systématiques », son mépris presque évident pour les architectures conceptuelles trop ordonnées. Il reste que ses ouvrages, qui donnent souvent une impression d'improvisation continue, ont redonné une certaine vie à la philosophie française de l'entre-deux-guerres, dominée par un kantisme abstrait et desséchant. Jankélévitch a su unir réflexion éthique et réflexion esthétique, comme Bachelard et Wahl ont su, presque à la même époque, unir réflexion poétique et réflexion épistémologique ou métaphysique. Bien que les grands philosophes de l'après-guerre, comme Sartre et Merleau-Ponty, l'aient fait passer quelque peu à l'arrière-plan, il serait injuste d'oublier sa contribution à la philosophie française contemporaine.

ANTOINE BERMAN.

RÉF. : L. Jerphagnon, *Jankélévitch,* Paris, 1969. — *Écrit pour V. Jankélévitch* (collectif), Paris, 1978. — « Jankélévitch », *L'Arc,* Aix-en-Provence, 1979 (réimpr. 1990). — Guy Suarès, *Vladimir Jankélévitch,* Lyon, 1990.

Jansénisme. Ce terme renvoie à un courant de la pensée religieuse française du XVIIe siècle, dont les implications dans le domaine littéraire et moral eurent un long retentissement. Il vient du nom de l'évêque d'Ypres, Cornelius Jansen (Jansénius en latin, 1585-1638), auteur d'un livre consacré à la doctrine de saint Augustin (*Augustinus,* 1640), que défendit l'augustinien Saint-Cyran, élève de Bérulle. En effet, les jésuites et la Sorbonne avaient attaqué les thèses de Jansénius, qui s'en prenait en fait à la doctrine de la grâce fixée par leur maître Molina (affirmant que l'homme dispose d'une liberté, rendue efficace par la grâce de Dieu). Pour Jansénius, l'homme ne dispose d'aucune liberté, il est entièrement prédestiné. C'est l'opinion que partageaient les disciples de Saint-Cyran, qui décidèrent de porter le débat devant le grand public (car les jésuites, molinistes, étaient sur le point de triompher sur le terrain théologique et savant), en demandant à Pascal de rédiger ses fameuses *Provinciales,* pour défendre le théologien janséniste Antoine Arnauld. Pascal y parvint avec brio, en ridiculisant ses adversaires jésuites, avant de laisser éclater son indignation dans les dernières lettres. Le jansénisme eut une grande influence sur la spiritualité du siècle, et notamment sur les moralistes, comme La Rochefoucauld — *Maximes* (*), 1665 — ou Pierre Nicole — *Essais de morale,* 1671-1678. Il contribua à la « démolition du héros » dont parle Paul Bénichou (*Morales du Grand Siècle,* 1948), car il condamnait la confiance dans les seules vertus humaines, telles que l'avait proclamée l'humanisme du siècle précédent. Il fut aussi perçu comme un danger politique (Jansénius avait écrit un *Mars Gallicus* contre le roi de France en 1635), et, pour cela, il fut très tôt combattu par le pouvoir royal : Richelieu encouragea le philosophe La Mothe Le Vayer à écrire sur *La Vertu des payens* (1642) en réaction aux critiques jansénistes. Mais surtout Louis XIV s'attacha à le faire disparaître, ce qui relança la querelle, notamment avec la question du Formulaire, dont l'Assemblée du clergé imposa la signature aux religieux et aux religieuses jansénistes (il s'agissait de reconnaître que l'*Augustinus* contenait bien cinq propositions hérétiques). La persécution commença contre le monastère de Port-Royal, Sacy fut arrêté en 1666. Nicole reprit la plume, dans la lignée de Pascal, avec dix *Lettres sur l'hérésie imaginaire* (1665, éditées en recueil dès 1667). L'enjeu en devenait peu à peu l'opposition d'un clergé gallican augustinien non seulement au catholicisme ultramontain incarné par les jésuites, mais aussi à l'avènement de l'absolutisme monarchique. Le dernier épisode du débat est donc essentiellement politique ; quelques années de répit correspondent à une période très brillante de Port-Royal, sous la protection de la duchesse de Longueville — les messieurs traduisent le Nouveau Testament en 1667, éditent des *Pensées* (*) de Pascal en 1670 —, mais la fin du règne de

Louis XIV voit la destruction de Port-Royal-des-Champs, puis, avec la bulle *Unigenitus* (1713), la condamnation définitive des positions jansénistes.

EMMANUEL BURY.

JAPRISOT Sébastien (pseud. de Jean-Baptiste Rossi). Romancier français né à Marseille en 1931. Ses parents sont d'origine italienne, son père est transporteur. Il est déclaré à la fois par son père et sa grand-mère dans deux mairies de Marseille à des jours, des heures et sous des prénoms différents — et les archives de Marseille disparaissent en 1944... Chahuteur mais bon en français, il fait paraître à dix-sept ans son premier roman *Les Mal partis* (1948), qui, réédité en 1966, obtient le prix décerné à l'unanimité par un jury qui comprend notamment Aragon et Sartre. Après avoir fabriqué des meubles, travaillé dans la publicité et traduit *L'Attrape-Cœurs* et les nouvelles de Salingeı, Japrisot publie en 1962 *Compartiment tueurs* et en 1963 *Pièges pour Cendrillon*, qui lui vaut le grand prix de littérature policière. *La Dame dans l'auto avec des lunettes et un fusil* paraît en 1966 et ces trois romans sont portés à l'écran, ce qui n'est pas étonnant pour un auteur qui déclare être avant tout un visuel. Il est lui-même scénariste pour *Adieu l'ami, Le Passager de la pluie* et *La Course du lièvre à travers les champs. L'Été meurtrier* (1977) obtient le prix des Deux Magots. Japrisot relit régulièrement *Alice au pays des merveilles*, il a *La Passion des femmes* (1986) et considère le temps comme le personnage essentiel de ses romans. Le prix Interallié 1991 a été attribué à son roman *Un long dimanche de fiançailles*.

DENIS BOUTET DE MONVEL.

JARRY Alfred. Écrivain né le 8 septembre 1873 à Laval, mort à Paris le 1er novembre 1907. Il vit d'abord à Laval, où son père est négociant ; mais ses parents se séparent en 1879, et Mme Jarry s'installe à Saint-Brieuc avec ses deux enfants, Alfred et sa sœur aînée, Charlotte. En 1888, ils arrivent à Rennes. Là, au lycée, Jarry rencontre la figure déjà mythique du professeur de physique, M. Hébert, dit père Héb, solennel et chahuté. Autour de lui, depuis plusieurs années, les lycéens composent des poèmes et des pièces où il est roi de Pologne. Jarry lit ces textes et monte l'un d'eux, *Les Polonais,* sur un théâtre familial.

Il prépare à Rennes d'abord puis à Paris (1891) l'entrée à l'École normale supérieure, mais ces tentatives échouent : la littérature l'intéresse davantage. Il publie à partir de 1893 dans diverses revues ; surtout, il se lie avec l'équipe du *Mercure de France* (*) : Vallette, sa femme (Rachilde) et Remy de Gourmont. Le *Mercure* publie, en octobre 1894, le premier livre de Jarry, *Les Minutes de sable mémorial,* proses et vers marqués par le symbolisme décadent. L'un des morceaux, « Guignol », met en scène le père Héb, devenu père Ubu.

Après son service militaire (1894-95) écourté pour raisons de santé, Jarry publie *Ubu roi* (*) (qui reprend *Les Polonais*) en juin 1896. Secrétaire du théâtre de l'Œuvre, il parvient à y faire jouer sa pièce le 10 décembre 1896. Le « merdre » initial lancé au public voit le début du scandale auquel la presse fait largement écho.

Jarry dispose alors de tout ce qui peut favoriser une carrière d'écrivain, même le scandale qui rend un nom célèbre. Délibérément ou non, il refuse l'intégration sociale et se met peu à peu en marge. Sa brouille avec Gourmont, épisode décisif, l'écarte de fait du *Mercure de France.* Vivant souvent solitaire dans le « Phalanstère », petite villa de Corbeil, il semble coupé du monde, si ce n'est en voie de « clochardisation ». Sa misère réelle passe pour de l'extravagance auprès de ses amis, tandis qu'il joue à être « père Ubu ».

Il écrit beaucoup ; de 1897 à 1900 paraissent *Les Jours et les Nuits*, une large partie de *Gestes et opinions du docteur Faustroll, pataphysicien*, *L'Amour en visites, L'Amour absolu,* deux *Almanachs du père Ubu* et *Ubu enchaîné...* Mais la littérature n'est pas la seule activité de Jarry, qui travaille au « Théâtre des Pantins », installé chez son ami le musicien Claude Terrasse. Il y fait jouer et y monte nombre de spectacles, écrivant des « vers de mirliton ».

De 1900 à 1903, sa collaboration régulière, soutenue par Fénéon, à *La Revue blanche*, le conduit à renouveler sa production et à élargir son public. Il y donne de très abondantes chroniques, *Les Spéculations* (qui deviendront *La Chandelle verte,* posthume), mais aussi des critiques de livres et de théâtre, et deux romans, *Messaline* et *Le Surmâle*. La fin de *La Revue blanche* (avril 1903) met un terme à ce relatif équilibre. Pendant ses dernières années dominées par la dégradation de sa santé, due à la misère et à l'alcoolisme, le travail de Jarry paraît s'enliser dans des entreprises littéralement interminables, une adaptation de Rabelais sous forme d'opéra-bouffe ou le grand roman que devait être *La Dragonne* : il n'achèvera ni l'une ni l'autre. Il fait à partir de 1906 de longs séjours à Laval avec sa sœur. En mai 1906, la maladie déclenche en lui d'étonnantes visions mystiques, qu'il raconte en détail dans plusieurs lettres et qu'il intègre au projet de *La Dragonne.*

La maladie, la misère laissent de moins en moins de répit. Jarry donne deux volumes encore, une opérette, *Le Moutardier du pape,* et une plaquette de « souvenirs » à propos d'Albert Samain. Il meurt de méningite tuberculeuse, le 1er novembre 1907, à 34 ans.

Jarry appartient à une génération marquée par Mallarmé, qui constate les limites de la littérature. Comment s'en protéger, éviter de devenir un « homme de lettres » ? Le prodigieux masque d'Ubu lui a en ce sens servi de bouclier ; lourd de parodies et de dérision, il sert aussi à critiquer l'auteur que Jarry refuse d'être : il n'a pas écrit *Ubu,* emprunté à ses condisciples rennais. Plutôt que l'auteur, il choisit d'être le personnage aux yeux de ses contemporains, s'identifiant à Ubu, lui empruntant un ton, des tics et même son nom (il signe fréquemment ses lettres « Père Ubu »).

S'il fait ainsi un théâtre de sa vie, s'il devient son personnage, c'est aussi qu'il s'est toujours intéressé au corps de l'acteur comme marionnette. Son activité au « Théâtre des Pantins » fut bien plus importante que ne le laissent supposer les traces écrites, une poignée de livrets d'opérettes. Le vers de mirliton est à la littérature ce que la marionnette est au corps humain : il en montre l'essence. Dans le même esprit, Jarry fait jouer, travailler les mots en tous sens, les démonte, pratique la dérive étymologique et la pluralité des langues comme le fait le Joyce de *Finnegans Wake*.

C'est qu'il porte sur l'existence le regard à la fois proche et infiniment lointain du logicien. Sa méthode, la pataphysique, définie dans *Gestes et opinions du docteur Faustroll, pataphysicien,* est une pratique perpétuelle et rigoureuse de la spéculation, de la « solution imaginaire » ; le monde est une fiction, un gigantesque jeu. Pour Faustroll, l'espace quotidien est un damier ou un jeu de l'oie ; l'univers de Jarry est menacé d'être purement intellectuel : mais le ventre — Ubu et sa « gidouille » —, le sexe sont tout aussi présents : l'extraordinaire défi du *Surmâle* dit, jusqu'au vertige, la nature du désir sexuel : « L'amour est un acte sans importance, puisqu'on peut le faire indéfiniment. »

L'œuvre de Jarry, surtout jusqu'en 1900, est marquée par le style de son époque, par le raffinement et la préciosité symbolistes, s'accomplissant dans le poème en prose. Mais tout aussi forte est l'exigence d'échapper à la « littérature », tant par le primitivisme d'*Ubu roi* que par une écriture quasi mathématique, tendant au théorème, à la spéculation pure. Jarry est alors proche de Valéry, qu'il fascina. Pour tous deux, il s'agissait bien de « tuer la marionnette » littéraire — mais les moyens qu'ils employèrent pour le faire divergèrent à l'infini. Jarry n'est finalement peut-être comparable qu'à Ducasse, dont il avait la violence et l'intelligence masquées ; il en fut d'ailleurs un des tout premiers lecteurs et, assurément, le premier écrivain à tenter de le penser.

PATRICK BESNIER.

♦ *« Tout était machinal chez lui et il n'avait pas d'autre prétention que de s'imposer à l'humanité en qualité de machine très bien réglée. »* Rachilde. ♦ *« La littérature, à partir de Jarry, se déplace dangereusement en terrain miné. L'auteur s'impose en marge de l'œuvre ; l'accessoiriste, désolant à souhait, passe et repasse sans cesse devant l'objectif en fumant un cigare. »* André Breton.

RÉF. : Noël Arnaud, *Alfred Jarry, d'Ubu roi au docteur Faustroll,* Paris, 1974. — François Caradec, *À la recherche d'Alfred Jarry,* Paris, 1974. — Henri Béhar, *Les Cultures de Jarry,* Paris, 1988. — Patrick Besnier, *Alfred Jarry,* Paris, 1990.

JAUFRÉ (ou Geoffroi) RUDEL. Troubadour du XIIe siècle. Né à Blaye (Gironde) dont il était « prince », ou, à tout le moins, seigneur en tant que cadet des comtes d'Angoulême, mort à Tripoli, Palestine (?). Sur la foi d'une de ces notices ou *vidas,* rédigées en provençal par Jehan de Nostredame (fils du fameux Nostradamus) et reprises par Raynouard dans ses *Biographies des troubadours* (1820), Jaufré Rudel est devenu le héros d'une légende qui a pris le pas sur son œuvre. De cette dernière nous possédons seulement six poésies : les unes (II, V et VI) se rapportent à un amour idéal et lointain (« amor de terra lonhdana ») et les autres (I, III et IV) à des aventures dont le caractère charnel ne saurait faire de doute. En tout état de cause, il est possible que le poète ait accompagné en Terre sainte un fils naturel d'Alphonse Jourdain, comte de Toulouse, lorsqu'il se croisa à la suite de Hugues VII de Lusignan, dit le Brun, comte de la Marche (de fait, le troubadour Marcabrun composait à la même époque un sirvente adressé « an Jaufré Rudel outra mar »). Quant à la légende, peut-être a-t-elle pour origine une passion que Jaufré Rudel aurait réellement éprouvée pour Odierne, femme de Raimon Ier, comte de Tripoli. Mais l'histoire de la comtesse de Tripoli, telle qu'elle est venue jusqu'à nous, se révèle autrement romanesque. Jaufré Rudel serait devenu amoureux de la princesse d'Orient sur le portrait qu'avaient fait d'elle des pèlerins venus d'Antioche. Il s'embarque, tombe gravement malade en mer et n'arrive à Tripoli que juste à temps pour mourir dans les bras de l'aimée (« Et en aissi el moric entr'els braz de la comtessa », nous dit Jehan de Nostredame) ; celle-ci, de désespoir, finira ses jours dans un cloître. Telle est la jolie légende dont devaient s'inspirer Uhland, Heine, Swinburne, Carducci et Edmond Rostand dans son drame *La Princesse lointaine* (1895).

RÉF. : Jehan de Nostredame, *Les Vies des plus célèbres et anciens poètes provensaux* (sic.)... Lyon, 1575 (réimpr. à Paris en 1913). — Crescimbeni, *Le Vite de' più celebri poeti provenzali* in t. 2. *Istoria della volgar poesia,* Venise, 1730. — P.-L. Ginguené, *Geoffroi Rudel, poète provençal,* in t. XIV, *Histoire littéraire de la France,* Paris, 1817. — A. Jeanroy, *Les Chansons de Jaufré Rudel,* Paris, 1915. — R. T. Pickens, « Jaufré Rudel et la poétique de la mouvance » dans les *Cahiers de civilisation médiévale,* 20, 1977, p. 323.

Jean-Christophe. Vaste roman cyclique de Romain Rolland (1866-1944), publié de 1904 à 1912 en dix-sept fascicules dans les *Cahiers de la quinzaine* (*), où l'auteur avait déjà fait paraître, depuis 1898, plusieurs drames ainsi que son *Beethoven* et où il devait donner, pendant la parution des fascicules de *Jean-Christophe,* sa *Vie de Michel-Ange*. *Jean-Christophe* fut ensuite publié en dix volumes. La trame fondamentale du roman est faite de la vie de Jean-Christophe. Musicien, fils de musiciens, il naît dans une petite ville paisible de Rhénanie ; le monde merveilleux que l'enfant découvre peu à peu autour de lui, ses premières impressions confuses, les figures familières qui l'entourent, puis la révélation de la musique et de son pouvoir, son apprentissage musical jusqu'à son adolescence, ses premières amours et l'initiation graduelle à la douleur et à l'injustice, tout cela forme la matière des trois premiers livres : « L'Aube », « Le Matin », « L'Adolescence ». Dans le quatrième livre, « La Révolte », qui comprend trois parties : « Les Sables mouvants », « L'Enlisement », « La Délivrance », l'auteur s'insurge contre toutes les idoles consacrées par la tradition, en nous montrant la noblesse et le désintéressement absolu des aspirations de son héros. Mais Jean-Christophe s'étiole dans l'étroit milieu germanique où il est d'ailleurs incompris. Il aspire à une vie plus libre, à de plus vastes horizons. Il rêve de la France. Se trouvant un jour impliqué dans un bagarre entre paysans et soldats, il tue un officier. Il court chercher refuge à Paris. Ses années parisiennes sont l'objet des trois autres livres groupés sous le titre de « Jean-Christophe à Paris » ; ce sont : « La Foire sur la place », « Antoinette », « Dans la maison ». Nous assistons aux luttes très dures et aux découragements du héros, qui cherche à faire son chemin dans les milieux artistiques et intellectuels de la capitale. Il découvre un ami en la personne d'Olivier Jeannin ; sentant la parenté de leurs esprits et la communauté de leurs aspirations, les deux jeunes gens décident de vivre ensemble. Ils ne se quittent plus jusqu'au mariage d'Olivier. Cette union malheureuse, qui aboutit, quelques années plus tard, à la séparation des époux, fait l'objet du volume suivant : « Les Amies ». Mais ce dernier livre, ainsi que « Le Buisson ardent » et « La Nouvelle Journée », appartient déjà à la fin du cycle qui porte le titre général de « La Fin du voyage ». Olivier meurt au cours d'une émeute ; Jean-Christophe, qui, lui aussi, y a pris part, est contraint de gagner la Suisse où, fou de douleur et désespéré, il traverse une période de profond trouble intérieur. Une aventure équivoque, ses amours avec Anna Braun le conduisent au bord du suicide ; mais il réagit avec toute sa robuste santé morale et s'enfonce dans la solitude des âpres montagnes. C'est là qu'il retrouve enfin l'équilibre et l'inspiration qui l'avait fui si longtemps. Il a passé à travers le « buisson ardent » et il a entendu la voix de Dieu ; son âme finit par s'apaiser après tant d'orages. Finalement, la sublime amitié amoureuse qu'il éprouve pour une femme qu'il avait connue dans sa jeunesse, la découverte de l'harmonie et de la lumière méditerranéennes lui permettent de prodiguer l'amour à ceux qui l'entourent et de chanter un hosanna à la vie et à la mort. En terminant son œuvre, Romain Rolland, résolument pacifiste (il devait en donner la preuve pendant la guerre de 1914-1918), la dédie « Aux âmes libres – de toutes les nations – qui souffrent, qui luttent, et qui vaincront ». Dans la Préface du dernier volume, il déclare : « J'ai écrit la tragédie d'une génération qui va disparaître. Je n'ai rien cherché à dissimuler de ses vices et de ses vertus, de sa pesante tristesse, de son orgueil chaotique, de ses efforts héroïques et de ses accablements » ; et il ajoute : « Hommes d'aujourd'hui, jeunes hommes, foulez-nous aux pieds et allez de l'avant. Soyez plus grands et plus heureux que nous. »

Cette œuvre se présente donc comme un message d'une génération à la suivante, et Romain Rolland a voulu y mettre toute l'expérience de sa propre vie ; il a entendu donner une vision complète, à la fois critique et lyrique, du monde intellectuel français et européen, depuis la fin du XIXe siècle jusqu'aux premières années du XXe siècle, en passant en revue toutes les passions et toutes les idéologies qui ont animé cette époque et tous les événements qu'elles provoquèrent. De cet ambitieux propos découlent la complexité de l'œuvre, mais aussi sa confusion. Certaines parties ont singulièrement vieilli : le cinquième livre, par exemple, qui n'est qu'un exposé des polémiques du temps ; d'autres passages également, qui traitent de questions sociales, morales et même artistiques. Mais, en dépit de ces faiblesses évidentes, tout le cycle s'impose au lecteur par le souffle spirituel ardent qui le vivifie d'un bout à l'autre. On voit s'en détacher les thèmes les plus chers à l'auteur : son goût passionné de la sincérité la plus absolue, son mépris pour toutes les bassesses et toutes les hypocrisies, son exaltation héroïque vers l'action, enfin son culte pour la musique. Jean-Christophe est le symbole du génie qui lutte contre toutes les formes de la médiocrité humaine, qui crée et qui accepte, pour mener à bien son œuvre, toutes les souffrances et tous les renoncements, et qui passe à travers toutes les expériences de la douleur, de l'amour et de la joie, parce qu'elles constituent la vie elle-même et qu'avant tout il faut vivre. Le style, lâche et prolixe ici et là, est à d'autres endroits d'une vivacité, d'un éclat admirables ; nous trouvons alors de très belles pages tout animées d'un puissant souffle lyrique. *Jean-Christophe* fut beaucoup lu et connut un immense succès en France et peut-être davantage à l'étranger. Les idéologies généreuses, mais souvent nébuleuses à l'excès, de l'auteur, certaine grandiloquence du ton, mais surtout le fait qu'à ce premier roman cyclique en ont succédé bien d'autres et parmi eux d'authentiques chefs-d'œuvre, l'ont fait tomber dans une sorte de discrédit, sans doute provisoire.

JEAN D'ARRAS. Ce que nous savons de cet écrivain est bien peu de chose, même si on doit l'identifier avec l'objet des rares indications fournies par certains documents. Il semble qu'on doive reconnaître en lui le Jean d'Arras qui, en 1361, fit hommage au duc de Bourgogne d'un fief lui appartenant, et qui est mentionné dans un document de 1382 comme propriétaire, à Arras, de maisons grevées de rentes à payer aux chevaliers de Rhodes. Ultérieurement, d'autres textes, datant de 1392, 1394,

1398, nous le montrent libraire et relieur à Paris, en rapport avec de grands seigneurs, amateurs éclairés de belles œuvres et épris de culture : le roi Charles VI, Marie de France, le duc de Bar, Jean de Berry. Ce dernier, au cours des années 1387-1394, aurait chargé de la composition du *Roman de Mélusine* (*) l'artiste raffiné et cultivé qui reliait ses livres et qui, le premier, recueillit la légende de la femme serpent, fable liée à la maison de Lusignan (Mélusinz - Mère-Lusigne). Dans le roman, Jean d'Arras ne manque pas une occasion de démontrer, en s'aidant de la terminologie technique appropriée, sa parfaite connaissance de l'art du libraire. C'est là tout ce que nous savons de l'auteur de *Mélusine,* si vraiment il se confond avec ce personnage.

RÉF. : L. Stouff, *Essai sur Mélusine, roman du* XIV*e* *siècle, par Jean d'Arras,* Dijon, 1930. – *Jean d'Arras, Le Roman de Mélusine ou l'Histoire des Lusignan,* trad. par M. Perret, Paris, 1979.

JEAN DE MEUN ou (Meung). Il s'appelait de son vrai nom Jean Clopinel ou Chopinel, c'est-à-dire le Boiteux. Érudit et poète, né à Meung-sur-Loire (Loiret) vers 1250, mort vers 1305. Si nous ne connaissons rien de Guillaume de Lorris, auteur de la première partie du *Roman de la Rose* (*) et qui semble ne rien avoir écrit d'autre, nous savons que Jean de Meun ne fut pas seulement l'auteur de la seconde partie du même roman. Il semble même certain que cette immense suite de 17 722 vers n'ait pas constitué l'élément prépondérant de la renommée qu'il sut acquérir de son vivant.

C'est vers 1277, entre 1275 et 1280, que Jean de Meun décida de reprendre le poème inachevé, il avait alors probablement quelque vingt-cinq ans, c'est-à-dire sans doute au sortir de ses études qu'il poussa jusqu'au doctorat en théologie. On ne sait quel motif inspira une entreprise si longue, si disproportionnée apparemment aux buts du nouvel auteur qui sont tout différents de ceux de son prédécesseur.

Jean de Meun a laissé des traductions de la *Consolation de la philosophie* de Boèce, texte qui connut une faveur immense pendant tout le Moyen Âge, du *Traité de l'art militaire* de Végèce, entreprise peut-être à la demande d'un de ses protecteurs, des *Lettres* d'Héloïse et Abélard. On connaît de lui plusieurs autres poèmes, tels *Le Trésor* ou *Les Sept Articles de foi, Les Loys des Trespasséz,* imprimés respectivement en 1503 et 1481-1484, *Le Miroir d'alchymie, Les Proverbes dorez.* Il est également l'auteur de *Remontrances au roi,* enfin d'un *Testament,* précieux, car il contient quelques indications sur son personnage. Il y réprimande à son habitude les femmes, les ordres mendiants et y laisse entendre qu'il était au service d'un grand seigneur. Ce qui est certain, c'est que Jean de Meun fut, en son temps, un personnage considérable et riche, fort considéré pour sa science et sa sagesse. Il habitait à Paris une maison qui comprenait tourelle, cour et jardin, attenant à l'hôtel de la Tournelle. C'était, à n'en point douter, un opulent bourgeois et sans doute un universitaire, le représentant d'une classe sociale qui commençait à jouer dans la société de la fin du XIIIe siècle un rôle qui, sous le règne de Philippe le Bel, dont notre auteur fut le contemporain, allait devenir un rôle de premier plan.

♦ « [Le Roman de la Rose] *l'Iliade et l'Énéide de la France.* » Th. Sibilet. ♦ *« De ce mesme temps (je veux dire souz le regne de S. Louys) nous eusmes Guillaume de Lorry, et sous Philippe le Bel, Jean de Mehum, lesquels quelques-uns des nostres ont voulu comparer à Dante Poëte italien : Et moy je les opposerois volontiers à tous les Poëtes d'Italie, soit que nous considérions ou leurs mouëlleuses sentences, ou leurs belles loqutions, encores que l'oeconomie generale ne se rapporte a ce que nous pratiquons aujourd'huy. Recherchez-vous la philosophie Naturelle ou Morale ? elle ne leur defaut au besoin. Voulez-vous quelques sages traits ? les voulez-vous de folie ? vous y en trouverez à suffisance ; traits de folie toutes fois dont vous pourrez vous faire sages. Il n'est pas que, quand il faut repasser sur la Théologie, ils se monstrent n'y estre aprentifs. Et tel depuis eux a esté en grande vogue, lequel s'est enrichy de leurs plumes, sans en faire semblant. Aussi ont-ils conservé et leur œuvre et leur mémoire jusques à huy, au milieu d'une infinité d'autres, qui ont esté ensevelis avec les ans dedans le cercueil de tenebres. »* Et. Pasquier. ♦ *« En France, l'influence de ce livre domina toute la période qui suivit, et on ne peut pas dire qu'elle ait été heureuse : elle donna pour longtemps à la littérature une forme allégorique... et, d'autre part, un caractère prosaïque, positif, souvent pédant qui enlève tout charme à la plupart des poèmes des* XIV*e et* XV*e siècles. »* G. Paris. ♦ *« Jean de Meun fut non seulement un grand poète, le plus grand écrivain en vers du* XIII*e siècle, mais un homme de lettres accompli, dans le sens moderne du mot. »* A. Mary.

RÉF. : Stanley Galpin, *The Influence of the Medieval Christian Vision on Jean de Meun,* 1913. – John Livingston Lowes, *Chaucer's Boethius and Jean de Meun,* 1917. – Albert B. Friedman, *Jean de Meun an Englishman,* 1950. – P. Y. Badel, *Le Roman de la Rose au* XIV*e*, Genève, 1980. – A. Strubel, *Le Roman de la Rose,* Paris, 1984.

Jeu. Traduit le latin *ludus* qui servait à désigner le drame liturgique (v. ce mot). Les gens du Moyen Âge l'ont utilisé pour qualifier les productions dramatiques, surtout aux XIIe et XIIIe siècles, avant que n'apparaissent les termes de *mystère, passion, farce, moralité* (v. ces mots). Preuve, s'il en faut, des échanges qui lièrent les productions théâtrales en français aux drames liturgiques. Jean Bodel compose *Le Jeu de saint Nicolas* vers 1200, Adam de la Halle compose son *Jeu de la Feuillée* (*) et son *Jeu de Robin et Marion* (*) trois quarts de siècle plus tard. Sous cette dénomination, on peut ranger, bien qu'elle ne soit pas explicitement portée sur les manuscrits qui nous les ont transmises, d'autres pièces du XIIIe siècle comme le *Miracle de Théophile* de Rutebeuf, ou le *Courtois d'Arras,* ou encore *Le Garçon et l'Aveugle.* Et l'on a coutume de désigner du nom de *Jeu d'Adam* le plus ancien drame religieux entièrement en français.

MICHEL ROUSSE.

Jeu de la Feuillée (Le). Œuvre d'Adam de la Halle (appelé aussi « le Bossu »), poète et musicien picard, né à Arras et qui connut la célébrité aux environs de 1250. La pièce fut représentée en public en 1276 et prit le nom de *Jeu de la Feuillée* du fait qu'elle avait été montée à la foire d'Arras pour la fête nocturne du printemps. C'est là un ouvrage original et très caractéristique : l'auteur, selon les règles du « jeu », est lui-même le héros du spectacle et doit mettre en scène ses propres mésaventures. Mais, en amplifiant le schéma traditionnel auquel il ajoute des commentaires fantaisistes, Adam de la Halle en fait une composition plus vaste qui s'approche de ce que seront par la suite les « soties ». Le poète veut laisser sa chère ville d'Arras et sa femme pour se rendre à Paris et y terminer ses études interrompues. Ce thème avait déjà servi de prétexte aux couplets vivants et enjoués du *Congé.* On voit apparaître ensuite, sous un autre costume, le même Adam qui annonce son intention de se faire « clerc ». Ses amis et connaissances cherchent à l'en dissuader, lui rappellent qu'il devra abandonner sa femme. Mais il réplique que son mariage fut un marché de dupes, et que sa femme, qui lui avait paru si belle, est à l'heure qu'il est pesante et bouffie de graisse. De son côté, son père ne consent pas à lui donner de l'argent pour qu'il fasse des études, et se lamente parce qu'il se sent malade : un médecin de passage reconnaît que le vieillard souffre d'avarice chronique, et il en profite pour médire d'autres personnages de la ville également atteints du même mal. La scène s'anime à l'arrivée d'un moine quêteur qui porte les reliques de saint Achaire et fait l'apologie du saint ; surviennent ensuite un sot, une troupe de viveurs, un fou accompagné de son père. Les uns et les autres se livrent sans désemparer à une critique des mœurs de la ville. Enfin apparaissent les fées, reines de la fête du printemps, qui distribuent les dons et les mauvais sorts selon leur coutume. Toute la compagnie se retrouve à la taverne de Raoul le Waisdier, lieu de rendez-vous de maître Adam et de ses amis. Et comme l'aurore est proche, ils décident tous d'aller offrir un cierge à la Madone. Le spectacle est marqué par une grande liberté, et un vent de confusion souffle sur toute cette belle fantaisie. Mais l'œuvre reste admirable pour la vivacité de beaucoup de scènes et le brio du dialogue. – *Le Jeu de la Feuillée* a été récemment édité et traduit par J. Dufournet (Paris, Garnier-Flammarion, 1989).

Jeu de l'amour et du hasard (Le). Comédie en prose, en trois actes, de Marivaux (1688-1763), représentée pour la première fois à Paris, en 1730, par les Comédiens italiens. Dorante et Silvia ont été fiancés par leurs pères. Redoutant de s'engager sans se connaître, ils ont la même idée sans s'en douter. Chacun se présentera à l'autre sous l'habit d'un serviteur. Ainsi Dorante et Arlequin échangent leur costume et leur rôle, tandis que Silvia et Lisette font de même. Les manières ridicules du faux maître déplaisent immédiatement à Silvia qui, en revanche, apprécie plus qu'elle ne le voudrait la belle mine et la délicatesse du prétendu serviteur. Dorante est conquis par la fausse soubrette dès le premier entretien. Son amour et sa noblesse naturelle l'obligent à révéler son identité à la fin de l'acte II, au soulagement joyeux de Silvia. Celle-ci pourtant décide de prolonger l'épreuve pour voir si le jeune homme saura franchir la barrière des conditions sociales et l'épouser sous son habit de soubrette. Cependant, Arlequin et Lisette sont mutuellement victimes de l'imbroglio, chacun d'eux se trouvant bien chanceux d'avoir séduit un supérieur. La déclaration d'amour se complique de la révélation indispensable de l'identité, plus épineuse. Marivaux excelle à composer ces duos amoureux parallèles dans deux registres différents. Au dénouement, la vérité de l'amour triomphe du préjugé social et des illusions créées par le déguisement sans que les conditions soient remises en cause. Marivaux allie parfaitement le comique à l'italienne des valets à l'émotion délicate des maîtres ; il exploite les ressources psychologiques du quiproquo et prolonge, dans une comédie dont le cadre est réaliste, la réflexion sociale abordée dans *L'Île des esclaves.*

C. B.

Jeu de Robin et de Marion (Le). Œuvre du trouvère Adam de la Halle, dit Adam le Bossu ou le Bossu d'Arras (XIIIe siècle). C'est la mise en scène d'une pastourelle agrémentée de chansons populaires de diverses régions du nord de la France, Artois, Picardie et Hainaut. Elle fut peut-être composée en Italie et jouée à Naples, où Adam le Bossu avait suivi en 1282 le comte d'Artois, parti au secours de Charles d'Anjou après les Vêpres siciliennes. C'est le plus ancien exemple connu d'opéra-comique ou de divertissement mêlé de comédie, de danses et de chant. Un chevalier rencontre dans la campagne en allant à la chasse une bergère : « au cors gent » ; il lui offre son amour : « Or dites, douce bergerete / Ameriés vous un chevalier ? » Mais Marion aime Robin « deseur tous les hommes du mont » et elle éconduit le séducteur, en se moquant de lui gentiment. Le chevalier n'insiste pas : « Puis qu'ensi est j'irai ma voie... » Lorsque Robin arrive, Marion lui raconte l'aventure. Ils déjeunent sur l'herbe, ils chantent, ils dansent ; puis Robin retourne au village chercher main-forte pour le cas où le chevalier reviendrait. Celui-ci revient, en effet, cherchant son faucon égaré ; et Marion est encore seule ; il réitère ses avances, Marion résiste : « Alés vous ent, laissiés m'ester / Car je n'ai a vous que parler. / Laissiés m'entendre a mes brebis. » Comme les bergers approchent, le chevalier s'éloigne, mais venge sa déconvenue en rouant de coups le pauvre Robin, sous prétexte qu'il a malmené le faucon. Et Marion : « Par Dieu, sire, vous avés tort / Qui ensi l'avés deschiré. » – Le chevalier : « Et comment a il atiré / Mon faucon ? Eswardès, bergiere. » Il enlève la belle sur son palefroi. Robin n'est pas un héros (« C'est un chevalier hors du sens / Si a une si grant espee ! ») ; il se cache avec les amis trop tard survenus : « Or eswardons leur destinee / Par amour, si nous embuissons / Tout troi derriere ces buissons. » Mais Marion n'a point besoin d'aide. – Le chevalier : « Qu'est ce ? Ne porrai je dont faire / Chose qui te viegne a talent ? » – Marion : « Sire, sachiés certainement / que nenil ; rien ne vous i vaut. » – Le chevalier : « Bergerete, et Dieu vous consaut ! / Certes, voirement sui je beste / Quant a ceste beste m'areste ! / A Dieu, Bergiere. » – Marion : « A Dieu, biaus sire. » Robin, dès qu'il retrouve sa Marion, oublie la triste aventure : « Marote, je sui de boin hait. / Et guaris, puis que je te voi. » Et les deux amants et leurs amis se livrent à une fête champêtre avec jeux rustiques, danses et chants ; et farandole finale.

C'est le sujet de toutes les « pastourelles » ; et les protagonistes en portent les noms traditionnels. Mais la représentation du paysage et des personnages est vivante et pleine de naturel. Les bergers et les paysans, vantards, ingénus et bruyants, avec leurs coutumes rustiques, leurs plaisanteries un peu grasses, leur langage fruste, sont dépeints sans outrance et sans idéalisation. Le chevalier est galant, mais avec détachement, désinvolte, mais sans cynisme, esquissé avec une plaisante légèreté de touche. Marion surtout est délicieuse, coquette et sage, moqueuse et tendre, « demisele » avec les bergers, bergère avec le chevalier, un peu un personnage de Marivaux avant la lettre. Si l'argument avait été souvent traité dans le genre poétique de la pastourelle, le mérite du trouvère d'Arras est de l'avoir porté sur la scène, en mêlant le dialogue en vers sans accompagnement musical aux chansons et aux danses. *Le Jeu de Robin et de Marion* est précédé d'une sorte de prologue, *Le Jeu du Pèlerin*, au cours duquel un pèlerin, revenant du royaume des Deux-Siciles, explique l'origine de la comédie et invite le public à bien l'accueillir. La musique reste extérieure à la pièce et n'est liée ni à l'action, ni aux caractères, ni aux sentiments. Il est à remarquer qu'elle est écrite partiellement à trois parties, suivant un contrepoint qui semble ignorer complètement les relations verticales. – *Le Jeu de Robin et de Marion* a été récemment édité et traduit par J. Dufournet (Paris, Garnier-Flammarion, 1989).

Jeu de saint Nicolas (Le) : voir **BODEL d'Arras Jean.**

Jeu du prince des Sots et de mère Sotte (Le). Ouvrage du poète, auteur dramatique et comédien Pierre Gringore (1475-1538, env.), représenté à Paris le mardi gras de l'an 1512 et publié la même année (édition moderne dans le deuxième volume du *Recueil général des soties* d'Émile Picot, Paris, 1902-1912 ; édition de P. A. Jannini, Milan, 1957). C'est la plus connue des « soties », genre théâtral cultivé en France et principalement à Paris par les lettrés qui faisaient partie des corporations professionnelles telles que la « Basoche », composée de juristes parisiens, des sociétés d'amateurs de théâtre telles que « Les Enfants de Bontemps » de Genève, ou même par des troupes de comédiens de métier. Ces ouvrages mettent parfois en scène des personnages allégoriques mais, le plus souvent, des « sots » ou des « fols » ou encore des « badins », c'est-à-dire des fous, dans le sens de bouffons ou de paillasses, dont le costume traditionnel est caractérisé par un chapeau orné de trois oreilles d'âne. Le port d'un masque, qui représente un être simple et stupide, leur permet, au milieu de gambades, de plaisanteries et de musique, une grande liberté d'expression. Leur verve et leur esprit peuvent ainsi s'exercer aux dépens de l'actualité. Les *Soties* (*) pourraient donc être définies comme des « pasquinades » dramatiques, sans grande valeur littéraire, mais importantes par leurs tendances sociales et politiques. Les plus hardies ont été représentées sous Louis XII, qui non seulement se réjouissait de voir ainsi attaquer les abus et les expédients de l'État, mais qui se servait aussi du théâtre comme d'un moyen de propagande en faveur de sa politique personnelle. Notre *Jeu du prince des Sots* entre précisément dans le cadre de cette littérature de circonstance, inspirée par le gouvernement lui-même au moment de la lutte entre Louis XII et le pape Jules II, et destinée à ridiculiser auprès du peuple le pontife et le haut clergé. Gringore n'a pas hésité à porter sur les planches son propre roi et le cardinal Della Rovere, le premier sous les traits du prince des Sots, le second sous les traits de mère Sotte revêtue des attributs pontificaux. Cette dernière, entourée d'une cour de prélats (Sotte-Fiance et Sotte-Occasion), essaie d'amener les grands feudataires à trahir leur roi, mais leur loyalisme demeure inébranlable. Les deux partis en viennent alors aux mains, et la mère Sotte, dépouillée de ses habits, est enfin reconnue pour ce qu'elle est.

Jeunes Filles (Les). Somme romanesque d'Henry de Montherlant (1896-1972), comprenant quatre volumes : *Les Jeunes Filles* (1936), *Pitié pour les femmes* (1936), *Le Démon du bien* (1937), *Les Lépreuses* (1939). Le héros principal est Pierre Costals, en qui certains ont voulu reconnaître les traits de Montherlant lui-même, quoique celui-ci se soit suffisamment expliqué sur cette question, notamment dans la *Note* précédant *Le Démon du bien* (entretien entre M. Jean Fayard, de *Candide*, et l'auteur) : « D'une façon générale, le public prête aux romanciers les idées que ceux-ci prêtent à leurs personnages. » Primitivement, l'auteur avait choisi le nom de Pierre Costa, mais, un certain monsieur répondant au même nom en prit ombrage, estimant qu'une confusion pouvait être créée. Quoique aucune équivoque ne fût possible, Henry de Montherlant tint à changer l'état civil du héros des *Jeunes Filles.* Pierre Costals est un écrivain ayant à peine dépassé la trentaine, mais dont la renommée se trouve déjà bien établie. En dehors d'une absolue passion pour son travail de créateur, il répartit son temps libre entre l'amour de son fils Brunet, issu d'une union passagère, et l'accomplissement systématique de ses fantaisies sentimentales. Très éclectique dans ce domaine, il se laisse pousser par le vent de son humeur, sa soif de jouissance n'ayant d'égal que son désir d'indépendance absolue. Il réussit d'ailleurs assez bien à concilier les deux, à les orchestrer, en virtuose spirituel et fin qui se garde bien de se laisser prendre au piège du cœur. Cependant, la gloire littéraire lui vaut l'admiration, parfois exaltée, voire trouble, des « jeunes filles ». Il use enfin autant d'énergie à conquérir qu'à se défendre, avec le constant souci de rester humain, de faire le « bien » tout en incarnant le mal, ce qui le plonge à plusieurs reprises dans des situations délicates et périlleuses... et douloureuses pour ses partenaires. Ainsi voit-on tour à tour se débattre sous nos yeux Andrée Hacquebaut, jeune provinciale du Loiret, qui passe d'une amitié intellectuelle à un amour désespéré, angoissant, puis Thérèse Pantevin, jeune fille laide, aux débordements mystico-hystériques, puis enfin Solange Dandillot, l'héroïne principale, celle qui incarne réellement « la jeune fille ». Dans le premier volume, Henry de Montherlant, en guise d'avertissement, nous présente le caractère de Costals comme celui d'un « libertin » ou d'un « mauvais sujet » : « Il a donc fallu lui donner des particularités qui fussent convenables à ce caractère. S'il est sûr que l'auteur a mis de soi dans ce personnage, il reste qu'il y a en celui-ci nombre de traits... qui ne sauraient être imputés à la personne du romancier. » La lettre, en tant que genre, est assez fréquemment utilisée par l'auteur : « lettres de Thérèse Pantevin », qui débutent toujours par N. S. J. C., et où elle étale complaisamment son amour hystérique et navrant pour son « bien-aimé » Costals, et « lettres d'Andrée Hacquebaut ». Celle-ci est incontestablement l'héroïne du premier tome. Se croyant autorisée, après quatre ans d'amitié intellectuelle, à aimer l'écrivain, elle se heurte à la froide lucidité de celui-ci. Leurs rapports deviennent compliqués par le fait que Costals, par charité, ne se décide pas à écarter brutalement la jeune femme, pour qui il a d'ailleurs une certaine estime. De son côté, celle-ci reste persuadée qu'il est amoureux d'elle, mais qu'il s'en cache par timidité. Cette situation débordera d'ailleurs largement le cadre du premier tome pour s'étendre tout au long de l'œuvre, mais on assistera, de lettre en lettre, de rencontre en rencontre, au lent naufrage de ce cœur inemployé. Quant à Thérèse Pantevin, elle ne rencontrera jamais Costals. Le volume se termine sur sa première crise d'hystérie caractérisée, et son personnage s'effacera presque entièrement dans les trois autres. Au cours d'une visite de réforme, Pierre Costals aperçoit une charmante jeune fille qui conduit un aveugle : Solange Dandillot. Le hasard la remettant une deuxième fois en sa présence, il décide de la conquérir, et il y parvient aisément, à sa grande surprise. La réalité, c'est que Solange est tombée immédiatement amoureuse de l'écrivain. Leurs premières rencontres sont marquées par le charme qui les unit peu à peu. Dans *Pitié pour les femmes,* le héros se laisse gagner par cet amour étrange, mais peu profond, qu'il porte à Solange. Celle-ci, ayant décidé de l'épouser, l'introduit auprès de sa famille. Mme Dandillot est une bourgeoise de la pire espèce, du moins de celle que Costals aime le moins, celle qui sait si bien vous faire enfourcher l'« Hypogriphe » (l'écrivain a donné ce nom au mariage). M. Dandillot, ancien sportif et adepte de la « vie naturelle », se meurt peu à peu. Sa philosophie désabusée lui vaut la relative sympathie de celui qu'il considère comme son futur gendre. Le héros des *Jeunes Filles* se sent progressivement engagé dans la voie d'un mariage inéluctable. Il s'en alarme d'autant plus qu'il se sent intérieurement divisé. Il sait qu'un tel acte sonnerait la mort de son œuvre, la mort de son indépendance aussi. Il rompt, file à Toulouse, et apprend la mort de M. Dandillot. Dans *Le Démon du bien,* Costals revient à Solange. Celle-ci, tenace, met tout en œuvre pour s'attacher celui qu'elle aime. Pierre Costals se laisse émouvoir un temps, tiraillé entre une vision lucide de la situation et la tentation de faire « le bien » en épousant. Ils effectuent un séjour en Italie que Solange espère décisif, mais qui, au contraire, l'éloigne de Costals. Dans *Les Lépreuses,* nous touchons au dénouement. Après un dernier retour, l'écrivain n'épousera pas. Il mettra peu à peu de la distance entre eux, tout d'abord en effectuant un séjour en Afrique du Nord, où il retrouve Rhadidja, très jeune Marocaine dont il a fait sa maîtresse. Il découvre que celle-ci est atteinte de la lèpre. Après l'avoir recommandée à un médecin, il la quitte, et part chasser dans l'Atlas. Bientôt une tache apparaît sur son propre poignet : il se croit atteint par la terrible maladie, et, en fonction de cette idée, tente d'organiser un emploi du temps pour les quelques années qu'il croit lui rester à vivre. Finalement, il consulte plusieurs éminents spécialistes de Paris. Verdict : pas de lèpre. Pendant toute cette période, Costals est passé par des instants contradictoires : tantôt enthousiaste, tantôt déprimé. C'est à un moment de doute qu'il a fait appel à Solange et qu'il lui a demandé si elle se sentait en mesure d'épouser un lépreux. Sur sa réponse affirmative, il a décidé paradoxalement de ne plus la revoir. Rendu à la vie et à l'espérance par le verdict médical, il se laisse aller à répondre (il ne l'a pas fait depuis plusieurs mois) à une lettre d'Andrée Hacquebaut, à qui il propose une rencontre à Paris. Un malentendu les fait se manquer. L'écrivain, cette fois, rejette impitoyablement cette femme qui l'aime : « Costals n'a plus reçu signe de vie de Mlle Hacquebaut. Tout est bien qui finit bien. » De son côté, Solange se marie. Au bout de quelques mois, elle propose à Costals de devenir sa maîtresse. Celui-ci refuse sèchement par lettre : « Costals n'a plus reçu signe de vie de Mme Pégorier. Tout est bien qui finit bien. » En appendice, Henry de Montherlant donne, sous forme de notes attribuées à Pierre Costals, l'essentiel de ce qui, à son sens, caractérise les femmes : infériorité morale, infériorité physiologique, besoin de protection, ce qui déchaîne chez l'homme « le démon du bien », irréalisme, dolorisme, vouloir-plaire, grégarisme, sentimentalisme, et conclut : « Si une civilisation où la femme ne régnera plus n'est qu'un répit dans la furonculose de notre planète, il est malgré tout honorable d'avoir été de ceux qui l'ont appelée. » Traduit en plusieurs langues, cette série romanesque est l'œuvre la plus populaire d'Henry de Montherlant. L'homme et la femme y sont décrits impitoyablement, dans les détours de leur vie affective, l'auteur mettant leur cœur à nu.

Jeu-parti : voir **Partimen.**

Jocelyn. Poème d'Alphonse de Lamartine (1790-1869), publié en 1836. C'est, après *Graziella* (*), l'œuvre de Lamartine qui a eu le plus de lecteurs. « Ce n'est point un poème, c'est un épisode » de l'épopée de l'âme conçue en 1821, ébauchée ensuite en *Visions*, abandonnée sous cette forme en 1830. Dès 1831, le poète entreprenait un « poemetto » librement inspiré des amours de l'abbé Dumont, qui se transformerait en un « fragment d'épopée intime », à nouveau rattaché au grand dessein ; *La Chute d'un ange* sera un autre « épisode ».

Neuf mille vers en neuf « Époques », mais la vraie structure forme un triptyque : deux grands volets encadrent un panneau central (Ve Époque) où l'on voit Jocelyn ordonné prêtre dans une prison de Grenoble pendant la Terreur. Les quatre premières Époques racontent la jeunesse du héros, sa vie au séminaire, la rencontre de Laurence dans la montagne où ils ont fui les révolutionnaires. Les Époques VI-IX décrivent le long renoncement du prêtre, devenu curé de Valneige, l'acceptation religieuse de son état. L'ensemble est présenté comme le « journal » de Jocelyn, « trouvé » par le poète, qui reprend la parole dans l'Épilogue : séparés sur cette terre, les deux amants sont réunis à jamais dans le Ciel.

Si on lit *Jocelyn* comme un roman, on s'égaiera des maladresses du romancier : ainsi, le séminariste peut vivre de longs mois seul avec une jeune fille en la prenant pour un garçon. Invraisemblable et désinvolte, le roman est aussi pleurnichard : le héros fond en larmes dix-huit fois. Cette lecture ironique, qui fut celle de Musset (« Il y a certainement du génie, beaucoup de talent et de la facilité ») et de Vigny (« Un océan d'eau bénite »), est pourtant un contresens. En dépit de ses faiblesses, l'œuvre reste un document irremplaçable et un grand poème.

Un document sur les convictions d'un Lamartine qui a prêté les siennes à Jocelyn. Ce « curé de village » nie tranquillement les miracles et professe que « l'esprit de l'Évangile / Est un baume enfermé dans un vase d'argile », autrement dit dans les dogmes de l'Église, qui ne tardera guère à mettre à l'Index le poème (22 septembre 1836). Un document encore pour l'histoire littéraire : elle reconnaît en *Jocelyn* une réussite de la poésie intime et familière dont avait rêvé Sainte-Beuve, un relais sur la route de l'épopée humanitaire.

Mais l'« épisode » est avant tout une symphonie où s'allient les thèmes majeurs et les diverses manières du poète. L'architecture générale révèle un sens : le poème de l'amour humain devient, après l'ordination, poème de la résignation et de l'amour divin. Si le héros a beaucoup pleuré, « cette âme si tendre » n'est pas une « faible nature » : l'Épilogue montre en lui un combattant « mâle », « adorant de Dieu le sévère dessein ».

Sous la division en « époques », on observe une distribution subtile des genres et des tons. Au récit sont mêlés des dialogues, des tableaux de nature (« Les Laboureurs ») ou d'intérieur, des paraboles (« La Caravane humaine »). Du « roman » se détachent des morceaux qui sont autant de « méditations » ou d'« harmonies », voire de pièces politiques. Souvent alors le poète abandonne les alexandrins à rimes plates pour des combinaisons de vers différents : il ménage ainsi des aérations dans la masse un peu compacte du « journal ».

Lamartine ne se contente pas de reprendre ses thèmes favoris : il les renouvelle. À la nature complice du « Lac » répond la nature insensible de la grotte des Aigles qui, elle, ne « garde » rien ; tout ce passage de la IXe Époque préfigure « Tristesse d'Olympio » qu'on oppose trop souvent au seul « Lac ». *Jocelyn* rappelle aussi Senancour ou annonce le « spleen » baudelairien quand le héros « sent l'ennui de vivre entrer par chaque pore ».

Lamartine se défendait d'avoir écrit un « plaidoyer contre le célibat des prêtres », non sans souligner que ce ne serait « pas même une hérésie ». Plus profondément, il devait choisir de s'identifier à un prêtre : ne vivait-il pas l'interdiction du bonheur amoureux ? Surtout, pour lui comme pour Hugo, le poète exerce un sacerdoce. Avec *Jocelyn* il offrait une « traduction du monde en langage sacré » (H. Guillemin).

Jules Renard doutait qu'il y eût vingt « vers parfaits » chez Lamartine. Il y en a bien davantage dans *Jocelyn*, mais – malgré Voltaire – la poésie n'est pas faite que de « beaux détails » : c'est aussi un flux « simple, immense, paisiblement irrésistible » (Sainte-Beuve). Jocelyn est « immense » et on ne lui résiste guère. Gaucheries et mièvreries en diminuent à peine la puissance : « Rien n'est si doux que ce qui est fort. »

M.-F. G.

JODELLE Étienne, sieur du Lymodin. Poète né à Paris en 1532 ; mort dans cette même ville fin juillet 1573. Sa vie est assez mal connue. Il fit sans doute des études au collège de Boncourt, en compagnie notamment du poète Rémi Belleau, et à dix-sept ans écrivit des *Sonnets, odes et charontides.* En février 1553, âgé de vingt ans seulement, il fit représenter à l'hôtel de Reims, devant le roi Henri II, une tragédie : *Cléopâtre captive* (*), et une comédie : *Eugène,* qu'il interpréta lui-même avec ses amis poètes. Une autre représentation de *Cléopâtre,* en 1553, au collège de Boncourt, s'acheva par un véritable triomphe, qui donna lieu à des solennités bouffonnes en faveur de Jodelle, auxquelles participèrent Ronsard et Baïf, mais qui attirèrent au jeune acteur l'animosité des dévots des deux camps, catholique et protestant, celle en particulier de Théodore de Bèze, lui aussi auteur de tragédies. Étienne Jodelle donne ultérieurement deux nouvelles pièces, une comédie : *La Rencontre,* et la tragédie *Didon se sacrifiant* (1564 ?). Il fait figure à cette époque de digne et dangereux rival de Ronsard lui-même, organise des fêtes et des mascarades (ses contemporains ont souligné ses dons multiples en architecture, peinture, sculpture, etc.) ; il publie, d'ailleurs, en 1558, pour la réception donnée en l'honneur du roi et du duc de Guise, un *Recueil des inscriptions, figures, devises et masquarades* (sic), *ordonnées en l'hôtel de ville à Paris, le jeudi 17 de février 1558.* Il fait, à cette occasion, de folles dépenses, que les gratifications qu'il obtient grâce à ses vers parviennent difficilement à combler. Une erreur de machinerie, lors d'une fête donnée à l'Hôtel de Ville, en 1558, paraît avoir commencé son discrédit, qui se confirmera lors de la mort d'Henri II. Après une période très troublée, Jodelle revient à Paris, écrit pour Catherine de Médicis et Charles IX, dont il célèbre le mariage en 1571. Étienne Jodelle meurt à quarante et un ans, couvert de dettes, harcelé par ses créanciers, « sans laisser de quoi se faire enterrer », et d'Aubigné put célébrer ainsi le poète : « Le ciel avait mis en Jodelle / Un esprit tout autre qu'humain ; / La France lui nia le pain, / Tant elle fut mère cruelle. » Ses œuvres ne furent publiées qu'un an plus tard, par son ami Charles de la Mothe.

Depuis le début du XVIe siècle, on s'était mis à traduire les tragédies de Sophocle, d'Euripide. Deux ans avant la première pièce de Jodelle, les étudiants de Lausanne avaient fait représenter l'*Abraham sacrifiant* de Théodore de Bèze. Jodelle marque cependant une date décisive dans l'histoire littéraire : il est le premier à avoir introduit l'alexandrin dans la tragédie ; le premier surtout à avoir appliqué au théâtre les principes d'imitation de l'Antiquité formulés par la Pléiade. Cette voie était alors trop absolument nouvelle pour qu'on puisse demander à Jodelle une réelle maîtrise : il manque d'originalité dans la construction des situations et des caractères ; il suit de trop près le modèle ancien. Peut-être aussi souffre-t-il d'une facilité assez répandue chez les écrivains d'alors, et qui pourtant, chez Jodelle, faisait l'étonnement de ses contemporains ; mais dans ses pièces, écrites en quelques semaines, passent souvent de beaux éclairs. Il n'est pas un grand dramaturge, mais un poète vigoureux (telle invocation à Diane dans ses *Sonnets* suffirait à le prouver). Si balbutiante qu'elle fût, sa tentative n'en marquait pas moins un premier pas vers la tragédie classique, d'abord par la grandeur des sujets choisis, puis par un très net effort vers la simplification de l'action, si compliquée dans les œuvres analogues de l'époque, enfin par un resserrement du conflit dramatique en son moment de paroxysme. La soumission aux unités est réelle. La tragédie de Jodelle, apparition encore discrète du drame antique, suffisait à reléguer les mystères dans un passé « gothique ». Elle fondait véritablement le théâtre moderne français.

JACQUES BROSSE.

RÉF. : E. Balmas (éd.), Biographie et apparat critique in Étienne Jodelle, *Œuvres complètes,* Paris, 1965-1968.

JOINVILLE Jean, sire de. Sénéchal de Champagne et chroniqueur. Né en 1224 au château de Joinville qui dominait la petite ville du même nom au bord de la Marne (Haute-Marne) ; mort en ce même château le 24 décembre 1317. Il est célèbre pour son *Histoire de Saint Louis*, composée de 1305 à 1309, sur le désir que lui en aurait exprimé Jeanne de Navarre, femme de Philippe IV le Bel – mais, Jeanne étant morte en 1305, avant que Joinville eût terminé son œuvre, il la dédia en 1309 à son fils, Louis le Hutin, comte de Champagne et roi de Navarre, qui devait devenir roi de France sous le nom de Louis X. Armé chevalier par Louis IX en 1245, Joinville, sénéchal héréditaire de Champagne, se croisa avec lui en 1248 et ne revint en France qu'en 1254, après s'être battu vaillamment à Mansourah et avoir été fait prisonnier avec son roi. Il n'accompagna pas Saint Louis dans la dernière croisade au cours de laquelle le roi devait trouver la mort (1270). Joinville témoigna lors du procès de canonisation de Louis IX, en 1282, et il eut la joie d'assister aux cérémonies de sa béatification en 1298.

Avec son *Histoire de Saint Louis,* Joinville entend élever un monument à la gloire de celui dont l'Église et le peuple vénéraient déjà de son vivant la sainteté et la noblesse. L'ouvrage se compose de 149 chapitres, subdivisés en paragraphes au nombre de 769. Joinville divise lui-même son œuvre en deux parties : « La première partie si devise comment il se gouverna tout son tens selonc Dieu et selonc l'Église, et au profit de son règne. La seconde partie dou livre si parle de ses granz chevaleries et de ses granz faiz d'armes. » Mais ces deux parties sont inégales et cette division semble peu justifiée. Joinville commence par citer, pêle-mêle, quelques exemples du dévouement de Saint Louis. Puis il introduit un nouveau préambule et expose à nouveau son plan. Viennent ensuite, apparemment en désordre, toutes sortes d'anecdotes sur l'amour de Saint Louis pour la vérité et la justice, sur sa tempérance, sur sa bonté. C'est là que se placent un certain nombre d'épisodes devenus célèbres : le fameux dialogue du roi avec Joinville sur le péché mortel, Saint Louis lavant les pieds des pauvres le jeudi saint, le roi rendant la justice sous un chêne, etc. La seconde partie semble, elle, devoir être vraiment l'histoire de Saint Louis : elle commence avec des détails sur la généalogie de Louis IX, sa naissance, son couronnement ; elle se poursuit avec les premiers troubles de la minorité et du début du règne, la cour plénière tenue à Saumur (1241), la bataille de Taillebourg, la résolution du roi, à la suite d'une maladie, de se croiser (1244). Cependant, il ne faudrait pas croire que, là, Joinville suit un rigoureux exposé des faits ; sa narration est pleine de digressions et de considérations qui ralentissent le récit. À partir du paragraphe 119 et jusqu'au paragraphe 666, la chronique change de ton : c'est que Joinville raconte maintenant les événements auxquels il a participé, la septième croisade (1248-1254). Ce sont donc de véritables Mémoires et les anecdotes qui ne se rapportent pas directement à Saint Louis, mais à Joinville lui-même, y abondent. Au paragraphe 667, Joinville semble retourner à la première partie : il parle de nouveau des vertus privées et politiques du saint Roi, comme s'il rassemblait ce qu'il avait oublié de mentionner dans sa première partie. Nouveau retour à l'histoire du roi avec les paragraphes 730 à 760 : c'est le récit de la seconde croisade de Saint Louis (la huitième croisade) à laquelle Joinville ne participa pas. Aussi son récit est-il fort bref, car, explique-t-il, il ne veut « mettre en son livre de quoi il ne soit certain ». Il nous fait connaître les « enseignements » que Saint Louis, sentant venir la mort, fit à son fils qui devait lui succéder, Philippe III. Suit le récit célèbre de la mort du roi, rapporté à Joinville par un témoin oculaire, Pierre, comte d'Alençon, cinquième fils de Saint Louis. L'ouvrage se termine sur quelques détails relatifs à la canonisation de Louis IX et sur un songe de Joinville au cours duquel son roi lui apparut.

Joinville indique qu'il a composé son livre dans sa vieillesse et d'un bout à l'autre : « Je faiz savoir à touz que j'ai céans mis grant partie des faiz de nostre saint roy devant dit, que j'ai veu et oy, et grant partie de ses faiz que j'ai trouvez, qui sont en un romant, lesquiex j'ai fait escrire en cest livre. » Le « romant », dont il est question ici, est une chronique insérée dans les *Chroniques de Saint-Denis.* Comme l'analyse le montre avec évidence, *L'Histoire de Saint Louis* n'est pas un ouvrage composé ; le noyau central, ce sont les souvenirs personnels de Joinville sur la septième croisade ; autour de ce centre, l'auteur a groupé tous les faits et anecdotes qu'il se rappelait, de sa longue fréquentation du roi. Il ne faut pas oublier que Joinville était octogénaire quand il composa son livre et que, compagnon et témoin du saint roi, il se fit un devoir d'apporter sa part à la vénération dont était entourée sa mémoire. Il y a loin de la maîtrise un peu sèche de Villehardouin à la curiosité naïve et désordonnée du sénéchal de Champagne, à son bavardage et à son incapacité à suivre longtemps le fil de son récit et le plan qu'il s'est imposé. Mais, d'être sans apprêts et aussi spontanée, *L'Histoire de Saint Louis* garde un charme savoureux et comme une garantie d'authenticité. Ce qui intéresse également le lecteur, c'est la personnalité de Joinville qui apparaît en contraste avec celle de son maître. — *L'Histoire de Saint Louis* a été éditée par Natalis de Wailly (Paris, 1868) et par N. L. Corbett (Sherbrooke, Canada, 1977).

♦ *« Il est à douter si la plume lui aurait acquis plus d'honneur que son épée... Il escrit de soy même et le doit-on croire pour sa noble ingénuité, comme d'autant éloigné d'ostentation. »* Histoire manuscrite de la principauté de Joinville, 1632. ♦ *« La vive imagination et en même temps l'imagination ignorante de cet ingénieux chevalier lui a donné des paroles qui ne peuvent s'oublier. Tout est nouveau, tout est extraordinaire pour lui. »* Villemain. ♦ *« Joinville n'a pas la gravité simple ni le ton uni de Villehardouin ; mais il a plus de bonhomie, jointe à un sens subtil ; il a de la gentillesse, de la grâce enfantine si l'on peut dire, une imagination tendre et riante... Il montre, comme écrivain, de ravissants commencements de talent. Il a l'image parfaitement nette et qui joue à l'œil, la comparaison à la fois naturelle et poétique. »* Sainte-Beuve. ♦ *« Il a le don de sentir si vivement et de rendre si bien ce qu'il éprouve, que ses lecteurs ne se peuvent défendre de ressentir à leur tour les mêmes impressions. Pour exercer un tel empire, il lui suffit d'interroger sa mémoire, d'où la vérité jaillit comme de source. La vérité, il ne l'épargne à personne, ni au clergé qu'il respecte, ni au saint roi qu'il a tant aimé sur la terre avant de le vénérer au ciel. Joinville a des saillies de brusque franchise qui étonnent, et qu'on serait tenté de prendre pour des inconséquences, si elles n'attestaient sa constance dans la sincérité. En un mot, quiconque n'a pas lu Joinville ne connaît véritablement ni Saint Louis ni le* XIII*e siècle. »* Natalis de Wailly.

RÉF. : Delaborde, *Jean de Joinville et les seigneurs de Joinville,* Paris, 1894. — Foulet, *Notes sur la vie de Saint Louis de Joinville, Romania,* LVIII, 1933. — G. Paris, *Histoire littéraire de la France,* XXXII. — N. L. Corbett, *La Vie de Saint Louis,* Sherbrooke (Québec), 1977. — Ph. Ménard, « L'Esprit de la croisade chez Joinville », dans *Les Champenois et la croisade,* Paris, 1989, p. 131-147. — A. Strubel, « Joinville, historien de la croisade », *ibidem,* p. 149-156.

Jongleur. Le Moyen Âge est un monde de l'oralité. La diffusion des œuvres passe par les jongleurs. Ils présentent une très grande diversité de talents : ils peuvent être acrobates, jongleurs (au sens moderne), montreurs d'animaux ; ils récitent des vies de saints, des chansons de geste, des contes, des fabliaux ; ils sont aussi musiciens ; ils font peut-être même des représentations de saynètes. Bref, ils assurent le divertissement de tous, et un mariage ou une fête ne sauraient se passer d'eux. Certains d'entre eux étaient aussi auteurs : Bodel, Adam de la Halle, Rutebeuf, Colin Muset furent des jongleurs. Allant de ville en ville, les jongleurs sont familiers des tavernes comme des cours des princes ; l'Église les rejette, mais tous aiment à les accueillir.

MICHEL ROUSSE.

JOUBERT Joseph. Moraliste. Né le 7 mai 1754 à Montignac-le-Comte (aujourd'hui Montignac-sur-Vézère, Dordogne) ; mort à Paris, le 4 mai 1824. Après avoir terminé ses études au collège de l'Esquile à Toulouse, il reste chez les Doctrinaires sans prononcer de vœux jusqu'en 1776. À 24 ans, Joubert monte à Paris et ne tarde pas à rencontrer Fontanes, auquel le liera jusqu'à la mort une tendre et fidèle amitié. Il entre en contact avec les philosophes, fréquente d'Alembert et Diderot, Marmontel et La Harpe. Vivant d'expédients, Joubert servit alors de secrétaire à Diderot, qui l'engagea à entreprendre un ouvrage sur la bienveillance universelle (1779, 1783). Il « connut les passions » et fut l'amant d'Agnès Lebègue, la femme de Restif de la Bretonne. À cette époque, il passe pour impie, voire athée. Un projet de journal lancé avec Fontanes, la *Correspondance française,* échoue. Au cours de ces années difficiles, Joubert sert de « nègre » au chevalier de Langeac : réunion de documents, rédactions préparatoires d'ouvrages. De ces matériaux et de cet « enthousiasme qui tient aux Lumières », ses manuscrits gardent la trace. En 1789, il donne quelques articles non signés au *Journal de la ville ou le Modérateur,* notamment le « Salon de 1789 ». Des fragments inachevés (une *Étude sur la peinture à la cire des Anciens,* un *Éloge de Cook,* une *Histoire impartiale de la France*) ne verront pas le jour de son vivant.

La Révolution fit accéder Joubert à des fonctions publiques : le 28 novembre 1790, il fut élu juge de paix à Montignac, où son père venait de mourir et où résidait sa mère ; il remplit ponctuellement sa tâche mais renonça au bout de deux ans. Il présida quelques mois un « tribunal de conciliation » avant de regagner Paris où se tenait le procès de Louis XVI, qui le navra. Le contact avec l'action politique ne pouvait que décevoir un tempérament comme le sien. Son mariage en 1793 avec Mlle Moreau de Bussy (il a 39 ans, elle 37) lui procure une maison rue Saint-Honoré à Paris, une propriété à Villeneuve-sur-Yonne et toutes les conditions d'une aisance bourgeoise. Un fils naîtra l'année suivante. De ce temps date ce qu'il nommera plus tard son « retour aux préjugés ». Il dira aussi : « La Révolution a chassé mon esprit du monde réel en me le rendant trop horrible. » Dans le fond, il était resté attaché à la monarchie et à la religion : surtout la violence offusquait sa modération naturelle.

Dès lors « Joubert entrait dans la "partie fixe" de sa vie » (R. Tessonneau). Il séjourne soit à Paris soit à Villeneuve-le-Roi, avec un penchant grandissant pour la campagne. Son temps se répartit entre la vie de famille, la lecture, la réflexion et l'amitié. Il consigne au fil des jours ses pensées sur de petits carnets et entretient une correspondance assidue avec ses amis et amies quand ils sont éloignés de lui — voir *Carnets* (*) de Joubert. Mal remise des ébranlements de la Terreur et de l'émigration, la France retrouve peu à peu la douceur de vivre. De cette convalescence nationale, de ce passage du siècle moribond des Lumières à l'aube incertaine d'une nouvelle ère, Joubert a été le témoin exemplaire, avec moins de fracas et peut-être plus d'authenticité que Chateaubriand : à peu près nul par la carrière et sans jamais rien publier il a été, pour le meilleur, la conscience vigilante de sa génération et tous ceux qui l'ont approché ont rendu hommage aux qualités rares de son esprit et de son cœur. « C'était un égoïste qui ne s'occupait que des autres », dira de lui Chateaubriand, bien placé pour en juger.

Dès 1794, Joubert avait rencontré, dans une « chaumière » du voisinage, Pauline de Beaumont, rescapée des massacres, âme dolente et passionnée dans un corps malade, à laquelle il s'attacha immédiatement avec l'intention de lui faire perdre sa « belle fantaisie de mourir ». C'est elle, l'hirondelle, qui allait réunir dans son salon de la rue Neuve-du- Luxembourg à Paris, de 1801 à 1803, la célèbre « petite société » où se retrouvaient Fontanes (le sanglier), Joubert (le cerf), Mme Joubert (le loup), Chateaubriand (le chat ou le corbeau), Chênedollé (le corbeau de Vire), Guéneau de Mussy (le petit corbeau), Molé et bien d'autres. De cette époque datent les grandes amitiés de Joubert, amitiés subtilement amoureuses lorsqu'il s'agissait de femmes (Mme de Beaumont, Mme de Vintimille). C'est merveille de reconstituer à distance le commerce de ces êtres exceptionnels. Joubert savait admirablement se mettre à la disposition des autres, les écouter, les conseiller, les houspiller si nécessaire ; il avait une propension exquise à prendre chacun par son meilleur côté et à le hisser vers le haut : « Quand mon ami est borgne, je le regarde de profil. » Nullement bégueule, il acceptait toutes les situations, toutes les conduites, pourvu qu'elles n'attentent pas à la qualité morale. On sait l'ascendant qu'il exerça sur Chateaubriand, à qui il servit pendant des années de mentor, l'encourageant mais le critiquant parfois âprement. Joubert fut, avec Fontanes, une des rares personnes dont l'Enchanteur acceptât une telle sévérité ; il profita de leurs conseils et leur témoigna un attachement indéfectible.

Le meilleur de Joubert a passé dans ses lettres et ses carnets. Fuyant toute vie publique et, sous l'empereur, jugeant de loin le train des choses, il se laissa tirer de sa retraite lorsque Fontanes, devenu grand maître de l'Université, le fit nommer en 1808 inspecteur général et conseiller ordinaire de l'université impériale. Fonctions qu'il accomplit avec le zèle et la compétence d'un « éducateur » né : son activité administrative est « importante, consciencieuse, féconde » (R. Tessonneau) ; il voyage, inspecte, rédige des rapports et use sa santé. Aussi quittera-t-il l'université sans regret lorsque l'âge et la Restauration le congédieront. « Le soir de la vie apporte avec lui ses lumières que les autres âges n'ont pas », déclarait-il : lumières spirituelles, alors que le corps ne cessait de s'affaiblir. Ses dernières années sont très casanières : il passe au lit la plus grande partie de la journée, recevant ainsi les visiteurs. Le roi l'a nommé chevalier de la Légion d'honneur. Déçu par son fils Victor, il reporte son attachement sur les filles de son frère Arnaud qui habite avec lui à Villeneuve. Toujours accueillants, les Joubert vivent dans une très honorable aisance. En 1819, Fontanes perd son fils naturel tué en duel et en éprouve un vif chagrin : en guise de dérivatif, Joubert s'intéresse alors à la fille de son ami afin « d'amener le père à concentrer sur elle son affection éplorée » (R. Tessonneau). Lui qui avait si habilement négocié en 1788 le mariage de Fontanes restait jusqu'à la fin le plus délicat des « entremetteurs ».

Fontanes mourut d'une attaque le 17 mars 1821. De plus en plus valétudinaire, Joubert se réfugie dans la méditation, notant à plusieurs reprises : « La sagesse est le repos dans la lumière » ou écrivant cette phrase- talisman : « Je reprends ma joie et mes ailes et je vole à d'autres clartés. » Le 22 mars 1824, il inscrit à la fin de son carnet ces mots : « Le vrai — le beau = le juste — le saint. » Il s'éteignit à Paris, entouré des siens, trois jours avant ses soixante-dix ans, et fut enterré au cimetière de Montmartre. Ses amis le pleurèrent.

ÉDOUARD GUITTON.

♦ *« En lui tout était âme, et* [...] *cette âme, qui semblait n'avoir rencontré un corps que par hasard, en ressortait de tous côtés et ne s'en arrangeait qu'à peu près ».* Mme de Chastenay. ♦ *« Sa grande prétention était au calme et personne n'était aussi troublé que lui* [...] *Afin de retrouver des forces, il se croyait souvent obligé de fermer les yeux et de ne point parler pendant des heures entières. Dieu sait quel bruit et quel mouvement se passaient intérieurement chez lui, pendant ce silence et ce repos qu'il s'ordonnait. »* Chateaubriand. ♦ *« De petite santé, M. Joubert prenait soin de sa tranquillité, de sa sécurité, de son silence. Il aimait la causerie ; et plus encore, la rêverie* [...]. *Il était sensible, très vite alarmé, nerveux, extrêmement chimérique. Mais il était aussi fort raisonnable et voulait que sa raison fût maîtresse de son émoi* [...] *Il a cherché la vérité, non pour la répandre mais pour la posséder* [...] *Il a désiré, par-dessus tout, d'améliorer son esprit, de réaliser sa perfection* [...] *Son chef d'œuvre, c'est lui. »* André Beaunier. ♦ *« Tendu vers le bien, il s'est sans cesse efforcé de trouver des formules destinées à cristalliser l'exellence de l'idée dans la beauté des mots. En édifiant la cathédrale de soi-même, il en sculpta, pour ainsi dire, chaque pierre* [...] » Rémy Tessonneau.

RÉF. : Arnaud Joubert, *Notice historique sur M. J. Joubert,* 1824. — J. Condamin, *Essai sur les pensées et la correspondance de J. Joubert,* Paris, 1877. — A. Beaunier, *La Jeunesse de Joseph Joubert,* Paris, 1918. — *Le Roman d'une amitié,* Paris, 1924. — R. Tessonneau, *Joubert éducateur,* Paris, 1944. — L. Perche, *Joubert parmi nous,* Limoges, 1954. — A. Billy, *Joubert énigmatique et délicieux,* Paris, 1969.

JOUHANDEAU Marcel. Mémorialiste et romancier né à Guéret (Creuse) le 26 juillet 1888, mort le 7 avril 1979. Ses parents tenaient une boucherie. Ils étaient de tempéraments opposés : le père aussi sanguin et dominateur que la mère était discrète et sensible. Le petit Marcel fut élevé par des femmes et tout d'abord par sa grand-mère Blanchet qui était boulangère dans une rue voisine. À l'âge de sa première communion, il devient quasiment inséparable d'une jeune fille qui, pour des raisons de santé, avait dû quitter le Carmel de Limoges où elle avait espéré vivre, et où elle retourna par la suite. C'est elle qui révéla à Marcel les textes spirituels qui auront sur lui une influence décisive, et tout d'abord la maxime de saint Jean de la Croix selon laquelle « une seule pensée de l'Homme vaut plus que le monde ». Devenu adolescent, une dame mûre, dévote et même mystique, Mme Alban, s'empara de son esprit et il nourrit le projet d'entrer dans les ordres. Il a besoin de s'évader du monde cruel de la boucherie et de l'étroitesse de la vie provinciale, bien que le pittoresque des habitants de Guéret l'enchante et très tôt le fascine. Il passe assez tardivement son baccalauréat et, libéré de Mme Alban, part pour Paris en 1908 et entre en rhétorique supérieure au lycée Henri-IV. Mais il abandonne bientôt le lycée pour la Sorbonne. En vérité, ce qui le passionne, c'est d'écrire. Il tient un journal où il note des réflexions, trace des portraits, compose des poèmes et des contes. Il a pris aussi conscience des bizarres désirs qui l'habitent : après son adolescence pieuse, voici que le culte qu'il avait la plus constante envie de célébrer était celui du corps masculin. L'homosexualité était alors un sujet tabou, mais Freud et Gide eussent-ils déjà publié leurs livres sur la question, le jeune Jouhandeau n'en eût pas été pour cela réconforté : c'était envers Dieu qu'il se sentait coupable et non envers les lois naturelles. Quand il s'abandonnait à ses désirs, il éprouvait le sentiment de sombrer dans l'abjection. Il entreprit de lutter contre lui-même, mais il n'était pas souvent vainqueur. En 1912, le temps des études paraissant terminé, son père lui demande de choisir un métier. Après un court passage chez Baret, organisateur de tournées théâtrales, il devient professeur de sixième au pensionnat Saint-Jean de Passy, où il enseignera pendant trente-sept ans, sans jamais solliciter d'avancement. Sans doute était-ce une fonction modeste, mais l'enseignement le passionnait et son poste lui garantissait une parfaite indépendance. En février 1914, il se trouvait l'auteur de toute une œuvre manuscrite. Une nuit où le remords le tenaillait, il la détruisit intégralement par le feu, afin de se punir de ses fautes. Le sacrifice consommé, il eut la tentation de se supprimer lui-même. Un ami lui fut d'un grand secours en le persuadant de reprendre la plume. En avril 1914, les premiers contes des *Pincengrain* et les premières pages de *La Jeunesse de Théophile* se trouvèrent rédigés. Pendant la guerre, Jouhandeau bénéficie d'abord d'une réforme. S'il est mobilisé en 1915, il est aussitôt versé dans l'auxiliaire et il passe tout son temps de service à Guéret, comme secrétaire d'un capitaine-trésorier. Il mène une vie monacale et studieuse. Il se perfectionne dans la langue grecque classique et prend des notes pour ce qui deviendra *Monsieur Godeau intime*. Il est profondément affecté par la mort d'un camarade du lycée Henri-IV, Léon Laveine, et il écrit à sa veuve, une femme riche et très belle, qui ajoutait à ses séductions le prestige d'avoir chanté à Bayreuth. C'est elle qu'il appellera plus tard « la Duchesse ». La guerre finie, il reprend son poste de professeur au pensionnat de Passy. En 1919, il dépose la première partie de *La Jeunesse de Théophile* aux éditions de *La Nouvelle Revue française.* Six mois plus tard, on lui réclame la seconde partie. Le livre complet paraît en 1921. Dès lors, Jouhandeau ne cessera plus de publier, avec une régularité remarquable et à des intervalles rapprochés. La publication de *Pincengrain,* en 1924, provoque un scandale à Guéret car il est facile de mettre un nom véritable sur tous les personnages présentés. Et il en sera de même pour *Prudence Hautechaume* (1927) et les contes de *Chaminadour* (1934). Jouhandeau aime à dire qu'il n'a jamais quitté Guéret, en ce sens qu'il « pense et sent Guéret ». Au surplus, pendant longtemps, la lettre quotidienne de sa mère lui « donnait le *la* » pour écrire ses contes. Toutefois, il avait sa vie parisienne, qui était une vie double ou triple. Il était le petit professeur de sixième qui remplissait ses tâches avec une conscience exemplaire. Il était le jeune écrivain qui n'avait pas encore obtenu les suffrages du grand public, mais qui avait attiré d'emblée l'attention des connaisseurs et d'abord celle d'André Gide. Il était l'ami de la Duchesse qui l'accueillait chaque soir dans sa splendide maison. Il devait voyager avec elle en Espagne, en Autriche, en Italie. Enfin, il était redevenu un *Amateur d'imprudences* (c'est le titre d'un de ses livres), se livrant à des aventures tout à fait secrètes. En juin 1928, il fit la connaissance de celle qu'il immortalisera sous le nom d'Élise, Élisabeth Toulemon, chez leur amie commune, le peintre Marie Laurencin. Comme lui-même, cette femme avait atteint la quarantaine. Elle avait été danseuse sous le nom de Caryathis, Carya pour les intimes. Elle jouissait du prestige d'avoir créé des ballets de Ravel, de Poulenc, d'Auric et surtout *La Belle Excentrique* d'Erik Satie. Elle avait partagé pendant dix ans la vie du comédien Charles Dullin. Elle avait ensuite mené ce qu'on appelle une existence mouvementée. Elle se trouvait maintenant propriétaire d'un immeuble près de la porte Maillot et louait des chambres. Au fond du jardin, elle possédait une autre maison qu'elle habitait et où elle recevait beaucoup d'amis écrivains et poètes : Max Jacob et Cocteau comptaient parmi ses familiers. Quand ils se rencontrèrent, Marcel et Carya songeaient, chacun de son côté, au mariage. C'est qu'ils appartenaient tous deux à d'honnêtes familles provinciales et ne méprisaient pas du tout les bons principes dans lesquels on les avait élevés : ils ne s'étaient jamais moqués de la morale et de la religion. À quarante ans, le moment était sans doute venu de mener une existence ordonnée et de retrouver la ligne droite dont ils avaient pu paraître s'écarter. Marcel ne cacha rien à Carya de ses « penchants irréguliers ». Dans le même temps, il sut lui prouver qu'il pouvait être pour une femme un amant plus que satisfaisant. Carya pensa qu'elle allait le détourner à jamais d'aventures inavouables. Pour sa part, elle aspirait à la respectabilité bourgeoise et, ses démons écartés, Jouhandeau représentait le mari idéal : considéré à la fois par les religieux chez lesquels il enseignait et par les meilleurs écrivains de l'époque. Le mariage fut donc décidé. Non sans hésitations de la dernière minute du côté de Jouhandeau qui comprenait qu'il allait devoir renoncer à sa pleine liberté et à cette solitude dont il se demandait si elle n'était pas indispensable à l'élaboration de son œuvre. Le mariage fut célébré le 4 juin 1929. Les trois années qui suivirent, l'entente charnelle fut parfaite entre les époux. Puis la fidélité commença à peser à Jouhandeau, qui songea à reprendre sa liberté mais fut retenu par sa mère pour qui le divorce représentait, en plus de la séparation des époux, une rupture avec l'Église. Il renoua cependant avec sa vie d'aventures et c'est en 1935 qu'Élise eut la certitude d'avoir perdu son pari de sauver du vice son mari. Elle réagit tout d'abord brutalement et se proposa tout bonnement de tuer le peintre qu'elle accusait d'avoir séduit son mari. Jouhandeau a raconté l'histoire dans *Chronique d'une passion.* Mais Élise se contenta d'interdire désormais à celui-ci l'accès de la chambre conjugale. Elle ne se priva pas non plus de lui faire sentir son mépris pour ce qu'elle appelait ses faiblesses. Jouhandeau prit son parti de la situation. De nature heureuse, il cessa même de qualifier de vice un penchant qui lui procurait bien des plaisirs divers. Au moment où parut son traité *De l'abjection* (1939), il était devenu un nouvel homme, celui qui prononcera *L'Éloge de la volupté* (1952). Sa mère était morte en 1936 et il avait pris sa retraite de professeur en 1949. Dès lors, plus rien ne le retint de vivre sans le moindre masque. Toutefois, ce sont ses livres consacrés au récit de sa vie avec Élise qui lui valurent de connaître les faveurs d'un public étendu : *Monsieur Godeau marié* (1933), *Chroniques maritales* (1938), *Scènes de la vie conju-*

gale (1938) et notamment *L'Imposteur*, lancé par Grasset en 1950. Citons aussi, dans la même série, *Élise architecte* (1951), *L'Incroyable Journée* (1951), *Jaunisse* (1956), *L'Éternel Procès* (1959), *Ménagerie domestique* (1948), *Nouveau Bestiaire* (1953), sans oublier les livres situés du côté de chez Mme Apremont, la mère d'Élise : *Galande* (1953), *Ana de Mme Apremont* (1954), *La Ferme en folie* (1950). Les époux terribles accueillirent à leur foyer une fillette prénommée Céline. Dans *L'École des filles* (1960), Jouhandeau a montré qu'Élise considéra Céline comme une domestique plutôt que comme une fille adoptive. Et celle-ci, devenue adolescente, tourna mal. Ayant décidé de « vivre sa vie », elle mit au monde un petit garçon que tout sembla destiner à devenir un enfant martyr. Les Jouhandeau intervinrent et obtinrent qu'on leur confiât le petit Marc. Et cette fois, l'on vit la tendresse et la pitié fleurir en Élise qui avait ignoré jusque-là ces sentiments. L'enfant permit au couple, non pas de se réconcilier, mais d'avoir du moins un souci commun. Élise mourut en 1971, Jouhandeau allait vieillir auprès de Marc dans un rôle inattendu de grand-père.

Jouhandeau s'est voulu le « notaire de la vie » : il n'est rien de ce qu'il a vu, senti ou pensé qu'il n'ait transcrit sur ses carnets. Il a dit qu'il écrivait comme on fait oraison mais, amateur d'âmes et de visages, il a créé toute une comédie humaine. À côté des contes et nouvelles de Chaminadour, il faut citer encore *Astaroth* (1929), *Contes d'enfer* (1955), *La Faute plutôt que le scandale* (1949), *Léonora* (1955). Ce sont là des œuvres admirablement composées. Pourtant Jouhandeau a prétendu que, s'il n'avait pas été contraint à des transpositions, il n'aurait jamais rien écrit qu'un journal. C'eût été dommage car son chef-d'œuvre est sans doute *Le Mémorial* (1948-1972), qui comprend *Le Livre de mon père et de ma mère, Le Fils du boucher, La Paroisse du temps jadis, Apprentis et Garçons, Le Langage de la tribu, Les Chemins de l'adolescence* et *Bon an, mal an*. Certains de ses livres sont bien faits de notes de journal, mais regroupées suivant des thèmes particuliers. Ainsi a-t-il publié séparément son journal de professeur et des *Carnets de l'écrivain* (1957). Il a rassemblé sous le titre *Trois crimes rituels* (1962) ses réflexions sur des faits divers criminels. Toutefois, à partir de 1961, il a commencé de publier tels quels ses carnets, qu'il appelle ses *Journaliers* (vingt-huit volumes, parus entre 1961 et 1983). Chaque volume porte un titre particulier : *Les Instantanés de la mémoire, Littérature confidentielle, Que tout n'est qu'allusion, La Mort d'Élise.* Jouhandeau considère comme sa marque propre d'avoir pu souligner, dans chaque être, tout à la fois ce qu'il a de caricatural et ce qu'il a de sublime. Car Jouhandeau n'a jamais douté de la grandeur de l'homme, créature de Dieu. Pour sa part, il s'est donné comme règle, dans ses *Éléments pour une éthique*, d'être inimitable. Dès lors, il prétend échapper aux catégories du Bien et du Mal, avec lesquelles il a jonglé dans sa curieuse *Algèbre des valeurs morales* (1935). Un homme qui est satisfait de lui-même ne peut être mécontent de la vie : à une époque où triomphe une littérature noire, Jouhandeau nie l'absurde et proclame que « la vie est une fête ». Par là, il apparaît comme une espèce de héros.

JACQUES BRENNER.

♦ *« Je ne puis aimer Jouhandeau que parfait ; mais, dès lors, c'est passionnément. »* André Gide. ♦ *« Jouhandeau cherche la formule et il la trouve. Son art est statique, il est beau comme un lac de montagne, comme une fleur de lavande séchée. »* Jean Grenier. ♦ *« Portraits, anecdotes, choses vues, propos entendus, nous en apprennent ici plus sur l'Homme que de longs discours, et les a fixés le stylet d'un maître-graveur. Alors, là, oui, par son butin, il inquiète et ravit à plein, cet extraordinaire détrousseur d'âmes. »* Maurice Nadeau.

RÉF. : Claude Mauriac, *Introduction à une mystique de l'enfer,* Paris, 1938. — José Cabanis, *Jouhandeau,* Paris, 1959. — H. Rode, *Marcel Jouhandeau,* Paris, 1972.

Journal des Goncourt. Œuvre des écrivains Edmond (1822-1896) et Jules (1830-1870) de Goncourt. Œuvre d'abord commune des deux écrivains qui vivaient en étroite symbiose, le *Journal* fut commencé en 1851 ; Jules tint la plume jusqu'à sa mort en 1870, puis Edmond poursuivit seul la tâche. Initialement, l'œuvre n'était pas destinée à la publication ; Edmond décida de faire paraître une version partielle de son vivant (1887-1896), pour souligner le rôle d'initiateur qu'il avait joué avec son frère dans les domaines littéraire et artistique. La première édition complète fut publiée de 1956 à 1958.

Le *Journal* nous présente une suite d'instantanés, de notes prises sur le vif ; c'est un vrai travail de journalistes dotés d'un sens aigu de l'observation. Les Goncourt amassèrent ainsi ces nombreux documents sur la vie réelle, chers aux écrivains naturalistes, pour préparer leurs futurs romans. Tout un monde disparu revit nous nos yeux ; le Paris du Siège et de la Commune nous éloigne un moment de la vie culturelle, du salon de la princesse Mathilde, des « dîners Magny », qui réunissaient Gavarny, Sainte-Beuve, Flaubert, Gautier, Renan, Taine. Les portraits sont nombreux, sans indulgence ; les Goncourt se soucient d'abord de vérité ; ils n'hésitent ni devant la médisance ni devant les indiscrétions ou les révélations sur la vie sexuelle des écrivains.

Jules et Edmond, plus longuement, se sont peints dans ces pages ; ils y apparaissent souvent amers, déçus par leurs échecs littéraires, obsédés par leurs problèmes de santé. Dégoûtés par les bassesses de leur époque, écœurés par leurs contemporains qu'ils accusent de vénalité, ils se réfugient dans leurs préjugés aristocratiques et proclament leur goût des causes perdues.

D'abord conçu comme une esquisse, un travail préliminaire, un long exercice d'écriture, le *Journal* peut être considéré comme l'œuvre majeure des Goncourt ; leur amour du mot, leur souci du condensé, leur sens de la discontinuité y trouvent leur plein épanouissement.

P.-J. D.

Journal d'un curé de campagne. Roman de George Bernanos (1888-1948), publié en 1936. De toutes les œuvres de Bernanos, le *Journal* est la plus populaire et peut-être, par sa forme même, la plus immédiatement émouvante. La trame en est fort simple, on ne peut parler d'intrigue. Un jeune prêtre, nouvellement promu curé d'Ambricourt, déverse le trop-plein de son cœur dans son journal. Son amour des âmes et son zèle extraordinaire butant sans cesse contre l'indifférence et la vulgarité, il trouve un apaisement dans cette confession, entreprise d'abord avec quelque scrupule, puis devenue indispensable par la plus claire conscience qu'elle lui permet de prendre de lui-même. On voit défiler dans le *Journal,* au cours de la relation méticuleuse des événements et des pensées, des personnes qui sont les paroissiens du scripteur : le comte et la comtesse, châtelains d'Ambricourt, leur fille Chantal, sa gouvernante Mlle Louise, le curé de Torcy, le docteur Delbende, athée ; Louis Duprèty, ancien camarade de séminaire ; le doyen de Blangermont, Olivier de Tréville-Sommerange, la petite Séraphita Dumouchel, Sulpice Mitonnet et d'autres comparses. Mais ces figures, pas plus que celles de Dostoïevski dans *Les Frères Karamazov*, ne sont des personnages, ni même des hommes ayant telle passion qui les emporte à vérifier l'exactitude d'une doctrine. Elles sont les supports de l'évocation centrale : celle de la situation d'une âme. Sans doute l'effet dramatique, le parti tiré de l'événement lui-même, y est également soutenu. Le point culminant de ce drame, vu de l'extérieur, est la conversation du prêtre et de la comtesse. Le curé se rend chez elle pour lui parler de Mlle Chantal. Celle-ci, dans un mouvement de révolte, s'est ouverte au curé de la haine qu'elle porte à sa mère et du dégoût que lui inspirent les amours de son père et de l'institutrice. Le curé va tenter une réconciliation entre la mère et la fille. Il découvre au cours de l'entretien les turpitudes cachées sous la fausse sérénité de la comtesse : elle se sait trompée par son mari, elle se venge de sa honte par la secrète joie de voir sa fille désillusionnée sur son père. La densité des paroles du prêtre à cet instant est troublante : « Nos fautes cachées empoisonnent l'air que d'autres respirent, et tel crime, dont un misérable portait le germe à son insu, n'aurait jamais mûri son fruit sans ce principe de corruption. » La comtesse se débat dans les rets de ce qu'elle dénonce comme un chantage, mais elle-même l'a amorcé en avouant au prêtre le seul amour qui l'a fait jusqu'alors se survivre : celui d'un enfant mort qu'elle dispute à Dieu dans son souvenir. Par les traits fulgurants d'un discours presque involontaire, le prêtre parviendra pourtant à briser l'orgueil de cette femme et à la faire se résigner à la volonté divine. La comtesse mourra dans la nuit même du combat qu'elle a soutenu.

La peur, qui est au centre de toute l'œuvre de Bernanos comme un ressort, plus clairement concrétisée dans des romans tels que *Sous le soleil de Satan* et *Monsieur Ouine*, n'en compose pas moins, dans l'ambiance spirituelle du *Journal,* un accompagnement sourd au monologue. Sa maladie, que le curé d'Ambricourt traite avec désinvolture en ne se nourrissant plus que de pain et de vin et dont il mentionne constamment l'évolution aux pages du journal comme une feuille de température, n'est pas la moindre cause, dans l'ordre des faits, de cette tension progressive du récit jusqu'à la consultation du médecin de Lille : un cancer de l'estomac se révèle et ne laissera plus au jeune prêtre que deux jours de vie. Il meurt, hors de chez lui, recueilli par son ancien camarade de séminaire, un défroqué, duquel il recevra l'ultime bénédiction. Tout roman de Bernanos est un roman de l'agonie. L'auteur a prêté au curé de Torcy, le confident du curé d'Ambricourt, sa propre voix assurée qui répond, au long du *Journal,* aux doutes et aux faiblesses du jeune pasteur. Cette voix se fait vibrante dans l'évocation du scandale de la pauvreté. Comme chez Léon Bloy, la pauvreté est, plus que le dépouillement des biens matériels, une attitude fondamentale de la vie chrétienne et de la vie apostolique. Cette mystique de la pauvreté double, en quelque sorte, dans tout le roman, la mystique de la grâce de Dieu.

Journal d'une femme de chambre (Le). Le plus connu des romans d'Octave Mirbeau (1848-1917). Une domestique séduisante, Célestine, profite des rares moments de répit que lui laissent ses nouveaux maîtres, des petits-bourgeois normands, pour rédiger son journal et faire le point sur son existence de misère et d'humiliation. Occasion pour elle de décrire sans complaisance la condition domestique (qui concerne à cette époque près d'un million de personnes) et ses drames : déracinement, recrutement par des marchands de viande humaine, avilissement, perte d'identité.

Au-delà de sa valeur documentaire, *Le Journal* vaut par sa puissance démystificatrice et contemptrice. Célestine circule derrière les masques de respectabilité, investit les intimités, fouille dans le linge sale des familles, débusque l'hypocrisie et déshabille les puissants. Des coulisses, elle se livre à une vraie « folie d'outrages » et dresse quelques portraits au vitriol de maniaques, de crapules et de snobs. Par procuration, Mirbeau règle son compte à la bourgeoisie qui a érigé le darwinisme en loi sociale : « Chacun vit, s'engraisse, s'amuse de la misère d'un plus pauvre que soi. » Il laisse aussi transparaître ses haines esthétiques et littéraires contre les peintres préraphaélites et les écrivains mondains, qui, tels Burne-Jones et Bourget, œuvrent à l'envers de la vie.

Consubstantiel de l'affaire Dreyfus, *Le Journal* est encore un violent réquisitoire contre les débordements nationalistes et antisémites. Plus didactique que jamais, le romancier anarchiste y trace en négatif un projet de société où « les individus d'un temps prochain devront connaître la douceur d'une existence moins tyrannisée, plus libre et plus respectueuse de leurs droits » (Romain Coolus).

Prépublié dans *L'Écho de Paris* et dans *La Revue blanche* (*), *Le Journal d'une femme de chambre* paraît en 1900 chez Fasquelle. De son vivant, Mirbeau en vendra 146 000 exemplaires : son plus gros succès de librairie. Au théâtre, le roman connaîtra deux adaptations majeures : en 1931 par Heuzé et de Lorde, et en 1981 par Jacques Destoop dans le cadre du Festival du Marais. Deux grands cinéastes contribueront encore à asseoir sa renommée : Jean Renoir, en 1946 (*The Diary of a Chambermaid*), et Luis Buñuel, assisté par Jean-Claude Carrière, en 1964, qui transposera l'action dans la France de 1928.

J.-F. N.

Journal intime. La définition de ce genre littéraire repose sur une ambiguïté : celle de la non-publication voulue par l'auteur du compte rendu plus ou moins minutieux des événements personnels ou intimes consignés dans son journal. Ainsi Joubert (1754-1824), qui connaissait bien les hommes et lui-même, croyait-il vraiment à l'anonymat éternel de son travail lorsqu'il s'en ouvrait à Fontanes et à Chateaubriand ? Cependant Joubert est un cas : il tient une sorte de journal intime parce qu'il se sait incapable de « longs travaux ». On a d'emblée les données qui caractérisent ce genre : la fragmentation et le timbre de la voix intérieure (ce que Pierre Pachet appelle « la chose privée, intime »). Et, si l'on s'en tient à ce principe, les *Essais* (*) de Montaigne ou les *Lettres* (*) de Mme de Sévigné, qui ont à voir avec le journal intime dans la mesure où l'auteur s'y dévoile intimement, sont cependant à écarter de ce genre puisqu'ils manifestent un désir de communiquer avec le monde. C'est Charles Du Bos qui, parlant du journal intime (dans le sien) « comme instrument de perfectionnement moral et ne visant à rien d'autre », en donne la définition la plus satisfaisante, et par quoi l'on fait tenir dans ce carcan aussi bien les *Carnets* de Joubert (début XIXe) que le *Journal* de Marie Bashkirtseff (fin XIXe) ou celui, récemment paru, de Jean Follain. Les pages de Gide, publiées sous cette appellation, ne peuvent appartenir à cette catégorie littéraire puisqu'elles étaient destinées à la publication, et donc viciées dans leur principe. Le journal intime peut être un exercice de narcissisme (c'est souvent le cas), par la mise en scène complaisante d'un moi extériorisé. Et c'est avec le préromantisme que naît, presque naturellement, ce goût secret, mélancolique pour le miroir de l'âme. Inoculé par Rousseau, ce « poison » va se répandre, et l'on verra des écrivains aussi différents que Maine de Biran (1766-1824, dont le *Journal* paraîtra en 1927-31), Benjamin Constant, Stendhal ou Senancour consacrer une part de leur travail d'écrivain à la réflexion intimiste. Puis c'est la génération romantique qui s'y adonne, avec une dilection qui n'étonne pas : Vigny, Delacroix, Michelet, Maurice de Guérin, auxquels il convient d'ajouter le Hugo des *Choses vues.* L'habitude est prise, et les plus remarquables journaux intimes sont alors à venir : ceux des Goncourt, d'Amiel, de Barbey d'Aurevilly, de Léon Bloy, de Barrès, de Jules Renard, de l'abbé Mugnier, de Valéry, de Ramuz, de Claudel, de Léautaud, de Mauriac, de Julien Green, de Gustave Roud... Mais on peut légitimement s'interroger sur la spontanéité réelle des auteurs cités là. S'il ne fait pas de doute que les romantiques et leurs prédécesseurs immédiats trouvèrent dans la forme du journal intime une dérivation naturelle de leur tempérament, et une complémentarité psychoanalytique, le Journal des Goncourt ou celui de Jules Renard tiennent trop fréquemment du règlement de compte. Ceux de Paul Claudel et de Julien Green, par exemple — comme on l'a dit de Gide —, ont été étudiés, sans doute apprêtés, en vue d'une publication certaine (parfois du vivant même de l'auteur). Bref, le journal intime est devenu dès le milieu du XIXe siècle un genre littéraire, une manière d'écrire une prose — ce qu'il n'était pas pour Amiel.

FRANÇOIS BODDAERT.

JOUVE Pierre-Jean. Poète né le 11 octobre 1887 à Arras, mort le 8 janvier 1976 à Paris. Dans *En miroir* (1954), il a évoqué avec pudeur sa vie, qui se confond pratiquement avec son travail poétique. À seize ans, sévèrement malade, il découvre la poésie, subit l'influence de l'unanimisme, et publie une série de recueils qu'il rejettera en 1925 et exclura même de ses *Œuvres complètes.* Pendant la Seconde Guerre mondiale, il se réfugie à Genève, où il écrit des poèmes qui comptent parmi les plus beaux de la poésie de la Résistance, et appuie de Gaulle. Discret, hostile aux chapelles et aux mouvements littéraires, il édifie patiemment une œuvre poétique qui est peut-être la plus importante du siècle (dans le domaine français) : *Mystérieuses noces* (1925), *Nouvelles noces* (1926), *Le Paradis perdu* (1929), *Les Noces* (1931), *Sueur de sang* (1933), *Matière céleste* (1937), *Kyrie* (1938), *La Vierge de Paris* (1946), *Hymne* (1947), *Génie* (1948), *Diadème* (1949), *Ode* (1950), *Langue* (1952), *Lyrique* (1956), *Mélodrame* (1957), *Inventions* (1959), *Moires* (1962), *Ténèbre* (1965), recueils rassemblés de 1964 à 1967 dans des *Œuvres complètes (Poésie I-IV, V-VI, VII-IX, X-XI).* Il faut ajouter à ces recueils des essais : *Défense et illustration* (1943), *Le Don Juan de Mozart* (1942), *Wozzeck ou le Nouvel Opéra* (1953), *Tombeau de Baudelaire* (1958). Entre les deux guerres, Pierre-Jean Jouve a également publié une série de « romans poétiques » : *Paulina 1880* (1925), *Le*

Monde désert (1927), *Hécate* (1928), *Vagadu* (1931), *Histoires sanglantes* (1932), *La Scène capitale* (1935), *Hélène* (1936), certains de ces textes ayant été rassemblés ultérieurement dans *Aventure de Catherine Crachat* (1947). L'œuvre romanesque de Jouve est étroitement reliée, tant dans sa thématique que dans ses personnages, à l'œuvre poétique proprement dite.

Pierre-Jean Jouve est sans doute le seul poète de ce siècle à avoir essayé d'exprimer dans son œuvre la sexualité. À cet égard, son œuvre n'est pas séparable de la psychanalyse, que le poète a connue de très près. Non que Jouve soit un poète « psychanalytique » : l'expression serait absurde. Mais c'est un poète qui élabore poétiquement les grands thèmes que l'expérience analytique a mis au jour : l'inconscient, l'éros, la faute, la mort, le symbolisme psychique. Dans cette optique, Jouve a rejeté l'écriture automatique des surréalistes, en alléguant que l'« association verbale » – avec toute la mythologie de la liberté de l'esprit qu'elle implique – n'était pas l'« association libre », telle que la définit la psychanalyse et telle qu'il s'efforce de la pratiquer dans son œuvre, liée à un effort difficile et douloureux de « mise en forme ». Ainsi est née, surtout avec *Sueur de sang*, la première poésie de l'inconscient. Jouve se rend parfaitement compte de l'originalité de sa démarche : « La poésie est un véhicule intérieur de l'amour. Nous devons donc, poètes, produire cette "sueur de sang" qu'est l'élévation à des substances si profondes, ou si élevées, qui dérivent de la pauvre, de la belle puissance érotique humaine » (préface de *Sueur de sang*). Jouve restera fidèle jusqu'au bout à cette définition de la poésie. Mais ce n'est pas le seul axe de sa création. Profondément religieux, le poète a été marqué par la lecture des mystiques : François d'Assise, Catherine de Sienne, Thérèse d'Avila. L'acte poétique est pour lui un acte quasi « rédempteur » : « Je n'aurais jamais écrit une ligne si je n'avais pas cru au rôle sanctificateur de l'Art » *(En miroir)*. Mysticisme catholique, sens du péché, fascination de la chair, mais aussi de la mort, de la « Nada » (l'absence) sont ainsi repris dans une poésie qui, au fil des années, s'approche toujours davantage du *chant*. Jouve, qui a consacré un essai au *Don Juan* de Mozart et au *Wozzeck* d'Alban Berg, a d'ailleurs été toute sa vie attiré par la musique. Sa poésie pourrait être définie par le titre de l'un de ses recueils : *Mélodrame*, où s'unissent drame et mélodie. Le drame est celui de la psyché humaine et de ses aspirations contradictoires, et la mélodie le chant que le poète crée à partir de l'« humus » tragique de l'âme.

Dans *Sueur de sang*, la poésie est délibérément explosion d'images douloureuses, violentes, insoutenables, où affleurent les symboles qui structurent l'inconscient : sang, œil, chevelure, toison, arbre, cristal, perle, cerf, serpent, etc. Les poèmes, généralement brefs, nous offrent des grappes de symboles, où s'exprime toujours l'« érotique humaine ». Bien qu'ici toute syntaxe traditionnelle, toute versification aient été abandonnées – comme si les mots explosaient sous la pression de ce qu'ils ont à dire – nous n'avons pas affaire à une poésie « hermétique » au sens mallarméen : l'obscurité des poèmes est l'obscurité de la psyché où se mêlent pulsion de mort et pulsion de vie, Éros et Thanatos, élans vers la sainteté et élans vers la chair. Dans les œuvres qui suivent, au contraire, les vers libres s'allongent, deviennent – tout en se maintenant dans la même dimension fondamentale – musique et chant : « Le chant du cygne est chant de la mort, mais où va / ton chant de pure absence ? Et nous ne mourrons pas / Nous, connaissant le vers issu des nébuleuses / et pli rose où l'odeur a la science de l'homme. / Tes cheveux se tordent toujours, toujours ton souffle / rit en bruns mamelons ; rivière de ta hanche / La jeunesse descend au sombre carrefour... » Cette musicalité des vers préserve cependant ce qui, pour Jouve, est le cœur de la poésie : le mot. « Le poète est un diseur de mots. » Comme Rilke ou Hölderlin (Jouve a d'ailleurs traduit les « poèmes de la folie » de ce dernier), l'auteur de *Langue* et de *Diadème* privilégie les mots et on pourrait fort bien caractériser son œuvre comme une série de variations – au sens musical du terme – autour de certains mots ou noms fondamentaux : cygne, cerf, mort, Nada, absence, pli, chevelure, Hélène, etc. Ce n'est pas un hasard si Jouve a traduit également un grand orfèvre des mots : Góngora.

Du contact, ou plutôt du choc, entre une matière incandescente (tour à tour charnelle et « céleste ») et un souci de la forme confinant à la préciosité, surgit toute l'originalité de sa poésie. En ceci, Jouve est sans doute l'héritier direct de Baudelaire et de Nerval.

L'œuvre romanesque est liée souterrainement à l'œuvre poétique : on pourrait dire que sa thématique est la même (Hélène, l'une des figures principales de cette œuvre, resurgit très longtemps dans les recueils poétiques, et Jouve, dans *En miroir*, nous explique pourquoi). Mais leur élaboration est différente. Non que Jouve, là encore, se contente d'adopter sans la changer la structure romanesque. Bien au contraire : il crée une nouvelle forme – à la fois élégante, nerveuse, presque stendhalienne, et profondément poétique – propre à exprimer les rapports de ses personnages. *Paulina 1880, La Scène capitale, Le Monde désert*, etc., comptent parmi les plus beaux romans de ce siècle. Ils tournent tous autour de ce triangle, lui-même symbolique, constitué par la faute, l'amour et la mort. Dans *La Scène capitale*, l'héroïne, Hélène de Sannis, meurt après avoir fait l'amour avec un jeune homme. Cette « scène » étonnante – où Éros et Thanatos échangent leurs signes – est, nous suggère Jouve, « la scène capitale ». On ne peut s'empêcher de penser à la « scène primordiale » de Freud. Et certes, dans l'inconscient, pulsion de vie et pulsion de mort sont étroitement mêlées. Aucun autre poète — Baudelaire excepté — n'a su exprimer cela. Et c'est la grandeur de Jouve que d'avoir mené à bien cette tâche d'expression avec une précision poétique jusqu'à présent inégalée.

ANTOINE BERMAN.

♦ *« La grandeur de Pierre-Jean Jouve est dans cette longue passion de témoigner, par le roman et les poèmes, d'une obscurité qui n'est jamais des mots, mais de l'être, de la vie. »* G. Ungaretti. ♦ *« Pierre-Jean Jouve est un des plus grands poètes de notre langue... Constamment, dans la poésie de Pierre-Jean Jouve, il y a le mouvement dialectique par quoi la présence perdue comme être est remémorée comme mystère, trace qui défait le réseau des métaphores heureuses, mais foudre, aussi, parfois, qui dans ce monde créé enveloppe tout, unissant brusquement les deux plans, celui de la faute proche et celui de l'unité, et l'innocence lointaine... »* Yves Bonnefoy.

RÉF. : Gabriel Bounoure, *Marelles sur le parvis*, Paris, 1958. — Jean Starobinski, Préface à *Les Noces* suivies de *Sueur de sang*, Paris, 1966. — Numéro spécial de la *N.R.F.*, Paris, 1968. — René Micha, *Pierre-Jean Jouve*, Paris, 1971. — *Pierre-Jean Jouve*, N° des « Cahiers de l'Herne », Paris, 1972. — Martine Broda, *Jouve*, Lausanne, 1982.

Juives (Les). La dernière tragédie en cinq actes du poète Robert Garnier (1545-1590), *Sédécie ou les Juifves*, parut en 1583. Elle est précédée d'une épître dédicatoire, adressée au duc de Joyeuse, beau-frère d'Henri III. Garnier s'y plaint — et c'est au roi qu'il s'adresse au travers de Joyeuse — de ce qu'on ne fait pas jouer ses pièces. Avec *Les Juives*, Garnier s'attaque à un sujet biblique. Il n'avait été précédé dans cette voie que par deux catholiques français : Chantelouve, auteur d'un très médiocre *Pharaon* (1576), et Adrien d'Amboise (vers 1560 ?-1616), qui avait publié, en 1580, un *Holoferne*. Mais les protestants avaient donné l'exemple et on manquait justement d'une contrepartie catholique qui fût un moyen de propagande de la Contre-Réforme. Garnier connaît fort bien *La Bible*, il sait retrouver l'inspiration des psaumes et des livres prophétiques dans ses chœurs et dans les discours du prophète, et toute la tragédie est parée d'une couleur hébraïque qu'on ne trouve, avec cette force, que dans *Les Tragiques* (*) de son contemporain, le protestant Agrippa d'Aubigné. Mais c'est un sujet de tragédie grecque qu'il choisit dans l'Ancien Testament et il ne quitte pas pour autant son modèle Sénèque, ni l'inspiration de ses précédentes tragédies ; en particulier, on trouve dans *Les Juives* des passages, des personnages même, qui ont leurs correspondants dans sa tragédie de 1578 : *La Troade*. Seulement, tout se passe ici sur le plan divin, et c'est la religion qui constitue l'unité du drame. L'œuvre met en scène les malheurs de Sédécie, roi de Juda, qui s'était révolté contre Nabuchodonosor. Au premier acte, un prophète vient rappeler qu'il a autrefois prédit les calamités qui s'abattent maintenant sur le peuple hébreu parce qu'il n'a pas écouté les avertissements de Dieu ; ces calamités sont le châtiment de son infidélité. Puis l'action se précipite : tandis que Nabuchodonosor se propose d'exercer une vengeance sans pitié contre les Juifs révoltés, Amital, mère de Sédécie, vient supplier la reine d'Assyrie, épouse de Nabuchodonosor, d'intervenir auprès de son mari. La reine, émue de compassion, promet son appui ; aussi, au troisième acte, Sédécie se rend et obtient d'avoir la vie sauve. Cependant ce pardon couvre une vengeance plus raffinée : Sédécie vivra, mais ses enfants seront égorgés en sa présence. Tandis que Sédécie et le grand prêtre, Sarrée, se préparent à mourir dans leur prison, Nabuchodonosor envoie chercher les fils du roi de Juda chez leur mère ; il assure qu'il ne les prend que pour servir d'otages. Mais Amital et sa belle-fille pressentent le massacre qui se prépare, c'est pourquoi la scène des adieux est si douloureuse. Cette douleur trouve un écho dans les lamentations du chœur. Le cinquième acte est entièrement rempli par le récit pathétique que fait le prophète : les enfants ont été égorgés, le grand prêtre décapité, Sédécie a eu les yeux crevés. Quand le malheureux paraît et crie sa douleur et son humiliation, le prophète, après lui avoir montré la main de Dieu dans ses terribles épreuves, annonce la ruine de Babylone, la reconstruction du Temple et la venue du Messie.

Aucune tragédie française du XVIe siècle n'eut autant de succès ni ne fut plus imitée que *Les Juives*, et ce, non seulement en France, mais aux Pays-Bas par Vondel, en Allemagne par Andreas Gryphius, etc. *Les Juives* seraient la grande tragédie biblique française, s'il n'y avait *Athalie* (*), et encore peut-on soutenir que, si *Athalie* est une plus grande tragédie, *Les Juives* sont une tragédie plus biblique. Dans l'œuvre de Garnier, elle marque un grand progrès sur *Porcie* (1568), sur *Hippolyte*, *La Troade* (1578) et *Antigone ou la Pitié*. Si l'action est lente et un peu insuffisante — c'est plutôt une série de situations dramatiques qu'un drame —, la puissance de certaines scènes : la discussion entre Sédécie et Nabuchodonosor par exemple, la beauté des chœurs, la noblesse du langage en font une des premières grandes tragédies françaises. Les personnages ne sont plus de simples récitants ; ils ont une personnalité bien définie et vraisemblable que reflètent leurs actions et leur langage. Sédécie a vraiment la grandeur héroïque d'un vaincu qui accepte le châtiment comme une expiation, mais ne s'humilie ni ne se révolte. Amital, en proie à sa douleur, a la grandeur épique d'une Hécube. Le personnage de la jeune reine d'Assyrie est la création la plus originale du théâtre tragique de la Renaissance française : c'est vraiment une femme de chair et de sang digne des héroïnes classiques. Il faut noter la rudesse impétueuse du prophète qui semble presque faire violence à la miséricorde divine. Enfin, les choristes emploient un langage conforme à leur situation. Les enjambements, encore nombreux, ne sont plus aussi systématiques que dans les précédentes tragédies de Garnier, et le style, ferme et vigoureux, coloré, verse moins souvent qu'auparavant dans l'emphase, la trivialité et l'horreur, qui gâtent souvent, à nos yeux, le théâtre de cet auteur. Aussi *Les Juives* demeurent une tragédie assez intéressante et assez vivante pour qu'on puisse encore aujourd'hui la représenter avec succès. Rappelons à ce sujet que la pièce a été donnée à diverses reprises, depuis 1922, sur les scènes françaises.

Jules et Jim. Roman publié en 1953 par Henri-Pierre Roché (1879-1959). Correspondant du *Temps,* puis attaché au haut-commissariat français à Washington pendant la guerre de 1914-18, l'auteur a vécu de longues années en Angleterre, en Allemagne et en Orient. Il a eu de nombreuses amitiés parmi les musiciens, les écrivains et les grands peintres fauves ou cubistes. Auteur de diverses traductions, il a publié un *Don Juan* sous le pseudonyme de Jean Roc. À la fin de sa vie, Henri-Pierre Roché a écrit deux romans d'une étonnante jeunesse : *Jules et Jim* et *Deux Anglaises et le continent* (1956). *Jules et Jim* est, avant toute chose, le récit d'une amitié. Curieux de voir le bal des Quat-z'Arts, Jules, étranger à Paris, s'adresse à Jim pour qu'il l'y conduise. De cette soirée passée ensemble naît la profonde amitié qui prélude à cette histoire. Ils deviennent inséparables et l'on aurait rarement vu la haute silhouette de Jim le Français sans celle, petite et ronde, de Jules d'Europe centrale, dans les cafés littéraires et autres lieux fréquentés par les artistes et les écrivains. À Paris, Jules — poète comme Jim — se sent bien seul. Mais les amies que lui présente Jim ne l'attirent guère. Par contre, les belles élues par Jules plaisent beaucoup à Jim. Ainsi Gertrude, Magda ou Odile, et plus encore Lucie, que Jules voudrait bien épouser, mais qui se refuse à lui. Vient le jour où Kathe, au sourire de déesse primitive, entre dans la vie des deux amis, et surtout dans celle de Jules. D'un commun accord, Jim s'efface. Passe la guerre, qui sépare les deux amis. Vient la paix, qui les réunit. Jules n'est pas de ceux qui savent charmer à jamais les déesses capricieuses. Jim retrouve une Kathe incertaine, fugueuse, qui, si elle aime toujours ce cher Jules, ne se contente plus de lui. Des confidences réciproques la rapprochent de Jim. Désormais, Kathe ira, de Jules à Jim, chercher équilibre et bonheur à sa façon. Fugues, ruptures, reprises, Kathe ne sait plus lequel des deux amis elle aime ; à vrai dire, elle les aime tous les deux. Quelques années plus tard, après bien des péripéties, tous les trois semblent avoir réussi à trouver un équilibre, dans un grand appartement parisien. Mais rien ne saurait jamais être en équilibre avec Kathe la féminine. Et c'est avec l'entrain et la vivacité du premier soir, celui de leur rencontre, où, sur un coup de tête, elle se jetait tout habillée dans la Seine, qu'elle s'y précipitera à nouveau, au volant de sa petite voiture, entraînant Jim avec elle. Et c'est Jules resté seul qui tirera la morale douce-amère de ce conte, et des deux plongeons : « Le premier, pour m'avertir... et pour séduire Jim. Le second, pour nous punir, et pour tourner la page. » En 1960, le cinéaste François Truffaut réalisa une très belle adaptation cinématographique du roman.

Julie ou la Nouvelle Héloïse. Roman épistolaire de Jean-Jacques Rousseau (1712-1778), publié en 1761. La première édition parut sous le titre : *Lettres de deux amans habitans d'une petite ville au pied des Alpes – Recueillies et publiées par J.-J. Rousseau – À Amsterdam chez Marc Michel Rey.* Son succès fut immense, en particulier dans les milieux aristocratiques : selon l'auteur lui- même, il fallait toute la délicatesse et le tact qu'on ne peut acquérir que par l'éducation du grand monde pour saisir la finesse dont l'œuvre était imprégnée. *La Nouvelle Héloïse* entreprend l'exaltation de l'amour et de l'amitié, « idoles » chères au cœur de Rousseau, à travers deux personnages idéaux que l'auteur se complaît à parer des plus séduisantes images de la vertu : en fait, si l'inspiration du roman est éminemment subjective, les intentions de l'auteur sont manifestement morales. L'amour de Julie et de Saint-Preux, exacerbé par les obstacles qu'il rencontre, constitue en quelque sorte la sublimation de la passion de Jean- Jacques pour Mme d'Houdetot, brutalement rompue dans la réalité, mais délicieusement poursuivie et achevée dans le rêve fervent de son désir et la création littéraire. Rousseau avait plus de quarante ans lorsqu'il se prit pour Mme d'Houdetot d'une passion à la fois romanesque et sensuelle, exaltée par une aspiration sincère à la vertu : mais ni Rousseau ni son amie ne pouvaient trahir Saint-Lambert, irréprochable amant de Mme d'Houdetot. Pourtant, sans la faire céder, Rousseau l'avait conquise par l'élévation de ses sentiments. Pris au piège de sa propre vertu, il ne pouvait désormais que tenter de vivre une amitié fondée sur une commune tendresse, une amitié à trois, innocente certes, mais dont la réalisation s'avéra bientôt impossible. C'est alors qu'il conçut et écrivit son roman qui, loin de constituer le récit d'un échec, entend plutôt répéter l'expérience et la réussir pour en justifier du même coup les principes. Et ceci en dépit de l'ambiguïté apparente du dénouement ; car la réalisation et la permanence de ce « bonheur intime » ne sont interrompues que par un événement extérieur et fatal, encore tempéré par la valeur morale et l'efficacité de l'acte, qui détruit l'harmonie sans cependant la nier, ni lui ôter sa possibilité d'existence « naturelle » au cœur des personnages. Pour donner plus de consistance à son rêve, Rousseau y mettra les émotions de son enfance et la précision de ses souvenirs, s'attachant à évoquer des personnages bien circonscrits et situés dans ces paysages du lac de Genève qu'il connaissait et aimait tant : Julie d'Étanges et son précepteur, Saint-Preux, s'aiment l'un l'autre ; mais les conventions sociales séparent les deux jeunes gens ; Saint-Preux quitte la Suisse pour Paris, Julie se voit contrainte par ses parents d'épouser le vieux M. de Wolmar. Tout en remplissant ses devoirs d'épouse et de mère, Julie, impuissante à oublier Saint-Preux et n'obéissant qu'à sa loyauté, finit par avouer à son mari ce tendre sentiment. Entendant manifester à sa femme et à son ami l'estime qu'il éprouve à leur égard, M. de Wolmar n'hésite pas à rappeler Saint-Preux, qui a voyagé entre-temps en Europe et en Amérique, s'offrant à l'accueillir sous son propre toit. Après un hiver passé auprès des Wolmar, Saint-Preux les quitte, mais sera bientôt rappelé par une lettre de Claire, cousine de Julie : celle-ci a dû s'aliter après avoir sauvé un de ses enfants qui, tombé dans le lac, était sur le point de se noyer. Avant de mourir, elle suppliera Saint-Preux de ne pas quitter la maison et de se consacrer à l'éducation de ses enfants.

Le roman est constitué non seulement par les lettres des deux protagonistes, mais aussi par celles de Claire d'Orbe à Julie, de milord Édouard Bomston à Saint-Preux, et de M. de Wolmar. Dans ses pérégrinations en quête d'apaisement et d'oubli, Saint-Preux est souvent à même d'observer les mœurs et les lois des divers peuples, et de les comparer à celles de la France et en particulier du Paris de l'époque, ce qui permet ainsi à Rousseau d'exprimer ses propres idées à travers les lettres de son héros, d'exalter en toute occasion la vie champêtre et primitive, et de placer à côté de l'idéal de sagesse et de générosité du libéralisme anglais la simplicité de mœurs et la justice sociale de la Suisse. Car il s'agit aussi, et avant tout, d'un roman philosophique, et entre autres thèses morales et sociales posées et discutées dans les lettres particulières, un thème fondamental, favori de Jean-Jacques, se dégage de l'ensemble même du roman. Chacun de nous peut retrouver en lui-même et recréer dans sa vie l'homme naturel : telle est la leçon de *La Nouvelle Héloïse.* Rien de plus innocent dans cette perspective que les amours de Julie et de Saint-Preux ; mais ils oublient tous deux que la vie « selon la nature » est rendue impossible par les formes mêmes de la société car celle-ci ne reconnaît pas leur amour : en donnant Julie à un homme qu'elle n'aime pas, elle la met insensiblement sur la voie de l'adultère. Ainsi, le mensonge se révèle comme un produit social opposé à la franchise naturelle. Le sentiment religieux de Julie et sa droiture innée lui font exclure la possibilité d'une tromperie, que la société en revanche tolère avec indulgence. Manifestant une égale noblesse de sentiments, M. de Wolmar apporte son concours à Julie et tous deux font régner dans une heureuse liberté la vérité de la vertu. Par son respect du devoir et sans renier son premier amour, Julie restaure la pureté originelle de l'individu et rétablit l'harmonie de la famille, noyau social qui constitue la « plus ancienne des sociétés » et le « premier modèle des sociétés politiques ». L'asservissement et le mensonge abolis, un tel milieu familial laissera s'épanouir les intelligences tout en conservant les cœurs purs. Ainsi Rousseau semble vouloir expliquer l'échec de sa passion envers Mme d'Houdetot par les défauts de la société de son temps ; carence des institutions qui le pousse, en se perpétuant, à un désespoir solitaire, vers le rêve, l'évasion et les constructions idéales, et, la simplicité naturelle difficilement retrouvée, réduisant celle-ci à de petits groupes choisis, de petits havres de bonheur, ne laissant aux élus que l'aspiration au divin, le culte fervent de la vie intérieure et de l'intimité. Là réside l'apparente contradiction de Rousseau prônant d'un côté la subordination volontaire à l'État et de l'autre s'enfermant dans l'exaltation de l'individu, élargissant à son insu le fossé qui sépare l'action commune du rêve et de l'action purement individuelle, contradiction que le romantisme poussera jusqu'à ses extrêmes conséquences à travers la déification du « Moi » et de la « Nation ». Toute cela est sensible dans la différence de ton entre *La Nouvelle Héloïse* et l'*Émile* (*) ou le *Contrat social :* ce n'est plus le ton volontaire et assuré du législateur, mais celui de l'effusion et de l'épanchement, prélude aux symphonies sentimentales des *Confessions* (*) et des *Rêveries du promeneur solitaire* (*). Ce roman, qui nous apparaît aujourd'hui d'une lenteur parfois exaspérante, n'en renferme pas moins des pages descriptives empreintes d'une remarquable fraîcheur et contenant déjà, outre une vision subjective du « paysage », tous les éléments qu'orchestreront plus tard les romantiques du monde entier, entres autres Chateaubriand et Lamartine, Mme de Staël et George Sand. On y retrouve certaines influences antérieures, de *La Princesse de Clèves* (*) à *Clarisse Harlowe*, en passant par la *Marianne* de Marivaux et l'*Histoire du chevalier des Grieux et de Manon Lescaut* (*) de l'abbé Prévost. Quant aux contemporains, ils goûtaient dans *La Nouvelle Héloïse* non seulement le récit d'un amour malheureux, mais les dissertations sur les sujets les plus variés, politiques, religieux, philanthropiques, pédagogiques, développées avec l'emphase sentimentale chère au goût de l'époque. Avec l'*Émile*, ce roman contribua à créer autour de Rousseau cette réputation de révolutionnaire, qui le fit expulser successivement de France et de Suisse, le contraignant à se réfugier en Angleterre, ce qui ne fut pas la moindre raison de son grand et rapide succès.

K

KAHN Gustave. Poète et romancier. Né à Metz le 29 décembre 1859, mort à Paris le 5 septembre 1936. De Gustave Kahn, les manuels de littérature ne retiennent presque rien d'autre que l'invention, d'ailleurs contestée par certains, du « vers libre ». L'activité littéraire de ce contemporain de Rimbaud et de Valéry fut pourtant l'une des plus riches de son temps.

Grand lecteur de Zola et de Baudelaire, ami de Laforgue, proche de Mallarmé, Kahn participe très tôt à la *Revue moderne et naturaliste.* Il assiste, rue Cujas, aux séances des hydropathes. Mêlé au milieu symboliste, il s'en veut le défenseur et l'illustrateur, dans la revue *La Vogue,* qu'il fonde au retour d'un long séjour en Afrique (1886), puis dans *Le Symboliste.* La direction de *La Revue indépendante* confirme ce talent d'« animateur », que n'entamera pas un long séjour en Belgique, de 1890 à 1895. Ainsi, à son retour, organise-t-il, avec Catulle Mendès, les *Matinées de poètes* au théâtre de l'Odéon, célèbres à partir de 1897 pour leur action en faveur de la poésie nouvelle.

Entre-temps, Gustave Kahn est devenu poète. *Les Palais nomades* paraissent en 1887, *Chansons d'amant* en 1891, *Domaine de fée* en 1895, *La Pluie et le beau temps* en 1896, *Limbes et Lumière* et *Le Livre d'images* en 1897. Cette régulière production marque la plus importante contribution de Kahn à la poésie de son temps. Les deux romans de 1900 et 1902 (*Les Fleurs de la passion* et *L'Adultère sentimental*) passeront, eux, plus inaperçus. L'intérêt pour d'autres esthétiques fait également de Kahn un critique d'art abondant (*Boucher,* 1905 ; *Fragonard,* 1906 ; *Fantin-Latour,* 1926), à qui revient le mérite d'une des premières études consacrées à Rodin (1906). Enfin, la situation des Juifs dans le monde, surtout à partir de la montée du nazisme, inspire à Gustave Kahn un recueil de *Contes juifs* (1926), les poèmes d'*Images bibliques* (1926) et les contes de *Terre d'Israël* (1933).

C'est Gustave Kahn qui, le premier, dans un article de *L'Événement* du 28 septembre 1886, a introduit l'idée du vers libre. Rompant en cela avec les symbolistes confinés dans des formes fixes, Kahn prône essentiellement la libération du vers et de la rime, sans jamais prétendre proscrire le vers classique. Il restera toujours autant soucieux d'assouplir le vers que de lui préserver ses qualités musicales : *Les Palais nomades* et *Chansons d'amant* utilisent indifféremment vers rimés ou assonancés, allitérés ou non, pairs ou impairs. Ces deux recueils ont eu une grande influence sur la poésie de leur temps, pour les nouvelles solutions formelles qu'ils proposaient. Influence immédiatement sensible chez des contemporains comme Stuart Merrill, Remy de Gourmont, Jean Moréas, Henri de Régnier ou Francis Vielé-Griffin. Il n'est pas sûr que la voie ouverte par Kahn ne soit pas celle qu'empruntent encore, dans la scansion de leurs amples versets, Paul Claudel, Victor Segalen, Saint-Pol-Roux et Saint-John Perse, sans lui reconnaître vraiment le tribut qu'ils lui doivent.

Chez Gustave Kahn, la paternité du vers libre a donc fait oublier l'essayiste, le romancier, le chroniqueur littéraire (*Symbolistes et décadents* en 1902), le critique et même le poète. Il serait sans doute injuste de réduire cette invention à une trouvaille, et d'oublier la réflexion sur les techniques de la poésie qui la sous-tend dans *Le Vers libre* (1912).

CHRISTIAN DOUMET.

KANE Cheikh Hamidou. Écrivain sénégalais. Né le 2 avril 1928 à Matam, paisible bourgade du Sénégal oriental dont les maisons de banco et les factoreries décrépites s'égrènent négligemment le long du fleuve. Issu d'une grande famille de nobles peuls, musulmans fervents, il suit régulièrement, jusqu'à l'âge de dix ans, les cours de l'école coranique et il est élevé dans la plus pure tradition musulmane. Toutefois la famille de Cheikh Hamidou Kane décide de l'envoyer à l'école française du chef-lieu de cercle ; son intelligence, jointe à une mémoire exceptionnelle, due en grande partie à la récitation des versets du Coran, lui permettent d'y obtenir, trois ans plus tard, le certificat d'études primaires. Il est ensuite envoyé à l'école des fils de chefs, puis de là au lycée de Dakar, où il achève normalement ses études secondaires par l'obtention du baccalauréat.

Les années parisiennes, consacrées à la préparation du concours d'entrée à l'École nationale de la France d'outre-mer, sont décisives dans la formation de l'auteur de *L'Aventure ambiguë* (1961), dans la mesure où le contact direct et parfois brutal avec l'Europe va lui permettre à la fois de forger son intelligence et d'affiner sa sensibilité. Juriste, économiste et philosophe, Cheikh Hamidou Kane obtient en effet sa licence en droit et en philosophie en juillet 1969, tandis que la réussite à l'École de la France d'outre-mer lui assure un débouché professionnel dans l'administration. Mais le jeune homme ne se borne pas à collectionner les « peaux d'âne » : marcheur infatigable et lecteur impénitent, il multiplie les rencontres, feuillette d'un main diurne ou nocturne tous les livres qui lui tombent sous la main, mais surtout il réfléchit au spectacle d'un Occident qui lui paraît déboussolé. Hamidou Kane confesse en particulier avoir été très fortement impressionné par une toile de Paul Klee « qui représentait des êtres extrêmement mécanisés et presque réduits à l'état de machines », et ce n'est certainement pas un hasard si le « fou » que le romancier met en scène dans *L'Aventure ambiguë* est littéralement frappé de stupéfaction à son arrivée à Marseille par le « fantastique fleuve de mécaniques enragées » qui déferle à travers les rues de la ville.

De retour au pays, Cheikh Hamidou Kane a été très rapidement accaparé par d'importantes fonctions, administratives et politiques, ce qui pourrait expliquer qu'il est demeuré, jusqu'à ce jour, l'homme d'un seul livre.

JACQUES CHEVRIER.

KATEB Yacine. Poète, dramaturge et romancier algérien d'expression française. Né à Constantine le 6 août 1929, mort à Grenoble en 1989. Kateb Yacine (l'inversion de l'ordre nom-prénom habituel est un pied de nez à l'état-civil français et un clin d'œil à l'école, en même temps qu'elle joue sur le sens du mot « Kateb », qui veut dire « l'écrivain » en arabe) est, avec Mohammed Dib, le plus grand écrivain maghrébin. De plus, contrairement à ce dernier dont l'œuvre en perpétuel renouvellement évolue vers une écriture de plus en plus personnelle, Kateb Yacine est devenu une sorte de symbole vivant de cette littérature elle-même, en ce qu'elle a à la fois de provocatrice et d'éternelle errance, géographique et formelle à la fois. Le poème et la vie se confondent chez lui, de même que son œuvre entière développe inlassablement les mêmes obsessions, anime les mêmes personnages et les mêmes mythes, de sorte que, quels que soient les genres utilisés, tous les textes se confondent en un seul et vaste poème, dont le centre reste presque toujours le cycle de Nedjma.

Le point de départ biographique de cette œuvre peut être situé, même si le jeune Kateb écrivait déjà avant, dans la répression sanglante des manifestations du 8 mai 1945 auxquelles, lycéen âgé de seize ans, il avait participé à Sétif, et à la suite desquelles il fut emprisonné et menacé de l'exécution capitale. Il découvre, dit-il, en prison son rôle d'« écrivain public », cependant qu'à la sortie il est renvoyé du lycée et caché par les siens à Bône où il rencontre sa cousine Nedjma (« étoile » en arabe) : « invivable consomption du zénith », dira le roman, amour impossible avec celle en qui il veut voir le symbole du pays à venir et qui pourtant le détourne de son engagement révolutionnaire. Les premiers poèmes publiés en recueil (*Soliloques,* 1946) datent de cette époque. Commence alors l'errance dans le monde entier, grâce en partie à son militantisme au sein du parti communiste algérien qui l'avait amené aussi à collaborer comme Dib et Malek Haddad au journal *Alger républicain,* avec lequel il va rompre cependant à cause d'une conception différente du travail d'écriture. La tragédie *Le Cadavre encerclé,* début du cycle du *Cercle des représailles* (1959) et le roman *Nedjma*, publié en 1956, sont à peu près contemporains. Et de fait les deux écritures sont proches : roman, certes, *Nedjma* est aussi d'abord la tragédie d'une « génération sacrifiée » : étoile symbole pour une lecture idéologique de la nation à venir, Nedjma n'en est pas moins seule, parmi les personnages principaux du roman, à ne jamais être narratrice. Le pays à venir n'a pas encore trouvé son propre récit identitaire, de même que Rachid et Mourad se perdent dans de faux problèmes de lignage cependant que Lakhdar, pourtant militant comme Mustapha, échoue par manque de perspicacité. Mais ce texte bouleverse avant tout l'écriture héritée des romanciers réalistes français qui prévalait jusque-là dans la littérature maghrébine, pour poser, à travers un rapport complexe avec la mythologie tribale, la question politiquement essentielle de la possibilité même de se dire dans une narration non héritée. En ce sens, *Nedjma* peut être considéré comme le texte fondateur, la référence quasi obligée pour les écrivains maghrébins qui vont suivre.

Le cycle tragique rassemblé sous le titre *Le Cercle des représailles* en 1959, et représenté au T.N.P. par J.-M. Serreau, est indissociable du roman *Nedjma.* Les personnages s'y retrouvent, ayant franchi le pas de l'action militante, de même que Nedjma a conçu avec Lakhdar un fils, Ali, dont l'apparition furtive en treillis militaire dans l'intermède comique *La Poudre d'intelligence* annonce peut-être la génération suivante. Ici en tout cas les dissensions internes des personnages les conduisent tous à la mort. Les lendemains qui chantent que voudrait une littérature militante sont loin, et l'humour féroce de Kateb, alors même que le militantisme de l'homme est constant, ne laisse aucune possibilité à la récupération idéologique de son œuvre. Et ceci est peut-être encore plus vrai pour *Le Polygone étoilé* (1966), probablement le texte le plus déroutant de Kateb et peut-être le plus fascinant de ce fait, même si *Nedjma* reste l'œuvre maîtresse.

Après de très nombreux voyages, particulièrement au Viet-nâm à propos duquel il écrira la pièce *L'Homme aux sandales de caoutchouc* (1970) et dont les représentations à Lyon par la troupe de Marcel Maréchal provoquèrent des incidents avec l'extrême droite, Kateb décide de revenir en Algérie produire un théâtre populaire en arabe dialectal en prise directe sur les grands problèmes politiques du moment. Avec les groupes qu'il anime, il parcourt le pays ainsi que les foyers d'émigration en Europe. Les pièces représentées sont en partie des improvisations collectives : *Mohammed, prends ta valise* (1971), *Saout-En-Nisa* (1972), *La Guerre de 2000 ans* (1974), *Le Roi de l'Ouest* (1977), *Palestine trahie* (1978). Ce travail, qu'on pourrait qualifier d'« agit-prop », lui vaut l'hostilité très forte des autorités algériennes, et l'impact est donc moindre que celui attendu. D'ailleurs ces pièces, encore inédites, n'évitent pas le didactisme et les simplifications que refusait l'auteur de *Nedjma* ou du *Cercle des représailles.* Sans compter les difficultés inhérentes au projet même d'un théâtre vraiment populaire.

CHARLES BONN.

RÉF. : Jacqueline Arnaud, *Recherches sur la littérature maghrébine de langue française. Le cas de Kateb Yacine,* Paris, 1982. – Charles Bonn, *Le Roman algérien de langue française,* Paris, 1984. – Marc Gontard, *Nedjma de Kateb Yacine. Essai sur la structure formelle du roman,* Paris, 1985. – Jean Déjeux, *La Littérature maghrébine d'expression française,* Paris, 1992. – Saïd Tamba, *Kateb Yacine,* Paris, 1992.

KEGELS Anne-Marie. Poète belge d'origine et d'expression françaises. Née Anne-Marie Canet, à Dunes (Tarn-et-Garonne) le 26 novembre 1912, dans une vieille famille de vignerons, morte le 4 juillet 1994 à Marbehan (Lorraine belge). Après l'école primaire, elle étudie à Valence-d'Agen avant d'épouser en 1931 Joseph Kegels, un Belge d'Anvers. Quittant alors la France, elle s'installe définitivement en Belgique, à Tamise d'abord, puis à Bruxelles où naît sa fille Éliane, enfin en 1942, à Arlon, petite ville de garnison au sud-est du pays. C'est là qu'elle écrit ses premiers poèmes et collabore par des billets d'humeur à des journaux issus de la résistance. En 1948, elle participe à l'aventure du « Jeune Faune », petit groupe littéraire turbulent fort mal vu dans la ville. Deux ans plus tard, elle publie *Douze poèmes pour une année*, une mince plaquette qui l'impose d'emblée comme une « nouvelle » Catherine Pozzi. Dans une langue d'une grande musicalité, elle déploie un lyrisme sensuel et frémissant autour de son unique domaine : l'amour. S'y entrelacent, de recueil en recueil, des thèmes qu'elle place sous le signe du feu qui la dévore : la solitude, le monde familier, le pays d'enfance, l'exil, la mort. Un chant de vivre, en somme, dont chaque livre élargira le registre en passant du vers classique à des formes plus libres. Citons parmi ses ouvrages importants : *Rien que vivre* (1951), *Chants de la sourde joie* (1955), *Haute vigne* (1963), *Lumière adverse* (1970), *Porter l'orage* (1978). De nombreux prix en France et en Belgique ont couronné cette œuvre discrète mais brûlante.

GUY GOFFETTE.

KESSEL Joseph. Romancier né à Clara (Argentine) le 10 février 1898, de parents russes, mort le 23 juillet 1979 à Avernes (Val-d'Oise). Il passe une partie de son enfance chez ses grands-parents maternels à Orenbourg, au pied de l'Oural, avant de poursuivre ses études en France au lycée de Nice puis à Paris au lycée Louis-le-Grand (en 1914). Il fait une licence de lettres en Sorbonne et des études pour devenir comédien. Il s'engage en 1916 dans l'aviation. Après la guerre, il voyage aux États-Unis, fait des reportages sur la Chine, l'Indochine, l'Inde et Ceylan. De ses expériences, il tire la matière de ses premiers romans – *L'Équipage* (1923) –, des récits et des reportages : *Mémoires d'un commissaire du peuple* (1925) et *Les Rois aveugles* (1925) qui lui vaudront le grand prix du roman de l'Académie française en 1927. Dès lors, l'œuvre se développe à un rythme accéléré, parallèlement à une vie d'homme d'action. Kessel participe en 1936 à la guerre d'Espagne. En 1940, il est correspondant de guerre, en 1941 il entre dans la clandestinité puis, en 1942, passe en Angleterre où il devient capitaine d'escadrille. Il écrit le *Chant des partisans* avec son neveu Maurice Druon. Il est élu à l'Académie française en 1963 et poursuit ses voyages en Inde, au Brésil, en Afghanistan.

Pour Joseph Kessel, la littérature est l'expression d'aventures vécues dont il rend de façon réaliste le foisonnement et le mouvement dramatique. L'auteur était là, il dit ce qu'il a vu et c'est son tempérament qui impose à l'œuvre sa force persuasive. Tout naturellement, l'ensemble des ouvrages de Joseph Kessel – près de quatre-vingts volumes – suit les phases essentielles de son existence. On y trouve toute une imagerie violente évoquant la Russie d'après la révolution d'Octobre – *La Steppe rouge* (1922), *Le Journal d'une petite fille sous le bolchevisme* (1926) –, ou les émigrés russes venus se réfugier à Paris, *Nuits de princes* (1927). Il y a l'évocation de la fraternité qu'engendrent la guerre ou les dangers, soit qu'un homme seul les ait courus (*Mermoz,* 1938) ou qu'ils aient été partagés : *L'Équipage, Vent de sable* (1929), *Fortune carrée* (1930). Il y a enfin les reportages rapportés de pays plus ou moins lointains (*En Syrie,* 1927, *Dames de Californie,* 1928) ou puisés dans la faune des hors-la-loi (*Bas-Fonds,* 1932, *Nuits de Montmartre,* 1932). La Seconde Guerre mondiale opère une coupure dans le ton général de l'œuvre. La curiosité de Kessel demeure toujours vive, mais elle se teinte de pitié pour parler des drogués de *La Tour du malheur* (1950) ou des alcooliques (*Avec les alcooliques anonymes,* 1960) ou d'un petit mendiant bossu : *Au grand Socco* (1952). Il se veut, comme l'indique un de ses titres, *Témoin parmi les hommes* (1956). Dans cette œuvre, où la psychologie de la perversion (*Belle de jour,* 1928) a occupé une certaine place, se fait jour une fraîcheur toute poétique avec *Le Lion* (1958), qui raconte l'amour que porte une fillette à un superbe lion du Kilimandjaro. Les voyages que Joseph Kessel effectue en 1966 pour le compte de l'Organisation mondiale de la santé lui permettent d'approcher des civilisations encore mal connues comme celle dont il décrit les mœurs, hautes en couleur, dans *Les Cavaliers* (1967), roman consacré aux Afghans des steppes qu'exalte une « liberté merveilleuse et sauvage ». Enfin, parlant devant l'Académie française, il revendique hautement son appartenance au judaïsme, de même qu'il en avait témoigné dans *Terre de feu* (1948), publié au moment de la création de l'État d'Israël.

GUY LE CLEC'H.

KHAÏR-EDDINE Mohammed. Poète et romancier marocain de langue française. Né en 1941 à Tafraout dans l'Anti-Atlas, mort le 18 novembre 1995. En avril 1964 paraît un manifeste, *Poésie Toute,* dans lequel un jeune poète, Mohammed Khaïr-Eddine s'exprime en faveur d'une nouvelle poésie marocaine de langue française, refusant toute forme héritée du colonialisme. En 1966, on retrouve Khaïr-Eddine (exilé en France depuis 1965) parmi les poètes fondateurs de la revue *Souffles*. L'esprit de *Souffles* marque l'œuvre poétique de Khaïr-Eddine. En effet, *Nausée noire* (1964), *Soleil Arachnide* (1969), *Ce Maroc* (1975), *Résurrection des fleurs sauvages* (1981) et *Mémorial* (1992) constituent le terrain où se livre la « guérilla linguistique » déclarée par le poète, où le langage devient parole-projectile.

Les récits de Khaïr-Eddine, comme on le voit dans *Agadir* (1967), ne sont pas épargnés par ce type de langage en incessante métamorphose et toujours à la recherche d'une totalité. Le poétique, le narratif et le discursif composent une écriture régie par le principe de la remise en question et le symbole majeur du séisme, préalable destructeur nécessaire au renouveau. Conçue dans l'exil, l'œuvre de Khaïr-Eddine s'ancre de façon obsessionnelle dans un espace, celui du Sud marocain, nommé « sudique ». Tel que dans *Légende et vie d'Agoun'chich* (1984), son œuvre tout entière s'emploie à restituer dans leur déroulement et leur stratégie scripturale l'espace et la symbolique culturels de la terre « sudique » en se ressourçant dans sa tradition orale, en révélant et en consacrant le pouvoir de la parole libératrice, fondatrice et toujours en devenir.

ZOHRA MEZGUELDI.

RÉF. : M. Gontard, *Violence du texte,* Paris, 1981. — J. Arnaud, *Recherches sur la littérature maghrébine de langue française. Le Cas de Kateb Yacine,* Paris, 1982. — A. Tenkoul, *Littérature marocaine d'écriture française,* Casablanca, 1985.— J. Dejeux, *La Littérature maghrébine d'expression française,* Paris, « Que sais-je ? », nº 2675, 1992.

KHATIBI Abdelkébir. Écrivain marocain de langue française. Né en 1938 à El Jadida. Abdelkébir Khatibi compte parmi les penseurs et écrivains marocains les plus prolifiques de sa génération. Il a fait partie d'un des premiers groupes d'études sur la littérature maghrébine d'expression française, animé par Albert Memmi. Il sera aussi collaborateur à la revue *Souffles*. Son œuvre va de la poésie et du roman : *La Mémoire tatouée*, *Le Lutteur de classe à la manière taoïste* (1976), *Le Livre du sang*, *Amour bilingue* (1983), jusqu'à l'essai : *La Blessure du nom propre* (1974), *Maghreb pluriel* (1983), *Vomito Blanco* (1974) ; et ceci à travers une forme d'écriture en marge de la philosophie et de la littérature.

Khatibi introduit et impose, dans la variété de ses écrits, une pensée tout à fait singulière fondée sur deux notions qui articulent toute son œuvre : celle de « pensée autre » et de « bi-langue ». Ces notions sont largement influencées par la pensée de Jacques Derrida, de Maurice Blanchot, dans une filiation double avec les grands textes de poésie française (Mallarmé, surtout), et de la tradition intellectuelle, mystique et littéraire arabo-musulmane (ibn 'Arabi, Hallāj, mais aussi Abu Nawas).

Formé à la sociologie et chercheur à l'université Mohammed-V de Rabat, Khatibi présente, dans son plus récent ouvrage, un projet de société fondé sur le rôle que doit y jouer l'intellectuel. Mais la proposition la plus inactuelle de son œuvre, et sans doute la plus originale, tient dans son style particulier, un vacillement du langage à la limite du social et de la poésie ; un style, en somme, intraitable.

ISABELLE LARRIVÉE.

KLOSSOWSKI Pierre. Romancier et essayiste. Né à Paris dans une famille d'artistes d'origine polonaise le 9 août 1905, il fréquente tôt peintres et écrivains, dont Bonnard, Rilke et Gide. Il est lié ensuite à certains groupes philosophiques et psychanalytiques. On retiendra surtout sa participation aux côtés de Georges Bataille au Collège de sociologie, et à son revers clandestin, la revue *Acéphale*. Contrairement aux écrivains pour lesquels le travail d'écriture consiste en une évolution permanente, en une recherche où l'écriture même peut à son tour être objet d'écriture, Klossowski s'est limité au travail de quelques thèmes, à leur confrontation avec des instances qui sont tour à tour la technique romanesque, la traduction (Virgile et Nietzsche entre autres), une langue à la syntaxe rigoureuse, les nécessités technologiques des activités plastique (dès 1972, il délaisse l'écriture pour se consacrer exclusivement au dessin) et cinématographique. Pierre Klossowski s'est expliqué sur ses propres rapports à son œuvre : elle est une somme d'instants d'une réflexion autonome. Plus qu'un écrivain, il pense être un scripteur qui donne à voir, par un système de signes, quelques intensités d'une pensée commune. Le monde de Klossowski, tel celui des grands utopistes, est un « déjà-là », et rarement avant la sienne une œuvre ne s'était posée pareillement comme indice. Il nomme théophanie cette vaste création où l'auteur- démiurge organise tous les méandres de son développement ; l'œuvre est un ensemble de digressions dans une théologie à rebours où le centre vacant est occupé par celui qui s'en montre digne. D'où l'attirance de Klossowski pour Sade, *Sade mon prochain* (1947), ou pour les théologiens (*Hamann,* 1948, repris sous le titre *Le Mage du Nord,* 1988). D'où aussi l'abondance des procédés d'écriture qui posent le livre comme une scène avec tous les effets de cette clôture : les travestissements, les commentaires, les reconstitutions de puzzles ténébreux. *La Vocation suspendue* (1950) est éloquente à ce sujet : ce roman est une succession d'impacts sur des personnages d'un livre que le lecteur ne peut découvrir. Ce thème de l'œuvre à venir, du texte qui se dérobe, est repris dans le triptyque des *Lois de l'hospitalité* (1965), qui réunit trois livres parus dans le désordre. Dans son importante postface, Klossowski souligne la présence dans son œuvre et dans sa vie de ce qu'il nomme le « signe unique », le nom de Roberte qui porte sa pensée entière, dont la peau même peut être comparée à l'œuvre de l'écrivain. Le corps de Roberte, fût-il révélé dans un simple dégantement, sera offert aux regards de son mari, des autres personnages et du lecteur lors de tableaux vivants qui sont des moments où la souveraineté peut à tout instant basculer. *Les Lois* recouvrent successivement *La Révocation de l'édit de Nantes* (1959), entrecroisement des journaux intimes des époux Octave et Roberte, puis *Roberte ce soir* (1953), pièce représentée par leur neveu Antoine, et enfin *Le Souffleur* (1960), assomption romanesque de ce qui précède avec deux progrès notables : l'apparence réaliste du récit et l'indécision où l'auteur nous plonge quant à l'identité du narrateur. Est-ce Théodore Lacaze ou K., ou un autre personnage, ou la parole elle-même ? Cette suite est en fait la généalogie d'un sourire, celui de l'écrivain qui, dominant son art, montre un monde, simulacre de monde réel, par l'épuisement de son propre désir. Il n'est pas surprenant alors que Pierre Klossowski se soit intéressé au mythe de Diane et d'Actéon dans *Le Bain de Diane* (1956), que certains considèrent comme son œuvre la plus accomplie. Après en avoir tracé savamment la genèse, l'auteur nous permet de mieux distinguer en quoi ce mythe est fondateur de notre propre culture ainsi que de ses préoccupations : tout est dans la métamorphose, dans le regard de côté d'Actéon, qui n'est plus homme et pas encore cerf, vers Diane et sa purification. Mais le roman le plus abouti, où les obsessions de Klossowski s'allient le mieux avec sa langue retenue et les situations les plus baroques, où il réussit à fondre ses diverses conceptions — comme celle de l'« éternel retour », dont il a traqué le fonctionnement subtil dans *Nietzsche et le cercle vicieux* (1969) —, est sans nul doute *Le Baphomet* (1965), où les ingrédients du récit klossowskien nous sont livrés dans la plus grande harmonie : image obsédante, gnose, temps circulaire et climat sulfureux. La variété et la richesse de sa culture, la discrétion brûlante de son projet, l'acuité de son regard critique — *Un si funeste désir* (1963), *La Ressemblance* (1984) — font de Pierre Klossowski l'un des écrivains les plus présents et nécessaires, parce que ce qu'il nous offre tient dans ce don rare de l'« hilarité du sérieux » (Maurice Blanchot).

HERVÉ CARN.

RÉF. : *L'Arc,* nº 43, Aix-en-Provence, 1970. — G. Deleuze, *Logique du sens,* Paris, 1971. — D. Wilhem, *Pierre Klossowski, le corps impie,* Paris, 1979. — *Pierre Klossowski* (Cahiers pour un temps), Paris, 1985. — A. Arnaud, *Pierre Klossowski,* Paris, 1990.

Knock ou le Triomphe de la médecine. Pièce en trois actes de Jules Romains (Louis Farigoule, 1885-1972), représentée pour la première fois à Paris, à la comédie des Champs-Élysées, le 15 décembre 1923, sous la direction de Jacques Hébertot, dans une mise en scène et des décors de Louis Jouvet. Cette comédie dépasse la farce ; la charge est si noire et si virulente qu'elle débouche sur l'angoisse du monde moderne. Pourtant, au départ, rien que de très banal. Le docteur Parpalaid vend un fonds sans valeur, dans le bourg montagnard de Saint-Maurice, à Knock, un collègue qui vient d'obtenir son diplôme de médecine après avoir fait le commerce des cacahuètes. Knock, qui a acquis à prix fort une clientèle inexistante, ne manque pas de le faire remarquer au docteur Parpalaid, tout en montrant bien qu'il n'est pas affecté par la chose, car il compte appliquer dans ce bourg des méthodes personnelles dont il attend de gros gains. C'est à la démonstration de ses talents que nous sommes conviés. À l'aide d'une consultation gratuite, Knock commence à ferrer plusieurs clients aussitôt convaincus de leur maladie. De main de maître, Knock alite le bourg à peu près en entier, et sa renommée se répand à travers le pays. Quand le docteur Parpalaid se hasarde à faire une brève visite dans son ancien fief, il n'en croit pas ses yeux ni ses oreilles. Dans l'hôtel, toutes les chambres sont réservées aux patients qui viennent consulter Knock ; l'hôtelière comme le pharmacien se frottent les mains, les affaires prospèrent : mais dès que Parpalaid, alléché, songe à se réinstaller, l'hôtelière, perdant son sourire de commerçante, devient extrêmement hostile. Néanmoins, loin d'être inquiet, le docteur Knock a tôt fait de rendre son ancien confrère inoffensif en lui suggérant qu'il est, lui aussi, un malade. Les sourires et les rires du début de la pièce disparaissent rapidement, font place à une sorte de gêne au fur et à mesure qu'est démonté le mécanisme de la crédulité humaine et que s'étale l'exploitation qui en est faite par un habile charlatan. Cette mystification générale au nom de la science a de quoi effrayer, et la dictature implacable et cynique d'un seul homme qui, avec aisance, trouve des appuis, des alliés chez ceux qu'il enrichit porte en soi une menace toujours actuelle. Car aucun de ceux qui ont été dupés ne se permet le blâme ou la révolte ; c'est une domestication totale du plus naïf par le plus industrieux. Même le docteur Parpalaid, qu'on aurait pu prendre pour un brave homme uniquement adonné à la pêche, est, comme l'hôtelière et le pharmacien, prêt à souscrire aux méthodes de Knock, à les faire siennes. Le désir de s'enrichir à tout prix est ici dénoncé comme le plus monstrueux des rouages du monde, et la caricature est irrésistible.

KOCK Charles Paul de. Romancier d'origine hollandaise. Né à Passy le 21 mai 1794, mort à Romainville (Seine-saint-Denis) le 29 août 1871. La lecture — en compagnie de son précepteur — des romans populaires de Ducray-Duminil orienta sans doute la vocation de ce fils d'un banquier batave guillotiné sous la Révolution. Entré à quinze ans comme commis chez des financiers parisiens, il y écrivit, entre deux bordereaux, des romans dont les manuscrits, découverts, furent cause de son renvoi. Après avoir publié sans succès *L'Enfant de ma femme* (1812 ; transformé plus tard en vaudeville et représenté le 28 octobre 1835), Paul de Kock se tourna vers le théâtre et connut, à l'Ambigu Comique, le 23 mars 1814, un triomphe avec son mélodrame *Madame de Valnoir.* Dès lors la vogue immense du romancier populaire ne devait pas tarder. Ce furent *Georgette ou la Nièce du tabellion* (1820), *Gustave ou le Mauvais Sujet* (1821) et *Mon voisin Raymond* (1823). Les romans, avec une croissante fortune, se succédèrent en cascade, formant au total plus de deux cents volumes. Citons entre autres *Monsieur Dupont ou la Jeune Fille et sa bonne* (1824), *La Laitière de Montfermeil* (1827), *La Pucelle de Belleville* (1834), *Un jeune homme charmant* (1835), *L'Homme aux trois culottes* (1842), *L'Amoureux transi* (1843), *L'Amant de la lune* (1847) et *La Fille aux trois jupons* (1863). Le jour où paraissait un roman de Paul de Kock, il y avait, au dire d'un chroniqueur, une « véritable émeute en librairie ».

RÉF. : Charles Paul de Kock, *Mémoires,* 1873. — Léo Lespès, *La Vie de Ch.-P. de Kock,* 1873. — Théophile Gautier, *Portraits contemporains,* 1874. — Alphonse Daudet, *Pages inédites de critique dramatique,* 1923. — Yves Olivier-Martin, *Histoire du roman populaire en France,* Paris, 1980.

KOLTÈS Bernard-Marie. Romancier et dramaturge né le 9 avril 1948 à Metz, mort le 15 avril 1989 à Paris. Après un bref passage dans la section « mise en scène » de l'école du Théâtre national de Strasbourg (TNS), Koltès choisit d'écrire pour le théâtre. C'est, dans cette même ville, au Théâtre du Pont-Saint-Martin que sont créées ses deux premières pièces : *Les Amertumes* et *La Marche.* Sa troisième œuvre dramatique, *L'Héritage,* est diffusée en 1972 sur France-Culture dans le cadre du « Nouveau répertoire dramatique » de Lucien Attoun. Après plusieurs travaux d'écriture destinés aux élèves comédiens du TNS, Koltès fait en 1977 ses débuts de créateur reconnu. De sa pièce *La Nuit juste avant les forêts,* monologue mis en scène par Y. Ferry et créé à Avignon, le critique Gilles Sandier soulignera le « lyrisme sauvage ». En 1979 c'est la « mise en voix » par Gabriel Monnet de *Combat de Nègre et de chiens,* tournant décisif dans la carrière de Koltès. Ce texte, d'abord publié en tapuscrit par Théâtre ouvert, va permettre la rencontre « essentielle » entre un metteur en scène, Patrice Chéreau, et celui qui allait devenir son auteur de prédilection. Chéreau décide de souligner l'importance que revêt pour lui le travail de Koltès en choisissant d'inaugurer le Théâtre des Amandiers de Nanterre par la création de *Combat de Nègre et de chiens* (1983). Ce fut un véritable événement théâtral. Un trio d'acteurs remarquables, Michel Piccoli, Myriam Boyer et le « phénomène » Philippe Léotard, donna à la mise en scène et au texte toute son envergure. Dès lors une sorte de pacte de collaboration est scellé entre le metteur en scène et son auteur. Chéreau va se charger de monter, successivement : *Quai Ouest* (1986) — qui est un échec —, *Dans la solitude des champs de coton* (1987) — dialogue entre un dealer et un client, qui verra le retour sur scène de Chéreau, auteur —, et enfin *Le Retour au désert* (1988). Sur cette dernière création, évoquant l'atmosphère étouffante de la province française pendant la guerre d'Algérie, Koltès déclarera qu'il a voulu faire une comédie « sur un sujet qui n'est peut-être pas tout à fait un sujet de comédie ». La dernière œuvre de Koltès, très controversée, a pour thème la vie et la mort d'un personnage de faits divers que l'auteur a voulu élever au rang de mythe. « *Roberto Zucco,* déclarait-il, c'est un trajet invraisemblable, un héros comme Samson ou Goliath, monstres de force, abattus finalement par un caillou ou par une femme. » *Roberto Zucco* a été lu en 1990 par Michel Piccoli au T.N.P. de Villeurbanne. Patrice Chéreau a vu dans l'œuvre de Koltès une « métaphore du monde contemporain, une forme de théâtre allégorique tourné non vers le passé mais en prise directe sur notre société ».

PHILIPPE BLONDEAU

KUNDERA Milan. Romancier tchèque. Né le 1er avril 1929 à Brno ; de nationalité française à partir de 1981. Son père, pianiste, a été l'un des proches collaborateurs du compositeur Leos Janacek. Les années de formation de Kundera ont donc été orientées dès le début par deux amours : la musique et l'art moderne en général. L'art moderne, en Tchécoslovaquie plus qu'ailleurs, fut lié dès les années 20 à l'idéologie de l'avant-garde et au rêve de la révolution prolétarienne ; celle-ci se réalisera monstrueusement en 1948, année où Kundera passe son baccalauréat et se rend à Prague pour effectuer ses études universitaires. Il subit alors, pour une brève période, le sort plus ou moins commun à toute sa génération : aveuglement lyrique, désillusion, exclusion, et finalement opposition au régime, notamment à sa politique culturelle. Il s'essaie à l'art : compositions musicales, poésie, une pièce de théâtre, choses auxquelles il n'accorde aujourd'hui aucune importance. Sa véritable histoire d'écrivain ne commence qu'au moment où il écrit, vers 1958, sa première prose : il s'agit de l'une des nouvelles qui fera partie plus tard du cycle *Risibles amours* [*Smesne Lasky*] (écrit entre 1958 et 1968 et ayant dans son œuvre la même importance que ses romans). Comme le titre l'indique, Kundera y fait voir le « comique » des choses dites sérieuses et, se détournant des sujets « responsables » imposés par les uns ou par les autres, il met les amours au centre de sa vision. Par la suite, l'évolution du romancier réservera de nombreuses surprises mais aucun changement fondamental d'orientation. L'esprit de *Risibles amours* est donc aussi celui de son premier roman, *La Plaisanterie* (achevé en 1965), qui compte déjà parmi les plus grands du siècle. Ce même esprit restera présent dans toute son œuvre ; ainsi, dans *La Plaisanterie*, le Kremlin en forme de bijou accroché au corps nu de l'héroïne Helena Zemanek, fidèle au parti et infidèle à son mari, est le seul témoin d'un coït aussi superbe que grotesque. La critique y a vu une manière originale de ridiculiser le Kremlin. Mais c'est l'inverse qui est nouveau et important : le rapprochement du Kremlin avec une scène de copulation ridiculise l'amour (ou, si on veut, l'Amour). Les événements historiques sont intensément présents dans toute l'œuvre de Kundera, mais ils ne lui servent que de projecteur pour éclairer en l'homme des aspects jusqu'alors inconnus ; l'intérêt analytique du romancier se concentre sur les thèmes dits existentiels. On pourrait dire que Kundera est par excellence un romancier existentiel si ce terme n'était traditionnellement réservé à un Sartre ou un Camus. De ceux-ci pourtant, Kundera se distingue radicalement : d'abord par le caractère toujours ironique, sinon bouffon, de son discours ; ensuite, par le fait que, dans cette orientation existentielle, il a su construire une esthétique originale du roman. Cette esthétique est basée sur deux principes : celui de la variation (le roman est bâti sur une unité des thèmes qui reviennent sous des variantes toujours nouvelles) et celui de la polyphonie (le roman est un développement « simultané » de plusieurs discours « hétérogènes » : récit, essai, rêve, anecdote, etc.).

Si *Risibles amours* et *La Plaisanterie* ont vu leur première parution dans leur langue d'origine et dans une maison d'édition pragoise, les romans ultérieurs seront publiés d'emblée en traduction française, chez Gallimard. En effet, après l'invasion russe de 1968, tous les livres de Kundera sont bannis des bibliothèques publiques, lui-même perd son poste à l'Institut cinématographique de Prague et il ne pourra plus publier dans son pays quoi que ce soit. C'est pourquoi, en 1975, il s'installe en France, à Rennes d'abord où il est invité par l'Université, puis plus tard à Paris, comme professeur à l'École des hautes études en sciences sociales (E.H.E.S.S.). Entre-temps, son œuvre se poursuit : il est encore en Tchécoslovaquie lorsqu'il écrit *La vie est ailleurs* (achevé en 1970), une critique romanesque de la poésie et de l'attitude lyrique en général, et *La Valse aux adieux* (achevée en 1972), roman vaudevillesque qui allie la forme la plus légère à la vision la plus noire de l'homme. En France, il écrit : *Le Livre du rire et de l'oubli* (édité en 1978), livre capital au regard de l'esthétique kundérienne du « roman en forme de variations », qui trouve ici sa définition et sa plénitude ; *L'Insoutenable Légèreté de l'être* (édité en 1984), histoire d'un amour miraculeusement survenu dans un monde métaphysiquement et culturellement mort ; et enfin, *L'Immortalité* [*Nesmrtelnost*] (édité en 1990), méditation romanesque sur l'homme contemporain du règne de l'image. Son œuvre compte aussi un écrit théorique, *L'Art du roman* (1986), et une pièce de théâtre, *Jacques et son maître, hommage à Denis Diderot* (1971), geste d'amitié et de reconnaissance du romancier envers son maître ; dans ces deux ouvrages, aussi bien que dans son séminaire et dans d'autres — très rares — interventions, Kundera montre l'importance décisive de la pléiade des grands romanciers centre-européens du XXe siècle : Kafka, Hasek, Broch, Musil, Gombrowicz, qui ont ouvert selon lui la période après-proustienne de l'histoire du roman et dont l'un des caractères spécifiques réside dans leur volonté de renouer avec l'esthétique du roman pré-balzacien (de Rabelais à Sterne), décriée ou refoulée au XIXe siècle. Cette attention aux plus anciens héritages caractérise aussi l'attitude de Kundera, ce moderne fidèle aux temps révolus : *Francis Bacon, portraits et autoportraits* (1996).

Les traductions françaises de ses romans, entièrement revues par l'auteur entre 1985 et 1987, ont la même valeur d'authenticité que le texte tchèque.

LAKIS PROGUIDIS.

RÉF. : Maria Nemcova Banerjee, *Terminal Paradox (The Novels of Milan Kundera)*, New York, 1990. – *Salmagundi* nº 73, spécial M. Kundera. – *The Review of Contemporary Fiction*, été 1989 (dossier Kundera avec bibl. des critiques importantes).

L

LABÉ Louise (Louise Perrin, née Charly). Poétesse française. Née à Lyon entre 1516 et 1523, morte avant le 15 février 1566 dans sa maison campagnarde de Parcieux-en-Dombes. Elle était la fille d'un riche cordier lyonnais, Pierre Charly, dit Labé. Celui-ci lui fit donner une éducation à l'italienne : elle savait le latin et l'italien, chantait et jouait du luth, pratiquait l'équitation et les armes. Selon Antoine du Verdier, elle aurait pris part, en 1542, au siège ou au tournoi de Perpignan, déguisée en homme et se faisant passer pour un certain capitaine Loys. Peut-être entre 1542 et 1545, elle accorda sa main à un cordier, Ennemond Perrin ; cette union, qui valut à Louise son surnom de Belle Cordière, se termina par la mort du mari, entre janvier 1555 et septembre 1557. Elle entretint une longue relation amoureuse avec le poète Olivier de Magny, qui séjourna à Lyon vers 1553-1554 et se vanta de sa bonne fortune dans une *Ode à sire Aymon* (1569), où il nasardait l'époux trompé et lui prêtait d'étranges complaisances. Ce fait avéré, sa revendication d'indépendance, la liberté de sa parole amoureuse ont suffi, l'antiféminisme aidant, à lui faire la réputation d'une courtisane aux amours orageuses. L'œuvre littéraire de Louise Labé, qui comprend *Le Débat de Folie et d'Amour*, dialogue en prose, vingt-quatre *Sonnets* (*), dont un, le premier, en italien, et trois *Élégies*, fut publiée en 1555 ; une seconde édition parut en 1556. On trouve à la fin vingt-quatre poèmes écrits anonymement par des amis poètes à la gloire de Louise. On la voit, au terme de sa vie, acheter et accroître ses propriétés de Parcieux. En 1565, malade, elle se retire chez son ami Thomas Fortin, banquier d'origine italienne, en présence de qui, le 28 avril, elle dicte son testament.

♦ *« Jamais, dans la littérature, l'impudeur même des sens n'a atteint à une telle gravité. Jamais l'âme et le corps n'ont paru aussi peu séparés, la lucidité la plus claire ainsi présente dans les exigences de l'amour et dans ses gratitudes...* [une] *fusion nuptiale de la connaissance et de la sensualité. »* Thierry Maulnier.

RÉF. : O'Connor, *Louise Labé, sa vie et son œuvre*, Paris, 1926. – G. Tricou, « Louise Labé et sa famille », dans *Bibliothèque d'Humanisme et Renaissance*, V 1944, p. 60-104. – K. Varty, « The Life and Legend of Louise Labé », dans *Nottingham Medieval Studies*, III 1959, p. 78-108. – Enzo Giudici, *Louise Labé*, Paris, 1981.

LABICHE Eugène Marin. Auteur dramatique français. Né et mort à Paris (5 mai 1815-13 janvier 1888). Fils d'un riche industriel, il fit ses études secondaires au collège Bourbon, actuel lycée Condorcet, puis s'inscrivit à la faculté de droit. Mais, déjà attiré par la littérature, il profite d'un voyage en Italie pour envoyer à un journal parisien des petites scènes et impressions familières pleines de fantaisie, réunies sous le titre *La Clef des champs*, deux volumes (1838). Sa première pièce, *La Cuvette d'eau*, date de 1837, et son premier grand succès de l'année suivante, avec *Monsieur de Coislin*, vaudeville qui devait être suivi par une centaine d'autres, la plupart écrits en collaboration avec Marc-Michel, Émile Augier, Th. Barrière, Albert Monnier, Édouard Martin, etc., et qui furent joués au Palais-Royal, à la Comédie-Française, au Gymnase, aux Variétés. Dans cette production abondante figure une série de véritables chefs-d'œuvre du genre : *Embrassons-nous, Folleville* (1850), *Un Chapeau de paille d'Italie* (*) (1851), *Le Misanthrope et l'Auvergnat* (1852), *L'Affaire de la rue de Lourcine* (1857), *Le Voyage de M. Perrichon* (1860), *La Poudre aux yeux* (1861), *La Cagnotte* (1864). Ces pièces soutiennent d'ailleurs fort bien la lecture, comme suffirait à le prouver le succès obtenu en 1879 par l'édition en dix volumes du *Théâtre* de Labiche, avec une préface d'Émile Augier. Reçu à l'Académie française le 28 février 1880, au fauteuil de De Sacy, Labiche, l'auteur le plus gai du XIXe siècle, devait faire l'éloge solennel du plus farouche critique de la littérature moderne : il se tira de cette épreuve avec esprit. Il sut très bien se définir lui-même en écrivant : « J'ai beau faire, je ne peux pas prendre l'homme au sérieux, il me semble n'avoir été créé que pour amuser ceux qui le regardent d'une certaine façon. » Même après Feydeau, son œuvre reste la réalisation exemplaire du vaudeville qu'il fait tendre jusqu'aux limites de l'absurdité. Si Labiche paraît moins à son aise lorsqu'il essaye de peindre des caractères, il est inégalable chaque fois qu'il peut donner libre cours à sa vivacité naturelle et à son sens aigu du ridicule. Ses pièces fourmillent de sous-entendus, d'inventions cocasses, de coups de théâtre, et jamais cependant elles ne cessent de donner une parfaite impression de naturel.

♦ *« Labiche n'est pas seulement un merveilleux amuseur, mais un observateur profond, un railleur qui sait toujours où va son rire. »* Alphonse Daudet.

RÉF. : P. Soupault, *Eugène Labiche, sa vie, son œuvre,* Paris, 1945. — J. Autrusseau, *Labiche et son théâtre*, 1971. — E. Haymann, *Labiche ou l'Esprit du second Empire*, 1988.

LA BOÉTIE Étienne de. Écrivain né le 1er novembre 1530 à Sarlat (Périgord), province qui nous donna plusieurs écrivains de la Renaissance comme Montaigne, Monluc, Bernard Palissy ; mort le 18 août 1563 à Germignan. Il appartient à une famille de petite noblesse de robe. Son père étant mort prématurément, il fut élevé par son oncle, qui était prêtre. On ne sait où il fit ses études. Elles s'achevèrent à Orléans, où, le 23 septembre 1553, il prit son grade de licencié en droit civil. Il obtint tout de suite, avec une dispense d'âge, un office de conseiller au parlement de Bordeaux. C'est en 1557 qu'il fit la connaissance de Montaigne. À cette date, il avait déjà écrit le *Discours de la servitude volontaire*, sans qu'on puisse dire à quel âge exactement : à dix-huit, ou même à seize ans, comme l'assure Montaigne, qui varie dans ses déclarations, peut-être pour atténuer la portée d'un ouvrage diffusé alors par les protestants ? L'ouvrage, en tout cas, porte trace de faits dont la consignation ne peut être antérieure à 1552- 1553. Vers la fin de l'année 1561, La Boétie rédigea un important *Mémoire sur la pacification des troubles*, sans doute pour préparer l'assemblée de parlementaires qui s'ouvrit le 3 janvier 1562. Lorsqu'il mourut, à trente-trois ans, il laissait encore des traductions de Plutarque, de Xénophon et de l'Arioste, des lettres, des sonnets et des poésies latines. Montaigne en publia une grande partie, omettant toutefois le *Discours* et le *Mémoire*. C'est en effet à l'amitié de Montaigne, son cadet de deux ans, que La Boétie doit de n'être pas oublié. Ce fut le « type de l'amitié-passion », née soudain « avec l'imprévu et la rapidité de l'amour », dit Sainte-Beuve. En vers latins, La Boétie célébrait entre eux ce « mariage des âmes » ; après la mort de son ami, Montaigne portera le deuil de La Boétie, vivra dans le culte de sa mémoire. Grossissant son importance, lui si peu prodigue en admiration, il le proclamera le « plus grand homme » de tout le siècle et fera de lui un génie méconnu ayant, « tout le long de sa vie, croupi méprisé aux cendres de son foyer domestique ».

Le titre principal de La Boétie reste ce *Contr'Un ou Discours de la servitude volontaire*. Le texte fut utilisé non seulement par les pamphlétaires protestants, mais aussi à chaque époque troublée, en 1789, sous la Restauration, on devait s'en resservir. Lamennais le réédita après 1830 et en fit une arme contre la monarchie de Juillet. En 1942 encore, il fut publié en anglais sous le titre d'*Anti-Didactor.*

RÉF. : P. Bonnefon, *É. de La Boétie, sa vie, ses ouvrages, ses relations avec Montaigne*, Bordeaux, 1888. — R. Trinquet, « Montaigne et la divulgation du *Contr'Un* », dans *Revue d'histoire littéraire de la France*, LXIV, 1964, p. 1-12. — Malcolm Smith, introduction aux éditions du *Mémoire* (Genève, 1983) et du *Discours* (Genève, 1987).

LA BRUYÈRE Jean de. Moraliste. Baptisé à Paris, où il est peut-être né, le 17 août 1645, en l'église Saint-Christophe dans l'île de la Cité, mort à Versailles le 10 mai 1696. Son père, Louis, est contrôleur général des rentes de l'Hôtel de Ville, sa mère, Élisabeth Hamonyn, fille d'un procureur au Châtelet. Son oncle et parrain, Jean de La Bruyère, financier, lui léguera un confortable héritage, en 1671, lui permettant d'acheter une charge. Il ne descend pas d'un ancien ligueur, comme on l'a cru, mais d'une famille de laboureurs aisés du Perche. Cette lointaine origine se combine avec des séjours dans une propriété familiale, près de Dourdan, pour offrir au futur auteur des *Caractères* (*) une connaissance directe de la vie campagnarde qui se manifeste autant dans l'emploi d'un vocabulaire technique de l'agriculture (« De la ville », 21) que dans la compassion pour les misères paysannes (« Des biens de fortune », 47, « De l'homme », 128). Son appartenance à un groupe en pleine expansion pourrait rendre paradoxale sa condamnation de l'ascension sociale, s'il n'invitait pas à distinguer celle, juste, qui relève du mérite, de celle, inique, qui repose sur l'argent mal acquis. Il en retire un certain esprit de sérieux, un sens de l'honorabilité, la prise en compte de la valeur positive du travail, qui se traduisent par la révérence du juste, du mesuré, et par le rejet de l'outrance, de la facticité et de l'ostentation de certaines grandeurs nobles.

Sans doute fait-il ses études au collège des Oratoriens à Paris. Il reçoit une formation moderne, teintée d'un augustinisme qui se retrouvera dans sa conception pessimiste de la nature humaine déchue, et qui, réactivé par l'imitation des *Pensées* (*) de Pascal, donnera une partie de son souffle au chapitre « Des esprits forts ». Licencié en droit en 1665, à Orléans, avec une thèse sur les tutelles et les donations, il est inscrit au barreau, mais ne plaidera jamais. Après la mort de son père, puis celle de son tuteur, il achète en 1673 une charge de Trésorier de France à Caen ; il devient conseiller du roi, en 1674, ce qui lui confère la noblesse et des revenus substantiels. En dehors de sa prise de fonction, il n'ira qu'une fois à Caen, en 1686, pour revendre sa charge, ayant sans doute obtenu dispense pour les services rendus dans l'éducation du Grand Dauphin, à laquelle il participe avec des penseurs et des pédagogues qui l'influenceront beaucoup : Bossuet, Fleury, Malézieux, Cordemoy. Plus studieux qu'ambitieux, ses contemporains le dépeignent comme un homme de cabinet, amateur de conversations érudites et philosophiques. Ce que prouvent son célibat, et son maintien dans de modestes logements familiaux, chez ses frères, rue Chapon ou rue des Grands-Augustins, dans le quartier du Marais. Son goût de la retraite n'a même peut-être pas été troublé par le préceptorat des fils du marquis de Soyecourt, dont il déplore la mort dans un ajout de 1691 (« Du souverain », 9). Un tel précédent, ajouté à l'influence de Bossuet, expliquerait pourtant son recrutement, en 1684, comme précepteur du petit-fils du Grand Condé, le duc Louis de Bourbon à qui il enseigne la philosophie, l'histoire, les institutions, les généalogies, et la géographie. Mais son élève s'avérera ignare et insupportable par cette morgue aristocratique qui sera stigmatisée dans le chapitre « Des Grands ». Son mariage, en 1685, avec Mlle de Nantes, bâtarde de Louis XIV et de Mme de Montespan, puis la mort de Condé, en 1686, qui le fera duc d'Enghien, libèrent La Bruyère, qui demeure comme bibliothécaire dans la maison de Condé, avec le titre de gentilhomme de la maison de monsieur le Duc, une pension, et surtout des logements à Chantilly, à Paris et à Versailles qui lui donnent un point de vue privilégié sur cette société qu'il peint dans le chapitre « De la Cour ».

Cette expérience sociale multiple sera utile à l'observation du moraliste, tandis que l'indépendance assurée par ces maigres responsabilités lui conférera la distance nécessaire à la lucidité. Dès 1670, La Bruyère commence à noter ses pensées, peut-être déjà sous forme de maximes ou de réflexions. Il lit des fragments de son futur livre à Malézieux, à Boileau, avant de proposer son manuscrit au libraire Michallet, qu'il connaissait, offrant à la fille de celui-ci les hypothétiques bénéfices de vente. Non signé, présenté comme une simple imitation suivant une traduction d'un auteur antique faisant autorité, l'ouvrage : *Les Caractères de Théophraste traduits du grec, avec les caractères ou les mœurs de ce siècle*, est mis en vente en mars 1688, avec un succès immédiat : les éditions deux et trois, publiées la même année, sont pratiquement identiques à la première. Ce succès foudroyant s'explique par la qualité de l'œuvre, par l'originalité surprenante de sa structure, par le brillant du style, mais aussi par la vérité d'une peinture des mœurs contemporaines qui sait également refléter des maux sociaux et culturels éternels, et croquer sur le vif les vices à la mode. D'où des identifications à des personnalités en vue et des analogies avec des anecdotes connues qui ont assuré une sorte de publicité orale immédiate aux *Caractères*. En évoquant d'emblée sa dette vis-à-vis de ce public qu'il dit avoir peint d'après nature, puis en multipliant les portraits dans les éditions suivantes, La Bruyère, qui s'en défendra pourtant plus tard, a encouragé, au début, un type de lecture mondaine, s'attachant à découvrir les modèles des personnages qu'il met en scène. Des clés manuscrites circuleront dès 1693, l'une sera imprimée en 1697, d'autres verront encore le jour au XVIIIe siècle. Elles restent purement hypothétiques, comme le prouvent leurs divergences, même si quelques identifications paraissent probables et sont reprises dans les éditions critiques modernes. La Bruyère protestera pourtant, dans une addition de 1694 à sa Préface, contre ces « applications » scandaleuses mais surtout réductrices d'un propos plus universel et plus atemporel. Caricaturiste satirique des individus de son temps, il se voulait en effet peintre de l'humaine nature tout entière et réformateur des générations futures.

Ces buts multiples se retrouvent dans les métamorphoses d'un livre, en perpétuelle évolution, qui connaîtra neuf éditions, du vivant de son auteur et une croissance faisant passer des quatre cent vingt remarques originelles aux onze cent vingt remarques finales. Les plus importantes modifications interviennent dans la quatrième édition, en 1689, avec les ajouts de trois cent quarante-quatre remarques (dont beaucoup devaient être rédigées avant), de la citation d'Érasme en exergue, et d'une argumentation déontologique légitimant la satire au nom de l'utilité morale, en préface. La cinquième édition s'enrichit de cent cinquante remarques nouvelles, et laisse apparaître le « moi » du moraliste ; la sixième édition, en 1691, ajoute soixante-quatorze caractères, elle est enfin signée ; la septième édition, soixante-seize, et un développement important du chapitre « Des esprits forts » ; la huitième édition, en 1694, comporte en outre le *Discours à l'Académie française*.

Jusqu'en 1693, La Bruyère s'est en effet plusieurs fois présenté à l'Académie, battu à chaque fois par un partisan des Modernes : Fontenelle ou Pavillon (auteur de poésies mondaines et de lettres galantes). Son discours comporte un véritable éloge des partisans des Anciens, Bossuet et Boileau surtout, et des manifestations de mépris pour leurs adversaires, qu'il n'attaque pas directement, mais dont il omet de parler. Un parallèle entre Racine et Corneille, tournant au désavantage du second, des allusions satiriques aux nouvellistes du *Mercure galant*, déclenchent des réactions polémiques. Une campagne de protestation s'élève, le journal de Donneau de Visé fait paraître un article, en juin, où on lit : « L'ouvrage de M. de La Bruyère ne peut être appelé livre que parce qu'il a une couverture et qu'il est relié comme les autres livres. » La

Bruyère répond sans aménité à ces « Théobaldes » en publiant son *Discours* « in extenso » séparément en 1693, puis dans l'édition de 1694 des *Caractères* avec en ajout une « Préface » encore moins académique et encore plus violente, aggravée du portrait-charge de Fontenelle en Cydias (« De la société et de la conversation », 75). Ce qui ne va pas sans enfreindre les vertus de patience et de charité attendues d'un moraliste chrétien, mais peut-être La Bruyère est-il, par-dessus tout, homme de lettres. Il se contente pourtant de quelques corrections pour la neuvième édition des *Caractères*, en 1696. Il avait en revanche entrepris d'écrire des *Dialogues sur le quiétisme,* antifénéloniens, qu'il ne put achever, la mort l'emportant brutalement le 10 mai 1696, à la suite d'une attaque d'apoplexie. « Toute la Cour le regrette », écrit Bossuet, mais de même qu'il avait vécu constamment avec son œuvre, il revivra en elle. Le « je » de La Bruyère perce en effet souvent sous le masque du moraliste.

PIERRE RONZEAUD.

RÉF. : M. Lange, *La Bruyère, critique des conditions et des institutions sociales,* Genève, 1962. — L. Van Delft, *La Bruyère moraliste,* Genève, 1971. — A. Stegmann, *« Les Caractères » de La Bruyère, Bible de l'honnête homme,* Paris, 1972. — L. Van Delft, *Le Moraliste classique, essai de définition et de typologie,* Genève, 1972. — J. Hellegouarc'h, *La Phrase dans « Les Caractères » de La Bruyère,* Paris, 1975. — R. Garapon, *« Les Caractères » de La Bruyère, La Bruyère au travail,* Paris, 1978. — *Le Tricentenaire des « Caractères »,* Actes de Mac Gill, ed. L. Van Delft, Genève, 1989. — *Les Caractères*, Actes de Marseille, éd. R. Duchêne et P. Ronzeaud, 1991.

LA CALPRENÈDE Gautier de Costes, sieur de. Écrivain né en 1609 ou 1610 au château de Toulgou, près de Cahors (Lot), mort en 1663. De famille noble, ce romancier eut une destinée des plus romanesque. Voué par ses parents à faire carrière dans la magistrature, à vingt ans il préféra le métier des armes, fut un soldat intrépide, servit comme garde du corps de la reine et se vit récompensé de ses services par un brevet de gentilhomme de la chambre. Il se maria avec une précieuse (1636), et mourut des suites d'un accident de cheval.

La Calprenède se fit d'abord connaître au théâtre, avec la tragi-comédie *Bradamante* (1637), puis avec *Mithridate,* tragédie représentée l'année du *Cid* (*), *Le Comte d'Essex* (1639), que son sujet moderne place résolument en dehors de l'esthétique classique, *La Mort des enfants d'Hérode,* tragédie représentée également en 1639 et, vingt ans plus tard, *Bélisaire*, tragi-comédie. Ce sont cependant ses romans qui, de son temps, valurent la gloire à La Calprenède : le Grand Condé raffolait de *Cassandre*, dont la première partie parut en 1642, et Mme de Sévigné, après une lecture de *Cléopâtre*, qui avait été publiée en 1647, écrivait qu'elle s'y laissait « prendre comme à la glu ». La Fontaine était dans le même sentiment et plaçait La Calprenède parmi les premiers écrivains de l'époque. Ces témoignages, plus quelques allusions de Boileau, entretiennent le souvenir de ce romancier prolixe qu'une anecdote de Tallemant a campé dans une attitude de Rodomont, digne de ses personnages.

Les ouvrages de La Calprenède correspondent à la définition du roman héroïque selon Sorel : « aventures héroïques, où les reflets de l'amour sont agréablement mêlés à ceux de la valeur » et entremêlées de conversations. Le dessein de l'auteur était de réaliser une œuvre historique, et il était convaincu que le roman est plus vrai qu'une relation objective, dans la mesure où l'auteur pénètre l'âme de ses personnages. Les héros de La Calprenède sont tous des êtres d'exception. Plus romanesques encore, les intrigues abusent des enlèvements, des déguisements et des fausses identités.

♦ « *La beauté des sentiments, la violence des passions, la grandeur des événements et le succès miraculeux de leurs redoutables épées, tout cela m'entraîne comme une petite fille.* » Mme de Sévigné.

LA CEPPÈDE Jean de. Poète né probablement à Marseille en 1550, mort en Avignon le 21 juillet 1623. Ami de Malherbe, il est bien connu en son temps et dans sa province comme magistrat et poète. Puis, victime de la rapide évolution du goût au début du XVIIe siècle, il est oublié jusqu'au commencement du XXe. De son œuvre il nous est parvenu un recueil, *L'Imitation des Psaumes de la Pénitence de David,* publié en 1594, remanié et réédité en 1612 ; *Les Théorèmes sur le sacré mystère de nostre rédemption* (*), publiés en 1613 ; *La Seconde Partie des Théorèmes,* parue en 1621, qui évoque la suite de l'histoire du salut, de la Résurrection à la Pentecôte. La Ceppède est considéré aujourd'hui comme un poète religieux baroque.

Son enfance et son adolescence se déroulent durant l'époque difficile des guerres de Religion. Il fait ensuite des études de droit ; le 19 février 1575 il est reçu avocat au parlement de Provence et le 22 octobre 1578 il est nommé conseiller à ce même parlement.

En 1579, Henri d'Angoulême, fils naturel d'Henri II, est nommé gouverneur de Provence. Autour de lui, dans la ville d'Aix, gravite une cour de poètes dont Malherbe, le secrétaire du jeune prince. La production poétique se développe. En 1582, La Ceppède publie *L'Idée de la Beauté,* œuvre dont nous ne connaissons que le titre.

Le poète épouse en 1585 Madeleine de Brancas dont il aura deux filles. Le 23 juin 1586, il succède à son oncle, Vincent Bompar, comme second président à la Cour des comptes. En Provence, ligueurs et partisans de la légitimité s'opposent alors durement. Dans le courant de 1589, La Ceppède, qui a refusé de signer la ligue, essaie en vain, à plusieurs reprises, de quitter la ville. Il n'y parvient qu'en mars 1590 et s'exile à Avignon, laissant sa famille à Aix. Il se querelle, de loin, avec sa femme puisque celle-ci, le 8 avril 1592, demande la séparation.

Sans doute écrit-il beaucoup durant ses loisirs forcés. Après la soumission au roi du parlement de Provence, en janvier 1594, il se fait confirmer dans sa charge par Henri IV et regagne Aix à la fin de l'année.

En 1595, il est député auprès du roi, à Lyon ; de mai 1597 à avril 1598, il passe un an à Paris, chargé par sa cour de régler des conflits de préséance et de juridiction. En 1599, il achète près de Marseille la bastide des Aygalades. À la même époque, Guillaume du Vair est nommé premier président du parlement de Provence. Avec lui et jusqu'à son départ en 1616, La Ceppède tentera de régler les nombreuses difficultés de la province.

Il exerce une activité intense, aussi bien publique que privée, et le roi, en 1608, le nomme premier président à la Cour des comptes. Sa femme meurt en 1610 ; il se remarie l'année suivante avec Anne de Faret. La première partie des *Théorèmes,* annoncée dès 1594, paraît enfin en 1613. Sans doute cet aboutissement l'encourage-t-il à écrire *La Seconde Partie des Théorèmes*, qui, dédiée à Louis XIII, est publiée en 1621. Le poète accueille son roi lors de sa visite en Provence, en 1622. Il meurt l'été suivant ; on l'enterre aux Aygalades, dans l'église des Carmes.

YVETTE QUENOT.

RÉF. : François Ruchon, *Essai sur la vie et l'œuvre de Jean de La Ceppède,* Genève, 1953. — Lance K. Donaldson-Evans, *Poésie et méditation chez Jean de La Ceppède,* Genève, 1969. — Yvette Quenot, *Les Lectures de Jean de La Ceppède,* Genève, 1986.

LACLOS Pierre-Ambroise Choderlos de. Écrivain né le 18 octobre 1741 à Amiens, mort le 5 septembre 1803 à Tarente (Italie). Issu d'une famille de petite noblesse récente, il est reçu au corps d'artillerie qui accepte des élèves n'ayant que trois quartiers de noblesse. Promu sous-lieutenant, il est affecté à la brigade des Colonies. À partir de 1763 (fin de la guerre de Sept Ans), il mène une vie de garnison à Toul, Strasbourg, Grenoble, Besançon, Valence, puis à l'île d'Aix où il surveille la construction d'un fort armé. Il séduit puis épouse Marie-Soûlange Duperré, fille d'un receveur des tailles de La Rochelle ; elle lui donnera trois enfants, dont un fils Étienne-Fargeau, futur officier qui mourra en 1814 pendant la campagne de France. C'est au cours de ces années de garnison que Laclos rédige ses premières œuvres : des épîtres, des poèmes, et deux contes libertins, *La Procession* et *Le Bon Choix,* publiés dans l'*Almanach des Muses.* Entre 1779 et 1782, à l'île d'Aix puis à Paris, Laclos compose *Les Liaisons dangereuses* (*), roman épistolaire dont le retentissement fut considérable, jouissant surtout d'un succès de scandale.

En 1783, l'Académie de Châlons-sur-Marne présente comme sujet de concours : « Quels seraient les meilleurs moyens de perfectionner l'éducation des femmes », thème particulièrement en vogue dans la seconde moitié du XVIIIe siècle. Laclos rédige trois essais en réponse à la question ; il s'y révèle comme un ardent féministe. Dans le premier essai il affirme que « dans toute société les femmes sont esclaves ; donc la femme sociale n'est pas susceptible d'éducation » ; il faut changer la structure sociale. Le deuxième essai, *Des femmes et de leur éducation*, est fortement inspiré du Deuxième discours de Rousseau : la société a fait d'« êtres libres » des « tyrans et des esclaves ». Le troisième essai trace pour la femme un programme pratique de lectures pour qu'elle acquière de la « raison », de la « bonté » et de l'« amabilité ». Les trois traités sont empreints de moralisme. En 1784, Laclos rédige pour le *Mercure de France* des réflexions sur le roman de miss Burney *Cécilia ;* il s'y essaie comme critique littéraire. Dans le domaine militaire, l'Académie de Dijon puis l'Académie française proposent, pour leur concours d'éloquence, un éloge du maréchal de Vauban ; en guise de réponse, Laclos fait paraître sa *Lettre à Messieurs de l'Académie française sur l'éloge de M. de Vauban* (1786). Il y prend le contre-pied de l'attitude officielle, en critiquant Vauban dont il juge les fortifications inefficaces. Ce pamphlet vaut à son auteur le désaveu du ministre, le maréchal de Ségur, pour qui Laclos est d'une part coupable d'avoir critiqué Vauban, d'autre part d'avoir publié ce texte sans autorisation officielle. Disgracié, Laclos est affecté à Metz. Sa carrière militaire tourne court en 1788, lorsqu'il se fait mettre en congé pour entrer au service du duc d'Orléans avec le titre de « secrétaire aux commandements ». Il devient l'un des principaux instigateurs de la politique du duc qui aspire à la régence du royaume en cas de déchéance de Louis XVI. En 1789, il rédige des *Instructions aux bailliages* dépendant de l'apanage du duc d'Orléans. Il y présente un programme de réformes et s'y montre attaché aux principes de la justice et de la liberté. Accusé d'avoir suscité des émeutes, Laclos suit le duc d'Orléans à Londres. En 1790, lors de son retour en France, il s'affilie à la Société des amis de la Constitution dont il rédige le *Journal,* et il devient un orateur écouté au club des Jacobins. Après Varennes, Laclos œuvre en faveur de Philippe d'Orléans ; mais, à la suite de son échec, le duc se sépare de lui.

En 1792, Laclos reprend du service dans l'armée en tant que commissaire du pouvoir exécutif. Il réorganise l'artillerie et est promu général de brigade et chef d'état-major de l'armée des Pyrénées, puis gouverneur des établissements français de l'Inde. Mais il est bientôt arrêté comme ancien partisan du duc d'Orléans et emprisonné, après avoir présenté un boulet de son invention ; sous surveillance, il en dirige les expériences. Puis il est incarcéré à nouveau et craint la guillotine. Relâché en 1794, il est alors nommé conservateur des hypothèques et rédige un article « De la guerre et de la paix » (1795), qui contient nombre de vues pertinentes sur un plan non seulement militaire et politique, mais économique et moral. Puis, ardent partisan de Bonaparte, il est réintégré dans l'armée avec le grade de général. Il entame alors une nouvelle carrière militaire à l'âge de 59 ans et est affecté à l'armée du Rhin, puis à l'armée d'Italie ; en 1803, il est chargé de la défense de Tarente, où il meurt.

La carrière militaire de Laclos fut sans éclat ; son action politique fut jugée opportuniste : partisan d'une monarchie constitutionnelle, il se rallie dans un premier temps au duc d'Orléans, puis aux Jacobins et à la République, avant d'applaudir Bonaparte. Indubitablement le général Laclos n'aurait guère laissé de traces si ce « militaire grand écrivain », comme l'appelle Léon Daudet, n'était l'auteur d'un chef-d'œuvre, *Les Liaisons dangereuses,* dont il prédisait lui-même qu'il allait « retentir encore sur la terre quand il y aurait passé ». Ses autres œuvres sont mineures, voire médiocres ; sa correspondance avec sa femme offre l'image d'un excellent mari, affectueux et quelque peu moralisateur. Quant à la correspondance avec Mme Riccoboni, elle présente un certain intérêt, car Laclos y défend ses intentions morales en tant que romancier. En 1782, après la publication des *Liaisons dangereuses,* Mme Riccoboni avait reproché au livre son immoralité, décrivant l'héroïne, Mme de Merteuil, comme une « vile créature » : « Tant de dépravation irrite et n'instruit pas. » Laclos répond en affirmant « l'impression d'horreur que le vice doit toujours exciter ». Le débat reste ouvert quand à la moralité du roman...

MADELEINE THERRIEN.

RÉF. : Roger Vailland, *Laclos par lui-même,* Paris, 1953. – Jean-Luc Seylaz, *« Les Liaisons dangereuses » et la création romanesque chez Laclos,* Genève, 1958. – Laurent Versini, *Laclos et la tradition,* Paris, 1968. – Madeleine Therrien, *« Les Liaisons dangereuses », une interprétation psychologique,* Paris, 1973. – René Pomeau, *Laclos,* 1975. – Georges Poisson, *Choderlos de Laclos,* Paris, 1985.

LACORDAIRE Jean Baptiste Henri Dominique. Prédicateur et écrivain. Né à Recey-sur-Ource (Côte-d'Or) le 18 mai 1802, mort au collège de Sorèze (Tarn) le 20 novembre 1861. Bourguignon, comme Bossuet et saint Bernard, il fut comme eux un orateur-né, impétueux, passionné. Issu d'une famille de bourgeoisie aisée, d'abord élève au lycée de Dijon, il étudia le droit et vint faire son stage au barreau de Paris. À cette époque de la Restauration, alors que l'armée conspirait et que la jeunesse des grandes écoles frondait le régime et militait pour la cause des idées libérales, Lacordaire se donnait volontiers pour un voltairien. Il partageait fougueusement les rêves d'un siècle dont il écrivit plus tard qu'il « a tout aimé ». Cependant, sa vie privée restait calme, le jeune avocat subissait l'influence des pieuses exhortations de sa mère, et sa propre nature, énergique et exaltée, l'inclinait vers quelque engagement absolu. Au printemps de 1824, ayant commencé à plaider et déjà fait admirer ses dispositions à l'éloquence, il décida brusquement d'entrer au séminaire de Saint-Sulpice. Devenu prêtre, nommé aumônier de lycée, il s'ennuya, désira faire de grandes choses, et songea un instant à partir pour l'Amérique en qualité de missionnaire. Mais des préoccupations sociales semblent avoir été, pour une part du moins, à l'origine de sa vocation : s'il est entré dans l'Église, c'est parce qu'il jugeait le christianisme seul capable de sauver la société. Prêtre, il demeura fidèle à l'idéal libéral de sa génération, et s'efforça d'intégrer cet idéal dans la religion traditionnelle. Aussi, en 1830, lorsque Lamennais, évoluant de la théocratie à la démocratie, fonda le journal *L'Avenir,* dont le premier numéro parut le 16 octobre 1830, arborant la devise : « Dieu et la liberté », il prit bientôt pour principal collaborateur, avec Montalembert, l'abbé Lacordaire. Ce dernier apportait à l'entreprise commune sa note propre : tandis que la méditation de Lamennais conduisait celui-ci vers un néo-christianisme de plus en plus panthéiste, Lacordaire se consacrait à une action toute religieuse : il fit campagne pour la liberté d'enseignement, ouvrant même une école sans autorisation ministérielle, ce qui lui valut d'être traduit, ainsi que Montalembert, devant la Chambre des Pairs.

En 1832, lorsque l'encyclique *Mirari vos* condamna *L'Avenir,* Lacordaire fit aussitôt sa soumission au Saint-Siège, et peu après se sépara complètement de Lamennais. Ce fut au carême de 1835 qu'il commença ses fameuses *Conférences de Notre-Dame de Paris*, avec un immédiat et immense succès, particulièrement auprès de la jeune génération. Mais Lacordaire, qui avait été bouleversé par la crise du groupe lamennaisien et par l'apostasie de son ancien maître – v. *Considérations sur le système philosophique de Lamennais,* 1834 –, éprouvait le besoin d'enraciner solidement son apostolat dans la tradition catholique. Il partit donc pour Rome, y fit une longue retraite et, en 1839, au couvent de la Minerve, revêtit l'habit dominicain. L'ordre des Frères Prêcheurs, supprimé par la Révolution, n'existait plus en France, et le rôle qu'il avait joué dans l'Inquisition le déconsidérait auprès de l'opinion libérale. Aussi Lacordaire se voua-t-il à la double tâche de le réhabiliter, en publiant une *Vie de saint Dominique* (1841), et d'obtenir sa restauration en France, qu'il demande par un retentissant mémoire. En cette même année 1841, avec une expérience mûrie, Lacordaire reparut à la chaire de Notre-Dame ; mais le prêtre moderne, dans la pensée de Lacordaire, devait être présent à tous les grands mouvements de son époque : en 1848, on vit donc le dominicain, dans sa robe blanche, siéger à l'extrême gauche de l'Assemblée constituante où l'avaient envoyé les électeurs des Bouches-du-Rhône. Il y brilla peu cependant, et donna sa démission dès le coup de force du 15 mai, ainsi rendu à son indépendance, à ses conférences qui avaient exercé une si grande séduction sur un public à la fois universitaire et mondain ; mais ce fut à l'ordre de Saint-Dominique qu'il voulut d'abord se consacrer. En 1850, il obtint du pape l'érection des couvents français en province particulière dont il fut nommé provincial ; quatre ans plus tard, il prenait la direction du collège de Sorèze qu'il avait fondé dans le Toulousain. C'était là qu'il devait mourir, ayant consacré ses dernières années à la direction des jeunes gens. Le 24 janvier 1861, il avait été admis à l'Académie française, au fauteuil de Tocqueville.

On pourrait envisager l'influence de Lacordaire selon trois directions essentielles. En politique, tout en restant rigoureusement fidèle à l'orthodoxie romaine, il a cependant continué l'œuvre de Lamennais et de *L'Avenir,* et contribué plus que quiconque à répandre les idées libérales dans le catholicisme français. À l'intérieur de l'Église, avec dom Guéranger et Montalembert, il a suscité le renouveau monastique du monde moderne. Sa biographie, enfin, a proposé un nouveau style de vie sacerdotale s'efforçant de concilier l'appel de Dieu et les appels divers, politiques, littéraires, sentimentaux, d'une époque. Lacordaire, pourrait-on dire, fut un prêtre « engagé ». De là le caractère particulier de sa prédication. Comme elle est loin de celle d'un Bossuet ou d'un Bourdaloue ! Elle manque surtout de la solidité doctrinale des maîtres du « grand siècle ». L'argumentation est facile, l'orateur prend souvent des images luxuriantes et des comparaisons pittoresques pour des raisonnements. Mais ce n'est pas à la tête qu'il veut d'abord toucher, c'est au cœur. Ce qu'il eut, c'était le pathétique, l'émotion communicative, irrésistible. Il n'a pu former des esprits, mais il a réveillé des âmes et maintenu dans un siècle de doute et de songes la réalité du souci chrétien. Telle fut sa vocation : non celle d'un théologien, mais celle d'un poète religieux.

MICHEL MOURRE.

♦ *« J'ai l'âme extrêmement religieuse et l'esprit très incrédule ; mais, comme il est dans la nature de l'esprit de se laisser subjuguer par l'âme, il est probable qu'un jour je serai chrétien. »* Lacordaire, lettre datée de 1823. ♦ *« Cette physionomie singulière, originale, attrayante, si peu gallicane et si française, qui plaît jusque dans ses hasards, où le naturel se dégage en jets heureux de quelques bizarreries de goût, où l'audace ne compromet pas de réelles beautés... »* Sainte-Beuve.

RÉF. : Mgr Gillet, *Lacordaire,* Paris, 1951. — J. Peyrade, *La Conversion de Lacordaire ou le Baptême du romantisme,* 1966. — F. Mauriac, *Lacordaire,* Paris, 1976. — J. Y. Chevalier, *La Pensée religieuse chez Lacordaire,* Thèse, Paris, 1978.

LACRETELLE Jacques de. Écrivain né le 14 juillet 1888 à Cormatin (Saône-et- Loire) dans une famille d'historiens, dont deux membres appartinrent jadis à l'Académie française, mort à Paris le 2 janvier 1985. Fils de diplomate, il entreprend, dès l'âge de dix ans, de nombreux voyages, activités dont il ne se lassera pas au cours de sa vie, et qui sont souvent à la source de ses inspirations romanesques. Après avoir fait des études au lycée Jeanson-de-Sailly, puis à Cambridge, il publie *La Vie inquiète de Jean Hermelin* (1920), qui est un peu le reflet de sa jeunesse passée dans un climat social conformiste et traditionaliste. Il sent croître sa vocation d'écrivain, rencontre Anatole France et Marcel Proust, et il écrit *Silbermann* (1922), histoire de la persécution d'un jeune juif par ses camarades de lycée catholique. Ce livre obtint le prix Femina et remporta un grand succès. Cependant, Jacques de Lacretelle collabore à différentes revues, notamment *La Nouvelle Revue française* (*). Il voyage en Grèce, en Italie et en Espagne.

Jacques de Lacretelle publie toute une série de romans et de récits, dans lesquels il se montre un analyste de la famille de Balzac et de Flaubert : *La Bonifas* (1925), *L'Âme cachée* (1929), et surtout *L'Amour nuptial* (1930), qui obtient le grand prix du roman de l'Académie française. Après *La Monnaie de plomb* (1929) et *Le Retour de Silbermann* (1932), il publie en quatre volumes *Les Hauts-Ponts* (1932-35), qui est à la fois une étude historique et un essai psychologique sur une famille vendéenne. Après la Seconde Guerre mondiale, il écrit moins de romans – *La Longue Nuit* (1945), sur l'occupation allemande, *Deux cœurs simples* (1953), *Le Pour et le Contre* (1946) — mais beaucoup plus d'études et de récits de voyages : les unes sur *Racine* en 1949 et en 1970 (son épouse est une descendante du dramaturge), les autres sur ses séjours en Grèce : *Le Demi-Dieu ou le Voyage en Grèce* (1944), *La Grèce que j'aime* (1960), et des études d'histoire littéraire : *La Galerie des amants* (1963), *L'Amour sur la place* (1964), *Portraits d'autrefois, figures d'aujourd'hui* (1973).

Son style simple, la finesse de ses analyses donnent aux romans et aux essais de Jacques de Lacretelle une allure classique, que tempèrent la tristesse et la mélancolie de leur ton.

JOËL SCHMIDT.

LA FAYETTE Marie-Magdeleine Pioche de La Vergne, comtesse de. Écrivain. Née et morte à Paris (18 mars 1634-25 mai 1693). Fille d'un gentilhomme de petite noblesse, simple écuyer, mais passionné de littérature, elle passa sa première enfance au Havre où son père exerçait le commandement de la place au nom du marquis de Brézé. En 1640, la famille revint à Paris et s'installa dans un hôtel du quartier du Luxembourg. M. de La Vergne mourut en 1649 et, un an plus tard, la mère de la future romancière se remaria avec Renaud de Sévigné, oncle de la marquise de Sévigné ; la jeune Marie-Magdeleine, sa cadette de huit ans, fut présentée à celle-ci en 1652 et les deux femmes restèrent toujours amies. C'est le 15 février 1655, à l'âge de vingt et un ans, que Marie-Magdeleine de La Vergne épousa à Paris Jean-François Motier, comte de La Fayette et frère d'une ancienne favorite de Louis XIII. De cette union naquirent deux fils ; mais, pour la jeune femme qui avait déjà, semble-t-il, connu une grave déception sentimentale, le comte de La Fayette fut le moins encombrant des maris : comme il n'aimait que la campagne, il se retira bientôt dans son domaine d'Auvergne et laissa la comtesse vivre à Paris. Peu après son mariage, Mme de La Fayette fit la connaissance de La Rochefoucauld ; mais celui-ci était alors tout entier sous l'influence de Mme de Sablé, et ce n'est qu'une dizaine d'années plus tard, vers 1665, lorsque Mme de Sablé se fut tournée décidément vers l'Église, que commença l'étroite et fameuse amitié de l'auteur des *Réflexions ou Sentences et Maximes morales* et de Mme de La Fayette. Mais, à cette époque, celle-ci avait déjà fait ses débuts littéraires. Sa première œuvre fut sans doute, selon une mode du temps, ce « portrait » de son amie la marquise de Sévigné, rédigé en 1659. Mme de La Fayette avait reçu une bonne éducation ; ses maîtres de latin furent le père Rapin et le docte Ménage – lequel tomba d'ailleurs amoureux de son élève et se mit un jour à la célébrer en madrigaux latins. Par La Rochefoucauld, elle noua de nombreuses relations avec le monde des lettrés ; c'est chez le duc qu'en 1665 elle entendit le jeune Racine faire la lecture de son *Alexandre le Grand* et, sept ans plus tard, le vieux Corneille déclamer sa *Pulchérie*, tandis que le 15 décembre 1673, chez Gourville cette fois, elle fit partie de la société d'élite à laquelle Boileau donna la primeur de son *Art poétique* (*). Elle avait lu enfin tous les livres de son temps, ce qui explique que ses deux premiers récits, *La Princesse de Montpensier* (1662) et *Zaïde* (1670), exploitent encore des recettes littéraires (naufrages, enlèvements, reconnaissances imprévues, etc.) dignes de La Calprenède et de Mlle de Scudéry. Cependant, Mme de La Fayette se montrait aussi attirée par l'histoire, par le détail vivant, par le trait moral, exact ; amie intime de Madame, première duchesse d'Orléans, c'est avec la collaboration de celle-ci qu'elle écrivit ces sortes de mémoires intitulés *Histoire d'Henriette d'Angleterre* ; rédigé peu après la mort de la princesse, ce livre ne fut publié qu'en 1720, à Amsterdam.

Dans quelle mesure La Rochefoucauld participa-t-il à la composition du chef-d'œuvre de Mme de La Fayette, *La Princesse de Clèves* (*) ? Une telle question pose le problème, toujours irrésolu, de la propriété réelle de Mme de La Fayette sur les ouvrages que nous lui attribuons. Cette femme de lettres était en effet, en grande dame de son temps, dépourvue de toute vanité d'auteur ; ainsi dans une lettre d'avril 1678, donc de peu postérieure à la publication de *La Princesse de Clèves*, la voit-on nier toute part dans la rédaction de ce livre. Et c'est à Segrais, familier de La Rochefoucauld et auteur du discours préliminaire des *Réflexions...*, que le public attribua le roman ; n'était-ce point d'ailleurs le même Segrais qui avait signé les deux premiers livres de la comtesse ? Il n'est pas douteux qu'il y fit des corrections de style ; mais peut-être, à part cela, ne s'occupa-t-il que des démarches auprès du libraire en vue de la publication. Lui-même, quoique revendiquant « quelque part dans la disposition du roman », a affirmé expressément que *La Princesse de Clèves* et *Zaïde* étaient bien de Mme de La Fayette. Parmi les collaborateurs de celle-ci, on a également cité les noms de Ménage, de Corbinelli et, naturellement, de La Rochefoucauld. *La Princesse de Clèves* était en tout cas une œuvre représentative de toute la nouvelle école littéraire ; elle est d'ailleurs le premier livre qui corresponde à la conception moderne que nous avons du roman. Le livre parut le 17 mars 1678 et eut un immense succès : Mme de Sévigné clama son enthousiasme ; Fontenelle lut et relut le livre quatre fois ; Boursault en fit une tragédie en cinq actes ; Valincour passionna l'opinion en publiant ses *Lettres à Mme la marquise de X... sur le sujet de « La Princesse de Clèves »* (1678), auxquelles répliqua l'abbé de Charnes par sa *Conversation sur la critique de « La Princesse de Clèves »* (1679).

En 1680 mourut La Rochefoucauld ; si les relations de celui-ci avec Mme de La Fayette restent entourées d'un réel mystère (protégé, semble-t-il, par une tacite entente de leurs amis), nous avons pourtant à ce sujet un mot révélateur de Mme de Sévigné : « Je crois que nulle passion ne peut surpasser la force d'une telle liaison. » Au point de vue littéraire et spirituel, ils s'influencèrent réciproquement, car si la concision de *La Princesse de Clèves* doit certainement beaucoup au duc, Mme de La Fayette adoucit heureusement l'état d'esprit janséniste que son amitié avec Mme de Sablé avait confirmé chez La Rochefoucauld. Peut- être même le persuada-t-elle d'atténuer plusieurs maximes par trop rigoureuses, et l'on cite souvent d'elle cette parole : « M. de La Rochefoucauld m'a donné de l'esprit, mais j'ai réformé son cœur. » Son ami disparu, elle s'enferma dans la solitude. Elle avait quitté la Cour après la mort mystérieuse de Madame, dont elle nous a laissé une description émouvante. Des *Mémoires de la cour de France pour les années 1688 et 1689,* qui ne furent publiés qu'en 1731, lui sont parfois attribués sans raison évidente. Elle mourut d'une maladie de cœur dont elle était depuis longtemps atteinte et qui lui causa de multiples souffrances. En juin 1724 parut dans le *Mercure galant* une œuvre inédite, *La Comtesse de Tende,* « nouvelle historique », écrite probablement en 1664.

MICHEL MOURRE.

♦ « *Elle était fort jolie et fort aimable, et elle avait, de plus, beaucoup d'air de Mme de Lesdiguières. Elle me plut beaucoup ; la vérité est que je ne lui plus guère.* » Cardinal de Retz. ♦ « *La femme de France qui avait le plus d'esprit et qui écrivait le mieux.* » Boileau. ♦ « [Elle fit] *les premiers romans où l'on vit les mœurs des honnêtes gens et des aventures naturelles décrites avec grâce. Avant elle, on écrivait d'un style ampoulé des choses peu vraisemblables.* » Voltaire. ♦ « *Ce style est aussi mesuré que noble ; au lieu d'exagérer, il atténue. Mme de La Fayette n'élève jamais la voix. Son ton uniforme et modéré n'a point d'accent passionné ni brusque... Presque toujours les habitudes de l'esprit annoncent les habitudes du cœur. Ici les émotions sont aussi délicates que la manière de les dire ; on reconnaît le tact exquis d'une femme et d'une femme de haut rang.* » Taine.

RÉF. : S. Doubrovski, « *La Princesse de Clèves* » : *une explication existentielle*, Paris, 1959. – B. Pingaud, *Mme de La Fayette par elle-même*, Paris, 1965. – M. Laugaa, *Lectures de Mme de La Fayette*, Paris, 1971. – R. Francillon, *L'œuvre romanesque de Mme de La Fayette*, Paris, 1973. – P. Malandain, *Mme de La Fayette, « La Princesse de Clèves »*, Paris, 1985. – R. Duchêne, *Mme de La Fayette*, Paris, 1988 (biographie). – R. Duchêne, P. Ronzeaud, *« La Princesse de Clèves », « La Princesse de Montpensier »*, Actes de Marseille, 1990.

LA FONTAINE Jean de. Poète né à Château-Thierry le 7 ou 8 septembre 1621, mort à Paris le 13 avril 1695. Il était issu d'une famille aisée, de bonne bourgeoisie et de noblesse de robe. Sa mère, veuve d'un premier mariage avec un riche marchand de Coulommiers, se nommait Françoise Pidoux ; son père avait les charges de maître des eaux et forêts et capitaine des chasses de Château-Thierry, juridiction qui relevait du duc de Bouillon, aristocrate très puissant. Il possédait dans cette ville, dans le beau quartier de l'époque, une vaste demeure à aspect de gentilhommière, avec deux ailes à tourelles, large cour et jardins à l'arrière, qui avait été construite au siècle précédent ; elle subsiste encore, et le musée La Fontaine y est installé, mais elle a été en partie défigurée. Ses parents sont déjà d'un certain âge quand naît ce premier enfant ; ils auront un cadet en 1623. Il fait ses études à Château-Thierry d'abord, puis à Paris. Le 27 avril 1641, il entre comme novice à la congrégation de l'Oratoire. Il y restera dix-huit mois. Élan de vocation ? Conflit avec son père ? Il y a là une part d'inconnu dans sa biographie. Ce qui est sûr c'est que dans sa vieillesse, La Fontaine lui-même plaisante sur ce séjour dans les ordres, et raconte que son occupation la plus assidue avait consisté à y lire *L'Astrée* (*). Mais il est possible qu'il y ait eu là rien d'autre qu'un calcul de carrière : les affaires du père n'étaient pas si florissantes et un chanoine de l'Oratoire bénéficiait d'une situation cossue. Reste qu'il quitte cette voie, et retourne vers Paris, où il se fait recevoir comme avocat en la cour du Parlement. Il est certain qu'il a acquis des compétences juridiques, comme certains aspects de sa carrière sociale l'attesteront ensuite. Dès 1646, il fréquente les cercles littéraires de la capitale, il côtoie Conrart, secrétaire de l'Académie, et participe aux réunions d'un groupe qui a pris pour nom, par plaisanterie : « Les Chevaliers de la Table ronde » ; il y retrouve Maucroix, son ami de longue date, Furetière, Cassandre, Patru, avocat réputé et écrivain considéré, plus âgé que la moyenne du groupe, prosateur puriste dans la lignée malherbienne, et qui animera plus tard le *Dictionnaire de Richelet* ; Pellisson, lors de son premier séjour à Paris, a aussi fréquenté ces réunions. Tout cela est conforme aux usages de ce temps et de ce milieu, tant pour les études que pour les accointances entre gens de lettres. Le trait le plus notable, en fait, est qu'à cet âge-là (vingt-cinq ans), les jeunes lettrés de ce siècle s'étaient en général déjà signalés par quelques publications, alors que La Fontaine, lui, ne semble avoir encore rien donné. Les témoignages de l'époque disent qu'il rimait depuis le temps de ses études, ce qui est vraisemblable, mais il n'a pas publié, et on n'a pas conservé ses écrits de jeunesse.

En 1647, il se marie. Il épouse Marie Héricart : mariage de raison ; elle a quatorze ans et demi, elle est d'une bonne famille bourgeoise de Château-Thierry (et apparentée de loin à l'une des branches de la famille de Racine). Elle aussi est curieuse de littérature, grande liseuse, amatrice de réunions entre lettrés de la ville. Le ménage ne semble pas avoir été très uni ; pour des raisons de gestion, il procédera à une séparation des biens entre époux en 1659, et en fait, assez vite, ils vivront chacun de leur côté, se séparant tout à fait sur la fin de leur vie.

En 1652, il achète une charge de « maître des eaux et forêts », charge modeste puisqu'il n'est que « maître particulier triennal », mais qui lui donne un statut. Il hérite quelques années plus tard des deux charges de son père. Il a exercé ces fonctions pendant une vingtaine d'années, avant de s'en débarrasser pour clarifier ses affaires financières et pouvoir être à plein temps à Paris, se consacrer à sa carrière d'écrivain. Elles ne l'occupaient pas tout au long de son temps, mais elles n'étaient pas non plus une sinécure. Il vivait ainsi entre sa province et Paris, entre des responsabilités administratives d'un côté, les mondanités et la littérature de l'autre. Là encore, situation semblable à celle de beaucoup d'écrivains de l'époque, obligés d'avoir une place dans le clergé ou un emploi pour subsister, les droits d'auteur étant alors encore plus incertains qu'aujourd'hui. Ce qui est notable dans le cas de La Fontaine, c'est qu'il finira par réussir à se débarrasser de ses charges et à se consacrer tout entier à la vie mondaine et au rôle d'écrivain.

Ses débuts dans la carrière littéraire se dessinent en 1654, où il fait paraître une comédie imitée de Térence, *L'Eunuque*. Un embryon de réputation dans le petit milieu des lettres, et ses relations (Pellisson devient secrétaire de Fouquet, alors en plein essor dans sa carrière de ministre) lui permettent de se placer dans la clientèle du surintendant des Finances, et de trouver là un contexte propice pour développer son œuvre : le mécénat de Fouquet lui apporte un appui décisif pour se lancer. Il lui dédie son poème d'*Adonis* en 1658 ; Fouquet lui fait une pension que La Fontaine restitue sous forme de petits poèmes à l'intention et l'éloge du ministre et de son épouse.

Il devient un habitué du salon de celle-ci, où se tiennent des réunions littéraires et mondaines qui sont les plus brillantes de la fin des années 1650. Il côtoie ainsi Gombauld, Ménage, Pellisson, Madeleine de Scudéry, qui sont en vedette du courant « galant », qui représente alors la tendance dominante. Bientôt, dès 1660, il se lie d'amitié avec l'abbé Le Vasseur et (effet des liens familiaux évoqués plus haut) avec Racine, alors tout jeune débutant, et qui l'admire comme un aîné déjà confirmé dans la carrière d'écrivain. C'est le moment où il compose *Le Songe de Vaux*, ouvrage à la gloire de Fouquet et de son château de Vaux-le-Vicomte, mais aussi ouvrage de réflexion sur les arts, à la gloire de la littérature : quoique restée inachevée, cette œuvre est une manifestation tout à fait caractérisée de l'esthétique galante, et elle marque une manière qui demeurera significative dans tous les écrits ultérieurs de La Fontaine. Fouquet est arrêté le 5 septembre 1661. La Fontaine demeure fidèle à son protecteur en disgrâce, composant en sa faveur un appel au roi, l'*Élégie aux nymphes de Vaux*. Prise de position courageuse, d'autant que son oncle par alliance, Jannart, homme de loi mêlé aux affaires de Fouquet, se trouvait lui aussi compromis dans la chute du surintendant. De fait, La Fontaine se voit assigner en 1663 un temps d'exil en compagnie de Jannart, en Limousin, circonstance qui produit un ensemble de lettres à son épouse, composant une *Relation d'un voyage de Paris en Limousin*.

Privé des avantages que lui procurait le clientélisme auprès de Fouquet, La Fontaine se retourne vers une clientèle plus traditionnelle pour sa famille, celle du duc de Bouillon. Grâce à la protection de celui-ci, il reçoit (juillet 1664) une charge de gentilhomme servant de Marguerite de Lorraine, veuve de Gaston d'Orléans (le frère de Louis XIII) au palais du Luxembourg. Il fréquente les salons de l'Hôtel de Nevers, où se retrouvent les anciens fidèles de Fouquet, et de la duchesse de Bouillon. Au même moment, il a des contacts avec les milieux jansénistes... Les années 1660 sont les plus productives de sa vie littéraire. Il publie ses premiers *Contes* en 1665, ses premières *Fables* (*) (livre I à VI) en 1668. Et il obtient très vite du succès, en partie un succès de scandale dû au caractère licencieux de ses *Contes,* qui sont bientôt frappés de censure et interdits de diffusion (mais leur vente continue sous le manteau). Dans les années suivantes, il publie le roman de *Psyché*, le poème mythologique de *Clymène,* des poèmes divers. Et en même temps que ces ouvrages profanes, souvent galants, parfois licencieux, il compose et publie des œuvres à caractère religieux : le poème de *La Captivité de saint Malc,* une paraphrase de Psaume, un *Recueil de poésies chrétiennes* dont il est le maître d'œuvre... Il apparaît ainsi comme un des auteurs les plus polygraphes de son époque, chose que la tradition scolaire a un peu perdue de vue en ne retenant que les *Fables* et, accessoirement, les *Contes.* Dans cette diversité des genres, il privilégie les formes que la poétique de l'époque considérait comme mineures, et qui par conséquent y étaient moins nettement codifiées : cela lui permet de les traiter avec une plus grande liberté de ton et de manière. Les *Contes* représentent un maximum de cette liberté. Mais après les avoir largement exploités durant une dizaine d'années, La Fontaine s'en détourne après 1674, cherchant d'autres espaces d'écriture à explorer. Il faut noter également, pour cette période d'intense production littéraire, qu'elle vient au moment où il a largement dépassé la quarantaine : entré tardivement dans l'activité littéraire plénière, il s'y montre singulièrement prolixe, comme si des idées et des essais stockés et mûris des années durant trouvaient enfin leur aboutissement.

En 1672, la duchesse d'Orléans meurt. Toujours en quête de protecteurs, selon l'image ancienne du poète installé sous la protection d'un grand mécène, La Fontaine trouve alors accueil chez Mme de La Sablière. Héritière de la famille de Rambouillet et de sa tradition de curiosité littéraire, elle tenait chez elle un des salons intellectuels et mondains les plus brillants du moment, y recevant aussi bien des savants que des poètes et des dames de la belle société. Il reste mal vu du roi et de Colbert, suite à la fidélité qu'il a témoignée à Fouquet. Mais il recherche pourtant un retour en grâce, a ses entrées à la Cour, et parvient à se glisser dans l'entourage de Mme de Montespan, comme son ami Racine l'a fait avant lui, et figure avec ce dernier et Boileau dès 1674 dans le groupe des poètes qu'elle déclare protéger, qui formeront ce qu'à la suite d'une anecdote de cour (une maquette garnie de figurines offerte par Mme de Montespan et sa sœur Mme de Thianges au duc du Maine) on appelle alors la « chambre sublime », et qui est le noyau du parti des Anciens, dans la querelle des Anciens et des Modernes qui couve déjà. La Fontaine, en ces années, élabore son second recueil de *Fables.* Il donne en 1678 et 1679 les livres VII à XI de cette œuvre. Il tente aussi de s'imposer dans la production théâtrale, selon une tentation qui l'a toujours tenu (et qui en ce siècle où le théâtre est le genre le plus en vogue est usuelle comme voie de carrière) : il collabore avec Lully et rime le livret de l'opéra *Daphné*, que Lully finalement refuse. Il fera diverses autres tentatives, sans jamais aboutir vraiment en ce domaine.

En 1680, Mme de La Sablière, vieillissante, se convertit à une pratique religieuse plus rigoriste, change de résidence et de mode de vie. Elle continue à protéger La Fontaine et à subvenir à l'essentiel de ses besoins. La Fontaine est alors d'une activité mondaine fébrile, en relations avec nombre d'écrivains (aussi bien les doctes jésuites Bouhours et Rapin que les libres-penseurs Chaulieu et Saint-Évremond, le jansénisant Boileau), d'artistes (Mignard, Girardon), et auprès des aristocrates, des gens de finances (D'Hervart), et à la Cour. En 1683, il est élu à l'Académie, élection qui avait d'abord été refusée par Louis XIV et Colbert. Il y donne, pour son entrée, une première lecture de son *Discours à Mme de La Sablière* qui est, pour cet écrivain déjà vieux, un retour sur lui-même et un aveu de son « inquiétude ». Il donne en 1682 et 1685 des recueils de poésies diverses, et un poème du *Quinquina,* nouveauté médicale alors à la mode. Il travaille à ses dernières fables. Il se mêle aux querelles qui agitent le monde littéraire et académique dans les années 1680, prenant position contre Furetière, pourtant jadis son ami, dans l'affaire du *Dictionnaire universel*, se rangeant dans le parti des Anciens, mais de façon modérée, nuancée et humoristique, dans la querelle des Anciens et des Modernes, ménageant à la fois Perrault, leader des Modernes, et Boileau, champion de l'autre camp, qui sont tous deux ses amis. Fin 1692, il est gravement malade. Il promet, en cette occasion, de ne plus rien écrire de licencieux et de consacrer le reste de sa vie à des ouvrages de piété ; une tradition dit qu'il aurait solennisé cette promesse et fait la revue de ses fautes passées devant une délégation de l'Académie... Mme de La Sablière étant morte en janvier 1693, il va alors s'installer chez les D'Hervart. En 1694, il publie le dernier livre des *Fables.* Il meurt chez les D'Hervart au printemps suivant.

Sa biographie et sa carrière littéraire sont, pour leurs traits généraux, dans la norme de ce qui composait la vie des poètes à cette époque. La recherche constante de « patrons », protecteurs et mécènes, montre que La Fontaine conservait des traits de mentalité ancienne, misant sur une figure de l'écrivain au service des grands plus que sur une carrière littéraire au sens moderne : mais ce trait de mentalité, s'il se nuance chez quelques-uns, est banal chez les écrivains de son temps. Comme y est banale aussi la polygraphie. Et il a été, comme d'autres mais plus que d'autres, affublé dès son vivant d'une image de rêveur impénitent : « un garçon de belles-lettres et qui fait des vers » et qui « est encore un grand resveur » dit de lui Tallemant dans ses *Historiettes*, dès le début de sa carrière. Cette image, il l'a reprise à son compte et lui-même entretenue. C'est aussi qu'elle lui servait à justifier les libertés d'allure, de pensée et d'écriture par lesquelles il nourrissait sa création. Et de fait, en un temps où les poètes étaient légion, même si l'Histoire en a oublié le plus grand nombre, il apparaît comme un des plus prolixes et, en termes formels, un de ceux qui ont exploré le plus de voies diverses, un des plus inventifs.

ALAIN VIALA.

XVIIe siècle ♦ *« La Fontaine* [...] *est un peu sorti de son cercle... Il n'y a que ses fables et que ses contes que l'on puisse louer hardiment, parce que cette nature d'ouvrage tombe dans le propre caractère de son esprit. Tout le reste ne plaît pas de même... »* G. Guéret, vers 1669. ♦ *« N'avez-vous point trouvé jolies les cinq ou six fables de La Fontaine qui sont dans un de tomes que je vous ai envoyés ? Nous en étions l'autre soir ravis chez M. de La Rochefoucauld... » « Je voudrais faire une fable qui lui fît entendre combien cela est misérable de forcer son esprit à sortir de son genre, et combien la folie de vouloir chanter sur tous les tons fait une mauvaise musique. Il ne faut point qu'il sorte du talent qu'il a de conter. »* Mme de Sévigné, 1671. ♦ *« ... La Fontaine, si connu par ses fables et ses contes, et toutefois si pesant en conversation. »* Saint-Simon, 1695.

XVIIIe siècle ♦ *« On fait apprendre les fables de La Fontaine à tous les enfants, et il n'y en a pas un seul qui les entende. Quand ils les entendroient, ce seroit encore pis ; car la morale en est tellement mêlée et si disproportionnée à leur âge qu'elle les porteroit plus au vice qu'à la vertu. »* J.-J. Rousseau, 1762. ♦ *« La Fontaine n'était pas né inventeur ; ce n'était pas un écrivain sublime, un homme d'un goût toujours sûr, un des premiers génies du grand siècle ; et c'est encore un défaut très remarquable dans lui de ne pas parler correctement sa langue : il est dans cette partie très inférieur à Phèdre ; mais c'est un homme unique dans les excellents morceaux qu'il nous a laissés ; ils sont dans la bouche de tous ceux qui ont été élevés honnêtement ; ils contribuent même à leur éducation et iront à la dernière postérité. »* Voltaire, 1771.

XIXe siècle ♦ *« La Fontaine est en si haute estime chez les Français non à cause de sa valeur poétique, mais à cause de la grandeur de son caractère, qui se manifeste à travers ses écrits. »* Goethe, 1824. ♦ *« Ôtez à La Fontaine ses incorrections, il perdra une partie de sa naïveté. »* Chateaubriand. ♦ *« Le caractère tout à fait gaulois de ce poète lui a fait trouver grâce et faveur dans sa postérité gauloise comme lui, malgré ses négligences, ses immoralités, ses imperfections et ses pauvretés d'invention* [...] *À l'exception de quelques prologues courts et véritablement inimitables de ses fables, le style en est vulgaire, inharmonieux, disloqué, plein de constructions obscures, baroques, embarrassées, dont le sens se dégage avec effort et par circonlocutions prosaïques. Ce ne sont pas des vers, ce n'est pas de la prose, ce sont des limbes de la pensée. »* Lamartine. ♦ *« La Fontaine est le seul qui n'ait point expié le don de son génie par le malheur. Mais aussi sut-il cultiver la muse pour la muse elle-même et, loin d'escompter avidement ses inspirations en applaudissements fugitifs, en richesses, en honneurs, il se crut assez payé par les délices de l'inspiration et il en trouva l'extase trop voluptueuse pour la quitter et se jeter dans les embarras de la vie ! »* Balzac.

XXe siècle ♦ *« Il court sur La Fontaine une rumeur de paresse et de rêverie, un murmure ordinaire d'absence et de distraction perpétuelle qui nous fait songer sans effort d'un personnage fabuleux, toujours infiniment docile à la plus douce pente de sa durée* [...] *Prenons garde que la nonchalance, ici* [Adonis], *est savante ; la mollesse, étudiée ; la facilité, le comble de l'art. Quant à la naïveté, elle est nécessairement hors de cause : l'art et la pureté si soutenue excluent à mon regard toute paresse et toute bonhomie* [...] *Même un fabuliste est loin de ressembler à ce distrait, que nous formions distraitement naguère. Phèdre est tout élégance, le La Fontaine des Fables est plein d'artifices. »* Paul Valéry. ♦ *« L'art de La Fontaine est de dire légèrement et comme en jouant cette accablante vérité que Nietzsche, en 1870, étale avec une pathétique éloquence. »* A. Gide.

RÉF. : A. Walckenaer, *Histoire de la vie et des ouvrages de La Fontaine,* Paris, 1820. — H. Taine, *La Fontaine et ses Fables,* Paris, 1860. — Saint-Marc-Girardin, *La Fontaine et ses Fables,* Paris, 1867.

– Chamfort, *Éloge de La Fontaine,* Paris, 1874. – P. Mesnard, *Notice biographique sur La Fontaine,* en tête du t. Ier de ses *Œuvres,* éditées par H. Régnier, Paris, 1883. – Em. Faguet, *La Fontaine,* Paris, 1889. – L. Roche, *La Vie de Jean de La Fontaine,* Paris, 1913. – G. Michaut, *La Fontaine* 2 vol., Paris, 1913-1914. – J. Demeure, *Les Quatre Amis de Psyché,* 1928. – F. Gohin, *Les Comédies attribuées à La Fontaine,* Paris, 1935. – H. Busson, *La Fontaine et l'âme des bêtes,* in *Rev. d'hist, litt. de la F.,* 1935 et 1936. – Jean Giraudoux, *Les Cinq Tentations de La Fontaine,* Paris, 1938. – P. Clarac, *La Fontaine et Port-Royal,* in *Revue d'histoire de la philosophie,* 1943 ; *La Fontaine, l'homme et l'œuvre,* Paris, 1947. – L. Petit, *La Fontaine et Saint-Évremond,* Paris, 1953. – R. Kohn, *Le Goût de La Fontaine,* Grenoble, 1962. – J.-P. Collinet, *Le Monde littéraire de La Fontaine,* Paris, 1970. – G. Mongrédien, *Recueil de textes et documents du* XVIIe *siècle relatifs à La Fontaine,* Paris, C.N.R.S., 1973. – J. Grimm, *La Fontaine's Fabeln,* Stuggart, 1988. – J.-P. Collinet, *La Fontaine en amont et en aval,* Pise, 1990. – R. Duchêne, *La Fontaine,* Paris, 1990. – P. Dandrey, *La Fabrique des fables,* Paris, 1991. – M. Fumaroli, *Le Poète et le Roi. Jean de La Fontaine en son siècle*, 1997.

LAFORGUE Jules. Poète né à Montevideo le 16 août 1860, mort à Paris le 29 août 1887. Son père, Charles-Benoît, d'origine tarbaise, fut professeur libre, puis employé de banque ; sa mère, Pauline-Ernestine Lacolley, née au Havre de parents bretons, eut onze enfants et mourut en couches à la naissance du douzième. En 1866, Jules Laforgue entra comme pensionnaire au lycée de Tarbes avec son frère aîné Émile ; ils y demeurèrent sept ans ; puis la famille, retournée en Amérique dans l'intervalle, s'étant transportée à Paris, il poursuivit ses études au lycée Fontanes (depuis Condorcet). Après son échec au baccalauréat et le retour de ses parents dans le Midi, il commença de fréquenter les milieux littéraires, dont le cercle des Hydropathes, où il se lia avec Charles Cros, Rollinat, Goudeau, Bourget (qui n'était encore que l'auteur de vers sentimentaux et faciles). Laforgue vivait d'humbles emplois, de travaux de copie pour Charles Éphrussi, critique d'art, écrivait aux petites revues, correspondait avec Gustave Kahn, alors zouave en Algérie. Sur le conseil de celui-ci, il renonçait à publier ses premiers poèmes, *Le Sanglot de la terre*, et inaugurait, en même temps que l'auteur des *Palais nomades,* une technique libérée du vers. À la fin de 1881, par l'entremise de Bourget, il obtint un poste de lecteur auprès de l'impératrice Augusta, grand-mère du futur Guillaume II, et séjourna à Berlin, accompagnant la souveraine dans ses déplacements à Bade, à Coblence et jusqu'à Elseneur, où il dut croiser l'ombre d'Hamlet et concevoir le thème d'un de ses plus jolis contes des *Moralités légendaires* (*).

Rentré en France, il y rejoignit Kahn, qui avait reçu d'Allemagne les premières *Complaintes*. L'admirable recueil parut en 1885, un an après la révélation par Verlaine, dans ses *Poètes maudits*, des *Amours jaunes* (*) de Tristan Corbière. Bien que Laforgue s'en soit défendu jusqu'à dénigrer son prédécesseur, l'influence de Corbière, intermittente, est indéniable, si émouvante et profonde que demeure l'originalité du génie laforguien : art, vraiment, qui échappe à toute analyse comparative, fait de douceur, de gouaille, tout cela porté sur une mélodie tenant à la fois de la chanson populaire et du lied le plus raffiné. Enfin, l'amour, dont le poète n'avait jusque-là connu que les déceptions, se transfigura soudain sous les traits d'une jeune Anglaise, Leah Lee, fréquentée quelques mois plus tôt à Berlin, d'où il l'emmena en France et qu'il épousa à Londres le 31 décembre 1886. Déjà miné par la phtisie, il eut encore le temps de composer et de publier le délicieux *Concile féerique*, les chansons cruelles et suaves de *L'Imitation de Notre-Dame la Lune*, de collaborer à *La Vogue* – fondée par Kahn et où il découvrit les *Illuminations* (*) de Rimbaud –, et d'achever les *Moralités légendaires* (qui ne verront le jour que posthumes). Quelques proses de Laforgue furent encore insérées dans *La Revue indépendante* d'Édouard Dujardin et dans les *Entretiens politiques et littéraires* de Teodor de Wyzewa. Il s'était revélé critique d'art perspicace et pertinent dans des chroniques éparpillées dans les revues et réunies ultérieurement en volume. Installé rue de Commaille avec sa jeune femme, le poète dut bientôt s'aliter et cesser tout travail. Au moment où son médecin décidait de l'envoyer en convalescence en Algérie, il s'éteignit sans souffrances, au milieu de l'été et dans sa vingt-septième année. La pauvre Leah, qui avait contracté son mal, lui survécut peu de mois. *Des fleurs de bonne volonté* et d'autres poèmes épars, édités par souscription et par les soins de ses amis Édouard Dujardin et Félix Fénéon, en 1890, sont sans doute les plus neufs que Jules Laforgue ait écrits et, en tout cas, restent comme l'exemple accompli du plus authentique, du plus musical vers libre – v. *Poésies* (*) de Laforgue.

♦ *« Jules Laforgue, et Tristan Corbière dans nombre de ses poèmes, sont plus proches de l'école de Donne que n'importe lequel des poètes modernes anglais. »* T. S. Eliot. ♦ *« Malgré son air mortellement moqueur, on le découvre naïf, sensible comme un enfant, doux, primitif et simple, bon supérieurement et clair. L'esprit et la blague ne sont chez lui que masques. »* Émile Verhaeren.

RÉF. : C. Mauclair, *Jules Laforgue,* Paris, 1896. – F. Ruchon, *Jules Laforgue, sa vie, son œuvre,* thèse, Genève, 1924. – L. J. Metford, *Jules Laforgue, poète de l'ennui,* thèse, Paris, 1948. – L. Guichard, *Jules Laforgue et ses poésies,* 1950. – M.-J. Durry, *Jules Laforgue,* Paris, 1952. – P. Reboul, *Laforgue*, 1960. – J. L. Debauve, *Laforgue en son temps*, 1972. – D. Grojnowski, *Jules Laforgue et l'« originalité »*, 1988.

LA HARPE Jean François de. Écrivain né et mort à Paris (20 novembre 1739-11 février 1803). Fils d'un gentilhomme suisse au service de la France, il fut orphelin de bonne heure et recueilli par les sœurs de la charité de la paroisse Saint-André-des-Arts. Admis ensuite comme boursier au collège d'Harcourt, il y fit de brillantes études. D'un naturel assez frondeur, il commit un jour l'imprudence de chansonner l'un de ses maîtres, et dut payer cher cet écart : incarcéré à Bicêtre, puis en d'autres lieux du même genre, il fut contraint d'y passer plusieurs mois sans jamais obtenir la moindre atténuation à sa peine. S'étant cru de bonne heure la vocation d'un poète, il débuta dans les lettres à l'âge de vingt ans par un médiocre recueil de vers intitulé *Héroïdes* (1759). Trois années plus tard, il donna un second recueil de la même veine : *Héroïdes et poésies fugitives* (1762). Désireux d'aborder le théâtre, il fit jouer ensuite *Warwick* (1763), tragédie qui plut à Voltaire. Dès ce jour, il se fit l'élève de ce dernier et chercha tellement à l'imiter qu'il s'attira le surnom de « Singe de Voltaire ». Sans plus attendre, il donna trois autres tragédies qui toutes furent de retentissants échecs : *Timoléon* (1764), *Pharamond* (1765) et *Gustave Wasa* (1766). Étant allé se consoler à Ferney, il reçut de Voltaire l'accueil le plus amical et, qui mieux est, le conseil de changer son fusil d'épaule, autrement dit de se consacrer à la critique littéraire. Rentré dans la capitale au début de 1768, il se fit admettre au *Mercure*, y écrivit plusieurs articles de longue haleine, et acquit assez rapidement l'audience des lettrés. Bien qu'il se fît beaucoup d'ennemis par son sectarisme, il s'imposait de plus en plus par des morceaux de bravoure, comme son *Éloge d'Henri IV* (1770), son *Éloge de Fénelon* (1771) et son *Éloge de Racine* (1772). Couronné déjà huit fois par l'Académie française, il y fut enfin reçu en 1776. Il lui prit envie alors de retourner au théâtre. Au cours des dix années suivantes, il y fit jouer plusieurs tragédies : *Menzicoff* (1776), *Les Barmécides* (1778), *Jeanne de Naples* (1781), *Philoctète* (1783), *Coriolan* (1784) et *Virginie* (1786). Sauf pour *Philoctète*, il n'obtint qu'un succès d'estime.

C'est à partir de 1786 que La Harpe allait réellement donner sa mesure en faisant son cours de littérature dans l'espèce d'établissement libre que Pilâtre du Rozier venait de fonder à Paris sous le nom de « lycée », pour l'enseignement des lettres et des sciences. Du jour au lendemain, La Harpe devint la coqueluche de la haute société parisienne. Quand survint la révolution de 1789, il ne s'en fit pas moins le farouche partisan, allant même jusqu'à se coiffer du bonnet rouge pour réciter en public certaine ode à la liberté dont il était l'auteur. Ayant été ensuite arrêté comme suspect (1794), il prit en horreur la Révolution, fit retour sur lui-même et sortit de prison tout confit en dévotion. Ayant repris ses cours au lycée, il fut proscrit au 18 Fructidor, parvint à se cacher à Corbeil et revint à Paris après le 18 Brumaire. En 1801, il eut l'imprudence de publier la *Correspondance littéraire*, recueil de lettres qu'il avait adressées de 1774 à 1791 au grand-duc Paul de Russie, le futur empereur Paul Ier, et qui étaient pleines de jugements assez sévères à l'égard de ses contemporains. De ce fait même, il fut un objet de scandale jusqu'à sa mort. Outre les ouvrages déjà cités, La Harpe traduisit la *Vie des douze Césars* de Suétone, *Les Lusiades* de Camoëns, etc. Mais il est surtout célèbre par ses cours professés au lycée qu'il publia d'ailleurs sous le titre de : *Le Lycée* (1787-1799).

ROLAND PURNAL.

♦ « [M. de La Harpe a] *du nombre, de l'éloquence, du style, de la raison, de la sagesse, mais rien qui lui batte au-dessous de la mamelle gauche.* » Diderot. ♦ « *C'est un four qui toujours chauffe et où rien ne cuit.* » Voltaire. ♦ « *Ce n'est pas un critique curieux et studieusement investigateur que La Harpe, c'est un professeur pur, lucide, animé.* » Sainte-Beuve.

RÉF. : Ant. Serieys, *Laharpe peint par lui-même*, Paris, 1817. — Gabriel Peignot, *Recherches historiques, littéraires et bibliographiques sur la vie et les ouvrages de Laharpe*, Dijon, 1820. — J. d'Hertault de Beaufort, *J.-F. de La Harpe, littérateur français*, Paris, 1904. — A. Jovicevitch, *La Harpe, adepte et renégat des Lumières*, Seton Hall Univ., New Jersey, 1973.

Lai. Le terme recouvre des réalités très différentes. Il désigne, semble-t-il, tout d'abord une composition lyrique chantée qui exprime la joie ou la douleur d'un personnage impliqué dans une aventure (non rapportée dans le lai). On trouve ainsi des lais dans le *Tristan en prose*. Le lai devint par la suite une composition lyrique qui avait ses règles. Mais le lai désigne aussi un court récit en vers. Cette évolution serai due aux harpeurs bretons qui, avant d'interpréter un lai, rappelaient brièvement l'aventure dans laquelle il s'insérait. De ces récits, ainsi qu'elle le rapporte, Marie de France tira ses contes qui s'intitulèrent *Lais*. Désormais, dans la littérature française, sous l'influence des lais de Marie de France, le mot désigne un récit rapportant une aventure merveilleuse qui a distingué un héros ou une héroïne et lui a permis d'accéder à un monde caché, réservé à quelques élus — un autre monde ; la matière en est souvent l'amour de la fée pour un mortel ou la rencontre avec un chevalier surnaturel. Le lai est écrit comme le roman en couplets d'octosyllabes, mais sa longueur varie d'une centaine à un millier de vers. À l'exemple des *Lais* de Marie de France furent écrits un certain nombre de lais anonymes qui prirent leur matière à la tradition celtique, mais le genre accepta aussi des œuvres de tonalité délicate, comme *Le Lai de l'ombre* de Jean Renart, où la tradition celtique n'a aucune part.

MICHEL ROUSSE.

Lai de l'ombre (Le). Court poème de Jehan Renart, poète du XIIIe siècle. Vraisemblablement écrit vers 1202, il semble être l'une des premières œuvres de Jehan Renart, auteur du « roman courtois » *L'Escoufle,* de « tensons » *(De Renart et de Piaudoué ; De plait Renart de Dammartin contre Vairon son roncin)* du *Roman de Guillaume de Dole. Le Lai de l'ombre* fut publié pour la première fois en 1836 dans les *Lais inédits du* XIIe *et* XIIIe *siècle* et, en édition critique, par Joseph Bédier (1890 : 2e édit. 1913). Un chevalier, accompli comme Gauvain, habile aux jeux comme Tristan, est venu au château de la dame qu'il aime sans la connaître, sinon par le renom de sa beauté. Accueilli courtoisement, il emploie toutes les manœuvres de la stratégie amoureuse pour conquérir la dame : mais elle est vertueuse et se défend comme toutes les femmes de tous les temps. Coquette, moqueuse et incrédule d'abord, puis sérieuse, puis enjouée encore, « un petit en fesant ris... », puis fâchée. Le chevalier doit en prendre son parti. Il a glissé sa bague au doigt de la dame. Elle l'oblige à la reprendre, bien qu'au fond elle soit troublée. Et c'est la scène finale, exquise, pour laquelle tout le poème de quelque mille vers a été fait. Le chevalier reprend l'anneau. Mais il ne l'emportera pas ; il le donnera, dit-il, à « ma douce amie », celle « que j'aime plus après vous. / Dieu ! fet ele. Ci n'a que nous / ou l'avez vous si tost trovee ? » « Ou est ? En nom Dieu, veez le la / vostre bel ombre qui l'atent... » Et il jette l'anneau vers l'image de sa dame reflétée dans l'eau. « L'aigue s'est un petit troublee / au cheoir que li aniaus fist / et quant l'ombre se desfit : / Veez, fet il, dame, or l'a pris... » La dame est vaincue. Elle s'étonne en elle-même de ce qui lui arrive, avec un peu de mélancolie : naguère si froide et maintenant si attendrie ! « Orainz est de m'amor si loing / cis hoin et or en est si près ! » Elle s'analyse : cela est arrivé « quant por amor a mon ombre a / geté son anel enz el puis. / Or je ne li doi je ne ne puis / plus veer [interdire] le don de m'amor. / Ne sai por qoi je li demor ». Et lucide, les yeux ouverts, elle dépose les armes. Le dialogue a une remarquable fraîcheur. Les portraits sont campés sobrement, efficacement, par larges touches. Le poème est vivant, adroit, bien mené. Toute la stratégie d'amour se développe, avec ses ruses, ses défenses, son jeu courtois, son escrime élégante, un peu précieuse. Mais, surtout, l'étude psychologique nous charme, précise, nuancée, habile, émouvante, de la dame dont nous aimerions connaître le « douz nom », mais que l'auteur matois nous a caché, peut-être pour nous souligner que sa dame, c'est la Femme. — L'édition la plus récente est celle de Félix Lecoy (Champion, Paris, 1979).

Laisse. Dans la poésie médiévale, suite de vers de même mètre, en nombre indéterminé, liés par l'homophonie de leur dernière voyelle accentuée, et formant une unité de thème ou de sens (une étape du récit, un moment du poème, un dialogue, un discours, une description, une réflexion). Le mot est utilisé, dans un sens plus vague, pour désigner un ensemble unifié par le sens à l'intérieur d'un poème long en vers mesurés ou libres.

CHRISTIAN DOUMET.

LAMARTINE Alphonse Marie Louis de. Poète, écrivain, orateur et homme d'État. Il naquit à Mâcon le 21 octobre 1790 et mourut à Paris le 28 février 1869. Son père, Pierre de Lamartine, chevalier de Pratz, capitaine de cavalerie au régiment Dauphin jusqu'en 1791, où il quitta volontairement l'armée, n'avait fortune et rang que de cadet ; sa mère, Alix des Roys, fille de la sous-gouvernante des enfants d'Orléans à Paris, épousée par amour, avait reçu une solide culture classique au chapitre noble de Saint-Martin en Beaujolais ; elle en avait rapporté un sincère sentiment de piété. Lamartine appartient donc à l'élite de la bourgeoisie et à la noblesse dite de robe ; son grand-père et son oncle Louis, possesseur du château et du domaine de Monceau, firent au total assez fastueuse figure dans leur province, mais ses aïeux ne remontent pas plus haut que le XVIe siècle.

Le chevalier de Lamartine, dès son retour en Bourgogne, décida de vivre sur sa modeste part d'héritage, le vignoble de Milly, proche de Mâcon. Royaliste fervent, qui avait combattu le 10 août 1792 pour la défense des Tuileries, il considéra dès le début Bonaparte, consul et empereur, comme un « usurpateur », et se condamna, en pleine maturité, à une morose retraite. À Alphonse, entre 1790 et 1802, il donna cinq sœurs — et un frère mort en bas âge. La première éducation de Lamartine eut lieu ainsi en pleine campagne parmi des fils de vignerons et de manouvriers. Il fréquentait l'école rurale tenue par le jeune abbé Dumont, vicaire de la paroisse de Bussières, limitrophe de celle de Milly ; il reçut de lui ses premières leçons de latin et de français. Aux veillées, sa mère contrôlait et complétait son instruction ; elle écrivait elle- même avec élégance : Fénelon et Racine étaient ses dieux, et Alphonse en récitait des pages. Au printemps de 1801, il fut placé comme interne à Lyon dans la pension Puppier ; il s'en évada ; repris, il s'y ennuya cruellement. À partir d'octobre 1803, il trouva un climat plus favorable au collège de Belley, tenu par les pères de la Foi. Il y parcourut, jusqu'au début de 1808, le cycle régulier des classes, de la troisième à la philosophie ; il y remporta des succès scolaires appréciables et y noua de solides liens d'amitié avec trois de ses camarades, Aymon de Virieu, Louis de Vignet, Prosper Guichard de Bienassis ; avec le premier qu'il appelait sa « conscience », bien que tous deux différassent d'idées et de convictions politiques, il entretint une correspondance faite de confidences et de discussions ; elle devait durer jusqu'à la mort d'Aymon en 1841.

De 1808 à la première Restauration, Lamartine demeure à Milly ; un séjour à Mâcon, dans le commun hôtel familial, rompait pour lui en hiver la monotonie des jours. Les siens ne pouvant rien faire de lui, ni dans l'armée, ni dans la diplomatie, ni dans l'administration, puisqu'il eût ainsi servi Napoléon, se décidèrent à tolérer qu'il ne fît à peu près rien. Oisiveté tout apparente ; c'est dans ces années, entre ses dix-sept et ses vingt-trois ans, que le jeune homme sent s'affirmer sa vocation poétique déjà éveillée à Belley ; un peu au hasard il fait d'amples lectures. Il se donne ainsi, sans que les siens s'en doutent, une formation personnelle qu'un voyage va compléter. Envoyé en Italie, de juillet 1811 jusqu'en avril 1812, il découvre à Florence, à Rome, surtout à Naples, l'éblouissement et la volupté de la lumière d'outremonts ; c'est à Naples qu'il séjourne le plus longtemps – près de cinq mois –, reçu chez un cousin de sa mère qui y dirigeait la manufacture des tabacs ; il y entretient une intrigue ardente avec une jeune fille qui tenait dans la maison le rôle d'intendante ; de cette Antoniella il devait faire, quarante ans plus tard, la pudique *Graziella* (*). L'influence de ce voyage fut décisive.

Aux premiers jours de la Restauration, M. de Lamartine obtient pour son fils une place de garde du corps de Louis XVIII, acceptée avec entrain ; à Beauvais d'abord, où il tient garnison, puis à Paris où il fait, quelques semaines, le « service du château » aux Tuileries, Lamartine s'y ennuie ; après s'être exilé en Suisse pendant les Cent-Jours, pour échapper au service de Napoléon, il se fait rayer des contrôles. Sa vocation littéraire l'emporte décidément sur toutes les ambitions. Ses premiers essais montraient en lui un disciple de Voltaire, de Parny, et aussi de Chateaubriand. Dès 1813, il a commencé d'écrire un poème épique et national sur *Clovis.* Dans le même temps, il conçoit une tragédie biblique, *Saül*, écrit une tragédie antique, *Médée*, commence une *Zoraïde.* Voilà pour les « grands genres ». Mais voici des inspirations plus intimes : « quatre petits livres d'élégies », écrites pour célébrer le séjour à Naples et l'ardente figure de la Napolitaine ; elle était morte, hélas ! poitrinaire, en janvier 1815, et il l'avait harmonieusement appelée « Elvire ».

À l'automne de 1816, il était venu à Aix-en-Savoie, près du lac du Bourget, pour soigner une crise de foie ; c'est à l'âme surtout qu'il souffrait. Dans la pension de famille où il était descendu, il rencontra une jeune femme qui achevait sa cure : Mme Julie Charles, femme du « physicien » illustre, secrétaire perpétuel de l'Académie des sciences, qui, en 1783, avait accompli avec succès la première ascension scientifique. Pâle et brune, Mme Charles était, à trente-deux ans, menacée par la phtisie. Un mutuel attrait, dès le premier échange de regards, réunit les deux isolés. Brève idylle : dès le 26 octobre, Mme Charles regagnait Paris. Lamartine l'y rejoignait au début de janvier 1817 ; reçu par elle en son salon de l'Institut, présenté aux amis royalistes qui fréquentaient ce cercle un peu fermé – entre autres au philosophe Bonald –, il ne repartit pour la Bourgogne qu'au début de mai. Tous deux étaient convenus de se retrouver en août au bord du lac de Savoie ; Mme Charles, dont le mal avait progressé, ne put faire le voyage ; Lamartine l'attendit plusieurs semaines, en vain. Dès la fin d'août il commença d'esquisser l'« ode » qui, sous le simple titre, *Le Lac*, deviendra la plus célèbre des *Méditations poétiques* (*) – poème où, après avoir évoqué une promenade faite sur ces flots l'année précédente, après avoir rythmé le chant de la jeune femme, il conjurait la nature, moins périssable que l'homme, de conserver le souvenir de l'ivresse passée.

Mme Charles mourut en décembre suivant, réconfortée par un retour à la foi chrétienne, après avoir légué à Lamartine le crucifix sur lequel s'était posée sa « bouche expirante ».

Pendant deux ans Lamartine se partage entre Mâcon et des séjours à Paris, où il est accueilli avec faveur dans les salons ; il y subit, en 1819, la « séduction » d'une « passion ardente et involontaire » pour une radieuse Italienne, véritable « Circé », « magicienne », épuisante ; cette « comtesse Léna » de Larche le divertit de son regret, sans lui faire oublier Mme Charles. Il travaille aussi à *Saül*, qu'il lit sans succès à Talma, et, à des intervalles inégaux, il laisse couler de son cœur des élégies ou des méditations qu'il soumet à Virieu ; ce sont tantôt des strophes ou des quatrains, *L'Isolement, Le Vallon, L'Automne*, tantôt des sortes de « discours en vers », plus harmonieux, plus nourris de sentiments que ceux de Voltaire, *Dieu, La Foi, L'Homme, L'Immortalité.* Élégies ou discours, il en donne des lectures dans plusieurs salons parisiens ; Villemain, alors jeune professeur en Sorbonne, l'abbé-duc de Rohan, se joignent à ses admirateurs. Une rumeur de renommée monte autour de son front charmant. C'est pour y satisfaire – et pour l'éprouver – qu'il accepte de laisser imprimer, à cinq cents exemplaires, le recueil des *Méditations poétiques.* Il n'en attendait point la gloire, tout au plus une estimable réputation ; or ce fut, dit plus tard Sainte-Beuve, une « révélation ». Toute une génération, la première génération des romantiques, y découvrit en des images amples et simples, en des rythmes souples, la poésie du sentiment, de l'inquiétude religieuse, de la foi, bref toute la poésie pure qui enivre et qui plane. Pour cette génération, Lamartine fut en même temps un Racine moderne et un Chateaubriand en vers.

Pendant dix ans, d'avril 1820 au lendemain de la Révolution de 1830, le poète suivit la carrière de la diplomatie ; carrière coupée par de longs congés ; il ne fut « en poste » qu'à Naples comme « attaché », jusqu'au début de 1821, et à Florence, comme secrétaire de légation, du printemps de 1825 à l'été de 1828 ; un peu moins de cinq années au total. Marié dès le mois de juin 1820 à Chambéry, sur le chemin de l'Italie, avec une Anglaise convertie au catholicisme, Mlle Marianne-Elisa Birch, qui fut pour lui une épouse pleine d'admiration et de dévouement, il vécut, pendant ses congés, en Bourgogne ; son père lui avait fait présent du vieux château de Saint-Point, à proximité de Mâcon, qu'il restaura dans un style faussement gothique, mais où, à l'intérieur, il installa le

« confort anglais ». Paris ne le voyait que pour d'assez brefs séjours ; il noua de sûres amitiés avec ses confrères plus jeunes : Victor Hugo, Alfred de Vigny, Émile Deschamps ; il ne fréquenta point cercles littéraires et cénacles ; les premiers romantiques – ceux de *La Muse française* ou ceux du *Globe* – acceptaient que sa gloire indiscutée les dominât d'un peu haut, d'un peu loin.

À l'automne de 1823, Lamartine, à peu de jours d'intervalle, publia, chez un nouvel éditeur, deux livres nouveaux. Les *Nouvelles Méditations* répondaient, en apparence, par leur titre et par leurs sujets, à l'attente du public ; cependant, la composition en était plus artificielle que celle du volume de 1820 ; elles étaient formées surtout d'élégies, d'odes et de stances. Cependant, les *Nouvelles Méditations*, plus variées et diverses que les premières, n'obtinrent qu'un demi-succès. *La Mort de Socrate* eut plus d'admirateurs. Les mêmes qualités d'élégance, mais non point toujours de mesure, se retrouvent dans le poème qu'on pourrait appeler « La Mort de Byron » et qui parut en 1825 sous le titre : *Le Dernier Chant du pèlerinage d'Harold*.

En cette année 1825, au moment où il va partir pour Florence comme secrétaire de légation, un vaste projet, connu seulement de quelques intimes, occupe l'imagination de Lamartine : celui d'un vaste poème conçu le 20 janvier 1821, au sortir de Naples, comme il remontait par Rome vers la France. Cette « épopée de l'âme », il l'a, plus tard, définie « l'histoire de l'âme humaine et de ses transfigurations à travers des existences et des épreuves successives, depuis le néant jusqu'à la réunion au centre universel : Dieu... ». Ce poème mystique autant qu'épique faisait ainsi une large place à l'histoire de l'humble humanité, incarnée en quelques-uns de ses fils de choix ; leur destin se fût déroulé en une suite d'« épopées » significatives, et le poète, « barde de Dieu », eût aperçu le développement de ces tableaux comme une série d'harmonieuses « visions ». Ainsi avait abouti la fermentation épique qui, depuis sa jeunesse, travaillait l'imagination de Lamartine. Dès 1823, il avait tenté de disposer sur le chantier une ou deux des « visions » prévues ; le loisir lui avait vite manqué. Quand pourrait-il se retourner vers le « grand œuvre » ?

À Florence, de 1825 à 1828, ce sont d'inépuisables chants qui sortirent de son âme, des chants à la gloire de Dieu qu'il appelait des « psaumes modernes ». Pour la première fois, peut-être, il se sent l'âme comblée ; si, en novembre 1822, il a perdu, après quelque vingt mois, son premier enfant Alphonse, sa fille Julia est née peu de mois auparavant ; âgée maintenant de quatre ans, elle est devenue, par sa gentillesse et sa précocité, l'objet de son adoration ; avec Marianne-Elisa, elle est, ici, le sourire de son foyer. Près d'elles, il est heureux et serein ; l'enivrement du ciel et du paysage toscans ajoute à son bonheur. Par l'intermédiaire de la nature, en des êtres qu'il aime, son âme s'élance jusqu'à Dieu ; elle s'exprime en des hymnes, en des cantiques d'un lyrisme abondant, musical et pur, en des effusions « sans liaison, dit-il, sans suite, sans transition apparente » dont l'ensemble formera une symphonie à la gloire de la divinité ; avec elle, l'homme et la nature, qui sont également son œuvre, constituent les notes fondamentales de l'« harmonie » universelle que le poète tâche de dégager. Du printemps de 1826, date des deux premiers morceaux, *L'Hymne du matin* et *L'Hymne du soir dans les temples*, part le déroulement de ce large flot poétique ; à peine si Lamartine se retourne une fois vers *Milly ou la terre natale ;* en 1828, *L'Infini dans les cieux* reprend, en l'élargissant, l'inspiration stellaire des *Étoiles* de 1823 ; et la suite dite des « Quatre Grandes Harmonies », *Jéhova, Le Chêne, L'Humanité, L'Idée de Dieu*, ramasse et condense la démonstration du recueil entier ; tout dans l'univers, mais aussi dans l'histoire, tout parle de Dieu, tout démontre sa présence. Retrouvée à l'automne de 1828, la France lui rendit son âme tourmentée ; il écrivit *L'Hymne de la mort* et le magnifique *Hymne au Christ*, dernier acte public de sa croyance chrétienne. Dès l'automne de 1829, le poème intitulé *Novissima verba* [Les dernières paroles], après un regard jeté sur le passé de l'auteur, ne traduit plus que de l'inquiétude, du regret et du doute ; et bientôt, remontant jusqu'à l'Italie de 1812, le *Premier Regret* pleure sur la tombe de la Napolitaine, morte en 1815, que Lamartine appellera Graziella. Ces dernières *Harmonies* ne méritaient plus leur nom ; elle n'étaient que les plus douloureuses et amères des *Méditations.* Mais, par la virtuosité débordante de la forme, elles ne faisaient point disparate. Lorsque, le 15 juin 1830, parurent les *Harmonies poétiques et religieuses* (*) réparties entre quatre livres, si quelques-uns en discutèrent l'inspiration qu'ils ne jugeaient point assez variée, tous admirèrent la maîtrise poétique de l'inspiré.

Deux événements, à cette date, avaient fait époque dans sa carrière ; élu à l'Académie au début de novembre 1829, il venait d'y prendre séance le 1er avril ; au lendemain de la « victoire d'*Hernani* (*) » sur le Théâtre-Français, sa réception avait revêtu l'allure d'un triomphe de l'« école nouvelle ». Mais un deuil cruel obscurcissait secrètement ce triomphe ; au milieu de novembre, comme il était encore à Paris, sa mère, à Mâcon, avait été victime d'un affreux accident ; ébouillantée dans un bain, elle était morte en trois jours : « Chaque jour, je sens plus – écrivait-il bientôt – que j'ai perdu la moitié de ma propre existence. » Un troisième événement, la proche révolution de Juillet, renforçant l'action des autres, allait pratiquer comme une coupure dans sa destinée. C'est donc au lendemain des *Harmonies* que s'achèvent ses dix premières années de gloire. Mais ce premier Lamartine va se modifier. En octobre 1830, le poète eut quarante ans ; alors commença pour lui l'époque de ce qu'on peut nommer les « grands desseins ». Il voulut ajouter à la gloire littéraire celle d'un député, d'un orateur, d'un homme d'État.

Après s'être démis de son emploi dans la diplomatie, pour demeurer fidèle à la branche aînée des Bourbons, il accepta de poser sa candidature à la députation dans la petite ville de Bergues, capitale électorale d'une circonscription dépendant de Dunkerque : l'un de ses beaux-frères résidait aux environs. Il lui manqua, le 6 juillet 1831, dix-sept voix pour être élu. Le poète satirique Barthélemy l'ayant violemment attaqué dans son journal la *Némésis*, Lamartine, le jour même du vote, riposta par des strophes enflammées.

Au milieu de 1832, cependant, Lamartine quitte la France pour accomplir fastueusement, avec les siens et quelques amis, un long voyage en Orient. Il a nolisé pour lui seul un brick, l'« Alceste », qui, en deux mois de navigation, avec une brève escale à Athènes, le mène à Beyrouth, où il installe sa femme et sa fille. De là, en des courses successives, il visitera le Liban, les Lieux saints (Galilée et Judée, avec Jérusalem), les ruines de Balbek et Damas ; le retour aura lieu par Constantinople, les Balkans et la vallée du Danube ; Lamartine ne sera qu'en octobre 1833 en Bourgogne ; et il y transférera aussitôt, de Marseille où l'« Alceste » l'avait ramené par mer, le cercueil de sa fille, la petite Julia, déjà malade au départ et qu'une crise de phtisie avait emportée à Beyrouth en décembre ; deuil que, dans le récit même du voyage, d'admirables vers, *Gethsémani*, allaient immortaliser. Quels sentiments, cependant, avaient décidé Lamartine à s'acquitter de ce pèlerinage ? Dans cette aventure, autant que le poète, c'est l'homme entier qu'il engageait. Quelques amis seulement, comme Virieu, en avaient reçu la confidence ; depuis les environs de 1830, la foi chrétienne, en lui, vacillait. Il espérait la raffermir au tombeau du Christ ; il espérait même y recevoir une sorte de révélation qui ferait de lui comme un prophète, au-delà des dogmes et des liturgies, d'une forme plus rationnelle de la croyance. Hélas ! des Lieux Saints, il ne rapporte que sa fille morte et sa croyance agonisante.

Les quatre volumes intitulés : *Souvenirs, Impressions, Pensées* et *Paysages pendant un voyage en Orient*, publiés en 1835, laissent saisir en plein travail de renouvellement les idées de Lamartine sur la poésie et sur le monde. Ses réflexions inclinent vers le libéralisme et vers un libéralisme de plus en plus affranchi du dogme chrétien. Dans les années suivantes, sans rien renier nettement des croyances catholiques, il va se faire l'apôtre de ce qu'il appellera parfois un « christianisme libéral et social ». Pendant son voyage, en janvier 1833, les électeurs de Bergues avaient fait de lui leur député. L'année suivante, il deviendra conseiller général de Mâcon ; en 1838, obligé au choix, il abandonne ses commettants du Nord pour ses compatriotes dont il demeurera le représentant jusqu'à la fin de sa carrière politique. De 1833 à 1840, refusant de servir dans la Chambre aucun parti — on connaît son mot : « Je siégerai au plafond » —, il groupe autour de lui un nombre croissant de sympathies, créant ainsi le « parti social », lequel ne doit s'occuper que « de ce qui peut être utile ou nuisible à la société ». Et rapidement, par un effort discipliné, il s'assure l'aisance et la maîtrise oratoires. Ce poète a le secret des formules frappantes ; dès la fin de 1838, dans un discours où il rallie 221 voix autour du ministère Molé, il crie à tous les partis, au risque de les mécontenter tous : « Les générations qui grandissent derrière nous ne sont pas lasses, elles ; elles veulent agir et se fatiguer à leur tour. Quelle action leur avez-vous donnée ? La France est une nation qui s'ennuie ! »

Ainsi, dans ces années-là, sur le plan politique, menait-il peu à peu son ambition vers les cimes. Mais il n'oubliait point le grand dessein littéraire de son adolescence ; de l'épopée humaine, humanitaire et mystique conçue en 1821, il écrivait deux chants ou plutôt deux « visions », dressait ainsi deux piliers qui devaient servir de soutien à cette construction monumentale : *Jocelyn* (*) et *La Chute d'un ange*. *Jocelyn* ne fut d'abord, à l'automne de 1831, dans l'esprit de son auteur, qu'un récit élégiaque, un « poëmetto », de ton plus ou moins familier, les *Mémoires du curé de... ;* et ces *Mémoires* eussent conté l'aventure survenue, pendant la Révolution, au futur abbé Dumont, premier maître du poète. Interrompue par les préparatifs du pèlerinage oriental, la rédaction fut reprise dans l'automne de 1834. *Jocelyn, Épisode, Journal trouvé chez un curé de campagne*, parut en deux volumes en février 1836 ; il comportait alors neuf « époques », dont la dernière était particulièrement longue et importante. Le succès de Lamartine avait, de nouveau, touché la France au cœur et retrouvait, sur un autre plan, le prestige des *Méditations.*

L'œuvre, au total, est bien, comme le désirait son auteur, un poème épique, fondé sur l'idée du sacrifice ; une apothéose de la vie simple et de la résignation. Il voulait en faire, aussi, comme un chef-d'œuvre de style familier.

Défauts et qualités éclatèrent plus nettement dans *La Chute d'un ange*, dont les deux volumes parurent au printemps de 1838 ; dans ce vaste tableau de « poésie antédiluvienne, primitive, orientale » et biblique, Lamartine affichait comme une volonté de grandeur : il l'appelait aussi un « fragment dantesque ». Entre une pastorale, presque biblique, et un monstrueux mélodrame presque infernal se place un épisode capital. En haut du mont Carmel, les deux époux ont trouvé refuge dans la grotte du prophète Adonaï, seul juste de ces temps corrompus, seul adepte pur de la religion primitive du « culte d'esprit et de vérité », révélé par Dieu même aux premiers hommes. Il donne lecture à ses hôtes des fragments principaux du « Livre primitif » où est consignée cette révélation vénérable ; occasion pour Lamartine d'exprimer les principes religieux, philosophiques et sociaux qui ont pris forme en son esprit depuis son retour d'Orient. Cette « huitième vision » de la *Chute* semble ainsi promulguer les dogmes essentiels de son « christianisme rationnel ». Elle constitue sans doute, avec *La Bouche d'ombre* de Victor Hugo – v. *Les Contemplations* (*) – le plus bel effort du romantisme dans le genre bientôt périmé de la « poésie philosophique ». *La Chute d'un ange*, qui contient cependant quelques-unes des plus grandes pages de Lamartine, n'obtint qu'un succès discuté.

Au printemps de 1839, Lamartine assembla dans les *Recueillements poétiques* les poèmes, alors inédits ou non, fruits incertains de trop rares loisirs. Les deux derniers étés, surtout, à Saint-Point, l'inspiration l'avait visité avec une largeur, parfois même une violence d'émotion qui l'avait laissé tout vibrant. La mort de Louis de Vignet avait rouvert pour lui la source des souvenirs. La réflexion politique et sociale avait, d'autre part, éveillé en lui plus d'un rêve et d'une suggestion. Il avait été amené, en outre, à composer plusieurs poèmes dits de circonstance. Et quelles strophes de circonstance que celles qui lui avaient été arrachées par la mort de sa fille ! Deux ans encore et, au printemps de 1841, *La Marseillaise de la paix* distendra témérairement cet amour de l'humanité par-dessus les préjugés et les frontières des nations.

À partir de 1840 environ, des deux grands desseins de Lamartine, le second, l'ambition politique, l'emporte décidément. Il devient puissant orateur, opposant, et redoutable à la monarchie de Louis-Philippe ; tous ses loisirs, jusqu'en 1847, il les consacre à dresser la monumentale *Histoire des Girondins*, œuvre de poésie plus encore que d'histoire, écrite pour le peuple, et destinée à lui donner une « haute leçon de moralité révolutionnaire, propre à l'instruire et à le contenir à la veille d'une révolution » – d'une nouvelle révolution de 1789 et de 1791, qu'il s'agira d'arrêter avant 1793. Lorsqu'elle éclate le 24 février 1848, l'auteur des *Girondins* est l'un des fondateurs de la seconde République et, depuis le soir du 25 où, à l'Hôtel de Ville, debout sur une chaise de paille, il fait, à force de courageuse éloquence, écarter l'adoption du drapeau rouge, il exerce sur la France et l'Assemblée, comme membre du gouvernement et ministre des Affaires étrangères, ce qu'on a pu appeler « trois mois de dictature oratoire », ce qu'on pourrait nommer aussi « trois mois de poétique espérance » ; les « journées de Juin » font écrouler son prestige et, en décembre suivant, à l'élection pour la présidence de la République, la France entière lui accorde moins de vingt mille suffrages. Son rôle politique est terminé.

Un autre souci entre alors profondément dans sa vie et l'écrase. Les embarras financiers, qui s'étaient manifestés pour lui dès le lendemain de 1830, l'accaparent après 1849. Comment vivre en éteignant d'immenses dettes ? Ses vignobles, ses châteaux de Bourgogne lui coûtent, certaines années, plus qu'ils ne lui rapportent. Il ne peut compter que sur sa plume. Il se condamne lui-même, comme il dit, aux « travaux forcés littéraires ». Point de répit. Il publie d'abord une série de textes autobiographiques en préparation depuis plusieurs années, où il cède à l'instinct d'idéaliser son passé : *Confidences* (1849), dont il détache l'épisode *Graziella*, vite aussi célèbre que *Paul et Virginie* (*), *Raphaël*, les *Nouvelles Confidences. Raphaël* est la transposition souvent romancée des amours avec Mme Charles. Séduisantes et souples, ces trois œuvres sont à mi-chemin souvent du poème et de la réalité. La même formule caractérise les deux romans de 1851 : *Geneviève, histoire d'une servante* et *Le Tailleur de pierres de Saint-Point* : ici et là, les personnages sont des humbles qui, par un effort quotidien, s'élèvent jusqu'à l'héroïsme de la vertu ; Lamartine semblait inaugurer ainsi une forme familière du roman social. Attiré par un dernier voyage en Asie Mineure, où le sultan lui a concédé un vaste domaine, le poète doit se contenter de publier le récit pittoresque de ce *Nouveau Voyage en Orient.* Il entasse ensuite des compilations historiques, de deuxième ou de troisième main : l'*Histoire de la Restauration*, qui est la meilleure parce qu'il a connu de près certaines années dont il rend bien l'atmosphère ; l'*Histoire des Constituants ; de la Turquie ; de la Russie.* À partir de 1856 enfin, il fait paraître, par livraisons mensuelles, un *Cours familier de littérature*, dont il est l'unique rédacteur, pour lequel, chaque année, il sollicite les réabonnements. Tant d'efforts ne le libèrent pas ; en 1860, il est contraint de consentir à la vente de Milly – « Sauvez donc des patries ! » écrit-il amèrement – puis à celle du château familial de Monceau ; à bout de forces enfin, il dut accepter de la ville de Paris la concession d'un chalet à Passy, et du Corps législatif, sur la proposition de l'Empereur, le vote d'une « pension nationale » de vingt-cinq mille francs.

Sous cet amas de besognes et de soucis matériels, la poésie lamartinienne, cette « respiration de l'âme », n'était point morte. À plusieurs reprises, dans cette vieillesse laborieuse, de hautes inspirations revinrent le solliciter. En 1856, les « souscripteurs » du *Cours de littérature* eurent la surprise d'y lire une méditation poétique, *Le Désert*, poème philosophique laissé inachevé en 1832, dialogue entre l'âme du poète et l'esprit de Dieu. Surtout, en 1857, le quinzième entretien leur présentait *La Vigne et la maison, dialogue entre mon âme et moi*, sublime élégie composée un soir de vendanges, à l'ombre de la maison de Milly ; sorte de symphonie à deux voix, où résonnent toutes les harmonies de la vieillesse, du souvenir, de la mort ; large composition en mineur couronnée par la voix d'une espérance douce et résignée. Le poète semble, ainsi, inaugurer une suprême « manière », plus musicale et dépouillée ; il prélude aux trouvailles de la génération symboliste.

Il s'éteignit paisiblement le 28 février 1869, réconforté par le sourire de sa nièce et fille adoptive Valentine (à laquelle peut-être l'avait lié en 1867 un mariage secret), à côté du crucifix d'Elvire. Autour de lui, le Paris du second Empire littéraire ou politique l'avait oublié. Pendant tout le romantisme, et préludant à l'âge symboliste, il avait été le maître de la poésie pure.

MAURICE LEVAILLANT.

♦ *« Dès que Lamartine sort de l'impression de l'amour, il est puéril, il n'a pas une haute pensée de philosophie ou d'observation de l'homme ; c'est toujours et uniquement un cœur tendre au désespoir de la mort de sa maîtresse. »* Stendhal, 1823. ♦ *« Il y a en général, dans tous ses ouvrages, une verve de cœur, une fécondité d'émotion qui le font toujours adorer, parce qu'il est en rapport avec tous les cœurs. »* Alfred de Vigny. ♦ *C'est un grand, mais superficiel ambitieux, avide d'encens plus que d'empire. »* Guizot. ♦ *« Un Fénelon gâté et sans aucun frein, une manière d'Ovide à demi mystique, parlant du ciel et s'occupant de la terre, vous êtes-vous jamais figuré une combinaison de ce genre-là ? »* Sainte-Beuve, 1849. ♦ *« Il donne le pénible spectacle d'un homme perpétuellement mystifié. Son amour-propre, qui ne semble occupé qu'à jouir de lui-même et à rappeler aux autres tout ce qui peut le ramener à lui, est dans un calme parfait au milieu de cet accord tacite de tout le monde à le considérer comme une espèce de fou. »* Delacroix, 1849. ♦ *« Je n'ai jamais rencontré un esprit plus vide de la pensée du bien public... un esprit moins sincère, ni qui eût un mépris plus complet pour la vérité* [...] *En parlant et en écrivant, il sort du vrai et y rentre sans y prendre garde, uniquement préoccupé d'un certain effet qu'il veut produire à ce moment-là. »* Tocqueville. ♦ *« Il est l'incomparable parce qu'il est le seul qui ne se soit pas asservi aux petitesses des partis : parce qu'il est le seul qui ait pratiqué la politique de la générosité et de la grandeur d'âme ; parce qu'il est le seul qui ait jamais prononcé contre personne une parole de colère ; parce qu'il est le seul qui ait traversé sans haine le monde de la haine. »* Émile Ollivier, 1869. ♦ *Le génie heureux, abondant, qui n'a rien fait pour être sublime et qui l'est, mais qui a beaucoup fait pour ravaler, hélas ! le plus chaste et le plus idéal génie aux choses mesquines de son temps et à ses partis les plus coupables. »* Barbey d'Aurevilly. ♦ *« C'était le plus grand des Racine, sans excepter Racine. »* Victor Hugo, mars 1869. ♦ *« Non, je n'ai aucune sympathie pour cet écrivain sans rythme, pour cet homme d'État sans initiative. C'est à lui que nous devons tous les embêtements bleuâtres du lyrisme poitrinaire et lui que nous devons remercier de l'Empire ; homme qui va aux médiocres et qui les aime... Il ne restera pas de Lamartine de quoi faire un demi-volume de pièces détachées : c'est un esprit eunuque. »* Flaubert. ♦ *« Nul poète plus que celui-là n'a aimé à aimer. Sa tendresse d'imagination est divine. »* Maurice Barrès. ♦ *« Il ne se guindait pas ; il ne s'apprêtait guère. Le noble, le splendide et le magnanime, qu'ils fussent de pensée, de conduite ou de pure attitude, lui allaient comme son vêtement naturel. Peu de génies ont mieux porté leur sceau de naissance et bien peu d'héritiers du vieil ordre français haussèrent ce don de nature au même degré de vigueur... C'est notre poète sacré. »* Charles Maurras. ♦ *« Lamartine est un poète du* XVIII*e siècle, avec du génie par surcroît. »* Henri Guillemin.

RÉF. : Maurice Levaillant, introduction et commentaire aux *Œuvres choisies*, Paris, 1935 ; *Lamartine et l'Italie en 1820*, Paris, 1944. – Marquis de Luppé, *Les Travaux et les jours d'Alphonse de Lamartine*, Paris, 1948. – Marius François Guyard, *Alphonse de Lamartine*, Paris, 1956 ; *Œuvres poétiques*, Paris, 1991. – Henri Guillemin, *Lamartine*, Paris, 1987.

LAMENNAIS Hugues Félicité Robert de. Philosophe et écrivain. Né à Saint-Malo le 19 juin 1782, mort à Paris le 27 février 1854. La jeunesse de ce réformateur tourmenté se ressentit gravement des troubles de la Révolution : fils d'un grand bourgeois anobli en 1782 (il s'appelait en fait La Mennais, mais adopta l'orthographe Lamennais lorsqu'il devint démocrate en 1834), son éducation religieuse, en pleine Terreur, fut négligée, et c'est à vingt-deux ans seulement, l'année du Concordat, qu'il fit sa première communion. Dès lors, vivant dans une demeure solitaire de la campagne bretonne, passant toutes ses journées à lire des ouvrages de théologie, mais sans maître et sans méthode, influencé surtout par l'exemple de son frère Jean-Marie qui avait déjà reçu les ordres, le jeune homme décida de se faire prêtre. Mais il semble qu'avant de franchir le pas décisif il ait traversé de graves hésitations. Ayant reçu les ordres mineurs en 1808 et publié, dans les dernières années de l'Empire, en collaboration avec son frère, plusieurs livres d'apologétique dirigés contre le gallicanisme, il n'accepta la prêtrise qu'en 1816, et sur les conseils pressants d'un vieux prêtre rencontré en Angleterre au cours d'une brève émigration pendant les Cent-Jours. Ses lettres de l'époque montrent qu'il a tout de suite regimbé contre le sacerdoce. Mais, décidé à rester fidèle à un engagement pris en quelque sorte malgré lui, il se jeta dans la vie active et publia en 1817 le premier tome de son grand livre, l'*Essai sur l'indifférence en matière de religion* suivi de *La Défense de l'Essai...* (1821), qui le rendit aussitôt célèbre et fit de lui, à trente-cinq ans, le « grand homme de l'Église de France ». Il y exposait une apologétique nouvelle qui utilisait l'idée de révélation primitive telle qu'elle venait d'être exprimée par de Bonald et donnait finalement comme seule base de la foi catholique le consentement universel du genre humain : on pourrait y trouver les traits essentiels de son évolution future. Lamennais était alors le protégé de Chateaubriand, l'ami de Maistre, de Bonald ; et il séduisait même les jeunes représentants d'un romantisme encore catholique, Lamartine et surtout Victor Hugo ; enfin, il militait activement dans la politique ultraroyaliste, tout en conservant sa note personnelle, qui allait s'accentuer avec les années. Bien plus que royaliste, Lamennais était en effet ultramontain, au point de rêver un empire mondial, ou du moins européen, inspiré politiquement par le pape. Aussi s'insurgeait-il contre le gallicanisme de la Restauration.

Après des années de combat, il allait peu à peu devenir l'adversaire de la monarchie elle-même et se rallier à la révolution dans laquelle il ne voulait voir qu'une liquidation des puissances temporelles et l'aurore d'un monde nouveau régi par la seule autorité spirituelle du christianisme. Aussitôt après l'émeute de 1830, il fit paraître à Paris *L'Avenir*, avec l'espoir d'enrôler l'Église du côté des forces libérales. Ce journal séduisit les prêtres pauvres, et plus encore les écrivains romantiques, Lacordaire et Montalembert d'abord, principaux collaborateurs de Lamennais, mais aussi Hugo, Vigny, Sainte-Beuve. L'Église s'inquiéta bientôt de voir un prêtre prôner les libertés de conscience, de presse, de culte et demander la séparation de l'Église et de l'État. Lamennais lançait aussi de violentes attaques contre les prélats royalistes et gallicans. Il soutenait les insurgés polonais et même les libéraux italiens en révolte contre le pape. Enfin, sans s'en rendre compte, il altérait le fond même de la doctrine catholique, substituant l'autorité du peuple à l'autorité du pape. Vainement, accompagné de ses amis Lacordaire et Montalembert, entreprit-il un voyage à Rome pour essayer d'amener le Saint-Siège à ses vues : après huit mois de vaines démarches, *L'Avenir* fut condamné par l'encyclique *Mirari vos.* Lamennais proclame d'abord sa volonté de soumission ; mais rentré en Bretagne, dans sa propriété de La Chesnaie où il avait réuni un groupe de disciples, parmi lesquels Maurice de Guérin, il revint sur son obéissance, affirma que l'Église traversait une crise extraordinaire, que le pape était aveuglé et que les peuples et la révolution pouvaient seuls sauver le christianisme. Tels sont les thèmes exposés en 1834 dans les *Paroles d'un croyant*, qui éclatèrent comme un coup de tonnerre dans la société de Louis-Philippe, mais valurent à l'auteur une seconde condamnation romaine, l'encyclique *Singulari nos.* Lamennais était désormais hors de l'Église ; il cessa de dire sa messe et de croire à la divinité du Christ, essayant de remplacer sa foi perdue par un spiritualisme assez vague, à la mode du temps — v. *De la religion* (1841). Après avoir publié en 1836 *Les Affaires de Rome*, le livre de sa rupture, il s'engagea à fond dans la politique républicaine, prit courageusement la défense des pauvres dans *Le Livre du peuple* (1838), *De l'esclavage moderne* (1840), etc., attaqua le gouvernement royal (qui l'envoya passer une année à la prison de Sainte-Pélagie) et finalement, après la révolution de 1848, se fit élire député. Mais ce n'était pas un orateur ; la République de 48 n'était pas non plus celle de ses rêves, et le vieux prophète, après avoir dirigé pendant quelques mois un journal intitulé *Le Peuple constituant*, rentra dans la retraite, refusant au moment de sa mort de recevoir l'assistance d'un prêtre.

Avec une volonté farouche et un esprit un peu confus, dialecticien de grande race, personnage trouble, anxieux et infiniment séduisant, Lamennais a eu une importance considérable sinon dans la littérature, du moins dans l'histoire du XIXe siècle et dans la vie de l'Église : bien qu'il ait été condamné, on peut dire que ses idées ont partiellement triomphé dans l'évolution libérale de la politique catholique, jusqu'aux mouvements contemporains de « démocratie chrétienne ». Son œuvre se présente comme un effort de synthèse — peut- être impossible — entre la religion traditionnelle et l'optimisme de la mystique révolutionnaire.

MICHEL MOURRE.

♦ *« Pour un homme qui avait des parties si élevées de philosophie et des prétentions à tout fonder ou reconstruire, il se payait souvent de mots... »* Sainte-Beuve. ♦ *« Juif errant de la foi et de la politique, il ne restera rien de lui qu'un nom illustré par des versatilités illustres et des essais démentis par des essais contraires. Homme de recherche, qui avait marché toujours sans rien trouver que le doute. »* Lamartine. ♦ *« Nous vous comptons parmi nos saints* [...] *vous êtes le père de notre église nouvelle. »* George Sand. ♦ *« Si l'excès était possible quand il s'agit de sincérité, je serais tenté de dire qu'il pécha par trop de conviction. »* Ernest Renan. ♦ *« Comme tous les esprits supérieurs et les cœurs ardents, il a tracé la voie sur laquelle l'humanité s'achemine inévitablement, où elle marche déjà : la voie où l'on sera délivré de la religion extérieure, pseudo-chrétienne. »* Tolstoï. ♦ *« Il est plus facile pour Lamennais de réformer l'Église que lui-même* [...] *L'abbé Lamennais, en proie à ses humeurs, même quand il défend l'Église, traîne derrière soi des passions mal enchaînées, et ces esclaves sournois l'épuisent, l'irritent, l'obsèdent. Tout tourné vers le dehors, il déserte le champ de bataille intérieur. Déjà il ne sait plus aimer Dieu que dans l'humanité, alors qu'il aurait dû aimer l'humanité en Dieu. »* François Mauriac. ♦ *« S'il n'eût dépendu que de ce petit Breton infirme, avec sa logique poignante, à la fois implacable et tendre, son éloquence naïve et sublime, parfois un peu niaise, qui fait penser à un beau devoir d'écolier, mais écrit avec tout le sang d'un cœur d'homme, l'immense désastre de l'Église avec le monde ouvrier aurait probablement pu être évité. »* Georges Bernanos.

RÉF. : Lacordaire, *Considérations sur le système philosophique de Lamennais,* Paris, 1834. — Barbey d'Aurevilly, *Les Prophètes du passé,* Paris, 1851. — E. Renan, *Étude sur Lamennais,* Paris, 1865. — P. Janet, *La Philosophie de Lamennais,* Paris, 1890. — A. Roussel, *Lamennais d'après des documents inédits,* 2 vol., Rennes, 1893. — Abbé Boutard, *Lamennais, sa vie et ses doctrines,* 3 vol., Paris, 1905-1913. — F. Duine, *Lamennais, sa vie, ses idées, ses ouvrages,* Paris, 1922. — V. Giraud, *La Vie tragique de Lamennais,* Paris, 1933. — R. Bréhat, *Lamennais le trop chrétien,* Paris, 1942. — L. de Villefosse, *Lamennais ou l'occasion manquée,* Paris, 1945. — R. Rémond, *Lamennais et la démocratie,* 1948. — M. Mourre, *Lamennais ou l'Hérésie des temps modernes,* Paris, 1955. — R. Derré, *Lamennais, ses amis et le mouvement des idées à l'époque romantique,* 1962. — L. Le Guillou, *La Pensée religieuse de Lamennais,* 1966 ; *Lamennais,* 1969. — G. Hourdin, *Lamennais, prophète et combattant de la liberté*, 1982.

Lancelot ou le Chevalier à la charrette : voir **CHRÉTIEN de Troyes.**

Langue française (histoire de la). *Moyen Âge :* Peu redevable au substrat celtique et au superstrat germanique, le français dérive du latin parlé en Gaule ou gallo-romain au terme de transformations phonétiques, morphosyntaxiques, lexicales complexes et très tôt différenciées selon la géographie (autres langues romanes, langues d'oïl et d'oc, franco-provençal). Conscient de former un idiome nouveau et différent du latin dès l'époque carolingienne (*Gloses de Reichenau,* VIIIe siècle), le *roman* (*Serments de Strasbourg*, 842, *Séquence de sainte Eulalie*, vers 900) constituera un premier état de langue plus ou moins homogène et doté d'un tropisme proprement français : emploi de l'article défini et du pronom personnel faible, formes verbales nouvelles (futur : *salvarai* ; conditionnel : *sostendreit* ; temps composés : *aveist odit*), ordre sujet-verbe-régime. Avec les textes littéraires de grande ampleur (*La Chanson de Roland* [*]) apparaît l'*ancien français* (XIIe- XIIIe siècle), nouvel état de la langue d'oïl constitué de parlures dialectales (anglo-normand, picard, etc.) mais avec prédominance d'une langue commune (francien ou « françois » de l'Île-de-France) : issu de la décomposition des déclinaisons latines, le système bicasuel (cas sujet et régime : *murs-mur* au singulier, *mur-murs* au pluriel) est déjà en concurrence avec un ordre fonctionnel (selon le schéma substantif, verbe, complément ou complément, verbe, substantif) ; si le complément non-prépositionnel subsiste (*si Dieu plaist*), la séquence déterminant-déterminé (*pro Deo amor*) s'efface devant la séquence progressive (*la cort le roi*) ; les formes synthétiques (comparatif : *pire* ; superlatif en *-isme*) sont remplacées par la construction analytique (avec *plus*) ou par des intensifs (*assez, trop*) ; tout en continuant d'opposer formes fortes/faibles (*doit/devons*), la conjugaison tend à constituer des systèmes cohérents de groupes (verbes en *er, -ir, oir, re*), de voix (*je suis aimé/je suis parti ; soi penser*), de modes (le subjonctif exprimant la subjectivité est remplacé par l'imparfait dans les hypothétiques), d'aspects (passé simple/ imparfait), de temps (développement des temps composés) ; s'imposent désormais l'inversion interrogative et la cohésion du groupe auxiliaire-participe (*il a pris l'espée* vs *il a l'espée prise*).

Le *moyen français* (XIVe-XVIe siècle) donne à la langue sa physionomie moderne : disparition de la déclinaison bicasuelle, généralisation de l'article qui perd sa valeur de démonstratif (« le fils du maître »), emploi des partitifs, différentiation sémantique des démonstratifs (celuy-*cy*, celui-*là*), suppression des élisions (*mon amie* vs *m'amie*), opposition des formes faibles/fortes (*moi, je*) du pronom rendu de plus en plus obligatoire devant le verbe, régularisation paradigmatique des conjugaisons (*j'eus, tu eus* vs *j'oi, tu eüs*), usage du futur périphrastique (*je vais partir*), recul du subjonctif dans les hypothétiques, mais extension à d'autres propositions (*le meilleur que je connaisse*), doublement des temps composés (le XVIe siècle connaît même les surcomposés), emploi du pronominal passif pour le procès (*la lance se brise*), augmentation de l'ordre substantif, verbe, complément et fixation de la place de l'adjectif (*bonnet blanc* vs *blanc bonnet*), progrès de l'hypotaxe (*quoique, bien que*) à côté de la parataxe. L'enrichissement lexical demeure toutefois le fait déterminant (la moitié de notre dictionnaire actuel) : développé par les traductions (hébreu, grec, arabe, italien), un vocabulaire scientifique ou technique (médecine, théologie, philosophie) remplace les mots de civilisation de l'ancien français ; ressenties comme plus naturelles qu'auparavant, les formations suffixales et préfixales (*-able, -ique, im-*, etc.) se systématisent, de même que les procédés de dérivation impropres (dans la langue pétrarquiste : le *doux-amer, le songer*), de composition ou de néologie ; moins assimilée à l'évolution de la langue, la latinisation ou la relatinisation du lexique français s'accélère, augmentant les doublets synonymiques (*grave/grief*), creusant l'écart entre langue commune et langue savante, entre écrit et oral, entre graphisme et phonétisme (d'où les tentatives de réformes orthographiques autour de 1550). Pointe extrême de cette effervescence, le nationalisme linguistique de la Renaissance officialise l'usage du « langage maternel français » (édit de Villers-Cotterêts, 1539) tout en cédant paradoxalement aux mythes des origines (langue adamique, celthellénisme) ou du polyglottisme (les premiers dictionnaires français – Estienne, Nicot, Cotgrave – seront encore plurilingues). Soucieux de créer une littérature et d'« illustrer » leur langue, les écrivains (Rabelais, la Pléiade) visent à travers l'abondance (*copia*) panlexicale un diasystème qui engloberait tous les états de la langue (dialectes ou archaïsmes), voire d'autres langues (italien surtout), et que ne règle aucune norme autoritaire bien que certains usages soient déjà invoqués. Si les grammaires – premières du genre en français – décalquent encore la *grammatica* latine (la morphologie se réduit à l'étymologie, l'article ne compte pas parmi les espèces du discours), la spécificité du système grammatical français est de plus en plus perçue : Meigret définit l'ordre des mots (à la fois ordre logique et naturel), Ramus analyse le passif pronominal (« la maison se bâtit »). Langue en mouvement et en essai (Montaigne profitera avec génie de cette plasticité donnée), le français de la Renaissance est un véritable laboratoire de créativité linguistique.

Expression d'une stabilité politique, le *français classique* (XVIIe siècle) refrène et ordonne cette exubérance inventive, fixant ainsi dès Malherbe les limites et les contours du français moderne. À l'idéal de la sociabilité « honnête » qui privilégie la transparence et la facilité de la communication ressortissent les réformes décisives : refus des régionalismes, des archaïsmes, des latinismes, des néologismes, des technolectes et des mots étrangers ; compartimentage de la langue où le style noble prédomine par rapport aux genres bas, comique, familier ou vulgaire (prédominance atténuée toutefois par l'impératif du « naturel » chez les classiques, Molière ou La Fontaine par exemple) ; réduction de la langue poétique à la prose ou de la rhétorique à la langue usuelle (atténuation des figures baroques au profit des figures hypercodifiées et catachrétiques) ; critère conformiste d'usage (Vaugelas) se référant au modèle conversationnel de la langue parlée à la Cour, autant d'efforts de normalisation suscitant en contrechamp des phénomènes contrastés (préciosité, burlesque) et qu'enregistrent bientôt les grands dictionnaires classiques (au demeurant les premiers dictionnaires purement français) : Richelet (1680), Furetière (1690), Académie (1694, complété par Thomas Corneille pour les termes techniques exclus par les dictionnaires de l'« honnête homme »).

Prenant pour norme la littérature prestigieuse du siècle précédent, l'hyperclassicisme du XVIIIe siècle accentuera encore ces tendances puristes (niveaux de langue sélectifs, généralisation et abstraction du lexique, « effets de sourdine », tel l'emploi de la litote ou du « on » anonyme). La grammaire logico-philosophique de Port-Royal fait aussi sa percée : inventant une terminologie plus adéquate (la notion de « complément » remplace les « cas »), elle conforte un modèle théorique qui justifie l'universalité du français (Rivarol) par le parallélisme langage/pensée, remodelant en conséquence l'économie de la langue : rejet des ruptures ou équivoques syntaxiques (anacoluthe), différenciation grammaticale et spécialisation des représentants (*en* réservé aux choses, *soi* renvoyant à un indéterminé), concordance plus stricte des temps, rejet de l'article zéro (désormais tout terme actualisé possède un article), valorisation de l'ordre progressif dans la phrase, insistance sur les effets de symétrie ou de parataxe, prédominance des constructions nominales perçues comme plus abstraites. Toutefois, ces tendances s'inversent à partir du milieu du siècle : le lexique connaît un décloisonnement dû à l'intrusion massive des technolectes (les dérivés en *-logie*), des jargons professionnels (la langue des ateliers dans les *Salons* de Diderot), des néologismes (politique, économie) et des dialectes (Rousseau), voire du style « poissard » (Marivaux), autant de phénomènes dont l'ampleur conditionne l'apparition de dictionnaires spécialisés ou encyclopédiques. Sous l'influence du sensualisme et des recherches sur la genèse des langues (selon Rousseau, le langage originel privilégie la rhétorique des affects), la syntaxe logico-analytique tend à céder la place au style segmenté (les points de suspension se multiplient) et désorganisé (inversions par prolepse : « le père, il est venu », ou métalepses : « Il est venu, le joli mai ») propre aux grands éclats passionnels et à la pantomime langagière dont Diderot (*Le Neveu de Rameau* [*]) sera le brillant représentant.

Imposé à l'ensemble du territoire national (la Convention planifie la mort des patois) et devenu affaire d'État (l'orthographe est officialisée en 1832), le français oscille, après la Révolution, entre compétence de la langue et performance de la parole dans un écart croissant qui fait coexister en concurrence les formes normatives et les infractions ou les innovations. La mystique du mot développée par le romantisme et l'anthropologie linguistique née du comparatisme indo-européen libèrent totalement le lexique de l'emprise rhétorique, en accélérant les ouvertures du siècle précédent : termes archaïques (pastiches du moyen français chez Balzac), argot (langage des grisettes chez Balzac ; langue verte de Zola inspirée par le dictionnaire de Delvau, 1868), provincialismes (Sand, Maupassant), néologismes politiques (suffixes *-isme,* préfixes *anti-*) (*Académie,* 1835), techniques ou industriels (chemins de fer, médecine) (*Grand Larousse*), abandon des niveaux de langue (dans les dialogues romanesques de Flaubert et Zola), anglicismes et autres mots étrangers (Baudelaire, Stendhal), termes précieux ou maniérés (chez les symbolistes), style pompier et journalistique (les idées reçues parodiées par Flaubert). Répandue par l'école laïque (lois Guizot, 1830, et Ferry, 1880) et les grammaires scolaires (Noël et Chapsal), l'analyse logique, de plus en plus spécialisée et renforcée par l'épreuve de la dictée, fournit des modèles discursifs et argumentatifs fondés sur des stéréotypes narratifs et descriptifs en même temps que des modèles éducatifs et normatifs. Ce français scolaire et administratif (le « français de la République ») se voit soumis en réaction à une dérégulation de la syntaxe (encore épargnée dans la première moitié du siècle : « Guerre à la rhétorique, paix à la syntaxe », disait Hugo) que violente l'écriture artiste des décadents ou des symbolistes ; par exemple antéposition de l'épithète (« la créatrice volonté », Mallarmé) ou constructions volontairement gauches et imprécises (« Quoi donc se sent ? » Verlaine). Ces effets de mode ne doivent cependant pas cacher les phénomènes de fond : disparition des temps composés et du passé simple au profit du passé composé et de l'imparfait (imparfait pittoresque ou du style indirect libre chez Flaubert ou Zola), usage adverbial des prépositions (« se lotionner avec ») (Huysmans) et emploi épithétique du substantif (« élégance Pompéi », *id.*).

Avec le XXe siècle, l'identité du français devient problématique. L'affaiblissement accru des registres de langue (définis par des situations plus que par des normes), l'effacement de l'opposition oral/écrit (Céline), le déclin du bon usage (Grevisse) au profit des valeurs plus ouvertes du système (la linguistique structurale), l'essor d'une « géographie linguistique » (français régionaux, francophonie) donnent l'image d'un français divers, centrifuge et lié à des réalisations sociales multiples. Mais, paradoxalement, le relais amplificateur des médias ou les manipulations de la publicité conduisent à l'uniformisation et à la standardisation des innovations (ainsi la récupération des procédés du surréalisme dans la publicité). Sans pourtant échapper au serpent de mer du problème orthographique (accentué par les graphies onomatopéiques et visuelles de la bande dessinée), le lexique usuel fluctue et se renouvelle très rapidement (un quart entre 1948 et 1960), le vocabulaire général diminuant au profit des termes techniques, des dérivations suffixales ou préfixales (*bureautique, télévisuel, hypermarché,* etc.), des formations expressives (*fastoche*) ou synthétiques (*costume sport*), des abréviations (*écolo, CGT, cégétiste*) ou des mots-valises (le *phallucination* de Queneau), enfin du « franglais » (emprunt direct : *week-end,* ou calqué : *gratte-ciel*). Des mouvements non moindres affectent la syntaxe : disparition à l'oral du passé simple au profit du passé composé (celui de *L'Étranger* [*] de Camus) ; développement analogique du subjonctif (*après qu'il eût fermé la porte*) ; usage de la négation simple (*Je sais pas* chez Giono), de l'article zéro ou du complément essentiel (le *faire catleya* de Proust annonce le *Roulez bus* de la publicité), suppression de l'inversion dans les interrogations, rupture de la séquence progressive (la segmentation servant à placer en fin de phrase l'élément informatif essentiel ou à effacer les marques formelles de la subordination) et destruction du parallèle logico-grammatical conduisant à des phrases elliptique, monorème (du type : *génial !*), télégraphique (*fallait pas rouge baiser*), voire à la perte de toute notion phrastique (comme chez Claude Simon).

Évolution phonétique. Caractérisé par la netteté d'émission des voyelles et consonnes, et par l'existence de syntagmes (ou mots phoniques) accentués en fin de groupe, le français a connu des variations contrastées autour de la nasalisation, de la diphtongaison, de la palatalisation ou encore du *e* muet et central.

Roman : réduction accentuelle du mot latin (*dormitorium-dortoir*), effacement des voyelles atones (*calidum-chaut*), production de consonnes épenthétiques (*numerum-nombre*), modification du timbre vocalique (*u* latin devient *ü : purum-pur*), simplification des diphtongues latines (*causa-chose*) remplacées par des diphtongues romanes (*novum-nuovu-nuef*) ou françaises (*mare-maere*), formation de prothèses vocaliques (*schola-ischola-escole*), aspiration du *h* germanique (*hélmu-heaume*), évolution des consonnes intervocaliques (*habere-avere*) et surtout palatalisation (*caballum-tséval*).

XIe-XIIe : apparition du *e* central (*tséval-tseval*), fermeture du *o* en *u* (*dolor-douleur*), chute des consonnes finales (*portet-porte*), vocalisation du *l* vélaire (*alba-aube*), aboutissement du *w* germanique (*werra-gwerra- guerre*).

XIIe-XIVe : nasalisation des voyelles (*bonum-bon*) ; simplification des diphtongues (*flour-fleur*) et des affriquées (*tseva-seval*) ; effacement des spirantes (*estre-être*).

XIVe-XVIe : réduction de *-ier* à *er* (*bergier/berger*) ; hésitation entre *a* et *e* devant *r* (*sarge/serge*) ; ou entre *o* et *ou* (*colloque,* mais *douleur* subsiste, la concurrence des deux formes amorçant la querelle entre « ouistes » et non-« ouistes ») ; sigmatisation du *r* (*chaire/chaise*) ; élimination des diphtongues et triphtongues (*eau* prononcée *eo*, voire *eao*) ; réduction partielle des diphtongues *oi* (*we* devient *e* dans certains cas, *wa* ne triomphant qu'à la Révolution), *ie* (*cher* écrit et prononcé *cher* ou *chier*), *ui* (*vuide/vide, luiter/luter*), *eu* (prononcé *eu* dans *feu*, mais *u* dans *veu*), prononciation fermée du *e* initial dans les mots d'origine latine (d'où le doublet *reformer/réformer*), disparition du *e* muet entre consonnes (*esperit/esprit*), après voyelle (*oublierez/oublirez*), usage panaché des lettres étymologiques (*s* prononcé dans *astuce,* mais pas dans *maistre*), effacement des consonnes finales (*plaisi, menteu, fusi*). Le changement le plus significatif est cependant la dénasalisation de la voyelle devant consonne nasale (*môn ânfân* devient *môn âfâ*).

XVIIe-XVIIIe : disparition des dernières diphtongues ; dénasalisation en début de syllabe à l'intérieur du même mot (*l'homme/l'on*) ; diphongue *oi* devenue définitivement *è* (*français*) ou *wa* (*roi*) ; dépalatalisation du *l* (*caillou* prononcé *kayu*) ; disparition du *r* roulé, un parti pris conservateur et étymologique soumettant au reste la prononciation à l'image graphique (*obscur* au lieu d'*oscur*).

XIXe : prononciation géminée des consonnes doubles (*Emma*).

XXe : retardement consonantique dans les liaisons (*allons' zenfants*), nasalisation (*brun/brin*), apparition de phonèmes nouveaux comme le *-dj-* de *budget* ou le *-ing* des mots anglo-saxons (le *bloudjin* de Zazie).

OLIVIER POT.

LA NOUE François de, dit Bras de Fer. Capitaine, mémorialiste et écrivain. Né à Nantes en 1531, blessé au siège de Lamballe et mort des suites de ses blessures le 4 août 1591. Attaché à la famille de Châtillon, La Noue passa à la Réforme en 1558 et servit comme lieutenant de l'amiral Gaspard de Coligny. Après s'être distingué en occupant Orléans en 1567, La Noue participa aux batailles de Jarnac et de Moncontour (1569) dans le Poitou où il commandait les troupes huguenotes en l'absence de Coligny, qui effectuait alors une campagne dans le Languedoc. Fait prisonnier sur le champ de bataille, il fut quelque temps captif, puis échangé. On le trouve ensuite à la prise de Luçon en 1570. Après avoir, lors de la campagne de Flandre, défendu Mons contre le duc d'Albe, La Noue fut envoyé par le roi à La Rochelle, où il tenta d'amener les Rochelais à demeurer en paix avec la cour (1572). Devenu de ce fait suspect à ses coreligionnaires, il se vit obligé de passer dans le camp du duc d'Anjou qu'il préserva d'un attentat fomenté par le duc d'Alençon, mais aussitôt après il se rapprocha du parti huguenot et, avec l'appui de d'Alençon, poussa les protestants de l'Ouest à reprendre les armes. Il dirigea pendant quelque temps leurs troupes dont il quitta le commandement en 1573. En 1578, commandant en chef en Flandre, il prit Louvain, Bruges, Cassel (1579) et Ninove (1580) sur les Espagnols, mais fut fait prisonnier par ceux-ci en 1580. Cette captivité, particulièrement dure, se prolongera pendant cinq ans. C'est en 1587 qu'il publia les *Discours politiques et militaires* où il expose ses idées sur les guerres de Religion avec un esprit de tolérance et de modération, un amour de la paix fort singuliers chez cet homme qui fut toute sa vie un guerrier. Dans l'un de ses *Discours*, il propose à tous les chrétiens, catholiques et protestants, de s'unir dans une croisade dirigée contre les Turcs ; un autre de ses *Discours* (le XXVIe) sont les *Mémoires* de La Noue qui donne un récit des événements de 1562 à 1570. En 1589, La Noue se rapprocha de Henri III, qui faisait alors cause commune avec le roi de Navarre contre la Ligue. Au service d'Henri de Navarre devenu roi de France, La Noue participa encore aux batailles de Senlis, d'Arques, et d'Ivry en 1589 et 1590. Lors de l'attaque de Fontenay-le-Comte en 1570, La Noue avait eu le bras gauche fracassé par un coup d'arquebuse ; il fut amputé et pourvu d'un appareil en fer qui lui valut le surnom de Bras de Fer. Sa bravoure, sa loyauté lui valurent un autre surnom, celui de Bayard huguenot.

RÉF. : H. Hauser, *François de La Noue*, Paris, 1892. — J. Taboureau, *Un moraliste militaire du* XVIe *s., François de La Noue*, Limoges, 1908.

LANSON Gustave. Professeur et historien de la littérature française. Né le 5 août 1857 à Orléans, mort à Paris le 15 décembre 1934. Après avoir fait ses études à l'École normale supérieure, il fut professeur de rhétorique à Toulouse et enseigna en 1886 la littérature au tsarévitch qui devait devenir Nicolas II. Il obtint son doctorat ès lettres en 1888 avec une thèse sur *Nivelle ou la Comédie larmoyante*. Il professa ensuite à Paris successivement aux lycées Michelet, Charlemagne et Louis-le-Grand. Nommé suppléant de Brunetière, il devint maître de conférences à la Sorbonne et à Normale supérieure avant d'accéder au poste de directeur de cette école en 1902, qu'il occupa jusqu'en 1927. Il a tenté dans son œuvre, tout entière consacrée à la critique littéraire, de dégager la philosophie même de cette critique. Sa méthode repose non seulement sur une connaissance très précise du détail propre à chaque écrivain, mais aussi sur la recherche et la définition des courants propres à une époque, ce qui lui permettait de transformer chacun de ses jugements en une synthèse vivante. C'est dans cette méthode que réside son originalité : ne pas se contenter de restituer le visage d'un écrivain, mais atteindre à travers lui l'histoire de l'évolution des idées. Son premier livre, paru en 1887, s'intitulait *Principe de composition et de style*. Parmi ses œuvres : *Bossuet* (1890), *Boileau* (1892), *Histoire de la littérature française* (1894), *Études morales et littéraires* (1895), *Corneille* (1898), *Voltaire* (1906), *Manuel bibliographique de la littérature française moderne de 1500 à nos jours*. Citons encore ses remarquables éditions critiques des *Lettres philosophiques* de Voltaire et des *Méditations* (*) de Lamartine. Lanson collabora également à la *Revue d'histoire littéraire de France*. L'ensemble de cette œuvre illustre parfaitement ce que peut être la carrière d'un grand universitaire dont les connaissances sont à la mesure des exigences de sa vocation.

RÉF. : *Mélanges offerts à G. Lanson* (avec bibliographie), Paris, 1922. — E. Henriot, article in *Revue internationale de l'enseignement*, Paris, 1935. — G. Cohen, *Ceux que j'ai connus*, Montréal, 1946.

Lapidaires : voir **Bestiaires.**

LARBAUD Valery. Écrivain né et mort à Vichy (Allier) (29 août 1881 - 2 février 1957). Fils unique de Nicolas Larbaud, pharmacien propriétaire de la source Saint-Yorre, qui meurt en 1889, et d'Isabelle Bureau des Etiveaux, il était d'origine provençale et catholique par son père, berrichonne et huguenote par sa mère. Très tôt, sa santé donna de vives inquiétudes, et sa mère dut l'accompagner dans diverses villes d'eaux. À l'âge de huit ans, il passera trois mois à l'hôtel du Louvre, à Paris, qu'il appellera l'« hôtel des plus beaux souvenirs ». Déjà, sa carrière d'écrivain amoureux des voyages semble tracée. Il fréquente ensuite les cours de l'école Carnot, à Vichy, y découvrant Jules Verne et Pierre Loti et aussi *Le Secret de monsieur Synthèse,* de Louis Boussenard (1847-1910), ouvrage dont il reconnaîtra toujours l'importance qu'il eut dans sa formation d'écrivain. En 1891, il entra comme pensionnaire, pour une durée de trois ans, au collège Sainte-Barbe des Champs, à Fontenay-aux-Roses, établissement très cosmopolite, qui lui fournira l'intrigue et le décor de *Fermina Márquez* (1911). C'est à cette époque que la lecture d'un choix de poèmes de Verlaine lui ouvre les portes de la poésie contemporaine. Dès 1895, un voyage sur la Riviera et une escapade solitaire à San Remo lui font découvrir les charmes du voyage à l'étranger. Madame Larbaud assumera désormais la tutelle de son fils et le fait entrer, en qualité d'externe, au lycée Henri-IV. L'année suivante, il entre au lycée Banville, à Moulins, comme pensionnaire. Aux frais de sa mère paraît alors, à Cusset, sa première plaquette, anonyme, et d'inspiration toute parnassienne : *Les Portiques,* tirée à une centaine d'exemplaires. En 1897, il effectue un premier voyage en Espagne, voyage renouvelé l'année suivante : Saint-Sébastien, Madrid, Tolède, Séville et jusqu'à Gibraltar et Tanger. Admissible en 1898 au baccalauréat, sa mère lui offre, en compagnie d'un précepteur, un véritable « tour d'Europe », événement capital pour sa sensibilité de poète et pour son œuvre à venir :

Cologne, Berlin, Moscou, Kharkov, Constantinople, Sofia, Belgrade, Vienne. À Saint-Pétersbourg il découvre les poèmes de Francis Jammes, et on trouvera de ce long voyage de nombreux souvenirs dans les *Poèmes par un riche amateur* (1908), d'autant plus que les années suivantes le verront à Gênes, Pise, Rome, Naples, Saint-Marin, Venise, Milan, Turin, la Hollande, Berlin et Munich, où il se rend chez Marcel Ray, qui demeurera l'un de ses amis les plus intimes, comme en témoigne leur correspondance. Dès 1901, il a publié chez Vanier une traduction de *La Ballade du vieux marin* de Coleridge et s'est inscrit à la Sorbonne pour préparer une licence de lettres. C'est de 1902 que date son premier séjour à Londres : on sait l'importance que l'Angleterre et la littérature anglaise auront dans toute son œuvre. Le 29 août, il y atteint sa majorité légale. Nanti d'un conseil judiciaire, il commence la rédaction des *Propos de table de A. O. Barnabooth.* Les années suivantes vont encore être des années de formation : ses voyages le mènent successivement à Gênes, Naples, Florence, Athènes, Constantine, Biskra, Tunis, Hambourg, Copenhague, Stockholm, Barcelone, Valence, Montpellier. Sa santé est toujours précaire et de nombreux séjours en villes d'eaux, La Bourboule et Vichy bien sûr, se révèlent nécessaires. Enfin, le 4 juillet 1908 paraissent les *Poèmes par un riche amateur ou Œuvres françaises de M. Barnabooth,* précédés d'une longue introduction par un présentateur imaginaire, X. M. Tournier de Zamble. Ce livre lui acquiert aussitôt l'estime et l'amitié du groupe de *La Nouvelle Revue française* (*) naissante : Gide, Claudel, Fargue, Charles-Louis Philippe et, bientôt, Saint-John Perse, qui n'est encore que Saint- Léger-Léger, aux *Éloges* duquel il consacre un article dans *La Phalange,* la revue de Jean Royère, dont il restera un collaborateur assidu. En 1909, il effectue un long séjour à Warwick, « au cœur de l'Angleterre » et, en 1911, *Fermina Márquez* paraît chez Fasquelle. En 1912, il rejoint André Gide à Florence et s'y installe pour y étudier la vie et l'œuvre de Walter Savage Landor. L'année suivante, les éditions de *La Nouvelle Revue française* publient *A. O. Barnabooth, ses œuvres complètes, c'est-à-dire un conte, ses poésies et son journal intime* (*). Suit un long voyage en Angleterre, Écosse et Irlande. La déclaration de guerre le surprend à Vichy où, réformé, il s'engage comme infirmier bénévole à l'hôtel du Parc, propriété de sa famille maternelle. Dès 1910, il s'était converti au catholicisme, conversion qu'il n'évoquera que très rarement et dont sa mère ne sera guère tenue au courant. En 1918 paraissent les *Enfantines*, recueil de huit nouvelles, déjà publiées en revue, et où se révèle toute sa tendresse pour l'enfance et l'adolescence. De 1916 à 1920, excepté quelques retours à Paris et de courts séjours à Madrid où il se lie avec Ramón Gomez de la Serna, dont il sera l'introducteur en France, Larbaud, muni d'un passeport diplomatique et d'une mission journalistique, s'installe à Alicante, découvre l'œuvre de Gabriel Miró et entreprend la traduction des œuvres de Samuel Butler. De retour à Paris, il rencontre, en 1920, James Joyce dans la librairie d'Adrienne Monnier, rue de l'Odéon. Il participera de très près à la traduction française d'*Ulysse*. Les années suivantes le conduisent surtout en Italie : Rome, Vérone, Parme, le lac de Garde, La Spezia, Livourne, Florence, Saint-Marin et Gênes, où il fait la connaissance, en 1922, de Maria Angela Nebbia, qui restera sa compagne jusqu'à la fin de sa vie. Il publie ensuite trois longues nouvelles, *Amants, heureux amants*, précédé de « Beauté, mon beau souci » et suivi de « Mon plus secret conseil », dans lesquelles il utilise la technique du monologue intérieur, utilisée avant Joyce par Édouard Dujardin dans *Les lauriers sont coupés* (1887). On peut dire que, dès lors, à peu d'exceptions près (quelques nouvelles comme « Une nonnain » ou « Le Vaisseau de Thésée », reprises dans *Aux couleurs de Rome* (1938), l'œuvre d'imagination de Valery Larbaud est achevée. Désormais, c'est le voyageur, l'amoureux de toutes les littératures, l'essayiste qui va s'exprimer. Et ce n'est pas la part la moins attachante de son œuvre, mais la plus variée, la plus subtile. Par ses articles écrits directement en anglais pour le *New Weekly* ou en espagnol pour *La Nación* de Buenos Aires, Larbaud va s'efforcer de faire connaître aux lettrés étrangers la littérature française ancienne et contemporaine. Non seulement il consacre des essais à Antoine Héroët, Maurice Scève, Jean de Lingendes, Racan ou Théophile Dondey de Santeny, essais qui seront publiés en plaquettes le plus souvent chez l'éditeur hollandais A. A. M. Stols, mais aussi à André Spire, Jules Romains, Elémir Bourges, John-Antoine Nau, Léon-Paul Fargue, Lautréamont ou Jean Cocteau. Les plus importants d'entre eux seront repris dans *Domaine français* (1941). En même temps, il fait découvrir aux lecteurs français des écrivains espagnols comme Ramón Gomez de la Serna ou Miguel de Unamuno, sud- américains comme Ricardo Guiraldès ou Jorge-Luis Borges, portugais comme Eça de Queiroz, italiens comme Mario Puccini ou Emilio Cecchi. Mais c'est sans doute aux Anglais et aux Américains qu'il consacre ses plus belles pages, réunies dans *Domaine anglais* (1925) sous le titre générique de *Ce vice impuni, la lecture*. Il y reconnaît l'impérissable dette, contractée dès son adolescence, envers Walt Whitman, mais s'intéresse aussi à Coventry Patmore, à Digby Dolben, à Francis Thompson, à Arnold Bennett, à William Carlos Williams ou à William Faulkner. Il poursuit la traduction des œuvres de Samuel Butler – *Ainsi va toute chair*, *Erewhon ou De l'autre côté des montagnes*, *La Vie et l'Habitude*, etc. À partir de 1925, Valery Larbaud, outre de nombreux voyages qui le conduisent surtout en Italie et au Portugal

(*Caderno*), mais aussi en Hollande, à Corfou et en Albanie, mène une intense et inlassable activité de critique, de porte-parole, de découvreur. Il fut l'un des premiers à pressentir le talent d'un Audiberti ou d'un Jean Follain. Il publie en 1927 l'un de ses livres essentiels, *Jaune Bleu Blanc*, les trois couleurs du drapeau qu'il hissait lorsque des amis venaient lui rendre visite à Vichy. Mais il ne reste pas pour autant insensible aux charmes de la province française, comme en témoigne *Allen* (1929), récit d'un voyage en automobile dans le Centre de la France et dans le Bourbonnais. Les questions de technique littéraire, de traduction notamment, le préoccupent aussi ; ses études sur ces sujets seront rassemblées dans *Technique* (1932), puis, en hommage au patron des traducteurs, dans *Sous l'invocation de saint Jérôme* (1946). Le 5 août 1935, dans le petit jardin sur lequel donnait son appartement de la rue du Cardinal- Lemoine, il fut frappé d'un accident cérébral qui provoquera paralysie et privation de l'usage de la parole. Il partagera désormais son temps entre Paris, Vichy et sa propriété de Valbois de 1940 à 1956, lisant encore des dictionnaires, comprenant tout, mais incapable de s'exprimer devant les amis venus le saluer.

Certes, Valery Larbaud n'a jamais été et ne sera jamais un écrivain populaire. Mais son importance littéraire, entre les auteurs du XXe siècle, fut capitale. Les *Poèmes par un riche amateur* furent une étape essentielle de la poésie des années qui ont succédé au symbolisme finissant. Ils reparurent, modifiés, en 1913, l'année d'*Alcools* (*) d'Apollinaire, des *Odes et Prières* de Jules Romains, de la *Prose du Transsibérien et de la petite Jeanne de France* — v. *Poésies* (*) de Blaise Cendrars — et, dans le domaine romanesque, de *Du côté de chez Swann* de Proust — v. *À la recherche du temps perdu* (*). Il avait, l'un des premiers, pressenti l'importance de Walt Whitman : « Quels horizons n'ouvraient pas ces grands vers plus libres que tous ceux que nous avions vus jusqu'alors, et ce ton nouveau, ce ton d'effusion lyrique, quotidienne et prophétique ! » Certes, il avait dévoré Laforgue et Corbière, Rimbaud et Lautréamont, Gustave Kahn et Stuart Merrill, Claudel et Vielé- Griffin, mais il avait aussi une prédilection pour les poèmes de *La Chambre blanche* d'Henry Bataille et, sans lui, des générations d'amateurs auraient ignoré les poésies d'Henry Levet. Mais l'importance de Valery Larbaud consiste dans cette sensibilité unique, au sein des lettres contemporaines, cette subtilité des sentiments amoureux et des peines de cœur, qu'il a su exprimer, de surcroît, par les moyens les plus variés : poèmes, journal intime, souvenirs de voyages, et par une prose d'un charme irrésistible.

BERNARD DELVAILLE.

♦ *« De ceux qui furent aux lettres avec quelque franchise, je n'en ai point connu qui le fissent avec un plus beau sens de l'honneur littéraire ; ni qui fussent moins soucieux de s'honorer publiquement. »* Saint-John Perse. ♦ *« Nous l'en aimâmes plus encore de ce qu'il était le survivant d'une race enfouie. »* Paul Morand. ♦ *« Larbaud règne, avec Gide, sur l'époque après laquelle nous vînmes. »* Jean Cocteau. ♦ *« Valery Larbaud, c'était dans la littérature une sorte de Suisse, la principauté des fruits défendus, le beau conservatoire des grâces disparues, le Parc national des plaisirs interdits. »* Claude Roy. ♦ *« Je vois la gloire de Larbaud là où il aurait voulu, je crois, qu'on la trouvât vraiment : dans une recherche ardente. Il était un voyageur passionné que tous les trains du monde ne menaient jamais assez loin. »* Jean d'Ormesson.

RÉF. : Francisco Contreras, *Valery Larbaud, son œuvre,* Paris, 1930. — Georges Jean-Aubry : *Valery Larbaud, sa vie et son œuvre, la jeunesse (1881-1920),* Monaco, 1949. — *Hommage à Valery Larbaud,* numéro spécial de *La Nouvelle Revue française,* Paris, 1957. — Bernard Delvaille : *Essai sur Valery Larbaud,* Paris, 1963. — Frida Weissman : *L'Exotisme de Valery Larbaud,* Paris, 1966.

LARIVEY Pierre de. Auteur comique et traducteur. Né en Champagne vers 1540, mort dans la même région le 12 février 1619. On sait peu de chose de sa vie. Il passe pour le fils d'un Italien venu se fixer en France pour s'y occuper de négoce. Appartenant à la famille florentine des Giunti, il traduisit, dit-on, son nom en celui de l'Arrivée, autrement dit : Larivey. On le voit mêlé dès 1560 aux milieux parisiens, et notamment à celui des gens de robe. Il semble avoir fait le voyage de Pologne à l'occasion de l'élection du duc d'Anjou au trône. À partir de 1586, on le retrouve à Troyes, où Henri III le nomme au canonicat de Saint-Étienne. Il est ordonné prêtre le 22 décembre 1587. Versé dans la langue latine autant que dans la langue italienne et dans la nôtre, il se plut à traduire, ou plutôt à adapter un certain nombre de pièces de la plus verte saveur. En 1579, il en fit paraître quelques-unes sous le titre suivant : *Les Six Premières Comédies facétieuses du sieur Pierre de Larivey, champenois, à l'imitation des anciens Grecs, Latins et modernes Italiens.* Ce sont : *Le Laquais, La Veuve, Le Jaloux, Le Morfondu, Les Écoliers* et *Les Esprits* (*). Aucune de ces pièces, non plus que celles que Larivey donna par la suite, ne connurent l'épreuve de la scène. Mais l'auteur, du moins, se fit connaître par nombre de lecteurs et s'acquit par là un juste renom. Ce n'est qu'en 1611 que Larivey fit paraître de nouvelles pièces sous le titre de *Trois Nouvelles Comédies de Pierre de Larivey.* Ce sont : *La Constance, Le Fidèle* et *Les Tromperies.* Larivey est, sans contredit, le plus grand auteur comique dans le théâtre du XVIe siècle : un des créateurs, peut-on dire, de la comédie française. Mais on lui doit aussi la traduction, de l'italien, de plusieurs œuvres morales ou facétieuses, et même des almanachs et des présages en vers.

RÉF. : Lintilhac, *La Comédie : Moyen Âge et Renaissance*, 1906. — M. Amato, *La Comédie italienne dans le théâtre de Larivey*, 1909. — L. Morin, *Les Trois Pierre de Larivey*, 1937. — M. Lazard, *La Comédie humaniste au XVIe s. et ses personnages*, 1978.

LA ROCHEFOUCAULD François VI, duc de. Moraliste né le 15 décembre 1613, à Paris (rue des Petits-Champs) ; mort à Paris dans la nuit du 16 au 17 mars 1680. Descendant d'une des plus anciennes familles de l'Angoumois, fils d'un duc et pair de France et de Gabrielle du Plessis de Liancourt, aîné de douze enfants, le prince de Marcillac — il portera ce titre jusqu'à la mort de son père (1650) — était destiné à la carrière des armes. Il fut élevé à la campagne et reçut l'éducation d'un fils de grand seigneur, il apprit cependant un peu de latin. Il n'a pas encore quinze ans qu'on lui fait épouser Andrée de Vivonne, fille d'un grand fauconnier de France, qui, après lui avoir donné huit enfants, mourra avant lui en 1670. Il semble qu'il ait eu pour sa femme tout le respect et toute la confiance convenables, mais rien de plus. Il n'a que seize ans (1629) lorsqu'il est nommé maître de camp du régiment d'Auvergne. L'année suivante, il prend part à la campagne d'Italie, puis il se rend à la Cour. Enthousiaste, agité, imprudent, le jeune prince de Marcillac a vite fait d'être mêlé aux intrigues qu'entretiennent les grands contre Richelieu. Le complot monté par Mme de Chevreuse est découvert en 1631 et Marcillac, après avoir passé huit jours à la Bastille, est envoyé en exil dans sa terre de Verteuil où il restera deux ans. Il reprend ensuite la carrière des armes, se bat en Flandres, attire sur lui l'attention de Richelieu qui lui propose en 1639 « de le faire servir de maréchal de camp » ; Marcillac refuse. Bien qu'il soit au mieux avec tous les conspirateurs, il n'entre plus dans leurs machinations. Mais Richelieu meurt, suivi par Louis XIII. La place semble libre à l'ambitieux, il pense faire figure dans le parti d'Anne d'Autriche. Cependant la reine identifie sa politique avec celle de Mazarin. Marcillac se sent joué. Mazarin lui promet monts et merveilles — en fait, il lui permettra tout juste d'acheter, et fort cher, la charge de gouverneur de Poitou (1646) — et use ses énergies. Très lié avec les grandes intrigantes du temps, Mme de Chevreuse et la duchesse de Longueville, sœur de Condé, Marcillac n'aboutit à aucun résultat tangible dans l'opposition où il s'est finalement jeté « par indécision, par précipitation de sortir des affaires presque aussi vite qu'il y entrait », dira Retz. C'est encore comme soldat que son rôle est le plus brillant. Volontaire au siège de Mardick, en 1646, il y est blessé de trois coups de mousquet.

En 1648, la situation empire. On lui refuse de porter le titre de duc avant la mort de son père ; de dépit Marcillac se jette dans la Fronde des princes. Il devient lieutenant général de l'armée rebelle, est grièvement blessé. Survient l'amnistie de 1649 et, en janvier 1650, l'arrestation des princes. Marcillac se retire en Poitou, déjà gagné à la nouvelle Fronde. En février 1650, à l'occasion des obsèques de son père, le nouveau duc de La Rochefoucauld tente de soulever la noblesse de l'Angoumois contre le roi et, avec Condé, s'allie aux Espagnols. Par ordre de Mazarin, son château de Verteuil est rasé. La Rochefoucauld se bat avec Condé en Guyenne, participe à la bataille de Bléneau, puis au combat de la porte Saint-Antoine à Paris (1652). C'est là qu'il reçoit en plein visage la décharge d'un mousquet qui le rendra presque aveugle. Cependant il refuse l'amnistie, part en exil dans ses terres et ne se ralliera que l'année suivante en prêtant serment au roi. Désormais sa vie de conspirateur et de soldat est finie — il n'a que quarante ans. La Rochefoucauld sera, et seulement, un bel esprit, doublé d'un observateur lucide, profond et désabusé.

Le monde qu'il fréquente fort assidûment est celui de la Cour — il est à peu près rentré en grâce, a obtenu de Louis XIV une pension (1659) et a reçu l'ordre du Saint-Esprit (1662) — mais plus encore celui des salons qui donnent le ton, celui de Mlle de Scudéry, celui de Mlle de Montpensier et surtout celui de Mme de Sablé. Désabusé, caustique, laconique, La Rochefoucauld tient sa place — elle est de tout premier plan — dans ces amusements de l'esprit qui étaient alors si fort en faveur. Il participe au jeu des portraits, et le sien propre qu'il fit pour le salon de Mlle de Montpensier (1659) est un des plus réussis du genre. Pendant son exil volontaire, aussitôt après les combats de la Fronde, La Rochefoucauld avait mis en ordre ses souvenirs récents. Ils furent publiés en 1662 dans un ouvrage collectif, sous le titre de *Mémoires de M.D.L.R. contenant — dans tous leurs détails — les brigues pour le gouvernement à la mort de Louis XIII.* Mais, en 1664, la parution des *Réflexions ou sentences et maximes morales* (*), à l'insu de leur auteur, fit scandale. C'est que le système exposé et le ton impitoyable adopté par le moraliste dépassaient ce que permettaient les jeux mondains de la conversation qui étaient à l'origine de la pratique et de la forme des *Maximes.* Mme de La Fayette elle-même, plus tard grande amie de l'auteur, fut effrayée : elle écrivit à la marquise de Sablé : « Ah ! quelle corruption il faut avoir dans l'esprit et dans le cœur pour être capable d'imaginer tout cela ! J'en suis si épouvantée que, si les plaisanteries étaient des choses sérieuses, de telles maximes gâteraient plus les affaires que tous les potages qu'il mangea l'autre jour chez nous. » Plus tard, et justement sous l'influence de Mme de La Fayette, L Rochefoucauld en atténuera le ton et, pro blement pour se disculper des accusa lancées contre lui — les *Maximes* constit univers d'où Dieu paraissait singul absent —, laissera paraître dans le suivantes un texte qui est peut-être apporte une importante restrict apparente : « L'auteur expose a misères de l'homme, mais abandonné à sa conduite q du chrétien. »

Cependant, dès les années 1670, la santé du duc de La Rochefoucauld, sérieusement ébranlée depuis longtemps par les blessures qu'il avait reçues autrefois, se détériorait. Il souffrait de la goutte et fort cruellement. Ses amis ne le quittaient pas et se retrouvaient à son chevet. Des deuils familiaux – il perdit successivement sa femme, sa mère, l'un de ses fils – lui portèrent des coups répétés. Et c'est en croyant sincère et en homme qui « ne craignait guère de choses, mais aucunement la mort », comme il l'a écrit lui-même, qu'il l'affronta.

La Rochefoucauld expira muni des derniers sacrements entre les bras de Bossuet, en présence de Mme de La Fayette, qui pendant quinze ans avait été son amie la plus chère.

JACQUES BROSSE.

♦ *« Il n'a jamais été capable d'aucune affaire, et je ne sais pourquoi, car il avait des qualités qui eussent suppléé en tout autre celles qu'il n'avait pas... »* Retz. ♦ *« Il paraît que l'Auteur impute souvent un vice à l'homme, non pas tant parce qu'il l'aperçoit véritablement en lui que pour ne pas perdre une expression élégante, ingénieuse et nouvelle, qu'il a trouvée pour former son accusation et s'énoncer. »* Huet. ♦ *« Faites, je vous prie, mes compliments à M. de La Rochefoucauld, et dites-lui que le livre de Job et le livre des* Maximes *sont mes seules lectures. »* Mme de Maintenon, lettre à Mlle de Lenclos, 1666. ♦ *« Un des ouvrages qui contribuèrent le plus à former le goût de la nation et à lui donner un esprit de justesse et de précision fut le petit recueil des* Maximes *de François, duc de La Rochefoucauld. »* Voltaire. ♦ *« Les* Maximes *de La Rochefoucauld ne contredisent en rien le christianisme, elles s'en passent. »* Sainte-Beuve. ♦ « [Pascal] *attriste, révolte, mais il ne décourage pas* [...] *Il a le remède sous la main et il va l'offrir. La Rochefoucauld a moins de colère et plus de rancune ; il accuse, il bafoue, il met à nu, avec une cruelle insistance, nos communes misères, et il n'est pas ému. »* Hémon. ♦ *« La Rochefoucauld et les autres maîtres français de l'étude psychologique* [...] *ressemblent à des tireurs qui visent juste et mettent régulièrement dans le noir – mais dans le noir de la nature humaine. »* Nietzsche. ♦ *« Un moraliste, La Rochefoucauld ? Nullement. C'est un romancier, le premier en date de nos romanciers. Tout lui vient de l'imagination, de la brusque perception qu'il a d'un sentiment humain par la capture d'un regard ou d'un mot. »* J. de Lacretelle.

RÉF. : P. Bénichou, « La Démolition du héros », in *Morales du Grand Siècle*, Paris, 1948. – F. Jeanson, « Le Moraliste grandeur nature », in *Les Temps modernes*, avril 1950. – J. Starobinski, « Complexité de La Rochefoucauld », in *Preuves*, mai 1962 ; « La Rochefoucauld et les Morales substitutives », in *La Nouvelle Revue française*, juillet 1966. – W. G. Moore, *La Rochefoucauld, his Mind and Art*, Oxford, 1969. – S. Doubrovsky, « Vingt propositions sur l'amour-propre : de Lacan à La Rochefoucauld », in *Parcours critique*, Paris, 1979. – J. Lafond, *La Rochefoucauld. Augustinisme et Littérature*, Paris, 1980. – T. Todorov, « La Comédie humaine selon La Rochefoucauld », in *Poétique*, février 1983. – Corado Rosso, *Procès à La Rochefoucauld et à la maxime*, Paris, 1987.

LA SALE Antoine de. Conteur né en Provence, probablement en 1386 ; mort après 1462, peut-être aux environs de 1469. Il fit en 1420, ainsi qu'il nous le dit dans *Le Paradis de la reine Sibylle,* un voyage en Italie où il connut Poggio Bracciolini, le fameux auteur des *Facéties*. Il fut en tout cas au service des ducs d'Anjou, comtes de Provence et rois de Naples, viguier de Louis III, puis de son frère René, duc de Lorraine et de Bar, qui lui succéda comme duc d'Anjou, comte de Provence et roi de Naples, et qui est connu dans l'histoire sous le nom de René le Bon ou le roi René. Il fut aussi probablement son secrétaire et certainement le précepteur de son fils, Jean d'Anjou, duc de Calabre, de Lorraine et de Bar, pour qui il composa un recueil pédagogique, intitulé *La Salade* (1444), et à qui il devait dédier plus tard *Le Petit Jehan de Saintré* (*) (1456). Il devait aussi composer une autre compilation pédagogique, *La Sale* (1451). On ne sait à la suite de quelles circonstances Antoine de La Sale quitta la cour de Provence pour celle de Bourgogne. On le retrouve en effet à la suite de Louis de Luxembourg, comte de Saint-Pol, en Flandre où il fait fonction de précepteur des enfants du comte, puis secrétaire de Philippe le Bon, duc de Bourgogne. Il se peut qu'Antoine de La Sale ait participé à l'éducation du comte de Charolais, le futur Charles le Téméraire, avec qui il semble avoir été assez lié.

En bref, on peut dire qu'Antoine de La Sale fut un écrivain de cour ; il fut plus en Bourgogne puisqu'il semble y avoir servi de secrétaire au petit cercle de lettrés qui comptait parmi ses membres le duc lui-même et son fils. C'est donc pour un milieu fort raffiné, passablement précieux et d'une grande élégance qu'Antoine de La Sale écrivit ses œuvres, encore qu'il n'ait pas manqué de se souvenir de ses anciens protecteurs, les comtes de Provence, comme en témoigne la dédicace du *Petit Jehan de Saintré*. Chronologiquement ses œuvres semblent se classer comme suit : *La Salade, La Sale* et enfin celles par lesquelles son nom est passé à la postérité, *Le Paradis de la reine Sibylle,* dédiée à Agnès, duchesse de Bourbon et sœur de Philippe le Bon, où il raconte une belle légende recueillie dans la Marche d'Ancône, lors de son voyage en Italie, *Les Cent Nouvelles nouvelles* dont il fut un des rédacteurs et l'*Hystoyre et plaisante chronique du petit Jehan de Saintré et de la jeune dame des belles cousines*. Le talent et la verve charmante d'Antoine de La Sale lui ont fait attribuer d'autres œuvres, *Les Quinze Joyes de mariage* dont, à la quasi-unanimité, on lui donnait la paternité et qui semblent devoir être rendues à l'évêque d'Avignon, Gilles Bellemère, et même, mais là sans aucune preuve et sans aucune vraisemblance, *La Farce de maître Pathelin* (*).

♦ *« Ses œuvres ne sont plus des fabliaux, ne sont pas encore des romans psychologiques, et sont bien des romans de mœurs. »* E. Faguet.

RÉF. : F. Desonay, *Antoine de La Sale aventureux et pédagogue,* Liège, 1940. – J. Demers, « La Quête de l'Anti-Graal, ou un récit fantastique. *Le Paradis de la reine Sibylle* », dans le *Moyen Âge*, 83, 1977.

LAS CASES Emmanuel, comte de : voir ***Mémorial de Sainte-Hélène***.

LA TAILLE Jean de. Écrivain né à Bondaroy (Loiret) entre 1533 et 1540, mort probablement avant 1617. Il fit ses études à Paris au collège Boncourt, près de Saint-Étienne-du-Mont, puis à l'université d'Orléans, où Anne du Bourg lui enseigna le droit. Il se trouvait à Paris lorsque son frère Jacques mourut de la peste en 1562. Il prit alors du service dans l'armée catholique, mais ce fut dans l'armée protestante qu'il suivit la campagne de Jarnac et de Moncontour, sous le prince de Condé. Il fut blessé d'un coup de lance à la bataille d'Arnay-le-Duc, le 25 juin 1570. Dans un camp ou dans l'autre, il a fait la guerre sans l'aimer, et dans sa *Remonstrance pour le Roy à tous ses subjects qui ont pris les armes*, qu'il publia en 1563, il exhorte à la paix catholiques et protestants. Son pacifisme lucide se retrouve dans *Le Prince nécessaire*, traité en vers inspiré de Machiavel, qui fut rédigé autour de 1570, et qui, inconnu jusqu'au XIXe siècle, a été publié pour la première fois par René de Maulde en 1882. Jean de La Taille publia en 1574 une *Géomance abrégée*, où l'on trouve son *Blason des pierres précieuses*. Il se révèle satiriste avec son *Combat de Fortune et de Pauvreté* (1573) et, si cette œuvre lui appartient, l'*Histoire abrégée des singeries de la Ligue* (1595) ; son poème *Le Courtisan retiré* (1573) est l'une des meilleures satires antérieures à Régnier. Il donna deux comédies, *Les Corrivaux* et *Le Nécromant* (1573), d'après l'Arioste.

Cependant ce fut par ses tragédies qu'il connut la gloire : *Saül le Furieux* (1572) et *La Famine ou les Gabéonites* (1573), qui en constitue la suite et dont le sujet est emprunté au deuxième livre de Samuel. L'auteur fit précéder sa première pièce d'un *Art de la tragédie*, où l'on a voulu voir la première formulation de la règle des trois unités : « Il faut toujours représenter l'histoire et le jeu en un même jour, en un même temps et en un même lieu. » Jean de La Taille se maria en 1575, et demeura dès lors dans son domaine de Bondaroy. On sait qu'il vivait encore en 1607, année où il publia le *Discours notable des duels.*

RÉF. : R. Lebègue, *La Tragédie religieuse en France*, Paris, 1929, p. 397-439. — T. A. Daley, *Jean de La Taille... Étude historique et littéraire*, Paris, 1934. — Zeppa de Nolva, *J. de La Taille et la règle des unités*, dans *Mélanges Alfred Ernout*, Paris, 1940. — E. Forsyth, introduction à Jean de La Taille, *Saül le Furieux. La Famine ou les Gabéonites*, Paris, 1968.

LA TOUR DU PIN Patrice de. Poète né et mort à Paris : 16 mars 1911 - 28 octobre 1975. D'origine irlandaise par sa mère (d'où peut-être sa prédilection pour le merveilleux ?) et dauphinois par son père, le poète catholique français Patrice de La Tour du Pin appartient à une famille aristocratique qui a donné des personnages célèbres dont certains s'illustrèrent dans l'armée, l'Église ou la diplomatie. L'enfant a vécu tantôt à Paris, tantôt dans le domaine familial, au château du Bignon-Mirabeau (Loiret) dans les landes et forêts du Gâtinais. Son père tué dès l'automne 1914, au champ d'honneur, l'enfant est élevé par sa mère, aux côtés de ses frère et sœur, Aymar et Phylis, et reçoit une éducation chrétienne. Il commence sa scolarité au cours Hattemer, continue des études de lettres au collège Sainte-Croix à Neuilly, puis de philosophie au lycée Jeanson-de-Sailly à Paris ; il obtient ensuite un certificat de lettres, en Sorbonne et étudie, pendant trois ans (1930-1932), à l'école libre des sciences politiques à Paris, où il sera le condisciple de Maurice Schumann. Ces années furent celles de l'apprentissage poétique ; en effet, Patrice de La Tour du Pin vient d'avoir vingt ans lorsque Jules Supervielle fait publier par *La Nouvelle Revue française* (*) les vers symbolistes et nostalgiques des « Enfants de septembre ». Patrice de La Tour du Pin pense déjà à une œuvre plus ambitieuse qui devait s'appeler *Saül* et s'intitulera *Une somme de poésie*. Il est encore étudiant lorsqu'il publie son premier recueil (*La Quête de joie*) en 1933, poésie initiatique qui concilie en une sorte de mysticisme lyrique le goût pour la nature sauvage et la soif d'absolu, dans des vers de facture traditionnelle, aux tonalités romantiques ; Patrice de la Tour du Pin, remarqué déjà par Supervielle, est alors salué comme l'un des meilleurs poètes de sa génération. Après la période du service militaire (à Lunéville, Verdun et Saumur), le jeune poète exigeant et secret regagne le domaine familial et continue de se consacrer à sa quête poétique, à l'écart de tous les tumultes, menant la vie d'un gentilhomme campagnard amateur de jardinage. Paraissent alors les vers du *Don de la Passion* (1937) et l'année suivante la petite pièce intitulée *Saint Elie de Gueuce* ainsi que les distiques religieux des *Psaumes* et le petit traité en prose de *La Vie recluse en poésie,* où s'expriment la quête intérieure et les règles de vie du poète... Mais en 1939 le « reclus » est mobilisé à Orléans, et son régiment pénètre dès octobre en territoire allemand. Patrice de La Tour du Pin est blessé à la tête le 16 octobre, capturé et placé dans l'Oflag IV-D en Silésie où le prisonnier, pour mieux lutter contre le désespoir, se livre à une intense activité intellectuelle et artistique ; durant ces quatre longues années de captivité, le poète, qui par deux fois est porté disparu, mais que l'ennemi tente par ailleurs de récupérer, travaille à la composition des poèmes de la première partie de la *Somme de poésie.* Il a en effet formé l'ambitieux projet d'une Somme poétique immense constituée des « trois plus grands jeux du monde »... Rapatrié en 1943, il remet en état le domaine familial saccagé et pillé, et travaille au plan définitif de sa vaste entreprise, dont il achève et publie la première partie en 1946 sous le titre *Une somme de poésie, le jeu de l'homme en lui-même* : soit six cents pages d'aventure spirituelle où sont ordonnés selon une architectonique savamment orchestrée, souvenirs, sentiments, rêves, méditations sur sa propre destinée... Marié à Anne de Bernis et bientôt père de quatre filles, Patrice de La Tour du Pin connaît alors ses années de consécration, vivant dans la quiétude campagnarde au Bignon-Mirabeau ; lecteur dans une maison d'édition et conseiller municipal, il partage le plus clair de son temps entre sa famille, sa quête poétique et mystique, la direction de ses domaines et la chasse... En 1948, paraît le petit récit emblématique de *La Contemplation errante* où le poète se définit, envers et contre tout, comme un homme « sans affaires » qui cultive la contemplation dans les hasards de ses errances quotidiennes. Ces pages, ajoutées à d'autres (*L'Exode, Prières du désert, Mémoires d'un jardinier, Prières de la mer Rouge, La Terre promise...*), viendront grossir le second volume, celui de la maturité et de la vie publique, précisément intitulé *Jeu de l'homme devant les autres* (1959). Le poète se voit décerner le grand prix de l'Académie française en 1961. À partir de 1964 et pendant huit ans, l'écrivain participe à la commission chargée de traduire en français le Missel et les rituels de la liturgie catholique romaine tout en poursuivant son œuvre personnelle ; en effet, continuant à publier de nouveaux recueils, notamment l'une de ses œuvres les plus abouties, son *Petit théâtre crépusculaire* (1963), « école buissonnière de l'âme avec ses petits éclairs et ses chutes » (mais aussi *Une lutte pour la vie,* 1970, pour lequel il reçoit le grand prix de littérature catholique), le poète travaille alors au dernier volet de son triptyque, traitant cette fois de la gravitation de l'âme autour de Dieu et justement intitulé *Jeu de l'homme devant Dieu* : œuvre du versant de l'âge où la maturité poétique s'épanouit dans une sorte de « théosophie »... Patrice de La Tour du Pin, qui meurt à Paris le 28 octobre 1975, ne pourra achever son troisième volume ; toutefois il aura le temps d'y élaborer les fondements d'une « théopoésie », une théologie poétique tout à fait surprenante de fraîcheur et d'authenticité : « Précise bien que c'est ton vide / Lui-même qui a tressailli / Qu'il s'est ridé et qu'une ride / T'a redressé du bord de lui... » Le poète chrétien, pratiquant contemplation et recueillement, prière et méditation, accède en toute humilité au mystère de l'ineffable et s'ouvre à une parole liturgique de totale sympathie lyrique où s'inscrirait finalement le message divin, la poésie n'étant rien d'autre qu'un sacerdoce, haute tâche spirituelle au service du seul nom.

YVES LECLAIR.

RÉF. : Eva Kushner, *Patrice de La Tour du Pin,* Paris, 1961.

LAURENT Jacques. Romancier, essayiste, pamphlétaire et scénariste. Né le 5 janvier 1919 à Paris. Issu de la bourgeoisie d'épée et de robe, fils d'un avocat parisien, Jacques Laurent-Cély n'a, de son aveu, guère aimé son enfance : « Je ne me suis jamais autant ennuyé de ma vie. » Très tôt il a trompé son ennui en peignant et par-dessus tout en lisant ; s'il est vrai que « tout jeune écrivain est un vieux lecteur », c'est chez la comtesse de Ségur et dans *Le Tour de France par deux enfants* qu'il fait ses premières armes littéraires. Élève à Condorcet puis à Carnot, il a raconté dans son autobiographie *Histoire égoïste* comment l'actualité politique et diplomatique du temps de son adolescence avait stimulé chez lui le goût de comprendre et d'agir – si l'action permet de défendre sa singularité contre toutes sortes de tyrannies, politiques ou intellectuelles. Lecteur attentif de Bainville et de Maurras, il donne ses premiers articles à *L'Étudiant français*, revue d'obédience monarchiste ; mais son peu de disposition pour le militantisme le tient éloigné de l'Action française. Il signe dans *Combat*, aux côtés de L. Salleron, Claude Roy, Kléber Haedens, Thierry Maulnier... et dans *Civilisation*, la revue de Gabriel Marcel et Jean de Fabrègues. Il commence une licence de philosophie à la Sorbonne avec Jean Wahl, Maurice Halbwachs et René Poirier, études que la guerre interrompt, qui le transforme bientôt en caporal de l'armée d'armistice, affecté à la garde de la ligne de démarcation. Il observe les ambiguïtés de la politique française (Vichy-Londres-Alger-Paris) tout en s'adonnant aux *Corps tranquilles*, son premier roman qui ne paraîtra qu'en 1948. Le spectacle de l'épuration, puis les diktats idéologiques de l'après-guerre (marxisme, sartrisme) le renforcent dans l'« athéisme politique » qu'il a appris chez Stendhal. Sous le pseudonyme de Cecil Saint-Laurent, il écrit *Caroline chérie* (1947) bientôt traduit en douze langues et dont le succès éclatant lui permettra d'achever et de publier (sous son nom de Jacques Laurent) la somme de ses *Corps tranquilles.* « Sans l'avoir jamais prémédité [...] j'avais fait de moi deux écrivains dont l'un devenait le mécène de l'autre. » C'est le même mécène qui permet à Jacques Laurent de fonder et de diriger la revue *La Parisienne* (1953). Partant du postulat que « l'exercice de la liberté est le seul qui civilise », il donne libre cours dans ses colonnes à son goût pour la littérature « dégagée » (des pierres au cou politiques à la mode du temps) et à sa verve polémique, telle qu'il l'avait déjà exercée après la Libération dans le *Bulletin des lettres* puis dans *La Table ronde*, où sa charge contre Sartre, rapportée à Paul Bourget (*Paul et Jean-Paul*, 1953) lui avait valu un certain succès d'hostilité et le surnom de « hussard » inventé pour lui et quelques autres (Roger Nimier, Michel Déon, Antoine Blondin) par Bernard Frank. Il dirige ensuite l'hebdomadaire *Arts* (1954-1959) et continue d'écrire selon sa double inclination : Jacques Laurent (*Le Petit Canard*, 1954) et Cecil Saint-Laurent (*Prénom Clotilde*, 1975 ; *Le Fils de Caroline chérie*, 1958 ; *Lucrèce Borgia*, 1959) sans compter d'autres pseudonymes signalant d'autres registres, comme Albéric Varenne, auteur d'ouvrages historiques (*Quand les Français occupaient l'Europe*). Dans le même temps, il s'occupe de cinéma comme scénariste ou adaptateur (*Caroline chérie, Quai de Grenelle, Lucrèce Borgia, Les Mauvaises Rencontres, 14-18, La Bataille de France*). En 1965 son pamphlet *Mauriac sous de Gaulle* lui vaut un procès pour offense au chef de l'État : c'était plutôt venger la liberté de l'écrivain et continuer de défendre la cause de la littérature, qu'il illustrera sur le mode majeur avec *Les Bêtises*, roman qui obtient le prix Goncourt en 1971. Journaliste et grand reporter (*Choses vues au Viet-Nam*, 1968), polémiste (*Au contraire*, 1967), Jacques Laurent se subdivise encore en un romancier et un observateur critique et virtuose de son art. Le premier écrit *Les Sous-Ensembles flous* (1981), *Les Dimanches de Mlle Beaunon* (1982), *Clotilde Jolivet* (1985), *Le Dormeur debout* (1986) ou *Le Miroir aux tiroirs* (1990), tandis que le second s'essaye au pastiche (*Dix perles de culture*, avec Claude Martine, 1972), s'interroge sur diverses préoccupations (*Roman du roman*, 1977 ; *Le Nu vêtu et dévêtu*, 1979 ; *Le Français en cage*, 1988) ou revient à Stendhal (*La Fin de Lamiel*, 1966 ; *Stendhal comme Stendhal*, 1984) — les deux se réunissant pour publier une autobiographie intellectuelle et littéraire, *Histoire égoïste*, 1976. De son côté Cecil Saint-Laurent n'est pas en reste : il donne successivement *La Communarde* (1970), *Demandez-moi n'importe quoi* (1973), *La Bourgeoise* (1975), *Les Voyeurs jaloux* (1976), *La Mutante* (1976), *L'Erreur* (1986). Jacques Laurent reçoit en 1981 le grand prix de littérature de l'Académie française, et en 1983 le grand prix de littérature prince Pierre de Monaco ; le 26 janvier 1986, il est élu à l'Académie française au fauteuil de Fernand Braudel.

PHILIPPE BARTHELET.

LAUTRÉAMONT comte de (pseud. d'Isidore Lucien Ducasse). Écrivain né à Montevideo (Uruguay) le 4 avril 1846, mort à Paris le 24 novembre 1870. Fils d'un homme fort aventureux, dont la fortune était solide et qui faisait office de chancelier du consulat de France en Uruguay, il passa sa petite enfance dans la demeure paternelle, demeure où l'on tenait souvent la porte close, la ville étant investie par le dictateur argentin Ortiz de Rosas. Enfant d'intelligence précoce mais de santé délicate, Isidore se fit vite remarquer par son humeur assez sauvage. Peu après la levée du siège dont Montevideo avait été l'objet (1843-1851), le jeune garçon fut mis chez les jésuites. Il semble qu'il ait eu à souffrir de l'éducation rigoriste qu'il reçut dans leur école. Il ne s'en révéla pas moins brillant élève. Détail à noter : il goûte peu la littérature, lui préférant la zoologie, la botanique et le dessin ; mais il se délecte surtout à l'étude des mathématiques. Par ce trait de caractère il étonne beaucoup son père, lequel, dandy plein d'agrément et coureur de femmes de théâtre, se vantait d'être un amateur de beau langage. Il le déconcerte plus encore par l'indifférence qu'il montre pour les amis de sa famille. Enfin, il l'irrite souvent par son visage impénétrable, son débraillé et ses accès de colère. Il fit tant qu'il finit par se rendre importun. Comme il venait d'atteindre sa quatorzième année, il se vit gentiment exclure de la maison paternelle : sous prétexte qu'il était doué d'un rare esprit scientifique et qu'il pourrait, de ce fait, s'assurer un bel avenir, il dut s'embarquer pour la France, afin d'y préparer son admission à l'École polytechnique.

Arrivé à Bordeaux en 1859, il se rend aussitôt à Tarbes. Devenu élève interne au Lycée impérial, il y travaille avec ardeur. Bien qu'il s'accorde mal avec son entourage, il fait contre mauvaise fortune bon cœur et se lie avec Georges Dazet, un de ses condisciples, dont on retrouvera le nom, plus tard, dans la dédicace de *Poésies*. Il se laisse séduire par cette littérature qu'il avait tant négligée jusque- là, et s'engoue de plusieurs classiques, à commencer par Sophocle. Au bout de trois ans, il quitte le lycée de Tarbes pour entrer à celui de Pau (1863). Il vient d'avoir dix-sept ans. Au dire d'un de ses proches, c'était « un grand garçon tout mince, le teint pâle, les cheveux longs tombant en travers sur le front, d'ordinaire triste et silencieux, et comme replié sur lui-même ». Il dévore une masse de livres : Milton surtout, ainsi que Dante et Rabelais. Dans le courant de l'été 1866, il quitte le collège de Pau. L'année suivante, après un séjour à Montevideo, il vient se fixer à Paris. Il ne connaît personne, hormis un banquier nommé Darasse, lequel est commis au soin de lui payer la pension que son père lui a accordée pour faire ses études. On manque de documents sur les premiers mois de son séjour dans la capitale. En août 1868 il fait paraître à ses frais, sous le voile de l'anonymat, un texte en prose qui n'est autre que le chant I des *Chants de Maldoror* (*). On sait que cette plaquette devait passer inaperçue, bien que l'auteur ait pris soin de faire un service de presse, en particulier à Victor Hugo, qui lui répondit par un mot aujourd'hui perdu.

Il occupe une modeste chambre garnie dans le quartier de la Bourse, au numéro 23 de la rue Notre-Dame-des-Victoires. Bien qu'il vive seul, il fréquente peu les cafés, faisant seulement de longues promenades le long de la Seine. De plus en plus il s'abîme dans la lecture, outre les romantiques français, de Byron, Lewis et Ann Radcliffe. Désireux de changer d'hôtel, il se transporte au 32, faubourg Montmartre. Loin d'être découragé par le morne accueil qu'avait reçu du public le chant premier de *Maldoror*, il entendait lui donner la suite qu'il contenait en germe, autrement dit achever ce qu'il appelle « son sacré bouquin ». Pour arriver à ses fins, il s'interdit toute sortie, comme en témoigne certain message qu'il adresse à son banquier (22 mai 1869) : « Au reste, je suis chez moi à toute heure du jour. » Grâce à ce travail opiniâtre, il parvint, en moins d'un an, à s'acquitter de sa tâche — soit les cinq autres chants de son fameux *Maldoror*. Tenant à prendre un pseudonyme, il s'inspira sans aucun doute du titre d'un roman d'Eugène Sue : *Latréaumont.* Il lui suffit de déplacer une voyelle pour obtenir Lautréamont. Dès lors, il ne lui restait plus qu'à se mettre en quête d'un éditeur. Après s'être vu éconduire de divers côtés, il eut la chance d'en trouver un en la personne d'Albert Lacroix, un Belge assez habile qui venait de fonder, faubourg Montmartre, certaine Librairie internationale qu'il croyait promise au succès.

En 1869, ce dernier fit donc paraître *Les Chants de Maldoror* intégralement. Mais, craignant bientôt de se brouiller avec la justice « à cause de certaines violences de style » qu'on relevait dans tout le livre, il jugea prudent de suspendre la vente et demanda à l'auteur d'amender son texte. Après s'être longtemps montré inexorable, Ducasse finit par s'y résoudre (mais il devait mourir avant d'avoir complètement rempli sa promesse). Que se passa-t-il alors dans le secret de son cœur ? On l'ignore. Toujours est-il qu'au début de l'année 1870 il écrivit à son éditeur que, reniant son passé, « il ne veut plus chanter que l'espoir ». Il tint parole. Trois mois plus tard (en mai 1870), il publia la fameuse plaquette intitulée *Poésies.* Pour donner plus de poids à son dire, il s'est défait de son pseudonyme de Lautréamont. Que penser d'un pareil désaveu ? Il est tellement en désaccord avec le fond de sa nature que l'on incline à y voir quelque mystification ou une conversion sans lendemain. Quoi qu'il en soit, la brochure passe inaperçue. Isidore Ducasse n'avait plus que quelques mois à vivre. Quelques mois au cours desquels il changea constamment de domicile, comme nous l'apprennent les rares lettres que nous possédons : du 32 faubourg Montmartre, il passe au 15 rue Vivienne, et de là retourne au faubourg Montmartre, mais cette fois au numéro 7. Ce manque de stabilité accuse peut-être autre chose qu'une simple crise morale. Philippe Soupault éclaircit-il le mystère quand il déclare : « Il ne paraît pas téméraire de supposer que, depuis 1869, Ducasse fréquentait les révolutionnaires. Vivant à Paris, pouvait-il se désintéresser du grand mouvement qui aboutit à la Commune ? » Et d'ajouter : « Dans *L'Insurgé* de Jules Vallès nous trouvons le portrait d'un Ducasse qui est d'une ressemblance accablante. » Ce dont on est certain, par contre, c'est qu'il mourut au 7 de son faubourg Montmartre. Mort à vingt-quatre ans, un 24 novembre, il fut inhumé le lendemain au cimetière du Nord après un service religieux à l'église Notre- Dame-de-Lorette. Sa vie s'achevait comme son œuvre — dans un mystère impénétrable.

Un être si exceptionnel, tant dans son existence que dans son œuvre, et dont d'ailleurs on ne possède que des portraits imaginaires, évoque irrésistiblement ce singulier météore que l'on appelle un bolide. Il devait, par là, donner prise aux jugements les plus arbitraires. Il en est un, surtout, qui retient l'attention : en se fondant sur le caractère insolite de son ouvrage, les monstruosités qu'on découvre à chaque page et la fureur blasphématoire qui s'y donne carrière (Dieu ne se voit-il pas appeler « l'Éternel à face de vipère » ?), on en est venu à conclure que Ducasse était atteint de folie. Ce fut Léon Bloy qui s'en chargea le premier. Peu après, Remy de Gourmont ratifia cette opinion. Quant à Verlaine, il semble bien qu'il ait abondé dans leur sens, puisqu'il s'abstient de faire figurer Ducasse dans sa fameuse galerie des *Poètes maudits.* On ne laisse pas de s'étonner de ce jugement téméraire. Car chacun sait que le propre de la démence est justement d'être hors d'état de donner une expression valable à ce qu'elle conçoit. Or que voit-on chez le comte de Lautréamont ? Un écrivain féru avant tout de la forme, et très apte à la cultiver puisqu'on relève, dans *Maldoror,* plusieurs morceaux dont l'écriture fait parfois penser à Dante et à nos plus grands prosateurs. Cette constatation est plus que suffisante pour que l'on se puisse inscrire à jamais en faux contre la prétendue folie d'Isidore Ducasse. Avec la plus entière bonne foi, Remy de Gourmont devait, d'ailleurs, se déjuger un peu plus tard : au point de voir en Lautréamont un ironiste supérieur conduit à feindre la folie pour se soustraire à un monde dont il avait la nausée. Environ 1910, Valery Larbaud, puis Léon-Paul Fargue et Max Jacob appelèrent l'attention du public sur *Les Chants de Maldoror.* Il n'en fallut pas moins attendre la fin de la guerre de 1914 pour voir le nom de Lautréamont prendre tout l'essor que l'on sait. Mis au pinacle par l'école surréaliste, dont André Breton était le chef (1924), l'œuvre entière de Lautréamont fut rééditée avec soin par Philippe Soupault (1927). Auteur d'un livre qu'on peut tenir pour le plus étrange de toute notre littérature, Ducasse atteignit une des limites de la création poétique. Tout comme Rimbaud et Charles Baudelaire, il est l'inventeur d'un style où l'on peut voir le moteur de l'esprit poétique moderne.

ROLAND PURNAL.

♦ *« L'effet d'ensemble est terrible au-delà de toute expression, et d'une beauté unique surprenante* [...] *Le style des* Chants de Maldoror *est une sorte de poncif configuré à la divagante passion d'un dément. L'originalité serait nulle sans le paroxysme très particulier d'un certain accent qui doit étonner certains démons et que je n'avais encore trouvé dans aucune littérature. Mais cet accent-là, qui fait ressembler chaque phrase à une louve enragée courant de ses pattes agiles et silencieuses à la rencontre d'un voyageur, est à lui seul une originalité démesurée, si formidable qu'à la lecture on sent battre ses artères et vibrer son âme jusqu'au tremblement, jusqu'à la dislocation. »* Léon Bloy. ♦ *« Il est, avec Rimbaud, plus que Rimbaud peut-être, le maître des écluses pour la littérature de demain. »* André Gide. ♦ *« En prenant congé de* Maldoror, *on ne voit que mieux que cet étrange et fabuleux personnage n'a vraiment existé au milieu de nous que pour dire certaines choses que lui seul pouvait dire, et qu'il s'est retiré ensuite, sans vouloir avouer pourquoi il les avait dites. L'effet d'étonnement que l'on ressent devant* Les Chants de Maldoror *s'effacera en partie ; la surprise de nos successeurs sera moins grande que la nôtre, mais on ne s'habituera jamais à considérer face à face ce visage tragique ; pas plus qu'on ne s'est habitué à celui de Pascal ou de Baudelaire. Les génies nocturnes peuvent attirer moins d'esprits que les autres, mais ceux qui ont été séduits une fois par leur redoutable pouvoir leur sont attachés par une passion qui ressemble à un long et mystérieux envoûtement. »* Edmond Jaloux. ♦ *« Ce qui m'étonne, c'est la logique à outrance de Lautréamont. Il discerne, avec une précision cruelle, les limites de chaque mode du langage, et démontre que le mode lyrique est le plus illimité. Les échos de ses grandes images se croisent d'un bout à l'autre de son poème. Le retentissement, par un art qu'on serait tenté de comparer à l'attrait de la lune s'exerçant sur les vagues, non seulement ordonne en chants et en strophes le poème, mais il en organise aussi l'unité impeccable. »* Giuseppe Ungaretti. ♦ *« Ducasse possède cette maîtrise modeste de celui qui, menant encore la vie d'étudiant, écrit pourtant une œuvre mûre. Bien que son accent soit puissant, son procédé simple et délicat jaillit du milieu simple de l'écrivain solitaire, indépendant, grandi par cette sorte de ruine latente qu'il trouve en sa chambre d'hôtel. »* Ramón Gómez de la Serna. ♦ *« C'est au comte de Lautréamont qu'incombe peut-être la plus grande part de l'état de choses poétique actuel : entendez la révolution surréaliste. »* André Breton. ♦ *« A quoi bon parler du comte de Lautréamont. Vous semblez oublier que la France a horreur de la poésie, de la vraie poésie ; elle n'aime que des saligauds comme Béranger ou Musset. »* Paul Éluard. ♦ *« L'admirable lucidité d'Isidore Ducasse l'a fait traiter de fou par Léon Bloy et Remy de Gourmont. Il est si simple d'accuser de folie un homme dont on ne comprend pas l'angoisse. Les aveugles ignorent le soleil. »* Philippe Soupault. ♦ *« Il eut l'idée d'un procédé qui a donné à son œuvre son originalité : il remplaça toutes les abstractions par des noms d'objets ou, de préférence, d'animaux n'ayant avec les poèmes aucun rapport logique [...] Lautréamont, le premier, raya Satan et âme, et écrivit au-dessus : Dieu et cheveu. Mais, même lorsqu'il donne des résultats aussi curieux, quelle est la valeur littéraire d'un procédé ? »* André Malraux. ♦ *« Lautréamont, salué cordialement comme le chantre de la révolte pure, explique au contraire, et malgré lui, le goût de l'asservissement intellectuel qui s'épanouit dans notre monde. »* Albert Camus. ♦ *« *Les Chants de Maldoror* ne sont pas un éclair tombé du ciel serein. Ils sont le torrent d'aveux corrosifs alimenté par trois siècles de mauvaise conscience littéraire. Ils viennent à point nommé pour corriger dans notre littérature un déséquilibre des plus graves, et on s'étonne de la méconnaissance où l'on a tenu si longtemps le sens extraordinairement positif de l'apport de Lautréamont, qui consiste en une avalanche de matériaux bruts, encore tout ruisselants de gemmes souterraines – matériaux à construire* l'homme complet. *»* Julien Gracq. ♦ *« Lautréamont est cet être étrange qui, irréel encore sous le nom apparent de Ducasse, a voulu se donner à lui-même le jour et porter tout à fait la responsabilité de son propre commencement. Tentative admirable et qui est la vérité de son mythe. »* Maurice Blanchot.

RÉF. : *Le Cas Lautréamont,* numéro spécial du *Disque vert,* Paris-Bruxelles, 1925. – G. et A. Guillot-Muñoz, *Lautréamont et Laforgue,* Montevideo, 1925. – P. Soupault, *Lautréamont,* Paris, 1927. – L. Pierre-Quint, *Le Comte de Lautréamont et Dieu,* Marseille, 1929. – G. Bachelard, *Lautréamont,* Paris, 1939. – M. Jean et A. Mazei, *Maldoror, essai sur Lautréamont et son œuvre,* Paris, 1947. – H. R. Linder, *Lautréamont, sein Werk und sein Weltbild,* Affoltern, 1947. – M. Blanchot, *Lautréamont et Sade,* Paris, 1949. – M. Pleynet, *Lautréamont par lui-même,* Paris, 1971. – M. Philip, *Lectures de Lautréamont,* 1971. – J. Decottignies, *Prélude à Maldoror,* 1973. – F. Caradec, *Isidore Ducasse, comte de Lautréamont,* 1975. – R. Jean, *Lectures du désir,* 1977. – J. Lefrère, *Le Visage de Lautréamont,* 1977. – *Cahiers Lautréamont,* depuis 1987. – L. Durand- Dessert, *La Guerre sainte. Lautréamont et Isidore Ducasse,* 1988. – R. Pickering, *Lautréamont/Ducasse. Thématique et écriture,* 1988.

LA VIGNE André de (ou Andry, ou Andrieu). Écrivain né à La Rochelle vers 1470, mort après 1515. André de La Vigne fut secrétaire de Philippe le Beau, duc de Savoie, puis attaché à la personne du roi Charles VIII qu'il accompagna dans son expédition de Naples. Il en rapporta un grand ouvrage d'histoire en vers et en prose, le *Vergier d'honneur de l'entreprise et Voyage de Naples*, qu'il composa en collaboration avec l'évêque d'Angoulême, Octovien de Saint-Gelais, et qui fut imprimé pour la première fois à Paris, vers 1499. On pense que c'est à l'occasion de cette œuvre qui fit grand bruit que La Vigne fut nommé « orateur » du roi et secrétaire de la reine Anne de Bretagne. Quelles qu'aient été les charges dont il se vit parer, André de La Vigne semble avoir été fort besogneux. Poète officiel, il a composé nombre de poésies de circonstance. Toutefois, c'est seulement grâce à son œuvre théâtrale que son nom a survécu. Le lundi 10 octobre 1496 furent représentées à Seurre en Bourgogne trois œuvres de La Vigne, un mystère, le *Mystère de Saint-Martin*, accompagné d'une moralité, la *Moralité de l'aveugle et du boiteux* – v. *Les Moralités* (*) – et d'une farce, la *Farce du munyer de qui le diable emporte l'âme en enfer.* Pour cette représentation donnée par une compagnie théâtrale du temps, la confrérie des Enfants sans-souci ou celle de la Mère Sotte, et qui s'était adjoint à titre d'acteurs secondaires et de figurants des habitants de la petite ville, l'auteur lui-même, comme à l'accoutumée, fit fonction de maître de jeu, c'est-à-dire de metteur en scène. Cette farce et cette moralité, où l'on trouve maints traits plaisants, beaucoup de naturel et une saine gaieté, suffiraient à la gloire d'André de La Vigne. On lui attribue encore une *Sotie nouvelle à huit personnages* – v. *Soties* (*) –, peut-être représentée à Toulouse en 1507, et une *Sotie à dix personnages*, qui est de 1514. Dès son avènement, François Ier fit de lui son chroniqueur : il commença une chronique du souverain, mais n'en rédigea que quelques pages.

LAVISSE Ernest. Historien français. Né à Nouvion-en-Thiérache (Aisne) le 17 décembre 1842, mort à Paris le 8 août 1922. D'une vieille famille de petite bourgeoisie rurale, il entre à l'École normale supérieure en 1862, et se trouve très influencé par ce milieu ardemment républicain. Sorti de l'École en 1865, il commençait dans des lycées de province la carrière habituelle d'un professeur, lorsque le ministre de l'Instruction publique, Victor Duruy, le prit comme chef de cabinet et précepteur du prince impérial. Le bouleversement de la guerre de 1870 entraîna Lavisse, comme Albert Sorel, à étudier la genèse de la puissance allemande et, après avoir passé ses thèses sur l'ordre teutonique, il fit paraître en 1879 des *Études sur l'histoire de Prusse*, et commença de publier un vaste ouvrage sur Frédéric II. Mais Lavisse est bientôt absorbé par ses occupations administratives. Nommé professeur à Normale en 1876, à la Sorbonne en 1888, l'historien va jouer un rôle essentiel, quasi occulte, dans la direction de l'Université : il abordera de nombreuses questions de pédagogie, militera en faveur de l'école laïque et de la défense des humanités. Entré à l'Académie en 1892, il fait paraître un an plus tard son *Esquisse d'une histoire politique de l'Europe* et, la même année, en collaboration avec Alfred Nicolas Rambaud, commence la publication de l'*Histoire générale du* IV*e siècle à nos jours*. Après sa nomination, en 1904, à la direction de l'École normale, Lavisse est vivement attaqué par des représentants de la jeune génération, en particulier par Péguy, qui le dénonce comme le chef du « parti intellectuel ». Son œuvre essentielle demeure son *Histoire de France*, où s'affirment toutes ses qualités : limpidité, don des grandes synthèses, « art de l'idéologie historique », toutes caractéristiques qui font de lui le meilleur héritier de Michelet.

RÉF. : R. Doumic, *Écrivains d'aujourd'hui*, Paris, 1894. – Vicomte E.-M. de Vogüé, *Regards historiques et littéraires*, Paris, s.d. – L. Abensour, article nécrologique dans le *Larousse mensuel* de mars 1923. – P. Nora, *Les Lieux de mémoire*, t. I et II, 1984-1986.

LÉAUTAUD Paul. Écrivain né à Paris le 18 janvier 1872, mort à Verrières-le-Buisson (Essonne) le 22 février 1956. Né d'un père comédien en même temps que grand séducteur, et de l'une des nombreuses « compagnes temporaires » de celui-ci, Paul Léautaud fut abondonné trois jours après sa naissance par celle qui le mit au monde. Il ne la revit que brièvement en 1881, puis à Calais, en 1901, à l'occasion du décès d'une tante. Âgé de trente et un ans, il conçut alors des désirs – presque comblés, si on l'en croit – pour cette femme de mauvaise vie, cette « gamine très dégourdie » qu'était sa mère ; expérience qui marqua sa vie et son œuvre, ainsi que la rancune qu'il vouait à son père et dont il prit pleine conscience à la mort de celui-ci (1903). Ces événements lui inspirèrent deux chefs-d'œuvre : *Le Petit Ami* (1903) et *In memoriam* (1905). Sa formation fut brève : école communale à Courbevoie, amitié avec Adolphe Van Bever, renforcée par leur commun intérêt pour la poésie symboliste, divers emplois occasionnels, le plus durable le fixant dans l'étude d'un avoué ; et surtout des expériences amoureuses racontées dans un troisième récit : *Amours* (1906). Il y eut aussi, vers l'âge de vingt ans, la découverte du Stendhal intime de la correspondance, des *Souvenirs d'égotisme* et de la *Vie de Henry Brulard* ; et à la même époque les débuts de son *Journal littéraire* qu'il rédigea jusqu'à sa mort. Critique dramatique sous le nom de Maurice Boissard, il donne des chroniques au *Mercure de France* (*) à partir de 1907, puis à *La Nouvelle Revue française* (*) et aux *Nouvelles littéraires* ; mais se voit souvent remercié à cause de sa fantaisie et de son franc-parler. Il entre en 1908 au *Mercure de France* en qualité de secrétaire, grâce à l'amitié de Remy de Gourmont et d'Alfred Vallette ; il tiendra cet emploi pendant trente-trois ans, brossant dans son *Journal* des portraits impitoyables des personnalités littéraires qu'il côtoiera. Il s'installe à Fontenay-aux-Roses en 1911, dans sa « baraque » qui deviendra l'asile des chats et des chiens perdus qu'il adopte et dont il fait sa compagnie privilégiée. Une longue et tortueuse relation, à partir de 1914, avec Anne Cayssac, dite « le Fléau », complète la première moitié de son existence, ou plutôt d'une adolescence prolongée durant laquelle s'élabora son personnage. Pressenti pour le prix Goncourt pour *Le Petit Ami* et *In memoriam* entre 1903 et 1905, il se refusa à la moindre complaisance envers le milieu littéraire ; et, quoique ayant fréquenté des écrivains aussi prestigieux que Paul Valéry ou André Gide, resta peu connu du public. Pourtant, le prestige dont il jouissait auprès de quelques-uns s'accrut de décennie en décennie ; pour aboutir, en 1950, grâce aux *Entretiens avec Robert Mallet* réalisés par la Radiodiffusion, à une véritable popularité, insolite pour cet écrivain des plus rares mais qui se révélait doué d'une « présence » presque théâtrale par les ricanements dont il entremêlait ses confidences, par sa verdeur et ses sarcasmes. Il se retire en janvier 1956 à la Vallée-aux-Loups, ancien domaine de Chateaubriand abritant une maison de repos, où il meurt un mois plus tard, dans son sommeil, âgé de quatre-vingt-quatre ans.

À l'heure où la littérature française se dégage des effets stylistiques hérités du symbolisme et qui retiennent encore Valéry ou Gide, Léautaud écrit selon l'humeur du moment, dans une prose directe et nerveuse, d'une économie presque classique, privilégiant l'anecdote et le potin au mépris de toute prétention à l'élaboration formelle ; tout, au final, revient à la rêverie, à l'émotion, au souvenir, au regret... Si, pour la liquidation du symbolisme, il importe de citer les *Poètes d'aujourd'hui* (1900), anthologie conçue avec Van Bever, ses œuvres principales sont d'abord : *Le Petit Ami* (1903), *In memoriam* (1905) et *Amours* (1906). Suivirent des souvenirs de « basoche », de « ménagerie », de « villégiature », des aphorismes toujours marqués par la verve et l'humeur, recueillis dans *Passe-Temps* (1929), et *Propos d'un jour* (1947) ; puis, à défaut de mémoires, l'autobiographie improvisée au cours des *Entretiens avec Robert Mallet*, édités en 1951 ; et le monumental *Journal littéraire* publié à partir de 1954. Il faut également citer les importantes

Lettres à ma mère (1956), la *Correspondance générale* éditée en 1972 par sa dernière maîtresse, Marie Dormoy ; et ses savoureuses chroniques dramatiques recueillies dans les deux volumes du *Théâtre de Maurice Boissard* (1926 et 1943).

♦ *« Paul Léautaud est sans doute l'homme le plus libre de ce temps. »* Marcel Jouhandeau. ♦ *Paul Léautaud est un "vrai", aussi vrai que Montaigne. »* Robert Kemp. ♦ *« Le plaisir est la poésie de Léautaud. »* André Suarès. ♦ *« Tout me ravissait en lui ; et d'abord ceci : qu'il ne cherchait nullement à plaire. »* André Gide. ♦ *« Un classique comme il y en a eu dans notre* XVIIIe *siècle le plus intelligent et le plus sec. »* Henri Clouard.

RÉF. : Rachilde, *Portraits d'hommes*, 1930. — R. Mallet, *Une mort ambiguë*, 1955. — Marie Dormoy, *Léautaud*, 1958. — Raymond Mahieu, *Paul Léautaud, la recherche de l'identité*, 1974. — Edith Silve, *Paul Léautaud et le « Mercure de France »*, 1985. — Claude Courtot, *P. Léautaud*, 1986. — Martine Sagaert, *Léautaud*, 1988.

LEBLANC Maurice. Écrivain né à Rouen le 11 novembre 1864, mort à Perpignan le 6 novembre 1941. Issu d'une famille bourgeoise, il est poussé par son père, armateur et négociant en charbon, vers une carrière industrielle ; mais il ne rêve que littérature et monte à Paris où il commence des études de droit. Il collabore très vite à différents journaux (du *Gil Blas* au *Figaro*), fréquente la faune artistique du *Chat noir* et se lie d'amitié avec quelques écrivains : Maupassant, d'abord, qui le soutient dans ses débuts ; Maeterlinck, ensuite, qu'il admire depuis longtemps et rencontrera par l'intermédiaire de sa sœur Georgette, devenue la compagne et l'interprète du poète. Ses premiers écrits exploitent avec succès la veine du psychologique à la Bourget, romans : *Une femme* (1893), *L'Œuvre de mort* (1896), *Armelle et Claude* (1897), *Voici des ailes* (1898), *L'Enthousiasme* (1901) ; ou recueils de nouvelles : *Des couples* (1890), *Ceux qui souffrent* (1894), *Les Lèvres jointes* (1899). Il s'y montre influencé par Maupassant et Flaubert (qu'il a connu étant enfant) ; Léon Bloy et Jules Renard le complimentent chaudement pour sa finesse d'analyse, et Antoine, le fondateur du Théâtre-Libre, accepte sans réserve sa pièce *La Pitié* (1904). Sa carrière d'écrivain va pourtant prendre un tour inattendu lorsqu'en 1905 Pierre Lafitte lui demande une nouvelle « policière » pour son magazine *Je sais tout* : ce sera *L'Arrestation d'Arsène Lupin* qui marque la naissance d'un des plus extraordinaires aventuriers de la littérature dite populaire. Devant le succès du récit, Leblanc se voit contraint par son éditeur de prolonger la vie de son héros : neuf autres nouvelles suivent, bientôt reprises dans un recueil au titre emblématique : *Arsène Lupin gentleman cambrioleur* (*) (1907). Le romancier vient de créer un personnage qui dominera toute sa carrière : « Je suis le prisonnier d'Arsène Lupin », constatera-t-il non sans agacement. « Il me suit partout. Il n'est pas mon ombre, je suis son ombre. » De fait aventures et volumes vont désormais se multiplier : *Arsène Lupin contre Herlock Sholmès* (1908), *L'Aiguille creuse* (1909), *813* (1910), *Le Bouchon de cristal* (1912), *Les Confidences d'Arsène Lupin* (1913), *L'Éclat d'obus* (1915), *Le Triangle d'or* (1917), *L'Île aux trente cercueils* (1919), *Les Dents du tigre* (1920), *Les Huit Coups de l'horloge* (1923), *La Comtesse de Cagliostro* (1924), *La Demoiselle aux yeux verts* (1927), *L'Agence Barnett et Cie* (1928), *La Demeure mystérieuse* (1928), *La Barre-y-va* (1930), *La Femme aux deux sourires* (1932), *Victor de la Brigade mondaine* (1934), *La Cagliostro se venge* (1935) — v. *Arsène Lupin*. La réussite du cycle tient à l'aisance de sa composition ; habile manieur d'intrigues, Leblanc met une plume alerte au service d'un héros inoubliable à qui sa verve gouailleuse et ses qualités surhumaines ont valu d'entrer dans la légende. En témoignent plusieurs adaptations à la scène (*Arsène Lupin, nouvelles aventures* et *Le Retour d'Arsène Lupin* écrits par Leblanc lui-même en 1908 et 1911 ; ou *Arsène Lupin banquier*, opérette policière de 1930) comme à l'écran (entre autres incarnations citons John Barrymore, Jules Berry, Robert Lamoureux au cinéma, ou Georges Descrières à la télévision). Cette immense popularité du gentleman cambrioleur éclipse le reste de la production de son créateur, qui a laissé d'autres ouvrages non dénués d'intérêt : outre des romans mondains teintés d'érotisme léger (*L'Image de la femme nue*, 1934 ; *Le Scandale du gazon bleu*, 1935), il faut mentionner un roman pour enfants (*La Forêt des aventures*, 1932), d'excellents récits où l'auteur imite non sans ironie le style du cycle Lupin (*Dorothée danseuse de corde*, 1923 ; *La Vie extravagante de Balthazar*, 1925) et deux très curieux romans d'anticipation (*Les Trois Yeux*, 1919 ; *Le Formidable Événement*, 1920).

LAURENT BAZIN.

LE BRAZ Anatole (Jean François Marie Lebras, dit). Écrivain né au village de Saint-Servais (Côtes-du-Nord) le 2 avril 1859, mort à Menton le 20 mars 1926. Fils d'instituteur, il fit au lycée de Saint-Brieuc de brillantes études, qu'il poursuivit au lycée Saint-Louis à Paris. Boursier de licence et d'agrégation en Sorbonne, il fut successivement professeur de philosophie au collège d'Étampes, professeur de troisième au lycée de Quimper, de 1886 à 1901, et professeur de littérature française à l'université de Rennes jusqu'à sa retraite en 1924. Il enseigna également en Suisse et en Amérique. Brillant conférencier, historien de la littérature, il soutint avec éclat une thèse de doctorat sur *L'Histoire du théâtre celtique* (1904) ; folkloriste, il écrivit un livre fameux, *Les Légendes de la mort en Basse-Bretagne* (1893) ; nouvelliste, on lui doit *Pâques d'Islande* (1897) et *Contes du soleil et de la brume* (1905).

Il fut aussi romancier : *Le Gardien du feu* (1890) et *L'Ilienne* (1904), et poète : *La Chanson de la Bretagne* (1892). Dans toute son œuvre il a voulu restituer l'âme « armoricaine ».

RÉF. : C. Le Goffic, article nécrologique dans le *Larousse mensuel* de février 1927. – G. Dottin, *Anatole Le Braz*, Poitiers, 1929. – R. Brauss, *Anatole Le Braz und sein Werk*, thèse, Stettin, 1930.

LE CLÉZIO Jean-Marie Gustave. Romancier, nouvelliste et essayiste. Né le 13 avril 1940 à Nice. Sa famille, d'origine bretonne, avait émigré à l'île Maurice au XVIIIe siècle, ce qui introduit dans l'imaginaire de l'enfant la dimension de l'ailleurs et le place au croisement de deux langues et de plusieurs cultures. L'île Maurice, ancienne colonie française passée aux mains des Anglais, est restée partagée entre ces deux influences. Le Clézio n'y a pas vécu, mais le reliant à ce monde lointain, il y a la figure de son grand-père, Alexis, qui servira de modèle au narrateur du *Chercheur d'or* et le souvenir de la belle demeure perdue, Eurêka, appartenant à la famille. Enfant, il a rêvé de devenir marin et c'est au cours d'un long voyage en mer entre Bordeaux et le Nigeria, pour occuper son désœuvrement, qu'il entreprend d'écrire son premier livre. L'écriture et le voyage, liés dans cette première expérience, sont pour lui les deux formes d'une même attitude dans l'existence : le choix d'être entre deux mondes.

Il poursuit des études de lettres, rédige un mémoire de maîtrise sur Henri Michaux dont il se souviendra dans *Vers les icebergs* : on y retrouve les deux thèmes de l'écriture et du voyage et une définition de la poésie réconciliant l'être et la parole : « Le pouvoir de cette parole est d'action, parce qu'elle n'est pas illustration, ni prétexte, mais une création immédiate à la manière d'un geste, à la manière d'une danse. » Il soutient une thèse de doctorat sur Lautréamont, dont la lecture lui a enseigné une direction majeure de son écriture : « Un art qui dépasse l'individu, un art qui retrouve les mythes de la vie collective. » En 1963, il fait paraître son premier roman, *Le Procès-Verbal*, pour lequel il obtient le prix Renaudot et, d'emblée, une grande renommée littéraire. Ce roman inaugure une série de livres qui tous se caractérisent par l'expression d'une certaine angoisse face à l'agression du monde moderne : *La Fièvre* (1965), *Le Déluge* (1966), *L'Extase matérielle* (1967), *Terra amata* (1967), *Le Livre des fuites* (1969), *La Guerre* (1970). Il s'agit par l'écriture d'« exprimer ce constat qu'actuellement on vit dans une société en guerre permanente, guerre de la masse contre l'individu, guerre des objets contre l'être humain, guerre des êtres humains entre eux ». Cette vision où la beauté se confond avec la violence du monde extérieur culmine dans le récit des *Géants* (1973). Poursuivi par son inquiétude, l'écrivain cherche au milieu de ses mots une issue sans pouvoir la trouver. Tout livre est un « livre des fuites ». D'où le sentiment pour le lecteur d'une écriture fébrile, inventive, multipliant les audaces formelles pour frayer un chemin à l'homme dans un monde qui l'aliène. Il y a au fond de la démarche de Le Clézio ce secret dessein de se fondre dans la matière infinie qui étend son domaine en deçà des formes, mais il manque encore au penseur la découverte que c'est à travers l'expérience du particulier qu'on peut atteindre au contact avec l'infini. « Et le secret absolu de la pensée, et sans doute ce désir jamais oublié de se replonger dans la plus extatique fusion avec la matière, dans le concret tellement concret qu'il devient abstrait », telle est peut-être la définition de la première manière de Le Clézio.

La rencontre avec l'Amérique centrale va lui donner l'occasion de sortir de cet état de crise permanente. En 1966, dans le cadre de la coopération, il découvre le Mexique. Il y voit pour la première fois les grands espaces arides dont il se souviendra pour écrire *Désert* et commence à lire et traduire les œuvres testimoniales des civilisations disparues (*Les Prophéties du Chilam Balam*, 1976). Ce qui lui donne des instruments pour l'analyse d'une autre expérience : son séjour dans les tribus indiennes du Panama. Il reconnaît dans leur mode de vie accordé au rythme naturel le modèle d'existence qu'il recherchait en vain dans la civilisation occidentale.

Dès lors, les récits de Le Clézio, qu'ils se présentent sous la forme de fragments (*Voyages de l'autre côté*, 1975), de nouvelles (*Mondo et autres histoires*, 1978, *La Ronde et autres faits divers*, 1982, *Printemps*, 1989) ou de romans (*Désert*, 1980, *Le Chercheur d'or*, 1985), vont témoigner dans leur écriture apaisée de ce changement intérieur qui affecte l'auteur. Le Clézio va s'attacher à raconter la vie « des derniers hommes libres ». L'histoire et la psychologie de ses personnages se précisent, les cadres spatio-temporels de ses romans sont très nettement situés : de plus en plus prédominent l'attention au particulier, la description de la beauté du monde, de sa dureté et de sa douceur, et de la vie secrète qui l'anime. Il s'agit dans les derniers récits de raconter la quête d'un être à la recherche de lui-même. L'individu se rejoint lorsqu'il prend conscience simultanément de son appartenance à l'ordre du monde et à l'histoire des hommes. L'être singulier au cœur de son étroit destin personnel accède à l'universel. Il voit avec un regard changé qui est celui des autres : ses ancêtres, l'homme intemporel des mythes et des légendes. Un essai, *Le Rêve mexicain* (1988), traversé à la fois par les deux mouvements complémentaires de la nostalgie et de l'espoir, résume sans doute le projet humain de Le Clézio : « cette harmonie entre l'homme et le monde, cet équilibre entre le corps et l'esprit, cette union de l'individu et du collectif », à quoi il faudrait aussi ajouter l'accord entre le réel et le surnaturel que l'écriture doit manifester. Enfin on peut lire à travers la figure du poète Antonin Artaud, consumé par le rêve, son projet d'écrivain : « La révélation d'une poésie à l'état pur, d'une création en dehors du langage, création des gestes et des rythmes de la danse : création pure, pareille, dit-il à une “ébullition”. »

JEAN-MARC SOURDILLON.

RÉF. : Pierre Lhoste, *Conversations avec J.-M. G. Le Clézio*, Mercure de France, 1971.

LECOMTE Marcel. Écrivain belge d'expression française. Né à Saint-Gilles le 25 septembre 1900, mort à Bruxelles le 19 novembre 1966. Enseignant de profession, il a participé à l'activité du groupe « Correspondance » aux côtés de Paul Nougé, principal théoricien du surréalisme belge, et de Camille Goemans. D'accès parfois difficile en raison d'un penchant avoué pour l'ésotérisme, son œuvre, dispersée dans maintes publications, a été rassemblée pour sa plus grande part en 1980 et 1989 (*Œuvres* et *Les Voies de la littérature* — textes critiques). Les titres de ses principaux recueils composent un portrait assez ressemblant de son personnage. *Les Minutes insolites, Le Vertige du réel* et *Le Règne de la lenteur,* réunis par lui avec *La Servante au miroir* en 1944, ont constitué l'ensemble de *L'Accent du secret.* Mais on retiendra aussi les textes recueillis dans *Le Carnet et les instants* (1964), qu'a préfacé Jean Paulhan, et dans *Le Sursis* (1971), ainsi que les nombreuses préfaces qu'il a écrites pour les albums d'art et ses chroniques de la revue *Synthèses.*

LECONTE DE LISLE (pseud. de Charles Marie René Leconte). Poète né à Saint-Paul (île de la Réunion) le 22 octobre 1818, mort au hameau de Voisins, près de Louveciennes, le 18 juillet 1894. Issu d'une famille d'origine bretonne, parent de Parny par sa mère, son enfance sévère le destinait déjà à la révolte et au pessimisme. Son père, qui était chirurgien militaire à la Réunion, voulant faire de lui un commerçant, le fit voyager : il alla aux Indes, parcourut les îles de la Sonde, mais, rentré chez lui sans aucun goût pour le commerce, il partit pour la France et alla s'installer à Rennes. Les journaux bretons accueillirent ses premiers vers. Après plusieurs voyages dans son île natale, on le retrouve à Paris vers 1846, converti à l'utopie fouriériste, et publiant, dans *La Phalange*, la revue du groupe, des poèmes qui commencent de le signaler aux jeunes littérateurs. En 1848, Leconte de Lisle témoigne d'un républicanisme ardent et fougueux ; il devient agent électoral en Bretagne, publie une lettre-manifeste en faveur de l'abolition de l'esclavage, qui a pour résultats de le brouiller avec sa famille, d'interrompre les subsides qu'il recevait de la Réunion et de le réduire à la misère. La démocratie, d'autre part, ne tarde pas à le décevoir : de sa foi sociale, il ne garde dès lors qu'une vive rancœur contre Dieu et les hommes, et il va chercher refuge dans la poésie.

Dès avant la révolution de 1848, avec ses amis Théodore de Banville, Thalès Bernard et surtout Louis Ménard, il s'était passionné pour l'étude de l'Antiquité. Sa connaissance approfondie du grec lui permettra d'entreprendre une longue série de traductions, discutées et discutables, en particulier de l'*Iliade*, de l'*Odyssée*, d'Eschyle, Sophocle, Euripide, Hésiode. Leconte de Lisle y cherchait le pittoresque : pour Clytemnestre, par exemple, il écrivait Klitaïmnestra, et ces transcriptions littérales et sonores donnaient prise au ridicule. Mais elles ne trahissaient pas les œuvres anciennes, et le poète leur dut certainement une grande part de sa renommée. Mais à la Grèce, après ses désillusions politiques, Leconte de Lisle va demander surtout son inspiration de poète : les mythes antiques remplacent pour lui les chimères sociales. Il les étudie avec une curiosité de savant, d'archéologue, mais aussi en tant que figures accomplies de la destinée humaine. Sens historique et inquiétude métaphysique, tels sont en effet les deux traits de sa poésie : il aura donc le souci de l'exactitude dans le détail de la couleur locale ; il forcera l'alexandrin français à s'habituer à des sonorités barbares, mais, en même temps, il s'interrogera gravement sur la signification générale des mondes anciens. Son premier recueil, les *Poèmes antiques*, paraît en 1852, avec une préface qui souleva des polémiques : l'auteur n'annonçait-il pas en effet l'agonie du romantisme ? Dix ans plus tard paraissaient les *Poésies barbares* — rééditées en 1872 sous le titre de *Poèmes barbares* (*) — : l'auteur utilisait les livres religieux de l'Inde, des Juifs, de l'Égypte, des Germains primitifs, et faisait revivre ces civilisations perdues à l'occasion de quelques épisodes caractéristiques et colorés de leur histoire. Leconte de Lisle suivait un mouvement puissant de son temps, et bénéficiait de toutes les recherches, menées pendant la monarchie de Juillet et le second Empire, sur les civilisations orientales. Son art exigeant s'imposait aux jeunes poètes, et une petite mais brillante école commençait à se grouper autour de lui, avec Catulle Mendès, Sully Prudhomme, Coppée, Heredia, Verlaine, Villiers de l'Isle-Adam, Mallarmé. La situation personnelle du poète n'en restait pas moins difficile et, en 1866, au moment de la publication du *Parnasse contemporain*, Leconte de Lisle n'avait pas encore atteint le grand public.

C'est du lendemain de la guerre de 1870 que date sa célébrité qui, pour les nouvelles générations, éclipsa même celle de Victor Hugo. En 1872, il abordait le théâtre avec une tragédie eschyléenne, *Les Érinyes*, qui fut créée au Théâtre de l'Odéon le 6 janvier 1873. En 1884, il publiait ses *Poèmes tragiques*. À la mort de Hugo, et sur la demande expresse de ce dernier, qui, dès 1852, avait protégé l'auteur des *Poèmes antiques*, Leconte de Lisle est élu à l'Académie française au fauteuil du grand aîné ; il y est reçu le 31 mars 1886 par Alexandre Dumas fils. L'amour du beau comme seul remède au désenchantement de la vie : tel fut son message, mais, convaincu de l'absurdité de toutes choses,

Leconte de Lisle ne considérait l'Histoire que comme un majestueux spectacle. Aux religions et aux civilisations passées, à la nature, il ne demandait que des formes belles. Comme pour Vigny, son sentiment instinctif est de révolte contre un monde et un Dieu mauvais ; mais une grande curiosité critique et esthétique vient lui rendre la sérénité. Se résignant à ne pouvoir pénétrer le secret des choses, il n'admet qu'une passion, celle de la beauté formelle.

♦ *« Je cherche à définir la place que tient dans notre siècle ce poète tranquille et vigoureux, l'un de nos plus chers et de nos plus précieux. Le caractère distinctif de sa poésie est un sentiment d'aristocratie intellectuelle, qui suffirait, à lui seul, pour expliquer l'impopularité de l'auteur... »* Baudelaire. ♦ *« Si l'on veut se faire une juste idée de l'œuvre de Leconte de Lisle [...] il y faut voir avant tout, comme dans l'œuvre de Flaubert, une protestation contre le romantisme. »* Ferdinand Brunetière. ♦ *« Leconte de Lisle se construisit un temple solennel et rectiligne. Angles lourds, blocs énormes. Ses poèmes s'en échappent comme des oracles. Ses monologues sont des vaticinations lentes, pondérées, superbes. »* Verhaeren.

RÉF. : J. Aicard, *Leconte de Lisle*, Paris, 1887. — J. Dormis, *Leconte de Lisle intime*, Paris, 1895. — D. Toupance, *Leconte de Lisle, esquisse d'une biographie intellectuelle*, Paris, 1916. — I. Brown, *Leconte de Lisle*, New York, 1924. — P. Flottes, *Le Poète Leconte de Lisle*, Paris, 1929. — A. Embiricos, *Leconte de Lisle*, Thonon-les-Bains, 1941. — A. Fairlie, *Leconte de Lisle's Poems on the Barbarian Races*, Cambridge, 1947. — P. Jobit, *Leconte de Lisle et le Mirage de l'île natale*, Paris, 1951. — I. Putter, *Leconte de Lisle and his Contemporaries*, Berkeley, 1951, et *The Pessimism of Leconte de Lisle. Sources and Evolution*, Berkeley, 1954. — J. Vianey, *Les « Poèmes barbares » de Leconte de Lisle*, Paris, 1955. — E. Pich, *Leconte de Lisle et sa création poétique*, 1975.

LE FÈVRE DE LA BODERIE Guy. Humaniste et poète. Né au manoir de la Boderie (près de Falaise) le 9 août 1545, mort au même lieu le 10 juin 1598. Après des études à Caen, où il est l'ami de Charles de Bourgueville et de Jean Vauquelin de La Fresnaye, Le Fèvre gagne Paris. Il y étudie l'hébreu, l'arabe et le syriaque, fréquente le cercle du duc d'Alençon et devient le disciple de Guillaume Postel, qui l'incite à traduire en latin la version syriaque du *Nouveau Testament*. Cette traduction, accompagnée d'autres travaux d'érudition, paraît en 1571 à Anvers, chez Plantin, dans le cadre de la monumentale entreprise qu'est l'édition de la *Bible polyglotte*. Le Fèvre publie la même année un long poème d'apologétique catholique, inspiré par le néo- platonisme et *La Kabbale*, *L'Encyclie des secrets de l'éternité*. Revenu à Paris, il traduit, entre 1578 et 1582, trois traités de Ficin (*De la religion chrestienne*, *Discours de l'honneste amour, Les Trois Livres de la Vie*), deux de Jean Pic de La Mirandole (*La Harangue de la dignité de l'homme, Commentaire sur la chanson d'amour de J. Benivieni*), un de Cicéron (*De la nature des dieux*), et l'ouvrage principal de François Georges de Venise (*L'Harmonie du monde*). Membre, sans doute, de la Famille de la Charité, il continue de défendre la religion catholique en faisant paraître une traduction d'*Hymnes ecclésiastiques* et un long poème, *La Galliade* (1578). Il passe les quinze dernières années de sa vie à Falaise, occupé principalement à rééditer ses traductions. Son œuvre s'inscrit dans un courant d'apologétique chrétienne illustré principalement par Ficin, Jean Pic de La Mirandole, Lefèvre d'Étaples, Pontus de Tyard et Guillaume Postel. Les arguments en sont pris dans *La Kabbale* et dans la « prisca theologia », cette théologie qui s'exprime, d'après Clément d'Alexandrie et Eusèbe de Césarée, à travers les écrits de Pythagore, Orphée, Zoroastre et Platon. La visée politique découle de la conception mystique de l'Histoire : Dieu a élu le peuple gaulois, premier peuple rescapé du Déluge, pour réaliser la concorde universelle. La puissance de l'inspiration modère un certain didactisme inhérent au genre de la poésie encyclopédique. S'il refuse de se consacrer à des sujets païens, Le Fèvre n'en demeure pas moins influencé par Ronsard, Jodelle et Du Bellay auxquels il dédie quelques poèmes. Mais c'est principalement l'extrême désir de ramener la diversité du monde à l'unité qui fait la force et l'originalité de cette œuvre dont l'auteur se comparait à Orphée, tout ensemble poète et prêtre.

FRANÇOIS ROUDAUT.

RÉF. : F. Secret, *L'Ésotérisme de Guy Le Fèvre de La Boderie*, Genève, 1969. — F. Roudaut, *Le Point centrique. Contribution à l'étude de Guy Le Fèvre de La Boderie, édition commentée de « La Galliade »*, Paris, 1991.

Légataire universel (Le). Comédie en cinq actes et en vers de l'auteur dramatique Jean-François Regnard (1655-1709). C'est la meilleure et la dernière de ses pièces, si on excepte celle qu'il écrivit pour la défendre, *La Critique du « Légataire »*. Représentée en 1708, elle appartient au groupe de comédies que Regnard écrivit pour le Théâtre-Français, groupe qui comprend ses meilleurs ouvrages, dont *Le Joueur*. Ce grand voyageur, comme en témoignent ses *Voyages*, cet épicurien aimable, cet esprit plein de vivacité, après s'être essayé dans tous les genres, donne là son chef-d'œuvre. Sans doute, on n'a pas manqué de souligner ce qu'il avait emprunté à la « commedia dell'arte » et au Molière des *Fourberies de Scapin* (*) ; toutefois l'œuvre est fort originale, car elle marque un renouvellement complet de la farce devenue tradition du théâtre français. Éraste, neveu du cacochyme Géronte, aime Isabelle. Madame Argante, mère de la jeune fille, consentirait à ce mariage à condition qu'Éraste soit désigné comme héritier de tous les biens de son oncle. Malheureusement, ce dernier, malgré son âge, s'érige en prétendant d'Isabelle. Pressé de faire son testament, Géronte consent à faire d'Éraste son légataire universel, mais il réserve une forte somme à deux de ses parents qu'il ne connaît pas. Pour assurer à son maître la totalité de l'héritage, Crispin, valet d'Éraste, se fait passer successivement pour ces parents inconnus. C'est ainsi que Géronte reçoit la visite d'un jeune homme suffisant et vulgaire, puis d'une veuve querelleuse et rapace. Impressionné par ces visites, Géronte projette de tout laisser à Éraste ; mais il est si affecté par ses découvertes qu'à peine a-t-il pris cette décision qu'il a une syncope. On le croit mort. Une fois de plus, l'artificieux Crispin vient au secours de son maître. Il n'en est pas à une métamorphose près ; cette fois, c'est en Géronte qu'il se transforme. Il fait appeler un notaire, dicte un testament en faveur d'Éraste, sans négliger quelques donations pour lui-même et pour son amie, Lisette, servante chez Géronte. Mais l'oncle revient à lui et il est fort surpris de voir le notaire lui rapporter copie d'un testament qu'il ne se souvient pas avoir fait. À chaque nouvel étonnement, les complices lui répondent : « C'est votre léthargie. » Finalement, on arrive à convaincre le vieillard que c'est bien lui qui a fait ce testament, mais que sa syncope lui a fait perdre la mémoire. Géronte confirmera le testament, qu'il avait d'ailleurs eu l'intention de faire, et Éraste épousera Isabelle.

Le Légataire universel n'est rien de plus qu'une farce et la plus gaie de Regnard. En fait, c'est déjà, par l'aspect caricatural des situations et des caractères, presque un vaudeville, et on peut dire que, si la comédie se ressent de l'influence de Molière, elle n'est pas sans annoncer Labiche. Regnard, moins ici que dans *Le Joueur*, ne se soucie ni de peindre fortement des caractères ni de faire une satire des mœurs. Il a observé leur relâchement à la fin du règne de Louis XIV, mais il ne le censure pas. Il n'a voulu que faire rire et il y réussit admirablement : ses railleries portent à tout coup, et il sait entraîner le spectateur par la vivacité de ses inventions dramatiques qui se succèdent sans interruption sur la scène. C'est pourquoi Regnard est un des grands artisans de cette renaissance de la comédie en France au début du XVIIIe siècle. Il est servi par un style hardi, pittoresque, emporté, plein de trouvailles et de traits, mais qui frise de temps à autre l'incorrection. Par contre, sa versification, généralement supérieure à celle de Molière, est parfois pleine de naturel, mais le plus souvent très et même trop soignée. Si le public accueillit avec enthousiasme *Le Légataire,* dont le parfait cynisme s'accordait bien avec l'état d'esprit contemporain, il n'en alla pas de même avec la critique. Celle-ci bouda son plaisir et chercha querelle à Regnard sur ce qu'il n'avait pas observé : les règles classiques ; sa comédie en effet manquait d'unité. Regnard répondit brillamment à ces polémiques dans *La Critique du « Légataire ».*

Légende des siècles (La). C'est le dixième et le plus vaste de tous les recueils de poèmes de Victor Hugo (1802-1885). L'édition originale de la « Première série » parut en 1859 avec le sous-titre : « Histoire — Les Petites Épopées », chez Hetzel, en deux volumes. Les deux tomes de la « Nouvelle série » furent édités en 1877. Le tome cinquième et dernier vit le jour en 1883 (ces trois volumes chez Calmann-Lévy). Enfin, en 1883 parut, également chez Hetzel, l'édition dite définitive (d'après les manuscrits originaux), où l'ensemble de cette œuvre composite et monumentale était refondu et augmenté (4 volumes). La première série comprend 15 chapitres, dont plusieurs formés d'un seul poème ; la nouvelle série, 28 ; la dernière 23, plus *Le Retour de l'Empereur*, qui avait été imprimé en plaquette dès 1840.

Il y avait longtemps que Hugo caressait le projet de réaliser cette « grande épopée mystérieuse », ce « poème de l'homme » : ce monde qui est « entre l'Éden et les ténèbres ». Il en parle déjà éloquemment dans la préface des *Rayons et des Ombres*. Certaines des pièces de *La Légende des siècles* sont datées de 1840 ; on peut donc dire que l'élaboration de cet immense poème dura près de quarante ans. La réalisation elle-même prit à Hugo plus de vingt ans. Il l'entreprit d'abord dans l'exil, à Guernesey, puis à Paris, au milieu de la gloire et de la vénération qui entourèrent ses dernières années. Il veut y mettre toute son expérience de l'homme, une vision complète de son histoire, envisagée du point de vue de la conquête progressive de la liberté, de l'« épanouissement du genre humain de siècle en siècle ». Il veut y montrer « l'homme montant des ténèbres à l'idéal, la transfiguration paradisiaque de l'enfer terrestre, l'éclosion lente et suprême de la liberté, droit pour cette vie, responsabilité pour l'autre ». Dans sa préface à la « Première série » (cette préface est de 1857 et non, comme l'affirme l'édition définitive, de 1859), il expose en ces termes comment il réalisera ce grandiose monument à l'Homme : « Exprimer l'humanité dans une espèce d'œuvre cyclique, la peindre successivement et simultanément sous tous ses aspects, histoire, fable, philosophie, religion, science, lesquels se résument en un seul et immense mouvement vers la lumière [...] Ces poèmes se passent l'un à l'autre le flambeau de la tradition humaine, "quasi cursores". » De même que *Les Misérables* (*) racontaient la montée et la rédemption d'un homme, Jean Valjean, qui sortait de l'abîme pour s'élever jusqu'à la sainteté, *La Légende des siècles* racontera l'ascension de l'humanité. Mais cet immense poème épique, composé de petites épopées, se rattache beaucoup plus étroitement encore, et de l'aveu même de Hugo, à d'autres parties de son œuvre : « On apercevra le lien qui, dans la conception de l'auteur, rattache *La Légende des siècles* à deux autres poèmes, presque terminés à cette heure, et qui en sont, l'un le dénouement, l'autre le commencement : *La Fin de Satan* et *Dieu* ». L'auteur avoue qu'« il a esquissé dans la solitude une sorte de poème d'une certaine étendue où se réverbère le problème unique, l'Être, sous sa triple face : l'humanité, le mal, l'infini ; le progressif, le relatif, l'absolu ; en ce qu'on pourrait appeler trois chants, *La Légende des siècles, La Fin de Satan, Dieu* ».

Ainsi qu'on peut en juger, les « petites épopées » qui composent *La Légende* sont liées entre elles et soutenues par une idéologie dont le moins qu'on puisse dire est qu'elle est ambitieuse et quelque peu sommaire. Mais, comme souvent dans les œuvres de Hugo, ce sont ces thèses, ces idées à quoi il tenait le plus qui nous semblent maintenant singulièrement naïves et désuètes ; c'est ce qu'il croyait éternel qui nous semble avoir péri. Il n'en reste pas moins que *La Légende* est son chef-d'œuvre poétique ; c'est aussi le plus puissant, le plus riche des livres de poésie française du XIXe siècle avec *Les Fleurs du mal* (*). Si elle n'est pas cette épopée que Hugo ambitionnait d'écrire et qu'il croyait avoir réalisée, elle est une suite — somme toute incohérente, malgré les intentions souvent affirmées de l'auteur dans le corps même de son œuvre —, une suite donc de poèmes, la plupart du temps épiques, mais aussi parfois purement lyriques, quand ils n'ont pas un caractère social, politique, voire pamphlétaire. Pour être juste, il convient d'ajouter que Victor Hugo ne s'était jamais proposé de composer un ouvrage vraiment synthétique et unifié, mais seulement de donner les éléments de cette synthèse sous la forme de nombreux et très divers tableaux illustrant les époques et les événements, les hommes et les idées les plus divers de l'histoire et de la légende de l'humanité. Il prend du reste, avec l'une comme avec l'autre, les plus grandes libertés, sa documentation étant avant tout celle d'un poète et non d'un érudit. De là, d'ailleurs, la puissance, le charme, le pittoresque de ce prodigieux « magasin d'images », tantôt naïvement, tantôt grossièrement tracées, tour à tour orageuses et profondes, baroques et humoristiques. Jamais la virtuosité, la souplesse, l'audace d'expression, l'invention, la syntaxe et la science prosodique n'avaient encore éclaté avec autant de violence et d'abondance. Il fallut les loisirs forcés de l'exil de Jersey et de Guernesey, mais aussi la vision des bouleversements politiques et sociaux, que Victor Hugo se sent dominer de son observatoire, et le spectacle quotidien de la mer, pour que cet univers monstrueux pût éclore d'un cerveau plus porté à la vision ésotérique (Hugo s'adonnait au spiritisme depuis six ou sept ans) qu'à la pensée philosophique.

Il est manifeste que les deux tomes primitifs de 1859 contiennent des merveilles, que les séries suivantes ne dépasseront point et n'égaleront que rarement. Dans une grandiloquente introduction en vers, « La vision d'où est sorti ce livre », le poète croit voir s'entrouvrir devant lui le « mur des siècles » : « C'est l'épopée humaine, âpre, immense, écroulée ». Puis l'ouvrage débute sur un hymne, « La Terre », qui est une espèce de genèse. Vient ensuite, sous le titre général d'« Ève à Jésus », une série de huit poèmes destinés à illustrer les temps primitifs. On y trouve de grandioses évocations ; la plus célèbre d'entre elles est « La Conscience », dont quelques vers sont parmi les plus connus de toute l'œuvre de Hugo ; mais le chef-d'œuvre incontesté de ce groupe est le solennel tableau de « Booz endormi ». Puis, c'est une vision de la Grèce mythique, qui se concentre autour de la lutte entre les Titans et les Dieux. La Grèce historique est rapidement évoquée par quelques souvenirs glorieux de la guerre contre la tyrannie : « Les Trois Cents », « Le Détroit d'Euripe », « La Chanson de Sophocle à Salamine ». Quant à Rome, Hugo évoque seulement sa décadence par une atroce image : « Au lion d'Androclès ». Il se réserve pour plus tard (« Les Sept Merveilles du monde », dans la XIIe partie) un retour brillant vers le monde antique et passe immédiatement à la période trouble des invasions barbares (« Attila »). C'est là un Moyen Âge typiquement romantique, aux mœurs violentes ; une effrayante série de crimes et d'atrocités se trouve ici éclairée par les figures des héros de la chevalerie, champions du bien contre l'injustice. Cette période qui embrasse plus de mille ans prend la moitié de *La Légende des siècles.* Les images du monde occidental alternent avec celles de l'Islam ; naturellement l'Espagne arabo-chrétienne y tient une place importante. La longue suite d'horreurs, qui résume, selon Hugo, tous les aspects de la vie sociale de l'époque, lui suggère des tableaux impressionnants et suggestifs : « Les Deux Mendiants » (terrible allusion satirique à l'Église et à l'Empire), « Les Reîtres » (pittoresque chanson de mercenaires) et surtout « Le Jour des Rois ». Il va sans dire que l'insistance du poète sur certains thèmes est d'une fastidieuse monotonie. Toutefois, la légende d'« Éviradnus » et les aventures du « Petit roi de Galice », où l'on retrouve le célèbre personnage de Roland (XVe partie : « Les Chevaliers errants »), contiennent des passages très puissants. Sans nul doute Hugo s'est-il inspiré de *La Chanson de Roland* (*), de divers poèmes carolingiens et du *Romancero* ; mais il retrouve, dans cette partie, toutes les qualités qui font de lui un maître de la technique dans ses œuvres lyriques et ses petits poèmes. Citons encore : « Le Romancero du Cid », « Bivar », « Aymerillot ». En dépit de ces héros, le Moyen Âge garde définitivement son caractère d'oppression répugnante, où ceux qui chérissent la liberté font figure de dangereux rebelles (« Welf, Castellan d'Osbor »). Cette conception simpliste trouve son expression la plus parfaite dans un pléthorique poème de mille vers : « Les Quatre Jours d'Elciis ».

Peu de poèmes sont dédiés à la Renaissance ; un seul est célèbre : « Le Satyre », sorte de chant cosmogonique, évidemment influencé par l'églogue de Virgile, « Silenus » ; c'est un des sommets de l'œuvre, le poème le plus complet, le plus solide et le plus varié que Hugo ait créé ; son importance n'a cessé de se révéler et d'influencer toute la poésie de la fin du XIXe siècle. Le poète déverse des flots d'éloquence contre l'époque de l'Inquisition. Plus loin, le « Groupe des idylles », qui date presque tout entier de 1876-1877 (XXXVIe partie), marque un moment de répit, empreint de grâce et de sérénité : trente-deux pièces lyriques où l'on retrouve les souvenirs et le style des poètes anciens : Orphée, Théocrite, Virgile, Dante, Pétrarque, Ronsard, André Chénier. La dernière grande partie de l'œuvre (XLIXe) évoque l'histoire récente ; elle s'intitule « Les Temps présents » et va de la Révolution au second Empire. Dans les douze dernières parties, le poète semble vouloir concrétiser sa vision dans des poèmes qui se rattachent à la manière et à l'inspiration des grandes pièces lyriques de la seconde partie des *Contemplations* (*). Citons parmi ces poèmes : « La Vision de Dante », grandiloquente diatribe contre le pape Pie IX, qui favorisait alors Napoléon III.

Par cette variété de tons et en dépit des rappels obstinés à l'unité de conception, *La Légende des siècles* offre l'aspect d'une suite de morceaux détachés, dont l'hétérogénéité est encore accentuée par le fait que Hugo ajouta plus tard à l'ébauche de l'ensemble que constituait en soi la « Première série », un certain nombre de poèmes anciens ou nouvellement composés en vue de combler, dans la mesure du possible, les lacunes de la chronologie et d'accorder plus d'ampleur à des périodes de l'histoire qu'il estimait encore insuffisamment représentées. Malgré ces incohérences, *La Légende des siècles* contient des éclats de génie poétique indéniables. L'œuvre demeure l'un des monuments les plus remarquables de la littérature du XIXe siècle.

LEIRIS Michel. Écrivain et ethnologue. Né et mort à Paris (20 avril 1901-30 septembre 1990). Après une enfance très « bourgeoise » et des études classiques, il fréquente entre 1924 et 1925 le groupe surréaliste, puis collabore à la revue *Documents*, dirigée par Georges Bataille. Secrétaire archiviste d'une mission ethnologique qui le mène de Dakar à Djibouti, il en tire un journal, *Afrique fantôme*, publié en 1934. À partir de cette époque, il mène de front son travail d'ethnographe et son travail littéraire. Michel Leiris a également été l'un des fondateurs de la revue *Les Temps modernes* (1945).

L'œuvre de Michel Leiris est donc placée sous le double signe de la recherche ethnographique et de la création littéraire. Bien qu'il ait écrit des poèmes – *Simulacre* (1925), *Le Point cardinal* (1927), *Glossaire j'y serre mes gloses* (1939), *Haut mal* (1943), *Bagatelles végétales* (1956), *Vivantes cendres, innommées* (1961), *Nuits sans nuit* (1961) — ainsi que des essais esthétiques – *André Masson et son univers* (1947), *Brisées* (1966) — et que son œuvre ethnographique soit également importante – *La Langue secrète des Dogons de Sanga* (1948), *Race et Civilisation* (1951), *Contacts de civilisation en Martinique et en Guadeloupe* (1955), *La Possession et ses aspects théâtraux chez les Éthiopiens de Gondar* (1958), *Afrique noire : la création plastique* (1967) –, Michel Leiris est surtout connu pour ce qu'on doit appeler son « aventure biographique ».

Le « roman » *Aurora* (rédigé en 1928, publié en 1946), écrit sous l'influence surréaliste, marque l'entrée dans la lice littéraire de l'écrivain Leiris, avec un mémorable jeu de mot « aurora / horrora », dont tout le livre constitue en quelque sorte l'explication. Peu après la publication de cet ouvrage, Leiris, en proie à un mal-être qui risque, avouera-t-il plus tard, de le conduire à des excès périlleux (il a notamment l'obsession du suicide), entre en psychanalyse. Cette expérience – sur laquelle il reste d'ailleurs fort discret – amènera un bouleversement de sa création littéraire, et marquera le début d'une aventure au terme de laquelle il faut affirmer que l'auteur a renouvelé le genre déjà ancien de l'« autobiographie ».

L'Âge d'homme (1939) s'ouvre par un texte liminaire : *De la littérature considérée comme une tauromachie*, dans lequel Leiris s'interroge sur l'acte d'écrire. Il souhaiterait que la littérature comporte la même dose de risque et d'engagement que la tauromachie. Qui dit tauromachie dit un certain rapport, ritualisé, codifié, à la mort, au sang, à l'animalité. Dit aussi une certaine « théâtralité ». *L'Âge d'homme* marque ainsi le début d'une écriture où l'écrivain se risque à parler de lui-même, et rien que de lui-même, dans un espace où il est question de la mort, du sang, du sexe, de la difficulté de vivre, des fantasmes. L'œuvre de Leiris est ainsi la première, avec celle de Jouve, à avoir comme « condition de possibilité » la psychanalyse, non en tant que « théorie », mais en tant qu'expérience vécue. C'est ainsi que Pontalis a pu qualifier les textes de Leiris de « psychanalyse sans fin ». En effet, dans *L'Âge d'homme*, Leiris nous raconte, très directement, son enfance et son adolescence. Peu d'autobiographies sont aussi franches. Mais ce récit de soi-même a quelque chose de particulier : il se fait à partir des fantasmes de l'auteur (fantasmes sexuels, fantasmes de mort, etc.). Et ces fantasmes s'incarnent, pour Leiris, dans des figures mythiques comme par exemple Judith et Lucrèce, figures à la fois porteuses de vie et de mort, de souffrance et de volupté. Loin donc d'être une confession « nue », la confession de Leiris est une mise en scène presque théâtrale, voire mélodramatique, de ses fantasmes : tout comme Freud donnait à un certain « complexe » le nom mythologique d'Œdipe, l'auteur donne à ses obsessions, ses angoisses, ses fascinations, des noms emblématiques venus tout droit de *La Bible* ou de l'Antiquité, quand ce n'est pas de l'opéra classique.

Le cycle d'ouvrages qui suit *L'Âge d'homme, La Règle du Jeu* va approfondir et d'une certaine manière répéter jusqu'à la lassitude cette quête de soi dont l'auteur, bien entendu, espère — sans trop y croire cependant — un certain « mieux-être », la conjonction d'un « art de vivre » et d'un « art poétique ». *Biffures* (1948), *Fourbis* (1955), *Fibrilles* (1966) et enfin *Frêle bruit* (1976) constituent les étapes successives de la psychanalyse interminable de Leiris. Bien qu'il ait montré dès *Aurora* un amour certain pour les mots, Leiris n'avait pas tout de suite lié sa recherche à une recherche du langage. Dans *Biffures*, c'est à un véritable enfouissement dans le labyrinthe de la langue que nous assistons. Reprenant sa tâche de re-mémorisation de soi pratiquement à zéro, l'auteur aborde cette « recherche du temps perdu » à partir des mots, des réseaux de mots qui semblent constituer la trame même de son « être-au-monde ». Il fouille dans les mots pour s'y re-trouver, il s'enfonce dans ce que Merleau-Ponty a appelé leur « humus », les décompose, les fait jouer entre eux, s'entrechoquer, se répondre. Il fait de l'étymologie subjective. Rarement un écrivain aura fait mieux sentir combien l'existence humaine est marquée par le langage, par les mots, par ce que la psychanalyse appelle les « chaînes de signifiants ». Le titre lui-même invite à un jeu sémantique déjà singulier : *Biffures*, c'est aussi « Bifurs », et Leiris s'explique sur ce double sens : « Que je sois éclairé, à la fin de ces bifurs (ou prospections tentées un peu dans tous les sens) et après de multiples biffures (ou éliminations successives de valeurs illusoires) sur ce que le plus profondément je veux. » Biffer, bifurquer : la tâche est infinie, et au terme de l'ouvrage Leiris avoue un sentiment d'échec : « ce que le plus profondément je veux » se dérobe. *Fourbis* (dont on remarquera que c'est le mot « biffures » inversé) reprend cette quête, mais en renonçant à s'enfoncer aussi profondément dans le labyrinthe des mots. Leiris parle de la mort (sa grande obsession), de sa difficulté de vivre, mais aussi d'un amour qu'il a vécu pendant la « drôle de guerre » en Afrique du Nord. L'ouvrage se rapproche de nouveau de l'autobiographie classique, comme si l'auteur, libéré de la maille des mots, pouvait affronter plus directement le réel. *Fibrilles* est à la fois le récit de l'engagement politique (Leiris, de 1948 à 1962, effectue de nombreux voyages dans le Tiers Monde, et particulièrement en Chine populaire) et de l'effondrement : la mort, qu'il avait peut-être voulu exorciser par les mots, fond sur lui lors d'une tentative de suicide. *Frêle bruit*, enfin, marque le dénouement de toute l'entreprise (qui a duré près de trente ans) : le texte se morcelle, s'éparpille, s'éclaircit de poèmes, de courts récits, comme si Leiris reprenait sur le mode fragmentaire toutes les formes d'écriture qu'il a expérimentées depuis *Aurora*. *La Règle du Jeu* s'achève par un constat d'échec : cette recherche d'un « art poétique » qui soit également un « savoir-vivre », ou aussi bien d'une littérature qui soit une « tauromachie », cette synthèse qu'il a si longtemps cherchée (et qu'il croit retrouver chez Aimé Césaire) paraissent plus que jamais hors d'atteinte. La littérature est un labyrinthe qui nous donne perpétuellement l'illusion d'approcher la vérité. Cette conclusion pessimiste, qui cadre tout à fait avec une certaine « morosité » de Leiris, n'ôte rien à la signification de son œuvre. À partir de « prismes de miettes intimes », et d'une existence constamment menacée par l'effondrement ou par la grisaille, l'auteur a réussi à construire une œuvre poursuivie jusque dans son grand âge : *Le Ruban au cou d'Olympia* (1981), *Langage tangage ou ce que les mots me disent* (1985), *Ondes* (1987), *À cor et à cri* (1988), *Images de marque* (1989). Le *Journal (1922-1989)* a été publié posthume en 1992. Cette œuvre, nous l'avons dit, renouvelle radicalement un genre qui, depuis Montaigne et Rousseau, ne faisait que se répéter. Ethnographe de lui-même, découvrant à sa manière que « Je est un autre » (comme est un « autre » le Dogon de Sanga), Michel Leiris nous offre l'une des aventures littéraires les plus lucides de notre siècle.

ANTOINE BERMAN.

♦ *« On admirera... l'honnêteté sans exemple avec laquelle Leiris mène son entreprise et son refus de résorber les antinomies entre vie et mort, mythe et réalité, travail et parole, le langage littéraire et la prose des jours, ce qui assure à ses écrits leur tension incomparable. »* J. B. Pontalis.

RÉF. : J. B. Pontalis, *Après Freud*, Paris, 1965/68. — Michel Butor, *Répertoire I*, Paris, 1960. — Pierre Chappuis, *Michel Leiris*, Paris, 1973. — Philippe Lejeune, *Lire Leiris : Autobiographie et langage*, Paris, 1975.

Lélia. Roman de George Sand (Aurore Dupin, 1804-1876), publié en 1833 et complètement remanié en 1839. Lélia d'Almovar est une âme inquiète qui souffre d'un double mal : l'inaction contraire à sa nature, et l'analyse psychologique qui énerve son esprit. Elle est aimée du jeune poète Stenio, et répond à ses sentiments ; mais ayant beaucoup souffert dans sa prime jeunesse à cause d'un amour malheureux, elle refuse de lui céder. Entre Lélia et Stenio s'engage une sourde lutte, encore compliquée par la jalousie du poète pour un mystérieux personnage, Trenmor. Ce dernier est un homme au passé fort aventureux, qui a réussi à trouver dans l'expiation de ses fautes la sérénité de l'âme. Il est l'ami et le confident de Lélia, qui en a fait son directeur spirituel. De ténébreuses amours se nouent autour de l'héroïne. Un charme profond émane de Lélia ; l'ermite Magnus lui-même n'y est pas insensible, tout en la considérant comme une démoniaque tentatrice. Pour trouver la paix, Lélia se retire dans un couvent, dont elle devient rapidement l'abbesse ; elle parvient à inculquer à son monastère un esprit vraiment chrétien. Stenio, qui n'a pas cessé de l'aimer et de la rechercher, la retrouve, réussit à avoir avec elle une conversation. Comprenant seulement alors la véritable nature des sentiments que lui portait Lélia, et la voyant perdue pour lui, Stenio se tue.

Magnus, ayant retrouvé le corps de Stenio, est de plus en plus obsédé par l'idée que Lélia est une créature démoniaque. Il suscite contre elle la haine et l'anathème du monde laïque. Lélia est condamnée à être enfermée dans une chartreuse où elle passera la fin de ses jours. Quand elle meurt, son vieil ami Trenmor l'ensevelit sur la rive du lac, face à la tombe de Stenio. Ce roman, qui appartient à la première période romantique de l'activité littéraire de George Sand et dans lequel, selon son propre aveu, elle a fait passer un peu de son âme, consacra sa réputation d'écrivain, en dépit des très violentes critiques auxquelles il donna prise. Dans la première version, Lélia meurt tuée par Magnus, sans avoir réussi à trouver un équilibre ; dans la seconde, au contraire, on perçoit l'influence pacificatrice de quelques amis de l'écrivain. *Lélia* eut une grande répercussion sur les esprits, tant en France que dans l'Europe tout entière. Avec cette œuvre en effet, le « roman gothique » trouvait sa nouvelle expression dans l'analyse psychologique.

LEMAIRE DE BELGES Jean. Poète et prosateur. Né en 1473 à Bavay (Nord), mort après 1515, il se dira de Belges pour signifier qu'il est originaire d'une ville fondée par Belgius, roi mythique de l'ancienne Gaule. Il fit ses premières études à Valenciennes auprès de Jean Molinet, son parent éloigné, puis, ayant reçu la tonsure, s'inscrivit à l'université de Paris. Sa dignité de clerc, sa vocation d'écrivain l'obligeaient à rechercher des protecteurs. En 1498, Jean Lemaire a commencé sa carrière, il est clerc des finances dans la maison de Pierre de Beaujeu, duc de Bourbon, et restera au service de celui-ci jusqu'à sa mort survenue en 1503. À l'occasion de cet événement, il donne sa première œuvre d'importance, *Le Temple d'Honneur et de Vertu*, qui se ressent de l'imitation de son maître, Molinet. L'œuvre était dédiée à Anne de Bretagne, reine de France. Mais c'est auprès de Marguerite d'Autriche, fille de l'empereur Maximilien et duchesse de Savoie, que Lemaire se tourna pour solliciter aide et secours. Dès 1504, un nouveau deuil princier, la mort du mari de sa protectrice, Philibert de Savoie, lui dicta une de ses plus longues et plus achevées « déplorations », genre où il excella particulièrement, *La Couronne margaritique*. La récompense ne tarda pas, il fut nommé « indiciaire » et historiographe de Philippe le Beau, frère de Marguerite. En 1505, c'est encore une mort qui sert de prétexte à une œuvre nouvelle, dédiée à Marguerite d'Autriche, mais cette fois c'est de la perte du perroquet chéri de cette princesse qu'il est question dans les deux *Épîtres de l'amant vert*. L'année suivante, le poète faisait partie de la suite de la duchesse de Savoie lorsqu'elle se rendit à Rome. En 1507, Lemaire, qui a perdu à nouveau un de ses protecteurs, Philippe le Beau, écrit une nouvelle déploration, *Les Regrets de la dame infortunée sur le trespas de son très cher frère unique*, suivie d'un petit *Traité des pompes funèbres antiques et modernes*, composés pour les funérailles du prince.

D'autres événements politiques retiennent alors l'attention de Lemaire : en 1507, il célèbre, dans la *Chanson de Namur*, la victoire des paysans et bergers de la région de Namur sur les chevaliers français ; le traité de Cambrai, en 1508, lui inspire la *Concorde du genre humain.* Indiciaire de Bourgogne, il tâche de poursuivre l'œuvre de Molinet et rédige une consciencieuse *Chronique annale* qui relate le voyage de Marguerite de Savoie dans les Pays-Bas, mais s'il prépare même, semble-t-il, une chronique plus vaste qui eût compris les événements des années 1501 à 1509, il demeure en chemin. Une seconde visite à Rome lui révèle les curieux textes publiés par Annius de Viterbe : il rédige un écrit polémique de circonstance, la *Légende des Vénitiens*, il en rapporte aussi la matière de la première partie du premier livre des *Illustrations de la Gaule et Singularités de Troie*, connues d'abord sous le titre *Trois livres des illustrations de la Gaule Belgique*, son œuvre majeure, vaste fresque historique et mythique dont l'influence devait se prolonger fort tard en France et servir à Ronsard lorsqu'il composera *La Franciade*. L'œuvre, d'ailleurs immense, ne fut jamais achevée, et l'auteur, qui lui consacra une bonne dizaine d'années, n'alla pas au-delà du règne de Pépin le Bref. Les dédicaces des livres successifs nous renseignent curieusement sur les efforts de Lemaire pour se gagner les bonnes grâces de la cour de France ; c'est ainsi que, s'il offre le premier à Marguerite de Savoie, il place sous le nom de Claude de France et de la reine Anne les livres II et III. Pour appuyer la lutte du pouvoir royal contre la papauté, il publie en 1511 un *Traité de la différence des schismes et des conciles de l'Église et de la prééminence et utilité des conciles de la sainte Église gallicane*, où il donne les conciles comme seuls garants de l'unité de l'Église. Enfin, en 1512, Jean Lemaire de Belges touchait au but qu'il s'était proposé d'atteindre. Il quittait le service de la cour de Savoie et devenait historiographe d'Anne, duchesse de Bretagne et reine de France. Une maladie de cette princesse lui donne l'occasion d'écrire les *Couplets de la valitude et de la convalescence de la reine.* Puis viennent deux œuvres d'importance, le *Traité de la concorde des deux langages*, qui annonce dans un cadre médiéval d'allégories les travaux des humanistes de la Renaissance, et les *Trois contes de Cupidon et Atropos* qui, sous une affabulation mythologique assez banale, présentent quelques vues psychologiques qui ne manquent pas de profondeur.

On ne sait ni où ni quand est mort Lemaire de Belges. On perd sa trace après 1515. Si Lemaire est bien un rhétoriqueur, il est à l'aise à l'intérieur des formes traditionnelles, dont il prouve la fécondité. On peut le reconnaître comme le plus grand écrivain du règne de

Louis XII. Joachim du Bellay le reconnaîtra comme un précurseur.

♦ *« Jan Le Maire de Belges me semble avoir premier illustré et les Gaules et la Langue Françoyse, lui donnant beaucoup de motz et manieres de parler poëtiques, qui ont bien servy mesmes aux plus excellens de notre tems. »* Joachim du Bellay. ♦ *« Il y a du Ronsard dans Lemaire, du chercheur et ouvrier de rythmes inconnus et nouveaux. Aussi les hommes de la Pléiade l'ont aimé et le citent avec complaisance. Il est bien l'homme de transition entre le* XV*e et le* XVI*e siècle. »* É. Faguet.

RÉF. : Ph. A. Becker, *Jean Lemaire, der erste humanistiche Dichter Frankreichs*, Strasbourg, 1893. —P. Spaak, *Jean Lemaire de Belges, Sa vie, son œuvre, ses meilleures pages*, Paris, 1926. — G. Doutrepont, *Jean Lemaire de Belges et la Renaissance*, Bruxelles, 1934. — K.-M. Munn, *A Contribution to the Study of Jean Lemaire de Belges ; a Critical Study of Bio-Bibliographical Data, including a Transcript of Various Unpublished Works*, New York, 1936.

LE MAISTRE DE SACY Isaac Louis. Théologien né à Paris le 29 mars 1613, mort au château de Pomponne (Seine-et-Marne) le 4 janvier 1684. Sa mère, Catherine Arnauld, était la sœur de la mère Angélique — la réformatrice de Port-Royal — et du grand Arnauld. Frère du célèbre avocat Antoine Le Maistre qui, touché par l'enseignement de Saint-Cyran, était devenu le premier solitaire de Port-Royal, M. de Sacy (Sacy ou, comme il l'orthographiait, Saci n'était que l'anagramme de son prénom Isaac) se destina dès sa jeunesse à l'état ecclésiastique, mais ne voulut, par humilité, recevoir le sacerdoce qu'à trente-sept ans. Un des plus importants « messieurs » de Port-Royal, il devint en 1650 l'aumônier du monastère auquel il avait donné tous ses biens. Il fut notamment le directeur spirituel de Pascal à partir de 1655 ; de ses discussions avec le futur auteur des *Pensées* (*) est né le fameux *Entretien sur Épictète et Montaigne* rédigé par Fontaine, et censé s'être déroulé en janvier 1655. Ses premiers travaux furent ceux d'un humaniste, au goût marqué pour la poésie et les travaux de traduction. Auteur d'un long poème satirique, d'assez mauvaise venue, *Les Enluminures du fameux almanach des PP. Jésuites...* (1654), où il prend la défense des jansénistes, il collabora avec Lancelot, en rimant *Le Jardin des racines grecques*. On remarqua parmi ses traductions les *Fables* de Phèdre (1646), trois comédies de Térence — expurgées — (1647), l'*Imitation de Jésus-Christ* (1662). En 1661, atteint l'un des premiers par la persécution, il fut obligé de se cacher puis, découvert en 1666, il fut jeté à la Bastille où, pendant ses trois ans de détention, il travailla à sa traduction de *La Bible* (*Ancien Testament*), qui commença de paraître en 1672. Cette traduction fut exécutée d'après la *Vulgate*, mais en conférant les originaux grecs et hébreux (Sacy avait entrepris dès 1637 l'étude de l'hébreu). Ce texte, qui devait servir de base à bien d'autres, reçut un très bon accueil et fut largement diffusé, en dépit des condamnations de l'Église : « *La Bible* de Le Maistre de Sacy a été *La Bible* de Victor Hugo et de Rimbaud » (Ph. Sellier). La traduction, qui sait rendre, dans les *Psaumes* par exemple et dans *Job* — v. *Livre de Job* —, les beautés violentes et audacieuses du texte saint, vaut par son souci de l'unité d'ensemble, par sa continuité et sa clarté. Sacy avait déjà joué un rôle de premier plan dans la traduction des *Évangiles*, parue en 1667 et connue sous le titre de *Nouveau Testament de Mons* (condamnée par le pape en 1668). Libéré de la Bastille en 1669, Le Maistre de Sacy retourna en 1675 vivre à l'abbaye de Port-Royal, mais il fut de nouveau contraint de s'en éloigner et se retira alors auprès de son cousin, le marquis de Pomponne, chez qui il mourut. Homme tranchant, à la vertu austère, quelque peu fanatique, il se fit par là beaucoup d'ennemis. Ces traits déterminent aussi bien son talent littéraire : très lettré, il dédaignait l'éloquence, l'élégance, la couleur, il n'aimait qu'une « beauté morale, beauté pieuse, intérieure ou plutôt rentrée ».

LAURENT THIROUIN.

RÉF. : Sainte-Beuve, *Port-Royal*, Paris, 1860. — G. Delassault, *Le Maistre de Sacy et son temps*, Paris, 1957. — *La Bible* de Sacy, préfacée par Ph. Sellier, Paris, 1990.

LEMAITRE Jules François Élie. Écrivain né et mort à Tavers (Loiret) (27 avril 1853-5 août 1914). Fils d'un instituteur, il fit ses premières études au petit séminaire d'Orléans et y reçut une éducation très chrétienne, dont ses jugements littéraires restèrent imprégnés, au point de vue moral, même après qu'il eut perdu la foi. Ayant poursuivi sa formation intellectuelle à l'École normale supérieure, il entra dans l'enseignement public et fut professeur de lettres au lycée du Havre, puis, à partir de 1880, à l'École supérieure d'Alger. À la suite d'un mariage malheureux, il demanda d'abord sa mutation à Grenoble (1883) et en 1884 obtint son congé définitif de l'université. Sa femme étant morte la même année, Lemaitre se rendit à Paris et ne tarda pas à s'y faire remarquer par ses articles de *La Revue bleue,* qui inauguraient sa série célèbre des *Contemporains* (1885-1889). Protégé par une puissante égérie des lettres, la comtesse de Loynes, il abordait également le théâtre en 1889 avec *Révoltée* (à l'Odéon), que suivirent des pièces telles que *La Bonne Hélène, La Massière* et surtout *Le Pardon,* qui obtinrent d'assez beaux succès. Il s'imposait enfin comme critique dramatique au *Journal des débats* — v. ses *Impressions de théâtre* (1888- 1898). Entré à l'Académie française en 1896, à l'âge de quarante-trois ans seulement, Lemaitre allait se jeter dans les querelles de l'affaire Dreyfus et devenir avec Déroulède un des chefs du mouvement « plébiscitaire », puis président de la Ligue de la patrie française, avant de donner son adhésion au royalisme maurrassien dans les *Lettres à mon ami* (1909). Extrêmement cultivé, l'auteur d'*En marge des vieux livres* (1905) ne croyait pas à l'objectivité de la critique, se refusait aux classifications et se contentait de dire simplement le plaisir ou le déplaisir qu'il avait trouvé auprès d'un livre, d'un auteur, et les raisons de son sentiment. Cette critique d'impression, assez proche de celle d'Anatole France, était une constante protestation contre la dictature « scientifique » qu'un Brunetière, à la même époque, prétendait exercer sur les lettres. Ignorant tout pédantisme, agréable à lire, Lemaitre pouvait être un ironiste redoutable ; ses « éreintements » de Georges Ohnet et de Richepin sont des chefs-d'œuvre du genre. Conférencier mondain, il donnera un *Rousseau,* un *Chateaubriand,* un *Fénelon* qui sont des critiques assez superficielles du romantisme ; mais son *Racine* est, de l'avis de Thibaudet, un « classique de la critique française ».

♦ *« M. Lemaitre se dédouble avec une facilité merveilleuse ; il voit le pour et le contre, il se place successivement aux points de vue les plus opposés ; il a tout à tour les raffinements d'un esprit ingénieux et la bonne volonté d'un cœur simple. »* Anatole France.

RÉF. : H. Bordeaux, *Jules Lemaitre,* Paris, 1920. — G. Durrière, *Jules Lemaitre et le théâtre,* 1934. — E. Seillière, *Jules Lemaitre, historien de l'évolution naturiste,* Paris, 1935. — M. Harry, *La Vie de Jules Lemaitre,* 1946 — R. Joseph, *Pour les fidèles de Jules Lemaitre,* 1969.

LEMONNIER Camille. Écrivain belge d'expression française. Né à Ixelles, faubourg de Bruxelles, le 24 mars 1844, mort à Bruxelles le 13 juin 1913. Il fit des études juridiques, obtint dans une administration un emploi qu'il résilia après trois ans d'exercice, puis se retira à Namur. La vie provinciale et champêtre, interrompue toutefois par de multiples et longs séjours à Bruxelles et Paris, lui permit de conserver ce contact intime avec la nature qui fait le fond même de toute son œuvre. Il débuta par la critique d'art, et se révéla dès ses premiers écrits en possession d'un style, d'une force et d'une exubérance peu communs, ce qui le désigna à l'opinion comme un des jeunes espoirs de la renaissance littéraire belge, dont avec ses amis Demolder, Eekhoud, Krains et Rodenbach, il fut un des meilleurs promoteurs. En 1869, il publia un premier roman, *Nos Flamands,* série de scènes du terroir, puis, en 1870, *Paris-Berlin,* un pamphlet profrançais qui eut beaucoup de succès. En 1879 il revint au roman avec *Un coin de village,* où il affirme ses qualités de fraîcheur et de description de la vie paysanne. Mais il faut attendre *Un mâle*, publié d'abord en feuilleton dans la revue *Europe* qui paraissait à Bruxelles, puis, en 1881, en volume, pour que Lemonnier atteigne le rang de grand romancier. Le livre enthousiasma Flaubert et consacra la gloire de l'auteur. D'autre part, le refus que les juges opposèrent à son admission au prix quinquennal de littérature fut à l'origine d'un banquet offert le 27 mai 1883 à Lemonnier, qui passa dès lors pour le chef de l'école naturaliste en Belgique. Durant une dizaine d'années, les œuvres de Lemonnier furent alors dominées par les mêmes préoccupations d'expression des besoins vitaux de l'homme dans la fécondité, la lutte, l'effort et la violence. *Le Mort* (1882) est un chef-d'œuvre dans la représentation de la terreur qui envahit progressivement la conscience de deux assassins ; ce roman fut d'ailleurs adapté pour le théâtre en 1899. Parmi les œuvres de caractère fortement naturaliste, citons encore *Sedan* (1871), réédité en 1881 sous le titre *Les Charniers* ; *Les Concubins* (1885) ; *L'Hystérique* (1885) ; *Happe-chair* (1886), nettement influencé par le *Germinal* (*) de Zola ; *La Fin des bourgeois* (1892). Cependant ce n'était pas sans difficultés que Lemonnier parvenait à s'imposer à l'opinion ; en 1888 il fut poursuivi à Paris, et finalement condamné pour un article qu'il avait publié dans le *Gil Blas.* Par contre, il fut acquitté à Bruxelles lors d'une autre inculpation, ainsi qu'à Bruges où il avait été assigné après la publication de *L'Homme en amour* (1897). Vers les années 1900, un tournant s'opère dans l'orientation littéraire de Lemonnier. Après avoir publié *Les Deux Consciences* (1902), qui retracent d'ailleurs le procès de Bruges et où il se dépeint lui-même sous les traits de l'écrivain Wildman, il tentera de trouver dans le retour à la nature un moyen de salut pour la communauté. Il atteint alors à une vision plus détachée et plus lyrique des choses avec *Comme va le ruisseau* (1903), *Le Droit au bonheur* (1904). Parallèlement il continue et approfondit son œuvre de critique d'art par ses études sur les peintures de la Pinacothèque de Munich et sur la peinture belge, après avoir publié un remarquable *Gustave Courbet et ses œuvres* (1878). Lemonnier, qui vint à la littérature alors que les lettres belges manquaient de style, sut, par sa prose magnifique et sonore, par la force de ses idées, par son « tour de main panthéiste » (Drieu La Rochelle), réanimer les sources de la tradition flamande.

FRANÇOIS SÉGURET.

♦ *« Camille Lemonnier est peut-être, de tous les écrivains vivants, celui qui connaît le mieux la valeur et la vertu secrète des mots, innombrables comme des vagues de la mer* [...] *Il est, au royaume du verbe, le berger qui mène le troupeau le plus vaste, le plus divers, le plus docile et le plus magnifique. »* Maurice Maeterlinck.

RÉF. : L. Bazalgette, *Camille Lemonnier,* Paris, 1904. — M. des Ombiaux, *Camille Lemonnier,* Bruxelles, 1909. — H. Landau, *Camille Lemonnier, Essai d'une interprétation de l'homme,* Paris, 1936. — M. Gauchez, *Camille Lemonnier,* Bruxelles, 1943. — P. Delsemme et R. Trousson, *Le Naturalisme et les lettres françaises de Belgique,* Bruxelles, 1985.

LEPRINCE DE BEAUMONT Marie-Jeanne. Femme de lettres. Née le 26 avril 1711 à Rouen, morte en 1780, probablement à Saint-Denis. Sœur du peintre Leprince, elle perd sa mère très jeune ; son père se remarie et elle passe dix ans (1725-1735) à la maison d'éducation d'Ernemont, où elle devient institutrice des petits. Elle renonce à la vie religieuse et obtient une recommandation pour la cour de Lorraine à Lunéville. Elle sert de dame de compagnie, enseigne la musique, fait la classe aux petits. En 1743, elle épouse Grimard de Beaumont, qui dilapide sa dot. La maladie que vaut à son mari sa vie dissolue lui permet de demander l'annulation du mariage. Voulant démontrer la justesse du christianisme, elle présente son *Triomphe de la vérité* au roi Stanislas qui ne la récompense pas (1748). Elle confie sa fille Élisabeth à un pensionnat de religieuses, part pour Londres, devient gouvernante de la fille de lord Granville, Sophie Carteret, âgée de quatre ans, qui sera « l'enfant de son cœur ». Elle est l'éducatrice des filles de la haute société. Ce sont des années fructueuses où elle assure sa réputation et écrit des œuvres pédagogiques qui invitent avant tout à se corriger. Elle épouse un Français, Pichon, qui, devenu Anglais, avait pris le nom de Tyrrell. Finalement, elle reprend son enseignement. Après quinze années, elle rentre seule en France, achète une petite terre près d'Annecy (1763- 1769), se fixe ensuite à Avallon en 1770 et meurt vraisemblablement à Saint-Denis en 1780, près de sa fille et de six petits-enfants.

Le Magasin des enfants (Londres, 1757), abondante collection de contes de fées dont *La Belle et la Bête* est le plus connu, offre un panorama de l'histoire du monde, des leçons de géographie et de sciences naturelles. *Le Magasin des adolescentes* (Londres, 1760) qui lui fait suite, mais sans féerie, contient d'autres contes, des récits de *La Bible* et de l'histoire romaine et des conseils moraux : les années les plus dangereuses commencent à quatorze et quinze ans ; il faut donc des mères et des gouvernantes instruites ; la réputation d'une femme ne souffre pas d'ambiguïté : « Il ne suffit pas, ma chère, qu'une femme soit sage, il faut encore qu'elle le paraisse. » L'importance de bonnes lectures est illustrée dans *Une instruction pour les jeunes dames qui entrent dans le monde, se marient...* où le conte d'Henriette et de sa gouvernante met en scène deux femmes que perdent de mauvais romans. *Les Mémoires de la baronne de Batteville ou la Veuve parfaite* (1766) racontent l'histoire d'une femme qui croyant mort des Essarts, son fiancé, épouse un homme bon, bien plus âgé ; mais le fiancé, personnage héroïque qui avait survécu à la peste de Marseille, réapparaît. Devenue veuve, la baronne reste « fidèle aux cendres de M. de Batteville » et c'est sa fille qui épouse des Essarts. L'héroïne de *La Nouvelle Clarice* (1767) trouve le bonheur après maintes aventures et malgré un père dénaturé. C'est un livre rempli de conseils de morale, de régime, d'organisation du travail. En 1756, Mme Leprince de Beaumont avait écrit un roman épistolaire : *Lettres de madame du Montier et de la marquise de *** sa fille*, rempli de rebondissements, de réflexions sur le mariage, des intrigues de la cour de Savoie où honneurs et disgrâces se succèdent. L'imagination de la romancière s'ajoute ici à beaucoup de pénétration psychologique. Parmi ses dernières œuvres, citons *Le Magasin des pauvres et gens de la campagne* (1768), plaidoyer pour le retour à la terre, et *Le Magasin des dévotes* (1778-1779). Mme Leprince de Beaumont a écrit plus de soixante-dix ouvrages dont la plupart ont été traduits et souvent réédités. Éducatrice dans l'âme, elle est de la lignée de ces auteurs féminins qui vont de Mme de Genlis à la comtesse de Ségur, et allient les connaissances aux principes d'une morale didactique.

ALIX DEGUISE.

LE ROUGE Gustave. Romancier né à Valognes (Manche) le 22 juillet 1867, mort à Paris le 25 février 1938. Après des études de droit à Caen, il rêve de devenir poète et se lie d'amitié avec Verlaine. Il côtoie les symbolistes, fréquente les milieux littéraires : il en tirera plus tard un recueil de souvenirs, *Verlainiens et Décadents.* Devant l'échec de ses aspirations, il tâche de vivre de sa plume, tâte du théâtre, vit de chroniques et d'écrits de commande. C'est dans le cadre de la littérature « populaire » qu'il va se rendre célèbre, conquérant aussi bien les faveurs du public que l'intérêt des surréalistes ou l'enthousiasme de Cendrars (son ami intime). Ses meilleures réussites lui viennent du roman d'aventures (*La Conspiration des milliardaires,* 1899-1900 ; *Les Aventures de Todd Marvell, détective milliardaire,* 1923) avec notamment la série du *Mystérieux docteur Cornélius* (1912-1913) : il y montre une invention fertile, sacrifiant la qualité de son style aux rebondissements rocambolesques de l'intrigue. La même aisance un peu facile anime ses « romans d'amour » ; volontiers romantiques — non sans une pointe de mélodrame —, ces histoires d'enlèvement ou d'héritages enfilent les péripéties autour d'un schéma consacré : toujours, la délivrance de l'héroïne est assurée, ainsi que son mariage avec le jeune homme qu'elle aime (*Le Sous-Marin Jules-Verne,* 1902 ; *Les Écumeurs de la pampa,* 1905 ; *Le Mystère de Blocqueval,* 1929). Le Rouge, enfin, s'est essayé non sans succès à la science-fiction, où il met une imagination débordante au service d'un penchant prononcé pour l'utopie : ainsi *Le Prisonnier de la planète Mars* (1908) et *La Guerre des vampires* (1909). « Jules Verne des midinettes », plaisantait Salmon ; « visionnaire scientifique », rétorquait Cendrars. Tout Le Rouge tient dans cette dualité : personnage attachant et secret (il se passionnait pour l'occultisme), auteur aussi prolifique qu'inégal, ce créateur désintéressé qui n'hésitait pas à abandonner ses droits d'auteur reste une figure profondément ambiguë de l'histoire du feuilleton.

LAURENT BAZIN.

LEROUX Gaston. Romancier populaire. Né à Paris le 6 mai 1868, mort à Nice le 15 avril 1927. Après des études de droit à Paris, il devient avocat en 1890, sans grande conviction ; il n'exercera d'ailleurs que pendant trois ans. Il rêve depuis toujours de gloire littéraire, mais se distingue d'abord grâce au journalisme : son compte rendu du procès de Vaillant lui vaut en 1894 d'entrer comme chroniqueur judiciaire au quotidien *Le Matin.* Il y fait paraître en 1903 son premier feuilleton : *Le Chercheur de trésors,* « roman-concours » qui a pour objet la découverte du trésor de Cartouche (*La Double Vie de Théophraste Longuet* dans l'édition de 1904). Devenu entre-temps grand reporter, il se taille un certain succès par la hardiesse de ses méthodes journalistiques, n'hésitant pas à aller chercher sur le vif l'information nouvelle ; ainsi voyage-t-il en Espagne, au Maroc ou en Russie où il assiste à la première tentative de révolution (1905). Bref il mène, en à peine moins romanesque, la vie de son héros Joseph Rouletabille dont il entame la chronique en 1907 dans *L'Illustration ;* c'est le célèbre *Mystère de la chambre jaune* (*), qui couronne sa carrière de feuilletoniste. Il ne cesse dès lors de produire : une quarantaine de romans et nouvelles se succèdent jusqu'à sa mort, survenue des suites d'une crise d'urémie. *Le Fantôme de l'Opéra* (1910), *La Reine du sabbat* (en feuilleton en 1910-11, en volume en 1913) ou *La Poupée sanglante* (en feuilleton en 1923, en volume en 1924) comptent parmi ses meilleures réussites ; mais ses deux personnages les plus connus restent Chéri-Bibi, le forçat poursuivi par la fatalité (*Chéri-Bibi,* en feuilleton en 1913, en volume en 1914 ; *La Nouvelle Aurore,* en feuilleton en 1919, en volume en 1920 ; *Chéri-Bibi le marchand de cacahuètes* en feuilleton en 1925, en volume en 1926 sous le titre *Le Coup d'État de Chéri-Bibi*), et surtout Rouletabille, le jeune reporter aux prodigieuses aventures : *Le Parfum de la dame en noir, Rouletabille chez le tsar, Rouletabille à la guerre, Rouletabille chez Krupp, Le Crime de Rouletabille.* Leroux, qui a contribué à fonder avec Arthur Bernède la Société des cinéromans (1919), a produit plusieurs scénarios de films dont la sortie en salle coïncidait avec la parution en feuilleton (*Tue-la-Mort,* 1920 ; *Rouletabille chez les Bohémiens,* 1922) ; il a également porté certains de ses textes à la scène (*L'Homme qui a vu le diable,* 1911).

Son œuvre, inclassable, emprunte à tous les genres, avec une prédilection marquée pour le roman gothique dont l'atmosphère macabre sied au sombre destin de ses héros. L'auteur n'est pourtant jamais tout à fait dupe de ses personnages, exorcisant le drame par la parodie ; aussi le lyrisme le plus échevelé fait-il bon ménage avec l'humour le plus noir dans ces récits où règne une imagination débridée. Qu'il joue du fantastique, de l'aventure ou du mystère, Leroux montre du moins la même invention fertile, le même goût un peu rêveur pour les combinaisons rocambolesques et les histoires extraordinaires. Son écriture est à l'aune de ses intrigues : italiques et trouvailles verbales érodent la surface du familier jusqu'à faire surgir l'insolite, l'absurde ou le merveilleux. Gaston Leroux passe à juste titre pour le dernier des grands feuilletonistes ; ce créateur prolifique que ne rebutaient ni la démesure ni la mystification a réussi l'étrange mariage du roman populaire et de la poésie.

LAURENT BAZIN.

RÉF. : A. Peské et P. Marty, *Les Terribles,* Paris, 1951.

LE ROY Eugène Gabriel Victor. Écrivain né à Hautefort (Dordogne) le 29 novembre 1836, mort à Montignac (Dordogne) le 5 mai 1907. Ayant tout d'abord servi en Afrique, puis fait la campagne d'Italie, il entra en 1860 dans l'administration des contributions directes. Après avoir fait paraître quelques ouvrages d'érudition sur l'histoire du Périgord, il se révéla très bon romancier régionaliste en publiant, en 1895, *Le Moulin du Frau.* Quatre ans après, il donna son chef-d'œuvre : *Jacquou le Croquant* (1899). Ce roman réaliste et rustique prétend peindre, à travers le héros principal, le travailleur Jacquou, qui est aussi le narrateur, toute une classe sociale, la paysannerie dans le bas Périgord au début du XIXe siècle. Le tableau est sombre, cruel, pessimiste, mais l'auteur est rempli de pitié pour les humbles, dont il exalte le travail et la colère qui les dresse contre les derniers seigneurs. L'histoire de Jacquou devient ainsi le symbole de toutes les souffrances paysannes. En dépit de leur mérite, ses trois autres ouvrages sont assez méconnus : *Nicette et Milou* (1901), *Le Pays des pierres* (1906), *Les Gens d'Aubéroque* (1907). Là, Eugène Le Roy fait œuvre de conteur. Tous ses récits valent avant tout par leur saveur de terroir. L'observation de la vie paysanne, dont le Périgord forme le cadre, demeure, dans sa justesse, profondément humaine.

RÉF. : G. Guillaume, *Eugène Le Roy,* Bordeaux, 1929. — P. Ratoret, *Le Paysan et le paysage dans l'œuvre d'Eugène Le Roy,* Nîmes, 1940. — M. Shaw, *L'Histoire du Périgord dans l'œuvre d'Eugène Le Roy,* Dijon, 1946. — M. Ballot, *Eugène Le Roy, écrivain rustique,* Bordeaux, 1949. — F. Lacoste, *Eugène Le Roy, périgourdin. Un romancier militant et sa province,* Bordeaux, 1985.

LESAGE Alain-René. Auteur dramatique et romancier. Né à Sarzeau (Morbihan) le 8 mai 1668, mort à Boulogne-sur-Mer le 17 novembre 1747. Issu d'une famille de modeste bourgeoisie (son père est notaire royal, puis greffier), orphelin à quatorze ans et bientôt sans ressources, il reçoit pourtant une solide formation au collège des jésuites de Vannes, puis entreprend des études de droit à Paris. Bien qu'il se dise avocat lorsqu'il épouse en 1694 Marie-Élisabeth Huyard, il a tôt abandonné cette carrière pour celle des lettres. Les éléments de sa biographie se limitent à son inlassable activité d'écrivain. Il semble avoir mené une vie de bon père de famille, assurant la subsistance de sa femme et de ses quatre enfants grâce à une petite pension versée par l'abbé de Lyonne, et, cas assez rare à l'époque pour être relevé, au produit de ses ouvrages. Les contemporains témoignent de son honnêteté, de la bonhomie de son caractère, mais aussi d'une verve moqueuse et d'une forte conviction de la dignité d'écrivain qui l'empêchèrent de jamais s'abaisser devant des protecteurs. Partisan des Modernes dans sa jeunesse, il se montre en vieillissant plus soucieux de classicisme, comme le révèlent l'évolution de l'*Histoire de Gil Blas* (*) et les corrections et ajouts qu'il effectue en rééditant *Le Diable boiteux* ; il se garde cependant de briguer l'Académie, que lui eût peut-être fermée son activité d'auteur comique et satirique pour le Théâtre de la Foire. Deux de ses fils deviennent comédiens, sous les noms de Montmesnil et Pittenec. Le troisième, chanoine à Boulogne-sur-Mer, le recueille dans son grand âge. C'est auprès de lui qu'il meurt, diminué dit-on physiquement et intellectuellement, pauvre et bien éloigné de l'agitation littéraire de la capitale, alors que ses œuvres principales connaissent un succès destiné à ne jamais se démentir.

Lesage débute en 1695 par une traduction des *Lettres galantes* attribuées à Aristénète, auteur grec du ve siècle. Ce travail ne lui acquiert aucune notoriété, mais présente déjà cette caractéristique : Lesage adapte plutôt qu'il ne traduit. Il manifestera, dans les œuvres suivantes, bien plus importantes, le même talent pour la réécriture, voire la recréation, à partir d'auteurs et de modèles qu'il devine susceptibles de rencontrer le goût du public français. La tradition veut que l'abbé de Lyonne lui ait fait découvrir la littérature du Siècle d'or espagnol, déjà connue en France depuis Anne d'Autriche, mais source inépuisable de thèmes et de personnages colorés. Lesage s'intéresse d'abord au théâtre : d'après Francisco de Rojas, il écrit *Le Traître puni* (1698), et *Le Point d'honneur* (1702) ; à Lope de Vega, il emprunte *Don Felix de Mendoce* (1700), et à Calderon *Don César Ursin.* En 1704, ce sont *Les Nouvelles Aventures de Don Quichotte de la Manche*, c'est-à-dire le « faux *Don Quichotte* » publié en 1614 sous le nom d'Avellaneda, où s'accentue la tendance à s'écarter du texte originel et à ajouter des épisodes de son cru. L'année 1707 est intéressante : Lesage donne aux Comédiens-Français une pièce en un acte, *Crispin rival de son maître*, qui, si les cadres dramaturgiques demeurent classiques, révèle un auteur comique dont le ton incisif est bien original. C'est aussi l'année du *Diable boiteux*, pour lequel le *Diablo cojuelo* de Velez de Guevara ne fournit plus que la donnée romanesque de départ : le démon Asmodée soulève, pour l'étudiant Cléo fas, les toits de Madrid, lui révélant la vie privée des occupants. Cela devient pour Lesage le voile transparent d'une satire des ridicules parisiens. La première édition contient seize chapitres, composés d'anecdotes vives, de portraits, de scènes allègrement conduites, où s'intercalent deux longues « histoires » de tonalité plus sentimentale et romanesque. Le succès est immédiat et durable. En 1726, Lesage augmente son texte et corrige le style, révision jugée peu heureuse parce qu'elle tend à atténuer les audaces et le mordant de la critique.

Depuis la création de la Ferme générale par Colbert, les traitants, financiers et collecteurs d'impôts ont déjà fourni des cibles aux auteurs comiques et aux moralistes. Dans *Turcaret* (*), en 1709, Lesage emprunte à Dancourt comme à La Bruyère. Bien que la comédie ait recours à des types éprouvés – coquette, usurier, petits-maîtres, valets ambitieux, etc. –, la satire est féroce. Lesage prouve son talent pour les mots de théâtre et la conduite des situations bouffonnes. La scène est chez une baronne qui ruine Turcaret, ancien laquais devenu traitant ; elle s'est entichée d'un « petit chevalier joueur » qui la pille à son tour, tandis que Frontin attend son heure, prenant les leçons de l'expérience. À lui, d'ailleurs, le mot de la fin célèbre : « Voilà le règne de M. Turcaret fini ; le mien va commencer. » Les Comédiens-Français ont accepté la pièce, mais ils ne la jouent pas, sous la pression, semble-t-il, des milieux d'argent qu'elle attaque. Dans l'état de délabrement où la guerre a mis les finances de l'État, le pouvoir trouve-t-il là l'occasion de faire sentir la férule ? C'est sur ordre officiel que les comédiens doivent représenter *Turcaret.* Ils le font avec succès auprès du public, mais sans enthousiasme pour la carrière de la pièce, retirée après sept représentations, alors que la recette est encore bonne. Cette mauvaise volonté engage Lesage à se tourner vers les Forains. À partir de 1712, il devient, en collaboration avec d'Orneval et Fuzelier, un de leurs plus prolifiques auteurs. Il anime sans relâche la concurrence acharnée qui oppose la Foire et les scènes officielles, et, dans le perpétuel souci de tourner les privilèges de la Comédie-Française et de l'Opéra, il est à même de prouver sa capacité à créer ou à renouveler des effets de théâtre susceptibles d'attirer un public avide de divertissements légers. Échappant à toutes règles, les arlequinades foraines mêlées de couplets et de musique sont à l'origine de l'opéra-comique.

Hors du domaine espagnol, Lesage a contribué à la vogue du conte oriental et merveilleux en collaborant avec Pétis de la Croix aux *Mille et un jours,* recueil composite de contes persans et turcs (1710-1712) ; il donne, d'après Boiardo, la *Nouvelle traduction de Roland l'amoureux* en 1717 ; à partir des papiers d'un authentique flibustier canadien, il romance en 1731 les *Aventures de Robert Chevalier, dit de Beauchêne.* Ses dernières œuvres ne manquent pas d'épisodes intéressants, mais l'imitation et le réemploi y montrent souvent une imagination créatrice déclinante : ce sont l'*Histoire d'Estevanille Gonzalez* (1731-1734), l'*Histoire de Guzman d'Alfarache* d'après Mateo Alemán (1732) et *Le Bachelier de Salamanque* (1736). Jamais, cependant, le Siècle d'or ne lui aura permis une réussite aussi personnelle et durable que dans l'*Histoire de Gil Blas de Santillane.* Lorsque Lesage en publie les six premiers livres (1715), cet ouvrage est sans égal pour l'intérêt et l'invention comiques, tout en contribuant au mouvement qui rapproche, à cette époque, la fiction romanesque du réalisme. En 1724, s'ajoutent les livres VII à IX, puis en 1735 les livres X à XII. Ainsi Lesage a-t-il achevé son récit, malgré le temps et les tâches alimentaires qui l'en détournaient. Du picaresque espagnol, il a retenu une structure romanesque qui lui donne une grande liberté, le thème du voyage et des rencontres, et une couleur locale due à quelques noms et à quelques décors qui ne masquent pas la France de la Régence. De naissance fort modeste, mais doué de bon sens, d'une âme honnête et d'un grand talent d'observation, Gil Blas rencontre de multiples aventures sur les routes d'Espagne, de ville en ville, de maître en maître, jusqu'au jour où, après des hauts et des bas, de calamités en tournants heureux, devenu maître lui-même, titré, bien marié et homme de confiance d'un grand ministre, il écrit l'histoire de sa vie. Lesage voit en moraliste classique les vices individuels et le désordre des passions, mais il ne remet en question ni les institutions, ni le système social, auxquels Gil Blas s'adapte avec souplesse et succès. Cette longue succession d'épisodes souvent ironiques, parfois attendrissants, de figures ridicules ou exemplaires, entrecoupée de récits faits par d'autres personnages, trouve son unité grâce à la voix du narrateur. Malgré une révision malheureuse, l'année même de sa mort en 1747, *Gil Blas* demeura, pour la postérité, son chef-d'œuvre.

CATHERINE BONFILS.

♦ *« Il écrivait au jour le jour, volume par volume ; il prenait ses sujets où il pouvait, et partout où il s'en offrait à sa convenance ; il faisait du métier. Mais il le faisait avec naturel, avec facilité, avec un don de récit et de mise en scène qui était son talent propre, avec une veine de raillerie et de comique qui se répandait sur tout, avec une morale vive, enjouée, courante, qui était sa manière même de sentir et de penser. »* Sainte-Beuve. ♦ *« C'est surtout pour avoir manié la langue, avec autant de respect que d'aisance et de verve, jusque dans les rares excès de son réalisme, que l'auteur de* Gil Blas *et de* Turcaret *a droit à être placé parmi les grands écrivains français, dans le groupe de ces auteurs qu'il appelle « naturels », à une distance très honorable de Molière qui en est le centre. »* E. Lintilhac. ♦ *« Lesage n'est pas assez « philosophe » pour militer. La lucidité de Gil Blas aboutit au scepticisme et à un épicurisme résigné. »* René Pomeau. ♦ *« L'*Histoire de Gil Blas de Santillane *est une œuvre aussi honnête et indépendante que les circonstances le permettaient : elle est marquée par les conditions de vie d'un romancier de l'Ancien Régime, à une époque où les hommes de lettres avaient cessé d'être des courtisans et n'étaient pas encore les « maîtres » de l'opinion publique. »* Roger Laufer.

RÉF. : E. Lintilhac, *Lesage,* Paris, 1893. – Charles Dédéyan, *Lesage et Gil Blas,* Paris, 1965. – Henri Coulet, *Le Roman jusqu'à la Révolution,* Paris, 1967. – Roger Laufer, *Lesage ou le Métier de romancier,* Paris, 1971. – Dominique Lurcel, *Théâtre de Foire au XVIIIe siècle,* Paris, 1983.

LESPINASSE Julie Jeanne Éléonore de. Femme d'esprit et épistolière. Née à Lyon le 9 novembre 1732, morte à Paris le 23 mai 1776. Elle était la fille adultérine d'une grande dame bourguignonne, la comtesse d'Albon. Sa mère, qui l'avait entourée d'une réelle affection, mais n'était pas parvenue à la faire légitimer, mourut alors que Julie n'était âgée que de seize ans, et la jeune fille se trouva dès lors en butte aux vexations de la famille d'Albon, qui se débarrassa d'elle en la plaçant comme institutrice chez une parente, la comtesse de Vichy. Julie séjourna dans le domaine de celle-ci, à Chamrond, pendant quatre années, de 1749 à 1753. Elle y était traitée comme une simple domestique, et sa situation paraissait désespérée lorsque Mme du Deffand, sœur du comte de Vichy, de passage à Chamrond, fut frappée de son esprit et désira s'attacher la jeune fille : elle facilita tout d'abord son départ de Chamrond et son installation dans un couvent lyonnais, où Julie passa l'année 1753-1754 ; mais, avant de pouvoir la faire venir auprès d'elle à Paris, Mme du Deffand, pour tranquilliser la famille d'Albon qui craignait toujours que l'enfant non légitimisée, mais née du vivant du comte d'Albon, ne vînt un jour réclamer sa part d'héritage, dut exiger de Julie (avec, semble-t-il, assez peu de délicatesse) une renonciation formelle qui fut immédiatement accordée.

Auprès de Mme du Deffand, Julie de Lespinasse allait faire son apprentissage de femme d'esprit, mais elle allait aussi subir les caprices d'une vieille dame égoïste, aigrie par la cécité, et qui réclamait d'elle une distraction continuelle. Julie passa pourtant près de dix ans chez sa protectrice, au couvent Saint-Joseph, jusqu'à ce que Mme du Deffand s'aperçût avec une furieuse jalousie que les familiers de son salon avaient pris l'habitude de se réunir également, à une autre heure de la journée, chez Mlle de Lespinasse. Une brouille immédiate et irréparable s'ensuivit avec celle-ci, qui en fut affectée au point d'essayer de se suicider. Grâce à la générosité de quelques amis, Julie de Lespinasse put cependant s'installer rue de Bellechasse et là tenir en toute liberté son propre salon, que fréquentèrent d'excellents esprits tels que d'Alembert, Turgot, Brienne, Condorcet, etc. Ces réunions devinrent un des centres nerveux de la conversation parisienne. Un lien particulier et déjà presque sentimental s'établit bientôt entre Mlle de Lespinasse et d'Alembert (comme elle enfant illégitime) : le philosophe ayant été atteint d'une grave maladie, Julie le soigna avec dévouement et finit par lui offrir de venir passer sa convalescence chez elle. Il ne repartit plus de la rue de Bellechasse et, grâce à l'estime dont il jouissait, personne n'osa s'étonner de la situation de ce ménage, uni, il est vrai, par une tendre amitié plutôt que par l'amour. C'est grâce à d'Alembert pourtant que Julie de Lespinasse allait entrer dans le monde de la passion qui se révéla bientôt pour elle un véritable enfer ; vers 1766 en effet, il lui présenta le marquis de Mora, fils de l'ambassadeur d'Espagne, âgé de vingt-six ans. Aussitôt Julie aima, fut aimée, et, pendant plusieurs années, elle semble avoir connu le bonheur ; mais, en août 1772, le marquis de Mora, malade de la poitrine, dut sur le conseil de ses médecins retourner dans son pays. Les sentiments de Mlle de Lespinasse pour lui étaient toujours aussi forts, mais, un mois à peine après le départ de son amant, la jeune femme rencontrait au cours d'un dîner un certain M. de Guibert, jeune colonel fort ambitieux, connu et presque célèbre par des considérations politiques, militaires et philosophiques qu'il venait de publier sur l'état de l'Europe et qui, selon La Harpe, ne prétendait « à rien moins qu'à remplacer Turenne, Corneille et Bossuet ». Mlle de Lespinasse connut alors sa seconde passion, aussi soudaine et incontrôlable que celle qui l'avait poussée vers le marquis de Mora, mais beaucoup plus pathétique et dramatique, car elle fut aggravée par un conflit entre le nouvel et l'ancien amour, comme le montrent ses fameuses *Lettres*, brûlantes de désir et de souffrance, d'impatience et de remords, et qui finissent par n'être plus, selon le mot de Sainte-Beuve, « qu'un cri aigu avec de rares intermittences ! ». En mai 1774, M. de Mora mourait à Bordeaux, mais, trois mois plus tôt, Julie de Lespinasse était devenue la maîtresse de Guibert. Elle était fière d'aimer « comme il faut aimer, avec excès, avec folie, transport et désespoir » (selon ses propres termes), tandis que son assez vain amant semble avoir songé avant tout à se pousser dans le monde. Il se maria en 1775, tandis que Mlle de Lespinasse commença, littéralement, à mourir de son amour : l'opium seul lui donnait quelques moments d'oubli et de calme, et jusqu'à la fin cependant (elle disparut âgée seulement de quarante-quatre ans) elle resta fidèle à son salon et à ses amis qui ne surent rien, non pas même d'Alembert, du « mal sacré » et déjà romantique qui était en train de la ronger. On ne connut ce mal que par la publication, en 1809, grâce à la femme de Guibert qui les avait conservées, des *Lettres,* dont il faut placer le volume à côté de celles d'Héloïse et de *La Religieuse portugaise*. En 1887 a été également publié un recueil de *Lettres inédites à d'Alembert et Condorcet.*

JACQUES PATRY.

♦ *« Vous êtes franche par nature et discrète par réflexion. Vous êtes gaie par nature et mélancolique par réflexion. Vous abhorrez la méchanceté et la sottise... Quoique vous ne soyez pas toujours mélancolique, vous êtes pénétrée sans cesse d'un sentiment plus triste encore, c'est le dégoût de la vie... On voit que la douleur vous a nourrie et que les affections ne font que vous consoler. »* D'Alembert, portrait envoyé à Julie de Lespinasse, 1771.

RÉF. : Sainte-Beuve, *Causeries du lundi*, t. II, Paris, 1857. – Asse, *Mlle de Lespinasse et la Marquise du Deffand*, Paris, 1877. – De Ségur, *Julie de Lespinasse*, Paris, 1906. – G. Truc, *Julie de Lespinasse*, Paris, 1942. – B. Craveri, *Mme du Deffand et son monde*, Paris, 1987.

Lettre. Ce genre est lié à l'expression de l'individualité, alliant la communication la plus quotidienne avec le dévoilement des replis les plus intimes du moi. Dans la littérature française, la lettre fut d'emblée le lieu de l'affirmation de l'esthétique moderne et mondaine, à la fois dans le domaine de la langue et dans celui de la psychologie. À l'origine pratiquée en latin par les humanistes, sur le modèle de Cicéron et de Sénèque, la lettre fut un des hauts lieux de l'épanouissement de la prose italienne de la Renaissance. Guez de Balzac voulut faire de même en français, avec son recueil de *Lettres* de 1627, qui déclencha une polémique (on l'accusait de plagier les Anciens). On est alors encore très proche d'une prose d'apparat, qui rappelle en effet le style apprêté d'un Pline le Jeune. Mais Balzac avait lancé le mouvement, cherchant l'équilibre, en français, entre la virtuosité stylistique et l'expression du moi. Vincent Voiture (1597-1648) allait prendre le relais, inscrivant sa correspondance dans le prolongement des conversations mondaines de l'hôtel de Rambouillet. Fantaisie, mélange des tons, voire burlesque (voir la *Lettre de la carpe au brochet*) sont autant de masques que prend l'épistolier pour faire entendre sa voix. L'adaptation du ton au destinataire est l'un des grands impératifs qu'il faut savoir respecter, ce qui permet d'affirmer sa personnalité sans froisser le « moi » de l'autre. La lettre représente alors le meilleur laboratoire du « naturel », où doit s'exprimer un « style » — c'est-à-dire à la fois le caractère d'une personne et son expression fidèle par la plume. Mme de Sévigné (1626-1696) incarne la parfaite réussite de ce naturel, que l'on a d'ailleurs souvent lié, au XVIIe siècle, à la féminité, considérée à la fois comme norme de la langue maternelle et comme garante de la finesse psychologique. Le mérite de la marquise est, en outre, de nous livrer une véritable correspondance privée, publiée seulement après sa mort, et qui se soucie des événements quotidiens comme de la chronique de la Cour, tout en révélant une constante passion maternelle pour sa fille. Objet de l'expression d'une personnalité, la lettre constitue aussi le support d'informations diverses qui, jusqu'à l'invention des journaux périodiques (fin XVIIe siècle), circulent essentiellement dans les correspondances privées. Les lettres de Claude Peiresc (1580-1637) ou de Jean Chapelain (1595-1674) sont ainsi de précieux témoins de la vie intellectuelle du XVIIe siècle, à l'échelle européenne. Au siècle suivant, l'esprit des Lumières sera diffusé par les lettres autant que par la presse alors en plein essor ; l'ample correspondance de Voltaire en témoigne, constituant une véritable chronique pittoresque de la vie culturelle européenne, aux tons variés, aux correspondants les plus divers, nous révélant parfois un Voltaire anxieux et déprimé au moment même où il écrit ses *Contes* les plus débridés. Mais surtout, qu'il s'agisse de lettres savantes ou de lettres intimes, cette production a suscité l'intérêt des historiens du XIXe siècle, qui l'ont redécouverte et rééditée avec curiosité, restituant un « vrai » visage des siècles classiques. La lettre, aux confins de l'autobiographie, des Mémoires et des historiettes anecdotiques, devient ainsi l'un des premiers dépositaires de l'histoire littéraire ou de l'histoire des idées. Aux XIXe et XXe siècles, l'activité épistolaire impressionnante des écrivains, reflétant au jour le jour la vie littéraire et artistique du temps, est un document inégalable pour comprendre la genèse des œuvres : citons pour mémoire les abondantes correspondances de George Sand, d'Alfred de Vigny ou de Gustave Flaubert et, plus près de nous, celles d'André Gide, de Jacques Rivière ou de Jean Paulhan. Le statut exceptionnel de la lettre dans l'expression littéraire depuis la Renaissance explique aussi le lien profond qu'elle conserve avec la fiction narrative, ce qui s'affirme dans le genre remarquable du roman épistolaire, des *Lettres portugaises* (*) de Guilleragues (1669) aux *Liaisons dangereuses* (*) de Laclos (1782) en passant par les *Lettres persanes* (*) de Montesquieu (1721) et *Julie ou la Nouvelle Héloïse* (*) de Rousseau (1761).

EMMANUEL BURY.

***Lettres de Mme de Sévigné*.** Les *Lettres* de Marie de Rabutin-Chantal marquise de Sévigné (1626-1696) ont été publiées après sa mort, par divers membres de sa famille (premier recueil en 1726). Elle-même n'avait entrepris aucun projet d'édition de sa correspondance. Il s'agit donc bien d'écrits privés qui sont devenus, après coup, une œuvre littéraire. Le premier à avoir fait d'elle un personnage public et littéraire est son cousin Bussy-Rabutin, écrivain et académicien, avec qui elle était très liée, qui la mentionne dans son *Histoire amoureuse des Gaules*, puis qui, publiant ses *Mémoires* et sa propre correspondance, y inclut les lettres d'elle qu'il a reçues et dont il avait gardé des copies : cela en 1696, l'année où elle vient de mourir. C'était le signe que, de son vivant même, on avait apprécié son art épistolaire. Pour bien évaluer la signification d'une telle estime, il faut tenir compte du fait qu'au XVIIe siècle la pratique de la lettre fait partie du code des bons usages dans la société mondaine cultivée. Les manuels épistolaires fourmillent, qui donnent des conseils et des modèles du bien-écrire. Dans les salons, quand quelqu'un recevait une lettre qu'il jugeait intéressante, on la lisait en groupe, on la faisait circuler, parfois même on en prenait des copies. Il y avait là une forme minimale de diffusion publique, mais d'une publication restreinte, qui ne dépassait pas les cercles intimes de la sociabilité mondaine, sans rien de commun avec la diffusion imprimée. Ainsi, les lettres que Bussy-Rabutin publie marquent un passage : elles appartiennent encore au domaine de l'anecdotique, de la curiosité mondaine, elles n'instaurent pas pour leur auteur un statut d'écrivain, ou pour mieux dire d'« écrivaine » ; mais elles la font bien entrer dans l'espace public de la lecture.

La découverte de Mme de Sévigné écrivain se fit, à proprement parler, un peu plus tard, par les soins de ses descendants, qui avaient conservé la correspondance par elle adressée à sa fille Mme de Grignan, en Provence. L'histoire de cette première édition est compliquée, faite de projets, de manœuvres et de contretemps, l'une des héritières, promotrice de l'entreprise, ayant en cours de chemin changé d'avis. Voltaire, qui avait eu connaissance de copies de certaines lettres, essaya même un moment d'en lancer une édition pirate... Mais, sans entrer dans le détail, reste que parut en 1726 une première publication de cent trente-sept lettres de Mme de Sévigné à sa fille, bientôt augmentée de cinquante autres. L'héritière hésitante, cependant, avait fait recopier l'ensemble des originaux retrouvés à Grignan. Ceux-ci furent ensuite brûlés, par les soins d'un autre héritier. Il y avait, à ces tergiversations comme à cette suppression, la raison que les lettres mentionnent, et souvent de façon critique, nombre de personnes de la bonne société du temps, et cela risquait de blesser l'amour-propre de leurs familles. La copie primitive, elle-même, fut longtemps égarée, et on compléta l'édition première en utilisant des copies de copies, qui étaient lacunaires et fautives. On peut dire que ce n'est qu'au XXe siècle qu'on a enfin disposé d'un texte, sinon complet (toutes les lettres n'avaient pas été conservées), du moins correctement établi de cette correspondance... Sans entrer là non plus dans le détail, cet aperçu de l'histoire de son édition suffit à souligner le paradoxe : une œuvre qui n'était pas d'un écrivain, qui entra en littérature par raccroc et qui ne fut publiée que de façon partielle, tronquée, déformée devint pourtant très vite un immense succès, et de fait un classique. Dès le XVIIIe siècle, les premiers manuels pour l'enseignement de la littérature française lui font une place... La vogue du genre épistolaire continuait à cette époque-là et celle du roman par lettres atteignait son apogée, ce qui a certainement contribué au succès. Mais le retentissement de cette œuvre a dépassé cette conjoncture. La lettre que pratique Mme de Sévigné appartient au genre de la lettre privée, familière, sans jamais qu'elle ait donné des épîtres morales ou politiques, ni des « relations », ni moins encore dans la lettre polémique. C'est donc, en soi, d'un genre mineur au sein du domaine épistolaire qu'elle relève. Mais c'est aussi le genre de la spontanéité.

Les *Lettres* s'adressent à des amis (Ménage, par exemple, qui fut son précepteur), à des proches (Bussy-Rabutin, les Coulanges, c'est-à-dire sa famille, ou Arnauld de Pomponne, ami intime...) et surtout à sa fille : celle-ci avait épousé un gentilhomme qui fut nommé lieutenant général de Provence, et elle quitta Paris pour aller vivre là. Cette séparation fut très douloureuse pour sa mère, qui compensa la distance par une correspondance abondante : deux à trois fois par semaine, à partir de 1671, elle écrivit à sa fille, et souvent longuement. Ces lettres-là sont avant tout des lettres d'amour. Amour maternel, bien sûr, mais si exacerbé, si vif, si tendre qu'il en prend des tonalités passionnelles, et produit une forme obsessionnelle du discours : on est en présence d'une écriture de l'aveu et de l'épanchement. « Rien ne me donne de distraction ; je suis toujours avec vous ; je vois ce carrosse qui avance et qui n'approchera jamais de moi : je suis toujours dans les grands chemins ; il me semble même que j'ai quelquefois peur qu'il ne verse ; les pluies qu'il fait depuis trois jours me mettent au désespoir ; le Rhône me fait une peur étrange. J'ai une carte devant les yeux : vous êtes ce soir à Nevers, et vous serez dimanche à Lyon où vous recevrez ma lettre » (À Mme de Grignan, 9 février 1671). Cela est écrit au moment du départ de sa fille. Mais un mois plus tard : « Toute votre chambre me tue ; j'y ai fait mettre un paravent au milieu, pour rompre un peu la vue d'une fenêtre sur ce degré où je vous vis monter dans le carrosse [...] et par où je vous rappelai. Je me fais peur quand je pense combien alors j'étais capable de me jeter par la fenêtre » (3 mars 1671). La même passion, si elle se nuance dans le ton, se conserve aussi vive au fil du temps. De son côté, la fille prodigue aussi des marques de tendresse, alors qu'elle en donnait peu quand elles étaient ensemble. L'une comme l'autre eurent d'ailleurs conscience de ce paradoxe, et Mme de Sévigné proteste que ce n'était pas l'absence qui aiguisait l'affection, mais que celle-ci avait seulement mûri et s'était révélée entière : « Je vous prie, ma bonne, ne donnons point désormais à l'absence le mérite d'avoir remis entre nous une parfaite intelligence, et de mon côté la persuasion de votre tendresse pour moi : quand elle aurait part à cette dernière chose, puisqu'elle l'a établie pour jamais, regrettons un temps où je vous voyais tous les jours, vous, ma bonne, qui êtes le charme de ma vie et de mes yeux ; où je vous entendais, vous dont l'esprit touche mon goût plus que tout ce qui m'a jamais plu » (6 mai 1671).

Mais les lettres de Mme de Sévigné ne sont pas seulement consacrées à la plainte affective. Les tons et les sujets en sont divers, en fonction des destinataires, mais aussi en s'adressant à sa fille. Elle est capable de faire une série de lettres sérieuses donnant la chronique du procès de l'ex-surintendant Fouquet, tel qu'il pouvait être suivi par le public bien informé et favorable à l'accusé (nov.-déc. 1664, série de lettres à Arnauld de Pomponne, futur ministre des Affaires étrangères, qui avait été mêlé aux affaires de Fouquet). D'autres fois, elle plaisante, elle ironise, fait des joutes épistolaires avec son cousin Bussy-Rabutin, qui était réputé pour son esprit, et elle joue alors volontiers à mêler des vers à la prose de son courrier. Elle jongle avec les mots, pour une nouvelle qui défraye la chronique mondaine : « Je m'en vais vous mander la chose la plus étonnante, la plus surprenante, la plus merveilleuse, la plus miraculeuse, la plus triomphante, la plus étourdissante, la plus inouïe, la plus singulière, la plus extraordinaire, la plus incroyable, la plus imprévue, la plus grande, la plus petite, la plus rare, la plus commune, la plus secrète jusqu'aujourd'hui, la plus brillante, la plus digne d'envie [...] M. de Lauzun épouse dimanche au Louvre, devinez qui ? Je vous le donne en quatre, je vous le donne en dix, je vous le donne en cent [...] Il épouse, dimanche, au Louvre, avec la permission du roi, Mademoiselle, Mademoiselle de... Mademoiselle... Devinez le nom : il épouse Mademoiselle, ma foi, par ma foi ! ma foi jurée ! Mademoiselle, la Grande Mademoiselle » (la fille de Gaston d'Orléans, cousine de Louis XIV) (À Coulanges, 15 déc. 1670). Il y a bien du maniérisme là-dedans, la manière de la gazette du Tout-Paris élégant et de la Cour ; mais il y a du jeu. Cette gazette, elle la tient aussi pour Mme de Grignan, de façon que celle-ci, dans sa province, ne soit pas coupée de l'actualité parisienne, mais au contraire soit bien « à la page », ce qui était important pour faire bonne figure. Et pour les mêmes raisons, elle descend, d'autres fois, dans les détails des modes vestimentaire et capillaire, pour que sa fille puisse se mettre au goût du jour. Et il y a les anecdotes, les faits divers, les « nouvelles », les commérages (qu'elle dit détester pourtant), mais il y a aussi les confidences intimes, des considérations très pratiques sur la santé, sur l'éducation des enfants, le choix d'une nourrice, les proches, le temps qu'il fait, les songeries, la religion, les valets, ses finances, la maison... et des moments sans pruderie, quand elle parle des débauches de son fils et des « pannes » sexuelles qu'il en subit pour avoir fait trop de parties fines. Comme elle écrit souvent, c'est un journal intime complet qui se dessine ainsi.

Devant un tel ensemble de textes, plusieurs questions se posent : en particulier celle de la conscience du sujet qui écrit, celle de la représentativité de ces écrits (de leur signification), enfin celle de leur évaluation.

Il y a, on l'a vu, des moments de maniérisme avéré dans les *Lettres* de Mme de Sévigné. Était-elle engagée dans un projet littéraire délibéré ? Certains critiques ont soutenu cette thèse. Et il est vrai qu'on y lit par exemple : « Mon Dieu, ma bonne, que vos lettres sont aimables ! Il y a des endroits dignes de l'impression : un de ces jours vous trouverez qu'un de vos amis vous aura trahie » (c'est-à-dire : aura publié vos lettres) (À Mme de Grignan, 8 avril 1671). Cela se pratiquait. Et Voiture, dans les années 1630 et 1640, avait été connu et reconnu comme un écrivain admiré, alors qu'il refusait de rien publier, rien que par les copies qui couraient de ses lettres, puis par des éditions faites par ses descendants. Mme de Sévigné pouvait envisager cela, et c'est à peu près ce qui lui arriva ; elle pouvait donc s'appliquer à elle- même ce qu'elle écrivait là pour sa fille. Et elle aurait alors travaillé son style et ses sujets dans cette perspective... Mais d'autres critiques soutiennent la thèse inverse : Mme de Sévigné écrivait à titre privé, sans projet littéraire, c'est-à-dire de publication. En dernière analyse, cette thèse semble l'emporter. D'une part, Mme de Sévigné n'a jamais préparé aucune publication ; mais elle pouvait penser qu'on l'éditerait « malgré elle ». Or, d'autre part, ses lettres sont tissées de détails privés, ou de tant de plaisanteries, y compris féroces (qui gênèrent tant, justement, ses premiers éditeurs), sur des gens vivants qu'elles ne pouvaient en aucun cas être publiables sans créer une situation délicate, pour le moins. Enfin, les cris du cœur, les propos d'amour cent fois répétés, même avec lourdeur, cela n'aurait pas passé, surtout dans le milieu lettré et mondain qui était le sien. Lettres privées donc, qui sont devenues « œuvre littéraire » pour d'autres raisons...

Le milieu où elle vit, justement, éclaire la question de la valeur de son témoignage. On peut bien sûr lire sa correspondance comme une chronique de la mondanité parisienne et versaillesque du Grand Siècle. Elle en fournit la matière, elle est une excellente source d'information. Du moins pour ce qui concerne l'aristocratie et la très haute bourgeoisie ; le peuple, Mme de Sévigné l'ignore, comme elle ignore aussi la vraie politique : de la Cour, elle voit et sait surtout les distinctions et les dentelles. Rubrique nuptiale et nécrologique, promotions et disgrâces, affaires de cœur et de lit, voilà ce qu'elle appelle « savoir les nouvelles ». Si elle tient une telle chronique restreinte du beau monde, c'est que ses correspondants le souhaitaient, que cela se faisait ; c'est aussi qu'elle est snob. En cela, comme dans la précision des détails qui fourmillent, elle fait mieux que n'a fait Proust ensuite. Que le roi s'adresse à elle ou à son amie Mme de La Fayette, une conversation avec la reine, un signe de connivence que lui adresse la Grande Mademoiselle en la recevant « dans sa ruelle », et c'est pour elle un événement. À la mort de Turenne, la famille de celui-ci l'invite à dîner et à la cérémonie des funérailles : elle est touchée de la marque de distinction en même temps que de tristesse (À Mme de Grignan, 28 et 30 août 1675), etc. Et quand son cousin Bussy-Rabutin dressait la généalogie de leur famille, elle lui écrivait : « Je vous prie cher cousin de m'envoyer les copies de tout ce que vous avez, et pour qu'elles soient plus authentiques, faites-les copier par devant l'intendant de votre province : ne manquez pas à cela, il y va de l'honneur de notre maison. On ne peut être plus vive sur cela que je ne le suis » (14 août 1668). Et : « J'ai reçu ce que vous m'avez envoyé touchant notre maison ; je suis entêtée de cette folie » (28 août 1668). Il est vrai que sa famille paternelle, les Rabutin-Chantal, et celle de son mari étaient de vieille aristocratie ; la famille maternelle, en revanche, les Coulanges, se composait de bourgeois enrichis dans la collecte des impôts : il y a chez elle du désir d'adhérer tout à fait au monde aristocratique.

Par ailleurs, il est nombre de faits qu'elle raconte sans en avoir été témoin oculaire : que ce soit la célèbre anecdote de la mort de Vatel (1671) ou la grande prise d'armes du jour de l'an 1689, elle relate, en récit mimétique, ce qu'elle n'a pas vu, qu'on lui a relaté... Son regard est donc doublement médiatisé : par celui de ses informateurs, et par le prisme de son aristocratisme snob. Lire ses *Lettres* comme un document historique donnant une vue correcte du pays produirait une image bien partielle et partiale du Grand Siècle.

Elles sont, en revanche, révélatrices de la situation où se trouva une petite fraction de la société d'alors, et une situation qui est, historiquement, exceptionnelle. Mme de Sévigné a fréquenté des écrivains de métier (Chapelain, Ménage, qui furent ses précepteurs, Segrais), des ministres (Fouquet, Pomponne), des altesses royales ; mais ses plus familiers, qui sont-ils ? Bussy-Rabutin, Mme de La Fayette, La Rochefoucauld... Des aristocrates très instruits et qui eux-mêmes écrivaient. Un peu moins proches, mais familiers tout de même : le cardinal de Retz, la Grande Mademoiselle, mêmes cas. C'est un microcosme qui joint les attributs de plusieurs catégories de la distinction : la haute naissance, l'art des écrivains, l'accès aux affaires des ministres... Cette conjonction exceptionnelle a, dans ce siècle, une lignée qui va du salon de l'Hôtel de Rambouillet, où Mme de Sévigné fut quelquefois, à un temps, celui de la Grande Mademoiselle, et enfin au petit cercle Sévigné-La Fayette-La Rochefoucauld. Cet alliage de la distinction sociale et de la distinction littéraire se répandra au siècle suivant, où il sera le lot que revendique tout salon : à son époque, il est encore rare. Ce que « représentent » les lettres de Mme de Sévigné, c'est ce regard très « distingué » sur toutes les choses de la vie.

Ce petit milieu est au carrefour de plusieurs courants esthétiques. Il y a de l'influence précieuse, dont la Grande Mademoiselle fut une figure de proue. Il y a de l'influence janséniste, via Pomponne et sa famille, les Arnauld. On y connaît Descartes, Mme de Grignan se réclame de sa philosophie. Mais on y apprécie aussi l'héroïsme baroque italien (Mme de Sévigné savait cette langue, et lisait le Tasse et l'Arioste) et français (elle est entichée de Corneille). Surtout, il y a l'influence de l'esthétique « galante », qui s'était d'abord développée dans l'entourage de Fouquet : elle apprécie Ménage, Scudéry, Pellisson, La Fontaine. Enfin, par la logique du milieu, elle n'ignore rien des grands prédicateurs du temps,

Bourdaloue, Bossuet, et par la logique de sa microsociété, le pessimisme de La Rochefoucauld ne lui est pas inconnu. De tout cela l'influence galante domine ; et c'est d'abord celle d'un style. Mme de Sévigné insère volontiers des fragments versifiés dans sa prose : c'était l'indice formel le plus typique de ce qu'on nommait la lettre galante. Surtout, le style galant refusait les formes extrêmes et les différenciations radicales, préférant mêler les genres ou ménager entre eux des transitions insensibles ; ce qui est le propre de Mme de Sévigné. Elle s'avouait « tiède », en matière de religion, autant qu'elle était passionnée dans ses sentiments pour Mme de Grignan : n'inclinant pas au désespoir mystique, elle mêle souvent à ses plaintes des traits d'humour, et vice versa. C'est ce jeu des changements qui définit sa manière, par nuances. Pour l'esthétique galante, la référence était dans l'art de la conversation des salons : Mme de Sévigné écrit comme elle parlait. Chez elle le récit va vite, les phrases sont volontiers courtes, les portraits croqués en peu de traits. Elle affirme volontiers : « Le style des relations doit être court. » Elle se répète, souvent, parce qu'elle ne corrige pas ses lettres ; elle ne travaille pas son style comme le ferait un écrivain : elle l'emploie spontanément, tel qu'il est issu de l'imprégnation reçue dans son milieu, à ce carrefour du savoir et de la distinction. Et c'est cette spontanéité, y compris avec ses irrégularités, qui impose les critères de l'évaluation littéraire de cette correspondance.

On peut la lire, à bon droit, on l'a vu, comme on lirait des Mémoires, ceux d'une grande dame dans le Grand Siècle. Si l'Histoire n'y passe que par intermittence, on y voit, du moins, la chronique, et des « historiettes » qui valent celles de Tallemant, et l'image un peu compassée que l'école a tracée du siècle de Louis XIV s'en trouve bousculée et rajustée : ça vit, ça bouge, ça parle d'argent, ça s'angoisse sur le salut de l'âme, ça a des coups d'éclat et des mesquineries, des ridicules et des sensibilités... On peut aussi, à tout aussi bon droit, lire ces *Lettres* comme un journal intime. Là réside leur réalisme le plus parlant. Il y a la trame des jours, les affaires de santé, de repas, de petites rivalités mondaines, d'argent, d'enfants, et il y a aussi les confidences, pensées intimes, peurs, lectures, sensations de la nature et du temps : « Je me trouve dans un engagement qui m'embarrasse : je suis embarquée dans la vie sans mon consentement ; il faut que j'en sorte, cela m'assomme ; et comment en sortirai-je ? Par où ? Par quelle porte ? Quand sera-ce ? En quelle disposition ? Souffrirai-je mille et mille douleurs, qui me feront mourir désespérée ? Aurai-je un transport au cerveau ? Mourrai-je d'un accident ? Comment serai-je avec Dieu ? Qu'aurai-je à lui présenter ? La crainte, la nécessité feront-elles mon retour vers lui ? N'aurai-je aucun autre sentiment que celui de la peur ? Que puis-je espérer ? » (À Mme de Grignan, 16 mars 1672). Pour ce siècle réputé méfiant envers le « moi » et peu ouvert à la nature, le contraste qu'introduit le discours des *Lettres* est net... Même si, à chaque instant, l'humour resurgi reprend ses droits, dévie l'aveu, rend le rire ; il n'est pas si fréquent dans la veine du journal intime qu'il y ait beaucoup de place pour la gaieté : tantôt voulue et cherchée, en distraction, tantôt due aux usages, car il était de bon ton d'avoir de l'esprit, et souvent simplement spontanée : « ... des aventuriers, des épées, des chapeaux du bel air, des gens faits à peindre, une idée de guerre, de roman, d'embarquement, d'aventure, de chaînes, de fers, d'esclaves, de servitude, de captivité : moi qui aime les romans, tout cela me ravit et j'en suis transportée » (de Marseille, 25 janvier 1673).

On peut lire aussi, enfin, les *Lettres* comme un roman d'amour. Amour singulier que cet amour maternel qui s'exacerbe et déborde : il y a une densité psychologique, des fonds psychanalytiques, qui font signes et énigmes. Roman singulier, puisqu'il est entièrement vrai. Mais un roman parce qu'il s'y trace une histoire, une stratégie de la séduction, des phases nuancées du sentiment, des variations subtiles de la sensibilité.

Par sa nature même, parce qu'il est discours mais discours fragmenté et que la succession des fragments fait inéluctablement un récit, le genre épistolaire participe d'une poétique multiple. Dans les *Lettres* de Mme de Sévigné, les divers aspects concourent à l'affirmation complète d'un « je », d'un sujet écrivant : les trois modes de lecture qu'on vient d'évoquer convergent en ce sens. Et, surtout en un temps où les droits n'en étaient guère construits, il faut noter que ce sujet est un sujet féminin. Cette dimension importe, en effet, à l'expression de la sensibilité qui est le moteur de cette correspondance. Dire si cette sensibilité aurait pu ou non être aussi aiguë chez un homme serait tirer des plans sur les comètes. En revanche, il est certain qu'elle n'aurait pu, sous une signature masculine, s'épancher de la même façon : les mentalités du temps n'admettaient pas autant d'angoisses paternelles, a fortiori à l'égard d'une fille. Elles auraient jugé que la façon de jouer avec le langage, aussi, chez un aristocrate, un homme d'épée, fît par trop apprêté. Alors que Mme de Sévigné, parce qu'elle est femme, et femme libre — elle est veuve, riche, sans liaisons à cacher, et d'esprit libre grâce à l'éducation rare qu'elle eut —, peut laisser libre cours à sa plume comme à ses pensées. Les *Lettres* sont aussi conquête d'un espace de liberté par le sujet féminin.

Enfin, au-delà encore de ces dimensions poétique et sémantique, les *Lettres* se caractérisent par leur rhétorique (au sens le plus plein et non péjoratif du terme). En un siècle où, plus que jamais, la maîtrise de la rhétorique a été un enjeu littéraire en même temps que social, et un enjeu conscient, tout à fait délibéré, elles sont éminemment rhétoriques. Mme de Sévigné n'écrit jamais par pure convention ou par pure confidence : ses lettres ont toujours un but... et presque toujours, il est, parmi les objectifs rhétoriques possibles, le plus difficile, celui de séduire, mais de séduire sans tromper. À moins d'une possible mais éminemment contingente identification avec l'épistolière ou sa fille, ces *Lettres*, non destinées à la publication, peuvent mettre le lecteur en situation de « voyeur » ; toutefois si la lecture ne veut pas s'enfermer dans le « voyeurisme », elle requiert la complicité. Or « galant », « galer », cela signifie à l'origine : jouer. Ces « lettres galantes » sont un jeu de style, un exercice sérieux, mais un exercice d'esprit : on peut être ou non touché de leurs enjeux premiers, mais on peut aussi être curieux, simplement, de voir comment être spirituel est une façon de regarder les choses de sa vie.

A. V.

Lettres de mon moulin (Les). Recueil de contes d'Alphonse Daudet (1840-1897), publié en 1869 et qui fonda, comme chacun sait, la réputation de l'auteur. Il annonce les divers romans que Daudet allait bientôt consacrer à la Provence et qui sont le meilleur de son œuvre. Daudet fut jusqu'à sa mort atteint de nostalgie, au point de se sentir à Paris l'âme d'un proscrit. S'étant toujours passionné pour la vie méridionale, il s'est complu à en écrire les moindres aspects : ballades en prose, histoires naïves, paraboles, contes fantastiques et drolatiques, sans oublier le paysage ; Daudet excelle à faire flèche de tout bois. Un préambule nous apprend que le poète a fait l'acquisition d'un vieux moulin provençal, afin de pouvoir donner carrière à ses rêveries. C'est là qu'il griffonnera la trentaine de Lettres dont se compose le volume. Outre « L'Arlésienne » dont il devait tirer un drame, les plus connus de ces contes sont les suivants : tout d'abord « La Chèvre de M. Seguin ». Pour éclairer un sien ami sur les dangers de la liberté, l'auteur lui conte l'histoire de M. Seguin : ce dernier possédait la chèvre la plus douce et la plus belle qu'on puisse rêver. Il l'attacha à un pieu dans une prairie tendre en lui laissant une bonne longueur de corde. Mais la bête s'ennuyait. Elle dépérit rapidement et tomba malade. Il lui fallait la liberté d'aller se promener à sa guise, la montagne et les prés verts. Elle adressa une supplique à M. Seguin ; mais celui-ci, ne voulant pas l'entendre, l'enferma dans un clapier par la fenêtre duquel elle s'échappa. La voici libre. Elle broute des herbes variées, des fleurs et boit l'eau du torrent. À la nuit tombante, elle rencontre le loup dont son maître lui avait pourtant recommandé de se méfier. Après une lutte farouche qui dura jusqu'à l'aube, épuisée et couverte de sang, elle se laissa dévorer. Ce conte est, sans aucun doute, l'un des plus beaux qui aient jamais été écrits en notre langue. – « Le Secret de maître Cornille » : Du côté de Tarascon, quelque minoterie à vapeur a condamné au silence les moulins à vent. L'un après l'autre, tous ont cessé de fonctionner, sauf celui de maître Cornille. C'est son secret. Si les ailes de son moulin continuent de tourner comme par le passé, aucun grain de blé pourtant ne s'y moud. Illusion ! Un sac de plâtre et la poudre blanche qui s'en échappe imitent si bien la farine. Orgueil de maître Cornille. Sous le coup de la mystification découverte, ses voisins lui apporteront leur froment, car un homme si fier a droit à la considération de tous. – « La Mule du pape » : Tistet Vedene est le plus effronté galopin d'Avignon. N'a-t-il pas réussi à capter la confiance de Sa Sainteté Boniface ? Ce dernier, bonhomme et naïf, lui laisse le soin de s'occuper de sa mule dont il est si fier. Mais le vin parfumé que le bon maître lui préparait chaque jour et que la bête aimait tant, c'est Tistet qui le boit. Ne s'est-il pas avisé même de faire grimper la mule de Boniface au clocheton de la maîtrise ? « Ah, bandit, pense-t-elle, si j'en réchappe, quel coup de sabot demain matin ! » Mais la bête attendra sept ans l'heure de sa vengeance, car Tistet s'en est allé à la cour de Naples auprès de la reine Jeanne. À son retour, il retrouvera l'animal. « Tiens, attrape, bandit, voilà sept ans que je te le garde ! » Et, dit l'auteur, « elle vous lui détacha un coup de sabot si terrible, si terrible, que de Pampérigouste même on en vit la fumée ! » – « Le Curé de Cucugnan » : Jamais peut-être Daudet n'a mis tant de malice et de bonhomie que dans ce conte. Les habitants de Cucugnan sont les plus mécréants qu'on puisse imaginer. Ils font le désespoir de leur curé « Monsieur Martin ». Et pourtant cet homme au cœur tendre est tout prêt à les comprendre et à les aimer. Un dimanche, il monta en chaire et les sermonna. Sans doute leur fit-il très peur avec cette histoire, imaginée par lui, d'une vaine visite au Paradis, puis au Purgatoire et en Enfer, où il avait fini par retrouver ses Cucugnanais, rôtissant et gémissant dans le soufre et les flammes ; car « depuis ce dimanche mémorable, le parfum des vertus de Cucugnan se respire à dix lieues à la ronde ». – « Le Sous-Préfet aux champs » : Quelque discours qu'un fonctionnaire doit préparer pour les Comices agricoles, un discours qui commence par ces mots : « Messieurs et chers administrés... », et qui n'ira jamais plus loin parce que son auteur s'est laissé tenter par un bois de chênes verts plein d'oiseaux et de violettes, cela suffit à Daudet pour composer un petit chef-d'œuvre d'humour cocasse, où le rêve se mêle à la philosophie. – « La Légende de l'homme à la cervelle d'or » : « Il était une fois un homme qui avait une cervelle d'or... » ; sans doute eût-il mieux valu pour lui qu'il possédât une cervelle normale car, du jour où sa mère commit l'imprudence de lui révéler l'existence de ce fabuleux trésor, il connut le malheur, la tristesse et la pauvreté. De ce jour, il devint la proie de l'esprit de vertige. Il dépensa sans compter, se fit voler un gros morceau de cervelle et offrit le reste à la dame de son cœur, aux besoins insatiables. Et quand celle-ci mourut, il ne lui resta plus rien de sa tête, mais au cœur, la richesse d'un souvenir d'amour. – « L'Élixir du R.P. Gaucher » : Ici, nous retrouvons, par instants, la truculence de *Tartarin de Tarascon* (*), avec, toutefois, ce qu'il faut de grâce dans l'irrévérence pour donner une saveur discrète à ce moine saisi par la débauche. Pour sauver son couvent de la ruine, le révérend père Gaucher entreprend de fabriquer une liqueur merveilleuse dont lui seul a le secret. La liqueur se vend bien, l'argent rentre et le couvent retrouve sa splendeur passée. Hélas ! les vapeurs de l'orgueil se mêlent bientôt à celles de l'alcool et dès lors tout se gâtera. Pareil au cuisinier qui doit goûter à ses sauces, le père Gaucher goûte son élixir et de ce fait devient la proie de certaines tentations. C'est une goutte, puis deux, puis vingt et bien vite un gobelet tout entier. Glissant chaque jour davantage sur la pente dangereuse du plaisir, il se laisse aller à quelques dérèglements incompatibles avec la vie monacale. Il s'en confesse, s'en repent, mais l'alcool est plus fort que Dieu. Le prieur décide alors de le sauver par les vertus de l'oraison de saint Augustin. Peine perdue ! L'alcool triomphe. Désormais, notre révérend ne connaît plus qu'une seule eau bénite : son élixir ; qu'une seule oraison : les chansons à boire.

Dans chacun de ces contes, s'inscrit un aspect du caractère provençal. Si le paysage y joue un grand rôle, il n'ôte jamais rien au mérite des figures. Ce que l'on goûte surtout ici, c'est un mélange incomparable de malice, de verve et d'émotion. Mais leur qualité première restera cette sympathie avec laquelle l'auteur s'attache aux humbles, aux bêtes et aux plantes, avec une sollicitude qui ne désarme jamais. Le travail est celui d'un « orfèvre », qui, d'un seul trait de la plus grande finesse, peut créer un climat et cerner un personnage dont le relief lui permettra de demeurer légendaire. C'est cette simplicité et cet art de ne jamais « appuyer » sur toute chose qui en ont fait un de nos plus grands conteurs.

Lettres persanes. C'est la première œuvre du philosophe Charles Louis de Secondat, baron de Montesquieu (1689-1755). Les *Lettres persanes* furent publiées, sans nom d'auteur, simultanément à Amsterdam et à Cologne, en 1721 ; un succès retentissant leur valut un très grand nombre de rééditions pendant tout le XVIIIe siècle. À la fin de sa carrière, en 1754, Montesquieu ajouta à son livre un *Supplément* de onze lettres et le compléta de *Quelques réflexions sur les « Lettres persanes »*. Ces *Lettres* s'échelonnent de février 1711 au commencement de 1720, c'est-à-dire des dernières années du règne de Louis XIV à la réaction qui suivit sa mort et aux premiers temps de la Régence. Montesquieu se détourne de ses recherches désintéressées pour étudier la société dans laquelle il vit et à laquelle il participe puisqu'il y joue un rôle officiel, société où le soulagement éprouvé après les misères et les austérités de la fin du règne de Louis XIV fait naître, avec un esprit de jouissance sans scrupules, une prolifération de vices et de scandales. C'est ce qu'il ne faut pas oublier quand on lit les *Lettres persanes* ; ceci explique que les images qu'il nous donne semblent poussées au noir, et justifie cette sévérité dont il fit preuve à l'égard de son temps. Mais ce tableau des mœurs, Montesquieu entend le présenter sous une forme plaisante ; de plus, il faut qu'il dissimule ses hardiesses sous une fiction. Pour cela, il reprend le procédé qu'avait inventé Dufresny, surtout célèbre par ses comédies, dans son ouvrage satirique : *Les Amusements sérieux et comiques d'un Siamois*. Un Siamois venu à Paris y analysait naïvement, à l'usage de ses compatriotes, tout ce qu'il y voyait et entendait. Montesquieu développe d'ailleurs le procédé, en supposant que deux Persans, Rica et Usbek, visitent l'Europe, s'écrivent entre eux, et écrivent à leurs amis restés en Perse. Montesquieu s'est inspiré des *Six voyages de Tavernier en Turquie, en Perse et aux Indes* (1676-1679) et du *Journal de voyage du chevalier Chardin en Perse et aux Indes occidentales.* Afin de piquer l'attention du lecteur du temps, il invente une histoire de sérail qui court à travers toute la correspondance. Cette intrigue n'a plus guère d'intérêt pour nous ; elle plut en son temps par sa fausse couleur asiatique qui correspondait assez bien à l'image qu'on se faisait de l'Asie, terre de sérails et de meurtres. C'est le développement de cette histoire, infidélités des femmes du sérail, révoltes, suicide, plaintes des eunuques, qui obligera les deux amis à rentrer à Ispahan et mettra ainsi un terme à leur voyage.

L'esprit fort ingénu et partant dépourvu de préjugés de Rica et Usbek reflète, avec un vigoureux relief et un aspect incongru, déconcertant, les impressions éparses qu'ils recueillent sur la civilisation occidentale et les mœurs parisiennes dont l'étrangeté les émerveille. Cet esprit s'exprime dans la satire des ridicules de la société et des mœurs, le plus souvent sous la forme de portraits qui ne sont pas sans rappeler *Les Caractères* (*) de La Bruyère, dont Montesquieu est largement tributaire. Telles sont les lettres XXVI sur la coquetterie des femmes. LII sur la rivalité entre femmes d'âges différents, XXVIII sur le théâtre, XXX sur les badauds parisiens, XXXVI sur les cafés littéraires, XLVIII sur la compagnie qui emplit un salon (Montesquieu, avec beaucoup de brio, dessine les silhouettes du financier que tous feignent de respecter mais qu'ils méprisent, du vaniteux poète famélique, de l'insinuant directeur de conscience, de l'officier retraité et incapable qui ne tarit pas sur ses exploits passés), LVI sur le jeu, LXVIII sur un magistrat ignorant, LXXXVII sur la vie des courtisans, XCIX sur les caprices de la mode. Avec une autre série de *Lettres*, Montesquieu s'écarte des moralistes du XVIIe siècle et apparaît déjà comme un « politique », plus intéressé par la société que par l'individu, et qui rend responsable de la corruption sociale non tant les mœurs que les institutions. Par là, Montesquieu s'impose comme le premier historien et sociologue du XVIIIe siècle. Ce groupe de *Lettres* est constitué par des dissertations d'où le persiflage n'est naturellement pas exclu, mais le ton est plus sérieux que dans les lettres précédentes. Un certain nombre d'entre elles forment de véritables histoires qui courent d'une lettre à l'autre : tel est l'apologue des Troglodytes (lettres XI à XIV) ; ce petit peuple, après s'être sauvagement entre-tué, entreprend de créer une nouvelle société fondée sur les vertus domestiques et militaires ; c'est déjà l'esprit des Histoires — v. *Histoire orientale, Histoire véritable* — et la thèse de la bonté primitive de la nature humaine corrompue par la société que reprendra Rousseau — v. *Discours sur l'origine et les fondements de l'inégalité parmi les hommes*. Telles sont encore l'« Histoire d'Aphéridon et Astarté » et l'« Histoire d'Ibrahim ». Ce sont également des peintures directes des institutions de la monarchie française, lettres sur le roi (XXIV, XXXVII), sur les diverses formes de gouvernement (LXXX), sur la justice (XCV), sur les conseils de la Régence (XCVIII). D'autres ont pour sujet la religion : sur le pape (XXIX), sur les disputes théologiques (XLVI), sur les moines (LVII). Ces *Lettres* constituent une critique très violente, non seulement des institutions religieuses, mais de l'esprit même du christianisme auquel l'auteur oppose une religion fondée uniquement sur la justice et le bon sens. Le ton hardi et irrespectueux de Montesquieu annonce ici Voltaire. À partir de la centième lettre environ, Montesquieu néglige les descriptions pour s'engager à fond dans les polémiques et surtout pour traiter des questions historiques et sociologiques qui anticipent sur les recherches des *Considérations* et de *L'Esprit des lois*. Ce sont des considérations fort curieuses sur la démographie, les variations de la natalité, leur liaison avec les facteurs sociaux, l'état des mœurs et les faits économiques (lettres CXVI, CXVII), les colonies (CXXI), les lois (CXXIX). Avec une série de lettres sur la visite à la bibliothèque d'un couvent, Montesquieu se tourne vers la production et les genres littéraires du temps, dans un exposé critique fort impertinent (lettres CXXIII à CXXXVII).

Si on laisse de côté l'intrigue orientale, il faut retenir que les *Lettres persanes* constituent un tableau extrêmement vivant, malicieux et plein d'esprit de l'époque. Montesquieu demeure cependant assez superficiel, parfois injuste et uniquement négatif ; en tant que moraliste, il est loin d'atteindre à la profondeur de La Bruyère ; mais dans sa critique des institutions, dans l'étude comparée des régimes politiques et des mœurs, dans ses vues sociologiques, il révèle le meilleur de lui-même ; ce sont alors ces vues hardies, nouvelles, auxquelles il initia ses contemporains et qui nous semblent encore si originales, vues dont il devait donner la parfaite expression avec les *Considérations* et *L'Esprit des lois*. Malgré le caractère anonyme de l'œuvre, malgré sa violence et son impertinence, ce furent les *Lettres persanes* qui lui ouvrirent les portes de l'Académie française en 1728. Ce genre qu'il n'avait pas créé, mais qu'il avait su imposer, connut une fortune éclatante pendant tout le XVIIIe siècle ; qu'il suffise de mentionner deux écrivains tout contraires, Voltaire et Chateaubriand, qui s'y essayèrent, le premier dans *L'Ingénu* (*), le second dans *Les Natchez*.

Lettres portugaises traduites en français. Œuvre du diplomate et écrivain Gabriel-Joseph de Guilleragues (1628-1685), publiée en 1669. Il s'agit d'un texte en prose, d'une trentaine de pages, composé de cinq lettres de longueur croissante, non signées, sans date ni lieu d'émission, censées être écrites, depuis son couvent du Portugal, par une religieuse (Mariane), en réponse aux lettres (évoquées mais non fournies) que lui adresse son amant, un officier de marine français, après qu'il a dû la quitter pour reprendre la mer. Ces cinq lettres rapportent la façon dont la jeune fille, contrainte par sa famille à être religieuse, séduite par l'officier, puis séparée de lui, réussit à s'en détacher. Paru en français, sans nom d'auteur, ce recueil de *Lettres portugaises* s'ouvrait par un « Avis au lecteur » du libraire, accréditant l'idée qu'il s'agissait d'une traduction dont le responsable était inconnu, tout comme l'étaient l'épistolière et son destinataire. Si, dès 1669, une édition allemande apprenait aux lecteurs le nom du traducteur (Guilleragues) et celui du destinataire (le chevalier de Chamilly), rien ne venait indiquer celui de l'auteur, si bien qu'on crut longtemps être en présence d'un « chef-d'œuvre d'écriture passionnelle spontanée » dû à la jeune religieuse portugaise, dont le XIXe siècle chercha et trouva même l'identité (Mariana da Costa Alcoforado). Ce n'est qu'à partir du milieu du XXe siècle que fut démasquée la légende dont s'était enveloppé le véritable auteur, Guilleragues, personnage trop officiel pour s'adonner ouvertement à ce type d'ouvrage. Assurément, la mystification, donnant au lecteur l'impression de « pénétrer par effraction [...] dans l'intimité d'un dialogue confidentiel » (Bray et Landy-Houillon), joua son rôle dans le succès de librairie de ces *Lettres* qui connurent plusieurs rééditions, contrefaçons, *Réponses, Suites*, ou traductions étrangères, tandis que le terme « portugaise » devenait un nom commun désignant une lettre où s'exprime « une passion que rien ne peut excuser que l'amour même » (Mme de Sévigné, lettre « À Guitaut » de janvier 1682). Toutefois, au-delà de raisons anecdotiques, si les *Lettres* de Guilleragues furent tellement appréciées, c'est qu'elles cristallisaient une tradition de la lettre amoureuse remontant à l'Antiquité — v. *Héroïdes* d'Ovide —, en des termes propres à cette deuxième moitié du XVIIe siècle (une voix féminine exprimant un amour-maladie). Ce faisant, en même temps qu'elles allaient inspirer le titre d'innombrables *Lettres* (anglaises, persanes, péruviennes, etc.), elles devenaient le modèle de référence d'une nouvelle manière d'aimer : « Il faut aimer comme la religieuse portugaise » — Stendhal, *La Vie de Rossini*.

Loin d'être un simple divertissement d'honnête homme, l'ouvrage de Guilleragues s'insère dans l'effort classique pour redéfinir la place de l'homme dans le monde, après l'affaissement des valeurs chrétiennes de l'époque médiévale : l'homme s'accomplit en adhérant à des règles sociales naturelles, tâche dans laquelle il est aidé par la discipline intérieure que lui permet la connaissance de soi. De fait, la religieuse, initialement révoltée par sa condition et prisonnière d'une passion amoureuse perturbatrice de l'ordre social, semble atteindre, au fil de l'écriture, la connaissance et la maîtrise d'elle-même lui permettant de renoncer à son amour. Elle se retrouverait ainsi en harmonie avec l'ordre (sa famille, son couvent et son Dieu), et illustrerait le bien-fondé de l'idéal classique de la connaissance de soi. Mais, en réalité, cette démarche est biaisée, car elle repose sur une vérité refusée et reconstruite : loin d'accepter que son amant ait simplement dû partir, Mariane se représente en femme séduite et abandonnée pour le plaisir de souffrir. Elle prend alors l'initiative de rompre la relation amoureuse et épistolaire, au moins autant pour devenir maître de la situation qui lui a été imposée que pour s'en libérer. Ainsi la démarche de l'héroïne des *Lettres portugaises* illustre-t-elle en même temps que la richesse les risques de la connaissance de soi.

F. N.-D.

LEVET Henry Jean-Marie Étienne. Poète né à Montbrison (Loire), le 13 janvier 1874, mort à Menton (Alpes-Maritimes), le 15 décembre 1906. Il débute dans les lettres en collaborant, du 10 février 1895 au 20 décembre 1896, au *Courrier français,* où il publie des contes, des chroniques et une vingtaine de poésies, dont *Le Coche manqué* et *Parades.* Il mène alors une existence de bohème et de dandy parisien. En mars 1897, il publie une plaquette de six sonnets : *Le Pavillon, ou la Saison de Thomas W. Lance,* suivie, en septembre de la même année, d'une autre plaquette de cinq poèmes, réunis sous le titre *Le Drame de l'allée,* et signés Henry J.-M. Levey. Il est chargé de mission dans l'Inde et en Indochine par le ministre de l'Instruction publique (décembre 1897-juin 1898). De mars 1900 à septembre 1902, il fera paraître dans diverses revues les dix poèmes qui composeront plus tard *Cartes postales*. Nommé vice-consul de troisième classe à Manille, où il occupera successivement les fonctions de secrétaire-archiviste et de chancelier, il sera chargé, en février 1906, de la chancellerie de Las Palmas ; mais, atteint de phtisie, il rentrera en France pour y mourir. Son œuvre, réunie sous le titre de *Poèmes* par Léon-Paul Fargue et Valery Larbaud, fit l'objet d'une première édition posthume en 1921.

LÉVI-STRAUSS Claude. Anthropologue, ethnologue et essayiste. Né le 28 novembre 1908 à Bruxelles, mais de parents français, Claude Lévi-Strauss vint habiter avec eux en 1914 une maison située dans le parc de Versailles. Son père, peintre de portraits, collectionnait les curiosités les plus diverses. À son exemple, l'enfant se met à rassembler des œuvres d'art exotiques, ainsi que des instruments de musique, qu'il remet en état et dont il s'essaie à jouer, car, très tôt Lévi-Strauss manifesta une véritable passion pour la musique. L'on sait que la structure musicale jouera plus tard un rôle important dans la composition de ses livres. L'analyse des mythes, écrira-t-il dans *Anthropologie structurale* (1958), est comparable à celle d'une grande partition. Le contact direct avec la nature dans les Cévennes où il passe toutes ses vacances est pour l'adolescent une véritable révélation ; au cours de ses longues promenades, il découvre, sous l'apparent désordre des choses, l'ordre invisible qui les soutient toutes, la géologie.

Parallèlement à cette formation personnelle qui permit à Lévi-Strauss d'acquérir très tôt « quelques convictions rustiques » définitives, dont il note dans *Tristes Tropiques* qu'elles devaient demeurer « pas très différentes de celles de sa quinzième année », Claude Lévi-Strauss poursuit le cycle normal des études classiques, tout d'abord au lycée Janson-de-Sailly, puis à la faculté de droit et à la Sorbonne. Reçu à l'agrégation de philosophie en 1931 — c'est alors qu'il fait la connaissance de Simone de Beauvoir et de Merleau-Ponty à la mémoire duquel il dédicacera *La Pensée sauvage* (1962) — Lévi-Strauss enseigne à Mont-de-Marsan en 1932, puis à Laon en 1933. Mais cette carrière sans imprévu, qui consiste à répéter d'année en année le même cours, ne lui apporte que lassitude et ennui. De plus, sa curiosité aussi vaste que vive demeure insatisfaite. À dix-sept ans, Lévi-Strauss a été initié par un jeune socialiste à l'œuvre de Karl Marx dont la rigueur d'analyse le séduit et restera pour lui un modèle. Un peu plus tard, il a découvert les théories de Freud, qui lui « apparurent tout naturellement comme l'application à l'homme individuel d'une méthode dont la géologie représentait le canon ». En 1933 ou 1934, un livre rencontré par hasard, la *Sociologie primitive* de l'ethnologue américain Lowie, le met enfin sur la voie. L'ethnographie se révèle alors à lui comme le lieu de convergence où le conduisent des démarches jusqu'alors séparées.

En 1935, en acceptant un poste de professeur à l'université de São Paulo, Claude Lévi-Strauss s'évade enfin : « comme un citadin lâché dans les montagnes », il s'enivre « d'espace tandis que » son « œil ébloui mesure la richesse et la variété des objets ». Dès le début de son séjour au Brésil, il entreprend plusieurs brefs voyages ethnographiques et donne en 1936 son premier travail anthropologique, *Contribution à l'étude de l'organisation sociale des Indiens Bororo.* En 1938, Lévi-Strauss peut enfin entreprendre la grande expédition dont il rêvait depuis des années. Pendant de longs mois, il parcourt l'Amazonie et le Mato Grosso, entrant dans l'intimité des Indiens Nambikwara et Tupi-Kawahib, dont il parlera avec une extraordinaire compréhension et une sympathie communicative dans *Tristes Tropiques.* Mais en février 1939, l'ethnographe est obligé de rentrer en France, où il est mobilisé. Cette « drôle de guerre » se concrétise pour lui dans un souvenir précis, celui d'avoir admiré la « structure merveilleusement régulière » d'une fleur de pissenlit.

Révoqué en application des lois de Vichy, Lévi-Strauss réussit, au printemps 1941, à quitter la France et à gagner, non sans peine, les États-Unis. À New York, Lowie lui propose un poste à la célèbre « New School for Social Researches ». Lévi-Strauss enseigne également à l'Institut des hautes études de New York, où Roman Jakobson, exilé comme lui, professe la linguistique. En l'écoutant, Lévi-Strauss a la surprise de constater que cette « analyse structurale » qu'il appliquait spontanément et par pur plaisir est employée en linguistique depuis longtemps, mais de manière tout à fait systématique par Jakobson. On sait l'extension que Lévi-Strauss a donnée depuis à ce principe essentiel d'explication, et aussi les abus qu'en ont fait certains épigones pour qui il est devenu une sorte de panacée. En 1944, Lévi-Strauss rentre en France, mais il en repart pour occuper en 1946-47 le poste de conseiller culturel à New York. De retour à Paris en 1947, il y est nommé sous-directeur du musée de l'Homme.

Il peut désormais commencer son œuvre. Sans doute a-t-il déjà écrit de nombreux articles dans les revues spécialisées, mais c'est seulement en 1948 qu'il publie son premier livre, *La Vie familiale et sociale des Indiens Nambikwara*, d'ailleurs aussitôt suivi des monumentales *Structures élémentaires de la parenté*. La rare maîtrise qui s'y affirme n'entraîne pas que des adhésions, certains reprochant à leur auteur de se référer beaucoup plus aux ethnologues américains qu'à ceux appartenant à l'école française. Cette attitude chauvine — et d'ailleurs injustifiée — irrite quelque peu Lévi-Strauss qui, l'année suivante, rend hommage à l'un des derniers grands maîtres de l'ethnologie française dans une longue « Introduction à l'œuvre de Marcel Mauss ». En 1950, Lévi-Strauss devient directeur d'études à l'École pratique des hautes études, où il occupe la chaire des « religions comparées des peuples sans écriture », s'orientant ainsi vers l'étude des mythes dont il proposera plus tard une méthode originale de déchiffrement intégral.

Après avoir publié en 1952 *Race et Histoire,* Claude Lévi-Strauss écrit en moins de cinq mois *Tristes Tropiques* (1955), œuvre autobiographique autant qu'ethnographique, de réflexion autant que de science, qui lui vaut non plus seulement l'estime des spécialistes, mais la célébrité auprès d'un très vaste public. Avec cet ouvrage, il se révèle comme l'un des plus éminents penseurs de notre temps, mais aussi comme l'un de nos meilleurs écrivains.

Le premier volume de l'*Anthropologie structurale,* qui sera suivi en 1973 d'un second volume, apparaît en 1958 comme la charte de cette nouvelle discipline que l'année suivante Claude Lévi-Strauss est invité à professer au Collège de France dans la chaire d'anthropologie sociale créée pour lui, qu'il occupera pendant près de vingt ans, et qui est doublée du laboratoire d'anthropologie sociale qu'il dirige également. En 1962, Lévi-Strauss donne coup sur coup *Le Totémisme aujourd'hui*, dont les premiers mots donnent le ton : « Il en est du totémisme comme de l'hystérie... », car pour lui il ne s'agit là que d'une illusion spéculative qui se dissipe au fur et à mesure qu'on l'étudie, et un de ses ouvrages majeurs, *La Pensée sauvage*, qui est, non pas la pensée des sauvages, mais bien un « attribut universel de l'esprit humain » qui se manifeste par exemple dans la poésie et dans l'art.

Avec *La Pensée sauvage* s'annonce dans l'œuvre un nouveau cycle, celui qui conduira auteur et lecteur, guidés par les mythes, dans *Les Mythologiques* (mytho-logiques), à un gigantesque voyage d'exploration de la perception sensible du monde par l'homme. Les *Mythologiques* présentent en effet une logique des qualités sensibles, fondée sur les données les plus élémentaires et les plus concrètes de la vie quotidienne, ainsi qu'en témoignent les sous-titres de leurs quatre volumes : *Le Cru et le Cuit* (1964), *Du miel aux cendres* (1967), *De l'origine des manières de table* (1968), *L'Homme nu* (1971). Si l'ethnologie fournit encore ici les points de repère, l'œuvre la déborde de toutes parts, ou plutôt la prolonge et l'étend prodigieusement, car Lévi-Strauss a su se faire rejoindre ces disciplines — indûment — séparées, auxquelles il s'était adonné d'abord successivement, l'anthropologie et la philosophie, au sens le plus large et le plus ancien, c'est-à-dire d'étude et de pratique de la sagesse. Si toute philosophie nouvelle ne peut que s'appuyer sur l'enquête anthropologique, comment cette dernière ne tiendrait-elle pas compte à son tour de la réflexion philosophique, de l'exigence personnelle d'une sagesse vitale ? *Les Mythologiques* possèdent également une haute valeur artistique, qui est loin d'être seulement formelle ; leur rythme musical, une langue aussi scrupuleusement exacte que sensible, aussi intuitive que rationnelle, font d'elles un modèle pour un humanisme à venir. Par là, *Les Mythologiques* s'adressent aussi au public cultivé et peuvent se lire comme une sorte de *Recherche du temps perdu* (*). Malgré l'apparente impersonnalité du ton, l'auteur y apparaît sous les multiples facettes qui font de lui l'un des penseurs les plus fascinants de la seconde moitié du XXe siècle. L'une d'elles, et ce n'est pas la moindre, nous présente un grand humaniste, dominant la culture de son temps, dont il connaît tous les aspects — cf. *Les Entretiens avec Claude Lévi-Strauss* de Georges Charbonnier, diffusés par la Radiodiffusion-Télévision française en 1959, qui portent principalement sur la peinture. C'est cet humaniste-là qui fit son entrée en 1973 à l'Académie française. Depuis lors, la réflexion de Claude Lévi-Strauss s'est poursuivie à travers *La Voie des masques* (1975), *L'Identité* (1977), *Le Regard éloigné* (1983), *Paroles données* (1984) et *La Potière jalouse* (1985) ; ou encore dans ses entretiens avec Didier Eribon : *De près et de loin* (1988) et leur suite deux ans plus tard.

JACQUES BROSSE.

RÉF. : « Claude Lévi-Strauss », *L'Arc,* n° 26, Aix-en-Provence, 1965. — Y. Simonis, *Claude Lévi-Strauss ou la « Passion de l'inceste » : Introduction au structuralisme,* Paris, 1968. — E. Leach, *Lévi- Strauss,* Paris, 1970. — C. Backès-Clément, *Lévi- Strauss ou la Structure et le malheur,* seconde édition, Paris, 1974. — R. Georgin, *De Lévi-Strauss à Lacan,* Petit-Rœulx, 1983. — O. Paz, *Claude Lévi-Strauss o el nuevo festin de Esopo,* Mexico, 1983.

Liaisons dangereuses (Les). Roman de Pierre-Ambroise Choderlos de Laclos, *Les Liaisons dangereuses,* publiées à Paris en 1782, occupent une place particulière dans l'histoire du roman français. Chef-d'œuvre d'un auteur militaire de carrière qui n'écrivit qu'un seul roman, il est l'aboutissement d'une tradition romanesque qui gagne ses titres de noblesse au XVIIIe siècle. Mais c'est aussi et surtout un ouvrage unique par sa perfection formelle et par l'ambiguïté de son message moral.

Le roman s'inscrit dans la tradition du roman épistolaire prisé au XVIIIe siècle. *Julie ou la Nouvelle Héloïse* (*) (1761) en est l'exemple le plus célèbre. Laclos se réfère d'ailleurs directement à Rousseau puisqu'il reproduit l'épigraphe de *La Nouvelle Héloïse* en tête de son propre roman : « J'ai vu les mœurs de mon temps, et j'ai publié ces lettres. » Mais il porte le genre à sa perfection grâce à une utilisation magistrale de la technique du roman par lettres. Les rapports entre la forme et le contenu du roman ont été étudiés par Jean Rousset, Jean-Luc Seylaz, Tzvetan Todorov (interprétation structurale et sémiotique), et Laurent Versini qui démontre à quel point « le choix de la forme épistolaire répond chez Laclos à des raisons techniques, artistiques, esthétiques [...] Il répond aussi à des raisons psychologiques [...] *Les Liaisons dangereuses* se confondent si bien avec le genre épistolaire qu'elles l'ont épuisé, comme Racine, la tragédie. »

Lors de leur parution en 1782, *Les Liaisons dangereuses* connurent un retentissement extraordinaire, une cinquantaine d'éditions parurent entre 1782 et 1815. L'étude des critiques de l'époque nous indique que son succès fut principalement un succès de scandale. En revanche le XIXe siècle l'ignore quasiment. Les jugements, peu nombreux, sont dans l'ensemble très sévères : on place Laclos parmi les petits conteurs érotiques du XVIIIe siècle ; les commentaires frappent par leur ton essentiellement moral. Le roman fut condamné en 1832 « pour outrage aux bonnes mœurs ». Exceptons Stendhal, et Baudelaire dont les « notes » sur *Les Liaisons dangereuses* ont fait date dans l'histoire de la critique.

Le XXe siècle a redécouvert le chef-d'œuvre de Laclos : Gide, Proust, Malraux, Giraudoux, Maurois, Butor, nombre d'autres romanciers et critiques de marque s'y sont intéressés. Récemment, le roman a profité du renouveau de faveur que connaissent les études sur le XVIIIe siècle. Ces dernières années surtout l'intérêt a redoublé, les éditions du texte se multiplient. La nouvelle édition des *Œuvres complètes* de Laclos par Laurent Versini (1979) est un modèle d'érudition et sert désormais de référence. Innombrables sont les études et articles qui ont trait aux *Liaisons dangereuses.* Dans sa bibliographie datée de 1982, Colette Verger Michael mentionne six cent vingt titres de 1782 à 1979 ; et la bibliographie du *PMLA* en indique cent trente-cinq entre 1979 et 1991. Le roman fut traduit en allemand dès 1783 (Heinrich Mann en donna une belle traduction en 1905) ; en anglais en 1784, puis en italien, japonais, hongrois, polonais, portugais, russe, espagnol, turc, serbo-croate, etc. L'intérêt pour le roman s'explique par l'actualité de nombre de ses thèmes : la relation entre le corps et l'esprit, entre l'intelligence et la sensibilité, la volonté et le hasard ; les problèmes de la liberté et de la destinée, l'inaptitude de l'homme à diriger son destin. Représentants de l'aristocratie libertine de la fin du XVIIIe, les deux héros, le vicomte de Valmont et la marquise de Merteuil, entreprennent la séduction d'une jeune fille naïve, Cécile de Volanges, et d'une femme vertueuse, Mme de Tourvel. Ils veulent affirmer leur supériorité dans une « carrière » de séduction en exerçant leur volonté au détriment de l'affectivité. Si par leur style de vie les héros se rattachent à la tradition érotique et galante du XVIIIe siècle, le libertinage n'est toutefois pas pour eux un simple jeu, il illustre des principes qui sont l'expression du mode de pensée du libre penseur qui croit en le pouvoir de la raison, en la prééminence de l'intellect sur le sentiment. Les valeurs affectives sont illustrées par Mme de Tourvel, sensible, imbue de qualités morales ; Valmont veut faire de sa conquête son chef-d'œuvre, en attaquant à travers elle tout ce qui menace son libertinage : la religion, la fidélité et la vertu. Tandis que Valmont et Merteuil prétendent dominer le destin grâce à leur intelligence, la présidente de Tourvel se repose sur la sensibilité. L'échec des trois héros témoigne de l'inefficacité de leurs systèmes de valeurs.

Le roman par lettres exclut a priori la présence et l'intervention de l'auteur (sauf dans l'« Avertissement de l'éditeur » et la « Préface du rédacteur », ambigus à souhait). Depuis deux siècles la critique s'interroge sur les intentions de l'auteur : est-il fasciné par le mal, ou en dénonce-t-il la séduction maléfique ? et sur la signification du roman. Baudelaire le considère comme « un livre de moraliste aussi haut que les plus élevés, aussi profond que les profonds ». Malraux y voit une mythologie de l'intelligence et de la volonté. Roger Vailland et d'autres critiques en présentent une interprétation sociologique. Georges Poulet considère le héros comme une « pensée calculatrice » qui veut dominer l'avenir grâce à ses projets. Jean-Luc Seylaz affirme : « Le mal pur, c'est ici l'intelligence pure. » Pour René Pomeau, Laclos voulait « démontrer le danger des liaisons et il a écrit le roman séduisant de la séduction ». Les autres thèmes de prédilection de la critique sont la psychologie des personnages, le donjuanisme, l'érotisme et la sexualité, la vengeance, bref tout ce qui touche aux rapports entre la volonté de puissance, la passion, la religion et la morale ; récemment la critique féministe a proposé ses propres interprétations. Ce foisonnement d'approches critiques atteste la richesse d'une œuvre qui comme tout chef-d'œuvre garde sa part de mystère. Gide le classe en second parmi les dix meilleurs romans — après *La Chartreuse de Parme* (*) —, et Georges May parle d'un « miracle de rigueur, d'équilibre, de profondeur, de composition, de style ».

Trois adaptations cinématographiques sont à noter : *Les Liaisons dangereuses 1960* de Roger Vadim, sur un script de Roger Vailland (1959) ; *Les Liaisons dangereuses* de Stephen Frears (1989) et le film de Milos Forman *Valmont* (1989).

M. TH.

Libertins. Devenu substantif, le terme désigne tout d'abord des libres-penseurs, dans la lignée de la philosophie matérialiste défendue par certains courants humanistes, puis, au fil des ans, en vient à désigner surtout des personnes aux mœurs très libres, et volontiers mises en scène dans la littérature du XVIIIe siècle, de Crébillon fils au marquis de Sade. Le mot a donc une histoire complexe. René Pintard a étudié le courant de pensée dans la première moitié du XVIIe siècle (*Le Libertinage érudit,* 1943), montrant comment s'était constitué autour de Gabriel Naudé, de La Mothe Le Vayer et de Gassendi un véritable cercle intellectuel, défendant la libre-pensée en matière de religion, héritier de l'épicurisme et du scepticisme dans le domaine philosophique, et souvent très machiavélique en politique (Naudé était bibliothécaire de Mazarin), le tout avec prudence et dans le plus grand secret. En réalité, l'image du libertin est très difficile à bien cerner, et beaucoup de ses audaces lui sont attribuées par ceux qui l'attaquent (Garasse, Mersenne), comme l'a montré Louise Godard de Donville (1989). Mais cela a contribué à dessiner un type d'intellectuel libre de parole et peu soucieux des convenances sociales, qui triomphera avec l'esprit des Lumières (v. ce mot), mais devenu alors plus soucieux de débauche que de critique philosophique, rejoignant ainsi l'image immorale qu'avaient esquissée les polémistes de la première moitié du XVIIe siècle. Ce courant a influencé le roman, avec Sorel — *Histoire comique de Francion* (*), 1623 — et Cyrano — *L'Autre Monde,* 1657, v. *Histoire comique des États...* (*) —, ainsi que la poésie avec Théophile de Viau (1590-1626) ou Mme Deshoulières (1637-1694).

EMMANUEL BURY.

Licence poétique. Dérogation aux règles et à l'usage de la langue courante, dont s'autorise l'écriture poétique pour satisfaire aux exigences de la versification. Il peut s'agir d'alternances orthographiques qui permettent d'ajouter ou de retrancher une syllabe aux mots (*avecque* ou *avecques ; jusques ; encor...*) ; de rimes pour l'œil (*tous / nous*) ou de « rimes normandes » (*aimer / amer*) ; d'inversions inhabituelles : « ... ces rois de l'azur... / Laissent piteusement leurs grandes ailes blanches / *Comme des avirons* traîner à côté d'eux » (Baudelaire).

Les licences poétiques se distinguent des chevilles en ce qu'elles constituent des libertés codées.

CHRISTIAN DOUMET.

LIGNE Charles-Joseph, prince de. Maréchal autrichien et écrivain de langue française. Né à Bruxelles le 23 mai 1735, mort à Vienne le 13 décembre 1814. Issu d'une des familles les plus anciennes et les plus titrées des Pays-Bas méridionaux (alors autrichiens), il a pour parrains l'empereur Charles VI et l'archiduchesse Marie-Élisabeth. Il ne cessera, sa vie durant, d'être l'illustration de cette internationale européenne des élites, qui confère au siècle des Lumières un des aspects les plus caractéristiques de sa physionomie. Son père, Claude-Lamoral II, feld-maréchal d'Autriche, possédait de vastes domaines dans le Hainaut et avait transformé sa résidence de Belœil en un petit Versailles, avec jardins à la française. Caractère impétueux et altier, il se soucia peu de l'éducation de son fils, en qui il ne se reconnaissait pas. La jeunesse de Charles-Joseph sera solitaire et morose : il verra se succéder autour de lui des précepteurs aux qualifications douteuses, à l'exception du bon M. de la Porte. L'enfant se formera à la lecture des Anciens, qui alimenteront ses rêves de gloire militaire. Ses héros préférés sont les génies militaires de l'Antiquité et des temps modernes. Il compose à quinze ans un *Discours sur la profession des armes.* Sa véritable ambition sera toujours de briller au combat et de s'illustrer en matière de tactique et de logistique. En 1751, son père le conduit à Vienne pour le présenter à Marie-Thérèse : c'est son premier contact avec une cour européenne. Il est fait chambellan et entre au régiment de Ligne-infanterie à Mons : il s'en souviendra dans quelques récits assez libertins.

En 1755, son père le fiance d'autorité à une princesse de Liechtenstein, âgée de quatorze ans, qu'il voyait pour la première fois. Du moins le mariage allait-il le libérer de la tutelle paternelle et lui ouvrir les portes des salons. Il fréquente la cour du gouverneur Charles de Lorraine, qu'il dit « agréable, polissonne, buvante, déjeunante et chassante », lorsqu'éclate la guerre de Sept Ans, qui lui fournit enfin l'occasion de se distinguer. Il subit le baptême du feu à Kollin en juin 1757, participe à diverses batailles et est fait colonel sur le champ de bataille de Hochkirch en octobre 1758, ce qui lui vaut les félicitations sarcastiques de son père.

Sa réputation d'officier courageux et de mondain spirituel incite l'impératrice à lui confier de flatteuses missions, dont une à la cour de Louis XV. Il juge Versailles morose et ennuyeux, et lui préfère l'agrément des salons parisiens, dont il sera bientôt la coqueluche, au prix de dépenses fastueuses qui provoquent la colère paternelle. À partir de la mort de Claude-Lamoral II (avril 1766), la vie du nouveau prince va se dérouler entre son château de Belœil, sa campagne de Baudour, sa résidence de Bruxelles, mais surtout entre Paris, Vienne et Saint-Pétersbourg, en Pologne, en Bohême, en Serbie, et jusque sur les bords de la mer Noire, lors de la campagne contre les Turcs. La guerre reste sa grande affaire. Il se bat contre Frédéric II, dont il admire pourtant le génie et l'esprit, et il est fait général-major des troupes impériales en 1764. Il participe à la guerre de Sept Mois contre la Bavière (1778), puis à la guerre austro-russe contre les Turcs (1787-1789), où il se distingue courageusement, entre autres à la prise de Belgrade.

Dans les intervalles, il fréquente volontiers les salons, mais a une prédilection pour les loges de théâtre. Ligne adore le théâtre — il écrira plusieurs petites pièces de société — mais aussi les actrices et en particulier les sœurs d'Hannetaire, filles du directeur du théâtre de la Monnaie à Bruxelles. Familier des cours et des salons, il est à l'aise partout : à Paris, chez la maréchale de Luxembourg ou chez Mme du Deffand ; à Vienne, au milieu de la noblesse d'Europe centrale ; à Saint-Pétersbourg parmi les favoris de la grande Catherine, qu'il accompagne dans le mémorable voyage en Tauride, organisé par Potemkine, qui le conduira jusqu'en Crimée.

Passionné de littérature, Ligne bénéficie de sa notoriété pour se faire recevoir par Voltaire à Ferney et il laissera de cette rencontre un récit savoureux. Il réussit à pénétrer dans l'intimité de Rousseau, rue Plâtrière, et il lui offre l'hospitalité de ses terres où, dit-il, il ne sera ni admiré, ni persécuté, puisque personne n'y lit. Son rôle de « jockey diplomatique » lui a permis d'approcher tous les grands de l'époque, de Frédéric II à Joseph II, de Marie-Thérèse à Catherine II. Il en laissera de pénétrants portraits.

Grand voyageur, il observe avec attention les mœurs des pays qu'il traverse et les jardins qu'on y dessine, car il est « hortomane » comme son père, mais avec un goût décidé pour le jardin à l'anglaise. Il s'intéresse aux minorités et rapporte de précieuses informations sur les Juifs d'Europe centrale et sur les tziganes. Dans les régions conquises sur les Turcs, il note les vêtements, les danses, les usages et jusqu'au parler, ravi de découvrir en Moldavie des Roumains parlant une langue dérivée du latin. Peut-être est-ce dans cette vivacité d'esprit, dans cette incessante curiosité, dans cette aisance mondaine, dans cette maîtrise épistolière qu'il faut chercher l'explication de la réputation de légèreté qui s'attachait à lui à la Hofburg. Marie-Thérèse met en garde sa fille Marie-Antoinette contre ce séduisant amuseur. Joseph II le soupçonnera — à tort — d'intelligence avec les « patriotes » belges révoltés en 1789. On lui accorde plusieurs distinctions, mais celle qu'il convoite, le grade de feld-maréchal, ne lui sera octroyée qu'en 1808, donc à titre honorifique.

La Révolution française va bouleverser cette prestigieuse existence. Le fils aîné du prince, Charles, est tué en septembre 1792 en Argonne, dans l'armée de Brunswick, à quelques jours de la bataille de Valmy. En juin 1794, l'invasion française et la victoire décisive de Fleurus le ruinent et le contraignent à l'exil. Il passera le reste de sa vie à Vienne ou en Bohême, lorsque sa fille Christine aura épousé le prince de Clary, châtelain de Toeplitz.

Il habite dorénavant à Vienne une petite maison de la Mölkerbastei, qu'il appelle son « bâton de perroquet », et une résidence champêtre au Kahlenberg (« Mon Refuge »). Il visite Casanova en Bohême, où le vieil aventurier est devenu bibliothécaire ; il marie son fils Louis, puis sa fille naturelle Christine. Il aperçoit brièvement Napoléon à Dresde et reçoit à Vienne la visite de Mme de Staël, exilée comme lui, et qui projette de publier une anthologie des écrits du prince — les trente-quatre volumes de ses *Mélanges militaires, littéraires et sentimentaires* paraissent entre 1795 et 1811. Il a toujours, il l'avoue, des « passionnettes » et des passades. Devenu le symbole vivant de l'Europe de la « douceur de vivre » (selon la formule de Talleyrand), il participe encore activement à la vie mondaine et charme les diplomates assemblés au congrès de Vienne. Bien que très décidé à vivre jusqu'en 1820, il se permet quelques imprudences : un soir de bal, en 1814, il prend froid et meurt quelques jours plus tard. Ses funérailles seront un peu celles de cette « Europe française du XVIIIe siècle » dont il avait été l'illustration et que le congrès de Vienne se préparait à enterrer à tout jamais.

ROLAND MORTIER.

♦ *« Votre lettre me fait voir que vous êtes aussi philosophe qu'aimable. »* Voltaire. ♦ *« C'était un véritable magicien de la parole et du regard. Il maniait les esprits à sa fantaisie.* » Baronne d'Oberkirch. ♦ *« Il se faisait aimer par la douceur et la facilité de son caractère, par l'originalité de son esprit, par la vivacité de son imagination ; il aurait animé la société la plus froide* [...] *on aimait en lui jusqu'à ses défauts.* » Comte de Ségur. ♦ *« Heureux avec beaucoup de femmes, jamais aucune n'eut à se plaindre de lui.* » Andréa de Nerciat. ♦ *« Vous cachez sous les fleurs, pour qui sait connaître / Une âme sérieuse, un esprit immortel... Au ciel même, je crois, vous avez du crédit.* » Mme de Staël. ♦ *« L'homme le plus gai du siècle.* » Gœthe, dans un *Requiem* pour le prince de Ligne, en 1815. ♦ *« Au fond du cœur du galant, du « trémoussant » prince de Ligne, il y avait une blessure qui ne se ferma jamais.* » Remy de Gourmont. ♦ *« J'adore la résurrection de ce délicat Maréchal.* » Paul Valéry. ♦ *« Ce luxueux apatride a toujours vécu et écrit "en français".* » François Nourissier.

RÉF. : *Annales Prince de Ligne*, 19 vol., 1920-38, éd. par F. Leuridant. – Louis Dumont-Wilden, *La Vie de Charles-Joseph de Ligne, prince de l'Europe française*, Paris, 1927. – Helene Walbröhl, *Der Fürst von Ligne. Leben und Werk*, Genève-Paris, 1965. – Sophie Deroisin, *Le Prince de Ligne*, Bruxelles, 1975. – *Le Prince de Ligne et son temps*, Catalogue de l'exposition de Belœil, 1982. – *Nouvelles Annales Prince de Ligne*, 4 vol., 1986-89, Bruxelles.

Litote. Du grec *litotês* : « simplification ». Figure de rhétorique qui affaiblit la forme d'un énoncé pour renforcer l'idée qu'il contient. En disant moins pour suggérer plus, elle peut être considérée comme une sorte d'antiphrase négative, obtenue le plus souvent par la négation du contraire de ce que l'on veut dire. Ainsi, dans une célèbre réplique du *Cid* (*) de Corneille, Chimène avoue son amour à Rodrigue en ces termes : « Va, je ne te hais point. » La litote, parfois utilisée dans le langage parlé, fut particulièrement prisée par les écrivains des XVIIe et XVIIIe siècles : La Fontaine signale l'intelligence d'un chien de cette façon : « Ce n'était pas un sot » (*Fables* [*], « Le Faucon et le Chapon »).

ARLETTE BOUÉ.

Littérature enfantine. La littérature enfantine apparaît en France avec les *Contes de ma mère l'Oye* – voir *Contes* (*) (1697) de Charles Perrault. Mais ces contes, s'ils étaient, dit leur auteur dans sa préface, racontés aux enfants, n'étaient certainement pas lus par eux. Les érudits se consultent sur le point de savoir si la littérature orale doit être considérée comme partie d'une littérature enfantine. En France, il semble que la naissance d'une telle littérature soit allée de pair avec le développement de l'éducation et l'existence d'une édition spécifique. L'un des tout premiers lecteurs enfants fut le duc de Bourgogne, pour qui Fénelon écrivit *Les Aventures de Télémaque* (*) (1699). À sa suite se constitue une abondante littérature édifiante dont les auteurs les plus caractéristiques sont Mme de Genlis (1746-1830) et Berquin (1749-1791). Mais la même époque voit naître une production de feuilles populaires, notamment à Épinal en 1740, où l'image, grâce aux progrès de la gravure sur bois et de la reproduction, tient une place importante. Il faut attendre la seconde moitié du XIXe siècle pour que la lecture des enfants devienne une préoccupation sociale, relayée aussitôt par une édition appropriée. Dès les débuts du chemin de fer, Hachette lance les « bibliothèques de gare », y propose la « Bibliothèque rose » et découvre l'un des plus durables auteurs pour la jeunesse, la comtesse de Ségur (1799-1874). En 1864, l'éditeur Hetzel lance le *Magasin d'éducation et de récréation*, publication périodique. Jules Verne (1828-1905) y publiera toute son œuvre en feuilletons. Le héros enfant apparaît alors aussi bien dans la littérature générale, avec les personnages des romans de Hugo, que dans des romans destinés aux enfants : *Sans famille* (1878) d'Hector Malot (1830-1906). Puis les premières histoires en images, ancêtres des bandes dessinées : *La Famille Fenouillard* (1889) et autres albums de Christophe (1856- 1945). À la suite de la « Bibliothèque rose », d'immenses collections apparaissent : « Bibliothèque verte » chez Hachette, « Bibliothèque du Petit Français illustrée » chez Armand Colin, « Contes et Légendes » chez Nathan. L'édition de masse est née, et la littérature pour les enfants se définit dorénavant comme « littérature de jeunesse ». Paul Faucher (1888-1967) crée les « Albums du père Castor » (1927), innovation éditoriale et pédagogique, tandis que l'un des plus fameux héros de l'enfance fait son apparition dans le « Jardin des modes » : *Histoire de Babar, le petit éléphant* (1931) par Jean de Brunhoff (1899-1937). La littérature de jeunesse va se diversifier et tenter des écrivains. Certains vont s'y consacrer, comme Colette Vivier (1898-1979), *La Maison des petits bonheurs* (1937) ; d'autres verront en elle une récréation ou un exercice d'écriture : Charles Vildrac (*L'Île rose,* 1924), Henri Bosco (*L'Âne culotte,* 1937), Marcel Aymé (*Contes du chat perché,* 1939), Antoine de Saint-Exupéry (*Le Petit Prince,* 1943), Pierre Goscinny (*Le Petit Nicolas,* 1954), créateur par ailleurs d'Astérix, Pierre Gripari (*Contes de la rue Broca,* 1967), Michel Tournier (*Vendredi ou la Vie sauvage,* 1971). Expression composite, la littérature de jeunesse demeure une affaire d'éditeur et ne peut s'envisager sans un regard sur l'illustration, qu'elle soit de caractère ludique, documentaire ou didactique, qui lui est intimement liée.

ISABELLE JAN.

Logogriphe. Du grec *logos* : « parole, raison », et *griphos* : « filet », et, au sens figuré, « langage enchevêtré, énigme ». Il désigne un jeu d'esprit, qui consiste à trouver un mot en utilisant les lettres de plusieurs autres : le mélange de « rage » et « on » donne « orange ». Parfois il faut, plus subtilement, deviner le mot le plus long à partir des définitions de mots faits avec une partie de ses lettres : « orange » peut être trouvé grâce à « fureur », synonyme de « rage », et « indéfini », qui qualifie « on » ! On comprend que logogriphe s'emploie, au sens figuré, pour dénoncer un discours obscur, voire incompréhensible.

ARLETTE BOUÉ.

Lorenzaccio. Drame en prose d'Alfred de Musset (1810-1857), publié en 1834. Le Florentin Lorenzo, patricien de 19 ans, studieux, admirateur des héros de l'Antiquité latine et grecque, se voue à la restauration de la République. Tâche difficile : son cousin, le bâtard Alexandre de Médicis, règne sur Florence avec l'appui de l'empereur d'Allemagne et du pape ; une garnison allemande assure sa protection ; le cardinal Cibo, qui défend à la fois les intérêts de Charles Quint et ceux du pontife romain, est son plus ferme soutien. Lorenzo imagine qu'en abattant Alexandre il fournira au parti national et républicain de Toscane l'occasion de libérer la cité. Lutter à visage découvert serait inefficace. Il doit entrer dans l'entourage du tyran, devenir son familier, puis son compagnon de débauche, un véritable entremetteur. Au pur Lorenzo succède donc celui que les Florentins appellent par mépris Lorenzaccio, en ajoutant à son nom ce suffixe péjoratif. Il ruine plus que sa réputation ; à ce double jeu, il fait l'apprentissage de la vilenie humaine. Mal soutenu par l'amitié du vieux Strozzi contre le mépris des grandes familles qui conspirent pour retrouver leur liberté, il en vient à douter de sa mission et de l'humanité tout entière. Très lucidement, il pressent l'inutilité et l'absurdité de son acte, mais il le considère comme le « seul brin d'herbe » où il puisse « cramponner ses ongles » et en prémédite avec minutie les circonstances. La marquise Cibo a cédé aux pressantes instances d'Alexandre de Médicis, dans l'espoir de le rendre plus humain envers la population florentine, et voilà que le tyran s'éprend de Catherine Ginori, tante de Lorenzo. À la faveur de ce nouveau caprice, le jeune homme attire le duc dans sa maison et le tue. Libération illusoire : Lorenzo, réfugié à Venise, apprend qu'un autre Médicis, Cosme, a pris le pouvoir. Sa tête est mise à prix, il ne se dérobe pas au poignard qui le délivrera de son doute et de son désespoir.

George Sand avait trouvé le sujet de ce drame dans les vieilles *Chroniques florentines* de Varchi et, selon un genre que le romantisme mettait à la mode, avait composé une suite de dialogues historiques intitulés *Une conspiration en 1537* qu'elle donna à Musset. Le jeune poète – il n'avait que vingt-quatre ans – y fit quelques emprunts ; mais, lors de son séjour avec George Sand à Florence en 1834, il acheva de transformer en œuvre d'art ce qui n'était qu'une ébauche. Les cinq actes de *Lorenzaccio* ne furent pas portés à la scène du vivant d'Alfred de Musset. En 1863, Paul de Musset arrangea un texte pour l'Odéon. La censure impériale le refusa, attendu que « la discussion du droit d'assassiner un souverain dont les crimes et les iniquités crient vengeance, le meurtre même du prince par un de ses parents, type de dégradation et d'abrutissement, paraissent un spectacle dangereux à montrer au public ». Trente-trois années passent encore. Enfin Sarah Bernhardt incarne pour la première fois Lorenzo en 1896, au Théâtre de la Renaissance, dans une adaptation d'Armand d'Artois qui redistribue l'action en six actes. Le rôle fut ensuite joué par Mmes Piérat, puis Ventura à la Comédie-Française, et par Marguerite Jamois au Théâtre Montparnasse. Gérard Philipe en fut le premier interprète masculin au Festival d'Avignon, puis au Théâtre de Chaillot. Si ces différents acteurs connurent dans *Lorenzaccio* un des plus beaux succès de leur carrière, la pièce a été très diversement jugée par les critiques. En 1896, on reprocha à Musset d'avoir fait dans cette œuvre d'extrême jeunesse une mauvaise imitation de Shakespeare. Sarcey n'y voit qu'« un énorme monologue renouvelé de scène en scène par les personnages qui le relancent sur une réplique et d'où émerge mal un jeune débauché, lâche et niais tout ensemble, faux Hamlet qui parle tout le temps et qui n'agit jamais ». En 1927, les avis furent mieux partagés ; il fallut cependant attendre la reprise de Gaston Baty en 1945 et celle de Jean Vilar en 1952 pour que *Lorenzaccio* fût salué comme un des plus authentiques chefs-d'œuvre du théâtre français.

LORRAIN Jean (pseud. de Paul Duval). Écrivain né à Fécamp (Seine-Maritime) le 9 août 1855, mort à Paris le 30 juin 1906. Il fit de bonnes études classiques chez les dominicains, et passa par une crise de mysticisme qui lui inspira le désir d'embrasser la carrière sacerdotale ; puis il entra dans l'armée et enfin vint vivre à Paris où, après avoir essayé de la peinture, il s'adonna, sous l'influence de Judith Gautier, à la poésie et à la critique littéraire dans les revues les plus à la mode. Il devint bientôt l'un des interprètes les plus étincelants du Paris mondain, élégant, spirituel et grivois de la fin du siècle, et ses malicieuses chroniques du *Journal* et de *L'Écho de Paris* lui valurent une grande renommée. Parmi ses nouvelles, empreintes, le plus souvent, d'une perversité subtile et traversées parfois de thèmes délirants suggérés par les stupéfiants dont il fit un abus systématique, surtout pendant la dernière période de sa vie, citons *Fards et Poisons* (1904). Ses œuvres les plus connues à l'époque étaient *Monsieur de Bougrelon* (1897) et *Monsieur de Phocas* (1901) ; les qualités de l'auteur ressortent également dans le recueil d'articles de variétés, de fantaisies et d'aphorismes cruels intitulé *Poussières de Paris* (1899).

RÉF. : P.-L. Gauthier, *Jean Lorrain. La vie, l'œuvre et l'art d'un pessimiste à la fin du XIXe siècle*, Paris, 1935 (thèse). – P. Kyria, *Jean Lorrain*, Paris, 1973. – Ph. Jullian, *J. Lorrain ou le Satiricon 1900*, Paris, 1974.

LOTI Pierre (pseud. de Louis Marie Julien Viaud). Écrivain né à Rochefort (Charente-Maritime) le 14 janvier 1850, mort à Hendaye (Pyrénées-Atlantiques) le 10 juin 1923. Issu de familles modestes, les Texier protestants et les

Viaud catholiques (mais son père, en se mariant, avait embrassé la religion réformée), Julien fut le tard-venu de trois enfants : dix-neuf ans après la grande sœur bien-aimée, Marie, qui lui fit partager son goût pour la musique et la peinture, douze ans après Gustave, chirurgien de marine, dont les récits de voyages nourrirent les rêves du jeune garçon et décidèrent, à treize ans, de sa vocation de marin — lui qui avait d'abord voulu devenir pasteur... L'enfance et l'adolescence saintongeaises, dont il conterait plus tard les enchantements dans *Le Roman d'un enfant* (1890) et *Prime jeunesse* (1919), prirent fin en 1866 : Gustave était mort l'année précédente, de la dysenterie, son corps jeté dans l'océan Indien ; le père, receveur municipal de Rochefort, est accusé de vol et passe quelques jours en prison : il sera acquitté deux ans après, mais aura perdu son emploi, et la famille connaît désormais la pauvreté et les dettes ; Julien échoue au concours d'entrée à l'École navale, mais « monte » à Paris, en octobre 1866, le repréparer et est admis l'année suivante à l'École — c'est-à-dire en rade de Brest, à bord du « Borda ». Début d'une longue carrière d'officier, qu'il achèvera le 14 janvier 1910 (jour de son soixantième anniversaire), où il prendra sa retraite, en qualité de capitaine de vaisseau, après plus de quarante-deux ans de service, dont 19 ans 11 mois et 8 jours « à la mer ».

En janvier 1872, à mi-temps de son premier long voyage autour du monde (plus de vingt mois : Atlantique, Amérique du Sud, Pacifique), l'aspirant Julien Viaud passe quatre jours dans l'île de Pâques et envoie à sa sœur, qui les fera paraître en août dans *L'Illustration*, la matière d'un reportage en trois articles : dessins et texte issu de son *Journal* — ce journal qu'il a commencé en 1866 et qu'il tiendra jusqu'en 1918, et dont il extraira toute son œuvre. Sa véritable entrée en littérature se fait de semblable façon : des amis, à qui il a lu le journal de son séjour à Constantinople en 1876-77, où l'enseigne de vaisseau avait surtout été occupé par son idylle avec une charmante Circassienne aux yeux verts, lui suggèrent d'arranger ces pages en roman : ce sera *Aziyadé* (1879). Le livre passe inaperçu mais, un an plus tard, triomphe immédiat et retentissant pour *Le Mariage de Loti, par l'auteur d'Aziyadé*, tiré du journal de son séjour à Tahiti en 1872 — d'où il avait rapporté le nom de « Loti », qui est celui de la rose en tahitien et que lui avaient donné les suivantes de la reine Pomaré : son troisième livre, en 1881, *Le Roman d'un spahi*, est le premier à être signé « Pierre Loti ». D'autres romans suivront, aux cadres breton : *Mon frère Yves* (1883), *Pêcheur d'Islande* (1886, son plus grand succès) et *Matelot* (1892), basque : *Ramuntcho* (1897), japonais : *Madame Chrysanthème* (1887) et *La Troisième Jeunesse de Madame Prune* (1905), ou turc : *Fantôme d'Orient* (1892, récit des trois jours fébrilement passés, en 1887, à rechercher les traces d'Aziyadé et d'Achmet, dix ans après... : le chef-d'œuvre de Loti, selon Ch. Du Bos) et *Les Désenchantées* (« *roman des harems turcs contemporains* », 1906). Dix romans, dix fragments plus ou moins réécrits de son *Journal*, qui furent autant de succès auprès du public dont la fidélité ne se démentit jamais jusqu'à la mort de Loti, auteur comblé dès sa trentième année, devenu à 41 ans le benjamin de l'Académie française (il y fut élu, en 1891, par 18 voix contre 0 pour son principal concurrent : Zola — et dans son discours de réception il attaqua vivement le naturalisme).

Les récits du perpétuel voyageur enchantèrent aussi plusieurs générations de lecteurs : les dix volumes des *Voyages* de Loti, depuis *Au Maroc* (1889) jusqu'à *Suprêmes visions d'Orient* (1921) en passant par ses livres sur la Terre sainte, la Chine, l'Inde, la Perse, l'Égypte et Angkor, auxquels il faut ajouter les huit recueils où se mêlent les souvenirs, les essais, de brefs récits de voyage et des sortes de nouvelles plus ou moins romanesques — *Fleurs d'ennui* (1882), *Propos d'exil* (1887), *Japoneries d'automne* (1889), *Le Livre de la pitié et de la mort* (1890), *L'Exilée* (1893), *Figures et choses qui passaient* (1898), *Reflets sur la sombre route* (1899) et *Le Château de la Belle-au-bois-dormant* (1910) —, constituent l'autre volet de l'œuvre de Loti, de moindre audience populaire, de son vivant, que ses romans, mais où, aujourd'hui, beaucoup s'accordent à voir le meilleur de l'écrivain.

Pierre Loti n'avait guère la tête politique ; cela ne l'empêcha pas de prendre hardiment parti dans les grands conflits européens des années 1910 et de multiplier en faveur des Turcs (contre les Grecs, contre les Arméniens, contre les Bulgares...) puis, pendant la Grande Guerre, contre les Allemands, les articles qui, recueillis, remplissent cinq volumes de « littérature engagée » : *Turquie agonisante* (1913), *La Hyène enragée* (1916), *Quelques aspects du vertige mondial* (1917), *L'Horreur allemande* (1918) et *La Mort de notre chère France en Orient* (1920).

Si l'on peut négliger les cinq tentatives dramatiques de Loti — trois pièces écrites en collaboration, comme *La Fille du ciel*, écrite avec Judith Gauthier en 1903-05 ; une adaptation de *Ramuntcho* (1908) et un drame inspiré du légendaire familial, *Judith Renaudin* (1898) —, on se souviendra des publications posthumes de son journal par son fils Samuel : *Un jeune officier pauvre* (1923) et *Journal intime 1878-1885* (2 vol., 1925-29), ainsi que des deux seuls recueils de correspondance parus à ce jour : *Lettres à Juliette Adam* (1924) et *Correspondance inédite 1865-1904* (1929).

Le récent retour de Loti, indéniable, dans le goût du public — après plusieurs décennies d'un quasi-oubli d'où n'émergeaient que deux ou trois romans — et la réévaluation de son œuvre conduisent à privilégier dans celle-ci, aux dépens du créateur de fictions qui dans l'ensemble ont mal vieilli, la dimension esthétique et spirituelle. Romancier, voyageur, pèlerin, Loti est à la fois obsédé par la mort omniprésente, par le temps qui détruit tout, et, charnellement enchanté par la vie, la richesse et la beauté du monde réel — êtres, nature et monuments humains. Il n'a cessé de rechercher une foi (dans l'islam, à Jérusalem, à Bénarès...) dont il avait, pour vivre, l'absolu besoin ; sans que jamais elle vînt réellement l'habiter : d'où, chez lui, tout ensemble un nihilisme profond et le constant effort de faire, de vivre « comme s'il croyait » à une transcendance et à l'immortalité. C'est de la tension entre ces deux postulations simultanées, à la fois naturelles et jouées, imposture et authenticité, que semble naître le « romantisme » très particulier de Loti, qui pouvait ne pas détonner dans la mélancolie complaisante de l'esprit « fin-de-siècle », mais qu'on redécouvre aujourd'hui proche de nous.

CLAUDE MARTIN.

♦ *« Loti apportait quelque chose de tout à fait neuf : une poésie très personnelle, à la fois directe et extrêmement raffinée. Il ne séparait jamais l'expression des choses du subtil faisceau de sentiments qu'il éprouvait. Il a eu le don unique d'évoquer, de décrire et de définir en épanchant sa sensibilité. Ses moyens de séduction sont d'une variété rare. Leur action est d'autant plus vive qu'il se tient toujours à l'extrême pointe de la sensation. Il ne heurte pas, il s'insinue. Tout chez lui est d'essence subtile comme la musique... »* Frédéric Mallet. ♦ *« Son domaine propre est cette région indéterminée où la vibration suraiguë des nerfs fait de la jouissance une douleur, et des larmes une volupté* [...] *Il possède un tel pouvoir de noter l'infiniment petit de ses émotions qu'il vous entraîne avec lui dans un monde d'exaltation continue* [...] *De tous les descriptifs de notre époque, Loti est celui dont le vocabulaire est le plus modeste, le plus borné aux termes quotidiens, le plus étranger à l'argot du métier, le plus sobre enfin de néologismes. Il a deviné avec un tact supérieur d'admirable ouvrier du style la limitation précise de cet outil qu'est notre prose. »* Paul Bourget. ♦ *« Dans son discours de réception à l'Académie française, Loti s'est déclaré l'homme d'une seule manière littéraire et jugea qu'à un véritable écrivain ne convenait qu'un type de livre qu'il répétait toujours. Ajoutant que ce livre unique fut pour lui son livre de bord, il observe que " ce vrai journal de marin n'atteint toute sa perfection que lorsqu'il se développe sur la mer ou sur cette figure terrestre de la mer qu'est le désert ". Loti occupera dans notre univers littéraire une place aussi calme, aussi pleine, aussi belle que son tombeau dans la campagne d'Oléron. Le léger oubli qui s'était fait autour de lui après sa mort le préparait à la gloire où il entre aujourd'hui. »* Albert Thibaudet.

RÉF. : N. Serban, *Pierre Loti, sa vie et son œuvre*, Paris, 1920 (éd. augm., 1924). — Fr. Mallet, *Pierre Loti, son œuvre*, Paris, 1923. — Cl. Farrère, *Loti*, Paris, 1930. — R. Lefèvre, *La Vie inquiète de Pierre Loti*, Paris, 1934. — P. Flottes, *Le Drame intérieur de Pierre Loti*, Paris, 1937 (éd. augm., 1946). — B. B. Rafter, *La Femme dans l'œuvre de Pierre Loti*, Paris, 1938. — M.-J. Hublard, *L'Attitude religieuse de Pierre Loti*, Fribourg, 1945. — R. de Traz, *Pierre Loti*, Paris, 1948. — K. G. Millward, *L'Œuvre de Pierre Loti et l'esprit « fin-de-siècle »*, Paris, 1956. — Fr. Le Targat, *À la recherche de Pierre Loti*, Paris, 1974. — M. Lerner, *Pierre Loti*, New York, 1974. — Cl. Wake, *The Novels of Pierre Loti*, Paris-La Haye, 1974. — L. Blanch, *Pierre Loti*, Londres, 1983 (trad. franç., Paris, 1986). — Al. Quella-Villéger, *Pierre Loti l'incompris*, Paris, 1986 ; *La Politique méditerranéenne de la France (1870- 1923). Un témoin : Pierre Loti*, Paris, 1992. — Chr. Genet et D. Hervé, *Pierre Loti l'enchanteur*, Gémozac, 1988. — Al. Buisine, *Tombeau de Loti*, Paris, 1988.

LOUVET DE COUVRAY Jean- Baptiste. Homme politique et écrivain. Né et mort à Paris (12 juin 1760-24 août 1797). Fils d'un papetier et entré comme employé dans une librairie après une éducation sommaire, il préparait en même temps sa première œuvre, *Les Amours du chevalier de Faublas* (*) (1787-1789), quand il fut rejoint, à Nemours, par l'inspiratrice et le modèle de son héroïne principale, Mme Cholet, femme d'un joaillier, décidée au divorce. Mais, pour épouser l'écrivain, elle dut attendre jusqu'en 1793 ; il avait alors publié un second roman (*Émilie de Varmont*, 1791) et, attiré par les progrès de la Révolution, était retourné à Paris, où il rédigeait un placard bi-hebdomadaire, *La Sentinelle* (1792), hostile aux Montagnards. Député à la Convention, il fut à même de faire preuve de nobles sentiments, de professer des opinions de déiste et de républicain sincère, et de s'émouvoir au nom de la justice et de la fraternité. Il s'était compromis avec les Girondins par amour du romanesque et, malgré lui, contribua à leur chute par ses âpres attaques contre Danton, Marat et Robespierre. Personnellement, il réussit à en réchapper : rappelé à la Convention le 18 ventôse de l'an III, il présida l'Assemblée et entra au Comité de salut public. Il avait été élu en outre au Conseil des Cinq-Cents, mais il fut ensuite exclu par le sort.

Cependant, ni ces fonctions ni sa qualité de membre de l'Institut ne purent lui procurer l'aisance ; pour vivre, il avait ouvert une librairie au Palais-Royal, qui fut plus tard transférée à l'Hôtel de Sens. Le Directoire, dont il fut, avec Benjamin Constant, l'un des défenseurs, venait de le nommer consul à Palerme, quand il mourut, ayant à son chevet Marie-Joseph Chénier.

RÉF. : J.-B. Louvet de Couvray, *Mémoires de Jean-Baptiste Louvet* (2 vol.), Paris, 1822. — A. F. Rigaud, *Éloge funèbre de J.-B. Louvet*, Paris, 1797. — H. Riouffe, *Oraison funèbre de J.-B. Louvet, ex-représentant du peuple*, Paris, an VI.

LOUŸS Pierre (pseud. de Pierre-Félix Louis). Poète, romancier et conteur, né à Gand (Belgique) le 10 décembre 1870, mort à Paris le 6 juin 1925. Son père, Pierre-Philippe Louis (1812-1888), avocat à Dizy, près d'Épernay, était le petit-fils du baron Louis, haut fonctionnaire de l'Empire, puis pair de France ; d'un premier mariage, avec une demoiselle Blanchin, il avait eu un fils, Georges, le futur ambassadeur à Saint-Pétersbourg (1847-1917) ; sa seconde femme, Claire-Céline Maldan, morte en 1879, lui donna deux fils : Paul, mort en 1884, et Pierre, dont l'éducation fut confiée à son demi-frère, aîné de vingt-trois ans ; la mère de Pierre Louÿs était la petite-fille de Louise Junot, sœur du duc d'Abrantès, et du docteur Sabatier, médecin de Napoléon et l'un des fondateurs de l'Institut. Après avoir suivi jusqu'à la rhétorique les cours de l'École alsacienne, Pierre entra en philosophie au lycée Janson-de-Sailly, où il eut pour condisciples Maurice Legrand (le futur Franc-Nohain) et Marcel Drouin (qui deviendra le beau-frère d'André Gide), et se lia de grande amitié avec Gide, alors élève à Henri-IV. Il couvrait alors des cahiers d'écolier ou de minces carnets de strophes chargées d'un très naïf romantisme. Puis son originalité commença à se manifester ; il venait de faire la connaissance de Paul Valéry, à Palavas, aux fêtes du sixième centenaire de l'université de Montpellier ; on sait qu'il fit beaucoup pour les débuts de cet autre poète, resté son ami le plus cher et le plus fidèle. *La Conque,* revue de luxe, sera en grande partie fondée pour le plaisir et l'honneur d'imprimer les premiers poèmes de celui-ci, à côté des siens qu'il devait grouper deux ans plus tard sous le titre d'*Astarté.* Au cours de 1890, Louÿs avait été présenté à Mallarmé, puis à Heredia, et ses premiers vers d'une certaine valeur, composés en mai, *L'Effloraison,* avaient paru dans *La Revue d'aujourd'hui,* que dirigeait Rodolphe Darzens. Au retour d'un voyage à Bayreuth et d'un pèlerinage à la Grande-Chartreuse, Louÿs se mêla vraiment au milieu symboliste, tant belge que français, collabora à *La Wallonie* fondée par Albert Mockel, à *La Revue blanche* (*), au *Mercure de France* (*) et au *Centaure,* la belle publication d'Henri Albert, qui insérera ses magnifiques sonnets des *Hamadryades* à côté de *La Soirée avec M. Teste* (1890-1896).

Depuis 1892, Louÿs avait commencé d'écrire en prose, avec une traduction des *Poésies de Méléagre,* les récits lyriques de *Léda,* d'*Ariane,* de *La Maison sur le Nil,* enfin les extraordinaires *Chansons de Bilitis*, un de ses chefs-d'œuvre et l'un des plus heureux spécimens de poèmes en prose jamais conçus dans notre langue. Lors d'un séjour à Londres, en compagnie d'Oscar Wilde dont il devait revoir la *Salomé*, écrite directement en français, il traça la première ébauche, en vers, d'*Aphrodite*, le roman qui devait consacrer sa réputation, et dont le premier chapitre fit, l'année suivante, l'objet d'une plaquette intitulée *Chrysis ou la Cérémonie matinale.* Achevée à Lapras, chez A.-Ferdinand Hérold, l'œuvre parut d'abord dans le *Mercure de France,* sous le titre *L'Esclavage.* Puis Alfred Vallette accepta de l'éditer à compte d'auteur. Mais un article dithyrambique du *Journal*, signé de François Coppée (à qui Georges Louis, inquiet des audaces de son frère, l'avait signalé) fit soudain la fortune de ce roman de « mœurs antiques », d'apparence frivole et libidineuse, et qui en réalité peignait le tourment, le drame sans remède d'une adolescence passée à la recherche de l'amour vrai. Cet amour, Pierre Louÿs en faisait alors, depuis trois ans, l'expérience jusque-là triomphale et nourrie d'espoir. Cette passion très haute et longtemps partagée s'acheva, en 1898, sur les stances de *L'Apogée,* qui furent plus tard incorporées au *Pervigilium Mortis,* puis au roman posthume de *Psyché*. Cette même année vit encore paraître un second récit, *La Femme et le Pantin* (1898), plus puissant et plus direct qu'*Aphrodite,* mais qui ne fait qu'en confirmer le pessimisme : une nouvelle *Carmen*, moins amère et dépourvue de sécheresse. Faut-il attribuer à la fois à l'explosion imprévue d'*Aphrodite* et à la faillite du seul amour de sa vie la brusque stérilité dont fut frappé, avant la trente-cinquième année, un créateur aussi précoce ? Ce n'est point que les quelques autres ouvrages qui se succédèrent de 1899 à 1906 soient du tout négligeables : ainsi les pages savoureuses ou profondes des *Aventures du roi Pausole*, de *Byblis,* de *L'Homme de Pourpre,* de *Sanguines* et d'*Archipel.* Le fait est qu'à partir de cette dernière date, l'un des plus vastes et féconds cerveaux de son temps ne se manifesta guère que par des travaux d'érudition et d'exégèse, dont il ne mit au jour que des fragments, et par des échanges de correspondance avec Georges Louis et quelques amis demeurés sûrs et généreux : Paul Valéry — qui écrivait alors *La Jeune Parque* —, André Lebey, Gilbert de Voisins, Claude Debussy — qui avait jadis exécuté l'acte I de *Pelléas* chez lui, Claude Farrère, Fernand Gregh... Retiré depuis 1914 dans la solitude du hameau de Boulainvilliers (il s'était depuis peu séparé de sa femme, Louise de Heredia, épousée en 1899), il a vécu dix ans dans la méditation. Une certaine nuit de novembre 1916, il retrouva, dans un tiroir resté clos depuis 1899, une ébauche oubliée du *Pervigilium Mortis.* Ce fut alors qu'il mit au point son grand poème, en même temps qu'il composait *Isthi* et *Poétique*. Mais bientôt sa santé, qui avait déjà subi les assauts d'une mauvaise hygiène, de l'insomnie, d'excès de lectures, déclina jusqu'à la paralysie et à une demi-cécité.

YVES-GÉRARD LE DANTEC.

♦ *« Le style de M. Pierre Louÿs est ductile et si souple et simple, comme celui des purs et parfaits écrivains. »* É. Verhaeren. ♦ *« La plupart ne lisaient dans ces beaux livres que des apologies de la chair et de ses plaisirs. Ni les peines que demande un langage si admirable, ni les connaissances que supposent ces peintures, ni l'amertume et la désespérance qui s'y mêlent, n'éclairaient à leurs yeux le vrai visage de l'auteur [...] Quand on a mis tant d'énergie et de désir, tant de patience et tant de réflexions dans la préparation de son œuvre, on peut exiger après soi d'être longuement et studieusement regardé. L'heure viendra de ce regard pieux. »* Paul Valéry.

RÉF. : P. Louÿs, *Journal intime : 1882-1891,* Paris, 1929. – *Le Souvenir de Pierre Louÿs* (recueil collectif), Paris, 1929. – C. Farrère, *Sillages,* Paris, 1936. – Y.-G. Le Dantec, Introd. aux *Poèmes* de P. Louÿs, Paris, 1945. – R. Cardinne-Petit, *Pierre Louÿs intime, le solitaire du hameau,* Paris, 1942 et *Pierre Louÿs inconnu,* Paris, 1948. – G. Millau, *Pierre Louÿs ou le Culte de l'amitié,* Aix-en-Provence, 1979. – J.-P. Goujon, *Pierre Louÿs : une vie secrète,* Paris, 1988.

LOYAL SERVITEUR (Le) : voir ***Très joyeuse, plaisante et récréative histoire... de Bayard.***

LUBIN Armen (pseud. de Chahan Chahnour Kerestedjan). Écrivain arménien de langues arménienne et française. Né à Istanbul (Turquie) le 30 août 1903, mort à Saint-Raphaël (Var) le 20 août 1974. Il appartenait à une famille arménienne d'artisans (grand-père savetier, père tailleur). Il vécut dans sa ville natale jusqu'en 1922 où, contrecoup du partage de l'Arménie, les Arméniens de Turquie furent contraints de prendre le chemin de l'exil pour fuir les persécutions raciales. Il gagna alors la France, non sans mal, et découvrit Paris avec émerveillement. Il trouva un modeste emploi de retoucheur de photographies et entreprit de raconter l'exode de son peuple dans un grand roman en langue arménienne, *La Retraite sans musique*, qui parut sous le nom de Chahan Chahnour. Il demanda la naturalisation française, mais il ne devait jamais l'obtenir, car la maladie fondit sur lui et les autorités ne voulurent pas naturaliser un homme incapable d'accomplir tout service militaire armé. Atteint de tuberculose osseuse, Lubin devait connaître la vie en salle commune, d'abord à la Salpêtrière à Paris, puis dans divers sanatoriums du Sud-Ouest, notamment à Bidart et à Pessac. Il subit plusieurs graves interventions chirurgicales qui devaient lui inspirer un vibrant plaidoyer pour l'euthanasie dans son livre de souvenirs *Transfert nocturne* (1955).

Dès son adolescence, Armen Lubin avait été attiré par l'art des vers. On pourrait s'attendre à ce qu'il ait composé une poésie noire, mais il a fait une aussi belle place à ses souvenirs heureux qu'aux jours de misère et de souffrance. On trouve notamment dans son œuvre un cycle parisien tout rayonnant. Les évocations du « sana » contiennent elles-mêmes des éclaircies, et un humour très particulier y apparaît souvent. Ses recueils s'appellent : *Le Passager clandestin* (1946), *Sainte-Patience* (1951), *Les Hautes Terrasses* (1957) — une bonne part de ses poèmes seront repris dans une sorte d'anthologie, *Feux contre feux* (1968). Dans les années 60, il put quitter les sanas de l'Assistance publique et devint l'hôte du Foyer arménien de Saint-Raphaël, où il disposa enfin d'une chambre à lui. Sans doute n'est-il pas un poète moins admirable que Laforgue ou Corbière. Il est de leur famille. Quant à ses textes en arménien, dont il ne parlait pas à ses amis français, ils sont d'une saveur très originale et d'une authentique veine populaire.

JACQUES BRENNER.

Lumières (les). Cette expression désigne, en France, l'évolution de la pensée européenne au XVIIIe siècle ; son équivalent allemand est l'*Aufklärung*. L'Italie aura, avec Algarotti, Beccaria ou encore Parini, des représentants actifs de ce courant intellectuel. Si l'on a coutume de faire cesser « le siècle des Lumières » avec la Révolution française, son début ne répond à aucun fait objectivement repérable. Sans doute la fin du Grand Siècle (autour de 1710-1715) peut-elle faire office d'acte de naissance, et Voltaire de parrain (1694-1778). Mais Bayle, Fontenelle et la découverte des philosophes anglais (Berkeley, Clarke, Locke et Newton principalement) créent, déjà, les conditions d'une révolution intellectuelle qui va dynamiter la pensée dogmatique. S'appuyant sur le primat de la Raison (c'est alors le maître mot de toute spéculation), l'esprit des Lumières se caractérise par un affranchissement de la tutelle de l'Église (développement du déisme, du panthéisme et de l'athéisme) et une référence constante à la tolérance. Le développement des sciences, issu des combats antérieurs de Bacon, Galilée, Copernic, Descartes... va permettre d'annuler les vieux schémas de raisonnement. La rédaction de l'*Encyclopédie* (*) (1751-1772) concrétise cette libération de la pensée dans tous les domaines, et son sous-titre « Dictionnaire raisonné des sciences, des arts et des métiers » indique assez la volonté globale des rédacteurs (la fine fleur des Lumières en France : d'Alembert, Diderot, Jaucourt, Montesquieu, Rousseau, Turgot, Voltaire...). Le rationalisme deviendra le nouveau principe d'autorité qui servira de levier aux révolutions de l'Europe.

FRANÇOIS BODDAERT.

Lutrin (Le). Parodie d'épopée (mille deux cent vingt-huit alexandrins, répartis en six chants) du poète et critique Nicolas Boileau (1636-1711). Elle relève un défi lancé à Boileau par le président Lamoignon : composer un poème héroïque sur un sujet aussi mince qu'une dispute arbitrée par lui entre le chantre et le trésorier de la Sainte-Chapelle de Paris (préface de 1674).

Chant I : la Discorde apparaît en songe au trésorier du chapitre de la Sainte-Chapelle qu'elle rend jaloux du chantre au point de lui faire replacer un lutrin devant la table de ce dernier dans le chœur, pour le dissimuler. Trois hommes sont envoyés de nuit en expédition. Chant II : la femme de l'un des trois essaie en vain de retenir son mari. Pendant ce temps, la Discorde réveille la Mollesse qui se plaint qu'on veuille la chasser de cet asile religieux. Chant III : l'expédition, parvenue à la sacristie où se trouve le lutrin, terrorisée par un hibou, s'enfuit. La Discorde ranime les trois hommes qui disposent le lutrin sur le banc du chantre. Chant IV : à son réveil, ce dernier raconte à son confident le songe qu'il vient de faire (sous la forme d'un monstre, le lutrin, dans le chœur, le couvrait de son ombre). Découvrant la réalité, il convoque le chapitre, et les chanoines abattent le lutrin. Chant V : averti, le trésorier consulte la sibylle Chicane qui prophétise la victoire. À la sortie du palais de justice, il rencontre le chantre et ses partisans : les deux troupes s'affrontent, celle du chantre est écrasée par les livres du libraire Barbin que lui lance le trésorier. Chant VI : la Piété, émue, se rend auprès de Thémis (la Justice) qui lui conseille de s'adresser à Ariste (Lamoignon), lequel rend l'arrêt suivant : le chantre reportera le lutrin dans le chœur et le trésorier le fera ôter. Le poème s'achève sur un éloge de Lamoignon qui a entraîné Boileau à faire « ... d'un vain pupitre, un second Ilion ».

Si *Le Lutrin,* pari de salon lettré et destiné à la lecture (chez le cardinal de Retz en 1672), en porte la marque, gaieté, références à la vie contemporaine (lieux, anecdote fondée sur un événement réel de 1667, personnages à clef tel Ariste-Lamoignon, le perruquier l'Amour-Didier Delamour...), il va cependant plus loin que le simple divertissement : non seulement il renoue avec la veine parodique déjà illustrée par *Le Chapelain décoiffé* (1665) et *L'Arrêt burlesque* (1671), mais surtout il est un parent immédiat des œuvres théoriques de Boileau – *L'Art poétique* (*), le *Traité du sublime* – aux côtés desquelles il paraît (chants I à IV dans les *Œuvres diverses* de 1674 ; chants V et VI dans l'édition de 1683 des *Œuvres diverses* ; l'ensemble acquérant avec l'édition de 1701 son sous-titre définitif : « Poème héroï-comique »). De fait, esquissant une offensive contre l'abus de l'allégorie, de la mythologie, le goût du siècle pour l'emphase et le ton ampoulé, *Le Lutrin* illustre, dans la forme aussi bien que sur le fond, un précepte de *L'Art poétique* : « un poème héroïque, pour être excellent, [doit] être chargé de peu de matière et... [c'est] à l'invention à la soutenir et à l'étendre » (Préface du *Lutrin,* éd. 1674). Ce faisant, Boileau renoue avec une tradition remontant à *La Batrachomyomachie* attribuée à Homère et crée un nouveau burlesque : à l'inverse des poèmes parodiques de Scarron et de ses imitateurs, qui tiraient des effets comiques des trivialités et bouffonneries mises dans la bouche des héros de l'Antiquité, c'est un événement vulgaire qui est traité sur un mode pompeux et héroïque. On peut ainsi être tenté de voir dans cette œuvre une manière de synthèse plus amusée qu'agressive des axes antérieurs de la réflexion de Boileau (polémique, théorique et éthique).

Son exemple ne fut pas suivi en France, voire fut rejeté par un Charles Perrault qui y vit une regrettable inversion des éléments du contraste ; en revanche, il eut une grande influence en Angleterre : *La Boucle dérobée* de Pope est une imitation avouée du *Lutrin* ; Swift s'est certainement rappelé le combat du chant V quand il a écrit sa *Bataille des livres.*

F. N.-D.

Lyonnais (poètes). Ville florissante dans la première moitié du XVIe siècle, Lyon est un centre intellectuel de première importance où se fait sentir l'influence italienne. Une grande liberté de pensée permet l'impression d'ouvrages calvinistes. Les imprimeries (en particulier celle de Sébastien Gryphe), en l'absence d'une université, sont le lieu de réunion des intellectuels, ainsi que les salons tenus par quelques poétesses, dont Marguerite du Bourg, l'inspiratrice de Pontus de Tyard. Outre son attachement à l'école de Marot (c'est dans cette ville que sera imprimé en 1550 le *Quintil Horatian,* réponse au manifeste de Du Bellay), Lyon développe une « manière d'école » dans les années 1540-1550. Ce mouvement se caractérise surtout par l'importance accordée au pétrarquisme et au néoplatonisme, ainsi qu'aux rapports que doivent entretenir la poésie et la musique (ce qui explique qu'on ait pu voir dans le *Solitaire Premier* [1552] de Tyard le manifeste du groupe lyonnais). Plus qu'Antoine Heroët (*La Parfaite Amie,* 1542) et que Pontus de Tyard (*Les Erreurs amoureuses,* 1549), le maître est Maurice Scève (*Délie* [*], 1544). Les deux auteurs peut-être les plus proches de lui sont deux femmes (leur rôle dans la vie intellectuelle de cette ville est très important) : Pernette du Guillet (1520-1545), l'inspiratrice de Délie, dont le recueil (*Rymes*), imprégné par divers courants (surtout le pétrarquisme et le platonisme), paraît en 1545 ; Louise Labé (vers 1524-1566), qui revendique, dans la préface à ses *Œuvres,* le droit pour les femmes à l'écriture et à l'expression du désir et des soupirs féminins.

FRANÇOIS ROUDAUT.

Lyrique. Dans l'Antiquité : qui est destiné à être chanté avec accompagnement de la lyre. Par suite, du XVIe au XVIIIe siècle, l'adjectif s'applique aux genres issus des genres lyriques de l'Antiquité : le dithyrambe, l'hymne, l'ode... (voir ces mots). En ce sens, *lyrique* s'oppose à *épique* et à *dramatique.* Dans l'usage moderne, se dit de la poésie d'émotions vives, de sentiments intimes, fondée sur une expression personnelle et enthousiaste, des images et des rythmes communicatifs. Pour Claudel, le lyrisme est « le prolongement d'une exclamation ». – *Coupe lyrique*, voir *Coupe*.

CHRISTIAN DOUMET.

***Lys dans la vallée (Le)*.** Roman d'Honoré de Balzac (1799-1850), publié en 1835. Ce roman, qui est la première étude des « Scènes de la vie de province » au sein de *La Comédie humaine*, est d'une construction originale : il se présente sous la forme de deux lettres ; l'une, immense, et qui tient presque tout le roman, est la confession du comte Félix de Vandenesse à la comtesse Nathalie de Manerville : l'autre, de quelques pages, constitue la réponse de la comtesse. Ces deux personnages sont sur le point de se marier, mais Mme de Manerville, ayant remarqué chez son fiancé de soudaines et longues rêveries, lui en demande la raison ; il répond par l'histoire de sa vie. Élevé sévèrement et privé d'affection, le jeune vicomte de Vandenesse se rend à un bal donné en l'honneur du duc d'Angoulême. Une dame d'une grande beauté vient s'asseoir à ses côtés, dans un coin du salon. L'adolescent, fasciné, ne peut s'empêcher de couvrir de baisers les épaules offertes à sa vue. Quelque temps après, rêvant à la belle inconnue, il est introduit par un ami chez le comte et la comtesse de Mortsauf : il reconnaît en celle-ci la dame outragée et lui voue sur-le-champ un amour éternel. Il la nomme le « lys de la vallée », de cette vallée dans laquelle est situé son château, sur les rives de l'Indre. Il déploie tous ses charmes, séduit le comte et ses deux enfants. Il devient bientôt un familier de la maison et entre dans l'intimité d'un ménage mal assorti : le comte de Mortsauf, ancien émigré, beaucoup plus âgé que sa femme, frise la démence et lui rend la vie intenable ; elle supporte tout avec une patience angélique par amour pour ses enfants. Peu à peu touchée par les sentiments et la délicatesse de Félix, elle leur assigne des limites très précises, conformes aux devoirs de la religion. Au prix d'un violent effort sur elle-même, elle arrive à dominer la passion qui monte en elle, en la parant du déguisement d'une affection maternelle. La Restauration amène des changements heureux dans la situation de fortune des Mortsauf ; et, grâce à l'influence des parents de la comtesse, Félix devient un des secrétaires particuliers de Louis XVIII. Il décide de rester rigoureusement fidèle à son amour platonique, mais une marquise anglaise, très belle et perverse – lady Dudley –, s'éprend de lui et lui fait abandonner cette résolution. Partagé entre un ange et un démon, entre un amour pur et une passion sensuelle, Félix ne peut se résoudre à sacrifier l'un à l'autre, jusqu'au moment où il perd les deux ; la comtesse de Mortsauf, ayant appris sa liaison, tombe si malade qu'elle mourra littéralement de faim et de soif, ne pouvant plus assimiler aucun aliment. La marquise, blessée d'avoir été abandonnée sans un mot, le quitte. Par une lettre que la comtesse lui a donnée au moment de sa mort, il apprend qu'elle l'a toujours aimé charnellement, depuis leur première rencontre au bal du duc d'Angoulême. Depuis lors, sa « vie est dominée par un fantôme » : telle est la cause de son intermittente mélancolie. La comtesse de Manerville, dans une spirituelle réponse, lui rend sa liberté, en lui conseillant de ne pas faire de telles confidences à la quatrième femme qu'il aimera ; car celle-ci pourrait perdre courage à l'idée de lutter contre trois ombres. Le livre est dominé par la silhouette angélique de Mme de Mortsauf, le « lys de la vallée », qui ne conserve sa pureté qu'au prix de la vie ; l'amour de Félix est dépeint sous les couleurs les plus vives, d'un romantisme exacerbé. Le ton de la réponse de Nathalie forme avec la confession de Félix un contraste savoureux et termine sur une note ironique, inattendue, ce récit dramatique.

M

MAALOUF Amin. Romancier né à Beyrouth en 1949 dans une famille catholique d'origine grecque. A l'instar de son père, Amin Maalouf a d'abord choisi le journalisme. Reporter, spécialiste de politique internationale, il parcourt la planète, de l'Éthiopie au Viêt-nam, jusqu'à la guerre du Liban. Le 13 avril 1975, il assiste de la fenêtre de son appartement de Beyrouth à l'attentat qui marque le début du conflit et choisit quelques mois plus tard de s'exiler en France pour pouvoir continuer à travailler. Il collabore à *Jeune Afrique* et publie en 1983 un essai : *Les Croisades vues par les arabes*. Il entreprend ensuite des recherches sur Ibn Battuta pour un nouvel ouvrage et découvre le personnage de *Léon l'Africain*. L'existence incroyable de ce Hassan-Al-Wazzan, capturé par les pirates, esclave du pape, puis ambassadeur et géographe sous le nom de Jean-Léon de Médicis, l'incite à franchir le cap de la fiction. Il laisse de côté la presse et se consacre désormais à l'écriture romanesque.

Héritier de la tradition orale méditerranéenne, Amin Maalouf est un conteur. Il aime les mythes et mêle constamment fiction et réalité, comme dans *Samarcande*, son deuxième récit qui nous emmène sur les traces du poète persan Omar Khayyam de l'Orient du XIe à l'Occident du XXe siècle. Résolument tournée vers l'universel, l'œuvre d'Amin Maalouf est une invitation au voyage à travers les époques, les langues et les cultures.

Après *Les Jardins de lumière* en 1991, dans lesquels il met en scène le prophète Mani, fondateur du manichéisme, il obtient le prix Goncourt 1993 pour *Le Rocher de Tanios*. Comme la plupart des personnages imaginés par le romancier, Tanios est victime d'une destinée pour le moins capricieuse : « Le destin passe et repasse à travers moi comme l'aiguille du couturier dans le cuir qu'il façonne... » Les deux romans suivants, *Le Premier Siècle après Béatrice* et *Les Échelles du Levant*, illustrent également la démarche d'Amin Maalouf : poursuivre une réflexion sur les problèmes philosophiques contemporains par le biais de la fiction.

FRANÇOIS BÉNICHOU

Macaronique (poésie). Emprunté à l'italien (T. Folengo, *Macaronices libri XVII,* 1517), ce terme désigne un texte dans lequel on ajoute des terminaisons latines à des mots des langues modernes. Rabelais (*Gargantua* [*], 18) fait usage de ce procédé que Molière reprendra dans *Le Malade imaginaire* (*), avant Joyce (*Ulysse*) et Claudel (*L'Ours et la Lune*).

FRANÇOIS ROUDAUT.

MAC ORLAN Pierre (pseud. de Pierre Dumarchey). Écrivain né à Péronne le 26 février 1882, mort le 27 juin 1970 à Saint-Cyr-sur-Morin. Mac Orlan a tissé une toile de secrets sur l'histoire de sa famille et de sa jeunesse : améliorant un peu la première — suivant son préjugé — par l'attribution d'une grand-mère écossaise, et, dans le même esprit, par le choix, pour lui, d'un pseudonyme invraisemblable ; n'évoquant d'autre part ses jeunes années que dans le flou d'un pittoresque assez tragique. Nous voici donc devant une vie imaginaire, en cela conforme au vœu de Marcel Schwob, un écrivain que Mac Orlan admira beaucoup. Des éléments de sa vie réelle subsistent cependant et certains ont été assez récemment mis au jour. Le père était officier dans l'armée française et mourut après la Première Guerre mondiale. La mère mit au monde deux garçons et ne leur survécut pas longtemps. L'autre garçon, Jean, devint légionnaire. Les frères étaient liés d'affection, et toute une part, sans doute, de l'œuvre de l'écrivain — plusieurs romans d'aventures et certains aspects d'un décor qu'autrefois on disait exotique : l'Afrique du Nord, etc. — doit quelque chose aux souvenirs de ce légionnaire.

Pierre Dumarchey fut élevé à Orléans par un oncle maternel. Il fit de bonnes études classiques et acquit le goût du sport — surtout du rugby, mais aussi du cyclisme (une photo du quotidien rouennais *Paris-Normandie* le montre au départ d'une course). En 1899 (semble-t-il), il vit à Paris ; maintes fois ses visiteurs l'ont entendu déclarer qu'il y connut, non pas la vie de bohème mais la misère. On sait pourtant qu'il publia ses premiers articles dans des feuilles anarchistes et fréquentait alors un cabaretier original à l'esprit vif, Frédé, celui-là même qui fonda le « Lapin agile ». D'ailleurs, il épousera plus tard la fille de Frédé, mais seulement au terme d'amours enfantines un peu différées puisqu'il la connut alors qu'elle avait (semble-t-il) quatorze à quinze ans. Mais il lui fallait « vivre »... On pourrait trouver bizarre que cet amoureux ait écrit d'abord des livres érotiques et que, plus bizarre encore, il les ait signés de son nom. Il est clair qu'il n'y attacha aucune importance.

Les deux premiers romans signés Pierre Mac Orlan : *La Maison du retour écœurant* (1912) et *Le Rire jaune* (1913) ne dissipent pas les mystères de sa biographie. Le premier se présente comme une suite d'aventures burlesques, le rire jaune du second se comprenant comme une épidémie en forme de cataclysme ultime. Sans doute rien d'aussi alerte, d'aussi drôle et d'aussi désespéré à la fois, ni d'aussi librement étranger à l'art ne fut publié à l'époque. Puis suivit le vrai cataclysme : la guerre de 1914. Pierre Dumarchey y vit d'abord — ce qui est compréhensible pour l'égoïsme si légitime d'un miséreux — comme un long sursis, presque une délivrance de sa condition ; car enfin il allait être habillé gratis, et de plus nourri aux frais de l'État. L'armée française enverra donc le fantassin Dumarchey en Lorraine, en Artois, à Verdun et dans la Somme. Il en rapportera des descriptions extraordinaires et un goût bouleversant pour la camaraderie des tranchées. Après-guerre, Mac Orlan deviendra correspondant auprès des armées d'occupation, puis vivra de longues années dans la maison villageoise et briarde où il devait finir ses jours. C'est là que, coiffé d'un béret écossais à pompon et fumant une de ses pipes, il composera son œuvre lucide et hallucinée.

Ses écrits mêlent à sa vie antérieure (celle d'avant la guerre de 1914-18) le souvenir de ses auteurs de prédilection : Villon, Schwob et Nerval, ainsi que Kipling et Stevenson, surtout le Stevenson du *Docteur Jekyll et Mr. Hyde*. Ce sont les étapes d'une songerie sous forme de poèmes, romans et essais. Toujours reprise, elle finira par composer le documentaire allusif des temps vécus par l'auteur : *Le Chant de l'équipage* (1918), *La Clique du café Brebis* (1918-22), *Petit manuel du parfait aventurier* (1920) — *Le Nègre Léonard et maître Jean Mullin* (1920) — récit bref ayant pour thème des messes noires dans la Brie —, *La Cavalière Elsa* (1921), *La Vénus internationale* (1923), *Le Quai des brumes* (1927), *Les Dés pipés* (1929) — paraphrase bienvenue de *Fanny Hill*, le roman de John Cleland —, *La Tradition de minuit* (1930), *La Bandera* (1931), *Quartier réservé* (1932), *Abord de « L'Étoile Matutine »* (1934), *Masques sur mesure* (1937), *Filles et ports d'Europe* (1945) ; *Chansons pour accordéon* (1953), *La Lanterne sourde* (1953), *Poésies documentaires complètes* (1954), *Le Mémorial du petit jour* (1955), *La Petite Cloche de Sorbonne* (1959), *Sous la lumière froide* (trois nouvelles de 1961), *Mémoires en chaussons* (1965).

C'est à chaque lecteur de Mac Orlan de rechercher quel sens il doit accorder à sa « Ballade de la protection » : « Souvenez-vous, Seigneur, ô Lord du temps passé / ... Vous conduisiez mes mains pour que je les bénisse / Ces pauvres innocents des bienfaits judiciaires / Ces gibiers de prison, ces pauvres orphelins / Ces minables crétins aux visages éphémères. »

JEAN QUEVAL.

RÉF. : *Œuvres complètes,* édition illustrée établie par Gilbert Sigaux, avec une chronologie et une notice biographique. Introduction de Raymond Queneau. Vingt-cinq volumes, Paris, 1969-1971. — Bernard Baritaud, *Mac Orlan,* Paris, 1971.

Madame Bovary. C'est la première œuvre publiée par Gustave Flaubert (1821-1880), en 1856 dans *La Revue de Paris* et en 1857 en volume, et celle qui devait rester la plus célèbre et, à coup sûr, la plus populaire. Quand, en 1849, Flaubert commença à projeter d'écrire ce roman, il ne s'était encore essayé qu'à des œuvres de jeunesse ; la première *Éducation sentimentale*, qu'il écrivit de 1843 à 1845, n'était encore que l'ébauche du grand roman qu'il ne devait publier qu'en 1869 ; il pensait cependant avoir achevé une œuvre, c'était *La Tentation de saint Antoine* : aussitôt son manuscrit terminé, Flaubert avait appelé Maxime Du Camp à Croisset et, devant Louis Bouilhet et lui, ses amis et ses critiques, il donna lecture en trois jours de son œuvre. Mais les deux amis tombèrent d'accord, *La Tentation* était mauvaise, impubliable. C'est alors que Bouilhet aurait dit à Flaubert : « Prends un sujet terre à terre, et astreins-toi à le traiter sur un ton naturel, presque familier, en rejetant les divagations... », puis Bouilhet aurait ajouté : « Pourquoi n'écrirais-tu pas l'histoire de Delaunay ? » Flaubert, accablé des critiques qu'on venait de lui faire, accepta la sentence et décida de faire le pensum. Il reconnut que cet exercice lui serait salutaire. C'est donc sur un fait divers qu'à partir de ce moment son imagination se met à travailler. Delaunay se nommait en fait Eugène Delamare et il était officier de santé. Sa femme, qui devait devenir Emma Bovary, s'appelait Delphine Couturier. Tous les personnages du roman ont existé : aussi bien Rodolphe Boulanger que le pharmacien Homais, et Flaubert ne doit qu'à son sens aigu de l'observation patiente et minutieuse tous les détails de son roman. Il n'entreprit pas immédiatement son œuvre. Son voyage en Orient avec Maxime Du Camp était déjà décidé et, de 1849 à 1851,

Flaubert est loin de Croisset, en Égypte, en Palestine, en Syrie, enfin en Grèce. Mais, pendant le voyage, au témoignage de Maxime Du Camp dans ses *Souvenirs littéraires*, Flaubert pense à la fois à son livre condamné et à son projet de roman. Ce serait lors de sa visite à la seconde cataracte du Nil qu'il aurait découvert le nom qu'il allait donner à son héroïne. Il est certain cependant que, plus il pensait à son sujet, plus il lui semblait ennuyeux. Il voudrait alors réaliser un autre projet, celui d'écrire un *Dictionnaire des idées reçues*, répertoire de la sottise humaine et des conventions bourgeoises. Ce sottisier, qui devait jouer un si grand rôle dans *Bouvard et Pécuchet*, il l'utilise déjà dans *Madame Bovary*, et certains mots qu'il met dans la bouche de ses personnages en semblent directement issus. Flaubert revint à Rouen en mai 1851, mais ce n'est qu'en septembre de la même année qu'il se met à la tâche. L'élaboration de *Madame Bovary* devait durer de septembre 1851 au 30 avril 1856. Pendant près de cinq années, il ne quitte plus Croisset : il est là, rivé à sa table de travail, n'écrivant que quelques lignes par jour, les raturant, les reprenant, recomposant sans cesse son œuvre, travaillant comme un forçat au milieu des doutes, des dégoûts et des découragements. Il veut parvenir au mot juste, à l'équilibre harmonieux de la phrase. Il lit à haute voix ce qu'il a écrit, c'est ce qu'il appelle l'« épreuve du gueuloir ». Mais cet esclavage auquel il s'astreint, cette désespérante ascèse, ce n'est que sur l'exécution qu'ils portent ; car, dès le début, le plan général du roman s'était imposé à lui et il ne devait y faire que de minimes retouches. À l'histoire de Delamare qu'il respecte entièrement, il ne fait qu'ajouter, pour la ressusciter et en faire une œuvre d'art, ses propres souvenirs, l'histoire de sa liaison et de ses démêlés orageux avec Louise Colet, et ses sentiments personnels. C'est pourquoi il a pu dire : « Madame Bovary, c'est moi ! » Au vrai, Flaubert est maintenant envoûté par son sujet ; il est devenu Madame Bovary, et la *Correspondance* nous donne maints témoignages de cette espèce de possession dans laquelle il vécut pendant ces cinq années. Il devait dire à Taine plus tard : « Quand j'écrivais l'empoisonnement d'Emma Bovary, j'avais le goût de l'arsenic dans la bouche. Mes personnages imaginaires m'affectent, me poursuivent, ou plutôt, c'est moi qui suis en eux. » C'est là sans doute le secret de la vie étonnante du livre qui n'a pas cessé d'émouvoir et de passionner.

Le roman s'ouvre sur l'apparition d'un « nouveau » dans l'étude d'un lycée de province. Puis nous suivons la carrière modeste de ce garçon, qui s'établit comme officier de santé et se laisse marier par sa mère à une femme plus âgée que lui, qui l'aime à la passion, mais exerce à son égard une pénible tyrannie. Veuf, Charles Bovary rencontre, à l'occasion d'une visite médicale, une jeune fille dont il s'éprend aussitôt. Fille d'un riche fermier, Emma Rouault a été élevée dans un couvent, parmi des jeunes filles du monde et y a reçu une « belle éducation ». Celle-ci a eu pour principal résultat de faire naître en elle toutes sortes de songes romanesques, dont la vie humble et rangée que lui offre son époux ne permettra pas la réalisation. Après la grosse joie du mariage paysan que Flaubert sait évoquer avec un prodigieux relief et une exactitude qui forcent l'admiration, Emma se retrouve déçue : le mariage ne lui a pas apporté ce qu'elle attendait. « Avant qu'elle se mariât, elle avait cru avoir de l'amour ; mais le bonheur qui aurait dû résulter de cet amour n'étant pas venu, il fallait qu'elle se fût trompée, songeait-elle. Et Emma cherchait à savoir ce que l'on entendait au juste dans la vie par les mots de félicité, de passion et d'ivresse, qui lui avaient paru si beaux dans les livres. » Une invitation chez le marquis de Vaubyessard, le dîner au château, le bal qui le suit, au cours duquel Emma danse avec un vicomte, lui font croire que ce monde enchanté, auquel elle a tant rêvé, existe. Dès lors, Emma ne peut plus supporter son humble existence. On doit la soigner pour une maladie nerveuse. Enfin, Charles Bovary, afin de la changer d'air et de lui donner quelque distraction, s'établit dans un bourg plus important, Yonville-l'Abbaye. Emma y arrive enceinte. Avec le début de la deuxième partie, nous faisons connaissance avec les habitants de Yonville et en particulier avec M. Homais, le pharmacien. Dès son installation à Yonville, Emma rencontre un jeune clerc de notaire, Léon Dupuis, qui a des « manières comme il faut » ; aussitôt Léon est ébloui, car « jamais, jusqu'alors, il n'avait cause pendant deux heures de suite avec une dame ». La naissance d'une petite fille vient créer une heureuse diversion dans la vie de la jeune femme ; mais, comme elle a l'imprudence de se faire raccompagner chez elle par le jeune clerc, on pense qu'« elle se compromet ». Insensiblement, le jeune homme en vient à faire la cour à la femme du médecin. S'il ne peut vaincre tout d'abord sa résistance, il suscite chez elle un tendre intérêt. Léon, cependant, considérant Emma comme inaccessible et las de cet amour sans espoir, quitte Yonville pour Paris, la mort dans l'âme. Madame Bovary, désemparée, rencontre alors un jeune gentilhomme campagnard, Rodolphe Boulanger. Ce séducteur plein d'élégance personnifie pour Emma son rêve. Aussi le jeune homme mène-t-il à bien sa conquête avec la plus grande facilité. Devant la médiocrité incurable de Charles Bovary, Emma pense à s'enfuir avec son amant ; mais effrayé par cette perspective, Rodolphe a tôt fait de l'abandonner. Cette triste intrigue est agrémentée de très vivantes descriptions de la vie normande, comme la scène fameuse des comices (ch. VIII), et par le récit des manœuvres progressistes et anticléricales du pharmacien Homais, scientiste et athée convaincu. La lâcheté de Rodolphe est un coup terrible pour Emma : elle pense mourir de désespoir, puis lentement reprend des forces et traverse une crise de mysticisme. Lorsqu'elle est remise, Charles emmène sa femme à Rouen, au théâtre : elle y rencontre de nouveau Léon. Bovary, obligé de retourner à Yonville, commet l'imprudence de laisser sa femme seule en ville. Le jeune clerc, qui a acquis à Paris quelque expérience, montre maintenant plus de hardiesse. Emma trouve un prétexte pour retourner à Rouen sans son mari et devient la maîtresse de Léon. Avec cette liaison commence pour elle une ère tranquille, troublée seulement par la nécessité de trouver des prétextes pour se revoir et d'inventer des mensonges pour dissimuler leur conduite. Heureuse, Emma sent se réveiller en elle ses désirs de luxe, elle accumule les dettes pour se bien vêtir. Elle tombe entre les mains d'un marchand, Lheureux, vieil usurier qui, après avoir feint la plus extrême complaisance, exige d'être payé et lui laisse entrevoir le jugement, la saisie. Quelques jours après sa dernière entrevue avec Lheureux, Emma reçoit la signification du jugement qui a été prononcé contre elle. Il lui faut rembourser la somme, énorme pour elle, de huit mille francs dans les vingt-quatre heures. La malheureuse, affolée, va demander assistance à Léon, déjà las de sa maîtresse, puis à Rodolphe dont le refus est le coup de grâce. Emma se sent perdue, elle sait où le pharmacien cache de l'arsenic. Elle s'empare du flacon et rentre chez elle. Charles revient à la maison, bouleversé par la nouvelle de la saisie qui a eu lieu pendant son absence. Lorsque sa femme rentre, elle exige qu'on ne lui pose aucune question ; elle écrit une lettre qu'elle lui demande de ne lire que le lendemain, puis se met au lit après avoir absorbé le poison. Et elle meurt devant son mari effondré, qui ne sait que lui répéter : « N'étais-tu pas heureuse ? Est-ce ma faute ? J'ai fait tout ce que j'ai pu, pourtant ! » Avec la scène prodigieuse de l'enterrement, prétexte à une nouvelle dispute entre le curé et Homais, Charles Bovary conclut par « un grand mot, le seul qu'il ait jamais dit : C'est la faute de la fatalité ! ».

Telle est en effet la leçon qui se dégage de *Madame Bovary*, si toutefois on en peut tirer une leçon ; telle est la morale de l'histoire si vraie et si déprimante d'une semi-innocente qui se croit coupable, d'une femme qui tombe de faute en faute, par suite de cette discordance, de cette disproportion qui existent entre l'idée qu'elle se fait de la vie et la vie elle-même. C'est de cette opposition, si admirablement analysée par Flaubert dans ses moindres détails, avec une attention et une perspicacité jamais en défaut – car *Madame Bovary* est née d'une « longue patience », laquelle est précisément ici le génie – que l'auteur a tiré d'un fait divers, d'un « cas », non seulement un personnage bien vivant et que nous connaissons dans les moindres replis de son âme, mais un type exemplaire, qui atteint à une réalité universelle et en lequel chacun peut se reconnaître. Sans doute est-ce parce que Flaubert, sans déformer le moins du monde son sujet, lui a insufflé sa vie propre, l'a enrichi de ses propres réactions et de ses sentiments personnels à l'égard de la vie, qu'il a donné une telle portée à son personnage. Autour d'Emma Bovary, les comparses sont si impitoyablement justes, si rigoureusement observés, qu'ils donnent à ce drame toute son extraordinaire profondeur par le vide qu'ils créent autour de lui : que ce soit le pitoyable Charles Bovary, brave homme mais d'une médiocrité affligeante qui, par son aveuglement et sa maladroite sollicitude, pousse, à son insu, sa femme dans ces pitoyables aventures dont elle ne peut sortir que par le suicide, ou le pharmacien Homais, qui personnifie toute une mentalité, toute une classe sociale, au demeurant parfaitement individualisé. Car ce livre n'est pas seulement un drame, c'est un extraordinaire réquisitoire contre la société bourgeoise, contre la médiocrité satisfaite de la province, contre la niaiserie des conventions, des formules toutes faites, des pensées sur mesure, réquisitoire qui tire toute sa force de ce qu'il se présente comme un exposé parfaitement objectif et strictement réaliste, et qui donc se trouve être infiniment plus efficace qu'une satire. Flaubert sait, et en cela il est supérieur aux romances réalistes qui devaient par la suite se réclamer de lui, suggérer la vie, en donner l'illusion, et non simplement la reproduire : certains tableaux (la noce dans la ferme du père Rouault, le bal au château, le comice agricole d'Yonville, la mort et l'enterrement d'Emma) sont de véritables œuvres d'art. Ce style si soigné, si travaillé, est parvenu à un tel point de perfection qu'on ne s'aperçoit nullement qu'il y a un style dans *Madame Bovary* ; il évoque avec tant de vicacité le réel, il adhère si parfaitement aux personnages, les passages dialogués sont d'une telle justesse et d'une telle exactitude qu'il n'est vraiment qu'un véhicule, qu'un moyen de communication directe entre les personnages et le lecteur. On ne trouve dans ce roman aucune concession aux goûts du public, aucun sacrifice aux idées à la mode, mais le sens très sûr de ce qu'il fallait apporter, en ce moment précis, au roman français pour le renouveler et le régénérer. C'est pourquoi le livre suscita tant de controverses passionnées, avant d'exercer une influence décisive sur tout le roman qu'il entraîna sur des voies nouvelles. C'est ce qui permit à Théodore de Banville d'écrire à la mort de Flaubert que de *Madame Bovary* et de *L'Éducation sentimentale* « sortit tout le roman moderne ». Mais si *Madame Bovary* a conservé un immense succès auprès d'un très vaste public, c'est à son caractère profond d'humanité qui, lui, est permanent et ne vieillira jamais qu'elle le doit avant tout. Ainsi d'un pensum, Flaubert a su tirer un chef-d'œuvre, il a réussi à rendre grand le banal, et à donner à un « cas » un caractère, une portée universels.

Cependant, la publication de *Madame Bovary* n'alla pas sans difficulté et il fallut une lutte de plusieurs années pour l'imposer au public. Dès l'achèvement du manuscrit (mai 1856), les déboires commencent ; les directeurs de *La Revue de Paris*, qui l'avaient accepté, prennent peur : ils demandent des suppressions, des modifications. Maxime Du Camp, son ami de toujours, celui qui avait condamné *La Tentation* et l'avait encouragé à composer *Madame Bovary*, lui écrit : « Tu as enfoui ton roman sous un tas de choses bien faites, mais inutiles ; on ne le voit pas assez ; il s'agit de le dégager, c'est un travail facile. Nous le ferons faire sous nos yeux par une personne exercée et habile... » À une telle lettre, Flaubert n'eut même pas le courage de répondre, il se contenta d'écrire au dos : « Gigantesque. » Enfin le roman commence à paraître ; aussitôt la revue reçoit des protestations de ses lecteurs, les directeurs prennent peur et coupent une scène. Flaubert est alors contraint de publier une note, demandant qu'on ne voie dans ce qui est publié par la revue « que des fragments et non un ensemble ». Mais la prudence des directeurs ne suffit pas, les pouvoirs publics s'en mêlent et les poursuites judiciaires commencent. Le 24 janvier 1857, Flaubert passe en correctionnelle, sous l'inculpation d'outrage à la morale publique et religieuse, et d'outrage aux bonnes mœurs. Ce procès est demeuré célèbre dans l'histoire des lettres. Le réquisitoire du substitut Pinard est un curieux monument d'hypocrisie et de mauvaise foi. L'avocat de Flaubert, Sénart, n'eut pas de peine à redresser les mensonges de l'accusation. Flaubert fut acquitté, mais on le proclama coupable de ne pas « s'être suffisamment rendu compte qu'il y a des limites que la littérature, même la plus légère [sic], ne doit pas dépasser ». Ce procès valut à *Madame Bovary* un succès de scandale : ce n'est pas un tel succès qu'avait désiré l'auteur ; il se retira brisé, dégoûté, résolu à ne plus donner une ligne à imprimer. L'éditeur Michel Lévy, qui avait déjà proposé de publier l'œuvre en volume et que Flaubert avait d'abord éconduit, revint à la charge ; l'auteur céda enfin, pour voir au moins son œuvre éditée dans son intégrité. On était alors en pleine réaction réaliste, mais les réalistes reniaient Flaubert, car *Madame Bovary* n'avait « ni émotion, ni sentiment, ni vie ». Quant aux traditionalistes, ils ne pouvaient admettre une telle œuvre qui se place en dehors de toute tradition. Seul parmi les critiques, Sainte-Beuve loue le livre qu'il mésestime cependant, en le rapprochant des comédies de Dumas fils, mais au moins il se rend compte qu'une telle œuvre vient à son heure. Exaspéré de se voir comparé à Dumas fils et à Balzac, Flaubert décide de « tâcher de leur tripleficeler quelque chose de rutilant et de gueulard où le rapprochement ne sera pas facile ». Ce quelque chose sera *Salammbô* (*). Enfin, Barbey d'Aurevilly et Baudelaire se prononcent et rendent hommage à l'incontestable originalité de l'œuvre et au grand écrivain. Après cette contradictoire campagne de presse vinrent les propositions d'adaptation scénique de *Madame Bovary ;* Flaubert les refusa toutes, mais il ne put empêcher les auteurs de revues de faire apparaître Emma Bovary sur les scènes des « Variétés » et du « Palais-Royal ». Enfin, l'année qui suivit la parution de l'œuvre, Ernest Feydeau publia *Fanny*, un roman qui devait beaucoup à Flaubert et que les contemporains estimèrent bien supérieur à *Madame Bovary*. Ajoutons que *Fanny* est oublié de nos jours et qu'il ne viendrait à l'idée de personne de comparer ces deux livres. Mais l'œuvre de Feydeau était au moins un signe, celui de l'influence que devait exercer *Madame Bovary* sur l'évolution du roman français.

Mademoiselle de Maupin. Roman de Théophile Gautier (1811-1872), publié en 1835, dans lequel le jeune auteur présente la vie d'une cantatrice de la fin du XVIIe siècle. Une longue Préface, qui renferme tout un programme, sert d'introduction au livre ; elle est restée célèbre pour sa verve et son ironie spirituelle : « Une chose est certaine... c'est l'antipathie naturelle du critique contre le poète, de celui qui ne fait rien contre celui qui fait, du frelon contre l'abeille, du cheval hongre contre l'étalon [...]. Le critique qui n'a rien produit est un lâche ; c'est comme un abbé qui courtise la femme d'un laïque : celui-ci ne peut lui rendre la pareille. » En résumé, Gautier s'élève dans cette Préface contre les intrusions de la critique et de la morale en matière artistique et proclame l'indépendance absolue de l'art. Après quoi débute le roman, qui n'est somme toute qu'un long récit, sous forme de correspondance. Madeleine de Maupin, restée seule au monde, assez riche, bien pourvue d'idées romanesques, caractère énergique cependant, pense à profiter de son ingrate jeunesse et de son habileté naturelle pour se travestir en homme, résolue à ne pas se rendre aux hommages du sexe fort avant d'avoir connu les secrets de la vie des hommes et leur manière de considérer les femmes. Ses premières découvertes la remplissent d'horreur et la guérissent de toute illusion sentimentale. Assez vite, elle prend goût à son nouvel état et se jette allègrement dans le tourbillon de la vie galante. Après quelques aventures assez étranges (la sœur de l'un de ses amis éprouve pour elle une passion violente, et elle doit se battre en duel pour avoir refusé d'épouser la jeune fille), elle se retrouve dans un château où la pourchassent l'intérêt, toujours aussi passionné, de Rosette, et l'amour éperdu d'Albert, jeune homme sentimental qui la soupçonne fortement de n'être point ce qu'elle paraît. Elle finit par céder aux instances du jeune homme et par le suivre, non sans avoir cherché à consoler l'inconsolable Rosette. Riche de digressions, nourri de péripéties innombrables, de descriptions luxuriantes, le livre semble une sorte de manifeste éclatant, le cheval de bataille du Romantisme français dans ses premières tentatives. Lecteur assidu des « grotesques » du XVIIe siècle (non moins que de la littérature libertine du XVIIIe), Gautier leur fait plus d'un emprunt : il se sent parfaitement à l'aise dans l'évocation de ce passé qu'il reprendra dans sa maturité, avec son célèbre roman *Le Capitaine Fracasse* (*) ; il tente de donner droit de cité à un art dépourvu de préjugés, haut en couleur, et opposé à la tradition classique dans la mesure où celle-ci peut être liée aux conventions sociales. De là une allègre absence de morale, une irrévérence toute révolutionnaire. Son esthétisme raffiné et païen en fera le précurseur et le maître des parnassiens.

Madrigal. Terme emprunté à la musique, où il désigne une pièce savante à plusieurs voix. Petit poème exprimant, avec esprit, une pensée galante. Le madrigal est proche de l'*épigramme* (voir ce mot), mais sur un sujet amoureux. Selon Boileau, « Le madrigal, plus simple et plus noble en son tour, / Respire la douceur, la tendresse et l'amour. »

Le madrigal connut une grande faveur parmi les précieux, où il s'imposa comme l'expression de la galanterie. Il s'agit alors d'un poème en vers libres, sans strophe et de longueur variable, qui vaut par la spontanéité (on aime improviser des madrigaux dans le salon de Mlle de Scudéry) et la délicatesse du sentiment amoureux. Charles de Montausier eut, vers 1634, l'idée d'offrir à la belle Julie d'Angennes, qu'il courtisait, un recueil de madrigaux composés en son honneur par une vingtaine de poètes, dont Antoine Godeau, Mlle de Scudéry, Tallemant des Réaux et Malleville : *La Guirlande de Julie* (*). Voiture passe pour l'un des maîtres du genre. Théophile Gautier, au seuil d'*Émaux et Camées* (*), propose encore un poème sous-titré « madrigal panthéiste ». Mais le « Madrigal triste » de Baudelaire, dans *Les Fleurs du mal* (*), marque, par sa tonalité sombre, une sorte de renversement et de mort du genre.

CHRISTIAN DOUMET.

MAETERLINCK Maurice. Écrivain belge d'expression française. Né à Gand (Flandre orientale) le 29 août 1862, mort dans sa propriété « Orlamonde », à Nice, le 5 mai 1949. Il appartenait à une vieille famille flamande et fut élevé dans une école de jésuites. La nature, la poésie tinrent la plus grande place dans son adolescence, de sorte qu'il renonça très vite à la profession d'avocat que sa famille eût aimé lui voir choisir, pour se consacrer à la littérature. Lié avec les jeunes poètes belges, spécialement avec Grégoire Le Roy, il connut à Paris Pierre Quillard, Villiers de l'Isle-Adam, et prit part au mouvement symboliste. Les *Serres chaudes* (1889) le firent connaître dans le monde des lettres, et au cours de la même année il publia un drame, *La Princesse Maleine*, que loua grandement Octave Mirbeau. Les drames suivants, *Les Aveugles* (1890), *Les Sept Princesses* (1891), mais surtout *L'Intruse* (1890) et *Pelléas et Mélisande* (1892), firent de lui le plus grand représentant du symbolisme au théâtre. Il continua d'écrire des drames : *Intérieur* (1895), *Alladine et Palomides* (1894), *Aglavaine et Sélysette* (1896), *Ariane et Barbe-Bleue* (1902), et fit paraître des poèmes lyriques, *Douze chansons* (1896). Pendant cette même période, il étudiait Ruysbroeck, Novalis, Emerson, ce qu'il l'inclinait au pessimisme, à l'acceptation de la douleur dont il se consolait en contemplant la nature. De là les livres qu'il écrivit, à partir de 1896, sur la destinée humaine : *Le Trésor des humbles* (1896), *La Sagesse et la Destinée* (1898), et sur la vie des animaux : *La Vie des abeilles* (1901). Des tendances analogues se reflètent dans son théâtre, ainsi qu'en témoignent *Sœur Béatrice* (1900), *Monna Vanna* (1902), et plus ouvertement *L'Oiseau bleu* (1908). Célèbre et riche, il avait quitté la Belgique à partir de 1896 ; il habitait à Paris, ou dans le Midi, ou encore à l'abbaye de Saint-Wandrille, en Normandie. Pendant vingt ans, il vécut avec Georgette Leblanc, qui interprétait admirablement ses drames. En 1911, il obtint le prix Nobel pour l'ensemble de son œuvre. Au cours de la Première Guerre mondiale, il tenta de servir, en Italie et ailleurs, sa patrie envahie. Puis il retourna à ses études, se passionna pour la métaphysique et l'occultisme. Plus tard il reprit dans *Le Grand Secret* (1921) les thèses déjà esquissées dans *La Mort* (1913), où il traitait de la vie et de la mort d'un point de vue nettement contraire à la dogmatique catholique. C'est d'ailleurs à la suite de la publication de *La Mort* que ses œuvres avaient été mises à l'Index le 29 janvier 1914. Le roi des Belges lui conféra, en 1932, le titre de comte ; et, le 13 mars 1937, il fut reçu à l'Académie des sciences morales et politiques à titre de membre étranger. Pendant la Seconde Guerre mondiale, Maeterlinck se réfugia aux États-Unis. Parmi ses nombreuses œuvres, rappelons encore : *La Mort de Tintagiles* (1894), *Joyzelle* (1903), *L'Intelligence des fleurs* (1907), *Marie Magdeleine* (1913), *L'Hôte inconnu* (1917), *Le Bourgmestre de Stilmonde* (1919), *Le Miracle de saint Antoine* (1920), *La Vie des termites* (1926), *La Vie des fourmis* (1930).

♦ *« Homme du Nord très positif, chez qui le mysticisme est une manière d'exotisme psychique. »* André Gide. ♦ *Maeterlinck est comme Ibsen un individualiste irréductible. Autant que lui il méprise les apparences et les conventions sociales, autant que lui il s'est affranchi du joug écrasant de l'opinion, de la tyrannie du troupeau. »* E. Schuré.

RÉF. : É. Schuré, *Précurseurs et Révoltés,* Paris, 1904. — G. Leblanc, *Souvenirs, 1895-1918,* Paris, 1930. — Aug. Bailly, *Maeterlinck,* Paris, 1931. — G. Harry, *La Vie et l'œuvre de Maurice Maeterlinck,* Paris, 1932. — M. Lecat, *Le Maeterlinckisme,* Bruxelles, 1937-1941, et *Bibliographie de Maurice Maeterlinck,* Bruxelles, 1939. — A. Aniante, *La Double Vie de Maeterlinck,* Paris, 1949. — G. Compère, *Le Théâtre de Maurice Maeterlinck,* Bruxelles, 1955 ; *Maurice Maeterlinck,* Lyon, 1990. — R. Bodart, *Maurice Maeterlinck.*

MAGNY Olivier de. Poète né à Cahors (Lot) en 1520, mort en 1561. Il était sans doute venu à Paris avant de devenir, en 1547, secrétaire de son compatriote Hugues Salel, abbé de Saint-Chéron, poète de la cour de François Ier. Celui-là lui permit de connaître quelques hauts personnages. Peu après la mort de son protecteur (1553), Magny parvint à s'attacher à Jean de Saint-Marcel, seigneur d'Avanson, lequel, chargé d'une mission diplomatique auprès du Saint-Siège, s'offrit à l'emmener à Rome. D'Avanson et sa suite prirent la route à la fin de 1554. En passant par Lyon pour rejoindre son poste, le poète s'éprit de Louise Labé, la Belle Cordière. Il arrive à Rome le 7 mars 1555. Son séjour en Italie devait durer deux ans. Il y fit la rencontre de Joachim du Bellay et, tout comme lui, fut médiocrement séduit et par son métier de secrétaire et par la cour romaine. De retour en France (1557) il conserva tout son crédit puisque, le 31 mai 1559, il était nommé secrétaire du roi, poste envié qu'il ne devait occuper que deux années. Disciple de Ronsard, Magny se montre souvent plein de grâce et d'invention. Il a surtout cultivé le sonnet. Son œuvre comprend : *Les Amours* (1553), les *Gayetez* (1554), *Les Soupirs* (1557) et les *Odes* (1559). *Dix-Neuf sonnets inédits* de Magny ont été publiés en 1880.

RÉF. : E. Turquety, « Olivier de Magny », dans *Bulletin du bibliophile*, Paris, 1860. — J. Favre, *Olivier de Magny (1520 ?-1561). Étude biographique et littéraire*, Paris, 1885. — L. A. Bergounioux, *Quelques rectifications et documents inédits sur O. de Magny (1520-1561)*, Cahors, 1937.

MAINE DE BIRAN : voir **Journal intime.**

MAIRET Jean de. Auteur dramatique. Né à Besançon le 4 janvier 1604, mort dans la même ville le 31 janvier 1686. La position de sa patrie, dépendant politiquement de l'Espagne mais proche de la France et de l'Allemagne — il est lui-même issu d'une famille de gentilshommes allemands —, le sensibilisait aux influences d'une culture internationale. Orphelin de bonne heure (1614), il fut mis au collège des Grassins, à Paris, où, dit-on, il se fit remarquer par son génie poétique. Auteur précoce en tout cas, à dix-neuf ou vingt ans il faisait jouer avec un vif succès sa première tragédie intitulée *Chryséide et Arimand* (publiée en 1630), inspirée de *L'Astrée* (*) d'Urfé. Ayant gagné les bonnes grâces du duc de Montmorency, grand amiral de France, Mairet le suivit alors dans son expédition contre les protestants retranchés dans l'île d'Oléron. Puis il revint de plus belle au théâtre avec *La Sylvie* (1626), chef-d'œuvre de la pastorale française où se dessine déjà ce que sera la comédie de mœurs. Le voici consacré d'emblée premier auteur dramatique de son temps, du moins dans les milieux aristocratiques et féminins. Il triomphe encore avec une tragédie pastorale, *La Silvanire ou la Morte vive* (1630), publiée l'année suivante avec une retentissante préface qui théorisait une nouvelle esthétique théâtrale, fondée sur l'observation de la règle des trois unités. Si *La Silvanire* apparaissait encore comme une œuvre composite, si avec *Les Galanteries du duc d'Ossone* (1632), comédie, il semblait renouer avec les effets et les thèmes baroques de même qu'avec la tragi-comédie *Virginie* (1633), Mairet allait produire la première tragédie française composée exactement sur les principes des « réguliers » : *La Sophonisbe* (*) (1634), qui fut jouée devant Louis XIII et déchaîna un tel enthousiasme que l'auteur se vit accorder une pension de Richelieu et l'honneur de figurer dans le groupe d'écrivains qui travaillait pour le cardinal. Il est alors au sommet de sa gloire, mais son rival le plus dangereux, Pierre Corneille, devint de plus en plus encombrant : l'énorme succès du *Cid* (*) (1636) consacra une pièce assez peu régulière. Aussitôt il se jeta (aux côtés de Chapelain, Scudéry et Richelieu) dans la fameuse « Querelle » et ne cessa les hostilités que sur l'injonction de Richelieu lui-même. Curieusement, on va voir alors Corneille se « convertir » aux règles, avec *Horace* (*) dédié à Richelieu, et Mairet revenir à une inspiration baroque, avant de cesser complètement d'écrire — *Sidonie* (1640, publiée en 1643) est sa dernière pièce — sans que l'on sache bien pourquoi. A-t-il mal supporté l'ombre grandissante que lui faisait Corneille ? N'a-t-il pas surmonté l'épreuve de la mort de son deuxième protecteur : Belin, grand mécène du théâtre, avait remplacé Montmorency, exécuté en 1632, mais disparaît à son tour en 1637. À partir de *Sidonie* jusqu'à sa mort, Mairet se consacra exclusivement à la politique. Il dirigea notamment, après le traité de Westphalie, les négociations de neutralité entre la France et la Franche-Comté qu'il tenait pour sa vraie patrie (1647-1651). Il fut nommé résident à Paris par le parlement de Dôle, mais expulsé par Mazarin en 1653, il ne put revenir à Paris qu'à la paix des Pyrénées (1659).

Sa préface en faveur des règles et ses quelques pièces régulières ont autorisé une longue tradition critique à ne voir en Mairet que l'un des premiers — et des plus brillants — apôtres du classicisme, occultant ainsi tout ce que son système dramaturgique, résolument tourné vers les Modernes (il prend ses modèles chez d'Urfé, Théophile de Viau, Le Tasse, l'Arioste) et « constamment ouvert sur l'expérimentation de différentes structures formelles » doit à l'esprit du baroque. En fait, son travail semble commandé par la volonté de satisfaire les goûts de son temps, les goûts de tous les publics, doctes, châteaux, peuple. Cette primauté accordée au « delectare » explique qu'il n'ait jamais vraiment choisi entre les tendances contradictoires, qui animent ces pièces, théâtralisation et dynamisation d'un côté, densité et ordre de l'autre, tout son effort paraît au contraire orienté vers la recherche de l'improbable et miraculeux équilibre qui permettrait de les faire harmonieusement coexister.

LOUIS DELIBES.

RÉF. : G. Dotoli, *Bibliographie critique de J. Mairet*, Paris, 1973 ; *Matière et Dramaturgie dans le théâtre de J. Mairet*, Paris, 1976.

Maison Tellier (La). Recueil de nouvelles de Guy de Maupassant (1850-1893), publié en 1881. Outre « La Maison Tellier », les plus connues en sont : « Confession d'une femme », « Une passion », « Farce normande », « La Veuve » et « La Veillée ». — « La Maison Tellier » : après avoir dirigé une auberge à Yvetot, Madame Tellier, dite « Madame », est devenue tenancière d'une maison close. C'est une brave femme au rire facile et qui aime ses « filles » : Fernande, Raphaële et Rosa la Rosse. Son établissement, fréquenté par la bourgeoisie de la ville, jouit de la considération de sa clientèle parce qu'il est demeuré honnête dans la débauche et que le plaisir y est largement distribué. Un soir, consternation parmi les habitués : la maison ferme ses portes pour le lendemain. Ces dames vont à Veurville à la première communion de la petite Constance, nièce de « Madame ». Elles s'amuseront bien, mangeront tout leur soûl et iront même à la messe. Mais tout a une fin. Le lendemain, la maison rouvre ses portes. Dans cette nouvelle, les prodigieuses qualités de conteur de Maupassant atteignent leur pleine mesure. En quelques touches précises et colorées, il dépeint, comme peu d'autres l'ont fait avant lui, des personnages familiers de l'époque, sans jamais tomber cependant dans l'obscénité ou le mauvais goût.

MAISTRE Joseph, comte de. Écrivain et philosophe. Né à Chambéry (Savoie) le 1er avril 1753, mort à Turin le 26 février 1821. Son père était président du sénat de Pavie. Ayant reçu une savante instruction, Joseph entre, dès l'âge de vingt ans, dans la magistrature. Élevé dans le christianisme et n'ayant probablement jamais cessé d'être chrétien, on le voit pourtant, dans sa jeunesse, céder au prestige de la philosophie du siècle, et même, en dépit des condamnations pontificales, rester pendant quinze jours adepte de la franc-maçonnerie — *Mémoire sur la franc-maçonnerie* (1782). Il entre bientôt en relation avec les illuministes de Lyon, et particulièrement avec le « philosophe inconnu », Claude de Saint-Martin, qui aura certainement une influence sur sa conception providentialiste de la Révolution. Maistre salue un instant les débuts de celle-ci. Il en est déjà désabusé, lorsqu'en 1793 l'invasion de la Savoie par les armées de la Convention le force à se retirer à Lausanne, où il va jouer un rôle d'observateur politique de son souverain, auquel il reste fidèle. C'est là qu'il fait ses débuts de polémiste contre-révolutionnaire avec les *Lettres d'un royaliste savoisien à ses compatriotes* (1793), l'*Étude sur la souveraineté* (1794-95), et qu'en 1797 il publie anonymement ses *Considérations sur la France*. En 1803, le roi Charles-Emmanuel l'envoie comme ambassadeur en Russie ; il y souffrira, toujours avec une admirable dignité, de la ladrerie de son souverain et surtout de la solitude, car les siens sont restés en Europe. En marge de ses occupations diplomatiques, il fournit un immense travail dont il ne publie encore, en 1810, que l'*Essai sur le principe générateur des constitutions politiques*. Après la chute de Napoléon, Maistre, trop compromis avec les jésuites qu'on venait d'expulser en Russie, doit rentrer à Turin. Nommé ministre d'État, il entretient de nombreux rapports avec l'opinion ultra-royaliste française, en particulier avec de Bonald et le jeune abbé de Lamennais. Déçu par la Restauration, effrayé des progrès du libéralisme, il fait paraître en 1819 *Du pape*, écrit en Russie, où il désigne le Saint-Siège comme la souveraineté par excellence, seule capable d'arrêter la Révolution et de modérer l'arbitraire des princes ; le même esprit lui dicte, en 1821, son traité *De l'Église gallicane*. *Les Soirées de Saint-Pétersbourg*, synthèse, sous forme d'entretiens, de sa philosophie de la Providence, ne paraîtront que quelques mois après sa mort, provoquée par une paralysie lente. En 1822 parurent les *Lettres à un gentilhomme russe sur l'Inquisition espagnole*.

« Il faut absolument tuer l'esprit du XVIIIe siècle », écrit Joseph de Maistre. Aussi, avec une belle hardiesse, oppose-t-il au rationalisme des « Lumières » la réalité de l'ordre surnaturel, dans sa figure la plus totale : le gouvernement universel de la Providence. Ainsi la Révolution : en ses aspects immédiats, elle est destructive, nuisible, « satanique », dit Maistre, et il faut la combattre. Pourtant, plus profondément, elle obéit à un plan providentiel ; la preuve en est qu'elle ne peut s'expliquer humainement, les hommes qui paraissent la mener, si falots sous leurs attitudes et leur verbiage, étant bien plutôt menés par elle, par un chef d'orchestre clandestin : Dieu. C'est Dieu qui, en paraissant mettre tout à bas, édifie à longue échéance en rappelant la France, par ce châtiment nécessaire, à sa mission chrétienne. Quelles furent les erreurs de la France ? La légèreté, le relâchement des mœurs de la fin de l'Ancien Régime, certes ; mais plus encore d'avoir voulu une constitution écrite, ce qui suppose qu'une constitution peut être valable pour tous les temps et pour tous les hommes, sans considération de leur milieu et de leur passé collectif. Le meilleur pour la France est donc de revenir à la monarchie traditionnelle. Mais celle-ci n'aura de force qu'autant que, rejetant le gallicanisme, elle s'unira à Rome, clef de voûte de tout l'édifice politique et religieux. Comme Bossuet, Maistre ne propose donc d'autre contrepoids à l'absolutisme que la religion ; mais, contre Bossuet, il affirme le droit effectif du souverain pontife à modérer les souverains, à les déposer éventuellement et, en fait, à diriger politiquement l'Europe. Dans l'immédiat, Maistre a sans doute échoué. Mais, en s'appuyant sur la fragilité de la construction issue de la Révolution, il obligerait ses adversaires eux- mêmes à entreprendre une tâche positive — et Comte s'est souvenu de Maistre, qu'il admirait. Premier critique d'envergure des idées de 89, Maistre est aussi l'initiateur de l'école contre-révolutionnaire, du premier Lamennais à Veuillot, Léon Bloy et Maurras. C'est enfin un écrivain de premier plan qui a su donner à sa doctrine de style médiéval, à sa sévère logique scolastique, le brillant de la raillerie et de l'esprit, l'attrait d'un paradoxe irrésistible. Ennemi de Voltaire, il lui devait quelque chose au moins : le style.

MICHEL MOURRE.

♦ *« On ne peut plus méconnaître en lui un philosophe politique de premier ordre, un de ceux qui, en nous éclairant sur l'esprit d'organisation des anciennes sociétés, donnent le plus à penser sur la destinée et l'organisation future des sociétés modernes. »* Sainte-Beuve. ♦ *« Il a eu, le premier, l'idée d'une physique politique et sociale. »* Auguste Comte. ♦ *« Un Voltaire retourné... »* Edmond Scherer.

RÉF. : G. Cogordan, *Joseph de Maistre*, 1894. — G. Goyau, *La Pensée religieuse de J. de Maistre*, 1912. — B. de Vaulx, *Joseph de Maistre, une politique expérimentale*, 1940. — É. Dermenghem, *Joseph de Maistre mystique*, 1946. — R. Triomphe, *Joseph de Maistre*, Genève, 1967. — *Joseph de Maistre tra Illuminismo e Restaurazione*, Turin, 1975. — *Études maistriennes*, Chambéry, depuis 1975 : *Revue des Études maistriennes*, depuis 1977. — *Joseph de Maistre*, Colloque de Chambéry, Paris, 1977.

MAISTRE Xavier de. Écrivain, frère de Joseph de Maistre. Né à Chambéry (Savoie) le 8 novembre 1763, mort à Saint-Pétersbourg le 12 juin 1852. Deuxième fils du président du souverain sénat et auteur des royales Constitutions du royaume de Savoie. Après des études médiocres, incapable qu'il était de suivre une règle en pension chez le sage abbé Isnard, il muse beaucoup, mais finit par apprendre un peu. Le 13 juin 1781, donc à peine âgé de dix-huit ans, il prendra du service dans l'armée sarde, avec le grade d'officier. En 1792, ne voulant pas être obligé, lors de l'occupation de son pays par les troupes françaises, à servir la France républicaine, il se réfugie en Russie. Ayant toujours le goût de la vie militaire, il entra dans l'état-major de Souvorov, mais perdit son emploi lors de la disgrâce du général. Revenu alors à Saint-Pétersbourg, il réussit grâce à l'influence de son frère, nommé ambassadeur de Sardaigne auprès du tsar, en 1799, à obtenir le titre de directeur de la bibliothèque et du musée de l'Amirauté (1805). Peu après, il reprit du service et conquit le grade de général au cours d'une campagne au Caucase. Revenu à Saint-Pétersbourg, il s'y maria en 1817, fit à partir de 1825 un séjour de plusieurs années en Sardaigne et à Naples, ainsi que de brèves apparitions à Paris, et retourna se fixer en Russie en 1839.

Il demeura toute sa vie un grand seigneur, aimable et un peu dédaigneux, qui écrivait surtout pour charmer ses loisirs, sans trop se soucier de la postérité. Il débuta dans les lettres environ sa trentième année en publiant en 1795, à Lausanne, *Le Voyage autour de ma chambre* (l'indication « Turin, 1794 » qui se trouve sur la page de garde de cette édition est fausse). *Le Voyage* forme pendant au livre de Sterne. Il attendit plus de quinze ans pour donner son deuxième ouvrage : *Le Lépreux de la cité d'Aoste* (1811), et une quinzaine d'années encore pour publier ses autres récits : *Les Prisonniers du Caucase* (1825), *La Jeune Sibérienne* (1825), et *Expédition nocturne autour de ma chambre* (1825). Bien moins célèbre que son frère, Xavier de Maistre demeure tout de même un précurseur du romantisme au même titre que Charles Nodier, Constant et Chateaubriand.

RÉF. : W. Ungewitter, *Xavier de Maistre, sein Leben und seine Werke*, Berlin, 1892. — J. Corcelle, *Xavier de Maistre, le caractère de l'homme, l'écrivain*, Chambéry, 1901. — H. Bordeaux, *Vies intimes, correspondances amoureuses*, Paris, 1904. — Ch. de Buttet, *Aperçus de la vie de Xavier de Maistre*, Grenoble, 1919. — A. Berthier, *X. de Maistre*, Saint-Étienne, 1921, rééd. Genève, 1984. Voir la *Revue des Études maistriennes* (depuis 1977).

Malade imaginaire (Le). C'est la dernière pièce de Molière (1622-1673), donnée par lui-même et la « Troupe du roi », sur son propre théâtre, au Palais-Royal, le 10 février 1673. Molière destinait cette ambitieuse comédie-ballet aux fêtes de la Cour, données à l'occasion du retour de Louis XIV victorieux après la guerre des Pays-Bas. Dans le Prologue qui la précède, il déclare que le projet de cette comédie avait été conçu pour « délasser l'auguste monarque de ses glorieux travaux ». Aussi *Le Malade imaginaire* est-il introduit par une « Églogue en musique et en danse », où des bergers et des bergères chantent les louanges du souverain et le retour de la paix. Cependant *Le Malade imaginaire* ne fut pas, du vivant de son auteur, représenté devant le roi. C'est que Molière, après avoir longtemps collaboré avec Lulli, s'était brouillé avec lui. Celui-ci venait d'obtenir un quasi-monopole sur la musique dans le royaume, qui lui donnait pratiquement droit de regard sur toute œuvre comportant des parties chantées et dansées. Dès lors Molière se détacha de Lulli, mais il est certain que le Florentin nuisit gravement à son ancien ami dans l'esprit de Louis XIV. Toujours est-il que Molière commanda la musique du *Malade imaginaire* au musicien Marc-Antoine Charpentier. Celui-ci donnera trois versions différentes du prologue et des trois intermèdes, en 1673, 1674 et 1686.

On ne connaît guère pour *Le Malade imaginaire* que des emprunts de détail bien insignifiants ; encore les critiques ne sont-ils pas tous d'accord sur ces emprunts ; c'est pourquoi on s'est demandé si, en l'absence de modèles, Molière ne s'était pas mis lui-même en scène. Il est certain que la santé de Molière était à cette époque bien altérée et qu'il n'a eu que trop l'occasion d'approcher des médecins et d'en saisir les ridicules, dont son théâtre nous donne une si pittoresque collection. Ici, il ne se moque donc plus seulement du corps médical, mais de lui-même, comme s'il avait voulu se rassurer en pensant que ses maux n'étaient qu'imaginaires. Ils ne l'étaient malheureusement pas. Après la première représentation, Molière joua encore le rôle les 12 et 14 février. Le 17 février, il joua la pièce en entier, mais, pendant la cérémonie burlesque qui la termine, il fut pris d'une convulsion qu'il dissimula. Transporté chez lui, il eut un crachement de sang et mourut peu après dans les bras d'Armande Béjart. On sait que celle-ci eut toutes les peines du monde à obtenir pour lui la sépulture en terre chrétienne et qu'il fallut l'intervention du roi pour autoriser un enterrement nocturne et presque clandestin. *Le Malade imaginaire* connut un très grand succès et eut de nombreuses éditions en 1674 et 1675 ; toutefois il fallut attendre l'édition collective des *Œuvres* par La Grange (1682) pour en avoir le texte définitif.

Le Malade imaginaire est une comédie en trois actes. La scène première de l'acte I est justement fameuse : c'est celle où Argan, le malade imaginaire, vérifie les comptes de son apothicaire, puis il agite sa sonnette. Sa servante Toinette arrive, mais ne répond à ses reproches que par des gémissements. Argan convoque ensuite sa fille Angélique, puis doit se retirer pour quelques instants, car les remèdes de son apothicaire produisent leurs effets. Nous apprenons, lors d'une conversation entre Toinette et Angélique, que la jeune fille aime Cléante. Aussi, lorsque son père lui parle de son mariage, s'imagine-t-elle qu'il s'agit d'épouser celui qu'elle aime ; elle est vite détrompée par Argan ; celui-ci entend lui donner pour époux Thomas Diafoirus, jeune homme qui a pour principal mérite d'être médecin et neveu du médecin traitant d'Argan. Le malade est poussé par ailleurs par sa seconde femme, Béline, à déshériter ses enfants, et il prend ses dispositions pour faire son testament en faveur de son hypocrite épouse. Le premier intermède est fait par Polichinelle et les archers. A l'acte II, un remplaçant du maître de musique se présente, qui vient donner sa leçon à Angélique : c'est Cléante ; l'entrevue, qui se passe devant Argan, est interrompue par l'arrivée de MM. Diafoirus, père et fils. Suit la scène, l'une des plus burlesques du théâtre de Molière, où les deux médecins étalent leurs ridicules, avant que le faux maître de musique et Angélique ne chantent devant l'assemblée un petit « opéra impromptu » qui leur permet de se réaffirmer leur amour jusqu'à ce qu'Argan, soupçonneux, n'arrête le spectacle. En tout cas, Angélique refuse catégoriquement d'épouser Diafoirus. Béline, sa belle-mère, annonce à Argan qu'elle l'a aperçue avec le maître de musique. Argan interroge sa seconde fille, la petite Louison, qui se montre récalcitrante ; il la menace du fouet et l'enfant feint d'être morte, mais son père sait lui arracher la vérité sur les sentiments d'Angélique. L'acte II se termine sur l'arrivée du frère d'Argan, Béralde, qui introduit le second intermède, dansé par des Égyptiens et des Égyptiennes. L'acte III débute avec la conversation entre le malade et son frère, homme de bon sens, qui semble bien exprimer les idées de l'auteur sur la médecine. Béralde tente en vain de convaincre son frère qu'il n'y a point d'homme qui soit moins malade que lui et qu'il n'y a « rien de plus ridicule qu'un homme qui veut se mêler d'en guérir un autre ». L'entretien est interrompu par M. Fleurant, l'apothicaire, qui vient donner sa médecine à Argan. Il est mis à la porte par Béralde. Survient M. Purgon, indigné de ce qu'il prend pour une rébellion de son patient. Il lui fait une description des maux affreux qui l'attendent pour s'être révolté contre ses ordonnances et qui le feront tomber « de l'hydropisie dans la privation de vie où l'aura conduit sa folie ». Privé de ses médecins, Argan se croit perdu. Un nouveau docteur se présente fort opportunément : c'est Toinette déguisée, dont le comportement burlesque ébranle les certitudes d'Argan sur la médecine. Béralde, qui s'attaque à toutes les tromperies dont son frère est la victime, l'engage à tenter une épreuve pour voir quelle est l'affection réelle de sa femme, tandis que Toinette organise la mise en scène de la fausse mort d'Argan. Béline survient et, devant le faux cadavre, se réjouit de son veuvage ; mais le mort saute sur ses pieds et Béline s'enfuit. Même épreuve avec Angélique, mais cette fois Argan est témoin d'un chagrin sincère. Le malade, ému, lui accorde la main de Cléante, et, sur les conseils de ses proches, décide de devenir médecin pour être à même de se soigner. La « cérémonie » qui termine la comédie est la réception d'Argan. La docte assemblée, composée de huit porte-seringues, six apothicaires, vingt-deux docteurs, huit chirurgiens, entre en dansant et en chantant. Les longs discours en vers sont la transcription parodique en « latin de cuisine » des paroles prononcées lors des réceptions de médecins à la Faculté de médecine de Paris. Molière a su, en s'écartant aussi peu que possible de la réalité, composer un galimatias irrésistible et l'un de ses plus ingénieux et amusants intermèdes. Sans doute, dans *Le Malade imaginaire*, l'intégration des intermèdes chantés et dansés est moins réussie que dans *Le Bourgeois gentilhomme* (*). Mais l'ensemble constitue un de ses spectacles les plus ambitieux, et c'est à coup sûr un des plus comiques ; l'on ne peut trop admirer la géniale habileté de l'auteur, ainsi que ce détachement qui lui permet de rire et de faire rire de ses propres misères.

MALET Léo. Écrivain né le 7 mars 1909 à Montpellier, mort le 3 mars 1996 à Paris. Son père était employé de bureau et sa mère couturière. Ses parents et son frère meurent de tuberculose quand il a quatre ans et il est élevé par son grand-père paternel, ouvrier tonnelier.

À 16 ans, il obtient son certificat d'études, travaille dans une banque et distribue *Le Libertaire* le dimanche. Puis il monte à Paris et débute au cabaret de « La Vache enragée » comme chansonnier bénévole le 25 décembre 1925. Il vit de petits truandages et, quand il fait froid, il va se réchauffer à la bibliothèque Sainte-Geneviève. En 1928, il cohabite avec sa future épouse, Paulette Doucet, monte le « cabaret du poète pendu » et découvre le surréalisme. André Breton lui témoigne de l'amitié et Malet publie trois recueils de poèmes : *Ne pas voir plus loin que le bout de son sexe,* en 1936 ; *J'arbre comme cadavre,* en 1937 et *Hurle à la vie,* en 1940. Sollicité par un directeur de collection, il écrit sous le pseudonyme de Frank Harding les aventures de Johny Métal, un journaliste américain. En 1943, à son retour de captivité, il signe de son nom la première enquête de Nestor Burma : *120 rue de la gare.* Maurice Renault, fondateur de *Mystère magasine,* l'encourage à réaliser son projet d'écrire une série policière, *Nouveaux Mystères de Paris*, chaque roman devant se passer dans un arrondissement différent. Le premier : *Le soleil naît derrière le Louvre* paraît en 1954, il en écrit quinze jusqu'en 1959 et s'arrête quand on démolit l'immeuble où il habitait rue de Ponceau et qu'on le reloge dans une H.L.M. *La Trilogie noire* paraît en 1969, et en 1972, il signe son dernier roman : *Abattoir ensoleillé*. Après avoir été oublié, Malet sera redécouvert et réédité dans les années 70. Amateur de liberté, de jolies femmes, de Céline et de Queneau, dans un état de fureur perpétuelle, il a pour devise préférée : « Il est seul mais il est contre. »

DENIS BOUTET DE MONVEL.

MALHERBE François de. Poète né à Caen vers 1555, mort à Paris le 6 octobre 1628. Du petit noble provincial, fils d'un conseiller au présidial de Caen, au poète le plus en vue de la Cour, on mesure l'accomplissement d'une ambition tenace qui surmonta bien des avanies. Sa jeunesse fut occupée à l'acquisition d'une solide éducation d'honnête homme, source où l'écrivain ne cessa de puiser. En 1577, il entre au service du duc d'Angoulême, gouverneur de Provence. Dans la petite cour d'Aix, composée de gentilshommes humanistes et poètes italianisants, son goût pour la littérature, qui s'était révélé dès 1575 (date de l'élégie *Larmes sur la mort de Geneviève Rouxel*), s'exerce dans des compositions poétiques. *Les Larmes de saint Pierre* (1584-1587) — v. *Poésies* (*) de Malherbe —, long poème d'inspiration baroque, témoigne d'une première manière qu'il reniera ensuite, mais d'autres pièces annoncent par endroits le ton sobre et les inflexions graves de la maturité : « Et de toutes les douleurs, la douleur la plus grande / C'est qu'il faut laisser nos amours. » Après l'assassinat de son protecteur (1586), puis celui d'Henri III (1588), Malherbe vit une vingtaine d'années de relative obscurité entre Caen et Aix, où il se lie avec le juriste érudit Peiresc et le président du parlement de Provence, G. Du Vair, qui l'engage à traduire les *Lettres à Lucilius* et le *Des bienfaits* de Sénèque. Sous ces influences, il met au point sa doctrine. Sa vocation poétique s'affirme aussi : il compose la première mouture de la fameuse *Consolation à M. du Périer*, ainsi que ses premières grandes odes, célébrant la prise de Marseille par les troupes royales, inaugurant ainsi deux formes caractéristiques de son inspiration, morale et nationale. Il commence à être publié dans des recueils collectifs. Son *Ode de bienvenue* présentée à la future reine, Marie de Médicis, lors de son passage à Aix (1600) lui vaut d'être remarqué par certains grands personnages, comme le cardinal Du Perron qui le recommanda au roi.

Mais ce fut le voyage à Paris de 1605 qui fut vraiment déterminant. Présenté au roi qui lui commande une ode, il est confié au garde des Sceaux, M. de Bellegarde, et devient écuyer du roi, puis gentilhomme de la chambre. En échange, il va sans dire qu'il devra mettre son talent au service de la monarchie. Dès lors sa destinée et en même temps la nature de son œuvre sont tracées : poète officiel pensionné, il ne cessera de célébrer les grands événements politiques des règnes successifs comme les plus petits événements de la Cour. On souligne généralement son conformisme religieux et politique, mais celui-ci s'appuie sur un patriotisme sincère et un solide attachement à la monarchie. Poète du Louvre, il est aussi reçu dans les salons de la haute société. Son succès va croissant et connaît son apogée sous la Régence ; néanmoins sa fortune n'est jamais assurée, et il doit solliciter inlassablement pensions et prébendes.

Mais Malherbe veut aussi se faire reconnaître par ses pairs et s'imposer face à ses rivaux comme un maître. Pour cela, il rédige un commentaire impitoyable des poésies profanes de Desportes, qu'il ne publia cependant pas, et forme chez lui des disciples fervents dont les plus talentueux sont Maynard et Racan — v. *Mémoires sur la vie de Malherbe* de Racan. Il ne tarde pas à imposer sa suprématie malgré des attaques féroces. Il exerce, surtout durant la régence de Marie de Médicis, une sorte de royauté littéraire. Lorsque celle-ci se trouve écartée du pouvoir, il se tient pendant quelques années dans une semi-retraite ; son activité poétique, qui n'a jamais été très prolifique, se restreint ; il se tourne vers la prose et vers des travaux érudits. Voyant l'ascension de Richelieu, il tentera de trouver en lui un nouveau protecteur. Mais la fin de sa vie est cruellement éprouvée par le sort de son fils Marc-Antoine : condamné à mort pour avoir tué son adversaire au cours d'un duel, puis gracié, il est tué dans un nouveau duel en 1627. Malherbe supplie vainement le roi de châtier le meurtrier (*Paraphrase du psaume CXLV*).

« Enfin Malherbe vint... », la célèbre formule de Boileau le présente justement comme un inaugurateur. Poète grammairien, il a voulu donner au siècle nouveau une langue nouvelle. Célébrant les princes qui marquent un tournant de l'Histoire en imposant l'ordre politique et la paix civile, il s'érige lui-même en « tyran des mots et des syllabes » pour fixer la langue dans sa perfection. Tournant le dos à la fièvre anarchique d'enrichissement comme aux subtilités pétrarquistes, il épure au nom de l'usage et du bon sens, et consacre le règne de la simplicité et de la clarté, valeurs « classiques » par excellence. À ses yeux, cette langue ainsi fixée sera tout aussi apte que le latin classique à dire le vrai dans une forme inaltérable. « Ce que Malherbe écrit dure éternellement. » : ce point d'orgue ponctuant plusieurs de ses pièces résonne comme un cri de victoire sur l'angoisse surmontée. « Mais mon humeur est d'aspirer / Où la gloire est indubitable. » L'écriture de chaque poème a pour enjeu la conquête de ce lieu où l'infini du beau se conjugue avec son universalité et son intemporalité, là où le poète parle la parole essentielle. Ainsi s'explique le « caractère non raisonnable, le côté inhumain, maniaque » (Ponge) du travail de Malherbe, en même temps que sa relative stérilité : il y a un aspect mallarméen de Malherbe qui n'a pas fini de nous fasciner.

LOUIS DELIBES.

♦ *« Malherbe nous a appris ce que c'était qu'écrire purement et avec un soin scrupuleux. Il nous a appris que, dans les expressions et dans les pensées, le choix était le principe de l'éloquence, et que même la propre et juste disposition des mots et des choses avait d'ordinaire plus d'importance que les choses mêmes et les mots. »* Guez de Balzac. ♦ *« Enfin Malherbe vint, et, le premier en France, / Fit sentir dans ses vers une juste cadence, / D'un mot mis en sa place enseigna le pouvoir, / Et réduisit la muse aux règles du devoir. / Par ce sage écrivain la langue réparée / N'offrit plus rien de rude à l'oreille épurée. »* Boileau. ♦ *« Malherbe, d'une belle pierre grise, a pavé notre cour, établi les fondements et bâti la demeure où chaque mot a sa dimension juste. Il a tout ordonné, a coupé ce qu'il fallait des mots, les a assurés, équarris, ajustés et polis, juste comme il faut. Il a indiqué leur alignement. Jamais plus, sinon chez Montesquieu peut-être, la même ordonnance, la plus simplement superbe. » « Rien ne l'intéresse que cette supériorité à atteindre. »* F. Ponge.

RÉF. : Racan, *Mémoires sur la vie de M. de Malherbe*, Paris, 1672. — F. Brunot, *La Doctrine de Malherbe d'après son commentaire sur Desportes*, Paris, 1891, rééd. Paris, 1969. — C. S. Huminston, *A Comparative Study of the Metrical Technique of Ronsard and Malherbe*, Berkeley, 1941. — P. A. Wadsworth, *La Fontaine as Student and Critic of Malherbe*, Syracuse University, s. d. — R. Lebègue, « Nouvelles études malherbiennes », *Bibliothèque d'Humanisme et Renaissance*, vol. 5, 1944 ; *La Poésie française de 1530 à 1630*, Paris, 1951. — R. Fromilhague, *La Vie de Malherbe*, Paris, 1954 ; *Malherbe, technique et création poétiques*, Paris, 1954. — F. Ponge, *Pour un Malherbe*, Paris, 1965.

MALLARMÉ Stéphane. Poète né le 18 mars 1842 à Paris, mort le 9 septembre 1898 à Valvins (Seine-et-Marne). Après la mort de sa mère (août 1847) et le remariage du père, l'enfant, recueilli avec sa sœur Maria par les grands-parents maternels, est mis en 1850 dans une pension mondaine, puis en 1852 chez les frères des écoles chrétiennes à Passy. Élève médiocre, il est renvoyé de la pension en 1855 pour insoumission, et entre l'année suivante comme pensionnaire au lycée impérial de Sens, ville où son père est depuis 1853 conservateur des hypothèques. C'est au lycée de Sens que Mallarmé, marqué par un nouveau deuil avec la mort de Maria en 1857, fait son véritable apprentissage littéraire : apprentissage tout académique, avec la *Cantate pour la première communion* (juin 1858) et *La Prière d'une mère* (juillet 1859) ; mais plus personnel aussi avec le recueil *Entre quatre murs*, où se révèle l'influence de Lamartine, Hugo, Musset, Gautier, Banville, et avec l'anthologie de huit mille vers qu'il calligraphie en 1860 sous le titre de *Glanes*, des poètes du XVIe siècle aux poètes contemporains, en particulier Baudelaire et Edgar Poe. Cette même année 1860, il est reçu bachelier, et, suivant la tradition familiale, fait son « premier pas dans l'abrutissement » en entrant comme surnuméraire chez un receveur de l'Enregistrement.

C'est de 1862 que datent les premières publications : articles, notamment le fameux « Hérésies artistiques. L'Art pour tous », et poèmes : *Placet,* le début du *Guignon, Le Sonneur...* ; que date aussi sa liaison avec une gouvernante allemande, Maria Gerhardt, de sept ans son aînée. En novembre, le poète, qui veut quitter l'Enregistrement pour l'enseignement de l'anglais, s'embarque pour Londres avec Maria, qu'il épousera par devoir après bien des péripéties, le 10 août 1863. Au terme de ce séjour londonien, il est déclaré apte à l'enseignement de l'anglais et chargé de cours en septembre 1863 au lycée de Tournon.

À Tournon, Mallarmé passera trois années décisives pour son évolution intellectuelle et spirituelle. C'est sous le signe du « taedium vitae » que commence en tout cas cet exil ardéchois pour le poète, désormais majeur et chargé d'âme, qui découvre, avec les misères de l'enseignement, l'ennui de la vie de province et le démon de l'impuissance poétique. Les poèmes de ces premiers mois de Tournon multiplient les variations sur le spleen et l'idéal baudelairiens, mais « La Genèse d'un poème » de Poe lui révèle en même temps que la poésie n'est pas seulement l'aveu d'un idéalisme absolu, mais aussi un travail sur le vers en vue de l'effet à produire. C'est sous ce double patronage de Baudelaire et de Poe, et avec l'espoir, grâce à Banville, d'être joué au Théâtre-Français, qu'à l'automne de 1864 Mallarmé commence sa tragédie d'*Hérodiade* (*), qu'il abandonne provisoirement en juin pour rimer « un intermède héroïque, dont le héros est un faune ». Ce *Monologue du faune*, soumis à Banville et à Coquelin en septembre, ne trouve pas grâce à leurs yeux, si bien qu'en octobre, lorsque le poète revient à son héroïne hivernale, *Hérodiade* n'est plus tragédie mais poème. À la scène, sans doute terminée à la fin de 1865, il envisage alors d'adjoindre une ouverture musicale (l'*Ouverture ancienne*), à laquelle il travaille pendant les premiers mois de 1866. C'est dans ce contexte qu'il fait à Pâques un séjour à Cannes chez Lefébure, au terme duquel il écrit à Cazalis, évoquant son travail sur l'*Ouverture* : « ... en creusant le vers à ce point, j'ai rencontré deux abîmes, qui me désespèrent. L'un est le Néant, auquel je suis arrivé sans connaître le bouddhisme, et je suis encore trop désolé pour pouvoir croire même à ma poésie et me remettre au travail, que cette pensée écrasante m'a fait abandonner. Oui, *je le sais*, nous ne sommes que de vaines formes de la matière, mais bien sublimes pour avoir inventé Dieu et notre âme. Si sublimes, mon ami ! que je veux me donner ce spectacle de la matière, ayant conscience d'elle et, cependant, s'élançant forcenément dans le Rêve qu'elle sait n'être pas, chantant l'Âme et toutes les divines impressions pareilles qui se sont amassées en nous depuis les premiers âges et proclamant, devant le Rien qui est la vérité, ces glorieux mensonges ! Tel est le plan de mon volume lyrique et tel sera peut-être son titre, *La Gloire du mensonge,* ou *Le Glorieux Mensonge*. Je chanterai en désespéré ! » *Hérodiade*, dans laquelle il dira s'être mis tout entier sans le savoir, est ainsi dans l'évolution de Mallarmé l'œuvre charnière, et le lieu d'une crise essentielle par laquelle le poète découvre, outre le néant sous les mots, l'immanence de la divinité dans l'âme humaine et celle de la poésie, ou de la beauté, dans le langage.

Cette révélation décisive, qui aura pour effet d'ajourner tout travail d'écriture alors même que la publication de dix de ses poèmes dans *Le Parnasse contemporain* le 12 mai consacre une prime notoriété, inaugure pour Mallarmé deux années de spéculations sur le grand œuvre, et de fréquentation de l'absolu. Ainsi écrit-il en mai 1867 à Cazalis : « Je viens de passer une année effrayante : ma pensée s'est pensée, et est arrivée à une conception pure. Tout ce que, par contrecoup, mon être a souffert, pendant cette longue agonie, est inénarrable, mais, heureusement, je suis parfaitement mort, et la région la plus impure où mon esprit puisse s'aventurer est l'éternité [...]. C'est t'apprendre que je suis maintenant impersonnel et non plus Stéphane que tu as connu, mais une aptitude qu'a l'Univers spirituel à se voir et à se développer, à travers ce qui fut moi. » Un an plus tard, il écrit encore à François Coppée : « Pour moi, voici deux ans que j'ai commis le péché de voir le rêve dans sa nudité idéale [...]. Et maintenant, arrivé à la vision horrible d'une œuvre pure, j'ai presque perdu la raison... » ; et à Lefébure : « Décidément, je redescends de l'absolu [...] mais cette fréquentation de deux années (vous vous rappelez ? depuis notre séjour à Cannes) me laissera une marque dont je veux faire un sacre. » Le 18 juillet, il envoie ainsi à Cazalis le *Sonnet allégorique de lui-même*, première version du sonnet en -ix, inaugurant cette logique nouvelle de la poésie qui se veut une réflexion du langage.

Les années 1869-1870 consacrent en tout cas la fin d'une crise de quatre ans : après la découverte, par la lecture de Descartes, de la notion de fiction, c'est un conte, *Igitur* (*), qui, par une espèce d'homéopathie littéraire, doit exorciser le démon de l'impuissance et par là même liquider la crise de l'absolu, et c'est la science linguistique qui va permettre à Mallarmé de donner un fondement scientifique à son œuvre. Ni *Igitur*, ni la thèse alors envisagée (thèse linguistique doublée d'une thèse latine sur la divinité) ne seront menés à terme, mais lorsqu'en septembre 1871, au terme d'un congé de vingt mois, Mallarmé s'installe enfin à Paris, il redevient, selon ses propres termes, « un littérateur pur et simple », c'est-à-dire celui qui sait désormais que tout le mystère humain tient dans le seul génie des lettres.

Parallèlement à un travail souterrain de réflexion sur le langage et la divinité, dans le prolongement de la thèse abandonnée, travail dont témoignent des ouvrages qui ne sont pas qu'alimentaires : *Les Mots anglais* (1878), *Les Dieux antiques* (1880), les années soixante-dix voient fleurir les publications : la scène d'*Hérodiade* dans le deuxième *Parnasse contemporain* en 1871, *Toast funèbre* (1873), *L'Après-Midi d'un faune*, destiné à l'origine au troisième *Parnasse contemporain*, mais refusé et publié en édition de luxe (1876), la préface à *Vathek*, l'article sur les impressionnistes et Manet et le *Tombeau d'Edgar Poe* la même année, sans parler de *La Dernière Mode*, dont le poète, sous divers pseudonymes, rédige seul huit numéros entre septembre et décembre 1874. Mais la fin de cette décennie est marquée par un drame personnel, la mort de son fils Anatole (né en 1871) après une maladie de six mois, drame dont témoignent les notes préparatoires à ce qui eût dû être le *Tombeau d'Anatole* — manuscrit publié en 1962 sous le titre *Pour un tombeau d'Anatole*.

Deux publications, au tiers des années 1880, vont soudain gagner à Mallarmé une audience plus large : *Les Poètes maudits* de Verlaine en novembre et décembre 1883, et surtout, en mai 1884, *À rebours* (*) de Huysmans, en l'honneur de qui sera publiée en 1885 l'énigmatique *Prose* pour des Esseintes. En ce milieu des années 1880 où la mort de Victor Hugo libère symboliquement le champ de la poésie, Mallarmé devient, bien malgré lui, avec Verlaine, le modèle d'une nouvelle génération et le parrain du symbolisme naissant, lancé avec éclat par Jean Moréas dans son manifeste du *Figaro* (septembre 1886). Mais les poèmes qu'il publie ou republie alors ne sont pour lui que la petite monnaie d'une ambition plus vaste : c'est en 1885 encore, peu après avoir écrit sa « Rêverie d'un poète français » sur Wagner, où il se pose en émule du théoricien de l'art total, qu'il révèle à Verlaine son rêve du grand œuvre, conçu comme l'« explication orphique de la Terre, qui est le seul devoir du poète et le jeu littéraire par excellence ». Ces spéculations sur le grand œuvre, tantôt livre tantôt théâtre, feront la matière de divers articles que Mallarmé en 1897 réunira avec ses poèmes en prose sous le titre de *Divagations* (*). Mais cette neuve célébrité crée aussi une demande nouvelle, et de cette époque date le premier recueil des *Poésies*, l'édition photolithographiée de 1887, pour laquelle Mallarmé révise nombre de ses poèmes anciens. Les Mardis (jours où il reçoit) ont désormais valeur d'initiation pour des apprentis poètes qui ont pour noms Pierre Louÿs, Paul Valéry, André Gide, Paul Claudel, et le maître de la rue de Rome, à la retraite depuis 1894, devient un personnage quasi officiel qui préside banquets et comités, avant d'être élu prince des poètes en 1896. En même temps qu'il prépare une nouvelle édition d'ensemble de ses *Poésies* qui, à la suite de multiples retards, ne paraîtra qu'après sa mort en 1899 chez l'éditeur belge Edmond Deman, d'autres projets occupent ses dernières années : *Un coup de dés jamais n'abolira le hasard* (*), cette partition typographique qui découvre à la poésie un espace nouveau, et dont un premier état paraît en mai 1897 dans la revue *Cosmopolis*, et *Les Noces d'Hérodiade*, destinées à compléter la scène seule publiée d'un Prélude et d'un Finale. La mort prématurée de Mallarmé, des suites d'un étouffement, interrompt ainsi, en laissant une œuvre inachevée et l'énigme majeure du *Livre* (manuscrit publié en 1957), une aventure intellectuelle et littéraire sans équivalent dans la poésie française.

Ce modeste fonctionnaire aura été en effet l'agent d'une véritable révolution poétique. Parti du rêve de faire de la poésie, par un idéalisme forcené, une langue au-delà de la langue, Mallarmé a découvert, par la poésie même, que la poésie est tout entière dans la langue, mais qu'elle réveille aussi, à côté de la logique purement économique de signification, la fonction symbolique du langage — c'est là le double état de la parole — telle qu'elle se révèle dans le processus mythologique démonté au même moment par la linguistique. En avouant, au sortir de ses années de crise, qu'il avait à « revivre la vie de l'humanité depuis son enfance et prenant conscience d'elle-même », Mallarmé entreprenait en somme de se réapproprier, par la linguistique et par la poésie, une histoire idéale du langage : de l'inconscient originel générateur de tous les mythes et représentations jusqu'à la conscience poétique ; ou de l'âge théologique fondé en Dieu jusqu'à l'âge moderne de la fiction dont la « pièce principale » est ce « Rien qui est la vérité ». Car la poésie, en tant qu'elle est par excellence la conscience du langage, n'est rien d'autre pour Mallarmé que le terme et le couronnement de l'évolution vers cette « divinité de l'Intelligence » qu'il s'était proposé d'étudier dans sa thèse latine sur la divinité. Et s'il est vrai que mythes et religions ont leur bible, la poésie elle-même ne peut rêver d'autre fin que le Livre pour cette apocalypse, proche ou lointaine, de la fiction.

BERTRAND MARCHAL.

♦ *« Mallarmé est le premier qui se soit placé devant l'extérieur, non pas comme devant un spectacle, ou comme un thème à devoirs français, mais comme devant un texte, avec cette question :* Qu'est-ce que ça veut dire ? » Paul Claudel. ♦ *« Mallarmé a compris le langage comme s'il l'eût inventé. Cet écrivain si obscur a compris l'instrument de compréhension et de coordination au point de substituer au désir et au dessein naïfs et toujours particuliers des auteurs l'ambition extraordinaire de concevoir et de dominer le système entier de l'expression verbale. »* Paul Valéry. ♦ *« Héros, prophète, mage et tragédien, ce petit homme féminin, discret, peu porté sur les femmes, mérite de mourir au seuil de notre siècle : il l'annonce. »* J.-P. Sartre. ♦ *« Là où d'autres rencontrent Dieu, ou la pensée, ou l'étendue, ou le nombre, lui a cru reconnaître, après avoir fait, à sa façon, table rase, que des mots peuvent nous illuminer, nous révéler comme dans une longue-vue la netteté des relations entre choses, nous rendre pour un instant cette « jouissance » qui nous articule à de l'absolu. »* Yves Bonnefoy.

RÉF. : P. Claudel, « La Catastrophe d'Igitur », in *N.R.F.*, 1926. — P. Valéry, *Variété II*, Paris, 1929 ; *Variété III*, Paris, 1936. — H. Mondor, *Vie de Mallarmé*, Paris, 1941 ; *Mallarmé plus intime*, Paris, 1944 ; *Histoire d'un faune*, Paris, 1948 ; *Mallarmé lycéen*, Paris, 1954 ; *Autres précisions sur Mallarmé et inédits*, Paris, 1961. — G. Davies, *Les Tombeaux de Mallarmé*, Paris, 1950 ; *Vers une explication rationnelle du « Coup de dés »*, Paris, 1953 ; *Mallarmé et le drame solaire*, Paris, 1959 ; *Les Noces d'Hérodiade. Mystère*, Paris, 1959 ; *Mallarmé et le rêve d'Hérodiade*, Paris, 1978 ; *Mallarmé et la « couche suffisante d'intelligibilité »*, Paris, 1988. — R. G. Cohn, *L'Œuvre de Mallarmé : « Un coup de dés »*, Paris, 1951. — J. Scherer, *Le « Livre » de Mallarmé*, Paris, 1957 ; *Grammaire de Mallarmé*, Paris, 1977. — M. Blanchot, *Le Livre à venir*, Paris, 1959. — L. Cellier, *Mallarmé et la morte qui parle*, Paris, 1959. — J.-P. Richard, *L'Univers imaginaire de Mallarmé*, Paris, 1961 ; *Pour un Tombeau d'Anatole*, Paris, 1961. — C. Mauron, *Mallarmé par lui-même*, Paris, 1964 ; *Introduction à la psychanalyse de Mallarmé*, Neuchâtel, 1968. — C. P. Barbier, *Documents Stéphane Mallarmé*, Paris, 7 vol., 1968- 1980. — C. Abastado, *Expérience et théorie de la création poétique chez Mallarmé*, Paris, 1970. — G. Michaud, *Mallarmé*, Paris, 1971. — J. Derrida, *La Dissémination*, Paris, 1972. — J. Kristeva, *La Révolution du langage poétique*, Paris, 1974. — J. Michon, *Mallarmé et les mots anglais*, Montréal, 1978. — A. Gill, *The Early Mallarmé*, Oxford, I, 1979, II, 1986. — J.-P. Sartre, *Mallarmé, la lucidité et sa face d'ombre*, Paris, 1986. — B. Marchal, *Lecture de Mallarmé*, Paris, 1985 ; *La Religion de Mallarmé*, Paris, 1988.

MALLET-JORIS Françoise (pseud. de Françoise Lilar). Écrivain français d'origine belge. Née le 6 juillet 1930 à Anvers (Belgique) dans un milieu cultivé et libéral. Fille d'un ministre belge et de Suzanne Lilar, écrivain, membre de l'Académie royale de Belgique, elle fait la première partie de ses études à Anvers, au collège Marie-José, puis à Bryn-Mawr, aux États-Unis, avant d'entrer à la faculté des lettres de Paris. À dix-sept ans, elle publie des *Poèmes du dimanche* (1947). Son premier roman : *Le Rempart des béguines* paraît en 1951 et fait scandale car il traite de l'homosexualité féminine. *La Chambre rouge* (1955) en est la suite. Elle écrit alors des nouvelles : *Cordélia* (1956), *Les Mensonges* (1957), tableau de la société anversoise, *Le Jeu du souterrain* (1973), assemblage de saynètes et de portraits, *Le Clin d'œil de l'ange* (1983), un recueil de sept nouvelles. En 1958, son roman *L'Empire céleste* reçoit le prix Femina : peinture des milieux artistique et littéraire, tirant son titre de l'enseigne d'un café-restaurant grec où se réunissent tous les habitants de l'immeuble et dont le héros, Stéphane Morani, est un « raté ». L'écrivain aborde le roman historique avec *Les Personnages* (1961), qui relate l'histoire de Louise de Lafayette, favorite de Louis XIII, puis la biographie, avec *Marie Mancini* (1964) et *Jeanne Guyon* (1978). Entre-temps, elle se convertit au catholicisme et écrivit une confession personnelle entre l'essai et le journal : *Lettres à moi-même* (1963), des études romancées sur les phénomènes mystiques, *Les Signes et les Prodiges* (1966), et *Les Trois Âges de la nuit* (1968), sur la sorcellerie aux XVe et XVIe siècles. Sa quête de la vérité, son humour original et sa révolte contre l'hypocrisie se retrouvent dans d'autres titres d'une œuvre particulièrement abondante : *La Maison de papier* (1970), chronique familière dont les enfants sont le centre, *Le Roi qui aimait trop les fleurs* (1971), *Les Feuilles mortes d'un bel été* (1973), *Le Cirque* (1974), *Allegra* (1976), *Dickie-roi* (1979), satire du culte de la « vedette », *Un chagrin d'amour et d'ailleurs* (1981), *Le Rire de Laura* (1985), *La Tristesse du cerf-volant* (1988), *Adriana sposa* (1990), *Divine* (1991), *Le Souterrain* (1991). Parallèlement à l'élaboration de son œuvre, Françoise Mallet-Joris est d'abord directrice de collection aux éditions Julliard, membre du comité de lecture chez Grasset puis Gallimard. Elle est membre (depuis 1970) et vice-présidente (1973) de l'académie Goncourt. Cette Flamande, obsédée par la mort et la création : « Pour moi, ce n'est pas de mourir qui m'angoisse, c'est de mourir sans y avoir consenti [...] Ce n'est pas d'écrire qui m'angoisse, c'est d'écrire sans abdiquer », jette un regard froid et lucide sur la vie : « Ce métier, ces enfants sont-ce tout simplement les rouages d'une machine à vivre, rien de plus ? [...] Y a-t-il une raison de vivre cette vie, la mienne. Celle-ci plutôt qu'une autre, ou, elle aussi, momifiée, classifiée, se déroule-t-elle automatiquement, issue de la machine comme un long ruban de papier marqué de hiéroglyphes ? »

CHRISTINE DE CLINCHAMPS.

MALLEVILLE Claude. Poète né et mort à Paris : 1596 ? - 20 mars 1647. Fils d'un officier du duc de Retz, il écrit des poèmes dès 1620 et fréquente les cercles de Piat Maucors et de Mlle de Gournay. Il rédige des épîtres en prose imitées des *Héroïdes* d'Ovide, genre mis à la mode par Crosilles en 1619, publiées en 1624 sous le titre de *Lettres amoureuses.* Remarqué par le maréchal de Bassompierre, il entre à son service comme secrétaire en 1623 et le suit dans ses voyages, ambassades (1626) ou campagnes militaires (1629). Il débute à la Cour en collaborant au *Ballet des Bacchanales* (1623) et compose des vers de ballets. Il fait partie du groupe des Illustres Bergers réunis après 1625 autour de Colletet en compagnie de Frénicle et de Godeau, et compose des élégies inspirées de *L'Astrée* (*). Membre du cercle Conrart, il fait naturellement partie de la première Académie française (1634). En 1631, Bassompierre est embastillé par Richelieu, et Malleville lui rend régulièrement visite, tandis que sa situation financière est compromise. Hôte du salon de la vicomtesse d'Auchy et reçu à partir de 1628 à l'hôtel de Rambouillet, il mène une carrière de poète mondain à l'égal de Voiture, s'illustrant particulièrement dans les genres du sonnet, de l'épigramme et des stances. Il compose également de nombreux rondeaux, genre ressuscité par Voiture en 1635, et des madrigaux pour *La Guirlande de Julie* (*) (1641). Mais sa poésie est plus colorée de pétrarquisme et surtout de marinisme que celle de Voiture. Après la mort de Richelieu, Bassompierre est libéré (1643) et Malleville, enrichi, s'achète une charge anoblissante de secrétaire du roi en 1645. Après sa mort en 1647, un recueil de *Poésies* (1649) rassemble une œuvre restée manuscrite ou publiée dans les recueils collectifs.

ALAIN GÉNETIOT.

MALOT Hector Henri. Romancier né à La Bouille (Seine-Maritime) le 20 mai 1830, mort à Fontenay-sous-Bois (Val-de-Marne) le 17 juillet 1907. Après avoir fait des études à Rouen, il vint à Paris pour faire son droit et travailler dans une étude de notaire, tout en collaborant à la *Biographie générale* de Firmin-Didot et à divers journaux. Son premier roman, *Les Amants* (1859), ayant obtenu un très vif succès, il lui donna une suite en deux volumes intitulés *Les Époux* (1865) et *Les Enfants* (1866). Cette trilogie reçut comme surtitre celui de *Victimes d'amour.* Entre 1859 et 1896, date à laquelle parut le *Roman de mes romans*, sorte d'autobiographie littéraire, Malot ne publia pas moins de soixante-dix romans, dont quelques-uns en plusieurs volumes, tels *L'Auberge du monde* (quatre vol., 1875-1876), *Les Batailles du mariage* (trois vol., 1877), *Le Docteur Claude* (deux vol., 1879), *La Bohème tapageuse* (trois vol., 1880), etc. Citons encore : *Romain Kalbris* (1869), *Un mariage sous le second Empire* (1873), *Sans famille* (1878) qui est sans conteste son meilleur ouvrage et qui continue à être encore réédité de nos jours, et enfin *En famille* (1893). Il fut traduit en un grand nombre de langues étrangères.

RÉF. : Barbey d'Aurevilly, *Les Œuvres et les Hommes*, t. IV, Paris, 1865. – Hector Malot, *Le Roman de mes romans*, Paris, 1896.

MALRAUX André. Écrivain né à Paris le 3 novembre 1901, mort le 23 novembre 1976 à Verrières-le-Buisson (Essonne). André Malraux, dont les parents se séparèrent dès 1905, fut élevé dans la banlieue parisienne par sa mère et sa grand-mère qui y tenait une boutique d'épicerie. Admirateur d'un père lointain, il s'évade par la lecture. Trop jeune pour participer à la guerre de 1914, il assiste à l'écroulement d'un monde. À dix-sept ans, il quitte l'école primaire supérieure, mais il fréquente assidûment bibliothèques, musées, théâtres. Sa prodigieuse mémoire, son flair d'explorateur dans le domaine des livres l'amènent à proposer ses services de « chineur » au libraire-éditeur René-Louis Doyon qu'il approvisionne en exemplaires rares. Il s'installe à Paris, prenant ses distances avec la grisaille d'une enfance qu'il dira avoir détestée. Dans la revue fondée par Doyon, avec son aide, *La Connaissance,* il publie son premier article (« Des origines de la poésie cubiste », n° 1, janvier 1920). Il y dit son admiration pour Max Jacob dont le non-conformisme et l'originalité le séduisent, pour Reverdy et Cendrars ; il participe d'emblée aux jeux artistiques des années folles de l'immédiat après-guerre. À 19 ans, il devient directeur littéraire des éditions du Sagittaire et collabore à diverses revues d'avant-garde : *Action, Accords, Le Disque vert*..., il rencontre Cocteau, Morand, Radiguet, Suarès ; il se lie avec Galanis, Derain, Braque, Picasso et contracte des amitiés d'une vie (avec Marcel Arland, Drieu la Rochelle...). Son premier ouvrage, *Lunes en papier* (1921), illustré par Fernand Léger, est publié par Daniel-Henry Kahnweiler, le mécène et théoricien du cubisme. D'autres courts récits de la même veine, dite « farfelue », suivront jusqu'à *Royaume-Farfelu* (1928). À vingt ans, il épouse Clara Goldschmidt, jeune juive cultivée d'origine allemande dont il aura une fille, Florence. Un de ses articles retient l'attention de Gide. La collaboration de Malraux à *La Nouvelle Revue française* (*) commence peu après, avec un article sur Gobineau (1922). Il voyage à travers l'Europe et ses musées, visitant l'Allemagne où il est fasciné par l'art et le cinéma expressionnistes, l'Italie, l'Autriche. Mais en 1923, ruiné par des spéculations boursières et poussé par sa passion pour l'art khmer, André, accompagné de Clara et d'un ami d'enfance, entreprend une expédition archéologique dans la jungle cambodgienne. Il découvre le long de l'ancienne Voie royale, dans le temple de Banteaï Srey, de beaux vestiges, qu'il se propose de ramener en Europe et de vendre. Mais cette expédition, vécue par les trois jeunes gens comme une grisante aventure, destinée à leur permettre d'assurer leur indépendance, tourne mal ; ils sont arrêtés et soumis à un infamant procès pour « pillage de ruines ». D'abord condamné à trois ans de prison, Malraux est finalement acquitté, en partie grâce à une pétition en sa faveur signée par de nombreux intellectuels et artistes français. Après ce séjour forcé d'un an en Indochine (déc. 1923-nov. 1924), il y retourne aussitôt (janv. 1925) pour fonder à Saigon, avec l'avocat Paul Monin, un « journal de rapprochement franco-annamite », *L'Indochine,* rebaptisé *L'Indochine enchaînée*, qui disparaîtra très vite à son tour à la suite des tracasseries de l'administration française locale, gênée par cette presse d'opposition qui demandait les mêmes droits pour les Annamites et pour les Français résidant en Indochine et dénonçait les exactions dont étaient victimes les indigènes. Malraux revient à Paris en décembre 1925, déçu par ces vains combats. Mais cette courte expérience de journaliste engagé a modifié le cours de sa vie. Il a acquis une conscience nouvelle des réalités politiques et sociales, une meilleure connaissance de l'Orient, et surtout une réputation d'écrivain révolutionnaire-homme d'action. De là est née la légende qui exercera sur sa vie et sur son œuvre une profonde influence. Ses activités d'éditorialiste pamphlétaire ont accentué le tour incisif, volontiers caricatural et aphoristique de son style, son éloquence lyrique, la vivacité de ses dialogues dramatiques, son humour noir pour dénoncer la violence et le non-sens. Sur le bateau de retour vers la France, Malraux poursuit la rédaction de *La Tentation de l'Occident* (1926). Sorte d'essai romancé sous forme d'échange de lettres entre deux jeunes gens, un Français et un Chinois à qui leur voyage respectif en Chine et en Europe donne une vision neuve de leur propre culture. Il y dresse le bilan d'un monde en crise, privé du secours de la foi depuis la « mort de Dieu » et à la recherche de nouvelles valeurs à travers la confrontation des civilisations d'Europe et d'Asie. Puis Malraux publie trois romans nourris de ce contact décisif avec l'Extrême-Orient : *Les Conquérants* (1928), *La Voie royale* (1930, prix Interallié), *La Condition humaine* (*) (1933, prix Goncourt). Ils font de lui, dès la trentaine, un écrivain de renommée internationale. Romans au ton grave, où se mêlent étroitement actualité transposée et fiction à travers des épisodes empruntés à l'histoire de la colonisation et de la lutte révolutionnaire en Asie. L'auteur, nourri de Nietzsche et de Dostoïevski, y exprime le refus d'une vie sans signification dominée par l'angoisse de la mort, que l'héroïsme sous des formes diverses tente de conjurer. *La Voie royale,* riche en données biographiques (le récit s'inspire de l'aventure de Banteaï Srey), met en scène un aventurier d'exception au destin tragique. *Les Conquérants* et *La Condition humaine* à travers deux épisodes de la révolution chinoise des années 1925 et 1927, poursuivent la même méditation sur l'homme et sur l'absurdité de sa condition, mais les héros sont des révolutionnaires, engagés dans un combat fraternel et collectif auquel ils font le sacrifice de leur vie. Dans ces romans existentialistes avant l'heure, romans d'aventures et de guerre, à la dimension métaphysique, l'auteur aborde les grands problèmes du XXe siècle, à travers des situations concrètes. Le mode de présentation des événements, le rythme syncopé résolument moderne ont pu faire prendre pour des reportages ces récits imaginaires, à valeur symbolique. Durant ces années, Malraux crée deux maisons d'éditions pour bibliophiles, avant d'entrer chez Gallimard comme directeur artistique (1929), puis comme auteur à partir de 1933. Il organise pour le compte de cet éditeur des expositions qui lui permettent d'effectuer son premier tour du monde en 1931, à la recherche d'objets d'art. Il fréquente les « Décades de Pontigny » où se côtoient critiques, écrivains et universitaires. Une nouvelle aventure en 1934 mêle le rêve et l'Histoire : il survole avec l'aviateur Édouard Corniglion-Molinier le désert du Yémen, dans l'espoir de localiser les ruines de la capitale de la reine de Saba. Dès le début de 1933, la montée du nazisme conduit Malraux, avec d'autres intellectuels, à se rapprocher des communistes. Devenu « compagnon de route » du P.C.F., il est invité, en 1934, au premier Congrès des écrivains soviétiques, à Moscou. Il y rencontre Eisenstein, Pasternak, Gorki et Staline. Il participe à la fondation de la Ligue mondiale contre l'antisémitisme. Avec *Le Temps du mépris* (1935) s'ouvre un nouveau cycle romanesque, celui de la lutte contre les fascismes. Dès les premiers jours de la guerre civile espagnole, il fonde l'escadrille España, avec quelques avions de fortune et des volontaires étrangers, pour soutenir le gouvernement de la République contre Franco. Il participe à plusieurs missions et gagne le grade de colonel. Dans l'ardeur de l'action, il conçoit un vaste roman épique *L'Espoir* (*) (1937), où il conte les affrontements des premiers mois de la guerre jusqu'en mars 1937. Il en réalisera une très libre adaptation cinématographique, *Sierra de Teruel* (1938). Le film, après la guerre, obtiendra le prix Louis Delluc sous le titre *Espoir*. Malraux publiera alors des réflexions sur la spécificité du langage cinématographique dans *Esquisse d'une psychologie du cinéma* (1946). La victoire de Franco, la signature du Pacte germano-soviétique laissent Malraux désenchanté. En 1940, il s'engage comme volontaire dans les chars. Blessé et capturé, il s'évade en zone libre, et se consacre dans sa retraite à l'écriture de deux récits qu'il n'achèvera pas (*Le Règne du Malin, Le Démon de l'absolu,* liés aux figures légendaires de David de Mayrena et de Lawrence d'Arabie) et *La Lutte avec l'ange* dont le premier volume *Les Noyers de l'Altenburg* paraîtra hors de France à Lausanne (1943). Dans ce roman qui est le dernier, il s'interroge sur le sens de la destinée humaine, des civilisations et des cultures, en particulier au cours d'un débat animé entre quelques grands intellectuels. On y trouve des scènes d'une intensité rare comme l'attaque des gaz contre les Russes sur la Vistule, que Malraux réintroduira dans *Lazare,* pour en faire le symbole du mal sur la terre. Sous le nom de « colonel Berger », l'écrivain rejoint la Résistance au printemps 1944. Arrêté et emprisonné par les Allemands à Toulouse, il se retrouve libre grâce à leur départ précipité. Il commande jusqu'à la fin des hostilités la brigade Alsace-Lorraine, participant à la libération de Strasbourg. En novembre 1944, il est durement frappé par la mort accidentelle de sa compagne, Josette Clotis, qui lui a donné deux fils. Il épousera en 1948 sa belle-sœur Madeleine, elle-même veuve avec un enfant. Ses deux fils mourront à leur tour dans un accident de voiture en 1961. Sa rencontre avec le général de Gaulle, en août 1945, marque un nouveau tournant dans sa vie. Éphémère ministre de l'Information dans le gouvernement formé par de Gaulle en 1945, il figure parmi les fondateurs du R.P.F., il en devient le délégué à la propagande (1947-1953) et met son talent d'orateur au service de ses convictions gaullistes ; il participe au lancement de l'hebdomadaire *Le Rassemblement* et de la revue gaulliste, *Liberté de l'esprit.* Il dénonce publiquement la fin du rêve communiste : « Car il n'était pas entendu que les "lendemains qui chantent" seraient ce [...] chant des bagnards » (Postface des *Conquérants,* 1948). Après la démission de de Gaulle, Malraux prend ses distances à l'égard de la politique sous la IVe République. Il se consacre à d'importants essais de réflexion sur le sens de la création artistique. Le même défi à la mort, le même espoir indéfectible mis dans les actions des hommes les sous-tendent. Ils constituent une véritable quête esthétique, appuyée sur l'héritage culturel du XXe siècle. Le critique d'art, après la guerre, ne cessera d'approfondir sa réflexion, remaniant constamment ses écrits. Dans un style soutenu, ponctué par moments d'envolées lyriques ou oratoires, il rend contagieuse sa passion pour l'art sous toutes ses formes. Après la publication d'une première somme, *Les Voix du silence* (1951), qui refond les trois volumes de *La Psychologie de l'art – Le Musée imaginaire* (1947), *La Création artistique* (1948), *La Monnaie de l'Absolu* (1949) – en les amplifiant par l'ajout des « Métamorphoses d'Apollon », il n'interrompra plus son dialogue avec les musées et les chefs-d'œuvre de l'art mondial, manifestant une prédilection pour Rembrandt, Vermeer, Michel-Ange, Goya (*Saturne, essai sur Goya,* 1950 ; *Saturne, le destin, l'art et Goya* (1978) et pour l'art moderne, de Manet à Picasso. Il consacre également trois volumes au *Musée imaginaire de la sculpture mondiale : La Statuaire* (1952), *Des Bas-Reliefs aux grottes sacrées* (1954), *Le Monde chrétien* (1955). Il publie *La Métamorphose des Dieux* I (1957). Après le retour au pouvoir du général de Gaulle en 1958, il devient ministre des Affaires culturelles (1959-1969). On lui doit la création des « maisons de la Culture », l'initiative de grandes expositions internationales. Ambassadeur de la culture française, il voyage dans le monde entier, s'entretient avec deux hommes qui firent l'Histoire, Nehru et Mao-Tsé-Toung. Il prononce de nombreux discours, dont les Oraisons funèbres en l'honneur de

Jean Moulin, Georges Braque, Jeanne d'Arc, Le Corbusier ; il écrit des Préfaces, accorde des interviews sur les arts et l'actualité. Manifestant un étonnant renouveau avec la publication des *Antimémoires* I (1967), les essais autobiographiques vont se succéder. Ayant quitté le pouvoir en même temps que de Gaulle, il se retire à Verrières-le-Buisson auprès de la romancière Louise de Vilmorin, puis de Sophie de Vilmorin. Il publie alors *Les Chênes qu'on abat...* (1971), récit de son dernier entretien avec le général, *La Tête d'obsidienne* (1974), consacré à « l'un des plus grands inventeurs de formes de l'Histoire », Picasso qui vient de mourir, *Lazare* (1974), où l'écrivain tire d'une récente expérience de la maladie une ultime méditation sur la mort, sur la conscience de soi, et enfin *Hôtes de passage* (1975). Avant de disparaître, il réunira, sous le titre *Le Miroir des limbes* (1976), ces quatre textes (groupés dans *La Corde et les Souris*) avec les *Antimémoires I*, et les *Oraisons funèbres* (donnés en appendice), pour en faire une véritable épopée du siècle. Parallèlement, il donne une première suite à *La Métamorphose des dieux*, intitulée *L'Irréel* (1974), puis une seconde, *L'Intemporel* (1976). Auréolé du double prestige de ses activités politiques et de son œuvre considérable de romancier, essayiste, mémorialiste et psychologue des arts, il meurt avant la publication du seul grand essai qu'il ait consacré à la littérature, lié à cinquante ans de réflexion et de pratique, *L'Homme précaire et la littérature* (1977).

CHRISTIANE MOATTI.

♦ Sur *Les Conquérants : « Un style dense et beau, l'œil précis d'un artiste, l'observation originale et hardie — tout confère au roman une importance exceptionnelle. »* Léon Trotski. ♦ *« Ne nous laissons pas prendre à un certain ton de hauteur, à un certain orgueil désespéré, à une allure, qui ont vraiment un charme pernicieux et même de la grandeur. »* Robert Brasillach. ♦ *« Les personnages de Malraux sont passionnés, agissants et, dans l'action, livrés à la solitude ; mais, aux moments d'éclaircie que ses livres nous ménagent, ils deviennent tout à coup, et comme naturellement, les voix des grandes pensées de l'histoire. »* Maurice Blanchot. ♦ *« Malraux dramaturge de la métamorphose. Homme de fièvre et d'énergie,* [...] *accordé plutôt au* [...] *lieu des poussées absurdes mais toujours renouvelées de l'espoir. »* André Chastel.

RÉF. : Jean Lacouture, *Malraux. Une vie dans le siècle,* Paris, 1973. — Gaëtan Picon, *Malraux par lui-même,* Paris, 1974 (dernière éd.). — *L'Herne,* nº 43, 1982. — *Revue des lettres modernes,* Série A. Malraux, nºs 1 à 8, 1972-1991. — Micheline Tison-Braun, *Ce monstre incomparable... Malraux ou l'énigme du moi,* Paris, 1983. — Claude Tannery, *André Malraux, l'agnostique absolu,* Paris, 1986. — Janine Mossuz-Lavau, *André Malraux. Qui êtes- vous ?* Paris, 1987. — Christiane Moatti, *Le Prédicateur et ses masques. Les Personnages d'A. Malraux,* Paris, 1987.

MAMMERI Mouloud. Romancier, nouvelliste, dramaturge et anthropologue algérien d'expression française. Né à Taourirt-Mimoun en Grande Kabylie le 28 décembre 1917, mort près d'Oudja le 26 février 1989. Mouloud Mammeri est d'abord connu comme le grand écrivain de la Kabylie, qu'il a décrite comme anthropologue et comme romancier à la fois. À ce titre, il a cristallisé sans le vouloir autour de lui bien des passions. Dès la parution de *La Colline oubliée* son premier roman, en 1952, certains critiques virent dans cette description mélodieuse de la ruine progressive d'un village traditionnel au contact de la modernité une offense à la dynamique volontariste du nationalisme. Après l'indépendance de l'Algérie, le centre de recherches qu'il dirigea à partir de 1969 à l'université d'Alger, tout comme la chaire de berbère qu'il y occupait, connurent bien des aléas. En 1974 puis 1980 sa conférence sur « La Littérature kabyle ancienne » fut deux fois interdite, provoquant en 1980 un début de soulèvement en Kabylie, qui gagna ensuite l'ensemble des universités algériennes au nom de la liberté d'expression. Il a fallu attendre trois ans après sa mort, pour qu'en 1992 un colloque international lui rende enfin dans son pays même l'hommage qui lui était dû.

Pourtant cet homme si doux était tout le contraire d'un activiste, même s'il a contribué plus qu'un autre, comme universitaire proche de Pierre Bourdieu, à faire connaître sa langue et sa culture d'origine berbère, par exemple en publiant en 1969 *Les Isefra, poèmes de Si Mohand ou Mhand*, ou un recueil de *Poèmes kabyles anciens* en 1980, ou une *Grammaire berbère* (1976) qui fait autorité, ou encore des recueils de contes ou une étude sur *L'Ahellil du Gourara* (1985). Il avait d'ailleurs publié sa première étude sur la société berbère dans la revue *Aguedal* en 1938-1939, alors qu'il était encore lycéen au Maroc, où il a effectué l'essentiel de ses études secondaires et où il fera revenir son héros à la fin de son roman *L'Opium et le Bâton* (1965).

Mais c'est le romancier qui nous intéresse le plus ici, pour dire qu'on a trop souvent réduit à tort des textes comme *La Colline oubliée* ou *Le Sommeil du juste* (1955) ou même *L'Opium et le Bâton* à de la « littérature ethnographique » parce qu'ils font revivre sous nos yeux une société traditionnelle. Cette société en effet n'y est pas vraiment décrite pour elle-même comme objet exotique, mais saisie dans la dynamique de sa perte, victime de la rencontre mortelle avec la modernité occidentale. Dès lors les deux premiers romans, plus que comme des descriptions, peuvent être lus au contraire comme de véritables tragédies : celle d'individus hésitant jusqu'à en mourir entre deux modèles culturels également insatisfaisants, cependant que *L'Opium et le Bâton*, à travers l'expérience de maquis d'un intellectuel, nous invite à un recul critique vis-à-vis de toutes les idéologies, toutes également meurtrières. (Dans ces conditions l'adaptation cinématographique de ce roman par le cinéaste officiel algérien Ahmed Rachedi en 1970 ne pouvait que le déformer.)

L'itinéraire de Mouloud Mammeri est en fin de compte celui d'une sorte de lucidité désespérée, de désenchantement chaleureux et tragique que l'on retrouve dans son dernier roman *La Traversée* (1982), dont le héros lui aussi se laisse mourir, revenu au village de ses aïeux après avoir percé la vanité de la comédie intellectuelle et idéologique algérienne. Ou encore dans les nouvelles qui viennent d'être rassemblées (*Escales*, 1992).

CHARLES BONN.

RÉF. : Mildred Mortimer, *Mouloud Mammeri, écrivain algérien*, Sherbrooke, 1982. – Charles Bonn, *Le Roman algérien de langue française*, Paris, 1984. – Mouloud Mammeri, *Entretien avec Tahar Daout*, Alger, 1987.

Manifestes du surréalisme. Ce sont les principaux textes à caractère théorique écrits par André Breton (1896-1966) pour définir la conduite du mouvement fondé dans les années 20. *Le Manifeste du surréalisme* est publié pour la première fois en 1924, et constitue l'acte de naissance du groupe, en même temps qu'il trace les grandes lignes de la méthode surréaliste selon Breton : liberté totale de l'imagination, recours à l'automatisme psychique, aux récits de rêves et au merveilleux, travail sur le message poétique... La « voix surréaliste » s'attache principalement à briser tous les dogmes qui entravent le renouveau de la pensée ; elle s'érige contre toute littérature, contre le réalisme en art, que Breton rend responsable d'un appauvrissement du langage. L'auteur des *Champs magnétiques* rejette catégoriquement le roman et la description, partant d'une analyse serrée de la fameuse formule valéryenne : « La marquise sortit à cinq heures. » Il entend débarrasser l'écriture de toute intention signifiante, afin de conquérir un espace inexploré, celui dont Freud a dessiné les contours, avec sa théorie de l'inconscient. L'écriture automatique doit permettre de faire parler ces forces de l'inconscient, tout en répondant à l'impératif majeur qui reste l'expression poétique. Le « parler somnambule » de Desnos illustre parfaitement cette théorie du « génie surréaliste ». On sait d'autre part que Breton emprunte à Reverdy la notion d'image : « On peut même dire que les images apparaissent, dans cette course vertigineuse, comme les seuls guidons de l'esprit [...] Il va, porté par ces images qui le ravissent, qui lui laissent à peine le temps de souffler sur le feu de ses doigts. C'est la plus belle des nuits, *la nuit des éclairs* : le jour, auprès d'elle, est la nuit. »

Admirable fleuron de la prose surréaliste, *Le Manifeste* déploie une rhétorique sans faille, développe une matière textuelle essentiellement ludique : prédilection de Breton pour les listes, le renversement des clichés, les citations, la juxtaposition du sérieux et de l'absurde, le découpage anthologique... *Le Manifeste* représente non seulement un essai de réflexion, mais aussi un brillant exercice de style.

Loin de se dire issu de nulle part, comme on a parfois tendance à le penser, le surréalisme se cherche alors des précurseurs, des alliés, au premier rang desquels Lautréamont. Breton se défend par ailleurs d'avoir jamais rien inventé, si bien que « bon nombre de poètes pourraient passer pour surréalistes, à commencer par Dante et, dans ses meilleurs jours, Shakespeare ». On rencontre déjà là une idée-force de Breton, qui sera notamment reprise dans l'*Anthologie de l'humour noir* et *L'Art magique* (1957) : le surréalisme a toujours existé, il traverse l'histoire de l'art et des idées, dont il est l'une des composantes essentielles.

Changement de ton avec le *Second manifeste du surréalisme,* publié d'abord dans *La Révolution surréaliste* en 1929. Plus violemment polémique que le manifeste de 24, celui-ci introduit le mouvement dans une période d'action politique marquée par le ralliement aux concepts du matérialisme historique : Marx a remplacé Freud comme figure tutélaire des surréalistes. En fait, c'est l'occasion pour Breton de régler ses comptes avec les « traîtres ». Il commence par éliminer les morts, ceux qu'avait placé au premier plan le texte de 1924, principalement Rimbaud et Poe. Puis il s'en prend aux anciens compagnons de route : Desnos, Naville, Vitrac, Ribemont-Dessaignes, Duchamp, enfin aux intellectuels qui émergent dans les années 30, Bataille, Leiris, Daumal. Seul Tristan Tzara, allié de la première heure avec Dada, trouve encore grâce aux yeux de Breton, parce qu'il ne peut être soupçonné d'avoir failli à l'idéal de la révolte. Malgré cette agressivité verbale, à laquelle répondra celle du « Cadavre », le célèbre pamphlet de 1930, rédigé par les adversaires désignés dans le *Second manifeste,* Breton se défend encore de toute position dogmatique, entend préserver le mouvement des basses compromissions.

Du surréalisme en ses œuvres vives (1953), donné en appendice aux deux manifestes, marque plutôt un retour de Breton sur ses anciennes positions. On y retrouve par exemple l'attaque contre le réalisme, incarné ici par Joyce. Le thème de l'image poétique apparaît enfin comme une constante dans la pensée et l'activité surréalistes : « Cet extraordinaire gréement d'étincelles [...] mène l'esprit à se faire du monde et de lui-même une représentation moins opaque. »

O.H.

MARBEUF Pierre de. Poète né en 1596 à Sahurs près de Pont-de-l'Arche et mort en 1645. Condisciple de Descartes au collège des jésuites de La Flèche, il étudie le droit à Orléans et devient maître des Eaux et Forêts en la vicomté du Pont-de-l'Arche, après un séjour à la cour de Lorraine. Il est l'auteur de deux ouvrages importants : un *Psaltérion chrétien* (Rouen, 1618) et un *Recueil de vers* (Rouen, 1628) auxquels il faut ajouter un poème sur le mariage de Christine de France avec Victor-Amédée de Savoie (1619), des épigrammes en latin (1620), un poème de circonstance (*Le Portrait de l'homme d'État,* 1633) et enfin une *Ode sur le sujet de l'image de la Vierge* publiée dans *Le Vœu de la reine...* (1639). Influencé par Malherbe, Marbeuf n'oublie cependant pas Ronsard : son œuvre reflète ainsi les « tendances significatives de la nouvelle poésie de 1620 » (H. Lafay). On pourrait les résumer, concernant Marbeuf, en parlant de simplicité de la syntaxe aussi bien que du vocabulaire au service d'une poésie lyrique qui chante la Normandie, la forêt, les eaux, l'amour, débarrassée de ses thèmes convenus. Satirique parfois, peintre d'apparitions cauchemardesques, Marbeuf peut être rapproché de Théophile de Viau par la douceur de vivre (certes plus teintée de religion) qu'il exprime dans ses vers : il met en œuvre une « esthétique de la saveur » (H. Lafay). — Un choix de poèmes de Pierre de Marbeuf a été publié en 1984 par les éditions Obsidiane sous le titre *Le Miracle d'amour*.

FRANÇOIS ROUDAUT.

RÉF. : Henri Lafay, « Pierre de Marbeuf et la nouvelle poésie de 1620 », dans « Les Écrivains normands de l'âge classique et le goût de leur temps », in *Cahier des Annales de Normandie,* nº 14, Caen, 1982.

MARCABRUN. Ce troubadour vécut approximativement entre 1110 et 1150, étant né, dit-on, dans une ville de Gascogne et déposé à sa naissance devant la porte d'un riche gentilhomme, Aldrics del Vilar, qui le fit élever et instruire à ses frais. Tous les récits sont d'accord pour lui donner pour maître le troubadour Cercamon qui lui apprit à réciter les « romans », à jouer de divers instruments et à composer des *Vers* (1130-1148). Il eut une jeunesse dure, n'aima jamais, ne fut jamais aimé et voyagea peu sauf pour se rendre en Castille. Il avait la passion de la critique, l'amour de la féodalité et une véritable haine pour l'amour courtois qui, disait-il, avait amolli et perverti les mœurs, transformant les guerriers en coureurs de femmes et leur enlevant tout désir de courir sus à l'ennemi. Tout son talent passa dans ses satires et l'on redoutait fort ses attaques, qui ne tardèrent pas d'ailleurs à lui valoir une grande renommée. Il est âpre, éloquent et original dans ses images autant que dans sa forme. Sa poésie, par horreur de la facilité, recherche les constructions difficiles et il passe pour l'inventeur du « trobar clus ». L'accroissement de la puissance des rois de France lui faisait redouter la fin de la chevalerie, mais c'est en vain qu'il fustigea les seigneurs et, un jour, lassés de l'entendre dire du mal d'eux, ceux de la province de Guyenne se concertèrent pour le tuer. Il ne nous reste de lui que quarante-trois poèmes, mais ils suffisent pour lui assurer une place de choix parmi les troubadours.

RÉF. : H. Suchier, *Der Troubadour Marcabru,* Leipzig, 1875. — P. Meyer, *Marcabrun,* in *Romania,* VI, 1877. — J.-M.-L. Dejeanne, *Les Poésies complètes du troubadour Marcabru,* Toulouse, 1909. — K. Lewrent, *Beiträge zum Verständnis der Lieder Marcabrus,* Halle, 1913. — A. Franz, *Der provenzalische Troubadour Marcabru,* Leipzig, 1914. — L. Lawner, « Marcabru and the Origins of *trobar clus* », dans *Literature and Western Civilisation,* II, 1973.

MARCEAU Félicien (pseud. de Louis Carette). Écrivain d'origine belge. Né le 13 septembre 1913 à Cortenberg (Belgique). Né près de Bruxelles, il a fait des études de lettres à l'université de Louvain. Nommé en 1936 à l'Institut national de radiodiffusion, il en démissionna en 1942, mais les deux années qu'il y passa pendant l'occupation allemande le firent poursuivre pour collaboration à la fin de la guerre. Il se réfugia en Italie (il y fut bibliothécaire au Vatican), puis vint vivre en France où il obtint sa naturalisation.

Son premier roman, *Capri petite île*, fut publié en 1951 sous le pseudonyme de Félicien Marceau, qu'il ne quitta plus. Suivirent : *L'Homme du roi* (1952), *Bergère légère* (1953), *Chair et cuir* (1954), *Chasseneuil* (1954). Il obtint le prix Interallié en 1955 pour *Les Élans du cœur*, et connut un très grand succès de théâtre, l'année suivante, avec *L'Œuf*. En 1969, le prix Goncourt couronna *Creezy*. En 1975, il fut élu à l'Académie française au fauteuil de Marcel Achard.

Si l'œuvre de Félicien Marceau, qui compte une quarantaine de titres, s'étend sur différents domaines de la littérature, avec plusieurs romans, des nouvelles et des essais (dont deux sur Casanova), c'est tout de même le théâtre qui a le plus durablement assuré sa carrière d'écrivain. *La Bonne Soupe* (1959), *L'Étouffe- Chrétien* (1960) et *Le Babour* (1969) ont reçu, dès leur création, un excellent accueil aussi bien de la critique que du public.

Son inspiration douce-amère, son pessimisme, sa malice un peu triste, composent une musique très personnelle que l'on retrouve, avec des tons différents, dans tous ses ouvrages. Bien qu'il affirme écrire en réaction contre la « littérature des idées noires », ce ne sont pas des pensées bien gaies qu'il développe dans *Bergère légère* (malgré son titre) ou dans *Creezy*, et moins encore dans des pièces comme *L'Œuf* ou *La Bonne Soupe*, dont la misanthropie n'est pas sans rappeler parfois celle de Jean Anouilh.

JACQUES BENS.

MARCEL Gabriel. Philosophe et dramaturge français. Né et mort à Paris (7 décembre 1889 - 8 octobre 1973). Fils d'un diplomate qui fut directeur des Beaux-Arts sous la IIIe République, il restera un fervent admirateur de la peinture et un grand amateur de musique. Agrégé de philosophie à l'âge de vingt et un ans, il enseigne aux lycées de Vendôme, de Sens et Condorcet à Paris entre 1911 et 1922. Il entre dans la carrière littéraire, en qualité de lecteur chez Grasset et chez Plon. Il dirigera dans cette dernière maison d'édition la collection « Feux croisés » où se trouveront réunis de remarquables auteurs étrangers. En même temps, il poursuivra ses études philosophiques, se montrant notamment intéressé par le problème de la mort, lui qui a été orphelin de mère à quatre ans, et qui fut chargé, pendant la guerre de 1914-1918, de rechercher les disparus. Inspiré par la dialectique hégélienne, influencé par le spiritualisme de Bergson et le rationalisme de Brunschvicg, il finit par se convertir au christianisme en 1929, et il élabore ce qu'on a appelé un peu rapidement un « existentialisme chrétien ». Il se montre hanté par la précarité de toute liberté et il est convaincu que seule la fraternité entre les hommes peut sauver le monde : pensée tout à fait socratique, qu'il exprime dans une série d'œuvres diverses, d'ordre métaphysique, tels le *Journal métaphysique* (1928), *Être et Avoir* (1935), *Du refus à l'invocation* (1940), *Homo viator* (1945), *Le Mystère de l'Être* (1951), *Théâtre de religion* (1959), *Présence et immortalité* (1959), *La Dignité humaine* (1964), *Paix sur la terre* (1965), *Essai de philosophie concrète* (1967). Critique dramatique aux *Nouvelles littéraires* et membre de l'Institut, il a donné au théâtre des pièces où il montre la difficulté, voire l'échec de toute communication : *Un homme de Dieu* (1925), *Le Chemin de Crête* (1936), *Rome n'est plus dans Rome* (1951). Parce qu'elle s'est exercée dans plusieurs registres, sans oublier le domaine artistique, la pensée de Gabriel Marcel rejoint l'humanisme mais en même temps, par sa lucidité, elle ne s'abstrait pas des réalités du monde. À travers ses écrits, Gabriel Marcel a montré à maintes reprises qu'il savait prendre position sur les grandes options de son temps et que son pessimisme actif, qu'on lui a parfois reproché, n'était jamais l'alibi d'une quelconque démission. Selon lui, l'homme devrait trouver ce qu'il appelle « une sagesse tragique ».

JOËL SCHMIDT.

RÉF. : Edgar Sottiaux, *Gabriel Marcel, philosophe et dramaturge*, Paris, 1956. — Charles Widmer, *Gabriel Marcel et le théisme existentiel*, Paris, 1971. — Jeanne Parrain-Vial, *Gabriel Marcel : un veilleur et un éveilleur*, Lausanne, 1989.

MARESCHAL André. Poète, romancier et auteur dramatique (? - 1650 ?) dont la vie est à peu près inconnue. Comme nombre de lettrés de son époque, il est passé du barreau à la poésie et au roman avant de se lancer dans le théâtre en 1628. Outre deux recueils de poésie (1625 et 1630), une contribution de dix-sept poèmes au *Recueil des plus beaux vers* (1627), manifeste de l'école malherbienne, il écrit un roman en 1627, *La Chrysolite ou le Secret des romans,* qui innove en joignant à la recherche du vraisemblable des mœurs une forme d'analyse psychologique inconnue jusqu'alors. Ce goût pour l'innovation ne pouvait manquer de le pousser à se joindre à la génération des Modernes (1628-1630), Du Ryer, Mairet, Scudéry, Rotrou, Corneille, etc. qui triomphe dans la tragi-comédie, fait renaître la comédie, et invente la tragédie historique. Parfait reflet de sa génération, il commence par la tragi-comédie irrégulière (*La Généreuse Allemande,* en deux « journées », 1628-1629, publ. 1630), dont il se fait le héraut dans une très importante préface, et qu'il cultivera ensuite à deux reprises (notamment *La Cour Bergère,* 1640). Il s'essaie ensuite à la comédie (*Le Railleur* et *Le Véritable Capitan Matamore,* 1637), et termine sa carrière par des œuvres conformes aux règles et dépour- vues des aventures et déguisements qui marquaient ses premières tragi-comédies : de ses deux tragédies, *Le Jugement équitable de Charles le Hardy* (1643, publ. 1645) peut être tenu comme l'une des plus remarquables tragédies historiques de la décennie.

GEORGES FORESTIER.

RÉF. : L. Ch. Durel, *L'Œuvre d'André Mareschal, auteur dramatique, poète et romancier de la période Louis XIII,* Baltimore, 1932. — G. Dotoli, *Il Romanzo al tempo di Luigi XIII,* Bari-Paris, 1976. — L. Desvignes, éd. de A. Mareschal, *La Cour Bergère,* 1981.

MARGUERITE d'Angoulême, reine de Navarre. Marguerite naquit le 11 avril 1492 à Angoulême, elle mourut le 21 décembre 1549 à Odos de Bigorre, près de Tarbes. Fille de Charles d'Orléans, comte d'Angoulême, et de Louise de Savoie, elle passa ses premières années dans la petite cour de Cognac ou de Blois, où, sous de bons maîtres, elle acquit une solide culture. Elle se montra dès l'enfance très attachée à son frère, qui devait devenir roi de France sous le nom de François Ier. C'est pour des raisons d'ordre politique qu'elle épousa en 1509 le duc d'Alençon qu'elle n'aima jamais. À la suite de l'avènement de son frère au trône, Marguerite devint le centre de la Cour où elle jouit toujours d'un ascendant fort supérieur à celui des épouses successives du roi, Claude de France et Éléonore d'Autriche. Avec sa mère et son frère, elle formait une espèce de trinité qui ne se désagrégea qu'après la mort de Louise de Savoie en 1531. Âme délicate et cultivée, la duchesse d'Alençon rencontra vers 1517 Lefèvre d'Étaples et, en 1521, fit la connaissance de l'évêque de Meaux, Briçonnet, avec qui elle entretint une abondante correspondance spirituelle. Inclinée au mysticisme, sympathique aux idées nouvelles, Marguerite d'Angoulême protégea ceux qu'on peut appeler les préréformés. Les deuils survenus à la Cour — François Ier perdit coup sur coup sa première femme, Claude de France, et sa fille, la princesse Charlotte — furent l'occasion pour elle d'un examen de conscience qui prit corps dans le *Dialogue en forme de vision nocturne*, qu'elle écrivit à la fin de 1524 mais qui ne fut publié qu'en 1533. En 1525, la captivité de François Ier amena la princesse à jouer un rôle politique de premier plan ; elle alla jusqu'en Espagne pour obtenir de Charles Quint des conditions moins rigoureuses à la libération du prisonnier royal. Elle en tira un grand prestige et une grande popularité. Marguerite participa encore d'assez près aux négociations qui suivirent et aboutirent à la signature du traité de Madrid. Veuve depuis 1525, elle épousa en 1527 Henri d'Albret, roi de Navarre, pour qui elle éprouva un véritable amour, quelque temps partagé. Mais bientôt les infidélités fréquentes et successives d'Henri d'Albret, sa conduite grossière envers sa femme, éloignèrent les deux époux. Marguerite n'eut guère plus de chance avec les enfants nés de ce mariage, Jean qui mourut en bas âge, et Jeanne d'Albret qui n'eut jamais d'affection pour sa mère. À la Cour, Marguerite éprouvait également des déboires ; depuis la mort de Louise de Savoie (1531), l'union entre le frère et la sœur n'était plus aussi étroite ; Marguerite eut bientôt à se défendre contre le grand maître Anne de Montmorency, qui accaparait l'esprit du roi, et elle ne retrouva sa place qu'après l'éloignement du grand maître. Marguerite avait publié en 1531 le *Miroir de l'âme pécheresse* dont la Sorbonne tenta de censurer la seconde édition (1533). Aussitôt après l'affaire des placards (octobre 1534) et la réaction qui s'ensuivit, la reine de Navarre se retira à Nérac, où une petite cour de lettrés et de savants gravitait autour d'elle.

Ses relations avec le roi n'étaient cependant pas rompues ; on le vit bien lorsqu'elle accompagna François Ier dans la campagne qui le conduisit à Lyon et en Provence. Un nouvel élément devait amener une véritable brouille. Marguerite projetait depuis longtemps de marier sa fille Jeanne à l'infant Philippe, fils de Charles Quint, et de reconstituer par cette alliance la Navarre. François Ier avait d'autres desseins sur la jeune princesse ; il s'opposa à ce mariage et fit épouser à sa nièce le duc de Clèves (1541). À partir de cette date, la reine de Navarre ne reparut que rarement et pour de brefs séjours à la cour de France.

Déçue dans tous ses projets, éprouvée par des deuils successifs, ébranlée dans ses idées qui étaient devenues dangereuses, Marguerite de Navarre se consacra à la méditation, à laquelle la poussait son tempérament mystique, et au travail des lettres pour lequel elle avait toujours eu du goût. C'est alors qu'elle composa l'*Heptaméron* (*) et réunit les pièces qui forment le recueil dit *Les Marguerites de la Marguerite des princesses*. Inclinant toujours plus vers une espèce de quiétisme, elle rompit en 1545 avec Calvin, qui désapprouvait l'intérêt qu'elle portait aux libertins spirituels. En 1547, elle publia *Les Marguerites.* Après la mort de son frère, la reine perdit toute influence sur la Cour. L'annulation du mariage de sa fille avec le duc de Clèves, qui survint peu après, ne lui procura qu'une joie de courte durée : Jeanne épousa Antoine de Bourbon, dont sa mère ne voulait pas pour gendre.

Outre les œuvres déjà citées, Marguerite de Navarre laissait des poésies qui ne furent publiées qu'en 1895 par Abel Lefranc sous le titre *Dernières poésies de la reine de Navarre,* et plusieurs comédies dont certaines sont des moralités : *La Farce de trop, prou, peu, moins,* la *Comédie à dix personnages, Le Malade, L'Inquisiteur,* d'autres des méditations lyriques comme la *Comédie sur le trépas du roi* (1547). Autant que par son œuvre même, Marguerite de Navarre occupe dans l'histoire des lettres une place de choix par la protection éclairée qu'elle a très libéralement accordée — non sans risques, parfois — à des poètes, des écrivains, des théologiens, des humanistes de son temps. On ne compte pas les hommages qu'elle reçut de son vivant, et qui attestent son rayonnement : l'anthologie que publia Charles de Sainte-Marthe en 1550 en réunit quelques-uns.

JACQUES BROSSE.

♦ *« Elle a été dominée par deux passions : l'amour qui se concrétise en elle dans l'amour familial... et le désir de savoir. C'est de ces deux tendances que l'on peut dégager les traits de sa pensée toute de dévouement, de curiosité, de tendresse, de générosité. »* P. Jourda.

RÉF. : Abel. Lefranc, *Les Idées religieuses de Marguerite de Navarre, d'après son œuvre poétique,* Paris, 1898. — P. Jourda, *Marguerite d'Angoulême, duchesse d'Alençon, reine de Navarre,* Paris, 1930. — N. Cazauran, *L'« Heptaméron » de Marguerite de Navarre*, Paris, 2e. éd., 1991.

MARGUERITTE Victor. Écrivain français. Né à Blida (Algérie) le 1er décembre 1866, mort à Monestier, le 23 mars 1942. Il parut d'abord montrer plus de goût que son frère Paul pour la vie militaire, s'engagea dans les spahis en 1886, entra en 1891 à l'École militaire de Saumur et devint lieutenant de dragons. Mais il donna sa démission en 1896 et, la même année, inaugura avec Paul Margueritte une célèbre collaboration littéraire, marquée en particulier par la publication du cycle romanesque intitulé *Une époque* (1898-1904). Cette collaboration dura jusqu'en 1908, mais, parallèlement, Victor Margueritte faisait sous son seul nom diverses tentatives théâtrales, telles que *La Double Méprise,* œuvre adaptée de Calderón et représentée à l'Odéon en 1898. Après qu'il se fut séparé de son aîné, il poursuivit sa carrière romanesque, d'une inspiration réaliste et violemment érotique, avec des œuvres telles que : *Prostituée* (1907), *Compagnon* (1924), *Le Couple* (1924), et les deux trilogies intitulées : *La Femme en chemin* (1922-1924) et *Vers le bonheur* (1925-1930). En 1922, le roman intitulé *La Garçonne*, évocation de la femme émancipée de la période d'après-guerre, suscita un véritable scandale. D'autre part, Victor Margueritte déployait une activité de militant politique au service de la réconciliation de tous les peuples, avec des essais et des pamphlets tels que *La Patrie humaine* (1931), *Non* (1931), *Avortement de la S.D.N.* (1936), une biographie d'Aristide Briand, etc.

RÉF. : Pilon, *Paul et Victor Margueritte,* Paris, 1905. — J. Guirec, *Victor Margueritte, son œuvre,* Paris, 1929.

Maria Chapdelaine. Roman de Louis Hémon (1880-1913), publié, posthume, en feuilleton dans *Le Temps* en 1914, en volume à Montréal en 1916 : en 1921 il fut réédité dans la collection « Les Cahiers verts » de Grasset et obtint alors un immense succès. Dans les solitudes canadiennes, non loin des chutes de la

Péribonka, vit une famille de défricheurs de terres, les Chapdelaine, composée du père, Samuel, de la mère, Laura, des quatre fils : Esdras, Da'Bé, Tit'Bé', Télesphore, et de la fille, Maria. Maria a trois prétendants : Eutrope Gagnon, paysan et fils de paysans en qui se continue la tradition des pionniers canadiens ; Lorenzo Surprenant, qui a déserté sa terre pour émigrer aux États-Unis ; et François Paradis, l'homme libre, fasciné par la forêt, tantôt bûcheron, tantôt ouvrier, toujours entraîné sur les chemins par le goût de l'aventure. Entre Maria et François l'amour surgit, imprévu et tout simple, un jour où le jeune homme, hôte des Chapdelaine, est allé avec eux faire la cueillette des myrtilles. Le garçon part aussitôt après, mais il a fait et reçu en échange une promesse : il reviendra pour Noël et Maria l'attendra. Alors commence la longue et secrète attente de Maria, qui se déroule avec simplicité au milieu des travaux quotidiens, dans un décor de forêt et de campagne solitaires. À Noël, François, qui s'est mis en route pour tenir sa promesse, est surpris par une tempête dans la forêt ; il s'écarte de la piste et disparaît pour toujours. « Les paysans ne meurent point des chagrins d'amour... » et « Maria n'avait pas songé un moment que sa vie fût finie » ; mais, en réalité, Maria est morte avec François ; elle continue de vivre parce que son existence est attachée à la terre par un lien aussi puissant qu'élémentaire ; elle se résigne donc à la vie, perpétuant la tradition de sacrifice des siens et de tous les défricheurs canadiens. Au printemps prochain, quand les hommes reviendront du bois pour les semailles, elle épousera Eutrope Gagnon, le paysan solitaire. Louis Hémon écrivit ce roman après avoir vécu dix-huit mois comme ouvrier agricole chez un fermier de la région, Samuel Bédard, qui serait devenu le vieux Chapdelaine. Presque tous les personnages de l'œuvre ont été également pris dans la réalité. La vie de la forêt, la psychologie élémentaire et généreuse du paysan canadien, l'instinctive et délicate sensibilité de Maria sont exprimées avec une puissance singulière dans ce roman où l'existence des hommes se confond, simple et grandiose, avec celle de la nature.

Mariage de Figaro (Le) ou la Folle Journée. Comédie en cinq actes et en prose du dramaturge Pierre-Augustin Caron de Beaumarchais (1732-1799), représentée à Paris par « les Comédiens français ordinaires du Roi », le 27 avril 1784. En 1778, trois ans après *Le Barbier de Séville* (*), Beaumarchais avait écrit cette nouvelle pièce qui est la suite de la précédente. Elle fut reçue à la Comédie-Française en 1781, mais il fallut trois ans d'une bataille acharnée avant qu'elle pût être présentée au public ; de nombreux censeurs l'examinèrent ; Louis XVI s'était prononcé depuis le début : « Cela est détestable et ne sera jamais joué. » Mais Beaumarchais fit tout, avec son habituelle rouerie, pour forcer le roi à revenir sur son veto. Il lut la pièce dans les salons, devant les plus hauts personnages ; aucun n'osa se prononcer contre, se souvenant du mot de Figaro qu'« il n'y a que les petits hommes qui redoutent les petits écrits ». Enfin, il obtint l'autorisation ; mais, au moment de la représentation, la pièce fut interdite par ordre du roi, d'où protestation du public qui dégénéra presque en émeute. La pièce fut ensuite donnée en privé devant le comte d'Artois, frère du roi, et l'interdiction fut levée. La représentation du 27 avril 1784 fut une des plus mémorables de toute l'histoire du théâtre français : queues interminables dès le matin, dans lesquelles les duchesses côtoyaient les laquais, pour obtenir des billets ; salle comble, femmes étouffées dans la foule ; rien ne manqua, toute la Cour et toute la ville étaient là. Le succès fut triomphal et la recette une des plus fortes qu'on ait connues au théâtre. Beaumarchais dirigea lui-même et de main de maître les attaques contre l'immoralité et les audaces de sa comédie. On accusait la pièce d'être immorale, il donna une représentation de charité. Immédiatement, les imitations des confrères se succédèrent à la scène. Louis XVI, qui s'était laissé arracher l'autorisation, décida de sévir, mais trop tard. Il fit mettre l'écrivain en prison à Saint-Lazare. L'opinion publique se souleva. On dut élargir Beaumarchais. Le succès ne se démentit pas. On atteignit les chiffres astronomiques pour l'époque de soixante-sept représentations en 1784, vingt-six au cours des deux années suivantes, quatre-vingt-cinq de 1787 à 1790.

La Folle Journée ou le Mariage de Figaro fut édité en 1785, précédé d'une longue Préface où, après avoir affirmé que la première loi de l'art dramatique est d'amuser en instruisant, Beaumarchais s'efforce de définir ce qu'est la « décence théâtrale » au nom de laquelle on condamnait sa pièce en haut lieu. Au nom de cette « décence », toutes les comédies de Molière qui n'auraient pas été jouées sans Louis XIV, celles de Lesage, *Les Plaideurs* (*) de Racine, eussent été condamnées. Suit l'analyse détaillée des caractères et des situations, où Beaumarchais démontre, avec quelle verve et quelle cautèle, que son œuvre est morale. Quant à l'intrigue elle- même, il nous en a donné, dans un factum intitulé : *Programme du Mariage de Figaro*, le plus pertinent résumé : « Figaro, devenu concierge du château d'Aguas-Frescas, propriété du comte Almaviva, a emprunté dix mille francs à Marceline, femme de charge du même château, et lui a fait son billet de les rendre dans un terme ou de l'épouser à défaut de paiement. Cependant, très amoureux de Suzanne, jeune camériste de la comtesse, il va se marier avec elle ; car le comte, épris lui-même de la jeune Suzanne, a favorisé ce mariage dans l'espoir qu'une dot, promise par lui à la fiancée, va lui faire obtenir d'elle en secret la séance du " droit du seigneur " auquel, en se mariant, il a pourtant renoncé dans les mains de ses vassaux. Cette petite intrigue domestique est conduite pour le comte par le peu scrupuleux Basile, maître de musique du château (acte I). Mais la jeune et honnête Suzanne croit devoir avertir sa maîtresse et son fiancé des galantes intentions du comte : d'où naît une union entre la comtesse, Suzanne et Figaro, pour faire avorter les desseins de Monseigneur. Un petit page, aimé de tout le monde au château, mais espiègle et brûlant comme tous les enfants spirituels de treize ou quatorze ans, par sa vivacité et son étourderie perpétuelle, dérange plus d'une fois, sans le vouloir, le comte dans sa marche, autant qu'il en est dérangé lui-même, ce qui amène quelques incidents assez heureux dans la pièce. Le comte, enfin, s'apercevant qu'il est joué, sans deviner comment on s'y prend, se résout à se venger en favorisant les prétentions de Marceline. Ainsi, désespéré de ne pouvoir faire sa maîtresse de la jeune, il va faire épouser la vieille à Figaro, que tout cela désole. Mais, à l'instant où il croit s'être vengé en jugeant, et où comme premier magistrat d'Andalousie, Almaviva condamne Figaro à épouser Marceline dans le jour ou à lui rendre ses dix mille francs, ce qui est impossible à ce dernier, on apprend que Marceline est la mère inconnue de Figaro, ce qui détruit tous les projets du comte. Pendant ce temps, la comtesse qui n'a pas renoncé à l'espoir de ramener son époux en le surprenant en faute, est convenue avec Suzanne que celle-ci feindra d'accorder un rendez-vous au comte dans le jardin et que l'épouse s'y trouverait en place de la maîtresse. Mais un incident imprévu vient d'instruire Figaro du rendez-vous donné par sa fiancée. Furieux de se croire trompé, il va se cacher au lieu indiqué pour surprendre le comte et Suzanne. Au milieu de ses fureurs, il est agréablement surpris lui-même, en apprenant que tout cela n'est qu'un jeu entre la comtesse et sa camériste pour abuser le comte ; il finit par entrer de bonne grâce dans la plaisanterie ; Almaviva, convaincu d'infidélité par sa femme, se jette à genoux, lui demande un pardon qu'elle lui accorde en riant, et Figaro épouse Suzanne. » La pièce se clôt sur un vaudeville, c'est-à-dire une série de couplets et un refrain qui tiraient la moralité de l'histoire et étaient chantés alternativement par les principaux personnages ; le vaudeville était lui-même suivi d'un « ballet général ». Le dernier couplet devait rester célèbre : « Or, Messieurs, la comédie, / Que l'on juge en cet instant / Sauf erreur, nous peint la vie / Du bon peuple qui l'entend. / Qu'on l'opprime, il peste, il crie, / Il s'agite en cent façons : / Tout finit par des chansons. » Ce vers fameux rend un son étrange, quand on pense qu'il fut un des leitmotive qui marqua l'atmosphère des années où se préparait cette Révolution que la comédie de Beaumarchais avait contribué, sinon à faire naître, du moins à mûrir dans l'esprit de ses contemporains.

Comme on le voit, l'intrigue est assez peu de chose ; de plus, elle est loin d'être vraiment originale. Beaumarchais n'a fait que reprendre chez ses prédécesseurs un certain nombre de situations dont il faut bien convenir qu'elles avaient beaucoup servi. On pourrait accumuler les sources du *Mariage de Figaro*. Cependant, il faut ajouter qu'à partir de ces éléments épars, Beaumarchais construit une intrigue solide et originale, qui rend un son tout nouveau. Tout d'abord, il renouvelle ses personnages par ses observations. C'est lui qu'on retrouve, enfant précoce, effronté et sensible, sous les traits de Chérubin ; mais surtout, avec le rôle de Figaro, il personnifie son habileté et son absence de scrupules, mais aussi son impertinent bon sens, son goût pour les idées nouvelles. Cependant, le Figaro du *Mariage* n'a plus l'entrain et la folle gaîté de celui du *Barbier ;* il est devenu plus cynique. Quant aux figures secondaires, elles sont tout aussi vivantes, aussi réelles que dans *Le Barbier :* la comtesse si aimable et si tendre ; Suzanne, pleine de gaîté, d'esprit et d'amour, mais toujours sage ; le trio du *Barbier*, Bartholo, Bazile, Marceline, a évolué. Si les deux premiers personnages n'apparaissent qu'au second plan, Marceline, amoureuse sur le retour, puis devenue d'une façon bien imprévue et assez invraisemblable mère noble, a gagné en richesse. Cependant, la véritable trouvaille du *Mariage*, c'est Chérubin. Sans doute, on peut trouver à ce personnage bien des antécédents dans la littérature ; mais Beaumarchais a su personnifier en lui, avec une grande délicatesse, ce début dans la vie, cette fraîcheur des sentiments, cette trouble inquiétude qui émurent tant les spectateurs et que Mozart devait si merveilleusement ressentir avant de lui donner, dans son opéra-comique, l'expression que l'on sait. Mais ce qui fit le retentissement de la pièce, c'est sa portée satirique et son opportunité. Beaumarchais y attaquait directement les privilèges et l'arbitraire ; il montrait au public un grand seigneur, libéral et généreux, mais égoïste, victime de ses préjugés et de son esprit de caste, et c'était là faire preuve d'une très grande habileté. Almaviva est sympathique ; mais parce qu'il est un seigneur, il se conduit mal, et le spectateur se trouve nécessairement d'accord avec la conspiration formée par sa femme et ses domestiques, qui le jouent, le bafouent, et surtout le mettent dans son tort et l'obligent à se soumettre, à solliciter son pardon. On sent le plaisir que Beaumarchais a eu à écrire ces scènes qui étaient, pour lui comme pour beaucoup de ses contemporains, une véritable revanche. De plus, la pièce est littéralement farcie de répliques qui portent, de mots à l'emporte-pièce qui se gravèrent aussitôt dans l'esprit des spectateurs, car ils étaient conformes à l'évolution des esprits ; ils l'exprimaient, mieux ils la devançaient. Ce que tout le monde pensait ou allait penser, les uns par conviction ou par intérêt, les autres par aveuglement et par fausse honte, Beaumarchais le disait en face. Tous se récitaient le monologue de Figaro au Ve acte : « Qu'avez-vous fait pour tant de biens ? Vous vous êtes donné la peine de naître et rien de plus. Du reste, homme assez ordinaire ; tandis que moi, morbleu ! perdu dans la foule obscure, il m'a fallu déployer plus de science et de calculs pour subsister seulement qu'on n'en a mis depuis cent ans à gouverner toutes les Espagnes. » Et sa réplique au comte qui lui annonce qu'il a une réputation détestable : « Et si je vaux mieux qu'elle ? Y a-t-il beaucoup de seigneurs qui puissent en dire autant. » Le succès de *La Folle Journée* n'a pas cessé depuis sa création ; c'est une des pièces les plus jouées du répertoire. Les allusions politiques ne suffiraient pas à expliquer un triomphe aussi continu, qui est d'ailleurs dû beaucoup plus à l'accueil du parterre qu'à celui de la critique, laquelle s'est montrée pendant longtemps fort réservée. La véritable raison de ce succès, c'est que *Le Mariage de Figaro* marque le début du théâtre moderne. Beaumarchais est encore de notre temps, non seulement par son style direct et varié qui a gardé toute sa fraîcheur, toute sa force, mais par l'esprit même de son théâtre qui, par son métier, par sa portée, par l'audace de ses mots, annonce les grands écrivains dramatiques du XIXe siècle.

Mariamne. Tragédie en cinq actes et en vers de Tristan L'Hermite (1601-1655), jouée à Paris en 1636, au théâtre du Marais. Son héros n'est autre que cet Hérode, fils d'Antipater, roi de Judée, qui, chassé de son pays, parvint un jour à y rentrer grâce aux légions de Rome, à s'y maintenir par la terreur et à se faire haïr d'autant du peuple d'Israël. En face de ce tyran, voici la fille de maison royale dont il vient de faire son épouse, après l'avoir rendue orpheline de père : la pudique, l'intrépide et la belle Mariamne. L'intrigue est concentrée sur la psychologie d'Hérode, qui aime Mariamne jusqu'à l'idolâtrie. Maître de son corps, il veut être celui de son âme. C'est là que tout se gâte. Sa femme s'est promis, en effet, de le tenir en échec ; il s'épuise donc en travaux, en prières, en chansons. Plus il s'acharne et moins il est payé de retour. Cette résistance opiniâtre finit par le mettre hors de lui. Bien qu'il sache que Mariamne est irréprochable dans sa conduite, il la soupçonne tantôt de vouloir l'empoisonner, tantôt d'intriguer pour le perdre, tantôt de lui être infidèle. De guerre lasse, il la condamne à mort. Bien entendu, ce meurtre ne fera qu'ouvrir un champ plus libre à sa terrible passion. Par le biais du remords, tout devient pour Hérode un escalier de misère dont il parcourt les degrés avec l'allure d'un fou achevé, mille fois plus malheureux que sa victime, transformant le dernier acte en tragédie du désespoir. « Pendant un acte entier (note Marcel Arland), c'est le plus étonnant exemple de passion délirante qui ait jamais paru sur le théâtre. » Tragédie de l'échec, il s'en faut qu'elle se place dans un cadre héroïque : rien que l'atmosphère oppressante de la cour de Jérusalem inspirée de Flavius Josèphe et de la *Cour sainte* du P. Caussin (1624), où il se machine toujours quelque chose dans l'odeur du sang. On sait que, dans *Mariamne,* Tristan L'Hermite s'est inspiré d'une tragédie d'Alexandre Hardy parue un quart de siècle plus tôt (1610) : d'une tragédie brutale et empêtrée dans la rhétorique la plus fumeuse, il sut faire une œuvre propre à annoncer des temps nouveaux. Dans la *Mariamne* de Tristan apparaît non seulement un certain pathétique, mais une étude plus fine des caractères, une densité et une harmonie toutes nouvelles : en bref, tout ce qui contient en germe l'univers de Jean Racine. Étant, par essence, un poète de l'amour (« Tristan qui chante comme un ange », disait Scarron), notre auteur pouvait se mesurer avec pareille tragédie, où l'on surprend quelques-uns des plus beaux cris de passion que le théâtre français ait fait entendre avant Racine. Témoin ce vers : « Je trouve que mon sang coule parmi tes pleurs », ou cet autre : « La rose de sa bouche est pour jamais fermée. » Voici comment s'énonce l'héroïne de Tristan : « Qu'Hérode m'importune ou d'amour ou de haine / On me verra toujours vivre et mourir en reine »; plus loin : « Le temps qui met au jour la vérité cachée / Fera voir ma vertu qui ne fut point tachée. » Ne croirait-on pas déjà entendre la voix d'Andromaque ? *Mariamne,* dont le succès précéda de quelques mois celui du *Cid* (*) de Pierre Corneille, est la première tragédie française qui fasse son objet essentiel de l'étude d'une passion.

MARIE de France. De la première en date des poétesses françaises nous ne savons presque rien, sinon qu'elle vécut dans la seconde moitié du XIIe siècle à la cour d'Angleterre, dont Éléonore d'Aquitaine avait fait un des principaux centres de la culture française. Il est à peu près certain que Marie de France était de noble extraction, mais jusqu'à présent toute tentative pour découvrir son origine familiale est demeurée vaine ; E. Winckler, qui l'identifie avec Marie, comtesse de Champagne, n'apporte guère de preuves convaincantes à l'appui de sa thèse. Marie vécut à la cour d'Henri II Plantagenêt, ce « noble roi, preux et courtois », comme elle dit, à qui elle a dédié son recueil de *Lais.* Une autre de ses œuvres porte le nom de Guillaume Longue-Épée, comte de Salisbury, fils naturel d'Henri II. Avant 1167, Marie de France avait rassemblé des sortes de nouvelles en vers provenant des vieilles traditions bretonnes, à qui elle donna le nom de *Lais* (v. ce mot), créant ainsi le lai narratif qui se distingue des poèmes antérieurs de même nom, essentiellement lyriques. L'influence du genre qu'elle mit à la mode fut immense et s'étendit à toute la littérature européenne du temps. Vers 1170, elle tira d'un livre anglo-latin, le *Romulus,* dont le noyau central était constitué par les *Fables* de Phèdre, et également un nouveau recueil : l'*Ysopet.* Enfin, elle laissait une version du *Purgatoire de saint Patrice.* Malgré la gloire dont elle jouissait au XIIIe siècle, le nom de Marie de France tomba dans l'oubli et ce n'est qu'au XVIIIe siècle qu'on redécouvrit cette œuvre délicate et savante.

RÉF. : E. Hœpffner, introduction à l'édition des *Lais,* Strasbourg, 1921. — E. Winckler, *Französische Dichter des Mittelalters. II, Marie de France.* — R. Baum, *Recherches sur les œuvres attribuées à Marie de France,* Heidelberg, 1968. — E. J. Mickel, *Marie de France,* New York, 1974. — E. Siénaert, *Les Lais de Marie de France,* Paris, 1978. — Ph. Ménard, *Les Lais de Marie de France,* Paris, 1979. — J.-Cl. Aubailly, *La Fée et le Chevalier,* Paris, 1986.

MARIVAUX Pierre Carlet de Chamblain de. Auteur dramatique et romancier. Né et mort à Paris : 4 février 1688 – 12 février 1763. En 1698, son père obtient une charge à la Monnaie de Riom ; sa mort en 1719 met fin à une laborieuse et honnête carrière administrative. Marivaux a probablement été inscrit au collège des oratoriens de Riom, où il aura reçu une solide éducation classique. Envisageant de prendre la succession de son père, ou convaincu qu'une vocation littéraire ne s'épanouit que dans la capitale, il s'inscrit plusieurs fois à la faculté de droit de Paris, à partir de 1710, et obtient même sa licence en 1721. Neveu et cousin, par sa mère, des grands architectes Pierre et Jean-Baptiste Bullet de Chamblain, il fréquente sans doute davantage les milieux artistiques et littéraires que la faculté. En 1717, Marivaux épouse Colombe Bollogne ; elle lui apporte une modeste fortune bientôt dissipée par la crise de Law. Veuf en 1723, il lui reste une fille, Colombe-Prospère, qui entrera en religion en 1745. Élu à l'Académie française en 1742, Marivaux achève auprès de Mlle de Saint-Jean, qu'il n'épousera pas, une existence privée dont on ne connaît presque rien. Seule l'œuvre témoigne d'une personnalité littéraire qui compte parmi les plus remarquables de son siècle. Son premier ouvrage publié est une comédie en vers, *Le Père prudent et équitable* (1712), dont on ne sait s'il fut jamais représenté. En 1713, de deux romans, *Les Effets surprenants de la sympathie* et *Pharsamon, ou les Nouvelles Folies romanesques*, seul paraît le premier (*Pharsamon* sera publié en 1737 à la faveur du succès de *La Vie de Marianne*), suivi en 1714 de *La Voiture embourbée.* Ces romans « de jeunesse » sont restés inconnus des historiens de la littérature, et à plus forte raison du public, jusqu'au jour où Frédéric Deloffre les a réédités (1972). Assurément, ils n'ont pas reçu l'attention qu'ils méritaient au moment de leur publication. Aujourd'hui, le lecteur est frappé par la modernité et l'acuité de la réflexion critique sur l'art du romancier qu'ils proposent, et y reconnaît la source et la première manifestation du génie créateur de Marivaux. Celui-ci a lu avec passion les grands romanciers du XVIIe siècle, de Cervantès aux Scudéry. Avant même la parution de *La Princesse de Clèves* (*) de Mme de La Fayette, la question de la vraisemblance de ces œuvres-fleuves, qui mêlent l'analyse des sentiments aux aventures à rebondissements surprenants, a été posée et résolue : les grands romans baroques suscitent dans la seconde moitié du XVIIe siècle, l'apparition de formules narratives différentes : la vérité historique du cadre et des personnages, l'effort de sobriété et de vérité morale dans la peinture des passions caractérisent la nouvelle production romanesque. L'écriture à la première personne, mémoires, lettres, relations, entretiens, se développe de façon remarquable. Le jeune romancier de 1713-1714 appartient bien à ce mouvement. D'une part, il est intéressé par les structures anciennes, le foisonnement, la fantaisie, les surprises de l'univers romanesque baroque ; d'autre part, il les reprend pour les soumettre à l'épreuve de la parodie. Quand la querelle des Anciens et des Modernes connaît un regain d'actualité entre 1714 et 1716, autour de la traduction d'Homère par Mme Dacier, il se range aux côtés de Fontenelle et Houdar de La Motte. Il participe à la polémique dans des articles donnés au *Mercure*, et par *L'Iliade travestie*, poème burlesque où le souvenir de Scarron se mêle à une gaieté insolente et à une verve réaliste toutes personnelles, que l'on retrouve dans le roman du *Télémaque travesti* (approbation accordée en 1714, publié à Amsterdam en 1736), cette fois démarqué de Fénelon.

En 1720, Marivaux se tourne vers le théâtre : signe d'ambition, il se présente en même temps sur les deux scènes officielles. Au Théâtre-Italien, il propose une comédie en trois actes, *L'Amour et la Vérité,* qui tombe immédiatement et dont le texte est perdu. Au Théâtre- Français où, comme tout débutant, il attend la consécration du genre tragique, il donne, en décembre 1720, un *Annibal* en cinq actes et en alexandrins. La pièce n'a que trois représentations ; quoiqu'elle ne soit pas sans qualités, elle se perd dans la masse des productions médiocres de l'époque. Dans le même temps aux Italiens, une seconde comédie, *Arlequin poli par l'amour*, connaît un vif succès ; Marivaux a la sagesse de reconnaître sa voie. Après *Annibal*, il donne à la Comédie-Française neuf comédies, dont deux succès seulement, *La Seconde Surprise de l'amour* (1727) et *Le Legs* (1736). D'après le témoignage de D'Alembert, il est peu satisfait par la façon de jouer des Français : « Il faut [...] que les acteurs ne paraissent jamais sentir la valeur de ce qu'ils disent, et qu'en même temps les spectateurs la sentent et la démêlent à travers l'espèce de nuage dont l'auteur a dû envelopper leurs discours. Mais [...] j'ai eu beau le répéter aux comédiens, la fureur de montrer de l'esprit a été plus forte que mes très humbles remontrances ; et ils ont mieux aimé commettre dans leur jeu un contresens perpétuel, qui flattait leur amour-propre, que de ne pas paraître entendre finesse à leur rôle. » En revanche, il trouve des interprètes qui lui conviennent parfaitement dans la troupe de Luigi Riccoboni, dit Lélio, appelée de Parme par le Régent en 1716, pour répondre aux souhaits des Parisiens qui regrettait le départ des anciens Italiens. Pour Lélio, Silvia (Gianetta Benozzi) et l'Arlequin Thomassin (Tomaso Vicentini, le meilleur Arlequin de son siècle, qui a su détacher son emploi de la farce et lui donner, quand il le fallait, distinction et délicatesse), Marivaux compose ses plus grands succès : *La Surprise de l'amour* (1722), *La Double Inconstance* (1723), *Le Jeu de l'amour et du hasard* (*) (1730), *Les Fausses Confidences* (*) (1737), *L'Épreuve* (1740). Par sa nature, le dialogue marivaudien est en parfait accord avec le talent de comédiens rompus à la « commedia dell'arte », plus spontanés, et bien plus souples aux directives, que ne le seront jamais les Français. Grâce à eux, Marivaux apporte au théâtre un ton singulier, neuf, inédit et le renouvellement de la dramaturgie qui se faisait attendre depuis Molière. Il crée la comédie d'amour, faisant passer au premier plan le couple de jeunes gens, et choisissant pour sujet de sa pièce l'*histoire* du sentiment amoureux. Les valets forment souvent un couple amoureux parallèle à celui des maîtres dans le registre comique ; plus rapides et plus lucides, ils servent de confidents, révèlent l'amour que la raison, la pudeur, la crainte de l'engagement veulent tenir secret et dirigent l'action. Leur rôle principal consiste à créer les situations où les amoureux seront contraints de renverser ces obstacles intérieurs. Quoique Marivaux ne se répète jamais, ses comédies s'achèvent toutes par le triomphe de l'amour ; c'est qu'il est persuadé, comme il l'écrit dans *La Vie de Marianne*, qu'« il n'y a que le sentiment qui puisse nous donner des nouvelles un peu sûres de nous ». Au theatre comme dans le roman, Marivaux prend pour sujet l'exploration des « mouvements » infimes et toujours renouvelés de la sensibilité. *La Vie de Marianne* paraît de façon irrégulière entre 1731 et 1742, et reste inachevée. Ce sont les mémoires d'une orpheline inconnue devenue comtesse, rédigés alors qu'elle a atteint la cinquantaine et fait retraite. La découverte du monde et de l'amour par une jeune fille de quinze ans, qui ne manque ni de vivacité d'esprit ni de sensibilité, est entrecoupée par les « réflexions » de la dame âgée et « philosophe ». Au récit d'événements qui relèvent d'un romanesque assez traditionnel s'ajoute la gradation et la profondeur des analyses psychologiques, pour lesquelles Marivaux doit inventer un nouveau langage : ce langage est si original et personnel qu'on l'a nommé d'emblée « marivaudage », avec des intentions péjoratives sur lesquelles la critique est heureusement revenue. Loin d'être « métaphysique », comme disait l'abbé Desfontaines, ce vocabulaire d'analyse correspond à une nécessité. Marivaux s'en est expliqué dès le début de sa carrière dans un article du *Mercure de France* (« Pensée sur la clarté du discours », 1719). Il y revient en 1734 dans un autre journal, *Le Cabinet du philosophe* : « S'il venait en France une génération d'hommes qui eût encore plus de finesse d'esprit qu'on n'en a jamais eu en France et ailleurs, il faudrait de nouveaux mots, de nouveaux signes pour exprimer les nouvelles idées dont cette génération serait capable [...] ; il s'agirait quelquefois d'un degré de plus de fureur, de passion, d'amour ou de méchanceté qu'on apercevrait dans l'homme ; et ce degré de plus [...] demanderait un signe, un mot propre qui fixât l'idée qu'on aurait acquise. » La « réflexion » ne brise pas le cours du récit ; elle en devient la trame même. La technique, qui exploite les plus subtiles possibilités de l'écriture à la première personne, consiste à juxtaposer, dans le même fragment narratif, le fait, les motivations, les réactions du personnage et le commentaire du mémorialiste. Le texte acquiert ainsi une remarquable densité. Moraliste et analyste du cœur, Marivaux est aussi un bon observateur de la société de son temps, de ses classes, de ses langages, voire de ses abus. L'histoire de Jacob, ou *Le Paysan parvenu* (1734-1735, cinq parties et une continuation par un auteur anonyme, roman inachevé) est complémentaire de celle de Marianne. Le jeune homme venu de sa Champagne natale n'a pour lui qu'une belle stature, des yeux vifs et une remarquable perception du caractère et des désirs d'autrui, en particulier lorsqu'il s'agit des dames seules et mûrissantes que le hasard place sur sa route. La fortune de Jacob est rapide, et « l'âme se raffine à mesure qu'elle se gâte ». C'est pourquoi le paysan, dégrossi par la ville et l'intérêt que lui portent les femmes, bientôt devenu M. de la Vallée, traverse avec succès des milieux divers, monde de la finance, de la petite et moyenne bourgeoisie, aristocratie. Marivaux y trouve l'occasion de multiplier les portraits réalistes. L'importance donnée au narrateur n'empêche pas que les romans de Marivaux soient animés par de nombreuses figures secondaires. Si les héros sont dotés d'une noblesse naturelle, liée non à la naissance mais à la qualité d'une âme généreuse et sincère, les comparses sont l'occasion, pour le romancier, d'affirmer à l'issue de leurs portraits moraux un certain nombre de valeurs humanitaires : une foi douce et tolérante en la bonté de Dieu, le respect de toute misère humaine, l'indulgence généreuse à l'égard du pécheur, la confiance optimiste dans l'impulsion de la nature qui dicte toujours le bien. Cependant, la verve des romans de jeunesse est encore présente, quoiqu'atténuée par un goût littéraire devenu plus délicat, et *Marianne* aussi bien que *Le Paysan parvenu* offrent des scènes piquantes ou comiques. Le genre des pseudo-mémoires donne au récit une allure naturelle et une structure souple : « Je vis dans une campagne où je me suis retiré, et où mon loisir m'inspire un esprit de réflexion que je vais exercer sur les événements de ma vie. Je les écrirai du mieux que je pourrai ; chacun a sa façon de s'exprimer qui vient de sa façon de sentir. » Tel est le projet du paysan parvenu ; Marianne s'exprime en termes proches : « Je parlais tout à l'heure de style, je ne sais pas seulement ce que c'est. Comment fait-on pour en avoir un ? » Cette liberté caractérise aussi Marivaux journaliste. *Le Mercure de France* a publié ses premiers textes : les « Lettres sur les habitants de Paris » (1717-1718) librement inspirées de La Bruyère, des réflexions littéraires consécutives à la Querelle (« Pensées sur différents sujets », 1719), et un récit en plusieurs livraisons, laissé inachevé, les « Lettres contenant une aventure » (1719-1720). Au *Mercure* reviennent également les quelques textes philosophiques écrits après 1742 par l'académicien : « Réflexions sur le progrès de l'esprit humain », « L'Éducation d'un prince » et « Le Miroir ». Entre-temps, Marivaux a tenté, à trois reprises, et avec des succès divers, de fonder sa propre entreprise : d'abord, à l'imitation du *Spectator* anglais d'Addison et Steele, il rédige entre 1721 et 1724 vingt-cinq « feuilles » du *Spectateur français*. Il annonce ainsi son projet : « Je ne suis point auteur [...], je ne sais point créer, je sais seulement surprendre en moi les pensées que le hasard me fait [...]. Mon dessein n'est de penser ni bien ni mal, mais simplement de recueillir fidèlement ce qui me vient d'après le tour d'imagination que me donnent les choses que je vois ou que j'entends. » L'observateur ainsi défini décrit des scènes de la réalité quotidienne, livre des anecdotes et des commentaires moraux : « Je souhaite que mes réflexions soient utiles [...] ce n'est que dans cette vue que je les donne, et non pour éprouver si l'on me trouvera de l'esprit. » Le même dessein et la même liberté de ton animent, en 1727, *L'Indigent philosophe.* Ce personnage est une création originale, dont la verve annonce *Le Neveu de Rameau* (*). Les difficultés financières ne lui permettent pas d'aller au-delà de la septième « feuille », alors qu'un « camarade » de l'Indigent a entrepris une autobiographie qui laisse paraître un don réel pour la satire sociale. *Le Cabinet du philosophe* est la dernière tentative, en 1734 (onze feuilles). Contemporain des grands romans, c'est une œuvre de la maturité. Quelle que soit la diversité des sujets abordés dans une même livraison, parfois sous forme de pensées ou de fragments, les réflexions et les récits trouvent leur unité grâce à la voix du narrateur qui les rassemble pour le public. Les dernières feuilles contiennent la relation allégorique d'un « Voyage au monde vrai », où se révèle l'envers de toutes les apparences sociales et sentimentales. Dans les trois domaines littéraires abordés par Marivaux, théâtre, roman et journaux, la peinture des mouvements du cœur et l'expression du Moi, la recherche de la vérité de l'être sous tous ses masques, la variété et le naturel des tons, le renouvellement des techniques propres à chaque genre et de leur langage, ont été son souci essentiel. À la fin de sa carrière, Marivaux constate que « le fond de l'esprit humain va toujours croissant parmi les hommes » (« Le Miroir »). C'est bien ce qui fait de lui un auteur pour notre temps.

CATHERINE BONFILS.

♦ *« Je pardonnerai volontiers un peu de singularité dans le tour de l'expression à tout auteur qui pensera avec autant de finesse et de vérité que l'auteur de* Marianne. » Abbé Prévost. ♦ *« Marivaux et ses phrases pures comme du cristal, et ses jolis drames d'amour qui sont comme des torrents emprisonnés. »* Jules Renard. ♦ *« Ce qui fait de lui un des plus grands auteurs français, c'est cette sincérité perpétuellement douloureuse et cependant si maîtresse d'elle-même qu'on a pu voir une discipline et presque un jeu dans un désordre de sensibilité. »* Edmond Jaloux. ♦ *« Ce qui doit nous intéresser dans le théâtre de Marivaux,* [...] *c'est ce qu'il a d'abstrait. C'est cette convention poussée à son extrême limite et spiritualisée. »* Louis Jouvet. ♦ *« Difficile de maintenir le ton de ce dialogue aisé et qui, cependant, est constante émotion. Le savoir-faire du conducteur est admirable : l'intrigue, les cœurs, le texte réduit à ce qu'il est, et cela seul, nécessaire. »* Jean Vilar.

RÉF. : Marcel Arland, *Marivaux*, Paris, 1950. — Frédéric Deloffre, *Une préciosité nouvelle : Marivaux et le marivaudage*, Paris, 1955. — Henri Lagrave, *Marivaux et sa fortune littéraire*, Bordeaux, 1970. — Maurice Descotes, *Les Grands Rôles du théâtre de Marivaux*, Paris, 1972. — Henri Coulet, *Marivaux romancier*, Paris, 1975. — Michel Gilot, *Les Journaux de Marivaux*, Paris, 1975. — Patrice Pavis, *Marivaux à l'épreuve de la scène*, Paris, 1986. — Béatrice Didier, *La Voix de Marianne*, Paris, 1987.

MARMONTEL Jean-François. Écrivain né à Bort (Limousin) le 11 juillet 1723, mort à Ablonville, près d'Évreux (Eure), le 31 décembre 1799. D'une famille pauvre et d'un esprit précoce, il fut placé chez les jésuites, à Mauriac, puis envoyé à Clermont pour y faire sa philosophie. Ayant perdu son père au sortir du collège, il résolut de mettre tout en œuvre pour secourir sa famille. L'année suivante, bien qu'il eût à peine seize ans, il obtint d'entrer, à Toulouse, au séminaire des bernardins pour y suppléer le professeur de philosophie. Dans l'espoir d'améliorer quelque peu son ordinaire, il se mit à composer un poème pour le concours des jeux Floraux : *L'Invention de la poudre à canon.* Ayant été un peu plus tard couronné par les jeux Floraux pour d'autres poèmes (1745), il résolut de se rendre à Paris pour s'y faire valoir. Vivant d'abord de privations, il voulut fonder un journal de littérature *(L'Observateur)*, mais fut contraint d'en suspendre la publication. Par chance, il obtint peu après le prix de poésie de l'Académie française pour son poème sur *La Gloire de Louis XIV perpétuée dans le roi son successeur* (1746). Voltaire s'étant amusé à vendre ce poème à la Cour, il procura de la sorte au jeune auteur un certain nombre d'écus. Tiré ainsi de la misère, Marmontel tint à témoigner sa reconnaissance à son protecteur en éditant *La Henriade*. Séduit par le théâtre, il écrivit ensuite plusieurs tragédies : *Denys le Tyran* (1748), *Aristomène* (1749), *Cléopâtre* (1750), *Les Héraclides* (1752), *Égyptus* (1753). Il n'eut guère à se louer de sa tentative, car, hormis la première peut-être, toutes ces pièces connurent un succès médiocre. Ayant su plaire néanmoins à Mme de Pompadour, il obtint d'elle une place de secrétaire des Bâtiments (1753).

Tout en travaillant d'arrache-pied, aimant à se répandre dans le monde, car il avait beaucoup d'esprit, Marmontel allait s'acquérir une renommée grandissante : d'abord avec ses *Contes moraux* (1755-1765), ensuite avec son roman *Bélisaire* (1767), enfin avec *Les Incas, ou la Destruction de l'empire du Pérou* (1777). Membre de l'Académie française depuis 1763, il en devint, vingt ans plus tard, le secrétaire perpétuel en remplacement de d'Alembert (1783). Dans l'intervalle, il avait obtenu la charge d'historiographe de France (1771). Sitôt l'ouverture du fameux « lycée » (1781), il eut l'honneur d'y occuper la chaire d'histoire en même temps que La Harpe occupait celle de littérature. Sous le titre de *Éléments de littérature* (1787), il réunit la plupart des articles qu'il avait composés pour l'*Encyclopédie* (*). Pendant la révolution de 1789, il alla vivre dans les environs d'Évreux. Nommé membre du Conseil des anciens par les électeurs de l'Eure, il se rangea parmi les modérés, fut proscrit au 18 Fructidor, mais, ayant échappé à la déportation, il put aller finir ses jours dans sa retraite. Séduit à la fois par tous les genres, Marmontel a laissé une œuvre considérable. Il fut même l'auteur de plusieurs opéras dont la musique fut écrite par Rameau, Grétry et Piccinni : grâce à ce dernier, *Didon* (1783) obtint un éclatant succès. Alliant sentimentalisme vertueux et libéralisme philosophique, il eut en son temps touché un public assez large. Les *Œuvres complètes* de Marmontel ont été publiées à Paris par Née de la Rochelle (17 vol., 1787), par Verdière (19 vol., 1818) et par Costes (18 vol., 1819). Après sa mort, en 1807, parurent les *Mémoires d'un père pour servir à l'instruction de ses enfants* — sa meilleure œuvre peut-être. Sa correspondance a été publiée en 1974.

ROLAND PURNAL.

RÉF. : Marmontel, *Mémoires d'un père pour servir à l'instruction de ses enfants*, Paris, 1804. — A. Morellet, *Éloge de Marmontel*, Paris, 1805. — J. Bouché, *Conférence faite sur Marmontel*, Châlons-sur-Marne, 1888. — S. Lenel, *Un homme de lettres au XVIIIe siècle, Marmontel*, Paris, 1902. — M. Freund, *Die moralischen Erzählungen Marmontels*, Halle, Karras, 1904. — E. Piek, *Marmontels Bühnenwerke*, thèse, Weida, 1910. — G. O. Schmid, *Marmontel : Seine moralische Erzählungen und die deutsche Literatur*, Strassburg, Heitz, 1935. — L. M. Price, *The Vogue of Marmontel on the German Stage*, Berkeley, 1944. — *J.-F. Marmontel*, études réunies par J. Ehrard, Clermont-Ferrand, de Bussac, 1970. — J. Renwick, *La Destinée posthume de J.-F. Marmontel*, Clermont-Ferrand, 1972.

MAROT Clément. Poète né à Cahors (Lot) à la fin de 1496, mort à Turin en septembre 1544. Fils du « rhétoriqueur » Jean Marot, il passa son enfance en Quercy, terre de langue d'oc, et ne vint « en France », selon son expression, qu'en 1506. Ses études furent sommaires, non par la faute de l'écolier, mais par celle de ses maîtres, ces « régens du temps jadis », qu'il jugeait « de grans bêtes ». Il ne savait pas le grec, son latin même était hésitant, et, si Marot fit par la suite de louables efforts pour combler les lacunes de sa culture, on ne peut cependant le comparer à cet égard aux artistes érudits et humanistes de la génération suivante. À la fin de 1505 ou au début de 1506, son père entra, en qualité de secrétaire, au service de la reine Anne de Bretagne, épouse de Louis XII. Clément l'accompagna. Il rencontra en 1512 Jean Lemaire de Belges. C'est de cette époque que datent ses premiers essais poétiques : la traduction assez libre de la première des *Bucoliques* de Virgile et *Le Jugement de Minos.* Quelque temps après, il entre comme page au service du secrétaire des Finances Nicolas de Neufville. Il lui dédiera en 1538 *Le Temple de Cupido*, d'abord offert, en 1514, à François d'Angoulême et à Claude de France, à l'occasion de leur mariage. À l'avènement de François Ier, on le trouve clerc de la chancellerie ; il est aussi affilié à la Basoche et membre de la compagnie des « Enfants sans souci ».

Si conventionnel que soit *Le Temple de Cupido*, qui doit beaucoup au *Roman de la Rose* (*), à Jean Lemaire, à Molinet, sans oublier Ovide, ce poème, où apparaît le personnage inédit de « Ferme Amour », infléchit déjà la traditionnelle thématique amoureuse dans un sens religieux. Cette orientation marque profondément l'œuvre du poète.

C'est peut-être en 1518 que Marot écrit la spirituelle *Petite Epistre au Roy* : elle passe pour avoir plu au roi, qui recommanda Marot à sa sœur. Le poète adressa à celle-ci l'*Epistre du Depourveu*. Il entra à son service en 1519. Avec elle, il assista à l'entrevue du camp du Drap d'or, où se rencontrèrent Henri VIII et François Ier : la Ballade VIII en garde le souvenir. Chroniqueur de la maison d'Alençon, il écrit en 1521 l'*Epistre du camp d'Attigny* où, lors de la campagne du Hainaut, s'établit l'armée française, sous les ordres du duc d'Alençon, mari de Marguerite ; aux mêmes événements se rapportent les Ballades VIII, IX et X. C'est la même année que Lefèvre d'Étaples rejoint le groupe de Meaux, réuni autour de Guillaume Briçonnet et que Marguerite commence à échanger avec celui-ci une correspondance de direction spirituelle.

Marot, toujours en accord avec Marguerite, partage ses convictions religieuses. Bientôt, la lutte contre l'« hérésie » s'intensifiant, vont commencer ses démêlés avec l'Église et les juges. En 1526, si nous en croyons le poète, une dénonciation arrive au parquet, d'une certaine Isabeau : le poète Clément Marot s'est vanté d'avoir « mangé le lard » en carême ! Aussitôt arrêté, il est jeté dans une geôle du Châtelet. Il adresse alors une « Épistre à M. Bouchart, docteur en théologie », où il proclame hautement son orthodoxie, et une « Epistre à Lyon Jamet », seigneur de Chambrun, son ami, qu'il appelle à son secours. Invoquant la tradition qui déférait les hérétiques à la juridiction des évêques, Jamet se hâte de faire réclamer Marot par Louis Guillard, évêque de Chartres, qui ménage au poète une prison beaucoup moins inquiétante que le Châtelet : c'est en fait dans l'appartement d'une hôtellerie que Clément, vite revenu de sa peur, et attendant le « classement » définitif de son affaire, put écrire son poème *L'Enfer*, féroce satire des mœurs judiciaires, de tour allégorique, mais où le décor sinistre du Châtelet était aussi reconnaissable que plusieurs personnages, magistrats importants, tels que Minos (le prévôt de Paris, Gabriel d'Allègre) et Rhadamus (le lieutenant civil, Jean Morin). Mais Marot se garda prudemment de confier cette œuvre, la meilleure pourtant qu'il eût écrite encore, à un libraire.

L'incident s'était produit pendant la captivité de François Ier en Espagne, à la suite de la défaite de Pavie (rien n'indique que Marot ait assisté à cette bataille, le 24 février 1525). Dès le retour du roi, après le traité de Madrid, Marot fut libéré (1er mai 1526), retrouva toute sa faveur à la Cour et aussitôt fit part à ses amis de l'heureux dénouement de son aventure dans son « Rondeau parfaict à ses amys après sa délivrance ». En 1527, il prenait possession d'une charge de valet de chambre du roi, vacante depuis la mort de son père, à la fin de l'année 1526 et, pendant longtemps, l'incurable négligence des trésoriers chargés de lui verser ses appointements lui donna l'occasion de nombreuses épîtres de réclamations, graves ou cocasses, adressées au roi, au chancelier Duprat, au grand maître Anne de Montmorency, etc. Les années suivantes allaient être les plus agréables de la vie de Marot : valet de chambre du roi, il est toujours tenu par Marguerite pour « l'ung des siens » ; une passion très poétique l'unit à une certaine Anne, sa « sœur d'alliance », sans doute Anne d'Alençon, fille de Charles, bâtard d'Alençon, et nièce de Marguerite, qui lui inspira plusieurs jolies pièces. Il fut pourtant, en octobre 1527, enfermé à la Conciergerie pour avoir aidé des prisonniers à échapper à la justice ; il écrivit alors son « Épistre au Roy, pour le délivrer de prison », et fut élargi, le 5 novembre. Fidèle à ses idées, il compose, en décembre, la *Déploration de Florimond Roberlet*, à la mort du ministre de François Ier favorable aux idées nouvelles. Jouant avec humour et profondeur son rôle de chroniqueur, il avait garde de ne manquer aucune festivité de cour ou aucun événement politique de quelque importance : ainsi célébrait-il le mariage de Renée de France avec Hercule II, duc de Ferrare (1528), la paix de Cambrai ou « paix des Dames » (1529) et, un an plus tard, l'arrivée en France de la princesse Eléonore d'Autriche, qui allait devenir la seconde femme de François Ier. Lorsque l'événement lui manquait, c'est à des incidents de sa propre vie qu'il demandait prétexte à divertir, ainsi dans son épitre « Au Roy, pour avoir esté dérobé » (1531).

Il fut à nouveau inquiété en 1532 pour avoir rompu le jeûne du carême. Cependant, il s'occupait à publier ses œuvres pour éviter les inconvénients des publications subreptices : dès l'hiver 1531-32 était paru à Lyon un recueil d'une douzaine de poèmes, les *Opuscules et petictz traictez de C. Marot*. Marot publia donc, en août 1532, un recueil de ses œuvres – mais incomplet, notamment de celles qui se rapportent à l'emprisonnement de 1526 –, sous le titre : *L'Adolescence clémentine*. L'ouvrage eut un grand succès, puisqu'on compte vingt-deux éditions de 1532 à 1537. À la fin de 1533 ou au début de 1534, Marot publia encore la *Suite de l'Adolescence clémentine*, puis sa traduction du *Premier livre de la Métamorphose* d'Ovide. Dans la seconde édition de celle-ci, on trouve les pièces relatives à l'affaire de 1526, *L'Enfer* excepté.

Un peu plus tard, exilé à Ferrare et s'y ennuyant, Marot, dans quelques vers de son « Églogue au Roy soubs les noms de Pan et de Robin », évoquera le personnage qu'il tenait jadis à la cour de François Ier. Cependant, théologiens et gens de justice le surveillaient. Aussi, en octobre 1534, lorsque éclata la fameuse affaire des placards contre la messe, affichés jusque dans les appartements du roi, les soupçons se tournant spontanément vers les amis de Marguerite, depuis longtemps accusée d'hérésie par de fougueux prédicateurs, Marot fut aussitôt inscrit sur la liste des suspects. Le parlement fit perquisitionner à son domicile et saisir livres défendus et manuscrits du poète. À la fin de novembre, Marot fut arrêté et interrogé à Bordeaux. Il réussit à prendre la fuite et à se réfugier à Nérac, en Navarre. Condamné par contumace, il suivit le conseil de Marguerite, remariée en 1527 avec Henri d'Albret, grand-père d'Henri IV, et se rendit à Ferrare, où il arriva en avril 1535 ; il y devint secrétaire de la princesse Renée de France.

La cour de Ferrare était alors le refuge de nombreux huguenots exilés : là, en 1535-36, Marot rencontra, dit-on, Calvin, qui venait d'achever son *Institution de la religion chrestienne* et encouragea peut-être le poète à poursuivre sa traduction des *Psaumes*. Son engagement religieux se fit encore plus net, comme on le voit par son épître « À deux sœurs savoisiennes », exhortation à la fermeté devant les persécutions. Le duc de Ferrare s'inquiétant des idées de l'entourage français de sa femme, Marot, dont la réputation de « luthérien » était connue, dut s'éloigner de Ferrare en juin 1536. En juillet, il se rendit à Venise, rêvant mélancoliquement à l'aimable cour de France comme à un paradis perdu. Pour y retourner, il multiplia les démarches, en particulier dans ses épîtres « Au Roy, du temps de son exil à Ferrare » et « À Monseigneur le Dauphin, du temps de son dict exil », où il se justifiait des accusations d'hérésie et se pose en victime de

« l'ignorante Sorbonne ». On lui permit bientôt de revenir, à la condition d'abjurer ses erreurs, ce qu'il fit devant le tribunal de Tournon, lors de son passage à Lyon. À la cour, tout semblait oublié ; le roi se réjouissait de retrouver son poète, qui, sans tarder, épanchait sa joie dans une pièce célèbre : *Le Dieu Gard de Marot à la cour de France*. Mais, pendant l'exil de Marot, un obscur rimeur du nom de François Sagon, avec qui, en août 1534, Marot s'était querellé sur des questions de religion, avait profité des circonstances pour l'accabler. Indignés, les amis du poète, Des Périers, Charles Fontaine avaient déjà vivement réagi et il ne restait plus à Clément qu'à achever son adversaire, ce qu'il fit dans sa méprisante « Épître de Fripelipes, valet de Marot, à Sagon ».

Il avait depuis longtemps le projet de donner une traduction des *Psaumes*, puisque celle du Psaume VI parut dans une plaquette éditée problablement en 1533, et que les papiers saisis à son domicile en octobre 1534 comprenaient certainement d'autres traductions. Mais désormais ce projet l'occupait de plus en plus. En 1539, des psaumes traduits par Marot furent édités à Strasbourg. En janvier 1540, à Charles Quint qui traversait Paris, il présenta un manuscrit de sa traduction de *Trente Psaumes*, qui allaient être publiés en 1541 à la fois à Anvers, et avec nombre de variantes, à Paris. En 1543, Marot en redonnera, encore à Paris, une édition augmentée de dix-neuf psaumes. L'édition de 1541 comporte une épître au roi qui affirme la supériorité de la poésie sacrée sur l'inspiration profane des Anciens. Celle de 1543, dans une épître « Aux Dames de France », chante l'âge heureux où l'on verra « Le laboureur à sa charrue, / Le charretier parmi la rue, / Et l'artisan en sa boutique / Avecques un Psaume ou Cantique / En son labeur se soulager. »

La Sorbonne allait-elle se montrer aussi favorable ? En l'année 1539 commençait à circuler sous son nom le « Sermon du bon pasteur et du mauvais », véritable profession de foi protestante ; puis, probablement sans l'aveu du poète, Dolet imprimait la satire de *L'Enfer*. C'était l'époque enfin, où François Ier, poussé par la raison d'État, ordonnait une poursuite plus sévère des hérétiques. Aussi, la Sorbonne publia-t-elle, à la fin de l'année 1542, un Index, où figuraient les *Psaumes* traduits par Marot ainsi que le « Sermon du bon pasteur et du mauvais ». Un mandat d'arrêt fut lancé contre le poète, qui alla se réfugier en hâte à Genève.

Il y arriva en décembre 1452, mais n'y resta qu'un peu moins d'un an. Marot y obtint la permission d'éditer ses *Psaumes*, mais à la condition qu'il n'y ajoutât pas la traduction de la Salutation angélique. Calvin tâcha de lui obtenir une pension, mais le Conseil s'y opposa. Sans doute déçu, Marot quitta Genève en décembre 1543. Il séjourna près d'Annecy, puis près de Chambéry. Désireux de revenir en France, il rejoignit l'armée française en Piémont. Il s'éteignit à Turin en septembre 1544. C'est de ces derniers mois que datent l'épître « À ung sien Amy » (François de Bellegarde), qui est l'une de ses plus belles pièces, et l'épître « À Monsieur d'Anguyen », le jeune vainqueur de Cérisolles, où, se renouvelant une dernière fois, Marot songe à se faire poète épique.

Son œuvre, dont une édition collective, classée par genre, fut donnée à Lyon dès 1544, étonne d'abord par sa diversité. Elle comprend en effet vingt-sept élégies, soixante-cinq épîtres, dix-neuf ballades, quelque quatre-vingts rondeaux, des chansons, des épitaphes humoristiques et sérieuses, des « complaintes » ou élégies funèbres, plus de trois cents épigrammes, cinquante psaumes mis en musique par Goudimel, enfin de nombreuses « translations » plus ou moins paraphrasées de Pétrarque, Virgile, Lucien, Martial, Ovide, Musée. L'influence de Clément Marot a été très grande, mais pas immédiate : au lendemain de sa mort, en effet, la Pléiade le dédaigne et Du Bellay proclame qu'il a « toujours estimé la poésie française être capable de quelque plus haut et meilleur style ». Mais, lorsque déclina la gloire de Ronsard, à partir de la fin du siècle, Marot ressuscita : aux yeux de Boileau, il faisait figure de novateur, et pourtant, aux classiques de 1660, répudiant injustement la tradition médiévale, Marot apportait le meilleur de l'ancienne poésie française : cette « facilité » et cette « grâce » singulières, déjà remarquées par Étienne Dolet, et qui reparaîtront chez La Fontaine, lequel ne manqua point de rendre hommage à « maître Clément ».

♦ *« Clément Marot, seule lumière en ses ans de la vulgaire* [= française] *poésie. »* Ronsard. ♦ *« Quant à Clément Marot, ses œuvres furent recueillies favorablement de chacun. Il avait une veine grandement fluide, un vers non affecté, un sens fort bon, et encore qu'il ne fût accompagné de bonnes lettres, ainsi que ceux qui vinrent après lui, si n'était-il si dégarni qu'il ne les mit souvent en œuvre fort à propos. »* Étienne Pasquier. ♦ *« Chantez-nous / Non pas du sérieux, du tendre, ni du doux ; / Mais ce qu'en français on nomme bagatelle, / Un jeu dont je voudrai Voiture pour modèle, / Il excelle en cet art : Maître Clément et lui / S'y prenaient beaucoup mieux que nos gens d'aujourd'hui. »* La Fontaine. ♦ *« Imitons de Marot l'élégant badinage... Marot, bientôt après, fit fleurir les ballades, / Tourna des triolets, rima des mascarades, / À des refrains réglés asservit les rondeaux. / Et montra pour rimer des chemins tout nouveaux. »* Boileau. ♦ *« Marot, par son tour et son style, semble avoir écrit depuis Ronsard : il n'y a guère entre ce premier et nous que la différence de quelques mots. »* La Bruyère. ♦ *« Le nom de Marot est la première époque vraiment remarquable dans l'histoire de notre poésie, bien plus par le talent qui brille dans ses ouvrages et qui lui est particulier, que par les progrès qu'il fit faire à notre versification. »* La Harpe. ♦ *« Marot, qui avait forgé la langue de Montaigne* [...] *a été goûté parmi nous pour quelques contes naïfs, quelques épigrammes licencieuses, dont le succès est presque toujours dans le sujet ; mais c'est par ce petit mérite même que la langue fut longtemps avilie : on écrivit dans ce style les tragédies, les poèmes, l'histoire, les livres de morale. »* Voltaire. ♦ *« Une causerie facile, semée par intervalles de mots vifs et fins est presque le seul mérite qui le distingue, le seul auquel il faille attribuer sa longue gloire et demander compte de son immortalité... La sensibilité chez lui n'a qu'un éclair, et une larme est à peine venue que déjà le badinage recommence.* » Sainte-Beuve.

RÉF. : Sainte-Beuve, *Tableau de la poésie française au XVIe siècle*, Paris, 1828. – O. Douen, *C. Marot et le psautier huguenot*, Paris, 1871. – W. de Lerber, *L'Influence de C. Marot aux XVIIe et XVIIIe siècles*, Lausanne, 1920. – P. Villey, *Recherches sur la chronologie des œuvres de Marot*, in *Bulletin du Bibliophile*, 1920-1922 ; *Marot et Rabelais*, Paris, 1923. – Ph. A. Becker, *C. Marot, sein Leben und seine Dichtung*, Munich, 1926. – H. Guy, *Clément Marot et son école*, Paris, 1926. – J. Vianey, *Les Épîtres de Marot*, Paris, 1935. – A. Pauphilet, *Clément Marot*, Paris, 1936. – J. Plattard, *Marot, sa carrière poétique, son œuvre*, Paris, 1938. – C. E. Kinch, *La Poésie satirique de C. Marot*, Paris, 1940. – Pierre Jourda, *Marot, l'homme et l'œuvre*, Paris, 1950. – Jean Rollin, *Les Chansons de C. Marot*, Paris, 1950. – V. L. Saulnier, *Les Élégies de C. Marot*, Paris, 1952. – Paulette Leblanc, *La Poésie religieuse de C. Marot*, Paris, 1955. – M. A. Screech, *Marot évangélique*, Genève, 1967. – C. A. Mayer, *Clément Marot*, Paris, 1972. – R. Griffin, *C. Marot and the Inflections of Poetic Voice*, Berkeley, 1974. – G. Defaux, Introd. à C. Marot, *Œuvres poétiques*, t. I, Paris, 1990.

MAROT Jehan des Mares, dit Jean. Poète né à Mathieu près de Caen (Calvados) vers 1450, mort à Paris en 1526. De parents pauvres, il reçut une éducation fort incomplète et se forma comme il put dans la lecture du *Roman de la Rose* (*) et autres vieux ouvrages français. S'étant rendu à Cahors, il s'y maria en 1471 et s'y fixa, exerçant le métier de chapelier, où il échoua. (Son fils Clément y naît en 1496.) Très féru de poésie, il y montra tant de talent qu'il appela sur lui l'attention d'Anne de Bretagne. En 1506, il devint son secrétaire et l'accompagna à la cour de France. Ayant déjà écrit pour elle *La Vraydisante Advocate des dames* (1506), il lui dédia un peu plus tard un recueil de vingt-quatre rondeaux, le *Doctrinal des princesses et nobles dames* (1510-11). Il célèbre l'expédition en Italie de Louis XII dans une chronique en vers mêlée de prose pleine de verve et de vigueur : *Le Voyage de Gênes* (1507), que viendra bientôt compléter *Le Voyage de Venise* (1509). Devenu enfin le valet de chambre de François Ier, Jean Marot se plut à versifier l'*Épître sur la défaite des Suisses à Marignan* (1515).

RÉF. : Verdun L. Saulnier, *Les Élégies de Clément Marot*, nouvelle édition, 1968.

MARTIN DU GARD Roger. Écrivain né le 23 mars 1881 à Neuilly-sur-Seine, mort le 22 août 1958 à Bellême (Orne). Roger Martin du Gard appartenait à une famille de magistrats et de financiers. Après ses études secondaires à l'école Fénelon et au lycée Janson-de-Sailly, il est admis en 1900 à l'École des chartes d'où il sort en 1906 archiviste-paléographe. La lecture de *La Guerre et la Paix* de Tolstoï éveille en lui une vocation de romancier. En 1906, aussitôt après son mariage, Martin du Gard entreprend une *Vie de saint,* « minutieuse biographie d'un prêtre du diocèse de Sées », qu'il n'achèvera jamais et dont l'échec sera pour lui une amère déception. Doutant de ses dons, indécis sur son propre avenir, Martin du Gard fréquentera pendant quatre mois les consultations cliniques de neurologues éminents avant de se remettre au travail. D'un jet, il écrit alors le premier livre qu'il ait publié, *Devenir* (1909), roman où, à travers quelques maladresses, s'expriment déjà avec vigueur quelques-uns des traits les plus originaux de son talent et qui ne feront que s'affirmer avec plus de force dans les œuvres suivantes : effacement de l'auteur derrière ses personnages, attention extrême portée à la santé et à la maladie, psychologie fondée sur la physiologie, dépouillement extrême du style qui tend à l'invisibilité. L'année suivante, Martin du Gard décide de vivre à la campagne : il restera fidèle à cette décision pendant toute sa vie. Il s'installe d'abord dans le Cher où il travaille longuement à un nouveau roman, *Jean Barois*, qui paraîtra en novembre 1913, écrit une farce « paysanne », *Le Testament du père Leleu.* Avec *Jean Barois,* Martin du Gard avait mis au point une technique romanesque qui le hantait depuis qu'il avait commencé d'écrire ; le roman est tout entier écrit en scènes dialoguées, liées entre elles par de brèves indications, comparables à des notes de mise en scène. Bien accueilli dans les milieux de la N.R.F., *Jean Barois* rencontra cependant les réticences de maint critique. Cette tentative, parallèle à celle de Joyce, semblait pouvoir ouvrir de nouvelles voies au roman, elle demeura pourtant sans lendemain, l'auteur lui-même dut y renoncer après plusieurs expériences négatives, lorsqu'il entreprit *Les Thibault* (*). Cependant tout poussait Martin du Gard vers le théâtre. Sa rencontre avec Jacques Copeau, qui, au Vieux-Colombier, tente de rénover la scène française, et qui lui demande d'y faire jouer *Le Testament du père Leleu,* sera pour Martin du Gard une révélation et le commencement d'une grande amitié.

À son retour de la guerre, en 1920, il renoncera cependant à ses projets dramatiques pour s'installer à Clermont dans l'Oise et y accumuler notes et plans pour son nouveau roman « l'histoire de deux frères ; deux êtres de tempéraments aussi différents, aussi divergents que possible, mais foncièrement marqués par les obscures similitudes que crée, entre deux consanguins, un très puissant atavisme commun ». Pendant dix-sept ans, de 1920 à 1937, sauf quelques interruptions, le plus clair du temps de l'écrivain qui réside successivement à Clermont, à Bellême dans l'Orne, à Sauveterre près d'Avignon, et à Nice, et ne vient que pour de brefs séjours à Paris, sera consacré à l'édification de cet ample roman, *Les Thibault,* qui ne comprendra pas moins de huit parties. Entre-temps, Martin du Gard avait écrit une nouvelle farce paysanne, *La Gonfle* (1924), une longue nouvelle, *Confidence africaine* (1931), un drame en trois actes, *Un taciturne,* qui fut joué en octobre 1931 à la Comédie des Champs-Élysées par Louis Jouvet, et édité en 1932 une suite de tableaux campagnards intitulés *Vieille France* (1933), où l'auteur retrace les différents épisodes de la vie quotidienne d'un village au gré de la tournée d'un facteur. Martin du Gard préparait le dernier volume des *Thibault, Épilogue,* lorsqu'il apprit que l'Académie suédoise venait de lui attribuer le prix Nobel de littérature (1937). Quittant enfin sa retraite, l'écrivain part en voyage. Après un tour d'Europe qui le conduit en Suède, au Danemark, en Allemagne et en Autriche, il se rend ensuite aux Antilles et s'installe près de Fort-de-France, à la Martinique, où il achève l'*Épilogue* des *Thibault* qui paraîtra en 1940. Pendant la guerre à Nice, Roger Martin du Gard entreprend un nouvel ouvrage, *Le Lieutenant, Colonel de Maumort* qu'il n'a point terminé. Aussitôt après la mort de Gide dont il fut pendant près de quarante ans l'ami intime, il a fait paraître les *Notes sur André Gide* (1951).

Dans la littérature contemporaine, il est incontestable que Roger Martin du Gard occupe une place tout à fait à part. Épris avant tout de vérité psychologique et sociologique, marqué par ses études de chartiste et ses contacts avec la psychiatrie, poussant jusqu'au bout le scrupule scientifique, il ne laisse rien au hasard et se refuse à tout ce qui pourrait gauchir un déterminisme rigoureux fondé sur une expérience sans cesse renouvelée. Il se méfie de l'intrusion de l'auteur, de ses sentiments et de ses réactions dans la trame du récit, au point d'éliminer au maximum sa présence dans ses récits dialogués, et redoute le style même. Ce qu'il veut, avant tout, c'est, comme il le dit lui-même, « faire ressemblant », et cette maxime entraîne pour lui bien des sacrifices nécessaires. Roger Martin du Gard a donné pour l'édition de son œuvre dans la Bibliothèque de la Pléiade, en 1955, des *Souvenirs autobiographiques et littéraires* où, avec une très grande franchise et une modestie exemplaire, il s'explique sur ses difficultés, ses hésitations et ses échecs. Son *Journal* a été publié en 1992.

JACQUES BROSSE.

♦ *« Celui qui a écrit cela peut n'être pas un artiste, mais c'est un gaillard. »* André Gide, à propos de *Jean Barois.*

RÉF. : René Lalou, *R. Martin du Gard,* Paris, 1938. — André Maurois, *Études littéraires,* tome II, Paris, 1944. — Mme Almeras, *La Médecine dans « Les Thibault » de R. Martin du Gard,* thèse, Paris, 1946. — *Roger Martin du Gard,* numéro spécial de la *Nouvelle Revue française,* 1958. — C. Borgal, *Roger Martin du Gard,* Paris, 1958. — Jacques Brenner, *Martin du Gard,* Paris, 1961. — René Garguilo, *La Genèse des « Thibault » de Roger Martin du Gard,* Paris, 1974. — André Daspre, *Roger Martin du Gard romancier, d'après « Jean Barois »*, thèse, Paris, 1976. — Claude Sicard, *Roger Martin du Gard, les Années d'apprentissage littéraire (1881-1910),* Paris, 1976. — N° spécial de la *Revue d'histoire littéraire de la France,* sept.-déc. 1982. — André Daspre, Jochen Schlobach, *Roger Martin du Gard, son temps et le nôtre,* Paris, 1984.

MASCARON Jules de. Prédicateur né à Marseille le 14 mars 1634, mort à Agen (Lot-et-Garonne) le 20 novembre 1703. Fils d'un avocat au parlement de Provence, il dédaigna le barreau pour embrasser la carrière ecclésiastique. Entré dans la congrégation de l'Oratoire, il se fit entendre d'abord à Saumur, puis à Angers, Nantes et Marseille. En 1666, il vint à Paris où il prononça l'oraison funèbre de la reine mère Anne d'Autriche. Il obtint un tel succès qu'il fut nommé bientôt prédicateur ordinaire du roi (1667), puis évêque de Tulle (1671). On le vit alors prêcher à la cour de Versailles pendant douze stations consécutives (1667-1679). Si grand était son savoir- faire qu'il sut traiter de la morale devant le roi sans l'irriter, alors que ce dernier donnait de fort mauvais exemples. Nommé au diocèse d'Agen (1679), il ne reparut que trois fois à Versailles pour y prêcher : en 1683, 1684 et 1694. De ses *Oraisons funèbres* (1704), seules œuvres de lui qui nous restent, ses sermons étant perdus, il faut retenir surtout celle de Turenne, dont l'éclat fut cependant terni quelques mois plus tard par celle que prononça Fléchier.

RÉF. : *Catalogue raisonné des évêques d'Agen.* — Bordes, *La Vie de Messire Jules Mascaron, évêque d'Agen.* — P. Hébrard, *Jules Mascaron, évêque d'Agen*, in *Revue de l'Agenais,* 1899-1900. — F. Cayré, *Patrologie et Histoire de la théologie*, Paris, 1944.

MASSILLON Jean-Baptiste. Prédicateur né à Hyères (Var) le 24 juin 1663, mort à Beauregard (Puy-de-Dôme) le 18 septembre 1742. Le successeur de Bossuet et de Bourdaloue, le dernier grand nom de la chaire française avant le romantisme, était un Provençal. Son père le destinait au barreau, mais ses maîtres oratoriens persuadèrent sa famille de le laisser entrer dans l'Église, et dans leur compagnie. Devenu prêtre, on le chargea d'abord d'enseigner la rhétorique dans des collègues du sud de la France ; mais deux *Oraisons funèbres*, celle de l'archevêque de Vienne en 1691 et celle de l'archevêque de Lyon en 1693, révélèrent soudain son talent. C'est en vain qu'il essaya de se dérober à la gloire en s'enfermant dans un monastère : le cardinal de Noailles l'appela en 1696 à Paris, où il fut nommé directeur du séminaire de Saint-Magloire. Quelques conférences le firent mieux connaître. Deux ans plus tard, envoyé par le roi comme missionnaire à Montpellier, il réussit à soutenir la comparaison avec Bourdaloue, qui venait de prêcher dans cette ville. En 1699, il prononça son premier carême dans l'église de l'Oratoire et, la même année, l'Avent de Versailles, soit quarante-deux sermons en tout, qui, réunis, formèrent le *Grand carême.* Devenu prédicateur de la Cour, Massillon fut chargé en 1709 de l'oraison funèbre du prince de Conti, en 1710 de celle du Dauphin, en 1715 de celle de Louis XIV, qu'il commença par la célèbre phrase : « Dieu seul est grand, mes frères... ». Le grand roi, qui aimait à entendre Bourdaloue, n'avait rien fait pour son avancement ; plus reconnaissant, le

Régent nomma Massillon évêque de Clermont. En 1717, devant le jeune Louis XV, il traita des devoirs des grands dans une série de sermons qui, sous le nom de *Petit carême*, furent rapidement reconnus comme un des modèles de l'éloquence française. En 1719, Massillon était reçu à l'Académie ; mais pendant plus de vingt ans il ne quittera guère désormais son diocèse, se répandant en aumônes malgré sa médiocre fortune et, à sa mort, léguant tous ses biens à l'Hôtel-Dieu de Clermont. Il avait soigneusement revu ses sermons, inédits de son vivant, et qui ne devaient être publiés que par son neveu, Joseph Massillon, en 1745-1748.

Le « Racine de la chaire », a-t-on pu dire de Massillon. La comparaison est trop forte, Massillon restant tout de même loin derrière Bossuet, l'orateur d'Église par excellence. Mais il est bien, comme Racine, un peintre incomparable des faiblesses du cœur, un psychologue d'autant plus impitoyable qu'on ne se méfie pas de lui, qu'il ne procède pas, comme un Bossuet, par âpre et superbe autorité, qu'il est, comme un certain Racine encore, doux, insinuant, plein d'onction. Il n'a rien du prophète courroucé et menaçant : lorsqu'il trace devant les fidèles la peinture de leurs faiblesses, il fait sentir qu'il ne se distingue pas d'eux, il est toujours miséricordieux et ému, parfois attendri. Sa principale ressource reste pourtant le pathétique : Massillon a une chaleur naturelle et communicative. Il plaît par son ton qui est d'un confesseur plus que d'un prédicateur, par sa compassion affectueuse, prompte à s'offrir à tous. C'est au cœur qu'il vise : on sentait bien en l'entendant que le temps de Bossuet était passé. L'appel à l'amour, avec Massillon, prend le pas sur l'appel à la grandeur. Il y a ici beaucoup de Fénelon, et parfois même on devine la sensiblerie du XVIIIe siècle. Mais les cadres de la religion et du dogme tiennent encore très ferme. Et Massillon, par l'émotion pathétique, obtient plus, souvent, que par les menaces ; on le vit le jour où, alors qu'il prêchait sur le petit nombre des élus, tout l'auditoire, et le roi lui-même, se levèrent d'un bond, épouvantés, comme si l'archange vengeur venait de descendre sur terre !

Autant qu'orateur, il était écrivain, rédigeant ses sermons avec grand soin avant de les apprendre par cœur, maître d'un style ample aux riches énumérations, doué surtout d'une imagination heureuse qui lui permettait de se répéter souvent sous des formes nouvelles. Il manque surtout de ce qui essentiellement soutient l'intérêt : la progression dans la pensée, dans la vigueur des images et des termes employés. Massillon n'a pas la force de Bourdaloue ; c'est aussi qu'il vient plus tard, dans un siècle de philosophie, auquel, pour se faire entendre de lui, il est bien obligé de faire quelques concessions. Dès son *Petit carême* de 1717, il fait preuve, par exemple, d'une hardiesse d'opinion toute « philosophique », affirmant que le droit des rois repose sur la libre volonté des peuples. On sent même, chez Massillon, quelque rêverie de Salente. Aussi ne s'étonne-t-on pas de la popularité que le *Petit carême* connut au cours du XVIIIe siècle, et l'on dit que Voltaire l'avait toujours sur sa table, à côté d'*Athalie* (*).

MICHEL MOURRE.

♦ *« Mon Père, j'ai entendu plusieurs grands orateurs, j'en ai été fort content ; pour vous, toutes les fois que je vous ai entendu, j'ai été très mécontent de moi-même. »* Louis XIV à Massillon. ♦ *« Les sermons du P. Massillon sont un des plus agréables que nous ayons dans notre langue. »* Voltaire. ♦ *« Massillon n'est-il pas un peu jugé par ce goût même si déclaré que Voltaire avait pour lui, et par cette faveur singulière dont il jouissait de ne pas déplaire à l'adversaire ? Car malgré tout, c'est bien cela que Voltaire veut dire : Tu as beau me prêcher, tu n'es pas de mes ennemis ! Il peut se tromper et il se trompe, mais il semble du moins deviner en lui une âme plus facile que ne serait celle d'un Bossuet ou d'un Bourdaloue. »* Sainte-Beuve.

RÉF. : D'Alembert, *Éloge de Massillon*. — Sainte-Beuve, *Causeries du Lundi*, tome IX, Paris, 1857. — L. Pauthe, *Massillon, la prédication sous Louis XIV et Louis XV*, Paris, 1908. — E. Favier, étude in *Revue d'apologétique*, tome LX, Paris, 1935. — A. Chérel, *Massillon*, Paris, 1943.

MASSON Loys. Poète, romancier et auteur dramatique. Né à Rose Hill (île Maurice) le 31 décembre 1915, mort à Paris le 27 octobre 1969. Il fait ses études au Royal College de Mauritius (île Maurice), puis devient employé de banque (1936-1939). Il arrive à Paris à la veille de la déclaration de guerre. Entre 1940 et 1944, il participe à la Résistance. À la Libération, il devient journaliste, puis rédacteur en chef des *Lettres françaises* en 1945, mais il n'occupe ce poste que pour la durée d'un an. En 1947, il se tourne vers la radio et en 1952 vers le théâtre. Synthèse d'un paganisme orphique et d'un christianisme sensible à la détresse des hommes, son œuvre est l'expression d'une soif d'absolu. Loys Masson, qui est en fait un homme de la colère, a toujours cherché à transformer les mots en leur donnant un poids à la fois de révolte et de rédemption. Cependant, il fera un retour à une contemplation qui, dès son enfance dans l'île, fut son premier état. Outre son œuvre poétique : *Délivrez-nous du mal* (1942), *La lumière naît le mercredi, Les Vignes de septembre* (1945), *Quatorze poèmes du cœur vieillissant* (1952), *La Dame de Pavoux* (1965), on doit à Loys Masson toute une série d'ouvrages romanesques particulièrement réussis : *Les Tortues* (1956), *La Douve* (1957), *Les Sexes foudroyés* (1958), *Les Mutins* (1959), *Le Notaire des Noirs* (1961), *Les Noces de la vanille* (1962), *Lagon de la miséricorde* (1964), *Le Feu d'Espagne* (1965), *Les Anges noirs du trône* (1967). Loys Masson écrit ses romans en poète, mais en poète qui, dans *Les Tortues* par exemple, débouche, à travers le vertige de la mer et des îles, sur les clefs symboliques de la condition humaine. Loys Masson a également écrit des pièces de théâtre — *Christobal de Lugo, Le Pape, La*

Résurrection des corps – réunies en un volume en 1960. Un recueil de nouvelles a paru, posthume, en 1970 : *Des bouteilles dans les yeux*. Quels que soient les genres abordés, une grande unité d'inspiration apparaît dans toute l'œuvre de l'écrivain.

DANIELE BOONE.

MAUPASSANT Henri René Albert Guy de. Écrivain né au château de Miromesnil, près de Tourville-sur-Arques (Seine- Maritime) le 5 août 1850, mort à Paris le 6 juillet 1893. Descendant par son père d'une ancienne famille lorraine, anoblie par Marie-Thérèse d'Autriche et installée au XVIIIe siècle seulement en Normandie, Maupassant n'en était pas moins par sa mère, née Laure Le Poittevin, un vrai Normand. Lorsque ses parents décidèrent de se séparer à l'amiable, alors qu'il était encore tout enfant, c'est à sa mère que Guy, avec son jeune frère Hervé, fut confié, et c'est sa mère qui veilla, un peu jalousement, sur sa première éducation. Elle avait été la compagne de jeux de Flaubert et la sœur de cet Albert Le Poittevin, jeune poète très tôt disparu, qui lui avait donné une passion des lettres qu'à son tour elle transmit à son fils, dont elle facilita de son mieux la vocation littéraire. Dans sa propriété des Verguies, à Étretat, où elle s'était retirée et où Maupassant passa son enfance, elle dirigea minutieusement ses premières lectures, lui révélant en particulier Shakespeare ; mais, pour tout le reste, elle lui laissa la plus grande liberté, et les premières années de l'écrivain, qui était doué d'une vigueur physique remarquable, furent certainement les plus heureuses et même les seules vraiment heureuses de sa vie ; sans contrainte, seul ou en compagnie d'une mère indulgente pour toutes ses fantaisies, il courait à travers les champs, faisait de longues promenades sur les falaises ou en mer, dans les barques de pêcheurs, et c'est dès cette époque qu'il acquit cette connaissance directe et profonde du pays et du peuple normands qu'on retrouvera dans tant de ses nouvelles ; c'est au cours de ces promenades qu'il aperçoit le peintre Corot et rencontre pour la première fois Monet. Lorsque son fils eut treize ans, Mme de Maupassant se résigna cependant à le placer comme pensionnaire au séminaire d'Yvetot. Guy y travailla fort peu ; il s'y sentit isolé, froissé par des camarades grossiers ; l'internat lui était insupportable et plus encore les manières ecclésiastiques, qui lui donnèrent un dégoût de la religion qu'il devait garder toute sa vie. Sa seule consolation était d'écrire des vers. Certains d'entre eux, qui raillaient ses maîtres, furent un jour saisis par le directeur du séminaire, et le jeune homme, renvoyé, dut entrer, toujours comme pensionnaire, au lycée de Rouen, où il se montra assez brillant élève et passa aisément son baccalauréat.

Lorsque éclata la guerre de 1870, il avait vingt ans : il s'engagea et vit l'invasion de la Normandie dont il a laissé une peinture célèbre dans *Boule-de-Suif* (1880) – v. *Les Soirées de Médan* (*). Après l'armistice, impatient de vivre à Paris, il accepta un emploi au ministère de la Marine, avec de médiocres appointements qui s'améliorèrent un peu lorsque au début de 1879 il se fit muter au ministère de l'Instruction publique. Maupassant était bien loin d'ailleurs d'être un fonctionnaire exemplaire, et c'est surtout en spectateur qu'il connut la vie de bureaucrate, dont *L'Héritage, La Parure*, etc., nous donnent des esquisses. Vigoureux, en pleine santé, très gai, adorant les farces, ne donnant encore aucun signe de la maladie nerveuse qui devait l'emporter prématurément, il se jetait avec gourmandise sur tous les plaisirs de la capitale ; sa passion principale, c'est toutefois le canotage sur les bords de la Seine, en compagnie de joyeux camarades et de demoiselles peu farouches, parties hebdomadaires que rien n'aurait pu lui faire sacrifier et dont on retrouvera l'atmosphère dans la nouvelle intitulée *Mouche*.

Il travaillait aussi, pourtant. Non pas dans son bureau du ministère, mais auprès de Flaubert, auquel sa mère l'avait confié et qui, de 1873 à 1880, veillera avec le plus grand soin sur les années d'apprentissage du jeune écrivain, lui conseillant telle ou telle lecture, l'exhortant à tout sacrifier à la seule cause de l'art, lisant et corrigeant ses premiers manuscrits, le prenant même pour collaborateur, puisqu'il le chargea de diverses recherches nécessitées alors par la rédaction de *Bouvard et Pécuchet*. Flaubert imposa à Maupassant les sévères et minutieuses exigences de l'esthétique réaliste ; il lui apprit à regarder le monde, à s'exercer à la description précise, à rechercher patiemment l'exactitude du détail vécu. C'est encore lui qui introduisit Maupassant dans la société littéraire de l'époque, qui lui fit connaître Daudet, Huysmans, Zola, Tourgueniev, et le présenta chez la princesse Mathilde. Grâce à cette protection et à ces amitiés, Maupassant commença à collaborer à divers journaux : *Le Gaulois* et *Gil Blas* notamment. Cette activité de chroniqueur fut extrêmement importante : Maupassant n'a pas écrit moins de trois volumes de chroniques (encore toutes ne furent-elles pas publiées) sur les sujets les plus divers : littérature, vie sociale, événements politiques (ses écrits sur l'Algérie sont d'une grande perspicacité). Certaines des idées agitées dans ces pages furent, assez souvent reprises dans les contes ou les romans, de sorte qu'on a pu dire à juste titre qu'elles constituaient un « laboratoire d'écriture ». Cette expérience de la vie des salles de rédaction, il en tira profit dans *Bel-Ami* (*) (1885).

À cette époque, il pensait cependant avoir une vocation de poète, dans laquelle Flaubert l'encourageait d'ailleurs, et les nombreux vers qu'il composa de 1872 à 1880 lui fournirent la matière de son premier livre, *Des vers* (1880), qui s'ouvre sur une fervente dédicace au maître de Croisset. Cette œuvre, trop délaissée en dehors de quelques morceaux d'anthologie

(Nuit de neige), mérite cependant l'attention : Maupassant y apparaît comme l'un des rares, sinon le seul, représentant du naturalisme en poésie. En même temps, Maupassant se livrait à divers essais de théâtre, représentés en privé dans sa propriété d'Étretat ou dans des salons parisiens amis. Même si ses œuvres *(La Paix du ménage, Musotte, Une répétition, Histoire du vieux temps)* n'ont pas toujours rencontré le succès escompté, Maupassant a, sa vie durant, gardé un faible pour le genre dramatique : l'adaptation théâtrale, cinématographique ou audiovisuelle de plusieurs de ses nouvelles le prouve. Ce n'est guère que vers 1875 qu'il s'orienta vers la nouvelle : il travailla d'abord pendant quelque temps à un roman historique, qui fut abandonné, puis, pendant l'été de 1879, au cours d'une réunion chez Maupassant, fut décidée la publication du fameux recueil des *Soirées de Médan* (1880), auquel Maupassant apporta sa nouvelle *Boule-de-Suif*. Le grand succès de cette œuvre le décida à se mettre en congé du ministère (qu'il ne quittera officiellement qu'en 1882) et, dès lors, jusqu'au moment où la maladie ne lui laissera plus de répit, il n'allait plus vivre que pour ses livres. Devenu très rapidement un écrivain à la mode, il se vit sollicité par les salons, mais il leur résista farouchement, car il y avait en lui un profond dégoût de la vie mondaine qui lui a inspiré son roman *Notre cœur* (1890). Son travail n'était pas distrait par les passions : Maupassant eut des liaisons, courtes, nombreuses, mais il n'a jamais rencontré un autre amour que l'amour physique, ou du moins, s'il exista, comme c'est vraisemblable, lui et ses survivants prirent grand soin d'en masquer l'existence. Il fut, comme l'a dit Edmond Goncourt, le « véritable homme de lettres », mais dans le meilleur sens du mot, dans sa plus totale exigence. Il refusait la réclame facile, il cachait sa vie, allait même jusqu'à interdire qu'on publiât des portraits de lui, s'indignait lorsqu'il voyait livrées à la curiosité publique les correspondances privées des grands écrivains, et tenait qu'un artiste digne de ce nom ne doit compter pour s'imposer que sur son œuvre.

Il restait fidèle avec intransigeance à l'éthique littéraire de son maître Flaubert qu'il avait perdu en 1880, au moment où commençait sa véritable carrière. Celle-ci fut d'une fécondité prodigieuse. En dix ans, de 1880 à 1890, Maupassant publia régulièrement trois, et parfois quatre et cinq volumes chaque année, au total six romans, seize volumes de nouvelles, trois livres de voyage et de très nombreux articles dans les journaux et les revues. Voyant le succès obtenu par *Boule-de-Suif*, il avait immédiatement abandonné ses projets de poèmes, et puisant soit dans les souvenirs de son enfance normande, soit dans ses premières expériences de la vie parisienne, utilisant souvent avec une féroce exactitude des faits divers qui lui avaient été contés par des amis d'Étretat, d'Yvetot ou de Fécamp, il écrivit les huit nouvelles qui parurent en 1881 avec *La Maison Tellier* (*). Le succès fut immense et, l'année suivante, Maupassant écrivait *Mademoiselle Fifi* (1882), inspirée comme *Boule-de-Suif* par la guerre de 1870. À l'inspiration normande, dominante chez Maupassant jusqu'à 1885, se rattachent en particulier : *Une vie* (1883), qui fut son premier roman, *Les Contes de la bécasse* (1883), *Clair de lune* (1884), *Les Sœurs Rondoli* (1884), *La Bête à Maît' Belhomme* (1886) ; mais, parmi son abondante production, dans ces années de maturité pendant lesquelles l'auteur jouissait encore de toute sa santé, il faut également citer : *Mon oncle Jules* (1884), *Miss Hariett*, *Les Contes du jour et de la nuit* (1885), *Yvette* (1885), *Toine* (1885), *Bel-Ami* (1885), *Monsieur Parent* (1885) ; *La Petite Roque* (1886), *Pierre et Jean* (1888), *La Main gauche* (1889), etc.

Maupassant était maintenant célèbre. Sans transiger en rien avec son idéal littéraire, il avait toujours pensé qu'il était juste que son œuvre lui apportât l'aisance et même la richesse. Il surveillait de très près ses droits d'auteur, les bénéfices de ses traductions, les chiffres de tirage des rééditions, et bientôt fut à la tête d'une des plus grandes fortunes du monde littéraire de l'époque. Toujours attiré par sa terre natale, il se fit construire à Étretat une jolie villa et venait très souvent en Normandie, soit pour travailler dans un isolement farouche, soit pour chasser (c'était chez lui une passion dont on trouve les échos dans *Les Contes de la bécasse*). Poussé par un mystérieux besoin de fuite qui augmenta avec les années et où l'on peut voir un des premiers signes de sa maladie mentale, il entreprit également des voyages plus lointains : en Corse (1880), en Algérie (1881), en Bretagne (1882), en Italie et en Sicile (1885), en Angleterre (1886), en Tunisie (1888-89), dont il rapporta de passionnantes impressions recueillies dans les volumes intitulés *Au soleil* (1884), *Sur l'eau* (1888) et *La Vie errante* (1890). Rappelons enfin que c'est un séjour en Auvergne, pendant l'été 1885, qui lui donna le cadre de son roman *Mont-Oriol* (1887).

Les premiers malaises nerveux de Maupassant, qui n'apparurent pas avant 1885, causèrent une vive surprise chez les amis de jeunesse de l'écrivain qui se rappelaient le robuste garçon qu'il avait été, à l'allure même un peu paysanne, amoureux de grand air et fervent adepte de l'aviron. Cependant, même à l'époque où il semblait en pleine santé, Maupassant vivait, au moindre malaise, dans une inquiétude extrême et traversait de fréquentes crises de découragement qu'il confia à plusieurs reprises à Flaubert. Il n'est pas douteux qu'il portait la fatalité d'une dangereuse hérédité : son frère Hervé n'est-il pas lui aussi mort fou, à trente-trois ans ? Il était d'autre part extrêmement surmené : par son travail incessant, par ses excès de toute sorte, cette sensualité à l'avidité impitoyable qui tint plus de place encore dans sa vie que dans son œuvre ; surmené enfin par les drogues, éther, morphine, haschich, qu'il se mit très vite à absorber dans l'espoir de calmer ses terribles névralgies. L'apparition des troubles proprement physiques fut précédée par une inquiétude et une tristesse croissantes, mais déjà très nettes dans *Fort comme la mort* (1889), par un besoin presque maniaque de solitude, par un effort panique devant la monotonie de l'existence, par une obsession de plus en plus harcelante de la maladie et de la mort. Bientôt, c'est la personnalité elle-même qui fut atteinte : Maupassant commença d'être victime d'hallucinations, de dédoublements, il croyait sentir auprès de lui des êtres mystérieux et menaçants. Il réussissait cependant à surmonter son angoisse et à créer des œuvres d'un fantastique nouveau où la pathologie tient un rôle important, mais sans lien avec sa propre maladie : par exemple : *Lui ?* (une des nouvelles des *Sœurs Rondoli*), *Qui sait ?*, une des nouvelles de *L'Inutile Beauté* (1890) et, d'une manière plus complète et plus poignante encore, *Le Horla* (1887). Dans ce dernier conte et dans plusieurs autres *(Lui ?, Qui sait ?, La Chevelure)*, Maupassant fait usage d'un fantastique en partie hérité de la lecture de Tourgueniev et fondé sur l'angoisse intérieure et le dérèglement des perceptions sensorielles. Vers 1889, ses amis s'aperçurent d'un net changement de son état physique : le visage devenait décharné, le regard fixe, et Maupassant commençait à tenir des propos incohérents. Il ne cessait plus de lire des ouvrages médicaux, entretenait gravement ses amis de la menace des microbes, ingurgitait toutes sortes de remèdes, ne dormait plus, se croyait visité la nuit par son double, etc. Son caractère devenait irritable : dans sa manie de la persécution, il s'en prenait tantôt à son éditeur, tantôt aux journaux, tantôt à son propriétaire qu'il rendait responsable de ses insomnies, et plus souvent encore à ses médecins. Ceux-ci lui cachaient la gravité de son état et l'envoyaient faire des cures dans les Alpes et sur la Côte d'Azur. Après avoir caressé quelques espoirs de guérison, Maupassant, vers la fin de l'année 1891, se rendit compte qu'il allait inéluctablement vers la folie. Le 1er janvier 1892, après avoir rendu visite à sa mère établie à Nice depuis plusieurs années, il s'ouvrit la gorge avec un coupe-papier en métal, mais ne se fit qu'une blessure sans gravité. Ses amis le ramenèrent à Paris. On l'interna à la maison Blanche où il devait mourir, après dix-huit mois d'inconscience à peu près totale, coupée de crises qui obligeaient parfois les infirmiers à lui passer la camisole de force.

Maître français incontesté de la nouvelle (il en écrivit plus de deux cent soixante), pour rester fidèle à l'idéal d'attachement intransigeant à la réalité, il n'a pas été encombré, comme Zola, par des aspirations sociales humanitaires. Chantre de la sensation, il s'apparente souvent aux impressionnistes, à Monet notamment, qu'il avait vu peindre du côté d'Étretat et qu'il évoque dans une de ses chroniques. Disciple de Flaubert, il est exigeant sur son style qu'il veut d'une telle simplicité qu'on a pu la confondre avec de la platitude ou de la banalité. C'est que, par une rhétorique savante — toute d'illusion —, Maupassant sait rendre la grisaille dont s'enveloppe souvent la vie humaine. Il sait en peindre les pulsions irraisonnées et inquiétantes, les déviations, les courts bonheurs comme les grandes misères ; il sait dire surtout qu'il n'existe pas, à ses yeux, d'espoir ni d'au-delà pour l'homme. Pessimisme foncier que tempère une grande pitié devant les misères de notre condition. Cette lucidité, autant que son génie de styliste, expliquent son immense influence et font de lui le représentant le plus accompli de l'école naturaliste, le plus durable aussi sans doute...

MICHEL MOURRE et LOUIS FORESTIER.

♦ *« Il est certainement un des plus francs conteurs de ce pays, où l'on fit tant de contes et si bons. Sa langue forte, simple, naturelle, a un goût de terroir qui nous la fait aimer chèrement. Il possède les trois grandes qualités de l'écrivain français, d'abord la clarté, encore la clarté et enfin la clarté. Il a l'esprit de mesure et d'ordre qui est celui de notre race. Il écrit comme un bon propriétaire normand, avec économie et joie. »* Anatole France, 1887. ♦ *« Que voulez-vous qu'on dise de ce conteur robuste et sans défaut, qui conte aussi aisément que je respire, qui fait des chefs-d'œuvre comme les pommiers de son pays donnent des pommes, dont la philosophie est nette comme une pomme ? Que voulez-vous qu'on dise, sinon qu'il est parfait ? »* Jules Lemaitre, 1889. ♦ *« L'homme le plus sain et l'esprit le plus net... Ce talent savoureux, clair, robuste comme la joie. »* Mallarmé, 1893. ♦ *« S'il a été, dès la première heure, compris et aimé, c'était qu'il apportait à l'âme française les dons et les qualités qui ont fait le meilleur de la race. On le comprenait, parce qu'il était la clarté, la simplicité, la mesure et la force... Il était de la grande lignée que l'on peut suivre depuis les balbutiements de notre langue jusqu'à nos jours ; il avait pour aïeux Rabelais, Montaigne, Molière, La Fontaine, les forts et les clairs, ceux qui sont la raison et la lumière de notre littérature. »* Émile Zola, 1893. ♦ *« Nombre des courts récits de Maupassant sont d'un métier admirable, d'une extraordinaire habileté de présentation et d'une langue très rare. On pourrait les prendre comme modèles... Ce qui nous retient de considérer Maupassant comme un vrai maître, c'est, je crois, l'inintérêt total de sa propre personnalité. »* André Gide. ♦ *« Je tiens Maupassant pour un de nos grands conteurs-nés, un peu court de souffle, un peu monocorde, mais excellent écrivain, fabulateur ingénieux, incomparablement maître de son métier, sachant toujours se tenir aux frontières du réalisme et de la poésie, et qui a plusieurs fois prouvé magistralement qu'il possédait le sens tragique dans la vie quotidienne... »* Roger Martin du Gard.

RÉF. : A. Lombroso, *Souvenirs sur Maupassant. Sa dernière maladie, sa mort*, Rome, 1906. — E. Maynial, *La Vie et l'œuvre de Maupassant*, Paris, 1906. — L. Thomas, *La Maladie et la mort de Maupassant*, Bruges, 1906. — R. Dumesnil, *Guy de Maupassant*, Paris, 1933. — A. Artinian, *Maupassant Criticism in France, 1880-1940*, New York, 1941. — A. Vial, *Guy de Maupassant et l'art du roman*, Paris, 1954. — G. Delaisement, *Maupassant journaliste et chroniqueur*, Paris, 1956. — P. Cogny, *Maupassant, l'homme sans Dieu*, 1968. — Ch. Castella, *Structures romanesques et vision sociale chez G. de Maupassant*, 1972. — M. Besnard-Coursodon, *Étude thématique et structurale de l'œuvre de Maupassant : le piège*, Paris, 1973. — A. M. Schmidt, *Maupassant*, Paris, nouv. éd. 1976. — A. Lanoux, *Maupassant, le Bel-Ami*, Paris, nouv. éd. 1979. — M. Donaldson-Evans, *A Woman's Revenge*, 1986. — M. Bury, *La Vision du monde chez Maupassant*, thèse, Paris, 1991.

MAURIAC François. Écrivain né à Bordeaux le 11 octobre 1885, mort à Paris le 1er septembre 1970. Toute sa vie et toute son œuvre seront marquées par sa province natale, le Bordelais, par les vignes et les Landes : « Province, écrira-t-il, terre d'inspiration, source de tout conflit ! La province oppose à la passion les obstacles qui crient le drame... La province nous montre dans les êtres des passions vives et des barrages. La province nous fournit des paysages... La province nous enseigne à connaître les hommes. La province croit encore au bien et au mal : elle garde le sens de l'indignation et du dégoût. » Sur la lande : « Le vent d'équinoxe, arrêté par l'immense forêt odorante et chaude, ne se décèle qu'au glissement des nuages, qu'au balancement des cimes, à ce bruit de mer qu'elles font dans le ciel. » François Mauriac subira aussi jusqu'à la fin de sa vie l'influence persistante de l'éducation religieuse stricte que lui dispensèrent sa mère, veuve très tôt, et les marianistes du collège de Grand-Lebrun à Caudéran. Enfin, il a été façonné par le milieu de la grande bourgeoisie bordelaise, celle des Chartrons. Toutes ces empreintes se retrouveront dans la majeure partie de ses romans, de ses poésies et de ses essais. François Mauriac y réagira dans sa vie avec passion et elles donneront une coloration dramatique à l'intrigue de ses romans. L'écrivain leur sera encore fidèle dans les dernières lignes qu'il rédigera pour son *Bloc-Notes* du *Figaro littéraire* en juillet 1970, lorsqu'il évoquera les premières années de sa vie.

Fils d'un propriétaire de vignobles, le Château Malagar, où il séjournait aux vacances et où il retrouvait régulièrement ses racines chaque année, François Mauriac fut très jeune orphelin de père. Il fit des études à la faculté des lettres de Bordeaux, prépara le concours de l'École des chartes, obtint une licence ès lettres, mais il décida finalement de « monter » à Paris et de devenir écrivain, en dépit des inquiétudes que cette décision suscitait dans sa famille, en particulier chez sa mère. Il fréquenta quelque peu le milieu du « Sillon » de Marc Sangnier et montra quelque penchant pour un christianisme beaucoup plus social que celui, très traditionnel, qu'il avait connu jusqu'alors. Il publia *Les Mains jointes* (1909), son premier recueil de poèmes, salué avec chaleur dans l'*Écho de Paris* par Maurice Barrès, qui prédit au jeune poète une grande carrière dans les lettres. Persuadé pendant un temps qu'il était plus doué pour la poésie que pour la prose, François Mauriac publiera trois autres recueils de poèmes ; *Adieu à l'adolescente* (1911), *Orages* (1925), *Le Sang d'Atys* (1940) où se révélera une contradiction, majeure dans son œuvre, entre les sens et le péché, contradiction dont il analysera les « vertus » pour un écrivain : « Rien ne pourra faire que le péché ne soit l'élément de l'homme de lettres et les passions du cœur le pain et le vin dont chaque jour il se délecte : puisse au moins la Grâce demeurer présente dans notre œuvre ; même méprisée et en apparence refoulée, que le lecteur sente partout cette nappe immense, cette circulation souterraine de l'amour » (*La Littérature et le Péché,* 1938). Pour exprimer ces thèmes, il se servira également de la scène et il fera jouer avec succès trois œuvres dramatiques : *Asmodée*, *Les Mal-Aimés* et *Le Feu sur la terre* (représentées respectivement en 1937, 1945 et 1950). Cependant, si l'œuvre de François Mauriac ne se divise pas, si dans ses poèmes comme dans ses drames surgissent les grands thèmes du désir, de la solitude des âmes desséchées par l'absence de Dieu, ou illuminées par sa présence, et des personnages qui tombent dans la fatalité du péché par excès d'amour possessif, c'est surtout dans ses romans qu'on trouve les meilleurs développements de ces regards sur l'âme humaine. Avec *L'Enfant chargé de chaînes* (1912) et avec *La Robe prétexte* (1914), François Mauriac, à moins de trente ans, se place déjà parmi les meilleurs romanciers de sa génération. La guerre, qu'il accomplira à Salonique, où il tombera gravement malade, interrompra momentanément sa carrière, mais celle-ci sera confirmée et amplifiée par la publication de *Préséances* (1921) et surtout celle du *Baiser au lépreux* (1922) dans lequel, se dessine, à travers le personnage de Noémie d'Artiailh, l'image de l'épouse d'un homme disgracié, Jean Péloueyre, femme transfigurée par l'abnégation de l'amour. La thématique mauriacienne, qui reviendra avec ses leitmotive tout au long d'une œuvre qui s'étend sur un demi-siècle, est déjà présente dans ce roman : chaleur du climat landais, odeur des pins qui ponctuent la sensualité et les palpitations désordonnées et passionnées d'âmes à la recherche de la vérité et de l'amour, même à travers les fautes, le mal et le péché. Dans chacun de ses romans, François Mauriac développera ce qu'on a appelé un peu abusivement son jansénisme : l'illustration des contradictions entre ceux qui font le mal, mais sont parfois habités par la grâce divine, et ceux qui voudraient faire le bien et qui n'y parviennent pas, dans la privation de la présence divine, et en dépit souvent de leurs efforts, de leur violence ou de leur austérité. Restent les médiocres, que François Mauriac condamne : ceux qui ne luttent pas, avec ou sans Dieu, pour tenter de faire jaillir la lumière au milieu des noirceurs du monde et des fatalités de leurs destins. Cette vision d'un monde dans lequel la domination de certaines âmes sur d'autres âmes est à la fois une volupté suprême et une perdition se trouve fortement exprimée dans *Le Désert de l'amour* (1925) lorsque le docteur Courrèges, amoureux de Maria Cross, rêve qu'« alors, il saurait adresser à Maria Cross d'autres paroles que des encouragements au bien et que des conseils édifiants. Il serait un homme qui aime une femme et qui la conquiert avec violence ».

Les romans de François Mauriac qui paraîtront entre 1923 et 1968 développeront ces ambiguïtés tragiques avec une ampleur de plus en plus envoûtante. Avec *Genitrix* (1923) apparaît la figure terrible d'une mère possessive et abusive, avec *Thérèse Desqueyroux* (*) (1927) et la suite de ce roman *La Fin de la nuit* (*) (1935), les détours de l'âme d'une empoisonneuse, avec *Le Nœud de vipères* (1932) où le narrateur, après une confession méchante et cruelle sur ses turpitudes et ses monstruosités morales, est frappé, au moment de sa mort, par l'amour et l'espérance de la foi, avec *La Pharisienne* (1941) où Brigitte sait, au soir de sa vie, « que ce n'est plus de mériter qui importe, mais d'aimer », avec *Le Sagouin* (1951), petit enfant brisé, jusqu'à en mourir avec son père, par une mère indigne bien que pathétique, avec *Galigaï* (1952), avec *L'Agneau* (1954) où un adolescent semble apparemment sacrifié aux malédictions qui frappent son entourage, et jusqu'au dernier roman que François Mauriac écrivit, octogénaire, *Un adolescent d'autrefois* (1969) que les critiques et les lecteurs s'accordèrent à trouver particulièrement réussi. Sous la forme d'une épure, rédigée avec une jeunesse de pensée et d'écriture tout à fait exceptionnelle, se retrouvait, intacte, toute la mythologie mauriacienne, c'est-à-dire toutes les réalités intérieures et extérieures d'une intrigue où l'âpre nature landaise, souvent écrasée par les incendies et les orages, fait écho aux âmes enflammées par des passions dévorantes.

Dans cette œuvre romanesque, dont l'écriture sait capter le mot dans toute sa force et toute sa plénitude, grâce à une syntaxe efficace qui exprime la tension des corps et des esprits, il existe une sorte de plage où le romancier semble s'être quelque peu reposé, attendri, après la dureté que lui imposait sa critique du milieu provincial : c'est *Le Mystère Frontenac* (1933), peut-être le plus autobiographique de tous les romans de François Mauriac – mais ils le sont tous à des degrés divers – et celui qui porte en lui une fraîcheur et une sérénité tout à fait particulières dans l'œuvre de l'écrivain. Plusieurs essais soulignent l'œuvre romanesque par les éclairages religieux qu'ils lui apportent : *La Vie de Jean Racine* (1928), *Souffrance et bonheur du chrétien* (1931), *Blaise Pascal et sa sœur Jacqueline* (1931), *La Vie de Jésus* (1936), *Le Fils de l'Homme* (1958), *Ce que je crois* (1962). Par ces ouvrages de méditation, François Mauriac précise comment il vit le christianisme et le catholicisme, de même que dans *Le Romancier et ses personnages* (1933), il indique de quelle manière l'écrivain peut concilier – difficilement il est vrai – sa foi et sa façon de « singer Dieu » en créant des personnages. Créateur de personnages romanesques qui n'ont rien de tiède, et qui sont pris dans les rets d'une condition contre laquelle ils se débattent, en vain pour certains, on comprend que François Mauriac ait engagé son existence dans des combats politiques, notamment lorsque à ses yeux une certaine éthique de l'homme était remise en cause par les totalitarismes, qu'on faisait ainsi injure à Dieu, et qu'on méprisait la charité et la fraternité évangéliques. C'est pourquoi l'écrivain, souvent en rupture avec son milieu et même avec ses confrères d'obédience catholique, participera aux mouvements antifascistes avant la Seconde Guerre mondiale, soutiendra par la plume les républicains espagnols, en dépit de la « croisade catholique » que prétendaient servir les franquistes. Il participera à la Résistance et fera paraître dans la clandestinité aux Éditions de Minuit sous le pseudonyme de Forez un journal intitulé *Le Cahier noir* où il dit son horreur du nazisme et ses exigences pour que renaisse un humanisme chrétien. C'est dans le même esprit de tolérance que François Mauriac s'insurgera, à la Libération, contre les abus de l'« épuration » et qu'il sera de ceux qui demanderont la grâce de Robert Brasillach, condamné à mort pour faits de collaboration avec l'occupant. Il reste ensuite à la pointe du combat politique, prenant position contre la déposition du sultan du Maroc en 1953, contre les guerres coloniales, celle d'Indochine puis celle d'Algérie où se pratiquaient des tortures qui défiguraient (au moral comme au physique) la personne humaine, faite à l'image de Dieu, selon le credo chrétien. Toutes ces prises de position politiques, ainsi que ses réflexions sur sa propre vie et celle du monde tout entier, François Mauriac les consigna d'abord dans son *Journal* en quatre volumes (1934-1951), puis dans ses célèbres *Bloc-Notes* donnés à *L'Express* puis au *Figaro littéraire,* dans ses *Mémoires intérieurs* (à partir de 1959), dans ses *Mémoires politiques.* Il y fait preuve d'un talent de polémiste reconnu de tous, d'une ironie mordante et d'un humour cruel dont souvent ses adversaires se relevèrent mal.

Après le retour au pouvoir du général de Gaulle sur lequel il composera un ouvrage (1964), François Mauriac se ralliera à la Ve République et la soutiendra dans ses articles hebdomadaires, reprochant à la gauche de ne pas supporter que de Gaulle applique la politique qu'elle avait si souvent rêvé de faire et qu'elle avait été incapable de mettre en œuvre sous la IVe République. À la fin de sa vie, l'écrivain prenait de la distance, évoquait la nostalgie des temps et des amis disparus, en homme qui, comme il le disait souvent, sait que la copie est remise et qu'on ne peut rien y reprendre. Les honneurs ne manquèrent pas à François Mauriac : dès 1933, il était entré à l'Académie française, en 1952 le prix Nobel de littérature lui fut attribué.

JOËL SCHMIDT.

♦ *« Mauriac est un romancier-né : il a le don de créer des êtres qui vivent, d'ajouter des individus à ce peuple de personnages réels que nous ont laissé les grands créateurs.* » Roger Martin du Gard. ♦ « *Pourquoi cet auteur sérieux et appliqué n'a-t-il pas atteint son but ? C'est péché d'orgueil, je crois... M. Mauriac s'est préféré. Il a choisi la toute-connaissance et la toute-puissance divines. Mais un roman est écrit par un homme pour des hommes. Au regard de Dieu, qui perce les apparences sans s'y arrêter, il n'est point de roman, il n'est point d'art, puisque l'art vit d'apparences. Dieu n'est pas un artiste, M. Mauriac non plus.* » Jean-Paul Sartre. ♦ « *Le style de Mauriac, avec ces mots percutants et ces images précipitées de haut, c'est l'éclair de son orage intérieur.* » Jacques de Lacretelle.

RÉF. : Pierre-Henri Simon, *Mauriac par lui-même*, 1954. — Marc Alyn, *Mauriac*, 1960. — Jacques Laurent, *Mauriac sous de Gaulle*, 1964. — Bernard Roussel, *Mauriac, le péché et la grâce*, 1964. — Keith Goesch, *François Mauriac, Essai de bibliographie chronologique, 1908-1960*, 1965. — Jean de Fabrègues, *Mauriac*, 1971. — Slava Kushnir, *Mauriac, journaliste*, 1979. — Jean Lacouture, *François Mauriac*, Paris, 1980. — Marie-Françoise Canérot, *Mauriac après 1930 : le roman dénoué*, 1985.

MAUROIS André (pseud. de Émile Wilhelm Herzog). Écrivain né le 26 juillet 1885 à Elbeuf, mort le 9 octobre 1967 à Neuilly. Issu d'une famille israélite et d'un père fabricant de draps à Mulhouse, qui émigra avec son entreprise après la guerre de 1870 pour venir s'installer à Elbeuf. Il fait ses études au lycée de Rouen, où il a Alain pour professeur de philosophie, puis obtient le grade de licencié en philosophie. Il commence à travailler dans la filature paternelle, mais il montre plus de dispositions pour les lettres. La guerre de 14-18, qu'il accomplit comme agent de liaison auprès de l'armée britannique, lui permet de réaliser sa véritable vocation, celle d'écrivain, et c'est dès 1917 qu'il écrit *Les Silences du colonel Bramble*, qui obtiendront un vif succès. Ce récit sera suivi de trois autres romans qu'André Maurois a définis avec concision et clarté : « Le colonel Bramble, c'est un effort pour faire comprendre aux Français l'âme anglaise, aux Anglais l'âme française. *Bernard Quesnay* (1926), un effort pour montrer que du côté ouvrier comme du côté patronal on peut trouver de la bonne foi ; *Climats* (1928), un effort pour représenter avec équité le point de vue de la femme et celui de l'homme dans le couple ; *Le Cercle de famille* (1932), un effort pour réconcilier les générations. » Ces quatre romans, avec lesquels on peut citer *Les Discours du docteur O'Grady* (1922), *Le Pays des trente-six mille volontés* (1928), *Voyage au pays des articoles* (1928), *Patapoufs et Filifers* (1930), *Le Peseur d'âmes* (1931), *L'Instinct du bonheur* (1934), *La Machine à lire les pensées* (1937), *Les Mondes impossibles. Récits et Nouvelles fantastiques* (1948), expriment dans leur ensemble un thème qu'avec sa prose harmonieuse, son sens de la mesure et de la pudeur, sa finesse et sa sensibilité très vive, André Maurois sait développer avec art : l'amour souvent lié à la solitude, parce qu'il est un sentiment difficile à partager et à faire partager. Dès 1938, André Maurois est élu à l'Académie française. Après la guerre, qu'il passera aux États-Unis et en Afrique du Nord, où il écrivit de nombreux articles et fit de multiples conférences, il devait commencer une nouvelle carrière, celle de journaliste, comme collaborateur de journaux littéraires et, surtout, poursuivre celle de biographe, où il excella : il est plus connu aujourd'hui pour ses vies de personnages illustres que pour ses romans. Il est vrai qu'il avait déjà prouvé depuis longtemps ses qualités de biographe en publiant *Ariel ou la Vie de Shelley* (1923), *La Vie de Disraeli* (1927) et *René ou la Vie de Chateaubriand* (1938). Les vingt dernières années de son existence furent consacrées à des recherches sur la vie d'écrivains du XIXe siècle, recherches auxquelles collabora son épouse, et qui se sont révélées particulièrement intéressantes dans des ouvrages comme *Don Juan ou la Vie de Byron* (1952), *Lélia ou la Vie de George Sand* (1952), *Olympio ou la Vie de Victor Hugo* (1954), *Les Trois Dumas* (1957) *Prométhée ou la Vie de Balzac* (1965). Ces biographies sont documentées avec soin et écrites avec cet art d'une complicité indispensable entre le biographe et son sujet. À ce travail immense, il convient d'ajouter de nombreux ouvrages tout aussi soignés, aussi justes de ton, aussi attentifs à respecter la vérité, tels *Adrienne ou la Vie de Mme de La Fayette* (1960), *Destins exemplaires*, *La Vie de sir Alexander Fleming* (1959). La tolérance, l'humanisme, la pondération, l'honnêteté de l'homme de cœur et d'accueil que fut André Maurois se retrouvent intacts dans son œuvre très diversifiée, puisqu'il écrivit encore, à la fin de sa vie, une *Histoire parallèle des U.S.A. et de l'U.R.S.S.* (l'histoire de ce dernier pays étant confiée à la plume d'Aragon) (1962), et aussi *De Proust à Camus* (1963) et *De La Bruyère à Proust* (1963), qui constituent une série de portraits et d'études sur des écrivains qu'André Maurois savait approcher et révéler avec tact et respect... Tout comme il sut écrire sur lui-même dans ses *Mémoires* (1948) et son *Portrait d'un ami qui s'appelait moi* (1959).

JOËL SCHMIDT.

RÉF. : A. Fillon, *André Maurois romancier*, Paris, 1937. — M. Droit, *André Maurois*, Paris, 1953. — J. Suffel, *André Maurois*, Paris, 1963. — J. S. Kauffmann, *Aspects de Maurois biographe*, Paris, 1980. — *Notre ami André Maurois* in *La Revue des Deux Mondes*, juillet-septembre 1985.

MAURRAS Charles Marie Photius. Écrivain et homme politique. Né à Martigues (Bouches-du-Rhône) le 20 avril 1868, mort à Tours (Indre-et-Loire) le 16 novembre 1952. Issu d'une famille de petite bourgeoisie (son père était percepteur), il fit d'excellentes études classiques au collège religieux d'Aix-en-Provence, mais ne les poursuivit pas au-delà du baccalauréat. Arrivé à Paris en automne 1886, il débuta aussitôt dans le journalisme. Maurras, quoiqu'il ait toujours été discret sur sa vie intérieure, a nettement avoué à plusieurs reprises qu'il se trouvait vers sa vingtième année dans un état de complète anarchie intellectuelle.

Son enfance avait été marquée par le drame d'une surdité soudaine qui posait au jeune Maurras le redoutable problème du mal : rebuté par le « funeste Pascal » — v. *Pascal puni* (1953) — et exalté par la Grèce antique, le jeune esthète avait perdu la foi chrétienne dès ses années de collège. Dans les milieux intellectuels parisiens des années 1880, il subit l'influence du dilettantisme renanien, du pessimisme de Schopenhauer, du déterminisme de Taine, mais il allait bientôt reconnaître d'autres intercesseurs : Anatole France, qui le confirma dans son paganisme — v. *Le Chemin du Paradis* (1894) —, Barrès et Mistral, qui lui rendirent le sens et l'amour de la petite patrie provençale — v. *L'Étang de Berre* (1915) — ; enfin le positivisme d'Auguste Comte, qui offrait au jeune agnostique la possibilité de maintenir un ordre intellectuel et politique sans référence à l'absolu — v. *L'Avenir de l'intelligence* (1900). Un séjour en Grèce, au printemps 1895 — v. *Le Voyage d'Athènes* (1896-98) et *Anthinéa* (1901) — permit à Maurras, dans une méditation passionnée de la statuaire classique, de préciser la synthèse déjà ébauchée dans son esprit, cette sorte de redécouverte de la raison conçue comme un art des sacrifices et un épanouissement de la sensibilité la plus forte dans de rigoureuses mesures — et c'est à partir de cette expérience que l'auteur des *Amants de Venise* (1902) développera la critique du romantisme passionnel et du romantisme littéraire dans *Un débat sur le romantisme* (1928), *Poètes* (1923), *Barbarie et poésie* (1925), etc. Mais cette même année 1895 marque également le début de l'affaire Dreyfus : convaincu de la culpabilité du capitaine, Maurras ne vit dans les campagnes dreyfusiennes contre l'état-major qu'une atteinte à l'armée tout entière, et un cas exemplaire de la primauté de l'individu sur l'État en régime démocratique. Or, le monde entier étant entré dans l'ère des nationalismes, c'est cette réalité de l'État qu'il importe avant tout de restaurer, avec ses conditions essentielles, l'autorité et la durée, c'est-à-dire, selon Maurras, avec l'hérédité et la monarchie.

« Ou la France et le roi. Ou point de roi, mais plus de France » : tel est le dilemme posé en 1900 par *L'Enquête sur la monarchie*, qui s'efforça d'intéresser les intellectuels à un royalisme d'une espèce nouvelle, royalisme ni sentimental et traditionaliste comme celui de Chateaubriand, ni mystique comme celui de Maistre, mais tout empirique et même à prétentions scientifiques. Pour Maurras en effet la politique ne se déduit pas de principes religieux, moraux ou philosophiques, elle doit être induite des faits, de l'expérience historique. Huit ans après avoir mené son enquête, Maurras, qui avait groupé autour de lui des hommes comme Léon Daudet, Jacques Bainville, Jules Lemaitre, et qui jouissait de l'appui total de Bourget, de la sympathie plus ou moins réservée de Barrès, de Georges Sorel, lançait le quotidien *L'Action française*. Sa vie se confondit dès lors avec celle de ce mouvement, marqué par les campagnes pour une préparation militaire de la revanche (1913), puis contre le traité de Versailles (jugé trop favorable à l'Allemagne), contre la politique briandiste d'union européenne, pour une entente avec l'Italie fasciste (1935), en faveur du général Franco (1936-39), pour Munich (1938) et en 1939 contre la déclaration d'une guerre que Maurras jugeait mal préparée. Si l'extrême violence de la polémique de Maurras faisait de celui-ci l'ennemi numéro un du régime républicain, elle contribuait, autant que son tour littéraire (car Maurras avait une manière originale d'appuyer les démonstrations politiques par tous les prestiges de son style et toutes les ressources de sa solide culture), à attirer vers lui de fervents disciples, venus pour la plupart du milieu étudiant. Parmi les écrivains ayant subi l'influence du chef de *L'Action française*, il faut mentionner des hommes de tempéraments aussi divers que Jacques Maritain, Robert Brasillach, Georges Bernanos, Henri Massis, Pierre Gaxotte, etc. Mais beaucoup d'esprits, éveillés par lui, ne purent supporter l'incontestable étroitesse de son dogmatisme politique et littéraire, et se séparèrent de lui, parfois après une douloureuse prise de conscience, comme ce fut le cas pour Maritain en 1926, pour Bernanos en 1932, pour Brasillach en 1941. D'ailleurs l'Église elle-même s'était inquiétée de la séduction exercée sur la jeunesse par les idées maurrassiennes : tout en proclamant son admiration et son respect pour l'Église comme principe d'ordre et comme « temple des définitions du savoir », Maurras restait en effet résolument agnostique et même païen, et peu d'esprits ont ainsi réussi à concilier en eux-mêmes autant de sympathie pour Rome et pour l'appareil clérical, et autant de répugnance pour l'aspect tragique du christianisme. Non seulement plusieurs livres essentiels de Maurras furent mis à l'Index, mais en 1926 Pie XI prononça la condamnation de *L'Action française.* Ce fut un coup décisif porté à l'action de ce mouvement, qui ne devait plus s'en relever jusqu'à sa dissolution en 1944, après la condamnation à la prison perpétuelle de Charles Maurras qui, pendant l'Occupation, avait donné un appui total à la politique du maréchal Pétain. Incarcéré à la prison de Riom, puis à celle de Clairvaux, Maurras fut gracié au printemps de 1952 et se retira alors dans une clinique de Tours. Il revint dans ses derniers moments à la foi catholique (la condamnation pontificale de 1926 avait d'ailleurs été levée par Pie XII en 1939).

Si les espérances politiques de Maurras (le rétablissement de la monarchie pour 1950) ont échoué, sa critique de la démocratie — v. *Mes idées politiques* (1937) — demeure. On peut se demander en revanche si son esthétique assez raide et sèche n'a pas nui au rayonnement de son œuvre : grec et uniquement grec, de la Grèce apollinienne et non dionysiaque, Maurras a systématiquement et volontairement méconnu les cultures anglo-saxonne, germanique, orientale et, en art, tout ce qui ne fut point la Grèce du Vᵉ siècle et la France du XVIIᵉ. On aurait tort cependant, après une lecture rapide des poèmes de *La Musique intérieure* (1925), de croire Maurras insensible aux philtres du romantisme ; peut-être, au contraire, est-ce parce qu'il en avait d'abord trop profondément subi l'enchantement pendant sa jeunesse qu'il s'est ensuite à tel point raidi dans sa position de défenseur de l'humanisme traditionnel — dans *Le Conseil de Dante* (1913).

MICHEL MOURRE.

♦ *« On a dit : " Pour lui toute pensée se convertit en action. " Cela est un peu injurieux, et d'ailleurs inexact. Il serait plus juste de dire que son système est formé de théories dont la force que représente leur application fait une partie de leur valeur. Son œuvre est une suite de constructions destinées à créer ou à maintenir une harmonie* [...] *Qu'importe, pour son œuvre et pour lui, ce qu'il a voulu supprimer ! Charles Maurras est une des plus grandes forces intellectuelles d'aujourd'hui. »* André Malraux. ♦ *« Le destin temporel d'un homme si cruellement divisé contre lui-même, passionné pour des vérités auxquelles il s'acharne à plier sa pensée, alors que son être les refuse, en refuse la substance éternelle, la réalité profonde, ressemble à l'une des formes les plus cruelles de la damnation en ce monde. »* Georges Bernanos. ♦ *« On peut penser solidement sans Maurras. On peut exprimer une pensée solide dans une grande langue sans Maurras. Il est l'héritier d'une culture qui tout de même était là, s'il n'y eût pas été. Mais elle était méconnue, recouverte, et par quoi ! quel recul ! Il est le restaurateur. Ce titre n'est pas discutable* [...] *Il y a un effort vers la clarté, un goût de serrer le réel, une horreur de l'affectation et du verbiage et que je dois à lui et à nul autre. À tout écrivain que j'estime, je souhaite de subir cette influence. »* Henry de Montherlant. ♦ *« ... ce bel ordre et cette douce vigueur de langage. Une pensée rustique et forte entre sans contrainte dans une forme parfaite et la remplit tout entière. Par une culture grecque, latine, provençale, un esprit a été modelé de telle sorte que l'harmonie de la plus grande prose est son mode d'expression naturel. »* André Maurois.

RÉF. : A. Thibaudet, *Les Idées de Charles Maurras*, Paris, 1919. — J. Maritain, *Charles Maurras et le devoir des catholiques*, Paris, 1926. — R. Benjamin, *Charles Maurras, ce fils de la mer*, Paris, 1932. — H. Massis, *Maurras et notre temps*, Paris, 1951. — M. Mourre, *Charles Maurras*, Paris, 1953. — Beau de Loménie, *Maurras et son système*, Paris, 1954. — L. S. Roudiez, *Maurras jusqu'à l'Action française*, Paris, 1957. — R. Joseph, *Charles Maurras*, Paris, 1962. — R. Joseph et J. Forges, *Biblio-iconographie de Charles Maurras*, Paris, éd. définitive, 1980. — P. Boutang, *Maurras, la destinée et l'œuvre*, Paris, 1984. — V. N'Guyen, *Charles Maurras*, 1991.

Maxime. Genre bref qui connut un grand succès au XVIIᵉ siècle en France. Exprimant une pensée de façon concise et brillante, grâce à une syntaxe très charpentée (antithèse, parallèle) et par la recherche d'un *concetto* (pointe surprenante), la maxime est liée à toute une littérature sentencieuse qui se rattache à une tradition latine issue de Sénèque et de Tacite. Elle est particulièrement en situation dans les genres moraux, où elle sert à illustrer une vérité générale (contrairement à l'exemple, qui est illustration d'un cas singulier). Du point de vue rhétorique, elle constitue le segment minimal d'une argumentation (syllogisme).

EMMANUEL BURY.

Maximes de La Rochefoucauld : voir ***Réflexions ou Sentences et maximes morales.***

Maximes et pensées, anecdotes et bons mots. Recueil de fragments du journaliste et polémiste Antoine Rivarol (dit comte Antoine de, 1753-1801), publié posthume en 1808, sous le titre de *Pensées, traits et bons mots,* à la fin de l'édition Fayolle et Chênedollé des *Œuvres complètes.* À ce recueil, il importe d'ajouter celui des *Pensées inédites,* publié en 1836 par Claude-François de Rivarol, frère cadet de l'auteur. La matière de ces *Pensées inédites,* extraite des *Carnets* trouvés à la mort de l'auteur et des « innombrables petites notes prises au jour le jour, [qu'il] mettait ensuite pêle-mêle dans des petits sacs » (Le Breton), pose un grave problème d'attribution. La confrontation des *Carnets* avec l'édition de Claude-François a révélé en effet que seules cinquante-cinq pensées sur les deux cent quatre-vingt-onze qui furent publiées ont été scrupuleusement reproduites ; les autres ou ne figurent point dans les *Carnets* (vingt-neuf) ou présentent une leçon différente (deux cent sept). Quant aux « petites notes, » demeurées jusque-là inconnues, elles ne pouvaient non plus faire foi : Claude-François, qu'alarmait apparemment sa conscience de pur royaliste ou de chrétien, modifiait à discrétion les écrits de son frère, d'autant plus que lui-même se piquait de belles lettres. Les textes ainsi produits sont donc sujets à caution. Par ailleurs, quantité de mots de Rivarol (ou attribués à Rivarol : il en est qui ne sont pas de lui) qu'on lit à la fin de l'édition Fayolle et Chênedollé de 1808 sont rapportés par d'autres dans un contexte différent, ou extraits de ses œuvres mêmes. Par exemple, « C'est un terrible avantage de n'avoir rien fait, mais il ne faut pas en abuser » est tiré de la Préface au *Petit almanach de nos grands hommes.* C'est dire que les *Maximes et pensées, anecdotes et bons mots,* tels qu'ils sont généralement connus, ne constituent pas, à parler rigoureusement, une œuvre de Rivarol ni même un état sûr de sa réflexion, à la façon, du moins, de celui de son contemporain Chamfort. Il est résulté de ces confusions qu'on a traditionnellement vu en lui un moraliste plutôt qu'un écrivain politique. « Ses » fragments n'en attestent pas moins une palette aussi riche que variée, et un esprit toujours à la tribune du bon mot. Politique, critique, littérature, peinture, musique, société, personnages historiques, langage, noblesse, étrangers, histoire, goût, peuple, journalisme... tout sujet lui sert en effet de tremplin à une effusion humoristique et généreusement conservatrice. Parfois pourtant transpirent la nostalgie d'un monarchisme à jamais révolu, ou le souvenir amer d'une aristocratie qui a trahi sa raison d'être et sa grandeur, ou encore, sur le plan de la création littéraire, le regret d'un art d'autrefois qui, refusant de subordonner les exigences de la beauté aux contraintes de la seule règle, se voulait tout ensemble ombres et lumières. Car, pour Rivarol, la clé des chefs-d'œuvre se trouve, non dans la pratique du métier ou d'une rhétorique ni même dans l'espoir d'une science appelée de son temps à élucider le problème de la valeur, mais aux frontières toujours plus évanescentes du fuyant et du mystérieux, dans les abysses de l'univers intérieur et obscur du démiurge. D'où son sarcasme pour tout ce qui ne relève pas du génie et de l'enchantement.

H. M.

Maximes et pensées, caractères et anecdotes. Fragments posthumes du littérateur et moraliste Chamfort (Sébastien-Roch Nicolas, dit, 1740-1794) publiés en l'an III [1795] sous le titre de *Produits de la civilisation perfectionnée,* in *Œuvres de Chamfort, recueillies et publiées par un de ses amis* (les premiers fragments furent publiés, dès 1794, dans *La Décade philosophique,* année même de la fondation du journal). P.-L. Ginguené, l'« ami » qui assura cette première édition d'ensemble, écrit dans son avertissement au lecteur : « Chamfort était, depuis longtemps, en usage d'écrire chaque jour sur de petits carrés de papier, les résultats de ses réflexions, rédigés en maximes, les anecdotes qu'il avait apprises ; les faits servant à l'histoire des mœurs... ; enfin, les mots piquants et les reparties ingénieuses qu'il avait entendus ou qui lui étaient échappés à lui-même. Tous ces petits papiers, il les jetait pêle-mêle dans des cartons. » L'œuvre ainsi présentée ne réunissait toutefois — et les éditions qui ont suivi n'en réunissent guère davantage, malgré quelques ajouts pleins d'intérêt — qu'une « espèce de débris ». La majorité des fragments, en effet — sans doute plus de deux mille —, que Chamfort avait rassemblés sur une quinzaine d'années depuis 1779-1780, disparurent immédiatement après sa mort. Par surcroît, Ginguené, prenant sur lui de séparer, « par un examen sévère », le bon grain d'une prétendue ivraie, réduisit à « un seul volume » une collection qui pouvait en fournir « plus de deux » ; il ne daigna pas même aviser son lecteur de ce qu'il avait fait des centaines de fragments ainsi écartés. Les a-t-il détruits ? Ce qui est sûr, c'est qu'ils demeurent, aujourd'hui encore, inconnus. Les *Produits* de Chambort présentent donc une béance énorme. Rien, par exemple, sur Mme Roland, Hébert, Danton, Marat, Robespierre, pourtant l'auteur des *Tableaux historiques de la Révolution française* ne tarissait pas de jugements, à tout-venant, sur les chefs de la Terreur, sur leur maintien, leur air, le ton qu'ils prenaient avec autrui dans leurs discours. Rien sur la Gironde, les Jacobins, la Montagne, et l'exécution de Louis XVI, sur les heures les plus tourmentées de la Révolution où, avec effroi, il crut découvrir l'adhésion intuitive de l'homme à la bêtise et à la rage exterminatrices. Les *Produits* forment essentiellement un répertoire d'anecdotes sur l'Ancien Régime finissant et une « collectanée » de réflexions morales sur la nature humaine en général, de même que sur l'individu en société. D'où les deux grandes parties qui les composent : caractères et anecdotes, d'une part, maximes et pensées, de l'autre. D'où, aussi, l'ironie de leur titre original : il entame déjà le procès d'une « civilisation » dissimulant, sous des dehors de grandeur, d'ordre et de politesse, décadence, confusion et pourriture.

Politiquement, les *Produits* constituent la mise en accusation d'un régime fondant en loi, selon la double extravagance de la religion et de la naissance, l'asservissement du peuple par une classe de privilégiés. Ils mettent sur le compte de l'aristocratisme la misère d'une France où s'emploient à survivre « sept millions d'hommes qui demandent l'aumône, et douze millions hors d'état de la leur faire » ; où le renversement des idées morales est tel que les « gens du monde » finissent par justifier, en toute bonne foi, les unions non seulement les plus odieuses mais les plus ridicules ; où il n'est pas d'honnêteté, si pure soit-elle, qui ne se voie lésée de ces droits particuliers, élémentaires et légitimes ; où la distinction des ordres de la société comme loi fondamentale de l'État s'identifie avec un principe inégalitaire immonde. Bref, au cœur d'un « siècle infâme », Chamfort, profondément meurtri dans sa conscience d'homme libre et droit livré en pâture à l'iniquité et à l'insolence, donne cours, au gré des élancements de sa douleur, à ses amertumes et à ses indignations. Mais qui ne sait que derrière la révolte, voire derrière le cynisme, souvent se cache un rêve d'idéal, la foi en une refonte de la société qui rendrait à l'être ses possibilités primitives ? Chamfort n'est nullement le pessimiste total, confortablement installé dans l'irrévocabilité de sa condamnation. Disciple de Rousseau, il a de l'homme non corrompu par la « civilisation perfectionnée » une vision noble, pour le moins riche de promesses et d'épanouissements. Nombre de ses pensées, faisant fond sur les générosités de la nature, s'inscrivent en outre dans le programme de réhabilitation des passions qu'avaient lancé, en réaction contre leurs aînés du XVIIe siècle, les moralistes de la première moitié du XVIIIe siècle tels que Maupertuis, Duclos (dont il était d'ailleurs l'ami), Vauvenargues et Toussaint. Il les juge même « plus utiles que la raison ». Et s'il lui arrive d'observer que ce n'est qu'après « l'âge de raison » que les grands artistes produisent leurs « chefs-d'œuvre », c'est parce que dans l'ordre de la création les hommes doivent passer d'abord par les passions, à la façon des terres que fertilisent « les éruptions des volcans ». À la limite toutefois, le mal de Chamfort, son inquiétude ont leur source profonde moins peut-être dans ses rapports conflictuels avec la société française, que dans sa quête du savoir absolu. Être tourmenté ne trouvant, paradoxalement, de repos qu'il ne remette en question, par déférence pour la pure intelligence, sa propre pensée, il se sentira immédiatement pris dans l'engrenage d'un renversement du pour ou contre sans bornes ni repos. Le « M... » et le « on » des *Produits* auxquels sont attribuées ses réflexions personnelles constituent, non point la dérobade d'un « je » qui refuserait, par amour-propre, de s'exposer aux calomnies d'un public « absurde, atroce et plat », mais les métamorphoses d'un « moi » qui, par fidélité à la conscience, « restitue l'être à l'être en sympathie avec ses déchirures et avec ses contradictions, sans songer à la galerie ». Car le « moi » est aussi un « autre » avec qui il importe de dialoguer quand bien même le dialogue n'en finirait pas de finir. Au moins nous fait-il comprendre, en ouvrant une voie, fût-elle sans issue, dans un monde protéiforme, qu'il n'est d'autocréation élevée que par notre art, sur le mode des philosophes anciens qui avaient aligné leur vie sur les résonances intérieures de leur nature démiurgique.

H. M.

MAYNARD François. Poète né à Saint-Céré, près de Toulouse, à la fin de l'année 1582, mort à Aurillac (Cantal) le 28 décembre 1646. Fils d'un digne conseiller au parlement de Toulouse, il dut se destiner à la magistrature. En 1605, il devint secrétaire de Marguerite de Navarre, alors divorcée d'avec Henri IV. Désireux de flatter le goût romanesque de Margot, Maynard écrivit *Philandre,* roman pastoral en vers imité du *Sireine* d'Honoré d'Urfé. Si Maynard fut d'abord l'émule des poètes Desportes et Bertaut, sa rencontre avec Malherbe en 1606 fut décisive. Elle eut pour conséquence première de lui faire différer la publication de *Philandre* (1619) que le maître jugeait sévèrement. En 1607, s'étant brouillé avec sa protectrice, il tenta vainement de trouver un emploi à la Cour. Il commença à fréquenter Saint-Amant, Colletet, Théophile et autres poètes de renom. En 1608, il épousa Gaillarde de Boyer : grâce à sa dot, il put sans peine s'installer au présidial d'Aurillac. Mais, ayant peu de goût pour la vie de province, il résolut, au bout de dix ans, de laisser les fonctions de sa charge à l'un de ses subdélégués, et revint se fixer à Paris. Il s'acquit un certain renom auprès de tous les beaux esprits de la capitale. Devenu l'ami de Gomberville, de Boisrobert et de Scarron, il put bientôt être présenté au cardinal de Richelieu. En 1632, il fut admis à l'Académie française. Ambitieux, il s'y montrait assidûment et intriguait à l'avenant. Bien qu'il fût loin d'avoir à se plaindre de la fortune, il avait pris l'habitude, en effet, de solliciter sans cesse : car, ayant déjà huit enfants, il trouvait fort insuffisante sa charge de président au présidial d'Aurillac. En 1634, il fit un voyage à Rome, en qualité d'attaché de François de Noailles, comte d'Ayen, ambassadeur de France auprès du Saint-Siège. Là, s'étant lié avec le cardinal Bentivoglio, réputé pour son esprit, il fut fort bien traité par le pape Urbain VIII. Mais ayant déplu, peu après, à son supérieur, il perdit sa place et, par contrecoup, tout crédit auprès de Richelieu.

De retour en France, il n'en fut pas moins repris par le désir de briller à la Cour, et il se mit de plus belle à encenser, selon ses propres termes, les idoles du jour. À la mort de Richelieu, Séguier lui fit bon accueil et le nomma conseiller d'État. Mais, comme il se montrait par trop quémandeur, il en fut toujours pour ses frais. De guerre lasse, il résolut de se replier à Aurillac sans esprit de retour (1640). Il se lia alors avec Guez de Balzac, écrivain déçu comme lui dans ses ambitions : en 1643, il lui rendit visite en Charente. Après la mort de sa femme, il offrit vainement le mariage à la belle veuve Cloris, qu'il avait passionnément aimée à la cour d'Henri IV et qui l'avait trahi pour épouser un plus riche prétendant. Il écrivit pour elle des stances amoureuses restées célèbres.

L'œuvre de Maynard fut peu goûtée de son temps parce qu'il refusait de donner dans le goût précieux. Le meilleur disciple de Malherbe, a plus d'une fois dépassé son maître par des réussites d'une « inoubliable beauté » (Henri Mondor). Outre le poème de *Philandre* (1619), il a laissé des *Épigrammes* (1646), des *Odes* (1646) et des *Poésies* (1646).

Ce poète lyrique, qui chanta la fuite du temps et l'élégie amoureuse, a été par ailleurs un régulier pourvoyeur des recueils licencieux qui se sont succédé entre 1600 et 1623 (*Cabinet satyrique, Délices satyriques, Parnasse satyrique*). On possède enfin de lui une très belle collection de *Lettres* (1653).

RÉF. : Actes du colloque *Maynard et son temps,* publications de l'université de Toulouse-Le Mirail, 1976.

Mazarinade. Désigne un pamphlet écrit contre le cardinal-ministre Mazarin, lors de la Fronde (1648-1653). Le mot est né d'une œuvre du poète Scarron (1649), qui devint éponyme du genre. On y trouve des écrits contre le cardinal, mais aussi pour Mazarin, tel le *Mascurat* (1649) de l'érudit Gabriel Naudé (qui était bibliothécaire de Mazarin). H. Carrier a étudié en détail le corpus de la mazarinade (*La Presse de la Fronde,* 1989), montrant quelle est sa variété — du placard le plus hâtif à la pièce concertée et savante — et toute la palette de procédés que les auteurs mettent en œuvre, reflétant ainsi une littérature qui annonce les procédés du journalisme le plus moderne.

EMMANUEL BURY.

Médecin malgré lui (Le). Comédie en trois actes et en prose de Molière (1622-1673), représentée pour la première fois le 6 août 1666, éditée l'année suivante. Aussitôt après *Le Misanthrope* (*), qui ne reçut qu'un succès d'estime et qui fut joué vingt et une fois entre le 4 juin et le 1er août 1666, Molière donna sur la scène du Palais-Royal, avec *La Mère coquette*, de Donneau de Visé, au répertoire depuis l'année précédente, une nouvelle comédie, *Le Médecin malgré lui.* Le succès fut immédiat et immense, tout Paris courait au *Médecin.* Il ne se démentit pas. *Tartuffe* (*) mis à part, aucune pièce de Molière n'a eu plus de représentations de son vivant. À partir du 3 septembre 1666, c'est à la suite du *Misanthrope* qu'on le joua, mais si le public se rendait en foule au spectacle, c'était pour *Le Médecin* ; toutefois, il est inexact de dire, avec Grimarest, que Molière fut obligé de soutenir *Le Misanthrope* avec cette farce dès la quatrième représentation : ce n'est que plus tard que Molière soutint l'une par l'autre. Avec *Le Médecin*, Molière retourne à ses origines, c'est-à-dire à la farce sortie de la tradition médiévale française et de la commedia dell'arte italienne. Le sujet de sa pièce était classique depuis le fabliau du *Vilain mire* — v. *Fabliaux* (*) — qui en est l'origine ; sous différentes formes, il avait été exploité dans le théâtre espagnol et dans une farce française, *La Comédie de celui qui avait épousé une femme muette*, que Rabelais avait vu jouer et qu'il cite au *Tiers Livre* — v. *Gargantua* (*). Molière lui-même s'en était déjà servi dans une farce perdue, *Le Fagotier* (il faut noter que, dans le registre de La Grange, *Le Médecin* est parfois appelé *Le Fagotier*). Mais si *Le Fagotier* servit de base à Molière, il utilisa aussi *Le Médecin volant* et une des situations de *L'Amour médecin*. Enfin, il se peut que Molière ait mis à profit, une fois de plus, la farce italienne *Il medico volante*, d'où il avait précédemment sorti son *Médecin volant.* Toutefois, si *Le Médecin malgré lui* est bien une farce, dont il a gardé les caractères essentiels, c'est une œuvre de la maturité de Molière, et il s'y trouve des finesses qui ne devaient point exister dans ses premières farces ; si c'est à sa gaieté, à sa verve irrésistible que la pièce dut son succès, elle n'en connut de si prolongé, de si constant, que par sa composition rigoureuse, par la beauté et le naturel de sa langue.

Au Ier acte, Martine, femme de Sganarelle (personnage qu'on retrouve dans plusieurs pièces de Molière), se plaint à son mari de ce qu'il est paresseux et ivrogne. Celui-ci répond par des plaisanteries insolentes et finit par la battre. Aux cris de Martine, le voisin Robert intervient ; mais Martine l'accueille par ces mots : « Il me plaist d'estre battue. » Puis les deux époux se tournent contre l'importun, qui est battu à son tour. Martine restée seule se demande comment elle pourra se venger de Sganarelle. Arrivent Valère, domestique de Géronte, et Lucas, mari de Jacqueline, nourrice de la fille de Géronte ; ils sont à la recherche d'un médecin pour la fille de leur maître, Lucinde, devenue muette. Abordée par eux, Martine leur dit que son mari est un grand médecin, et cite les cures merveilleuses qu'il connaît ; mais, ajoute-t-elle, il ne consent à le reconnaître que lorsqu'il a été bien battu. Survient Sganarelle qui, convenablement rossé, reconnaît tout ce qu'on veut. À l'acte II, après que Valère et Lucas ont rendu compte de leur mission à leur maître, Sganarelle, bien décidé cette fois à jouer le jeu, est introduit : il se livre à toutes sortes de plaisanteries et va jusqu'à bâtonner Géronte. Suit l'examen de la jeune fille, où le médecin improvisé fait preuve d'une érudition éblouissante, à coups de latin de cuisine et de considérations pseudo- scientifiques, parodie du langage des médecins du temps. Heureusement, Sganarelle apprend de la bouche de Léandre, « amant » de Lucinde, la véritable cause de cette maladie. C'est un tour que la jeune fille joue à son père, pour le punir de faire obstacle à son mariage. Contre promesse d'une bonne récompense, Sganarelle entre dans les intérêts des jeunes gens et se fait leur complice. Au IIIe acte, Léandre s'est costumé en apothicaire et Sganarelle lui fait une belle tirade sur la vanité de la médecine. Des paysans viennent consulter le faux médecin, celui-ci les mystifie. Lucinde revient sur scène ; elle est guérie et déclare à son père qu'elle n'épousera que Léandre. Son verbiage est si intarissable que Géronte demande à Sganarelle de la faire redevenir muette ; mais Sganarelle répond : « Tout ce que je puis faire pour votre service, c'est de vous rendre sourd » (le mot est emprunté à Rabelais). Lucinde sort avec le faux apothicaire, mais Lucas vient tout à coup révéler que celui-ci a enlevé la jeune fille. Géronte, furieux, envoie chercher un commissaire, et Sganarelle s'attend à être pendu, quand les deux jeunes reparaissent ; Léandre annonce qu'il vient d'hériter de son oncle, et Géronte ne voit plus d'obstacle au mariage.

Si l'intrigue amoureuse est quelque peu usée (on sait que Molière utilisa lui-même à plusieurs reprises des situations identiques), si le sujet principal lui-même n'est guère original, il faut reconnaître que Molière l'a complètement renouvelé, qu'il lui a donné sa forme définitive. Il est certain qu'écrivant *Le Médecin* aussitôt après *Le Misanthrope* Molière a voulu se délasser, s'amuser lui-même ; il a réussi à divertir et à faire rire non seulement ses contemporains, mais des générations de spectateurs, et *Le Médecin* a autant de force comique maintenant qu'au premier jour. Une des causes essentielles de son succès réside sans doute dans le pittoresque et l'exactitude du langage : chacun parle ici selon sa condition, selon sa personnalité ; d'aucune autre pièce de Molière autant de mots caractéristiques ne sont tombés dans le domaine public.

Méditations poétiques. Œuvre du poète Alphonse de Lamartine (1790-1869), publiée en 1820. Le succès des *Méditations* fut immédiat et prolongé : sept éditions en un an. Le jeune poète avait bénéficié d'appuis politico-religieux ; il dédiait « Le Génie » à Bonald et « Dieu » à Lamennais. Mais la politique, même religieuse, ne peut seule expliquer ce triomphe. Peu suspect d'engouements idéologiques, Talleyrand avait tout résumé d'un mot : « Il y a là un homme. »

On a fait de 1820 la date de naissance du romantisme poétique, alors que Lamartine écrivait comme ses maîtres du XVIIIe siècle, de Voltaire à Parny : ni la langue ni l'usage du vers ne déconcertaient le public. Mais « la forme vieille » (Rimbaud) était rajeunie par la musique, et l'on entendait en effet la voix d'un homme en accord avec son temps : livre d'un âge de la vie rassemblant des textes écrits de 22 à 29 ans, les *Méditations* étaient aussi le livre d'un âge de la sensibilité française.

On savait l'auteur revenu au catholicisme, mais sa conversion n'avait précédé que de quelques semaines la publication du recueil. On peut suivre dans celui-ci un itinéraire vers la foi, du « vague objet » de « L'Isolement » au chant de Noël de « La Poésie sacrée » ; on ne saurait y reconnaître une foi assurée. Du reste l'itinéraire est recomposé, pour la religion comme pour l'amour, autre thème majeur : le poète ne tient pas un journal en vers. Il n'est pas Alphonse de Lamartine, amant de Julie Charles : c'est un homme jeune et mélancolique qui a aimé une Elvire. Sous ce nom unique, biographes et exégètes retrouveront Antoniella (la future Graziella), Julie, Léna de Larche et même l'épouse, Marianne. L'auteur de 1820 n'a rien du « montreur » que dénoncera Leconte de Lisle et qu'il deviendra un peu en produisant les « commentaires » de l'édition des souscripteurs.

Ni en amour ni en religion, l'homme des *Méditations* n'a atteint un point fixe. Insatisfait, il est une âme en quête de bonheur, de vérité. Cette quête, il l'exprime aussi bien dans des discours en vers (« L'Homme », dédié à Byron) que dans des élégies de sa première manière (« Le Golfe de Baya ») ou dans les méditations proprement dites, comme « L'Isolement » ou « Le Vallon ». Là il crée vraiment un genre. De l'exercice philosophique ou religieux, il garde le mouvement : contemplation, réflexion, élévation. Mais ce qu'il contemple, c'est un paysage ; sa réflexion est une rêverie qu'emporte un mouvement final : rêverie ascendante, « qui se prend pour la pensée » (Lanson) peut-être, mais à laquelle le lecteur se laisse prendre.

Ces *Méditations* de 1820 restent classiques par le vocabulaire — souvent « noble » —, la rhétorique et la retenue : le « je » est celui d'un poète qui est l'homme ; le lac garde son anonymat. En deçà donc du romantisme, mais aussi au-delà, par l'art de suggérer, la fusion du visible et de l'invisible, la suprématie de la musique.

L'édition des souscripteurs ajoutera une cinquantaine de pièces au recueil. Si elles ont peu de rapport avec le volume de 1820, plusieurs sont d'un grand intérêt, telles « Ressouvenir du lac Léman », poème politique de 1841 où Lamartine exhale à nouveau sa haine de Napoléon, ou la tardive réponse à la « Lettre » de Musset.

Les *Nouvelles Méditations poétiques*, publiées en 1823, rassemblent des poèmes fort divers, écrits de 1815 à 1823. L'auteur a voulu donner une architecture à ce recueil hâtivement préparé, qu'encadrent « L'Esprit de Dieu », hymne à l'inspiration, et les « Adieux à la poésie » — adieux très provisoires. L'ensemble déçut et déçoit encore, parce que l'on compare ce livre au précédent.

Il y a là cependant quelques-uns des plus beaux poèmes de Lamartine. « Le Crucifix » clôt magnifiquement le cycle d'Elvire-Julie, tandis qu'« Ischia » et « Chant d'amour » célèbrent le bonheur connu auprès de la « troisième Elvire », Marianne. « Bonaparte », inspiré de Manzoni, inaugure une réflexion poétique sur ce héros dangereux qu'on retrouvera dans *Jocelyn* (*) et dans le « Ressouvenir ». « La Liberté » évoque encore ce « tyran superbe ». Ainsi s'affirme déjà l'inspiration politique qui s'épanouira après 1830. Quant aux « préludes », cette « sonate de poésie » réunit habilement, outre un médiocre fragment épique, une bucolique emplie du souvenir de Milly, une méditation triste et une « odula » amoureuse dédiée à « Marianna ». Ils préfigurent l'élargissement qu'affirmeront les *Harmonies* (*).

Auparavant, Lamartine aura publié en 1825 *Le Dernier Chant du pèlerinage d'Harold*, hymne à la liberté et au courage grecs en même temps qu'adieu au poète anglais mort à Missolonghi. La même année, un piètre *Chant du sacre* célébrait le couronnement de Charles X.

L'auteur des *Méditations* : usuelle pour désigner Lamartine, la périphrase ne rend pas compte de l'ampleur de son génie. Pour s'en tenir à la poésie, si neuf qu'ait été et si beau que demeure le recueil de 1820, il ne correspond qu'à une ambition mineure d'un poète qui se voulait épique. Même s'il se trompait sur lui-même, il devait, dans le seul lyrisme, surpasser ses débuts en composant les *Harmonies*.

M.-F. G.

Mélodrame. Genre théâtral du XIXe siècle. Le mot désigne d'abord, du Directoire à la fin de l'Empire, un avatar populaire du drame (v. ce mot) bourgeois, répertoire de pièces simples à thèmes émouvants, où la vertu malheureuse est toujours récompensée aux dépens de la méchanceté et de la traîtrise. Ce premier mélodrame, éducatif, socialement stabilisateur, est principalement illustré par Guilbert de Pixérécourt (*Victor ou l'Enfant de la forêt,* 1797 ; *Cœlina ou l'Enfant du mystère,* 1800). C'est en revanche un acteur et non un auteur qui caractérise la seconde période du genre : avec Frédérick Lemaître, célébrissime créateur du personnage de Robert Macaire dans *L'Auberge des Adrets* (1823), le vaurien devient comique, aimable et séduisant. Ce nouveau mélodrame, influencé par le romantisme et illustré par Ducange, Pyat, Anicet

Bourgeois, est moins moral, moins conservateur, mais, jusqu'au bout, il reste fidèle aux valeurs d'émotion et de sensiblerie qui ont fait ses premiers succès (Dennery, *Les Deux Orphelines,* 1874 ; Montépin, *La Porteuse de pain,* 1889).

PATRICK BERTHIER.

MEMMI Albert. Romancier et essayiste tunisien naturalisé français. Né à Tunis le 15 décembre 1920. Si l'œuvre d'Albert Memmi atteint une portée universelle, c'est pourtant dans des conditions d'existence très particulières qu'elle trouve sa source : né en Tunisie, aîné d'une famille de condition très modeste dont la langue maternelle était l'arabe, Albert Memmi souffre en effet, au même titre que les héros de ses romans, d'une « impossible condition » : juif dans un pays arabo-musulman, de mœurs orientales dans un monde où triomphait l'Occident, pauvre dans une société où seule la richesse pouvait sauver. Après des études primaires à l'école rabbinique, puis à celle de l'Alliance israélite universelle, il peut s'inscrire au lycée Carnot de Tunis, grâce à une bourse de la Communauté. Parallèlement à ses études, il fréquente les mouvements de jeunesse juive, faisant à ces deux écoles le difficile apprentissage de la judéité et de la différence. Baccalauréat en poche (1939), il s'inscrit à l'université d'Alger, d'où il est chassé par les lois de Vichy, puis s'embarque pour la France (1946), afin d'y poursuivre en Sorbonne ses études de philosophie. C'est en cette période de pessimisme extrême et de désillusions que, travaillé par le désir de faire le « bilan de sa vie », Memmi entreprend *La Statue de sel* (1953), qui obtiendra le prix littéraire de Carthage.

Marié à une chrétienne (1951) – il s'inspirera de cette expérience pour composer *Agar* (1955) sur les difficultés du couple mixte –, il tente de revenir au pays, où il enseigne la philosophie et fonde le Centre de psycho- pédagogie de Tunis. Mais, dès l'accession de la Tunisie à l'indépendance, les Memmi sont, comme beaucoup de familles juives, contraints de quitter définitivement le pays, pour se fixer à Paris, où l'écrivain obtient un poste d'attaché de recherche au C.N.R.S. avant d'enseigner la sociologie à l'École des hautes études, puis à l'université Paris X.

Le *Portrait du colonisé,* précédé d'un *Portrait du colonisateur* (1957), qui met en évidence l'arrière-plan psycho-sociologique de l'oppression coloniale, pose la première pierre d'une fructueuse théorie sur la dépendance et la dominance qu'illustreront successivement *Portrait d'un Juif* (1962), *L'Homme dominé* (1968) et *La Dépendance* (1979). La définition qu'Albert Memmi donne du racisme dans *L'Encyclopaedia Universalis* et, de façon plus développée, dans *Le Racisme* (1982), est aujourd'hui très largement reprise.

Parallèlement, l'œuvre romanesque d'Albert Memmi, traduite en de nombreuses langues, s'est poursuivie avec *Le Scorpion* (1969), *Le Désert* (1977) et *Le Pharaon* (1988) – ces deux derniers romans inscrivant la question de l'identité et des choix existentiels dans une perspective plus historique que les précédents.

Les « billets » d'Albert Memmi publiés dans le journal *Le Monde* ont été récemment réunis sous le titre *Bonheurs* (1992).

GUY DUGAS.

Mémoires. Si ce terme est utilisé depuis le XIVe siècle au pluriel et au masculin, et désigne assez largement un exposé ou une dissertation portant sur la science, la vie politique ou la littérature, il s'agit plus souvent de la relation, par écrit, d'événements dont l'auteur porte témoignage, et, par là même, les Mémoires ont à voir avec l'Histoire. Pour la science, de Réaumur sur les insectes à Pasteur sur la fermentation, on a dévié le mot (en l'utilisant au pluriel) alors qu'il reste là dans son sens premier, qui est le compte rendu d'une doctrine ou l'état de recherches. Ce qui se rapproche le plus de la conception classique des Mémoires, en matière scientifique, serait le *Journal de Trévoux* (ou *Mémoires de Trévoux*), périodique jésuite anticartésien et antinewtonien (1701 à 1768) qui s'attacha à un décorticage au jour le jour de l'avancée de l'esprit des Lumières, pour la combattre point par point. Peut-être n'est-il pas osé de mettre certains ouvrages de Teilhard de Chardin (notamment ses *Lettres*) et de Jean Rostand (*Pensées d'un biologiste, Pages d'un moraliste, Ce que je crois...*) dans la rubrique des Mémoires scientifiques. Mais les Mémoires les plus célèbres restent ceux qui touchent à la littérature et à la vie politique ou quotidienne, les trois se mêlant dans les œuvres les plus accomplies du genre. Et c'est sans doute par eux que ladite Histoire a pris, très vite, rang parmi les genres littéraires. Ainsi les *Chroniques* de Froissart (XIVe siècle), le *Ménagier de Paris,* le *Journal d'un bourgeois de Paris* (œuvres anonymes de la fin du XIVe et du début du XVe siècle), les *Mémoires* de Guillaume de La Marche (fin du XVe siècle) ou les *Mémoires* de Commynes (1524) font-ils revivre autant les grandes heures du temps que les petites, et montrent-ils sans fard les travers de l'époque et des hommes. L'agitation qui va secouer la France, à dater du règne d'Henri III, va favoriser une forme particulière de Mémoires, où le ragot le plus pernicieux côtoie sans cesse la pensée la plus profonde et l'analyse sociologique la plus pertinente. Pierre de L'Estoile (*Mémoires, Journaux*), Brantôme, (*Les Dames galantes*), Montluc (les *Commentaires*), Bussy-Rabutin (*Histoire amoureuse des Gaules*), Tallemant des Réaux (*Historiettes*), le cardinal de Retz (dont les *Mémoires* sont également à envisager sous l'angle de l'autobiographie), La Rochefoucauld, Madame de Sévigné, Dangeau... laissent des œuvres qui sont d'abord des témoignages incomparables sur le Grand Siècle courtisan, et où les historiens puiseront inlassablement, quoique avec prudence. Le duc de Saint-Simon, dans son récit-fleuve de la fin du règne de Louis XIV et de la Régence, rédige, pendant une soixantaine d'années, ce qui va devenir la référence en matière de Mémoires. Louis de Rouvroy n'est ni le chroniqueur des potins de la Cour, ni le commentateur de ses travers, ni le moraliste de tendance janséniste : il est tout cela, plus le narrateur de son propre dépit, de son éternel agacement. Il se sert de sa plume pour parler de lui sous l'amoncellement, parfois asphyxiant, des autres. Ses écrits tiennent autant de l'autobiographie, des Mémoires proprement dits, que de la galerie de portraits acidulés. Disant cela, on définit aussi l'autre monument mémorial de la littérature française : les *Mémoires d'outre-tombe* (*). Chateaubriand a bien retenu la leçon *pro domo* de Saint-Simon, et met de côté les tentatives « journalistiques » récentes de Sébastien Mercier (*Tableau de Paris*) et de Restif (*Les Nuits de Paris*), mais il diffère de Saint-Simon par l'approche strictement historique et privilégie les faits sur les hommes nonobstant sa candeur géniale à se mettre sans cesse en avant, à être le sujet objectivé de son travail. Le *Mémorial de Sainte-Hélène* (*) de Las Cases, contemporain des premiers livres des *Mémoires d'outre-tombe,* quoique revenant pour son principe événementiel à l'origine du genre, rend compte d'une aventure extraordinaire, mais pour la justifier. Ce vers quoi tendra également le général de Gaulle dans ses *Mémoires de guerre* et *Mémoires d'espoir,* dans les années 1950-1970. Par ailleurs, le XIXe siècle va souvent utiliser les Mémoires (parfois apocryphes) à des fins romanesques (F. Soulié et les *Mémoires du Diable,* Mérimée et les *Chroniques du règne de Charles IX,* Flaubert et *Les Mémoires d'un fou...*). Conception littéraire que l'on retrouve au XXe siècle avec des œuvres aussi diverses que les *Antimémoires* d'André Malraux ou les *Mémoires d'Hadrien* de Marguerite Yourcenar. Ce qui n'empêche pas ce siècle d'entretenir le vieux rameau issu de la tradition du récit personnalisé d'une époque, et qui tient parfois du faux journal intime (des *Souvenirs littéraires* de Léon Daudet au *Bloc-Notes* de François Mauriac ou aux *Mémoires* de Raymond Aron).

FRANÇOIS BODDAERT.

Mémoires de Saint-Simon. Œuvre posthume de l'historien Louis, duc de Saint-Simon (1675-1755). Deux mille huit cent cinquante-quatre pages in-folio, reliées en onze portefeuilles de veau écaille aux armes et chiffre du duc, tel se présente le manuscrit autographe des *Mémoires de Saint-Simon* (titre de l'auteur), conservé à la Bibliothèque nationale. Préparé selon les normes du XVIIIe siècle pour l'impression, le vaste texte a été muni par le mémorialiste de titres courants et de millésimes en manchettes marginales, d'une table alphabétique (vol. XII), et ne comporte aucune division en chapitres, la succession des années fournissant le rythme. Les ratures, nombreuses mais de faible importance, sont celles de la mise au net définitive ; ni brouillons ni manuscrit de travail n'ont été gardés. S'y ajoutaient à l'origine des dizaines de documents justificatifs dénommés *Pièces,* dissociés au XIXe siècle et incomplètement identifiés.

Le récit couvre les années 1691-1723, soit la vie publique de Saint-Simon, de sa présentation à Louis XIV pour entrer aux Mousquetaires gris, à seize ans, jusqu'à sa retraite de la Cour après la mort du Régent, à quarante- huit ans : Saint-Simon n'est pas seulement l'historien de Louis XIV, mais tout autant de la Régence ; du règne de Louis XIV, il ne relate de façon complète et suivie que les sombres années finales marquées par les guerres de la Ligue d'Augsbourg (1688-1697) et de Succession d'Espagne (1701-1714). Toutefois ses exposés remontent volontiers fort haut dans les XVIe et XVIIe siècles, voire au Moyen Âge, et descendent souvent jusqu'au moment où il écrit, en plein règne personnel de Louis XV.

Si en effet les premières pages des *Mémoires* en fixent l'entreprise aux dix-neuf ans de l'auteur, en cet été 1694 où, colonel de cavalerie à l'armée du Rhin, il commence dans les camps palatins de Gimshein ou de Böckelheim à écrire « ce qu'(il) verrai(t) arriver de (s)on temps », le texte laissé à la postérité n'est pas celui-là. De cette première version ne subsiste qu'un fragment, à l'éloquence violente mais lourde, déjà rythmé de manchettes en marge, mais au champ encore étroit (« tout ce qui a un rapport particulier à moi et aussi un peu en général et superficiellement une espèce de relation des événements de ces temps, principalement des choses de la Cour », lettre de 1699 à Rancé), et aux partis pris assenés sans nuances (*Relation du procès intenté pour la préséance* (...) *par* (...) *le duc de Luxembourg...,* 1694 ?-1699). L'œuvre définitive, en revanche, est composée de 1739 à 1749, révisée, pourvue de sa conclusion, de ses titres et de son index en 1749-50, de soixante-quatre à soixante-quinze ans, et l'on ignore ce que devint la première version dans l'intervalle, jusqu'où elle avait été menée, et sous quelle forme. Si nous avons conservé l'interrogation de 1699, encore juvénile, à l'abbé de Rancé, sur le bien-fondé moral et spirituel de l'œuvre, nous ne connaissons ni la réponse du religieux ni son effet sur la rédaction. Quand la question sera reposée, de façon beaucoup plus ample et profonde, et victorieusement résolue en 1743, au lendemain de la mort de Mme de Saint-Simon, les *Mémoires* seront parvenus à un état d'avancement sans retour (préambule : *Savoir s'il est permis d'écrire et de lire l'histoire, singulièrement celle de son temps,* 1743).

Le texte est donc frappé d'une grande ambiguïté temporelle ; circonscrit en apparence dans une tranche chronologique stricte et conduit par le simple déroulement propre aux annalistes, il joue avec virtuosité, en fait, des antécédents et conséquents historiques d'une part, et d'une durée de rédaction d'allure immense et continue de l'autre. Prenant plaisir à traiter du règne de Louis XIII ou des guerres de Religion, s'ébrouant en pseudo-témoin oculaire dans les épisodes de la jeunesse de Louis XIV, tirant volontiers le fil du récit jusqu'au ministère de Fleury et brouillant avec science les dates réelles de sa rédaction, Saint-Simon s'arroge, sans le savoir, l'omnisciente ubiquité qui sera au XIXe siècle celle de l'historien scientifique – ou du romancier « réaliste ». Mais c'est au XVIIIe siècle qu'il écrit, concurremment au Voltaire de l'*Histoire de Charles XII* ou du *Siècle de Louis XIV* ; ses références ne sont ni *La Comédie humaine*, ni les sommes historiques d'un Thiers, d'un Augustin Thierry ou d'un Michelet, mais les Mémoires de Commynes, de Sully, de Castelnau, de Bassompierre ou de Retz, et la critique historique d'un Bayle ou d'un Mabillon.

Il dit écrire une « histoire particulière », « celle du temps et du pays où on vit », récit d'un règne et d'une régence selon ce qu'il en a vu et appris personnellement. Une histoire, et non une autobiographie : les *Mémoires* sont certes écrits à la première personne, passés au filtre de ses dénonciations indignées et de ses espoirs déçus, âprement colorés par ses haines, ses admirations et ses gaietés, structurés par ses conceptions politiques et son augustinisme gallican, voire infléchis par « cette spéciale incurvation des visions apocalyptiques » (Yves Coirault), mais ils relèvent exclusivement, dans sa pensée et selon les vues de son temps, de l'historiographie, et non de la littérature personnelle : « Je ne parle pas du cœur, dont ce n'est pas ici le lieu » ; « ces *Mémoires* ne sont pas faits pour y parler de moi. »

L'interprétation en est toutefois compliquée par les changements survenus dans notre vision du fait littéraire. Si au XVIIIe siècle les *Mémoires* ne sauraient relever des « belles-lettres » et sont sans doute possible une œuvre d'histoire rédigée en un style particulièrement « énergique » (duc de Luynes), notre temps, qui refuse d'assigner une frontière au champ de la littérature, et qui a découvert les dimensions spirituelles et rhétoriques, et le pittoresque existentiel de Saint-Simon, ne peut se défendre de l'annexer au domaine des lettres, ce qui l'eût cruellement déçu. Mieux, la considérable influence exercée par le duc sur Chateaubriand, Stendhal, Balzac et surtout Proust a produit un puissant effet de retour : à mesure que l'histoire devenait positiviste d'abord, puis économique et quantitative, le récit et la réflexion saint-simonistes se sont rapprochés à nos yeux de ceux des plus grands écrivains, et la lecture proustienne des *Mémoires* est aujourd'hui irréversible. Cependant, l'évolution récente de l'historiographie vers l'étude mentale et anthropologique des groupes sociaux d'une part, et la dissolution du grand roman de l'autre ramènent depuis peu Saint-Simon dans le champ des historiens qui, peu soucieux à présent de le prendre en faute sur le détail des faits comme s'y ingénia le XIXe siècle scientiste, goûtent chez lui le témoignage incandescent des attitudes et des contradictions aristocratiques et le tableau foisonnant des sociétés de cour. Il semble donc que le statut des *Mémoires* ne cesse de se déplacer, mais aussi de s'enrichir.

Cette richesse n'est pas seulement celle de notre regard et de ses changements. Elle est aussi et d'abord celle d'une construction extrêmement complexe, d'un matériau surabondant, et d'une culture monumentale.

La surface seule des *Mémoires* paraît unie. Car, ouvert par l'ample préambule où s'affirme un plaidoyer théologique, éthique et scripturaire en faveur de la démarche historique et de l'historicité du réel (quoique élève de Malebranche et dévot de Pascal, qui estimaient peu l'activité historienne, Saint-Simon s'y révèle sensible à la fois au post-malebranchisme politique et au figurisme des jansénistes tardifs), le livre admet par dizaines strates distinctes et « disgressions » délibérées. Aux pré-mémoires de 1694, utilisés quoique récrits, se joignent en effet les pages composées au fil de la vie active (tableaux de la cour d'Espagne en 1701-02 puis en 1721-22 ; relations de combats tels Namur ou Neerwinden, 1692-93 ; discours, à Beauvillier sur le duc de Bourgogne en 1710 ou au Régent sur les états généraux en 1717 ou les Premiers ministres en 1722, lit de justice de la dégradation des bâtards en 1718...), de vastes dissertations historico-comparatives (grands d'Espagne et pairs français, états généraux et parlements, maisons de Rohan et de La Tour d'Auvergne...), des lettres insérées telles quelles (cardinal de Bouillon en 1710, échanges avec le Chancelier sur l'édit des pairies en 1711...), des exposés de cérémonial (« couverture » d'un grand d'Espagne, « noms singuliers » dans la famille royale, rang des princesses, charges et « râpés » de l'ordre du Saint-Esprit...) : maints indices montrent que ces textes résultent de rédactions souvent très antérieures aux *Mémoires* définitifs. Mieux : parmi les scènes et portraits les plus vivants et les plus justement célèbres, la majeure partie remet en œuvre en les récrivant les versions préalables des *Additions* au Journal du marquis de Dangeau (1729-1739), des *Notes* sur les duchés, et en particulier la vaste *Note* consacrée au duché de Saint-Simon (1739), ou les nombreux travaux des années 1730 sur les charges et offices français ; c'est le cas aussi de telle grande digression, adventice comme celle sur la promotion du Saint-Esprit en 1688, ou centrale comme l'ambitieux et médité tableau du règne de Louis XIV qui interrompt la chronique de 1715, tous deux repris à de vastes *Additions* à Dangeau, le cas encore de l'étonnante biographie du père de l'auteur qui distend la chronique de 1693, démarquée de la *Note* Saint-Simon. De surcroît, Saint-Simon n'hésite pas à intégrer le produit de plumes étrangères : découvrant vers 1745 les récits ternes mais limpides et impeccablement informés de son ami l'ancien ministre Torcy sur les négociations diplomatiques de la Régence, il les pille, voire les copie par larges tranches, en hommage avoué à leur perfection et à leur abondance, pour nous si insipides.

Pareil travail de mosaïste, sur tant de matériaux disparates, devrait produire le chaos. Les *Mémoires* au contraire offrent un « continuum » haletant, au rythme irrésistible, à l'enchaînement sans faille. C'est d'une part que la chronique journalière de Dangeau lui-même (1684-1720), en dépit ou à cause de sa minutieuse fadeur, a fourni à Saint-Simon la trame d'un récit régulier et sans lacune, à l'allure neutre et myope des gazettes : le réservoir de faits et le déroulement événementiel sont ainsi assurés. À ce soutien narratif de base s'ajoute une masse impressionnante de sources : mémorialistes à foison et leurs commentateurs savants, recueils de lettres, actes diplomatiques, gazettes officielles ou subversives, chansons satiriques et pièces volantes, nouvelles à la main, revues érudites, dictionnaires historiques, manuscrits inédits voire clandestins, biographies, chroniques anciennes, tout sert à Saint-Simon à côté de ses notes personnelles, depuis les compilations numismatiques les plus austères jusqu'aux choix de bons mots les plus frivoles, des auteurs jésuites les plus conformistes aux libertins et aux protestants les plus sulfureux, pourvu que ces écrits soient « secourus de la pointe de l'historique ».

Cette richesse de l'information, cette boulimie même sont canalisées par l'irréfragable unité du tempérament et de la vision du monde. Violent, voire tumultueusement totalitaire, Saint-Simon sait « bien aimer et bien haïr », si ce n'est exécrer et adorer : ses contrastes de lumière semblent pré-hugoliens parfois ou, de façon moins anachronique, dignes d'un Caravage ou d'un Rembrandt, qu'il connaissait. Il est aussi le contemporain de Watteau, de Couperin et de Marivaux : sa touche connaît tout autant la nuance impalpable, la tendresse souriante, la mélancolie amère ou discrète. Jamais en tout cas l'écriture ne s'endort dans la neutralité, même si, comme il arrive souvent, les plumes qu'il admirait – celles d'un Fontenelle, d'un Daguesseau ou d'un Torcy – pratiquaient, au plus loin de la sienne, l'impersonnelle transparence.

Maître à un égal degré de la période immense et du style « aigu » et coupé (également recommandés, depuis Juste-Lipse, aux historiens d'Ancien Régime), maître encore d'un des lexiques les plus riches de France, où cohabitent archaïsme savoureux et néologie acide, technicités abstraites et familiarités désinvoltes ou bonhommes, capable des silhouettes et tableautins les plus prestes comme des effigies en pied et des scènes les plus amples, dissertant et courant la poste tour à tour, burlesque et tragique, Saint-Simon, malgré son allure « à bride abattue » (Sainte-Beuve) et son « beau style grand seigneur » (Hugo), malgré des dons éblouissants sans doute, n'a rien d'« inculte » (Lamartine) et n'écrit point « à la diable » (Chateaubriand). La comparaison du fragment retrouvé des *Mémoires* primitifs avec le récit de la maturité, ou même des *Additions* avec les *Mémoires* définitifs, montre combien la maîtrise a été conquise, le style médité, même si « je ne fus jamais un sujet académique, je n'ai pu me défaire d'écrire rapidement ». D'un cicéronianisme creux et gauche appris de ses précepteurs, Saint-Simon est passé à la rhétorique pleine et substantielle des historiens savants, gouvernée par sa propre matière dans une adéquation absolue du dire au sens, qui produit l'illusion de la liberté la plus hasardeuse. Héritage de Montaigne et de Pascal, dirait un historien littéraire ; plus sûrement, de Tacite, Commynes ou Sully, et tout autant de Bayle, répliquera celui de l'historiographie. Sans jamais renier la formation latine, au demeurant : Saint-Simon écrit et parle le latin (il converse en cette langue avec les prélats espagnols, et improvise une harangue romaine devant les chanoines de Tolède) ; mais, des auteurs ânonnés en classe, il est passé à l'imprégnation consubstantielle de la *Vulgate* biblique, qui redouble, enracine et élargit l'exemple de Tacite.

Car si Saint-Simon écrit « rapidement », il pense son sujet avec profondeur. Sa sévérité pour Mazarin, Louis XIV, Mme de Maintenon et Louvois, sa jubilation féroce quand sont « réduits » les bâtards royaux ou le cardinal de Bouillon, sa fascination même sur les « rangs » du cérémonial constitutionnel, doivent se lire à une double et inséparable lumière. Une rumination permanente sur l'histoire de France (les *Mémoires* veulent montrer comment l'absolutisme de la monarchie administrative « a changé toute l'ancienne face du royaume », et l'ampleur du propos est des plus conscientes : « Je crois pouvoir dire qu'il n'y en a pas eu jusqu'ici [de Mémoires] qui aient compris plus de différentes matières plus approfondies, plus détaillées, ni qui forment un groupe plus instructif ni plus curieux ») ; et une puissante théologie de la pratique historique, que légitiment la forme narrative de l'Écriture et temporelle de l'Incarnation (or, « la forme emporte le fond »...), et qu'éclaire un augustinisme réfléchi et constant, même s'il se trouve parfois dévié par la tentation manichéenne, que le duc partage avec Pierre Bayle. Sa belle humeur même, ou ses éclats, ne résultent donc pas d'un relâchement incontrôlé, mais traduisent des conceptions autant qu'une manière d'être, qui chez un grand travailleur favorisé, sur le tard, d'un « grand loisir », ont trouvé pour s'exprimer un miraculeux point d'équilibre : rigueur savante héritée de la robe jansénisante, du « côté » de sa mère et des auteurs qu'il respecta le plus (« ce que les derniers siècles ont produit de plus saint, de plus pur, de plus savant, de plus pratique et néanmoins de plus élevé, mais de plus lumineux et de plus clair, est sorti de cette école, et de ce qu'on connaît sous le nom de Port-Royal ») ; et aisance familière et sensuelle héritée de l'épée, du « côté » de son père, de la Cour et des mémorialistes qu'il aima le mieux (« cette lecture de l'histoire et surtout des Mémoires particuliers de la nôtre des derniers temps depuis François Ier, que je faisais de moi-même » ; « ce fut dans le loisir de ce long camp de Gau-Böckelheim que je commençai ces *Mémoires,* par le plaisir que je pris à la lecture de ceux du maréchal de Bassompierre, qui m'invita à écrire aussi ce que je verrais arriver de mon temps »).

Il aura fallu l'enrichissement récent de la recherche, qu'elle soit générale ou saint- simoniste, pour que nous découvrions en ces héritages et cette inspiration non point le signe d'une solitude attardée au milieu de l'ère voltairienne, mais un cheminement d'historien pour qui *De la recherche de la vérité* de Malebranche, le *De re diplomatica* de Mabillon, le *Dictionnaire historique et critique* de Bayle, les *Mémoires de l'Académie royale des inscriptions,* les traités de Boulainvilliers ou *L'Esprit des lois* auront certes compté davantage que les *Lettres philosophiques* mais, en tout état de cause, profondément lié à son temps, celui des premières Lumières.

Les Lumières pourtant auront à peine connu Saint-Simon. Si en 1750 le grand manuscrit est achevé, relié, indexé, prêt pour la publication, celle-ci devra expressément être posthume, « mûrir sous la clef et les plus sûres serrures, passer ainsi à ses héritiers, qui feront sagement de laisser couler plus d'une génération ou deux et de ne laisser paraître l'ouvrage que lorsque le temps l'aura mis à l'abri des ressentiments ». Impubliables à chaud, en effet, par excès d'âcreté, les *Mémoires,* un moment menacés d'édition prématurée et mutilée par la rapacité des créanciers, sont sauvés par la saisie royale de 1760, qui les abrite longuement aux Archives des Affaires étrangères. Si des extraits manuscrits circulent dans les salons philosophiques dès le ministère Choiseul, et déjà excitent un peu de la « prodigieuse révolte » que prédisait leur auteur, l'impression, parcimonieuse, tronquée, morcelée, édulcorée ne survient qu'à la veille de la Révolution (1781-90). C'est sous la Restauration seulement que, le manuscrit original ayant été remis à un lointain cousin, le général-marquis de Saint-Simon, pourra s'élaborer la première édition tant soit peu complète (1829-30), qui passionne romantiques et libéraux. Viendront ensuite les éditions savantes (Chéruel, 1856- 58), puis critiques et commentées (Boislisle, 1879-1928), en attendant la consécration contemporaine de deux parutions successives dans la « Bibliothèque de la Pléiade » (Truc, 1947-61 ; Coirault, 1981-90). Resterait à réaliser l'édition diplomatique, puisque le manuscrit autographe a, fait rarissime pour une œuvre d'Ancien Régime aussi longue, traversé les siècles, et illustrée, puisque Saint-Simon fut un œil incomparable aussi bien qu'un des esprits les plus originaux de notre littérature.

H. H.

Mémoires d'Hadrien. Roman de Marguerite Yourcenar (pseud. de Marguerite de Crayencour, 1903-1987), publié en 1951. En l'an 138 après J.-C. s'éteint l'empereur Hadrien. Une grande page de l'histoire romaine vient d'être tournée. L'Empire romain a connu sa gloire la plus grande. La paix romaine s'étend sur de vastes territoires. Dans les derniers jours de sa vie, Hadrien adresse une longue épître, sorte de testament humain et politique, à Marc Aurèle, son petit-fils adoptif, son futur successeur : tel est le prétexte du roman de Marguerite Yourcenar. Ce livre, où Hadrien s'exprime à la première personne, est un roman historique. L'empereur, personnage complexe, d'une grande intelligence et d'une remarquable lucidité, évoque les différentes étapes de sa vie. Jeune patricien d'origine espagnole mais de culture hellénique, il guerroie aux côtés de Trajan. Avec l'expédition d'Asie, l'Empire romain connaît son extension territoriale maximale. Mais cette campagne pénible et difficile use les dernières forces de l'empereur Trajan. Hadrien prend le pouvoir. Avec sagesse, il renonce à une partie de ces conquêtes incertaines que maintiennent péniblement les maigres garnisons des « limes ». Voyageur infatigable, il s'emploie à consolider l'Empire au cours d'un long périple dans les provinces romaines. Administrateur attentif et légiste averti, il s'efforce de mettre en place ou d'améliorer les structures économiques et juridiques de ces vastes territoires. — L'évocation historique, documentée et fidèle, étonnamment vivante, transformée par l'invention poétique, permet à Marguerite Yourcenar de saisir et de recréer un personnage fascinant et prestigieux, mort il y a dix-huit siècles. Car le charme de cet ouvrage et sa beauté poétique naissent de l'évocation vraie et émouvante, délicate et précise, de l'empereur Hadrien. Avoir pu faire revivre avec une telle force ce personnage complexe et attachant est la grande réussite de ce livre.

Ce roman fut longtemps en chantier. De patientes recherches historiques, de nombreuses visites sur les lieux où vécut Hadrien, une sympathie profonde pour son sujet, associée à une vive sensibilité, ont permis à l'auteur de revivre en quelque sorte de l'intérieur la vie de l'empereur disparu. « Un pied dans l'érudition, l'autre dans la magie, ou plus exactement, et sans métaphore, dans cette magie sympathique qui consiste à se transporter en pensée à l'intérieur de quelqu'un », écrit Marguerite Yourcenar dans son carnet de notes des *Mémoires d'Hadrien.* La pensée d'Hadrien ainsi recréée prend une résonance profonde et très actuelle. On suit avec intérêt, comme une véritable confidence, l'évocation des années de jeunesse de l'empereur, son goût pour la culture grecque, son amitié profonde pour Plotine, la femme de Trajan, ses hésitations sur son accession au poste suprême, sa tendresse pour Antinoüs et son désespoir lors du suicide de son favori. Associées à ces souvenirs se mêlent les pensées de l'être humain et de l'empereur parvenu au crépuscule de sa vie. Avec une étrange douceur qui n'exclut nullement la lucidité, l'empereur parle de la mort, de l'amour, de sa hantise des pays barbares inconnus, de son entourage, et des êtres humains qu'il a fréquentés au long de sa vie, de la puissance de l'Empire et de la terrible menace qui se dresse aux frontières du Nord et de l'Est. La sérénité et la discrète résignation des derniers instants de l'empereur sont particulièrement émouvantes. Le style de Marguerite Yourcenar, dense et élégant, harmonieux et plein de retenue, garde une sobriété qui apporte à l'œuvre un équilibre supplémentaire. La pensée et les descriptions se développent avec une tranquille aisance, subtile et ferme. Au fil des lignes se dessine ce grand homme du passé romain.

Mémoires d'outre-tombe. C'est le chef-d'œuvre de François-René de Chateaubriand (1768-1848). Il fut conçu à Rome en 1803 et commencé en 1809 ; Chateaubriand y travailla jusqu'à la veille de sa mort. Il s'interrompit une première fois, en 1814, pour se lancer dans la politique avec le retour des Bourbons, mais il en avait déjà écrit la partie la plus remarquable, le récit de son enfance et de sa jeunesse. Il se remet à son manuscrit lors de ses ambassades et pousse alors le récit jusqu'à son retour d'exil en 1800. En 1828, il reprend les *Mémoires* ; cette fois, laissant de côté la période 1800-1828, c'est de sa vie actuelle qu'il traite. Enfin, c'est de 1836 à 1841 qu'il comble le vide laissé, en donnant le tableau de sa carrière littéraire. Chateaubriand avait déjà donné lecture de certains passages du manuscrit à ses amis ; et en 1834 avaient paru des *Lettres sur les Mémoires de Chateaubriand* contenant des extraits de son œuvre. Mais, retiré de la politique à la suite de la chute de Charles X (1830), Chateaubriand était presque tombé dans la misère. Aussi, en 1836, il vend ses *Mémoires* à une société d'actionnaires ; il recevait en échange une somme de deux cent mille francs et une pension viagère de vingt mille, ce qui représentait une somme énorme pour l'époque. Il stipula que son ouvrage ne paraîtrait qu'après sa mort, d'où son titre. Les propriétaires du manuscrit n'attendirent pas cet événement ; l'auteur tardant à mourir, ils commencèrent à faire paraître les *Mémoires* dans le journal *La Presse*. La publication se poursuivit pendant deux ans. Enfin, en 1850, l'ouvrage parut à Bruxelles. En 1874, un document inédit fut publié sous le titre de *Souvenirs d'enfance et de jeunesse de Chateaubriand :* c'était le texte de la copie, faite par Mme Récamier, du manuscrit de 1826 que l'auteur avait remanié par la suite. Une publication complète fut procurée par Biré en sept volumes (publiés à partir de 1899). L'édition du centenaire, établie par Maurice Levaillant (1948), fait autorité.

Les *Mémoires d'outre-tombe* sont divisés en quatre parties. La première, « La Jeunesse », va de 1768 à 1800. C'est de loin la meilleure, la plus pittoresque et la plus émouvante. Chateaubriand nous y trace, en tableaux inoubliables, les étapes de sa jeunesse : la naissance (« le mugissement des vagues étouffa mes premiers cris, le bruit de la tempête berça mon premier sommeil ») ; les sinistres soirées de Combourg, son isolement dans son donjon, ses promenades mélancoliques, son affection pour sa sœur Lucile. Puis il est lieutenant à Paris, il est présenté à la Cour, fréquente les gloires littéraires, se risque à publier un petit poème, une médiocre idylle : *Amour de la campagne.* Il assiste ensuite aux débuts de la Révolution et, par un de ces coups de tête soudains qui lui avaient déjà fait envisager le sacerdoce puis le suicide, il se découvre explorateur. Il se proposait à la fois de trouver en Amérique le fameux passage du Nord-Ouest et d'y rencontrer l'« homme de la nature ». Il ne découvrit pas l'un, mais il crut avoir trouvé l'autre ; la véritable révélation de ce voyage, ce fut la splendeur des paysages américains, dont l'évocation nous vaut des pages d'une grande beauté. Puis c'est le retour à Paris, son mariage, les deuils familiaux, son passage à l'armée des Émigrés, enfin le séjour à Londres et la misère. C'est là cependant qu'il commence à écrire ses premières œuvres : l'*Essai historique, politique et moral sur les révolutions* et *Atala* (*). La seconde partie est consacrée à « La Carrière littéraire », 1800- 1814. Les passages les plus justement fameux sont ceux qu'il consacre aux portraits de ses amis, Joubert, Fontanes, Pauline de Beaumont, son entrevue avec Bonaparte dont il aime à montrer qu'il le traitait de puissance à puissance, sa rupture retentissante avec lui à la suite de l'exécution du duc d'Enghien, ses années laborieuses à la Vallée-aux-Loups, ses voyages. La véritable histoire de Chateaubriand, à cette époque, est celle de ses livres : dès *Atala* et *Le Génie du christianisme*, il est célèbre et sa gloire ne cesse de grandir. Avec la troisième partie, qui coïncide avec le retour des Bourbons, « La Carrière politique », 1814-1830, commence. Chateaubriand se lance immédiatement dans l'arène avec son pamphlet *De Buonasparte et des Bourbons* qui, dit-il, « a plus profité à Louis XVIII qu'une armée de cent mille hommes » ; mais il passe bientôt dans l'opposition avec son écrit : *La Monarchie selon la Charte*. Sa véritable carrière politique est brève, elle ne dure que six ans : il est successivement ambassadeur à Berlin, ambassadeur à Londres, représentant de la France au Congrès de Vérone, enfin ministre des Affaires étrangères. En 1828, il reparaît sur la scène politique et devient ambassadeur à Londres (ici se place le parallèle entre le pauvre émigré de 1800 et le glorieux ambassadeur de Sa Majesté très chrétienne). La Révolution de 1830 met définitivement un terme à ces activités. Cette date marque également le ralentissement de sa production littéraire. Chateaubriand n'a plus grand-chose à dire, il ne publie plus de grandes œuvres, il ne s'occupe que de les rassembler pour éditer ses *Œuvres complètes.* Fidèle à Charles X, il va voir le roi exilé, se compromet en se chargeant de missions que lui confie la duchesse de Berry, prisonnière du gouvernement de Louis-Philippe, ce qui lui vaut d'être mis en prison. Il voyage encore en Suisse, en Italie. Mais c'est la vieillesse pour lui, parfois même la gêne, malgré l'admiration dont on l'encense. Il se consacre entièrement à l'achèvement de ses *Mémoires* et en donne lecture à l'Abbaye-aux-Bois, chez Madame Récamier. Les *Mémoires* s'achèvent sur une récapitulation de sa vie, où il se plaît à souligner les contrastes : la gloire et la misère, la foule qui l'entoure et la solitude, la place qu'il a occupée dans le monde et dans le temps : « Je me suis rencontré entre deux siècles comme au confluent de deux fleuves. » « On dirait que l'ancien monde finit et que le nouveau commence. » Partout il a promené cette âme mélancolique et insatisfaite, mais incapable de s'en contenter, cette âme qui était, comme il le dit lui-même, « de l'espèce de celle qu'un philosophe ancien appelait une maladie sacrée ».

La publication des *Mémoires d'outre-tombe* fut assez froidement accueillie. Chateaubriand appartenait déjà au passé ; il y jugeait, d'une manière souvent blessante et toujours définitive, ses contemporains ; mais surtout les *Mémoires* apparurent comme un monument d'orgueil qu'il s'élevait à lui-même. C'est seulement peu à peu qu'ils s'imposèrent ; on oublia la vanité de l'homme pour ne plus voir que le peintre, l'écrivain, et c'est de nos jours l'œuvre la plus lue et la plus appréciée de Chateaubriand, celle qu'on considère comme son véritable chef-d'œuvre. C'est tout d'abord une autobiographie, mais non des *Confessions* comme celles de saint Augustin ou celles de Rousseau, ni l'œuvre d'un historien. Chateaubriand est aigri, malveillant, partial ; il se laisse emporter par son imagination, inspirer par son indignation ou son ironie. Des *Mémoires* se dégage le sentiment qu'il a mené une vie malheureuse, mais exemplaire, qu'il a été le héros de son temps. Cependant, il faut reconnaître que les *Mémoires* offrent d'eux-mêmes bien des compensations qui nous permettent d'oublier ces défauts ; c'est un livre unique en son genre, par ce mélange du réel et de l'imaginaire, par cette investigation psychologique continue et souvent profonde, par les admirables portraits, les descriptions de paysages qui sont parmi les plus belles de toute notre littérature, qu'ils contiennent. On découvre dans les *Mémoires* toute la personnalité de l'écrivain, dont ses autres œuvres ne nous donnent que des aspects partiels ; on y trouve ce qu'on ne trouve nulle part ailleurs dans ses livres ; une vivacité, une verve, parfois même une bonhomie, un enjouement malicieux et amusé qui charment. Le style est d'une extraordinaire variété : il passe du ton soutenu et même emphatique à la simplicité souriante, de la splendeur pittoresque à la vivacité d'un récit bien conduit. Jamais sa langue n'a été plus riche ; tout lui est bon, les mots les plus rares, les archaïsmes et même les néologismes. Les *Mémoires d'outre-tombe* sont assurément l'œuvre la plus vivante de Chateaubriand.

Mémoires du cardinal de Retz. Œuvre posthume de l'homme politique et écrivain Jean-François Paul de Gondi, cardinal de Retz (1613-1679), Elle fut publiée pour la première fois en trois volumes à Amsterdam en 1717, sous le titre de *Mémoires de Monsieur le cardinal de Retz ;* cette édition, fort incomplète, fut suivie, en 1718, d'une édition augmentée : *Mémoires du cardinal de Retz contenant ce qui s'est passé de plus remarquable en France pendant les premières années du règne de Louis XIV.* D'autres éditions suivirent pendant tout le XVIIIe et le XIXe siècle, jusqu'à la monumentale publication des *Œuvres du cardinal de Retz* par A. Feillet, J. Gourdault, R. Chantelauze et C. Cohin, dans la collection les *Grands Écrivains de la France* (onze volumes, Hachette, 1870-1920) à laquelle il faut ajouter les éditions modernes des *Œuvres* : M. T. Hipp, M. Pernot, 1984 et des *Mémoires*, S. Bertière, 1989. Il est probable que si Retz n'avait pas pris la précaution d'écrire ses *Mémoires*, le rôle qu'il a joué dans l'Histoire serait quelque peu oublié et il n'apparaîtrait que comme une figure de second plan. C'est vraisemblablement lorsqu'il eut enfin l'autorisation de rentrer en France et qu'il s'installa dans son château de Commercy, que Retz commença à les rédiger (1662). Il ne semble pas y regretter sa vie passée, qui le conduisit en prison, puis en exil, et lui valut une disgrâce dont il ne se releva jamais. Il avait pourtant déjà renoncé à cette époque d'obtenir ce siège métropolitain de Paris pour lequel il avait tant intrigué et sur lequel il se croyait des droits. Il ne sortit d'une retraite, d'ailleurs fort brillante, que pour quelques missions que le roi lui confia à la cour de Rome, sans pour cela revenir sur sa sévérité à son égard. Mais en 1672, alors qu'il travaillait encore à ses *Mémoires*, il se convertit et, en 1675, se retira dans une abbaye, après avoir voulu se démettre de son cardinalat, proposition qui ne fut d'ailleurs pas acceptée. Bien qu'on eût soupçonné la sincérité de cette conversion, Retz ne revint plus dans le monde, il fit même retraite à Saint-Denis, dont il était l'abbé ; c'est de là qu'il se fit transporter chez sa nièce pour y mourir. Il ne renonça pas pour autant à continuer son œuvre et nous savons, par une lettre de Mme de Sévigné à Mme de Grignan — v. *Lettres* (*) de Mme de Sévigné —, qu'il ne l'avait pas encore achevée en 1675. Mme de Sévigné s'intéressait de fort près à ces *Mémoires* et elle poussait son ami à les écrire. C'est pourquoi aujourd'hui, on pense généralement que c'est elle qui en fut la destinataire et non Mme de Caumartin, comme on le crut longtemps. Le manuscrit autographe des *Mémoires*, qui est presque tout entier de la main de Retz, est incomplet. C'est sur des copies plus complètes de cet original qu'a été établi, par les éditeurs modernes, le début des *Mémoires*.

Les *Mémoires* s'ouvrent par quelques mots d'introduction, adressés à la dédicataire, où Retz déclare qu'il ne sera guidé ni par la fausse gloire, ni par la fausse modestie, et qu'il n'entend donner qu'un récit exact des circonstances de sa vie et des événements auxquels il fut mêlé. Puis le récit, qui, pendant tout son cours, aura la forme d'une narration contée de vive voix, commence avec sa naissance. Bientôt, Retz entre dans le détail de ses multiples aventures galantes, de ses duels, de son éloignement pour l'état ecclésiastique auquel sa naissance le destinait. En effet, sa famille avait acquis de véritables droits au trône épiscopal de Paris ; trois Gondi s'y étaient succédé et, pour le premier d'entre eux, l'évêché de Paris avait été érigé en archevêché. Il lui fallait un coadjuteur qui en prendrait la succession. Le père de Retz entendait que son fils cadet prenne cette place. Contraint d'obéir, et bien qu'il eût acquis une solide réputation de libertin et d'esprit fort, grâce à ses intrigues et à son petit livre, *La Conjuration du comte Jean-Louis de Fiesque*, Paul de Gondi se soumit ; mais, ambitieux, il résolut non seulement de devenir le chef du premier diocèse de France, mais de jouer un rôle politique et de devenir le maître de Paris. Sur ces ambitions, Retz s'explique avec une franchise qui frise le cynisme. L'époque troublée de la Fronde devait lui donner l'occasion de croire qu'elles allaient se réaliser. Avec la seconde partie, Retz passe du « parterre » à la scène : « Je vais monter sur le théâtre où vous verrez des scènes non pas dignes de vous, mais un peu moins indignes de votre attention. » Dès le début de sa carrière, celui qu'on appelait le coadjuteur (il avait en effet été nommé coadjuteur de son oncle, l'archevêque de Paris, avec le titre d'archevêque « in partibus » de Corinthe, alors qu'il n'avait même pas encore reçu les ordres) se montre très attaché aux privilèges du clergé et fort imbu de son rang. Il fait tout de suite figure d'opposant au pouvoir royal. Les *Mémoires* deviennent alors, plus que le récit admirablement mené et fort coloré des événements, l'exposé des plans du coadjuteur, de ses calculs, de sa tactique. Son absence de scrupules est complète, il entend parvenir à ses fins par tous les moyens et tenir en sous-main tous les fils de l'intrigue. Par ses largesses, par son audace, il deviendra le maître de cette populace qu'il méprise et dont il fera peser la menace, non seulement sur le Parlement qu'il estime trop procédurier, trop timoré, mais sur les grands qui sont ses complices. Ses aventures commencent avec l'émeute populaire qui suivit l'arrestation de Broussel, conseiller au Parlement, première manifestation de la rébellion contre le pouvoir de Mazarin et le début de la Fronde parlementaire. La Cour crut qu'il avait poussé à la sédition la foule, qu'il avait cependant contribué à calmer. On se gaussa de lui en haut lieu, il le sut et résolut de se venger. On ne le croyait pas capable de soulever le peuple, il organisa les Journées des Barricades (octobre 1648). La Cour s'enfuit à Saint-Germain : Retz prend une part active à la Fronde. Ce sont alors les conférences interminables entre les chefs du mouvement : Conti, Beaufort, Elbeuf, Longueville, dont le coadjuteur trace des portraits impitoyables, et naturellement c'est Retz qui est le plus enragé des conspirateurs : il veut lever des armées, constituer des milices de bourgeois, appeler les troupes espagnoles en France. Si Retz entend manœuvrer ces grands comme des pièces sur un échiquier, il louvoie entre eux, se rapprochant tantôt de l'un, tantôt de l'autre et, sous couleur de les réconcilier, s'occupe à les diviser ; mieux, il ne néglige pas pour autant une éventuelle réconciliation avec la Cour, à qui il demande de payer très cher sa reconnaissance. Il n'est pas seulement tribun populaire, diplomate, il se veut chef d'état-major, général d'armée ; il combat à la tête du régiment de Corinthe qu'il a levé à ses frais, mais il est, avant tout, un conspirateur. En mars 1649, avec la paix de Rueil, le Parlement s'accommode avec le gouvernement. Mais Condé, jusqu'alors l'allié de la reine mère, se retourne contre elle. C'est la Fronde des princes. Retz, lui, contre promesse du chapeau cardinalice (qu'il n'obtiendra d'ailleurs qu'en 1651) offre à Mazarin l'appui du Parlement. Mazarin profite de ses assurances pour faire arrêter Condé, son frère Conti et son beau- frère Longueville. Mais il oublie la promesse faite au coadjuteur et celui-ci, se retournant immédiatement contre lui, fait nommer l'oncle du roi, Gaston d'Orléans, lieutenant général du royaume. C'est alors le départ de Mazarin, son retour brusqué, l'occupation de Paris par les troupes de Condé. Paris, faisant volte-face, appelle le roi et le roi y fait son entrée. La Fronde est terminée. Une des premières précautions de Mazarin est de s'assurer de la personne du cardinal-archevêque de Corinthe. C'est en prison que Retz apprend la mort de son oncle ; il y apprend aussi qu'on a pris possession de l'archevêché en son nom, devançant ainsi l'opposition royale. Mais Mazarin lui offre de telles compensations qu'il abandonne ses prétentions au trône de Paris. Il est transféré à Nantes, pour y attendre la réponse du pape. Celui-ci n'accepte pas sa démission et il ne reste plus à Retz qu'à s'évader. Il y parvient en août 1654, gagne l'Espagne, puis l'Italie. La troisième partie des *Mémoires* est consacrée à ses intrigues romaines. Retz est bien reçu par Innocent et, non seulement il dépense toutes les ressources de son adresse (et elles étaient grandes) auprès de la Curie romaine, mais encore il joue au martyr ; il étale ses angoisses pastorales d'être éloigné de son troupeau, il se compare aux évêques persécutés des premiers temps du christianisme ; il envoie des mandements, des lettres pastorales à son clergé et à ses ouailles, pour les guider et surtout pour les persuader qu'il n'y a qu'un archevêque de Paris, lui-même. Les *Mémoires* s'arrêtent là, en 1655. Mais le successeur d'Innocent X, Alexandre VII, se lasse de tout ce tapage et Retz quitte Rome. Pendant de longues années, il erre autour de la frontière française qu'il ne peut franchir, trempant dans toutes les conspirations où il a pu entrer.

Il est certain que la crédibilité historique des *Mémoires* est fort suspecte. Retz n'a pas joué le rôle qu'il dit avoir joué et que peut-être il a cru jouer ; non qu'il embellisse son personnage, il le noircit à plaisir. Ce n'est pas sincérité de sa part, mais forfanterie. Avec le recul du temps, il se découvre ou il se veut plus prévoyant, plus retors, plus dénué de scrupules qu'il n'a été, mais surtout plus habile. Il ne lui suffit pas d'avoir participé à la conspiration, il faut qu'il en ait été le chef occulte. Il convient donc de compléter ses *Mémoires* par les documents du temps, et en particulier par les *Mémoires* de Claude Joly, concernant le cardinal de Retz, qui se proposent de rectifier certaines de ses inexactitudes. Cependant les *Mémoires* sont loin d'être négligeables, même en tant que source historique ; elles nous présentent un tableau si vivant et si coloré des événements, elles nous donnent des sensations si vives et si fortes, en touches presque impressionnistes, de l'atmosphère du temps : de l'émeute populaire, des séances houleuses du Parlement, de Paris en état de siège, des coups de main armés à quoi se limitèrent d'ailleurs les opérations militaires, enfin des prétentions vaniteuses et intéressées des Grands, qu'il est peu d'ouvrages qui nous instruisent davantage sur l'époque. De ce point de vue, les *Mémoires* de La Rochefoucauld leur demeurent très inférieures. Mais avant tout, les *Mémoires* de Retz sont un véritable manuel du parfait conspirateur, une suite d'exemples, de préceptes et même de leçons. À vrai dire, tout cela est assez peu convaincant, étant donné le résultat obtenu. Alors que tous les conjurés se virent, l'un après l'autre, pardonnés et restitués dans leurs privilèges. Retz demeura exclu de toutes les amnisties. Pour avoir voulu être beaucoup plus qu'archevêque de Paris, il ne prit jamais place sur le siège archiépiscopal. Et cependant, en reconstituant l'histoire après coup, et dans ce rôle de conspirateur sur le papier, Retz atteint au génie. Il a trouvé dans la Fronde tout ce qui convenait à l'épanouissement de ses talents. C'est un grand aventurier, il y a en lui du condottiere italien et du héros cornélien. Comme le dit Gustave Lanson, « il est sublime d'absolue immoralité dans la grandeur d'âme continue ». Tout cela est soutenu, conduit par un style vigoureux, embrouillé à plaisir, pittoresque, rapide mais plein d'incidentes, archaïque mais d'une propriété, d'une vivacité merveilleuses. Dialectique dans l'exposé de ses raisonnements politiques, subtil dans ses plans, incisif dans les portraits, mais toujours prodigieusement évocateur. Par sa liberté d'allure, sa spontanéité, ce n'est pas encore le style classique, mais ce n'est plus le style précieux ; c'est celui d'un homme d'action, intelligent et cultivé, et non celui d'un écrivain de métier.

Mémorial de Sainte-Hélène, ou Journal où se trouve consigné, jour par jour, ce qu'a dit et fait Napoléon. Œuvre d'Emmanuel, comte de Las Cases (1766-1842), publiée en huit volumes à Paris, en 1823. Las Cases, qui appartenait à l'ancienne aristocratie, était officier de marine quand éclata la Révolution. Émigré à Londres, il ne rentra en France qu'après le 18 Brumaire. Bientôt rallié au régime impérial, il fut fait conseiller d'État et baron d'Empire, puis, en 1810, comte et chambellan. Figure de peu de relief et d'ailleurs inconnu personnellement à l'Empereur, il se signala par la fidélité qu'il lui témoigna lors des Cent-Jours, après s'être de nouveau exilé en Angleterre pendant la première Restauration. Il ne quitta pas son maître lors de la dernière abdication du 21 juin 1815 et le suivit avec quelques intimes jusqu'à Rochefort. C'est là que commencent ses *Mémoires*. Il nous expose dans le détail les longues tergiversations de Rochefort, puis la décision de se rendre en Angleterre. Nous accompagnons ensuite l'Empereur à bord du « Bellérophon ». Après quelques jours d'attente dans les ports anglais, la décision des ministres est communiquée à l'Empereur. Il sera relégué au milieu de l'océan, dans l'île de Sainte-Hélène ; il n'aura le droit d'emmener que quatre de ses fidèles : ce furent le grand maréchal Bertrand, Montholon, Gourgaud, enfin Las Cases qui furent désignés ; la maréchale Bertrand et Mme de Montholon suivirent leurs maris, Las Cases emmenait son fils. Pendant le voyage, sur le « Northumberland » qui transportait Napoléon d'Angleterre à Sainte-Hélène, l'Empereur commence à s'attacher à son chambellan et, au cours de nombreuses conversations, évoque morceau par morceau divers épisodes de son enfance et de sa jeunesse. Pendant le voyage, Las Cases lit un certain nombre de libelles anglais sur Napoléon et s'efforce de répondre à ces polémiques. Le 15 octobre 1815, le « Northumberland » parvient à Sainte-Hélène. Installé d'abord seul dans un logement provisoire à Briars, l'Empereur, pour passer le temps, décide de dicter le récit de ses campagnes. Il dicte la campagne d'Égypte au grand maréchal et, à son chambellan, ses souvenirs de la campagne d'Italie. Enfin, la petite Cour est réunie et organisée à Longwood, demeure que l'Empereur ne quittera plus jusqu'à sa mort. Las Cases nous donne, jour par jour, le compte rendu des occupations de Napoléon, de ses promenades, de ses conversations surtout ; il nous expose par le menu les mille vexations que lui font subir ses gardiens, en particulier le fameux Hudson Lowe. Une grande partie de l'activité de l'entourage de l'Empereur et surtout de Las Cases est employée à rédiger des protestations, qui ne peuvent d'ailleurs parvenir aux autorités à Londres et que Napoléon désavoue ou ignore dans leur grande majorité. Le captif est éprouvé par le climat de l'île, mais surtout par la captivité et par l'ennui. Finalement Las Cases, dont le fils est malade, semble s'être décidé à provoquer le gouverneur anglais par une correspondance clandestine qui tombe entre ses mains. Il est séparé de l'Empereur et demande à retourner en Europe. Il quitte Sainte-Hélène en décembre 1816. Dans un épilogue, Las Cases nous donne un récit de ses pérégrinations en Europe jusqu'à la mort de Napoléon. Ce n'est qu'après cet événement qu'il rentra en possession des papiers qui avaient été confisqués et qui devaient devenir le *Mémorial*. Las Cases n'a donc été le témoin que de la première année de la captivité de Sainte-Hélène. Son récit est, en général, fidèle ; toutefois, il y a et il ne peut qu'y avoir quelques exagérations en ce qui concerne la conduite des Anglais vis-à-vis de Napoléon, et tout ce qui concerne cette partie du livre doit être soigneusement confrontée avec le récit du capitaine Maitland qui commandait le « Bellérophon », sur l'embarquement à Rochefort, ou avec l'ouvrage que fit paraître le médecin O'Meara, chargé de l'illustre captif, *Napoléon en exil*, sur le séjour à Sainte-Hélène. Une excellente et, semble-t-il, définitive mise au point de toutes ces questions a été faite par Octave Aubry dans son livre *Sainte-Hélène*.

Mais plus intéressants pour nous que ce journal de la captivité de l'Empereur sont les nombreux textes qu'il dicta à son chambellan, et surtout ses souvenirs, ses jugements sur les événements et les hommes, que Las Cases consignait scrupuleusement après les conversations quotidiennes. À vrai dire, ce n'est pas tout Napoléon qui nous apparaît ici, car la pensée de l'Empereur, même dans l'exil, est dictée par une politique qui se résume dans une formule : identification de l'Empire et de la Révolution ; cette ligne de conduite, qui n'apparut pas nettement dans ses activités de 1800 à 1814, c'est à la suite du premier retour des Bourbons qu'il l'adopta ; il s'agissait alors de regrouper tout ce qui, en France, n'était pas royaliste. À Sainte-Hélène, il y reste fidèle, c'est sous les traits du continuateur nécessaire, du réalisateur de ce qu'il y avait de meilleur dans la Révolution, qu'il entend passer à la postérité. Dans un entretien fameux avec Las Cases, il se défend contre l'accusation de n'avoir pas été le Washington de la Révolution française : selon lui, Washington, placé dans les mêmes circonstances que lui, n'eût pas agi autrement qu'il l'a fait : « Pour moi, je ne pouvais être qu'un Washington couronné. » Les nombreux jugements que Napoléon porte sur les hommes de la Révolution sont d'ailleurs fort intéressants, mais toujours dictés par ce déterminisme historique qui devait légitimer sa venue. Nous recueillons également dans le *Mémorial* des détails indispensables sur les plans de campagne et les opérations militaires : Napoléon avoue que les Bulletins de la Grande Armée étaient souvent falsifiés, il redresse leurs erreurs sur bien des points : ces précisions le font apparaître comme un prodigieux improvisateur, comme un exécutant génial. D'où viennent donc ses revers, selon lui ? De la marche de son destin ; Napoléon se proclame, se sent l'homme du destin. Il souligne les chances exceptionnelles qu'il n'a cessé d'avoir, les brusques retournements de situation alors que tout espoir semblait perdu ; sans doute, il reconnaît avoir commis des fautes, mais c'est parce que sa chance l'avait abandonné qu'il est tombé ; il ne manquait que cela pour compléter son destin : « Les malheurs ont aussi leur héroïsme et leur gloire. L'adversité manquait à ma carrière. Si je fusse mort sur le trône, dans les nuages de ma toute-puissance, je serais demeuré incomplet pour bien des gens. Aujourd'hui, grâce au malheur, on pourra me juger à nu. » On ne saurait le croire sur parole. Si, dans le *Mémorial*, il se montre réaliste, parfois cynique, ne cachant nullement son manque d'illusions absolu envers les hommes (d'où ce souci constant d'excuser ceux qui l'ont trahi, de leur trouver des raisons), il cherche encore à plaire et à poser pour la postérité. Ce qui ne l'empêche pas d'être sincère, de reconnaître ses torts, mais en démontrant qu'ils étaient inévitables, et de donner, avec un sens aigu de l'observation objective, les véritables raisons de ses succès. Parfois, on le sent sur le bord des confidences simplement humaines, qui dévoilent d'un coup un pan du mystère que demeure pour l'humanité un pareil homme : lorsqu'il parle, par exemple, de ce « courage de deux heures du matin » qui manque aux plus énergiques et qui fut la cause de sa supériorité, ou lorsqu'il dit, après avoir plaisanté sur la mère et la sœur de Gourgaud, que celui-ci aimait tendrement : « N'est-ce pas bien méchant à moi, bien barbare, bien tyran, de toucher ainsi des cordes si tendres ? » Et c'est par des traits de ce genre que le *Mémorial* trace un portrait si attachant de Napoléon : homme de goûts fort simples, resté le jeune bourgeois corse d'avant la Révolution, le soldat de fortune. À Sainte-Hélène, il lui arriva souvent de penser, et sans affectation semble-t-il, que ce qui lui plairait en définitive, ce serait de vivre à Paris avec douze francs par jour : dîner à trente sols, courir les cabarets littéraires, les bibliothèques, aller au spectacle, mais au parterre. Un louis par mois paierait sa chambre.

Le *Mémorial*, dès sa parution, eut un immense succès et exerça une influence politique considérable. Après la mort de Napoléon et sur la foi des récits de Las Cases, on se mit à croire au Napoléon démocrate, libéral, fils de la Révolution, qu'il peignait conformément aux intentions de son maître. C'est en partie du

Mémorial que sortit la renaissance du sentiment napoléonien qui devait atteindre son apogée dans le retour des cendres et trouver son épilogue avec la venue au pouvoir de Napoléon III. Mais le *Mémorial* ne provoqua pas seulement un mouvement politique, il eut une influence sur la naissance d'œuvres littéraires d'une extrême importance : c'est de cette génération, désorientée par sa chute, dont il disait : « Quelle jeunesse je laisse après moi ! » que devaient sortir des œuvres aussi différentes que *La Confession d'un enfant du siècle* de Musset et *Le Rouge et le Noir* (*) de Stendhal ; c'est la lecture du *Mémorial* qui donna à Goethe l'idée des *Conversations avec Eckerman*. Ajoutons que le témoignage de Las Cases peut être maintenant complété par le *Journal* de Gourgaud et par le *Journal* du grand maréchal Bertrand qui fut publié sous le titre de *Cahiers de Sainte-Hélène (1816-1821)* en 1949.

MÉNARD Louis Émile. Poète, savant, philosophe, helléniste. Né et mort à Paris (19 octobre 1822, 9 février 1901). Fils d'un libraire qui fut l'éditeur de Lamartine, il est, en 1834-1836, au collège Louis-le-Grand le condisciple de Baudelaire. Admis tout jeune à l'École normale supérieure, il se plonge dans des études très variées : il est déjà l'un des premiers hellénistes de son temps (Gautier le définira « un Grec né deux mille ans trop tard ») et se passionne pour la chimie. Sa première œuvre, le poème dialogué de *Prométhée délivré*, paraît en 1843, sous le pseudonyme de Louis de Senneville ; elle a les honneurs d'une analyse pleine de réserves et d'ironie sous la plume de Baudelaire, trois ans après, dans *Le Corsaire* ; Ménard s'en souviendra, non sans rancune, en un article sévère sur *Les Fleurs du mal* (*). En 1848, dans le laboratoire du très précoce Marcelin Berthelot, il découvre le collodion ; Berthelot s'emploiera à établir la priorité de cette découverte, que s'était attribuée et qu'avait exploitée, à son grand profit, un presque homonyme, l'Américain Maynars. Répandu dans les milieux socialistes, Ménard collabore aux journaux de Proudhon ; son *Prologue d'une révolution* le fait condamner à quatre ans de prison et à s'exiler en Belgique et en Angleterre, d'où il rentre en 1852. Il donne cette année-là ses *Poèmes et poésies*, en même temps que paraissent les premiers *Poèmes antiques* de Leconte de Lisle, avec lequel il noue une solide amitié ; ses conseils et surtout sa profonde culture ne seront pas étrangers à la formation de ce poète déjà célèbre, ni à ses traductions d'Homère. Après une réédition de ses *Poèmes* (1855) et la soutenance d'une brillante thèse, *De la morale avant les philosophes*, il s'adonne sans succès, dix ans durant, à la peinture, au cours d'un séjour à Barbizon parmi les paysagistes. Son ouvrage capital s'intitule *Du polythéisme hellénique* (1863), bientôt suivi d'une traduction de l'*Hermès trismégiste*, précédée d'une introduction magistrale. Ses *Études sur les origines du christianisme* (1867) le rapprochent de Renan. En 1875, donc ayant dépassé la cinquantaine, il s'éprend d'une jeune fille de dix-huit ans, l'épouse, et a d'elle une fille qui meurt avant sa majorité ; union mal assortie, rompue à brève échéance, et qui laisse Louis Ménard plus amer que jamais. Mais l'amitié de Maurice Barrès, qui l'exaltera dans ses *Taches d'encre*, et, comme l'a signalé René Dumesnil, fera de lui, « son compagnon imaginaire du *Voyage de Sparte* », l'admiration de Heredia, de Berthelot, de Clemenceau, lui procurent de salutaires compensations.

Par la publication, en 1876, des *Rêveries d'un païen mystique*, il apporte la preuve que son plus authentique instrument est la prose lyrique et morale : « Le Nid de rossignols », « Le Banquet d'Alexandrie », « Le Diable au café », étonnant pastiche de Diderot, et surtout « La Légende de saint Hilarion » — premier « état » de la *Thaïs* d'Anatole France, dont *Le Crime de Sylvestre Bonnard* passe pour une biographie déguisée de Ménard — sont à ranger parmi les plus beaux contes philosophiques du siècle ; ils sont, à coup sûr, préférables à la plupart des poèmes en vers que nous devons à ce précurseur du groupe dit « parnassien » ; ceux-ci, d'ailleurs, sont loin d'être négligeables, parce que pleins de pensée, en dépit d'une forme souvent sèche et presque plate ; on y trouve en outre de très curieux essais métriques (strophes impaires calquées sur des odes d'Horace) et, selon Francis Vielé-Griffin, la belle et profonde préface aux *Poèmes*, où il déclarait que les « dogmes s'énoncent en symboles », exerça une incontestable influence sur la nouvelle poésie ; il convient, en tout cas, de retenir, pour l'anthologie définitive, les admirables strophes de *Panthéon*, où, après avoir évoqué les mythes du paganisme, le poète compare le sacrifice de la Croix au supplice de Prométhée et conclut sur une hymne exquise à la « Vierge immaculée », qui préfigure les plus beaux cantiques de Verlaine. Louis Ménard réédita en 1895 ses *Rêveries* en les faisant précéder de ses *Poèmes* ; mais, contaminé depuis plusieurs années par la dangereuse obsession d'une réforme de l'orthographe, il rendit ses textes proprement illisibles ; sous prétexte de « simplification » (*sic*), il adopta, en effet, des graphies qui semblent aussi absurdes qu'illogiques, parce que non conformes à la prononciation. Ses dernières années, assombries par l'abandon et le deuil dont nous avons parlé, s'écoulèrent dans la méditation et le travail incessant que provoquaient à la fois son infatigable activité et l'exercice, depuis 1889, de son métier de professeur d'histoire à l'Hôtel de Ville. Citons encore, au nombre des ouvrages de Louis Ménard : *Tableau historique des beaux-arts depuis la Renaissance, Histoire ancienne des pays d'Orient, Histoire d'Israël, Histoire des Grecs, Le Symbolisme des religions anciennes et modernes, Othello.* En 1902, un an après sa mort, Édouard Champion rassembla, sous le titre : *Le Tombeau de Louis Ménard*, un ensemble de lettres, articles et témoignages de contemporains, amis et disciples de cet admirable et parfois génial écrivain.

YVES-GÉRARD LE DANTEC.

RÉF. : Ph. Berthelot, *Le Dernier Païen, Louis Ménard et son œuvre*, Paris, 1902. — E. Champion, etc., *Le Tombeau de Louis Ménard*, hommage collectif, Paris, 1902. — M. Barrès, *Le Voyage de Sparte*, chapitre premier, Paris, 1909. — M. Peyre, *Louis Ménard*, New Haven, Conn., 1932.

MENDÈS Catulle. Écrivain né à Bordeaux le 2 mai 1841, mort à Saint-Germain-en- Laye le 7 février 1909. Son enfance se passa en voyages, et son adolescence à Toulouse. Il vint à Paris en 1859 ; la ville était tout entière vouée aux fêtes et aux amusements, mais Mendès choisit l'art. Patronné par Théophile Gautier, il fonda *La Revue fantaisiste* en 1860, et eut pour collaborateurs Cladel et Villiers de L'Isle-Adam. Son premier recueil de poèmes, *Philoméla*, parut en 1863 et fut bien accueilli par la critique ; « miel et poison », en disait Sainte-Beuve. Un voyage en Allemagne acheva de révéler à Catulle Mendès la culture germanique pour laquelle il se passionnait, et il devint dès lors l'ardent défenseur de Richard Wagner. Louis Ménard l'introduisit chez Leconte de Lisle où se rassemblait tout un groupe qui comptait notamment François Coppée, Léon Dierx et José-Maria de Heredia ; ce fut la naissance du « Parnasse ». Le 2 mars 1866 parut le premier fascicule du *Parnasse contemporain, recueil de vers nouveaux* ; Mendès s'occupa des différentes livraisons que l'éditeur Lemerre prenait sous son enseigne. Mendès a raconté dans sa *Légende du Parnasse contemporain* (1884) la naissance de cette école qui fut, en réalité, beaucoup plus un groupe d'amis qu'une école pourvue d'un système. Il avait publié entre-temps *Hespérus* (1872) et *Contes épiques* (1872), poèmes swedenborgiens, et donné sa première pièce au Français : *La Part du roi* (1872). Sa production dès lors va s'accumuler : chroniques, pièces, romans, nouvelles, il touche à tous les genres et le succès lui sourit. On peut citer parmi ses romans : *La Vie et la mort d'un clown* (1879), *Les Mères ennemies* (1880), *Le Roi vierge* (1881), *Zo'Har* (1886), *L'Homme tout nu* (1887), *La Première Maîtresse* (1887) et *Gog* (1896). La recherche de la notation précieuse, le goût du rare et du raffiné marquent ses nouvelles et ses contes parfois licencieux comme *Le Boudoir de verre* (1884), *Jupe courte* (1884) et *Pour lire au bain* (1885). Il avait remporté un grand succès avec son adaptation théâtrale du *Capitaine Fracasse* (*) (1878) et composa beaucoup pour la scène : *Justice* (1877), *Les Mères ennemies* (1882), *La Reine Fiammette* (1898), *Médée* (1898), *Scarron* (1905), *Ariane* (1906), *La Vierge d'Avila* (1906). Il écrivit aussi pour l'Opéra, en particulier *Gwendoline* (1886) dont Emmanuel Chabrier composa la musique, et *Isoline* (1888), dont la musique fut écrite par André Messager. On peut encore retenir parmi ses essais : *Richard Wagner* (1886), *L'Œuvre wagnérienne en France* (1899) ainsi que son étude sur *Le Mouvement poétique français de 1867 à 1900.* Catulle Mendès est peut-être un représentant typique de cette fin de siècle où l'esthétique et le clinquant tenaient lieu de pensée il n'en reste pas moins une figure importante du monde littéraire de ce temps.

♦ *« Poète aux intentions mystérieuses, frère d'Edgar Poe et de Marivaux, compliqué comme personne, et dont la plume, soit qu'il fasse des vers, soit qu'il écrive en prose, est souple et changeante à l'infini. »* Guy de Maupassant.

RÉF. : A. Bertrand, *Catulle Mendès, biographie critique*, Paris, 1908. — W. Festerling, *Catulle Mendès Beziehungen zu Richard Wagner*, Greifswald, 1913. — J. F. Herlihy, *Catulle Mendès, critique dramatique et musical*, Paris, 1936.

Ménestrel. Les ménestrels sont des jongleurs (v. ce mot). Mais ils sont attachés à une cour, à la maison d'un seigneur ou d'un duc. Le titre de ménestrel, considéré comme honorable, fut dès le XIIIe siècle revendiqué par tous les jongleurs. La situation privilégiée du ménestrel, vielleur, chanteur, conteur, fait aussi de lui un familier de son maître, et il en reçoit parfois des présents appréciables. À la Cour, il est souvent le poète, l'homme de goût, celui qui sait les belles manières, plus que l'amuseur ou le bouffon.

MICHEL ROUSSE.

MERCIER Louis Sébastien. Écrivain né et mort à Paris : 6 juillet 1740-25 avril 1814. Son père, marchand fourbisseur, artisan prospère, lui fait donner une éducation classique au collège des Quatre-Nations, dont il dira bien du mal. Professeur de collège à Bordeaux pendant deux ans, il s'ennuie très vite et retourne à Paris dès 1765, bien décidé à vivre de sa plume. C'est un auteur original, un esprit indépendant et courageux, bien que son œuvre, d'une manière fort intéressante d'ailleurs, ne propose, quant aux idées, qu'un reflet des valeurs clés du siècle des Lumières. « Une intelligence sagace, observatrice, voyant bien ce qu'elle voit, pour peu que l'esprit de parti ne vienne pas gâter la limpidité du verre et fausser la justesse du coup d'œil [...] un penseur dont les idées, les utopies, les systèmes plus ingénieux que praticables se recommandent toujours par l'élévation, l'audace des aperçus », c'est ainsi que le décrit Desnoiresterres, mais il fut aussi vivement critiqué, voire méprisé. La multitude et les contrastes des jugements portés sur Mercier montrent bien qu'il éveilla les curiosités, se montrant capable du pire comme du meilleur. Il commet tout d'abord dès 1760 quelques héroïdes qui ne méritent pas un détour, mais il a pris goût à l'écriture et va désormais inonder les librairies d'une foule d'ouvrages les plus divers. Romans, drames, poésies, songes, pamphlets, libelles, rapports, discours, rien n'échappera à sa plume. Il publie en 1766 un récit compliqué dans le style oriental : *Histoire* *d'Izerbeben, poète arabe,* en 1767 une histoire américaine reprenant le déisme de Rousseau, *L'Homme sauvage,* en 1768 des *Songes philosophiques* regorgeant d'optimisme, et en 1769 des *Contes moraux* qui prétendent « flétrir les méchants » et rendre la vertu aimable. À la fin de 1770, il trouve le succès en proposant une étonnante utopie : *L'An 2440,* qui crée la littérature d'anticipation et ouvre le futur aux rêves de progrès. Sept cents ans après sa naissance, Mercier retrouve Paris transformé selon ses désirs et s'érige en juge de son siècle. On y trouve beaucoup de changements mais ils sont tous tels qu'un homme de 1770 pouvait les prévoir. On n'est donc pas surpris que Mercier se réjouisse dans sa réédition de 1786 « d'avoir vu déjà plusieurs de ses idées se réaliser pour l'avantage du bien public ». Cette première plongée dans le futur ne donne pas davantage d'audace à l'imagination ; au contraire, elle n'a plus le droit d'inventer mais seulement de modifier, de retoucher. *L'An 2440* est avant tout une émanation caractéristique du XVIIIe siècle et donne consistance à toutes les revendications du temps. Sitôt paru, l'ouvrage fut interdit et n'en eut que plus de succès : onze éditions en moins de trente ans. La gloire de Mercier était établie. Sa personnalité s'affirme aussi en même temps dans une production théâtrale à laquelle il consacre l'essentiel de son activité littéraire de la décennie 1770. En 1769 il donne *Jenneval,* en 1770 *Le Déserteur,* en 1772 *Jean Hennuyer, évêque de Lisieux.* Dramaturge, il n'a composé aucune pièce destinée à lui survivre, mais il a écrit le manifeste dramatique le plus percutant de la fin du XVIIIe siècle : *Du théâtre ou Nouvel essai sur l'art dramatique*, en 1773. Admirateur de Diderot et de Beaumarchais, ses théories plus outrées font scandale. Mercier est avant tout convaincu que le théâtre doit enseigner la vertu. Il refuse le style noble et la distinction des genres, préfère la prose parce que plus naturelle, rejette la règle des unités de temps et de lieu, les sujets antiques, préférant exposer sur la scène des « conditions », des moments de la vie quotidienne. Il choisit comme personnages les représentants des couches sociales exclues de la tragédie : les bourgeois mais aussi les hommes du peuple, courageux et moraux – *L'Indigent* (1772), *Le Juge* (1774), *La Brouette du vinaigrier* (1775). La production dramatique de Mercier est intense : seize pièces parurent de 1769 à 1780. Pendant cette période, il complète aussi ses théories littéraires par un essai : *De la littérature et des littérateurs,* suivi d'un *Nouvel examen de la tragédie française* (1778). Mais seul le *Tableau de Paris* lui apportera une notoriété durable. Les deux premiers volumes parurent en 1781. En 1788, l'œuvre atteignit douze volumes et eut de nombreuses traductions en anglais et en allemand. Elle constitue une source précieuse de renseignements sur la société française à la fin de l'Ancien Régime. On y trouve pêle-mêle une multitude de chapitres très vivants sur tous les sujets, des plus dérisoires aux plus graves, à la veille de la Révolution, qui devait placer Mercier sur le devant de la scène sociale. En effet, il collabora à *La Chronique du mois,* dirigea avec Carra à partir de septembre 1789 *Les Annales patriotiques et littéraires de la France.* En 1792, élu député de Seine-et-Oise à la Convention et au corps législatif, il vota la détention perpétuelle de Louis XVI et il fit partie des soixante-treize Girondins arrêtés après la journée du 31 mai. Délivré par le 9 thermidor, il passa au conseil des Cinq-Cents et se distingua par ses originalités. Sous l'Empire, il demeura républicain et mourut le 25 avril 1814. De la période révolutionnaire, il laissa une description faisant écho au *Tableau de Paris* : *Le Nouveau Paris* (1798). Il donne un témoignage, certes partisan, mais riche et détaillé des récents événements observés de la rue, dans leur déroutante et contradictoire diversité. Outre les œuvres déjà citées, Mercier a écrit de nombreux essais : *Songes d'un hermite* (1770), *Mon bonnet de nuit* (1784), *Néologie ou Vocabulaire des mots nouveaux* (1801). Écrivain à l'infatigable curiosité, à l'étonnante énergie, Mercier publia plus d'une centaine d'œuvres, souvent originales et attachantes, provocantes aussi, ce qui lui valut le mépris de la critique académique et traditionaliste qui ne pardonna pas certaines hérésies à celui qui se voulut réformateur du théâtre, néologiste, protagoniste d'idées révolutionnaires. Attiré par tous les genres littéraires, il a voulu donner à chacun d'eux une nouvelle forme d'expression. Le grand nombre d'éditions de plusieurs de ses œuvres et des traductions en plusieurs langues prouvent sa popularité. C'est la forme libre qui convient le mieux à son tempérament. Il excelle dans le *Tableau de Paris* et dans *Le Nouveau Paris,* véritables modèles du journalisme moderne. Trop longtemps ses extravagances mais aussi ses audaces lui valurent des ennemis et étouffèrent ce que son œuvre apportait à la connaissance du siècle des Lumières.

NICOLE DENOIT.

♦ *« Balzac a comme Mercier le sens de l'observation saisie au vol et du grouillement des détails significatifs, un constant amour de Paris, une légitime fierté d'être un connaisseur de la grande ville, et un sens aigu de ce que tous deux, à plusieurs reprises, nomment sa "physionomie". »* Pierre Citron. ♦ *« Le coup de folie et de génie de Mercier, son aveu d'impuissance politique et l'affirmation de sa créativité littéraire ont été de raconter la Révolution comme avait été décrit Paris, dans l'apparence du désordre, dans la discontinuité aléatoire de l'errance et du souvenir. »* Michel Delon.

RÉF. : C. Monselet, *Les Oubliés et les dédaignés,* Paris, 1857. – L. Béclard, *Mercier. Sa vie, son œuvre, son temps d'après des documents inédits. Avant la Révolution (1740-1789),* Paris, 1903. – G. Girard, « Inventaire des manuscrits de L. S. Mercier à la bibliothèque de l'Arsenal », dans *Dix-Huitième siècle,* nº 5, 1973. – *Louis-Sébastien Mercier précurseur et sa fortune*, ouvrage collectif sous la direction d'Hermann Hofer, Munich, 1977. – *Lendemains- Zeitschrift für Frankreichforschung,* nº 11, « Mercier », 1978.

Mercure de France (Le). Revue littéraire fondée en 1890 par un groupe d'écrivains et placée sous la direction d'Alfred Vallette. Celui-ci continua à la diriger, ainsi que la maison d'éditions qui se développa bientôt à côté de la revue, jusqu'à sa mort, survenue en 1935. *Le Mercure de France* était d'abord un mince cahier de trente-deux pages qui paraissait une fois par mois. Son volume s'accrut jusqu'à deux fascicules mensuels de deux cent cinquante-six pages chacun. La revue garda ces caractéristiques jusqu'à la veille de la Seconde Guerre mondiale. Après une interruption volontaire qui commença avec l'occupation allemande, elle a repris sa publication, mensuellement, depuis la fin de 1946. Créée dans l'intention précise d'appuyer la nouvelle école symboliste, elle a maintenu fidèlement son programme avec la simplicité et la dignité qui étaient le propre de son fondateur : et, lorsque la revue se transféra, avec la maison d'édition du même nom, du petit local de l'Échaudé-Saint-Germain aux bureaux de la rue de Condé, à proximité du Luxembourg, elle maintint sa ligne de prudente et précise administration littéraire. Tribune, à ses débuts, d'une poésie, d'une prose et d'une critique nouvelles — qualifiées généralement de symbolistes, sans que soient trop accentuées les différences entre anciens Parnassiens, symbolistes, partisans de l'école romane, etc. —, elle s'attacha à soutenir les œuvres des écrivains les plus représentatifs, publiées dans les dix dernières années du XIXe siècle et les premières années du XXe siècle. C'est ainsi que, de 1890 à 1914, elle se trouva accueillir les débuts de la plupart des jeunes romanciers, poètes et essayistes qui devaient par la suite illustrer les Lettres françaises. La maison d'édition favorisait en même temps les nouvelles expériences parallèles au symbolisme proprement dit, celle de Samain comme celle du premier Gide, celle de Le Cardonnel comme celle d'Apollinaire, celle des poètes et romanciers belges comme celle de Paul Claudel. Une sorte d'incompatibilité entre l'esprit de Gourmont et l'esprit de Gide contribua, semble-t-il, à déterminer la formation du nouveau courant de pensée et du groupe qui allaient présider à la fondation de *La Nouvelle Revue française* (*). Le *Mercure,* cependant, s'adaptait au mûrissement de son premier public. Il se montrait plus sensible aux besoins des lecteurs et, plus particulièrement, d'une bourgeoisie en partie désorientée par la guerre et déjà ébranlée par les préoccupations morales d'esprits contemporains plus inquiets, qui considéraient la littérature non plus comme un simple ornement de la vie ou un rêve d'art, mais comme une activité s'intéressant aussi aux questions sociales et politiques. Il publiait des articles de vulgarisation scientifique, des analyses de littératures étrangères et des notes adaptées aux exigences d'un vaste public. Sa célèbre « Revue de la quinzaine » offrait deux fois par mois le plus vaste tableau de toutes les activités intellectuelles, donnant une attention particulière aux aspects négligés par la critique académique et universitaire, et s'attachant délibérément à échapper aux divers conformismes. Un demi-siècle est un grand âge pour une revue. Le *Mercure* ne maintenait plus toujours, en littérature tout au moins, avec les forces jeunes, un contact aussi étroit qu'à ses débuts. À cet égard, il est vraisemblable qu'un silence de six ans ait grandement aidé au rajeunissement de la revue et de la maison d'édition. En décembre 1946, la réapparition du *Mercure* se manifestait par la publication d'un millième fascicule avec un sommaire richement doté. On devait déceler ultérieurement dans les sommaires une intention très affirmée de permettre aux jeunes écrivains de se confronter avec des formes et des orientations plus traditionnelles. La critique continuait d'y voisiner avec la création poétique et romanesque. L'ancienne « Revue de la Quinzaine » devenue une mensuelle *Mercuriale,* demeurait conforme aux traditions de la revue. En 1963, Gaëtan Picon prend la direction de la revue, qu'il conservera jusqu'à la disparition de celle-ci, en juin 1965. Assisté d'Yves Bonnefoy, André Du Bouchet, Maurice Saillet, Picon, l'homme de « l'attention ferme à ce qui existe et à ce qui pourrait exister » (Blaise Gautier), sut faire de chaque sommaire du *Mercure* le lieu de rencontre des tendances les plus exigeantes de la littérature contemporaine.

MÉRIMÉE Prosper. Écrivain né à Paris le 27 septembre 1803, mort à Cannes le 23 septembre 1870. Il fit toutes ses études secondaires au lycée Henri-IV qu'il quitta à l'âge de dix-huit ans. Il désirait faire de la peinture, mais son père — bien que peintre lui-même — l'en dissuada et l'orienta vers le droit. Tout en suivant les cours de la Faculté, il commença à s'occuper de littérature et se lia d'amitié avec Stendhal, de vingt ans son aîné, et Ampère. Ses amis l'introduisirent dans le monde et il fréquenta assidûment le salon Stapfer, où il rencontra Viollet-le-Duc, Delécluze, Victor Cousin, Sainte-Beuve et Girardin. Reçu avocat, il entra au ministère du Commerce, et c'est à la même époque qu'il donna lecture à ses relations de ses premières œuvres. Il débuta en publiant, en 1825, *Le Théâtre de Clara Gazul.* Cet ouvrage était censé avoir été écrit par une actrice espagnole, et l'auteur, dans une préface signée Joseph Lestrange, s'en présentait comme l'éditeur et le simple traducteur. La vente en fut médiocre mais le succès retentissant, et Mérimée devint l'invité d'honneur de tous les salons les plus en vogue, en particulier de ceux de Mme Récamier et de Mme Pasta. En 1827, il renouvela sa mystification en faisant paraître *La Guzla* (anagramme de Gazul). Il trompa une fois encore tout le monde en se faisant passer pour le traducteur d'un écrivain illyrien, Hyacinthe Maglanovich. En réalité, il avait composé ce recueil en quinze jours en s'aidant de deux ou trois récits de voyages et de quelques mots illyriens destinés à donner la couleur locale. Le succès de ces ballades fut immense. Elles furent traduites en allemand, et Pouchkine lui-même, ravi par leur originalité, en donna quelques-unes en russe. En 1828 parut *La Jacquerie*, composée de trente-six scènes dramatiques reconstituant la révolte des paysans dans le Beauvaisis, puis *La Famille de Carvajal*, histoire très romantique d'un inceste en Amérique du Sud. Ces deux œuvres, gâtées par la facilité et le sacrifice aux goûts du jour, ne présentent plus guère qu'un intérêt anecdotique.

La Chronique du règne de Charles IX (1829) est le plus ambitieux des premiers livres de Mérimée. Ce livre ajouta encore à la célébrité de son auteur et connut de nombreuses rééditions. De 1829 date également *L'Enlèvement de la redoute*. Ce fut aussi à partir de 1829 que Mérimée commença de publier ces courts récits dont la concision, la sobriété et parfois la violence devaient exprimer le meilleur de son talent. Les premiers parurent dans *La Revue de Paris* et *La Revue française* ; ce furent : *Mateo Falcone* (1829), *Le Vase étrusque* (1830), *Tamango, La Perle de Tolède* ; parurent aussi deux petites comédies : *L'Occasion* (1830) et *Le Carrosse du Saint-Sacrement* (1830). Mérimée partit à cette époque pour l'Espagne, et s'y lia d'amitié avec la comtesse de Montijo. À son retour et grâce à la protection de la famille de Broglie, il devint chef de cabinet du comte d'Argout au ministère de la Marine, puis au Commerce et enfin à l'Intérieur. En 1834, il se fit nommer inspecteur général des monuments historiques à la place de Vitet. Il publia : *La Double Méprise* (1833), *La Partie de trictrac* (1833), *Les Âmes du purgatoire* (1834), *La Vénus d'Ille* et cinq autres nouvelles (1837), et *Colomba* (*) (1840) que l'on considère généralement comme son chef-d'œuvre. À partir de 1835, il se consacra de plus en plus à ses fonctions et voyagea beaucoup à travers la France. Ce fut grâce à ces nombreux voyages d'études et à sa science de l'archéologie et de l'architecture qu'il réussit à sauver de la ruine de nombreux monuments qui composent aujourd'hui une bonne part de nos trésors d'art roman et gothique — v. *Notes de voyage* (1835, 36, 38, 40). De 1840 date aussi *Arsène Guillot*. De 1840 à 1842, Mérimée se rendit en Espagne et en Turquie. Il donna à son retour : *Études sur l'histoire romaine* et *Monuments helléniques*. En 1843, il fut reçu à l'Académie des inscriptions et belles-lettres et succéda en 1844 à Charles Nodier à l'Académie française. *Carmen* (*) parut en 1845, puis l'*Histoire de don Pèdre, roi de Castille* (1848), *Épisode de l'histoire de Russie : le faux Démétrius* (1855) et *Les Deux Héritages* (1853).

Mérimée se mit alors à l'étude du russe et entreprit la traduction de Pouchkine et de Gogol. C'est donc à lui que revient l'honneur d'avoir introduit en France la littérature russe. De 1853 à sa mort, il sembla délaisser la littérature pour se consacrer à ses études et à ses traductions. La fille de son amie la comtesse de Montijo étant devenue impératrice, il fut dès lors un des familiers de Napoléon III. Mis à part ses rapports d'inspection et ses traductions, il ne publia plus que : *Jules César, Les Cosaques d'autrefois, La Chambre bleue* (1866) et *Lokis* (1869). On a reproché à Mérimée d'être étriqué, banal ou de manquer d'imagination ; c'est que son œuvre, en opposition avec les débordements romantiques, a cherché dans la sobriété et la concision une rigueur qui refuse les facilités de la séduction. La publication posthume de ses *Lettres à une inconnue* (1873), lettres qui s'échelonnent sur une trentaine d'années, nous a révélé son vrai visage. C'est par crainte d'être dupe qu'il s'est défié du sentiment. Il s'est voulu hautain et impersonnel afin de dissimuler sa tristesse et sa solitude et de ne pas faire du drame de son désenchantement et de son scepticisme la simple parure de son œuvre. En 1876 parurent ses *Études sur les arts au Moyen Âge*. Il convient de mentionner également ses *Lettres*.

BERNARD NOËL.

♦ *« Le paysage était plat comme Mérimée... »* Victor Hugo. ♦ *« Il va au fait, il met tout en action ; la parole serre de près chaque situation, chaque caractère. Son récit est net, svelte, alerte, coupé au vif. Les dialogues mêmes de ses personnages n'ont pas une parole inutile, et dans l'action il a marqué d'avance les points où chacun d'eux doit passer. »* Sainte-Beuve. ♦ *« M. Prosper Mérimée est un romantique de la première heure, un des plus vaillants, un des plus marquants. Talent brillant et noir comme l'Espagne qu'il a peinte et d'un raffiné qui va jusqu'à la scélératesse. Il y a du Goya dans M. Mérimée. »* J. Barbey d'Aurevilly. ♦ *« Mérimée avait presque toutes les qualités qui font un excellent écrivain : de l'imagination et de la mesure, de l'audace et du goût, de la pénétration, l'art d'observer la vie sans en avoir l'air ; mais il avait peu de style. »* Remy de Gourmont.

RÉF. : M. Tourneux, *Prosper Mérimée ; sa bibliographie, ses portraits, sa bibliothèque*, 2 vol., Paris, 1876-79. — R. de Gourmont, *Promenades littéraires*, Paris, 1904. — P. Trahard, *La Jeunesse de P. Mérimée*, thèse, Paris, 1924-26, et *La Vieillesse de P. Mérimée*, Paris, 1930. — G. H. Johnstone, *Prosper Mérimée, a Mask and a Face*, Londres, 1926. — J. K. Hovenkamp, *Mérimée et la couleur locale*, thèse, Paris, 1928. — F. Bac, *Mérimée inconnu*, Paris, 1939. — P. Léon, *Mérimée et son temps*, Paris, 1962. — A. Raitt, *P. Mérimée*, Londres, 1970. — J. Autin, *P. Mérimée, écrivain, archéologue, homme politique*, Paris, 1983.

MERLE Robert. Écrivain français. Né le 29 août 1908 à Tébessa (Algérie). Il accomplit la plus grande partie de ses études à Paris aux lycées Condorcet et Louis-le-Grand. Licencié en philosophie, Robert Merle est agrégé d'anglais et docteur ès lettres. Il débute dans l'enseignement au lycée de Bordeaux en 1934, puis devient professeur de faculté (notamment à Rennes, Alger et Nanterre). Il publie en 1948 un ouvrage sur Oscar Wilde, et l'année suivante *Week-end à Zuydcoote* qui obtient le prix Goncourt et sera adapté plus tard au cinéma (1964). Touché par l'expérience de la guerre, il en dénonçait dans ces pages, non sans âpreté, toute l'absurdité. Robert Merle est avant tout un homme de gauche, défenseur farouche des valeurs humanistes. Attiré par l'utopie d'une société meilleure, il condamne dans ses livres suivants les camps de concentration – *La mort est mon métier* (1952) –, le colonialisme et le racisme – *L'Île* (1962) –, et la perspective de l'anéantissement de l'espèce humaine – *Les Hommes protégés* (1974). Il recourt fréquemment à la science-fiction, comme dans *Malevil* (1972) ou *Madrapour* (1976) ; cela lui permet d'ailleurs d'analyser avec une certaine intransigeance la condition qui est faite, dans nos sociétés, à l'homme moderne, victime entre autres de la solitude et de l'incommunicabilité. Son idéal révolutionnaire, une constante de son œuvre, se manifeste dans le livre qu'il a consacré à Fidel Castro : *Moncada, premier combat de Fidel Castro* (1965), ou dans ses traductions, avec la collaboration de sa femme, d'œuvres de Che Guevara. Il s'est intéressé à la révolution algérienne dans *Ahmed Ben Bella* (1965). *Derrière la vitre* (1970) est son témoignage sur les événements de Mai 68 vus de l'université de Nanterre où il était alors professeur. C'est finalement en historien autant qu'en romancier qu'il est revenu sur tous ces thèmes avec sa grande fresque en plusieurs volumes : *Fortune de France* (1977), *En nos vertes années* (1979), *Paris, ma bonne ville* (1980), *Le Prince que voilà* (1982), *La Pique du jour* (1985)... Il y raconte l'épisode tragique des guerres de Religion qui ont ensanglanté la France au XVIe siècle. Il a employé, pour cette reconstitution très érudite, mais éminemment romanesque, un style archaïque qui restitue la langue de l'époque. Robert Merle a aussi été auteur dramatique (*Flamineo*, suivi d'autres pièces, 1950 ; *Théâtre*, tome II, 1957). Il a traduit des classiques anglais et des romanciers américains contemporains. En 1984, il a fait paraître une nouvelle édition de son *Oscar Wilde*, augmentée d'un texte inédit, *Repentirs*. Il a préfacé de nombreux livres où se retrouvent les préoccupations majeures de ses romans.

JACQUES-ÉMILE MIRIEL.

MERLEAU-PONTY Maurice. Philosophe français. Né le 14 mai 1908 à Rochefort (Charente-Maritime), mort le 3 mai 1961 à Paris. Après des études secondaires à Paris, il entre à l'École normale supérieure et est reçu en 1930 à l'agrégation de philosophie. Pendant la guerre, il participe à la Résistance ; en 1948 il est nommé professeur à l'université de Lyon. Il assume en même temps la direction de la revue *Les Temps modernes* (*) avec Jean-Paul Sartre. De 1949 à 1952, il assume la chaire de psychologie de l'enfant et de pédagogie à la Sorbonne. En 1952, il entre au Collège de France. La publication des *Aventures de la dialectique* en 1955 lui vaut une rupture avec Jean-Paul Sartre et l'équipe des *Temps modernes.* Le 3 mai 1961, Maurice Merleau- Ponty, dont l'œuvre rencontre de plus en plus d'échos, meurt brutalement à Paris. Dans *Les Temps modernes,* Sartre consacre à son ancien ami un article émouvant.

L'œuvre écrite de Maurice Merleau-Ponty est relativement brève : *La Structure du comportement* (1942), *La Phénoménologie de la perception* (1945), *Humanisme et Terreur* (1947), *Sens et Non-Sens* (1948), *Éloge de la philosophie* (1953), *Les Aventures de la dialectique* (1955), *Signes* (1960), à quoi il faut ajouter une série d'écrits posthumes, publiés après 1961 par Claude Lefort : *L'Œil et l'Esprit* (1964), *Le Visible et l'Invisible* (1964), et enfin *la Prose du monde* (1969).

La pensée de Merleau-Ponty se fonde à la fois sur une réflexion d'orientation phénoménologique et sur une tentative d'intégration des sciences de l'homme – au premier chef la psychologie et la linguistique – à la philosophie. En ceci, elle est plus proche de celle de Paul Ricœur que de l'existentialisme sartrien. Le point de départ de l'œuvre du philosophe est donné par *La Phénoménologie de la perception :* ce dernier ouvrage, publié trois ans après *La Structure du comportement,* explore une dimension philosophique que *La Structure du comportement,* tout entière consacrée à l'élaboration philosophique des observations de la psychologie de la forme, avait négligée.

Husserl, le maître de Merleau-Ponty – un maître qu'il ne cessera d'interroger toute sa vie – était dès ses *Recherches logiques* parti en guerre contre l'empirisme et le psychologisme. Contre la prétention de ceux-ci à vouloir fonder la logique et la science sur les sensations et les associations, il avait réclamé la création d'une théorie du sujet, pure de tout naturalisme, mais fidèle « aux choses mêmes ». Cela avait donné la phénoménologie, conçue comme une description de ce qui « apparaît » (le « phénomène ») à la conscience. Mais, pour ne pas retomber de nouveau dans une description empirique, Husserl avait repris le vieux programme kantien d'une « analytique transcendantale du sujet ». Analytique fondée, cette fois, sur la description phénoménologique du « vécu » de la conscience. Le résultat de cette analytique faisait apparaître, dans les derniers travaux du philosophe allemand, la « perception » comme le « sol » absolu de toute science et de toute pensée. Sur ce chemin, Husserl redécouvrait peu à peu le corps, l'intersubjectivité et l'Histoire. On peut dire que Merleau-Ponty, bien plus que Heidegger et Sartre, a cherché à explorer cette dimension ouverte par Husserl.

La Phénoménologie de la perception reprend point par point les analyses husserliennes, mais en les rendant plus concrètes et en les enrichissant de l'apport des psychologies modernes. Merleau-Ponty « décrit » ainsi la conscience du corps, des choses, de l'espace et du temps, mais aussi des autres et du langage. La conscience de soi n'est pas engluée dans l'altérité du monde, comme elle l'est encore dans *L'Être et le Néant* de Sartre. Au contraire, le corps est le « véhicule de l'être au monde », la parole est ce qui déploie les significations, autrui est l'horizon constitutif de mon monde. Avec un talent littéraire et presque pictural peu fréquent chez les philosophes, Merleau-Ponty décrit ce qu'il appelle de plus en plus la « chair du sensible ». Ce retour au sujet concret n'est jamais chez lui une retombée dans l'empirisme vulgaire : le sujet charnel, historique, « mondain », « est » le véritable sujet transcendantal. Nous sommes loin du sujet purement formel qu'exigeait Kant pour constituer le monde et l'expérience, mais loin aussi du « pour-soi » désincarné de Sartre, éternellement opposé à l'inertie de l'« en-soi », pure liberté engluée dans les choses. Subtilement, et constamment fidèle à la « description phénoménologique », Merleau-Ponty découvre une dimension où l'opposition de l'« en-soi » et du « pour-soi » perd une grande partie de son sens. L'homme est liberté et déterminisme, activité « et » passivité, et inversement les choses ne sont jamais « pure inertie », pur « en-soi » : comme la conscience, elles participent d'un même continuum sensible qui est le « monde ».

À travers l'interrogation des poètes et des écrivains, mais aussi — et de plus en plus — des peintres, Merleau-Ponty approfondit ce qu'il appelle la recherche de l'« Être brut », cette dimension existentielle, presque cosmique, préalable à tout savoir constitué. *L'Œil et l'Esprit, Le Visible et l'Invisible, La Prose du monde* montrent, bien qu'il ne s'agisse que de fragments ou de textes laissés à l'état de manuscrits, comment aurait pu évoluer la pensée du philosophe, si la mort ne l'avait pas interrompue.

Philosophe de la conscience, et héritier malgré lui de Descartes (qu'il ne cesse de méditer pour mieux le contester), Merleau-Ponty a tenté, comme plus tard Paul Ricœur, d'engager le dialogue avec les sciences de l'homme (ethnologie, linguistique et psychanalyse), fondées plutôt sur le concept d'inconscient. Loin de rejeter ce concept, comme Sartre, il s'efforce de le justifier phénoménologiquement : l'analyse du vécu subjectif fait apparaître une conscience qui, paradoxalement, s'échappe à elle-même, débordée par ses propres significations, une conscience baignée d'inconscient. Malgré l'incompatibilité apparente de ce concept d'inconscient avec le concept d'inconscient freudien, Merleau-Ponty a poursuivi jusqu'au bout le dialogue avec le plus radical des théoriciens de la psychanalyse, Jacques Lacan.

L'œuvre « politique » de Merleau-Ponty est également importante. Sa lucidité lui a valu à l'époque des inimitiés multiples ; bien avant les « nouveaux philosophes », et sans doute plus radicalement, il a mis en question l'idéologie marxiste (telle que l'avait déformée le stalinisme) et la fascination aveugle exercée par l'expérience soviétique sur les intellectuels français. *Les Aventures de la dialectique* restent encore d'une cruelle actualité. D'une certaine manière, cette réflexion politique a alimenté des pensées sur le socialisme aussi riches de sens que celles de Claude Lefort et de Castoriadis. Paul Ricœur et Alphonse de Waelhens, de leur côté, ont approfondi le dialogue avec les sciences humaines qui avait été le souci le plus constant de Merleau-Ponty.

ANTOINE BERMAN.

♦ *« La même interrogation... se refait d'un bout à l'autre de l'œuvre de Merleau-Ponty. Cette interrogation ne vise pas un monde en repos et ne laisse pas l'esprit en repos* [...] *Cette interrogation vise l'Être, mais ce dont elle s'approche, c'est, pour reprendre les mots-mystères de* Signes, l'Être brut, *incommensurable aux représentations que la science en compose, ce qui se donne, en chaque expérience, dans un absolu de présence, c'est l'Être vertical, "celui qui est debout devant mon corps debout"... C'est l'*Esprit sauvage, *l'esprit qui fait sa propre loi, non parce qu'il a tout soumis à sa volonté, mais parce que, soumis à l'*Être, *il se réveille toujours au contact de l'événement pour contester la légitimité du savoir établi.* » Claude Lefort.

RÉF. : A. Robinet, *Merleau-Ponty, sa vie, son œuvre, avec un exposé de sa philosophie,* Paris, 1963. — Alphonse de Waelhens, *Une philosophie de l'ambiguïté ; l'existentialisme de Maurice Merleau- Ponty,* Paris, 1967. — *Les Temps modernes,* numéro spécial sur Merleau-Ponty, Paris, 1961. — X. Tilliette, *Merleau-Ponty,* Paris, 1970. — Claude Lefort, *Sur une colonne absente,* Paris, 1978. — Bernard Sichère, *Merleau-Ponty ou le corps de la philosophie,* Paris, 1982. — Renaud Barbaras, *De l'être du phénomène. Sur l'ontologie de Merleau-Ponty,* « Krisis » J. Millon, 1991.

Merlin : voir ***Histoire du Graal.***

MERRILL Stuart Fitzrandolph. Poète américain d'expression française. Né à Hempstead (État de New York) le 1er août 1863, mort à Versailles le 1er décembre 1915. Fils d'un diplomate américain, il passa son enfance à Paris, mais alla faire son droit au Columbia College de New York de 1885 à 1889. Il écrivit en français toute sa vie. Tout d'abord parnassien, ensuite symboliste, il n'arrivera que sur le tard à se libérer de toute influence pour donner le meilleur de son œuvre : l'expression toute simple de ce qu'il ressentait. Dans ses diverses tentatives, il ne se révéla pas moins artiste dans toute la force du terme. Son œuvre poétique comprend : *Gemmes* (1887), publié pendant son séjour en Amérique, *Fastes* (1891), *Petits poèmes d'automne* (1895), réunis plus tard en un recueil sous le titre de *Poèmes,* et enfin *Les Quatre Saisons* (1900). Il faut y joindre *Une voix dans la foule* (1909), une étude sur Rodin (1901) et *Pastels en prose* (1890), lesquels sont des traductions en anglais de poèmes en prose de Baudelaire, Banville, Aloysius Bertrand, Mallarmé, etc.

RÉF. : M.-L. Henry, *Stuart Merrill, sa vie, son œuvre,* Paris, 1929.

Merveilleux. Le Moyen Âge distinguait plusieurs surnaturels : le miracle qui relève de Dieu et de ses saints, le magique qui requiert l'aide du diable, et le merveilleux. La littérature profane fit un large usage du merveilleux tant dans les chansons de geste, où les héros sont capables de prouesses étonnantes, que dans les romans qui tablent sur l'admiration que suscitent les techniques inouïes de l'Orient ou qui font appel aux traditions celtiques, en rapport sans doute avec les cultures païennes refoulées mais non détruites par le christianisme. À la suite de Chrétien de Troyes, les romans bretons en vers ou en prose utilisèrent largement le merveilleux celtique ; on y rencontrait les fées, et l'on pouvait y accéder à l'« autre monde » ; ainsi s'introduisait dans les fictions une part de mystère qui reflétait les ombres de la destinée et de l'âme humaine.

MICHEL ROUSSE.

MESCHINOT Jean, sieur des Mortiers, dit « le Banni de Liesse ». Poète né à Nantes entre 1420 et 1422, mort le 12 septembre 1491. Meschinot était gentilhomme et possédait des terres aux environs de Clisson (Loire- Atlantique). Il participa aux campagnes militaires des ducs de Bretagne. En 1488 il était maître d'hôtel de la jeune Anne de Bretagne, alors âgée de onze ans, et mourut avant le mariage de celle-ci avec le roi Charles VIII. Meschinot a écrit en collaboration avec Georges Chastellain, le chroniqueur et poète bourguignon, son aîné d'une quinzaine d'années. Sans doute est-ce sous son influence qu'il a adopté la rhétorique poétique et l'usage intempestif de l'allégorie, qui faisaient alors les délices de la cour de Bourgogne, genre qu'il mit à la mode à la cour de Bretagne, d'où elle se répandit à la suite du mariage d'Anne de Bretagne, férue de poésie, dans celle de France. On connaît de Meschinot, outre *Les Lunettes des princes*, publiées à Nantes en 1493, long poème allégorique et, en partie, autobiographique, qui n'est pas d'ailleurs sans portée politique et qui connut plus de vingt éditions en quarante ans, une *Oraison qui se peut dire par huit ou seize vers, tant en rétrogradant que autrement, tellement qu'elle se peut lire en trente-deux manières différentes, et à chacune y aura sens et rime,* dont le titre est lui-même assez significatif du genre où Meschinot s'illustra, ainsi que de nombreux rondeaux, ballades et poésies diverses, rassemblés et publiés dans une édition de 1499.

Si la vogue de Meschinot fut grande de son vivant, on peut dire que ce poète connut la véritable gloire après sa mort, dans les années 1510-1520, époque à laquelle il fut considéré comme un des maîtres les plus estimables de ceux qu'on appela les grands rhétoriqueurs. Meschinot fut longtemps admiré et non seulement par Jean Lemaire des Belges et Guillaume Crétin, mais par Marot et Étienne Pasquier, avant d'être communément décrié. Il vaut mieux que l'exécrable réputation qui lui fut faite et on trouve dans son œuvre, par-delà le fatras des allitérations et des rimes équivoquées, des pièces d'une fort bonne venue.

RÉF. : A. Vallet de Viriville, *Biographie de J. Meschinot, prosateur et poète du xve siècle,* Paris, 1853. – Prosper Levot, article *Meschinot* dans la *Biographie bretonne,* t. II, Vannes, 1857. – J. Trévédy, *Jehan Meschinot, poète d'Anne de Bretagne,* Vannes, 1890. – A. de La Borderie, *Jean Meschinot, sa vie et ses œuvres, ses satires contre Louis XI,* Paris, 1896. – Pierre Champion, *Histoire poétique du xve siècle,* t. II, Paris, 1923. – Ch. Martineau-Genieys, *Les Lunettes des princes, de Jean Meschinot,* Genève, 1972.

Messieurs les Ronds-de-cuir. Œuvre de Georges Courteline (1858-1929), publiée en 1893. Courteline n'avait passé que peu de temps au ministère des Cultes, mais il semble qu'il en ait gardé un meilleur souvenir que celui qu'il rapporta de la caserne. Dans cette suite de courts tableaux ayant pour théâtre la « Direction des dons et legs », l'humoriste a exploité jusqu'à l'outrance le thème de la proverbiale paresse des fonctionnaires. Il n'y a ici qu'un semblant d'intrigue et l'ouvrage est plutôt une collection de caricatures, dont on pourrait, certes, trouver les originaux dans les bureaux poussiéreux de mainte administration. Voici Lahrier, un jeune homme intrépide, sauf pour le travail de l'État, qui, sous prétexte d'enterrer un des membres de son innombrable famille, prend chaque semaine une journée de congé qu'il passe avec sa maîtresse. Comme un jour ce congé lui a été refusé, il se voit relancé au ministère par la jeune personne. Bien entendu, le chef de bureau troublera la petite fête en question. Voici le père Soupe, vieux gâteux qui se croit obligé d'avertir ses collègues chaque fois qu'il va aux commodités. Voici Letondu, un adepte de la régénération par la gymnastique et le retour à l'Antiquité qui lacère de son fleuret le papier peint de son bureau, jette le disque grec contre les portes, défonce les parquets, se prend pour Platon et couronne sa belle folie en assassinant son chef. Néanmoins, à la « Direction des dons et legs », la besogne est expédiée : le service compte en effet un certain Sainthomme, qui vit depuis vingt ans de l'espérance d'obtenir les palmes académiques et rafle tout le travail de ses collègues, penché chaque jour y compris les dimanches, jusqu'à la nuit, sur ses dossiers, dans l'espoir d'être remarqué par un personnage influent auprès du ministre. Le chef de bureau, M. de la Hourmerie, souhaiterait réveiller ses subordonnés qui se sont fait de la paresse un véritable système : il y laissera ses os. Toute la vie de ce ministère trouve d'ailleurs un défenseur dans la personne de M. Nègre, le chef de service, soucieux par- dessus tout de maintenir les traditions administratives. Cet ouvrage est une charge énorme qui provoque irrésistiblement le rire. Une philosophie assez pessimiste ne laisse pourtant pas de s'en dégager. On se fait difficilement à ces existences larvaires, qu'on voit consumées par d'absurdes appétits et dont la drôlerie s'accompagne souvent de beaucoup de bassesse.

Métaphore. Du grec *metaphora* : « transfert ». Figure de style qui permet, comme la comparaison, de traduire sa pensée de façon expressive par le biais d'une image. Mais elle est moins explicite que la comparaison : en effet, alors que cette dernière laisse en présence le comparé et le comparant, et les relie par un outil grammatical (le terme comparant) : « son visage qui avait l'air d'une broussaille », la métaphore supprime non seulement cet outil, mais parfois aussi le comparé : « où étincelaient deux charbons » (Flaubert, *Trois Contes* [*], *Hérodias*). Dans cet exemple, les « charbons » représentent les yeux ; le comparant a donc été substitué au comparé. Quand une métaphore a été trop souvent employée, elle est qualifiée d'« usée » : des cheveux d'or. Si elle se prolonge sur plusieurs mots, voire plusieurs lignes, elle est « filée » : « Dans les autres baignoires, presque partout les blanches déités qui habitaient ces sombres séjours [...] laissaient émerger leurs corps demi-nus [...] déferlement rieur, écumeux et léger de leurs éventails de plumes, [...] les strapontins du rivage » (Marcel Proust, *À la recherche du temps perdu* [*], *Le Côté de Guermantes*). Ici, Proust substitue au monde du théâtre et des spectateurs celui de déesses et grottes marines. Comme la métaphore est particulièrement expressive, on la rencontre surtout dans la langue populaire, argotique, où les parties du corps humain sont souvent désignées par des termes se référant au monde animal ou végétal : « pattes », « bec », « citron... », et en poésie, en particulier dans les textes des surréalistes qui aimaient les rapprochements inattendus : « Les tramways feux verts sur l'échine / Musiquent au long des portées / De rails » (Apollinaire, *Alcools* [*], « La Chanson du mal-aimé »).

ARLETTE BOUÉ.

Métonymie. Du grec *méta* : « après, parmi », et *numos* : « mot ». Figure de rhétorique consistant à nommer une chose à l'aide d'un mot qui en désigne une autre. Elle est proche de la métaphore, mais n'établit pas d'identité aussi complète : « Du côté de la barbe est la toute-puissance » (Molière, *L'École des femmes* [*]) : l'homme y est représenté par ce qui peut sembler son caractère distinctif. Son intérêt vient de la richesse de sa valeur expressive. Elle remplace fréquemment l'effet par la cause, le concret par l'abstrait, les sentiments par leur siège supposé : avoir du cœur signifie être sensible, ou, dans la langue classique, être courageux : « Rodrigue, as-tu du cœur ? « (Corneille, *Le Cid* [*]). Le mot qu'elle emploie ne fait pas partie de celui auquel on le substitue, contrairement à la synecdoque, qui établit donc une relation plus étroite entre le terme attendu et celui qui le remplace.

ARLETTE BOUÉ.

Mètre. Système d'organisation interne du vers qui définit sa longueur, et le rapport entre elles des mesures qui le constituent. En principe et en fait, tous les systèmes sont possibles. Il existe pourtant des structures plus communément utilisées, comme l'alexandrin, l'octosyllabe ou le décasyllabe, dont l'organisation interne répond à des schémas fixes, tantôt binaires : 5//5, 6//6, 4//8, 4//4 ; tantôt ternaires : 3//6//3 ; 2//4//4 ; 4//4//4... Le choix d'un mètre fixe conditionne l'existence rythmique du poème isométrique. Une fois ce choix arrêté, il n'est pas loisible au poète de changer de mètre. Le mètre est indissociable de la notion de rythme. Comme lui, il suppose une structure répétitive. Mais le rythme est l'effet produit par la répétition d'éléments contrastés (par exemple, les mesures inégales qui constituent les vers) au sein d'une régularité métrique.

CHRISTIAN DOUMET.

MICHAUX Henri. Poète d'origine belge. Né le 24 mai 1899 à Namur (Belgique), mort à Paris, le 19 octobre 1984. Après des études à Bruxelles, il se fixe en 1924 à Paris et fait la connaissance de peintres comme Max Ernst et Chirico. Il entreprend ensuite de longs voyages qui le mènent successivement en Amérique du Sud, en Turquie et en Extrême-Orient. En 1937 — alors qu'il a déjà beaucoup écrit et publié, et participé, en 1935, à la fondation de la revue *Mesures* —, il commence à dessiner, sans avoir jamais appris le dessin. De 1956 à 1960, il fait l'expérience de divers hallucinogènes (dont la mescaline) sous contrôle médical, et tire de cette expérience plusieurs livres et des œuvres picturales. En 1965, il refuse le Grand Prix national des lettres, après que le Musée national d'art moderne eut organisé une exposition de ses dessins et de ses peintures.

Henri Michaux est l'un des écrivains les plus secrets, les plus discrets qui soient. Bien qu'il se présente à nous dans ses œuvres avec une immédiateté presque brutale, il donne perpétuellement l'impression d'être caché. Il a du reste constamment refusé de se mêler aux mouvements et aux chapelles littéraires, et ne s'est jamais considéré comme un « homme de lettres ».

Et en effet, bien qu'il écrive admirablement, il est difficile de le considérer comme un « écrivain ». Est-ce un poète ? Michaux a, bien sûr, écrit des poèmes, mais ce n'est pas non plus un poète. On pourrait faire la même réflexion à propos de son importante œuvre graphique : Michaux est indéfinissable. Toute son œuvre nous parle de lui — et rien que de lui — mais elle n'est pas pour autant « biographique » ou « psychologique ». Sa manière de transmettre son expérience ne ressemble à aucune autre. Peut-être serait-il plus juste de le caractériser comme un aventurier, comme un voyageur : que les voyages que nous raconte Michaux soient réels, imaginaires ou intérieurs, qu'il s'agisse des paysages de l'Asie, de l'Équateur, de la Grande Garabagne, de son « lointain intérieur » ou des royaumes de la mescaline, Michaux est toujours en voyage. Voyageur, il donne en même temps l'impression d'un homme étrangement immobile, tatillon et casanier, presque angoissé par l'idée même du mouvement. Les titres de ses livres, d'une certaine façon, introduisent déjà de plain-pied dans son univers : *Qui je fus* (1927), *Ecuador* (1929), *Mes propriétés* (1929), *Un certain Plume* (1930), *Un Barbare en Asie* (1933), *La nuit remue* (1935), *Voyage en Grande Garabagne* (1936), *Plume* précédé de *Lointain Intérieur* (1938), *Peintures* (1939), *Au pays de la magie* (1941), *L'Espace du dedans* (1944), *Épreuves, Exorcismes* (1945), *Apparitions* (1946), *Ailleurs* (1948), *Meidosems* (1948), *La Vie dans les plis* (1949), *Mouvements* (1952), *Face aux verrous* (1954), *Misérable miracle* (1956), *L'Infini turbulent* (1957), *Paix dans les brisements* (1959), *Connaissance par les gouffres* (1961), *Vents et Poussières* (1962), *Les Grandes Épreuves de l'esprit* (1966), *Façons d'endormi, façons d'éveillé* (1969), *Poteaux d'angle* (1971), *Émergences/résurgences* (1972), *Quand tombent les toits* (1973), *Moments* (1973), *Par la voie des rythmes* (1974), *Face à ce qui se dérobe* (1976), *Chemins cherchés chemins perdus transgressions* (1981), *Déplacements dégagements* (1985), *Affrontements* (1986) ; ainsi que d'autres œuvres plus brèves : *Difficultés* (1930), *Le Drame des constructeurs* (1930), *Entre centre et absence* (1936), *L'Espace aux ombres, Chaînes* (1937), *Ici, Poddema* (1946), *Fin d'un domaine, La Ralentie* (1942), *Liberté d'action* (1945), *Lointain intérieur, Nous deux encore* (1948), *Poésie pour pouvoir* (1949), *Tranches de savoir* (1950), *Passages* (1950), *Nouvelles de l'étranger* (1952), tous ces titres d'œuvres forcément très diverses évoquent presque tous l'espace, la géographie. Plus éloquent encore est le titre d'un autre texte, qui paraît synthétiser l'ensemble : *Je vous écris d'un pays lointain* (1937). Michaux écrit toujours d'un pays lointain : ce peut être l'Équateur ou l'Inde, pays effectivement « lointains », mais aussi une contrée imaginaire — caractérisée dans ce cas par le lointain même de l'imaginaire — ou simplement la géographie de son « lointain intérieur ». Dans cette vaste topologie où intérieur et extérieur se mêlent, le pays de la drogue n'est qu'un secteur tardif. Tout a commencé, peut-être, par des voyages « réels » : l'Amérique du Sud, l'Asie. Les ouvrages qui rendent compte de ces voyages sont d'une précision quasi ethnographique, mais le *Voyage en Grande Garabagne* ne l'est pas moins. Michaux est un observateur d'une cruelle précision. Si on lit successivement ce dernier livre et *Un Barbare en Asie*, il sera assez difficile de dire lequel est le plus « imaginaire ». Pour Michaux, tout est réel : le monde extérieur, l'imaginaire, le subjectif. « L'espace, mais vous ne pouvez concevoir cet horrible en dedans en dehors qu'est le vrai espace » *(Face aux verrous).* Écrire, ici, est parcourir, tantôt avec humour, tantôt avec gravité, tantôt avec horreur, tantôt — plus rarement — avec douceur, cet « en dedans en dehors » : « J'écris pour me parcourir. Peindre, composer, écrire : me parcourir. Là est l'aventure d'être en vie. » Parcours qui est à la fois la recherche d'un centre, d'un abri, d'un équilibre, et l'expérience de ce qui excède toute protection, tout équilibre, tout abri, tout centre. Il y a d'abord chez Michaux l'opération consistant à interposer entre le « dehors », le « réel » et le « moi » des pays imaginaires, des sortes d'« États-tampons », comme il dit dans *Passages*. Puis la création délibérée, humoristique, méchante, d'une espèce de mythologie personnelle. Mais les mondes que crée l'écrivain, ou les opérations magiques, exorcisantes auxquelles il s'essaie (« moi, je mets la Chine dans ma cour ») finissent par avoir eux aussi une réalité aussi dure que celle à laquelle il voulait échapper : hanté de peuples cruels, d'animaux monstrueux, l'imaginaire de Michaux n'est pas un refuge. Certes, cette cruauté et cette monstruosité qu'il y rencontre sont les siennes, comme est cruelle, par exemple, la description de Plume, personnage de peu de poids, ainsi que l'indique son nom, et perpétuellement victime du monde (au bout du compte, d'ailleurs, Michaux abandonne Plume et le « laisse mourir »).

L'exploration de l'espace intérieur oscille entre le « centre » et l'« absence », le « vol » et la « chute », la « périphérie » et le « moi ». Le monde de Michaux est traversé d'effondrements, d'« émergences » et de « résurgences » (ce qui présuppose des « disparitions »). Temps, espace, vent, nuit, mouvement ont un double sens : hostilité et familiarité, paix et souffrance. *La nuit remue*, cet admirable titre, exprime à la fois une sensation de vie et une sensation d'horreur. Cette expérience existentielle de « l'être-dans-le-monde » a sans doute été marquée — ainsi que l'ont souligné certains commentateurs de l'œuvre de Michaux — par la maladie. D'une santé fragile, l'écrivain a une conscience particulière du temps, de l'espace, du corps, de la souffrance mentale et physique. Écrire est pour lui, ainsi que l'exprime le livre *Poésie pour pouvoir*, un moyen de dominer, d'exorciser ce que son « vécu » peut avoir d'écrasant. Chaque livre — et l'œuvre de Michaux est très vaste — est à la fois une expérimentation et un « exorcisme ». « Dans son laboratoire de poète visionnaire et studieux, a écrit Supervielle — qui a parfois une perception spatiale proche de celle de Michaux —, c'est lui seul qui sert de cobaye. » Aucune œuvre ne donne une telle impression de solitude : « Il y a mon terrain et moi ; puis il y a l'étranger » (*La nuit remue*). Et pourtant, rien de plaintif dans cette solitude : c'est la solitude de l'homme dans « le » monde et dans « son » monde. Personne — excepté peut-être Rilke dans ses derniers poèmes — n'a su mieux exprimer l'expérience de l'« espace intérieur du monde », et de ces moments de la vie humaine où dehors et dedans se mêlent : un jour de grand vent faisant trembler toutes choses (et notre cœur, notre esprit), le soir qui tombe immense, la nuit, bénéfique ou maléfique. Que l'esprit humain soit un pays, une géographie, et qu'il ne s'agisse pas de métaphores, mais de réalités bien tangibles, c'est sans doute également Michaux qui nous l'a appris.

Il faut enfin évoquer l'écriture de Michaux : à la fois froide, précise et lyrique, souvent visitée par l'humour, on la croirait surgie ex nihilo. C'est en vain qu'on y chercherait des influences, des ressemblances. Œuvre d'un solitaire, elle est elle-même solitaire, sans filiation, sans origines décelables. Et en ceci, de nouveau, elle est absolument unique.

ANTOINE BERMAN.

RÉF. : Robert Bréchon, *Michaux,* Paris, 1959. — Raymond Bellour, *Henri Michaux ou une mesure de l'être*, Paris, 1965. — *Henri Michaux*, numéro spécial des « Cahiers de l'Herne », Paris, 1966. — Jean-Michel Maulpoix, *Michaux passager clandestin*, Seyssel, 1985. — Michel Butor, *Improvisations sur Henri Michaux*, Montpellier, 1986. — Brigitte Oucry- Viol, *Henri Michaux*, Lyon, 1989.

MICHEL Jean. Poète dramatique né à Angers vers 1430 ou 1435 ; mort en 1501. Jean Michel était médecin ; on en a fait à tort l'auteur d'un *Mystère de la Résurrection de Notre-Seigneur Jésus-Christ* qui se déroulait en trois journées et comptait plus de 20 000 vers. Il est surtout connu pour l'adaptation qu'il fit de *La Passion de Paris* (*) d'Arnoul Gréban qu'il émonda mais à laquelle il adjoignit de nombreux passages de son cru, à tel point que la nouvelle Passion comptait 65 000 vers au lieu des 25 000 de la Passion originelle. Intitulée *Le Mistère de la Passion de nostre Saulveur Jhésucrist,* et connue sous le nom de *La Passion d'Angers,* elle fut en effet représentée en cette ville en 1486, où elle connut certainement un très vif succès, car elle fut imprimée par la suite. On attribue également à Jean Michel un *Mistère de la vengeance de Jésus Christ.* Michel se distingue de ses prédécesseurs, les deux Gréban et Marcadé, par son esprit laïc et profane, qui lui valut une audience populaire très étendue.

RÉF. : Jean Michel, *Le Mystère de la Passion (Angers, 1486),* éd. par O. Jodogne, Gembloux, 1959. — M. Accarie, *Étude sur le sens moral de la Passion de Jean Michel,* Genève, 1979.

MICHELET Claude. Romancier français. Né à Brive (Corrèze) le 30 mai 1938. Résistant de la première heure, arrêté par la Gestapo, son père, Edmond Michelet, devient ministre du général de Gaulle, après son retour de déportation. Venu habiter Paris, le jeune Claude manifeste sa préférence pour la vie rurale : en 1952, il entre à l'école d'agriculture de Lancôme et s'installe en 1960 dans la propriété familiale de Brive où, durant vingt années, il se consacre à l'élevage. Marié à Bernadette Delmond (1961), ils ont six enfants. En 1964, Claude Michelet devient éditorialiste au *Moniteur agricole* avant de signer articles et nouvelles dans *Le Figaro, L'Express, Notre Temps, Agrisept.* En 1969 paraît le premier roman, *La Grande Muraille,* suivi de *Mon père, Edmond Michelet* (1971), portrait d'un homme de foi et d'intégrité dont l'exemple a marqué le fils. Le succès littéraire vient en 1975 avec *J'ai choisi la terre* et *Cette terre est la vôtre* (1977) où, partant de son expérience, l'auteur convie les Français citadins à redécouvrir la place du monde rural dans une société moderne équilibrée. La civilisation paysanne, ses grandeurs et ses manques constituent le fond de la trilogie romanesque qui a consacré Claude Michelet comme un grand auteur populaire : *Des grives aux loups* (1979, prix des libraires, 1980), *Les palombes ne passeront plus* (1980), *L'Appel des engoulevents* (1990). Le courage, le sens de la vie qui animent les personnages de cette suite corrézienne habitent ceux de la suite américaine constituée par *Les Promesses du ciel et de la terre, Pour un arpent de terre, Le Grand Sillon* (1985-1988).

YANNICK PELLETIER.

MICHELET Jules. Historien et écrivain. Né à Paris le 21 août 1798, mort à Hyères le 9 février 1874. La petite enfance de Michelet, l'état d'esprit de ceux qui l'entourèrent marquèrent de manière ineffaçable toute sa vie. Le lieu même de sa naissance semble un symbole : Jules Michelet est né dans le chœur d'une église désaffectée pendant la Révolution. C'est là que vivait et travaillait son père issu d'une famille d'artisans de Laon, Furcy Michelet, voltairien et républicain employé à l'Imprimerie nationale pendant la Terreur, plus tard établi à son compte, bientôt ruiné par les lois sur la presse de l'Empire. Bien que la misère régnât dans son foyer, Furcy Michelet tenait à ce que son fils reçût une éducation complète. Pour ce faire, il fallait que l'enfant aidât son père dans sa profession, en même temps qu'il poursuivait le cours de ses études. Son initiateur fut un obscur maître de pension, nommé Melot, lui aussi jacobin, fidèle à ses convictions au point de porter encore le costume qui était de mode sous la Terreur. De ses premières années, Michelet a gardé toute sa vie un très vif souvenir ; jamais il n'a oublié qu'il était du peuple et sorti de ce milieu de petites gens qui gardaient, imprimé en eux, le respect religieux de ce grand élan généreux et fraternel, malgré ses conséquences parfois sanglantes, auquel ils avaient participé de toute leur âme. Plus tard, il se situera lui-même comme un trait d'union entre ces deux bouleversements qui devaient transformer le monde, l'un qui appartenait déjà au passé, l'autre qui commençait à peine : « Je suis né au milieu de la grande révolution territoriale et j'aurai vu poindre la grande révolution industrielle. Né sous la terreur de Babeuf, je vois avant ma mort celle de l'Internationale. » À douze ans, l'enfant entre au lycée Charlemagne, à dix-huit il est trois fois lauréat au Concours général, à dix-neuf il passe avec succès le baccalauréat ès lettres, à vingt il est licencié, l'année suivante docteur ès lettres. Pour sujets de thèses, il choisit les *Vies des hommes illustres* de Plutarque (thèse française) et *De percipienda infinitate secundum Lockium* (thèse latine).

Désireux d'aider sa famille, ou tout au moins de se suffire à lui-même, Michelet avait renoncé à entrer à l'École normale, où son succès était assuré, pour accepter une place de répétiteur dans une petite pension parisienne. Agrégé en 1821, il obtient une place de suppléant au lycée Charlemagne et l'année suivante est chargé d'enseigner l'histoire au collège Sainte-Barbe. Désormais son avenir semble assuré ; il se marie en 1824 avec Pauline Rousseau, de sept ans plus âgée que lui et qu'il fréquentait déjà depuis plusieurs années. Cette union trop inégale fut malheureuse. Michelet délaisse bientôt sa femme qui lui a donné deux enfants : Adèle, laquelle épousera Alfred Dumesnil, le confident épistolaire de Michelet, son « autre soi-même » ; Charles, qui causera à son père des soucis sans nombre. Pauline Rousseau s'adonnera plus tard à la boisson et mourra tuberculeuse en 1839.

Mais déjà Michelet se consacre entièrement à ses travaux historiques et à l'enseignement. Coup sur coup, il publie les *Tableaux synchroniques de l'histoire moderne* (1824), le *Tableau chronologique de l'histoire moderne (1453-1789)* en 1825, un *Précis de l'histoire moderne*, enfin les *Principes de la philosophie de l'histoire*, traduction libre de la *Scienza nuova* de Vico, dont il est en France l'introducteur. En 1827, Michelet quitte le collège Sainte-Barbe pour l'École préparatoire créée en 1826 et destinée à remplacer l'École normale supprimée quelques années plus tôt. La renommée dont jouit déjà le jeune professeur s'étend jusqu'à la cour de Charles X. Convoqué aux Tuileries, Michelet s'y voit chargé de l'éducation de la fille de la duchesse de Berry. Cette éducation princière ne durera guère. Deux ans plus tard éclate la révolution de 1830 qui fait lever un immense espoir bientôt déçu dans le cœur de Michelet. Au milieu de Paris soulevé, l'historien respire cette odeur qu'il aime et se sent participer à cette tradition révolutionnaire à laquelle il se rattache. C'est alors qu'il prend conscience de la France « comme une âme et une personne » et qu'il conçoit l'idée de son *Histoire de France* qui devra être une histoire de la lutte de son peuple contre tout despotisme. Si 1830 déçoit Michelet, il y gagne un nouvel avancement. Professeur de la princesse Clémentine, fille de Louis-Philippe en 1830, il est, en 1831, nommé chef de la section historique aux Archives nationales, poste qu'il conservera jusqu'en 1852 et qui le met en contact direct avec les documents historiques qu'il classe et étudie. Dans sa carrière universitaire le pas franchi n'est pas moindre : en 1831, il est maître de conférences à la faculté des lettres où, en 1834, il sera appelé à suppléer Guizot. Désormais, les cours publics mettent le jeune professeur en contact avec un auditoire qui ne cessera de s'accroître avec sa nomination au Collège de France et son élection à l'Institut, en 1838. Parvenu à une situation enviable, Michelet jouit d'une certaine aisance ; de plus il sait, malgré ses occupations multiples, donner beaucoup de temps à son travail personnel. Après avoir consacré quelques années à la rédaction de travaux universitaires qui serviront de préparation à son œuvre véritable : *L'Histoire romaine* (1831) en deux volumes et le *Précis de l'histoire de France jusqu'à la Révolution* (1833), il passe à l'exposé, dans l'*Introduction à l'histoire universelle* (1831), des grands principes qui orienteront les synthèses futures.

Dès cette époque, la conception historique de Michelet s'oppose à celle de son grand contemporain Augustin Thierry ; bien mieux, elle s'édifie en fonction de cette opposition. Dans l'*Histoire de la conquête de l'Angleterre* (1825) et surtout dans les *Lettres sur l'histoire de France* (1827), Thierry avait cru découvrir la clé de l'histoire de la France et de l'Angleterre dans la rivalité de deux races, l'une conquérante, l'autre conquise. Michelet, pénétré des idées de Vico, estime cette vue sommaire et incomplète. La conquête dans l'un et l'autre cas est un accident historique, c'est la terre et le rapport de l'homme avec elle qui a fait la France ce qu'elle est, une et diverse. Contre le déterminisme trop étroit de Thierry, Michelet se fait le défenseur du « principe de la force vive, de l'humanité qui se crée ». La France ne peut résulter du développement historique d'une situation de fait fortuite. Sans doute la différence de race a joué aux temps barbares un rôle déterminant, mais ce facteur est bientôt passé au second plan, et plus on avance dans le temps, moins l'explication donnée par Thierry est valable. Ce qui compte en fait, « c'est le puissant travail de soi sur soi, où la France par son progrès propre va transformant tous ses éléments bruts ». C'est en tant qu'organisme vivant ou personne qu'il faut la retrouver et l'étudier. L'histoire de France est une biographie. La vie de la France doit être étudiée comme on se penche sur la vie d'une personne qui vous est chère ; cette vie, si l'on veut faire œuvre valable, il faut la revivre en soi-même. C'est cette méthode, presque une méthode poétique, qui conduira et orientera toute l'œuvre de Michelet et qui lui donnera sa grandeur et sa résonance unique – sans doute, elle sera à l'origine de bien des erreurs d'appréciation et d'interprétation ; sans doute, lorsque Michelet s'abandonnera vers la fin de sa vie à une espèce de délire prophétique, risquera-t-elle de le faire tomber dans l'imprécation, dans la grandiloquence et le verbalisme, c'est cependant grâce à cette méthode personnelle et inimitable que l'œuvre de Michelet doit de rester vivante au milieu de chefs-d'œuvre admirables qui, eux, sont morts. C'est ce mode d'appréhension intuitive, cette sympathie agissante qu'il met en œuvre lorsqu'il entreprend sa monumentale *Histoire de France*. Fort heureusement, Michelet a compris la leçon d'Augustin Thierry : une histoire ne peut reposer que sur des documents contemporains, sur des pièces d'archives. Un grand nombre d'entre eux étaient désormais à sa disposition, la plupart étaient restés inédits.

Michelet sut en profiter. Il avait, en dépouillant cette documentation, en traçant les grandes lignes de la synthèse qu'il préparait, le sentiment exaltant de recréer de toutes pièces un monde, de s'identifier avec cette obscure conscience collective qu'il amenait au jour et dont il se faisait l'interprète. De 1833 à 1843, l'*Histoire de France* est le fil conducteur de sa vie. Mais l'*Histoire de France* n'a pas été au cours de ces dix ans son occupation exclusive ; des travaux annexes qui deviendront de plus en plus des compléments à l'œuvre principale paraissent dans cette période. À côté des traductions : *Mémoires* de Luther (1835), réédition des œuvres choisies de Vico (1835), il faut signaler particulièrement : les *Origines du droit français, cherchées dans les symboles et formules du droit universel* (1837) et un recueil de documents, *Le Procès des templiers*, dont le tome Ier paraît en 1841 ; le tome II suivra seulement en 1850.

En large de ces travaux, la renommée de l'homme public s'étend ; en 1838, Michelet se voit conférer la chaire d'histoire et de morale au Collège de France ; la même année il est élu membre de l'Institut. Une foule enthousiaste suit ses cours qui, insensiblement, prennent un tour polémique ; représentant des idées libérales et humanitaires, Michelet se trouve conduit à faire pièce à la politique conservatrice et ultramontaine de Guizot, aux idées de Veuillot et de Montalembert, et à se rapprocher de Mickiewicz et de Quinet avec qui il publie *Des jésuites* en 1843. Ce n'est pas seulement en France que son prestige grandit mais à l'étranger : on publie à Bruxelles une édition de ses *Œuvres*, les premiers volumes de son *Histoire de France* à New York. Veuf depuis 1839, Michelet connaît une période de vie sentimentale intense et déchirante, tout occupée par sa liaison avec Mme Dumesnil qui meurt dans ses bras en 1842. Nous connaissons assez bien, grâce à son disciple et futur gendre Dumesnil, l'emploi du temps de Michelet à cette époque : lever à six heures du matin, hiver comme été, jusqu'à onze heures il écrit, puis il se rend aux Archives d'où il rentre à trois heures, le reste de la journée est occupée par des promenades, des visites, des causeries avec ses amis, ses admirateurs, ses élèves qu'il reçoit très libéralement.

Vers 1841 commence à apparaître dans l'évolution de ses travaux un tournant décisif. Dès cette année, Michelet commence à réunir des matériaux sur la Révolution. Il n'est encore parvenu cependant qu'au règne de Louis XI. Les approches déjà perceptibles de la Révolution de 1848 et surtout les exigences internes de son *Histoire de France* lui font interrompre son œuvre. Une visite à Reims, à la cathédrale du Sacre, le convainc qu'avant « d'entrer par Louis XI aux siècles monarchiques » il lui faut retrouver le peuple dans l'acte même où il s'affirme, la Révolution ; les temps de monarchie absolue lui apparaissent comme la lente préparation de la crise qui la fera sombrer, et il s'adresse à lui-même cet avertissement : « Je ne comprendrai pas les siècles monarchiques si d'abord, avant tout, je n'établis en moi l'âme et la foi du peuple. » Toutefois ce n'est qu'en 1845 que cette préoccupation commence à se manifester directement dans son enseignement avec les cours sur *Les Préliminaires, l'esprit et la portée de la Révolution*, professés au Collège de France et dans son œuvre, sinon avec *Le Prêtre, la femme, la famille* (1845), du moins avec *Le Peuple* (1846). Ces deux ouvrages sont les premiers de cette série de « cours d'éducation nationale » que Michelet poursuivra presque jusqu'à sa mort, commentaires en marge de son œuvre principale, destinés à un public très vaste, remplis d'idées généreuses, d'élans lyriques, teintés de prophétisme et d'utopie qui lui valurent dans l'immédiat plus de gloire encore que son œuvre historique et grâce auxquels Michelet joua un rôle très important dans l'évolution de l'opinion publique de son temps. Mais *Le Peuple* laissait supposer qu'il traiterait bientôt de ce sujet sur lequel il ne pouvait plus attendre de se pencher et de s'expliquer, la Révolution. Et effectivement, il abandonne tous autres travaux pour se plonger dans la lecture des mémoires et des journaux révolutionnaires. Bien qu'il se rende compte que ses connaissances sur la fin de l'Ancien Régime sont insuffisantes, il saute par-dessus les obstacles. Il est sûr de ne pas se tromper sur l'interprétation des événements : n'a-t-il pas, en quelque manière, la Révolution dans le sang ? N'est-il pas la voix même de ce peuple dont il entreprend moins de raconter l'histoire que de revivre la vie ? C'est dans la hâte et presque la précipitation qu'il remet, chapitre par chapitre, à l'éditeur le premier volume de l'*Histoire de la Révolution française* qui paraît en librairie le 8 février 1847, et s'arrête après les journées d'octobre 1789. Aussitôt corrigées les épreuves du premier volume, il reprend sa course, c'est qu'« il faut aller vite » ; au début il pense consacrer un seul volume à la période qui s'étend d'octobre 1789 au 10 août 1792, mais, à son insu, son discours s'amplifie et grossit ; en fait, le tome II qui paraît le 10 novembre 1847 s'arrête à la fuite de Varennes (juin 1791). Au début de l'année 1848, Michelet s'interrompt et procède à un examen de conscience. Le travail acharné des deux dernières années ne le satisfait guère, et surtout il se sent seul depuis la mort de Mme Dumesnil qui a laissé un grand vide dans sa vie ; il a perdu son père, sa fille s'est mariée, son fils ne lui cause que des soucis. Or c'est précisément à cette époque qu'entre en scène Athénaïs Mialaret, jeune institutrice française qui avait demandé à Michelet de lui servir de guide spirituel. Ils se sont écrit et, en novembre 1848, elle se présente chez Michelet. Elle a trente ans de moins que lui : aussitôt naît entre eux une singulière passion. Michelet travaille encore mais il avoue qu'il a une « peine infinie » à rassembler ses esprits. Le 12 mars

1849, il épouse Mlle Mialaret, qui exercera sur l'évolution de son œuvre, sinon historique du moins poétique, une influence considérable, et à ce temps de folie amoureuse dont sa correspondance nous conserve l'écho succède celui plus serein de l'amour conjugal. Michelet se remet à écrire et de nouveau s'enthousiasme, se passionne ; lorsqu'il arrive à la Convention, il a le sentiment de voir cette assemblée, d'assister à ses séances, de connaître intimement les hommes qui la composent, mais il prévoit qu'il ne sortira de cette époque effrayante et attirante que « tout roussi par ce monde en flammes ». Au début de 1848, Michelet avait dû interrompre son cours au Collège de France, suspendu par décision ministérielle ; la Révolution de février lui fit retrouver son auditoire, mais l'avènement de Napoléon III aura des effets plus durables. Dès le début de 1852, Michelet se voit privé de sa chaire, puis, comme il refuse de prêter serment à l'empereur, de son poste aux Archives. Désormais, c'est dans la gêne que vit l'historien ; installé à Nantes, il y travaille dans la paix aux chapitres consacrés à la Terreur. Le 1er août 1853, il a terminé le dernier volume de l'*Histoire de la Révolution*, son œuvre la plus personnelle. L'*Histoire* fut assez mal accueillie des critiques. Gustave Planche et Louis Blanc dont l'*Histoire de la Révolution française* paraissait dans le même temps, mais qui étaient loin d'avoir à portée la documentation dont disposait Michelet, relevaient dans leurs articles quantités d'erreurs matérielles. Cependant l'*Histoire*, peu à peu, conquit la jeunesse universitaire ; les élans de Michelet, ses idées, étaient faits pour lui plaire. Ce n'est toutefois que beaucoup plus tard que ce livre atteignit son véritable public, le peuple, lorsque après la mort de Michelet il fut publié en éditions populaires. La publication de la *Révolution française* n'avait pas interrompu ce vaste « cours d'éducation nationale » dont la réalisation lui tenait à cœur. Après *Le Peuple* (1846), c'est à ceux qui ne lui ménageaient pas leur admiration et leur ferveur que Michelet consacre le livre qu'il publie en 1848, *L'Étudiant.* Puis il revient à la publication des pièces du *Procès des templiers* dont il donne le deuxième tome en 1850. À partir des notes prises pour l'*Histoire de la Révolution*, il compose deux ouvrages en marge : *Les Femmes de la Révolution* et *Les Soldats de la Révolution* (1854). À partir de 1855, de retour à Paris, où il vit rue d'Assas, Michelet reprend enfin l'*Histoire de France* dont la publication était interrompue depuis 1843 mais qu'il poursuivra jusqu'à 1869, date de l'édition complète. La différence de ton entre la première et la deuxième partie est sensible. Michelet, après 1853, subit une attraction irrésistible, celle de la Révolution ; c'est désormais en fonction d'elle qu'il écrit l'histoire des siècles monarchiques, et ses conclusions ainsi gauchies ne sont pas toutes indiscutables. S'intercalant dans la publication de cette œuvre majeure, une nouvelle série lyrique, « poème de la nature » en quatre chants : *L'Oiseau* (1856), *L'Insecte* (1857), *La Mer* (1861), *La Montagne* (1868), fait entendre un son nouveau. Sans doute l'amour de Michelet pour la nature avait toujours été vif, mais des circonstances nouvelles le font émerger au premier plan de sa vie et de ses préoccupations : le long séjour qu'il fait en Bretagne après la venue au pouvoir de Napoléon III et surtout l'influence de sa nouvelle inspiratrice, Athénaïs Mialaret ; mi-descriptifs, mi-lyriques, ces ouvrages, dont la valeur scientifique demeure assez mince, contiennent, outre de forts beaux passages, l'exposé d'une philosophie humanitaire, généreuse et panthéiste, proche parfois du boud- dhisme, mais qui n'évite pas toujours la sensiblerie. Ce « poème de la nature » se situe assez curieusement entre Bernardin de Saint-Pierre, Barrès et Maeterlinck. Avec *L'Amour* (1858), *La Femme* (1859), l'ombre portée par Athénaïs Mialaret sur son œuvre semble croître encore : la femme idéale, l'épouse qu'il y célèbre avec une ferveur naïve et un peu irritante, c'est la sienne, et l'on reconnaît un peu trop les idées et le vocabulaire des lettres qu'il lui écrivit avant leur mariage. Enfin Michelet complète son « cours d'éducation sociale » avec deux livres de polémique démocratique et anticléricale, *La Sorcière* (1862) et *La Bible de l'humanité* (1864). Les dernières années de sa vie, Michelet les passe dans une relative aisance ; sa santé assez fragile – mais beaucoup moins qu'il aimait à le dire – est le prétexte à d'assez longs voyages avec sa femme en Italie, en Suisse et dans le midi de la France. La défaite française de 1870 dicte à son patriotisme une brochure, *La France devant l'Europe* (1871), où il proteste contre l'annexion de l'Alsace-Lorraine à l'empire allemand. Malgré son âge, Michelet n'a pas perdu le goût des grandes entreprises ; en 1871, il commence la publication de l'*Histoire du XIXe siècle* qui comprendra trois volumes. Lorsqu'il meurt, le 9 février 1874, Michelet laisse de nombreux manuscrits ; sa veuve entendit continuer l'œuvre inachevée ; elle donna au public successivement : *Le Banquet ou un hiver en Italie, Ma jeunesse*, *Mon journal*, *Rome*, *Sur les chemins de l'Europe*, qui contiennent sans doute des pages authentiques mais qui ont certainement été complétées, corrigées et recomposées par Mme Michelet.

Malgré les faiblesses de cette œuvre considérable, souvent hâtive, souvent déformée par des idées prophétiques qui dépassent largement le cadre historique quand elles ne le mettent pas en péril, la tentative de « résurrection intégrale du passé », dont il a poursuivi toute sa vie la réalisation est une des réussites les plus étonnantes de l'historiographie. Seulement la méthode tout intuitive de Michelet, cause de son succès, le faisait côtoyer des dangers dont il n'a pas su toujours – surtout dans la seconde partie de sa vie – se préserver ; il lui suffisait de se trouver désaccordé d'avec son sujet, son personnage, pour quitter la voie droite et s'enfoncer dans le taillis des suppositions, des synthèses non justifiées, du prophétisme. Il n'empêche que l'œuvre de Michelet a survécu et survivra, non seulement parce qu'elle est une investigation sympathique de l'histoire, et, en ce sens, unique, mais à cause de ses admirables qualités non historiques. Le style de Michelet est celui d'un grand poète en prose, l'un des plus grands poètes romantiques qu'ait comptés la France du XIXe siècle.

JACQUES BROSSE.

♦ *« J'eus en moi, sans nul mélange d'espérance religieuse, un pur sentiment stoïcien. »* J. Michelet. ♦ *« Tous vos livres sont des actions, comme historien, comme philosophe, comme poète vous gagnez des batailles. Le progrès et la pensée vous compteront parmi leurs héros. Et quel peintre vous êtes ! »* Victor Hugo à Michelet, lettre du 14 juillet 1860. ♦ *« C'est un charlatan, désarmant les gens en allant à eux et en les engageant par ses louanges ou par les leurs... C'est un plat personnage au fond, comme je l'ai remarqué de tous ceux qui sont enflés. »* Sainte-Beuve. ♦ *« J'aime cet auteur parce qu'il est impartial. »* Flaubert. ♦ *« Emporté soudain par un des plus grands génies qu'il y ait jamais eu dans le monde, il déborde tout à coup, il fait une œuvre. Quand il suit son temps, il n'est qu'historien. Quand il suit son génie, il est promu mémorialiste et chroniqueur. »* Péguy. ♦ *« Pour Michelet, l'Histoire est le drame de la lutte entre la liberté et la fatalité. Le Christianisme commence la victoire de la liberté, la Réforme la continue, la Révolution l'achève. »* G. Monod. ♦ *« Y a-t-il en Europe une autre fantaisie historique comme celle de Michelet ? »* Carducci. ♦ *« Historien puissant, rempli de visions et d'enthousiasme. »* Unamuno. ♦ *« Son histoire est un paysage éclairé par des projecteurs. Un tel aspect ne convient pas à tous les nerfs. »* Thibaudet.

RÉF. : Gabriel Monod, *Renan, Taine, Michelet*, Paris, 1895, et *La Vie et la pensée de Jules Michelet*, Paris, 1923. — Mme Edgar Quinet, *Cinquante ans d'amitié : Michelet et Quinet*, Paris, 1899. — Jean Guéhenno, *L'Évangile éternel. Étude sur Michelet*, Paris, 1927. — Daniel Halévy, *Jules Michelet*, Paris, 1938. — Lucien Febvre, *Michelet*, Paris-Genève, 1946. — Oscar A. Haac, *Les Principes inspirateurs de Michelet*, Paris, 1951. — Roland Barthes, *Michelet par lui-même*, Paris, 1964. — J. Gaulmier, *Michelet*, Paris, 1968. — P. Viallaneix, *La Voie royale. Essai sur l'idée de peuple dans l'œuvre de Michelet*, 2e éd. Paris, 1971. — J. Cabanis, *Michelet « Le Prêtre et la Femme »*, Paris, 1978.

Micromégas. Conte philosophique de Voltaire (François-Marie Arouet, 1694-1778), publié en 1752. L'auteur imagine que Micromégas, un habitant de la planète Sirius, aux proportions gigantesques, a été condamné à ne pas se présenter à la Cour pendant de longues années à la suite de la publication d'un de ses livres — l'allusion au théatin Boyer, qui avait attaqué Voltaire à l'occasion de ses *Lettres philosophiques*, est évidente. Il entreprend un voyage sur la planète Saturne et y fait connaissance avec l'un de ses habitants, un nain en comparaison de ceux de Sirius, dans lequel on reconnaît une représentation caricaturale de Fontenelle, l'auteur des célèbres *Entretiens sur la pluralité des mondes*, qui s'était allié aux ennemis de Voltaire. En s'entretenant des sujets les plus divers, les deux voyageurs arrivent sur notre globe sans même s'apercevoir de l'existence de ses habitants, dont les proportions sont si réduites qu'elles échappent à leurs sens. En se faisant d'un diamant une sorte de microscope, Micromégas découvre d'abord une baleine, qu'il observe en la tenant sur l'ongle de son pouce, puis un vaisseau portant des hommes, que les voyageurs prennent d'abord pour des insectes, mais en qui ils finissent par reconnaître des êtres doués d'une âme, une fois qu'ils ont réussi à se faire comprendre d'eux et à comprendre leur langage. Nous assistons ensuite à un banquet de philosophes appartenant aux diverses écoles, et qui exposent successivement leurs théories sur la nature de l'âme et la formation des idées. Au moyen de ces exposés, l'auteur se livre à une critique satirique de l'aristotélisme, ainsi que des systèmes de Descartes, de Malebranche et de Leibniz. Seul un disciple de Locke, dont les idées avaient séduit l'esprit de Voltaire, trouve grâce aux yeux des étrangers. Mais une tempête soudaine interrompt le colloque : tout disparaît aux yeux des voyageurs jusqu'à ce que Micromégas retrouve dans une poche de sa culotte le vaisseau ainsi que l'équipage, auquel il adresse des paroles pleines de bonté tout en déplorant l'orgueil ridicule de ces êtres minuscules. Ce roman ne possède pas la grâce souriante de *Zadig* (*) et de *Candide* (*) car, plus que dans ces deux autres contes, apparaît le caractère un peu abstrait d'un récit qui vise à exposer et à répandre des idées, et non à mettre en scène des personnages ; de plus, Micromégas est une imitation évidente des *Voyages de Gulliver* de Swift. Mais l'esprit mordant de Voltaire, inégalable dans l'art de dissocier tout un système au moyen d'une anecdote, cet esprit rusé et malicieux, qui sait se déguiser sous un masque d'ingénuité et d'innocence, s'exprime comme toujours dans un style d'une parfaite pureté. On voit s'affirmer ici, chez l'écrivain ami des Lumières et du progrès, la vision désolée d'une humanité ignorante et sotte, infiniment petite et démesurément orgueilleuse.

MILLEVOYE Charles-Hubert. Poète né à Abbeville (Somme) le 24 décembre 1782, mort à Paris le 26 août 1816. Élève, à Paris, du collège des Quatre-Nations, il y remporta à seize ans le premier prix de littérature (1798). Placé ensuite chez un libraire, il y resta trois ans, plus occupé de faire des vers que de son commerce. Tout acquis à la critique et à la poésie, il écrivit une épître sur *Le Danger des romans* qui lui valut un prix à l'Académie de Lyon en 1804. Il remporta, par la suite, trois autres prix avec les poèmes suivants : *La Peste à Marseille, La Mort de Rotrou et Goffin, le héros liégeois.* Bien qu'il semblât peu fait pour ce genre de composition, il décrivit encore deux poèmes héroïques : *Charlemagne à Pavie* (en six chants) (1808) et *Alfred, roi d'Angleterre* (en quatre chants). Il écrivit en outre trois tragédies médiocres : *Antigone, Saül* (posth., 1822),

Ugolin, qui ne furent jamais représentées. En 1812, épuisé par une maladie de langueur, Millevoye fut contraint de quitter Paris. Il se retira près d'Abbeville, s'y maria mais mourut de son mal quelques années après. Si son nom a survécu, Millevoye le doit non pas aux œuvres citées plus haut, mais à son recueil d'*Élégies* (1811). Précurseur du romantisme, il représente en France la poésie lyrique sous le premier Empire. Il établit tout comme Fontanes et Chênedollé la liaison entre André Chénier et les romantiques.

RÉF. : Ledieu, *Millevoye, sa vie et ses œuvres,* Paris, 1886.

MILOSZ Oscar Vladislas de Lubicz. Écrivain né le 28 mai 1877 à Czereïa en Lituanie historique alors annexée à la Russie : il était donc russe par sa naissance. Mort à Fontainebleau le 2 mars 1939. De son enfance passée dans le domaine nobiliaire familial (trente mille hectares) entre un père — boyard fin de race aux lubies extravagantes — et une mère juive terriblement distante, mais auprès d'une préceptrice française qui lui donne l'amour de notre langue, Milosz gardera l'inconsolable souvenir d'une contrée mythique « étrange, vaporeuse, voilée, murmurante ». Lituanie de rêve et de désir, qu'il quittera en 1889 pour Paris où s'installent ses parents. Il sort bachelier du lycée Janson-de-Sailly puis, passionné par les langues (il maîtrise l'anglais, l'allemand, le polonais, le russe), il étudie l'épigraphie hébraïque et assyrienne. En 1899, il publie *Le Poème des décadences* qui réverbère l'extrême lassitude d'un monde où Dieu est mort, où tout est vieux et faux (« Ces mensonges du temps qu'on nomme souvenirs ! ») et où la quête de l'amour achoppe sur le mystère du féminin qu'incarnent, d'Aliénor en Salomé, maintes hypostases de la femme. Hélas, elles n'ont que leur corps à offrir, pauvre fantôme plus ou moins tangible, alors que Milosz ne rêve que d'âme. *Les Sept Solitudes* (1906), qui paraît au retour d'un séjour en Lituanie, offre le même climat de sensualité nimbée de dégoût, de vide aspirant à un impossible amour, d'écartèlements entre les échos douloureux d'une enfance morte et les plis d'extase des enchantements de la chair. Rythmé par d'obsédantes images célébrant avec une éloquence d'hostie la plaie éternelle de l'amour, et enveloppé par les sons étrangement voilés d'une incoercible nostalgie, le livre est cependant enluminé par l'énigmatique figure d'une princesse initiée, la « petite reine Karomama du temps jadis », morte il y a vingt-trois siècles, et en qui il faut sans doute voir l'inaccessible et idéale passion du poète.

Avec les *Scènes de don Juan* qui complètent le recueil, Milosz, en plein désarroi, évoque un don Juan faustien qui ne trouve plus de raison d'être que dans l'accomplissement du mal. Il précipite la mort de son père avant d'empoisonner son frère et de torturer sa jeune épouse dont la souffrance, seule, est encore capable de le troubler. Milosz est au bord de la folie et de la damnation. Alors, tel un don Quichotte assoiffé d'infini et affamé de chair, il va se livrer à un long examen de conscience qui prendra la forme d'un roman, *L'Amoureuse Initiation* (1910), au terme duquel Milosz constate que la femme ne représente pas l'absolu de l'amour ; mieux, il reçoit la révélation d'un amour bien plus grand : celui du Créateur aux dépens de celui de la créature.

Mais si l'élan mystique est indéniable, sa direction reste encore confuse dans *Les Éléments* (1911) avant de s'affirmer dans *Miguel Mañara* (1912). Ce mystère, dont l'ascétique mais sublime rayonnement consacre le renoncement à la beauté terrestre au seul profit de la beauté spirituelle, confirme le passage du profane au sacré.

Un second mystère, *Méphiboseth* (1913), qui s'inspire des amours de David et de Bethsabée, montre que dans cette marche à la rédemption, le renoncement aux amours humaines n'est qu'un prélude au sacrifice qui consiste à faire de la souffrance qu'on s'impose une source de joie. *Saul de Tarse,* drame de la conversion de celui qui deviendra saint Paul, écrit en 1914 mais inédit jusqu'en 1971, clôt cette trilogie dramatique, véritable théâtre de Dieu dont chaque volet, à la façon d'une mue, jalonne l'ascension spirituelle d'un homme qui souffre aussi dans sa chair puisque cruellement éprouvé par une douloureuse maladie de peau, le xanthome. De ce lent exorcisme, qu'assombrit encore l'hécatombe européenne qui devait faire de ce noble lituanien un pauvre, témoignent encore les *Symphonies* (1915) mais surtout *Nihumim* (1915), bouleversant poème d'un homme de 40 ans qui se penche sur sa vie. C'est l'âge qui marque la victoire du corps ou celle de l'esprit. « Quarante ans / Pour apprendre la noblesse de l'Action... Quarante ans / Pour apprendre à parler sans mépris de la femme. Ô Amour ! / Quarante ans je vous ai cherché parmi les femmes / Mais ce n'est point parmi les femmes que je vous ai trouvé... » Bilan positif mais douloureux d'un destin, à présent définitivement scellé par la révélation de l'amour divin (« Ô mon corps, tu vivras pour aimer et souffrir »), qui connaîtra son point d'orgue lors de la nuit d'illumination du 14 décembre 1914, expérience comparable à celle que connurent Pascal ou Swedenborg : « J'ai vu le soleil spirituel. »

L'*Épître à Storge* (1917), texte d'un brûlant mysticisme, relate cet « enlèvement sur la montagne » et contient les fondements du message métaphysique de Milosz tels qu'on les retrouve dans le *Cantique de la connaissance*, dans *La Confession de Lemuel* (1922) et tels qu'il les développera, sous une forme beaucoup plus discursive dans *Ars Magna* (1924) et *Les Arcanes* (1927) qui s'ouvrent par ce verset : « Comme la montagne m'emportait dans son vol, tout à coup je vis s'ouvrir devant moi "sur l'autre espace" la porte d'or de la mémoire, l'issue du labyrinthe. »

La révolution d'Octobre l'a ruiné car ses terres, non comprises dans les limites de la République de Lituanie créée en 1918, sont confisquées par les autorités soviétiques. Ses seuls moyens d'existence seront les appointements que lui verse la Légation de Lituanie en France pour ses travaux de rédacteur puis de chargé d'affaires de Lituanie en France (1920 à 1925).

Après *Adramandoni* (1918), le poète personnel a définitivement cédé la place à l'inspiré, au voyant qui doit « décrire ce qu'il a vu » et à qui incombe une mission quasi prophétique. Il élabore une philosophie du mouvement comme synthèse du temps, de l'espace et de la matière, décrit la relativité universelle avant même de connaître le nom d'Einstein, fait du cerveau le satellite du cœur, rêve d'un monde où science et religion seront enfin unies. Son goût pour les sciences secrètes et son mysticisme – moyen de préhension des réalités d'un univers qui se dérobe aux investigations de « notre minuscule et orgueilleuse raison d'insectes » – le conduisent à se consacrer au déchiffrement de *L'Apocalypse de Saint Jean* (1933) et à des recherches sur *Les Origines ibériques du peuple juif* (1933) et sur celles de *La Nation lituanienne* (1937). Toujours rongé par la nostalgie du pays d'enfance, il traduira des chansons du folklore, *Daïnos* (1928), et donnera des transcriptions de *Contes et fabliaux de la vieille Lituanie* (1930) ainsi que des *Contes lituaniens de ma mère l'Oye* (1933). Naturalisé français en 1931, il finira sa vie à Fontainebleau dans une solitude extrême, parlant avec les oiseaux, incompris, ignoré par son temps – éternel exilé n'ayant eu pour seule vraie patrie que la langue française.

RICHARD BLIN.

♦ *« Milosz est notre Goethe français. »* Paul Fort. ♦ *« On est exalté d'admiration devant cette pureté. »* Jean de Boschère. ♦ *« Milosz-la-poésie. »* Oscar Wilde. ♦ *Milosz est l'héritier secret et magnifique de ces alchimistes que les siècles d'ignorance ont cru engagés à la seule poursuite d'un or monnayable, alors que le Grand Œuvre s'accomplissait dans le creuset d'un cœur, chargé de rayons plus solides que ceux d'un métal terrestre. »* A. Rolland de Réneville. ♦ *« On est pris par les images et jusqu'aux entrailles. »* Paul Valéry.

RÉF. : A. Godoy, *Milosz, le poète de l'amour*, Fribourg, 1944. – A. Lebois, *L'Œuvre de Milosz*, Paris, 1960. – J. Buge, *Milosz en quête du divin*, 1963. – J. Bellemin-Noël, *La Poésie-Philosophie de Milosz*, 1977. – *Cahiers des Amis de Milosz* (A. Silvaire).

Miracle. Le genre du miracle, inauguré par Grégoire de Tours, est prolifique. Chaque sanctuaire doté de reliques voulait avoir un recueil des miracles de son saint patron ; à Fleury, pas moins de trois auteurs se mirent en devoir de coucher par écrit les *Miracles de saint Benoît.* Mais la faveur que connut à partir du XIIe siècle le culte de la Vierge fut à l'origine d'une floraison de recueils de *Miracles de Notre-Dame* ; ils sont d'abord écrits en latin, et se multiplient de sanctuaire en sanctuaire. On en fit bien sûr des traductions en français, et dès le XIIe siècle celles des *Miracles de Notre-Dame* sont nombreuses. Gautier de Coincy, dans le premier tiers du XIIIe siècle, composa le recueil le plus original. Il faisait intervenir la Vierge dans toutes les circonstances de la vie et mêlait aux traditions orthodoxes des éléments puisés au folklore. La Vierge, médiatrice entre l'homme et Dieu, aidait aussi à voir clair dans l'intérieur des êtres. Une écriture de qualité donne à ce recueil une place éminente dans le genre et dans l'ensemble de la littérature médiévale. La vogue de ces récits de miracles allait susciter aussi leur transposition à la scène, d'autant plus aisément sans doute que le drame liturgique s'y était déjà engagé. Jean Bodel utilisa une trame de miracle pour construire la seconde partie de son *Jeu de saint Nicolas*, et Rutebeuf explora des voies nouvelles dans l'utilisation de la scène avec son *Miracle de Théophile,* qui s'achève en un très long et très lyrique monologue, rendu possible théâtralement par la présence d'une statue de la Vierge à laquelle Théophile s'adresse. Le XIVe siècle, dont il nous reste si peu d'œuvres théâtrales, nous a légué des *Miracles de Notre-Dame* ; s'y trouve recueillie chacune des pièces qui, entre 1339 et 1382, furent composées pour l'assemblée de la Confrérie des orfèvres de Paris. Les règles du genre sont fixes : perdu par ses méfaits ou ses crimes, un pécheur est sauvé de la mort ou de la damnation par l'intervention de la Vierge.

MICHEL ROUSSE.

MIRBEAU Octave. Journaliste, critique d'art, romancier et dramaturge. Né le 16 février 1848 à Trévières (Calvados), mort à Paris le 16 février 1917. Fils de médecin, il passe son enfance à Rémalard (Orne), dans un milieu compressif, propice à la « névrose », où il situera ses premiers romans. Après des études chez les jésuites de Vannes – d'où il est chassé dans des conditions suspectes – v. *Sébastien Roch* – il travaille chez un notaire, puis participe, en 1870, comme mobile de l'Orne, à la débâcle des armées de la Loire (cf. *Le Calvaire*). Il possède déjà une plume remarquable et un humour dévastateur, tournant en dérision les « mystifications » politiques, religieuses et patriotiques (cf. ses ébouriffantes *Lettres à Alfred Bansard,* posthumes, 1989). Pour s'évader du « cercueil notarial », ce « fils de la Révolution » accepte de suivre à Paris, comme secrétaire, le leader bonapartiste Dugué de la Fauconnerie, qui l'introduit à *L'Ordre* en 1872. Alors commence une longue période de « prolétariat de la plume » et de compromissions qu'il lui faudra expier. Il rédige les éditoriaux politiques de son patron, assume la « Revue dramatique », et fournit, sous pseudonyme, ses *Premières chroniques esthétiques* (1993), où il éreinte les académistes et glorifie Corot, Puvis de Chavannes et Manet. De 1877 à 1879, dans l'Ariège, il sert le baron de Saint-Paul, comme chef du cabinet du préfet de l'Ordre moral, puis comme rédacteur en chef de *L'Ariégeois.* Il devient ensuite secrétaire d'Arthur Meyer, directeur du *Gaulois,* légitimiste et mondain. Tout en fournissant des articles politiques à *Paris-Journal,* il écrit pour *Le Gaulois* des chroniques d'ethnographie parisienne : *Paris déshabillé* (1991), *Petits poèmes parisiens* (1992) et *La Journée parisienne.* Parallèlement il fait le « nègre », et publie, sous pseudonyme, de remarquables romans d'observation, d'un pessimisme radical (*L'Écuyère, La Maréchale, La Belle Mme Le Vassart, Dans la vieille rue*) et des recueils de nouvelles d'un humour étincelant (*Noces parisiennes, Amours cocasses*). Chassé du *Figaro,* après un pamphlet sulfureux contre la cabotinocratie (1882), il dirige un biquotidien d'informations rapides, puis, pour le compte du financier Edmond Joubert, un hebdomadaire de combat antiopportuniste, à l'antisémitisme vite renié, *Les Grimaces* (1883). Après un séjour à Audierne, où il a fui une passion destructrice pour une certaine Judith (la Juliette du *Calvaire*), il entame sa « rédemption » tolstoïenne à l'automne 1884, en mettant dorénavant sa plume au service de la justice (il se rallie à l'anarchisme) et de la beauté (il se bat pour imposer Rodin, Monet et les impressionnistes, proclame le génie de Van Gogh, Camille Claudel et Maillol). En 1885, il fait paraître dans la presse ses *Notes sur l'art* (1989), ses *Chroniques du diable* (1993), et d'étonnantes *Lettres de l'Inde* (1991) ; et il publie les *Lettres de ma chaumière* (recueillies dans *Contes cruels,* 1990). Ses trois premiers romans officiels, *Le Calvaire* (1886) — où il exorcise sa passion pour Judith —, *L'Abbé Jules* (1888) et *Sébastien Roch* (1890), nourris de souvenirs personnels, se ressentent de la « révélation » de Tolstoï et de Dostoïevski, et tentent de sortir de l'ornière naturaliste, où il voit la « mort de l'art ». Il y instruit le procès de la société bourgeoise, oppressive, hypocrite et inique. En dépit d'une grave crise personnelle et conjugale — qui lui inspire *Dans le ciel* — il poursuit, dans *Le Journal,* ses *Combats politiques* (1990) en faveur d'un idéal libertaire, ses *Combats esthétiques* (1993) et ses *Combats littéraires,* en faveur d'un art vivant, ainsi que ses *Combats pour l'enfant* (1990) ; et il s'engage à fond dans la bataille dreyfusiste pour la justice et la vérité (*L'Affaire Dreyfus,* 1991). Au tournant du siècle, il publie *Le Jardin des supplices* (1899), *Le Journal d'une femme de chambre* (*) (1900) et *Les 21 Jours d'un neurasthénique* (1901), qui remportent un succès de vente ambigu. Il triomphe aussi au théâtre : *Les Mauvais Bergers* (1897), tragédie prolétarienne sur un sujet proche de *Germinal* (*) ; *Les affaires sont les affaires* (1903), qui marque un retour à la grande comédie classique de mœurs et de caractères (Isidore Lechat est un type qui est resté) ; six *Farces et Moralités* (1904) ; et *Le Foyer*, créé au Théâtre-Français en 1908, après une longue bataille qui soulève les passions. En 1907 paraît *La 628-E 8,* récit d'un voyage en automobile, où Marinetti salue les prémices du futurisme. Le chapitre sur *La Mort de Balzac* suscite un scandale, et Mirbeau se résigne à le supprimer (il est réédité en 1939). Malade, usé, incapable d'écrire, il laisse en plan *Un gentilhomme* et recourt à Léon Werth pour terminer *Dingo* (1913), histoire de son chien, qui le console de la monstruosité des hommes. La guerre de 1914 achève de le désespérer. Au lendemain de sa mort, sa veuve, l'ex-théâtreuse Alice Regnault, fait paraître un pseudo-« testament politique », faux patriotique concocté par le renégat Gustave Hervé, qui brouillera pour longtemps l'image de ce don Quichotte assoiffé d'absolu, dont la cruauté apparente — « c'est au vitriol qu'il débarbouille les salauds » (Elémir Bourges) — n'est que l'envers d'une sensibilité d'écorché vif. Polémiste redouté, critique d'art infaillible, écrivain engagé dans toutes les grandes batailles de son temps, et soucieux de dessiller les yeux de ses contemporains pour éveiller en eux l'étincelle de la conscience, Mirbeau a participé à la « révolution du regard » des impressionnistes et a mis en œuvre une esthétique de la révélation : totale subjectivité, dérision, démystification. Sensible à la crise du roman et du théâtre, et désireux d'éviter les impasses du symbolisme et du naturalisme, il a ouvert la voie à nombre de courants littéraires du vingtième siècle (expressionnisme, existentialisme, théâtre de l'absurde, théâtre didactique).

PIERRE MICHEL.

♦ *« Le plus grand écrivain français contemporain, et celui qui représente le mieux le génie séculaire de la France. »* Tolstoï. ♦ *« Le justicier qui a donné son cœur aux misérables et aux souffrants de ce monde. »* Zola. ♦ *« Le don Juan de l'idéal. »* Rodenbach. ♦ *« Le seul prophète de ce temps. »* Apollinaire.

RÉF. : P. Michel et J.-F. Nivet, *Octave Mirbeau, l'imprécateur au cœur fidèle,* Paris, 1990. — Numéro *Octave Mirbeau* de *L'Orne littéraire,* Alençon, 1992. — *Actes du colloque Mirbeau,* Angers, 1992. — C. Herzfeld, *La Figure de Méduse dans l'œuvre d'Octave Mirbeau*, Paris, 1992. — P. Michel, *Les Combats d'Octave Mirbeau,* Paris, 1993.

Mireille [*Miréio*]. Célèbre poème en langue provençale de Frédéric Mistral (1830-1914). Imprimé en Avignon en 1859, il fut aussitôt reconnu non seulement pour l'œuvre la plus significative de la renaissance poétique du félibrige, mais pour un des chefs-d'œuvre de la littérature européenne du XIXe siècle. Le poème se compose de douze chants, en strophes de sept vers, d'une facture très originale tenant en quelque sorte le milieu entre la « laisse » des chansons de geste médiévales comme la *Chanson de Roland* (*), et la ballade historique romantique. Vincent est le jeune fils d'un vannier, vannier lui-même, pauvre et nomade, mais beau garçon, passionné et éloquent, courageux, hardi et adroit comme un héros adolescent. Un soir qu'il est avec son père, maître Ambroise, l'hôte du mas des Micocoules, ses récits, durant la veillée, lui acquièrent l'admiration de la fille de la maison, Mireille, jeune femme dans le premier épanouissement de sa beauté. Dès lors, Vincent se montre souvent à la ferme et l'amour des deux jeunes gens grandit, s'accordant naturellement aux allègres travaux champêtres, quand la jeunesse s'assemble en chantant pour cueillir les feuilles de mûrier ou s'occuper des cocons. Mireille, vouée à Vincent, repousse trois riches prétendants : Alâri, possesseur de nombreux troupeaux ; Véran, l'éleveur de chevaux, et le brutal Ourrias, toucheur de bœufs et dompteur de taureaux. Ce dernier a avec Vincent une terrible rixe et, battu, blesse traîtreusement son rival ; mais, en fuyant, en proie aux mauvais esprits, il se noie dans le Rhône. Vincent, presque moribond, est porté à la ferme, et dès lors Mireille se sent indissolublement liée à lui. Elle l'accompagne, pour obtenir sa guérison, chez une sorcière dans une grotte de la montagne. Enfin, le jeune homme ose envoyer son père chez l'orgueilleux maître Ramon, pour lui demander la main de sa fille ; mais le pauvre vieil Ambroise est durement mis à la porte. Désespérée et hors d'état de fléchir son père, Mireille se consume en prières : rien que Vincent ! Car elle comprend que son destin tient désormais tout entier dans cet amour. Elle décide de quitter la maison en secret et de faire seule à pied le pèlerinage des Saintes (Les Saintes-Maries-de-la-Mer, sanctuaire de Camargue, dans le delta du Rhône) pour leur demander conseil et protection. Durant sa route, oppressée par l'angoisse et épuisée de fatigue, elle est frappée par une insolation ; c'est mourante qu'elle arrive aux Saintes ; là, elle expire dans les bras de Vincent, entourée de ses parents désespérés qui l'ont rejointe, tandis que les pèlerins entonnent leurs cantiques. L'histoire se déroule simplement dans un égrènement d'épisodes champêtres, de scènes idylliques et de vastes tableaux d'ensemble dont quelques-uns sont demeurés célèbres : l'arrivée de maître Ambroise et de son fils Vincent au mas des Micocoules, tandis que le crépuscule ramène de toutes parts les travailleurs des champs, et la veillée, sous les étoiles ; la cueillette des feuilles de mûriers et l'amoureux dialogue de Mireille et de Vincent, une des pages les plus lumineuses du poème ; la fameuse aubade parmi les chants des magnanarelles (« Ô Magali, ma tant amado ») ; la présentation des trois prétendants, dépeinte avec une simplicité toute biblique ; la course de Mireille à travers la Crau ; l'extatique voyage de Mireille quand la pauvre enfant sort la nuit de la maison paternelle et va, par les plaines brûlées de soleil, jusqu'à ce blanc sanctuaire perdu entre la campagne déserte, la mer et le ciel ; enfin la dernière scène, celle de la mort parmi le murmure des vagues, les pleurs de Vincent, les chants des pèlerins et le récit des Saintes, descendues du ciel pour consoler Mireille ; scène de douleur mais illuminée d'une espérance supraterrestre, d'une expression dramatique si puissante qu'elle fait penser (avec peut-être plus de pureté de lignes et d'expression) à certains finals wagnériens. Ainsi le poème réalise une synthèse des plus heureuses entre cette noblesse tragique des sentiments, cette exaltation de la fatalité des passions propre au romantisme et le sens de la vie le plus réaliste, le plus puissamment terrien que Mistral ait jamais trouvé pour magnifier sa terre. Lamartine salua en *Mireille,* dans son *Cours familier de littérature*, la naissance d'un grand poème épique et rappela la continuité de l'antique civilisation méditerranéenne. Au début de son œuvre, Mistral se déclara d'ailleurs « humble élève du grand Homère » et ce nom prestigieux n'a pas semblé hors de propos aux premiers admirateurs de l'œuvre.

MIRON Gaston. Vivante incarnation de l'identité québécoise, ce poète d'expression française, né le 8 janvier 1928 à Sainte-Agathe-des-Monts (Québec), mort le 14 décembre 1996, a la trempe de ses ancêtres coureurs des bois, trappeurs et paysans : c'est un lutteur épris de justice et de liberté. Ayant quitté ses études après le scolasticat, Miron s'installe en 1947 à Mont- réal où il pratique divers métiers tout en suivant à l'université les cours du soir en sciences sociales. Ses premiers poèmes paraissent en revue en 1952. L'année suivante, il fonde avec quelques amis les éditions de l'Hexagone où il publie *Deux sangs,* écrit en collaboration avec Olivier Marchand. Souffrant de l'état d'« aliénation » dans lequel son pays, le Québec, est maintenu, il milite activement à gauche du mouvement indépendantiste (il est candidat aux élections fédérales de 1957 et 1958). C'est dans le même esprit qu'il crée en 1959 la revue *Liberté* et participe en 1963 à la rédaction de *Parti pris.* Sa poésie, pour engagée qu'elle soit, ne souffre pas des limites du genre. Soutenue par une exigence toute mallarméenne, elle se déploie dans un lyrisme grave et ouvert où le mystère de l'homme a sa place. Bien avant que ses poèmes dispersés dans des revues soient rassemblés dans *L'Homme rapaillé* (1970), la réputation de Gaston Miron a passé les frontières. Reconnu en France par ses pairs André Frénaud et Guillevic, entre autres, Miron est salué dans son pays comme une conscience nationale. Il encourage les vocations autour de lui et multiplie les initiatives pour faire connaître, à l'intérieur comme à l'extérieur, la littérature québécoise (voir *Écrivains contemporains du Québec,* en collaboration avec Lise Gauvin, 1989). Publié en France en 1981, *L'Homme rapaillé* obtient le prix Apollinaire et, en 1983, le prix David du gouvernement du Québec. Militant québécois, chantre de la fraternité et de l'amour, Miron est, comme Withman, l'homme d'un seul livre sans cesse revu et augmenté, et le symbole d'un peuple retrouvant sa dignité et la fierté de sa langue.

GUY GOFFETTE.

RÉF. : André Vachon : *Gaston Miron ou l'Invention de la substance,* Montréal, 1970. — Jacques Brault : *Miron le magnifique,* Montréal, 1966 et 1975. — Jean Royer : *Gaston Miron l'identité,* Montréal, 1982.

Misanthrope (Le). Comédie en cinq actes et en vers de Molière (1622-1673), représentée pour la première fois le 4 juin 1666 et publiée dans les premiers jours de 1667. C'est la pièce de Molière qui attira le moins de monde de son vivant ; elle fut cependant fort appréciée des connaisseurs : pour Boileau, par exemple, Molière est avant tout l'« auteur du *Misanthrope* ». Ce n'est que par la suite, et en partie à cause des fausses interprétations qu'on lui donna, qu'elle connut un très vif succès ; elle est maintenant considérée comme le chef- d'œuvre de Molière. Il semble que celui-ci ait beaucoup plus travaillé à cette comédie qu'à toutes les autres. Nous savons que, dès l'époque de la « première » en trois actes de *Tartuffe* (*), Molière l'avait déjà commencée. Après la première interdiction de *Tartuffe* (1664), il dut écrire *Dom Juan ou le Festin de pierre*, puis une comédie-ballet, *L'Amour médecin* (1665) ; mais *Le Misanthrope* était déjà fort avancé, puisque Molière en lut le premier acte en 1664 chez le comte du Broussin. Les érudits ont cherché quelles pouvaient bien être les sources de Molière : ils ont cité *Le Grand Cyrus* de Mlle de Scudéry, où le personnage de Mégabate (que les clefs nous donnent pour Montausier) est un misanthrope ; mais si Molière s'est servi de certains traits du personnage, c'est de l'original lui-même qu'il s'est inspiré et non du livre de Mlle de Scudéry. Les autres œuvres invoquées n'ont que ceci de commun avec la pièce de Molière qu'elles traitent d'un misanthrope, et on n'en peut retenir, après examen, aucune dont Molière se soit vraiment inspiré. Par contre, il est certain qu'il s'est emprunté à lui-même quelques tirades, en se servant du personnage de *Dom Garcie de Navarre* ; il pouvait d'ailleurs se le permettre puisque la pièce avait échoué et qu'elle n'avait pas été imprimée. On a nommé aussi des personnages vivants que Molière aurait mis en scène. Saint-Simon, dans ses *Mémoires* (*), rapporte que le duc de Montausier, averti qu'il était joué dans *Le Misanthrope*, serait entré dans une violente colère ; mais une fois la pièce vue, il aurait appelé Molière, tremblant à la perspective d'une algarade, pour l'en féliciter. Quant à Boileau, nous avons son propre témoignage : « Le chagrin de ce misanthrope contre les mauvais vers a été, comme Molière me l'a confessé plusieurs fois lui-même, copié sur mon modèle » ; c'est donc sur un trait de son caractère qu'est construite la fameuse scène du sonnet d'Oronte. Mais il ne faut pas s'y tromper ; s'il semble, en effet, probable que Molière ait pensé à Montausier et à Boileau en écrivant sa pièce, il a composé un personnage original qui demeure une de ses plus authentiques créations. On a beaucoup dit qu'il n'avait eu qu'à s'observer lui-même pour construire *Le Misanthrope.* Sans doute ses rapports avec Armande Béjart ont-ils pu lui inspirer quelques situations et quelques répliques, et nous savons qu'il n'a pas hésité à se représenter et à se moquer de lui-même sur la scène — v. *Le Malade imaginaire* (*) ; mais ici encore ses impressions personnelles ne sont tout au plus que les matériaux de l'œuvre.

La structure du *Misanthrope* est très simple : Alceste hait tous les hommes ; il leur reproche leur manque de franchise et de loyauté, il abomine la société et les conventions hypocrites qu'elle exige des individus. Son ami, Philinte, qui lui fait contrepoids, prend son parti de ces obligations sociales et des hommes tels qu'ils sont. Mais, dans cette société qu'il méprise, Alceste, par une singulière contradiction, aime l'être le plus social, c'est-à-dire le plus coquet, le plus apprêté, le plus médisant, la jeune veuve Célimène. Celle-ci accepte ses hommages, manifestant à son égard tantôt de la moquerie, tantôt de la tendresse. Alceste veut enfin en avoir le cœur net, il vient lui demander si elle veut ou non l'épouser. Toute l'intrigue repose sur les obstacles qu'Alceste trouve sur sa route pour s'expliquer en tête à tête avec sa maîtresse et qui l'empêchent de lui poser la question décisive. Cette situation rappelle d'assez près celle d'Éraste dans *Les Fâcheux*, mais dans le cadre de la comédie de salon inventée par Molière dans *La Critique de l'École des Femmes.* Au Ier acte, après un long entretien avec Philinte, au cours duquel les deux caractères s'affrontent et se dévoilent, Alceste, qui attend Célimène, est importuné par un courtisan qui se pique d'écrire des vers, Oronte. Celui-ci veut le faire juge d'un sonnet qu'il vient d'achever. Alceste trouve le sonnet détestable et le dit. Oronte se fâche. Le Misanthrope lui cite pour modèle la « Chanson du roi Henri », vieille chanson populaire. Oronte, outré, sort, décidé à se battre en duel contre son offenseur. Au IIe acte, Alceste a pu parvenir auprès de Célimène, mais il commence à peine à lui parler qu'on annonce des visites. Il reste, mais hélas ! ce n'est que pour entendre une assemblée précieuse et caquetante, qui pousse Célimène à déchirer les absents de sa verve. Un garde vient le chercher, les maréchaux le demandent afin d'arranger son duel avec Oronte. À l'acte III, nouvel obstacle : Alceste se trouve chez Célimène quand on annonce la prude Arsinoé, ennemie de Célimène. Les deux femmes font assaut de politesses hypocrites qui dissimulent mal leur hostilité. Puis Arsinoé, restée seule avec Alceste, promet de lui remettre une lettre galante que Célimène aurait écrite à Oronte. Alceste, blessé et jaloux, suit Arsinoé. Au IVe acte, il éclate enfin contre sa maîtresse en reproches véhéments ; après quoi, il lui déclare son amour. Ses beaux élans sont interrompus par l'arrivée de son valet, venu le chercher pour son procès. Le Ve acte offre une espèce de revanche à Alceste : Célimène est confondue par tous ceux à qui elle a écrit des billets où elle se moquait des uns et des autres, et qui se les sont montrés. Abandonnée de ses amis qu'elle a bafoués, elle reste seule avec Alceste. Celui-ci, qui ne lui tient nulle rigueur de ses moqueries, lui propose encore de l'épouser. Il ne lui demande que de consentir à quitter le monde ; comme elle hésite, Alceste rompt avec elle et s'en va « chercher sur la terre un endroit écarté / Où d'être homme d'honneur on ait la liberté ».

On a expliqué le demi-succès du *Misanthrope* par la froideur de la pièce, par son manque d'action. En fait, l'action est fort ténue, mais c'est que jamais Molière n'a poussé aussi loin la comédie de mœurs et de caractère. Tous les incidents qui surviennent dans l'intrigue, tous les personnages qui entourent Alceste ne sont là que pour mettre en valeur le caractère du personnage et les comportements de ceux qui l'entourent. Autour d'Alceste, les personnages sont répartis en trois groupes comme dans *Les Femmes savantes* (*) : d'un côté ceux qui tombent dans l'excès d'insincérité, les marquis, Oronte, Célimène surtout ; de l'autre, ceux qui vont à l'excès inverse et sont incapables de vivre en société, Arsinoé, femme prude et méchante, et Alceste. Enfin, un troisième groupe rassemble ceux qui savent allier une sincérité suffisante aux égards qu'exige la vie sociale ; ce sont Philinte et Eliante. Pour eux seuls la pièce finit bien : ils se marient à la fin. Ils représentent ce juste milieu que Molière a toujours défendu, et il est clair que c'est à eux que vont ses sympathies. Quelle est donc l'attitude de Molière vis-à-vis de son personnage principal ? Elle est très nuancée : il est certain que Molière estime Alceste, il lui attribue des idées morales fort justes et une attitude dont on ne peut qu'admirer la dignité. Il n'empêche qu'il condamne son emportement, son intransigeance et que, parfois, il se moque de lui et qu'il attend qu'on en rie. Les spectateurs du XVIIe siècle ne s'y sont pas trompés. L'auteur lui-même a donné de suffisantes indications pour que le malentendu ne soit pas possible. Au cours de la conversation entre Alceste et Philinte qui ouvre l'acte I, il fait dire à Philinte : je « crois voir, en nous deux, sous mêmes soins nouris, / Ces deux frères que peint *L'École des maris* », laissant entendre qu'on peut comparer Alceste à Sganarelle qui fait rire à ses dépens. De plus, c'est Molière lui-même, qui n'a jamais joué que des personnages comiques, qui se chargea du rôle d'Alceste. Cette interprétation comique du rôle est également attestée de façon formelle par le sous-titre que Molière avait donné à sa comédie : *Le Misanthrope ou l'Atrabilaire amoureux*. Enfin, nous avons un témoignage précieux de la manière dont le personnage était joué et compris du public, c'est la *Lettre sur la comédie du « Misanthrope »*, de Donneau de Visé, qui fut publiée en tête de la première édition de la pièce (1667). Molière n'a pas pu ne pas approuver les termes de cette critique : il faut donc croire qu'ils représentaient suffisamment sa propre interprétation. Or Visé qualifie Alceste ; il lui reconnaît le « caractère d'un honnête homme et beaucoup de fermeté » et ajoute qu'il est « plaisant sans être trop ridicule » ; par contre Philinte y est qualifié d'« homme sage et prudent... si raisonnable que tout le monde devrait l'imiter... ne portant les choses ni dans l'un ni dans l'autre excès ». Il ne peut donc y avoir de doute à ce sujet, le Misanthrope est bien un caractère comique. Cependant, insensiblement, on a de moins en moins senti le ridicule des incartades d'Alceste, et, surtout depuis la Révolution, on a fait de lui presque un héros tragique. Cette déviation, c'est en grande partie Rousseau qui en est le responsable. Il s'était reconnu dans le personnage du Misanthrope, et il n'admettait pas que Molière se fût permis de faire rire d'Alceste. Déjà Fénelon, dans sa *Lettre sur les occupations de l'Académie*, avait attaqué l'attitude de Molière vis-à-vis de son personnage ; Rousseau va plus loin et, dans la *Lettre à d'Alembert*, il accuse Molière de faire rire de la vertu. Marmontel, dans un article du *Mercure de France*, lui répondit en défendant Molière ; toutefois il reconnaît que Philinte n'est pas « le sage de la pièce ». D'Alembert, dans sa *Lettre à J.-J. Rousseau,* cède plus encore. Philinte, pour lui, est un « caractère mal décidé ». Peu à peu on en vint à juger que cet honnête homme, avec sa franchise brutale et son mépris des conventions mondaines, représentait le véritable homme libre, qu'il avait raison à lui tout seul contre la société. C'est qu'insensiblement la pièce était passée du plan de la sociabilité, sur lequel Molière se plaçait, à celui de la moralité : peu importe qu'Alceste se rende odieux à ses amis, son attitude est morale et c'est un homme vertueux. C'est ce thème que traita Marmontel dans un de ses *Contes moraux* : « Le Misanthrope corrigé » (1765). Plus tard, dans sa comédie : *Le Philinte de Molière ou la Suite du « Misanthrope »* (1790), Fabre d'Églantine fixa cette nouvelle conception du caractère. En fait, son Alceste n'est qu'un déclamateur de club. Dans *Le Misanthrope* lui-même, les passages qu'on mettait en valeur et qu'on applaudissait étaient ceux où Alceste lance des boutades contre les juges, la Cour et la ville. Avec le romantisme, le personnage subit une nouvelle interprétation. Alceste, torturé par Célimène, devint une sorte de héros ténébreux, victime de sa passion, et sa maîtresse le mauvais ange qui le torture. C'est à propos du *Misanthrope* que Musset, dans *Une soirée perdue*, reconnaîtra cette « mâle gaieté, si triste et si profonde que, lorsqu'on vient d'en rire, on devrait en pleurer ». Au fur et à mesure qu'Alceste devenait, non pas plus sympathique (il l'était aussi aux spectateurs du XVIIe siècle), mais plus admirable, plus digne d'être pris pour modèle, Philinte devenait plus suspect. Molière en avait fait l'honnête homme type, il n'est plus chez Fabre d'Églantine qu'un odieux égoïste et, dans *La Conversion d'Alceste* de Georges Courteline, qu'un détestable hypocrite qui trompe son ami. Il y a donc eu dans le personnage d'Alceste, au gré des circonstances politiques et littéraires, suivant les transformations de l'esprit public, une évolution qui n'est d'ailleurs pas un contresens, puisque tous ces éléments existent dans la pièce ; mais, alors que certains côtés du caractère se sont presque effacés, d'autres aspects, auxquels l'on n'était guère sensible au XVIIe siècle, se sont simplifiés et exagérés. Ceci ne fait que démontrer l'extraordinaire vitalité de la comédie.

Misérables (Les). Vaste roman de Victor Hugo (1802-1885), publié en dix volumes par l'éditeur Lacroix à Paris, du 3 avril au 30 juin 1862, alors que l'auteur était en exil à Guernesey. Il est intéressant de noter que cette œuvre, énorme réquisitoire social, fut commencée par Hugo, qui l'appelait alors *Les Misères*, l'année même où Louis-Philippe le fit pair de France (1845). Il y travailla toute l'année 1847, mais ses travaux furent interrompus par les événements politiques auxquels il prit une part active : maire provisoire du VIIIe arrondissement de Paris en février 1848, le lendemain du jour où le gouvernement provisoire abolissait la pairie ; battu aux élections d'avril qui virent le triomphe de Lamartine ; puis élu en juin député conservateur à l'Assemblée législative de 1849. Victor Hugo, s'il n'avait pas le temps de poursuivre son œuvre, demeurait fidèle à ce sentiment d'indignation et de pitié qui lui avait fait l'entreprendre. Cette fidélité se manifesta dans son discours sur la misère, prononcé devant l'Assemblée et qui fit scandale. Peu après, Hugo rompait avec le « parti de l'ordre ». Après avoir longtemps hésité, après s'être satisfait des honneurs officiels, Hugo, à cinquante ans, quelque peu assoupi dans sa gloire déjà ancienne, se réveille et se lance dans la bataille et, une fois lancé, il ne s'arrête plus. Il ne calcule pas, il ne manœuvre pas, il prend résolument le parti du danger. Il se lève en adversaire du prince-président, lors du coup d'État du 2 décembre (1851), il tente d'organiser la résistance ; quand tout a échoué, il part pour Bruxelles. La riposte ne tarde pas à venir : Louis Napoléon Bonaparte signe le décret d'expulsion qui le tiendra hors de France pendant dix-sept ans, jusqu'en 1870. Tout occupé à attaquer avec une violence extrême le pouvoir impérial – v. *Napoléon-le-Petit* et *Les Châtiments* (*), Hugo délaisse *Les Misérables* malgré les instances de son éditeur. Ce n'est que lors d'une interruption dans la rédaction de *La Fin de Satan*, en 1860, qu'il se remet à l'ouvrage, écrivant une longue « préface philosophique » qu'il n'achèvera jamais. En 1861, il termine son roman, près de Waterloo (qui y tient un rôle considérable). En octobre 1861, il signe un contrat avec son éditeur qui lui assure 300 000 francs (une véritable fortune pour l'époque). *Les Misérables* peuvent passer pour un roman historique ou un roman à thèse ; en fait, c'est une épopée d'un genre spécial, une épopée du peuple ; c'est aussi un énorme pamphlet indigné plutôt que satirique, plein de naïvetés et de déclamations, mais toujours puissant et généreux. Il est certain que Hugo a subi, au début de son roman, l'influence de Balzac ; la description du personnage et des habitudes de monseigneur Myriel, celle de M. Gillenormand, à quelques outrances près, par sa précision, son souci de n'omettre aucun détail vivant, pourraient presque prendre place dans *La Comédie humaine*. Toutefois, cette imitation est bientôt étouffée par le lyrisme, le caractère épique du récit. Non moins grande est l'influence exercée sur Hugo par les romans-feuilletons qui venaient de faire connaître à leurs auteurs une popularité sans précédent : les *Mémoires du diable* de Frédéric Soulié sont de 1851. *Les Mystères de Paris* (*) d'Eugène Sue de 1842. Bien que *Les Misérables* n'aient jamais été publiés en feuilleton, Hugo emploie souvent la technique du genre, qui laisse le lecteur haletant et le force à poursuivre sa lecture. On peut encore déceler dans *Les Misérables* bien d'autres influences, celles des romans socialistes et sentimentaux de George Sand, par exemple ; retenons surtout celle des socialistes français et particulièrement des utopistes comme Cabet, Proudhon et Fourier. Est-ce à dire que Victor Hugo n'est pas lui-même dans *Les Misérables* ? Tout au contraire, il est peu d'œuvres qui soient plus représentatives de sa personnalité, peu qui reflètent mieux ses défauts : l'enflure, l'incohérence, la tendance à la déclamation et au fatras, et ses qualités : sa générosité humaine, son pouvoir de s'indigner et d'imposer ses indignations, et surtout ce sens, qu'on ne peut lui dénier, de la grandeur.

Le roman comprend cinq parties : la première, « Fantine », s'ouvre sur le long portrait d'un saint homme, M. Myriel, évêque de Digne, incarnation des plus authentiques vertus chrétiennes. Dès le deuxième livre apparaît le personnage qui sera le héros de tout le roman, le forçat Jean Valjean. Jean Valjean est un homme du peuple, l'homme du peuple par excellence, un homme qui aurait pu être bon si les circonstances, si la société le lui avaient permis, mais sa vie infernale en a fait l'individu le plus misérable, le moins éclairé ; vivant dans une atmosphère sordide où les meilleurs deviendraient des damnés, il s'est réfugié dans une inconscience complète, accablé sous les coups d'un destin féroce. Pour avoir volé du pain pour des neveux qui n'avaient rien à manger depuis plusieurs jours, il a été envoyé au bagne ; ses tentatives d'évasion ont retardé à plusieurs reprises sa délivrance. Il n'en sort qu'au bout de vingt ans, aigri, diminué, gâté par d'odieuses promiscuités. La société a fait d'un être faible une bête brute, et elle entend le traiter comme tel. La seule force qui demeure dans ce forçat est la haine. La liberté qu'on lui rend ne peut plus faire de lui qu'un criminel ; il est admis dans la société, à condition qu'il reste en marge ; on le considère comme un paria, comme un pestiféré, et tous s'écartent de lui. Arrivé à Digne, il est repoussé de partout et ne trouve d'asile que chez l'évêque qui le traite comme un égal, sans même s'informer d'où il vient et qui il est. La confiance de M. Myriel émeut Jean Valjean, mais plus encore le trouble et le gêne. Au cours de la nuit qu'il passe à l'évêché, il est repris par ses hantises et vole les seuls objets précieux que l'évêque conservait : deux candélabres d'argent. Arrêté, reconduit chez sa victime, il croit à un véritable prodige lorsque M. Myriel affirme avec tranquillité que c'est lui qui a fait présent des deux candélabres à son hôte. En quittant Digne, Valjean commet sans l'avoir voulu un dernier larcin, en volant un petit ramoneur. Mais la miséricorde de l'évêque fait son chemin dans cette âme obscure : une faible lueur s'allume en lui, et une singulière métamorphose commence. Au livre III, « En l'année 1817 », l'auteur nous conduit dans le milieu des étudiants de Paris ; une jeune fille, Fantine, séduite par l'un d'entre eux, se voit abandonnée. Seule, désespérée, elle tente d'élever la petite fille, Cosette, qui lui reste de cette liaison ; puis, à bout de force, elle la confie à une aubergiste rencontrée par hasard, la Thénardier, et disparaît. Au livre IV, nous apprendrons quelle est la vie de la petite fille abandonnée à ce couple louche d'aubergistes, qui exigent des sommes considérables de la mère et traitent Cosette comme une misérable servante. Avec le livre V, nous faisons la connaissance d'un industriel de Montreuil-sur- Mer, dont l'habile conduite commerciale est décrite avec le même enthousiasme et la même précision que dans les romans de Balzac. Cet homme mystérieux, qui est en train de faire une fortune considérable dans l'industrie des verroteries noires, n'est autre que Jean Valjean, qui se fait appeler M. Madeleine. Sa popularité est grande à Montreuil où sa générosité, toute chrétienne, lui conquiert l'estime générale et lui vaut le poste de maire. Fantine, qui a été quelque temps ouvrière chez M. Madeleine, puis a été renvoyée à la suite d'une dénonciation, est recueillie par l'industriel qui essaie de réparer le mal qu'on lui a fait en son nom. Un homme, cependant, épie le maire de Montreuil : cet homme est un inspecteur de police, Javert, qui a cru reconnaître dans cet honorable bourgeois l'ancien forçat Jean Valjean (livre VI). Un événement imprévu vient jeter le trouble dans l'âme de M. Madeleine : on juge aux assises d'Arras un homme, vagabond et malfaiteur de petite envergure, en qui on a cru reconnaître l'ancien forçat Valjean. Toute l'accusation repose sur cette fausse identification. Après de longues hésitations (le fameux chapitre : « Une tempête sous un crâne », livre VII, chap. 3), M. Madeleine se rend aux Assises et déclare, dans la salle d'audience, au milieu de la stupeur générale, que Jean Valjean c'est lui. L'ancien forçat est confié à la garde de Javert, mais réussit à s'évader, tandis que meurt Fantine, heureuse, car elle attend le retour auprès d'elle de sa petite Cosette.

La deuxième partie des *Misérables,* « Cosette », débute par une visite de l'auteur au champ de bataille de Waterloo. La mention d'un fait divers survenu après la bataille, le sauvetage par un simple soldat, Thénardier, d'un colonel d'Empire, le baron Pontmercy, est le prétexte choisi par Hugo pour tenter de recomposer un tableau objectif de la fameuse journée. Au livre II, nous retrouvons le forçat Jean Valjean, repris et renvoyé aux galères. Il s'évade de nouveau en se jetant à la mer ; les autorités le considèrent dorénavant comme mort noyé. Valjean avait déposé une partie de sa fortune dans le bois de Montfermeil, à deux pas de l'auberge des Thénardier. Au cours d'un voyage à sa cachette, il rencontre la petite Cosette, la délivre de cet enfer où elle vivait, et décide de se charger de son éducation. L'homme et la petite fille habitent quelque temps une obscure masure située dans un des quartiers les plus mal famés et les plus solitaires de Paris. Mais la police retrouve la trace de Valjean ; celui-ci, pourchassé par les rues et bientôt cerné, trouve son salut en franchissant le mur d'un couvent, le Petit Picpus. Trois livres sont consacrés par Hugo à décrire la vie au jour le jour de ce couvent de bernardines et surtout à exposer ses idées sur la vie monastique. Il le fait d'ailleurs avec un tact et même une relative compréhension qui sont tout à son honneur. Par un coup de chance inouïe, le jardinier du couvent est un ancien habitant de Montreuil-sur-Mer, à qui, autrefois, M. Madeleine a sauvé la vie. Afin de se faire accepter comme jardinier adjoint, Jean Valjean conçoit un projet singulier : pour sortir du couvent et y rentrer de nouveau, en tant que frère du jardinier, il prend la place d'une religieuse morte, se fait enterrer dans son cercueil, puis se présente à la mère supérieure. Cet épisode, digne d'Alexandre Dumas, se termine par la réussite de l'opération ; Jean Valjean et Cosette sont intégrés dans la communauté et n'ont plus rien à craindre de la police.

La troisième partie, « Marius », nous introduit dans l'intimité de trois nouveaux personnages qui vont tenir dans l'œuvre une place considérable : le premier, c'est Gavroche, le personnage le plus populaire du roman, dont le nom deviendra bientôt un nom commun. Gavroche, c'est l'incarnation du gamin de Paris, à la fois enfant malingre et homme fait par la maturité que lui donnent la misère et la nécessité de subvenir à ses propres besoins, cœur d'or et ferment de révolution, malicieux, effronté, spirituel, « au demeurant, le meilleur fils du monde ». Gavroche n'est autre que le fils de l'aubergiste Thénardier, qui l'a abandonné. En contraste avec cette personnification de l'« avenir latent » du peuple, Hugo nous présente au livre II le portrait d'un grand bourgeois, issu tout droit du XVIIIe siècle, M. Gillenormand, nonagénaire voltairien, ami du plaisir et homme d'Ancien Régime. C'est un des personnages les plus vivants, les plus réussis de toute l'œuvre. M. Gillenormand a laissé, malgré sa répugnance pour « le Bonaparte », sa seconde fille épouser un baron d'Empire, le colonel Pontmercy, mort à Waterloo. Sa fille n'a pas survécu, et de cette malencontreuse histoire de famille il n'est resté qu'un fils, Marius. En atteignant l'âge d'homme, Marius découvre que le monde n'est pas tel que le lui a décrit son grand-père. En faisant ses études de droit, il entre en relations avec un groupe d'étudiants républicains épris de la démocratie antique, et n'attendant qu'une occasion pour se révéler des révolutionnaires actifs. Ce sont : le très beau et très insensible Enjolras (Hugo a certainement pensé à Saint-Just en traçant ce portrait) ; Combeferre, le logicien, plus humain qu'Enjolras ; Prouvaire, l'érudit, un ouvrier en éventails ; Feuilly, Courfeyras, le modéré. Mais Marius n'est pas au bout de ses surprises : à la suite d'un singulier concours de circonstances, il découvre que son père, le baron Pontmercy, n'est pas mort, qu'il vit en Normandie et n'a renoncé à voir son fils que pour lui éviter d'être déshérité par son grand-père, Gillenormand. Mais Marius ne retrouvera son père que sur son lit de mort ; et devant le cadavre il lui jurera fidélité à son idéal. On sait que, en décrivant Marius, Hugo a voulu se peindre tel qu'il était à vingt ans : idéaliste et ignorant, chaste et passionné. Le livre VII nous introduit dans les bas-fonds de Paris, et l'évocation de quatre redoutables bandits est le prétexte à une apostrophe quelque peu déclamatoire. Nous découvrons ensuite la famille Thénardier à Paris : Thénardier et sa femme, ruinés et exaspérés par la misère, sont devenus d'assez sordides personnages, à demi-mendiants, à demi-brigands. Ils réussissent à attirer dans leurs filets une bonne âme, M. Leblanc, en qui nous reconnaissons bientôt la troisième incarnation de Jean Valjean. Celui-ci vit maintenant tranquille avec Cosette qui passe pour sa fille ; rendu prudent par ses aventures successives, il se cache, mais n'en poursuit pas moins patiemment cette lente métamorphose de lui-même qui commença autrefois à Digne. Les Thénardier ont flairé que cet homme avait tout intérêt à préserver le mystère dont il s'entourait. Leblanc, compatissant, essaie de les aider, sans se douter à qui il a affaire. Thénardier est sur le point d'exercer sur lui un odieux chantage et, devant sa résistance, s'apprête à le torturer, quand Marius, voisin de chambre des Thénardier, qui a surpris une conversation atroce entre Thénardier et sa femme au sujet de Leblanc, fait intervenir la police, en la personne de Javert. Les bandits sont arrêtés, mais Jean Valjean a réussi lui aussi à disparaître, ne tenant pas à faire l'objet d'une enquête.

Le livre Ier, « Quelques pages d'histoire », de la quatrième partie : « L'idylle rue Plumet et l'épopée rue Saint-Denis », entend être une sorte de panorama politique de la France en 1831-1832. Hugo y fait preuve d'une certaine pénétration historique, qu'il présente d'ailleurs comme une perspicacité prophétique. Le livre II est consacré à l'étonnante fille de Thénardier, Éponine, à demi corrompue, à demi sublime, qui sert de lien entre les différents personnages ; à propos de la détention de Thénardier et de ses complices, l'auteur nous fait entrer dans le monde des prisons dont il trace une image assez saisissante. Puis, nous passons dans l'étrange et secrète maison de la rue Plumet, habitée par Jean Valjean et Cosette. Marius a rencontré au Luxembourg Cosette, accompagnée de celui qu'il croit être son père ; il s'est aussitôt épris pour elle d'un amour où la timidité et le respect se mêlent à la passion la plus vive. Victor Hugo s'étend ici avec complaisance sur cette idylle aussi conventionnelle que fade. Mais les événements s'accélèrent : Thénardier s'évade de prison avec l'involontaire complicité de son fils, Gavroche, qu'il reconnaît à peine. Marius va demander à son grand-père, M. Gillenormand, l'autorisation d'épouser Cosette. Il n'en tire que des sarcasmes et s'enfuit, alors que le vieillard, désespéré, tente en vain de le rappeler. Puis Cosette disparaît, Jean Valjean, inquiet, ayant jugé utile de changer de domicile. Mais les aventures des personnages passent au second plan, le véritable héros du roman, c'est maintenant le peuple de Paris insurgé. Longtemps préparé, longtemps travaillé, il se soulève à l'occasion des funérailles du général Lamarque, bonapartiste et républicain. Après certaines considérations quelque peu emphatiques, mais généreuses, sur le peuple et sur l'esprit révolutionnaire de Paris, Hugo dresse minutieusement un tableau complet de l'émeute. Les barricades semblent s'élever du sol ; des boutiques sortent des armes et des hommes décidés et austères. Sur la barricade de la rue de l'Homme-Armé, près de la rue Saint-Denis, se retrouveront et fraterniseront les personnages les plus sympathiques à Hugo : Enjolras et sa bande, Gavroche ; plus tard, Marius, amené là tout autant par le désespoir d'avoir perdu Cosette que par des sentiments républicains qu'il croit être l'héritage sacré de son père ; Jean Valjean enfin, blessé au cœur depuis qu'il sait que Cosette aime, et résolu à se sacrifier pour lui rendre son indépendance. Hugo sait trouver, dans l'évocation de cette émeute qu'il traite comme une épopée, des accents d'une grande noblesse et dont la conviction entraîne le lecteur. Il se révèle ici un admirable narrateur, plus apte à manier des masses que des individus, à évoquer des actions plutôt que des sentiments.

La cinquième partie, « Jean Valjean », est tout entière consacrée à la réhabilitation et à la mort de l'ancien forçat. Après s'être vu confier la garde de l'inspecteur de police Javert, qu'il feint d'exécuter sommairement mais qu'il libère, Jean Valjean sauve Marius, blessé lors de l'assaut des troupes contre la barricade, au cours de laquelle meurent la plupart des héros républicains. Il disparaît dans une bouche d'égout avec son fardeau. Hugo ne peut s'empêcher ici de placer un fort long discours, plein d'érudition et de considérations politico-socialo-économiques, sur les égouts de Paris (livre II : « L'Intestin de Léviathan »). Puis nous suivons l'invraisemblable pérégrination de Jean Valjean dans ces cloaques, au cours de laquelle il manifeste une vigueur physique et une force d'âme peu communes. La rencontre avec Thénardier qui s'y cache pour d'autres motifs (les deux hommes ne se reconnaissent pas) le sauve ; il peut alors sortir de l'égout et ramener Marius chez son grand-père. Le vieillard pense mourir de chagrin en voyant son petit-fils dans un tel état, puis de bonheur en le voyant se rétablir. Mais Marius ne revient à la vie que pour retrouver Cosette. Devant une telle continuité de vues, Gillenormand et Valjean s'inclinent et font tout pour rendre heureux les deux jeunes gens. Entre-temps, Javert, que l'incompréhensible générosité de Jean Valjean a rendu fou, se jette dans la Seine. Le bonheur de tous serait complet si Marius n'était saisi de quelque soupçon devant la singulière personnalité de son beau-père et si celui-ci ne s'isolait de plus en plus dans une solitude inexplicable. Enfin, Jean Valjean avoue à Marius sa véritable personnalité et donc qu'il n'est pas le père de Cosette. D'un commun accord, les deux hommes décident que Valjean ne viendra voir Cosette seule que de temps en temps, et qu'il espacera ses visites jusqu'à disparaître définitivement. Un nouveau coup de théâtre fait connaître à Marius quel héros et quel saint fut celui qu'il croyait son beau-père. Il l'apprend à Cosette et tous deux se rendent en grande hâte chez Jean Valjean. Ils le trouvent agonisant ; non seulement il consent à mourir, mais il appelle la mort. La vue de ceux qu'il considère comme ses enfants lui donne le plus grand bonheur de sa vie et il meurt dans leurs bras, rasséréné et justifié.

Les Misérables sont donc loin de n'être que l'histoire, touchante certes, mais quelque peu invraisemblable et mélodramatique, de la réhabilitation d'un forçat victime de la société. Jean Valjean est plutôt un fil conducteur et un symbole ; c'est un géant terrassé par le destin, une victime exemplaire ; c'est surtout l'illustration, la personnification d'une thèse généreuse et exaltée. Le véritable personnage, c'est le peuple de Paris, dont Victor Hugo retrace avec une chaleur communicative, une force émouvante et un incontestable talent épique, les petites misères et les heures glorieuses. Il faut ajouter qu'entre ce fond éclatant de sons et de couleurs et les figures de premier plan le contact reste toujours parfaitement établi, comme si un seul et même courant de vie passait des uns aux autres et que l'ensemble ne tendît qu'à reconstituer l'image d'une humanité souffrante, misérable, mais toutefois pleine de grandeur. C'est même dans la mesure où les personnages se mêlent, participent à cette humanité, qu'ils attirent la sympathie d'Hugo et qu'ils nous émeuvent et nous captivent. Devant l'incompatibilité radicale entre le beau et l'horrible, entre les intentions et les actes, entre les causes et leurs conséquences, Hugo ne peut voir le bien que dans l'expiation, le mal que comme un fatal déterminisme social ; et ce contraste est d'autant plus dramatique, d'autant plus irrémédiable, que le mal n'est pas toujours en nous-mêmes et que la victoire du bien ne sera pas assurée par des victoires individuelles, mais seulement par le triomphe de l'humanité dans son ensemble. Ce sont ces vues qui créent la véritable tragédie des *Misérables*, qui unissent entre eux tous les personnages et qui donnent à l'œuvre son homogénéité, son unité, malgré son apparent désordre. Dans ce cadre, Jean Valjean n'est pas seulement un symbole, c'est un archétype humain, c'est une manière de Christ qui prend sur lui le péché du monde et l'expie. Victime tout d'abord inconsciente, accablée par les humiliations et vouée à l'abrutissement qui semble faire partie intégrante de la condition humaine, du moins de la condition humaine dans un état social donné, il s'éveillera peu à peu à son destin ; non seulement il le supportera, mais il l'assumera pleinement et, dans l'immense et continu effort qu'il s'imposera pour se racheter, c'est l'humanité tout entière qu'il entraînera dans cette expiation.

Cependant, plutôt que par cette idéologie généreuse, ce caractère épique, c'est surtout par l'évocation si pittoresque et, le plus souvent, si vraie de la réalité que *Les Misérables* demeurent vivants ; c'est par là aussi qu'ils ont exercé une profonde influence sur l'évolution du roman français. Roman sur le peuple, *Les Misérables* sont aussi un roman pour le peuple, dont le succès ne s'est pas démenti jusqu'à nos jours.

MISTRAL Frédéric. Écrivain de langue provençale. Né au mas du Juge à Maillane (Bouches-du-Rhône) le 8 septembre 1830, mort à Maillane le 25 mars 1914. Ses parents étaient de petits propriétaires terriens provençaux. Sa mère n'avait guère plus de vingt ans quand il naquit, son père près de soixante. Il fit ses études au collège royal d'Avignon, dont il sortit bachelier en 1847, puis ses études de droit à la faculté d'Aix où il passa sa licence en 1851. Dès le collège, il traduisait en langue provençale les *Psaumes de la pénitence,* et s'était lié avec un répétiteur, Joseph Roumanille, fils d'un jardinier de Saint-Rémy. Alors que la révolution de 1789, et le règne de Napoléon avaient instauré en France un régime de centralisation administrative complet, Roumanille, la Restauration venue, rêvait de rendre ses lettres de noblesse à la langue provençale officiellement bannie, depuis l'ordonnance de Villers-Cotterêts en 1539. Poètes, ouvriers ou paysans, auteurs d'essais grammaticaux s'y essayaient mais ne parvinrent pas à faire le succès des assemblées littéraires que Roumanille réunit à Arles en 1852 et à Aix en 1853 (Zola, âgé de treize ans, assistait à celle-là). Décidé à ne pas quitter le mas paternel, Mistral se fit remarquer dès 1851 par sa collaboration (dix poèmes) aux *Provençales,* recueil collectif de vers, et il entreprit aussitôt d'écrire une épopée en plusieurs chants : *Mireille* (*), qui ne vit le jour que beaucoup plus tard. Des relations d'amitié et de bon voisinage le liaient à de jeunes intellectuels, eux aussi épris du renouveau des lettres provençales, et en particulier à l'imprimeur Théodore Aubanel, qui appartenait à une vieille famille bourgeoise d'Avignon. Le 21 mai 1854, fête de la Sainte-Estelle, « en pleine lumière de la vie et de l'air », Roumanille, Mistral, Aubanel et quatre autres littérateurs provençaux se réunirent au domicile de Font-Ségugne, près du village de Gadagne, et décidèrent de fonder une école littéraire. Mistral se souvint d'un vieux récitatif de saint Anselme qui évoquait « les sept félibres de la loi » discutant au Temple avec Jésus. Il baptisa les sept compagnons « félibres », sans que l'on puisse connaître exactement l'étymologie ni la signification du mot. Le « félibrige » prit le chiffre sept comme nombre sacré, sainte Estelle pour patronne, et Mistral jura d'écrire sa « Loi ». À la mort de son père en 1855, le mas du Juge passa à son frère aîné, et lui-même alla habiter avec sa mère la maison d'en face, dite du « Lézard », à cause du petit reptile de pierre qui en surmontait le seuil.

Il collabora activement à l'*Almanach provençal,* recueil annuel du groupe, contenant des contes et des poèmes, et destiné à régénérer la langue, à établir surtout des règles précises d'orthographe, le provençal n'étant plus guère que dialecte parlé. Dans le même dessein, Mistral entreprit un vaste travail linguistique et lexicographique, qui aboutit en 1878 à la publication, à ses frais, du *Trésor du félibrige*, dictionnaire provençal-français extrêmement copieux. *Mireille,* enfin lue en public, à Marseille, le 29 octobre 1858, éditée en 1859 par Roumanille, vivement louée par Lamartine, connut à Paris même un vif succès. Entre les ténèbres, le spleen des *Fleurs du mal* (*) (1857) et la force épique et chevaleresque de *La Légende des siècles* (*) (1859), on eut plaisir à saluer ce poème de lumière et d'amour. Son succès fut plus vif encore lorsqu'en 1864 Gounod, avec la collaboration de Mistral, en fit le thème d'un opéra-comique. En 1867, après n'avoir effectué dans la capitale que de brefs séjours, Mistral publia *Calendal*, qui a pour théâtre la « Provence orientale ». Il s'était lié d'amitié avec Alphonse Daudet, de dix ans son cadet, et servit de témoin à son mariage. Lorsqu'en 1862 le neveu de Mistral se suicida au mas du Juge par désillusion amoureuse, Daudet y puisa le thème de son *Arlésienne*. Si Saint-René-Taillandier, professeur de la faculté de Montpellier, servait de tuteur et pour ainsi dire de caution universitaire au félibrige alors en pleine expansion, Mistral était déjà reconnu comme le chef littéraire incontesté du mouvement. En cette qualité, il récita au Peyrou de Montpellier, en août 1867, l'*Ode à la race latine*. Ce fut au cours de cette inauguration que les poètes catalans, chassés d'Espagne par la Révolution offrirent aux félibres une coupe, véritable Graal félibréen, pour lequel il composa la *Coupo Santo,* hymne encore à l'honneur chez tous les Provençaux.

Le sursaut patriotique, qui remit en vogue les forces provinciales et régionales au lendemain du siège de Paris et de l'invasion, renforça le mouvement félibre, qui célébra le cinquième centenaire de la mort de Pétrarque par de grandes fêtes à Avignon et toutes sortes de manifestations à Marseille, Aix, Arles et Montpellier, où Mistral reçut l'appui des spécialistes des langues romanes tels Gaston Paris et Michel Bréal. 1875 fut une année particulièrement importante pour Mistral. Il publia, sous le titre *Les Îles d'or*, un recueil de tous les poèmes composés depuis sa jeunesse, et qui pour beaucoup contient le meilleur de lui-même. Le 21 mai 1876, le félibrige reçut à Avignon une constitution très complète dont Mistal traça les grandes lignes, et qui leur a survécu. Un « capoulié » préside la république félibréenne, dont chaque dialecte provençal constitue une maintenance. Tous les sept ans, les jeux Floraux rassemblent la nation félibre et leur lauréat, et choisissent la reine du félibrige pour sept ans. En septembre de cette même année, Mistral âgé de quarante-six ans révolus, épousa à Dijon Marie Rivière, fille d'un négociant dijonnais d'origine dauphinoise, de vingt-sept ans sa cadette. En 1883, sa popularité avait dépassé de loin la Provence. Le café Voltaire à Paris avait ouvert un livre d'or à sa gloire. Lorsqu'en 1884 il publia *Nerte*, « poème avignonnais », l'Académie lui fit partager – avec Gustave Droz – le prix Vitet. Puissamment soutenu par Paul Mariéton, riche Lyonnais devenu félibre fervent, Mistral assista au même moment à l'apothéose parisienne du félibrige. Avec l'appui de nombreux intellectuels de langue romane, il songea même à une sorte de véritable fédération internationale du félibrige, allant du Portugal à la Roumanie. Les dix mille francs du prix Jean Reynaud, de l'Académie, lui permirent de fonder en 1891, à Avignon, un journal provençal intitulé *L'Aïoli.* Avec l'aide de Folco de Baroncelli-Javon et Marius André, cette publication parut trois fois par mois pendant sept ans.

Depuis la fin du second Empire, les tentations politiques n'avaient pas manqué au félibrige, parfois accusé de menées séparatistes par la presse parisienne. Le débat, qui se prolongeait dans l'opinion française autour du dilemme monarchie-république, renforçait ces tentations que, pour sa part personnelle, Mistral s'efforça de surmonter, ou tout au moins d'arbitrer. En 1878, il dut sacrifier à Roumanille le pieux mais sensuel Aubanel, imprimeur du pape, bizarrement devenu suspect de républicanisme et d'immoralisme aux yeux de la société bourgeoise d'Avignon. Aux élections de

1880, Mistral refusa de se porter candidat des conservateurs monarchistes et de leur parti « usé jusqu'à la corde ». En 1890, année où fut publiée *La Reine Jeanne*, il apparaissait que l'action linguistique du félibrige comportait une part d'illusion et qu'elle ne pourrait aboutir à l'enseignement du provençal dans les écoles primaires ; aussi bien en mars 1892, une partie du jeune félibrige se lançait avec Charles Maurras dans l'action politique. Mistral condamna la politisation du félibrige, ne se rallia pas à L'Action française, tout en gardant sa sympathie à la droite de *L'Époque,* qui correspondait le mieux à ses efforts de rénovation provençale. Il apporta son appui à la Ligue de la patrie française, fut anti-dreyfusard, anti-combiste, « son amitié pour Maurras ne s'est jamais démentie » (Thibaudet) ; il refusa, en 1907, de cautionner la rébellion des vignerons montpelliérains contre le pouvoir central. Mais il serait présomptueux de vouloir préciser une doctrine politique de Mistral. À partir de 1900, dans un climat pourtant tout enfiévré par les querelles d'opinions, il allait avec beaucoup de sérénité consacrer sa vieillesse à l'exaltation pacifique des lettres provençales. Déjà, en 1897, avait paru *Le Poème du Rhône*.

Acquéreur d'une grande maison sur la route de Saint-Rémy, recevant courrier, cadeaux et visites de France et de nombreux pays, Mistral devint alors tel que la postérité l'a durablement retenu : coiffé du large et légendaire chapeau de feutre noir auréolant son noble et fin visage de mousquetaire qu'allongeait la barbiche à l'impériale, cravate nouée lâche sous le col bas, fierté à la fois accueillante et souveraine, un rien de pose dans l'attitude. En 1906 parurent *Mes origines. Mémoires et récits*. En 1904, le poète avait reçu la moitié du prix Nobel, cent mille francs. Il les consacra à installer à Arles le « Museon arlaten », où l'on peut trouver une image totale de la Provence : rustique, pastorale, maritime, fluviale, citadine, artisanale, familiale. Peu après, il entreprit, au cimetière de Maillane, de faire édifier son tombeau, copie du pavillon où la reine Jeanne et la princesse des Baux tenaient leur cour d'amour, mais que surmonte la croix au lieu de la pomme de pin. Ce fut à son tombeau qu'il consacra la dernière prière de son dernier recueil de vers, *Les Olivades*, paru en 1912. L'inauguration pompeuse de sa statue à Arles en 1909, assez médiocre agrandissement d'une figurine de trente centimètres, ne lui causa sans doute qu'une demi-satisfaction : il refusa, quoique dispensé des visites protocolaires, toute candidature à l'Académie française. Les fêtes félibréennes d'Aix, en mai 1913, lui firent un succès d'apothéose, et, en octobre de la même année, Raymond Poincaré fit arrêter son train présidentiel près de Maillane pour aller visiter Mistral et l'emmener déjeuner dans son wagon. Le 18 mars 1914, Mistral sortit pour aller présider au baptême de la cloche de l'église de Maillane, dont il avait composé en vers l'inscription votive. Le froid le saisit. Il mourut quelques jours plus tard. En 1926 parut, à titre posthume, *Prose d'almanach*, et en 1927 *Nouvelle Prose d'almanach* et *Dernière Prose d'almanach*. Témoignage de l'émulation qu'il avait suscitée, Mistral laissait au « Museon arlaten » vingt in-folio de coupures de presse, à la bibliothèque d'Avignon cinquante mille lettres de correspondants ; douze mille lettres qu'il échangea avec ses amis sont conservées dans les collections privées et publiques du Midi. Sa femme, gardienne vigilante de son souvenir, comme elle l'avait été, de son vivant, de son œuvre, lui survécut jusqu'en 1943.

Si l'œuvre écrite de Mistral vit par elle-même durablement et, pour une grande part, sauve en France et hors de France le félibrige du dépérissement, la vie même de Mistral appartient de très près à l'histoire du félibrige. Grand écrivain, il fut aussi chef d'école, quoique souvent par son génie et sa personnalité il se plaçât — involontairement — en dehors de cette école. Ainsi il assuma seul une œuvre personnelle très considérable, sans cesser de proclamer qu'il incarnait avant tout la « Causo ». L'épitaphe qu'il a imaginée pour son tombeau exprime parfaitement ce vœu : « Non nobis, Domine, non nobis, sed nomini tuo et Provinciae nostrae da gloriam » [Non pas à nous, Seigneur, non pas à nous, mais à ton nom et à notre Provence donne la gloire].

JACQUES BOUDET.

♦ *« Il écrit dans la langue de nos domestiques. »* A. de Pontmartin. ♦ *« À l'exception d'Homère, nous n'en avons lu aucun qui ait pour nous un charme plus inattendu, plus naïf, plus émané de la pure nature... »* Lamartine. ♦ *« Mistral a restauré la langue de son pays, et par là, en même temps qu'il retrouvait une expression au contour des rochers, à la physionomie des plantes et des animaux, à la transparence de l'air, à la beauté des nuages et par cette même voie aux mœurs locales, il restituait à son univers natal son sens naturel. Il a rendu confiance à une société qui s'était désaffectionnée d'elle-même. »* Maurice Barrès.

RÉF. : Marius André, *La Vie harmonieuse de Mistral,* Paris, 1928. — Armand Praviel, *Notre Mistral,* Paris, 1930. — Jules Véran, *La Jeunesse de F. Mistral,* Paris, 1930. — Charles Brun, *Mistral précurseur et prophète,* Paris, 1930. — Pierre Lasserre, *Frédéric Mistral, poète, moraliste, citoyen,* Paris, 1930. — Marcel Coulon, *Dans l'univers de Mistral,* Paris, 1930. — Alfred Dagan, *Frédéric Mistral, sa vie et son œuvre,* Avignon, 1930. — Léo Larguier, *Mistral,* Paris, 1930. — Albert Thibaudet, *Mistral ou la république du soleil,* Paris, 1930. — Charles Maurras, *La Sagesse de Mistral,* Paris, 1931. — *Aspects de Mistral,* recueil collectif, Marseille, 1931. — Victor Poucel, *Mistral,* Aix-en-Provence, 1935. — Jean Soulairol, *Humanité de Mistral,* Paris, 1941. — Pierre Devoluy, *Mistral ou la rédemption d'une langue,* Paris, 1942. — Marcel Decremps, *Mistral mage de l'Occident,* Paris, 1954. — Robert Lafont, *Mistral, ou la grande illusion,* Paris, 1955. — Jean Pélissier, *Frédéric Mistral au jour le jour* Gap, 1967. — Jean-Paul Clébert, *La Provence de Mistral,* Aix-en-Provence, 1980 ; *Mistral ou l'Empire du soleil,* Paris, 1983.

Mithridate. Tragédie de l'auteur dramatique Jean Racine (1639-1699), représentée à

Paris en 1673 sur la scène de l'Hôtel de Bourgogne. La pièce se déroule à Nymphée, ville de la Chersonèse Taurique (Crimée). Alors que Mithridate passe pour mort, sont en présence une jeune fille appelée Monime et les deux fils du roi, Xipharès et Pharnace, nés de mères différentes et politiquement adversaires. Les deux jeunes gens sont épris de Monime que devait épouser leur père ; mais cette dernière, en secret, brûle pour Xipharès. À Pharnace qui lui offre son cœur et la couronne, elle répond que jamais elle ne s'unira à l'allié des Romains, mais le soupirant se doute qu'il y a une autre raison à ce refus. Tandis que la rivalité s'affirme entre les deux frères, on apprend que le roi, toujours vivant, sera prochainement de retour. Vaincu, fugitif et toujours amoureux de Monime, le vieillard découvre que Pharnace en est épris et la confie à Xipharès dont il ignore l'inclination. Monime révèle son amour à Xipharès, tout en décidant de rester fidèle au serment qui la lie à Mithridate. Le roi, qui projette d'envahir l'Italie du Nord et de combattre Rome dans Rome, laisse à Pharnace le soin de défendre ses États et lui enjoint d'épouser la fille du roi des Parthes. Mais le fils lui conseille de faire alliance avec les Romains et refuse le mariage proposé. Et comme Mithridate reproche à Pharnace son amour pour Monime, ce dernier lui révèle que Xipharès éprouve pour elle une passion qui est payée de retour. Mithridate, inquiet, fait semblant de vouloir céder Monime à Xipharès dont l'âge, dit-il, s'harmonise mieux avec le sien, et la jeune fille, prise au piège, ne peut dissimuler son amour. Mithridate aux abois voudrait hâter ses noces ; mais Monime refuse, maintenant que son secret lui a été odieusement arraché, et elle préfère la mort à laquelle Xipharès, lui aussi, est certainement destiné. Le vieillard, partagé entre la jalousie, l'amour et son désir de vengeance, apprend soudain que les Romains sont aux portes de la ville et que Pharnace tente de faire passer les soldats à l'ennemi. Il court au combat et envoie à Monime un poison qu'elle sera heureuse de boire ; mais bientôt, un nouvel envoyé arrive, qui lui arrache des mains le breuvage, toujours par ordre du roi. Mithridate, qui s'est battu avec vaillance, se transperce avec son épée pour ne pas tomber vivant au pouvoir des Romains. Le fidèle Xipharès, de son côté, a forcé l'ennemi à se rembarquer. Mithridate, transporté mourant sur la scène et heureux d'avoir vu les envahisseurs en fuite, ne s'oppose plus au mariage de Monime et de Xipharès. Tragédie orientale, *Mithridate* présente le même schéma que *Bajazet* (*), mais avec un dénouement différent : l'écrasement du couple d'amoureux se résout en une fin lumineuse, du fait de la mort et de la conversion généreuse du tyran ; par l'application d'une structure proprement racinienne – et au moment même où il atteignait le sommet de la gloire avec son élection à l'Académie française –, le dramaturge pouvait se permettre sans se déjuger une fin cornélienne. En fait, la question se pose depuis longtemps de savoir s'il s'est agi pour Racine d'une volonté délibérée d'achever de « tuer le père » (Corneille) en transférant dans son propre système dramatique le principe cornélien du dénouement « généreux », ou si cette fin lumineuse annonce la prochaine « conversion » du poète qui se traduira dans les tragédies suivantes par les thèmes du salut – *Iphigénie* (*) – et du remords – *Phèdre* (*). Sans doute est-il vain de chercher à choisir. Retenons que les contemporains ont été sensibles pour leur part au fait que Racine réussissait avec cette tragédie la meilleure synthèse des différents systèmes tragiques du XVIIe siècle, la tragédie cornélienne de l'admiration et la tragédie galante de l'émotion : « On y pleure, on y est dans une continuelle admiration », écrit une spectatrice à Mme de Sévigné. Admiration, d'une part, en effet, devant le souffle épique que fait passer le roi Mithridate, à la fois politique hors pair avec ses grandioses projets de conquête de l'Italie et tyran retors qui fait souffrir de sa jalousie de vieillard amoureux ceux-là mêmes qui lui sont fidèles en dépit de leur amour partagé, Xipharès et Monime ; larmes, d'autre part, devant le sort et les souffrances de ce couple d'amants parfaits, égaré du monde du rêve pastoral dans celui du mensonge et de la cruauté ; larmes encore devant le chant d'amour et de mort, modulé par l'une des plus douces héroïnes raciniennes.

MODIANO Patrick. Romancier né le 30 juillet 1945 à Boulogne-Billancourt. Sa biographie se réduit à peu : études à l'école du Montcel à Jouy-en-Josas (Seine-et-Oise), au collège Saint-Joseph de Thônes (Haute- Savoie), au lycée Henri-IV (Paris) ; titulaire du baccalauréat, il n'entreprend pas d'études supérieures ; à partir de 1967, il n'exerce d'autre activité professionnelle que celle de romancier (il a obtenu en 1984 le prix de la Fondation Pierre de Monaco pour l'ensemble de son œuvre), et ne collabore à aucun journal ni revue ; marié, père de deux filles. Outre l'œuvre romanesque, il a publié un *Emmanuel Berl, interrogatoire* (1976), a donné au théâtre *La Polka* en 1974, année où il écrivit avec Louis Malle les dialogues du film *Lacombe Lucien.* Mais, derrière cette façade tranquille, se cachent des blessures, des inquiétudes qui auront suscité et nourri l'œuvre du romancier, même si celui-ci dit que l'absence de diplômes supérieurs a déterminé sa vocation d'écrivain puisqu'il ne pouvait rien faire d'autre. On ne peut manquer de rapprocher le décès de son jeune frère Rudy (1947-1957) et le vertige du vide, de l'absence qui hante la plupart des romans de Modiano. Une double origine, flamande par sa mère qui était actrice, juive italienne par son père, ne pourrait-elle éclairer la quête de l'identité, la recherche des indices et des souvenirs, la lutte contre l'oubli, qui constituent le sujet de *Rue des boutiques obs-*

cures (1978) mais qu'on retrouve aussi bien dans *Villa triste* (1975), *Dimanches d'août* (1986), *Vestiaire de l'enfance* (1989) ? Le mystère qui entoure la figure du père préside au récit des *Boulevards de ceinture* (1972), innerve le thème de la disparition, conduit aux mystères, aux zones d'ombre, aux paradoxes qui fascinent les lecteurs de Modiano et font le charme d'un roman comme *Un cirque passe* (1992). Albert Modiano était homme d'« affaires », mais son fils, Patrick, reconnaît n'avoir jamais su ni compris de quelles affaires il s'agissait. Il resterait à évoquer l'origine juive qui marque le premier roman de Modiano, *La Place de l'Étoile* (1968). Mais si des déterminations familiales fondamentales sont reconnaissables dans l'œuvre, celle-ci ne se limite pas à celles-là. Seuls *Remise de peine* et *Livret de famille* (1976) peuvent passer pour des récits autobiographiques. Si le narrateur de *La Place de l'Étoile* est juif, le roman dépasse ce qualificatif. De même, si l'Occupation, période trouble comme on le dit d'une eau impure, est dans l'œuvre une époque privilégiée, où s'inscrivent des trames romanesques entières ou de simples épisodes narratifs, ce n'est pas en tant que moment historique mais en tant que « lieu » propice à la création de cet art du flou, de la dualité qui caractérise Modiano et rend unique cet auteur qui a poussé le roman, art de l'illusion, à ses limites extrêmes, multipliant les perspectives fuyantes en une sorte de « trompe-imagination » qui emporte le lecteur dans un dédale où métamorphoses et songes estompent les rares certitudes qui lui sont données.

YANNICK PELLETIER.

MOLIÈRE (Jean-Baptiste Poquelin, dit). Dramaturge et comédien. Né et mort à Paris ; janvier 1622-17 février 1673. Parmi tant de légendes qui ont couru sur sa vie, nous ne possédons qu'un petit nombre d'éléments attestés. Sa naissance dans une riche famille de la bourgeoisie commerçante (il est fils, petit-fils et petit-neveu de marchands tapissiers). L'achat par son père, en 1631, de l'office de tapissier et valet de chambre ordinaire du roi, que détenait son oncle. La perte de sa mère à l'âge de dix ans ; de la femme que son père avait ensuite épousée, quatre ans plus tard. L'obtention de la survivance de la charge de son père, en 1637. Ses cours jusqu'en 1639 chez les jésuites du collège de Clermont (l'actuel lycée Louis-le-Grand), l'établissement le plus huppé de Paris, puis des études de droit jusqu'à la licence. Quant à son initiation au théâtre, les anecdotes sont nombreuses, mais guère fiables. Aussi doit-on se contenter de reprendre la prudence de l'auteur de la *Préface* de l'édition posthume de 1682 : « Au sortir des écoles de droit, il choisit la profession de comédien par l'invincible penchant qu'il se sentait pour la comédie. » Ses ennemis l'ont présenté comme un ancien assistant des fameux « opérateurs », l'Orviétan et Bary. S'il n'est pas impossible qu'il ait été l'un des farceurs qui attiraient le chaland devant les tréteaux des bonimenteurs, ce ne put être qu'entre la fin de ses études, vers 1642, et la constitution de « L'Illustre Théâtre », en juin 1643. On ignore aussi à quel moment il commença à fréquenter la famille Béjart et la belle Madeleine, de trois ans plus âgée que lui, comédienne déjà réputée tant pour ses qualités d'actrice, de danseuse, de musicienne, que pour son esprit et son amour de la poésie. Au plus tard en janvier 1643, en tout cas, date à laquelle il annonce à son père qu'il renonce à la charge de tapissier du roi au profit de son frère. On ne voit pas qu'ils aient rompu à cette occasion, puisque son père lui remet, outre sa part dans l'héritage de sa mère, une avance d'hoirie sur sa propre succession. Le 30 juin 1643, il signe à la constitution de L'Illustre Théâtre comme l'un des trois principaux acteurs masculins, et il signera rapidement seul, ou le premier, les actes concernant la compagnie, et ce, sous le nom de Molière, pseudonyme dont il ne voulut jamais révéler l'origine.

L'aventure de L'Illustre Théâtre se solda par une débâcle financière — Molière connut la prison pour dettes à deux reprises, en août 1645 —, mais l'expérience ne fut pas seulement celle d'un échec. Plusieurs mois de succès en 1644, la confiance des auteurs de tragédie, le patronage du plus grand prince du royaume (Gaston d'Orléans) en sont la preuve. C'est que ni la qualité de la troupe ni la qualité du répertoire n'étaient en cause : deux théâtres étant déjà solidement implantés à Paris, il n'y avait pas de place à cette époque pour trois compagnies théâtrales régulières possédant un répertoire de même nature, même si la nouvelle s'installait sur la rive gauche. D'ailleurs la période faste, de février à octobre 1644, s'explique par la fermeture temporaire du théâtre du Marais, détruit par un incendie le 15 janvier. En 1658 encore, Molière ne pourra prendre pied à Paris qu'en profitant une nouvelle fois d'une fermeture temporaire du Marais (d'avril 1657 à mars 1659) et ne s'imposera définitivement que dans la mesure où ses propres pièces connaîtront un succès de nouveauté et feront de lui l'auteur à la mode.

L'Illustre Théâtre dispersé, Molière et les Béjart sont recueillis par la troupe du duc d'Épernon, qui rayonne dans l'ouest de la France et dont Molière semble avoir pris la tête vers 1650. Les comédiens arrivent dans le Languedoc, dès 1647, à l'invitation du comte d'Aubijoux, à la fois lieutenant-général du roi pour le Haut-Languedoc et gouverneur de Montpellier. Grand seigneur éclairé, libertin et fastueux, véritable mécène, le comte d'Aubijoux fait inviter les comédiens à chacune des réunions annuelles des états de Languedoc (Montpellier, Pézenas, Béziers), ce qui leur assure une gratification annuelle considérable. Ainsi protégés, ils ne quittent guère le Languedoc que pour faire des séjours dans la région de Lyon, où est créée la première pièce (conservée) de Molière, *L'Étourdi*, sans doute dès

1653. Cette même année 1653 arrive en Languedoc le prince de Conti, frère cadet du Grand Condé, quatrième personnage du royaume, qui adopte à son tour la troupe de Molière, à laquelle il accorde son nom. La belle période languedocienne se termine brutalement à la fin de 1656 : d'Aubijoux meurt de la syphilis en novembre, et Conti, atteint du même mal, dont il mourra dix ans plus tard, commence à regarder du côté de la religion. Privés de protecteurs, les comédiens retournent à Lyon, où Conti, désormais hostile au théâtre, « leur fait dire de quitter [son] nom » en mai 1657. Ils passent encore quelques mois dans la région (rayonnant jusqu'à Dijon et Grenoble) avant de préparer leur retour définitif à Paris en séjournant à Rouen, le fief des frères Corneille, à partir du printemps 1658.

En octobre, la troupe arrive à Paris, pourvue du patronage de Monsieur, frère unique du roi, témoignage indiscutable de la notoriété déjà acquise par les comédiens – et de l'habileté stratégique de Molière qui avait appris qu'il n'était pas de réussite possible sans protecteur. Ils peuvent ainsi donner une représentation au Louvre, devant le roi et la Cour. Grâce à un usage ancien, Molière obtient de faire suivre *Nicomède* de Corneille d'une farce de son invention, *Le Docteur amoureux* (qui n'a pas été conservée) : séduit par le rythme de la farce et la virtuosité de l'acteur Molière, Louis XIV accorde aux comédiens de partager avec les Italiens la belle salle du Petit-Bourbon, qui jouxte le Louvre. La première représentation est donnée dès le 2 novembre, et le succès des deux premières comédies en cinq actes de Molière – *L'Étourdi* et *Le Dépit amoureux* – se transforme en triomphe un an plus tard avec *Les Précieuses ridicules* (*), qui n'étaient pourtant qu'une « petite comédie » toujours représentée à la suite de diverses pièces en cinq actes. Par ailleurs, la mort de son frère cadet lui laisse la charge de tapissier valet de chambre ordinaire du roi, qu'il avait abandonnée dix-huit ans auparavant. Cette fois, il n'y renonce pas : il n'a pas d'autre frère, et un titre d'officier de la maison du roi ne se laisse pas perdre, d'autant que ses trois mois de service par an à la Cour lui permettent d'approcher le roi. Le succès se confirme en mai 1660 avec *Sganarelle ou le Cocu imaginaire*, autre farce qui accompagne durant trois mois diverses reprises de pièces en cinq actes. En octobre, les comédiens sont chassés sans préavis du Petit-Bourbon qui doit être démoli pour laisser la place à la colonnade du Louvre. Molière obtient alors de Louis XIV de s'installer dans la salle du Palais-Royal, construite par Richelieu vingt ans plus tôt, mais elle est presque en ruine. Après trois mois de travaux, le 20 janvier 1661, *Le Dépit amoureux* fait l'ouverture de la nouvelle salle.

Durant ses trois premières saisons théâtrales parisiennes, Molière garde encore les yeux fixés sur la tragédie, le plus haut genre littéraire avec l'épopée, montant presque autant de tragédies que de comédies – même s'il paraît n'attirer le public que dans la mesure où il fait suivre ces tragédies de ses propres farces –, et se faisant peindre par son ami Mignard en acteur tragique (César, rôle principal de *La Mort de Pompée* de Corneille). Cette obsession pour le genre poétique par excellence explique qu'il ait ambitionné lui-même de devenir auteur tragique. De là, la création le 4 février 1661 de sa première « pièce sérieuse », *Dom Garcie de Navarre*, comédie héroïque, soigneusement préparée et annoncée de longs mois à l'avance. Mais elle chuta rapidement et disparut du répertoire. Déçu, Molière ne la fit pas publier et en dispersa les vers dans ses pièces ultérieures, principalement dans *Le Misanthrope* (*). Cette chute, en le faisant renoncer pour toujours aux genres sérieux, lui apprend qu'il faut persévérer dans sa propre voie : reprendre les ingrédients de ses deux précédentes farces en les appliquant à des œuvres de plus d'ampleur. Prudemment, il se limite à des pièces en trois actes, destinées comme les farces à accompagner une grande pièce, et dont l'éventuel échec ne risque pas, pour cette raison, de mettre en péril la situation financière de la troupe. Ainsi sont créés à quelques mois d'intervalle *L'École des maris* (juin 1661) et *Les Fâcheux* (août 1661). Cette fois le succès fut considérable ; il fit du Palais-Royal le rendez-vous du Tout-Paris, et de Molière l'auteur à la mode. Cette consécration était d'autant plus nette qu'il venait de montrer deux facettes extrêmement différentes de son talent, d'inventer avec *Les Fâcheux* un nouveau genre, la comédie-ballet, et de réaliser cette invention dans les conditions exceptionnelles de la splendide fête offerte au monarque par son surintendant des Finances, Fouquet, en son nouveau château de Vaux-le-Vicomte (17 août 1661). Mais une telle consécration – confirmée par un premier séjour à la Cour du 8 au 14 mai 1662 – ne pouvait pas aller sans susciter l'animosité de tous ceux qui ne supportaient pas l'élévation d'un « farceur » au-dessus du rang qu'ils lui avaient définitivement assigné. Le triomphe de *L'École des femmes* (*), le 26 décembre 1662, allait être le détonateur.

Déjà tenu pour un concurrent dangereux par les comédiens du théâtre de l'Hôtel de Bourgogne, Molière se posait désormais en rival des « poètes dramatiques » en composant une grande pièce en cinq actes et en vers « originale » et fondée sur des principes esthétiques révolutionnaires. D'où les attaques des auteurs dénonçant les défauts de composition de la pièce ; des mondains raffinés, offusqués par le thème central du cocuage et par quelques équivoques scabreuses ; et des tenants de la morale traditionnelle, choqués de voir raillés, plus encore que dans *L'École des maris*, les principes du conformisme religieux et moral. Attaqué de toutes parts, de toutes manières – libelles, pièces de théâtre, chanson insultante, accusation d'inceste auprès du roi pour « avoir épousé la fille et avoir autrefois couché avec la mère » (il avait épousé en 1662 Armande Béjart, de vingt ans sa cadette) –, Molière fait front avec deux courtes comédies, *La Critique de l'École des femmes* et *L'Impromptu de Versailles* (juin et octobre 1663), où il se défend, explique ses principes esthétiques, et dresse une éblouissante caricature de ses ennemis. Grâce à l'éclatante approbation de Louis XIV, à la demande duquel est écrit et devant qui est créé *L'Impromptu*, et qui accepte d'être le parrain de son premier fils (février 1664), balayant ainsi les insinuations d'un mariage incestueux, la querelle s'apaise au début de 1664.

Elle ne tarde pas à rebondir. Quinze jours avant la première représentation de *Tartuffe* (*), les plus intrigants des dévots, les membres de la compagnie du Saint-Sacrement, s'agitent pour faire interdire une pièce qui les joue et qui met une nouvelle fois en avant une morale tolérante et ouverte au monde. Au lendemain de la première représentation à Versailles (12 mai 1664) dans le cadre des somptueuses fêtes des « Plaisirs de l'île enchantée », la pièce est interdite par le roi sur requête de l'archevêque de Paris. En réponse, Molière prépare longuement, à partir d'un sujet à succès, un coûteux spectacle à machines et à décors multiples, qu'il crée en février 1665 : *Dom Juan* (*), véritable provocation pour ses ennemis, connaît cinq semaines de triomphe avant de disparaître inexpliquablement et définitivement au lendemain du relâche de Pâques. Probablement à l'origine de cet étouffement dans un souci d'apaisement, Louis XIV n'en marque pas moins son soutien à Molière en décidant quelques mois plus tard d'honorer la troupe du titre de *Troupe du roi*. Molière peut donc oublier *Dom Juan* et continuer de se battre pour *Tartuffe*. Cependant la cabale dévote ne désarme pas, et, en l'absence du roi qui guerroie dans les Flandres, au mois d'août 1667, elle fait interdire une nouvelle version de *Tartuffe, L'Imposteur*. La levée de l'interdiction se fera encore attendre dix-huit mois. C'est à la faveur de la « paix de Clément IX » (réconciliation des jansénistes avec le pape) en janvier 1669 que l'interdiction est levée. Et c'est le 5 février 1669 la première de *Tartuffe ou l'Imposteur*, qui vaut au Palais-Royal l'une de ses plus fortes recettes jamais enregistrées.

Durant cette période dominée par une bataille littéraire capitale, et qui voit Molière subir les premières attaques de la maladie qui devait l'emporter, la troupe continue à vivre très richement et à créer, et le rayonnement de Molière croît de façon considérable, s'étendant même à l'étranger où ses pièces sont éditées, traduites et jouées. Certes les difficultés de *Tartuffe* le feront renoncer définitivement à la tentation de l'engagement politique. Faut-il pour autant tirer des conclusions du fait que certaines pièces ont été jugées – par la postérité seulement – plus « grinçantes », et n'ont pas connu les triomphes des précédentes, *Le Misanthrope* en 1666, *George Dandin* et *L'Avare* (*) en 1668 ? En fait, *Le Misanthrope* est suivi, à peine deux mois plus tard, de la comédie endiablée du *Médecin malgré lui* (*), et *George Dandin*, qui est jugé « archi-comique » par ses premiers spectateurs, est contemporain d'*Amphitryon* (*), la plus gracieuse pièce de Molière et l'un de ses plus beaux succès.

Si le rayonnement de Molière a continué à croître malgré le nombre et la puissance de ses ennemis, c'est que Louis XIV n'a cessé de considérer Molière comme l'un des siens. Grâce à l'invention de la comédie-ballet, que sa troupe fut la seule à pratiquer, Molière offrait au roi une synthèse entre le divertissement théâtral traditionnel et le divertissement que Louis XIV devait à ses talents exceptionnels de danseur d'apprécier plus que tout : le ballet. C'est pourquoi à partir de 1664 les commandes – quelquefois imprévues, obligeant Molière à écrire à la hâte – se succédèrent à un rythme soutenu, et la comédie-ballet revêtit toutes les formes : ballet en comédie *L'Amour médecin* (1665), *Monsieur de Pourceaugnac* (1669), *Le Bourgeois gentilhomme* (1670) ; comédie enchâssée dans un grand ballet, *Mélicerte* (1666) et *Le Sicilien* (1667) dans le *Ballet des muses, George Dandin* dans *Le Grand Divertissement royal* en 1668, *La Comtesse d'Escarbagnas* dans *Le Ballet des ballets* en 1671 ; comédie et ballet mêlés, *La Princesse d'Élide* (1664), *Les Amants magnifiques* (1670) ; tragédie et ballet liés enfin, *Psyché* (1671). Au total, du début de 1664 à 1672, il fit représenter vingt et une pièces : quinze d'entre elles étaient destinées au roi. Ainsi Molière, tout en continuant à mener de front les deux genres, comédie unie et comédie-ballet, a tenté de s'imposer à la cour et à la ville comme le seul dépositaire d'un art regroupant la musique, la danse et le théâtre – et le théâtre dans toute sa variété. Ce fut son dernier combat et sa première véritable défaite.

On saisit la mesure de cette orientation si l'on sait que la pièce qui a dominé ses dernières années ne fut ni *Les Fourberies de Scapin* (*) (1671) ni *Les Femmes savantes* (*) (1672), mais la tragédie-ballet de *Psyché*, commandée par le roi, écrite dans l'urgence avec l'appoint de Corneille, et créée dans la Salle des machines du palais des Tuileries le 17 janvier 1671 (un mois après la mort de Madeleine Béjart) dans un faste proprement extraordinaire : un jeu de machines jamais vu, soixante-dix maîtres à danser, et un orchestre de trois cents musiciens dirigés par Lulli. Montée au Palais-Royal à partir de juillet, elle donna lieu, durant les dix-huit derniers mois de la vie de Molière, à quatre-vingt-deux représentations – autant que *L'École des femmes* en dix ans de carrière. Étape capitale, donc, parce que Molière ne voulut pas donner au public parisien une version pauvre du spectacle des Tuileries : au lieu d'adapter l'œuvre à son théâtre, il adapta son théâtre à l'œuvre : le Palais-Royal fut entièrement refait afin de recevoir les machines et se pourvut d'un orchestre de douze violons, chiffre considérable pour un théâtre privé. Mais on ne refait pas un théâtre pour une seule pièce : Molière a-t-il songé à se consacrer entièrement — avec ou sans son ami Lulli — à l'opéra ? Si l'on peut douter qu'il ait songé à renoncer totalement à son esthétique du naturel et à son écriture fondée sur le dynamisme et la variété du dialogue, on voit bien en revanche qu'il a recherché une structure mixte associant le plus harmonieusement possible la comédie parlée et la fantaisie chantée et dansée. De là l'attitude de Lulli, qui obtient pour lui seul le privilège de l'Académie de musique avec des conditions draconiennes qui interdisaient à tout autre théâtre de monter des œuvres chantées et dansées : il avait compris que la grande comédie-ballet moliéresque constituait une variante de l'opéra qui pouvait l'emporter. Ce fut la première et la seule véritable défaite de Molière. Louis XIV, en effet, tout en lui permettant de continuer à monter des spectacles contenant des divertissements chantés et dansés, n'attend plus désormais la synthèse du théâtre, de la musique et de la danse que de l'opéra de Lulli. Aussi, pour la première fois, tandis que l'on savait depuis le mois d'août 1672 que Molière préparait un nouveau spectacle avec d'importants divertissements chantés et dansés, n'est-il pas fait appel à lui pour les fêtes du carnaval 1673.

C'est donc au Palais-Royal qu'est créé le 10 février 1673 *Le Malade imaginaire* (*), avec une musique composée par Charpentier. Si les recettes de la première n'ont jamais été aussi élevées, le triomphe est de courte durée, car Molière, qui pendant longtemps n'avait ressenti que les agressions intermittentes de sa « fluxion de poitrine », n'a plus désormais, comme il le fait dire à Béralde, « de la force que pour porter son mal » (*Le Malade imaginaire*, III, 3). Sachant que le succès de la pièce repose largement sur son rôle et sur sa personne, il refuse, quoique épuisé, de prendre du repos. Le vendredi 17 février, au cours du dernier intermède, il est pris d'un malaise et meurt chez lui vers dix heures du soir, sans avoir pu abjurer la profession (excommuniée) de comédien ni recevoir les sacrements, deux prêtres ayant refusé de se déplacer et le troisième étant arrivé trop tard. Mais à la demande du roi, supplié par Armande, l'archevêque de Paris autorise le lendemain l'inhumation, « à condition néanmoins que ce sera sans aucune pompe, et avec deux prêtres seulement, et hors des heures du jour ; et qu'il ne sera fait aucun service solennel pour lui, ni dans ladite paroisse Saint-Eustache ni ailleurs ». Les ennemis de Molière tenaient leur revanche.

On a souvent exagéré la part des luttes dans sa vie et sa carrière, faisant l'amalgame entre les batailles littéraires, les attaques personnelles, la vie privée et la maladie. Il faut donc faire la part des choses. Eut-il plus qu'un autre des soucis d'ordre personnel ? Jamais d'ordre financier en tout cas. Le confort de sa vie parisienne, l'achat de sa maison d'Auteuil en 1667, la richesse de l'inventaire après décès attestent l'extrême aisance de sa vie matérielle. La postérité lui prête des difficultés conjugales avec la plus jeune sœur (la fille ?) de Madeleine Béjart, Armande, de vingt ans sa cadette : quelle que fût la réalité des infidélités de celle-ci — qu'ont précisément ignorées les pires ennemis de Molière, pourtant à l'affût de tous les ragots —, la liberté des mœurs d'une troupe de comédiens au XVIIe siècle était telle qu'on voit mal Molière s'offusquer d'une attitude libre que seuls les personnages ridicules de son théâtre condamnent, et s'assombrir d'une jalousie qu'il raille dès *L'École des maris*, un an avant son mariage. Il perdit aussi deux des trois enfants que lui donna Armande, mais, en un temps où la mortalité infantile était considérable, c'était le lot de la totalité des familles. On lui prête enfin un combat douloureux et permanent contre la maladie : mais les premières atteintes du mal qui l'emportera ne se manifestent qu'à partir de 1665, et il ne paraît avoir vraiment été éloigné de la scène qu'au début de 1666 et au printemps 1667 ; en fait, sa « fluxion de poitrine », si elle le ronge effectivement et affecte son physique (il y fait lui-même allusion dans *L'Avare* et dans *Monsieur de Pourceaugnac*), l'empêchera d'autant moins de déployer constamment une formidable activité que le commerce de la maladie et de la mort fait partie du quotidien des hommes du XVIIe siècle. C'est donc surtout dans sa vie publique qu'il dut se battre plus qu'un autre : directeur de troupe, il affronta l'hostilité des comédiens rivaux, les intérêts personnels des auteurs dont il créait les pièces, en particulier de Racine qui donna, après quelques jours de représentation au Palais-Royal, son *Alexandre* à l'Hôtel de Bourgogne (décembre 1665), ou l'ambition personnelle de sa meilleure tragédienne, la Du Parc qui passa en 1667 à l'Hôtel de Bourgogne. D'autre part, comédien qui cherchait à se faire reconnaître comme auteur, et auteur qui avait des idées, il dut se faire écouter par une société dont certains cercles, au programme d'austérité morale rigoureux, étaient hostiles à l'idée même de théâtre. De là les deux grands combats littéraires qui l'occupèrent de 1662 à 1669.

Après sa mort, partisans et adversaires de son théâtre se sont rejoints dans une admiration mutilante de son œuvre : fut éliminé tout ce qui n'était pas régulier et vraisemblable, tout ce qui s'écartait de la comédie de mœurs ou de caractères, tout ce qui ne relevait pas d'une « comique fin ». Institué patron d'un théâtre régulier, délicat et moral, Molière se voyait défiguré pour plus de deux siècles, et son œuvre se voyait amputée de tout ce qui s'éloignait de ces canons : farces et comédies-ballets. Quant aux comédies-ballets qui ont survécu à cet élagage (*Le Bourgeois* et *Le Malade*), elles ont elles-mêmes, jusqu'à une époque récente, été systématiquement privées, à la représentation, de leurs ballets.

GEORGES FORESTIER.

XVIIe siècle. ♦ *« Que tu ris agréablement / Que tu badines savamment... / Ta muse avec utilité / Dit plaisamment la vérité : / Chacun profite à ton école, / Tout en est beau, tout en est bon. / Et ta plus burlesque parole / Est souvent un docte sermon. »* Boileau, 1663. ♦ *« Étudiez la cour et connoissez la ville ; / L'une et l'autre est toujours en modèles fertile. / C'est par là que Molière illustrant ses écrits / Peut-être de son art eût remporté le prix, / Si, moins ami du peuple, en ses doctes peintures, / Il n'eût point fait souvent grimacer ses figures, / Quitté, pour le bouffon, l'agréable et le fin, / Et sans honte à Térence allié Tabarin. / Dans ce sac ridicule où Scapin s'enveloppe, / Je ne reconnais plus l'auteur du* Misanthrope. » Boileau, 1674. ♦ *« Molière a pris les Anciens pour modèles ; inimitable à ceux qu'il a imités s'ils vivaient encore. »* Saint-Évremond. ♦ *« Il n'a pas manqué à Molière que d'éviter le jargon et le barbarisme et d'écrire purement : quel feu, quelle naïveté, quelle source de la bonne plaisanterie, quelle imitation des mœurs, quelles images, et quel fléau du ridicule... »* La Bruyère. ♦ *« La postérité saura peut-être la fin de ce poète-comédien qui, en jouant son* Malade imaginaire..., *reçut la dernière atteinte de la maladie dont il mourut peu d'heures après, et passa des plaisanteries du théâtre, parmi lesquelles il rendit presque le dernier soupir, au tribunal de celui qui dit : "Malheur à vous qui riez, car vous pleurerez." »* Bossuet.

XVIIIe siècle. ♦ *« Il faut avouer que Molière a tiré la comédie du chaos, ainsi que Corneille en a tiré la tragédie ; et que les Français ont été supérieurs en ce point à tous les peuples de la terre. Molière avait d'ailleurs une autre sorte de mérite, que ni Corneille, ni Racine, ni Boileau, ni La Fontaine, n'avaient pas : il était philosophe, et il l'était dans la théorie et dans la pratique. »* Voltaire. ♦ *« Molière est le plus parfait auteur comique dont les ouvrages nous soient connus : mais qui peut disconvenir... que le théâtre de ce même Molière, des talents duquel je suis l'admirateur plus que personne, ne soit une école de vices et de mauvaises mœurs, plus dangereuse que les livres mêmes où l'on fait profession de les enseigner ? »* J.-J. Rousseau.

XIXe siècle. ♦ *« Un homme inimitable... »* Napoléon. ♦ *« Molière est inférieur à Aristophane... La comédie de Molière est trop imbibée de satire pour me donner souvent la sensation du "rire gai", si je puis parler ainsi. »* Stendhal. ♦ *« L'observation donne Sedaine. L'observation plus l'imagination donne Molière. L'observation plus l'imagination, plus l'intuition donne Shakespeare. »* Victor Hugo. ♦ *« S'il était possible de corriger entièrement les hommes en les faisant rougir de leurs ridicules, de leurs défauts et de leurs vices, quelle société parfaite n'eût pas fondée ce législateur sublime. »* Honoré de Balzac. ♦ *« Aimer Molière..., j'entends l'aimer sincèrement et de tout son cœur, c'est, savez-vous ? avoir une garantie de soi contre bien des défauts, bien des travers et des vices d'esprit. »* Sainte-Beuve. ♦ *« Dans la comédie moderne..., une foule de productions comiques tombent dans la simple plaisanterie prosaïque, et même prennent un ton âcre et repoussant. Molière, en particulier, dans celles de ses fines comédies qui ne sont nullement des farces, est dans ce cas. Le prosaïque, ici, consiste en ce que les personnages prennent leur but au sérieux avec une sorte d'âpreté. Ils le poursuivent avec toute l'ardeur de ce sérieux. Aussi, lorsqu'à la fin ils sont déçus ou déconfits par leur faute, ils ne peuvent rire comme les autres, libres et satisfaits. Ils sont simplement les objets d'un rire étranger, ou la plupart du temps maltraités. »* Hegel.

XXe siècle. ♦ *« Le Molière aigu, le Molière oppressé, le profond Molière que nous rejoignons à travers les comédies, les ballets et les farces, relève le défi de Pascal. Il ose parier contre Pascal. Ce n'est pas qu'il nie le surnaturel ; mais il refuse d'en être occupé et trouve comique l'homme qui a souci de son âme... Molière ne veut connaître que son instinct, un instinct que bride seulement la peur du ridicule. C'est cela qu'il appelle la nature. »* François Mauriac. ♦ *« Molière est ce qu'il y a de mieux dans le genre. Il savait ce que c'est que dire un vers, le respirer. »* Louis Jouvet.

RÉF. : R. Bray, *Molière, homme de théâtre*, Paris, 1954. — J. Cairncross, *Molière, bourgeois et libertin*, Paris, 1963. — L. Gossman, *Men and Masks. A Study of Molière*, Baltimore, 1963. — J. Guicharnaud, *Molière, une aventure théâtrale*, Paris, 1963. — M. Gutwirth, *Molière ou l'invention comique*, Paris, 1966. — G. Couton, Molière, *Œuvres complètes*, Paris, 1972. — J.-P. Collinet, *Lectures de Molière*, Paris, 1974. — G. Defaux, *Molière ou les Métamorphoses du comique*, Lexington (Kentucky), 1980. — G. Conesa, *Le Dialogue moliéresque, étude stylistique et dramaturgique*, Paris, 1983. — (J. Truchet éd.), *Thématique de Molière*, Paris, 1985. — G. Forestier, *Molière*, Paris, 1990.

MOLINET Jean. Chroniqueur et poète. Né à Desmes (Pas-de-Calais) en 1435, mort à Valenciennes (Nord) le 23 août 1507. Il était d'humble origine, mais réussit à aller faire ses études à Paris, où il gagna sa vie en étant copiste au collège Cardinal-Lemoine. Il végéta nombre d'années faute de trouver un protecteur, Louis XI n'ayant pas été sensible à ses compliments, non plus que le roi d'Angleterre et la maison de Bretagne. Il finit par trouver un emploi aux côtés de Georges Chastellain, « étoile des historiographes », et chroniqueur attitré de la cour de Bourgogne, et il lui succéda, en 1475, après sa mort. Il fut aussi bibliothécaire de Marguerite d'Autriche, gouvernante des Pays-Bas. Sa *Chronique* va de 1474 à 1506 et rapporte, dans un style tantôt alerte et tantôt terriblement alambiqué, une multitude de faits intéressants pour la connaissance de son époque ; elle n'a été publiée qu'en 1828, à Paris, par les soins de J. Buchon. Molinet traduisit en prose *Le Roman de la Rose* (*) (1503) mais ne connut la célébrité qu'avec ses nombreux poèmes qui furent réunis en 1531 sous le titre : *Les Faictz et les Dictz de Jehan Molinet* et eurent plusieurs éditions. On peut le considérer comme l'un des maîtres de l'école des « rhétoriqueurs » qui fleurit surtout en Bourgogne ; la plupart de ses œuvres sont, en effet, entachées des défauts propres à cette école : lourdeur, pédanterie, formalisme et goût de l'allégorie. Le meilleur de sa verve se trouve dans ses pièces satiriques et badines qui, aujourd'hui encore, ne manquent pas de saveur. N. Dupire a publié une édition critique complète de ses *Faictz et Dictz* dans la collection des anciens textes français — v. également *L'Art de rhétorique*, *Mystère de Saint Quentin*, *Passion*, *Le Sermon de Billouart* (vers 1460) et *Le Temple de Mars* (vers 1480).

RÉF. : P. Champion, *Histoire poétique du XVe siècle, Jean Molinet,* Paris, 1923. — N. Dupire, *Jean Molinet.*

La vie, les œuvres, Paris, 1932. – P. Zumthor, *Le Masque et la Lumière, la poétique des grands rhétoriqueurs,* Paris, 1978.

MONLUC ou **MONTLUC Blaise de Lasseran de Massencome, seigneur de.** Chroniqueur. Né, probablement en 1502, au château de Saint-Puy dans l'arrondissement de Condom (Gers) ; mort à sa maison d'Estillac, près d'Agen (Lot-et-Garonne), le 26 juillet 1577. Fils d'un gentilhomme ruiné, François de Lasseran de Massencome, seigneur de Monluc, il fut l'aîné d'une famille de onze enfants. Dès qu'il fut en âge de subsister, Monluc dut quitter la maison paternelle. Page à la cour du duc Antoine de Lorraine, il fut archer dans la compagnie du duc, dont Bayard était lieutenant, puis dès 1521, au moment où commencèrent les guerres d'Italie entre François Ier et Charles Quint, il entra comme simple archer encore dans la compagnie de Thomas de Lescun, plus tard maréchal de Foix. Très tôt, le jeune Monluc s'était fait remarquer pour son intrépidité et pour son habileté manœuvrière. De retour en France, après avoir été fait prisonnier au combat de la Bicoque (1522), Monluc opta pour l'infanterie et fut enseigne sous Lautrec, avec qui il participa aux combats contre les Espagnols autour de Bayonne. Les hostilités ayant cessé, il ne put partir pour l'Italie que comme volontaire et fut fait prisonnier à Pavie mais aussitôt libéré, car il n'avait pas les moyens de payer rançon. Capitaine sous les ordres de Lautrec devant Naples, il reçut des terres en Italie du Sud, que les hasards des guerres lui firent perdre aussitôt. Au cours des années suivantes, Monluc est partout où l'on se bat, en Languedoc, à Marseille, en Artois, au siège de Perpignan, en Piémont. Là sa belle conduite à la bataille de Cérisoles (1544) lui vaut de monter en grade, il est fait « mestre de camp ». Mais il a le malheur de ne point plaire à la capricieuse duchesse d'Étampes, et pendant quelques années le voilà réduit à l'inaction. À partir de 1548, cependant, on lui confia de hautes charges, celle de gouverneur de Moncalieri (1548), puis celle de gentilhomme de la chambre du roi ; en 1554-1555, il est lieutenant du roi à Sienne, cette ville ayant demandé le secours de la France ; contraint à la capitulation, il se refusa d'agir en son nom, ne voulant pas que son honneur reçût une tache, et laissa faire les habitants. Bien qu'il ait été fait chevalier de l'ordre de Saint-Michel, Monluc subit une nouvelle disgrâce due cette fois à l'influence du connétable, puis, grâce au duc François de Guise, fut nommé colonel général des gens de pied, poste qu'il ne garda d'ailleurs qu'un an. La paix du Cateau-Cambrésis (1559) le remit en disponibilité ; redevenu simple capitaine, Monluc hésita quelque temps entre Antoine de Bourbon et les Guises, et entre la Réforme et les catholiques ; enfin, il prit son parti et combattit les huguenots surtout en Guyenne, comme lieutenant du roi en Haute-Guyenne, puis comme seul lieutenant général de toute la Guyenne. Mais sa mésentente avec le lieutenant du roi en Languedoc lui valut d'être rappelé. C'est au cours de ces campagnes, pendant les guerres de Religion, que Monluc s'acquit une réputation de cruauté dont il ne chercha pas à se disculper dans ses *Commentaires*, où il affirme : « Il faut estre cruel bien souvent pour venir à bout de son ennemy. Dieu doit estre bien miséricordieux en nostre endroict, qui faisons tant de maulx. » En 1570, chargé de reprendre le Béarn, il reçoit en plein visage une arquebusade qui le défigure, au siège de Rabastens, et laisse ses troupes le venger de cette blessure en massacrant la population de cette ville. Plutôt que de les retenir, il les exhorte même : « Gardez qu'il n'en eschappe aucun qui ne soit tué. » Destitué à la paix de Saint-Germain (1570), Monluc fut contraint de justifier sa conduite passée. Déjà il avait dû expliquer son attitude vis-à-vis du lieutenant du roi en Languedoc, Danville ; c'était maintenant sa gestion financière en Guyenne qu'on attaquait. Il adresse à Charles IX la *Remontrance de M. de Monluc sur son gouvernement de Guienne, où est contenue une grande partie de ses faits et de plusieurs autres seigneurs et capitaines de ce royaume.* Aussitôt après, il rédige toujours pour sa justification une première ébauche des *Commentaires* (juin 1571), qu'il utilise lorsque son affaire est évoquée devant le parlement de Toulouse et fait parvenir au duc d'Anjou, le futur Henri III, précédée d'un « Préambul (*sic*) à Monseigneur ». Ce dernier lui accorda une absolution générale, confirmée par Charles IX en 1572. L'année suivante, on retrouve Monluc, septuagénaire, qui a repris du service, au siège de La Rochelle, et en 1574 le roi le nomme maréchal de France. En 1575 Monluc prend enfin sa retraite. Au cours de ses dernières années, il revoit le texte du « discours de sa vie » auquel il donne le titre de *Commentaires*, y ajoute un supplément pour les années 1572-1575, et en fait probablement revoir le style par son frère Jean, évêque de Valence. Cet ouvrage, divisé en sept livres, est d'une grande importance en ce qui concerne l'histoire civile et militaire du XVIe siècle. Outre les *Commentaires*, qui furent publiés pour la première fois à Bordeaux en 1592, Monluc avait écrit un *Dialogue de la fortune et de luy*, qui a été perdu, et un *Discours au roi sur le faict de la paix* (1573). On a publié à partir de 1898 un certain nombre de ses *Lettres choisies* parmi celles qui ne furent pas incluses dans l'édition de 1864-1872 des *Commentaires et lettres de Blaise de Monluc*, publiés en cinq volumes sous les auspices de la Société de l'histoire de France. Moins désintéressé qu'il veut bien le laisser entendre, mais aussi moins cruel, plus politique et sachant voir les avantages d'une bonne paix, Monluc est une des personnalités les plus intéressantes de ces temps de troubles et surtout une de celles sur lesquelles nous sommes le mieux renseignés, grâce à lui-même.

JACQUES BROSSE.

RÉF. : Brantôme, *Vies des hommes illustres et des grands capitaines*, Leyde, 1665. – Étienne Pasquier, *Lettres*, Amsterdam, 1723, livre XVIII, lettre II. – P. Courteault, *Blaise de Monluc historien*, Toulouse, 1908 ; *Un cadet de Gascogne au XVIe siècle, Blaise de Monluc*, Paris, 1909. – Comte de Broqua, *Le Maréchal de Monluc, sa famille et son temps*, Paris, 1924. – J. Le Gras, *Blaise de Monluc, héros malchanceux et grand écrivain*, Paris, 1926. – Général de Fonclare, *Le Maréchal de Monluc, sa vie et son temps, ses maximes morales, ses conceptions techniques*, Paris, 1933.

MONNIER Henri Bonaventure. Écrivain et caricaturiste. Né à Paris le 6 juin 1799 (et non le 8 juin 1805, comme le prétendait l'humoriste, dans l'intention de se rajeunir), mort dans cette ville le 3 janvier 1877. Fils d'un employé de ministère, il fit des études assez bâclées et, dès l'âge de seize ans, entra dans une étude de notaire. Il n'y resta guère, car sa belle écriture lui valut un emploi de surnuméraire au ministère de la Justice ; le temps qu'il passa au service de l'État fut d'ailleurs loin d'être perdu pour lui, puisque son expérience de fonctionnaire lui inspira un de ses premiers albums de lithographies coloriées, *Les Mœurs administratives* (1828). Monnier, en effet, après avoir fréquenté les ateliers de Gros et de Girodet, démissionna du ministère et fit ses débuts artistiques en peignant des vignettes pour des libraires. Son illustration des *Chansons* de Béranger attira l'attention sur lui et il eut alors la sagesse de comprendre que son naturel sarcastique le disposait au dessin satirique mieux qu'à la grande peinture. En 1829 parut un nouvel album, sur *Les Grisettes*, et, la même année, avec un vaudeville intitulé *Les Mendiants*, Monnier faisait ses premières armes d'auteur dramatique sur la scène des Variétés. Il ne suffisait d'ailleurs pas à ce passionné de théâtre d'écrire des pièces, il voulait aussi être comédien et, le 5 juillet 1831, il montait sur les planches du Vaudeville. Dès lors, il interpréta lui-même la plupart de ses œuvres dramatiques, presque toutes écrites en collaboration, et dont la meilleure est sans nul doute *Grandeur et décadence de M. Joseph Prudhomme* (1853). Mais, à cette époque, le personnage de M. Prudhomme, illustration immortelle du bourgeois solennel et satisfait de l'ère romantique, existait depuis déjà plus de vingt ans : il avait fait sa première apparition dans les *Scènes populaires dessinées à la plume* (1830). *Les Mémoires de Monsieur Joseph Prudhomme* lui donneront, en 1857, sa figure définitive. Avec cette création, Henri Monnier prenait une place de premier rang dans la longue lignée, très française, de la satire bourgeoise qui va de Furetière et de Boileau à Flaubert, au Léon Bloy de *L'Exégèse des lieux communs* et, dans notre époque, à Marcel Aymé. Monnier a d'ailleurs complété son tableau flegmatique et, au fond, particulièrement amer de la bourgeoisie de son temps par de nombreux autres volumes : *Scènes de la ville et de la campagne* (1841), *Physiologie des bourgeois* (texte et dessins, 1841), *La Religion des imbéciles, nouvelles scènes populaires* (1862), *Paris et la province* (1866), etc. Comme peintre, son activité a été également considérable, puisqu'on ne lui doit pas moins de sept cents lithographies coloriées, certaines recueillies en albums : *Les Quartiers de Paris, Les Boutiques de Paris, Le Voyage en diligence*, etc. Ajoutons qu'Henri Monnier a été mis en scène par Balzac, dans *Les Employés ou la Femme supérieure* (1837), sous le nom de Bixiou.

♦ *« C'est une des originalités les plus tranchées de ce temps ; il a poursuivi et atteint dans l'art la vérité absolue [...] Ce n'est plus de la comédie, c'est de la sténographie. »* Théophile Gautier. ♦ *« Comédien, il était exact et froid ; écrivain, vétilleux ; artiste, il avait trouvé moyen de faire du chic d'après nature* [...] *Il n'a jamais connu le grand art* [...] *Monnier, c'est la froideur, la limpidité du miroir, d'un miroir qui ne pense pas et qui se contente de réfléchir les passants. »* Baudelaire.

RÉF. : Champfleury, *Henry Monnier, sa vie, son œuvre*, avec un catalogue complet de l'œuvre dessinée, Paris, 1879. – A. Marie, *Henri Monnier*, Paris, 1931. – L. Székely, *H. Monnier et le personnage de Joseph Prudhomme*, Kolozvar, 1944. – E. Melcher, *The Life and times of H. Monnier*, Cambridge (Massachusetts), 1950. – J. G. Marash, *H. Monnier, chronicler of the bourgeoisie*, Londres, 1951. – G. Place, *Henri Monnier*, 1972.

Monologue intérieur. Suite de paroles qu'un personnage de roman (ou de conte ou de nouvelle) est censé s'adresser à lui-même. Il est d'ordinaire admis que le locuteur d'un monologue intérieur ne s'exprime pas à haute voix ; ainsi est réduite la convention inhérente au monologue théâtral. Mais on cède alors à une autre convention, en vertu de laquelle le personnage formule sans les articuler des phrases construites et cohérentes. *Le Rouge et le Noir* (*), de Stendhal, dont le héros (Julien Sorel) est un personnage calculateur, enclin à l'introspection et méfiant envers son entourage, est considéré comme le premier roman français à avoir donné une large place au monologue intérieur. Mais *Les lauriers sont coupés* (1887), d'Édouard Dujardin, offrent l'exemple sans précédent d'un roman composé tout entier d'un monologue intérieur. La critique contemporaine distingue parfois le monologue intérieur, qui respecte jusqu'aux limites de la lisibilité l'indécision et les cahots du flux de conscience, et le discours intérieur, grâce auquel le romancier traite artificiellement le monologue comme il le ferait de l'élément d'un dialogue.

PIERRE-LOUIS REY.

Monsieur Nicolas ou le Cœur humain dévoilé. Œuvre de l'écrivain Nicolas Edme Restif de La Bretonne (1734-1806). L'auteur imprima « à la maison », sur la presse qu'il avait installée dans son dernier domicile, rue de la Bûcherie, les seize volumes de son autobiographie, ce qui lui permit de laisser libre cours à son invention orthographique et typographique, et d'en corriger le texte, parfois d'un exemplaire à l'autre. Il en avait commencé la rédaction en 1783, et l'imprima de 1794 à 1797, confiant à Nicolas de Bonneville trois volumes de la *Philosophie de M. Nicolas* (1796).

Les douze premiers tomes contiennent le récit de sa vie depuis sa naissance jusqu'à l'année 1797. Dans sa préface aux huit premières parties, parues en quatre volumes en 1794, Restif estime que ces parties, malgré les charmes de la jeunesse, le romantique des sentiments, le naturel des situations..., ne seront pas les plus intéressantes. Mais la vivacité du récit, sa description charmante de la vie champêtre, sa souriante fraîcheur en font le meilleur du livre entier, avec le tome XII, qui contient l'« Histoire de Sara ». Dès son enfance, Nicolas est sensible à l'attrait de la femme, qu'il s'agisse des caresses de ses gouvernantes ou des premières amitiés enfantines. Déniaisé par une jeune paysanne, Nanette, il cède sans résistance aux penchants de son tempérament et va d'aventure en aventure. À Courgis, à la grand-messe, le jour de Pâques, il voit pour la première fois Jeannette Rousseau qui restera le grand amour de sa vie : « Marie Frouard avait intéressé mon cœur... Nanette n'avait parlé qu'aux sens, Julie à l'âme, Ursule à la convenance, Edmée Boissard à l'admiration ; Mélanie et Rosalie avaient provoqué ; Esther était un goût d'étonnement et de nouveauté ; mais ce fut à Courgis que j'éprouvai le véritable amour » (Jeannette). Nicolas n'a pas encore quatorze ans. Il poursuivra l'image de Jeannette dans toutes les femmes de sa vie. Pour la pleine intelligence du passage cité, il faut ajouter qu'il avait rendu mère Julie et qu'Esther était une jeune négresse. Apprenti chez l'imprimeur Fournier à Auxerre, il viole par surprise sa femme, Mme Parangon, « petite bourgeoise aimante et tendre, disent les Goncourt, lys souillé ». Son caractère est noble : « Je vous ai pardonné... une violence », dit-elle à son jeune amant. « Jamais je ne vous aurais pardonné une séduction et ma complicité. » Elle s'étiole d'ailleurs dans le remords de sa faute et en meurt trois ans plus tard. Nicolas continue sa carrière d'amant volage, à Auxerre, au collège, à Paris, bien qu'il soit encore un adolescent assidu aux pratiques de la religion. La peinture de la petite ville de province, les tableaux du collège, la grande ville où il arrive un peu dépaysé et qui va être le théâtre de tant d'aventures, tout cela est extraordinairement vivant et pittoresque. Nicolas est défiguré par la petite vérole, mais les passions se succèdent, il passe de folie en folie. Comment les énumérer toutes ? En 1758 (il a donc vingt- trois ans) se place l'amour de Zéphire, l'un des plus charmants que Restif nous raconte, en nous donnant en même temps un aperçu de son étonnante moralité. Zéphire est une toute jeune prostituée de quatorze ans, que sa mère, tenancière d'un lieu de débauche, oblige à se vendre, comme elle l'a fait de ses autres filles, en vivant de ses charmes. Zéphire aime Nicolas, Zéphire le soigne, malade ; elle lui apporte de l'argent ; une fille naît bientôt de leurs amours : on l'abandonne à la digne grand-mère qui la dotera de son argent si bien gagné. Zéphire vit avec lui et parfait une éducation jusque-là négligée, sous la conduite de Loiseau, ami de Nicolas : c'est l'amour et l'eau fraîche, la vie de bohème à la Murger. Mais ce bonheur est court : Zéphire tombe malade ; elle expire dans les bras de son amant en un dernier baiser. Restif l'accompagne au cimetière, malade de douleur. Peu après il se marie. La bourse est toujours vide. Agnès Lebègue ne lui donne pas le bonheur, si elle lui donne quatre filles (Restif, de toute sa vie, n'a engendré que des filles). Pourtant Agnès est cultivée, intelligente ; elle aime fréquenter les gens de bonne compagnie. Restif lui reproche, à tort ou à raison, de lui être infidèle ; mais avec son inconscience coutumière, il nous dit le vrai fond de ses reproches : « Elle galantisait, mais je l'ai dit, qu'on ne s'imagine pas qu'au sein de la misère elle employât les ressources de l'amour pour soutenir sa maison ! Loin de là ! Elle venait d'être saisie de la fureur du bel esprit. »

Pour s'en consoler, il court de mieux en mieux la prétentaine, en aggravant son dénuement et ses maladies. Rose Bourgeois, que son père, marchand de soieries, ne lui permet pas de fréquenter et à qui il adresse des lettres enflammées, éveille en lui la passion d'écrire : « céleste, adorable fille qui m'a rendu auteur (comme Jeannette Rousseau m'a fait étudier). » Il publie son premier roman, *La Famille vertueuse.* Peu après, en 1767, il décide de vivre uniquement de sa plume. Et les ouvrages se succèdent en un flot ininterrompu : il est son propre imprimeur et compose parfois directement son texte, sans l'avoir écrit. Il n'est pas peu fier de lui-même. Un roman en deux volumes, *La Fille naturelle,* ne lui demande que six jours, texte et typographie : « Chef-d'œuvre de célérité et peut-être chef-d'œuvre de pathétique », remarque modestement l'auteur. Un rythme semblable scande ses amours. Lesquels rappeler ? Louise et Thérèse (1772) : aventure délicieuse, « épisode décrit dans des pages d'une émotion, d'une grâce, d'une souplesse qui les mettent parmi les meilleures de notre littérature » (Funck-Brentano). C'est une idylle délicate qui ne dure qu'une semaine ; Restif la gâte en y introduisant un incident ignoble qui dénature la douce image de l'héroïne. Et enfin Sara (1781) : Restif est un « quarante-cinquenaire », lorsqu'il s'éprend de la jolie fille qui n'a que dix-huit ans. C'est l'histoire courante de l'homme arrivé à l'âge où il devrait renoncer aux passions et de la fausse ingénue qui, aidée par les conseils de sa mère, ne cherche qu'à l'enflammer pour l'exploiter ensuite. Six mois d'illusion et de bonheur, avant que Nicolas, les yeux dessillés et le cœur déchiré, abandonne le jeu. Tous les aveuglements, toutes les lâchetés, la jalousie, les feintes, les mensonges, toute la menue monnaie des tristes amours d'un homme vieillissant et d'une jeune coquette, sont minutieusement analysés, avec un art puissant, avec une sincérité émouvante. Les tourments de cette « dernière aventure » n'ont pas guéri Nicolas, et d'autres femmes défilent dans sa vie. Mais les années de 1785 à 1797 ne sont qu'esquissées. Les quatre derniers tomes de *Monsieur Nicolas* contiennent : le XIII, « Mon Kalendrier », où chaque jour de l'année est dédié à l'une des femmes qu'il a aimées ; le XIV, « Ma morale » ; le XV, « Ma politique » ; le XVI, « Mes ouvrages ». D'autres tomes devaient suivre : « Mes affaires », « Mes maladies », « Ma physique », « Mes contemporains », « Mes dates », qu'il n'écrivit pas.

Monsieur Nicolas est certes d'abord une autobiographie dont l'authenticité peut assez rarement être mise en doute, comme en témoignent les documents, les lettres, ou les notes de « Mes inscriptions ». Certes Restif parfois dissimule, arrange ; le sens du romanesque, la volonté d'intéresser, la sensiblerie de l'époque y jouent leur rôle. Mais c'est aussi une œuvre presque balzacienne par ses tableaux d'une enfance aux champs, d'une vie d'ouvrier, du Paris des humbles et des oubliés de l'Histoire. C'est enfin la somme et l'achèvement formel d'une œuvre à laquelle on a si souvent reproché sa prolixité, et qui, tout compte fait, ne forme qu'un seul livre dont celui-là est un compendium. À l'inverse de la plupart des « souvenirs », *Monsieur Nicolas*, ce n'est pas un auteur qui se penche sur son passé. Tout en l'écrivant, Restif produit une grande partie de ses ouvrages, et seules la Révolution et la misère l'empêcheront de continuer. Par son rapport constant avec ses autres livres, *Monsieur Nicolas* n'est pas seulement un autoportrait, il est aussi l'histoire de sa genèse et nous livre les clefs de son monde. De ce texte, unique déjà de ce point de vue, il n'existait que de rares éditions, anciennes, fautives, mais précieuses, ou des extraits. Pierre Testud, en donnant de *Monsieur Nicolas* une édition critique admirable (Paris, 1989), a permis à tout un chacun de s'approprier un livre et un auteur sans réplique ; son travail lui fournit de plus une biographie pour longtemps insurpassable, et un guide merveilleux pour s'aventurer dans l'œuvre tout entière.

Monsieur Teste. Recueil de textes en prose de Paul Valéry (1871-1945), publié en 1929. Le volume comprend : *La Soirée avec M. Teste* (1896), « Lettre d'un ami », « Lettre de madame E. Teste », « Extraits du log-book de M. Teste ». Paul Valéry a écrit une préface à la *Soirée* à l'occasion d'une traduction de cette œuvre en anglais. *La Soirée avec M. Teste* se présente sous les aspects d'un conte philosophique, d'une note hypertrophiée qui aurait pu devenir un roman. Tout aussi bien une autobiographie intellectuelle. Les premières pages sont traitées dans un style volontairement rèche, expéditif, avec, comme par défi, tout le matériel brut du genre : confessions. La vie sentimentale, sociale, mentale, du narrateur y est exposée à la hâte et sur un rythme exemplaire : « La bêtise n'est pas mon fort. J'ai vu beaucoup d'individus ; j'ai visité quelques nations ; j'ai pris ma part d'entreprises diverses sans les aimer ; j'ai mangé presque tous les jours ; j'ai touché à des femmes. Je revois maintenant quelques centaines de visages, deux ou trois grands spectacles, et peut-être la substance de vingt livres. Je n'ai pas retenu le meilleur, ni le pire de ces choses : est resté ce qui l'a pu. » Puis nous apprenons que l'auteur rêve « que les têtes les plus fortes, les inventeurs les plus sagaces, les connaisseurs le plus exactement de la pensée devaient être des inconnus, des avares, des hommes qui meurent sans avouer ». À partir de là, il s'agit donc de se donner par coup d'État, par effet de dictature sur sa propre liberté, l'image possible d'un homme de cet ordre, d'un de ces « solitaires qui savent avant tout le monde ». Cette gageure nous est présentée sous les traits familiers et quotidiennement relevés d'un certain M. Teste, auquel Valéry prête le comportement le moins visible, le plus banal qui soit. Il nous donne quelques renseignements sur le physique de cette créature : « M. Teste avait peut-être quarante ans. Sa parole était extraordinairement rapide, et sa voix sourde. Tout s'effaçait en lui, les yeux, les mains. Il avait pourtant les épaules militaires, et le pas d'une régularité qui étonnait. Quand il parlait, il ne levait jamais un bras, ni un doigt : il avait "tué la marionnette". Il ne souriait pas, ne disait ni bonjour ni bonsoir ; il semblait ne pas entendre le " comment allez-vous ? ". » M. Teste opère tout ce qui se pense et se sent chez un homme, sans autre but que de résoudre la question : « Que peut un homme ? » Il parle : « Il y a vingt ans que je n'ai plus de livres. J'ai brûlé mes papiers aussi. Je rature le vif... Je retiens ce que je veux. Mais le difficile n'est pas là. Il est de retenir ce dont je voudrais demain... J'ai cherché un crible machinal... » Nous le voyons à l'Opéra, tournant le dos au spectacle, et seulement intéressé par les éléments contagieux qui composent la salle. Dans la rue, dans sa chambre, couché, aux prises avec « un dixième de seconde qui se montre ». Avec son angoisse, et sa certitude : « Je suis étant, et me voyant. Me voyant me voir, et ainsi de suite. » Enfin : « Il ronflait doucement. Un peu plus doucement je pris la bougie, je sortis à pas de loup. » M. Teste est une mécanique extraordinairement bien réglée, sans transcendance possible, puisqu'il est cette transcendance. Sa puissance est réduite à rien par l'absolu qu'elle implique. S'il voulait, il ferait sauter le monde. Mais que peut-il vouloir ? Il a prévu tout acte, par l'opération systématique qui l'annule de lui- même. « Pourquoi M. Teste est-il impossible ? — C'est son âme que cette question. Elle vous change en M. Teste », dit Valéry dans la préface. On peut se laisser aller à imaginer ce qu'eût fait l'âme allemande — ou Edgar Poe — de ce héros, de cette idole de l'esprit, placé chez Valéry sous le signe cartésien. Dans quelle nuit fantastique elle l'eût égaré pour en tirer les sons les plus inouïs !

Cette chimère intellectuelle, cet homme d'île, devait séduire les personnalités les plus diverses, d'André Breton, qui savait la *Soirée* par cœur, à André Gide, qui y voyait un code moral, une éthique. M. Teste ruine d'un coup l'avenir « philosophique » de Valéry, qui expulse à vingt-trois ans l'ennui majeur, l'ennemi. Issu d'une grossesse « nerveuse », M. Teste est un accouchement. Valéry, au moment de Teste, est enceint. Teste, ce n'est pas la réponse à une question, c'est la solution. C'est un abus de pouvoir, une dette irrécupérable. Les quelque vingt pages qui composent la *Soirée* dominent l'œuvre entière de Valéry, avec, pour complément, l'*Introduction à la méthode de Léonard de Vinci*. On n'a jamais écrit, et aussi prématurément, œuvre plus ambiguë, qui permette moins de repères auxquels se référer pour comprendre et prévoir l'homme qui a engendré ce monstre. Au-delà du réseau pensant, et régnant sur l'ensemble, indifférent aux détails parce que embrassant le tout, M. Teste est l'obsession sensible d'un lieu mental inapprochable par définition. Ni Dieu ni maître, et, n'en admettant aucun, M. Teste est une des plus « incroyables » dimensions que s'ajoute, sans préjugés de croyance ou de superstition, tout individu que l'intellect aveugle perpétuellement et perpétuellement sollicite. Il est le point de religion personnelle que s'est donné Valéry, dans un moment de haute tension. Force est de reconnaître que toutes les réapparitions de M. Teste dans l'œuvre de Valéry ne rappellent que vaguement l'insolite, l'humour, la hardiesse masquée de cet éblouissant début. Le merveilleux « absent » s'est fait homme, en même temps que son créateur, et cette complicité rend ses charmes plus valéryens ; donc moins impersonnels. Nous le retrouvons marié et célébré par sa femme et par un mystérieux abbé que le renoncement de notre homme inquiète. « La Lettre d'un ami » est une variation sur les avantages et les inconvénients de Paris. Le « Log-book » rassemble quelques pensées extraites d'on ne sait quel prestigieux cahier. Tout Valéry est dans chacune de ces notes. Mais le « ferment » Teste s'est dissipé. Cruellement méditerranéen, Valéry aura sacrifié l'héroïsme impliqué dans une telle création à son goût, à sa passion de l'intelligence, à son « refus indéfini d'être quoi que ce soit », dût ce « quoi que ce soit » ressembler à ce que les autres peuvent exiger d'un possible M. Teste. Mort à trente ans, Valéry eût derechef été considéré comme un Rimbaud de l'intellectuel. Sa vie, son génie propre, et son faible pour le langage, nous l'ont rendu. Valéry a exploité la substance Teste ; n'en a pas perpétué l'impossible durée ; n'est pas devenu fou. Faut-il s'en plaindre ?

MONTAIGNE Michel Eyquem, seigneur de. Né au château de Montaigne en Périgord, le 28 février 1533 ; mort à Bordeaux le 13 septembre 1592. Son grand-père Ramon Eyquem, riche exportateur de vins et de poissons salés, avait acquis la maison noble de Montaigne. Son père, Pierre Eyquem, après avoir pris part aux guerres d'Italie et écrit un journal de son voyage (qui s'est perdu), avait épousé Antoinette de Louppes, riche descendante d'israélites aragonais, les Lopez. Après la naissance de son fils Michel, il eut encore trois fils et trois filles, devint maire de Bordeaux et embellit son château avant de mourir en 1568. Montaigne fut placé en nourrice au village de Papessus. Dès l'âge de deux ans, il fut confié à un pédagogue allemand qui se faisait appeler Horstanus, ne savait pas le français et, suivant une méthode que Pierre Eyquem, épris de nouveautés, avait rapportée d'Italie, éleva l'enfant en latin. « Nous nous latinisâmes tant qu'il en regorgea jusqu'aux villages tout autour plusieurs appellations latines qui ont pris pied par l'usage et qui existent encore. » Il apprit ensuite le français comme une langue étrangère (la langue n'était d'ailleurs pas encore fixée et François Ier venait de l'introduire dans les actes publics). À l'âge de six ans, il entra au collège de Guyenne, alors célèbre par ses professeurs, et y apprit surtout la poésie latine, ayant déjà quelque teinture de grec : « Nous pelotions nos déclinaisons à la manière de ceux qui, par certains jeux de tablier (échiquier) apprennent l'arithmétique et la géométrie. » Il suivit peut-être ensuite les cours de philosophie de la faculté des arts et, à cause des troubles de Bordeaux, alla étudier le droit à Toulouse où il avait des parents du côté maternel.

En 1554, Montaigne fut nommé conseiller à la cour des aides de Périgueux, et trois ans après au parlement de Bordeaux. C'est là qu'il fit la connaissance, comme étant un de ses collègues, d'Étienne de La Boétie avec qui il se lia d'une ardente amitié : « [*La Servitude volontaire*] me fut montrée, long espace [longtemps] avant que je l'eusse vu, et me donna la première connaissance de son nom, acheminant ainsi cette amitié que nous avons nourrie tant que Dieu a voulu, entre nous, si entière et si parfaite que certainement il ne s'en fit guère de pareilles, et entre nos hommes il ne s'en voit aucune trace en usage. Il faut tant de rencontres à la bâtir que c'est beaucoup si la fortune y arrive une fois en trois siècles. » Montaigne lut la traduction des *Vies des hommes illustres* de Plutarque par Amyot et fit en 1559 et 1561-62 des voyages à la Cour motivés par les troubles religieux qui le firent charger d'une mission par le parlement de Bordeaux. Peu après son retour, La Boétie mourut dans la maison de son beau-frère. En 1565 Montaigne épousa Françoise de La Chassagne, fille d'un de ses collègues, qui lui apporta sept mille livres tournois de dot. En 1568 la mort de son père le rendit propriétaire et seigneur de Montaigne, après partage de la succession, mais l'affligea beaucoup, et, s'il continua de vivre dans le château, ce fut pour honorer la mémoire de son père qui y était attaché, de même qu'il porta un certain temps un manteau de son père : « Ce n'est point par commodité mais par délices ; il me semble m'envelopper de lui. » Pour la même raison, il acheva et publia en 1569 la traduction de la *Théologie naturelle* de Raimond de Sebonde, qu'il avait entreprise à la prière du « meilleur père qui fut oncques ». Et l'année suivante il vint à Paris, ayant résigné sa charge au parlement de Bordeaux, pour y publier les poésies latines et les traductions de La Boétie en un volume, suivi presque aussitôt d'un supplément pour les œuvres de poésie française.

En 1570 Montaigne eut son premier enfant, suivi de cinq autres ; tous moururent en bas âge sauf une fille, Léonor, qui se maria avec François de La Tour. C'est en 1571 que Montaigne prit la décision de se retirer et s'expliqua dans une inscription latine placée dans sa bibliothèque, qui peut être ainsi traduite : « L'an du Christ 1571, âgé de trente-huit ans, la veille des calendes de mars, anniversaire de sa naissance, Michel de Montaigne, las depuis longtemps déjà de sa servitude du Parlement et des charges publiques, en pleine force encore, se retira dans le sein des doctes vierges, où, en repos et sécurité, il passera les jours qui lui restent à vivre. Puisse le destin lui permettre de parfaire cette habitation des douces retraites de ses ancêtres qu'il a consacrées à sa liberté, à sa tranquillité, à ses loisirs ! » Une autre inscription dit à peu près : « Privé de l'ami le plus doux, le plus cher et le plus intime, et tel que notre siècle n'en a vu de meilleur, de plus docte, de plus agréable et de plus parfait, Michel de Montaigne, voulant consacrer le souvenir de ce mutuel amour par un témoignage unique de sa reconnaissance, et ne pouvant le faire de manière qui l'exprimât mieux, a voué à cette mémoire ce studieux appareil dont il fait ses délices. »

Montaigne ne pourra cependant échapper aux honneurs, ni se soustraire aux charges, ni s'abstenir de voyager. Il reçut l'ordre de Saint-Michel en 1571 ; Charles IX, vers 1573, le fit gentilhomme ordinaire de la chambre du roi. De 1572 à 1574, la guerre civile éclatant après la Saint-Barthélemy et l'insurrection de La Rochelle, Montaigne dut rejoindre le duc de Montpensier, chef de l'armée catholique en Poitou, et lui servir de messager auprès du parlement de Bordeaux. En 1572 pourtant, entouré de livres, particulièrement des *Œuvres morales* de Plutarque dont la traduction par Amyot venait de paraître, il avait commencé d'écrire les *Essais* (*), dont le livre I est consacré surtout aux affaires militaires et politiques. En 1575, après avoir lu les *Institutions pyrrhoniennes* du sceptique grec Sextus Empiricus dans l'édition latine donnée en 1562 par Henri Estienne, il fit frapper une médaille représentant d'un côté ses armes entourées du collier de Saint-Michel et de l'autre une balance aux plateaux horizontaux avec la date (1576), son âge (quarante-deux ans) et la devise pyrrhonienne : 'Eπεχω (« je suspends mon jugement »). Cette même année il écrivit une partie de l'*Apologie de Raimond de Sebonde* – v. *Essais*. Les années suivantes, il fut fait gentilhomme de la chambre de Henri de Navarre, cependant que l'atteignirent diverses infirmités (pierre, goutte, rhumatismes) qui ne le quitteront plus désormais ; néanmoins il composa la plus grande partie du livre II d'abord ; puis, après une lecture attentive de César, de Bodin et surtout encore de Sénèque et de Plutarque, il écrivit les chapitres 26 et 31 du livre I, les chapitres 10 (en partie), 17 et 37 du livre II et l'« Avis au lecteur ». La première édition des *Essais* parut en deux tomes en 1580 à Bordeaux, chez Simon Millanges.

Aussitôt après, Montaigne partit pour un long voyage dont le but principal était le rétablissement de sa santé. Il passa à Paris, Meaux, Bar-le-Duc, Domrémy, prit les eaux à Plombières ; puis à Thann, Mulhouse, Bâle, Baden où il prit également les eaux ; Munich, Innsbruck, Vérone, Padoue, Venise où il s'arrêta une semaine ; Ferrare, Florence, enfin Rome où il séjourna six mois, fut fait citoyen romain, eut une audience de Grégoire XIII. Il revint par Florence et Pise, séjourna six semaines aux bains de Lucques où il apprit son élection comme maire de Bordeaux pour deux ans, ce qui hâta son retour à la fin de 1581, date à laquelle parut la deuxième édition de la *Théologie naturelle de Raimond de Sebonde.*

C'est en 1582 que parut la deuxième édition des *Essais* (livres I et II) avec corrections et additions, à Bordeaux, chez le même éditeur, mais en un seul volume in-8°. Cependant, l'auteur était absorbé par sa fonction et les affaires politiques. La cour de justice de Guyenne lui fit connaître des personnages importants, entre autres de Thou qui dépeint Montaigne comme un « homme franc, ennemi de toute contrainte et qui n'était entré dans aucune cabale, d'ailleurs fort instruit de nos affaires, principalement de celles de la Guyenne qu'il connaît à fond ». Puis Henri de Navarre, héritier du trône, vint passer deux jours au château de Montaigne. Celui-ci, alors réélu maire de Bordeaux, entreprit de concilier les vues de Henri de Navarre – en correspondant aussi avec la maîtresse de celui-ci, la Belle Corisande – et celles du maréchal de Matignon, gouverneur de la Guyenne au nom d'Henri III ; et il défendit Bordeaux contre les ligueurs. Un mois avant le terme de ses fonctions de maire, la peste éclata dans la ville. Montaigne, qui en était absent, n'y rentra pas et essaya par des déplacements continuels de soustraire sa famille à la contagion.

L'influence de Montaigne écrivain s'étendait. Pierre Charron se déclara son disciple, en 1586 ; deux ans après, ce fut Mlle de Gournay. À cette époque se placent la lecture des historiens comme Quinte-Curce, Tacite, et la composition du livre III des *Essais* ainsi que la correspondance avec Juste Lipse. La quatrième édition parut en 1588 à Paris. En s'y rendant, Montaigne fut attaqué et dévalisé par des ligueurs masqués, mais on lui rendit ses habits, son argent et ses papiers. Mlle de Gournay lui fit connaître, à son arrivée à Paris, l'« estime qu'elle faisait de sa personne et de ses livres » et le lendemain Montaigne alla lui rendre visite ; dans le courant de l'été, il passa plusieurs semaines à Gournay-sur-Aronde, en Picardie, dans la famille de sa « fille d'alliance ». Auparavant, il avait accompagné Henri III dans sa retraite à Chartres et à Rouen après la journée des Barricades, et pour ce fait il fut retenu prisonnier à Paris à son retour mais immédiatement remis en liberté par le duc de Guise. À l'automne de la même année, il assista, sans y participer, aux états généraux de Blois où se trouvaient de Thou et Pasquier. Revenu chez lui, Montaigne se remit à la lecture et à l'étude d'auteurs anciens comme Hérodote, Tite-Live et Tacite, saint Augustin – *La Cité de Dieu* –, Aristote – *Éthique à Nicomaque* –, Cicéron, Diogène Laërce ; il parcourait de plus en plus les livres de voyages qui décrivaient les mœurs des pays lointains. Les additions apportées aux *Essais* en font un livre de confessions et de confidences qui révèlent l'auteur de plus en plus à lui-même. En 1590 Montaigne écrivit à Henri IV une lettre importante qui éclaire ses idées politiques. Et le nouveau roi, qui était toujours resté en relations amicales avec l'écrivain, puisque quatre ans auparavant encore il était allé dîner chez lui, lui offrit de venir auprès de lui, proposition qui fut déclinée.

Le 13 septembre 1592, à l'âge de cinquante-neuf ans, Montaigne mourut au cours d'une messe dite devant lui et fut enterré dans l'église des Feuillants à Bordeaux. Sa succession fut évaluée à soixante mille livres de terres et trente mille livres de créances. En 1595 parut une édition définitive des *Essais* chez Langelier par Mlle de Gournay, qui transcrivit, avec l'aide de la veuve de Montaigne et de Pierre de Brach, l'exemplaire qu'avait annoté Montaigne. Désormais jusqu'en 1629 rééditions et traductions se succédèrent, puis, sous l'influence de Port-Royal et de Malebranche, et malgré l'avis favorable de La Bruyère, Montaigne passa de mode. À partir de 1724, date de l'édition Coste, les réimpressions reprirent. En 1774 fut publié le *Journal de voyage en Italie par la Suisse et l'Allemagne*, découvert par l'abbé de Prunis dans le château de Montaigne et édité avec une préface et des notes par Meusnier de Querlon. En 1802 une édition parue chez Didot, grâce à Naigeon, modifia, d'après l'exemplaire autographe de Bordeaux, le texte qui avait été établi dans l'édition de Mlle de Gournay. Mais c'est seulement en 1906 que commença l'« édition municipale » décidée par la ville de Bordeaux. Le renouveau d'intérêt pour Montaigne au XIXe siècle est dû surtout à Sainte-Beuve, dont les deux premiers volumes de *Port-Royal* (*) datent de 1840-1842.

Le jugement qui a été porté sur Montaigne varie naturellement selon les générations et les caractères. Il devrait être unanimement favorable puisque chacun peut trouver dans les *Essais* des pages qui vont dans le sens de ses opinions. C'est ainsi que Montaigne peut être considéré comme croyant ou incroyant, rationaliste ou sceptique, stoïcien ou épicurien, conservateur ou révolutionnaire. Il y a des auteurs utilisables plus que d'autres, et Montaigne fait partie des premiers. Il n'a été rejeté a priori que par ceux qui, comme les jansénistes, n'admettaient pas que l'on pût avoir des opinions flottantes ou prenant l'apparence de l'inexactitude. Les autres ont tiré parti de Montaigne, et ce dernier s'y prêtait. Cependant, sous le foisonnement des idées, l'on peut très impartialement découvrir les tendances fondamentales de l'auteur, et sous sa complaisance universelle, sa ligne personnelle : c'est celle d'un sceptique, bien entendu, mais pas forcément d'un incroyant. D'ailleurs il appartient à une époque où l'atmosphère religieuse est telle, comme l'a marqué Lucien Febvre dans son livre sur *La Religion de Rabelais*, que tous les esprits sont imprégnés des dogmes chrétiens, comme au XVIIIe siècle de la religion « naturelle », au XIXe de l'idée de progrès ; il suit les sceptiques anciens qui recommandent d'adopter les croyances et usages de l'époque où l'on vit ; enfin l'incertitude de la raison humaine sert d'argument en faveur de la révélation faite par Dieu, comme il arrive à la même époque à beaucoup de sceptiques (par exemple Henri Estienne et Gentian Hervet, traducteurs de Sextus), alors que plus tard les arguments de ceux qui doutent serviront contre la foi et en faveur de la raison. C'est pourquoi Gide, qui ressemble par ailleurs à Montaigne par l'intérêt passionné qu'il prend à lui-même, par le désir qu'il a de ne rien fonder que sur l'humain, le trop humain, ne donne qu'une idée approximative de celui qu'il salue comme son modèle, et il faudrait ajouter à l'*Essai sur Montaigne* de Gide l'*Entretien avec M. de Saci sur Epictète et Montaigne* de Pascal, où celui-ci parle de « ce doute de soi » et de « cette ignorance qui s'ignore ». Il y a plus qu'un acquiescement même sincère chez Montaigne ; une sorte de consentement spontané à l'ordre de la nature et à celui de la foi, par-delà tout raisonnement : « C'est une absolue perfection, et comme divine, de savoir jouir loyalement de son être. »

JEAN GRENIER.

XVIe siècle. ♦ *« Son livre est un vrai séminaire de belles et notables sentences, dont les unes sont de son estoc, et les autres transplantées si heureusement et d'une telle naïveté dans son fonds qu'il est malaisé de les juger pour autres que siennes. »* Étienne Pasquier.

XVIIe siècle. ♦ *« Montaigne sait bien ce qu'il dit, mais il ne sait pas toujours ce qu'il va dire. S'il a dessein d'aller en un lieu, le moindre objet qui lui passe devant les yeux le fait sortir de son chemin pour courir après un second objet. Mais l'importance est qu'il s'égare plus heureusement qu'il n'allait tout droit... »* Guez de Balzac, 1657. ♦ *« Le sot projet qu'il a de se peindre !*

et cela non en passant et contre ses maximes, comme il arrive à tout le monde de faillir, mais par ses propres maximes [...] *Il inspire une nonchalance du salut, sans crainte et sans repentir* [...] *Ce que Montaigne a de bon ne peut être acquis que difficilement. Ce qu'il a de mauvais, j'entends hors les mœurs, pût être corrigé en un moment, si on l'eût averti qu'il faisait trop d'histoires et qu'il parlait trop de soi. »* Pascal, 1670. ♦ *« L'air du monde et l'air cavalier soutenus par quelque érudition font un effet si prodigieux sur l'esprit qu'on l'admire souvent, que l'on se rend presque toujours à ce qu'il décide, sans oser l'examiner* [...] *Ses idées sont fausses, mais belles. »* Malebranche, 1674. ♦ *« Ah ! l'aimable homme ! qu'il est de bonne compagnie ! C'est mon ancien ami ; mais à force d'être ancien, il m'est nouveau... »* Mme de Sévigné, 1679.

XVIIIe siècle. ♦ *« Dans la plupart des auteurs, je vois l'homme qui écrit ; dans Montaigne, je vois l'homme qui pense. »* Montesquieu. ♦ *« Le charmant projet que Montaigne a eu de se peindre naïvement comme il l'a fait ; car il a peint la nature humaine* [...] *Un gentilhomme campagnard du temps de Henri III, qui est savant dans un temps d'ignorance, philosophe parmi les fanatiques, et qui peint sous son nom mes faiblesses et mes folies, est un homme qui sera toujours aimé. »* Voltaire, 1734. ♦ *« Ô Montaigne ! toi qui te piques de franchise et de vérité, sois sincère et vrai, si un philosophe peut l'être, et dis-moi s'il est quelque pays sur la terre où ce soit un crime de garder sa foi, d'être clément, bienfaisant, généreux ; où l'homme de bien soit méprisable et le perfide honoré. »* Jean-Jacques Rousseau.

XIXe siècle. ♦ *« Une chose qu'on n'a pas fait assez ressortir c'est que Montaigne n'est pas un système de philosophie, ce n'est pas même avant tout un sceptique, un pyrrhonien ; non, Montaigne c'est tout simplement la nature... la nature au complet sans la grâce. »* Sainte-Beuve. ♦ *« Je ne connais qu'un seul écrivain que, sous le rapport de la probité, je place au rang de Schopenhauer, et même plus haut : c'est Montaigne. Qu'un tel homme ait écrit, vraiment le plaisir de vivre sur cette terre en a été augmenté* [...] *C'est à son côté que j'irais me ranger s'il fallait réaliser la tâche de s'acclimater sur cette terre. »* Nietzsche.

XXe siècle. ♦ *« Le scepticisme aimable de Montaigne, tout aimable qu'il soit, n'en est pas moins un violent nihilisme. »* Azorín. ♦ *« La force de Montaigne vient de ce qu'il écrit toujours au moment même, et que la grande défiance qu'il a de sa mémoire, qu'il croit mauvaise, le dissuade de réserver rien de ce qui lui vient à l'esprit, en vue d'une présentation plus savante et mieux ordonnée. »* André Gide. ♦ *« De nom et de baptême, il est chrétien ; il va à la messe, pour suivre la coutume ; mais le christianisme ne joue aucun rôle dans sa vie intérieure ; s'il a laissé en lui des traces, ce sont des habitudes de gestes et de langage. Montaigne n'est pas plus chrétien que Voltaire ; il l'est beaucoup moins qu'André Gide... »* André Maurois.

RÉF. : Paul Bonnefon, *Montaigne, l'homme et l'œuvre*, Bordeaux, 1893. – Fortunat Strowski, *Montaigne*, Paris, 1906. – Pierre Villey, *Les Sources et l'évolution des* Essais *de Montaigne*, Paris, 1908, 2 vol. ; *Les* Essais *de Michel de Montaigne*, Paris, 1932 ; *Montaigne*, Paris, 1933. – A. Lamandé, *La Vie gaillarde et sage de Montaigne*, Paris, 1927. – André Gide, *Essai sur Montaigne*, Paris, 1929. – G. Lanson, *Les* Essais *de Montaigne, étude et analyse*, Paris, 1930. – Plattard, *Montaigne et son temps*, Paris, 1933 ; *État présent des études sur Montaigne*, Paris, 1935. – Ernest Seillière, *Le Naturalisme de Montaigne*, Paris, 1938. – P. Moreau, *Montaigne, l'homme et l'œuvre*, Paris, 1939. – Francis Jeanson, *Montaigne par lui-même*, Paris, 1952. – M. Dréano, *La Renommée de Montaigne en France au XVIIIe siècle*, Paris, 1961. – Roger Trinquet, *La Jeunesse de Montaigne*, Paris, 1972. – Donald M. Frame, *Montaigne. A Biography*, San Francisco, 1984. – Géralde Nakam, *Les* Essais *de Montaigne, miroir et procès de leur temps*, Paris, 1984.

MONTANHAGOL Guilhem. Ce troubadour naquit probablement dans la région de Toulouse vers le début du XIIIe siècle et mourut après 1258 (en Espagne ?). Ce n'est qu'en confrontant les allusions à l'histoire de son époque dont sont remplis ses poèmes avec ce que nous savons de cette histoire que nous pouvons nous faire une vague idée des principales circonstances de sa vie. Il écrivit, vers 1232, un « sirventès » contre l'Inquisition qui sévissait dans la région toulousaine, et ce poème témoigne d'un tel intérêt pour cette région que nous avons toutes les raisons de croire qu'il y vivait. Il se rendit un peu plus tard en Espagne et le *Ripartimiento,* qui mentionne quelques-unes des donations que lui valut la victoire, nous assure de sa présence auprès de Jacques Ier d'Aragon au cours de la prise de Valence (1238). Il semble qu'il ait été aussi célèbre en Espagne que Peire Cardenal, favori de Jacques Ier. Montanhagol revint en France et vécut à la cour de Raimond VII de Toulouse, mais il est impossible d'affirmer, comme on l'a fait, qu'il fut l'un de ses principaux conseillers. Lorsque Raimond VII, après avoir fait la paix avec Raimond Béranger de Provence, rencontra ce dernier à Montpellier, Montanhagol l'accompagnait et ce fut certainement dans cette ville qu'eut lieu, entre 1241 et 1245, son fameux *Partimen* avec Sordello. Il retourna en Espagne vers 1250, et y demeura au moins jusqu'en 1258 ; nous perdons toute trace de lui après cette date. Montanhagol vit la fin de l'ancienne maison de Toulouse, dont la chute coïncide à peu près avec la fin de la culture provençale ; il est l'un des derniers troubadours. Quatorze poèmes de lui nous sont parvenus, tous remarquables par la clarté de la langue, le sens du mot propre et l'originalité du rythme et des images. Au contraire de la plupart de ses devanciers, il n'a pas cherché à briller par la complexité de la versification.

RÉF. : J. Coulet, *Le Troubadour Guilhem Montanhagol,* Toulouse, 1898.

MONTCHRESTIEN ou MONTCHRÉTIEN Antoine de. Poète tragique et économiste. Né à Falaise (Calvados) vers 1575, mort près de Falaise le 7 octobre 1621. Orphelin de bonne heure, Montchrétien écrivit très tôt des vers et, à l'âge de vingt ans, fit représenter à Rouen une tragédie, *Sophonisbe*, imitation de la *Sophonisbe* du Trissin, mais où déjà se font jour les dispositions oratoires et élégiaques plutôt que vraiment tragiques de leur auteur. Avant d'être imprimée, cette tragédie fut soigneusement corrigée sur les conseils de Malherbe. En 1601, Montchrétien publia un recueil de *Tragédies* qui comprend *Les Lacènes* (Lacédémoniennes) *ou la Cons-*

tance, tragédie antique dont le sujet est tiré de la *Vie de Cléomène de Sparte* de Plutarque, deux tragédies bibliques, *David* et *Aman*, *Sophonisbe*, appelée dorénavant *La Carthaginoise ou la Liberté,* et le chef-d'œuvre de Montchrétien, *L'Écossaise ou Marie Stuart*. Dans la réédition très corrigée et améliorée des *Tragédies,* en 1605, Montchrétien donna une nouvelle tragédie antique, *Hector*. La vie de ce poète qui ne fut que peu de temps à la mode fut très mouvementée. Ayant tué un homme en duel, il dut se réfugier en Angleterre et ne put rentrer en France que sur l'intervention du fils de Marie Stuart, son héroïne, le roi Jacques Ier. En 1615, Montchrétien dédia à Marie de Médicis et au jeune roi Louis XIII son *Traité d'économie politique*, où il propose un certain nombre de principes pour la bonne gestion des affaires, ouvrage célèbre parce qu'il est le premier du genre. Renonçant aux lettres, Montchrétien, à partir de la publication de son *Traité,* ne s'occupa plus que d'industrie. Nommé gouverneur de Châtillon-sur-Loire, il rallia le parti protestant alors en insurrection et tenta de soulever la Basse-Normandie. Il fut pris dans une embuscade près de Falaise et tué les armes à la main. Son cadavre fut roué et brûlé.

RÉF. : G. de Vaudichon, *Montchrétien de Watteville, chef de bande protestante, poète et économiste,* Amiens, 1882. – R. Lebègue, *La Tragédie française de la Renaissance,* Bruxelles, 1954. – M. Sakharoff, *Le Héros, sa liberté et son efficacité de Garnier à Rotrou,* Paris, 1967. – R. Griffiths, *The Dramatic Technique of Antoine de Montchrestien,* Oxford, 1970. – Fr. Charpentier, *Les Débuts de la tragédie héroïque. Montchrestien*, Lille, Serv. de repr. thèses, 1981.

MONTESQUIEU Charles Louis de Secondat, baron de la Brède et de. Moraliste, penseur et philosophe. Né le 18 janvier 1689 au château de la Brède, près de Bordeaux, mort le 10 février 1755 à Paris. Il descendait d'une famille de parlementaires bordelais. Lors de son baptême, on lui donne un mendiant pour parrain, afin qu'il se rappelle toute sa vie que les pauvres sont ses frères. Il est alors élevé parmi les paysans, au bourg de la Brède. Il en conservera une bonne connaissance du patois : même au temps de sa gloire, de sa vogue, il ne sera jamais un Parisien, ni un courtisan. De 1700 à 1705, il est l'élève des oratoriens, au collège de Juilly, où une grande place, exceptionnelle à l'époque, est faite à l'enseignement de l'histoire. Ses œuvres attestent qu'une telle préférence a porté ses fruits. Il étudie le droit à Bordeaux, où il est reçu avocat en 1708. Il passe alors quatre ans à Paris, où il rédige en 1771 un traité, aujourd'hui perdu, sur la *Damnation éternelle des païens.* Il y affirme que les philosophes de l'Antiquité n'ont pas mérité l'enfer. Il revient à Bordeaux en 1713, juste pour assister à la mort de son père. Le 24 février 1714, il est reçu conseiller au parlement de Bordeaux. En 1715, il se marie (ou on le marie) avec Jeanne de Lartigue, calviniste convaincue, qui lui apporte une dot de cent mille livres. Les parents des conjoints n'assistent pas à la cérémonie, d'ailleurs réduite à une simple formalité. Un des témoins, tailleur d'une rue voisine, ne sait même pas signer. En 1716, Charles-Louis de Secondat est reçu à l'Académie de Bordeaux, qui venait de se former. Son oncle, de qui il tient depuis 1708 le nom de Montesquieu, meurt en lui léguant sa charge de président à mortier au Parlement. Le nouveau dignitaire a vingt-sept ans. Quelques jours avant son entrée en fonctions, il a lu à l'Académie locale une Dissertation hardie *Sur la politique des Romains dans la religion*. Il y dénonce dans la religion un habile stratagème des puissants pour asseoir leur domination sur les humbles. Montesquieu partage son temps entre Paris et Bordeaux. Il ne semble s'intéresser particulièrement ni à l'histoire ni aux sciences humaines. Au contraire, il étudie de préférence les sciences physiques et naturelles. Il fait part à ses collègues de ses idées sur l'ivresse, la fièvre intermittente, les esprits animaux, sur la cause de l'écho – *Mémoire sur l'écho* (1718) –, sur un enfant sans cerveau, sur les coquillages de Sainte-Croix-du-Mont, sur l'utilité des glandes rénales – *Mémoire sur les maladies des glandes rénales* (1718) –, sur la cause de la transparence ou de la pesanteur des corps – *Mémoire sur la transparence des corps* (1718). Il leur communique les résultats de ses observations ou de ses expériences sur le gui ou la mousse des chênes, sur divers insectes peu identifiables, sur les grenouilles ou les canards. Il aime travailler au microscope.

Mais ces diverses curiosités ne durent pas. C'est l'homme et les singularités de ce plus étrange animal qui intéressent bientôt Montesquieu. En 1721 paraissent sans nom d'auteur les *Lettres persanes* (*). C'est le récit des surprises de plusieurs Orientaux imaginaires séjournant en France. Montesquieu y feint de considérer avec des yeux naïfs la société où il vit : exercice d'un excellent, et même d'un périlleux profit. Ce renversement de la perspective crée la sociologie. En inventant les Persans qui viennent à Paris et qui sont surpris par tout ce qu'ils voient, Montesquieu invite tous les Parisiens à voir leur ville et leur propre vie comme ils auraient vu Ispahan et la vie des Persans. On ne s'étonne plus des autres, mais de soi-même, non plus des turbans à aigrettes, mais des tricornes à plumes, non plus qu'on ait plusieurs femmes légitimes, mais de n'en avoir qu'une seule, non plus qu'on se déchausse en entrant dans les mosquées, mais qu'on se découvre en franchissant le seuil des églises, non plus qu'on habite dans des maisons basses, mais dans des maisons à étages dont les habitants trop nombreux pour la surface des rues créent immanquablement des encombrements. Le succès de l'ouvrage, éclatant et immédiat, encourage Montesquieu à résider le plus possible à Paris, où il mène une vie mondaine de 1721 à 1725 ; d'ailleurs non sans continuer de s'intéresser de fort près à l'administration de ses terres et à l'exploitation de son vignoble. Il compose un mémoire sur la fleur de la vigne et adresse un long questionnaire, des plus techniques, aux propriétaires voisins sur les procédés en usage dans leurs domaines. En effet, il produit pour son compte des vins blancs à La Brède et aux alentours, des vins rouges en Entre-deux-Mers et des eaux-de-vie en Armagnac et en Agenais, sur les terres qui lui viennent de sa femme. Il est préoccupé de politique, d'aventures galantes, de morale et de science des mœurs ; il voudrait pouvoir discerner avec certitude où se cache la vraie grandeur de l'homme ; d'où les *Lettres de Xénocrate à Phères*, le traité de *La Considération et la Réputation*, le traité des *Devoirs*, l'extraordinaire *Dialogue de Sylla et d'Eucrate* qu'il lit au Club de l'Entresol en 1724 ; pour la pensée, il y devance Nietzsche ; il y donne en même temps un exemple insurpassé de prose formulaire. Cependant, il étudie les *Causes de l'éclair et du tonnerre* et les *Variations de l'aiguille aimantée*. Surtout il rédige à cette époque les *Considérations sur les richesses de l'Espagne*, courte dissertation qui est probablement l'origine lointaine de *L'Esprit des lois*. Il y examine comment l'or du Nouveau Monde a causé la ruine du pays qui s'en était assuré le monopole : premier essai, qui reste inédit, d'une méthode qui fera la juste gloire de son auteur. L'apport principal de celui-ci consiste sans doute en une façon inédite de découvrir et de bien formuler une certaine espèce de problèmes, plutôt qu'à en proposer une solution définitive. Montesquieu cependant, poussé par le succès et la mode, se présente à l'Académie. Il est élu, mais le roi refuse son agrément sous le prétexte que ce parlementaire n'habite pas, et ne saurait habiter Paris. Montesquieu réussit toutefois à surmonter l'opposition royale et, le 24 janvier 1728, il est reçu au sein de l'illustre compagnie par Mallet qui l'invite, pour justifier son élection, à écrire des ouvrages de caractère moins tendancieux, qu'il pourrait revendiquer publiquement.

En 1726, il a provisoirement vendu sa charge. Aussi, après sa réception à l'Académie, se trouve-t-il libre de voyager. En 1728, il part pour Vienne, d'où il passe à Gratz, puis à Venise, Padoue, Vincence, Vérone, Milan, Turin, Gênes, Pise, Florence, Rome, Naples, où il assiste au miracle de saint Janvier (il en parle fort intelligemment), de nouveau à Rome, puis à Modène, Parme et Mantoue. Par le Brenner, il atteint Innsbruck. Il séjourne ensuite à Munich, à Augsbourg, à Heidelberg (où il s'extasie à la vue du plus grand tonneau du monde), à Francfort, à Mayence, à Cologne, à Munster, à Hanovre. Il arrive enfin à La Haye, d'où lord Chesterfield l'entraîne en Angleterre où il reste jusqu'en 1732. Il s'y fait initier à la franc-maçonnerie. Il y prend bonne note des mœurs politiques et des usages parlementaires. Durant ces divers voyages, il voit tout le monde et il observe toute chose. Il se renseigne sur toute curiosité. Il visite les manufactures, les chantiers, les ports, les salines, les musées. Du cérémonial des cours au régime des égouts, il ne néglige rien. Il s'intéresse également aux cardinaux et aux prostituées. Il écrit cependant de menues études sur deux fontaines qui semblent convertir le fer en cuivre, sur les procédés d'extraction dans les mines d'Allemagne, sur la sobriété des habitants de Rome. Il rédige également une sorte de guide méticuleux, pièce par pièce, de la galerie de peinture et de sculpture du grand-duc de Toscane à Florence. De la sorte, Montesquieu se constitue une vaste réserve de connaissances concrètes qu'alimentent en outre ses lectures, ses observations, ses conversations. Il note dans son *Spicilège* les confidences ou les remarques de l'administrateur qui revient du Canada, du missionnaire qui débarque de Chine, du ministre et de l'ambassadeur, du fermier général, du soldat et du publiciste. Parcourant l'Europe, il s'est fait expliquer comment fonctionnent les institutions, s'est renseigné sur le système des impôts, sur les épidémies et sur les mesures prises pour les combattre, sur les mœurs et les préjugés, sur la vie littéraire et sur les spectacles, sur la mode, sur l'état de l'agriculture et sur la misère du peuple. Rentré chez lui et s'intéressant toujours à la culture de la vigne, surveillant la vente de son vin, administrant personnellement son domaine, il découpe dans les journaux des nouvelles de toute espèce, grands événements ou faits divers, dont il espère tirer parti pour ses recherches. Il recopie des passages qui l'ont frappé dans les livres qu'il lit et qui lui fournissent quelque information précieuse, quelque argument inattendu. Il devine déjà l'usage qu'il fera de tel fragment. Il le transporte dans les cahiers intitulés *Mes pensées*, où cette matière première se trouve classée, travaillée, organisée.

Très curieusement, Montesquieu se rend en 1734 à La Ferté-Vidame, pour converser avec Saint-Simon qui, à l'insu de tous, y écrit obscurément ses *Mémoires* (*). Il fait paraître, la même année, les *Considérations sur les causes de la grandeur des Romains et de leur décadence*, la seconde des monographies qui préfigurent *L'Esprit des lois*. Il convient d'y joindre deux opuscules mineurs, mais significatifs : les *Réflexions sur la monarchie universelle*, que Montesquieu fait imprimer, dont il corrige les épreuves, mais qu'il ne se résout pas à publier, et l'*Essai sur les causes que peuvent affecter les esprits et les caractères*, lequel, moins fortuné encore, n'est même pas livré à l'imprimeur. Montesquieu, de plus en plus, se consacre à *L'Esprit des lois*. Il ne néglige pas pour autant les sciences naturelles. Il se demande « si l'air que nous respirons passe dans le sang » et s'interroge sur les causes de la froideur et de la chaleur des eaux minérales. En 1743, il emprunte 7 380 livres. En 1745, il publie au *Mercure* le *Dialogue de Sylla et d'Eucrate*. Il marie sa fille cadette Denise et lit à Bordeaux le premier état de *L'Esprit des lois* qu'il envoie bientôt à Genève à l'éditeur Barrillot. L'ouvrage paraît en novembre 1748, sans date ni nom d'auteur. Un an plus tard, ou presque, en janvier 1750, on en compte déjà vingt-deux éditions. Cette immense enquête a coûté vingt ans de travail à son auteur. Elle démontre que les lois qui régissent les sociétés ne sont ni invariables ni arbitraires. Ce n'est pas le caprice qui les invente. Mais il n'y a pas non plus de principe métaphysique qui les fixe pour toujours identiques sous toutes les latitudes et à toutes les époques. Les lois expriment les rapports des choses, elles dépendent du climat, de l'étendue du pays, des voies de communication, de la nature du gouvernement. Celui-ci repose sur un principe qui en maintient la bonne santé et le fonctionnement efficace. Ainsi le despotisme repose sur la crainte, la monarchie sur l'honneur ; la république repose sur l'esprit civique, que Montesquieu appelle la vertu. Quand le principe se corrompt, le régime s'écroule. L'ouvrage préconise notamment la séparation des trois pouvoirs : exécutif, législatif et judiciaire. Les législateurs tiendront à inscrire cette indépendance réciproque des pouvoirs dans la constitution des États-Unis d'Amérique, dans les constitutions éphémères issues de la Révolution française. Elle réglera la pratique de la monarchie constitutionnelle en France. Montesquieu a élaboré la théorie de cette séparation, qui lui semble la seule garantie valable des libertés politiques, d'après les institutions qu'il a vues fonctionner empiriquement en Angleterre, en 1730.

L'Esprit des lois connaît un grand succès : il est aussitôt lu, vanté et attaqué. Frédéric II en fait son livre de chevet, tout en se déclarant en désaccord en plusieurs points. Montesquieu confie à l'un de ses amis qu'il devine aisément lesquels. Catherine II trouve dans la doctrine des raisons de renforcer son autocratie. Les Anglais y découvrent les mérites des institutions libérales qui les régissent : dès 1749, ce livre fait autorité au parlement de Londres ; Marat en fait l'éloge dans une dissertation de 1785. Jefferson le lit le crayon à la main. Chacun trouve son bien en des analyses lucides et impartiales, qui l'éclairent sur les conditions, le mécanisme et les conséquences des divers régimes ou systèmes politiques. Montesquieu, en 1750, répond dans la *Défense de l'Esprit des lois* aux attaques des jésuites et des jansénistes. Malgré ses efforts, ses complaisances, ses protestations, ses promesses, malgré les corrections qu'il consent, le livre, condamné auparavant par la Sorbonne, est mis à l'Index en décembre 1751.

La même année, Montesquieu avait été élu par acclamations à l'Académie de Nancy. En reconnaissance, il avait écrit le dialogue de *Lysimaque*, qui contient peut-être le dernier mot de sa philosophie. Il y rend hommage aux malheurs et aux mérites de l'ancien roi de Pologne Stanislas Leszczynski. Pour l'*Encyclopédie* (*), il rédige l'*Essai sur le goût* qui paraîtra après sa mort, dans le tome VII de celle-ci, sans qu'il ait eu le temps d'y mettre la dernière main. Il avait courtoisement refusé à d'Alembert d'écrire les articles *Démocratie* et *Despotisme*. Mais sa vue baisse beaucoup. En 1749, des amis l'avaient pressé de se faire opérer de la cataracte par le célèbre oculiste allemand, Immer. Il avait refusé. Il ne cesse pas pour autant de voyager. En juin 1751, il est à Bordeaux ; à la fin de l'année, il est à Paris ; en septembre, à La Brède ; en décembre, à Paris ; en août 1754 à La Brède ; en janvier 1755, à Paris, où il meurt le 10 février.

La partie la plus étendue de son œuvre — *Voyages*, *Mes pensées*, *Histoire véritable* (1738), essais divers, correspondance —, la moins élaborée, mais aussi la plus vivante, est demeurée longtemps inédite. Les manuscrits en effet, cachés pendant la Révolution française, avaient été emportés en Angleterre par le petit-fils de l'écrivain. Ils n'ont été publiés pour la première fois que lors des dernières années du XIXe siècle et des premières du XXe dans une édition quasi confidentielle destinée aux bibliophiles de Guyenne (1891-1914). L'ensemble de l'œuvre n'est devenu aisément accessible au public que vers 1950. Celui-ci y reconnut avec surprise une pensée toute moderne.

ROGER CAILLOIS.

♦ *« Sa conversation était légère, agréable et instructive, par le grand nombre d'hommes et de peuples qu'il avait connus ; elle était coupée comme son style, pleine de sel et de saillies, sans amertume et sans satire. »* D'Alembert. ♦ *« Un génie mâle et rapide. »* Voltaire. ♦ *« Ses vertus ont fait honneur à la nature humaine, et ses écrits à la législation. »* Lord Chesterfield. ♦ *« Vous composez avec le préjugé comme un jeune homme, entrant dans le monde, en use avec les vieilles femmes qui ont encore des prétentions, et auprès desquelles il ne veut qu'être poli et paraître bien élevé. Mais aussi ne les flattez-vous pas trop ? »* Helvétius. ♦ *« Fait pour diriger l'opinion publique, non pour s'y asservir, il attaqua les ridicules à la mode et les préjugés destructeurs... Montesquieu respecta toujours les opinions qui assurent le repos de la société, et n'attaqua jamais que les préjugés funestes. Mais, pour en purger la terre, il ne prit point le ton dogmatique d'un réformateur ; il eut recours à cette satire délicate, dont les atteintes, pour être moins violentes, n'en sont que plus sûres. C'est ainsi qu'il ébranla les auteurs de la superstition. »* Marat. ♦ *« Montesquieu reste le maître préféré des esprits réfléchis, qui ont, comme lui-même, le goût de la modération joint au goût du progrès ; l'amour du bien public et l'aversion de toute injustice, même particulière ; la haine des abus et le respect des droits acquis ; l'horreur du désordre et la passion de la liberté. »* Petit de Julleville. ♦ *« Montesquieu n'écrit pas pour nous, qu'il ne prévoyait pas si primitifs. Il aime l'ellipse, et, dans nombre de ses maximes, il calcule sa phrase, la renoue finement à elle-même, il prévoit des esprits un peu plus déliés que les nôtres ; il leur offre les plaisirs de l'intelligence élégante et leur prête ce qu'il leur faut pour en jouir. »* Paul Valéry.

RÉF. : Maupertuis, *Éloge de Ch. de Secondat, baron de Montesquieu*, Hambourg, 1755. — D'Alembert, *Éloge de M. le Président de Montesquieu*, Londres, 1757. — Alexandre Deleyre, *Le Génie de Montesquieu*, Paris, 1758. — J.-P. Marat, *Éloge de Montesquieu* (présenté à l'Académie de Bordeaux le 28 mars 1785), Libourne, 1883. — Barère de Vieuzac, *Montesquieu peint d'après ses ouvrages*, Paris, 1797. — Abel Villemain, *Éloge de Montesquieu*, Paris, 1826. — Albert Sorel, *Montesquieu*, Paris, 1887. — É. Durkheim, *Quid Secundatus politicae scientiae instituendae contulerit*, thèse de Bordeaux, 1892, tr. fr. in *Revue d'histoire politique et constitutionnelle*, vol. I. — Ch. Jaubert, *Montesquieu économiste*, thèse, Aix, 1901. — J. Carayon, *Essai sur les rapports du pouvoir politique et du pouvoir religieux chez Montesquieu*, thèse, Montbéliard, 1903. — H. Barckhausen, *Montesquieu*, Paris, 1907. — J. Flach, *Platon et Montesquieu*, Paris, 1908. — J. Dedieu, *Montesquieu et la tradition politique anglaise en France. Les sources anglaises de « L'Esprit des lois »*, Paris, 1908 ; *Montesquieu*, Paris, 1913. — Edwin P. Dargan, *The Æsthetic Doctrine of Montesquieu*, thèse, Baltimore, 1911. — E. Levi- Malvano, *Montesquieu e Machiavelli* (en italien), Paris, 1912. — H. Knust, *Montesquieu und die Verfassung der Vereinigten Staaten*, Munich, 1922. — Ernst Cassirer, *Die Philosophie der Aufklärung*, Tübingen, 1932. — R. Hubert, G. Davy, G. Gurvitch, etc., numéro consacré à Montesquieu in *Revue de métaphysique et de morale,* vol. 46, Paris, 1939. — C. de La Taille-Loyanville, *Les Idées économiques et financières de Montesquieu*, thèse, Paris, 1940. — P. Barrière, *Un grand provincial : Montesquieu*, Bordeaux, 1946. — Maxime Leroy, *Histoire des idées sociales en France : I. De Montesquieu à Robespierre*, Paris, 1946. — Paul Hazard, *La Pensée européenne au XVIIIe siècle. De Montesquieu à Lessing*, Paris, 1946. — Bernard Groethuysen, introduction au choix de pages de *Montesquieu*, in « Les Classiques de la liberté », Genève, 1947. — Paul Dimoff, *Cicéron, Hobbes et Montesquieu*, Saarbruck, 1952. — [Divers], *La Pensée politique et constitutionnelle de Montesquieu (Bicentenaire de « L'Esprit des lois »)*, recueil Sirey, Paris, 1952. — P, Vernière, *Montesquieu et l'Esprit des lois ou la raison impure*, Paris, 1977. — R. Strackleton, *Montesquieu, biographie critique* (éd. anglaise 1961, trad. fr., Grenoble 1977). — J. Starobinski, *Montesquieu par lui-même*, Paris, 1953. — G. Benrekassa, *Montesquieu*, Paris, 1968. — S. Goyard-Fabre, *La Philosophie du droit de Montesquieu*, Paris, 1973. — L. Althusser, *Montesquieu, la politique et l'histoire*, Paris, 1959. — R. Aron, *Montesquieu*, Paris, 1962. — C. Rosso, *Montesquieu moraliste*, Pise, 1965. — J. Ehrard, *Politique de Montesquieu*, Paris, 1965. — G. Vlachos, *La Politique de Montesquieu*, Paris, 1974.

MONTHERLANT Henry de (pseud. d'Henry Millon de Montherlant). Romancier, dramaturge, essayiste. Né et mort à Paris : 21 avril 1896-21 septembre 1972. Sa famille était de petite noblesse, mais se considérait d'une essence supérieure au commun des mortels. Il fut fils unique, car sa mère ne se remit jamais de son accouchement difficile. Comme le père avait des soucis financiers, la famille alla loger à Neuilly « sous les ailes du grand-père et de la grand-mère maternels qui abritaient déjà un oncle et un grand-oncle maternels ». Avec le souvenir de ces oncles, Montherlant nourrira plus tard son roman *Les Célibataires*. Dans cette maisonnée plutôt triste, le jeune garçon est cependant heureux. C'est que, dès l'âge de neuf ans, il est saisi par le démon de la littérature. La première influence qu'il subit est celle du *Quo vadis ?* de Sienkiewicz. À douze ans, il sait qu'il sera écrivain et rien d'autre. En outre, il aime beaucoup le collège, et c'est à Sainte-Croix-de-Neuilly, en 1911, qu'il fait la connaissance du garçon dont il dira, dans *Mais aimons-nous ceux que nous aimons ?*, sa dernière œuvre : « Cet être est le seul que j'aie aimé de ma vie entière. » Cette amitié exaltée est mal vue de la direction, et Montherlant est renvoyé du collège. C'est de cette passion d'adolescent que devaient naître bien des années plus tard la pièce *La Ville dont le prince est un enfant* (1951) et le roman *Les Garçons* (publication partielle en 1969, intégrale en 1973). Pendant deux ans, Montherlant reçoit des leçons particulières, afin de passer son bachot, qu'il obtient en 1913. Sa mère le pousse à fréquenter bals et garden-parties, mais il ne s'y amuse pas. Il préfère les patronages catholiques et les ateliers de peinture à Montparnasse. Il s'inscrit aussi au club sportif populaire du journal *L'Auto.* Il éprouve la nostalgie des courses de taureaux et se flatte d'exploits qu'il aurait accomplis en ce domaine au cours de vacances en Espagne. Il songe déjà à écrire un livre sur le thème de la corrida : ce sera *Les Bestiaires* (en 1926). En 1914, son père meurt. Et puis c'est la guerre. Montherlant voudrait s'engager, à l'exemple d'un de ses amis dont il ne voudrait pas être séparé. Sa mère mourante lui demande d'attendre un peu. Montherlant écrit la pièce *L'Exil*, première œuvre qu'il jugera plus tard digne de figurer dans ses œuvres complètes. Pour le moment, il ne trouve pas d'éditeur qui veuille la publier. Il entreprend alors *La Relève du matin* où il se propose de chanter la gloire du collège. Sa mère meurt en 1915 et sa grand-mère l'autorise à devenir soldat. Versé d'abord dans l'auxiliaire, secrétaire d'état-major à Mirecourt (Vosges), il demande à être muté dans le service armé. Il est affecté en 1917 au 360e d'infanterie. Il s'y comportera vaillamment et sera gravement blessé, en 1918, à Bande-Laveline, de sept éclats d'obus dans les reins. Il est soigné à Saint-Dié, puis à Bernay. Au terme de sa convalescence, il devient interprète dans l'armée américaine, et c'est dans ces fonctions qu'il termine sa carrière militaire. Sa carrière littéraire s'ouvre en 1920 par la publication à compte d'auteur de *La Relève du matin,* livre qui a été successivement refusé par onze éditeurs. Le livre obtient un succès d'estime suffisant pour que la librairie Grasset accepte de prendre à sa charge *Le songe*, en 1922. Les Goncourt négligent ce beau roman. D'ailleurs, la grand-mère de Montherlant, chez laquelle il vit à Neuilly, serait attristée qu'on dise que son héritier « fait de la littérature » : officiellement, il est secrétaire de l'œuvre fondée pour ériger l'ossuaire de Douaumont. Il compose *Les Olympiques* (1924) (deux volumes : *Les Onze devant la porte dorée* et *Le Paradis à l'ombre des épées*), où il magnifie son expérience du stade, et un *Chant funèbre pour les morts de Verdun* (1924). La grand-mère meurt en 1925 et Montherlant met en vente la maison de Neuilly. Le prix qu'il en retire et ses droits d'auteur vont lui permettre de mener pendant plusieurs années une vie plus ou moins errante dans les pays de la Méditerranée occidentale : Espagne, Afrique du Nord, Italie. Il a confié que ces années n'avaient pas été heureuses : il était un « voyageur traqué », traqué par l'ennui dont il se libérait en écrivant. De cette époque date le triptyque qui comprend : *Aux fontaines du désir* (1927), *La Petite Infante de Castille* (1929), *Un voyageur solitaire est un diable* (publié en 1945). Ces trois livres sont composés de courts textes indépendants. En 1928, il commence à écrire une pièce, *Les Crétois*, dont il ne subsistera que le fragment intitulé *Pasiphaé*. Il entreprend en août 1930 une œuvre romanesque de longue haleine, *La Rose de sable*, et il ne revient en France qu'après l'avoir terminée. Nous sommes en 1932, année où paraît *Mors et Vita*. Montherlant découvre que l'après-guerre est fini et que l'on est entré dans un nouvel avant-guerre. Il a l'impression que la France est en pleine décomposition. Aussi ne publiera-t-il pas *La Rose de sable* (qui ne paraîtra qu'en 1968), parce qu'il y dénonçait l'attitude déplorable des Français au Maroc. Il y racontait aussi, avec de prudentes transpositions, ses aventures pédérastiques en Afrique du Nord. Il s'attelle à un autre roman dont les thèmes sont moins dangereux : *Les Célibataires*, qui paraît en 1934 et reçoit un accueil enthousiaste et le grand prix de l'Académie française. La même année, il publie un volume de poèmes : *Encore un instant de bonheur*. Les journaux s'arrachent sa collaboration. On lui propose même d'être le rédacteur en chef du *Figaro*, mais il refuse. Il préfère collaborer librement aux journaux les plus divers et de tendances politiques opposées (aussi bien d'extrême droite que communistes). En 1935, il exposera dans *Service inutile* le conflit entre l'âme et l'intelligence : « L'âme dit "service", et l'intelligence dit "inutile". » Mais on peut vouloir satisfaire son âme. Ainsi s'expliquent les écrits « civiques » de Montherlant. Toutefois, à cette époque, la question qui l'occupe le plus est la question des femmes. Déjà, en 1924, il s'était fiancé et il avait vite rompu ses fiançailles. En 1934, il se fiance à nouveau et derechef il rompt ses fiançailles. Or, remarque-t-il, « il s'agissait de fiançailles très sérieuses, avec prise de contact des notaires ». Le sérieux de l'amour n'est peut-être pas une affaire de notaires. Cependant, ces deux histoires de fiançailles, ainsi que ses relations avec des lectrices enthousiastes, ont fourni à Montherlant la matière de son roman-dossier intitulé *Les Jeunes Filles* (*), qui comprend quatre volumes : *Les Jeunes Filles* (1936), *Pitié pour les femmes* (1936), *Le Démon du bien* (1937), *Les Lépreuses* (1939). Ce roman lui vaut son premier succès de grand public. Il y peint complaisamment un personnage de mufle assez réjouissant et qu'il n'est pas trop mécontent que l'on confonde avec lui. La composition de cet ouvrage est perturbée par les événements extérieurs auxquels l'auteur n'est certes pas insensible. Il intervient avec violence en 1938 contre les accords de Munich. Il reproche à la France sa « morale de midinette ». Ses articles de l'époque, réunis dans *L'Équinoxe de septembre*, le font accuser de bellicisme. En 1939, il songe à s'engager mais se trouve atteint de congestion pulmonaire. Rétabli, il se fait envoyer en mai 1940 sur le front des combats comme correspondant de guerre. Il n'aura l'occasion de publier qu'une seule chronique, car l'exode le refoule sur Paris où il est de retour le 7 juin. Il n'y reste pas et nous le retrouvons à Marseille le 10 juin. Il demeurera dans le Midi jusqu'en mai 1941. Il y écrit les textes qui seront recueillis dans *Le Solstice de juin* à la fin de cette année 1941. Le goût de se battre l'a quitté et il recommande « l'acceptation », ce qui surprend de la part de ce foudre de guerre. Néanmoins, il ne s'aligne pas sur le moralisme de circonstance du gouvernement vichyssois. Mais il décide de regagner Paris occupé. L'administrateur de la Comédie-Française lui a demandé une pièce — en lui conseillant d'adapter une œuvre espagnole — et c'est un tournant dans la vie de Montherlant qui va, dans les années suivantes, se consacrer principalement au théâtre. *La Reine morte* (*) sera créée en 1942 avec un immense succès. Certaines répliques furent applaudies par un public hostile à l'occupant. La pièce semblait cependant manifester que l'auteur doutait de l'importance de toutes les actions humaines. Montherlant ne donna qu'une autre œuvre sous l'Occupation : *Fils de personne* (1943), où un père finit par se désintéresser de son fils parce qu'il le trouve médiocre. Ce fut encore un succès. À la Libération, Montherlant eut la surprise de se voir inquiéter par les épurateurs. Il se trouvait victime de confrères jaloux plutôt que de ses prises de position politiques. Le volume intitulé *Textes sous une occupation* montre assez qu'on ne pouvait l'accuser d'intelligence avec l'ennemi. Il souffrit profondément des attaques dont il fut l'objet et, après l'épreuve, éprouva « la soif d'un immense retirement ». Cette soif s'exprime dans les pièces à sujet religieux : *Le Maître de Santiago* (1947), *Port-Royal* (1954), *Le Cardinal d'Espagne* (1960), mais le goût du cloître ne traduit chez Montherlant qu'un dégoût de l'agitation humaine et non pas l'espoir dans un autre monde. Toutefois, une autre série de pièces est une exaltation du plaisir : *Malatesta* (publié en 1948 et créé en 1950) et *Don Juan* (1958). « De tous côtés, autour de moi, je ne trouve que la nuit noire ; mes heures de chasse et d'amour sont les seules étoiles de cette nuit ; elles en sont l'unique clarté », est-il dit dans *Don Juan,* et Montherlant n'a pas craint de disserter sur le thème *L'infini est du côté de Malatesta*. Parmi les pièces qui composent son théâtre, on trouve autant de pièces contemporaines que de « pièces à costumes » ; après *Fils de personne,* citons *Un incompris* (1944), *Demain il fera jour* (1949) (qui est la suite de *Fils de personne*), *Celles qu'on prend dans ses bras* (1950), *La Ville dont le prince est un enfant* (dont le texte est publié en 1951, bien avant que l'auteur en autorise la représentation), *Brocéliande* (1956). *La Ville dont le prince est un enfant* fut créée en 1967 et obtint un triomphe. Montherlant était en coquetterie avec l'Académie française depuis 1947. En 1955, il fit savoir par une lettre au doyen d'élection qu'il ne poserait jamais sa candidature mais que, si on l'élisait sans qu'il l'ait sollicité, il remplirait tous les devoirs d'usage, dont il n'excluait ni les fameuses visites ni, bien sûr, le discours. C'est dans ces conditions qu'il fut élu en 1960 sur « présentation » du secrétaire perpétuel, par vingt-quatre voix sur vingt-neuf votants. Cette procédure exceptionnelle n'avait encore jamais été utilisée. Souffrant d'agoraphobie, Montherlant fut dispensé de lire son remerciement en séance publique. Un mystère plane sur ses ennuis de santé et notamment sur l'origine de ses troubles oculaires, qui ne cessaient de s'aggraver. En 1963, Montherlant revient au roman avec *Le Chaos et la Nuit*. Il y étudie la peur à l'approche de la mort et parvient à la surmonter. En 1965, il donne sa dernière pièce, *La Guerre civile*, où il met en scène Pompée et Caton. Pompée déclare : « Demain, les deux partis seront confondus chez les morts ; après-demain confondus dans l'oubli. » Bien que Montherlant assure en son propre nom que bientôt rien ne restera de son œuvre d'écrivain, il ne cesse de la commenter dans de nombreuses préfaces et postfaces, et dans des *Carnets* (1957) auxquels se rattachent *Va jouer avec cette poussière* (1966), *La Marée du soir* (1972), *Tous feux éteints* (1975). Pour lutter contre le vieillissement, il se retourne vers les bonnes — et les mauvaises — heures de sa jeunesse et termine *Les Garçons* (1969). Un autre roman, *Un assassin est mon maître* (1971), le montre sensible à la pitié pour les faibles et à l'absence de charité entre les hommes. Il y condamne aussi la psychanalyse qui, selon lui, enfonce les gens dans leur misère morale plutôt qu'elle ne les en sort. Au début de 1972, dans *La Marée du soir*, il annonçe que, ayant déjà perdu l'usage d'un œil, il se suicidera avant de devenir complètement aveugle. Ce qu'il fait au mois de septembre, en se tirant une balle de revolver dans la bouche. Par le courage qu'il manifesta, il rejoignait les héros de l'Antiquité et de la Renaissance qu'il aimait tellement. Car il s'agissait d'une décision longuement méditée. En homme de théâtre et en homme de conscience, il avait réglé son dernier acte et mis toutes ses affaires en ordre. Son œuvre avait paru partagée entre catholicisme et paganisme : par son geste hardiment désespéré, il désignait sa famille véritable. Il demandait qu'on ne considère pas son désespoir comme la conséquence d'un mépris pour le monde. Tout au contraire, il assurait que son suicide traduisait son respect pour la vie et pour lui-même. Il ne voulait plus vivre dans des conditions qui lui paraissaient indignes de lui.

Personne n'a jamais mis en question sa qualité de grand écrivain. Le succès ne l'a d'ailleurs jamais boudé. Nourri d'humanités classiques, c'est un styliste de tout premier ordre. On ne l'a jamais accusé de mal écrire, mais parfois d'écrire trop bien. En fait, aucune froideur chez lui. Il avait retenu la leçon de Saint-Simon, dont il savourait la libre allure et la verve. Il avait le sens de l'humour et l'a souvent prouvé dans des essais comme *Service inutile* et des romans comme *Les Célibataires* et *Les Garçons*. Son théâtre est peut-être plus guindé, mais c'est qu'il désapprouvait le débraillé lorsqu'on se présente directement au public sur une scène. Dans ses débuts, il avait rêvé d'être un prince de la jeunesse, comme l'avaient été Barrès et Gide. Mais il rappelle davantage D'Annunzio par sa science des attitudes. En 1942, il confectionna un volume de pages choisies, *La Vie en forme de proue*, destiné « à l'usage des jeunes gens ». Toutefois, il y avait contradiction entre son acceptation de la défaite et ses appels à l'héroïsme. La même année, il triompha avec *sa Reine morte*, qui est une œuvre très pessimiste. Elle enseignait que, si la vie n'a pas de sens, cela ne dispense pas de se conduire avec noblesse et dignité. Mais les jeunes gens ont besoin d'une foi et de donner un but et une raison à leurs enthousiasmes. Montherlant n'était pas désigné pour s'adresser spécialement à eux. Cela n'enlève rien à ses éminentes qualités littéraires, ni non plus à l'intérêt de ses considérations sur les divers sujets qu'il aborde.

JACQUES BRENNER.

♦ *« J'ai le plus grand respect des hommes qui représentent vraiment la France et, dans la littérature, je compte parmi eux Henry de Montherlant. On n'est pas plus français que lui. »* Aragon (1938). ♦ *« Quand sera retrouvée cette vérité banale qu'il existe un art littéraire, comme il existe un art pictural et un art musical ; quand les écrivains — seuls à le faire — cesseront de traiter de haut "la littérature" (qui parfois le leur rend bien), l'œuvre de Montherlant montrera que l'art de notre temps connut, lui aussi, l'union fort rare de l'ironie avec une écriture royale. »* André Malraux (1952). ♦ *« Il y a là de la caracole, de la piaffe ; cela sent son cheval de race et "l'étalon cabré" ; mais également un peu le cirque, les tréteaux, et le regard étonné du public auquel sans cesse il fait appel. »* André Gide (1927). ♦ *« Montherlant est toujours sur la scène, à ses propres yeux comme aux yeux des autres. Reconnaissons qu'il y fait une figure singulière ; une figure qui ne manque ni d'unité à travers ses contradictions ni de profonde violence à travers ses coquetteries et ses faiblesses. »* Marcel Arland (1955).

RÉF. : Michel Mohrt, *Montherlant, homme libre,* 1943. — Jacques de Laprade, *Le Théâtre de Montherlant,* 1953. — Georges Bordonove, *Henry de Montherlant,* 1954. — Marcel Arland, *La Grâce d'écrire,* 1955. — Henri Perruchot, *Montherlant,* 1959. — John Batchelor, *Existence et imagination, essai sur le théâtre de Montherlant,* Paris, 1970. — Marcel Lobet, *Montherlant et le Sacré,* Paris, 1972. — Numéro spécial de *La Nouvelle Revue française* consacré à Henry de Montherlant, février 1973. — Manuel Sito-Alba,

Montherlant et l'Espagne : les sources hispaniques de « La Reine morte », Paris, 1978. — Pierre Sipriot, *Montherlant sans masque,* 2 vol., Paris, 1982-1990. — Michel Raimond, *Les Romans de Montherlant,* Paris, 1982. — Pierre Duvoisin, *Montherlant et l'Antiquité,* Paris, 1987.

Moralités (Les). La moralité, genre de représentation qui connut une grande faveur surtout au XVe et au XVIe siècle, remplit — comme le dit Lanson — « tout l'espace qui sépare le mystère de la sotie et de la farce ». La démarcation est d'ailleurs souvent mal définie et, à côté de pièces que nous devrions classer parmi les farces et qui se donnent le titre de moralité, comme la *Moralité de l'aveugle et du boiteux* d'André de la Vigne (1470 ?-après 1515), à côté d'un *Jeu de Griselidis*, du XIVe siècle, longtemps classé parmi les mystères, alors qu'il a tous les caractères d'une moralité, et à côté de la *Moralité nouvelle d'un empereur*, qui est moins une moralité qu'un mystère, nombreuses sont les moralités qui mettent en scène des fous ou des sots, ou qui ont des intentions satiriques ou politiques comme les soties — v. *Soties* (*). Cependant, en général, la moralité veut — comme le dit son nom — donner une leçon édifiante. Petit de Julleville a catalogué une soixantaine de *Moralités*, presque toutes de la seconde moitié du XVe et de la première moitié du XVIe siècle. Les abstractions et les allégories personnifiées sont très fréquentes, mais non indispensables : elles étaient d'ailleurs monnaie courante dans la littérature du Moyen Âge qui en voit le triomphe dans le *Roman de la Rose* (*). En dehors des moralités allégoriques qui, malgré les personnifications bizarres et amusantes, le dialogue quelquefois vivant, le mouvement de la mise en scène, sont souvent obscures, froides, redondantes, ennuyeuses, il existe des moralités pathétiques, des moralités comiques, des moralités politiques ou satiriques. Lorsque le genre commençait sa décadence, il chercha, et non sans succès d'ailleurs, un renouvellement dans les sujets historiques.

Les premiers exemples de pièces qui nous restent et qui peuvent se rattacher à la moralité telle qu'elle fleurira plus tard sont, dès le XIIIe siècle, quelques dialogues, quelques « débats », destinés à être récités par des jongleurs plutôt que joués sur une scène : déjà la chante-fable d'*Aucassin et Nicolette* (*) (Ire moitié du XIIIe siècle), semble avoir été composée pour être dite, peut-être mimée par un acteur ; c'est l'histoire charmante, mêlée de « laisses » chantées et de récits souvent dialogués, des amours contrariées, puis triomphantes, de deux jeunes gens. *Le Lai de Courtois*, dont l'auteur serait un certain Courtois d'Arras, est une adaptation de la parabole de l'enfant prodigue, selon saint Luc, transposée dans le décor du XIIIe siècle. Elle aussi semble destinée à être jouée et mimée par un seul acteur. En un « débat » du XIIIe siècle cité par Gaston Paris, Pierre de la Broce, le célèbre favori de Philippe III, dispute devant « Raison » contre « Fortune ».

Le XVIe siècle nous a laissé fort peu de sa production dramatique : Petit de Julleville signale des représentations de moralités, farces, dialogues, en plusieurs villes. Les sociétés et les confréries surgissent — la Basoche, les Enfants-sans-souci — qui prospéreront au cours du siècle suivant et donneront un grand essor au théâtre profane. Il reste d'Eustache Deschamps (1346-1406) un *Dit des quatre offices de l'Ostel du Roi*, « à jouer par personnages », sans doute sur une scène privée dans les communs du Palais royal, insipide et plat divertissement de cour, mais qui présente les caractéristiques essentielles de la moralité. Du XIVe également est le *Mystère de Griselidis* (1395) ; en dépit de sa construction semblable à celle des « miracles », c'est un drame purement moral, très voisin des moralités pathétiques du siècle suivant. L'*Histoire de Griselidis* est tirée du dernier conte du *Décaméron* de Boccace, l'un des plus châtiés. L'histoire de Griselidis, riche de traits touchants et délicats, pleine de sensibilité, conserve une fraîcheur qui est rare dans le théâtre profane de l'époque. Petit de Julleville signale une moralité ou peut-être simple pantomime, *Des sept vertus et sept péchés mortels*, jouée à Tours en 1390. Un *Mystère du bien advisé et du mal advisé*, qui malgré son nom est bien une moralité, est joué en 1396.

Le XVe et le XVIe siècle voient triompher la moralité dans toutes ses variétés. Elle est parfois partie intégrante, encore qu'intermède, d'un mystère. C'est ainsi que la *Moralité de l'aveugle et du boiteux* d'André de la Vigne s'insère dans le *Mystère de saint Martin* joué en 1496 à Seurre, en Bourgogne, à l'abbaye de Saint-Martin. La châsse contenant les reliques du saint a été laissée sur la scène : l'aveugle et le boiteux, qui tirent leur subsistance de leurs infirmités, tout en s'en plaignant, ont entendu parler des miracles du saint et craignent de rencontrer ses reliques. Le cul-de-jatte sur les épaules de l'aveugle, l'un guidant l'autre, ils veulent fuir la redoutable rencontre. Mais le miracle s'accomplit et les deux drôles se trouvent guéris : l'aveugle, en voyant la lumière, se plie de bonne grâce au prodige et en remercie le Ciel, prêt à travailler ; alors que l'estropié peste comme un beau diable d'avoir à abandonner sa vie de paresse ; il se console en pensant aux ressources de la cour des miracles. La pièce est alerte et amusante, plutôt farce que moralité, en dépit de son titre. Le spectacle, dont l'auteur était aussi « meneur de jeu », comprenait également une farce, la *Farce du munyer de qui le diable emporte l'âme en enfer*, jouée avant le mystère. Du même genre que la *Moralité de l'aveugle et du boiteux*, c'est-à-dire simplement comique, sans intentions moralisatrices est la *Moralité de Marchebeau*, de l'époque de Charles VII, à quatre personnages, Marchebeau, Galop, Amour et Convoitise ; Marchebeau et Galop, qui se disent frères d'armes et qui arrivent à la conclusion qu'« amour ne fait rien sans argent », sont deux aventuriers assez proches parents de *Messieurs de Mallepaye et de Baillevent*, dialogue de l'époque de Louis XI, attribué déjà à Villon, et du *Franc-Archer de Bagnolet*, qui lui a été aussi attribué pendant longtemps.

Il serait impossible de résumer ici toutes les moralités que nous ont laissées le XVe et le XVIe siècle. Parmi les moralités de sujet religieux à grand nombre de personnages, nous citerons la *Moralité de la vendition de Joseph*, à 49 personnages, celle des *Blasphémateurs de Dieu* à 17 personnages. L'une des plus célèbres est la *Moralité du maulvais riche et du ladre* (XVe siècle), « à 13 personnages, c'est à sçavoir le Maulvais Riche, la Femme du Maulvais Riche, le Ladre, le Prescheur, Trotemenu, Tripet cuisinier, Dieu-le-Père, Raphaël, Abraham, Lucifer, Sathan » — qui n'est qu'un petit diable — « Rahouart, Agrippart » (deux diables). La moralité suit exactement le texte de l'*Évangile*. Elle s'ouvre par un sermon du Prescheur qui explique l'action, puis celle-ci commence. Le Riche ordonne à son valet Trotemenu de lâcher les chiens sur le Lépreux qui l'ennuie avec ses cliquettes. Mais les chiens, loin de le dévorer, lèchent ses plaies ; Dieu a pitié de lui ; l'Ange le touche, il meurt et l'Ange emporte au Ciel son âme. Lucifer doit renoncer à la proie qu'il guettait, mais il aura l'âme du Riche. Et c'est la damnation, aussi impitoyable que dans l'*Évangile*. On trouve différentes éditions, présentant quelques variantes, de cette moralité, dont le sujet devait être cher au peuple, qui y voyait vengées ses souffrances et punie l'injustice des riches, et y retrouvait en même temps les images des vitraux de la cathédrale de Bourges ou de Saint-Étienne-du-Mont. — La moralité allégorique foisonne et les arguments les plus divers sont traités avec une fantaisie lourde et fastidieuse, à grand renfort de personnifications extravagantes. Nous citerons, du XVe siècle, une *Farce nouvelle et très bonne de Folle Bombance*, qui est en réalité une moralité par son argument et par son personnage allégorique, la riche dame Folle Bombance ; et une sotie par ses autres personnages, un fou gentilhomme, un fou marchand, un fou laboureur. Elle nous montre Folle Bombance conviant autour d'elle tous les fous du monde (le gentilhomme, le marchand et le laboureur sont vite convaincus) : l'un vend ses bœufs et sa terre, l'autre abandonne ses négoces, le troisième dilapide ses rentes, pour mener joyeuse vie et jouir du plaisir de Bombance. Et les trois pauvres fous se retrouvent en peu de temps désabusés et ruinés au château de Pauvreté ou château Tout-y-fault ; là, ils maudissent un peu trop tard l'aveuglement qui leur a fait suivre Dame Bombance. — La *Moralité de Mundus, Caro, Demonia* (1505) montre « les durs assaults et tentations qu'ils font au chevalier Chrestien et comme par conseil de son bon Esprit avec la grâce de Dieu les vaincra et à la fin aura le royaume de paradis » ; elle est à cinq personnages, à savoir le Chevalier Chrestien, l'Esprit, la Chair, le Monde et le Dyable. Une moralité très singulière, *La Condamnacion de bancquet*, composée par l'écrivain français et médecin de Louis XII, Nicole de la Chesnaye, fut publiée en 1507, à la suite de son traité en prose intitulé *La Nef de Santé avec le gouvernail du corps humain et la Condamnacion des bancquets, à la louenge de la diepte et sobriété, et le Traicté des passions de l'Ame*. Les titres souvent nous amusent, si la moralité nous amuse moins. Si nous trouvons une *Moralité joyeuse à quatre personnages,* « c'est à sçavoir le Ventre, les Jambes, le Cœur, le Chef », il y en a de plus abstraites : il y a une *Moralité à quatre personnages*, « c'est à sçavoir Chascun, Plusieurs, le Temps qui court, le Monde » ; une *Moralité de Tout le Monde* « à quatre personnages, c'est assavoir Tout le Monde, le Premier Compagnon, le Deuxième et le Troisième ; une *Farce nouvelle très bonne, moralle et fort joyeuse*, « à trois personnages, c'est à sçavoir Tout, Rien et Chascun » : « Tout » et « Rien » se disputent « Chascun ». Celui-ci court à « Tout » en se moquant de « Rien ». Mais sur un coup de dés où « Rien » a tenu le cornet, la chance tourne et alors « Tout » et « Chascun » reviennent à « Rien ». C'est la loi commune. Quoi qu'on fasse, il n'est pas de chose qui ne lui retourne.

Les moralités politiques ou polémiques sont très nombreuses. Tout au début du règne de Louis XI, *La Farce moralisée des gens nouveaux* maltraite les nouveaux personnages, arrivés au pouvoir à l'avènement du roi, revenus aux abus des anciens. Il ne nous reste guère d'autre pièce attaquant le roi ou ses gens, jusqu'au règne de Louis XII. Acteurs et auteurs avaient appris parfois à leurs dépens à ne pas se mêler de politique sous Charles VII, Louis XI et Charles VIII. Au contraire, Louis XII lâche les rênes et même se sert du théâtre pour toucher l'opinion publique. — Les querelles religieuses sont vives sur la scène comme à la ville. Sur les 65 moralités cataloguées par Petit de Julleville, on compte 15 moralités polémiques. Il en est pour la Réforme et contre la Réforme, il en est contre la noblesse et contre la Justice, chacun en prend pour son grade. Il y a une *Moralité de la maladie de chrétienté*, à douze personnages ; il y a une *Moralité des quatre âges*, « à quatre pers., c'est à sç. l'Âge d'or, d'argent, d'airain et de fer », qui s'en prend à la Noblesse et au Clergé. Il y a une *Moralité de l'affligé*, où « Connaissance », qui est la Réforme, vient au secours de l'« Affligé », dispute contre « Ignorance », qui est l'Église, et libère l'« Affligé » de son joug (1545) ; et il y a *Science et Anerye*, « moralité à quatre pers., c'est à sç. Science, son Clerq, Anerye, son Clerq qui est Badin », où — à peu près à la même époque — l'Église est attaquée crûment pour sa complaisance envers les ignorants qui la perdent, son dédain pour les gens de savoir qui la sauveraient. « Science » demande : « Que vendez-vous ? » « Anerye » répond : « Des bénéfices. » La Réforme a éclaté ; l'hérésie est menaçante ; et seule « Anerye » a voix au chapitre. Il y a *Église, Noblesse et Pauvreté qui font la lessive*, où « Église » et « Noblesse » obligent « Pauvreté » à laver leur linge sale et, la lessive faite, lui chargent le paquet sur le dos, pendant qu'elle pleure et maudit, mais sans oser se révolter. Il y a une *Farce morale des trois pèlerins*, « à quatre pers. c'est à sç. les trois Pèlerins et Malice ». Partis de leur vallée pour voir ce qui se passe dans le monde, les Pèlerins apprennent que de grands changements ont eu lieu ; les femmes dominent à tel point que même le genre des mots est changé : on dit maintenant « la désordre ». Ils rencontrent « Malice », qui leur confirme que partout est désordre : dans les mœurs qui s'efféminent, dans l'Église affaiblie par les abus, dans la Justice qui vend ses sentences, chez les marchands et chez les guerriers ; ces derniers se battent à tort et à travers, au lieu de combattre les luthériens. L'amour est devenu la ruine des ménages, les étrangers mettent au pillage la France qui leur offre hospitalité. Et les Pèlerins concluent que puisque tout est désordre, point n'est besoin de tant courir pour l'aller chercher, et rentrent chez eux. Sous le règne de François Ier, alors que la moralité allait bientôt disparaître, éclipsée par la tragédie imitée des Anciens, nous trouvons encore des moralités qui sont presque des mystères, telle la *Moralité nouvelle d'un Empereur*, « qui tua son Nepveu qui avoit prins une fille à force, et comment le dict Empereur étant au lit de la mort, la Saincte Hostie luy fut apportée miraculeusement. »

En dépit d'inégalités de style et de rythme, le drame a un beau mouvement et est l'un des meilleurs que le théâtre profane d'avant la Renaissance nous ait laissés. Marguerite de Navarre apprécie le genre de la moralité, même si elle l'appelle comédie : sont des moralités bibliques *La Nativité de Jésus-Christ, L'Adoration des trois rois à Jésus-Christ, Les Innocents, Le Désert*. La moralité sur sa fin essaie de se rajeunir en cherchant ses sujets dans l'Histoire, contemporaine ou ancienne, quand ce n'est pas dans le fait divers : il y a une *Moralité nouvelle très fructueuse de l'Enfant de perdition*, « qui pendit son Père et tua sa Mère et comment il se désespéra : à sept personnages, le Bourgeois, la Bourgeoise, le Fils du Bourgeois, quatre Brigands ». Mais il y a la *Moralité de la prinse de Calais* (1588), à deux personnages, le François et l'Anglois ; la prise de Calais, après plus de deux siècles de domination anglaise, avait été célébrée en prose et en vers ; le théâtre se devait de dire son mot, le seul du reste que nous connaissions. Cette moralité riposte sur le ton sérieux à une farce moqueuse jouée à Arras. L'Anglais se lamente et le Français répond que sa défaite n'est qu'une juste restitution d'un bien injustement acquis et une juste rançon de l'abandon de la vraie religion. Dieu récompense ainsi la France fidèle à la Foi. – Il y a encore la *Moralité de la Mère et de la Fille*, ou plus exactement *Moralité ou Histoire Rommaine* « d'une femme qui avait voulu trahir la cité de Romme et comment la Fille la nourrit six sepmaines de son lait en prison. À cinq personnages, c'est assavoir Oracius, Valerius, le Sergent, la Mère et la Fille ». La tragédie d'inspiration classique est aux portes et les concessions au goût nouveau ne se bornent pas à la recherche d'un sujet dans Valère Maxime. La moralité se baptise tragédie, comme le fait l'*Amour d'un Serviteur envers sa Maîtresse* de Jean Bretog (1571), « tragédie à huit personnages » qui est bien une moralité. Personnages : « le Serviteur, Vénus, Chasteté, la Femme, la Jalousie, le Mari, l'Archer, le Prévôt ». Le Mari feint d'aller prendre la garde au guet, surprend les infidèles, chasse sa femme et livre à l'Archer le Serviteur que le Prévôt fera pendre ; il meurt lui-même de jalousie et de regret.

La moralité, avec sa grande variété de sujets, de ton, de développement, contenait le germe d'un théâtre dramatique tel que nous l'entendons aujourd'hui. Gaston Paris observe que « cultivé, il eût pu, en même temps que la transformation profane des Mystères, donner naissance à un théâtre moderne vraiment français, au lieu que celui-ci devait naître de l'imitation servile, puis de l'adaptation laborieuse de la tragédie antique ». – À consulter les recueils anciens de Le Roux de Lincy et Fr. Michel, Paris, 1837, 4 vol. ; P. L. Jacob, Paris, 1859 ; E. Fournier, Paris, 1872 et l'ouvrage de J. Cl. Aubailly, *Le Monologue, le Dialogue et la Sottie*, Paris, 1976.

Moralités légendaires. Œuvre posthume en prose du poète Jules Laforgue (1860-1887), publiée en 1890. L'ironie, qui était un des traits caractéristiques des *Complaintes* – v. *Poésies* (*) de Laforgue –, se donne libre cours dans ce livre où l'artiste traite, avec sa sensibilité raffinée de moderne, des légendes et des traditions antiques, des personnages littéraires et des croyances religieuses, les interprétant selon une fantaisie capricieuse, et dépouillant les sentiments et les passions de leur caractère idéal pour les plonger dans la réalité commune de la vie quotidienne. « Hamlet ou les Suites de la piété filiale » montre l'« étrange personnage » du drame célèbre dans sa banalité d'homme quelconque ; le prince se rend au cimetière – qui était chez Shakespeare le théâtre de ses réflexions sur la mort –, y trouve des fossoyeurs qui lui apprennent qu'ils se préparent à ensevelir Ophélie, trouvée noyée, et que, par sa mère, il est le demi-frère du bouffon Yorick : devant ces révélations, Hamlet essaie vainement de s'émouvoir ; puis il meurt, succombant à la vengeance de Laërte qui impute à sa folie la mort de Polonius et celle de sa fille Ophélie. À travers une brillante parodie des monologues fameux, Hamlet n'apparaît plus que comme un pauvre diable assez ordinaire, cherchant sans succès à trouver un sens à son existence. Les fictions de « Lohengrin, fils de Parsifal » et de « Salomé » ne sont également que des prétextes à ironiser avec esprit sur ces personnages et sur leur milieu historique, en particulier au moyen d'anachronismes plaisants et de bouffonneries cachées sous une feinte gravité. Certains mythes, légués par des siècles lointains, se prêtent mieux encore à un tel déguisement : ce sont « Pan et la Syrinx, ou l'Invention de la flûte à sept tuyaux » et « Persée et Andromède, ou Le plus heureux des trois », où l'auteur se joue avec une malice imperturbable de l'histoire fantastique du dragon de la légende antique. Quant au « Miracle des roses », il décrit les hallucinations que le sang et la couleur rouge produisent chez une malade, unissant l'éclat d'une fête religieuse à des inquiétudes morbides. L'œuvre fait montre d'une ironie acérée en s'attaquant à des thèmes légendaires et poétiques fixés par la tradition, en rabaissant au rang d'une expérience quotidienne l'action des héros et des personnages célèbres. C'est dans ce contraste subtil et dans l'abondance des réflexions amères et plaisantes à la fois que se dessine l'attitude particulière de Laforgue : un romantisme non avoué qui se déguise sous le cynisme et l'impertinence.

MORAND Paul. Romancier et nouvelliste. Né et mort à Paris : 13 mars 1888-23 juillet 1976. Son père, Eugène Morand, auteur dramatique et peintre, devint en 1902 conservateur du Dépôt des marbres. Le jeune Paul fut élève du lycée Carnot. En 1905, il passa l'été à Munich. Il avait raté son baccalauréat de philosophie en juin. On lui donna un précepteur pour préparer la session d'octobre : ce précepteur était Jean Giraudoux, alors correspondant du *Figaro* : ce fut la naissance d'une longue amitié. Après ce fameux bachot, Morand s'inscrivit à l'École des sciences politiques et à la faculté de droit. Il passait toujours ses vacances à l'étranger : premiers séjours en Angleterre et en Italie. En 1908, son père devient directeur de l'École des arts décoratifs. Paul passe une année à Oxford pour se perfectionner dans la langue du pays. Puis il doit accomplir son service militaire (au 36e R.I. à Caen). Ce brillant sportif est curieusement versé dans l'auxiliaire. Il revient ensuite à l'École des sciences politiques et, en 1912, passe le concours des vice-consulats, aux Affaires étrangères. Il devient attaché au protocole. L'année suivante il est reçu au concours des ambassades et il est nommé attaché à Londres. En 1914, il est mobilisé au 4e zouaves, mais, au bout d'un mois, il est renvoyé comme « affecté spécial » à l'ambassade de Londres. Ce qu'il appelle son « âge snob » commence. On en trouvera le reflet dans son *Journal d'un attaché d'ambassade* (1947). Son service lui permet de venir souvent à Paris. Il fréquente les salons, fait la connaissance de Marcel Proust, se lie avec la princesse Soutzo qui tiendra désormais une place considérable dans sa vie. Il quitte Londres et devient attaché au cabinet Briand, puis au cabinet Ribot. De cette époque date son amitié avec Cocteau, Auric, Milhaud. En 1917, il est nommé troisième secrétaire à Rome. C'est aussi l'année où il publie sa première nouvelle, *Clarisse,* dans *Le Mercure de France* (*). Il écrit les poèmes de *Lampes à arc.* En 1918, c'est le retour à Paris, où il a rang de deuxième secrétaire et travaille dans les services culturels du ministère. Son premier recueil de nouvelles, *Tendres stocks,* paraît en 1921 avec une préface de Proust. Puis c'est *Ouvert la nuit* (*) (1921), *Fermé la nuit* (1923), *Lewis et Irène* (1924) qui font de Morand l'écrivain à la mode. C'est alors qu'il demande à partir pour Bangkok comme chargé d'affaires. Mais il n'y reste que quelques mois et, à son retour, se fait mettre en congé illimité aux Affaires étrangères. Peu après, il épouse Hélène Soutzo et le couple s'installe dans une luxueuse demeure de l'avenue Charles-Floquet (cadeau du père d'Hélène). Morand ne cesse pourtant d'être sur les routes. Son œuvre est une vaste enquête. C'est le présent dans toute sa nouveauté qui l'intéresse. Il considère ses nouvelles et ses brefs romans comme des « feuilles de température » du monde. Il baptise *Chroniques du XXe siècle* un ensemble de quatre volumes où il peint successivement l'Europe, la négritude, les pays asiatiques, l'Amérique du Nord. Titres : *L'Europe galante* (1925), *Magie noire* (1928), *Bouddha vivant* (1927) et *Champions du monde* (1930). Il ne s'exprime pas seulement dans des fictions. Au cours des années 30, il obtient quelques-uns de ses plus grands succès avec des portraits de villes : *New York* (1930), *Londres* (1933) et aussi avec un essai sur la « Belle Époque », *1900* (1931). Néanmoins chacun admet que son chef-d'œuvre est la nouvelle intitulée *Milady* (1936) qui raconte une passion entre un cavalier et son cheval. En 1938, il approuve les accords de Munich et estime de son devoir de reprendre du service aux Affaires étrangères. On l'envoie représenter la France à la Commission internationale du Danube. En 1939, la guerre déclarée, il est nommé chef de la Mission française de guerre économique auprès du gouvernement anglais à Londres. En juillet 1940, il rentre en France et gagne Vichy où l'on ne sait trop quelle mission lui confier. Il revient alors à Paris et publie un roman, *L'Homme pressé* (1941), où les lecteurs de l'époque ne retrouvent aucune de leurs préoccupations du moment. Sur le plan politique, il s'abstient de déclarations publiques. Est-ce une attitude prudente ? Pas du tout, puisqu'il accepte en 1943 de devenir ministre de France à Bucarest. En 1944, il obtient l'ambassade de Berne et il occupe encore ce poste quand Paris est libéré. Il est bientôt révoqué sans pension et se retire à Montreux, puis à Vevey. Sa retraite est littérairement très féconde. Mais ce n'est plus le présent qu'il raconte. Il se penche plus volontiers vers le passé, qui lui permet d'ailleurs de très bien traduire ses préoccupations les plus actuelles. Dans ces années, ses voyages ne le conduisent pas plus loin que l'Espagne et Tanger (où il s'achète une maison). Toutefois, sa situation se rétablit en France. Dès 1953, le

Conseil d'État casse le décret de révocation de 1944 et, en 1955, il est réintégré aux Affaires étrangères. Il est vrai qu'il est aussitôt mis à la retraite, mais il va percevoir des indemnités et une retraite d'ambassadeur. Des livres comme *Hécate et ses chiens* (1954) et *La Folle Amoureuse* (1956) trouvent beaucoup de jeunes admirateurs. La publication des *Nouvelles d'une vie* (1965) lui vaut une espèce de consécration. En 1968, il est élu à l'Académie française. Et c'est en 1971 qu'il publie *Venises*, qui constitue le couronnement de sa carrière et de son œuvre.

JACQUES BRENNER.

♦ *« Sous les couleurs de son style baroque, comme il écrit lisiblement, comme il moule ses lettres, comme il est clair, rapide, sobre, riche comme Crésus et simple comme bonjour ! »* Jean Cocteau. ♦ *« Il est l'inventeur du style moderne. Le trait en éclair, le ton cassant, l'image qui fait sursauter viennent de lui. »* Jacques Chardonne. ♦ *« Morand est désenchanté sans être désenchanteur. Car il vous est permis, quelles que soient vos opinions sur l'Occident et l'avenir de la civilisation chrétienne, de jouir, avec ou sans délectation morose, de ses grâces promptes, de sa curiosité inlassable, de son intelligence aiguë, de sa magie blanche. »* Jean-Louis Bory.

RÉF. : Ginette Guitard-Auviste, *Paul Morand,* 1956. — Jean-Louis Bory, *Tout feu, tout flamme,* 1966. — Bernard Delvaille, *Morand,* 1966. — Marcel Schneider, *Morand,* 1971. — Jean-François Fogel, *Morand-Express,* Paris 1980.

MORÉAS Jean (pseud. de Ioannis Papadiamantopoulos). Poète grec d'expression française. Né à Athènes le 15 avril 1856, mort à Saint-Mandé (Val-de-Marne) le 30 avril 1910. Issu de deux grandes familles grecques (un de ses aïeux était mort héroïquement au siège de Missolonghi), il était le fils d'un jurisconsulte renommé. Ayant reçu une éducation toute française, passionné de nos poètes dès son adolescence, il arriva à Paris vers 1875 pour y faire ses études de droit, mais fréquenta les cafés et les cercles littéraires du quartier Latin, en particulier les fameux « Hydropathes », beaucoup plus assidûment que les cours de la faculté. Aussi, lorsqu'il dut rentrer à Athènes en 1878, il ne tarda guère à se sentir exilé dans sa propre patrie et revint vite se fixer sur les bords de la Seine, non sans avoir accompli d'abord un long voyage à travers l'Allemagne.

À peine avait-il fait ses débuts dans de petites revues qu'il était déjà un personnage chez les poètes de la rive gauche, auxquels il en imposait par son élégance exotique, son allure conquérante, sa faconde colorée de Méridional. Déjà il rêvait d'être chef d'école, bien que ses premiers recueils, *Les Syrtes* (1884), *Les Cantilènes* (1886), ne brillassent guère que par une débauche inouïe des termes les plus rares. Cependant, insurgé contre la tyrannie formelle que faisait alors régner le Parnasse, Moréas publia dans le supplément du *Figaro*, le 18 septembre 1886, un manifeste de style assez confus mais qui fut cependant retentissant, car il formulait la nouvelle esthétique du mouvement symboliste : on y souhaitait, en particulier, que la poésie, en utilisant d'« impollués vocables » et en renonçant aux froides descriptions parnassiennes, se consacrât à la recherche d'images suggestives et à la découverte, par-delà les objets, de l'« idée primordiale ». Le symbolisme de Moréas n'en était pas moins radicalement différent de celui de Mallarmé ; il y avait chez ce Grec une instinctive répugnance pour l'obscur, qui s'exprime bien dans sa proclamation de 1889 : « Répudions l'inintelligible, ce charlatan ! » Après avoir donné sa charte au symbolisme, Moréas fut donc un des premiers à s'éloigner de ce mouvement, dans lequel il ne voulut plus voir bientôt qu'un phénomène de transition, dont la seule utilité avait été de libérer la poésie de la sécheresse parnassienne et de préparer un retour, par-delà le romantisme lui-même, à la vraie tradition classique française.

La restauration de cette tradition, tel fut l'idéal de l'« école romane », fondée en 1891 par Moréas et par son jeune disciple Charles Maurras, avec Maurice du Plessys, Raymond de La Tailhède et Ernest Raynaud. Mais Moréas qui, dès ses premières œuvres, avait montré une grande complaisance pour de purs exercices de rhétorique poétique, eut longtemps encore le tort de traiter le français comme une langue morte. Grisé par les poètes du XVIe siècle, il cherchait moins, dans son *Pèlerin passionné* (1891), à les continuer qu'à les imiter, avec, il est vrai, une virtuosité magistrale de « poète grammairien », pour reprendre l'expression de Barrès. Il lui fallut encore plusieurs années pour épurer la langue archaïque et encombrée dont il venait de se servir et pour atteindre enfin, dans *Les Stances* (1899), à un véritable classicisme, que son expérience symboliste préservait heureusement des pièges de l'académisme explicatif et didactique. Dans ce dernier recueil, d'une poésie toute païenne d'inspiration, sans mots rares, ni rythmes compliqués, ni métaphysique subtile, apparaît l'âme vraie de Moréas, très différente assurément de l'image assez vaine que pouvait donner de lui l'habitué du café Vachette, plastronnant chaque soir au milieu de disciples émerveillés. *Les Stances* ne furent cependant qu'une belle œuvre sans lendemain et, contrairement aux espérances du doctrinaire du groupe, Charles Maurras, l'« école romane » ne reste qu'un épisode secondaire de la vie littéraire française à la fin du XIXe siècle. Peut-être est-ce déjà cette constatation désabusée qui inspirait à Moréas, quelques jours avant sa mort, cette ultime confidence, faite à Maurice Barrès : « Classiques, romantiques : tout cela, c'est des bêtises ! » Ajoutons qu'on doit encore à Moréas une *Iphigénie en Tauride* représentée en 1903, un *Voyage en Grèce* (1897-1898) et de nombreux articles de critique poétique.

MICHEL MOURRE.

♦ *« Vous êtes un des seuls aujourd'hui qui idéalisez chaque vers dans sa perfection propre. Tous, comme je l'aime, sont arrêtés, même les plus fugaces ; le rythme jamais enfreint. Très chantants, quoique si nets ; d'une voix contenue, bizarre et suave. Avec leur allure, leur coloris, comme ils se groupent bien en poème composé suivant le double art pictural et musical, moderne ! Et pas l'ombre de farce ou de chic : un dandysme de goût fort pur. »* Mallarmé, lettre à J. M., 1885. ♦ *« Moréas, en un certain sens, est un anachronisme. Il date d'avant notre temps par l'illusion qu'il se fait et le rêve qu'il se construit aux heures propices. Mais il est bien d'aujourd'hui si l'on étudie en lui le raffiné du mot chanteur, du rythme restauré et savant... »* É. Verhaeren.

RÉF. : R. Gourmont, *Jean Moréas*, Paris, 1905. — M. Barrès, *Adieu à Moréas*, Paris, 1910. — C. Maurras, « L'Avènement de Moréas », in *L'Allée des philosophes*, Paris, 1924 ; (avec Raymond de La Tailhède), *Un débat sur le romantisme*, Paris, 1928. — M. Coulon, *Au chevet de Moréas*, Paris, 1928. — E. Raynaud, *Jean Moréas et les « Stances »*, Paris, 1929. — R. Niklaus, *Jean Moréas poète lyrique*, Paris, 1936. — R. Jouanny, *Jean Moréas écrivain français*, Paris, 1969 ; *Jean Moréas écrivain grec*, Paris, 1975.

MOREAU Hégésippe (pseud. de Pierre-Jacques Roulliot). Poète né à Paris le 8 avril 1810, mort dans la même ville le 20 décembre 1838. Il n'est guère d'existence plus malheureuse que la sienne. Enfant naturel, il perdit son père naturel, Claude-François Moreau, lorsqu'il avait quatre ans et sa mère lorsqu'il allait sur ses treize ans. Il fut recueilli par les fermiers chez lesquels sa mère s'était mise en service, aux environs de Provins. Placé par eux ensuite au séminaire d'Avon, il put y terminer ses études classiques. Après s'être fait, à Provins, correcteur dans l'imprimerie Lebeau (1828), il voulut, l'année suivante, tenter fortune à Paris (1829). Entré d'abord chez Didot, il montra tant d'inaptitude à tout travail régulier qu'il dut bientôt renoncer à son métier. Sûr de sa vocation et fou de liberté, il fit, en 1830, le coup de feu sur les barricades, mais, les « Trois Glorieuses » une fois passées, il devint la proie de la misère la plus atroce. Se nourrissant de détritus, il couchait dans quelque fourré du bois de Boulogne ou dans les bateaux amarrés sur les quais de la Seine. Il en vint même à se faire arrêter par la police, à seule fin de recevoir le pain de la prison. Ayant échappé de justesse au choléra qui désolait la capitale (1832), il résolut de retourner à Provins, dans la ferme où s'était écoulée son enfance. Bien accueilli par ces braves gens, il sentit ses forces lui revenir et résolut de fonder un journal satirique et politique auquel il tint à donner le titre de *Diogène* (1833). Après avoir fait paraître plusieurs numéros, il dut reconnaître l'échec de sa tentative. Ayant alors commis l'imprudence d'injurier divers personnages de la ville, il fut provoqué en duel et contraint de repartir pour Paris (1834). Pendant les quatre années suivantes, il tenta en vain de conjurer sa mauvaise étoile. Il s'éteignit à l'hôpital de la Charité. Mort trop jeune pour avoir donné toute sa mesure, Hégésippe Moreau n'a laissé qu'un recueil « de petits contes et de petits vers » intitulé *Le Myosotis* (1838). Ces contes (en prose), très remarquables, au nombre de cinq, ont fait l'objet d'une édition particulière sous le titre de *Contes à ma sœur* (1851). Dans le domaine poétique, Sainte-Beuve observe avec raison que l'auteur subit l'influence d'André Chénier, de Barthélemy et de Béranger.

RÉF. : A. Lébailly, *Hégésippe Moreau, sa vie et ses œuvres ; documents inédits*, Paris, 1863. — Baudelaire, *L'Art romantique*, Paris, 1868. — Th. Lhuillier, *Hégésippe Moreau et son « Diogène »*, Paris, 1881. — P. Thoulouze, *Hégésippe Moreau. Essai d'étude psychologique*, Nîmes, 1903. — L. Séché, « Hégésippe Moreau » in *Annales romantiques*, mars-avril 1910, Paris. — J.-D. Maublanc, *Rétrospectives*, Paris, 1929. — G. Benoist-Guyod, *La Vie maudite d'Hégésippe Moreau*, Paris, 1945. — O. Vignon, *Hégésippe Moreau, sa vie, son œuvre*, Coutances, 1966.

MOUNIER Emmanuel. Philosophe français. Né le 1er avril 1905 à Grenoble, mort le 22 mars 1950 à Châtenay-Malabry (Hauts-de-Seine). Après avoir fait ses études au lycée de sa ville natale, il passe son agrégation de philosophie en 1928, et subit, par l'intermédiaire de son maître Jacques Chevalier, l'influence de Bergson, puis celles de Maritain, de Péguy surtout, auquel il consacre son premier livre, *La Pensée de Charles Péguy* (1931). Entrant dans la vie intellectuelle au plein moment de l'évolution vers la gauche de certains milieux catholiques, à la suite de la condamnation de *L'Action française*, il fonde, en 1932, la revue *Esprit*, qui se fixe la double tâche de séparer les valeurs spirituelles de la société bourgeoise, considérée comme condamnée par Mounier, pour les réincarner dans une société nouvelle, à base ouvrière. Mounier se trouve donc bientôt entraîné dans les luttes politiques de l'époque : reprenant le vieil espoir de Lamennais et de Sangnier de concilier le christianisme et la révolution, il adopte une attitude fort délicate, riche de nuances et de subtilités, car, tout en cherchant une collaboration avec les communistes, il répugnera toujours à leurs solutions extrêmes et surtout à leur matérialisme (*Feu la chrétienté* et *Certitudes difficiles*). C'est surtout à partir de 1944 que Mounier aura une certaine influence sur les catholiques engagés dans la Résistance, influence qui tenait autant à son rayonnement personnel qu'à sa pensée dont il a donné une synthèse dans *Le Personnalisme* (1950). L'attention qu'il ne cessa de donner aux divers courants de la pensée moderne — *Introduction aux existentialismes, Traité du caractère*, *La Petite Peur du XXe siècle* — contribua aussi à son succès auprès des jeunes chrétiens décidés à rompre l'isolement de l'Église dans le monde contemporain. Ses carnets intimes ont paru, posthumes, en 1956 — v. *Mounier et sa génération.*

RÉF. : J. Lacroix, *Marxisme, Existentialisme, Personnalisme*, Paris, 1949. — Numéro spécial (no 12) de la revue *Esprit*, Paris, décembre 1950. — L. Guissard, *Mounier*, Paris, 1962. — J. Conilh, *Emmanuel Mounier, sa vie, son œuvre*, Paris, 1966. — J.-M. Domenach, *Emmanuel Mounier,* Paris, 1972. – R. Boyer, *Actualité d'Emmanuel Mounier,* Paris, 1981. – G. Lurol, *Mounier*, 1990.

MURGER Henri. Écrivain né et mort à Paris (24 mars 1822-28 janvier 1861). Fils d'un concierge originaire de Savoie et qui exerçait le métier de tailleur, il fit à Paris ses études primaires. Ayant l'esprit ouvert et la figure avenante, il obtint, tout jeune encore (1838) et grâce à M. de Jouy, d'entrer comme secrétaire chez le comte de Tolstoï, agent diplomatique de Russie : emploi peu rémunérateur (cinquante francs par mois) que, faute de mieux, il allait conserver pendant quelque dix années. Peu après la mort de sa mère (1840), il se vit brutalement mis à la porte par son père pour avoir dit que sa vocation était de devenir écrivain. Contraint de se réfugier dans une mansarde, il fit alors l'apprentissage de la misère, la « vie de bohème » dont il allait demeurer le chantre si longtemps. Il ne vécut qu'à force de prodiges : travaillant à l'excès, il tombait souvent malade, d'où ses fréquents séjours à l'hôpital Saint-Louis. Vers 1843, il fit, par chance, la rencontre d'Arsène Houssaye, alors directeur du journal *L'Artiste* et, par lui, fut mis en contact avec Gérard de Nerval et d'autres écrivains célèbres. Encouragé par l'accueil chaleureux dont il était l'objet, le jeune homme se plongea plus que jamais dans le travail. En 1847, il fit paraître dans *Le Corsaire* la plupart des morceaux de prose qu'il devait bientôt réunir en volume sous le titre de *Scènes de la vie de bohème* (*) (1848). Ayant obtenu d'emblée un succès considérable, il le vit grandir encore trois années plus tard, quand il fit représenter au théâtre des Variétés la pièce qu'il en avait tirée en collaboration avec Théodore Barrière (1851). Ayant assis de la sorte sa réputation, Murger ne fut plus en peine de placer partout sa copie, même à *La Revue des Deux Mondes* (*). Citons : *Le Pays latin* (1851), *Madame Olympe* (1852), *Les Vacances de Camille* (1852), *Le Dernier Rendez-vous* (1852), *Adeline Protat* (1853), *Les Buveurs d'eau* (1854), *Scènes de la vie de jeunesse* (1855). En 1855, il abandonna Paris pour se retirer à Marlotte, près de Fontainebleau. Bien que son état de santé fût toujours précaire, il écrivit *Propos de ville et de théâtre* (1856), *Le Roman de toutes les femmes* (1857) et *Scènes de la vie de campagne* (1857). Il mourut à l'hospice Dubois avant d'avoir atteint la quarantaine. Outre la pièce citée plus haut, il avait fait jouer *Le Bonhomme Jadis* (1852) et *Le Serment d'Horace* (1861). Mentionnons ses œuvres posthumes : *Le Roman d'un capucin* (1868), *Le Souper des funérailles* (1873), *Les Roueries d'une ingénue* (1874), et enfin le recueil de vers intitulé *Nuits d'hiver*, dont il corrigeait les épreuves le jour de sa mort, due à la gangrène.

RÉF. : J.-D. Maublanc, *Rétrospectives*, Paris, 1929. – G. Montorgueil, *Henri Murger, romancier de la bohème*, Paris, 1929. – Dr. Cabanès, *Autour de la vie de bohème*, Paris, 1938. – A. Warnod, *La Vraie Bohème de H. Murger*, Paris, 1947. – R. Baldick, *The First Bohemian*, 1961.

MUSET Colin. Ce trouvère dut vivre durant la première moitié du XIIIe siècle sur les confins du comté de Champagne et du duché de Lorraine. Il ne nous est connu que par une douzaine de chansons qui sont parmi les plus jolies que nous ait léguées le Moyen Âge. Toute sa vie tient dans ces chansons qui, avec un aimable cynisme, nous montrent le ménestrel tantôt amoureux et tantôt parasite, mais toujours prêt à déguster un bon repas ou à voler un baiser. Colin Muset partait chaque printemps faire la tournée des châteaux, où il chantait, en s'accompagnant sur sa vielle, les exploits que nous content les vieux romans et les chansons que lui inspiraient amoureux, douces dames et belle saison. Il lui arrivait aussi de parler de sa femme, de ses enfants, de sa meschine (servante), de sa mule et de son valet, mais seulement pour réclamer le prix de ses vers, non qu'il fût avare mais parce qu'il aimait les chapons, le vin clairet, la vie errante et que sa famille attendait pour subsister l'argent de ses tournées. La fraîcheur de ses rythmes et de ses harmonies, qui donne à sa poésie une originalité remarquable, nous communique aussi un humour pourrait-on dire aigrelet qui ajoute encore à son charme, et dessine le visage narquois du ménestrel qui mêle sa vie à sa chanson pour que la chanson « alimente » sa vie. Pour une fois ce n'est pas un seigneur qui déclame ses amours passionnées mais un peu ampoulées, c'est un homme simple qui parle en termes simples sans trop se prendre au sérieux : « L'en m'apele Colin Muset : / J'ai mangié maint bon chaponet / Makcte haste et maint gastelet, / En vergier et en praetelet, / Et quant je puis hoste trover / Qui veut acroire et bien prester, / Adont me prens à séjorner / Selon la blondette au vis cler. » Colin Muset a pratiqué le lai, le descort et le salut d'amour. Joseph Bédier a publié, en 1912, ses « œuvres complètes » : elles ne comptent plus, hélas, que quinze chansons, encore l'authenticité de deux ou trois est-elle discutée. Quoi qu'il en soit, leurs claires rimes raviront toujours par leur jeunesse et leur simplicité.

♦ « [Muset compose] *une poésie en marge de la poésie courtoise comme sa vie est en marge de la société courtoise qui l'accueille et le paie.* » G. Paris.

RÉF. : *Colin Muset,* in *Histoire littéraire de la France,* t. XXIII, Paris, 1850. – J. Bédier, *De Nicolao Museto,* Paris, 1893. – A. Jeanroy, *Les Lais et descorts français au XIIIe siècle,* Paris, 1901. – J. Bédier, *Les Chansons de Colin Muset,* Paris, 1912. – J. M. Bernard, *Études et portraits,* Paris, 1923. – J. Frappier, *La Poésie lyrique française aux XIIe et XIIIe siècles,* Paris, 1954, p. 196-208. – M. Tyssens, « Colin Muset et la liberté formelle », dans *Hommage à J.-Ch. Payen,* Caen, 1989, p. 403- 417. – J. Dufournet, *Anthologie de la poésie lyrique française des XIIe et XIIIe siècles,* Paris, 1989.

MUSSET Alfred de. Poète et dramaturge. Né à Paris, au seuil du quartier Latin, le 11 décembre 1810, mort le 2 mai 1857, également à Paris. Alfred de Musset appartenait, par son père comme par sa mère, à un milieu de solide culture littéraire, où le goût des vers bien faits et de la prose spirituelle demeurait chez les uns comme l'héritage précieux du siècle de Voltaire, tandis que le père même du poète gardait au cœur et communiquait à son fils le culte de Rousseau. Son enfance fut tranquille et régulière, animée d'études sérieuses, éclairée de vacances familiales dans la lumière douce du Vendômois, auprès d'un père respecté et affectueux, d'une mère aimante, dans un foyer uni et gai. Les bouleversements politiques de la France semblent n'avoir pas ébranlé la situation assez aisée de la famille. Musset enfant rima comme tant d'autres ; et peut-être ce goût naturel eût-il rapidement avorté si un de ses camarades de lycée, Paul Foucher, le beau-frère de Hugo, n'avait introduit le jeune poète dans le cénacle d'artistes et d'écrivains qui s'était groupé autour de celui-ci. Non certes que Musset fût un admirateur béat du Maître ; mais enfin, à dix-huit ans, il est flatteur de fréquenter ces jeunes athlètes qui accueillirent avec faveur la nouvelle recrue. Cependant on presse Alfred de Musset de choisir un métier et de s'y préparer. Il hésite : ses dons sont multiples ; il dessine fort joliment ; il goûte fort la musique. Il se fait étudiant en droit, puis étudiant en médecine. Décidément la poésie est sa seule vocation : on le laisse libre de s'y consacrer ; encore ne fait-il que s'y livrer à ses heures, sans grande volonté de percer, bien décidé, déjà, à ne pas forcer son talent. Nous avons conservé peu de chose de ces premiers essais ; ce sont des petits poèmes à la mode de 1826-1828 : de la couleur historique, du mystère, de la couleur locale, du macabre, des rythmes acrobatiques, toutes modes que pouvait emprunter au Hugo des *Odes et Ballades*, puis des *Orientales* (*) un jeune admirateur de son talent poétique ; mais aussi des madrigaux d'un style tout classique, de pures évocations grecques à la manière de Chénier, des couplets humoristiques. Rien de personnel ; rien d'intime du moins. Nulle teinte de mélancolie lamartinienne, de révolte byronienne ; rien qui pose ou suggère une idée philosophique ou morale. Ce qui frappe dans ces essais de débutant, écrits entre seize et dix-huit ans, c'est la maîtrise d'une facture aisée, l'élégance et la souplesse de la forme ; rien qui sente l'apprenti ; aucune gaucherie. Rare précocité. Si ces essais de jeune poète sentent si peu l'école, c'est que Musset est alors — comme il sera toujours — bien moins un homme de lettres qu'un homme du monde. Non pas un homme de salon ; les femmes qu'il fréquente sont moins maîtresses de maison désireuses de parer leur salon de jeune poésie que les amies de ses amis, jeunes personnes fort légères. Car ses amis ne sont point gens de lettres. Sans doute on le voit souvent aux soirées de l'Arsenal où l'aimable Nodier reçoit toute la jeunesse romantique ; mais ce ne sont là qu'excursions d'un jeune dandy en un milieu un peu étranger ; il trouve cependant le moyen d'y éblouir les dames par sa svelte élégance, tout en séduisant Vigny par son indépendance intellectuelle et Sainte-Beuve par la délicatesse d'une psychologie déjà perspicace. Ses vrais amis, cependant, ne sont pas de ceux-là ; c'est Alfred Tattet, riche, élégant, cultivé, menant joyeuse vie ; c'est Ulric Guttinger, âme plus romantique, auréolée par une passion malheureuse qui avait traversé comme un éclair une vie riche en plaisirs ; c'est le comte de Belgiojoso et le comte d'Alton-Shée. Avec eux, Musset va souper dans les plus élégants restaurants ; on comprend qu'auprès d'eux et sous leur influence le jeune poète si purement parisien ne puisse célébrer qu'une muse plus légère que chaste.

Les *Contes d'Espagne et d'Italie* parurent en décembre 1829. On fut ébloui et scandalisé. Si peu de respect chez un débutant ! Tant d'ironie chez un disciple de Hugo ! Quoi ? Rien pour les âmes tendres et rêveuses ? L'auteur se moquait-il ? Et de qui ? Des romantiques, dont il semblait plaisamment exagérer les outrances ? Des bourgeois nourris de nos auteurs classiques, dont il heurtait tous les goûts ? N'avait-il donc point d'aventure de cœur qui l'ait ému ? Pourtant un premier grand amour lui avait révélé la duplicité féminine ; et cette trahison, il devait toujours en porter le souvenir dans l'âme. Il croira — et il écrira souvent — que cette première découverte avait définitivement ruiné sa faculté d'aimer ; depuis, un scepticisme douloureux se serait emparé de son cœur, une défiance invincible aurait gâté ses plus belles amours ; voilà ce que serait l'histoire de son cœur, telle que la racontent les premiers chapitres de la *Confession d'un enfant du siècle*. Ses vingt ans sont en tout cas singulièrement avertis ; et n'allons pas trop croire que cette trahison l'empêche seule de trouver le bonheur dans la confiance et l'abandon. Accusons-en plutôt les expériences d'une vie trop libre et d'amours passagères sans noblesse. Quoi qu'il en soit, le jeune poète n'avait eu garde d'exprimer sa souffrance dans ses vers ; s'il y parlait de lui, c'était sur un ton léger et détaché. Même scandale pour ses débuts au théâtre ; sa première pièce, *La Quittance du diable*, tirée d'un roman de Walter Scott, acceptée par le théâtre des Nouveautés en 1830, n'avait pas été représentée, on ne sait pourquoi. Mais, à la demande d'un directeur audacieux, il présenta au théâtre de l'Odéon une pièce en un acte qui fut jouée pour la première et unique fois le 1er décembre 1830, *La Nuit vénitienne*. Elle tomba sous les sifflets. L'auteur se jura de ne plus jamais affronter la représentation ; il devait tenir sa parole longtemps, sans cependant cesser pour cela de faire œuvre dramatique. *Un spectacle dans un fauteuil* (1832) est un recueil formé, en effet, de deux pièces de théâtre en vers, délibérément injouables ; l'une d'entre elles, *La Coupe et les Lèvres*, est précédée d'une importante *Dédicace*, véritable manifeste littéraire, qui précise l'orientation classique de Musset déjà bien visible dans certains poèmes publiés isolément entre 1830 et 1832, comme *Les Secrètes Pensées de Rafaël, gentilhomme français* et *Les Vœux stériles*. Franck, le héros de *La Coupe*, représente, par contre, tout un côté romantique du Musset de 1830-1832 : dégoût de la débauche, scepticisme à l'égard de la femme et de l'amour, vague aspiration à un bonheur simple, mais conviction qu'il est trop tard et que l'amour pur et total ne peut plus refleurir en un cœur qui s'est abandonné au plaisir. C'est ce rêve de pureté que met en scène, paré du charme le plus exquis et de la poésie la plus gracieuse, l'autre pièce : *À quoi rêvent les jeunes filles* ; la pureté perdue sur le plan de la vie, et dont le regret hante ce jeune homme de vingt-deux ans, est retrouvée sur le plan de l'art. Si la vie interdit désormais à l'homme de connaître cette fraîcheur du cœur, du moins l'artiste s'enchante et se console par l'imagination. *Namouna*, poème qui complète le recueil, porte, sous l'apparence d'une désinvolture audacieuse, la marque des inquiétudes de l'auteur. Ses expériences amoureuses, Musset tente de les justifier en montrant en don Juan le chercheur éternel de l'idéal féminin. On voit donc que l'œuvre de l'auteur est nourrie par sa vie intime, non par les circonstances de cette vie, mais par les aspirations ou les désespoirs les plus profonds de l'homme. Après une tentative pour se tourner vers le genre romanesque avec le *Roman par lettres* (1833), à peine ébauché, Musset revient au théâtre et publie dans *La Revue des Deux Mondes*, la même année, *Andréa del Sarto* et *Les Caprices de Marianne* (*). La première pièce met en lumière le drame qui se pose dans la vie de Musset : Andréa, le grand peintre, follement épris de sa femme, sacrifie son art et son ambition à cet amour ; en sera-t-il récompensé au moins par la fidélité de celle qu'il aime ? Point du tout. Il perd et ses disciples qui désertent son atelier, et celle à laquelle il a tout sacrifié. Avec celui de la pureté perdue, le grand drame de Musset sera en effet celui des rapports de l'amour et de l'art. La seconde pièce illustre pour la première fois la conception pessimiste que l'auteur se fait de la femme, en tant qu'elle refuse l'amour par amour- propre et vain orgueil ; en même temps Octave, le libertin désabusé, et Célio, l'amoureux idéaliste, symbolisent les deux aspects du Musset de 1830-1833.

Le poème de *Rolla*, publié en août 1833, marque un tournant dans l'inspiration du poète lyrique. Sans doute quelques poésies avaient déjà exprimé discrètement la plainte d'un cœur malheureux ; aucune, comme le fait ce poème, ne révélait le désespoir de la foi perdue avec cette éloquence brûlante ; le lyrisme, de désinvolte, devenait grave et profond. Cependant le Musset gracieux, humoristique et frais survivait dans la pièce de *Fantasio* ; il ne mourra jamais, mêlant ses entrechats, jusqu'en 1850, aux cris de l'angoisse ou aux gémissements de l'amour déçu. C'est dans les premiers mois de 1833 que Musset fit la connaissance de George Sand, déjà célèbre par ses premiers romans ; elle avait six ans de plus que lui. Il s'attache à elle pour deux raisons : il trouvait en elle, outre un type féminin d'une beauté accentuée, outre une intelligence forte et active, deux réponses aux besoins de sa nature morale. Par sa gaieté, sa fantaisie, la liberté de ses manières, la poésie audacieuse de sa vie, elle attirait l'homme de plaisir, l'artiste fantaisiste, si jeune de manières et d'imagination. D'autre part, Musset crut trouver en elle la femme qui méritât un grand amour, qui le rendrait à nouveau capable d'aimer, qui l'arracherait, par l'amour, à la vie de plaisir dans laquelle, par désespoir, disait-il, il se plongeait. Ils furent amants fin juillet 1833 ; c'est dans la seconde moitié d'août qu'il faut placer le séjour à Fontainebleau, où Musset effraya George Sand par la crise nerveuse qui s'empara de lui, en pleine nuit et en pleine forêt. Ils partirent ensemble pour l'Italie le 12 décembre et arrivèrent à Venise, par Gênes et Pise, le 30. Au début de février 1834, Musset tomba gravement malade – une fièvre typhoïde sans doute. Il quitta Venise le 29 mars, guéri, mais faible encore, et portant au cœur une cruelle blessure. En effet, si, en fait, et dès le début du voyage, les liens s'étaient distendus entre les deux amants, l'amitié remplaçant d'un commun accord l'amour sensuel qui les avait unis, Musset, malgré cet accord, ne pouvait se résoudre à rendre à sa compagne sa liberté. Certes, lui-même ne se faisait pourtant pas faute d'user de la sienne avec des femmes de rencontre ; mais lorsqu'il surprit la liaison qui s'était établie entre George Sand et le jeune médecin italien Pagello, il souffrit profondément. Cependant rien de plus confiant et de plus chaleureux que la correspondance qu'ils échangèrent après le départ de Musset ; meurtri, sans doute, autant par la maladie que par la rupture, celui-ci mène quelque temps à Paris une vie partagée entre les vains plaisirs retrouvés et une mélancolique solitude. Il écrit à George Sand qu'il l'aime toujours – et cela est vrai – et que cet amour est assez désintéressé pour admettre Pagello. Elle lui écrit en mère et en sœur. Elle revient à son tour ; ils se revoient pour un dernier adieu et Musset part pour Bade fin août 1834. En juillet avait paru *On ne badine pas avec l'amour* (*), pièce terminée après le drame de Venise, et très proche non pas des détails concrets de l'aventure, mais des états d'âme des amants. Fin août paraissait la deuxième livraison, en deux volumes, de *Un spectacle dans un fauteuil*, contenant les pièces publiées en revue, un inédit, *Lorenzaccio* (*), le chef-d'œuvre dramatique de Musset, nourri de son expérience psychologique, inspiré, autant que par la chronique italienne, par son scepticisme devant la vie et devant la politique, par le désespoir de sa pureté perdue, par la conviction que l'échec de son amour et ce qu'il considérait comme l'échec de son œuvre venait de sa vie débauchée et sans idéal moral, par l'espoir qu'un chef-d'œuvre littéraire ou un grand amour sauveur (transposé en assassinat libérateur) viendrait le régénérer. Les amants se reprirent en octobre-novembre 1834, mais, traversée d'orages, cette reprise ne dura guère ; elle fut suivie d'autres aussi brèves. La séparation fut définitive en mars 1835. On a beaucoup exagéré le rôle tenu par sa liaison avec George Sand dans la vie et l'œuvre lyrique de Musset. Le roman autobiographique *La Confession d'un enfant du siècle* (1836) raconte cette aventure et en dégage la leçon morale et quasi historique, réunissant dans un faisceau logique les thèmes qu'orchestreront les poèmes de 1835-1838. Mais, outre que ce roman fait très large la part de la première aventure amoureuse, cause de la débauche à laquelle le héros s'abandonne, il met bien en lumière le caractère intellectuel et moral, beaucoup plus que sentimental, de la souffrance de cet « enfant du siècle ». D'ailleurs, après George Sand, d'autres femmes seront aimées par Musset ; l'amitié pour sa « marraine » Mme Jaubert se transforma en 1836 en une liaison amoureuse de quelques semaines, pour redevenir la plus solide des amitiés ; et nous trouvons l'écho de cet épisode dans *Emmeline*, dans la *Nuit de décembre* – v. *Les Nuits* (*) –, dans la *Lettre à Lamartine*, dans *Le Chandelier*. Après la dame du grand monde, la grisette Louise ; cette brève liaison est le thème de *Frédéric et Bernerette*. En 1837, Aimée d'Alton, âgée de vingt ans, est sa maîtresse ; c'est elle la « belle maîtresse » de la *Nuit d'octobre* – v. *Les Nuits* –, la Béatrice du *Fils du Titien*. En 1838, Musset aima sans succès Pauline Garcia, sœur de la Malibran ; en 1839, il est l'amant de la jeune et déjà célèbre actrice Rachel ; en 1840, il aime la froide et ardente princesse Belgiojoso, qui l'attire mais se refuse. Enfin ses orageuses liaisons, en 1849, avec l'actrice Mme Allan, en 1852 avec la poétesse Louise Colet, sonnèrent le glas de ses aventures amoureuses, sinon sensuelles ; il avait trente- neuf ans. Ainsi Musset reste après l'aventure avec George Sand tel qu'il avait été auparavant, chercheur d'amour pour s'arracher à la débauche, débauché pour se consoler de son impuissance d'aimer.

Le cycle du lyrisme personnel qui s'ouvre en août 1833 n'est donc qu'en partie consacré à George Sand. Ce sont d'abord les six pièces adressées expressément à celle-ci, et publiées posthumes, datées du 2 août 1833 au 10 janvier 1835, peu connues et si belles ; c'est ensuite le cycle des *Nuits*, comprenant, outre *Les Nuits*, la *Lettre à Lamartine*, l'*Espoir en Dieu, Souvenir*, de 1835 à 1841. Ces pièces lyriques sont loin d'être essentiellement amoureuses ; le vrai sujet en est l'incidence de l'amour et de la souffrance sur la création poétique ; dans ce choix entre le cœur et l'esprit, entre l'amour et la création artistique, entre la vie et l'art, après avoir longtemps cru à la valeur fécondante de l'amour et de la souffrance, après avoir longtemps débattu les rapports de ces deux pôles de l'idéal humain, en vers et en prose – *À mon ami Édouard B.* (1832), *Le Fils du Titien* (1838), *Le Poète déchu* (1839), *Une soirée perdue* (1840), *Après une lecture* et *Sur la paresse* (1842) –, Musset choisira délibérément la vie. Ce choix tragique aura été en tout cas le problème capital, le centre véritable de la vie intellectuelle et sentimentale de Musset. Sa grande production lyrique se termine au plus tard en 1838 ; il a vingt-huit ans ; il vivra encore vingt ans ; la plupart des pièces postérieures à cette date seront des œuvres courtes et légères. Sur le plan dramatique, même ralentissement marqué. Sans doute *Barberine* (1835), *Le Chandelier* (1835), *Il ne faut jurer de rien* (1836), *Un caprice* (1837), sont de charmantes réussites ; on conviendra que ces bluettes ont singulièrement moins d'ampleur et de richesse que les œuvres dramatiques antérieures. Après 1837, les pièces se font plus rares, et de bien moindre valeur, de moindres proportions encore : *Il faut qu'une porte soit ouverte ou fermée* (1845), *Louison* (1849), la seule pièce avec *La Nuit vénitienne* (1830) et *Bettine* (1851) écrite directement pour le théâtre, et si médiocre !, *Carmosine* (1850), *On ne saurait penser à tout* (1851). Poésies lyriques, roman autobiographique, pièces de théâtre ne constituent pas l'œuvre entière de Musset. Il faut y ajouter les *Nouvelles et Contes*, au nombre de douze, publiés, les onze premiers de 1837 à 1845, le dernier, *La Mouche*, en 1853 ; narrateur aisé et sans prétention, Musset écrit ses œuvres hâtivement, pressé par le besoin d'argent ; il y reste fort classique ; malgré sa répugnance à l'égard des nécessités de l'affabulation, il a donné là des œuvres qui prouvent simplement qu'il joignait au génie le talent. On a réuni sous le nom de *Mélanges de littérature et de critique* divers écrits en prose, parfois fort intéressants ; ce sont des articles consacrés à des questions d'art et de littérature. On y découvre en Musset une intelligence fine, une rare indépendance de jugement, un goût très sûr : dans ce domaine l'œuvre la plus connue demeure les *Lettres de Dupuis et Cotonet* sur le romantisme ; mais *De la tragédie* et *Un mot sur l'art moderne* sont les plus riches en pensée esthétique. Alfred de Musset fut élu à l'Académie française le 12 février 1852 ; il mourut le 2 mai 1857. Peu de personnes accompagnèrent son corps au cimetière.

Ce paresseux a laissé une œuvre considérable ; l'étonnant dans son cas est que le meilleur et le plus profond de cette œuvre a été écrit entre dix-neuf et vingt-huit ans. On ne peut que s'étonner de la précocité non seulement de son talent de poète, mais surtout de sa connaissance de l'homme. Relativement rédigé dans sa grande période de création, il pourra cependant voir naître sa gloire, surtout à partir de 1850.

Il reste par son éloquence, sa chaleur, sa sensibilité, celui de nos poètes romantiques qui parle le plus directement au cœur, un des plus modernes, malgré l'imperfection de la forme, par le drame moral et intellectuel qu'il a vécu ; son théâtre, longtemps méconnu, a trouvé au XXe siècle une audience considérable et presque unique. En particulier, au cours des années 1920-1935, aucun auteur français n'a eu autant de représentations d'œuvres différentes. Ce succès tient à ce fait que, débarrassé des contraintes matérielles de la représentation, Musset a pu devancer son temps et donner en toute liberté à son œuvre dramatique la fantaisie, la profondeur ou la justesse d'observation que demande le public moderne.

PHILIPPE VAN TIEGHEM.

♦ *« Dans notre temps ni dans aucun temps la poésie intime, personnelle, de quelque nom qu'on la désigne, n'a rien de préférable, je dirais presque de comparable aux* Stances à la Malibran, à Lucie, *à* Pâle étoile du soir, *à* J'ai dit à mon cœur, *et surtout aux immortelles* Nuits. *Là les imperfections matérielles, les négligences de détail, les rimes insuffisantes, disparaissent dans le sentiment poétique, dans l'idéale beauté... »* A. de Pontmartin, 1866. ♦ *« Nous le savons tous par cœur... Y eut-il jamais accent plus vivant et plus vrai ? Celui-là au moins n'a jamais menti. Il n'a dit que ce qu'il sentait. Il a pensé tout haut. Il a fait la confession de tout le monde. On ne l'a point admiré, on l'a aimé ; c'était plus qu'un poète, c'était un homme... »* Taine, 1869. ♦ *« Il a dû à ces heures d'orage et de douloureuse agonie de laisser échapper en quelques* Nuits *immortelles des accents qui ont fait vibrer tous les cœurs, et que rien n'abolira. Tant qu'il y aura une France et une poésie française, les flammes de Musset vivront... »* Maxime Du Camp, 1883. ♦ *« Excepté à l'âge de la première communion... je n'ai jamais pu souffrir ce maître des gandins, son impudence d'enfant gâté, qui invoque le ciel et l'enfer pour des aventures de tables d'hôte, son torrent bourbeux de fautes de grammaire et de prosodie. »* Baudelaire. ♦ *« ... L'amour a trouvé le chemin de ce cœur de dandy ! C'est ce supplice qu'il a « crié » dans ses vers, et c'est la sincérité, c'est l'éloquence du cri qu'il a poussé, c'en est l'accent d'entière vérité qui assurent à jamais la durée de la* Lettre à Lamartine, *des* Nuits, *du* Souvenir. » Brunetière. ♦ *« La vie d'Alfred de Musset fut élégante et vulgaire... Mais ce qui ne l'est point, ce fut son génie, son génie tout en âme, le plus puissamment humain et le plus puissamment moderne, le plus nous tous enfin, qui ait jamais existé. »* Barbey d'Aurevilly, 1877.

RÉF. : Lafoscade, *Le Théâtre d'Alfred de Musset*, Paris, 1901. — Valentine Brunet, *Le Lyrisme d'Alfred de Musset*, Toulouse, 1932. — Pierre Gastinel, *Le Romantisme d'Alfred de Musset*, Paris, 1933. — J. Pommier, *Variétés sur Alfred de Musset*, Paris, s.d. — John Charpentier, *Alfred de Musset*, Paris, 1938. — Philippe Van Tieghem, *Alfred de Musset, l'homme et l'œuvre*, Paris, 1945. — Maurice Allem, *Alfred de Musset*, 2e édit., Paris, 1948. — Émile Henriot, *Alfred de Musset*, Paris, 1953. — J. P. Richard, *Études sur le romantisme*, Paris, 1971. — B. Masson, *Musset et le théâtre intérieur*, 1974. — Y. Lainey, *Musset ou la difficulté d'aimer*, Paris, 1978.

Mystère. Le mot apparaît à la fin du XIVe siècle. C'est un genre nouveau qui rassemble les textes dramatiques dont les sujets sont tirés de la Bible, des vies de saints ou même de l'histoire profane. Comparé au drame liturgique ou au miracle (v. ces mots), le mystère se veut plus ample (certains des mystères les plus réputés dépassent vingt mille, voire quarante mille octosyllabes) et révèle un esprit plus soucieux du concret. C'est désormais toute la vie terrestre du Christ qui est représentée et non plus seulement la Nativité ou la Résurrection. Une place spéciale est réservée à la Passion décrite avec complaisance (la Passion — v. ce mot — finit par constituer un genre à part à l'intérieur des mystères). De même, les miracles des saints sont insérés dans la trame continue de leur existence. Pour ce qui est du texte, le mystère nouveau part souvent d'un mystère précédent : parmi les auteurs les plus originaux, Arnoul Gréban reprend de nombreux éléments à Eustache Mercadé, et la *Passion* de Jean Michel doit plus du tiers de ses vers à Gréban ; pour la plupart des représentations, on se contentait de faire appel à un « fatiste » qui révisait un texte déjà connu. Le but du mystère est avant tout religieux, et la part de l'édification est prépondérante. Mais l'on ne s'interdisait pas pour autant de recourir à des scènes tirées des Évangiles apocryphes, et surtout la représentation se plaisait à développer des tableaux pittoresques : supplices dont l'horreur est contrebalancée par les propos orduriers des bourreaux ; « diableries » traitées avec une verve burlesque. On introduisait même des scènes comiques dont le personnage essentiel était un fou ou un rustre. Pour la représentation, il importe de distinguer entre les « grands mystères », qui étaient mis en œuvre par toute une cité pour une occasion extraordinaire, et les représentations ordinaires. Les premières étaient des fêtes grandioses : on fermait les portes de la ville, tout le monde se retrouvait pour un spectacle qui pouvait durer plusieurs jours, du matin au soir, et qui se déroulait avec faste sur une scène immense installée sur une grande place ou même dans les fossés des remparts. Les autres se jouaient aussi bien en intérieur, taverne, jeu de paume ou hôtel de ville. Le texte était plus court, et la représentation durait deux ou trois heures un dimanche après-midi ; le sujet était alors plus fréquemment une vie de saint ou un épisode de l'Ancien Testament.

MICHEL ROUSSE.

Mystère de la chambre jaune (Le). Roman de Gaston Leroux (1868-1927), paru en feuilleton dans le supplément littéraire de *L'Illustration* (sept.-nov. 1907). Publié en 1908 aux éditions Pierre Laffite (où paraîtront les huit volumes suivants), le roman ouvre la longue série des *Extraordinaires Aventures de Joseph Rouletabille,* jeune reporter intrépide aussi fin détective que grand voyageur. Tour à tour mélancolique et gouailleur, amène et suffisant, il manifeste dès ce premier récit sa redoutable intelligence en résolvant, à 18 ans à peine, l'impénétrable mystère du château du

Glandier. Mathilde Stangerson, fille d'un scientifique renommé, a été retrouvée à moitié morte dans la « chambre jaune » dont la seule issue possible est une porte verrouillée de l'intérieur. Rouletabille et son ami Sainclair — le narrateur — ont beau être hébergés au château pour veiller sur la jeune femme, celle-ci, à peine remise, échappe de justesse à une seconde tentative criminelle, le meurtrier se volatilisant comme par miracle au milieu de ses poursuivants. Le célèbre policier Larsan, chargé de l'affaire, porte très vite ses soupçons sur Robert Darzac, le fiancé de Mlle Stangerson, et finit par l'inculper. Mais Rouletabille, qui mène sa propre enquête armé du « bon bout de sa raison », surgit en plein procès pour révéler l'invraisemblable vérité : le coupable n'est autre que Larsan, alias Ballmeyer, escroc génial aux mille et un déguisements. Mathilde Stangerson l'avait autrefois épousé en grand secret, avant de le quitter une fois sa véritable identité découverte. Toujours jaloux, le bandit a tenté en vain d'étrangler sa victime ; celle-ci, qui s'est enfermée après avoir réussi à chasser son agresseur, ne s'est blessée qu'ensuite, au cours d'une nuit de cauchemars. *Le Mystère de la chambre jaune* constitue ainsi une variation brillante autour du principe du crime en lieu clos ; Leroux, qui voulait faire « mieux que Conan Doyle et plus complet que Poe », a construit une intrigue à la rigueur géométrique justement admirée par Agatha Christie. La grande originalité du roman est de superposer à la composition policière d'autres fils de lecture qui en font la richesse et l'attrait : réflexion spéculaire sur les « agents littéraires », fantaisie sur le double thème de la relativité et de la dissociation de la matière (spécialité du professeur Stangerson) ou apologie de l'idéalisme critique. La chambre jaune, en ce sens, c'est l'édifice de la rationalité, et Rouletabille, le philosophe qui plie l'expérience à l'hypothèse en demandant au sensible d'« entrer dans le cercle dessiné par la raison ». Toutefois, et pour logique qu'il soit, le livre n'en est pas moins empreint d'une étrange poésie qui tient entre autres au maniement obsessionnel d'italiques énigmatiques : le célèbre « *presbytère* [*qui*] *n'a rien perdu de son charme* » ou le non moins fameux « *parfum de la dame en noir* » qui contient en germe l'argument du roman suivant. — *Le Mystère de la chambre jaune* a été porté à l'écran à plusieurs reprises, le film le plus réussi étant celui de Marcel Lherbier (1930) avec Roland Toutain ; Claude Brasseur et Serge Reggiani ont également tenu le rôle de Rouletabille à l'occasion d'autres adaptations.

L. Ba.

Mystères de Paris (Les). Roman d'Eugène Sue (1804-1857), paru en 1842-1843 dans *Le Journal des débats* et édité par la suite en dix volumes. C'est un des premiers romans-feuilletons qui soit paru — il avait été précédé par les *Mémoires du diable* de Frédéric Soulié, paru en 1841, également dans *Le Journal des débats* —, et incontestablement le chef-d'œuvre du genre. C'est autour de 1840 que les journaux commencèrent à publier de longs romans à épisodes, à la place du « feuilleton » qui occupait le bas de leur première feuille et qui était jusqu'alors consacré à la critique dramatique et aux variétés littéraires. Ces romans connurent immédiatement un très vif succès ; avec *Les Mystères de Paris,* ce fut du délire. L'intrigue cependant est fort mince, elle n'est que prétexte à des épisodes colorés, fort pathétiques et très habilement conduits. Fleur-de-Marie, une malheureuse enfant élevée par une mégère et contrainte de se livrer à la prostitution, trouve un protecteur désintéressé dans la personne de Rodolphe, grand-duc allemand déguisé en ouvrier, qui, en expiation d'une faute ancienne, fréquente les bas-fonds de Paris pour y secourir des misères, sauver des âmes et venger des crimes. La jeune fille, secourue par Rodolphe, retombera plusieurs fois aux mains de ses persécuteurs jusqu'à ce que le grand-duc découvre finalement qu'elle est sa propre fille. Mais, au milieu même des honneurs de la cour de Gerolstein, elle ne peut échapper au souvenir de son horrible passé ; aussi renonce-t-elle à se marier avec l'homme qu'elle aime pour se faire religieuse, et meurt peu de temps après. Une foule de personnages (le couple criminel que forment la Chouette et le Maître d'école ; le Chourineur, assassin repenti et généreux ; le sinistre Ferrand, type de la dureté et de l'avarice bourgeoises ; l'ouvrier Morel, incarnation de l'honnêteté ouvrière opprimée par la misère et l'injustice ; le fameux concierge Pipelet, dont le nom devait devenir un nom commun ; vingt autres personnages plus pittoresques les uns que les autres), et une série d'intrigues des plus compliquées, servent à évoquer les milieux les plus louches et à représenter les dépravations et les crimes les plus affreux, le tout étant couronné finalement d'une juste punition. Précédé par Restif de La Bretonne, par Balzac et Soulié pour la représentation du crime, par George Sand pour le prêche humanitaire, Sue fait dans cet ouvrage une synthèse des différents aspects du roman social ; mais il est le premier à introduire dans le roman la description réaliste des misères du peuple et une critique délibérée des institutions, se faisant l'écho des courants humanitaires et socialistes fort à la mode aux environs de 1840 et qui devaient trouver leur aboutissement dans la révolution de 1848. Première affirmation d'un genre qui atteindra vingt ans plus tard sa plus haute expression littéraire avec *Les Misérables* (*), *Les Mystères de Paris* connurent un immense succès. On faisait queue tous les jours au bureau du journal pour connaître la suite des aventures de l'infortunée héroïne du roman, chaque livraison se terminant au moment le plus pathétique. Eugène Sue était submergé de lettres où on le pressait de mettre un terme au calvaire de la pauvre enfant, de dévoiler les imposteurs et de châtier les coupables. Ce succès sans précédent n'était pas seulement le fait de la petite bourgeoisie et du peuple, il atteignait les classes cultivées, les ministres, la Cour même. Sue gagnait une fortune considérable au moment où Balzac, qui se condamnait lui-même aux travaux forcés de *La Comédie humaine*, se débattait au milieu des dettes. Émule de Balzac, sans toutefois posséder son style vigoureux et sa puissance psychologique, Sue, à plusieurs points de vue, a anticipé sur le réalisme. *Les Mystères de Paris,* dont le succès fut exploité par toutes sortes de moyens : complaintes, chansons, images, adaptations théâtrales et cinématographiques, furent, tant en France qu'à l'étranger, à l'origine d'une innombrable série de « Mystères », et l'extraordinaire popularité de cette œuvre ne s'est pas encore éteinte aujourd'hui.

N

Nadja. Cette œuvre d'André Breton (1896-1966), datant de 1928 et revue en 1963 par l'auteur, est un témoignage capital sur l'état d'esprit originel et plus que jamais vivant du surréalisme. « Dis-moi qui tu hantes... », telle est la question que se pose, au départ, l'auteur de ce livre pour tenter d'en déduire qui il est. Pour le théoricien du surréalisme qu'est André Breton, écrivain en quête d'une réalité supérieure résultant de la fusion du réel avec le rêve, le mystère du moi ne s'élucide qu'en marge de la vie banale soumise à la contrainte du travail quotidien, grâce à ces rencontres que l'on dit fortuites. Tel jour de 1926, quelque part dans Paris, il croise une inconnue dont la fragilité, le sourire imperceptible et le curieux maquillage inachevé retiennent son attention. Nadja vient d'entrer dans son existence pour le temps bref où la jeune femme se joue pour lui des énigmes, « toujours inspirée et inspirante », avant de s'enfoncer dans la nuit. Avec l'histoire de Nadja, nous entrons dans une nouvelle phase de l'exploration du hasard objectif, l'une des plus importantes. Dès cette époque, celui-ci se manifeste de plus en plus largement dans le monde extérieur. Il ne s'agit plus cette fois du passage de quelque comète du hasard, telle que la jeune fille du quartier Saint-Germain évoquée dans *Les Pas perdus*, qu'une aura trop imaginaire rattache directement à un monde fantastique dans l'esprit des surréalistes. Nadja habite réellement Paris. Son identité est connue de Breton qui la voit tous les jours, et chacun de ces jours l'aperçoit en tête à tête avec le mystère. Sa situation sociale est si terriblement précise qu'un psychiatre n'hésiterait pas à l'identifier comme une folle menant hors de l'asile une vie de bohème délirante. Peut-être les précédents météores n'auraient-ils pas résisté à de telles vérifications d'identité. Avec Nadja, il en va tout autrement : c'est au sein de cette identité bassement repérable qu'elle se révèle quand même un fantôme, comme Breton se sent lui-même un fantôme. Il faut bien en revenir aux premières lignes où le poète, écartant la trop simple question de Descartes, se demande : « Qui suis-je ? » Sa réponse : « Tout ne reviendrait-il pas à savoir qui je hante ? » suggère qu'il surgit par son moi le plus profond comme un revenant issu d'un arrière-monde inconnu. C'est du même lieu secret qu'il s'adresse aussi à Nadja pour lui demander : « Qui êtes-vous ? » Et celle-ci sans hésiter trouve réponse à hauteur de cette question : « Je suis une âme errante. » Ainsi se produit dès l'origine de ce récit une rupture préalable des limites de la condition humaine. Si Breton espère atteindre le « point suprême », c'est parce que d'abord il a senti passer en lui le cours d'une vie qui le relie d'ores et déjà aux mondes occultes. Le terrain d'élection où poussent comme des fleurs de rêve les fantômes, ce sont bien moins les ruines de Paris et des vieux châteaux que les hommes vivants qui s'y aventurent. Le point de projection des revenants, c'est l'homme lui-même, en chair et en os. Là se trouve le secret central qui éclaire et anime tout le livre. Alors, par intervalles, sous l'austère coloration du récit, magnifiquement grise, Breton fait apparaître l'abîme métaphysique sur lequel la vie de Nadja, la sienne et les nôtres, sont nécessairement suspendues. C'est la présence sans cesse sensible de cet abîme qui permet à tous les gestes dépeints de déployer leur ombre portée, non sur le fond mesquin de la vie terre à terre, mais sur un immense firmament de ténèbres. « Il s'agit de faits qui peuvent être de l'ordre de la constatation pure, mais qui présentent chaque fois toutes les apparences d'un signal. » On voit poindre ici, une fois de plus, le mystérieux appel aux puissances des ténèbres. Mais ce n'est plus seulement dans l'esprit du poète, livré à l'automatisme dans le secret de sa chambre, c'est en pleine rue, entre plusieurs vivants, que peuvent se manifester les irruptions du supranormal. C'est ainsi que les mots conducteurs « bois-charbons » se maintiennent comme une constellation noire au-dessus des façades des maisons pour orienter Breton et Soupault dans le labyrinthe de la capitale. Paris est transfiguré en plein jour par les rayons de la clairvoyance. Les photographies dont le livre est constellé contribuent avec force à cette intégration de la banalité dans le fantastique. Le procès intenté à la réalité ne se déroule pas en marge de celle-ci, mais dans la dure architecture d'une ville peuplée de millions d'habitants. Le résultat est alors que cet état d'« inquiétante étrangeté » se déverse comme aucun autre dans la vie du lecteur. Ce récit rend l'homme conductible aux fantômes, et les journées qui suivent la lecture d'une pareille œuvre sont chargées d'électricité mentale. Le fantôme qui est dessiné en filigrane à chaque page de *Nadja* devient le troublant symbole du moi le plus secret, du narcissisme, du double, des puissances nocturnes, de l'âme, de la mort, de l'immortalité, de l'au-delà, bref de tout ce que l'on a coutume de chasser de sa pensée. Les vieilles angoisses de l'enfance, ses terreurs nocturnes, celles des primitifs, toutes les vieilles fantasmagories surgissent intactes du puits que l'on croit avoir refermé pour jamais sous le couvercle de l'oubli.

Nana. Émile Zola (1840-1902) a conçu ce neuvième volume des *Rougon-Macquart*, publié en 1880, comme un pendant et une suite de *L'Assommoir*, la « désorganisation d'en haut » par la débauche, comme *L'Assommoir* est la « désorganisation d'en bas » par « la misère noire, le buffet sans pain, la folie et l'alcool », note-t-il.

Nana, la fille de Gervaise et de Coupeau, a fui un soir d'hiver la terrible misère de ses parents, pour vivre sur le trottoir. Elle est engagée au Théâtre des Variétés alors qu'elle n'a ni voix ni talents de comédienne, mais parce que la simple vue de son corps allume le désir. Elle devient très vite une des filles galantes les plus en vue du second Empire, croquant les fortunes, entraînant à la débauche, à la ruine et même au suicide fils de famille et hommes graves comme le comte Muffat, chambellan de l'impératrice. Partie de la grande maison ouvrière de la rue de la Goutte-d'Or, elle finit par habiter, avenue de Villiers, un splendide hôtel particulier au décor féerique, dont la chambre est un véritable lieu de culte, avant de mourir en juillet 1870, à dix-neuf ans à peine, pourrie par la vérole, dans une chambre du Grand Hôtel, tandis que résonnent les cris « À Berlin ! À Berlin ! ».

Zola veut désacraliser le mythe romantique de la fille galante et dire la vérité sur le monde de la prostitution dont il fait une véritable étude sociologique. Il restitue aussi l'atmosphère d'un des célèbres théâtres de Boulevard de l'époque, le Théâtre des Variétés (premières, répétitions, coulisses...), lieu de toutes les promiscuités et de tous les laisser-aller, à l'image même de la société impériale, débauchée et hypocrite, dont le roman est une nouvelle mise en accusation. L'œuvre est surtout — et c'est sa grande modernité — le « poème des désirs du mâle, le grand levier qui remue le monde ». Le corps de Nana est le thème central du roman, l'objet de tous les désirs, des hommes et des femmes. Corps fascinant, corps dangereux, Nana, « bête d'or, inconsciente comme une force, et dont l'odeur seule gâtait le monde », devient symbole et mythe. Cette toute-puissance du désir atteint une telle force d'évocation qu'elle suscite toujours un scandaleux plaisir.

C. Be.

Narrateur. Désigne l'énonciateur du discours raconté. Le narrateur peut être personnage dans le récit raconté (des Grieux ou Renoncour dans *Manon Lescaut* de l'abbé Prévost) ou en position externe (le narrateur omniscient chez Balzac, Marcel dans *À la recherche* [*] de Proust) ; raconter sa propre histoire (des Grieux dans *Manon,* Marcel dans la *Recherche*) ou celle d'un autre (Renoncour relatant l'histoire de des Grieux et de Manon). S'il faut éviter d'assimiler le narrateur à l'auteur (sauf dans des cas limites : journal intime, Mémoires, correspondances, exigeant des procédures complexes, souvent extratextuelles, d'authentification), il est plus difficile de distinguer le narrateur quand son point de vue se trouve confondu avec celui des personnages (dans la focalisation flaubertienne par exemple). Au narrateur correspond un narrataire : des Grieux raconte son histoire à Renoncour, Balzac s'adresse à un lecteur fictif (provincial, parisien, etc.).

OLIVIER POT.

Narration. Du latin *narratio* : « action de raconter ». Désigne, de façon générale, l'exposé détaillé de faits. En rhétorique, elle correspond, selon le plan classique, à l'une des parties du discours, ou « disposition » : c'est, après l'exorde ou introduction, celle qui précède l'argumentation, elle-même suivie de la péroraison ou conclusion. En littérature, dans un récit, c'est-à-dire une relation écrite ou orale de faits réels ou inventés, la narration raconte les événements, tandis que la description présente les personnages, les objets, les lieux, et que le discours introduit des éléments de conversation. Cette narration, qui s'adresse à un destinataire unique ou collectif, connu ou non, impliqué dans l'intrigue ou extérieur, est faite par un ou plusieurs narrateurs, eux aussi connus ou non, extérieurs ou participant à l'action, s'exprimant à la première ou à la troisième personne selon le degré d'implication, de recul critique. Enfin, on peut encore distinguer ce qui est raconté, l'histoire proprement dite, et la façon dont elle est rapportée : la narration ; le temps de l'histoire et celui de la narration sont parfois décalés ; quatre possibilités s'offrent selon leurs rapports : si la narration est postérieure à l'action, elle est au passé ; c'est le cas le plus courant : « Le 5 mai 1796, le général Bonaparte fit son entrée dans Milan » (Stendhal, *La Chartreuse de Parme* [*]) ; quand elles sont simultanées, la narration est au présent, ce que l'on peut rencontrer dans des œuvres autobiographiques : « Je suis bien étranger à ces ébats de la société attachée à mes pas vers la fin de ma course » (Chateaubriand, *Mémoires d'outre-tombe* [*]) ; une narration antérieure à l'histoire est faite au futur et revêt alors un caractère prophétique, cas très rare, parfois trouvé dans des textes bibliques. Enfin, elle peut être intercalée entre différents moments de l'action et mêler passé et présent, comme dans certains journaux intimes ou romans épistolaires (Choderlos de Laclos, *Les Liaisons dangereuses* [*]).

ARLETTE BOUÉ.

Naturalisme. Le mouvement naturaliste ne s'est jamais constitué en école, au sens strict du terme. Unis par quelques grands principes, ses membres ont varié au gré des affinités et des brouilles. On peut prendre pour point de départ du mouvement la publication en 1865 de *Germinie Lacerteux* (*), que ses auteurs, les frères Goncourt, firent précéder d'une préface, véritable texte fondateur. Aux romans à la mode, romans-feuilletons, histoires polissonnes recherchant un succès de scandale, « lectures anodines et consolantes » offertes par les Sandeau et Feuillet, ils opposent un roman vrai, étudiant *toutes* les classes sociales, y compris les « basses classes », et s'appuyant sur les dernières découvertes de la médecine et de la physiologie.

Zola admire l'œuvre et la loue. Dans une série d'articles parus en 1865-1866, il prône à son tour une nouvelle forme de littérature adaptée à l'époque contemporaine et définit l'œuvre d'art comme « un coin de la création vu à travers un tempérament ». Par sa personnalité, ses articles retentissants, sa défense de peintres comme Manet, la publication de *Thérèse Raquin,* par le scandale provoqué, en 1876, par *L'Assommoir,* et, peu après, par sa deuxième grande campagne menée dans la presse, il attire à lui les jeunes écrivains. *Les Soirées de Médan* (*), recueil de nouvelles sur la guerre de 1870 dues à Zola, Alexis, Céard, Hennique, Huysmans et Maupassant, apparaissent comme un manifeste du groupe. Le mouvement se développe en France et à l'étranger, et connaît son apogée entre 1880 et 1884. Il est par la suite contesté, de l'intérieur — jalousies, rancœurs, réelles dissensions esthétiques éloignent Edmond de Goncourt, Daudet, Huysmans — et de l'extérieur : il est attaqué par de nouvelles tendances littéraires (roman psychologique illustré par Bourget, symbolisme, décadentisme), et des critiques comme Brunetière.

Définition : le mot, ancien, a pris au fil des siècles plusieurs sens qui ne s'excluent pas. Il a d'abord désigné un savant s'occupant d'histoire naturelle, puis des sciences naturelles et des sciences biologiques. Au XVIIe siècle, on a ajouté à ce premier sens un sens philosophique : est naturaliste celui qui explique « les phénomènes par les lois du mécanisme et sans recourir à des causes surnaturelles » (*Dictionnaire* de Furetière). En 1863, le critique d'art Castagnary le préfère à *réalisme,* aux connotations péjoratives. Zola reprend le terme à partir de 1865 et lui donne ces trois sens. « Les naturalistes reprennent l'étude de la nature aux sources mêmes, remplacent l'homme métaphysique par l'homme physiologique, et ne le séparent plus du milieu qui le détermine » (« Le Naturalisme », in *Une campagne*).

Les naturalistes empruntent aux sciences savoir et surtout méthode. Le naturalisme est une « méthode de penser, de voir, de réfléchir, d'étudier, d'expérimenter, un besoin d'analyser pour savoir, non une façon spéciale d'écrire » (Paul Alexis, réponse à l'enquête menée en 1891 par Jules Huret sur l'évolution littéraire).

Le mouvement a été illustré par de nombreux écrivains féconds qui ont imposé une nouvelle approche et une nouvelle perception du réel, ouvert à l'exploration de territoires jusqu'alors interdits à la littérature : marges du sain, dégénérescences, névroses, hérédité, le corps et ses pulsions ; marges de la société bourgeoise, monde du travail, vie dans les grandes agglomérations... Il s'est poursuivi dans les premières décennies du XXe siècle sous des formes diverses : naturisme de Maurice Le Blond et de Saint-Georges de Bouhélier, humanisme de Fernand Gregh, unanimisme de Jules Romains, populisme d'André Thérive et de Léon Lemonnier, « littérature prolétarienne » prônée par Henry Poulaille.

COLETTE BECKER.

Nausée (La). Roman de Jean-Paul Sartre (1905-1980), publié en 1938. Dans *L'Être et le Néant*, Sartre affirme, à propos de la conscience du corps : « La conscience ne cesse pas d'avoir un corps... Cette saisie perpétuelle par mon pour-soi d'un goût fade et sans distance qui m'accompagne jusque dans mes efforts pour m'en délivrer et qui est mon goût, c'est ce que nous avons décrit ailleurs sous le nom de *Nausée.* Une nausée discrète et insurmontable révèle perpétuellement mon corps à ma conscience. » *La Nausée* raconte le surgissement de plus en plus intense de cette sensation de « nausée » qui accompagne le sentiment de l'existence et la conscience du corps, dans la vie d'un homme que sa solitude et son oisiveté rendent de plus en plus attentif au fait brut de son existence. Antoine Roquentin, célibataire d'environ trente-cinq ans, vit seul à Bouville, cité imaginaire, un grand port qui rappelle Le Havre, où Sartre a vécu. Il travaille à un ouvrage sur la vie du marquis de Rollebon, aristocrate de la fin du XVIIIe siècle, et vit de ses rentes, après avoir abandonné un emploi en Indochine, par lassitude des voyages et de ce qu'il avait cru être l'aventure. Il tient son journal, et c'est le texte de ce journal qui constitue le roman. Ce journal commence par un feuillet sans date, où Roquentin affirme qu'il a l'impression que les objets ont changé ; ils lui donnent une impression de dégoût et d'étrangeté. Un peu effrayé, il se demande si ce n'est pas le début de la folie. Dans la suite du journal, il essaie de préciser la nature de ce changement qu'il sent en lui, il veut savoir comment cela lui est arrivé. Il constate ce changement à propos des objets les plus ordinaires : une pipe, une fourchette, une poignée de porte, ou des personnes qu'il a l'habitude de rencontrer : l'autodidacte notamment, qu'il retrouve à la bibliothèque où il poursuit ses recherches. Il se réfugie dans des endroits bruyants et animés, comme le café Mably, où tout semble normal et rassurant, mais au fond il est très seul. Il couche parfois avec Françoise, la patronne du « Rendez-vous des cheminots », mais n'a pas d'affection pour elle, lui parle peu. Il se rend compte qu'il ne peut plus revenir en arrière, se mêler aux autres hommes, car la solitude l'a rendu trop différent d'eux. Il s'étonne de les voir raconter des histoires qui ont l'air vraisemblables et cohérentes, alors que lui n'est plus sensible qu'à l'invraisemblable, qu'à l'étrange. Il ne peut plus « faire sa part » à la solitude, il est allé trop loin. Quelque chose en lui échappe à la volonté. Sur le point de ramasser un papier traînant dans la rue, par exemple, quelque chose de plus fort que lui l'en a empêché, il n'a pas pu. Tenant un galet, il a ressenti « une sorte de nausée dans les mains ». Il a commencé son travail sur M. de Rollebon, poussé par la sympathie pour le personnage qu'il étudiait, mais il est peu à peu déçu par les résultats qu'il obtient, leur arbitraire, la minceur des certitudes auxquelles il parvient. La nausée le prend maintenant au café, alors que jusque-là l'agitation et la vie des cafés étaient un refuge rassurant. Pour dissiper son malaise, il fait mettre son disque préféré, « Some of These Days », un blues qui le transporte dans une durée différente, intérieure à la musique, où la nausée qui se dégage de l'existence des choses se dissipe. Puis Antoine erre dans la ville et envie une femme rencontrée, qui semble souffrir réellement, pour l'intensité de ses sentiments. À la bibliothèque, il découvre que l'autodidacte lit systématiquement tous les livres par ordre alphabétique. L'oisiveté du dimanche et le spectacle des Bouvillois endimanchés augmente encore sa solitude, au point de lui donner comme autrefois un sentiment d'aventure, mais qui se dissipe vite. Il reçoit une lettre d'une femme qu'il a aimée et à laquelle il pense souvent, Anny, une actrice. Elle lui donne rendez-vous à Paris. Anny prenait plaisir à dépouiller ses rapports avec lui de la banalité et de la facilité des lieux communs, à introduire entre eux le jaillissement d'une perpétuelle invention, ce qui compliquait souvent leurs relations. C'est pourquoi il a peur, en la retrouvant, de ne pas avoir l'attitude qu'elle attend de lui, de l'indisposer comme il l'a souvent fait. Mais il continue à ressentir de l'éloignement pour ce qui l'entoure. Il visite le musée de Bouville où s'étalent les portraits de l'« élite bouvilloise », de 1875 à 1910. C'est l'occasion d'une description minutieuse et sarcastique de ces « salauds », figés dans l'orgueil et la satisfaction d'une bourgeoisie qui, fière de sa réussite sociale et matérielle, se complaît dans son attitude de guide et d'exemple moral. Son travail sur M. de Rollebon lui semble dépourvu de signification, il l'abandonne et se demande quel sens va avoir désormais sa vie. Il déjeune avec l'autodidacte, qui l'ennuie par ses plates considérations sur l'existence et l'amour de l'humanité, et lui confie avec émotion qu'il est socialiste, ce qui donne à Antoine l'occasion de réfléchir sur la vanité et les contradictions de l'humanisme. Au milieu de cet entretien, la nausée le saisit de façon si violente qu'il quitte brusquement l'autodidacte. Il s'aperçoit que l'existence des choses, la sienne, lui apparaît comme « de trop », qu'elle n'est pas la nécessité mais le simple fait « d'être là ». Il ressent l'existence des choses comme « une mollesse, une faiblesse de l'être ». Rien ne le retenant plus à Bouville, il part pour Paris retrouver Anny, mais elle aussi a changé, bien qu'elle soit toujours aussi compliquée, exigeante. Elle lui explique qu'elle ne croit plus aux « moments parfaits » qu'elle essayait autrefois de créer à l'aide d'une adéquation complète des gestes et du décor, comme des « petites tragédies instantanées ». Anny se survit, elle se dit désormais incapable de ressentir aucune passion. Antoine essaie de savoir plus précisément ce qu'étaient ces « moments parfaits » qui nécessitaient un cérémonial si rigoureux et si compliqué qu'il ne manquait jamais de troubler. Anny lui explique qu'il faut d'abord une « situation privilégiée » à partir de laquelle on obtient un « moment parfait » à travers une certaine stylisation du sentiment et du comportement. Mais elle a cessé d'y croire, de la même façon qu'Antoine ne croit plus à l'aventure. Ils se quittent tristement. Antoine a le sentiment qu'Anny ne désirera plus le revoir. Il rentre à Bouville, mais n'ayant plus rien à y faire, il décide de le quitter bientôt. La ville lui paraît de plus en plus étrange, il imagine sa fin apocalyptique, des êtres monstrueux errent dans les rues ; la science et l'humanisme sont impuissants. Il va une dernière fois à la bibliothèque pour faire ses adieux à l'autodidacte, mais celui-ci est mis à la porte par le bibliothécaire, après avoir causé un scandale en faisant des avances à un collégien. Complètement seul maintenant, Antoine savoure l'oubli où il tombe. Écoutant une dernière fois « Some of These Days », il se rend compte que la musique, qui n'existe pas à la façon des choses, qui est la présence de l'imaginaire, parvient à l'arracher à la nausée, et que peut-être la création artistique, celle d'un roman, par exemple, pourrait l'aider à accepter l'existence.

L'œuvre de Sartre ne poursuivra pas ce salut par l'esthétique, et ce qui frappe dans *La Nausée,* son premier roman, c'est moins le style que le mouvement de l'ensemble, et surtout le fait que l'intuition métaphysique devient la texture même du romanesque. Sartre ne cherche pas à prouver, il montre, et avec une rigueur continue, d'où le roman tire à la fois sa force et sa beauté – une étrange beauté neutre, qui témoigne d'emblée d'une extraordinaire maîtrise de ses dons d'écrivain, sans qu'il sacrifie rien à ce qu'on appelait jusque-là littérature, c'est-à-dire un certain « voyant » du style. Si Sartre apporte en effet une écriture neuve, c'est justement sans style, uniquement dans une sorte de sobriété détachée, qui efface l'écrivain au profit du seul dévoilement de la situation de l'homme dans le monde et de ses contingences. Là se trouvent son apport durable et son originalité.

NELLIGAN Émile. Poète canadien d'expression française. Né et mort à Montréal (24 décembre 1879 - 18 novembre 1941). Son père, fils d'émigrés irlandais, était employé des postes à Montréal, sa mère de souche canadienne française, fille d'un avocat de Rimouski. Enfant, Nelligan était déjà mélancolique et taciturne, et ne s'accommodait pas plus de l'atmosphère familiale que de la contrainte de l'école. Il fréquenta plusieurs établissements de sa ville natale, dont le petit séminaire ; en 1896 il entra au collège Sainte-Marie qu'il quitta après un semestre médiocre, en mars 1897, pour se consacrer entièrement à la poésie. Il y avait toutefois noué quelques amitiés littéraires, et en juin 1896 le journal *Le Samedi* avait publié de lui un premier poème, *Rêve fantastique*, suivi de neuf autres. Le 10 février 1897, son ami Arthur de Bussières le fit admettre à l'*École littéraire* fondée quelques années auparavant par de jeunes poètes de Montréal. Même là, ses amis ne le comprirent guère et l'exclurent temporairement parce qu'il n'apparaissait pas régulièrement aux séances ! Quand il était présent, il ne sortait guère de son mutisme et, s'il se manifestait, c'était par des accès d'humour noir ou dans de véritables états de transes inspirées, comme lors de cette soirée où, en réponse à un critique malveillant, il déclama l'un de ses poèmes les plus célèbres : *La Romance du vin*. Plus jeune que ses amis, il les étonnait pourtant par l'originalité de ses jugements. Son interprétation d'un texte est ample et lui donne toujours l'occasion de le rattacher au monde fiévreux, étrange, qui est le sien. Son imagination transfigure les mots et les images pour les adapter, au fur et à mesure de ses poèmes, à la vision qui le traverse : cri de détresse ou d'indignation, plongée dans sa névrose ou dans une longue mélancolie. Nourri de Baudelaire, des parnassiens et des symbolistes, il se pénètre de leurs procédés de composition sans toujours bien les dominer.

Alors que Rimbaud est encore inconnu au Canada, il proclame son génie et le révèle à ses amis ; tel de ses poèmes marquera d'ailleurs combien il voulait sienne certaine aventure rimbaldienne. Nelligan donne beaucoup de ses poèmes aux journaux locaux et contribue ainsi à faire connaître le groupe auquel il appartient. En été 1898, il s'engage comme matelot à bord d'un navire en partance pour Liverpool, mais, dès son retour, abandonne la vie de marin. Ni lui ni son entourage ne révélèrent le déroulement, voire l'enjeu de ce voyage. Son père lui trouve alors une place de comptable à laquelle il ne put évidemment pas s'astreindre. En 1899, Nelligan est gravement atteint moralement et mentalement, son intelligence résiste de moins en moins au drame de sa jeunesse qui passe « arme au poing, toute en sang », déchirée par « le règne du rire amer », et le poète sombre dans la folie : le 8 août, après une période de surmenage intellectuel, Nelligan doit être conduit à la retraite Saint-Benoît, puis en 1925 à Saint-Jean-de-Dieu. Là il mourra en 1941, sans être sorti de son état de prostration ou d'indifférence. La vie active et publique de Nelligan tient exactement en trois ans, durant lesquels le poète fut constamment le témoin involontaire de la tragédie qu'il vécut : refus d'un monde mauvais où il n'avait pas sa place, et impossibilité de libérer le rêve qui le hantait. Nelligan, qui rompt avec l'inspiration essentiellement nationale de la précédente génération canadienne, retrouve le courant poétique de son siècle ; seul poète maudit canadien, il est aussi le plus grand poète de son pays.

L'œuvre complète d'Émile Nelligan fut réunie et publiée grâce à sa mère et à son ami Louis Dantin, en 1903, sous le titre *Poésies*. Une édition critique de ses œuvres fut publiée par Luc Lacourière, professeur à l'université de Montréal (1952).

RÉF. : L. Dantin, *Émile Nelligan et son œuvre*, Montréal, 1903. – *Poètes de l'Amérique française*, 2 vol., Montréal, 1928-1934 – J. Charbonneau, *L'École littéraire de Montréal*, Montréal, 1935. – J. Larose, *Le Mythe de Nelligan*, Montréal, 1981. – B. Courteau, *Nelligan n'était pas fou*, Montréal, 1986.

Néologisme. Du grec *neos* : « nouveau », et *logos* : « parole ». Désigne un mot inventé ou introduit récemment dans une langue. Dès que son emploi devient courant, il cesse d'être un néologisme. Il peut aussi avoir une vie éphémère, ne durer que le temps d'une mode. L'étude des néologismes révèle les différents procédés de formation des mots, l'évolution d'une langue, ou la richesse d'invention d'un écrivain. Les domaines où ils sont le plus nombreux sont ceux de la technologie, de la publicité, et le langage des jeunes. Certains ne résultent que de l'extension d'emploi d'un mot existant déjà, souvent en le faisant passer de nom propre à nom commun : mécène ou, par dérivation : rabelaisien. D'autres sont des emprunts à des langues étrangères ou à l'argot. On en forme par composition ou mélange de racines venant de langues différentes : hypermarché, issu du grec et du latin. Les plus savoureux proviennent de la pure création verbale ; les auteurs peuvent y glisser une nuance poétique : « La voix chante à en râle-mourir » (Apollinaire, *Alcools* [*], « Nuit rhénane »), satirique : « Le Religieux sortit de la sacristoche, suivi d'un Bedon » (Boris Vian, *L'Écume des jours*), comique : « Brèche-dents, plaisants rousseaux, galliers, averlans... happelopins... claque-dents » (Rabelais, *Gargantua* [*]).

ARLETTE BOUÉ.

NERCIAT André-Robert Andréa de. Romancier né à Dijon le 17 avril 1739, mort à Naples en janvier 1800. Fils d'un avocat au parlement de Bourgogne, lieutenant-colonel de la garde des Gendarmes du Roi jusqu'en 1775, incessant voyageur à travers l'Europe occidentale, du Danemark à l'Italie, diplomate officieux au service de plusieurs puissances, « conseiller et sous-bibliothécaire » du landgrave de Hesse-Cassel en 1780, membre de nombreuses sociétés savantes, homme de bonnes mœurs marié en 1783 à Angélique Condamin de Chaussan, père de deux fils qui feront carrière dans la Marine et aux Affaires étrangères après la Révolution, chevalier de Saint-Louis en 1788, émigré et colonel dans l'armée prussienne auprès du duc de Brunswick en 1792, chambellan de la reine Caroline de Naples en 1798, envoyé par elle auprès du pape, emprisonné par les Français au château Saint-Ange, mort des suites de cette détention dès son retour à Naples en 1800, cet insaisissable est aussi le dernier représentant du roman érotique, léger, indécent et spirituel tel que le connaît son siècle depuis Crébillon, avant qu'apparaisse l'œuvre terrible de Sade. Le charmant *Félicia ou Mes fredaines*, maintes fois réédité et vainement interdit, publié pour la première fois en 1775 à « Londres », a mérité son passage à la postérité. On citera pour mémoire les *Contes nouveaux* (1777) qui, par la dédicace, prouvent les relations entre Nerciat et le célèbre prince de Ligne, ainsi que quelques essais au théâtre (*Dorimon ou le Marquis de Clairville,* 1778 ; *Constance ou l'Heureuse Témérité,* 1780 ; *Les Amants singuliers ou le Mariage par stratagème,* publiés à Prague en 1787...), une imitation du *Faublas* de Louvet, une suite de *Félicia* en 1792, intitulée *Monrose ou le Libertin par fatalité.* On retiendra pour leur joyeuse immoralité deux petits textes dont la narration rapide et les tableaux sans voile font le piquant : *La Matinée libertine* (1787) et *Le Doctorat impromptu* (1788). Le titre complet des deux derniers ouvrages de Nerciat, écrits longtemps avant leur publication, en révèle assez plaisamment le ton et le contenu : *Les Aphrodites, ou Fragments thalipriapiques, pour servir à l'histoire du plaisir,* publiées à « Lampsaque » (1793) et *Le Diable au corps, œuvre posthume du très recommandable docteur Cazzoné, membre extraordinaire de la joyeuse faculté phallocoïto-pygo-glottonomique* (1803)...

CATHERINE BONFILS.

NERVAL Gérard de (pseud. de Gérard Labrunie). Poète né et mort à Paris (22 mai 1808-26 janvier 1855). Son père était chirurgien aux armées, sa mère, née Laurent, était la fille d'un marchand linger du quartier Saint-Eustache. Elle mourut en novembre 1810 à Glogau, en Silésie, où elle avait suivi son mari. Gérard fut d'abord élevé par un oncle, à Mortefontaine, puis devint externe au lycée Charlemagne, où il fut le condisciple de Théophile Gautier. À dix-huit ans, il publiait ses premiers vers : les *Élégies nationales*, puis la traduction du *Faust* de Goethe, qui lui valut une certaine renommée. Il est présenté à Hugo, se lie avec Pétrus Borel, Célestin Nanteuil, le sculpteur Jehan Duseigneur, fondant avec eux le « petit cénacle », noyau du mouvement « Jeune France ». D'esprit républicain, il participa à diverses manifestations estudiantines, qui lui valurent de séjourner, en 1832, à la prison de Sainte-Pélagie. Il avait commencé des études de médecine et s'employa dans la lutte contre le choléra durant l'épidémie de 1832. Ayant hérité de son grand-père, il fit un voyage en Italie durant l'année 1834. À son retour, épris de l'actrice Jenny Colon, il employa sa petite fortune à fonder *Le Monde dramatique* qui le ruina et passa en d'autres mains. C'est l'époque de la « Bohème galante », où il habite, impasse du Doyenné, avec ses amis Théophile Gautier, Camille Rogier, Arsène Houssaye, Édouard Ourliac. Il vit de collaborations à divers journaux, que Gautier, Alphonse Karr et d'autres camarades de lettres lui procurent. En 1838, Jenny Colon, à qui il avait adressé des lettres ferventes, épouse un musicien. Désormais, dans la mémoire de Gérard, la figure de l'actrice évoluera peu à peu vers une image mythique, qui habitera toutes ses grandes œuvres des dernières années. Cette même année, il fait avec Alexandre Dumas son premier voyage en Allemagne : c'est la patrie de Faust, le pays où est morte la mère de Gérard. De plus, les deux amis vont se documenter sur Carl Sand, le meurtrier de Kotzebue, pour un drame, *Léo Burckart,* qu'ils écriront en collaboration, et qui sera joué en avril 1839. Ayant obtenu une mission officielle, Gérard passe quelques mois à Vienne dans l'hiver 1839-1840 et y rencontre Liszt et Marie Pleyel. Il la reverra quelques mois plus tard, ainsi que Jenny Colon, à Bruxelles, où on joue son *Piquillo.*

Jusque-là, Gérard de Nerval n'est qu'un agréable littérateur parisien, un peu plus poète, un peu plus solitaire que les autres. Mais sa vie va changer. En février 1841, il a sa première crise de folie et passe plusieurs mois en maison de santé. « L'épanchement du songe dans la vie réelle » a commencé ; ses meilleures œuvres seront inspirées par cette expérience. À la fin de 1842, quelques mois après la mort de Jenny Colon, Gérard part pour son grand voyage en Orient : îles grecques, Égypte, Syrie, Liban, Constantinople. Il travaillera longtemps aux récits de ce voyage, qui ne paraîtront sous leur forme définitive qu'en 1851 sous le titre *Voyage en Orient*. Divers voyages (Belgique, Hollande, Londres, et de nouveau l'Allemagne), la composition de drames et de livrets d'opéra, presque tous en collaboration, les tâches du journaliste occupent les années suivantes. Mais, à partir de 1851, les crises mentales se reproduisent, à des intervalles de plus en plus rapprochés. Nerval est interné plusieurs fois, d'abord chez le Dr Esprit Blanche, puis chez son fils, le Dr Émile Blanche, qui le soigna admirablement dans sa célèbre maison de Passy. Entre ces périodes d'internement, il continue à voyager (Belgique, Hollande, Allemagne) et s'en va souvent errer au pays de son enfance, le Valois. Il a publié en 1852 *Lorély*, souvenirs d'Allemagne, et *Les Illuminés*, recueil d'études sur quelques initiés et quelques personnages pittoresques. Ces deux ouvrages, comme déjà le *Voyage en Orient*, esquissent discrètement son mythe personnel, dont les images se dessineront, plus précises, dans les chefs-d'œuvre des trois dernières années. C'est alors, en effet, entre deux séjours à Passy ou pendant ces internements, que furent composés *Sylvie* et les autres *Filles du feu* (*), les sonnets des *Chimères* (*), les évocations poétiques des *Petits Châteaux de Bohême*, de *Promenades et Souvenirs*, des *Nuits d'octobre*, et enfin l'œuvre testamentaire *Aurélia ou le Rêve et la Vie* (*) où il essaye de reconquérir sur la confusion de la folie le monde des images qui forment son mythe personnel et qu'il tente d'élever à la signification d'une « vita nova » ou d'une « descente aux enfers ». Il a écrit cette grande œuvre durant son dernier voyage en Allemagne, en 1854, qui l'a peut-être mené jusqu'à la tombe de sa mère, en Silésie, il l'a continuée chez le Dr Blanche. Mais, à force de démarches et de sollicitations, il a obtenu une intervention de la Société des gens de lettres pour le faire sortir de la maison de santé. Son dernier hiver fut tragique. Démuni de ressources sûres, sans domicile fixe, sentant faiblir sa faculté d'écrire, il sombrait peu à peu dans le désespoir dont il croyait avoir triomphé en composant *Aurélia*. Vers la fin de janvier 1855, son dénuement est total. Il fait de discrètes visites à quelques amis, laisse chez sa tante un mot laconique : « Ne m'attends pas ce soir, car la nuit sera noire et blanche. » Et le 26 janvier au matin on le trouve pendu à une grille dans la rue de la Vieille-Lanterne, au Châtelet. Le suicide ne fait pas de doute, en dépit des efforts de ses amis pour accréditer l'hypothèse d'un meurtre. Gérard de Nerval laissait, outre les œuvres précédemment citées, plusieurs récits comme *La Main enchantée* et un roman inachevé, *Le Marquis de Fayolle*.

ALBERT BÉGUIN.

♦ *« C'est un esprit charmant et distingué* [...] *chez lequel, de temps en temps, un certain phénomène se produit, qui, par bonheur, nous l'espérons, n'est sérieusement inquiétant ni pour lui, ni pour ses amis* [...] *Alors notre pauvre Gérard, pour les hommes de science, est malade, et a besoin de traitement, tandis que pour nous il est tout simplement plus conteur, plus rêveur, plus spirituel, plus gai ou plus triste que jamais. »* Alexandre Dumas père. ♦ *« Le vers de Nerval est cette preuve d'existence individuelle que donnent si peu, contre toute attente et contre la promesse de leur appellation, nos écrivains romantiques... »* Jean Giraudoux. ♦ *« Dans le romantisme, qu'il traverse, et auquel il paraît étranger, Gérard de Nerval semble une apparition, la source autonome de son être et de son œuvre s'écoule à part, comme s'il était à la fois en avant de son époque et en arrière* [...] *Par le rythme de la folie et ses alternances, Gérard de Nerval ressemble à plusieurs figures de cet art allemand qu'il a cherché à faire aimer. »* Pierre Jean Jouve. ♦ *« Il se transcrit comme la manifestation d'une essence pure. Il n'y a plus rien dans l'auteur qui soit indigne d'une œuvre nécessaire. Mais il n'y a plus rien en lui qui soit supportable à l'existence. L'assomption vers l'éternel se compense par l'anéantissement... »* Maurice Blanchot. ♦ *«... Je tiens seulement à ce que l'on sache ce qui devrait pourtant éclater aux yeux, que rien dans ce livre* [*Aurélia*] *n'est fortuit ni fantaisiste, que le caprice n'y a aucune part, et que chaque affirmation, chaque description, chaque récit de Nerval peut se retrouver mille fois dans l'énorme savoir des initiés et des voyants de tous les âges. Et il serait vain d'« expliquer » les rêves de Nerval par ses lectures et sa connaissance très vaste* [...] *C'est parce que cette science, dans son principe, était inscrite, plantée entre ses yeux qu'il fut possédé toute sa vie du besoin d'en chercher des manifestations ; autrement, on ne saurait expliquer qu'elle dominât si dramatiquement ses rêves. »* René Daumal. ♦ *« Ce qu'on appelle la folie de Nerval semble être venu d'une difficulté à distinguer entre, d'une part, la réminiscence, la sensation introvertie et, d'autre part, les révélations de l'intuition ou du guide intérieur. »* Jean Richer.

RÉF. : A. Houssaye, *Gérard de Nerval*, Paris, 1883. — Th. Gautier, *Histoire du romantisme*, Paris, 1884. — K. Haedens, *Gérard de Nerval ou la sagesse romantique*, Paris, 1939. — P. Valéry, *Au sujet de Nerval*, Paris, 1944. — A. Béguin, *Gérard de Nerval*, Paris, 1945. — J. Richer, *Gérard de Nerval et les doctrines ésotériques*, Paris, 1947. — L.-H. Sébillotte, *Le Secret de Gérard de Nerval*, Paris, 1948. — A. Marie, *Gérard de Nerval, le poète et l'homme*, Paris, 1954. — R. M. Albérès, *Gérard de Nerval*, Paris, 1955. — M.-J. Durry, *Gérard de Nerval et le mythe*, Paris, 1956. — J.-P. Richard, *Poésie et Profondeur*, Paris, 1955. — R. Chambers, *Gérard de Nerval et la poétique du voyage*, 1969. — G. Malandain, *Nerval ou l'Incendie du théâtre*, Paris, 1986. — M. Brix, *Nerval journaliste*, Namur, 1986. — Cl. Pidois et M. Brix, *Nerval*, 1996.

Neveu de Rameau (Le). Conte satirique de Denis Diderot (1713-1784), dont la rédaction est généralement située en 1762, avec une révision ultérieure en 1773 ou 1774. C'est un piquant dialogue entre le « Philosophe » (c'est-à-dire Diderot lui-même) et un bohème cynique, Jean-François Rameau (1716-1781 ?), neveu du compositeur des *Indes galantes*. Il renferme de nombreuses allusions à des contemporains et ne fut pas publié du vivant de l'auteur. Le Palais-Royal, où l'écrivain avait coutume de se promener, et le café de la Régence, rendez-vous des joueurs d'échecs, fournissent le décor d'une conversation à bâtons rompus — et combien pétillante — dans laquelle, sous couvert de badinage, sont abordés maints problèmes touchant les idées, les arts et les mœurs. Lorsqu'en 1798 Naigeon édita les œuvres de Diderot, il n'y comprit pas *Le Neveu de Rameau*, et c'est dans une traduction allemande de Goethe que l'ouvrage vit le jour

(1805). En 1821, parut une édition française, prétendue originale, et qui n'était que... la traduction de la traduction allemande de Goethe ! Le premier texte directement imprimé en français (1823) de même que celui qui fut publié par Maurice Tourneux en 1884 étaient seulement des copies du manuscrit original, et il fallut attendre 1890 pour que Georges Monval, bibliothécaire de la Comédie-Française, retirât par hasard de la boîte d'un étalagiste du quai Voltaire une minute écrite de la main même de Diderot. Diderot n'eut jamais avec Jean-François Rameau l'entretien rapporté dans la satire ; mais ce parasite éminemment pittoresque a existé, et il habita un certain temps aux alentours du Palais-Royal où l'écrivain le rencontrait parfois. Après quelques succès musicaux, Jean-François traîna une vie vagabonde et misérable, donnant des leçons de chant et de clavecin. On l'appelait « Rameau le fou », mais ce n'était pas un mauvais diable : « Ce personnage, l'homme le plus extraordinaire que j'aie connu, était né — dit son ami Cazotte — avec un talent naturel dans plus d'un genre, que le défaut d'assiette de son esprit ne lui permit jamais de cultiver. » Ses saillies étaient réputées pour leur cynisme, il passait — observe Piron — « de la polissonnerie aux maximes » et « cabriolait à contretemps ». De ce bohème Diderot, amusé, s'empare pour dessiner les traits de son héros, mais il en outrera les travers et, singulièrement, le cynisme. Effronté comme Diogène, capable des pires bassesses pour complaire à quiconque le nourrit, « son premier soin, le matin, quand il est levé, est de savoir où il dînera ; après dîner, il pense où il ira souper »... et il n'aura de cesse que soit calmée « la tribulation de ses intestins ». Mais déjà le drôle, qui a connu la faim, nous fait réfléchir quand il constate que « la voix de la conscience et de l'honneur est bien faible lorsque les boyaux crient », que, coûte que coûte, il faut « faire sa cour, morbleu, faire sa cour »... et que la plus sûre sagesse, c'est encore, tel le moine de Rabelais, de « toujours dire du bien de monsieur le prieur, et laisser aller le monde à sa fantaisie ». Le cynisme — ou, pour mieux dire, l'amoralisme — du *Neveu de Rameau* n'est jamais d'une qualité si basse que l'on n'y puisse trouver parfois l'expression même de la vérité, telle qu'il n'est pas admis qu'on la dise ; aussi, une sorte de complicité tacite semble-t-elle, en plus d'un endroit, s'établir entre le neveu et le philosophe, comme si ce dernier était fort aise de donner la parole à son contradicteur : « Ô fou, archifou, s'écrie Diderot, comment se fait-il que, dans ta mauvaise tête, il se trouve des idées si justes, pêle-mêle avec tant d'extravagances ? » C'est aussi ce « pêle-mêle » d'observations sur les hommes et leur caractère, sur la musique et les travers du temps qui fait — dans le perpétuel rebondissement du récit, et parmi les surprises du style — la saveur du *Neveu de Rameau*. Dans cette satire qu'il destinait à une publication posthume, Diderot fait défiler, avec plus de malice que de méchanceté, les « faquins », les « maroufles » de son siècle, comme aussi les victimes désignées de ses polémiques personnelles avec des gens de lettres. Il dit leur fait aux Palissot, aux Fréron père et fils, aux Poinsinet, et s'il parle avec sympathie de Greuze ou de Voltaire, nous saurons toutefois que l'un est vaniteux et l'autre sensible à la critique. Il observe en passant que « personne n'a autant d'humeur, pas même une jolie femme qui se lève avec un bouton sur le nez, qu'un auteur menacé de survivre à sa réputation : témoin Marivaux et Crébillon le fils », et, à notre tour, nous sourions de ces craintes quant à l'immortalité de l'auteur des *Fausses Confidences* (*). Non seulement Duclos, Carmontelle, l'abbé d'Olivet, etc. apparaissent au cours de cette conversation, mais aussi des musiciens comme le grand Rameau, des gens de théâtre comme Mlle Clairon et la Guimard, ou encore le richissime fermier général Bouret, dont la platitude est fustigée de main de maître. Personnage composite, reconstruit, recréé par l'imagination, *Le Neveu de Rameau* nous confie plus d'une fois la pensée même de Diderot, et ses propos décousus l'amènent à conclure « qu'on tire parti de la mauvaise compagnie comme du libertinage » et que l'on est « dédommagé de la perte de son innocence par celle de ses préjugés ». Entre ce parasite et nous, quelle est au juste la différence ?... Et Diderot de répondre : « Il avouait les vices qu'il avait, que les autres ont, mais il n'était pas hypocrite. Il n'était ni plus ni moins abominable qu'eux ; il était seulement plus franc et plus conséquent, et quelquefois profond dans sa dépravation. »

NICOLE Pierre. Moraliste né le 13 octobre 1625 à Chartres où son père, fort lettré, était juge à la chambre épiscopale, mort à Paris le 16 novembre 1695. Une santé chétive ne put entraver son ardeur à l'étude. Latiniste consommé, Nicole, qui avait deux tantes religieuses à Port-Royal, se rendit, âgé de dix-sept ans, à Paris pour se préparer à la prêtrise, mais il ne devait point dépasser les degrés de clerc tonsuré et de bachelier en théologie. Devenu le secrétaire, puis l'ami d'Antoine Arnauld, son destin de professeur, de controversiste et de moraliste se confond dès lors avec celui des messieurs de Port-Royal. Son œuvre (et bien souvent malgré qu'il en ait) sera toute consacrée désormais à la cause janséniste, à ses querelles, à ses polémiques interminables, qui entraîneront au combat le plus pacifique des hommes. Le jansénisme de Nicole est d'ailleurs essentiellement un « jansénisme modéré, non cyranien, parallèle au thomisme » dont la modération même lui valut plus d'un ennui, jusque dans le clan port-royaliste. Ce qui distingue Nicole, en effet — malgré le recours d'une plume parfois acérée —, c'est cette tendance où le portait son sens chrétien, comme aussi une modération naturelle, à mitiger le jansénisme. Seuls les spécialistes de l'histoire religieuse consultent encore les écrits sur la grâce, les ouvrages de controverse — en français ou en latin — de Nicole janséniste, à propos des cinq propositions tirées de l'*Augustinus* de Jansénius, ses livres contre le calvinisme et ses réfutations des mystiques (du quiétisme en particulier). Citons cependant les *Disquisitiones sex Pauli Irenaei* (1657) ; la traduction latine, avec commentaires, des *Provinciales* de Pascal, sous le pseudonyme de Guillaume Wendrock (les commentaires et références de Nicole, vu leur grand intérêt, furent retraduits en français par Mlle de Joncoux dans l'édition des *Provinciales* de 1699) ; les dix *Lettres imaginaires* (1664-1665) imitées des *Provinciales* dont la première — « sur l'hérésie imaginaire » (le jansénisme) — a donné son titre au recueil ; les *Visionnaires* (huit lettres, 1666) principalement dirigées contre le poète et dramaturge Desmarets de Saint-Sorlin, adversaire des jansénistes. Nicole y expose l'ensemble de ses doctrines antimystiques et traite les hommes de théâtre d'« empoisonneurs publics ». Ce recueil lui valut deux lettres cinglantes de Racine, qui allait devenir plus tard son ami. Citons encore la *Perpétuité de la foi touchant l'Eucharistie* (trois volumes, 1669-1672-1673).

Éducateur-né, Nicole fut un des cinq maîtres de Port-Royal de Paris, puis il professa à l'École des Granges, à Port-Royal-des-Champs. On lui doit une *Logique de Port-Royal ou Art de penser*, composée avec Arnauld. Il fonda à Chartres, à Troyes et à Beauvais, des écoles de filles. Nicole, affamé de solitude, fut, au plus fort de la bataille janséniste, jeté dans l'action par le Grand Arnauld, et plusieurs fois contraint de se cacher en province ou aux Pays-Bas. Et lorsque, après avoir dénoncé (pour une fois imprudent), en une lettre latine à Innocent XI, les « monstrueuses erreurs des casuistes » (1677), il fit sa soumission à l'archevêque de Paris, il déchaîna un tollé parmi ses amis. Cependant, pour important que soit son rôle dans l'histoire de Port-Royal, c'est le moraliste, le psychologue fin et pénétrant des *Essais de morale* (1671-1714) qui, seul, assure aujourd'hui à Pierre Nicole une survie discrète. De Mme de Sévigné à Henri Bremond, son profond pessimisme imprégné de douceur chrétienne et le regard si aigu qu'il porte sur les replis insoupçonnés du moi où se terre l'amour-propre ont trouvé des admirateurs. Les *Essais de morale*, qui comprennent six volumes (dont deux posthumes), contiennent maintes considérations des plus nuancées sur la difficulté d'établir la paix entre les hommes, la connaissance de soi-même et ses illusions, un *Traité de l'éducation d'un prince*, etc., qui font de Nicole, dans ses meilleures pages, un maître de la civilité chrétienne dont la réflexion suivante donne assez le ton : « L'homme veut se voir parce qu'il est vain. Il évite de se voir parce que, étant vain, il ne peut souffrir la vue de ses défauts et de ses misères. » Au cours de ses huit dernières années, Nicole, sans jamais cesser d'écrire, put connaître enfin cette tranquillité à laquelle il aspirait. Sa correspondance (trois volumes) a été publiée au XVIIIe siècle par son biographe, l'abbé Goujet.

HENRI LE BRETON GRANDMAISON.

♦ *« Mais surtout témoignez bien à M. Nicole la profonde vénération que j'ai pour son mérite, et pour la simplicité de ses mœurs encore plus admirable que son mérite. »* Boileau à Racine. ♦ *« Cependant nous perdons M. Nicole, c'est le dernier des Romains. »* Mme de Sévigné. ♦ *« Nicole n'était plus et n'avait jamais été de la race et de la tige des port-royalistes purs ; il n'en a ni l'esprit ni la ferveur... Il nous charme par ses contrastes ; il est sceptique autant qu'on peut l'être dans la foi, curieux autant qu'on peut l'être avec des scrupules et des interdictions sévères : âme tremblante, timorée et qu'on ne fait pas sortir de la ligne ; pleine d'ingénuité et de candeur, au milieu de la plus sagace clairvoyance. »* Sainte-Beuve.

RÉF. : Henri Bremond, *Nicole*, 1909. — Émile Thouverez, *Pierre Nicole*, 1926. — Le Breton Grandmaison, *Pierre Nicole ou la civilité chrétienne*, 1945.

NIMIER Roger. Romancier né à Paris le 31 octobre 1925, mort à Garches (Hauts-de-Seine) le 28 septembre 1962. Ses ancêtres avaient appartenu à la maison des comtes de la Perrière, qui fournit un certain nombre de corsaires malouins. Nimier aimait faire allusion à ses ascendances bretonnes. Son père, ingénieur, était l'inventeur de l'horloge parlante. Sa mère, premier prix de violon du Conservatoire de Paris, abandonna la musique lors de son mariage. Le jeune Roger fait ses études au lycée Pasteur où il a comme condisciple Michel Tournier. En 1942, il obtient le deuxième prix de philosophie au Concours général. Tout en commençant de gagner sa vie, il suit les cours de la Sorbonne et devient licencié en philosophie. Peu après la libération, il s'engage au 2e régiment de hussards. Il se bat dans la poche de Royan où il est blessé. Il est démobilisé au printemps 1945. Sans doute, son premier roman, *L'Étrangère,* qui se situe pendant l'été de cette même année, est-il quelque peu autobiographique : le héros se prénomme d'ailleurs Roger. Nimier garde ce manuscrit dans ses tiroirs (publication posthume, 1968). On s'aperçoit en le lisant que le jeune auteur était un disciple de Giraudoux et de Cocteau. Mais il allait vite s'inventer un style bien à lui. Son deuxième roman, le premier qu'il ait publié, s'appelle *Les Épées* (1948) et il est d'une extrême violence. On y voit un adolescent passer de la Résistance à la Milice, mais il ne croit en vérité qu'aux « chemins solitaires ». Le livre fut aussitôt remarqué. Jouhandeau a dit son saisissement quand il le lut : « Ce fut comme si j'avais reçu une gifle de gloire, une gifle de lumière. » Avec ses deux romans suivants, qui parurent en 1950, *Perfide* et surtout *Le Hussard bleu*, Nimier s'imposa comme la figure littéraire la plus marquante de sa génération. Les revues se disputèrent sa collaboration et il se révéla excellent critique. En 1951, on lui proposa de diriger un nouvel hebdomadaire, *Opéra.* Rédacteur en chef de vingt-six ans, il imagina une mise en pages aérée et des titres à sensation, très parisiens. Alors qu'il était partout fêté, il écrivit deux nouveaux romans d'un romantisme désabusé : *Les Enfants tristes* (1951) et *Histoire d'un amour* (1953). Chardonne lui conseilla alors d'attendre dix ans pour publier un nouveau livre. Nimier voulut-il suivre ce conseil ? En tout cas, abandonnant provisoirement le roman, il allait se consacrer au journalisme, au cinéma et à l'édition. Côté cinéma, *Ascenseur pour l'échafaud* (1957), dont il écrivit le scénario et les dialogues pour Louis Malle, fut le premier des films qu'on catalogua « nouvelle vague ». Il adapta lui-même pour l'écran *Histoire d'un amour,* qui devint *Les Grandes Personnes* et que réalisa Jean Valère (1960). En collaboration avec Roland Laudenbach, il s'inspira librement de Flaubert pour permettre à Alexandre Astruc de tourner *L'Éducation sentimentale* (1962). Depuis 1957, il occupait un poste de conseiller littéraire aux éditions Gallimard. Il était notamment chargé de commander des Préfaces pour la collection classique du Livre de poche. Ainsi fit-il présenter Suétone par Montherlant, Tolstoï par Chardonne, Dumas par Morand et Homère par Antoine Blondin. Il travailla aussi à l'achèvement du *Tableau de la littérature française* entrepris dans les années 30 par Malraux, à la N.R.F., sous forme d'ouvrage collectif. Au début des années 60, il prépara sa propre rentrée littéraire. Aux *Enfants tristes,* il allait faire se succéder les cavalcades de *D'Artagnan amoureux.* Le livre serait posthume : Nimier devait être victime d'un terrible accident de voiture. C'est sans aucune raison que certains journalistes parlèrent de suicide. Marcel Aymé fit observer qu'une telle hypothèse était monstrueuse puisque « Nimier avait à son bord une passagère qu'il connaissait à peine ». Dans la littérature contemporaine, Nimier reste le chef de file de ceux que l'on a appelés les « hussards » et qui, refusant la littérature selon Sartre, revinrent à la littérature selon Larbaud.

JACQUES BRENNER.

RÉF. : Pol Vaudromme, *Roger Nimier,* Bruxelles, 1977. — Marc Dambre, *Roger Nimier, Hussard du demi-siècle,* Paris, 1989.

NIZAN Paul. Romancier né le 7 février 1905 à Tours, mort le 23 mai 1940 près de Dunkerque. Après une enfance bourgeoise et provinciale, il entre à l'École normale supérieure, où il se lie avec Jean-Paul Sartre. Après un voyage à Aden, il s'inscrit en 1927 au parti communiste. Jusqu'à la guerre, il partage sa vie entre l'enseignement de la philosophie et son activité militante, écrit des articles pour *L'Humanité* et *Europe*. De 1934 à 1935, il réside avec sa femme à Moscou. En 1939, il quitte bruyamment le parti communiste français à la suite de la signature du pacte germano-soviétique. Un an plus tard, il est tué sur le front.

L'œuvre romanesque de Paul Nizan, assez brève, est l'une des plus remarquables de l'entre-deux-guerres. En 1960, dans sa préface à la réédition de *Aden Arabie* (1931), Sartre a essayé de tirer son ami de l'oubli dans lequel il était injustement tombé. *Aden Arabie,* le premier roman de Nizan, est autobiographique : l'auteur raconte les désillusions qu'il a éprouvées lors de ce voyage. *Antoine Bloyé* (1933), *Le Cheval de Troie* (1935) et *La Conspiration* (1938) sont également des livres parfaitement biographiques, où Nizan retrace successivement la vie de son père, puis les événements sociaux et politiques de la France de l'après-guerre. Acerbes, lucides, passionnées, ces œuvres de Nizan sont l'un des rares exemples en France, après Jules Vallès, de romans politiques de qualité. Ce sont des livres militants, visant à montrer les aliénations multiples de l'univers capitaliste. Mais ce propos avoué n'ôte rien à leur vigueur et à leur jeunesse littéraire. *Les Chiens de garde* (1932) constituent un pamphlet impitoyable contre les philosophes académiques de la Troisième République, notamment Brunschwicg. En 1936, Nizan a également publié un essai intitulé *Les Matérialistes de l'Antiquité.*

Cette œuvre, brillante, parfois imparfaite, constitue un témoignage irremplaçable sur la vie intellectuelle, sociale et politique de la France de l'entre-deux-guerres.

ANTOINE BERMAN.

RÉF. : A. Ginsbourg, *Nizan,* Paris, 1966. — J. Leiner, *Le Destin littéraire de Nizan,* Paris, 1970. — A. King, *Paul Nizan, écrivain,* Paris, 1976. — A. Cohen-Solal, *Paul Nizan, communiste impossible,* Paris, 1980. — J. Steel, *Nizan, un révolutionnaire conformiste ?* Paris, 1987.

NOAILLES Anna-Élisabeth de Brancovan, comtesse Mathieu de. Poétesse née le 15 novembre 1876 à Paris, où elle mourut le 30 avril 1933. Son aïeul paternel, Georges Démètre Bibesco, avait épousé Zoé Mavrocordato, fille adoptive du dernier prince de Brancovan, descendant des souverains de Valachie. Par sa mère, Raoulka Musurus, elle appartenait à une famille grecque d'origine crétoise qui avait compté des poètes et des lettrés. Paris, le Bosphore et la Savoie furent les toiles de fond de son enfance et, dès l'âge de treize ans, elle s'exerça à la versification. Tour à tour elle subit l'influence des parnassiens, de Musset, puis de J.-J. Rousseau et d'Heinrich Heine, mais, plus que tous les autres, de Victor Hugo dont le génie la subjugua. Le 18 août 1897, en l'église de Publier (Haute-Savoie), elle épousa le comte Mathieu de Noailles. Le 1er février 1898, ses premiers poèmes (*Litanies*) parurent dans *La Revue de Paris* et, le 18 septembre 1990, elle donnait le jour à un fils, Anne-Jules de Noailles. Son premier recueil de vers, *Le Cœur innombrable* (1901), reçut un accueil enthousiaste. C'était la révélation d'un talent hors de pair, et le brillant début d'une série de volumes où harmonieusement s'exprime un intense amour de la nature : arbres, plantes, et surtout soleil. Cette œuvre, imprégnée du panthéisme le plus ardent, allait exprimer aussi le culte de la jeunesse et des héros, avec un sens profond de la mort, la hantise de l'éternel et de l'absolu. Sous l'influence de Maurice Barrès, dont elle avait fait la connaissance en 1896 et qui fut l'objet d'un attachement du reste partagé, Anna de Noailles fit, dans son inspiration, plus large encore la part de l'Orient, mais, de toute son âme devenue Française, elle ne ressentait pas moins l'attrait des « pays de l'Aisne et de l'Oise ». Elle publia successivement les volumes de vers suivants : *L'Ombre des jours* (1902), qui contient la célèbre pièce intitulée *Jeunesse* ; *Les Éblouissements* (1907), où figurent la *Prière devant le soleil* ; *Les Vivants et les Morts* (1913) ; *Les Forces éternelles* (1921), où sont évoqués les champs de bataille de la Marne. Au faîte de la gloire, Anna de Noailles fut élue membre de l'Académie royale belge de langue et de littérature françaises, et l'Académie française lui décerna le grand prix de littérature.

Très admirée des écrivains, des hommes politiques et des savants, elle était devenue une sorte de personnage officiel et fut la première femme à recevoir la cravate de commandeur de la Légion d'honneur. On lui doit également trois romans, qui valent surtout par ce qu'ils peuvent contenir d'éléments autobiographiques : *La Nouvelle Espérance* (1903), évocation de la vie d'une jeune femme du monde à cette époque, *Le Visage émerveillé* (1904), journal d'amour d'une religieuse, qui fit scandale, et *La Domination,* œuvre manquée dont elle ressentit vivement l'échec. Citons encore : *De la rive d'Europe à la rive d'Asie,* récit d'un séjour qu'elle avait fait, enfant, en Turquie (1913), *Les Innocents ou la Sagesse des femmes* (1923), recueil de nouvelles, et *Passions et Vanités* (1923). À partir de 1912, la santé d'Anna de Noailles commença de s'altérer et elle quitta de moins en moins sa chambre du 40, rue Scheffer. Elle publia encore deux recueils de poèmes : le *Poème de l'amour* (1925) et *L'Honneur de souffrir* (1927), consacré à ses morts, ainsi que ses *Poèmes d'enfance* (1928). En 1932 parut *Le Livre de ma vie,* éléments d'une biographie intime qui s'arrête à l'année 1896. Son corps repose au Père-Lachaise ; son cœur fut inhumé à Publier. Un dernier recueil de poèmes fut publié après sa mort sous le titre *Derniers vers et poèmes d'enfance.* Au chalet d'Amphion, sur les bords du Léman où les Brancovan passaient chaque année plusieurs mois, et dont elle chanta les paysages, un monument fait de pierre et de verdure a été érigé par l'Association des amis du poète. La correspondance échangée entre Anna de Noailles et Maurice Barrès ne sera pas publiée avant 1983.

HENRI LE BRETON GRANDMAISON.

♦ *« Anna de Noailles fut notre dernier poète inspiré. »* L.-P. Fargue. ♦ *« Éloquente, grandiloquente, volubile, Mme de Noailles ne livrait pourtant que peu d'elle-même, en agitant autour d'elle des paroles nombreuses, comme autant de voiles qu'exigeait sa pudeur. »* Colette. ♦ *« Elle avait poussé à leurs extrêmes conséquences en particulier toutes* [les] *libres théories sur la libre inspiration, et il nous faut bien dire que de là viennent les graves manques de son œuvre. »* Robert Brasillach.

RÉF. : Colette, *Discours de réception à l'Académie royale belge de langue et de littérature françaises,* Paris, 1936. – L.-P. Fargue, *Anna de Noailles* in *Portraits de famille,* Paris, 1947. – E. de La Rochefoucauld, *Anna de Noailles,* Paris, 1956. – Cl. Mignot-Ogliastri, *Anna de Noailles : une amie de la princesse Édouard de Polignac.* – F. Broche, *Anna de Noailles : un mystère en pleine lumière, 1876-1933,* Paris, 1989. – E. Hugonnet-Dugna, *Anna de Noailles : cœur innombrable : biographie, correspondance,* Paris, 1989.

NODIER Charles. Écrivain né à Besançon le 29 avril 1780, mort à Paris le 27 janvier 1844. Fils de l'avocat Antoine- Melchior Nodier et de Suzanne Paris, Charles Nodier ne fut légitimé qu'à l'âge de onze ans. La Révolution marquera profondément son enfance. Dès sa douzième année, il appartient à la société locale des jacobins. Éloigné de Besançon pendant la Terreur, il habite alors Novillars, chez un ami de son père, le naturaliste Girod de Chantrans qui l'initie à la botanique et à l'entomologie. Puis il est envoyé à Strasbourg auprès de l'accusateur public Euloge Schneider, bientôt guillotiné. Après le 9 Thermidor (1793), il retourne dans sa ville natale et, lors d'une fête de la jeunesse, prononce un éloge de Bara et d'Agricol Viala, deux jeunes victimes de la guerre civile. Mais, de nouveau, on juge bon de l'éloigner de la cité. En 1796, le régime politique étant plus stable, il y revient et suit les cours de l'École centrale. L'année suivante, il fonde une sorte de club, comme il y en avait tant alors : la Société des philadelphes, et publie (en 1798) une *Dissertation sur l'usage des antennes chez les insectes.* Conjointement, il rédige un essai d'autobiographie, *Moi-même*. Le coup d'État du 18 Brumaire ayant mis en place le Consulat, il prend bientôt position contre Bonaparte. Politique et littérature l'accaparent, et les philadelphes signalent leur existence en publiant un ouvrage collectif, *Essais littéraires par une société de jeunes gens.* Nodier est attiré par Paris où il séjourne de décembre 1800 à mars-avril 1801. Il réintègre ensuite la cité bizontine où il devient bibliothécaire adjoint et publie deux opuscules tirés à un petit nombre d'exemplaires, une *Petite bibliographie des insectes* et *Pensées de Shakespeare.* Dès octobre, il regagne Paris et fréquente le groupe naturiste des méditateurs, inspiré par la pensée de Pythagore. Il s'éprend de l'une de ses adeptes, Lucile Franque, qui mourra l'année suivante. Nodier commence à donner ses premiers romans : *Les Proscrits*, fortement marqué par le *Werther* de Goethe, *Le Peintre de Salzbourg,* suivi des *Méditations du Cloître* et, sous l'anonymat, un roman libertin, *Le Dernier Chapitre de mon roman.* Il compose un très savoureux *Dictionnaire raisonné des onomatopées françaises* et rime une ode contre le premier consul, *La Napoléone*, ouvrage dont il ne tarde pas à révéler qu'il est l'auteur (peut-être par désespoir, Lucile Franque venant de mourir). Arrêté le 23 décembre 1803, il est remis en liberté trente-six jours plus tard, mais on l'assigne à résidence à Besançon. Il y compose ses *Essais d'un jeune barde.* Bientôt son antibonapartisme l'incline à participer à la conspiration dite de l'Alliance. La plupart de ses amis sont arrêtés. À temps, il prend la fuite et vit clandestinement jusqu'en juin 1805 où de nouveau il peut s'installer sans inquiétude à Besançon. Il trouve, en effet, en la personne du préfet du Doubs Jean Debry un sûr protecteur. En 1806 un volume, où passe l'ombre de la défunte Lucile Franque, naît de sa plume, *Les Tristes, ou Mélanges tirés des tablettes d'un suicide.* Il y insère son premier récit fantastique, *Une heure, ou la Vision.* Toujours grâce à l'appui de Jean Debry, il ouvre à Dôle en 1808 un cours public de philosophie, belles-lettres et histoire naturelle qui obtient un vif succès. Cette même année, il épouse Désirée Charve, fille du juge Claude Charve qui avait eu pour fille d'un premier mariage Lucile Franque. Marié, Nodier cherche un emploi moins aléatoire et devient secrétaire à Amiens de sir Herbert Croft, un érudit anglais ; mais bientôt, Herbert Croft étant ruiné, il doit quitter cette trop brève sinécure et revient dans la famille de sa femme, à Quintigny, près de Lons-le-Saulnier. Il publie alors (1809) *Archéologue, ou Système universel et raisonné des langues*, qui témoigne de sa profonde passion pour la philologie. Sa fille Marie naît en 1810. Tout en s'intéressant aux problèmes les plus variés, dont le plagiat (*Questions de littérature légale*), il se met en quête d'un nouveau poste et finit par obtenir l'insolite emploi de bibliothécaire de Laybach (Lubjana), capitale des provinces illyriennes du premier Empire. Il entre en fonction en janvier 1813 au pays des vampires et s'occupe du journal tétraglotte *Le Télégraphe illyrien* ; toutefois, les Autrichiens s'étant emparés de l'Illyrie, il quitte son poste en septembre, rejoint Quintigny, puis s'installe à Paris (1813) où il commence à collaborer au *Journal de l'Empire* (qui deviendra le *Journal des débats*) et fréquente certains écrivains : Ballanche, Millevoye, Désaugiers. En 1814, Napoléon fait ses adieux à Fontainebleau et gagne l'île d'Elbe. Nodier affirme son allégeance au nouveau roi (Louis XVIII). Un fils lui naît, Térence, qui mourra en 1816. Pendant les Cent Jours qui voient le retour de l'empereur, il doit se réfugier chez son ami le duc de Caylus. À cette époque, il fait paraître, sans nom d'auteur, *Les Philadelphes. Histoire des sociétés secrètes de l'armée.* Après les Cent Jours, de nouveau parisien, il continue de donner des articles au *Journal des débats* et, en 1818, publie un roman, *Jean Sbogar*, qui attire sur lui l'attention du public. Pressenti pour enseigner à l'université d'Odessa, il ne parvient pas à obtenir le passeport nécessaire. Il s'adonne donc de plus en plus à sa tâche de journaliste, multiplie les articles (dans *Le Drapeau blanc, Le Défenseur*, etc.), écrit des romans : *Thérèse Aubert, Adèle*, s'intéresse au genre frénétique anglais (sans l'approuver de front), compose en collaboration un mélodrame *Le Vampire*, signe du pseudonyme de « Cyprien Bérard » un roman de même inspiration, *Lord Ruthwen, ou les Vampires*, propose en deux volumes des *Mélanges de littérature et de critique* et préface les remarquables *Voyages pittoresques et romantiques dans l'ancienne France*, ouvrage qui formera la sensibilité de la nouvelle génération. Fort de sa naissante réputation, il présente en 1821 un récit débordant d'imagination emphatique, *Smarra ou les Démons de la nuit*, adapte pour le théâtre le *Bertram* de l'Irlandais Maturin, le célèbre auteur de *Melmoth.* D'un voyage entrepris avec Taylor, Cailleux et le peintre Isabey, il rapporte sa *Promenade de Dieppe aux montagnes d'Écosse.* Son nouveau fils, Amédée, ne survit que de quelques mois à sa naissance. Nodier, touché de ces deuils, fait de plus en plus du monde des livres son vrai monde et développe son œuvre selon des voies variées : fantaisie, érudition, rêveries. Il écrit tout aussi bien d'abondantes préfaces (pour les œuvres traduites de Byron, par exemple) qu'un *Essai sur la théorie des langues*, un recueil d'histoires terrifiantes, *Infernaliana*, ou un conte d'une surprenante teneur, *Trilby*. Les romantiques, groupés autour de Hugo, le tiennent en haute estime, d'autant plus que dans *La Quotidienne* du 12 mars 1823 il a soutenu le *Han d'Islande* du jeune maître. Une vive amitié s'ensuivra entre les deux hommes. Nommé le 3 janvier 1824 bibliothécaire du comte d'Artois à l'Arsenal, Nodier habitera désormais en ces lieux qui seront définitivement liés à sa mémoire. Il y tient salon, y accueille les romantiques. En 1824, le comte d'Artois, sous le nom de Charles X, est couronné roi de France. Hugo et Nodier assistent au sacre ; l'été, ils voyagent ensemble en Savoie et en Suisse. Nodier fait alors figure de parrain du mouvement romantique. Toujours féru de philologie, il publie en 1828 son *Examen critique des dictionnaires de langue française.* L'année suivante, la création de *La Revue de Paris* marque pour lui le début d'une collaboration qui durera jusqu'à sa mort. Il y donne en feuilleton ses *Souvenirs et portraits de la Révolution.* L'an 1830, celui de la bataille d'*Hernani* et des Trois Glorieuses, voit sa plus bizarre publication, l'*Histoire du roi de Bohême et de ses sept châteaux*, délectable fantaisie où l'auteur, inspiré de Sterne, laisse toujours attendre l'essentiel du récit et joue de maints artifices typographiques. Certains événements ébranlent sa sensibilité presque maladive – et d'abord le mariage de Marie, sa fille chérie, dont il refuse, en définitive, l'éloignement, puisque le couple résidera toujours, selon ses propres vœux, à l'Arsenal. En juillet, Louis-Philippe est proclamé roi des Français. Nodier conserve son emploi. Ce sceptique, cet inquiet se replie sur lui-même. Son tempérament de rêveur s'exprime dans *De quelques phénomènes du sommeil*, sa fantaisie dans le « type » célèbre du « Bibliomane » (qu'il donne au *Livre des Cent-et-un*), son goût pour l'histoire dans ses *Mémoires de Maxime Odin* (devenus plus tard *Souvenirs de jeunesse*). De plus en plus la mélancolie s'empare de lui ; elle nous vaut sa méditation *De la palingénésie et de la résurrection*. Mais la fiction le requiert parallèlement, qu'il s'agisse de romans : *Mademoiselle de Marsan*, ou de contes : *Histoire d'Hélène Gillet, Le Songe d'or, L'Amour et le Grimoire*. Renduel, le grand éditeur des romantiques, commence à publier ses œuvres complètes (elles compteront douze volumes), et l'adorable *Fée aux miettes* y prend place. En 1833, il donne quantité de textes d'inspiration fort diverse : des fantaisies (*Hurlubleu* et *Léviathan-le-Long*), des contes fantastiques (*Jean- François les Bas-Bleus, La Combe de l'Homme mort, Les Morts fiancés*), des fables ou des apologues (*Trésor des Fèves et Fleur des Pois, L'Homme et la Fourmi*), une nouvelle mystique : *Sybille Mérian*, une mise en scène historique ; *Le Dernier Banquet des girondins*. Élu à l'Académie française cette même année, il connaît cependant une période où la maladie commence à le miner. Sa passion pour la linguistique et surtout pour les livres ne s'en exprime pas moins dans le *Bulletin du bibliophile* qu'il fonde en 1835. Immergé dans l'univers de l'étrange, il compose encore des contes notoires comme *Paul, ou la Ressemblance*. Si *Inès de Las Sierras* relève assurément d'un fantastique combiné, d'autres nouvelles, en revanche, sont inspirées par une pure vision de l'au-delà : *La Légende de sœur Béatrix* (1837), *Lydie et la Résurrection* (1838). Sans désemparer, ce rêveur obstiné continue de faire maintes préfaces (ainsi, pour l'édition du théâtre complet de Pixérécourt) et stigmatise plaisamment les excès du modernisme sociétaire qu'il nargue dans *Voyage pittoresque et industriel dans le Paraguay-Roux*. Il ne dédaigne pas, au besoin, de livrer quelques réflexions sur des sujets mineurs comme les marionnettes (dans *La Revue de Paris* en 1842). Malgré la présence d'amis fidèles, ses dernières années sont placées sous le signe du désenchantement. En 1844, il meurt dans son fief onirique de l'Arsenal au moment même où l'on publie sa dernière œuvre, *Franciscus Columna*, beau récit d'amour mystique qu'admirera Nerval.

Tenu pour l'exemple même du conteur fantastique, Nodier a cependant souffert d'une telle caractérisation et, si son nom apparaît dans toute rétrospective de la littérature romantique, il ne s'ensuit pas que ses œuvres ont, de nos jours, le public qu'elles méritent. Leur mise en forme de la folie, leur élégance désarment des lecteurs qui se plaisent désormais à de plus brutales étrangetés. Les surréalistes, attentifs à la vie du rêve, ne l'ont pas revendiqué comme précurseur, même si quelques-uns (Lise Deharme, André Pieyre de Mandiargues) ont dit en quelle estime ils le tenaient. À côté de l'œuvre fantastique (le quart de l'iceberg !), les ouvrages du polygraphe sont aujourd'hui réédités pour les amateurs de *curiosa*. L'attention de plus en plus soutenue qu'ils rencontrent semble devoir ménager à Nodier une destinée posthume jusqu'alors imprévisible, aux dépens même de son œuvre de fiction.

JEAN-LUC STEINMETZ.

♦ *« ... Nodier, par rapport à la nouvelle école qu'il aurait pu songer à se rattacher et à conduire* [...] *Nodier sans prétention, sans morgue, sans regret, ne fut aux poètes survenants que le frère aîné* [...] *et le premier camarade. »* Sainte-Beuve. ♦ *« Il fut l'un des plus fidèles apôtres de l'amour pur. »* Nerval. ♦ *« C'était un homme adorable que Nodier ; sans un vice, mais plein de défauts, de ces défauts charmants qui font l'originalité de l'homme de génie, prodigue, insouciant, flâneur. »* Alexandre Dumas. ♦ *« L'homme en lui est passionnant, parce que la diversité même de ses activités, leur incohérence apparente, leur caractère parfois saugrenu font supposer quelque mystère personnel. »* Albert Béguin.

RÉF. : Sainte-Beuve, *Charles Nodier*, Paris, 1840. — Jules Janin, *Prospectus pour les œuvres de Charles Nodier*, Paris, 1863. — Albert Béguin, *L'Âme romantique et le rêve*, Paris, 1939. — Pierre-Georges Castex, *Le Conte fantastique en France de Nodier à Maupassant*, Paris, 1951. — Hubert Juin, *Charles Nodier*, Paris, 1970. — Paul Bénichou, *L'École du désenchantement*, Paris, 1992.

NOËL Marie (pseud. de Marie Rouget). Poétesse née à Auxerre (Yonne) le 16 février 1883, morte dans la même ville en 1967. Fille d'un universitaire incroyant, devenue une chrétienne ardente, elle fit ses études au lycée d'Auxerre, obtint son brevet supérieur et passa toute sa vie dans sa ville natale, à l'ombre de la vieille cathédrale. Son œuvre, rassemblant des recueils tels que *Les Chansons et les Heures*, *Le Rosaire des joies*, *Chants et psaumes d'automne*, a été couronnée en 1962 par le grand prix de poésie de la Société des gens de lettres et le grand prix de poésie de l'Académie française. Marie Noël est toute pénétrée d'une piété franciscaine, simple et familière, mais dont l'innocence et la naïveté laissent transparaître une recherche parfois douloureuse de Dieu et les mouvements d'angoisse d'une âme qui ne consent jamais à se payer de mots.

RÉF. : Raymond Escholier, *La Neige qui brûle*, Paris, 1957. — Michel Manoll, *Marie Noël*, Paris, 1962. — A. Blanchet, *Marie Noël*, Paris, 1962. — Henri Gouhier, *Le Combat de Marie Noël*, Paris, 1971.

NORGE Géo (pseud. de Georges Mogin). Poète belge d'expression française. Né à Bruxelles, le 2 juin 1898, d'une famille d'origine française, mort à Mougins, le 25 octobre 1990. Il fonde en 1925 le « Théâtre du Groupe libre » avec Raymond Rouleau et Tania Balachova. En 1931, Pierre-Louis Flouquet crée chez Norge *Le Journal des poètes* qui rassemble une quinzaine d'entre eux parmi lesquels André Salmon. Toute sa vie, Norge la voue à la poésie, la sienne, mais aussi celle des autres, organisant à partir de 1932 des réunions de poètes dans son « grenier » bruxellois. En 1934, il publie un *Florilège de la nouvelle poésie en Belgique* et, en

1937, il fonde *Les Cahiers blancs*. En 1954, il s'installe en France à Saint-Paul-de-Vence.

En 1978, ont paru *Les Œuvres poétiques* de Norge qui rassemblent la production de cinquante-cinq ans d'un travail discret et régulier. Son premier recueil, *Vingt-sept poèmes incertains* (1923), ne laisse encore paraître qu'un versant de son originalité. Il compare le poème à un « poisson un peu étrange et féerique à travers les rutilances de l'aquarium et la cohue de l'eau ». Ce qui le requiert très tôt, c'est la réalité et les mots qui en sont la partie la plus malléable. Il leur restitue leur vertu populaire. Émule de Rabelais, Norge plie le langage à la célébration humoristique des choses et des êtres. *Joies aux âmes* (1941), *Les Quatre Vérités* (1962) et *Les Oignons* (1953) représentent pour lui trois courants essentiels de sa poésie : « grands versets, petits vers de mètres courts, secs, percutants... Enfin, poèmes aussi brefs que possible, en prose. Fruits d'humeurs différentes ».

Observateur de la réalité, il en saisit la vie interne, le mouvement cosmique au sein duquel l'homme n'occupe guère que la place d'un *Gros Gibier* (1953) dont il traduit le grotesque dans *La Langue verte* (1954), recueil dont l'inspiration a pu être comparée à celle d'un Jarry ou d'un Queneau. Peu à peu, Norge s'est cependant orienté, notamment dans *Les Oignons*, vers une sorte de sagesse qu'expriment des aphorismes, des contre-fables, des poèmes métaphysiques, déjà sensible dans *Les Râpes* (1949), qui débouche sur l'heureuse alliance du réel et de l'invisible dans *Eux les anges* (1978). Son œuvre se poursuit avec *Les Coq-à-l'âne* (1985) et *Le Stupéfait* (1988).

GUY LE CLEC'H.

Notre-Dame de Paris. Roman de Victor Hugo (1802-1885), publié en 1831. Cette œuvre, éminemment représentative du romantisme, est le récit — « gothique » par excellence — où revit le fascinant pittoresque du Moyen Âge, avec pour centre la cathédrale, dont les ombres et les lumières fantastiques se détachent au clair de lune. Esméralda est une jeune bohémienne hautaine, silencieuse et, en secret, fort sensible, qui, pour gagner son pain, danse et prédit l'avenir, en la compagnie d'une petite chèvre fidèle nommée Djali. Femme fatale avant la lettre, à tous elle inspire de l'amour, en particulier à Claude Frollo, l'archidiacre de Notre-Dame, inquisiteur tourmenté par la chair, ainsi qu'au monstrueux Quasimodo, le sonneur de cloches de la cathédrale, bossu, difforme, mais fort comme Hercule : et Frollo, qui l'a élevé par pitié, le chargera de ravir la fillette. Notre-Dame de Paris, c'est aussi la tourbe grouillante de la « Cour des miracles », ce quartier interdit proche de la place de Grève, où se réunissent les faux mendiants, les faux infirmes, toute la plèbe entreprenante et terrifiante des truands, société fortement hiérarchisée parmi laquelle vit Esméralda, aimée et jalousement respectée par tous. Esméralda, quant à elle, est éprise d'un capitaine des archers, Phoebus de Châteaupers, qui la sauva de l'enlèvement monté par Quasimodo. L'ardent amour que la jeune fille lui porte n'est d'ailleurs, aux yeux de Phoebus, qu'une aventure comme tant d'autres. Au cours d'un rendez-vous que lui a donné la fillette, le capitaine est sur le point de triompher d'elle lorsque, soudain, Claude Frollo surgit et le tue d'un coup de poignard. Mais Esméralda n'en sera pas moins accusée de meurtre, pour avoir dédaigné l'archidiacre qui l'abandonne alors à son destin. Condamnée à mort, la jeune fille est sauvée par Quasimodo qui la conduit dans son gîte : les tours de la cathédrale, monde fantastique, peuplé de monstrueuses gargouilles. Bientôt arrivent, pour la libérer, les pauvres hères de la Cour des miracles. Quasimodo, qui se méprend sur leurs intentions, les lapide du haut de la tour, tandis que Claude Frollo profite du tumulte pour ravir Esméralda. Mais, encore une fois repoussé, l'archidiacre furieux livre la bohémienne à une pauvre recluse à demi- folle qui voue aux bohémiens une haine sauvage, car ils lui ont, naguère, enlevé sa fille — une fille qui aurait le même âge qu'Esméralda. Mais, bien loin de persécuter sa prisonnière, la recluse a vite fait de reconnaître en Esméralda l'enfant qu'elle a perdue. Des gardes arrivent cependant pour prendre possession de la condamnée, et bientôt, du haut de Notre-Dame, Quasimodo et Claude Frollo assistent au supplice d'Esméralda : le bossu, alors, précipite dans le vide son bienfaiteur, puis il s'en va mourir dans le cimetière des condamnés, tenant serré dans ses bras le cadavre d'Esméralda.

L'intrigue est outrée et assez pénible, et le roman vaut avant tout par l'évocation puissante, prodigieuse, pleine de puissance et de lyrisme, de Paris au Moyen Âge, avec ses ruelles mystérieuses toutes remplies des rumeurs du menu peuple. Les personnages sont avant tout les éléments d'un ensemble grandiose qui l'emporte sur le souci de la cohérence et de la psychologie individuelle. Les caractères sont sommaires et sans nuances, ce sont des types plus que des êtres de chair et de sang : l'archidiacre est le traître de ce mélodrame dont Quasimodo, corps monstrueux et âme sublime comme le Triboulet du *Roi s'amuse*, est le bouffon. Quant au capitaine Phoebus, c'est le jeune premier du drame, joli garçon, léger, inconstant ; la figure d'Esméralda, à peine moins conventionnelle que les autres protagonistes, a cependant une grâce touchante qui rendit bientôt le personnage très populaire.

Mais le véritable héros du roman, c'est Notre-Dame de Paris avec ses monstres, ses vitraux, ses masses d'ombre parmi les colonnes enchevêtrées. Dans ce livre qui a pour origine la contemplation du monument gothique, Victor Hugo a réussi une exacte transposition littéraire des splendeurs architecturales. Son roman a d'ailleurs contribué à faire renaître, autour de cette magnifique basilique, un courant de ferveur et d'admiration, qui devait plus tard se traduire par les efforts méritoires de Viollet-le-Duc pour restituer la cathédrale telle qu'elle était au Moyen Âge. Toutefois, le Moyen Âge évoqué par Victor Hugo n'a que fort peu à voir avec la réalité historique ; c'est un Moyen Âge au goût du jour, réinventé de toutes pièces par une imagination puissante et impétueuse. Cette image du temps de la « Grande Nuit » devait puissamment contribuer à répandre et à populariser l'idée conventionnelle et paradoxalement homogène d'une époque si riche en contrastes et si diverse. Tout juste valable pour une partie étroitement circonscrite chronologiquement (la fin du XIVe et le XVe siècle), elle devait amener à négliger les quelque cinq siècles précédents et à constituer, non point une synthèse, mais un véritable escamotage du passé. À cette attitude systématique, qu'on trouve même chez de grands historiens français contemporains de Victor Hugo, *Notre-Dame de Paris*, qui connut dès sa parution une grande popularité, ne devait pas peu contribuer. Son action était d'autant plus efficace que le pittoresque des descriptions, le sens qu'a toujours eu Victor Hugo des masses populaires et du grouillement de la vie urbaine, rendaient plus que convaincante, prenante, cette reconstitution d'un monde révolu.

Dans *Notre-Dame de Paris* comme plus tard dans *Les Misérables* (*), Hugo parvient à donner corps et âme aux gigantesques visions de son esprit, à faire prendre vie aux symboles, à imposer comme une réalité historique ses vues les plus personnelles et souvent les plus contestables. C'est ce souffle créateur qui anime les admirables peintures qu'il nous donne de la grande salle du palais de justice et de la place de Grève, et qui confère tous les dehors de la vérité à cette Cour des miracles dont il se fit curieusement le sociologue, alors qu'il s'agissait d'un monde en partie inventé par lui. Comment ne pas évoquer enfin les grandioses descriptions de Paris à vol d'oiseau, de Notre-Dame, ou encore des cloches de la cathédrale. Doué d'un sens dramatique certain que vient renforcer un réalisme effrayant, Hugo nous a donné dans ce roman quelques-unes des pages les plus saisissantes qu'il ait jamais écrites : qu'on relise, pour s'en convaincre, la chute de Claude Frollo des tours de Notre-Dame. C'est pour toutes ces raisons que cette œuvre n'a pas cessé de passionner et de séduire un très vaste public.

NOUGÉ Paul. Écrivain belge d'expression française (1895-1967). Né à Bruxelles d'une mère belge et d'un père français, Paul Nougé est considéré comme l'un des principaux représentants du surréalisme belge francophone. Biochimiste de métier, ce chercheur scientifique sera, parallèlement à la carrière professionnelle qu'il exercera jusqu'à son licenciement en 1953, un remarquable chercheur littéraire, reconnu par Francis Ponge comme la « tête la plus forte du surréalisme en Belgique ». Il participe, en 1921, à la fondation du parti communiste belge, même s'il entretiendra par la suite une constante méfiance à l'égard des partis politiques. Après avoir signé de nombreux manifestes antifascistes, il est mobilisé dans l'armée française en 1939.

Son entrée en littérature est tardive, effectuée en 1924 par le biais d'une série de tracts intitulés « Correspondance », préparés en collaboration avec Camille Goemans et Marcel Lecomte, et présentés généralement comme le point de départ du surréalisme belge. Des liens se nouent dès lors avec les surréalistes parisiens, mais le groupe bruxellois garde ses distances et se développe de manière relativement indépendante. C'est dans une conférence prononcée à Charleroi en 1929 que Nougé expose en substance sa conception de l'art, en des termes résolument éloignés des manifestes de Breton. Proche de Magritte avec qui il collabore en maintes occasions, il oppose l'« efficacité » des « objets bouleversants » au culte de l'originalité ainsi qu'à l'engagement personnel de l'écrivain dans une formation politique. Déçu par sa propre expérience en ce domaine, il appelle à un autre type d'engagement, à la fois esthétique et éthique, en vertu duquel l'écrivain transforme l'idée reçue en un objet, en une image irrecevable.

Toute la pratique poétique de Nougé est gouvernée par une rétention extrême — semblable à celle des moralistes classiques — du propos, par une résistance active à l'« incontinence verbale » (Michaux) et par la fragmentation systématique de l'œuvre. Dans un texte caractéristique des années 30, « La Solution de continuité », Nougé insiste sur le devoir de ne pas s'abandonner naïvement à la littérature, de maintenir vis-à-vis d'elle un « certain détachement », une distance à laquelle renoncent ceux qu'il nomme les « littérateurs ». « Il s'agit de vivre », conclut-il, en donnant à ce verbe une intensité toute surréaliste et en posant un regard parfois tendre, parfois clinique, sur le monde, en particulier sur la femme et le corps.

On sait peu de chose sur la vie de l'homme, en dehors de ce que nous apprennent ses textes. Être contradictoire, cartésien mais volontiers mystique, austère mais souvent lyrique, surréaliste opposé au surréalisme, communiste hostile aux partis communistes, Nougé s'est toujours refusé à faire œuvre de sorte que ses écrits se composent exclusivement d'aphorismes, d'exercices de style, de récits brefs, de notes ou de poèmes, tous épars et livrés à l'inachèvement. On doit à son ami Marcel Mariën de les avoir rassemblés en deux volumes, *Histoire de ne pas rire* (1956) et *L'Expérience continue* (1966).

MICHEL BIRON.

NOURISSIER François. Romancier et essayiste né le 18 mai 1927 à Paris. Après des études de droit, sciences politiques, lettres (Sorbonne), il entre au Service des réfugiés et des relations extérieures, au Secours catholique, et accomplit de nombreuses missions (Allemagne, Autriche, Proche-Orient) de 1949 à 1951. Cette expérience nourrit un essai, *L'Homme humilié* (1950), et parcourt à travers le personnage du Hongrois, Gesa, le premier roman de François Nourissier, *L'Eau grise* (1951), qui obtient le prix Fénéon en 1952. Son éditeur, Plon, le patronage de Jacques Chardonne, le soutien de certains critiques classent l'auteur parmi les Hussards — nom donné à un groupe d'écrivains dont Roger Nimier, auteur du *Hussard bleu*, 1950, Jacques Laurent, Antoine Blondin, Michel Déon... De 1955 à 1958, il est rédacteur en chef de *La Parisienne*, dirigée par Jacques Laurent. Secrétaire général des éditions Denoël (1952-55), ses activités de conseiller littéraire chez Grasset depuis 1958, de critique littéraire au *Point,* au *Figaro-Magazine* et ses collaborations multiples et diverses (*La Nouvelle Revue française* (*), *Humanité-Dimanche, Le Figaro, Elle, L'Observateur...*), son rôle au sein de l'académie Goncourt depuis 1977 lui donnent à connaître et souvent à juger le milieu des lettres, dont il fustige les mœurs dès 1957 : *Les Chiens à fouetter.* De 1958 à 1965 paraît sous le titre d'*Un malaise général,* qui se nourrit de l'expérience et de la vie de l'auteur, la trilogie formée par *Bleu comme la nuit, Un petit bourgeois* et *Une histoire française* (grand prix du roman de l'Académie française, 1966). Avec *Le Maître de maison* (1968), Nourissier revient au roman proprement dit et poursuit la veine romanesque : *La Crève* (prix Femina, 1970), *Allemande* (1973). En 1975, *Lettre à mon chien* le ramène à l'essai. *Le Musée de l'homme* (1978), chronique thématique, dresse le bilan négatif d'un « quinquagénaire » considérant la frivolité du monde et voyant s'effilocher ses rêves en lambeaux de réussites sociales. *L'Empire des nuages* (1981), roman authentique, reprend la même réflexion à travers l'histoire d'un peintre dont le public se détourne. *La Fête des pères* (1985), interrogation sur ce que l'on crée (enfants ou livres), est un récit-essai. Dépassant les étiquettes dont on l'a gratifié, Nourissier construit une œuvre où l'autobiographie directe, le jugement mêlant humour et cruauté, non sans tendresse dissimulée, le disputent à une tendance romanesque dont l'auteur se défend, préférant, dit-il, l'« aveu » et l'« essai sur soi ». Mais n'est-ce pas pour mieux retrouver les autres ?

YANNICK PELLETIER.

Nourritures terrestres (Les). Publiée en 1897, au *Mercure de France*, cette œuvre d'André Gide (1869-1951) est assurément la plus célèbre de son auteur. Deux extraits, « La Ronde de la Grenade » et « Ménalque », avaient précédemment paru dans des revues. Le premier dans *Le Centaure*, le second dans *L'Ermitage*. Dans la préface de l'édition de 1927, André Gide rapporte cependant que ce livre passa longtemps inaperçu et « qu'en dix ans, il s'en vendit tout juste cinq cents exemplaires ». Peut-être s'étonnera-t-on plus tard de l'extraordinaire influence qu'exerça, principalement sur les jeunes esprits, pendant une cinquantaine d'années, *Les Nourritures terrestres.* Influence plutôt morale qu'esthétique : si l'on retrouve, chez beaucoup d'écrivains français, de Montherlant à Albert Camus, la marque des *Nourritures*, il est certain que cette influence se manifeste de façon plus intime, en tant que livre de chevet de plusieurs générations d'adolescents. Il semble que les choses se soient passées comme si l'on avait suivi à la lettre l'injonction finale que Gide fait à son lecteur idéal : « Nathanaël, à présent, jette mon livre. Émancipe-t'en. Quitte-moi. » Divisées en huit livres, une courte introduction, un « hymne » et un envoi, *Les Nourritures terrestres* constituent une œuvre didactique, un livre d'« enseignement », où Gide apprend au lecteur non seulement à se séparer de son livre, mais à se désinstruire, à se délivrer de certaines conduites morales et intellectuelles, afin qu'il puisse mieux « connaître » et le monde et lui-même, grâce à l'expérience vécue et à une forme de sensualisme qui n'exclut pas — bien au contraire — la générosité : « Que mon livre t'enseigne à t'intéresser plus à toi qu'à lui-même, — puis à tout le reste plus qu'à toi. » Gide, avons-nous dit, prend appui sur ce jeune homme qu'il « n'a pas encore rencontré », qu'il nomme bibliquement Nathanaël, et sur un maître imaginaire : Ménalque ; mais Gide est lui-même le héros principal de son livre. S'il lui a plu de donner aux *Nourritures* une forme poétique — proche des textes orientaux, profanes ou sacrés —, nous savons par le reste de son œuvre, datée de la même époque ou des années suivantes, qu'il s'est mis tout entier dans cet ouvrage d'imagination. Son *Journal*, son autobiographie : *Si le grain ne meurt*, des œuvres comme *L'Immoraliste* ou *Amyntas* recoupent de nombreux passages des *Nourritures.* C'est cette prise de position personnelle, cette sincérité mal dissimulée par un style souvent précieux, qui donnent aux *Nourritures terrestres* leur valeur humaine. Gide avait sûrement raison lorsqu'il disait, toujours dans la préface de 1927, qu'il fallait voir dans ce livre, non pas une « glorification du désir et des instincts », mais une « apologie du dénuement ». Que l'on se rappelle en effet des formules fameuses comme : « Nathanaël, je t'enseignerai la ferveur », ou bien : « Que l'importance soit dans ton regard, non dans la chose regardée », ou encore : « Non point la sympathie, Nathanaël, — l'amour », et on s'apercevra que Gide met constamment l'accent sur la nécessité de l'effort personnel, sur le don total de soi. L'émerveillement panthéistique, qui est exalté ici, ne va pas sans ce dépouillement, sans cet abandon de tout confort matériel, moral ou intellectuel, qui rappellent les préceptes du Zarathoustra de Nietzsche. Lorsqu'on aura donné la première place à l'expérience personnelle de Gide, l'on pourra mentionner au premier plan l'influence de Nietzsche et celle de Goethe. Un certain parti pris d'orientalisme – on se souvient de ce que doit Gide à l'Afrique du Nord – n'est pas à exclure des poèmes qui sont incorporés, sous la forme de Rondes et de Ballades, au texte en prose des *Nourritures*. Mais c'est aux grands textes bibliques dont a été nourrie l'enfance protestante de Gide, tels que *Le Cantique des cantiques*, l'*Ecclésiaste*, et beaucoup de passages du « Nouveau Testament », que l'on devra surtout penser pour comprendre pleinement ce livre, qui est avant tout celui d'un humaniste, au sens que le XVIe siècle, dans certaines de ses réactions païennes, avait donné à ce mot. Rappelons qu'en présentant de nouveau son livre au public en 1927, Gide, dans sa préface, précisa la portée des *Nourritures* ; il entendit alors réduire son importance, en le situant et en le motivant d'une manière plus précise. Il ne faut pas oublier en effet que ce livre est l'œuvre d'un convalescent, écrite à une époque où « la littérature sentait furieusement le factice et le renfermé », qu'au moment même où il l'écrivait il aliénait cette liberté que son livre revendiquait. Surtout, Gide y demande instamment qu'on ne l'emprisonne pas dans cette œuvre : depuis longtemps il s'en est lui-même détaché, elle n'est qu'une étape dans sa carrière, un moment de sa vie. Cette mise au point de l'écrivain, un peu effrayé du succès tardif mais éclatant des *Nourritures*, surpris des interprétations plus ou moins outrées qu'on lui donnait et qui, selon lui, contribuaient plus à son succès qu'une saine compréhension de son propos, montre bien les scrupules, la conscience extrême de Gide vis-à-vis de ses responsabilités d'écrivain et de maître à penser.

Trente-huit ans plus tard, en 1935 exactement, André Gide écrivait *Les Nouvelles Nourritures*, qui figurèrent par la suite dans la même édition que *Les Nourritures terrestres*. Ces *Nouvelles nourritures* sont le livre de l'homme qui entre dans la vieillesse, avec tout ce que cela comporte de nostalgie à l'égard de l'ancienne « ferveur ». Mais la curiosité, la soif des choses nouvelles, l'appétit de connaître ne sont point taris. La révolte contre la logique, la recherche de formes de vie et d'expression spontanées, l'appel à la liberté, s'accompagnent ici du désir passionné de voir tous les hommes heureux : « Mon bonheur est d'augmenter celui des autres. J'ai besoin du bonheur de tous pour être heureux. » L'expérience du communisme que Gide fit à cette époque – qui s'achèvera avec la publication du *Retour de l'U.R.S.S.* – n'est certes pas étrangère à ce souci d'universalité. « Camarade, n'accepte pas la vie telle que te la proposent les hommes [...] Du jour où tu commenceras à comprendre que le responsable de presque tous les maux de la vie, ce n'est pas Dieu, ce sont les hommes, tu ne prendras plus ton parti de ces maux. » L'œuvre entière de Gide va trop dans ce sens pour que l'on situe à part ce passage des *Nouvelles nourritures*. Ce livre n'a d'ailleurs point l'unité des premières *Nourritures*. Les préceptes, les poèmes occupent moins de place que les récits, les anecdotes et les dialogues humoristiques, dans le goût de *Paludes*, comme si l'ironie l'emportait désormais sur la ferveur.

NOUVEAU Germain Marie Bernard. Poète né et mort à Pourrières, Var (31 juillet 1851-4 avril 1920). Né près d'Aix-en-Provence, au pied de la montagne Sainte-Victoire peinte par Cézanne, Nouveau est hanté par des nostalgies de lumière et de soleil. C'est d'ombre cependant que s'enveloppe sa petite enfance, passée à Paris, puis à Aix auprès d'un père peu apte à gérer les affaires familiales, dans un climat personnel encore alourdi par la mort de la mère et un remariage rapide que suit de deux ans la mort d'une jeune sœur du poète. Ces événements laissent d'incontestables traces dans l'inconscient de Nouveau qui tentera d'idéaliser, sous diverses formes inaccessibles, l'image de la femme : il en trouvera, finalement, la meilleure représentation dans la Vierge-Mère (*Ave Maris Stella, paraphrase rimée*, 1912). Au petit séminaire, puis au collège d'Aix, il fait d'honnêtes études et se distingue plus particulièrement dans les lettres classiques et le dessin. En 1870, il obtient son baccalauréat puis, après une année passée, comme surveillant au lycée de Marseille, il débarque à Paris, à l'automne de 1872. Il fréquente aussitôt les milieux littéraires, notamment le groupe des Vivants (Bouchor, Ponchon, Richepin, etc.). Il publie dans *L'Artiste* ses premiers vers, sous le nom de P. Néouvielle : cette manie du pseudonyme ne le quittera plus et on le retrouvera caché derrière les appellations les plus diverses (Humilis, La Guerrière, Marie Bernard, Bénédict). Cette quête perpétuelle d'une identité toujours nouvelle n'est pas le moins curieux chez ce personnage étrange. Ses premiers poèmes, tout inspirés de Verlaine qu'ils soient, témoignent d'une vive sensibilité et d'un don pictural très sûr : il possède un sens impressionniste de la couleur et des attitudes. En 1874, il fait la rencontre de Rimbaud et l'accompagne à Londres. C'est là qu'il recopie quelques-unes des *Illuminations* (*). L'année suivante, il recevra en dépôt divers manuscrits de Rimbaud. Cependant, Nouveau voyage ; il rencontre Verlaine et servira de trait d'union entre ce dernier et l'auteur d'*Une saison en enfer* (*). C'est aussi l'époque où il amorce sa conversion. Revenu à Paris, il fréquente le milieu bohème du salon de Nina de Villard (Cros, Mendès, Villiers de L'Isle-Adam) où il passe pour un original. Tout en menant une modeste vie d'employé, il peint et écrit (diverses proses dans *La Lune rousse*). Il compose (1878-1881) les poèmes qui seront recueillis sous les titres successifs de *Savoir aimer, Poèmes d'Humilis* et enfin *La Doctrine de l'amour* – v. *Poésies* de Nouveau. Après quelques mois passés au Liban, Nouveau est de retour à Paris. Il fréquente le cabaret du Chat Noir et commence à écrire une série de poèmes légers destinés à célébrer l'amour – fort charnel – d'une certaine Valentine à laquelle il ne faut sans doute pas chercher de modèle réel (*Valentines*, 1922). Il est nommé professeur de dessin dans divers établissements, mais, à la suite d'une crise mystique (mai 1891), il est interné plusieurs mois à Bicêtre. À sa sortie, il entreprend une série de voyages qui le conduisent à travers l'Europe et l'Afrique du Nord. Il mène une vie de mendiant mystique et vagabond. Tandis qu'il écrit *Le Maron travesti*, une édition de ses poèmes religieux (*Savoir aimer*, 1904) paraît sans son aveu. Il n'aura désormais de cesse de rechercher ses manuscrits pour les détruire et en interdire la publication. Aussi l'essentiel de son œuvre ne fut-il connu qu'après sa mort. En 1922 et 1924, les surréalistes découvrent coup sur coup *Valentines* et *Poésies d'Humilis* : ils font de leur auteur un annonciateur de leurs doctrines, au même titre que Rimbaud ou Lautréamont. La vérité est que Nouveau apportait en effet quelque chose de neuf à la poésie : une glorification de l'amour sous ses formes mystiques et sensuelles et, davantage, un évanouissement de l'être dans l'amour de cet amour. Il s'y ajoutait l'usage d'une forme primesautière à travers laquelle le poète marquait une distance ironique à l'égard de lui-même et de son lecteur. Avec lui se faisait entendre un ton neuf en littérature.

LOUIS FORESTIER.

♦ *« Nouveau est charmant, n'est-ce pas, mais quel "janséniste" ! »* Verlaine. ♦ *« À cette discipline à laquelle nous sommes soumis et que Rimbaud toute sa vie a désespérément secouée, Nouveau propose de remédier par l'observation volontaire d'une discipline plus dure. L'esprit se retrempe peu à peu dans cet ascétisme et il n'en faut pas davantage pour que la vie reprenne un tour enchanteur. »* Breton. ♦ *« Ce rôle de madrigaliste et de blasonneur met derechef et surtout en évidence le côté aimable, le tempérament féminin, la* gentilezza *native de Nouveau visité par le bonheur d'aimer. »* Pierre-Olivier Walzer.

RÉF. : E. Delahaye, *Souvenirs familiers...*, 1925. — L. Vérane, *Humilis, poète errant*, 1929. — L. Forestier, *Germain Nouveau*, 1971. — J. Lovichi et P. O. Walzer, *Dossier Germain Nouveau*, 1971. — G. Nouveau, *Pages complémentaires*, présentées par M. Pakenham, 1983. — *Le Point vélique. Études sur Rimbaud et Nouveau*, 1986. — M. Dabadie, *L'Écharde dans la chair*, 1986.

Nouveau Roman. Peu après le milieu du siècle (alors que menace une nouvelle guerre mondiale : blocus de Berlin, guerre de Corée), la littérature rompt avec l'obligation d'engagement qu'elle s'était imposée depuis les années d'occupation : Sartre publie un dernier fragment de ses *Chemins de la liberté* en 1949 ; Aragon laisse inachevée la série romanesque commencée en 1949 et intitulée *Les Communistes. Molloy* de Samuel Beckett paraît l'année de la mort de Gide, en 1951 ; Alain Robbe-Grillet publie *Le Voyeur,* en 1955, quand disparaît Claudel. Entre 1955 et 1965 se produit une modification importante de l'idée que l'écrivain se fait de l'écriture, du récit et de son rôle.

Durant ces années paraît chez un même éditeur, Jérôme Lindon, aux Éditions de Minuit, une série de romans qui semblent inclassables, tels *Les Gommes* (1953) de Robbe-Grillet, *L'Emploi du temps* (1956) de Michel Butor. À ces œuvres nouvelles s'adjoignent les rééditions des *Tropismes* de Nathalie Sarraute, des premiers romans de Robert Pinget, de Claude Simon, trois romanciers qui s'affirment respectivement avec *Le Planétarium* (1959), *L'Inquisitoire* (1962), *La Route des Flandres* (1960). À ces ouvrages qui paraissent rompre avec la tradition romanesque antérieure sont associés les écrits d'un ton nouveau, ceux de Jean Cayrol ou de Marguerite Duras (*Le Square* est de 1955).

Lorsque Nathalie Sarraute rassemble ses essais critiques, elle les considère comme différents témoignages d'une *Ère du soupçon* : la suspicion qu'elle signale porte tout d'abord sur une littérature qui, à la façon de la fable, se fait illustration d'une morale ou d'une idéologie prédéterminée. Elle met également en question l'idée que la vérité de la littérature tient à sa conformité avec une idée reçue de la réalité. Seront ainsi contestées les notions de personnage, d'intrigue, de perfection harmonieuse et claire.

Les écrivains du « nouveau roman » eurent une certitude commune : le texte n'est pas le produit d'un enthousiasme, d'une « fureur », mais le résultat d'un travail. La critique estimera que le roman nouveau prend pour seul sujet la confection du roman. Ce qui est réduire à un détail voyant une intention complexe. Ce jugement repose cependant sur une impression juste : l'œuvre nouvelle ne cache plus son appartenance à la littérature ; elle vit d'emprunts, d'allusions ; elle est déconstruction d'ensembles antérieurs en vue d'une re-présentation ; à son origine ne sont ni des anecdotes ni des images, mais des complexes verbaux, permutés et agencés en séries. La fin du livre marque l'épuisement des possibilités de combinaison.

Le rôle majeur que la description jouait en ces ouvrages fit grouper ces écrivains sous le nom d'« école du regard », alors qu'ils ne s'assemblèrent jamais en mouvement organisé. L'expression « littérature blanche » fut également proposée, par analogie avec celle de « voix blanche » ; elle était liée aux prises de position de Robbe-Grillet, hostile à l'usage des qualifications qui tendent à impliquer une présence de l'homme dans les choses. Fut finalement retenue l'expression la plus banale. Elle risque aujourd'hui de paraître ancienne. Cependant, cette théorie du roman constitue, dans son exercice même, une critique des modes traditionnels de représentation ; à la façon dont Charles Sorel avait intitulé « anti-roman » l'ouvrage où il s'opposait à la série des *Amadis de Gaule,* on parla au sujet du « nouveau roman » d'« anti-roman ». Il ne faut pas prendre cette désignation pour négative ; elle représente une volonté de ressaisissement et de conscience : la construction romanesque est le moyen d'une transcription plus précise, plus exigeante, de la façon dont nous concevons notre savoir.

JEAN ROUDAUT.

Nouvelle. Genre littéraire qui ressortit au récit bref (voir fable, conte). La nouvelle se caractérise par son unité d'action et par le nombre généralement réduit d'épisodes qui la composent. Elle s'adresse à un public d'adultes, ce qui la distingue du « conte » qu'on destine aujourd'hui à la jeunesse. Bien qu'elle ne procède pas nécessairement d'une esthétique réaliste, elle illustre volontiers une certaine « vérité » (ce qui l'apparente parfois à l'« exemplum » du Moyen Âge). Forme *brève* dont la longueur présente des variations considérables (de quelques lignes à plusieurs dizaines de pages), la nouvelle est avant tout une forme *simple*.

En France, la dénomination n'a cessé de connaître des usages aléatoires. Soit que des auteurs aient désigné comme « nouvelle » ce que nous appellerions aujourd'hui « récit » (Chateaubriand, *Le Dernier Abencérage*) ou « roman » (Mérimée, à propos de *Colomba* (*) : « mon roman ou plutôt ma nouvelle »). Soit qu'ils lui aient substitué l'appellation « conte » : le terme désigne alors un récit oralisé (Villiers de L'Isle-Adam, *Contes cruels* (*) ; Maupassant, *Contes de la Bécasse*). Soit encore que les éditeurs évitent de l'appliquer aux ouvrages qu'ils publient ; divers recueils de nouvelles qui ont paru dans la collection « L'Imaginaire » (Gallimard), comme *Le Chant du coq* de Daniel Boulanger ou *Paroles de laine* de Jean-Loup Trassard, ne signalent leur appartenance générique ni sur la couverture ni sur la page-titre.

Tour à tour réaliste et fantastique, sentimentale et humoristique, policière et spéculative, symbolique et poétique, la nouvelle ne répond à aucune définition de contenu. Elle emprunte toutes les formes imaginables : narration, monologue, journal intime, etc. Elle hérite d'avatars historiques qui rendent compte de sa diversité.

Au Moyen Âge, des fabliaux et des épisodes de « romans » forment des unités narratives autonomes. Les *Lais* de Marie de France (XIIe siècle) relatent des aventures nettement circonscrites dans l'espace et le temps : « Le Laostic », « Le Chèvrefeuille ». Ils se présentent comme des nouvelles en octosyllabes rédigées avant que le genre connaisse les faveurs du public. L'événement récemment advenu y est appelé « novele » comme dans le langage de l'information : « Quant la dame oï la novele / a haute voiz sun fiz apele » (« Yonic »). Alors que les Anglais parlent de « short story », les Allemands de « Kurtzgeschischte », les Français désignent depuis huit siècles le récit bref par un terme dont le champ sémantique recouvre de manière inadéquate la notion de nouveauté.

Au XIVe siècle, le succès du *Décaméron* de Boccace consacre le genre (novella). Il présente, comme l'indique son incipit, « cent nouvelles racontées, en dix jours, par sept femmes et trois hommes ». Ces récits, inscrits dans le décor de la vie quotidienne, seront imités, notamment par les *Cent nouvelles nouvelles* (1455), salaces et savoureuses, et par l'*Heptaméron* (*) (1558) de Marguerite de Navarre, où la subtilité s'allie à l'émotion. La tradition de ces récits dits « encadrés » — où un personnage présenté au début prend la parole pour raconter une histoire — s'est perpétuée jusqu'à nos jours : non plus pour réunir en un ensemble cohérent des histoires diverses, mais pour préserver la qualité d'un témoignage, les inflexions d'une voix (Roger Martin du Gard, *La Confidence africaine* ; Marguerite Duras, *Le Navire Night*).

Au XVIIe siècle, de nombreux auteurs se démarquent des développements prolifiques du roman précieux. Ils s'inspirent de récits venus d'Espagne, dont les héros sont des personnes ordinaires — Charles Sorel, *Nouvelles françoises* (1623). Cette hostilité aux « immenses romans » continue de s'affirmer au siècle suivant : « Ces narrations sont courtes, variées, et tout à fait indépendantes », écrit Aimé Feutry en présentant son *Choix d'histoires* (1753). Le genre se diversifie en exploitant aussi bien la veine psychologique (Mme de La Fayette, *La Comtesse de Tende,* « nouvelle historique », 1724) que satirique : Voltaire, *Micromégas* (*), « histoire philosophique » (1752) ou libertine : marquis de Sade, « Historiettes, contes, fabliaux », rédigés en 1788.

Avec l'essor de la presse, la nouvelle connaît au XIXe siècle son âge d'or : Mérimée publie *Mateo Falcone* dans *La Revue de Paris* (mai 1825), Théophile Gautier *La Morte amoureuse* dans *La Chronique de Paris* (juin 1836). Il en va ainsi, dans le courant du siècle tout entier : les nouvellistes répondent aux commandes de publications dont ils reçoivent souvent un juste salaire. À la fin du siècle, Guy de Maupassant, Octave Mirbeau alimentent les colonnes des quotidiens à grand tirage. Ils font parfois paraître le même texte dans différents périodiques. D'autres écrivains s'adressent à des auditoires plus restreints : celui de *La Vogue* pour les « moralités » de Jules Laforgue, celui du *Chat noir* pour les « contes » d'Alphonse Allais. Les nouvelles tendent à devenir des écrits de presse que les éditeurs peuvent par la suite réunir en volume.

Au XXe siècle, la nouvelle francophone connaît un certain déclin d'audience, comme le montrent les tentatives régulières de sauvegarde par des collections spécialisées. Non que, de Paul Morand à J.-M. G. Le Clézio, de Marcel Aymé à Christiane Baroche (ou Annie Saumont, Georges-Olivier Châteaureynaud, parmi tant d'autres), les auteurs féconds fassent défaut (par ailleurs le public des magazines populaires — *Nous deux, Fluide glacial* —

témoigne de son appétit), mais les plus ambitieux se détournent de l'histoire « bien troussée » qu'exploitent abondamment le cinéma et la télévision, au profit de l'« écriture ». Surtout les plus grands nouvellistes du XXe siècle sont d'expression allemande (Franz Kafka), anglaise (William Faulkner, Flannery O'Connor), italienne (Luigi Pirandello) ou espagnole (Jorge Luis Borges, Julio Cortázar).

Toutefois, une perception nationale fausse les perspectives. Depuis Boccace on voit combien, en ce domaine, les cultures se pénètrent. Baudelaire traduit E. Poe, dont il expose à plusieurs reprises (notamment en 1859 dans « Théophile Gautier », IV, et « La Genèse d'un poème ») les principes fondateurs de « L'Art du conte ». Prosper Mérimée traduit *La Dame de pique* de Pouchkine, il entretient une correspondance suivie avec Tourgueniev à qui Maupassant dédie *La Maison Tellier* (*). J. Cortázar, préface E. Poe ; J. L. Borges prétend avoir été « inventé » par Roger Caillois. Il apparaît que la nouvelle intéresse au premier chef l'esthétique du récit, qui se joue des frontières.

Parce qu'elle est rédigée pour être lue d'une seule traite, la nouvelle impose à l'écrivain des contraintes qui l'incitent à la rigueur. Elle propose au lecteur une perception d'ensemble où chaque terme trouve sa résonance. Le resserrement entraîne une densification du texte. La nouvelle se consacre à l'essentiel, elle fait paraître fondamentales les expériences qu'elle rapporte, même les plus infimes. Du fait qu'elle inscrit l'aventure dans un laps de temps limité — strictement *unifié* —, elle incite le lecteur à percevoir les choses sous un jour nouveau. L'expérience de la fiction coïncide pour lui avec le temps de la lecture.

DANIEL GROJNOWSKI.

Nouvelle Revue française (La). La plus célèbre revue littéraire française est née de la ferveur d'un petit groupe d'écrivains fédérés par André Gide : Michel Arnaud, Jacques Copeau, Henri Ghéon, André Ruyters et Jean Schlumberger. Après un premier numéro (15 novembre 1908), mal préparé et vite oublié, paraît le 1er février 1909 le « vrai-faux » numéro 1. Ni manifeste ni credo mais le désir de goûter et de faire goûter ce qu'on aime... qui se situe aux antipodes du symbolisme moribond et se caractérise par la volonté d'en finir avec le lyrisme nébuleux et la psychologie conventionnelle issus du romantisme. À travers le choix d'œuvres aux contours nets et au grain serré — *La Porte étroite* de Gide dès le premier numéro —, par la volonté de tout dire de l'homme et grâce à l'affirmation de points de vue sur l'écriture qui, pour morigéner l'idolâtrie de l'artiste, n'en garde pas moins à l'art sa couronne de flammes, la *N.R.F.* imposera peu à peu ses conceptions d'émancipation littéraire et morale. Évitant les pièges de la rupture, du défi ou du théorique, mais persuadée du caractère quasi sacré de la littérature et de l'écrivain, convaincue du fait que « l'œuvre doit trouver en soi sa suffisance, sa fin et sa raison », la revue s'attachera dès le début à renverser les valeurs établies (Bourget, Rostand, France, Barrès) et à promouvoir un théâtre réhabilitant le texte et l'auteur (Création du Vieux-Colombier en 1913). Et ce au profit de Charles-Louis Philippe, Paul Claudel, Valery Larbaud, Jean Giraudoux, Alain Fournier, Paul Valéry, Marcel Proust (à qui on refusera d'abord *Du côté de chez Swann* mais qui fut vite rattrapé — comme Céline plus tard), sans oublier Léon-Paul Fargue, Saint-Léger Léger qui deviendra Saint-John Perse et, bien sûr, Gide, l'éminence grise du groupe auquel s'étaient joints Jacques Rivière, Roger Martin du Gard et Gaston Gallimard, chargé du Comptoir d'éditions puis des éditions de la *N.R.F.* qui deviendront librairie Gallimard en 1919 mais dont la *Revue* demeurera l'élément moteur jusque dans les années 30.

Interrompue par la Grande Guerre, la parution reprendra en juin 1919 sous la houlette de Jacques Rivière, qui dirigera la revue jusqu'en 1925. Plus que jamais décidée à dénoncer les faussaires, à éliminer les parasites et à laisser totale liberté à ceux dont elle reconnaît et désire s'attacher le talent, la *N.R.F.* défendra et illustrera magistralement une critique génératrice de valeurs et capable d'assumer une véritable fonction maïeutique vis-à-vis de la littérature en train de se faire. Et ce, grâce à la collaboration d'hommes aussi différents et aussi opposés que Albert Thibaudet et André Suarès (« Chroniques de Caërdal »), André Lhôte, Jean Prévost ou Paul Léautaud, alias Maurice Boissard, ou aussi compétents que Benjamin Crémieux, Ramon Fernandez ou Bernard Groethuysen qui, par-delà l'intérêt déjà manifesté pour les littératures étrangères contemporaines (Dostoïevski, Whitman, Stevenson ou Conrad), feront découvrir Pirandello, Svevo, Kafka, Broch, Musil ou Joyce, présenté par Larbaud. C'est cette curiosité complice, cette justesse percutante, ce sens de la hiérarchie des valeurs, alliés au goût de la découverte et à une indéfinissable mesure dans l'éloge comme dans le ton suavement concis et mortel de certains jugements, qui contribuèrent à la renommée de la revue et au rayonnement de cet « esprit N.R.F. » qui fascine tant.

Cet esprit, voire cette éthique, ne cessera de se développer sous la direction de Jean Paulhan (1925-1940) qui, en véritable patron, publie Francis Ponge, Jean Tardieu, Henri Michaux, Raymond Queneau, Jean Follain, Jean-Paul Sartre, André Malraux, Antonin Artaud, Pierre Jean Jouve, Marcel Jouhandeau..., enrichit la revue d'un « Air du mois », poursuit l'évocation de « mille choses qui ne sauraient faire l'objet d'un livre » (les faits divers pour Audiberti, les chansonniers pour Suarès et un « Almanach des Champs » pour Henri Pourrat), développe l'appareil critique (Marcel Arland, Gabriel Bounoure, Jean Wahl... Quant à lui, il signe Jean Guérin), contribuant ainsi à faire de la

N.R.F. la « rose des vents de la littérature française » (Mauriac), en même temps qu'un parfait sismographe de son époque — des débats esthétiques entre les surréalistes jusqu'à ceux qu'entraînèrent l'arrivée d'Hitler au pouvoir (Julien Benda, Charles Maurras, Benjamin Crémieux, Emmanuel Berl). Après la guerre, Drieu la Rochelle confirme son engagement fasciste et Paulhan clôt en juin 1940 son ultime éditorial par une prière pour ceux qui combattent, avant de rejoindre les rangs de la Résistance.

Triste interrègne que celui de la collaboration rampante de Drieu la Rochelle. Si les Chardonne, Jouhandeau, Morand, Aymé se montrent sensibles aux sirènes nazies, d'autres sont plus prudents, mais rares seront ceux qui choisiront le silence comme Jean Guéhenno ou prendront le maquis comme André Malraux. L'« esprit N.R.F. » n'en sortira pas indemne, même si le propos prêté à Otto Abetz : « Il y a trois grandes puissances en France : le communisme, les grandes banques et la *N.R.F.* » dit assez combien la revue était devenue une institution.

Après dix ans d'interruption, co-dirigée par Paulhan et Arland jusqu'en 1968, puis par Marcel Arland seul jusqu'en 1977, une *Nouvelle N.R.F.* reparaîtra le premier janvier 1953, avec Dominique Aury comme secrétaire de rédaction. « Il est sans doute bon, il est même infiniment souhaitable qu'il demeure dans le monde un lieu pur, un endroit privilégié où il soit donné aux mots de conserver leur sens. Où justice s'obstine à vouloir honnêtement dire la justice. Où littérature continue à signifier sans tricherie ce que les honnêtes gens ont de tout temps entendu par ce mot : non pas des œuvres de propagande ou de vulgarisation, non pas la littérature d'une philosophie totalitaire [...]. Non. Mais des œuvres libres, et librement pensées. » Même passion, même fidélité au projet initial de pureté et d'authenticité. On y lit André Pieyre de Mandiargues et Pierre Klossowski aussi bien qu'Alexandre Vialatte et André Dhôtel, Charles-Albert Cingria et René de Solier, Georges Perros et Henri Thomas, Philippe Jaccottet et Maurice Blanchot, ainsi que Jean Grosjean, qui est associé à la direction de 1967 à 1986.

Cette revue, dont Jean Paulhan voulait qu'elle ressemble à toutes les revues, à tous les livres, à tous les hommes, Georges Lambrichs en reprendra le flambeau en septembre 1977, fort de son expérience du *Chemin* (collection créée en 1959 — elle révèlera J. M. G. Le Clézio — et sera étoffée par la publication des *Cahiers du Chemin* créés en 1967). Lieu de confrontation, de découvertes et de confirmation (Jacques Réda, Jean-Loup Trassard, Gérard Macé, Michel Chaillou, Jean Roudaut ou Jean Clair), la revue demeure aussi un lieu de mise à l'épreuve critique (Jean Starobinski, Henri Meschonnic...) où l'on sent respirer la littérature qui se fait tous les jours. Tendance que Jacques Réda, depuis septembre 1987, tâche de pérenniser en montrant, sous la littérature en train de se faire, tout ce qu'elle doit au génie du nomadisme et à cet esprit de vagabondage qui, avec humour et rouerie, prophétisme et rigueur, quête, sous le jeu des apparences, cette parcelle de beauté primordiale dont chaque vrai livre se veut l'ombre.

R. Bl.

Nouvelles récréations et joyeux devis. Œuvre posthume du poète et conteur Bonaventure Des Périers (1498 ?-1543 ?), qui fut publiée à Lyon en 1558. Cette édition comprenait 90 nouvelles, les nombreuses rééditions qui en furent faites dès le XVIe siècle contiennent d'importantes adjonctions dont l'authenticité est plus que douteuse. On a d'ailleurs, à plusieurs reprises, contesté à Des Périers la paternité de l'œuvre dans son entier ; on l'a attribuée à d'autres conteurs du temps, notamment à Peletier du Mans ou à Denisot. Disons seulement ici que les raisons qu'on a fait valoir ne semblent pas devoir emporter la conviction contre une attribution généralement attestée par les contemporains. Si on a pu mettre en doute l'authenticité de cette œuvre, c'est qu'elle forme un contraste assez frappant avec les œuvres de Des Périers publiées de son vivant : le *Cymbalum mundi* et les *Poésies*. Des Périers semble avoir abandonné ce ton morose, désenchanté, et cette aigreur qui anime ces précédents ouvrages. Ce n'est qu'une apparence. Comme le *Cymbalum*, les *Nouvelles récréations* sont une œuvre satirique : mais alors que, dans le *Cymbalum*, le valet de chambre de la reine de Navarre s'attaquait à la religion et a l'intolérance des philosophes, il entend ici décrire par le menu les erreurs, les vices et les abus de la société. De plus, ses hargneuses attaques avaient entraîné la condamnation de l'œuvre et la poursuite de l'auteur ; il se peut donc qu'il se soit rendu compte qu'une méthode plus souriante serait plus efficace ; il se peut également que le succès des œuvres de Rabelais — *Pantagruel* (1532) et *Gargantua* (*) (1535) parurent du vivant de Des Périers — l'ait confirmé dans ce point de vue. On trouve d'ailleurs une incontestable imitation de Rabelais dans la nouvelle I, en forme de préambule, où Des Périers prétend à la vertu curative de ses contes : « Car c'est aux malades qu'il faut médecine et vous asseurez que je ne fais pas peu de choses pour vous, en vous donnant de quoy vous resjouir, qui est la meilleure chose que puysse faire l'homme. » Ce que se propose Des Périers, dans ses 90 alertes nouvelles, ce n'est rien moins que faire défiler devant nous les mille et un tours que se jouent les hommes en société, de nous faire toucher du doigt dans de petites comédies de mœurs, qui ne sont quelquefois rien de plus que des anecdotes, les hypocrisies, les mensonges, les grossièretés et les bassesses qui forment la trame de la vie quotidienne. Aussi ce ne sont, dans les *Récréations*, que maris bafoués, femmes légères, jeunes gens trop entreprenants, gendarmes et magistrats qui abusent de leurs charges, prêtres cupides, étudiants qui dévalisent leurs maîtres ; tout ce petit monde pas très reluisant tourne en une ronde continuelle, les uns bernant les autres. Si les préoccupations morales de Des Périers sont généralement soulignées, elles le sont le plus souvent à la manière désabusée d'un sceptique revenu de tout et ne manquent pas d'ironie ; toute cette description, par l'accumulation, la diversité des aventures contées avec un entrain et une vie qui font de Des Périers un des grands conteurs du siècle, arrive à composer un tableau assez impressionnant et passablement effrayant du monde qu'il décrit. Comme tous les conteurs de son temps, Des Périers est loin d'inventer toutes ses histoires ; il puise à pleines mains chez les classiques du genre, en particulier dans les *Facéties* du Pogge, dans *Le Décaméron* de Boccace, dans les *Cent nouvelles nouvelles* ou même chez des contemporains, Noël Du Fail par exemple. Il faut ajouter que ses successeurs lui ont rendu la pareille : Henri Estienne dans son *Apologie pour Hérodote* (1566) semble lui avoir emprunté un grand nombre d'anecdotes (notons d'ailleurs qu'il se peut bien que ce soit Des Périers qui ait emprunté à Estienne la substance de pas mal de ses contes) ; mais c'est La Fontaine qui, à plusieurs reprises, a utilisé systématiquement Des Périers, assez peu lu de son temps. Pour ne citer que deux exemples, le conte de La Fontaine « Les Lunettes » est la nouvelle LXII des *Récréations* : « Du jeune garçon qui se nomma Thoinette pour estre receu à une religion [entendez : couvent] de nonnains, et comment il fit sauter les lunettes de l'abesse qui le visitait » ; dans les *Fables* (*), « La Laitière et le Pot au lait » est une reprise de la nouvelle XII de Des Périers, « Comparaison des Alquemistes à la bonne femme qui portait une potée de lait au marché ». Les *Nouvelles récréations* jouirent d'un très grand prestige dès leur parution ; elles contribuèrent à créer une atmosphère morale comparable à celle qui se dégage des œuvres de Rabelais et de Béroalde de Verville, grâce à un sens savoureux de la réalité et à une impertinente irrévérence envers les mœurs et les hommes du passé, bien caractéristique de l'esprit de la Renaissance française. Cependant, c'est dans l'esprit gaulois tel qu'il s'exprime en particulier dans les *Fabliaux* (*) et plus tard dans l'œuvre de Marot que Des Périers trouve une source d'inspiration et ce ton auquel, grâce à la verdeur et à l'ingénuité d'ailleurs très calculée du langage, nous sommes encore sensibles.

NOVARINA Valère. Écrivain et dessinateur né le 4 mai 1947 à Genève. Sa première pièce, *L'Atelier volant*, date de 1971. Elle est mise en scène par Jean-Pierre Sarrazac en 1974. Très rapidement, après des pièces à la dramaturgie « classique », Novarina se tourne vers un théâtre de recherche, d'expérimentation. Il y aura un *Falstafe*, mis en scène par Marcel Maréchal en 1976 auquel succède la période des recherches linguistiques. Avec *Le Babil des classes dangereuses* (1978), mis en scène par Jean Gillibert en 1984, nous sommes conviés au grand théâtre de la langue : un théâtre d'opérations où le corps de la langue maternelle est furieusement éventré, jusqu'à exhiber ses origines et ses dessous. Jubilation toute rabelaisienne qui a pour effet de modifier la morphologie, de changer les racines, d'introduire des barbarismes, bref de faire surgir une langue neuve, inédite, inouïe, dans la tradition ouverte par James Joyce avec *Ulysse*. Dans *Le Drame de la vie* (1984) le jaillissement phonique pur débouche sur une ivresse généalogique où s'énumèrent en incessantes litanies les noms de personnages inconnus, lus dans les annuaires. Procédés de nomination que Novarina reprendra avec son *Discours aux animaux* (1987), discours beaucoup plus linéaire, à la limite du roman et dans lequel résonnent les paroles d'un homme « sonnant et raisonnant » face à la multitude muette des animaux. Résolument tourné vers un théâtre expérimental, Valère Novarina va travailler pour l'Atelier de création radiophonique de France-Culture. Il a écrit à la demande de Jean-Loup Rivière, une première version radiophonique du *Monologue d'Adramélech* en 1983. Avec le comédien André Marcon, il travaille au plus près du souffle rythmique, de la danse dramatique. Rude travail de métamorphose auquel se soumet André Marcon qui dans *Le Monologue d'Adramélech* se transforme successivement en « Adraméon, Ablamélion, Abiblalech, Adramélech ». Parallèlement à ses activités de dramaturge et d'écrivain, Valère Novarina peint et dessine les deux mille cinq cent quatre-vingt-sept personnages de son théâtre. Il a exposé à Montpellier, à Dijon, à Milan. La consécration viendra avec son exposition au Centre Georges Pompidou en janvier 1984 et en février 1985, dans le cadre de l'exposition « La Voix, maintenant et ailleurs ». Les préoccupations picturales de Valère Novarina recoupent ses recherches dramaturgiques et linguistiques. Dernière facette de sa personnalité, celle du critique. Novarina déconseille aux interprètes l'art oratoire de la récitation traditionnelle, et les supplie de récrire le texte, de se l'accommoder. Deux essais ont vu le jour sur ce thème : le premier en 1979, *Lettre aux acteurs*, et en 1986, *Pour Louis de Funès.*

PHILIPPE BLONDEAU.

Nuits (Les) de Musset. Le voyage d'amour qu'il fit à Venise avec George Sand, l'infidélité de George qui l'abandonna pour Pagello, les réconciliations et la rupture définitive qui suivirent sont à l'origine des quatre *Nuits* d'Alfred de Musset (1810-1857), où on le voit s'entretenir avec sa muse (*Nuits de mai, d'août* et *d'octobre*), puis avec son double, dans la *Nuit de décembre*. Pour toute sa génération et celle qui l'a suivi, Musset fut d'abord et avant tout l'auteur des *Nuits.* Cependant, depuis

Verlaine, cette éloquence rythmée, ce lyrisme ont passé de mode, et l'on préfère aujourd'hui le Musset du théâtre, plus simple, plus léger, qui se moque de lui-même et du monde pour éviter d'en pleurer. Les *Nuits* ont paru dans la troisième partie des *Poésies nouvelles* (1835-1840), qui réunissaient notamment *Rolla, Une bonne fortune, Lucie,* les *Lettres à M. de Lamartine, à la Malibran*, et sept autres pièces. Mais elles avaient déjà paru dans *La Revue des Deux Mondes*, *La Nuit de mai* dans la livraison du 15 juin 1835, celle *de décembre* le 1er décembre 1835, celle *d'août* le 15 août 1836, celle *d'octobre* enfin le 15 octobre 1837. On sait que Paul de Musset a rapporté la réponse que le poète aurait faite, un soir de mai 1835, à son ami Alfred Tattet qui lui demandait quel serait le fruit de son silence : « Aujourd'hui, lui dit-il, j'ai cloué de mes propres mains, dans la bière, ma première jeunesse, ma paresse et ma vanité. Je crois sentir enfin que ma pensée, comme une plante qui a été longtemps arrosée, a puisé dans la terre des sucs pour croître au soleil. Il me semble que je vais bientôt parler et que j'ai quelque chose dans l'âme qui demande à sortir. » Paul de Musset ajoutait : « Ce qui demandait à sortir, c'était *La Nuit de mai*. Un soir de printemps, en revenant d'une promenade à pied, Alfred me récita les deux premiers couplets du dialogue entre la Muse et le Poète, qu'il venait de composer sous les marronniers des Tuileries... Le soir, il retourna au travail comme à un rendez-vous d'amour [...] Au matin de ce second jour, le morceau étant achevé, la muse s'envola... Le poète souffla ses bougies et dormit jusqu'au soir. À son réveil, il relut la pièce de vers et n'y trouva rien à retoucher. » Un peu plus loin, Paul de Musset écrit encore : « Après avoir écrit *La Nuit de mai*, comme s'il eût senti la guérison dans ce premier baiser de sa muse, il me déclara que sa blessure était complètement fermée. Je lui demandai si c'était tout de bon, si cette blessure ne se rouvrirait jamais. — Peut-être, me répondit-il, mais si elle s'ouvre encore, ce ne sera jamais que poétiquement. » Musset devait pourtant revivre plus d'une fois les heures atroces de Venise, incapable d'oublier celle qui lui avait pour toujours « brûlé le cœur ». Plus d'un vers, à commencer par le fameux : « Poète, prends ton luth et me donne un baiser », ont autorisé des parodies ironiques, et déjà Leconte de Lisle éclatait de rire en lisant : « La fleur de l'églantier sent ses bourgeons éclore. » Les deux vers de *La Nuit de mai* qui sont restés les plus célèbres de tout Musset : « Les plus désespérés sont les chants les plus beaux / Et j'en sais d'immortels qui sont de purs sanglots » devaient être qualifiés par Valéry des « plus obscurs qu'il ait jamais entendus ». Comment ne pas reconnaître pourtant, dans le mouvement qui emporte le poète, le « tempo » même de la douleur romantique ? : « Poète c'est ainsi que font les grands poètes... / Quand ils parlent ainsi d'espérances trompées. / De tristesse et d'oubli, d'amour et de malheur. / Ce n'est pas un concert à dilater le cœur. / Leurs déclamations sont comme des épées : / Elles tracent dans l'air un cercle éblouissant, / Mais il y pend toujours quelque goutte de sang. »

On a longtemps voulu voir dans *La Nuit de décembre* un retour vers l'infidèle, un cri de douleur, la supplication d'un cœur qui demande le pardon. C'est contre cette thèse que s'élevait avec force Paul de Musset : « Beaucoup de lecteurs ont cru voir, écrit-il, dans *La Nuit de décembre* un retour sur les souvenirs d'Italie et une sorte de complément de *La Nuit de mai ;* c'est une erreur. » Cette *Nuit* se rapporterait, selon lui, à une autre aventure, plus vite dénouée, du poète. Quand Musset la composa, sa rupture avec George était consommée. La forme, octosyllabique, des strophes est bien accordée à ce que la rêverie a de monocorde, comme le refrain d'une mélodie douce et poignante : « Partout où j'ai voulu dormir, / Partout où j'ai voulu mourir, / Partout où j'ai touché la terre, / Sur ma route est venu s'asseoir, / Un malheureux vêtu de noir, / Qui me ressemblait comme un frère. » Le changement de registre est frappant : à une douleur hautaine a succédé une mélancolie amère, mais sans exaltation : « Quand tu seras dans la douleur, / Viens à moi sans inquiétude... / Ami, je suis la Solitude. »

De *La Nuit de décembre* à *La Nuit d'août*, la métamorphose est complète. Dès le mois de juin 1836, Musset avait commencé une autre Nuit (dont nous ne possédons qu'une strophe), dédiée à l'allégresse de la nature triomphante : il traversait une période de plaisir, pendant laquelle il écrivit *Il ne faut jurer de rien*. Paul de Musset nous assure que « *La Nuit d'août* fut réellement une nuit de délices [...] La muse arriva comme une jeune mariée. Il n'y avait ni amusement ni fête qui pût soutenir la comparaison avec ces belles heures d'un travail charmant et facile... » Pourtant, la muse semble inquiète, et gronde le poète sur ses plaisirs et sa paresse. Celui-ci, le cœur plein d'un nouvel amour, n'en a cure, et répond : « Ô Muse ! que m'importe ou la mort ou la vie ? / J'aime, et je veux pâlir ; / j'aime, et je veux souffrir ; / J'aime, et pour un baiser je donne mon génie... / Aime et tu renaîtras, fais-toi fleur pour éclore. / Après avoir souffert, il faut souffrir encore ; / Il faut aimer sans cesse après avoir aimé. » *La Nuit d'octobre* enfin apparaît comme une réponse à *La Nuit de mai*, le dernier mot d'une grande douleur, quand à la colère succède enfin le pardon. Ces vers s'adressent-ils à George Sand ou à une maîtresse plus ancienne ? : « Honte à toi qui la première / M'as appris la trahison. » La réponse de la muse, exhortant le poète au pardon, est restée justement célèbre : « Poète, c'est assez. Auprès d'une infidèle, / Quand ton illusion n'aurait duré qu'un jour, / N'outrage pas ce jour lorsque tu parles d'elle ; / Si tu veux être aimé, respecte ton amour. » Et les résolutions du poète, par leur rythme haché, évoquent d'anciennes cadences de Saint- Amant : « Par la grandeur de la nature / Par la bonté du créateur. / Par la clarté tranquille et pure / De l'astre cher au voyageur, / Par les herbes de la prairie... / Par la puissance de la vie... / Je te bannis de la mémoire, / Reste d'un amour insensé, / Mystérieuse et sombre histoire / Qui dormiras dans le passé. » Avant la rencontre avec George Sand, Musset murmurait : « Je sens qu'il me manque encore je ne sais quoi. Est-ce un grand amour ? Est-ce un malheur ? Peut-être tous les deux. » Tous deux vinrent en effet, suivis des hallucinations étranges qui accompagnèrent son désespoir – et qui permirent à George, dans *Elle et Lui*, de le faire passer pour hystérique : il arrivait au poète de voir cet « étranger vêtu de noir » qu'il évoque dans *La Nuit de décembre ;* à ces hallucinations nous devons ces mystérieuses évocations qui rendent Musset plus proche des romantiques allemands que de Hugo ou de Vigny. Le véritable épilogue des *Nuits* est sans doute le *Souvenir* (1841) où Musset, revenu à Fontainebleau – visité jadis en compagnie de George – s'étonne d'abord de ne plus souffrir (comme Hugo dans *La Tristesse d'Olympio*), puis fait serment de se souvenir : « Je me dis seulement : À cette heure, en ce lieu, / Un jour, je fus aimé, j'aimais, elle était belle. »

O

OBALDIA René de. Dramaturge, romancier et poète d'origine panaméenne. Né le 22 octobre 1918 à Hong Kong, de mère française et de père panaméen (son père était consul général de Panama à Hong Kong). Il habite en France dès son enfance et fait ses études au lycée Condorcet, à Paris. Naturalisé français, il est mobilisé pendant la Seconde Guerre mondiale ; fait prisonnier, il est interné dans un camp de Silésie, où il restera jusqu'en 1945. À son retour, il se consacre à la littérature et collabore à de nombreuses revues dont *Le Mercure de France* (*). Ses premiers poèmes (*Humaï*) avaient été publiés en 1938, un autre recueil, *Midi*, influencé par le surréalisme, paraît en 1949. De 1952 à 1954, René de Obaldia est directeur adjoint au centre culturel de Royaumont. Il écrit de brefs récits d'un humour étrange : *Les Richesses naturelles* (1952), puis il aborde le roman avec *Tamerlan des cœurs* (1955), qui relate, en mêlant les siècles, les exploits du Conquérant et de Jaime, qui ne conquiert que les cœurs, *Fugue à Waterloo* (1956, grand prix de l'Humour noir), *Le Centenaire* (1959) : divagations d'un vieillard ou épopée de la mémoire – trois œuvres d'une bouffonnerie étourdissante. Il s'essaie ensuite au théâtre avec *Génousie* (1960) où il invente un langage, le génousien ; *Le Satyre de la Villette* (1963), pièce de boulevard ; *Le Général inconnu* (1964), parodie de Shakespeare et de *La Bible* ; *Du vent dans les branches de sassafras* (1965), western parodique et burlesque ; *Le Cosmonaute agricole* (1965), où les créations verbales abondent : « Je dérive, je dérive, je Tanana, je Tananarive » ; *Édouard et Agrippine* (1967), moquerie du langage argotique ; *M. Klebs et Rozalie* (1975) ; *Les Bons Bourgeois* (1981) et *Grasse matinée* (1981). René de Obaldia a également écrit quelques pièces radiophoniques et des poèmes pour enfants : *Innocentines* (1969). Lié à l'avant-garde littéraire pendant un certain temps, Obaldia se rapproche de Michaux et de Ionesco par ses jeux de mots et ses aphorismes absurdes : « Les sourds sont toujours ceux qui voient / Et les muets jouent aux billes / De préférence en verre / Pour y voir clair. » Mais son écriture est plus surréaliste qu'absurde. C'est la force de l'imaginaire qui le conduit dans un univers poétique où il jongle avec les images et les mots. Il a reçu le grand prix du théâtre de l'Académie française (1985) et le grand prix littéraire dramatique de la Ville de Paris (1991).

CHRISTINE DE CLINCHAMPS.

Occupe-toi d'Amélie. Vaudeville en trois actes et quatre tableaux de Georges Feydeau (1862-1921), représenté à Paris pour la première fois au Théâtre des Nouveautés en 1908. C'est le chef-d'œuvre de cet auteur. Voici sa donnée : la belle Amélie Pochet, alias Amélie d'Avranches, est ce qu'on appelait en 1900 une « cocotte ». Après avoir été la femme de chambre de Mme Irène de Trémilly, une liaison heureuse lui a permis d'avoir le bonheur et un appartement rue de Rivoli. Elle y vit en bonne entente avec son amant, Étienne de Milledieu, son père, son frère et deux ou trois comparses vivant à ses frais. Au cours du Ier acte, nous voyons arriver Irène, qui reconnaît avec stupéfaction son ancienne femme de chambre. Irène, à la lecture d'une lettre, vient d'apprendre que son amant, Marcel Courbois, allait épouser Amélie. Marcel est dans une situation financière difficile. Pour retrouver une somme de un million deux cent mille francs confiée par son père à son parrain, le riche diamantaire belge Van Putzéboum – ce dernier ne devant la lui remettre que le jour de son mariage –, il s'est décidé à épouser Amélie. Du moins le fera-t-il croire à son parrain. Quelques jours plus tard, devant quitter sa maîtresse pour faire ses vingt-huit jours, Étienne la confie à Marcel. « Occupe-toi d'Amélie », lui dit-il, et il part, l'esprit tranquille. Mais Marcel, prenant à la lettre l'ordre de son ami, s'occupe si bien d'Amélie qu'il passe la nuit avec elle. Étienne, libéré plus tôt qu'il ne le pensait, revient inopinément pour apprendre avec fureur cet abus de confiance. Il décide alors de se venger. Puisque le faux mariage d'Amélie et de Marcel doit avoir lieu et que, malgré cette nuit passée ensemble, ils le considèrent toujours comme un subterfuge, Étienne s'arrangera pour le transformer en un vrai mariage et Amélie sera unie à Marcel. La cérémonie se déroule comme prévu. Étienne les a poussés dans les bras l'un de l'autre pour la vie : son honneur est vengé. Au dernier acte, Marcel, ayant découvert la supercherie, obligera Étienne, sous la menace d'un revolver, à se déculotter, faisant prendre ainsi sa femme en flagrant délit d'adultère avec lui, ce qui lui permettra de retrouver Irène et de laisser Étienne à Amélie. Tout est donc bien qui finit bien. On a dit à juste titre que les vaudevilles de Feydeau étaient des « mouvements d'horlogerie ». En effet, l'auteur fait preuve d'une rigueur et d'une précision implacable dans sa façon de mener ses personnages et ses situations, ne se laissant jamais dépasser ni entraîner par eux, mais les conduisant au contraire d'une main ferme vers un dénouement plausible. Ajoutons à cela un dialogue haletant, direct, précipité, truffé de mots d'auteur souvent comiques, pour faire pardonner la psychologie sommaire des personnages.

Octosyllabe. Vers de huit syllabes. Attesté dès le Xe siècle, ce mètre fit fortune au Moyen Âge dans le roman courtois, les fabliaux, le drame sérieux ou les farces. C'est le plus long mètre sans césure. Coupé en deux mesures égales, il présente un caractère rythmique approprié à la chanson et à la danse, comme dans ce poème d'Apollinaire : « Vous y dansiez petite fille / Y danserez-vous mère grand / C'est la maclotte qui sautille / Toutes les cloches sonneront / Quand donc reviendrez- vous Marie. »

CHRISTIAN DOUMET.

Ode. Dans l'Antiquité, on distingue l'*ode pindarique,* l'*ode anacréontique* et l'*ode horatienne.* La première est la plus fixée du point de vue formelle. Sur un sujet héroïque (louange des dieux ou des héros), elle est un poème chanté qui répète une structure tripartite : *strophe, antistrophe,* d'un nombre égal de vers, et *épode,* généralement plus courte. L'ode anacréontique, illustrée, outre Anacréon, par Alcée et Sapho, est, elle, un poème chanté, mais sans contrainte formelle, d'un ton assez proche de l'idylle ou de l'élégie (voir ces mots). L'ode horatienne, enfin, est un poème homostrophique, généralement inspiré par de menus faits de la vie quotidienne.

C'est Ronsard qui, au XVIe siècle, réintroduit l'ode dans la poésie française. Les poèmes I à XV du premier livre des *Odes* se réfèrent clairement au modèle pindarique. Sur un ton exalté, ils reprennent la structure tripartite de strophes, d'antistrophes et d'épodes isométriques. Le mètre varie de six à huit syllabes, la longueur des strophes, de huit à dix-neuf vers. Mais, à partir de l'Ode XVI, Ronsard adopte des formes totalement libres. Cette liberté fait en réalité l'essence du genre. Les poètes de la Pléiade l'ont vantée à l'envi, tel Du Bellay : « ... et l'ode peut courir par toutes manieres de vers, librement, voyre en inventer à plaisir, à l'exemple d'Horace qui a chanté en XIX sortes de vers. »

Au XVIIe siècle, l'ode est associée à l'expression de la grandeur morale et de la majesté. « L'ode avec plus d'éclat, et non moins d'énergie / Élevant jusqu'au Ciel son vol ambitieux, / Entretient dans ses vers commerce avec les dieux » (Boileau). Elle est composée de strophes hétérométriques, comme l'*Ode pour la paix* de La Fontaine, mais plus souvent isométriques (strophes de sept vers ou dizains d'octosyllabes ou d'alexandrins).

Le romantisme (et principalement Hugo) renouvelle le genre en l'arrachant au faux lyrisme qui commençait à déparer l'ode néoclassique. La carrure et la composition des strophes se font plus variées jusqu'à devenir parfois entièrement disparates. Les *Odes et Ballades* de Victor Hugo offrent maints exemples qui témoignent de la variété du genre, et le font apparaître comme l'instrument privilégié du lyrisme.

Au XXe siècle, l'ode poursuit sa carrière chez Valéry, par exemple, dont trois poèmes de *Charmes* (« Aurore », « La Pythie » et « Palme ») parurent d'abord sous le titre d'*Odes* — v. *Poésies* (*) de Valéry. Quant aux *Cinq grandes odes* (*) (1904-1910) de Claudel, elles adaptent l'ode à la respiration du verset. Ne peut-on, dès lors, parler d'ode à propos des longs poèmes de Saint-John Perse (« Vents », « Amers »...) ? Les surréalistes eux-mêmes ne dédaignent pas la veine héroïque du genre, telle cette *Ode à Charles Fourier* d'André Breton, ou, sur un mode parodique, l'*Ode à Coco* de Desnos, inspirée des *Odes funambulesques* (1857) de Théodore de Banville.

L'ode apparaît donc, à travers toutes ses formes, comme un genre fort ambitieux, dans lequel certains n'ont pas hésité à voir le creuset même de la poésie lyrique.

CHRISTIAN DOUMET.

Odes funambulesques. Recueil de poésies lyriques de Théodore de Banville (1823-1891), publié en 1857. Il marque une date dans la poésie française du XIXe siècle. Disciple de Théophile Gautier, le poète s'inscrit en faux contre le positivisme et contre le sentimentalisme. S'étant fait le champion de la théorie de l'« Art pour l'art », il prit à tâche de remettre en honneur l'étude de la métrique. Voulant un métier plus sévère, il vise donc avant tout à la perfection de la forme sous le contrôle du bon goût. Si, dans les présentes *Odes,* il se costume en saltimbanque, c'est essentiellement par horreur de la vie bourgeoise. Il veut être le funambule que le saut du tremplin envoie vers les étoiles — dans cet espace où règne la Beauté. Pour Banville, la poésie est un moyen de s'évader des pires contingences de la vie. Afin que rien ne le gêne dans son vol, il rejette toute pensée comme tout sentiment. Il chasse avidement la rime riche pour les sens imprévus qu'elle peut lui suggérer. Ce souci tourne chez lui à la monomanie. Qu'importe ! la plupart de ces *Odes* sont admirables de facture. Avec Théophile Gautier, Leconte de Lisle et Baudelaire, l'auteur des *Odes* est le fondateur de l'école parnassienne.

Œuvres poétiques de Christine de Pisan. Sous ce titre furent groupées, dans l'édition Maurice Roy (3 vol., 1886-1896), les poésies parvenues jusqu'à nous de Christine de Pisan (1363-1430), fille de Thomas Pisani, astrologue et conseiller du roi Charles V, et notre première femme de lettres. Christine de Pisan écrivit, comme tous les poètes de son temps, des lais, des rondeaux, des ballades, des dittiés : le plus célèbre est *Le Dittié de Jeanne d'Arc.* Ce sont généralement des pièces de circonstance, des poèmes aristocratiques à la mode du temps, souvent des commandes, car c'est en faisant commerce de ses œuvres que Christine faisait vivre sa famille. Néanmoins, on peut trouver dans certaines pièces (telle la ballade qu'elle composa lors de la première crise de folie du roi Charles VI) une émotion sincère, qui se dégage de l'élégance toute formelle du poème ; mais c'est surtout dans la série de ballades, qu'on groupe habituellement sous le titre de « ballades du veuvage », que Christine de Pisan se montre telle qu'elle est, douce, tendre, mélancolique, pleine de retenue dans l'expression de ses sentiments et de ses regrets. N'en prenons pour exemple que la très fameuse ballade : « Seulette sui et seulette vueil estre. / Seule m'a mon doux ami laissiee. » — *Les Cent Ballades d'amant et de dame* (1409-1410) ont été éditées par J. Cerquiglini (Paris, 10/18, 1982).

OHNET Georges. Écrivain français. Né le 3 avril 1848 à Paris, où il mourut le 5 mai 1918. Son père, architecte, l'orienta vers le barreau, mais il se lança dans le journalisme. Après la guerre de 1870, il fut polémiste et chroniqueur au *Pays* et au *Constitutionnel.* Il débuta comme écrivain de théâtre en 1875, par une pièce écrite en collaboration avec Denayrouze, *Regina Sarpi,* jouée au Théâtre historique. En 1877, il donna au Gymnase une comédie, *Marthe.* Ce fut cependant par le roman qu'il atteignit à la célébrité. Dans divers journaux et revues — *Le Figaro, L'Illustration, La Revue des Deux Mondes* (*) — parut une série de romans qu'il intitula d'abord du titre général *Batailles de la vie.* Puis il les publia séparément. Citons : *Serge Panine* (1881) ; *Le Maître de forges* (1882), qui remporta un immense succès et qui, lors de son adaptation théâtrale, tint l'affiche pendant un an au Gymnase ; *La Grande Marnière* (1885), au style très imité de George Sand. Au reste, toute l'œuvre de Ohnet se veut en opposition radicale, dans le choix des thèmes et dans la forme employée, avec le naturalisme triomphant. Malheureusement, le romancier ne renouvelle en rien la forme, il l'emprunte plutôt à ses prédécesseurs, voire même au pire des feuilletons (comme dans ses romans *Les Dames de Croix-Mort, Volonté*) et il ne se sert du contexte social de l'époque (ainsi dans *Le Maître de forges,* où il décrit la lutte entre l'ancienne aristocratie et la nouvelle ploutocratie) que pour l'abstraire de toute réalité concrète et le recouvrir d'un faux idéalisme moral.

RÉF. : Jules Lemaitre, *Les Contemporains* (1re série), Paris, 1886. — Barbey d'Aurevilly, *Le Théâtre contemporain,* Paris, 1896. — Henri d'Alméras, *Avant la gloire,* Paris, 1902.

OLDENBOURG Zoé. Romancière et historienne française d'origine russe. Née le 31 mars 1916 à Saint-Pétersbourg. Zoé Oldenbourg est venue en France à l'âge de neuf ans. Avant d'être historienne et romancière, Zoé Oldenbourg a été peintre. Chez elle, deux disciplines, l'histoire et la fiction littéraire, s'épaulent mutuellement. On retrouve une même recherche religieuse dans sa trilogie sur l'histoire des cathares (*Le Bûcher de Montségur*, 1959 ; *Les Brûlés*, 1960 ; *Les Cités charnelles,* (1961), dans sa pièce *L'Évêque et la Vieille Dame* (1983) et dans ses ouvrages sur *Les Croisades* (1965) et *Saint Bernard* (1970). Pour Zoé Oldenbourg, le roman historique est une « immense plongée dans le temps sans laquelle une civilisation manque de souffle et s'étiole ». Son inspiration se porte sur le Moyen Âge. Ainsi, son roman *Argile et Cendres* (1946) fait revivre l'époque des croisades, autour de l'histoire du baron Ansiau et de sa femme Aalais. Les événements s'enchaînent à une allure prodigieuse, alternant les scènes de voyages avec les scènes de mœurs, les amours avec les meurtres. Une époque que Zoé Oldenbourg sait nous rendre très proche par son art de la description et des dialogues. Le baron Ansiau n'est pas pour le lecteur contemporain une énigme, un personnage que le passage du temps rendrait incompréhensible. Zoé Oldenbourg saisit ses héros à la fois dans le temps de l'Histoire et dans celui de l'intimité. Effet de proximité visible dans cet extrait d'*Argile et Cendres* : « Ansiau se faisait frotter [...] le corps de lavande et d'essences d'herbes odorantes par une vieille servante aux mains rugueuses comme des brosses. » Bonheur de l'expression, sensualité de la scène. Dans *La Joie des pauvres* (1970), nous assistons aux mouvements d'une foule de pauvres envoûtés par la prédication de Pierre l'Ermite qui admoneste ses « pauvres de Dieu » — presque tous issus du nord de la France, à suivre les armées qui s'en vont délivrer Jérusalem. Longues cohortes de loqueteux qui ne se mêlent pas à l'armée des princes. Zoé Oldenbourg dépeint les rêves de ces foules ne songeant qu'à pénétrer en Terre sainte ; leurs rêves mais aussi les déceptions et même l'horreur qui va succéder aux enthousiasmes.

Dans *La Pierre angulaire* la romancière met en scène la vie de petits seigneurs des environs de Troyes. Scènes de la vie quotidienne de ces nobliaux de province avec leurs tournois, leurs mœurs grivoises et leurs sanglants règlements de comptes. Soulignons que Zoé Oldenbourg s'est insurgée contre les amalgames faciles que certains n'hésitaient pas à faire entre roman historique et sous-roman. Dans son avertissement au lecteur de *La Joie des pauvres*, elle souligne que « complimenter un romancier pour son érudition, réelle ou supposée, c'est le traiter de plagiaire ou de cuistre [...] ce roman est une image de la condition humaine [...]. Du reste, que les amateurs d'Histoire se rassurent, les faits décrits dans ce roman sont vrais. » Avertissement qui, outre l'ampleur de son ambition, permet de définir plus précisément la démarche de la romancière : ni copie conforme des archives de la Bibliothèque nationale ni pure invention. Zoé Oldenbourg a par ailleurs analysé son itinéraire personnel dans *Visages d'un autoportrait* (1976).

PHILIPPE BLONDEAU.

Ondine. Pièce en trois actes du romancier et dramaturge Jean Giraudoux (1882-1944), représentée pour la première fois à Paris, au théâtre de l'Athénée en 1939. Le sujet en a été tiré par l'auteur du conte du même titre de l'écrivain allemand La Motte-Fouqué (1777-1843), publié en 1811. Mais bien peu du récit original subsiste dans l'étincelante fantasmagorie de la pièce de Giraudoux. Au premier acte, un chevalier errant demande hospitalité dans la pauvre cabane, située près du lac, du pêcheur Auguste. Éblouis d'admiration, Auguste et sa femme Eugénie apprennent de leur hôte les avantages et les inconvénients de l'état de chevalier errant et, après avoir en vain tenté de s'y dérober, lui préparent la truite au bleu qu'il réclame. La porte s'ouvre. C'est Ondine, leur fille, sauvage et douce, étrange et merveilleuse créature à qui les éléments obéissent. Furieuse devant le supplice cruel que le chevalier a infligé à la truite, elle fait voler le plat par la fenêtre et crie à Hans son mépris... Mais il est si beau ! L'amour est né, soudain, fatal, dans le cœur de l'ondine égarée parmi les hommes. Le duo d'amour entre Ritter Hans von Wittenstein zu Wittenstein et la fille du lac qui adore tout du beau chevalier, le nom qu'il porte et ses échos, sa force d'homme et sa fatuité, sa bêtise même qu'elle devine ; les idées d'Ondine sur l'amour, qu'elle tire de sa connaissance de la vie des chiens de mer ; ses querelles familiales qui interrompent par moments l'idylle, car ses sœurs ondines lui promettent la déception, la trahison, l'infidélité coutumière aux hommes ; tout l'acte est d'une fraîcheur et d'une délicatesse qui enchantent. Ondine, irritée contre ses sœurs, confiante dans la puissance de son amour, accepte la pacte du roi des Ondins, son oncle : elle vivra son amour humain ; mais si Hans la trahit, il mourra. Et elle perdra, elle, jusqu'au souvenir de son existence terrestre. Le deuxième acte nous transporte à la cour du roi et de la reine Yseult, où l'intendant du palais prépare les divertissements qui vont fêter la présentation d'Ondine, mariée au chevalier. Sous le déguisement d'un magicien, le roi des Ondins offre de contribuer au spectacle, et la curiosité maligne des courtisans lui demande de leur montrer les scènes des rencontres futures de Hans et de la comtesse Bertha, la fiancée qu'il a délaissée pour Ondine... Et puis la fête se déroule. La fière, la pure Ondine, si peu terrestre avec son amour exclusif et total, avec son horreur du mensonge, avec son ignorance des hypocrites usages des hommes, avec son redoutable privilège de lire leurs pensées, est offensée par Bertha. Elle lui crie la vérité : Bertha est la vraie fille d'Auguste et d'Eugénie. Le magicien les fait apparaître à la Cour, et Bertha, humiliée, renie ses parents. Elle est chassée de la Cour, et Ondine, incapable de concevoir la moindre faiblesse de la part de Hans qui n'est qu'un homme cependant, Ondine compatissante lui offre asile près d'elle, près de Hans, au château de Hans. Tout le deuxième acte est un jeu éblouissant de fantaisie. Le ton s'élève au troisième acte à une sorte de gravité émouvante ; l'amour d'Ondine trouve des accents simples et profonds. Elle a su que rien n'arrêterait la trahison inévitable qui signifiera la mort pour Hans, et pour elle l'anéantissement de l'amour dans l'oubli. Héroïque, elle ment, pour que Hans vive : elle a trahi – elle – Hans, la première. Mais on ne ment point au roi des Ondins. Ondine s'est jetée dans le lac proche du château. Ondine a disparu. Hans est sur le point d'épouser Bertha. Hans sait que la mort le guette : suivant la tradition de sa famille, tout le monde au château s'est mis à parler en vers, même le gardeur de porcs, même la fille de vaisselle. Et un pêcheur du lac prend Ondine dans son filet. Elle sera jugée comme une créature magique, salamandre ou ondine ; il s'ensuit une savoureuse et pédante discussion entre les juges. Ondine dit encore une fois son amour à Hans, ce « grand niais bête comme un homme », qui a « aimé Ondine parce qu'elle le voulait », qui l'a « trompée parce qu'il le fallait », comme tous les hommes. Elle va l'aimer, même par-delà l'oubli. Elle a tant de fois répété les simples gestes de tous les jours, qui tous étaient une joie d'amour, qu'elle continuera de les répéter au fond du lac, dans l'inconscience de sa vie de créature non humaine : « ... le geste qui me fera rouler un coquillage sur le sable sera celui par lequel je roulais la pâte de mes gâteaux [...] éternellement, il y aura une ondine bourgeoise parmi ces folles d'ondines. » Ses sœurs l'appellent par trois fois. Le chevalier repose immobile, tel un gisant sur la dalle d'un tombeau. Et Ondine ne sait plus qu'il a été Hans. « Quel est ce beau jeune homme ?... qu'il me plaît !... Comme je l'aurais aimé ! » Avec une virtuosité constante du langage et de l'image, telle qu'il l'a atteinte dans ses meilleures œuvres, en un dialogue d'une rare richesse, limpide pourtant à tel point que rien n'est perdu de sa beauté, Giraudoux a ciselé dans *Ondine* la plus attachante peut-être de ses histoires d'amour, la plus fine analyse du jeu cruel voulu par l'éternelle opposition des sexes.

On ne badine pas avec l'amour. Comédie en trois actes d'Alfred de Musset (1810-1857), qui fut publiée en 1834 et représentée à Paris en 1861. Le jeune Perdican, une fois achevées ses études et conquis le grade de docteur, revient en son château. Dans le même temps, sa cousine Camille rentre du couvent. Et le père du jeune homme désirerait qu'on les mariât. Mais l'orgueil de Camille et la légèreté, tout apparente, de Perdican entrent aussitôt en lice. Camille a rêvé de trouver la perfection dans l'amour ; et les religieuses de son couvent lui ont fait accroire que les hommes sont tous inconstants. D'emblée, Perdican la confirme dans ses opinions et conclut que l'amour est la seule chose vers laquelle il ne se sente point attiré. Camille écrit à une amie qu'elle a plongé son cousin dans le désespoir en refusant de répondre à ses sentiments. Perdican intercepte la lettre, décide de se venger, et fait ostensiblement la cour à une jeune paysanne, Rosette, alors que Camille est dissimulée derrière un arbre. Mais Camille sait que sa lettre a été interceptée et elle s'emploie à susciter chez Perdican les réactions d'un dépit amoureux. Elle avertit enfin la pauvre Rosette que Perdican ne fait que la berner, et l'engage à assister à une conversation où les deux cousins, se débattant dans les rets de l'orgueil, en viendront pourtant à se déclarer leur amour. Rosette se démasque, et Camille, qui peut enfin convaincre Perdican de mensonge, lui indique son devoir qui est d'épouser la jeune paysanne. Il s'y résout, mais comme à une revanche, cependant que la pauvre Rosette est toute disposée à lui rendre sa parole. Avant que s'accomplisse l'irréparable, Camille, qui souffre beaucoup plus dans ses sentiments que dans son orgueil, s'en ouvre à Perdican qui, de son côté, ne cherche pas à feindre plus longtemps. Par malheur, Rosette était encore à proximité ; la vérité se fait jour en elle et elle se tue. Sa mort met un obstacle impossible à franchir entre les deux jeunes gens. C'est, avec *Les Caprices de Marianne* (*), la comédie de Musset qui a le plus d'intensité dramatique. Elle naît d'une tension douloureuse entre l'orgueil et l'amour, rappel probable des démêlés de George Sand avec Musset. Rosette, la paysanne, apporte là une note de fraîcheur et de tendresse. L'action est conduite avec beaucoup de vivacité et d'esprit, un grand élan poétique. Et l'on ne peut dénier aux personnages grotesques et singuliers de Blazius et de Dame Pluche des traits de fantaisie dignes de Shakespeare. Accueillie fort tard sur la scène d'un théâtre, cette pièce, avec sa prose légère et la grâce extrême de son dessin, est l'une des meilleures créations du poète.

Onomatopée. Mot imitant phonétiquement le son dénommé : « crac », « boum ». S'il est sans surprise dans les textes de bandes dessinées, son emploi réitéré peut, en revanche, en littérature ou au théâtre, sous-tendre de la provocation vis-à-vis de « l'ordre du discours » comme chez Antonin Artaud, ou la volonté de créer une nouvelle langue comme chez Valère Novarina.

EVELYNE LECUCQ.

Opéra (livret d'). Argument littéraire d'un ouvrage lyrique ; texte sur lequel le compositeur d'opéra écrit sa musique. Le terme « livret » est d'utilisation assez récente. Jusqu'au XIXe siècle, on parlait du *poème* d'un opéra ou d'un opéra-comique ; et, lors de la grande vogue italienne du siècle dernier, on disait volontiers *libretto.* L'observateur d'aujourd'hui est frappé par le fait que l'auteur du livret apparaît, jusqu'après 1850, comme le principal producteur de l'œuvre lyrique, alors même que les qualités traditionnelles d'un « bon » livret d'opéra sont plus techniques et rythmiques que littéraires : or, sur les affiches, le nom de Scribe (le plus fécond librettiste du XIXe siècle) passe avant celui de Meyerbeer ou d'Auber, ceux de Meilhac et d'Halévy avant Offenbach ou Bizet. Quinault, au XVIIe siècle, Favart, Marmontel, au XVIIIe, furent également réputés comme auteurs de livrets. Il faut mettre à part quelques compositeurs qui accordèrent une attention particulière soit à leurs propres textes (Berlioz, *La Damnation de Faust, Les Troyens*), soit à des œuvres littéraires qu'ils surent transfigurer (Debussy, *Pelléas et Mélisande,* sur le texte de Maeterlinck).

PATRICK BERTHIER.

Oraison funèbre. Cultivée depuis l'Antiquité dans les genres profanes (comme l'histoire), elle devient à l'époque moderne un genre spécifique de l'éloquence d'Église, où se sont illustrés les plus grands orateurs classiques (Bossuet, Bourdaloue, Fléchier). L'oraison funèbre est un genre d'apparat, lié à de grandes cérémonies fastueuses. Son style et ses procédés (évocation historique, éloge, art du portrait) relèvent de la partie de la rhétorique appelée « épidictique » (genre démonstratif). À ce titre, elle est proche du panégyrique (v. ce mot), et consiste à faire l'éloge d'un grand personnage qui vient de mourir. Le point de départ est en général un verset biblique, comme dans le sermon. Le récit de la vie du défunt devient ainsi l'illustration exemplaire de ce verset, remis en situation et réactualisé, proposant alors un sujet de méditation sur les grandeurs et les misères de la vie humaine ici-bas.

EMMANUEL BURY.

Oraisons funèbres de Bossuet. Ce sont les œuvres par lesquelles Jacques-Bénigne Bossuet, théologien, évêque de Meaux (1627-1704), conquit une gloire universelle. Comme La Fontaine a recréé la fable, on peut dire que

Bossuet a réinventé l'oraison funèbre. Il fut toute sa vie un prédicateur ; sa carrière lui fut imposée, dès son ordination, par son directeur de conscience, saint Vincent de Paul, qui exerça une influence si décisive sur lui qu'il avait coutume de dire qu'il croyait, en l'entendant, entendre parler Jésus-Christ lui-même. Ce n'est que parce qu'il devint un orateur célèbre que Bossuet se trouva, dès 1656, dans l'obligation de prononcer des éloges funèbres. Il redoutait cependant les nécessités qu'imposait le genre. Il le dit, lui-même, dans l'*Oraison funèbre du père Bourgoing* : « La licence et l'ambition, compagnes presque inséparables des grandes fortunes, l'intérêt et l'injustice [...] font qu'on marche parmi les écueils ; et il arrive ordinairement que Dieu a si peu de part dans de telles vies, qu'on a peine à y trouver quelques actions qui méritent d'être louées par ses ministres. » C'est pourquoi, si Bossuet ne se refuse pas aux obligations sociales qui découlent de cette institution : compliments aux parents du mort, discrétion sur ses fautes, précautions à prendre pour dire les vérités nécessaires, il tend à faire de l'oraison funèbre un sermon. La vie du héros est avant tout, pour lui, un thème de méditation chrétienne ; et des événements de cette vie, il se sert comme les prédicateurs utilisent les textes liturgiques du jour dans leurs sermons. Avant Bossuet l'oraison funèbre n'était « instituée », comme le dit un prédicateur du temps de Louis XIII, Ogier, « que pour l'ostentation, le divertissement et la pompe [...] Le panégyrique était comme un tournoi et une montre, ou plutôt comme une entrée préparée pour un homme illustre ». Même parmi ses contemporains, Bourdaloue, Mascaron et Fléchier, Bossuet se signale par son originalité et par cette audace qu'ils n'avaient pas osée. De cette contrainte qu'il redoute, il arrive à tirer sa force propre : au lieu d'être illustré par des citations, c'est par des faits, par les agissements d'êtres que les assistants avaient connus, que son enseignement est éclairé. C'est que Bossuet, dans l'oraison funèbre, reste fidèle à la très haute idée qu'il se fait de l'éloquence chrétienne considérée par lui comme l'équivalent et le complément du sacrifice de la messe : « Le temple de Dieu a deux places augustes et vénérables, je veux dire l'autel et la chaire ; là Jésus-Christ se fait adorer dans la vérité de son corps ; il se fait reconnaître ici dans la vérité de sa doctrine. » Il y garde son aversion pour le brillant du discours : « L'éloquence ne doit paraître qu'à la suite de la sagesse ; la sagesse marche devant comme la maîtresse, l'éloquence comme la suivante. »

Bossuet a prononcé onze oraisons funèbres ; deux à Metz où il résida aussitôt après son ordination, d'abord avec le titre d'archidiacre de Sarrebourg, puis d'archidiacre de Metz, les neuf autres à Paris où il se fixa à partir de 1659, avant de se retirer dans son évêché de Meaux. Seules les six dernières furent imprimées par lui, d'abord séparément, puis les deux premières ensemble sous le titre de *Recueil d'oraisons funèbres* (1672) ; enfin, en 1689, sous le titre de *Recueil d'oraisons funèbres composées par messire Jacques-Bénigne Bossuet, évesque de Meaux*, il réunit ces six éloges. Il faut signaler l'excellente édition critique qu'en publia, en 1762, l'abbé Lequeux. Des cinq premières, nous ne connaissons que des fragments ; encore l'authenticité de certains a-t-elle été contestée. Ce ne sont d'ailleurs que des coups d'essai et Bossuet ne s'est jamais soucié de les publier. La première *Oraison funèbre* que Bossuet, alors âgé de vingt-neuf ans, ait prononcée, est celle *de Yolande de Monterby*, abbesse de l'abbaye du Petit Clairvaux, fondée par saint Bernard, à Metz. Ce n'est encore, à en juger par les extraits que nous en avons, qu'un éloge funèbre traditionnel. Il en est de même de la seconde, l'*Oraison funèbre de messire Henri de Gournay, maître échevin de Metz*. Avec la troisième, prononcée à Paris, celle *du père Bourgoing*, supérieur général de l'Oratoire et successeur du cardinal de Bérulle, l'occasion était offerte à Bossuet d'élargir son sujet et de faire l'éloge de la jeune congrégation ; un passage de cette oraison funèbre est fort intéressant, c'est celui où l'orateur, voulant définir l'éloquence du père Bourgoing, caractérise, involontairement, sa propre éloquence « toujours pressante, toujours animée ; lumière ardente et luisante, qui ne brillait que pour échauffer, qui cherchait le cœur par l'esprit et ensuite captivait l'esprit par le cœur ». Bossuet fut chargé ensuite de faire l'éloge funèbre de celui qui avait été pendant de longues années son maître aimé et vénéré, Nicolas Cornet, grand maître du collège de Navarre, où il avait fait ses études. Le passage le plus fameux est celui où l'orateur condamne à la fois la morale relâchée des jésuites et la doctrine trop austère des jansénistes. Il réprouve également les deux attitudes comme infidèles à l'enseignement de Jésus : « Lorsque ce maître commande, s'il charge d'une main, il soutient de l'autre. » C'est là une position que Bossuet n'abandonnera jamais, que ce soit dans ses controverses avec les protestants (*Histoire des variations des Églises protestantes*), ou dans son débat avec Fénelon sur le quiétisme (*Instructions sur les états d'oraison*).

Dès lors, Bossuet était devenu assez célèbre pour être appelé à faire devant le roi l'*Éloge funèbre de la reine Anne d'Autriche*, en 1666, dans la chapelle royale du château de Saint-Germain, quelques jours après les funérailles de la reine. C'est dans la piété profonde d'Anne d'Autriche, dans son abandon aux ordres du Seigneur, que Bossuet découvre la source de sa fermeté au milieu des troubles de la Fronde, de son courage en face des atroces douleurs de son agonie. Avec l'*Oraison funèbre de Henriette Marie de France, reine de la Grand'Bretagne*, prononcée le 16 novembre 1669, en présence de Monsieur, frère unique du roi et de Madame, Bossuet commence la série de ces instructions solennelles que devaient être ses éloges. La vie de la reine d'Angleterre, dans laquelle « se rencontrent toutes les extrémités des choses humaines », fournissait une riche matière. Fille d'Henri IV, Henriette-Marie (1605-1669) avait épousé très jeune Charles Ier d'Angleterre, et elle avait dû s'enfuir lors de la Révolution. À Paris, où elle fut mal accueillie par Mazarin et où elle devait se trouver, durant de longues années, dans le dénuement, la reine apprit la mort de son mari sur l'échafaud et l'échec de son fils pour recouvrer la couronne. En 1660, la situation se renverse, Charles II, son fils, monte sur le trône ; Henriette, sa fille, épouse le frère de Louis XIV. Mais la reine, revenue des vanités de ce monde, se retire au couvent de Chaillot où elle meurt en 1669. Tout le thème du sermon est contenu dans la citation des *Psaumes* sur laquelle il s'ouvre : « Maintenant, ô Rois, apprenez ; instruisez-vous, juges de la terre. » Dieu est le maître des rois ; soit qu'il les élève, soit qu'il les abaisse, il leur donne toujours de grandes leçons. Ces leçons apparaissent surtout dans la vie de la reine d'Angleterre qui a connu toutes les extrémités des choses humaines. Après cet exorde, l'orateur, dans une première partie, expose l'attitude de la princesse dans la prospérité : elle a tenté de faire triompher le catholicisme en Angleterre, elle n'a fait que du bien autour d'elle. Dans la seconde partie, Bossuet donne un tableau de la révolution anglaise ; elle est, selon lui, la conséquence de l'esprit de libre examen qui entraîne fatalement l'anarchie spirituelle. C'est ici que se trouve le fameux portrait de Cromwell. Bossuet termine en montrant les enseignements que la reine a tirés de ces terribles événements : sa clémence dans la victoire, sa résignation dans la défaite, son courage inébranlable, sa reconnaissance envers Dieu.

C'est avec l'*Oraison funèbre de Henriette-Anne d'Angleterre, duchesse d'Orléans*, prononcée lors de ses funérailles à Saint-Denis, le 21 août 1670, devant le prince de Condé, et la reine Marie-Thérèse, qui y assistait incognito, que Bossuet atteint la pleine maîtrise de son éloquence et du même coup le sommet de l'art oratoire. C'était Henriette-Anne qui avait demandé à Bossuet de prononcer l'éloge de sa mère : « Elle que j'avais vue si attentive pendant que je rendais le même devoir à la reine, sa mère, devait être sitôt après le sujet d'un discours semblable, et ma triste voix était réservée à ce déplorable ministère. » Bossuet était alors au plus haut de sa célébrité et c'était la première fois qu'il paraissait en chaire revêtu des ornements épiscopaux. Henriette-Anne Stuart (1644-1670) était la fille de Charles Ier et d'Henriette de France. Elle vécut tout d'abord dans la pauvreté avec sa mère exilée, puis à la cour de France. Là, l'avènement de son frère, Charles II, au trône d'Angleterre, l'amitié amoureuse qu'avait pour elle Louis XIV, mais surtout sa jeunesse, son charme et son esprit lui assurèrent la première place. Elle fit les délices de cette Cour, jeune, frivole et brillante, mais elle protégea les écrivains, surtout Molière et Racine. Henriette épousa, aussitôt après le mariage de Louis XIV, Monsieur, son frère, personnage singulier et dégénéré avec qui elle ne put jamais s'entendre. En 1670, elle entreprit et mena à bien un projet d'alliance entre la France et l'Angleterre. À son retour, étant à Saint-Cloud, elle but un verre de chicorée glacée ; aussitôt après elle éprouva d'atroces douleurs et mourut le lendemain. Sur le moment, elle se crut empoisonnée, mais l'autopsie devait démontrer qu'elle était morte de mort naturelle – v. *Histoire d'Henriette d'Angleterre* de Mme de La Fayette. Bossuet avait très bien connu Henriette-Anne ; lorsqu'elle avait compris qu'elle devait réformer sa vie, c'était à lui qu'elle avait eu recours et, toutes les semaines, il venait pour l'instruire et la conseiller. C'est lui qu'elle avait demandé à son lit de mort et il l'avait assistée jusqu'au dernier moment ; il avait été le témoin de son courage et de la présence d'esprit qu'elle ne cessa de manifester pendant sa longue agonie. La mort de cette princesse suscita une véritable stupeur non seulement à la Cour, mais dans toute la France, comme une fin aussi édifiante ne manqua pas de provoquer l'admiration de tous. Ce sont ces sentiments dont Bossuet, fort ému lui-même par cette mort, se sert pour tirer l'enseignement de cette vie : « Vanitas vanitatum et omnia vanitas. » La leçon de cette existence si brillante et si brève, c'est que tout n'est que vanité puisque la jeunesse, la grandeur, l'esprit, la grâce passent en un instant. La princesse est la preuve du néant de toute destinée humaine ; elle était au comble de la réussite humaine quand « retentit tout à coup, comme un éclat de tonnerre, cette étonnante nouvelle : Madame se meurt, Madame est morte ». À ces mots, dit, dans *Le Siècle de Louis XIV*, Voltaire qui avait connu des témoins de la scène, « l'auditoire éclata en sanglots et la voix de l'orateur fut interrompue par ses soupirs et par ses pleurs ». Qu'est donc devenue Madame ? « Même pas un cadavre, puisqu'il montre encore quelque forme humaine », mais « un je ne sais quoi qui n'a plus de nom dans aucune langue ». L'homme est grand cependant, puisqu'il connaît Dieu et qu'il en reçoit ses grâces, Madame est un exemple de cette grandeur, qui a bénéficié de deux grâces essentielles, celle de la prédestination, celle de la persévérance finale. Elle n'a rien regretté de ce qu'elle a perdu, elle est morte avec piété, avec simplicité et avec courage. Il faut profiter de la leçon qu'elle nous donne en mourant : tout est vain en nous ; la seule grandeur de l'homme, c'est une sainte mort. L'*Oraison funèbre de Madame* est, par sa force, le pouvoir de conviction qui s'en dégage, le chef-d'œuvre de l'éloquence sacrée ; par la noblesse tragique de son style, la beauté harmonieuse de sa langue, elle est un des plus beaux morceaux de la littérature de l'époque classique.

Bossuet, tout occupé par sa charge de précepteur du dauphin – v. *Discours sur l'histoire universelle* –, puis par sa controverse avec les protestants, ne revint à l'oraison funèbre que treize ans plus tard, pour prononcer celle de *Marie-Thérèse d'Autriche, infante d'Espagne, Reine de France et de Navarre*, lors de ses funérailles à Saint-Denis, le 1er septembre 1683. Il était alors évêque de Meaux. Fléchier prononça également une *Oraison funèbre de Marie-Thérèse*. Marie-Thérèse, fille de Philippe IV roi d'Espagne, et, par sa mère, Élisabeth de Bourbon, petite-fille d'Henri IV, épousa en 1659 son cousin germain Louis XIV, et cette union fut le gage du rapprochement entre la France et l'Espagne. Elle n'eut aucune part aux affaires et donna six enfants au roi dont un seul survivait à sa mort, le Grand Dauphin, élève de Bossuet ; la vie de la reine avait été une vie de souffrances discrètes et d'abandon ; Marie-Thérèse avait ressenti fortement les infidélités du roi son mari et son détachement d'elle, mais elle vécut toujours dans la crainte du roi. Cette vie, faite de renoncements et de douleurs, ne formait pas une « illustre matière » pour un orateur. La seule leçon que Bossuet en pouvait tirer était celle de cette pureté agréable à Dieu et de la résignation chrétienne. C'est pourquoi il choisit le thème : « Ils sont sans tache devant le trône de Dieu », tiré de l'*Apocalypse*. De plus, il ne pouvait ni éviter, ni traiter ouvertement les circonstances douloureuses de la vie de la reine, c'est-à-dire ses humiliations. Il mentionne seulement « les déplaisirs et les mortelles douleurs » qui « se cachent sous la pourpre ». Aussi, l'*Oraison funèbre de Marie-Thérèse* n'est-elle pas parmi les meilleures ; on y sent la contrainte et le manque d'inspiration, et elle a un caractère assez froid et assez officiel. Il n'en allait pas être de même avec l'*Oraison funèbre de très haute et très puissante princesse Anne de Gonzague de Clèves, princesse palatine*, prononcée le 9 août 1685. De cette existence, Bossuet devait tirer un enseignement éclatant. Anne de Gonzague, aussitôt sa majorité, s'était lancée dans une vie d'intrigues et de galanteries ; elle étonna même la Cour par la licence de ses mœurs et de ses opinions religieuses. Elle fut, pendant de longues années, un de ces libertins, pour qui Bossuet se montra toujours si sévère. Soudain, à la suite d'un songe, sa vie changea ; sur les conseils de l'abbé de Rancé, elle se mortifia et vécut dans les pénitences les plus rigoureuses jusqu'à sa mort. Sa vie était donc, en soi, un exemple et Bossuet en fit le thème d'une instruction solennelle à tous les libertins, dès les premiers mots qu'il prononça : « Je voudrais que tous les éloignés de Dieu, que tous ceux qui se persuadent qu'on ne peut se vaincre soy-mesme, ni soutenir sa constance parmi les combats et les douleurs ; tous ceux enfin qui désespèrent de leur conversion ou de leur persévérance, fussent présents à cette assemblée. » Bossuet ne cache rien des égarements de cette vie ou du moins il les suggère ; il foudroie tous ceux qui s'entêtent dans l'incroyance, il leur montre la main de Dieu dans cette étonnante conversion. L'*Oraison funèbre de très haut et très puissant seigneur messire Michel Le Tellier, chevalier, chancelier de France*, prononcée en 1686, est d'un tout autre ton. Le Tellier était un de ces bourgeois avisés, sur qui Louis XIV devait s'appuyer pour gouverner. Son histoire est celle de la politique française à laquelle il fut mêlé pendant quarante ans. C'est donc le ministre chrétien que Bossuet célèbre ; Le Tellier fut grand parce qu'il fut chrétien. Il a compris que la véritable sagesse n'est pas celle qui s'attache à gouverner les hommes, mais celle qui s'attache aux biens éternels. Un des grands événements de la vie du chancelier fut le rôle qu'il joua dans la révocation de l'édit de Nantes. En apposant le sceau sur cet acte Le Tellier s'était écrié : « Après ce triomphe de la foi, je puis mourir en paix et sans regret. » Bossuet saisit cette occasion de se faire l'apologiste de la Révocation et de célébrer Louis XIV, « ce nouveau Constantin ». Il montre, et ce tableau est plutôt un souhait qu'une réalité, « une hérésie invétérée tomber tout à coup ; les troupeaux égarés revenir en foule, et nos églises trop étroites pour les recevoir ».

Mais c'est avec le dernier éloge funèbre l'*Oraison funèbre de très haut et très puissant prince Louis de Bourbon, prince de Condé, premier prince du sang*, prononcée à Notre-Dame de Paris, le 10 mars 1687, en présence de son fils, Monsieur le prince, que Bossuet devait retrouver toute sa grandeur ; l'*Oraison funèbre de Condé* est la plus belle avec celle *d'Henriette d'Angleterre* ; c'est que Bossuet connaissait ce prince de longue date. Condé avait la plus vive estime pour lui et Bossuet ne lui ménageait ni son admiration, ni son amitié. À la fin de cette extraordinaire carrière, quand Condé se retira à Chantilly, c'est à Bossuet que revint le soin de diriger sa conversion. Incontestablement, cette oraison tire une partie de sa grandeur des circonstances mêmes : le roi fit faire à Condé des obsèques royales, et ce fut lui qui demanda à Bossuet de prononcer cet éloge. L'évêque de Meaux était alors au sommet de la gloire, il était le chef incontesté de l'Église de France. Bossuet nous expose tout d'abord son embarras : « Je me sens également confondu et par la grandeur du sujet et, s'il m'est permis de l'avouer, par l'inutilité du travail. » Le monde entier connaît les exploits de Condé. Mais la tâche qui s'impose à lui est de montrer que Condé fut non seulement un illustre prince et un grand capitaine, mais un chrétien. « Sans ce don inestimable de la piété, que serait-ce que le prince de Condé avec tout ce grand cœur et ce grand génie ? » C'est le thème que l'orateur va développer. À côté de l'éclatante carrière de Condé – dont Bossuet ne dissimule ni la trahison, ni le repentir qui l'amena à se jeter aux pieds de Louis XIV –, c'est surtout sur les qualités de l'homme privé et du vieillard de Chantilly qu'il insiste. Il le montre affable et généreux, simple dans sa vie privée, cultivé et protecteur des arts et des lettres. L'éloge contient un parallèle entre Turenne et Condé que les contemporains jugèrent déplacé, mais qui est une preuve de la fidélité de Bossuet envers la mémoire des deux grands capitaines du règne de Louis XIV : « L'un paraît agir par des réflexions profondes (Turenne), et l'autre par de soudaines illuminations (Condé). » Enfin l'orateur en vient à la conversion de Condé, à ses dernières années où il se consacra entièrement à ses devoirs de chrétien, à sa fin édifiante. Dans sa péroraison, Bossuet fait ses adieux à l'oraison funèbre : « Au lieu de déployer la mort des autres, grand prince, dorénavant je veux apprendre de vous à rendre la mienne sainte ; heureux, si, averti par ces cheveux blancs du compte que je dois rendre de mon administration, je réserve au troupeau que je dois nourrir de la parole de la vie les restes d'une voix qui tombe et d'une ardeur qui s'éteint. » Il sent, en effet, qu'il a assez sacrifié à la grandeur et à la majesté du règne ; il a maintenant à s'occuper de travaux plus modestes et plus solides : ses devoirs de théologien et d'évêque.

On a souvent parlé de la pompe de Bossuet dans ses *Oraisons funèbres* ; sans doute, il est pompeux, car il est un homme de son siècle, très respectueux de la monarchie absolue dont il se fit le théoricien et le serviteur ; il ne néglige rien de ce qui rehausse la gloire du souverain et de la France. Mais il ne faut pas s'arrêter à cette apparence que lui commande la juste appréciation de ses devoirs ; on trouve dans les *Oraisons funèbres*, non seulement un pathétique qui porte, mais de rudes leçons pour les Grands. Bossuet n'est jamais un plat courtisan : il a le respect de l'Histoire et s'il est contraint à d'indispensables ménagements, il demeure fidèle à la vérité et il sait se faire entendre ; il demeure avant tout un homme d'Église, un évêque. L'orateur sacré est, pour lui, le successeur des prophètes d'Israël, il doit enseigner les Grands et les reprendre. Aussi ces éloges sont-ils, avant tout, l'occasion de solennelles exhortations chrétiennes, car Bossuet, comme l'a dit un de ces biographes, est « le catholicisme fait homme ». L'éloquence n'est pour lui qu'un moyen, mais ce moyen il le veut aussi parfait que possible : la simplicité et la noblesse de la langue, l'éclat de son style ne sont rien auprès de cette séduction foudroyante, de cette fascination du verbe qui fond du ciel sur les âmes, qui subjugue et convainc, et par quoi Bossuet a mérité d'être appelé « l'aigle de Meaux ».

Orateurs de la Révolution. Après la période « conceptuelle » dite des Lumières (voir ce mot), purement écrite, l'effervescence désordonnée des masses ouvrière et paysanne, et la rédaction hâtive mais véhémente des « Cahiers de doléances », la convocation des états généraux, le 5 mai 1789, fut le débondement de la parole. Trois sources historiques infusent le discours révolutionnaire : la tradition antique (grecque et latine), la pratique du droit, et l'éloquence sacrée. De la première influence, très nette, les tribuns modernes retiennent l'appel constant à la vertu républicaine, l'attachement à la nation et aux lois (le rôle de relais joué par Montesquieu n'est pas mince) ; par leur formation de juriste ou d'avocat (Barère, Barnave, Brissot, Couthon, Danton, Gensonné, Guadet, Hérault de Séchelles, Robespierre, Vergniaud...), quantité d'acteurs de la Révolution s'étaient donc frottés aux joutes oratoires et à la logique de la chicane. Enfin, et plus ou moins consciemment (mais beaucoup d'entre eux avaient été éduqués par les ordres religieux), les tribuns révolutionnaires ont puisé dans la tradition des grands prédicateurs le principe démonstratif et la vigueur d'admonestation — la technique même du discours : on peut établir, sans exagération, des rapprochements entre certaines oraisons de Bossuet et des passages de Saint-Just et de Robespierre. D'ailleurs, certains prêtres — l'abbé Maury, par exemple — usèrent de leur « métier » de prêcheur au service des événements. Mais la grande singularité du discours aux assemblées, en cette fin du XVIIIe siècle, est la posture historique des déclarations. Des envolées de Mirabeau (salle du Jeu de paume) aux premiers temps de la Terreur, tous les discours, toutes les harangues sont placés dans une perspective d'avenir. Bernard Pingaud parlera justement de « discours sans mémoire » pour la raison que chaque intervention vise à entrer un peu plus dans l'inconnu, à l'organiser au fur et à mesure qu'il se présente, puisque aussi bien les conditions politico-historiques du moment sont radicalement neuves. La suppression de l'autorité monarchique et celle de la religion mettent les hommes de la Révolution devant une situation qui n'a aucun antécédent auquel se rattacher. Il est à noter, ici, que seul Robespierre continuera de truffer ses interventions d'allusions à l'Antiquité ; les autres orateurs nourriront leurs textes d'exemples contemporains, de mises en garde immédiatement compréhensibles par les masses populaires — marquant ainsi l'urgence qu'il y a d'avancer sans se retourner, de forcer les événements. Saint-Just et Couthon s'avéreront les plus efficaces dans ce genre. L'exaltation véhémente de certains (Hébert, « l'Homère de l'ordure » ; Cloots, « l'orateur du genre humain » ; Barère, « l'Anacréon de la guillotine »...) peut sans doute s'expliquer par le débridement de la pensée affranchie de toute référence, et le délire de leur parole semble assez une antidote à la peur de l'inconnu dans lequel ils s'enfoncent mot après mot. L'élan verbal devient alors le moteur absolu de la dynamique révolutionnaire.

FRANÇOIS BODDAERT.

Orientales (Les). Titre d'un recueil de poésies lyriques de Victor Hugo (1802-1885), paru en janvier 1829, réimprimé avec une nouvelle préface en février de la même année, et resté célèbre comme la première manifestation du génie personnel du poète. Tandis que, dans les *Odes et Ballades*, il avait donné les premières preuves d'un don lyrique qui se manifestait dans les directions les plus diverses, faisant alterner les audaces et les retenues calculées, ici, deux ans après *Cromwell*, qui l'avait placé au premier rang de la bruyante troupe romantique, Hugo prend résolument une attitude de chef d'école en joignant à une plus grande maîtrise de son art de vigoureux accents polémiques. Le recueil s'ouvre sur une préface où Hugo disserte sur la nouvelle poésie avec une chaude éloquence, bat en brèche les théories du classicisme, revendique pour la poésie française la plus grande liberté possible dans le choix du sujet et dans l'expression, et conclut en souhaitant à la France, en termes extrêmement pittoresques, « une littérature qu'on puisse comparer à une ville du Moyen Âge ». Une telle audace s'accompagne d'un changement dans les idées politiques ; le légitimiste scrupuleux des *Odes* lance déjà ses premiers traits contre le régime existant et n'hésite pas à montrer dans la révolution grecque un exemple de la rébellion des peuples modernes contre la tyrannie des rois. La guerre d'indépendance des Grecs contre l'Empire turc inspire en effet bon nombre des pièces contenues dans ce volume (« Canaris », « Les Têtes du sérail », « Navarin ») ; mais ces évocations plus particulièrement historiques revêtent, elles aussi, des formes et des couleurs fabuleuses, se mêlant à une suite fantasmagorique de tableaux des plus pittoresques. La mode alors était à l'Orient. La lutte entre la Grèce et la Turquie avait suscité un vif mouvement d'opinion. Si tous les poètes n'allaient pas se faire tuer en Grèce comme Byron, tous étaient philhellènes, et Hugo, sans avoir jamais vu l'Orient, y trouve un choix inépuisable de thèmes nouveaux, qui lui semblent convenir particulièrement à la nouvelle poésie française. Il étend d'ailleurs son domaine au maximum, en y incorporant l'Espagne. Les sujets, empruntés à l'histoire et à la légende orientales, montrent une insistance quasi puérile dans le choix des motifs les plus facilement suggestifs : sérénades et duels dans une Espagne mauresque, sultans et sérails, odalisques et minarets, émirs, pachas, massacres et cimeterres ; mais ces thèmes exotiques sont prétexte à une véritable orgie de rythmes et de couleurs, à un riche déploiement d'images, à une abondance d'inventions verbales, à une maestria technique éblouissante (« Sara la baigneuse », « Marche turque », « Lazzara », « L'Enfant grec »). Il arrive aussi qu'une excessive habileté entraîne le poète dans des jeux métriques compliqués et, tout compte fait, assez discutables, comme dans les « Djinns ». Mais, dans son ensemble, le recueil, par sa verve et son originalité, n'apparaît pas inférieur à sa renommée, et il est admis que cette œuvre a ouvert la voie à une bonne part des audaces poétiques du XIXe siècle tout entier, ainsi qu'à cette prédilection pour le pittoresque, pour la couleur locale, qui devait être un des caractères les plus marquants de la poésie romantique. C'est parce qu'il a apporté son génie à cette évocation que l'Orient est devenu, comme Hugo le dit dans sa préface de 1829, « soit comme image, soit comme pensée, pour les intelligences, pour les imaginations, une sorte de préoccupation générale ». C'est sur cet acquis que devaient vivre plusieurs générations de poètes.

ORMESSON Jean Le Fèvre, comte d'. Écrivain et journaliste. Né le 16 juin 1925 à Paris, dans une illustre famille qui compte, entre autres, un membre du Conseil de régence sous la minorité de Louis XV, et quatre ambassadeurs de France dont son père. Ancien élève de l'École normale supérieure, licencié ès lettres et en histoire, agrégé et diplômé d'études supérieures de philosophie, en 1950, il devient secrétaire général du Conseil international de la philosophie et des sciences humaines à l'U.N.E.S.C.O ; il en est élu président en septembre 1992. Il est rédacteur en chef adjoint (1952-71), membre du comité de rédaction (depuis 1971) puis rédacteur en chef de la revue *Diogène* (sciences humaines). Haut fonctionnaire, il est attaché à divers cabinets ministériels et aux délégations françaises à plusieurs conférences internationales : Conférence de la paix, Assemblée générale des Nations unies (1946-48)... Collaborateur de divers journaux de Paris et de province depuis 1949, il devient directeur général du *Figaro* (1976).

« C'est pour tromper le temps et la peur de la mort qu'on raconte ou qu'on écrit des histoires », avoue Jean d'Ormesson. Ne serait-ce pas aussi parce que depuis Chateaubriand la seule gloire qui vaille d'être recherchée serait celle que confère le titre d'écrivain ? Après une période à caractère autobiographique, de *L'amour est un plaisir* (1956) aux *Illusions de la mer* (1968), Jean d'Ormesson s'attache à une œuvre plus romanesque : *La Gloire de l'empire* (1971, grand prix du roman de l'Académie française), *Au plaisir de Dieu* (1974), *Histoire du Juif errant* (1990). Le temps, l'Histoire, l'amour sont les thèmes majeurs de l'écrivain : le premier ne se possède pas, la seconde se fait sans notre participation, malgré nos illusions, le troisième n'existe que par nous et nous permet, seul, de résister aux deux autres. Aimer, écrire restent les meilleurs ferments d'un bonheur, conçu comme un plaisir personnel à vivre, y compris dans l'affolement des contradictions. Voilà pourquoi Jean d'Ormesson est si proche de Chateaubriand auquel il a consacré une « biographie », *Mon dernier rêve sera pour vous* (1982) et *L'Album Chateaubriand* (1988). L'écrivain a été élu à l'Académie française (1973) au fauteuil de Jules Romains dont il préside la Société des amis depuis 1974.

YANNICK PELLETIER.

ORSENNA Erik. C'est le 22 mars 1947 à Paris qu'est né Erik Arnoult, qui choisit comme nom de plume celui de la seigneurie d'Orsenna, lieu détaché de toute géographie courante, mais où se déroule *Le Rivage des Syrtes* de Julien Gracq. Paradoxal hommage à l'auteur de *La Littérature à l'estomac* de la part d'un écrivain qui ne déteste ni les campagnes médiatiques ni les forts tirages.

Après des études de sciences économiques et politiques qu'il termine par un doctorat, Erik Orsenna mène parallèlement une carrière de haut fonctionnaire et d'écrivain. Maître de conférences à l'Institut d'études politiques (1975-1980) et à l'École normale supérieure (1977-1981), il est nommé maître assistant à l'université de Paris-I (1978-1981). Directeur littéraire des éditions Ramsay (1977-1981), il entre au ministère de la Coopération et du Développement (sous Christian Nucci) et au ministère des Affaires étrangères (sous Roland Dumas). Dans *Grand Amour* (Le Seuil, 1993), il raconte son expérience de « nègre » auprès de Jean-Pierre Cot, puis de François Mitterrand. Gabriel O. (qui est la plupart du temps désigné seulement par son initiale), sous prétexte de faire son autobiographie, présente celle d'Orsenna lui-même (ou de celui qui se cache derrière le souvenir de Gracq). Le lecteur est invité à pénétrer à l'intérieur du palais de l'Élysée, dans le « petit entresol à rideaux vieux rose » où sont élaborés les discours présidentiels, ainsi l'hommage à Henri Michaux en 1984.

Erik Orsenna aime hanter les allées du pouvoir. Sa carrière de professeur d'économie politique, de maître de requêtes au Conseil d'État, de conseiller du prince, l'a souvent mis en contact avec les puissants de ce monde, et la politique joue un rôle important dans trois romans (*Loyola's blues*, Le Seuil, 1974 ; *La Vie comme à Lausanne*, Le Seuil, 1977, prix Roger Nimier ; *Une comédie française*, Le Seuil, 1980). C'est le prix Goncourt couronnant *L'Exposition coloniale* (Le Seuil, 1988) qui lui apporte une célébrité qui ne se dément plus depuis et qui l'a conduit à l'Académie française en 1998. Mais Erik Orsenna n'a jamais oublié de rire, fût-ce de lui-même : « C'est le cœur de l'affaire, l'affaire de la distance par rapport à soi-même, par rapport à l'histoire que l'on raconte, aux personnages que l'on tente de faire vivre. » Avec *Longtemps* (Fayard, 1998), il se lance dans les récits d'amour.

Ouvert la nuit. Recueil de nouvelles de Paul Morand (1888-1976), publié en 1921. Ce recueil, composé de six nouvelles, fut suivi en 1923 d'un second volume de quatre nouvelles intitulé *Fermé la nuit.* Avec ces deux ouvrages, Morand aborde un univers plein d'excès et d'extravagances. Le lecteur est projeté dans l'actualité la plus vive, chez des personnages schématiques aux contours précis, presque caricaturaux. L'extraordinaire est que chacune de ces caricatures porte vraiment en soi les caractéristiques profondes du pays qu'elle représente. Elle s'impose ensuite avec un tel relief qu'on garde l'impression d'avoir vécu de longues années dans le pays dont parle l'auteur. Tout n'est pas égal cependant dans cette synthèse de l'Europe. « La Nuit romaine », « La Nuit hongroise », « La Nuit des Six-Jours » n'ont ni l'ampleur tragique de « La Nuit turque », ni le piquant amer de « La Nuit catalane ». La passion partisane et l'âpre goût du danger s'allient en doña Remedios à une puérilité troublante ; toute l'Espagne n'est pas là, certes, mais la fermentation des idées extrêmes, l'orgueil de la race sont saisis ; les « Pasionaria » qui brûlèrent leur vie dix ans plus tard, vivent en principe dans cette égérie violente chez qui la superstition voisine avec un matérialisme primaire. Combien plus bouleversante apparaît l'héroïne de « La Nuit turque », Anna, Russe exilée et sans espoir ; une ombre de tristesse voile l'ensemble, comme sont voilées les lampes dans le restaurant où se retrouve encore, après tant d'années, une aristocratie dépouillée, qui ne renonce pas à ses rêves ; serveuse ou cliente, qu'importe ! « La Nuit nordique » plonge le lecteur dans un climat bon enfant ; l'épisode est franchement comique, qui transporte le narrateur dans un centre de nudistes ; l'aventure burlesque de la nuit de la Saint-Jean, où l'amoureux dépité n'obtient rien de celle qui semblait tout promettre, termine *Ouvert la nuit* sur une note gaie. Le morceau de choix reste « La Nuit de Putney » ; elle met en scène un Levantin pittoresque ; énorme pacha en chemise rose, il se faufile à travers toutes les vicissitudes sans être touché par elles, et guette la chance qui va passer. Qu'il découvre dans « La Nuit de Protofino Kulm » la mégalomanie d'un Irlandais génial ou l'Allemagne en pleine crise décadente après la défaite, Morand s'abandonne dans *Fermé la nuit* à une veine satirique qu'on retrouvera plus tard dans *France-la-doulce* (1933), attaque virulente des milieux cinématographiques. On reprocha à l'auteur d'avoir donné une suite à *Ouvert la nuit* pour tirer parti d'une réussite. Pourtant, certaines des nouvelles du second recueil ont été écrites avant celles du premier. Les deux volumes forment un tout qu'on ne peut plus aujourd'hui dissocier.

Oxymore : voir **Alliance de mots.**

P

PAGNOL Marcel. Écrivain et cinéaste né à Aubagne (Bouches-du-Rhône) le 28 février 1895, mort à Paris le 18 avril 1974. Il fait ses études secondaires à Marseille tout en commençant à écrire des poèmes pour la revue *Massilia.* En 1913, il entre à la faculté des lettres d'Aix-en-Provence et fonde la revue *Fantasio*, qui deviendra *Les Cahiers du Sud*. En 1915, licencié d'anglais, il est nommé professeur au collège de Tarascon puis, en 1917, au collège de Pamiers. Il revient à Aix-en-Provence comme répétiteur en 1918. Il occupe le même poste au lycée Saint-Charles de Marseille et se met à écrire des tragédies. En 1925, il « monte » à Paris comme répétiteur au lycée Condorcet et commence à fréquenter les milieux littéraires. Il fait représenter *Les Marchands de gloire* au théâtre de la Madeleine. La pièce n'a pas grand succès. Nullement découragé, il fait jouer *Jazz* l'année suivante au théâtre des Arts. En 1927, il abandonne l'enseignement. En 1928, *Topaze* est donné au théâtre des Variétés sur la recommandation d'André Antoine et obtient un succès considérable. Il en est de même pour *Marius*, représenté en 1929 avec Raimu dans le rôle de César. En 1931, Pagnol écrit le scénario et les dialogues de son premier film, tiré de *Marius*, et réalisé par Korda.

Il fait de même pour *Fanny*, pièce de théâtre publiée en 1932, dont Marc Allégret réalise le film, mais dirige lui-même le tournage de *César*, écrit d'emblée pour le cinéma en 1936, et dont il fera par la suite une pièce. Il fonde en 1935 *Les Cahiers du film* pour défendre ses théories sur le septième art. Il adapte pour le cinéma des sujets empruntés aux romans de Giono. Il fait quelques incursions du côté du roman – *Pirouettes* (1932), *L'Eau des collines,* en deux parties : *Jean de Florette* et *Manon des sources* (1964) – ainsi que du côté de la traduction – *Hamlet* (1947), *Les Bucoliques* (1958). Après la Seconde Guerre mondiale, Marcel Pagnol est élu à l'Académie française (1946). Il revient au théâtre avec *Judas* (1955) et *Fabien* (1956), pièces qui connaissent des fortunes diverses. Ce sont surtout ses souvenirs d'enfance qui lui vaudront un regain de succès : *La Gloire de mon père* (1957), *Le Château de ma mère* (1957), *Le Temps des secrets* (1960) et *Le Temps des amours* (posthume, 1977).

Du théâtre au cinéma, puis aux souvenirs d'enfance, Pagnol sut préserver une continuité dans le ton émouvant où se mêle le rire. Ce qu'on en retient, c'est le naturel, la spontanéité. On oublie que ces qualités n'étaient pas innées chez lui. Nourri des classiques, il lui a fallu beaucoup travailler pour les acquérir. Son succès au théâtre viendra de ce qu'il n'hésite pas à reprendre à son compte le mélodrame « qui fait pleurer Margot » dans la célèbre trilogie *Marius-Fanny-César*. Il suffit d'évoquer ces trois noms pour se souvenir aussi d'une intrigue très charpentée, s'appuyant sur des personnages fortement typés qui semblent bondir de la rue pour entrer en scène. Mélodrame mais aussi théâtre de Guignol. Dans *Topaze,* si la morale est bafouée c'est que cette morale est d'abord immorale. Qui n'a rêvé un jour de réduire à quia les princes qui nous gouvernent ? Cette pièce qui n'a pas vieilli a survécu aux assauts de l'avant-garde des années 50. Au demeurant, le théâtre de Pagnol fut servi par des comédiens superbes. Il se maintient aussi par son langage. Né de l'observation des petites gens de Marseille qui secouent, sans le faire exprès, notre langage littéraire trop souvent porté à une certaine sclérose d'expression, il apporte sur la scène la vie toute crue. Marcel Pagnol le savait et disait que son théâtre n'est pas un « théâtre de bibliothèque » ou d'avant-garde « mais le vrai, celui qui s'adresse au peuple, le théâtre théâtral ». Parlant de la langue populaire, il notait aussi dans ses *Notes sur le rire* (1947) : « Ce langage contient de grandes vérités scientifiques et philosophiques si l'on se donne la peine de l'examiner, d'extraire les racines des mots, de démonter les phrases toutes faites. »

C'est également dans ce sens que s'oriente Marcel Pagnol lorsqu'il aborde le cinéma.

Le genre romanesque n'est sans doute pas celui que Pagnol a abordé avec le plus de bonheur, bien que *L'Eau des collines* retrouve l'un des thèmes profonds de la terre provençale. Cet amour du pays, on le relève également dans les *Souvenirs d'enfance*, où il s'associe aux transfigurations de la mémoire. À cet égard, *La Gloire de mon père* constitue une œuvre remarquable. Marcel Pagnol y évoque la figure de ce père instituteur, qui disposait d'une culture étendue, savait communier avec la nature et possédait une haute conscience morale. Et l'enfant était comme ébloui lorsqu'il le suivait par la garrigue matinale. À la Bastide neuve, Marcel Pagnol connut le bonheur auprès de ceux qui l'entouraient. Car il y avait encore là sa mère, toute tendresse, et l'oncle Jules, d'une sagacité sans égale. Ces êtres réels, il les a aimés, mais, à mesure qu'ils s'étaient éloignés dans le temps, ils s'étaient, selon l'excellente remarque de Bernard de Fallois, transformés en personnages. Et dans le récit qu'il a fait de scènes vraies, le mémorialiste prend autant de plaisir que le romancier qui laisse courir son imagination, il est d'une certaine façon aussi libre. Pagnol a dit : « Si j'avais été peintre je n'aurais fait que des portraits. » Ceux qu'il a tracés des personnages de son enfance restent merveilleusement vivants.

Alors que les cultures régionales s'efforcent de renouer avec leurs traditions et de retrouver leurs racines, il n'est pas mauvais de reconnaître en Marcel Pagnol une sorte de précurseur.

GUY LE CLEC'H.

♦ *« Le classicisme de Marcel Pagnol ne se nourrit pas seulement de textes, son inspiration se rafraîchit aux sources du quotidien. C'est la raison pour laquelle il n'est jamais pédant. Car il confronte toujours sa culture avec ses souvenirs ou ses découvertes. »* Yvan Audouard. ♦ *« Rien ne montre mieux que ce* Temps des amours *combien le génie de Pagnol était avant tout un génie réaliste. Les choses, les gens, les scènes qu'il aime décrire sont toujours ceux de la vie. »* Bernard de Fallois. ♦ *« Il entrait du soulagement dans le triomphe réservé il y a vingt ans aux Mémoires de Pagnol. Enfin un créateur qui ne rougissait pas d'émouvoir avec des sentiments réputés ordinaires : sa fierté de fils d'instituteur, son humiliation devant la grille close d'un parc, une rodomontade de bouliste, la joie d'un doublé de bartavelles, l'odeur d'une garrigue à la fraîche ! »* Bertrand Poirot-Delpech.

RÉF. : *Biblio,* numéro de mars 1961 (études par Gilbert Sigaux, Jean-Jacques Gautier ; interview par Marcel Mithois). — Yvonne Georges, *Le Provençalisme dans « L'Eau des collines »,* Paris 1966. — Yvan Audouard, *Audouard raconte Pagnol,* Paris, 1973. — Cl. Beylie, *Marcel Pagnol,* Paris, 1974. — R. Castans, *Il était une fois Marcel Pagnol,* Paris, 1978.

Palimpseste. Du grec *palin* : « de nouveau », et *psestos* : « gratté ». Désigne, au sens propre, un manuscrit dont le support est ancien : papyrus, ou, plus souvent, parchemin, et qui a comporté un premier texte gratté par un copiste du Moyen Âge afin d'en écrire un nouveau à sa place. On réussit, en général, à déchiffrer le premier texte copié. Ce terme est souvent employé au sens figuré, sous la forme imagée d'une comparaison ou d'une métaphore : « Les souvenirs du jeune âge reparaissent sous les passions comme le palimpseste sous les ratures » (Victor Hugo, *L'Homme qui rit*).

ARLETTE BOUÉ.

Palindrome. Expression ou vers qui se lit aussi bien de droite à gauche, sans changer de sens. Exemple : « Esope reste ici et se repose. »

CHRISTIAN DOUMET.

PALISSY Bernard. Céramiste et écrivain né à Agen vers 1510, mort à la Bastille, en 1589. Arpenteur-géomètre de son métier, exerçant tour à tour la « pourtraiture » et la « vitrerie », Bernard Palissy ne reçut qu'une instruction fort rudimentaire avant d'entreprendre divers voyages en Guyenne, Armagnac, Saintonge et Poitou et de séjourner dans le Béarn. Fixé à Saintes en 1539, il y chercha avec ses seules connaissances le secret des faïences italiennes qui avaient alors un immense succès. Autodidacte, nanti d'une curiosité jamais satisfaite des choses de la nature, esprit indépendant, Palissy s'attacha à la cause de la Réforme et participa en 1556 à la fondation de l'Église réformée de Saintes. Ses recherches lui valurent la misère, ses convictions dont il se fit l'apôtre, la prison, dont il ne fut tiré que par la protection du maréchal de Montmorency qui lui obtint le brevet d'« inventeur des rustiques figulines du Roy », grâce auquel Palissy put gagner La Rochelle. C'est dans cette ville qu'il publia, en 1563, la *Récepte véritable, par laquelle tous les hommes de France pourront apprendre à multiplier et à augmenter leurs thrésors.* Gagnant ensuite Paris où il séjourna de 1567 à 1572, l'émailleur du roi exécuta de nombreux travaux pour ses protecteurs à Écouen, et aux Tuileries où il décora une grotte pour la reine mère Catherine de Médicis. Sans doute à la suite de la Saint-Barthélemy, il se réfugia avec sa famille à Sedan, où il demeura de 1572 à 1576, non sans s'absenter un temps en 1575 pour donner des conférences à Paris. Il y rentra en 1576. C'est là qu'il publia, en 1580, les *Discours admirables de la nature des eaux et fontaines tant naturelles qu'artificielles, des métaux, des sels et salines, des pierres, des terres, du feu et des émaux... Plus un traité de la marne.*

Mais, lors de la Ligue, Palissy fut emprisonné comme calviniste à la Bastille ; ayant refusé d'abjurer, il y mourut dans son cachot. Humble ouvrier et grand inventeur, Bernard Palissy occupe une place tout à fait à part parmi les écrivains du XVIe siècle. Ignorant le grec et le latin, dépourvu de toute connaissance érudite, il n'eut d'autre guide que l'observation et l'expérience conduites par un intrépide et ardent désir de savoir qui lui fit aborder toutes sortes de problèmes. Vivement intéressé par l'histoire de la Terre, il fut un des premiers géologues. Son style, quelque peu archaïque et diffus mais soulevé parfois de beaux mouvements d'éloquence, est loin d'être sans charme.

♦ *« Philosophe naturel et homme d'un esprit merveilleusement prompt et aigu. »* La Croix du Maine, XVIe siècle. ♦ *« Homme rare, mais peu connu que parmy les très curieux* [...] *ayant trouvé par ses expériences et par son jugement la raison de plusieurs choses naturelles auparavant cachées... »* Charles Sorel, XVIIe siècle. ♦ *« ... aussi grand physicien que la nature seule puisse en fournir. »* Fontenelle. ♦ *« Palissy* [...] *dont j'aime extrêmement l'esprit d'observation et la netteté de style. »* Réaumur. ♦ *« Son œuvre est le fondement de la géologie. »* Cuvier. ♦ *« Il est impossible de ne pas proclamer ce pauvre ouvrier d'argile un des plus grands écrivains de la langue française. »* Lamartine.

RÉF. : C. Delange et H. Borneman, *Monographie de l'œuvre de Bernard Palissy*, Paris, 1862. — L. Audiat, *Bernard Palissy, étude sur sa vie et ses œuvres*, Paris, 1868. — Ernest Dupuy, *Bernard Palissy. L'homme, l'artiste, le savant, l'écrivain*, Paris, 1902. — Bruno Hauschmann, *Bernard Palissy, der Naturforscher und Schriftsteller als Vater der induktiven Wissenschaftsmethode des Bacon von Verulam*, Leipzig, 1903. — D. Leroux, *La Vie de Bernard Palissy*, Paris, 1927. — *Revue de l'art*, 78, 1987.

Pamphlet. Ce mot, issu du provençal « pamphilet » (désignant au XIIe siècle une comédie en vers latins), est passé, sous sa graphie actuelle, en langue anglaise pour y qualifier un ouvrage court, brochure ou opuscule. Cette brièveté seule, à l'exclusion de toute considération de contenu, a d'abord défini le pamphlet français. Vers la fin du XVIIe siècle, toutefois, le contenu prend le pas sur la longueur du texte. Le mot *pamphlet* désigne depuis un genre littéraire à visée polémique qui met en cause une politique, une idéologie, une institution ou une personnalité réputée. Souvent d'un ton acerbe, voire agressif, le pamphlet met en œuvre tous les procédés stylistiques et rhétoriques adaptés à la critique : harangue indignée, sarcasme, satire, caricature, ironie, hyperbole... Un court pamphlet est un libelle ou un factum.

Dans la littérature française, le genre est reconnu depuis le XVIIe siècle où un contemporain de Pascal parle de ses *Provinciales* comme d'un « recueil de pamphlets ». Nombre de grands écrivains s'y sont adonnés : Voltaire (*Relation de la maladie, de la confession, de la mort et de l'apparition du jésuite Berthier*, 1759 ; *Discours aux Welches,* 1764) ; Victor Hugo (*Napoléon le petit,* 1852) ; Bernanos (*Scandale de la vérité,* 1939). Le pamphlet véhicule des façons de penser variées et parfois douteuses (les pamphlets antisémites de Céline). Certains écrivains ne sont connus que comme pamphlétaires, ainsi Paul-Louis Courier (1772-1825).

ALAIN QUESNEL.

Panégyrique. À l'origine, ce mot désigne tout discours prononcé devant une assemblée (du grec *panêguris*, « assemblée générale du peuple »). D'ordinaire, il s'agit d'un discours à la gloire d'un homme, d'un pays ou d'une ville, ce qui le rattache au troisième genre de l'éloquence : le démonstratif (qui consiste à louer ou à blâmer). À l'époque classique, le genre se spécialise dans l'éloge des saints. On connaît, à ce titre, les fameux *Panégyriques* de Bossuet (de saint François d'Assise, 1653, de saint Paul, 1657, etc.). Comme le sermon, le panégyrique s'ouvre sur une citation biblique qui oriente tout le propos, divisé clairement en plusieurs points. Pour l'orateur sacré, ce discours est l'occasion de tirer des leçons exemplaires de la vie du saint, rappelant ainsi ses auditeurs à une plus grande piété et à une méditation sur la vie chrétienne en ce monde.

EMMANUEL BURY.

Pantoum (ou **pantoun**). Poème à forme fixe originaire de Malaisie, importé dans la poésie française par les romantiques (Victor Hugo, *Les Orientales*). C'est Leconte de Lisle qui, dans son goût pour l'exotisme, accorde le premier une place de choix à ce poème (dans son recueil des *Poèmes tragiques,* 1884). Le pantoum est formé de quatrains d'octosyllabes ou de décasyllabes à rimes croisées, dans lesquels les deuxième et quatrième vers de chaque strophe deviennent les premier et troisième vers de la suivante, le dernier vers du poème reprenant le vers initial. Le poème « Harmonie du soir » de Baudelaire est un pantoum sur deux rimes (*-ige* / *-oir*) dans lequel le dernier vers ne reproduit pas le premier. L'effet produit par le pantoum est celui d'une obsession lancinante.

CHRISTIAN DOUMET.

Parabole. Du grec *parabolè* : « comparaison ». C'est un court récit visant à donner une leçon de morale, sous forme symbolique. Pour les anciens rhéteurs, il s'agissait d'une simple comparaison ; une parabole est une sorte de fable, de forme anecdotique, dont on pourrait assimiler le corps au récit lui-même, l'âme au sens moral et mystique. On en trouve chez les mémorialistes tel Saint-Simon qui, au lieu de remonter toute la chaîne des causes et des effets comme un historien, arrête son analyse en cours de route : « Le Cardinal de Noailles commit la faute capitale d'imiter le chien qui mord la pierre qu'on lui jette, et qui laisse le bras qui l'a ruée » (Saint-Simon, *Mémoires* [*]). Mais le mot désigne surtout les vingt-cinq brèves histoires du *Nouveau Testament* qui se trouvent dans les *Évangiles* selon saint Luc, saint Marc et saint Matthieu.

ARLETTE BOUÉ.

Paradigme. Ensemble des unités virtuellement substituables dans le même cadre typique. Les rapports paradigmatiques (rapports « associatifs » ou « mémoriels » chez Saussure) peuvent concerner un phonème, un morphème, un syntagme ou une phrase : dans le contexte */able/,* les phonèmes f/t/c sont en relation paradigmatique (*fable, table, câble*) ; de même les morphèmes *le, ce, mon, un* dans le contexte *Je vous donne |-| livre.* Les relations paradigmatiques existent entre des termes qui ne sont pas présents dans l'énoncé (*in absentia*), au contraire des relations syntagmatiques pour lesquelles les unités coexistent *in praesentia.* Le paradigme de la grammaire traditionnelle (ensemble typique des formes fléchies dans la conjugaison ou les déclinaisons) n'est qu'une application restreinte du principe. Certains procédés induisant des effets de lecture superposés ou verticaux comme la versification (les rimes) ou la disposition typographique (*Un coup de dés* (*) de Mallarmé), voire même les isotopies, peuvent entrer dans une définition large des associations paradigmatiques.

OLIVIER POT.

Paradis artificiels (Les). Œuvre du poète Charles Baudelaire (1821-1867), publiée en 1860. Dans l'édition originale, elle comprend deux parties : « Le Poème du haschisch » et « Un mangeur d'opium » ; par contre, dans l'édition posthume des *Œuvres complètes* de l'auteur (tome IV, 1869), les éditeurs ont cru bon de joindre, en appendice, l'essai publié neuf ans plus tôt (1851) dans le « Messager de l'Assemblée » sous le titre « Du vin et du haschisch comparés comme moyens de multiplication de l'individualité ». À vrai dire, cet essai n'est qu'une ébauche du livre publié en 1860, et bien qu'il abonde en sentences originales et en observations aiguës, le dessin en demeure incertain et confus, et n'a pas cette précision qui fera le prix de son œuvre postérieure. La première partie des *Paradis artificiels* proprement dits (« Le Poème du haschisch ») se présente comme un traité mi-philosophique, mi-scientifique, sur la nature, l'usage et les effets de la drogue orientale. Ayant posé que c'est par une étrange dépravation du sens de l'infini que l'homme est amené à se rendre coupable des pires excès et notamment à rechercher dans le haschisch ou l'opium une sorte de « paradis artificiel » (« Le Goût de l'infini »), Baudelaire entreprend de faire une « monographie de l'ivresse » dispensée par la fameuse drogue. Celle-ci occupera quatre chapitres (« Qu'est-ce que le haschisch ? » ; « Le Théâtre de Séraphin » ; « L'Homme-Dieu » ; « Morale »), au cours desquels, multipliant les points de vue, il examinera systématiquement tous les aspects du problème, depuis le côté physiologique et psychique jusqu'au côté moral. L'analyse est menée avec une rigueur et un sens de l'économie admirables ; et bien que Baudelaire apporte à cette description une parfaite désinvolture, en moraliste sensible aux prestiges du mal, il démêle, avec lucidité, tout ce qu'il entre de remords et de joie, de désir et d'abandon, de démence et de pureté, dans cette ivresse qui porte en elle des lendemains pleins d'une amère désillusion. Qu'on ne s'y trompe pas : le rêve du fumeur de haschisch n'a rien de surnaturel ; l'homme qui s'y manifeste n'est que lui-même, augmenté, « le même nombre élevé à une très haute puissance ». Croyant se découvrir une âme nouvelle, le toxicomane éprouve bientôt une angoisse mal définie, comme si son corps, habitacle désormais inutile de son âme, ne pouvait plus la contenir. Mais au moment même où il découvre Dieu, il tombe, « en vertu d'une loi morale incontrôlable », plus bas que sa nature réelle : à l'avenir prisonnier de la drogue, il n'est plus qu'« une âme qui se vend en détail ». À ceux qui pensent que le poète peut tirer de cette ivresse de tels bénéfices spirituels qu'il vaut peut-être la peine de tout sacrifier pour l'atteindre, Baudelaire fait remarquer avec cette lucidité qui lui appartient en propre qu'« il est de la nature du haschisch de diminuer la volonté et qu'ainsi il accorde d'un côté ce qu'il retire de l'autre, c'est-à-dire l'imagination sans la faculté d'en profiter ». La seconde partie du volume rassemble, sous le titre d'« Un mangeur d'opium », une série d'extraits, commentés par Baudelaire, de l'œuvre de Thomas de Quincey : *Les Confessions d'un mangeur d'opium anglais.* Travail de compilation, mais aussi d'éclaircissement critique, ces pages révèlent à l'attention du lecteur toute la finesse du génie littéraire de Baudelaire. On ne sait, dans l'ensemble de cette œuvre, ce qu'il faut admirer le plus, de la justesse de l'analyse, de la rigueur avec laquelle elle est conduite ou de la limpidité du style, l'auteur s'étant manifestement donné pour critère de son art la simplicité et le naturel. On y admirera aussi la qualité d'une intelligence rare, s'appliquant à interpréter les expériences les plus diverses avec un tact et une mesure qui la rendent exemplaire.

Paradoxe. Du grec *paradoxos* : « contraire à l'opinion commune ». Il désigne une idée bizarre, surprenante, car contraire à ce que l'on pense habituellement. Son but est d'inviter à la réflexion en choquant, parfois aussi de rétablir la vérité en luttant contre les préjugés, comme le firent tant les philosophes du « siècle des Lumières ». Ainsi, dans *Le Paradoxe sur le comédien* (*), Diderot a développé un dialogue entre un personnage qui défend l'idée commune selon laquelle un acteur joue en exploitant son tempérament, et le philosophe qui affirme que le bon comédien recrée l'émotion avec la tête froide, compose sans cesse son rôle. Dans le *Discours sur les sciences et les arts,* Rousseau a également exposé une idée paradoxale ; en effet, la plupart de ses contemporains, en particulier Voltaire et les encyclopédistes, pensaient que les progrès des sciences et des arts apporteraient le bonheur ; pour lui, au contraire, ils amollissent, et n'aboutissent qu'à la décadence des mœurs. Mais, les idées évoluant, peut-être que « les paradoxes d'aujourd'hui sont les préjugés de demain » (Marcel Proust).

ARLETTE BOUÉ.

Paradoxe sur le comédien. Œuvre célèbre, demeurée longtemps inédite, de Denis Diderot (1713-1784). Rédigée vers 1773, elle fut remaniée par son auteur en 1778 et publiée en 1830. Le point de départ en fut un ouvrage intitulé : *Garrick ou les Acteurs anglais*, au sujet duquel Diderot avait présenté diverses observations dans la *Correspondance* de Grimm. Ce texte, débordant de verve, étincelant d'esprit, d'observations pénétrantes et d'idées neuves, est présenté sous forme de dialogue, le « premier interlocuteur » étant le porte-parole de Diderot. Ce dernier nous livre sa pensée, qualifiée de « paradoxale », sur l'art du comédien et, par voie de conséquence, sur celui du poète et sur les arts en général. Diderot s'inscrit en faux contre l'opinion de son temps, qui voulait qu'un bon tragédien ne puisse toucher le public que s'il est lui-même en proie aux passions qu'il exprime. Rien de plus faux, affirme Diderot : dans la vie, le spectacle d'une douleur réelle peut nous laisser indifférents, si celui chez qui elle se manifeste est dénué de la faculté d'expression du comédien. Il se produit en effet chez un grand acteur une sorte de dédoublement : l'illusion de la vérité n'est valable que pour le spectateur. L'acteur joue, et si la nature offre des moments sublimes, il faut savoir les saisir de sang-froid. C'est lorsque le comédien s'éveille en nous que nous obtenons des effets que la sincérité ne nous eût pas permis d'obtenir. D'ailleurs, jouer son propre caractère aboutit à jouer petitement et le propre du comédien consiste précisément à sortir de son caractère et à imiter tous les autres. La vie courante prouve du reste que si les caractères sont si bien rendus par les comédiens, c'est qu'eux-mêmes n'en ont aucun : faiblesse morale que Diderot impute principalement aux défauts de la société et au désordre des mœurs, à commencer par la responsabilité des auteurs dramatiques. Pour lui, le grand acteur imagine en quelque sorte un archétype (et c'est là son intelligence, son art), pour en faire un modèle, son double idéal. Aussi le comédien doit-il avoir pour qualités essentielles le jugement et la pénétration ; il peut enfin se passer de sensibilité, celle-ci risquant d'être défavorable à son jeu. Ces affirmations sont étayées par l'exemple de deux comédiennes contemporaines, Mlle Clairon, toute de lucidité, et Mlle Dumesnil, emportée par son instinct. Il s'agit donc, en somme, de développer un don naturel par l'exercice du métier et d'atteindre à la maîtrise consommée des moyens, d'acquérir une technique, qui ne peut être appliquée que par des comédiens à tête froide. Ce qui revient à répondre négativement à la question : la nature, sans le concours de l'art, peut-elle former un grand comédien ? Cette théorie prônant la lucidité d'esprit dans l'œuvre de création artistique doit être étendue, affirme Diderot, à la littérature et à tous les arts. Il va même plus loin : « L'homme sensible est trop abandonné à la merci de son diaphragme pour être un grand roi, un grand politique, un grand magistrat, un profond observateur et conséquemment un sublime imitateur de la nature... » Après maintes digressions, Diderot définit ainsi le comédien : « Un pantin merveilleux dont le poète tire la ficelle et auquel il indique à chaque ligne la véritable forme qu'il doit prendre. » La fin du *Paradoxe* reprend et résume, en les agrémentant d'anecdotes nouvelles, les thèmes déjà abordés.

Il serait vain de chercher dans ce texte le développement linéaire d'une théorie ou d'une doctrine esthétique. La pensée de Diderot, essentiellement polémique, procède par jaillissements et l'auteur semble moins se soucier d'exploiter les richesses et les voies qu'il découvre que de s'abandonner au plaisir de la discussion et des perspectives ; il ne laisse pas de bousculer ses propres appréciations, insérant des idées, ou plutôt des points de vue originaux dans le cadre d'un « sublime » conventionnel, hérité d'une rhétorique dépassée qu'il continue cependant d'accepter. On a certes reproché au *Paradoxe* ses affirmations tranchantes et par trop systématiques, une absence de nuances qui, en fait, semble voulue. Car le « mécanisme » du comédien apparaît plutôt ici comme un prétexte sur lequel l'auteur brode à plaisir, la simplicité géométrique de son postulat lui permettant d'aborder des questions plus hautes : la maîtrise de l'« inspiration », et non plus seulement de la forme, le problème de la vraisemblance artistique procédant de la réalité et s'y opposant, la valeur relative de la « sincérité » dans les rapports sociaux fondés sur l'efficacité théâtrale du « paraître », l'importance des caractères acquis, le tout associé à une sorte de confession indirecte, légitiment le jugement par l'expérience psychologique personnelle.

En homme du XVIIIe siècle, le comédien de Diderot tend vers une intelligence essentiellement visuelle : il réfléchit, c'est une conscience. Et le modèle suprême, la justification, c'est la Nature : la Nature et non plus une mythologie conventionnelle ayant divorcé d'avec la réalité appréhendée par la raison. Ce désir de représentation naturelle, commun aux individualités agissantes du siècle des Lumières, implique déjà les mythologies personnelles, les « super-moi » du romantisme et le conflit entre « réalisme » d'imitation et merveilleux sentimental : l'action ne sera plus bientôt régie principalement par des associations d'images et des règles de « composition », mais par des concepts, des idées, tandis que le lyrisme deviendra de plus en plus extérieur à la représentation pour passer dans le ton, l'éclairage et la musique, pour en arriver finalement à imprégner et déformer l'image même de la réalité. Pour rester dans le domaine de l'art dramatique et du comédien, il faut, enfin, replacer le *Paradoxe* dans ce climat du XVIIIe siècle où l'intérêt du public allait croissant pour les choses du théâtre, lui-même en transformation : tragédie et comédie vont laisser la place au drame bourgeois. Notons encore que la question qui préoccupait Diderot avait été abordée dans les deux sens différents par Riccoboni, acteur plaidant la cause de l'indifférence, dans sa *Réformation du théâtre* (1743), et, en 1747, par Rémond de Sainte-Albine, écrivain médiocre, qui défendait le point de vue de la sensibilité, cette sensibilité qui cherchait en fait un nouveau langage. Si le débat sur la définition du comédien nous apparaît aujourd'hui dépassé dans les termes où Diderot l'avait posé, le mérite de l'auteur fut de contribuer à frayer la voie à une prise de conscience analytique des éléments de l'art dramatique et de révéler, quant à l'état du comédien, une vue psychologique du problème. Ce fut là également le premier effort raisonné pour mettre en valeur la complexité particulière du fait artistique, jetant ainsi les bases d'une esthétique intellectualiste appelée à connaître un profond retentissement au cours du XIXe siècle. Nous retrouvons en effet les idées du *Paradoxe* chez les parnassiens, dans les conceptions esthétiques de Poe et de Baudelaire. On peut dire même que le texte de Diderot annonce, fût-ce confusément, par- dessus les « délires » romantiques, la quête volontaire, à la fois rigoureuse et irrationnelle, que Rimbaud formulera plus tard dans sa *Lettre du Voyant*.

Parallèle des Anciens et des Modernes. Cette approche critique des civilisations ancienne et moderne, due au chef de file des Modernes, l'écrivain Charles Perrault (1628-1703) comprend, dans l'édition originale, plus de mille deux cents pages réparties en quatre volumes d'importance équivalente et publiés entre 1688 et 1697 : « *Parallèle... en ce qui regarde les arts et les sciences* (1688),... *l'éloquence* (1690),... *la poésie* (1693) ; enfin *Parallèle... où il est traité de l'astronomie, de la géographie, de la navigation, de la guerre, de la philosophie...* (1697). » La pensée y prend la forme mondaine de cinq dialogues (deux dans le premier volume) se déroulant dans les jardins de Versailles – c'est-à-dire sous l'égide symbolique du roi – entre un magistrat, admirateur de l'Antiquité, le président, un chevalier gagné à la cause nouvelle, et un abbé, porte-voix de l'auteur et dont les propos occupent toujours, à eux seuls, plus de la moitié de la conversation.

Ces pages qui développent les idées du *Siècle de Louis le Grand* (1687) – d'ailleurs réinséré dans le premier tome – par lequel Perrault avait fait entrer ladite Querelle dans une phase chaude, et de surcroît rédigées sur une dizaine d'années de la querelle des Anciens et des Modernes, laissent entendre des échos de la polémique (cf. Lettre à Ménage et Lettre à Despréaux au tome IV). Néanmoins, elles s'efforcent de trouver une issue honorable au débat et font preuve de profondeur et de nuances (cf. la douzaine de textes anciens et modernes cités à titre comparatif en appendice du tome II). Dans cette perspective, on appréciera, par exemple, l'intitulé du tome III, *Éloquence :* il signifie en effet que, pour les Modernes, la littérature ne saurait être envisagée que dans le cadre des catégories antiques. D'une manière plus générale, on remarquera que Charles Perrault se dresse moins contre les valeurs des Anciens que contre leur dénaturation au cours des siècles, par la faute d'une volonté systématique et étroite d'imitation. De fait, reprenant la notion de progrès chère aux Modernes, il l'assied sur le raisonnement : « La liberté louable qu'on se donne aujourd'hui de raisonner sur tout ce qui est du ressort de la raison est une des choses dont il y a plus de sujet de féliciter notre siècle » (Premier Dialogue), et l'expérience : « L'orgueilleux désir de paraître savant par des citations a fait place au désir sage de l'être en effet par la connaissance immédiate des ouvrages de la nature » (Premier Dialogue). Ainsi Charles Perrault retrouve-t-il, dans sa nécessité, le rapport de l'homme à la nature, et donc l'axiomatique de l'esthétique mondaine du naturel, qui en découle. Enfin, affirmant que le dogme du péché originel a expliqué aux Modernes la vraie nature de l'homme (Quatrième Dialogue), Charles Perrault confère à ce progrès un fondement métaphysique.

F. N.-D.

Parallélisme. Figure de style qui désigne la construction identique de phrases ou paragraphes successifs. Mettant sur le même plan les groupes de mots, il crée un rythme régulier, binaire, un balancement dont l'équilibre met en valeur les idées exprimées : « Je meurs si je vous perds ; mais je meurs si j'attends » (Racine, *Andromaque* [*]). Hébreux, Arabes, Chinois, et, plus près de nous, Romains, puis auteurs classiques, ont accordé une place de choix à cette figure dans leur poésie.

ARLETTE BOUÉ.

Paraphrase. Du grec *para* : « à côté », et *phrasis* : « phrase ». Peut désigner, de façon péjorative, un développement confus et sans intérêt, en particulier un commentaire de texte qui, au lieu d'expliquer l'implicite et de mettre en évidence les effets de style, se contente de traduire le texte à l'aide de synonymes. Mais elle peut aussi s'appliquer à une traduction accompagnée d'un développement qui explique l'œuvre ; certains auteurs classiques le firent à partir des Saintes Écritures, comme Malherbe, dans la *Paraphrase du Psaume CXLV*. De récentes études structuralistes ont permis, à l'aide de la sémantique et de la stylistique, de montrer en quoi les formulations différentes d'une même idée – donc la paraphrase – caractérisent des écrivains ou commentateurs différents, donc de retrouver leur spécificité.

ARLETTE BOUÉ.

Parnasse. À l'encontre des clichés que véhicule une histoire littéraire vulgarisée, le Parnasse ne fut pas une école, et les manifestes de ceux qu'on appelle improprement les parnassiens – notamment la fameuse préface d'*Émaux et Camées* (*) de Théophile Gautier (1852) – précèdent très largement l'apparition du mot. En 1866, deux jeunes publicistes, Catulle Mendès et Louis-Xavier de Ricard, lancent chez l'éditeur Lemerre *Le Parnasse contemporain* et, avec lui, le mot Parnasse, vite appelé à connaître un succès de malentendu grâce en particulier aux parodies ou satires immédiates (le *Parnassiculet* d'Arène et Daudet, ou les « Trente-sept médaillonnets du Parnasse » de Barbey d'Aurevilly), alors même que ce premier *Parnasse* ne fut pas parnassien, et manifesta un éclectisme certain, des survivants du premier romantisme comme les frères Deschamps aux tout jeunes Verlaine et Mallarmé. Il est vrai, cependant, que les temps ont changé. À cette date, si l'on excepte l'exilé de Guernesey, les grandes voix du romantisme se sont tues : Musset est mort en 1857, Vigny en 1863 ; Lamartine est bien oublié. Seul Hugo, dans son exil, continue de prôner l'art pour le progrès (*Les Misérables* en 1862, *William Shakespeare* en 1863). Mais, si la voix du grand présent-absent reste la voix majeure, elle ne fait plus guère d'émules. *Le Parnasse contemporain* marque en effet les débuts d'une génération nouvelle, celle de 1840, qui a grandi sous l'Empire et n'a pas connu, comme la précédente, les enthousiasmes et les désillusions de la Révolution de 1848 et du coup d'État. Les maîtres de cette génération désenchantée et largement « dépolitiquée », dont l'idéalisme désaffecté ne trouve plus de support que dans l'art, sont Leconte de Lisle, Théophile Gautier et Théodore de Banville. Ces maîtres-là, on ne les appelle pas encore les parnassiens, mais les impassibles, les fantaisistes, ou les tenants de l'art pour l'art ; par-delà leur diversité, ils ont en commun le refus d'un romantisme grandiloquent, sentimental (Musset) ou humanitaire (Hugo), le culte exclusif de l'art et de la beauté, le respect de la langue et de la versification traditionnelle. Au modèle du prêtre ou du prophète, naturellement inspiré, ils opposent celui de l'artiste artisan, ou celui du savant ; à une société honnie, ces « païens mystiques » opposent une antiquité rêvée comme le sanctuaire de la Beauté. C'est que l'art devient, aux yeux de poètes marginalisés par une société bourgeoise gouvernée par la loi du profit, la valeur suprême au moment même où il se trouve socialement dévalorisé. À ces maîtres anciens s'ajoute aussi un maître plus récent, l'auteur des *Fleurs du mal* (*). Ce Baudelaire-là, disciple de Gautier, fait figure d'artiste un peu marginal sans doute, mais d'artiste avant tout. Après Gautier et après Poe, il se fait le champion de l'autonomie de l'art et de la primauté de la forme, comme cet autre parnassien malgré lui, maître de la prose d'art, le Flaubert de *Salammbô* (*).

C'est en effet le culte de l'art qui fait la seule véritable unité de la génération nouvelle, de ceux qui ont eu vingt ans autour de 1860 et qui s'appellent Catulle Mendès, François Coppée, Léon Dierx, Albert Glatigny, Henri Cazalis, José Maria de Heredia, Armand Sully Prudhomme, Stéphane Mallarmé, Paul Verlaine ou Auguste Villiers de l'Isle-Adam. Les uns regardent vers Leconte de Lisle (Dierx, Cazalis, Heredia), d'autres oscillent entre la fantaisie banvillienne et l'impassibilité (Glatigny) ou cherchent leur voie entre Baudelaire et Gautier (Mallarmé, Verlaine).

Au cours des années 1870 et au-delà, avec la publication du deuxième (1871), puis du troisième (1876) *Parnasse contemporain,* où l'éclectisme originel le cède à une relative unité, et à une grande médiocrité, l'épithète parnassienne devient peu à peu une appellation commode pour rassembler ceux qui, de Gautier et Leconte de Lisle à leurs jeunes émules, sacrifient au culte de l'art sous le signe de la tradition, jusqu'au chef-d'œuvre parnassien que constitueront en 1893 *Les Trophées* (*) de Heredia, sorte de *Légende des siècles* (*) revue par un disciple de Leconte de Lisle et réduite aux dimensions d'émaux ou de camées. De ces poètes qui feront la pâture des manuels scolaires de la première moitié du XXe siècle – et d'où sortira le premier prix Nobel de littérature (Sully Prudhomme en 1901) –, il ne reste à peu près rien, et même les œuvres poétiques de Gautier, Leconte de Lisle ou Banville sont aujourd'hui bien délaissées, car la véritable poésie s'est faite ailleurs, ou dans les marges. Il reste que Baudelaire, Mallarmé, Verlaine ou Rimbaud sont jusqu'à un certain point des parnassiens qui ont réussi.

BERTRAND MARCHAL.

Parnasse satyrique (Le). Recueil publié en 1622, dont la plupart des poèmes ont été attribués, souvent abusivement, au poète Théophile de Viau (1590-1626). D'un ton le plus souvent injurieux et frondeur, ce recueil poétique parut clandestinement après avoir été répandu sous forme manuscrite dans les divers milieux de l'époque ; il attira bientôt persécutions et procès à ses auteurs, bien que plusieurs d'entre eux se soient efforcés de garder l'anonymat. Le caractère le plus frappant de l'ouvrage est celui d'une joyeuse bouffonnerie : des épigrammes licencieuses dépeignent, sous couvert de morale, la vie de la société, raillant les parvenus et la noblesse dissipée. On peut attribuer avec certitude à Théophile de Viau certaines « priapées » et autres pièces indécentes sur les mœurs de l'époque, satires légères et pétillantes où les amours illicites et les passions ruineuses sont observées par un peintre de genre. La scène représentant la courtisane entourée de jeunes nobles inexpérimentés, qui ruinent leurs familles pour posséder cette femme à la mode, est demeurée célèbre. Les noms des autres collaborateurs apparaissent dans quelques poèmes isolés : « Rencontre » de Colletet, « Hiver » de Boisrobert ; mais, comme entendit le démontrer Théophile, niant avoir participé au recueil, les poèmes de ceux-ci et d'autres auteurs contemporains ne devaient servir qu'à donner du « sérieux » à une œuvre si effrontément lascive et provocante. Les audaces de ce recueil, inouïes pour l'époque, ne contribuèrent pas peu à son succès auprès d'un important public ; les nombreuses éditions parues au cours du XVIIe siècle aidèrent en outre à jeter sur l'œuvre de Théophile l'ombre d'un constant libertinage, dissimulant ainsi sa personnalité de vrai poète. Mais *Le Parnasse satyrique* manqua nuire encore davantage à Théophile : exilé dès 1619 comme huguenot et libertin, il avait abjuré en 1622, lorsque la publication du recueil lui valut d'être dénoncé par le père Garasse comme athée. Sous la menace d'être brûlé vif, il fut emprisonné de 1623 à 1625, avant d'être banni de Paris. Il mourut quelques mois plus tard des suites de son incarcération.

PARNY Évariste Désiré de Forges, vicomte de. Poète né à Saint-Paul (île Bourbon, aujourd'hui la Réunion) le 6 février 1753, mort à Paris le 5 décembre 1814. Issu d'une des plus riches familles de la colonie, il fut de bonne heure envoyé en France pour y faire son éducation (1765). Placé tout d'abord au collège de Rennes, il se signala par son goût des lettres autant que par sa dévotion. Après un passage au séminaire, et pour complaire à ses parents, il choisit la carrière des armes. Il vint donc à Paris pour y suivre les cours de l'École militaire (1772). Après avoir fait ses études, il obtint un grade dans la cavalerie (1776). Ayant toujours eu du goût pour la poésie fugitive, il fit paraître dans *L'Almanach des Muses* (1777) plusieurs pièces de vers où déjà il montrait quelque maîtrise. Lors d'un retour dans son île natale (1773), il avait fait la rencontre de Mlle Troussaille, jeune créole d'une grande beauté. Parny, qui devait la célébrer sous le nom d'Éléonore, la tint toujours pour le seul amour de sa vie. De retour à Paris en 1778, il fit paraître son premier recueil de vers, qui demeure son chef-d'œuvre : les *Poésies érotiques*. D'une inspiration ténue, ces poésies sont plus le fruit d'un travail accompli avec amour qu'une œuvre spontanée écrite dans le feu de la passion. Mais l'auteur connaissait bien les classiques ; et avec une grâce et une pénétration d'esprit qui annoncent déjà la nouvelle poésie, surtout celle de Lamartine, il a su admirablement décrire un moment fugitif et cependant sincère de son âme. Devenu, un peu plus tard, capitaine de dragons, Parny se contenta de vivre en épicurien, sans publier la moindre page qui fût propre à asseoir sa réputation.

Mais, ayant fini par avoir le mal du pays, il voulut aller rejoindre Éléonore dont il se trouvait séparé depuis tant d'années. En 1785, il obtint donc d'accompagner comme aide de camp M. de Souillac, qui venait d'être nommé gouverneur de l'île Bourbon. Sitôt débarqué, il fut cruellement déçu en apprenant que la jeune femme avait été, par son père, mariée à quelque médecin. Se sentant alors incapable de demeurer là-bas, il résolut de repartir pour la France sans esprit de retour (1786). Il y publia un recueil de poèmes adaptés librement de chants malgaches, les *Chansons madécasses* (1787), et trois d'entre eux furent plus tard mis en musique par Ravel. Ayant acheté un beau domaine à Feuillancourt (entre Marly et Saint-Germain), il se consacra tout entier à la poésie. Il n'allait pas jouir longtemps de sa thébaïde : par suite de la Révolution de 1789, il perdit, en effet, ses cinquante mille livres de rente. Devenu presque indigent, il s'abstint, pourtant, de récriminer contre le nouvel état de choses. Davantage : il y applaudit, croyant qu'il allait en sortir un monde meilleur. Après avoir vécu des débris de sa fortune, il dut chercher un emploi : l'ayant trouvé dans les bureaux du ministère de l'Intérieur, il le quitta au bout d'un an pour tenter de vivre de sa plume. Sous le Directoire, il écrivit un grand poème satirique en dix chants où il attaquait hardiment le christianisme : *La Guerre des dieux anciens et modernes* (1799). Trois ans plus tard, il épousa une veuve nommée Marie-Françoise Velly. Peu après, il devint membre de l'Institut (1803). Pendant les dix années suivantes, il composa plusieurs œuvres de longue haleine qui n'ajoutèrent rien à sa réputation. Citons : *Le Portefeuille volé* (1805), *Voyage de Céline* (1806) et un poème en douze chants intitulé *Les Rose-Croix* (1808). Atteint d'une cruelle maladie (1810), Parny dut cesser d'écrire pour demeurer jusqu'à la fin cloué sur son lit. Ses *Œuvres complètes* furent publiées à Paris en 1808 (cinq volumes in-18), en 1824 (deux volumes in-8) et en 1831 (quatre volumes in-18). De tous les poètes élégiaques que compte la France au XVIIIe siècle, Parny demeure le plus grand. Fait pour chanter le désir et la volupté, il montre dans ses moindres vers un sentiment profond de l'harmonie.

RÉF. : M.-J. Chénier, *Tableau historique de l'état et des progrès de la littérature française depuis 1789*, Paris, 1815. — H. Potez, *L'Élégie en France avant le romantisme*, Paris, 1897. — D. Mornet, *Le Romantisme en France au XVIIIe siècle*, Paris, 1912. — J.-M. Bernard, *Petits Sentiers de la poésie française*, Paris, 1923. — R. Barquissau, *Les Poètes créoles du XVIIIe siècle*, Paris, 1949. — S. Mettinger, « *Les Chansons madécasses* de Parny », *Cahiers CRLH-CIRADI*, no 5, 1988.

Parodie. Genre littéraire reposant sur l'imitation ironique, grotesque ou caricaturale d'une œuvre illustre. Rimbaud a parodié des poèmes de François Coppée dans l'*Album zutique*.

ALAIN QUESNEL.

Paronomase. Du grec *paronomasia* : « formation d'un mot tiré d'un autre avec un léger changement ». Figure de style qui rapproche deux paronymes, c'est-à-dire deux mots dont les sonorités sont voisines, mais les sens différents. Elle entraîne une confusion, perturbant la compréhension, et peut créer des quiproquos, aussi la rencontre-t-on dans des comédies ou récits comiques : « Troubler le service divin — mais le service du vin » (Rabelais, *Gargantua* [*]). En outre, cet effet d'écho permet de bien la retenir, ce qui explique sa présence fréquente dans les slogans publicitaires, les proverbes, et la poésie : « Je la surnommai Rosemonde / Pour quêter la Rose du Monde » (Apollinaire, *Alcools* [*], « Rosemonde »).

ARLETTE BOUÉ.

Partimen. Genre qui appartient à la littérature d'oc. C'est un poème dialogué où le meneur de jeu offre à son interlocuteur le choix entre deux positions : lui-même défendra le parti inverse. Un arbitre doit juger du débat et donner la conclusion. Le *partimen* fut introduit en France du Nord sous le nom de *jeu-parti*.

MICHEL ROUSSE.

PASCAL Blaise. Témoin unique d'un moment unique, en ce grand âge de la Renaissance française que fut la première moitié du XVIIe siècle, savant, homme et chrétien parfait, écrivain et penseur que nul ne surpasse, que bien peu égalent, homme qui parle au cœur de chaque homme, l'auteur des *Pensées* (*), Blaise Pascal, issu de deux vieilles familles de cette terre arverne qui est, depuis deux mille ans, le cœur de la France, naquit à Clermont en Auvergne le 19 juin 1623 et mourut à Paris le 19 août 1662. Entre un et deux ans, nous conte sa nièce Marguerite Périer, il lui arriva une chose très extraordinaire. Il tomba dans une espèce de langueur accompagnée de deux circonstances étranges : il ne pouvait souffrir la vue de l'eau, non plus que celle de son père et de sa mère proches l'un de l'autre. Pour conjurer le sort que lui avait jeté une femme à qui la pieuse Mme Pascal faisait la charité, sort qui allait à la mort, il fallut le transférer sur un chat noir qui mourut, et appliquer à l'enfant un cataplasme de neuf feuilles de trois herbes cueillies avant le lever du soleil par un enfant de moins de sept ans. Ainsi entra dans la vie, sous les maléfices d'une sorcière, à l'ombre d'une cathédrale, l'homme qui, en dépit de la légende, allia toujours à la fougue le plus bel équilibre, et qui devait proscrire la superstition avec l'incrédulité comme deux vices naturels et pareillement pernicieux.

Il perdit sa mère, Antoinette Begon, en 1626, et fut élevé par son père, Étienne Pascal, président à la cour des aides de Clermont, avec ses deux sœurs, Gilberte, née en 1620, et Jacqueline, née en 1625. Dès qu'il fut en âge qu'on lui pût parler, nous dit sa sœur Gilberte Périer, il donna des marques d'un esprit tout extraordinaire. C'est pourquoi son père résolut, en 1631, de résigner ses fonctions et de s'établir à Paris, pour s'y consacrer tout entier à l'éducation de ce fils qui manifestait un étonnant génie, et qu'il entreprit de former en tenant toujours son esprit au-dessus de son ouvrage, afin de lui faire découvrir le sens, l'ordre et la raison de toutes choses. À pareille école, les dons de Blaise Pascal ne tardèrent pas à porter leurs fruits, devançant même l'heure normale de leur éclosion. Curieux de savoir par l'expérience les causes de tous les effets qu'il observait, et ne pouvant se résoudre qu'à ce qui lui paraissait évidemment vrai, il composa à onze ans un traité des sons ; ayant appris sans maître ou plutôt inventant en quelque sorte la géométrie, alors que son père n'entendait le perfectionner d'abord que dans les règles de la grammaire, le latin et le grec, à douze ans il retrouve par lui-même la trente-deuxième proposition du premier livre d'Euclide ; à seize ans, il écrit un *Essai sur les coniques*, où, selon le mot de Mersenne, il « passait sur le ventre à tous ceux qui avaient traité du sujet », et, par une application géniale de la géométrie projective inaugurée par Desargues, traçait cet « hexagramme mystique » d'où peuvent être tirées toutes les propriétés des coniques ; pour soulager dans ses calculs de collation et de répartition des taxes son père, qui venait d'être envoyé à Rouen sur ordre du cardinal de Richelieu en qualité de commissaire délégué du roi (1639), il imagine à dix-neuf ans sa machine arithmétique dont la réalisation lui coûta plusieurs années de travail, et qui inspira tous les imitateurs venus après lui, combinant les « lumières de la géométrie, de la physique et de la mécanique » par la « légitime et nécessaire alliance de la théorie avec l'art » ; comme il fit pour la presse hydraulique et pour maintes inventions (à l'exception de la brouette et du haquet, dont une légende sans aucun fondement lui a autrefois attribué la paternité !).

L'année 1646 marque dans la vie de Pascal une date décisive, celle de la « première conversion » et de la première expérience sur le vide, qui décidèrent de sa vocation scientifique et de sa vocation religieuse. Au début de cette année-là, Étienne Pascal, qui s'était démis la cuisse en tombant sur la glace, fut visité par deux gentilshommes « rouvillistes », La Bouteillerie et Deslandes, qui avaient été convertis par le curé de Rouville, Guillebert. Ils lui remirent des ouvrages de Saint-Cyran, qui était depuis 1636 directeur de Port-Royal, et ne tardèrent pas à gagner son fils Blaise, qu'il avait élevé dans un juste respect de la foi et des limites de la raison humaine, et qui, commençant à « goûter Dieu », le fit goûter à Jacqueline, puis à son père et à toute la famille, en leur faisant ressentir leur incapacité à connaître où est le vrai bien et à l'embrasser d'un seul accord. Bientôt après (février 1647), dans son zèle religieux, Pascal, moins préoccupé, comme les commençants, de se réformer que de réformer les autres, dénonce à l'archevêque de Rouen douze propositions téméraires de l'ancien capucin Jacques Forton, sieur de Saint-Ange, sur l'« alliance de la foi et du raisonnement » et en obtient la rétractation.

En octobre de cette même année 1646, le Montluçonnais Pierre Petit, intendant aux fortifications, de passage à Rouen, avait fait connaître aux Pascal l'expérience de Torricelli sur le vide. Blaise la reproduit, il établit le fait, il le défend contre le père Noël, il en détermine la cause, qui est la pression de l'air, par le premier emploi raisonné de la méthode de différence (l'expérience du vide dans le vide) et de la méthode des variations (la grande expérience du Puy-de-Dôme, tracée le 15 novembre 1647 dans la *Lettre de Pascal à son beau-frère Périer*, réalisée par Périer le 19 septembre 1648) ; enfin il en généralise les résultats, en formulant le principe de l'hydrostatique, et il en tire les conclusions, physiques et philosophiques, dans des traités définitifs où il dégage les notions fondamentales de l'équilibre, de l'universelle relativité physique, de la valeur des hypothèses, du progrès et de l'autorité en science : *Expériences nouvelles touchant le vide* (publiées en octobre 1647), *Récits de la grande expérience de l'équilibre des liqueurs* (octobre 1648), fragment de la Préface pour le *Traité du vide*, que suivront les deux *Traités de l'équilibre des liqueurs et de la pesanteur de la masse de l'air*, et que devait compléter un *Traité de mécanique* aujourd'hui perdu.

Cependant, dès l'été 1647, Pascal, dont la santé avait été gravement altérée par ses travaux, était revenu avec Jacqueline se fixer à Paris. Il y vit Descartes les 23 et 24 septembre, la première fois en présence de Roberval, que son père fréquentait avec les plus célèbres mathématiciens du temps. En même temps que ses ouvrages de physique, il travaille à un *Traité des coniques* (en latin) dont nous ne connaissons que la première partie (la *Génération des coniques*) et des notes prises par Leibniz, et entre en relation avec les messieurs de Port-Royal, Singlin et Antoine de Rebours. Puis après un séjour d'une année à Clermont, où il travaille à sa machine dont il avait établi un modèle dès 1645 et pour laquelle il avait obtenu le 22 mai 1649 un privilège, confirmation du soutien déjà accordé par le chancelier Séguier, il revient avec son père et Jacqueline se fixer définitivement à Paris en novembre 1650. Le 24 septembre 1651, Étienne meurt. Pascal écrit aux Périer une admirable *Lettre sur la mort de leur père*. Il demande à Jacqueline de demeurer avec lui au moins une année pour lui aider « à se résoudre dans le malheur ». Cependant Jacqueline, une fois les partages signés, partit pour Port-Royal, le 4 janvier 1652, sans avoir revu son frère, parce qu'elle craignait que « sa vue lui donnât au cœur ». Lui, qui ne pouvait se résigner à être séparé de sa sœur, s'efforça de retarder le plus possible le moment de sa prise d'habit. Jacqueline lui écrivit alors, le 7 mai 1652, pour le supplier d'y consentir et de ne pas lui ôter ce qu'il était incapable de lui donner. Il se rendit enfin à son désir ; il assista le 26 mai à sa vêture, et consentit même, bien que le règlement de la succession d'Étienne ne fût pas achevé, à lui constituer une dot.

Ce fut pour Pascal le commencement de la « période mondaine ». Il est alors dans un grand éloignement de Dieu : « Qu'il y a loin de la connaissance de Dieu à l'aimer ! » Il noue des relations d'amitié avec le duc de Roannez (qu'il n'avait rencontré jusque-là que très épisodiquement). Dans l'entourage du duc, Pascal fait la connaissance du chevalier de Méré, esprit fin, frotté de libertinage et théoricien de l'honnêteté, ainsi que de Damien Mitton, riche bourgeois, joueur notoire à la réputation de bel esprit, dont la personnalité et le comportement semblent avoir impressionné tout particulièrement le futur auteur des *Pensées*. C'est à cette époque (1652-53) que les biographes de Pascal se sont plu à situer un voyage en Poitou du jeune savant avec ses nouveaux amis, pendant lequel Méré se vante d'avoir ouvert Pascal aux réalités autres que scientifiques ; en fait — comme l'a montré J. Mesnard — ce voyage ne s'est vraisemblablement jamais produit. C'est aussi en pensant à cette période de la vie de Pascal qu'on lui a longtemps attribué — à tort — le *Discours sur les passions de l'amour*. Pascal, en même temps, s'applique à l'analyse mathématique ; il trace un programme de ses découvertes et de ses travaux dans une *Adresse à l'académie parisienne de mathématiques* (1654) ; de juillet à octobre 1654 il échange avec Fermat de Toulouse une correspondance sur le problème « des partis », ou la répartition des enjeux d'une partie interrompue, problème que lui avait proposé Méré, et à partir duquel il jette les bases du calcul des probabilités, qui « soumet le hasard à ses lois » et ouvre à l'esprit humain une voie entièrement nouvelle, d'une fécondité indéfinie ; parallèlement il écrit son *Traité du triangle arithmétique* et les traités connexes, que compléteront en 1658 ses travaux sur la roulette ou cycloïde (*Traités relatifs à la cycloïde*) formulant le principe de l'analyse infinitésimale, et qui, par « la liaison toujours admirable que la nature, éprise d'unité, établit entre les choses les plus éloignées en apparence », lui permettent d'en tracer les applications à la nature entière : c'est là que Leibniz « puisera la lumière » pour en tirer les algorithmes du calcul de l'infini. De toutes ces réflexions scientifiques, Pascal tirera la matière de nombreux développements des *Pensées*, parmi les plus originaux : le grand fragment « infini rien » connu sous le titre du « pari » ; les deux infinis de grandeur et de petitesse ; la discontinuité des ordres (le corps, les esprits, la charité).

Mais rien d'humain ne pouvait satisfaire cette âme éprise d'infini. Il éprouve, avec un grand mépris et dégoût du monde, le vide de son cœur, les angoisses et les bienfaits de la souffrance, et ce besoin de Dieu dont témoigne son écrit sur *La Conversion du pécheur*. Dans son impatience d'être tout à Dieu, jointe à tant d'humilité, de soumission et de modération même en une âme aussi bouillante, il est visible que Dieu le cherche et que lui Le cherche en gémissant. Il confie à Jacqueline le grand abandon où il se trouve, détaché des folies du monde mais incapable encore de s'attacher à Dieu, par un reste d'indépendance qui faisait arme de tout pour éviter un assujettissement qui ne pouvait être que parfait dans la disposition où il était. Enfin Dieu se soumit cette âme qui Le cherchait d'une telle ardeur. Il répondit à son appel, Il lui envoya le feu qui éclaira son esprit, embrasa son âme et lui donna, dans un indicible sentiment de la présence divine, la certitude et la joie. Et ce fut la nuit du 23 novembre 1654, consignée dans le *Mémorial* qu'il portait cousu dans la doublure de son habit et qu'on y découvrit après sa mort. « FEU. Dieu d'Abraham, Dieu d'Isaac, Dieu de Jacob, non des philosophes et des savants. Certitude. Certitude. Sentiment, joie, paix. Dieu de Jésus-Christ [...] Oubli du monde et de tout, hormis Dieu [...] Grandeur de l'âme humaine [...] Joie, joie, joie, pleurs de joie [...] Jésus-Christ, Jésus-Christ. Je l'ai fui, renoncé, crucifié. Que je n'en sois jamais séparé. Il ne se conserve que par les voies enseignées dans l'Évangile. Renonciation totale et douce. »

En janvier 1655, Pascal fait retraite à Port-Royal-des-Champs, où Singlin le pourvut d'un directeur plein de feu et de lumière, Le Maistre de Sacy. Géomètre et homme toujours, ainsi que l'atteste l'*Entretien avec M. de Sacy sur Épictète et Montaigne* où se trouve exposée l'idée maîtresse de son « Apologie » — misère de l'homme sans Dieu, grandeur de l'homme avec Dieu. Les importants fragments sur l'*Esprit géométrique* et sur l'*Art de persuader* paraissent dater de cette même époque, où l'on peut voir l'écho des conversations avec Arnauld sur la géométrie et la mise au point d'une méthode pour l'enseigner dans les Petites Écoles de Port-Royal. Pascal est maintenant chrétien parfait. Il met chaque chose à son rang et donne tout à Dieu. C'est à cette date qu'il écrivit *Le Mystère de Jésus* : « Console-toi, tu ne me chercherais pas si tu ne m'avais déjà trouvé. Je pensais à toi dans mon agonie, j'ai versé telle goutte de sang pour toi [...] Seigneur, je vous donne tout. »

Cependant, un événement imprévu vient pour un temps le détourner de son dessein et l'engage à fond dans la lutte qui met aux prises Arnauld et la Sorbonne, les jansénistes et les jésuites, à propos de la condamnation à Rome de cinq propositions extraites de l'*Augustinus*, condamnation que les jansénistes acceptaient en « droit » mais non en « fait », niant qu'elles fussent dans Jansénius. Du 23 janvier 1656 au 24 mars 1657, il publie en faveur de Port-Royal dix-huit *Lettres écrites à un provincial par un de ses amis sur le sujet des disputes présentes de la Sorbonne*. Ces lettres eurent un immense retentissement. Puis, sur le point d'être condamné à Rome par la Congrégation de l'Index (le 6 septembre 1657), Pascal s'arrête en pleine lutte, en plein triomphe.

Entre-temps, le 24 mars 1656, sa nièce Marguerite Périer avait été guérie d'une fistule lacrymale à la suite de l'attouchement d'une épine de la couronne de Jésus. Pascal en fut pénétré d'une grande joie et y vit une marque de la mission à laquelle Dieu le destinait. Il prend comme devise « Scio cui credidi », au milieu d'une couronne d'épines. Il écrit ses étonnantes *Lettres à Mlle de Roannez* et la détache du monde pour la faire s'attacher et s'unir à Dieu, dans la crainte et la joie qu'emporte le sentiment du mystère que couvrent toutes choses : mystère du Dieu caché. Enfin, après avoir été ramené accidentellement à la géométrie, en 1658, par un mal de dents qu'il calma en trouvant la solution de la roulette, et par l'obligation que lui fit M. de Roannez de mettre au concours le problème, qu'il fut seul capable de résoudre en son entier, pour prouver qu'il n'avait rien perdu de la force de son esprit en le soumettant à Dieu, et après avoir écrit coup sur coup, de juin 1658 à janvier 1659, ses trois *Lettres circulaires relatives à la cycloïde,* son *Histoire de la roulette*, sa *Lettre de A. Dettonville à M. de Carcavy*, suivie de *Traités de géométrie,* sa *Lettre à Huygens sur la dimension des lignes courbes*, il abandonne la géométrie, que, dans une lettre écrite à Bienassis à Fermat le 10 août 1660, il déclare « bonne pour faire l'essai, mais non pas l'emploi de notre force ». Désormais, Pascal ne connaît plus d'autre science que la perfection.

Dès septembre 1656, et plus résolument à partir de 1657, tandis qu'il achevait d'écrire *Les Provinciales*, après avoir rédigé ses *Écrits sur la Grâce*, il avait commencé de travailler au grand ouvrage sur *La Vérité de la religion chrétienne*, dont il avait conçu l'idée en sa trentième année, et qui était destiné à convaincre les libertins et à ramener les chrétiens à la pratique de l'Évangile. Il lit alors énormément, et, comme sa prodigieuse mémoire commence à lui faire défaut, il prend l'habitude de noter ses pensées généralement sur de grandes feuilles qu'il découpait ensuite pour classer par ordre les différents fragments en diverses liasses. À l'automne de 1658 il expose à quelques amis le dessein, l'ordre et la place de son grand ouvrage, que le classement de la copie (du moins pour les vingt-sept premières liasses) nous permet de reconstituer dans ses grandes lignes. Tombé peu après dans un « état d'anéantissement » qui lui interdit tout travail suivi, il écrit la sublime *Prière pour demander à Dieu le bon usage des maladies*. Puis, après un séjour en Auvergne au château de Bienassis (mai-septembre 1660), il revient à Paris, prononce ses *Trois discours sur la condition des grands*, que rédigera et publiera Nicole, et imagine pour le service des pauvres l'entreprise des carrosses à cinq sols, pour laquelle il obtiendra en janvier 1662 des lettres patentes du roi. Un moment sa nature impérieuse se révolte et paraît tout près de résister au pape, dans l'affaire de la signature du formulaire (juin 1661), à laquelle il s'opposa tout d'abord, contre le gré de ses amis de Port-Royal. Puis, après la mort de Jacqueline (4 octobre), il s'apaise, il se retire de toutes les disputes qui divisent les fidèles et risquent de les séparer de l'Église et du chef de l'Église qui est le pape, ainsi qu'il l'avait écrit à Mlle de Roannez et déclaré dans la dix-septième *Provinciale*, et qu'il en fit la confession, six semaines avant sa mort, au curé de Saint- Étienne-du-Mont, Beurrier. Désormais, il ne veut plus vivre que dans la pauvreté et la charité, la souffrance, la mortification et le silence, faisant toutes choses dans la pure vue de Dieu, le Souverain Maître, afin de mériter, comme il le dit dans son *Abrégé de la vie de Jésus-Christ*, le « royaume où Dieu sera tout en tous ». Ainsi Dieu, au témoignage de Beurrier, le voulut par là « disposer à la précieuse mort des saints ». Le 17 août 1662, il reçoit du curé de Saint-Étienne le viatique et meurt le samedi 19, avec la simplicité d'un enfant. Ses dernières paroles furent : « Que Dieu ne m'abandonne jamais ! »

Ainsi s'achevait, à l'âge de trente-neuf ans et deux mois, la vie de cet homme dont on peut dire, avec Bergson, que nos sondes sont trop courtes pour en mesurer la pensée, et qu'il a inauguré, avec Descartes, une des deux formes de pensée entre lesquelles se partage l'esprit moderne, et, sans doute la plus profonde, parce que la plus proche du cœur de l'homme. Comme Descartes, Pascal fonda toutes choses sur Dieu ; mais à Dieu il demande moins la certitude de la science et la puissance sur la nature que la vérité, la joie et la paix, que seul peut nous donner Jésus-Christ, le véritable Dieu des hommes, en qui est toute notre vertu et notre félicité : celui qui L'aime, celui qu'Il aime, ainsi qu'il écrit dans ses *Pensées*.

JACQUES CHEVALIER.
actualisation de LAURENT THIROUIN.

XVIIe-XVIIIe siècle. ♦ *« Tout son plaisir était dans la raison, dans l'ordre, dans la justice. »* Gilberte Périer. ♦ *« Il y a longtemps que j'ai envie de combattre ce géant, ce vainqueur de tant d'esprits... Misanthrope sublime... Pascal a été géomètre et éloquent : la réunion de ces deux mérites était alors bien rare ; mais il n'y joignait pas la vraie philosophie. »* Voltaire, 1733, 1777.

XIXe siècle. ♦ *« Il y avait un homme qui, à douze ans, avec des barres et des ronds, avait créé les mathématiques ; qui, à seize ans, avait fait le plus savant traité des coniques qu'on eût vu depuis l'Antiquité ; qui, à dix-neuf ans, réduisit en machine une science qui existe tout entière dans l'entendement ; qui, à vingt-trois ans, démontra les phénomènes de la pesanteur de l'air, et détruisit une des grandes erreurs de l'ancienne physique ; qui, à cet âge où les autres hommes commencent à peine à naître, ayant achevé de parcourir le cercle des sciences humaines, s'aperçut de leur néant et tourna ses pensées vers la religion ; qui, depuis ce moment jusqu'à sa mort, arrivée dans sa trente-neuvième année, toujours infirme et souffrant, fixa la langue que parlèrent Bossuet et Racine, donna le modèle de la plus parfaite plaisanterie comme du raisonnement le plus fort ; enfin qui, dans les courts intervalles de ses maux, résolut par distraction un des plus hauts problèmes de la géométrie, et jeta sur le papier des pensées qui tiennent autant du Dieu que de l'homme. Cet effrayant génie se nommait Blaise Pascal. »* Chateaubriand, 1802. ♦ *« Sa langue n'est qu'une logique désespérée, un radicalisme d'anéantissement de l'homme devant sa destinée ; il ne raisonne même plus, il s'abdique. C'est le grand suicide de la métaphysique, qui s'anéantit dans la foi. »* A. de Lamartine. ♦ *« S'ouvrir à cette flamme, à cet amour, à tout ce qu'il y a de tendre et de généreux en lui. »* Sainte-Beuve. ♦ *« Cet auteur était si bien en même temps un homme que personne ne peut le lire sans se trouver par quelque endroit en conformité de pensée ou de sentiment avec lui. »* E. Droz, 1886. ♦ *« Pascal est devenu comme un auteur de notre temps. »* Renouvier, 1897.

XXe siècle. ♦ *« Pascal a introduit en philosophie une certaine manière de penser qui n'est pas la pure raison, puisqu'elle corrige par l'esprit de finesse ce que le raisonnement a de géométrique, et qui n'est pas non plus la contemplation mystique, puisqu'elle aboutit à des résultats susceptibles d'être contrôlés et vérifiés par tout le monde. »* H . Bergson, 1905. ♦ *« Une des plus fortes intelligences qui aient paru... Ayant changé sa neuve lampe contre une vieille, il se perd à coudre des papiers dans ses poches quand c'est l'heure de donner à la France la gloire du calcul de l'infini. »* Paul Valéry, 1919. ♦ *« Il possédait le sens scientifique, le sens de l'ironie et du scepticisme, en même temps que son opposé, le sens tragique de l'Espagnol, la faim de l'éternité ; et de là naquit cette lutte terrible qui se livra en son âme. Nous autres Espagnols, nous comprenons parfaitement, et mieux sans doute que les Français, le mot de Pascal : "Il faut s'abêtir." »* Miguel de Unamuno, 1923. ♦ *« ... Comment s'est constitué ce point de perfection, cet équilibre inouï, cette dangereuse réalité ? Quel phénomène, quel miracle ! Pascal est-il donc une pierre noire tombée du ciel ? »* Maurice Barrès, 1923. ♦ *« Pascal, la première réalisation exemplaire de l'homme moderne. »* L. Goldmann, 1956. — *« De toute la personne de Pascal devait se dégager une sorte de séduction impérieuse. Il attirait en s'imposant. On sait quel ascendant il prit sur le duc de Roannez, comment ce grand seigneur se fit son humble disciple et lui garda toute sa vie une émouvante fidélité. On sait aussi par de multiples témoignages combien ses paroles restaient gravées dans la mémoire de ses auditeurs. Ayant si fortement remué ses contemporains, il ne pouvait qu'exercer un puissant attrait sur la postérité. »* J. Mesnard, 1967.

RÉF. : *La Vie de monsieur Pascal*, écrite par Mme Périer, sa sœur ; *Mémoire sur la vie de M. Pascal*, écrite par Mlle Marguerite Périer, sa nièce ; *Mémoires du père Beurrier* ; Préface de l'édition des *Pensées* dite de Port-Royal, 1670. — *Discours sur les « Pensées » de Pascal* de Filleau de la Chaise, 1672. — Documents reproduits, avec d'autres, par Louis Lafuma, *Blaise Pascal, Pensées*, t. II, 1951 (voir aussi ses *Recherches pascaliennes*, 1949, et ses *Controverses pascaliennes*, 1952). — Sainte-Beuve, *Port-Royal*, 1840-1848. — Édition des *Œuvres de Pascal* dans la collection des Grands Écrivains de la France, par L. Brunschvicg, P. Boutroux, F. Gazier, 1908-1925. — E. Jovy, *Pascal inédit*, Vitry-le-François, 1908 et suiv. — P. Humbert, *L'Œuvre scientifique de Blaise Pascal*, Paris, 1947. — *Blaise Pascal*, Cahiers de Royaumont, 1956. — L. Goldmann, *Le Dieu caché*, 1959. — J. Mesnard, *Pascal et les Roannez*, Paris, 1965 ; *Pascal*, Paris, 1967. — H. Gouhier, *Blaise Pascal, commentaires*, Paris, 1966. — Ph. Sellier, *Pascal et saint Augustin*, Paris, 1970. — *Méthodes chez Pascal*, colloque tenu à Clermont-Ferrand en juin 1976. — T. Shiokawa, *Pascal et les miracles*, Paris, 1977. — G. Ferreyrolles, *Pascal et la raison du politique*, 1984. — P. Ernst, *Géologie et stratigraphie des « Pensées » de Pascal*, 1990. — A. Mckenna, *De Pascal à Voltaire*, Oxford, 1990. — L. Thirouin, *Le Hasard et les règles : le modèle du jeu dans la pensée de Pascal*, Paris, 1991. — On consultera en priorité la nouvelle édition monumentale des *Œuvres complètes* dite Édition du Tricentenaire, réalisée par Jean Mesnard, Paris, 1964-1991, qui fait le point sur la datation, l'histoire, la bibliographie critique de chaque texte de Pascal.

Passion. Dès le XIIIe siècle, les jongleurs (v. ce mot) faisaient circuler un poème qui retraçait la Passion du Christ (*Passion des jongleurs*). Le sujet fut porté à la scène. La *Passion du Palatinus*, au XIXe siècle, en est le premier exemple ; en deux mille vers, elle mène de la Cène à la Résurrection. Déjà s'y reconnaissent les traits qui vont caractériser le genre : une piété attentive à la signification religieuse et morale de la vie du Christ, mais aussi un comique qui peut aller jusqu'à la grossièreté et un réalisme qui se complaît au spectacle de la cruauté. Les *passions* sont la part la plus achevée des mystères. Trois textes, qui s'inspiraient les uns des autres, connurent successivement la faveur du public : la *Passion d'Arras* (vers 1430) d'Eustache Mercadé ouvre la vogue des mystères immenses — ses vingt-cinq mille vers, répartis en quatre journées, embrassent l'ensemble de la vie du Christ, de sa naissance à l'Ascension. En ouverture, une scène allégorique représente Miséricorde, Justice et Vérité, qui plaident devant Dieu pour qu'il atténue le châtiment imposé aux hommes pour leurs fautes. Miséricorde l'emporte, et Dieu envoie son fils racheter les péchés des hommes. Arnoul Gréban, en trente mille vers et quatre journées, reprit le même sujet au milieu du XVe siècle, et Jean Michel, à Angers en 1486, s'inspirant de Gréban, refit une *Passion,* qui se limite à la vie publique et à la Passion de Jésus. Ces trois textes, coupés, modifiés, entremêlés, servirent de base à la plupart des représentations aux XVe et XVIe siècles.

MICHEL ROUSSE.

Passion de Paris (La). C'est sous ce titre que l'on désigne habituellement *La Passion de Nostre Saulveur Jhesu Crist,* « mistère » composé à Paris au milieu du XVe siècle par le poète dramatique Arnoul Gréban qui, selon toute probabilité, vécut de 1420 à 1470. Ici, comme dans *La Passion d'Arras* de Marcadé, l'auteur étend son sujet au « mistère de la Rédemption » considéré à partir de sa cause première. Et comme chez Marcadé, dont l'œuvre n'avait cependant pas cette ampleur, l'ensemble est introduit par une manière de prélude rapportant la création du monde, la chute de Lucifer, le péché originel, le crime de Caïn, la mort d'Adam et Ève. L'œuvre elle-même se divise en quatre « journées ». Première journée : l'Incarnation, la naissance et l'enfance de Jésus ; deuxième journée : la prédication de Jean-Baptiste, les miracles du Messie, l'entrée à Jérusalem, l'arrestation au jardin des Oliviers ; troisième journée : la Passion, la crucifixion et la déposition de croix, avec l'épisode des remords et du suicide de Judas ; quatrième journée : la Résurrection, l'Ascension, la descente du Saint-Esprit. L'auteur de *La Passion de Paris* fit de nombreux emprunts à *La Passion d'Arras.* La disposition et l'élaboration des événements, leur encadrement dans le « procès du Paradis » viennent tout droit de l'œuvre de Marcadé. Dans l'une et dans l'autre *Passion* se retrouvent le même goût du pittoresque, la même érudition. Théologien, tout comme Marcadé (en 1456, il est bachelier ou professeur chargé de cours, à la faculté de théologie de Paris), Gréban a donné encore plus que son prédécesseur, dans la littérature théologique et édifiante, avec une prédilection toute particulière pour les *Méditations* attribuées à saint Bonaventure et pour les *Apostilles* de Niccolo di Lira. Outre son érudition, ce théologien était doué d'un talent égal pour la musique (il fut organiste et chef des chœurs à Notre-Dame) et pour la poésie. C'est à cela que nous devons quelques scènes d'une extraordinaire beauté, comme celle de la dernière rencontre entre Marie et Jésus, et différents rythmes pleins de grâce. De telles qualités poétiques et musicales justifient amplement le succès qu'obtint *La Passion* d'Arnoul Gréban au XVe siècle et l'attention que lui porta la critique moderne, grâce à laquelle nous possédons maintenant de l'œuvre une édition complète : *Le Mystère de la Passion d'Arnoul Gréban,* publié par Gaston Paris et Gaston Raynaud, à Paris en 1878. Toutefois, cette première édition complète ne peut être acceptée sans quelques réserves, car elle a été faite d'après un manuscrit plus récent et moins digne de créance que certains autres qu'il a été possible d'identifier par la suite. — *La Passion* d'A. Gréban a été remarquablement éditée et commentée par O. Jodogne (Bruxelles, Palais des Académies, 1959-1983) et adaptée par M. de Combarieu du Grès et J. Subrenat (Paris, Folio, 1987).

Pastiche. Genre littéraire caractérisé par la volonté délibérée d'imiter la manière, les idées et les procédés expressifs, stylistiques et rhétoriques d'un écrivain renommé. Le pastiche se distingue du plagiat dans la mesure où son auteur revendique ouvertement l'imitation du modèle.

ALAIN QUESNEL.

Pastorale. Ce genre dramatique met en scène des personnages de la vie rustique (bergers, nymphes, bergères) dans un cadre bucolique, où sont célébrés la poésie et l'amour. Inspirée à l'origine de la poésie grecque et latine (*Idylles* de Théocrite, *Bucoliques* de Virgile), qui mettait en scène des dialogues entre bergers, la pastorale, à la Renaissance, va trouver ses lettres de noblesse sur les scènes de théâtre, après avoir été illustrée par des œuvres romanesques mêlées de poésie (*L'Arcadie* de l'Italien Sannazar). Les pastorales dramatiques italiennes, *L'Aminta* du Tasse (1573) et le *Pastor fido* de Guarini (1580), furent en effet tout de suite imitées en France. La pastorale dramatique repose en général sur l'histoire d'un amour contrarié entre un berger et une bergère, avec l'usage de tous les procédés efficaces de l'intrigue sentimentale (jalousie, quiproquo, méconnaissance de ses propres sentiments). L'analyse psychologique peut s'y développer en longs monologues — ce qui prépare à l'esthétique galante et précieuse —, et l'intervention fréquente de magiciens apporte une touche de merveilleux — ce qui prépare à l'esthétique de l'opéra. Donc, même si, après une floraison remarquable — v. *Les Bergeries* (*) de Racan, 1625 —, le genre ne domina plus la scène dans la seconde moitié du XVIIe siècle, il contribua cependant à nourrir en profondeur l'esthétique et l'imaginaire du théâtre classique.

EMMANUEL BURY.

Pastourelle. Le genre est né dans la littérature d'oc ; c'était peut-être au départ un genre populaire. La pastourelle rapporte la rencontre dans un paysage printanier d'un chevalier (qui est censé rapporter l'aventure) et d'une bergère ; un dialogue plaisant s'engage où la jeune bergère sait se montrer piquante et ironique face au séducteur ; elle l'éconduit parfois, souvent elle succombe (et plus d'une fois il s'agit d'un viol pur et simple). La plus ancienne pastourelle est un poème de Marcabrun, *L'autre ier, jost'una sebissa.* Guiraud Riquier écrivit six pastourelles dans la seconde moitié du XIIe siècle. Passée au nord de la France au début du XIIIe siècle, la pastourelle connut une grande faveur, et la victoire du chevalier, qui dans la majorité des cas triomphe des réticences de la bergère, peut être interprétée comme une revanche sur les raffinements de l'amour courtois.

MICHEL ROUSSE.

Paul et Virginie. Roman pastoral de Jacques-Henri Bernardin de Saint-Pierre (1737-1814) paru en 1788. L'ouvrage, annexé à la troisième édition des *Études de la nature*, dont il entend illustrer les thèses sur le mode de la fiction, puis publié séparément l'année suivante, tire son origine du séjour de deux ans (1768-1770) que l'auteur effectua à l'île de France (actuelle île Maurice) en qualité d'ingénieur militaire et dont il donna, dans son *Voyage à l'île de France* (1773), une relation passablement désenchantée et souvent caustique. C'est dans la même île que se déroule l'action de ce roman, qui passe pour avoir introduit l'exotisme dans la littérature française, à une époque toutefois nettement antérieure (1726-1745), celle du gouvernorat de Mahé de Labourdonnais, présentée comme une sorte d'âge d'or de la colonie. Au texte du *Voyage* sont empruntés de nombreux éléments descriptifs, notamment les précisions botaniques ou zoologiques, voire quelques amorces de développements narratifs : ainsi l'épisode des deux enfants égarés dans la forêt transpose-t-il une aventure similaire vécue par l'auteur lors de ses pérégrinations à travers l'île. Mais, si le décor est identique, le regard est différent : sans être uniformément idyllique, la nature tropicale, si décevante dans le *Voyage*, se trouve le plus souvent investie d'une signification positive, et l'esclavage même cesse d'être odieux sous le travestissement paternaliste que lui impose le roman. Bien qu'il soit dépourvu de toute articulation explicite, le récit manifeste une très grande rigueur de construction, peu habituelle chez l'auteur. Encadrant la narration proprement dite, le prologue et l'épilogue sont consacrés à une description topographique très détaillée du cadre de l'action romanesque passée, où ne subsistent plus que les ruines de deux cabanes. Dans ce site sauvage des montagnes de l'île, l'auteur rencontre un vieillard qui lui raconte l'histoire de ses habitants aujourd'hui disparus. Son récit achevé, les deux hommes prennent congé, tandis que le roman se referme circulairement sur une nouvelle évocation du décor initial. Ainsi la narration du vieillard est-elle placée d'emblée sous le signe nostalgique du révolu et de la mort. La première partie évoque le temps de l'innocence heureuse de l'enfance, vide de tout événement : enfants de deux exilées, Marguerite et Mme de la Tour, qui se sont réfugiées dans ce lieu retiré pour échapper aux « cruels préjugés de l'Europe », Paul et Virginie grandissent « comme frère et comme sœur », dans une union gémellaire ignorante du mal extérieur. Dans la seconde partie — le temps de la culpabilité —, l'irruption de la sensualité adolescente brise l'immanence heureuse de l'univers édénique et transforme l'amour fraternel des deux enfants en un amour passionnel vécu dans la culpabilité, puisque symboliquement incestueux, tandis que la nature change de signe ; jusqu'ici providence tutélaire, elle manifeste, avec le cyclone qui dévaste le domaine, sa puissance destructrice. La troisième partie correspond au temps de la séparation et de la réflexion : Virginie, envoyée en France par sa mère, s'initie douloureusement aux mœurs corrompues de l'Europe, tandis que Paul, sous la direction du vieillard, s'ouvre parallèlement à la connaissance du monde à travers les livres. Si le temps est immobile, comme dans la première partie, on ne retrouve pas ici l'espace clos initial : l'intrigue se déplace vers l'Europe, devenue le véritable lieu focal du récit. La quatrième partie — l'idylle funèbre — s'ouvre sur le naufrage du vaisseau qui ramène Virginie dans l'île et sur la mort de la jeune fille. Si Bernardin a déplacé au 25 décembre 1744, nuit de la Nativité, le naufrage (historique) du « Saint-Géran », c'est que cette mort est aussi une naissance, l'avènement de l'héroïne à sa véritable identité angélique. Cédant à l'appel de l'éros funèbre, Paul rejoindra bientôt Virginie dans l'« orient éternel » de la mort, puis Marguerite et Mme de la Tour. Ainsi réunie dans la lumière incorruptible de l'au-delà, la « petite société » connaîtra, dans le paradis céleste dont le paradis terrestre initial n'était que la préfiguration, un bonheur soustrait à la mortalité.

Après avoir été unanimement admirée jusqu'au milieu du XIXe siècle, l'œuvre a progressivement sombré dans un discrédit dont elle se relève difficilement aujourd'hui. Fadeur, naïveté, niaiserie, autant de griefs imputables surtout aux mutations du goût et à la paresse des critiques. Lu comme un roman réaliste, le texte en effet est mièvre, voire outrageusement faux. Mais *Paul et Virginie* n'est pas un reflet de la « vie ». L'ouvrage ne peut être appréhendé qu'au travers des codes esthétiques et idéologiques de son temps : le rousseauisme — l'influence de *Julie ou la Nouvelle Héloïse* (*) y est patente ; une sensibilité souvent déclamatoire ; le « style Louis XVI », qui confère au discours une dignité pompeuse et fige les attitudes en poses sculpturales ; le modèle de la pastorale surtout, genre aujourd'hui à peu près incompréhensible à la majorité des lecteurs, mais alors en plein renouveau : bien que le dénouement tragique constitue une infraction à la norme, c'est toujours comme pastorale, jamais comme roman que l'auteur caractérise son récit. Si donc on accepte d'effectuer l'effort d'accommodation nécessaire, on trouvera dans *Paul et Virginie* une œuvre d'une singulière richesse. D'abord par les tensions idéologiques qui y sont à l'œuvre : disqualifiant, involontairement peut-être, les facilités de l'optimisme naturaliste et finaliste d'une certaine vulgate des Lumières, le cours du récit montre l'ambivalence de la nature, d'abord providence protectrice, puis puissance de désastre ; de même, le trouble de Virginie effrayée par sa propre sensualité, liée pourtant à la causalité purement naturelle de la puberté, récuse l'identification des valeurs de nature et de vertu que l'auteur prétend établir ; si la « petite société » constituée par les deux familles offre bien une alternative à la civilisation corrompue de l'Europe comme à la société coloniale environnante, l'intrigue démontre la faillite de ce modèle utopique. Enfin l'imaginaire du récit se nourrit d'un substrat mythique : « enfants divins » de nature angélique, Paul et Virginie sont comparés à Adam et Ève, ou encore aux Dioscures, fils d'un Dieu et d'une mortelle ; et, dans l'union gémellaire des deux amants enfantins brisée par l'interdit sensuel puis restaurée par la mort, on peut voir à la fois un écho du mythe de Tristan et de la légende platonicienne de l'Androgyne.

J.-M. R.

PAULHAN Jean. Écrivain né à Nîmes (Gard) le 2 décembre 1884, mort à Neuilly-sur-Seine le 9 octobre 1968. Son père, Frédéric Paulhan (1856-1931), bibliothécaire et philosophe, a publié de nombreux ouvrages dont les préoccupations semblent s'être poursuivies dans les réflexions du fils ; et cela jusque dans la formulation même ; quelques titres soulignent fortement cette étonnante continuation : *Les Mensonges du caractère, La Morale de l'ironie, La Logique de la contradiction, La Double Fonction du langage, Le Nouveau Mysticisme.* Comme si ce père dont Paulhan parle très peu se trouvait lui avoir indiqué une certaine voie et une certaine forme de questionnement. Après des études de lettres et de philosophie, Jean Paulhan apprend le chinois. Envoyé comme professeur à Madagascar, il découvre une civilisation complètement différente, exerce brièvement divers métiers (dont celui de chercheur d'or), et surtout, au cours de son apprentissage de la langue malgache, rencontre une forme de parole singulière, les Hain-Tenys, sorte de joute rituelle où les discutants rivalisent de virtuosité et de justesse dans le choix et l'agencement de proverbes. Cette expérience d'un usage particulier du langage le marque si durablement qu'il n'est pas exagéré de dire que toute sa réflexion sur l'expression en découle. Il publie en 1913 un recueil de ces poésies proverbiales — *Les Hain-Tenys mérinas*. Mobilisé dans les zouaves en 1914, il est blessé peu après le début des hostilités. Il publie en 1917 un bref récit, déconcertant et non-conformiste, intitulé *Le Guerrier appliqué*, dans lequel il relate l'expérience étrange et troublante de la vie au front. Ce texte singulier frappe plus encore par l'accent véridique qui l'anime, à la fois pudique et dur. C'est un des rares écrits sur la guerre de 14-18 qui échappe résolument aux poncifs du genre. Dans le même temps, sa vie conjugale se détériore. En 1920, rédacteur au ministère de l'Instruction publique, il entre à *La Nouvelle Revue française* (*) comme secrétaire de Jacques Rivière. À la mort de celui-ci, il en devient, officieusement d'abord puis officiellement, directeur : il est au centre de la vie littéraire et intellectuelle française, il y reste pendant plus de quarante ans, déployant une inlassable activité et entretenant une immense correspondance, qui ont dans une certaine mesure pris le pas sur son œuvre personnelle. Cette position a certainement contribué à former de lui l'image convenue et commode d'une « éminence grise des lettres françaises ». Reste que l'essentiel de ce qui a été la littérature a en effet eu à voir avec lui, depuis la plus classique (Gide, Valery Larbaud) jusqu'à la plus inclassable (Paulhan a toujours soutenu et encouragé Antonin Artaud par exemple), et ce rôle lui a valu aussi bien des amitiés indéfectibles que des haines (parfois théâtrales, comme en témoignent les insultes des surréalistes et de Breton en particulier). Outre la *N.R.F.*, Paulhan participe activement à *Commerce*, à *Mesures* ; aux éditions Gallimard, il fonde, avec Bernard Groethuysen, la « Bibliothèque des idées » (1927). Aux jours sombres de l'occupation allemande, il est remplacé par Drieu la Rochelle, qui engage la revue dans la collaboration. Avec Jacques Decour, il fonde une revue clandestine, *Les Lettres françaises* (1941). La même année paraissent *Les Fleurs de Tarbes ou la Terreur dans les lettres*, aboutissement (provisoire) de sa réflexion sur le langage et la littérature. Parallèlement à son activité de résistant, il consacre plusieurs études à des peintres (Braque, Fautrier, Dubuffet) avec lesquels il se lie d'amitié. À la Libération, la *N.R.F.* ne pouvant reparaître, il fonde *Les Cahiers de la Pléiade* (treize cahiers paraissent entre 1946 et 1951) et, dans le nº 1, il publie son *Guide d'un petit voyage en Suisse*, savoureux exercice d'étonnement devant les minuscules événements quotidiens inaperçus. Une polémique de plus en plus vive l'oppose aux partisans de l'épuration, les arguments de Paulhan mécontentent à peu près tout le monde et le font ranger « à droite » à un moment où il n'est manifestement pas encore reçu d'exprimer des réserves concernant le communisme (*Lettre aux directeurs de la Résistance,* 1952). Lorsque *La Nouvelle N.R.F.* peut paraître (1953), il en partage la direction avec Marcel Arland, Dominique Aury assumant le secrétariat. Il y donne notamment une étude sur « La Peinture cubiste », qu'il va reprendre et augmenter pour en faire un des plus remarquables ouvrages consacrés au cubisme (la version « complète » attend 1970 pour voir le jour). Il préface, chez Pauvert, un livre qui fait scandale, *Histoire d'O* de Pauline Réage (qu'on soupçonne un moment d'être un pseudonyme sous lequel il se dissimulerait lui-même), il en souligne la pureté et la violente franchise, par contraste avec l'hypocrisie des « bons sentiments ». Là encore ses arguments déconcertent ceux que choque le violent érotisme du texte, comme ils déconcertent la XVIIe chambre correctionnelle devant laquelle il fait une déposition ironique en faveur de l'édition de Sade, lecture qu'il suggère n'être guère plus effrayante que celle de *La Bible*, et moins insinuante que celle de Baudelaire (1957). Dans la *N.R.F.,* il publie un bref essai intitulé *Le Clair et l'Obscur* (1958), où se formule explicitement la conception mystique, proche du zen, à laquelle aboutissent cinquante années d'apprentissage obstiné. Durant ces années, il consacre de nombreux textes à la peinture, notamment *L'Art informel, Éloge* (1962). En 1963, il est élu à l'Académie française. En 1966, il prononce devant la Société française de philosophie une conférence intitulée « Note sur la pensée à l'état brut » qui apparaît comme la suite des *Fleurs de Tarbes*, et cette note, augmentée de plusieurs autres textes sur le langage, l'expression et la pensée, a été publiée en 1967 sous le titre *Le Don des langues.* Ses œuvres sont rassemblées en cinq gros volumes par Zylberstein, au Cercle du livre précieux chez Tchou (1966-1970). Des textes anciens demeurés inédits, comme *Progrès en amours assez lents*, paraissent chez le même éditeur, peu avant la mort de Paulhan, au terme d'une longue hospitalisation. Un numéro spécial de la *N.R.F.* (mai 1969) lui rend un chaleureux hommage.

Ce parcours suggère d'emblée une première explication à la position singulière de Paulhan, à la fois célèbre et inconnu, sinon méconnu : la plupart de ses textes sont brefs, et quand d'aventure ils ont une certaine ampleur, ils laissent d'ordinaire le lecteur dans un certain désarroi (« Mais que m'a-t-on dit au juste ? » ou « Que s'est-il donc passé pendant que je lisais ? »), voire une certaine irritation (« Se serait-on moqué de moi ? » se dit-on volontiers). Il est vrai que ces textes dérangent. D'abord par une façon non commune d'envisager les événements en apparence les plus simples, les manières de dire les plus quotidiennes ; plus encore, par une façon insolite de les exprimer. Ensuite, parce que chacun d'eux est tout à la fois parfait, bijou d'élégance et de vivacité, et inabouti, remettant à une autre fois un problématique dernier mot, éludant sans cesse une conclusion toujours différée ; en sorte que tous ces textes, s'enchaînant les uns aux autres dans un mouvement de rectification perpétuelle, paraissent rétrospectivement un seul et même ouvrage démesurément étiré sur soixante années et poursuivant inlassablement l'approche de la même énigme à travers des sujets divers, langage, expérience, peinture, comme d'ailleurs Paulhan lui-même le dit dans son *Discours de réception à l'Académie* : « Ayant poursuivi toute ma vie la solution de certain problème, qui n'était pas tout à fait étranger au mystère dont je parlais... » (celui de l'expression).

L'expérience des proverbes malgaches a en effet conduit Paulhan à mettre en question la stabilité du langage, ou plus précisément celle de notre relation au langage : selon les circonstances ou les situations de parole, un même mot peut changer de sens et de poids ; il peut se charger d'un pouvoir de persuasion tout à fait inattendu s'il appartient par exemple à une locution proverbiale, mais en même temps sa signification usuelle disparaît, et c'est alors la formule entière qui vaut, non pour son sens, mais pour sa consistance de formule : « Le proverbe est d'abord phrase, ensuite fait. » Au premier abord, cette instabilité paraît réservée à un genre particulier de parole ; Paulhan s'avise pourtant qu'on peut remarquer un tel retournement dans toute forme langagière et que, selon que l'on privilégie l'idée (le sens) ou le mot, on se range dans le camp de ceux qu'il appelle les « terroristes » ou dans celui des « rhétoriciens » ; or, découvre-t-il, aucune de ces positions n'est elle-même stable, et tel orateur, pour qui « liberté, démocratie » sont des valeurs fondamentales quand c'est lui qui les prononce, se voit traité de « rhéteur » par ses adversaires qui entendent ces mêmes « liberté, démocratie » comme des mots vides. En sorte que notre expression tout entière se trouve soumise à ce curieux mouvement par lequel un mot devient idée ou la chose même, sans pourtant cesser d'être un mot. Il y a là comme une opération mystérieuse qui caractérise l'événement de langage, et en particulier celui qui se donne à voir dans la littérature et qui s'éprouve plus qu'il ne se laisse saisir par le raisonnement. Paulhan n'a cessé de chercher à approcher cette expérience et ce secret. Cette attitude proprement mystique était déjà en germe dans les brefs récits qu'on a du mal à lire sans s'exposer soi-même. « Un livre peut-il être l'équivalent d'une initiation, secret compris. C'est en tout cas ce que j'ai tenté », écrit-il à Francis Ponge (16 octobre 1941).

JEAN-YVES POUILLOUX.

♦ *« Si quelque chose le caractérise, c'est bien la passion de l'incognito* [...] *Il n'a jamais l'air de partager son avis ; ce qui n'empêche pas, et c'est miracle, l'autorité, le tranché dans le vif, la plus implacable dureté, les goûts les moins vagues* [...] *Je le crois profondément amoureux du génie* [...] *Combien d'écrivains ne seraient pas ce qu'ils sont sans l'appui attentif et généreux de cet homme de silence, qui semble en savoir plus long qu'eux sur eux-mêmes. »* Georges Perros. ♦ *« Jean Paulhan nous laisse libres. »* Henri Thomas. ♦ *« Que Jean Paulhan manque gravement aujourd'hui* [...] *que manque l'autorité de sa justesse parmi les phraseurs, l'autorité de sa justice parmi les fanatiques, que manque dans notre ciel sa subtile balance* [...] *je ne peux m'empêcher d'y penser avec tristesse et crainte. »* Philippe Jaccottet. ♦ *« Les tentatives de Jean Paulhan consistent justement à saisir l'insaisissable non pas en l'affrontant, mais en usant d'un biais. »* André Dhôtel.

RÉF. : M. Toesca, *Jean Paulhan, l'écrivain appliqué,* Paris, 1948. – M. J. Lefebve, *Jean Paulhan,* Paris, 1949. – R. Judrin, *La Vocation transparente de Jean Paulhan,* Paris, 1961. – *Jean Paulhan,* numéro spécial de la *Nouvelle Revue française,* Paris, mai 1969. – *Cahiers Jean Paulhan,* Paris, premier numéro en 1980. – L. Jenny, *La Terreur et les signes,* Paris, 1983. – A. Dhôtel, *Jean Paulhan,* Lyon, 1986.

Paysan de Paris (Le). Œuvre en prose du poète Louis Aragon (1897-1982), publiée en 1926. Si ce livre est bien, comme on l'a dit, inclassable en ce sens qu'il ne relève d'aucun genre littéraire, il n'en est pas moins vrai qu'à sa date il prenait tout naturellement place dans un ensemble du courant d'œuvres surréalistes qui se présentent des *Pas Perdus* de Breton au *Clavecin de Diderot* de Crevel comme de libres méditations où l'auteur semble emporté par sa pensée ou sa rêverie, rencontrant sur son chemin souvenirs personnels, élans lyriques, aventures ou discussions, mêlant poèmes, aphorismes et récits. Aussi bien, *Le Paysan de Paris* (c'est-à-dire l'homme qui, sans cesse, redécouvre la ville, la voit tous les jours d'un regard neuf, et c'est ainsi qu'il voit et la ville et la vie) ne saurait se réduire exclusivement aux pages sur le passage de l'Opéra (démoli depuis, au grand regret des surréalistes en particulier et des paysans de Paris en général), auxquelles la mémoire des lecteurs tend toujours à résumer ce livre vite célèbre. De fait, si cette promenade lyrique dans un coin de Paris déjà condamné à la démolition quand Aragon l'écrivait occupe près de la moitié du livre, il ne convient pas de la dissocier de la courte « Préface à une mythologie moderne » qui la précède (et qui est, en effet, une préface), ni du dernier volet de ce triptyque : « Le Sentiment de la nature aux Buttes-Chaumont », qu'achève le « Songe du paysan ». Il est bien clair qu'il ne s'agit pas ici d'un inventaire ou d'un guide des curiosités parisiennes, quel que soit le souci de précision, le souci du détail vrai (et souvent singulier par là même) qui a conduit l'auteur à insérer, selon la technique du collage, des fragments de journaux, des annonces, des réclames et enseignes, des inscriptions, tels quels dans son livre. Il s'agit bien davantage d'une aventure de l'esprit, où s'exalte la puissance de l'imagination. Parodiant, ou plutôt remaniant les *Méditations métaphysiques* de Descartes, Aragon, dès la préface : « Je ne veux plus me retenir des erreurs de mes doigts, des erreurs de mes yeux. Je sais maintenant qu'elles ne sont pas que des pièges grossiers, mais de curieux chemins vers un but que rien ne peut me révéler, qu'elles. » Et un peu plus loin, cette question, décisive : « Aurai-je longtemps le sentiment du merveilleux quotidien ? » C'est précisément tout le sens de cette aventure parisienne que de dire, de donner à voir, de sauver ce merveilleux quotidien, sans quoi l'existence humaine sombrerait dans un ennui, ou plutôt pour ne pas le confondre avec un certain ennui évoqué dans les pages, dans l'insignifiance. Mais cette exploration des boutiques singulières, ou vues singulièrement (celles des coiffeurs entre autres), du passage de l'Opéra, de ses bordels clandestins, de ses cafés, de ses petits théâtres, des fantômes qui y circulent librement (Naya par exemple), plus loin du XIXe arrondissement, etc., débouchera non seulement sur la puissance de la poésie, sur celle de l'Amour, mais sur une violente profession de foi athée, sur une violente affirmation de l'unité du réel et de l'imaginaire, des sens et de l'esprit, du merveilleux et de la vie. Au demeurant, prétendre résumer ou analyser un livre comme celui-ci, qui est de ceux, assez rares, où l'on ne peut absolument pas sauter une phrase ou un mot, serait vouloir en donner une idée fausse. Car le langage, dont Aragon disait dans *Le Libertinage* qu'il n'a pas été donné à l'homme mais qu'il l'a pris, fait totalement corps avec la pensée ou l'aventure intellectuelle et lyrique de l'auteur. Ce qui explique la fascination que ce livre n'a cessé d'exercer sur plusieurs générations.

Peau de chagrin (La). Ce roman d'Honoré de Balzac (1799-1850) date des débuts de sa véritable carrière littéraire. Un an plus tôt, il avait donné les premières « Scènes de la vie privée » ; avec *La Peau de chagrin*, publié en 1831, il commençait la série qui devait dans *La Comédie humaine* occuper une place à part, les « Études philosophiques ». Le jeune marquis Raphaël de Valentin, demeuré orphelin et fort pauvre, vit hanté par une grande œuvre qui est sa consolation et son espoir, il s'agit d'une « Théorie de la volonté », œuvre sublime et fumeuse inspirée, comme l'action du roman elle-même, par le mesmérisme et l'occultisme. Mais, découragé par l'ampleur de sa tâche, il est prêt à se suicider quand il rencontre un étrange personnage à demi antiquaire, à demi sorcier. Celui-ci lui fait cadeau d'une peau de chagrin qui a le pouvoir de satisfaire tous les désirs de celui qui la possède. Seulement, à la suite de chaque réalisation, la surface de la peau diminue et abrège d'autant la vie de son propriétaire, dont elle est le symbole. Raphaël devient immensément riche, il connaît tous les succès et tous les agréments d'une vie brillante ; mais il meurt un an plus tard, après une série d'aventures tumultueuses. La trame du roman est donc très simple, mais cette simplicité même n'est guère convaincante. Balzac, cependant, s'y révèle comme un extraordinaire conteur : il sait émouvoir le lecteur, le passionner par cette invraisemblable histoire et les multiples péripéties qui en découlent. *La Peau de chagrin* n'est pas vraiment un roman, mais un conte à demi philosophique, à demi fantastique, qui rappelle quelque peu la manière d'Hoffmann, lequel exerça sur les « Études philosophiques » une très grande influence. Mais la thèse de Balzac est ici partout un peu trop visible, un peu trop naïve aussi. Balzac croit à une espèce de fatalité, à un déterminisme absolu de l'être humain. Lorsqu'il montrera cette fatalité à l'œuvre dans le déterminisme social, il atteindra à une réelle grandeur, car ses thèses, aussi contestables qu'elles soient, reposeront alors sur un fonds extrêmement solide d'observations. Il entend ici mettre en lumière le contraste qui existe entre la volonté humaine et le destin. Si l'abandon au destin peut se traduire, comme pour son héros, par une extraordinaire prospérité matérielle, il ne peut cependant qu'engendrer sur le plan moral une misère et une angoisse qui ne sont que trop justifiées par la fin lamentable de Raphaël. Parmi les souhaits que formule Valentin, il en est un cependant qui n'a pas de conséquence fâcheuse et n'abrège pas sa vie : c'est le souhait d'acquérir l'amour d'une jeune fille, Pauline. L'amour partagé est, en effet, plus fort que la fatalité, et cet amour lui est déjà acquis avant qu'il ne formule son souhait : Pauline, depuis longtemps, l'aime, à son insu. Malgré le caractère simple de la thèse qu'il développe ici, il faut bien admettre que *La Peau de chagrin* est un récit admirablement mené et fort attachant. Elle fait partie des œuvres les plus connues et les plus lues de Balzac ; c'est qu'ici, comme dans la plupart de ses œuvres, l'auteur sait admirablement combiner le réel et l'imaginaire, ménager jusqu'à la fin l'intérêt et la curiosité du lecteur. Moins vivante, moins profondément ressentie que *Louis Lambert*, moins étrange et moins inquiétante que *La Recherche de l'absolu*, cette œuvre constitue, avec les deux romans précédents, une des pièces maîtresses de ces « Études philosophiques », où Balzac, s'évadant de son réalisme, tenta, souvent avec maladresse mais non sans susciter l'intérêt et la sympathie, de mettre en valeur les thèmes idéologiques qui sous-tendent son œuvre : en particulier celui, qui lui était cher, de la consommation de l'énergie vitale.

PÉGUY Charles. Poète né à Orléans (Loiret) le 7 janvier 1873, tué au cours de la bataille de la Marne, à Villeroy (Seine-et-Marne), le 5 septembre 1914. Ses ascendances obscures furent toujours la fierté du normalien Péguy. Il sortait en effet d'une famille de paysans et de vignerons : son père, un menuisier, étant mort quelques mois après sa naissance, le petit Charles fut élevé par sa mère qui gagnait difficilement sa vie en rempaillant des chaises. D'abord remarqué par ses maîtres de l'école communale qui lui obtinrent une bourse au lycée d'Orléans où il fit de solides études classiques, Péguy arriva à Paris en 1891 pour préparer le concours de l'École normale supérieure : après un premier échec, il accomplit une année de volontariat, et en octobre 1893 fut admis à Sainte-Barbe. C'est là, dans la fameuse cour rose, qu'il rencontra ses premiers amis, Jérôme Tharaud, Marcel Baudoin, Joseph Lotte. À cette époque il avait déjà perdu la foi, mais s'enthousiasmait pour un « socialisme jeune, nouveau, grave, un peu enfant... profondément chrétien ». En août 1894 il entra enfin à Normale, mais, d'un caractère déjà trop indépendant pour se plier aux routines universitaires, il demanda son congé au bout d'un an, rentra à Orléans, y fonda un groupe d'études socialistes et, après un nouveau séjour à l'École pendant l'année scolaire 1896-1897, quitta définitivement la maison de la rue d'Ulm en automne 1897, sans avoir obtenu de diplôme.

Depuis deux ans, il travaillait à une fresque dramatique, *Jeanne d'Arc*, œuvre encore imparfaite mais nourrie des nobles aspirations de son adolescence et de la foi en une régénération de l'humanité par le socialisme conçu non comme un bouleversement social mais comme une « révélation profonde intérieure ». Péguy, qui venait de se marier avec la sœur d'un de ses camarades de Sainte-Barbe, réussit, grâce à la dot de sa femme, à ouvrir une librairie socialiste au quartier Latin (1er mai 1898) ; mais, un an plus tard, l'entreprise, en difficulté, était transformée en une société anonyme à laquelle Péguy ne participait plus qu'en qualité de gérant appointé ; et en décembre 1899 survint enfin la brouille définitive entre Péguy et ses associés, parmi lesquels Lucien Herr, le bibliothécaire de l'École normale, et Léon Blum. Ce n'étaient pas seulement des projets d'édition qui les opposaient ; c'était l'exploitation électorale de la fameuse affaire Dreyfus dans laquelle Péguy, à la différence de ses anciens amis socialistes, n'avait voulu voir qu'une sublime controverse de morale politique. De Jaurès lui-même, dès cette époque, il commençait de s'éloigner et, reprenant sa liberté entière à l'égard de toute consigne de parti, il fonda en janvier 1900 les *Cahiers de la Quinzaine* (*), réalisation de son rêve d'un « journal vrai ».

En 1905 le « coup de tonnerre » de Tanger va d'ailleurs bouleverser complètement les perspectives intellectuelles et politiques de Péguy : celui-ci, jusqu'alors internationaliste et pacifiste, découvre soudain, face à la menace allemande, la réalité charnelle de la patrie française. Toute sa vie va désormais être celle d'un héritier parti à la reconquête des diverses traditions de sa race et de sa terre : *Notre Patrie* (1905) fut le point de départ de cette évolution vers le nationalisme. De la patrie maintenant retrouvée, cet effort d'« approfondissement » intérieur conduisit Péguy, dès 1908, à la foi chrétienne et aux portes de l'Église catholique, qu'il ne put franchir qu'à la veille de sa mort, en ayant été empêché jusqu'alors par sa situation familiale (il était marié civilement et sa femme professait un agnosticisme décidé), par son attitude de fidélité jalouse au socialisme dreyfusard (*Notre jeunesse*, 1910), enfin par son tempérament farouchement indépendant, qui lui donnait une grande méfiance du monde clérical. C'est donc un catholicisme assez étrange que celui de Péguy, religion poétique, sans sacrements, assez libre avec le dogme même, et pourtant d'une humilité dont la sincérité ne fait pas de doute, bien que les affaires de Dieu y soient souvent confondues avec une « mystique » de l'héroïsme et du messianisme national français. Le *Mystère de la charité de Jeanne d'Arc* (1910), la première œuvre poétique écrite par Péguy après sa conversion, est une refonte de sa *Jeanne d'Arc* socialiste de 1897 et elle n'en renie rien, l'espérance du salut éternel s'ajoutant sans la contredire à la volonté de vaincre la misère temporelle. Dans ses œuvres suivantes, *Le Porche du mystère de la deuxième vertu* (1911), *Le Mystère des saints Innocents* (1912), *La Tapisserie de sainte Geneviève et de Jeanne d'Arc* (1912), *La Tapisserie de Notre-Dame* (*) (1913), *Ève* (1913), Péguy va édifier un des sommets de la poésie chrétienne française. Son originalité spirituelle réside certainement dans une manière particulière de rechercher et de faire resplendir le surnaturel au cœur même de la vie terrestre, du « charnel » : l'âme de Péguy est en effet beaucoup plus sensible à la présence de Dieu en ce monde qu'à sa transcendance. Jamais depuis le Moyen Âge — dont il s'inspire d'ailleurs sans cesse — on n'avait mêlé avec autant de familiarité et de grandeur l'histoire divine et l'histoire la plus quotidienne et la plus populaire.

Mais l'œuvre poétique de Péguy n'a été écrite qu'en marge de ses combats politiques et intellectuels, dont on retrouve l'atmosphère dans *Situations* (1906-1907), *Un nouveau théologien* (1911), *L'Argent* (1913), *Clio* (posthume, 1917). Dans quelques moments de répit, Péguy se laissait entraîner à composer quelque admirable commentaire littéraire, tel que *Victor-Marie, comte Hugo* (1910) ; d'autres fois, c'était pour la pensée pure qu'il se faisait polémiste, ainsi lorsqu'il entreprit de défendre son maître Bergson, menacé par l'Index catholique : *Note sur M. Bergson et la philosophie bergsonienne* (1924) et *Note conjointe sur M. Descartes et la philosophie cartésienne* (1914). Dédaigné par les grands écrivains de son temps, Barrès excepté, Péguy était devenu le chef d'une petite chapelle non sans influence sur une partie de la jeunesse et que fréquentèrent plus ou moins longtemps (car avec Péguy on se fâchait vite) Romain Rolland, André Suarès, Georges Sorel, Julien Benda, et, plus jeunes, Daniel Halévy, Henri Massis, Jacques Maritain. Obsédé par la perspective d'une guerre imminente, Péguy rêvait d'être le « rassembleur » de toutes les traditions françaises, dénonçait l'esprit de capitulation incarné à ses yeux par Jaurès et préparait de toutes ses forces la « génération de la revanche ». Aussi est-ce avec une sorte de soulagement et d'allégresse que Péguy rejoignit son affectation de lieutenant d'infanterie, aux premiers jours de la guerre de 1914. Depuis sa mort héroïque, son influence n'a, semble-t-il, cessé de grandir. Mais Péguy, aujourd'hui célébré et revendiqué par tous les partis, réconcilié même avec les pouvoirs officiels de l'Université et de l'Église, est-il réellement beaucoup lu ? Il faut reconnaître que son style rend assez difficile l'accès de sa pensée : la prose de Péguy progresse par d'inlassables répétitions, en forme de litanies. C'est un fleuve large et lent, chargé de richesses sans doute, mais qui ne laisse pas de paraître parfois monotone au lecteur trop peu attentif.

MICHEL MOURRE.

♦ *« Lui-même semblait un maître d'école extraordinaire, un grand pédagogue, un prédicant de l'ancienne France. Sa cervelle madrée, obstinée, baroque, avait reçu de naissance le génie des vieux maîtres de la rue du Fouarre, des moines populaires et des gazetiers révolutionnaires... Il a, dans une brève carrière d'homme de lettres, trouvé moyen d'épanouir des forces de paysan qui agrandit ses champs, de boutiquier qui compte et recompte ses sous, de typo qui fait de la belle ouvrage, de curé qui prêche ses ouailles et d'officier de ligne entraînant ses hommes au devoir. »* Maurice Barrès. ♦ *« Je trouve l'indignation de Péguy rafraîchissante... La grande vertu de Péguy c'est le courage au service de la foi, le courage dans l'affirmation. »* Paul Claudel. ♦ *« Je dis, sachant ce que je dis, qu'il n'y a pas eu sans doute, depuis Dostoïevski, un homme qui soit aussi clairement homme de Dieu. »* Alain-Fournier. ♦ *« Toute l'histoire de la vie de Péguy est l'histoire de la victoire de son ingénuité sur ses violences, l'histoire d'une victoire, pour employer ses propres termes, du saint sur le héros. »* Emmanuel Mounier.

RÉF. : René Johannet, *Péguy et ses « Cahiers »,* Paris, 1914. — André Suarès, *Péguy,* Paris, 1915. — Marcel Péguy, *La Vocation de Charles Péguy,* Paris, 1925-1926 ; *Le Destin de Charles Péguy,* Paris, 1941. — Mounier, M. Péguy et Izard, *La Pensée de Charles Péguy,* Paris, 1931. — Henri Massis, *Évocations,* Paris, 1931. — Daniel-Rops, *Péguy,* Paris, 1932. — Daniel Halévy, *Charles Péguy et les « Cahiers de la Quinzaine »,* Paris, 1940. — Albert Béguin, *La Prière de Péguy,* Neuchâtel, 1942. — Roger Secrétain, *Péguy, soldat de la vérité,* Paris, 1943. — Romain Rolland, *Péguy,* 2 vol., Paris, 1944. — Jean Delaporte, *Connaissance de Péguy,* 2 vol., Paris, 1944. — André Rousseaux, *Le Prophète Péguy,* Paris, 1946. — Charly Guyot, *Péguy pamphlétaire,* Neuchâtel, 1950. — B. Guyon, *Péguy,* Paris, 1960. — Théodore Quoniam, *Pour connaître la pensée de Péguy,* Paris, 1967. — Simone Fraisse, *Péguy et le monde antique,* Paris, 1972 ; *Les Critiques de notre temps et Péguy,* Paris, 1973 ; *Péguy et le Moyen Âge,* Paris, 1978 ; *Péguy,* Paris, 1979. — Jean Bastaire, *Péguy, l'insurgé,* Paris, 1975. — Henri Guillemin, *Charles Péguy,* Paris, 1981. — Robert Burac, *Charles Péguy : la révolution et la grâce*, 1994.

PEIRE CARDENAL. Troubadour provençal. Né vers 1180 au Puy-en-Velay, mort vers 1278. D'une famille noble, il se prépara à la prêtrise, mais ne reçut pas les ordres : il fut « chanoine damoisel » du Puy. Il fit de bonnes études et prit part aux tournois poétiques du Puy-Sainte-Marie. Il mena la vie de poète de cour, fréquenta les rois et les barons, Raymond VI et Raymond VII de Toulouse dont il fit l'éloge, les seigneurs d'Auvergne, sire Hugues des Baux, vicomte de Marseille, et le roi d'Aragon Jacques Ier. Il vécut tant bien que mal de ses revenus de secrétaire et de troubadour. Son œuvre, très abondante, comporte des pièces ressortissant aux genres traditionnels : chanson, tenson, partimen, sirventes, planh, descort, cobla, mais aussi aux genres nouveaux, estribot, sermo, crida, faula. Il a écrit peu de chansons d'amour, peut-être au début de sa carrière, et d'abord en poète courtois conformiste, proclamant que le désir vaut mieux que la jouissance, donnant des conseils à la dame : connaître avant de voir, rechercher le mérite plutôt que de plaire, demeurer prudente dans l'accueil. Il prend ensuite ses distances envers ce type d'amour, qui procure plus de maux que de biens, refusant d'attendre inutilement, d'être « le captif et l'homme lige » de sa dame : « Ni soi sos pres ni sos liatz. » C'est surtout dans la satire, dans le *sirventes* moral, qu'il a été le plus grand et le plus créatif. Il a laissé, dans ce genre, 56 *sirventes,* 18 *coblas* et d'autres chants qu'on regroupe sous trois rubriques : satires d'ordre personnel ou politique, satires contre le clergé, satires de morale générale. Il dénonce avec vigueur tout ce qui viole le droit et la morale : les cruautés de Simon de Montfort et des envahisseurs français qui anéantissent la civilisation occitane, l'indignité du haut clergé vénal et simoniaque, le dévergondage des femmes, la corruption, la cupidité, l'hypocrisie, la fraude et la violence. Le poète, qui semble lié au mouvement franciscain, fustige le mal au nom de la loyauté et de la pauvreté, et il chante la Vierge en vers admirables.

Poète de l'amour, Cardenal l'est à coup sûr ; mais, si cet amour peut relever de la courtoisie et signifier la passion qui attire l'amoureux vers l'aimée, s'il désigne aussi un sentiment d'affection et d'amitié, il devient surtout le signe d'une qualité essentielle de l'homme qui en compose toute la valeur, d'une qualité active qui l'engage vers un idéal de vie sociale et fait de l'homme pour l'homme une valor, un pretz (« valeur ») en soi et pour soi, et non point un sujet soumis à l'autorité de tous les pozestats (« puissances »). Avec amor on a alors vérité, droiture, loyauté, largesse et valeur, piété et foi profonde. Amor en vient à désigner l'essentiel des désirs de l'homme, résumant toutes les activités que réclame une certaine qualité de l'art de vivre. Contre les mœurs nouvelles venues de France, Cardenal a choisi la vertu plus spécialement sociale qu'est la charité, et il a voulu montrer qu'elle était cet amor chanté par les troubadours.

L'œuvre est incarnée dans les événements et dans la tragédie de la croisade albigeoise. Aussi Cardenal est-il un poète de la contestation. Ayant foi dans la Loi, il attaque les prêcheurs hypocrites « qui fuient l'œuvre qu'ils vont prêchant aux autres », les légistes qui soutiennent l'injustice au nom de la cupidité croissante, le droit pur au nom du bon droit : « Dretz a mestier d'ajuda, / E qui l'en ditz de no / En pur dreg a pauc pro » (LXVI, 76-78) (« Le bon droit a besoin d'aide et, si on la lui refuse, dans le droit pur il y a peu de profit »). Il s'en prend aux instances de la justice : « Je les vois faillir les premiers, et ils font semblant alors même de rire » (LXXVII, 20-21). Tout le siècle est témoin au procès intenté par Cardenal qui met en cause les plus hautes autorités morales au nom de la « mesure » qui obéit à l'amour et au sentiment du droit. Chaque fois il s'élève jusqu'au débat qui fait l'unité de son inspiration, la protestation contre une civilisation dont le dernier mot est convoitise, cobeitat. Sa pensée peut s'exprimer à travers des jeux de mots d'étymologie onomastique : « Aquist ric home non son ges de Valenza / Anz son de Gap e d'Albrac, deforas Fransa / De Bauzac es de Cruas es lur semensa » (XXI), « Ces puissants hommes-là ne sont pas de Valence (valeur) mais plutôt de Gap (jactance) et d'Aubrac (boue), hors de France (franchise, noblesse) de Bauzac (tromperie) et de Cruas (cruauté) est leur race ». Cette contestation du poète, radicale, est celle d'une minorité consciente d'être une minorité, mais persuadée de détenir la vérité et, partant, intransigeante. Au cœur de l'œuvre on trouve la fable « Una ciutatz fo, no sai cals » (LXXX), « Il y avait une fois je ne sais quelle cité », écrite entre 1250 et 1265, après la mort de Raymond VII et la perte de tout espoir de survie pour la civilisation occitane. Le thème – une pluie rend fous tous les hommes sauf un – est une donnée folklorique, mais l'interprétation de la pluie par la convoitise est propre à Cardenal : tenu pour fou, frappé, couvert de boue, le poète persiste parce qu'il sait que la méchanceté a envahi l'humanité, conséquence de convoitise. Maintenant qu'ont disparu les seigneurs occitans qui soutenaient *Joi* « joie », *Pretz* « valeur » et *Paratge* « noblesse », la valeur ne dépend plus des établissements d'État, de la place occupée dans la hiérarchie sociale : « Mieux vaut de beaucoup un ribaud avec la misère qui vit en paix et supporte sa gêne, qu'un comte malhonnête qui, tous les jours, regorge d'un honteux profit et ne craint pas le déshonneur. » Cette intransigeance qui refuse tout accommodement quand il s'agit de vérité et de justice, et qui accepte même la mort, est celle du porte-parole d'un peuple devenu étranger dans son propre pays, plutôt que d'un moraliste doué pour la satire. Comme les spirituels, Cardenal nie l'autorité orgueilleuse au profit de l'Amour, qui seul donne la vraie connaissance, et estime que ce qui compte pour un chrétien, c'est la valeur de l'homme en lui-même ; de là l'importance accordée à la pauvreté, comme chez les franciscains : « Ja neguns homs que Dieu creza / Non amassara riqueza » (LV, 49-50) (« Jamais nul homme qui croit en Dieu n'amassera de richesse »), « La riqueza del segle es paubretatz » (LXXIX) (« La richesse du siècle est pauvreté »).

Le sarcasme est sans doute le trait distinctif de son style qui emprunte non seulement aux lexiques courtois et religieux, mais aussi et souvent à la langue quotidienne du peuple : les prieurs batailleurs ont des amours « parfaites [*fina*] comme de loups et de bergers » ; les clercs, qui se disent pasteurs *(pastor),* ne sont que des tueurs *(aucizedor)*. Le sarcasme utilise toutes les figures, comparaisons et métaphores, contre des individus (Estève, le traître, « est à la façon des fruits de l'églantier, gros et rond, plein de méchantes humeurs ») ou une classe : les clercs savent « prendre le chat qui se rebiffe, sans gant, avec la main d'autrui », car, pour le courage, « quand ils sont à l'écuelle, chacun vaut un Roland ». L'image violente donne le branle au poème : « Le milan ni le vautour ne flairent pas plus vite la charogne que clercs et prédicateurs le séjour du riche » (« Tartarassa ni voutor / No sent tan leu la carn puden / Qom clerc e prezicador / Senton ont es lo manen »). Cette violence contestataire est le cri dramatique d'une civilisation qu'on détruit : avec Cardenal, nous sommes au cœur d'une lancinante tragédie.

JEAN DUFOURNET.

RÉF. : R. Lavaud, *Poésies complètes du troubadour Peire Cardenal,* Toulouse, 1957. — Ch. Camproux, *Peire Cardenal, troces causits*, Montpellier, 1970, et *Écrits sur les troubadours*, t. I, Montpellier, 1984, p. 57-183.

PEIRE d'Auvergne. Troubadour qui vécut vers le milieu du XIIe siècle, et dont on peut situer l'activité poétique entre environ 1158 et 1180. On sait, d'autre part, qu'il fut le disciple de Marcabrun et l'un des maîtres de Raimbaut d'Orange. Il était jongleur de profession, d'origine plutôt modeste, vagabondait en Provence, et fut particulièrement bien accueilli à la cour de Toulouse ; on le reçut également très bien en Espagne, où il fut protégé par la cour de Castille, et à Barcelone. Son comportement littéraire en fait un troubadour de grande importance, car il existait en lui un désir d'innovation, et il tenta d'atteindre une plus grande pureté de style. En outre, on trouve chez Peire d'Auvergne, ce qui est remarquable, une tendance critique à l'égard de ses collègues antérieurs et contemporains. Dante lui-même le compte parmi les « antiquiores doctores » — *Traité de l'éloquence en langue vulgaire*, I, 10 —, c'est-à-dire parmi les poètes illustres ; à son époque, on le considéra comme le prince des troubadours. Le recueil *Vers* réunit la vingtaine de poèmes de lui qui nous sont parvenus.

RÉF. : R. Zenker, *Die Lieder Peire's von Auvergne,* Berlin, 1900. — A. Jeanroy, *La Poésie lyrique des troubadours,* Paris, 1934. — A. del Monte, *Peire d'Alvernha, Liriche,* Turin, 1955.

PEIRE VIDAL. Troubadour d'origine toulousaine et bourgeoise, fils d'un pelletier (peut-être commença-t-il par exercer lui-même ce métier). Il vécut dans la seconde moitié du XIIe siècle et dans les premières années du XIIIe, sans probablement dépasser 1205 ou 1206. Il dut faire son apparition en qualité de poète à la cour de Raimond V, qui était, à l'époque, le véritable et le plus grand centre littéraire de Provence. Il jouit également de la protection d'Alphonse II d'Aragon, comte de Provence (1162-1196), auquel il adressa quelques-unes de ses chansons (*Sirventes*), et aussi de celle du vicomte Barral de Marseille, qu'il désigne dans ses poésies sous le nom fictif de Rainier ; il noua même avec ce dernier une réelle amitié.

À partir de 1186, nous le voyons ensuite errer de cour en cour : à Montpellier auprès d'Alphonse VIII de Castille, auprès d'Alphonse II d'Aragon à qui il va jusqu'à offrir ses services contre le comte de Toulouse ; puis on le trouve en Terre sainte, pèlerin « involontaire » comme il se définit lui-même, enfin auprès de Richard Cœur de Lion qui, à l'époque n'était encore que seigneur de Poitiers. Puis Peire rentra en Provence, mais entre 1192 et 1196 il perdit tous ses protecteurs importants : Raimond, Barral et Alphonse II. Pendant ces années-là, son cœur est voué à une femme qu'il appelle « Louve » ; ce fut ce nom qui donna naissance à l'une des nombreuses plaisanteries auxquelles le poète se plut et qui fournirent un point de départ aux créations extraordinaires des anciens biographes ; il voulut vivre par amour pour elle, à la manière des bêtes sauvages. Mais cela ne dura pas longtemps, et il passa facilement à d'autres amours d'autant plus que, après la disparition de ses protecteurs, la Provence ne présentait plus pour lui de grands attraits.

En revanche, la renommée d'un prince italien mécène, Boniface Ier de Montferrat, l'attira, mais, à cette cour, la première place était déjà occupée par un autre troubadour, Raimbaut de Vaqueiras. Toutefois les charmes de la sœur du marquis, Alazais, le retinrent, bien qu'il semble que cet amour n'eût pas été réciproque et que les rapports fussent demeurés assez distants. C'est là qu'il échangea une « tenson » violente avec le marquis Manfredi Lancia, et c'est de cette période que date sa fière attaque contre Henri VI, empereur d'Allemagne, pour la défense des Italiens et des Lombards en particulier, qu'il exhorte à s'unir. Voyageur infatigable, Peire Vidal poussa jusqu'en Hongrie, probablement en 1198, à la suite de Constance d'Aragon. On le retrouve ensuite de nouveau en Italie, à Gênes, où il se sent si à son aise qu'il se proclame en riant « empereur » des Génois et réussit à se faire des amis. C'est avec l'un de ceux-ci, le comte Henri de Malte, qu'il se rend à Malte, en 1204-1205, d'où viennent ses deux dernières chansons adressées à ses amis d'Espagne, de Provence, d'Italie et d'Aragon. À partir de ce moment-là, on ne sait plus rien de ce poète vagabond et aventureux, plein de verve et de bizarrerie.

RÉF. : P. Ginguené, *Peire Vidal, poète provençal,* in *Histoire littéraire de la France,* t. XV, Paris, 1820. — S. Schopf, *Beiträge zur Biographie und zur Chronologie der Lieder des Troubadours Peire Vidal,* Breslau, 1887. — F. Novati, *Un 'avventura di Peire Vidal,* in *Romania,* XXI, 1892. — F. Torraca, *Pietro Vidal in Italia,* Naples, 1915. — J. Anglade, *À Propos des troubadours toulousains,* Toulouse, 1917 ; *Histoire de la littérature méridionale,* Paris, 1921 ; *Les Poésies de Peire Vidal,* Paris, 1923 ; *À propos de Peire Vidal,* in *Romania,* XLIX, 1923. — W. Meyer-Luebke, *Zu Peire Vidal,* Halle, 1919. — O. Schultz-Gora, *Nochmals zu Pons de Capduelh und Peire Vidal,* Hall, 1921. — R. Lejeune, articles in *Annales du Midi,* janvier- avril et juillet-octobre, 1943. N. Zingarelli, « Peire Vidal e le cose d'Italia », dans *Studi Medievali,* t. I, p. 336. — D'Arco Silvio Avalle, *Peire Vidal, Poésie,* Milan-Naples, 1960.

PÉLADAN Joseph-Aymé, dit Joséphin. Écrivain né à Lyon le 28 mars 1858, mort à Neuilly-sur-Seine le 27 juin 1918. Issu d'un milieu de militants légitimistes et catholiques méridionaux hauts en couleur, il s'installe à Paris en 1881 et s'attaque violemment dès ses premiers articles à la peinture réaliste et académique. Promouvoir l'« art idéaliste et mystique » d'un Gustave Moreau, d'un Puvis de Chavannes, lui semble le meilleur moyen de lutter contre la « décadence » : si Dieu parle par la beauté des chefs-d'œuvre, si l'Église n'est plus administrée que par des prélats républicains, l'artiste sera le prêtre de l'avenir, le musée deviendra temple... Son premier roman, *Le Vice suprême* (1884), que préface Barbey d'Aurevilly, inaugure la vaste série de *La Décadence latine* (vingt et un volumes). On y trouve déjà les éléments autour desquels s'organisera sa carrière : goût prononcé pour l'« autoglorification » qui le fait se magnifier dans ses héros, obsessions érotiques, occultisme, enfin la verve lyrique et l'humour très particulier qui caractérisent son style. Participant au « renouveau occultiste » de la fin du XIXe siècle, il fonde en 1888 avec Stanislas de Guaita un ordre kabbalistique de la Rose-Croix. Mais à dater de 1890 son militantisme personnel s'intensifie : il prétend descendre de mages chaldéens, prend le titre de Sar, « excommunie » dans ses « mandements » aussi bien Émile Zola que Mme de Rothschild, allant jusqu'à sermonner le cardinal Rampolla, premier secrétaire du Vatican... Ces excentricités amusent Paris mais ne sont pas du goût de Guaita : exclu de la Rose-Croix kabbalistique, Péladan fonde la Rose-Croix catholique et poursuit sa bruyante campagne, organisant de 1892 à 1897 des expositions d'art wagnéro-symboliste et prêchant dans ses traités de l'*Amphithéâtre des sciences mortes* (six volumes) une philosophie originale. Dans *Comment on devient fée, érotique* (1893), qui fait suite aux enseignements altiers de *Comment on devient mage, éthique* (1892), il assigne à la femme le rôle « providentiel » de prostituée sacrée au service des « œuvres de lumière »... Incompris, déjà déçu, il épouse en 1895 une aristocrate, se range ; mais divorce en 1900, se remarie l'année suivante plus modestement, devient un critique d'art nostalgique du préraphaélisme et fermé à toute innovation : il s'en prend dans ses chroniques au Salon d'automne, à Matisse, à Picasso, à Rouault comme jadis à Courbet... Il voit en 1904 sa belle tragédie, *Sémiramis,* représentée avec succès aux arènes de Nîmes. Ses contemporains l'oublient pourtant. Au long des derniers romans de *La Décadence latine*, ses héros ne cessent d'exprimer sa propre amertume. Un regain d'exaltation le précipite à partir d'août 1914 dans une littérature « antiboche » et lui dicte un « catéchisme » du « surhomme chrétien » ainsi qu'une *Grande prière médiévale* aux anges, aux trônes et aux dominations pour la victoire de la France... Il meurt âgé de soixante ans, victime d'une intoxication alimentaire cinq mois avant l'armistice.

CHRISTOPHE BEAUFILS.

RÉF. : R. L. Doyon, *La Douloureuse Aventure de Péladan*, Paris, 1946. — Ch. Beaufils, *Joséphin Péladan : Essai sur une maladie du lyrisme,* Paris, 1993.

PELLISSON Paul. Écrivain né à Béziers (Hérault) le 30 octobre 1624, mort à Paris le 7 février 1693. Issu d'une famille de magistrats protestants, il fit ses études secondaires à Castres, sa philosophie à l'académie protestante de Montauban, son droit à Toulouse. Reçu avocat (1645), il est atteint de la petite vérole qui marque son visage (1646). Il fait un voyage à Paris, où il entreprend de se faire connaître dans les milieux littéraires, notamment par les contacts qu'il a avec Conrart, protestant comme lui. Mais les troubles qui furent précurseurs de la Fronde l'incitent à retourner dans sa province. Il avait connu une académie à Castres, s'était fait l'un des animateurs d'un cercle académique à Toulouse, il récidive à son retour à Castres, et acquiert une certaine notoriété régionale comme traducteur. Sitôt la Fronde achevée, il repart pour Paris, où il mène dès lors une carrière fulgurante. En 1654, alors qu'approche le vingtième anniversaire de la fondation de l'Académie française, il compose une *Histoire* de celle-ci : les académiciens, reconnaissants, l'élisent membre surnuméraire en attendant qu'un fauteuil se libère. Il fréquente assidûment le cercle réuni autour de Mlle de Scudéry, ainsi que l'« académie » de l'abbé Ménage. Il se lie avec Guez de Balzac et Sarasin avant leur disparition, et fait figure de vedette de la littérature mondaine. Par ce jeu de relations, il entre au service de Fouquet, dont la puissance et l'influence sont alors en plein essor, et qui devient surintendant des Finances. Pellisson, son secrétaire et homme de confiance, joue aussi auprès de lui le rôle de conseiller pour le mécénat que le ministre développe ; il collabore également, dans cette perspective, avec Molière pour la création à Vaux-le-Vicomte, en 1661, des *Fâcheux*, dont il compose le prologue. Et il accède à l'emploi envié d'historiographe de Louis XIV. L'arrestation de Fouquet lui vaut d'être lui aussi emprisonné. Il fait preuve alors de courage en affirmant sa fidélité à son patron déchu, et en prenant sa défense dans divers textes adressés au roi. Il subit cinq ans de prison, mais son innocence ayant été reconnue à l'occasion du procès Fouquet, il retrouva sa place comme historiographe du roi, en 1667, après avoir donné un *Abrégé de la vie d'Anne d'Autriche* (1666). Il poursuivait son activité d'animateur de la vie littéraire, participant à l'académie Lamoignon, contribuant à la création de celle de Soissons. Dans les intrigues de cour, Mme de Montespan poussa en avant Racine et Boileau comme nouveaux historiographes de Louis XIV (1677), et Pellisson, s'il ne fut pas exclu, perdit ses prérogatives. Il se consacra alors davantage à l'érudition théologique : *Réflexion sur les différends en matière de religion* (1686), *Traité de l'eucharistie* (1694).

Polygraphe, Pellisson était surtout estimé en son temps comme traducteur et historien. Par la suite, ce sont surtout ses apports en matière de critique littéraire qui ont gardé une place dans l'histoire. Son *Histoire de l'Académie française* instaure un propos institutionnel sur la littérature qui a donné un essor décisif à l'autonomisation de celle-ci. Mais plus encore, Pellisson théoricien de la « galanterie » a marqué l'esthétique de son temps. Après la mort de l'écrivain Sarasin, ses amis entreprennent une édition de ses *Œuvres* en hommage posthume, et Pellisson la nantit d'une préface, ou *Discours* (1656), qui constitue un des textes théoriques les plus significatifs de l'esthétique littéraire au milieu du XVIIe siècle. Il y développe l'idée d'une littérature nourrie de savoir et de la lecture des Anciens, mais orientée par le soin de plaire aux « honnêtes gens » et aux « dames », de s'ajuster donc aux goûts de la mondanité moderne, et cherchant un équilibre dans la variété des tons, dans la fluidité des distinctions entre les genres, qui rompt avec les contrastes et les emphases baroques, mais qui ne s'enferme pas dans les cadres contraignants que Boileau érigera en normes. Cette esthétique « galante » — qui ne se confond pas avec la préciosité — a largement influencé La Fontaine et Racine, sans parler de Mlle de Scudéry, Mme de Villedieu et même Molière, et elle représente la tendance forte du goût littéraire des années 1660.

ALAIN VIALA.

RÉF. : F. L. Marcou, *La Vie et les œuvres de Pellisson*, thèse, 1853. — U. Chatelain, *N. Fouquet protecteur des lettres et des arts*, thèse, Paris, 1905. — A. Viala (dir.), *L'Esthétique galante*, Toulouse, S.L.C., 1990.

PENNAC Daniel. Romancier, conteur et essayiste né en 1944 à Casablanca (Maroc). Professeur de lettres, il publie deux romans destinés à la jeunesse, où se révèle un ton tout à fait nouveau : *Cabot-Caboche* (1982), *L'Œil du loup* (1984). Il s'adresse ensuite aux lecteurs adultes à travers deux romans « policiers » : *Au bonheur des ogres* (1985) et *La Fée Carabine* (1987), publiés dans la fameuse « Série noire ». Ces deux ouvrages se suivent et narrent les aventures d'un certain Benjamin Malaussène. Bien sûr, l'intrigue proprement criminelle est palpitante et menée de main de maître. Néanmoins, Pennac excelle d'abord à camper des personnages et à peindre un monde à part, celui de Belleville, véritable village dans Paris, voué pourtant aux affres de la spéculation immobilière et à la démolition. Ces deux œuvres connaissent un vif succès, non seulement auprès des amateurs de « polars », mais dans un lectorat d'une extrême diversité socio-culturelle. Dès 1988, une adaptation télévisée de *La Fée Carabine*, par Yves Boisset, confirme l'audience de Pennac auprès d'un très large public.

On peut certes lire ces romans à des fins de pur délassement. Il est pourtant difficile de rester insensible au naturel des personnages, même dans les situations les plus extravagantes, ni à l'humour ravageur de l'auteur. Ces qualités littéraires ne sont pas passées inaperçues : le troisième roman de la « saga » de Benjamin Malaussène, *La Petite Marchande de prose* (1989), n'a pas été publié en « Série noire », mais dans la prestigieuse « Collection blanche » des éditions Gallimard. Enfin reconnue par la littérature « officielle », cette œuvre témoigne des mêmes qualités que les précédentes : l'intrigue policière y reste des plus surprenantes, les personnages hauts en couleur, l'humour omniprésent. La trilogie dans son ensemble est presque, selon le mot de Nietzsche, « un livre pour tous et pour personne ». Avec ou sans références culturelles, chacun peut la lire avec une jubilation au moins équivalant au plaisir que prend l'auteur à écrire et à raconter une histoire. L'allusion aux contes pour enfants, transparente dans les trois titres, indique assez l'ambition de Pennac : faire retrouver au lecteur adulte quelque chose du plaisir qu'il prenait, enfant, à écouter un récit. Ambition comblée et que l'on aurait tort de croire frivole : il y a aussi dans ces textes un regard aigu sur l'existence, et sans doute un petit secret que la suite de l'œuvre dévoilera peut-être. En attendant, à l'écart des avant-gardes auto-proclamées, Pennac a tracé son chemin et trouvé ses lecteurs. Il dispense avant tout une joie de lire dont il s'est fait le champion dans son essai *Comme un roman* (1992).

ALAIN QUESNEL.

Pensées de Pascal. C'est par ces fragments d'une *Apologie de la religion chrétienne* qu'il ne put achever que Blaise Pascal (1623-1662), savant, penseur et écrivain, connut, après sa mort, une gloire universelle (une première édition parut en 1670). De son vivant, il avait connu quelque renommée comme mathématicien, puis comme physicien, grâce à ses expériences sur le vide ; ensuite, en tant que disciple de Port-Royal, il avait acquis, comme polémiste, une grande notoriété avec ses *Provinciales*, qui furent lues au fur et à mesure de leur parution dans toute la France ; toutefois, c'est seulement grâce aux *Pensées*, publiées à titre posthume, qu'il obtint une audience de plus en plus vaste du XVIIe siècle à nos jours. Selon le témoignage du neveu de Pascal, Étienne Périer, qui rédigea la préface des *Pensées* (édition de

Port-Royal, 1670), ce serait en 1652 que Pascal aurait conçu la première idée de son *Apologie*. Il était encore dans le monde à cette époque. Sans doute convient-il de ne pas faire de contresens sur cette expression : Pascal n'a jamais été un mondain, au sens où nous l'entendons aujourd'hui ; elle signifie seulement que Pascal n'avait pas encore renoncé à sa vie profane, qu'il ne vivait pas encore dans la stricte retraite où il s'enfermera de plus en plus après sa conversion de 1654, à la manière des « Solitaires » de Port-Royal. Toutefois, il semble bien que, dès 1657, à côté de ses travaux scientifiques qu'il reprend, sa grande pensée soit la préparation de l'*Apologie*. C'est à la fin de 1658, selon ses historiens, que se placerait la conférence qu'il donna à Port-Royal sur le dessein qui le guidait dans cette grande entreprise. Il le fit sur ordre des messieurs de Port-Royal : « On l'obligea non pas d'écrire ce qu'il avait dans l'esprit sur ce sujet-là, mais d'en dire quelque chose de vive voix », écrit Étienne Périer dans la Préface des *Pensées* ; et il ajoute : « Il leur développa en peu de mots le plan de tout son ouvrage ; il leur représenta ce qui en devait faire le sujet et la matière ; il leur en rapporta en abrégé les raisons et les principes, et il leur expliqua l'ordre et la suite des choses qu'il y voulait traiter. Et ces personnes, qui sont aussi capables qu'on le puisse être de juger de ces sortes de choses, avouent qu'elles n'ont jamais rien entendu de plus beau, de plus fort, de plus touchant ni de plus convaincant. » Ce témoignage indique bien qu'à cette date Pascal était déjà fort avancé dans l'élaboration de son œuvre, qu'il avait une certaine idée de son plan et qu'il en avait certainement rédigé d'importants fragments.

Peu après cette conférence, le mal dont il souffrait s'aggrave. Sa nouvelle activité scientifique, qui avait succédé aux *Provinciales*, cesse. Il semble d'ailleurs qu'au cours des quatre années qui lui restent à vivre (1658-1662) il soit incapable de se livrer à tout travail suivi. Pascal aurait accumulé des notes et conçu le plan de son ouvrage avant la fin de 1658, et il aurait continué à écrire ou à dicter des notes éparses et fragmentaires après cette date.

Pour présenter schématiquement le redoutable problème de l'édition des *Pensées*, on peut dire qu'aujourd'hui plusieurs conceptions — inégalement acceptables — s'offrent au spécialiste. La plus simple, et satisfaisante pour l'esprit, est celle qui a fait le succès de Brunschvicg et qu'avaient déjà adoptée, en désespoir de cause, les premiers éditeurs de Port-Royal : elle consiste à organiser les fragments de Pascal d'une manière arbitraire mais cohérente. À l'inverse, une tentative plus ambitieuse, mais au bout du compte extrêmement naïve, est celle qui voudrait retrouver l'*Apologie* que Pascal aurait écrite si la mort lui en avait laissé le temps, soit qu'on se fie pour cela à des documents (Jacques Chevalier ainsi s'appuie sur le *Discours* de Filleau de la Chaise), soit que l'éditeur fasse tout simplement confiance à son intuition (édition de Francis Kaplan). Outre que cette méthode ne saurait se défendre des accusations de subjectivité, elle offre l'inconvénient de postuler que Pascal avait, à sa mort, une idée arrêtée de son ouvrage — ce que rien ne permet d'affirmer. Un grand progrès a été réalisé par les éditions des *Pensées* dites « objectives » : elles reposent sur l'examen méthodique des deux copies qui nous sont parvenues des *Pensées* en plus du manuscrit. Ces copies ont été faites avant le découpage du texte par les amis de Pascal en vue de l'édition de 1670 et reproduisent encore les fragments dans l'ordre même, ou plutôt le désordre où ils furent retrouvés à la mort de l'auteur. La première copie fut transmise par le bénédictin Jean Guerrier, lequel la tenait de la nièce de Pascal, religieuse de Port-Royal, Marguerite Périer ; la seconde, qui reproduit presque exactement la première, porte la signature du père Pierre Guerrier, neveu du précédent (les deux copies sont les Ms. 9203 et 12449 de la Bibliothèque nationale). Parmi les éditions objectives, il faut citer celles de Z. Tourneur, de Louis Lafuma ou de Michel Le Guern (d'après la première copie) et celle de Philippe Sellier (d'après la deuxième copie). Une ultime possibilité enfin, mais dont la difficulté est extrême et que seuls les récents progrès de l'érudition pascalienne (travaux de Jean Mesnard et Pol Ernst) rendent envisageable, consisterait à intégrer dans un classement objectif les éléments chronologiques que l'on possède sur la date de rédaction des fragments qui composent les *Pensées*. C'est le principe qu'a adopté M. Mesnard dans sa monumentale édition du Tricentenaire. Ajoutons que ce problème de l'édition des *Pensées* est d'une importance capitale, les *Pensées* n'étant aucunement des pensées détachées, des morceaux choisis : ce sont les matériaux d'un ouvrage, et de leur ordre dépend, en grande partie, le sens de l'œuvre elle-même.

Plus encore qu'une œuvre inachevée et fragmentaire, les *Pensées* sont des notes prises pour un livre dont nous connaissons seulement le plan dans ses grandes lignes. Sans conteste, le dessein général de Pascal ne peut faire de doute et il est bien connu : il se proposait de convaincre l'incroyant. Après lui avoir montré les deux états de l'homme : grandeur et misère, il entendait lui prouver que seuls l'« Ancien » et le « Nouveau Testament » rendent compte de l'une et de l'autre par la Création, le péché originel et la Rédemption. Ainsi, il y a une idée si juste du destin humain dans les explications qu'en donnent les Saintes Écritures qu'on est obligé de convenir, même si l'on est incrédule, qu'il y a quelque probabilité pour que Dieu existe et que les livres saints soient dignes de foi. On est donc fondé à espérer que la religion est véridique. À cela s'ajoute l'argument du pari : il faut choisir. La suite de l'analyse pascalienne devait démontrer que la religion n'est pas seulement vraisemblable et désirable, mais qu'elle est vraie. Pour en avoir les preuves, il suffit à l'homme de ne pas se refuser à la vérité, mais de s'y abandonner et de s'y soumettre. Ces preuves, cette preuve unique, c'est Jésus que l'« Ancien Testament » espère et annonce, que le « Nouveau Testament » réalise et propose en modèle à tous les hommes, Jésus dont le drame divin et humain n'a jamais cessé et se reproduira dans tous les siècles, tant qu'il restera une âme à sauver. Telles sont les grandes lignes du dessein que Pascal exposa à ces messieurs de Port-Royal et dont ils furent si bouleversés. Mais de ce plan grandiose, qui eût fait à coup sûr de cette œuvre, avec les *Confessions* de saint Augustin, la plus sublime et la plus efficace des Apologies de la religion chrétienne, seule la première partie (« Misère de l'homme sans Dieu ») a été développée par Pascal ; la seconde partie (« Preuves de la religion chrétienne ») est restée à l'état de fragments inorganisés et souvent si laconiques ou si illisibles que le sens n'en peut être clairement établi. De cela résulte une disproportion qui fausse la pensée de l'auteur et lui fait attribuer un caractère qu'elle n'a jamais eu dans son esprit. La partie négative, nécessairement sceptique, désespérée, prend ainsi une place démesurée par rapport à celle qu'elle eût eue dans l'ensemble de l'œuvre. La présentation même du livre risque de faire commettre une autre erreur. Les *Pensées* ne sont pas, comme on a trop tendance à le croire, un journal intime ; sans doute Pascal a éprouvé lui-même ces angoisses qu'il nous relate, mais cet état était pour lui dépassé et il entendait donner la possibilité à son interlocuteur de le dépasser à son tour. Ce personnage anxieux, tourmenté, effrayé, qu'on entend parler ici, c'est son interlocuteur parvenu dans les dispositions provisoires où il entend le placer. Car les *Pensées* sont des dialogues, un vaste dialogue entre le « vieil homme » et le « nouvel homme », entre l'incrédule et l'apologiste ; sans doute les deux personnages sont bien Pascal, mais à deux moments différents : avant et après la conversion ; maintenant, c'est le converti du *Mémorial*, l'ascète de Port-Royal qui parle : celui qui mourra autant de ses austérités que de ses maladies, ainsi qu'en témoigne sa sœur Gilberte Périer dans la *Vie* qu'elle nous a laissée, celui qu'on appelait à Port-Royal, aussitôt après sa mort, « notre saint » ; et cette homme-là qui a trouvé s'adresse à celui qui cherche, à celui qui ne croit pas encore, mais s'effraie du destin de l'homme. Il ne lui demande qu'une chose, c'est de ne pas se détourner de lui-même par le « divertissement », de regarder en face son existence ; quand il en aura pris pleine conscience, il lui faudra seulement chercher en gémissant, s'abandonner à la vérité, ne plus dresser contre elle cette barrière qu'est la superbe de l'esprit, « s'abêtir ».

En somme, c'est sa propre expérience, sa propre démarche, celle qui le conduisit de sa vie de mathématicien et d'« homme du monde » à l'ascétisme et au renoncement, que Pascal reproduit ; car il sait que, pour être persuasif, il n'a qu'à se retourner vers son propre passé et faire saisir cette nécessité de la conversion qu'il a lui-même éprouvée avec tant de force et à laquelle il a cependant longtemps résisté. Les *Pensées* sont donc, aussi, le récit d'une conversion, et en ce sens on peut également les comparer aux *Confessions* de saint Augustin, à l'exception toutefois des allusions directement biographiques qui y sont rares. Sans doute, lorsqu'il entra à Port-Royal, Pascal était depuis de nombreuses années un converti de cœur : le *Mémorial* en est le témoignage mystique, ainsi que, dans les *Pensées*, le « Mystère de Jésus », qui n'était pas destiné à faire partie de l'*Apologie.* Dans ce texte, un des plus nobles et des plus émouvants de la littérature mystique, c'est le chrétien en face de Jésus crucifié qui parle, et ce court chapitre éclaire toute l'œuvre. Mais c'est l'esprit qu'il fallait convaincre, c'est la raison qu'il fallait persuader. Une des plus grandes et des plus profondes intelligences de tous les temps, Pascal avait besoin que la religion satisfasse entièrement son intelligence ; dans ce siècle où la raison triomphait, il était nécessaire de convertir la raison. Tel est le dessein, à plusieurs reprises affirmé, qu'il se proposa en écrivant les *Pensées.* Et aussitôt, Pascal se fixe des bornes : « Deux excès : exclure la raison, n'admettre que la raison. » « Si on soumet tout à la raison, notre religion n'aura rien de mystérieux et de surnaturel. Si on choque les principes de la raison, notre religion sera absurde et ridicule. »

Ainsi l'entreprise de Pascal s'inscrit dans la vaste réforme tentée par Port-Royal, et elle en tire certaines de ses particularités. On oublie trop que Pascal fut, dès sa conversion, considéré comme une des lumières du mouvement janséniste, et qu'à peine entré dans cette communauté Arnauld s'en remit à lui plus d'une fois. Ces messieurs étaient de grands esprits, des hommes fort cultivés, érudits ; ils pratiquaient et connaissaient à fond l'Écriture, beaucoup mieux que la plupart des théologiens de leur temps : ils étaient historiens, critiques en même temps qu'exégètes, et Pascal rassembla, dans ses écrits, toute la grande expérience d'Arnauld, de M. de Sacy et de quelques autres, réalisant ce qu'ils n'avaient pu eux- mêmes concevoir. Les thèses qu'il développe, ses positions doctrinales, son dessein, il les avait communiqués à ces messieurs et ils avaient reçu une approbation chaleureuse. Mais Pascal est aussi, ce que n'étaient pas les « Solitaires », un grand philosophe. Dans les *Pensées*, il accomplit une démarche aussi radicale que, sur un autre plan, celle de Descartes dans le *Discours de la méthode* (*). Lui aussi part de la table rase, il veut voir l'homme à nu, il le dépouille de tout faux- semblant pour le faire se redécouvrir dans sa déréliction. Il faut que l'homme fasse taire en lui toutes ses voix qui le distraient, il faut qu'il parvienne au vide, au silence. Il apparaît donc que la démarche de Pascal est, par rapport aux apologistes qui l'ont précédé, dans la même relation que celle de Descartes par rapport aux philosophes qui vécurent avant lui.

Tels sont les mouvements de ce long dialogue entre celui qui cherche et celui qui a trouvé, dialogue qui se poursuit tout au long des *Pensées*. Dans les fragments se rapportant au dessein, à l'ordre et au plan de l'ouvrage, on voit comment Pascal entendait persuader, comment il choisit ses arguments, dans quel ordre il entend les disposer. Le fameux fragment sur « l'esprit de géométrie et l'esprit de finesse » ressortit à cette préoccupation. Ces pensées nous font pénétrer dans l'intimité de l'esprit de Pascal ; elles nous le présentent faisant son livre, définissant sa méthode, son art de persuader, auquel il a consacré par ailleurs tout un essai, et dont il devait donner un si magistral exemple dans *Les Provinciales*. S'il cherche si longuement à prévoir ce qui pourra toucher son lecteur, les objections qu'il pourra émettre, c'est parce que pour lui la rhétorique est un art, une science dont il est indispensable de posséder à fond les règles ; c'est surtout parce qu'il se trouve dans l'obligation de fonder sa propre rhétorique, parce qu'il est animé de la passion de convaincre, parce que enfin c'est sa mission. Ces interrogations sur la marche à suivre, sur les vérités à mettre en lumière, sur les arguments à développer, on les retrouvera dans tout l'ouvrage, de telle sorte que le lecteur verra le livre s'ébaucher sous ses yeux, en même temps qu'il suivra l'auteur dans ce travail préalable, dans sa démarche première dont les traces eussent sans doute disparu si Pascal avait achevé son œuvre. Ainsi, tout au long, nous seront livrés non seulement des fragments de l'*Apologie*, mais les matériaux même qui devaient servir à l'édifier. Cette première série de pensées se conclut sur des notes relatives au plan : « Misère de l'homme sans Dieu. Félicité de l'homme avec Dieu. Que la nature est corrompue. Par la nature même. Qu'il y a un réparateur. Par l'Écriture. » Ainsi se trouvent esquissées les grandes lignes de l'œuvre et ses deux parties délimitées.

La première partie, « L'Homme sans Dieu », débute par une Préface où Pascal, à propos de « ceux qui ont traité de la connaissance de soi-même », dit de Montaigne : « Le sot projet qu'il a eu de se peindre ! » On a souvent cité cette phrase comme étant un jugement personnel et littéraire de Pascal ; en fait, c'est l'apologiste chrétien qui parle et qui condamne parce qu'il ne peut que condamner. Pascal ne nie nullement la nécessité de se connaître – tout au contraire, c'est là le point de départ de cette première partie ; ce qu'il réprouve, c'est cette connaissance satisfaisante et impuissante de soi-même qui s'étale dans Montaigne. La connaissance de soi « sert au moins à régler sa vie quand elle ne servirait pas à trouver le vrai » : la connaissance de soi ne doit pas être le terme de la pensée comme chez Montaigne, mais un point de départ. En s'interrogeant sur la place de l'homme dans la nature, Pascal commence cette pénétrante analyse par quoi il dénude l'homme devant lui-même. Il le place immédiatement en face de sa disproportion, pris entre ces deux infinis de grandeur et de petitesse, qu'il évoque dans des pages restées parmi les plus célèbres de l'œuvre ; c'est à la « Misère de l'homme » qu'il consacre ensuite une série de fragments, groupés par les éditeurs en pensées sur les sens et la mémoire, sur l'imagination, sur la coutume, sur l'amour-propre, sur l'orgueil, sur les contrariétés, la folie de la science humaine, le divertissement, l'injustice des lois humaines. En quelques pensées profondes et acérées, avec un implacable scalpel, Pascal tranche tous ces faux- semblants qui rattachent l'homme au monde et auxquels il se cramponne : au terme de cette analyse, l'interlocuteur, le libertin, est obligé de reconnaître qu'il ne peut rien savoir de certain, ni par les sens ni par la raison, de ce monde qui l'entoure, qu'il ne peut s'aimer lui-même qu'au prix d'un malentendu flagrant : « Il veut être grand, et il se voit petit ; il veut être heureux, et il se voit misérable ; il veut être parfait, et il se voit plein d'imperfections ; il veut être l'objet de l'amour et de l'estime des hommes et il voit que ses défauts ne méritent que leur aversion et leur mépris. » Il sera contraint de convenir qu'il n'est qu'« inconstance, ennui, inquiétude » et que rien ne lui est « si insupportable que d'être en plein repos, sans passions, sans affaire, sans divertissement, sans application. Il sent alors son néant, son abandon, son insuffisance, sa dépendance, son impuissance, son vide. Incontinent, il sortira du fond de son âme l'ennui, la noirceur, la tristesse, le chagrin, le dépit, le désespoir ». Il sera persuadé que la justice humaine n'est pas la justice, que la science humaine et la philosophie ne sont que folies, car elles s'écartent du vrai et du seul problème de l'homme ; c'est pourquoi « Descartes [est] inutile et incertain ». En définitive, « les hommes sont si nécessairement fous que ce serait être fou, par un autre tour de folie, de n'être pas fou ». Pascal en arrive à conclure qu'il y a deux faces de l'homme : « La nature de l'homme se considère en deux manières : l'une selon la fin, et alors il est grand et incomparable ; l'autre, selon la multitude [...] et alors l'homme est abject et vil. Voilà les deux voies qui en font juger diversement, et qui font tant disputer les philosophes. » Aussi, après cet exposé complet de la misère humaine, consacre-t-il son attention aux « Marques de la grandeur de l'homme ». Cette grandeur se conclut de sa misère, de l'instinct du vrai et du bien dans ses égarements mêmes : « Toutes ces misères-là mêmes prouvent sa grandeur. Ce sont misères de grand seigneur, misère d'un roi dépossédé » ; la preuve, c'est que « nous avons une si grande idée de l'âme de l'homme que nous ne pouvons souffrir d'en être méprisés, et de n'être pas dans l'estime d'une âme ; et toute la félicité des hommes consiste dans cette estime ». Au passage, Pascal tient à noter qu'il est nécessaire, pour découvrir la vraie grandeur de l'homme, de procéder à un renversement radical du pour au contre, puisque sa vraie grandeur n'est pas celle qu'il se donne pour se rassurer (l'acquisition de biens, la gloire, les certitudes de la raison), mais sa faiblesse et l'inquiète conscience qu'il en a. La véritable grandeur de l'homme est entre ces deux abîmes, ces deux infinis ; elle est dans le milieu, dans cette duplicité, dans cette « guerre intérieure de la raison contre les passions ». La conclusion est qu'il n'y a qu'un seul problème dont nous tentons sans cesse de nous détourner : « Il importe à toute la vie de savoir si l'âme est mortelle ou immortelle. » Quant au repos dans l'ignorance, c'est « une chose monstrueuse », et « dont il faut faire sentir l'extravagance et la stupidité à ceux qui y passent leur vie, en la leur représentant à eux-mêmes, pour les confondre par la vue de leur folie ». Il faut chercher Dieu : « Qu'ils apprennent au moins quelle est la religion qu'ils combattent, avant que de la combattre. » En quelques pages d'une dialectique vigoureuse et insistante, Pascal développe cette pensée à laquelle on ne peut se dérober.

La réflexion consacrée à « L'Homme avec Dieu » est beaucoup moins étendue et surtout beaucoup plus fragmentaire, la plupart des morceaux ne sont qu'ébauchés ; de plus, Pascal procède souvent par allusions, par références qu'il ne précise pas, ses notes n'étant faites que pour lui, n'étant destinées qu'à être des aide-mémoire pour le moment où il se mettrait à rédiger. Le voici maintenant parvenu au centre de sa démonstration ; il a convaincu l'adversaire ; il est parvenu à lui persuader que Dieu était un besoin — et le seul besoin véritable — de l'homme ; que le seul but de notre existence terrestre était la recherche de Dieu. Dorénavant, il ne considère plus son interlocuteur comme un adversaire : il l'a réduit, il l'a fait renoncer à toutes ses vaines certitudes, il a fait place nette, que va-t-il lui donner en échange ? Non pas justement d'autres certitudes, non pas une vision éclatante de la divinité, car Dieu est un Dieu caché, il faut le retrouver sur les indices, sur les signes qu'il a bien voulu nous donner de son existence ; il faut déchiffrer ce palimpseste qu'est la Révélation. Dans la Préface à cette seconde partie, Pascal souligne la raison pour laquelle les apologies sont habituellement si inefficaces, elles supposent la foi au lieu de la faire naître : « Prouver la Divinité par les ouvrages de la nature à des incroyants est vain, dire à ceux-là qu'ils n'ont qu'à voir la moindre des choses qui les environnent, et qu'ils y verront Dieu à découvert [...] c'est leur donner sujet de croire que les preuves de notre religion sont bien faibles » ; il faut partir du doute absolu, du pyrrhonisme, et c'est en cela que le « pyrrhonisme sert à la religion ». Après avoir examiné les thèses des philosophes, Pascal passe à l'examen comparé des différentes religions. Maintenant qu'il a démontré que Dieu est nécessaire, il faut montrer qu'il est et qu'il est le Dieu de l'Église chrétienne : « En voyant l'aveuglement et la misère de l'homme, en regardant tout l'univers muet, et l'homme sans lumière, abandonné à lui-même, et comme égaré dans ce recoin de l'univers, sans savoir qui l'y a mis, ce qu'il y est venu faire, ce qu'il deviendra en mourant, incapable de toute connaissance, j'entre en effroi, comme un homme qu'on aurait porté endormi dans une île déserte et effroyable, et qui s'éveillerait sans connaître où il est, et sans moyen d'en sortir. Et, sur cela, j'admire comment on n'entre point en désespoir d'un si misérable état. » Mais ce désespoir n'est qu'un passage, et Pascal ne le montre si complet et si terrible que parce qu'il dresse en face de lui la possibilité de l'espérance ; parvenu à cet état, il ne peut que « considérer combien il y a plus d'apparence qu'il y a autre chose que ce qu'il voit », il ne peut que rechercher « si ce Dieu n'aurait point laissé quelque marque de soi ». Où est ce Dieu ? « Je vois plusieurs religions contraires, et partant toutes fausses, excepté une. » Pascal a vite fait d'éliminer la religion de Mahomet, religion sans miracles et sans prophéties ; il passe ensuite à l'examen de la religion d'Israël : celle-ci a les marques, encore incomplètes, de la vraie religion ; elle donne la solution de la « difficulté », en l'expliquant par la « nature déchue » de l'homme : « Il faut, pour faire qu'une religion soit vraie, qu'elle ait connu notre nature. Elle doit avoir connu la grandeur et la petitesse, et la raison de l'une et de l'autre. Qui l'a connue, que la chrétienne ? » La religion d'Israël ne connaissait que la faiblesse de l'homme déchu ; la chrétienne la complète, en découvrant la noblesse de l'homme racheté. Voilà Pascal parvenu au nœud de son argumentation : après avoir montré qu'on doit chercher Dieu, il en arrive à ce point qu'il faut « ôter les obstacles », « préparer la machine, chercher par raison ». Dans un passage dialogué resté célèbre, le fragment « infini rien » (connu sous le titre du « pari »), il empoignait son adversaire, le poussant à se décider, à choisir, à faire le saut : « Il faut parier. Cela n'est pas volontaire, vous êtes embarqué. Lequel prendrez-vous donc ? Voyons. Puisqu'il faut choisir, voyons ce qui vous intéresse le moins. Vous avez deux choses à perdre : le vrai et le bien, et deux choses à engager : votre raison et votre volonté, votre connaissance et votre béatitude ; et votre nature a deux choses à fuir : l'erreur et la misère. Votre raison n'est pas plus blessée, en choisissant l'une que l'autre, puisqu'il faut nécessairement choisir. Voilà un point vidé. Mais votre béatitude ? Pesons le gain et la perte, en prenant choix que Dieu est. Estimons ces deux cas : si vous gagnez, vous gagnez tout ; si vous perdez, vous ne perdez rien. Gagez donc qu'il est, sans hésiter. » Mais Pascal prévoit l'objection, et il fait rétorquer à son interlocuteur : « Cela est admirable. Oui, il faut gager ; mais je gage peut-être trop. » À quoi Pascal répond : « Il y a ici une infinité de vie infiniment heureuse à gagner, un hasard de gain contre un nombre fini de hasards de perte, et ce que vous jouez est fini. Cela ôte tout parti : partout où est l'infini, et où il n'y a pas infinité de hasards de perte contre celui de gain, il n'y a point à balancer, il faut tout donner. » Et il ajoute : « Or quel mal vous arrivera-t-il en prenant ce parti ? Vous serez fidèle, honnête, humble, reconnaissant, bienfaisant, ami sincère, véritable. À la vérité, vous ne serez point dans les plaisirs empestés, dans la gloire, dans les délices ; mais n'en aurez-vous point d'autres ? Je vous dis que vous y gagnerez en cette vie, et que, à chaque pas que vous ferez dans ce chemin, vous verrez tant de certitude du gain, et tant de néant de ce que vous hasardez, que vous connaîtrez à la fin que vous avez parié pour une chose certaine, infinie, pour laquelle vous n'avez rien donné. »

Cela étant acquis, il reste à obtenir du prosélyte qu'il fasse les gestes de la foi. Il doit consentir à se plier aux « formalités » ; car si « c'est être superstitieux de mettre son espérance dans les formalités », « c'est être superbe de ne vouloir s'y soumettre ». Et ce n'est que si l'extérieur est conforme à l'intérieur qu'il pourra recevoir la foi qu'il cherche, car « il ne faut pas se méconnaître ; nous sommes automates autant qu'esprits ». La preuve ne suffit pas, elle peut seulement faire sentir la nécessité de la foi ; elle y prédispose, elle ne la donne pas, car la preuve est humaine et la foi est un don de Dieu. En vérité, il ne s'agit pas que de connaître Dieu, mais de l'aimer et « qu'il y a loin de la connaissance de Dieu à l'aimer ! » ; « tout notre raisonnement se réduit au sentiment » et « le cœur a ses raisons que la raison ne connaît point ». Pascal entreprend alors de rechercher, avec prudence et élan tout à la fois, les « Preuves de Jésus-Christ », « que les deux Testaments regardent, l'Ancien comme son attente, le Nouveau comme son modèle, tous deux comme leur centre ». C'est ici que commence la partie proprement apologétique des *Pensées.* Tous les événements de l'histoire du peuple d'Israël, tous ses textes sacrés, s'expliquent et se justifient par cette venue du Messie : « Au temps du Messie, le peuple se partage. Les spirituels ont embrassé le Messie ; les grossiers sont demeurés pour lui servir de témoins. Si les Juifs eussent été tous convertis par Jésus- Christ, nous n'aurions plus que des témoins suspects. Et s'ils avaient été exterminés, nous n'en aurions point du tout. » L'histoire même de Jésus ne pouvait se dérouler autrement : « Les Juifs, en le tuant pour ne point le recevoir pour Messie, lui ont donné la dernière marque de Messie ; et en continuant à le méconnaître, ils se sont rendus témoins irréprochables : et en le tuant, et continuant à le renier, ils ont accompli les prophéties. » Notons au passage que Pascal ne peut se défendre ici, et dans la suite de son exposé, de solliciter quelque peu les textes et le sens des événements ; on pourrait lui reprocher ce qu'il reprochait aux autres apologistes, c'est-à-dire de ne pas se placer au point de vue de l'incroyant ; certaines déductions qu'il tire, si elles sont valables pour celui qui croit, ne peuvent emporter la conviction de celui qui demeure encore hors de la foi ; il est vrai que son interlocuteur est, à ce point du livre, déjà converti, qu'il a admis les preuves et surtout, pour s'être humilié par les formalités, qu'il a reçu la foi. Pascal examine ensuite les prophéties, il y découvre un ordre divin et montre comment Jésus les a accomplies. Il est bien celui qu'on attendait, il a fait des miracles, il est la « lumière qui brille dans les ténèbres et les ténèbres ne l'ont point comprise » ; il est le rédempteur non des Juifs, mais du genre humain tout entier ; il continue à le guider par son enseignement, par sa présence réelle dans l'Eucharistie, par la grâce. Et Pascal en arrive à cette admirable méditation en face de son Sauveur, dans l'acte même du salut, qui est le mystère de Jésus. Après avoir soigneusement recueilli les preuves de ce que l'Église est vraiment l'Église de Jésus-Christ et qu'il n'y en a point d'autre, il conclut sur le devoir de l'homme en face du « mystère de la charité chrétienne ».

Telle est, dans ses grandes lignes, la réalisation de cet immense dessein que Pascal se proposait et qui n'a vraiment été mis en lumière que par les exégètes modernes. Le fait que la seconde partie soit entièrement composée de fragments et moins développée que la première avait pu faire illusion. Pascal n'est pas un désespéré ni un maître de désespoir ; s'il y pousse l'homme, c'est pour le tirer, à tout prix, de cette pernicieuse quiétude où il s'endort, c'est pour faire naître en lui cette angoisse qui le sauvera, pour le faire remonter, de cet abîme où il l'a un instant plongé, vers la vraie joie. Pascal ne prendra pas moins de précautions, ne multipliera pas moins les paliers successifs dans cette marche en avant que dans cette descente à l'abîme. Toute pensée s'inscrit dans cette double et complémentaire démarche, et c'est le pire service qu'on puisse rendre à l'esprit de l'œuvre de les isoler de leur contexte. Il faut reconnaître que beaucoup de pensées, par leur laconisme, leur profondeur, leur acuité, s'y prêtent ; mais on a tôt fait, en les citant séparément, de détourner de leur sens des pensées telles que : « L'homme est un roseau, le plus faible de la nature, mais c'est un roseau pensant », « Le cœur a ses raisons que la raison ne connaît point », « Le silence éternel de ces espaces infinis m'effraie », ou encore si l'on fait de l'argument du pari un résumé de la pensée pascalienne, car il ne prend son sens véritable qu'à sa place dans la démonstration. On a trop souvent oublié que si Pascal est un des plus profonds et des plus perspicaces psychologues qui aient jamais existé, s'il peut, par moments et pour les besoins de sa démonstration, apparaître comme un désespéré, comme un sceptique absolu, cette connaissance de la nature humaine, cette absence totale d'illusions ne sont que les points de départ de sa doctrine. Si les incroyants peuvent y trouver leur nourriture, sans, pour autant, toucher au fond du problème, si les *Pensées* ont un caractère universel, c'est que Pascal est un génie et un génie classique. Pascal est vraiment et profondément de son temps, il veut convaincre, et c'est à l'homme en général et en particulier qu'il s'adresse ; mais, dans ce siècle cartésien, rationaliste, il proclame, lui le savant, lui le rationnel, que la raison n'est rien. Si, par son point de départ, par la rigueur de sa démarche, son entreprise paraît ressembler, dans la forme, à celle de Descartes, elle est d'une tout autre nature. Descartes pensait avoir trouvé la certitude, Pascal cherche la vérité. Chez lui, la raison fait, si l'on peut dire, son autocritique. En effet, face au nouvel univers qui s'ouvre devant l'esprit de l'homme du XVIIe siècle – univers infini spatialement et irréductible à l'homme –, la raison s'avoue vaincue et s'inquiète. Comme le dit très justement Albert Béguin : « La véritable angoisse pascalienne est celle de la pensée qui n'est plus certaine de dominer son objet, ou, plus exactement encore, qui ne se sent plus capable d'humaniser cet objet, d'établir entre lui et la vivante créature un rapport satisfaisant. Aussi le but de l'apologétique pascalienne sera-t-il de rendre à la créature sa " taille ", lui restituer une " situation ", ouvrir à son regard une vue d'elle-même susceptible de la soustraire à la peur. » De sa formation de savant, Pascal a gardé la prudence dans le raisonnement, l'habitude d'examiner les difficultés une à une, ce souci tout pédagogique de ne pas passer à l'étape suivante avant d'être tout à fait sûr qu'on l'a compris et qu'on le suit. De là cette dialectique merveilleusement articulée et minutieuse, dans laquelle percent souvent des éclairs qui s'ouvrent sur une lumière ineffable.

Quant à la substance même de son admirable analyse, il est hors de doute qu'il n'en est redevable qu'à lui-même, qu'à sa propre expérience spirituelle ; il ne faudrait cependant pas oublier l'influence qu'a exercée Port-Royal sur la formation de Pascal apologiste. Sans doute son exposé est-il conforme aux enseignements et à la tradition de l'Église, mais il a un tour tout janséniste. Pascal, comme Jansénius et l'abbé de Saint-Cyran et, à leur suite, tous leurs disciples, a tendance à négliger le Dieu créateur et le mystère de la Trinité pour celui de la Rédemption. Dans l'« Ancien Testament », ce n'est que l'attente du Messie, son annonce qui retiennent son attention. Il est certain que, dans ce sens, il va beaucoup plus loin que la stricte orthodoxie, lorsqu'il proclame, par exemple : « Il est non seulement impossible mais inutile de connaître Dieu sans Jésus-Christ. » Sa religion est la religion du Fils et on retrouve chez lui les divisions mêmes de l'*Augustinus* : « De la nature de l'homme après la Chute » (Deuxième des Traités qui composent l'œuvre de Jansénius) et « Sur la grâce du Christ Sauveur » (Troisième Traité). Ainsi, du point de vue strictement théologique, les thèses de l'*Apologie* étaient-elles et demeurent-elles discutables. Toutefois, jamais au sein de l'Église, à l'exception de saint Augustin (maître d'ailleurs de Jansénius comme de Pascal), on ne trouve un tel pouvoir de conviction joint à une telle pénétration de la nature humaine. Pascal reste unique, non pas tant parce qu'il est « une des plus fortes intelligences qui aient paru » (Paul Valéry), mais par sa fougue, par son élan, par cette agressivité qui empoigne l'âme du lecteur, par ces découvertes, ces surprises qu'il lui réserve, qui l'étonnent, qui le confondent et lui font découvrir, en lui, non seulement des abîmes, mais les moyens ou plutôt l'unique moyen de les franchir.

Pentasyllabe. Vers de cinq syllabes. Difficilement tenable en séries continues, le pentasyllabe est cependant utilisé, pour ses qualités dynamiques, par Verlaine (« Soleils couchants », « Bruxelles II », in *Paysages belges,* « Un grand sommeil noir », in *Sagesse*...) et par Rimbaud dans quelques poèmes d'*Illuminations* (*), comme « Éternité » et « Âge d'or » ; « Reconnais ce tour / Si gai, si facile ; / C'est tout onde et flore ! / Et c'est ta famille ! »

CHRISTIAN DOUMET.

Perceval ou le Conte du Graal : voir **CHRÉTIEN de Troyes.**

PEREC Georges. Écrivain né à Paris le 7 mars 1936, mort à Ivry le 3 mars 1982. Né de parents juifs polonais émigrés en France, Georges Perec vit une enfance marquée par la mort de son père au front de 1940, puis par la disparition de sa mère déportée sans retour en 1943, sans doute morte à Auschwitz. Il est élevé au sein de la famille de son père. Parisien à l'âge adulte, il suit des études hésitantes (lettres, psychosociologie...) et, de 1954 à 1962, écrit plusieurs livres qui ne seront pas publiés. Son premier roman *Les Choses* (1965) est d'emblée un succès public, autant que d'estime : un roman de ton flaubertien, rigoureux et implacable, où la « société de consommation » naissante paraît se refléter. Après un petit livre plus fantaisiste, *Quel petit vélo à guidon chromé au fond de la cour ?* (1966), Perec approfondit dans *Un homme qui dort* (1967) une piste que les lecteurs des *Choses* avaient pu négliger, quoiqu'elle y fût bel et bien amorcée : celle de la tentation, chez un personnage, du détachement, de l'absence au monde, en un mot de l'inexistence, dont l'emblème en littérature sera toujours, pour Perec, le personnage de Bartleby créé par Herman Melville (Bartleby qui répond toujours aux sollicitations d'agir qui lui sont présentées par la formule : « Je préférerais ne pas le faire. »). Ce roman, *Un homme qui dort*, dont Perec fera un film, avec Bernard Queysanne, exhibe la faille perecquienne, ce sentiment d'être sans passé, sans origines, dépourvu de mémoire...

La Disparition (1969) rompt totalement avec le ton de l'œuvre antérieure. Entre-temps, Perec a découvert l'Oulipo (Ouvroir de littérature potentielle) qui sans doute l'aida à matérialiser le « réveil » de l'homme qui dort, dans le champ de la littérature. La contrainte lipogrammatique (le roman est écrit sans la lettre e, qui est la lettre la plus courante en français) emmène l'auteur du côté de la profusion narrative, des personnages nombreux, des actions spectaculaires, crimes, enlèvements, vengeances... À y bien regarder, l'obsession du vide (*W ou le Souvenir d'enfance* nous apprendra que « peretz », en hébreu, veut dire « trou ») est toujours au cœur de la fiction, puisque le roman est celui d'une disparition : celle du « e blanc » du Rimbaud des « voyelles », la seule voyelle présente dans le nom de Perec, comme dans le mot « être », et celui d'une tentative à peu près réussie d'extermination familiale. Perec, qui a fréquenté les petits métiers liés à la sociologie, qui a fréquenté pour son compte la psychanalyse, publie *La Boutique obscure, 124 rêves* (1973), puis *Espèces d'espaces* (1974), tandis qu'il élabore un grand projet autobiographique qui demeurera inachevé ou fragmentaire. Imaginaire et banalité quotidienne seront en permanence les deux sources contradictoires du romancier.

W ou le Souvenir d'enfance (1975) résout de façon dynamique le tiraillement de Perec entre le gouffre autobiographique, lieu de l'enfermement, et la dissémination narrative, lieu de l'accomplissement espéré. *W* alterne les chapitres d'une fiction et les chapitres d'investigation autobiographique, les deux voies menant au même point, qui est un point d'Histoire, situé au cœur même des camps de la mort. Tandis que *Je me souviens* (1978) renouvelle radicalement la mémoire personnelle en l'incluant dans la « communauté du souvenir », *La Vie mode d'emploi* (1978), « romans », accomplit dans un grand œuvre la potentialité narrative de l'écrivain Perec, aidé des recherches formelles de l'Oulipo. Plus d'une centaine d'histoires brodent les destins d'hommes du siècle pris dans ce dilemme de la présence et de l'absence au monde, comme ce Bartlebooth qui sous son nom-valise partage avec Barnabooth (personnage de Valery Larbaud) la tentation du plein : voyager, créer, accumuler, jouer, mais aussi avec l'inévitable Bartleby la tentation du vide : effacer toute trace et mourir. La faille de l'être au monde a toujours le dessus : Bartlebooth ne finira pas son dernier puzzle et Perec mourra à 46 ans après avoir publié encore *Un cabinet d'amateur* et *La Clôture et autres poèmes*. Il mourra la tête pleine de projets, comme celui d'*Esther,* un grand roman familial depuis longtemps rêvé, et *53 jours,* un roman qui paraîtra, inachevé, en 1989.

Perec est mort trop tôt, mais son œuvre est d'une exceptionnelle plénitude et complétude. Son noyau intime, qu'il faut sans doute aller chercher dans *W ou le Souvenir d'enfance*, ne cesse de rayonner dans tous les autres livres qui allient tous à une originalité radicale un sens du jeu, de la gravité et du comique, qui dialogue subtilement avec la littérature contemporaine ou passée, qui témoigne sans concession mais sans mépris des engouements d'époque : sociologique, psychanalytique, formaliste... Elle délimite un point tragique, qui tient de l'intime et du commun, à l'aide d'un puissant déploiement de moyens formels et littéraires, utilisés avec une belle rigueur instrumentale et soustendue par une trop rare modestie intellectuelle et ludique.

JACQUES JOUET.

Père Goriot (Le). Roman d'Honoré de Balzac (1799-1850), publié en 1835. Un soir de 1833, au moment où il allait commencer *Le Père Goriot,* Balzac se précipita chez sa sœur, Laure de Surville, et s'écria : « J'ai trouvé une idée merveilleuse. Je serai un homme de génie. » Il venait de trouver l'idée de *La Comédie humaine* et le mécanisme qui devait lui permettre de bâtir son monde romanesque : le « retour des personnages ». C'est, en effet, à partir du *Père Goriot* que Balzac utilise systématiquement ce procédé. Reprenant ses œuvres antérieures — *La Peau de chagrin* (*), *Eugénie Grandet* (*)... —, il en change les noms des personnages pour intégrer ceux-ci dans le cycle romanesque qu'il a conçu. *Le Père Goriot* peut donc être tenu pour la clef de voûte de l'édifice ; à l'image de la pension Vauquer, il est un lieu de rencontre, un carrefour où plusieurs destins se croisent. Le roman vit d'une vie multipliée par la perspective de *La Comédie humaine,* beaucoup plus que d'une vie propre : il est d'ailleurs malaisé d'en définir exactement le sujet. « Un brave homme — pension bourgeoise, 600 F de rente —, s'étant dépouillé pour ses filles qui toutes deux ont 50 000 F de rente, mourant comme un chien » ; telle est l'indication que l'on peut lire dans l'album de Balzac, et qui contient le germe du *Père Goriot.* Mais le drame s'est modifié au fur et à mesure de son développement, au point que l'on s'accorde aujourd'hui à ne pas reconnaître dans l'agonie du père Goriot le sujet essentiel de l'œuvre. Quel est donc celui-ci ? C'est l'« éducation sentimentale » d'un jeune provincial à Paris. C'est l'apprentissage, que fait Eugène de Rastignac, de la ville et de la vie, de la société, des hommes. À la fin du roman, cette éducation est achevée ; c'est un homme mûri par une expérience précoce qui, après s'être écrié en contemplant la ville du sommet du Père-Lachaise : « À nous deux, maintenant », va dîner chez sa maîtresse. Le roman prend racine dans une pension de famille bourgeoise du quartier Latin ; la pension Vauquer, inoubliable pour tous ceux qui y ont pénétré à la suite du romancier, en ont respiré les odeurs, se sont assis à sa table d'hôte. Là se rencontrent les types d'humanité les plus surprenants : le jeune Rastignac, débarqué de son Périgord natal et venu faire la conquête de Paris ; le père Goriot, vieillard qui s'est dépouillé peu à peu de son bien pour en faire profiter ses deux filles, Anastasie de Restaud et Delphine de Nucingen ; Vautrin, mystérieux personnage qui a pris Rastignac sous sa coupe et le fait profiter de la terrible expérience qu'il a acquise des hommes. Devenu l'amant de Delphine, Rastignac verra le père Goriot achever de se ruiner par amour paternel et mourir seul, abandonné de ses filles. Vautrin est démasqué et arrêté comme ancien forçat évadé : avant d'être pris, il exhale sa haine de la société. Un autre drame, extérieur à la pension Vauquer, contribue lui aussi à l'édification de Rastignac : c'est l'histoire de Mme de Bauséant, abandonnée par son amant et qui s'exile après avoir donné un bal où tout Paris vient constater son malheur.

On voit donc, ainsi que le remarque Maurice Bardèche, qu'il y a deux groupes de personnages dans *Le Père Goriot.* Le premier groupe comprend les êtres qui ont voulu obéir dans leur vie à un sentiment noble et désintéressé : Goriot, Mme de Bauséant. L'autre groupe comprend les « adorateurs de Baal » : Vautrin, le forçat en rupture de ban ; les filles du père Goriot qui, elles aussi, rejettent le pacte social en trahissant leurs maris. Rastignac se trouve placé au centre, entre les deux groupes. Par sa jeunesse, sa naïveté de provincial, il est uni à ceux qui sont purs : il est le protégé de Mme de Bauséant, l'ami du père Goriot. Par son désir de parvenir et son indifférence au choix des moyens, il est associé aux forces mauvaises du monde ; il est l'amant de Delphine, l'élève de Vautrin. Mais les « purs » n'ont pas un sort meilleur que les « méchants ». Goriot meurt abandonné ; Vautrin est arrêté. C'est que les sentiments trop élevés, ainsi que la révolte déclarée, troublent la marche de la société. Celle-ci est la plus forte et impose sa loi. Il faut donc ruser avec elle, comme le font les filles du père Goriot, et se soumettre, du moins en apparence, à la règle du jeu. C'est ce que fera Rastignac qui, après son adieu à la dépouille du père Goriot, va dîner chez Mme de Nucingen. Albert Thibaudet n'hésite pas à voir dans *Le Père Goriot* une « cellule mère » de *La Comédie humaine.* Non seulement parce que le roman contient la plupart des personnages clés de l'œuvre, mais parce qu'il nous initie au « mystère de la paternité » qui est à la source de la création balzacienne. « Quand j'ai été père, dit Goriot, j'ai compris Dieu. » La paternité du créateur de *La Comédie humaine* sur ses personnages, c'est une « imitation de Dieu le Père », une collaboration avec Dieu. Cependant, Goriot est un vaincu de la paternité, « parce que père selon la chair, selon l'égoïsme ». Il est un « Christ de la paternité » par la passion qu'il souffre à cause de ses filles. Chez Balzac créateur, la paternité est sauvée par la volonté, et aussi par ce qu'il a appelé lui-même le « don de spécialité », c'est-à-dire le don de voir, à travers les espèces, les idées qui sont à leur principe. À travers le « cas » du père Goriot, c'est une mystique de la paternité qui s'exprime. Mais avec Vautrin et son étrange et puissante sympathie pour Rastignac, c'est une sorte de parodie diabolique de cette même mystique. Goriot est un « Christ de la paternité », Vautrin en est l'« archange déchu ». Tous deux sont vaincus par l'excès même de leur passion et la « trop grande abondance du principe créateur ». Leur antithèse vivante, c'est l'antiquaire de *La Peau de chagrin* qui a réalisé cette « mort dans la vie » par laquelle, refusant toute passion violente, il a obtenu son extraordinaire longévité. *Le Père Goriot* ouvre donc des perspectives sur *La Comédie humaine* tout entière. Non seulement nous y voyons en action une mythologie de la paternité, mais aussi une « mythologie de Paris » dont la pension Vauquer, d'une part, et le salon de Mme de Bauséant, d'autre part, constituent des lieux privilégiés de l'immense édifice.

PÉRET Benjamin. Écrivain né à Rezé (Loire-Atlantique) le 4 juillet 1899, mort à Paris le 17 septembre 1959. Codirecteur des premiers numéros de *La Révolution surréaliste*, Péret fut le seul, parmi les promoteurs de ce mouvement, à demeurer toute sa vie strictement fidèle à son esprit. Cette fidélité fit de lui une sorte de « poète maudit », d'autant qu'il ne répondit jamais que par l'insulte et le sarcasme aux impératifs et aux normes de la société. Il doit à ce non-conformisme, qu'il paya en vivant dans la gêne et l'obscurité, d'avoir pu élaborer une œuvre tout entière ouverte à l'humour et au merveilleux, et qui se caractérise par une invention perpétuelle à force de verve, de jeux de mots, d'allitérations et d'images neuves. — Poésie : *Le Passager du transatlantique* (1921), *Immortelle maladie*, *Dormir, dormir dans les pierres*, *Le Grand Jeu* (1928), *De derrière les fagots* (1934), *Je ne mange pas de ce pain-là* (1936), *Je sublime*, *Feu central*, *Air mexicain* (1952) ; Prose : *Au 125 du boulevard Saint-Germain*, *Il était une boulangère*, *Et les seins mouraient*, *Le Déshonneur des poètes* (1945), *Mainforte* (1946), *La Brebis galante* (1949), *Mort aux vaches et au champ d'honneur* (1953), *Le Gigot, sa vie, son œuvre*. Il a par ailleurs donné une traduction du *Livre de Chilám Balam de Chumayel*, une *Anthologie de l'amour sublime* (1958) et une *Anthologie des mythes, légendes et contes populaires d'Amérique* (posth. 1960).

BERNARD NOËL.

RÉF. : J.-L. Bédouin, *Benjamin Péret*, Paris, 1961. — Cl. Courtot, *Introduction à la lecture de Benjamin Péret*, Paris, 1965. — J.-M. Gontier, *Benjamin Péret*, Paris, 1982.

PERGAUD Louis. Écrivain né à Belmont (Doubs) le 22 janvier 1882, tué au combat près de Marchéville le 4 avril 1915. Fils d'un instituteur rural, il devint lui-même instituteur à Maisons-Alfort. Vers 1906, il entra comme rédacteur à la direction des beaux-arts de l'Hôtel de Ville de Paris. Il débuta dans les lettres par un recueil de vers : *L'Herbe d'avril* (1908). Mais sa vocation était ailleurs : en effet, dès son plus jeune âge, dans sa Franche-Comté, il avait appris à observer les mœurs des animaux. De là le livre qu'il fit paraître en 1910, livre qui lui valut le prix Goncourt : *De Goupil à Margot, histoires de bêtes*. L'année suivante, il publia d'autres histoires du même genre : *La Revanche du corbeau*, et, trois ans après, *Le Roman de Miraut, chien de chasse* (1914). On possède encore de lui *La Guerre des boutons* (1912) et un recueil posthume de nouvelles villageoises : *Rustiques* (1921).

RÉF. : L.-A. Layé, *Louis Pergaud, poète, conteur et romancier*, Besançon, 1925. — C. Léger, *Louis Pergaud, sa vie, son œuvre*, Paris, 1932. — S. Evans, *Une amitié, Deubel et Pergaud*, Rodez, 1939. — M.-T. Marchand, *Louis Pergaud et le monde animal*, thèse, Nice, 1971. — M. Devoge, *Lectures de « La Guerre des boutons »*, thèse Paris VII, 1980. — H. Frossard, *Louis Pergaud*, L'Amitié par le livre, 1982.

PÉRIER Odilon-Jean. Poète belge d'expression française. Né et mort à Bruxelles (9 mars 1901-22 février 1928). Issu d'une riche famille bourgeoise, laquelle comptait plus d'un pionnier du Congo belge, il fut élevé par une mère aussi distinguée par le cœur que par l'esprit. Bien qu'il fût d'une santé délicate, il fit de bonnes études secondaires. Après quoi, il suivit les cours de l'université de Bruxelles ; se sentant pourtant moins porté vers le droit que vers la poésie, il débuta aussitôt par un long poème en vers libres : *Combat de la neige et du poète* (1920), poème qu'il devait renier par la suite. Il donna, l'année suivante, un recueil où déjà s'affirme sa maîtrise : *La Vertu par le chant* (1921) — v. *Poèmes* (*) (1952). Quelques mois plus tard, il publia un autre recueil, supérieur à ce dernier : *Notre mère la ville* (1922). La même année, il fonda avec Franz Hellens et Mélot du Dy *Le Disque vert,* cahiers littéraires franco-belges. Ayant été remarqué bientôt par Jacques Rivière, le poète se vit ouvrir les portes de *La Nouvelle Revue française* (*). Possédant le culte du langage et un goût très sûr, Périer aspirait à des conquêtes plus difficiles, comme en témoigne le long poème qu'il nous donna ensuite : *Le Citadin*, ou *Éloge de Bruxelles* (1924). Séduit, en outre, par le théâtre, il écrivit alors une comédie en prose qu'il fit représenter au Théâtre du Marais en 1925 : *Les Indifférents* ou *L'on s'amuse comme on peut.* L'œuvre d'Odilon-Jean Périer comporte encore : *Pierre ou les Bûcherons,* drame (1924), *Le Passage des anges,* récit en prose (1926), et son dernier recueil de vers : *Le Promeneur* (1925). Mort à vingt-sept ans, Odilon-Jean Périer tient le rang d'un très grand poète.

RÉF. : Auguste Marin, *Odilon-Jean Périer,* Bruxelles, 1939. — M. Defrenne, *Odilon-Jean Périer,* Bruxelles, 1957.

Période. Du grec *periodos* : « circuit ». Terme de rhétorique appliqué à une phrase longue, complexe, comportant de nombreuses propositions, surtout subordonnées ; cependant, malgré sa longueur, ce type de phrase doit rester clair et logique, et présenter une certaine élégance obtenue grâce à des effets de rythme ; aussi accorde-t-elle le plus souvent la préférence au rythme binaire ou ternaire. De plus, elle ordonne ces éléments rythmiques en masses croissantes (crescendo), constituant ce que l'on appelle aussi un élargissement ou cadence majeure. La période se rencontre essentiellement dans les textes d'argumentation (Discours de Rousseau), les œuvres oratoires (Sermons de Bossuet), ou encore chez les romanciers ayant accordé une importance particulière au rythme, comme Flaubert ou Chateaubriand dont la prose s'apparente ainsi à la poésie : « Lorsque les premiers silences de la nuit et les derniers murmures du jour luttent sur les coteaux, au bord des fleuves, dans les bois et dans les vallées ; lorsque les forêts se taisent par degrés, que pas une feuille, pas une mousse ne soupire, que la lune est dans le ciel, que l'oreille de l'homme est attentive, le premier chantre de la création entonne ses hymnes à l'Éternel » (Chateaubriand, *Génie du christianisme*).

ARLETTE BOUÉ.

Péripétie. Du grec *peripeteia* : « événement imprévu ». Désigne, dans un récit ou une pièce de théâtre, un brusque changement de situation. Ainsi, dans *François le Champi*, roman champêtre de George Sand, le jeune héros, enfant naturel protégé par une généreuse meunière, est obligé de partir travailler chez un maître car l'époux de sa protectrice est jaloux de cette affection. Alors qu'il pense ne plus jamais revoir la jeune femme, survient une péripétie : François apprend la mort du redoutable meunier et les énormes problèmes pécuniaires de sa protectrice.

Elle peut aussi, au contraire, désigner l'une des principales séquences de l'action, tandis que les épisodes ne sont que des actions secondaires. Les péripéties se trouvent donc, dans une pièce, après les premières scènes ou exposition, et avant les dernières ou dénouement. Elles font avancer ou retardent les événements ; on peut aussi les appeler « incidents » formant le nœud de l'action, « ressorts » pour Boileau, qui réclame, dans son *Art poétique* (*), à propos du théâtre : « Inventez des ressorts qui puissent m'attacher. »

ARLETTE BOUÉ.

Périphrase. Du grec *periphrasis* : « circonlocution ». Figure de style qui remplace un terme précis par un groupe de mots. Non seulement elle peut éviter une répétition, mais elle permet aussi de définir une notion, soit de façon neutre, simplement descriptive : « la langue des Romains » pour le latin, soit en y ajoutant une précision qualitative : « Il y a des lieux où il faut appeler Paris Paris, et d'autres où il la faut appeler capitale du royaume » (Pascal, *Pensées* (*)). La pensée classique et la langue précieuse la substituaient aux mots bannis pour leur réalisme excessif. Ainsi, dans *Les Précieuses ridicules* (*), Molière se moque de ces circonlocutions, qui remplacent, par exemple, les fauteuils par « les commodités de la conversation », et le miroir par « le conseiller des grâces ».

ARLETTE BOUÉ.

Péroraison. Du latin *peroratio* : « long ou dernier discours », ou sa « conclusion ». Terme de rhétorique désignant la dernière partie d'un discours, c'est-à-dire, dans la « dispositio » ou plan classique, celle qui vient après l'exorde, la narration et l'argumentation. Elle comprend un bilan et, destinée à retenir une dernière fois l'attention des auditeurs, constitue un appel à la décision, mais surtout aux sentiments de clémence, pitié... Les oraisons funèbres de Bossuet respectaient ce plan ; ainsi, la péroraison de celle d'Henriette d'Angleterre rappelle que Dieu agit toujours bien, que la princesse était exposée à de nombreux périls ; elle invite enfin à tirer une leçon de cette disparition : tout est vain en nous, seule une sainte mort peut nous assurer une vraie grandeur.

ARLETTE BOUÉ.

PERRAULT Charles. Grand commis d'État et écrivain. Né et mort à Paris (12 janvier 1628-16 mai 1703). D'origine tourangelle, mais établie à Paris, la famille Perrault appartient à une haute bourgeoisie de robe de sensibilité moderne et janséniste dont les fils sont avocat (Jean), receveur général des finances (Pierre), architecte et médecin (Claude) ou docteur en théologie (Nicolas). Quant à Charles, s'il paraît suivre un banal cursus de futur robin (brillantes études littéraires au collège de Beauvais à Paris, licences en droit, et inscription au barreau en 1651), il rompt en réalité avec l'institution scolaire : à seize ans, il refuse l'autorité de son régent et continue, quatre ans durant, sa formation en autodidacte (point tant d'ailleurs à l'étude de son programme de classiques latins, puis de droit, que penché sur Tertullien et *La Bible* ou écrivant avec ses frères une traduction du sixième livre de l'*Énéide* en vers burlesques (1644).

Une fois avocat, alors qu'il poursuit avec ses frères sa réflexion sur l'origine du burlesque (*Les Murs de Troie,* 1653), après deux plaidoiries, il se trouve, à vingt-six ans, chez Pierre, une sinécure de commis de la recette générale, par laquelle il peut désormais se consacrer à une vie de dilettante cultivé, recevant quelques amis choisis dans la maison de ses parents disparus (Charpentier, Colletet, La Mesnardière, Quinault...), ou composant des vers galants et précieux : *Portrait d'Iris, de la voix d'Iris, Dialogue de l'amour et de l'amitié* (1657), *Le Miroir ou la Métamorphose d'Orante* (1661). C'est alors que, bizarrement, on le voit s'essayer à célébrer les grands événements du royaume : odes sur la paix à l'occasion du traité des Pyrénées (1659), sur le mariage de Louis XIV et de Marie-Thérèse (1660), sur la naissance du Dauphin (1661), avec un talent littéraire discuté (par Racine) mais un succès politique croissant, au point d'apparaître bientôt au jeune roi et à ses administrateurs comme une recrue de choix pour mener à bien le projet culturel de remise en ordre de la France : en même temps qu'il est commis à la surintendance des bâtiments royaux, Perrault, qui vient encore de prouver sa science encomiastique (*Discours sur l'acquisition de Dunkerque par le roi...* 1663), est nommé, sur recommandation de Chapelain, secrétaire de la Petite Académie (future Académie des inscriptions et belles-lettres). Malgré la fraude de son frère, receveur des finances, il y gagne la confiance de Colbert et, dès 1665, assure le suivi de la politique artistique et scientifique du règne — il crée le Petit Conseil du Louvre où siègent Le Vau, Le Brun, son frère Claude et lui-même —, et, partant, celui de la propagande, rassemble les éloges de Mazarin (1666) soutient Le Brun par la plume *(La Peinture)* au plus fort de la querelle du coloris, relate un carrousel de 1662 ou poursuit l'apologie du règne (*Le Parnasse poussé à bout*, 1668).

Aussi est-ce presque automatiquement qu'il est élu à l'Académie française (1671) dont il devient chancelier à la mort de Séguier (1672) et redéfinit les règles de fonctionnement. Son efficacité s'avère une nouvelle fois telle que, la même année, Colbert lui confectionne un office sur mesure (le contrôle général des bâtiments). Alors âgé de quarante-trois ans, Perrault se marie avec une jeune fille de vingt-quatre ans sa cadette qui lui donne cinq enfants. Mais, tout en continuant son œuvre de panégyrique officiel (composition avec Quinault de *Deux poèmes à la louange du roi* en 1674), il commence à esquisser, derrière l'anecdote de faits littéraires, une réflexion critique sur les fondements culturels de la société : prenant la défense d'*Alceste,* opéra de Quinault et Lulli, il en montre la supériorité par rapport à la pièce du grand Ancien, Euripide *(Critique de l'opéra ou Examen de la tragédie intitulée Alceste...) ;* c'est Racine qui leur répond (Préface d'*Iphigénie* (*)). En fait, c'est là le prélude à la querelle des Anciens et des Modernes, laquelle contribuera à remettre en cause la politique culturelle royale. De fait, à partir de 1676, les relations de Colbert avec Perrault, qui vient de publier un *Recueil* de ses œuvres, se rafraîchissent jusqu'à lui faire perdre, en 1680, ses émoluments ; et s'il continue cependant de mettre sa plume au service de la Petite Académie (*Poème à la louange de M. Le Brun*, 1681) et bien sûr à celui de la couronne (le *Banquet des dieux pour la naissance du duc de Bourgogne,* 1682), sa fonction de premier commis cesse progressivement, voire même celle de tout service de la surintendance. À la mort de Colbert (1683), il est congédié de sa charge de contrôleur général et exclu de la Petite Académie par Louvois ; seulement resté directeur de l'Académie, il est de facto mis d'office, à cinquante-cinq ans, dans une retraite presque totale.

Charles Perrault se consacre alors à l'éducation de ses enfants (il est veuf depuis 1678), mais surtout reprend et approfondit une réflexion religieuse (*Épître chrétienne sur la pénitence,* louange de Louis XIV protecteur de la religion catholique 1683, ode *Aux nouveaux convertis* 1685, etc.), qui s'avérera constituer le soubassement éthique de la querelle prochaine des Anciens et des Modernes. En témoigne sa consultation de deux religieux, Anciens modérés, Bossuet et Huet, à propos de son *Saint Paulin évêque de Nole*, (1686) épopée en six chants qui paraît suivie d'une épître à Fontenelle, *Le Génie.* Le 27 janvier 1687, la lecture publique du *Siècle de Louis XIV* à la gloire des Modernes fait éclater une querelle entre Anciens et Modernes, dont les enjeux dépassent les polémiques de leurs chefs de file respectifs, Boileau et lui-même. Elle se soldera d'ailleurs par la réconciliation (1694) de ceux qui n'étaient vraisemblablement que « différemment du même avis » (Boileau). Au fil de la querelle paraissent les quatre volumes des *Parallèles des Anciens et des Modernes* (*) (1688 à 1697), où Perrault livre la somme théorique de ses positions en même temps qu'il propose une double parabole de sa réflexion sur l'ordre du monde : d'une part, sous forme théologique, *La Création du monde* (1691) devenu *Adam ou la Création de l'homme, sa chute et sa réparation...* (1697) et de l'autre sous la forme, apparemment naïve, de *Contes en vers* — v. *Contes* (*) — ou de *Contes ou Histoires du temps passé* (1691 à 1697). La production de la dernière décennie de la vie de Perrault (*Le Cabinet des beaux-arts,* 1690, *La Chasse,* 1692, mais aussi *Le Triomphe de sainte Geneviève*, 1694, ou encore *Les Hommes illustres qui ont paru en France pendant ce siècle*, 1696)... s'ordonne selon ce double désir d'illustration.

FANNY NÉPOTE-DESMARRES.

RÉF. : Paul Bonnefon, « Charles Perrault, essai sur sa vie et ses ouvrages » ; « Charles Perrault littérateur et académicien », in *R.H.L.F.,* 1904, 1905, 1906 — Hubert Gillot, *La Querelle des Anciens et des Modernes en France,* Paris, 1914 — T. di Scanno, *Les Contes de fées à l'époque classique,* Paris, 1968. — M. Soriano, *Les Contes de Perrault,* Paris, 1977. — L. Mourey, *Introduction aux contes de Grimm et Perrault,* Paris, 1978. — D. Escarpit, *Histoire du conte « Le Chat botté » en France et en Angleterre,* Paris, 1985. — C. Perrault, *Contes,* texte présenté et commenté par Roger Zuber, 1987 — *Précis de littérature française du XVIIe siècle,* Paris, 1990.

PERRET Jacques. Écrivain né le 8 septembre 1901 à Trappes (Yvelines), mort à Paris le 10 décembre 1992. Fils d'un fonctionnaire, il fait des études aux lycées Montaigne et Louis-le-Grand, puis à la faculté des lettres à Paris, d'où il sort avec le grade de diplômé d'études supérieures ; il est devenu caporal de tirailleurs au Maroc, il a voyagé et séjourné dans de nombreux pays étrangers. C'est la guerre de 1939-45 qui, comme pour beaucoup d'autres écrivains, décide finalement de sa vocation, et notamment les épreuves de sa captivité en Allemagne, qui le mettront en contact avec un microcosme humain et social tout à fait exemplaire. Il s'évadera en 1942 et il prendra le maquis en France. Cette expérience sur l'univers des prisonniers et sur les tragédies et les comédies qu'il a connues, qu'il a éprouvées pendant près de deux années, il la relatera dans un ouvrage célèbre, *Le Caporal épinglé* (1947) où, à l'inverse de Francis Ambrière qui raconte par le détail la vie des prisonniers dans *Les Grandes Vacances,* il mêle les souvenirs aux rêveries, la poésie au réel. Il sait regarder avec humour, avec férocité parfois, mais sans méchanceté, l'homme dépouillé de tous ses artifices qu'est devenu le prisonnier, l'homme nu dans sa vérité, sa grandeur et ses petitesses. Dès lors, Jacques Perret publie de nombreux romans où il montre son goût pour la vie, son sens très fort de l'existence, et aussi une sorte de pessimisme souriant ou féroce lorsqu'il parle de l'animal humain. Il obtient le prix Interallié pour *Bande à part* (1951). Il écrit également des nouvelles : *Objets perdus* (1949), *La Bête Mahousse* (1951), *Histoires sous le vent* (1953), *Le Machin* (1955), *L'Oiseau rare* (1959), observations sans concession sur la comédie humaine. Il livre aussi des chroniques comme *Bâtons dans les roues* (1953), *Cheveux sur la soupe* (1954) et *Salades de saison* (1957), où il se montre un pamphlétaire très vif qui soulève le voile sur les faiblesses, les contradictions, les lâchetés apparentes de ses victimes. Ses prises de position au moment de l'affaire d'Algérie l'ont conduit à divers démêlés avec le pouvoir. Mais la littérature l'a reconnu comme un de ces écrivains qui excellent dans la peinture bouffonne et cocasse de la vie. Jacques Perret a reçu en 1958 le prix du Prince Rainier III de Monaco. Trois volumes de souvenirs, *Grands chevaux et dadas* (1975), *Raison de famille* (1976), *Belle lurette* (1983), permettent d'approcher ce personnage riche en couleur.

JOËL SCHMIDT.

PERROS Georges. (pseud. de Georges Poulot). Écrivain né et mort à Paris (31 août 1923 - 24 janvier 1978). Études à Reims, Belfort (« amour des Vosges »), au gré des déplacements de son père, inspecteur d'assurances, puis, en 1939, au Conservatoire de Rennes — où, venu pour s'inscrire au cours de piano, il opte pour l'art dramatique —, à Paris enfin, au lycée Condorcet (1941), au Centre du spectacle et au Conservatoire de la rue de Madrid. Il débute au théâtre en jouant *La Célestine*, et dans les lettres en participant aux premières manifestations lettristes. Un prix de comédie lui vaut d'être engagé à la Comédie-Française. Distraction ou indifférence (le rêve, alors, d'une absolue transparence), il s'y laisse oublier (1949-1950), « passant le plus clair et le plus obscur de [son] temps dans une mansarde de Meudon » à poursuivre le commentaire en abîme, nonchalant, éperdu d'idées, d'humeurs, de situations, de lectures (Valéry, Kierkegaard), qui, commencé avec les poèmes et les journaux intimes de l'adolescence, trouve dans la note sa forme privilégiée. La rencontre providentielle de Jean Grenier au Caire, lors d'une tournée, exténue le peu de goût qu'il conserve pour le métier de comédien. L'auteur des *Îles* lui fait connaître Jean Paulhan et le milieu de la N.R.F. Dès lors, la revue publie nombre des notes qui formeront les trois tomes de *Papiers collés* (1960, 1973, 1978) ainsi que des vers de *Poèmes bleus* (1962) et d'*Une vie ordinaire* (1967). Lecteur au T.N.P. de Vilar puis aux éditions Gallimard, il vit, à partir de 1959, en Bretagne. Il s'y marie avec une amie russe venue l'y rejoindre. Paradoxalement, le centre de gravité de cette existence imprudente, enfin trouvé dans l'éloignement, la résistance, la pauvreté énergiquement et, autant que possible, gaiement assumée, figure alors, pour quelques intellectuels parisiens, une pensée réconfortante, un point de fuite rêvé ou de chute éventuel — un lieu, en tout cas, ouvert en permanence aux vicissitudes de l'amitié. Saturant l'espace de la fumée de sa pipe et de sa moto, Georges Perros ne cesse de travailler à sa manière : écrit, dessine, chante, va ici et là ranimer les courages et défier les prétentions, est invité chaque semaine à « parler de son ignorance » aux facultés de Brest et de Quimper, jusqu'à ce qu'un cancer l'atteigne à la gorge, réalisant un de ses « projets d'avenir » : le « petit lopin de terre si durement, si paresseusement, si atrocement gagné, mon Dieu », sous les pins qui dominent la baie de Douarnenez. Peu avant et peu après sa mort ont paru *Échancrures* (1977) et *L'Ardoise magique* dédiée aux laryngotomisés (1978), puis les *Notes d'enfance* (1979). On lui doit aussi des traductions de Strindberg et de Tchekhov. Il laisse, en outre, une importante correspondance avec Jean Grenier, Jean Paulhan, Brice Parain, Lorand Gaspard, Jean Roudaut et Michel Butor.

Né moraliste, sous le regard de *Monsieur Teste* (*), et comme tel poursuivant et dénonçant le rêve d'une innocence originelle à l'infini des reflets spéculaires de la conscience, Georges Perros a soudain cédé devant l'évidence. À tant faire que de traverser une crise des valeurs, il a opté bravement pour ce qui, de toute façon, n'en possède aucune au trébuchet des idéologies dominantes et des hiérarchies éternelles : le prosaïsme, la tendresse, la spontanéité, le subjectif — en un mot, pour la vie, telle qu'elle est donnée et reprise, mais vécue au plus près, sans ajout, dans la tension d'un perpétuel et amer enchantement.

GILBERT MINAZZOLI.

RÉF. : Jean Roudaut, *Georges Perros*, Paris, 1991.

Personnification. Figure de style attribuant à une abstraction ou à un objet inanimé certaines caractéristiques d'un être vivant, plus particulièrement d'une personne. Il s'agit donc d'un cas de métaphore. Elle ne va pas, toutefois, jusqu'à l'allégorie, car elle se contente souvent d'un ou quelques mots — verbe, adjectif... — appartenant au domaine des êtres humains, sans aboutir à une représentation de la notion abstraite sous forme d'un être à part entière. Ainsi, quand Zola, dans *La Bête humaine,* écrit à propos de la locomotive : « On avait pu voir, par ses entrailles crevées, fonctionner ses organes, les pistons battre comme des cœurs jumeaux », il emploie bien, à propos d'une machine, des termes appartenant au monde des vivants : « entrailles », « organes », « cœurs », mais il rappelle la nature réelle de l'objet avec « pistons » ; de plus, le point de départ n'est pas une notion abstraite, mais un engin.

ARLETTE BOUÉ.

Peste (La). Roman d'Albert Camus (1913-1960), publié en 1947. Salué dès sa parution par le prix des Critiques, *La Peste* connaît, tant à l'étranger qu'en France, un succès constant. L'argument en est simple : dans les années 194., la ville d'Oran est la proie d'une épidémie de peste, dont le roman retrace l'apparition, l'apogée et le règne, puis le déclin. Mais cette apparente simplicité recouvre différents niveaux de signification ; *La Peste* a une portée historique : à travers la maladie, c'est l'occupation allemande et la Seconde Guerre mondiale, le nazisme et toutes les formes d'oppression politique qui sont représentés. Au-delà, cependant, le roman atteint une dimension métaphysique. Témoignage « sur » l'homme, ses limites, sa misère en face de la maladie, de la souffrance et de la mort, sur sa grandeur et sa dignité quand il se donne au combat fraternel, *La Peste* devient un témoignage « en faveur » des pestiférés, face à l'injustice qui leur est faite par l'histoire, s'ajoutant à celle de leur condition mortelle. Si la division en cinq parties l'apparente à la tragédie, le roman s'énonce, dès ses premières lignes, comme une chronique, prise en charge par un narrateur qui ne révélera son identité que dans les dernières pages. Cela permet à la narration de préserver son objectivité : mais le lecteur ne s'étonne guère d'apprendre que c'est le personnage principal, le docteur Rieux, qui en est l'auteur. Quelques passages, tels l'évocation des grandes épidémies, le prêche du père Paneloux, qui impose la présence de l'ange de la peste et celle du fléau, la représentation d'*Orphée et Eurydice*, interrompue par l'irruption de la peste sur scène, la description des enterrements, qui renvoient simultanément au monde concentrationnaire et à la vision pascalienne de la condition humaine, la mort d'un enfant, le bain de l'amitié partagée que prennent Rieux et Tarrou, ont un relief particulier dans un ensemble qui tend, par sa propre monotonie, à traduire la monotonie de la lutte quotidienne contre le mal, et celle du mal lui-même. Cette lutte se caractérise par son aspect collectif ; la peste est l'« affaire de tous », et la révolte qu'elle engendre ne se sépare pas de la solidarité. Mais cette lutte ne donne pas lieu à des actions d'éclat. Bien que *La Peste* ne soit pas sans rapports avec *La Condition humaine* (*), contrairement à Malraux, Camus n'exalte pas l'héroïsme ; il le place après l'« exigence généreuse du bonheur » ; il affirme simplement qu'« il y a dans les hommes plus de choses à admirer qu'à mépriser ». C'est ce qu'attestent le combat opiniâtre des médecins contre la maladie, les formations sanitaires de volontaires où l'on reconnaît, certes, la transposition de la résistance, mais aussi du refus plus général de pactiser avec la violence. Comme l'auteur, le narrateur sait que, dans cet affrontement inégal, la victoire sur la souffrance et la mort n'est que provisoire, à la mesure de l'homme. Chacun des personnages, à sa manière, exprime cette morale relative. *La Peste* propose une fresque d'êtres attachants, qui, tout en préservant une part de mystère, incarnent une des attitudes possibles en face du mal et du malheur ; Rieux, combattant tenace et sans illusions, qui sait, avec compassion, se faire l'« historien des cœurs déchirés », fonde son action sur l'honnêteté, c'est-à-dire la volonté de « bien faire son métier » : son métier de médecin, mais aussi et surtout son métier d'homme. Tarrou, dans sa quête de la paix intérieure, son désir modeste de ne pas propager la maladie, fait de la « compréhension » et de la « sympathie » les règles de sa morale. Paneloux, qui a d'abord cru voir en la peste un châtiment divin, découvre la mort des autres, et semble se réfugier dans une foi volontaire et désespérée. Rambert finit par concilier son goût charnel du bonheur et les exigences de la fraternité. Grand, enfin, habité par un idéal littéraire un peu ridicule, qui ne trouve pas ses mots, peut, par sa générosité sans calcul, sa vérité, et même son « insignifiance », être proposé comme le véritable héros de cette histoire. Quant à Cottard, son « cœur ignorant » fait de lui un collaborateur de la peste. Si la visée éthique du roman est indéniable, elle n'est jamais réduite à une prédication simpliste, et ne saurait l'emporter sur la puissance évocatrice de la création romanesque. La présence du monde naturel, comme celle du « soleil de la peste », la mise en œuvre des thèmes essentiels de la séparation et de l'exil, à travers la douleur individuelle ou collective des « prisonniers de la peste », la conception et la suggestion d'un « temps de la peste » donnent à cette chronique réaliste d'une épidémie imaginaire la valeur d'un mythe de l'homme contemporain.

Petit Jehan de Saintré (Le). Récit du conteur Antoine de La Sale (env. 1386-1460) intitulé : *Histoire et plaisante chronique du petit Jehan de Saintré et de la jeune dame des belles cousines.* Composée en 1456, cette œuvre fut publiée pour la première fois en 1517 et réimprimée à différentes reprises. Un jeune page, Jehan de Saintré, est attaché à la maison du roi de France Jean II le Bon et se prend d'amitié pour une jeune femme, la dame des belles cousines. Sachant que le page n'a d'attachement pour personne, sinon pour une enfant d'une dizaine d'années, la dame songe à faire son éducation afin qu'il devienne un vrai chevalier. Pour ce faire, elle lui donne quelques conseils et le pousse à tenter de grandes entreprises. En attendant, elle veille à ce qu'il soit vêtu comme l'exige sa condition et le pourvoit du nécessaire. Puis elle le fait nommer écuyer du roi et l'engage à partir pour des terres lointaines. Assez vite, d'aventure en aventure et de tournoi en tournoi, Jehan devient célèbre. La dame lui assignant des tâches toujours plus difficiles, le valeureux jeune homme se voit récompensé par des honneurs et des charges. Mais la dame entre en galantes relations avec un riche abbé. Très affecté par cette découverte, le beau chevalier tente de reprendre la première place dans le cœur de la dame. Et il luttera jusqu'à ce qu'il ait démasqué l'impudent séducteur et réduit la dame au repentir. Le contraste que forment les amours paillardes de l'abbé et les sentiments de Jehan éclate de la manière la plus brillante, tandis que la narration garde un cours extrêmement rapide, en dépit des considérations, des dialogues et des descriptions variées. L'œuvre est celle d'un homme qui admire ce monde harmonieux du XVe siècle français, fatalement destiné à la décadence. Le style est toujours clair, mais il manifeste certaine complaisance pour une prolixité, qui s'alimente moins aux sources d'une première Renaissance qu'aux thèmes traditionnels. En effet, *Le Petit Jehan de Saintré* s'apparente encore à la littérature du Moyen Âge, bien que l'auteur, sous couleur d'exalter la chevalerie finissante, s'en moque avec une délicieuse et impitoyable ironie. – *Le Petit Jehan de Saintré* a été édité par J. Misrahi et Ch. A. Knudson (Droz, Genève, 1965).

Petit Prince (Le). Récit d'Antoine de Saint-Exupéry (1900-1944) à l'adresse des enfants, mais où se mêlent, au merveilleux, certains traits de psychologie qui révèlent une connaissance délicate des relations que créent l'amitié et l'amour. *Le Petit Prince*, qui parut en 1943, n'emprunte rien à la littérature spécialement conçue pour les enfants et s'adresse moins à un certain âge qu'à tous les êtres restés, par aptitude, vulnérables, attentifs et voués à une tendre solitude. Aviateur avant que d'être écrivain, Saint-Exupéry imagine qu'une panne de moteur l'a forcé d'atterrir au Sahara, et qu'à « mille milles de toutes les régions habitées » il voit apparaître un petit garçon d'allure fort singulière, visiblement à l'aise dans cette solitude. L'enfant, tout entier à des soucis que l'auteur ne devine pas, se découvre peu à peu et pose des questions grâce auxquelles Saint-Exupéry reconstitue son histoire. Seul habitant d'une planète exiguë dont il ramonait chaque jour les trois volcans, le Petit Prince avait profité pour son évasion d'une migration d'oiseaux sauvages. Il s'y était résolu pour couper court aux tristes discussions, aux malentendus qui l'éloignaient toujours davantage d'une rose, dont il était amoureux et à laquelle il avait jusque-là prodigué ses soins. La rose, fière de sa beauté et se croyant unique au monde, entendait le tenir étroitement assujetti à ses moindres caprices. Ce n'était là qu'une attitude de défense, car elle se savait faible. Désemparé, le Petit Prince parcourt successivement six planètes, avant de gagner la Terre. Au cours de ce voyage, dont les détails et l'allure rappellent quelque peu les *Contes* de Voltaire (mais sans la virulence goguenarde, les traits acérés), le Petit Prince entre successivement en relation avec un roi, un vaniteux, un buveur, un homme d'affaires, un allumeur de réverbères et un géographe. L'activité des uns et des autres lui semble plus ou moins extravagante, et il s'en étonne avec la douceur dont il ne se départit jamais. Enfin, il prend pied sur la Terre et, après de longues pérégrinations, se trouve au milieu d'un jardin fleuri de roses. « Et il se sentit très malheureux », sa fleur lui ayant fait accroire qu'elle était seule de son espèce dans l'univers. C'est alors qu'il rencontra le renard, ou plus exactement le fennec, cet animal aux longues oreilles qui vit dans le désert. La scène la plus émouvante du livre débute alors, scène qui semble l'explication, la clé d'une œuvre où affleure continûment la nostalgie de l'amitié. Le renard prie le Petit Prince de bien vouloir l'apprivoiser ; et il s'explique ainsi : « Tu n'es encore pour moi qu'un petit garçon tout semblable à cent mille petits garçons. Et je n'ai pas besoin de toi. Et tu n'as pas besoin de moi non plus. Je ne suis pour toi qu'un renard semblable à cent mille renards. Mais si tu m'apprivoises, nous aurons besoin l'un de l'autre. Tu seras pour moi unique au monde. Je serai pour toi unique au monde. » — « Je commence à comprendre, dit le Petit Prince. Il y a une fleur [...] je crois qu'elle m'a apprivoisé. » Hanté par le désir de rejoindre sa planète, le Petit Prince se fera mordre par un serpent venimeux, et s'évanouira dans la nuit, après avoir tant bien que mal consolé l'aviateur qui s'était attaché à ce petit personnage étrange, passionné et tranquille. Le style, à la fois alerte et confidentiel, garde au récit cette allure familière des propos tenus à haute voix devant des êtres simples, dont la logique s'accommode de l'imaginaire, et exige toutefois des détails d'une extrême précision.

Petits poèmes en prose de Baudelaire **:** v. ***Spleen de Paris, Le***.

PEYREFITTE Roger. Écrivain né à Castres (Tarn) le 17 août 1907. Il fait ses études dans deux collèges religieux du Sud-Ouest, au lycée de Foix et à la faculté des lettres de Toulouse. En 1930, il sort major de l'École des sciences politiques, entre au Quai d'Orsay en 1931, est secrétaire d'ambassade à Athènes de 1933 à 1938. Il est révoqué en 1945, révocation annulée en 1962. Son œuvre commence par un coup d'éclat, la publication en 1944 d'un roman, *Les Amitiés particulières*, que Gide appréciait fort et qui obtint le prix Renaudot. Dans ce récit tendre et lyrique d'une passion juvénile dans les maisons d'éducation, Roger Peyrefitte parvient à renouveler le vieux débat du pur et de l'impur, du bien et du mal, en lui donnant une hauteur tragique grâce à la présence d'un jésuite, le père de Trennes, figure douloureuse et diabolique. *Mademoiselle de Murville* (1947) est suivie de *L'Oracle* (1948), peinture des milieux archéologiques en Grèce, pays qui va occuper dans l'œuvre de Peyrefitte une place privilégiée, comme la patrie du bonheur. Dans *La Mort d'une mère* (1950), le narrateur raconte le peu d'empressement qu'il marque pour se rendre au chevet de l'agonisante. Cette espèce de confession publique a un sens qui la dépasse : un individualisme tout païen est sur le point de se substituer à un monde de foi et d'humanité. Cette veine intime, Roger Peyrefitte la retrouve à différents moments de sa carrière littéraire. Notamment avec *Jeunes proies* (1956), *Notre amour* (1967) et *L'Enfant de cœur* (1978). Avec les romans qui suivent les années 50, il opère un tournant marqué en se lançant dans la chronique scandaleuse de notre époque. *Les Ambassades* (1951) et *La Fin des ambassades* (1953) sont des satires féroces de la carrière où l'auteur introduit des personnages à clef. Il s'en prend ensuite au personnel administratif de l'Église romaine dans *Les Clefs de Saint-Pierre* (1955), suivies des *Chevaliers de Malte* (1957) qui reprend la même attaque au travers d'un ordre fort ancien. Tournant ensuite sa verve contre un ordre laïque cette fois, il s'en prend à la franc-maçonnerie avec *Les Fils de la lumière* (1961). Tout en aiguisant un tour d'esprit voltairien, Roger Peyrefitte élargit l'horizon de ses attaques. Il introduit dans ses romans toute une part de documentation qui ne va pas sans soulever de nombreuses polémiques. Avec *Les Juifs* (1965), il prétend ne s'en prendre qu'à certains milieux juifs. *Les Américains* (1968) et *Manouche* (1972) ajoutent de nouveaux traits à la fresque de la société contemporaine dont il veut se faire le peintre.

Il est certes difficile de tracer une perspective générale dans cette œuvre où l'auteur semble n'obéir qu'à sa seule fantaisie. Il a publié un *Musée de l'amour* (1972), où il fait connaître ses collections artistiques, puis *La Muse garçonnière* (1973), recueil d'épigrammes traduites du grec, contribution de Roger Peyrefitte à l'hellénisme dont il donne un vaste tableau avec un triptyque qui doit constituer la vie d'Alexandre le Grand et dont le premier volume a pour titre *La Jeunesse d'Alexandre* (1978). Auparavant, il a fait un crochet pour raconter dans *Tableaux de chasse ou la Vie extraordinaire de Fernand Legros* la carrière d'un singulier marchand de tableaux qu'il considère comme un « Casanova moderne du monde des milliards et qui a été plusieurs fois sous les plombs » ; il revient à la confession avec *Propos secrets* (1979). Citons encore *Roy* (1979), *L'Illustre Écrivain* (1982). Roger Peyrefitte place lui-même son œuvre sous un double signe : celui de la Grèce et celui du XVIIIe siècle.

GUY LE CLEC'H

Phèdre. Tragédie en cinq actes et en vers de l'auteur dramatique Jean Racine (1639-1699), représentée pour la première fois à l'hôtel de Bourgogne, le 1er janvier 1677. À cette date, Racine est au sommet de la gloire ; il est entré à l'Académie française en 1673 ; en 1674, il a été nommé conseiller et historiographe du roi. À 38 ans, il a déjà donné au théâtre huit tragédies et une comédie. *Phèdre* est une de ses pièces auxquelles il a le plus longtemps travaillé : il mit plus de deux ans à l'écrire. Comme pour *La Thébaïde ou les Frères ennemis*, pour *Andromaque* (*) et *Iphigénie* (*), c'est encore ici Euripide qu'il imite *(Hippolyte porte-couronne)*. Si Racine a modifié certains détails dans la conduite de l'action, il s'est contenté le plus souvent d'adapter et même de reproduire des passages entiers de la tragédie grecque. Certains vers de sa *Phèdre* ne sont que des transcriptions dans l'admirable cadence racinienne des vers d'Euripide : par exemple, « Que ces vains ornements, que ces voiles me pèsent ! », ou « Dieux ! que ne suis-je assise à l'ombre des forêts ! / Quand pourrai-je au travers d'une noble poussière, / Suivre de l'œil un char volant dans la carrière ! », ou encore plus loin : « Le jour n'est pas plus pur que le fond de mon cœur. » Tout ce qui n'appartient pas dans *Phèdre* à Euripide n'est pas pour autant de l'invention de Racine. Il s'est également inspiré de la *Phèdre* de Sénèque, pièce qui, d'ailleurs, paraît elle-même imitée de l'*Hippolyte voilé*. Là, il a trouvé non seulement la scène capitale de la déclaration de Phèdre qui n'est pas dans Euripide, mais le stratagème de l'épée, qui sert ensuite à accuser Hippolyte. Le jeune homme, indigné des aveux de sa belle-mère, a tiré son glaive pour l'en frapper. Phèdre le presse d'achever son geste et de lui donner la mort. Mais Hippolyte se ravise, l'épargne et lui abandonne l'épée, désormais souillée par un contact impur. On peut donc dire que toute l'intrigue de Racine est dans ces modèles anciens, dont il se contente de transposer, à plusieurs reprises, les termes mêmes. Racine d'ailleurs ne s'en est nullement caché et il commence la préface par ces mots : « Voici encore une tragédie dont le sujet est pris d'Euripide. Quoique j'aie suivi une route un peu différente de celle de cet auteur pour la conduite de l'action, je n'ai pas laissé d'enrichir ma pièce de tout ce qui m'a paru plus éclatant dans la sienne. Quand je ne lui devrais que la seule idée du caractère de Phèdre, je pourrais dire que je lui dois ce que j'ai peut-être mis de plus raisonnable sur le théâtre. » Ici, cependant Racine exagère, le caractère de Phèdre lui appartient vraiment en propre. La Phèdre antique n'était qu'une malheureuse victime, un instrument de la vengeance des dieux. La Phèdre de Racine est plus responsable et, si pour parler de sa passion, elle dit : « Ce n'est plus une ardeur dans mes veines cachée : / C'est Vénus tout entière à sa proie attachée », ce n'est ici qu'une image, car l'excuse de Phèdre, ce n'est pas l'intervention de Vénus, c'est l'envahissement de la passion contre laquelle elle ne peut lutter. Mais si Phèdre est responsable et se considère comme telle, c'est aussi parce qu'elle n'obéit plus seulement, comme celle d'Euripide, aux contraintes sociales, au souci intéressé de son bonheur et de sa réputation, c'est qu'au fond d'elle-même elle considère sa passion comme criminelle. Elle a le sens et l'horreur du péché. Chateaubriand, dans *Le Génie du christianisme*, dit qu'il y a en *Phèdre* les « orages d'une conscience toute chrétienne ». Et, en effet, chez Racine, la notion de tentation et de péché s'est substituée à celle de la fatalité antique. Racine avait bien conscience d'avoir fait une tragédie chrétienne et c'est ce qu'il exprime, dans sa Préface, quand il dit : « Ce que je puis assurer, c'est que je n'en ai point fait [de tragédies] où la vertu soit plus mise au jour que dans celle-ci. Les moindres fautes y sont sévèrement punies. La seule pensée du crime y est regardée avec autant d'horreur que le crime même. Les faiblesses de l'amour y passent pour de vraies faiblesses ; les passions n'y sont présentées aux yeux que pour montrer tout le désordre dont elles sont cause ; et le vice y est peint partout avec des couleurs qui en font connaître et haïr la difformité. » Et Racine ajoute, prévenant ou répondant aux objections de ceux qui, au XVIIe siècle, se faisaient les détracteurs du théâtre, particulièrement Nicole et le prince de Conti : « C'est là proprement le but que tout homme qui travaille pour le public doit se proposer... Ce serait un moyen de réconcilier la tragédie avec quantité de personnes, célèbres par leur piété et par leur doctrine, si les auteurs songeaient autant à instruire leurs spectateurs qu'à les divertir et s'ils suivaient en cela la véritable intention de la tragédie. » *Phèdre*, pièce janséniste ? où la fatalité chrétienne se serait substituée à la fatalité antique ? Questions sans réponse, bien évidemment. Ce qui paraît sûr en tout cas, c'est que l'on retrouve ce rapport particulier au mythe et au sacré inauguré trois ans plus tôt dans *Iphigénie*. Ici encore les dieux sont à la fois présents et absents : ce jeu dialectique ne se traduit pas comme dans *Iphigénie* par l'incapacité des hommes à voir et à entendre les signes, il se manifeste de façon plus concrète si l'on peut dire. C'est Phèdre qui se sent poursuivie par les feux redoutables de Vénus, qui se désigne comme l'« objet infortuné des vengeances célestes » ; c'est Thésée qui sait qu'un « dieu vengeur » (Neptune) suit son fils et qu'il « ne peut l'éviter » ; c'est Théramène qui dit qu'on a cru voir « un dieu qui d'aiguillons pressait [le] flanc poudreux » des chevaux d'Hippolyte... Or Théramène a cru voir, Thésée n'avait pas besoin de Neptune pour condamner son fils à mort, et Phèdre est d'abord animée par des impulsions et des remords trop humains. Ainsi, sur le plan structurel, on retrouve la combinaison de la dimension horizontale et de la dimension verticale qui avait été inaugurée dans *Iphigénie*. Dimension horizontale du schéma relationnel entre les personnages, qui rappelle celui de *Bajazet* (un couple d'amoureux persécuté par une femme passionnée sur qui pèse la figure absente de son époux), et où les passions conduisent tout au milieu des enjeux politiques ; dimension verticale du rapport de Phèdre elle-même à la divinité dans la mesure où, tandis que c'est elle qui tient son sort entre ses propres mains, elle se sent écrasée par un destin qui la dépasse et l'entraîne.

La tragédie de Racine, comme celle d'Euripide, s'appelait *Hippolyte* (c'est sous ce titre qu'elle fut annoncée par Bayle en 1676) ; elle s'intitula *Phèdre et Hippolyte* lors des premières représentations, pour finir par s'appeler *Phèdre* tout court. Racine pensait qu'il n'avait jamais rien fait de mieux : « Je n'ose encore assurer que cette pièce soit la meilleure de mes tragédies. » L'amitié si judicieuse de Boileau le confirmait dans son jugement. Aussi est-ce avec une entière confiance que Racine attendait la première représentation à l'Hôtel de Bourgogne. C'était La Champmeslé qui jouait le rôle principal et probablement Baron qui interprétait Hippolyte. Mais deux jours après la première représentation, les comédiens du roi (c'est-à-dire l'ancienne troupe de Molière jointe à celle du Marais) donnaient une autre *Phèdre* due à un jeune poète, Pradon. Cette concurrence était courante au XVIIe siècle (Racine l'avait lui-même provoquée en 1670 en opposant sa *Bérénice* (*) à celle de Corneille), mais Racine essaya d'étouffer la pièce de son rival. Pradon, lui, était soutenu par une puissante coterie réunie à l'Hôtel de Bouillon autour du duc de Nevers et de ses deux sœurs, la duchesse de Bouillon et la duchesse de Mazarin. L'affaire dégénéra en guerre des sonnets. Le soir même de la première de *Phèdre*, on rima un sonnet sur cette tragédie : ce petit poème, résumé caricatural de l'intrigue de *Phèdre*, œuvre collective dans laquelle le duc de Nevers semble bien avoir pris la part décisive, suscita une réplique qu'on attribua à Racine et Boileau. Ce sonnet, qui reprenait les fins de vers du premier, s'attaquait à la personnalité des membres de la cabale, avec une violence et une crudité bien audacieuses puisqu'elle visait si haut. Le sonnet contenait même une allusion directe aux mœurs incestueuses de la duchesse de Mazarin et de son frère Nevers. L'affaire était fort grave et le moins que les deux amis eussent à craindre était la bastonnade. C'est bien ce que leur promit le duc de Nevers dans un troisième sonnet, bâti encore sur les mêmes rimes. Il ne fallut rien moins que l'intervention directe du prince de Condé pour empêcher la querelle d'en arriver là. Cependant des comparses continuèrent encore la guerre des sonnets et on en connaît six ou sept sur les mêmes rimes. Le résultat de tout ce tapage fut que la *Phèdre* de Pradon, qui n'avait pu être jouée que sur un ordre exprès du roi, tint pendant vingt-cinq représentations et que Racine, pendant les cinq ou six premières représentations de sa pièce, crut que Pradon allait triompher – ce dont, nous dit-on, il fut au désespoir.

Après une première scène d'introduction, où Hippolyte annonce à son confident Théramène qu'il part à la recherche de son père Thésée, qui a disparu (la véritable cause de son départ, c'est que le superbe et chaste Hippolyte fuit, car il aime Aricie), Phèdre paraît, soutenue par Oenone. Épuisée, vaincue, elle se laisse arracher par sa suivante la confidence du secret de son trouble ; elle aime son beau-fils Hippolyte, elle a tout tenté pour ne pas céder à sa passion, pour écarter le jeune homme ; tout a été vain et elle n'attend plus que la mort : « J'ai conçu pour mon crime une juste terreur ; / j'ai pris la vie en haine, et ma flamme en horreur. / Je voulais en mourant prendre soin de ma gloire. » Un messager apporte la nouvelle que Thésée est mort. Hippolyte va sans doute être nommé roi à Athènes et il faut que Phèdre lui demande assistance et protection pour son propre fils. À l'acte II, après qu'Aricie eut fait ses confidences à sa suivante Ismène, Phèdre demande à être reçue par Hippolyte. Bien vite, elle ne peut tenir de lui laisser entrevoir sa passion, et sous couleur de lui peindre son amour pour Thésée, c'est son amour pour lui qu'elle lui dévoile : elle aime Thésée, mais « non point tel que l'ont vu les enfers », elle l'aime « fidèle, mais fier, et même un peu farouche, / Charmant, jeune, traînant tous les cœurs après soi, / Tel qu'on dépeint nos dieux et tel que je vous vois ». Devant l'indignation du jeune homme, Phèdre lui arrache son épée dont elle veut se transpercer elle-même. On l'entraîne dans un état d'agitation extrême. À l'acte III, Phèdre confesse qu'elle n'a pas perdu tout espoir ; elle se demande même si elle n'a pas, maintenant que Thésée est mort, le droit d'aimer Hippolyte. Mais elle se reprend et, implorant Vénus, elle lui demande de la venger en faisant périr Hippolyte. Soudain, on lui annonce que la nouvelle de la mort de Thésée était fausse et que le voilà de retour. Prise de remords, elle est sur le point d'avouer à son époux son indignité, quand elle apprend qu'Hippolyte aime Aricie. Aussi, torturée par la jalousie, laisse-t-elle (acte IV) Oenone accuser Hippolyte auprès de son père. La défense du jeune homme est si maladroite que Thésée, au comble de la colère, le maudit et implore de Neptune le châtiment du coupable. Quant à Phèdre, qui vient d'apprendre que l'insensible Hippolyte aime Aricie, elle laisse s'accomplir le destin, mais elle n'en repousse pas moins Oenone qui sera cause de la punition de l'innocent. À l'acte V, Thésée apprend de la bouche d'Aricie qu'Hippolyte n'aime qu'elle. Thésée, surpris, reste dans le trouble quand Théramène, au cours d'un récit fameux, vient lui exposer la mort terrible de son fils. Phèdre le suit de peu, elle avoue à Thésée toute la machination et le crime dont elle est coupable, et meurt à ses pieds.

Toute l'action, tout l'intérêt de la pièce sont centrés sur Phèdre. Les autres personnages ne sont que des comparses. Déjà le théâtre de Racine tirait sa renommée de ses puissantes figures féminines ; avec *Phèdre*, il atteint au sommet de son art. Mais si le rôle de Phèdre a pris cette amplitude, ce caractère insoupçonné des tragiques grec et latin, Hippolyte a décrû dans les mêmes proportions. Il n'a pas seulement diminué d'importance, mais a changé encore de caractère. Le fils de Thésée, en devenant amoureux (comme Achille dans *Iphigénie*), a perdu sa grandeur farouche et il semble que, par là, Racine ait privé sa pièce de cette forte opposition si sensible chez Euripide. C'est qu'une fois de plus Racine retrouve le mythe du couple pastoral, transposé dans la tragédie où il est destiné à être broyé. Au plan de l'expression, Racine atteint ici à une telle noblesse du vers, à une telle beauté harmonieuse de la langue, que les vers qui sont couramment cités de *Phèdre* sont innombrables ; ne retenons ici que « La fille de Minos et de Pasiphaé » (acte I, sc. 1), « Soleil, je te viens voir pour la dernière fois, / Ariane, ma sœur, de quel amour blessée, / Vous mourûtes aux bords où vous fûtes laissée » (acte I, sc. 3), « Hé bien ! connais donc Phèdre et toute sa fureur. / J'aime » (acte II, sc. 3). Jamais peut-être la langue française n'avait atteint à un tel degré d'harmonie, de justesse, de charme ; il y a dans *Phèdre* un envoûtement verbal qui fait une grande partie de son charme extraordinaire pour des oreilles françaises, mais qui ne peut évidemment que se dissoudre dans une traduction.

La première édition de *Phèdre et Hippolyte* parut la même année (1677). Nous savons par un contemporain, Subligny *(Dissertation sur les tragédies de Phèdre et Hippolyte)*, que Racine revit et corrigea sa pièce pour l'impression. Elle connut deux rééditions du vivant de Racine, en 1687 et en 1697 ; c'est à partir de 1687 que l'œuvre fut intitulée *Phèdre*.

PHILIPPE Charles-Louis. Écrivain né à Cérilly (Allier) le 4 août 1874, mort à Paris le 21 décembre 1909. Après avoir échoué aux concours de Polytechnique et de Centrale en 1893 et 1894, il abandonne ses études et entre en correspondance avec Mallarmé et René Ghil. Employé municipal à la Ville de Paris à partir d'octobre 1896, bientôt nommé au Service technique des égouts, son poste lui assure une existence modeste qui lui permet de s'adonner à la poésie symboliste. Mais il se tourne bientôt vers une autre recherche : collaborateur de la revue socialiste *L'Enclos*, puis cofondateur du Théâtre Civique, il élabore un style romanesque marqué par des thèmes à la fois naturalistes et sentimentaux. Après *La Mère et l'Enfant* (1900), où il décrit sa relation avec sa propre mère, une liaison avec une prostituée lui inspire sa première grande œuvre, *Bubu de Montparnasse* (1901). Dès lors, comme l'a remarqué André Gide, deux aspirations contraires sont aux prises : la sentimentalité morbide de celui qui parlait dans ses lettres de « ce plaisir larmoyant et mélancolique qui est pour moi le plus grand des plaisirs » ; et le besoin de conquérir sur la mélancolie sa véritable et impérieuse personnalité. Premier signe d'une telle évolution : c'est Bubu, proxénète et bourreau d'une jeune prostituée, et non celle-ci, qui donne son nom au roman... Mais cette marche vers la « force » et la « joie », qui va de pair avec la découverte de Nietzsche, ne suffit pas à rendre à Philippe la santé qui lui manque. Atteint dès 1898 par une adénite scrofuleuse, il se sent une « pauvre petite masse de chair dolente » (Gide) propre à être écrasée par la société. Il rétorque avec ses romans, où s'exprime un besoin souverain de révolte — toujours impossible à assouvir. Il y a d'abord *Le Père Perdrix* (1902), où un vieux forgeron acculé à la détresse par la maladie devient le paria d'un village et, installé à Paris où il faut tant d'énergie et une telle force de résistance pour survivre, se laisse mourir ; puis *Marie Donadieu* (1904) dont l'héroïne, provinciale, elle aussi montée à Paris, est en proie à un besoin de liberté et d'authenticité qu'elle met maladroitement en œuvre et qui, au final, ne fait que son malheur. Enfin, dans *Croquignole* (1906), qui se déroule parmi les plus modestes employés de bureau, le héros veut briser les vitres pour mieux respirer ; sans morale mais profondément débonnaire, assez fort pour aspirer encore au bonheur alors que ses collègues sont vaincus par l'apathie, c'est à lui qu'advient la chance : un héritage le sauve de son milieu et lui permet d'exalter le Pantagruel qui sommeillait en lui. Ayant au bout de deux ans épuisé son héritage, mais ayant tant joui de sa libération qu'un retour à la vie de bureau lui est devenu impossible, il se donne la mort.

Avec *Le Père Perdrix, Marie Donadieu* et *Croquignole*, à trois reprises, Philippe manque de peu le prix Goncourt. Il entame à cette époque *Charles Blanchard* (posthume, 1913) en s'inspirant de la vie difficile de son père. Mais, en novembre 1909, une fièvre typhoïde se déclare et dégénère en méningite. Soigné par son ami Élie Faure, Philippe s'éteint à Paris le 21 décembre. Il est enterré trois jours plus tard à Cérilly.

Défunt, il donna matière à trois remarquables portraits : la description de sa dépouille par Paul Léautaud dans son *Journal littéraire*, le récit de ses derniers moments et de son enterrement par Gide ; enfin le sculpteur Antoine Bourdelle vint mouler son dernier visage, projetant autour du linceul des « éclaboussures de plâtre ».

CHRISTOPHE BEAUFILS.

♦ *« Pas de forage aussi profond, rien d'aussi dur, dans aucune littérature. »* Léon-Paul Fargue. ♦ *« Il porte en lui de quoi désorienter et surprendre, c'est-à-dire de quoi durer. »* André Gide.

RÉF. : André Gide, « La Mort de C.-L. Philippe », in *Nouveaux Prétextes*, Paris, 1911 ; *C.-L. Philippe*, Paris, Figuière, 1911. — G. Bodard, *C.-L. Philippe*, Moulins, 1935. — C. Guillaumin, *C.-L. Philippe, mon ami*, Paris, 1942. — J. de Fourchambault, *C.- L. Philippe, le bon sujet*, Paris, 1943. — F. Talva, *C.-L. Philippe et son œuvre*, Moulins, 1949. — L. Lanoizelée, *C.-L. Philippe, l'homme, l'écrivain*, Paris, 1953. — B. Vercier, introduction et chronologie, in *Bubu de Montparnasse*, Paris, 1978.

Picaresque. Cet adjectif dérivé de l'espagnol *picaro,* qui signifie « aventurier », qualifie les romans mettant en scène des personnages errants, mi-vagabonds, mi-aventuriers, qui courent le monde à la recherche de quelque bonne fortune. Le modèle vient de la littérature espagnole (*Vie de Lazarillo de Tormes,* 1554) et il a trouvé d'heureux imitateurs dans la littérature française, où on y goûte la verve réaliste, le pittoresque et le comique. Reposant sur le voyage, ce type de roman permet en effet la description de différents milieux, ce qui brosse un tableau amusé de la réalité sociale du temps. Sorel (*Histoire comique de Francion* [*], 1623) puis Scarron (*Roman comique* [*], 1651-1657) se servent du genre pour critiquer les invraisemblances du roman héroïque. Le *Gil Blas* (*) de Lesage (1715) est une grande réussite du picaresque en langue française ; apres lui, certains *Contes* de Voltaire, *Le Capitaine Fracasse* (*) de Théophile Gautier (1863) et même *Voyage au bout de la nuit* (*) de Céline (1932) illustrent bien l'esprit picaresque dans le roman français.

EMMANUEL BURY.

Pièces brèves de Courteline. Pour Georges Courteline (1858-1929), humoriste dont la verve s'exerce irrésistiblement contre tout ce qui, militaire ou fonctionnaire, est fortement organisé, le théâtre n'est pas une chaire, mais une image de la vie que ses caricatures puissantes ne déforment guère. Il puise son inspiration dans la vie militaire : *Lidoire, Les Gaietés de l'escadron*, *Le Train de 8 h 47* ; la vie judiciaire : *Un client sérieux, Le commissaire est bon enfant, Le gendarme est sans pitié, L'Article 330, Les Balances* ; la vie des petits- bourgeois : *Boubouroche*, *La Cruche, La Paix chez soi*, ou des fonctionnaires : *Messieurs les Ronds-de-cuir* (*). L'œuvre dramatique de Georges Courteline est une comédie humaine mise à la portée de tous. La philosophie qui s'en dégage est assez amère, comme celle de Molière : l'humanité est médiocre et il n'est aucun remède à ses maux. Comme l'explique le plaignant La Brige, dans *L'Article 330*, le raisonnement de la plupart des hommes est : « Si je ne te crains pas, je me fous de toi. » Alors à quoi bon se révolter ? Mieux vaut en rire. Mais, ce qui élève ses esquisses bien au-dessus de simples caricatures, c'est que l'écrivain croque toujours l'essentiel de ce que nous pouvons reconnaître en nous et autour de nous, atteignant ainsi à une vérité durable et classique.

Lidoire (1891) se passe le soir dans la chambrée d'un régiment de cavalerie. L'adjudant, puis le brigadier de semaine viennent distribuer des punitions et donner à Lidoire des ordres impossibles à exécuter, ce qui provoque chez lui d'amères réflexions sur le métier militaire, « où tout le monde commande sans qu'y ait seulement un lascar pour savoir de quoi qu'y retourne ». À peine endormi, il est réveillé par le trompette La Biscotte, qui rentre tellement soûl qu'il doit le déshabiller et le coucher. Sa bonté provoque les déclarations sentimentales et les remords de La Biscotte qui, trouvant qu'il « déshonore l'armée française », veut rendre sa trompette, non sans en avoir tiré des sons rauques qui attirent l'adjudant. Conclusion : Lidoire est emmené au poste de police.

Avec *Un client sérieux* (1896), nous entrons au palais de justice. Après que le tribunal a remis pour la quatrième fois l'affaire de Jean-Paul Mapipe, arrêté le dimanche des Rameaux devant Notre-Dame-de-Lorette vendant du cresson pour du buis, et qui moisit depuis un mois en prison, Lagoupille, lampiste au ministère des Affaires étrangères, comparaît sur plainte de M. Alfred, limonadier, auquel il a donné un coup de poing en plein visage alors qu'il tentait de l'expulser du café dont il est patron. Lagoupille se choisit pour défenseur, à l'audience, l'avocat Barbemolle qui brigue la place de substitut. Tandis que Barbemolle commence sa plaidoirie en vantant les qualités de son client, le substitut, qui lit *L'Officiel*, apprend qu'il est révoqué et remplacé par Barbemolle. Il quitte aussitôt son siège et c'est Barbemolle qui requiert maintenant contre Lagoupille, en réfutant les propres arguments de sa plaidoirie. Lagoupille, « chevalier du devoir », devient une « gouape qui porte fièrement la honte d'être abject ». Conclusion : Lagoupille est acquitté — et Barbemolle continuera à « défendre la bonne cause en empruntant son éloquence... aux seuls élans de ses convictions ».

Hortense, couche-toi ! (1897) : Le salon des La Brige est en plein désordre pour cause de déménagement ; le nouveau locataire va arriver, les déménageurs sont là, mais le propriétaire, M. Saumâtre, refuse de les laisser partir avant qu'ils n'aient payé leur loyer échu. Hortense La Brige, qui est enceinte de neuf mois, joint ses supplications à celles de son mari : impossible d'apitoyer l'inflexible Saumâtre. Alors La Brige ordonne à Hortense de se coucher, la loi lui accordant un délai de neuf jours pour mettre son enfant au monde. Le propriétaire affolé accepte aussitôt de laisser partir le couple sans aucun des dédommagements qu'il lui proposait précédemment. Et La Brige conclut : « Il suffit neuf fois sur dix à un honnête homme échoué dans les toiles d'araignée du Code de se conduire comme un malfaiteur pour être immédiatement dans la légalité. »

On voit que la plupart des comédies de Courteline sont construites selon un rythme double : au début, un personnage, fort de sa connaissance de la loi, tyrannise son entourage, au mépris de la charité et du bon sens ; à la fin ce personnage sera confondu par un article du code (souvent le même), qui l'accablera à son tour.

Pied. Terme de métrique gréco-latine qui désigne un groupe de syllabes combinées en fonction de leur durée longue (—) ou brève (u). Les pieds sont les éléments constitutifs du vers. Chacun d'eux correspond à ce qu'est une mesure en musique. Le dactyle (— u u), le spondée (— —), l'anapeste (u u —), l'iambe (u —) sont les principaux pieds de la métrique gréco-latine. Compte tenu du caractère accentuel et rythmique du vers français, la notion de pied, purement statique, est inapte à rendre compte de sa prosodie. C'est donc par abus de langage qu'on l'utilise là où seule convient la notion de syllabe.

CHRISTIAN DOUMET.

PIEYRE DE MANDIARGUES André. Écrivain né et mort à Paris (14 mars 1909-13 décembre 1991). D'origine nîmoise, il est le petit-fils de Paul Bérard, ami et collectionneur de nombreux impressionnistes. Sa vie est essentiellement marquée par des voyages, une intense activité littéraire et une relation profonde avec la peinture. Pieyre de Mandiargues a reçu le prix des Critiques en 1951 pour *Soleil des loups*, et le prix Goncourt en 1967 pour *La Marge*. Mais ces deux prix sont venus récompenser une œuvre déjà largement développée, marquée en ses commencements par l'influence des surréalistes, dont Mandiargues a été un fidèle ami.

On a pu le définir — s'il ne l'a pas fait lui-même — comme un homme partagé entre le romantisme et le baroque, la « Forêt noire » et le « Mexique ». C'est sous le signe de ce double amour — signe à son tour d'un esprit sensuel, esthète et torturé — qu'il faut situer les récits et les romans de Mandiargues, et ses très beaux poèmes, moins connus du public. Récits et romans : *Le Musée noir* (1946), *Soleil des loups* (1951), *Marbre* (1953), *Le Lis de mer* (1956), *Le Cadran lunaire* (1958), *Feu de braise* (1959), *La Motocyclette* (1963), *La Marge* (1967), *Le Marronnier* (1968), *Mascarets* (1971), *Sous la lame* (1976), *Le Deuil des roses* (1983), *Tout disparaîtra* (1987). Les recueils de poèmes : *Dans les années sordides* (1948), *Hedera* (1946), *Les Incongruités monumentales* (1948), *Astyanax* (1957), *L'Âge de craie* (1961), *Cartolines et Dédicaces* (1960), *Le Point où j'en suis* (1964), *Dalila exaltée* (1964), *La Nuit l'Amour* (1964). Mais Mandiargues est aussi un remarquable critique : *Les Masques de Léonor Fini* (1951), *Les Monstres de Bormarzo* (1957), *Le Belvédère* (1958), *Les Corps illuminés* (1965), *Bona l'amour et la peinture* (1971), *Chagall* (1975), *Arcimboldo le Merveilleux* (1977). Il faut citer enfin les *Cahiers de poésie, Porte dévergondée* (1965), et le remarquable texte d'interviews intitulé *Le Désordre de la mémoire* (1975). Récemment, Mandiargues s'est également tourné vers le théâtre : *Isabella Mona* (1973) ; *Madame de Sade,* d'après Mishima (1976) ; *Arsène et Cléopâtre* (1981).

Tant au niveau de la thématique que du style, on retrouve chez Mandiargues cette dualité signalée plus haut ; intelligence et sensualité, rationalité et fantastique, beauté et bestialité, goût de la lumière et passion de l'obscurité. Mandiargues est d'abord un conteur et un narrateur : il dresse la scène de ses histoires — appartements somptueux, musées, bordels, chambres de torture, paysages enneigés, bergeries à l'odeur de musc — avant de les commencer et de présenter des personnages. Ce cadre est minutieusement décrit, minutieusement « planté », ainsi que le ferait un peintre. À l'intérieur de ce « tableau » s'agitent des figures perpétuellement fascinées et déchirées par l'érotisme, la violence, le sang et la mort, par tout ce qui vibre d'imaginaire autour de la chair. Dans un très beau texte publié dans *La Nouvelle Revue française — À l'honneur de la chair —*, Mandiargues a voulu faire l'éloge de la simple sensualité et du corps. Mais l'œuvre, plus profondément, est envahie par des fantasmes toujours plus troubles et inquiétants : au fond de la sexualité, du désir, du sang, il y a la mort, le vertige du meurtre, de la blessure. Ces fantasmes, dans les récits et les romans de Mandiargues, sont parfois traités, bien qu'ils soient authentiques, avec une certaine complaisance baroque que l'auteur a peut-être héritée de Breton ou des écrivains du XVIIIe siècle. Le narrateur est un voyeur : il dépeint, il regarde, aime se perdre dans ce qu'il peint et regarde. On ne peut ici s'empêcher de penser à Léonor Fini, à laquelle Mandiargues a consacré un très beau texte. L'œuvre poétique, elle, s'enfonce plus profondément dans la dimension inconsciente. L'œil de l'écrivain devient plus voyant, mais en même temps moins voyeur pictural. Dans *Les Incongruités monumentales* se lèvent des images qui dépassent définitivement le jeu de l'intellect et du goût esthétique : « Le feu des géraniums illumine la houille. » Mandiargues navigue ainsi des fantasmes aux images poétiques, ce qui explique l'alternance régulière, chez lui, des textes en prose et des textes proprement poétiques.

Sans atteindre la profondeur des œuvres de Pierre-Jean Jouve, de Hugo Von Hoffmannsthal ou d'André Breton, avec lesquelles elle présente de claires affinités, l'œuvre d'André Pieyre de Mandiargues est sans doute, en

France, l'une des plus attachantes et des plus originales de l'après-guerre.

ANTOINE BERMAN.

RÉF. : Salah Stétié, *André Pieyre de Mandiargues,* Paris, 1978. — *André Pieyre de Mandiargues. Un Saturne gai,* entretiens avec Y. Caroutch, Paris, 1982.

PINGET Robert. Écrivain d'origine suisse. Né le 19 juillet 1919 à Genève, mort le 25 août 1997. Après des études de droit, il vient à Paris où il s'installe dès 1946. Il voyage beaucoup, dessine, peint, expose. En 1950, il part enseigner le français en Angleterre. De retour en France, il se consacre à l'écriture et commence à publier, partageant son existence entre Paris et la campagne. En 1987, il reçoit le grand prix national des lettres. Les éléments biographiques s'arrêtent là, selon le vœu même de Robert Pinget qui les estime dénués de tout intérêt et de toute signification pour la connaissance vraie d'un auteur ; seule compte l'œuvre. La sienne, si originale et si variée, débute en 1951 avec un recueil de nouvelles, *Entre Fantoine et Agapa,* publié par une revue de province, et où il délimite d'emblée la géographie de l'univers dans lequel va se dérouler la presque totalité de ses fictions: Agapa, Douve, Fantoine, Sirancy... L'année suivante paraît son premier roman, *Mahu ou le Matériau,* qui trace, en une série d'anecdotes brèves et de situations assez surréalistes, le portrait d'un de ces « types » si caractéristiques de son œuvre, que sont, après Mahu, Baga, Mortin et M. Songe. Ce livre est suivi du *Renard et la Boussole* en 1953. Avec *Graal Flibuste* (1956), Pinget donne une sorte d'épopée parodique où les allusions voilées à don Quichotte et au « mirifique Espagnol » sont visibles, ainsi que sa capacité à déployer un monde bien réel nourri de rêves ou de délires extraordinaires mais vains. Son entrée aux éditions de Minuit, dans ces années-là, l'embrigade dans le Nouveau Roman dont il sera considéré, un temps, comme l'un des plus sûrs représentants. Si, après *Le Fiston*, paru en 1959, des livres tels *L'Inquisitoire* (1962), qui présente en un gros roman les minutes d'un interrogatoire serré, anonyme et presque atemporel, et *Quelqu'un* (1965, prix Femina), où l'on assiste à la lente décomposition tragi- comique du microcosme médiocre d'une pension de famille, ressortissent sans doute à cette « école », le théâtre qu'il donne parallèlement le situe plus sûrement du côté de son ami Samuel Beckett : *Lettre morte* (1959), *La Manivelle* (1960), *Ici ou ailleurs* (1961), *Architruc* (1961) et *L'Hypothèse* (1961). Comme le grand Irlandais, mais nettement moins préoccupé que lui par les situations absurdes, Robert Pinget refuse toute théorisation dogmatique de l'écriture et se défend d'être un « intellectuel » au détriment de sa vraie nature d'artiste (il a revendiqué souvent l'honneur d'être un poète). S'il parle de son « dégoût du roman dans son acception classique », c'est pour mieux affirmer sa constante recherche d'un « ton » pour chacun de ses écrits, pour mieux justifier la nécessité de faire surgir, préalablement à toute première phrase, un narrateur anonyme et absolument neutre à qui il prête la main, et qui lui ressemble le moins possible ; ce n'est pas là une doctrine mais simplement une clé pour entrer dans son monde. Et cette démultiplication, comme osirienne, permet la variété des modes narratifs et des univers maniaquement décrits où se meuvent, autant qu'elles le peuvent, des créatures qui s'ennuient. Cela n'empêche pas la réapparition durable, dans les romans, des mêmes « personnages », des mêmes lieux, et parfois de situations très proches d'un texte à l'autre. Mais à dater de *Le Libera* (1968), et avec *Passacaille* (1969), *Cette voix* (1975), *L'Apocryphe* (1980) et *L'Ennemi* (1987), la répétition des données, la tentation du ressassement des faits qui mènent à un apparent délire obsessionnel autour d'un assassinat d'enfant, d'un vol ou d'un manuscrit mystérieux, favorisent la présence d'un substrat moral, où affleure sans cesse la mauvaise conscience. Sous le ton, sous l'intrigue assez policière (la permanence des enquêtes), sous le désordre des mémoires, perce le mal. L'ennui engluant, dans quoi se débattaient mollement les dérisoires protagonistes d'autrefois, a cédé le pas à un monde de mourants taraudés par leur fin proche et l'angoisse de cette fin, et hantés par un drame que le lecteur ne fait jamais que frôler. Trois opuscules, appelés « carnets », *Le Harnais* (1984), *Charrue* (1985), *Du nerf* (1990), aux confins de l'ana, du recueil d'aphorismes et du ramas de phrases apparemment anodines — souvent attribuées aux personnages des autres livres —, fondent un peu plus la perception d'une éthique. Cette impression est renforcée par l'humour, parfois décapant, des livres dialogués (*Autour de Mortin,* 1965) ou des pièces de théâtre comme *Abel et Bela* (1971), *Paralchimie* (1973), *Nuit* (1973), *Un testament bizarre* (1986). Mais sans doute les plus belles réussites de Robert Pinget sont-elles tout entières dans les « types » qu'il a créés, Mahu, Baga, Mortin, et surtout M. Songe, un vieil homme un peu acariâtre mais plein de quant-à-soi et d'esprit d'à-propos, dont les vieux jours nous sont connus par un petit livre exemplaire : *Monsieur Songe* (1982).

FRANÇOIS BODDAERT.

PIRENNE Henri. Historien belge d'expression française. Né à Verviers en Wallonie le 23 décembre 1862, mort à Uccle-Bruxelles le 24 octobre 1935. Son père possédait une importante filature, et la fréquentation de ses ateliers lui donna le goût des études sociales. Il fit ses études à l'université de Liège, et en sortit docteur en philosophie. Il fréquenta ensuite les universités de Leipzig, de Berlin et de Paris, puis, en 1883, suivit les cours de l'École pratique des hautes études et ceux de l'École des chartes, dans le but de posséder toutes les disciplines capables d'assurer un maximum de rigueur à son travail d'historien. Il débuta dans l'enseignement comme assistant à l'université de Liège, et fut nommé professeur à l'université de Gand en 1886. Il publia en 1893 un ouvrage qui lui valut une grande considération : *Bibliographie de l'histoire de Belgique des origines à 1830.* Il se consacra ensuite à l'œuvre capitale de sa vie : *Histoire de Belgique*, dont les sept volumes parurent de 1899 à 1932. Ce livre révolutionna complètement les conceptions courantes sur l'histoire de la nation belge en montrant comment, depuis le haut Moyen Âge, Flamands et Wallons étaient unis par une communauté d'intérêts économiques, de traditions et de luttes. Parmi ses nombreux travaux sur les cités médiévales et sur les conditions sociales, il faut surtout citer : *Les Anciennes Démocraties des Pays-Bas* (1910), *Recueil de documents relatifs à l'histoire de l'industrie drapière en Flandre* (1906-1924), quatre volumes en collaboration avec G. Espinas, et enfin *Histoire de l'Europe des invasions au* XVI*e siècle* (1936). Pirenne fut le premier président de l'Union académique internationale et reçut de nombreuses distinctions.

RÉF. : « Henri Pirenne », hommage de la revue *Le Flambeau*, décembre 1935. — J. Šusta, *Henri Pirenne*, Prague, 1936. — R. Latouche, *Henri Pirenne, historien de la Belgique*, Paris, 1936.

PIRON Alexis. Écrivain né à Dijon le 19 juillet 1689 ; mort à Paris le 21 janvier 1773. Fils d'un apothicaire, Aimé Piron, auteur de *Noëls* écrits en patois bourguignon, il se destine d'abord au barreau, mais doit arrêter ses études à cause de sa médiocre fortune et accepter un emploi de clerc de notaire, puis de secrétaire de banquier. Des poésies obscènes et son humeur déjà satirique lui ayant attiré des difficultés dans sa ville natale, il arrive à Paris en 1719 et végète d'abord quelque temps dans de misérables travaux de copiste. Les difficultés du Théâtre de la foire — qu'un édit venait d'obliger à ne représenter que des pièces à un seul personnage — donnent à Piron une occasion de se faire connaître : en deux jours, il écrit *Arlequin Deucalion*, pièce bouffonne qui mettait en scène Arlequin au temps du déluge, et qui eut un grand succès. Après avoir écrit, soit seul, soit en collaboration avec Lesage, dix-neuf ouvrages pour le Théâtre de la foire (*Les Trois Commères, La Robe de dissension, Le Caprice, Crédit est mort*, etc.), Piron, sur le conseil de Crébillon, commence à travailler pour le Théâtre-Français, où il fait ses débuts en 1728 avec *Les Fils ingrats ou l'École des pères*, comédie sentimentale en vers qui eut plus de succès que des tragédies comme *Callisthène* (1730), *Gustave Vasa* (1733) et *Fernand Cortès* (1734) — intéressantes seulement par l'innovation consistant à mettre en scène des événements de l'histoire moderne, comme le réclamera plus tard le romantisme. Avec *La Métromanie* (1738), c'est encore la comédie qui apportera à Piron une célébrité durable. Mais ses contemporains le connaissaient surtout par ses *Poésies* faciles, ses épigrammes, par cet esprit inépuisable, mordant, impardonnable pour les victimes, et qui faisait peur à Voltaire lui-même. Piron ne manquait pas une occasion, par exemple, d'égratigner l'Académie : c'est lui, montrant le lieu des séances, qui s'écriait : « Ils sont là quarante qui ont de l'esprit comme quatre » ; et faut-il rappeler la burlesque épitaphe qu'il s'était composée : « Ci-gît Piron, qui ne fut rien / Pas même académicien. » L'Académie voulut le faire mentir et l'élut en 1753, mais Louis XV refusa son agrément à cause des odes licencieuses que Piron avait commises dans sa jeunesse. Cet insouciant, cet homme de plaisir, fondateur du Caveau avec de joyeux amis comme Collé, Panard, Crébillon, familier des artistes, assez peu travailleur, finit assez mal pour un épicurien : il perdit à peu près la vue, eut la douleur de voir sa femme devenir folle, et tomba dans la dévotion. On se souvient de *La Métromanie*, mais on ne la joue plus, ni le reste de son théâtre, où les personnages sont généralement inconsistants, mais où la vivacité du dialogue, l'abondance des traits comiques rappellent les qualités de cet auteur des salons, qui fut spirituel, et rien de plus. Son fabuleux opéra-comique, *L'Endriaque*, musique de Rameau, doit être cité comme une curiosité : les héros se nomment Elfriderigelpot, Caudaguliventer et Espadavantavellados !

♦ *« Il se met par terre pour mieux mordre. »* La Harpe. ♦ *« Les saillies, les bons mots, les choses plaisantes et sentencieuses coulent de sa bouche avec une rapidité qu'on n'a peut-être jamais vue. »* Grimm. ♦ *« Ce Piron avait l'habitude d'insulter à tous les hommes célèbres qui essuyaient des persécutions. Ses œuvres sont remplies des preuves de cette basse méchanceté. Il posait cependant pour un bon homme, parce qu'il était paresseux et que, n'ayant aucune dignité dans le caractère, il n'offensait pas l'amour-propre des gens du monde. »* Condorcet.

RÉF. : A. de Mastaing, *Les Piron*, 1844. — Ed. et J. de Goncourt, *Portraits intimes du* XVIII*e siècle*, Paris, 1858. — G. Lanson, *La Comédie au* XVIII*e siècle*, 1895. — Faguet, *Histoire de la poésie française : Les Poètes secondaires du* XVIII*e siècle.* — P. Chaponnière, *Piron, sa vie, son œuvre* et *La Vie joyeuse de Piron*, Paris, 1935. — S. Menant, *La Chute d'Icare*, Genève, 1981.

PIROTTE Jean-Claude. Écrivain belge d'expression française. Né à Namur le 20 octobre 1939. Enfant précoce, fugueur, il est atteint très tôt du désir d'écrire et de peindre et de l'amour des livres. Après des études (« nonchalantes mais brillantes ») de lettres, puis de droit, il devient avocat et le sera pendant onze ans. Son premier livre, publié en 1963, *Goût de cendre,* est un recueil de poèmes, de même que les deux suivants : *Contrée* (1965) et *D'un mourant paysage* (1969) — qui montrent une passion pour les lieux, les paysages, un penchant pour l'élégie et la complainte, et une rigueur d'expression, une réelle exigence de style. Ce sont les qualités du poète à venir. Car poète il sera, en vers comme en prose, porté par son sens des images et celui des cadences musicales. Des démêlés avec la justice de son pays en 1975 l'ayant jeté sur les routes, il est devenu une sorte d'artiste vagabond poussant toujours ailleurs, de la lumière toscane à la lumière charentaise, sa poursuite de l'improbable bonheur. *Journal moche* (1981), recueil fourre-tout au ton mi-provocant, mi-douloureux, *La Pluie à Rethel* (1982), récit désenchanté de la perte de l'innocence, *La Vallée de misère* (1987), chronique poétique des jours sans pain, sont les trois œuvres qui datent de cette période de « cavale » et ont tissé la légende de Pirotte auteur maudit, noctambule désabusé pour qui vivre est impossible. Mais ces livres sont ceux d'un écrivain véritable et excèdent de très loin le témoignage ou la confession. Ses exemplaires tentatives dans l'ordre du roman le prouvent : *Fond de cale* (1984), *Un été dans la combe* (1986) et *Sarah, feuille morte* (1989). Et ses chroniques — ou œuvres d'un genre plus indécis, dont la construction semble davantage livrée aux caprices du hasard ou aux hésitations de la liberté : *Les Contes bleus du vin* (1988), *La Légende des petits matins* (1990), *Récits incertains* (1992) — ne le démentent pas. Dans la familiarité (plus que dans l'influence) des auteurs aimés, révérés (Larbaud, Chardonne, Marcel Arland, Henri Thomas, Philippe Jaccottet ou André Dhôtel, dont il s'est littéralement cru un personnage), Pirotte élabore de livre en livre un univers très personnel, imaginaire autant qu'autobiographique, éclairé par une vraie poétique des lieux, charpenté des éternelles questions du temps et de la mort, traversé de la douleur d'être en vie, mais pétri d'élégante légèreté (ce qui ne signifie pas désinvolture), de rigoureuse familiarité, de haute simplicité. Il y est fidèle à sa modeste ambition de « saisir quelques reflets d'une lumière fragile et de se pénétrer de son ignorance ». De là lui vient sans doute sa capacité à transmettre l'émotion avec une si grande fidélité — comme dans le récit intitulé *L'Épreuve du jour* (1991), qui est une pure réussite, son livre de maturité.

GEORGES MONTI.

Plaideurs (Les). Comédie en trois actes et en vers du dramaturge Jean Racine (1639-1699), qui fut représentée pour la première fois à Paris sur la scène de l'Hôtel de Bourgogne en novembre 1668. Racine l'écrivit au lendemain d'*Andromaque* (*) et à la veille de *Britannicus* (*). Prenant prétexte d'un procès perdu, il semble qu'il n'ait pas été fâché de montrer qu'il n'était pas moins capable que son illustre rival, Corneille, d'exceller dans les deux genres. Cette audace faillit, au vrai, lui coûter cher ; l'accueil du public fut d'abord très froid, il fallut que lors d'une représentation à Saint-Germain, un mois après les deux représentations parisiennes, Louis XIV « y fit de grands éclats de rire », pour que la Cour donne le signal et que la pièce soit reprise à l'Hôtel de Bourgogne avec un succès qui, cette fois, ne se démentit plus jusqu'à nos jours. Il semble qu'aux premières représentations les délicats se soient offusqués de certaines plaisanteries un peu fortes, et que le gros public n'ait rien compris aux termes de chicane ; il est probable que les gens de justice profitèrent des hésitations pour faire tomber une pièce où ils étaient si fort maltraités. Racine, dans sa préface à l'édition de sa pièce, nous donne une explication fort pertinente de son insuccès, dans des termes d'une si amusante impertinence qu'ils méritent d'être cités : « On examina d'abord mon amusement comme on aurait fait d'une tragédie. Ceux-mêmes qui s'y étoient le plus divertis eurent peur de n'avoir pas ri dans les règles, et trouvèrent mauvais que je n'eusse pas songé plus sérieusement à les faire rire. Quelques autres s'imaginèrent qu'il étoit bienséant à eux de s'y ennuyer, et que les matières du Palais ne pouvoient pas être un sujet de divertissement pour des gens de cour. La pièce fut bientôt après jouée à Versailles. On n'y fit point scrupule de s'y réjouir ; et ceux qui avoient cru se déshonorer de rire à Paris furent peut-être obligés de rire à Versailles pour se faire honneur. » Ce que Racine ne dit pas, mais laisse entendre, c'est qu'il y avait eu, entretemps, la représentation devant le roi à Saint-Germain et qu'il était devenu de fort mauvais ton de ne point rire aux *Plaideurs.* Les personnages qu'ici Racine prend à partie, avec une verve et une truculence qui étonnent, sont ceux-là mêmes contre lesquels la verve des satiristes français de tous les temps s'est exercée à plaisir : à savoir, les hommes de loi méprisés des gentilshommes, haïs et craints du peuple. Racine avait d'abord songé à donner sa comédie aux comédiens italiens, ce n'aurait été qu'un simple canevas sur lequel ils auraient brodé : mais, nous dit-il, le départ de Tiberio Fiurelli, le fameux Scaramouche, lui « fit interrompre son dessein ». Il voulut alors renoncer à son projet, mais ses amis le décidèrent à composer sa pièce, « moitié en l'encourageant, moitié en mettant eux-mêmes la main à l'œuvre ». Dans sa préface, c'est d'ailleurs comme une adaptation des *Guêpes* d'Aristophane qu'il présente *Les Plaideurs.* Il faut dire que, si Racine a repris le sujet d'Aristophane, il en a fait une comédie de mœurs contemporaines et il l'a doté d'une charmante fantaisie qui n'appartient qu'à lui. On peut d'ailleurs dans *Les Plaideurs* trouver maintes autres influences, celles en particulier de *La Farce de Maître Pathelin* (*) et de la satire des gens de justice qui court d'un bout à l'autre de l'œuvre de Rabelais. En particulier, c'est au *Quart Livre* qu'il emprunte le nom d'un de ses personnages : Chicaneau — dans Rabelais, l'île des Chicanous ; v. *Gargantua* (*). Enfin, certaines situations sont tirées de la tradition de la comédie italienne : le jeune homme qui se déguise en commissaire pour faire la cour à une jeune fille et qui fait signer par surprise au père un contrat de mariage.

Au premier acte, après une brève exposition de la situation par le secrétaire du juge Perrin Dandin en un pittoresque patois picard, son maître, sur qui il doit veiller, saute par la fenêtre pour échapper à sa garde. C'est un vieux juge, atteint d'une singulière manie, celle de juger à tort et à travers et sans discontinuer. Son fils,

Léandre, fort affligé de cette folie, essaie par tous les moyens de le rendre à la raison et de le retenir chez lui. Léandre aime Isabelle, fille de Chicaneau, un plaideur endurci, tout aussi enragé que le juge. Le dévouement de l'Intimé lui étant tout acquis, Léandre décide d'un stratagème pour obtenir la main d'Isabelle que son père séquestre. Cependant, Dandin, rattrapé par ses gardes du corps, a été mis hors d'état de nuire, mais Chicaneau s'est pris de querelle avec une grande dame, Yolande Cudasne, comtesse de Pimbesche, Orbesche et autres lieux, qui n'a point d'autre souci que de terminer heureusement, et le plus tard possible, une grande quantité de procès qu'elle accumule à plaisir. À l'acte II, Léandre, déguisé en commissaire, force la porte de Chicaneau, en compagnie de l'Intimé qui joue le rôle d'un huissier. À l'issue d'un interrogatoire en règle, que Chicaneau croit justifié par ses démêlés avec la comtesse, les deux complices lui font signer un faux procès-verbal qui n'est autre que le contrat de mariage de Léandre et d'Isabelle. Cette ruse est l'occasion d'une des scènes les plus drôles de la pièce, celle où l'Intimé jouant le rôle d'huissier, exposé aux sévices de Chicaneau, note imperturbablement, et dans le plus pur style du Palais, les horions qu'il reçoit. Mais Dandin, enfermé dans le grenier, passe la tête par la lucarne pour entendre les deux plaideurs, Chicaneau et la comtesse, venus lui exposer leur différend. On met l'infatigable vieillard à la cave, il apparaît par le soupirail pour reprendre le cours de l'affaire. De guerre lasse, Léandre lui propose de rendre justice à la maison et de juger les siens. Après quelque résistance, le vieillard est sur le point de consentir, quand on lui rapporte un cas pendable qui le décide tout à fait : Citron, son chien, vient de dérober un chapon. Le juge n'y tient plus, il siège à son tribunal et nomme aussitôt Petit Jean, son portier, demandeur, et l'Intimé, son secrétaire, avocat de la défense. Et c'est sur ce procès burlesque que s'ouvre le troisième acte : toute la pièce d'ailleurs se résume dans cette scène qui en est la plus brillante, la plus spirituelle et la plus vivement satirique. Petit Jean s'embrouille dans sa harangue, tandis que l'Intimé s'aventure dans un plaidoyer des plus emphatiques : après avoir invoqué l'autorité d'Aristote et fait mille citations érudites qui n'ont évidemment aucun rapport avec le sujet, il évoque l'affaire en un crescendo fort pathétique et dans un jargon parfaitement imité de celui du Palais, puis il annonce ses conclusions : « Je finis. / Avant la naissance du monde... » Le malheureux juge essaie d'enrayer la tirade : « Avocat, ah ! passons au déluge », mais il s'endort. Dans une admirable péroraison, l'Intimé en appelle à la pitié des juges, il leur montre cette « famille désolée », « ces pauvres enfants qu'on veut rendre orphelins », il les pousse devant le juge en leur disant : « Venez faire parler vos esprits enfantins. » Le résultat de ce bel effet oratoire, c'est que les petits chiens « ont pissé partout ». Et l'Intimé a cette réplique sublime : « Monsieur, voyez nos larmes. » Dandin est fort perplexe, enfin il se décide à condamner le chien Citron aux galères, quand un heureux événement, le mariage de Léandre et d'Isabelle, forts du contrat qu'ils ont extorqué à Chicaneau, l'incline à l'indulgence : Citron sera gracié.

À vrai dire, l'intrigue amoureuse fait assez pâle figure au milieu de ces événements grotesques, et le personnage de Chicaneau fait double emploi avec la comtesse : cela fait beaucoup de maniaques à la fois. Mais ces outrances sont voulues : Racine explique, dans sa préface, que les caractères et les situations sont si outrés que personne ne s'y peut reconnaître ou s'en offusquer. Sans soupçonner la bonne foi de cette affirmation, il ne faut pas oublier que Racine a voulu avant tout s'amuser et nous amuser, et il y réussit. Il semble d'ailleurs qu'il n'ait pas été mécontent de s'abriter derrière l'autorité d'Aristophane pour accabler de ses railleries et de ses plaisanteries fort cruelles les magistrats, vieux fous radoteurs et maniaques, juges prévaricateurs et sordides, ou pour bafouer les pères gâteux. Irrespectueux, Racine l'est ici, non seulement à l'égard des ridicules qu'il vise, mais envers les écrivains les plus célèbres, envers Cicéron dont il parodie l'exorde du plaidoyer *Pour Quinctius*, mais surtout de Corneille dont il utilise avec une belle impertinence les nobles vers tragiques en leur donnant un sens comique : « Ses rides sur son front gravoient tous ses exploits » (au sens d'exploits d'huissier), qui reproduit presque mot pour mot le fameux : « Ses rides sur son front ont gravé ses exploits » du *Cid* (*), ou encore quand, reproduisant le « Viens mon fils, viens mon sang » du *Cid*, il fait dire à Chicaneau : « Viens, mon sang, viens ma fille », suivi de cette chute : « Va, je t'achèterai le Praticien françois. » Le comique est partout dans cette pièce, joli monument d'insolence : dans la versification parodique, moqueuse, qui n'est pas sans rappeler celle du *Lutrin* (*) de Boileau ; dans la langue qui nous fait passer de l'emphatique au trivial à tout moment ; dans les personnages qui sont des caractères de farce ; dans les situations appuyées comme dans la comédie italienne ; dans l'esprit de persiflage enfin qui y règne d'un bout à l'autre. On comprend que le public, habitué à la comédie de Molière, si fine et si forte à la fois, ait quelque peu boudé *Les Plaideurs.* Mais ce serait une grave erreur de comparer *Les Plaideurs* et *L'Avare* (*) ou même *Le Malade imaginaire* (*) ; c'est tout autre chose que Racine se propose, tout autre chose qu'il réussit.

Pléiade. Nom donné par Ronsard en 1556 à un groupe composé de sept poètes, pour la plupart ses condisciples au collège de Coqueret sous la férule de Dorat : outre lui-même, Du Bellay, Jodelle, Baïf et Tyard, auxquels il convient d'ajouter Des Autels et La Péruse, remplacés respectivement en 1555 et 1556 par

Peletier et Belleau. Cette dénomination est commode à condition de ne pas y voir une école (même si Ronsard apparaît comme le maître incontesté) et de ne pas se limiter à ces sept noms qui correspondent à autant d'étoiles qu'en comporte la constellation choisie à l'époque alexandrine par sept poètes. La Pléiade est une manière de désigner un nouveau courant littéraire qui, par bien des aspects, s'oppose à celui défini par Marot et entend rivaliser avec les Italiens. La *Défense et Illustration de la langue française* (*) (1549) constitue le manifeste de cette nouvelle génération. Assurément — et les ennemis se sont plu à le souligner —, tout n'est pas nouveau dans ce programme : il suffit de lire l'Italien Speroni (1542) ou J. Peletier (préface à sa traduction de l'*Art poétique* d'Horace, 1541). Les orientations du nouveau groupe se définissent tout d'abord par l'idée que la poésie n'est pas un passe-temps (conception que la Pléiade attribue aux rhétoriqueurs et aux marotiques), que le poète n'est pas un versificateur, mais un homme placé au-dessus des autres par l'inspiration divine qui est en lui. Suivant ainsi la doctrine développée par Platon, la Pléiade situe le poète à la plus haute place, celle qui lui confère l'immortalité, condition même de sa liberté. C'est par là qu'il peut atteindre à la véritable gloire (un des thèmes principaux avec la nature, l'amour et la fuite du temps), au prix d'une ascèse morale, indispensable pour connaître les secrets du monde. Cependant, la nécessité d'une « vive imagination » ne va pas sans travail ; le poète doit *construire* son œuvre, en particulier en recourant à l'imitation (ou, plutôt, à l'innutrition) des écrivains antiques (parmi lesquels on remarque le relatif effacement des Attiques au profit d'auteurs comme Homère, Pindare ou Eschyle) et de quelques modernes, surtout italiens (Pétrarque est le grand modèle). La beauté, en effet, est unique : il s'agit de la rejoindre. Cette conception aristocratique de la poésie exige du lecteur un travail de découverte des connotations que permettent l'usage de la mythologie et l'utilisation de la périphrase (« Les excellents poètes nomment peu souvent les choses par leur nom propre », dit Ronsard dans la préface posthume à *La Franciade*). La syntaxe (qui, cependant, ne subit pas les tensions que l'on peut trouver chez Scève) sera enrichie par les tours hérités du latin et du grec. Le but est en effet d'élaborer une poésie de façon à ce qu'elle contienne un rythme à l'échelle de la strophe et non du vers (fût-il l'alexandrin mis à l'honneur par les poètes de la Pléiade). Les efforts porteront également sur la langue : reprise des vieux mots (*anuiter, isnel*), emprunts au vocabulaire des métiers et aux dialectes, enfin invention (en respectant le génie de la langue) de « vocables nouveaux » (*aigre-doux, donne-vin ; amelette ; verver* à partir de *verve* ; emprunts à des langues étrangères, surtout le latin [*exceller*] et le grec [*périphrase*], etc.). Les poètes de la Pléiade ont abandonné les genres poétiques médiévaux (mais ils reprennent les cinq genres marotiques que sont l'églogue, l'élégie, l'épigramme, l'épître et la satire) au profit des genres antiques (l'ode, la tragédie, l'épopée, l'hymne) ou venus d'Italie (le sonnet). La poétique de la Pléiade (dans ses grandes lignes) connaît une évolution. Dès 1552, dans son épître à Jean de Morel, Du Bellay revient sur la critique qu'il avait effectuée de la traduction ; en 1553, il fait la satire d'un pétrarquisme caricatural. En 1556, Ronsard reconnaît à Pindare l'obscurité et se tourne vers Anacréon, « le doux Anacréon ». Sous l'influence, en partie, des critiques protestantes, le paganisme tend à s'estomper au profit d'une inspiration chrétienne. Dès 1555, date de la parution des *Hymnes,* Ronsard marque une nouvelle orientation vers la poésie philosophique, encyclopédique et cosmologique : il entraîne à sa suite Belleau, Peletier et Baïf. La poésie deviendra ensuite militante, attaquant les abus contemporains (*Les Regrets,* 1558) et les protestants (Ronsard, *Remontrance au peuple de France,* 1563).

FRANÇOIS ROUDAUT.

Pléiades (Les). Roman de l'écrivain Joseph Arthur de Gobineau (1816-1882), publié en 1874 ; commencé en 1871, il fut achevé en 1873 à Stockholm où Gobineau venait d'être nommé ministre de France. Gobineau ne surveilla pas lui-même l'impression de son manuscrit et ne se soucia pas de corriger les épreuves ; aussi l'édition originale est-elle très fautive. *Les Pléiades* ne furent pas un succès de librairie ; deux ans plus tard, on n'en avait écoulé que 465 exemplaires ; sept ans plus tard (1881), 507 seulement. Ce n'est qu'autour des années 1910 qu'on commence à vendre un peu ce livre, mais la première édition n'était pas encore épuisée en 1919. Après la Grande Guerre, *Les Pléiades* commencèrent leur carrière publique. Il y eut trois rééditions en 1921, 1924 et 1933. Toutefois, il fallut attendre l'édition de M. Jean Mistler (1946) pour posséder un texte conforme au manuscrit et une édition critique.

De multiples influences ont été relevées dans la conception des *Pléiades*, la plus incontestable est celle d'un roman de Jean-Paul Richter, *Le Titan*, à qui Gobineau a emprunté bien des détails, mais dont l'atmosphère est fort différente de celle de son livre. On peut aussi signaler l'influence considérable qu'exerçèrent sur Gobineau les romans de Goethe, en particulier *Les Affinités électives* et la seconde partie de *Wilhelm Meister* et les romans de Stendhal, surtout *La Chartreuse de Parme* (*). Mais le seul véritable emprunt de Gobineau, c'est le récit, qu'il place dans la bouche d'Harriet, de l'histoire de Don Pierre de Luna, simple adaptation d'un des récits des *Scènes de la vie castillane et andalouse* de lord Feeling (pseudonyme sous lequel se cachait l'obscur écrivain Antoine Fonteney), publiées en 1835. À cela près, l'œuvre de Gobineau est vraiment originale. En fait, le cadre du roman lui a été fourni par les souvenirs de sa vie de diplomate. La petite cour princière de Burbach est sortie de ses séjours à la cour de Brunswick et à la cour de Hanovre. Par contre, toute tentative de retrouver, sous les personnages du roman, des personnages réels semble vaine : Gobineau a recomposé et renouvelé la réalité. Certains de ses personnages sont des types en qui il entendait symboliser les forces et les ridicules de son temps, car il avait l'intention de faire un roman à thèse. Fort heureusement pour nous, le caractère politique et même pamphlétaire que Gobineau voulait donner à son livre s'est peu à peu estompé au fur et à mesure de la composition et il n'en est resté presque plus rien dans la seconde partie. Gobineau s'en rendait bien compte et il projetait un autre roman, *Les Voiles noirs*, dont il ne nous reste que quelques pages, dans lequel il se proposait de faire une critique beaucoup plus violente et moins romanesque de la société moderne. Cependant, il tenait à ce qu'on vît dans *Les Pléiades* autre chose qu'une œuvre d'imagination. Peu après la parution, il écrivait : « *Les Voiles noirs* diront plus que *Les Pléiades*, mais *Les Pléiades* ont dit tout ce qu'il fallait dire au moment où je les ai écrites, et soyez certaine que ce n'est pas un roman et qu'il faut les juger autrement qu'un roman. » Il n'empêche que pour nous, elles sont justement et presque exclusivement un roman ; c'est en tant que roman qu'elles ont connu le succès, qu'elles sont un des grands livres du XIXe siècle.

Le Livre Ier débute par le Journal de voyage de Louis de Laudon, jeune Français que sa condition sociale, sa peur d'être dupe condamnent à une existence oisive et vagabonde. Laudon rencontre en Suisse un sculpteur allemand, Conrad Lanze, qui se rend comme lui en Italie. Une solide amitié lie aussitôt les deux hommes qui décident de faire le voyage ensemble. Parvenus sur les rives du lac Majeur, ils y rencontrent un troisième voyageur, un Anglais, Wilfrid Nore ; au cours d'une discussion qui se prolonge fort avant dans la nuit, Nore révèle aux autres les raisons pour lesquelles une sympathie spontanée est née entre eux. Le roman cesse alors d'être écrit à la première personne. Nore expose à ses deux amis qu'ils appartiennent tous trois à la même catégorie d'hommes, les fils de rois : « Nous sommes trois calenders, fils de rois. » Les fils de rois, précise-t-il, ne sont pas nécessairement des princes, ce sont des êtres étrangers à la commune folie des hommes (cela signifie : « Je suis d'un tempérament hardi et généreux, étranger aux suggestions ordinaires des naturels communs. Mes goûts ne sont pas ceux de la mode ; je sens par moi-même et n'aime, ni ne hais d'après les indications du journal. L'indépendance de mon esprit, la liberté la plus absolue dans mes opinions sont des privilèges inébranlables de ma noble origine »). Le reste de l'humanité, c'est la masse stupide et servile parmi laquelle on peut distinguer les imbéciles, les drôles et les brutes. Ils n'ont pas d'âme et on ne peut comprendre leur utilité sur cette terre. Leur existence est aussi injustifiée que celle des sauterelles qui promènent la destruction de par le monde ou que celle des microbes. Puis les trois calenders, qui constituent une de ces Pléiades comme il s'en forme de temps en temps dans le monde et qui, à elles seules, suffisent à justifier l'existence de l'humanité tout entière, entreprennent de se raconter mutuellement leurs vies. Le centre de chacune de leurs existences est une femme : pour Wilfrid Nore, la très sage Harriet, fille d'un distributeur de bibles dans le Proche-Orient, laquelle lui voue un amour passionné et maternel qu'elle ne songe qu'à dissimuler à cause de la grande différence de leurs âges ; pour Conrad Lanze, qui ne sait démêler s'il l'aime ou non, une comtesse polonaise, un peu folle, séduisante et capricieuse, maîtresse en titre du prince régnant de Burbach. La confession de Laudon, en qui Gobineau a accumulé à plaisir tous les ridicules qui s'attachent au caractère français, en lui prêtant des propos du genre : « Dans tous les pays du monde, quand on n'est pas français, on est étranger », est un modèle de satire et de persiflage. Laudon a l'existence la plus vide, la plus dénuée, grâce à sa présomption, à sa peur du ridicule, à sa méfiance. Notons que les critiques de Gobineau, si pertinentes mais si violentes, se rapprochent singulièrement des critiques formulées contre le caractère français par Stendhal, en particulier dans *Le Rose et le Vert* et dans *Mina de Vanghel*. Comme Stendhal, Gobineau oppose au tempérament français spirituel, sec, étroitement rationaliste, le caractère allemand chez qui les sentiments et les élans du cœur ne sont pas de vains mots, ni l'objet de ridicules. Laudon aime, mais à sa manière ; il aime une femme mariée, Mme de Genevilliers, pour qui il a la plus vive, mais la plus discrète affection.

Avec le Livre II, nous sommes transportés à la cour de Burbach, où le prince Jean-Théodore rompt avec la comtesse Tonska, à la suite de son idylle avec Conrad Lanze. La peinture de la vie d'une petite cour allemande est parfaitement réussie et fort attachante. Gobineau sait minutieusement, et non sans malice, souligner les anachronismes de cette Allemagne morcelée en minuscules principautés. Le portrait du prince régnant, Jean-Théodore, est particulièrement attachant, et il semble bien que Gobineau l'ait fait à sa ressemblance, comme la figure d'un singulier personnage du roman, Casimir Bullet. Gobineau retrouve ensuite ses trois voyageurs. Nore, qui avait négligé depuis plusieurs années la pauvre Harriet, laquelle se morfondait à Bagdad, vient la rejoindre à Florence, où elle se trouve avec son père qui a obtenu un congé en Europe. Cette fois, il sait qu'il n'aime et n'a jamais aimé qu'elle, et il vient lui demander sa main. Harriet ne peut croire à un tel bonheur auquel elle a, depuis longtemps, renoncé et n'accepte le mariage qu'après toutes sortes de résistances. Ce sont ensuite les amis de Laudon,

M. et Mme de Genevilliers, que nous trouvons en Suisse, où les hasards de l'hôtel leur font rencontrer la comtesse Tonska. Celle-ci, résolue à retourner auprès de ce mari qu'elle avait quitté parce qu'il la maltraitait, vient de recevoir une lettre lui annonçant sa mort. Elle s'effondre, et les Genevilliers sont les témoins de cette fausse agonie, agrémentée de toutes sortes de confessions, de décisions prises et abandonnées, celle de mourir d'abord, puis d'entrer au couvent. Un beau matin, la comtesse a disparu, elle est allée rejoindre un ami qui mène à Wilna sous un nom d'emprunt, celui de Casimir Bullet, une existence ascétique, réduite au strict nécessaire. Les trois amis se retrouvent ensuite (Livre III) à la cour de Burbach, où le prince, après les avoir traités froidement, se prend pour eux d'amitié. Les trois calenders deviennent ses confidents de tous les instants, à la grande jalousie des courtisans. Ceci nous vaut de belles conversations de philosophie politique, qui complètent les vues exposées au Livre I par Gobineau. Jean-Théodore, sur ces entrefaites, s'éprend de sa cousine, Aurore ; il lui semble qu'il aime pour la première fois et son amour est le plus chaste et le plus désintéressé qui soit. Dans une lettre à propos de son livre, Gobineau s'exprime sur cet amour en ces termes : « Théodore désire Aurore avec son âme qui avait dormi jusqu'alors », et le prodige de cet amour « est de faire jaillir la source là où elle était fermée et n'avait pas coulé encore ». Cette histoire idyllique est, sans conteste, un écho de la passion que Gobineau, déjà âgé, éprouvait au moment où il écrivait son roman pour la comtesse de La Tour, qu'il avait rencontrée à Stockholm et qui avait bouleversé sa vie. Il est hors de doute que c'est cette belle histoire d'amour, que Gobineau ne put s'empêcher, la vivant au moment même qu'il écrivait, de faire passer dans *Les Pléiades*, qui contribua à les détourner de leur sens premier. C'est pourquoi le livre, commencé comme un roman social, s'achève comme une idylle héroïque et sentimentale et ne diffère plus tellement d'un conte de fées, à la manière des romantiques allemands. Jean-Théodore, qui ne peut épouser Aurore, l'éloigne ; lui même abdique et se retire dans la solitude à Palerme, il s'abandonne à sa vaine passion et va se laisser mourir. Lorsqu'il parvient à se ressaisir, il reçoit un télégramme de la cour de Burbach, sa femme qu'il n'a jamais aimée vient de mourir. Il est libre et court rejoindre Aurore. Le roman se termine sur l'évocation d'une scène d'intimité familiale, qui a lieu quatre ans plus tard : Théodore et Aurore sont au bord de la mer et ils contemplent avec attendrissement leur enfant qui joue devant eux.

Ainsi qu'on le voit, du fait des changements survenus dans la conception du livre en cours de route, *Les Pléiades* sont un livre fort hétérogène. Ce sont surtout les personnages qui aiment et le récit de leurs aventures qui demeurent vivants à nos yeux et qui font des *Pléiades* une des plus belles et des plus singulières histoires d'amour du XIXe siècle.

Pléonasme. Du grec *pleonasmos* : « surabondance ». Figure de style qui emploie à la suite plusieurs termes ayant la même signification ; cette présence de mots superflus est souvent le fait d'une simple maladresse, que l'on entend surtout dans le langage parlé, ainsi que dans des œuvres comiques, en particulier au théâtre ; ainsi M. de Sotenville accumule inutilement les termes restrictifs : « Qui ne lui demandait seulement que la faveur de lui parler » (Molière, *George Dandin*). Cependant, le pléonasme peut être voulu, la surabondance conférant plus de force à l'expression : lorsque Flaubert fait dire à Homais, pharmacien de *Madame Bovary* (*), que la chaleur peut « engendrer des miasmes insalubres », il montre la pédanterie du personnage à travers son vocabulaire redondant, tandis que, quand Baudelaire écrit : « Envole-toi bien loin de ces miasmes morbides » (*Les Fleurs du mal* [*], « Élévation »), il souligne son dégoût du monde par un pléonasme dont l'expressivité est renforcée par l'allitération des *m*.

ARLETTE BOUÉ.

Poème en prose. Forme poétique non versifiée. Le poème en prose apparaît au milieu du XIXe siècle. Ceux qui l'imposent sont aussi ceux qui fondent l'idée moderne de la poésie : Baudelaire (*Le Spleen de Paris* [*]), Rimbaud (*Une saison en enfer* [*], *Illuminations* [*]), Mallarmé (*Un coup de dés* [*]), Lautréamont (*Les Chants de Maldoror* [*]), Claudel (*Connaissance de l'Est*). C'est dire qu'il constitue l'un des éléments majeurs dans le renouvellement de l'expression poétique au XXe siècle. Il semble pourtant que l'un des premiers à avoir tenté l'expérience des pages isolées de prose poétique soit Aloysius Bertrand dans *Gaspard de la nuit* (*) (1842) : Baudelaire le cite dans sa lettre-préface au *Spleen de Paris,* et Max Jacob fait de même dans la fameuse préface de 1916 à l'édition du *Cornet à dés* (*). Ce dernier propose d'ailleurs une définition du genre fondée sur la *composition* et la *situation.* « Le poème [ici, en prose] est un objet construit », dit-il. Quant à la situation, c'est cette marque qui isole la page, la referme sur elle-même, fait qu'elle communique « la sensation du fermé ». En ce sens, il faut distinguer le poème en prose de la simple prose poétique qui, chez Chateaubriand ou chez Rousseau par exemple, emprunte parfois des éléments (rythmes, métaphores, assonances...) au vers. Elle reste de la prose, « car elle ne fait qu'intégrer une recherche prosodique à un flux narratif [...] prééminent [...] Le poème en prose, lui, s'arrache à l'écoulement linéaire de la prose ; il s'installe dans un espace limité, condensé, organisé » (Jean-Louis Joubert). On reconnaît en lui, à la lecture, cette « attention à la forme même de l'énoncé » qui définit, selon Jakobson, la fonction poétique du langage.

CHRISTIAN DOUMET.

Poèmes barbares. Recueil du poète Leconte de Lisle (1818-1894), publié d'abord en 1862 sous le titre de *Poésies barbares* ; une édition augmentée (1872) reçut le titre définitif que nous connaissons. Le poète y accentue encore le pessimisme de ses *Poèmes antiques* (1852) et continue d'évoquer les religions instaurées puis détruites par l'homme. S'éloignant de la sagesse hindoue, de la sereine religion polythéiste des Grecs, il brosse, maintenant, de sombres tableaux tirés de *La Bible* (« Qaïn », par exemple), ou d'étranges mythologies nordiques : scandinave, finnoise ou celtique. Il va jusqu'à évoquer les mythes cosmogoniques de la Polynésie. Deux pièces seulement sont tirées du mythe grec ; elles sont empreintes d'un primitivisme rude et féroce. Les plus caractéristiques de ces poèmes sont les nordiques qui s'opposent violemment aux « antiques » : ciel sombre, blancheur de la neige, existence rude, passionnée et guerrière, qu'on sent être recherchée pour le contraste qu'elle offre avec la civilisation moderne, policée et raffinée, mais sceptique et vile. Les mythes de l'*Edda* et du *Kalevala*, d'autres mythes et légendes celtiques, sévères et puissants, plaisent à l'auteur pour l'aversion dont ils témoignent vis-à-vis du catholicisme qui a détruit leur univers : mythes souvent assez obscurs, de sorte que ces poèmes s'imposent par la seule force de l'art qui les anime ; tels sont « Le Cœur de Hialmar », « La Mort de Sigurd », « Les Larmes de l'ours », ce dernier mélancolique et sensible. « Le Runoïa » représente le dernier combat entre le paganisme et le christianisme, et la victoire certaine de ce dernier, qui tombera cependant quand les hommes se débarrasseront de toute croyance. Mais le Christ, dernier-né au sein des familles divines, est l'objet, plusieurs fois dans ce recueil, de la respectueuse sympathie de Leconte de Lisle. À ces récits s'ajoutent ou de simples tableaux d'une nature chaude et lumineuse, ou des portraits d'animaux (« Les Éléphants » comptent parmi les plus beaux), ou encore de nocturnes funèbres, comme « Le Vent froid de la nuit » qui rappelle le stoïcisme d'Alfred de Vigny. À noter encore « Le Manchy » (sorte de palanquin de Madagascar), où sont évoqués, avec la plus grande délicatesse, des souvenirs d'enfance. Car le poète, en proie à une foule de pensées désolées dont il souffre, entend affirmer sa volonté de ne pas se donner en spectacle dans ses vers, pour le banal plaisir de la multitude (sonnet : « Les Montreurs »).

Poèmes de Périer. Ouvrage posthume du poète belge Odilon-Jean Périer (1901-1928), publié à Paris en 1952 par la librairie Gallimard. Il rassemble quatre plaquettes publiées du vivant de l'auteur : *La Vertu par le chant* (1921), *Notre mère la ville* (1922), *Le Citadin* (1924) et *Le Promeneur* (1925). Ces poèmes sont au nombre de quatre-vingt-dix environ. (« Le Citadin » ou « Éloge de Bruxelles » étant le plus long : près de deux cent cinquante alexandrins à rimes plates.) Dans tout le recueil, Périer demeure égal à lui-même. Du commencement à la fin, il chante le cours des saisons, les éléments, les fruits de la terre, et diverses créatures. Bien entendu, il n'en retient que la nuance la plus propre à féconder sa vie intérieure ; tant le commerce de l'amitié que les plaisirs de l'étude. Tout ce que suppose, en un mot, la chasse au bonheur, sous l'égide d'une certaine sagesse : « Je tente d'acquérir la sagesse du feu » ; ailleurs : « Je remue un trésor plus fuyant que le sable » ; ailleurs encore : « Je crois à la beauté des travaux patients. » S'étant mis en quête de bonheur, il nous fait part de ses trouvailles, de ses craintes, voire de ses secrets d'une manière toute confidentielle. Ce ton même augmente encore la valeur de son propos. Sa poésie possède bien des dessous. Son caractère est de concilier la réserve avec l'abandon. Ayant un culte pour le langage et un goût inné, Périer se montrait consciencieux jusqu'au scrupule. Par là même, il entend réagir sur son temps. Détestant le style de rencontre, il se surveille sans relâche. Un tel contrôle pourrait, certes, éteindre la spontanéité. Par miracle, le poète échappe à ce danger. Par ses divers renoncements, il désencombre son chemin. Dominant bien sa matière, il s'énonce le plus souvent avec une justesse exquise. Davantage, il donne l'impression d'avoir fait ce qu'il voulait faire. La plupart de ses poèmes sont faits de main d'ouvrier. Témoin celui-ci : « Garde ma récolte secrète / Et partageons ce peu de vin / Fille plus douce qu'une bête / Portant le masque du destin / Déchirée, habile à sourire / Et qui ne sais rien de mes dieux / Que le taciturne délire / Où je te confonds avec eux. » Néanmoins, l'alexandrin semble bien être le vers dont Périer use le plus volontiers : « Comme une eau solitaire où descend le soleil / Renonce pour tant d'or aux plus beaux paysages... » On résiste mal au plaisir de citer plus d'un de ces vers d'une miraculeuse beauté : « Amour, je ne viens pas dénouer vos cheveux », « Les fontaines, ce soir, parlent à haute voix », « Ce piège magnifique et fermé comme un cœur », « Ton visage est le mot de la nuit étoilée ». On sait qu'Odilon-Jean Périer devait mourir à vingt-sept ans. Étant conscient peut-être de sa mort prochaine et soucieux de laisser sa trace, il allait trouver dans la poésie un véritable accomplissement. Son œuvre est, à n'en pas douter, l'exacte expression de sa vie. Elle se résume dans ce dernier vers qui en dit long sur ses plus tendres sortilèges : « Qui m'écoute chanter me garde de mourir. »

Poèmes du Renclus de Molliens. Bertremieu ou Barthélemy, poète picard du XIIIe siècle, vécut retiré dans une recluserie à Molliens-Vidame près d'Amiens, d'où son nom. Nous ne possédons de lui que deux longs poèmes, *Carité* et *Miserere ;* mais ceux-ci, d'une structure savante et inspirés par des sentiments profondément authentiques, connurent une telle popularité qu'ils placent leur auteur au premier rang des poètes français du XIIIe siècle. Les deux poèmes furent composés sous la régence de Blanche de Castille ou au début du règne personnel de Saint Louis ; ce sont une critique acerbe des diverses classes de la société et une diatribe passionnée contre l'état des mœurs. Dans *Carité,* le poète feint de partir à la recherche de la Charité ; ne l'ayant trouvée nulle part, il blâme son siècle de ne point pratiquer la sagesse et la patience comme Job, qui sut aussi bien vivre dans la misère que dans la fortune. Aux riches, il donne le conseil de se priver d'un peu de leur bien : « Vous, rike home, ki alaitiés / Les deliches et les daintiés, / Astenés si com Job s'astint ! », afin de « soutenir » les pauvres. Aux pauvres, il donne ce conseil : « Tien patienche ke Job tint ! / Porte poverte un peu sans tint ! / Sueffre un peu. Car pres est pitiés. » Dans *Miserere,* long poème qui commence par la citation latine : « Miserere mei, Deus », il passe en revue les diverses passions : Orgueil, Envie, Convoitise, lesquelles naissent de l'erreur de l'homme qui, de ses sens, fait ses maîtres. Puis vient une exhortation à la pénitence, et l'œuvre se termine par une très belle prière du pécheur repentant à la « non comparable roïne », la Vierge, qui conseille l'homme et intercède pour lui auprès de son Fils. Ces deux poèmes sont d'une grande beauté ; le Renclus de Molliens n'est pas seulement un moraliste éloquent et sincère, c'est un excellent versificateur et un poète habile. – Les deux poèmes du Renclus ont été édités par A. G. van Hamel (Bibliothèque des hautes études, Paris, 1885).

Poésies de Cendrars. Les œuvres poétiques de Blaise Cendrars (pseud. de Frédéric-Louis Sauser, 1887-1961) ont été réunies en 1944 sous le titre de *Poésies complètes.* Le volume comprend : *Du monde entier* (1919), *Dix-neuf poèmes élastiques* (1919), *La Guerre au Luxembourg* (1916), *Sonnets dénaturés* (1916), *Poèmes nègres* (1922), *Documentaires* (1924), *Feuilles de route* (1924-28), *Sud-Américaines* (1926), *Poèmes divers* (1919-33), *Au cœur du monde* (1919-22). *Du monde entier* se compose de trois longs poèmes : « Les Pâques à New York », « Prose du Transsibérien et de la Petite Jehanne de France » et « Le Panama ou les Aventures de mes sept oncles ». « Les Pâques à New York », écrites en vers assonancés, marquent une date importante dans l'histoire de la poésie moderne, et Apollinaire, le premier, semble bien en avoir subi l'influence. Cendrars a déclaré que c'était en une seule nuit, à New York, en avril 1912, qu'il avait composé les deux cent cinq vers du poème ; quelques mois plus tard, un tirage limité des « Pâques » était publié à Paris. Le poème s'ouvre sur une évocation de la piété médiévale à laquelle viennent bientôt s'opposer les images fiévreuses de la vie new-yorkaise. Le poète recommande à Dieu les miséreux et pousse un cri de révolte contre la toute- puissance de l'argent : « Seigneur, la Banque illuminée est comme un coffre-fort, / Où s'est coagulé le sang de votre mort. » La « Prose du Transsibérien et de la Petite Jehanne de France » (1913) contient le souvenir halluciné du grand voyage en Russie que le poète avait fait dix ans plus tôt. C'est le poème de l'aventure, de la violence, de la vitesse, dans un monde bouleversé par la guerre, où l'on pressent la « venue du grand Christ rouge de la Révolution ». Alors que le « Transsibérien » était le récit d'une course folle vécue par un seul individu, « Le Panama ou les Aventures de mes sept oncles » (1913-14) multiplie le nombre des coureurs d'aventures et des points de vue sur le monde, chacun des sept oncles étant parti à la découverte d'une portion de la planète et ayant connu une destinée particulière. Mais, quelle que soit la fortune rencontrée en route, les oncles ont connu « encore quelque chose / La tristesse / Et le mal du pays ». Un seul y a échappé, c'est l'oncle cuisinier, dont les menus « sont la poésie nouvelle ». Avec les *Dix-neuf poèmes élastiques* (écrits entre 1913 et 1919) Cendrars atteint à une poésie qui rompt complètement avec les règles et les thèmes traditionnels. Dédaignant les signes de ponctuation et donnant l'impression d'une transcription instantanée des événements et des sensations qui assaillent leur auteur, les *Dix-neuf poèmes* accueillent tout un univers agité, passionné, fiévreux : celui des années qui voyaient naître le cubisme, le dadaïsme et le simultanéisme. *La Guerre au Luxembourg, Sonnets dénaturés* et *Poèmes nègres* se situent dans le même climat d'expériences d'avant-garde (qui se manifeste notamment, dans les deux premiers ouvrages cités, par des recherches dans la présentation typographique des poèmes). À partir de 1924, Cendrars entreprend une série de grands voyages, principalement en Amérique du Sud, et commence à rédiger les poèmes qui vont prendre place dans *Documentaires* (d'abord publié, en 1924, sous le titre de *Kodak*), *Feuilles de route* et *Sud-Américaines.* Ces poèmes, souvent très brefs, appartiennent « au genre si décrié des poèmes de circonstance ». Ce sont des « photographies mentales » qui nous restituent, avec une grande fraîcheur, les plus fugitives impressions de route du voyageur. Dans les *Poèmes divers* on trouve un bel « Hommage » du poète à Guillaume Apollinaire qui venait de mourir (novembre 1918). Les *Poésies complètes* se terminent sur des fragments de *Au cœur du monde*, poème écrit en 1917, que Cendrars considérait comme une de ses œuvres les plus importantes, mais qu'il se refusa toujours à publier intégralement. Les fragments publiés chantent le retour du poète dans la ville et la maison qui l'ont vu naître (« Hôtel Notre-Dame ») et contiennent une étrange évocation de la vie prénatale (« Le Ventre de ma mère »).

Tant par les terres nouvelles qu'il a annexées à la poésie que par les techniques poétiques qu'il a forgées pour s'exprimer, Blaise Cendrars se situe parmi les plus grands poètes de la première moitié du siècle. Sa poésie, nourrie d'un constant émerveillement devant les êtres et les paysages, est une poésie de constat, de grand arpentage du monde. Mais il y a quelque chose de plus précieux que toutes les merveilles dont nous parle le poète : c'est le ton et l'accent de celui qui nous les conte, cette voix qui nous rend familier, accessible et merveilleux tout ce dont elle parle.

Poésies de Chénier. Selon la terminologie traditionnelle, l'œuvre du poète André Chénier (1762-1794) se répartit en *Bucoliques, Élégies, Poèmes* (*L'Art d'aimer, La République des lettres, Hermès, L'Amérique, Suzanne, L'Invention*), *Odes, Iambes.* Cette nomenclature attestée par l'auteur qui attribuait un sigle spécial à chacun de ses projets, doit être dépassée si l'on ne veut pas vouer à l'étiquetage et à la dispersion une entreprise demeurée inachevée. S'agit-il d'une œuvre ou seulement de ses préliminaires ? Hormis *Le Jeu de Paume* (1791), ode politique, et l'*Hymne* dite « aux Suisses de Chateauvieux » (15 avril 1792), pièce sarcastique de circonstance, Chénier en poésie n'a rien publié de son vivant. La plupart des recueils n'existent qu'à l'état d'ébauche. Même les moins informes, les *Bucoliques* et les *Élégies,* sont loin d'avoir trouvé leur structure définitive. Au nombre des poèmes terminés figurent *L'Invention,* quatre ou cinq « idylles » (*L'Aveugle* est la plus célèbre), près de quarante élégies, une douzaine d'odes (dont la trop fameuse *Jeune Captive*). Certains fragments ont acquis la dignité de chefs-d'œuvre (« La Jeune Tarentine », « Néère », les derniers *Iambes*). Le reste, poussière ou minerai, est rebelle à la mise en ordre : d'où l'extrême difficulté d'éditer André Chénier d'une manière satisfaisante et de le lire congrûment.

Pourtant cette œuvre ne se laisse saisir dans son unité que si on la rapporte aux principes qui la régissent. La notion de « genre » y figure à titre secondaire, les différents modes qu'elle illustre n'étant pas autre chose que les réfractions variées d'un unique foyer lumineux, comme il en est des couleurs à travers le prisme. Ce syncrétisme caractérise la poésie née du sensualisme et dont l'épanouissement correspond au règne de Louis XVI. Une jeune poétique des styles se substitue à la vieille poétique des genres. « Les ouvrages ont une physionomie : ils font connaître non seulement les humeurs et le caractère, mais même la figure », écrit Chénier. Qu'il chante sur le mode bucolique ou élégiaque, satirique ou épique, le vrai poète cède à une « impulsion secrète qui le domine » et fait reconnaître sa voix, unique entre toutes. « L'art des transports de l'âme est un faible interprète ; / L'art ne fait que des vers, le cœur seul est poète. » L'inspiration suppose le métier, mais elle le déborde et le transcende. Chénier n'utilise guère que l'alexandrin à rimes plates mais, comme ses contemporains, il essaie d'en renouveler la prosodie, à l'instar des rythmiques gréco-latines : « Sur des pensers nouveaux faisons des vers antiques. » Entre l'ancien et le moderne, il n'y a point de césure : Chénier ne récuse pas la vénérable doctrine de l'imitation, mais il parle d'une « sorte d'imitation inventrice » (que Faguet appelait « innutrition ») selon laquelle chaque génie s'alimente auprès de ses devanciers, « digère cela à sa façon » et en fait « sa nourriture propre ». D'où cette définition conforme à la logique d'un système matérialiste : « Un poète qui vient après, qui les connaît tous et sait les sentir tous, peut [...] se composer une manière d'après toutes celles-là, une manière à lui [...] Ils l'ont aidé à se faire sa manière qui n'est celle d'aucun d'eux, qui est aussi, tout comme la leur, celle de la nature, originale comme la leur, puisqu'elle est vraie, pittoresque, facile, imprévue, et difficile à imiter. » Un syncrétisme de la pensée accompagne celui des formes dans la constitution de la poésie.

Il ne convient donc pas de distinguer dans l'œuvre de Chénier, comme le faisait encore J. Fabre, des « Vers antiques », des « Pensers nouveaux » et le domaine du cœur. Une osmose relie entre eux les projets dont on s'aperçoit à l'examen qu'ils ont coexisté plutôt qu'ils ne se sont succédé. Dès l'âge de seize ans, l'ardent jeune homme a découvert sa vocation. Il s'exerce en imitant Homère, Virgile, Sapho, Théocrite ; on a conservé quelques échantillons de ces gammes et études. Sa précocité paraît fulgurante. Une boulimie de savoir érudit et la fougue des sens sont les deux sources de son inspiration. Avant vingt ans, il sait ce qu'il veut faire, entame un *Art d'aimer* à l'imitation de l'*Ars amatoria* d'Ovide, ouvre une série « bucolique », fulmine quelques tirades satiriques sur l'indépendance des arts et la servilité des auteurs, rédige des élégies pour son maître Lebrun et pour ses amis, songe à un recueil de pièces amoureuses comme en ont publié Parny et Bertin, rêve d'un poème sur l'Amérique, avatar moderne de l'épopée. Mais il se dissipe et se disperse : « Rien n'est fait aujourd'hui, tout sera fait demain. » Anticipation et procrastination l'habiteront toujours.

Pour son *Ars,* comme il disait, sur un sujet ô combien rebattu, Chénier faisait mieux que calquer Ovide. Avec un discernement remarquable, il visait à une modernité « philosophique » en cherchant à concilier, dans un domaine habituellement voué aux folâtreries, expérience personnelle et réflexion générale sur l'amour à travers les âges, mythologie païenne et anthropologie des Lumières. Chantier primitif, *L'Art d'aimer* a souffert de servir d'entrepôt pour les chantiers suivants, surtout les *Bucoliques* et les *Élégies.* Il avait aussi contre lui de n'être qu'un exercice, brillant mais limité, d'imitation libre et prêtait à confondre inspiration poétique et embrasement érotique.

Les *Bucoliques* et les *Élégies* occupent dans la vie du poète une position centrale, symétrique et synchronique. Il y travaille à peu près continûment de 1780 à 1792. Ces muses sont dévolues à la jeunesse : elles laisseront ensuite la place à des « muses plus austères ». Taillée sur le modèle latin de Properce et de Tibulle, et beaucoup plus libre d'allure que sous Boileau, l'élégie est en plein renouveau vers 1780 : lieu des épanchements et des confidences, elle tend à devenir un journal de l'âme. Chénier dépassera très vite les simples causeries en vers de ses débuts pour entretenir avec ses Muses un dialogue productif : « Par vous la rêverie errante, vagabonde, / Livre à vos favoris la nature et le monde. / Par vous, mon âme au gré de ses illusions / Vole et franchit les temps, les mers, les nations ; / Va vivre en d'autres corps, s'égare, se promène, / Est tout ce qu'il lui plaît, car tout est son domaine. » S'échappant du genre élégiaque, la création poétique devient ainsi « parole essentielle : parole reflétant le monde et, en même temps, le produisant » (G. Picon). Simultanément, Chénier veut surpasser Parny et Bertin dans le jeu à la mode de la poésie-vérité en retraçant la chronique de sa liaison avec « d'Azan/Camille », autrement dit avec la trop galante et très belle Michèle de Santuary, épouse de Bonneuil, sœur cadette de l'« Eucharis » célébrée par Bertin. Mais la pente de son tempérament l'oriente vers une combinaison du réel et du rêve, en marge de la vie quotidienne (voyages, maladies, chagrins). Sous la Révolution, la veine élégiaque inclinera vers le lyrisme de l'ode.

Le chant bucolique, issu de Théocrite et de Virgile, maîtres vénérés, autorise des griseries plus subtiles où l'évasion imaginaire se combine avec l'exigence érudite, quasi archéologique, et avec l'appétit vital : fête des sens et de l'intellect, musique de l'âme, il est sans commune mesure avec le genre pastoral sous sa forme traditionnelle. Le répertoire de référence se dilate à l'infini, allant d'Homère à Shakespeare, du Chi-King à Gessner. Le poète-chercheur plonge dans l'*Anthologie* de Brunck pour reconstituer au deuxième degré une civilisation primitive, grecque pour l'essentiel. Ce ne sont pas seulement curiosités d'antiquaire, c'est désir de remonter aux sources de l'être et de son être. À débiter les *Bucoliques* par morceaux on en détruit la portée. Nœud culturel, fête récréative, réceptacle de fantasmes, chant continu, le recueil s'organisait en un itinéraire poétique à valeur initiatrice : Italie, Sicile, pleine mer, Grèce, Cyclades, autant d'escales où devaient miroiter des images en forme de rêves, fables, mythes, légendes, cortèges et qui menaient l'homme sensible des élans inéduqués du jeune âge (dans un décor surtout sicilien) à la pleine autonomie de la raison (sous un ciel grec). L'idylle de « La Liberté », opposant dans un dialogue de sourds le jeune homme libre et l'esclave, introduisait une dissonance inquiétante dans l'euphorie ambiante à quelques années de la Révolution.

Poète des Lumières mais poète enrayé, tel apparaît Chénier dans *Hermès* et *L'Amérique* où le genre didactique et l'épopée culminent sur les sommets d'un lyrisme « philosophique ». Projets jumeaux et gigantesques dont n'émergent que des ruines. L'*Hermès* au titre emblématique devait en trois chants glorifier le génie de l'homme et l'insérer dans une histoire de la terre et de la société : quelques centaines d'alexandrins subsistent, ainsi qu'une brassée de notes en prose. Dans *L'Amérique,* « poème de douze mille vers » selon l'auteur, dont à peine plus de cent ont été écrits, la découverte du Nouveau Monde, moment privilégié d'une épopée universelle, servait de prétexte à brosser l'odyssée des temps modernes sans exclure aucune extension du sujet. Le superbe « Hymne à la nuit » mis dans la bouche du poète Alfonse « à la fin d'un repas nocturne en plein air » montre du moins au prix de quelle sublimation Chénier était capable d'allier dans un même élan science et poésie, exigence philosophique et extase lyrique. Sur sa lancée, il conçut vers 1786 un poème biblique, *Suzanne,* où se manifestent les tendances ultimes du style Louis XVI, à mi-chemin entre Florian et Laclos, Mme de Genlis et le marquis de Sade. *L'Invention,* de rédaction tardive (entre 1787 et 1791), mettait un terme paradoxal à ces avortements : réflexion sur un concept scolaire dont les Lumières avaient fait un étendard ; de cet exercice courant au XVIIIe siècle, Chénier a su faire, dans ses meilleures envolées, un hymne à la poésie conçue comme « l'invention de l'univers par l'invention d'un langage » (J. Fabre).

Le lyrisme impulsif du poète le rendait impropre aux longs parcours. La Révolution le ramena aux formes brèves de l'ode et de l'iambe où s'épanouirent les deux humeurs dominantes de son tempérament, l'épanchement sentimental et la verve satirique. Son *Jeu de Paume* aux dimensions monumentales est laborieux : l'héroïsation de l'événement vire à la mise en garde. À d'autres les commandes d'un lyrisme officiel ! Suspect caché à Versailles, Chénier rend visite à Françoise Le Coulteux (*Fanny*) : dans les odes qu'elle lui inspire, une timide adoration s'harmonise avec les lignes d'un paysage entre-évoqué sur fond de maladie, de menace et de mort prochaine ; le résultat est d'une émouvante beauté. Avec les *Iambes,* qui prennent le relais de l'*Hymne* « aux Suisses de Chateauvieux », et célèbrent à rebours les fastes révolutionnaires afin de « pétrir dans leur fange » les « bourreaux barbouilleurs de lois », Chénier donne libre cours à la veine satirique dont *La République des lettres* avait été le premier exutoire : dès 1782, il invoquait l'exemple « du fier Archiloque » et de ses « iambes vengeurs ». Jusqu'au pied de l'échafaud, il crie vengeance contre la monstruosité des jacobins et charrie dans un même spasme enragé l'ordure et la sublimité. Fin grandiose, pathétique et dérisoire d'une œuvre vouée à l'inachèvement, que les circonstances de l'histoire et la trempe de l'auteur ont suffi à rendre unique en son genre.

E. Gu.

Poésies de Laforgue. L'œuvre du poète Jules Laforgue (1860-1887), mort à 27 ans, révèle cependant une personnalité exceptionnellement riche et féconde. Marqué par toutes les tendances du mouvement symboliste, dont il est un des principaux représentants, Laforgue s'acheminait vers la conquête d'un art personnel. Depuis *Le Sanglot de la terre* (ce recueil, rédigé de 1878 à 1883, ne fut publié, posthume, qu'en 1901), dont la forme — mais non l'inspiration — révèle une prédominance d'influences extérieures, par les chansons populaires et ironiques des *Complaintes* (1885) et de *L'Imitation de Notre-Dame la Lune* (1885), jusqu'aux *Fleurs de bonne volonté* (1888) et aux *Derniers vers* (1890), Laforgue, avec une grande richesse d'invention, souvent une vraie magie verbale, épuise les thèmes favoris de la poésie dite décadente. Il ne cesse d'être poursuivi par un ennui indéfinissable, un sentiment, parfois exacerbé, de la vanité de la vie, de l'amour, de la pensée : trait natif chez lui, qu'est venu accentuer son goût pour les philosophies germaniques, surtout pour Schopenhauer. Rien ne lui est plus familier que la saveur malsaine des rues de ville, le « gaz jaune et mourant des brumeux boulevards », les coins de rue où racolent « les filles aux seins froids », « flairant de l'œil un mâle de hasard ». À la poésie de l'automne, il a apporté les ressources de son art minutieux d'observateur qui ne laisse échapper aucun détail susceptible de rendre plus âcre encore son expérience de la corruption de la vie, des vierges tôt fanées, des maladies qui empoisonnent la jeunesse : quel plaisir il a, dans une bizarre atmosphère de laboratoire, à rappeler « la toux dans les lycées, la phtisie dans les quartiers, la tisane dans les foyers », à froisser dans les sous-bois le « fumier des feuilles mortes » ! Quelle complaisance, pour entonner son hymne à la maladie et à la mort : « Armorial d'anémie ! / Psautier d'automne ! » Amertume vraie ; mais aussi parti pris. Laforgue est empoisonné par les souvenirs d'une enfance timide, refoulée, dont il ne parvient pas à se dégager. Espoirs exagérés, langueurs brûlantes d'une puberté prolongée, toujours plus insupportable avec l'âge, imprègnent les nombreuses pièces qu'il consacre à la jeune fille, à la femme. Celle-ci, rêvée plutôt que possédée, Laforgue, brûlant de désir, ignorant les apaisements que ne lui donnent point des amours vénales, continue de la voir en adolescent. Personne n'a mieux que lui, et, avec une musique plus désespérante, évoqué les ardeurs troubles des nuits de juillet, les désirs vagues des corps jeunes qui s'éveillent : « Ah, spleen des nuits d'été ! Universel soupir, / Miserere des vents, couchants mortels d'automne, / Depuis l'éternité ma plainte monotone / Chante le Bien-Aimé qui ne veut pas venir !... » Faute d'aimer, il ne cesse de penser à l'amour, de méditer sur son impossibilité, dans les termes de la plus confuse philosophie qu'il n'hésite point à introduire dans ses poèmes. Ici encore, la jeunesse de Laforgue n'apparaît que trop clairement : il est encore au collège. Dans une époque si imprégnée de kantisme, il montre le Temps et sa commère l'Espace qui se demandent s'ils ne sont pas les fondements de la Connaissance ! Cette pseudo-philosophie, si elle gâche certaines de ses œuvres, révèle une prodigieuse faculté de passer du plan réel à celui de la pensée et des dons d'analyste qui eussent pu s'affirmer avec la maturité. Laforgue lui-même n'avait-il pas écrit : « Moi, je suis le grand chancelier de l'analyse... »

Cette analyse, qu'il poursuit infatigablement, avec des moyens impropres, le désespère jusqu'au fond de l'âme. Qu'il mette en accusation le monde, et l'amour et Dieu, il n'y a là rien d'original, si ce n'est un ton étrange de piété, de nostalgie sensuelle pour cette vie qu'il condamne parce qu'il la sent lui échapper. Quand, tout imprégné par la philosophie de l'Inconscient, il s'efforce de mettre en pièces le monde objectif, il s'épuise vite : il n'a pas, comme il l'aurait voulu, une voix assez forte pour être le « sanglot de la terre ». Et son pessimisme boudeur réussit mieux à décrire quelques objets repoussants, comme les linges souillés d'un hôpital qu'il compare à ceux de l'Église ! Pourtant — et c'est une de ses qualités — il ne se prend pas toujours au sérieux. L'ironie est la dernière ressource de son désespoir ; il lui arrive souvent d'achever ses graves méditations métaphysiques par quelque pirouette comme : « Je fume au nez des dieux de fines cigarettes. » L'ironie, comme la tristesse ou la révolte, joue le rôle d'une défense. Et sa poésie révèle ici un trait accentué de son caractère : de fait, il est victime d'une crainte exacerbée d'être dupe. Aussi peut-on juger qu'il n'est nulle part meilleur que dans ses chansons populaires, goguenardes, mais parfois coupées de plaintes simples et vraies. Dans *Les Complaintes*, Laforgue parvient à triompher de ses manies métaphysiques, il s'abandonne au désordre de son inspiration et saisit au vol les éléments d'un tableau plein de finesse et de mouvement. C'est alors que sa tristesse s'exprime le mieux, mélancolie qui se rapporte bien moins à quelque méditation cosmique qu'aux banalités d'une existence médiocre : « Ah ! que la vie est quotidienne » ; voilà le fond de son désespoir : « Oh ! riches nuits ! je me meurs, / La province dans le cœur ! / Et la lune a, bonne vieille, / Du coton dans les oreilles. » Désir des filles (« deux sous de regards et tout ce qui s'ensuit ») ; envie d'être aimé, peine de ne pas l'être : « Ah ! j'ai du cœur par-dessus la tête, / Oh ! rien partout que rir's moqueurs ! » Laforgue n'est plus, dans ces moments, qu'un grand étudiant sentimental, qui se donne des airs de cynique et ne répugne pas à des farces de carabin. Il est en définitive plus vrai, comme dans le célèbre poème : « Je ne suis qu'un viveur lunaire... » Pourtant, ses poèmes occupent une place exceptionnelle dans la littérature contemporaine : personne comme Laforgue n'a usé et abusé de toutes les ressources du vers libre. Et il suffirait qu'il ait influencé Apollinaire ou T. S. Eliot pour qu'on ne perde pas de vue ce témoin exceptionnel de la poésie fin de siècle.

Poésies de Malherbe. Les odes, stances et sonnets du poète François de Malherbe (vers 1555-1628) ont circulé de son vivant sous forme de copies ou de plaquettes et feuilles volantes imprimées, et surtout dans des recueils collectifs. L'un d'eux, en 1626, consacre la renommée de l'auteur : il contient soixante et une pièces rigoureusement choisies et ordonnées thématiquement, œuvres spirituelles, pièces encomiastiques à la gloire des grands, poèmes amoureux, divertissements de cour, consolations et épitaphes, le tout étant clos par une chanson ; telle est la seule édition préparée par Malherbe lui-même. Le caractère traditionnel de cette structure ne la prive pas de toute signification. D'emblée, le livre s'ouvre par le chant le plus grave, le sujet le plus grand, le dialogue avec le divin. Cette dignité la rend propre à la célébration des personnages royaux : « Et qui peut nier qu'après Dieu, / Sa gloire qui n'a point d'exemples, / N'ait mérité que dans nos temples / On lui donne le second lieu ? » Au temple de la parole, le poète est le grand prêtre : comme il en appelle à la foi des croyants, il convoque la ferveur nationale — représentée par le pronom « nous » omniprésent dans ses odes — et lui donne à contempler, incarné dans un héros, le mouvement de l'Histoire résumé en une vaste antithèse : « Ô que du siècle de nos pères / Le nôtre s'est fait différent. » Aux couleurs mythologiques du passé — temps barbare des hydres et des titans malfaisants — correspond le ton indigné du juge. À l'opposé, le présent, ancré dans le réel historique, est jugé plein de promesses : le poète devient prophète d'un âge d'or ; pour décrire celui-ci, il trouve les formes d'un lyrisme puissant ou les grâces du chant pastoral. Jamais il ne se départ d'une élévation noble et grave : la vigueur des cadences, la ciselure des formules, ramassées et éclatantes, ont frappé l'imagination des contemporains et n'ont pas manqué de susciter d'innombrables pastiches et copies plus ou moins adroits. Il s'agit de disposer le lecteur à admirer, dans un même temps, la grandeur de la matière du poème et l'adéquation de l'expression à son objet. Le poète et le prince sont ainsi placés dans une relation de stimulante émulation. « Quels doctes vers me feront avouer / digne de te louer ? » Le poète ne se contente pas de cette bienséante humilité, il excite la vertu et la valeur guerrière du prince en exaltant son appétit de gloire, car la gloire est l'objet de son chant ; plus la geste est éclatante et plus le chant est attiré vers sa perfection, seuls lauriers dignes du héros. Par cette nécessaire réciprocité, Malherbe redonne tout son sens à la poésie officielle qui, sans s'avilir, se présente comme un auxiliaire précieux de la monarchie.

Si la poésie panégyrique est plutôt de l'ordre de l'affirmation, de la profération oraculaire, la poésie d'amour, en cela plus proche des consolations, se caractérise souvent par une rhétorique délibérative. On trouve moins d'aveux enflammés que de débats sur les thèmes traditionnels : « faut-il aimer ? », « faut-il rester fidèle à une cruelle ? » Malherbe ne bannit pas totalement les antithèses et les hyperboles pétrarquisantes, il prend parfois le rôle du vassal d'une souveraine dédaigneuse (« Je ne saurais brûler d'autre feu que du sien »), mais il préfère un langage plus simple et direct en harmonie avec un amant plus mâle, qui, lorsqu'il recourt aux figures, choisit la métaphore militaire : « Enfin cette Beauté m'a la place rendue / Que d'un siège si long elle avait défendue : / Mes vainqueurs sont vaincus : ceux qui m'ont fait la loi / La reçoivent de moi. » L'amoureux malherbien ne parle généralement pas, en suppliant, pour se faire plaindre, mais en conquérant, pour convaincre, et dans « convaincre », il pense « vaincre ».

Mais en préparant le recueil de 1626, le poète a cherché à imposer une image faussement uniforme de sa production. Lui qui semble ne regarder que vers le sublime a, semble-t-il, composé des vers égrillards que les éditeurs hésitent à lui attribuer. S'il ne croit pas au génie, c'est que son écriture naît d'une lutte perpétuelle, poésie de la tension. Sa première œuvre importante, *Les Larmes de saint Pierre* (1584-1587), est déjà symptomatique à cet égard. La facture baroque saute aux yeux par l'emploi ostentatoire de figures outrées : « C'est alors que ses cris en tonnerres s'éclatent ; / Ses soupirs se font vents qui les chênes combattent... » Pourtant l'analyse révèle une architecture impeccable, subtilement élaborée. Plus tard, c'est la rigueur parfaite qui prévaut, mais les tendances baroques perdurent, ne serait-ce que dans ce goût de l'hyperbole si adroitement utilisé et justifié par le poète officiel. L'emphase, la boursouflure, est chez lui un risque constant qu'il s'efforce de calculer au plus juste, de domestiquer en élan sublime. Comme le dit Ponge, « tout finalement tient à cette fougue, cet enthousiasme, les rênes tenues en main et plutôt courtes » — v. *Pour un Malherbe* de Francis Ponge. D'autres angles de vue révéleraient des tensions semblables. Ainsi cette poésie, que Chénier décrit comme « froide et vive » et à qui l'on reproche communément, depuis les romantiques, son insensibilité, naît à peu près dans la tourmente de l'angoisse de Pierre, rongé par le remords, et se referme sur la béance d'une plaie ouverte tandis que le « je » du texte s'identifie étroitement à la personnalité de l'homme écrivant, qui déplore sa faiblesse, son impuissance. Entre les deux, il est vrai, le poète de cour célèbre, d'une manière impersonnelle, la paix et l'ordre politique restaurés, mais sous le ton assuré l'inquiétude perce quelquefois, sous le prophète, l'homme hanté par l'instabilité de l'Histoire ; d'autre part, la poésie didactique, si froide soit-elle, ne révèle-t-elle point, au-delà du lieu commun, comme une hantise de la mort ? Il importe enfin de souligner la diversité de cette œuvre du point de vue des formes strophiques et du mètre. S'il est le maître de l'alexandrin lent et grave, il sait aussi, en virtuose, faire danser les syllabes sur des vers courts et des rythmes rapides.

L. D.

Poésies de Mallarmé. Sous ce titre, Stéphane Mallarmé (1842-1898) avait préparé une édition de ses poèmes (à l'exclusion des vers de circonstance) qui ne parut qu'après sa mort, en 1899, chez l'éditeur belge Edmond Deman. Le gendre du poète, le docteur Bonniot, devait, en 1913, donner une édition nouvelle, complétée de plusieurs inédits, mais l'édition Deman reste la seule conforme aux intentions de Mallarmé. Ces poèmes, dont la date de composition varie entre 1862 et 1898, ont subi souvent, notamment pour les plus anciens, de nombreuses modifications. L'étude comparée des différentes versions (l'exemple le plus spectaculaire est celui du *Pitre châtié*) permet de saisir ainsi l'évolution de la pensée poétique de Mallarmé, et l'évolution de son écriture dans le sens d'une densité toujours plus grande. Bien qu'il soit difficile de parler de composition rigoureuse, le recueil a bien un commencement et une fin : il s'ouvre sur un *Salut* qui fait de l'aventure poétique une véritable odyssée et trouve son écho dans l'avant-dernier poème (« À la nue accablante tu... »), et se ferme symboliquement sur « Mes bouquins refermés... ». Le recueil s'organise en outre autour d'*Hérodiade* (*) et de *L'Après-Midi d'un faune*, qui occupent une position charnière entre les poèmes de jeunesse (1862- 1865) et, à l'exception de *Sainte*, ceux de la maturité (1868-1898). Cette place centrale souligne l'importance de ces deux poèmes majeurs, directement liés à la grande crise de 1866. Il y a, dans l'œuvre de Mallarmé, un avant-*Hérodiade* et un après-*Hérodiade*. Les poèmes que Mallarmé écrit à Sens et à Londres, de 1862 à 1863, et ceux qu'il compose à Tournon, dans le courant de l'année 1864, sont d'inspiration baudelairienne, aussi bien par les thèmes que par le vocabulaire. *Le Guignon*, au début du recueil, donne ainsi le ton de cette première inspiration où la malédiction poétique mêle le tragique et le dérisoire. De Baudelaire, Mallarmé retient avant tout le spleen et la hantise du néant, auxquels il tente d'échapper par un idéalisme forcené et par là même voué à l'échec *(Le Sonneur, L'Azur)*. De cette impasse métaphysique et esthétique, héritée des *Fleurs du mal* (*), « Las de l'amer repos... » (justement placé en épilogue des poèmes publiés en 1866 dans *Le Parnasse contemporain*) dit assez le désir de sortir en faisant le vœu d'un art plus artisanal, mais c'est l'élaboration d'*Hérodiade*, dans les années 1865-1866, qui va déterminer chez Mallarmé une rénovation intellectuelle et esthétique radicale : c'est « en creusant le vers » d'*Hérodiade* que le poète découvre le néant, qui n'est plus simplement un thème romantique hérité de Baudelaire, mais qui se révèle comme l'unique réalité ou ce « Rien qui est la vérité », au regard de quoi Dieu, l'âme, la poésie même ne sont que mensonges. *Hérodiade*, où Mallarmé dira s'être mis tout entier sans le savoir, reflète donc quelque chose de ces tourments spirituels. Cette scène apparaît en effet, à travers le monologue d'une Hérodiade forcée par la nourrice dans ses retranchements, comme la recherche désespérée d'un secret qui n'est plus dans le ciel religieux de l'enfance, mais qui se trouve enfoui au plus profond de l'être. Quant à *L'Après-Midi d'un faune*, commencé peu après *Hérodiade* au gré d'une alternance saisonnière, mais profondément modifié à la lumière des découvertes de 1866, il présente l'envers lumineux de la révélation hérodiadéenne à travers un autre monologue, celui du faune musicien, figure du poète devenu le chantre de la fiction. Là où le faune originel affirmait une volonté de prise sur la réalité (« J'avais des nymphes ! [...] Où sont-elles ? [...] Je les veux ! »), le faune de 1876 n'exprime plus que le vœu d'un art de la transposition : « Ces nymphes, je les veux perpétuer. »

Le deuxième versant de l'œuvre mallarméenne s'ouvre alors sur deux poèmes, *La Chevelure...*, qui reprend la leçon hérodiadéenne d'une vérité non plus extérieure, mais intime (« L'Ignition du feu toujours intérieur »), et *Sainte*, écrit dès 1865 mais publié seulement en 1883 et qui patronne désormais la poésie « Musicienne du silence ». De *Toast funèbre*, écrit en hommage à Théophile Gautier, et qui évoque le nouveau devoir du poète, devoir de transposition idéale du réel, à *Prose* pour des Esseintes qui évoque la naissance de cette vocation nouvelle ; de la série des *Éventails*, des *Chansons* ou des *Petits Airs* à celle des *Tombeaux* (de Poe, de Baudelaire, de Verlaine) ou des *Hommages* (à Wagner, à Puvis de Chavannes, à Vasco de Gama) qui disent le destin du poète (« Tel qu'en lui- même enfin l'éternité le change »), toujours, sur le mode majeur ou le mode mineur, la poésie mallarméenne met en œuvre une réflexion de la poésie ou de l'acte d'écrire. Le poème emblématique de cette réflexion est évidemment le sonnet en -ix, (« Ses purs ongles très haut... ») dont la première version, datant de 1868 (c'est le premier poème écrit par Mallarmé après la crise d'*Hérodiade*), s'intitulait *Sonnet allégorique de lui-même*, et que le poète définissait comme « un sonnet nul se réfléchissant de toutes les façons ».

Par la beauté d'un vers qui ne doit plus grand-chose à l'éloquence ou au lyrisme romantiques ; par un art de la suggestion et de la transposition qui s'éloigne tout autant du réalisme parnassien ; par la densité d'une écriture qui ne vise rien de moins qu'une rééducation de la lecture — non pas la lecture linéaire et purement instrumentale du journal, mais une lecture proprement poétique qui soit en même temps une prise de conscience des ressources du langage —, les *Poésies* de Mallarmé ont eu une influence décisive sur l'évolution de la poésie, et ont en tout cas imposé l'idée d'une poésie difficile ; elles ont fait aussi de cet héritier émancipé de Baudelaire, avant les découvertes saussuriennes, un des pères de la modernité.

B. Ma.

Poésies de Rigaut de Barbezieux. De ce troubadour saintongeais, qui vivait à la fin du XIIe et au début du XIIIe siècle, il nous reste à peine une dizaine de poésies coulées dans le moule traditionnel. Poète curieux, Rigaut versifie avec soin : tantôt précieux, tantôt franchement désinvolte, mais sans personnalité véritable. Si quelque image, parfois, brille au début de son chant, c'est pour s'éteindre aussitôt, car sa muse est le plus souvent discursive, fatigante et compliquée. Privé de toute vie intérieure, Rigaut s'embourbe dans des formules usées, et c'est en vain qu'il recourt à des innovations assez factices. Ce qu'il y a chez lui de vraiment expressif, ce sont les *Bestiaires,* sortes de manuels de zoologie où sont rassemblés les noms d'animaux réels ou fantastiques dont il commente, non sans quelque effort, les allégories. L'amour, dit-il, est semblable au faucon qui tombe sur sa proie et au tigre qui, lorsqu'il se mire, ne songe plus à son tourment. Ainsi le poète, quand il fixe celle qu'il adore, n'oublie-t-il pas pour un temps sa douleur ? Puis, évoquant le lion qui devient furieux à la vue de son lionceau né sans un souffle de vie, mais qui, de sa seule voix, parvient à le ranimer, Rigaut supplie sa dame de guérir son chagrin, car le poète, dit-il encore, n'est pas comme l'ours qui, plus on le bat, mieux il se porte. Moins suggestives en général que bizarres, les trouvailles de Rigaut plaisaient beaucoup cependant, et elles trouvèrent maints imitateurs parmi les poètes italiens provençalisants de la première école et du XIVe siècle, spécialement par Chiaro Davanzati. — Trad. Imp. Texier, 1908. Les poésies de Rigaut de Barbezieux ont été éditées par Chabaneau-Anglade (*Revue des langues romanes,* Montpellier, 1919), A. Varvaro (Bari, 1960) et M. Braccini (Florence, 1960).

Poésies de Saint-Amant. Le poète Marc-Antoine Girard, sieur de Saint-Amant (1594-1661), a bénéficié d'une renommée précoce, qui précède la première édition de ses *Œuvres* (1629) et qui s'explique par des impressions partielles — « L'Arion » (1623), « La Solitude » (1627) — et par une circulation manuscrite de ses poèmes. Cette réputation a été fortifiée par ses relations avec les Grands : Gaston d'Orléans, le comte d'Harcourt, le duc de Retz, autant que par ses succès dans la confrérie des « Goinfres » (qui fréquente les tavernes dépeintes dans « Les Cabarets ») et dans la bohème littéraire, où il côtoie Faret, son préfacier, Molière d'Essertines, dont le spectre apparaît dans « Les Visions », Marolles, Boisrobert et Théophile de Viau, pour les *Œuvres* duquel il écrivit une ode liminaire, en 1621.

L'édition originale de 1629 comporte 4 668 vers, c'est le plus long et le plus séduisant volume de ses *Œuvres*, qui donne une idée exacte de son originalité poétique et de la variété de sa création. Faret, dans sa préface, souligne la mobilité et la plasticité de l'imagination de Saint-Amant : « Son esprit paroist sous toutes les formes », et ce dernier, dans son avertissement, vante « une diversité qui peut-estre ne sera pas trouvée désagréable ». Au début se trouvent des pièces célèbres comme « La Solitude » ou « Le Contemplateur », rêveries éveillées devant une nature foisonnante, en perpétuelle métamorphose, habitée de figures mythologiques ou bibliques, de chimères grotesques ou inquiétantes, animée par une perpétuelle variation de points de vue qui épouse la multiplicité des choses et l'inconstance du monde, et transfigurée par une subtile alchimie qui mêle la contemplation, le songe et la fantaisie en une fête baroque de l'imagination. Suivent trois « petits essais de poème héroïque » : « Andromède », la « Métamorphose de Lyrian », « Arion », qui retrouvent l'enchantement du merveilleux ovidien. C'est vers le fantastique et l'effroyable qu'entraînent ensuite « Les Visions » avec des accents « surréalistes », non sans dérive vers une folie parodique proche de celle mise en scène par Cervantès, tandis que « La Pluie » ou « La Nuit » séduisent par la plénitude des sensations suggérées. Des poésies amoureuses d'inspiration pétrarquiste voisinent plus loin avec « La Jouissance », poème magnifiquement épicurien. Toute une partie intitulée « Raillerie à part » ouvre enfin sur une veine burlesque éblouissante quand le grotesque se repaît de laideur dans « La Chambre du débauché », ou quand il se nourrit de fraîcheur rabelaisienne, dans « Le Fromage » ou « La Vigne ». L'art de Saint-Amant reste, à travers ses incessants renouvellements, toujours aussi savoureux.

La *Suite des Œuvres*, de 1631 et la *Seconde partie des Œuvres,* de 1643 renouent avec cette verve expressive et sensuelle dans « Le Melon » ou « Le Canta », sans négliger les « Caprices » comme « Le Passage de Gibraltar » où se complaît la liberté créatrice de Saint-Amant. Il s'y ajoute une admirable poésie descriptive, alliant les couleurs des saisons aux reliefs des paysages : de « L'Hiver des Alpes » à « L'Automne des Canaries ». Précurseur du burlesque — dans « La Rome ridicule » (1643) ou l'« Albion », épopée satirique contre l'Angleterre (1649) — et de son contraire, le style héroï-comique (dans une « Épistre » de 1644), Saint-Amant exploite toutes les ressources d'un vocabulaire varié et coloré, et détourne parodiquement une culture classique bien plus riche qu'on ne l'a dit. Celle-ci s'exprime d'ailleurs directement dans les idylles héroïques qui suivront, « La Généreuse » (1658), dédiée à la reine de Pologne, qui comporte un intéressant songe prophétique, et surtout le « Moïse sauvé » (1653) où la recherche du merveilleux chrétien combine un exotisme surprenant avec une ingéniosité toute littéraire, de type mariniste.

Cette poésie moderne, originale bien que tributaire de sources antiques, espagnoles, et surtout italiennes (Berni, Marino), alliant étrangeté et fantaisie, cultivant le mélange des tons et l'esthétique de la surprise capricieuse, avec un sens réel de l'harmonie du vers et de la strophe, méritait la réhabilitation entreprise par Théophile Gautier dans *Les Grotesques* (1844), Sainte-Beuve et Remy de Gourmont, avant que Jean Rousset ou Gérard Genette et toute la critique moderne soulignent sa richesse baroque, sa luxuriance sensuelle et la joie qui l'anime.

P. Ro.

Poésies de Valéry. Recueil de toute l'œuvre poétique de Paul Valéry (1871-1945), à l'exception toutefois de « L'Ange » qui parut en édition séparée en 1946. Il contient *Album de vers anciens*, *La Jeune Parque* et *Charmes*. À cet ensemble ont été ajoutés « Pièces diverses de toute époque », *La Cantate du Narcisse*, écrite pour le compositeur Germaine Tailleferre, et deux mélodrames : *Amphion* et *Sémiramis*, dont Arthur Honegger écrivit la musique et qui furent représentés au Théâtre national de l'Opéra, en 1931 et 1934. À l'exception des deux mélodrames, toutes ces œuvres sont composées en vers réguliers. Alors que les poèmes de l'*Album de vers anciens* sont encore d'une facture sensiblement mallarméenne, avec *La Jeune Parque* et *Charmes* Paul Valéry prend réellement possession de lui-même et retrouve l'instrument classique du vers, celui de Racine et de Malherbe. Nous retrouvons en ces œuvres les thèmes chers à l'auteur de *Monsieur Teste* (*) : le refus de l'abandon à ce qui n'est pas pure conscience de soi et de l'œuvre. Dans une certaine mesure, Narcisse, la Jeune Parque et même Sémiramis appartiennent, dans l'œuvre du poète, à une même famille mythologique. Ils incarnent une méditation assez libre sur des motifs présocratiques, tels que ceux de Parménide concernant l'être et le non-être. L'orgueil est le ressort apparent de la psychologie de ces personnages, qui ont en commun la volonté de refus à tout ce qui n'est pas eux-mêmes. Chacun d'eux vise à atteindre le comble de l'être, pour s'y maintenir face au néant. Paul Valéry ne sort pas tout à fait des propositions que Mallarmé avait assignées à ses propres recherches en composant *Hérodiade* – v. *Poésies* (*) de Mallarmé. « Sémiramis » illustre parfaitement ce point de vue. Sans doute ce « mélodrame » n'est-il pas, dans l'œuvre de son auteur, l'essai le mieux réussi : le poète a cédé, dans cette œuvre de commande, à cet orientalisme qui, à la fin du XIXe siècle, fit la réputation d'un Gustave Moreau. Son importance tient en ceci que Valéry y a dessiné son thème de telle sorte qu'il apparaisse immédiatement, dans cette espèce d'évidence exigée par le déroulement d'une action dramatique et scénique. Au retour d'une campagne glorieuse, la reine Sémiramis remarque, parmi les captifs, un roi dont la beauté la frappe et qu'elle invite à partager sa couche. Celui-ci, croyant l'avoir soumise, se joue d'elle et la bafoue dans son orgueil. Elle le tue. Au dernier acte, sur une tour de son palais, elle chasse les astrologues qui la louent : elle ne veut être louée que par elle-même. Le soleil apparaît, elle le célèbre : « À présent / je me coucherai sur la pierre de cet autel, et je prierai le soleil, bientôt dans toute sa force, qu'il me réduise en vapeur et en cendres, afin que moi-même et de l'instant / se dégage cette colombe que j'ai nourrie de tant de gloire et de tant d'orgueil. » Elle s'étend sur la pierre d'autel. Elle devient elle-même la présence humaine du soleil. Entourée d'une vapeur légère qui la dérobe aux yeux, elle disparaît. L'autel vide brille au soleil.

C'est à l'unité intacte et inviolable que ces figures nous convient. Toutefois Paul Valéry conçoit cette unité dans un rapport singulier avec l'univers cosmique. Il l'oppose à ce mystère qu'elle doit égaler et tenter de percer, tout en connaissant qu'elle ne le pourra pas. Dans cette confrontation, l'unité de l'être se dissout pour ainsi dire fatalement, et par l'effet de sa propre volonté. On peut dire de Valéry ce qu'il disait de M. Teste, qu'il est un « mystique sans dieu ». Le néant n'est pas, pour Valéry, l'aspiration vers le bas, vers le monde de l'informe et du non-réalisé : il est l'être en extase dans son scintillement extrême, l'être qui se réalise dans le non-être de la pure conscience, au regard de laquelle toutes les apparences sont égales. Le symbole, par excellence, est le soleil qui en est la présence immobile et éternelle à son zénith. Le soleil est conscience, et complice du serpent : « Soleil ! Soleil !... Faute éclatante ! / Toi qui masques la mort, Soleil ! / ... Tu gardes les cœurs de connaître / Que l'univers n'est qu'un défaut / Dans la pureté du non-être ! » Ainsi l'être est faute suprême contre la divinité, mais faute nécessaire, car désir de percer le mystère. Sans ce désir, il ne serait pas. Nous serions réduits à l'animalité pure. De ce point de vue, « L'Ébauche d'un serpent » aurait pu s'intituler « Éloge d'un serpent ». Cette idée est reprise, en mineur, dans « La Jeune Parque et le philosophe », sous le couvert d'une fable où le poète s'amuse à pasticher La Fontaine : « Et vous partageriez le pur destin des bêtes / Si les dieux n'eussent mis, comme un puissant ressort, / Au plus intime de vos têtes, / Le grand don de ne rien comprendre à votre sort. »

On a reproché à Paul Valéry l'obscurité de sa poésie. Cette obscurité, cependant, tient beaucoup moins à l'expression qu'à la pensée elle-même. La langue de Valéry, en poésie, est pure autant que celle de Malherbe et de Racine. La syntaxe en est claire et les images ne se superposent pas comme dans les dernières œuvres de Mallarmé. Le déroulement d'une pensée, déjà austère par elle-même, déroute seule le lecteur non prévenu. Mais Valéry maintenait comme une nécessité la difficulté de lecture : il pensait que la clarté, sans inquiétude, est vaine et que la poésie a quelque droit à être obscure puisque la vie elle-même est une énigme. Un reproche plus sérieux pourrait cependant être ici esquissé : Valéry, qui a toujours refusé le didactisme en poésie (au nom des principes de la poésie pure), y cède assez souvent, notamment dans telles odes de *Charmes*. Il n'est pas exclu pourtant qu'il n'ait voulu vérifier lui-même par l'absurde cette loi qu'il avait mise en évidence : « Dans les vers, tout ce qui est nécessaire à dire est presque impossible à bien dire. »

Poil de carotte. L'œuvre la plus connue du romancier et auteur dramatique Jules Renard (1864-1910), publiée en 1894. Douloureuse figure d'un jeune garçon que sa mère n'aime pas et qui, chez lui, est la victime de ses frère et sœur et de tous. Poil de carotte n'est pas, à proprement parler, un enfant martyr, un héros de la bonté malheureuse, car son triste sort l'a rendu rusé, sournois, menteur même, prêt à se défendre comme il peut. Il est plein de sentiments qu'il ne sait pas extérioriser, et quand il s'y efforce, maladroit et sot, il ne peut qu'exciter l'hilarité. Il trouve quelque réconfort auprès de son père, qui est lui aussi une victime et qui ne montre qu'à peine son affection à son fils, mais celui-ci la sent et s'en réjouit. L'auteur ne raconte pas l'histoire du garçon (le livre reste assez vague dans le temps) : il nous campe son personnage à l'aide de rapides croquis, très poussés et mordants, tantôt mêlés de poésie triste, ou animés par un réel et intense sentiment de la nature, tantôt cruellement ironiques, amers, accentués par une épigramme finale. De ces tableaux successifs se dégage un portrait d'une vérité inoubliable ; auprès de lui, voici M. Lepic, le père, sérieux, distrait, résigné ; voici la mère avec sa méchanceté triste, pas heureuse elle non plus ; voici enfin le frère et la sœur béatement égoïstes, leur maison et le petit coin de province où ils vivent. C'est sa propre expérience, sa propre tristesse, que Renard a mises dans ce livre ; et cette pauvre figure d'enfant devient comme le symbole même de l'âme humaine, essentiellement bonne, avide d'affection, mais incapable de s'ouvrir, suffoquant dans son amertume et sa solitude.

De ce volume, Renard a tiré une pièce en un acte, du même nom, représentée à Paris le 2 mars 1900. La figure du père y est mise au premier plan ; il y apparaît plus ouvert, plus humain, plein de sagesse, d'une tristesse résignée qui le rapproche de son fils avec lequel il noue une amitié consolante et virile. Le héros a seize ans, ce qui fait mieux comprendre l'idée de suicide qui, dans le livre, n'est qu'une velléité passagère. L'adaptation scénique est vigoureuse. Les traits de caractère sont presque les mêmes que ceux décrits dans le livre, plus marqués peut-être ; pleins de vérité, ils font pénétrer dans le mystère de l'âme grise. Cette œuvre, d'une réelle intensité dramatique, est l'une des meilleures de tout le théâtre naturaliste.

Pointe. Du latin *puncta,* de *pungere* : « piquer ». Trait brillant, raillerie, souvent placée de façon inattendue et blessante à la fin d'un texte bref, satirique ou polémique, fréquemment en vers, en particulier une épigramme. *Les Caractères* (*) de La Bruyère en offrent de nombreux exemples, telle cette réflexion, à propos des courtisans : « Celui-là chez eux est sobre et modéré, qui ne s'enivre que de vin. » Pourtant, au XVIIe siècle, un débat opposa les partisans d'une égale répartition du sens et des effets sur l'œuvre entière, spécialement le poème, et ceux de la pointe. Très recherchée par les adeptes de la préciosité, elle fut critiquée par les défenseurs du classicisme : « Et n'allez pas toujours d'une pointe frivole / aiguiser par la queue une épigramme folle » (Boileau, *L'Art poétique* [*]). Corneille la jugea sévèrement aussi dans l'*Examen* de sa comédie *La Veuve :* « Le style [...] est plus net et plus dégagé des pointes [...] qui ne sont, à en bien parler, que de fausses lumières dont le brillant marque bien quelque vivacité d'esprit, mais sans aucune solidité de raisonnement. »

ARLETTE BOUÉ.

Polyeucte. Tragédie en cinq actes et en vers de Pierre Corneille (1606-1684), représentée sur la scène du théâtre du Marais dans les premiers mois de 1643. Elle fut éditée sous le titre de *Polyeucte, martyr, tragédie chrétienne,* en octobre 1643 avec une dédicace à la reine régente (Anne d'Autriche). Après *Cinna* (*), Corneille aborde un genre nouveau avec la tragédie sainte. Les sources de *Polyeucte,* nous les connaissons d'autant mieux qu'il a pris soin, dans l'édition de sa pièce, de traduire sous le titre d'« Abrégé du martyre de saint Polyeucte, écrit par Siméon Métaphraste, et rapporté par Surius », l'histoire de Polyeucte telle qu'elle est rapidement contée par l'hagiographe byzantin. En voici la substance : sous l'empereur Décius, un gentilhomme arménien, nommé Polyeucte, conçut en fréquentant le chrétien Néarque une admiration profonde pour le christianisme. Avant même d'avoir reçu le baptême, il résolut de mériter le Ciel en faisant un acte méritoire et il brisa les idoles des dieux païens. L'édit de l'empereur était formel. On arrêta le sacrilège, bien qu'il fût un personnage de haut rang. Malgré les supplications de son épouse Pauline et de son beau-père Félix, il se refusa à faire amende honorable et on le conduisit au supplice. Corneille, afin que ses lecteurs puissent « démêler la vérité d'avec ses ornements », cite également les autres auteurs qu'il a consultés ; c'est en particulier le cardinal Baronius, dont les *Annales de l'Église* ne contiennent qu'une mention plus sommaire encore de Polyeucte. En fait, Corneille n'a reçu de ses sources que quatre noms et une situation ; il a créé de toutes pièces un personnage essentiel celui de Sévère, ajoutant ainsi quelques « ornements », c'est-à-dire qu'il a fait, d'une histoire somme toute banale de martyr, un des chefs-d'œuvre du théâtre français. Une fois sa tragédie terminée, l'auteur, avant de la livrer aux comédiens, en donna lecture aux habitués de l'Hôtel de Rambouillet. Les amis de la marquise formaient alors comme le tribunal du bon goût et Corneille tenait beaucoup à avoir l'approbation de ce cénacle. L'accueil fut assez froid, on applaudit par bienséance, mais Voiture fut chargé de prévenir l'auteur avec toutes sortes de circonlocutions que sa pièce « n'avait point réussi comme il le pensait et que surtout le christianisme avait extrêmement déplu ». Les délicats étaient choqués de voir porter la religion à la scène ; Godeau, académicien et évêque de Grasse, fit remarquer que l'Église avait toujours blâmé des excès comme ceux de Polyeucte qui entraînaient nécessairement des représailles. En conclusion, on engageait Corneille à ne pas faire représenter *Polyeucte*. Il passa outre et la première représentation fut un triomphe comme lui-même, si mesuré dans ses appréciations, le déclare dans son « Examen » (« le succès a été très heureux »).

L'action se passe à Mélitène, capitale de l'Arménie. Polyeucte, gendre du gouverneur de cette province, a été converti secrètement au christianisme par son ami Néarque, et celui-ci le presse de recevoir immédiatement le baptême. Mais le néophyte hésite encore. Marié depuis quinze jours seulement à Pauline, il ne veut point la quitter même un instant, car celle-ci s'alarme de toutes ses absences ; elle a fait, en effet, des rêves sinistres qui se rapportent à son époux. Cependant, malgré ses supplications, Polyeucte se décide et, sans faire savoir à sa femme la cause de son départ, s'échappe et suit Néarque (scènes 1 et 2). À la scène 3, Pauline, restée seule avec sa confidente Stratonice, lui explique les causes de son inquiétude. Autrefois, à Rome, elle fut aimée du chevalier Sévère et l'aimait de retour. Nul, en vérité, n'était plus digne d'elle, « mais que sert le mérite où manque la fortune » ? Le prétendant pauvre fut évincé ; il partit combattre les Perses et Pauline a entendu dire qu'il venait de mourir dans une bataille. Pauline, elle, a dû accompagner son père dans son gouvernement ; là, elle a dû épouser Polyeucte, et son « devoir » s'est transformé en amour. Épouse aimante, elle est troublée par des songes, où elle retrouve la figure de Sévère ; cette nuit même, elle a rêvé que Sévère se dressait devant elle, « la vengeance à la main, l'œil ardent de colère ». Une assemblée de chrétiens jetait Polyeucte aux pieds de Sévère et Félix lui-même perçait d'un poignard le sein de son gendre. Depuis ce rêve, Pauline vit dans l'angoisse et elle attend que de terribles événements se produisent d'un instant à l'autre. Mais Félix, affolé, survient ; il apporte une extraordinaire nouvelle : Sévère n'est pas mort, il est devenu le favori de l'empereur, il arrive à Mélitène, sous prétexte d'y offrir un sacrifice, mais probablement surtout pour demander la main de Pauline, dont il ignore le mariage. Pauline est atterrée, une partie de ses présages se réalise. L'effroi de Félix a d'autres causes : il craint la colère de Sévère et il se reproche amèrement « de n'avoir point aimé la vertu toute nue ». Seule sa fille peut lui éviter les plus graves ennuis, il faut qu'elle voie Sévère, qu'elle lui parle. Il obtient à grand-peine de Pauline son accord. Dès le début de l'acte II, l'envoyé de l'empereur paraît. Il se réjouit de retrouver Pauline, son ami Fabian détruit aussitôt ses espoirs : Pauline est mariée : « Hélas, elle aime un autre ; un autre est son époux ! », s'écrie Sévère, mais il ne peut blâmer ce choix, Polyeucte est digne de Pauline, avec une admirable générosité, il s'incline sans murmurer ; il ne se reconnaît pas le droit de la blâmer et, s'il s'apitoie sur son triste sort, il est décidé à s'effacer. Il ne demande qu'une faveur, celle de voir pour la dernière fois celle qu'il aime. L'entrevue entre les deux anciens amants est pleine de franchise et de dignité. Pauline ne songe pas à dissimuler qu'elle n'a épousé Polyeucte que pour ne pas déplaire à son père, mais qu'elle aime son époux. Elle avoue, avec une pudeur touchante, que Sévère ne lui est pas devenu insensible. Quant à Sévère, s'il ne peut cacher son ardeur, il la réprime. Tous deux sont les esclaves de leur devoir et ils lui resteront fidèles. La suite des événements devrait rassurer Pauline : Sévère a promis de ne pas s'attaquer à Polyeucte et celui-ci revient (scène 4), en compagnie de Néarque, sain et sauf, mais elle demeure inquiète. À peine a-t-elle quitté la scène que Polyeucte, qui « sort du baptême », déclare à Néarque qu'il va se rendre au sacrifice qui se prépare et qu'il y renversera les idoles. Néarque, pour l'éprouver, feint de reculer devant cette folle entreprise ; mais quand il voit Polyeucte décidé à se rendre seul au sacrifice, il ne cache plus son enthousiasme et ils s'élancent tous deux vers le temple : « Allons, cher Polyeucte, allons aux yeux des hommes / Braver l'idolâtrie et montrer qui nous sommes : / Puissé-je vous donner l'exemple de souffrir. / Comme vous me donnez celui de vous offrir ! » (scène 6). À l'acte III, nous retrouvons Pauline, ses pressentiments ne la quittent pas ; toutefois, elle était loin de s'attendre à la nouvelle que Stratonice vient lui apporter, haletante. Elle lui annonce que son époux est « un traître, un scélérat, un lâche, un parricide ». Il s'est moqué hautement des cérémonies païennes dans le temple et, avant qu'on ait pu le retenir, il s'est précipité comme un furieux sur les images des dieux qu'il a brisées. Un tel forfait semble à Stratonice impardonnable mais, à sa grande surprise, Pauline bouleversée proclame qu'elle prendra la défense de Polyeucte jusqu'au bout. Elle va trouver son père (scène 3). Félix n'est pas disposé à la clémence : s'il a jusqu'à présent épargné son gendre, ou plutôt celui qui n'est plus digne de ce « doux nom », ce n'est que pour l'éprouver. Polyeucte doit assister au supplice de Néarque ; s'il faiblit et abjure, il sera gracié. Sinon, Félix le châtiera comme il le doit, car « Quand le crime d'État se mêle au sacrilège, / Le sang, ni l'amitié n'ont plus de privilège. » On apprend que Polyeucte, naturellement, n'a pas cédé. Il a regardé le martyre de Néarque d'un œil froid. Aussi Albin, confident de Félix, qui a assisté au supplice tâche-t-il de le fléchir. Mais Félix lui répond : « Je déplore sa perte, et, le voulant sauver, / J'ai la gloire des dieux ensemble à conserver ; / Je redoute leur foudre, et celui de Décie ; / Il y va de ma charge, il y va de ma vie. / Ainsi tantôt pour lui je m'expose au trépas, / Et tantôt je le perds pour ne me perdre pas. » Mais avant de le faire conduire au supplice, il demande qu'on lui amène son gendre (scène 5). À l'acte IV, Polyeucte est dans le palais : il s'épouvante à la pensée qu'il va se trouver en face de Pauline et demande qu'on cherche Sévère à qui il a un secret à confier. Puis, dans d'admirables « stances » qui sont le sommet de la pièce, Polyeucte proclame son mépris du monde : « Source délicieuse, en misères fécondes, / Que voulez-vous de moi, flatteuses voluptés ? / Honteux attachement de la chair et du monde, / Que ne me quittez-vous quand je vous ai quittés ? / Allez, honneurs, plaisirs qui me livrez la guerre : / Toute votre félicité, / Sujette à l'instabilité. / En moins de rien tombe par terre : / Et comme elle a l'éclat du verre, / Elle en a la fragilité. » Décie y est traité de « tigre altéré de sang » et Polyeucte prophétise la victoire pacifique du christianisme. Il ajoute : « Et je ne regarde Pauline / Que comme un obstacle à mon bien. » Mais Pauline paraît. Elle supplie Polyeucte de faire un geste, au nom de sa gloire, de sa dignité de gentilhomme et de gendre du gouverneur, au nom surtout de son amour : « Vous n'avez point ici d'ennemi que vous-même » ; Polyeucte n'a qu'un instant de faiblesse, il se ressaisit ; non seulement il est décidé à ne point abjurer, mais il se refuse même à jouer la comédie de l'abjuration. Si Pauline l'aime comme elle le dit, qu'elle se convertisse et le suive ; sinon qu'elle épouse Sévère. Et à la scène 4, Polyeucte confie sa femme au favori de l'empereur puis il se retire, emmené par les gardes. Polyeucte sorti, Sévère accepterait bien le legs singulier qu'il lui a fait, mais Pauline, qui ne cache pas son trouble, lui réplique : « Je crains de trop entendre, / Et que cette chaleur, qui sent vos premiers feux, / Ne pousse quelque suite indigne de tous deux. / Sévère, connaissez Pauline tout entière. » Elle le prie seulement d'intervenir en faveur de son époux. Sévère, toujours généreux, est prêt à le faire ; païen fort tiède, il donne toute son estime aux chrétiens (scène 5). Nous apprenons, à l'acte V, que l'intervention de Sévère est restée sans résultat ; Félix y a vu un piège pour éprouver sa fidélité à l'empereur. Malgré Albin, qui tente encore de sauver Polyeucte, il veut que son gendre se soumette ou périsse. Il tente encore cependant (scène 2) de le fléchir ; il feint de vouloir se convertir, puis le menace. Polyeucte reste inébranlable. Il résiste une fois de plus aux assauts de Pauline. En public, il fait sa profession de foi et demande encore à Pauline de marcher avec lui au supplice. Ce n'est pas au-devant de la mort qu'il va, mais vers l'éternité, vers « la gloire ». Les scènes 4, 5 et 6 de l'acte V ne sont qu'un épilogue ; Polyeucte n'est plus, mais son martyre produit des miracles. Les yeux de Pauline s'ouvrent tout à coup : « Je vois, je sais, je crois, je suis désabusée ; / De ce bienheureux sang tu me vois baptisée ; / Je suis chrétienne enfin. » Félix, durement semoncé par le favori de l'empereur, s'aperçoit enfin que ses lâchetés ne lui servent de rien, et, dans un élan qui surprend, il embrasse à son tour la foi chrétienne. Quant à Sévère, il promet de tenter de fléchir l'empereur, injustement courroucé contre les chrétiens.

Si exceptionnelle que nous paraisse cette tragédie sainte, elle n'est en aucun cas une création isolée dans la production dramatique du XVIIe siècle, et ne constitue pas un cas d'espèce dans l'œuvre même de Corneille. Auprès des élèves des jésuites — et Corneille, avec beaucoup d'autres, était de ceux-là —, la tragédie sainte (en latin) était un véritable genre, pratiqué par les meilleurs professeurs des collèges, dont les œuvres circulaient à travers tout le réseau des collèges de la Compagnie. En outre, dès 1638, Baro, que connaissait bien Corneille, avait fait représenter un *Saint Eustache* sur la scène de l'Hôtel de Bourgogne, et, à peu près en même temps que *Polyeucte*, un autre *Saint Eustache* (de Desfontaines) et un *Martyre de sainte Catherine* (de La Serre) avaient été représentés et publiés. Ce contexte n'explique pas cependant pourquoi, tout ancien élève des pères jésuites qu'il était, Corneille a pu choisir le sujet de *Polyeucte*, d'autant qu'il connaissait bien le milieu dévot et qu'il devait savoir qu'en faisant monter par des comédiens professionnels sur une scène profane une tragédie sainte il tentait un pari risqué. L'approbation sans réserve qu'il avait obtenue pour Cinna ne le mettait pas à l'abri d'un retour des contestations, semblables à celles qu'il avait subies lors de la querelle du *Cid* (*), et, dans une moindre mesure, lors des discussions concernant le dénouement de sa tragédie *Horace* (*). Si Corneille a tenté ce pari, c'est qu'il y était poussé par la nature même de la dramaturgie qu'il avait inventée depuis *Le Cid* : la dramaturgie de l'acte exceptionnel, si exceptionnel qu'il court toujours le risque d'être jugé invraisemblable pour les contemporains, et ce, alors même qu'il est historique. Or, avec *Cinna*, il avait justement trouvé un moyen d'échapper aux critiques d'invraisemblance : en graciant contre toute attente les conjurés, Auguste accomplit un acte extraordinaire qui transgresse les lois ordinaires de la vraisemblance. Mais cet acte étant un acte de clémence, son caractère extraordinaire est inscrit dans les caractéristiques mêmes de la clémence. En somme, le geste d'Auguste est en soi une action invraisemblable. Mais c'est une action invraisemblable qui redevient vraisemblable du fait de la nature elle-même exceptionnelle de la vertu de clémence qui la sous-tend. C'est une action invraisemblable qui reste dans le cadre de la vraisemblance, et qui est donc inattaquable. Il constitue le meilleur exemple de ce que les théoriciens de l'époque nomment la « vraisemblance extraordinaire ». Vertu la plus haute du plus haut idéal humain qu'est le héros magnanime, la clémence, telle qu'elle est incarnée par Auguste dans *Cinna*, est donc à l'origine de l'acte le plus admirable qui soit. Du moins dans l'ordre profane ; dans cet ordre, impossible d'aller plus haut. Et l'on conçoit aisément que le catholique Corneille, entraîné par sa poétique de l'admiration à faire accomplir par ses héros des actions toujours plus remarquables, n'ait pu donner comme successeur à Auguste que Polyeucte : seul le héros chrétien l'emporte en magnanimité sur le plus admirable des héros profanes ; seul un saint peut avoir un comportement qui serait jugé invraisemblable chez tout autre homme ; seul un homme animé de la grâce divine peut accomplir des actes qui redeviennent vraisemblables sans cesser d'être extraordinaires. Comme le geste de clémence d'Auguste, les actions de Polyeucte ressortissent exactement à ce vraisemblable extraordinaire que préconisaient sans trop y croire les théoriciens et que Corneille a toujours poursuivi.

Aussi, tandis que les critiques littéraires ne pouvaient qu'approuver la nouvelle tragédie de Corneille, les dévots, qui condamnaient l'idée même de théâtre profane, furent-ils particulièrement choqués de le voir accueillir les choses de la religion. Pour eux, le compromis rêvé par Corneille entre l'esthétique du plaisir et la morale chrétienne — compromis qui permet d'imaginer qu'on puisse faire une œuvre d'art séduisante à partir d'un sujet chrétien — était inacceptable, surtout lorsque l'intrigue osait mêler amour humain et amour divin. Mais l'ensemble du public lui-même, qui fit un triomphe à la pièce, a mal compris (et jusqu'au XVIIIe siècle) le projet de Corneille : il s'est intéressé avant tout à l'intrigue amoureuse et au drame purement humain de Pauline, Sévère et Polyeucte, sans voir que l'histoire des amours de Pauline et de Sévère, aussi touchante et délicate que celles des bergers de la pastorale contemporaine, est inséparable de l'histoire de Polyeucte, dont l'héroïsme serait inconsistant s'il ne s'inscrivait au cœur de l'histoire d'amour. Corneille, dans son « Examen de *Polyeucte* », qu'il rédigea plus tard, définit assez justement le style de *Polyeucte* en le comparant à celui de ses autres tragédies : « Le style n'en est pas si fort, ni si majestueux que celui de *Cinna* et de *Pompée* ; mais il a quelque chose de plus touchant » ; ajoutons qu'il est souvent d'une beauté qui force l'admiration ; les fameuses « Stances » sont un des plus beaux morceaux de tout le théâtre de Corneille et une des plus belles pièces de poésie religieuse de tout le XVIIe siècle.

Polysémie. Propriété que possède un signifiant d'avoir plusieurs signifiés (ou une unité lexicale d'avoir plusieurs significations). En lexicographie, la polysémie s'oppose à la fois à la *monosémie* (un terme technique ou scientifique est une spécialisation monosémique du vocabulaire général : ainsi le *fer* défini par la chimie par rapport aux sous-adresses du mot ou à ses emplois métaphoriques) et à l'*homonymie.* Cette dernière opposition est plus problématique : *dessin* et *dessein* sont tenus pour homonymes alors que leur étymologie commune devrait plutôt les faire considérer comme deux sous-sens d'une même unité ou mot polysémique. La polysémie est un élément essentiel de la création littéraire ; ainsi dans le vers de Valéry : « La moindre âme dans l'air », « âme » est pris à la fois dans le sens étymologique (*souffle*) et le sens actuel (*âme*).

OLIVIER POT.

POMPIGNAN Jean-Jacques Le Franc, marquis de. Écrivain né à Montauban (Tarn-et-Garonne) le 10 août 1709, mort à Pompignan (Gard) le 1er novembre 1784. Avocat, premier président de la cour des Aides de Montauban, ce juriste se défit de sa charge pour se consacrer entièrement à la littérature. Il aborda les genres littéraires les plus divers : la tragédie (*Énée et Didon,* qui obtint un vif succès en 1734), la comédie (*Les Adieux de Mars,* 1735), le livret d'opéra (*Léandre et Héro,* 1750), le livret de « ballet héroïque » (*Le Triomphe de l'harmonie,* 1737), la poésie (*Poésies sacrées,* 1756). Son érudition était étendue. On lui doit des traductions importantes, bien que, selon le goût du temps, ce soit plutôt des adaptations : les *Psaumes* de David (à partir de l'hébreu) en 1751, les tragédies d'Eschyle (c'est une première en français) en 1770, les *Géorgiques* de Virgile en 1784, des *Mélanges de traductions de différents ouvrages de morale, italiens et anglais* en 1779. Trois titres achèveront de donner une idée du large éventail des appétences de l'écrivain : *Essai critique sur l'état de la République des lettres* (1744), *Voyage de Languedoc et de Provence* (qui a recours au vers comme à la prose, 1745), *Considérations sur la révolution de l'ordre civil et judiciaire survenue en 1771.* En 1759, l'auteur des *Poésies sacrées* avait été élu à l'unanimité membre de l'Académie française. Dans son discours de réception, il s'en prit violemment aux « philosophes », qui le lui firent très chèrement payer. Il s'efforça de leur rétorquer dans ses *Réponses aux « quand », aux « si » et aux « pourquoi »* (1760). « Oui, la mort seule nous délivre / Des ennemis de nos vertus : / Et notre gloire ne peut vivre / Que lorsque nous ne vivons plus. » Ces vers de l'« Ode sur la mort de J.-B. Rousseau » (*Odes chrétiennes et philosophiques,* 1771) ne peuvent s'appliquer à leur auteur : l'œuvre du marquis de Pompignan ne s'est pas remise des pointes assassines de Voltaire, sans doute plus spirituelles qu'équitables.

RÉF. : T.E.D. Braun, *Un ennemi de Voltaire : Le Franc de Pompignan,* Paris, 1972.

PONGE Francis. Écrivain né le 27 mars 1899 à Montpellier, mort à Bar-sur-Loup (Alpes-Maritimes) le 6 octobre 1988. Après des études secondaires au lycée Malherbe de Caen, il décide de poursuivre des études de droit et de philosophie, à Paris. Mobilisé en 1918, démobilisé l'année suivante, admissible à l'École normale supérieure — il restera muet à l'oral —, il adhère au parti socialiste et rompt provisoirement avec sa famille. Dès 1923, alors qu'il publie ses premiers textes, il se lie à Jean Paulhan avec qui il entretiendra une longue correspondance (jusqu'en 1968, publiée en deux volumes à Paris en 1986). En 1926 paraissent ses *Douze petits écrits*, deux ans plus tard il rédige *Le Galet.* Il adhère provisoirement au mouvement surréaliste, se marie et travaille aux messageries Hachette dont il sera licencié en 1937, après avoir, là aussi provisoirement, adhéré au parti communiste. Mobilisé en 1939, démobilisé en 1940, c'est à Roanne qu'il travaille aux textes de *La Rage de l'expression* (1952). En 1942 paraît à Paris *Le Parti pris des choses*. Activités de Résistance. Rentré à Paris en 1944, il fait la connaissance des peintres Braque, Picasso, Fautrier auxquels il consacrera de nombreuses études, réunies en 1977 sous le titre *L'Atelier contemporain*. Durant l'été 1946, il commence la rédaction du *Savon* (1967). De nombreux voyages et des difficultés matérielles marquent la fin des années 40. En 1952 — et jusqu'en 1964 — il enseigne à l'Alliance française. En 1961 paraissent les trois tomes du *Grand Recueil* (*Lyres, Méthodes, Pièces*). De la même façon qu'il avait collaboré au premier numéro des *Temps modernes* (en 1945), il publie *La Figue* dans le premier numéro de *Tel Quel* (1960) (groupe avec lequel il rompra en 1974). En 1965 paraît *Pour un Malherbe*, bientôt suivi de *Tome premier*, un important recueil de ses textes écrits entre 1926 et 1950. La fin de son existence est marquée par de nombreuses conférences à l'étranger, de nombreuses distinctions (littéraires et autres), une décade lui est consacrée à Cerisy, en 1975. *Les Cahiers de l'Herne* font paraître un numéro sur son œuvre en 1986. Signalons également la parution de *La Fabrique du pré*, en 1971, de *L'Écrit Beaubourg* (1977) et de *Nioque de l'Avant-Printemps* (1983). Enfin, le *Nouveau nouveau recueil* (posthume, 1992) rassemble en trois tomes toutes les publications de Ponge qui n'avaient trouvé place ni dans le *Grand Recueil,* ni dans *Tome premier,* ni dans *Nouveau recueil* (1967).

« Notre premier mobile fut sans doute le dégoût de ce qu'on nous oblige à penser et à dire, de ce à quoi notre nature d'homme nous force à prendre part. » Cet extrait de *Proêmes* daté de 1929-1930 pourrait servir de fil conducteur pour interpréter le cheminement de Ponge : dégoût des idées, surtout celles que l'on se fait au sujet des choses, de la pensée abstraite, voire de la philosophie (il ne faut pas oublier que Ponge a reçu une formation philosophique, qu'il cite ou évoque des philosophes — avant tout Épicure, Lucrèce, Husserl... — et que son œuvre a fasciné nombres de philosophes contemporains — Sartre, Maldiney, Derrida...) ; critique de tout langage hérité, de sa dégradation et « prostitution » par des usages grossiers, qu'ils soient communs ou littéraires ; enfin, méfiance à l'égard de tout anthropocentrisme pour qui le monde nous serait en droit destiné selon une finalité préétablie et qui ne fait que réduire l'homme à ce qu'il n'est pas. « Prendre part », l'expression est à prendre à la lettre : il y a un parti à prendre, celui des choses. Choses naturelles ou fabriquées, toutes elles requièrent de nous l'ajustement de nos paroles qui ne peut se produire que par un travail inlassable, une « rage de l'expression ». « L'expression est ma seule ressource. La rage froide de l'expression. » Tout l'élan créateur, ou mieux recréateur, « récréateur », réside en cette charge de dire au plus juste ce qui nous est le plus proche. « Cageot », « lessiveuse », « pomme de terre », « crevette », « homme » — du plus négligeable au plus important, chaque objet a droit à nos égards, à notre regard. « Muettes instances » des choses qui requièrent notre parole. « Il est une occupation à chaque instant en réserve à l'homme : c'est le regard-de-telle-sorte-qu'on-le-parle » (*Le Parti pris des choses,* texte de 1927). Les choses doivent devenir parole, mais la parole elle-même doit devenir chose. L'opacité muette du réel, inquiétante et informe, peut s'ouvrir « au jour de la parole » et ainsi par cette lente transmutation trouver accès au sens. Cette attention aux choses trouve à se réaliser (au sens propre) dans et par un « compte-tenu des mots ». Les mots risquent à tout moment de glisser sur les choses, de s'évader, de prendre des tours et des détours (rhétoriques) qui les éloignent de leur fonction, d'où cet extrême scrupule, quasi obsessionnel à leur égard (Ponge cite fréquemment Littré, se livre à des recherches étymologiques, joue avec eux, créé des néologismes...). Les mots doivent « aller aux choses », descendre dans leur épaisseur, épouser leur singularité et simplicité. « Ô ressources infinies de l'épaisseur des choses, *rendues* par les ressources infinies de l'épaisseur sémantique des mots ! » (*La Fabrique du pré*). Mots et choses jouent non seulement pour leur propre compte, mais aussi — et c'est là tout l'enjeu de l'entreprise pongienne — entre eux. Jeu qui, s'il n'exclut pas le ludique, a cependant toute la gravité de la rencontre supposant proximité et distance. Trouver la bonne distance, le « régime » (comme l'on parle du régime d'un moteur), retrouver l'équilibre, pour avoir sens, ne se peut que comme acte et par là même suppose un risque encouru. Les choses ne se laissent pas faire, la parole trop maîtrisée tend toujours à s'autonomiser et à prendre pour elle tout le poids du réel. Sans fin il faut « parler contre les paroles », gommer, effacer, raturer, répéter. Méthode musicale des variations, exigeante, vigoureuse dont on pourrait tirer toute une éthique (voire une politique) : celle de l'inachèvement (de la jeunesse), du sens du transitoire (du multiple), du respect (distance et confiance), de la probité (justice et justesse).

FRANCIS WYBRANDS.

RÉF. : Sartre, *Situations I,* Paris 1947. — Henri Maldiney, *Le Legs des choses dans l'œuvre de Francis Ponge,* Lausanne, 1974. — *Ponge inventeur et classique* (Colloque de Cerisy), Paris, 1977. — « Francis Ponge », *Cahiers de l'Herne,* Paris, 1986. — Michel Collot, *Francis Ponge, entre mots et choses,* Seyssel, 1991 (avec une bibliographie complète des écrits de Ponge).

PONSARD François. Poète dramatique. Né à Vienne (Isère) le 1er juin 1814, mort à Paris le 13 juillet 1867. Fils d'un avocat, il entra d'abord au collège de sa ville natale, fit sa rhétorique à Lyon, et en 1833 fut envoyé à Paris pour y suivre les cours de l'École de droit. Reçu, il sut se révéler poète en publiant une traduction du fameux *Manfred* de Byron (1837), qui passa inaperçue. S'étant ouvert à son père du peu de goût qu'il avait pour le barreau, il obtint, non sans peine, de se consacrer tout entier à la poésie dramatique. Heureux de pouvoir se cantonner dans la solitude, il conçut alors le projet de créer un théâtre en réaction contre certains excès du drame romantique. Il voulut en même temps renouveler la tragédie classique par un style plus familier, l'absence d'unité de lieu et une nette liberté dans la conduite de l'intrigue. Sa première tragédie allait être un coup de maître : *Lucrèce*, reçue à l'Odéon, grâce à l'entremise d'un de ses amis, en 1843 — autrement dit un mois à peine après l'échec des *Burgraves* de Hugo —, fut un véritable triomphe. Ponsard fit alors figure de chef de file ; il devenait, en quelque sorte, le champion de l'« école du bon sens ». Sans se laisser étourdir par ce triomphe, l'auteur reprit bientôt le chemin de la province. Dans sa retraite il écrivit *Agnès de Méranie*, jouée à Paris en 1846, qui fut loin d'obtenir le succès qu'elle méritait. En 1850, Ponsard donna *Charlotte Corday*, assez belle œuvre inspirée de l'*Histoire des Girondins* de Lamartine, accueillie avec faveur par les spectateurs, mais interdite par décision gouvernementale. Au début du second Empire (après le coup d'État du 2 décembre), Ponsard se vit accorder la place fort enviée de bibliothécaire du Sénat. Mais, soucieux avant tout de son indépendance, il démissionna. En 1853, il obtint toute l'audience du public avec *L'Honneur et l'Argent*, violente satire inspirée par la soif de spéculation dont le Paris d'alors était la proie. La même année, il fut élu membre de l'Académie française. Après avoir fait jouer *La Bourse* (1856), comédie du même goût que la précédente, Ponsard se tut pendant dix ans et mena une vie mondaine. Il devait pourtant revenir au théâtre avec *Le Lion amoureux* (1866), et l'année suivante avec *Galilée*, poésie dramatique en trois actes dans laquelle il plaidait en faveur de la liberté de la science.

♦ *« Avouons qu'un pareil langage ne s'était plus entendu au théâtre depuis Corneille. »* Alfred de Musset (après *Charlotte Corday*). ♦ *« Messieurs, nous n'oublierons pas cette lecture* [de Lucrèce]. *Ce que nous venons d'entendre est l'œuvre d'un vrai poète. Cette œuvre marquera une date. C'est une génération qui nous arrive avec un esprit nouveau. »* Alphonse de Lamartine.

RÉF. : Barbey d'Aurevilly, *Les Quarante Médaillons de l'Académie*, Paris, 1864. — P. Blanc, *Ponsard*, Vienne, 1870. — J. Janvier, *François Ponsard*, Paris, 1872. — C. Latreille, *La Fin du théâtre romantique et François Ponsard*, Paris, 1900. — H. Schrenker, *Ponsard als Dramatiker und Lyriker*, Diss. Erlangen, 1913. — J. Vier, *La Comtesse d'Agoult et François Ponsard*, 1960.

PONSON DU TERRAIL Pierre Alexis, vicomte de. Romancier. Né le 8 juillet 1829 à Montmaur (Hautes-Alpes), mort à Bordeaux le 20 janvier 1871. Après des études à Marseille, il se rend à Paris contre l'avis de sa famille qui le destinait à une carrière d'officier de marine ; lors de la Révolution de 1848, il combat dans les rangs de la garde mobile et se retrouve capitaine. Mais son seul désir est d'entrer en littérature. Après plusieurs essais infructueux et quelques nouvelles où il enrichit sa palette en tâtant de tous les genres, il signe sa première œuvre de longue haleine, *Les Coulisses du monde* (1851-1852). Ce grand roman « de mœurs contemporaines » lui ouvre les portes du feuilleton : il publie successivement un excellent récit fantastique (*La Baronne trépassée*, 1852), des nouvelles teintées d'autobiographie et plusieurs romans historiques (*Les Cavaliers de la nuit*, 1852 ; *Bavolet*, 1855 ; *Le Pacte de sang*, 1857 ; *La Dame au gant noir*, 1858). Le genre lui réussit ; il connaît un triomphe avec *La Jeunesse du roi Henri* (de 1859 à 1860 au *Pays*). Mais la gloire lui vient d'une œuvre entamée en 1857 pour *La Patrie* : c'est dans ses *Drames de Paris* qu'apparaît — presque à l'improviste — la figure de Rocambole, qui lui assure très vite fortune et célébrité. Devant l'immense succès de son personnage, Ponson prolonge les *Drames* jusqu'en 1860 ; il leur ajoutera plus tard *La Résurrection de Rocambole* (*Le Petit Journal*, 1865-1866), *Le Dernier Mot de Rocambole* (*La Petite Presse*, 1866-1867), *Les Misères de Londres* (*La Petite Presse*, 1867-1868) et *Les*

Démolitions de Paris (*La Petite Presse*, 1869-1870). Bien servies par la publicité tapageuse des journaux à un sou, ces suites conquièrent un vaste public séduit par la stature toujours plus imposante du héros ; Rocambole est entré dans le domaine public, au point d'être avec l'empereur la cible favorite des caricaturistes (le célèbre portrait de Rocambole avec les traits de Napoléon III vaut d'ailleurs à Rochefort la saisie de son journal). Quant à l'auteur, il est devenu le premier feuilletoniste de l'Empire, tant par la popularité, la rémunération, la réussite (il reçoit la Légion d'honneur en 1866, en même temps que Flaubert) que la production.

Ponson va en effet beaucoup publier, travaillant souvent à plusieurs feuilletons en même temps. Touche-à-tout impénitent, il aborde sans complexe les genres les plus divers : romans « contemporains » (*Les Gandins*, 1860) ou romans « historiques » (*Les Masques rouges*, 1863 ; *Le Bal des victimes*, 1864 ; *La Seconde Jeunesse du roi Henri*, 1868) ; récits rustiques (*Le Chambrion*, 1865 ; *Mon village*, 1866) ou didactiques (*Les Mémoires d'un gendarme*, 1865 ; *Le Nouveau Maître d'école*, 1865) ; aventures (*Le Forgeron de la Cour-Dieu*, 1868 ; *Les Voleurs du grand monde*, 1869), romans d'éducation (*Pas-de-chance, histoire d'un enfant trouvé*, 1865) et récits fantastiques (*L'Auberge de la rue des Enfants-Rouges*, 1867 ; *La Femme immortelle*, 1868). Cette création imposante s'interrompt en 1870 lorsque la guerre éclate ; Ponson quitte Paris pour l'Orléanais où il monte une compagnie de francs-tireurs, puis doit se réfugier à Bordeaux. Il y meurt de maladie, le 20 janvier 1871.

Longtemps raillé par la critique pour la simplicité de son style et les redites de sa narration, Ponson du Terrail a sans aucun doute payé en qualité ce qu'il exploitait en quantité ; chez lui ficelles et lieux communs remplacent souvent vraisemblance ou psychologie. C'est à l'aune de son efficacité qu'il convient de juger ce promoteur de l'improbable (dit désormais « rocambolesque »). Ponson s'est mérité un trône au royaume du feuilleton pour avoir su plier sa plume aux attentes d'un public friand de drames et avide de péripéties. On prendra garde alors, au regard de ses faiblesses, de ne pas négliger ses atouts : invention proliférante, mélange des styles (entre lyrisme et ironie), sens aigu du suspense et surtout création de grandes figures héroïques — à commencer par Rocambole, l'inoubliable bandit entré tout à la fois dans la langue et dans l'imaginaire.

LAURENT BAZIN.

Populisme. Ce mouvement littéraire fut fondé par André Thérive (pseudonyme de Roger Puthoste, 1891-1967) et Léon Lemonnier (1890-1953), en réaction, essentiellement, contre la littérature à succès de l'entre-deux-guerres, et au moment où se développait un grand débat sur la littérature prolétarienne entre les surréalistes et le parti communiste. Lemonnier publia dans *L'Œuvre* du 27 août 1929 un manifeste qui refuse avant tout les « personnages chics » et « la littérature snob ». Le populisme veut « peindre le peuple [...] étudier attentivement la réalité ». Lemonnier entend se démarquer aussi des naturalistes en faveur desquels, pourtant, Thérive avait écrit, en 1927, un « Plaidoyer ». Il trouvait leur langue « démodée ». Il refusait aussi toute doctrine sociale ou politique. Il développa ses idées dans *Populisme* (1931) : « Nous ne songeons pas, comme l'on dit, à élever le peuple, à éduquer les masses. Nous prenons le peuple tel qu'il est, nous le peignons tel qu'il vit, nous l'aimons en lui-même et pour lui-même. » Le populisme fut vivement critiqué par Henry Poulaille qui conduisait un groupe d'écrivains prolétariens. Il les trouvait d'esprit bourgeois. Ceux qui parlent du peuple, pensait- il, devaient faire partie de la classe ouvrière.

Thérive et Lemonnier fondèrent en 1930 un « prix populiste ». Le premier fut décerné en 1931 à Eugène Dabit, membre du groupe de Poulaille, pour *Hôtel du Nord,* qui peint la vie d'un petit hôtel parisien, quai de Jemmapes, au bord du canal Saint-Martin.

COLETTE BECKER.

PORTO-RICHE Georges de. Écrivain français. Né à Bordeaux le 20 mai 1849, mort à Paris le 4 septembre 1930. D'une famille israélite d'origine italienne, il vécut librement de sa production d'écrivain de théâtre. Après sa première publication, un volume de vers : *Prima verba* (1872) — un autre lui fera suite en 1877, *Tout n'est pas rose* —, Porto-Riche aborda le théâtre avec des ouvrages en vers fortement pénétrés d'influences romantiques : *Vertige* (1873), *Un drame sous Philippe II* (1875), *Les Deux Fautes* (1878), passant ensuite au développement analytique d'un thème cyclique en une série de drames qu'il intitula de manière générale « théâtre d'amour » et auxquels son nom demeure particulièrement lié. Cette série, commençant par *La Chance de Françoise* (1888), continue avec *L'Infidèle* (1891), *Amoureuse* (1891), *Le Passé* (1897), *Les Malefilâtre* (1904), *Le Vieil Homme* (1910), *Zubiri* (1912), *Le Marchand d'estampes* (1918), etc. Derrière ces drames, on entrevoit en l'auteur l'homme chez qui le don d'introspection est exacerbé par des influences littéraires. Enfermé dans le tourment de l'amour charnel, il y atteint parfois un caractère tragique qui a amené certains admirateurs enthousiastes à le comparer à Racine. Mais son monde est trop circonscrit, et ses personnages sont fatalement simples : les hommes égoïstes, cyniques, infidèles et menteurs, les femmes faibles, faciles, impudiquement avides. De ce monde, cependant, et de ses tristes héros, il a dit tout ou presque tout ce qui pouvait être dit ; et l'analyse n'aurait pu être plus intrépide et audacieuse, plus raffinée et désolée, et, parfois, déconcertante. En 1903,

Porto-Riche fut élu membre de l'Académie française.

RÉF. : C. R. Marx, *Georges de Porto-Riche*, Paris, 1912. — E. Rey, *Georges de Porto-Riche*, Paris, 1923. — E. Sée, *Porto-Riche*, Paris, 1932. — W. Muller, *Georges de Porto-Riche, l'homme, le poète, le dramaturge*, Poitiers, 1934. — H. Brugmans, *Georges de Porto-Riche. Sa vie, son œuvre* [1934], rééd. 1971.

POTOCKI Jan. Écrivain polonais d'expression française. Né le 8 mars 1761 à Pików (Ukraine), mort le 2 décembre 1815 à Vładówka (Podolie). Issu d'une des plus illustres familles de l'aristocratie polonaise, le « comte Jean » quitte la Pologne à sept ans devant les troubles de la Confédération de Bar, et est élevé en Suisse. Une curiosité intellectuelle prodigieuse, une culture essentiellement cosmopolite, la passion des « Lumières », un athéisme à peu près certain, des sympathies maçonniques probables, joints à un aristocratisme inné, font de cet esprit que l'on a dit déséquilibré une des personnalités les plus étonnantes du XVIIIe siècle européen. Potocki a été un infatigable voyageur : il a combattu en Hongrie dans l'armée impériale, navigué sur les galères de Malte, parcouru la Turquie, l'Égypte, l'Espagne et le Maroc, séjourné à Paris de 1785 à 1787 (il y a fréquenté le salon de Mme Helvétius et connu Volney), puis à nouveau, en 1791, est passé en Hollande et en Angleterre, avant d'aller en Allemagne, au Caucase et même, en 1805, en Mongolie. Ethnologue de valeur, il a mené de très sérieuses recherches sur l'archéologie et la protohistoire des peuples slaves. Ses *Recherches sur la Sarmatie* (1789) et surtout son *Histoire primitive des peuples de la Russie* (1802) affirment de façon prophétique le caractère autochtone des peuples slaves, thèse longtemps combattue qui n'est admise que depuis peu. Il se dégage de ces livres une sorte de slavophilie qui tient lieu à Potocki de doctrine politique, à une époque où la Russie est haïe en Pologne. Député à la Diète de Quatre ans (1788-1792), Potocki a été l'un des auteurs de la Constitution du 3 mai 1791, voulue par le roi Stanislas-Auguste et préparée par les « philosophes ». Cependant, c'est comme homme de lettres qu'il est aujourd'hui célèbre, pour les *Parades* (1793), farces jouées sur la scène du château de Lancut, et surtout pour le *Manuscrit trouvé à Saragosse*, roman partiellement publié en 1805, et dont la seule version intégrale qui nous soit parvenue est la traduction polonaise de Charles Edmond. Ce grand récit, fondateur de la littérature fantastique moderne, est sans doute l'écrit de combat le plus « baroque » que nous ait laissé la littérature européenne du temps. Ces soixante- six journées de la vie du capitaine Van Worden, qui renferment plusieurs nouvelles s'emboîtant les unes dans les autres, cachent, sous leur apparence romantique, une apologie conséquente de la philosophie des Lumières à laquelle Jan Potocki a consacré sa vie. Retiré sur ses terres en 1813, après sept années passées à Saint-Pétersbourg, le « comte Jean » s'est suicidé au cours d'une crise de névralgie avec une balle d'argent bénite, « pour le cas où Dieu existerait ».

JEAN LAJARRIGE.

POULAILLE Henri. Romancier né à Paris le 5 décembre 1896, mort à Cachan en 1980. Après l'école communale de la rue Lacordaire, il devient garçon de course chez un pharmacien (1911) puis préparateur en pharmacie (1914). Il pratique ensuite quantité de métiers — crieur de journaux, homme- sandwich, manœuvre, secrétaire dans un hôpital (1919-1921) — avant de devenir secrétaire chez Bernard Grasset (1923), puis directeur du service de presse de cet éditeur (1925-1960). Il anima plusieurs revues à destination d'un lectorat ouvrier (*Nouvel âge*, 1930, *Prolétariat,* 1933). Il fut directeur de la page littéraire du *Journal du peuple* (1926).

On lui doit de nombreux romans illustrant son adhésion à une littérature prolétarienne : *Ils étaient quatre,* (1925), *Le Pain quotidien* (1910), *Les Damnés de la terre* (1935), *Les Rescapés* (1938) ainsi qu'une étude sur *Charles Chaplin* (1927) et des livres pour enfants.

RÉF. : M. Ragon, *Histoire de la littérature prolétarienne en France*, Paris, 1974.

POULET Georges. Critique littéraire belge d'expression française né à Chênée (province de Liège) le 29 novembre 1902 ; mort à Bruxelles le 31 décembre 1991. Une longue et cosmopolite carrière universitaire le mènera, après des études à Liège, des universités d'Édimbourg, de Baltimore (1952) et de Zurich (1956), jusqu'à celle de Nice (à partir de 1968). À vingt-deux ans, il fait une thèse sur *Les Relations entre les personnages dans le roman balzacien* (inédite), en 1927 il publie son seul et unique roman *La Poule aux œufs d'or,* mais ce n'est qu'en 1949, avec la publication du premier volume de sa tétralogie, *Études sur le temps humain*, que débute véritablement sa carrière. Le temps n'est pas pris comme thème des œuvres étudiées mais, plus profondément, comme le substrat sur lequel elles s'établissent, l'impulsion créatrice à l'origine de leur développement. Rechercher cette impulsion à travers les œuvres qui la mettent en forme, c'est aller à la rencontre d'une « conscience autre » que l'acte de lecture tentera d'épouser au plus intime d'elle-même. Philosophiquement la thèse est proche de celle de Bergson, mais c'est avant tout en Jacques Rivière ou Charles Du Bos qu'il se reconnaîtra. Parallèlement à ces recherches sur le temps paraissent *Les Métamorphoses du cercle* (1961). L'espace, autre dimension essentielle de notre appréhension des phénomènes, semble se substituer au temps, mais c'est « l'espace subjectif », celui dans lequel évoluent des consciences et celui qu'elles font leur à travers leurs œuvres, qui est pris en compte. Pascal, Balzac, Flaubert, Baudelaire, Mallarmé sont ici lus à nouveau à partir de la façon dont ils « se représentent ce qu'il y a de plus intime en eux, c'est-à-dire le sentiment de leurs relations avec le dedans et le dehors, leur conscience de l'espace et de la durée ». En 1963 paraît *L'Espace proustien* dont le titre semble prendre le contre-pied du bergsonisme supposé de l'auteur de la *Recherche.* « À la mauvaise juxtaposition, à l'espace intellectuel, condamné par Bergson, s'opposent une bonne juxtaposition, un espace esthétique, où, en s'ordonnant, les moments et les lieux forment l'œuvre d'art, ensemble remémorable et admirable. » *Trois essais de mythologie romantique* paraissent en 1966 où est analysée la façon dont certains auteurs romantiques (Nerval, Gautier...) ont créé l'espace de déploiement de leurs écrits à partir de thèmes déjà donnés par la culture. Ce qui importe au critique ce n'est pas de repérer les thématiques objectives mais de descendre jusqu'au lieu où leur reprise par une conscience libre se métamorphose en un « univers imaginaire » singulier. Georges Poulet, dont on a pu faire le père de la « nouvelle critique », ne peut donc être assimilé à un « formaliste » : l'écrivain n'est pas le lieu traversé par « la grande écriture mythique où l'humanité essaie ses significations » (Roland Barthes). La critique à la recherche des « actes de pensée » où prennent source les œuvres va s'efforcer par un mouvement de « sympathie identificatrice » de « redécouvrir le sens d'une vie qui s'origine à partir de la conscience qu'elle prend d'elle-même ». *La Conscience critique* (1971) et *Entre moi et moi* (1977) expliciteront la façon dont le critique devra tendre à retrouver « l'acte par lequel l'esprit, pactisant avec son corps et avec celui des autres, s'est uni à l'objet pour s'inventer sujet ». La lecture par laquelle la « conscience critique » va jusqu'à la conscience écrivante incarnée dans et par l'œuvre ne cherche pas à identifier, pour les classer après les avoir répertoriés, des thèmes (psychosociologiquement repérables), mais à épouser, à même l'acte de son surgissement, un « cogito ». Lire, c'est aller au commencement, « se hausser jusqu'à la saisie directe d'une subjectivité sans objets ». Démarche aux confins de la phénoménologie et de l'herméneutique qui tend à outrepasser le simple subjectivisme psychologique pour nous plonger au « centre » de « consciences monadiques » qui, par essence, échappent à toute prise en vue de survol (extérieure) ainsi qu'à toute identification empathique. C'est cette démarche qui préside à toute l'entreprise de lecture de Georges Poulet que la dernière phase de ses travaux va déployer et essayer sur de nombreux auteurs. En 1968 paraît un *Benjamin Constant par lui-même,* en 1980, dans *La Poésie éclatée,* Rimbaud, entre autres, fera l'objet d'analyses où le projet se ramifie ; enfin, en 1985, 1987 et 1989 paraissent les trois volumes de *La Pensée indéterminée* qui rassemblent une somme considérable de lectures (près de deux cents auteurs) qui vont de la Renaissance à nos jours (Beckett, Blanchot, Barthes...). Le « je » de l'écrivain, ce qu'il est de plus intime, doit pour parvenir à lui-même sortir du chaos originel et indéterminé, et ainsi, par une « manifestation concrète indubitable », retrouver l'espace anonyme où les autres consciences pourront le recevoir. L'acte de lecture est donc fondamentalement un acte de (re)connaissance.

FRANCIS WYBRANDS.

POURRAT Henri. Écrivain né et mort à Ambert (Puy-de-Dôme) : 7 mai 1887-17 juillet 1959. Il resta toujours attaché à son Auvergne natale, à laquelle il a consacré la majeure partie de ses ouvrages de fiction et d'histoire. Cette fidélité à une terre à la fois rude et belle, et à ses habitants dont il connaît en détail et en profondeur les coutumes et les croyances l'a conduit à écrire une sorte de cycle romanesque qui sera publié entre 1922 et 1931 en quatre volumes : *Le Château des sept portes ou les Enfants de Gaspard* (1922), *L'Auberge de la belle bergère ou Quand Gaspard de guerre revint* (1925), *Le Pavillon des amourettes ou Gaspard et les bourgeois d'Ambert* (1930), *La Tour du Levant ou Quand Gaspard mit fin à l'histoire* (1931). Le tout fut réuni en 1960 sous le titre : *Les Vaillances, farces et aventures de Gaspard des Montagnes.* À cette épopée qui fut son chef-d'œuvre, il convient d'ajouter une fresque illustrant l'histoire du paysan : *L'Homme à la bêche* (1941) et divers autres livres : *Le Mauvais Garçon* (1925), *La Veillée de novembre : vie de Cécile Sauvage* (1931), *Monts et Merveilles* (1934), *Vent de mars* (1941) (prix Goncourt), *Sous le pommier* (1945), *Le Chasseur de la nuit* (1951), *L'Épopée de Guillaume Douare* (1953), livres dans lesquels Henri Pourrat évoque avec une sensibilité vigoureuse et poétique les paysages de l'Auvergne, et les travaux et les jours de sa province. Henri Pourrat est également entré dans la postérité pour ses recherches d'une remarquable minutie : il a en effet laissé une œuvre magistrale, *Le Trésor des contes* (1948-1962), recueil en treize volumes des fables, légendes et traditions orales du monde rural dont il fut le familier, et dont il a sauvé la mémoire.

JOËL SCHMIDT.

RÉF. : W. Bal, *Pourrat essayiste,* Anvers, 1953. — G. Rogen, *Maîtres du terroir,* Paris, 1959. — R. Gardes, *Henri Pourrat au travail,* Clermont-Ferrand, 1981. — B. Bricourt, *Le Savoir et la Saveur, Henri Pourrat et le Trésor des contes,* Paris, 1992.

POURTALÈS Guy de. Romancier d'origine suisse. Né le 4 août 1881 à Berlin, mort le 12 juin 1941 à Lausanne (Suisse). Descendante de huguenots émigrés au début du XVIIIe siècle, la famille de Pourtalès compte trois branches, une en France, une autre en Allemagne et la troisième à Neuchâtel, à laquelle appartient le romancier ; des alliances familiales poussent encore des racines jusqu'en Angleterre. L'Europe est donc le terreau dont Guy de Pourtalès va nourrir son œuvre ; mais il a choisi la France comme patrie spirituelle, profitant en 1913 de la loi qui permet aux enfants d'émigrés de réintégrer la nationalité française. Cosmopolite par ses origines et par son éducation qui le mène de Genève, où il passe son enfance, à Neuchâtel, Bonn, Berlin et enfin Paris, où il s'établit et fréquente les milieux de la *N.R.F.* (*), Guy de Pourtalès est resté fidèle aux rives du Léman qui forment le cadre de ses deux romans autobiographiques, *Marins d'eau douce* (1919) et *La Pêche miraculeuse* (1937). Retenu par la guerre en 1939 dans sa demeure d'Etoy, près de Lausanne, c'est là qu'il apprend la mort de son fils, tombé dans les Flandres à quelques kilomètres du lieu où lui-même avait été gazé en 1915.

En apparence, son œuvre est disparate : des essais littéraires, *De Hamlet à Swann* (1923), *Les Affinités instinctives* (1934) ; trois romans, *Montclar* (1926) s'intercalant entre les deux transpositions romanesques de sa jeunesse, un récit de voyage au pays khmer, *Nous à qui rien n'appartient* (1931), et six biographies, genre très prisé dans l'entre-deux-guerres : *La Vie de Franz Liszt* (1925), *Chopin ou le poète* (1927), *Louis II de Bavière ou Hamlet-roi* (1928), *Nietzsche en Italie* (1929), *Wagner, Histoire d'un artiste* (1932) et *Berlioz et l'Europe romantique* (1939). À cela s'ajoutent de nombreux articles et les conférences qu'il a données dans plusieurs pays. L'écrivain a cependant lui-même groupé ces différents livres sous le titre général de *L'Europe romantique*, englobant dans une même réflexion sur le XIXe siècle finissant – qui pour lui s'achève en 1914 – les vies des grands hommes et sa propre jeunesse. La Première Guerre mondiale marque pour Pourtalès la fin d'un type de société et d'un monde de valeurs, parmi lesquelles il privilégie la reconnaissance du génie et de l'individu. S'il se tourne vers les compositeurs, c'est parce que la musique représente pour lui le langage de l'âme qui permet d'accéder à la transcendance. Bien qu'il ne porte pas d'intérêt aux bouleversements sociaux qui secouent l'Europe au début de ce siècle, il demeure attentif aux menaces politiques qui se lèvent avec la montée des fascismes ; homme de bonne volonté comme Jules Romains ou Roger Martin du Gard, il tente, dans *La Pêche miraculeuse,* dont le héros s'engage dans le conflit, de dénoncer le danger des nationalismes.

Très française par la pureté classique de son écriture, l'œuvre romanesque de Guy de Pourtalès est profondément suisse romande dans sa sensibilité. *Marins d'eau douce,* récit d'une enfance privilégiée à Genève et dans une campagne du bord du lac, narre les découvertes et l'éveil à la musique d'un jeune garçon pour qui le lac est source d'exploits sportifs aussi bien que de révélations profondes. Le héros de *Montclar* est un frère lointain d'Adolphe ou de Barnabooth, désinvolte et raisonneur, incapable de choisir entre deux femmes. Il évolue entre Paris et une province non localisée mais qui ressemble beaucoup à la Suisse romande par les valeurs morales protestantes auxquelles se réfèrent les personnages. Le ton cynique des analyses de Montclar rappelle celui de Benjamin Constant, dont Pourtalès était l'arrière-arrière-petit-neveu et avec lequel il se sentait en affinité. *La Pêche miraculeuse,* qui obtint le grand prix du roman de l'Académie française, est l'un des meilleurs tableaux de la société genevoise du début du XXe siècle. Les derniers représentants de familles privilégiées dont les fortunes se défont côtoient des banquiers au calvinisme autoritaire et terroriste, des jeunes femmes qui s'émancipent au grand scandale des leurs et un milieu interlope d'anarchistes et de réfugiés russes qui préparent un monde meilleur. Les rencontres, les amitiés et les amours du héros, jeune pianiste, sont pour l'écrivain prétexte à brosser une fresque vivante et contrastée où la tendresse n'exclut pas la critique. Le roman est à la fois la somme des expériences de l'auteur et un testament spirituel ; au moment où la violence déferle à nouveau, Pourtalès défend la vision d'une Europe fondée sur un patrimoine culturel commun et sur des valeurs spirituelles dont il sait qu'elles sont menacées. L'histoire s'achève en effet sur la fondation de la Société des Nations, espoir d'une « nouvelle terre » déjà démenti par les événements qui accompagnent la rédaction de l'œuvre.

Les deux textes parus à titre posthume, les Mémoires de l'écrivain, *Chaque mouche a son ombre* (1980) et le *Journal 1919-1941* (1991), expliquent sa personnalité, commentent son travail et sont à leur manière un tableau révélateur d'une époque et d'une société disparue.

FRANÇOISE FORNEROD.

RÉF. : S. A. L'Hopital, *La Formation d'un esprit européen au début du XXe siècle, Pourtalès,* Paris, 1975. – F. Fornerod, *Histoire d'un roman. « La Pêche miraculeuse » de Pourtalès,* Genève, 1985.

POZZI Catherine. Écrivain. Née à Paris le 13 juillet 1882, morte à Paris le 3 décembre 1934. Fille du professeur Samuel Pozzi – chirurgien, membre de l'Académie de médecine et sénateur de la Dordogne, mais aussi homme du monde et poète parnassien à ses heures –, Catherine Pozzi grandit dans le giron du Tout-Paris aristocratique et bourgeois de la fin du XIXe siècle. À vingt-cinq ans, elle épousa Édouard Bourdet. Quelques années après la naissance, en 1909, de son fils Claude Bourdet, elle fut atteinte de tuberculose. Elle apprit alors, avec la méthode et le désordre de qui sait son temps compté, l'histoire de la philosophie et des religions, les mathématiques, les sciences. Elle se mit également, à partir de 1913, à tenir son monumental Journal intime d'adulte où elle consigna jusqu'à sa mort non seulement la tension de son esprit vers une indépendance morale et intellectuelle, mais aussi les affres d'une sensibilité particulièrement intransigeante et douloureuse. Catherine Pozzi passa son baccalauréat à trente-six ans, pendant la Première Guerre mondiale, divorça et rencontra en 1920 celui qui fut son « très haut Amour » et son « Enfer », Paul Valéry. En février 1927, elle publia dans *La Nouvelle Revue française* (*) une nouvelle autobiographique, *Agnès*, signée « C. K. » (Catherine Karin), que la critique (B. Crémieux) eut la perspicacité d'attribuer parfois à Paul Valéry, tant son esprit était proche de *La Soirée avec Monsieur Teste* (1896) et de *La Lettre de Madame Émilie Teste* (1924) — voir *Monsieur Teste* (*). Catherine Pozzi développa alors, à partir de cette affinité avec Paul Valéry si perceptible aux yeux de ses contemporains, un sentiment paranoïaque qui rendit insupportables ses rapports avec lui. Au terme de huit années d'une liaison presque secrète mais terriblement exigeante, riche d'une réflexion commune et quotidienne, mais douloureuse et dévastatrice pour tous deux, Catherine Pozzi rompit avec le « Prince des poètes » : elle perdit alors son lien le plus puissant avec le Paris des Salons, hanté par les figures d'Edmée de La Rochefoucauld, d'Anna de Noailles, de Mme Muhlfeld, de Colette, et avec le Paris de la politique, du journalisme et des lettres. Désormais, ce fut une solitude noire et fiévreuse qui l'attendit, éclairée de quelques amitiés amèrement fidèles : Marie de Régnier, Julien Benda, Jean Paulhan — qu'elle n'autorisa à imprimer qu'un seul de ses poèmes, « Ave », dans la *N.R.F.* du 1er décembre 1929 —, Pierre Jean Jouve, Jean Guéhenno, Ernst Robert Curtius, Jacques Maritain, Charles Du Bos, Louis Massignon... Désormais, ce fut la maladie qui accentua ses ravages, exténuant à coups de morphine, de laudanum, le corps frêle et les nerfs à vif. Catherine Pozzi mourut à cinquante-deux ans, en décembre 1934. L'année suivante furent publiés, d'une part, ses *Poèmes* — six textes qu'elle avait elle-même âprement sélectionnés et organisés pour la revue *Mesures* — et, d'autre part, son essai philosophique, commencé en 1915 sous le titre *De libertate* mais demeuré inachevé, *Peau d'Âme*. Depuis cette année 1935, son nom avait peu à peu sombré dans l'oubli, mais l'édition en 1987 de son *Journal 1913-1934* a rappelé ou fait découvrir sa personnalité à la fois intelligente, hypersensible et exigeante à l'extrême. Son *Œuvre poétique* complète a alors été établie (1988) et ses correspondances également.

CLAIRE PAULHAN.

PRADON Jacques. Auteur dramatique né à Rouen en 1644 et mort à Paris en 1698. L'histoire littéraire l'a longtemps prénommé, de façon erronée, Nicolas. Il est surtout connu pour la rivalité qui l'a opposé à Racine, à l'occasion de la cabale de *Phèdre* (*). En fait, il n'était pas sans talent, et ses premières pièces, *Pyrame et Thisbé* (1674) et *Tamerlan ou la Mort de Bajazet* (1675), ont bien réussi — le succès de celle-ci aurait même été étouffé par Racine. Quant à la *Phèdre et Hippolyte* qu'il opposa à la *Phèdre* de Racine (janvier 1677), il faut faire la part de la légende : les loges, et encore moins les salles, n'avaient pas été louées par ses protecteurs, et il fallut plusieurs semaines, au désespoir de Racine, avant que sa pièce cédât dans la faveur du public. De 1678 à 1697, il fit encore représenter quatre tragédies, *La Troade* (1679), *Statira* (1680), *Régulus* (1688) et *Scipion l'Africain* (1697). Ces quatre pièces et les trois précédentes composent toute son œuvre dramatique. Elles ont été réunies dans le recueil des *Œuvres de Pradon* (1774, deux volumes in-12).

GEORGES FORESTIER.

♦ *« Toute la différence qu'il y a entre Pradon et moi, c'est que je sais écrire. »* Racine.

RÉF. : Fournel, *Contemporains et successeurs de Racine,* in *Revue d'histoire littéraire de la France,* 1894. — Ch. de Beaurepaire, *Notice sur le poète Pradon,* Rouen, 1899. — T. W. Bossom, *A Rival of Racine : Pradon, His Life and Dramatic Works,* Paris, 1923. — R. Picard, *La Carrière de Jean Racine,* Paris, 1956, éd. revue, 1961. — O. Classe, *Phèdre et Hippolyte,* Exeter, 1987.

Précieuses ridicules (Les). Comédie en un acte de Molière (1622-1673), représentée pour la première fois à Paris sur la scène du Petit-Bourbon, le 18 novembre 1659. Il n'y avait qu'un an que Molière, après douze ans de pérégrinations en province (1646-1658), était rentré à Paris ; depuis son retour, il occupait, concurremment avec la troupe italienne de Torelli, la salle du Petit-Bourbon, qu'il devait quitter un an plus tard pour s'installer, cette fois à titre définitif, dans la salle du Palais-Royal. Le programme qu'il présentait au public comprenait à la fois des tragédies et des farces. En novembre 1659, Molière lança une nouvelle pièce, *Les Précieuses ridicules*, qui fut jouée en même temps que *Cinna* (*). Dès la seconde représentation, la foule accourut au Petit-Bourbon. La Grange nous apprend que Molière lui-même fut surpris par ce succès qui « passa ses espérances », et il ajoute : « Comme ce n'était qu'une pièce d'un seul acte qu'on représentait après une autre de cinq, il la fit jouer le premier jour au prix ordinaire. Mais le peuple y vint en telle affluence et les applaudissements qu'on lui donna furent si extraordinaires qu'on redoubla le prix dans la suite : ce qui réussit parfaitement à la gloire de l'auteur et au profit de la troupe. » En moins d'un an, elles furent représentées quarante-deux fois au Petit-Bourbon, ce qui, pour l'époque, représentait une véritable performance. La troupe alla souvent en visite présenter la pièce à la Cour et dans les salons ; pour son compte le roi la vit trois fois. *Les Précieuses ridicules* furent éditées l'année suivante (1660) ; c'était la première pièce de Molière qui fût publiée. Dans sa Préface, l'auteur ne cachait pas son inquiétude de voir son texte imprimé : il craignait qu'à la lecture la comédie ne perde de son intérêt, car « une grande partie des grâces qu'on y a trouvées dépendent de l'action et du ton de la voix ». En effet, la présence de l'acteur Molière devait grandement contribuer au succès des *Précieuses*. Nous savons par Mlle Desjardins que Molière poussait à la charge le personnage de Mascarille qu'il jouait ; il ne craignit pas de porter un accoutrement ridicule pour faire rire : « Sa perruque était si grande qu'elle balayait la place à chaque fois qu'il faisait la révérence, et son chapeau si petit qu'il était aisé de juger que le marquis le portait bien plus souvent dans la main que sur la tête ; son rabat pouvait s'appeler un honnête peignoir, et ses canons semblaient n'être faits que pour servir de cache aux enfants qui jouent à cligne-musette. »

Quelles sont les origines des *Précieuses ridicules* ? C'est à coup sûr, en premier lieu, l'observation ; Molière avait rencontré dans ses longs voyages nombre de femmes qui se distinguaient étrangement par l'affectation de leurs manières et de leur langage. La préciosité, dont l'action sur la société avait été salutaire au début et qui constituait, en soi, une réaction bienfaisante, était tombée chez celles que Molière lui-même appelait les « fausses précieuses » dans l'amphigouri et le ridicule. Les disciples provinciaux de la « Chambre bleue » exagéraient jusqu'à l'outrance les afféteries de leurs modèles. Il est très probable que Molière avait rencontré, à Montpellier, ce cercle de pédantes vaniteuses dont parlent Chapelle et Bachaumont dans leur *Voyage en Languedoc*, à la même époque ; qu'à Lyon il avait fréquenté ce « Cercle des femmes » que le sieur Chappuzeau, ami de la troupe de Molière, présenta dans un petit ouvrage qui porte ce titre et en sous-titre « Entretien comique ». Une autre influence incontestable est celle exercée sur Molière par un auteur alors fort à la mode, l'abbé de Pure, qui avait publié en 1656 un roman en quatre volumes : *La Prétieuse ou le Mystère de la ruelle*, dont on avait tiré une pièce qui fut jouée aux Italiens. Somaize, le principal accusateur de Molière, nous dit, en parlant de cette pièce qui a été perdue : « Ce sont deux valets tout de même, qui se déguisent pour plaire à deux femmes et que leurs maîtres battent à la fin ; il y a seulement cette petite différence que, dans la première, les valets le font à l'insu de leurs maîtres, et que, dans la dernière [celle de Molière], ce sont eux qui le leur font faire. » En rapprochant ce que nous savons de la pièce de l'abbé de Pure et du livre de Chappuzeau, on n'est pas loin d'obtenir l'intrigue des *Précieuses*. Cependant on peut dire que Molière a fait une œuvre originale. L'abbé de Pure était bien plus l'ami et le flatteur des Précieuses que leur détracteur. Chappuzeau s'en prenait moins à la préciosité qu'à la vanité nobiliaire. Ni l'un ni l'autre n'avaient pensé ni osé cette attaque audacieuse et directe.

Deux jeunes seigneurs, La Grange et Du Croisy, recherchaient en mariage la fille et la nièce du bourgeois Gorgibus. Une entrevue vient d'avoir lieu, mais elle n'a point satisfait les jeunes gens. Les demoiselles, qui sont un « ambigu », c'est-à-dire un mélange de « prude et de coquette », ont fait les « renchéries » et ont traité avec impertinence leurs prétendants qu'elles ne trouvent point assez à la mode. Ceux-ci, fort irrités, se retirent ; et La Grange jure de se venger avec l'aide de son valet Mascarille, « une manière de bel esprit ». À la scène 3, le bonhomme Gorgibus, que cette rupture désole, mande auprès de lui les deux demoiselles. Leur réponse est péremptoire : Comment des filles spirituelles et savantes pourraient-elles épouser des hommes qui ne connaissent rien de la Carte du Tendre – v. *Clélie, histoire romaine* (*) – et ne se modèlent pas sur les héros du *Grand Cyrus* ? Leur prétention exaspère le bon bourgeois qui leur donne à choisir entre le mariage et le couvent, car il ne peut plus les supporter chez lui. Mais on annonce aux deux précieuses la visite du marquis de Mascarille attiré, prétend-il, par leur renom de bel esprit. Mascarille se met aussitôt à leur débiter mille compliments aussi fades qu'alambiqués, que les petites bourgeoises prennent pour argent comptant. Il promet de les introduire dans cette société précieuse où elles brûlent d'être admises ; il vante son propre mérite littéraire, en récitant quelques vers ridicules dont il détaille les beautés, leur fait admirer l'élégance de ses dentelles et de ses rubans. La joie des Précieuses est à son comble quand on introduit un ami de Mascarille, le vicomte de Jodelet (Jodelet était le plus fameux farceur français avant Molière), « un brave à trois poils », venu présenter ses hommages. Les deux compères font assaut de sottise, de bouffonnerie et de vantardise, en racontant leurs exploits guerriers et en faisant constater les « furieuses plaies » qu'ils leur ont values. Les jeunes filles n'y tiennent plus, tout heureuses de converser avec des héros qu'on dirait sortis des livres de Mlle de Scudéry. Ce n'est qu'un rêve, et le réveil est brutal. La Grange et Du Croisy se précipitent dans le salon au moment où on se préparait à danser et bâtonnent leurs laquais. Les malheureuses, rouges de honte de s'être laissé jouer par des valets, doivent encore supporter les reproches indignés de Gorgibus qui maudit « romans, vers, chansons, sonnets et sonnettes » et les envoie « à tous les diables ».

Sur le plan dramaturgique, *Les Précieuses ridicules* sont une synthèse entre la comédie burlesque, la farce traditionnelle et la comédie italienne. Au premier chef, en effet, *Les Précieuses* retiennent la trame d'une des comédies de Scarron que Molière a le plus souvent montée, *L'Héritier ridicule* : comment un personnage se venge d'une jeune fille en la faisant séduire par un valet bouffon qui, déguisé, la prend par où elle pèche (l'amour de la richesse chez Scarron, l'attente d'un amant noble, romanesque et précieux chez Molière). Elles en retiennent aussi ce qui fait l'essence du burlesque littéraire, la dérision parodique des comportements et du langage. En même temps, en ne conservant de la comédie en cinq actes que le tour joué à un personnage trop facilement aveuglé par un déguisement, Molière faisait de sa pièce une véritable farce. Enfin, en dédoublant le jeu de la tromperie (deux précieuses, donc deux valets, Mascarille et Jodelet, devenus marquis de Mascarille et vicomte de Jodelet), il ne faisait pas qu'étoffer une intrigue un peu mince, il retenait la leçon de la comédie italienne, où les valets sont maîtres du jeu et impriment le rythme de leur activité inlassable à l'action de la comédie : les incessants dédoublements d'un même valet rusé dans *Le Médecin volant* sont passés du plan du jeu de scène au plan de la conception de la pièce elle-même et ce malgré la substitution du valet ridicule à l'espagnole au valet rusé à l'italienne. À cette première innovation, Molière a joint l'invention d'un nouveau rapport de la comédie au réel. Car si toute comédie prétend jouer le rôle d'un miroir de la société, force est de constater que depuis la comédie cornélienne c'est toujours la même facette qui est montrée — la jeunesse aristocratique —, sans souci de réalisme. Or non seulement Molière a placé ses *Précieuses* dans un milieu bourgeois, mais surtout il a retrouvé — et porté plus loin — l'esprit de la comédie-miroir en faisant la satire d'une fraction de ce milieu et en s'appuyant sur son esthétique du naturel. Car le naturel de Molière consiste à prêter à chacun sa langue. Et c'est ce principe de la juste langue de chacun qui fonde la satire des *Précieuses*, où de petites bourgeoises provinciales se piquent de parler un langage qui, lorsqu'il n'est pas exagéré, n'est pas ridicule en soi, mais qui, en l'occurrence, ne leur convient pas. Ainsi *Les Précieuses* marquent le véritable début de la carrière de Molière ; dès cette pièce, il montre ce qu'il sera pour ses contemporains, « un législateur des bienséances du monde », comme l'appelle Voltaire dans *Le Siècle de Louis XIV*.

Préciosité. Ce terme du milieu du XVIIe siècle désigne un phénomène difficile à situer, aux confins de l'histoire de la langue et de la société mondaine. Il témoigne d'un effort grammatical et linguistique pour affiner la psychologie amoureuse, telle qu'on la définissait dans les salons, mais il correspond aussi à un certain milieu féminin où la « précieuse » représente la femme qui se donne un « prix » supérieur aux autres. Le problème est que ce courant est surtout connu par les critiques qu'il a suscitées — *Les Précieuses ridicules* (*) de Molière en 1659, *La Prétieuse* (*) de l'abbé de Pure en 1656 —, et qu'on a pu aller jusqu'à dire que les précieuses n'avaient pas existé (v. J.-M. Pelous, *Amour précieux, amour galant*, 1980) ! Au sens strict, il recouvre un phénomène propre aux années 1650, qui se caractérise par un langage très raffiné, goûtant les métaphores hardies, les pointes, la substantivation des adjectifs et en général un mélange d'abstraction subtile et d'images déroutantes. Il a été très vite associé aux femmes, qui, de fait, étaient les principales animatrices des grands salons littéraires et qui constituaient la vraie norme de la littérature mondaine. On a pu, comme D. Mornet, en faire un courant fondamental de la littérature française, qui irait des cours d'amour médiévales au raffinement stylistique d'un Giraudoux, mais cela lui ôte peut-être la portée fondatrice qu'il a dans la littérature et la civilisation du XVIIe siècle français. Effort linguistique, la préciosité prélude en effet à cet art d'analyser subtilement le cœur humain qui caractérise le classicisme (v. Mme de La Fayette, Mme de Sévigné, Racine), déclinant toutes les nuances de l'âme amoureuse, à la manière dont Madeleine de Scudéry traçait les linéaments de sa carte de Tendre dans *Clélie* (*), 1654. Socialement, même si elle fut sévèrement critiquée, soit par les moralistes, soit par le théâtre, la préciosité incarne l'instance féminine qui régna alors sur la naissance d'une littérature purement française et d'essence mondaine, opposée aux savoirs du collège (masculin et latin), qui sont le propre des pédants. Un Oronte ou un Vadius, chez Molière, nous font saisir ce que signifiait l'art de plaire proclamé si haut par les écrivains classiques : de fait, le raffinement langagier et le goût pour les formes mondaines de la littérature (qui correspondent aussi au courant galant, défini par Paul Pellisson et le poète Sarasin) préparaient excellemment le public à apprécier les subtilités de *Phèdre* (*) ou de *La Princesse de Clèves* (*). Sans défendre les traits les plus excessifs (le plus souvent dus aux sources satiriques) de la préciosité, il faut donc lui reconnaître un rôle fondamental dans l'essor d'une littérature vernaculaire qui se préoccupe de psychologie et de morale amoureuses, annonçant la casuistique subtile des sentiments qui, de Marivaux à Proust, sera l'un des fleurons les plus remarquables de la littérature française.

EMMANUEL BURY.

Prétieuse (La) ou le Mystère des ruelles. Ce volumineux ouvrage que l'abbé De Pure (1620-1680), écrivain et historiographe, publia en quatre volumes de 1655 à 1658 est déconcertant : loin d'être simplement satirique, il constitue un véritable document sur les activités et les préoccupations des cercles précieux que l'abbé fréquentait. L'auteur propose, sur un ton volontiers énigmatique, voire mystificateur, le récit de cette « secte nouvelle, la plus aimable qui fut jamais » parce que exclusivement féminine. Il récuse toute définition de la prétieuse et renvoie à un « corps (qui) est un amas de belles personnes » toutes particulières. Si la communauté précieuse ne manque pas de ridicules, ses individualités apparaissent toutes dignes d'estime. On a pu considérer que le salon de Mme de la Suze était la clé de ce roman de mœurs, mais l'auteur a l'habileté de ne pas situer trop précisément sa description. Il apparaît lui-même sous des noms divers : Philonime, puis, alternativement, Gélasire, Gélaste et peut-être Tanatime. Il endosse un rôle de badin un peu sceptique qui oppose le bon sens et la voie du juste milieu à ses interlocutrices. Ponctuée de rires, l'œuvre est placée sous le signe de la conversation enjouée. À la fin du livre I, les dames évoquent ce livre de la *Prétieuse* qui les représente et concluent qu'il n'y a pas lieu de s'aigrir contre une satire qui n'offense personne.

L'abbé dresse une carte de la préciosité et esquisse des typologies galantes. Ainsi distingue-t-il les différentes beautés et les pratiques de coquetterie : sont répertoriés « l'Amour vénal d'oui » qui exige de l'argent en échange de froideurs, « l'Amour coquet de non » qui joue le mépris et l'indifférence, « l'Amour craintif de mais » qui retarde l'échéance au nom du qu'en-dira-t-on, et enfin « l'Amour simple d'hé bien » qui s'abandonne plus simplement. L'ouvrage contient aussi un « Dictionnaire des ruelles » pour servir à l'intelligence des traits d'esprit, tons de voix, mouvements d'yeux, véritable sémiologie galante qui comporte en particulier une typologie du sourire (celui de l'œil gracieux, du faux semblant, de la dent blanche, du dédain).

L'œuvre reflète les discussions des salons précieux, notamment à propos du bel esprit. La conversation requiert « le vif, le prompt, l'ardent ». On trouve un discours pour la bonté et contre la colère, une histoire à clés, celle de Polixène, Loine et Mélasère, qui ouvre une réflexion sur la jalousie. En matière littéraire sont développés un éloge de Corneille et de Chapelain ainsi qu'un portrait de Boisrobert. Aracie fait une critique virulente de l'histoire qui manie trop rarement « l'agréable avec le vrai » et un éloge du roman, citant *Cléopâtre* de La Calprenède et *Le Grand Cyrus* de Madeleine de Scudéry.

L'abbé De Pure se fait enfin l'écho de la révolte des précieuses contre l'arbitraire masculin, reproduisant leur plaidoirie contre les excès de l'autorité paternelle et les mariages d'intérêt, pour une répartition des droits et devoirs entre époux, voire pour le droit au divorce, et — de manière plus subversive encore — pour le mariage à l'essai et les maternités librement consenties.

D. Be.

PRÉVERT Jacques. Poète né le 4 février 1900 à Neuilly-sur-Seine, mort le 12 avril 1977 à Omonville-la-Petite (Manche), près du cap de la Hague. Son père était breton et sa mère auvergnate (ils eurent un second enfant, l'excellent cinéaste Pierre Prévert). Il grandit à Paris où il fréquenta l'école communale. Son père vivotait de petites combines, parfois à la périphérie des « bonnes œuvres ». Peut-être peut-on y déceler en partie les sources de ce ridicule dont Jacques Prévert ne cessera d'affubler la religion catholique, ses dogmes, ses pompes et ses desservants. Le même père l'emmenait au théâtre grâce à des « billets de faveur », et il n'oublia jamais ce monde agrandi, lyrique et simplifié qu'offre la scène. Il fut aux Grands Magasins du Bon Marché un employé peu modèle. Mobilisé en 1918, l'armée française l'envoya, la guerre finie, au Proche-Orient. Après guerre, il dit son mot chez les surréalistes, à sa façon plus indépendante que marginale, dans le groupe dit de la rue du Château, aux côtés de Marcel Duhamel, du peintre Yves Tanguy, de Raymond Queneau et de Georges Sadoul. En un certain sens, il sera le plus pur des surréalistes : d'abord par ce sens du « dépaysement » que très naturellement il introduisit dans sa poésie, et dont il n'y a pas lieu de donner d'exemples puisqu'il est partout, et parce qu'il s'exprima toujours au plus près de lui-même, dans une très profonde indifférence aux systèmes critiques et au qu'en-dira-t-on. Mais aussi par la rigueur de sa morale (de sa contre-morale) : car il ne manifesta aucun goût pour les appartenances, à plus forte raison pour le prosélytisme des idées ; il voulut aimer seulement les élus de son propre choix, et n'entendit rien aux alliances et aux sectes, aux récriminations et alternances d'un pouvoir, fût-il révolutionnaire. « Excellent musicien, il joua pendant un certain temps du luth de classe sous les fenêtres du parti communiste, reçut des briques sur la tête, et repartit déçu maître chanter dans les cours d'amour... »

Comme il avait la passion des énigmes lyriques que proposait le cinéma, il écrivit des scénarios pour ce moyen d'expression encore dans sa fraîcheur, et le fit avec sa fertilité habituelle. Il vécut dans le Midi pendant la guerre, puis un temps s'installa à Saint-Paul-de-Vence. Plus tard, à Paris, il habita un somptueux capharnaüm au premier étage sur un boulevard proche de l'ancien Moulin- Rouge. Dans la première pièce, il se tenait à une grande table, tout seul : un poème écrit au crayon feutre traînait là, ou bien c'étaient les matériaux d'un futur collage — de belles filles nues, le pape, des dorures, des verdures... Il travaillait et ne travaillait pas, accueillant un visiteur ou un autre, qu'il écoutait (il écoutait bien), et encore il parlait et parlait. Un monologue plutôt qu'une conversation. Tout de suite, le visiteur était précipité loin de toute trivialité commune. Prévert, lui, se tenait droit comme un I. Son regard bleu, on ne peut le décrire, on en peut dire seulement ce qu'il écrivit de celui de Vincent Van Gogh : « Le regard bleu et doux / Le vrai regard lucide et fou / De ceux qui donnent tout à la vie. » Faisons tout de même un correctif : il y avait aussi de la dureté dans le regard de Prévert sur le monde. Plus tard, il choisit de vivre dans la campagne normande, somptueuse et marine, où il devait finir ses jours.

Maurice Saillet a dit de Prévert qu'il fut un maître de la parole, et rien n'est plus vrai. Il parlait, donc écrivait, en Parisien, un français du nord de la Loire, insoucieux de domestiquer les e muets, de sorte que, dans la perspective d'une métrique enseignée, on compterait chez lui un bon nombre de faux alexandrins, souvent beaux, comme « les roues de vos carrosses savaient où vous alliez », ou de versets païens faits pour l'oreille : « aussi vrai qu'il y a une fanfare poissons dans chaque vague de la mer ».

Il n'avait aucun souci de la corrélation entre l'oral et l'écrit. Il se louait de sa langue de « certifié d'études » (et un jour s'excusa auprès de ses lecteurs d'avoir donné deux f à la girafe), mais c'est dans cette langue qu'il écrivit ses dépaysements : « ... un singe avec ses employés / un jardinier avec son sécateur / un jésuite avec une phlébite. »

Autant que la religion enseignée par les pères des écoles chrétiennes, il exécrait l'intellectualisme, et toute prétention en général. Il avait fait du mot « grand » sa bête noire, disant à Fernand Léger, à Picasso : « Vous n'êtes pas de grands peintres, vous êtes de bons peintres. » L'approche comparative lui était odieuse, il refusait toute définition de la poésie, de l'humour, etc. Il faisait parler un conférencier de la façon suivante : « J'ai des vestiges / Je ne suis pas quiconque / J'ai des références », et interpellait ses semblables en ces termes : « Hommes à la tête d'éponge / hommes aux petits corridors. » Utiles antidotes dans une époque trop abandonnée aux charlatans de l'abstrus.

Il faut souhaiter bon vent à qui voudra fixer la bibliographie de Jacques Prévert. Il se proclamait paresseux et a travaillé sa vie entière — à son rythme, à sa main. Les premiers grands recueils — *Paroles* (1946), *Spectacle* (1951), *La Pluie et le Beau Temps* (1955) — ont eu des lecteurs innombrables, mais la totalité des textes publiés — dispersés au gré des amitiés et des circonstances dans les revues littéraires, les catalogues d'exposition, les ouvrages préfacés, etc. — défie le recensement. À titre indicatif seulement, voici quelques titres : *Contes pour enfants pas sages* (1947), *Lettre des îles Baladar* (1952), *L'Opéra de la lune* (1953), *Tour de chant* (1953), *Lumières d'homme* (1955), *Histoires* (1963), *Fatras* (1966). Ce poète n'écrivit jamais que ce qui lui vint en tête d'écrire, pourvu que ce fût avec assez de force, d'authenticité ; et toujours il s'est refusé à des renoncements, à des révisions, des seconds choix — dans le même esprit radical de non-carrière, qui s'imposait à lui comme une évidence.

Jacques Prévert nous fit du bien, le temps de son passage, et il fut un humain plus unique que les autres. Bel et bien, il ne ressemblait à personne.

JEAN QUEVAL.

RÉF. : G. Guillot, *Les Prévert,* Paris, 1967. — A. Bergens, *Jacques Prévert,* Paris, 1969. — A. Laster, *Paroles,* Paris, 1972. — M. Rachline, *Jacques Prévert, drôle de vie,* Paris, 1981.

PRÉVOST, abbé Antoine-François. Écrivain né à Hesdin le 1er avril 1697, mort près de Chantilly le 25 novembre 1763. Réduit aujourd'hui à *Manon Lescaut,* Prévost est une figure importante de la vie intellectuelle des Lumières en France, et l'un de ses plus grands romanciers. Issu d'une famille de notables provinciaux (son père est avocat au Parlement et procureur), il fait des études au collège d'Hesdin ; il commence deux noviciats chez les jésuites, interrompus par deux engagements militaires, et entre, « après une affaire malheureuse », chez les bénédictins de Jumièges (1720). Cet « asile » va se révéler pour lui un « tombeau » dont il sort huit ans plus tard. Tout en poursuivant ses études de théologie, qui conduisent à son ordination (en 1725), il contribue à des publications érudites et fait passer en Hollande un récit libertin et satirique sur la Régence, les *Aventures de Pomponius* (1724). En 1728, il rompt avec son ordre, et publie les deux premiers tomes de son premier vrai roman les *Mémoires et aventures d'un homme de qualité*. Il inaugure ainsi une nouvelle existence, vouée à l'aventure et à la littérature : il tente de vivre de sa plume, et en une douzaine d'années écrit l'essentiel de son œuvre, poursuivi par les faillites, les scandales, les polémiques. Il découvre d'abord avec enthousiasme l'Angleterre, qu'il doit quitter, soupçonné d'avoir voulu épouser la fille de son employeur. Commence en Hollande une période de troubles financiers et sentimentaux, et de riche création littéraire : il achève les *Mémoires et aventures d'un homme de qualité,* y insère l'*Histoire du chevalier des Grieux et de Manon Lescaut* (*) (1731), et commence son deuxième grand roman, *Le Philosophe anglais ou l'Histoire de M. Cleveland* (1731). Il fait amende honorable, revient en France, obtient sa réintégration chez les bénédictins. Il se consacre en partie à son journal, le *Pour et Contre* (1733-1740) et entame un roman plus prudent, *Le Doyen de Killerine* (1735). Polémiques et folles dépenses provoquent de nouvelles errances, également propices à l'écriture : il achève le *Doyen* et *Cleveland,* publie deux biographies historiques, l'*Histoire de Marguerite d'Anjou* (1740) et l'*Histoire de Guillaume le Conquérant* (1742), et trois romans assez courts, proches par leur propos ambigu, leur ton désenchanté, leurs personnages libertins ; en 1740, l'*Histoire d'une Grecque moderne*, en 1741, les *Mémoires pour servir à l'Histoire de Malte* et *Les Campagnes philosophiques, ou Mémoires de M. de Montcal.* Il rentre en France et se consacre à des travaux d'édition et de traduction qui lui apportent la stabilité financière et une respectabilité que le genre encore décrié du roman ne pouvait lui procurer. Il renonce à la fiction, à deux brèves exceptions, les grêles *Mémoires d'un honnête homme* (1745), et le décousu *Monde moral* (1760-64). Il traduit une *Vie de Cicéron* (1743), puis des *Lettres de Cicéron* (1744), et publie les *Voyages du capitaine Robert Lade.* En 1745, soutenu par le pouvoir, il lance par souscription l'*Histoire générale des voyages,* librement adaptée de l'anglais, et en livre jusqu'en 1759 un volume par an. Cette vaste entreprise précède l'*Encyclopédie* et obéit à la même intention : rassembler les connaissances acquises sur les peuples et les continents, et offrir ainsi la matière d'une réflexion anthropologique et philosophique. Il continue parallèlement à faire connaître la culture anglaise, traduisant (non sans opérer des coupes) les deux grands romans de Richardson, *Clarisse Harlowe* en 1751 et l'*Histoire de sir Charles Grandi- son* (1755-1758), et des romans moins connus de Sheridan et Hakesworth. Il adapte de l'anglais un dictionnaire, le *Manuel lexique* (1750 et 1755), et prend un moment la direction du *Journal étranger* (1755). Tous ses romans sont régulièrement réédités, d'amples œuvres choisies paraissent en 1783-1785 puis en 1810-1816. Mais bientôt on retient de son œuvre la seule *Manon Lescaut.*

Prévost est pourtant l'un des plus grands romanciers français du XVIIIe siècle, le seul qui ait utilisé le genre romanesque pour construire un univers complexe, personnel, varié, sensible à la place du sujet dans l'histoire et la société comme à sa recherche de liberté et à sa quête anxieuse d'une vérité intérieure. Dans une période de méfiance à l'égard de la fiction, il renoue avec la tradition baroque et exploite toutes les ressources du romanesque : intrigue complexe, renversements, coups de théâtre, comportements extrêmes, violences et désirs brutaux. Il confère à ce romanesque une tonalité spécifique qui trouve son prolongement dans le roman noir et le romantisme : décors gothiques, hantise de la claustration, jouissances du deuil, errances, insatisfactions infinies, mélancolies. Ainsi peint à larges touches, l'univers de Prévost frappe surtout par son implacable cohérence et son intensité métaphysique. Le romancier tranche en effet sur ses contemporains en se plaçant dans une perspective religieuse, et en montrant des personnages aux prises avec la morale et l'interdit de la loi. Mais s'il inscrit à l'horizon de ses œuvres les principes de la responsabilité et de la culpabilité, c'est pour les remettre en question, sinon les dissoudre : la norme répond à un désir de l'homme et à un besoin social mais se dérobe face aux pouvoirs anarchiques de la passion et aux incitations de la nature. Prévost aime en particulier représenter ses héros découvrant les conséquences paradoxales de leurs projets ou de leurs actions, entraînés dans une terrible logique qu'ils ne maîtrisent pas, auteurs involontaires de leurs crimes et de leurs malheurs. Pour créer cette impression d'obscurité et de tragédie, Prévost exploite dans tous ses romans le même procédé narratif des mémoires fictifs : tout est vu dans l'optique subjective d'un personnage qui veut rétrospectivement comprendre ce qui lui est arrivé, et percer à jour ce que les autres ont bien voulu lui laisser voir ou lui ont dit. Le récit de Prévost est constitué en grande partie par les discours de ses protagonistes, qui ont cherché à lui imposer leurs propres visions, ou à l'entraîner dans leurs constructions imaginaires : la « réalité » n'existe que dans le mouvement passionné pour l'interpréter, la susciter ou y substituer ses rêves, et cet aspect contradictoire et fuyant des êtres et des choses vient compromettre les différentes catégories morales et religieuses qui sont alléguées pour les appréhender ou contribuer à les modifier. L'univers de Prévost, porté par l'inquiétude, perpétuellement sous tension, est ainsi l'expression d'un moment historique où le sujet, perdant ses repères métaphysiques et politiques, voit s'ouvrir à lui la liberté non seulement de faire l'histoire mais aussi de se définir lui-même. Lire Prévost, c'est revenir au moment où l'homme moderne se découvre.

JEAN-PAUL SERMAIN.

♦ *« Chaque ligne de l'*Homme de qualité retiré du monde, *du* Doyen de Killerine *et de* Cleveland *excite en moi un mouvement d'intérêt sur les malheurs de la vertu et me coûte des larmes. »* Diderot. ♦ *« J'ai souhaité qu'il eût fait des tragédies, car il me paraît que le langage des passions est sa langue naturelle. »* Voltaire. ♦ *« L'abbé Prévost, homme très aimable et très simple, dont le cœur vivifiait ses écrits, dignes de l'immortalité, et qui n'avait rien dans l'humeur ni dans sa société du coloris sombre qu'il donnait à ses ouvrages. »* Rousseau. ♦ *« Cette désolée Manon regarde moins l'aurore que le couchant. Elle appartient à la fin du règne de Louis XIV. C'est un livre amoureux, libertin, catholique. »* Michelet. ♦ *« Quel ton d'excellente compagnie. »* Flaubert. ♦ *« L'abbé Prévost ne se peut comparer qu'à Pétrone. Son atmosphère est celle du* Satyricon. *»* Cocteau. ♦ *« Un sens inquiétant du mal, le goût exaspéré de blesser l'honneur en le noyant de miel. »* François Nourissier.

RÉF. : Henri Roddier, *L'Abbé Prévost, l'homme et l'œuvre,* Paris, 1955. — Claire E. Engel, *Le Véritable Abbé Prévost,* Monaco, 1958. — *L'Abbé Prévost,* colloque d'Aix-en-Provence 1963, Aix-en-Provence, 1965. — Jean Sgard, *Prévost romancier,* Paris, 1968. — Jeanne R. Monty, *Les Romans de l'abbé Prévost,* Genève, 1970. — *Cahiers Prévost d'Exiles,* 1984-1990, Grenoble, 6 vol. parus. — Jean-Paul Sermain, *Rhétorique et roman au XVIIIe siècle, l'exemple de Prévost et de Marivaux,* Oxford 1985. — Jean Sgard, *L'Abbé Prévost : labyrinthes de la mémoire,* Paris, 1986. — Alan J. Singerman, *L'Abbé Prévost, l'amour et la morale,* Genève, 1987. — Aurelio Principato, *Il raggio nella cripta, ricerche su Prevost romanziere,* Pise, 1988.

PRÉVOST Jean. Écrivain né à Saint-Pierre-lès-Nemours le 13 juin 1901, mort à Sassenages (Vercors) en 1944. Journaliste (à *L'Œuvre*, 1924, puis à partir de 1930, à *L'Intransigeant*), rédacteur dans des revues (au *Navire d'argent*, 1925-26 ; à *Europe*, 1927-28), secrétaire d'éditeurs (aux éditions Rieder, 1927), lecteur de littérature française dans des universités étrangères (à Cambridge, 1929-30), passant des pages dédiées au sport (*Plaisirs des sports*, 1925) à la biographie (*Vie de Montaigne*, 1926), il avait bientôt montré son ardeur d'homme de lettres pourvu d'une préparation universitaire accomplie. L'essayiste s'affirme dans *Les Épicuriens français* (Stendhal, Sainte-Beuve, Hérault de Séchelles) de 1931, dans *La Création chez Stendhal* (1942), dans *Baudelaire, essai sur l'inspiration et la création poétiques* (1952, posthume) ; l'écrivain politique, dans l'*Histoire de France après la guerre* (1932). Auteur également de beaux souvenirs de jeunesse (*Dix-Huitième année*, 1928), il devait, tout naturellement, arriver au roman. Après *Tentative de solitude* (1925), ce fut, en 1930, *Les Frères Bouquinquant*, roman populiste, d'une expression plus achevée, tendant à démontrer que les gens du peuple aussi ont une psychologie complexe. Vinrent ensuite *Rachel* (1932), *Le Sel sur la plaie* et d'autres. Mais la révélation complète de l'écrivain fut empêchée par l'irruption de la guerre, durant laquelle il tomba, combattant du maquis.

RÉF. : Vercors, *Cinq parmi d'autres*, Paris, 1947. – P. H. Simon, *Procès du héros*, Paris, 1950. – M. Bertrand, *L'Œuvre de Jean Prévost*, Berkeley et Los Angeles, 1968. – O. Yelnik, *Jean Prévost, portrait d'un homme*, Paris, 1979.

Princesse de Clèves (La). Roman d'analyse, publié en 1678, sans nom d'auteur, par Mme de La Fayette (Marie-Magdeleine Pioche de La Vergne, 1634-1693). Il avait été élaboré dès 1672, mais c'est seulement au cours de l'hiver 1677 que Mme de La Fayette s'y consacra.

Une jeune fille sévèrement élevée par sa mère, Mlle de Chartres, l'une des plus grandes héritières du royaume, épouse sans l'aimer, mais avec le ferme dessein de lui être fidèle, un homme qu'elle estime : le prince de Clèves qui, dès le premier abord, avait conçu pour elle un amour extraordinaire. Peu de temps après ce mariage de raison, elle rencontre, au cours d'un bal donné par la reine, un jeune gentilhomme entre tous séduisant, M. de Nemours. Il s'éprend d'elle et le lui laisse entendre, sans oser toutefois déclarer ouvertement sa passion. La jeune femme éprouve alors un émoi qu'elle n'avait pas encore ressenti. Elle sait bien que « les paroles les plus obscures d'un homme qui plaît donnent plus d'agitation que des déclarations ouvertes d'un homme qui ne plaît pas » et de nouvelles rencontres vont encore augmenter son trouble. Peu après, sa mère meurt, non sans lui avoir dit, clairvoyante : « Vous êtes sur le bord du précipice : il faut de grands efforts et de grandes violences pour vous retenir. » Tremblante devant l'amour, mais soucieuse d'être fidèle et, comme on disait alors, de préserver sa « gloire », Mme de Clèves décide brusquement de se mettre sous la protection de son mari : elle lui avoue son amour naissant, ne cache pas sa crainte de demeurer « exposée au milieu de la Cour » et le supplie en ces termes : « Conduisez-moi, ayez pitié de moi, et aimez-moi encore si vous pouvez. » Finalement, M. de Clèves, fort touché mais au désespoir, lui permet de se retirer dans un petit pavillon à Coulommiers. Elle ne tarde pas, cependant, à regretter cet aveu : son mari, jaloux de Nemours, est devenu « le plus malheureux de tous les hommes » et, désormais, le moindre incident peut nourrir son inquiétude. Or, une amie de la princesse ayant conté innocemment que Mme de Clèves trouvait plaisir à se promener toute seule, la nuit, dans la forêt, Nemours, soudain, songe à se rendre à Coulommiers afin de voir sans être vu. M. de Clèves, de son côté, devinant sa pensée, ne doute pas que le jeune homme ait l'intention de voir sa femme. Nemours part donc, bientôt suivi d'un gentilhomme que le prince a envoyé sur ses pas. Il pénètre dans le jardin, puis, s'approchant du logis, observe à son insu Mme de Clèves, « tout occupée de choses qui avaient du rapport avec lui et la passion qu'elle lui cachait ». M. de Clèves, cependant, trompé par de faux récits, est convaincu que Nemours a vu sa femme en secret. Alors, pressentant sa fin prochaine, il fait venir la princesse, lui reproche son infidélité et, lorsque finalement elle le détrompe, c'est trop tard : il meurt. Libre enfin de suivre son inclination sans manquer à l'honneur, Mme de Clèves, que Nemours presse de l'épouser, lui avoue à la fois son amour et la résolution qu'elle a prise de rester veuve, car elle ne veut pas du bonheur au prix de la mort d'un époux. La jeune femme, renonçant au monde, s'ensevelit dans une retraite lointaine. Atteinte d'une maladie de langueur, elle succombera, victime de sa fidélité.

« On est partagé sur ce livre-là à se manger ! », écrit Mme de La Fayette après la parution de *La Princesse de Clèves,* et certes, ce roman de deux cents pages contraste fort avec les fictions de Gomberville ou de Mlle de Scudéry. Les personnages en sont français, et non plus grecs ou romains : l'air qu'ils respirent, c'est celui de la cour de France, voluptueuse et raffinée, dans les dernières années du règne d'Henri II. Mais c'est surtout, à travers la chronique d'une société de princes et de princesses – « parfaites personnes » éprises de grandeur –, l'étude précise, nuancée et combien décente, de passions que dénonce seulement un silence ou la pâleur d'un visage. Héroïne de haute exigence, Mme de Clèves nous toucherait moins si elle n'était très humaine. Elle avait le choix entre Racine et Corneille, entre le bonheur et le sacrifice : et c'est le sacrifice qui aura le dernier mot. Le public, toutefois, jugea la « scène de l'aveu » singulièrement audacieuse ; et si Fontenelle, enthousiasmé, lut quatre fois *La Princesse de Clèves,* Mme de Sévigné et Bussy-Rabutin ont parlé d'« extravagance » et d'« invraisemblance ». Bientôt parurent, sous la signature de J. H. de Valincour, les *Lettres à Mme la marquise de X... sur le sujet de « La Princesse de Clèves »,* critique pénétrante du style, de la conduite des événements et des sentiments prêtés aux personnages. « J'y ai trouvé mille difficultés », écrit-il, et le jeune lettré d'ajouter que l'on trouverait « une histoire qui a quelque rapport avec celle-ci » dans *Les Désordres de l'amour*, roman de Mme de Villedieu. Mme de Clèves, observe cet ami de Boileau, est extrêmement belle, avec des cheveux blonds, mais on ne nous dit pas si elle avait de l'esprit... Serait-elle niaise comme l'Agnès de *L'École des femmes* (*) ? « L'aveu qu'elle fait à son mari de l'amour qu'elle a pour un autre homme » justifie, lui semble-t-il, la comparaison, et l'on eût pu lui donner « un peu plus d'esprit qu'elle n'en a et même sans craindre de lui en donner trop [...] ». Un certain abbé de Charnes, qui se disait documenté de bonne part, riposta en publiant sous l'anonymat une *Conversation sur la critique de « La Princesse de Clèves »* (mai 1679), dans laquelle il assurait que la scène de l'aveu avait été empruntée au *Polyeucte* (*) de Corneille bien avant que Mme de Villedieu eût publié son roman. Trop de digressions, trop d'effets concertés, écrivait encore Valincour... et M. de Clèves ne prend-il pas bien vite le parti de mourir ?... Mais c'est à l'« aveu » que, toujours, on revenait. Dès avril 1678, Donneau de Visé, directeur-fondateur du *Mercure galant*, ouvrit à ce propos une enquête dans les provinces ; les réponses furent sévères pour Mme de Clèves : « Pareil aveu, répondait l'un, ne sortit jamais de lèvres féminines dans mon rustique pays. Quelle de nos bergères s'aviserait d'imiter cette princesse dénuée d'esprit ? » ; « Plutôt éternellement combattre, disait l'autre (c'était une femme), et mourir dans les combats. » Un troisième, enfin, constatait qu'« un homme est plus heureux d'être trahi sans le savoir que d'être le confident d'une femme qui le hait le plus vertueusement du monde ». Telles sont, en dépit d'une admiration très grande, les réserves que se permettaient les contemporains. Figée dans sa gloire, *La Princesse de Clèves* a moins à craindre, aujourd'hui, de certaines objections sincères que de l'hommage obligé des manuels. Cette princesse sacrifiée, note par exemple Armand Hoog, « ce n'est donc pas à la vertu qu'on la sacrifie, c'est à une image très particulière de l'âme humaine, où les ténèbres impitoyablement refoulées n'ont pas droit de cité ». Moderne est, cependant, *La Princesse de Clèves,* et non pas seulement dans l'hommage isolé que M. de Nemours rend à la nature, lorsqu'il s'en va « sous les saules, le long d'un petit ruisseau ». Max Jacob se moque de cette dame « qui parle en style oraison funèbre à sa femme de chambre, rougit devant l'homme qu'elle aime et refuse pendant vingt-deux pages de lui parler » ; mais il en est aussi pour établir quelque parenté entre la princesse sacrifiée et l'Alissa de *La Porte étroite* d'André Gide. On sait, par ailleurs que, Raymond Radiguet, lorsqu'il écrivit *Le Bal du comte d'Orgel*, rêvait d'imiter sa devancière du XVIIe siècle.

Roman du mariage, du déchirement, de l'immolation, ce petit livre (où nous voyons un mari malheureux qui n'est pas ridicule) demeure une œuvre vivante. La scène de l'aveu, tant discutée, n'a pas trouvé de commentateur plus compréhensif que Marcel Arland lorsqu'il écrit : « Rien, d'ailleurs, de mieux amené que cet aveu ; nous y sommes préparés, nous l'attendons ; et c'est le hasard qui soudain le fait naître, l'inquiétude et les pressantes questions du mari, l'embarras et le silence de la femme – et voilà que ce silence a trop duré, qu'elle ne sait comment en sortir et qu'elle cède à son impulsion ("Eh bien, monsieur, lui répondit-elle en se jetant à ses genoux, je vais vous faire un aveu que l'on n'a jamais fait à un mari..."). À peine l'a-t-elle fait, elle trouvait qu'elle s'y était engagée sans en avoir presque eu le dessein. » Et le même écrivain de conclure : « Il me semble que Mme de La Fayette a créé dans le roman la langue de la passion, et jusqu'à ses pudiques ou impurs silences. »

Prolepse. Du grec *prolepsis* : « anticipation ». Figure de rhétorique qui désigne une construction comportant une certaine anacoluthe ou rupture, mais rencontrée même dans la langue très châtiée, lorsque la raison est dominée par l'émotion : « Un homme tel qu'Aman, lorsqu'on l'ose irriter » (Racine, *Esther* [*]). Aman est mis en relief en étant cité dans la première partie du vers, la construction courante : « lorsqu'on ose irriter un homme tel qu'Aman », aurait été moins expressive. Donc elle consiste souvent en l'emploi d'un mot dans une proposition qui précède celle où il devrait être, laquelle le reprend sous forme de pronom. C'est parfois une maladresse, mais, en général, une forme d'insistance. Très fréquente dans la langue latine, il est normal qu'elle ait été abondamment employée par les auteurs classiques, pétris de culture antique. En matière de raisonnement, elle permet de prévenir une objection en la réfutant d'avance.

ARLETTE BOUÉ.

Prosodie. En phonologie, étude des phénomènes constitutifs de la mélodie du discours. Les facteurs de la prosodie sont donc l'intensité, la durée, la hauteur mélodique... Terme de métrique désignant, dans la poésie gréco-latine, la connaissance de la quantité des voyelles, c'est-à-dire leur durée longue ou brève. Appliqué au vers français, le terme désigne les règles et les usages du compte syllabique.

CHRISTIAN DOUMET.

Prosopopée. Du grec *prosopon* : « personne ». Figure de style par laquelle on imagine le discours ou les actions d'une personne absente ou défunte, parfois même d'un animal, un être surnaturel ou inanimé. Ainsi, dans le *Discours sur les sciences et les arts,* Rousseau, voulant s'opposer à l'opinion de la plupart de ses contemporains qui prétendaient que les progrès scientifiques et artistiques apporteraient le bonheur, affirme qu'ils ne peuvent entraîner que la décadence des mœurs par la bouche de Fabricius, Romain du IIIe siècle av. J.-C., symbole de droiture. « Dieux, eussiez-vous dit, que sont devenus ces toits de chaume... » : dans ces premiers mots de la prosopopée de Fabricius, il est normal de trouver le conditionnel passé deuxième forme, puisque le consul n'a jamais réellement prononcé ce discours.

ARLETTE BOUÉ.

Protagoniste. Initialement, rôle principal dans la tragédie grecque. Le sens de ce terme s'est considérablement élargi. D'une part, il s'applique de nos jours au personnage central d'un roman, comme à celui d'une pièce ou d'un film. D'autre part, l'emploi du pluriel est devenu courant : Mme de Merteuil et Valmont sont les protagonistes des *Liaisons dangereuses* (*) de Choderlos de Laclos.

PAUL GUY.

PROUST Marcel. Écrivain né et mort à Paris (10 juillet 1871-18 novembre 1922). Marcel Proust a vu le jour dans la maison, aujourd'hui disparue, que son grand-oncle maternel, Louis Weil, possédait à Auteuil, 96, rue La Fontaine, au milieu d'un vaste jardin planté de tilleuls. Son père, Adrien Proust, appartenait à une vieille lignée beauceronne et catholique, fixée depuis bien des générations aux environs de Chartres, dans le bourg d'Illiers, que Proust devait un jour évoquer sous le nom de Combray. Après être entré au séminaire, Adrien Proust avait renoncé à sa vocation religieuse pour faire ses études de médecine. Il avait épousé une jeune fille juive, d'origine alsacienne, Jeanne Weil, qui devait lui donner deux fils, Marcel et Robert. On peut juger du caractère imprévu que revêtit pour les Proust d'Illiers le mariage de leur fils avec cette jeune fille israélite au beau visage oriental. Peut-être cette ascendance mixte nous aidera-t-elle à mieux comprendre certains aspects complexes du génie de Marcel Proust. Peu de temps avant la naissance de Marcel, pendant la Commune de Paris, le docteur Proust avait été blessé par la balle d'un insurgé, tandis qu'il rentrait de l'hôpital de la Charité ; Mme Proust, enceinte, se remit difficilement de l'émotion qu'elle avait éprouvée en apprenant le danger auquel venait d'échapper son mari. L'enfant, qu'elle mit au monde bientôt après, naquit si débile que son père craignit qu'il ne fût point viable. On l'entoura de soins ; il donna les signes d'une intelligence et d'une sensibilité précoces ; mais sa santé demeura délicate. En rentrant d'une promenade au bois de Boulogne, à l'âge de neuf ans, il fut pris d'une crise d'asthme si intense que son père pensa le voir succomber à la violence de ses suffocations. Ce fut sans doute en jouant dans les jardins humides d'Auteuil qu'il contracta le rhume des foins dont il devait souffrir toute sa vie et qui ferait pour lui du retour de chaque printemps une épreuve au lieu d'une joie. Ce mal allait lui permettre d'échapper à la dispersion que nous impose le temps des horloges, lui faisant découvrir un temps plus précieux : sa propre durée intérieure. Proust a lui-même évoqué, en les amalgamant, les deux milieux où s'écoula son enfance : Illiers, maison provinciale de sa grand-tante Amiot, et Auteuil. On aimerait savoir quels furent ses goûts, ses songes, ses pensées, lorsqu'il jouait, enfant, aux Champs-Élysées, avec Lucie et Antoinette Félix-Faure. Un album de jeune fille nous livre quelques-uns de ses aveux. « Quel est pour vous le comble de la misère ? » demandait le questionnaire. « Être séparé de Maman », répondait ce petit garçon, déjà si passionnément exclusif. Il appartenait à cette famille magnifique et lamentable des nerveux, dont il dira qu'elle est le sel de la terre. On l'imagine jouant aux Champs-Élysées, à côté des chevaux de bois, sur la pelouse vert et jaune, à l'époque où il connut cette promesse de l'amour plus troublante que l'amour même. Au cours des vacances d'été, courant le long du sentier de halage, par la prairie au bord du Loir, il tendait les bras vers les myriades de renoncules jaunes, ces boutons-d'or « qu'il aimait pour leur nom de princes de contes de fées ». Sa grande passion était alors une petite fille russe, Marie de Benardaky, qu'il nous peindra dans *Jean Santeuil* sous le nom de Marie Kossicheff, première ébauche de Gilberte Swann. En dépit de sa santé fragile, Marcel Proust allait bientôt suivre les cours du lycée Condorcet, où il devait se faire apprécier de ses maîtres et chérir de ses camarades, Léon Brunschvicg, Louis de La Salle, Robert Dreyfus, Abel Desjardins, Jean de Tinan... (En rhétorique, il obtient le prix de composition française et, en philosophie, où il est l'élève favori de Darlu, le prix d'honneur de dissertation.)

En 1889, faisant à Orléans son service militaire, au 76e régiment d'infanterie (sous le régime du volontariat), Proust avait lié connaissance avec Robert de Billy. Il suivit un peu plus tard les cours de la Sorbonne, de la faculté de droit et de l'école libre des Sciences politiques. Après avoir songé d'abord à la carrière diplomatique, après avoir même été quelque temps attaché à la bibliothèque Mazarine, il avait décidé de se consacrer entièrement aux lettres. Avec Fernand Gregh, Daniel Halévy, Flers et La Salle il avait fondé en 1892 *Le Banquet*, cette jeune revue dont les huit numéros sont devenus si précieux. Plus tard, il allait collaborer à *La Revue blanche* (*), de Thadée Natanson. Il signait tantôt Laurence, tantôt Horatio. Il était devenu l'ami de Gabriel Trarieux et de Léon Daudet ; il allait bientôt se lier avec les Bibesco, avec Robert de Montesquiou, avec G. de Lauris, enfin avec Bertrand de Fénelon dont il fera Robert de Saint-Loup. Proust fréquentait alors le salon de la princesse Mathilde, dont jadis Sainte- Beuve et les Goncourt avaient été les hôtes, ainsi que les salons de Mme Strauss et de Mme de Caillavet, où il retrouvait Anatole France et Charles Maurras. Proust cependant n'était pas satisfait. À quoi menaient ces succès faciles, cette dispersion ? Ce qu'il lui fallait, c'était une inépuisable félicité. Un tel bonheur, il savait ne le pouvoir trouver que par l'art seul et le travail. « Les vrais livres doivent être, notait-il, les enfants non du grand jour et de la causerie, mais de l'obscurité et du silence. »

À vingt-cinq ans, Marcel Proust publie, en édition de luxe, chez Calmann-Lévy, son premier ouvrage, *Les Plaisirs et les Jours* en 1896. La préface en est signée du plus illustre écrivain de l'époque, Anatole France. Mais on a souvent insinué que cette élogieuse présentation du livre avait pour véritable auteur l'égérie du vieux maître : Mme Arman de Caillavet. Ce recueil de nouvelles, d'essais et de vers est illustré par Madeleine Lemaire. Quelques-uns des poèmes ont été mis en musique par Reynaldo Hahn, ami intime de l'auteur. L'ouvrage n'en passe pas moins inaperçu aux yeux des critiques et du grand public. Il faudra attendre la mort de Proust pour que Gide écrive dans *La Nouvelle Revue française* (*) que cette première tentative contient déjà plus que la promesse de tous les dons à venir. Parmi les comptes rendus du nouveau livre, il en est un dont le ton est si méprisant et les insinuations si perfides que Proust, se jugeant offensé, provoque en duel l'insolent critique, Jean Lorrain. La rencontre a lieu dans les bois de Villebon, près de Meudon. Proust y fait preuve d'un grand courage. Ses témoins sont le peintre Jean Béraud et Gustave de Borda, tandis que Paul Adam et Octave Uzanne assistent Lorrain. Tout n'est pas négligeable dans *Les Plaisirs et les Jours.* C'est ainsi qu'une nouvelle, intitulée *La Fin de la jalousie*, contient en puissance la matière de ce qui sera tour à tour « Un amour de Jean Santeuil » et *Un amour de Swann*. Quant à la « Mélancolique villégiature de Mme de Breyves », elle nous offre une première version de ce qui deviendra un jour la « petite phrase » de Vinteuil et qui n'est encore qu'une mesure des *Maîtres Chanteurs.*

De 1895 à 1905 environ, tout en élaborant ses conceptions esthétiques et en traduisant deux œuvres de Ruskin – *La Bible d'Amiens* et *Sésame et les lys* –, Proust a tenté d'ébaucher le grand roman qu'il portait en lui et qui devait être l'histoire de son itinéraire spirituel. Mais cette version trop hâtive ne pouvait le satisfaire. N'a-t-il pas confessé : « J'écris au galop, j'ai trop à dire ! » C'est sans doute l'une des raisons pour lesquelles, au cours de sa vie, il n'a que rarement fait allusion à cette première tentative, à ce roman autobiographique qu'il avait eu l'intention de détruire et que Bernard de Fallois a retrouvé dans un carton à chapeau, trente ans après la mort de Proust. En 1899, Proust avait écrit à Marie Nordlinger, cousine de Reynaldo Hahn : « Je travaille depuis très longtemps à un ouvrage de très longue haleine, mais sans rien achever. » Vers la même époque, à Trouville, dans le cottage de « la Cour Brûlée », Proust avait entrepris, sous forme de lettres, un roman à quatre, dans le genre de *La Croix de Berny*, avec, pour collaborateurs, ses amis Fernand Gregh, Robert de Flers et Daniel Halévy. Entre *Les Plaisirs et les Jours* et *Swann*, le texte de *Jean Santeuil* apporte un des chaînons manquants grâce auxquels nous pouvons reconstituer l'évolution de l'écrivain. C'est déjà Proust : ce n'est pas le plus grand Proust ; il y a encore trop de joliesse et de féminité dans ces « copeaux d'un travail sublime ». Proust n'a pas encore retrouvé le temps : il est trop près de son enfance pour pouvoir la ressusciter avec la magie du souvenir ; *Jean Santeuil* est moins une œuvre d'art qu'un journal ; mais, ainsi que l'a noté Mauriac, Proust y ressent déjà l'amour comme une forme de désespoir. Proust ne devait guère se montrer indulgent pour cette période de sa vie. Ce fut pourtant vers 1907 qu'il composa son *Contre Sainte-Beuve*, lequel, abandonné en cours de route, avait failli devenir un essai sur Balzac ; car, au contact de l'auteur de *La Comédie humaine*, Proust n'avait pas seulement senti s'éveiller sa vocation de romancier, mais avait éprouvé le besoin d'affirmer sa différence.

Cependant, le premier chef-d'œuvre de Proust – *Du côté de chez Swann* – ne paraîtra qu'en décembre 1913, à la veille de la Première Guerre mondiale. Si Proust semble avoir conçu dès 1907 le dessein de son grand roman, il ne se mettra vraiment à la tâche qu'en 1909, lorsqu'il aura composé la « structure » de ce triple cycle de Swann, des Guermantes et d'Albertine. Depuis la mort de sa mère, en 1905, il connaît la solitude, l'affranchissement de tout lien familial, le détachement absolu. Son isolement sera plus grand encore lorsque, le 30 mai 1914, il verra mourir tragiquement – d'un accident d'aviation – son secrétaire, Alfred Agostinelli, « l'être qu'il a le plus aimé après sa mère ». *À la recherche du temps perdu* (*) sera donc l'histoire de sa vocation, d'une vocation longtemps méconnue, ajournée ou différée, mais qui s'impose enfin à lui avec la force contraignante d'un devoir, avec la violence d'une passion. Peu à peu, la barrière du moi individuel tombera. Proust ne sera plus que « le lieu où s'accomplit son œuvre ». *Swann* représentera la première des trois générations dont la *Recherche* nous offre la peinture et la métamorphose. Proust nous a dit comment il concevait lui-même le propos et le plan de son livre. Il écrivait à René Blum : « C'est encore du roman que cela s'écarte le moins. Il y a un “ Monsieur ” qui raconte et qui dit “ je ” ; il y a beaucoup de personnages ; ils sont préparés dès ce premier volume ; c'est-à-dire qu'ils feront dans le second exactement le contraire de ce à quoi on s'attendait dans le premier. Au point de vue de la composition, elle est si complexe qu'elle n'apparaît que très tardivement quand tous les “ thèmes ” ont commencé à se combiner. C'est un livre extrêmement réel, mais “ supporté ” en quelque sorte, pour imiter la mémoire involontaire [...] par une grâce, un pédoncule de réminiscences. » Ainsi, un fragment de son récit allait être « une partie de sa vie qu'il avait oubliée », et qu'il retrouvait tout à coup en mangeant « un peu de madeleine trempée dans du thé » – saveur qui le ravit avant qu'il l'eût reconnue et identifiée pour en avoir pris jadis tous les matins dans la maison de sa grand-tante à Combray – tandis qu'une autre partie « renaît des sensations du réveil, quand on ne sait pas où on est, qu'on se croit deux ans avant dans un autre pays ». La vie, ses souffrances, ses amertumes, ses désillusions, puis l'expérience de la guerre – dont il fut, quoique éloigné du front par la maladie, si profondément bouleversé –, tout cela devait prêter à son travail une richesse, une intonation, des résonances neuves. Malgré le développement imprévu de ses thèmes, malgré la complexité croissante de son orchestration, on peut affirmer que, loin de perdre ou d'altérer, comme on l'a dit, le sens de sa *Recherche*, Proust se trouvait avoir obéi « à une sorte de plan secret qui, dévoilé à la fin, impose rétrospectivement à l'ensemble une sorte d'ordre et le fait apercevoir merveilleusement étagé jusqu'à cette apothéose finale ».

S'il est vrai qu'une grande vie est une pensée de jeunesse accomplie dans l'âge mûr, nulle existence n'aura plus que celle de Proust mérité l'épithète. Depuis le jour où, devant les arbres de Méséglise et la mare de Montjouvain – et ces marbrures roses que formaient dans l'eau les reflets des tuiles mouillées par l'averse et dorées par le soleil –, impuissant à exprimer son émotion, il s'était écrié : « Zut, zut, zut, zut ! » sentant que son devoir était de ne pas s'en tenir à ces mots opaques, mais de voir plus clair dans son ravissement, il n'eut point de paix jusqu'à ce qu'il fût parvenu à fixer le trouble qui l'agitait, à couler cette chose impalpable et ce mouvement intérieur en des mots correspondant à son sentiment le plus intime. Par une longue et pénible élucidation, les idées encore confuses qui l'exaltaient allaient atteindre le repos dans la lumière. Parfois la nuance de la pierre au soleil lui semblait prête à s'entrouvrir pour lui livrer ce qu'elle semblait contenir et cacher à la fois. À travers l'objet soudain illuminé, c'était comme un appel vers la réalité seconde de notre être que croyait entendre Proust. Pour lui, c'était la mission même du poète que de « dégager l'essence de nos sensations en les réunissant, pour les soustraire aux contingences du Temps, dans une métaphore ». L'artiste, proclamait-il, n'invente pas : il découvre. Car l'art réside en des correspondances furtives : « Il n'est pas possible qu'une musique, une peinture qui nous émeuvent ne répondent pas à une réalité spirituelle. » L'univers aspire obscurément à entrer en contact avec nous. « Il dépend de nous, disait-il, de rompre l'enchantement qui rend les choses prisonnières, de les hisser jusqu'à nous, de les empêcher de retomber pour jamais au néant. » Cette lutte véhémente contre l'oubli, cet effort frénétique et persistant pour vivre dans l'absolu intemporel, c'est le thème essentiel du *Temps perdu* et du *Temps retrouvé*. Pour créer son univers, Proust s'était, avec un rare « courage de l'esprit », détaché de tout « sans regret, ni dégoût ». Et seul le souci de son œuvre le soutint après qu'il eut, par la mort de sa mère, « perdu son seul but, sa seule douceur, son seul amour, sa seule consolation ». Il lui fallut toutefois reprendre contact avec le monde pour « imposer sa création » et (lorsqu'en 1919 il eut obtenu le prix Goncourt) pour la défendre contre l'incompréhension de certains critiques ou les interprétations tendancieuses de certains disciples. Ainsi que le note Harold Nicolson : « Proust commençait à être fêté. Il restait couché dans la journée dans sa chambre sombre et sans air et, le soir venu, passait méticuleusement son habit... pour assister aux réceptions offertes en l'honneur des délégués au Congrès de la Paix. »

Parfois, vers la fin de sa vie, Proust se reprochait de n'avoir pas suffisamment sacrifié sa vie à sa vocation. Il était semblable à son héros Bergotte, qui, sur le point de mourir, voyait sa propre vie chargeant l'un des plateaux d'une balance, tandis que l'autre contenait le « petit pan de mur jaune » si bien peint par Vermeer. À ce passage Proust attachait une importance singulière. Quinze mois environ avant sa mort, ayant été, en compagnie de Jean-Louis Vaudoyer, visiter l'Exposition hollandaise, au Jeu de Paume des Tuileries, afin d'y contempler la *Vue de Delft* de Vermeer, il fut pris d'un soudain malaise et se sentit mourir... Or, dès qu'il eut repris connaissance, il s'empressa de noter toutes les sensations qu'il venait d'éprouver et qu'il devait prêter à Bergotte. Et l'on assure que, dernier scrupule d'artiste, il désira, la veille même de sa mort, retoucher ce passage, et dicta quelques lignes à Céleste, sa servante fidèle. Son œuvre n'était pas « finie » sans doute, mais il savait maintenant qu'elle ne serait jamais finie, qu'il valait mieux qu'elle ne fût jamais finie. Il savait que, pareille aux grandes basiliques médiévales, toujours inachevées, sa *Recherche* se prêterait mieux de la sorte à la nécessaire collaboration du lecteur.

On a pu dire de Proust qu'il était mort pour son art. Atteint en septembre 1922 d'un refroidissement, il se fût sans doute aisément rétabli s'il n'eût été surmené par la correction des épreuves d'*Albertine disparue*. En dépit d'une fièvre épuisante, il poursuivit sans répit son travail, refusant de se conformer aux prescriptions de son médecin, le Dr Bize. Peut-être eût-il été temps de le sauver ? Mais, avec un mystérieux acharnement, il ne voulut point obéir aux conseils affectueux de son frère. Il souffrait de suffocation. Il avait une forte fièvre, mais ne cessait de travailler. Céleste Albaret, qui veillait alors sur lui, nous a fait le récit de ses derniers moments. « Céleste, répétait-il d'une voix douce mais obstinée, Céleste, la mort me poursuit. Je n'aurai pas le temps de finir [...] Empêchez qu'on entre chez moi ! » Il avait le pressentiment de sa fin prochaine. Il désirait la solitude, il voulait écarter médecins, amis et famille ; mais il reçut deux fois Jacques Rivière et lui donna des instructions au sujet de la publication d'*Albertine disparue*. Halluciné, il voyait autour de lui rôder « une grosse femme noire » : la Mort. Sa face émaciée, sa barbe noire en broussaille, son teint de cire jaune, ses yeux brûlés par la fièvre le faisaient, parmi ses linges blancs, apparaître comme un sombre Christ espagnol. C'est ainsi que l'a peint Dunoyer de Segonzac, qui le vit sur son lit de mort. Le 18 novembre 1922, vers quatre heures de l'après-midi, en présence de son frère, il cessa de respirer. « On l'enterra ; mais toute la nuit funèbre, aux vitrines éclairées, ses livres disposés trois par trois veillaient comme des anges aux ailes éployées et semblaient, pour celui qui n'était plus, le symbole de sa résurrection. »

GEORGES CATTAUI.

♦ *« Il nous attire, il nous retient dans une atmosphère de serre chaude, parmi des orchidées savantes qui ne nourrissent pas en terre leur étrange et maladive beauté. Soudain, dans l'air lourd et délicieux, passe une flèche lumineuse, un éclair qui, comme le rayon du docteur allemand, traverse les corps. D'un trait le poète a pénétré la pensée secrète, le désir inavoué. »* Anatole France. ♦ *« Proust était le plus aimable jeune homme, une merveilleuse source de compliments et de moqueries, avec une extrême abondance de mots un peu ternes et une subtilité prodigieuse de nuances. Il est devenu le Meredith français. »* Maurice Barrès. ♦ *« La poésie de la désillusion, il y a là vraiment une forme de poésie tout à fait spéciale à Proust. Le moi apparaît telle une barque frêle engagée dans un système stellaire et traversé de part en part par des rayons irrésistibles et insanes qui font communiquer les astres en les transperçant. »* Charles Du Bos. ♦ *« Proust et Freud inaugurent une nouvelle manière d'interroger leur conscience. Ils rompent avec les indications du sens intime ; ils ne veulent plus y demeurer parallèles ; ils attendent, ils guettent, au lieu des sentiments, leurs effets : ils ne veulent les comprendre que par leurs signes. L'homme intérieur est ici traité pour la première fois comme un corps sur la composition duquel ne peuvent renseigner que les réactions auxquelles il donne lieu. »* Jacques Rivière. ♦ *« Il n'a pas saisi la vie par l'action même, il l'a rejointe, et comme imitée, par la surabondance des connexions que la moindre image trouvait si aisément dans la propre substance de l'auteur. Il donnait des racines infinies à tous les germes d'analyse que les circonstances de sa vie avaient semés dans sa durée. L'intérêt de ses ouvrages réside dans chaque fragment* [...] *Dans ses profondeurs personnelles Marcel Proust a cherché la métaphysique dont aucun monde ne se passe. Quant à ses moyens, ils se rattachent sans conteste à notre tradition la plus admirable. »* Paul Valéry. ♦ *« ... l'écriture de Proust est* [...] *la plus artiste que je connaisse. Par elle il ne se sent jamais empêché. Je cherche le défaut de ce style, et ne puis le trouver. Je cherche ses qualités dominantes et je ne puis les trouver non plus ; il n'a pas telle ou telle qualité : il les a toutes... Si déconcertante est sa souplesse que tout autre style auprès du sien paraît guindé, terne, imprécis, sommaire, inanimé. »* André Gide. ♦ *« L'art de Proust est bien loin de ce mélange impur de littérature et de mentalité scientifique. Son roman est aussi peu scientifique qu'il est psychologique. Il est bien une œuvre de la connaissance, mais il s'agit ici d'une connaissance esthétique de l'individu et non d'une connaissance systématisée dans les lois. Proust ne nous offre pas de formules, mais du réel, du concret. »* Ernst-Robert Curtius. ♦ *« Voyez-vous cet homme seul, luttant pied à pied jusqu'à la mort contre le flot montant des souvenirs, cet Hercule débile qui capte le flux du temps, ou s'abandonne savamment au reflux ? Il est mort de ce travail insensé ; il est mort, peut-être sans Dieu dont l'amour l'en eût détourné, comme il détourna Pascal de toute fin humaine. À nous, ses frères plus jeunes qui l'avons admiré et aimé, voilà la leçon terrible qu'il nous laisse : l'art n'est pas une plaisanterie ; il y va de la vie et il y va de bien plus. »* François Mauriac.

RÉF. : Léon Pierre-Quint, *Marcel Proust, sa vie, son œuvre*, Paris, 1925 ; *Le Combat de Marcel Proust*, Paris, 1955. – G. Gabory, *Essai sur Marcel Proust*, Paris, 1926. – Paul Souday, *Marcel Proust*, Paris, 1927. – Ernst-Robert Curtius, *Marcel Proust*, Paris, 1928. – Princesse Bibesco, *Au bal avec M. Proust*, Paris, 1928. – Benjamin Crémieux, *Du côté de Marcel Proust*, Paris, 1929. – Samuel Beckett, *Proust*, New York, 1931 (trad. fr. Paris, 1960). – G. Cattaui, *L'Amitié de Proust*, Paris, 1935 ; *Marcel Proust*, Paris, 1952 ; *Iconographie de Marcel Proust*, Genève, 1958. – Ramon Fernandez, *Proust*, Paris, 1943. – H. Bonnet, *Le Progrès spirituel dans l'œuvre de M. Proust*, Paris, 1946. – André Maurois, *À la recherche de Marcel Proust*, Paris, 1949. – G. Brée, *Du temps perdu au temps retrouvé*, Paris, 1950. – Claude Mauriac, *Proust par lui-même*, Paris, 1953. – Gaëtan Picon, *Lectures de Proust*, Paris, 1963. – Georges Poulet, *L'Espace proustien*, Paris, 1963. – D. Painter, *Marcel Proust*, 2 vol., Paris, 1966. – Gilles Deleuze, *Proust et les signes*, Paris, 1970. – Jean-Yves Tadié, *Proust et le roman*, Paris, 1971. – Gérard Genette, *Figures III*, Paris, 1972. – Jean-Pierre Richard, *Proust et le monde sensible*, Paris, 1974. – Jean Milly, *La Phrase de Proust*, Paris, 1975 ; *Recherche de Proust*, Paris, 1980. – Vincent Descombes, *Proust, philosophie du roman*, Paris, 1987. – Antoine Compagnon, *Proust entre deux siècles*, Paris, 1989. – Ghislain de Diesbach, *Proust*, Paris, 1991.

Proverbes dramatiques. Œuvres théâtrales ainsi nommées parce que leur intrigue constitue l'illustration d'un proverbe. À l'origine (début du XVIIe siècle) divertissement de cour sur un simple canevas, puis forme pédagogique et morale (proverbes de Mme de Maintenon pour les demoiselles de Saint-Cyr), le proverbe devient œuvre écrite et fixée avec un créateur apprécié de la Cour et des salons pour son esprit : Carmontelle, à la fin du règne de Louis XV ; peu après lui, Mme de Genlis, dans le genre éducatif, ou Théodore Leclercq (1777-1851), sous la Restauration, perpétuent la fortune du genre. Mais, pour nous, le seul grand nom du proverbe au théâtre reste celui de Musset, soit dans des comédies plutôt légères, fidèles à l'héritage gentiment moralisant du genre (*Il ne faut jurer de rien, Il faut qu'une porte soit ouverte ou fermée, On ne saurait penser à tout*), soit, plus encore, dans ces chefs-d'œuvre doux-amers qui utilisent le proverbe comme simple prétexte d'une intrigue cruelle, fine, et dont la modernité psychologique est confirmée par le succès des reprises contemporaines (*On ne badine pas avec l'amour* [*]).

PATRICK BERTHIER.

Q

Quatrain. Strophe de quatre vers. Si l'on considère que le terme de strophe ne s'applique pas à des systèmes qui enchaînent les rimes plates, la rime du quatrain ne peut être que du type : *a b a b* ou *a b b a.* Le quatrain est la strophe la plus courante de la poésie romantique.

CHRISTIAN DOUMET.

QUEFFÉLEC Henri. Écrivain français. Né à Brest le 29 janvier 1910 et mort à Paris le 13 janvier 1992. Son origine bretonne et son amour du terroir nourriront la plupart de ses romans. Reçu à l'École normale supérieure, c'est comme agrégé qu'il part en 1934 enseigner pendant une année à Mont-de- Marsan. Il est ensuite lecteur à l'université d'Upsal, en Suède, jusqu'en 1939. À cette époque, il a déjà publié un recueil de poèmes, *Sur la lisière* (1937). Nommé professeur à Paris, il quitte l'enseignement en 1942 pour se consacrer à l'écriture et aux voyages. En 1944, il publie *Journal d'un salaud*, satire des comportements pendant l'Occupation. De la même année date *Un recteur de l'île de Sein*, où la thématique qui lui est propre apparaît déjà complètement : c'est un roman chrétien qui évoque le conflit entre la nature et la spiritualité. Le réalisme breton de Queffélec prend ici toute son ampleur. L'œuvre sera adaptée au cinéma sous le titre *Dieu a besoin des hommes.* Dans *Un homme d'Ouessant* (1953), le réalisme se fait plus épique, et la place du religieux plus grande encore. Dans ses romans de la mer, *Tempête sur Douarnenez* (1951), *Un royaume sous la mer* (1957), *Frères de la brume* (1960), *Tempête sur la ville d'Ys* (1962), il étudie les comportements humains et décrit la peine des hommes. Queffélec a par ailleurs su montrer qu'il n'était pas qu'un écrivain de la mer : *Celui qui cherchait le soleil* (1953) est l'histoire d'un jeune ouvrier parisien à la quête d'un idéal. *Combat contre l'invisible* (1953) oppose la foi religieuse à la science moderne. Mais c'est dans ses essais que l'auteur parlera plus directement de ce retour au réel concret, dénonçant les abus de la civilisation ; ainsi de *La Technique contre la foi* (1962), au titre significatif. Dans *Saint François d'Assise* (1981), il s'exprime sur la nature de sa foi religieuse. On a pu parler à son propos de réalisme spirituel : Queffélec se contente de décrire les hommes et les paysages, et ses personnages apparaissent comme étant l'enjeu d'un combat qui les dépasse. Malgré le sentiment d'un espoir intangible, ils se heurtent à une réalité dans laquelle ils sont inéluctablement pris.

JACQUES-ÉMILE MIRIEL.

QUEFFÉLEC Yann. Né le 4 septembre 1949 à Paris, fils du précédent. Dès la fin des années de lycée, Yann Queffélec a choisi ses voies : l'écriture et la mer. Il veut écrire en voyageant. Encore faut-il gagner quelque argent pour vivre et pour acquérir un bateau. Ainsi est-il tour à tour moniteur de voile, professeur de tennis et même aide-chimiste. Une autre passion, héritée de sa mère musicienne, le hante aussi depuis l'enfance : la musique. Et c'est tout naturellement qu'il s'attelle à la rédaction de son premier livre consacré à Béla Bartók dont il écrit la biographie (Mazarine, 1981, rééd. Stock). Le roman ne pouvait selon lui être son premier travail d'écrivain. Il fallait, auparavant, faire preuve de rigueur en écriture. Cette biographie, très remarquée, lui vaut l'attention de l'hebdomadaire *Le Nouvel Observateur*, qui lui offre d'intégrer son équipe de journalistes culturels.

La suite ressemble à un conte de fées. *Le Charme noir*, son premier roman (Gallimard, 1983), est unanimement salué par la critique et plébiscité par les lecteurs. Style acéré, écriture rapide et musclée, *Le Charme noir* raconte les tribulations d'un jeune homme qui cherche sa place dans la vie. Son deuxième roman, *Les Noces barbares* (Gallimard, 1985), fait, lui, un véritable triomphe et reçoit le prix Goncourt. Il sera adapté au cinéma par Marion Hansel. On y retrouve le style tendu à l'extrême, la violence sèche du *Charme noir*, avec en outre ce regard attentif, sans mièvrerie, que porte Yann Queffélec sur les enfants et les adolescents.

L'après-Goncourt n'est jamais simple pour un jeune écrivain. Yann Queffélec sait qu'il doit résister à l'immense succès de son prix. Les trois romans qui suivent, *La Femme sous horizon* (Julliard, 1988), *Le Maître des chimères* (Julliard, 1990) et *Prends garde au loup* (Julliard, 1992), témoignent de ses hésitations et de ses recherches.

Avec *Disparue dans la nuit* (Grasset, 1994), il fait la preuve de sa maturité littéraire. Sans renoncer à ses thèmes chers – l'adolescence, la quête d'identité, les ruptures et les violences de la famille –, il trouve une profondeur nouvelle, un souffle très personnel, et une écriture qui dit les déchirements d'un monde urbain sans amour. C'est tout cela qu'on reconnaît aussi dans *Et la force d'aimer* (Grasset, 1996) et, sur un mode plus léger, dans *Happy Birthday Sara* (Grasset, 1998).

MICHÈLE GAZIER

QUENEAU Raymond. Poète et romancier. Né le 21 février 1903 au Havre (Seine-Maritime), mort le 25 octobre 1976 à Neuilly-sur-Seine (Hauts-de-Seine).

Au Havre, ses parents possédaient une boutique de confection et de mercerie, et Raymond Queneau fréquente le lycée de la ville jusqu'au baccalauréat. Il se rend à Paris en 1920 pour préparer une licence de philosophie. En 1924, Pierre Naville le présente au groupe surréaliste, dont il partage les activités jusqu'en 1929, date où il rompt avec André Breton et rejoint les dissidents de la rue du Château (Prévert, Duhamel, Tanguy).

En 1932, il fait un voyage en Grèce, au cours duquel il commence à écrire *Le Chiendent*, roman qui paraît en 1933. En 1937, c'est *Chêne et Chien*, son premier recueil de poèmes. En 1938, il entre au comité de lecture des éditions Gallimard. En 1945, avec Michel Gallimard, il crée l'Encyclopédie de la Pléiade, qu'il va diriger pendant trente ans. En 1951, il est élu à l'académie Goncourt, et admis au collège de Pataphysique. De 1952 à 1960, il écrit plusieurs dialogues de films, dont *Monsieur Ripois*, de René Clément, *La Mort en ce jardin*, de Luis Buñuel, et *Le Dimanche de la vie*, de Jean Herman. En 1959 paraît *Zazie dans le métro* (*), qui connaît un succès considérable et inattendu.

En 1960, suite à la composition de *Cent mille milliards de poèmes*, Raymond Queneau fonde, avec François Le Lionnais et quelques amis, l'Ouvroir de Littérature Potentielle (OuLiPo). En 1968 paraît *Le Vol d'Icare*, son dernier roman. Puis, en 1973, *Le Voyage en Grèce*, choix d'articles donnés, pendant les années 30, à différentes revues. Enfin, en 1975, son dernier livre, *Morale élémentaire* : un recueil de poèmes à la fabrication savante et aux significations profondes.

Le premier ouvrage publié par Raymond Queneau, *Le Chiendent*, peu de temps après sa rupture avec André Breton, manifeste sans ambiguïté deux préoccupations profondément étrangères aux surréalistes et qui ne l'abandonneront jamais : le souci de la construction romanesque et l'attention méthodique portée au langage (il faudrait dire : aux langages).

Son premier recueil de vers, *Chêne et Chien*, n'a été publié qu'en 1937. C'est un ouvrage curieux, qui réunit des souvenirs d'enfance et de jeunesse, le récit d'une psychanalyse, puis celui, à gros traits, d'une fête au village. Dans ce volume, qui se sous-titre « roman en vers », le poète use d'une écriture volontairement banale et retrouve ainsi les chemins d'une poésie quotidienne qui n'apparaissait plus en 1930 (et jusque vers 1970) que dans les chansons.

D'une certaine façon, *Le Chiendent* et *Chêne et Chien* posent les fondements de toute l'œuvre romanesque et poétique de Raymond Queneau : on y trouve déjà la plupart de ses thèmes favoris et les différents procédés d'écriture qu'il mettra en œuvre quarante ans durant.

Le style de Raymond Queneau ne réside pas tant dans une utilisation systématique du français parlé que dans la façon nuancée dont il introduit ledit français parlé dans une langue très soignée, et presque académique. Cet apport syntaxique et lexical enrichit naturellement le matériau initial dont il dispose, mais lui permet aussi de multiples possibilités de ruptures de ton, procédé qu'il affectionne.

La curiosité de Raymond Queneau était immense : elle s'étendait à tous les domaines de la connaissance, avec une prédilection naturelle pour les mathématiques. Cette disposition encyclopédique réunissait ainsi en lui deux penchants complémentaires : le goût pour l'acquisition du savoir et l'intérêt pour les méthodes de la découverte. Mais c'est naturellement au langage, qui allait devenir son principal outil de travail, que sa curiosité s'est appliquée avec le plus de constance et de pénétration. L'aboutissement de ce souci devait être la fondation de l'Ouvroir de Littérature Potentielle, qui se proposait de créer de nouvelles « structures » poétiques et romanesques (de nouvelles formes fixes, comparables au sonnet, par exemple, ou des règles analogues à celle des trois unités). L'OuLiPo, qui accueillit Georges Perec et Italo Calvino, et dont les membres actuels continuent à œuvrer dans le même sens, ne fut pas un simple « club littéraire » de plus, mais une création véritable, et peut-être même l'œuvre de Raymond Queneau la plus féconde et la plus insaisissable.

L'évidente importance des recherches et des découvertes langagières dans le travail de l'écrivain ne doit pas faire négliger ses exceptionnelles qualités de romancier : Queneau est un admirable créateur de figures et un merveilleux raconteur d'histoires. On s'en convaincra aisément en lisant des œuvres limpides comme *Pierrot mon ami* et *Les Fleurs bleues*, ou touffues comme *Les Enfants du limon* et *Loin de Rueil*.

On observera notamment la force et la tendresse avec lesquelles il décrit ses personnages féminins. Ses héroïnes sont souvent les éléments moteurs des romans qu'elles habitent, et c'est presque toujours à leur énergique obstination que les hommes (maris ou amants) doivent leur salut.

On remarquera enfin, et ce n'est pas sans rapport avec ce qui précède, qu'en un temps où les écrivains « sérieux » abandonnaient volontiers les émotions sentimentales aux auteurs populaires, Raymond Queneau publiait, avec *Odile* et *Un rude hiver*, deux romans d'amour graves, profonds et bouleversants.

À ce sujet, enfin, il est curieux de noter qu'une même question court d'un livre à l'autre, et c'est : « Qu'est-ce qu'un personnage de roman ? » Cette question, qui formait déjà la trame du *Chiendent*, se trouve explicitement posée dans *Le Vol d'Icare*. On voit que Raymond Queneau, en écrivain dédaigneux de toute confession publique, a subtilement déplacé le problème d'identité traditionnel, le « Mais qui suis-je donc ? » qui faisait les délices de ses contemporains. (C'est toujours le cas.)

Après la mort de Raymond Queneau, on a découvert une quarantaine de cahiers, constituant un « journal » qu'il a tenu, assez régulièrement, pendant plus d'un demi-siècle, et dont un seul volume est paru jusqu'ici (1939-1940). Celui-ci éclaire d'un jour nouveau la personnalité de son auteur, mais d'une manière évidemment trop partielle pour que des conclusions raisonnables puissent en être tirées.

Son refus de la gravité, sa gentillesse et sa modestie ont trop longtemps fait prendre Raymond Queneau pour un humoriste. Le mot « malice » lui conviendrait mieux, et pas seulement parce que, du mot « humour », on use à tort et à travers. L'humour est plein de replis ombreux, d'âcres touffeurs et de ricanements que l'on ne découvre jamais, au fond des choses, chez Queneau. Ensuite, pour savoir ce qu'en pensait Queneau lui-même, il suffit de se reporter à l'article « L'Humour et ses victimes », publié en 1938 dans *Volontés* et, repris, trente-cinq ans plus tard (pas par hasard, donc), dans *Le Voyage en Grèce*. Il ne résout pas vraiment le problème, mais il jette le lecteur de bonne foi dans une saine perplexité.

Cet écrivain, qui a rencontré trois mouvements littéraires de première importance : le surréalisme, l'engagement sartrien et le nouveau roman, ne s'est laissé troubler par aucun d'eux. Il est remarquable, en particulier, que sa longue fréquentation des surréalistes n'ait eu sur lui aucune influence notable : on n'en trouve que quelques traces dans *Les Ziaux*.

S'il donne ainsi, du monde qui l'entoure, une vision résolument personnelle, son œuvre est cependant profondément insérée dans son temps, et même dans chaque décennie.

C'est la réunion de ces deux qualités contradictoires qui font de Raymond Queneau un auteur « classique », c'est-à-dire un écrivain dont la place, dans la littérature, est d'aujourd'hui et de toujours.

JACQUES BENS.

RÉF. : Jean Queval, *Queneau*, Paris, 1960, rééd. 1971. — Claude Simonnet, *Queneau déchiffré* (Notes sur *Le Chiendent*), Paris, 1962. — Jacques Bens, *Queneau*, Paris, 1962. — Paul Gayot, *Queneau*, Paris, 1967. — Jacques Jouet, *Queneau*, Paris, 1988. — Revues consacrées à Queneau : *Les Amis de Valentin Brû*, Levallois-Perret ; *Temps mêlés- Documents Queneau*, Verviers ; *Petite bibliothèque quenienne*, Limoges. — Numéros spéciaux : *Magazine littéraire*, nov. 1974 ; *Europe*, juin-juillet 1983.

QUIGNARD Pascal. Écrivain né le 23 avril 1948 à Verneuil-sur-Avre (Eure). Il fait des études de philosophie. Ses intérêts le portent vers les langues et littératures anciennes ainsi que la musique. Il travaille comme membre du comité de lecture d'une maison d'édition parisienne. Son premier essai, consacré à Sacher Masoch (*L'Être du balbutiement*), paraît en 1969 ; deux ans plus tard, il donne une traduction avec présentation de l'*Alexandra* du poète tragique Lycophron, extraordinaire exercice qui porte la langue aux plus extrêmes de ses possibilités de rompre avec le déjà dit. Cette passion pour les langues et ceux qui surent les faire bouger est l'une des caractéristiques de l'œuvre qui saura aller des plus anciens auteurs aux plus modernes (en 1975, il donne un *Michel Deguy* et, en 1985, un essai sur Louis-René des Forêts : *Le Vœu de silence*). *La Parole de la Délie*, essai sur Maurice Scève, « tentative de restituer la parole de la Délie au chaos propre de sa voix », paraît en 1974. Dans les années qui suivront, jusqu'à *Carus* (1979), Pascal Quignard donne une suite de textes souvent brefs, obscurs, tendus, tirés à peu d'exemplaires : *Écho* (1975), *Sang* (1976), *Hiems* (1977), un poème latin *Inter aerias fagos* (1977), *Sarx* (1977), *Sur le défaut de terre* (1979). En 1976, un court récit, *Le Lecteur*, interroge, mettant en jeu toutes les ressources d'une langue pétrie d'érudition, le retrait propre à celui qui littéralement plonge corps et âme lorsqu'il se livre à l'« acte insensé » de lire. Acte qui est comme la doublure fantomatique de celui d'écrire. Langue, écriture, lecture seront au centre de la série des *Petits traités* dont trois volumes paraîtront en 1981, 1982 et 1984 (réédités en huit volumes et considérablement augmentés en 1990). L'auteur, qui donne un cours sur l'histoire du roman à l'École des hautes études, se livrera à ce genre littéraire avec un certain bonheur (y compris commercial) : en 1984, *Les Tablettes de buis d'Apronenia Avitia* reconstituent le journal de chevet d'une patricienne romaine de la fin du IVe siècle de notre ère, *Le Salon du Wurtemberg* (1986) puis *Les Escaliers de Chambord* (1989) savent créer des atmosphères ou s'organisent en symphonie, souvenirs, noms, milieux divers, goûts décadents et raffinés pour les objets les plus infimes, et passions amoureuses. En 1990 paraissent deux œuvres qui témoignent de la fascination de leur auteur pour la Rome antique : *Albucius* et *La Raison.* La musique, que l'auteur pratique, nous vaudra deux livres, en 1987 *La Leçon de musique* et, en 1991, *Tous les matins du monde* (sur Monsieur de Sainte-Colombe et Marin Marais) dont il tirera un scénario pour un film du même nom – réalisé par Alain Corneau la même année.

FRANCIS WYBRANDS.

QUINET Edgar. Professeur au Collège de France où il forme avec Michelet, son « frère de cœur et de pensée », et Mickiewicz une triade célèbre ; comparatiste, poète épique, homme politique, historien. Né à Bourg le 17 février 1803 dans une vieille famille de notables bressans, mort à Versailles le 27 mars 1875. Son héritage spirituel (son père, Jérôme, licencié en droit, passionné de sciences, engagé volontaire en 1792 dans les armées républicaines, exècre en Napoléon un tyran ; sa mère Eugénie, élevée dans le calvinisme genevois et le culte des Lumières, vénère Voltaire et surtout Mme de Staël) le place entre Réforme et Révolution aux sources mêmes de la liberté romantique. Pensionnaire au collège de Bourg (1815-16) puis de Lyon (1817-20), où il prépare l'École polytechnique sur les instances paternelles tout en n'ayant d'inclination – son autobiographie l'*Histoire de mes idées* (1858) en témoigne – que pour les humanités et la poésie qu'il cultive en secret, il se façonne un esprit dont la liberté se réfracte dans une admiration provisoire pour l'éclectisme de Cousin autant que dans un cursus diversifié (bachelier ès lettres en 1819 ; admissible à l'École polytechnique en 1820 ; bachelier en droit en 1824 ; licencié ès lettres en 1838, docteur ès lettres en 1839 avec une thèse de philosophie *Considérations philosophiques sur l'art* et une thèse latine *De Indicae poesis antiquissimae natura et indole* qui le met au nombre des artisans de la « Renaissance orientale »). À cette culture plurivoque, les voyages (en Angleterre 1825, en Grèce 1829, en Italie 1832-33) apportent l'enrichissement d'une curiosité vécue. Tour à tour la vie prolonge ou précède les évasions livresques. L'expédition scientifique en Morée donne naissance à *De la Grèce moderne et de ses rapports avec l'Antiquité* (1830). Décisif entre tous, le séjour de deux ans à l'université d'Heidelberg (1827-28), placé sous le signe de Creuzer, scelle un engouement pour la pensée germanique qui lui a préexisté et vient se focaliser sur les *Idées sur la philosophie de l'histoire de l'humanité* de Herder, dont Quinet publie la traduction (1827-28), suivie d'un *Essai sur le caractère et les écrits de Herder*, mais surtout précédée d'une *Introduction* en forme de discours de la méthode dans laquelle, tout en empruntant au maître allemand la volonté de penser ensemble les évolutions progressivement ascendantes de la nature et de l'humanité, il se démarque vigoureusement du fatalisme providentialiste de son modèle : « L'histoire, dans son commencement comme dans sa fin, est le spectacle de la liberté, la protestation du genre humain contre le monde qui l'enchaîne, le triomphe de l'infini sur le fini, l'affranchissement de l'esprit, le règne de l'âme : le jour où la liberté manquerait au monde serait celui où l'histoire s'arrêterait. » Profession de foi dont Quinet fait sa devise politique et poétique. Politiquement, il exalte « l'éclair de Juillet » 1830, dénonce en Louis-Philippe le roi d'une coterie bourgeoise qui se détourne de « la nation dont elle devrait être la parole vivante » (*1815 et 1840 ; Avertissement au pays,* 1841). Après 1848, devenu député républicain de l'Ain (1848-49), il donne à son engagement la double caution de l'action et de la méditation : *L'Enseignement du peuple* (1850) pose le principe de la laïcité comme pierre de touche du républicanisme moderne. Parallèlement, il prend la défense des nationalités menacées, qu'elles soient française ou italienne (*Le Rhin*, 1841 ; *La Croisade* [...] *contre la république romaine*, 1949). Poétiquement de même il joint la théorie à la pratique. Dans le sillage d'une réflexion esthétique qui fait de la libération de l'inspiration par rapport au dogme et de l'individualisation du génie par rapport aux traditions collectives, les lois de l'histoire de l'épopée en particulier et de l'art en général (*De la Nature et de l'Histoire dans leurs rapports avec les traditions religieuses et épiques*, 1830 ; *De l'histoire de la poésie,* 1857 : réunion d'articles parus en 1836-37 dans *La Revue des Deux Mondes* (*)), il inscrit sa propre œuvre épique sous les auspices du triomphe progressif de la liberté sur le destin : *Ahasvérus* (1833-34) montre l'errance fatale du Juif maudit s'inversant au terme d'une Passion rédemptrice en quête initiatique. *Napoléon* (1836) met en scène le clair-obscur de l'aventure de la liberté postrévolutionnaire, *Prométhée* (1838) l'affranchissement par les archanges messagers d'un dieu nouveau du Titan révolté contre les anciens dieux de l'Olympe. De fait, historien des religions, Quinet demeure « esprit de liberté ». Devenu en 1839 professeur de littérature étrangère à la faculté de Lyon puis en 1841 (jusqu'en 1846) de langues et littératures de l'Europe méridionale au Collège de France, il consacre son enseignement à une histoire des révélations (*Du génie des religions,* 1842) jusqu'au christianisme qu'il montre incarnant le divin dans la conscience, donnant chair à l'idée la plus haute du genre humain mais dégénérant dans les perversions institutionnelles d'un catholicisme despotique prêt à sacrifier l'autonomie de la conscience à l'impérialisme de l'Église romaine (*Des jésuites,* 1843, *L'Ultramontanisme,* 1844). Le véritable esprit chrétien qui déserte les pesanteurs cléricales se réfugie désormais au cœur de la société civile : sans être une révélation, la Révolution française a, dans ses heures de grâce, inscrit dans l'histoire le message de liberté et de fraternité qui avait fait la grandeur du christianisme primitif (*Le Christianisme et la Révolution française,* 1845). Hérétique sur tous les modes, Quinet, proscrit après le coup d'État du 2 décembre d'abord à Bruxelles (1851-58) puis à Veytaux, sur les bords du Léman (1858-70), grave dans l'exil ses « Châtiments » (*Le Livre de l'exilé,* 1875). Irréconciliable, il refuse même l'amnistie offerte en 1859 aux républicains bannis par un régime dont il refuse de cautionner la clémence césarienne (*Protestation contre l'amnistie,* 3 août 1859). Rentré en France en 1870, après la proclamation de la IIIe République, il est élu en 1871 député de la Seine et siège à l'extrême gauche de l'Assemblée dans l'union républicaine aux côtés de Gambetta. Empreinte d'amertume, son œuvre d'exil s'avère hantée par le cauchemar du naufrage de la liberté dans une France où la Révolution de 1789 a échoué faute d'avoir pu révolutionner les consciences par un renouveau religieux qui seul eût donné à la République une assise durable en extirpant la tradition despotique faite de césarisme et de monarchisme absolu sanctifié par l'Église romaine — *La Révolution*, 1865, *Critique de la Révolution,* 1867 — qui est la plaie de l'histoire de France. Pour finir, c'est hors du chaos des événements dans la théorie politique (*La République, conditions de la régénération de la France,* 1872), dans le mythe (l'épopée de *Merlin l'Enchanteur,* 1860, lance à toutes les prisons le défi victorieux de la prophétie et de la poésie), dans l'idéalisme philosophique d'un progressisme messianique mâtiné d'optimisme évolutionniste et conquis sur les désespoirs vécus, qu'Edgar Quinet trouve, au seuil de la mort, le « don de sérénité ». Son dernier rêve, romantique entre tous, est celui de l'avènement d'un « esprit nouveau » qui, réconciliant « l'esprit pur » avec le « monde sensible », harmonisant science naturelle, « science politique et sociale » « dans un même tissu », consacrerait le règne de la « grande unité » qui « met la paix en toutes choses » (*La Création,* 1870 ; *L'Esprit nouveau,* 1875).

SIMONE BERNARD-GRIFFITHS.

♦ *« Ce génie grandiose du romantisme, dans son ambition d'une vision synthétique de l'histoire, embrassant les temps et les espaces, c'est Edgar Quinet qui, en dépit de son échec littéraire, le représente le mieux. Il est le poète de la philosophie de l'histoire. »* Pierre Albouy. ♦ *« C'est un trait particulier à cet auteur mineur que de ne pouvoir être comparé qu'aux plus grands ».* Léon Cellier. ♦ *« Le poète, en lui, s'ajoutait à l'historien. Ce qui caractérise les vrais penseurs, c'est un mélange de mystère et de clarté. Ce don profond de la pensée entrevue, Quinet l'avait. »* Victor Hugo. ♦ *« On donna son nom à un vaisseau qui, en 1931, s'échoua ; à un boulevard parisien qui débouche sur un cimetière. Personne ne le lit et son nom est partout. »* Jacques Vier.

RÉF. : Albert Valès, *Edgar Quinet, sa vie et son œuvre,* Carrières-sous-Poissy, 1936. — Maurice Domino, « Edgar Quinet : Être dans l'histoire, écrire l'histoire », in *Annales littéraires de l'université de Besançon,* 1977. — Ceri Crossley, *Edgar Quinet (1803-1875), a Study in Romantic Thought,* Lexington, Kentucky, 1983. — Willy Aeschimann, *La Pensée d'Edgar Quinet, Étude sur la formation de ses idées avec Essais de jeunesse et Documents inédits,* Paris-Genève, 1986. — Simone Bernard-Griffiths, « Edgar Quinet, esprit de liberté », in *Histoire littéraire de la France,* Paris, 1977 ; « Article Quinet », in *Dictionnaire des littératures de langue française,* Paris, 1987 ; *Edgar Quinet, Merlin romantique : Essai sur le mythe de Merlin dans l'œuvre d'Edgar Quinet,* thèse d'État, 1987.

Quintil. Strophe de cinq vers. Le schéma de rime *a a b b a* est celui des rhétoriqueurs du XVe siècle. Fréquent à l'époque romantique, le quintil se présente sous les formes *a b a a b* et *a a b a b.* Le schéma *a b a b a* (Baudelaire dans les poèmes « Lesbos » et « Le Balcon ») répond au type de la *strophe prolongée à dominante.*

CHRISTIAN DOUMET.

R

RABBE Alphonse. Écrivain né en 1784 à Riez (Alpes-de-Haute-Provence), mort à Paris dans la nuit du 31 décembre 1829 au 1er janvier 1830. Les *Œuvres posthumes*, publiées en deux volumes par le « neveu de l'auteur » (Charles Rabbe), comprennent le texte majeur d'Alphonse Rabbe, *L'Album d'un pessimiste*. Il retint l'attention de Baudelaire, de Breton (Alphonse Rabbe étant tenu pour « surréaliste dans la mort », en 1924), de Bousquet. Mais Alphonse Rabbe avait eu une grande activité de journaliste, politique et littéraire, et de polygraphe, qu'évoque Victor Hugo dans l'ode qu'il dédie au « Sévère historien dans l'ombre endormi ! » Rabbe publia ainsi un *Résumé de l'histoire d'Espagne* (1823), un *Résumé de l'histoire de Russie* (1825), une *Histoire d'Alexandre Ier* (1826), une *Géographie de l'empire de Russie* (1828)... De 1827 à 1830, il dirigea la précieuse *Biographie universelle et portative des contemporains* pour laquelle il rédigea les notices sur Benjamin Constant et David.

Sa vie constitue à ses yeux une suite de déceptions : il se voulut peintre, musicien, acteur. Il fut marqué par ses échecs politiques, n'étant pas récompensé de ses prises de position royalistes. Son activité de journaliste lui valut des poursuites, une arrestation : « Il pouvait manquer de modération ou de convenance, et non de nerf ou de concision » (notice de la *Biographie universelle...*). Mais plus graves furent les suites de la syphilis qu'il aurait contractée en Espagne (avec les armées impériales en 1808-1809) : à Aix (où il fut inscrit au barreau) il passait pour un double d'Antinoüs ; la maladie détruisit sa beauté au point de lui imposer de vivre à l'écart ses cinq dernières années, avec l'opium pour toute aide. Aussi lorsque dans un livre de désespoir radical il justifie le droit au suicide, il parle d'une préoccupation qui lui fut constante.

Ce qui a été dit pour justifier le bonheur d'être mort, de Sénèque à Rousseau, a été retenu par Alphonse Rabbe, qui dessine, par citations, un autoportrait spirituel. Son livre est une méditation sur ce qui est nommé la « mort philosophique », et l'élaboration d'un art de mourir. La réflexion peut dissoudre nos craintes : « Ce n'est point la réalité des choses, c'est le fantôme de l'opinion qui trouble les hommes. » Le style de Rabbe faisait l'admiration de Baudelaire : « Je viens de verser des larmes, il y a longtemps que cela ne m'était pas arrivé ; car le plus souvent je m'arme de férocité contre moi-même, et j'imagine une sorte d'affreuse joie à briser ma poitrine et à me déchirer de mes propres mains. » De Rabbe nous ne possédons aucun portrait ; le manuscrit où il fait la démonstration que l'esprit peut affronter la mort a disparu.

JEAN ROUDAUT.

RÉF. : Lucienne de Wieclawik, *Alphonse Rabbe dans la mêlée politique et littéraire de la Restauration*, Paris, 1963.

RABEARIVELO Jean-Joseph. Écrivain malgache. Né à Tananarive le 4 mars 1903 (ou 1901 ?), mort dans cette ville le 22 juin 1937. Descendant par sa mère d'une lignée aristocratique, mais né hors mariage (à une date qu'il a volontairement embrouillée) ; très attaché à la tradition malgache, mais fasciné par la culture littéraire européenne, piégé par la situation coloniale qui l'enferme dans une situation subalterne de correcteur d'imprimerie, « latin parmi les mélaniens », il a choisi de rester partagé entre ses identités problématiques. Son projet, patiemment construit, vise à développer la littérature malgache aussi bien dans sa langue maternelle, le malgache, que dans sa langue adoptive, le français. Dans une série d'articles de presse, il trace le programme d'une rénovation de la littérature malgache par le recours à la traduction et à l'imitation des littératures européennes (il donne l'exemple en transposant en malgache de nombreux poèmes français et en préparant un volume de traductions de poèmes de Paul Valéry). Réciproquement, il publie dans les revues littéraires de Tananarive des traductions en français de poèmes malgaches, traditionnels ou modernes. Guidé par le poète Pierre Camo (magistrat en poste à Tananarive), il publie en français des recueils de poèmes élégiaques et morbides : *La Coupe de cendres* (1924), *Sylves* (1927), *Volumes* (1928). Il s'essaie au roman en retraçant les dernières années de la monarchie malgache indépendante : *L'Aube rouge* (1925, inédite), *L'Interférence* (1928, publiée seulement en 1988). Il porte sur la scène une antique légende, *Imaitsoanala, fille d'oiseau* (1935). Il donne enfin, avec *Presque-Songes* (1934) et *Traduit de la nuit* (1935), un double et étonnant chef-d'œuvre de poésie bilingue, jouant sur le transfert en français des très anciens ressorts de la poésie malgache traditionnelle du « hain teny ». Mais, confronté à d'insurmontables difficultés de tous ordres, il se donne la mort, en composant son suicide comme un dernier poème. La colonie, pour lui rendre hommage, publie ses *Vieilles chansons des pays d'Imerina,* traduction française de « hain teny » authentiques. Il laissait de nombreux inédits, et particulièrement les mille huit cent trente-trois pages du journal intime régulièrement tenu depuis 1933, remarquable témoignage (malheureusement encore inédit) sur l'aventure intérieure d'un intellectuel colonisé au plus fort de la période coloniale.

JEAN-LOUIS JOUBERT.

RÉF. : Robert Boudry : *Jean-Joseph Rabearivelo et la mort,* Paris, 1958.

RABELAIS François. Humaniste et romancier né dans le Chinonais en 1483 ?, mort à Paris en mars 1553. La date de naissance de Rabelais est incertaine. Sur la foi d'une copie du XVIIIe siècle d'un épitaphier mentionnant sa mort à Paris le 9 avril 1553, à 70 ans, on retient la date de 1483 (mais des documents concernant sa succession, nouvellement mis en lumière, attestent que son décès ne saurait être postérieur au 14 mars). D'aucuns ont retardé cette date jusqu'en 1494. La tradition le fait naître à la Devinière, propriété de son père qui était avocat à Chinon, région dont il transposera la toponymie dans ses romans.

Aucun document ne permet de savoir ce qu'il en fut de son adolescence. On a supposé des études de droit, ses ouvrages attestant la parfaite connaissance qu'il en avait. En 1510, il aurait été novice au couvent de la Baumette, près d'Angers. Le premier document sur lequel on puisse se fonder est la lettre que, frère mineur franciscain à Fontenay-le-Comte en Vendée, il écrit en 1521 à l'humaniste Guillaume Budé à qui il envoie des vers grecs de sa composition. Il fréquente alors un cercle de juristes animé par Amaury Bouchard et Tiraqueau et suit de près la querelle qui oppose ces derniers sur la question des femmes et du mariage ; Bouchard publie en réponse à l'ouvrage *De legibus connubialibus,* de Tiraqueau, paru en 1513, une apologie du sexe féminin où il précise que Rabelais écrit une traduction partielle de l'histoire d'Hérodote. Inquiété dans ses lectures grecques par ses supérieurs, Rabelais en 1524 rejoint l'ordre des bénédictins à Maillezais et devient secrétaire de l'évêque Geoffroy d'Estissac. Il fréquente le cercle du poète Jean Bouchet qui le tient pour un homme de « grans lettres grecques et latines » et à qui il envoie une épître en vers, son premier écrit connu en français. Vers 1530, il quitte l'ordre des bénédictins pour l'habit de prêtre séculier et embrasse une carrière médicale. Étudiant à la faculté de médecine de Montpellier, il est bachelier le 1er décembre 1530 ; il professe en 1531 un cours sur les *Aphorismes* d'Hippocrate et sur l'*Art* de Galien qu'il commente à partir de manuscrits grecs, prise de parti pour une médecine humaniste qui revient aux sources grecques souvent défigurées par la médecine arabe. De 1532 à 1535, il exerce à l'Hôtel-Dieu de Lyon.

Il se fait alors éditeur de textes savants selon les principes de la philologie humaniste : restitution de textes antiques soumis à l'examen critique. En 1532, il édite en latin les *Lettres médicinales* de Manardi, les *Aphorismes* d'Hippocrate à partir d'un manuscrit grec pour restaurer l'« antique et authentique médecine », le *Testament de Cuspidius* (texte apocryphe) pour faire connaître comment les Anciens rédigeaient leurs testaments. Dans un genre très différent, c'est vraisemblablement un travail d'édition qui l'amène à s'intéresser de près aux *Grandes et inestimables Cronicques : du grant et enorme geant Gargantua* pour lesquelles il rédige une table des matières mettant en valeur un certain nombre d'éléments utilisés par la suite dans son propre *Gargantua* (*), comme les cloches de Notre- Dame, la grande jument ou la dent creuse de Gargantua.

Vers 1531-32, il publie chez l'éditeur Claude Nourry, sous le pseudonyme d'Alcofribas Nasier, *Les horribles et espoventables faictz et prouesses du tresrenomme Pantagruel Roy des Dipsodes/filz du grand geant Gargantua.* Pantagruel, nom emprunté par Rabelais à un petit diable de mystères, génie marin, dominateur des altérés, devient ainsi l'élément fondateur de la geste. Et si, en 1535, Rabelais adjoint un *Gargantua,* histoire du père de Pantagruel, appelé à devenir le livre premier, c'est toujours par rapport à Pantagruel que les livres suivants seront publiés, puisque la geste à partir du *Tiers Livre* prendra le nom de *Faicts et dicts heroïques du bon Pantagruel* (voir *Gargantua*). Le *Pantagruel* suit la trame traditionnelle des romans de chevalerie : enfance, apprentissage, hauts faits du héros. Y apparaît un des personnages centraux de l'œuvre : Panurge. En 1533, la *Pantagrueline prognostication,* pastiche des opuscules de prophéties, prend place dans les réflexions évangéliques contemporaines sur le libre arbitre et dans la lutte de la royauté française contre Charles Quint. Rabelais s'essayera à d'autres reprises à cette littérature d'almanach.

Pendant l'hiver 1533-34, Rabelais accompagne le cardinal Jean du Bellay à Rome. Il s'y occupe de botanique et de topographie et, à défaut de publier sa propre topographie de Rome, il édite en 1534 celle de Marliani. En février 1535, il quitte précipitamment l'Hôtel-Dieu de Lyon, laissant vraisemblablement sous les presses de François Juste le *Gargantua* dont il n'a corrigé que les premiers cahiers. Le seul exemplaire connu de la première édition de ce texte étant dépourvu de page de titre, la critique débat pour une publication en 1534 ou 1535. Elle paraît dans un contexte politique troublé, puisque, dans la nuit du 17 octobre 1534, des pamphlets contre la messe ont été placardés jusque dans la chambre du roi, initiative suivie d'une violente répression. Le *Gargantua* réitère la trame de roman de chevalerie du *Pantagruel,* en y ajoutant l'épisode, fréquent dans les gestes, de la fondation d'une abbaye, ici celle de Thélème, avec sa fameuse devise : « Fay ce que vouldras ». Rabelais introduit dans cet ouvrage la figure haute en couleur de frère Jean des Entommeures, moine d'action qui sauve le clos de Seuillé contre les ennemis. Partant dans la guerre pichrocholine d'un conflit qui avait opposé son père à son voisin Gaucher de Sainte-Marthe, Rabelais suit au plus près l'actualité : les variantes d'une édition à l'autre en 1535 montrent que, derrière la folie de conquêtes de Pichrochole, il a tenu à faire une satire de Charles Quint.

Lors de son séjour à Rome d'août 1535 à mai 1536 (dont on a conservé les lettres qu'il fait parvenir à son protecteur D'Estissac), il est absous par Clément VII de son crime d'apostasie et est autorisé par Paul III à pratiquer la médecine et à reprendre l'habit de bénédictin dans le monastère de Saint- Maur-des-Fossés. En 1537, il obtient à Montpellier les titres de licencié et de docteur en médecine. En 1538, il assiste à la rencontre d'Aigues-Mortes entre François Ier et Charles Quint. À partir de 1540, il est au service de Guillaume du Bellay, frère du cardinal. Il fera plusieurs séjours en Piémont avant la mort de son protecteur en janvier 1543.

Si *Pantagruel* et *Gargantua* sont inscrits en 1543 et 1544 sur la liste des livres à censurer établie par la Sorbonne, cela n'empêche pas Rabelais d'obtenir un privilège royal en septembre 1545 pour la suite de son roman et le remaniement des premiers volumes. En 1546, à Paris, sous son nom, avec son titre de docteur en médecine, il publie le *Tiers Livre* (voir *Gargantua*), enquête sur le mariage éventuel de Panurge, encadrée par les éloges paradoxaux des dettes et du pantagruélion, prise de parti dans la querelle des femmes où, sous la forme du dialogue lucianiste, Rabelais mêle comédie et dialogue.

Après la condamnation du *Tiers Livre* par la Sorbonne, Rabelais, de 1546 à 1547, est à Metz, terre d'empire ; nommé conseiller de la ville, il est vraisemblablement chargé d'une mission diplomatique auprès des princes protestants. De septembre 1547 à septembre 1549, il fait un autre séjour à Rome où il compose la *Sciomachie,* description des fêtes données à l'occasion de la naissance de Louis d'Orléans. C'est lors de ce séjour que paraît à Lyon en 1548 la première version du *Quart Livre :* onze chapitres, abruptement terminés et notablement modifiés et amplifiés en 1552.

En 1550, il obtient un nouveau privilège de dix ans pour l'impression de ses œuvres et fait paraître en 1552 à Paris, chez Michel Fezandat, en même temps qu'un *Tiers Livre* « reveu, et corrigé par l'auteur, sus la censure antique », un *Quart Livre* qui, le 1er mars 1552, est interdit de vente pour quinze jours par le parlement. Le *Quart Livre,* récit initiatique, est une charge contre la papauté, en accord avec la politique royale contemporaine. Il se présente sous la forme d'un récit de voyage qui mêle les données actuelles nouvelles et les récits traditionnels, parodie les épopées antiques et tire profit de l'anonyme *Disciple de Pantagruel.* Les héros, sous le prétexte d'avoir le mot de la Bouteille sur le problème de Panurge, mais en fait mus par le « studieux desir de veoir, apprendre, congnoistre » sont embarqués dans un voyage mythique qui aborde les problèmes de la connaissance du monde et de soi. C'est le dernier ouvrage paru du vivant de Rabelais qui, au début de 1553, résigne ses cures de Saint-Christophe-du-Jambet et de Meudon.

Le prétendu cinquième livre paraît posthume. En 1562, l'*Isle Sonante* fournit seize chapitres qui sont repris, à part celui des Apedeftes, en 1564 dans l'édition du *Cinquiesme Livre* où les héros arrivent à l'oracle de la Dive Bouteille à Chinon, « première ville du monde », où les attend une cérémonie initiatique au cours de laquelle ils auront le mot de la Bouteille : « trinch ». L'authenticité de cet ouvrage, dont on possède un manuscrit non autographe, controversée dès le XVIe siècle, a donné lieu à une abondante littérature critique. L'examen des trois états connus laisse entendre que l'on est en présence de lectures parallèles de manuscrits originaux, difficiles à lire et hétérogènes, composés de notes de lecture, de la première version du prologue du *Tiers Livre,* d'une suite du *Quart Livre* de 1548 et d'une navigation qui devait suivre immédiatement le *Tiers Livre.* Les éditeurs ont voulu faire passer pour un cinquième livre ces brouillons qui ne constituent absolument pas le *Quint Livre* auquel Rabelais aurait pu songer s'il avait voulu donner une suite à sa navigation du *Quart Livre* qui est peut-être bel et bien achevée par l'alliance des mots hébraïque et français « sela, beuvons ».

Si Rabelais est surtout resté l'auteur du *Pantagruel* et du *Gargantua,* on ne doit pas oublier que ces ouvrages ne représentent que le tiers de la geste pantagruéline et qu'ils ne prennent tout leur sens que par rapport à l'ensemble de l'œuvre. Rabelais n'a cessé d'affiner ses techniques narratives, ses personnages, ses messages à ses lecteurs.

L'univers romanesque rabelaisien offre un système de références unique dans la littérature, mêlant fiction et réalité dans des dimensions spatiales et temporelles hors de toute norme. Ses trois géants, Grandgousier, Gargantua, Pantagruel, sont les derniers rejetons d'une lignée qui compte géants bibliques, géants mythologiques, géants des romans de chevalerie, géants de pure fiction. Pantagruel, le petit diable qui, dans le mystère médiéval, assoiffe les hommes en leur jetant du sel dans la bouche, devient un géant par antiphrase, alors que, selon les folkloristes qui recueillent les légendes orales, le nom de Gargantua (du celtique « gar » = pierre) semble associé à certains cultes celtiques et aurait pu désigner le géant gardien de la pierre, et au dieu Gargant qui effraie par sa force, son appétit et ses exploits urinaires. Les géants conservent dans la geste rabelaisienne quelques traits de leur origine : pouvoir d'altération, motif de l'avalage, généreux compissages. Mais, au fil du roman, ils s'humanisent, et l'auteur est obligé à intervalles réguliers de rappeler par quelque élément de contraste la taille de ses héros. L'inquiétant Pantagruel du *Pantagruel* est devenu l'« idée et exemplaire de toute joyeuse perfection » dans le *Tiers Livre.*

Plus en fait qu'un monde merveilleux, créé par ces figures extraordinaires et qui renverrait à un fonds populaire, apparaît en filigrane le monde contemporain. Derrière les guerres picrocholines, la région chinonaise et la politique de Charles Quint ; derrière la cour des Papimanes, celle de Jules III ; derrière le *Tiers Livre,* la querelle des femmes. Les érudits ne cessent de mettre au jour de nouveaux éléments qui montrent comment Rabelais fait de son œuvre le miroir des réalités contemporaines et même parfois une œuvre de propagande politique.

C'est aussi toute la culture humaniste qui sous-tend le jeu incessant des allégations d'autorités antiques, des exemples anciens ou contemporains qui donnent une épaisseur temporelle exceptionnelle. Rabelais établit un dialogue incessant avec les Anciens ; le Plutarque de la *Cessation des oracles* par exemple dans le *Quart Livre,* et avec les humanistes contemporains. Ainsi le prologue du *Gargantua* est une réécriture du mythe des Silènes d'Alcibiade développé par Érasme dans ses *Adages,* donné en clair par Rabelais comme une réflexion sur les apparences et la connaissance ; mais cet adage était aussi pour Érasme matière à réflexion sur le sens immédiat et sur le sens caché des Écritures et des œuvres littéraires, que Rabelais n'évoque alors que par allusion et que seul le recours au texte érasmien permet de restituer. Rabelais se plaît ainsi à la suggestion. Son *Quart Livre* s'achève, comme l'*Éloge de la folie* d'Érasme, sur l'invitation à boire. Derrière les créations rabelaisiennes, il y a également tout un réseau d'allusions littéraires ; ainsi avec Panurge vivent Ulysse, le Cingar du *Baldus* de Folengo ou Till l'Espiègle.

Face au monde renaissant, il y a chez Rabelais une volonté de dire le monde dans sa variété, d'amasser les mots de toutes les langues, de tous les dialectes, d'établir des listes de noms de plantes, d'animaux venimeux, des inventions de l'homme, un souci de l'abondance qui se veut aussi prise de possession du monde dans son ensemble, d'un monde où le microcosme, l'homme pour Rabelais, est à l'image du macrocosme. Rabelais a voulu un roman cosmique.

Dans cet univers si particulier éclate le rire rabelaisien, symbole de la dignité de l'homme, depuis Aristote qui disait déjà que le rire est le propre de l'homme. Toute l'œuvre de Rabelais condamne les « agélastes », ceux qui ne savent pas rire. Le rire rabelaisien, que l'on a qualifié de carnavalesque, est fondé sur de grosses plaisanteries monacales, sur des jeux de mots, contrepèteries ou autres, souvent salaces. Mais on ne saurait négliger la vertu curative du rire, mise en avant dans le *Quart Livre,* et surtout sa vertu pédagogique reconnue par les Anciens. La verve comique est aussi attitude d'humaniste ; elle permet, comme le dit Érasme, de faire entrer plus facilement la vérité dans l'esprit.

Le roman de Rabelais peut être lu comme une éthique sans cesse affinée, comme le montrent bien la mention dans tous ses ouvrages du pantagruélisme et les définitions qu'il en donne : « estre bons pantagruelistes (c'est-à-dire vivre en paix, joye, santé, faisant toujours grande chere) » (*Pantagruel*) ; « en pantagruelisans, c'est-à-dire beuvans a gré et lisans les gestes horrificques de Pantagruel » (*Gargantua*) ; « une forme spécifique et propriété individuele laquelle nos majeurs nommoient Pantagruelisme, moyenant laquelle jamais en mauvaise part ne prendront choses quelconques ilz congnoistront sourdre de bon, franc et loyal courage » (*Tiers Livre*) ; « moyennant un peu de pantagruelisme (vous entendez que c'est certaine gayeté d'esprit conficte en mespris des choses fortuites) » (*Quart Livre*).

Une des valeurs clés du pantagruélisme de Rabelais, dans le sillage d'Érasme, est le rejet de la philautie (« amour de soi »), de l'attachement à sa propre doctrine qu'il stigmatise déjà dans sa dédicace de l'ouvrage de Marliani et qu'il reprend dans le *Tiers Livre.* De nombreux épisodes sont des variations sur ce thème. Philautes, Pichrochole ou les insulaires du *Quart Livre,* Panurge et son dogmatisme, sa sophistique, son arrogance, alors que la création de Thélème peut se lire comme une utopie antiphilautique. Selon Pantagruel, en s'oubliant soi-même, en se détachant de toute affection terrienne, l'esprit peut être apte à recevoir le bénéfice de la divination et à entrer en contact avec la divinité. Le remède contre la philautie, c'est la folie aux yeux du monde, prônée par Pantagruel à la suite de saint Paul, et la connaissance de soi, premier trait de philosophie pour Rabelais. Chacun est ainsi invité à suivre son sentiment sans offenser autrui, leçon paulinienne.

Lui est liée une autre notion (paradoxale dans ce monde de géants) : la médiocrité (au sens de « juste milieu ») qui parcourt toute l'œuvre. Son absence de « médiocrité » conduit à la mort le marchand avec ses moutons. Comme le dit en clair Rabelais : « Soubhaitez doncques médiocrité ; elle vous adviendra ; et encores mieulx, deuement cependant labourans et travaillans. » Dans toutes ses œuvres, l'homme doit se faire coopérateur avec Dieu. Cette morale de l'effort et la confiance en la grâce de Dieu s'opposent à la doctrine de la prédestination de Calvin, que condamne Rabelais, et à l'athéisme que le positivisme du début du siècle, effarouché par les plaisanteries sur la religion, pourtant de tradition monacale, a voulu voir en Rabelais.

Par-delà cette quête de soi-même, cette propédeutique de la connaissance symbolisée par le voyage du *Quart Livre,* l'œuvre de Rabelais est aussi une dénonciation violente de tous les vices sociaux, une satire des conformismes : critique des moines, des pèlerinages, de la confession, des cultes des saints à la suite d'Érasme ; critique des vices de la papauté dans l'épisode des Papimanes ou de l'île Sonante ; critique des sorbonnards, des sophistes ; de la justice. Elle est aussi traité pratique de pédagogie, véritable institution du prince, utopie sociale avec l'harmonie des thélémistes.

L'œuvre de Rabelais est également une invite permanente à déchiffrer les signes. Dès le prologue du *Gargantua* qui, dans la nouvelle économie de l'œuvre, est devenu le texte inaugural de la geste et qui a fait couler beaucoup d'encre parmi les rabelaisants, Rabelais invite à une réflexion sur l'interprétation et il multipliera les textes à double entente : énigme en forme de prophétie, dispute de Thaumaste et Panurge, paroles gelées. En fait la lecture allégorique d'un texte, pour médiévale qu'elle est, est aussi attitude d'humaniste, et là encore il faut faire preuve de « médiocrité ». Selon Érasme : « Également impies sont ceux qui écartent des Écritures les types ou les allégories et ceux qui, recherchant l'allégorie, rejettent le sens historique là où aucune nécessité n'y oblige. Il faut dans ce domaine garder une sobre moyenne. »

Le recours à la lecture allégorique se fait pour Érasme à la suite de l'apôtre Paul qui, après le Christ, a ouvert certaines sources d'allégorie et qui tient à une occultation du message et à un message sélectif. Cette façon de procéder pose les modalités du codage dans l'œuvre : anecdotes à lire comme paraboles, structuration des livres en inclusion concentrique où se détermine au cœur de l'œuvre le noyau signifiant.

Le texte de Rabelais participe aussi à la réflexion contemporaine sur les genres : pièces poétiques, épopée, jeux sur histoire et chronique, sur les niveaux de langue, sur les vices du langage, les innovations décriées par les premiers traités théoriques sur le français.

L'œuvre de Rabelais est aussi une variation sur le langage où verbe créateur et paroles des hommes se répondent. Rabelais réfléchit sur les rapports entre les mots et les choses : pure convention ou signifiant à plus haut sens. L'œuvre est ainsi fortement marquée par les recherches contemporaines sur la forme des mots en un moment où le français est à codifier. Rabelais a entrepris avec son système de la « censure antique » une restitution du français en le dotant d'une orthographe qui puisse manifester son origine et les corruptions qu'il a subies et en essayant de le restaurer dans son intégrité. Tel Érasme qui, dans la prononciation contemporaine des langues anciennes, recherche les vestiges de la prononciation antique, Rabelais n'a pas hésité à mettre à contribution toutes les langues et tous les dialectes, abondamment représentés dans son œuvre. Il a tout au long de son œuvre effectué un travail très complexe sur la forme qui devient significative de prises de position humanistes.

MIREILLE HUCHON.

♦ *« Tous les sçavans hommes de France n'ont point méprisé leur vulgaire. Celuy qui fait renaistre Aristophane et feint si bien le nez de Lucian en porte bon tesmoignage. »* Du Bellay. ♦ *« Il n'y a celuy de nous qui ne sçache combien le docte Rabelais en folastrant sagement sur son Gargantua et Pantagruel gaigna de grace parmy le peuple. »* Pasquier. ♦ *« Rabelais, facetieux, mordant, utile-doux, raillard, second Épicure, gausseur ou gaudisseur, lucian françois, docte gabeur, ventre epicurien, plaisant, moqueur, pantagruelite ».* M. de La Porte. ♦ *« Son livre est une énigme, quoi qu'on veuille dire, inexplicable, c'est une chimère, c'est le visage d'une belle femme avec des pieds et une queue de serpent ou de quelque autre bête plus difforme ; c'est un monstrueux assemblage d'une morale fine et ingénieuse et d'une sale corruption. Où il est mauvais, il passe bien loin au-delà du pire, c'est le charme de la canaille ; où il est bon, il va jusques à l'exquis et à l'excellent, il peut être le mets des plus délicats. »* La Bruyère. ♦ *« C'est un philosophe ivre qui n'a écrit que dans le temps de son ivresse. »* Voltaire. ♦ *« Ô divin maître, vous êtes un atroce cochon ! »* George Sand. ♦ *« Montaigne eût dit : que sais-je ? et Rabelais : peut-être. »* Hugo. ♦ *« Ce Michel-Ange de l'ordure. »* Barbey d'Aurevilly. ♦ *« Un rire des dieux, suprême, inextinguible... »* Claudel.

RÉF. : Jean Plattard, *L'Invention et la composition dans l'œuvre de Rabelais,* Paris, 1909. — Lucien Febvre, *Le Problème de l'incroyance au XVIe siècle. La religion de Rabelais,* Paris, 1942. — M.A. Screech, *L'Évangélisme de Rabelais,* Genève, 1959 ; *Rabelais,* Londres, 1979. — Marcel de Grève, *L'Interprétation de Rabelais au XVIe siècle,* Genève, 1961. — Alfred Glauser, *Rabelais créateur,* Paris, 1966. — Mikhaïl Bakhtine, *L'Œuvre de Rabelais,* Paris, 1970. — Gérard Defaux, *Pantagruel et les sophistes,* La Haye, 1973. — François Rigolot, *Les Langages de Rabelais,* Genève, 1976. — Roland Antonioli, *Rabelais et la médecine,* Genève, 1976. — Mireille Huchon, *Rabelais grammairien,* Paris, 1981. — V.-L. Saulnier, *Rabelais dans son enquête,* t. I, Paris, 1983 ; t. II, Paris, 1982. — Daniel Ménager, *Rabelais en toutes lettres,* Paris, 1986. — Michael Screech, *A new Rabelais bibliogra-*

phy, 1987. – Guy Demerson, *François Rabelais*, Paris, 1991. – Edwin M. Duval, *The Design of Rabelais's Pantagruel*, Yale, 1991. – *Études rabelaisiennes*, Genève, t. I, 1956, à XXVIII, 1992.

RACAN Honorat de Bueil, seigneur de. Poète né au château de Champ-marin (aujourd'hui Aubigné-Racan) dans le Maine angevin, le 5 février 1589 ; mort à Paris, le 21 janvier 1670. Racan appartenait à une ancienne et illustre famille, celle de Bueil. Son enfance se déroule dans le cadre charmant des vallons du Maine, mais des deuils successifs font de lui, dès l'âge de treize ans, un orphelin. Recueilli par son cousin, le comte de Bellegarde, Racan fait ses débuts à la Cour comme page de la chambre du roi Henri IV. En 1605, le jeune garçon – il n'a que seize ans – est présenté à Malherbe. Jusqu'à la mort du maître, Racan vivra dans son ombre. Il écrira : « Je respectais toujours M. de Malherbe comme mon père, et M. de Malherbe vivait avec moi comme avec un fils » ; Malherbe de son côté affirmera que Racan était avec Maynard son meilleur disciple. Cette amitié véritable entre ce vieillard et cet adolescent nous vaudra les très précieux *Mémoires sur la vie de Malherbe* et la belle rigueur qui servira de digue aux facilités du poète des *Psaumes*. Pour Racan, la carrière militaire, qui suit tout naturellement celle de page, commence en 1608, mais ce n'est qu'en 1621 qu'il connaîtra le baptême du feu, au siège de Saint-Jean-d'Angély. Jeune officier, Racan tombe amoureux d'une coquette, Catherine Chabot, qui épouse le marquis de Termes, frère de Bellegarde, le protecteur du poète. Cet amour fidèle que la belle ne récompensera jamais s'étirera pendant de longues années jusqu'à ce que Racan ait enfin la sagesse d'y renoncer. Désormais c'est pour Catherine, qu'il appelle Arthénice, que le poète écrit des vers et en premier la pastorale dramatique de trois mille vers qui lui est dédiée, *Les Bergeries* (*), d'abord appelée *Arthénice*, où l'on trouve une fraîche et passionnée peinture de l'amour alliée à une évocation harmonieuse de l'Âge d'or. *Les Bergeries* furent un très grand succès ; représentées à l'Hôtel de Bourgogne en 1619, jouées à la Cour en 1624 ou 1625 – le rôle principal en était tenu par Henriette de France, la future reine d'Angleterre – imprimées en 1625 et réimprimées onze fois en dix ans, elles firent la gloire du poète.

Après ses campagnes, Racan s'installe au château de La Roche-Racan, en Touraine et ne vient que quelques mois par an à Paris ; ayant renoncé à la trop lointaine Arthénice, il s'y marie (1628) et y a de nombreux enfants. En 1634, c'est là qu'il reçoit la nouvelle de son élection à l'Académie aux travaux de laquelle il se montre fort assidu, y prononçant un discours *Contre les sciences*, qui préfigure le *Discours sur les sciences et les arts* de J.-J. Rousseau. Racan y raille le pédantisme des docteurs qui prétendent constituer une « rhétorique des choses les plus communes » et réduire « en art le pleurer et le rire ». Il prophétise la venue d'un temps sinistre où « l'on ne pourra plus rire à propos, à leur gré, que par règles et figures ». Depuis son adolescence, Racan avait cultivé la poésie religieuse ; dans sa retraite campagnarde, il se remet à l'œuvre, encouragé par un sien voisin, l'abbé du monastère cistercien de La Clarté-Dieu, et compose une traduction en vers des *Psaumes* qui sera publiée dans les *Odes sacrées* de 1651 et dans les *Dernières œuvres et poésies chrestiennes de Messire Honorat de Bueil, Chevalier seigneur de Racan* (1660), recueils qui avaient été précédés par les *Sept psaumes de la pénitence* (1627). Outre la beauté de la langue, la rigueur de la versification, ces traductions tiennent leur originalité de la prise de position de Racan qui entend « expliquer les matières et les pensées de David par les choses les plus connues et les plus familières du siècle et du pays où nous sommes » et les « accommoder le plus qu'il pourra au temps présent ». Faisant de brefs séjours à Paris où il fréquente les beaux esprits, Chapelain, Conrart, Ménage, etc., avec qui il reste en correspondance lorsqu'il a regagné ses terres, et où il règle ses affaires fort embrouillées – Racan fut, toute sa vie, accablé de procès – il s'occupe fort continûment de ses domaines et consacre ses loisirs à la poésie. Très exigeant – à l'exemple de son maître Malherbe – Racan pensa brûler ses vers et il ne les publia qu'avec circonspection et parfois fort longtemps après les avoir écrits. Il mourut à Paris. Ses restes furent inhumés dans la crypte de l'église de Neuvy-le-Roi auprès de ceux de ses ancêtres. Le jeune La Fontaine fut influencé par ce poète dont il admirait l'aisance, et la limpidité syntaxique et lexicale.

♦ « *Racan avait plus de génie que* [Malherbe], *mais il est plus négligé et songe trop à le copier. Il excelle surtout à mon avis à dire les petites choses ; et c'est en quoi il ressemble mieux aux anciens, que j'admire surtout par cet endroit.* » Boileau.

RÉF. : L. Arnould, *Racan*, 1896. – Valery Larbaud, *Notes sur Racan*, 1925.

RACHILDE (pseud. de Mme Alfred Vallette, née Marguerite Eymery). Écrivain. Née au Cros, près de Périgueux (Dordogne) le 11 février 1860, morte à Paris le 4 avril 1953. Son père, officier de carrière, aurait voulu avoir un fils ; Marguerite étant restée fille unique, il l'éleva en garçon. Mais sa plus grande joie était d'écrire : à douze ans elle débuta dans les lettres, en envoyant à un journal périgourdin sa première œuvre, une légende : *La Création de l'oiseau-mouche*. Cet essai fut suivi d'un roman, publié en feuilleton, sous le pseudonyme de Rachilde, dans la presse locale : *Madame de Sangdieu* (1878). Spirite, Rachilde puisait ses sujets et jusqu'à son pseudonyme dans les « communications » de la table tournante. Encouragée par un mot bienveillant de Victor Hugo, Rachilde obtint une préface d'Arsène Houssaye pour son *Monsieur de la Nouveauté*

(1880) et une autre, de Barrès, pour la deuxième édition (1889) de *Monsieur Vénus*, livre que Barrès estimait être un chef-d'œuvre. Pourtant, lors de sa parution (1884), *Monsieur Vénus* fit scandale : Rachilde fut poursuivie par le Parquet belge et condamnée. Après *Monsieur Vénus*, Rachilde publia *Nono* (1885), *La Virginité de Diane* (1886), *Le Marquis de Sade* (1887), *Madame Adonis* (1888), etc. Mariée, en 1889, avec Alfred Vallette, critique et chroniqueur, Rachilde fonda, avec son mari, *Le Mercure de France* (*), dont le premier numéro vit le jour le 1er janvier 1890. Outre une collaboration constante à cette revue, Rachilde publia beaucoup : en moyenne un livre par an. Signalons entre autres : un recueil de contes et nouvelles, paru sous le titre *Le Démon de l'absurde* (1894), *La Princesse des ténèbres*, roman publié en 1896 sous le pseudonyme de Jean de Childra ; un roman de mœurs, *Les Hors nature* (1897), *La Tour d'amour* (1899), *La Jongleuse* (1900), *Le Meneur de louves* (1905) et combien d'autres ! Parmi ses dernières œuvres on doit signaler : *La Découverte de l'Amérique* (1919), *La Haine amoureuse* (1924) ; les essais : *Alfred Jarry, ou le Surmâle des lettres* (1928) et *Portraits d'hommes* (1930), un recueil de poésies : *Les Accords perdus* (1937), et son dernier roman, en partie autobiographique, *Face à la peur* (1942).

RÉF. : Rachilde, *Face à la peur*, Paris, 1942. — E. Gaubert, *Rachilde*, Paris, 1907. — M. Coulon, *L'Imagination de Rachilde*, Paris, 1921. — A. David, *Rachilde, homme de lettres, son œuvre*, Paris, 1924. — Cl. Dauphiné, *Rachilde*, Périgueux, 1985.

RACINE Jean. Auteur dramatique né en décembre 1639 — baptisé le 22 de ce mois, il est possible qu'il soit né le jour même — à La Ferté-Milon (Aisne), mort le 21 avril 1699 à Paris. Sa famille occupait, depuis des générations, des fonctions administratives. Son père avait une charge, d'ailleurs médiocre, au Grenier à sel (administration des impôts indirects). L'enfant perdit sa mère, Jeanne Sconin, le 28 janvier 1641, il n'avait que treize mois ; son père, qui s'était remarié, mourut le 6 février 1643. L'orphelin de trois ans, resté sans aucune fortune, fut recueilli par sa grand-mère, Marie des Moulins, qui était en même temps sa marraine. Celle-ci devait bientôt se retirer auprès du monastère de Port-Royal. Racine, après avoir passé quatre ans (1651-1655) au collège de Beauvais, eut ainsi la chance de recevoir, dans les écoles qu'avaient organisées les solitaires, aux Granges, une éducation très solide. L'ancien avocat Antoine Le Maître, le moraliste Nicole, l'helléniste Lancelot, d'autres encore furent ses professeurs. Plus qu'une formation morale, c'est une formation intellectuelle que lui assura Port-Royal. Dans ce centre spirituel, où des membres de quelques-unes des plus grandes familles du royaume s'étaient retirés, il put également nouer certaines relations qui, par la suite, devaient lui être fort utiles dans sa carrière.

En 1660, après avoir fait une année de logique au collège d'Harcourt, il se trouve à Paris sous la protection de son cousin Nicolas Vitart, qui est l'homme de confiance des Chevreuse. Il fait le bel esprit et se passionne pour la littérature. Il songe déjà au théâtre, mais la pièce (perdue) qu'il a composée, *L'Amasie*, ne trouve pas grâce devant les comédiens. Au contraire, une ode officielle célébrant le mariage du roi, *La Nymphe de la Seine*, remporte un véritable succès et attire l'attention de Chapelain, alors le personnage le plus important du Parnasse. La vocation littéraire du jeune homme est déjà pleinement attestée, mais à une époque où le métier d'auteur est misérable, un orphelin sans fortune ne saurait songer à vivre de sa plume. Racine, selon une pratique courante de son temps, va essayer de se faire conférer un bénéfice ecclésiastique qui assurera sa vie matérielle, tout en ne lui imposant que fort peu d'obligations. Dans cette intention, il se rend à Uzès chez son oncle Sconin, qui occupait les fonctions de vicaire général auprès de l'évêque. Dans cet exil, il écrira force lettres ingénieuses et sa vocation littéraire s'affermira. Revenu à Paris en 1663 sans avoir obtenu le bénéfice escompté, il se décidera — si décrié le mot soit-il — à devenir un auteur. Mais, pendant son absence, Colbert, aidé de Chapelain, a mis sur pied tout un système de gratifications et de pensions aux gens de lettres, destiné à faire des écrivains les chantres de la gloire du règne. Le roi ayant été malade, Racine compose une *Ode sur la convalescence du roi* qui lui fera obtenir en 1664 une pension. Cette gratification annuelle, que le roi accordait aux gens de lettres qui, jugeait-il, illustraient son règne, Racine devait la conserver jusqu'à sa mort.

Connu en tant que poète officiel, il n'en continuait pas moins de s'intéresser avant tout à la scène. Mais il n'y avait à Paris que trois théâtres, et il était très difficile de se faire jouer. C'est après plusieurs tentatives infructueuses que Racine réussit à faire accepter par Molière, le directeur du théâtre du Palais-Royal, sa tragédie : *La Thébaïde ou les Frères ennemis*. Représentée en juin 1664, cette pièce n'eut pas grand succès. Son auteur l'avait pourtant mise sous la protection du duc de Saint-Aignan, qui était à la Cour le grand seigneur qui s'intéressait le plus à la littérature. Mais dans cette tragédie éloquente et conventionnelle, où la psychologie reste sommaire, il était certes difficile de déceler un génie qui ne s'était guère encore révélé. *Alexandre le Grand* au contraire, joué en décembre 1665, séduisit les contemporains par ses situations piquantes et, plus encore, par son tour galant. Cette tragédie peut paraître fade et fausse, mais on eut en 1665 le sentiment qu'un grand dramaturge était né. En outre, Racine avait forcé l'attention en ayant à l'égard de Molière un procédé très insolite : après la quatrième représentation de sa pièce, il l'avait donnée aux comédiens du théâtre rival, l'Hôtel de Bourgogne. Cette sorte de trahison, qui devait brouiller à jamais Racine et Molière, fit à la pièce une certaine publicité. Mais elle donna du caractère de son auteur une idée peu avantageuse. Racine apparut comme un homme avide de succès et de gloire, qui n'était pas disposé à s'embarrasser de scrupules quand son intérêt était en jeu. On le vit bien à peu près au même moment, lors de sa querelle avec Port-Royal. Nicole, dans une brochure qui ne visait nullement Racine, avait rappelé la condamnation traditionnelle du théâtre par l'Église, et le peu d'estime qu'on avait alors dans le monde pour la profession d'auteur dramatique. Racine tint à se poser en défenseur du théâtre, prit à cœur de justifier socialement la condition de poète, et ne craignit pas d'attaquer, d'une manière d'autant plus violente qu'elle était spirituelle et méchante, Port-Royal et ses anciens maîtres.

C'est à l'Hôtel de Bourgogne que, de même que les pièces qui suivirent, fut représentée en novembre 1667 la tragédie d'*Andromaque* (*). Elle eut un succès presque comparable à celui du *Cid* (*) trente ans plus tôt, et c'est d'elle que date la véritable gloire de Racine. Un nouveau type de tragédie, avec à la fois plus de rigueur dramatique et plus de poésie tragique, était né. On ne fut que plus surpris de voir le jeune auteur qui venait de s'illustrer ainsi abandonner le genre noble de la tragédie pour brocher une comédie souvent bouffonne : *Les Plaideurs* (*). Mais ce « caprice », qui remplit la fin de l'année 1668, amusa la Cour et le roi. Au reste, comme il l'écrivit lui-même de façon méprisante, il n'attendait pas un grand honneur d'avoir ainsi « réjoui le monde », et il ne s'attarda pas dans le comique. En décembre 1669, il fait représenter la plus « pompeuse » de ses tragédies, *Britannicus* (*), où se déploie toute la grandeur romaine. Dans un tel domaine, il devait nécessairement se heurter à Corneille, qu'il attaquera violemment dans sa préface, lors de la publication de la pièce. Les nombreux partisans de Corneille vieilli, et les ennemis du jeune auteur dont le caractère ombrageux ne plaisait guère, se déchaînèrent contre la nouvelle tragédie. Mais c'est avec *Bérénice* (*), en novembre 1670, que le combat contre Corneille devait mener à une victoire décisive. Il semble que ce soit Racine qui ait tenu à rivaliser avec son aîné et à faire vivre les mêmes personnages que celui-ci met en scène dans son *Tite et Bérénice* (*), joué également en novembre 1670. Quoi qu'il en soit, c'est la *Bérénice* de Racine qui, représentée plus de trente fois, chiffre énorme alors, souleva l'enthousiasme du public. On applique désormais à Racine la fameuse épithète de « tendre » qui lui restera par la suite. *Bajazet* (*), représenté tout au début de l'année 1672, montra combien le génie racinien était divers. *Bérénice* avait vérifié le principe énoncé dans sa préface qu'« il n'est pas nécessaire qu'il y ait du sang et des morts dans une tragédie » ; l'action y était tout intérieure et aucun coup de théâtre n'intervenait. *Bajazet*, au contraire, est un drame sanglant où les événements se précipitent jusqu'à la catastrophe finale. Le public fut surtout sensible au décor oriental — que les critiques d'ailleurs jugèrent insuf- fisamment turc. En janvier 1673, *Mithridate* (*) marque un retour à cette Antiquité qui est le domaine traditionnel de la tragédie classique. Les effets tirés de la politique grandiose de l'ennemi des Romains s'y combinent à ceux d'une intrigue amoureuse. Le succès de cette pièce coïncide avec l'échec de ce qui devait être l'avant-dernière tragédie du grand Corneille. Racine a désormais le droit de se considérer comme le plus grand dramaturge du temps, et il peut compter sur l'attention bienveillante du roi, qui conservera toujours une préférence pour *Mithridate.* La réussite de Racine est éloquemment attestée par le fait que la tragédie qui suit, *Iphigénie en Aulide* (*), fut créée en août 1674 à la Cour ; elle fut le clou d'une des fêtes les plus somptueuses de la monarchie, que donna le roi à Versailles à son retour de sa campagne de Franche-Comté. Représentée à Paris cinq mois plus tard, la pièce remporta l'un des plus grands succès du siècle par son caractère touchant. Quand *Phèdre* (*) fut jouée en janvier 1677, cette tragédie se trouva en concurrence avec une pièce : *Phèdre et Hippolyte*, sur le même sujet, que donnait le théâtre rival. Ces sortes de concours étaient alors courants, mais le jeune auteur qui osait ainsi se mesurer à Racine, Pradon, avait eu l'habileté de se ménager des appuis efficaces. En dépit des efforts de Racine, qui monta une cabale pour lutter contre celle de son adversaire, la pièce de Pradon eut d'abord un certain succès. Elle était soutenue en particulier par la coterie du duc de Nevers. Ce grand seigneur qui se piquait de poésie fut alors attaqué de la manière la plus outrageante dans un sonnet qu'on attribua à Racine. Celui-ci n'en était pas l'auteur ; il eut pourtant quelque difficulté à se disculper. Il n'est pas sûr que la réussite de sa pièce, qui triompha bientôt de celle de Pradon, l'ait entièrement consolé de tous ces mécomptes.

Pendant les treize années de la carrière théâtrale qu'il venait de parcourir, Racine n'avait jamais négligé sa situation mondaine. Tout en écrivant pour le théâtre, il s'était toujours comporté plus en courtisan qu'en auteur. Les souvenirs de Port-Royal avaient fait de lui un ami de la grande famille des Chevreuse, et ceux-ci l'avaient présenté à Colbert, à qui il avait dédié *Bérénice.* C'est à la protection du grand ministre qu'il devra d'entrer à l'Académie française en 1673, et surtout d'obtenir la charge de trésorier de France à Moulins, sinécure très précieuse tant sur le plan matériel que sur le plan mondain. Il était devenu l'ami de Boileau au moment où celui-ci se poussait à la Cour, et les deux poètes allaient désormais représenter la littérature auprès des gens du monde. Quand ils auront réussi à se glisser auprès de Mme de Montespan et de sa sœur, Mme de Thianges, leur succès sera assuré. À cette époque où l'on n'avait que mépris pour ceux qui vivaient de leur plume, Racine n'a jamais été considéré comme un homme de lettres parmi les autres. C'est bien pour cela qu'il a été presque universellement détesté par ses confrères en littérature. Le ton amer ou âpre de plusieurs de ses préfaces montre assez la violence de la lutte qu'il a dû soutenir. Loin de se laisser aller à la bohème des gens de théâtre, il a eu un goût marqué pour la sécurité bourgeoise : il s'est toujours préoccupé de faire des économies ou d'effectuer des placements sûrs. Ses liaisons successives avec ses deux principales interprètes, la Du Parc et la Champmeslé, ont été relativement discrètes, et ont eu, semble-t-il, un caractère en grande partie professionnel. Surtout à partir de 1675, il y a chez cet écrivain un désir de respectabilité et une ambition sociale que le théâtre n'est guère en mesure de satisfaire. Il ne faut donc pas être trop surpris de voir Racine, au cours de l'été 1677, accepter la mission d'écrire l'histoire officielle du roi. Les fonctions d'historiographe représentent en effet pour lui, ainsi que pour Boileau avec qui il les partage, une promotion considérable. Elles lui permettent d'approcher le roi qui, dans ce gouvernement absolu et cette société centralisée, est le foyer de toute faveur, et qu'il accompagne dans plusieurs de ses expéditions militaires, en 1678, 1683 et 1687. En outre, les victoires militaires et les conquêtes du roi provoquent alors précisément un prodigieux courant d'enthousiasme ; chacun se préoccupe des moyens d'éterniser la gloire du monarque. C'est un immense honneur pour Racine et Boileau d'être chargés par le roi lui-même de faire passer à la postérité la mémoire de ses grandes actions. À l'âge de trente-sept ans, Racine cesse donc d'écrire pour le théâtre et semble oublier la vocation qui, dès l'âge de vingt ans et en dépit des obstacles, l'avait poussé à composer des tragédies. Mais, s'il quitte le théâtre, il n'abandonne pas tout à fait la littérature. L'historiographie elle-même est un genre littéraire. En outre, chaque fois que la vie à la Cour l'exige, Racine se souvient qu'il est un écrivain. Il s'essaie à composer des livrets d'opéra, car le roi a une passion pour ce divertissement. Il fait les vers d'une *Idylle sur la Paix* qui sera chantée à Sceaux en 1685, lors d'une fête somptueuse que la famille Colbert offre au roi. Il acceptera même de menues besognes littéraires pour plaire à Mme de Montespan ou aux Condé. Enfin, il reste l'auteur dramatique le plus admiré et le plus joué, et il se préoccupe en 1687 de procurer une nouvelle édition collective de ses œuvres. S'il n'écrit plus de pièces nouvelles, il tient à défendre celles qu'il a composées, et il continue à lancer des épigrammes contre ses anciens ennemis. Bien plus, le courtisan essaie d'élever la condition de l'homme de lettres ; dans un discours qu'il prononcera tout au début de 1685 à l'Académie, il tentera, tout en faisant un admirable éloge de Corneille qui venait de mourir, d'assimiler la gloire littéraire à la gloire militaire — comparaison qui heurtait alors de solides préjugés.

Au moment où il devenait historiographe et où il changeait de vie, en 1677, Racine avait épousé Catherine de Romanet, une orpheline de fortune moyenne qui appartenait à la bonne bourgeoisie. Sa vie familiale sera exemplaire, et il s'occupera beaucoup plus qu'on ne le faisait d'ordinaire au XVIIe siècle des sept enfants qui lui naîtront de 1678 à 1692. Ce père de famille bien établi, ce courtisan prudent, va pourtant revenir au théâtre, mais dans des circonstances très particulières. Mme de Maintenon devait en effet lui demander de composer une pièce édifiante que joueraient ses protégées, les pensionnaires de l'institution de Saint-Cyr. Ce fut *Esther* (*), représentée en janvier 1689. Étant donné l'importance que Mme de Maintenon attachait à Saint-Cyr, et son influence sur le cœur et l'esprit du roi, la pièce devait nécessairement avoir un grand retentissement. De fait, cette sorte d'oratorio sacré enthousiasma le roi devenu dévot, fut joué devant la Cour avec un immense succès, et valut à Racine un triomphe mondain autant que littéraire. On crut que le courtisan-poète allait devenir le fournisseur attitré de Saint-Cyr. Et en effet une nouvelle pièce lui avait été commandée. Mais on commençait à s'aviser que les représentations bouleversaient la vie des pensionnaires ; l'Église s'alarmait de voir le théâtre pénétrer à l'intérieur d'une maison religieuse d'éducation, qui était de surcroît patronnée par le roi. L'offensive des dévots fut si énergique que la tragédie d'*Athalie* (*), véritable opéra sacré, que Racine avait terminée en 1690, ne fut jamais véritablement représentée. On se contenta, au début de 1691, de quelques représentations sans costumes devant un public extrêmement restreint. L'expérience de Saint-Cyr n'en avait pas moins fait de Racine un véritable familier du roi et de Mme de Maintenon. L'heureux auteur d'*Esther* et d'*Athalie* avait reçu à la fin de 1690 la charge de gentilhomme ordinaire de la chambre du roi, qui devait lui donner un rang important à la Cour. C'était là la consécration d'une carrière exceptionnellement réussie, et un contemporain pouvait écrire : « Tous les gens de lettres doivent être ravis du présent qui vient d'être fait à M. Racine, puisque l'honneur en rejaillit en quelque sorte sur eux. »

En abandonnant le théâtre profane en 1677, en rompant ses relations avec les comédiens, gens excommuniés, en embrassant une vie honorable et bientôt honorée, Racine s'était tout naturellement rapproché de Port-Royal. Ses relations avec le monastère de la vallée de Chevreuse, qui constituait le centre de ce que les jésuites appelaient l'hérésie janséniste, vont devenir de plus en plus intimes. En 1690, sa tante, la Mère de Sainte-Thècle, devient abbesse. Dans les années suivantes, Racine sera en communication constante avec les principaux amis du monastère : Arnauld, Quesnel, Nicole, Vuillart. Courageusement il devient dans le monde le véritable chargé d'affaires de Port-Royal persécuté. Il se trouve ainsi dans une position singulièrement difficile, pris comme il l'est alors entre son loyalisme envers le roi, dont il est l'historiographe, et son amitié pour Port-Royal, dont il compose secrètement l'histoire : l'*Abrégé de l'histoire de Port-Royal*, publié longtemps après sa mort. En 1698, malade, fatigué peut-être des contradictions dans lesquelles il vivait, Racine sent de plus en plus la vanité des honneurs qu'il avait si obstinément poursuivis. S'il continue ses travaux d'historiographe, il vient de moins en moins souvent à la Cour. Il a pris soin de ménager à son fils Jean-Baptiste de solides appuis dans la carrière diplomatique que poursuit le jeune homme. D'autre part, il marie sa fille aînée, Marie-Catherine, à l'héritier d'une famille amie de Port-Royal. Après avoir traîné pendant plusieurs semaines un abcès au foie, il meurt de façon édifiante le 21 avril 1699 et est enterré, conformément à ses vœux, dans le cimetière de Port-Royal, aux pieds de M. Hamon. Ses restes, après la destruction du monastère, furent transférés, en 1711, avec ceux de Pascal à Saint-Étienne-du-Mont. Sans oublier tout à fait les tragédies qui l'ont immortalisé à nos yeux, les contemporains, paradoxalement, virent surtout en lui, lorsqu'il disparut, le courtisan, l'historiographe, le grand personnage dont la mort devait affecter le roi lui-même.

RAYMOND PICARD.

XVIIe siècle. ♦ *« Racine fait des comédies pour la Champmeslé, ce n'est pas pour les siècles à venir ; si jamais... il cesse d'être amoureux, ce ne sera plus la même chose. Vive donc notre vieil ami Corneille ! »* Mme de Sévigné. ♦ *«* [Il] *met tout le monde contre lui. Il ne peut souffrir qu'on estime les ouvrages des autres. Il est si plein de lui-même qu'il querelle ses amis s'ils ne sont pas de son sentiment. »* Tallemant des Réaux, 1677. ♦ *« Il est égal, toujours le même partout, soit pour le dessein et la conduite de ses pièces, qui sont justes, régulières, prises dans le bon sens et dans la nature ; soit pour la versification, qui est correcte, riche dans ses rimes, élégante, nombreuse, harmonieuse : exact imitateur des Anciens, dont il a suivi scrupuleusement la netteté et la simplicité de l'action ; à qui le grand et le merveilleux n'ont pas même manqué, ainsi qu'à Corneille, ni le touchant, ni le pathétique... Corneille nous assujettit à ses caractères et à ses idées, Racine se conforme aux nôtres ; celui-là peint les hommes comme ils devraient être, celui-ci les peint tels qu'ils sont. »* La Bruyère. ♦ *« On ne saurait, au reste, voir un homme plus universellement regretté que ne l'est M. Racine. Les grands, qui étaient tous les jours chez lui durant sa maladie, montraient bien par leurs soins combien ils le chérissaient et combien ils craignaient sa mort ; et la comtesse de Gramont, qui y était presque tous les jours, me dit le soir de la grande fête, les larmes aux yeux : "Hélas ! Quelle perte pour nous, gens de Cour, que celle d'un tel ami ! car tout ce que nous y étions de gens qui pensions un peu sérieusement à notre salut l'avions pour conseil comme pour exemple. Il nous encourageait, nous éclairait, nous fortifiait..." »* Lettre de Vuillart, 1699. ♦ *« Personne n'avait plus de fonds d'esprit, ni plus agréablement tourné ; rien du poète dans son commerce, et tout de l'honnête homme, de l'homme modeste, et, sur la fin, de l'homme de bien. »* Saint-Simon.

XVIIIe siècle. ♦ *« Racine le poète du cœur, et d'autant plus sublime qu'il ne l'est que quand il faut l'être ; Racine, le seul poète tragique de son temps dont le génie ait été conduit par le goût. »* Voltaire. ♦ *« Dans mille ans d'ici, il fera verser des larmes ; il sera l'admiration des hommes dans toutes les contrées de la terre ; il inspirera à l'humanité la commisération, la tendresse. On demandera qui il était, de quel pays, et on l'enviera à la France... Il eût été mieux sans doute qu'il eût reçu de la nature la vertu d'un homme de bien avec les talents d'un grand homme. »* Diderot. ♦ *« Racine et Corneille, avec tout leur génie, ne sont eux-mêmes que des parleurs... mais chez Racine tout est sentiment ; il a su faire parler chacun pour soi, et c'est en cela qu'il est vraiment unique parmi les auteurs dramatiques de sa nation. »* Rousseau. ♦ *« Racine est, sans comparaison, infiniment plus voisin de l'excellent* [que Corneille], *quoiqu'il porte tous les fâcheux stigmates du maniérisme français et que, dans l'ensemble, il manque un peu de force. »* Schiller, 1799.

XIXe siècle. ♦ *« En parcourant les tableaux des vicissitudes humaines tracés par Racine, on croit errer dans les parcs abandonnés de Versailles ; ils sont vastes et tristes ; mais, à travers leur solitude, on distingue la main régulière des arts et les vestiges des grandeurs. »* Chateaubriand. ♦ *« Si* [Racine] *vivait de nos jours, et qu'il osât suivre les règles nouvelles, il ferait cent fois mieux qu'*Iphigénie. *Au lieu de n'inspirer que l'admiration, sentiment un peu froid, il ferait couler des torrents de larmes. »* Stendhal, 1823. ♦ *« Le propre de l'œuvre de Racine est... d'être parfaite, d'une perfection à la fois profonde et évidente. À quelque degré qu'on s'arrête dans l'intelligence de son œuvre, on a l'idée d'une certaine perfection ; on ne tombe jamais sur une expression incomplète ou qui offense... j'insiste là-dessus, jamais rien qui offense ni même qui étonne ; rien d'étrange ; sa manière comme sa physionomie est d'une beauté heureuse, ouverte sans être banale, d'une de ces beautés incontestables et qui existent pour tous. »* Sainte-Beuve. ♦ *« Contrairement à nos idées de jeunesse, Racine est le* Romantique *de son époque. »* E. Delacroix, 1858.

XXe siècle. *« Racine savait-il lui-même où il prenait cette voix inimitable, ce dessin délicat de l'inflexion, ce mode transparent de discourir, qui le font Racine, et sans lesquels il se réduit à ce personnage peu considérable duquel les biographies nous apprennent un assez grand nombre de choses qu'il avait de communes avec dix mille autres Français ? »* Valéry, 1920. ♦ *« Qu'est-ce que Racine eût donné, Anglais, au temps d'Élizabeth ? On n'imagine point Racine moins amoureux de perfection, mais bien d'une perfection différente. À quel point celle qu'il rêve et qu'il atteint lui fut dictée, mesurée, par son entourage et son époque ! Il ne se pourrait davantage. Mais sa connaissance du cœur, sa sensibilité cruelle, la beauté de sa forme, sa noblesse, tout cela est proprement de lui. »* André Gide. ♦ *« Il n'est pas un sentiment en Racine qui ne soit un sentiment littéraire... Il n'y a en lui rien de visionnaire ni de réel, de frénétique ni de découragé. Son amertume, quand il est amer, ne vient pas de ce qu'il est trompé ou boiteux ; sa douceur, de ce qu'il est en paix ; sa vigueur, de ce qu'il est herculéen — mais de ce qu'il est écrivain... Quand le mot* mort *vient sous sa plume, il ne pense pas à sa mort..., ni à la Champmeslé quand il écrit Hermione. »* J. Giraudoux, 1930. ♦ *«* [Je regrette] *que Racine n'ait pas eu la chance d'être né ailleurs qu'en France... Il est à son zoo dont il ne doit pas dépasser l'enclos ; ... étonnant ingénieur royal avec des torrents à son service qu'il doit canaliser par un jeu frivole et subtil de fontaines mythologiques... Je vous fiche mon billet qu'il eût aimé voir, comme l'Anglais, applaudir ses débordements par une salle de matelots ivres. »* Ventura García Calderón, 1937. ♦ *« Les pièces de Racine, qui témoignent d'une telle expérience de la vie et d'un tel art de la forme, ne sont pas faites pour des esprits et pour des talents inexpérimentés. ... Je trouve que ce sont des chefs-d'œuvre extraordinaires, mais des chefs-d'œuvre qui, pour moi, me sont étrangers. »* Paul Claudel, 1953. ♦ *« Je viens de relire ce prétendu chef-d'œuvre,* Phèdre. *Que d'effets ratés ! Les Français aiment Racine parce qu'ils ont posé une fois pour toutes que Racine incarnait la France. Or la France ne peut s'incarner en quelque chose de médiocre. Ça les amène à dire que Racine est admirable. »* André Malraux. ♦ *« Ceux à qui Racine suffit sont de pauvres âmes et de pauvres esprits. Ce sont des âmes et des esprits restés béjaunes et pensionnaires de couvent... Il est absurde d'écrire, comme on l'a fait, que Racine "est le plus grand poète lyrique français". Mais il n'est pas absurde de dire qu'il y a vingt-sept vers de lui qui sont quelque chose d'unique dans toute la poésie française et, à mes yeux, ce qu'elle contient de plus enchanteur. »* Henry de Montherlant, 1956.

RÉF. : La Harpe, *Cours de littérature*, t. V, Paris, 1825. – Jules Lemaitre, *Jean Racine,* Paris, 1908. – François Mauriac, *La Vie de Jean Racine*, Paris, 1928. – Henri Bremond, *Racine et Valéry*, Paris, 1930. – Jean Giraudoux, *Jean Racine*, Paris, 1930. – Thierry Maulnier, *Racine*, Paris, 1936. – Daniel Mornet, *Jean Racine*, Paris, 1943. – Pierre Moreau, *Racine, l'homme et l'œuvre*, Paris, 1943. – E. Vinaver, *Racine et la poésie tragique*, Paris, 1951. – J. Pommier, *Aspects de Racine*, Paris, 1954. – Raymond Picard, *La Carrière de Jean Racine*, Paris, 1956, et *Corpus Racinianum. Recueil-inventaire de textes et documents du* XVIIe *siècle concernant Jean Racine*, Paris, 1956. – Lucien Goldmann, *Racine*, Paris, 1956 et *Le Dieu caché, étude sur la vision tragique dans les Pensées de Pascal et dans le Théâtre de Racine*, Paris, 1956. – Ch. Mauron, *L'Inconscient dans l'œuvre et la vie de Jean Racine*, Paris, 1957. – Ph. Butler, *Classicisme et Baroque dans l'œuvre de Racine*, Paris, 1959. – R. Barthes, *Sur Racine*, Paris, 1963. – O. de Mourgues, *Autonomie de Racine*, Paris, 1967. – J.-J. Roubine, *Lectures de Racine*, Paris, 1971. – J.-L. Backès, *Racine*, Paris, 1981. – J. Scherer, *Racine et/ou la Cérémonie*, Paris, 1982. – Alain Viala, *Racine, la stratégie du caméléon*, Paris, 1990.

RADIGUET Raymond. Écrivain né à Saint-Maur (Seine) le 18 juin 1903, mort à Paris le 12 décembre 1923. Il passa son enfance en banlieue et entra, en 1909, à l'école communale de Saint-Maur, où il fit de rapides progrès qui lui permirent d'obtenir une bourse et d'être reçu au lycée Charlemagne, à Paris. Une véritable rage de lecture lui fit bientôt délaisser ses études et manquer ses cours pour se plonger dans les œuvres des écrivains du XVIIe et du XVIIIe siècle ; il avait en particulier une passion pour *La Princesse de Clèves* (*) ; plus tard, il dévora Stendhal et Proust, puis Rimbaud, Mallarmé et Lautréamont. Inquiet pour son avenir, son père essaya de lui donner des leçons de grec et de latin, mais il dut y renoncer : la littérature seule intéressait Raymond Radiguet, qui commençait à composer de courts poèmes dont l'un parut, le 6 mai 1918, dans *Le Canard enchaîné*. Radiguet avait quinze ans et vivait son premier amour, celui qu'il devait décrire dans *Le Diable au corps* (*). André Salmon, qui avait lu ses premiers poèmes, l'encouragea ; Radiguet décida d'abandonner ses études et de vivre en faisant du journalisme. Il écrivit de petits reportages, des échos et des enquêtes pour *L'Éveil* et *L'Heure,* fut durant six mois secrétaire de rédaction au *Rire ;* ces divers travaux lui permirent d'entrer en contact avec les cercles littéraires parisiens et de s'y faire des amis. Il fut mal reçu par Apollinaire, mais Max Jacob devina immédiatement son talent, et l'envoya à Jean Cocteau qui le fit travailler et lui permit de collaborer à *Sic* et à *Littérature.* Dès 1920, il donna un opéra-comique avec Satie et Cocteau : *Paul et Virginie,* un recueil de poèmes : *Les Joues en feu*, et une pièce en deux actes : *Les Pélicans,* représentée au théâtre Michel. Ce fut durant ses vacances, passées cette année-là à Arcachon, qu'il entreprit *Le Diable au corps* et se donna une discipline intérieure qui lui permit de mener son œuvre à bien malgré son extravagante vie de bohème. Bernard Grasset, enthousiasmé par son roman, lui signa un contrat lui assurant une mensualité de quinze cents francs qui le libéra de ses soucis matériels. Lancé par une campagne publicitaire sans précédent dans l'histoire des lettres, le livre parut en 1923 et apporta la gloire à Radiguet. Nombre de critiques avaient été indisposés par la publicité faite autour de cet « auteur de dix-sept ans », mais la plupart se rendirent devant les qualités du roman, qui connut un immense succès malgré les protestations des ligues d'anciens combattants et des associations bien pensantes.

Dès juin 1922, Radiguet avait commencé *Le Bal du comte d'Orgel* ; il le termina durant l'été 1923, à Piquey, où Cocteau l'avait amené en vacances. C'est à cette même époque que, renonçant à sa vie de bohème, il se mit à « faire de l'ordre » dans sa vie extérieure et rassembla tous ses poèmes. Il lui fallait désormais se hâter, comme s'il avait la sensation que le temps lui était compté. Un soir d'automne, alors qu'il se promenait avec ses amis, une faiblesse subite le saisit ; il fut transporté d'urgence dans une clinique où l'on fit tout pour le sauver, mais la fièvre typhoïde l'emporta en quelques jours. Les deux romans de Radiguet et ses poèmes, réunis sous le titre *Les Joues en feu,* titre qu'il avait donné à sa première plaquette, n'ont cessé, depuis trente ans, d'être réédités. On le compare à Rimbaud, on en a déjà fait un classique, et son œuvre, il est vrai, s'inscrit parfaitement dans ce courant du roman français né avec *La Princesse de Clèves :* une histoire parfaitement contée, un style sobre, du goût et de la mesure.

BERNARD NOËL.

♦ *« Il laisse un livre absolument classique et sans doute le seul livre classique de ces dernières années :* Le Bal du comte d'Orgel. *»* Edmond Jaloux. ♦ *« Il vénérait et méprisait le travail. On ne saurait parler en ce qui le concerne de naissance ni de mort. Une apparition. Une disparition. Et le voilà* tel qu'en lui-même enfin l'éternité le change, *tel que nous le saluâmes toujours ; un enfant après la course, seul au monde, assis dans une gloire, les joues en feu. »* Jean

Cocteau. ♦ *« Je n'ai jamais rencontré pareille sûreté de jugement, une pensée aussi originale, d'apparence hardie, d'essence pénétrante et féconde. Sur les hommes, les milieux, les écrivains morts ou vivants, sa phrase brève, dense, illuminait, ouvrait, béante, cette lucarne par où l'on plonge au plus profond des âmes. »* Joseph Kessel.

RÉF. : H. Massis, *Textes inédits de Raymond Radiguet,* Paris, 1927. — F. Mauriac, *Le Roman,* Paris, 1928. — J. Cocteau, *La Difficulté d'être,* Paris, 1947. — K. Goesch, *R. Radiguet,* Paris-Genève, 1955. — G. Guisan, *Radiguet ou le Génie de la patience,* Lausanne, 1957. — R. Noakes, *Raymond Radiguet,* Paris, 1968. — C. Borgal, *Raymond Radiguet,* Paris, 1969. — N. Odouard, *Les Années folles de Radiguet,* Paris, 1973. — M. Crosland, *Radiguet,* Londres, 1976. — D. Zampogna, *Radiguet,* Naples, 1980. — M. C. Bertoletti, *« Le Diable au corps » de Radiguet,* Florence, 1981.

RAIMBAUT de Vaqueiras (connu aussi sous le nom de Rambaud de Vachères). Troubadour né entre 1155 et 1160 au village de Vaqueiras, dans le comtat Venaissin, mort probablement en Macédoine vers 1210. L'œuvre poétique de Raimbaut de Vaqueiras (1157 ?-1210) a vu presque entièrement le jour en Italie où il était descendu, pauvre jongleur, à la conquête de la fortune. Accueilli à la cour de Montferrat, il entre dans les bonnes grâces du marquis Boniface, dont il devient l'ami fidèle et le confident jusqu'à la mort. Raimbaut, fait chevalier, accompagne son maître à la croisade qui devait valoir au marquis la dignité, ou peu s'en faut, d'empereur d'Orient, et il était, dit-on, à ses côtés dans le combat où Boniface trouva la mort (1207). Raimbaut est, avec Peire Vidal, de ces troubadours venus au-delà des Alpes, qui furent les premiers à répandre le goût de la poésie courtoise parmi les princes et dans la bourgeoisie, avec le plus grand succès. Son lyrisme est conforme à la tradition des troubadours avec, toutefois, une certaine complaisance pour le genre populaire. De toutes ses œuvres, on remarquera surtout le poème « Le Char de triomphe » (El Caross), qu'il composa entre 1200 et 1202 en l'honneur de Béatrice, fille du marquis Boniface. Pour louer sa gente dame, le poète, après maintes allusions à la politique italienne du temps, imagine que les plus jolies rivales de Béatrice, rassemblées autour de son char, sont éclipsées par sa beauté : double triomphe de la jeunesse et de la vertu. Citons également le dialogue avec Alberto Malaspina, si intéressant du point de vue documentaire et dans lequel deux interlocuteurs échangent les injures les plus féroces ; les poèmes composés en Orient, d'une si émouvante sincérité (« No m'agrad'inverns ni Pascors » et spécialement « Atlas undas que venetz sur la mar ») ; l'impétueux « Chant de la croisade », écrit lors de l'assemblée de Soissons au cours de laquelle Boniface avait été désigné comme chef du mouvement. Un autre chant de Raimbaut, mais qui échappe à la tradition lyrique des troubadours, c'est celui que l'on pourrait appeler l'« Épître héroïque », mais, contrairement aux épîtres en vers que composa, par exemple, un Arnaud de Mareuil dont l'amour était le thème sous un aspect didactique, celle de Raimbaut se rattache à la tradition épique, comme le révèle la forme métrique qui est la rime unique des chansons de geste. L'épître cst divisée en trois parties de longueur inégale, dont chacune comporte une rime unique (« at », « a », « as »). Et, bien qu'il s'agisse d'un récit historique, le ton ne laisse pas d'émouvoir en raison, précisément, des allusions que fait le poète à sa vie personnelle : il énumère les bénéfices qu'il doit à la libéralité de son seigneur, et les chevauchées qu'ils ont faites de compagnie, brossant ainsi un tableau passionnant de leurs aventures. Et sans doute Raimbaut a-t-il soin, comme c'était l'usage chez les jongleurs, de demander au marquis d'être une fois encore généreux à son égard. La grandeur des souvenirs et l'exaltation des mérites de Montferrat font de cette épître une des plus belles œuvres de la littérature provençale. Un autre poème de Raimbaut, et qui est pour beaucoup dans sa réputation, est le célèbre entretien « avec une dame génoise ». Le poète la supplie de répondre à son amour mais, sans pitié, la belle le repousse. Les stances où parle Raimbaut sont en provençal, celles qu'il adresse à sa dame sont en génois, et comme cet « Entretien » fut écrit sans aucun doute avant avril 1194, ces stances sont un des plus anciens exemples que l'on possède de l'italien vulgaire mis par un lettré au service de l'art. Il est notamment un passage du plus haut intérêt pour l'histoire littéraire : ce sont les cinq stances, uniques en leur genre, dans lesquelles, à la variété des rimes, vient s'ajouter celle des langues. La première stance est provençale, la seconde italienne, la troisième française, la quatrième gasconne ; la cinquième est en galicien et en portugais. À la fin du poème, les cinq langues reparaissent toutes, chacune représentée par un distique où s'expriment les diverses nuances de l'amour : soumission, inquiétude, abandon ou désespoir. — Les *Poésies* de Raimbaut de Vaqueiras ont été éditées par J. Linskill (La Haye, 1964).

RÉF. : Jehan de Nostredame, *Les Vies des plus célèbres et anciens poètes provençaux,* Lyon, 1575. — Raynouard, *Choix des poésies originales des troubadours,* t. V, Paris, 1820. — Dr. Arlatan de Lauris, *Notice sur Raimbaut de Vacqueiras* in t. III du *Recueil des mémoires de la Société des sciences,* Aix-en-Provence, 1827. — Émeric-David, *Rambaud de Vachères* in t. XVII de l'*Histoire littéraire de la France,* Paris, 1832. — Fauriel, *Histoire de la poésie provençale,* Paris, 1846. — J.-H. Smith, *The Troubadours at Home ; their Lives,* t. I. New York, 1899. — J. Linskill, *The Poems of Raimbaut de Vaqueiras,* La Haye, 1964.

RAIMBAUT d'Orange. Troubadour provençal. Né à Orange, ou dans les environs au château de Courthézon, vers 1146, mort le 10 mai 1173 au château de Courthézon. Il était le fils de Guillaume d'Omélas et de Tiburge d'Orange qui s'étaient mariés en 1129, et le neveu de Guillaume VI de Montpellier. Ses parents moururent alors qu'il était encore très jeune et il hérita de son père le fief d'Omélas. Raimbaut céda ses droits sur Omélas contre vingt mille sous melgoriens et la tradition veut qu'il ait dilapidé cette somme en festins et en débauche. C'est qu'il a laissé la réputation d'un seigneur « gaspailleur » qui non content de festoyer dans son château enfonçait les portes des couvents et violait les nonnes. Il aurait même, à la fin de ses jours, emprunté l'argent nécessaire pour aller en pèlerinage à Jérusalem afin de se faire absoudre de ses innombrables péchés. Un vieux texte le dépeint comme ayant « de la figure, de l'esprit, de la vivacité et une certaine magnificence mais inconstant, dissimulé, ennemi des bienséances et peu délicat dans ses plaisirs ». Il vivait au milieu d'une petite cour de nobles et se moquait des bourgeois et de la puissance de leur argent. La gloire militaire le laissait indifférent et ce n'est pas sans cynisme qu'il semble avoir considéré les vieilles règles de la chevalerie. Quoiqu'il n'ait pas été de mode de s'instruire pour les gens de sa condition, son œuvre témoigne d'une grande culture. Ses maîtres troubadours furent Marcabrun et Peire d'Auvergne, et il assista à plusieurs rassemblements de troubadours à Puivert (Aude). C'est dire qu'il fut parfaitement au courant du mouvement littéraire de son époque. Il ne nous est parvenu qu'une quarantaine de ses poèmes — v. *Vers* ; tous sont remarquables par leur virtuosité formelle, leurs rimes riches et leurs savantes alternances. Ils se distinguent de la monotonie générale de la poésie des troubadours par leur sens de l'humour encore que cela ne suffise pas à les mettre au premier rang.

BERNARD NOËL.

RÉF. : Carl Appel, *Raimbaut von Orange,* Berlin, 1928. — A. Jeanroy, *La Poésie lyrique des troubadours,* Paris, 1934. — W. T. Pattison, *The Life and Works of the Troubadour Raimbaut d'Orange,* Minneapolis, 1952.

RAIMON de Miraval. Troubadour provençal. Né dans la seconde moitié du XIIe siècle, mort après 1229. Châtelain de Miraval (aujourd'hui Miraval-Cabardès) près de Carcassonne, il fut le familier de Raymond VI de Toulouse, qu'il appelait Audiart, et de grands seigneurs espagnols, Uc de Mataplana, Pierre II d'Aragon, Alphonse VIII de Castille. Son château pris par les troupes de Simon de Montfort en 1209 (ou 1211), il se réfugia en Catalogne où il appela au secours Pierre II dans la chanson « *Bel m'es qu'ieu chant e coindei* » (« Il me plaît de chanter et d'être aimable ») : « Chanson, pars et dis de ma part au roi, guide, parure et nourriture de toute joie, qu'il n'y a en lui rien d'indigne, si bien que je le vois tel que je le désire. Qu'il recouvre Montagut et revienne à Carcassonne : il sera alors empereur de haut mérite et son écu sera redouté, ici des Français et là des Mahométans. » Après Muret, il vécut à Lérida où il mourut après 1229. Il n'y a rien à tirer de la *vida* et des *razos* tout à fait fantaisistes de ses biographes provençaux.

Son œuvre, écrite entre 1185 et 1213, qui comprend trente-huit chansons, cinq *sirventes*, des *coblas*, un jeu parti et un salut d'amour, a fait de lui, pour Raimon Vidal et Matfre Ermengaud, le type même de l'amant et du poète courtois, pour qui l'amour permet d'acquérir honneur et *pretz* (« valeur ») : il faut se soumettre à Amour pour augmenter la valeur de sa dame, quitte à la critiquer si elle ne mérite pas cet hommage. Il s'agit chez Raimon de Miraval moins de *fin'amor* que de courtoisie mondaine. Adversaire du *trobar clus* et de son hermétisme, habile versificateur, il écrit dans un style simple et élégant, proche de la conversation de salon, mais il est capable dans les sirventes d'un ton direct et robuste.

JEAN DUFOURNET.

RÉF. : P. Andraud, *La Vie et l'Œuvre du troubadour Raimon de Miraval*, Paris, 1902. — L. T. Topsfield, *Les Poésies du troubadour Raimon de Miraval*, Paris, 1971 ; « Raimon de Miraval and the Art of Courtly Love », dans *Modern Language Review*, t. 51.

Rambouillet (hôtel de). Cet hôtel particulier appartenant à la marquise de Rambouillet (1588-1655) fut le haut lieu des réunions mondaines et littéraires sous Louis XIII et la régence d'Anne d'Autriche. On y élabora l'idéal d'une littérature galante, destinée à « civiliser la doctrine », comme l'écrivait Guez de Balzac, et surtout à polir les mœurs d'aristocrates que la cour du Louvre ne pouvait satisfaire sur le plan de l'esprit et des lettres. Ce fut là que brilla Vincent Voiture (1597-1648) qui y fut présenté vers 1625. Fils de roturier, il y côtoyait en toute liberté les plus grands princes de la Cour, tels que le duc d'Enghien, futur Grand Condé (à qui il envoie sa fameuse *Lettre de la carpe au brochet*), il y faisait la cour à Mlle Paulet et y écrivait à Julie d'Angennes (future Mme de Montausier) — v. *La Guirlande de Julie* (*). On voit quel lieu de rencontre privilégié ce salon pouvait offrir aux écrivains et aux nobles, qui s'y délassaient de leurs travaux sérieux, diplomatiques ou militaires. Le goût des lettres qui allait régner pendant tout le siècle s'y développa, échappant ainsi aux seuls cabinets des savants ou à l'apparat de la Cour. Le débat autour d'un sonnet, le jeu d'un rondeau ou d'une épigramme faisaient de la poésie une activité mondaine et sociale, diffusant l'idéal d'« honnêteté » dont Méré écrira plus tard l'histoire (*Conversations,* 1668). Animé par la conversation et prolongé par l'échange épistolaire, le salon devient donc le laboratoire de toute une esthétique du naturel et de la sincérité, et promeut le plaisir littéraire au rang des occupations les plus dignes, préparant ainsi l'épanouissement du classicisme.

EMMANUEL BURY.

RAMUZ Charles-Ferdinand. Écrivain suisse d'expression française. Né à Lausanne, le 24 septembre 1878, mort dans la même ville le 23 mai 1947. Enfance à Lausanne et à Cheseaux-sur-Lausanne. Après avoir obtenu sa licence ès lettres classiques à l'université de Lausanne, Ramuz fait l'expérience de l'enseignement au collège d'Aubonne (canton de Vaud), puis du préceptorat à Weimar. Cependant il veut devenir écrivain et, comme sa mère l'y encourage, il se rend à Paris où il s'installe en 1903 et où il séjourne jusqu'en 1914. Il n'oublie pourtant ni sa famille, ni ses amis, ni le domaine de Cheseaux que ses parents ont acquis après avoir quitté leur commerce de denrées coloniales à Lausanne. Ramuz y revient chaque année pour de longues vacances. Il a écrit une suite de poèmes en prose : *Le Petit Village* (1903), une « histoire » : *Aline* (1905) et, dès 1907, il publie ses premiers romans : *Les Circonstances de la vie* et, après un séjour en Valais, *Jean-Luc persécuté* (1909), *Aimé Pache, peintre vaudois* (1910) et *Vie de Samuel Belet* (1913). En 1914, il met fin à sa première période créatrice par un recueil de proses : *Adieu à beaucoup de personnages* et, la même année, il participe avec Edmond Gilliard et Paul Budry à la fondation des *Cahiers vaudois* dont il rédige le manifeste sous la forme d'un essai : *Raison d'être*. Il y exprime sa volonté de « ressemblance » à une nature, un sol, un accent et une langue. Dans *Paris, notes d'un Vaudois* (1938), il dira : « C'est Paris lui-même qui m'a libéré de Paris. Il m'a appris dans sa propre langue à me servir (à essayer du moins de me servir) de ma propre langue. » Dès lors, c'est à une expression de plus en plus personnelle qu'il s'attachera, une « langue geste » qui sache exprimer dans sa nudité le drame de collectivités villageoises qui, dans les romans de sa deuxième période, combattent les forces du mal. Ces œuvres, dont *La Guérison des maladies* (1917), *Le Règne de l'esprit malin* (1917), *Les Signes parmi nous* (1919) et *Présence de la mort* (1922) ont toutes été inspirées par l'effroi du néant dont la guerre de 1914-18 portait le germe. L'Histoire n'y est pas précisément évoquée, mais les prolongements qu'elle a suscités dans l'esprit du poète l'ont conduit à un renouvellement de ses thèmes. La plupart des romans de cette période sont d'un visionnaire, et *La Grande Peur dans la montagne*, qui est de 1926, atteint à la dimension du mythe. Farouche, ombrageuse, insensible aux convoitises des hommes qui en exploitent les ressources, la montagne qui s'éboule s'y montre comme une divinité intraitable à laquelle finalement rien ne répondra que le silence panique d'un village qui ensevelit ses morts. Dans ses œuvres de la deuxième période, Ramuz est plus proche de la fable antique que du roman paysan ou régionaliste. Sa vision s'est élargie (« Mon vrai besoin, c'est d'agrandir ») et sa thématique s'est simplifiée. Les romans de la troisième période, celle de la pleine maturité : *La Beauté sur la Terre* (1927), *Fête des vignerons* (1929), *Adam et Ève* (1932), *Derborence* (*) (1934) et *Le Garçon savoyard* (1936) s'imposent à l'attention par la stylisation de la matière et de l'expression. Quant aux essais qui, dans ces années-là, traduisent les préoccupations de Ramuz : *Taille de l'homme* (1933), *Questions* (1935) et *Besoin de grandeur* (1937), ils sont d'un homme qui interroge et qui, conscient des périls dont sont menacés les peuples d'Occident, ne veut trouver d'apaisement que dans une réflexion sur des vérités premières à défendre et à maintenir. La Seconde Guerre mondiale l'atteint dans ses convictions et ses espérances, et la défaite de la France aggrave son isolement. Il ne cesse pourtant d'écrire. *La Guerre aux papiers* paraît en 1942 et, bientôt après, ses deux recueils de *Nouvelles* (1944 et 1946), qui sont l'aboutissement d'un art à son plus haut niveau de perfection. Cependant la maladie vient assombrir ses dernières années, et le *Journal. Dernières pages* (1949) s'interrompt à quelques jours de sa mort. On ne saurait dire de Ramuz qu'il est l'écrivain d'une région et qu'il s'est borné à dire le lac et la montagne. Son dessein est infiniment plus vaste, et, si son expression prend source dans tout ce qui est à la fois proche et primitif, elle prétend à des significations intemporelles qui disent aussi bien son besoin de réconciliation que sa nostalgie de l'unité perdue. S'il écrivait en 1904 : « Il n'y a que deux choses qui intéressent : l'amour et la mort », il pourra dire à la fin de sa vie : « Toute mon œuvre n'aura été qu'un balbutiement devant l'être. »

JEAN-PIERRE MONNIER.

♦ *« On rira bien dans quelque cinquante ans, en feuilletant les gazettes, de voir à combien de médiocres on fit des célébrités dans les années mêmes où un Ramuz publiait pour la joie d'un tout petit nombre* Joie dans le ciel *ou* La Guérison des maladies. » Paul Claudel. ♦ *« Les sujets de Ramuz, c'est la chaise de van Gogh, l'arbre d'Hobbema, la violette de Dürer, la pomme de Cézanne : la banalité du quotidien transfigurée, éternisée par l'intensité de l'artiste. Et puis le don de rendre la simplicité sublime et le sublime simple ; ce mélange de retenue et de générosité, cet équilibre entre l'art raffiné et la force primitive : voilà me semble-t-il ses plus beaux secrets d'ouvrier, ceux qui lui valent tout ensemble l'admiration de ses confrères et l'amour de ses lecteurs. »* Stefan Zweig. ♦ *« Il y avait ce cœur fait pour aimer, pour désirer d'être aimé, et qui demeure inassouvi. Et cette grande tristesse d'une solitude qui ne peut être rompue jamais, sinon par l'acte même du romancier inventant ses personnages pour qu'autour de lui ils fussent présence et image de la communion des vivants et des morts. »* Albert Béguin.

RÉF. : E. Buenzod, *C.-F. Ramuz*, Lausanne, 1928. – *Hommage à C.-F. Ramuz*, Lausanne, 1938. – C. Guyot, *Comment lire Ramuz*, Paris, 1946. – A. Tissot, *C.-F. Ramuz ou le Drame de la poésie*, Neuchâtel, 1947. – M. Zermatten, *Connaissance de Ramuz*, Lausanne, 1947. – A. Béguin, *Patience de Ramuz*, Neuchâtel, 1950. – E. Beaujon, *La Vision du peintre chez Ramuz*, Neuchâtel, 1953. – G. Guisan, *C.-F. Ramuz*, Paris, 1966. – B. Voyenne, *C.-F. Ramuz et la sainteté de la Terre*, Neuchâtel, 1967. – M. Dentan, *C.-F. Ramuz, L'espace de la création*, Neuchâtel, 1974. – G. Duplain, *C.- F. Ramuz. Une biographie*, Lausanne, 1991.

RAOUL de Houdenc. Trouvère picard. Il vécut approximativement entre 1170 et 1226. Les érudits s'accordent, en général, pour penser qu'il était originaire du village de Houdenc en Bray, près de Beauvais. Nous ne savons, en vérité, absolument rien sur sa biographie. Il fut le rival de Chrétien de Troyes, un adepte des doctrines de Bernard de Clairvaux et, peut-être, le précurseur de Dante. C'est en tout cas l'un de nos écrivains les plus importants du Moyen Âge, car il a écrit un roman arthurien et courtois avec son célèbre *Méraugis de Portlesguez*, et il est le véritable créateur du développement allégorique dont devaient s'inspirer Huon de Méry, Rutebeuf et Jean de Meung. Sa vie, de par ailleurs, correspond à ce qu'on pourrait appeler la « première Renaissance » et le siècle des cathédrales. Raoul de Houdenc inaugure une littérature à cette image : autour d'une idée centrale très précise s'organisent une foule de détails qui masquent cette idée tant qu'on ne prend pas un certain recul, tout comme la multitude de sculptures qui ornent une cathédrale masque sa « structure » tant qu'on ne s'éloigne pas pour contempler l'ensemble de l'édifice. L'idée de la perfection morale et de l'audace chevaleresque se développe à partir de *Méraugis* dans les autres œuvres de Raoul de Houdenc : *Le Songe d'Enfer*, *Le Roman des Eles de courtoisie* et *La Voie de paradis* qui lui est attribuée. Son style est vivant et très expressif, ses rimes très riches ; il a du goût pour la propriété de l'expression et, s'il limite parfois la technique de Chrétien de Troyes, il n'en donne pas moins à tous ses récits une forme très personnelle. On le considère assez fréquemment comme l'auteur de *La Vengeance de Raguidel*, mais cette attribution est fort douteuse.

BERNARD NOËL.

RÉF. : W. von Zingerle, *Über Raoul de Houdenc und seine Werke,* Erlangen, 1880. – C. Abbehusen, *Zur Syntax Raoul de Houdenc,* Marburg, 1888. – E. Deslignières, *Nouvelles Recherches sur le lieu d'origine de Raoul de Houdenc,* Amiens, 1901. – P. Lebesgue, *« Le Songe d'Enfer » suivi de « La Voie de paradis », poèmes du XIIIe siècle, précédés d'une notice historique et critique, et suivis de notes bibliographiques et d'éclaircissements,* Paris, 1908. – A. Micha, *Raoul de Houdenc est-il l'auteur de la Voie de Paradis et de la Vengeance Raguidel ?* in *Romania,* t. LXVIII, 1944-1945. – A. Strubel, *La Rose, Renart et le Graal. La Littérature allégorique en France au XIIIe siècle,* Paris, 1989.

RAPIN René. Jésuite et écrivain né à Tours en 1620, mort à Paris le 27 octobre 1687. Ayant achevé des études classiques au collège de sa ville natale, ce bourgeois de dix-neuf ans monte à Paris pour entrer au noviciat de la Compagnie de Jésus et poursuivre, une dizaine d'années durant, une formation théorique et pratique au terme de laquelle il peut être ordonné prêtre et nommé régent au collège de Clermont (il a alors trente et un ans). Ce double statut lui offre un moyen efficace d'entrer en relation avec les milieux aristocratiques et lettrés et de faire apprécier sa plume. De fait, dès 1657, on lui confie le neveu de Mazarin, Alphonse Mancini, dont la mort accidentelle est pour Rapin l'occasion d'écrire des vers latins, puis un recueil d'*Eclogae sacrae* (1659) qui le fait remarquer comme poéticien, grâce à sa préface, *Dissertatio de carmine pastorali* ; puis, en 1660, devenu préfet des études, le père Rapin est chargé de l'éducation des deux fils du président Lamoignon, par l'intermédiaire desquels il s'intègre au cercle de la future académie. Il compose alors ses *Hortorum libri IV* (1665), poème didactique qui lui assure une notoriété française puis européenne. Sa nomination comme « scriptor » (1666) officialise en termes religieux sa compétence d'homme de lettres, quelques mois avant qu'il n'en obtienne la consécration mondaine en entrant à l'académie Lamoignon (1667). Fort de cette double reconnaissance, le père Rapin devient l'artisan d'une dynamique littéraire de cohésion sociale et religieuse : tantôt il met les savoirs mondains au service des valeurs spirituelles et vice versa, utilisant les anecdotes glanées dans le salon de Mme de Sablé pour son *Histoire du jansénisme* (1666) ou se faisant l'artisan de la conversion de Mme de La Sablière ; tantôt il élabore une critique littéraire mondaine et jésuite – *Comparaisons* (1667-1677), puis *Réflexions* (1670-1675) –, en collaboration avec un exilé, libertin, « oracle » de la langue française, Bussy-Rabutin, qu'il cherche en même temps à ramener à la religion en lui adressant des œuvres de piété (*L'Esprit du christianisme*, 1672). Cette lourde tâche a raison de la santé du « bon père » à soixante-sept ans.

FANNY NÉPOTE-DESMARRES.

RÉF. : E. T. Dubois, éd. critique des *Réflexions sur la poétique*, Genève et Paris, 1970.

RASPAIL Jean. Écrivain français. Né le 5 juillet 1925 à Chemillé-sur-Dême (Indre-et-Loire). Son père était président du comité d'importation charbonnière, directeur général des mines de la Sarre. Après ses études, le fils opte pour une carrière de voyageur. De 1950 à 1970, il a dirigé de nombreux voyages, expéditions et missions à travers les cinq continents (raid automobile Terre de Feu-Alaska, mission française d'études aux pays incas...), qui ont été la source d'une importante production de films d'exploration et d'ethnologie. Membre de la société des explorateurs français, journaliste (chroniqueur au *Figaro*), écrivain, l'œuvre littéraire de Jean Raspail participe de l'expérience de son auteur, de son caractère de promeneur attentif aux diversités des hommes, qu'il s'agisse des récits : *Terre et peuple incas* (1955), *Terres saintes et profanes* (1960), *Bleu caraïbe et Citrons verts* (1980), ou des romans : *Le Camp des saints* (1973), *La Hache des steppes* (1974), *Septentrion* (1979) ou *Moi, Antoine de Tounens, roi de Patagonie,* grand prix du roman de l'Académie française en 1981. *Qui se souvient des hommes* (1986), prix Chateaubriand, prix du livre Inter et Gutenberg, en 1987, trouve son prolongement dans *Pêcheur de lunes* (1990), où l'écrivain s'attache à retrouver les « Bédouins de Chinon », descendants des

Maures de la bataille de Poitiers, les « derniers Huns » d'Origny-le-Sec, dans l'Aube. À la recherche d'un « chemin qui transcende nos misérables destinées », Jean Raspail donne avec *Sire* (1991), où l'on voit en 1999 le dernier descendant de la Maison de France se faire secrètement sacrer roi à Reims, un authentique roman de la pureté et de l'honneur absolus.

YANNICK PELLETIER.

RAY Jean. Romancier et nouvelliste belge d'expression française. Né et mort à Gand (8 juillet 1887-17 septembre 1964). De son vrai nom Jean Raymond Marie de Kremer, Jean Ray, d'origine flamande, devint célèbre en tant qu'écrivain de langue française. Sensible, dès son enfance, aux mystères que recèle le surnaturel, et assoiffé d'aventures, il lui fallait une vie hors du commun, qu'il découvrira sur mer au cours d'une existence mouvementée. Aussitôt terminées ses études à l'université de Gand, il quitte en effet la maison paternelle et s'engage sur les navires de fret. C'est ainsi qu'il fait le tour du monde, partageant la vie dure et pittoresque des marins de son temps. Mais Jean Ray franchit parfois les limites de la pure convention puisqu'il va jusqu'à se livrer à la contrebande et au trafic du rhum et du whisky.

Au cours de ces voyages, Jean Ray connaîtra de nombreuses aventures, dignes parfois des héros qu'il créera plus tard, et qui lui vaudront le surnom de « Tiger-Jack » ainsi que l'estime de ses compagnons de bord. En 1925, il cesse pourtant de voyager et met à profit ce répit pour écrire *Les Contes du whisky.* Mais sept ans plus tard, il repart pour l'Islande et les îles Féroé d'où il ramène un reportage sur les pêcheurs intitulé *Les Moissons de l'abîme,* qu'il signe John Flanders, ainsi qu'une de ses plus belles nouvelles, *Le Psautier de Mayence.* Peu de temps après, au cours d'une escale à Hambourg, il achèvera *La Ruelle ténébreuse,* qui compte aujourd'hui parmi les chefs-d'œuvre du genre. Mais en 1930, il quitte définitivement la marine marchande (il avait alors le grade de capitaine). C'est à cette époque qu'un éditeur lui proposera la traduction d'aventures policières allemandes. Jean Ray, qui a accepté, se lasse cependant de ce travail monotone et abandonne peu à peu le texte allemand pour produire des contes originaux où il laisse courir librement son imagination. C'est ainsi que naîtra le personnage de Harry Dickson qui connaîtra un vif succès lors de sa parution en France en 1931. La série considérable des *Aventures de Harry Dickson*, qui compte à elle seule plus de cent épisodes, se situe dans la lignée de Souvestre et Allain (Fantômas) et de Conan Doyle (Sherlock Holmes) et trouve ainsi sa place au sein d'une tradition toujours vivante de la littérature populaire. Les années suivantes, Jean Ray, toujours avide de découvertes, reprendra souvent la mer. Au hasard de ses voyages, il exercera de nombreux métiers et deviendra même un jour dompteur dans un petit cirque de province. Vers 1940, cependant, las peut-être de cette vie vagabonde, il retourne à Gand, sa ville natale, où il se fixe. Dès lors, il ne cessera plus d'écrire et ses ouvrages se multiplieront jusqu'à sa mort, en 1964, alors qu'il est âgé de soixante-dix-sept ans. Cette même année paraîtront *Les Contes noirs du golf* et *Le Carrousel des maléfices* qui se situent au nombre de ses principales œuvres avec *Malpertuis* (1943), *Les Derniers Contes de Canterbury* (1944), ainsi que *Saint-Judas-de-la-Nuit*, publié en 1963. L'œuvre envoûtante de Jean Ray, que rehausse un style riche et coloré propre à plus d'un écrivain flamand, ouvre les portes d'un monde tout à la fois terrifiant et fascinant. Les personnages pittoresques qui se meuvent dans une Flandre toujours présente n'appartiennent pas tout à fait à la réalité. Ils entraînent le lecteur sur les chemins détournés qui furent ceux de Poe et de Lovecraft, devenant au fil des pages les complices des créatures impassibles originaires d'une autre dimension. Pour ne pas contraindre ses personnages, Jean Ray a délibérément choisi le ton du narrateur, car il préfère laisser ceux-ci agir librement et même lui échapper. La sensibilité et l'instinct sont ainsi seuls à régner sur cette œuvre éminemment poétique qui place son auteur au rang des grands maîtres du réalisme fantastique.

PHILIPPE FAUCHER.

RÉF. : F. Truchaud et Jan van Herp, *L'Herne, Jean Ray,* Paris, 1980 (*Cahiers de l'Herne* n° 38). – J. Carion, *Jean Ray,* Paris, 1986.

Réalisme. Le terme renvoie à une tradition florissante de la littérature occidentale qui, depuis l'Antiquité, prend ses sujets dans la réalité quotidienne. En ce sens transhistorique, il est souvent opposé à celui d'idéalisme. Dans son célèbre ouvrage, *Mimésis. La représentation de la réalité dans la littérature occidentale* (1946), Erich Auerbach prend ses exemples de *L'Odyssée* à *La Promenade au phare* de Virginia Woolf : Rabelais, Marguerite de Navarre, Charles Sorel, Furetière, Robert Challe, Lesage, Restif de La Bretonne, Diderot... En 1881, Zola fait de celui-ci « l'ancêtre de nos positivistes d'aujourd'hui [...], le véritable aïeul des naturalistes car il a réclamé le premier la vérité exacte au théâtre et dans le roman » (« Le Naturalisme », in *Une campagne*).

Le mouvement réaliste. Préparé par l'évolution de la littérature vers une observation de plus en plus précise de la société contemporaine, et en particulier par les œuvres de Balzac et de Stendhal, le mouvement réaliste s'est développé après l'échec de la révolution de 1848 et la fin de ce qu'on a appelé « l'illusion lyrique ». Il est contemporain de l'extraordinaire développement des sciences et des techniques, de l'essor de la presse à grand tirage et du livre à bon marché qui touchent les nouvelles couches de lecteurs auxquelles il s'adresse.

Le mouvement réaliste s'est d'abord développé en peinture. Courbet a joué un rôle essentiel dans cette bataille. Dans *Une après dînée à Ornans* (1849) ou *Un enterrement à Ornans* (1850), il peint, sans intention caricaturale, grandeur nature, dans un format ordinairement réservé à la grande peinture historique ou mythologique, des gens de village dans leur vie quotidienne. Ce qui choqua. Artistes, écrivains, critiques d'art, qui s'opposaient au romantisme et à l'académisme, se retrouvaient dans son atelier, rue Hautefeuille, et à la brasserie Andler, proche. Lorsqu'en 1855 ses œuvres furent refusées à l'exposition officielle qui se tint en marge de l'Exposition universelle, il organisa une « exhibition » privée, sous le titre « Du réalisme ». Champfleury rédigea très probablement la préface-manifeste du catalogue, et apparut désormais comme le porte-parole du mouvement.

C'est pour qualifier l'art de Courbet que Champfleury avait utilisé pour la première fois le terme de « réalisme » le 21 septembre 1850. Autodidacte, d'origine provinciale et modeste comme le peintre, comme lui ennemi de toute école, il réunit en 1857, sous le titre *Le Réalisme,* des articles desquels on peut tirer un embryon de doctrine : le romancier doit s'appuyer sur l'observation de la réalité et décrire les milieux qu'il connaît bien. Son style doit être le plus plat, le plus neutre possible, compréhensible de tous. Mais, Champfleury l'affirme avec force : « La reproduction de la nature par l'homme ne sera jamais une *reproduction* ni une *imitation,* ce sera toujours une *interprétation.* » Champfleury s'est aussi intéressé aux travaux de Geoffroy Saint-Hilaire, de Lamarck, de Cabanis, de Broussais. Il a lu les ouvrages des docteurs Lucas et Moreau de Tours, sur lesquels s'est appuyé Zola. Il est attiré par l'étrange, par la folie qu'il met en scène dans *Chien-Caillou* (1847), par l'hérédité, sujet de son roman *Les Demoiselles Tourangeau,* 1864.

Autre fidèle de la brasserie Andler : Duranty, qui fonda avec Jules Assézat et le docteur Henri Thulié la revue *Réalisme,* publiée de novembre 1856 à mai 1857. Les trois hommes y reprenaient les idées de Champfleury, mais en les radicalisant et en multipliant les formules percutantes. L'artiste, affirment-ils, a « un but philosophique, pratique, utile et non un but divertissant ». Il doit faire passer son enseignement par le moyen du sentiment et de l'émotion, ce qui les poussait à critiquer *Madame Bovary* (*). Pourtant ce roman apparut, en 1857, comme le modèle du roman réaliste. Le parquet accusa l'auteur et l'éditeur de la revue qui le publia d'« outrages à la morale publique et religieuse et aux bonnes mœurs ». Dans son réquisitoire, le substitut Pinard attaquait la littérature réaliste, affirmant, en conclusion : « L'art sans règle n'est plus l'art ; c'est comme une femme qui quitterait tout vêtement. Imposer à l'art l'unique règle de la décence publique, ce n'est pas l'asservir, mais l'honorer. »

Si elles sont, de nos jours, tombées dans l'oubli, les œuvres de Champfleury connurent à leur époque un succès certain à la différence de celles de Duranty, sans concession, ni lyrisme, ni « fantaisie de dessin ou de couleurs ». « C'est la vie mise en petits morceaux et reproduite avec son train-train de tous les jours », jugeait Zola (« Les Romanciers contemporains », in *Les Romanciers naturalistes*). Elles ont, toutefois, préparé la voie au naturalisme. Dans les années 1860, tout le monde aspire à plus d'exactitude dans la représentation du réel. Mais la place que les réalistes donnent au corps et à la sensation, aux situations triviales, paraît à certains excessive, voire scandaleuse. Le terme prend alors des connotations péjoratives et signifie grossièreté, vulgarité, obscénité.

COLETTE BECKER.

REBATET Lucien. Écrivain et essayiste né et mort à Monas-en-Valloire, (Drôme) : 15 novembre 1903-24 août 1972. Élève des pères jésuites, il suit des études de philosophie, puis devient employé d'assurances. En 1929, il débute à *L'Action française* comme critique musical, puis critique cinématographique, sous le nom de François Vinneuil. À partir de 1932, il est rédacteur à *Je suis partout.* Il publie dans ce journal des reportages et des éditoriaux d'ordre politique. En 1942, il publie un pamphlet retentissant, *Les Décombres.* Ses écrits politiques lui vaudront d'être condamné à mort le 23 novembre 1946 par la Cour de justice de la Seine. Il sera gracié le 12 avril 1947.

Après la Seconde Guerre mondiale, Lucien Rebatet mène une existence effacée, mais publie deux romans, *Les Deux Étendards* (1952) et *Les Épis mûrs* (1954), qui consacrent sa place dans les lettres françaises modernes. Il publie également *Une histoire de la musique* (1969).

La diffusion de l'œuvre romanesque de Lucien Rebatet a beaucoup souffert des engagements qu'il a pris pendant la guerre et l'Occupation. Mais *Les Deux Étendards* constituent un témoignage irremplaçable sur la France d'avant guerre, tout comme les romans de Paul Nizan ou de Brasillach. Rebatet est un grand styliste, qui a tenté d'écrire un roman comme on écrirait une composition musicale. Il était d'ailleurs un véritable musicologue. *Les Deux Étendards* constituent une sorte de « Bildungsroman », où toute la problématique humaine, sociale, religieuse, politique de la province française de l'avant-guerre est remarquablement évoquée.

ANTOINE BERMAN.

RÉF. : J.-P. Vandromme, *Lucien Rebatet,* Paris, 1968. — A. M. Supervielle, *La Foi, sa négation. Rebatet, « Les Deux Étendards »,* in *Contrepoint,* n° 28, 1978. — J. Duvignaud, *Les Deux Étendards,* in *NRF,* novembre 1978.

REBELL Hugues (pseud. de Georges-Joseph Grassal). Romancier né le 27 octobre 1867 à Nantes, mort à Paris le 6 mars 1905. Fils d'un riche commerçant nantais, le jeune Grassal fit ses études au collège de l'île de Jersey, dirigé par les jésuites. À la fin de ses études secondaires, il revint à Nantes et fonda avec quelques amis une revue, *Le Gai Sçavoir,* qui ne subsista que pendant un an (1885-86), et où il publia sous le pseudonyme de Charles Blanchère ses premiers vers. À la mort de son père, survenue le 18 mai 1887, il décida de vivre à Paris. Il se disait royaliste et adversaire de la démocratie et, pour que nul ne pût l'ignorer, il choisit un nouveau pseudonyme : Rebell, pour signer son premier livre, *Les Méprisants* (1886). Entre 1886 et 1901, Rebell publia un volume de poèmes, *Les Chants de la pluie et du soleil* (1894), et une dizaine de romans et nouvelles qui eurent peu de succès, sauf *La Nichina* (1897) et, peut-être, *La Femme qui a connu l'Empereur* (1898). Une certaine gloire survint avec *Les Nuits chaudes du Cap français* (1902) – qui sont non seulement un des premiers romans « coloniaux », précurseurs de la *Magie noire* de Paul Morand et des nouvelles de Somerset Maugham, mais peuvent également être considérées comme une anticipation du « roman noir » —, mais Hugues Rebell, depuis 1900, souffrait d'une maladie intestinale qui devait l'emporter après de cruelles souffrances.

RÉF. : H. Mazel, « Hugues Rebell » in *Mercure de France* du 15 avril 1905. – M. Boisson, *Hugues Rebell intime,* Paris, 1931. – J. Brückmann, *Hugues Rebell, ein Vorkämpfer des französischen Nationalismus,* thèse, Bonn, 1937.

REBOUX Paul (pseud. d'André Amillet). Écrivain français. Né le 21 mai 1877 à Paris, mort à Nice le 14 février 1963. Il est surtout connu pour ses célèbres pastiches, *À la manière de*, qu'il composa de 1908 à 1913 avec Charles Müller. Mais cet écrivain très prolixe qui expérimente tous les moyens d'expression et de diffusion fut tour à tour ou en même temps journaliste, critique littéraire, cinématographique, dramatique, critique culinaire également, conférencier radiophonique, et devint même, à la fin de ses jours, un spécialiste de la radiesthésie. Il a laissé une œuvre d'historien qui eut un grand succès auprès du grand public avant la Seconde Guerre mondiale et qui sut mêler avec astuce l'anecdote et le romanesque et donner à certaines figures des siècles passés une présence certaine, bien qu'elles paraissent relever plutôt du feuilleton qu'appartenir à une vérité historique indiscutable ! Citons : *Madame du Barry* (1932), *Madame se meurt, Madame est morte* (1932), *Une rude gaillarde : la princesse Palatine* (1934), *La Belle Gabrielle qu'aima Henri IV* (1938), *Le Duc de Lauzun, bourreau des cœurs* (1947), *Théodora, saltimbanque puis impératrice* (1950). Mais cet humoriste doté d'un esprit curieux de tout s'essaya aussi, avec un certain bonheur, à écrire des essais de savoir-vivre et même des essais polémiques, tels *Le Nouveau Savoir Manger* (1951), qui faisait suite à ceux parus en 1930 et en 1941, *Petits secrets de l'art d'écrire* (1941), *Trop d'enfants ?* (1951), *Tuberculeux, l'on pourrait vous guérir* (1952) et enfin une étude sur la radiesthésie parue sous le titre *Votre sixième sens, la révélation d'un don que chacun de nous possède sans s'en douter* (1953).

JOËL SCHMIDT.

Récit. 1) « Signifiant, énoncé, discours ou texte narratif lui-même », par opposition à l'*histoire,* qui désigne « le signifié ou contenu narratif », et à la *narration,* qui désigne l'acte même de narrer (Gérard Genette, *Figures III,* 1972).

2) Partie plus ou moins longue d'une œuvre narrative où l'un des personnages prend le relais de l'auteur ; ainsi, dans *L'Ensorcelée,* de Barbey d'Aurevilly, le récit que maître Tainnebouy fait à un voyageur égaré dans la lande, et qui occupe presque la totalité du roman.

3) Genre narratif. Le mot « récit » est parfois employé pour désigner indistinctement les œuvres communément dites romanesques (roman, conte, nouvelle). Ainsi *L'Étranger* (*), de Camus, est-il appelé tantôt roman, tantôt récit ; dans l'édition de la Bibliothèque de la Pléiade des *Œuvres* de Camus, on le considère comme un roman à l'intérieur d'un volume intitulé *Théâtre, récits, nouvelles.* L'expérience montre que « récit » est employé de préférence à « roman » pour des textes narratifs relativement brefs, où s'affiche la présence d'un « récitant » (narrateur s'identifiant avec le personnage principal ou personnage à qui est d'emblée délégué le soin de conter l'histoire) sachant d'avance comment se clôturera l'intrigue. Ainsi, à la durée ouverte du roman s'opposerait la durée fermée du récit. À ce compte, on donnera légitimement l'étiquette de « récit » à *Isabelle* ou à *Thésée,* de Gide, tandis que des œuvres de Camus comme *L'Étranger,* mais aussi *La Chute*, où Clamence (le récitant) ne peut prévoir comment s'achèvera sa confession, méritent plutôt d'être qualifiées de « romans ».

PIERRE-LOUIS REY.

Redondance. Du latin *redundantia* : « trop- plein, excès ». Terme de rhétorique qui désigne le redoublement d'une idée. Elle est souvent considérée comme un défaut, également nommé « pléonasme », dû à un excès de caractérisations équivalentes, ainsi que cela apparaît très fréquemment dans le langage parlé. Molière en a placé dans la bouche de certains pédants, tel le Docteur de *La Jalousie du Barbouillé :* « Vous êtes un ignorant, un indocte, un homme ignare de toutes les bonnes disciplines, un âne en bon français. » Mais elle est parfois employée, en rhétorique, pour renforcer une idée, en particulier dans le discours dramatique, oratoire, ou dans certains poèmes solennels : « Qui coule, qui se perd, et ne te peut attendre, / Tout se hâte, se perd et coule avec ce Temps » (Jean de Sponde, *Essai de quelques poèmes chrétiens,* « Stances de la mort »).

ARLETTE BOUÉ.

Référent. Ce à quoi renvoie un signe linguistique et qui peut être ou une réalité perçue par les sens (l'objet *arbre*), ou une réalité déjà découpée par l'expérience linguistique et culturelle (ainsi l'expression de la temporalité prend des aspects différents selon les langues), ou une notion abstraite (« l'arbre est un végétal »), ou encore une représentation irréelle (comme la *chimère*). Le référent peut aussi renvoyer au langage lui-même : cas des termes autonymes ou métalinguistiques (par exemple la terminologie grammaticale), et plus largement de toute littérature « autoréférentielle ». On nomme parfois *référent* la situation ou le contexte auxquels se réfère le message.

OLIVIER POT.

Réflexions ou Sentences et maximes morales de La Rochefoucauld. Œuvre du moraliste François VI, duc de La Rochefoucauld (1613-1680). Cet ouvrage, plus connu sous le titre de *Maximes*, obtint dès sa parution, en 1664, un succès où le scandale avait la plus grande part. François de La Rochefoucauld, qui venait d'atteindre la cinquantaine, avait fait pendant longtemps carrière d'ambitieux. Non content d'appartenir à l'une des premières familles de France, il avait comploté lorsque Richelieu, puis Mazarin ne lui avaient pas accordé les faveurs auxquelles il croyait avoir droit. Il se lança à corps perdu dans la Fronde, appartenant à la cabale des Importants, devenu lieutenant-général de l'armée rebelle, tentant de soulever la noblesse de sa province ; non seulement il ne tira aucun bénéfice de ces hauts faits, mais il jugea prudent de se retirer pendant quelque temps dans ses terres. Enfin il fit sa paix avec le roi et revint s'installer à Paris. Définitivement écarté de la scène politique et des champs de bataille, La Rochefoucauld se tourne vers les lettres en écrivant ses *Mémoires*, qui ne furent publiés intégralement qu'au XIXe siècle. Il fréquente assidûment les salons du temps, ceux de Mlle de Scudéry, de Mlle de Montpensier, de Mme de Sablé. C'est chez cette dernière et surtout à partir de 1659 que La Rochefoucauld rencontra l'abbé Esprit, l'abbé d'Ailly, le jurisconsulte Domat, la maréchale de Schomberg, la duchesse de Longueville, les Montausier. Si chez la Grande Mademoiselle on faisait des « portraits », chez Mme de Sablé on se passionnait pour les maximes. Quelqu'un proposait une opinion sur une question de morale, les habitués la discutaient. Chez soi, entre deux séances, on tentait de mettre par écrit son sentiment sur le sujet traité et de lui donner un tour vif et piquant. Tout le monde s'y mettait. On rassemblait ensuite ce qui avait été trouvé de meilleur. C'est ainsi que parurent en 1678 les *Maximes de Mme la marquise de Sablé*, publiées par l'abbé d'Ailly, qui y joignit les siennes, celles de l'abbé Esprit, de Domat, de Méré, et d'autres. Dans ce petit groupe, c'était La Rochefoucauld qui remplissait le plus souvent la charge de « greffier » ; il poussait aussi la réflexion beaucoup plus loin et se livrait à un véritable travail d'écriture. Cependant, avant de publier son recueil, il consulta ses amis sur ces *Maximes* où ils avaient eu une grande part. Mais, avant même que La Rochefoucauld ait remis son manuscrit à son éditeur, Barbin, une édition en avait déjà paru, sans le consentement de l'auteur, chez Stencker à La Haye (1664). La véritable première édition est de 1665, mais il y en eut, presque aussitôt après, trois contrefaçons. La Rochefoucauld revit lui-même et à plusieurs reprises les *Maximes*. Sous l'influence de Mme de La Fayette, à qui l'unissait une grande amitié, il en atténua quelque peu le ton très absolu et l'amertume excessive, se contentant d'ailleurs d'ajouter des mots tels que « presque », « le plus souvent », ou « la plupart ». Chaque nouvelle édition fut enrichie de nouvelles maximes : c'est ainsi qu'il parut, du vivant de La Rochefoucauld, quatre éditions en plus de la première, en 1666, 1671, 1675 et 1678. Celle-ci, la dernière que revit l'auteur, est donc l'édition définitive ; elle est la plus complète, comprenant cinq cent quatre maximes, alors que l'édition de 1665 n'en comptait que trois cent soixante et onze (voir l'édition de J. Truchet, Paris, 1967). Pour expliquer le caractère intransigeant des jugements de La Rochefoucauld sur l'espèce humaine, ainsi que l'aigreur, voire le cynisme qu'il y distille, il faut se souvenir que, lorsqu'il compose son œuvre, La Rochefoucauld est un homme revenu de tout, vieilli avant l'âge, à demi aveugle, mélancolique, circonspect, habituellement silencieux, mais laissant tomber parfois des sentences profondes, des propos sans mansuétude. Il n'avait conservé de ses folles aventures d'ambitieux, de ses entreprises guerrières et de ses exploits d'amoureux toujours déçu et trompé qu'une amertume sans remède. C'est cette absence totale d'illusions, cette sévérité brutale et sans issue morale ou religieuse qui heurtèrent les contemporains et valurent aux *Maximes* le succès que l'on sait. En effet, l'image idéalisée de l'homme, telle que l'avaient imposée les romans précieux, les tragédies de Corneille et l'éblouissante gloire d'un jeune roi en qui elle semblait prendre corps, tombait, d'un coup, de son piédestal. Venant du grand seigneur qu'il était, cela parut une trahison. « Nos vertus ne sont le plus souvent que des vices déguisés », telle est l'idée maîtresse de l'auteur ; il la reprend sans cesse sous des formes diverses : « Ce que le monde nomme vertu n'est d'ordinaire qu'un fantôme formé par nos passions, à qui on donne un nom honnête pour faire impunément ce qu'on veut. » Les valeurs héroïques s'effondrent, comme le souligne Bénichou, mais restent cependant comme un idéal inaccessible, une référence à l'aune de quoi se jugent toutes les conduites humaines, sans qu'aucune morale ne laisse espérer l'adéquation de l'être et du paraître. Les explications de cette déchéance de l'homme sont multiples, contradictoires et toujours tragiques pour l'homme. La Rochefoucauld désigne clairement l'amour-propre, qui mine toutes nos fausses vertus : l'intérêt, l'égoïsme sont à la source de nos actions et de nos prétendues qualités. Ainsi la sincérité n'est « qu'une fine dissimulation pour attirer la confiance des autres » ; la bonté, « une paresse ou impuissance de la volonté » ; l'humilité, « une feinte soumission, dont on se sert pour soumettre les autres [...] un artifice de l'orgueil qui s'abaisse pour s'élever ». La libéralité « n'est le plus souvent que la vanité de donner, que nous aimons mieux que ce que nous donnons » ; la pitié, « un sentiment de nos propres maux dans les maux d'autrui [...], une habile prévoyance des malheurs où nous pouvons tomber ». La Rochefoucauld ne croit pas à l'amitié (qu'il appelle « un ménagement réciproque d'intérêts [...], un commerce où l'amour-propre se propose toujours quelque chose à gagner ») et encore moins à l'amour. Les maximes qu'il lui consacre sont la négation des théories cornéliennes qui fondent l'amour sur l'estime, sur le mérite de la personne aimée. La Rochefoucauld met l'accent au contraire (et dans le siècle il est un des premiers à le faire) sur l'irrationalité de la passion ; c'est un « enchantement » sur lequel notre volonté n'a pas prise... du moins quand elle est sincère ; en effet « il en est du véritable amour comme de l'apparition des esprits : tout le monde en parle, mais peu de gens en ont vu ». Les femmes prennent souvent la coquetterie pour de l'amour, car elles sont toutes coquettes, et leur sévérité, quand elles en montrent, n'est « qu'un ajustement et un fard qu'elles ajoutent à leur beauté » ; leur honnêteté « n'est souvent que l'amour et de leur réputation et de leur repos ».

On peut remarquer combien est destructeur l'emploi de ce que Barthes appelait la forme de l'identité déceptive qui ne pose une équivalence que pour mieux décevoir l'attente du lecteur (« L'amour de la justice n'est en la plupart des hommes que la crainte de souffrir l'injustice »). Cependant, l'amour- propre n'est pas la seule clé des *Maximes*. La Rochefoucauld met également au jour l'importance de la fortune, au sens de destin, qui contribue à vider l'homme de toute velléité de grandeur : « Il semble que nos actions aient des étoiles heureuses ou malheureuses à qui elles doivent une grande partie de la louange et du blâme qu'on leur donne » ; à quoi vient s'ajouter l'explication physiologique et médicale de l'humeur qui motive les actions dont les hommes se louent – « La modération des personnes heureuses vient du calme que la bonne fortune donne à leur humeur », « Toutes les passions ne sont autre chose que les divers degrés de la chaleur, et de la froideur du sang ». Amour-propre, fortune, humeurs, l'homme semble singulièrement dépossédé, mais il n'en reste pas moins responsable, ce qui donne à l'œuvre une dimension tragique, comme le souligne Starobinski : « Le plus souvent La Rochefoucauld concède au sujet moral un vestige de conscience et de volonté : il faut que subsiste, à tout le moins, un moi qu'on puisse accuser d'être le jouet des forces qui le déterminent du dehors. » Quel recours donc pour les hommes et pour le moraliste ? Ce ne sont pas les quelques atténuations réclamées par Mme de La Fayette qui changent la tonalité désespérée de l'ouvrage, les « souvent », « d'ordinaire », « la plupart » n'ont été ajoutés qu'après coup et ne convainquent guère. Dieu n'apparaît pas non plus comme le sauveur de l'homme, et en ceci les *Maximes* sont bien différentes des *Pensées* (*) de Pascal, malgré le *Discours sur les réflexions ou sentences et maximes morales,* où H. de La Chapelle-Bessé tente de tirer les *Maximes* dans un sens religieux : « L'auteur des *Réflexions* [...] expose au jour toutes les misères de l'homme. Mais c'est de l'homme abandonné à sa conduite qu'il parle, et non pas du chrétien. » En réalité, La Rochefoucauld ne semble guère espérer le salut des hommes : « Les *Maximes* de La Rochefoucauld ne contredisent en rien le christianisme : elles s'en passent », écrira Sainte-Beuve. Reste alors au moraliste à adopter une attitude éthique et esthétique. Celle-ci se fonde sur une vertu, la lucidité (mais qui peut garantir que l'amour-propre ne se cache pas derrière cette lucidité ? « On aime mieux dire du mal de soi-même que de n'en point parler », « L'amour-propre est plus habile que le plus habile homme du monde », et Doubrovsky note que « toute écriture sur l'amour-propre est écriture de l'amour-propre [...] Toute maxime abaisse celui qui la lit dans la mesure où elle élève celui qui l'écrit. Satisfaction d'amour-propre, au sens le plus cru, et à la fois le plus retors »). Cette lucidité débouche néanmoins sur un plaisir, l'écriture de la maxime, seule valeur sur quoi fonder une esthétique, donc une nouvelle morale, et qui permet à Starobinski de dire que « le bonheur de la forme contrebalance la noirceur du fond ». D'où la volonté de La Rochefoucauld, au fil des éditions, de perfectionner la composition de ces maximes, formes brèves, autonomes, brillantes, énigmatiques et abstraites, souvent ludiques, relevant de ce qu'on nomme le style coupé, et qui impliquent chez le lecteur comme chez l'auteur une énergie intellectuelle salvatrice. Cette entreprise fut saluée par Voltaire comme neuve en Europe : « On lut avidement ce petit recueil ; il accoutuma à penser et à renfermer ses pensées dans un tour vif, précis et délicat. C'était un mérite que personne n'avait eu avant lui en Europe, depuis la renaissance des lettres. » Mais Voltaire ne mesura pas à quel point l'écriture de La Rochefoucauld, en renouant avec l'atticisme grec, fondait une modernité littéraire.

Regain. Publié en 1930, ce roman de Jean Giono (1895-1970) est le dernier de la trilogie intitulée *Pan* – les deux autres étant *Colline* et *Un de Baumugnes*. Le thème en est la résurrection d'un village de haute Provence. Dans Aubignane ne restent plus que trois malheureux habitants : Panturle le braconnier, Gaubert le forgeron et Mamèche, une vieille Piémontaise sèche et noire qui y a perdu, aussitôt installée, son mari et son enfant. Les champs, réputés trop arides, sont laissés à l'abandon, et le village semblerait tout à fait mort si, de temps à autre, le vieux forgeron ne tapait, à coups clairs et réguliers, sur son enclume. Non pas pour travailler mais pour se dégourdir. Hélas, voilà qu'un automne, appelé par son fils, il s'en va lui aussi. Passe un morne hiver. Mamèche dit à Panturle qu'il lui faudrait une femme, qu'alors le village pourrait renaître. Il acquiesce, mais où la trouver ? C'est un sauvage, cet homme. Jusqu'à ce qu'elle meure, il s'est contenté de la compagnie de sa mère. Depuis, il se parle à lui-même. « Et si je t'en ramène une, demande Mamèche, tu la prends ? » « Oui », répond-il. S'achève l'hiver. Mamèche s'est mise, de son côté, à parler seule. Panturle la surprend plusieurs fois qui marmonne : « Il faut que ça vienne de toi d'abord si on veut que ça tienne » ou d'autres phrases de ce genre. Puis, sans crier gare, elle disparaît. Il se trouve que c'est juste au moment où le rémouleur Gédémus et Arsule, sa jeune compagne qui l'aide à tirer sa bricole, partent en tournée. Ils doivent commencer par traverser un immense plateau, nu et venteux. Voyant, de loin en loin, une forme noire sauter entre les herbes, ils prennent peur et changent de chemin. Ils se dirigent ainsi vers Aubignane, où Panturle, tout secoué par le printemps, pense aux femmes. Il guette Arsule, et fait une chute. Elle le sauve ; ils se découvrent l'un l'autre. Elle quitte le rémouleur pour Panturle. Très vite, la présence de cette femme transforme ce dernier. Il cesse d'être un sauvage. Il arrange sa maison. Il se met à la culture. Dès la première année, il produit le plus beau blé de la région. Séduite par ce succès, une famille de paysans revient au village. Arsule attend un enfant. Le sacrifice de Mamèche, morte sur le plateau, aura sauvé Aubignane. Cette histoire d'une terre régénérée annonce le courant écologique, dont Giono est l'un des précurseurs.

Registres (de langue). Ensemble des variations à la fois stylistiques et sociales d'une langue liées à des différences de lieu (ou *diatopiques* : ville / campagne), de milieu (*diastratiques :* cultivé / soutenu / trivial / populaire / vulgaire / argotique), d'époque (*diachroniques* : vieux / classique / nouveau), de profession (technique / littéraire / poétique / courant), voire de genres (les genres sublime / moyen / bas de la rhétorique). À l'époque classique, un usage sélectif oblige ainsi à distinguer à l'emploi les synonymes *face* (sublime ou noble), *visage* (médiocre), *frimousse* (burlesque), *minois* (bas ou populaire), *physionomie* (technique). Si aujourd'hui le locuteur moyen produit plus difficilement les variantes notées par les dictionnaires, il contrôle au moins les tendances à la langue soutenue (orientée vers le parler cultivé), à la langue courante (orientée vers le parler populaire) et aux parlers patois. Aussi, plutôt que des écarts stricts par rapport à une norme, les registres de langage (terme préférable à « niveaux » de langue à connotation hiérarchique) manifestent-ils des « manières de parler » adaptées aux situations : chez Proust, Albertine s'exprime différemment en présence de Marcel ou avec ses amies (ainsi elle s'autocensure à propos de l'expression « se faire casser le pot » qui trahit ses relations douteuses). Enfin, s'ils concernent surtout le lexique (l'argot ou le vocabulaire technique relèvent de ce seul plan), les registres se caractérisent aussi par des variantes phonétiques (liaisons, *e* muets, tensions articulatoires), morphologiques (*pisk* pour *puisque*), voire syntaxiques (*l'homme que je te parle*).

OLIVIER POT.

REGNARD Jean-François. Poète comique né à Paris le 7 février 1655, mort au château de Grillon le 4 septembre 1709. La vie de Regnard, si on la connaissait mieux – mais on ne la connaît guère que par la relation de ses *Voyages* – pourrait être un excellent roman d'aventures. Vrai Parisien né sous les piliers des Halles, fils de marchands aisés, orphelin de père à l'âge de 2 ans, placé en apprentissage à 15 ans, il se met à voyager pour les nécessités du négoce. Au retour d'un voyage en Italie, en 1678, son navire est capturé par deux corsaires barbaresques et conduit à Alger. Vendu comme esclave, transféré à Constantinople, Regnard, grâce à ses talents de cuisinier, parvient à gagner les bonnes grâces de son maître qui consent à le relâcher, après deux ans de captivité, contre une forte rançon de douze mille livres. Rentré en France, Regnard repart aussitôt, cette fois pour les pays du Nord, traversant d'abord la Flandre et la Hollande, puis gagnant le Danemark et la Suède, où il se fait présenter au roi, avant d'aller explorer les terres polaires, où il découvre « ce petit animal qu'on appelle Lapon ».

Regnard, après avoir ensuite parcouru les côtes de la Baltique, la Pologne, la Hongrie, la Turquie d'Europe, l'Allemagne, se fixe enfin dans la capitale, achète une charge de trésorier de France (1682), qui le faisait accéder à la noblesse de robe, et, assuré d'une brillante aisance renforcée encore à la mort de sa mère (1693), ne songe plus qu'à jouir de sa vie en épicurien lettré : il s'entoure d'amis, de jolies femmes, passe une grande partie de son temps à table, donne des soupers qui connaissent la vogue, et compte parfois parmi ses convives des grands comme le prince de Conti et le prince de Condé. Pour occuper son temps, par distraction, il commence à écrire des comédies pour le Théâtre-Italien (*Le Divorce,* 1688, *La Descente d'Arlequin aux enfers,* 1689), dont il devient l'un des principaux fournisseurs : de 1688 à 1696 il lui donne onze comédies (quatre écrites en collaboration avec Dufresny). De 1690 datent *L'Homme à bonnes fortunes* et *Critique de « L'Homme à bonnes fortunes ».* Dès 1694, il pénètre au Théâtre-Français avec de petits proverbes comme *Attendez-moi sous l'orme* et *La Sérénade,* puis en 1695 avec *Le Bal,* où il commence à utiliser le vers, qu'il n'abandonnera plus. De la même année date *La Foire Saint-Germain*, écrite en collaboration avec Dufresny. Avec *Le Joueur*, en 1696, Regnard atteint la grande comédie. Viendront ensuite, en 1697 *Le Distrait*, en 1700 *Démocrite* et *Le Retour imprévu*, en 1704 *Les Folies amoureuses* et *Le Mariage de la folie*, en 1705 *Les Ménechmes*, enfin en 1708 son chef-d'œuvre, *Le Légataire universel* (*) suivi de *La Critique du « Légataire »*. Ayant acheté près de Dourdan, à onze lieues de Paris, la belle terre de Grillon, c'est là qu'il va passer son temps en compagnie de deux beautés célèbres du Paris d'alors, écrivant ses dernières comédies (*L'Irrésolu*) (1713) et *La Provençale* (1731), conviant toute la jeunesse des environs à des parties où il offre, comme il le dit lui-même : « grand'chère, vin délicieux, / Belle maison, liberté tout entière... ». On ne sait trop de quoi il est mort : Voltaire prétendait que ce fut de chagrin, mais il est probable que les autres ont raison, qui affirment qu'une médecine prise mal à propos l'emporta, après une indigestion.

On prétendait un jour devant Boileau que Regnard était un auteur médiocre. « En tout cas, il n'est pas médiocrement gai », répliqua Boileau. Dans notre littérature, Regnard donne en effet l'exemple de la gaieté la plus parfaite. La principale ressource de Regnard tient à un fonds quasi inépuisable de traits plaisants et de railleries qui témoignent souvent d'une dureté presque inhumaine, d'une totale absence de scrupules chez ses personnages, valets et maîtres ne songeant qu'à inventer les plus bouffons stratagèmes pour berner des vieillards ridicules et gâteux. Héritier de Molière par les circonstances de son œuvre, il est tout son opposé par le caractère, bon vivant, homme de plaisir, « à qui la vie n'est qu'un pur carnaval », ne cessant de rire lui-même pour faire rire les autres, auteur auquel il est impossible de prêter une philosophie, une ambition et une portée morales.

MICHEL MOURRE.

♦ *« Regnard* [...] *se charge, lui, d'encourager les filous. C'est une chose incroyable qu'avec l'agrément de la police on joue publiquement* [sa] *comédie au milieu de Paris. »* Jean-Jacques Rousseau. ♦ *« Il est aisé, c'est bien le mot, c'est sa devise ; il est, par le tempérament et par humeur, le plus gai des hommes, il a le rire le plus franc et le plus naturel, le style le plus naïf et du meilleur cru : ne lui en demandons pas davantage. »* Sainte-Beuve.

RÉF. : A. Hallays, *Regnard,* Paris, 1929. – G. Jarnati, *La Querelle du Joueur,* Paris, 1936. – A. Calame, *Regnard, sa vie et son œuvre,* Paris, 1960. – S. Chevalley, *Regnard,* Paris, 1968. – Y. Moreau, *Masques et Jeux dans le théâtre comique en France entre 1685 et 1720,* Lille-Paris, 1977. – F. Moureau, *Dufresny auteur dramatique,* Paris, 1979. – Ch. Mazouer, *Attendez-moi sous l'orme, La Sérénade, Le Bal,* Genève, 1991.

RÉGNIER Henri François Joseph de. Poète et prosateur né à Honfleur (Calvados) le 28 décembre 1864, mort le 23 mai 1936 à Paris. D'une famille noble, il fait ses études à Paris au collège Stanislas, puis, pendant quelque temps, à la faculté de droit. Dès son adolescence, il s'est passionné pour la littérature. Ses premiers poèmes, *Les Lendemains* (1885), sont encore sous l'influence parnassienne, mais un an plus tard il devient un des habitués les plus enthousiastes des Mardis de Mallarmé. L'amitié de Viélé-Griffin, de Moréas, de La Tailhède, achève de le convertir à la nouvelle esthétique symboliste qui s'affirme dans ses *Poèmes anciens et romanesques* (1887-90) et dans *Tel qu'en songe* (1892). Mais bientôt, avec *Aréthuse* (1895), s'esquisse une évolution vers un néo-classicisme. Cette même année 1895, Régnier épouse la fille aînée de Heredia – elle-même poète sous le nom de Gérard d'Houville –, et il ne va pas manquer de subir l'influence parnassienne du poète des *Trophées* (*) qui achève de le détacher du symbolisme, sans l'amener jamais cependant à sacrifier complètement le vers libre. La deuxième manière de la poésie de Régnier s'affirme dans *Les Jeux rustiques et divins* (1897), puis dans *Les Médailles d'argile* (1900), recueils suivis en 1902 de *La Cité des eaux*, en 1906 de *La Sandale ailée* et en 1911 du *Miroir des heures*, où quelque mélancolie vient traverser les évocations élégantes et sensuelles du XVIIIe siècle. Artiste extrêmement cultivé, raffiné, quelque peu maniéré, c'est ainsi que Régnier s'était également révélé comme prosateur, dès 1893, dans *Contes à soi-même* qui préparaient ses débuts dans le roman avec *La Double Maîtresse* (1900), *Le Bon Plaisir* (1902), *Le Mariage de minuit* (1903), tribulations d'une charmante et pauvre jeune fille égarée dans un milieu de mœurs douteuses, *Les Vacances d'un jeune homme sage* (1903), *Les Rencontres de M. de Bréot* (1904), avec de hardis « libertins » du XVIIe siècle comme personnages, *La Flambée* (1909), *L'Amphisbène* (1912), histoire d'un yacht et d'une âme inquiète et tendre, *L'Illusion héroïque de Tito Bassi* (1916), *La Pécheresse* (1920), *L'Escapade* (1926), aventures de brigands et galanteries, *Le Voyage d'amour* (1930), qui a pour décor Venise, pittoresque et mélancolique, séjour de prédilection de Régnier qui nous y emmène encore avec ses souvenirs de *L'Altana* (1929).

Romans d'amour, voués à l'exaltation de la beauté féminine et au désir ; romans d'artiste, aussi, très riches, et presque à l'excès, alliant à la culture classique le rêve romantique, le raffinement symboliste, l'inquiétude moderne. Aussi Henri de Régnier reste-t-il un merveilleux évocateur du passé, un parfait initiateur pour qui veut pénétrer la sensibilité des siècles classiques : ce sens du passé, il l'eut, pourrait-on dire, à l'état de mélancolie, de maladie, dont il ne laissait paraître cependant qu'une discrète tristesse, qui ne trouble jamais sans charmer – celle qui convient à l'homme du monde qu'il était.

JACQUES PATRY.

♦ *« Mon gendre a plus de génie que moi, mais j'ai plus de talent que lui. »* José Maria de Heredia. ♦ *« Henri de Régnier a de bonnes intentions : il croit qu'il imite mes* Stances, *mais ce n'est pas ça du tout. »* J. Moréas. ♦ *« Naturellement, sans aucun effort, ses idées s'incarnent en symboles, et c'est merveille à lui de nous les produire toujours quelque peu dans le vague et l'indéfini pour qu'en soient augmentées la simplification et la poésie. »* Verhaeren.

RÉF. : A. Beaunier, *La Poésie nouvelle : Henri de Régnier*, Paris, 1902. — P. Léautaud, *Henri de Régnier*, Paris, 1904. — H. Bordeaux, *Pèlerinages littéraires*, Paris, 1907. — J. de Gourmont, *Henri de Régnier et son œuvre*, Paris, 1908. — H. Berton, *Henri de Régnier, le poète et le romancier*, Paris, 1910. — J. M. Bernard, *Études et Portraits*, Paris, 1923. — É. Verhaeren, *Impressions*, Paris, 1928. — R. Honnert, *Henri de Régnier et son œuvre*, Paris, 1928. — J. de Lacretelle, *Discours de réception à l'Académie française*, Paris, 1938.

RÉGNIER Jehan. Poète né à Auxerre (Yonne) en 1393, mort dans cette même ville vers 1465. Il parcourut d'abord en pèlerin le midi de la France, l'Italie, la Sicile, la Grèce, la Syrie, l'Arménie et la Palestine et, à son retour, se maria et accepta la charge de bailli d'Auxerre. Envoyé secrètement en mission auprès des Anglais par Philippe le Bon, il se trouvait à Rouen en 1431, à l'époque où Jeanne d'Arc y était prisonnière. Capturé par les partisans du roi de France, il fut emprisonné à Beauvais et s'attendait à être mis à mort comme Charles VII en avait donné l'ordre, lorsque sa femme vint s'offrir en otage avec son fils et apporter une partie de sa rançon. Régnier put rentrer à Auxerre, vendit ses biens et, sa captivité lui ayant permis de prendre conscience de son talent, se mit à parcourir le pays en chantant ses malheurs, afin de réunir la somme énorme que représentait sa rançon. Lorsqu'il y fut parvenu, il alla libérer sa femme et son fils, et mena dès lors, à Auxerre, une vie paisible partagée entre la poésie et sa charge de bailli. Il a laissé des complaintes, des ballades, des virelais et des rondeaux qui furent réunis sous le titre de *Les Fortunes et Aversitez de Messire Jehan Régnier*, qui comprend *Le Livre de la prison* (1526). Cette œuvre souvent fort monotone est pourtant empreinte d'une sincérité qui mérite à son auteur une place de choix parmi les poètes du XVᵉ siècle. De ses ballades, retenons la « Ballade morale que le prisonnier fit », dont le thème est très proche de l'esprit d'un Charles d'Orléans, ou la « Ballade que le dessus nommé fit à la requeste de damoiselle Ysabeau Chrestienne, sa femme » (datée de 1460), où il évoque, avec passablement de charme et de naturel, la vie paisible des deux époux qui ont vieilli en bonne entente. Ce qui de Régnier est assurément le meilleur, ce sont ses prières en forme de « lais », où tantôt il évoque les bons temps passés (« Quant en France paix aviez, / Clergié, moult aise estiez », pièce d'une grande originalité de facture au charme naïf) ; tantôt il prie Dieu et ses saints pour la paix (« Pere sainct, excommuniez... / Qui a Paix yra du contraire ! »). Enfin, Régnier a écrit un « Testament du prisonnier », qui rappelle non seulement par son esprit, mais par sa composition même (c'est un poème suivi dans lequel sont enchâssées de courtes pièces, « lais », ballades et rondeaux) le *Testament* de Villon. Ce poème vaut surtout par son pittoresque, les allusions aux mœurs et à la mentalité du temps.

RÉF. : Ribière, *De la poésie auxerroise aux XVᵉ et XVIᵉ siècles*, in *Congrès scientifique de France*, XXVᵉ session, Paris-Auxerre, 1859. — E. Droz, *Les Fortunes et Adversitez de Jean Régnier,* Paris, 1923. — P. Champion, *Histoire poétique du XVᵉ siècle,* Paris, t. I, 1923, p. 227-284.

RÉGNIER Mathurin. Poète satirique né à Chartres le 21 décembre 1573, mort à Rouen le 22 octobre 1613. Sa vie est assez mal connue et encombrée d'anecdotes légendaires. Il était neveu par sa mère du poète Desportes. Son père, notable de Chartres, tenait un jeu de paume appelé, paraît-il, le « tripot Régnier », et il se peut que Mathurin Régnier s'y soit habitué fort jeune à d'inquiétantes fréquentations. Ce coureur de tavernes est en tout cas un latiniste cultivé, nourri d'Horace et de Juvénal, qui a lu Rabelais, Marot, Montaigne, les poètes de la Pléiade. En 1587, à quatorze ans, « vif de courage et tout chaud d'espérance », comme il dit lui-même, il entre au service du cardinal François de Joyeuse, chargé des affaires du roi auprès du Saint- Siège, mais n'occupe qu'un emploi subalterne. Abandonnant sa charge, il rentre en France, rencontre Philippe de Béthune, ambassadeur d'Henri IV, avec lequel il repart outre-monts. En 1606 meurt son oncle, Philippe Desportes, dont Régnier manque l'estimable héritage mais qu'il remplace bientôt comme chanoine de Chartres, charge immédiatement échangée par lui contre d'autres bénéfices grâce auxquels Régnier mène joyeuse vie à Paris en compagnie de « libertins » comme Motin, le marquis de Cœuvres, Philippe Hurault de Chiverny, évêque de Chartres. En 1608, paraissent son *Discours au roi* et dix premières *Satires*, rééditées un an plus tard, avec l'adjonction du *Souper ridicule* et du *Mauvais gîte.* De 1608 également datent les *Poésies diverses*. Régnier va pouvoir mener désormais la vie dont il rêvait, car il s'impose comme le poète officiel de la Cour, soit en composant des *Élégies* amoureuses pour Henri IV (1608), soit en célébrant en 1610 l'entrée solennelle de Marie de Médicis à Paris, soit en écrivant pour le jeune Louis XIII l'*Hymne sur la Nativité de Notre-Seigneur.* Mais il meurt en 1613, et la même année ses amis font paraître une réédition de ses œuvres, avec des *Satires*, des *Élégies* et des *Épîtres* nouvelles.

D'Italie, Mathurin Régnier avait au moins rapporté des lectures : Berni, Caporali, les burlesques italiens dont on retrouve l'influence dans son œuvre. Il commence à écrire en cette fin du XVIᵉ siècle qui voit une vive réaction contre le lyrisme élégiaque, contre la poésie noble, un retour à Rabelais, la recherche d'une inspiration plus réaliste. Ce n'est pas toutefois dans les livres, mais autour de lui, dans la vie quotidienne de la petite société de Paris sous le règne d'Henri IV que notre poète va chercher son inspiration. Aussi est-il d'abord pour nous le peintre de son temps : son œuvre abonde en détails sur la rue, le costume, les mœurs, sur tout un pittoresque extérieur. La comédie du Grand Siècle puisera d'ailleurs abondamment chez Régnier, que Musset a justement qualifié « de l'immortel Molière, immortel devancier ». Sa philosophie est sans doute assez courte : indépendant, amoureux passionné de la vie, Régnier approuve surtout le conseil de Montaigne de « suivre la nature ». Il n'en a pas moins écrit quelques poignantes *Poésies spirituelles* (1600-1612) et montré aussi qu'il aurait pu être un poète de l'amour élégiaque et mélancolique (« La Plainte »). Il suit son humeur : pour lui (bien qu'il révère les maîtres de la Pléiade — mais il est plus près de Marot que de Ronsard), la poésie n'est qu'inspiration, le travail est à peu près inutile et la nonchalance une des grandes ressources de l'artiste. Il faut toutefois prendre garde que Régnier donne un tour outré et paradoxal aux conseils poétiques éparpillés dans son œuvre, pour le seul plaisir de faire enrager les doctes de la nouvelle école, Malherbe surtout, coupable de n'avoir pas aimé *Les Psaumes* de son oncle Desportes, et qu'il déteste. Ainsi Mathurin Régnier assurera-t-il que le vrai poète n'a qu'à « laisser aller sa plume où la verve l'emporte » ; comme sans y songer, il se crée une langue sans règle, accueillant les truculences, les inventions spontanées du bas peuple, assez dédaigneuses de la syntaxe. Régnier, par l'intermédiaire des poètes burlesques italiens, se rattache à la satire du Moyen Âge ; son tempérament fait de lui un proche parent de Villon et des auteurs de fabliaux ; sa simplicité, sa confiance dans la « bonne loi naturelle » opèrent, après l'extrême effort d'intellectualité et d'érudition de la Renaissance, un retour à la vieille veine gauloise. À travers tout le XVIIe siècle, on retrouvera Régnier, soit dans le burlesque d'un Scarron, soit dans le réalisme d'un Saint-Amant. Mais, d'une manière plus décisive encore, dans l'acidité de Boileau et le rire de Molière.

MICHEL MOURRE.

♦ « *Égal aux anciens par le génie, mais ignorant, peu net, négligé, inégal.* » Malherbe. ♦ « [...] *c'est le poète français qui, du consentement de tout le monde, a le mieux connu, avant Molière, les mœurs et les caractères des hommes.* » Boileau. ♦ « *Il faut regretter que se soit perdue la naïveté de son style.* » Fénelon. ♦ « *Le Montaigne de notre poésie.* » Sainte-Beuve.

RÉF. : J. Vianey, *Mathurin Régnier,* Paris, 1896. – R. Aulotte, *Mathurin Régnier, les « Satires »,* Paris, 1983.

Regrets (Les). Recueil de cent quatre-vingt-onze sonnets que Joachim du Bellay (1522-1560) composa en partie à Rome, sans doute en même temps que *Les Antiquités de Rome* et qu'il publia la même année que celles-ci, en 1558, deux ans avant sa mort. Mais le poète laisse croire que c'est à partir de 1555 ou de 1556 qu'il entreprit d'écrire ces sonnets, « que de plus braves noms » il ne veut « desguiser, / Que de papiers journaux, ou bien de commentaires » (c'est-à-dire de journal intime et d'impressions). *Les Regrets* représentent en quelque sorte l'envers des *Antiquités de Rome*. Du Bellay est depuis six ans en Italie où il a accompagné son cousin, le cardinal Du Bellay, ambassadeur de France auprès du pape, à titre d'intendant de sa maison. Passé les éblouissements que lui procure la vue des monuments romains, la splendeur de la « Ville Éternelle », l'enthousiasme de Du Bellay, suggère-t-il, ne tint pas longtemps contre les ennuis du séjour. Chargé de besognes qui ne conviennent pas à ses goûts, spectateur des bassesses des courtisans du pape, il prend en aversion l'existence qui lui est faite. Il sait qu'en France d'autres ont profité de son absence pour le remplacer auprès des grands, qu'il est oublié. Mais surtout il est plein de nostalgie en évoquant son pays, sa campagne, la tranquillité de la vie rustique. Il n'a même plus le goût à écrire : « De la postérité, je n'ay plus de souci, / Ceste divine ardeur, je ne l'ay plus aussi, / Et les Muses de moy, comme estranges, s'enfuyent. » Mais il ne peut tout à fait se dispenser d'écrire : s'il ne se sent pas capable de composer une grande œuvre, il peut au moins noter, au jour le jour, ses impressions, ses dégoûts, ses « regrets ». C'est ainsi un nouveau genre littéraire qu'il invente et les premiers sonnets sont consacrés à le définir (I à VI). Du Bellay le fait en toute humilité ; il aurait voulu mieux faire, mais c'est tout ce dont il est capable : « Et moins veulx-je imiter d'un Pétrarque la grâce, / Ou la voix d'un Ronsard, pour chanter mes *Regrets.* » Le genre qu'il inaugure sera-t-il même digne du nom de poésie, il en doute : « Aussi veulx-je... que ce que je compose, / Soit une prose en ryme, ou une ryme en prose, / Et ne veulx pour cela le laurier mériter » ; il explique clairement qu'il ne veut pas se donner de peine quant à la forme de ses poèmes, il entend simplement livrer ses impressions comme elles lui viennent : « Je me plains à mes vers, si j'ai quelque regret ; / Je me ris avec eulx, je leur dy mon secret. » Et c'est justement cela qui fait le prix de ce recueil, si vivant encore maintenant par « l'apparence même d'un manque d'art » (V. L. Saulnier). Jusqu'alors, de Du Bellay on ne connaissait que l'artiste, difficultueux et contourné de *L'Olive*, plein de grandeur mais encore quelque peu guindé des *Antiquités ;* ici, c'est l'homme qui semble apparaître. Après les six premiers sonnets qui constituent une introduction, les autres poèmes se divisent en quatre parties d'inégale importance et d'inégale valeur : les sonnets VII à XLIX sont consacrés plus particulièrement à la nostalgie qui saisit l'exilé au souvenir de sa terre natale. Il se demande si, en quittant son pays, il n'a pas lâché les vrais biens pour des biens incertains ou imaginaires ; et quand il évoque la France et surtout la campagne angevine, l'émotion le saisit et passe intégralement dans la musique plaintive de ses vers ! C'est ce sentiment de nostalgie qui anime deux des plus célèbres et des meilleurs sonnets du recueil, le sonnet IX, si noble et si émouvant : « France, mère des arts, des armes et des loix », et le sonnet XXI, où perce une émotion profonde et tout intime : « Heureux qui, comme Ulysse, a fait un beau voyage. » La seconde partie, plus développée (sonnets L à CXXVII), est une satire parfois virulente de la cour romaine, de ses mœurs peu édifiantes, de l'hypocrisie des courtisans : certains des poèmes sont de petits croquis fort évocateurs ; dans d'autres percent une indignation, une ironie qui ont une grande puissance. Bien que ces derniers sonnets soient moins goûtés de nos contemporains, ce sont eux surtout qu'on admirait du temps de Du Bellay, et il faut reconnaître qu'il inaugurait là un genre et le portait à sa perfection. En cela, il est le prédécesseur de Régnier. Entre l'épigramme trop brève et la longue satire, il découvrait le sonnet satirique. Vauquelin de La Fresnaye remarquait que Du Bellay, le premier, « fit le sonnet sentir son épigramme » ; Richelet vante « la force avec laquelle il taxe les mœurs de son temps » ; quant à Ronsard, il décerna à son ami le nom de « grand Alcée angevin ». La dernière partie est loin d'avoir la force des deux premières : elle comprend les sonnets où Du Bellay raconte son retour (CXXVIII à CXXXVIII) et sa vie à Paris après son retour (CXXIX à CXCI). Le ton de ces derniers poèmes est assez pénible ; passé les premières joies du retour, il est accablé par ses infirmités. Devenu entièrement sourd et de plus en plus malade, il traîne deux ans et meurt subitement en 1560, à l'âge de trente-sept ans. Après quatre siècles, *Les Regrets* demeurent l'œuvre la plus vivante et la plus émouvante de Du Bellay, celle qui nous donne le sentiment d'être en communication directe avec cette âme délicate et noble.

Reine morte (La). Drame en trois actes d'Henry de Montherlant (1896-1972), représenté et publié en 1942. Le sujet de *La Reine morte* est emprunté par Montherlant à la légende d'Inès de Castro, épouse secrète de l'infant Pedro de Portugal. Assassinée en 1355 par ordre du roi son beau-père, son époux, à peine monté sur le trône, la vengea cruellement. Montherlant a construit ce drame sur les indications historiques et les notations psychologiques que lui fournissait cette légende. L'action se passe au Portugal, « autrefois ». Le vieux roi don Ferrante est las de son trône, de son peuple et de son fils, don Pedro, dont il juge sévèrement la médiocrité. Il veut pourtant, avant de mourir, que les affaires de son royaume soient en ordre. Il fait venir la jeune infante de Navarre, dona Bianca, pour qu'elle épouse son fils. Mais Pedro dédaigne l'infante, et son père connaîtra bientôt la raison de ce dédain : son fils aime dona Inès de Castro, qu'il a épousée en secret. Extrêmement irrité, le roi essaie de faire annuler ce mariage ; mais le pape s'y refuse. Enfin Ferrante apprend, par dona Inès, qu'elle va avoir un enfant de Pedro ; il la fait alors exécuter, afin de préserver, dit-il, la pureté de la succession au trône. En fait, il avoue l'inutilité de son crime, mais se complaît dans l'atroce et veut surtout prouver à son entourage qu'il n'est pas faible : « Et dire qu'ils me croient faible ! » dira-t-il au moment le plus tragique du drame. Toute la pièce est dominée par la personnalité du roi Ferrante, qui, grandissant à chaque acte, semble perdre toute humanité. C'est un scélérat, mais en même temps il a de la délicatesse, de la gentillesse « et sans nul doute une double grandeur, celle du roi et celle du chrétien ». Il est toujours sincère : il tue, mais croit à l'immortalité de l'âme. Ferrante est étrange, et il le sait : « Cela est étrange, mais il n'y a que des choses étranges par le monde. Et tant mieux, car j'aime les choses étranges. » Il est profond et a horreur de la profondeur. Cette psychologie est en rapport étroit avec celle de dona Bianca : elle aussi est étrange et profonde ; ce qui fera dire à Montherlant que « lui et elle sont les deux êtres de valeur de la pièce ». Cette peur de paraître faible porte invinciblement don Ferrante à commettre certains actes qu'il sait nuisibles pour lui-même, mais contre la tentation desquels il est sans défense : il signe le traité avec le roi d'Aragon, tout en reconnaissant que c'est une erreur ; il se fie à Coelho alors qu'il sait que cette confiance est mal placée. De même, il fait tuer Inès, sachant que ce crime est inutile. « Plus je mesure ce qu'il y a d'injuste et d'atroce dans ce que je fais, plus je m'y enfonce, parce que plus je m'y plais. » Il la fait assassiner non pas par raison d'État, mais gratuitement. La tragédie de Ferrante est celle de l'homme absent de lui-même. Il ne croit plus à ce qu'il fait, et la principale raison de l'assassinat d'Inès réside dans ce que Montherlant désigne lui-même comme « sa haine de la vie ». La pièce est construite « à la façon d'une fleur ». Les deux premiers actes, dépouillés et d'une ligne extrêmement simple, s'opposent au troisième qui, lui, s'épanouit pleinement dans une surabondance d'images somptueuses et puissantes, propres à dépeindre avec force ce sacrifice inutile. Elle débute par un long monologue torrentiel et s'achève, après que don Ferrante est mort, par un grand silence.

Rejet. Procédé rythmique par lequel on prolonge un groupe verbal au-delà de la césure de vers ou d'hémistiche afin de mettre en valeur le mot ainsi rejeté. Comme le contre- rejet et l'enjambement, le rejet est un phénomène de discordance entre le mètre et la syntaxe ou le sens. Il n'est cependant pas étranger au vers classique, et Racine, par exemple, en tire de puissants effets : « Mais tout n'est pas détruit et vous en laissez vivre / Un... Votre fils, Seigneur, me défend de poursuivre. »

On distingue le *rejet externe* (de vers à vers) du *rejet interne* (d'un hémistiche sur l'autre) : « ... et la voix qui chantait // s'éteint comme un oiseau / se pose : tout se tait » (Hugo).

CHRISTIAN DOUMET.

Religieuse (La). Roman de Denis Diderot (1713-1784), écrit en 1760, d'abord diffusé dans la *Correspondance* de Grimm en 1780, puis publié, après la mort de l'auteur, en 1796. Cette satire, pleine de mouvement, des mœurs dans un couvent de femmes au XVIIIe siècle est une chaleureuse apologie de la liberté individuelle. Comme *Le Neveu de Rameau* (*), ce roman procède à la fois du réel et de l'imaginaire, ayant pour origine les mésaventures de certaine demoiselle Suzanne Delamare, ou Saulier, ou encore Simonin, qui, en 1758, avait accusé sa mère de l'avoir enfermée de force à l'abbaye de Longchamp, puis au couvent Sainte-Marie de la rue du Bac, et une amusante mystification ourdie par Diderot, Grimm et quelques autres compères au détriment d'un de leurs amis, le marquis de Croismare, homme sensible qui s'était fort intéressé au sort de la jeune fille, sans parvenir à lui faire gagner son procès. Deux ans plus tard, le marquis, se trouvant dans ses terres de Normandie, se laisse aisément persuader que Suzanne, transférée dans un autre couvent, a réussi à s'échapper. Les lettres soi-disant signées par l'ex-religieuse émeuvent à ce point leur destinataire qu'il invite Suzanne à venir à Caen, où il lui trouvera un emploi honorable. La plaisanterie dura longtemps, jusqu'au jour où Diderot se décida enfin à faire mourir l'héroïne. Mais l'écrivain ne s'en tint pas là. En marge de cette correspondance, il avait entrepris un récit des malheurs de la religieuse, qu'il ne devait terminer que plus tard. Telle est l'origine de cet ouvrage, la contrepartie, disait Diderot, de *Jacques le Fataliste* (*), et qu'il estimait de ses meilleurs. Il y mit toute sa conviction : « Un jour, rapporte Grimm, qu'il était tout entier à ce travail, M. d'Alainville le trouva en larmes, disant : “Je me désole d'un conte que je me fais.” » Rien de plus subtilement malicieux que ce « conte » où sont crayonnées sur le vif des figures de moniales et de confesseurs, notamment la tendre abbesse de Longchamp dont le dessein « n'était pas de séduire, mais certainement c'est ce qu'elle faisait », la mère Sainte-Christine, méchante et férue de théologie, qui inflige à la jeune Suzanne un vrai martyre, la faisant flotter « entre la résignation et le désespoir », et surtout l'inoubliable supérieure de Saint-Eutrope, si prompte à déshabiller ses filles, à les baiser sur la bouche, et qui éprouve pour Suzanne le « goût » le plus vif : « Elle baissa les yeux, rougit et soupira ; en vérité, c'était comme un amant. » Le caractère de sœur Marie-Suzanne, religieuse malgré elle, approfondi dans son humanité charmante où la candeur fait si bon ménage avec la coquetterie : « Il y avait bien quelque chose de vrai dans ses louanges, dit-elle à propos de la supérieure de Saint-Eutrope, j'en rabattrais beaucoup, mais non pas tout. » Et de conclure avec gentillesse : « Je suis une femme peut-être un peu coquette ; que sais-je ? Mais c'est naturellement et sans artifice. » Sœur Suzanne en fin de compte, suivant les conseils d'un bénédictin, son confesseur, qui, lui aussi, est entré en religion malgré lui, recouvre la liberté, rompant ainsi des vœux qui, selon l'idée très chère à Diderot, « heurtent la pente générale de la nature ».

Remarques sur la langue française utiles à ceux qui veulent bien parler et bien écrire. Œuvre du grammairien Claude Vaugelas (1585-1650), publiée en 1647 au terme d'un travail d'une quarantaine d'années (une première ébauche en avait été livrée en 1637, sous le titre d'*Observations*). Faisant suite à une *Préface* de quinze chapitres, rédigée en 1646 (chef-d'œuvre d'après Pellisson), où l'auteur expose l'essentiel de ses principes, les *Remarques* de Vaugelas sur la prononciation, l'orthographe, le lexique, la syntaxe et le style se présentent comme une suite, délibérément non classée et adressée aux honnêtes gens. Il s'agit, pour ce disciple de Malherbe, de produire ainsi une impression de naturel qui illustre formellement le postulat de sa réflexion linguistique : la toute-puissance de l'usage, auquel la raison même doit céder le pas et dont découle une conception de la langue comme état transitoire, potentiellement ouvert et non assujetti à une autre langue (grecque ou latine en particulier). Cependant, dès que Vaugelas explicite son postulat, ce dernier s'avère normatif. En effet, le grammairien distingue, d'une part, un usage seulement correct, propre à la majorité et à éviter (même s'il concède aux genres burlesque, comique et satirique le droit de s'en accommoder) et, d'autre part, un usage excellent et exemplaire, propre à une élite (la Cour), cautionné par l'Hôtel de Rambouillet ou l'Académie (Guez de Balzac, Voiture, Chapelain, Ménage, Patru...). Ce faisant, Vaugelas restreint singulièrement le champ d'application conceptuel de l'usage, le privant par exemple des apports de la langue populaire, en même temps qu'il transforme ses propres remarques en autant de règles savantes et fixes.

Même si les doctes lui ont reproché les fondements non scientifiques et trop mondains de ses définitions, son autorité fut telle que, dès le XVIIe siècle, « parler Vaugelas » est synonyme de parler de façon correcte — v., sous forme humoristique, Molière, *Les Femmes savantes* (*). Les *Remarques* furent rééditées par Thomas Corneille (1687), puis par l'Académie (1704), tandis que, peu avant la fin du XVIIIe siècle, Rivarol en confirmait l'excellence — v. *Discours sur l'universalité de la langue française*. De fait, l'idéal de Vaugelas, « ennemi des équivoques et de toute sorte d'obscurité » (J. Lacan), a longtemps assuré à la langue d'oïl suprématie diplomatique et rayonnement international.

F. N.-D.

RÉMY Pierre-Jean. Né le 21 mars 1937 à Angoulême, Jean-Pierre Angrémy a publié en 1962 un premier roman, *Et Gulliver mourut de sommeil* (Julliard), avant de prendre le pseudonyme de Pierre-Jean Rémy en 1963 pour *Midi ou l'attentat* (Julliard) : il était alors stagiaire de l'ENA et l'administration ne voulait pas voir la signature de l'un de ses représentants sur un livre prenant ouvertement position à propos de la guerre d'Algérie. Pendant plusieurs années, l'écrivain a accumulé les manuscrits sans parvenir à convaincre son éditeur. Il a poursuivi sa carrière aux Affaires étrangères, en poste à Hong Kong, à Pékin de 1964 à 1966, et à Londres jusqu'en 1971. De Chine il a ramené plusieurs manuscrits, dont l'esquisse de ce qui est devenu *Le Sac du palais d'Été* (Gallimard, 1971). Il y évoque la révolution culturelle avec un brio, une ampleur et une vivacité qui ont conquis le grand public et le jury du prix Renaudot. A partir de cette date, l'écrivain, qui affirme volontiers sa rapidité d'écriture, son goût pour l'accumulation des pages tout autant que des carnets de notes ou des malles pleines de livres, a publié sans discontinuer un ou plusieurs livres par an : en 1998, *Aria di Roma* a été son trente-sixième roman et son cinquante-troisième ouvrage.

Son ascension professionnelle s'est révélée extrêmement brillante : il a passé quelques mois à la direction générale des Relations culturelles du Quai d'Orsay, et a été détaché, en 1972, à l'ORTF pour s'occuper de l'harmonisation des programmes. Conseiller culturel à Londres de 1975 à 1979, il est revenu en France comme directeur du théâtre et des spectacles au ministère de la Culture. Il a veillé à la construction de la Cité de la musique à la Villette et de l'Opéra Bastille. Consul général à Florence en 1985, il est revenu au ministère des Affaires étrangères en 1987, avant d'être nommé ambassadeur, ministre plénipotentiaire, délégué permanent de la France auprès de l'Unesco. Directeur de l'Académie de France à Rome (villa Médicis), il est devenu en janvier 1997 président de la Bibliothèque nationale de France.

On retrouve dans ses livres des échos de ces errances à travers le monde, un goût prononcé pour les cités chargées d'histoire et de culture, dont la figure inventée d'*Une ville immortelle* (Albin Michel, 1986, grand prix du roman de l'Académie française) a rassemblé les différentes composantes : un milieu social très resserré sur lui-même, protégeant de multiples secrets, tout autant qu'un patrimoine chargé d'évocations littéraires et artistiques. Les œuvres de Pierre-Jean Rémy brassent une multitude de références, effleurées, suggérées, jamais assenées. Elles évoquent aussi bien l'Algérie de la guerre (*Algérie, bords de Seine*, Albin Michel, 1992) que les charmes de la Toscane (*Toscanes*, Albin Michel, 1989) ou les évolutions de l'Europe contemporaine (*Désir d'Europe*, Albin Michel, 1995), la villa Médicis et les enjeux de l'art contemporain dans *Aria di Roma* (Albin Michel, 1998). Féru de musique, il a voué plusieurs essais à l'opéra — à Don Juan, à la Callas — et pratique la critique dans certaines revues. Cet homme éclectique a également une passion pour la photographie et tente — entre deux réunions internationales sur la numérisation des collections des bibliothèques et deux pages de roman — de remplir ce qu'il appelle son « devoir académique » : il a été élu à l'Académie française le 16 juin 1988.

ALIETTE ARMEL

RENAN Joseph Ernest. Écrivain et philosophe né à Tréguier (Côtes-d'Armor) le 28 février 1823, mort à Paris le 2 octobre 1892. Comme Chateaubriand et Lamennais qui, avec lui, inspirèrent la sensibilité religieuse française du XIXe siècle, Renan était breton mais aussi (par sa mère) quelque peu gascon, et cette double hérédité peut expliquer en partie les contrastes de sa si riche et si fuyante personnalité. Destiné dès l'enfance à la prêtrise, il fit ses premières études à l'école ecclésiastique de Tréguier (1832-38) avec les maîtres religieux auxquels il conserva toute sa vie son affection, mais qui manquaient singulièrement de culture moderne ; il vint ensuite à Paris, achevant ses « humanités » à Saint-Nicolas-du-Chardonnet, dirigé par le futur Mgr Dupanloup (1838-41), puis commençant sa théologie au séminaire d'Issy (1841-43). Mais, entré au grand séminaire de Saint-Sulpice en 1843, il s'en éloignait deux ans plus tard, à la rentrée d'octobre 1845, ayant senti s'évanouir au contact de l'enseignement scolastique et exégétique de l'établissement les états d'âme qu'il avait pris pour une vocation sacerdotale. Cette crise religieuse fut avec celle de Lamennais la plus retentissante du XIXe siècle et la plus lourde de conséquences. Elle décida non seulement de toute la vie et de toute la pensée de Renan lui-même, qui l'a longtemps et remarquablement racontée plus tard dans ses *Souvenirs d'enfance et de jeunesse* (1883), mais aussi de l'attitude que prirent en face du christianisme les diverses générations intellectuelles françaises jusqu'à la fin du siècle. La foi de Renan avait-elle jamais été profonde ? Il s'agissait plutôt, semble-t-il, d'habitudes familiales, d'émotions enfantines et de cet idéalisme religieux typiquement celte dont Renan ne cherchera jamais d'ailleurs à se débarrasser. La découverte soudaine, lors de sa première année d'études à Paris, de la littérature romantique, puis de la philologie, dit Renan, mais surtout (ses lettres le prouvent) de la philosophie allemande, passionnément aimée, et plus encore l'influence de sa sœur Henriette, ébranlèrent assez facilement ce christianisme superficiel et presque tout de sentiment. Ayant donc quitté le séminaire, Renan trouva un poste de répétiteur dans une petite institution privée où de 1845 à 1849 il mena une vie pauvre, solitaire et ascétique, consacrant tous ses moments de loisir à la préparation de ses examens universitaires (en septembre 1848, il fut reçu premier à l'agrégation de philosophie) et à des entretiens intellectuels avec son seul ami, Marcelin Berthelot réunis dans *Correspondance entre Renan et Berthelot* (1898). Âgé seulement de vingt-cinq ans, il entreprit la rédaction de *L'Avenir de la science*, ouvrage qu'il laissa longtemps inédit sur les conseils d'Augustin Thierry, et qui ne connut la célébrité que quarante ans plus tard, en 1890 : livre de jeunesse encore, où il était facile de reconnaître de très nombreuses influences, mais où s'affirmaient la certitude d'un déterminisme universel rejetant tout surnaturel et un culte lyrique et presque mystique de la science positive. Chargé de mission en Italie, Renan, en 1849-50, visite Rome, Florence, Padoue, Venise, et poursuit les recherches historiques nécessitées par la préparation de sa thèse de doctorat sur *Averroès et l'averroïsme* (1852). Dès sa sortie du séminaire, c'est cependant à l'orientalisme qu'il avait consacré ses principaux efforts, leur premier résultat important étant l'*Histoire générale et système comparé des langues sémitiques* (1855). À cette époque, Renan donne à *La Revue des Deux Mondes* (*) et au *Journal des débats* de nombreux articles recueillis dans *Études d'histoire religieuse* (1857) et dans les *Essais de morale et de critique* (1859). Sa personnalité s'affirme auprès du monde savant et même d'un large public lettré, et en 1862, au retour d'une mission archéologique en Phénicie, Syrie, Galilée, Palestine, pendant laquelle il avait eu la douleur de perdre sa sœur Henriette, morte à Amschit le 24 septembre 1861, Renan se vit confier la chaire d'hébreu au Collège de France ; mais ce cours, à peine commencé, fut suspendu par le gouvernement de Napoléon III, Renan, dans sa première leçon, ayant agressivement qualifié Jésus d'« homme incomparable ».

Il décida alors de publier sa *Vie de Jésus* (1863). « L'un des événements du siècle », a-t-on pu dire sans exagération de ce succès de librairie considérable, rapidement traduit dans toutes les langues. Le premier en France, Renan vulgarisait les travaux de l'exégèse allemande, reprenait la théorie mythique de David Strauss, et posait le problème du Christ en rejetant l'intervention de tout surnaturel particulier. Mais, quoi qu'il en fût de cette position doctrinale, amis et adversaires pouvaient difficilement résister au style plein d'émotion et de poésie de cette œuvre, à la puissance d'évocation avec laquelle Renan avait su restituer le milieu physique, intellectuel et moral de la vie du Christ. Pour les générations venues à l'âge d'homme après 1870, il allait être l'« enchanteur », comme l'avait été, cinquante ans plus tôt, Chateaubriand. Malgré l'onction du style, la *Vie de Jésus* n'en était pas moins une œuvre de combat bien plus que de science pure. Une certaine fantaisie poétique et romanesque en faisait la faiblesse du point de vue des spécialistes. Avec son *Histoire des origines du christianisme* (1863-83), Renan revint à une érudition plus sérieuse, et le combattant fit place en lui à l'historien des idées. Il restait naturellement fidèle à sa méthode directrice, rejetant toute notion du mystère et n'acceptant que les faits « scientifiquement » explicables et prouvés. Mais l'esthète, le poète, ne cessaient point de disputer en lui avec le savant ; cela même qu'il critiquait, Renan ne renonçait pas à en aimer et à en faire aimer la beauté. Si à Athènes, qu'il visite en 1865, il exalte le « miracle grec » dans la *Prière sur l'Acropole* (1883) — il garde également la sensibilité chrétienne et, rejetant les dogmes du catholicisme, il continue d'admirer l'histoire judéo-chrétienne, et la montre si bien dans ses sommets que le lecteur de l'*Histoire des origines* ou de l'*Histoire du peuple d'Israël* (1887-93) pourrait être amené à juger cette histoire incomparable, surhumaine, et à aboutir finalement à cette présence du mystère que rejetait le sourcilleux scientisme de l'auteur.

C'est que pas un esprit ne fut moins sectaire que celui de Renan ; son rêve était de tout éprouver, de concilier toutes les grandes œuvres, toutes les expressions religieuses et philosophiques de l'humanité qu'il concevait, à la manière hégélienne, comme les diverses manifestations, également nécessaires et belles, de la réalité totale (Infini, Dieu) à la recherche d'elles-mêmes et de leur pleine conscience. Rien ne serait plus difficile que d'essayer de fixer Renan dans un point de vue particulier, car ce qu'il cherche précisément c'est à atteindre l'universalité en passant continuellement d'un point de vue à un autre. Aussi, après 1870, réintégré dans sa chaire du Collège de France, élu à l'Académie française en 1879, vit-on cet homme de cabinet et de travail s'aventurer dans le monde, étaler malicieusement les paradoxes de son scepticisme, ironisant sur ses propres négations, donnant un tour frivole et désabusé aux vues les plus scandaleuses et souvent les plus profondes, charmant les mondaines de ses mots caressants, de cette fameuse « musique » dont tant d'adolescents allaient s'enivrer, tels un Bourget, un Maurras, et plus que tous peut-être le jeune Barrès qui ne se gênait point, cependant, pour décocher des traits mordants au dilettantisme du maître. Renan vit alors l'apogée de sa carrière d'artiste ; chargé d'honneurs, pontife du laïcisme, il n'en critique pas moins rudement la démocratie dans *La Réforme intellectuelle et morale* (1871) et bafoue avec une parfaite élégance les poncifs officiels dans *Drames philosophiques* (1888) et *Le Prêtre de Nemi* (1885). Personnage multiple, intelligence à facettes, Renan, qui parut en son temps le type du négateur, aura été également un convertisseur ; il a attiré nombre d'esprits hors du christianisme, mais il a été aussi à l'origine du dilettantisme mystique de la fin du siècle. Il critiquait les dogmes, mais, presque seul parmi les grands écrivains de son temps, il entretenait la sensibilité chrétienne. Ayant formé la « génération du relatif », il donnait en même temps à cette génération la curiosité et même l'angoisse religieuses. Savant enfin, c'est surtout comme poète qu'il a fasciné son temps.

MICHEL MOURRE.

♦ *« Renan est parfaitement incapable de formules précises, il ne va pas d'une vérité précisée à une autre. Il tâte, il palpe. Il a des impressions, ce mot dit tout... »* Taine. ♦ *« Une des lois de notre époque n'est-elle pas le mélange le plus chaotique des idées, le conflit dans nos cerveaux, à tous, des rêves de l'univers élaborés par les différentes races ? Qu'a fait d'autre M. Renan que de servir de théâtre à un de ces mélanges et de raconter, avec une sincérité que nul n'a le droit de suspecter, l'issue particulière d'un de ces conflits ? »* Paul Bourget. ♦ *« Étranger à toute communion de fidèles, il a au plus haut point le sentiment religieux. Sans croire, il est infiniment apte à saisir toutes les délicatesses des croyances populaires. Si l'on veut bien me comprendre, je dirai que la foi ne le possède point, mais qu'il possède la foi. »* Anatole France. ♦ *« Oui, le bienfait dont nous* [le] *remercions, c'est qu'il a trouvé un joint pour conserver à l'esprit moderne le bénéfice de cette prodigieuse sensibilité catholique dont la plupart d'entre nous ne sauraient se passer. La tâche de M. Renan fut de trouver quelque provisoire qui conciliât le sentiment religieux et l'analyse scientifique. »* Maurice Barrès. ♦ *« Ce monde hideux de* [...] *Renan et des autres Moloch du* XIX*e siècle, ce bagne,* [...] *cette affreuse mécanique entièrement gouvernée par des lois parfaitement inflexibles et pour comble d'horreur connaissables et enseignables. »* Paul Claudel. ♦ *« Il y avait en Renan un très grand historien politique à côté d'un historien religieux bien inférieur... C'est Renan qui a dit le mieux comment toute œuvre civilisatrice, toute œuvre spirituelle, morale, digne de l'homme, est le fruit de l'éducation, qui ne va pas sans la tradition et l'hérédité, qui incorpore la durée des siècles à la courte existence des hommes. »* Charles Maurras.

RÉF. : P. Bourget, *Essais de psychologie contemporaine*, Paris, 1883. — M. Barrès, *Huit jours chez M. Renan*, Paris, 1888 ; *Les Maîtres*, Paris, 1927 ; *Mes cahiers*, Paris, 1929-57. — G. Monod, *Les Maîtres de l'histoire, Renan, Taine, Michelet*, Paris, 1894. — J. Pommier, *Ernest Renan, d'après des documents inédits*, Paris, 1923 ; *La Pensée religieuse de Renan*, Paris, 1925 ; *La Jeunesse cléricale d'Ernest Renan*, Paris, 1933. — P. Lasserre, *La Jeunesse de Renan*, 3 vol., Paris, 1925-32. — H. Psichari, *Renan d'après lui-même*, Paris, 1937. — R. Dussaud, *L'Œuvre scientifique d'Ernest Renan*, 1951. — K. Gore, *L'Idée de progrès dans la pensée de Renan*, 1970. — L. Retat, *Religion et imagination religieuse : leurs formes et leurs rapports dans la pensée de Renan*, 1977. — A. W. Wardman, *Renan historien philosophe*, Paris, 1979.

RENARD Jules. Romancier et auteur dramatique né le 22 février 1864 à Châlons-sur- Mayenne, mort à Paris le 22 mai 1910. L'enfance de Jules Renard, c'est un grand silence roux, une fuite à rebours vers les endroits les plus sensibles de l'accablante solitude qui prend tout individu au sortir même de la nuit des premiers balbutiements. Il donnera toute sa vie l'impression d'avoir été frustré, dès l'abord, dans l'exploration « caressante » de son corps. En friche. Cadet de trois enfants, donc en état d'infériorité — c'est souvent le contraire —, il se trouve tout de suite coincé entre deux êtres profondément malheureux, on pourrait dire comme les pierres, et irréductibles comme elles : ses parents. Là, dans une immobilité végétale, Renard se noue, s'étrangle, isolant autant qu'il est possible son âme, d'une maigreur hivernale, dont il parviendra, tout le long de son assez courte existence, à tirer l'élément nécessaire à la justification de sa seule passion — réduit, région, île où pouvoir respirer, fût-ce quasiment dans l'ankylose —, la littérature. C'est au mot qu'il demandera la transfusion d'un sang plus vif, c'est le tunnel du langage qu'il empruntera volontairement. Mais dans ce tunnel, quoi qu'il fasse, il ne percevra jamais que le même petit point, la même petite paillette de lumière. Il y fixera son œil comme un fou, et décrira sans lassitude tout ce qui traversera ce rayon de soleil. Hommes, bêtes, arbres, passeront par là. C'est au moyen de mot-filet qu'il en prélèvera la substance « renardienne », très proche d'un essentiel qui serait le silence ; très loin de ce qui meut comme amoureusement ce même silence : la poésie.

Sa vie ? En 1881, il quitte Chitry-les-Mines dans la Nièvre, où ses parents s'étaient réinstallés peu après sa naissance. Chitry-les-Mines, où « de huit à dix, lèvres serrées, yeux troubles, oreilles endormies déjà, vie suspendue, toute la famille, pour savoir qui se taira le mieux, fait, sans bruit, sa quotidienne partie de silence ». Il vient à Paris, prépare l'École normale supérieure, y renonce, prend le parti de la littérature. Il écrit des vers, *Les Roses,* et va les lire dans les salons. Interrompu dans ces charmantes vanités par le service militaire, qu'il fait à Bourges. De retour à Paris, il cherche un emploi, en trouve plusieurs, très modestes. C'est la misère. Entre 1887 et 1889, il écrit *Les Cloportes* qu'il ne publiera pas, et se marie, le 28 avril 1888, avec Mlle Marie Morneau. Installation dans la maison de sa femme, 44, rue du Rocher. Il publie *Crime de village, Sourires pincés.* Deux enfants naissent : Pierre et Marie, qu'il appellera plaisamment Fantec et Baïe. Période de production : *L'Écornifleur* (1891), *Poil de carotte* (*) (1894), *Le Vigneron dans sa vigne* (1894), *Histoires naturelles* (1894), *La Maîtresse* (1896)... Il fréquente Capus, Allais, Lucien Guitry, Sarah Bernhardt, Marcel Schwob. Tâte à Mallarmé. Se pâme et s'irrite devant Edmond Rostand. Chante et siffle les louanges de Victor Hugo. Se fait des petites misères : « Jules Renard, ce Maupassant de poche [...] On dira de lui qu'il était le premier des petits écrivains. » Accumule les proverbes à ras de terre, avec lesquels il bourre, jusqu'à l'indigestion, ce qui deviendra son *Journal,* note, prélève, s'ausculte, se visite, pas en touriste — il est le contraire d'un touriste — mais en licencié ès introspections. Fait la navette entre Paris et Chaumot, où il a loué « la Gloriette », et où il est conseiller municipal. Se permet la Légion d'honneur. S'en raille doucement, comme une taupe revenue de tout. Les choses du théâtre le requièrent. Son goût de l'anecdote, du mot pris au piège, de l'instant épinglé, lui donne envie d'écrire des pièces : *Le Plaisir de rompre* (1897), et *Le Pain de ménage* (1898), deux parfaites mises en scène de ses petites obsessions. En 1904, il est élu maire de Chitry, en 1907, à l'académie Goncourt. On dirait presque qu'il a réussi. Il n'en est rien. Il se découvre une âme vaguement sociale : « Ce qui m'amuse, c'est d'écrire pour rien de petits articles moraux dans un petit journal de la Nièvre. » On est maire ou on ne l'est pas. Entre 1898 et 1908 : *Les Bucoliques*, dont on peut faire son chef-d'œuvre, et *Monsieur Vernet*. En 1897, son père s'est tué. En 1909, sa mère se noie dans le puits. On ne saura jamais s'il y eut suicide. Antoine présente *La Bigote,* à l'Odéon. Enfin, le 22 mai 1910, après bien des alarmes (il note, le six du même mois : « Je veux me lever cette nuit. Lourdeur. Une jambe pend dehors. Puis un filet coule le long de ma jambe. Il faut qu'il arrive au talon pour que je me décide. Ça séchera dans les draps, comme quand j'étais Poil de carotte »), il meurt, atteint d'artério-sclérose. Paraîtront après sa mort : *L'Œil clair* (1913), *Les Cloportes* (1919), le *Journal* et la *Correspondance* (1925-1927).

Poète, il aura, toute sa vie, rêvé de l'être, et nul plus que lui n'eût mérité cette promotion d'ordre divin qui, par définition, ignore nos ambitions et nos efforts. Mais l'élément hautement pathétique de son œuvre, de son espèce d'aventure, vient de ce conflit acharné qui le mit aux prises avec tout ce que le langage charrie d'éthique, dans un dégorgement sans pitié de tout ce qui n'est pas ce langage, sans que jamais cette lutte provoque la moindre basculade, le renversement souhaité de l'« autre côté ». Renard est exemplaire pour cette raison, la moins paradoxale qui soit : il se trouve posté, très exactement, à l'envers d'un endroit où règne en maître le mystère absolu, et grâce à sa minutie, à sa rigueur, à son genre de sainteté, il arrive à donner de cet endroit une idée très nette, idée-tableau, idée qu'assument, en perturbant l'essence magique, les poètes majeurs. Il regarde la nature comme un muet regarde un bavard : avec surprise et jalousie. Il y a quelque chose de « méchant », de frénétique, dans les livres de Renard. C'est la méchanceté, la furie, de quelqu'un qui voudrait enchanter le monde, et ne parvient qu'à l'interpréter, à fleur d'une peau tannée. Alors, ce défi, qui est un vœu : « Et j'aurais une casquette avec ces mots en lettres d'or : Interprète de la nature. » Il va très loin dans ce sens (Ravel l'a admirablement compris). Il frôle le sourire, qui est la nature dépliée. Puis les branches se recroquevillent, le souffle se perd dans la glace initiale : c'est le rictus, le papier collé du regard. Toute son œuvre respire à peine, toujours à deux doigts du figement, de la paralysie. Mais c'est bien dans cet infime jeu entre la chair de l'être et l'os du cadavre qu'elle trouve son chant tragique, et, du coup, échappe à son homme. On pense à Tchekhov, sans la steppe de tendresse, sans le génie de l'ennui, qui permet une figuration. Renard, c'est peut-être ce qu'il y a de plus rare en littérature, et ailleurs : le talent.

GEORGES PERROS.

♦ *« Vous avez un style de médecin, presque de pharmacien. »* Un de ses professeurs. ♦ *« Étrange cette vie qui va se rétrécissant. Sa cécité à l'égard des étrangers lui permet d'admirer Rostand, G., etc. Il soigne ses étroitesses, bichonne son égoïsme, et frise au petit fer sa calvitie. »* André Gide. ♦ *« Pourtant – est-ce par cette tentative acharnée de se détruire, est-ce par ce morcellement systématique de la grande période flaubertienne, est-ce par son pressentiment toujours trompé du concret individuel, par-delà les apparences abstraites de l'empirisme – pourtant, ce moribond témoigne d'une sorte de catastrophe qui a pesé sur les écrivains de la « fin de siècle », et qui, directement ou indirectement, est à l'origine de la littérature contemporaine. »* Jean-Paul Sartre.

RÉF. : H. Bachelin, *Jules Renard, 1864-1910. Son œuvre,* Paris, 1930. – F. Boillot, *Les Idées de Jules Renard sur le style,* Cambridge, s.d. – H. B. Coulter, *The Prose Work and Technique of Jules Renard,* Washington, 1935. – L. Guichard, *L'Œuvre et l'âme de Jules Renard,* Paris, 1936 ; *L'Interprétation graphique, cinématographique et musicale des œuvres de Jules Renard,* Paris, 1936. – J.-P. Sartre, étude : « L'Homme ligoté. Notes sur le *Journal* de Jules Renard », *Situations I,* Paris, 1946. – A. Joire, *L'Esprit de Jules Renard,* Lausanne, 1947. – P. Schneider, *Jules Renard par lui-même,* Paris, 1956. – S. Zeyons, *Monsieur Poil de carotte,* Paris, 1976. – M. Tœsca, *Renard,* Paris, 1977. – M. Autrand, *L'Humour de Renard,* Paris, 1978. – A. M. Balestrazzi, *Renard. Il mito personale e l'avventura letteraria,* Bari, 1983.

RENART Jehan. Auteur de romans et de poèmes courtois. Il naquit en Île-de-France et vécut au début du XIIIe siècle. Poète élégant et aristocratique, toute son œuvre porte la marque des raffinements de cour. Sa composition la plus célèbre, *Le Roman de la Rose,* à ne pas confondre avec l'œuvre de Guillaume de Lorris et Jean de Meun, plus connu comme *Roman de Guillaume de Dole*, d'environ cinq mille sept cents vers, est d'inspiration chevaleresque. Avant 1204, il écrivit le roman de *L'Escoufle*, suivi d'un court et ravissant poème, *Le Lai de l'ombre* (1220). La critique moderne lui attribue à tort un autre roman, *Galeran de Bretagne*, qu'il aurait écrit dans sa jeunesse. Citons encore *Le Plait Renart de Dammartin contre Vairon son roncin*, et *De Renart et de Piaudoue*.

RÉF. : R. Lejeune, *L'Œuvre de Jean Renart,* Paris-Liège, 1935.– J. Dufournet, « *Guillaume de Dole* ou la glorification des ménestrels », dans *Jean Renart, Guillaume de Dole ou le Roman de la Rose,* Paris, 1988, p. 115-149. – R. Dragonetti, *Le Mirage des sources,* Paris, 1987, p. 151-199.

RENAUDOT Théophraste. Médecin et journaliste né à Loudun (Vienne) en 1586, mort à Paris le 25 octobre 1653. Jeune encore il fit ses premiers essais chez un chirurgien- barbier, voyagea, puis se rendit à Montpellier pour y étudier la médecine ; il y fut reçu docteur en 1606. En 1612, au risque de s'attirer des ennuis de la part de la faculté de Paris qui ne tolérait pas sur sa place des diplômés des facultés de province, Renaudot vint dans la capitale pour y pratiquer son art. Cependant la haute protection du père Joseph, l'« éminence grise », et de Richelieu, lui valut d'obtenir la charge honorifique de médecin et de secrétaire du roi. Il s'installa alors dans la maison du Grand Coq, rue de la Calandre. L'année même de son arrivée à Paris, il conçut le projet de fonder un établissement en faveur des pauvres ; le roi accepta le projet, mais ce ne fut qu'en 1630 que Renaudot put ouvrir le premier « bureau d'adresses et de placement ». Son institution se développa rapidement et des « succursales » furent fondées en province ; Renaudot dressa alors son almanach des cinq cent mille adresses, le premier du genre ; il fut nommé commissaire général des pauvres du royaume et intendant général des bureaux d'adresses. Puis, aux bureaux d'adresses, il joignit des bureaux de « ventes à grâce », les premiers monts-de-piété, calqués sur leur modèle italien, où il prêtait à 3 % sur toutes sortes d'objets. Enfin, dans son officine de Paris, il ouvrit un bureau de consultations gratuites et monta un laboratoire de chimie destiné aux élèves de la faculté, ce qui ne manqua pas de lui attirer de sérieux ennuis.

Sans être à proprement parler son inventeur, Renaudot a largement contribué à l'essor de la presse périodique en publiant à partir de 1631 un journal hebdomadaire, *La Gazette*, qui accordait la priorité aux nouvelles de l'étranger, et qui dès l'origine utilisa le système publicitaire. À dater de 1633, on y trouve les comptes rendus des conférences scientifiques tenues dans la maison même de Renaudot, qui à partir de 1635 prit la rédaction du *Mercure français*. Renaudot obtint un privilège royal lui permettant d'interdire à ses concurrents la diffusion périodique des nouvelles. En contrepartie, il fit preuve d'une excessive loyauté à l'égard du pouvoir, ne publiant que des récits conformes aux vues de Richelieu qui écrivait : « *La Gazette* fera son devoir ou Renaudot sera privé des pensions dont il a joui jusqu'à présent. »

Renaudot atteignit alors au sommet de son activité et de sa célébrité que ne lui pardonnait toujours pas la faculté de Paris. Aussi, en 1640, celle-ci se décida-t-elle à l'assigner devant le tribunal pour exercice illégal de la médecine, lui et ses collaborateurs, la plupart diplômés à Montpellier. On leur reprochait de croire à l'efficacité des remèdes chimiques ainsi qu'à la circulation du sang. Renaudot ne dut qu'à la protection de Richelieu de gagner un premier procès ; mais après la mort du cardinal, il fut à nouveau attaqué et condamné. Il fit appel devant le parlement, où il fut soutenu par la faculté de Montpellier ; cependant, malgré sa défense acharnée, Guy Patin et la faculté de Paris obtinrent sa condamnation le 1er mars 1644. Protégé de Mazarin, Renaudot perdit sa pension lors de l'exil du cardinal en 1651, et ne profita guère de son éclatant retour. Patin ne désarma jamais contre Renaudot, publiant pendant la Fronde un pamphlet où il prenait pour cible *Le Nez pourri de Théophraste Renaudot, grand gazettier de France et espion de Mazarin*. En outre, la Fronde engendra une multiplication des périodiques, privant *La Gazette* de son exclusivité. Renaudot mourut pauvre au Louvre, où il habitait en qualité d'historiographe du roi. Il était de religion protestante, mais il se convertit au catholicisme, fut marié probablement trois fois, et on lui connut quatre fils et trois filles. Nous citerons encore de lui un *Abrégé de la vie et de la mort du prince de Condé* (Henri II) (1647) et une *Vie de Michel de Mazarin* (1648). Théophraste Renaudot consacra sa vie à faciliter les relations humaines, à développer l'information, à répandre une thérapeutique nouvelle fondée sur la médication chimique et pourtant ses innovations ne devaient connaître un grand essor qu'en des temps où les structures sociales eurent rendu à la fois nécessaires et exploitables les institutions qu'il avait créées. Ajoutons que de nos jours Théophraste Renaudot a donné son nom à un prix littéraire français décerné annuellement.

RÉF. : Duplantier, *Th. Renaudot,* Paris, 1947. – Marie-Noëlle Grand-Mesnil, *Mazarin, la Fronde,* Paris, 1967.

RENCLUS DE MOLLIENS, de son vrai nom Bertremieu ou Barthélemy. Poète picard du XIIIe siècle, qui doit son nom au fait d'avoir vécu dans la « recluserie » de Molliens-Vidame, près d'Amiens. Nous ignorons tout de sa vie et ne possédons de lui que deux longs poèmes : *Carité* et *Miserere*, qu'il composa sans doute sous la régence de Blanche de Castille ou au début du règne de Saint Louis. Il semble qu'il connut un grand succès à son époque, et ses deux poèmes suffisent à nous persuader de son talent de versificateur et de la sincérité de ses idées — v. *Poèmes* (*).

RÉF. : A. G. van Hamel, *Li Romans de Carité et Miserere du Renclus de Molliens,* Paris, 1885.

René. Célèbre récit de François-René de Chateaubriand (1768-1848), publié d'abord en 1802 dans *Le Génie du christianisme* (IIe partie, 3e livre), où il était destiné à illustrer l'affirmation de l'auteur que « le christianisme a changé les rapports des passions en changeant les bases du vice et de la vertu » ; en opposant perpétuellement les chagrins de la terre et les joies célestes, il a créé en nous une certaine tristesse inspirée par les maux présents, une vive espérance d'un bonheur, lointain encore, d'où découlent d'inépuisables rêveries. Plus particulièrement, l'épisode de *René* devait appuyer la théorie de Chateaubriand sur le « vague des passions » dans l'âme de ses contemporains. Selon lui, la suppression des ordres religieux par la Révolution priva les âmes inquiètes de leur dernière consolation, de leur refuge, la solitude du couvent ; c'est alors que naquit cette « coupable mélancolie qui s'engendre au milieu des passions lorsque les passions, sans objet, se consument d'elles-mêmes dans un cœur solitaire ». En 1805, *René* parut en volume où il était précédé d'*Atala* (*) ; dans l'édition des *Œuvres complètes,* même disposition. C'est qu'en effet *René* et *Atala* sont étroitement liés dans l'œuvre de Chateaubriand, où ils sont tous deux des épisodes détachés de cette œuvre immense que sont *Les Natchez.* Le lecteur a appris, dans *Atala,* que René se trouve en Amérique et qu'il s'est marié dans la tribu des Natchez. Mélancolique, il vit loin des hommes, dans les bois. Enfin, il confie le secret de sa tristesse à deux amis, le vieux chef aveugle, Chactas, et le père Souël, missionnaire au fort Rosalie : c'est une âme « trouble et agitée », mais il prétend être plaint et non condamné. Pour décrire la maladie morale dont il souffre, il commence son récit à son enfance. C'est, évidemment un peu arrangée, l'enfance de Chateaubriand à Combourg, entre un père trop austère et une sœur qu'il aime tendrement, Amélie (qui rappelle à beaucoup d'égards Lucile de Chateaubriand). C'est déjà un être grave, mélancolique, hanté par le spectacle de la mort. Désireux de rompre avec l'envoûtement qui le retenait dans son pays, il tente de s'intéresser aux grands spectacles de la nature. Il gravit l'Etna, mais c'est pour éprouver encore plus fortement le néant de la vie. À son retour, René retrouve cette sombre mélancolie. C'est alors qu'il lance l'imprécation fameuse : « Levez-vous vite, orages désirés qui devez emporter René dans les espaces d'une autre vie ! » Il ne reste plus à René, séparé de sa dernière consolation, sa sœur Amélie, qu'à se suicider. La jeune femme, à laquelle il écrit, devine son projet et le rejoint. Après lui avoir fait promettre de renoncer à se donner la mort, Amélie le quitte brusquement, en lui laissant une lettre où elle lui annonce qu'elle va entrer au couvent. René accourt auprès d'Amélie pour la dissuader de prononcer ses vœux. Mais il est trop tard, et elle lui demande de l'accompagner à l'autel à la place de son père défunt. Il assiste, la mort dans l'âme, à la cérémonie, et prend la résolution de passer en Amérique. Tandis qu'Amélie meurt en soignant une de ses compagnes atteinte d'une maladie contagieuse, René aborde sur le nouveau continent. La morale du récit est donnée par le père Souël et par Chactas. La maladie de René, c'est l'orgueil ; l'un avec sévérité, l'autre avec indulgence arrivent au même diagnostic, et Chactas ajoute : « Il faut que tu renonces à cette vie extraordinaire qui n'est pleine que de soucis ; il n'y a de bonheur que dans les voies communes. » Et le récit s'achève sur le retour au grand silence de la nature, rendu plus perceptible encore par « la voix du flamant qui, retiré dans les roseaux du Meschacébé, annonçait un orage pour le milieu du jour ».

Chateaubriand, en partie sans doute pour se disculper, a indiqué lui-même, dans la *Défense du Génie du christianisme,* ses précurseurs : « C'est Jean-Jacques Rousseau qui introduisit le premier parmi nous ces rêveries si désastreuses et si coupables. En s'isolant des hommes, en s'abandonnant à ses songes, il a fait croire à une foule de jeunes gens qu'il est beau de se jeter ainsi dans le vague de la vie. Le roman de Werther (*Les Souffrances du jeune Werther*) a développé depuis ce genre de poison. L'auteur du *Génie du christianisme* a voulu dénoncer cette espèce de vice nouveau, et peindre les funestes conséquences de l'amour outré de la solitude. » On ne peut douter de la sincérité de Chateaubriand ; il est fort possible qu'il ait cru guérir le mal en le dépeignant ; il est possible qu'il ait cru condamner sincèrement ses propres erreurs de jeunesse. Sans doute, il n'a pas inventé le « mal du siècle », mais il lui a donné une nouvelle forme, la forme qui convenait à son temps. De plus, *René* n'est pas seulement un récit des conséquences désastreuses de l'amour de la solitude, c'est aussi le récit d'une passion plus ou moins reconnue comme telle, de l'amitié amoureuse d'un frère pour une sœur. Et par là Chateaubriand introduit une note quelque peu ambiguë qu'on ne trouverait pas dans Goethe, par exemple. Dès la parution de *René* dans *Le Génie du christianisme,* ce fut le succès, l'enthousiasme surtout, auprès de la jeune génération. On le préféra à *Atala,* non seulement à cause de ce qu'il faut bien appeler son actualité, mais parce que le style de *René* ne déconcertait pas par les mêmes hardiesses que celui d'*Atala.* En fait, ce n'est pas un remède à la mélancolie qu'apporta Chateaubriand ; au lieu d'en guérir son temps, il la mit à la mode. L'influence de *René* fut immense, non seulement sur des ouvrages immédiatement contemporains, comme l'*Obermann* de Senancour (publié en 1804, mais commencé un an avant la publication de *René*), l'*Adolphe* (*) de Benjamin Constant, l'*Édouard* de Mme de Duras, mais principalement sur les grands écrivains romantiques ; Musset tel qu'on le retrouve dans les *Nuits* (*) et dans *La Confession d'un enfant du siècle* directement inspirée de *René ;* Vigny, dans certaines pièces des *Destinées* (*), ainsi que dans le personnage de Satan d'« Éloa » (*Poèmes antiques et modernes*) ; un grand nombre de personnages de Hugo sont des descendants de René ; il n'est pas jusqu'à Alexandre Dumas père qui n'ait donné son « René », en composant *Antony.* Sans vouloir multiplier les exemples qui sont innombrables de l'influence exercée d'une manière durable par Chateaubriand, il faut enfin mentionner *Le Rouge et le Noir* (*) et surtout *Armance* de Stendhal. La part de Chateaubriand dans la formation de cette mélancolie romantique qui devait envahir pour plusieurs décennies la littérature est considérable : on peut la comparer à celle de Goethe et de Byron, qu'elle dépasse même, du moins en France. *René* n'est pas une œuvre composée comme *Atala* de divisions symétriques, c'est un récit continu. Mais par son style constamment lyrique et la composition en strophes, par l'harmonie solennelle et plaintive du récit de René qui en occupe la presque totalité, c'est un poème, une ode au désespoir.

RESTIF DE LA BRETONNE Nicolas Edme Rétif ou Restif dit. Écrivain né le 23 octobre 1734 à Sacy (Yonne), mort le 3 février 1806 à Paris. Longtemps ce nom accompagna davantage une légende qu'un écrivain à l'œuvre tout à fait singulière. Élucubrations des notices biographiques et rares rééditions privilégiaient les aspects scabreux d'un ensemble dont les soixante mille pages défiaient le lecteur. Depuis une trentaine d'années, la situation a bien changé. On est aujourd'hui loin de l'image convenue du noctambule érotomane composant à la casse des centaines d'ouvrages destinés au second rayon.

La famille paternelle de l'écrivain était de Nitry (Yonne). Son père y naît en 1692, et s'installe à Sacy en 1713 lorsqu'il épouse Marie Dondaine. Agriculteur largement à son aise, Edme Restif exerce aussi de petites fonctions judiciaires. Veuf avec sept enfants, il se remarie, toujours à Sacy, le 25 janvier 1734, avec Barbe Ferlet, dont il aura neuf enfants, le premier étant l'écrivain. En 1740, il achète un domaine hors du village, qu'il n'occupe qu'en 1742 : c'est la ferme de La Bretonne dont Restif ajoutera le nom à son patronyme. Jusqu'en 1745, l'enfant vit en petit paysan, avant d'aller en pension à Vermenton puis à Joux-la-Ville : le maître d'école y commence son instruction. En 1746-1747, il est, à l'hôpital de Bicêtre, dans l'école des enfants de chœur que « gouverne » son demi-frère Thomas. Il rejoint en 1748 un autre demi-frère (et parrain), curé de Courgis, qui lui apprend le latin. Il y aperçoit Jeannette Rousseau, une des grandes figures emblématiques de son œuvre. Trop attiré par les filles et renvoyé à Sacy, il entre en apprentissage, le 14 juillet 1751, chez l'imprimeur François Fournier, d'Auxerre. Sous le nom de Mme Parangon, la femme de celui-ci, Marguerite Collet, sera célébrée comme une sorte de vierge-mère, d'amante- sœur, adorée et profanée. Reçu compagnon, il entre, le 22 septembre 1755, à l'Imprimerie royale du Louvre, puis chez divers imprimeurs. Paris : premières rencontres avec les prostituées et prétendu mariage secret avec une Anglaise. En 1759, il erre : Sacy, Dijon, Paris... et se retrouve prote chez son premier patron à Auxerre. Il y épouse, le 22 avril 1760, Agnès Lebègue. Ils auront quatre filles, Agnès (1761- 1812), Marie (1761-1763), Elisabeth, une infirme (1763-1770), et Marie-Anne dite Marion (1764-1836). Famille rarement réunie, la mère et les enfants demeurant souvent à Sacy tandis que Restif travaille à Paris. Il s'est essayé à l'écriture : des vers, des ébauches, des « *memoranda* », une autobiographie vite abandonnée. En 1766, il commence son premier roman, *La Famille vertueuse.* Les sept cents livres qu'il en tire (un an de salaire) le décident à quitter son métier pour « devenir auteur ».

Sa vie se confond ensuite avec son inlassable production. Ni fortune, ni charge lucrative, ni pension : sa plume doit produire beaucoup et vite, énorme labeur qui ne lui fournira jamais qu'un modeste train de vie. Avec cela des ennuis de santé qui ne feront qu'empirer. Les difficultés éloignent sa femme, qui tâte de divers métiers. Souvent séparés, les époux rompront lentement une vie commune qui, depuis 1773, n'est qu'une apparence. Le mariage de leur fille Agnès avec Charles-Marie Augé les dresse l'un contre l'autre. Restif accablera sa femme de reproches, désignant à tous ses amants supposés, comme Fontanes, le futur grand maître de l'Université, ou Joubert, le moraliste. Il couvre son gendre de boue. De fait, Agnès Restif fuit le domicile conjugal, et divorcera en 1794, quelques jours avant que ses parents n'en fassent autant. C'est à l'époque du mariage de sa fille (1781) que Restif (par compensation ?) vit une passion malheureuse avec la jeune, et peu innocente, Sara Debée.

Le Paysan perverti (1775) et *La Vie de mon père* (1778) lui ont apporté, sinon la gloire, du moins une réputation. Il lui doit des amitiés (Grimod de La Reynière, Louis Sébastien Mercier) mais son caractère orgueilleux et ombrageux l'amène souvent à rompre avec ses admirateurs et ses thuriféraires. À partir de 1787, la comtesse Fanny de Beauharnais, tante de Joséphine, lui apportera aide et protection. Car sa vieillesse sera difficile. La Révolution, pendant laquelle il adopte une attitude prudente, voire versatile, la ruine de ses économies due à la chute des assignats, les soucis familiaux (Marion est veuve avec trois enfants) le mettent dans la misère. En 1790, il installe dans son dernier domicile, rue de la Bûcherie, une petite presse, et imprime « à la maison », entre autres, *Monsieur Nicolas* (*), *Les Posthumes, L'Anti-Justine.* Obligé, pour survivre, de quémander des secours, il obtient, en 1798, un emploi au ministère de la Police, dans le « cabinet noir ». Cette tardive intégration a beaucoup fait gloser : Restif a-t-il déjà, auparavant, travaillé pour la police ? Si les présomptions sont nombreuses et parfois troublantes, aucune preuve formelle n'en a jamais été apportée. Son emploi supprimé en 1802, Restif survit dans le plus grand dénuement qui soit : non point tant parce qu'il est très pauvre que parce qu'il ne peut plus désormais écrire, ou, en tout cas, publier. Cubières-Palmézeaux, qui avait succédé au poète Dorat dans les faveurs de Fanny de Beauharnais, publia, quelques années après sa mort, un recueil de nouvelles inédites, *Histoire des compagnes de Maria* (1811), avec une longue notice sur sa vie et ses ouvrages, qui fut, longtemps, la seule base des articles consacrés à Restif. En 1854, Alexandre Dumas fit de lui, de sa fille et de son gendre les personnages d'un roman-feuilleton, *Ingénue,* dont l'exactitude n'était pas le point fort, et qui donna l'occasion de se manifester aux petits-fils de Restif. Hérédité ou tradition ? L'un était imprimeur, l'autre secrétaire dans un commissariat de police, et auteur de romans populaires...

À moins d'en faire le simple catalogue, présenter l'œuvre immense de Restif est une gageure. Tout classement relève de l'arbitraire : on trouve dans *Les Contemporaines* des lettres personnelles, dans *Le Thesmographe* un récit de ses démêlés avec son gendre. Pas un seul de ses ouvrages qui ne contienne une part d'autobiographie, et ne renvoie à d'autres qu'il précise, complète, corrige ou modifie : œuvre « rétiforme », unique dans tous les sens du terme. Ces réserves faites, on peut regrouper des ouvrages où le romanesque l'emporte : *La Famille vertueuse* (1767), *Lucile ou les Progrès de la vertu* (1768), *Le Pied de Fanchette* (1768), *La Fille naturelle* (1769), *Le Marquis de T**** (1771), *Adèle de Comm**** (1772), *Le Ménage parisien* (1773), *Le Nouvel Abeilard* (1778), *La Malédiction paternelle* (1779), *La Découverte australe* (1781), *Les Posthumes* (1802). D'autres romans où les souvenirs personnels fournissent une bonne part des matériaux : *Le Paysan perverti* (1775), *La Paysanne pervertie*, (1784), *Le Paysan et la paysanne pervertis* (1785). Des ouvrages qui constituent une saga familiale et autobiographique : *Le Quadragénaire* (1777), *La Vie de mon père* (1778), *La Dernière Aventure d'un homme de quarante-cinq ans* (1783), *La Femme infidèle* (1786), *Ingénue Saxancour* (1788), *L'Anti-Justine* (1798). Les ouvrages constituant les *Idées singulières*, où Restif expose ses projets de réforme, sa critique sociale, ses utopies (mais qu'on rencontre aussi dans nombre de ses autres ouvrages) : *Le Pornographe* (1769), *La Mimographe* (1770), *L'Éducographe ou l'École des pères* (1776), *Les Gynographes* (1776), *L'Andrographe* (ou *L'Anthropographe*) (1781), *Le Thesmographe* (1789), *Le Généographe* (retrouvé et publié par D. Fletcher en 1977). Il faut y ajouter les énormes recueils de nouvelles : *Les Contemporaines* (quarante-deux volumes, 1780-1785), *Les Françaises* (1786), *Les Parisiennes* (1787), *Le Palais-Royal* (1790), *L'Année des dames nationales* (douze volumes, 1791-1794). Et cinq volumes de *Théâtre* parus en 1793, après les cinq volumes du *Drame de la vie* (1792), autobiographie mise en scène. Enfin deux ensembles, deux sommes : *Les Nuits de Paris* (seize volumes, 1788-1794), où se mêlent le réel et l'imaginaire, et *Monsieur Nicolas* (seize volumes, 1794-1797), autobiographie mais surtout, avec la *Philosophie de M. Nicolas* (trois volumes, 1796), aboutissement de toute son œuvre. Encore manque-t-il à cette liste quelques œuvres, mineures s'il en est chez lui.

DANIEL BARUCH.

♦ *« Du point de vue littéraire, je dirai presque poétique, on peut en inférer que le génie de Restif* [...] *réside dans cette odeur spécifique de terroir parisien du* XVIIIe [...] *et que l'on pourrait appeler : la quatrième dimension de ce qui est disparu. »* Gilbert Lély. ♦ *« ...expérience d'un homme singulier qui, ayant eu plusieurs manies assez bizarres, a eu celle-ci de confondre tout à fait le plaisir de vivre et le plaisir d'écrire et qui* [...] *n'a cessé de s'épancher dans ses livres* [...] *jusqu'à se croire un* Livre vivant. *»* Maurice Blanchot. ♦ *« ...Restif ressemble à Balzac. Mais il ressemble de la même façon aux deux autres grands forcenés de notre littérature : Proust et Saint-Simon. »* Jean Dutourd. ♦ *« Mais aussi* [son œuvre] *s'impose- t-elle* [...] *par ses débordements, ses infractions, son insistance pathétique à nous parler, d'une voix sans apprêt, du temps qui fuit, de la dégradation de la beauté, de la fragilité de la vertu, de la difficulté du bonheur, des exaltations et des douleurs de l'amour. »* Pierre Testud.

RÉF. : *Monsieur Nicolas,* édition critique de Pierre Testud, dont les notes constituent la meilleure et la plus sûre des biographies (Paris, 1989). – Les *Études rétiviennes* publient, depuis 1985, les travaux concernant Restif, notamment son *Journal,* déchiffré et commenté par Pierre Testud.

RETZ Jean-François Paul de Gondi, cardinal de : voir ***Mémoires du cardinal de Retz.***

REVEL Jean-François. Journaliste, essayiste français. Né à Marseille le 19 janvier 1924. Après des études secondaires à Marseille et à Lyon, il intègre l'École normale supérieure. Agrégé de philosophie, il est successivement professeur au lycée puis à l'Institut français de Mexico (1950-52), à l'Institut français de Florence (1952-56), au lycée Faidherbe à Lille (1956-59), au lycée Jean-Baptiste-Say à Paris (1960-63). À partir de 1957, année de la parution de *Pourquoi des philosophes ?*, Jean-François Revel entreprend une double carrière, littéraire et journalistique : conseiller littéraire aux éditions Julliard (1950-65) puis Robert Laffont (1965-77) ; fondateur et directeur de la collection « Liberté » chez Jean-Jacques Pauvert (1964- 68) puis chez Laffont. Il exerce les fonctions de rédacteur en chef des pages littéraires de *France-Observateur* (1960-63), d'éditorialiste littéraire et politique de *L'Express* (1966-1978) avant d'en devenir directeur (1978-81). En 1982, il entre au *Point* comme choniqueur et à Europe 1, en 1989. La rigueur du raisonnement, l'exactitude du vocabulaire, la liberté de ton et d'esprit caractérisent les nombreux essais de Revel, de *La Cabale des dévots* (1962) à *La Connaissance inutile* (1988) en passant par *Contre-censures* (1966), *Ni Marx, ni Jésus* (1970), *La Tentation totalitaire* (1976), *Descartes inutile et incertain* (1976), *Comment les démocraties finissent* (prix Aujourd'hui 1983 et prix Konrad Adenauer 1986), *Mémoires : le voleur dans la maison vide* (1997), *Le Moine et le philosophe : le bouddhisme aujourd'hui* (1997). Jean François Revel a reçu pour l'ensemble de son œuvre le prix Chateaubriand (1988) et a été élu à l'Académie française en 1997.

YANNICK PELLETIER.

Reverdie. À l'époque médiévale, poésie célébrant le retour du printemps. Est-ce la survivance d'un genre populaire qui saluait le retour de cette saison et le regain d'ardeur amoureuse qui l'accompagnait ? Ou bien est-ce la strophe initiale des poèmes de troubadours et de trouvères, consacrée au renouveau de la nature, qui a conquis son indépendance ? Il est tentant en tout cas de relier le thème du renouveau printanier qui caractérise la reverdie à des fêtes populaires qui sont demeurées longtemps vivantes, comme la célébration du *mai.*

MICHEL ROUSSE.

REVERDY Pierre. Poète né à Narbonne (Aude) le 13 septembre 1889, mort à Solesmes (Sarthe) le 17 juin 1960. « Mauvaises études, triste ville », dit-il pour caractériser les premières années qu'il passe dans sa ville natale. En 1910, il vient s'installer à Paris, où il fut « favorisé de la vie dure dans tous ses détails ». De 1910 à 1914, il vit la « merveilleuse aventure » que sera sa rencontre au Bateau-Lavoir des peintres Juan Gris, Picasso, Braque, et des poètes Max Jacob, Apollinaire. Il part pour la guerre comme engagé volontaire. Réformé, il revient à Montmartre et travaille comme correcteur dans une imprimerie où il compose lui-même ses premières plaquettes, *Les Poèmes en prose* (1915), illustrées par Juan Gris et Henri Laurens, *La Lucarne ovale* (1916) et *Quelques poèmes* (1916), un roman, *Le Voleur de Talan* (1917), *Les Ardoises du toit* (1918) avec des dessins de Georges Braque, *Les Jockeys camouflés* (1918), avec des dessins de Matisse, *La Guitare endormie* (1919), avec des dessins de Juan Gris, un essai de critique esthétique, *Self Défense* (1919). En 1916, il avait collaboré à la revue *Sic*, fondée par Pierre Albert-Birot, avant de créer, en 1917, la revue *Nord-Sud* où il défend l'« esprit nouveau » tel que le conçoit Apollinaire et où il incite poètes et peintres à entrer en contact. En 1926, il traverse le « cercle de feu et de glace » de la religion et se convertit, très temporairement, au catholicisme. Il se retire alors à Solesmes où il restera jusqu'à sa mort. Cependant, dans le silence, il poursuit son œuvre de poète et d'essayiste : *Le Gant de crin* (1926) et *Le Livre de mon bord* (1948), avant de les prolonger dans *En vrac* (1956). Après *Ferraille* (1937), où son œuvre poétique atteint sans doute son inspiration la plus haute, Reverdy donne de courts recueils comme *Le Chant des morts* (1944-1946) avant de rassembler l'ensemble de son œuvre poétique dans *Plupart du temps* (poèmes de 1915-1922) publié en 1945 et *Main-d'œuvre* (poèmes de 1913-1949) paru en 1949.

La poésie de Pierre Reverdy est à l'image de l'homme. Solitaire et secrète. Elle se situe au confluent de plusieurs tendances. D'abord, elle a quelque ressemblance avec l'âpre Montagne noire où ont vécu ses ancêtres, qui furent sculpteurs dans la pierre et dans le bois. Pour avoir fréquenté les peintres cubistes, Reverdy a senti se renforcer en lui son penchant pour l'aspect construit du poème. « La logique d'une œuvre d'art, c'est sa structure. Du moment que cet ensemble s'équilibre et qu'il tient, c'est qu'il est logique. » Et pourtant le surréalisme s'est reconnu dans les premières œuvres de Pierre Reverdy. Dans le *Premier Manifeste du surréalisme* (1924), André Breton déclare qu'il fait sienne la définition que Pierre Reverdy avait donnée de l'image. Dans le numéro de mars 1918 de la revue *Nord-Sud*, Pierre Reverdy écrivait : « L'image... ne peut naître d'une comparaison, mais du rapprochement de deux réalités plus ou moins éloignées. Plus les rapports des deux réalités rapprochées seront lointains et justes, plus l'image sera forte — plus elle aura de puissance émotive et de réalité poétique. » Dès 1916, il exerce donc une indéniable influence sur la jeune poésie comme l'affirme Aragon : « Il était pour nous, quand nous avions vingt ans, Soupault, Breton, Éluard et moi, toute la pureté du monde. Notre immédiat aîné, le poète exemplaire. » Mais Reverdy ne fit que traverser le surréalisme car, selon lui, « l'art est une discipline, il n'y a point d'art sans discipline, il n'y a point d'art personnel sans discipline personnelle ». Déclaration qui marque fortement combien à jamais Pierre Reverdy se tint à l'écart de l'écriture automatique pratiquée entre autres par André Breton et Philippe Soupault. Sa recherche d'une poésie toute personnelle se confond avec la quête essentielle du mystère de l'existence, de l'absolu. Il a très bien perçu, au départ, que la disposition typographique d'un poème sur la page blanche — et son travail dans une imprimerie l'y prédisposait — pouvait apporter des lignes de fuite vers autre chose que les mots. Mais, sous l'influence du cubisme, il va retrancher toujours davantage de son langage ce qui risquerait d'apporter une note pittoresque, et jusqu'à l'image capable de troubler l'ordre interne et rigoureux du poème. Il faut que les êtres, les objets seuls finissent par transparaître dans le silence. André Malraux l'a bien vu, qui dit : « Le poème régulier est un développement ; celui qu'instaura Reverdy était une synthèse. Pour y parvenir, il remplaça la ponctuation par un système de blancs, et infligea à ses œuvres un dépouillement chirurgical. » Ce dépouillement, sa conversion au catholicisme va encore le renforcer. Car loin de tenter d'opérer une appropriation du langage par l'objet comme Ponge l'essaiera plus tard, Pierre Reverdy s'efforce de restituer le « lyrisme de la réalité ». Lyrisme secret, atténué et comme contradictoire, qui demande au poète de gratter les mots jusqu'à ce qu'ils perdent leur brillance, d'effacer le rythme qui retiendrait indûment l'attention du lecteur, pour tenter de découvrir derrière les simples moments de la vie quotidienne un mystère en suspens. Ne pas élever la voix, se parler à soi-même, ne pas effaroucher le silence. Ainsi seulement le poète a-t-il quelque chance de trouver un « contact avec le destin », car les poèmes sont, comme il le dit dans *Le Gant de crin,* « les cristaux déposés après l'effervescent contact de l'esprit avec les réalités ». Faire de Pierre Reverdy un poète de la signification ouverte serait se tromper. Pour lui, la poésie introduit une lacune dans le monde ordinairement perçu : « La poésie est dans ce qui n'est pas. Dans ce qui nous manque. Dans ce que nous voudrions qui fût. Elle est en nous à cause de ce que nous ne sommes pas. » Définition qui fait penser à quelque notion de théologie négative, à une approche par le « non » d'une réalité trop inaccessible pour que le « oui » puisse jamais espérer la circonscrire. « La poésie, c'est le lien entre nous et le réel *absent.* C'est l'absence qui fait naître tous les poèmes. » Pierre Reverdy, dans les textes qu'il donne alors à des revues et qui seront réunis en 1974 dans *Cette émotion appelée poésie,* ne se lasse pas de s'interroger sur le mystère essentiel de la poésie. Elle finit par devenir le substitut de cette religion catholique où il n'a fait qu'un court séjour parce qu'elle se cantonnait par trop, pour son goût, dans un moralisme étroit. « Quand la morale prévaut, c'est le plus sûr indice de décadence pour la religion. » Chez lui, et de plus en plus, ce qui importe, c'est l'attente religieuse, si intense qu'à un moment de son existence elle a remplacé même la poésie. Et quand il est revenu à celle-ci, c'est avec une exigence plus grave. Si Dieu s'est tu en lui, il lui reste la nostalgie de ce qu'il a entrevu de cette présence. « Pour calmer la souffrance de ne pouvoir aller au-delà de nos limites — se replier souvent en deçà de nos limites. » On ne saurait parler de ruptures dans la continuité de l'œuvre, dans l'esprit qui l'anime. Mieux vaut penser à une évolution dans le sens de l'approfondissement. Le poète qui déclarait : « Il faut marcher vers cette lumière dans l'ombre... Il fait jour là-haut. Dans le bas, laissons aller ce triste mouvement, ce va-et-vient du fond de l'air désespéré qui finira au coin discret de l'univers où on aligne les cadavres », c'est celui-là même qui, opérant un mouvement réflexif, aboutit à ce que l'on pourrait nommer une ascèse esthétique. Dix ans avant de mourir, laissant de côté les problèmes de l'image, les problèmes des moyens d'expression, il s'interroge sur les motifs qui engagent le poète et son lecteur à participer à une même communion sous le signe du poème. Ce n'est pas l'émotion spontanément dite qui compte, mais la façon de la dire. Le timbre qui exprime, révélateur de la source profonde d'où elle jaillit, voilà ce qui « permettra la soudure d'âme à âme dans le choc-poésie ». Voici la définition que donne Reverdy de l'art qu'il a pratiqué avec tant d'exigence : « Et ce passage de l'émotion brute, confusément sensible ou morale, au plan esthétique où, sans rien perdre de sa valeur humaine, s'élevant à l'échelle, elle s'allège de son poids de terre et de chair, s'épure et se libère de telle sorte qu'elle devient, de souffrance pesante du cœur, jouissance ineffable de l'esprit, c'est ça la poésie. »

GUY LE CLEC'H.

♦ *« Le côté journellement vécu de sa poésie où réalité du dehors et du dedans se répondent sans chatoiements de vocabulaire ou de syntaxe, l'allure qu'elle revêt d'angle de vue sous lequel le monde est une fois pour toutes appréhendé plutôt que celle de refonte qu'on choisit de lui imposer.* » Michel Leiris. ♦ *« Poésie dramatique donc, pathétique, poésie d'expression intérieure, de l'ecce homo, cristallisant en de brèves et fortes paroles.* » Gaétan Picon.

RÉF. : J. Rousselot, M. Manoll, *Pierre Reverdy,* Paris, 1951, nouv. éd. 1970. — André du Bouchet, « Envergure de Reverdy », dans *Critique 47,* avril 1951. — Numéro spécial du *Mercure de France,* janv. 1962. — *À la rencontre de Pierre Reverdy,* Fondation Maeght, Saint-Paul-de-Vence, 1970 (catalogue, bibliographie). — E.-A. Hubert, *Bibliographie des écrits de Reverdy,* Paris, 1975. — M. Collot, *Horizon de Reverdy,* Paris, 1981. — G. Bocholier, *Reverdy, le phare obscur,* Seyssel, 1984.

Rêveries du promeneur solitaire. Œuvre de Jean-Jacques Rousseau (1712-1778). Lorsque Rousseau commence les *Rêveries*, il sait qu'il n'en a plus pour longtemps à vivre ; il sait aussi qu'il n'a plus rien à attendre des hommes, avec qui il ne veut même plus avoir de rapport. Depuis 1770, après son séjour en Angleterre qui a si mal tourné, Rousseau vit à Paris dans son quatrième étage de la rue Plâtrière. Il vient de terminer ses *Confessions* (*), mais il leur donne un complément : les *Dialogues (Rousseau juge de Jean-Jacques)*, plaidoyer où, pour la dernière fois, il se défend contre l'immense conspiration qui le cerne. Les *Dialogues* sont de géniales divagations et, de ce fait, ils constituent un document plus riche, plus original, en tout cas plus curieux encore que ses *Confessions.* Ces années, dans la vie de Rousseau, sont des années de folie : tous ceux qui l'approchent lui sont suspects, il n'est en sécurité nulle part, pas même dans la rue, où il s'imagine que tous les passants le reconnaissent, se moquent de lui et lui veulent du mal. Cependant, au printemps 1776, son état mental s'améliore : maintenant qu'il s'est soulagé dans ses *Confessions* et dans ses *Dialogues*, qu'il a livré à la postérité (les deux œuvres ne seront éditées qu'après sa mort) sa justification, il sent qu'il a accompli sa tâche. Il décide de ne plus se défendre, d'oublier dans la mesure du possible ses ennemis et de jouir dans le calme des dernières années qui lui restent à vivre. Ce détachement lui assure une stabilité et une quiétude qu'il n'avait plus connues depuis longtemps. Il fait chaque jour de longues promenades à pied qui le conduisent dans la campagne autour de Paris ; il revient à ses paisibles occupations et herborise en marchant. Rousseau attend la mort avec sérénité ; pour se préparer à rendre ses comptes à Dieu, il s'examine ; avec détachement, il revit les heures les plus heureuses de son passé. C'est ainsi qu'il se trouve amené à reprendre la plume, probablement dès le printemps 1776. Cette œuvre l'occupera jusqu'à sa mort. Il semble en effet qu'on puisse dater approximativement les quatre premières « Promenades » d'une période qui va du printemps 1776 au printemps 1777 ; les quatre suivantes seraient de 1777 ; enfin les neuvième et dixième « Promenades » auraient été écrites entre janvier et le 12 avril 1778. Lorsqu'il quitta Paris pour Ermenonville (20 mai 1778), où il se décidait enfin à accepter l'hospitalité du marquis de Girardin, Rousseau emportait avec lui le manuscrit inachevé des *Rêveries*. Il ne devait pas les terminer. Il mourut subitement le 2 juillet suivant. À sa mort, sa femme remit le manuscrit à Moultou, ami de l'écrivain, qui le publia en 1782, à la suite de la première partie des *Confessions*.

Les dix « Promenades » qui composent les *Rêveries* ont été écrites au jour le jour, sans ordre préétabli, au hasard des rencontres, des méditations, des souvenirs. La première « Promenade » expose la situation présente de Rousseau : « Me voici donc seul sur la terre n'ayant plus de frère, de prochain, d'ami, de société que moi-même. Le plus sociable et le plus aimant des humains en a été proscrit par un accord unanime. » Ainsi ses hantises ne se sont pas dissipées ; maintenant seulement il s'y résigne. Rousseau définit ensuite ce que seront ses *Rêveries :* « Ces feuilles ne seront proprement qu'un informe journal de mes rêveries [...] elles peuvent être regardées comme un appendice de mes *Confessions ;* mais je ne leur en donne plus le titre, ne sentant plus rien à dire qui puisse le mériter. » Rousseau sent que ses forces déclinent et l'abandonnent peu à peu ; son imagination devient moins vive : « Il y a plus de réminiscences que de création dans ce qu'elle produit désormais. » Sa faiblesse physique fait dégénérer en accident grave une simple chute : il a été renversé par un chien danois à Ménilmontant. Son retour, sanglant, chez lui provoque les cris et l'effroi de sa femme. Son retour à la vie, après un évanouissement prolongé, lui semble délicieux : « Tout entier au moment présent, je ne me souvenais de rien ; je n'avais nulle notion distincte de mon individu, pas la moindre idée de ce qui venait de m'arriver ; je ne savais ni qui j'étais ni où j'étais ; je ne sentais ni mal, ni crainte, ni inquiétude. » Le bruit de sa mort est répandu par ses ennemis. On veut ouvrir une souscription pour l'impression de ses manuscrits (Deuxième « Promenade »). Un vieillard doit apprendre à mourir, mais il faut qu'il ait, pendant sa vie, établi solidement ses principes d'action. C'est ce que lui-même a voulu faire, surtout à partir de sa quarantième année, époque qu'il s'était fixée « comme le terme de ses efforts pour parvenir ». Le principal résultat extérieur de cette réforme morale et religieuse fut de provoquer l'hostilité universelle et les attaques de ses ennemis qui se révélèrent alors. À l'évocation de la persécution qu'il a subie, Rousseau ne peut retenir son amertume. Il n'en a pas moins persévéré dans son attitude, et c'est ce qu'on ne lui a pas pardonné. Aussi, maintenant, ne lui reste-t-il plus qu'à « consacrer le reste de sa vieillesse à la patience, à la douceur, à la résignation, à l'intégrité, à la justice impartiale » (Troisième « Promenade »). Poursuivant cet examen de sa conduite, Rousseau proclame sa haine du mensonge ; il se rappelle avec honte un mensonge qu'il a fait dans sa jeunesse, en laissant accuser une cuisinière du vol d'un ruban dont il était le seul coupable. Il reconnaît qu'il y a même dans les *Confessions* quelques mensonges, mais ils sont involontaires : « J'avais mon intérêt à tout dire et j'ai tout dit. » Dans sa vie, il s'est toujours efforcé d'être véridique et il a plus souvent gardé le silence sur le bien qu'il a fait que sur le mal (Quatrième « Promenade »). La Cinquième « Promenade » est à juste titre la plus célèbre. Rousseau y évoque un des moments les plus heureux de son existence, son séjour à l'île de Saint-Pierre, située au milieu du lac de Bienne, près du lac de Neuchâtel, en Suisse. Là, il put se livrer pendant quelques mois à son goût de la méditation au milieu de la nature, à sa passion pour la botanique : ce fut comme une trêve dans sa vie, qu'il se rappelle avec émotion. C'est de loin la plus caractéristique des « Promenades » ; Rousseau fait de la rêverie, telle qu'il la comprend, une analyse subtile : l'âme, dégagée du passé, indifférente à l'avenir, tout occupée du présent, goûte le vrai bonheur. Il trouve, pour évoquer la seule consolation efficace, des accents magnifiques qui allient la simplicité et le dépouillement à l'émotion la plus sincère et la plus communicable. Reprenant ses promenades dans les environs de Paris, Rousseau va herboriser à Gentilly. Il y rencontre un petit mendiant, auquel il a toujours donné de bon cœur son aumône ; maintenant, il s'est presque créé une obligation vis-à-vis de cet enfant et elle lui pèse, d'autant plus que le petit, ayant appris qui il est, l'appelle de son nom. Rousseau, découvert, fait désormais un détour pour ne plus rencontrer le jeune garçon. Il en tire la conclusion que, porté par sa nature à bien traiter ses semblables, il en est détourné aussitôt qu'il paraît y être obligé. Il ne peut admettre de contrainte dans ce domaine. Voilà qui explique ses tristes relations avec la société de son temps. C'est bien la preuve qu'il n'est pas fait pour la vie sociale (Sixième « Promenade »). La septième « Promenade » est un éloge et un hymne de reconnaissance à la botanique. Rousseau s'étend sur les plaisirs qu'elle lui a procurés. Grâce à eux, il a eu de nouvelles occasions d'adorer la nature et d'oublier les persécutions des hommes. Cette promenade annonce particulièrement les œuvres du disciple de Rousseau, Bernardin de Saint-Pierre. La huitième « Promenade » est une nouvelle méditation sur ses misères d'autrefois et le calme de sa vie présente. Bien qu'elle ait été déplorable, Rousseau ne changerait pas sa destinée contre celle du plus fortuné des mortels. Et cependant, alors même que le monde le fêtait, il n'était pas vraiment heureux. Puis a éclaté le complot universel contre lui. Il a d'abord essayé de se défendre. Il n'a pu retrouver le repos qu'en se résignant et en étouffant les derniers sursauts de son amour- propre. Il est maintenant récompensé de sa patience, puisque, même si, au contact des hommes, il éprouve encore quelques mouvements d'humeur, la solitude lui apporte désormais l'apaisement. Avec la neuvième « Promenade », Rousseau revient sur une question pénible dont il a déjà parlé dans ses *Confessions :* l'abandon de ses enfants qu'il a mis, malgré lui, aux Enfants-Trouvés. Ses ennemis en ont profité pour faire de lui un père dénaturé et pour l'accuser d'haïr les enfants. Cependant, il éprouve beaucoup de tendresse pour l'enfance et a toujours énormément de plaisir à voir et à observer la jeunesse. S'il a dû se séparer de ses enfants, c'est qu'il se savait incapable de les élever. « Plus indifférent sur ce qu'ils deviendraient et hors d'état de les élever moi-même, il aurait fallu, dans ma situation, les laisser élever par leur mère qui les aurait gâtés, et par sa famille, qui en aurait fait des monstres. Je frémis encore d'y penser. » Après une nouvelle évocation de ses marches dans la campagne proche de Paris, en particulier à Clignancourt et à la Muette, il se souvient d'une fête champêtre chez Mme d'Épinay. Enfin, il s'étend sur sa rencontre avec un vieil invalide qui, ignorant encore qui il est, le traite comme un être humain. La dixième « Promenade » ne comprend que deux pages ; sa rédaction a été interrompue par la mort de l'auteur. C'est un dernier hommage ému à Mme de Warens, à l'occasion du cinquantième anniversaire de leur première rencontre.

Le charme des *Rêveries* vient principalement de ce qu'on y trouve Rousseau à l'état pur. Sans doute, ses hantises ne l'ont pas encore tout à fait abandonné, mais il est maintenant capable d'en parler avec un peu plus de détachement et d'abandon. Et c'est un nouveau visage de lui qu'il nous donne, épuré et comme définitif. Ici, nous le retrouvons avec son ingénuité naïve, sa sincérité indubitable, son intelligence qui n'est plus troublée par les polémiques et la passion. Surtout, les *Rêveries* nous dévoilent ses rapports si apaisants avec la nature. La perfection des végétaux satisfait les exigences du savant et elle prouve au croyant que l'Être éternel ne cesse de veiller sur ce monde qu'il a créé et qu'il continue inlassablement d'embellir. Pour Rousseau, la nature est une personne avec qui il s'entretient, auprès de qui il rêve ; aussi se soucie-t-il moins de la décrire que d'évoquer l'état qu'elle détermine en lui, que de reproduire les contemplations, les méditations et les rêveries qu'elle lui suggère. Ce sont ces contacts avec elle qui lui imposent ce style d'une très grande simplicité, d'un caractère très musical, dicté uniquement par le sentiment qui fait tout le prix des *Rêveries.* L'éloquence de Rousseau, encore un peu laborieuse dans les premières œuvres, déjà assouplie dans *La Nouvelle Héloïse* – v. *Julie ou la Nouvelle Héloïse* (*) – et dans les *Confessions,* s'adoucit en un véritable chant intérieur. On n'en finirait pas d'énumérer les œuvres où l'influence du Rousseau des *Rêveries* fut déterminante. C'est elle qu'on retrouve chez son disciple le plus direct, Bernardin de Saint-Pierre ; c'est elle qui détermine – ainsi que les *Souffrances du jeune Werther* de Goethe – Chateaubriand à écrire *René* (*). Tous les poètes romantiques français subirent plus ou moins l'influence de ce modèle, depuis les *Méditations poétiques* (*) de Lamartine et certaines pièces des *Odes et Ballades* ou des *Feuilles d'automne* de V. Hugo jusqu'aux visions panthéistiques de Leconte de Lisle. L'influence des *Rêveries* ne fut pas moindre sur les prosateurs du XIXe siècle : on peut dire que partout où l'on trouve une évocation fraîche, vivante et sentimentale de la nature, aussi bien chez Michelet que chez George Sand, par exemple, on peut reconnaître la marque de Rousseau. De toutes les œuvres de Rousseau, c'est celle qui est la plus proche de nous, celle qui semble bien demeurer comme le véritable chef-d'œuvre de l'auteur.

Revue blanche (La). Recueil bimensuel fondé à Liège et à Paris en 1889, par Auguste Jeune-Homme et Paul Leclercq. En 1891, l'élément français de la collaboration à la revue étant devenu prédominant, les rédacteurs de Paris, sous la direction de Thadée et Alexandre Natansons, décidèrent de se constituer en un groupe autonome et de se faire imprimer à Paris. *La Revue blanche,* en son premier numéro de la nouvelle série (octobre 1891), disait continuer la « phase belge », mais n'en était pas moins une revue nouvelle sous une ancienne dénomination. L'éclat de *La Revue blanche* suivit celui du dreyfusisme, dont le triomphe lui retira une de ses principales raisons d'exister : elle fut un milieu d'influences qui eut un poids considérable dans la révolte intellectuelle opposée à la vieille société. Des noms tels que Lucien Muhfeld et Félix Fénéon se succédèrent au secrétariat de rédaction. Le critique littéraire de la revue, Léon Blum, n'avait pas encore découvert le socialisme, qu'il connut rue Cujas, dans la librairie de Georges Bellais. Il tournait alors autour de Barrès, dont *L'Ennemi des lois* avait tourné, lui aussi, autour de l'anarchie. Sous le couvert de la préface très mesurée d'octobre 1891 (« Nous ne nous proposons ni de saper la littérature installée, ni de supplanter les jeunes groupes littéraires déjà organisés. Très simplement, nous voulons développer ici nos personnalités... »), la revue accueillit et divulga les idées neuves en littérature et en sociologie. Au cours de ses douze ans d'existence, elle publia des pages de Mallarmé, Henri de Régnier, Gustave Kahn, Tristan Bernard, Maurice Beaubourg, Maurice Barrès, Claude Cétrel, Romain Coolus, Pierre Veber, Paul Verlaine, Paul-Jean Toulet, Stuart Merril, Camille Mauclair, Francis Viélé-Griffin, René Lenormand, Adolphe Retté, Henri Ghéon, Félix Le Dantec, Rémy de Gourmont, Fagus, Guillaume Apollinaire, Pierre Louÿs, Paul Claudel, Émile Verhaeren, Eugène Morel, Maurice Maindron, Boylesve, Anton Tchekhov, André Gide, Paul Bourget, etc. Alfred Jarry assura un temps la chronique des théâtres. Véritable foyer de la vie artistique, *La Revue blanche* fut une des premières, sinon la première publication littéraire à s'adjoindre la collaboration régulière des artistes. Non seulement on fit appel à leur talent : le peintre Félix Vallotton y donna de nombreux dessins (portraits des collaborateurs) ; Toulouse-Lautrec, Bonnard y publièrent des croquis et composèrent l'un et l'autre une affiche ; mais encore on y consacra de nombreux articles à l'art, illustrés de reproductions (Renoir, Seurat, Rodin, etc.). On se rappellera enfin que c'est sur l'initiative de Fénéon, qui assurait alors le secrétariat, qu'eut lieu, en 1900, dans les locaux mêmes de la revue, une rétrospective Seurat demeurée célèbre dans les annales de la peinture. *La Revue blanche* fut aussi, à l'instar du *Mercure de France* (*), dont elle était la rivale, une maison d'édition. Elle publia Claudel, Mirabeau, Charles-Louis Philippe, Jules Renard, etc. Elle s'unit, en 1903, à la *Revue* (ancienne *Revue des revues*). Le dernier numéro de *La Revue blanche* porte la date du 15 avril 1903.

Revue des Deux Mondes (La). Périodique littéraire, historique et artistique. Le premier numéro de *La Revue des Deux Mondes* a paru pour la première fois à Paris, 12, rue de Bellechasse, le 1er août 1829. Elle venait d'être fondée par Prosper Mauroy et Ségur-Dupeyron. En 1830, elle absorbe *Le Journal des voyages,* est acquise par l'imprimeur Auffray qui s'adjoint pour collaborateur un Savoyard de 27 ans, François Buloz. Celui-ci devient rédacteur en chef en février 1831 et, dès juillet, la revue publie deux livraisons par mois. Sous l'habile direction de Buloz, la revue rassemble tous les auteurs célèbres. Chateaubriand, Lamartine, Stendhal, Dumas père, Hugo, Balzac, Marceline Desbordes-Valmore y collaborent. Alfred de Vigny, George Sand, Alfred de Musset, Mérimée, Sainte-Beuve, Gérard de Nerval, Théophile Gautier y révèlent le meilleur de leur talent. En 1855, elle publie vingt-sept pages de vers d'un inconnu qui est Baudelaire. Jetant un pont entre la France et l'étranger, elle révèle dès 1855 Ivan Tourgueniev, demande des articles sur l'Amérique à Fenimore Cooper ; sur l'Italie à la princesse Belgiojoso, à Ferrari ou au ministre Mateucci ; sur la Pologne au prince Czartorisky, à Julien Klaczko ou à Michel Podczasyndki ; sur les principautés moldovalaques au prince Nicolas Bibesco. Elle publie des romans de Dora d'Istria, des vers de Heinrich Heine, des récits de Th. Bentzon, Bret Harte, Willie Collins. Ses tables des matières prouvent que rien de ce qui compte dans le monde ne lui échappe. Le 15 septembre 1865, quarante ans avant les premiers envols contrôlés, Edgar Saveney publie un remarquable article sur *L'Aviation et les aviateurs.* En 1877 Charles Buloz, qui succède à son père, publie Eugène Fromentin, Leconte de Lisle, Victor Cherbuliez, Octave Feuillet. Taine, Fustel de Coulanges, Victor Duruy, Gaston Boissier y rénovent les études historiques. Melchior de Voguë fait connaître ici à l'Europe la littérature russe. Heredia publie des sonnets qui formeront *Les Trophées* (*). Brunetière devient directeur en 1894. Les romanciers ou conteurs sont alors Ludovic Halévy, Anatole France, Guy de Maupassant, Paul Bourget, René Bazin ; les historiens : Albert Sorel, Joseph Bédier, Albert Vandal, Frédéric Masson. De 1906 à 1915, sous la direction de Francis Charmes puis, de 1916 à 1937, sous celle de René Doumic, une nouvelle génération fait son apparition aux sommaires, avec les noms de Pierre Loti, Maurice Barrès, Henri de Régnier, Gérard d'Houville, René Boylesve, Henry Bordeaux, François Mauriac, Anna de Noailles, Gabriele D'Annunzio, Kipling, Édith Wharton, Joseph Conrad. *La Revue des Deux Mondes* est encore une institution prestigieuse. Au cours des décennies suivantes, elle s'écartera de plus en plus de la littérature vivante et ne sera plus enfin qu'un titre illustre du passé.

REYBAUD Louis Marie Roch. Écrivain et homme politique né le 15 août 1799 à Marseille, mort le 26 octobre 1879 à Paris. Jeune, il voyagea beaucoup aux Indes et dans le Levant pour le compte de son père qui était commerçant. Puis Méry et Barthélemy ayant encouragé son goût pour les lettres, il vint s'installer à Paris (1829) et se lança dans le journalisme politique, attaquant le gouvernement royal dans les feuilles libérales sous le pseudonyme de Léon Durocher. Vers la même époque, il publia les dix volumes de l'*Histoire scientifique et militaire de l'expédition française en Égypte* (1830-1836). En 1836, il donna dans *La Revue des Deux Mondes* (*) une série d'études attrayantes, bien que superficielles, sur divers systèmes économiques, études qui, réunies en 1840-1843 en deux volumes intitulés *Études sur les réformateurs ou socialistes modernes*, lui valurent le grand prix Montyon en 1841 et l'élection à l'Académie des sciences morales et politiques en 1850. En 1843, Reybaud fit paraître un roman qui eut un immense succès : *Jérôme Paturot à la Recherche d'une position sociale*, peinture spirituelle de la société bourgeoise après la révolution de Juillet. Encouragé par le succès de cette œuvre, Reybaud lui donna une suite : *Jérôme Paturot à la recherche de la meilleure des républiques* (1848), mais ces pages sont loin d'avoir la valeur du premier *Jérôme Paturot.* Élu député le 1er août 1846, comme libéral, Reybaud changea insensiblement d'opinions et, lors des élections suivantes (en 1848 et 1849), vota constamment avec les monarchistes. Parmi ses œuvres, il convient encore de signaler les six volumes des *Mœurs et portraits du temps* (1853) et l'un de ses derniers livres : *Économistes modernes* (1862).

RÉF. : Article « sub nomine » dans le tome V du *Dictionnaire des parlementaires français,* Paris, 1891.

Rhétorique. Du grec *rhétorikê,* de *rhêtor* : « orateur ». Désigne, conformément à son étymologie, l'art de bien parler. Au sens péjoratif, elle peut s'appliquer à un style emphatique, trop déclamatoire, rappelant celui des rhéteurs, mais cette acception est rare. L'art de bien parler, quant à lui, peut concerner deux domaines, tant à l'écrit qu'à l'oral : celui de l'éloquence uniquement oratoire, ou de la persuasion. Le premier comprend l'étude des procédés ou figures les plus aptes à donner du relief, de l'efficacité, voire de la poésie, à ses paroles. Telle fut la rhétorique classique, enseignée jusqu'au début du XIXe siècle, mais vivement critiquée par les écrivains romantiques, en particulier Victor Hugo (*Réponse à un acte d'accusation*), qui lui reprochaient de brimer la libre expression des pensées par son aspect figé. Elle survécut cependant jusqu'en 1902 dans l'enseignement, où elle désignait la classe de première. Mais sa disparition fut déplorée vers le milieu du XXe siècle par des auteurs comme Paul Valéry, aussi fut-elle réhabilitée et augmentée des effets poétiques ou « seconde rhétorique », ainsi que de ceux qui n'avaient pas encore été classés : « rhétorique moderne » ou « sémiotique littéraire ». Enfin, Roland Barthes s'y intéressa fortement, et, en l'incluant dans sa linguistique, lui permit de reparaître dans les programmes scolaires officiels en 1981. Sa seconde acception, l'art de présenter les idées de la façon la plus persuasive possible, concerne la logique de composition d'un texte écrit ou oral. Elle distinguait, dans la rhétorique des Anciens, différentes phases : la recherche d'arguments ou « invention », leur agencement ou « disposition », leur mise en valeur par les effets de style ou « élocution » (qui rejoint la première acception), et même la « prononciation ». Les manuels publiés depuis les années 80 pour permettre aux étudiants de mieux écrire et commenter des textes regroupent en général sous le terme de « rhétorique » le recensement et l'explication des figures de style, l'étude des différents genres littéraires, et la logique du discours, qui reprend les principes de l'invention, la disposition et l'élocution avec la recherche des idées d'un devoir, l'élaboration de son plan, et sa rédaction.

ARLETTE BOUÉ.

Rhétoriqueurs. L'histoire littéraire range sous le nom de « rhétoriqueurs » ou « grands rhétoriqueurs » un certain nombre de poètes du XVe siècle. Le terme était quelque peu dédaigneux au départ, mais les auteurs de cette époque ont retrouvé aujourd'hui une estime qu'on leur marchandait hier. Ces poètes sont essentiellement des écrivains de métier, attachés à une cour royale ou princière ; cour de France pour Octovien de Saint-Gelais, André de La Vigne, Guillaume Crétin, Jean Bouchet ; ducs de Bretagne pour Jean Meschinot ; ducs de Bourbon pour les Robertet ; mais le centre le plus florissant fut la cour des ducs de Bourgogne à laquelle furent attachés Georges Chastellain, Jean Molinet, Olivier de La Marche et, pour un temps, Jean Lemaire des Belges. Ils vivent une époque décisive pour l'histoire de la poésie : celle où elle se détache définitivement de la musique et de l'oralité. Cette mutation s'accompagne d'une réflexion très poussée sur la haute dignité de l'écriture et recourt au trésor de la grammaire et de la rhétorique. Ils reprennent les formes poétiques du rondeau, de la ballade, du virelai (v. ces mots), et ils visent à composer avec les mots une musique où le rythme tienne la place de la mélodie. Ils utilisent pour ce faire toutes les ressources de la rhétorique, empruntent beaucoup aux auteurs anciens, raffinent sur les rimes, se plaisent aux jeux de mots et de sonorités. Liés aux princes, ces poètes de cour échappent peut-être au statut de poète courtisan par leur travail passionné sur la langue.

MICHEL ROUSSE.

RIBEMONT-DESSAIGNES Georges. Écrivain français. Né à Montpellier en 1884, mort à Saint-Jeannet (Alpes-Maritimes) le 9 juillet 1974. Georges Ribemont-Dessaignes est un enfant de la grande bourgeoisie : son père occupait une chaire de professeur à la faculté de médecine de Paris, et sa première adolescence se déroula dans le milieu feutré de Neuilly, enfance solitaire au sein d'une atmosphère très « belle époque », surveillée de près par un précepteur. Mais, au lieu de suivre la filière classique des études, le jeune homme va transgresser le code social bourgeois en décidant d'être peintre. Son père le reniera. Durant les années qui commencent en 1911, la maison des Duchamp-Villon à Puteaux va abriter tout un cénacle intellectuel et coloré, auquel Ribemont-Dessaignes participe avec enthousiasme, faisant de Marcel Duchamp son ami le plus intime. Duchamp va profondément le marquer : il ne peint plus, il va sans cesse remettre en question l'art officiel et l'art tout court. 1914 : la Grande Guerre disperse l'« École de Puteaux ». Certains des amis du cénacle vont se retrouver aux U.S.A. (Picabia et Duchamp) ; Ribemont restera en France où il écrira ses premiers poèmes, parmi lesquels « Musique », paru dans la revue *291,* et une pièce de théâtre, *L'Empereur de Chine*, créée au Studio « Art et Action » par la famille Autant-Lara en décembre 1925. Le début de l'année 1920 coïncidant avec celui de la période parisienne de « Dada », Tzara arrivant lui-même en janvier 1920, Ribemont va très vite s'intégrer au groupe et deviendra gérant de la revue *391* et de *Cannibales.* En 1922, il s'installe à Monfort-l'Amaury et rédige ses premiers romans dont *L'Autruche aux yeux clos* (1924), *Céleste Hugoline* (1928), et la pièce de théâtre *Le Bourreau du Pérou* (1928). Aux yeux du milieu littéraire de l'époque, Ribemont-Dessaignes n'est pas officiellement intégré au mouvement surréaliste, car il accepte mal l'emprise dictatoriale d'André Breton. Une lettre qu'il fera parvenir à celui-ci le 12 mars 1929 lui notifiera amicalement sa rupture, avant de rejoindre le groupe du « Grand Jeu », plus expérimental, moins dogmatique et plus tolérant. De mai 1929 à juin

1931, il est rédacteur en chef de la revue littéraire *Bifur*. L'échec financier de *Bifur* et sa disparition en 1931 l'atteindront très profondément. À cette époque, Jacques Prévert, Ribemont-Dessaignes, Raymond Queneau et Joseph Sima se réunissaient « Aux Deux Magots ». En 1934, las du monde littéraire, Ribemont-Dessaignes décide de quitter Paris. En 1940, il tient une pension de famille dans les Alpes, où sa femme meurt après une longue maladie. Cependant, il fournira de nombreux textes pour la revue *Fontaine* et pour *Les Cahiers du Sud,* ainsi que pour la radio de la « France Libre » pendant la durée de la guerre – v. *Ecce Homo* (1945). À sa nouvelle femme, Suzanne, il dédie « Le Règne végétal ». En 1958, c'est *Déjà jadis*. Il se consacra désormais exclusivement à l'écriture : poèmes, pièces de théâtre pour la radio et la télévision – v. *Théâtre*.

YANN BARBÉ.

RICCOBONI Marie-Jeanne. Romancière née et morte à Paris : 25 octobre 1713 - 6 janvier 1792. Madame Riccoboni a atteint la maturité quand son premier roman *Lettres de Mistress Fanni Butlerd* paraît en 1757. Ces lettres passionnées qu'elle livre au public, peut-être autobiographiques, sont celles d'une amoureuse délaissée et se veulent le témoignage de l'infamie d'un amant infidèle. Fanni Butlerd possède déjà la finesse de l'analyse du sentiment amoureux que la romancière bientôt célébrée affinera dans ses œuvres suivantes, aux intonations féministes, et dont elle « régalera » ses lecteurs, pour reprendre le mot de Diderot, ami de longue date. Chacun des romans suivants conforte la gloire qui fait d'elle l'une des femmes de lettres les plus lues et les plus imitées de son temps : *Histoire du Marquis de Cressy* (1758), *Lettres de Milady Juliette Catesby* (1759), *Histoire de Miss Jenny* (1764), *Ernestine* (1765), *Lettres de la comtesse de Sancerre* (1766), *Lettres d'Élisabeth-Sophie de Vallière* (1771), *Lettres de Milord Rivers* (1776), quatre histoires ayant pour cadre le Moyen Âge (1779), deux autres enfin publiées dans le *Mercure de France* (*) en 1780 et 1786. À ce travail de romancière, il faut ajouter des traductions : un roman, *Amélie* de Fielding (1762), et des pièces de théâtre anglaises : deux volumes parus entre 1768 et 1769, qu'elle entreprend, dit-elle, pour se distraire de l'écriture romanesque. Admiratrice de Mme de La Fayette, elle ne se reconnaît pourtant aucun héritage littéraire. Son œuvre n'en trahit pas moins certaines influences du siècle passé, de même qu'elle emprunte aux romans anglais contemporains.

Avant ce succès public qui dépasse bientôt les frontières et lui vaut d'être traduite dans plusieurs langues, Mme Riccoboni menait une carrière théâtrale dans la troupe des Italiens dirigée par son beau-père, Luigi Riccoboni. De son mariage malheureux avec le fantasque Antoine-François, elle n'a reçu que tromperies et dettes. Quant à son talent d'actrice, il est contesté par le public et, malgré la confiance de Marivaux qui lui offre des rôles de seconde amoureuse, elle est de plus en plus souvent huée. C'est, écrira Diderot dans le *Paradoxe sur le comédien* (*), que sa qualité de femme sensible éclate et ne lui permet pas le recul nécessaire au jeu théâtral. Elle profite pourtant de cette expérience pour observer le monde et « se forger un style » : ses premiers essais littéraires reconnus, outre sa participation à l'élaboration de pièces pour la comédie italienne, proposent une *Suite de Marianne* dans la manière de Marivaux, qui ne sera publiée qu'en 1761.

Sa carrière de romancière comblée lui permet d'occuper dans la société une place qu'elle revendique, et la fierté qu'elle en tire se manifeste souvent dans sa correspondance privée, notamment avec ses amis anglo-saxons. Le modeste salon qu'elle ouvre avec une amie accueille maints voyageurs qui, pour certains (Garrick, Hume), sont fort célèbres et deviennent ses amis et ses correspondants. C'est avec un jeune Écossais, Robert Liston, qu'elle entretient son plus fidèle échange épistolaire. On retrouve, dans sa correspondance connue, la spontanéité, le naturel, l'élégance qui charment dans ses romans. Mais on y lit aussi le portrait d'une femme spirituelle, attachée à son époque, soucieuse de prolonger dans la correspondance les délices de la conversation.

JOSETTE CHÉRY-SOBOLEWSKI.

RÉF. : E. A. Crosby, *Une romancière oubliée, Mme Riccoboni*, Paris, 1924 ; rééd. Genève, 1970.

RICHEPIN Jean. Poète né à Médéa (Algérie) le 4 février 1849 ; mort à Paris le 12 décembre 1926. Ce poète turbulent, fils d'un médecin militaire, eut une enfance et une adolescence de « fort en thème » : il fit de brillantes études secondaires, entra à l'École normale supérieure en 1868 et obtint sa licence ès lettres en 1870. Mais voici la guerre, et la Commune ; Richepin s'engage dans un corps de francs-tireurs, prend goût à l'aventure et à la liberté, mène pendant quatre ans une vie errante, successivement journaliste, professeur, matelot, docker à Naples et à Bordeaux puis, vers 1875, apparaît au quartier Latin où, par ses excentricités, il se fait vite une célébrité dans les cafés et les brasseries que fréquentent alors Ponchon, Rollinat, Bourget, Léon Bloy. Ses héros et ses inspirateurs sont Pétrus Borel, poète maudit mort de faim à Mostaganem, Baudelaire, et surtout Vallès, le réfractaire. Richepin a désormais rejeté le joug des conventions et de la culture, il célèbre l'instinct, vante complaisamment, et non sans ridicule, sa force physique, sa virilité, et à partir d'une prétendue hérédité bohémienne et « touranienne », se bâtit une biographie imaginaire et riche en couleur. Un an plus tard, le grand public découvre soudain Richepin avec *La Chanson des gueux* (1876), qui déchaîne les foudres de la justice : le livre est saisi et l'auteur condamné, pour outrage aux bonnes mœurs, à un mois de prison qu'il passe à Sainte-Pélagie. Il avait conquis la célébrité. Le naturalisme était dans l'air, et Richepin chantait une nouvelle bohème, non pas celle de Murger mais celle de la cour des Miracles. Avec le succès, la poésie de Richepin perdit rapidement de sa sincérité. *Les Caresses* (1877) font trop voir l'intention de scandaliser le bourgeois par un étalage de sensualité affectée, souvent vulgaire ou grotesque. Le matérialisme grandiloquent, le nihilisme fanfaron des *Blasphèmes* (1884), firent traiter Richepin de « Lucrèce de foire ». Dès 1873, avec *L'Étoile*, il avait fait des débuts simultanés d'acteur et d'auteur dramatique ; il paraîtra encore en 1883, aux côtés de Sarah Bernhardt, dans le premier rôle de son drame *Nana-Sahib ;* mais son grand succès théâtral sera *Le Chemineau* en 1897. Richepin collaborait en outre au *Gil Blas*, et publiait des romans très populaires comme *La Glu* (1881) et *Miarka, la fille à l'ourse* (1883). Infatigable voyageur, on le voyait souvent à Londres, il parcourait l'Italie, l'Espagne, l'Allemagne, la Scandinavie, l'Afrique du Nord. Son entrée à l'Académie française, où il fut reçu par Maurice Barrès le 18 février 1909, consacra une carrière de révolté en quelque sorte officiel, et désormais inoffensif. Il écrira jusqu'à la fin de sa vie, et en 1922 et 1923 parurent encore deux recueils en vers : *Les Glas* et *Interludes*. Une remarquable truculence verbale ; voilà par quoi s'est d'abord imposé Richepin. Il était violent et romantique, d'un romantisme qui ne retenait que l'effet extérieur, le pittoresque, et surtout les recherches de mots nouveaux. Là était le vrai domaine de Richepin, maître incontestable de son métier poétique, et fort de sa culture de normalien lettré. Mais, victime de sa prodigieuse facilité à trouver des mots et des images, ce révolté, très vite, ne fut plus qu'un « très grand rhétoricien ».

JACQUES PATRY.

♦ *« En réalité, vous vous foutez de tout, excepté de deux choses : jouir le plus vite possible et faire du bruit dans le monde. Vous êtes naturellement un cabotin, comme d'autres sont naturellement des magnanimes et des héros. Vous avez ça dans le sang. Votre rôle est d'épater le bourgeois. L'applaudissement, l'ignoble claque du public imbécile, voilà le pain quotidien qu'il faut à votre âme fière. »* Léon Bloy, lettre à Richepin, 1877.

RÉF. : J. Lemaitre, *Les Contemporains*, t. III, Paris, 1887. — H. d'Almeras, *Avant la gloire. Leurs débuts*, Paris, 1902. — Cameron, introduction aux *Selections from Richepin*, New York, 1905. — M. Barrès, *Discours de réception à l'Académie*, Paris, 1909. — J. Ernest-Charles, *Le Théâtre des poètes*, Paris, 1910. — G. Walch, notice in *Anthologie des poètes français contemporains*, Paris, 1939. — J. L. Lecomte, *J. Richepin, son œuvre, ses idées et son inspiration*, thèse, Paris, 1950. — H. Sutton, *The Life and Work of Jean Richepin*, Genève, 1961.

RIGAUT de Barbezieux ou de Berbresil. Troubadour saintongeais. Né au château de Barbezieux, en Saintonge, vers 1150, mort probablement à Haro, en Biscaye, vers 1215. Contemporain des grands troubadours Bertran de Born, Arnaut de Mareuil et Giraut de Bornelh, sa biographie demeure très incertaine. Il vécut longtemps en Saintonge, voué à l'amour d'une dame qui était, dit-on, la fille de Jaufré Rudel, et la chanta en la nommant sa « Mieux que dame ». Cet amour fut peut-être partagé, « mais jamais on ne crut qu'elle lui fit amour de sa personne ». Ses chansons lui acquirent du moins la célébrité ; une autre châtelaine l'attira, le séduisit et l'envoya rompre avec sa dame. Il le fit, mais lorsqu'il revint pour partager l'amour qu'on lui avait promis, la châtelaine lui reprocha son infidélité et le renvoya en disant que celui qui trahit une fois, on ne peut plus lui faire confiance. Désespéré, Rigaut gagna la forêt et s'y fit ermite. Les chevaliers, qui regrettaient sa compagnie et ses chansons, essayèrent d'obtenir son pardon ; il fut accordé à la condition que cent jeunes seigneurs viendraient en compagnie de leurs dames demander la grâce de l'infidèle. Ainsi fut fait, du moins telle est la légende que rapporte, entre autres, l'une des nouvelles du *Novellino*, légende qui illustre bien les mœurs du temps. Plus tard, Rigaut se rendit à la cour de Champagne et y chanta Marie, comtesse de Champagne et fille d'Aliénor d'Aquitaine, mais sans doute n'eut-il pas grand succès, car son séjour fut de brève durée. Il gagna alors l'Espagne et s'installa à la cour de dom Lopez de Haro, le plus célèbre protecteur des troubadours de ce temps, et c'est probablement là qu'il demeura jusqu'à sa mort. Son œuvre connut un grand succès et une vaste diffusion à travers le Languedoc, la Provence et l'Italie, mais il ne nous en est parvenu qu'une dizaine de chansons. Elles sont considérées comme un véritable bréviaire de l'amour courtois, et peuvent passer pour le modèle classique de la poésie des troubadours — v. *Poésies* (*).

BERNARD NOËL.

RÉF. : J. H. Smith, *The Troubadours at Home*, Londres, 1899. — J. Anglade, *Le Troubadour Rigaut de Barbezieux*, in *Société des archives historiques de la Saintonge et de l'Aunis*, Saintes, 1908. — J. Anglade, *Les Chansons du troubadour Rigaut de Barbezieux*, in *Revue des langues romanes*, Montpellier, 1920. — A. Varvaro, *Rigaut de Berbezilh, Liriche*, Bari, 1960. — R. Lejeune, « Le Troubadour Rigaut de Barbezieux », dans les *Mélanges J. Frank*, Sarrebruck, 1957, p. 269-295.

RIMBAUD Jean Nicolas Arthur. Poète né le 20 octobre 1854 à Charleville, mort à Marseille le 10 novembre 1891. Évoquer Rimbaud entraîne dans le sillage d'une aventure, celle de la poésie et celle de la « vraie vie » absolument cherchée. C'est le deuxième enfant d'une paysanne, Vitalie Cuif, venue vivre à Charleville, et d'un militaire qui longtemps servit en Afrique, le capitaine Frédéric Rimbaud. Arthur a un frère aîné, Frédéric. Deux sœurs, Vitalie et Isabelle, compléteront cette famille vite appelée à se défaire. Le capitaine abandonne son foyer. Les enfants désormais vivent sous la sévère tutelle de leur mère, que Rimbaud appelle la « mère Rimbe », « la daromphe » (du féminin de daron : le maître, en argot) ou la « bouche d'ombre » en souvenir du poème homonyme de Victor Hugo. Petite ville, petits esprits. Comment se sortir de ce monde du second Empire sur lequel Napoléon III, surnommé Badinguet par les républicains, exerçait son pouvoir ? Rimbaud découvre le milieu scolaire et, par là, paradoxalement, une certaine forme d'évasion, celle qui passe par les livres et les langues. Il s'évade dans les narrations qu'on lui donne à faire et surtout dans ces étranges compositions en vers latins, exercices imposés aux collégiens de ce temps. Il brille dans ces morceaux imitatifs où, à sa manière, il réinvente le langage. On reconnaît ses mérites, et pour la première fois on le publie (en latin) dans le très sérieux *Bulletin de l'académie de Douai*. Puis ce sont ses premiers poèmes en langue française, *Les Étrennes des orphelins*, pour citer celui que *La Revue pour tous* fait paraître en ces pages au début de l'année 1870. Il s'inspire de Hugo, de Coppée, des parnassiens qui représentent alors le mouvement poétique en vogue. Bientôt il témoigne d'un sentiment plus personnel. Il narre une imaginaire promenade amoureuse, évoque la « sensation » d'un soir d'été, ou s'attache à caricaturer les bourgeois qui, chaque dimanche, viennent écouter l'orphéon militaire square de la Gare. Un jeune professeur l'encourage, Georges Izambard. L'Histoire fait des siennes. La guerre franco-prussienne est déclarée en juillet 1870. Deux mois plus tard vient la débâcle, la chute de Sedan marque la fin de l'Empire et l'avènement de la troisième République. Les Prussiens continuent d'occuper le pays. Rimbaud fugue par deux fois, en septembre et en octobre. D'abord à Paris, où il est arrêté dès son arrivée gare du Nord et conduit à la prison de Mazas pour avoir pris le train sans titre de transport. Il en sera libéré grâce à Izambard, rejoindra Douai où celui-ci villégiaturait chez ses tantes. Là, il met au point les premiers éléments d'un recueil qu'il destine à Paul Demeny, poète « imprimé » dans la capitale, malgré la médiocrité de ses textes, et familier d'Izambard. La seconde fugue de Rimbaud (après un court retour à Charleville) le conduit dans le Nord (Fumay, Givet, Charleroi où il comptait faire du journalisme, Bruxelles, Douai enfin, toujours dans le havre des tantes Gindre). De nouveau à Charleville durant l'hiver 1870-1871, il est livré à lui-même. Le collège, converti en infirmerie, a fermé ses portes. Rimbaud flâne avec des amis, notamment le fidèle Ernest Delahaye ; à la bibliothèque il observe les « assis » ; sur la frontière il se moque des « douaniers ». Période de « grandes vacances » où il affermit sa poésie qui prend l'accent d'une rébellion. Une nouvelle fugue lui fait atteindre Paris, en février 1871 ; il traîne dans la ville surexcitée contre les hommes du gouvernement réfugiés à Versailles et qui ont signé un armistice que beaucoup estiment déshonorant. À peine est-il revenu que la Commune est proclamée (le 18 mars). C'est l'occasion pour lui d'affirmer sa nouvelle conception de la poésie dans les lettres dites du « voyant » (13 et 15 mai) où il définit le futur poète comme un « voleur de feu ». Il faut trouver l'inconnu par le « long, immense et raisonné dérèglement de tous les sens ». Pour cela, une méthode infaillible : s'encrapuler, c'est-à-dire aussi bien se conduire de manière scandaleuse que bouleverser le langage, le défigurer. Il assure également que « Je est un autre », formule magnifique, mais qui demeure mystérieuse. Quel est l'autre du Je ? Sans doute notre vérité secrète, le génie qui revient à chacun de nous. L'essentiel de Rimbaud se trouve là, dans cette annonce de libération intime qui transforme la personne humaine et simultanément la parole. Il n'y aura de poésie qu'à ce prix, lorsque est recherché un peu plus que la beauté, lorsqu'on désire « changer le monde » ou « réinventer l'amour ».

Bientôt il écrit à Verlaine, lui envoie des poèmes, et Verlaine, son aîné de dix ans (Rimbaud est alors âgé de dix-sept ans à peine), l'invite à Paris. Il prend le train avec, en poche, son plus célèbre poème, *Le Bateau ivre* (*). À Paris, quoique bien accueilli, il provoque les gens qu'il fréquente par son impertinence majeure. Une lecture à l'un des « Dîners des Vilains Bonshommes », où il scande de m.... répétés la récitation d'un sonnet fait par un piètre poète, manque se terminer des plus mal par l'assassinat de Carjat, un journaliste-photographe qui venait de l'insulter. Quelque temps, il occupe le local des zutistes, une manière de club littéraire fondé par Charles Cros. Il y cohabite avec le musicien famélique Ernest Cabaner. Plusieurs témoignages sur cette période (octobre-décembre 1871 ?) resteront, notamment l'*Album zutique* empli de poèmes drolatiques et d'une inspiration fort libre (il y signe quelques pièces comme les *Remembrances du vieillard idiot*) et une grande toile de Fantin-Latour, *Coin de table*, où on le voit en compagnie de Verlaine et de quelques autres (mais non d'Albert Mérat, d'abord représenté, puis effacé par le peintre : Mérat, à la suite de l'altercation avec Carjat ne voulant pas figurer sur une peinture de groupe en compagnie de Rimbaud). Personne ne trouve grâce aux yeux de l'adolescent frondeur qui s'emploie malignement à détruire le ménage que Verlaine formait avec sa femme, Mathilde. Une première fois cependant, il doit retourner dans ses Ardennes, Verlaine ne voulant pas défaire son couple. En cette période (mars-début mai 1872), il semble que Rimbaud ait composé certains poèmes fort simples de facture, inspirés par une sorte de mystique « néante » : *La Rivière de Cassis, Larme*, etc. Il est possible aussi qu'il ait rédigé cette fameuse *Chasse spirituelle* dont Verlaine parlera par la suite, mais qu'il ne parviendra pas à récupérer. En mai 1872, Rimbaud revient à Paris. Ses relations homosexuelles avec Verlaine font peu de doute, et ce dernier en témoignera vertement dans un poème « privé », *Le Bon Disciple*. Rimbaud loge alors en plein quartier Latin, rue Monsieur-le-Prince (d'où il adresse à Demeny la fameuse lettre de « jumphe » qui détaille son emploi du temps quotidien), puis à l'Hôtel de Cluny, près de la Sorbonne. Il fréquente Jean Richepin, Louis Forain, vit en pleine bohème et s'enivre d'absinthe. Finalement, il parvient le 7 juillet à entraîner Verlaine dans une aventure qu'il veut être celle de la poésie. Les deux hommes quittent la France. On les voit en Belgique où, le 21 juillet, Mathilde vient en vain pour rappeler à elle le mari prodigue, puis à Londres, à partir de septembre. Ils fréquentent les Communards exilés et succèdent à Eugène Vermersch (qui dirige alors le *Qui vive ?*) dans un appartement du 34 Howland Street. Rimbaud tient entièrement sous son emprise son compagnon – qu'il nomme alors « le pitoyable frère ». Lui-même est passionnément, mais obscurément à la recherche du « lieu et de la formule ». Leur existence durant ce temps pose d'ailleurs plus d'une énigme, mais on la sent dominée par une exigence d'absolu, comme si à force de vie, de poésie, de désordre également et d'anomalies, la vérité pouvait être trouvée « dans une âme et un corps ».

L'année 1873, à Londres, passera comme un mauvais rêve, éclairé parfois de phénoménales lueurs, d'intuitions magiques. Plusieurs fois le couple se sépare, notamment en avril 1873 où Verlaine tente de renouer avec sa femme, sans succès, puis s'en va vivre chez sa tante Evrard à Juniville dans le Luxembourg belge, cependant que Rimbaud rejoint la ferme familiale de Roche et trace les premiers linéaments d'un « Livre païen » ou « Livre nègre » dont on devine qu'il s'agit de la future *Saison en enfer* (*). Revenus à Londres l'un et l'autre, ils se désunissent à nouveau début juillet. Verlaine, à Bruxelles, veut s'engager chez les carlistes ou se donner la mort ; il fait signe à Rimbaud, qui le rejoint. Ce sera le drame bien connu, trop connu de leurs retrouvailles au cours desquelles Verlaine, irrité de la conduite de son compagnon (dont il pressent qu'il va être abandonné) le blesse d'une balle (le 10 juillet). Arrestation. Emprisonnement. Rimbaud, quant à lui, regagne ses Ardennes, sans assister au procès (on sait simplement qu'il a officiellement retiré sa plainte). De retour dans le pauvre village de Roche, un véritable « trou », il y achève *Une saison en enfer*, sorte de « prodigieuse autobiographie psychologique » au dire de Verlaine. Tout en reniant l'Occident, le christianisme et la loi du baptême, tout en se voulant « nègre » s'opposant aux Blancs misérablement civilisés, c'est-à-dire abêtis, asservis, il mesure ce que la vie lui réserve ; ses vingt ans devront entrer dans le monde du travail, connaître la loi du service militaire, participer à la vie du citoyen. Au cours des pages qu'il écrit dans la fièvre, il se cabre contre de telles nécessités, nous donnant ainsi une merveilleuse leçon de violence adolescente au nom d'une poésie à vivre ; dans *Alchimie du verbe* en effet, il conteste maintenant ce qu'il a pu écrire jusque-là, notamment ses poèmes datables de l'année 1872 où l'influence de Verlaine n'était pas négligeable. Imprimé en Belgique, à Bruxelles, grâce aux deniers de sa mère, et sorti des presses de l'Alliance typographique (Poot et Cie) spécialisée dans les publications judiciaires, le livre ne sera pas distribué. Rimbaud vient prendre une demi-douzaine d'exemplaires, en dépose un à la prison des Petits-Carmes pour Verlaine, distribue les autres à des amis et laisse le reste (environ 480 opuscules) dans les locaux de Jacques Poot où on les retrouvera intacts en 1900.

En 1874, il revient à Londres en compagnie d'un jeune poète, Germain Nouveau. Celui-ci n'y demeurera que trois mois. Il semblerait qu'à cette époque Rimbaud ait mis la dernière main à un autre recueil dont le seul Verlaine nous livrera le titre hypothétique : *Illuminations* (*) et le sous-titre évidemment anglais : *Coloured Plates* ou *Painted Plates*. Il s'agit de quelque cinquante poèmes en prose d'une pureté et d'une nouveauté bouleversantes ; ils laissent entrevoir plusieurs projets inaboutis où il n'est pas difficile de percevoir la création presque projectionnelle (comme par la projection d'un film) de divers univers où l'homme serait requalifié, les paysages changés, l'amour réellement réinventé ; la formulation excède la raison. Il faut constater ici une sorte de phénomène ; les *Illuminations* sous notre regard de lecteur se réalisent, deviennent vraies ; elles nous transmettent un pouvoir, changent nos mesures mentales.

Rimbaud, cependant, en possession momentanée de toutes les magies, semble avoir coupé court. Dégoût ? Pressentiment de ses limites ? Idée que « l'art est une sottise » (comme le porte l'un des brouillons d'*Une saison en enfer*) ? Désormais, une vie d'incroyable vagabondage le réclame, avec l'idée de trouver un emploi dans ce monde moderne : ingénieur, recruteur, voyageur, agent de cirque, mercenaire. On le verra successivement dans tous ces rôles en Europe et même à Java, qu'il atteint en 1876 avec d'autres légionnaires volontaires recrutés par l'armée coloniale hollandaise. Il déserte, revient sous un nom d'emprunt, Edwin Holmes, à bord d'un bateau de faible tonnage qui manque naufrager. La suite de ces pérégrinations le mènera par deux fois à Chypre, en 1879 et 1880. Il doit interrompre ce deuxième séjour pour une cause qui reste peu claire, mais on peut croire qu'il prit la fuite à la suite de la mort, accidentelle ou motivée, de l'un des ouvriers qu'il avait sous sa coupe. Après avoir fait escale dans plusieurs ports de la mer Rouge, il se fixe à Aden où, pour le compte de l'agence des frères Bardey, il surveille un atelier de trieuses de café. Mais très vite il va servir, comme employé d'abord, comme directeur ensuite, dans leur factorerie du Harar, cette importante ville de quarante mille habitants au sud de l'actuelle Éthiopie. Harar n'appartenait pas encore aux Abyssins, mais était administrée par des Égyptiens. Là Rimbaud fait du commerce, achetant de l'ivoire, du café, de l'or, du musc, des peaux et vendant ou échangeant quelques produits européens manufacturés. Il reconnaît aussi quelques régions jusque-là inexplorées, comme l'Ogadine, et transmet son rapport (également rédigé par son employé Sotiro) à la Société française de géographie, qui en fait grand cas. En 1885, revenu à Aden, il abandonne son emploi pour livrer des armes à Ménélik, roi du Choa (plus de deux mille fusils), une opération qui lui fait traverser le dangereux désert des Danakil. Ses deux associés étant décédés l'un après l'autre, il doit conduire à lui seul la caravane. Mal payé pour tant de peines, il retourne à Aden par la route de Harar et le port de Zeilah. Après ces fatigues, il part en Égypte pour déposer son or et prendre un moment de repos. Il envisage ensuite de gagner Zanzibar, voire le Japon, mais finalement il se fixe derechef à Harar où son commerce prospère jusqu'au jour où, frappé d'un mal étrange, une tumeur au genou, il doit revenir en France pour se faire opérer. Amputé de la jambe droite à Marseille, il monte une dernière fois au pays, à Roche, mais, encore attiré par l'Afrique, il redescend en catastrophe à Marseille pour prendre un bateau, ce que son état lui interdit. Atteint d'un cancer généralisé, il passe les derniers jours de sa vie à l'hôpital de la Conception. Ses ultimes sentiments sont ceux d'un désespéré. Le 10 novembre il n'existe plus (comme disait Flaubert pour décrire la mort d'Emma Bovary !). La veille, dans son délire, il avait encore dicté à sa sœur une lettre pour le directeur des Messageries maritimes afin d'être transporté à bord d'un navire coûte que coûte. Ce Rimbaud du silence n'en a pas moins écrit des lettres à sa famille (sa mère et sa sœur Isabelle). Sa *Correspondance* laisse entrevoir l'insatisfaction constante qui fut la sienne ; et le désir de toujours aller plus loin, comme pour trouver une vérité en deçà du visible, au-delà du possible. S'il est peu probable qu'il ait rédigé là-bas quelques poèmes, il est sûr, en revanche, qu'il eut encore quelque intention de faire du journalisme, surtout après son retour du Choa, quand il eut reconnu l'itinéraire d'Entotto à Harar. Il en informera d'ailleurs *Le Bosphore égyptien* (25 et 27 août 1887) et la Société de géographie. À la même époque, il souhaitait communiquer le résultat de ses pérégrinations au *Figaro* ou à quelque autre journal. Son imprévu succès d'écrivain ne lui échappa nullement, comme le prouve la lettre d'un certain Lucien de Gavoty lui annonçant sa jeune renommée et lui demandant des textes. Auparavant sans doute, d'autres, venus en Europe, avaient entendu parler de son passé de poète (Verlaine en 1884 l'avait révélé dans *Les Poètes maudits*, et la revue *La Vogue* en 1886 avait publié ses *Illuminations*). Il semble que Rimbaud n'ait eu que sarcasmes à l'annonce d'une telle destinée. « Des rinçures », aurait-il dit à César Tian, son employeur des derniers temps.

JEAN-LUC STEINMETZ.

♦ *« Un très grand poète* [...] *de qui la vie est toute en avant dans la lumière et dans la force, belle de logique et d'unité comme son œuvre... »* Paul Verlaine. ♦ *« Éclat, lui, d'un météore, allumé sans motif autre que sa présence, issu seul et s'éteignant », « ce passant considérable ».* Stéphane Mallarmé. ♦ *« La duplicité de son existence ne semble pas ressortir d'une perturbation psychique. Elle fut inhérente, semble-t-il, à une variation de sa* moralité... » Victor Segalen. ♦ *« Arthur Rimbaud fut un mystique* à l'état sauvage, *une source perdue qui ressort d'un sol saturé. Sa vie,* un malentendu, *la tentative en vain par la fuite d'échapper à cette voix qui le sollicite et le relance... »* Paul Claudel. ♦ *« Rimbaud est un prophète de l'incurable négation. Le désert de feu est son lieu. »* André Suarès. ♦ *« Et si, à Rimbaud, l'impuissance avait été donnée* exprès ? » Benjamin Fondane. ♦ *« J'ai toujours pour ma part pris Rimbaud pour quelqu'un qui s'était borné à* transmettre [...] *Nous sommes nombreux à qui suffit — même serti de nuit obscure — le conducteur intermittant de la foudre. »* Julien Gracq. ♦ *« Chez Rimbaud la* diction *précède d'un adieu la* contradiction. *Sa découverte, sa date incendiaire, c'est la rapidité. »* René Char. ♦ *« Le génie de Rimbaud, cette énergie, cette hâte, aura été avant tout* [...] *d'essayer d'accomplir la réinvention de l'amour avant que, terriblement vite, il ne soit toujours trop tard. »* Yves Bonnefoy.

RÉF. : Paterne Berrichon, *La Vie de Jean-Arthur Rimbaud*, Paris, 1897. — Ernest Delahaye, « À propos de Rimbaud. Souvenirs familiers », Reims, 1907-1908. — Isabelle Rimbaud, *Mon frère Arthur*, Paris, 1920. — Jean-Marie Carré, *La Vie aventureuse de J.-A. Rimbaud*, Paris, 1926. — Rolland de Renéville, *Rimbaud le voyant*, Paris, 1929. — Jean- Paul Vaillant, *Rimbaud tel qu'il fut*, Paris, 1930. — Benjamin Fondane, *Rimbaud le voyou*, Paris, 1933. — Robert Goffin, *Rimbaud vivant*, 1936. — Enid Starkie, *Rimbaud in Abyssinia*, Oxford, 1937 ; *Arthur Rimbaud*, Londres, 1939. — Pierre Arnoult, *Rimbaud*, 1943. — Georges Izambard, *Rimbaud tel que je l'ai connu*, Paris, 1946. — François Ruchon, *Rimbaud. Documents iconographiques*, Genève, 1946. — Henry de Bouillane de Lacoste, *Rimbaud et le problème des « Illuminations »*, Paris, 1949. — Etiemble, *Le Mythe de Rimbaud*, Paris, 1952. — Henry Miller, *Rimbaud*, Lausanne, 1952. — Vernon P. Underwood, *Rimbaud et l'Angleterre*, Nizet, 1956. — Yves Bonnefoy, *Rimbaud*, Paris, 1961. — Henri Matarasso et Pierre Petitfils, *Vie d'Arthur Rimbaud*, Paris, 1962 ; *Album Rimbaud*, Paris, 1967. — Pierre Petifils, *Rimbaud*, 1982. — Alain Borer, *Rimbaud en Abyssinie*, Paris, 1984, et *Rimbaud, l'heure de la fuite*, 1991. — Jean-Luc Steinmetz, *Arthur Rimbaud. Une question de présence*, Paris, 1991.

Rime. Homophonie, entre deux vers voisins, de leur dernière voyelle accentuée, ainsi que de tous les phonèmes qui, éventuellement, la suivent. Les rimes sont définies par : 1) leur *sonorité* masculine (sans *e* muet final) ou féminine (avec *e* muet final). L'alternance des rimes masculines et des rimes féminines est régulièrement observée dans les vers de facture traditionnelle ; 2) leur *richesse.* Les rimes sont dites *pauvres* lorsqu'elles comportent une seule homophonie, celle de la dernière voyelle tonique du vers : *horizON : renOM ; suffisantes* lorsqu'elles comportent deux homophonies, celle de la voyelle tonique et d'un autre phonème : *mER / enfER ; riches* lorsqu'elles comportent trois homophonies ou plus, celle de la syllabe finale entière et d'au moins un phonème d'appui : *mAISON / rAISON* ; 3) leur *disposition* continue *(aaaaaa, bbbbbb)* formant *laisse*, *plate* ou *suivie* (*aabbcc*), *croisée* (*abab*) ou *embrassée* (*abba*).

Au-delà de ces critères objectifs, la rime répond avant tout à des exigences stylistiques ou esthétiques qui aboutissent à des couplages créateurs d'effets. Ainsi la qualité de la rime a-t-elle toujours été appréciée en fonction de cette tension plus ou moins grande, en elle, entre un principe d'identité sonore et un principe d'opposition lexicale, grammaticale, sémantique et volumique. Pour cette raison, certaines rimes sont condamnées par l'usage, qui ne s'appuient que sur une faible opposition : les rimes du même au même (*famille/famille*), lexicalement apparentées (*le rêve/il rêve*) ou grammaticalement apparentées (*magnifiquement/superbement*) ; de même, les rimes *clichés* ou trop attendues par l'usage, comme *époux/jaloux* ou *ombre/sombre*.

Inversement, on répertorie les procédés qui tendent à renforcer la tension :
— la rime *équivoquée*, chère aux rhétoriqueurs et fondée sur un jeu de mots : « Ont du plaisir, et liesse abondance : / On chante, on rit ; qui le corps à bon danse » (G. Crétin) ;
— la rime *couronnée*, qui répète la syllabe de rime ou même plusieurs syllabes : « Guerre a fait maint chaLET LAID / Et mainte bonne VILLE VILE » (J. Molinet) ;
— la rime *à double couronne*, qui redouble la couronne à la césure : « Trop de VENT VEND, // et met nos éBATS BAS » (G. Crétin) ;
— la rime *emperière*, qui triple la syllabe de rime : « Que ce remords, Mort, mord ! »

Dans cet esprit, la rime peut englober des répétitions phoniques à l'intérieur du vers ou de deux vers voisins. On reconnaît ainsi :
— les rimes *annexées* (*concaténées, entrelacées, fraternisées* ou *fratrisées*), qui joignent la fin d'un vers au début du vers suivant : « Plaisir n'ay plus, mais vy en desconFORT / FORtune m'a remis en grand'douleur... » (C. Marot) ;
— les rimes *léonines,* qui joignent la fin de l'hémistiche à la fin du vers : « C'est toute soliTUDE et toute pléniTUDE » (C. Péguy) ;
— les rimes *batelées,* qui joignent la fin du vers à la fin de l'hémistiche suivant : « Nymphes des bois, pour son nom sublIMER / Et estIMER, sur la mer sont allées » (C. Marot) ;
— les rimes *brisées,* qui font rimer les vers par la césure : « Là, je m'enivrERAIS à la source où j'aspire / Là, je retrouvERAIS et l'espoir et l'amour » (Lamartine) ;
— les rimes *senées,* qui font rimer le début des vers ;
— les rimes *enjambées,* proposées par Aragon, qui « se décomposent à cheval sur la fin du vers et le début du suivant » : « Ne parlez plus d'amour J'écoute mon cœur BATTRE / Il couvre les refrains sans fil qui l'ont grisé / Ne parlez plus d'amour Que fait-elle là-BAS / TRop proche et trop lointaine ô temps martyrisé. »

CHRISTIAN DOUMET.

Rire (Le). Essai sur la signification du comique. Ouvrage d'Henri Bergson (1859-1941), publié en 1899. Le rire, qui est toujours provoqué par quelque chose d'humain, a certainement une fonction sociale. On ne rit en effet qu'avec la complicité d'autrui. Le rire est une réaction contre tout ce qui, dans la vie, nous apparaît comme mécanique ; il se produit en nous chaque fois que nous remarquons dans les paroles ou les gestes de quelqu'un un excès d'automatisme. Ainsi rit-on aussi bien des vices que des vertus quand les uns et les autres apparaissent dans ceux qui les possèdent comme un mécanisme qui les gouverne. Le rire est donc une sorte de geste social. Par son moyen la société rappelle à l'ordre ceux qui s'écartent de l'activité véritable, les distraits, les originaux, par exemple, tous éléments de désagrégation du social. Bergson fonde sa théorie sur une analyse très fine des différentes catégories du comique : comique des formes, des mouvements, des situations et des mots, des caractères enfin. À ce dernier comique, tout le troisième chapitre est consacré, avec des exemples empruntés surtout au théâtre, qui est le lieu où le comique apparaît à la fois comme une forme de l'art et comme une fonction de la société. La comédie n'appartient complètement ni à l'art ni à la vie. L'art, selon Bergson, n'est qu'une vision plus complète et immédiate de la nature et de l'âme, réservée à quelques hommes. Il tend toujours à l'individuel, parce qu'il sait se défaire des catégories générales qui relèvent de l'action habituelle et utilitaire des hommes. La comédie au contraire est tournée vers le général. Contrairement au drame, qui pénètre notre âme la plus obscure par l'analyse de ce que nous sommes en chacun de nous, elle extrait de l'humain des types généraux, qui nous font rire par le spectacle de leur automatisme et nous rappellent (c'est la fonction sociale de la comédie) à l'observation de nous-mêmes et à la règle commune, qui accroît notre utilité dans la société. *Le Rire* est une des meilleures œuvres de Bergson. Son intérêt est double : esthétique, mais aussi métaphysique. Son idée, en effet, du flux de la vie réelle, qui échappe à la connaissance conceptuelle, annonce déjà *L'Évolution créatrice.*

RIVAROL Antoine Rivaroli (ou Rivarolo), dit comte de. Écrivain, journaliste et polémiste né le 26 (6 ?) juin 1753 à Bagnols-sur-Cèze (Languedoc), mort le 11 (13 ?) avril 1801 à Berlin. Fils de Jean Rivarol, aubergiste, et de Catherine Avon. Le père d'Antoine Rivarol fut un singulier personnage. Il possédait une culture qui l'élevait bien au-dessus de sa condition sociale : c'était un excellent latiniste, féru, par surcroît, d'histoire ancienne et de littérature ; il tâtait même de la poésie et connaissait l'italien. Il se disait issu d'une famille noble du Piémont, avait été, outre cabaretier, fabricant de soie, maître d'école, percepteur et édile, et eut seize enfants. Il fut contraint de fermer son auberge pour avoir, semble-t-il, pratiqué des tarifs abusifs. C'est donc dans l'atmosphère d'une famille nombreuse où règne l'amour des lettres mais d'où n'est peut-être pas absent un esprit de bravade que le jeune Antoine passe son enfance, une enfance heureuse même si le maître de maison est loin de suffire toujours aux besoins d'une progéniture affamée. Formé sans doute d'abord par son père, puis par l'école paroissiale, il entre au collège des joséphites de Bagnols, où il se révèle un sujet brillant et ouvert aux disciplines les plus diverses. Et comme tous les enfants pauvres qui font paraître de réelles capacités, il se voit destiné à la prêtrise. Après un passage chez les sulpiciens de Saint-Andéol, il est reçu au séminaire de Sainte-Garde, à Avignon (1770 ?). Antoine, bien pris, suscite l'enjouement des Avignonnaises, qui l'appellent « le bel abbé ». Mais bretteur redoutable par l'esprit, il préfère briller dans les conversations plutôt que dans les alcôves. À Avignon, toutefois, l'art de la parole ne se monnaie guère. Antoine rompt ses liens avec Sainte- Garde et prend, sans doute à pied, la route de Paris qui, espère-t-il, rendra justice à ses dons de bel esprit et de causeur éblouissant. Arrivé à Lyon, il reprend haleine et se trouve, pour un temps indéterminé, un emploi de clerc chez un procureur. À Versailles, peut-être parce qu'il est sans ressources, il se fait entretenir par une bourgeoise en mal d'amour qui pourrait être sa mère. Chassé peu après par le mari, il arrive à Paris en 1777. Pour faire figure dans le monde, il s'y présente comme le chevalier de Parcieux, s'autorisant d'une lointaine parenté avec le célèbre géomètre (Deparcieux). Grâce à Cubières, il est introduit dans plusieurs salons, notamment dans celui de Mme Geoffrin. Il entre en relation avec d'Alembert, Buffon, Diderot, avec Voltaire, qui l'engage à donner de *La Divine Comédie* une traduction digne de l'original : il ne traduira, avec une peine infinie et sans trop respecter le texte de Dante, que L'*Enfer.* Entre-temps, le « vrai » chevalier de Parcieux fait signifier au « faux » de mettre fin à son usurpation. Celui-ci, sans balancer, se rebaptise « comte de Rivarol ». Il collabore pour un temps au *Mercure de France* (*) et fait un « sot mariage » avec une Anglaise, Louise Mather-Flint, qu'il abandonnera sans ressources, quasi à la misère, après lui avoir donné un fils. Cependant, il s'attire par son esprit ironique et cinglant nombre d'ennemis. Le prix de l'Académie de Berlin, qu'il remporte avec son *Discours sur l'universalité de la langue française*, prix partagé avec un obscur Allemand, Jean-Christophe Schwab (publié en 1784) et qui ne fait aucune part à la satire, n'adoucit même pas, bien qu'il accroisse le prestige de la France, les haines que Rivarol a déchaînées contre lui. Il a beau n'avoir qu'une passion dans sa vie : la langue française, il n'en témoigne pas moins une disposition à l'affront gratuit qui suscite la révolte de ses victimes. Comme pour enchérir sur son persiflage, il publie, en collaboration avec Champcenetz, un *Petit almanach de nos grands hommes* (1788), « panorama satirique de la vie littéraire de son temps », satire où sont mis à bas même des auteurs comme Beaumarchais, Laclos et Restif de La Bretonne. Rivarol est alors au faîte de sa célébrité. Il fréquente intimement Lauraguais, se lie avec une grisette complaisante et sans instruction, Manette, puis soudain, changeant de ton et de discours, adresse coup sur coup à Necker deux lettres où il dénonce en voltairien les principes fidéimoraux qu'avait posés a priori, dans son *Importance des opinions religieuses,* le financier passé homme d'État. Désormais, Rivarol se donnera presque entièrement à la politique et à une enquête sur ce qui apparaîtra comme les causes de la Révolution prochaine. Conservateur par respect pour des institutions et des traditions productrices de civilisation, de progrès et d'excellence langagière, et faisant fond sur une « fixité » seule apte à garantir l'épanouissement de l'homme dans un monde enclin à l'éclatement et à la barbarie, il se révèle, tout en invoquant la nécessité de réformes en profondeur, le défenseur le plus intelligent et le plus vigoureux du régime. Disciple de Montesquieu, il estime qu'il n'y a que la monarchie qui puisse convenir à un grand État. Posant le principe d'une relation objective entre les phénomènes sociaux, il commente, sur le mode analytique des futures sciences humaines, l'actualité politique dans les trois « séries » du *Journal politique national* (12 juillet 1789-3 novembre 1790), fondé par l'abbé Sabatier de Castres. Il collabore aux *Actes des Apôtres,* sacrifie même ses liens amicaux avec Mirabeau, Chamfort, Talleyrand et Sieyès, passés du côté des libéraux. Et en 1790, pour abattre le camp républicain et démocrate, il use dans un *Petit dictionnaire des grands hommes de la Révolution* de l'arme du rire, qui lui avait si bien réussi. Mais les événements se précipitent. Rivarol, qui s'emploie encore, au reste inutilement, à jouer auprès du roi un rôle de conseiller secret, se sent menacé. Prétextant des affaires de famille à régler en Angleterre, il quitte Paris en juin 1792 pour... Ostende. Dès lors, il ne sera plus que l'émigré inassimilable par l'étranger et trop xénophobe pour y fixer sa demeure : après Ostende, Bruxelles, d'où il adresse une *Lettre à la noblesse française* (1792), d'une haute élévation morale et politique ; puis Rotterdam, où il séjourne chez son brave et généreux ami, le Juif Cappadoce Pereira ; puis Londres, où il a mission de travailler les esprits tories contre la République ; puis Hambourg où, hâbleur frôlant l'escroquerie, il se fait grassement payer un projet de dictionnaire chaque jour plus évanescent : il ne complétera qu'un *Prospectus* et le *Discours préliminaire,* mieux connu sous le titre : *De l'homme intellectuel et moral* (1797) ; enfin Berlin, où il mourra loin de sa famille, loin même de Manette, après s'être vu refuser l'accès à la cour de Prusse. Ses fragments paraîtront posthumes – v. *Maximes et pensées, anecdotes et bons mots* (*). Rivarol a écrit : « C'est dans la parole que se fait la véritable génération de la pensée. » Parce que sa propre parole, fruit de la rencontre unique d'une histoire et d'une terre, fut pour lui nationale et universelle, il l'a logée au cœur de sa triple réflexion littéraire, morale et politique, dans l'infinie ivresse de la langue française, pour lui sacrée.

HENRI MYDLARSKI.

♦ *« C'est un feu d'artifice tiré sur de l'eau. »* Lauraguais. ♦ *« Abus d'esprit et* [...] *cassette de fusées. »* Le prince de Ligne. ♦ *« Ses amis lui prêtèrent de l'argent, et il leur témoigna sa reconnaissance avec tant de grâce qu'ils le remercièrent de l'avoir accepté. »* Cubières-Palmézeaux. ♦ *« Votre logique est plus brillante et plus solide que celle des modernes penseurs. »* Frédéric II de Prusse. ♦ *« Rivarol est un des personnages de l'Europe qui a le plus d'esprit et le moins de qualités. Comme homme vain et orgueilleux, il n'a point d'égal. Ses prétentions sont extrêmes. Il est peu d'individus qui s'expriment aussi bien et il parle de tout avec une facilité qui en impose tout d'abord. Le paradoxe est embelli par lui avec un talent et un charme dangereux. En un mot, c'est le plus beau moulin à phrases que l'on puisse voir. »* Rapport de police à Fouché. ♦ *« Si l'on perce le vernis de la fatuité dont il était revêtu, on arrive à reconnaître en lui le bon sens ; et de cet homme si brillant et si à la mode, on peut dire* [...] *que ceux qui l'auront étudié de près n'en parleront qu'avec estime. »* Sainte-Beuve. ♦ *C'est le regret des choses perdues, l'amer regret, pour qui aime les choses de l'intelligence, des chefs-d'œuvre qu'un homme pouvait faire et qu'il n'a pas faits.* [...] *Rivarol était de nature, de premier jet, hélas ! il n'en eut jamais un second, de pure munificence divine, l'homme le plus admirablement doué du* XVIII*e siècle* [...]. *Malheureusement pour nous qui n'étions pas de son temps, il préféra le monde à la littérature et les salons à la postérité. »* Barbey d'Aurevilly. ♦ *« Un esprit libre, pessimiste, cynique souvent, partial, mais généreux, hostile à la violence, rebelle à toutes les tyrannies, sauf à celle de notre langue, la seule servitude dont il se fit gloire. »* Jean Lessay.

RÉF. : Mme de Rivarol, *Notice sur la vie et la mort de M. de Rivarol,* Paris, an X (1802). – S. de La Platière, *Vie philosophique, politique et littéraire de Rivarol,* Paris, an X (1802). – M. de Cubières-Palmézeaux, *Fontenelle, Colardeau et Dorat,* ouvrage suivi d'une *Vie d'Antoine de Rivarol,* Paris, 1803. – L. Curnier, *Rivarol, sa vie et ses œuvres,* Nîmes, 1858. – M. de Lescure, *Rivarol et la société française pendant la Révolution et l'émigration* (1753-1801), Paris, 1883. – A. Le Breton, *Rivarol,* Paris, 1895. – L. Latzarus, *La Vie paresseuse de Rivarol,* Paris, 1926. – E. Jünger, *Rivarol,* Francfort, 1956. – B. Fäy, *Rivarol et la Révolution,* Paris, 1978. – J. Lessay, *Rivarol,* Paris, 1989.

RIVIÈRE Jacques. Écrivain né à Bordeaux le 15 juillet 1886, mort à Paris le 14 février 1925. Fils d'un professeur à la faculté de médecine, il fit ses études au lycée de Bordeaux, puis alla préparer à Lakanal le concours d'entrée à l'École normale supérieure : c'est là qu'il rencontra en 1903 le jeune Alain-Fournier, son condisciple, avec lequel il entretint par la suite une correspondance qui constitue un des meilleurs documents sur l'état d'esprit des jeunes intellectuels français dans les premières années de notre siècle : *Correspondance de Jacques Rivière et d'Alain-Fournier* (posth., 1926-28). Après avoir passé sa licence ès lettres à Bordeaux en 1907 et accompli son service militaire, Rivière revint à Paris et, professeur à Stanislas, prépara en Sorbonne une thèse sur *La Théodicée de Fénelon.* Mais sa vive sensibilité intellectuelle le rendait passionnément attentif à tous les courants spirituels du temps : il subit tour à tour l'influence de Barrès, de Gide, de Claudel – *Correspondance avec Paul Claudel* (posth., 1926) ; cette dernière semble l'avoir un instant emporté, puisqu'en 1913 Rivière se rallia expressément au catholicisme ; il connaîtra cependant encore bien des retours et des scrupules. Dans ses *Études* (1912), Rivière se révèle un psychologue de premier ordre, bouleversant les cadres de la critique littéraire traditionnelle pour atteindre toujours l'homme dans les œuvres. C'est à *L'Occident* qu'il avait fait ses débuts littéraires, en 1907, mais, dès 1909, son destin fut lié à celui de la jeune *Nouvelle Revue française* (*), dont il devint rapidement le secrétaire de rédaction. Mobilisé en 1914 au 220e régiment d'infanterie – *Carnet de guerre* (posth., 1929) –, Rivière fut fait prisonnier dès le 24 août, mais la guerre n'était pas tout à fait finie pour lui : envoyé au camp de Königsbrück, en Saxe, il tenta de s'évader, fut repris et dirigé vers le camp de représailles de Hülsberg, en Hanovre, où il consigna ses réflexions de captivité dans *L'Allemand* (1918). Gravement malade, il fut transféré en Suisse et interné jusqu'à la fin des hostilités. En 1919, il prit la direction de *La Nouvelle Revue française* et y déploya des qualités de conseiller auxquelles tous les meilleurs représentants de la jeune génération ont rendu hommage. Malheureusement il ne put plus consacrer qu'un temps restreint à son œuvre personnelle : en dehors de nombreux essais littéraires et politiques publiés dans la revue, Rivière, jusqu'à sa mort brutale, à la suite d'une fièvre typhoïde, ne fit paraître qu'un roman, *Aimée* (1922). Sa femme Isabelle, sœur de son ami Alain-Fournier, qu'il avait épousée en 1909, se voua à la publication de ses nombreux inédits, particulièrement révélateurs de son évolution religieuse : *À la trace de Dieu* (1925), *De la sincérité envers soi-même* (1926), *De la foi* (1928), ainsi que sa correspondance et une étude sur *Rimbaud* (1931). Les *Carnets 1914- 1917* ont été publiés en 1977.

MICHEL MOURRE.

♦ *« Je suis né pour écrire des choses très belles, qui embêteront tout le monde et que personne ne lira... »* Jacques Rivière. ♦ *« D'autres ont pu souhaiter de se connaître avec la même passion ; nul ne l'a fait à ciel ouvert, comme Rivière : il ne fut un critique si persévérant, si pénétrant, que parce qu'il avait besoin de tous ses maîtres, de tous ses camarades, pour descendre plus avant dans son cœur ; mais il n'a jamais rien aliéné de lui-même* [...] *Au vrai, sa grandeur – peut-être sa misère – fut de ne pouvoir être le disciple de personne : il n'a rien atteint jamais – fût-ce l'Immuable – qu'il n'ait résolu de dépasser. »* François Mauriac.

RÉF. : H. Massis, *Jacques Rivière*, Paris, 1925. – « Hommage à Jacques Rivière », in *La Nouvelle Revue française*, avril 1925. – F. Mauriac, *Le Tourment de Jacques Rivière*, Paris, 1926. – A. Gide, *Jacques Rivière*, Paris, 1931. – M. Raymond, *Études sur Jacques Rivière*, Paris, 1972.

ROBBE-GRILLET Alain. Romancier et cinéaste né à Brest le 18 août 1922. Diplômé de l'Institut national d'agronomie, Alain Robbe-Grillet a travaillé en Guinée, au Maroc, à la Guadeloupe et à la Martinique avant de se consacrer exclusivement à la littérature. Il est considéré comme le chef de file d'une école, le Nouveau Roman, qui doit plus son existence à une coïncidence temporelle (signe que cette école correspondait, quand même, à une nécessité, un air du temps) qu'à une volonté délibérée. Butor et Beckett, Nathalie Sarraute et Marguerite Duras, Claude Ollier et Claude Simon, apparaissent entre 1950 et 1960 à l'écart aussi bien de la littérature engagée sartrienne que des « nouveaux hussards » de la droite ressuscitée.

Après que *Un régicide* a été refusé par Gallimard, Robbe-Grillet préfère publier d'abord, aux éditions de Minuit, *Les Gommes* (1953), qu'il avait achevé entre-temps. C'est avec *Le Voyeur* qu'il devient connu, honni par la critique classique, reconnu par Maurice Blanchot et Roland Barthes, qui consacrent au roman deux articles contradictoires, et complémentaires, Blanchot insistant sur le crime sexuel qui forme la trame de l'intrigue, Barthes sur le côté factuel, objectal de la description, du style. *Le Voyeur* obtient le prix des Critiques, en 1955. Les analyses se multiplient sur la mort du personnage (qu'il faudrait sans doute mettre en rapport avec la mort du sujet, prétendûment annoncée par Michel Foucault), le refus de la psychologie, de l'illusion réaliste, qui sont, selon Robbe- Grillet, les fondements du roman traditionnel ; en quoi il reconnaît et développe les analyses de Flaubert, qu'on commence à lire autrement que Balzac et Zola.

En 1957, *La Jalousie* (on assimile le titre, par une lecture hâtive, aux jalousies, lames de bois qui découpent l'espace, et le corps des personnages, sans voir que, d'un simple point de vue grammatical, « la » jalousie est un sentiment, « les » jalousies une sorte de store), par sa description méthodique de chaque décor, de chaque geste, la répétition des séquences subtilement modifiées, met en œuvre cette spatialisation du temps par quoi se définit la schizophrénie. Sans que Robbe-Grillet fasse, en quoi que ce soit, la description d'un cas clinique ; mais le simple fait que, des trois protagonistes, deux seuls soient présents, et nommés (A, la femme, et Franck, l'amant supposé) laisse penser que le récit est organisé selon l'ordre du troisième, le mari, suivant le principe hégélien de la primauté du négatif. Mais sans que jamais, cependant, le roman soit l'application à la lettre d'une théorie philosophique. En fait on s'apercevra, au fur et à mesure du développement de l'œuvre, que c'est la conscience husserlienne qui, pour Robbe-Grillet, peut fournir ses cadres à l'esthétique, littéraire comme cinématographique.

La répétition des séquences, avec ou sans les mêmes éléments, comme la substitution des finalités (*Djinn,* 1981, est, aussi, et peut-être d'abord, un manuel de grammaire française : « la progression régulière des difficultés grammaticales de notre langue s'y distingue sans mal, au cours des huit chapitres de longueur croissante qui correspondraient, en gros, aux huit semaines d'un trimestre universitaire américain », mais le sous-titre : « un trou rouge entre les pavés disjoints », fait à l'évidence allusion au trébuchement du narrateur dans la cour de l'hôtel de Guermantes, de *À la recherche du temps perdu* (*), même si Robbe-Grillet affirme n'y avoir pas délibérément pensé), fait de chacune de ses œuvres non une réflexion sur le genre, mais une théorie en acte sur le fait même d'être romancier, ou cinéaste.

C'était le cas aussi, de *La Maison de rendez-vous* (1965), de *Topologie d'une cité fantôme* (1976), ou du très mystérieux *Projet pour une révolution à New York* (1970). Parallèlement à son œuvre de romancier, Robbe-Grillet construit une œuvre de cinéaste. Non sans mal (« on me reprochait, a-t-il dit, d'être un ingénieur qui écrivait, on m'a reproché d'être un écrivain qui faisait des films, si je faisais de la peinture... ») ; il est d'abord scénariste d'Alain Resnais pour *L'Année dernière à Marienbad,* puis passe derrière la caméra avec *L'Immortelle, Trans-Europ Express, L'Homme qui ment.* De *L'Éden et après,* il construit une version anagrammatique, *N a pris les dés,* et de son premier film, un « ciné-roman » du même titre, *L'Immortelle.* Enfin *Glissements progressifs du plaisir, Le Jeu avec le feu, La Belle Captive.* Les fantasmes sado-masochistes, un net penchant pour une hémoglobine bien rouge sur des chairs et des murs très blancs, un souci permanent de la déconstruction spatio-temporelle, comme dans les romans, font croire soit à des films érotiques plus ou moins hard, soit à des jeux purement intellectuels sur la fausseté de l'image. Double erreur. En fait, à partir de ses propres thèmes et fantasmes, Robbe-Grillet ne fait, dans ses films, que dire au spectateur que « c'est du cinéma », comme dans ses livres il disait au lecteur : « c'est du roman ». Ce qui n'ôte rien à leur qualité ni à leur importance, mais il est toujours périlleux d'ôter leurs espérances à ceux qui ne désirent que croire. La lutte contre l'illusion réaliste continue. Et se double, avec *Le Miroir qui revient* et *Angélique ou l'enchantement*, d'une destruction sans pitié de l'illusion théorique. De ses précédents romans, objectaux et mathématiques, Robbe-Grillet dit : je n'ai jamais écrit que sur moi, et aux deux volumes « autobiographiques », où passent parents et souvenirs des plages bretonnes de l'enfance, il épingle ce titre générique : « Romanesques ». Il est vrai qu'on y trouve, indissolublement mêlés, et placés sur un plan unique, personnages de la famille et personnages de la littérature, Merlin, madame Bovary et le grand-père Robbe. C'est que les personnages de roman, comme les souvenirs d'enfance, sont d'authentiques familiers de l'écrivain. Sartre, d'une certaine manière, ne disait pas autre chose dans *Les Mots*. Du coup l'auteur reprend un pouvoir dont il ne s'est jamais démis (sauf dans certaines analyses théoriques) sur son œuvre. Michel Foucault, ainsi, pouvait prouver que le sujet n'a jamais été absent de ses essais, et la « mort de l'homme » n'est pas plus vraie dans l'*Histoire de la folie à l'âge classique* que dans *Topologie d'une cité fantôme,* ou *Le Jeu avec le feu*. Ce qui ne revient pas à faire de Robbe-Grillet un auteur classique (encore que le classicisme rattrape vite ses victimes), mais un inventeur qui, comme tous les inventeurs, s'appuie sur une tradition (ici, celle de Flaubert, ou de Raymond Roussel), pour, classiquement, l'épanouir et la dépasser.

JEAN-JACQUES BROCHIER.

ROBERT DE BORON (ou Borron). Poète anglo-normand (XII-XIIIe siècle). Chevalier, originaire de Boron près de Delle (territoire de Belfort), il fut attaché au service des comtes de Montbéliard. En collaboration avec Gasse le Blond, il écrivit trois romans qui se font suite : *Joseph d'Arimathie,* basé sur l'Évangile apocryphe de Nicodème, *Merlin* et *Perceval*. Ces romans en vers forment le *Roman de l'estoire dou Graal* — v. *Histoire du Graal* (*). Un autre Boron, prénommé Hélie, vécut à la cour d'Henri III d'Angleterre, acheva *Tristan* et écrivit *Guiron le Courtois*.

RÉF. : A. Micha, *Robert de Boron, Merlin,* Genève, 1980 et *Étude sur le « Merlin » de Robert de Boron,* Genève, 1980.

ROCHÉ Henri-Pierre. Né à Paris en 1879, mort à Sèvres (Seine-et-Oise) le 9 avril 1959. Romancier, peintre, traducteur, journaliste, collectionneur, Roché, qui avait été correspondant du *Temps* durant la Grande Guerre, vécut de nombreuses années à l'étranger : États-Unis, Angleterre, Allemagne, Orient. Il fut le défenseur et l'ami des principaux peintres cubistes, et le traducteur de Schnitzler et de Keyserling. Publiée tardivement, cette œuvre personnelle ne comprend que deux romans, mais d'un charme, d'une vivacité et d'un humour extrêmement attachants : *Jules et Jim* (*) et *Deux Anglaises et le continent* (1956). En 1990 ont été publiés, avec un avant-propos de François Truffaut, des *Carnets (Les Années Jules et Jim, 1920-1921)* de Roché.

ROCHEFORT Christiane. Née à Paris le 17 juillet 1917, morte le 24 avril 1998. Elle publie d'abord des recueils de nouvelles : *Le Démon des pinceaux* (1953), *Cendres et Or* (1956). En 1958, *Le Repos du guerrier* a un grand retentissement, en raison de la franchise avec laquelle la romancière aborde le domaine sexuel (Roger Vadim en tirera un film interprété par Brigitte Bardot et Robert Hossein, 1962). Au demeurant, la révolte contre les conventions, la vie étriquée est l'inspiration la plus constante de Christiane Rochefort. La misère des grands ensembles est le thème principal des *Petits Enfants du siècle* (1961), la satire du confort bourgeois se donne libre cours dans *Les Stances à Sophie* (1963), l'homosexualité apparaît dans *Printemps au parking* (1969), tandis que la psychanalyse est raillée dans *Quand tu vas chez les femmes* (1982). On doit à l'écrivain divers essais, dont *Les Enfants d'abord* (1976), et un récit autobiographique, *Ma vie revue et corrigée par l'auteur* (1978). « Plus elle va, plus Christiane Rochefort se montre sévère pour ceux qu'on appelait hier les croulants et qu'elle appelle "décombres" et "ruines". Elle rêve d'éternelle enfance comme d'autres d'éternelle jeunesse. Du moins est-ce un joli rêve » (Jacques Brenner).

ROD Édouard. Écrivain suisse d'expression française. Né le 31 avril 1857 à Nyon (canton de Vaud), mort le 29 janvier 1910 à Grasse (Alpes-Maritimes). Après avoir terminé ses études, d'abord à Lausanne, puis à Bonn, Rod se consacra à l'enseignement ; de cette époque datent, entre autres, *La Légende d'Œdipe à travers les âges* (1879) et *De la littérature comparée* (1886), études qui lui valurent d'être nommé d'abord professeur de littérature comparée (1886), puis professeur de littérature française (1890-1893) à l'université de Genève. Il fit paraître successivement *La Course à la mort* (1885), *Études sur le XIXe siècle* (1888), *Le Sens de la vie* (1889), *Les Trois Cœurs* (1890), *Les Scènes de la vie cosmopolite* (1890) et, enfin, *La Vie privée de Michel Teissier* (1893), suivie de *La Seconde Vie de Michel Teissier* (1894). Très influencé par Schopenhauer, puis par Renan, il commence par nier toute foi, toute croyance au surnaturel ; mais si les œuvres de la première phase de sa production littéraire sont nettement teintées d'agnosticisme et de naturalisme, il évolue ensuite vers le roman psychologique pour entrer, à partir de 1900, dans la période de « romans à thèse sociale » avec *Au milieu du chemin* (1900), *L'Indocile* (1905) et *L'Affaire Jean-Jacques Rousseau* (1906).

RÉF. : Éd. Rod, *Les Transformations d'un jeune homme* et *Mes débuts dans les Lettres,* 1910. — Ch. Beuchat, *Éd. Rod et le cosmopolitisme,* thèse, Paris, 1930. — M. Weidmann, *Versuch über den Stil Ed. Rods,* thèse, Zurich, 1942. — M. G. Lerner, *Édouard Rod, a Portrait of the Novelist and His Times,* La Haye, 1975.

RODENBACH Georges. Écrivain belge d'expression française. Né le 16 juillet 1855 à

Tournai (Hainaut), mort à Paris le 25 décembre 1898. De famille gantoise jadis émigrée de Rhénanie, il fait ses études chez les jésuites de Gand, puis à l'université de cette ville, où, en 1878, il obtiendra le diplôme de docteur en droit. De 1876 à 1885, il séjourne à Paris, fréquente les « Hydropathes » d'Émile Goudeau, et publie chez Lemerre trois volumes de vers : *Le Foyer et les Champs* (1877), *Les Tristesses* (1879), *La Mer élégante* (1881), de facture banale et qu'il reniera par la suite. À Bruxelles, pendant deux ans, il exerce brillamment la profession d'avocat, puis participe à la fondation de *La Jeune Belgique*. Installé à Paris à partir de 1887, il y demeurera jusqu'à sa mort, ne collaborant plus guère qu'aux périodiques français : *La Nouvelle Revue, La Revue blanche* (*), *Le Mercure de France* (*), *La Revue de Paris, Le Figaro, Le Journal.* Il contracte de solides amitiés avec Edmond de Goncourt et Mallarmé, sans cesser de fréquenter son vieil ami Verhaeren, son aîné de deux mois. Le premier recueil où se révèle son originalité, *La Jeunesse blanche,* a paru en 1886 ; Rodenbach s'y affirme incontestablement le premier en date des symbolistes, au sens propre du terme et avant qu'il ait été mis à la mode et brandi comme une oriflamme par les poètes nouveaux, opposé au naturalisme et à la plastique sans drame ni mystère de l'école dite « parnassienne » ; aucun poète depuis Baudelaire n'avait introduit à ce point dans la poésie cette méditation tout intérieure et cette musique en sourdine que seuls le souvenir et le rêve mystique alimentent. Certes, on peut reprocher à Rodenbach sa monotonie, une langueur qui confine à la chlorose et une nuance de préciosité ou de raffinement qui, d'ailleurs, ne tient nullement à la rareté des vocables. Cette note en demi-teintes ne fera que s'accentuer dans *Le Règne du silence* (1891), où le paysage et la description font presque entièrement place au repli, à la méditation. On retrouve l'année suivante une atmosphère comparable dans *Bruges la Morte*, roman où l'intrigue, volontairement banale, est noyée dans l'évocation extrêmement délicate et pieuse de la vieille ville aux canaux silencieux et sillonnés de cygnes sous un ciel de brume. Cet ouvrage établit la grande renommée de Rodenbach, tout en provoquant les vives protestations des Brugeois. Le poète s'y révèle prosateur de grande classe et va bientôt affirmer sa maîtrise dans *Le Carillonneur* et *L'Arbre,* qui seront aussi les véhicules de sa nostalgie d'exilé, mais non point de renégat envers la Flandre maternelle. C'est quelques mois après qu'il reçoit de Lunéville une plaquette intitulée *Fleurs de neige,* imprimée à Nancy et signée d'un nom exotique : Heirclas Rügen ; ce pseudonyme dissimule à peine un autre grand poète du lendemain, Charles Guérin, qui se déclarait l'humble disciple de Rodenbach et lui empruntait plusieurs épigraphes pour des sonnets apparemment plus tarabiscotés que mélancoliques ; vivement encouragé par ce maître qui devait le présenter à Mallarmé, Guérin lui consacre une étude enthousiaste et lui demande de préfacer son volume suivant, *Joies grises.* Mais, dès 1896, au moment où paraissent *Les Vies encloses,* le jeune « décadent lorrain » s'est dégagé d'une influence pour lui pernicieuse ; deux ans après, Rodenbach, qui n'a cessé néanmoins de lui témoigner une affectueuse bienveillance, donnera à *La Nouvelle Revue* un bel et juste éloge du *Cœur solitaire*. Il donne lui-même, en 1898, son dernier recueil, *Le Miroir du ciel natal,* où, pour la première fois, il adopte le vers libre. Puis sa santé s'altère brusquement ; et après le départ de Mallarmé (9 septembre), Charles Guérin pleure le jour de Noël celui d'un de ses plus généreux patrons. Et ce sera lui que la veuve chargera de surveiller l'édition des écrits posthumes : les études critiques de *L'Élite,* les beaux récits du *Rouet des brumes* et *Le Mirage,* drame tiré de *Bruges la Morte.*

YVES-GÉRARD LE DANTEC.

♦ *« Ses vers sont beaux, contournés et malaisés quelquefois, presque toujours pénétrants, tout chargés de sens et d'un sens rare, en même temps pittoresques et infiniment mélancoliques. »* Jules Lemaître.
♦ *« M. Rodenbach est un des plus absolus et des plus précieux artistes que je sache. Son art est un art à la fois subtil et précis. Je le compare aux dentelles et aux orfèvreries des Flandres... »* Stéphane Mallarmé.

RÉF. : Jules Tellier, *Nos poètes,* Paris, 1888. — Anatole France. *La Vie Littéraire,* Paris, 1888-1892. — Charles Guérin, *Georges Rodenbach,* Paris, 1894. — Fernand Gregh, *La Fenêtre ouverte,* 1901. — Fr. Ruchon, *L'Amitié de Stéphane Mallarmé et de Georges Rodenbach,* Genève, 1949. — Pierre Maes, *Georges Rodenbach,* Gembloux, 1952. — Hubert Juin, « Lecture de Rodenbach » in *Audace* 16, 1970. — C. de Grève, *Georges Rodenbach,* Bruxelles, 1988.

ROLLAND Romain. Romancier, essayiste et dramaturge. Né à Clamecy (Yonne) le 29 janvier 1866, mort à Vézelay le 30 décembre 1944. D'une vieille famille de bourgeois bourguignons de tradition protestante et républicaine, il passa toute son enfance dans la douceur de la vie provinciale. En 1880, la famille Rolland vient s'établir à Paris, et Romain, âgé de quatorze ans, commence à suivre les cours du lycée Saint-Louis, puis de Louis-le-Grand, où il découvre avec enthousiasme les œuvres de Shakespeare et de Victor Hugo. Reçu à l'École normale en 1886, c'est dans le « cloître de la rue d'Ulm » qu'il rencontre André Suarès, qui allait devenir son ami. À la même époque — tandis que paraît *Ainsi parlait Zarathoustra* de Nietzsche —, Romain Rolland étudie Spinoza et envoie des lettres à Tolstoï. Agrégé d'histoire à vingt-trois ans, en 1889, il va passer deux années à l'École d'archéologie de Rome : c'est en Italie qu'il connaîtra ses grandes révélations, soit parmi les souvenirs de la Renaissance et devant les chefs-d'œuvre de Michel-Ange, soit au cours de ses entretiens avec Malwida von Weysenbug, amie de Mazzini, de Wagner, de Nietzsche, et qui fut pour le jeune homme une sorte de médiatrice vers les héros : dès cette époque, il commence à écrire et dresse la première ébauche de son *Jean-Christophe* (*). Passionné de musique, c'est aussi en Italie qu'il travaille à sa thèse sur l'*Histoire de l'opéra en Europe avant Lulli et Scarlatti.* Mais l'Allemagne l'attire plus encore peut-être : à son retour à Paris, il va devenir l'un des champions du wagnérisme. Comme le maître de Bayreuth, il rêve, à sa manière, de recréer un théâtre à l'image de celui des Grecs, vraiment populaire parce qu'il remettrait en valeur les grandes oppositions élémentaires : ainsi, en 1897, Rolland fait-il représenter *Aert et Les Loups*, et compose-t-il plus tard, dans le même esprit, *Danton* (1900), et *Le Quatorze Juillet* (1901), qui formeront *Le Théâtre de la Révolution*. À la même époque, il entrait aux *Cahiers de la Quinzaine* (*) de Péguy : renouvelant la musicographie d'une part, avec *Haendel et Musiciens d'autrefois,* suivi de *Musiciens d'aujourd'hui,* d'autre part exprimant sa conception d'un héroïsme humanitaire dans une *Vie de Beethoven*, qui fit la célébrité de l'auteur et devint le livre de toute une génération — suivi par une *Vie de Michel-Ange* en 1905, et une *Vie de Tolstoï* en 1911 —, Romain Rolland menait une vie de pauvreté et de solitude, en marge des milieux littéraires et mondains, et le plus souvent à l'étranger, en Suisse et en Italie. Il voulait en effet se consacrer entièrement à sa grande œuvre, cette vaste fresque de *Jean-Christophe,* roman d'apprentissage qui était une innovation en France et dont le premier volume parut en 1904. Dix ans plus tard, alors que son ami Péguy, rallié au nationalisme et au catholicisme, allait tomber dès la bataille de la Marne, Rolland, surpris en Suisse par la guerre alors qu'il achevait son *Colas Breugnon*, prit une position pacifiste dans *Au-dessus de la mêlée*, livre aussi mal reçu en France qu'en Allemagne, qui donna lieu à de furieuses polémiques et enleva à son auteur de nombreuses amitiés — mais Rolland reçut en 1916 le prix Nobel de littérature. Rentré en France en 1919, il était devenu un écrivain « engagé » dans la politique : ce fut son idéal pacifiste qui lui inspira *Clérambault* en 1920 et qui l'amena à fonder la revue *Europe* en 1922 et à s'intéresser à l'hindouisme (*Vie de Ramakrishna, Vie de Vivekananda*) et aux théories de la non-violence (*Mahatma Gandhi,* 1923). Au fur et à mesure que la politique européenne recommençait à s'aggraver, Romain Rolland évoluait vers la Russie soviétique, s'efforçant de « concilier la pensée de l'Inde et celle de Moscou », et proclamant en 1927 son adhésion au communisme. Il n'en poursuivit pas moins entre-temps son œuvre littéraire (*L'Âme enchantée,* 1922-34) et ses études de musicologie avec plusieurs volumes sur les « grandes époques créatrices » de Beethoven. Lorsque éclata la Seconde Guerre mondiale, Rolland, qui venait de publier en 1939 un drame sur *Robespierre,* vivait dans la retraite à Vézelay. Malgré les profondes secousses morales de la défaite et de l'Occupation, il consacra ses dernières années à écrire une biographie passionnée de son ami *Péguy* (1944), dialogue émouvant et véritable confession spirituelle, dont il faut rapprocher *Le Voyage intérieur,* essai autobiographique paru en 1936. Romain Rolland devait mourir quelques mois après la Libération ; son *Journal des années de guerre* fut publié en 1952. Partagé entre Nietzsche et Tolstoï, entre le rêve et l'action, entre l'idéalisme et l'exigence rationaliste, Romain Rolland séduit d'abord par ces balancements et ces hésitations, qui révèlent au moins une infatigable disponibilité pour l'enthousiasme. Il apparaît comme une sorte de Tolstoï français, prenant au sérieux et gonflant de lyrisme les sentiments généreux, professant un humanisme centré sur le culte de la Révolution et sur un amour idéaliste de la vie, dont on peut toutefois se demander s'il ne l'eût pas exprimé plus aisément par la musique que par les lettres. Rolland est en effet un des très rares écrivains français dans la culture desquels la musique ait joué un rôle prépondérant. Longtemps, trop respectueux de toutes les manifestations de la vie, Rolland a semblé se refuser à choisir : sa passion de la liberté restait du côté du sentiment et de la sensation, du songe. Tout son effort, depuis la première guerre, tendit au contraire à enraciner cette liberté dans une communauté, et les raisons qui l'ont poussé vers le communisme rappellent assez celles d'un André Gide. D'un point de vue strictement littéraire, on n'oubliera pas que *Jean-Christophe* introduisit en France le roman-cycle, montrant ainsi leur voie à un Jules Romains et à un Roger Martin du Gard.

MICHEL MOURRE.

♦ *« Nous avons à savoir que cet homme glorieux n'a jamais fait la cour à aucune puissance, et ne prit jamais conseil que de lui-même. »* Alain. ♦ *« ...Sa vie est devenue un Destin, comme celle de Voltaire, comme celle de Hugo, et plus d'une fois il a pu sembler que c'étaient les destinées même de l'Europe qui étaient toutes à l'ouvrage pour composer sa figure et son œuvre. Romain Rolland était pour le monde entier le héros de l'Europe. »* Jean Guéhenno. ♦ *« Rolland se refuse à jouer auprès de ses semblables le rôle d'une autorité. Il exige de chacun qu'il reconnaisse la seule autorité de sa conscience... Pour venir en aide à toute une génération, il a suffi à Rolland de montrer en pleine lumière, des hauteurs de son isolement, comment un homme, par sa fidélité à l'idée qu'il a une fois reconnue vraie, peut la rendre vivante en tous temps. »* S. Zweig.

RÉF. : P. Seippel, *Romain Rolland, l'homme et l'œuvre,* Paris, 1913. — Marc Elder, *Deux essais,* Paris 1914. — J. Bonnerat, *Romain Rolland. Sa vie, son œuvre,* Paris, 1921. — G. Anquetil, *Essai sur Romain Rolland,* Paris, 1918. — E. Evrard, *Nos Mandarins,* Tourcoing, 1920. — S. Zweig, *Romain Rolland, der Mann und das Werk,* Stuttgart, 1921. — M. Lob, *Un grand européen, Romain Rolland,* Auxerre, 1927. — L. Gotzfried, *Romain Rolland, das Weltbild im Spiegel seiner Werke,* Stuttgart, 1931. — C. Sénéchal, *Romain Rolland,* Paris, 1933. — M. Doisy, *Romain Rolland,* Bruxelles, 1945. — *Hommage à Romain Rolland,* Genève, 1945. — M. Descotes, *Romain Rolland,* Paris, 1948. — R. Arcos, *Romain Rolland,* Paris, 1950.

– *Hommage à Romain Rolland,* Bruxelles, 1954. – *Hommage à Romain Rolland,* numéro spécial de la revue *Europe,* 1955. – J. B. Barrère, *Romain Rolland par lui-même,* Paris, 1955, rééd. 1978. – J. Robichez, Romain Rolland, Paris, 1961. – M. Kempf, *Romain Rolland et l'Allemagne* Paris, 1962. – R. Cheval, *Romain Rolland, l'Allemagne et la Guerre,* Paris, 1963. – J. Pérus, *Romain Rolland et Maxime Gorki,* Paris, 1968. – J. Sipriot, *Romain Rolland,* Paris, 1968. – J. Albertini, « Introduction » aux *Textes politiques, sociaux et philosophiques choisis de Romain Rolland,* Paris, 1970. – W. T. Starr, *Romain Rolland, One against All,* La Haye, 1971. – D. Nedejkovic, *Romain Rolland et Stefan Zweig,* Paris, 1970. – *Travaux consacrés à Rolland depuis sa mort jusqu'à 1973,* in *Bulletin de l'Association des Amis de Romain Rolland,* 1975. – Cahiers Romain Rolland, Paris, 1976.

ROLLINAT Maurice. Poète. Né le 29 décembre 1846 à Châteauroux (Indre), mort à Ivry, dans la clinique du docteur Moreau de Tours, le 21 octobre 1903. Son père, François Rollinat, représentait l'Indre à l'Assemblée de 1848. Après une enfance et une adolescence passées dans le Berry (il était le compatriote de George Sand, qui fut sa marraine et exerça quelque influence sur son sentiment de la nature), il gagna Paris vers la vingtième année. Il s'y mêla bientôt aux écrivains réalistes ou fantaisistes qui se groupaient autour d'Émile Gourdeau, fondateur des « Hydropathes » en 1878 : Bourget, Maupassant, Hennique, Arène, enfin Charles Cros, poète admirable et isolé. Rollinat possédait alors en portefeuille les gracieux poèmes campagnards qui formèrent bientôt (1877) son premier recueil, *Dans les brandes.* Tout un chapitre, le meilleur sans doute, *Les Refuges,* du volume qu'il préparait en même temps et qui fera sa réputation bruyante en 1883, *Les Névroses*, est une suite de beaux, purs et sains paysages berrichons ou d'Île-de-France. Ce ne sont pas ces vers-là qu'on lui demandait aux « Hydropathes », puis au « Chat Noir », mais les peintures sinistres et d'ailleurs vigoureusement brossées des *Spectres* et des *Ténèbres.* On voyait alors en Rollinat le continuateur de Baudelaire ; bien à tort : car il n'a cru voir, dans *Les Fleurs du mal* (*), que l'atmosphère artificiellement macabre et pourrie qui avait été fort à la mode tout au long du romantisme, de *La Comédie de la mort*, de Gautier à *L'Épopée du ver* de Hugo. Rollinat, plus que de Baudelaire, se rapproche des ridicules prosopopées d'un Richepin dans ses *Blasphèmes ;* à force de se vouloir terrible et impressionnant, à l'exemple imaginaire d'Edgar Poe, il tombe dans le comique de salle de garde ou du « Cabaret du Néant ». Mais le vrai talent qui se manifeste dans les *Névroses* – que prolongera, dans le sens des *Refuges,* le délicat impressionnisme de *La Nature* (1892) – n'est pas dans ses outrances diaboliques, encore accentuées dans *L'Abîme* (1886) et *Les Apparitions* (1896). Il y a, dans les pages de Rollinat qui sont inspirées par la vie rustique et surtout par son décor naturel, de petites merveilles d'observation, de grâce, de charme musical ; en particulier dans des ballades où le poète a véritablement renouvelé cette forme fixe par l'emploi d'amples et souples alexandrins.

YVES-GÉRARD LE DANTEC.

♦ *« Inférieur à Baudelaire pour la correction lucide et la patience de la rime qui le font irréprochable, Rollinat pourrait bien lui être supérieur ainsi qu'à Edgar Poe par la sincérité et la profondeur de son diabolisme. »* Barbey d'Aurevilly. ♦ *« Il est impossible de mieux faire valoir, de mieux monter en épingle la valeur des mots et, quand on entend cela, c'est comme un coup de fouet donné à ce qu'il y a de littéraire en vous... »* E. de Goncourt.

RÉF. : Barbey d'Aurevilly, *Les Œuvres et les Hommes. Les Poètes,* Paris, 1889. – J. Cladel, *Portraits d'Hier. Maurice Rollinat,* Paris, 1910. – P. Codvelle, *Essai sur la psychose de Rollinat,* Lyon, 1917. – E. Vinchon, *Maurice Rollinat, étude biographique et littéraire,* Paris, 1921. – H. Willette, *Georges Lorin et Rollinat,* Paris, 1928. – A. Zevaès, *Maurice Rollinat,* Paris, 1934. – R. Mianney, *Rollinat, poète et musicien du fantastique,* Sautron, 1981.

ROMAINS Jules (pseud. de Louis Henri-Jean Farigoule). Écrivain né à Saint-Julien-Chapteuil (Haute-Loire) le 25 août 1885, mort à Paris le 14 août 1972. Instituteur, son père vient s'installer à Paris. Jules Romains fréquente l'école communale puis entre au lycée Condorcet (1904). Sa vocation littéraire s'éveille très tôt. Il est reçu à l'École normale supérieure en 1905. Il prépare une licence ès sciences et obtient un diplôme d'études supérieures de biologie dont il se souviendra en 1920 pour écrire, selon l'expression de Gabriel Audisio, « un mémoire d'anticipation scientifique » : *La Vision extra-rétinienne et le sens paroptique*. Professeur de philosophie à Brest et à Laon en 1909, il s'installe à Paris en 1911. Il fréquente le groupe de l'Abbaye (Georges Duhamel, Charles Vildrac...), sorte de phalanstère sis à Créteil où se croisent diverses influences : symbolisme, socialisme révolutionnaire, lyrisme social, futurisme. Jules Romains s'en inspire pour mettre en forme une intuition qui l'avait traversé dès 1903 et qui aboutira à l'« unanimisme ». Sortant du lycée Condorcet, il était entré en contact avec un être vaste et élémentaire dont le corps était formé par des rues, des voitures, des passants à qui s'imposait un rythme d'ensemble embrassant les divers rythmes des consciences individuelles. En 1908, il transpose cette intuition dans son recueil poétique, *La Vie unanime*, non sans en avoir discuté avec Georges Chennevière, un poète avec qui il signera plus tard un *Traité de versification* (1923). Avant 1914, Jules Romains compte déjà à son actif une quinzaine d'ouvrages qui vont du théâtre (*L'Armée dans la ville,* 1911) au roman (*Les Copains*, 1913), jusqu'au traité de métaphysique (*Manuel de déification,* 1910). Pacifiste, il fait la guerre dans un service de santé et publie, en 1916, un poème intitulé « Europe » qui chante « les foules contraires à la mort ». Après la guerre, il quitte l'enseignement et s'oriente vers une sorte de théâtre lyrique où des groupes d'hommes s'affronteraient au moyen d'idées plutôt qu'à travers des passions individuelles. En 1920, Copeau monte au Vieux- Colombier *Cromedeyre-le-Vieil.* En 1923, c'est la création de *Monsieur Le Trouhadec saisi par la débauche*, personnage qui reparaîtra en 1925 dans *Le Mariage de Monsieur Le Trouhadec.* Mais c'est avec *Knock ou le Triomphe de la médecine* (*) (1923) que Jules Romains obtient un triomphe. Ses pièces ultérieures, *Le Dictateur* (1926) et *Donogoo Tonka* (1929), sont moins bien reçues. Mais il prenait un nouveau départ avec le roman. Sa trilogie *Psyché* (*Lucienne,* 1922, *Le Dieu des corps,* 1928, *Quand le navire,* 1929) était le prélude à une œuvre plus vaste, « une fiction en prose qui exprimerait dans le mouvement et la multiplicité, dans le détail et dans le devenir cette vision du monde moderne dont *La Vie unanime* chantait d'emblée l'émoi initial ». C'est faire remonter très haut dans le temps l'idée mère des *Hommes de bonne volonté*. Entreprise qui suppose une grande énergie puisque les vingt-sept volumes qu'elle comporte furent écrits en 1932 et 1947, avec des interruptions dues à la guerre (pendant laquelle Jules Romains quitte la France et s'occupe de la propagande de la France libre). En 1946, l'écrivain est élu à l'Académie française.

Jules Romains fut toujours un observateur attentif de la situation politique dans le monde. Ce qu'elle lui inspire, il le livre dans des ouvrages comme *Problèmes d'aujourd'hui* (1931), *Problèmes européens* (1933), *Le Couple France-Allemagne* (1935). À la veille de la guerre, il prône encore le rapprochement entre les peuples. Après la Libération, tout en continuant à donner des romans (*Mémoires de Madame Chauverel,* 1959), il se penche plus volontiers sur les problèmes de l'heure (*Retrouver la foi,* 1947, *Examen de conscience des Français,* 1954, *Pour raison garder,* 1961-63, *Lettre ouverte contre une vaste conspiration,* 1966). Mais son optique a changé. De pacifiste de gauche, il est devenu ce que l'on a appelé un « théoricien du radicalisme bourgeois ».

Toute l'œuvre proprement littéraire de Jules Romains est imprégnée de l'intuition à laquelle il a donné le nom d'unanimisme, « harmonie naturelle et spontanée » au sein d'un groupe « d'hommes qui participent à la même émotion ». Avant de devenir une théorie où se remarquent les influences de Durkheim, Tarde et Lévy-Bruhl, l'unanimisme est donc une prise de conscience relevant de la sensibilité. En poésie, plus de symbole ni d'allégorie mais un vers libéré d'une métrique rigide, lesté du poids des foules qui marchent dans les rues, soulevées par un optimisme cosmique. Ce qui ne va pas sans danger, comme l'écrivain le note dans *L'Homme blanc.* Quant au théâtre de Jules Romains, il prend appui sur l'unanimisme pour montrer les foules en proie aux charlatans qui, à la limite, prennent le visage des dictateurs. Si *Cromedeyre-le-Vieil* est encore un poème dramatique plus qu'une pièce, *Knock,* à travers un médecin moliéresque d'allure, montre à l'œuvre la sinistre puissance d'un homme capable d'envoûter toute une population. *Donogoo Tonka* souligne par ailleurs les méfaits de l'illusion créée par la publicité (les mass media d'aujourd'hui). C'est dans son *Manuel de déification* (1910) complété par *Puissances de Paris* (1919) que se trouve l'exposé cohérent de la théorie unanimiste. L'individu renoncera à sa solitude pour penser en fonction du groupe. L'espace est l'endroit où tout s'entrecroise tandis que le temps est « arbitraire et élastique ». Le monde est sujet à la léthargie. Il faut l'éveiller, au besoin de manière brutale. Le canular a des vertus thérapeutiques, comme le montrent *Les Copains,* qui créent des événements capables de tirer les habitants de villes de province de leur sommeil. Qu'en sera-t-il dès lors des émotions personnelles ? Jules Romains se méfie du couple. Pourtant dans *Psyché,* il prône ce qu'il appelle la « religion sexuelle », capable de réconcilier les sens et l'esprit avec l'approbation tacite du groupe social. À travers la femme, le dieu des corps se manifeste dans son universalité. Ce que Jules Romains a conçu et tenté à travers la poésie, le théâtre, le roman, vient converger dans *Les Hommes de bonne volonté.* L'œuvre n'est plus « centrée sur l'individu », mais elle vise à embrasser « un vaste ensemble humain, avec une diversité de destinées individuelles qui cheminent chacune pour leur propre compte en s'ignorant la plupart du temps ». Ce roman polyphonique se déroule du 6 octobre 1908 au 7 octobre 1933 et brasse une foule de personnages dont quelque six cents ont une individualité plus ou moins reconnaissable. Une quarantaine d'entre eux tiennent les premiers rôles. Ce sont pour la plupart des représentants de « groupes de pression », comme on dirait aujourd'hui. Les milieux universitaires et leurs tâches scientifiques, les milieux politiques et leurs intrigues, les milieux d'affaires face à des crises, le monde de l'Église et sa puissance, toute une réalité sociale complexe et désordonnée tente de se situer face à une vaste perspective historique que définit la double « montée des périls » avant 1914 et 1939. Jules Romains juxtapose événements et destins, les mène de front. Ils se côtoient, sans se rencontrer. Ce qui lui permet d'évoquer « tout un pathétique de la dispersion, de l'évanouissement, dont la vie abonde, mais que les livres se refusent presque toujours, préoccupés qu'ils sont, au nom de vieilles règles, de commencer et de finir le jeu avec les mêmes atouts ». Dispersion ne signifie pas, malgré tout, désordre. D'abord, cette fresque sociale en mouvement s'articule selon l'existence de deux normaliens, Jallez et Jerphanion, des amis — des copains — en qui s'incarnent les deux visages de Jules Romains, celui du créateur et celui de l'observateur politique. Ensuite, l'unanimisme intervient comme un élément de coagulation du temps, soit en période de paix — et Paris alors palpite d'une vie mystérieuse —, soit en période de guerre — et c'est le million de combattants déversé sur Verdun pendant la guerre de 1914. Enfin, même si aujourd'hui certaines des options de Jules Romains paraissent dépassées, il n'en reste pas moins que *Les Hommes de bonne volonté* constituent une fascinante chronique des événements qui animèrent et bouleversèrent l'Europe, de Londres à la Volga, et ce sur un quart de siècle.

GUY LE CLEC'H.

♦ *« Il n'est pas trop tôt pour estimer que la postérité aura le droit de voir, dans toute l'œuvre de Romains, pendant plus d'un demi-siècle, sans écart, sans défaillance, l'affirmation constructive d'un classicisme moderne. »* Gabriel Audisio. ♦ *« Dans sa longue légende des* Hommes de bonne volonté... *il veut évoquer la rumeur de la vie collective, le bruissement d'une époque, les tumultes, les fêtes et le mouvement lent de la vie quotidienne. »* R. M. Albérès. ♦ *« La puissance de l'ensemble n'est pas niable, mais elle est celle de la « bonne volonté » plus que de l'inspiration. Il y a là une sorte de simulation du génie créateur qui met en garde. »* Gaétan Picon.

RÉF. : A. Figueras, *Jules Romains,* Paris, 1952. — M. Berry, *Jules Romains, sa vie, son œuvre,* Paris, 1953. — A. Bourin, *Connaissance de Jules Romains,* Paris, 1961. — A. Cuisenier, *Jules Romains, l'Unanimisme et « Les Hommes de bonne volonté »,* Paris, 1969. — D. Boak, *Jules Romains,* New York, 1974 — *Actes du colloque Jules Romains,* Paris, 1979. — L. Jules Romains, *Les Vies inimitables,* Paris, 1985. — Olivier Rony, *Jules Romains*, Paris, 1993.

Roman. Genre littéraire qui a, dès le Moyen Âge, emprunté son nom à celui de la langue vulgaire (le roman s'opposait au latin). Jusqu'au début du XIIIe siècle, les romans étaient composés en vers ; puis la prose s'est imposée, au point d'apparaître comme un des éléments constitutifs du genre. Traditionnellement, le roman raconte une histoire fictive donnée pour réelle. Parmi les formes qui composent au sens large ce qu'on appelle parfois le « genre romanesque » (lequel comporte aussi le conte et la nouvelle), le roman se distingue par une longueur supérieure, capable d'entraîner l'adhésion du lecteur en l'installant dans une durée concurrente de celle de la vie réelle. Au reste, un roman se lit rarement d'une seule traite : on l'abandonne et on le reprend, souvent au rythme des chapitres qui le composent. Est qualifié de « romanesque » un esprit chez qui les deux durées se contaminent, au point que les images produites par la fiction se mêlent à celles de la réalité. Les classements de romans établis suivant les sujets (romans d'aventures, d'amour, de cape et d'épée, policiers, de science-fiction, d'espionnage...), suivant les formes (romans à la première personne, romans par lettres...), ou suivant les écoles (romans réalistes, naturalistes, « nouveau roman »...), démontrent surtout l'extrême diversité d'un genre considéré parfois comme le « non-genre », c'est-à-dire celui qui échappe à toute règle. Les rapports que le roman entretient avec la réalité sont ambigus : il peut en effet intégrer des données historiques ou documentaires mais, du moment qu'il prétend à une cohérence littéraire, ces données sont appréhendées comme concourant à la fiction ; inversement, des éléments fantastiques ou merveilleux sont censés devenir crédibles à l'intérieur du roman puisqu'il mise sur l'illusion du vrai. Donnant le soupçon du faux lorsqu'il dit la vérité, entraînant aux délices de la crédulité lorsqu'il cède à l'invraisemblance, le roman change d'aspect suivant les types de lecteurs auxquels il s'adresse.

Tandis que le romancier est celui dont le nom (vrai ou pseudonymique) figure sur la couverture du livre, on nomme narrateur celui qui, au sein de l'œuvre, raconte l'histoire. Cette distinction peut être purement théorique ; elle signifie dans tous les cas que, du moment où nous entrons dans un univers de fiction, nous devons, si possible, nous affranchir de tout ce que nous savons de l'auteur. Elle peut être concrétisée par l'introduction, au début du récit, d'un promeneur (ainsi dans *Le Rouge et le Noir* (*), de Stendhal, ou dans *Eugénie Grandet* (*), de Balzac), ou d'un observateur, ou simplement d'un récitant qui prend à son compte l'histoire qui va suivre. Le narrateur proprement dit est absent des romans par lettres, souvent au profit d'un prétendu « éditeur » (ainsi dans *Les Liaisons dangereuses* (*), de Choderlos de Laclos), censé avoir rassemblé la correspondance qui est donnée à lire comme un document. Il peut arriver que le roman à la première personne se distingue malaisément des confessions ou Mémoires authentiques : en intitulant son unique roman, partiellement autobiographique, *La Confession d'un enfant du siècle,* Alfred de Musset entretient l'équivoque ; à l'inverse, Marguerite Yourcenar ne prétend abuser personne quand elle publie *Mémoires d'Hadrien* (*). La différence entre un roman et une œuvre autobiographique peut ressortir seulement à un contrat de lecture, le mot « roman » inscrit sur la couverture d'un livre nous prévenant que nous abordons une œuvre de fiction.

On appelle *narration* l'acte par lequel l'auteur raconte les événements (v. *récit*), de manière plus ou moins accélérée, en pratiquant des ellipses, voire des retours en arrière ; *descriptions,* les préliminaires ou les pauses qu'il impose au récit afin de donner à imaginer le cadre, les objets ou les personnages, encore que ces descriptions puissent être mises au compte d'un personnage (dans le cas où un personnage est de caractère contemplatif, comme dans *L'Éducation sentimentale* (*), de Flaubert, à plus forte raison dans les œuvres représentatives du « nouveau roman » — v. ce mot —, la description tend à se confondre avec la narration) ; *analyses,* les réflexions du narrateur sur les événements ou sur la psychologie des personnages (ces analyses correspondent elles aussi soit à des pauses, soit à des phases de la narration suivant que le romancier les prend plus ou moins à son compte) ; *monologues* (v. *monologue intérieur*) ou *dialogues*, les parties du texte où le romancier, feignant de s'effacer derrière les paroles pensées ou prononcées par ses personnages, fait comme s'il en donnait un relevé, quitte à intervenir par des propositions incises pour préciser qui parle, quelle est l'attitude des personnages ou quelles circonstances entourent son intervention. Dans un roman à la première personne, où le personnage principal s'identifie naturellement au narrateur, l'importance des autres personnages est fonction du rôle qu'ils jouent dans la conscience de celui-ci. Dans les autres types de romans, le personnage principal se reconnaît souvent au fait que son nom donne son titre au roman (cas fréquent au XIXe siècle), qu'il est plus souvent présent dans l'action, mais aussi que lui sont consacrées des analyses plus fouillées qui le font tendre vers cette transparence naturellement présente dans le roman à la première personne.

L'apparition du roman dans la littérature française, au XIIe siècle, a correspondu à une évolution des mœurs : société plus policée, accroissement du pouvoir et de la richesse des grands seigneurs, influence grandissante des femmes qui favorise le développement de l'amour courtois. Le roman supplante plus ou moins la chanson de geste — v. ce mot. Si celle-ci exaltait l'individu — ainsi *La Chanson de Roland* (*) —, elle faisait de son action un élément d'une action collective ; à la geste du héros des chansons succède l'aventure du héros romanesque, davantage livré à lui-même et moins confiant dans les valeurs de la société. En outre, alors que la geste racontait, en les amplifiant, des faits historiques, le roman présente des héros confrontés au merveilleux (apparition de fées, événements extraordinaires...), mais aussi aux humbles réalités de la vie quotidienne. Soumis au monde surnaturel (ainsi du philtre qui enchaîne Tristan à Iseut) en même temps qu'à de fines analyses psychologiques, l'amour occupe dans les romans du Moyen Âge une place prépondérante ; aux yeux de nombreux lecteurs, il demeure aujourd'hui encore l'une des composantes obligées du genre. Enfin, alors que l'Histoire est soumise à la chronologie des événements, l'auteur de roman compose son récit, joue avec le lecteur et, par des rappels et des effets de symétrie, il met en valeur le caractère proprement littéraire de son œuvre. Le terme de « lecteur », au demeurant, s'applique improprement aux romans antérieurs à la fin du XIIIe siècle : jusqu'à cette date, c'est à un auditoire que s'adresse d'abord le romancier. Le mythe de Tristan et Iseut, la légende du roi Arthur et de ses compagnons (les chevaliers de la Table ronde), traitée comme de l'histoire véritable par Wace (*Roman de Brut,* 1155) avant de devenir dans la seconde moitié du siècle une source d'inspiration romanesque pour Chrétien de Troyes, comptent parmi les plus illustres « matières » des débuts du roman français. Mais, alors que Chrétien ordonne en vers octosyllabiques les récits de chevaliers partis en quête d'aventure et d'amour, la légende du Graal (modulée en vers dans la dernière œuvre, inachevée, de Chrétien) apparaît au XIIIe siècle comme le lieu de l'avènement de la prose littéraire. Celle-ci s'impose, notamment dans le *Merlin en prose* et le cycle de Lancelot, comme l'instrument idéalement souple d'une explication globale du monde chrétien.

Comme au Moyen Âge, l'évolution des mœurs sous la Renaissance modèle l'évolution du roman : urbanisée et raffinée, la haute société prend goût aux romans d'aventures et de chevalerie qui connaissent, grâce à l'invention récente de l'imprimerie, une diffusion plus large, mais ne sont guère de nature à infléchir la piètre opinion en laquelle les lettrés tiennent le genre romanesque. Aussi bien celui en qui on salue aujourd'hui le grand romancier français du XVIe siècle, Rabelais, est-il à son époque considéré comme un conteur ; dans son œuvre, Mikhaïl Bakhtine (*Esthétique et théorie du roman,* 1978 pour la version française) voit aujourd'hui le meilleur exemple de cette diversité des tons, des niveaux de langue et des voix narratives, qui apparaît souvent comme inhérente au roman. Ce critère formel s'associe à un critère qui touche au contenu des œuvres : le roman prend en compte la totalité du champ de l'expérience humaine, y compris les aventures et les propos des gens modestes. Vers le milieu du XIXe siècle, on nommera « réalisme » ce souci de faire de l'œuvre un reflet de la diversité du monde. Les deux vocations opposées du roman (soit des aventures extraordinaires ou galantes, soit une sorte de chronique volontiers plaisante de la vie des humbles) sont représentées au XVIIe siècle. Au vu de la production de l'époque de Louis XIV, on peut comprendre l'opinion de Boileau, qui dispense le roman de toute règle pour la simple raison qu'il ne le tient pas en haute estime.

En 1678 paraît pourtant ce qu'on considère souvent comme le premier grand roman français : *La Princesse de Clèves* (*), de Mme de Lafayette. Mais celle-ci présente son œuvre comme des « Mémoires », parce qu'on y trouve une « parfaite imitation du monde de la Cour et de la manière dont on y vit ». Cette cour est celle d'Henri II, dont l'éclat avait resplendi plus d'un siècle auparavant, mais, quoique Mme de Lafayette invente des personnages ou donne une renommée inattendue à des figures obscures, son roman présente un intérêt historique ; surtout, il donne au lecteur l'occasion de méditer sur les conflits qui opposent les désirs de l'individu et les contraintes de la société. *La Princesse de Clèves* est plutôt qualifiée de « nouvelle » par les contemporains (en 1656, Segrais avait opposé au roman, qui présente les choses « comme notre imagination se les figure », la nouvelle, qui « doit un peu davantage tenir de l'histoire »). Aujourd'hui, elle paraît inaugurer la tradition du roman d'analyse ou roman psychologique, considérée, de manière un peu simplificatrice, comme spécifiquement française.

À son époque, *La Princesse de Clèves* a donné lieu à un débat sur la vraisemblance de son sujet (l'aveu que fait une femme à son mari de l'amour que lui inspire un autre homme). Ce débat avait des implications morales : on juge invraisemblable ce qui manque aux règles de la bonne société. Du moment où le roman prétend au sérieux, il est inévitable qu'on attende de lui qu'il édifie les lecteurs. Cette équivoque pèse sur le genre romanesque au cours des siècles suivants. Qui dit édification suppose une voix ayant autorité pour indiquer la voie du bien et celle du mal. On est alors à l'opposé du plurivocalisme reconnu par Bakhtine comme l'une des caractéristiques du genre. « Point de roman, théocratie. Théocratie, point de roman », résume Étiemble. L'effacement du narrateur amoindrit cette dérive, sans la supprimer tout à fait, dans le cas du roman par lettres qui, avec des chefs-d'œuvre comme les *Lettres persanes* (*), de Montesquieu, *Julie, ou la Nouvelle Héloïse* (*), de J.-J. Rousseau ou *Les Liaisons dangereuses,* de Choderlos de Laclos, constitue une part importante de la production romanesque du XVIIIe siècle, avant de décliner au début du XIXe. Dans une étroite perspective d'édification, le roman risque de devenir un « traité de morale, réduit agréablement en exercice », selon l'expression de l'abbé Prévost présentant *Manon Lescaut* ; de manière plus ouverte, il peut servir une réflexion philosophique, comme celle de Voltaire dans *Candide* (*) (baptisé un peu indifféremment « roman » ou « conte ») ou de Diderot dans *Jacques le Fataliste* (*). Mais, du roman de Diderot, nous retenons moins aujourd'hui la portée philosophique des interrogations de Jacques et de son maître que les variations auxquelles elles prêtent, le romancier montrant ostensiblement comment il joue avec ses personnages et agence à sa guise le temps du récit. La mission morale assignée au roman n'empêche pas la prolifération, au XVIIIe siècle, de romans érotiques ou libertins. À l'occasion, la peinture du vice sert de prétexte à une purification des mœurs. Mais l'œuvre de Sade illustre une autre spécificité du genre : en laissant son imagination aller jusqu'au délire, le romancier figure hors des limites de l'expérience vécue la hantise du Mal et le conflit qui oppose l'exigence de liberté de l'individu à la société.

Ce conflit modèle le développement du roman français au XIXe siècle. La Révolution française a accru en chacun les désirs d'indépendance, de richesse, de pouvoir, sans que le nouvel ordre politique et social réponde pleinement à ces aspirations. Si le roman est au début du siècle pratiqué par tant de femmes, dont Mme de Staël est la plus illustre, c'est sans doute parce qu'un genre que ne contraint aucune règle convient à un sexe dont on éduque alors plus volontiers le sentiment et le goût des beaux-arts que la soumission à la rhétorique, mais aussi parce que les impératifs économiques et moraux de la société bourgeoise leur donneront à tout prendre, au sein du couple, moins de liberté que ne l'avaient permis, au moins pour les classes privilégiées, la religion ou les bienséances sous l'Ancien Régime. Restreint sous l'Empire, supprimé sous la Restauration, le divorce ne sera rétabli que sous la IIIe République ; ainsi s'explique que, majoritairement, les romans français du XIXe siècle aient pour sujet l'adultère. On aurait pu croire, d'autre part, que la Révolution avait unifié la France en nation ; le désarroi ou l'ambition effrénée des jeunes provinciaux qui « montent » à Paris (autre sujet récurrent de l'époque, souvent combiné du reste à celui de l'adultère) prouve que, dans les domaines de la distinction sociale et de la richesse, la soif d'égalité a été exacerbée plutôt que satisfaite. Si elle est d'ordre principalement métaphysique et ne conduit qu'au désenchantement, l'inadéquation du monde aux désirs de l'individu inspire des œuvres comme *René* (*), de Chateaubriand, récit qu'on peut juger trop bref et trop vide d'événements pour mériter pleinement l'étiquette de « roman » ; la grande production romanesque du XIXe siècle suppose entre l'individu et les valeurs de la société un réel affrontement qui donne à l'intrigue son caractère dramatique. Moyen d'expression privilégié des aspirations et des contradictions de la bourgeoisie, reflet d'une société en voie d'industrialisation où se modifient les rapports entre les hommes, le roman bénéficie lui-même de cette mutation : la multiplication des titres de journaux et l'amélioration de leurs moyens de diffusion favorisent, après 1830 surtout, l'essor du roman-feuilleton (de nombreux romans de Balzac, de George Sand ou de Flaubert paraîtront dans des journaux ou revues avant d'être publiés en volume).

Si le roman acquiert au XIXe siècle ses lettres de noblesse, c'est pourtant avant tout parce qu'il prend en charge une réflexion sur l'Histoire. Le traumatisme dû à la Révolution et à l'Empire explique que l'on soit alors « dans un temps où l'on veut connaître et où l'on cherche la source de tous les fleuves » (Vigny, Préface à *Cinq-Mars*). Traduits en France dans les années 1820, les romans de Walter Scott fournissent un modèle. Après avoir dès 1823 montré comment le romancier écossais avait l'art d'exprimer ce « drame bizarre » qu'est la vie, Victor Hugo ne publiera qu'en 1831, avec *Notre-Dame de Paris* (*), ce roman « à la mode de Walter Scott » dont il a d'emblée eu l'idée, tandis que Balzac, puisant à la même source, pose avec *Les Chouans,* en 1829, l'une des premières pierres de l'édifice qu'il baptisera plus tard *La Comédie humaine.* Stendhal, à l'inverse, vient tardivement au roman en analysant, notamment dans *Le Rouge et le Noir* (1830), l'état politique et social de son époque avant de rêver suivant sa fantaisie, dans *La Chartreuse de Parme* (*), à l'Italie d'avant et après Napoléon. Stendhal n'est pas un disciple de Scott : celui-ci a fondé ce qu'on appellera parfois un « micro-genre », le roman historique, qui n'autorise guère de liberté avec la réalité. Les historiens nous livrant des informations lacunaires, soumises aux contingences des événements, le romancier se donne pour tâche, tout en n'inventant rien qui contredise les données historiques, d'offrir aux lecteurs une explication globale et cohérente du passé. Cette haute exigence n'empêchera pas le roman historique d'engendrer des produits plus populaires comme le roman de cape et d'épée, où les rebondissements d'intrigue sont servis par la publication en feuilleton – v. *roman-feuilleton*.

Une fois marqué, à la fin des *Chouans,* le lien qui unit le présent au passé, Balzac procède à l'inventaire des classes sociales, des institutions, des passions qui gouvernent la France de la Restauration et de la monarchie de Juillet. Dans ce monde voué à l'apparence, sans pitié pour les sentiments authentiques, seuls tirent leur épingle du jeu ceux qui se soumettent aux règles de la comédie. Balzac se voulait d'abord philosophe. La conjonction de l'échec d'une étude ambitieuse comme *Louis Lambert* et du succès d'*Eugénie Grandet,* seulement destinée à illustrer les principes de sa pensée, décidera de la veine prioritairement romanesque de *La Comédie humaine.* À partir du *Père Goriot* (*) (1835), Balzac met au point le système du retour des personnages qui, obéissant à un souci d'économie de moyens, accroît l'illusion de réalité en faisant de *La Comédie humaine,* à l'image de la vie, un univers traversé de zones d'ombre et ponctué de reconnaissances.

Si Balzac s'impose après sa mort (1850) comme le type du romancier, c'est moins en vertu de son imagination que de sa capacité à observer de façon raisonnée les multiples aspects de la réalité. Aux yeux des frères Goncourt, le romancier est un « historien du présent ». Érigé en doctrine, le « réalisme » (v. ce mot), parce qu'il suppose une attention à la vie des gens modestes, devient une machine de guerre contre l'idéalisme officiel du second Empire. Sont alors jugés à l'aune du réalisme *Madame Bovary* (*) (1857), parce que Flaubert s'y est scrupuleusement documenté sur la vie de province, ou un roman au souffle épique comme *Les Misérables* (*) (1862), sous prétexte que Hugo y prend le parti des pauvres. Pour Flaubert, chaque roman obéit à une unité de coloris : à la moisissure de *Madame Bovary* succèdent le pourpre de *Salammbô* (*) et la grisaille de *L'Éducation sentimentale.* Après 1870, Zola et ses amis naturalistes assignent plutôt au genre romanesque une visée scientifique, analogue à celle de la médecine expérimentale de Claude Bernard (v. *naturalisme*). Aujourd'hui, on accorde moins de prix aux théories de Zola, fondées sur un déterminisme désuet qui fait une large place à l'hérédité, qu'à la puissance visionnaire dont il fait preuve presque malgré lui dans sa grande fresque des *Rougon-Macquart.* C'est aussi à la connaissance plus qu'à l'émotion esthétique que vise le roman psychologique, triomphant à la fin du siècle notamment avec Paul Bourget. Le symbolisme lui-même étant destiné à une élite plutôt qu'au grand public, Jacques Rivière souhaitera en 1913 l'avènement d'un « roman d'aventures » dont *Le Grand Meaulnes* (*), d'Alain-Fournier, fournit peut-être un modèle.

Au roman psychologique et au roman d'aventures s'apparentent *Les Faux-Monnayeurs* (1925), de Gide, et *À la recherche du temps perdu* (*) (1913-1927), de Proust. Pour ce dernier, en nous restituant des moments du passé, la mémoire involontaire nous permet mieux que l'intelligence de saisir l'unité profonde de notre moi ; ainsi met-elle le narrateur de la *Recherche* sur le chemin d'une œuvre, au seuil de laquelle il s'avance au terme des trois mille pages du roman. Le temps était le vrai sujet de *L'Éducation sentimentale* parce qu'il usait les illusions du héros ; avec Proust, il devient un instrument de victoire. À l'inverse, dans *Voyage au bout de la nuit* (*) (1932), de Céline, le présent annule sans cesse le passé dans le flux d'une écriture très travaillée, jusque dans sa ponctuation, afin de donner l'illusion de l'oralité.

Quoique moins fortement qu'aux États-Unis, le roman français subit en retour, entre les deux guerres, l'influence d'un art dont il avait favorisé au départ la vocation narrative : le cinéma. Si la tradition psychologique perdure dans les œuvres de Mauriac, Bernanos, Maurois ou Montherlant, on voit avec Malraux – dont *L'Espoir* (*) est, en 1937, mis simultanément en livre et à l'écran – comment le roman peut demeurer, fidèle à ses origines, le genre de l'aventure. Mais avec *La Nausée* (*) (1938), de Sartre, ou *L'Étranger* (*) (1942), de Camus, l'aventure est d'abord celle d'une conscience. La remise en question des valeurs de la société était aux sources du roman médiéval ; la philosophie existentialiste ou le sentiment de l'absurde laissent plus encore l'individu désorienté ; de son cheminement dans un monde qui pose des questions sans apporter de réponses, le roman (genre de fiction, donc capable d'explorer tout le champ du possible) s'impose comme un reflet privilégié. Mais, à tendre vers trop d'abstraction, les romanciers mettent en péril ce qui paraissait un des éléments constitutifs du genre : l'intrigue. Avec l'école du « nouveau roman » (étiquette grâce à laquelle sont regroupés un peu arbitrairement, à la fin des années 50, des écrivains aussi différents que Nathalie Sarraute, Alain Robbe-Grillet, Michel Butor, Marguerite Duras, Claude Simon, Samuel Beckett...), on a parfois le sentiment que la fin première de l'écriture romanesque est de s'interroger sur elle-même, l'intrigue policière pouvant n'être chez certains qu'une métaphore de la quête de l'écrivain. S'affranchissant de sa fonction traditionnelle d'une mise en ordre lisible de la réalité, le récit obéit à des principes d'écriture auxquels il donnera sens grâce à un discours critique et marginal de l'écrivain plutôt que par référence à une réalité supposée. Les personnages eux-mêmes sont réduits à n'être que les fantasmes d'une conscience qu'on ne saurait assimiler à celle du narrateur des romans à la première personne : on parlera plutôt d'une conscience narrative qui organise le texte. Les tenants du « nouveau roman » ne contestent pas l'étiquette du genre qu'ils pratiquent ; à la limite, ils ne font que donner suite à la folle ambition de Flaubert d'écrire un « livre sur rien ». Le roman doit-il donc, comme la peinture, s'affranchir de tout souci de représenter le réel pour mériter aux yeux de nos contemporains un respect dénué d'équivoque ? Jugeant le genre irrémédiablement compromis et refusant d'avoir partie liée avec de simples conteurs d'histoire, certains écrivains préfèrent annoncer qu'ils composent des « fictions ». Peut-être la remise en cause des notions d'intrigue et de personnage oblige- t-elle pour le moins à une révision de la définition traditionnelle du roman. Ainsi serait aujourd'hui appelée de ce nom toute œuvre qui se présente sous la forme d'un récit et qui suppose l'interposition d'une conscience fictive entre le monde et le moi de l'écrivain. Cette définition permet d'englober une œuvre telle que *Comment c'est* (1961), de Beckett, où se fait jour, dans un décor réduit à quelques repères, la conscience exténuée d'une larve rampante, aussi bien que les produits des collections populaires « Le Masque » ou « Harlequin ». Mais, au temps de Flaubert déjà, le roman désignait à la fois les œuvres par lesquelles Emma Bovary dépravait son imagination et l'œuvre grâce à laquelle l'écrivain, mettant en forme ses propres rêves et ceux de l'héroïne, poussait au plus haut degré l'exigence de son art.

PIERRE-LOUIS REY.

Roman bourgeois (Le). Roman d'Antoine Furetière (1619-1688), publié en 1666. Alors que les romans à la mode de Mlle de Scudéry et de ses imitateurs mettent en scène les personnages de l'Antiquité, en leur prêtant arbitrairement les sentiments galants et la rhétorique amoureuse des « Précieuses », Furetière entend célébrer, lui, des héros plus quotidiens, des muses plus contemporaines, sans trop se préoccuper du sublime. Son livre est un roman bourgeois parce qu'il a pour personnages les Parisiens du temps, les Français moyens, qui vivent en dehors de la gravité et de la pompe du monde futile de la Cour et de la haute société. Pendant deux livres qui n'ont pas beaucoup de liaison entre eux, Furetière se consacre au récit de plusieurs aventures amoureuses. Une belle fille, Javotte, est courtisée par divers prétendants : elle est la fille d'un pauvre diable de procureur, Vollichon, qui vit entre les tribunaux et ses pratiques, et ne pense pas à la marier. Parmi les galants qui tournent autour d'elle se trouve un petit avocat tout pommadé, Nicodème, qui finit par obtenir la sympathie de la famille. À ce moment s'insère dans l'ouvrage l'histoire d'une sotte bourgeoise, Lucrèce, qui, rêvant d'un grand mariage, se laisse prendre au piège par un astucieux marquis ; mais celui-ci, qui n'est riche que d'espérances et de belles paroles, rejoint son régiment à la première occasion ; et la malheureuse se trouve vite dans une telle position qu'elle doit chercher en toute hâte un père pour l'enfant qui va naître. Justement Nicodème lui avait fait, en plaisantant, une promesse de mariage par écrit ; un procureur, Villeflatin, s'intéresse à la chose, intente un procès à l'imprudent jeune homme et fait manquer son mariage avec Javotte. Désespoir des deux jeunes gens, dont l'union est ainsi contrecarrée ; ils inventent d'abord des subterfuges, mais bien vite Javotte est introduite par des amis dans la société précieuse où, enflammée par des romans comme *L'Astrée* (*) et autres badinages littéraires, elle rêve à l'amour romanesque et se sauve avec un certain Pancrace. Ainsi, tandis qu'on essayait de la faire épouser par un pauvre avocat de causes perdues, Jean Bedout, celui-ci consentait au contraire à devenir le mari de la sentimentale et frivole Lucrèce, désormais dans une situation urgente. Dans le second livre, quelques figures, que l'on avait déjà rencontrées dans le premier, où elles personnifiaient la satire de la société galante, se retrouvent en compagnie de nouveaux personnages dans une trame fort embrouillée, compliquée encore par des énumérations de livres à la mode qui sont fort maltraités ; dans cette partie, les digressions abondent : il y est question, en particulier, de l'histoire de Charroselles, de Collantine et de Belastre, sous les noms desquels sont aisément reconnaissables le romancier Charles Sorel, auteur de l'*Histoire comique de Francion* (*), et d'autres contemporains. D'évidentes allusions à Madeleine de Scudéry, auteur du *Grand Cyrus* et à Ninon de Lenclos permettent de trouver la clé des personnages de Polymatie et de Polyphile. Dans l'ensemble, le récit donne une vision très réaliste et très vivante du monde des procureurs et avocats du quartier Maubert ; ils y sont dépeints comme de pauvres diables, petits-bourgeois pleins de vanité tels qu'ils étaient dans la vie quotidienne. L'œuvre s'intègre dans ce courant de réalisme « moyen » que relève un sens piquant de la satire et, de ce point de vue, elle n'est pas sans rappeler le Boileau du *Lutrin* (*) et des *Satires* (*). Cette interprétation réaliste du roman peut être complétée par une prise en compte du travail de Furetière sur les particularités et les tics linguistiques de la bourgeoisie, tels qu'ils apparaissent, notamment, dans la langue propre aux techniques et aux métiers. De même faut-il relever la manière dont il dénonce le matérialisme en soulignant le rôle que joue l'argent dans le destin des personnages ou dans différentes situations (la tarification des mariages et l'exhibition de la pauvreté d'écrivains comme Mythophilacte), sans oublier la valeur expressive des descriptions d'intérieurs bourgeois saturés d'objets encombrants comme les salons précieux sont saturés de mots creux. D'autres analyses permettront de considérer *Le Roman bourgeois* comme un « anti-roman » rompant avec les conventions romanesques contemporaines par le choix d'un titre antithétique (le roman issu de l'épopée met en scène des héros d'exception et non de vulgaires bourgeois) ; par la présence d'un avis « Au lecteur » ironique ; par la parodie : ouverture burlesquement imitée de Virgile, utilisation grotesque de thèmes et de motifs tirés de l'*Amadis*, de *L'Astrée* ou du *Grand Cyrus* et par le refus des procédés narratifs ordinaires (la déclaration d'amour attendue est remplacée par l'intrusion d'un auteur qui confesse qu'il ne peut la restituer puisqu'il ne l'a pas entendue et qui renvoie ironiquement à celles, conventionnelles et interchangeables, qui se trouvent dans tous les autres romans). On peut aussi s'interroger sur les décalages introduits par l'incohérence du *Roman bourgeois* en comparant ce texte aux romans comiques contemporains. Il a bien les aspects satiriques, parodiques, ironiques de ces récits, mais il n'en a ni la drôlerie roborative ni la complétude narrative : il rompt avec leur conception carnavalesque du comique (le rire laissant la place à l'humour noir) et avec leur conception romanesque de l'intrigue. Il met en effet en question les concepts classiques de sens, d'ordre, d'unité (cf. Michèle Vialet, *Triomphe de l'iconoclaste*), par l'opposition entre les deux parties, entre les deux adresses aux lecteurs, par la délégation au seul relieur de la responsabilité de sa transformation en livre. Le livre premier, inachevé (que donnera l'enlèvement de Javotte ?) comporte des dédoublements de l'action (Javotte/Lucrèce) et des « héros » (substitution de Bedout à Nicodème). Le livre second n'est en aucune sorte la suite et la conclusion du premier, aucun des personnages intéressés par l'intrigue initiale ne réapparaît, l'univers dépeint n'est plus exactement le même, les portraits des protagonistes deviennent de simples caricatures, des séquences autonomes et hétérogènes viennent rompre la continuité narrative. Cette partie consacrée à la dénonciation des travers du milieu judiciaire s'apparenterait donc plutôt au genre de la nouvelle. D'où une duplicité possible du livre : un roman parodique inachevé suivi d'une nouvelle satirique devant être lus séparément. Mais ces deux fictions distinctes sont reliées ensemble et paradoxalement présentées sous l'unique appellation de roman. Elles comportent un même personnage, Charroselles, simple introducteur à « L'Historiette de l'amour égaré », dans le premier livre, élément essentiel du second, par le rôle central que jouent ses aventures procédurières et maritales avec Collantine. Le monde de la chicane dépeint autour de celle-ci était déjà esquissé au début avec la présentation du procureur Vollichon ; les situations burlesques amenant les citations d'œuvres célèbres engageaient déjà un réquisitoire contre la récupération économique et sociale de la littérature. Mais le lien le plus net entre les deux livres réside dans la mise en miroir d'histoires d'amour parodiques, dérisoires et grotesques, qui font du *Roman bourgeois* une variation burlesque sur le thème de la quête amoureuse trouvant son unité dans cette logique du décalage perpétuel.

P. Ro.

Roman comique (Le). Roman de Paul Scarron (1610-1660), dont la première partie parut en 1651 et la seconde en 1657.

Encombrée d'un hétéroclite et volumineux bagage, une charrette fait un soir son entrée au Mans et s'arrête devant le tripot de la Biche. Elle est occupée par une femme, un jeune homme déguenillé et un vieillard, respectivement nommés la Caverne, le Destin et la Rancune. Tous trois font partie d'une troupe de comédiens, dont le reste est retenu ailleurs par suite d'une rixe. Afin d'être hébergés gratuitement, les arrivants proposent de donner un échantillon de leur répertoire pour le plaisir de l'hôtellerie. Ils endossent la défroque de clients de passage et un pugilat général se déclenche au retour de ceux-ci. La Rapinière, lieutenant de Prévôt, qui a pris part au combat, emmène les comédiens loger chez lui. Peu après survient le reste de la troupe. Complète alors, elle se compose de : Destin, la Rancune, l'Olive, Mlle de l'Étoile, la Caverne, sa fille Angélique, Roquebrune, poète-auteur et metteur en scène ; plus quelques valets doublés d'apprentis acteurs. Autour de Mlle de l'Étoile se réunissent bientôt les élégants de la ville, notamment un certain Ragotin qui devient le souffre-douleur de la compagnie et auquel surviennent les plus malséantes aventures. Au milieu de ces avatars vient s'intercaler l'histoire de Destin et de Mlle de L'Étoile, véritable mélodrame aux rebondissantes complications. Après l'enlèvement d'Angélique, que suit celui de l'Étoile, tout s'arrange plus ou moins : ainsi se termine l'œuvre, brusquement interrompue. Divers écrivains ont tenté d'achever l'œuvre de Scarron. La suite, la plus connue, celle dite d'Offray, libraire à Lyon, semble remonter à 1662. Due à un ancien secrétaire de Ménage nommé Girault, chanoine au Mans après Scarron, elle a pour objet de dénouer les intrigues entassées dans les deux premières parties. Elle est sans valeur littéraire. Une autre suite, parue chez Barbin en 1679, et attribuée à Préchac, est loin de manquer d'entrain.

Scarron possède au plus haut point le don d'animer ses personnages et de mettre en lumière les traits saisissants de leur caractère. Tous, même les comparses, sont doués d'une vitalité singulière. Appartenant à des milieux divers, ils se côtoient et se mélangent de la façon la plus divertissante. Tout cela, répétons-le, est rapporté dans une langue hautement savoureuse, aisée, directe, farcie de boutades et que vient tempérer parfois la plus exquise émotion. Certaines figures spécialement poussées se détachent avec un relief saisissant. Ragotin, petit-bourgeois prétentieux, hargneux et querelleur, galant et empressé auprès des femmes, mais content de lui et ridicule physiquement et moralement ; Destin et l'Étoile, tombés par suite de circonstances malheureuses dans une condition inférieure, couple sympathique, gracieux, conservant sa dignité dans l'épreuve ; Angélique, enfant de la balle, enjouée, rieuse, libre d'allure, non démunie de délicatesse, qui sait se faire respecter autant que fille bien née ; la Caverne, vieille théâtreuse recrue de fatigue et dont l'âme se réveille, lorsque le sort de son enfant est en jeu ; la Rapinière, un brutal sous des airs de jovialité, qui abuse de ses pouvoirs de prévôt et pressure la province ; enfin la Rancune, vieux cabotin déchu, aigri, crevant de vanité et d'envie, méchant et sournois, la création la plus étonnante de l'ouvrage. Si la connaissance du milieu manceau a nourri bien des descriptions des halles ou des tripots locaux, leur insertion dans le récit n'est pas à relier seulement au réalisme, mais s'inscrit aussi dans la logique du roman comique qui s'oppose au roman héroïque tout en le parodiant, appelant cette représentation de lieux, d'objets et de personnages familiers, voire triviaux. Ce rabaissement burlesque permet en outre de répondre, par des scènes relevant de la farce, des plaisanteries grivoises, des situations carnavalesques, aux promesses comiques contenues dans le titre d'un livre qui est aussi le roman des comédiens. L'expérience théâtrale de Scarron et sa fréquentation des troupes se reflètent ainsi dans l'éloge du sérieux des acteurs et de la vertu des actrices, mais aussi dans l'art avec lequel sont mises en scène et décrites certaines batailles grotesques, avec un réel sens de l'animation et de la gestuelle, où les chutes font boule de neige, où, dans la cacophonie, les coups donnent à la phrase une allure débridée.

L'existence malheureuse de Scarron a, plus profondément, déterminé l'une des structures essentielles du roman : celle du dédoublement des personnages. Il a perdu sa mère à trois ans, et a dû subir l'hostilité d'une marâtre voulant le spolier : son héros, le Destin, se trouve dépossédé de son identité et en proie à la haine d'un demi-frère. Les couples antagonistes, avec les pôles maléfiques que sont Saldagne et Saint-Far, perpétuelles menaces, transforment une histoire originelle tragique en fable romanesque. Est-ce un hasard, si, par-delà l'hommage au lieu magique de *L'Illusion comique* (*), la mère adoptive du héros, figure protectrice, est une comédienne nommée la Caverne ? Il s'est perdu lui-même à trente ans, quand il a été métamorphosé de l'état de beau jeune homme à celui de « cul-de-jatte », paralysé, tordu (« je suis tout circonflexe », « je suis un raccourci de la misère humaine »), en proie à d'atroces et permanentes douleurs. Le couple d'opposés : le Destin, jeune homme agile et séduisant, et Ragotin, nabot maladroit et ridicule, remplit une fonction compensatoire qui exorcise le désespoir par une double projection libératrice — vers le passé et l'idéal, vers le présent et la dérision. Ces reflets contraires en lesquels se dissout l'image insupportable du moi font de la fabulation romanesque et burlesque une forme de revanche contre l'insoutenable réalité.

Cette dualité se retrouve dans les structures narratives organisées selon l'art du contrepoint, par l'alternance de dialogues attendrissants, de prouesses chevaleresques, de péripéties aventureuses et de répliques bouffonnes, d'échecs lamentables, de catastrophes drolatiques. Un même système d'écho ou de jeux de miroirs inversés unit l'histoire cadre et les histoires espagnoles intercalées par analogie entre les héros et les héroïnes, mais surtout par parallélisme de situations. Une telle architecture romanesque et la remarquable utilisation des décalages des langages révèlent une conscience aiguë des problèmes formels chez un auteur trop vite jugé léger et fantaisiste. Mais l'aspect le plus moderne du *Roman comique* est sans doute à chercher dans l'utilisation du paratexte (écart entre les titres des chapitres et leurs contenus, incipit parodiques, préfaces ironiques) et dans les multiples et facétieuses intrusions de l'auteur par lesquelles s'engage le dialogue avec le lecteur. Pour le plus grand plaisir de celui-ci, qui, interpellé, pris à témoin, séduit, moqué, sollicité de suppléer à la paresse de l'écrivain, bénéficie ainsi du privilège rare de visiter ce mort vivant dans le monument qu'il s'est bâti pour que l'éternité le retrouve vif et délié, tel qu'il était avant d'être atteint de paralysie.

Roman d'Alexandre (Le) : v. **ALEXANDRE de Bernay**.

***Roman de Fauvel (Le)*.** Parmi les nombreux romans du début du XIVe siècle, celui-ci témoigne d'une étrange imagination satirique. L'auteur principal nous en est connu depuis les travaux de Ch.-V. Langlois : c'est le poète français Gervais du Bus, notaire de la chancellerie royale sous Philippe le Bel, donc contemporain et appartenant au même milieu que l'auteur présumé du *Roman du comte d'Anjou*, Jehan Maillart. Nous ignorons sa date de naissance (fin du XIIIe siècle), mais nous savons qu'il vivait encore en 1338. Il a signé la deuxième partie du roman, il y a donc eu probablement d'autres auteurs, antérieurs à lui. Fauvel est un cheval allégorique, fourrier d'antéchrist, personnage très humain, personnification de la ruse hypocrite et de la fausseté des gens du siècle. Ses aventures singulières sont un prétexte à amples discours sur la fin du monde, la place de l'homme dans la nature, celui-ci étant considéré comme un microcosme reproduisant l'ordre qui règne dans le macrocosme, discours prononcés par des personnages allégoriques : Fortune, Vaine Gloire, Mélancolie, Nature, et qui ne sont pas sans rappeler la seconde partie du *Roman de la Rose* (*) ; on y trouve aussi des tableaux où s'exprime la satire dans une atmosphère apocalyptique. Fauvel épouse Vaine Gloire. Installé en France (« Le beau jardin de grace plain / Ou Dieu par especiauté / Planta le lis de roiauté / Et y sema par excellence / La franche graine et la semence / De la flour de crestienté. / Et d'autres flours a grant plenté : / Flour de paix et flour de justice. / Flour de foy et flour de franchise. / Flour d'amour et flour de franchise. / Flour d'amour et rose espanie / De sens et de chevalerie »), donc installé en France, Fauvel n'a de cesse qu'il ne mette à mal ce beau jardin, qu'il le saccage et le salisse grâce à la bande de petits Fauveaux qu'il a engendrés. Fort heureusement, « le Lis de Virginité [La Vierge] / Qui prist en soi la deïté / Sauve la flour de France » et Fauvel est jeté en prison. Il y a, dans ce *Roman,* une critique désespérée des mœurs contemporaines, dont n'ont disparu ni l'efficacité ni l'émotion sincère qui étreint le poète. L'aisance de la versification en octosyllabes en rend facile la lecture malgré les nombreuses longueurs et digressions. *Le Roman de Fauvel* connut une grande popularité à l'époque de sa publication ; il fut continué et enrichi par plusieurs auteurs du XIVe siècle : le plus marquant d'entre eux fut Raoul Chaillou de Pestain, lui aussi haut fonctionnaire royal, successivement bailli d'Auvergne, de Caux et de Touraine (mort en 1337). Ses additions, qui datent de 1312-1322, sont donc contemporaines de Gervais du Bus ; de lui citons un « charivari » inséré dans *Fauvel,* qui démontre une belle virtuosité et une connaissance très sûre de la langue. – *Le Roman de Fauvel* a été édité par A. Långfors (Société des anciens textes français, Paris, 1914-1919).

Roman de Jehan de Paris (Le). Parmi les romans en prose français du XVe siècle, il en est peu d'aussi charmant que cet écrit anonyme qui commence par ces mots : « Cy commence ung noble et tres excellent romant nommé Jehan de Paris, roy de France. » C'est très vraisemblablement un roman à clef ; en effet l'héroïne y est appelée une fois Anne et l'histoire semble bien être une transposition des amours de Charles VIII et Anne de Bretagne. On a quelque raison de penser qu'il fut composé pour la reine alors qu'elle séjournait à Lyon, attendant le retour de Charles VIII parti en expédition en Italie. L'œuvre semble pouvoir être datée des environs de 1480 ; elle fut publiée pour la première fois à Lyon en 1533, mais seulement en 1580 à Paris. L'infante d'Espagne a été, dès sa naissance, promise au dauphin de France, alors âgé de trois ans. Lorsqu'elle a quinze ans, elle est recherchée en mariage par le roi d'Angleterre, qui est un vieillard. Celui-ci, se rendant en Espagne, passe par Paris et s'arrête à la Cour. Le jeune dauphin se rappelle alors la promesse qui lui a été faite d'épouser l'infante. Mais comme il désire la connaître avant de demander sa main, il se rend incognito à la cour d'Espagne. Là, malgré le train somptueux qui l'accompagne, il se fait passer pour Jehan de Paris, fils de marchand. Le contraste entre le caractère princier de sa suite et ce qu'il prétend être est souligné avec insistance. La jeune infante s'éprend cependant de ce roturier qui a si fière allure et les jeunes gens s'aimeront avant que l'identité du jeune roi soit reconnue. Sans doute les données de cette histoire ne sont point nouvelles ; elles appartiennent à une antique tradition et ressemblent même singulièrement à l'intrigue d'un roman en vers de Philippe de Beaumanoir, *Jehan et Blonde.* On y trouve la même promesse ancienne, le même voyage de compagnie des deux rivaux, l'incognito, l'Anglais ridiculisé. Seulement la mentalité a complètement changé. *Jehan et Blonde* appartient encore au courant de l'amour courtois et le héros doit passer par de pénibles épreuves, alors que *Jehan de Paris* s'inscrit déjà dans la tendance de l'amour galant. C'est une œuvre caractéristique des débuts de la Renaissance française : l'accent y est mis sur les plaisirs de la vie, sur les prestiges de la beauté, sur le luxe ; les personnages centraux sont déjà ici des modèles de beauté harmonieuse, d'équilibre heureux : ils sont possédés du désir de jouir de la vie. Le récit est d'une grande sobriété, il est alerte et léger, écrit dans une langue riche, savoureuse, mais déjà épurée, mesurée. – Ce roman a été édité par E. Wickersheimer, Paris, 1923.

Roman de la Rose (Le). Ce poème allégorique est une des œuvres les plus importantes de tout le Moyen Âge français et celle qui exerça la plus forte influence sur la littérature des siècles suivants. Il est composé de deux parties qui se font suite, mais ne sont pas de la même époque et ne procèdent pas du même esprit. La première partie fut écrite par Guillaume de Lorris (né au début du XIIIe, mort entre 1237 et 1240) vers 1225-1240 ; l'auteur était fort jeune, puisqu'il nous dit au commencement de son œuvre que le songe qu'il entreprend de raconter, il le fit « il y a plus de cinq ans, lorsqu'il était dans sa vingtième année ». Guillaume de Lorris écrivit quatre mille vingt-huit vers et le poème resta interrompu à sa mort. L'œuvre connut sous cette forme un immense succès pendant près de quarante ans. Vers 1275, elle fut reprise par Jean Clopinel ou Chopinel, dit Jean de Meun ou de Meung, du lieu de sa naissance, Meung-sur-Loire (né vers 1250, mort avant 1305). Celui-ci l'augmenta d'environ dix-huit mille vers, près de cinq fois ce qu'avait écrit Guillaume de Lorris (dont l'œuvre cependant paraissait presque terminée). En fait, son propos est tout à fait différent de celui de son prédécesseur, et l'œuvre ainsi composée est singulièrement hétérogène. Elle n'en connut pas moins une faveur éclatante et unique dans l'histoire littéraire. C'est que les additions de Jean de Meun avaient redonné de l'actualité au poème et qu'elles représentaient des tendances très vivantes dans la société du temps. Du XIVe au milieu du XVIe siècle, ce fut l'œuvre la plus lue de toute la littérature française. En témoignent les nombreux manuscrits qui en sont parvenus jusqu'à nous. Ayant été, à l'époque, très en avance sur son temps, la partie rédigée par Jean de Meun devait connaître la faveur des premiers humanistes, pas seulement en France, mais à l'étranger : Pétrarque la loua très vivement, le poète anglais Chaucer en traduisit sept mille vers et toute son œuvre se ressent de cette influence. Sa vogue était telle encore un siècle plus tard que Christine de Pisan, en 1399, proteste contre le mal que le *Roman* dit des femmes et sa violence montre bien qu'il était alors dans toutes les mémoires. Le chancelier de l'Université, Gerson, empruntant d'ailleurs la forme même du *Roman de la Rose*, crut bon de condamner les hardiesses de Jean de Meun dans sa *Vision de Gerson* (1402). *Le Roman de la Rose* connut un regain d'actualité quand Clément Marot le récrivit en français moderne et le publia en 1527. À cette époque, Sibilet le proclamait encore « l'*Iliade* et l'*Énéide* de la France ». La Pléiade même, si sévère pour l'œuvre poétique du Moyen Âge, estimait fort *Le Roman de la Rose*, au moins dans la version qu'en avait donnée Marot. Ce n'est qu'au milieu du XIXe siècle qu'on revint au texte original de l'œuvre. Enfin, Ernest Langlois en donna une édition scientifique, en 5 volumes, parus de 1914 à 1924 (Société des anciens textes français) ; cette édition est accompagnée d'une Introduction et de notes qui constituent une étude importante de l'œuvre.

Nous ne savons à peu près rien du premier rédacteur, Guillaume de Lorris. C'était à coup sûr un homme cultivé, il écrivait pour l'aristocratie de son temps et traitait son sujet avec la méthode et l'esprit des clercs. Ce qu'il voulait offrir, c'était un nouvel *Art d'aimer*, un code de l'amour courtois ; aussi l'influence de l'œuvre d'Ovide, surtout au travers d'une adaptation où ce poème est mis en action par quatre personnages, le *Pamphilus*, est-elle fort sensible. L'idée du songe, la personnification de la bien-aimée par une rose n'étaient pas non plus originales : Guillaume de Lorris s'est amplement servi de ses devanciers ; mais il a cependant créé une œuvre très personnelle et si réussie qu'elle est parvenue à faire oublier tous ses précédents. Voici le songe du poète : un matin de mai, il va se promener dans la campagne ; il se trouve soudain devant le haut mur d'un verger. Ce mur est « portrait dehors et entaillé / À maintes riches escritures » et l'auteur de commencer une longue description des « images » peintes sur ce mur. Ce sont d'affreuses figures : la Haine, la Vilanie, la Convoitise, l'Avarice, l'Envie, la Tristesse, la Vieillesse (prétexte à une évocation assez conventionnelle, mais fort belle, du Temps), puis Papelardise, enfin Pauvreté. Ces images symboliques défendent l'accès du verger de Déduit. La porte en est ouverte au jeune homme par Oyseuse (Oisiveté) qui le conduit à un pré. Là, les oiseaux chantent, une douce musique se fait entendre ; là se trouvent Déduit (le Plaisir), Liesse, qui chante, Beauté, Richesse, Courtoisie, et encore d'autres personnages allégoriques. C'est l'image d'un joyeux divertissement aristocratique du temps. Tous sont vêtus comme de grands seigneurs, chantent et dansent. Voici paraître le dieu d'Amour, avec ses arcs et ses flèches. Tandis que le poète se laisse envoûter par cette atmosphère exquise et par la délicate ordonnance du jardin, son regard tombe en extase devant l'image d'un bouton de rose qui apparaît dans la fontaine de Narcisse. Amour lui décoche alors cinq de ses flèches. Le poète devenu l'Amant n'a plus dès lors qu'un désir, celui de cueillir la rose. Aussi se met-il au service d'Amour qui lui dicte ses commandements : c'est tout un art d'aimer, en huit cents vers, imité de l'œuvre d'Ovide. L'Amant reste seul devant la rose, quand vient à lui Bel-Accueil, fils de Courtoisie, qui lui permet de s'approcher du buisson de roses. Mais survient Dangier, accompagné de Male-Bouche (la Médisance), de Peur et de Honte, qui le chassent. C'est alors que Raison descend de sa tour, le sermonne et tente de l'arracher à cette passion fatale. Mais l'Amant n'écoute que les conseils de l'Ami qui l'engage à persévérer dans son entreprise. Grâce à l'Ami, le courroux de Dangier, défenseur de la rose, s'apaise ; Franchise et Pitié ramènent Bel- Accueil, lequel autorise l'Amant à s'approcher de la rose et à lui dérober un baiser. Mais Male-Bouche a vu la scène et s'empresse d'avertir Jalousie. Celle-ci fait ceindre d'un mur le parterre de la rose et construire une tour où on enferme Bel-Accueil. L'Amant, tenu à l'écart, se lamente en un long monologue. C'est là que s'arrête le récit. Ainsi qu'on le voit, l'allégorie se développe tout au long de cette première partie. Cette analyse psychologique de l'Amour avec les obstacles qu'il lui faut surmonter, les combats qu'il lui faut soutenir, n'est ni neuve ni originale. Guillaume de Lorris en arrive, à force de généraliser, à faire une œuvre complètement abstraite. Tout élément individuel est ici éliminé. Choisissant une rose pour personnifier la dame élue, il ne reste plus au poète qu'à projeter sur une multitude de personnages les réactions de la bien-aimée, réactions qui se détachent d'elle, qui lui deviennent parfaitement extérieures. Il en est, somme toute, de même avec l'Amant ; lui aussi se dédouble en Oyseuse, la conseillère d'amour, l'Ami qui entretient sa flamme, Raison qui tente de le ramener à elle. Ainsi ce n'est plus tant les deux héros qui combattent que deux groupes opposés et le débat interne se trouve par le fait même totalement extériorisé. Le résultat de cette transposition est assez inattendu. Si le héros n'existe presque pas en lui-même, la bien-aimée, elle, est purement fictive. Elle n'agit ni ne parle, ne manifeste aucun sentiment ; elle n'est pas seulement passive, c'est un objet, toute sa personnalité s'est volatilisée. Ainsi — et peut-être sans l'avoir voulu —, en poussant à ses ultimes conséquences l'amour courtois, Guillaume de Lorris est parvenu à l'anéantir. Ne compte plus ici que la lutte ; la femme n'est rien, sinon une proie. Didactique, la première partie du roman l'est constamment ; en effet, il n'est aucun de ces simulacres allégoriques qui ne manque de donner à l'Amant d'utiles leçons, leçons de civilité tout d'abord, voire d'hygiène : « Lave tes mains et tes dents cure », leçons de maintien destinées aux gens qui veulent faire figure dans le monde, subtil apprentissage de la galanterie. Cependant, malgré son propos, Guillaume de Lorris est rarement sec et ennuyeux ; il y a dans ses descriptions un grand charme et certaines des scènes du verger ne sont pas sans évoquer l'art de la tapisserie qui devait fleurir plus tard ; certains de ses portraits témoignent d'un savoir-faire particulièrement subtil, surtout lorsqu'il s'agit d'individualiser de l'extérieur, par l'apparence physique, ses personnages. D'autre part, si l'on ne considère que la forme, la première partie du *Roman de la Rose* est un des plus purs chefs-d'œuvre du XIIIe siècle ; la langue est fraîche, souple, élégante ; le style est ferme et éloquent.

Nous sommes un peu mieux renseignés sur le second rédacteur du *Roman :* Jean de Meun. C'était un homme considérable et respecté, docteur en théologie et fort érudit ; il avait donné des traductions de Boèce et de Végèce qui faisaient autorité. La seconde partie du *Roman de la Rose* ne fut apparemment pour lui qu'une œuvre de jeunesse entreprise dès sa sortie des écoles. En fait, Jean de Meun s'est assez peu soucié de continuer la fiction de son prédécesseur ; pour lui, elle n'est guère qu'une occasion d'étaler ses fraîches connaissances, en y mêlant d'âpres polémiques, de violentes satires. La transition entre les deux parties du *Roman* n'est assurée que par quelques vers : « Cy endroit trépassa Guillaume / De Lorris, et n'en fit plus psaume, / Mais, après plus de quarante ans / Maistre Jean de Meun ce romans / Parfit, ainsi comme je treuve ; / Et ici commence son œuvre. » Puis on entre dans le vif de l'action. Raison descend à nouveau de sa tour, mais son caractère a quelque peu évolué d'un auteur à l'autre, elle est devenue savante et sentencieuse. Son discours compte plus de deux mille vers, c'est un traité méthodique de l'amour et des passions, émaillé d'exemples moraux tirés des écrits des Anciens. Ce discours répudie toute la conception de l'amour courtois qui avait fait le sujet de la première partie. Pour l'Amant désolé, Raison n'a que de l'ironie. Seule sa jeunesse l'excuse. C'est elle qui l'a égaré dans les sentiers de l'amour, mais il existe bien d'autres formes plus honnêtes de l'affection. Suit un long développement sur la justice et la fortune, le bien et le mal. Après avoir écouté Raison avec attention, l'Amant s'impatiente et renvoie la raisonneuse dans sa tour. Il se réfugie auprès d'Ami, lequel entreprend à son tour un long sermon sur les moyens de séduire les femmes et se livre à une amusante satire du mariage. Dans ce discours, on relèvera des morceaux particulièrement intéressants, d'une grande hardiesse de pensée, sur l'âge d'or, la naissance de la société, le pouvoir royal, les institutions chevaleresques. Mais l'application des théories d'Ami ne procurent à l'Amant que déboires. Fort heureusement, Amour rentre en scène. Il décide de tenter, sans plus tarder, l'assaut de la tour où Bel-Accueil est enfermé. Il appelle alors le ban et l'arrière-ban de ses vassaux, parmi lesquels Courtoisie, Largesse, Franchise, Pitié, Hardiesse, ainsi que deux nouveaux personnages : Abstinence-Contrainte et Faux-Semblant, fils d'Hypocrisie. Amour ayant prié ce dernier d'expliquer comment il agit, Faux-Semblant se lance dans un discours qui est la partie la plus célèbre de l'œuvre de Jean de Meun. Faux-Semblant, c'est l'hypocrisie ou plutôt c'est l'hypocrisie de ceux qui en font métier : les prêtres et les moines. Faux-Semblant est menteur fieffé, larron sans pénitence, et c'est parce qu'il est rusé et sans scrupules qu'il a tant de pouvoir non seulement sur les gens de bien qui ne le soupçonnent pas, mais aussi et surtout sur les orgueilleux, les rusés, les astucieux, les ambitieux. Vivement repris par Amour, qui prétend qu'il ne peut exister de religieux menant une vie telle que celle qu'il décrit, Faux-Semblant réplique : l'habit ne fait pas le moine, et sous la robe se cachent aussi bien la sainteté que la pire scélératesse. Lui-même n'est pas toujours moine, il est « Protée » en personne, il peut prendre toutes les apparences, et jamais ses paroles ne répondent à ses actes, ni ses actes à ses paroles. Faux-Semblant pense en avoir assez dit, lorsque Amour lui commande de poursuivre. Suit une longue diatribe, d'une grande violence, contre les moines, suivie d'une apologie de Guillaume de Saint-Amour qui avait défendu les maîtres séculiers de l'Université contre les dominicains. Voilà donc trouvé l'allié idéal pour exécuter les volontés d'Amour ; c'est à lui qu'on confie les tâches dont personne ne veut se charger. Avec l'aide d'Abstinence-Contrainte, son habituelle compagne, il égorge Male-Bouche et Bel-Accueil est délivré. Notre Amant semble parvenu au bout de ses peines et s'apprête à cueillir la rose, lorsque surgit la cohorte des ennemis, Dangier, Peur et Honte, qui enferment de nouveau Bel-Accueil et chassent l'Amant. Un combat sans merci s'engage alors entre les personnages : les partisans de Dangier ne sont pas loin d'être vainqueurs quand Vénus, rassemblant ses troupes, les lance à l'assaut de la forteresse. Jean de Meun nous fait brusquement quitter le champ de bataille pour nous transporter dans la forge de Nature, ouvrière de vie et de mort, sous le contrôle de son chapelain, Génius, ordonnateur de la Création. Nature se confesse à Génius et c'est un nouveau discours si long que Génius l'interrompt et s'indigne du bavardage féminin. Cette confession de Nature est une vaste revue encyclopédique, où Jean de Meun a rassemblé toutes les connaissances du temps. Opposant ce qui se passe effectivement dans le monde et ce qui devrait s'y passer, Nature esquisse le tableau d'un monde où l'homme se soumettrait à ses lois : alors régneraient l'harmonie, le bonheur universels. On voit ensuite Nature philosopher fort savamment sur le libre arbitre, la valeur des songes, les visions somnambuliques ; elle condamne l'astrologie et nie que l'apparition de comètes signifie la mort des grands personnages, ce qui l'amène à définir la véritable grandeur. Les princes ne valent pas plus par eux-mêmes que les laboureurs ; les clercs, parce qu'ils sont instruits, ont plus de chance d'accéder à la grandeur, mais la véritable science ne saurait aller sans conscience et la vraie grandeur, c'est celle du cœur. En conclusion, Nature expose que toutes choses en ce monde sont soumises à ses lois. C'est folie que tenter de s'y soustraire. Et parmi ses lois, il est la loi d'amour, à laquelle on ne peut se dérober. Pourquoi donc refuser à l'Amant ce qu'il sollicite à bon droit ? La réplique de Génius est fort longue, et passablement inutile à l'action, puisque le chapelain se contente de développer certains des problèmes les plus ardus de la philosophie. Ensuite il se rend au camp des assiégeants et relève leur courage. Après cette intervention, un dernier assaut donne la victoire et l'Amant cueille la « rose vermeille ». Le jour se lève, il s'éveille.

Avec Jean de Meun, nous avons complètement changé de registre. C'est sans grande conviction, ni de sa part ni, il faut bien le dire, de la part de son lecteur, qu'il mène jusqu'à la fin l'intrigue que lui a léguée son prédécesseur ; le jeu de l'amour courtois ne l'intéresse pas et probablement n'est plus une des préoccupations essentielles de son temps. Ce qu'il se propose, et ce qui fit son succès à son époque, ce n'est rien moins que, sous le voile de personnages qui sont d'ailleurs des porte-parole, de mettre à la portée d'un public lettré sans doute, mais non spécialisé, d'un public en quelque sorte, d'honnêtes hommes, les connaissances des savants. Outre le charme certain de quelques passages, c'est donc pour nous, avant tout, un document sur la culture de la fin du XIIIe siècle. Cette encyclopédie entend faire le tour de toutes les questions, même les moins poétiques : problèmes de la scolastique, disputes de théologiens, de philosophes et de moralistes. Si, tout au long d'un grand épisode, la Raison fait entendre sa voix, c'est pour proclamer une doctrine faite de modération, de mépris des circonstances fortuites, où l'on reconnaît la leçon de l'Antiquité. Un autre passage essentiel, assez mal écrit d'ailleurs, est l'évocation de la forge de Nature, qui crée sans se lasser les êtres les plus divers, tandis que la Mort les guette pour les détruire et que l'Art s'efforce, en vain, de saisir ses secrets pour l'imiter. La confession de Nature est pleine d'une éloquence pathétique et qui fait image, elle décrit la vie permanente des espèces qui subsistent par-delà la disparition des individus, l'harmonie du monde astral, celle du monde terrestre qui n'est troublée que par la folie des hommes. Parfois, Jean de Meun atteint à l'ampleur, à la noblesse du *De natura rerum* de Lucrèce. C'est au nom de la nature qu'il s'indigne de l'ascétisme, des excès du renoncement, où il ne voit qu'hypocrisie, et dont il fait une satire âpre et truculente. C'est aussi parce qu'il lui semble aller contre les lois de nature qu'il condamne l'amour courtois (bien qu'il soit le thème de son œuvre) ; il n'a que mépris pour ses mièvreries. Pour lui, l'amour c'est l'amour charnel et les luttes qu'il entraîne, le combat sans merci de l'homme et de la femme. Jean de Meun n'est cependant pas un adversaire de la religion chrétienne ; mais, en pré-humaniste, il tente de concilier la sagesse des philosophes antiques et la morale de l'*Évangile.* Ce n'est donc pas la variété qui manque à l'œuvre de Jean de Meun, il passe, avec aisance, des sommets de la philosophie à la satire la plus colorée et la plus cynique.

Ce qui surprend toujours lorsqu'on aborde *Le Roman de la Rose*, c'est qu'il soit œuvre d'humanistes, procédant de deux esprits bien différents et explicitant de manière exemplaire l'évolution des esprits. Le poème de Guillaume de Lorris est un art d'aimer, et si tout l'amour courtois, qui va bientôt disparaître, s'y exprime, il est déjà tout imbu des Anciens, d'Ovide en particulier ; celui de Jean de Meun est une encyclopédie, où l'auteur rassemble en nobles discours toutes les données de la science et de la philosophie, c'est aussi un ample poème cosmologique. Ainsi, chacun, dans son genre propre, a réuni tout ce qu'il était possible de rassembler sur deux sujets aussi importants ; mais alors que Guillaume de Lorris se tourne vers un passé qui bientôt n'existera plus, Jean de Meun entrevoit l'avenir et annonce le XVIe siècle humaniste. Par là, *Le Roman de la Rose*, œuvre la plus significative de tout le Moyen Âge français, se trouve situé au tournant que prit, entre ces deux dates extrêmes de composition, l'esprit français ; on y trouve, assez singulièrement réunis, deux courants de pensée qui sont en quelque sorte deux constantes principales de la littérature française. – *Le Roman de la Rose* a été édité par F. Lecoy (3 vol., Paris, Champion, 1965-1970) et traduit par A. Lanly (5 vol., Paris, Champion, 1971-1976).

Roman de la Violette **:** v. **GERBERT de Montreuil.**

***Roman de Mélusine*.** Roman français en prose de Jean d'Arras (XIVe siècle). Mélusine et ses sœurs, Palestine et Mélior, filles de la fée Pressine et de son mari Elinas, roi d'Albany (Écosse, en celtique), voulant châtier leur père qui a trahi son épouse, l'enferment dans une montagne du Northumberland d'où il ne pourra plus s'échapper. La fée, regrettant son époux, punit sévèrement ses filles. Mélior est enfermée au « chastel de l'Esprevier en la Grant Arménie », où elle devra entourer de ses soins un épervier dont la garde lui est confiée : elle pourra tout concéder aux preux chevaliers qui parviendront au château, sauf son amour. Palestine, enfermée dans une montagne de l'Aragon, devra garder le trésor de son père, jusqu'au jour où un chevalier de sa famille viendra la libérer. Mélusine, la plus coupable, subit le châtiment le plus dur : chaque samedi, la partie inférieure de son corps, à partir de la taille, se transforme en serpent. Si un chevalier accepte de l'épouser, en faisant serment de ne pas chercher à la voir en ce jour funeste, elle sera une femme heureuse. Mais manquerait-il une seule fois à son serment, elle serait condamnée à conserver sa forme horrible jusqu'au jour du Jugement universel : elle apparaîtra alors à tout homme de son lignage le jour où il sera près de mourir. Elle aura des fils, malgré tout ; et ils seront nobles et preux. Mélusine, par art de magie, attire à elle Raimondin, fils du roi des Bretons, qui fuit à travers la forêt, ayant tué sans le vouloir son oncle, le comte Almery de Poitiers. Elle lui prête assistance et elle l'amène à l'épouser. Des enfants naissent, fiers et courageux, mais chacun d'eux porte sur son visage un signe visible de l'infamie maternelle : l'un a sa joue marquée d'une patte de lion, un autre n'a qu'un seul œil, ou une dent de longueur démesurée, ou encore une tache velue qui dépare son nez. Grâce aux arts magiques de leur mère, ils connaissent une vie heureuse. Mélusine élève une merveilleuse forteresse, le château de Lusignan, et étend leur domaine sur le Poitou, la Guyenne, la Gascogne, la Bretagne. Mélusine a toujours paru à Raimondin un miracle de bonté ; elle élève ses enfants avec sagesse, elle leur forme une âme grande et généreuse. Mais, victime un jour du parjure de Raimondin qui a épié et découvert sa terrible transformation, elle disparaît en prenant la forme d'un serpent ailé. Son mari, repentant et désespéré, s'enferme dans un cloître. La légende veut que de Mélusine soit issue l'illustre lignée des Lusignan (Mère-Lusigne), alliée à un grand nombre de nobles familles, qui toutes se targuent de leur origine surnaturelle et de leur grande et malheureuse aïeule.

Au cours du XVe siècle, la version poétique du roman de Jean d'Arras, due à un certain Couldrette (*Le Livre de la vie de Mellusigne*), contribua considérablement à la diffusion de la légende qui fut bientôt connue en Angleterre comme en Allemagne.

Au XVIe siècle, Paracelse appelle les ondines du nom de Mélusines : filles du roi, désespérées de leurs péchés, elles dénaturent la fable traditionnelle ; transformées par le diable en spectres ou en monstres horrifiants : « On croit qu'elles vivent, dépourvues d'une âme raisonnable, en un corps fantastique, et qu'elles se nourrissent des éléments ; avec ceux-ci, elles s'évanouiront lors du Jugement dernier, sauf si elles épousent un homme. Cette union, seule, peut leur permettre de mourir d'une mort naturelle. » Mélusine, suivant la prédiction maternelle, devait apparaître sous sa forme de serpent, comme une messagère de mort, aux hommes de sa descendance. Jean d'Arras, à qui semble due cette légende, dit que Mélusine apparut au roi de Chypre trois jours avant son assassinat, qui eut lieu le 3 janvier 1369. Elle serait ensuite apparue aux défenseurs de la forteresse de Lusignan au cours de leurs luttes contre les Anglais. Une légende semblable vécut au Luxembourg : Siegfried, premier comte de Luxembourg, épouse une femme qui porte le nom de Mélusine et lui promet de ne pas essayer de la voir le samedi. Piqué de curiosité, il l'épie et la voit, avec horreur, changée partiellement en poisson. Depuis ce jour, la malheureuse revient de temps en temps au château, sur la margelle du puits ou sur la tour ronde qui porte son nom ; elle frappe trois coups aux maisons d'alentour, la veille du jour où la mort doit faire son œuvre.

On a essayé de donner à Mélusine une personnalité historique, en l'identifiant avec l'une ou l'autre des nombreuses nobles dames de l'époque. Jean d'Arras a voulu créer une œuvre divertissante à la fois et didactique, dans le goût de son temps : il y expose en effet les enseignements utiles pour la formation d'une élite de grands seigneurs. Le récit, vivant et pittoresque, donne une image intéressante de la société féodale. – Le *Roman de Mélusine* a été édité par L. Stou (1932) et traduit par M. Perret, Stock, 1979.

Roman du châtelain de Coucy et de la dame de Fayel. Roman en vers, composé vers la fin du XIIIe siècle par un poète du nord de la France, Jakemon (ou Jakemes) Sakesep (selon certains, il s'agirait, d'après un acrostiche trouvé dans la dernière partie du poème, de Jacques Bretel). Renaut, châtelain de Coucy, fier chevalier et bon poète, aime la dame de Fayel qui tout d'abord, fidèle à son mari, repousse l'amour du chevalier. Mais touchée par la chaleur du sentiment dont elle est l'objet, elle accorde à Renaut de porter ses couleurs en un tournoi. Le chevalier accomplit des prodiges de vaillance et peu à peu la dame est conquise. Elle reçoit son amant la nuit, avec la complicité d'une chambrière fidèle, Isabelle, qui est prête, si jamais le seigneur de Fayel découvrait la chose, à faire croire que le chevalier vient pour elle. Mais une dame, amoureuse de Renaut et jalouse, révèle au mari le secret qu'elle a découvert : grâce à Isabelle, les amants esquivent le danger. En redoublant de précaution, ils continuent de se voir, aidés par Gobiert, un serviteur dont la dame de Fayel s'est assuré le dévouement. Les soupçons du mari sont encore une fois mis en éveil et il a recours à une ruse. Il feint de vouloir se croiser et il annonce qu'il emmènera sa femme en Terre sainte. Renaut songe immédiatement à prendre lui-même la croix et se joint aux chevaliers de Richard Cœur de Lion. Au moment de partir, le seigneur de

Fayel simule la maladie et renonce à l'entreprise, au grand désespoir des deux amants. La dame donne une tresse de ses cheveux à Renaut qui part. Le châtelain de Coucy se couvre de gloire contre les Sarrasins ; il est blessé par une flèche empoisonnée, et avant de mourir il demande à Gobiert, qui l'a suivi, de faire embaumer son cœur, de l'enfermer en un coffret avec la tresse de cheveux et de le porter à sa dame. Lorsque Gobiert arrive à Fayel avec ses précieuses reliques, il est surpris par son ancien seigneur qui s'empare du coffret et, mû par sa vieille haine et sa jalousie, prépare une terrible vengeance. Il fait accommoder par son cuisinier comme un mets délicat le cœur du malheureux Renaut et le fait servir à sa femme ; puis, lorsqu'elle y a goûté, il lui révèle sa vengeance et lui montre la tresse. La dame fait serment de ne plus jamais goûter aucun mets, ayant goûté celui-ci qui est le plus noble de tous. Elle tombe évanouie et meurt.

L'histoire du châtelain de Coucy et de la dame de Fayel appartient au cycle bien connu du « cœur mangé ». De très nombreux contes, des nouvelles, des poèmes du Moyen Âge rapportent, avec des variantes plus ou moins notables, cette histoire qui se trouve déjà dans un conte du Pendjab. On la retrouve dans une des *Vies de troubadours*, celle de Guillaume de Cabestanh (XIIIe siècle) ; elle forme le sujet d'un conte du *Novellino*, recueil italien anonyme du début du XIVe siècle, et du neuvième conte de la quatrième journée du *Décaméron* de Boccace ; elle se retrouve également dans un conte se rapportant au poète allemand Reinmar de Brennenberg (XVe siècle). Dans tout ce groupe de versions, le mari lui-même tue ou fait tuer le rival, pour lui arracher le cœur et le faire manger à l'infidèle. Dans le *Roman du châtelain de Coucy,* l'auteur a pris le personnage historique du poète Guy, châtelain de Coucy, mort en 1203, pour en faire le héros de son roman, et lui a attribué des chansons effectivement composées par ce poète. Le *Roman* est de lecture facile et agréable ; il est vivant et intéressant du fait de l'analyse psychologique assez fine et de la représentation réaliste de la vie de son époque. Il connut un grand succès et devint rapidement célèbre, ainsi qu'il ressort des allusions qu'on en trouve en d'autres ouvrages, et des versions qui en furent faites en d'autres langues (flamande, du XIVe siècle ; anglaise, du XVe siècle). — La Société des anciens textes français a donné en 1936 une édition critique de ce roman par M. Delbouille sous le titre : *Roman du castelain de Couci et de la dame de Fayel.* Il existe une traduction du roman par A. Petit et F. Suard (Corps 9 Éditions, Troesnes-La Ferté-Milon, 1986).

Roman-feuilleton. Roman publié par tranches dans le « feuilleton » (c'est-à-dire le bas de page) des journaux quotidiens. Il ne naît véritablement qu'à la fin des années 1830 en France, avant de se répandre en Europe et même dans le monde entier. La publication de romans par tranches périodiques n'était pas entièrement nouvelle. On en trouve des exemples au XVIIIe siècle, et même dès le XVIIe siècle, en France et en Angleterre. Mais ce n'est qu'au XIXe siècle que la plupart des romans furent publiés dans le feuilleton de quotidiens politiques, dont ils accrurent le lectorat tout en transformant la nature du journal. Peu à peu, le journal au XIXe siècle d'organe politique va devenir une puissance médiatique, en partie grâce au roman-feuilleton. Aussi l'essor du journal et celui du roman-feuilleton sont-ils inséparables jusqu'à ce qu'au début du XXe siècle les progrès de l'édition de masse, d'une part, l'apparition des médias de l'image, de l'autre, leur donnent à l'un et à l'autre un rôle plus secondaire.

C'est en 1836 qu'Armand Dutacq et Émile de Girardin, directeurs respectivement du *Siècle* et de *La Presse*, eurent simultanément l'idée d'introduire la publication du roman par tranches dans leur quotidien pour en accroître le lectorat en suscitant un intérêt autre que politique. Le résultat escompté ne se fit pas attendre, et les premiers romans-feuilletons, signés Dumas ou Balzac, firent faire un bond considérable aux ventes. Dès lors, tous les journaux se mirent à publier du roman-feuilleton, malgré la réprobation des critiques et la méfiance des pouvoirs publics et de la classe politique. Mais c'est l'immense succès des *Mystères de Paris* (*) d'Eugène Sue (1842-1843) qui lança véritablement le roman-feuilleton. Dans les années 1840 Alexandre Dumas père (1802-1870), Eugène Sue (1804-1857), Frédéric Soulié (1800-1847) et Paul Féval (1817-1887), mais aussi Balzac, publient leurs principaux romans en feuilletons avec un succès toujours renouvelé. Les feuilletons les plus populaires se vendent à prix d'or, sont reproduits par les journaux de province et étrangers, et repris par l'édition. Les principaux quotidiens de Paris doublent leur tirage.

Après une brève éclipse due aux lois sur la presse en 1848, le roman-feuilleton est plus florissant que jamais sous le second Empire. La censure politique très répressive oblige alors les journaux à se rabattre sur les mondanités, les faits divers et le roman. Celui-ci, en même temps, change de caractère. Il se dépolitise et, alors que les premiers grands romans-feuilletons étaient tous animés d'une même volonté de faire une peinture critique de la société, on voit se multiplier les romans d'aventures pures, dont le cycle des *Rocambole* de Ponson du Terrail (1829-1871), au succès qui peut déjà être dit de masse, est le meilleur exemple. Déjà se dessinent à l'intérieur du roman-feuilleton des sous-genres : roman historique, roman policier avec É. Gaboriau (1832-1873), roman exotique (G. Aimard). Les journaux disposent désormais de moyens industriels et de supports bancaires adaptés à une production de masse, tandis que se développe le réseau de communications qui va permettre de toucher la province et les campagnes, et que naît une publicité moderne. *Le Petit Journal,* créé par Moïse Milhaud en 1863, est le résultat de tous ces facteurs réunis. D'un prix modique (un sou), il est résolument tourné vers le fait divers et le roman. D'autres modes de publication des romans-feuilletons se développent parallèlement : éditions de plus en plus accessibles, journaux-romans hebdomadaires souvent illustrés par les meilleurs dessinateurs. C'est sous le second Empire que le roman-feuilleton devient le mode de publication de la majorité des romans, et en même temps la cible du mépris grandissant des critiques, qui accusent leurs auteurs d'écrire trop vite, de rabâcher des schémas conventionnels et d'utiliser des ficelles usées, bref d'être des marchands et non des écrivains.

De 1870 à 1914, les romans-feuilletons se multiplient. Les moindres quotidiens en publient, de même que les grands journaux populaires (*Le Petit Journal, Le Petit Parisien, Le Journal, Le Matin*), et cela jusqu'à deux ou trois à la fois. Mais c'est aussi le début de la décadence. Les romans-feuilletons, publiés en masse, sont de plus en plus stéréotypés. La vogue est d'ailleurs, dès les années 1880, au roman sentimental, mélodramatique, particulièrement consommateur de lieux communs, dont *La Porteuse de pain* (1884) de X. de Montépin reste le plus connu. Mais il faut aussi citer É. Richebourg (1833-1898), G. Ohnet (1847-1918) et son *Maître de forges* (1881), J. Mary (1851-1922), l'auteur de *Roger la Honte*, et P. Decourcelle (1856-1926) qui sera avec A. Bernède (le père de *Judex* et de *Belphégor*) l'un des pionniers du cinéma. À côté du roman d'aventures coloniales et du roman policier se développe le roman d'anticipation (J. Verne bien sûr, mais aussi G. Lerouge, J. de La Hire, J.-H. Rosny aîné).

Le début du XXe siècle voit le roman-feuilleton, à la fin de sa Belle Époque, flamber de ses feux les plus vifs, avec Zévaco, l'auteur des *Pardaillan*, M. Leblanc, père d'Arsène Lupin, et surtout G. Leroux (1868-1927), auteur entre autres des cycles de *Chéri-Bibi* et de *Rouletabille*. À côté du roman-feuilleton se multiplient toutefois les éditions bon marché, qui constituent peu à peu leur propre fonds. De plus, l'essor du cinéma à partir de 1914, s'il s'appuie d'abord sur le roman-feuilleton (succès populaire des films-feuilletons), va peu à peu entraîner son dépérissement.

Malgré les critiques souvent justifiées dont il a été l'objet, ce vaste ensemble différencié que constitue le roman-feuilleton reste une mine de renseignements sur les formes d'élaboration et de diffusion de l'imaginaire collectif dans les sociétés industrielles naissantes.

LISE QUEFFÉLEC-DUMASY.

Roman policier. *L'Affaire Lerouge,* de Gaboriau, est en 1866 le premier roman policier français. Mais le genre ne prendra son envol que quatre décennies plus tard, avec l'apparition de l'*Arsène Lupin* (*) (1905) de Maurice Leblanc et du Rouletabille de Gaston Leroux – v. *Le Mystère de la chambre jaune* (*) (1907). D'une part, la fantaisie ; de l'autre, la logique.

Sous l'influence anglo-saxonne, c'est le roman d'énigme qui s'impose : le crime considéré comme un jeu de société (Qui ? Pourquoi ? Comment ?). Ce roman, essentiellement bourgeois, est conformiste et sécurisant : « La police veille. »

Le succès paradoxal de deux romanciers belges, Simenon (Série *Maigret,* 1930) et Steeman (*Six hommes morts,* 1931), libérera les Français du strict roman-problème. Dans la formule nouvelle qui se développera jusqu'à la Seconde Guerre mondiale, les auteurs les plus représentatifs sont Claude Aveline (*La Double Mort de Frédéric Belot,* 1932) et Pierre Véry (*L'Assassinat du Père Noël,* 1934).

Peu avant la Libération, le roman policier apparaît plus mûr, plus grave, témoin de son temps. Avec *120, rue de la Gare* (1943), Léo Malet, ex-surréaliste, réussit la synthèse, jusque-là impossible, du roman noir américain et de l'enquête classique par le truchement du détective Nestor Burma. Malet entraînera son héros, jusqu'en 1967, dans une saga urbaine, *Les Nouveaux Mystères de Paris,* avec un succès légitime que perpétuent cinéma et télévision.

Jean Meckert signe sous le pseudonyme de Jean Amila des œuvres désespérées, authentiques pamphlets prolétariens (*Y a pas de Bon Dieu !,* 1950). Se dessine alors une nouvelle école, lointainement héritée d'Eugène Sue : le roman argotique de truands.

Initiateur et maître, Albert Simonin rafle le prix des Deux-Magots en 1953 pour *Touchez pas au grisbi.* D'autres auteurs s'engouffrent dans le créneau : Bastiani, Duquesne, Giovanni, Héléna, Le Breton, mais Simonin demeure inégalé. Sa trilogie *Le Hotu* (1968- 1971) restera comme une œuvre forte au style réjouissant de fausse préciosité. À juste titre, on surnomma Simonin « le Chateaubriand de la pègre ».

Mutatis mutandis, avec Boileau et Narcejac, la France découvre le suspense (*D'entre les morts,* 1954). Boileau et Narcejac affirment que, désormais, on peut diviser le roman policier en trois formules : enquête classique ou *roman du policier ;* roman criminel ou *roman de l'assassin ;* suspense ou *roman de la victime.*

Les auteurs s'inscrivent par affinités dans ces catégories, non sans manifester un humour souvent très noir : Exbrayat, Fred Kassak, Hubert Monteilhet, Sébastien Japrisot, Michel Lebrun, Paul Gerrard, Michel Cousin se font connaître. Frédéric Dard, sous le pseudonyme de San Antonio, constitue un cas limite d'autodestruction du genre.

C'est le nouvel âge d'or. Le roman de crime et de mystère atteint des tirages records avec Noël Calef, G.-J. Arnaud, Laurence Oriol, Jean-François Coatmeur, René Réouven, Louis C. Thomas. Tous ces écrivains ont en commun la qualité d'écriture et la recherche de structures nouvelles. La création en 1973 de l'Ouvroir de littérature policière potentielle (OuLiPoPo) servira de catalyseur.

Parallèlement, sous l'impulsion de Jean-Patrick Manchette (*L'Affaire N'Gustro,* 1972) le roman policier se politise. Son but désormais est de déranger. Tandis que Demouzon et Pierre Magnan restent fidèles à l'école Véry, Manchette, A.D.G., Francis Ryck dépeignent des marginaux. Pierre Siniac, lui, s'affirme comme un « surmarginal » à l'humour énorme (*Luj Inferman' et La Cloducque,* 1972).

En 1979, la tendance s'exacerbe sous la dénomination de « néo-polar », phénomène qui ne durera que quelques années mais qui révélera d'authentiques écrivains : Vautrin, Jaouen, Daeninckx, Pouy, Pagan, et les plus récentes révélations, Daniel Pennac (*Au bonheur des ogres,* 1985), Marc Villard (*Démons ordinaires,* 1992) et Tonino Benacquista (*Les Morsures de l'aube,* 1993).

Souvent déclaré malade, fréquemment enterré, le roman policier évolue sans cesse, et sa prodigieuse vitalité démontre, par son influence, qu'il est devenu un fécond « laboratoire d'écriture ».

MICHEL LEBRUN.

Romans nationaux (Les). C'est sous ce titre qu'Erckmann-Chatrian (les écrivains Émile Erckmann, 1822-1899, et Alexandre Chatrian, 1826-1890) réunit une dizaine de romans et de nouvelles publiés par Hetzel en édition populaire, avec le plus grand succès. Les plus fameux, qui parurent abondamment illustrés, sont : *Histoire d'un conscrit de 1813* (1864) et sa suite, *Waterloo* (1865), *Madame Thérèse* (1863), et *L'Invasion* (1867).

— *Histoire d'un conscrit de 1813.* Comme tant d'autres romans d'Erckmann-Chatrian, c'est, avec beaucoup de vérité, la description des troubles que la guerre apporte dans la vie quotidienne. C'est l'histoire de Joseph Bertha, apprenti chez un vieil horloger de Phalsbourg, dont le bon sens saura faire face aux événements les plus écrasants. Contraint de quitter sa cousine Catherine dont il est épris, il aura, sur le champ de bataille, la vision de l'Empereur « calme, froid, comme éclairé par le reflet des baïonnettes... » Rentré dans ses foyers après Leipzig, Joseph épouse Catherine : c'est la paix (et la réaction légitimiste). Mais voici l'Aigle qui débarque : l'ancien conscrit reprend le sac, et cela nous vaut, avec un tableau complet de la Restauration de 1814, le récit strictement militaire des marches et contremarches qui aboutirent à Waterloo. — *Madame Thérèse ou les Volontaires de 92,* Mme Thérèse, vivandière de l'armée de Moselle, laissée pour morte après la bataille d'Anstatt, a été recueillie et sauvée par un brave médecin allemand, le Dr Jacob. L'auteur évoque à la fois un glorieux épisode de la guerre pour la liberté où les trente mille volontaires de Hoche affrontaient les quatre-vingt mille hommes de Brunswick, et l'irrésistible cheminement de l'amour dans le cœur d'un célibataire endurci, thème qui sera repris dans *L'Ami Fritz.* — *L'Invasion*, d'abord publiée sous le titre *Le Fou Yegof* (1862) : c'est la lutte sans merci de montagnards vosgiens contre l'envahisseur. Pendant quatre jours, ils tiennent tête à soixante mille Autrichiens qui, finalement, s'enfuient en débandade pour ne pas périr écrasés par les monceaux de roches qui ont fait parmi eux des trouées sanglantes. L'épisode s'aggrave de la présence d'un traître (le fou Yegof) et s'agrémente d'une histoire d'amour, avec pour héroïne une petite bohémienne abandonnée (un autre récit des *Romans nationaux*, consacré aux Romanis et aux Allmanis, a pour titre : *Les Bohémiens sous la Révolution*). Les personnages de *L'Invasion* — sabotiers, bûcherons, flotteurs ou contrebandiers — sont des gens du peuple à l'âme simple, « cloués au travail par le sentiment du devoir » et, dans la pensée des deux écrivains, leur sursaut de patriotisme symbolise, conformément à l'idée chère à Augustin Thierry, l'éternelle rivalité des Celtes blonds et des Germains roux.

D'inspiration patriotique et militaire au premier chef, avec un vif sentiment du péril dont sont menacées les régions frontières, et une tendresse touchante pour leur petite patrie, l'œuvre des deux conteurs alsaciens ne pouvait manquer d'émouvoir les foules, surtout après nos revers de 1870. Cette perpétuelle évocation du danger n'est pas exempte, cependant, d'une certaine monotonie. On rapporte à ce propos un mot du sculpteur Préault conversant chez Théophile Gautier : « C'est, disait-il, l'*Iliade* de la frousse. » — Les *Romans nationaux* furent bientôt suivis d'une autre série intitulée *Contes et romans populaires*, comprenant dix-sept romans ou nouvelles, et surtout de *L'Ami Fritz* (1864), le roman le plus populaire d'Erckmann-Chatrian. Alors que, dans *Les Confidences d'un joueur de clarinette* (1863), Kasper, homme d'âge mûr devenu amoureux de sa cousine Margredel, n'obtient finalement de la belle que cette réponse décourageante : « Je t'aimerai toujours comme un frère... », l'ami Fritz, âgé de trente-six ans, épousera la blonde Sûzel, fille de son fermier, qui en a dix-sept à peine. Mais l'autobiographie, dans l'œuvre d'Erckmann, étant très importante, le dénouement de ce dernier livre apparaît aussi arbitraire que celui du joueur de clarinette était naturel. Dans *L'Ami Fritz* nous est décrite l'éclosion d'une passion vive et fraîche que l'auteur avait jadis éprouvée sans la pouvoir mener à bonne fin. Fritz Kobus, joyeux compère de petite ville, borne son ambition à fumer des pipes, vider des chopes, « se faire du bon sang », et ne veut rien entendre lorsque le rabbin David Sichel le presse de convoler. Mais, un jour qu'on lui apprend les prochaines fiançailles de Sûzel, Fritz se sent soudain devenir « comme une chandelle des prés dont un coup de vent disperse le duvet dans les airs... » Et lui qui avait refusé une vingtaine de brillants partis se voit accorder la main de la fille des champs.

Romantisme. Pour trouver le romantisme, il faut d'abord écarter les préjugés de la « modernité », en particulier ceux de la critique déconstructionniste qui, refusant l'histoire et la recréant à son image, extrait du XIXe siècle ses précurseurs, les écrivains à qui elle attribue sa stratégie du vide (Baudelaire, Flaubert, par exemple) ; il faut inversement tenter de saisir le romantisme comme mouvement global ; mouvement, le romantisme l'est, comme une poussée puissante, qui se déplace et se meut continuellement par expansion et approfondissement, et, global, il l'est, car il ne peut se définir que comme une activité générale et multiple, s'étendant à tous les domaines et rebelle à toute formulation centralisée et catégorique. Le romantisme n'est pas une école, contrairement au Parnasse, au symbolisme, au décadentisme, au naturalisme, qu'on lui oppose comme s'il s'agissait de dissidences ou de successeurs, alors qu'il s'agit souvent d'embranchements et en tout cas de groupes limités. Le romantisme est un âge de la culture au sens le plus large du mot, sans doute le dernier grand effort de la culture européenne, sans doute aussi l'apogée de la « littérature », mais en même temps une définition de l'homme, une « pensée » inséparable d'une création dans tous les domaines ; il y a des philosophes romantiques, mais le romantisme, exceptionnelle matrice d'œuvres littéraires, est en soi « philosophie » sinon « religion ».

Deux sommes critiques récentes ont essayé parallèlement d'embrasser le romantisme français dans toute son épaisseur et sa durée : les livres de G. Gusdorf appliquant au XIXe siècle sa recherche sur « les sciences humaines et la pensée occidentale », ceux de Paul Bénichou qui suit dans le même champ un axe différent, celui d'un « sacre » de l'écrivain, le sacerdoce littéraire produisant un message spécifique, la religion humanitaire. L'une et l'autre recherchent l'unité du romantisme et la découvrent dans une orientation « philosophique » générale. À la fois central et éclaté, le romantisme qui rayonne sur la poésie, le roman, l'histoire, le théâtre, la philosophie, la critique, qui a eu ses périodes, ses cénacles, ses coteries, qui a eu aussi ses divergences et ses divisions (art pour art ou art « utile », aristocratie littéraire ou engagement politique, exil hors du monde ou mission prophétique), qui tend au fond à ne grouper que des individualités créatrices fondamentalement différentes, réunies par le seul principe de la liberté en tout, et la seule exaltation de la beauté et de la poésie, le romantisme contient néanmoins une unité, il est une unité agissante et mobile, lui-même cherche l'unité et l'individualité. Il y a *un* romantisme même s'il est périlleux de lui donner une formule et de décider que tel écrivain ou tel comportement sont ou non romantiques. Pour G. Gusdorf le romantisme, refusant la mort de Dieu et la mort de l'homme, et tout le « paradigme » des Lumières — v. ce mot — (mécanisme physique et psychologique, désenchantement du monde et de l'homme, négation de toute transcendance, séparation de l'homme de lui-même et de la nature, rationalisation d'une conscience de soi aveugle et vide), restaure les dimensions fondamentales d'intériorité, d'infinitude et d'appartenance ou de présence. Analyse incontestable et profonde, mais qui, s'appuyant trop exclusivement sur le romantisme allemand, méconnaît le romantisme comme création littéraire, et sa volonté d'être actuel, moderne, réaliste et même politique. Ce côté, au contraire, est celui que développe à l'excès Paul Bénichou, préoccupé de voir dans le romantisme la survie de l'idéal « philosophique » et « libéral » des Lumières ; il le définit donc par la candidature du poète à un pouvoir « spirituel », à une fonction de cléricature, et réduit la littérature à la poésie et celle-ci, à l'exclusion de toute autre inspiration, à la proclamation d'un message religieux humanitaire, d'une nouvelle croyance, un spiritualisme laïc destiné à remplacer les religions réelles moribondes ; les poètes pessimistes, rétrogrades, « désenchantés » ne sont « romantiques » que d'une manière conditionnelle et en tout cas écartés d'une voie royale définie en termes surtout politiques.

La synthèse de G. Gusdorf est fidèle à la phénoménologie « naïve » et première qui est à l'œuvre dans le romantisme et qui surmonte toutes les antinomies, notamment entre poésie, savoir, spéculation, religion. Ce que n'admet pas la synthèse trop rationaliste de Paul Bénichou ; du fait que la poésie romantique est religieuse (dans ses thèmes, ses fictions, l'éthique de l'acte créateur fondé sur une négation du moi égoïste), il ne s'ensuit pas qu'elle réclame du lecteur la foi du croyant. Il y a croyance et croyance, et personne n'a lu *Ce que dit la Bouche d'ombre* ou *Éloa* comme l'Évangile. Ou comme on a pu lire au XIXe siècle les systèmes des utopistes sociaux et des réformateurs religieux ; l'horizon général de toute pensée est religieux, et il y a une indivision de toutes les démarches de l'esprit. Mais la poésie, qui ne se réduit pas à une prédication humanitaire rationalisée et qui reste poésie, même si elle se veut religion, est spirituelle (et non spiritualiste seulement) comme faculté de création, de dépassement, de jonction du divin et de l'humain, dans et par l'œuvre littéraire (qu'elle soit onirique, fantastique, visionnaire, prophétique, aussi bien que doctrinale, épique, l'épopée a une sacralité, ou enfin érotique).

Le romantisme est donc beaucoup plus que la littérature, et en même temps il se confond avec elle et coïncide avec une promotion de la « chose littéraire », qui la réunit à toutes les activités esthétiques au nom d'une unité de l'art, et en fait la discipline sans frontières, souveraine, ne dépendant que d'elle-même et contenant tout. C'est l'exhaussement, le moment triomphal et « classique » de la littérature *comme littérature* ; à peu près universellement fidèle au statut d'autonomie de l'art, à l'art pour l'art, doctrine qui n'est peut-être au fond qu'une transcription de l'esthétique kantienne, elle est aussi le réceptacle de tous les contenus et de tous les discours, elle est dans l'annexion et le dépassement de tous les langages. C'est cette donnée qui permet de situer le romantisme dans le temps et de voir comment il coïncide en gros avec le XIXe siècle. Il existe avant le mot « romantique » (qui est un synonyme de « romanesque »), il existe alors que le mot est un programme encore indéfini (c'est bizarrement en 1819 la publication d'André Chénier qui donne au mot un semblant de contenu), il meurt quand l'empire littéraire décline ; alors la littérature privée du souffle, je dirais totalisant, du romantisme s'oriente vers une introversion de la pureté autoréférentielle, ou introduit une épuisante opposition entre l'art et la représentation ou la communication. Le romantisme, à la fois populaire et inspiré, se voulant culture de la démocratie et ravissement intime du sujet livré à sa lecture, enchantement de l'imagination solitaire et enseignement universel, création absolue du génie et représentation du monde, « plaisir du texte » et révélation, a libéré et accompli la littérature.

Au sens restreint du mot « romantisme », et selon les schémas historiques, le mouvement n'existe qu'entre 1820 (*Les Méditations, Smarra* de Nodier, *Bug-Jargal* de Hugo, entrée en France de Byron, W. Scott) et 1843 (échec des *Burgraves* et fin du romantisme du drame) ; avant 1830, le romantisme né « à droite » (côté Hugo, côté des poètes), et « à gauche » (avec Stendhal, Mérimée, côté prose), très marqué par les problèmes de langage et de genre, et contraint de se définir en termes formels (en particulier pour conquérir les scènes parisiennes) — c'est ce que Zola nommera une « émeute de rhéteurs » —, atteint sa pleine dimension par la jonction des deux tendances et leur adhésion avec la révolution de 1830 à un libéralisme et à un modernisme général ; mais la révolution voit se scinder « l'école » : il y a le romantisme radical des « petits » romantiques, la direction « frénétique » et « bohème », qui se perpétue en romantisme de la révolte et de la misère ; il y a les « esthètes » (Préface de *Mlle de Maupin,* 1834-36), les « engagés » (Lamartine, *Des destinées de la poésie,* 1834), l'essor des systèmes de pensée sociale et religieuse, qui fascine, repousse, mais entraîne aussi (G. Sand) le compagnonnage embarrassant pour beaucoup de la littérature « de masse » (*Les Mystères de Paris,* 1843). La révolution de 1848 (révolution « romantique » de part en part), meurtrière pour les illusions lyriques et optimistes, privant le romantisme de son horizon idéal et de ses « engagements », forçant les survivants à un exil hors d'un monde désert, à un repli sur les pures valeurs de l'art, ou le savoir positiviste, à un pessimisme général en tout cas où fait naufrage l'humanisme romantique, la grande confiance du romantisme dans la capacité de l'homme de parvenir en tout aux plus extrêmes limites de sa condition, à la frontière du divin, est-elle comme on le dit, le glas du romantisme ? Mais les « désenchantés » sont des romantiques radicaux, les « réalistes », des « artistes » renforcés, des ironistes, des fidèles en somme, et le second Empire est peut-être l'époque triomphale du romantisme, le moment de son plus grand manifeste (*William Shakespeare,* 1864), le point culminant de Hugo, de Michelet (ses « Histoires naturelles »), de Nerval, de Vigny (*Les Destinées,* 1864). Les années qui entourent 1870 voient disparaître les grands romantiques, et laissent comme survivants Hugo, Flaubert, Barbey d'Aurevilly, Villiers de L'Isle-Adam, Gobineau (*Les Pléiades,* 1874, *Nouvelles asiatiques,* 1876) ; la thématique romantique survit aussi dans les courants décadentistes et symbolistes (esthétisme, idéalisme, malaise du Moi), radicalisés et désespérés, dans la mesure où ils sont privés de tous les passages entre le réel et l'idéal qui sont *établis* dans le romantisme (la passion, l'histoire, la politique, la beauté incarnée). Le romantisme meurt quand il est l'objet d'une réaction, d'une mise à mort méthodique, d'un coup de rasoir idéologique qui établit la « modernité » dans une rupture, ou un renversement ; les symptômes, ce sont les néoclassicismes, le refus politique du XIXe siècle « stupide », c'est-à-dire rousseauiste, émotif, jacobin (Maurras, Léon Daudet, Lasserre), l'adhésion éperdue au « moderne » comme valeur absolue (Zola et la beauté des gares), le « Victor Hugo, hélas » de Gide, le refus au nom d'une métaphysique mal maîtrisée d'une esthétique du contenu et de la représentation, le choix au nom d'une idéologie de l'abstraction et de la désincarnation (ce que Péguy nomme la « décréation ») de la technicité formelle (Paul Valéry), la destruction de la « génialité » par le clivage entre l'authenticité vécue et la création (le *Contre Sainte-Beuve* de Proust).

C'est donc bien vrai que le romantisme se confond pratiquement avec le XIXe siècle, et qu'il s'étend entre deux fractures, la Révolution d'une part, de l'autre la révolution « culturelle » d'une modernité avec tout son cortège d'idéologies et d'avant-gardismes qui s'est voulue, dangereusement, arrachement à l'histoire et conscience absolue de l'histoire. Né de la Révolution et contre elle, le romantisme a su allier à l'impatience de l'avenir, au sentiment puissant de l'utopie, la nostalgie du passé et il a conjugué l'affirmation énergique de son originalité et son adhésion à la poussée historique (la montée de la démocratie, approuvée ou contestée), à la critique véhémente et aiguë du moderne, des menaces qu'il représente pour l'homme et la culture. Épris de dualité et de synthèse, les romantiques avec des accentuations très diverses, selon qu'ils étaient traditionalistes ou progressistes et « modernes », ont su allier le regret d'un âge d'or et l'attente du futur, adhérer à l'originalité créatrice de leur époque et la vivre dans une tension critique, et une volonté de dépassement, ils ont pu assurer l'« engagement » du poète et son indépendance, suivre l'histoire et la transcender (par la vérité, par la beauté). Le romantisme est un, il est unitaire en tout, il n'est pas moniste, alors que les idéologies du XIXe siècle, les systèmes sociaux, où s'exprime la passion toute « démocratique » des « idées générales » et des préoccupations humanitaires, le sont. C'est que la littérature romantique, tout en devenant un message total, est restée *littérature.*

Cela dès le début, dès l'aube du siècle, quand coup sur coup, Mme de Staël, avec *De la littérature* (1800), et Chateaubriand, avec le *Génie du Christianisme* (1802), définissent le futur romantisme surtout en plaçant la littérature dans une position hégémonique. Ces deux ouvrages opposés et semblables, l'un « philosophique », l'autre catholique, ressemblaient à des poétiques (ils présentent une « topique » littéraire), et en même temps ruinaient tout l'aristotélisme séculaire et libéraient l'entreprise littéraire de toute tutelle de la rhétorique ou de l'« oratoire » aussi bien que de la « raison » ou de la « vérité » ; ce qui sépare le romantisme du « préromantisme », soit la présence des *thèmes* du romantisme dans le XVIIIe siècle sans la cohérence propre au romantisme comme comportement général, c'est qu'ils cohabitent alors avec la suprématie de la vérité (notion équivoque commune au « classicisme » et au rationalisme) et de la rhétorique (fonction de *persuasion,* pragmatique de la communication, impératifs moraux et sociaux). Or les deux premiers grands textes romantiques, ouvrages inclassables où il y avait de la philosophie de l'histoire, de la politique, de la critique, une définition religieuse de l'homme par l'arrachement à lui-même et le désir d'infini, une psychologie de la mélancolie et du « mal du siècle », la reconnaissance d'une parenté de la littérature avec toutes les puissances de générosité, de foi et d'enthousiasme, avec les extrêmes de l'homme, assurent à leur manière l'indépendance de l'*esthétique* et concurremment font de la littérature l'expression de la conviction, le lieu de la manifestation et de l'invention de la *vérité,* qui dès lors et avec une sorte de fidéisme paradoxal sera unie à la Beauté aussi bien qu'à l'Imagination créatrice. Et l'analyse du *mal du siècle,* faisant de la création littéraire le produit d'une sincérité intérieure, la transmission d'une expérience de nature personnelle et métaphysique, installe dans la littérature l'authenticité d'un véritable engagement dans l'œuvre (« la condition indispensable pour faire croire, c'est de croire », dira Nodier). Dira la beauté celui qui l'aura vue, à qui elle aura été révélée.

Le romantisme a donc re-fondé la littérature en lui conférant une vaste fonction de vérité : elle dit toute la vérité, toutes les vérités. L'effort romantique premier est une quête de l'unité, et la littérature est peut être le moyen de surmonter toutes les antinomies et les cloisonnements (verticaux ou horizontaux). Certes, le romantisme se confond avec l'individualisme : le Moi, l'Unique Moi, le Moi seul, saisi dans son pouvoir de séparation (d'où les affinités du romantique avec Satan) et de négation, libéré de tout ordre et de toute tradition, est bien, dans son for intérieur et dans sa conscience de lui-même, l'origine, le fondement, le critère de toute vérité ou valeur ; « Qu'est-ce que l'homme sinon ce que chacun appelle “Moi” », dit Jouffroy définissant la « psychologie » comme la science du Moi. Le « mal du siècle », qui détermine tout un versant littéraire du XIXe siècle (voir la lignée des héros de la mélancolie et du vague, privés de *vouloir,* livrés à l'idéalisme passif et au fond révolté, les narcisses romantiques et leurs amours impossibles, et parfois leur guérison « réaliste »), fait de la souffrance d'exister dans une incomplétude qui révèle négativement la destinée infinie de l'homme un état d'âme créateur ; au fond de l'homme, il y a plus que l'homme ; le solipsisme vide et subjectif contient un immense désir, il renvoie aux autres êtres, au cosmos tout entier atteint par une démarche amoureuse et extatique, à l'idéal sacralisé. À l'intérieur des limites du moi, le romantique ne désespère jamais de transcender toutes les limites. La chute grotesque dans le fini est, grâce à l'ironie, compatible avec l'accès à l'infini. Dans le Moi, il y a un désir d'union et d'unité, une sociabilité qui s'élargit par cercles concentriques à la totalité des êtres (c'est ce que le romantisme nomme le « socialisme »), des règnes terrestres, des mondes ; unifiant les morts et les vivants, le présent et le passé, la *mémoire* et l'*imagination,* par le sens historique, le fantastique, la vision prophétique, le sentiment de participation universelle donne au romantisme une fonction de ressourcement et d'échappement vers l'avenir, le règne de l'esprit, le royaume de l'âme (mot clé du romantisme). L'adhésion aux origines (peuples premiers, petites patries, folklores et traditions, nations conçues et vécues comme des personnes, sentiment de la variété et de la profondeur des cultures constitutives de l'être de l'homme) accompagne toujours le souci des fins dernières de l'humanité globale, historiques et/ou religieuses ; également tourné vers le début et l'horizon, le romantisme ne sépare jamais l'absolu du relatif, le local de l'universel ; contrairement aux idéologies et aux dogmes de la modernité, le romantique accepte l'originalité de son temps, qu'il se situe parmi les progressistes ou les traditionalistes, à condition de le critiquer et de le dépasser, et d'opposer les valeurs de l'art ou de la pensée aux certitudes aplatissantes de la démocratie (moralisme, positivisme, religion des intérêts matériels). Tout à la fois le romantique est un échappement permanent à tout et à lui-même et la reconnaissance de toutes les appartenances qui font la « nature » de l'homme : c'est sur ce point qu'il se sépare le plus de la « modernité ».

Parce que, pour lui, la vie organique, le peuple, la nation, la société, la nature « matérielle » ne sont pas de l'ordre de l'objet, mais du sujet, qu'il admet une circulation universelle de la vitalité et de la spiritualité, il professe parfois contradictoirement un *naturalisme* et un « surnaturalisme », qui unit spirituel et charnel, un « cogito » sensible qui dépasse l'opposition du rationnel et de l'irrationnel. Il y a une « science romantique », qui admet les acquis de la science positive (Balzac et tous les débats sur la vie organique, la paléontologie, l'unité de composition, les « histoires naturelles » de Michelet, la physiologie romanesque), et qui la complète ou l'interprète par des « savoirs » plus précaires, ou mystiques, ou archaïques, savoirs du cœur, de la croyance, de l'imagination, de l'intuition qui refusent le dessèchement de l'intellect, et le négativisme de la rationalité ; au savoir qui s'oppose, désymbolise, le romantique préfère les savoirs qui re-symbolisent, qui unissent connaissance et poésie.

« L'art est l'organe et l'intelligence de la vie » (Dilthey) : la littérature peut être un message total, être science, histoire, politique, morale, religion et beauté, parce qu'elle répond à l'indivisible unité substantielle de l'âme et du monde, de l'imagination et de l'être, de la vie et du verbe. La vérité et la beauté font naturellement leur jonction, s'identifient même pour le romantisme qui considère comme vérité ce qui est aussi et en même temps poésie et beauté ; la poésie sera, dit Lamartine, « la raison chantée » : le mythe, à la fois récit et vérité, la croyance, toute croyance qui contient un noyau de vérité, la légende qui est une autre histoire, le rêve, la vision, la voyance qui sont connaissance et révélation, le désir qui est imagination et inspiration, ou « cogito » sensible et ému, sont indifféremment de l'ordre de la vérité et de l'ordre de la poésie. L'artiste en sait plus que l'intellectuel : la représentation, la synthèse de l'idée et de l'image, ou de la pensée et des choses, vont plus loin que le concept ou l'analyse. L'œuvre romantique, qui se veut message absolu, fera donc éclater toutes les catégories séparatrices, elle unira les contrastes et les contraires dans l'antithèse et sa résolution (le drame, ou la comédie comme synthèse du sublime et du grotesque, du rire et des larmes) ; les non-genres romantiques (le poème, le roman, le journal de voyage, l'autobiographie, le journal intime, le poème en prose – v. ces mots) sont de l'ordre du mélange, de la synthèse aux compétences multiples et universelles, ils unissent prose et poésie ; la vision unifiante du romantique fait des oppositions et de leur retournement une métaphysique et une poétique (cliché/originalité ; haut/bas ; laid/beau). Mais le roman en particulier accomplit le romantisme, d'une part parce que le fait narratif est légitime par lui-même : raconter, c'est penser ; tout récit, parce qu'il est récit, affirme, instaure à sa manière une possibilité de vérité ; la raison première se dit dans des intrigues, des héros, des symboles. D'autre part, le roman, œuvre d'art, est un savoir : le romantisme engendre et contient le « réalisme », il admet une part de documentation, de description, de recours à l'objectivité (roman historique, physiologique, épistémologie complexe d'un Balzac, ses références à la vérité vraie), et aussi la reconstruction visionnaire du réel, une finalité mystique, une interprétation globale de l'homme, une dimension *idéaliste* qui recrée le réel, en fait le Vrai, et la révélation du Sens dernier. Sont interchangeables alors science et beauté, idéal et réel, art et nature, comme le sont culture et nature.

MICHEL CROUZET.

Rondeau. Dénomination d'un poème à forme fixe, qui recouvre en fait des formes aussi variées que le *rondel simple,* le *rondel double,* le *rondeau parfait...* Leur caractère commun réside dans le fait que le premier vers est repris, partiellement ou intégralement, à la fin du poème. Apparu au XIIIe siècle, le rondeau se fixe rapidement comme une strophe de huit vers fondée sur deux rimes (réparties selon le schéma *ABaAabAB*) et dont le premier vers se retrouve en entier à la fin et partiellement à l'intérieur. Le rondeau tel que Marot l'utilise au XVIe siècle – il a pris, depuis le XVe siècle, le noms de *rondel simple* ou de *triolet* – est composé de deux quintils encadrant un tercet, selon le schéma : *Aabba / aab(a) / aaba(a)* où le premier hémistiche du premier vers (*a*) constitue un court refrain repris à la fin du tercet et du deuxième quintil.

Dans le *rondeau parfait,* pratiqué également par Marot, les vers du quatrain initial posent le refrain, et le début du premier vers sert de refrain hors strophe à la dernière, selon une formule complexe où le premier vers du quatrain sert de refrain à la deuxième strophe, le 2e à la 3e, le 3e à la 4e et le 4e à la 5e.

Il faut distinguer du rondeau le *rondel* pratiqué entre autres par Charles d'Orléans, qui comprend seize vers construits sur deux rimes, et répartis en un quatrain à rimes embrassées, un quatrain à rimes alternées et un quintil formé d'un quatrain à rimes embrassées et de la reprise du premier vers. Le *rondel double* comprend quatre quatrains, dont le dernier reprend entièrement le premier ; en outre, les deux premiers vers du poème réapparaissent à la fin du second quatrain.

Le rondeau disparaîtra à l'époque classique, pour reprendre vie chez Théodore de Banville, à l'occasion chez Mallarmé et, par dérision, chez Tristan Corbière.

CHRISTIAN DOUMET.

Rondel : v. **Rondeau.**

RONSARD Pierre de. Né le 10 septembre 1524 à Couture en Vendômois ; mort le 27 décembre 1585 à Saint-Cosme-lez-Tours. Pierre de Ronsard, vendômois, peut revendiquer le double titre de prince des poètes français et de premier poète français moderne. Il est, en effet, le premier pour lequel on puisse dessiner la courbe d'une vie, dont chaque étape est marquée par une œuvre nouvelle et une transformation de la poésie. Fils cadet d'un gentilhomme — sergent fieffé de la forêt de Gâtine, Loys de Ronsart, d'abord au service du roi Louis XII et ensuite de François Ier, père des lettres —, il naquit au château de la Possonnière, une ravissante gentilhommière Renaissance, qui peut se visiter encore et dont la mince tour octogonale, les inscriptions et la grande cheminée se voient toujours. En face se cachent les ruines d'une demeure primitive, constituée par des salles souterraines creusées sous la colline, où s'égarait l'enfant génial et précoce : « Je n'avais pas douze ans qu'au profond des vallées, / Dans les hautes forêts, des hommes reculées, / Dans les antres secrets, de frayeur tout couverts, / Sans avoir soin de rien, je composais des vers. » Tout jeune, il entra au service des dauphins et des princesses royales, comme page, ce qui le mena jusqu'en Écosse, avec Madeleine de France (1537-1538). Mais ce cadet, frappé soudain de surdité (1541-1542), ne pouvant plus songer ni aux armes, ni à la diplomatie, dut être d'Église, non pas prêtre, mais, ayant reçu la petite tonsure des ordres mineurs (6 mars 1543), il pouvait accéder à des bénéfices ecclésiastiques.

Toutefois, il fut surtout de lettres. Aussi, après la mort de son père (1544), se laissa-t-il engager à Paris par le diplomate humaniste Lazare de Baïf, dans sa belle maison des Fossés Saint-Victor (aujourd'hui, rue du Cardinal-Lemoine), ornée d'inscriptions grecques, pour y être le jeune Mentor d'un plus jeune Télémaque, Jean-Antoine. En novembre 1547, Lazare de Baïf étant mort, les deux jeunes gens furent inscrits au collège de Coqueret, derrière Sainte-Barbe, impasse Chartière, lequel venait d'être repris par le grand philosophe limousin Dorat, de son vrai nom Disnamandy (en lorrain Mangematin). Ils y retrouvaient Joachim du Bellay et bien d'autres, auxquels Dorat révélait les beautés de la poésie hellénique. C'est de ce milieu effervescent que sortit, en avril 1549, notre premier manifeste littéraire : la *Défense et illustration de la langue française* (*), qui venait bruyamment participer au combat, depuis longtemps engagé, pour la promotion de la langue française, et recommander le renouvellement des genres, à l'instar des Grecs. Joachim du Bellay accompagnait sa *Défense* d'un recueil de sonnets, *L'Olive*. Mais la vraie, l'éclatante révélation de la nouvelle « école », qui ne s'appelle pas encore « la Pléiade », mais seulement et plus modestement « la Brigade », fut la publication, un an après, en avril 1550, des *Quatre Premiers Livres des Odes* de Pierre de Ronsard, vendômois. Après une retentissante et insolente Préface, affirmant sa volonté de révolutionner la poésie, prenant « style à part, sens à part, œuvre à part », le livre, qui marque une date dans l'histoire de notre littérature, s'ouvrait par des *Odes pindariques*, imitées du poète lyrique thébain du Ve siècle av. J.-C., Pindare, à qui les cités grecques commandaient des odes ou chants en l'honneur du vainqueur des jeux Olympiques, auxquels elles s'enorgueillissaient d'avoir donné le jour. Ronsard remplaçait l'athlète par le roi ou les princes, et les louait « jusqu'à l'extrémité ». Transposition plus malaisée encore au point de vue formel, car, quel métier d'artisan de la prosodie ne fallait-il pas pour faire se succéder jusqu'à vingt-quatre triades : strophe, antistrophe, épode ? On peut s'en rendre compte en lisant, par exemple, de préférence à haute voix, l'*Ode à Michel de l'Hôpital*, qui ne parut que deux ans plus tard. Mais on ne saurait la goûter pleinement qu'en l'entendant exécutée avec l'accompagnement de l'admirable musique de Goudimel.

À côté de ces odes chargées, selon le mode humaniste, de raretés mythologiques étranges comme cette invocation à Phœbus : « Ô Père, Ô Phebus Cynthien, / Ô saint Apollon Pythien, / Seigneur de Dèle la Divine, / Cyrénean, Patarean, / Par qui le trépié Thymbrean / Dessous la Custode devine », et agitées d'un « forcènement » pareil à celui de ladite Pythie vaticinant sur son trépied delphique, il y avait dix petites odes, celles-là imitées du gracieux poète latin Horace (Ier siècle av. J.-C.), qui célébraient, comme ce dernier avait fait pour son « Fons Bandusiae », la « Fontaine Bellerie », que les paysans de Couture montrent encore comme la « Fontaine de la belle Iris ». Mais les poètes de la vieille école, soucieux de ne pas leur voir échapper « les mannes de la Royale grandeur », comme Mellin de Saint-Gelais, reprochèrent au poète, devant le roi et sa fille Marguerite de Valois, de ne pas savoir ciseler le joli sonnet pétrarquisé qu'il avait introduit en France. Notre Ronsard releva le gant, et, en 1552, en publia tout un volume intitulé : *Les Amours* (*). Il y célèbre sa Cassandre, dont des recherches érudites ont établi que c'était Cassandre Salviati, fille d'un banquier italien. Il l'avait aperçue, jeune fille, à Blois, lors d'une fête de cour, en 1545, dansant un branle de Bourgogne, et en fut violemment épris. Mariée et devenue dame de Pray et de Talcy, ne lui laissant, dit-il... « qu'un pré / Où sans espoir, ses espérances paissent », Cassandre rentrait, à point nommé, dans la donnée de l'amour courtois provençal, devenant ainsi la Laure de ce nouveau Pétrarque, qui lui voue un amour idéal, souvent philosophique, faisant d'elle, selon le vocabulaire platonicien, l'Idée même de la Beauté et de l'Amour, et s'élevant « Jusqu'au giron des plus belles idées ». Le poète ne devait pas s'attarder à cet amour platonique et quintessencié, pour lequel il n'était pas fait, et allait s'orienter bientôt vers une tradition plus naturaliste et gauloise, qui lui inspira les *Folastries*, publiées en 1553 sans nom d'auteur, et deux ans plus tard, deux recueils de sonnets : *Continuation* et *Nouvelle continuation des amours* (1555-56), consacrés, cette fois, non plus à Cassandre, mais à Marie l'Angevine, lesquels marquent un renouvellement complet de sa manière.

D'abord, s'adressant à une simple paysanne de Bourgueil, une Angevine de quinze ans qui devait s'appeler du Pin à en juger par l'arbre de son « senhal », ou signal, il ne peut l'accabler de termes philosophiques, et la qualifier, comme Cassandre, « d'entelechie » (au lieu de : perfection). Elle aurait cru à une injure. S'il garde la forme du sonnet, il l'écrit non plus en décasyllabes mais en alexandrins, le vers de douze syllabes, fort délaissé depuis le *Roman d'Alexandre* (*) (dernier quart du XIIe siècle), auquel il doit son nom. Ronsard adopte aussi la règle de l'alternance des rimes masculines et féminines, le plus rare secret de notre prosodie française, que le Moyen Âge (« le vilain monstre Ignorance » comme l'appela Ronsard) avait peut-être découvert, mais non appliqué. L'humble Marie fut-elle plus accessible que l'altière Cassandre ? Sauf de menues privautés, ces « bonnes manières » que la rusticité tolère, c'est bien douteux. Rupture, silence de plus de vingt ans. Ronsard apprend que son beau Pin de Bourgueil a été abattu par la cognée de la Mort. La blessure se rouvre et le thrène s'élève, un des plus émouvants de notre langue, le *Sonnet de la Mort de Marie* et les *Stances* dédiées à la même.

Toutefois, il ne faut pas croire que les années 1555-56 et celles qui les ont immédiatement précédées soient consacrées à l'amour, et à son expression la plus simple et la plus complète. Celle-ci alterne avec la méditation, d'où sortirent parallèlement (j'emprunte le mot au vocabulaire verlainien) *Les Hymnes* et le *Second Livre des hymnes* (1555-56), où l'alexandrin, cette fois, élargit sa facture pour guinder son vol jusqu'aux Empyrées, où le seul Victor Hugo, trois siècles après, pourra le suivre. 1560 est la date de la première édition collective où le poète rassemble, en quatre petits tomes, publiés à Paris, par Gabriel Buon, « Au Clos Bruneau », les principales œuvres que nous avons analysées. Temps de trêve et de paix, telle une lourde accalmie avant l'orage des guerres de Religion. Pierre de Ronsard, bien qu'ayant des protecteurs et des amis dans les deux camps, et ayant été jadis tenté par la Réforme prêchée par de Bèze au faubourg Saint-Victor, prend parti pour la tradition catholique française : « Madame, je serois ou du plomb ou du bois / Si moi, que la Nature a fait naître François / Aux siècles advenir je ne contois la peine / Et l'extrême malheur dont notre France est pleine. / Je veux maugré les ans, au monde publier, / D'une plume de fer sur un papier d'acier, / Que ses propres enfants l'ont prise et dévêtue, / Et jusques à la mort, vilainement battue. » Les circonstances, qui auraient fait d'un autre un partisan, élèvent Ronsard à la hauteur d'un grand poète satirique, dont l'ardeur se traduit en trois œuvres maîtresses : *Discours des misères de ce temps* (1562), *Continuation du discours des misères de ce temps, Remontrances au peuple de France* (1563), dont s'inspireront plus tard même ses adversaires, comme Du Bartas, dans sa *Sepmaine* et Agrippa d'Aubigné dans ses *Tragiques* (*), et qui annoncent, plus que le Barbier des *Iambes*, le Hugo des *Châtiments*. On y relève de magnifiques apostrophes à Théodore de Bèze : « Ne prêche plus en France une Évangile armée / Un Christ empistolé tout noirci de fumée... / Christ n'est que Charité, qu'Amour et que Concorde. » À mesure que les esprits s'échauffent, que lances et espadons écrasent les morions d'acier sur les têtes et les cuirasses sur la poitrine, et que le sang coule, le ton de la polémique devient plus âpre. Attaqué en sa personne physique, en son honneur et, ce qui l'atteint le plus, dans son art, Pierre de Ronsard lance sa *Réponse aux ... Prédicans de Genève*. Il y décrit sa journée de chapelain, bourdonnante de prières, encore qu'il se défende d'être prêtre, et occupée de lectures, de pensées et – pourquoi pas ? – des honnêtes plaisirs de la Nature et de la Vie : « J'aime fort les jardins qui sentent le sauvage, / J'aime à faire l'amour, j'aime à parler aux Femmes, / À mettre par écrit mes amoureuses flammes... » Le doux évangile de la Renaissance triomphante est ici prêché. On le retrouvera dans les *Églogues* ou poèmes bucoliques, qui vont, pour plusieurs années après la fin du concile de Trente, occuper les loisirs du nouveau prieur de Croix-Val, de Montoire en Vendômois, et de Saint-Cosme-lez-Tours, sur la Loire, entre lesquels il partage ses studieux loisirs.

Arrivent les années orageuses qui vont aboutir à la Saint-Barthélemy (24 août 1572), deux ans après laquelle Pierre de Ronsard perd le souverain Charles IX pour lequel il avait écrit, lorsqu'il était monté sur le trône, en 1560, la noble *Institution pour l'adolescence du roi très chrétien*. Il en eut d'autant plus de chagrin que, par tempérament et par goût, il ne pouvait aimer son successeur aux amours efféminées, Henri III et ses mignons de cour. Au moins, avant de mourir, Charles IX avait-il pu prendre connaissance des quatre premiers livres de *La Franciade* (1572), tentative d'*Énéide* française, où étaient retracées en décasyllabes (retour à une première manière) les aventures du Troyen, fils d'Hector, Astyanax, devenu Francus pour fonder le royaume de France, dont il est le héros éponyme. Tous les procédés de Virgile : évocation des morts, scènes de magie, amours royales, tempêtes, songes, y sont mis en œuvre, mais le poète, qui a traîné cette entreprise pendant trente ans, n'arriva pas à la conduire à terme. Cependant, un artiste comme celui-là, même quand il se trompe, ne le fait qu'avec talent, et il n'est pas difficile, si l'on veut s'en donner la peine, de trouver dans *La Franciade* des comparaisons rares et des vers exquis, tels que ceux décrivant les amants que l'amour rapproche l'un de l'autre, comme le vent fait des arbres de la forêt. Ronsard n'alla pas plus avant, alléguant la mort du souverain dédicataire. Ronsard avait d'ailleurs, à ce moment-là, d'autres préoccupations. Il s'avoue : « ... né de la sorte / Que sans aimer, je suis et du plomb et du bois, / Quand je suis amoureux, j'ai l'esprit et la voix, / L'invention meilleure en la muse plus forte. » Et ailleurs : « Mon septembre est plus chaud que mon juin de fortune. » Rien n'est plus vrai, car le voilà, déjà grison et bedonnant, engagé dans une nouvelle intrigue amoureuse, qu'il appelle lui-même sa « dernière aventure ». Cette fois, plus de nom supposé, plus d'énigme littéraire à déchiffrer : il s'agit d'une des gracieuses libellules de l'escadron volant que l'astucieuse Catherine lançait à la tête de ceux qu'elle voulait séduire : une de ses filles de cour, Hélène de Surgères, dont il a fait ainsi l'anagramme : « Les rets des généreux Hélène de Surgères. »

Jeune encore, vingt-cinq ans, et Ronsard en avait cinquante, l'âge des barbons de Molière. Elle s'était éprise du capitaine aux gardes Jacques de la Rivière, qu'elle avait perdu. Réussirait-il, comme il avait fait quelques années auparavant, dans une situation analogue, pour Genèvre, à emporter la place ? C'était à la fois risqué et douteux. Il avait bien la gloire, que lui assura sa poésie, donneuse d'immortalité, mais, avoue-t-il : « Être beau, jeune, riche, éloquent, agréable, / Non les vers enchantés sont les sorciers d'Amour. » Cependant, comment une jeune femme ne s'émouvrait-elle pas à entendre exalter sa beauté en une langue dont lui seul (en dépit de son rival Philippe Desportes, qui s'y essayait bien aussi) savait le secret ? Elle l'écoutait dans le jardin des Tuileries ou les galeries du Louvre, d'où elle contemplait « Montmartre et les champs d'alentour ». Elle échangeait avec lui des serments sur une table tapissée de lauriers, acceptait la dédicace d'une fontaine à Croix-Val ; bien plus, elle tolérait les déclarations les plus enflammées, les plus sensuelles et les plus audacieuses (nous sommes au temps des « dames galantes ») : « Ne viendra point le temps, que dessous les rameaux, / Au matin où l'Aurore éveille toutes choses, / En un ciel bleu tranquille, au caquet des oiseaux, / Je vous puisse baiser à lèvres demi-closes, / Et vous conter mon mal, et de mes bras jumeaux, / Embrasser à souhait, votre ivoire et vos roses. » Jamais l'harmonie des vers et des sonnets n'a été plus enveloppante, plus enlaçante ; mais, comme elle n'y cède pas encore, le poète reprend, s'adressant à Hélène, le thème du « carpe diem » d'Horace, déjà lancé à Cassandre dans le fameux « Mignonne, allons voir si la rose », que Lejeune avait harmonisé, et ce sera le sonnet qui est dans toutes les mémoires : « Quand vous serez bien vieille, au soir, à la chandelle... » Mais l'idylle sombre dans l'indifférence et même l'aigreur des lettres qui suivent la publication des *Sonnets pour Hélène,* dans l'édition collective des *Œuvres* de 1578. Il en devait revoir encore une, celle de 1584, où figure la fameuse apostrophe aux « bûcherons de la forêt de Gastine », mais nous sommes tout près de la fin d'une œuvre qui ne se termine qu'avec la vie. Le 27 décembre 1585, à Saint-Cosme, où on a retrouvé ses ossements, après qu'il aura composé son épitaphe et dit adieu à son corps, il rendit l'« Amelette, Ronsardelette, / Mignonnelette, doucelette, / Très chère hôtesse de mon corps, / Tu descends là-bas faiblelette, / Pâle, maigrelette, seulette, / Dans le froid royaume des Morts... / Passant, j'ai dit, suis ta fortune / Ne trouble mon repos, je dors. » Outre les ouvrages que nous avons cités, rappelons enfin *Tombeau de Marguerite de Valois, royne de Navarre* (1551), *Exhortation pour le prix* (1558), *L'Art poétique* (1565), *Élégies, mascarades et bergerie* (1565), *Sonnets pour Astrée* (1578), *Le Bocage royal* (1584), et *Mascarades, combats et cartels* (1584).

GUSTAVE COHEN.

XVIe siècle. ♦ *« Quant aux Français je pense qu'ils l'ont* [la poésie] *montée au plus haut degré où elle sera jamais ; et, aux parties en quoi Ronsard et Du Bellay excellent, je ne les trouve guère éloignés de la perfection ancienne. »* Montaigne. ♦ *« Certes, pouvons-nous bien dire pour le moins de la poésie française, qu'elle a accompli son tour et sa révolution dans le cercle et dans la période de sa vie. Il l'a vue en son orient, il l'a vue en son occident, il l'a vue naître, il l'a vue mourir avec lui ; elle a eu même berceau, elle aura même sépulcre. »* Du Perron, *Oraison funèbre de P. de Ronsard*, 1586.

XVIIe-XVIIIe siècle. ♦ *« M. de Malherbe avait effacé plus de la moitié de son Ronsard, et en notait en marge les raisons. »* Racan. ♦ *« Ronsard qui le* [Marot] *suivit, par une autre méthode, / réglant tout, brouilla tout, fit un art à sa mode, / Et toutefois longtemps eut un heureux destin, / Mais sa muse en français parlant grec et latin, / Vit dans l'âge suivant, par un retour grotesque, / Tomber de ses grands mots le faste pédantesque. / Ce poète orgueilleux, trébuché de si haut, / Rendit plus retenus Desportes et Bertaut. »* Boileau. ♦ *« Ronsard gâta la langue en transportant dans la poésie française les composés grecs dont se servaient les philosophes et les médecins... Personne en France n'eut plus de réputation de son temps que Ronsard. C'est qu'on était barbare dans le temps de Ronsard. »* Voltaire.

XIXe siècle. ♦ *« J'ai tant de respect pour Ronsard, tout Français qu'il fut, que je ne saurais aller à Tours, sans m'enquérir de son tombeau* [...] *Aucun Français ne m'a jamais donné une telle impression de force. »* Southey. ♦ *« Ronsard est à sa manière une espèce de Shakespeare, non par son génie, non par son néologisme grec, mais par le tour forcé de sa phrase. »* Chateaubriand. ♦ *« Cet homme, le nez sur ses livres latins, arrachant des griffes et des dents les lambeaux de l'Antiquité, rimait le jour, la nuit, sans lâcher prise. Jeune encore, mais devenu sourd, d'autant plus solitaire, il poursuivait la Muse de son brutal amour* [...] *Il frappait comme un sourd sur la pauvre langue française. »* Michelet. ♦ *« Ce qui me frappe chez Ronsard poète, et poète si honorable, si laborieux et même si modeste après son accès de fougue première, c'est comme il se casse de bonne heure, comme il devient vite incapable d'autre chose que de courtes poussées, et comme il a le sentiment que la poésie ainsi que la jeunesse gît toute dans la chaleur du sang, et s'évanouit avec elle. »* Sainte-Beuve. ♦ *« Personne plus ou autant que ce sourd... n'a eu le sentiment des harmonies de la langue. »* Brunetière.

XXe siècle. ♦ *« On a trop vu l'amour alimenter sa poésie ; sa majeure source d'inspiration, c'est l'ivresse ; une ivresse mythologique, philosophique, chrétienne même parfois mais d'un christianisme qui s'allie étrangement au paganisme, à laquelle il doit cette sorte de transport lyrique, cette éruption verbale surabondante, intempérée, qui devait écarter de lui les lecteurs à tête froide des siècles suivants et qui ne sera retrouvée, égalée, dépassée que, beaucoup plus tard, par Hugo. »* André Gide. ♦ *« La poésie française n'a plus retrouvé, depuis lors, cette sensualité si humaine, ce culte des corps et des amours, ces douces arabesques, cette fraîcheur d'eau vive jusque dans le plus subtil artifice, ce goût admirable du bonheur, non pas combattu, mais accru et comme tendrement exalté par la certitude de la fragilité de toute chose, du peu de durée qu'ont la beauté, le plaisir, les chères souffrances de l'amour. »* Thierry Maulnier.

RÉF. : J.-David du Perron, *Oraison funèbre sur la mort de Ronsard*, Paris, 1586 (éd. M. Simonin, Genève, 1985). – C. Binet, *Discours de la vie de Pierre de Ronsard*, Paris, 1586 (éd. P. Laumonier, Paris, 1909). – C. Comte et P. Laumonier, *Ronsard et les musiciens du XVIe siècle, contribution à l'histoire de la Pléiade*, Paris, 1900. – G. Tiersot, *Ronsard et la musique de son temps*, Paris, 1902. – Paul Laumonier, *Ronsard poète lyrique*, 3e éd., Paris, 1932. – J. Baillou, *Ronsard et son quatrième centenaire*, Paris, 1926. – H. Busson, *Sur la philosophie de Ronsard*, Paris, 1930. – M. Raymond, *L'Influence de Ronsard*, thèse, Paris et Genève, et *Baroque et renaissance poétique*, Paris, 1955. – Guy Demerson, *La Mythologie dans l'œuvre lyrique de la Pléiade*, Genève, 1972. – D. Ménager, *Ronsard. Le roi, le poète et les hommes*, Genève, 1979. – M. Jurgens, *Ronsard et ses amis*, Paris, 1985. – *Ronsard en son IVe Centenaire*, 2 vol., Genève, 1988-89. – M. Simonbin, *Ronsard*, Paris, 1990.

ROSNY J. H. Aîné (pseud. de Joseph Henri Boex). Romancier. Né à Bruxelles le 17 février 1856, mort à Paris le 15 février 1940. Attiré par les mathématiques, il écrit un premier recueil de vers à treize ans. Après des études à l'École moyenne de Bruxelles qu'il quitte en 1871, il entre dans une maison de commerce puis s'installe à Londres en 1875 où il épouse en 1880 Gertrude Holmes qui lui donnera quatre enfants avant leur divorce (1896). Il se rend à Paris en 1885. Son premier roman, *Nell Horn de l'Armée du Salut,* est un échec commercial (deux cent vingt-cinq exemplaires vendus) mais lui vaut l'amitié d'Edmond de Goncourt. Il signe en 1887 avec son frère Justin François (J. H. Rosny Jeune) *Les Xipéhuz,* nouvelle de science-fiction, qui annonce ses romans préhistoriques. Le premier, *Vamireh,* paraît en 1892, puis un second, *Eyrimah,* en 1893. Rosny Aîné se remarie en 1900 avec Marie Borel. Il participe en 1903 à la première séance de la « société littéraire des Goncourt » qui décerne son prix à *La Force ennemie* de Jean-Yves Nau, un roman d'anticipation. Sa collaboration avec son frère cesse en 1907. En 1909, *La Guerre du feu* lui vaut une réputation durable (deux millions d'exemplaires), puis c'est en 1912 *La Mort de la Terre,* son premier grand roman de science- fiction, suivi en 1914 de *La Force mystérieuse,* en 1922 de *L'Étonnant Voyage de Hareton Ironcastle*, et en 1927 des *Navigateurs de l'infini* dont la fin, *Les Astronautes,* ne sera éditée qu'en 1960. En 1918 paraît *Le Félin géant,* quatrième roman préhistorique. En 1919, Rosny défend *À l'ombre des jeunes filles en fleurs* de Marcel Proust, qui obtient le prix Goncourt. Il est élu président de l'Académie en 1926 et parraine en 1928 la Nouvelle société scientifique de recherches pour l'élaboration de fusées destinées aux voyages interplanétaires, fondée par Esnault-Pelterie, avec qui il forge le mot « astronautique ». En 1930, *Helgvor du fleuve Bleu* vient clore la série préhistorique.

L'œuvre de Rosny Aîné se divise en trois parties entrelacées au long de sa vie. La première, naturaliste et réaliste, est oubliée. La seconde réunit ses romans préhistoriques. La troisième, qui relève de la science-fiction, a fait l'objet d'une réévaluation récente. Au contraire de Verne qui ne s'attache qu'à l'extrapolation technologique, Rosny Aîné exploite la richesse spéculative et poétique de l'univers scientifique. Il s'intéresse à l'avenir lointain et à la succession des espèces (*La Mort de la Terre*), à des formes de vie différentes sur d'autres mondes (*Les Navigateurs de l'infini*), à des transformations de l'environnement physique entraînant des bouleversements sociaux (*La Force mystérieuse*). Il exprime aussi cette interrogation à travers des essais, comme *La Légende sceptique* (1889), *Les Compagnons de l'univers* (1934) et *Les Sciences et le Pluralisme* (1932), seul ouvrage signé de son nom. En un sens, il a poussé le naturalisme scientifique à ses plus extrêmes conséquences.

GÉRARD KLEIN.

RÉF. : J. H. Rosny Aîné, *Portrait et souvenirs avec une notice biographique,* par R. Borel, Paris, 1945. – *Romans préhistoriques,* présentation, biographie et bibliographie par Jean-Baptiste Baronian, Paris, 1985.

ROSTAND Edmond Eugène Alexis. Auteur dramatique. Né à Marseille le 1er avril 1868, mort à Paris le 2 décembre 1918. Après des études secondaires faites d'abord à Marseille et ensuite à Paris, au collège Stanislas, le jeune Rostand entreprit des études de droit et, en même temps, écrivit une pièce, *Le Gant rouge* (1888), ainsi qu'un certain nombre de poésies qui ne connurent aucun succès. Bien qu'inscrit au barreau de Paris, il n'exerça jamais, mais se consacra entièrement aux travaux littéraires et fit paraître, en 1890, un volume de poésies : *Les Musardises.* Il se maria la même année avec une poétesse, Rosemonde Étiennette Gérard, dont le premier livre, *Les Pipeaux* (1889), venait d'être couronné par l'Académie française. *Les Deux Pierrots,* pièce écrite par Rostand en 1891, eurent aussi peu de succès que ses œuvres précédentes, par contre, la comédie en vers *Les Romanesques*, représentée le 21 mai 1894 à la Comédie-Française, fut très applaudie. Il écrivit ensuite, pour Sarah Bernhardt, deux pièces en vers : *La Princesse lointaine*, représentée au théâtre de la Renaissance le 5 avril 1895, et *La Samaritaine*, représentée le 14 avril 1897. Le 28 décembre de cette même année 1897, le théâtre de la Porte-Saint-Martin créa une autre pièce d'Edmond Rostand, *Cyrano de Bergerac* (*), qui fut un triomphe d'une ampleur rarement égalée dans les annales du théâtre. La critique eut beau indiquer les faiblesses de la pièce — faiblesses pourtant très apparentes —, son succès ne s'est pas démenti jusqu'à nos jours. La pièce suivante, *L'Aiglon*, créée par Sarah Bernhardt le 15 mars 1900, connut un triomphe analogue bien que la critique — à juste titre — se montrât encore plus sévère ; cette double réussite auprès du public fut pour beaucoup dans l'élection du poète à l'Académie française (1901). Atteint d'une pneumonie qui mit ses jours en danger et compromit gravement sa santé, Edmond Rostand se retira à Cambo, dans le pays Basque, et ne put être reçu sous la Coupole que le 4 juin 1904. Ce ne fut que le 7 février 1910 que les Parisiens purent entendre la nouvelle pièce de Rostand, *Chantecler*, qui fut un fiasco complet. *La Dernière Nuit de don Juan* (1921) fut publiée à titre posthume. La thèse défendue dans cette œuvre par le poète tendait à prouver que Schopenhauer avait raison, en déclarant que tout ce qui se réclame du nom de don Juan ne peut être qu'illusion.

♦ *« ... Rostand s'est composé, en guise de français, un exquis charabia. »* J. Rictus. ♦ *« M. Rostand, qui a produit tant de choses charmantes et spirituelles, a pu faire applaudir d'un public difficile quelques-uns des plus mauvais vers dont s'afflige la poésie française. »* R. de Gourmont.

RÉF. : J. Rictus, *Un « bluff » littéraire. Le cas Edmond Rostand,* Paris, 1903. — P. Brun, *Savinien de Cyrano Bergerac... de Le Bret à M. Rostand,* Paris, 1909. — G. K. Chesterton, *Twelve Types,* Londres, 1910. — M. Beutler, *Der Wortschatz in Edmond Rostands Dramen,* Halle, 1914. — E. Évrard, *Nos mandarins,* Tourcoing, 1920. — A. Lantier et F. Keller, *E. Rostand, son œuvre,* Paris, 1924. — P. Faure, *Vingt Ans d'intimité avec Edm. Rostand,* Paris, 1928. — P. Apesteguy, *La Vie profonde d'E. Rostand,* Paris, 1929. — J. Bédier, *Discours de réception à l'Académie française,* Paris, 1931. — R. Gérard, *Edm. Rostand,* Paris, 1935. — P. de Gorsse, *Edmond Rostand, poète français d'inspiration commingeoise,* Paris, 1951. — E. Ripert, *Edmond Rostand, sa vie et son œuvre,* Paris, 1968. — A. Justé, *La Vie et l'Œuvre d'Edmond Rostand,* Paris, 1971. — M. Migeo, *Les Rostand,* Paris, 1973. — A. della Fazia Amoia, *Rostand,* Boston, 1978. — M. Audry, *Rostand, le panache et la gloire,* Paris, 1986.

ROTROU Jean. Auteur dramatique. Né et mort à Dreux (1609-1650). Par l'importance, la qualité et la variété de son œuvre, Rotrou est considéré comme le plus grand poète de théâtre du XVIIe siècle, après Corneille, Racine et Molière. Sa discrétion, son attachement à sa ville natale (où il retourna au plus tard en 1639, tout en continuant à faire jouer ses pièces à Paris), sa mort prématurée expliquent que, malgré le succès de ses pièces, sa vie et sa carrière n'aient jamais suscité de passions, de tempêtes et donc de curiosité de scandale. Aussi restent-elles très mal connues. Issu d'une famille de magistrats depuis longtemps implantée à Dreux (plusieurs membres de sa famille, dont son grand-père, avaient été maires de la ville), il fit lui-même des études de droit et devint avocat au parlement de Paris, formation identique à celle de la plupart des poètes dramatiques de sa génération. Jusqu'en 1639, il ne semble pas s'être beaucoup consacré à la carrière judiciaire. Très jeune, en effet, entre 1626 et 1628, il commence à écrire pour le théâtre à un rythme effréné : il déclare en 1634 qu'il a déjà écrit trente pièces (Préface de sa tragi-comédie *Cléagénor et Doristée*). Ce rythme et le fait que la plupart de ces premières œuvres n'ont pas été publiées confirment les hypothèses selon lesquelles il a été attaché dès ses débuts parisiens au théâtre de l'Hôtel de Bourgogne, comme auteur lié par contrat, prenant ainsi la succession d'Alexandre Hardy. Ce statut contraignait l'auteur à écrire des pièces à la demande, pièces qui restaient, pour la plupart, la propriété de la troupe. Hardy lui-même n'avait réussi à se réapproprier et à faire publier qu'une quarantaine des six cents pièces de théâtre qu'en 1626 il déclarait avoir écrites. En 1632, Rotrou était probablement encore sous contrat, comme en témoigne une lettre du critique Chapelain qui déplorait la « servitude si honteuse » à laquelle il était astreint. Il semble n'avoir été libéré de cette servitude que vers 1634, sans que l'on en connaisse les circonstances ni les initiateurs (son protecteur, le comte de Soissons, seigneur de Dreux ? ou Richelieu lui-même, amateur passionné de théâtre, auprès de qui Chapelain a pu intercéder ?). Toujours est-il qu'à partir de cette date il fait partie, avec Corneille notamment, du cercle d'écrivains dramatiques qui sont protégés par Richelieu et qui versifient des pièces à partir de canevas composés par Chapelain sur des thèmes proposés par le ministre *(La Comédie des Tuileries, L'Aveugle de Smyrne)* ; son rythme de publication se ralentit considérablement, et, de 1634 à 1650, il ne donnera plus au théâtre qu'une vingtaine de pièces. Admirateur de Corneille, il reste soigneusement à l'écart de la « querelle du Cid » qui déchire le monde littéraire tout au long de l'année 1637, et en 1647 encore il intègre dans le cours même de sa tragédie *Le Véritable Saint Genest* un éloge vibrant des tragédies romaines de son glorieux confrère. L'extraordinaire facilité d'écriture dont il avait témoigné au début de sa carrière fait croire que, durant les quinze dernières années de sa vie, le théâtre et l'écriture théâtrale n'ont plus occupé qu'une part modeste de son activité. De fait, sans qu'on sache en quelle année il s'est réinstallé dans sa ville natale, il achète en 1639 une charge de lieutenant particulier au baillage de Dreux, charge qu'il remplira si consciencieusement qu'il refusera, malgré les objurgations des siens, de quitter ses concitoyens en 1650 lors d'une épidémie de fièvre pourprée (forme de peste) ;

il y laissera la vie. Il s'était marié en 1640, avait eu six enfants, mais aucun des trois qui lui survécurent n'eut de descendance.

En moins de vingt-cinq ans, Rotrou a donc écrit au moins une cinquantaine de pièces, dont nous ne connaissons que les trente-cinq qu'il a publiées. Cette œuvre importante est d'une si grande variété, d'inspiration, de ton et de forme, qu'il est impossible de la caractériser en une formule, si souple soit-elle. Ayant fait ses débuts à une époque où les impératifs de vraisemblance et de bienséance, ainsi que les fameuses « règles » qui en découlent, étaient inconnus ou ostensiblement ignorés, il propose à son public des œuvres extraordinairement échevelées, où les envolées romanesques voisinent avec des traits du réalisme le plus cru, où l'exacerbation des passions entraîne les personnages dans les plus lointaines aventures, les actes les plus fous, les gestes les plus cruels. C'est que la décennie 1630-1640 constitue l'âge d'or de la tragi-comédie, le genre « baroque » par excellence, dont l'esthétique prétendument réaliste incite les auteurs à faire accomplir, sur la scène même par leurs personnages, toutes les virtualités des pulsions de l'homme ; dont les thèmes, empruntés aux grands romans de l'époque ou à la « comedia » espagnole (dont il fut l'initiateur en France), sont ceux de l'héroïsme triomphant, de la vie aventureuse et du goût pour le changement d'identité, le tout au service de l'amour ; et dont l'expression passe par une alternance entre le spectaculaire des actes (batailles, duels, meurtres) et l'invraisemblance des comportements, entre la rhétorique violente de la passion exacerbée et le lyrisme tendre de l'amour — v. la magnifique *Laure persécutée*. Si la tragi-comédie domine ainsi son œuvre (dix-sept pièces ainsi intitulées) au point de déborder sur d'autres genres — ce qui est le cas dans une comédie comme *La Belle Alphrède* —, Rotrou s'est essayé avec succès dans les autres genres : il partage avec Corneille le mérite d'avoir fait renaître le genre de la comédie en 1629 — *La Bague de l'oubli* a été jouée la même année que *Mélite* — et, après ce début emprunté à un modèle espagnol, il écrivit onze autres comédies, passant de la comédie d'inspiration pastorale *(Diane, La Célimène, Céliane...)*, ou d'inspiration tragi-comique, à la comédie à l'antique ou à l'italienne (*Les Ménechmes* et *Les Sosies,* d'après Plaute, *La Sœur*) qui influencera Molière ; ainsi l'*Amphitryon* de celui-ci doit beaucoup aux *Sosies* qui triomphèrent en 1637. De même, il fut à l'origine en 1634, après Mairet, mais en même temps que Corneille et Scudéry, de la renaissance du genre de la tragédie à l'antique *(Hercule mourant) ;* en même temps que deux autres tragédies de la même veine (*Antigone* et *Iphigénie en Aulide*), il s'essaya à la tragédie romaine, à la suite de *Sophonisbe* (*) de Mairet et de *La Mort de César* de Scudéry, tout en tentant d'y faire passer une esthétique de l'horreur (un viol, deux hommes qui s'entre-tuent, deux meurtres, trois suicides) empruntée à la tragédie irrégulière des trente premières années du siècle (*Crisante,* jouée en 1635, publiée dix ans plus tard). Ce n'est que dans les cinq dernières années de sa vie qu'il fera véritablement siens les impératifs de régularité qu'on qualifie aujourd'hui de « classiques », ce qui lui permettra d'élaborer une dramaturgie fondée sur une exceptionnelle concentration de l'action et une violence désormais tout intériorisée — *Le Véritable Saint Genest*, *Venceslas*, *Cosroès*. Aussi bien l'éloge adressé à Corneille dans *Le Véritable Saint Genest* (I, 5, v. 277-286), que le sujet même de la pièce (une tragédie sainte) témoignent que Rotrou a mesuré le caractère irrémédiable de la révolution cornélienne. Pour autant, il ne se renie pas et ne fait pas du Corneille. Son penchant fondamental pour le dédoublement et l'expression de l'ambiguïté des apparences, aussi bien que son adhésion à une vision du monde où les volontés de la providence sont masquées par ce qui apparaît comme les caprices du sort, sont à l'œuvre sous des formes diverses depuis le début de sa carrière (déguisements, pertes d'identité, folie, quiproquos, jumeaux ou sosies ; événements imprévisibles, revers de fortune). Cette permanence explique qu'il ait osé faire reposer une tragédie *(Saint Genest)* sur le principe du théâtre dans le théâtre (jeu de dédoublement structurel qui montre un acteur de théâtre gagné par son rôle) ou que le héros de sa dernière tragédie soit une sorte d'Hamlet tout en inquiétude et en revirements, confronté à un père que le parricide qu'il avait autrefois commis pour accéder au trône plonge dans des accès de folie, à une marâtre d'une ambition forcenée, confronté surtout à des actes nécessaires qu'il réprouve (coup d'État et exécution de sa marâtre, de son demi-frère, et de son père) et dont il sent qu'ils le conduiront à son tour vers la folie. En somme, si l'on veut s'efforcer de trouver une cohérence dans l'évolution de cette œuvre aussi exceptionnellement diverse, on dira avec le meilleur critique de son théâtre (J. Morel) que Rotrou, tout en restant fidèle à une sorte d'esthétique de l'ambiguïté, est passé de l'ambiguïté subie à l'ambiguïté surmontée.

GEORGES FORESTIER.

RÉF. : H. Chardon, *La Vie de Rotrou mieux connue,* Paris, 1884 (réimpr. Genève, 1970). — F. Orlando, *Rotrou dalla tragicommedia alla tragedia,* Turin, 1963. — J. Van Baelen, *Rotrou. Le Héros tragique et la Révolte,* Paris, 1965. — H. C. Knutson, *The Ironic Game : A Study of Rotrou's Comic Theatre,* Berkeley & Los Angeles, 1966. — J. Morel, *Jean Rotrou, dramaturge de l'ambiguïté,* Paris, 1968 (réimpr. Mont-de-Marsan, 1991). — R.J. Nelson, *Immanence et Transcendance, the Theatre of Jean Rotrou* (1609-1650), Ohio State University, 1969. — Federici (Carla), *Réalisme et dramaturgie. Étude de quatre écrivains, Garnier, Hardy, Rotrou, Corneille,* Paris, 1974. — J. Scherer, *Théâtre du* XVII*e siècle* (t. I), Paris, 1975. — J. Morel, *Agréables mensonges. Essais sur le théâtre du* XVII*e siècle,* Paris, 1991.

ROUD Gustave. Écrivain suisse d'expression française. Né le 20 avril 1897 à Saint-Légier, village situé au-dessus de Vevey, mort le 10 novembre 1976. À Saint-Légier, sa famille exploitait une ferme qu'en 1908 l'écrivain et sa sœur Madeleine, avec qui il vécut toute sa vie, quittèrent pour s'installer dans une autre ferme du pays vaudois, à Carrouge, dans le Jorat. Ainsi rompaient-ils avec la douce lumière des eaux pour la rude terre à blé et à betteraves qu'interrompent des forêts de sapins et de hêtres. Ce n'est plus là la lumière latine mais déjà les marches de l'Allemagne. Ainsi Roud obéit-il à la discipline dont procède la clarté française et à l'instinct germanique des mystères, dans ce que l'un et l'autre ont de plus exigeant : Rimbaud et Hölderlin, Mallarmé et Novalis, Schubert et Debussy... Dans ce partage se trouve le secret de sa profondeur et de sa complexité. Son œuvre est tout entière écrite dans la clarté et sa portée tout inscrite dans le secret intérieur. Pudique et réservée, jamais pourtant elle ne céda à l'exubérance, au sombre pathétique.

Gustave Roud a immédiatement porté son œuvre à la hauteur où il voulait qu'elle se tînt et d'où elle n'est jamais descendue, même quand les exigences d'une vie matériellement difficile l'obligeaient, comme il disait, à des besognes. Par ses scrupules, la rareté de ses témoignages, par sa crainte un peu excessive parfois de la profusion, elle a été préservée de la facilité. Elle a gardé du même coup un ton reconnaissable entre tous et qui n'est pas sans faire penser à l'accent de la musique de chambre.

On pourrait dire que Roud vécut en reclus de la poésie dans ce lieu de Carrouge, plein de ressources certes, mais cachées, et que l'attention du poète tint comme une proie sous sa ferveur. Non pas pour les emprisonner ou pour s'en nourrir exclusivement mais pour chercher à saisir, un instant, une part de leur mystère. C'est un acte d'amour vis-à-vis de ce monde créé et visible et que le moindre brin d'herbe exprime. Son expérience poétique tenait de l'expérience spirituelle. Il ne lui était pas nécessaire, pour l'accomplir, de s'éloigner d'un lieu qu'il ne quitta guère sinon pour quelques voyages en Italie et vers Paris, d'où il revenait si ému, si bouleversé, qu'il se refusa de les renouveler de crainte de perdre sa vérité ou son inquiétude. Trop de beauté gratuite lui semblait n'exiger aucun effort, par conséquent créait une habitude qui ressemble bientôt à l'absence. En collaboration avec sa sœur, Gustave Roud régissait un petit domaine agricole dont il louait les champs à des fermiers, sans toutefois rompre avec les travaux saisonniers qui, disait-il, l'éloignaient heureusement du désert de la feuille blanche. Rien là qui ne ressemble à l'image du poète-paysan, encore moins à celle de l'écrivain qui refuse la ville. Pas de choix écologique de sa part, mais une accoutumance au silence, au retrait, à la solitude et au climat, aux habitudes d'une vie rurale dans laquelle il était né. Fidélité à son destin et au don de poésie qui le distinguait des siens, sans que pourtant il ait songé à en tirer vanité. Au contraire, il considérait ce don tout à la fois comme une fatalité et une raison d'être. S'il en avait cherché des avantages, il n'aurait pas vécu jusqu'à la fin de sa vie dans cette discrétion. Le bruit même de sa notoriété semblait s'arrêter sur le seuil de sa ferme. Il décourageait par sa discrétion toute curiosité. Au fond, les amateurs de pittoresque trouvaient de la banalité dans une vie qui se dérobait aux regards.

Sa poésie est une quête de ce qui est insaisissable parce qu'indicible, une recherche de ce qui ne s'altère pas, de ce qui est durable et non pas un reflet, d'une clef pour ce festin dont parle Arthur Rimbaud, du paradis dont Novalis dit qu'il est éparpillé sur cette terre. Il commença sa carrière d'écrivain, bien que le mot de carrière soit impropre, par un livre, *Adieu* (1927), qui ordinairement est celui de la fin d'une vie, puisqu'il est un adieu à la poésie. Il subissait alors la tentation mallarméenne du silence et du rien qui conclut tout. Le silence dura quelques années, puis la grâce revint et les publications se succédèrent à un rythme assez lent mais sûr : *Feuillets* (1929), *Petit traité de la marche en plaine* (1932), *Pour un moissonneur* (1941), *Air de la solitude* (1945), *Le Repos du cavalier* (1958), *Pour un requiem* (1967), *Campagne perdue* (1972). Toute cette œuvre tient en trois petits volumes, *Écrits*, publiés à Lausanne et Paris par la « Bibliothèque des arts », mais dont la densité jamais ne s'est relâchée. (Son *Journal* a été publié après sa mort, en 1982.) Sans répéter ses thèmes, Roud a toujours avancé vers une plus grande maîtrise de ce qu'il pensait avoir à dire.

Après avoir publié *Adieu*, Gustave Roud découvrit sa parenté avec les romantiques allemands et l'espace quasi religieux de leur solitude. Il médita sa vie entière sur la folie enviable d'Hölderlin, qu'il traduisit, ainsi que Novalis. Plus tard, il se pencha sur l'œuvre de Georg Trakl qu'il traduisit en grande partie, ainsi que *Les Lettres à un jeune poète* de Rainer-Maria Rilke. Le poète absolu que représente Roud ne s'est pas enfermé dans une tour d'ivoire. Au contraire, il a tenté d'exorciser sa solitude, d'entrer en communication comme tout être humain. Les temps qu'il a vécus n'ont rien facilité. Roud ne s'est jamais refusé à souffrir et même à porter l'angoisse des événements sans, pourtant, les évoquer dans son œuvre autrement que transcendantalement. Roud est un écrivain exemplaire qui laisse non seulement des livres mais une manière de vivre en poésie.

GEORGES BORGEAUD.

RÉF. : Philippe Jaccottet, *Gustave Roud*, Paris, 1968. — Des *Cahiers Gustave Roud* paraissent depuis 1982. — Claire Jaquier, *Gustave Roud ou la Tentation du romantisme*, Lausanne, 1987. — Grietje Hollaert, *Le Style de Gustave Roud*, Genève, 1991.

Rouge et le Noir (Le). Roman de Stendhal (Henry Beyle, 1783-1842), publié en novembre 1830. C'est vraisemblablement en 1829, d'après les indications de Stendhal lui-même – bien qu'il prétende, dans l'avertissement du *Rouge et le Noir,* avoir écrit son livre en 1827 –, qu'il conçut l'idée de ce roman. Quant à l'intrigue proprement dite, elle lui fut fournie par la réalité. Stendhal était un lecteur passionné de *La Gazette des Tribunaux :* dans les numéros du 28 au 31 décembre 1827, il trouva le compte rendu d'un procès qui était alors en train de se juger, aux assises de l'Isère, c'est-à-dire dans son pays d'origine. Voici le fait divers qui donna lieu à ce procès : Antoine Berthet, fils de petits artisans, est distingué de bonne heure par son curé pour sa vive intelligence. Celui-ci le fait entrer au séminaire, d'où il sort bientôt pour raisons de santé. Il devient alors précepteur des enfants d'un certain M. Michoud et, peu après, l'amant de la maîtresse de maison. Un nouveau séjour dans un séminaire, le grand séminaire de Grenoble cette fois, ne dure pas plus que le premier. Berthet trouve alors une nouvelle place de précepteur chez M. de Cordon. Mais on découvre bientôt qu'il a une liaison avec la fille de la maison. Chassé, ne sachant que devenir, aigri de n'avoir pu être jusqu'à présent qu'un domestique, il jure de se venger. Et dans l'église de son village natal, tandis que son ancien bienfaiteur, le curé, officiait, il tire un coup de pistolet sur Mme Michoud. En décembre, il passe devant la cour d'assises, est condamné à mort et exécuté le 23 février 1828. Il avait vingt-cinq ans. Telle est l'histoire qui hante Stendhal et qu'il ne modifiera presque pas en écrivant son roman. *Julien,* c'est ainsi qu'il l'appelle alors, semble donc avoir été ébauché en 1829. Comme à son ordinaire, Stendhal laisse le manuscrit reposer, pour écrire les *Promenades dans Rome*. Il aurait repris le dossier de *Julien* en janvier 1830 ; mais il dut travailler très vite puisque, dès avril 1830, il passait un contrat avec l'éditeur Levavasseur. Le tirage commença dès le mois de mai, cependant il ne fut terminé qu'en novembre. Encore n'est-ce pas Stendhal lui-même qui relut les dernières épreuves ; nommé consul à la suite de la révolution de Juillet, à Trieste, il se préparait au départ et se désintéressait tout à fait de ce qui arriverait à son livre. Le titre qu'il avait définitivement arrêté était *Le Rouge et le Noir.* On a beaucoup et fort savamment disserté sur la signification de ces mots. Sans doute faut-il y voir le symbole des deux voies possibles qui eussent pu s'ouvrir devant un tempérament tel que celui de Julien Sorel : l'armée, où il eût pu réaliser ses espérances, mais qui, depuis la chute de l'Empereur, lui était fermée ; le clergé, où il lui fallait se résigner à entrer si, dans la société de la Restauration, il voulait jouer un rôle que la modestie de son origine lui eût interdit dans tout autre position. Cette interprétation s'appuie en partie sur le fait que pour *Lucien Leuwen* Stendhal avait également pensé à des couleurs pour symboliser, ou bien les différentes carrières de son héros (*L'Amarante et le Noir*), ou bien l'opposition des idées politiques de ses principaux personnages (*Le Rouge et le Blanc*). Mais une indication intéressante est fournie par M. Pierre Martino : *Le Rouge et le Noir* serait une allusion à la roulette ; c'est, en effet, à ce jeu de hasard que se réfèrent deux titres d'ouvrages anglais contemporains que Stendhal a très bien pu connaître.

En épigraphe, *Le Rouge et le Noir, chronique de 1830* porte : « La vérité, l'âpre vérité. Danton. » Immédiatement, Stendhal pose, en quelques traits précis, le décor, géographique d'abord (c'est la petite ville de Verrières, sur le Doubs), mais surtout social et politique. Avec le portrait du vieux Sorel, le scieur, de M. de Rénal, le maire, et du curé Chélan, homme probe et honnête menacé par la « Congrégation », et l'évocation des rivalités provinciales, Stendhal nous définit l'atmosphère dans laquelle s'est formé son héros. Julien, le troisième des fils du vieux Sorel, n'est pas comme ses frères un hercule bûcheron : peu propre physiquement aux travaux de force, Julien a saisi tous les moyens de s'instruire ; il a interrogé les vieillards, les uns et les autres lui ont donné des leçons ; surtout il a lu, et son bréviaire est le *Mémorial de Sainte-Hélène* (*). Or, par goût de l'ostentation, M. de Rénal décide de prendre le jeune Sorel, qui sort du séminaire, comme précepteur de ses enfants. Le jeune homme, dont l'enfance avait été marquée par ses rencontres avec les troupes napoléoniennes et son admiration pour l'Empereur – ce qui lui avait donné l'ambition de faire carrière dans l'armée –, puis, qui s'était résigné, observant le pouvoir pris par les prêtres, à entrer dans les ordres, voit dans sa nouvelle situation une occasion de fréquenter le beau monde et – qui sait ? – d'y faire son chemin. L'extrême timidité de Julien, sa jeunesse le font traiter immédiatement avec beaucoup d'indulgence par la très belle et très sentimentale Mme de Rénal. Julien, qui n'a jamais connu de femme et surtout n'a jamais approché une femme d'un tel rang social, est ébloui et conquis. Cependant, lorsque avec maladresse elle veut lui remettre un présent, il fait montre d'une fierté ombrageuse qui surprend agréablement Mme de Rénal. Insensiblement et sans le savoir elle-même, elle devient amoureuse de Julien ; un petit incident lui fait découvrir les sentiments du jeune homme : celui-ci repousse assez brutalement les avances d'Élisa, la femme de chambre de Mme de Rénal, qui veut l'épouser ; puis un malentendu rend la jeune femme jalouse. Une parole dure de M. de Rénal, l'attitude de sa femme, que Julien interprète mal, le font se révolter : son traitement est augmenté, mais il refuse une proposition d'un des ses amis de s'associer à lui pour un commerce. Il ne veut pas de petits moyens : il a dix-neuf ans ; à cet âge Bonaparte avait commencé sa carrière, il faut qu'il rattrape le retard. Julien est devenu un homme à la mode, à Verrières ; mais ses rapports avec Mme de Rénal n'ont pas échappé à l'attention assidue de la petite ville, et M. de Rénal reçoit une lettre anonyme qui lui raconte son infortune. Bien qu'il ne croie pas à ces racontars, Rénal pense qu'il serait opportun de se séparer de Julien : sa femme, elle-même, le convainc de cette nécessité, car elle commence à prendre peur, elle se voit damnée. Julien est envoyé par le curé Chélan au grand séminaire de Besançon ; mais, avant de partir, il vient rendre, clandestinement, visite à la jeune femme. Celle-ci est si émue et si triste qu'elle lui paraît froide et qu'il croit qu'elle ne l'aime plus. À Besançon, Julien, effrayé par l'accueil du directeur du séminaire, l'abbé Pirard, a une syncope. Petit à petit, il se fait avec prudence et cautèle à sa nouvelle vie remplie d'humiliations. Sans le vouloir il se trouve mêlé à des intrigues, qui amèneront l'abbé Pirard à rendre d'importants services à un grand seigneur franc-comtois, le marquis de La Mole, lequel vit à Paris. Le marquis y appelle l'abbé et, sur la recommandation de celui-ci, fait de Julien son secrétaire. Nouvelle visite d'adieux à Mme de Rénal ; ayant tout d'abord repoussé le jeune homme, elle s'abandonne à lui et le cache tout un jour dans sa chambre. Cette imprudence manque de mal finir et Julien échappe de justesse à des coups de feu. À Paris, il réussit à maîtriser ses nerfs ; toujours aussi susceptible, il parvient à se faire passer pour flegmatique. Son esprit, son intelligence, sa culture, son caractère lui conquièrent vite l'estime et l'affection du marquis ; une série d'incidents (dont un duel) lui font une place dans le monde. Son génie sombre, son apparente maîtrise de lui intriguent la société aristocratique dans laquelle il vit. Le marquis le comble de faveurs et lui fait avoir une décoration, et lorsqu'on raconte, à l'insu de Julien, qu'il est le fils naturel d'un grand personnage, ami du marquis, celui-ci se prête au jeu. Le caractère ombrageux et énergique de Julien tranche si fort sur la médiocrité élégante des jeunes gens qui l'entourent que la fille du marquis, Mathilde de La Mole, s'intéresse à lui. L'apparente indifférence du jeune homme à son égard fait tourner cette curiosité en passion. Mathilde, jeune fille méprisante, qui n'estime vraiment que la force de caractère, est décidée à faire preuve de la plus grande audace. Elle attire Julien dans sa chambre et se livre à lui. Celui-ci ne retire aucun plaisir de cet amour. Mais, lorsque la jeune fille, prise de remords et de dégoût pour elle-même, commence à haïr celui qui fut son amant d'une nuit, Julien sent s'éveiller en lui le feu de la passion. Rendu furieux par la froideur de Mathilde, il fait le geste de la tuer. Pleine d'admiration, Mathilde se sent cette fois sincèrement éprise. La joie de Julien est de peu de durée, Mathilde semble s'éloigner et il doute à nouveau si elle l'aime. Son inexpérience des femmes augmente ses angoisses. Cependant Mlle de La Mole a maintenant tout décidé dans sa tête : elle deviendra la femme de Julien, c'est le seul moyen qu'elle ait de se distinguer. Aussi, lorsque Julien tente une nouvelle escalade de sa fenêtre, est-il reçu à merveille ; c'est le parfait bonheur. Mais cela dure peu : un minime incident le plonge de nouveau dans le malheur, et il ne voit plus en Mathilde qu'un orgueil monstrueux.

C'est alors qu'une singulière mission l'éloigne quelque temps de l'hôtel de La Mole : on se sert de lui comme d'un envoyé auprès d'un très haut personnage résidant à l'étranger, de la part d'une conspiration qui groupe les plus hauts personnages de l'État et de l'Église de France. Au cours de cette mission secrète, Julien, qui manque de succomber aux manœuvres de ceux qui ont intérêt à la faire échouer, reçoit à Strasbourg les conseils d'un de ses amis, rencontré par hasard. De retour à Paris, il commence, suivant ses conseils, à faire une cour assidue à une personne très en vue, la maréchale de Fervaques, dont l'oncle, évêque, tient la feuille des bénéfices, c'est-à-dire dispose de toutes les charges ecclésiastiques du royaume. Mathilde s'aperçoit de cette manœuvre ; la voilà suppliante, prête à s'enfuir avec ce petit secrétaire. Quant à Julien, il arrête froidement sa conduite ; ce qu'il faut, c'est « lui faire peur » ; « l'ennemi ne m'obéira qu'autant que je lui ferai peur, alors il n'osera me mépriser ». Mathilde découvre qu'elle est enceinte ; dès lors elle se conduit avec intrépidité, elle écrit à son père pour le lui apprendre. La fureur du marquis éclate, mais elle dure peu ; il ne sait cependant quelle mesure prendre, l'attitude de sa fille l'effraie. Il se décide enfin, dote le jeune homme, lui fait changer son nom : voilà Julien richement pourvu, noble, devenu lieutenant de hussards. Rien ne semblerait maintenant pouvoir s'opposer, sinon à son bonheur, du moins à sa réussite ; mais entre-temps, M. de La Mole est allé aux informations, il a écrit à Mme de Rénal. La réponse de celle-ci, dictée par son confesseur, accable Julien. Le marquis, désormais assuré que Julien n'a cherché à séduire Mathilde qu'à cause de sa fortune, écrit à sa fille (« Renoncez franchement à un homme vil, et vous retrouverez un père ») et joint à ce mot la lettre de Mme de Rénal. Dès qu'il est mis au courant, Julien part pour Verrières, se rend à l'église pendant la messe, prend place derrière Mme de Rénal et, à l'élévation, tire sur elle deux coups de pistolet. Encore sous le coup de l'émotion, Julien agit avec calme ; de sa prison, il écrit à Mathilde : l'idée de la mort n'est pas « horrible à ses yeux » : toute sa vie n'avait été qu'une « longue préparation au malheur ». Il apprend que Mme de Rénal n'est pas morte ; cependant pour lui la question est claire : il a voulu tuer, il doit mourir. Les visites auprès du jeune détenu se succèdent : c'est d'abord son protecteur, le vieux curé Chélan, et l'entrevue est déchirante ; puis ce sont les deux femmes, toutes deux enragées à le sauver. Mlle de La Mole remue ciel et terre et combine les plans les plus machiavéliques pour le sauver ; elle s'humilie, elle conspire. Mme de Rénal non seulement lui pardonne, mais elle veut obtenir du jury sa grâce. Au milieu de ces allées et venues, Julien reste froid ; il est parfaitement résigné, il sait qu'il va mourir et que rien ni personne ne peut plus le sauver ; il demande seulement qu'on le laisse en paix. Il s'accuse lui-même. Furtivement, cependant, l'horreur de la décomposition qui attend son corps l'effraie. Cette fermeté extérieure, il en donne la preuve éclatante devant la cour d'assises. Son crime est atroce, il l'a prémédité ; ce que les jurés verront en lui, c'est « un paysan qui s'est révolté contre la bassesse de sa fortune ». On voudra, en le châtiant, « décourager à jamais cette classe de jeunes gens qui, nés dans une classe inférieure et en quelque sorte opprimés par la pauvreté, ont le bonheur de se procurer une bonne éducation, et l'audace de se mêler à ce que l'orgueil des gens riches appelle la société ». Une telle déclaration rend inutiles toutes les manœuvres entreprises de l'extérieur, et le verdict est la mort. Julien refuse de faire appel, malgré les supplications de Mathilde et de ses amis : quant à Mme de Rénal, elle veut se tuer, mais doit promettre à Julien de ne pas attenter à ses jours. Serein, Julien marche au supplice. « Jamais cette tête n'avait été aussi poétique qu'au moment où elle allait tomber. » Stendhal n'évoque l'événement lui-même que par ces mots : « Tout se passa simplement, convenablement, et de sa part sans aucune affectation. » Julien est enterré dans une grotte de la montagne voisine, conformément à son désir. Mathilde, renouvelant le geste qu'eut envers un de ses ancêtres, qui fut son amant et mourut décapité, la reine Marguerite de Navarre, prend la tête de Julien sur ses genoux dans sa voiture, tandis qu'elle suit le cortège funèbre. « Madame de Rénal fut fidèle à sa promesse. Elle ne chercha en aucune manière à attenter à sa vie ; mais, trois jours après Julien, elle mourut en embrassant ses enfants. »

Le Rouge et le Noir est l'incontestable chef-d'œuvre de Stendhal. Jamais il n'a atteint à une telle puissance, à une mise en œuvre aussi parfaite de ses moyens littéraires et de ses idées ; jamais il n'est allé aussi loin, aussi profond en lui-même. Pourtant non seulement le roman n'est pas autobiographique, mais jamais Stendhal ne s'est trouvé dans des situations semblables à la plupart de celles où se trouve son héros. Julien Sorel est Stendhal comme Fabrice Del Dongo — v. *La Chartreuse de Parme* (*) — et *Lucien Leuwen*, nous dirons même comme Mathilde de La Mole et comme *Lamiel* ; il est Julien Sorel comme Flaubert est *Madame Bovary* (*). Cependant le caractère de Julien est intimement lié à la personnalité profonde de Stendhal : s'il n'a pas réellement vécu les situations où il place — ou plutôt, où la vie place — son héros, il aurait très bien pu les vivre, et même, peut-on dire, il les a vécues sinon dans les faits, du moins dans son imagination, dans sa pensée ; bien avant de composer *Le Rouge et le Noir,* il est certain — toutes proportions gardées — que Stendhal s'est trouvé, aux débuts de sa propre carrière et à nouveau sous la Restauration, dans les dispositions mentales de son héros ; il en a vécu les réactions, il a eu les mêmes attitudes. En soi, les événements réels importent peu, ou plutôt ils n'importent que dans la mesure où ils agissent sur la personnalité, sur le caractère. Si les circonstances n'ont pas fait qu'il ait eu à vivre réellement les aventures de Julien Sorel, il n'est pas douteux que Stendhal, étant donné son caractère, eût aimé se conduire comme son héros. Ainsi Julien Sorel naît-il de la rencontre exceptionnelle d'une histoire, somme toute assez banale, d'un fait divers et de dispositions intimes préalables ; en lisant ce fait divers dans le journal, Stendhal a probablement senti que Sorel était un être de sa race, et il a découvert ainsi, en lui, des dispositions qui, pour ne s'être pas encore manifestées, lui demeuraient peu claires, mais que leur rencontre avec l'événement devait illuminer. Bien avant *Le Rouge et le Noir,* donc, Stendhal contenait un Julien Sorel en puissance ; mais ce n'est que de sa rencontre avec les faits que celui-ci pouvait naître et se développer, de telle sorte que Stendhal vit, ici, par l'entremise de son héros, et par procuration, une des vies qu'il aurait pu avoir. Au demeurant, ce processus est celui même de la création chez les grands romanciers ; mais chez Stendhal il est si exemplaire qu'il atteint à la perfection du genre, dans la mesure où l'auteur y reste constamment fidèle dans l'élaboration et la composition de son roman, qu'il tend à le reproduire exactement sans le pervertir par des procédés ou des artifices. Autrement dit, nous avons là l'expression d'une expérience romanesque à l'état brut.

On a beaucoup discuté la fin du *Rouge et le Noir*. On a même affirmé : « Personne ne dira plus de mal du dénouement du *Rouge et le Noir* qu'il [Stendhal] n'en disait lui-même. » Ce ne sont que les critiques modernes qui lui ont rendu justice. Charles du Bos explique, le premier, cette fin hâtive, qui court à bride abattue, cette action frénétique de Julien par l'état de somnambulisme « dans lequel nous plongent certains accès d'enthousiasme intérieur » ; c'est dans cet état qu'il se trouve alors et dont il ne se réveille qu'une fois en prison. Convenons que cette fin du roman est, en fait, une admirable analyse pathologique. Comme le signale si justement Henri Martineau, dans sa préface au *Rouge et le Noir* (La Pléiade, Gallimard, 1947) : « Dès l'instant où, ayant lu la lettre de Mme de Rénal que lui tend Mathilde, Julien prend sa résolution implacable, quarante lignes suffisent à raconter les événements jusqu'au second coup de pistolet qui atteint Mme de Rénal. S'est-il passé trois jours, ou cinq, depuis que Julien a quitté Paris, peu importe. Et ce n'est pas, on ne saurait trop y insister, parce que Stendhal juge peu intéressants ou difficiles à raconter les sentiments de Julien... mais parce que Julien n'éprouve alors aucun sentiment. Sa pensée ordinairement si active est annihilée, il galope, ayant devant les yeux une unique image à atteindre, un seul geste à exécuter. » Ce n'est que lorsqu'il se réveille de cette longue crise d'inconscience que « nous retrouvons le Julien qui nous est familier. La machine à réfléchir recommence à fonctionner ». À vrai dire, c'est justement cette fin qui contribue à faire du *Rouge et le Noir* un authentique chef-d'œuvre : c'est ici la revanche de l'événement sur l'homme qui s'était montré plus fort que l'événement, c'est même, pourrait-on dire, la revanche de l'événement sur le romancier lui-même, si exclusivement psychologue. Cette lutte sournoise et violente de l'individu contre la société ne pouvait s'achever, valablement, que de cette manière. Outre le caractère inévitable de cette fin, il faut convenir que cette évocation si sobre, si dépouillée de la réalité, que Stendhal nous laisse entrevoir plutôt qu'il ne la montre, témoigne d'une extraordinaire maîtrise de composition et de style, et que son rythme haché laisse le lecteur bouleversé et pantois.

Dans tout l'œuvre de Stendhal, Julien Sorel apparaît comme la figure centrale autour de laquelle rayonnent toutes les autres, il est la personnification complète du « héros de l'énergie » cher au romancier. Extraordinairement doué, calculateur mais incapable de transiger non seulement par orgueil mais par respect de soi, courtisan et diplomate quand il le faut, et cependant d'une susceptibilité presque maladive, il accumule les réussites mais aussi les bévues ; il se jette dans les pires maladresses comme s'il était pris de vertige, mais il sait conquérir l'estime de ceux qu'il approche et ceci est d'autant plus remarquable que leur première réaction est de le mépriser. Ce qui lui manque, c'est l'« expérience de la vie » ; l'éducation qu'il a reçue lui a donné des ambitions mais pas les moyens de les satisfaire, des connaissances mais pas de règles de conduite. Et l'œuvre de Stendhal est, par certains côtés, une violente protestation contre cette société qui, si elle suscite de telles personnalités, est incapable d'en tirer parti, contre ce gaspillage des énergies. C'est elle qui pousse Julien Sorel au crime, comme si, embarrassée d'avoir donné naissance à un tel héros, elle ne pouvait trouver d'autre solution que de le supprimer. Par là, *Le Rouge et le Noir* a une portée très générale, mais il a aussi une signification précise, liée étroitement aux conditions sociales de son temps. L'armée, l'administration napoléonienne, la gloire des champs de bataille étaient, sous l'Empire, cette soupape de sûreté qui n'existe plus. La société, du temps de la Restauration, s'est comme refermée sur elle-même : elle s'est figée dans une hiérarchie apparemment immuable, elle s'est sclérosée sous l'influence du clergé, la « Congrégation » surveille les consciences. Un être comme Julien Sorel, et à certains égards comme Stendhal lui-même, ne pouvait qu'étouffer. Ce qui est piquant, c'est que Stendhal ait écrit *Le Rouge et le Noir* à l'extrême fin de la Restauration, et qu'il en ait corrigé les épreuves en entendant les fusillades de la révolution de Juillet. *Lucien Leuwen* compose, en quelque manière, le pendant du *Rouge et le Noir,* non pas seulement parce que c'est le roman des débuts dans la vie d'un jeune « héros de l'énergie » sous la monarchie de Juillet, mais parce que, alors que Julien est dépourvu de tout, il doit se faire entièrement lui-même. Lucien souffre des trop grandes facilités qui lui sont faites, il doit se délivrer de son personnage tel que l'ont fait la famille et la société, pour devenir lui-même. *Le Rouge et le Noir* est donc comme le négatif de *Lucien Leuwen.* On pourrait même poursuivre l'analogie en comparant entre eux les personnages secondaires : Mme de Chasteller et Mathilde de La Mole, et surtout le marquis de La Mole et M. Leuwen ; ce dernier, banquier puissant, est, mutatis mutandis, sous la monarchie de Juillet, ce que fut le marquis de La Mole, grand seigneur, sous la Restauration. À côté du héros, la figure la plus intéressante du *Rouge et le Noir* est, à coup sûr, Mathilde de La Mole, « héros de l'énergie » elle aussi, d'autant plus fière que Julien est humilié, mais sachant au fond parfaitement mépriser ce monde auquel elle appartient et dont elle sait bien qu'un jour ou l'autre il succombera sous les coups d'êtres tels que Julien mais qui, eux, réussiront ; jeune fille capable de toutes les folies, mais capable aussi de faire preuve du plus extraordinaire courage. C'est en somme d'un mélange des deux caractères de Julien Sorel et de Mathilde de La Mole que devait naître plus tard, dans l'esprit de Stendhal, le personnage pourtant si original de *Lamiel. Le Rouge et le Noir* était sans doute, dans le dessein, l'œuvre de Stendhal la plus difficile à réaliser, les obstacles ici étaient accumulés comme à plaisir ; c'est ce qui fait de cette œuvre la plus réussie, la plus géniale de l'auteur et, à tous égards, le plus grand roman français du XIXe siècle. Tel ne fut point cependant l'avis des contemporains. La critique ne manqua pas d'en distinguer les qualités exceptionnelles, l'apport entièrement neuf que Stendhal offrait, par ce livre, au roman français. Mais la satire de la société, le caractère « jacobin » de Julien Sorel avec lequel, malgré les précautions prises, l'auteur semblait bien être d'accord, inquiétèrent même ceux qui admiraient le plus le roman. Stendhal en tira surtout la réputation d'être un individu fort dangereux. Il reprit à diverses reprises *Le Rouge et le Noir,* en 1831, en 1835, en 1838 et 1840 ; aussi existe-t-il, à côté de l'édition originale, plusieurs autres qui comportent des additions et des corrections ; enfin l'édition posthume de 1854 a été entièrement remaniée : toutefois il ne semble pas que toutes les corrections qu'on y trouve soient le fait de Stendhal lui-même.

ROUGEMONT Denis de. Écrivain suisse d'expression française. Né à Couvet (canton de Neuchâtel) le 8 septembre 1906, mort à Genève le 6 décembre 1985. Père pasteur, issu d'une vieille famille, probablement originaire de la Franche-Comté, qui compte de nombreux hommes d'Église, de robe et de plume. Après le gymnase de Neuchâtel, Rougemont entre à l'université de cette ville, s'inscrit à l'université de Vienne, puis à celle de Genève. Il voyage en Hongrie, dans le Würtemberg, publie divers écrits et, en 1931, assume la direction littéraire des éditions « Je sers » à Paris, où il se lie avec Alexandre Marc, Mounier, Dandieu. Et ensemble ils lancent les deux groupes personnalistes et leurs revues : *Esprit* et *Ordre nouveau.* En 1933, Rougemont épouse Simone Vion dont il aura deux enfants, Nicolas et Martine. En 1935, il est lecteur à l'université de Francfort où il découvre l'hitlérisme et ses menaces (*Journal d'Allemagne*). Cependant, Rougemont fait paraître des essais, *Politique de la personne,* 1934 ; *Penser avec les mains,* 1936 ; *Journal d'un intellectuel en chômage,* 1937 ; *L'Amour et l'Occident* (1939), qui, tout en donnant forme au personnalisme politique et éthique, affirmeront une vision du monde singulièrement cohérente et aiguë qui fera l'originalité de ce penseur. Mobilisé en Suisse en 1940, Rougemont fonde la Ligue du Gothard pour une résistance à tout prix au nazisme. Un article sur l'entrée de Hitler à Paris lui vaut quinze jours de prison militaire. Chargé de missions aux États-Unis, il s'installe à New York (1941), où il fait des conférences et devient rédacteur des émissions françaises de l'« Office of War Information ». Il se lie d'amitié avec les émigrés européens : Breton, Alexis Léger, Saint-Exupéry, Max Ernst, W. H. Auden, etc., écrit *La Part du diable* (1940), *Les Personnages du drame* (1945), *Lettres sur la bombe atomique* (1946). De retour en Europe, Rougemont s'établit à Ferney-Voltaire. Il divorce, se remarie en 1952 avec Anahite Repond. Rougemont participe au premier Congrès de l'Europe dont il prépare le rapport culturel, prend une part active à la création du Congrès pour la liberté de la culture, dont il assumera la présidence de 1952 à 1966, dirige le Centre européen de la culture dès 1950, fonde l'Association européenne de Festivals de musique (1951), dirige la Fondation européenne de culture (1955). Cette intense activité publique et politique, complétée par des conférences en Europe et en Amérique, des cours à l'Institut universitaire d'études européennes de Genève, qu'il fonde et dirige, à l'École polytechnique de Zurich, etc., ne ralentit pas l'œuvre de l'écrivain et du moraliste, qui publie successivement : *L'Aventure occidentale de l'homme* (1958), *Comme toi-même* (1961), *Le Suisse ou l'Histoire d'un peuple heureux* (1965), *Lettre ouverte aux Européens* (1970), *Journal d'une époque* (1968). Cette œuvre sera couronnée par le prix littéraire du prince de Monaco, le prix littéraire de Genève, le prix européen Robert-Schuman. Rougemont assume la présidence du Pen Club de Suisse romande (1971).

La pensée et l'œuvre de Denis de Rougemont prennent leur source dans le paradoxe de la double nature du Christ, tout entier homme et tout entier Dieu. Sur son modèle, la vie intime et sociale sera repensée. L'esprit devra être conduit à « la plus insistante vénération du réel ». La pensée sera tout entière elle-même et tout entière le monde. Tel est le fondement de la morale des idées. L'homme est un individu autonome, souverain, mais, pour survivre et accéder à la plénitude de la « personne », il doit s'engager dans la communauté. Sa liberté n'a pas d'autre sens que ce service de la cité. Cette double nature se retrouve aussi au fondement du couple qui, étant un, est deux en même temps et au même degré. Parce qu'elle refuse le monde, la logique de la passion doit détruire ce qu'elle adore. Il faut savoir guider l'amour vers « la plus insistante vénération de l'aimé dans son altérité et dans sa liberté. Ici encore, la liberté a une double nature puisqu'elle a pour seul moyen de s'affirmer, comme pour la cité, dans l'engagement, le sacrifice de soi à l'autre dans le lien d'amour. Ce qui est vrai de l'homme est vrai aussi pour les communautés qu'il fonde. La double nature se nomme alors le fédéralisme et s'exprime dans un pacte qui instaure l'union sur le respect des autonomies et fait du respect de la diversité le principe de l'unité. Ce contrat politique devrait être à la base de l'unité de l'Europe, dont Rougemont n'a cessé d'être le champion, et qui ne saurait être fondé sur les États-nations qui se sont constitués contre elle. C'est un pacte analogue qu'il propose dans *L'avenir est notre affaire* (1977), pour régir les rapports de l'homme avec une nature menacée. À la fois toute civilisation et toute nature, nos sociétés, pour survivre, devront apprendre à respecter les altérités qui les fondent (*Nature ou biosphère*). La vigueur de cette pensée, portée par le style d'un essayiste accompli, a fait qu'elle a influencé la formation de plusieurs générations d'intellectuels et qu'elle a été présente dans tous les grands débats de l'époque.

JEAN BLOT.

♦ *« Comme tout être sensible à la source poétique de l'homme, il fut homme d'action autant que de pensée, se refusant à dissocier l'une de l'autre dans le profond mystère de la création. »* St-John Perse. ♦ *« La philosophie de Denis de Rougemont est justement ce qui pourrait donner aux Occidentaux la puissance intellectuelle nécessaire pour résister au chantage des dogmes totalitaires. »* Eugène Ionesco. ♦ *« ... Par la persuasion de sa parole, par la grâce de son écriture dont le jaillissement semble exclure tout effort et déceler au contraire une affluence magique* [...] *un homme dont l'existence honore l'Homme. »* Patrick Waldberg.

RÉF. : *Denis de Rougemont, l'écrivain européen,* études et témoignages, Neuchâtel, 1976. — Jean Starobinski, *Table d'orientation,* Lausanne, 1989.

ROUMAIN Jacques. Romancier et poète haïtien. Né à Port-au-Prince le 4 juin 1907, décédé dans la même ville le 18 août 1944. Né dans une famille bourgeoise mulâtre, il fait des études classiques au collège Saint-Louis-de-Gonzague de Port-au-Prince, puis en Suisse et en Belgique. Il participe en 1927 à la fondation de la *Revue indigène* du docteur Price-Mars, qui s'élève contre l'occupation d'Haïti par les Américains et promeut la réhabilitation de la culture populaire. Son activité militante le fait arrêter et emprisonner en 1929 et en 1932, puis, après la fondation du parti communiste haïtien, en 1934-1937. Exilé en France, il travaille au Musée de l'Homme auprès de Paul Rivet. De retour en Haïti en 1941, il crée le Bureau d'ethnologie, dont la vocation est de retrouver et d'étudier les racines profondes de la culture haïtienne (cette institution sera par la suite reprise et détournée par le dictateur François Duvalier). Nommé en 1943 chargé d'affaires à Mexico, il y est, en août 1944, victime d'une crise cardiaque, qui laisse à peine le temps de le rapatrier, mourant, en Haïti.

Les premières œuvres littéraires de Jacques Roumain sont des nouvelles écrites au début des années 30 (*La Proie et l'Ombre; Les Fantoches*) et un roman, *La Montagne ensorcelée* (1931), qui évoque, dans la parfaite orthodoxie du mouvement indigéniste, la vie des paysans isolés sur les mornes, victimes d'une âpre misère, piégés par leurs superstitions. Les poèmes de *Bois d'ébène* (parus dans des revues et réunis en 1945), qui exaltent les solidarités internationales des travailleurs exploités (« Mineur des Asturies, mineur nègre de Johannesburg, métallo de Krupp, dur paysan de Castille, vigneron de Sicile, paria des Indes »), ont été souvent repris dans les anthologies de poésie négro-africaine. Avant sa mort, Jacques Roumain avait eu le temps d'achever un roman, *Gouverneurs de la rosée*, dont l'édition originale est posthume (1946). Souvent réédité et traduit en de très nombreuses langues, l'ouvrage s'est imposé comme le chef-d'œuvre de la littérature haïtienne. Sa fidélité aux espoirs de libération des paysans, son enracinement dans la langue populaire, son lyrisme généreux lui confèrent une rare qualité d'émotion.

JEAN-LOUIS JOUBERT.

ROUSSEAU Jean-Baptiste. Poète. Né à Paris le 6 avril 1671, mort à Bruxelles le 17 mars 1741. Jean-Baptiste Rousseau était fils d'un cordonnier qui lui fit donner une excellente éducation littéraire. Très jeune, il acquit une certaine réputation comme poète et reçut des conseils de Boileau. Le maréchal de Tallard le prit comme secrétaire et l'emmena à Londres à sa suite. À son retour en France, Rousseau alla vivre chez un autre de ses protecteurs, le directeur des finances Rouillé du Coudray. En 1705, il fut reçu à l'Académie des inscriptions. Il avait donné quelques comédies, *Le Café, Le Flatteur, Le Capricieux*, qui eurent peu de succès, et en avait tiré quelque amertume. Ce fut bien pire lorsqu'il se présenta à l'Académie française comme successeur de Thomas Corneille contre Lamotte-Houdar. Celui-ci, ainsi que les gens de lettres habitués du café Laurent qui étaient ses partisans, rappelèrent les insuccès et la naissance du candidat rival qui avait la faiblesse de rougir de son origine. Peu de temps après, des couplets satiriques attaquaient Lamotte et ses amis ; bien entendu ils n'étaient pas signés, mais tout le monde les attribua à Rousseau. De nouveaux poèmes circulèrent, ils étaient cette fois fort licencieux et remplis de calomnies infâmes. Un capitaine aux gardes, qui faisait partie de la coterie de Lamotte, souffleta Rousseau en public. Un procès s'ensuivit, Rousseau fut acquitté faute de preuves, mais l'opinion publique fut défavorable au poète. Rousseau rejeta la paternité de ces calomnies sur Saurin, membre de l'Académie des sciences et l'un des habitués du café Laurent. On alla cette fois devant le parlement de Paris ; Rousseau fut condamné, comme auteur des pamphlets et comme calomniateur de Saurin, au bannissement à perpétuité. L'inculpé n'avait pas attendu le prononcé de la sentence pour se réfugier en Suisse, à Soleure, où il trouva un défenseur dans la personne de l'ambassadeur de France, le comte de Saint-Luc, qui s'institua son protecteur. Rousseau lui dédia une de ses pièces les plus fameuses, son *Ode à la fortune*. S'attachant à Saint-Luc, le poète proscrit l'accompagna lorsqu'il fut nommé ambassadeur à Vienne et y fut bien reçu du prince Eugène. En 1716, le baron de Breteuil obtint qu'on proposât à Rousseau des lettres de rappel. Celui-ci déclina toute proposition, ce n'était pas une grâce qu'il voulait mais une complète réhabilitation ; il n'avait pas cessé, en effet, de proclamer son innocence. Par la suite, Rousseau s'établit à Bruxelles ; il y rencontra Voltaire avec qui il devait se brouiller. Rousseau cependant ne perdait pas tout espoir de rentrer en France ; en 1738, il fit un voyage secret à Paris : l'autorité, avertie, le laissa faire ; cette fois, Rousseau venait demander les lettres de rappel qu'il avait précédemment méprisées : on les lui refusa. Il revint à Bruxelles où il mourut trois ans après, accablé de chagrin, de regrets et d'infirmités.

Il est certain que dans son siècle Rousseau demeure sans égal pour l'ode : l'*Ode à la Fortune,* l'*Ode à Adonis,* l'*Ode à Bacchus* contiennent de fort beaux passages ; il a créé un nouveau genre lyrique, la cantate, qui lui valut un immense succès et l'on pourrait même dire une immense popularité — la plus parfaite dans ce genre est la *Cantate de Circé.* Ses *Épigrammes*, souvent recherchées, sont loin de manquer de pointe : dans ses *Épîtres* et ses *Allégories*, très inférieures à tout le reste, on trouve encore quelques beaux vers. L'œuvre de Rousseau a surtout exercé une profonde influence par l'invention formelle qu'elle contient. Il est resté le modèle du lyrisme jusqu'à la fin du XIXe siècle.

Lamartine et Hugo lui ont emprunté la diversité et l'éclat des strophes. Son inspiration est marquée par l'amertume qu'il ressent devant son destin, et l'appel ardent à la justice divine, même si ses contemporains ont surtout été frappés par la perfection un peu abstraite du style.

♦ *« C'est un homme que je méprise infiniment comme homme et que je n'ai jamais beaucoup estimé comme poète. Il n'a rien de grand ni de tendre ; il n'a qu'un talent de détail... »* Voltaire. ♦ *« Un poète sans enthousiasme, sans élévation, sans sublime ; un homme qui fait des odes par article... et qui, n'ayant point de talents que celui de fondre avec quelque force dans ses poésies des images empruntées de divers auteurs, découvre partout son peu d'invention. »* Vauvenargues. ♦ *« Ce poète pensait peu, et chez lui la partie du sentiment est nulle. »* D'Alembert.

RÉF. : L. Sauger, *Œuvres poétiques de J.-B. Rousseau*, Paris, 1823. — H. A. Grubbs, *J.-B. Rousseau, his Life and Works*, Princeton, 1941. — S. Menant, *La Chute d'Icare*, Genève, 1981.

ROUSSEAU Jean-Jacques. Écrivain et philosophe genevois d'expression française. Né le 28 juin 1712 à Genève, mort le 2 juillet 1778 à Ermenonville (Oise). Il était le fils d'un horloger — descendant d'un protestant français réfugié en 1549 et originaire de Montlhéry-lès-Paris — qui s'appelait Isaac, et s'était marié avec Suzanne Bernard, elle aussi « citoyenne de Genève ». Celle-ci mourut à la naissance de Jean-Jacques. Elle avait eu, sept ans auparavant, un autre fils, François, dont on ne sait rien, sinon qu'il disparut encore enfant sans laisser de trace. Son père, qui avait mené une vie vagabonde, et était allé jusqu'à Constantinople, une fois marié, avait gardé à son retour des allures insouciantes et ne s'intéressait guère à l'argent. Il avait pris l'habitude de lire, en compagnie de son fils Jean-Jacques, des romans de toute sorte, comme *L'Astrée* (*) de d'Urfé et les *Vies parallèles* de Plutarque. L'imagination de l'enfant s'échauffait à ces lectures et sa sensibilité s'exaspérait. « Je n'avais rien conçu, dit-il à ce propos ; j'avais tout senti. » Jean-Jacques n'avait que dix ans lorsque son père, qui s'était pris de querelle avec un de ses concitoyens, fut forcé de s'exiler. Il fut confié alors à son oncle Bernard, nommé tuteur. Celui-ci le mit en pension à Bossey, avec son propre fils, chez le ministre Lambercier, où il passa deux années qui restèrent, dans son souvenir, les plus douces de sa vie. C'est là qu'il reçut deux fessées dont la première lui révéla l'amour parce qu'elle était subie, et l'autre l'injustice parce qu'elle était imméritée. Rappelé à Genève avec son cousin, il y demeura trois ans, étudiant la géométrie, écrivant des comédies, puis des sermons qu'il n'osait montrer à personne. Sa famille pensa d'abord à faire de lui un horloger, puis un pasteur, enfin on se décida pour le métier de procureur et on le fit entrer chez un greffier qui, au bout de quelques mois, le jugeant incapable, le congédia. C'est alors qu'il fut placé en apprentissage chez un graveur qui le traita brutalement et chez lequel il fut poussé par un camarade à commettre des larcins, qui entraînèrent des punitions. Un jour qu'il s'était promené dans la campagne, il trouva à son retour les portes de la ville fermées et il résolut, dans la crainte du châtiment qui l'attendait, de s'éloigner de Genève. Il avait seize ans. Arrivé à deux lieues de là, en Savoie, il se présenta au curé du village de Confignon qui l'accueillit et l'invita à se convertir au catholicisme ; dans ce but, il lui remit une lettre pour Mme de Warens, jeune femme récemment convertie qui touchait à cause de son zèle une pension de deux mille francs du roi de Sardaigne. Il se rendit donc à Annecy et y rencontra sur le chemin de l'église Mme de Warens : « Je m'étais figuré une vieille dévote bien rechignée [...] Je vois un visage pétri de grâces, de beaux yeux pleins de douceur, un teint éblouissant, le contour d'une gorge enchanteresse. Rien n'échappa au rapide coup d'œil du jeune prosélyte ; car je devins à l'instant le sien, sûr qu'une religion prêchée par de tels missionnaires ne pouvait manquer de mener en paradis. » Cette rencontre eut lieu le dimanche des Rameaux — 21 mars 1728 —, date qui eut la même importance pour Rousseau, que, pour Dante et Pétrarque, celle où ils virent pour la première fois Béatrice et Laure. Mme de Warens envoya son protégé à Turin, à l'hospice des catéchumènes, où il se décida, beaucoup plus rapidement qu'il ne le dit plus tard, à abjurer le protestantisme, bien que les gens sans aveu qui fréquentaient l'hospice lui fissent horreur. Mais il s'en éloigna le plus vite qu'il put avec, comme viatique, la vingtaine de francs qui lui avaient été jetés par les personnes qui assistaient à son abjuration. Il vécut quelque temps dans la pauvreté, puis il entra comme laquais au service de Mme de Vercellis, qui mourut bientôt après. Et à ce moment, il s'empara d'un ruban qui le tentait, dit-il, et du vol duquel il laissa accuser une servante. Puis Rousseau eut l'occasion de faire la connaissance de l'abbé Gaime, dont il fit le « vicaire savoyard » et entra chez le comte de Gouvon, écuyer de la reine, en qualité d'échanson. Sa connaissance du latin s'étant révélée un jour chez son nouveau maître, celui-ci lui fit donner de l'instruction et se chargea de son avenir ; mais cela dura peu de temps, car Rousseau, étant devenu l'ami intime d'un jeune Genevois, Bâcle, gai et spirituel, se fit chasser exprès pour partir avec ce dernier faire le tour du monde en montrant une fontaine de Héron pour gagner leur vie. Il fut bientôt obligé par la pénurie à chercher refuge chez Mme de Warens. Elle avait vingt-cinq ans, lui dix-neuf. Tout de suite les relations furent familières (il l'appelait « maman », elle l'appelait « petit ») et pleines de tendresse, Mme de Warens donnait à Jean-Jacques de bons conseils et de moins bons exemples. Elle voulut le faire entrer au séminaire, il y entra par obéissance et attesta par écrit qu'il avait assisté à un miracle opéré par l'évêque d'Annecy, pour faire plaisir également. Au bout de quelques mois, il fut renvoyé et revint chez sa protectrice qui le plaça cette fois, comme il était passionné de musique, chez le maître de chapelle de la cathédrale, Le Maître, chez qui il resta un an, dans le voisinage de Mme de Warens. Le Maître ayant eu une altercation avec le chantre dut fuir et Rousseau l'accompagna jusqu'à Lyon où il l'abandonna. Il revint à Annecy, d'où Mme de Warens était partie pour Paris, et se lia avec un musicien français nommé Venture qui exerça de l'influence sur lui. Il escorta la fille de chambre de Mme de Warens qui retournait dans son pays, à Fribourg, et bien que ce voyage fût propice à une déclaration d'amour attendue par la jeune femme, il ne lui en toucha mot. Ainsi avait-il agi déjà par timidité avec trois autres femmes bien disposées pour lui.

En passant par Noyon, il alla voir son père qui s'était remarié et ne chercha pas à le retenir. De Fribourg ensuite, il se rendit à Lausanne où, pour imiter Venture, il eut l'idée de se faire passer pour musicien, sous un nom d'emprunt, et composa une cantate qui ne fut pas bien accueillie. Un jour, dans une de ses promenades, à Boudry, près Neuchâtel, il fit la connaissance d'un étrange personnage qui se faisait passer pour archimandrite du Saint-Sépulcre, quêtant pour le rachat des esclaves chrétiens ; il ne parlait et ne comprenait que l'italien. Jean-Jacques devint son interprète. C'était un escroc que démasqua l'ambassadeur de France, M. de Bonac, qui s'intéressa d'autre part à Rousseau et lui fournit les moyens d'aller à Paris. Rousseau fit le voyage à pied en quinze jours, mais ne trouva pas à s'employer à Paris. Il revient donc chez Mme de Warens, installée à Chambéry. Il s'aperçut pour la première fois que Claude Anet, officiellement valet de chambre de sa protectrice, jouait un rôle plus intime auprès de cette dernière, dont le divorce n'était pas reconnu en Savoie. Cette découverte ne changea rien à ses sentiments. Il devint l'ami de Claude Anet qui lui apprit à herboriser ; il se reprit de passion pour la musique et organisa des concerts chez sa bienfaitrice dans lesquels il fit avec succès le chef d'orchestre ; il donna aussi des leçons à de jeunes et charmantes élèves. Pour lui épargner de dangereuses tentations, Mme de Warens résolut, « par tendresse maternelle », de le « traiter en homme ». Il avait vingt et un ans. Claude Anet qui resta l'intendant et l'amant y consentit. « Ainsi s'établit entre nous trois une société sans autre exemple sur la terre. » À la mort de l'intendant, Rousseau prit sa place en même temps que ses habits. Il accompagna sa maîtresse à la fin de l'été 1736 dans sa nouvelle demeure, aux Charmettes, à la porte de Chambéry. Rousseau y partagea son temps entre les soins donnés au jardin et ceux qu'il donnait à son esprit, achevant son éducation négligée jusqu'alors, en lisant surtout les écrits de Port-Royal.

Les affaires de Mme de Warens étaient en mauvais état ; l'héritage médiocre de sa mère, que Rousseau finit par réclamer, ne suffisait pas à les rétablir. De plus, la santé de Rousseau s'étant délabrée, il alla à Montpellier se faire traiter. En chemin, il se lia avec Mme de Larnage qui voyageait avec une autre dame et le marquis de Torignan auprès duquel Rousseau se fit passer pour un Anglais jacobite. Mme de Larnage devint amoureuse de lui. Au bout de six semaines, Rousseau repartit pour Chambéry, plus malade qu'à son départ. Mme de Warens l'avait entre-temps remplacé par le fils du portier du château du Chillon. Rousseau refusa le partage et accepta la place qu'on lui offrait de précepteur des enfants de M. de Mably, grand prévôt de Lyon (frère de Condillac), qu'il garda un an. Il ne put s'empêcher de retourner auprès de Mme de Warens. Au cours de ce dernier séjour chez elle, il inventa un système de notation musicale dont il espérait la fortune à Paris. Il y arriva en 1741, mais son système fut rejeté par l'Académie ; il fit pourtant la connaissance d'hommes importants parmi lesquels Fontenelle et Réaumur, Rameau, Marivaux, Diderot. Il protesta contre le refus de l'Académie par une *Dissertation sur la musique moderne.* Il vivait médiocrement de leçons de musique, et composait des « opéras-tragédies ». Mme Dupin, dont il devint amoureux, lui résista, mais lui procura la place de secrétaire particulier de M. de Montaigu, qui venait d'être nommé ambassadeur à Venise. Il passa dix-huit mois à Venise où il se montra, dit-il, grand diplomate, et où il eut des amours qui n'aboutirent pas avec une courtisane qui lui conseilla de quitter les femmes et d'étudier les mathématiques. L'ambassadeur ne voulut pas garder à son service quelqu'un qui lui était supérieur et Rousseau dut revenir à Paris où il ne put obtenir satisfaction.

C'est à ce moment qu'il entra en relation dans son médiocre hôtel avec une lingère, Thérèse Levasseur, qui avait ses parents à sa charge et dont le maintien modeste et le doux regard le séduisirent ; elle avait vingt-deux ans. Rousseau lui déclara dès l'abord qu'il ne l'épouserait jamais mais qu'il ne l'abandonnerait jamais non plus. Il tint sa promesse et vécut désormais avec cette femme sotte et bornée. Cependant, il avait terminé son opéra *Les Muses galantes*, qui fut représenté en présence de Rameau chez M. de la Poplinière. Il écrivit le récitatif d'un opéra, *Le Temple de la gloire*, dont les paroles étaient de Voltaire et la musique de Rameau. Il devint secrétaire de Mme Dupin en même temps que de son gendre, M. de Francueil, et passa l'été de 1747 à Chenonceaux, propriété de M. Dupin. De retour à Paris, il apprit que Thérèse était sur le point de le rendre père. L'enfant fut porté aux « Enfants assistés » sur le conseil de la mère de Thérèse et avec le consentement empressé des parents. Rousseau eut ainsi cinq enfants qui subirent le même sort et dont il ne parle que dans son ouvrage posthume, *Les Confessions* (*). Il déclare avoir eu des remords de ces abandons ; mais la délicatesse extrême de sa conscience ne l'empêcha jamais de suivre ses intérêts, ni de satisfaire ses désirs ; et les scrupules qui se manifestaient après l'accomplissement de ceux-ci n'en prenaient qu'une expression plus touchante. Il se donne d'ailleurs des excuses : « Hors d'état d'élever moi-même mes enfants, il aurait fallu dans ma situation les laisser élever par leur mère qui les aurait gâtés, et par sa famille qui en aurait fait des monstres. Je frémis encore d'y penser. »

Rousseau fréquentait alors Mme d'Épinay, d'Alembert et Diderot, pour lequel il écrivait tous les articles concernant la musique de l'*Encyclopédie* (*). Diderot ayant été emprisonné à Vincennes pour sa *Lettre sur les aveugles*, Rousseau allait lui rendre visite et un jour, apprenant par *Le Mercure de France* que l'Académie de Dijon avait proposé pour sujet de concours cette question : « Si le progrès des sciences et des lettres a contribué à corrompre ou à épurer les mœurs », il s'arrêta en route et commença d'écrire le *Discours sur les sciences et les arts*, qui répond par l'affirmative à la question posée, obtint le prix et fut publié en novembre 1750 avec un très grand succès. Il parut un grand nombre de *Réfutations*, dont une anonyme due au roi Stanislas. Rousseau tint tête et répondit avec fermeté. À la même époque, il réforma son train de vie pour le mettre d'accord avec ses idées sur la vie simple et naturelle. Son nouvel opéra *Le Devin du village* fut joué à la Cour et obtint un grand succès sans que l'auteur voulût en profiter. C'était le temps de la polémique entre le « coin du roi » qui soutenait Rameau et la musique française et le « coin de la reine » qui soutenait la musique italienne. Rousseau prit parti, avec Grimm, pour les Italiens et publia une *Lettre sur la musique française* ; il fit jouer une comédie, *Narcisse*, qui échoua. En 1755, il tire les conséquences de son premier *Discours* dans son *Discours sur l'origine et les fondements de l'inégalité parmi les hommes*, où il attaque les hiérarchies sociales instituées ; il ne veut pas tant soutenir l'idée de la bonté naturelle de l'homme que dénoncer l'injustice de la société ; et il oppose aux « feux follets de la science » le « sens intérieur ». Voltaire l'attaqua. Un voyage à Genève lui fit revoir Mme de Warens tombée dans la misère. « Distrait par un autre attachement, je sentis relâcher le mien pour elle [...] Je gémis sur elle et ne la suivis pas. De tous les remords que j'ai sentis en ma vie, voilà le plus vif et le plus permanent. » Rousseau ayant répudié sa conversion au catholicisme fut réintégré dans le titre et les droits de citoyen de Genève. Mais après des tergiversations, il n'accepta pas d'en jouir, d'autant plus que Voltaire était allé résider à Ferney, et il revint à Paris. Mme d'Épinay l'installa à l'Ermitage, petit logis situé à une lieue d'Épinay sur la lisière de la forêt de Montmorency ; l'endroit était « solitaire plutôt que sauvage » : c'était au printemps 1756. Rousseau se crut placé dans les meilleures conditions pour remplir sa mission : dire la vérité. Il conçut et écrivit la première moitié de *Julie ou la Nouvelle Héloïse* (*). En même temps, il tomba amoureux de Mme d'Houdetot qui, elle, aimait Saint-Lambert et ne promit à Rousseau que son amitié. Mme d'Épinay devina ce qui se passait et Saint-Lambert fut mis au courant. Rousseau crut que la faute en était à la première ainsi qu'à Grimm, son amant. Finalement, Mme d'Épinay donna congé à Rousseau, qui s'empressa de quitter l'Ermitage et alla s'établir à Montlouis, près Montmorency, en se débarrassant cette fois de la mère de Thérèse (décembre 1757). C'est à Montlouis qu'il acheva *La Nouvelle Héloïse* et qu'il écrivit la *Lettre à d'Alembert sur les spectacles*. Il y connut M. de Malesherbes, directeur de la « librairie », qui lui proposa son aide et lui rendit des services. Il se lia avec le maréchal de Luxembourg et sa femme. Il se mit à son livre sur l'éducation qui lui demanda trois ans. Trois ouvrages de Rousseau parurent à peu près en même temps : *La Nouvelle Héloïse* (1761), *Le Contrat social* (1762), qui fut saisi à son arrivée en France, et enfin *Émile* (*) qui parut le 24 mai 1762 et fut condamné au feu, et son auteur « décrété de prise de corps » le 8 juin. Ces trois ouvrages eurent un immense succès et firent de Jean-Jacques un grand directeur de conscience, à qui l'on pouvait s'adresser quand on ne faisait partie ni du clan des philosophes ni du clan des dévots. *La Profession de foi du vicaire savoyard* donne ce conseil : « Osez confesser Dieu chez les philosophes, osez prêcher l'humanité aux intolérants. » Après le décret de la grand-chambre, il dut s'enfuir sur le territoire de Berne, à Yverdon où il apprit que *Émile* avait été brûlé également à Genève. Il se retira à Motiers-Travers, dans le comté de Neuchâtel qui appartenait au roi de Prusse et était gouverné par Milord Maréchal (alias Milord Keith, Écossais). Il y vécut d'abord paisiblement. Son infirmité — la maladie de la pierre — le tourmentant de plus en plus, il adopta l'habit arménien qu'il jugeait plus commode. Mais, les pasteurs suisses l'ayant attaqué, il leur riposta par de virulentes *Lettres écrites de la montagne* (1764), qui suivirent la *Lettre à l'archevêque de Paris* (1763), et attirèrent une réplique de Voltaire dans un pamphlet anonyme, *Le Sentiment des citoyens*, qui lui donna l'idée d'écrire un grand livre pour se justifier : *Les Confessions de Jean-Jacques Rousseau, contenant le détail des événements de sa vie et de ses sentiments secrets dans toutes les situations où il s'est trouvé.*

Cependant, devant les menaces grandissantes de la populace et la citation à comparaître devant le Consistoire, Rousseau dut s'enfuir dans le territoire de Berne et se réfugier à l'île Saint-Pierre où il passa la fin de l'été 1765. Mais il dut partir à nouveau et, ne sachant où se réfugier cette fois, il accepta l'offre que lui faisait David Hume de le conduire en Angleterre après un très court séjour au Temple, asile inviolable, où l'avait mené le prince de Conti. Hume l'établit à Wotton, dans le comté de Derby, après un passage à Londres assez bref. Puis l'attitude de Hume à son égard lui parut de plus en plus suspecte. Il imagina, sur la base d'indices qui pouvaient être interprétés de différentes façons, qu'un complot avait été monté contre lui (paroles prononcées par Hume la nuit, lettres décachetées, libelles injurieux) ; il s'aperçut qu'une lettre adressée à lui par le roi de Prusse et lui offrant un refuge avait été fabriquée. Il pensa que Choiseul était à la tête du complot. Pourtant, il eut le temps d'écrire les six premiers livres des *Confessions*. Malgré l'offre du roi d'Angleterre de lui faire une pension, il partit pour la France en mai 1767.

Là, il se fit appeler M. Jacques, puis M. Renou, passa plusieurs jours dans une maison de Mirabeau à Fleury-sous-Meudon, puis à Trye, près de Gisors, qui appartenait au prince de Conti. Là, il acheva le sixième livre des *Confessions*. Mais il se croyait de plus en plus persécuté, et s'imagina qu'on le rendrait responsable de la maladie de son ancien ami du Peyron, qui était venu lui rendre visite, et de la mort du concierge du château. Il quitta Trye au bout d'un an, se rendit à Lyon, Grenoble, Chambéry, où il alla sur la tombe de Mme de Warens rêver à son passé, puis à Bourgoin, où le 29 août 1768 dans une chambre d'auberge, en présence du maire de la ville et d'un cousin de celui-ci, il célébra son mariage avec Thérèse, devenue « sa femme par la grâce de Dieu », et prononça un discours sublime qui fit fondre en larmes les assistants. Il ne retrouva pas pour autant le calme ; il crut découvrir la clé du grand complot tramé contre lui, dont le dernier épisode était à Bourgoin la réclamation d'une dette imaginaire par un inconnu ; il fit des confidences sur la cause de son tourment à une jeune femme, la comtesse de Berthier, qu'il avait rencontrée en allant à Pougues voir le prince de Conti ; il faillit se brouiller avec Thérèse. Entre-temps, il s'était installé près de Bourgoin à Monquin, au pied des Alpes, d'où il fit une excursion au Pilat pour herboriser ; il s'était remis à la rédaction des *Confessions*.

Au printemps 1770, il alla à Lyon assister à la représentation de son *Pygmalion*, puis à Paris, où il entreprit de faire dans des salons des lectures des *Confessions,* qui ne suscitèrent ni enthousiasme ni scandale mais plutôt de la gêne et de la pitié. Il se logea rue Plâtrière, où il ne vécut que de très petites rentes et de son travail de copiste de musique. Il jouait de temps en temps chez lui des airs sur son épinette pendant que sa femme cousait du linge et qu'un serin chantait dans une cage ; des moineaux venaient manger du pain sur ses fenêtres, et des plantes poussaient sur une de celles qui donnaient sur l'antichambre. Il fréquentait Bernardin de Saint-Pierre. Les visiteurs et les curieux étaient refoulés ou passés au crible par Thérèse. Un comte polonais lui demanda un projet de constitution pour son pays, et il écrivit des *Considérations sur le gouvernement de Pologne et sur sa réformation projetée.* Un redoublement de sa croyance à la persécution le fit écrire à M. de Sartine pour se justifier des calomnies lancées contre lui, puis un livre étrange : *Les Dialogues, Rousseau juge de Jean-Jacques* ; ce sont trois entretiens entre « un Français » et Rousseau lui-même. Ne pouvant pas le publier, puisque ses persécuteurs l'en auraient empêché, il résolut de porter le manuscrit sur l'autel de Notre-Dame ; mais le jour où il y alla, le 24 décembre 1776, il trouva, fermant le chœur, une grille qu'il n'y avait jamais vue. Condillac à qui il porta son écrit ne le comprit pas. Alors, en désespoir de cause, il rédigea un « billet circulaire adressé à la Nation française », dont il fit plusieurs copies et qu'il distribua dans les rues. Ce prospectus justificatif qui portait pour suscription : « À tout Français aimant encore la justice et la vérité », fut refusé par les passants. Puis Thérèse et lui tombèrent malades. Le 24 octobre 1776, une voiture le renversa dans la côte de Ménilmontant. Une fois remis, il commença d'écrire son dernier livre : *Rêveries du promeneur solitaire* (*). Il se demandait s'il avait eu raison de choisir pour devise : « Vitam impendere vero », et consacra sa « Quatrième Promenade » à examiner les mensonges qu'il avait pu commettre et à s'absoudre. Ses forces déclinant, il cherchait un asile qui lui coutât peu. Il accepta brusquement l'invitation du marquis de Girardin à venir habiter un pavillon devant le château d'Ermenonville, en attendant la chaumière qu'on lui construirait dans le verger. Il partit le 20 mai 1778. Le marquis, disciple de Jean-Jacques, avait ordonné le jardin comme son maître l'eût aimé et lui avait déjà élevé « un petit monument philosophique ». Le 2 juillet, Jean-Jacques Rousseau mourut d'apoplexie et fut enterré le surlendemain, dans la nuit, à l'extrémité du lac, dans l'île des Peupliers. Voltaire était mort un mois auparavant.

JEAN GRENIER.

XVIIIe siècle. ♦ *« Cet homme est un forcené... je tâche en vain de faire de la poésie, mais cet homme me revient tout à travers mon travail ; il me trouble, et je suis comme si j'avais à côté de moi un damné : il est damné, cela est sûr... »* Diderot, lettre à Grimm, 1757. ♦ *« ... ce sombre énergumène, / Cet ennemi de la nature humaine. »* Voltaire, 1767. ♦ *« La philosophie de Voltaire est celle des gens heureux* [...] *Rousseau est le philosophe des malheureux : il plaide leur cause, et pleure avec eux* [...] *Cependant, après avoir lu leurs ouvrages, nous éprouvons souvent que la gaieté de l'un nous attriste, et que la tristesse de l'autre nous console. »* Bernardin de Saint-Pierre. ♦ *« Chez Rousseau, tout doit prendre la tournure d'un paradoxe* [...] *Rien, chez lui, n'est simple affirmation ; tout est neuf, frappant, étonnant ; ce qui est beau en soi-même y est exagéré ; ce qui est vrai est trop généralisé et cesse d'être la vérité... »* Herder.

XIXe siècle. ♦ *« Avec Voltaire, c'est le monde ancien qui finit, avec Rousseau c'est un monde nouveau qui commence. »* Goethe. ♦ *« Et, par miracle, comme si, dès l'origine, / Ton esprit connaissait d'avance les voies du Devenir, / L'action et les antiques errements de la vie, / Tu discernes au premier signe ce qui va s'accomplir, / Et tu prends l'essor, esprit hardi, / Comme les aigles qui précèdent la tempête, / Volant à l'avant-garde des dieux qui vont venir... »* Hölderlin, *Ode à Rousseau.* ♦ *« Jean-Jacques Rousseau n'a rien découvert, mais il a tout enflammé. »* Mme de Staël. ♦ *« L'écrivain le plus éloquent qu'ait produit l'Europe du* XVIIIe *siècle* [...] *Il avait trop de sensibilité et trop peu de raison. »* Stendhal. ♦ *« Pour nous, quoi que la raison nous dise, pour tous ceux qui, à quelque degré, sont de sa postérité poétiquement, il nous sera toujours impossible de ne pas aimer Jean-Jacques, de ne pas lui pardonner beaucoup pour ses tableaux de jeunesse, pour son sentiment passionné de la nature, pour la rêverie dont il a apporté le génie parmi nous, et dont le premier il a créé l'expression dans notre langue. »* Sainte-Beuve. ♦ *« Nous devons à Jean-Jacques Rousseau l'éloquence de nos tribunes ; il était le maître de diction des orateurs qui allaient naître et parler après sa mort. Sa mission littéraire était de façonner la littérature civile de la France à l'usage de la révolution et des discussions politiques. »* A. de Lamartine. ♦ *« Il n'est pas ce que j'appelle un homme fort. Homme morbide excitable, spasmodique ; au mieux, intense plutôt que fort... »* Carlyle. ♦ *« Cet homme me déplaît, je crois qu'il a eu une influence funeste. C'est le générateur de la démocratie envieuse et tyrannique. Les brumes de sa mélancolie ont obscurci dans les cerveaux français l'idée du droit. »* Gustave Flaubert. ♦ *« Préoccupé de soi-même jusqu'à la manie et ne voyant dans le monde que lui-même, il imagine l'homme d'après lui-même et le décrit tel qu'il le sent. »* Taine. ♦ *« Rousseau, ce premier homme moderne, idéaliste et canaille en une seule personne, qui avait besoin de la « dignité morale » pour supporter son propre aspect, malade d'un dégoût effréné, d'un mépris effréné de lui-même. Cet avorton qui s'est campé au seuil des temps nouveaux... »* Nietzsche.

XXe siècle. ♦ *« C'est surtout en lisant Voltaire qu'on comprend l'importance de Rousseau... Sa fameuse lettre à Rousseau demeure une merveille d'affectueux enjouement, de bonne grâce et d'aménité dans la critique la plus juste. Il a raison ; mais Rousseau a bien autre chose, et de plus important que la raison, et que Voltaire ne saisit pas* [1923]... *Ce que je n'aime surtout pas, dans Rousseau, c'est son estime de l'ignorance. Le mésusage que l'homme a fait des découvertes de la science ne suffit pas à incriminer celle-ci, mais l'homme même qui en mésuse* [1937 ?] » André Gide. ♦ *« Jean-Jacques n'a pas détruit la conscience, il l'a corrompue. Il l'a adressée au mensonge et à la falsification... aucun homme n'a peut-être poussé plus loin la corruption du sens intérieur...* [mais] *après tous les crimes qu'il avoue, cet homme n'en demeure pas moins, dans le siècle de Voltaire, l'avocat misérable de Dieu. »* François Mauriac. ♦ *« Rousseau : je me dis même que c'est sur cette branche — pour moi la première jetée à hauteur d'homme — que la poésie a pu fleurir. »* André Breton. ♦ *« L'humanisme de Rousseau signifiait une attaque qui bouleversait jusque dans ses fondements ce qui avait passé pour humanisme et avait été cultivé comme tel depuis la Renaissance. »* Karl Barth. ♦ *« Tous les hommes de souche populaire peuvent se retrouver en lui... Il nous remet en esprit une haute idée de nous-mêmes qu'en le regrettant nous ne cessions de trahir. »* Jean Guéhenno. ♦ *« Rousseau a commis la pire des imprudences. Il a rendu publique sa vie entière, et il a engagé son œuvre sur sa vie... La grande tâche de la deuxième moitié de sa vie fut de se disculper. C'est pourquoi furent écrits les* Confessions, *les* Dialogues, *les* Rêveries. *Il faut admirer davantage leur hauteur, leur absolu désintéressement, sachant que ces livres furent avant tout des plaidoyers. »* Jean Cocteau.

RÉF. : Mme de Staël, *Lettres sur le caractère et les ouvrages de J.-J. Rousseau,* Paris, 1788. — Pierre-Maurice Masson, *La Religion de J.-J. Rousseau,* 3 vol., Paris, 1916. — Ernest Seillière, *Jean-Jacques Rousseau,* Paris, 1921. — Jacques Maritain, *Trois Réformateurs,* Paris, 1926. — R. Derathé, *Le Rationalisme de Rousseau,* Paris, 1948. — Jean Guéhenno, *Jean-Jacques,* 3 vol., Paris, 1948-52. — Bernard Groethuysen, *Jean-Jacques Rousseau,* Paris, 1949. — Daniel Mornet, *Rousseau, l'homme et l'œuvre,* Paris, 1950. — Pierre Burgelin, *La Philosophie de l'existence de J.-J. Rousseau,* Paris, 1952. — R. Raymond, *Rousseau, la quête de soi et la rêverie,* Paris, 1962. — J.-L. Lecercle, *Rousseau et l'art du roman,* Paris, 1969. — J. Starobinski, *J.-J. Rousseau, la transparence et l'obstacle,* Paris, 1971. — M. Launay, *Rousseau écrivain politique,* Grenoble, 1971. — R. Polin, *La politique de la solitude,* Paris, 1971. — R. Trousson, *Rousseau et sa fortune littéraire,* Bordeaux, 1971. — J. Roussel, *J.-J. Rousseau en France* (1795-1830), Paris, 1972. — B. Baczko, *Solitude et communauté,* Paris, La Haye, 1974. — B. Munteano, *Solitude et contradiction de J.- J. Rousseau,* Paris, 1975. — A. Philonenko, *J.- J. Rousseau et la pensée de malheur,* Paris, 1984. — R. Barny, *Préludes idéologiques... le rousseauisme avant 1789,* Paris, 1985. — R. Trousson, *J.-J. Rousseau* (biographie, 2 vol.), Paris, 1988-1989.

ROUSSEL Raymond. Romancier et auteur dramatique. Né à Paris le 20 janvier 1877, mort à Palerme le 14 juillet 1933. Sa famille était immensément riche et cela contribua à lui assurer une enfance dont il conserva toujours un souvenir délicieux. À treize ans, il quitta le lycée pour le Conservatoire, et entra dans la classe de piano de Louis Diémer ; il y obtint un second, puis un premier accessit. Sa mère encouragea son goût pour la musique et, dès l'âge de seize ans, il s'essaya à composer des mélodies. À dix-sept ans, il renonça brusquement à la musique pour se consacrer tout entier à la poésie. Durant de longs mois, il travailla presque jour et nuit et c'est alors, qu'illuminé par « une sensation de gloire universelle », il eut comme la révélation de son génie. Son premier livre, *La Doublure,* parut le 10 juin 1897 ; l'insuccès fut total et provoqua chez lui un choc terrible. Guéri, il se remit au travail mais cette fois systématiquement et en mettant minutieusement au point son style et sa technique. L'œuvre qui naquit de cette recherche, *La Vue,* parut en 1902 dans *Le Gaulois du dimanche* (en librairie, en 1904), mais fut à peine remarquée. Cinq nouvelles années de travail au cours desquelles, racontera-t-il plus tard, « il m'est arrivé de me rouler par terre dans des crises de rage, en sentant que je ne pouvais parvenir à me donner les sensations d'art auxquelles j'aspirais », lui permirent de réaliser un ouvrage, *Impressions d'Afrique* (1910), à partir duquel il eut la certitude d'avoir trouvé sa voie. Lorsque le livre parut, personne n'y prêta attention, sauf Edmond Rostand qui proclama partout qu'on en pourrait tirer une pièce extraordinaire. Roussel en fit jouer successivement trois versions, les deux premières au Théâtre Femina, la dernière au Théâtre Antoine. La critique s'acharna sur la pièce et l'insuccès fut complet. Entre-temps, Roussel avait commencé un nouveau livre qui parut sous le titre de *Locus Solus* (1914) et ne fut pas mieux accueilli que les précédents. Il chargea Pierre Frondaie d'en faire une adaptation qu'il fit monter très luxueusement au Théâtre Antoine. Les représentations dégénérèrent en véritables batailles, mais un petit groupe commença à reconnaître le mérite des tentatives de Roussel tandis que lui venait une soudaine célébrité de scandale. Pensant que ses pièces échouaient parce qu'il ne s'agissait que d'adaptations, Roussel écrivit *L'Étoile au front* qui, le 5 mai 1924, fut représentée au Vaudeville. Il y eut de nouvelles bagarres mais les partisans étaient plus nombreux ; on les hua, on les traita de claque et c'est alors que Robert Desnos lança son mot célèbre : « Nous sommes la claque et vous êtes la joue. » Roussel donna une dernière pièce, *La Poussière de soleils*, qui fut montée au théâtre de la Porte-Saint-Martin le 2 février 1926 ; cette fois, les places s'arrachèrent et il n'y eut pas de bataille, mais la critique demeura tout aussi mauvaise. Le génie de Roussel atteint sa plénitude dans son dernier livre : *Nouvelles impressions d'Afrique* (1932), et il nous a révélé un peu des secrets de son art dans : *Comment j'ai écrit certains de mes livres* (1935).

Au premier abord déconcertante, l'œuvre de Roussel marque un moment capital non seulement dans l'évolution de la « littérature », mais dans les rapports de l'écrivain et de « l'écriture ». Comparable par bien des points à celle de Joyce, cette œuvre est destinée à prendre de plus en plus de place à mesure que l'expression écrite ne se contentera pas de distraire l'homme mais tendra à l'exprimer toujours de plus près. Hanté par le paradis perdu de sa gloire, Roussel a élaboré toute une mythologie qu'il nous reste à déchiffrer avec la même patience qu'il mit à la concevoir ; il en naîtra, peut-être, une nouvelle lumière.

BERNARD NOËL.

♦ *« ... L'art d'un Roussel, de couper non pas, comme on dit, les cheveux en quatre, mais en quatre cent quarante mille, pour commencer, m'apparaît comme un phénomène digne d'être signalé à ceux qui font leurs délices de l'analyse, de l'énumération et de la nomenclature. »* R. de Montesquiou. ♦ *« ... Les produits de l'imagination de Roussel sont, en quelque sorte, les* lieux communs quintessenciés : *aussi déconcertant et singulier qu'il soit pour le public, il puisait – en fait – aux mêmes sources que l'imagination populaire et que l'imagination enfantine et, de surcroît, sa culture était essentiellement populaire et enfantine* [...] *comme le sont ses procédés* [...] *Sans doute l'incompréhension presque unanime à laquelle Roussel s'est douloureusement heurté tient-elle moins à une incapacité d'atteindre l'universel qu'à cet alliage insolite du simple-commebonjour et de la quintessence. »* M. Leiris. ♦ *« Roussel est, avec Lautréamont, le plus grand magnétiseur des temps modernes. Chez lui, l'homme conscient extrêmement laborieux* [...] *ne cesse d'être aux prises avec l'homme inconscient extrêmement impérieux* [...] *La magnifique originalité de l'œuvre de Roussel oppose un démenti lourd de signification et de portée, inflige un affront définitif aux tenants d'un réalisme primaire attardé... »* A. Breton.

RÉF. : R. Vitrac, *Raymond Roussel,* in *N. R. F.,* fév. 1928. – J. Lévy, « *Raymond Roussel* », in *Documents,* 1934. – A. Breton, *Anthologie de l'humour noir,* Paris, 1940. – P. Schneider, *La Fenêtre ou piège à Roussel,* in *Cahiers de Sud,* n°s 306-307, 1951. – J. Ferry, *Une étude sur Raymond Roussel,* Paris, 1953. – M. Carrouges, *Les Machines célibataires,* Paris, 1954. – S. Houppermans, *Raymond Roussel, écriture et désir,* Paris, 1985. – M. Leiris, *Roussel l'ingénu,* Montpellier, 1987.

ROUSSIN André. Auteur dramatique. Né à Marseille le 22 janvier 1911 et mort à Paris le 3 novembre 1987. Renonçant à ses études de droit, il fait ses premiers pas au théâtre comme comédien dans la Compagnie du Rideau gris, fondée par Louis Ducreux à Marseille en 1931. En 1938 et 1939, il séjourne à New York dans la troupe d'André Barsacq. Sous l'Occupation, en zone libre, il monte pour le Rideau gris sa première pièce, *Am-stram-gram* (1941). Ses pièces, dès le début de sa carrière, montrent qu'il sait utiliser toutes les recettes du théâtre de boulevard, dont le moteur principal est l'adultère : *Am-stram- gram* (reprise à Paris en 1944), *Nina* (1949), *Lorsque l'enfant paraît...* rencontrent un large succès public. C'est un théâtre de divertissement, aux dialogues brillants, mais qui n'exclut pas une certaine cruauté dans l'observation précise de la société petite-bourgeoise de l'époque (*La Petite Hutte,* 1947 ; *Le Tombeau d'Achille,* 1960). Si André Roussin s'en tient généralement à des trames conventionnelles (*Une femme qui dit la vérité,* 1960 ; *La Claque,* 1972), sa dextérité lui permet d'aborder des sujets moins ordinaires : l'homosexualité dans *Les Œufs de l'autruche* (1948), l'impuissance dans *La Mamma* (1957). *Les Glorieuses* (1960) sont une parodie racinienne, et *Un amour qui n'en finit pas* (1962) une comédie psychologique. Très éloigné des auteurs d'avant-garde de son temps – Roussin reste fidèle au théâtre de comédie à la Guitry –, il fut en butte aux attaques de la critique. Mais il s'explique sur ses conceptions dramatiques dans sa *Lettre sur le théâtre d'aujourd'hui* (1965) où il déplore pour sa part la trop grande influence de Brecht sur les metteurs en scène contemporains. Il a publié des livres de Mémoires, légers et savoureux comme ses pièces : *La Boîte à couleurs* (1974), *Rideau gris et habit vert* (1983). André Roussin avait été élu en 1973 à l'Académie française.

JACQUES-ÉMILE MIRIEL.

ROUX Dominique de. Écrivain et éditeur. Né à Boulogne-Billancourt le 17 septembre 1935 et mort à Paris le 29 mars 1977. Il arrête ses études à dix-sept ans pour se doter d'une culture et d'une expérience du monde qui lui soient propres : « Je n'étais pas fait pour suivre le mouvement. Mon seul désir : écrire et éditer. » Toute sa vie ce sera là pour lui « une seule et même action ». Son premier roman, *Mademoiselle Anicet*, paraît en 1960, et en 1961 il fonde les *Cahiers de l'Herne* qu'il dirigera jusqu'en 1974, de même que les Éditions de l'Herne qui en sont nées en 1963. Le but ?

Briser l'esprit de chapelle du milieu littéraire, instaurer comme phares les « impardonnables, ceux qui, n'ayant pas été des " gens de lettres " à la mode, furent de grands écrivains solitaires ». Il assume la responsabilité de certains de ces Cahiers, comme ceux sur Céline, Borges, Pound, Gombrowicz, consacrant ces deux derniers écrivains auprès du public français. En 1966 il devient directeur littéraire des éditions Julliard et Plon ; avec Christian Bourgois il crée les éditions Bourgois et dirige la collection de poche 10/18, fonctions qu'il exercera jusqu'en 1972. En 1966 encore il publie *La Mort de L.-F. Céline*, qui succède à un roman d'un lyrisme contrôlé sur l'Allemagne apocalyptique, *Harmonika Zug*, et qui représente un tournant dans son œuvre. L'écriture devient pour lui une arme au service d'une entreprise de subversion. Céline n'est d'ailleurs qu'un appui ou même qu'un prétexte. Dominique de Roux règle en fait ses comptes avec la littérature du moment, dénonçant au vitriol aussi bien l'imposture des écrivains installés que celle des avant-gardes. Dans l'étude de philosophie politique qu'est *L'Écriture de Charles de Gaulle* (1967) il ne peut être plus explicite : « Le style concerne la lettre. L'écriture est indéfiniment concernée par l'esprit. » En littérature comme en politique il ne s'agit pas de s'abstraire mais de se compromettre et de subvertir toute forme. Une même inspiration anime les pamphlets, politiques ou littéraires (*L'Ouverture de la chasse*, 1968 ; *Contre Servan-Schreiber*, 1970 ; *Immédiatement*, 1971 ; *La France de Jean Yanne*, 1974), les deux livres sur Gombrowicz (*Testament*, 1968 ; *Gombrowicz*, 1971) et *Maison jaune* (1969), ce livre dans lequel Dominique de Roux réussit l'alliance, si rare dans la littérature française, du romanesque et de l'essai inspiré, dont son œuvre posthume, *La Jeune Fille au ballon rouge* (1978), donnera un autre exemple. Mais c'est dans *Le Cinquième Empire* (1977) qu'il parvient à transcender le roman et l'histoire pour atteindre la dimension prophétique. « Porté par la secousse sismique de la révolution portugaise », ce roman, paru quelques jours seulement avant sa mort, donne une résonance particulière à son dernier engagement, du Portugal à l'Afrique australe, qui l'aura conduit à devenir le conseiller politique de Jonas Savimbi, président de l'U.N.I.T.A. (Mouvement pour la libération totale de l'Angola). La réédition de la plupart de ses ouvrages montre que l'intérêt suscité, de son vivant, par l'éditeur s'est pleinement reporté sur l'écrivain.

JEAN-LUC MOREAU.

ROY Claude. Poète, romancier et essayiste. Né à Paris le 28 août 1915, mort le 13 décembre 1997. Poète, romancier, essayiste, critique, voyageur, curieux de tout. « Si je cherchais un mot pour me définir, je crois que ce serait le mot "étonnement" », a-t-il déclaré. Il avoue volontiers que son modèle est Diderot. À son propos, François Mauriac cite le vers de Henri Franck : « Garçons français, les plus intelligents de tous ! » La famille Roy vient des Charentes. Le père est un peintre qui cherche en vain à sauver une « certaine lumière ». L'enfance à Jarnac, les études à Angoulême valent un ami à Claude : François Mitterrand. Étudiant en droit à Paris, séduit un moment par Maurras et les brillants paradoxes de *L'Action française,* il publie à vingt ans des essais dans *L'Étudiant français, La Nouvelle Revue française* (*), la *Revue du siècle.* Il est soldat depuis deux ans quand éclate la guerre. En juin 1940, il saute de son char en flammes. Pierre Seghers vient de publier le premier poème de Claude Roy dans sa revue *P.C. 40* (Poètes Casqués 40). Prisonnier évadé, il adhère en 1941 à une organisation de Résistance, « Les Étoiles », rencontre Aragon et Elsa Triolet, Gide et Giraudoux, Paul Éluard. À la recherche d'une « Église qui tienne chaud », il entre au parti communiste en 1943. Il en sort, exclu pour un an, en 1956, et n'y revient pas. Dès la Libération, il est un des intellectuels les plus connus : poète, correspondant de guerre, découvrant l'Italie, les U.S.A., l'U.R.S.S. et la Chine, publiant ses premiers romans (quatre jusqu'à *Léone et les siens*, 1963) comme *La nuit est le manteau des pauvres* (1948), et aussi ses *Descriptions critiques* (sept volumes, 1949-1974), dans lesquelles il essaie toujours de faire partager le bonheur que lui donne une œuvre littéraire, théâtrale ou picturale. « On ne peut pas être critique littéraire, écrit-il. Mais on peut être amoureux de quelques livres. Il y a de quoi remplir une vie, dans la mesure où on n'oublie pas que la vie est précisément ce que rien ne remplira jamais. » Il pense aussi qu'avec l'amour et l'amitié « l'art est le plus court chemin d'un homme à un autre ».

Son œuvre prend une nouvelle dimension, en 1969, quand il commence à livrer son autobiographie, *Moi je*, bientôt suivie de *Nous* et de *Somme toute.* Parce qu'il a tout vu, tout lu, qu'il ne tient pas en place, que son esprit est vif, on le juge parfois léger. Jean-Jacques Mayoux en fait justice : « Zao Wou-ki et le Tao lui ont enseigné à dissimuler le secret d'un recueillement au milieu de l'animation de sa pensée. » Après cette trilogie, il a publié un poème cosmogonique : *Sais-tu si nous sommes encore loin de la mer,* un roman : *La Traversée du pont des Arts*, un essai-pamphlet : *Les Chercheurs de dieux,* quand sa vie et son œuvre prennent brusquement un tour nouveau. En juin 1982, il est atteint d'un cancer du poumon. L'opération, la longue lutte contre le mal, la guérison qui paraît miraculeuse, sont à l'origine de *Permis de séjour*, journal intime d'un genre unique. « La mort n'a jamais pour moi calomnié la vie », écrit Claude Roy. S'il tient au jour le jour la chronique de son mal et sait que peu de chose le sépare peut-être de sa fin, il continue à noter ce qui le touche de par le monde. Aussi bien les convulsions de la Chine que les heurs ou malheurs d'un ami, l'amour de Loleh Bellon, l'actrice et auteur dramatique, sa femme, ou le chant d'un oiseau (Claude Roy est un expert en ornithologie aussi, un « bird watcher »), une lecture de quelques sages grecs, un *Mémento des bonnes choses de la vie.* Et puis des poèmes. C'est l'époque où le poème devient le complément du journal, mais aussi un exercice quotidien, une ascèse. Le pli est pris. *La Fleur du temps* en 1988, et *L'Étonnement du voyageur* en 1990, *Le Rivage des jours* en 1992, continuent *Permis de séjour.* La création littéraire, qui avait toujours été chez Claude Roy un témoignage de la passion du bonheur, ce qui explique son goût pour Stendhal, prend un nouveau sens. Il n'a jamais été de ceux pour qui la littérature est une évasion, une consolation, une revanche contre la vie. Depuis *Permis de séjour,* elle est devenue pour lui non plus seulement une raison de vivre, mais un moyen de survivre. Homme et artiste du XXe siècle, il lui a fallu s'arracher à des partis politiques possessifs, frôler la mort à la guerre et dans la maladie, perdre la foi à deux ou trois reprises, vivre plus de défaites que de victoires et apprendre que les victoires sont toujours trahies, pour que ses livres trouvent une douceur un peu triste, un ton de confidence, entre le silence et le chant cristallin d'un oiseau quand vient l'automne.

ROGER GRENIER.

RUTEBEUF. Poète et auteur dramatique du XIIIe siècle, d'environ 1230 à 1285, sans aucune certitude. L'âme immortelle de Rutebeuf ne peut pas trop se plaindre de l'oubli : au XIXe siècle, une édition en trois volumes de ses *Œuvres complètes* par Jubinal et une étude en un volume de mon maître de Lyon, Léon Clédat. Cependant, il a fallu le second quart du XXe siècle, pour que fût mise en valeur l'œuvre dramatique, en des représentations, par mes étudiants de Sorbonne, ainsi que ses poésies personnelles et politiques, en leurs récitations. Sa biographie, toutefois, est incertaine, quant aux origines, aux événements, aux dates, et doit être déduite des termes d'une poésie méritant vraiment le nom de lyrique, de ses dédicaces, de ses sujets et de ses aveux qui touchent le tréfonds de la vie et de l'être, premier cas de ce genre et qui ne se retrouvera plus, avec la même sincérité émouvante, que deux siècles plus tard, au XVe siècle, chez un François Villon, dont il semble la préfigure. Le nom, d'abord, est difficile, Rustebuef, qu'il traduit lui-même par rude bœuf, traçant son sillon avec patience. Les origines ? douteuses aussi, champenoises probablement, d'après le *Dit de l'Herberie*, et certains traits dialectaux, mais il est parisien par son habitat, ses relations, son activité, ses études peut-être, dans l'« Universitas magistrorum et scholarium », alors en pleine poussée, avec ses quelque cinquante collèges, rien que pour la faculté des arts (Lettres). Il sait du latin, au moins celui de l'Église. Mais il n'a pas la vocation de l'enseignement et n'aspire pas à la « licentia docendi », pas même au baccalauréat, qui en est le premier grade. Il a des notions de la rhétorique, telle que l'enseignent les Arts poétiques, qu'a étudiés Edmond Faral.

La profession qu'il a choisie est celle, aventureuse et vagabonde, de jongleur, dont il a pu s'instruire dans l'une des écoles qui les forment, où, mieux que dans les collèges qui ne dégoisent que la « verbocination latiale », il peut apprendre, sans grammaire ni dictionnaire, en lisant seulement et écoutant les poèmes récités par cœur, le vocabulaire, la syntaxe et la prosodie, dont il sent les mètres, les rythmes et les rimes au point d'en créer un qui est bien à lui : le tercet, suivi d'un demi-vers qui impose sa rime aux suivants. Il a dû apprendre aussi la musique, sans laquelle la poésie des trouvères ne se conçoit pas, mais pour laquelle il est moins doué que son successeur, à un siècle de distance, Guillaume de Machaut, champenois aussi, fondateur de l'Ars nova ou « nouvelle forge ». La vielle en sautoir, il se présente dans les salles des châteaux et des hôtels seigneuriaux de Paris, pour y chanter de geste (les *Chansons de geste*), mais bientôt il n'aura plus pour répertoire que ses propres œuvres, où il raconte sa vie et blasonne ses confrères ménestrels, comme Charlot le Juif, et lui-même. On peut le croire quand il clame aux échos et, surtout, aux oreilles du roi Louis IX et de ses frères, comme Alphonse de Poitiers, sa misère, car ses récitations ne lui procurent pas d'argent, mais parfois un manteau, une robe, à l'occasion un cheval. La cause de cette misère ? La dureté des temps, la vie chère et *Le Mariage Rutebeuf,* une lamentable union de deux misères, avec une femme qui « n'est ni gente ni belle / Cinquante ans a en l'écuelle / Est maigre et sèche ». Pas si vieille qu'elle ne puisse être « blessée d'enfants », comme on dit encore en certaines campagnes, et l'enfant vient braire dans l'aître, ou « veut de l'argent la nourrice ». *La Complainte Rutebeuf* dit encore qu'il a perdu l'œil droit, que son cheval s'est brisé les jambes : au temps d'hiver, le malheur est pire : « Et froid au cul quand bise vente. » Du feu, il n'y en a point dans l'âtre, mais on va chercher la chaleur au cabaret où l'on joue aux dés. Mais à tant de malheurs, il y a des consolations suprêmes, d'abord celle de l'artiste : la poésie, son vrai métier : « Je ne suis ouvrier des mains... / L'espérance du lendemain, / Ce sont mes fêtes. » Et puis, il y a la gloire, dont bien avant Ronsard, il a eu la prescience et l'orgueil, avec une pointe de malice : « L'on penserait que je suis prêtre / Car je fais plus signer de têtes / Que si je chantais l'Évangile / On se signe parmi la ville / De mes merveilles. » Ainsi donc, il existait, dans les rues tortueuses du vieux Paris, ce geste du passant désignant admirativement le poète, comme Dante dans les rues de Florence. La poésie, la gloire, la foi. C'est le troisième terme qui domine, réduisant, parfois exaltant les deux autres. Il y vient surtout en pensant à *La Mort Rutebeuf.*

Mais c'est surtout sur la scène qu'il l'exprime, car on doit à Rutebeuf le premier

Miracle de Notre Dame de notre littérature : le *Miracle de Théophile* que ma troupe d'étudiants de Sorbonne, qui en tirent leur beau nom de théophiliens, a rendu célèbre, en le représentant à la salle Louis Liard, le 7 mai 1933, et, depuis, en maints pays du monde, jusqu'au Brésil. J'avais fait suivre celle-ci du *Dit de l'Herberie,* monologue comique, ou parfois, de l'éloquent *Débat du croisé et du décroisé,* par lequel, s'appropriant un autre genre de théâtre profane, notre Rutebeuf, transformé de poète vagabond en poète national, favorisait la propagande du roi Louis IX, pour la croisade d'Orient. Rutebeuf, dont il faudrait rappeler encore les pièces satiriques contre les frères mendiants, où il fit preuve d'une rare indépendance, appuyant ainsi l'action du recteur de l'université de Paris, Guillaume de Saint-Amour, apparaît en pleine lumière comme la figure la plus représentative de la poésie française au grand siècle, le XIIIe.

GUSTAVE COHEN.

♦ *« Pour la première fois, nous rencontrons dans l'Histoire de notre littérature une individualité fortement caractérisée. »* G. Lanson. ♦ *« ... la poésie parisienne de Rutebeuf (mort vers 1280) à moitié populaire de forme, et plus intéressante que toute autre par le sujet et l'inspiration. Le plus souvent, il expose, dans des vers d'un relief parfois admirable, et dont les pointes, trop prodiguées, n'empêchent pas toujours de goûter l'esprit réel, sa misérable situation de clerc déclassé, marié, vivant de la protection des grands ou des libéralités du public, vrai bohème comme le fut plus tard Villon, comme le furent tant d'autres poètes, à toutes époques, sur le pavé de Paris. »* G. Paris.

RÉF. : Léon Clédat, *Rutebeuf,* 2e éd., Paris, 1909. — Gustave Cohen, *La Poésie en France au Moyen Âge,* Paris, 1952 ; *Rutebeuf, l'ancêtre des Poètes Maudits,* extrait de la revue *Les Études Classiques,* t. XXI, Namur, 1953. — E. Faral et J. Bastin, *Œuvres complètes de Rutebeuf,* 2 vol., Paris, 1959-1960. — A. Serper, *Rutebeuf poète satirique,* Paris, 1969. — N. Regalado, *Poetic Patterns in Rutebeuf,* Newhaven-Londres, 1970. — J. Dufournet, *Rutebeuf, Poèmes de l'infortune à poèmes de la croisade,* Paris, 1979 et *Poésies de l'infortune et autres poèmes,* Paris, 1986.

Ruy Blas. Dame en cinq actes et en vers que Victor Hugo (1802-1885) fit représenter en 1838 au théâtre de la Renaissance avec le célèbre comédien Frédérick Lemaître. *Ruy Blas* est l'avant-dernier des grands drames de Hugo. Il parvient à évoquer, de la manière la plus romantique, la ruine de la monarchie espagnole et l'épuisement de la monarchie autrichienne à la fin du XVIIe siècle : « Dans *Hernani* (*) le soleil de la Maison d'Autriche se lève ; dans *Ruy Blas,* il se couche », dit l'auteur lui-même dans sa préface. Ruy Blas est un valet : orphelin, nourri par charité dans un collège, il n'a pu acquérir que des connaissances fragmentaires, une éducation incomplète. Mais la faim rend débrouillard. Ruy Blas est devenu valet de chambre de don Salluste, grand d'Espagne, hier ministre puissant, aujourd'hui en disgrâce à cause d'une mésaventure : le gentilhomme a séduit une fille d'honneur de la reine, et il a refusé de l'épouser. Don Salluste ne supporte point d'être traité avec cette rigueur et décide de se venger. Tout d'abord, il songe à se servir de don César de Bazan, l'un de ses cousins, réduit à la misère ; mais don César refuse de se prêter aux desseins de son parent. Don Salluste se résout alors à faire passer Ruy Blas pour don César, et à en faire l'instrument de sa justice. Ruy Blas est introduit à la Cour, où il gagne les bonnes grâces de la reine, la jeune Maria de Neubourg, femme de l'incapable Charles II ; de son côté, Ruy Blas est séduit. Et voici que se réalise ce que don Salluste espérait : Ruy Blas, un valet, devient l'amant de l'orgueilleuse reine. Cependant, Ruy Blas se prend à son personnage ; nommé ministre, il s'emploie aux affaires de l'État, fait appliquer différentes réformes, et acquiert du même coup une grande popularité. Dans ces conditions, don Salluste intervient : il donne rendez-vous à la reine dans un pavillon isolé, en se servant du nom de Ruy Blas, et il lui révèle toute l'intri- gue. Mais Ruy Blas, pour venger la reine et la sauver, assassine don Salluste et se tue lui- même. Si l'action est parfois invraisemblable et les caractères schématiques, la pièce abonde en scènes touchantes et terribles. Le style est d'un éclat et la versification d'une science et d'une fantaisie qui forcent l'admiration.

S

SABATIER Robert. Romancier et poète. Né le 17 août 1923 à Paris. Orphelin de bonne heure, il travaille dans l'atelier typographique de son oncle qui est aussi son tuteur, à 13 ans. Il y imprimera en 1939 ses premiers poèmes. Il gagne le maquis de Saugues, en Haute-Loire, en 1944. Puis il exerce différents métiers en province et crée une revue poétique, *La Cassette* (1947-50). Il revient à Paris et se consacre à l'édition tout en collaborant à de nombreux journaux (*Arts, Le Figaro littéraire, Les Nouvelles littéraires*, etc.). La quête de l'enfance est le thème central de l'œuvre de Sabatier : *Alain et le nègre* (1953), histoire d'un petit garçon qui se lie d'amitié avec un « nègre », le musicien Vincent, amant de sa mère, *Boulevard* (1956), *Canard au sang* (1958). Un cycle autobiographique lui est consacré, *Le Roman d'Olivier*, en cinq volumes (1969-86) dont le volume le plus célèbre est *Les Allumettes suédoises*, il comprend *Les Allumettes suédoises* (1969), *Trois sucettes à la menthe* (1972), *Les Noisettes sauvages* (1974), *Les Fillettes chantantes* (1980), *David et Olivier* (1986). On doit à Robert Sabatier d'autres romans : *Le Marchand de sable* (1954), *Le Goût de la cendre* (1955), *La Sainte Farce* (1960), *La Mort du figuier* (1962), *Dessin sur un trottoir* (1964), *Le Chinois d'Afrique* (1966), *Les Enfants de l'été* (1977), *La Planète des hommes- fruits* (1980), *Les Années secrètes de la vie d'un homme* (1984), qui est un voyage symbolique, *La Souris verte* (1990). Il compose des poèmes où s'allient sensibilité et délicatesse : *Les Fêtes solaires* (1951, prix Antonin Artaud et prix Guillaume Apollinaire), *Dédicace d'un navire* (1959), *Les Poisons délectables* (1965), *Les Châteaux de millions d'années* (1969, grand prix de poésie de l'Académie française), *Icare et autres poèmes* (1976), *L'Oiseau de demain* (1981), *Lecture* (1987). Il écrit aussi des essais variés : deux sur *Saint Vincent de Paul* (1962 et 1964), une *Histoire de la poésie française* en six tomes, du Moyen Âge jusqu'à nos jours (1976-1988), *L'État princier* (1961), sur la création poétique, un *Dictionnaire de la mort* (1967), *Le Livre de la déraison souriante* (1991) : textes « miroirs ou réflecteurs », extraits de carnets. Il est membre de l'académie Goncourt (depuis 1971).

CHRISTINE DE CLINCHAMPS.

SACHS Maurice (pseud. de Maurice Ettinghausen). Écrivain français né à Paris le 16 septembre 1906, mort en Allemagne en avril 1945. Ce chroniqueur brillant et amoral de l'entre-deux-guerres naît dans une famille de la bourgeoisie israélite libérale, socialement déclassée. Il ne connaît rien de son père (dont il reniera le nom), qui quitte très tôt le domicile conjugal. Sa mère, Andrée Sachs, ne semble pas s'en être beaucoup souciée : elle le confie à une prestigieuse et snob institution, d'où Maurice, avant le baccalauréat, se fait exclure pour pratiques homosexuelles. Jeté dans la vie parisienne à seize ans, Sachs rencontre Jean Cocteau qu'il va idolâtrer. À son exemple, il se convertit au catholicisme et, allant plus loin, sous l'influence de Jacques Maritain, entre au séminaire des Carmes, qu'il quitte avant d'endosser le sacerdoce à la suite du scandale dont il est l'objet, s'étant affiché avec un très jeune Américain à Juan-les-Pins (1926). Cocteau l'envoie alors à Max Jacob qui le recueille à Saint-Benoît dans le Loiret. L'amitié qui le lie à cet autre poète ne s'achèvera qu'en 1935, lors de la publication d'*Alias*, où Sachs l'a outrageusement caricaturé. L'attrait du vol que Sachs a découvert en lui dès l'enfance et différentes compulsions qui le rendent aussi odieux que malheureux lui font rencontrer la psychanalyse. Il entreprend une cure rapide avec le docteur René Allendy, à l'issue de laquelle il retombe dans ses errements : débauche, frivolité, snobisme, vol. Il fuit ses créanciers (et se fuit lui-même) en partant pour New York. Il écrit là son premier livre, en anglais, *The Decade of Illusion* (version française publiée en 1950), chronique nostalgique du Paris de 1925, désormais englouti dans la crise. Il se marie en juin 1932 avec la fille d'un pasteur presbytérien après s'être converti... au protestantisme. Mais il abandonne cette jeune Glwadys Matthews au profit d'un Californien qu'il ramène à Paris où il connaît une vie misérable jusqu'à ce que Gide lui procure un emploi aux éditions de la *N.R.F.* Sachs écrit alors ses mémoires, *Le Sabbat*, qui paraîtront après la guerre. Durant l'Occupation, Sachs vit d'expédients, de divers trafics, connaît de nombreuses aventures sexuelles, intellectuelles (rencontre avec les philosophes Ferdinand Alquié et Yvon Belaval), voire affectives : il cohabite quelques mois en Normandie avec la future romancière Violette Leduc — qui en parlera de façon émouvante dans *La Bâtarde*. Aux abois et bien que juif, Sachs s'engage comme travailleur volontaire en Allemagne (novembre 1942). Mais, tolérant mal cette vie de labeur sans gratification, Sachs parvient à prendre contact avec la Gestapo de Hambourg dont il devient l'agent : pur et simple opportunisme d'un personnage qui considère que « tout est permis » plutôt que convictions idéologiques réelles. D'ailleurs, suspecté, il est incarcéré à la prison de Fülsbuttel où il restera jusqu'en avril 1945. Les prisonniers seront évacués à l'arrivée de l'armée britannique et soumis à une marche forcée en direction de Kiel. Trop affaibli pour poursuivre, Sachs est abattu par les SS. À la Libération, une dizaine de livres posthumes paraîtront (*Derrière cinq barreaux*, 1952, *Tableau des mœurs de ce temps*, 1954, *Histoire de John Cooper d'Albany*, 1955...), dont *Le Sabbat* (1946) et *La Chasse à courre* (1949) nous paraissent les meilleurs. Maurice Sachs, mort à trente-neuf ans, aura mené une vie tout à la fois picaresque et tragique, où le sordide le dispute au désir constant chez lui de devenir un grand écrivain.

HENRI RACZYMOW.

SADE Donatien Alphonse François, marquis de, seigneur de La Coste et de Saumane, coseigneur de Mazan. Lieutenant général aux provinces de Bresse, Bugey, Valmorey et Gex, mestre de camp de cavalerie et écrivain. Né à Paris, en l'hôtel de Condé, le 2 juin 1740, et mort le 2 décembre 1814 à Charenton-Saint-Maurice. De 1744 à 1750, le jeune marquis est à Saumane où son oncle paternel, l'abbé de Sade d'Ebreuil, historien élégant et solide, s'est chargé de sa première éducation. En 1750, il revient à Paris pour entrer au collège d'Harcourt, chez les jésuites. En 1755, après un an d'exercices à l'école des chevau-légers, il est nommé sous-lieutenant au régiment d'infanterie du roi. Cornette de carabiniers en 1757, puis capitaine de cavalerie, Sade prend part à la guerre de Sept Ans. Le 17 mai 1763, il épouse, avec l'agrément de la famille royale, Renée-Pélagie Cordier de Launay de Montreuil, dont il aura deux fils et une fille, et qui se signalera par un dévouement conjugal sans réserve. Cinq mois après son mariage, Sade est incarcéré pendant quinze jours au donjon de Vincennes, pour excès commis dans une petite maison. Le 3 avril 1768, place des Victoires, il s'adresse à une femme qui demande l'aumône, Rose Keller ; elle accepte de l'accompagner à sa petite maison d'Arcueil. Il l'y fait se déshabiller, la flagelle à plusieurs reprises, puis l'enferme dans une chambre. Elle s'évade, porte plainte et obtient une indemnité énorme. Incarcéré à Saumur, puis à Pierre-Encise, mais admis à faire valoir ses lettres d'abolition, Sade n'est condamné qu'à une amende par la Grand-Chambre du parlement ; cependant, il reste détenu sur l'ordre du roi jusqu'en novembre 1768. Le 27 juin 1772, de passage à Marseille, il se rend le matin avec son domestique Latour dans une chambre où quatre filles sont réunies. Flagellation reçue et infligée, fututIon, pédication homo et hétéro- sexuelle ; l'une des filles goûte aux anis cantharidés que lui offre le marquis. Le soir, visite de Sade à une autre prostituée qui absorbe tout le contenu de la bonbonnière de son client. Elle se trouve bientôt dans un tel état qu'on la croit empoisonnée. Le lieutenant- général criminel recueille sa plainte. Sade, qui a pris la fuite en Italie avec sa belle-sœur, Anne-Prospère de Launay, chanoinesse, qu'il fait passer pour sa femme, est condamné par le parlement de Provence à la peine capitale pour crimes d'empoisonnement et de sodomie ; le 12 septembre, il est exécuté en effigie sur la place des Prêcheurs, à Aix. Réfugié à Chambéry en octobre 1772, il est arrêté le 8 décembre sur l'ordre du roi de Sardaigne agissant à la requête de sa belle-mère, la présidente de Montreuil, et conduit à la forteresse de Miolans. Il s'en évade le 1er mai 1773. Son séjour à La Coste, entre 1774 et 1777, est marqué par plusieurs scandales, dont le plus grave est celui des « petites filles ». De passage à Paris, en février 1777, Sade, contre lequel la présidente de Montreuil a obtenu une lettre de cachet, est incarcéré au donjon de Vincennes. En juin 1778, il est transféré à Aix, où l'arrêt du parlement de Provence est cassé, par défaut absolu du crime présupposé d'empoisonnement. Cependant, toujours justiciable de la lettre de cachet, il quitte la ville d'Aix sous escorte policière. À l'étape de Valence, il réussit à s'échapper et se réfugie à La Coste, où il est arrêté de nouveau le 26 août. Reconduit à Vincennes, il y demeurera captif du 8 septembre 1778 au 29 février 1784, date à laquelle il est transféré à la Bastille. Quelques jours avant le 14 juillet 1789, pour avoir tenté d'ameuter le peuple en criant par la fenêtre de sa chambre qu'on voulait égorger les prisonniers, il est extrait de la forteresse et transporté chez les religieux de Charenton-Saint-Maurice. Libéré le 2 avril 1790, à la suite du décret sur les lettres de cachet, Sade, deux ans après, participe comme secrétaire aux travaux de la section des Piques. En août 1793, président de cette section, il refuse de mettre aux voix une motion inhumaine. Accusé de modérantisme, le ci-devant marquis est arrêté le 5 décembre.

Enfermé aux Madelonnettes, puis aux Carmes, à Saint-Lazare et à Picpus, son nom figure dans le réquisitoire collectif de Fouquier-Tinville du 8 Thermidor. Mais l'huissier du tribunal révolutionnaire le recherche en vain dans les différentes prisons, et Sade échappe ainsi providentiellement à la guillotine. Rendu à la liberté le 13 octobre 1794, il est arrêté sept ans après, le 6 mars 1801, par la police du Consulat, comme auteur des romans scandaleux de *Justine* et de *Juliette* (1797). Après un séjour de deux ans à Sainte-Pélagie et à Bicêtre, il est interné administrativement à l'hospice de Charenton, où Marie-Constance Quesnet, sa maîtresse, obtint de se fixer auprès de lui. Grâce à la bienveillance du directeur, M. de Coulmier, Sade est admis à organiser jusqu'en 1808 des représentations théâtrales auxquelles viennent assister les personnes les plus élégantes de Paris. Il meurt le 2 décembre 1814, ayant consumé en prison trente années de son existence. Aucun nom ne fut gravé sur sa pierre tombale.

Si, en tant qu'écrivain publié, Sade appartient tout entier à l'époque révolutionnaire, il faut noter qu'en octobre 1788, après dix ans de captivité ininterrompue, plusieurs chefs-d'œuvre se détachent déjà de la masse imposante de ses manuscrits : le *Dialogue entre un prêtre et un moribond, Les Cent Vingt Journées de Sodome, Aline et Valcour*, la première *Justine*, ainsi que les meilleurs d'entre ses contes et nouvelles. Le *Dialogue* ne devait être publié qu'en 1926 et le roman *Les Cent Vingt Journées* qu'en 1931-1935 (l'édition parue à Berlin en 1904 est pratiquement inutilisable, en raison des milliers de fautes qui la dénaturent). Si *Les Cent Vingt Journées*, cent ans avant Krafft-Ebing et Freud, nous fournissent une description systématique des anomalies sexuelles et justifient de ce fait « le lustre que le monde savant a donné au nom de leur auteur en imposant celui de " sadisme " à la plus grave de ces psychopathies » (M. Heine), elles contiennent également les pages les plus neuves et les plus spontanées que le marquis ait jamais écrites : ainsi le portrait de Blangis, qui brille d'un si noir éclat parmi la nudité splendide des épouses, l'infernale beauté de son sermon aux « êtres faibles et enchaînés », et cette galerie de proxénètes et de duègnes, de « bardaches » et de fillettes qui ne le cèdent nullement à l'album des *Caprices* de Francisco Goya. Quant au *Dialogue entre un prêtre et un moribond*, d'une éloquence harmonieuse et noble qui rappelle souvent le divin Platon, il constitue la première manifestation de cet athéisme irréductible dont les ouvrages ultérieurs de Sade ne cesseront de nous offrir les développements les plus hardis. – Des cinquante récits composés par le marquis à la Bastille, et dont une douzaine sont perdus, onze seulement devaient figurer en l'an VIII dans le recueil des *Crimes de l'amour* ; les éléments inédits de son œuvre de conteur ont été publiés en 1926 sous le titre d'*Historiettes, contes et fabliaux*. Un choix où l'on ferait entrer, avec *Florville et Courval ou le Fatalisme* et *Eugénie de Franval*, qui appartiennent aux *Crimes de l'amour, Le Président mystifié, Augustine de Villeblanche* et *Émilie de Tourville*, détachés du recueil posthume, constituerait, dans son admirable variété, un livre de nouvelles sans égal dans la littérature française. – Ce qui frappe avant tout, dans les lettres de Sade écrites à Vincennes et publiées entre 1948 et 1953 sous les titres de : *L'Aigle, Mademoiselle..., Le Carillon de Vincennes* et *Monsieur le 6*, c'est la leçon de fermeté qu'elles nous offrent constamment, tant par le maintien intégral des idées, qui ont valu à leur auteur le supplice de la réclusion, que par la mise en œuvre d'un humour transcendé, relevant de la poésie, et où s'affirme victorieusement l'invulnérabilité du « moi » aux agressions de la réalité extérieure. Parmi les ouvrages posthumes de Sade, il faut encore mentionner l'*Histoire secrète d'Isabelle de Bavière*, parue en 1952. Par la richesse de ses matériaux et l'ampleur de sa vision, par la profondeur de ses réflexions touchant à la psychologie tant individuelle que collective, par les teintes noires et inquiétantes dont il a soutenu le tableau des crimes de la reine, l'auteur d'*Isabelle de Bavière* mérite de prendre place au nombre des meilleurs historiens qui ont précédé l'ère romantique. – Nous en viendrons maintenant aux principaux ouvrages publiés du vivant de Sade. La *Justine* de 1791, grâce à son appareil de précautions verbales et à la diction toute classique de ses personnages raisonneurs, constitue certainement dans l'œuvre du marquis la plus « insidieuse infraction au caractère divin de la nature humaine » (M. Heine). Dans les dix volumes orgiaques de *La Nouvelle Justine* suivie de *L'Histoire de Juliette, sa sœur* (1797), les longues dissertations morales et métaphysiques, d'un mouvement admirable, placées par Sade dans la bouche de ses héros, reprennent en les enrichissant, mais non sans les majorer parfois jusqu'au délire, les thèmes de la première *Justine* de 1791 ; mais l'épopée philosophique du marquis perdrait sa plus riche signification si l'on négligeait de la considérer également sous le triple aspect de la psychopathologie descriptive, de l'humour noir et de la poésie. – De tous les ouvrages clandestins de Sade, *La Philosophie dans le boudoir* (1795) est de beaucoup le moins cruel ; les phrases d'une rayonnante obscénité qu'y prononcent Mme de Saint-Ange et Eugénie de Mistival ne transforment jamais en effroi l'émotion érotique éprouvée par le lecteur. – Tableau de mœurs et de caractères dans lequel la luxure d'un père incestueux est tracée avec une singulière énergie, récit d'aventures héroï-comiques parmi toutes les classes et dans tous les climats, le roman d'*Aline et Valcour* (1795), où la sociologie d'un précurseur s'entrelace à des folklores imaginaires, ne laisse pas de préfigurer un aspect de la sensibilité moderne en maintes pages toutes rutilantes de royaumes inconnus. Si les syllabes maudites du nom de son auteur n'eussent détourné d'un tel ouvrage la critique universitaire, le roman d'*Aline et Valcour* — d'une langue toujours décente en dépit de la hardiesse des passions — serait inscrit depuis longtemps au nombre de ces fictions universelles qui, pareilles au *Décaméron*, à *Don Quichotte* et aux *Voyages de Gulliver*, ont ouvert de nouvelles demeures à l'imagination des hommes. — D'une fécondité peu commune, Sade a composé une douzaine de romans, la plupart de vaste dimension, une soixantaine de contes, une vingtaine de pièces de théâtre, et maints opuscules divers. Un quart environ de ses manuscrits a été détruit par la police du Consulat et de l'Empire. Après avoir été considérés du vivant de leur auteur, et pendant plus d'un siècle après sa mort, comme de monstrueuses parodies issues de l'imagination d'un criminel délirant, les ouvrages du marquis de Sade, grâce aux travaux historiques et critiques de Maurice Heine et de Gilbert Lely, ainsi qu'aux essais métaphysiques de Pierre Klossowski et de Maurice Blanchot, ont pris place de nos jours au rang des chefs-d'œuvre de la littérature française, tant du point de vue de l'éloquence et de la vivacité du style qu'en raison de la hardiesse et de la profondeur de la pensée.

G. L.

RÉPERTOIRE DES ÉDITIONS ORIGINALES. *Justine ou les Malheurs de la vertu*, 2 volumes, 1791. — *Opuscules politiques*, huit brochures, 1791-1793. — *La Philosophie dans le boudoir*, 2 vol., 1795. — *Aline et Valcour ou le Roman philosophique*, 4 vol., 1795. — *La Nouvelle Justine ou les Malheurs de la vertu, suivie de l'Histoire de Juliette, sa sœur*, 10 vol., 1797. — *Oxtiern ou les Malheurs du libertinage*, an VIII. — *Les Crimes de l'amour, nouvelles héroïques et tragiques, précédées d'une Idée sur les romans*, 4 vol., an VIII. — *L'Auteur des crimes de l'amour à Villeterque, folliculaire*, an IX. — *La Marquise de Gange*, 2 vol., 1813. — *Dorci ou la Bizarrerie du sort* (éd. A. France), 1881. — *Historiettes, contes et fabliaux* (éd. M. Heine), 1926. — *Dialogue entre un prêtre et un moribond* (id.), 1926. — *Correspondance* (éd. P. Bourdin), 1929. — *Les Infortunes de la vertu* (éd. M. Heine), 1930. — *Les Cent Vingt Journées de Sodome ou l'École du libertinage* (id.), 3 vol., 1931-1935. — *L'Aigle, Mademoiselle...* (éd. G. Lely), 1949. — *Histoire secrète d'Isabelle de Bavière, reine de France* (id.), 1953. — *Le Carillon de Vincennes* (id.), 1953. — *Cahiers personnels* (id.), 1953. — *Monsieur le 6* (éd. G. Daumas et G. Lely), 1954. — *Cent Onze notes pour la Nouvelle Justine*, 1956. — (Le pamphlet anonyme de *Zoloé et ses deux acolytes*, attribué à Sade, n'est pas de cet auteur.)

♦ *« Tout ce qui est possible à l'imagination la plus déréglée d'inventer d'indécent, de sophistique, de dégoûtant même, se trouve amoncelé dans ce roman bizarre* [Justine ou les Malheurs de la vertu], *dont le titre pourrait intéresser et tromper les âmes sensibles et honnêtes. »* *Journal Général de France* du 27 septembre 1792. ♦ *« Personne n'a été plus indigné que moi des ouvrages de l'infâme de Sade. Ce scélérat ne présente les délices de l'amour, pour les hommes, qu'accompagnés de tourments, de la mort même pour les femmes. »* Restif de la Bretonne, 1798. ♦ *« Le nom seul de cet infâme écrivain exhale une odeur cadavéreuse qui tue la vertu et inspire de l'horreur. »* *L'Ami des Lois* du 29 août 1799. ♦ *« Il est un trait commun à tous ses actes et dont la spontanéité n'est pas douteuse : le parti pris de répudier et de braver tout conformisme moral. Cette attitude, qui ne s'embarrasse pas même d'un certain degré de mystification, paraît gouverner le comportement physiologique et social de Sade, en s'alliant aux hautes activités comme aux audacieuses spéculations de son esprit. »* Maurice Heine, 1933. ♦ *« Les excès de l'imagination à quoi l'entraîne son génie naturel et le disposent ses longues années de captivité, le parti pris follement orgueilleux qui le fait, dans le plaisir comme dans le crime, mettre à l'abri de la satiété ses héros, le souci qu'il montre à varier à l'infini, ne serait-ce qu'en les compliquant toujours davantage, les circonstances propices au maintien de leur égarement, ont toute chance de faire surgir de son récit quelque passage d'une outrance manifeste, qui détend le lecteur en lui donnant à penser que l'auteur n'est pas dupe. »* André Breton, 1940. ♦ *« Nous devons attribuer à Sade* une fonction dénonciatrice des forces obscures camouflées en valeurs sociales *par les mécanismes de défense de la collectivité ; ainsi camouflées, ces formes obscures peuvent mener dans le vide leur ronde infernale. Sade n'a pas craint de se mêler à ces forces, mais il n'est entré dans la danse que pour arracher les masques que la Révolution avait placés sur elles afin de les rendre acceptables et d'en permettre la pratique innocente aux enfants de la patrie. »* Pierre Klossowski, 1947. ♦ *« Sade a eu la hardiesse d'affirmer qu'en acceptant intrépidement les goûts singuliers qu'il avait, et en les prenant pour le point de départ et le principe de toute raison, il donnait à la philosophie le fondement le plus solide qu'il pût trouver et se mettait en mesure d'interpréter d'une manière profonde le sort humain dans son ensemble* [...] *Or, il se trouve que cette pensée n'est pas négligeable et qu'au milieu des contradictions où elle se meut* [...] *elle nous montre qu'entre l'homme normal qui enferme l'homme sadique dans une impasse et le sadique qui fait de cette impasse une issue, c'est celui-ci qui en sait le plus long sur la vérité et la logique de sa situation et qui en a l'intelligence la plus profonde, au point de pouvoir aider l'homme normal à se comprendre lui-même, en l'aidant à modifier les conditions de toute compréhension. »* Maurice Blanchot, 1949. ♦ *« Si le prisonnier Sade ne plaît pas, aussi n'a-t-il point voulu plaire. Le seul glaive dont il dispose, dans sa ténébreuse solitude, pour se venger d'un monde qui le retient captif : la subversion des valeurs morales et des normes sensitives, pourquoi son désespoir se refuserait-il à le plonger trop avant dans le cœur de l'homme ? Mais la prédication esthétique du mal exclut l'accomplissement de celui-ci. C'est le vertueux Robespierre qui tue : bourreau imaginaire de mille jeunes femmes, ce n'est pas Sade à la belle voix* [...] *Or, sur les proies délicieuses, ressuscitées à l'aube de la cent vingt et unième journée, le langage étendra sa merci. »* Gilbert Lely, 1957.

RÉF. : P. Klossowski, *Sade, mon prochain*, Paris, 1947. — M. Blanchot, *Lautréamont et Sade*, Paris, 1949, rééd. 1967. — M. Heine, *Le Marquis de Sade*, Paris, 1950. — G. Lely, *Vie du marquis de Sade avec un examen de ses ouvrages*, 2 vol., Paris, 1952-1957. — G. Bataille, *La Littérature et le Mal*, Paris, 1954. — S. de Beauvoir, *Faut-il brûler Sade ?*, Paris, 1955, rééd. 1972. — G. Lély, *Sade, Études sur sa vie et son œuvre*, Paris, 1967. — Ph. Sollers, *Le Marquis de Sade*, Paris, 1968. — R. Barthes, *Sade, Fourier, Loyola*, Paris, 1971. — *Revue Europe*, octobre 1972, nº 522; — P. Royer, *Sade, la philosophie dans le pressoir*, Paris, 1976. — B. Didier, *Sade, Essai*, Paris, 1976. — Revue *Obliques*, nº 12/13, 1977. — C. Thomas, *Sade, l'œil de la lettre*, Paris, 1978. — M. Hénaff, *Sade. L'invention du corps libertin*, Paris, 1978. — *Sade. Écrire la crise*, sous la direction de M. Camus et P. Roger, Paris, 1983, Colloque de Cérisy. – A. Le Brun, *Soudain un bloc d'abîme, Sade. Introduction aux Œuvres complètes*, Paris, 1986. – J. J. Pauvert, *Sade vivant*, Paris, 1986-1989. – J. Paulhan, *Le Marquis de Sade et sa complice ou les Revanches de la pudeur*, Bruxelles, 1987. – R. Jean, *Un portrait de Sade*, Arles, 1989. – C. V. Michael, *Sade, his Ethics and Rhetoric*, New York, 1989.

SAGAN Françoise (pseud. de Françoise Quoirez). Romancière et auteur dramatique. Née à Cajarc (Lot) le 21 juin 1935. Fille d'un industriel, elle passe son enfance et son adolescence à Paris, sauf la parenthèse de la guerre où elle suit sa famille à Lyon et à Saint-Marcellin dans le Vercors. Elle est renvoyée du couvent des Oiseaux pour « manque de spiritualité » ; au cours Hattemer, elle se lie d'amitié avec Florence Malraux. Adolescente, elle lit Gide, Camus, Sartre, Rimbaud, Proust ; en 1951, bachelière, elle commence à la Sorbonne des études de lettres qu'elle ne poursuivra pas. Elle découvre alors les *Illuminations* (*) : « Quelqu'un avait écrit cela, quelqu'un avait eu le génie, le bonheur d'écrire cela, cela qui était la beauté sur la terre, qui était la preuve par 9, la démonstration finale de ce que je soupçonnais depuis mon premier livre non illustré, à savoir que la littérature était tout. » En 1954, elle envoie à l'éditeur René Julliard le manuscrit d'un roman, *Bonjour tristesse*, qu'elle signe d'un nom proustien, Françoise Sagan (« J'appris tout, d'ailleurs, par Proust »). Ce fut un succès considérable, couronné par le prix des Critiques. (« La gloire [...] je l'ai rencontrée à 18 ans en cent quatre-vingt-huit pages, c'était comme un coup de grisou. ») Mauriac salua non sans réticence le « charmant monstre de dix-huit ans » : le « phénomène Sagan » était lancé. « Je suis devenue une denrée, une chose : le phénomène Sagan, le mythe Sagan – et j'avais honte de moi-même. J'étais la prisonnière d'un personnage. Condamnée à vie aux mornes petites coucheries sans pittoresque de personnages imbibés d'alcool, balbutiant des locutions anglaises, lançant de grands aphorismes, et tout aussi privés d'encéphale qu'un poulet de laboratoire » (*Réponses*). En 1955, elle se rend à New York où son livre est traduit ; elle rencontre Truman Capote, puis à Key West Carson McCullers et Tennessee Williams, avec qui elle se lie d'amitié : elle fera adapter à Paris sa pièce *Sweet Birds of Youth*. En 1956, elle publie *Un certain sourire*, écrit des chansons sur des musiques de Michel Magne : une valse, *En dormant*, pour Juliette Greco ; *Ciel et Terre, Va vivre ta vie*, qu'interprète Mouloudji. Elle fait la connaissance de Bernard Frank, qui restera l'un de ses amis les plus fidèles. Lors d'un nouveau voyage aux États-Unis, elle rencontre Billie Holiday. En 1957, un grave accident de la route lui vaut plusieurs semaines d'immobilisation, dont elle publiera en 1964 le journal, *Toxiques.* Elle publie la même année son troisième roman, *Dans un mois dans un an*, et délaisse la Côte d'Azur et Saint-Tropez qu'elle a mis à la mode pour la Normandie, acquérant au-dessus d'Honfleur, à Ecquemauville, « une grande maison poussiéreuse et dégingandée ». En janvier 1958, le théâtre de Monte-Carlo donne le ballet dont elle a écrit l'argument. *Le Rendez-vous manqué*, dans une mise en scène de Roger Vadim, sur une musique de Michel Magne, avec des décors de Bernard Buffet. Elle s'essaie au reportage judiciaire pour *France-Soir* ; en 1959, elle publie *Aimez-vous Brahms..* et l'année suivante, elle fait monter sa première pièce, *Château en Suède*, au théâtre de l'Atelier. Dès lors Françoise Sagan fera alterner romans et pièces de théâtre. En 1961, elle publie un roman, *Les Merveilleux Nuages*, et écrit *Les Violons parfois* pour Marie Bell ; en 1963, Danièle Darrieux triomphe aux Ambassadeurs dans *La Robe mauve de Valentine*, mise en scène par Yves Robert. Françoise Sagan tourne la même année pour la télévision *Landru*, avec Claude Chabrol ; en 1964, elle met en scène elle-même sa pièce *Bonheur, impair et passe* avec Alice Cocéa, Michel de Ré, Daniel Gélin, Juliette Gréco et Jean-Louis Trintignant. En 1965, elle se rend en Suède et publie *La Chamade*, dont Alain Cavalier tirera un film (avec Catherine Deneuve et Michel Piccoli). Elle donnera encore au théâtre *Le Cheval évanoui* (1966, mis en scène par Jacques Charon) ; *L'Écharde* ; *Un piano dans l'herbe* (1970) ; *Il fait beau jour et nuit* (1978) ; *Le Chien couchant* (1980) ; *L'Excès contraire* (1987) ; mais les romans vont prendre peu à peu dans son œuvre une place prépondérante : *Le Garde du cœur* (1968) ; *Un peu de soleil dans l'eau froide* (1969) ; *Des bleus à l'âme* (1972) ; *Un profil perdu* (1974). En 1974, son film *Encore un livre* obtient le grand prix du court métrage du festival de New York. Françoise Sagan a toujours montré beaucoup d'intérêt pour le cinéma, où nombre de ses romans ont été adaptés ; elle-même adapte en 1976 sa nouvelle *Les Fougères bleues*. En 1979, elle préside le jury du festival de Cannes ; la même année, son cheval Hasty Flag gagne le grand prix d'Auteuil. En 1980, elle se rend au Japon pour une conférence ; elle se lie d'amitié avec Jean-Paul Sartre, et parlera avec beaucoup de force et de pudeur des derniers mois du philosophe tel qu'elle l'a connu dans *Avec mon meilleur souvenir*, un recueil de portraits (1984). Outre des romans (*Le Lit défait*, 1977 ; *La Femme fardée*, 1981 ; *Un orage immobile*, 1983 ; *De guerre lasse*, 1985 ; *Un sang d'aquarelle*, 1987 ; *La Laisse*, 1989 ; *Les Faux-Fuyants*, 1991), des recueils de nouvelles (*Des yeux de soie*, 1976 ; *Musiques de scène*, 1981), Françoise Sagan a publié *Réponses* (1975), *Brigitte Bardot* (avec des photographies de Ghislain Dussart, 1975), *La Maison de Raquel Vega* (1985), *Sarah Bernhardt ou le Rire incassable* (1987). Elle a écrit en 1977 pour la télévision *Le Sang doré des Borgia.* Elle a reçu en 1985 le prix de la fondation Prince Pierre de Monaco pour l'ensemble de son œuvre.

PHILIPPE BARTHELET.

♦ *« Ce je ne sais quoi qui me touche toujours chez cette jeune femme, même dans le moins bon et même dans le pire de ce qu'elle écrit, (c'est) le discernement du mal. »* François Mauriac. ♦ *« Le respect humble et passionné qu'elle voue à la littérature, sa vocation lyrique. »* Antoine Blondin.

SAINT-AMANT Marc-Antoine de Girard, sieur de. Poète, né à Quevilly, près de Rouen, en septembre 1594, mort à Paris le 29 décembre 1661. Issu d'une famille de marchands protestants, les Girard, il s'anoblit lui-même. Il fit ses études au collège de La Marche, son œuvre atteste de bonnes connaissances classiques : ce n'est que plus tard qu'il dut apprendre l'italien, l'espagnol, l'anglais et l'allemand. Il étudia aussi la musique et la peinture. Sans doute était-il déjà bon aventurier, car il semble bien qu'au sortir du collège il fit de longs voyages et se rendit, peut-être, en Amérique. En 1617, il faisait partie de la suite du duc de Retz qui venait de se retirer à Belle-Isle-en-Mer pour échapper aux intrigues de Charles de Luynes. C'est là qu'il composa sa première œuvre connue, sa fameuse *Ode à la solitude.* Durant plusieurs années, il vécut ainsi tantôt à Paris, tantôt en Bretagne, mais toujours sous la protection du duc de Retz qui, en 1619, le fit nommer commissaire à l'artillerie. Sa réputation de joyeux viveur était déjà établie, il était l'ami de Boisrobert et du comte d'Harcourt, participait à leurs orgies et à leurs beuveries. En 1627, il se convertit au catholicisme, affichant sa foi et menant une vie sans contrainte, comme il était de coutume en ce temps. Il fréquentait l'Hôtel de Rambouillet et les cabarets. Il était, selon les circonstances, précieux, cynique ou débauché, recueillant partout succès et amitié. De cette époque datent « Les Goinfres » et « Le Melon » qui sont parmi les plus célèbres de ses poèmes et qui, à l'image de Rabelais, font entrer dans la littérature le goût et l'odeur des choses. Repris ensuite par le désir de voyager, il se rendit au siège de La Rochelle, puis parcourut le Dauphiné et l'Angleterre mais sans doute pas l'Espagne. En 1633, il fit partie de la mission à Rome dirigée par le maréchal de Créqui et écrivit sa *Rome ridicule* ; à son retour, il fut élu parmi les premiers membres de l'Académie française. Le comte d'Harcourt l'emmena en expédition en 1636- 1637 ; c'est ainsi qu'il participa à la prise des îles de Lérins et écrivit son *Caprice héroïque* et son *Passage de Gibraltar.* 1639, Italie ; 1643, Rome ; 1644, Angleterre. Quand Marie de Gonzague épousa Ladislas VII, roi de Pologne (1645), elle nomma Saint-Amant gentilhomme de sa chambre et lui alloua trois mille livres de pension. En 1647, d'Harcourt le fit participer à son expédition en Catalogne ; en 1649, il prit du service dans l'armée des Flandres et, un moment, fut prisonnier des Espagnols. Le 1er février 1650, il s'embarqua à Amsterdam afin d'aller présenter son *Moïse sauvé*, auquel il travaillait depuis des années, à la reine de Pologne. Il arriva en mars, séjourna quelques mois à la Cour et revint par la Suède où il passa l'hiver dans l'entourage de la reine Christine. Il rentra en France au printemps 1651 et mena dès lors une vie retirée à Paris et à Rouen tandis que peu à peu l'oubli tombait sur lui. Indépendant de Malherbe, de ses règles et de ses limites, Saint-Amant continue la tradition de Rabelais et de Marot. Auteur burlesque, il a été victime de la grande floraison classique qui l'a fait longtemps oublier, mais il demeure l'un des esprits les plus curieux de son temps et mérite le renouveau d'intérêt qu'il suscite depuis le siècle dernier — v. *Poésies* (*).

RÉF. : Th. Gautier, *Les Grotesques,* 1844. – J. Lagny, *Le Poète Saint-Amant,* Paris, 1964. – J. D. Lyons, *The Listening Voice,* 1984.

SAINT-CYRAN Jean Duvergier de Hauranne, abbé de. Théologien. Né à Bayonne, dans une famille noble, en 1581, mort le 11 octobre 1643 à Paris. Ancien élève des jésuites, il poursuit ses études à Louvain, puis à Paris ; il y rencontre en 1608 Jansénius, avec qui il se retire de 1611 à 1616 à Camp de Prats, près de Bayonne, dans une propriété familiale : les deux hommes multiplient les lectures patristiques et étudient ensemble l'œuvre de saint Augustin. Leurs relations intellectuelles se poursuivront dans une correspondance qui prend parfois l'apparence d'un complot (les théologiens vont même jusqu'à employer une écriture chiffrée, dans leurs échanges sur saint Augustin). En 1620, en récompense de ses services, l'évêque de Poitiers, M. de La Rocheposai, attribue à Duvergier l'abbaye de Saint-Cyran en Poitou, sous le nom de laquelle l'ecclésiastique se fait désormais connaître. Vers la même époque, la rencontre de Bérulle transforme la vocation de Saint-Cyran : il renonce à la carrière de brillant clerc mondain qu'il avait entamée. Au cours de l'année 1622, Saint-Cyran fréquente très assidûment Bérulle et s'imprègne de son augustinisme plus pratique que théorique. Son amitié avec Robert Arnauld d'Andilly, l'aîné de la famille Arnauld, lui donne l'occasion de mettre en œuvre sa conception de la direction d'âmes — v. ses *Lettres chrétiennes et spirituelles*. Il introduit le jeune Antoine Arnauld, le futur théologien, à la pensée et à l'œuvre de saint Augustin. En 1636, Saint-Cyran reçoit la direction spirituelle de l'abbaye de Port-Royal, dont il restera l'inspirateur et le guide principal.

Considéré à la mort de Bérulle comme son successeur à la tête du parti dévot, Saint-Cyran recueille à ce titre les inimitiés que Bérulle s'était attirées : celle de la Compagnie de Jésus, et surtout celle de Richelieu, qui reporte sur lui la haine qu'il avait vouée à Bérulle. Les attaques de Saint-Cyran contre les jésuites et notamment le père Garasse (*Somme des fautes et faussetés contenues dans la somme théologique du père*

Garasse, 1626) marquent le début du grand conflit entre Port-Royal et les jésuites, qui occupera tout le siècle. De 1632 à 1635, Saint-Cyran, sous le pseudonyme de Petrus Aurelius, mène une offensive remarquée (et victorieuse) contre les théories antiépiscopales des jésuites anglais. En 1637, son influence amène la « conversion » d'Antoine Le Maistre, neveu de la mère Angélique, qui abandonne une brillante carrière de juriste pour devenir, dans la retraite, le premier solitaire de Port-Royal. Cette conversion retentissante est considérée comme une « désertion », dont Saint-Cyran est tenu responsable. Enfermé à Vincennes en 1638 sur l'ordre de Richelieu, il est maintenu en détention arbitraire (devant l'impossibilité de mettre en cause son orthodoxie religieuse), et doit attendre la disparition du cardinal ministre pour être enfin libéré (février 1643), mais dans un tel état d'épuisement qu'il meurt en octobre de la même année, quelques mois à peine après être sorti de prison.

La théologie de Saint-Cyran repose sur la différence entre la grâce d'Adam et celle de Jésus-Christ. Mais la grande œuvre de Jansénius – l'*Augustinus* –, dont il partage les thèses, le déçoit par sa technicité et sa brutalité idéologique. C'est essentiellement à sa spiritualité et à ses principes de directeur de conscience que tient l'influence unique de Saint-Cyran : il invite au « renouvellement » (conversion véritable après une privation temporaire des sacrements) et préconise la retraite, convaincu que la vie chrétienne n'est pas compatible avec les exigences du monde. « Son augustinisme est en réalité celui de Bérulle, et non celui de Jansénius » (L. Cognet) : imprégné d'une dévotion christologique (qui caractérisera la spiritualité de Port-Royal) et peu orienté vers les questions de la grâce.

LAURENT THIROUIN.

RÉF. : Sainte-Beuve, *Port-Royal*, t. I et II. – J. Laporte, *La Doctrine de Port-Royal : Saint-Cyran*, Paris, 1923. – J. Orcibal, *Jean Duvergier de Hauranne, abbé de Saint-Cyran, et son temps*, Paris, 1947-48. – L. Cognet, *Le Jansénisme*, Paris, 1961.

SAINT-DENYS-GARNEAU Hector de. Poète canadien d'expression française. Né le 13 juin 1912 à Montréal et décédé subitement le 24 octobre 1943 à Sainte-Catherine de Portneuf, au nord de Québec. Issu d'une grande famille bourgeoise, Saint-Denys- Garneau est initié très jeune, par sa mère, aux beautés des arts, des lettres, de la nature. Parallèlement à ses études classiques chez les jésuites de Montréal, il fréquente les cours du soir de l'École des beaux-arts. Une lésion au cœur l'oblige en 1934 à abandonner ses études de philosophie. Il se consacre alors entièrement à la peinture et à l'écriture, fonde avec quelques amis *La Relève,* revue littéraire à laquelle il donnera des poèmes, des notes et des essais critiques. Les années 1930 à 1938 sont celles de sa plus grande activité créatrice. À partir de 1934 cependant, le poète qui vit quasi reclus dans son manoir de Sainte- Catherine de Portneuf va de dépression en dépression. Idéaliste épris de pureté, d'absolu, Saint-Denys-Garneau s'engage dans une aventure spirituelle qui ne pouvait aboutir qu'au silence. Là où son compatriote Émile Nelligan sombre dans la folie, Saint-Denys-Garneau s'enfonce dans la solitude et la nuit de l'âme. « Une expérience intérieure de délaissement, d'humiliation, de solitude », écrit-il dans le *Journal* qu'il tient de 1935 à 1939 (?), journal intime, instrument de travail et bulletin de santé spirituelle tout à la fois, qui sera publié à titre posthume, en 1954, de même que *Les Solitudes,* poèmes retrouvés et publiés dans les *Poésies complètes* (1949), ainsi que les *Lettres à ses amis* (1967). Le seul livre qu'il ait fait paraître de son vivant, *Regards et jeux dans l'espace* (1937), annonce par son lyrisme et sa liberté prosodique le renouveau de la poésie québécoise et sa modernité.

GUY GOFFETTE.

RÉF. : Gilles Marcotte, *Le Poète Saint-Denys-Garneau,* Montréal, 1952. – Eva Kushner, *Saint-Denys-Garneau,* Paris, 1967.

SAINTE-BEUVE Charles Augustin. Critique, poète et romancier. Né à Boulogne-sur-Mer (Pas-de-Calais) le 23 décembre 1804, mort à Paris le 13 octobre 1869. Issu d'une famille de bourgeoisie picarde et normande qui, ayant eu droit à la particule nobiliaire, l'avait abandonnée lors de la Révolution et n'avait pas songé à la reprendre au retour des Bourbons, Charles-Augustin ne connut pas son père, mort quelques mois avant sa naissance, mais le souvenir du défunt, vivement entretenu par sa mère et sa tante, étendit une ombre de tristesse sur sa première enfance. Arrivé à Paris en 1818, il fut élève au lycée Charlemagne, puis au collège Bourbon, futur lycée Condorcet. Bien que plus tard, après qu'il eut évolué vers un anticléricalisme militant, il ait prétendu que sa vie intellectuelle avait commencé « par le XVIIIe le plus avancé », il est certain que Sainte-Beuve adolescent fut profondément marqué par la piété de sa famille et par l'atmosphère de réaction catholique qui était celle des collèges pendant la période de la Restauration. À seize ans, lisant *René* (*), il découvrit Chateaubriand, se reconnut tout entier dans le héros romantique, et lut avec la même passion les *Méditations* (*) de Lamartine. Cependant, cet élève studieux, remarquablement précoce et passionné par ses études classiques, allait aussi découvrir les mémorialistes du siècle précédent et les idéologues, Destutt de Tracy, Daunou, Lamarck, qui l'orientèrent vers l'empirisme psychologique et vers les recherches physiologiques. L'âme remplie d'ardeurs confuses et contradictoires, encore incertain de sa voie, il suit vers 1823 les cours de l'École de médecine mais, à la même époque, donne ses premiers articles de critique au *Globe,* organe de combat du jeune romantisme, puis il rencontre Victor Hugo, à la suite d'un article sur les *Odes et*

Ballades, et fréquente le Cénacle. Déjà, on pouvait percevoir deux traits essentiels de sa personnalité : d'une part une vive sensibilité des choses de l'âme ; d'autre part une confiance dans les méthodes scientifiques, une curiosité des influences de la vie physique sur la vie morale qu'il mettra plus tard au service de sa critique littéraire. Un « Werther carabin », c'est ainsi qu'on put le définir à cette époque et qu'il nous apparaît dans ses premiers recueils poétiques, *Vie, poésies et pensées de Joseph Delorme* (*) (1829) et *Les Consolations* (1830) où un certain mélange d'intimité tendre et de morbidité annonce déjà Baudelaire. Au même moment, Sainte-Beuve se faisait dans ses articles le « héraut d'armes » du romantisme littéraire dont il préparait l'explosion par son *Tableau historique et critique de la poésie française et du théâtre français au XVIe siècle* (1828) où, l'un des premiers (avec le jeune Nerval), il rendait sa place à Ronsard, discrédité depuis deux cents ans : dans cette retentissante redécouverte s'affirmaient déjà l'esprit de conciliation caractéristique de Sainte-Beuve et son souci d'insérer le jeune mouvement littéraire dans la tradition nationale en faisant du romantisme le continuateur de la Renaissance. Toutefois, avec une curiosité inlassable, l'ami de Victor Hugo, et bientôt de Mme Adèle Hugo — v. *Le Livre d'amour* (1843) — s'intéressait également au saint-simonisme de Leroux, puis à Armand Carrel, chef du parti républicain, et il ne demandait qu'à se laisser séduire par le christianisme libéral de Lamennais, dont la condamnation et l'apostasie lui laisseront une vive déception : c'est en particulier sous cette dernière influence qu'il écrivit son unique roman, *Volupté* (*) (1834), et qu'il collabora à la rédaction d'*Arthur,* d'Ulrich Guttinger. En 1836, sous le double coup de la ruine de ses espérances d'un renouveau catholique et d'une rupture brutale de sa liaison avec Mme Hugo (il s'était fâché avec Victor Hugo dès avril 1834), il éprouva le besoin de se recueillir et partit faire un séjour à Lausanne où d'octobre 1837 à juin 1838 il donna un cours sur l'histoire de Port-Royal, ébauche de la grande synthèse religieuse, littéraire, psychologique et historique, *Port-Royal*, dont les volumes allaient paraître de 1840 à 1859. Personne mieux que Sainte-Beuve n'a compris Pascal et le jansénisme ; mais, précisément parce qu'il avait une sorte de grâce fatale pour voir le christianisme dans son exigence totale, il découvrit qu'il était lui-même incapable d'un tel effort intérieur et sortit de ce travail complètement incroyant.

En 1848, cet homme de bibliothèque fort peu fait pour les révolutions donna sa démission du poste de conservateur de la bibliothèque Mazarine qu'il occupait depuis 1840 (il avait été élu à l'Académie française en 1843) et s'exila volontairement à Liège, en Belgique ; le cours qu'il y fit en 1848-1849 sur Chateaubriand parut en volume sous le titre : *Chateaubriand et son groupe littéraire sous l'Empire* (1860), et marquait de la part du critique une réaction très nette et par moments violente contre les mirages romantiques de sa jeunesse. À son retour en France, Sainte-Beuve allait commencer en 1849 la série de ses fameuses *Causeries du lundi* parues dans le *Constitutionnel,* puis dans *Le Moniteur* et recueillies ensuite en volumes (1851-1862). Alors qu'aux environs de 1830 — v. *Critiques et portraits littéraires* (6 vol., 1832-1839) — il s'était montré combatif et souvent partisan, puis, dans *La Revue des Deux Mondes* (*), plus impartial, mais avec le défaut, reconnaissait-il, de ne pas conclure — v. *Portraits de femmes* (1844), *Portraits littéraires* (1844), *Portraits contemporains* (1846) —, désormais, journaliste officiel, rallié à l'Empire, heureux de vivre sous un pouvoir autoritaire, Sainte-Beuve prétendit pendant quelque temps juger les livres et les hommes selon des principes moraux et politiques. Mais sa passion de la pure chose littéraire ne tardant pas à regimber contre cette contrainte, l'auteur des *Lundis,* fidèle à son empirisme profond, revint à une critique libérée de tout esprit de système et s'attachant exclusivement, avec quelle merveilleuse souplesse ! à circonscrire et à définir un esprit, une âme. Vers 1860, cependant, peut-être sous l'influence du dogmatisme de Taine, Sainte-Beuve allait se laisser aller dans ses *Nouveaux lundis* (1863-1870) à donner à sa critique des prétentions scientifiques ; il se posera alors en « botaniste moral », il voudra faire l'« histoire naturelle des esprits », donner « un long cours de physiologie morale ». À la vérité, ce ne furent guère plus que des velléités théoriques, car Sainte-Beuve avait trop le vrai amour des lettres et la passion de l'individu pour sacrifier à la rigide orthodoxie déterministe.

Il demeure le maître incontesté de la critique française, bien qu'il soit loin d'avoir été sans défauts : il avait beau en effet se répéter que le vrai rôle du critique est de juger et de conseiller les écrivains contemporains, il a commis dans ce domaine une série de bévues parfois méchantes, égalant Béranger aux génies et le comparant tout simplement à Racine, mais ravalant le génie d'un Balzac, méconnaissant Stendhal, ignorant Nerval, etc. Lorsqu'il juge les maîtres de son temps, on sent toujours chez Sainte-Beuve, poète et romancier lui-même, mais de second rang, des relents d'envie. En revanche, dès qu'il retrouve les auteurs du passé, le voilà à son aise : en véritable souverain de la république des lettres, il dresse le bilan, dit ce qu'il est beau de conserver, convenable d'oublier, édicte en petits traits décisifs le verdict du bon goût. Plus encore que les livres ce sont les hommes qui l'intéressent, dont il suit la biographie avec une minutie passionnée, mais qu'il s'attache toujours aussi à situer dans leur temps, à relier à un grand mouvement de civilisation. Aussi, très souvent, la critique de Sainte-Beuve déborde le domaine proprement littéraire. Ce professeur pouvait avoir des côtés assez laids — v. *Mes poisons* (1926) et, sur l'homme en général, la *Correspondance* —, il avait un sens du beau inséparable du sens de la vie et, dans la mise en question radicale des valeurs accomplies par le siècle romantique, il a sauvé la grande réalité de la tradition littéraire.

MICHEL MOURRE.

♦ *« Vous avez fait la psychologie morale de notre époque. »* Michelet, à Sainte-Beuve. ♦ *« Il aime surtout les curiosités, et, dans un moment où son cœur et son esprit seraient échauffés par la recherche, je ne voudrais pas lui donner le choix entre le sacrifice du plus bel ouvrage de Corneille ou d'un joli vers de Desportes. Il pourrait y avoir danger ! »* Gobineau. ♦ *« Avant le grand poète Charles Baudelaire, et comme lui, Sainte-Beuve, rompant avec la psychologie de convention, regarda en nous et en lui-même, et traduisit en vers durables une souffrance nouvelle, un héroïsme nouveau : il connut et peignit poétiquement l'homme du* XIX*e siècle. »* Th. de Banville. ♦ *« M. Sainte-Beuve a été un inventeur. Il a importé dans l'histoire morale les procédés de l'histoire naturelle. »* Taine, 1869. ♦ *« À considérer longuement Sainte-Beuve, je vois que son extrême politesse et sa compréhension ne sont accompagnées d'aucune sympathie pour ceux mêmes qu'il pénètre le plus intimement. »* Maurice Barrès ♦ *« Pour ne pas avoir vu l'abîme qui sépare l'écrivain de l'homme du monde, pour n'avoir pas compris que le moi de l'écrivain ne se montre que dans ses livres* [...] *il inaugurera cette fameuse méthode, qui, selon Taine, Bourget, tant d'autres, est sa gloire, et qui consiste à interroger avidement pour comprendre un poète, un écrivain, ceux qui l'ont connu, qui le fréquentaient, qui pourront dire comment il se comportait sur l'article femmes, etc., etc., c'est-à-dire précisément sur tous les points où le moi véritable du poète n'est pas en jeu. »* Marcel Proust. ♦ *« Sainte-Beuve est le seul critique qui ait eu le sentiment profond et détaillé de ce qu'on appelait autrefois les mœurs, l'ethos littéraire. Il sait ce que c'est qu'un homme de lettres manqué, un homme de lettres réussi, et les grandeurs et les misères de la littérature, et la société générale des lettres, et leurs sociétés particulières. Il a été le Montesquieu de leur République. »* Albert Thibaudet.

RÉF. : Maxime Leroy, *La Pensée de Sainte-Beuve,* Paris, 1940 ; *La Politique de Sainte-Beuve,* Paris, 1941 ; *Vie de Sainte-Beuve,* Paris, 1947. — André Billy, *Sainte-Beuve, sa vie et son temps,* 2 vol., Paris, 1952. — M. Regard, *Sainte-Beuve,* 1959. — P. Moreau, *La Critique selon Sainte-Beuve,* 1964.— R. Fayolle, *Sainte-Beuve et le* XVIII*e siècle,* 1972. — R. Molho, *L'Ordre et les ténèbres. Essai sur la formation d'une image du* XVII*e siècle dans l'œuvre de Sainte-Beuve,* 1972. — J. Cabanis, *Pour Sainte-Beuve,* 1987.

SAINT-ÉVREMOND Charles de Marguetel de Saint-Denis, seigneur de. Critique. Né à Saint-Denis-le-Guast près de Coutances, probablement en janvier 1616 ; mort à Londres le 20 septembre 1703. Cadet de famille noble, il était destiné à la magistrature, mais y renonça pour entrer dans l'armée. Il se conduisit fort honorablement au cours de plusieurs campagnes et fut de 1640 à 1648 au service du prince de Condé. Il connut à l'armée plusieurs des hommes les plus remarquables de ce temps dont le maréchal duc de Gramont qui fut toute sa vie son ami. Dès 1643, Saint-Évremond avait composé la *Comédie des académistes pour la réformation de la langue française* qui ne vit le jour que sous le couvert de l'anonymat en 1650 ; en 1649, il laisse circuler la *Retraite de M. le duc de Longueville en son gouvernement de Normandie* qui lui vaut les faveurs de la Cour. En 1652, il est nommé maréchal de camp. Mais sa carrière s'arrête là. Lors de l'arrestation de Fouquet (1661), on découvrit une lettre de Saint-Évremond, *La Lettre au marquis de Créqui sur la paix des Pyrénées* où la politique de Mazarin était vivement critiquée. Louis XIV ordonna l'incarcération à la Bastille du pamphlétaire. Mais celui-ci était déjà passé en Hollande, puis en Angleterre. Fort connu comme un esprit distingué en France, Saint-Évremond fut reçu à la cour de Charles II et fort bien accueilli de la société londonienne. En 1664, il séjourna en Hollande et y connut Spinoza, Heinsius et Vossius. Cependant, il aurait voulu retourner en France ; les démarches entreprises furent vaines, et lorsqu'en 1689 Louis XIV l'autorisa à reparaître dans son pays, il n'était plus temps, Saint-Évremond refusa. Depuis 1675, il s'était en effet attaché à une femme fort curieuse, Hortense Mancini, duchesse de Mazarin et nièce du cardinal, qui fuyait un mari jaloux et s'établit à Londres à cette date. Désormais, Saint-Évremond ne quitta plus cette femme belle et spirituelle qu'entouraient les meilleurs esprits. De plus, le nouveau roi d'Angleterre, Guillaume d'Orange, traitait fort bien l'écrivain.

Car, qu'il le voulût ou non, Saint-Évremond était devenu un écrivain. Il ne se contenta pas des œuvres de circonstance qu'il avait déjà écrites, dont la plus justement fameuse est la *Conversation du maréchal d'Hocquincourt avec le père Canaye* que Sainte-Beuve a surnommée la « dix-neuvième Provinciale ». Il accumulait de petites œuvres morales, *Conversation avec M. d'Aubigny, avec le duc de Candale,* des comédies satiriques, *Comédie à la manière des Anglais. Sir Politick would be* (1662), pleines d'observations amusantes sur la société cosmopolite, les *Opéras* (1677) où il se moque de l'engouement pour ce genre. Parallèlement Saint-Évremond s'intéressait de plus en plus à l'histoire et surtout à la manière de l'écrire. De sa lecture assidue des historiens latins, il tire ses *Réflexions sur les divers génies du peuple romain dans les différents temps de la République* (1662) qui annoncent les *Considérations* de Montesquieu. L'histoire contemporaine lui donne l'occasion de tracer un *Parallèle de M. le Prince et de M. de Turenne* qui fait pendant à un *Jugement sur César et Alexandre* et qui est complété par un très noble *Éloge de M. de Turenne*. Plus importants encore sont peut-être ses jugements littéraires, parmi lesquels il faut citer une dissertation sur l'*Alexandre le Grand* de Racine, qui semble n'avoir pas été sans marquer l'évolution du jeune auteur tragique, et de nombreux petits écrits presque tous consacrés au théâtre : *Sur les caractères des tragédies* (1674), *Sur les tragédies* (1677), *Sur nos comédies, excepté celles de Molière où l'on trouve le vrai esprit de la comédie, et sur la comédie espagnole* (1677), *De la comédie italienne* (1677), *De la comédie anglaise* (1677), *Défense de quelques pièces de M. Corneille* — dont toutes les pièces, même les dernières de sa longue carrière, trouvaient grâce à ses yeux —, *Jugement sur quelques auteurs français* (1692). Encore ces petits traités ne sont-ils que des bribes du talent de critique de Saint-Évremond. Le meilleur souvent se trouve dans son intéressante et volumineuse correspondance échangée avec le comte de Gramont, de Lionne, la duchesse de Mazarin, Ninon de Lenclos et quelques autres personnages en vue de ce temps.

Esprit indépendant, homme de goût, peu métaphysicien, il a exercé une influence considérable sur les meilleurs esprits de son époque. Plein de sel et de finesse, volontiers railleur, ne prenant pas au sérieux ce qui ne lui semble pas en valoir la peine, il se lit encore avec plaisir aujourd'hui. Préoccupé de bien vivre avant tout, il est un des types les plus sympathiques de libertin du XVIIe siècle ; il est encore de ce siècle par la modération de ses jugements, sa culture qui s'alimente aux sources antiques, mais par son étonnante liberté d'esprit, par l'absence chez lui de tout scrupule religieux, par son indifférence aussi, il annonce déjà le XVIIIe siècle. En 1699, la duchesse de Mazarin mourut et Saint-Évremond fut fort affligé de cette perte. Il ne devait lui survivre que quatre ans. Il est un des très rares étrangers qui soient enterrés dans la cathédrale de Westminster.

JACQUES BROSSE.

♦ « *C'est un philosophe également éloigné du superstitieux et de l'impie ; un voluptueux qui n'a pas moins d'aversion pour la débauche que d'inclination pour les plaisirs ; un homme qui n'a jamais senti la nécessité, qui n'a jamais connu l'abondance ; il vit dans une condition méprisée de ceux qui ont tout, enviée de ceux qui n'ont rien, goûtée de ceux qui font consister leur bonheur dans leur raison.* » Saint-Évremond, portrait par lui-même, 1696. ♦ « *Tout le monde vous propose / Pour modèle aux bons auteurs ; / Vos beaux ouvrages sont cause / Que j'ai su plaire aux neuf sœurs...* » La Fontaine, 1687. ♦ « *Je ne saurais mieux le définir qu'une sorte de Montaigne adouci. Son esprit se distingue à la fois par la fermeté et par la finesse ; son âme ne sort jamais d'elle-même ni de son assiette, comme il dit. Il a éprouvé les passions, il les a laissées naître et les a, jusqu'à un certain point, cultivées en lui, mais sans s'y livrer aveuglément ; et même lorsqu'il y cédait, il y apportait le discernement et la mesure.* » Sainte-Beuve. ♦ « *Avec un esprit hardi qui n'est jamais dupe, Saint-Évremond est la mesure même. Sa modération est plus accomplie qu'en aucun des Anciens... Les Anciens enseignent communément ce qu'il faut qu'on soit. Saint-Évremond se contente d'être comme il est. À la mesure antique, il ajoute l'aisance parfaite ; il a les manières de ses sentiments ; il a l'exquise politesse.* » André Suarès.

RÉF. : Des Maizeaux, *Vie de Saint-Évremond*, 1711. — G. Cohen, *Le Séjour de Saint-Évremond en Hollande et l'Entrée de Spinoza dans le champ de la pensée française*, Paris, 1926. — A.-M. Schmidt, *Saint-Évremond ou l'Humanisme impur*, Paris, 1932. — K. Spalatin, *Saint-Évremond*, thèse, Zagreb, 1934. — H. T. Barnwell, *Les Idées morales et critiques de Saint-Évremond*, Paris, 1957. — P. Bouysse, *Essai sur la jeunesse d'un moraliste : Saint-Évremond*, Paris, 1987.

SAINT-EXUPÉRY Antoine de. Romancier. Né à Lyon le 29 juin 1900. Abattu en mission aérienne au large de la Corse (?) le 31 juillet 1944. Rien ne prédisposait Saint-Exupéry à devenir aviateur. En effet, après avoir échoué aux concours d'entrée à Navale et à Centrale en 1919, il s'inscrit l'année suivante aux Beaux-Arts. C'est en 1921 qu'il passe son brevet de pilote. Toutefois il quitte l'armée et ne revient à l'aviation qu'en 1926 où il est pilote à la Compagnie aérienne française, puis chez Latécoère que dirige Didier Daurat. Il est responsable des premiers longs courriers. Nommé à Cap Juby au Maroc espagnol, il parvient à écrire *Courrier Sud* qui sera publié en 1928. L'année suivante, on lui confie la direction de l'« Aeroposta Argentina » à Buenos Aires afin de développer les liaisons aériennes. Il démissionne de son poste en 1931 et devient pilote d'essai à la compagnie Latécoère. Il semble avoir dit adieu à l'aviation puisque en 1934 et en 1935 il travaille en qualité de grand reporter pour *Paris Soir* : il est envoyé en Russie et en Espagne en 1936 pour le compte de *L'Intransigeant.* Cet éloignement d'un métier auquel il est tant attaché n'est que provisoire. Il revient en effet à l'aviation en 1937 et assure la liaison Casablanca-Tombouctou. À la déclaration de la guerre, en 1939, il reprend du service, malgré son état de santé, et est affecté au groupe 2/33 à Orconte, puis à Orly, enfin à Alger, où il est démobilisé en 1940, atteint par la limite d'âge. Il part pour New York où il élabore son œuvre la plus ambitieuse, *Citadelle*. En 1943, au plus sombre de la guerre, Saint-Exupéry quitte les États-Unis pour Alger et s'engage dans les forces aériennes françaises où il est admis comme pilote avec le grade de commandant au groupe 2/33. Il ne reviendra pas de la neuvième mission de reconnaissance qu'il effectue en direction de la vallée du Rhône.

On ne saurait dissocier la vie du pilote Saint-Exupéry de l'œuvre de l'écrivain qu'il est dès 1926, avec la publication en revue d'une nouvelle « L'Aviateur ». De même, dans la plupart de ses livres, des figures marquantes de l'aviation seront placées au premier rang. Ainsi, dans *Vol de nuit* (*) (1931), le personnage essentiel est Rivière, sous les traits duquel on reconnaît Didier Daurat. Image du chef, tourné vers l'action, Rivière incarne l'homme épris d'idéal qui, par sa sévérité, son intransigeance, son sens du devoir, témoigne des vertus auxquelles Saint-Exupéry est attaché et qu'il développera tout au long de son œuvre. À côté de Rivière s'inscrit la figure du pilote Fabien qui, lui aussi, connaît le goût du sacrifice : il saura affronter la mort en plein ciel avec une sérénité admirable.

D'autres héros de l'aviation, ceux-là même qu'a côtoyés Saint-Exupéry, apparaissent dans

Terre des hommes (1939), livre dont le contenu est fondé sur le récit d'expériences personnelles. La figure légendaire de Mermoz y est évoquée dans toute sa splendeur. Il est de ceux qui, par leur métier, ont contribué à « unir les hommes ». Mais le véritable héros est le pilote Guillaumet, compagnon de l'écrivain, à qui est dédié cet ouvage. Guillaumet incarne l'homme qui est parvenu par son courage, son énergie à vaincre les pires dangers. On connaît les propos que lui prête Saint-Exupéry : « Ce que j'ai fait, je le jure, jamais aucune bête ne l'aurait fait » (paroles qui font allusion à l'accident du pilote dans les Andes). L'autre héros de ce livre, c'est l'auteur lui-même, l'aviateur qu'il est et qui apparaît également dans *Pilote de guerre* (1942).

La morale qui se dégage de l'œuvre de Saint-Exupéry est tirée de son expérience de pilote, de ses exploits accomplis, autant que de sa vision de l'humanité. Aussi est-ce une pensée généreuse, aristocratique qui est exprimée dans son œuvre entière. Homme d'action par vocation, Saint-Exupéry s'intéresse à ses semblables avec une attention passionnée. La matière sur laquelle il travaille est avant tout l'homme dont il voudrait qu'il soit sans cesse tourné vers un idéal. Celui-ci est défini par le sens de la vie sans lequel nul ne trouve son accomplissement. C'est tout d'abord l'exercice du métier qui vivifie les vertus essentielles de tout individu : son courage, son héroïsme. Même s'il ne prend pour exemple que le cas du pilote, on comprend que Saint-Exupéry voie dans l'exercice d'un métier le moyen qui permet à chacun de réaliser ses aspirations les plus nobles. Cela s'accompagne du refus d'un asservissement de l'homme à la technique, au profit de la quête des richesses intérieures, des biens spirituels, véritable but. C'est aussi sur le sens de ses actes que chacun est appelé à réfléchir. De là la théorie de la responsabilité qui est développée tant dans *Pilote de guerre* que dans *Le Petit Prince* (*) (1945). De même apparaît l'idée de la communauté humaine qui permet à chaque être de se porter au service des autres. On sait que dans l'exercice de cette tâche tout pilote de l'Aérospostale excellait, d'où l'importance de la « camaraderie » qui est magnifiée avec la figure de Guillaumet. Certes, pareille morale se heurte à une réalité, celle d'une société tournée vers l'égoïsme, le profit. Aussi peut-on reprocher à Saint- Exupéry de vouloir peut-être trop exiger de l'homme. Pareille pensée semble réservée à une élite idéaliste ou seulement le propre d'une spéculation intransigeante. La générosité de l'écrivain se heurte à une réalité humaine et sociale qui consacre sa difficulté à être appliquée. Pourtant, il faut reconnaître que Saint-Exupéry est un de ceux qui ont voulu donner à l'homme le sens de la beauté, de la vertu et de la grandeur.

Le style est pour l'écrivain Saint-Exupéry un instrument qu'il s'attache à parfaire et qui fortifie sa pensée. On est frappé par le sens de la formule qui jaillit fréquemment. Certaines d'entre elles, par leur densité, révèlent une pensée abrupte. Ainsi : « Quand on habite le navire, on ne voit plus la mer » (*Citadelle*), ou : « L'avion n'est pas un but : c'est un outil comme la charrue » (*Terre des hommes*). Saint-Exupéry s'est attaché à manier une langue harmonieuse, claire, propre à servir sa démarche. Le lyrisme éclate bien souvent, et les images foisonnent, disant le goût de l'auteur pour la beauté ; il a aussi recours au symbole qui occupe l'essentiel de *Citadelle* (1948). On doit reconnaître que l'utilisation de ce procédé, dans ce livre, son abus, autant que l'usage de la parabole, en alourdit quelque peu la lecture. Désirant élever au plus haut l'homme et son âme, Saint-Exupéry finit par s'enfermer dans une rhétorique qui, à la longue, rebute. On préfère le ton plus léger du *Petit Prince* dont les intentions ne sont pas très éloignées de celles contenues dans *Citadelle*.

MAX ALHAU.

♦ *« La grandeur humaine d'un Saint-Exupéry est d'avoir ses entrées dans la tragédie. »* Henri Clouard.
♦ *« Antoine de Saint-Exupéry (1900-1944) a tiré de l'expérience d'un métier dangereux et exaltant une morale héroïque et une philosophie tonique, fondées sur la responsabilité et la solidarité. »* Jean Hytier.

RÉF. : R.-M. Albérès, *Saint-Exupéry*, Paris, 1946. — M. de Crisenoy, *Antoine de Saint-Exupéry, poète et aviateur*, Paris, 1948. — G. Pélissier, *Antoine de Saint-Exupéry*, Paris, 1951. — L. Estang, *Saint-Exupéry par lui-même*, Paris, 1956. — C. François, *L'Esthétique de Saint-Exupéry*, Paris, 1957. — P. Pagé, *Saint-Exupéry et le monde de l'enfance*, Montréal/Paris, 1963. — M. Quesnel, *Saint-Exupéry ou la Vérité de la poésie*, Paris, 1964. — J. Smetana, *La Philosophie d'action chez Hemingway et Saint-Exupéry*, Paris, 1965. — J. Ancy, *Saint-Exupéry, l'homme et son œuvre*, Paris, 1966. — J.-L. Major, *Saint-Exupéry, l'écriture et la pensée*, Ottawa, 1968. — P. Chevrier, M. Quesnel, *Saint-Exupéry*, Paris, 1971. — R. Quellet, *Les Relations humaines dans l'œuvre de Saint-Exupéry*, Paris, 1971. — É. Deschodt, *Saint-Exupéry*, Paris, 1980. — C.-L. Van den Berge, *La Pensée de Saint-Exupéry*, New York, 1985. — L. Estang, *Saint-Exupéry*, Paris, 1989.

SAINT-GELAIS Mellin de. Poète. Né le 3 novembre 1491 à Angoulême, mort à Paris en octobre 1558. Fils naturel ou neveu de l'évêque mondain et poète Octavien de Saint- Gelais, il fait de bonnes études de droit en Italie, dont il rapporte un goût très vif pour l'astrologie. Bien accueilli par François Ier, comblé de faveurs, nommé aumônier du dauphin et « gardien des livres » du roi, ce directeur de conscience des plus indulgents devient le poète, l'amuseur attitré de la cour et jouit d'une renommée supérieure à celle de Clément Marot. Son étoile commença de pâlir avec le succès de Ronsard — que Saint-Gelais s'efforça vainement de déconsidérer ; Du Bellay le prit cruellement à partie. En 1556, Saint-Gelais fit représenter devant la jeune reine Catherine de Médicis une traduction en prose avec « intermèdes » de la *Sophonisbe* de Trissino, mais, de son vivant, on n'imprima de lui qu'un mince recueil. En 1574 furent publiées ses *Œuvres*, qui, représentant la poésie des années 1530, parurent démodées. Homme indispensable des fêtes, des tournois et des mascarades, type du bel esprit, capable de faire valoir ses vers par ses talents de luthiste et de chanteur, Saint-Gelais était pourtant de grande force dans les pièces de forme concise, au point de se faire craindre de Ronsard lui-même, qui multiplia les efforts pour se réconcilier avec lui et lui dédia même une ode.

RÉF. : E. Castaigne, *Notice historique sur les Saint-Gelais*, Angoulême, 1836. — E. W. Wagner, *Mellin de Saint-Gelais, eine literatur und sprachgeschichtliche Untersuchung*, Ludwigshafen, 1893. — H.-J. Molinier, *Mellin de Saint-Gelais*, Rodez, 1919. — Ph. A. Becker, *Mellin de Saint-Gelais, eine kritische Studie*, Vienne et Leipzig, 1924. — D. Stone, « Mellin de Saint-Gelais and Literary History », dans *French Forum*, 47, 1983. — L. Zilli, introduction à Saint-Gelais, *Sonnets*, Genève, 1990.

SAINT-JOHN PERSE (pseud. d'Alexis Léger). Poète. Né le 31 mai 1887 à la Guadeloupe, mort le 20 septembre 1975 dans la presqu'île de Giens (Var). Saint-John Perse, doublure littéraire d'un haut fonctionnaire de la troisième République, se présente à nous comme un personnage énigmatique, avare de confidences, soucieux à tous égards d'une attitude dégagée vis-à-vis de ses contemporains. Ce comportement se traduit dans son œuvre poétique par un ton unique dans les lettres françaises contemporaines.

Les années de création poétique encadrent approximativement, chez cet être singulier dans tous les sens du terme, celles de la carrière diplomatique (de 1926 à 1940), pendant lesquelles il s'est refusé à toute publication. Mais les événements, personnels ou sociaux, ne semblent pas avoir eu plus de prise sur le poète que sur l'homme, et il est étrange de constater à quel point chez lui les œuvres de l'âge mûr ne diffèrent guère essentiellement de celles de la jeunesse. Cette constance apparaît également dans sa passion du mouvement et des grands espaces par les nombreux voyages qu'il fit sur mer à tous les âges de sa vie.

On peut reconnaître dans cette mobilité une vocation due à son origine insulaire : né en 1887 à la Guadeloupe, Alexis Saint-Léger Léger passe toute son enfance sur cette île et sur un îlot tout proche de celle-ci appartenant à sa famille, Saint-Léger-les-Feuilles. Les paysages et les atmosphères exotiques auxquels l'enfant s'est ouvert nourriront de nombreuses pages de ses œuvres, jusqu'aux plus tardives. Léger quittera cependant son pays natal en 1899 pour s'installer à Pau, qu'il quittera également en 1904 pour faire ses études de droit à Bordeaux ; années de formation riches et fécondes pendant lesquelles s'affirment chez lui un grand nombre de passions aussi multiples que variées : alpinisme, escrime, équitation, herborisation (ce qui lui permet de connaître le poète Francis Jammes) et également la musique, la philosophie. Après une année de service militaire à Pau, Léger fait la connaissance de nombreuses personnalités du monde des lettres, telles que Jacques Rivière, André Gide et Paul Claudel, qui l'encouragent dans la voie littéraire. Son premier livre, *Éloges*, paraît en 1911 chez Gallimard, pour connaître immédiatement un succès extraordinaire : dans ce recueil initial, Léger sait s'emparer avec autorité des souvenirs de son enfance antillaise pour les soumettre à un ordre personnel, les présentant comme les fragments d'une geste individuelle traduite dans une forme poétique proche du verset claudélien.

Après avoir longuement hésité, Léger finit par s'engager ensuite dans la voie diplomatique. Après sa réussite au concours des Affaires étrangères en 1914, il est envoyé en 1916 à Pékin, où il demeurera cinq ans, exerçant les fonctions de troisième, puis de second secrétaire à la légation de France. Au cours de ce séjour mouvementé, le poète aura le temps de voyager en Chine et en Mongolie et de faire la connaissance des esprits français les plus distingués de son temps tels que le sinologue Granet et les thibétologues Bacot et Toussaint. Il découvrira également le Japon, l'Océanie et l'Amérique grâce à un long voyage de retour en France en 1921. Pressé par ses amis de publier, il y fait paraître en 1924 *Anabase* (*), poème au ton épique censé être prononcé par un conquérant soucieux de plier les formes innombrables de la vie à un principe d'organisation séculaire dont il se porte garant. C'est la première œuvre que le poète signera de son pseudonyme, Saint-John Perse.

Cette même année, Léger devient directeur du cabinet diplomatique d'Aristide Briand ; il le demeurera jusqu'à la mort de celui-ci en 1932. Cette haute fonction lui donnera une importance politique de premier ordre sur la scène internationale (il participera ainsi à toutes les sessions de la S.D.N.). En 1933, il sera nommé ambassadeur, puis secrétaire général du ministère des Affaires étrangères, jusqu'en 1940. À cette date, il semble avoir été victime d'intrigues politiques et se voit retirer son poste par Paul Reynaud. Partisan alors de la guerre à tout prix contre l'Allemagne, Léger, au moment de la remise du pouvoir au parti de l'armistice, quitte le sol français et part pour les États-Unis, qui deviendront sa seconde patrie jusqu'à sa mort en 1975. C'est là qu'il écrit *Exil* (1942), agrémenté de trois autres poèmes, « Pluies » (1943), « Neiges » (1944) et « Poème à l'étrangère » (1943), dans un recueil qu'il fait paraître en 1944 en Argentine avant d'en confier l'édition définitive à Gallimard en 1946.

Inspiré par la situation de son auteur dans ces années de guerre, *Exil,* bien loin de se présenter comme une œuvre de circonstance, se veut l'expression de la condition métaphysique de l'homme, condition qui ne se révèle jamais avec autant de force, pour le poète, que lorsque l'individu affronte les manifestations élémentaires de l'univers, la pluie, la neige, l'orage.

Cette inspiration « élémentaire » s'affirme également dans le poème *Vents* (1946).

Après la guerre, la renommée littéraire de Saint-John Perse s'accroît cependant rapidement. Elle s'impose surtout avec la publication de son poème *Amers* en 1957. Dans cette œuvre, de très loin la plus importante par le nombre de pages, le poète retrouve avec bonheur le même éclat que celui qui irradie les images d'*Éloges*. Après cette œuvre majeure, Saint-John Perse publie encore de courts poèmes : *Chronique* (1960) ; *Oiseaux* (1963), inspirés par des peintures de Georges Braque ; *Chant pour un équinoxe* (1971).

En 1957, le poète était revenu en France pour la première fois depuis dix-sept ans. En 1958, il s'était marié avec une Américaine, Dorothy Russell, avec laquelle il passera discrètement quatre à six mois par an dans sa propriété de Giens, près d'Hyères. C'est là qu'il s'éteindra en 1975, plus couvert d'honneurs que ne le fut peut-être aucun autre poète français de son vivant (il avait reçu en 1960 le prix Nobel de littérature).

L'œuvre de Saint-John Perse se présente à nous comme l'exposition d'une chronique immémoriale où l'anecdote se trouve hissée au niveau du mythe. Elle semble prononcée d'un seul souffle, constituant ainsi une immense période oratoire qui consacre l'unité élémentaire de l'univers. Le poète y sacralise le monde dans la plénitude infaillible de sa lumière, en excluant toute ombre, tout envers et tout revers susceptibles de donner naissance à une histoire, comportant pleins et déliés, aspérités et creux. Les différents poèmes appartenant à cette œuvre réalisent ainsi une fresque horizontale, un bas-relief sans profondeur et sans perspective qui veut signifier que les événements, substituables les uns aux autres, n'importent que dans l'exacte mesure où ils témoignent d'une pérennité indestructible, grâce à une identité fondamentale de tous les existants les uns avec les autres. Saint-John Perse dévalue a priori, comme relevant d'une vision superficielle, tout désaccord, toute dissonance, les contrariétés se neutralisant pour lui dans une présence qui s'équilibre perpétuellement elle-même.

Ainsi, si l'objet de ses narrations poétiques semble relever du passé, c'est qu'il veut implicitement sensibiliser le lecteur à la vanité de tout avenir, en fait jamais advenu, l'actuel lui-même ne comportant d'autre réalité que celle par laquelle il s'accorde à l'antique. Il use pour ce faire d'un procédé assez fréquent dans son œuvre qui consiste à prendre des mots français usités de nos jours dans leur acception d'origine en en faisant ainsi résonner la racine latine, forçant l'intelligence du lecteur à reconnaître que le sens véridique des choses, révélé par l'acte de nomination, ne peut subir aucune variation causée par le temps. Les nombreux autres termes empruntés à des disciplines diverses telles que la botanique, la zoologie, le droit, etc., dont le poète parsème ses textes, ont également avant tout pour mission, par le respect qu'ils inspirent, de nous hausser au plan supérieur de la réalité, obscurcie par la vulgarité née d'un emploi peu rigoureux du langage. Mais le souci de précision dont leur présence témoigne a aussi pour fonction de nous rendre sensibles à notre ancrage à la terre, destituant ainsi toute prétention de l'individu à se considérer comme autre chose qu'une de ses manifestations innombrables. L'homme ne se voit ainsi investi que du rôle de témoin d'un univers auquel il s'accorde par des rituels éprouvés, en particulier celui du langage, qui annulent le séculier par l'imposition d'une règle transparaissant dans les juridictions établies et les litanies sacrées.

Cette appartenance totale de l'homme à la terre, Saint-John Perse la formule en recourant fréquemment à l'évocation de la femme, dont il nous révèle la présence omnipotente grâce à des instantanés fulgurants où elle apparaît résumer en son corps et sa grâce la richesse profonde de la terre tout entière. L'homme décèle celle-ci par l'approche du contact sensuel qui le force à s'ouvrir à l'étrangeté du monde irréductible à la raison et qui le violente par sa saveur corrosive. Cette violence représente pour le poète l'attribut premier du principe qui régit l'univers, dont les expressions emblématiques, outre ses manifestations les plus élémentaires telles que le vent, la mer, la pluie et la neige, apparaissent se condenser dans les minéraux : loin de nous faire sentir leur poids et leur inertie, le poète nous les évoque comme relevant d'une accélération des processus naturels que les sens, irrationnellement, perçoivent obscurément. Aussi le cosmos ne sera-t-il jamais tant magnifié que lorsqu'il participe de la parure féminine, révélant ainsi la beauté de la femme, médiatrice entre l'homme et le monde. Cette expérience illuminatrice pour l'homme est traduite le plus intensément dans une page d'*Amers* par l'évocation de la sensation acide de la langue au contact du cuivre, symbolisant une sorte de transmutation alchimique qui réalise la conjonction de deux réalités apparemment hétérogènes dont l'accord révèle elliptiquement l'unité cosmique. En appréhendant poétiquement la métamorphose universelle qui informe et déforme constamment toutes choses, Saint-John Perse n'a poursuivi d'autre but que de mettre au jour la circulation de la vie, d'une vie qui incessamment fait cercle sur elle-même.

PHILIPPE FAUCHER.

♦ *« ... de surprenants rapprochements sensuels, mais toujours fondés dans la sensation même ; des descriptions allusives, faites d'un assemblage de détails énigmatiques à force d'être concrets, mais toujours attestés par l'expérience ou la tradition ; enfin de vastes catalogues où l'hétéroclite paraît à son comble et qui ne supposent rien moins qu'une sorte de science encyclopédique. »* Roger Caillois. ♦ *« Du primitif éloge du pays luxuriant de l'enfance, des richesses palpables, sensuelles à la nouvelle et amère louange des signes du vide, de l'absence et de la solitude ; de ce flux chaleureux à ce reflux hivernal demeure la constante d'un langage, non pas reflet du monde réel, mais créateur d'un monde mythique... »* Georges-Emmanuel Clancier.

RÉF. : Roger Caillois, *Poétique de Saint-John Perse*, Paris, 1954. — Jean Paulhan, *Énigmes de Perse, NRF*, Paris, 1962-64. — *Honneur à Saint-John Perse*, numéro d'hommage de *La Nouvelle Revue française*, Paris, 1965. — Yves Alain Fane, *Le Langage et le sacré*, Paris, 1977. — Roger Little, *Études sur Saint-John Perse*, Paris, 1984. — Guy Féquant, *Saint-John Perse*, Lyon, 1987.

SAINT-LAMBERT Jean François, marquis de. Poète. Né à Nancy le 26 décembre 1716, mort à Paris le 9 février 1803. Malgré le titre usurpé de marquis, il était de petite noblesse et pauvre. Il fut élevé chez les jésuites de Pont-à-Mousson, puis entra au service du roi de Pologne Stanislas. Protégé par Mme de Boufflers, maîtresse du roi, il fut bien accueilli à la petite cour de Lunéville, où d'ailleurs sa première œuvre, *Épître à Chloé*, avait été très remarquée. C'est à Lunéville qu'il fit la connaissance de Mme du Châtelet et de Voltaire, qui louait exagérément ses vers. La personne de l'auteur sut, toutefois, plaire encore plus que ses œuvres à la marquise du Châtelet, et quand Voltaire revint de Paris où il avait été assister à la représentation de *Sémiramis*, il trouva sa place prise dans le cœur de sa belle amie qui devait mourir en mettant au monde un enfant, fruit de sa nouvelle liaison. Saint-Lambert reçut à Paris un accueil bienveillant auprès des encyclopédistes, il participa à leur entreprise par plusieurs articles (« Génie », « Intérêt de l'argent », « Législateurs », « Manières »). Mme d'Houdedot lui procura un brevet de colonel, et il servit en Allemagne pendant les terribles années 1756 et 1757. Mais une maladie le contraignit à quitter l'armée et le rejeta vers la littérature. L'immense succès de son poème *Les Saisons* lui ouvrit les portes de l'Académie française en 1770. Il avait travaillé durant quarante-cinq ans à l'élaboration d'un système philosophique capable de servir de règle de conduite à ses contemporains. Cette œuvre parut en 1798 sous le titre : *Les Principes des mœurs chez toutes les nations ou Catéchisme universel ;* il y développait en réalité les idées de d'Holbach et d'Helvétius. On peut encore citer parmi ses œuvres : *Recueil de poésies fugitives* (1759), *Le Matin et le Soir* (1764), *Les Fêtes de l'amour et de l'hymen, Deux amis, conte iroquois* (1770) et surtout son *Essai sur le luxe*, qui parut en 1764 dans l'*Encyclopédie* (*). Saint-Lambert vécut à l'écart pendant la Révolution. Il venait d'être désigné pour faire partie de l'Académie reconstituée lorsqu'il mourut en 1803.

RÉF. : Grimm, *Correspondances.* — Mme Du Deffand, *Lettres.* — Th. de Puymaigre, *Poètes et Romanciers de la Lorraine*, Metz, 1848. — L. de Nardis, *Saint-Lambert, scienza e paesaggio nella poesia del Settecento*, Rome, 1961. — Éd. Guitton, *Delille et le Poème de la nature*, Paris, 1974. — *Cahiers Roucher-Chénier*, nº 7, Rennes, 1987.

SAINT-POL-ROUX (pseud. de Paul Roux). Poète. Né à Saint-Henri (Bouches-du-Rhône) le 15 janvier 1861, mort à Brest le 18 octobre 1940. C'est en 1886 qu'il fait ses débuts littéraires, dans le groupe des écrivains de la Pléiade, en publiant une petite plaquette de vers, *Lazare,* suivie trois ans plus tard d'un nouveau recueil, *Le Bouc émissaire.* Accueilli par Remy de Gourmont dans le mouvement symboliste, il collabore à toutes les revues de l'école, en particulier à *L'Ermitage* et au *Mercure de France* (*). Ses accoutrements splendides et la sonorité de ses discours lui font alors, au témoignage de Francis de Miomandre, donner le surnom de Saint-Pol-Roux le Magnifique. En 1893 paraît *La Rose et les épines du chemin,* premier volume de son œuvre principale, *Les Reposoirs de la procession*, complété en 1904 par *De la colombe au corbeau par le paon* et en 1907 par *Les Féeries intérieures,* où il apparaît bien que Saint-Pol- Roux a pris ses libertés avec l'orthodoxie symboliste et conquis sa pleine originalité. Au cours des années 1895-1897, pendant un séjour dans la forêt des Ardennes, en Luxembourg, le poète écrit sa fresque dramatique, *La Dame à la faulx,* qui parut en 1899. Son plus grand, et l'on peut dire son seul succès d'argent, Saint-Pol-Roux l'obtiendra en composant le livre du célèbre opéra de Gustave Charpentier, *Louise*, en 1900. Mais dès cette époque il se détache des cénacles parisiens, va chercher en Bretagne un contact avec la nature la plus sauvage, passe quelques années à Roscaven où il écrit deux drames, *La Dame en or* et *Les Pêcheurs de sardines* avant d'aller se fixer à Camaret où il fait bâtir un manoir. De 1903 datent les *Anciennetés,* sept poèmes écrits entre 1884 et 1890. Au lendemain de la guerre de 1914-18, Saint-Pol-Roux, qui avait été éprouvé durement par la mort d'un de ses fils, semblait oublié lorsqu'il fut fêté par les jeunes surréalistes qui le proclamèrent un de leurs maîtres. Il n'abandonna pourtant pas sa solitude bretonne, où la nouvelle guerre vint le surprendre, dans la nuit du 23 au 24 juin 1940 : un soldat allemand ivre força la porte de sa demeure, tua la servante du poète, blessa grièvement une de ses filles. Quelques mois après le manoir était brûlé, plusieurs manuscrits perdus, et Saint-Pol-Roux mourait à l'hôpital de Brest. Longtemps ce ne fut qu'un personnage pittoresque, presque légendaire des milieux littéraires, et l'on commence aujourd'hui seulement à le reconnaître comme un des plus grands poètes de la génération symboliste. Un prestigieux imagier, dit-on. Mais l'image, pour Saint-Pol-Roux, a une sorte de valeur mystique. Affilié aux rosicruciens, Saint-Pol-Roux cherche la clef magique du monde, il pense qu'« un cœur bat dans tout, même dans les pierres du chemin ». Sa doctrine, l'« idéoréalisme », formulée dans le liminaire des *Reposoirs,* est une date importante de l'histoire de la poésie contemporaine : recherche de l'Idée à travers la Nature, non pas à grand renfort de réminiscences livresques comme chez trop de poètes de l'école, non par l'intercession d'une métaphysique et d'une théologie comme chez Claudel. L'imagination seule, pour Saint-Pol-Roux, peut nous rendre la vraie réalité déformée par l'usage quotidien qui a réduit le monde des choses à n'être plus que « l'enseigne inadéquate du monde des idées » ; l'imagination effrénée et exaltée fait du poète un découvreur du monde, un « continuateur » de Dieu.

JACQUES PATRY.

♦ *« Un des plus féconds et des plus étonnants inventeurs d'images et de métaphores... »* Remy de Gourmont. ♦ *« Saint-Pol-Roux — c'est à qui sur ce point fera le plus honteux silence — a droit entre les vivants à la première place... le seul authentique précurseur du mouvement dit moderne. »* André Breton.

RÉF. : Remy de Gourmont, *Le Livre des masques,* Paris, 1896. — Van Bever et Paul Léautaud, *Poètes d'aujourd'hui,* t. III, Paris, 1930. — A. Bergot, *Le Tombeau de Saint-Pol-Roux,* Brest, 1941 ; *Le Solitaire de Camaret,* Paris, 1947. — P. Th. Pelleau, *Saint-Pol-Roux le Crucifié,* Nantes, 1946. — Th. Briant, *Saint-Pol-Roux,* Paris, 1951. — J. Burgos, *Pour une poétique de l'imaginaire,* 1982.

SAINT-SIMON Louis, duc de. Mémorialiste et historien. Né et mort à Paris : 15-16 janvier 1675-2 mars 1755. Peintre sévère de Louis XIV, Saint-Simon est en fait un homme du plein XVIIIe siècle. Il n'a que 25 ans en 1700, achève les *Mémoires* (*) quand s'élabore l'*Encyclopédie* (*), et sa mort suit de quelques semaines celle de Montesquieu, qu'il a fréquenté. Par son père, né vers 1608, il se rattache pourtant à Louis XIII, dont la faveur a fait d'un page, de filiation chevaleresque dès le XIVe siècle mais moins sûrement carolingienne, un premier écuyer, gouverneur de Blaye, chevalier du Saint-Esprit et duc et pair. De sa mère, il hérite la science et la rigueur chrétienne de la haute noblesse de robe, et la familiarité des dynasties ministérielles. Fils unique de parents âgés, il reçoit une éducation originale, aux tensions fécondes : élevé pour la Cour mais à Paris et au château de la Ferté-Vidame (orée du Perche) par un précepteur oratorien, mais un confesseur jésuite et un gouverneur d'origine réformée ; filleul de Louis XIV, mais dressé au culte de Louis XIII et à mépriser la servitude versaillaise de la noblesse, quoique haïssant toute Fronde ou Ligue ; formé aux lettres, mais requis par l'histoire la plus récente, celle des XVIe et XVIIe siècles.

Camarade de J. de Pontchartrain, futur secrétaire d'État, et surtout du duc de Chartres, Philippe d'Orléans, futur Régent de France, dont il reste l'intime jusqu'à la mort, et préparé au monde par la princesse des Ursins, il se nourrit des récits familiaux sur Louis XIII, la Fronde ou les années galantes de Louis XIV, à quoi le relie aussi sa parenté avec les princes de Condé (il rencontre chez eux La Bruyère) et avec Mme de Montespan. Débutant, il croise le Racine d'*Athalie* (*) ; jeune, il emploie Rigaud et Antoine Coypel, et danse aux fêtes décorées par Bérain ; à la force de l'âge, croisant Vauban et Bolingbroke, lié avec Boisguillebert et Boulainvilliers, il est le rival de Fénelon auprès du duc de Bourgogne, de Fontenelle et de l'abbé de Saint- Pierre auprès du futur Régent ; au pouvoir sous la Régence, il reçoit Law, observe Pierre le Grand, se confie à Duguet et protège les érudits gallicans ; retiré sous Louis XV et adonné à la composition historique, il lit Voltaire, Bayle, Montesquieu (qu'il reçoit à La Ferté), Locke, les voyageurs et journalistes des premières Lumières, autant que les chroniqueurs du XVIe siècle ou de la Fronde qu'on édite alors : sous son allure monolithique, Saint-Simon change au fil d'années longues et agitées, tenu en éveil par son avidité de tout ce qui touche à l'histoire.

Sa vie est d'un très grand seigneur que ni l'armée, ni la Cour, ni le ministère, ni la diplomatie ne satisfont et qui, écrivain dès l'adolescence, élague lentement tout ce qui concurrence une vocation révélée à la fois tôt et tard. Tôt, car sa première œuvre connue date de ses quinze ans, et à dix-neuf il entreprend déjà des mémoires (ou un aide- mémoire) fort différents du texte actuel. Tard, car la masse énorme de l'œuvre, dont les *Mémoires* ne sont guère que la moitié, se concentre dans les décennies 1730 et 1740, de cinquante-cinq à soixante-quinze ans.

Élevé, dit-il, sous l'œil de Malebranche même, il joint à sa vocation historique une formation latine, rhétorique et religieuse solide et durable. Le vieil abbé de Rancé le prend en affection, et la Trappe sera le pôle spirituel de sa vie. Encore à l'« académie » d'équitation, armes, blason et langues des jeunes aristocrates, il assiste aux obsèques de la Dauphine et compose de ces *Cérémonies observées* [...] *à Saint-Denis* une relation cinglante (1690) ; présenté au Roi, il entre aux Mousquetaires (1691) et se bat sur le terrible front du Nord (Namur, 1692 ; Neerwinden, 1693, capitaine de cavalerie).

Pair de France à dix-huit ans (1693) à la mort de son père – l'étude et la défense de sa dignité passionneront toute sa vie –, il succède aux gouvernements de Blaye et Senlis, aux fiefs en Blayais, à La Rochelle, La Ferté-Vidame et Saint-Simon (Aisne), mais hérite des dettes, qu'il grossira des siennes, énormes. Son accès à la pairie l'engage dans un dur procès de préséance des ducs contre son propre général, le maréchal de Luxembourg : occasion d'écrire une *Relation du procès intenté pour la préséance...* (1694 ?-1699) qui, avec celle du combat de Neerwinden, est le seul morceau retrouvé des *Mémoires* primitifs.

En effet, transféré comme colonel à l'armée du Rhin, il y a commencé (1694) à « écrire ce qu'(il) verrait arriver de (son) temps », des « espèces de mémoires » gardés secrets, qui, croit-il, l'aideront à « être de quelque chose ». Il mérite l'amitié de son général, le maréchal de

Lorge, dont en 1695 il épouse la fille. Beauté bien dotée, caractère harmonieux et fin, Mme de Saint-Simon fera son « bonheur essentiel » leur vie durant, dans une fidélité et une tendresse qui détonneront à la Cour, et soutiendra son travail ; alliance flatteuse, qui le fait cousin de feu Turenne et du roi d'Angleterre. Une fille et deux fils naîtront, maladifs ou difformes, dont l'établissement sera douloureux.

Quand ses amis optent plutôt, en cette fin de siècle, pour le quiétisme fénelonien ou le libertinage, il est, lui, tenté par le jansénisme, dont Rancé le détourne un temps (1697). Autre question à Rancé, la compatibilité entre l'âpreté des *Mémoires,* qui vont « grossissant tous les jours », et les exigences de la charité (1699). On ignore la réponse du religieux, mais jamais Saint-Simon ne cessera d'écrire, et toujours une histoire militante et dé- nonciatrice.

Tournant en 1702 : il quitte l'armée, après une promotion d'officiers généraux jugée inique, et devient simple courtisan. De nouvelles affaires de rang, où il a défendu les ducs contre les princes lorrains, ont éveillé le soupçon du roi (1699) ; il récidive en 1704 (affaire de la quête), et procédure contre le duc de La Rochefoucauld, ami personnel de Louis XIV. Il perd Rancé (1700), et compose des textes historico-politiques : un vaste *Portrait au naturel de la cour d'Espagne* après l'accès des Bourbons au trône madrilène (1701-1702), un éloge de Louis XIII pour le recueil des *Médailles* (...) *du règne de Louis le Grand* (1702, refusé), un *Mémoire* et des *Remarques* pour les ducs contre le marquis de Richelieu (1704), des *Mémoires* sur les *Registres des grands maîtres des cérémonies* (1705)... Il s'est lié avec l'oratorien janséniste Duguet, son directeur spirituel peut-être après Rancé, avec Louville, agent français en Espagne, avec le nonce Gualterio, avec le diplomate et moraliste Callières qui lui demande un plan de partage de l'empire espagnol, et il a été pressenti pour l'ambassade de France à Rome (1706) : période mondaine, dispersée, mais où il amasse connaissances et sujets d'indignation, donc de rédaction.

La maturité est plus sombre, les tensions politiques à la Cour s'aiguisant des revers de la guerre de Succession d'Espagne. Triplement compromis, par ses combats de rang, par sa fidélité au duc d'Orléans que Mme de Maintenon veut abattre, et par ses options réformatrices aux côtés du duc de Bourgogne et de ses amis féneloniens les ducs de Chevreuse et de Beauvillier (il discute avec eux les futures *Tables de Chaulnes*), il est en 1708-1709 exclu de Marly, sans logement à Versailles et notoirement suspect. Une manœuvre hardie (audience du Roi, 1710) le remet en selle : il rapproche Louis XIV et Orléans, et mène à bien le mariage de la fille de celui-ci avec le duc de Berry. Il y gagne la charge de dame d'honneur de la nouvelle duchesse pour sa femme et un bel appartement à Versailles, sûr d'assister au premier rang à tous les événements.

Les cinq dernières années du règne sont haletantes. Les morts imprévues du Grand Dauphin (1711) puis de son fils le duc de Bourgogne qui cristallisait l'espoir d'une opinion excédée par les échecs et la sclérose du vieux roi (1712) bouleversent l'échiquier politique. Comblé par la première, Saint-Simon multiplie les plans politiques pour le nouveau Dauphin ; atterré par la seconde, il cède à l'horreur sacrée et rédige une effrayante lettre anonyme *Au roi,* avertissement lucide et visionnaire qui atteint à l'éloquence prophétique (1712). Se ressaisissant, il prépare la Régence désormais inévitable, le roi déclinant et le futur Louis XV n'étant né qu'en 1710 : le duc d'Orléans y jouera le premier rôle, et Saint-Simon tente de convertir son ami à ses vues de rééquilibrage anti-absolutiste par un retour aux affaires de l'aristocratie. Sa plume court : *Discours sur Mgr le duc de Bourgogne, Mémoire instructif pour profiter de l'évasion de M. le cardinal de Bouillon* (1710) ; *Brouillons des projets sur lesquels il faudrait travailler petit à petit sans relâche..., État des changements arrivés à la dignité de duc et pair..., Réflexions sur le bruit* (...) *du mariage du fils de M. le duc de Rohan...* (1711) ; *Projets de rétablissement du royaume de France, Collections sur feu Mgr le Dauphin, Mémoire succinct sur* (...) *la renonciation du roi d'Espagne...* (1712) ; *Mémoire des articles prétendus...* et *Réplique...* contre le maréchal de Montrevel (1713) ; *État des prélats fortuitement assemblés* (...) *sur la Constitution, Projets de gouvernement résolus par Mgr le duc de Bourgogne, Choses concernant le voyage du cardinal del Giudice... Mémoire abrégé de quelques usurpations du Parlement sur les Pairs...* (1714).

Ces textes, souvent très amples, traduisent certes l'effervescence générale de l'opinion, mais aussi une grande fécondité d'idées, et une vocation d'écrivain politique, à forte armature historique, qui devrait effacer pour nous l'aspect dérisoire des querelles où il s'engage (garde-côte de Blaye, contre Pontchartrain ; préséance entre gouverneur et commandant, contre Montrevel ; « bonnet » des présidents à mortier, contre le duc du Maine et le Parlement). Ces années semblent voir son virage jansénisant, ou du moins vers le rigorisme gallican : révolté, là encore avec l'opinion, par la destruction de Port-Royal et la bulle *Unigenitus* (« bec-à-bec » avec le père Tellier, 1713).

1715 trouve Saint-Simon prêt aux responsabilités du pouvoir, muni d'un réseau de relations d'une rare variété, mais déjà rongé de dégoût ; le futur Régent lui impose d'entrer au Conseil de Régence : il sera ministre d'État, et rival du futur cardinal Dubois auprès d'Orléans. Quittant à la mort du roi Versailles pour Paris avec la Cour, il est la cible des satires de la « vieille Cour » (parti des jésuites, de l'absolutisme, de l'Espagne et du duc du Maine) et reçoit à flots projets et requêtes ; mais il doit renoncer à la plupart des réformes qu'il avait préconisées : réunion des états généraux, impôt proportionnel, récusation de la dette envers les financiers, extinction des gabelles et de la vénalité des charges... Les grandes options du Régent (alliance anglaise, banque de Law) suscitent sa méfiance, les conseils spécialisés qui, selon ses vœux, ont remplacé les ministres de Louis XIV s'enlisent en trois ans, et l'alliance russe qu'il réclame (visite de Pierre le Grand, 1717) ne se fait pas. Tout au plus obtient-il quelques nominations d'hommes qu'il estime, la fermeté gallicane face à Rome, et la réduction (temporaire) du Parlement et du duc du Maine (lit de justice, 1718). Mais il vit dans une stimulation permanente. Sa production ralentit devant le travail de gestion, mais riches d'avenir sont les récits ardents et savoureux du *Conseil d'État tenu au Louvre le 25 octobre 1716* ou du lit de justice de 1718 : matériaux à nos yeux pour les *Mémoires,* mais dont on ignore à quoi il les destinait alors.

L'ascension de Dubois, l'abandon du gallicanisme et des Conseils, l'effondrement du système de Law le mènent en 1721 à un malaise, dont la brève guerre contre l'Espagne le tire soudain : la paix devant se sceller par le mariage de Louis XV avec l'infante, il obtient la mission d'ambassadeur extraordinaire pour aller le conclure. Il passe en Espagne six mois intenses (1721-1722) où le loisir forcé d'une variole lui dicte un *Tableau de la cour d'Espagne* qui entrera dans les *Mémoires ;* il en rapporte la grandesse, beaucoup d'amitiés, et le souvenir de Loyola, Tolède, l'Escorial, Ségovie et la Granja, la sierra enneigée et les Pyrénées aux « échappées de vues [...] charmantes » : les *Mémoires* offriront un de nos meilleurs « voyages tra los montes ».

Situation pénible encore au retour : le chancelier Daguesseau est exilé, Dubois Premier ministre, le sacre de Louis XV bafoue le rang des ducs, la Cour revient à Versailles et ses protégés gallicans sont à nouveau traqués. Un terme brutal y est mis par la mort foudroyante du Régent (décembre 1723) : Saint-Simon quitte la Cour, où il ne viendra plus qu'en de brefs séjours de convenance ou d'affaires.

Retraite relative : il aura des amis ministres jusqu'en 1750, on cite son nom lors des remaniements, il reçoit l'ordre du Saint-Esprit en 1728 ; retraite sans quitter la société : jusqu'à la mort de Mme de Saint-Simon, correspondance, relations, lectures disent sa curiosité aiguë et sa vitalité, entre les belles saisons à La Ferté et les hivers à Paris. Mais jusque vers 1730, ce « long loisir qui succède à des occupations continuelles » est malaisé, avec l'amère rupture du mariage espagnol, et l'autocratie pateline du ministère Fleury ; Saint-Simon ne trouve pas l'abondance qui avait été, et sera la sienne. Il remanie son *Tableau de la cour d'Espagne* (1726-28), risque un *Abrégé très court de l'Histoire de France* (1725 ?), un *Abrégé de tous les ducs* (...) *existant en 1725* (id.), des *Changements arrivés depuis 1722* (...) *parmi les Grands* (1728) : ce qu'il appellera « peloter », faire des balles avant la partie.

C'est en 1729 qu'elle s'engage, par un apparent hasard. Le duc de Luynes lui prête l'autographe du minutieux et fade *Journal* de Cour tenu de 1684 à 1720 par le timide marquis de Dangeau. Amusé, écœuré, indigné, Saint-Simon jette d'abord quelques notes vengeresses, puis fait copier, en 36 in-folio, le *Journal* entier, et y compose de monumentales ou brèves *Additions* qui sont reportées face au texte. Ce travail gigantesque et modeste va l'occuper dix ans, et sera le réservoir où puiser pour en recomposer les *Mémoires,* dont il présage l'énormité. Commentaire toutefois et non texte indépendant, même si tel développement immense (promotion de 1688, tableau du règne de Louis XIV) oublie la page de Dangeau qui le suscite ; œuvre par fragments, accrochés au rythme lui-même fragmentaire du *Journal,* sans début ni fin, et dont on ne sait si Saint-Simon crut l'achever : héritée des éditions annotées de chroniqueurs médiévaux et renaissants, abondantes alors, et surtout des *Additions* de Le Laboureur aux *Mémoires* de Castelnau (1659-60, rééd. 1731). Mais le travail sur Dangeau, de style plus libre et pittoresque encore que les *Mémoires,* dénoue son esprit et sa plume, ouvre les vannes de l'écriture.

Dès la fin de 1729 (?), il entame parallèlement une autre œuvre démesurée : les *Notes sur les duchés* où, dans l'ordre d'ancienneté des maisons ducales françaises, il trace la biographie précise et colorée de leurs membres. S'il remonte sans peine au Moyen Âge, c'est aux XVe-XVIIe siècles qu'il s'ébroue avec une trépidante vivacité. Divisé en catégories de duchés, traité en même temps que Dangeau, ce travail le mène, comme les *Additions,* jusqu'à 1739 où il l'abandonne après avoir donné sur sa propre maison et sa vie même une longue notice, ultime répétition avant les *Mémoires.*

Il y a plus : les *Notes sur les duchés* génèrent à leur tour, en même temps, une série d'œuvres sur les *Grandes charges,* où il traite chronologiquement des titulaires d'offices, charges et ordres de la Couronne : *État détaillé de tout l'ordre du Saint-Esprit* (1733) ; *Alliances directes..., Grands aumôniers de France* (1737) ; *Maisons d'Albret, d'Armagnac et de Châtillon, Pairs ecclésiastiques* (1737-38), *Grandes charges de la Couronne* (1738), *Légères notions des chevaliers de l'Ordre..., Cardinaux français...* (1739), *Capitaines des gardes, Maréchaux de France...* (1740). Travail prosopographique, tributaire des méthodes de l'érudition historique, mais aussi de haute couleur et d'âpre parti pris : peut-être, avec les *Notes sur les duchés,* « continuation » toute personnelle de l'*Histoire généalogique* du père Anselme (rééd. 1727-33 ; projet de Saint-Simon dès 1731). Or les sections tardives se concentrent sur le règne de Louis XIV (*Cardinaux français, Maréchaux de*

France, Ducs-Pairs de Louis XIV (1738), *Table de simples dates des principales fortunes du règne*) : avec l'annotation de Dangeau et la *Note* autobiographique sur le duché de Saint-Simon, ce sont des prolégomènes directs aux *Mémoires.*

Reste que jusqu'à 1739 la forme de ceux-ci n'est pas trouvée. Le commentaire de Dangeau et l'étude des dignités en tenaient-ils lieu, ou furent-ils pensés comme des préparations ? On ne sait. Mais fin 1739, après la *Note* Saint-Simon, l'œuvre se met en route et en quelques mois élimine les autres travaux. L'immense texte est composé, recopié en dix portefeuilles jusqu'en 1749, doté de sa conclusion, de ses titres courants et de son index en 1749-50 : Saint-Simon a 75 ans quand il referme le onzième portefeuille. Si sa vie intellectuelle se confond avec son œuvre en ces années d'une incroyable fécondité (encore est-ce le temps de son amitié avec Montesquieu ou le père Foucquet, savant missionnaire de Chine), il aura pourtant traversé de dures épreuves. Outre le scandale, pour lui constant, du ministère Fleury et des persécutions antigallicanes, il subit la mort de son fils aîné sans héritier mâle, et l'affreux coup de celle de sa femme (1743), qui le jette dans un long désarroi. Il en jaillit le futur préambule aux *Mémoires, Savoir s'il est permis d'écrire et de lire l'histoire, singulièrement celle de son temps* (1743), interrogation de fond sur la légitimité théologique, morale et sociale de la connaissance historique : le plus grand malheur de sa vie aboutit aux pages les plus profondes qu'il ait écrites, et l'agonie de son fils coïncide avec un grandiose *Parallèle des trois premiers rois Bourbons,* contemporain du tableau du règne dans les *Mémoires* (1746) ; on ignore quel rapport il lui donne avec ces derniers.

L'achèvement des *Mémoires* relâche la production, et laisse à Saint-Simon le loisir de traiter avec ses créanciers (1748) et de pourvoir à sa succession nobiliaire, spirituelle et littéraire : tâche urgente, car en 1754, son second fils succombe à son tour. Il règle le sort de sa grandesse (1751), de sa sépulture, de ses tableaux, du peu de biens qui lui restent, et de ses manuscrits (1754). Il choisit, en une déclaration d'amour posthume, de reposer à La Ferté, son cercueil rivé à celui de sa femme, et confie ses papiers, pour publication différée sans doute, à son cousin l'évêque de Metz. Au lendemain de sa mort, ses créanciers, au fait de leur valeur en librairie, en réclament la dispersion en vente ; pour les sauver, l'évêque obtient de Choiseul une saisie au nom du roi, sous prétexte des postes ministériels et diplomatiques occupés par l'auteur : le fonds entier est déposé aux Archives du ministère des Affaires étrangères (1760), d'accès longtemps difficile, qui en ont préservé l'essentiel.

HÉLÈNE HIMELFARB.

♦ *« Saint-Simon écrivait à la diable pour l'immortalité. »* Chateaubriand. ♦ *« Saint-Simon, historien par hasard, moraliste par explosion, philosophe par colère, satirique par humeur, vertueux par dégoût. Tacite et Juvénal dans la même page, il crée une langue à la vigueur de ses aversions et de ses amours. »* A. de Lamartine. ♦ *« Il a été vrai, on l'appelle méchant. »* Stendhal. ♦ *« Son esprit pénétrant, subtil, amer est comme l'instrument naturel pour fouiller dans la corruption et il y porte l'âpre investigation du confesseur, avec la liberté philosophique de l'historien. »* Nisard. ♦ *« Le plus prodigieux des peintres de portraits et le roi de toute galerie historique. »* Sainte-Beuve. ♦ *« Il était historien autant par nature que par fortune* [...] *trop passionné pour être homme d'action* [...] *La sensibilité violente est la moitié du génie... »* Taine. ♦ *« Il faut vivre Saint-Simon* [...] *Personne, sauf Montaigne, n'a eu cette lame en pointe, cette encre noire. La plume de notre duc trouait la feuille. Il « assenait » (le terme est de lui) ses regards... »* Jean Cocteau.

RÉF. : Biographie : G. Poisson, *Monsieur de Saint-Simon,* Paris, 1987 ; *Album Saint-Simon,* Paris, 1969.

Bibliographie : Y. Coirault et Fr. Formel, *Bibliographie de Saint-Simon,* Vendôme, 1988.

Histoire des papiers : A. Baschet, *Le Duc de Saint-Simon, son cabinet et l'historique des manuscrits,* Paris, 1874. — Y. Coirault, *Les Manuscrits du duc de Saint-Simon,* Paris, 1970.

Initiation : F.-R. Bastide, *Saint-Simon par lui-même,* Paris, 1954. — R. Judrin, *Saint-Simon,* Paris, 1970. — J. Cabanis, *Saint-Simon l'admirable,* Paris, 1975.

Études de fond : C. Fatta, *Esprit de Saint-Simon,* Paris, 1954. — Y. Coirault, *L'Optique de Saint-Simon,* Paris, 1965 ; *Les Additions de Saint-Simon au Journal de Dangeau* (ibid., id.). — J.-P. Brancourt, *Le Duc de Saint-Simon et la monarchie,* Paris, 1971. — D. Van der Cruysse, *Le Portrait dans les Mémoires de Saint-Simon,* Paris, 1971 ; *La Mort dans les Mémoires de Saint-Simon,* Paris, 1981. — Fr. Formel, *Alliances et généalogie à la cour du Grand Roi : le souci généalogique chez Saint-Simon,* 4 vol., Vendôme, 1983-1984.

Il paraît depuis 1973 des *Cahiers Saint-Simon* annuels par les soins de la Société Saint-Simon.

Saison en enfer (Une). Œuvre en prose d'Arthur Rimbaud (1854-1891), écrite en avril-août 1873 et publiée la même année, à Bruxelles, à compte d'auteur. C'est la seule publication faite par le poète : toutefois celui-ci, s'en désintéressant presque aussitôt, ne put, ou négligea de payer l'éditeur, qui conserva les 480 exemplaires constituant la quasi-totalité du tirage ; ils furent découverts en 1901 par un bibliophile belge, lequel ne révéla sa trouvaille qu'en 1914, infirmant ainsi la légende qui voulait que Rimbaud eût détruit lui-même tous les exemplaires de cette édition. *Le Bateau ivre* (*), daté de 1871, clôt une première évolution dont témoignent en grande partie les *Poésies.* Mais l'ensemble de cette œuvre « verbale » ne peut être dissocié d'une opération intime et d'une expérience vécue qui en déterminent profondément les aspects ; et le petit recueil d'*Une saison en enfer* vient, en quelque sorte, conférer à ces actes de présence mentale, isolés dans leur absolu, un contexte relatif qui les relie à l'écoulement de la réalité quotidienne, éclairant et permettant de juger à la fois la démarche intérieure et le comportement objectif. Cette réalité quotidienne, Rimbaud ne nous en dit rien directement, puisqu'il n'écrivait en fait qu'à son usage personnel ou celui de quelques amis au courant de sa vie privée : il nous faut donc recourir aux renseignements biographiques recueillis plus tard pour deviner la nécessité et la valeur de cette autobiographie spirituelle. Les années 1872 et 1873 furent pour le jeune poète particulièrement orageuses : on connaît les vicissitudes, allant jusqu'au drame, de son amitié avec Paul Verlaine. En 1872, premier séjour à Londres en compagnie de ce dernier, qu'il quitte brusquement pour retourner à Charleville. En janvier 1873, deuxième et bref séjour au chevet de Verlaine malade : rejoignant alors sa famille, Rimbaud commence à écrire *Une saison en enfer.* Puis, c'est un troisième séjour en Angleterre, au cours duquel Verlaine, abandonnant Rimbaud sans ressources, gagne Bruxelles, essaie de se réconcilier avec sa femme et demande finalement à son ami de venir le retrouver. Rimbaud le rejoint en effet, mais pour lui notifier son intention de se séparer définitivement de lui : c'est alors que Verlaine le blesse d'un coup de revolver. À peine rétabli, Rimbaud retourne à Roche, auprès de sa mère et de sa sœur, s'isole et termine la rédaction d'*Une saison en enfer.*

Comme son titre l'indique, ce petit recueil relate une expérience transitoire, à peine dépassée. Il se compose de neuf parties, tenant à la fois du poème en prose et de la confession : une courte introduction « Jadis si je me souviens bien... », « Mauvais sang », « Nuit de l'Enfer », « Délires I : Vierge folle — L'Époux infernal ». « Délires II : Alchimie du verbe » (où sont insérés cinq des derniers poèmes en vers écrits par Rimbaud : « Chanson de la plus haute tour », « Larme », « Faim », « L'Éternité », « Bonne pensée du matin », « Ô saisons, ô châteaux »), « L'Impossible », « L'Éclair », « Matin », « Adieu ». On ne saurait résumer la richesse de motifs et la densité de ces pages dans lesquelles le poète semble avoir voulu restituer, dans leur unité et leur totalité, sensations, visions, sentiments, pensées, durée et présence lucide à soi-même : de là souvent une écriture hachée, tout en raccourcis et en notations contradictoires, mais qu'anime et relie un même souffle et où les silences prennent une valeur positive. À sa mère qui lui demandait la signification de ce livre, Rimbaud répondit : « J'ai voulu dire ce que ça dit, littéralement et dans tous les sens. » On peut déceler en effet dans ces textes une volonté de restituer le langage dans sa signification implicite et explicite. De l'ensemble, quelques thèmes majeurs se dégagent : innocence et culpabilité, extase des sens et extase de l'âme, domination et soumission, révolte et châtiment, et ce pressentiment d'être au centre d'un mécanisme, d'un mensonge où tout se tient, d'un dualisme auquel on n'échappe qu'en le vivant et en usant simultanément d'un terme contre l'autre pour les annihiler, pour saisir l'être et la vérité dans l'éclair d'un instant. Et du même coup le poète saisit les sources de la mentalité « artiste » : spontanéité ineffable, harmonieuse unité de la création, mais impossibilité de s'y intégrer définitivement et totalement ; inévitable et juste révolte prométhéenne et satanique, doublée d'une non moins inévitable condamnation ; aspiration chrétienne à la plénitude de l'amour humain et divin, réalisé en fait par une volonté de non-volonté, par le sacrifice et l'anéantissement, condamnant sans appel les disciples aux troubles compromissions d'une vie paralysée et aux palliatifs de la pitié ; cycle infernal enfin du sujet, de l'objet et de l'auteur, emprisonné dans sa solitude, harcelé par le temps et la nécessité de la communication, pris au piège d'un idéal impalpable et indicible s'opposant à une réalité matérielle impénétrable et muette. À travers l'expérience de ces états complémentaires, impliqués dans la culture occidentale, Rimbaud touchait à la racine des mythes, à leur interdépendance, à leur puissance d'erreur et de destruction, à leur vacuité dérisoire. Son ambition, proclamée dans la *Lettre du voyant*, d'accéder méthodiquement à la connaissance de l'« âme » par une introspection en acte, en usant de toutes les formes de connaissance immédiate, de toutes les déformations et de tous les dérèglements, il l'a menée à terme ; ou plutôt, la matière même de son expérience s'est désagrégée, transformée, au fur et à mesure de cette connaissance vécue. Désormais, il peut dire sans mentir qu'il connaît les mécanismes de la folie et de la passion, qu'il lui « sera loisible de posséder la vérité dans une âme et un corps » : ses expériences d'« alchimie verbale » l'ont mené au silence du signe ; ses expériences morales l'ont mené à la mécanique érotique ; trop sincère pour se complaire d'un « Moi » absolu dont il serait indéfiniment l'acteur et le spectateur désabusés, contredisant en quelque sorte son ancienne affirmation : « Je est un autre », il semble avoir pris conscience du fait que « Je » doit se gagner et se faire, ici et au milieu des autres.

Lorsqu'il achève *Une saison*, Rimbaud a dix-neuf ans. En quelques années il a épuisé, quant à son époque, les possibilités de la création et de la révélation poétiques, il en a découvert les dessous et désamorcé les mobiles ; cette connaissance supprime l'impératif aveugle de la vocation : on peut dire qu'il y eut alors pour lui inutilité d'écrire, puisqu'il semble n'avoir jamais accepté la littérature comme une récréation et une justification facile. Cette attitude, propre à l'adolescence, nous le concevons bien aujourd'hui, donne son âge et sa fonction à l'exercice de la poésie. C'est pourquoi *Une saison en enfer*, en dépit de sa minceur, nous apparaît comme un bilan et le point terminal d'un témoignage authentique, d'autant plus vrai qu'il est « littéraire », et qu'allant à l'extrême du raffinement mental l'auteur s'y contemple avec le sourire de l'incrédulité. L'énorme intérêt suscité par l'œuvre de Rimbaud a multiplié les exégèses et les interprétations, qui se prévalent souvent de passages séparés du contexte. Pour ne citer qu'un exemple entre mille, Paul Claudel voit dans *Une saison* la manifestation d'un « mystique à l'état sauvage » : or, il s'y manifeste, plus vraisemblablement, une prise de conscience de la sauvagerie raffinée et de l'inhumanité profonde de l'« état mystique », produit de vieille civilisation et non d'un comportement primitif. Quoi qu'il en soit, on peut dire de Rimbaud que la poésie lui a permis de se « déposséder » l'esprit et de se faire une volonté d'adulte responsable, auteur de sa destinée ; et il semble n'avoir supporté de vivre qu'en se mettant à l'épreuve et en se contredisant sans cesse pour se dépasser.

SALACROU Armand. Auteur dramatique. Né à Rouen le 9 août 1899, mort au Havre le 23 novembre 1989. Études au lycée du Havre avec Georges Limbour et Jean Dubuffet. Fervent lecteur du « catéchisme républicain », il refuse de faire sa première communion. À 15 ans, déjà amateur de tableaux, il achète son premier Dufy pour 1,25 franc ; quelques années plus tard, il achètera son premier Modigliani pour 20 francs.

En 1916, *L'Humanité* publie *L'Éternelle Chanson du gueux*, un conte suggéré par la vision misérable des émigrants en gare du Havre. L'année suivante, il fonde « Les Jeunesses socialistes » du Havre. Devenu externe des hôpitaux de Paris, il entre à *L'Humanité* et lance le concours « Quel est le plus mauvais patron de Paris ? » (réponse : Louis Renault). Il abandonne définitivement la médecine pour passer une licence de philosophie, suivie d'un diplôme d'études supérieures avec un mémoire sur Benedetto Croce (juillet 1921), puis il prépare une licence en droit. En 1925, il entre aux « Ciné-Romans » dans l'espoir de devenir assistant de cinéma. En mai 1929, il lance sa première campagne publicitaire : il imagine de faire passer la publicité, qui se trouvait alors en dernière page des journaux, en troisième page, au milieu des informations et sous la forme de faux faits divers qui sont ainsi lus de tout le monde. Le succès est fulgurant. Auteur dramatique célèbre, il est élu à l'académie Goncourt le 6 janvier 1949.

Une inquiétude qui semble témoigner d'une prise de conscience de la difficulté d'être tourmente Salacrou et accompagne toute son œuvre. « Il n'y a qu'un scandale, un seul. La vie, l'existence » (*L'Archipel Lenoir*, 1947). Spirituellement en avance sur son époque, le théâtre de Salacrou annonce les grandes intuitions d'un Queneau, d'un Sartre ou d'un Camus. *Tour à terre*, sa première pièce, est créée à « L'Œuvre » : échec monumental la veille de Noël (1924) ; il en est de même avec *Atlas-Hôtel* (1931), *Patchouli* (1930), *Les Frénétiques* (1935) mais Dullin a pris l'engagement de jouer les cinq pièces suivantes de son auteur. Il lui faut attendre *Une femme libre* (1934) pour connaître enfin le succès – que confirma l'année suivante *L'Inconnue d'Arras* puis *Un homme comme les autres*, *Histoire de rire*, *Boulevard Durand*. Son théâtre repose sur une extrême liberté. Tantôt il se joue des surprises du temps et de l'espace, quitte à risquer le succès de la pièce sur un malentendu : *La Terre est ronde*, 1938, *Les Nuits de la colère*, tantôt il effectue des ballets psychologiques (*Le Pont de l'Europe*, 1927). Une contradiction domine presque toute l'œuvre de Salacrou : le besoin de Dieu et l'impossibilité d'y croire. Il le rend responsable du destin indigne de l'homme, car Dieu, dit-il, n'est que l'« autre nom du silence terrible dans lequel nous vivons ». Les personnages recherchent alors les certitudes enfantines et l'amour : *Dieu le savait*. Mais pourront-ils donner un sens à l'existence ? *La Rue noire*, publiée en 1967, qui paraît être le testament spirituel de Salacrou, réunit en elle tous les thèmes de l'auteur. C'est la fin de la quête. Elle débouche sur le néant que le jeune homme du *Casseur d'assiettes* (1925) entrevoyait vaguement au terme de la vie. Pourtant, malgré leur mal de vivre, il y a chez les personnages de Salacrou une volonté positive, une acceptation de la vie malgré tout. Cette attitude naît probablement de la foi de l'auteur dans un déterminisme mécaniste qui, selon lui, peut donner le calme nécessaire et permettant de vivre. Ce n'est pas une solution mais un abri où l'on peut se réfugier pour supporter la naissance, la vie, la mort : un jugement amer sur l'humanité.

DANIÈLE BOONE.

RÉF. : J. Van Esch, *Armand Salacrou*, Paris, 1947. – I. Chiesa, *Théâtre de Salacrou*, Milan, 1949. – P.-H. Simon, *Théâtre et Destin, L'Athéisme anxieux d'Armand Salacrou*, Paris, 1959. – P.- L. Mignon, *Salacrou*, Paris, 1960. – C. R. Campbelle, *Salacrou et l'Existentialisme*, Paris, 1960. – A. Ubersfeld, *Salacrou*, Paris, 1969. – F. di Franco, *Le Théâtre de Salacrou*, Paris, 1970. – P. Bébon, *Salacrou*, Paris, 1971. – A. J. Fuggle, *Time and Its Manipulation. Themes and Dramatic Forms in the Works of Salacrou*, Thèse, Bristol, 1983. – D. Looseley, *A Search for Commitment. The Theatre of Salacrou*, Exeter, 1985.

Salammbô. Roman de Gustave Flaubert (1821-1880), publié le 24 novembre 1862. Comme toutes ses œuvres, celle-ci lui valut bien des fatigues et des découragements ; elle fut, elle aussi, le fruit d'une très lente élaboration. C'est sans doute dès son voyage en Orient avec Maxime Du Camp, en 1849-1851, qu'il eut l'idée d'évoquer, non plus sur un plan symbolique, mais d'une manière réaliste, les civilisations disparues. Tandis qu'il travaillait avec acharnement et fureur au manuscrit de *Madame Bovary* (*), son ami Bouilhet lui lisait des passages du poème qu'il était en train de composer : « Melaenis », sur une courtisane romaine, et Flaubert rêvait sans doute déjà à une évocation du monde antique. Il semble enfin que la rencontre dans la rue à Rome d'une jeune femme en 1851, sur qui il s'exprime, dans ses carnets, avec une vive émotion, lui ait donné l'apparence physique de Salammbô. Néanmoins, ce n'est, semble-t-il, que d'une conversation bien plus tardive avec Théophile Gautier, que devait sortir pour Flaubert la conception, dans ses grandes lignes, de l'œuvre. Aussitôt, en 1857, il se met à des lectures interminables, il prend des monceaux de notes. Enfin, en septembre, il se met à écrire, mais il se rend compte qu'il ne fera rien de bon. Il faut qu'il voie Carthage. Il y fait un bref séjour d'avril à juin 1858 ; décidément rien de ce qu'il a déjà écrit n'est valable. Dans l'exaltation, il se met au travail, aussitôt rentré à Croisset ; et il termine ses notes de voyage par l'invocation : « Que toutes les énergies de la nature que j'ai aspirées me pénètrent et qu'elles s'exhalent dans mon livre. » Ainsi, il retrouvait l'élan lyrique et mystique qui l'avait inspiré quand il écrivait *La Tentation de saint Antoine ;* mais l'expérience qu'il avait acquise avec *Madame Bovary* devait y ajouter une sévère discipline. Ce sont alors des mois et même des années de dur labeur ; Flaubert vit complètement isolé, enfermé avec son manuscrit, dormant peu, s'acharnant et ne pouvant tirer de lui, au plus fort de son travail, que dix pages en dix-huit jours. Les brouillons que nous avons conservés montrent qu'il a recommencé neuf fois, et jusqu'à quatorze fois, le même passage. De temps en temps, il faut qu'il s'interrompe, non pour se reposer, mais pour compléter sa documentation. Parfois, il est prêt à tout abandonner : « Carthage me fera crever de rage. » Enfin, en mai 1861, la rédaction du livre est assez avancée pour qu'il en donne lecture aux Goncourt. Pendant un an, il reprend tout son roman, corrige, refait, élague. En avril 1862, *Salammbô* est prêt pour l'impression. Le livre connut immédiatement un succès considérable auprès du public : deux mille volumes furent enlevés en deux jours. La presse ne fut point si enthousiaste : le genre étonnait, certains avaient l'impression que Flaubert se fourvoyait dans un genre qui n'était pas fait pour lui. Aussi, a priori, estima-t-on que son œuvre devait contenir des inexactitudes historiques, on alla jusqu'à parler de son mépris de l'histoire. Mais Flaubert répondit point par point, d'abord à Sainte- Beuve qui avait donné trois articles sur *Salammbô* au *Constitutionnel* ; puis à un Allemand devenu, par la grâce de Napoléon III, conservateur des Antiques au Louvre. Il cite les textes sur lesquels il s'est appuyé, invoque le témoignage des archéologues, expose ses propres expériences sur le site de Carthage. Naturellement, la critique ne se contenta pas d'attaquer les bases historiques du roman ; elle prétendit (Sainte-Beuve lui- même) qu'un lexique était nécessaire pour lire *Salammbô ;* on accusa aussi Flaubert d'obscénité. Mais la réaction du grand public constituait une réponse suffisante à de telles accusations : la mode était à Carthage, et même la mode féminine. D'ailleurs, il n'y eut pas que des mécontents parmi les critiques ; dans un long article, Théophile Gautier faisait justice des accusations portées à la légère contre Flaubert.

L'action se passe à Carthage après la première guerre punique. Les mercenaires, qui n'ont pas encore reçu leur solde, se sont révoltés et constituent pour la ville une grave menace. Ils reçoivent l'ordre d'aller camper à Sicca mais, comme l'argent ne vient toujours pas, ils décident de passer à l'action. Ils sont conduits par l'un d'entre eux, Mâtho le Libyen, lui-même poussé par l'esclave grec Spendius et plus encore par son amour pour la belle Salammbô, fille d'Hamilcar, qu'il a entrevue une fois et dont le charme l'a ensorcelé. Il a l'audace de pénétrer nuitamment dans Carthage et de dérober dans le temple le voile de la déesse lunaire Tânit ; puis il se glisse jusqu'aux appartements de Salammbô, se montre à la jeune fille et s'enfuit, en emportant le voile sacré auquel est suspendu, croit-on, le destin de la ville. Bientôt le Numide Narr'Havas se joint aux insurgés qui remportent divers succès. Hamilcar prend le commandement des troupes lancées contre les rebelles, mais, après la victoire du Macar, il est battu à son tour : il semble vraiment qu'avec le voile de la déesse, la chance ait aussi abandonné Carthage. C'est alors que, sur les conseils du grand sacrificateur, Salammbô, la vierge prêtresse consacrée à Tânit, décide de se rendre au camp ennemi. Ivre de joie en la revoyant, Mâtho lui restitue le précieux voile qu'elle rapporte dans le temple. Aussitôt le sort des armes devient favorable aux Carthaginois qui, avec l'aide de Narr'Havas — revenu dans leurs rangs — mettent les mercenaires en déroute. Néanmoins, la ville reste assiégée et privée d'eau, car l'ennemi a coupé l'aqueduc. Ce n'est qu'après avoir livré nombre de petits enfants en sacrifice à Moloch que la pluie consent à tomber. Hamilcar en profite pour sortir du port avec quelques navires ; les mercenaires, pris entre deux armées, sont refoulés dans une gorge profonde, encerclés à leur tour, et réduits à mourir de faim. Mâtho et les quelques hommes qui lui restent doivent se rendre ; lui, sera condamné au supplice. Quant à Salammbô, à présent fiancée à Narr'Havas, mais qui ne peut oublier l'homme qui l'avait adorée au point de lui restituer le voile de Tânit, elle meurt à la vue de ses affreuses tortures. Des quinze chapitres qui composent le livre, il faut signaler tout particulièrement pour leur richesse d'évocation, leur puissance et leur vie, les vastes fresques que sont le « Festin » (chap. I), « Hamilcar Barca » (chap. VII), l'admirable « Bataille du Macar » (chap. VIII) et l'hallucinante évocation des hommes qui meurent de faim dans « Le Défilé de la Hache » (chap. XIV). C'est une singulière et ambitieuse tentative que celle de Flaubert dans *Salammbô*. Délibérément, il choisit, parmi les peuples de l'Antiquité classique, le plus étrange, le plus barbare et un des moins connus ; et s'il le fait, c'est qu'il veut retrouver une mentalité aussi éloignée que possible de la nôtre, pour en souligner les différences sans doute, mais plus encore pour montrer la permanence des désirs humains. Le personnage de Salammbô n'est pas si loin, sans qu'il en résulte une impression d'inauthenticité, de Madame Bovary. Mais, au lieu de se laisser aller aux caprices de son imagination, Flaubert s'appuie sur des faits reconnus, non seulement dans le domaine de l'histoire, mais de la physiologie ; il s'est inspiré par exemple de la thèse de Savigny – chirurgien de la marine et survivant du naufrage de la « Méduse » –, sur les *Effets de la faim et de la soif* (1812) pour décrire le supplice des guerriers enfermés dans le défilé de la Hache. Toutefois *Salammbô* n'est pas une simple reconstitution historique, une minutieuse évocation ; c'est une œuvre vécue, écrite avec passion, tout animée d'un vaste souffle qui court d'un chapitre à l'autre jusqu'à la fin, c'est une vaste épopée, où ne manquent ni le pittoresque ni la chaleur. Est-ce une réussite complète ? L'évocation est parfois trop somptueuse, trop précise, et l'action s'en ralentit d'autant ; l'intérêt faiblit parfois devant un tel acharnement à faire revivre le réel. Enfin, tout cela ne va pas sans quelques artifices nécessaires. Sans doute, le but de Flaubert est, somme toute, ici le même que celui qu'il poursuivait en composant *Madame Bovary :* asseoir le roman sur la plus stricte réalité, le bâtir à même la vie ; mais la vie qui anime *Madame Bovary*, c'était celle qui entourait Flaubert, alors que dans *Salammbô*, il entend s'en évader. À vouloir insuffler une nouvelle vie à une civilisation morte et qui a laissé relativement peu de traces, il lui arrive de s'époumoner : il recourt alors au pittoresque pur et simple et ne nous convainc plus. Cependant, quelles que soient les faiblesses qu'imposait le genre choisi (et l'on ne peut qu'être surpris qu'il n'y en ait pas davantage), tout le livre est soulevé par une violente passion qui lui confère une présence étonnante. Y contribue naturellement le style magnifique, parfois trop recherché, ce style qui fera école parmi les parnassiens et les symbolistes.

SALMON André. Poète, romancier, critique d'art. Né à Paris le 4 octobre 1881, mort à Sanary (Var) le 12 mars 1969. Fils d'un aquafortiste, il fut dès sa jeunesse, après de simples études primaires, attiré par la révolution qui s'opérait dans le domaine des arts et des lettres et il devint notamment l'ami des peintres cubistes et de poètes, tels Apollinaire, Max Jacob et Blaise Cendrars. Il collabora à diverses revues d'avant-garde et devint un critique renommé de la peinture moderne. Mais il se fit aussi connaître au début du XXe siècle par un certain nombre de recueils de poèmes où se remarquent à la fois une inspiration populaire et une grande sensibilité, à tel point qu'on a pu le comparer à Paul-Jean Toulet. Dès 1905, il publie *Les Clefs ardentes*, puis *Féeries* (1907), *Le Calumet* (1910) – regroupés en 1926 dans *Créances* –, *Le Livre et la Bouteille* (1919). Dans ce dernier recueil, il demeure le disciple des symbolistes de sa jeunesse, mais il introduit une verve et un humour personnel et sait être avec réalisme et sensibilité le poète du quotidien. À l'après-guerre appartiennent d'autres livres de poèmes : *Peindre* (1920), *L'Âge de l'humanité* (1922), *Prikaz* (1923), qui formeront avec *Le Livre et la Bouteille* le recueil *Carreaux* (1928). Salmon ne reviendra ensuite que tardivement à la poésie avec *Les Étoiles dans l'encrier* en 1952. Parmi ses romans on peut citer : *Tendres canailles* (1921), *Le Manuscrit trouvé dans un chapeau* (1919), *Bob et Bobette en ménage* (1919), *La Négresse du Sacré-Cœur* (1920), *L'Entrepreneur d'illuminations* (1921), *Une orgie à Saint-Pétersbourg* (1925). Dans les dernières années de sa vie, André Salmon ne ralentit pas ses activités littéraires et il écrit une *Vie passionnée de Modigliani* (1957), *La Terreur noire* (1959), *Le Monocle à deux coups* (1968). Cependant, il aimait revenir à ce qui avait été toute sa vie, la peinture, non seulement à travers son poème *Peindre,* mais aussi dans d'autres ouvrages comme *L'Art vivant* (1921), *Propos d'atelier* (1922), ou évoquant des souvenirs relatifs à des peintres et aux lieux que ceux-ci avaient hantés, tels *L'Air de la butte* (1948), *Montparnasse* (1950), où il contait ses souvenirs de jeunesse et décrivait la vie misérable et exaltante des artistes au début du XXe siècle. De sa carrière de poète, de critique d'art, de romancier et surtout de témoin de premier plan il fera une grande synthèse en devenant mémorialiste avec les trois tomes de ses *Souvenirs sans fin* (1955-1956-1961).

JOËL SCHMIDT.

Salons littéraires. Ils sont un des lieux les plus caractéristiques de la vie littéraire en France du XVIIe siècle à la fin du XIXe siècle. On y débat des œuvres, on y fait et défait les réputations, on y élabore les doctrines critiques. L'archétype du salon littéraire, puisé à l'origine dans le modèle des cours italiennes de la Renaissance, est sans doute la fameuse « Chambre bleue » de l'hôtel de Rambouillet (v. ce mot), où la marquise (Catherine de Vivonne, 1588-1655) recevait des amis nobles et des écrivains. Cela fut sans doute décisif pour la présence qu'allait avoir la littérature dans la vie mondaine en France jusqu'à la fin du XVIIe siècle. C'est une ouverture au goût du monde qui fait échapper les écrivains au risque de « pédantisme », mais qui permet aussi aux mondains de cultiver leur esprit au contact des belles-lettres. Cette osmose est fondamentale pour comprendre la notion de « civilisation » à la française. De plus, le salon est le lieu où règnent les femmes, qui constituent la norme parfaite du goût et du naturel, et auxquelles il faut « plaire » avant tout. Les salons faisaient ainsi pendant aux cabinets des érudits (comme celui des frères Dupuy), préparant une coupure peu à peu irrémédiable entre les « doctes » et les mondains. Seuls un Chapelain, un Ménage ou un Vaugelas surent concilier les deux. Sous Louis XIV encore, savants, philosophes et poètes se rencontreront autour de Mme de La Sablière (ce dont témoigne La Fontaine). Développant le goût de la conversation, et parfois les curiosités plus érudites (mais sans trop d'effort), le salon littéraire permit la diffusion des idées nouvelles, notamment en philosophie. En discutant avec une marquise dans ses *Entretiens sur la pluralité des mondes* (1686), Fontenelle se fait le témoin de cet état de fait. Au XVIIIe siècle, où s'affirment plus que jamais le « goût » et la conversation à la française, le salon demeure, à l'échelle de l'Europe cette fois, un endroit privilégié (même si d'autres relais importants apparaissent, comme les cafés [v. ce mot], ou les journaux périodiques) : il suffit d'évoquer le salon de Mme de Lambert, qui reçoit entre autres Fontenelle et Houdar de La Motte dans son hôtel de Nevers, ou celui de Mme du Tencin que fréquentent Marivaux et Montesquieu. Cette tradition ne sera pas effacée par la Révolution, mais plutôt modifiée, avec, par exemple, l'affirmation d'une modernité se cristallisant autour de Mme de Staël dans le fameux groupe de Coppet (1805-1810), qui comprend Schlegel et Benjamin Constant et qui prépare l'émergence du romantisme. Celuici fut l'objet principal du fameux salon de Nodier à l'Arsenal (à partir de 1824), mais on le défendit aussi dans le salon de Mme Récamier. Mme Ancelot, dans *Un salon sous la Restauration* (1866), brosse un tableau vivant de l'effervescence intellectuelle qui régnait alors dans son salon. L'évolution des mœurs littéraires conduira les écrivains à se retrouver plus souvent dans les cafés ou entre eux : qu'on songe aux « jeudis » de Zola, ou aux « mardis » de Mallarmé dans les années 1880. Le salon littéraire ne devait toutefois guère survivre à la fin du siècle, du moins dans sa fonction dynamique et fécondante, comme en témoigne le tableau ironique que fait Proust du salon de Mme Verdurin dans *À la recherche du temps perdu* (*).

EMMANUEL BURY.

SAMAIN Albert Victor. Poète. Né le 3 avril 1858 à Lille, mort à Magny-les-Hameaux (Yvelines) le 18 août 1900. Fils d'un négociant en vins, il perd son père à quatorze ans, et doit, pour contribuer à la subsistance de sa mère et de quatre frères et sœurs, quitter le lycée avant le baccalauréat et exercer dans la banque et le courtage de très modestes emplois. Muté à Paris en 1880, il entre l'année suivante, après d'infructueux essais de journalisme, à la préfecture en qualité d'expéditionnaire, et s'installe avec les siens dans un petit logis de la rue Saint-Martin.

Ses débuts poétiques furent longtemps et, disons-le, justement obscurs ; ses premiers vers paraissent au *Scapin* et au *Chat noir*, car il vient d'adhérer, avec Louis le Cardonnel, au groupe de « Nous autres », surtout formé de petits plumitifs du genre léger. Ses premiers poèmes valables ne remontent guère en deçà de la trentaine. À la fin de 1890, il compte, aux côtés d'Alfred Vallette, Ernest Raynaud, Jules Renard, Édouard Dubus et Louis Dumur, parmi les fondateurs du *Mercure de France* (*). Ce n'est que trois ans plus tard, à l'instigation du musicien Raymond Bonheur, qu'il se décide à recueillir ses vers sous le titre : *Au jardin de l'infante*. Il doit, comme Pierre Louÿs pour *Aphrodite*, à un généreux article de François Coppée dans *Le Journal* une brusque célébrité. Couronné en 1897 par l'Académie (prix Archon-Despérouses, partagé avec Gabriel Vicaire pour ses *Émaux bressans*) lors d'une réédition augmentée du même ouvrage, Samain n'en continue pas moins de mener une existence modeste et précaire, ne faisant aucun geste, aucune démarche pour exploiter un succès que l'on pouvait alors considérer comme une consécration. Bien qu'ayant adhéré sans réserve aux doctrines du symbolisme, et portant une grande admiration aux initiateurs de ce mouvement (Mallarmé, Moréas, Verlaine, Régnier), il se range tout de suite au nombre des disciples fervents et sans doute trop fidèles des maîtres des *Fleurs du mal* (*) et des *Fêtes galantes* (*). Il ne tente point d'élargir la prosodie ; il est peut-être le seul des poètes de son temps à ne pas s'aventurer dans les sentiers du vers libre. Mais il demeure, en dépit des jugements dont une renommée longtemps démesurée sera certes responsable, l'un des plus mélodieux artistes du mètre assoupli. La caressante allure de son rythme, la distinction de son style, l'émotion un peu superficielle mais sincère de ses thèmes, sont indiscutables. Son art s'est rénové et coloré davantage avec les pièces simples et gracieuses, presque exemptes, cette fois, de mièvrerie et de préciosité, de son second volume, *Aux flancs du vase*, qu'il publie en 1898 sous le vocable d'un distique emprunté à Nikias, élégiaque de l'*Anthologie palatine*. Il s'est mis au grec sans professeur ; et dans cette œuvre très différente du ton féerique et langoureux d'abord adopté, il appartient à la plus authentique descendance d'André Chénier. Mais soudain sa santé lui donne de vives inquiétudes qui l'obligent à cesser toute activité urbaine et à accepter l'hospitalité de Bonheur à Magny-les-Hameaux. C'est là que, peu avant sa mort, il achève le drame lyrique de *Polyphème*, dont son hôte compose les chœurs. Ces deux actes (qui seront représentés à l'Œuvre en 1904) sont le chef-d'œuvre de Samain : outre leur caractère vraisemblablement autobiographique (la déception de l'amour et la hantise de la force chez un faible), ils se rapprochent souvent des harmonies raciniennes. On trouve enfin, aux pages posthumes du *Chariot d'or* (1901), les plus solides vers de ce poète inégal mais authentique, où il se prouvait déjà supérieur à sa réputation d'élégiaque dans le sillage des romantiques : plus d'une strophe puissante de *Symphonie héroïque* atteste qu'il serait devenu avec l'âge un poète de premier ordre. On lui doit enfin quatre *Contes* (1903), d'une prose fluide et vigoureuse.

Notons qu'une part de sa correspondance et de ses notes intimes met, de plus, en lumière une intelligence aiguë, un sens très délié des valeurs esthétiques, sans omettre une haute conception de son rôle de poète et une grande noblesse d'âme.

YVES-GÉRARD LE DANTEC.

RÉF. : L. Bocquet, *Albert Samain, sa vie, son œuvre*, Paris, 1905 ; *Autour d'Albert Samain*, 1933. — A. Jarry, *Albert Samain (Souvenirs)*, Paris, 1907. — G. Bonneau, *Albert Samain, poète symboliste*, Paris, 1925. — A. de Bersaucourt, *Albert Samain, son œuvre*, Paris, 1930. — M. R. Camille, *Albert Samain et son temps*, thèse de City University, New York, 1981.

SAND George (pseud. d'Amandine Lucie Aurore Dupin, baronne Dudevant). Romancière. Née à Paris le 1er juillet 1804, morte le 8 juin 1876 à Nohant (Indre). Fille d'un officier de l'armée impériale mort accidentellement en 1808, la petite Aurore, âgée de quatre ans, fut recueillie par sa grand-mère, Mme Dupin, fille naturelle du maréchal de Saxe et veuve d'un riche financier. La future romancière passa toute son enfance à la campagne, dans le domaine familial de Nohant : années riches de solitude et de rêverie, mais également de distractions passionnantes, au premier rang desquelles ces histoires racontées à la veillée dans les maisons paysannes, et dont l'écrivain devait tirer plus tard la matière d'une grande partie de son œuvre. À treize ans cependant, Aurore fut mise en pension dans un couvent parisien : ce furent d'abord plusieurs mois de désespoir et de révolte, suivie d'une crise juvénile de mysticisme et même de vagues aspirations à la vie religieuse cloîtrée. Revenue à Nohant en 1820, la jeune fille fut mariée deux ans plus tard (à dix-huit ans) à un baron Dudevant dont elle ne tarda pas à se séparer. En 1831, elle quitta Nohant, emmenant sa fille et son fils, et commença à mener à Paris une existence de bohème, scandalisant les bourgeois par la crânerie avec laquelle elle acceptait sa condition de « déclassée », par ses accoutrements masculins, par ses façons de fumer la pipe ou le cigare, et surtout par ses aventures sentimentales avec Jules Sandeau d'abord (qui lui donna son pseudonyme de Sand et l'aida à écrire son premier roman, *Rose et Blanche*), puis avec Alfred de Musset, qu'elle entraîna en 1834 en Italie et dont elle se sépara à Venise à cause du médecin Pagello — célèbre amour romantique que George Sand raconta à sa manière dans *Elle et Lui* (1859), ce qui lui valut une réplique du frère du poète, Paul de Musset, lequel publia la même année *Lui et Elle*.

Dès 1832, la baronne Dudevant, devenue George Sand, s'était fait connaître par son roman *Indiana* qu'allaient suivre *Valentine* (1832), *Lélia* (*) (1833), *Jacques* (1834), *Mauprat* (1837) ; ces œuvres reflètent la vie passionnée qui était alors celle de l'auteur ; elles ressemblent à des confessions, tout en lyrisme, souvent proches du poème en prose, et elles célèbrent intarissablement la passion sensuelle et idéaliste à la fois, mais toujours éperdue et excessive, l'amour en lutte avec les préjugés et la société. Car l'amour, pour George Sand, est synonyme de la vie : ce n'est pas seulement le bonheur, c'est un droit supérieur de la personne humaine, c'est une sorte de devoir et même un culte divin — si bien que tout devient permis, et légitime, et sacré à la passion pourvu qu'elle soit sincère. Doctrine bien romantique et qu'illustre parfaitement l'histoire tumultueuse du grand cœur de George, si rapide à aller de Sandeau à Musset, de Pagello à Michel de Bourges, de Pierre Leroux à Chopin... C'est en compagnie du grand musicien polonais qu'elle partit en 1837 faire un séjour d'hiver aux îles Baléares ; mais à partir de cette époque, sa vie privée s'assagit. Son ménage avec Chopin durera presque dix ans. Et c'est à la politique que George commence à demander un renouveau d'émotions. Vers 1836, par l'intermédiaire de Michel de Bourges, elle s'était liée avec des démocrates et des utopistes sociaux tels que Barbès et Arago, et elle s'était mise à considérer le prêtre défroqué Lamennais comme un prophète et le chef de la nouvelle religion de l'humanité dont elle allait se faire bientôt une des prêtresses. Fille spirituelle de Rousseau, influencée aussi bien par *Le Contrat social* que par *Julie ou la Nouvelle Héloïse* (*), elle entreprit, dans des livres comme *Le Compagnon du tour de France* (1840), de dresser de pathétiques actes d'accusation de la société, rendue responsable de tous les maux humains, et que l'amour seul, selon George Sand, est capable de transfigurer en nivelant les hiérarchies, en abattant les cloisons entre classes et en rétablissant la fraternité universelle. Exaltation de l'homme du peuple dans *Horace* (1841) et *Le Meunier d'Angibault* (1845), religiosité panthéiste et ésotérique dans *Consuelo* (1842), tels sont les deux traits complémentaires de son œuvre au cours de cette période. George Sand se trouvait donc parfaitement préparée en 1848 pour saluer avec enthousiasme « sa » révolution : dès la chute de Louis-Philippe elle entreprit des démarches pour lancer un journal, écrivit des *Lettres au Peuple*, et rédigea même les bulletins officiels de Ledru-Rollin, ministre de l'Intérieur. Mais, épouvantée par l'insurrection de juin, elle se hâta de « donner sa démission politique » et se réfugia à Nohant. En 1849, dans la préface de *La Petite Fadette*, elle annonça qu'elle se désintéresserait désormais des événements et qu'elle voulait « se distraire l'imagination en se reportant vers un idéal de calme, d'innocence et de rêverie ». Mais cet idéal emplissait dès 1846 une œuvre comme *La Mare au diable*, tout autant que la fameuse série des romans champêtres : *François le Champi* (*) (1848), *Les Maîtres sonneurs* (1853), etc, dans lesquels les personnages paysans sont malheureusement idéalisés à l'extrême et, en somme, assez artificiels, mais qui renferment cependant de fort belles évocations du pays berrichon.

Sous le second Empire, la scandaleuse romantique allait devenir la « bonne dame de Nohant », châtelaine généreuse et amie hospitalière d'écrivains comme Sainte-Beuve, Michelet, Théophile Gautier. Elle conseillait, dirigeait les meilleurs représentants de la nouvelle génération, Fromentin, About, Dumas fils, Flaubert. Elle cultivait son jardin, amusait ses petits-enfants avec son théâtre de marionnettes, se mêlait à la vie de ses laboureurs, apprenait à lire à leurs enfants, présidait les fêtes villageoises, répandait les aumônes — toutefois sans cesser d'écrire ! En 1854, elle fit paraître une fort longue (et fort complaisante) autobiographie intitulée *Histoire de ma vie* (*). De 1850 à sa mort, en 1876, c'est presque chaque année qu'elle livra à ses éditeurs ou à *La Revue des Deux Mondes* (*), dont elle était une des plus fidèles collaboratrices, quelque roman ou pièce de théâtre, œuvres moins connues que celles des premières périodes, mais où il reste à sauver de belles pages, particulièrement dans *Les Beaux Messieurs de Bois-Doré* (1858), dans *Jean de la Roche* (1860), dans *Le Marquis de Villemer* (1861), dans *Mademoiselle de la Quintinie* (1862) où, sous le mépris du catholicisme, transparaît une amère inquiétude religieuse. Puis vint la guerre de 1870 qui désespéra George Sand, la Commune qui la rangea définitivement dans le « parti de l'ordre » et lui fit attacher plus de prix encore à son « enracinement » paysan : mais l'écrivain ne faisait plus que se survivre à lui-même.

L'auteur de *Lélia* serait incompréhensible sans Rousseau, dont elle a dit qu'il s'était « emparé de sa jeunesse par la beauté de sa langue et la puissance de sa logique ». Le thème unique de George Sand, son idée-force : l'amour sincère considéré comme principe unique et suffisant de la vie privée, de la morale, de la politique, n'est-ce pas en effet, mais dépouillé de toutes les nuances délicates que lui avait données la sensibilité raffinée de Jean-Jacques, l'évangile de Saint-Preux et de Julie ? Dans son œuvre et plus encore dans sa vie, George Sand a été la personnification extrême des débordements du cœur romantique : elle n'a pas seulement évoqué, elle a été elle-même la passion souveraine, dressée contre toutes les institutions et toutes les disciplines intérieures. Elle n'avait rien pourtant d'une « intellectuelle », ne construisit nulle philosophie originale et ne cessa de subir l'influence des nombreux et divers personnages que successivement elle aima et délaissa. La générosité de son tempérament faisait d'elle un écrivain solide et abondant. Sa facilité régulière, physique en quelque sorte, détermine son style dont le défaut principal est de manquer de mordant, de surprise. Mais George Sand savait charpenter un roman. Elle fut surtout la première femme à nourrir toute sa production littéraire de son expérience féminine, annonçant ainsi une George Eliot et une Colette, et la puissance de son imagination peut emporter encore aujourd'hui les lecteurs de *Consuelo.* Elle demeure par ailleurs une très vivante épistolière et mémorialiste — v. *Lettres d'un voyageur* (1834) et *Correspondance* (6 vol., 1882-1894).

MICHEL MOURRE.

♦ *« L'insulte à la rectitude de la vie ne saurait aller plus loin... »* Chateaubriand. ♦ *« Le plus grand poète de prose que possèdent les Français. »* Heinrich Heine, 1854. ♦ *« Ce style coulant, cher au bourgeois... »* Baudelaire. ♦ *« Il fallait la connaître comme je l'ai connue pour savoir tout ce qu'il y avait de féminin dans le cœur de ce grand homme, l'immensité de tendresse qui se trouvait dans ce génie... Elle restera une des illustrations de la France et une gloire unique. »* Gustave Flaubert. ♦ *« Je trouve beaucoup plus vraie George Sand que Balzac... La plus grande artiste de ce temps-ci et le talent le plus vrai... Ses livres ont les promesses de l'immortalité. »* Ernest Renan. ♦ *« Une eau limpide courant sur un lit fangeux. »* Louis Veuillot. ♦ *« L'une des plus sublimes et des plus belles représentantes de la femme, une femme presque unique par la vigueur de son esprit et de son talent, un nom devenu désormais historique... Vers 1845... nous attendions d'elle quelque chose de beaucoup plus grand encore, une parole non entendue jusque-là et même je ne sais quoi de décisif et de définitif. »* Dostoïevski. ♦ *« La vache bretonne de la littérature. »* Jules Renard. ♦ *« Tout compte fait, son cœur valait mieux que sa vie, qui valait mieux que sa philosophie. »* Charles Maurras. ♦ *« J'attends toujours de voir, aux vitrines des libraires, les cinq volumes de* Consuelo *enfin dans leur gloire. Alors, j'en suis assuré, même les plus aigres feront justice à une grande âme. »* Alain.

RÉF. : P. de Musset, *Lui et Elle,* Paris, 1860. — E. Caro, *George Sand,* 1887. — W. Karénine, *George Sand, sa vie et ses œuvres,* 4 vol., Paris, 1899-1926. — C. Maurras, *Les Amants de Venise,* Paris, 1903. — John Charpentier, *George Sand,* 1936. — M.-L. Pailleron, *George Sand,* 2 vol., Paris, 1938-1942. — J. Galzy, *George Sand,* Paris, 1950. — A. Maurois, *Lélia ou la vie de George Sand,* Paris, 1952. — G. Schaeffer, *Espace et temps chez George Sand,* 1981. — M. Bossis, *À la recherche de George Sand,* thèse, Paris, 1987.

SANDEAU Léonard Sylvain Julien, dit **Jules.** Romancier. Né à Aubusson (Creuse) le 19 février 1811, mort à Paris le 24 avril 1883. Sa famille le destinant au barreau, il vint étudier le droit à Paris et fit vers 1830 la connaissance des Dudevant au Coudray et les revit souvent. On dansait, parlait littérature et faisait de la lecture à haute voix. Aurore avait fait sur lui une profonde impression et elle-même n'avait pas été insensible à son adoration. C'est chez lui qu'elle se réfugia lorsqu'elle vint à Paris en 1831. Ils se mirent à écrire pour gagner leur vie et Henri de Latouche favorisa leurs débuts en insérant leurs articles dans *Le Figaro.* Il leur conseilla ensuite d'écrire des romans. C'est ainsi que sous le pseudonyme de Jules Sand, ils publièrent *Rose et Blanche* en 1831. Ils s'étaient juré une passion éternelle et menaient une joyeuse vie de bohème, Aurore, vêtue en garçon, faisait scandale dans les cafés. Ils se séparèrent pourtant au bout de deux ans, en 1833. George Sand devait écrire l'oraison funèbre de cet amour dans ses *Lettres d'un voyageur* (1834), tandis que Sandeau fuyait en Italie pour essayer de se consoler d'une rupture qui le marqua toute sa vie. Très modeste, il mena dès lors une existence mélancolique et effacée que la mort de son fils unique, en 1870, assombrit encore davantage. Il commença par collaborer à divers recueils collectifs : *Le Salmigondis, Le Livre des conteurs,* le *Dictionnaire de la conversation,* et publia en 1834 son premier roman, *Madame de Sommerville.* Son art tout de charme et de simplicité s'efforce de décrire la vie au sein des paysages familiers de la Marche et du Berry. Son style est malheureusement très apprêté et rempli de fleurs de rhétorique qui le font dater. Ce défaut, qui fut sans doute un charme pour ses contemporains, confère à ses livres un ton désuet qui devient rapidement insupportable. Parmi ses nombreux romans, nous citerons : *Marianna* (1839), où il fait le portrait de George Sand, *Milla* (1843), *Valcreuse* (1846), *Mademoiselle de la Seiglière* (1848), *La Chasse au roman* (1849), *Le Jour sans lendemain* (1853), *La Roche aux mouettes* (1872). C'est avec *Mademoiselle de la Seiglière* qu'il connut son plus grand succès, un succès qui dura plus d'un demi-siècle, mais le livre nous paraît aujourd'hui celle de toutes les œuvres romantiques qui a le plus vieilli. Dans *Sacs et Parchemins* (1851), il a réussi par contre une peinture de son époque qui, si l'intrigue et les personnages ne présentent plus guère d'intérêt, nous attache par l'aspect social qu'il y a dépeint sans doute involontairement. Il donna au Théâtre-Français, en 1851, une adaptation de *Mademoiselle de la Seiglière.* Le reste de son œuvre théâtrale fut composé en collaboration avec Augier : *La Pierre de touche* (1853), *Ceinture dorée,* et surtout *Le Gendre de monsieur Poirier*, représenté au Gymnase en 1854. Sandeau entra à l'Académie française en 1858.

RÉF. : Barbey d'Aurevilly, *Les Œuvres et les Hommes,* Paris, 1865. — J. Claretie, *Jules Sandeau,* Paris, 1883. — E. Breuillac, *Jules Sandeau,* Niort, 1909. — M. Silver, *Jules Sandeau, l'homme et sa vie,* Paris, 1936.

SARASIN Jean-François. Né en 1614 près de Caen, mort à Pézenas en 1654, il est représentatif du courant mondain « galant ». Son père avait été avocat, puis devint conseiller à la cour des aides de Caen ; il n'était pas riche. Sarasin fit des études à Caen, puis gagna Paris en 1635 pour y chercher fortune. Il eut le soutien de la « clientèle » du duc de Longueville, gouverneur de Normandie. En 1639, il devint secrétaire du diplomate Chavigny, chargé d'une mission en Italie. En 1643, il épousa une riche vieille, mais elle obtint vite une séparation par décision de justice (1645). En 1647, il entra dans le groupe de gens de lettres que protégeait Paul de Gondi, coadjuteur de l'archevêque de Paris, et futur cardinal de Retz. À son instigation, il fit une satire d'un opéra commandité par Mazarin, ce qui lui coûta une incarcération à la Bastille. La Fronde ayant éclaté, Gondi le plaça comme secrétaire du prince de Conti, son allié dans la rébellion, avec un rôle d'espion. Finalement, Sarasin resta chez Conti, devint son pamphlétaire attitré, y remplit des fonctions d'intendant, en l'escroquant. Conti devenu gouverneur du Languedoc, il l'y suivit. Il mourut à Pézenas, où se réunissaient les états de cette province, dans des circonstances troubles : une rumeur disait que son maître, excédé, l'avait frappé, une autre que c'était un mari jaloux... On ne sait rien de sûr.

Sa biographie donne à penser que Sarasin fut un aventurier, un viveur débauché et un libre penseur. Pourtant, son œuvre littéraire se rattache au courant de la mondanité distinguée. Il avait eu, très jeune encore, ses entrées à l'Hôtel de Rambouillet, où on le jugeait comme un bel esprit et on le voyait en rival de Voiture, le bel esprit à la mode. Il se fit connaître par une préface à *L'Amour tyrannique* de Georges de Scudéry (1649), où il théorise la tragédie, et il s'affirma dans la célébrité littéraire avec une *Histoire du siège de Dunkerque,* une satire, *Dulot vaincu ou la Défaite des bouts-rimés* (contre un poète et un jeu poétique mondain en vogue) et surtout par *La Pompe funèbre de Voiture* (1649). Il montre donc à la fois un vrai savoir d'historien chroniqueur, un talent satirique, et un art de l'éloge humoristique : la description des funérailles de celui qui avait été son concurrent allie les louanges et les pièges. La forme en mêle les vers et la prose. Elle contribua à lancer le style « galant », qui estompe la distinction des genres, occulte le savoir et privilégie l'élégance en imitant l'art de la conversation dans les salons mondains, et qui fut prépondérant dans les années 1650 et 1660. Polygraphe, Sarasin laissa aussi nombre d'œuvres non imprimées, qui furent éditées posthumes : *Histoire de la conspiration de Valstein, Histoire de Clovis, Vie d'Atticus, Apologie de la morale d'Épicure...* Il parcourait donc une gamme allant de la plaisanterie aux sujets sérieux et philosophiques. Pour cette variété, pour la souplesse de son style, le groupe réuni autour de Pellisson, Ménage et Mlle de Scudéry lui donna une place de premier plan en publiant ses *Œuvres* en 1656 (nombreuses rééditions ensuite) et en le présentant comme un nouveau modèle du bien-écrire et de l'esthétique galante qui marqua tant La Fontaine, le jeune Racine et le vieux Corneille.

ALAIN VIALA.

RÉF. : L. Stecher, *Jean-François Sarasin et ses rapports avec la préciosité,* thèse, Lille III, 1978. — Pour une bibliographie complémentaire détaillée, voir *L'Esthétique galante* (sous la dir. d'A. Viala, Toulouse, SLC, 1988).

SARDOU Victorien. Auteur dramatique. Né et mort à Paris (7 juillet 1831-8 novembre 1908). Il fut d'abord étudiant en médecine, puis répétiteur de philosophie, de mathématiques et d'histoire, et débuta dans les lettres en collaborant à des revues et à des encyclopédies. Sa première pièce, *La Taverne des étudiants*, fut représentée sans succès à l'Odéon, en 1854. Cet échec le dégoûta du théâtre, mais son mariage, en 1858, avec une actrice, Mlle de Brécourt, le poussa à y revenir. Les relations de sa femme avec la célèbre Déjazet lui ouvraient d'ailleurs toutes les portes. Il présenta en 1859 *Les Premières Armes de Figaro,* qui fut très bien accueilli, et obtint son premier vrai succès l'année suivante avec *Pattes de mouche.* Dès lors ses pièces se succédèrent de saison en saison. Les théâtres se les disputaient, le monde entier les applaudissait. Sardou écrivit des comédies, des drames et des pièces à grand spectacle, son extraordinaire fécondité ne se démentant pas un instant d'un bout à l'autre de sa carrière. Né pour le théâtre, il a le sens de la vie, du mouvement et de la situation dramatique. Ses dialogues sont toujours habiles, sinon spirituels et mordants. Il sut être le plus grand amuseur de son temps en jouant sur toutes les cordes du rire ou de l'émotion. Chaque époque, il est vrai, possède son ou ses auteurs adulés par le grand public et méprisés par ceux que la facilité ne suffit pas à satisfaire. Violemment attaqué pour les emprunts dont il lui arrivait d'émailler ses pièces, il se défendit dans un livre intitulé *Mes plagiats* (1883) où il triomphe en se moquant. Parmi la quarantaine de pièces qu'il a écrites, les premières, au moins, portent de toute évidence la marque de l'influence de Scribe. Ses contemporains ont voulu voir en lui le plus grand caricaturiste de son temps ; ce jugement n'a pas perduré. Si le succès ne cessa jamais d'accompagner sa production, certaines de ses œuvres suscitèrent des réactions particulièrement vives : ce fut le cas de *Rabagas*, comédie en cinq actes, présentée le 1er février 1872 au Vaudeville. Cette pièce, bourrée d'allusions aux personnages politiques en vue et aux événements récents, provoqua de véritables tumultes dans la salle. *Daniel Rochat* (Théâtre-Français, 16 février 1880), comédie exposant les diverses théories pour et contre le mariage religieux, causa aussi un énorme scandale ; quant à *Thermidor* (drame historique, 1891) qui s'attaquait à la Révolution française, il provoqua de telles manifestations que, interdit à la suite d'une intervention à l'Assemblée, il ne put être joué qu'à Bruxelles. Parmi les innombrables succès du dramaturge on peut signaler encore : *Patrie* (1869), *La Haine* (1874), le plus vigoureux sans doute de ses drames, *Divorçons* (1880), qui traite sur le mode léger le même sujet que *Daniel Rochat, Maison neuve* (1867), *La Tosca* (1887), *Madame Sans-Gêne* (1893). Pour permettre à Sarah Bernhardt de jouer tous les registres de son talent, Sardou composa pour elle deux spectacles à grande mise en scène : *Fédora* (1882) et *Théodora* (1884).

Sardou a laissé aussi quelques romans dont *La Perle noire* (1862) et *La Maison de Robespierre* (1895). Il fut élu à l'Académie française en 1877.

BERNARD NOËL.

♦ *« Il était né homme de théâtre, et notre théâtre du* XIXe *siècle n'a pas eu de technicien qui lui fût comparable, non pas même Scribe. Habile, trop habile, trop ingénieux, trop à l'aise dans l'imbroglio pour ne pas en abuser, trop prestidigitateur... »* André Bellesort.

RÉF. : Doumic, *Portraits d'écrivains*, Paris, 1892. – J. A. Hart, *Victorien Sardou and the Sardou's Plays*, Philadelphie, 1913. – P. B. Ghensi, *Les Chefs*, Paris, 1913. – G. Mouly, *La Vie prodigieuse de V. Sardou*, Paris, 1931. – D. C. Walker, *La Technique des drames historiques de Victorien Sardou*, thèse, Paris, 1961.

SARRAUTE Nathalie. Écrivain. Née le 18 juillet 1902 à Ivanovo Voznessensk en Russie, appartenant à une famille d'intellectuels juifs. Le père, docteur ès sciences, fonde une fabrique de matières colorantes. Il se sépare de sa femme. De deux à cinq ans, l'enfant réside avec sa mère, à Paris. De six à huit ans, c'est le va-et-vient entre la France et la Russie. Toutes les études seront faites en français, mais le russe sera parlé dans la famille. La mère, remariée, retourne en Russie, mais c'est alors le père qui s'établit à Paris, où la fillette poursuit ses études à l'école communale (certificat d'études), au lycée Fénelon ensuite, où elle découvre son amour de la littérature. Elle obtient une licence d'anglais à la Sorbonne, puis va étudier l'histoire à Oxford (1921). Elle entreprend des études de lettres et de sociologie à Berlin. De retour à Paris, elle s'inscrit à la faculté de droit où elle rencontre Raymond Sarraute, qu'elle épousera deux ans plus tard. Ensemble, les jeunes avocats s'inscrivent au barreau. Ils partagent un même goût pour la littérature et les arts plastiques. C'est encouragée par son mari et soutenue par son jugement que Nathalie Sarraute, renouant avec ses rêves d'enfance et d'adolescence, écrit entre 1932 et 1937 ses premiers *Tropismes* qui contiennent en germe l'essentiel de son œuvre. Entre-temps, le couple a eu deux filles . Claude et Anne. Il en aura une troisième, Dominique. *Tropismes* paraît en 1939 et ne rencontre que peu d'écho. La guerre, l'occupation, obligent Nathalie Sarraute à se réfugier à la campagne, à prendre une fausse identité et à se faire passer pour l'institutrice de ses propres enfants. C'est alors qu'elle commence la rédaction de son premier chef-d'œuvre, *Portrait d'un inconnu*, où elle affirme sa poétique et sa vision, non tant des hommes et des choses que de leurs relations. Achevé en 1946, *Portrait d'un inconnu*, malgré une Préface de Sartre, devra attendre deux ans et essuyer plusieurs refus avant de voir le jour. Le livre passe inaperçu, mais, soutenue par l'admiration de ceux qu'elle estime, Nathalie Sarraute poursuit son œuvre : *Martereau* (1953) et, en 1956, *L'Ère du soupçon*, essai où elle formule sa critique de la littérature conventionnelle, sa conception du personnage et de l'intrigue, expose le sens et la vocation qu'elle attribue à l'écriture et qui serviront de fondement à l'école du Nouveau Roman. Elle se trouvera associée à ce groupe : Robbe-Grillet, Michel Butor, Claude Simon. En 1959, *Le Planétarium* consacre sa situation littéraire. En 1964, *Les Fruits d'or* (1963) seront couronnés par le prix international de littérature. L'œuvre se développe : *Entre la vie et la mort* (1968), *Vous les entendez ?* (1972), *Disent les imbéciles* (1976), *L'Usage de la parole* (1980), *Enfance*

(1983). Cependant Nathalie Sarraute développe les qualités dramatiques de sa vision dans des pièces radiodiffusées et qui seront ensuite portées à la scène : *Le Silence* (1967), *Le Mensonge* (1967), *Isma* (1973), *C'est beau* (1975), *Elle est là* (1978). Elle fait des conférences dans le monde entier.

L'œuvre de Nathalie Sarraute a connu un destin paradoxal. L'une des plus aiguës, aventureuses, originales et, en conséquence, difficiles de notre temps, elle est aussi l'une des mieux connues et aimées de notre littérature, puisqu'elle circule dans le monde en vingt-deux langues et plus d'un million d'exemplaires. C'est que dans la « parcelle de réalité encore inconnue » qu'elle arrachait à la nuit se trouvaient les « levains d'émancipation et de progrès » que l'écrivain souhaitait apporter. Car la critique de Nathalie Sarraute est beaucoup plus radicale qu'il n'y paraît, et sa vision, loin de se fonder sur l'observation au microscope des menus incidents, prend sa source dans une conception aussi neuve qu'englobante du psychisme humain. À travers le personnage du roman classique, c'est une conception de l'homme, avec son caractère vérifié, son autonomie et ses valeurs institutionnalisées qu'elle entend attaquer ; à travers l'intrigue romanesque, une conception de la vie et du destin ; à travers la rhétorique, une forme de la communication entre les hommes qui fait l'économie de la vérité.

S'il est vrai qu'elle a trouvé une inspiration et un soutien dans les dialogues déracinés de Dostoïevski, les analyses de Proust ou le monologue de Joyce, c'est pour une autre fin : le psychisme humain et sa vérité ne se découvrent pas dans l'homme, mais entre les hommes. Dostoïevski a dit : « Je peins l'homme dans l'homme. » On pourrait dire de Sarraute qu'elle peint l'humanité avant qu'elle ne se diversifie et ne se constitue en hommes. Sa vision a pour secret moins sa situation dans l'espace que dans le temps : il ne s'agit pas de voir de plus près, mais bien avant... avant que tel mouvement psychique ne prenne forme et ne se fige dans l'inauthenticité d'un caractère ou d'un milieu, avant qu'il ne se transforme en une pulsion identifiable. C'est pourquoi le temps des récits et romans de cet écrivain est toujours le présent, l'instant même ou plutôt ce qui le précède et va le constituer. Leurs sujets seront des psychismes collectifs : la famille (*Martereau, Le Planétarium*), un milieu (*Les Fruits d'or*), des relations archétypales (*Portrait d'un inconnu*), le conflit des sensibilités (*Vous les entendez ?*), une culture (*Disent les imbéciles*), ou bien la généralité de l'espèce, ses craintes et angoisses fondamentales (*Entre la vie et la mort*). Le personnage ? Ce sera le mouvement psychique qui naît autour d'un conflit, d'une ambition, d'un livre, et dont les ondes atteignent père et fille, oncles et neveux, ou bien ces rôles dérisoires que sont critiques à la mode ou romancières à succès ; ils vont devenir le support ou l'antenne de cette onde psychique. L'intrigue ? Ce sera l'errance de cette onde et de ce mouvement, ses progrès, sa régression et ses métamorphoses, à travers lesquels on recherchera un même but : celui d'une fusion pure et intacte avec autrui et avec le monde ; une communication parfaite par laquelle serait réalisé l'absolu que cette œuvre recherche. Les objets qui jouent ici un rôle essentiel n'ont pourtant ni poids ni densité. Obsessionnels, ils révèlent seulement l'orientation du mouvement, signalent sa progression vers l'absolu et la transparence qui se dérobent. L'admirable souplesse de la langue de Nathalie Sarraute a été forgée afin d'exprimer et de mimer cet ondoiement et cette errance psychique de l'humanité en quête de son unité, le « bouillonnement confus où nos actes et nos pensées s'élaborent », de désigner et donner à sentir cette « substance anonyme dont serait faite l'humanité entière ». Par un retournement nécessaire, cette œuvre, attachée à décrire les lymphes permanentes et créatrices d'un monde perpétuellement naissant, a découvert son langage inouï : la prose à l'état naissant. Par son originalité, par tout ce qui, dans sa critique comme dans son affirmation, la rapproche et l'éloigne des principales tendances de notre temps, freudisme, structuralisme, marxisme, cette œuvre qui se poursuit doit figurer parmi celles qui auront donné à l'époque son visage particulier.

JEAN BLOT.

♦ *« Cet art, exercé maintenant par un métier infiniment poussé, est incomparable pour faire émerger tout l'inquiet et l'inquiétant d'une vie* [...] *Sur le chemin de l'inavoué au déclaré, les brûlots en marche ont mille bons endroits pour éclater en paroles, en silence, en demi-silence, en vociférations intérieures, dans cet échange de flammèches qui harcèle de petites vies aux abois. »* André Rousseaux. ♦ *« Ici, chacun est à chaque instant un autre, partageant l'anonyme, l'universelle indécision. Chaque conscience est un ciel vide où défilent des nuées adverses* [...] *Que la conscience soit ce qu'elle n'est pas, ne soit pas ce qu'elle est, nous le savions. Mais de cette métamorphose et de cette ambiguïté nous n'avions jamais eu un spectacle aussi précis et riche... »* Gaëtan Picon. ♦ *« ... Parole discontinue, brève et infinie, parole des pensées qui ne se développent pas, et pourtant plus propre qu'aucune autre à nous faire entrer, par l'interruption et en même temps par la répétition, dans ce mouvement de l'interminable qui se fait entendre au-dessous de toute littérature. »* Maurice Blanchot.

RÉF. : M. Cranacki et Y. Belaval, *Nathalie Sarraute*, Paris, 1965. — M. Tisou-Brann, *Nathalie Sarraute ou la Recherche de l'authenticité*, Paris, 1971. — J. Ricardou, *Le Nouveau Roman*, Paris, 1973. — *Nathalie Sarraute*, « L'Arc » n° 95, Aix-en-Provence, 1984. — Simone Benmussa, *Nathalie Sarraute*, Lyon, 1987. — S. Raffy, *Sarraute romancière. Espaces intimes*, New York, 1988. — A.- J. Clayton, *Sarraute ou le Tremblement de l'écriture*, Paris, 1989.

SARTRE Jean-Paul. Écrivain et philosophe. Né et mort à Paris : 21 juin 1905-15 avril 1980. La présence de Sartre en son époque est paradoxale : il a voulu dès l'enfance devenir un grand homme et il l'est devenu alors même que, en tant qu'intellectuel, il s'efforçait de démystifier cette idée de grand homme, en laquelle il voyait la laïcisation républicaine de la figure du saint, qui marqua sa vocation. « On n'emprisonne pas Voltaire », aurait dit Charles de Gaulle au ministre qui lui demandait la permission d'inculper l'écrivain-philosophe Jean-Paul Sartre pour avoir incité les jeunes gens à l'insoumission, durant la guerre d'Algérie. Ainsi un mythe — celui qu'avait incarné Victor Hugo — a gouverné une enfance et s'est réalisé, peut-être une dernière fois, dans la France du plus illustre des Français, dont Sartre fut l'envers et le symétrique, l'opposant absolu.

Cette enfance, telle que Sartre l'a décrite dans *Les Mots* (1964), fut conformiste. Un grand-père universitaire, Charles Schweitzer, oncle d'Albert Schweitzer, un père polytechnicien et officier de marine, mort en 1906, et que l'enfant, élevé par sa mère et ses grands- parents maternels, n'a donc pas connu. La famille, divisée du point de vue confessionnel, et cultivant l'ironie (grand-père « parpaillot », grand-mère « papiste »), lui fait donner, pour la forme, une instruction religieuse catholique. En grand besoin de croire, il trouve son aliment dans « la féroce religion de l'Art » des Flaubert, Maupassant et Goncourt qui fonde l'humanisme démocratique transmis par le grand-père, Alsacien d'origine, germaniste de profession. Mais c'est par la mère, la jeune et belle veuve, vite redevenue jeune fille, toute à la dévotion de son fils, que passe le rapport érotique à la langue maternelle sans lequel ne se fabrique pas d'écrivain. Le petit « Poulou » manifeste tôt sa vocation, la famille la reconnaît, l'encourage et donne à celle-ci une crédibilité aux yeux du docile candidat à la gloire : un avenir de professeur.

Sartre suit ses classes, au lycée Henri-IV, puis, une fois sa mère remariée avec un ingénieur, au lycée de La Rochelle, où il fait l'expérience de la violence. Il se constitue des valeurs *contre* celles qu'incarne son beau-père, en qui il voit le bourgeois type. Rentré à Paris, il prépare au lycée Louis-le-Grand le concours d'entrée à l'École normale supérieure et entre dans la vie littéraire par une petite revue de jeunes, *La Revue sans titre,* où il publie ses premiers textes, en 1923. Les *Écrits de jeunesse* de Sartre, publiés après sa mort, montrent les influences conjuguées du réalisme (Flaubert, Maupassant), du postsymbolisme (Jules Laforgue), du néo-classicisme (Valéry), du psychologisme infinitésimal (Proust), de la littérature populaire et, sur le plan de la pensée, la marque de Schopenhauer et de Nietzsche. Avec une propension au grotesque et à l'agressivité contre son milieu, l'autodérision et l'inachèvement caractérisent ces débuts littéraires. Admis à Normale, il est rapidement reconnu comme un futur génie par ses condisciples (parmi lesquels Raymond Aron, Maurice Merleau-Ponty, Georges Canguilhem), et il est reçu premier à l'agrégation de philosophie en 1929. Il rencontre alors Simone de Beauvoir (reçue seconde), qui restera sa compagne toute sa vie, formant avec lui un couple étrange et libre qui a rejoint la légende du siècle. Ils se lient par un pacte de transparence, qu'elle transforme en un véritable pacte historiographique, au moyen de ses Mémoires.

L'originalité de Sartre s'affirme enfin grâce à sa découverte du roman américain (Hemingway, Faulkner, Dos Passos) et de la phénoménologie allemande (Husserl, le premier Heidegger). *La Nausée* (*) (1938), son premier roman et son chef-d'œuvre, réalise le programme que le normalien s'était fixé, unir littérature et philosophie, « être à la fois Stendhal et Spinoza ». Cette ambition consistera à occuper à la fois la place de Gide et celle de Bergson, en excellant dans les deux registres. Un tel cumul, exceptionnel, assure à Sartre une réussite éclatante en son époque : roman, théâtre, essai littéraire, traité philosophique, biographie, autobiographie, reportage, polémique politique, il couvre l'ensemble du champ culturel. Il devient, selon P. Bourdieu, « l'intellectuel total », phénomène qui ne saurait se reproduire, tant il est lié aux conditions de l'époque et, bien sûr, au génie propre de Sartre.

Une intuition elle aussi totale, ou synthétique, fonde son œuvre : l'homme est de trop, son existence est radicalement contingente, et Dieu, s'il existait, serait contingent aussi ; l'idée de Dieu est contradictoire, elle a été forgée par l'homme qui aspire à l'« être » de Dieu (être en soi-pour-soi) et se perd dans cette « passion inutile » — *L'Être et le Néant,* 1943. Le cycle romanesque *Les Chemins de la liberté* (1945-1949) met à l'épreuve du roman une conception de la liberté intriquée dans l'histoire en train de se faire, ce qui diffère à l'infini son achèvement : la liberté ne s'atteint pas, elle est toujours à l'horizon, elle est le chemin même de la libération, un risque permanent. Ainsi une morale existentielle ne peut-elle se proposer que comme recherche active, tendue de contradictions (*Cahiers pour une morale,* 1947-1948, publication posthume ; « Morale et Histoire », notes, 1964-1965, inédites), et cette morale débouche nécessairement sur une politique.

Devenu, après la Seconde Guerre mondiale et sous les réquisitions de la guerre froide et de la décolonisation, un maître à penser et un étincelant polygraphe (il quitte l'enseignement en 1944), Sartre donne le pas à la politique et à la philosophie sur la littérature. Il crée et anime la revue *Les Temps modernes* (1945), dont il rédige le manifeste (« Écrire pour son époque », 1946). Creuset d'une anthropologie synthétique, d'une littérature engagée, et d'une politique intellectuelle de gauche, la revue exerce une influence hégémonique jusqu'au début des années 60.

Pour le public international, Sartre s'est affirmé par le théâtre. *Les Mains sales* (1948), *Le Diable et le Bon Dieu* (1951), *Nekrassov*

(1955) tentent de donner une figuration mythique aux débats du temps, liés à la politique des partis communistes. *Huis clos* (*) (1944) et *Les Séquestrés d'Altona* (1959) sont peut-être ses deux pièces les plus durables. La première, d'une densité saisissante, met en scène le conflit de trois consciences de mauvaise foi, en développant cette formule devenue aussi célèbre que son auteur et aussi mal comprise : « L'enfer, c'est les autres. » La seconde, plus complexe et théâtralement moins efficace, reprend ce thème en l'élargissant à une méditation tragique sur le Mal et la responsabilité individuelle dans l'Histoire (Auschwitz et Goulag compris). Le pendant philosophique à cette pièce est constitué par la *Critique de la raison dialectique* (1958-1960), vaste confrontation de l'existentialisme avec le marxisme. L'ouvrage vise explicitement à donner à ce dernier (« horizon philosophique indépassable de notre temps ») les fondations critiques faute desquelles il resterait un scientisme au lieu de devenir une philosophie de l'action.

Dans les dernières années de sa vie, Sartre s'est détourné du marxisme et a cherché une voie pour penser à nouveaux frais la question morale qui n'a cessé de l'occuper : à quelles conditions puis-je vouloir la liberté d'autrui autant que la mienne ? Empêché d'écrire par la cécité, il dut poursuivre cette réflexion dans des dialogues. Les derniers entretiens, publiés peu avant sa mort (« L'Espoir maintenant », 1980) ont provoqué des controverses sur le thème : Sartre a-t-il ou non renié son athéisme ?

Pour deux générations au moins, il a été le contemporain capital. Ayant voulu écrire pour son époque, il acceptait de disparaître avec elle. La part politique de son œuvre recule à mesure dans l'histoire. L'originalité du philosophe, souvent contestée par ceux qui ne veulent voir en lui qu'un vulgarisateur des trois grands H allemands (Hegel, Husserl, Heidegger), reste sujet à débats, mais aucune philosophie de la liberté ne saurait ignorer Sartre. De son œuvre littéraire, *La Nausée, Le Mur* (1939), *Les Mots* et le volume IV des *Situations* (« Portraits », 1964) ont atteint de son vivant le statut de classiques de la subversion, car le réalisme critique de Sartre met en jeu un carnaval d'écritures qui exercent leurs effets par une très grande lisibilité immédiate. Cependant, ses deux œuvres intellectuellement les plus inventives, *Saint Genet, comédien et martyr* (1952) et *L'Idiot de la famille* (1971, 1972), qui se présentent comme des biographies existentielles de Jean Genet et de Gustave Flaubert, restent réservées aux « happy few » qu'il contestait.

MICHEL CONTAT.

♦ *« Tâcheron énorme, veilleur de nuit présent sur tous les fronts de l'intelligence. »* Jacques Audiberti. ♦ *« Un entrepreneur d'idées. Un conquérant, et qui n'a qu'un secret :* son manque d'émotion ; *rien ne lui coûte d'affronter quoi que ce soit, puisqu'il n'y met aucun accent. »* E. M. Cioran. ♦ *« Une adhésion à* sa vérité *bien autrement qu'en paroles. Une générosité toujours prête. La passion d'être utile. »* Henri Guillemin. ♦ *« Sartre comme* phénomène *illustra l'effort d'une époque pour se doter d'une conscience. »* François George.

RÉF. : Francis Jeanson, *Sartre par lui-même,* Paris, 1955. — Frederic Jameson, *Sartre : The Origins of a Style,* New Haven, 1961. — Gérald Prince, *Métaphysique et technique dans l'œuvre romanesque de Sartre,* Genève, 1968. — Michel Contat et Michel Rybalka, *Les Écrits de Sartre,* Paris, 1970. — François George, *Deux études sur Sartre,* Paris, 1976. — Douglas Collins, *Sartre as Biographer,* Cambridge, Londres, 1980. — Josette Pacaly, *Sartre au miroir,* Paris, 1980. — Denis Hollier, *Politique de la prose : Sartre et l'an 40,* Paris, 1982. — Anna Boschetti, *Sartre et « Les Temps modernes »,* Paris, 1985. — Jeannette Colombel, *Jean-Paul Sartre, Textes et Débats* (2 vol.), Paris, 1986.

Satire. Dans l'Antiquité latine, poème de rythme narratif, mais de développement souvent dramatique, qui réalise l'union de la raillerie mordante et de la leçon morale.

La satura (« salade », « macédoine ») fut longtemps un vocable populaire qui désignait toutes sortes de jeux dramatiques hétéroclites sur des sujets et des mètres variés. Mais l'honneur revient à Lucilius (IIe siècle av. J.-C.) de faire de ce « mélange » une forme stable. Ses *Satires,* écrites en hexamètres dactyliques, prennent pour sujet des travers qu'on ne cessera après lui de fustiger : le ridicule du luxe, des plaideurs, la goinfrerie, les erreurs de goût ou de parler. Horace recueillera son héritage, mais orientera la satire vers la forme plus dramatique d'une « causerie » morale. Juvénal met, lui, dans ses *Satires* plus d'indignation et d'amertume lorsqu'il s'en prend à la noblesse, aux débauchés, au luxe ou au fanatisme.

Le modèle de la satire latine essaimera chez les moralistes français du XVIIe siècle. Mais, dès la fin du XVIe, *La Satire Ménippée*, ouvrage collectif qui exprime l'opinion des modérés favorables à la politique d'Henri de Navarre, propose le modèle d'un style satirique politique. Au début du siècle suivant, Mathurin Régnier compose dix-sept *Satires* (1608-1613) qui, par la qualité de l'écriture et la profondeur de l'inspiration morale, resteront comme le plus parfait témoignage de l'esprit satirique de la période. C'est en 1666 et 1668 que paraissent les neuf premières *Satires* (*) de Boileau. Œuvres de jeunesse, elles nous montrent un Boileau bien éloigné de la « législation du Parnasse », tourné au contraire vers le comique et la légèreté. Les plus célèbres d'entre elles, « Un repas ridicule » ou « Les embarras de Paris », n'ont pas d'autre ambition que de dessiner, sous une forme irréprochable, des croquis pittoresques et divertissants. Plus mordante est la suite de portraits-charges présentée par la Satire X, « Sur les femmes. » Les dernières satires (1692-1705) s'élèveront à la réflexion morale. L'ensemble est semé d'attaques contre les précieux et les burlesques, qui définissent par contrecoup l'esthétique de Boileau : son souci du naturel et de la vérité dans l'art.

Après Boileau, il est difficile de parler de « satire » au sens générique du terme. C'est que l'esprit de la satire s'est répandu à travers bien des genres. Voltaire le cultive dans sa correspondance, dans les innombrables libelles, dialogues, mémoires, « petits commentaires » ou traités qu'il lance à l'assaut du clergé, des dévots, des écrivains et des journalistes d'inspiration chrétienne.

Dès le XVIIIe siècle (*Le Père Duchesne* de Hébert), mais surtout à travers certains journaux du XIXe siècle (*La Lanterne,* d'Henri Rochefort), l'esprit satirique se cristallise en France sur des thèmes politiques.

CHRISTIAN DOUMET.

Satires de Boileau. Portant sur l'homme, la correction des mœurs et la société, à partir de références à la vie parisienne, ces douze satires, en général d'une centaine d'alexandrins, composées par le poète et critique Nicolas Boileau (1636-1711) entre 1657 et 1706 avec une interruption de vingt-six ans (1668-94), suivent la tradition des *Satires* de Juvénal, d'Horace, ou de Perse, à cette nuance près qu'elles dépassent les limites du genre par des critiques « ad hominem ». Deux brefs discours en prose leur sont adjoints en 1668 (Le *Discours sur la satire,* à la suite de la Satire IX) et en 1709 (le *Discours ... pour servir d'apologie à la Satire XII sur l'équivoque*). Destinées à être lues dans les salons, leur publication (1666, 1668, 1674, 1683, 1701...) fut liée à la crainte des éditions subreptices.

La Satire I rapporte l'adieu d'un poète à Paris où règnent financiers malhonnêtes et mauvais poètes (1657, cent soixante-quatre vers). La Satire II, « À M. de Molière », reconnaît en lui, à la différence des poètes contemporains, un maître ès rime et prose (1664, cent vers). La Satire III joue de l'art du dialogue pour rapporter un repas ridicule (?, cent soixante-six vers) qui, dans une extension ultérieure (soixante-dix vers) s'achève par un débat littéraire (1665 ?). La Satire IV, « À M. l'abbé Le Vayer », retraçant une conversation entre l'abbé, Molière et Boileau, aborde le thème de l'universelle folie (1664, cent vingt-huit vers). La Satire V, « À M. le marquis de Dangeau », dénonce, en harmonie avec la politique royale, le manque de vertu de la noblesse (1664, cent quarante- quatre vers). La Satire VI, pour l'essentiel détachée de la Satire I, déplore bruits et « embarras de Paris » (cent vingt-six vers). La Satire VII est une apologie du genre satirique prenant pour cible plusieurs poètes autour de Chapelain (1663, quatre-vingt-seize vers). La Satire VIII, « À M. M**, docteur en Sorbonne », prenant à partie Claude Morel, hostile aux jansénistes, situe, sur le plan religieux, une réflexion sur l'homme (1667, trois cent huit vers). La Satire IX riposte aux attaques suscitées par l'édition de 1666, en une censure de ses propres défauts par Boileau et un portrait du parfait censeur (1667, trois cent vingt-deux vers). La Satire X, après un bref « Avis au lecteur » en prose, répond à Perrault, dans le cadre de la querelle des Anciens et des Modernes, par une attaque de l'influence croissante des femmes (1694, sept cent trente-huit vers). La Satire XI, « À M. de Valincour », historiographe du roi avec Boileau après la mort de Racine, distingue le faux honneur du vrai dont la source est en Dieu (1698, deux cent six vers). La Satire XII s'élève contre l'équivoque rhétorique où les jésuites excellent et qui génère des troubles en particulier religieux (vers 1705, interdite de publication jusqu'en 1711, trois cent quarante-six vers). Le *Discours sur la satire* répond aux reproches adressés à l'édition de 1666 par une justification des critiques « ad hominem » ; le *Discours de l'auteur pour servir d'apologie à la satire XII* (...) anticipe sur les reproches qu'on pourrait lui adresser.

Ces satires, qui dénoncent l'enflure sous toutes ses formes (du mensonge à l'ambiguïté) et dans toutes ses applications (du domaine social au domaine religieux), sont l'illustration en creux de la recherche théorique de Boileau sur l'art du bien dire pour atteindre le beau c'est-à-dire le vrai – les *Épîtres* (*) en constituent l'illustration en relief. De fait, les *Satires* ouvrent l'œuvre au moment même où Boileau commence sa réflexion poéticienne (débuts de la traduction du *Traité du sublime* de Longin), sont retravaillées et réordonnées les unes par rapport aux autres, au rythme des grandes étapes de cette réflexion qu'elles achèvent consciemment avec la Satire XII, en même temps qu'elles clôturent l'ensemble de l'œuvre : « Me voilà enfin quitte » (lettre à Brossette, 1705). L'itinéraire qu'elles tracent comporte deux étapes dont les vingt-six ans de rupture chronologique soulignent l'autonomie : les sept premières satires, courtes et « agressives » sont ordonnées à fustiger un contexte « social » et à lui fournir un remède « mondain » ; les cinq dernières (plus proches des *Épîtres*), plus longues et plus démonstratives, tendent à proposer un remède moral et ontologique. Si dans la Satire I Boileau constate que la vie sociale urbaine est marquée du sceau du mensonge financier et du mal-dire des poètes, il voit (Satire II) dans l'art poétique, art du dire juste, une voie de redressement dont Molière serait le maître. Mais la commensalité qui lui fournit l'occasion d'approfondir sa réflexion en termes d'échanges spirituels (Satire III) le conduit à porter un regard globalement pessimiste sur une vie sociale marquée de « folie » (Satire IV). Boileau accomplit alors l'aspect social de sa dénonciation selon les deux directions possibles : a) qualitative, à travers le thème de la noblesse, elle porte sur la hiérarchie des hommes (Satire V) ; b) quantitative, à travers le thème de la ville, elle a trait à la réunion des hommes (Satire VI). L'ampleur du désordre nécessite alors une radicalisation du remède : au-delà du recours poétique, une critique en forme par la satire (Satire VII). Ayant ainsi fait le tour des aspects sociaux essentiels, le poète étend sa réflexion à la nature humaine en elle-même qui s'est révélée proche, voire inférieure à l'animale, du fait de cette tendance à l'enflure et au faux (Satire VIII). La satire apparaît dès lors moins comme un outil nécessaire à la vie « sociale » qu'à la vie « morale » d'hommes (Satire IX) passibles d'attaques « ad hominem » (*Discours sur la satire*). Recherchée, la source des désordres moraux est découverte dans la nature féminine et la place des femmes dans la société (Satire X) car elles traduisent une dissociation avec la vraie finalité de la vie humaine et imposent le recours à Dieu (Satire XI). Parvenu à cette cause première, Boileau peut enfin proposer leur ultime rôle à la satire et au poète : restaurer l'ordre du monde en dénonçant et corrigeant la source de tout mal : le principe de l'ambiguïté (Satire XII).

F.N.-D.

Scansion. Dans la prosodie gréco-latine, identification de la quantité (longue ou brève) des syllabes. C'est la connaissance des règles de la prosodie qui permet la scansion. Dans le vers français, le terme ne peut guère désigner qu'une diction attentive à souligner les accents.

CHRISTIAN DOUMET.

SCARRON Paul. Poète, romancier et auteur dramatique. Né et mort à Paris (14 juillet 1610 - 7 octobre 1660). Fils d'un conseiller au parlement de Paris, d'origine piémontaise, Scarron eut une jeunesse rendue fort pénible par la présence au foyer paternel d'une belle-mère autoritaire que l'enfant n'accepta jamais. Il n'avait que sept ans lors du remariage de son père et à treize dut aller habiter chez un de ses parents à Charleville. Afin de se débarrasser de lui, son père voulut lui faire embrasser l'état ecclésiastique, ce que le jeune homme, épris des plaisirs du monde, n'accepta qu'après une longue résistance ; encore ne prit-il que le petit collet et n'entra-t-il jamais dans les ordres. Ce geste lui permettait cependant de recevoir des bénéfices ecclésiastiques et Scarron fut attaché à la personne de Charles II de Beaumanoir, évêque du Mans, ce qui ne l'empêchait pas de fréquenter la société galante du temps, dont la fameuse Marion Delorme. En 1633, Scarron dut suivre l'évêque du Mans. Deux ans plus tard, il l'accompagna à Rome et, au retour, fut nommé chanoine de sa cathédrale. Il semble que cette vie provinciale n'ait pas déplu à Scarron ; il fréquentait les comédiens de passage, telle la troupe qu'il devait illustrer dans *Le Roman comique* (*), la société de la ville aux divertissements de laquelle il participait. Ce serait à la suite d'un bal costumé donné pour le carnaval de 1638 qu'il aurait contracté la paralysie qui devait le rendre impotent. Toujours est-il qu'à partir de 1638 Scarron n'est plus qu'un pauvre corps, tordu et perclus, immobilisé dans un fauteuil, tel qu'il s'est dépeint lui-même avec une féroce et ironique minutie. Fort heureusement, ce paralytique avait le meilleur caractère du monde, il prit le parti de rire de lui-même et d'en faire rire les autres. Il en vint à rire de tout et fit école. Lorsqu'il revint à Paris en 1640, ce fut cependant pour y trouver d'autres soucis. Les outrances de langage de son père lui avaient valu l'animosité de Richelieu et la perte de sa charge. Scarron s'employait à la lui faire rendre lorsque le conseiller mourut. Son fils ne put recueillir l'héritage capté par la belle-mère malgré un procès qui dura de nombreuses années et à propos duquel Scarron écrivit, en 1652, un *Factum ou Requête ou tout ce qu'il vous plaira pour Paul Scarron, doyen des malades de France.* De sa maladie, en effet, il s'était fait un titre de gloire, s'intitulant « malade de la reine », qui lui versait une pension, son esprit fit le reste. Bien reçu partout, il tint un salon où vint ce que la Cour et la ville comptaient de beaux esprits.

Dès ses premières œuvres, Scarron mit à la mode le burlesque. Venu d'Italie, ce ton avait déjà été illustré par certaines *Satires* de Mathurin Régnier, mais il n'avait guère suscité que des œuvres isolées. Après Scarron, et surtout après la parution du *Virgile travesti* (1648-1653), le procédé entraîna chez les poètes un engouement qui dura jusque vers 1660 et se prolongea après cette date avec les œuvres de D'Assoucy, par exemple. Scarron donna d'abord de courts poèmes réunis dans le *Recueil de quelques vers burlesques* (1643), la *Suite de la première partie des Œuvres burlesques* (1647), la *Suite des Œuvres burlesques, 2e partie* (1647), la *3e partie des Œuvres burlesques* (1651) ; en 1644 paraissait un grand poème mythologique, *Le Typhon ou la Gigantomachie,* dédié à Mazarin qui l'apprécia peu, où la guerre des géants et des dieux ressemble fort à une échauffourée de portefaix sur la place de Grève ; en 1643, Scarron portait le burlesque au théâtre avec *Jodelet ou le Maître-Valet*, écrit pour l'acteur de ce nom et imité d'une pièce de Francisco de Rojas : *Où il y a injure, il n'y a pas jalousie.* Cette comédie connut un très grand succès : l'année suivante, utilisant encore les personnages traditionnels du répertoire de la farce, il donnait *Les Boutades du capitaine Matamore,* puis en 1647 *Les Trois Dorothées ou Jodelet duelliste.* C'est en 1648 que commença de paraître le début du *Virgile travesti*, qui suscita un véritable enthousiasme, sans doute parce qu'ici le burlesque s'appuyait sur la parodie d'une épopée sacro-sainte et que cette profanation apportait une impression de soulagement à ceux qui avaient été élevés dans le respect religieux de l'Antiquité classique. La parution s'en échelonna sur cinq ans. Scarron ne poursuivit pas au-delà du chant VII ; il est vrai qu'il ne manqua ni de continuateurs ni d'imitateurs. Au théâtre, son succès ne se démentait pas. Cependant *L'Héritier ridicule ou la France intéressée* (1649) dut être retiré de l'affiche, par suite des troubles de la Fronde. Scarron, d'ailleurs, participa alors à la vie politique, en composant des libelles contre son ancien protecteur, Mazarin. En

1652, il revint à la scène avec son chef-d'œuvre *Dom Japhet d'Arménie* inspiré également d'une œuvre espagnole, *Entre fous va le feu* de F. de Rojas.

La même année, Paul Scarron, âgé de quarante-deux ans, qui avait eu un instant l'idée d'émigrer en Amérique, épousait par charité une jeune protestante convertie, sans fortune et presque sans famille, Françoise d'Aubigné. Par contrat, il reconnut solennellement qu'elle lui apportait : « deux grands yeux fort mutins, un très beau corsage, une paire de belles mains et beaucoup d'esprit ». Et le notaire lui ayant demandé quel douaire il lui constituait : « L'immortalité, répondit-il, le nom des femmes des rois meurt avec elles, celui de la femme de Scarron vivra éternellement. » Ce n'est pourtant pas sous le nom de Scarron que cette jeune fille devait devenir célèbre, mais sous celui de Mme de Maintenon. Au théâtre, Scarron donna encore, en 1654, *L'Écolier de Salamanque ;* en 1655, *Le Gardien de soi-même* et *Le Marquis ridicule ou la Comtesse faite à la hâte*. Entre-temps, Scarron avait abordé un genre nouveau qui, mieux que ses vers et même que ses pièces, devait lui assurer de passer à la postérité. En 1651, il avait donné la première partie du *Roman comique*, dédiée au coadjuteur (Retz) ; la seconde partie, présentée à Madame la Surintendante (Mme Fouquet), vit le jour en 1657. *Le Roman comique* était l'histoire d'une troupe de comédiens et c'est encore au théâtre que, sans le vouloir, Scarron revint avec les *Nouvelles tragi-comiques* (1655-57) puisque l'une d'elles, *La Précaution Inutile*, fournit à Molière le sujet de *L'École des femmes* (*), une autre *Les Hypocrites*, l'idée de *Tartuffe* (*). Toutefois l'influence de Scarron sur le théâtre comique ne se limita pas à ses emprunts ; la vivacité, le naturel de ses dialogues ouvrirent la voie à Molière. Bien que déjà la vogue du burlesque commençât à passer, Scarron vivait honoré de l'estime de tous et fort entouré. C'est au milieu des siens et de ses amis en larmes qu'il s'éteignit, ayant prononcé ces dernières paroles : « Je ne vous ferai jamais autant pleurer que je vous ai fait rire. »

JACQUES BROSSE.

♦ « *Pour faire entendre ses pensées il emploie une espèce d'idiome, qui force tout le monde à s'étonner comment les vingt-quatre lettres de l'alphabet se peuvent assembler en tant de façons sans rien dire.* » Cyrano de Bergerac. ♦ « *On ne vit plus en vers que pointes triviales ; Le Parnasse parla le langage des halles.* » Boileau. ♦ « *Paul Scarron est en quelque sorte l'Homère de l'école bouffonne, celui qui résume et personnifie le genre* [...] *Sa langue charmante, colorée, naïve, forte, libre, fantasque, élégante, grotesque, se prête à tous les besoins, à tous les caprices de l'écrivain, elle est aussi propre à rendre les allures hautaines du* Cid *qu'à charbonner les murs des cabarets de chauds refrains de goinfrerie.* » Th. Gautier.

RÉF. : P. Morillot, *Scarron, étude biographique*, Paris, 1888. – G. Michaut, *Scarron, Le Roman comique,* 1941. – L. S. Koritz, *Scarron satirique,* Paris, 1977. – *Burlesque et formes parodiques,* Actes du Mans, éd. I., Landy-Houillon, M. Ménard, 1987.

Scénario. Telle une partition pour un chef d'orchestre, un scénario est pour un auteur ou un réalisateur de film le support initial auquel il se réfère. Fréquemment, le scénario se présente comme un récit chronologique des images et des sons que le filmage, cinématographique ou vidéo, va concrétiser.

En amont du scénario se situe le synopsis. Ce document est un résumé des événements de l'intrigue, de la diégèse, destiné au montagne financier de la production. En aval, la continuité dialoguée développe, séquence par séquence, l'action et les répliques de l'œuvre à venir.

Le découpage technique arrive enfin, agencé plan par plan, axe de caméra par axe de caméra, et souvent modifié au cours du tournage sur le plateau.

Le scénario est de fait polymorphe. Sa forme peut prendre un style littéraire, comme chez Philippe Garrel, ou bien une structure textuelle accompagnée de dessins, comme chez Serge Mikhaïlovitch Eisenstein.

En tant qu'outil de travail, le scénario est le point nodal, central, d'un cercle qu'il balaye du faisceau de ses informations jusqu'à la limite du rayon : un radar omniprésent dans le processus de la création.

Il existe d'autres acceptions plus récentes et plus larges du terme « scénario ». Ainsi en est-il de son emploi pour évoquer la simulation d'un risque civil ou militaire, pour définir un jeu vidéo, ou pour cerner un concept idéologique.

Le pluriel de ce mot est « scénarios ». Seule une confusion due à son origine italienne le métamorphose en « scenarii », usage qui détonne dans un champ linguistique rigoureux.

PAUL GUY.

***Scènes de la vie de bohème*.** Roman de l'écrivain Henri Murger (1822-1861), publié en 1848. Il est composé en grande partie par des articles parus en 1847 dans un journal très modeste, *Le Corsaire*, dont Murger était un des rédacteurs. Les chapitres n'ont aucun lien apparent entre eux : ils ne sont, comme d'ailleurs l'indique le titre du livre, que des « scènes de la vie de bohème », de la véritable « bohème ». En effet l'auteur, dans sa préface, s'attache à la distinguer de toutes les autres formes d'existence vagabonde qu'on a l'habitude d'appeler de ce nom. Selon Murger, la « bohème » est cette première forme d'existence à travers laquelle doivent passer tous les artistes et les hommes de lettres, avant d'atteindre une renommée bien assise. (« La bohème, c'est le stage de la vie artistique. C'est la préface de l'Académie, de l'Hôtel-Dieu ou de la morgue. ») Les personnages principaux du livre sont le musicien Schaunard, le poète Rodolphe, le peintre Marcel, le philosophe Colline : s'étant rencontrés par hasard, au moment où ils étaient tous dans une situation matérielle difficile, ils décident de constituer une sorte d'association en vue d'affronter ensemble les événements agréables ou pénibles de leur vie vagabonde. La plus grande indépendance règne entre eux ; ils disparaissent et réapparaissent chacun leur tour, au gré de leurs aventures amoureuses et de leurs ressources pécuniaires, sans que ceux qui demeurent s'en soucient le moins du monde ou que cela brise leur fraternelle camaraderie. Tous quatre semblent s'acheminer vers un certain succès : de temps à autre, leurs noms sont sur les lèvres des critiques ; on recherche leurs ouvrages. Mais le plus souvent le besoin les harcèle, les force à entreprendre des disputes humoristiques avec le propriétaire de leur logement, ou avec les créanciers les plus pressants, et parfois même les pousse à dormir à la belle étoile. Mais, dès que la chance frappe à leur porte, ils font bombance jusqu'au moment où, le dernier sou dépensé, il faut revenir à la dure réalité quotidienne. Près d'eux passent et repassent de nombreuses silhouettes féminines, compagnes fugaces d'une heure ou d'une journée de liesse. Rappelons surtout Musette, l'amie de Marcel, capable d'aimer et de trahir avec la même franchise spontanée, et Mimi, douce jeune fille pleine de tact et de délicatesse qui, après avoir quitté Rodolphe pour aller vivre avec un riche vicomte, revient mourir dans les bras de son amoureux. La froide et sombre mansarde ou le petit café de Montparnasse pendant l'hiver, et l'été, les boulevards, voilà la toile de fond de cette existence qui se déroule en marge de la société. Murger a été, lui aussi, « bohème », et par conséquent ces scènes ont un accent de sincérité qui fait tout leur prix. Ce livre, où un réalisme savoureux, baigné d'une tendre mélancolie, se colore de reflets romantiques, plut aux contemporains, et les noms de Rodolphe, Musette, Marcel et Mimi demeurèrent en quelque sorte le symbole de la jeunesse insouciante si ce n'est heureuse.

★ Ce roman de Murger devait inspirer les musiciens de la fin du XIXe siècle. L'opéra en quatre actes de Giacomo Puccini (1858-1924) est célèbre ; la musique a été composée d'après le livret des écrivains italiens Luigi Illica (1859-1919) et de Giuseppe Giacosa (1847- 1906). *La Bohème* a été jouée pour la première fois à Turin en 1896 (et à Paris, à l'Opéra- Comique, le 10 juin 1898).

SCÈVE Maurice (ou Sève). Poète. Né vers 1500, à Lyon. Mort dans cette même ville sans doute en 1562. Maurice Scève appartenait à une famille fortunée de Lyon qui tirait son origine du bourg de Chasselay, dans les Monts-d'Or lyonnais. Son père occupa à Lyon les importantes charges de juge-mage et plusieurs fois de conseiller de la ville et eut quatre enfants, le poète et trois filles – qui épousèrent des notables lyonnais. Seul fils d'un père riche et cultivé, Maurice Scève dut faire de solides études, mais nous ne possédons aucun renseignement sur cette période de sa vie. Entre 1530 et 1533, Scève, qui est sans doute déjà docteur en droit, suit des cours à l'université d'Avignon, puis il participe en 1533 aux recherches entreprises pour retrouver le tombeau de la Laure de Pétrarque, et découvre sous une pierre tombale un parchemin contenant un sonnet italien qu'il attribue à Pétrarque : les savants du temps émirent des doutes et certains d'entre eux accusèrent Scève d'être l'auteur du poème. En 1535, Scève, qui a fait la connaissance d'Étienne Dolet, fait imprimer son premier ouvrage, une traduction d'un roman de Juan de Flores composé d'après la *Fiammetta* de Boccace. Marot, de Ferrare, où il était en exil, avait lancé avec son épigramme du *Beau Tétin* une mode dont s'engouèrent les poètes lyonnais. Ce fut Maurice Scève, qui avait écrit deux *Blasons,* qui remporta la palme décernée par Renée de France. La cour de François Ier séjourna à Lyon en 1536 ; aussitôt après, le roi perdit son fils préféré, le dauphin François. Les poètes publièrent un *Recueil de vers latins et vulgaires de plusieurs poètes françois* sur cet événement ; la contribution de Scève fut *Arion. Églogue sur le trespas de monseigneur le daulphin*, plus une élégie et quatre épigrammes latines et deux huitains français. C'est au cours de la même année que Scève rencontra pour la première fois Marot, de passage à Lyon, lequel avait déjà une vive estime pour le poète lyonnais. Dans la vie de sa cité natale, Scève jouait à cette date un rôle important. C'est lui qu'on trouve comme principal responsable des fêtes de la ville au cours des années 1539 et 1540.

Il semble que ce soit en 1536 que Maurice Scève rencontra la jeune poétesse Pernette du Guillet, pour qui il s'éprit d'une passion malheureuse qui dura jusqu'à la mort de la jeune femme en 1545. C'est elle qui lui inspira les dizains de *Délie, objet de plus haute vertu* (*), dont le poète lut des fragments à ses amis dès 1536, mais qu'il ne publia que sur leur requête expresse en 1544. Dès 1543, on voit Scève se retirer plusieurs fois à la campagne et vivre dans la solitude, peut-être dans une maison de l'Île-Barbe. De ses méditations douloureuses naquit un long poème, *La Saulsaye. Églogue de la vie solitaire* (1547). En 1548, l'entrée solennelle d'Henri II amena ses concitoyens à faire de nouveau appel à lui, et ce fut Scève qui fut l'organisateur principal de ces glorieuses journées. Désormais, il n'est plus seulement une gloire locale, il a rang de poète officiel, et Sebillet, comme les membres de la Pléiade, alors à ses débuts, lui rendent hommage. On voit, jusqu'en 1555, Scève participer à la vie des cercles lyonnais ; il prend part, en 1555, à l'hommage poétique rendu à Louise Labé. Après cette date, l'on perd la trace de Scève. Certains érudits pensent qu'il s'éloigna de sa ville natale, l'un d'eux le fait se rendre en Allemagne où il serait devenu protestant ; mais ce sont là pures hypothèses qu'aucun indice ne vient étayer. En fait, on ne sait rien de Scève jusqu'à la publication du *Microcosme* (1562) et il est probable qu'il mourut en 1562. Cette disparition ne fut pas seulement physique : l'œuvre de Scève, envers qui Ronsard et Du

Bellay reconnaissaient leur dette, tomba dans l'oubli pour plusieurs siècles. Elle ne resurgira vraiment qu'au XXe siècle qui lui rendra sa véritable place : celle d'un poète mélodieux et mâle, profond et secret, d'un poète sans modèle et sans disciples, parce qu'inimitable.

JACQUES BROSSE.

♦ *« Gentil esprit, ornement de la France, / Qui d'Apollon sainctement inspiré. / T'es le premier du peuple retiré / Loin du chemin tracé par l'ignorance. »* Du Bellay. ♦ *« Scève marche en lui-même avec des pas calmes et purs* [...] *La terre que foule Scève ne porte pas le masque des fleurs et des forêts, des villes, des hommes ; elle garde nu au contact libre de l'espace son véritable épiderme d'astre* [...] *Aucun poète ne s'est avancé dans un tel silence. »* Thierry Maulnier.

RÉF. : A.-M. Schmidt, *La Poésie scientifique en France au XVIe siècle,* Paris, 1939. – V. L. Saulnier, *Le Prince de la Renaissance lyonnaise, Maurice Scève,* Paris, 1948. – E. Giudici, *M. Scève poeta della « Délie »,* 2 vol., Rome et Naples, 1965-1969. – *Dix Études sur la Délie de M. Scève,* Paris, 1987. – Hans Staub, *Le Curieux Désir,* Genève, 1967. – Jacqueline Risset, *L'Anagramme du Désir,* Rome, 1971. – Dorrane Fenoaltea, *The Design of Scève's Délie,* Lexington, 1982.

SCHÉHADÉ Georges. Écrivain libanais d'expression française. Né à Alexandrie le 2 novembre 1910, mort à Paris le 18 janvier 1989. Un des plus grands représentants de la culture libanaise, Georges Schéhadé est l'auteur d'une œuvre poétique et théâtrale, écrite en français, qui témoigne d'une sensibilité spécifiquement orientale que l'influence surréaliste lui a paradoxalement permis de développer et d'épanouir. Ce Libanais passera toute sa jeunesse à Beyrouth, où il fera ses études de droit avant d'occuper un poste aux services culturels du haut-commissariat de France, puis d'exercer les fonctions de secrétaire général de l'École supérieure des lettres. Son œuvre poétique paraît d'abord dans de minces recueils, *Poésie I* (1938), *Poésie II* (1948), *Poésie III* (1949), *L'Écolier sultan* (1950) ; un volume de *Poésies* est réuni en 1952 ; *Ródogune Sinne* avait paru en 1947. Si la richesse profonde des images et la libre fantaisie du ton y dénotent une nette parenté d'esprit avec les surréalistes, le parfum qui émane de ces pièces, leur style aéré et jamais heurté, manifestent une appartenance tout aussi réelle de leur auteur à la tradition orientale. Ces qualités se retrouvent dans son œuvre dramatique, longtemps servie par les mises en scène et l'interprétation de la compagnie Madeleine Renaud - Jean-Louis Barrault qui créa, entre autres, en 1951, la première de ces pièces dégagées de toutes les conventions habituelles du théâtre, *Monsieur Bob'le*. Un climat proche de celui des *Mamelles de Tirésias*, premier drame « surréaliste », selon le mot de son auteur, Guillaume Apollinaire, baigne cette œuvre autant que les suivantes : *La Soirée des proverbes* (1954), *Histoire de Vasco* (1956), *Le Voyage* (1961), *L'Émigré de Brisbane* (1965). Tragique et humour se concilient dans ces drames sans effort apparent. Schéhadé cherche à y appréhender la réalité humaine dans toute son ampleur. Mais il ne voit en fait dans l'Homme qu'une marionnette, un santon, que le verbiage et l'incessante agitation rendent cocasse face à l'infini du monde qui l'éclaire de poésie tout en démentant sa prétention à être. *Le Nageur d'un seul amour* (1985) a confirmé, à la fin de la vie de Schéhadé, la pureté et la force de son inspiration poétique.

PHILIPPE FAUCHER.

SCHÉLANDRE Jean de (sous le pseud. de Daniel d'Anchères). Poète et auteur dramatique. Né près de Verdun en 1584, mort au château de Saumazènes en 1635. La vie de cet intéressant représentant de la tragédie française avant Corneille est à peu près inconnue. On sait seulement que Schélandre, de famille protestante, suivit d'abord la carrière militaire, fit ses premières armes en Hollande et mourut vers la cinquantaine des suites de ses blessures. Après ses premières poésies, ses *Tableaux de pénitence* (1609) lui avaient valu la protection de Jacques Ier d'Angleterre ; il publia ensuite les deux premiers titres d'une épopée, *La Stuartide* (1611), où il fait remonter à Astrée la généalogie de ses héros. C'est à sa tragédie *Tyr et Sidon ou les Funestes Amours de Belcar et de Méliane* (1608), refondue en 1628 en une tragi-comédie en deux journées de cinq actes chacune, *Tyr et Sidon*, que Schélandre doit de n'être pas tout à fait oublié. Il semble (si on lui attribue les idées de la fameuse préface donnée en 1628 à *Tyr et Sidon* par François Ogier, ami de Guez de Balzac) avoir rêvé d'un théâtre émancipé des Anciens et, au nom de l'imitation fidèle de la vie réelle, mêlant le comique et le burlesque au tragique. La puissance de l'influence italienne et surtout de la tradition antique devait faire avorter en France cette tentative de drame shakespearien.

RÉF. : Ch. Asselineau, *Notice sur Jean de Schélandre, poète verdunois,* Alençon, 1856. – Gustave Cohen, *Écrivains français en Hollande dans la première moitié du XVIIe siècle,* Paris, 1920-1921. – J. W. Barker, éd. de *Tyr et Sidon*, Paris, 1975.

SCHLUMBERGER Jean. Romancier et essayiste. Né à Guebwiller (Haut-Rhin) le 26 mai 1877, mort à Paris le 26 octobre 1968. Côté paternel, il appartenait à une famille d'industriels austèrement travailleurs, établie en Alsace depuis la Réforme. Côté maternel, c'est également la grande bourgeoisie, mais « écrivante et lisante », dominée par la figure de l'aïeul Guizot, le ministre de Louis-Philippe. Les descendants de Guizot se retrouvaient aux vacances dans la magnifique propriété du Val-Richer, dans le Calvados.

Appartenance à deux provinces très dissemblables, protestantisme, vieille bourgeoisie, voilà les trois premières clés pour comprendre la personnalité de Jean Schlumberger. En 1892, âgé de quinze ans, il dut choisir entre la France et l'Allemagne : il quitta l'Alsace pour devenir citoyen français. Tout retour à sa terre natale lui serait interdit jusqu'en 1918. Sous l'influence d'une mère pieuse, il pensa un moment devenir pasteur, mais il s'installa vite dans un tranquille agnosticisme. Il termina ses classes au lycée Condorcet à Paris, puis passa une licence de lettres. Il commença des études d'histoire des religions avant de se consacrer à la littérature. Cependant, son second acte civique (après le départ d'Alsace), alors qu'il était à peine majeur, fut de signer la pétition pour la révision du procès de Dreyfus. Étudiant, il participa au mouvement des Universités populaires. Il posséda toujours à un haut degré le sens de la communauté et le goût du travail d'équipe. Il ne cherchait pas à se mettre en avant et ne reculait pas devant les tâches ingrates. Ainsi assura-t-il le secrétariat et l'administration de *La Nouvelle Revue française* (*) à ses débuts. Ainsi fut-il le plus efficace soutien de Copeau lors de la fondation du Vieux-Colombier. La guerre de 14-18 allait l'amener à accorder une importance de plus en plus grande à la politique française et internationale, ainsi qu'aux problèmes sociaux.

Dans ses souvenirs, *Éveils* (1950), Jean Schlumberger note qu'à vingt-cinq ans il restait « beaucoup plus intéressé par l'esprit des œuvres que par leur facture ». Il devait apprendre que les deux choses sont inséparables. Mais sa conception de l'art devait être nécessairement marquée par un certain puritanisme : recherche dans la littérature comme dans la morale, d'un « milieu juste » (à ne pas confondre, disait-il, avec le juste milieu).

Jean Schlumberger se défendait d'écrire de la littérature édifiante et, bien entendu, il n'entendait rien prouver dans ses récits et dans ses dialogues. Il ne craignait pas non plus de heurter la morale courante en présentant des caractères hors du commun, en mettant en doute la réalité de certains sentiments (et même de certains instincts : l'instinct paternel, par exemple), ou, au contraire, en reconnaissant l'honorabilité d'autres sentiments jugés parfois condamnables, ainsi l'amitié particulière de deux garçons dans *L'Histoire de quatre potiers* (1935). Toutefois, il a parlé sévèrement d'une certaine littérature complaisante aux abandons de tous ordres, une littérature qui s'attache à la peinture de personnages qui se défont.

On pourrait prétendre que deux de ses meilleurs livres nous montrent des déchéances : *Le Lion devenu vieux* (1924) et *Saint-Saturnin* (1931). Mais *Le Lion* est plutôt le récit du dernier combat d'un grand homme et *Saint-Saturnin* nous montre le courage des fils autant que les folies séniles du père. Ce qui intéresse Schlumberger et lui paraît digne d'être conté, ce sont les combats que l'on est amené à livrer contre soi-même ou le destin contraire, des conflits où s'affirment des caractères. Les monologues dramatiques des *Yeux de dix-huit ans* (1928) sont particulièrement représentatifs de sa disposition d'esprit. Et puis il y a toute son œuvre d'essayiste où il affirme ses convictions et propose des règles de vie : *Essais et dialogues* (1937). Pour être nuancées, les positions de Schlumberger n'en sont pas moins tout à fait nettes. Au demeurant, de tous ses amis, il se révéla le plus assuré et le plus courageux pendant les années de l'Occupation : il maintint ferme ses positions d'humaniste (*Jalons*, 1942 et *Nouveaux Jalons*, 1943) et, après la Libération, ne se laissa pas porter par la haine ou le ressentiment (ses articles sur les procès politiques sont un modèle de probité). Jean Schlumberger est assurément une des plus nobles figures de toute la littérature française. Il semble que Marguerite Yourcenar et Albert Camus s'inscrivent dans sa descendance. Yourcenar lui a rendu un bel hommage. Quant à Camus, qui le connaissait bien, il a repris la forme du monologue dramatique que Schlumberger avait utilisée avec maîtrise.

JACQUES BRENNER.

RÉF. : Marie Delcourt, *Jean Schlumberger, Essais critiques,* Paris, 1945. — Jean-Pierre Cap, *Techniques et thèmes dans l'œuvre romanesque de Jean Schlumberger*, Genève, 1971.

SCHWOB Marcel. Conteur, essayiste, traducteur et érudit. Né à Chaville (Hauts-de-Seine), le 23 août 1867, mort à Paris le 26 février 1905. Issu d'un milieu lettré (son père, Georges Schwob, avait collaboré au *Corsaire-Satan* et cosigné une pièce avec Jules Verne), il manifeste un goût précoce pour la littérature et les langues. En 1882, il quitte Nantes pour Paris et s'installe à la bibliothèque Mazarine où son oncle maternel, Léon Cahun, était conservateur. Ce savant orientaliste, auteur de romans d'aventures, fut son premier maître. À Louis-Le-Grand, il a pour condisciples Paul Claudel, Léon Daudet et Joseph Bédier. Il révèle bientôt une sérieuse aptitude à la philologie, assiste aux conférences de Jacob à l'École des hautes études, avant de suivre les cours de sanscrit de Ferdinand de Saussure et, au Collège de France, les cours de linguistique de Michel Bréal, qui exerce sur lui une influence formatrice déterminante. Il laisse au tiroir ses premières ébauches littéraires (un *Faust*, un *Prométhée*) et publie d'abord des études sur l'argot français (1889), envisagé non comme un langage spontané, mais comme un code rivalisant d'artifices avec l'expression littéraire la plus élaborée, et sur le jargon des coquillards (1890), comparé à la langue de Villon. Ces travaux d'érudit se doublent d'une intense activité journalistique et littéraire. Depuis 1887, il collaborait régulièrement au *Phare de la Loire*, de Georges Schwob ; à partir de 1889, ses chroniques et ses contes paraissent à *L'Écho de Paris* (dont il dirigera deux ans plus tard le supplément littéraire illustré), puis à *L'Événement*, au *Gil-Blas*, et au *Journal*. Son premier recueil de contes, *Cœur double* (1891) lui attire les éloges d'Anatole France et le rend célèbre à 24 ans. L'année suivante, dans la même veine fantastique et symboliste, inspirée de Poe, de

Gautier, de Baudelaire et de Flaubert, il publie *Le Roi au masque d'or*. Figure marquante du Paris littéraire, il est en relation avec Remy de Gourmont, Léautaud, Courteline, Edmond de Goncourt, Willy et Colette, Marguerite Moreno qu'il épousera en 1900 ; à *L'Écho de Paris*, il publie les premiers textes de Jarry, qui lui dédie *Ubu roi* (*) ; Valéry lui rendra le même hommage en tête de son *Introduction à la Méthode de Léonard de Vinci*. En politique, ses sympathies iront aux anarchistes et, bientôt, aux dreyfusards. Fin connaisseur du domaine anglo-saxon, Schwob familiarise les milieux lettrés avec les œuvres de Stevenson, de Meredith et de Marion Crawford. Il attire aussi l'attention sur les dramaturges élisabéthains et laisse de précieuses traductions de Shakespeare, Defoe et De Quincey. Ses œuvres les plus significatives restent *Le Livre de Monelle* (1894), bréviaire du nihilisme et de la compassion, et surtout *Les Vies imaginaires* (1896), son chef-d'œuvre, création borgésienne avant la lettre, où l'érudition se mêle à la fiction pour composer un artifice esthétique achevé qui rivalise avec le réel. Malade, diminué, ses dernières années sont vouées à la détresse et à l'errance : Londres, Jersey, puis, sur les traces de Stevenson, un long périple jusqu'à Samoa, dont il consigne le récit en d'admirables lettres (octobre 1901-mars 1902). Il consent encore à épingler en des pages ironiques les ridicules du Boulevard (*Mœurs des diurnales*, 1903 ; « Lettres à Valmont », publiées la même année dans *L'Écho de Paris*), mais, pour ses ultimes travaux, il revient à ses premières amours : en 1904, il inaugure un cours sur le *Grand Testament* à l'École des hautes études sociales, prépare un livre sur Villon, publie dans *Romania* et dans la *Revue des études rabelaisiennes*. Ses dernières pages, des méditations sur l'art de la lecture, paraissent dans *Vers et Prose* en mars 1905. Marcel Schwob meurt à l'âge de trente-sept ans ; il repose au cimetière Montparnasse.

JEAN PIETRI.

RÉF. : W. G. C. Byvanck, *Un Hollandais à Paris en 1891*, Paris, 1892. – Léon Daudet, *Fantômes et Vivants ; Au Temps de Judas*, Paris, 1914 et 1920. – Jules Renard, *Journal*, Paris, 1925. – Pierre Champion, *Marcel Schwob et son temps*, Paris, 1927. – Colette, *Mes Apprentissages*, Paris, 1936. – Georges Trembley, *Marcel Schwob, faussaire de la nature*, Paris, 1969.

Science-fiction. Ce genre littéraire s'est développé au XXe siècle aux États-Unis surtout, mais il est né en France et en Grande-Bretagne. Trois époques dans sa genèse : la *proto-S.-F.*, que l'on peut faire remonter à Rabelais, est déjà une littérature de conjecture rationnelle (Pierre Versins) aux confins de l'utopie, des voyages extraordinaires et de la satire sociale ; dès le XVIIe siècle, elle emprunte le truchement de l'anticipation ; la *S.-F. archaïque*, au XIXe siècle, épouse l'industrialisme et le scientisme ; la *S.-F. moderne* prend sa succession au tout début du XXe siècle. La S.-F. est constituée d'un tissu d'œuvres : une intertextualité consciente, manifeste et constante, la parcourt. L'évocation d'œuvres et d'auteurs en nombre limité fait disparaître ici des textes dont les plus oubliés recèlent parfois une importance particulière par l'originalité des idées. Il arrive que les œuvres novatrices soient fragmentaires, soit que les parties conjecturales en soient locales, soit qu'elles apparaissent comme isolées dans les publications de leurs auteurs.

Caractéristique de la proto-S.-F., Charles Sorel (1602-1674) dans *Le Berger extravagant* (1627), s'amuse, à l'occasion, de spéculations dont se souviendra Savinien Cyrano de Bergerac (1619-1655) dans son *Voyage dans la Lune* et son *Histoire comique des États et Empires du Soleil* (*). Vulgarisateur plus que romancier, Fontenelle prolonge cette conjecture dans ses *Entretiens sur la pluralité des mondes habités* (1686). Au siècle suivant, l'intérêt pour l'espace, astronomique et géographique, soutient la publication anonyme de *La Relation d'un voyage du pôle arctique au pôle antarctique par le centre du monde* (1723). Voltaire, dans *Micromégas* (*) (1750), fait écho à Fontenelle mais aussi à Newton. *Amilec* (1753), de Tiphaigne de La Roche, introduit la S.-F. biologique. Restif de La Bretonne, dans sa *Découverte australe par un homme volant* (1781), insiste sur la dimension sociale déjà présente dans *L'An 2440* (1771) de Sébastien Mercier, première anticipation au titre daté.

Après une lacune d'un demi-siècle où il faut digérer la Révolution, l'Empire et la réaction, les transformations sociales, l'explosion des sciences, des techniques et de l'industrie, la S.-F. archaïque pointe chez Balzac (*Louis Lambert,* 1832, *La Recherche de l'absolu,* 1834). Elle se cherche dans les contes de Charles Nodier, *Hurlubleu* et *Léviathan-le-long* (1833), et se trouve dans *Le Monde tel qu'il sera* (1845) d'Émile Souvestre qui explore le rapport entre science et société en l'an 3000 et dénonce le machinisme. Hugo atteint l'apothéose dans *Plein ciel,* partie du *Vingtième siècle* de *La Légende des siècles* (*) (1859).

Jules Verne (1828-1905), romancier emblématique de l'imaginaire scientifique, est le Moïse de la S.-F. : prophète de la merveille scientifique qu'il abolit dans ses épilogues et qui permet de parcourir l'espace (*De la Terre à la Lune,* 1865), les abysses (*Vingt mille lieues sous les mers,* 1869), les airs (*Robur le conquérant,* 1886), il renâcle à s'engager dans l'avenir et manque d'inventer la S.-F. moderne. Villiers de L'Isle-Adam vilipende le monde moderne dans *L'Ève future* (1880-86). Les grands vulgarisateurs se montrent plus enthousiastes, ainsi Camille Flammarion (*Récits de l'infini,* 1872 ; *Uranie,* 1889 ; *La Fin du monde,* 1894). Il est le premier à réfléchir sur le genre dans *Les Mondes imaginaires* (1865).

Trois courants se dessinent qui entretiendront jusqu'au présent des liens étroits : un courant adressé aux publics juvénile et populaire, volontiers didactique, toujours aventureux ; un courant ironique qui exprime la méfiance des élites à l'endroit de la modernité ; un courant littéraire qui cherche de nouveaux sujets. On rattachera au premier Gustave Le Rouge (*Le Naufragé de l'espace,* 1908), Maurice Leblanc (*Les Trois Yeux,* 1919) et Gaston Leroux (*La Poupée sanglante,* 1924). Le courant ironique est illustré par Albert Robida (1848-1926), auteur et dessinateur génial du *Vingtième siècle* (1882).

Mais la S.-F. moderne naît véritablement en France avec J.-H. Rosny aîné (1865-1940), né belge, qui l'établit dans la littérature avec *La Guerre du feu* (1909), roman préhistorique, *La Mort de la Terre* (1910) et *Les Navigateurs de l'infini* (1925). Maurice Renard (1875-1939) l'égale presque dans *Le Péril bleu* (1910) et de nombreuses nouvelles dont *Le Brouillard du 26 octobre* (1913).

Entre les deux guerres, des écrivains célèbres s'essaient à la fantaisie scientifique : Claude Farrère (*Les Condamnés à mort,* 1920) ; Ernest Pérochon (*Les Hommes frénétiques,* 1925) ; André Maurois dans son *Histoire du futur* (fragmentée entre 1927 et 1930) et *Le Peseur d'âmes* (1931), *La Machine à lire les pensées* (1937).

L'auteur le plus sarcastique de l'avant-guerre reste Jacques Spitz, polytechnicien surréalisant, qui conclut son œuvre avec *L'Œil du purgatoire* (1945). Le plus connu durant la guerre est René Barjavel (1911-1986) avec *Le Voyageur imprudent* et *Ravage* (1943), typique d'une France inquiétée par la science et qui hésite à entrer dans son siècle. Tendance que l'on retrouvera chez des auteurs renommés, tentés par une S.-F. moralisante : Vercors (*Les Animaux dénaturés*), Robert Merle (*Un animal doué de raison, Malevil, Les Hommes protégés*), Pierre Boulle (*La Planète des singes*), Jean Hougron (*Le Signe du chien*).

Mais, ressourcée par la découverte, vers 1950, de la riche production américaine, la S.-F. s'érige en variété indépendante, en partie sous l'influence de Boris Vian qui flirte avec le genre (*L'Herbe rouge*). Elle trouve sa dimension collective au travers de la revue *Fiction,* créée en 1953, et de collections, ambitieuses comme *Présence du Futur* (1954) et *Ailleurs et Demain* (1969), ou populaires comme *Le Rayon fantastique* (1951) et *Anticipation* (1952). Parmi les auteurs les plus notables de cette véritable renaissance, Francis Carsac (*Ceux de nulle part*), B. R. Bruss (*Et la planète sauta...*), Daniel Drode (*Surface de la planète*), Jacques Sternberg (*Futurs sans avenir*), Philippe Curval (*Cette chère humanité*), Gérard Klein (*La Loi du talion*), André Ruellan (*Tunnel*), Michel Jeury (*Le Temps incertain*), Jean-Pierre Andrevon (*Le Travail du furet*), et, entre les plus jeunes, Emmanuel Jouanne, Jacques Barberi, Francis Berthelot, Antoine Volodine et Serge Brussolo. Au Québec, une école se dessine autour d'Élisabeth Vonarburg.

Cette nouvelle S.-F. doit certes beaucoup aux traditions anglo-saxonnes, mais elle se distingue de l'américaine par une recherche formelle et plus encore par un pessimisme assez radical qui aura été le trait le plus constant de la variété française de l'espèce. On pourrait parler d'une fascination désespérée de la science et de l'avenir social, symptomatique des crises traversées par ce pays.

GERARD KLEIN.

SCRIBE Augustin Eugène. Auteur dramatique. Né et mort à Paris (24 décembre 1791-20 février 1861). Fils d'un drapier de la rue Saint-Denis, Eugène Scribe fit de brillantes études au collège Sainte-Barbe et se destinait au barreau, lorsque la mort de ses parents qui lui laissaient une certaine aisance le rendit libre de sa destinée. Il quitta immédiatement le droit pour le théâtre et commença très tôt (1811) à faire jouer ses pièces, mais ne connut tout d'abord que des insuccès. En 1815, *Une nuit de la garde nationale*, représentée au Vaudeville, reçut un accueil enthousiaste. Scribe était lancé, il ne devait plus s'arrêter. Pendant plus de quarante ans, il connut une faveur que ne vint interrompre aucun échec, aucune éclipse. Il avait trouvé son public, la nouvelle bourgeoisie, et celle-ci avait trouvé avec son œuvre le théâtre qui lui convenait. Au Vaudeville, il donne coup sur coup une série de petites pièces : *Le Nouveau Pourceaugnac, Le Solliciteur, Les Deux Précepteurs, Une visite à Bedlam, L'Ours et le Pacha, Le Mariage enfantin, Le Secrétaire et le Cuisinier.* En 1820 s'ouvre un nouveau théâtre, le Gymnase (alors théâtre de Madame), Scribe en devient le pourvoyeur attitré. Cette scène ne présentant que des pièces en un acte, il donne chaque année plusieurs petits vaudevilles qui sont de véritables mécaniques de précision : *Michel et Christine* (1820), *Avant, pendant et après, Le Vieux Garçon, Rodolphe, Le Plus Beau Jour de la vie, La Haine d'une femme, Le Mariage d'inclination, Le Mariage de raison* (1826), *Le Diplomate, Le Colonel, Une faute, La Demoiselle à marier, Le Charlatanisme, Geneviève.* Parallèlement, la Comédie-Française l'accueillait en 1822 avec *Valérie.* L'occasion était offerte à Scribe d'aborder la grande comédie et les pièces en plusieurs actes. Bien qu'il travaillât très vite et qu'il se fût adjoint un certain nombre de collaborateurs, il lui arriva souvent, pour satisfaire à des commandes, de reprendre, pour en faire des comédies, les thèmes de quelques-uns de ses vaudevilles.

Sans cesser de travailler pour le Gymnase dont il fit la fortune tout en édifiant la sienne, Scribe devait donner à la Comédie-Française *Le Mariage d'argent* (1827), *Bertrand et Raton ou l'Art de conspirer* (1833), comédie historique qui fut l'un de ses plus grands succès, *La Camaraderie* (1837), satire de l'arrivisme, *Une chaîne* (1841), où il réussissait à traiter un sujet brûlant sans se compromettre, et qui est considéré généralement comme le chef-d'œuvre du genre, *Le Verre d'eau* (1842), autre comédie historique, enfin, en collaboration avec Legouvé, *Adrienne Lecouvreur* (1849), *Les Contes de la reine de Navarre, Bataille de dames* (1851), *Les Doigts de fée* (1858). À partir de 1823, Scribe avait commencé une nouvelle carrière, celle d'auteur de livrets d'opéras et d'opéras-comiques qui furent mis en musique par Auber, Adam, Meyerbeer et Halévy. À l'Opéra, il donna *La Muette de Portici*, en collaboration avec Casimir Delavigne (1828), *Le Comte Ory* (1828), *Le Dieu et la Bayadère* (1830), *Le Philtre* (1830), *Robert le Diable* ; en collaboration avec Delavigne encore : *Gustave III* (1833), *La Juive* (1835), *Les Huguenots* (1836), *Le Prophète* (1849) ; et à l'Opéra-Comique, *La Dame blanche* (1825), *Fra Diavolo* (1830), *Le Chalet* (1834), *L'Ambassadrice* (1837), *Le Domino noir* (1841), *La Sirène* (1844), *L'Étoile du Nord* (1845).

Au total, Scribe a écrit près de trois cent cinquante vaudevilles, comédies et livrets, il n'y a donc pas lieu de s'étonner si sur cette immense production il y a du déchet. La rapidité avec laquelle Scribe écrivait ses pièces le condamnait presque toujours à se servir des procédés les plus usés du théâtre ; quiproquos et travestis abondent dans son œuvre. Si, bien souvent, ses personnages ne sont que des pantins, on ne peut refuser à leur auteur un sens certain de l'observation et une tendance louable à la satire. Scribe est toujours la prudence même : il s'est conquis un public, entend ne pas le lâcher, et pour cela lui donne ce qui lui plaît. Or le public qu'a eu Scribe ne brillait pas précisément par l'esprit ni par la tolérance. Toute audace l'eût froissé. Scribe était décidé à prendre le chemin le plus court pour parvenir à la gloire et peu lui importait, dans le fond, que cette gloire ne lui survive pas. Il fit fortune, il fut reçu à l'Académie française, jamais le succès ne lui manqua. L'édition définitive de ses *Œuvres*, publiée en 1874-1885, compte soixante-seize volumes.

JACQUES BROSSE.

RÉF. : Sainte-Beuve, *Portraits contemporains*, t. III, Paris, 1846. — V. Moulin, *Scribe et son théâtre*, Paris, 1866. — E. Legouvé, *E. Scribe*, Paris, 1874. — Brunetière, *Les Époques du théâtre*, Paris, 1892. — F. Sarcey, *Quarante ans de théâtre*, t. IV, Paris, 1900. — Lecigne, *Scribe et son théâtre*, Arras, 1906. — N. C. Arvin, *E. Scribe and the French Theatre*, Harvard, 2e éd. 1967.

SCUDÉRY Georges de. Auteur dramatique et poète. Né au Havre en 1601, mort à Paris le 14 mai 1667. Ce gentilhomme sans fortune, orphelin très jeune et recueilli avec sa sœur Madeleine par un oncle riche, semble s'être engagé très tôt (peut-être dès 1615) dans une carrière militaire qu'il abandonne en 1629, après avoir participé aux guerres du Piémont et s'y être illustré. Il ne cessera, sa vie durant, de rappeler ses faits d'armes, se disant poète par plaisir et soldat avant tout, comme d'Urfé qu'il admire. Il part donc à la conquête de Paris, désireux d'obtenir une plus haute gloire, des ressources plus abondantes, et se fait dramaturge. Il fréquente très vite les milieux littéraires et mondains, devient un habitué des cercles galants, en particulier du salon de Mme de Rambouillet où il peut côtoyer Condé, mais aussi Ménage, Chapelain, Mairet, Corneille, Scarron, Godeau. Il est de toutes les querelles littéraires et devient une figure du monde des lettres. S'il écrit quelques poèmes, il se consacre surtout au théâtre : de 1629 à 1642, il compose seize pièces (douze tragi-comédies, deux tragédies et deux comédies, dont *La Comédie des comédiens* en 1634), qui s'imposent au cours des années 1630 et qui affichent à partir de 1635 un respect des règles dont il se départira pourtant par la suite. C'est un homme qui cherche à s'adapter aux modes. Il joue en effet un rôle de premier plan dans la querelle du *Cid* (*) et se fait le champion de la nouvelle esthétique théâtrale avec ses *Observations* (1637). Son intervention est d'importance : elle permet d'élever un débat qui avait tendance à s'embourber dans des attaques personnelles et à se limiter à l'échange de mots crus. Ainsi, reprenant les idées des théoriciens de l'époque, il expose l'essentiel de ce qui sera la doctrine classique et oblige Corneille à le suivre sur ce terrain. Il acquiert alors un statut particulier puisqu'il n'est pas un docte mais avant tout un mondain ; complétant ses *Observations* par *L'Apologie du théâtre* (1639) et la Préface du roman *Ibrahim* (1641), (roman publié sous son nom et écrit en collaboration avec sa sœur), il s'impose donc comme un dramaturge qui sait se hisser jusqu'à la théorie : il devient une « autorité » avec laquelle il faut compter. Victorieux dans le domaine théorique, il rend pourtant les armes sur la scène et renonce au théâtre en 1642, l'année même de la mort de Richelieu, ce qui n'est sans doute pas un hasard. Le cardinal l'avait remarqué dès 1631, ayant apprécié l'une de ses tragi-comédies, *Le Trompeur puni*. Scudéry admirait le grand ministre : il le répétera dans de multiples poèmes, écrits jusqu'après la mort du cardinal. Assez proche de ses idées politiques, il participe à leur diffusion, indirectement avec sa première tragédie, *La Mort de César* (1636), qu'il lui dédie, plus directement avec ses *Discours politiques des rois* (1647). Richelieu, partisan des règles, ne peut qu'encourager son évolution de dramaturge et, s'il n'en fait pas l'un des « Cinq auteurs » — auxquels, passionné de théâtre, il demande d'écrire des pièces d'après ses propres canevas, éminemment politiques —, il est probable qu'il voit en lui un soutien ; il sait l'utiliser et aussi, parfois, le défendre. L'utiliser, car c'est sans doute sous son impulsion, ou au moins avec son accord bienveillant, que Scudéry se lance dans la bataille du *Cid* donnant à la toute jeune Académie française, œuvre du cardinal, l'occasion de prouver son existence et d'asseoir son autorité ; et l'on a toutes les raisons de croire que Richelieu le pousse à écrire *L'Amour* *tyrannique* (1639), une tragi-comédie qui devait se plier aux principes exposés dans les *Observations sur « Le Cid »* et reléguer au second plan *Le Cid* d'un Corneille qui, décidément, se montre bien rétif et refuse d'accepter réellement le dirigisme du ministre en matière littéraire. Le défendre, car Richelieu prend ouvertement position pour *L'Amour tyrannique*. Dès 1640, on le voit se consacrer à la traduction des *Harangues ou Discours académiques* (1642) de Manzini, qui lui inspireront ensuite *Les Femmes illustres ou les Harangues héroïques* (1642), recueil de harangues fictives attribuées à des « femmes fortes », chaque harangue étant précédée d'un argument et d'un médaillon représentant l'héroïne. Puis il a la joie d'obtenir ce qu'il réclamait depuis longtemps : un poste dans lequel il pourrait servir le roi et le royaume. En juin 1642, il est donc nommé par Louis XIII gouverneur de Notre-Dame-de-la-Garde, une forteresse censée défendre Marseille. Il prend ses fonctions en décembre 1644 et, passé l'enthousiasme initial, il se décrète « exilé » durant trois ans, puisqu'il rejoint Paris en 1647, reprend la plume, collabore à l'*Artamène ou le Grand Cyrus*, que préparait sa sœur — sans doute en donnant son avis sur la manière de conduire l'intrigue ou encore en servant de « conseiller militaire » pour certaines pages —, compose une grande partie des textes publiés en 1649 dans le recueil des *Poésies diverses*, qui comprend des textes galants mais aussi un nombre important de poèmes de circonstance, travaille également à ses *Discours politiques des rois*, qu'il dédiera à Mazarin, enfin, se consacre au *Cabinet de monsieur de Scudéry* (1646), cabinet de peinture comme on les faisait alors (« ekphrasis » ou commentaire en vers des tableaux). En 1650, il entre à l'Académie française et se marie en 1654. Georges de Scudéry a toujours déclaré vouloir servir l'État. Par la plume et par l'épée, soldat et homme de lettres, il s'inscrit dans le monde de la ville, dans le salon de Mme de Rambouillet puis, plus tard, dans celui de Mme de Clermont et, évidemment, dans celui de sa sœur, Mlle de Scudéry, en pleine période « précieuse » ; au service de la monarchie, et plus particulièrement de son ministre Richelieu, il ne cède jamais sur son admiration pour le grand homme, même après la mort du cardinal et, quitte à en pâtir, multipliant les œuvres de théâtre, les odes et les poèmes de toute sorte consacrés à sa gloire. *Le Temple, Poème à la gloire du roi, et de monseigneur le cardinal duc de Richelieu* (1633), repris dans *Le Sacrifice des muses, au grand cardinal de Richelieu* (1635), le *Discours de la France*, les *Discours politiques des rois* et les odes adressées aux arrière-petits-neveux de Richelieu sont l'image même de l'idée du service public et de l'écriture politique qu'il défend. *Ibrahim* soutient la politique ottomane de la couronne, le *Cabinet de monsieur de Scudéry* défend sa politique artistique et ses tragédies politiques (*La Mort de César*, par exemple) mettent en scène la question du pouvoir. Homme de lettres soucieux de faire œuvre de didactisme et d'information esthétique, il introduit, diffuse et défend les comportements politiques, esthétiques et moraux qu'il veut promouvoir dans *Les Femmes illustres* dédiées « aux dames » où il donne la parole à des héroïnes nobles et tragiques, et dans son *Cabinet* de peinture où, lui-même collectionneur de tableaux, il défend la primauté de la poésie sur la peinture tout en faisant l'éloge des peintres les plus connus des XVIe et XVIIe siècles. Homme de l'ancienne politique qui a fait ses adieux à la poésie (*Poésies diverses*) en 1649, Scudéry hésite pendant la Fronde et choisit de se lier au duc d'Orléans et à Condé au point qu'il se compromet suffisamment pour devoir s'exiler, après les événements et jusqu'en 1661, en Normandie. *Alaric ou Rome vaincue*, en 1654, « poème héroïque » de onze mille vers, reflète, par ses préoccupations pour les intrigues politiques, un désarroi certain. Il finit par obtenir du roi une pension de quatre cents écus, voit naître un fils en 1662, se fait, dit-on, dévot et meurt d'apoplexie en 1667, à l'âge de soixante-six ans.

CHRISTIAN BIET.

SCUDÉRY Madeleine de. Romancière et moraliste. Née au Havre en 1607, morte à Paris le 2 juin 1701. D'une famille de petite noblesse, elle avait reçu une éducation fort complète, appris les langues et fait beaucoup de lectures, quand elle rejoignit son frère, qui s'était acquis un grand renom à Paris, en 1639. Dès cette date, elle fréquenta l'hôtel de Rambouillet qu'elle connut au moment de son plus grand éclat et où elle se fit une réputation qui lui attira l'amitié de ce que la société comptait de plus distingué. En 1641, elle commençait une carrière de romancière avec *Ibrahim ou l'Illustre Bassa* signé d'ailleurs par son frère. Puis vinrent *Artamène ou le Grand Cyrus* également signé par Georges de Scudéry, vaste roman en dix tomes (au total treize mille quatre-vingt-quinze pages) qui parut de 1649 à 1653 et fut un triomphe, suivi de *Clélie, histoire romaine* (*) (1654-1660), dix tomes (plus de sept mille pages) qu'elle écrivit seule, *Almahida ou l'Esclave reine* (1660-1663) (plus de six mille pages) en huit volumes — ouvrage qui parut encore sous le nom de Georges de Scudéry —, *Célinte* (1661), *Mathilde* (1667), *La Promenade de Versailles* (1669). La plupart de ces romans qui connurent plusieurs éditions étaient des romans à clés (Victor Cousin a retrouvé celle du *Grand Cyrus* et l'a publiée), ce qui explique en partie l'engouement des contemporains. Mais il faut tenir compte également de la vogue dont jouissait tout ce qui touchait à la galanterie, et à la préciosité auxquelles Mlle de Scudéry, avec la *Carte du Tendre* dans *Clélie* devait donner un élan décisif. Lorsqu'une nouvelle génération avec Boileau et Molière parvint à imposer ses goûts, Mlle de Scudéry abandonna la carrière de romancière pour devenir une théoricienne et une moraliste. Les *Conversations sur divers sujets* (1680) suivies des *Conversations nouvelles sur divers sujets* (1684) eurent l'audience du public. Elle y traitait notamment de la politesse, de l'air galant, de la raillerie, mais aussi de la jalousie, du discernement. Mme de Maintenon demanda à Mlle de Scudéry d'en écrire de nouvelles qui devaient fournir des thèmes aux maîtresses de Saint-Cyr, ce sont les *Conversations morales* (1686) et les *Nouvelles conversations morales* (1688). Les romans de Mlle de Scudéry connurent un très grand succès à l'étranger et furent traduits en allemand, en anglais, en italien, en espagnol et en arabe.

Lorsque vint le déclin de l'Hôtel de Rambouillet, Mlle de Scudéry avait ouvert un salon littéraire que fréquentèrent La Rochefoucauld, Mme de La Fayette, Mme de Sévigné et Mme Scarron, devenue plus tard Mme de Maintenon, toutes trois très amies de Mlle de Scudéry. Il y avait aussi les réunions du samedi où se retrouvaient Conrart, Chapelain et Pellisson, jeune homme auquel Madeleine vouait une « tendre amitié ». Si sa réputation de laideur fut accréditée par Chapelain, elle choisit le célibat par goût de l'indépendance et de la liberté : elle concevait l'amour platonique, non comme une mutilation, mais comme une liberté. Longtemps le salon de Mlle Scudéry donna le ton de la casuistique amoureuse. On y organisait des tournois poétiques, des jeux, on se donnait des surnoms (Madeleine était Sapho), on rimait aussi des épitaphes ou des épithalames en l'honneur des animaux familiers de la maîtresse de maison. Lorsque la vogue des romans précieux fut passée, Mlle de Scudéry demeura très entourée. Sans préjugés, elle resta liée aux Condé tout en condamnant la « Fronderie », fut l'amie des Modernes comme des Anciens, de Ninon de Lenclos comme de Mme de Maintenon. Sa célébrité gagna l'Europe des lettres. Elle fut lauréate d'un prix d'éloquence de l'Académie française, et Louis XIV fit frapper, en 1695, une médaille à son effigie. Elle mourut à quatre-vingt-quatorze ans.

Après un long purgatoire, Madeleine de Scudéry apparaît désormais comme un écrivain important et représentatif de la littérature mondaine de son siècle.

♦ « *Elle avait une imagination prodigieuse, une mémoire excellente, un jugement exquis, une humeur vive et naturellement portée à savoir tout ce qu'elle voyait faire de curieux et tout ce qu'elle entendait dire de louable...* » Conrart.

RÉF. : A. Niderst, *Madeleine de Scudéry,* Paris, 1976. – J. M. Pelous, *Amour précieux, amour galant,* Paris, 1980. – Nicole Aronson, *Mademoiselle de Scudéry ou le Voyage au pays du Tendre,* Paris, 1986.

SCUTENAIRE Louis. Écrivain belge d'expression française. Né à Ollignies le 29 juin 1905, mort à Bruxelles en 1987. Docteur en droit, avocat, puis fonctionnaire, ses lectures l'ont amené très tôt à écrire dans une disposition d'esprit telle qu'il s'est lié avec les groupes surréalistes belges et français. Son œuvre, abondante, est dispersée en une infinité de plaquettes et de publications en revue. Il a toutefois publié en 1945 *Les Degrés* et surtout un premier volume de *Mes inscriptions*, recueil comportant des poèmes, des aphorismes, des notes de lectures et de courts récits notés au jour le jour. L'ensemble de *Mes inscriptions* devait comprendre finalement cinq volumes. Scutenaire est aussi l'auteur des *Vacances d'un enfant* (1947) et de *Les Jours dangereux les nuits noires* (1972). Ami du peintre René Magritte, il a réuni en volume les textes qu'il lui a consacrés tout au long de leur commune activité dans *Avec Magritte* (1977). Citons encore de lui *Le Bâton de Jean de Milan (1918-1924)* (1970), *Tantra de Juan Bellarmin* (1965) et *Le Fusil du boucher* (1974).

SEBILLET Thomas. Humaniste et traducteur. Né en 1512, mort en 1589. Ses études de droit achevées, Sebillet devint avocat au parlement de Paris. Il se fit connaître par son *Art poétique françois, pour l'instruction des jeunes studieus, et encore peu avancez en la poésie françoise*, paru d'abord sous le couvert de l'anonymat, en 1548, soit un an avant la parution de la *Défense et Illustration de la langue française* (*) de Du Bellay. Sebillet y tirait les leçons de la première renaissance poétique qui s'était faite dans la première moitié du siècle autour de Marot, il y recommandait déjà l'étude et l'imitation des Anciens. Cependant, pris à partie par Joachim du Bellay dans la *Défense*, Sebillet lui répliqua assez vivement dans l'épître au lecteur qui précède la traduction de l'*Iphigénie d'Euripide, tournée du grec au françois*, parue en 1549. Il faut ajouter que Du Bellay loua fort l'*Iphigénie* et dédia à Sebillet l'un des sonnets des *Regrets* (*). Bien en cour, Sebillet participa à l'organisation de l'Entrée royale de juin 1549. Il fut surtout un traducteur, comme en témoigne le reste de son œuvre : traductions de l'*Antéros* de Fulgose et du *Dialogue contre les folles amours* de Fregoso sous le titre de *Contramours* (1581) ; des *Advis civils* de Francesco Lottini (1584) ; de la *Vie d'Apollonius de Tyane* de Philostrate. Toutefois le grand succès de Sebillet fut son *Art poétique,* qui connut sept éditions dans le cours du XVIe siècle.

RÉF. : F. Gaiffe, introduction à l'édition de l'*Art poétique françois*, Paris, 1910 (rééd. mise à jour, Paris, 1988). – Hendrik de Noo, *Thomas Sebillet et son Art poétique françois rapproché de la Deffence et Illustration* [...] *de Du Bellay*, Utrecht, 1927. – V. L. Saulnier, « Sebillet, Du Bellay, Ronsard : L'Entrée de Henri II à Paris et la révolution poétique de 1550 », dans *Les Fêtes de la Renaissance*, Paris, 1956, p. 31-59.

SEDAINE Michel Jean. Auteur dramatique. Né et mort à Paris (4 juillet 1719-17 mai 1797). Fils d'un architecte peu fortuné, Sedaine eut une jeunesse des plus difficile ; ayant perdu son père alors qu'il était encore tout jeune, il dut se faire tailleur de pierre pour assurer l'existence de sa mère et de ses trois frères. Un architecte, ayant remarqué qu'il occupait ses maigres loisirs à acquérir des bribes d'instruction, s'intéressa à lui et, mieux payé, mais toujours autodidacte, il put commencer à rêver d'une carrière littéraire. Une *Épître à mon habit*, publiée en 1745, attire l'attention sur lui, et il donne au cours des années suivantes diverses petites œuvres, des fables, des pastorales, des chansons, recueillies en 1752 sous le titre de *Pièces fugitives.* Quatre ans plus tard, paraît un poème didactique en quatre chants, *Le Vaudeville*, qui prouve combien Sedaine était déjà préoccupé par le théâtre. Le premier il sut reconnaître, en s'inspirant des tentatives précédentes de la comédie italienne et de la foire, toutes les riches possibilités dramatiques de la comédie en musique, et on peut le considérer comme le véritable fondateur de l'opéra-comique. Il fit ses débuts dans ce genre, le 19 août 1756, au Théâtre de la foire Saint-Laurent, avec une œuvre adaptée de l'anglais, *Le Diable à quatre ou la Double Métamorphose*, agrémentée d'ariettes de Philidor. Dans *Blaise le savetier*, donné en 1759 au Théâtre de la foire Saint-Germain, la partie musicale, due également à Philidor, est beaucoup plus importante : le genre est désormais fixé. En collaboration avec Philidor, Sedaine fera encore représenter *L'Huître et les Plaideurs* (1759), *Le Jardinier et son seigneur* (1761), *Ernelinde, princesse de Norvège* (1767) — le chef-d'œuvre du musicien — et *Les Femmes vengées* (1775) ; avec Monsigny, *On ne s'avise jamais de tout* (1761), *Le Roi et le Fermier* (1762), *Rose et Colas* (1763), *Le Déserteur* (1769), *Félix ou l'Enfant trouvé* (1777) et un véritable « opéra-ballet héroïque » joué à l'Académie royale de musique, *Aline, reine de Golconde* (1766) ; avec Grétry, ce furent *Le Magnifique* (1773), *Aucassin et Nicolette* (1779), *Richard Cœur de Lion* (1784), *Amphytrion* (1788), qui n'eut aucun succès, et *Guillaume Tell* (1791), qui fut au contraire triomphal. Entre-temps, Sedaine avait donné au Théâtre-Français son *Philosophe sans le savoir* (1765), œuvre typique du genre de la « comédie sérieuse » mis à la mode par La Chaussée et Marivaux, et qui reste un intéressant tableau de mœurs du XVIIIe siècle, et *La Gageure imprévue* (1768). Mais c'est avant tout à ses succès comme librettiste d'opéras- comiques que Sedaine dut d'être accueilli à l'Académie française en 1768. En 1796, lors de la création de l'Institut, il fut oublié, ce qui plongea les derniers mois de sa vie dans une grande amertume.

JACQUES PATRY.

♦ *« Je ne connais personne qui entende le théâtre mieux que vous et qui fasse parler ses acteurs avec plus de naturel. »* Voltaire, lettre à Sedaine, 1769.

RÉF. : M. Gisi, *Sedaine, sein Leben und seine Werke*, Berlin, 1883. — L. Günther, *L'Œuvre dramatique de Sedaine*, Paris, 1908. — F. Gaiffe, *Le Drame en France au XVIIIe siècle*, Paris, 1910. — L. P. Arnoldson, *Sedaine et les musiciens de son temps*, thèse, Paris, 1934.

SEGALEN Victor. Poète, romancier, essayiste. Né à Brest le 14 janvier 1878, mort au Huelgoat (Finistère) le 21 mai 1919. Après de solides études classiques chez les jésuites, il fit des études médicales à Brest, Rennes et Bordeaux, et devint médecin de la marine avec une thèse soutenue le 29 janvier 1902 et intitulée *Les Cliniciens ès lettres* dans laquelle il étudiait la documentation médicale de certains écrivains naturalistes. Il en détacha un chapitre : « Les Synesthésies et l'école symboliste », vigoureux plaidoyer en faveur des symbolistes publié dans le *Mercure de France* (*) d'avril 1902. La rencontre de Huysmans dès 1899 et plus tard de Remy de Gourmont lui donne accès au milieu du *Mercure de France.* Son premier poste sur l'aviso « La Durance » à Tahiti à partir de janvier 1903 le convainc d'emblée que la civilisation polynésienne est menacée de mort par l'influence européenne et par l'insouciance des populations. La vue des tableaux et la lecture des écrits de Gauguin mort à Hiva-Oa depuis peu lui font comprendre par l'intérieur ce qu'avait été autrefois la vie sensuelle et joyeuse des Polynésiens. Un article publié dans le *Mercure de France* en juin 1904 « Gauguin dans son dernier décor » et, beaucoup plus tard, un *Hommage à Gauguin* en 1918 témoignent de son admiration. De retour en France en février 1905, il publia en 1907 *Les Immémoriaux* sous le pseudonyme de Max-Anély. Dans ce livre soigneusement documenté, sous une affabulation romanesque et poétique, Segalen montrait comment sous la pression politique et religieuse les Polynésiens, « Les Immémoriaux », en étaient venus à oublier leurs paroles sacrées, leurs dieux, leur sensuelle recherche du bonheur. C'était pour Segalen le moyen de mettre en pratique ses idées sur l'exotisme en prêtant la parole à des récitants maoris, en feignant d'adopter leurs valeurs. Il se montrait en cela un précurseur des ethnologues modernes. Le livre, de plus, est l'expression de sa violente révolte contre sa rigoureuse éducation morale et religieuse. Elle avait commencé dès Bordeaux, mais les facilités tahitiennes, l'influence de Nietzsche et l'exemple de Gauguin rangé parmi les « hors-la-loi » avec Rimbaud, sur qui il publie une étude, « Le Double Rimbaud », l'avaient singulièrement renforcée.

Sa passion pour la musique, très cultivée dans sa famille, son admiration pour Debussy le conduisent à faire la connaissance du Maître à qui il propose en vain le livret de *Siddhartha* inspiré par le bouddhisme. Cependant Debussy lui suggère d'écrire un *Orphée.* Ils y travaillent en commun, mais *Orphée-Roi* paraîtra seulement en 1921, après la mort du musicien et du poète. C'est avec la Chine que Segalen, selon Jouve citant Rimbaud, « trouve le lieu et la formule ». Nommé élève interprète de la marine, il arrive à Pékin en juin 1909, rencontre à Tien-tsin Claudel, pour qui il éprouve plus d'admiration littéraire que de sympathie religieuse, et entreprend avec l'écrivain A. Gilbert de Voisins une grande expédition en Chine centrale et au Japon qui durera neuf mois. De ce séjour en Chine qui s'interrompra avec la guerre en août 1914 naîtront les grandes œuvres du poète. *Stèles* (*) (1912 et 1914), recueil de quarante-huit poèmes, de soixante-quatre dans la deuxième édition se présente extérieurement et intérieurement à la chinoise. Mais l'exotisme, ici, ne sert que d'alibi. Ni traductions, ni adaptations, ces poèmes expriment en réalité l'univers secret du poète, ses opinions, ses sentiments, ses expériences du voyage. Par le détour de la Chine, par ce qu'il appelle l'allégorie, ils suggèrent des notions trop pures pour tomber sous la coupe des mots. L'indicible, l'invisible, l'inouï hantent en particulier les stèles du « Milieu ». Avec *Peintures* (1916), quittant le style dense et concentré des inscriptions lapidaires, Segalen adopte le parti de décrire ou de recréer par le langage parlé des peintures taoïstes, un long rouleau de soie, des portraits d'empereurs décadents. Ce sont des poèmes en prose à mettre sur le même plan que les *Illuminations* (*) de Rimbaud et *Connaissance de l'Est* de Claudel. Ce poète était aussi un sinologue et un archéologue. La mission archéologique officielle formée de Segalen, Voisins, Lartigue découvrit en 1914 la plus ancienne statue monumentale chinoise et identifia le site funéraire de l'empereur Ts'in Chehouang dont l'exploration devait être soixante ans plus tard la plus grande découverte du siècle. *Mission archéologique en Chine* (posthume, 1923-24) et *Chine. La grande statuaire* (posthume, 1972) donnent une idée de sa compétence dans ce domaine. Le beau livre d'*Équipée* (posthume, 1929) est le complément poétique de ces explorations dans la terre de Chine. Dans une magnifique prose, le poète s'interroge sur les rapports entre le Réel et l'Imaginaire. Au terme du voyage dominé par l'exotisme, c'est-à-dire l'esthétique du Divers, le poète est contraint d'avouer que le conflit complémentaire entre le Réel et l'Imaginaire laisse de côté l'essentiel : « ... l'être en un mot reste fièrement inconnu. » Cependant, de son séjour à Pékin, grâce à la fréquentation d'un jeune Français qui lui servait de professeur de chinois et lui faisait des confidences rocambolesques, il tira un roman *René Leys* (posthume, 1922), dont l'intrigue et les personnages restent hypothétiques. C'est le roman de la connaissance impossible. *Le Fils du Ciel* (posthume, 1975) date également des premiers jours de l'arrivée en Chine. Œuvre difficilement classable, comme tous les livres de Segalen, elle tient du roman historique et de l'épopée. Le héros en est l'empereur Kouang-Siu, dont Segalen fait une sorte de Hamlet chinois prisonnier du glorieux passé et de son amour, et promis à la mort.

Malgré sa santé déjà fortement atteinte, après une période passée à l'hôpital de Rochefort, puis de Brest, Segalen obtient d'être envoyé chez les fusiliers marins aux environs de Dunkerque. En décembre 1916, il accepte de participer à une mission en Chine chargée de recruter des travailleurs. Il se trouve à Pékin en février-mars 1917, en même temps que Saint-John Perse alors en poste à la Légation de France. Il l'avait rencontré au cours d'un déjeuner à Bordeaux avec Claudel vers la fin d'octobre 1914, mais il semble que cette fois ils ne se virent pas. Il fait passer un examen médical à des travailleurs à Nankin et profite de ses loisirs pour procéder à des recherches archéologiques en étudiant les tombeaux des Leang. Un long poème intitulé *Thibet* (éd. M. Taylor, 1979), sa dernière œuvre est, comme les autres, le constat désespéré d'un échec : Po-Youl, nom dérisoire de l'innommable, symbolise le but vers lequel tend tout voyage, mais qui se dérobe à mesure qu'on monte à grand-peine vers lui. Pendant que s'achève la guerre, Segalen s'efforce de lutter contre un mal physique mystérieux sans symptômes définis et contre plusieurs dépressions nerveuses peut-être liées à son désir de renoncer à l'opium. Son désarroi spirituel est tel qu'il adresse à Claudel une lettre jugée déchirante par le destinataire, mais prise à tort pour un appel religieux. Ses sentiments à l'égard d'une grande amie, Hélène Hilpert, ont peut-être malgré tout adouci une issue inéluctable. On le retrouva mort un jour dans la forêt du Huelgoat, avec une blessure au talon. Un garrot de fortune prouve qu'il essaya d'arrêter l'hémorragie. Les hypothèses de suicide n'ont jamais été confirmées. Toute l'œuvre, prose et poèmes, si abondante en si peu d'années de ce contemporain d'Apollinaire est inspirée par une très haute idée de la littérature qui lui assure le plus bel avenir. Elle est marquée par une évolution de la conscience sensuelle et esthétique de sa jeunesse vers le mysticisme agnostique d'un esprit en quête des suprêmes secrets : « Il y a toujours le mystique orgueilleux qui sommeille en moi [...] moi si anticatholique pur, mais resté, d'essence amoureux des châteaux dans les âmes et des secrets corridors obscurs menant vers la lumière. »

HENRY BOUILLIER.

♦ *« C'est la voix d'une certaine résignation, il faut bien se contenter de cela* [...] *Traversant le mouvement du langage et des images, la recherche de l'absolu donne à l'œuvre cette résonance, cette gravité qui nous retient aussitôt. »* Gaëtan Picon. ♦ *« Tous ces poèmes marquent moins* [...] *le contrôle d'un point d'autopossession psychique, de « connaissance au fond de soi », comme l'écrit Segalen, qu'ils ne tentent l'approche d'un lieu inconnaissable... »* Jean-Pierre Richard. ♦ *« ... c'est dans son œuvre seule qu'il avait foi ; progressant en elle, s'éclairant par elle, vivant en elle les expériences que l'existence lui refusait, il l'a édifiée comme ce lieu sacré rêvé, où la mort ne serait plus un meurtre mais une mutation naturelle. »* Jean Roudaut.

RÉF. : Henry Bouillier, *Victor Segalen*, Paris, 1961 et 1986. – Kenneth White, *Segalen. Théorie et pratique du voyage*, Lausanne, 1979. – Michael Taylor, *Vent des royaumes ou les voyages de Victor Segalen*, Paris, 1983. – Claude Courtot, *Victor Segalen*, Paris, 1984. – Anne-Marie Grand, *Victor Segalen. Le moi et l'expérience du vide*, Paris, 1990. – Gilles Manceron, *Segalen*, Paris, 1991.

SEGRAIS Jean Regnauld de. Poète et romancier. Né et mort à Caen : 22 août 1624 – 25 mars 1701. De 1648 à 1672, il appartient à la maison de la Grande Mademoiselle (la cousine de Louis XIV, à qui il avait été présenté par le comte de Fiesque), où, sous le titre de secrétaire des commandements, il met sa plume au service de l'illustre exilée. Il se charge ainsi de la bonne réalisation du recueil de *Divers portraits* que fait publier Mlle de Montpensier en 1659 (et dans lequel figure la seule œuvre signée de Mme de La Fayette : le portrait de son amie Mme de Sévigné). Pour divertir Mlle de Montpensier et célébrer les spirituelles occupations qui se tenaient dans son cercle, il fait paraître en 1657 ses *Nouvelles françaises ou les Divertissements de la princesse Aurélie*. Cette suite de nouvelles, où le conteur rencontre le théoricien — Segrais y critique les romans épiques à la manière du *Grand Cyrus* —, est son ouvrage le plus célèbre.

En 1672, pour avoir manifesté son hostilité aux relations de la Grande Mademoiselle avec Lauzun, il est chassé par celle-ci et recueilli par Mme de La Fayette, jusqu'en 1676 — date à laquelle il retourne en Normandie, y fait un riche mariage avec une cousine et y finit ses jours, entouré de l'admiration de ses concitoyens. Reçu à l'Académie française le 26 juin 1662, il y succéda au poète Boisrobert.

Connu à son époque comme poète, Segrais, qui a écrit principalement des idylles, est l'un des quatre poètes vivants que cite Boileau à la fin de l'*Art poétique* (*). Ses poésies, publiées en 1660, ne nous semblent pas aujourd'hui mériter beaucoup d'attention ; elles témoignent du courant de poésie bucolique, inspiré de *L'Astrée* (*), qui se développe tout au long du XVIIe siècle. Un autre de ses titres de gloire tient à ses traductions de Virgile, très admirées par ses contemporains : l'*Énéide* paraît en 1668, les *Géorgiques*, de façon posthume en 1711. Ses activités de poète et de traducteur le firent considérer, de son vivant, comme le « Virgile français ». Mais c'est à son travail de romancier que Segrais doit d'avoir fait passer son nom à la postérité. « Segrais fait la transition entre le roman baroque et le roman classique » (H. Coulet). Il avait entrepris un roman dans le goût ancien – *Bérénice* – qu'il n'acheva jamais, et dont les premiers volumes parurent entre 1648 et 1651. Ensuite, outre les *Nouvelles françaises* – qui annoncent l'esthétique du « roman nouveau » –, il joua un rôle de premier plan dans les romans que l'on a pris l'habitude d'attribuer à Mme de La Fayette. En 1669, c'est sous son nom que paraît *Zaïde, histoire espagnole* : le dessein général de l'ouvrage était de Mme de La Fayette qui, véritable « maître d'œuvre », l'avait fait écrire par Segrais (son voisin, logé au Luxembourg chez Mademoiselle) avant de le corriger elle-même et de le faire remanier à nouveau. Il s'agit donc là d'un travail d'équipe, auquel Huet et La Rochefoucauld participèrent aussi. En raison du succès, le deuxième tome est achevé à la hâte et paraît en 1671. La première partie de *Zaïde* était accompagnée d'un traité *De l'origine des romans*, sous forme d'une lettre rédigée par Huet et adressée à Segrais. C'est sans doute le même type de travail d'équipe qui donna naissance à *La Princesse de Clèves* (*). On peut présumer que Segrais a joué un rôle important dans la rédaction du chef-d'œuvre, malgré les nombreuses variations de sa position à ce sujet et les divers témoignages qui constituent ce dossier complexe. En 1721 parut un *Segraisiana* (anecdotes, souvenirs et bons mots, dont un certain nombre recueillis par Antoine Galland) qui donne de précieux renseignements sur la vie littéraire et intellectuelle de la deuxième moitié du XVIIe siècle.

Dans son *Discours de réception à l'Académie française*, La Bruyère a fait l'éloge de Segrais, à la fois comme traducteur de Virgile, connaisseur de la langue latine et auteur de romans : il « fait des romans qui ont une fin, en bannit le prolixe et l'incroyable, pour y substituer le vraisemblable et le naturel ». Écrivain mineur, et en même temps, par sa collaboration avec Mme de La Fayette, à la source d'une des œuvres capitales de son époque, Segrais appartient, selon l'heureuse formule de R. Duchêne, à « ces doctes ralliés à la littérature de salon », qui n'ont pas de leurs capacités intellectuelles et artistiques une opinion considérable, et préfèrent les mettre au service de personnes de la haute société. Plutôt que d'imposer à son époque une œuvre qu'elle n'attendait pas, Segrais aima toujours mieux accompagner le désir de ses contemporains : « Il semble qu'il soit incompatible d'écrire pour ce temps et pour ceux qui sont à venir. » « C'est folie de s'amuser à avoir raison devant des juges qui ne l'entendent pas. »

LAURENT THIROUIN.

SÉGUR Sophie, comtesse de (Sofija Rostopčina). Romancière. Née à Saint-Pétersbourg le 19 juillet 1799, morte à Paris le 31 janvier 1874. Fille du comte Rostopchine, ministre du tsar Paul Ier, gouverneur de Moscou lors de l'incendie de cette ville en 1812, elle appartenait à une famille d'origine tartare que la tradition faisait remonter à Gengis Khan. Son enfance se passa à Moscou et dans le vaste domaine de Voronovo. Elle se convertit vers 1814 au catholicisme sous l'influence d'un jésuite français. Puis, le comte Rostopchine étant tombé en disgrâce, la famille se rendit en France (1817) où Sophie, en dépit d'une éducation sévère, connut de nombreuses distractions. Sa famille, en étroit rapport avec Mme Swetchine, fit par cette dernière la connaissance des Ségur et, en 1819, Sophie épousa le trop séduisant comte Eugène de Ségur. Installée à Paris, Mme de

Ségur, qui avait une prédilection pour la campagne, acheta dans l'Orne la terre des Nouettes, qui allait devenir le cadre essentiel de sa vie et servir de décor à plus d'un de ses livres. Négligée par son mari, ayant très à cœur ses devoirs maternels, elle se donna toute à ses fils et à ses filles, et c'est pour ses petits-enfants qu'elle écrira de charmants livres d'histoires qui connurent un énorme succès. Ces « compositions nigaudes » (ainsi qu'elle les appelait), ornées le plus souvent de vignettes, et dont la renommée fit le tour du monde, eurent pour origine le départ pour Londres, où leur père était nommé secrétaire d'ambassade, de ses petites-filles Camille et Madeleine de Malaret. Ce furent d'abord *Nouveaux Contes de fées* (1857), édités par Hachette sur l'insistance de Louis Veuillot, grand ami de la famille, et illustrés par Gustave Doré, puis ces petits chefs-d'œuvre que sont, dans le genre très particulier des récits pour l'enfance : *Les Mémoires d'un âne* (1860), *Les Malheurs de Sophie* (1864), premier volume d'une trilogie qui compte aussi *Les Petites Filles modèles* (1858) et *Les Vacances* (1859) ; *La Sœur de Gribouille* (1861), *Les Deux Nigauds* (1862), *Jean qui grogne et Jean qui rit* (1865), *Le Général Dourakine* (1866), suite de *L'Auberge de l'Ange gardien*, etc.

RÉF. : Marquis A. de Ségur, *Biographie nouvelle de Mgr de Ségur et de la comtesse de Ségur, sa mère*, Paris, 1885. — Vicomtesse O. Simard de Pitray, *Ma chère maman*, Paris, 1891. — Mgr de Ségur, *Ma mère...*, Paris, 1893. — J. Chennevière, *La Comtesse de Ségur, née Rostopchine*, Paris, 1932. — M. de Hédouville, *La Comtesse de Ségur et les siens*, Paris, 1953. — M. L. Audiberti, *Sophie de Ségur, l'inoubliable comtesse*, Paris, 1981. — F. Bluche, *Le Petit Monde de la comtesse de Ségur*, Paris, 1988. — Cl. Beaussant, *La Comtesse de Ségur ou l'enfance de l'art*, Paris, 1988.

SEMPRUN Jorge. Homme politique, philosophe, penseur, essayiste. Né à Madrid le 10 décembre 1923, quelques mois après l'accession au pouvoir de Primo de Rivera, donc de l'instauration d'un régime faussement parlementaire dans l'espace apparemment maintenu de la monarchie espagnole, Jorge Semprun vécut jusqu'en 1936 dans le quartier de Salamanca, à deux pas du Retiro et du Prado, rue Alfonso XI. Petit-fils d'Antonio Maura, grande figure du parti conservateur et Premier ministre d'Alphonse XIII, il est aussi le neveu de Miguel Maura, farouche opposant à la monarchie et qui devint, après le 14 avril 1931, ministre de l'Intérieur du gouvernement provisoire de la IIe République. Jorge Semprun mène la vie d'un fils de la haute bourgeoisie madrilène, dans un immense et luxueux appartement, au côté de ses six frères et sœurs. Brusquement, tout ce bonheur se déchire : en juillet 1932, la mère, Susana Maura, meurt prématurément — dans *La Deuxième Mort de Ramon Mercader*, Jorge Semprun évoquera « la nausée de ce souvenir inaccessible ». Puis le père, José Maria Semprun, amoureux de la peinture, avocat et poète, se remarie avec la quatrième institutrice allemande. Puis Franco débarque en Espagne... Fin septembre 1936, la famille Semprun s'embarque à bord d'un chalutier pour Bayonne. Semprun ne reviendra jamais dans l'appartement de la rue Alfonso XI, qui sera entièrement dévasté par des inconnus. Madrid devient la ville de l'enfance saccagée : *L'Écriture ou la vie* (Gallimard, 1994), *L'Algarabie* (Fayard, 1981) l'évoquent avec passion, tout comme *Adieu, vive clarté* (Gallimard, 1998), qui couvre la période suivante (1936-1943), essentielle dans la vie de l'auteur — il apprend à parler et à écrire en français.

Accueillie par les membres du groupe « Esprit » à Lestelle-Bétharam, la famille Semprun part bientôt pour Genève, où le père est chargé d'affaires de la République espagnole, puis à La Haye, que tous doivent quitter en 1939. Les sept enfants, qui n'ont jamais été séparés, sont disséminés dans des familles d'accueil. Jorge Semprun devient interne au lycée Henri-IV, où il poursuit des études brillantes. Engagé pendant la guerre dans le réseau de Résistance Buckmaster, il accomplit plusieurs missions à partir du printemps 1943 et est arrêté en septembre de la même année. Déporté à Buchenwald, il sera libéré par les Américains en avril 1945 — cf. *Quel beau dimanche* (Grasset, 1980), *Le Retour de Carola Neher* (Gallimard, 1998), *L'Écriture ou la vie*.

La guerre terminée, Jorge Semprun s'engage aux côtés du parti communiste espagnol : chez l'auteur de *L'Évanouissement* (Gallimard, 1967), vie et Histoire convergent souvent, ou plutôt sont indissociables l'une de l'autre. Membre actif du comité central du PCE, dirigé à l'époque par la Pasionaria, il se fait dès 1954 envoyer clandestinement à Madrid, pour y mener une action politique et revoir les lieux de son enfance — cf. *Autobiographie de Federico Sanchez* (Le Seuil, 1978). Mais la ville, sa ville, a changé, comme la vie. Semprun parle désormais l'allemand et le français, il a connu l'expérience de la Résistance et des camps. Il s'appelle Salagnac, Sorel, Sanchez, Artigas... Clandestin dans son propre pays, il se cache, il erre dans la ville pour brouiller les pistes. Il découvre un Madrid qu'il ne connaissait pas, sauvage, en pleine expansion immobilière. Dans ce Madrid de la deuxième période du franquisme, tout explose, tout bouge. Excepté le quartier de Salamanca. Le quartier résidentiel, protégé, est intact. Mais la porte de l'enfance est à jamais close. Madrid ou le clandestin dans sa propre vie, tel est le deuxième grand thème développé dans cette œuvre si riche. L'homme est toujours un clandestin dans sa propre ville, dans son propre temps, dans sa propre vie. C'est ici, caché dans un petit appartement, qu'il écrira en français la plus grande partie de son premier livre, *Le Grand Voyage* (Gallimard, 1963).

Mais tandis que le PCE mise sur une érosion du régime qui verrait la fin du franquisme, Jorge Semprun oppose une analyse différente :

penser que le franquisme est au bord du *colapso*, l'« effondrement économique », est une erreur, il faut donc adopter une autre stratégie subversive. La longue discussion qu'entame alors Semprun avec la direction du parti aboutit à son exclusion en 1964. Interdit d'Espagne en 1962, il ne pourra y retourner qu'en 1967.

Jorge Semprun n'a cessé d'interroger l'Histoire, celle de la guerre d'Espagne et du stalinisme, celle des camps d'extermination, celle des horreurs universelles et quotidiennes, celle d'une vie « aventureuse, remplie par le bruit et la fureur ». La mémoire de Semprun est inépuisable, à la recherche perpétuelle de la lucidité, nous révélant un être hanté par les relations conflictuelles que l'homme entretient avec son temps. Aussi serait-on tenté de ne retenir du scénariste de *La guerre est finie* (Gallimard, 1966) que cette face « politique ». Avec *Montand, la vie continue* (Denoël, 1983), puis avec *L'Algarabie*, il s'éloignait lentement de cette image d'ex-militant communiste engagé dans les luttes de son époque pour s'intéresser également aux rouages de l'individu, à ses hésitations, à ses repentirs, à son « être » plus qu'à son « faire ». Dans *La Montagne blanche* (Gallimard, 1986), Jorge Semprun allait encore plus loin : l'Histoire était reléguée au second plan et l'homme occupait toute la place. Dans ce roman difficile, dur, où les sentiments amoureux sont aussi destructeurs sinon plus que les guerres, sont rassemblées les grandes questions soulevées par un intellectuel humaniste qui a fait de l'intégrité son mot d'ordre. L'amour, nous dit-il, est brutal, violent, perturbateur. L'érotisme n'est que la face visible de l'iceberg. L'amour peut tout donner et tout prendre, mener à Dieu ou à la folie. Avec un humour, une lucidité, une cruauté sans faille, Semprun étudie l'être humain en proie à l'inquiétude. Livre après livre, il nous parle ainsi de l'enfance et du futur, du désespoir et du bonheur, comme Wajda dans *Kanal* – dans l'ailleurs, par-delà les grilles et la boue –, mais aussi d'un thème fondateur autour duquel l'œuvre s'articule : Madrid.

Le temps passe. Une fin de journée 1988, Javier Solana demande à Jorge Semprun s'il a un passeport français ou espagnol. Question aussi étrange qu'habituelle, chez un homme qui a fait du bilinguisme une des pierres d'achoppement de sa vie. Solana propose en fait à Semprun de devenir ministre de la Culture. Il le sera trois ans... C'est le troisième Madrid (Franco est mort en 1975), celui du « désenchantement », de la *Movida*, de l'entrée de l'Espagne dans la CEE, de la démocratie retrouvée et d'une certaine amnésie collective. On attribue au ministre un appartement de fonction. La voiture s'arrête rue Alfonso XI, au n° 9, juste en face du n° 12. Cette époque de sa vie est analysée dans son livre *Federico Sanchez vous salue bien* : « Un demi-siècle après avoir quitté ce quartier, après deux guerres, l'exil, Buchenwald, le communisme, les femmes, quelques livres, me voici revenu à mon point de départ. » Madrid, ou la ville du « grand voyage » de la vie.

Membre de l'académie Goncourt depuis 1996, conscience de son époque – cf. *Mal et modernité* (Climats, 1995), *Netchaïev est de retour* (Lattès, 1987) –, Jorge Semprun a inventé un genre littéraire : le roman autobiographique. Romancier critique de son destin, il rédige depuis toujours un livre unique, et est son propre biographe. Chaque livre apporte ainsi une pierre nouvelle à l'édifice d'un temps sans cesse revisité. Chaque livre, par éclats, bribes, redites, remords, retourne, repasse, précise, creuse, ouvre des pistes nouvelles, envisage des sentiers qui sont autant de livres à venir. Semprun est un des rares romanciers à essayer de nous faire croire qu'il n'en est pas un, alors qu'il est un des plus puissants et des plus novateurs de son temps. Il nous donne des clés pour notre siècle, nous parle toujours de nous en ne parlant que de lui. Jorge Semprun, c'est Vico et Malraux : il sait mieux que personne dégager le futur du passé et transformer la vie en destin.

GÉRARD DE CORTANZE

RÉF. : Gérard de Cortanze, *Le Madrid de Jorge Semprun*, Le Chêne, 1997. – Françoise Nicoladzé, *La Deuxième Vie de Jorge Semprun*, Climats, 1997. – Jean Tena, *Trois écrivains espagnols d'expression française : M. del Castillo, A. Gomez Arcos, J. Semprun*, Pr. univ. de Perpignan, 1994.

SÉNAC DE MEILHAN Gabriel. Romancier et essayiste. Né à Paris en 1736, mort à Vienne (Autriche) le 16 août 1803. Il montra tout jeune de telles dispositions pour la poésie qu'il reçut de Voltaire l'épithète de « favori d'Apollon ». Il renonça pourtant bientôt aux muses pour entrer dans l'administration. Il fut intendant de la guerre (1776) et rivalisa avec Necker pour le contrôle général des Finances. Très ambitieux, il fit partie des courtisans assidus de Mme de Pompadour et de la duchesse de Gramont. Ses premiers ouvrages : *Considérations sur le luxe et les richesses* et *Mémoires d'Anne de Gonzague, princesse palatine* (1786), lui donnèrent l'espoir d'entrer à l'Académie, mais ce fut vainement qu'il posa sa candidature. Au début de la Révolution, il fut en relation, avec Mirabeau, mais, ses intrigues ayant échoué, il émigra à Aix-la-Chapelle d'abord, puis en Russie. Son œuvre fourmille de faits intéressants. Il a donné : *Considérations sur l'esprit et les mœurs* (1787), où il fait un tableau fort cru de la société corrompue dans laquelle il vivait ; *Mélanges de philosophie et d'histoire* (1789) ; *Des principes et des causes de la Révolution* (1790) ; *Lettres à Madame de...* (1792), où il rapporte sa première entrevue avec Catherine II et témoigne à son égard d'une admiration quasiment religieuse ; *L'Émigré* (1797), roman historique, son chef-d'œuvre littéraire. On trouve d'intéressants renseignements sur son époque dans : *Du gouvernement,* *des mœurs et des conditions en France avant la Révolution, avec le caractère des principaux personnages du règne de Louis XVI* (1795).

RÉF. : Duc de Lévis, notice sur Sénac de Meilhan in *Portraits et caractères du XVIIIe siècle*, 1813. – Sainte-Beuve, *Causeries du lundi*, tome X, Paris, 1857. – De Lescure, notice in *Œuvres choisies de Sénac de Meilhan*, Paris, 1862. – L. Legrand, *Sénac de Meilhan et l'intendance du Hainault*, 1868. – M. Laveau, *Le Luxe et la richesse des nations d'après Sénac de Meilhan*, thèse, Ligugé, 1922. – H. Stavan, *Sénac de Meilhan moraliste, romancier, homme de lettres*, Paris, 1968. – G. de Monsembernard, *Sénac de Meilhan (1736-1803)*, 1969. – A. Vielwahr, *La Vie et l'œuvre de Sénac de Meilhan*, Paris, 1970. – P. Escoube, *Sénac de Meilhan. De la France de Louis XV à l'Europe des émigrés*, Paris, 1984.

SENANCOUR Étienne Pivert de. Romancier, essayiste. Né à Paris le 5 ou 6 novembre 1770, mort à Saint-Cloud le 10 janvier 1846. Fils d'un contrôleur des rentes, il fut d'abord éduqué par sa mère. À douze ans, ses parents le mirent en pension près d'Ermenonville, chez un curé de campagne. Le souvenir de Rousseau était encore très vif dans le pays ; Senancour se prit d'une passion qui devait durer autant que sa vie pour les œuvres du philosophe qu'il méditait tout en errant à travers les bois et les prairies. Sa mélancolie et son besoin de solitude presque maladifs trouvèrent ainsi, dès l'adolescence, une justification esthétique que les années devaient approfondir. En 1785, ses parents le ramenèrent à Paris où il fréquenta le collège de La Marche ; il y termina ses études en quatre ans mais fut en butte aux persécutions de ses camarades, ce qui accentua encore son penchant pour la solitude. Son père, avec lequel il semble ne s'être jamais entendu, avait décidé qu'il entrerait dans les ordres. Pour échapper au séminaire Saint-Sulpice, Senancour, d'accord avec sa mère, prit la fuite le 14 août 1789 et, par Lyon, se rendit en Suisse, où il résida quelque temps au hameau de Charrière, dans le Valais, avant de s'installer à Fribourg. Il y fréquenta une jeune fille, Marie Françoise Daguet, qui le persuada bientôt qu'il l'avait compromise. Il l'épousa le 11 septembre 1790 et s'aperçut très vite que ce « sacrifice », loin de lui apporter le bonheur, menaçait de gâcher toute son existence. Il commençait, en outre, à souffrir d'infirmité précoce à la suite d'une chute dans un torrent glacé, un jour qu'il avait voulu gravir sans guide le col du Grand-Saint-Bernard. Déçu, amer et de plus en plus mélancolique, il se mit à écrire et composa un court récit : *Aldomen ou le Bonheur dans l'obscurité*, dont il vint surveiller l'impression à Paris, en 1795. Peu désireux de retrouver sa famille, il se fixa près de Senlis et y vécut d'autant plus retiré que, porté à tort sur la liste des émigrés, il risquait d'être emprisonné. Il publia, en 1799, *Rêveries sur la nature primitive de l'homme*, qui passa presque inaperçu. En 1802, sa femme attendant un enfant, il regagna la Suisse pour éviter le scandale, mais s'empressa d'obtenir la séparation et rentra à Paris.

Il est alors au comble de l'amertume et croit sa vie définitivement ratée, la conscience de sa petitesse devant l'immensité de la nature tourne au vertige. *Oberman* (1804), que l'on considère comme son chef-d'œuvre, naquit de cette crise. Ce livre n'eut pas plus de succès que les précédents mais Nodier le signala, en 1806, dans *Les Tristes*. Il allait lentement faire son chemin en attendant d'être découvert et lancé par les romantiques. Désormais presque impotent, Senancour vécut de travaux de librairie, collaborant à quelques journaux et à la *Bibliographie universelle des contemporains* de Rabbe. En 1805, il publia *De l'amour*, qui est avant tout un plaidoyer pour le divorce ; en 1807, *Valombré*, pièce de théâtre ; en 1814, *Lettres d'un habitant des Vosges sur Buonaparte, Chateaubriand, etc.*, et *Simples observations soumises au Congrès de Vienne* ; en 1815, *De Napoléon* ; en 1819, *Simples méditations d'un solitaire inconnu* ; en 1825, *Résumé de l'histoire des traditions morales et religieuses chez tous les peuples*, où le fait d'avoir qualifié Jésus de « jeune sage » lui valut d'être déféré devant le tribunal correctionnel et d'être condamné à neuf mois de prison et trois cents francs d'amende, jugement qui fut cassé par la Cour royale. Après 1830, la gloire vint soudain grâce surtout à Sainte-Beuve qui préfaça la réédition d'*Oberman*, en 1833, et à George Sand qui préfaça celle de 1840. Senancour maintint cependant son isolement et refusa de se ranger aux côtés des romantiques qui venaient de lui apporter enfin le succès.

Disciple de Rousseau et de Bernardin de Saint-Pierre, Senancour mérite d'être considéré comme l'un des plus importants parmi les préromantiques. Écrivain grave et austère, son nom est un peu trop uniquement associé au seul *Oberman*, dont la confusion lui déplaisait fort ; son œuvre, reconsidérée, fait apparaître l'importance de ses *Rêveries* et de son *De l'amour* qui, s'ils ont par endroits beaucoup vieilli, n'en contiennent pas moins déjà la plupart des idées qui ont fait vivre toute la génération des grands romantiques.

BERNARD NOËL.

♦ *« Ses mots ont je ne sais quelle propriété intime* [...] *qui réalise la parole, qui la fait tomber sous les sens comme le chant d'un instrument, comme les couleurs d'un tableau. »* Ch. Nodier. ♦ *«* Oberman *n'est pas l'œuvre d'un homme de lettres mais d'un homme qui écrit seulement parce qu'il a quelque chose à dire. »* Delacroix. ♦ *« Pour peu qu'il consente à laisser déborder la poésie qui fermente au fond de son cœur, trop souvent glacé par le raisonnement, Senancour est un écrivain éternel. »* R. de Gourmont.

RÉF. : J. Levallois, *Un précurseur, Senancour*, Paris, 1867. – G. Michaut, *Senancour, ses amis, ses ennemis*, Paris, 1912. – A. Monglond, *Vies préromantiques*, Paris, 1925 ; *Le Mariage et la vieillesse de Senancour*, Paris, 1931 ; *Le Journal intime d'Oberman*, Paris, 1947. – Dr A. Finot, *Senancour ou le Myopathique*, Paris, 1947. – B. Le Gall-Didier, *L'Imaginaire chez Senancour*, Paris, 1965 ; *Senancour romancier*, Paris, 1985.

SENGHOR Léopold Sédar. Homme d'État et poète sénégalais. Né à Joal (Sénégal) le 9 octobre 1906. Après des études à l'internat de N'Gasobil et à Dakar, il se rend à Paris en 1928 où il sera élève de l'« hypokhâgne » puis de la « khâgne » du lycée Louis-le-Grand. Il a notamment parmi ses condisciples Georges Pompidou. Il passe avec succès l'agrégation de lettres, devenant ainsi le premier agrégé africain de l'université française (1933). Il rencontre Aimé Césaire qui arrive de la Martinique et se lie d'amitié avec lui. En 1934, ils fondent ensemble une petite revue, *L'Étudiant noir*, où apparaît pour la première fois le terme de « négritude », qui connaîtra par la suite la fortune que l'on sait. Décidés à retrouver le sens de leurs traditions originelles, les deux jeunes gens se font des adversaires et des partisans passionnés. En 1937, nommé professeur au lycée Descartes à Tours, Senghor donne le soir des cours gratuits de français, cours organisés à la Maison de la culture par la C.G.T. à l'intention des ouvriers. En 1938, il est nommé à Saint-Maur-des-Fossés, au lycée Marcelin-Berthelot. Mobilisé en 1939, il est fait prisonnier en 1940 et connaît divers stalags. Malade, il est réformé et, en 1942, reprend ses cours au lycée de Saint-Maur tout en participant à la Résistance. En 1944, on lui confie une chaire à l'École nationale de la France d'outre-mer, civilisations et langues africaines. En 1945, il fait tout à la fois son entrée dans la littérature et dans la carrière politique : son premier recueil de poèmes, *Chants d'ombre*, voit le jour et il est élu en novembre député du Sénégal à l'Assemblée constituante. Parlementaire, il fut constamment réélu après son premier mandat. En 1955-56, il fait partie, en qualité de secrétaire d'État à la présidence du Conseil, du cabinet Edgar Faure. En août 1960, il est élu à l'unanimité premier président de la République de Sénégal. À côté de cette carrière politique, Léopold Sédar Senghor n'a jamais cessé d'être un poète. Il résume en sa personne un « métissage culturel » dont il a lui-même élaboré la théorie. Son savoir d'universitaire français n'altère pas la spontanéité de son inspiration africaine. Son œuvre s'efforce d'inscrire dans la langue française la charge d'images que les Noirs attachent à chaque mot et à retrouver le caractère symphonique de leurs compositions. Son style, parfois hermétique, est l'expression d'un lyrisme d'une rare authenticité. On lui doit de nombreux recueils de poèmes : *Les Hosties noires* (1948), *Les Éthiopiques* (1956), *Nocturnes* (1961), *Lettres d'hivernages* (1973) ; une *Anthologie de la nouvelle poésie nègre et malgache de langue française* (1948) préfacée par Jean-Paul Sartre, et plusieurs essais littéraires et politiques : *Langage et poésie négro-africaine* (1954), *Liberté I* et *II*, *Nation et voie africaine du socialisme* (1961). Senghor est depuis 1983 membre de l'Académie française.

DANIÈLE BOONE.

♦ *« En lui le poète ne peut être dissocié de l'homme : déférer un pays, lui donner le goût de l'œuvre à accomplir, en faire une des capitales de l'amitié, former des élites, jeter des ponts entre deux univers et deux modes de pensée, c'est encore de la poésie, une poésie faite chair, vivante et vécue, inspirante autant qu'inspirée – la poésie d'une transmutation et d'une renaissance. »* Armand Guibert.

RÉF. : A. Guibert, *Léopold Sédar Senghor*, Paris, 1961, rééd. 1979. – Hubert de Leusse, *Léopold Sédar Senghor, l'Africain*, 1967. – J. Rous, *Léopold Sédar Senghor, un président de l'Afrique nouvelle*, 1967. – S. O. Mezu, *Léopold Sédar Senghor et la défense et illustration de la civilisation noire*, Paris, 1968. – D. Garrot, *Léopold Sédar Senghor critique littéraire*, Dakar/Abidjan, 1978. – M. M. Marquet, *Le Métissage dans la poésie de L.S.S.*, Dakar, Abidjan, 1979.

Sentiments de l'Académie sur « Le Cid ». Œuvre de critique de Jean Chapelain (1595-1674), parue en 1637 : c'est une analyse du *Cid* (*) de Pierre Corneille joué l'année précédente, en vue de résoudre, sur l'ordre du cardinal Richelieu, une controverse littéraire qui n'est pas à l'honneur du grand ministre et de ses acolytes. Georges de Scudéry avait publié d'assez impertinentes observations sur le chef-d'œuvre du grand tragique et, se servant peut-être des rancœurs que Richelieu, fondateur de l'Académie, un peu par rivalité d'auteur, nourrissait pour Corneille (si tant est qu'on n'a pas exagéré cette rancune), avait soumis son œuvre au jugement de l'Académie elle-même. La noble assemblée demanda pour cela au poète la permission d'examiner *Le Cid* et ce dernier l'accorda avec une digne fierté. Après divers examens de commissaires sur l'œuvre et sur sa critique, Chapelain recueillit les mémoires de ses collègues et les fondit en un travail personnel qui fut présenté sous forme manuscrite au cardinal. Sans cependant déplaire au puissant ministre, il réussit à faire certaines observations justes et nuancées, laissa échapper le moins de mots inopportuns qu'il put, et ne chercha pas à dissimuler la valeur du chef-d'œuvre. Le critique comprit que *Le Cid* était une œuvre puissante qui renouvelait entièrement un ancien sujet, et que le fait que ce sujet fût tiré de l'histoire espagnole ne suffisait pas à enlever son mérite à l'auteur. Corneille est parvenu à une ingénieuse fusion du sens du devoir et de la galanterie moderne, rendant son œuvre vivante et passionnée par le contraste entre l'amour et le devoir. Le côté romanesque du drame le rend cher à la foule des spectateurs ; et ce jugement n'est pas en lui-même dépourvu de valeur. Certes il y a dans cette œuvre des erreurs, et l'Académie, avec la science qui la distingue, fait remarquer des fautes de versification, une faiblesse dans la conception du plan, des images forcées et des inégalités dans les caractères : ce qui n'exclut pas qu'elle peut déjà voir, dans *Le Cid*, un chef-d'œuvre mémorable. Boileau, implacable satiriste de Chapelain poète et de ses compagnons, pouvait écrire plus tard, dans un passage fameux, qu'en vain un ministre se met contre

Le Cid : tout Paris est pour ses héros et si l'Académie solennellement réunie fait des censures, « le public révolté s'obstine à l'admirer ». Mais au moins Chapelain avait adroitement montré plus de bon sens que d'ordinaire, et son habituelle pédanterie lui avait cependant épargné la rigueur d'une ridicule condamnation.

SERGE Victor (pseud, de Victor Lvovitch Kibaltchich). Révolutionnaire, essayiste, historien et romancier de langue française. Né le 30 décembre 1890 à Bruxelles, mort à Mexico, le 17 novembre 1947. D'origine russo-polonaise, il connaît une jeunesse miséreuse et cosmopolite qui le pousse à la révolte. Il collabore à de nombreuses publications libertaires, dont le journal *L'Anarchie* qu'il dirige en 1913, lorsque débute le procès de la « bande à Bonnot ». Accusé, sans preuve et contre toute logique, d'être l'inspirateur de ces « bandits anarchistes », il est condamné à cinq ans de prison. Libéré, il gagne Barcelone où il participe à une insurrection anarchiste. De retour en France, il est de nouveau incarcéré pour deux ans. Enthousiasmé par la Révolution bolchevique, il rejoint l'U.R.S.S. en 1919. La ferveur qui l'anime n'est pas aveugle, comme le montrent ses remarquables témoignages : *L'An I de la Révolution russe* (1928) et *La Ville en danger* (publiée en 1971). Membre de l'exécutif de la IIIe Internationale, il côtoie Lénine et Trotski, et vit de près l'échec de la Révolution allemande. Après la mort de Lénine (1924), il ne cache plus ses inquiétudes devant la politique choisie par le parti communiste, soutient Trotski contre Staline. Ceci lui vaut des persécutions incessantes qui aboutiront, en 1933, à sa déportation dans l'Oural. Cette sinistre expérience lui inspirera l'une des toutes premières et des plus frappantes critiques du Goulag. Élargi, à la suite d'une campagne menée par des intellectuels occidentaux de renom, il quitte la Russie en 1936. Dès son retour à Paris, il reprend le combat et condamne les « procès de Moscou » (*Seize fusillés,* 1936). L'extrême précarité de sa situation matérielle le contraint à exercer le métier de correcteur d'imprimerie. Toujours en butte à l'ostracisme des communistes orthodoxes, il ne cesse d'écrire et de lutter conjointement contre le fascisme et le stalinisme. À travers des essais (*Destin d'une Révolution,* 1937 ; *De Lénine à Staline,* 1937 ; *Portrait de Staline,* 1939), des romans (*S'il est minuit dans le siècle,* 1939), un recueil de poèmes (*Résistance,* 1938), il poursuit son combat pour une révolution libertaire. Admirateur, ami et traducteur de Trotski, il n'hésitera pas à s'opposer à lui, de 1936 à 1940, pour maintenir les exigences éthiques qui, selon lui, fondent l'idéal révolutionnaire. Fuyant l'invasion nazie, il s'installe à Mexico en 1941. Il y écrira des romans : *L'Affaire Toulaev, Les Années sans pardon* (1946) ; et surtout les *Mémoires d'un révolutionnaire* (1951), (couvrant les années 1901-1941), témoignage d'une vie d'espoirs constamment déçus et d'une exigence jamais abandonnée : celle d'un monde plus humain. L'œuvre de Victor Serge peut être lue comme un document historique de première grandeur. On peut surtout y voir, dans le cauchemar de notre récente histoire, la marque d'une inflexible et lucide exigence morale et intellectuelle. Toujours dans le camp des vaincus, des « humiliés et offensés », Serge offre l'une des plus nobles figures de ce qu'après sa mort on appellera un « intellectuel de gauche ».

ALAIN QUESNEL.

Sermon. Genre oratoire majeur de la période classique, le sermon est le discours que le prédicateur prononce en français lors des offices religieux (alors que la messe est en latin). C'est pour cela que le sermon fut pendant longtemps le genre littéraire le plus connu du grand public, et souvent son seul accès à une prose qui vise à la beauté et au grand style. La structure en est claire et bien charpentée, car tout doit être perçu immédiatement dans la performance orale (peu de sermons classiques ont été publiés et, lorsqu'ils le furent, ce fut d'après des notes préparatoires). L'orateur commence par le « texte », c'est-à-dire la citation biblique qui donne le sujet du sermon. Ensuite l'exorde prépare le public, puis, après l'*Ave* prononcé par toute l'assistance, arrive le développement proprement dit ; son plan est soigneusement annoncé (en deux ou trois « points » de préférence). La péroraison, enfin, conclut le discours en en tirant les principales leçons pour la vie chrétienne ici-bas. Le sermon apparaît en définitive comme une vaste amplification, qui illustre et rend vivante une vérité de foi, à l'aide d'exemples, de narrations, de tableaux, réactualisant ainsi un texte éternel dans le contexte précis d'une cérémonie religieuse, au contact d'un public réel et des préoccupations d'une époque. Nicolas Coëffeteau (1574-1623) et Jean-Pierre Camus (1584-1652) avaient illustré le genre dans la première moitié du XVIIe siècle. Tout un débat théorique portait alors sur la valeur de la simplicité et sur la méfiance des ornements ; saint Vincent de Paul notamment (1576-1660) avait formé des prédicateurs pratiquant une éloquence simple et forte. C'est à cette école qu'appartient Bossuet (1627-1704) ; il fait l'éloge de la simplicité de saint Paul, qui « ignore la rhétorique » mais sait emporter les cœurs (*Panégyriques de saint Paul,* 1657). La Bruyère, dans le chapitre des *Caractères* (*) consacré à l'éloquence de la chaire, rappelle les principales critiques qu'on adressait alors aux orateurs trop raffinés, qui offrent, dit-il, un spectacle, et non plus la « tristesse évangélique » (§ 1), ce qui en fait « une sorte d'amusement entre mille autres ». Le grand débat fut repris dans une querelle entre Antoine Arnauld et Goibaud du Bois, traducteur des *Sermons* de saint Augustin en 1694. L'enjeu en est la valeur et la légitimité d'une éloquence véritablement chrétienne, qui touche directement le cœur des auditeurs. Pascal en appelait déjà, dans les *Pensées* (*)

(1670), à une éloquence « qui se moque de l'éloquence » ; du point de vue littéraire, ce débat pose la question de l'inspiration et de la puissance effective de la parole. Avec Rousseau, puis, après les Lumières, avec Chateaubriand (*Génie du christianisme*) ou Sainte-Beuve (*Port-Royal*), la question engagera toute poétique chrétienne, au-delà du sermon proprement dit, même si de grands orateurs persistent alors à attirer des foules, tel Lacordaire (1802-1861) qui, avec ses *Conférences de Notre-Dame de Paris* (1835- 1851), met sa puissante éloquence au service de la religion contre l'« indifférence » du monde moderne.

EMMANUEL BURY.

Sermons joyeux et monologues dramatiques. Les jongleurs du Moyen Âge (« joculatores ») continuent les histrions qui, déjà chez les Romains, égayaient les banquets et les fêtes par leurs tours ou leur récitation. Les Contes, les *Fabliaux* (*), les Facéties, les Débats plaisants, les Sottes chansons, les *Dits* (*) appartiennent à leur répertoire. Bien avant d'arriver sur la scène, *Monologues* et *Sermons joyeux* ont dû être débités à un carrefour ou dans une salle de taverne. Dès le XIIIe siècle, on trouve des exemples en latin et en français de parodies très irrévérencieuses de sermons religieux. Également au XIIIe siècle remonte un premier exemple de monologue en provençal, de Raymond d'Avignon, sur le thème qui sera souvent repris par la suite de l'« homme à tout faire ». Du XIIIe siècle encore est le *Dit de l'herberie* de Rutebeuf (env. 1250), imitation pleine de verve du boniment d'un charlatan racontant ses voyages imaginaires et vendant ses remèdes mirifiques. Mais c'est surtout au XVe siècle et au début du XVIe que Sermons joyeux et Monologues foisonneront. Les jeux sacrés, les Miracles (Miracles de Nostre Dame par personnages) débutaient par un sermon édifiant ; c'est une parodie de ces sermons qui finit par devenir une partie intégrante du spectacle comique : elle est placée avant la Moralité — v. *Moralités* (*) — ou le Mystère, après la Sotie — v. *Soties* (*) — qui ouvre la représentation. Parfois l'acteur annonce que l'on va faire une quête parmi le public. Petit de Julleville, E. Picot énumèrent une centaine de Sermons joyeux et Monologues dramatiques entre 1450 et 1550 environ ; mais le genre continue une carrière de succès, et en plein XVIIe siècle, les harangues facétieuses de Bruscambille (le comédien Deslauriers) font les beaux soirs de l'Hôtel de Bourgogne. Imitant irrespectueusement son modèle, le Sermon joyeux prend son point de départ d'une citation en latin macaronique et raconte vie, mort et miracles d'un saint de fantaisie. Il finit en exhortant l'auditoire à prier le saint ou la sainte, et à en suivre les préceptes qui — on le devine — sont souvent fort peu convenables. L'un des premiers connus, le *Sermon fort joyeulx de sainct Raisin* (1450 env.) n'est pas sans rappeler un *Dit* de Geofroy de Paris : *Le Martyre de saint Bacchus*, composé en 1313, qui n'est cependant pas un sermon joyeux : « Prenons exemple a Jesuchrist / du premier miracle qu'il fist ; / ce fust qu'il mua l'eau en vin / aux nopces de Architriclin. » « Les paroles cy prosées / sont escriptes et recitées / au livre de Cathon le Sage / et vaillent à nostre langaige / Bois tant que tu peulx a planté / se tu veulx vivre en santé. » *Le Sermon de Billouart* (Valenciennes, 1460 env.) de Jean Molinet (1435-1507), en l'honneur de saint Billouart, défie toute citation. Il y a encore le *Sermon de sainct Faulcet*, patron des menteurs (1475 env.), le *Sermon de sainct Belin* (1500 env.), le *Sermon joyeulx de la vie sainct Oingnon* (Rouen, env. 1500), le *Sermon de monsieur sainct Haren* (Rouen, env. 1500) : « Entre Boulongne et Angleterre / ou l'on ne trouve point de terre / fust prins le corps de sainct Harenc / qui souffrit pis que sainct Laurent. » « Onques on n'en fist tel oultrage / comme on en fist ceste année / car il fust mis a la fumée / pendu en guise de larron / et depuis mengé au cresson / au vinaigre et a la moustarde. » *Le Devot et Sainct Sermon de monseigneur sainct Jambon et de madame saincte Andouille* (Rouen ?, env. 1520) commence en parodiant le signe de croix. Suit la généalogie de saint Jambon et de sainte Andouille. Mais avant de « declarer leur vie », leur martyre et leur canonisation, le récitant recommande à l'auditoire « les compaignons a plate bourse / qui courroyent troys lieux d'une course / pour avoir une repue franche / car plusieurs sont de l'alliance / du capitaine de Navarre / qui se nomme Paucque Denare ; / ung tas de vieilles maquerelles / qui trompent ces ieunes pucelles / pour avoir la fourrure au bas » ; et les jeunes « chambrieres », et les pauvres gens de « l'hostiere » ; sa propre personne, enfin ; après quoi il raconte les pérégrinations de saint Jambon, sa mort et celle de sa sœur sainte Andouille ; il termine en invitant les dames à entrer dans la confrérie de la sainte. Le *Sermon joyeulx de monsieur sainct Velu* (Rouen, 1520 env.), le *Sermon très joyeulx de monseigneur sainct Frappecul* (Rouen, 1520 env.) tiennent bien ce que leur titre promet. On peut citer encore *La Terrible Vie, testament et fin de l'Oyson*, de Jehan Le Happère (Paris, 1527) ; *Les Grands et Merveilleux Faictz du Seigneur Nemo*, de Jehan d'Abundance (Lyon, env. 1540) ; *Le Grand Testament de Tastevin, La Vie de très haulte et très puissante dame, madame Gueline* (Rouen, env. 1550) ; le *Sermon d'un cartier de mouton* (Rouen, env. 1545).

Les Monologues sont très proches des Sermons joyeux : quelques-uns pourtant s'en distinguent nettement ; l'acteur raconte une aventure dont il a été le héros, joue les divers personnages, en alternant les répliques, en reprenant le récit, sans transition, dans un mouvement extrêmement vivant. Il y a des monologues sur l'amour, la femme, le mariage, les ivrognes, les soudards, les villageois, toutes sortes de sujets ; ils sont le plus souvent d'une grossièreté déconcertante. L'un des premiers en date, le *Sermon joyeulx des barbes et des brayes* (1425 env.), fait bonne mesure à ce point de vue ; contre l'usage, il commence en français et non en latin. Le *Dit du joly cul*, de la même époque, est assez joliment tourné dans sa gaillarde verdeur qui proteste contre l'injuste préférence avec laquelle on réserve les louanges à d'autres attributs de la beauté. *La Femme mocqueresse mocquée* (Paris, env. 1450) dit les malheurs de la femme mal mariée. Dans *La Fortune d'amours* (Paris, env. 1460), un berger raconte, non sans élégance, une aventure amoureuse. Encore une aventure d'amour forme le sujet du *Monologue de la botte de foin* de Coquillart (Reims, env. 1460), du *Monologue de l'amoureux,* « qui en poursuivant ses amours demoura trois heures a une fenestre pendu par les bras et enfin se coucha dedans un baing cuidant se coucher en une couchette » (Coquillart ?, env. 1460) ; et de celui de *L'Amoureux*, « qui par fortune fust pendu a une goutiere, puis a une perche, sous les robes d'une femme ; et se sauva dedans le coffre aux hardes » (Coquillart ?, env. 1460). Vers la même date, à Paris, le *Sermon de la choppinerie* dit par son titre quel sera son sujet. — Un peu plus tard, on trouve le chef-d'œuvre des monologues de l'époque, *Le Franc Archier de Bagnolet* (Paris, env. 1468), longtemps attribué à Villon. La milice des francs archiers, instituée par Charles VII, semble ne pas avoir brillé par la valeur au cours de la guerre menée par Louis XI contre le duc de Bretagne. Pernet, franc archier de Bagnolet, vante sa vaillance : « Si ne vis je picça saison / ou j'eusse si hardi couraige / que j'ay ! Par la morbieu, j'enraige / que je n'ay a qui me combatre. / Y a il homme qui a quatre, / dis je, y a il quatre qui veuillent / combatre a moy ?... » (Une voix derrière le public fait : « Coquericoq ! ») : « Qu'esse cy ? j'ay ouy poulaille / chanter chez quelque bonne vieille ; / il convient que je la resveille. » Mais il continue le récit de ses prouesses, l'assaut du château breton qu'il aurait pris tout seul, avec son frère d'armes Guillemin, sans un page qui les a obligés à reculer. « Je ne craignoye que les dangiers / moy ; je n'avoye paour d'aultre chose. » Et ses succès avec les dames ! Les vilains « ne se fussent point esbahis / de leur mal faire ; mais nous sommes / tousjours, entre nous gentilz hommes / au guet dessus la villenaille. / J'estoye pardeça la bataille / tousjours la lance ou la boutaille / sur la cuisse : c'estoit merveille, / merveille de me regarder » ; « Or çà, çà, par où assauldray je / ce cocq que j'ay ouy chanter ? » C'est alors qu'il découvre un « épouvantail de cheneviere » (« en façon de gendarme, croix blanche devant et croix noire derriere, en sa main tenant une arbaleste ») : « Ah ! Monseigneur, pour Dieu, mercy ! / Hault le trait qu'aye la vie franche ! / Je voy bien, a vostre croix blanche / que nous sommes tout d'ung party. » Mais il aperçoit la croix noire : « Par la sang bleu ! C'est ung Breton / et je dy que je suis Françoys ! / Il est fait de toy, ceste fois, / Pernet : c'est ung party contraire ». Il se dit Breton, il prie, il supplie, il rend ses armes, il dicte son épitaphe : « Cy gist Pernet le Franc Archier / qui cy mourut sans demarcher / car de fuyr n'eust onc espace. » Que Dieu le mette au ciel « des francs archiers et des gens d'armes, / arriere des arbalestriers ». Il fait sa confession générale. Et voilà l'épouvantail qui tombe à terre ; Pernet découvre son erreur : « Qu'esse cy ? morbieu ! on se raille, / ce cuiday je, des gens de guerre ! » Il l'emporte en trophée, en saluant le public : « Et se l'on vient vous demander / qu'est devenu le Franc Archier / dictes qu'il n'est pas mort encor / et qu'il emporte dague et cor. » — Dans un monologue à peu près contemporain, le *Monologue des perruques* (Paris, env. 1470) ou du *Gendarme cassé*, celui-ci regrette sa jeunesse, et les maraudes et les bagarres. Un demi-siècle plus tard, on verra réapparaître *Le Franc Archier* en une imitation angevine, *Le Franc Archier de Carré* (1524). Mais, en reprenant notre énumération chronologique, il nous faut citer un *Sermon du poul et de la pusse* (Paris, env. 1480) ; un *Sermon nouveaulx et fort joyeulx* « au quel est contenu les maulx que l'homme a en mariage » (Paris, env. 1500), inspiré des *Quinze joyes du mariage* ; un *Monologue nouveau et fort joyeulx de la chamberiere despourvue du mal d'amours* (Paris, 1500 env.) ; un *Sermon joyeulx de la pacience des femmes obstinées contre leurs marys* (Rouen, env. 1500) ; le *Sermon joyeulx d'ung fiancé* « qui emprunta ung pain sur la fournée à rabattre sur le temps advenir » (Rouen ?, env. 1500) : après les facéties du début, et avant d'entrer dans un récit qui prendra beaucoup moins de voiles que le titre, l'acteur s'adresse au public : « Or ça, chascun tende la main / a la bourse ; il en est temps ! » La fiancée du sermon précédent n'avait pas besoin des conseils du *Sermon pour une nopce* de Roger de Collerye (Auxerre, 1505 env.), ou « Discours joyeulx pour advertir la nouvelle mariée de ce qu'elle doibt faire la premiere nuict ». Du début du XVIe siècle est aussi le *Sermon joyeux d'ung dépuceleur de nourrices*, moins déshonnête que ne pourrait le faire croire son titre, et doué d'un mouvement, d'une verve, d'une sobriété rares, qui en font une véritable scène de théâtre et l'un des chefs-d'œuvre du genre. — Nous rappellerons encore le *Sermon de l'andouille* (Paris, 1520 env.), l'un des plus orduriers qui aient été portés sur la scène ; le *Sermon joyeulx d'un ramoneur de cheminée*, non moins grossier ; un *Sermon joyeux pour rire* (Rouen, 1530 env.). *Les Moyens d'éviter merencolie* (1529) et *La Medecine qui guarit de tous maux*, s'ils ne sont pas de véritables monologues, y ressemblent beaucoup ; à propos de médecine, comment ne pas citer, très proches du monologue également : *Le Patenostre des Verollez* et *Le Triumphe de haulte et puissante dame Verolle et le pourpoint fermant à boutons*, au titre plus cocasse que ne l'est le poème ? Citons encore le *Discours joyeux des friponniers et friponnières* (Rouen, env. 1530), finissant avec la publication d'une bulle qui octroie le pardon de toutes les fautes d'amour : un *Monologue fort joyeulx* « auquel sont introduictz deux advocatz et ung juge devant lequel est pladoyé le bien et le mal des dames » (1530 env.), où l'acteur tient les trois rôles ; un *Monologue de Robin* « lequo a predu son precez » (Poitiers, 1541) ; un autre monologue de sujet villageois, de Poitiers également, de trente ans postérieur, portant le titre : « *Racontation* de queu qu'est arrivy a Perrot Beagars se faisant foere la barbe a Paris » (1570 env.). De la moitié du siècle est un *Sermon joyeux des quatre vens* (Rouen, 1550 env.) dont il est superflu de préciser le sujet, mais qui est intéressant car il contient l'invitation que nous avons déjà vue dans le *Sermon d'ung fiancé*. Nous retrouvons enfin dans le dernier quart du siècle une *Chambrière à louer à tout faire* (Paris, 1573 env.), qui reprend, au féminin cette fois, un thème remontant, comme nous l'avons dit, au XIIIe siècle, et qui avait été souvent remanié (*Watelet de tous mestiers*, monologue picard du début du XVIe siècle et autres).

Les *Sermons joyeux* et les *Monologues*, comme les *Soties* et les *Farces* (*) de la même période, qui rivalisent avec eux dans une obscénité énorme et naïve, caractérisent l'un des aspects les plus originaux du théâtre comique de l'époque, et donnent une image colorée et pleine de vie de l'esprit bourgeois et populaire au cours de ce siècle, de son gros rire bon enfant, éloigné de toute complication sentimentale ou psychologique. – J. Koopmans a édité un *Recueil de sermons joyeux des XVe et XVIe siècles* (Genève, Droz, 1988), et L. Polak, *Le Franc Archier de Bagnolet* (Genève, Droz, 1966).

SERRES Olivier de. Agronome et écrivain. Né et mort à Villeneuve-de-Berg (Ardèche) (vers 1539-2 juillet 1619). Issu d'une famille protestante, frère de Jean de Serres, historien du XVIe siècle et traducteur latin de Platon, il milite dans les rangs calvinistes et jusqu'en 1595 il demeure en Vivarais un ferme tenant de la « Cause », siégeant aux assemblées du parti, toujours désigné pour les députations importantes. Mais ce gentilhomme paysan participe aussi à ce mouvement de retour à la terre qui caractérise le calvinisme. Il s'emploie continûment à mettre en valeur son domaine du Pradel. Il peut enfin s'y installer paisiblement à partir de 1573 et multiplie dès lors ses efforts pour en faire une exploitation modèle, pratiquant la culture du maïs et du mûrier, amenant l'eau par des canaux d'irrigation, implantant la pomme de terre dans le sol du Vivarais, utilisant même des prairies artificielles. Ses voyages à l'étranger, en Italie, en Allemagne, restent incertains, mais il est sûr qu'Olivier de Serres fut appelé à Paris par Henri IV. Pour encourager l'industrie de la soie, il publia en 1599, sur la demande du roi, un traité de *La Cueillette de la soie*. Un an plus tard, son *Théâtre d'agriculture et ménage des champs*, où il consigne avec une simplicité savoureuse les résultats de quarante ans de recherches et de pratique, lui apporta une gloire qui ne s'éclipsera qu'à la fin du XVIIe siècle, devant la vogue, alors, de *La Maison rustique* de Ch. Estienne et Liébault. Mais pas un instant Olivier de Serres ne cessa de veiller sur sa propriété du Pradel, tout en employant ses dernières années à propager dans la région la culture de la soie. Il vint à un moment décisif de l'économie française, alors que la vie rurale reprenait son essor, que les pillages et les dévastations, suites de la guerre, provoquaient un renouvellement des instruments et des méthodes de culture restés inchangés depuis le Moyen Âge. L'action d'Olivier de Serres, d'abord isolée, devint un symbole du relèvement économique qu'Henri IV s'efforça de susciter.

Il n'est pas besoin d'être un technicien de l'agronomie ni un historien pour trouver plaisir à lire Olivier de Serres : son livre, comme son action, marque bien le moment où la France retourne au calme, où elle retrouve un bon sens alerte, malicieux, la joie profonde d'être naturelle.

RÉF. : Reisner, *Olivier de Serres, sa vie, ses travaux, ses écrits*, 1858. – H. Vaschalde, *Olivier de Serres, seigneur du Pradel*, 1886. – A. Lavondès, *Olivier de Serres, seigneur du Pradel*, 1936. – F. Léquesne, *La Vie d'O. de Serres*, 1942.

Servitude et grandeur militaires. Ouvrage en prose d'Alfred de Vigny (1797-1863), publié en 1835. Il comprend trois nouvelles : *Laurette ou le Cachet rouge, La Veillée de Vincennes* et *La Canne de jonc*. Chacune d'elles est précédée et suivie de considérations sur le rôle du soldat et le caractère des armées. *Le Cachet rouge* retrace l'aventure d'un capitaine de frégate, héros de l'obéissance passive, qui, après avoir exécuté sa consigne, emploie le reste de sa vie à expier. On lui a donné, en effet, l'ordre de fusiller à bord un innocent. Cet ordre est contenu dans une lettre cachetée de rouge, dont il ignorait la teneur au départ. Il l'ouvre en pleine mer. Il est obligé d'y obéir. Le condamné est un jeune poète avec lequel le capitaine, en cours de traversée, s'est lié d'une grande amitié : le drame est d'autant plus atroce. L'épouse du poète, Laure, qui s'était embarquée avec lui, assiste à l'exécution et en devient folle. Elle est adoptée par le marin, qui abandonne sa carrière et vagabonde sur les routes, hanté par le souvenir de la tragédie. Récit sobre, lourd d'émotion, qui ouvre le triptyque sur un monde d'hommes frustes et rudes. – *La Veillée de Vincennes* : un vieil adjudant, gardien du magasin à poudre du dépôt de Vincennes, commet une imprudence dans son service et est responsable d'une explosion qui lui coûte la vie. Avant la catastrophe, il s'est lié avec les deux jeunes officiers du dépôt, le narrateur lui-même et Timoléon d'Arc. Il leur a exposé l'histoire de sa carrière ; sa rencontre, étant enfant, avec la reine Marie-Antoinette qui lui avait prédit le métier des armes ; puis son installation à Vincennes où il coule une vie heureuse en compagnie de sa fille... Toute mêlée de souvenirs personnels à Vigny, la nouvelle prend prétexte du drame final pour évoquer la vie de garnison et le fatalisme qui s'attache aux existences les plus humbles. Un cynisme hautain se dégage des dernières pages, où le narrateur fait un croquis de la tête du gardien, arrachée par l'explosion. – *La Vie et la mort du capitaine Renaud ou la Canne de jonc :* après l'histoire de deux âmes simples, voici celle d'un homme supérieur intellectuellement à la destinée qui lui est faite. Héros obscur des guerres de Napoléon, il a, en 1814, transpercé de son épée un jeune officier russe. Las de la guerre, il quitte le service surtout « pour l'honneur ». Après la mort de l'Empereur, le capitaine reprend du service et fait la guerre d'Espagne. Il mourra d'une bille d'agate partie du pistolet d'un gamin de treize ans, et acceptera avec sérénité cette fin sans gloire. Le récit contient de belles digressions, telle, sous le titre « Le Dialogue inconnu », l'entrevue de l'Empereur et du pape en 1804 à Fontainebleau. Il a, à l'instar des deux autres nouvelles, l'allure d'une page d'histoire. L'une des secrètes pensées du livre est de prononcer la condamnation de Napoléon ; mais la satire n'est pas faite au bénéfice de Louis-Philippe et ne profite pas davantage aux Bourbons. *Servitude et grandeur militaires* est l'œuvre d'un incroyant en matière politique ; c'est surtout le livre d'un poète qui exprime par des images son âme profonde. Tempérament sensitif et fermé, impropre à la vie sociale, Vigny dans cet écrit, qui passe pour l'un de ses plus grands, se retire, moins pour philosopher que pour retrouver la compagnie de ses frères d'armes et proclamer la seule « religion » encore possible, celle de l'honneur.

SÉVIGNÉ Marie de Rabutin-Chantal, marquise de. Épistolière. Née à Paris, le 5 février 1626, décédée au château de Grignan en Provence, le 17 avril 1696, elle est la plus célèbre auteur de *Lettres* (*) en France. Celles-ci sont intimement liées à sa biographie, et dans sa biographie il y a matière sans doute pour un roman, à coup sûr pour une étude sociologique très complète, et, si on le peut, pour une analyse psychologique complexe.

Dans ses lettres, Mme de Sévigné exprime souvent combien elle est attachée à l'ancienneté et à la qualité de sa noblesse. La réalité est plus ambiguë. Du côté paternel elle appartient à une très vieille famille de gentils-hommes de Bourgogne, les Rabutin. Les généalogistes en avaient trouvé trace dès le XIIe siècle. La tradition dans cette famille était d'afficher de la bravoure, du panache, et aux diverses générations les hommes semblent avoir eu soin d'entretenir cette image. Le père de l'épistolière lui-même, Celse de Rabutin-Chantal, eut plusieurs duels, dut s'éloigner de Paris pour éviter les poursuites, les duels étant réprimés par la loi. En 1627, il s'engagea comme volontaire, pour rentrer en grâce, dans les troupes qui défendaient l'île de Ré où les Anglais tentèrent de débarquer pour aider les assiégés de La Rochelle : il se montra plus que téméraire au combat, il y mourut. Les Rabutin avaient aussi la réputation d'avoir de l'esprit, vif et volontiers caustique ; et de mener grande vie. Aussi ces aristocrates étaient chroniquement démunis ; pour se renflouer, ils épousaient des filles riches de la bourgeoisie ou de la noblesse de robe. Ainsi la grand-mère paternelle de l'auteur était fille d'un président du parlement de Bourgogne. Devenue veuve, celle-ci se consacra à la religion, et sur les conseils de François de Sales fonda l'ordre de la Visitation ; elle fut canonisée sous le nom de sainte Jeanne de Chantal. Du côté paternel, Mme de Sévigné provient donc d'une famille à la fois très aristocratique et très célèbre dans la spiritualité.

Du côté maternel, elle descend d'une des plus riches familles bourgeoises de l'époque. Sa mère était Marie de Coulanges (en ce temps, particule ne signifie pas noblesse), fille d'un bourgeois qui s'est enrichi d'abord comme fournisseur des armées, puis comme fermier des gabelles pour la moitié de la France. Orpheline de père à l'âge d'un an et demi, la future épistolière fut élevée dans la famille de sa mère. Celle-ci mourut en 1633, mais les Coulanges obtinrent que l'enfant demeurât chez eux. Elle subit peu l'influence dévote et austère de sa grand-mère paternelle, avec qui elle n'eut que des contacts rares et brefs. Et quoique orpheline, son enfance fut sans doute heureuse, dans une famille nombreuse, richissime, où on avait soin d'elle, et où on pratiquait une éducation souple et libérale. Elle restera toute sa vie très attachée aux Coulanges.

La famille habite de belles demeures, dans le quartier du Marais et, comme maison de campagne, à Sucy-en-Brie. L'abbé de Coulanges, oncle de l'enfant, veille sur son éducation. Pour être libérale, celle-ci n'en est pas moins remarquablement formatrice pour l'époque : une famille alliée, les de La Trousse, a pour précepteur un jeune homme de lettres qui commence à devenir célèbre, Jean Chapelain ; il sera le premier précepteur de la jeune fille. Lui succède, sur sa recommandation, un autre écrivain en passe de devenir influent en son temps, l'abbé Ménage. De sorte que se forge une instruction littéraire, en français et en italien, avec aussi de l'espagnol et du latin, exceptionnelle pour une jeune fille de l'époque. Au capital social de renommée (les Rabutin-Chantal) et au capital financier (les Coulanges) vient s'ajouter un capital intellectuel alors extraordinaire.

Mais la logique sociale d'une telle famille n'est pas de produire des écrivains, encore moins des « écrivaines »... En toute bonne logique, la jeune fille épousa un gentilhomme, le baron (qui depuis peu se faisait donner le titre de marquis) Henri de Sévigné : breton, de très vieille famille aristocratique comme les Rabutin, pas ruiné mais pas riche, viveur, noceur et duelliste acharné lui aussi. Il emmène sa femme dans sa propriété des Rochers, près de Vitré, et la vie se partage quelques années entre là et Paris, où le mari file, dès qu'il le peut, faire la grande vie, et de grosses dettes. Ils eurent une fille, le 10 octobre 1646, Françoise-Marguerite, et un fils Charles, le 12 mars 1648. La Fronde venue, les Sévigné sont du côté des princes rebelles, et la marquise fréquente les milieux mondains de ce parti. En 1651, le mari est tué en duel. Elle reste près d'un an aux Rochers, pour le deuil, et pour mettre en ordre ses affaires, que le mari viveur avait malmenées. Elle revient ensuite à Paris. Cette jeune veuve, assez bien lotie, très jolie et réputée spirituelle, est courtisée. Cela fait partie de la gazette mondaine du Tout-Paris, où elle brille. Elle incline à la vie gaie, mais elle reste sage, c'est-à-dire qu'elle ne prend pas d'amant. Un semblant d'intrigue se noue avec son cousin Bussy-Rabutin, futur académicien et auteur de la scandaleuse *Histoire amoureuse des Gaules*, mais à ce moment fringant aristocrate belliqueux et aventureux. Ce qui fournit aux commérages et alimentera leurs échanges épistolaires et leurs jeux d'esprit, qui sont essentiels dans leur relation. Ils se brouillent un moment, et Bussy fera d'elle un portrait satirique, qu'il insère dans son livre. Anecdotes mondaines autant que littéraires... Dans ces années-là, surtout, elle fréquente le monde et les gens d'esprit. La Rochefoucauld, Mme de La Fayette, la famille Arnauld, Ménage sont de ses amis. On rivalise d'esprit, on cultive l'art de la conversation, orale ou épistolaire, on est à la mode mais sans excès. Elle est brillante ; elle est assez « snob » aussi. Elle fréquente le milieu de Fouquet, le surintendant des Finances, alors en pleine ascension politique. Elle a, via Ménage, des contacts avec Pellisson, Scudéry, La Fontaine, le courant « galant ». Son style y est adapté. Fouquet lui fait même des avances. Il garde des lettres d'elle ; quand il est arrêté, on les trouve dans ses papiers privés. On jase ; il n'y avait rien. Elle soutiendra, discrètement, Fouquet dans son procès. Sans se mêler de politique, elle prend parti contre Colbert. Mais elle ménage ses contacts avec les gens de la Cour, avec la Grande Mademoiselle, cousine du roi, même si elle ne fréquente pas beaucoup la Cour proprement dite.

Elle élève ses enfants ; ses affaires se sont bien stabilisées et elle dispose d'une large aisance : le clan des Coulanges reste puissant dans les questions d'argent. Elle cherche un parti pour sa fille. C'est, finalement, le comte de Grignan. Il a quarante ans, est deux fois veuf, mais appartient à la meilleure aristocratie de Provence. Il vit alors à Paris. Le mariage se fait en 1669. Mais un an après, il est nommé lieutenant général de Provence et part dans le Midi remplir sa charge. Sa femme est enceinte, elle accouche à Paris puis, laissant sa fille en nourrice aux soins de Mme de Sévigné, elle part rejoindre son mari, en 1671.

Cette date est cruciale dans la biographie de Mme de Sévigné, et pour son œuvre. Sa fille était belle, cultivée (La Fontaine lui a dédié une de ses fables pour se faire valoir, profitant du renom qu'elle avait), mais elle était assez renfermée, peu expansive avec sa mère en tout cas. Seulement, une fois la séparation advenue, le ton entre elles va changer : la fille se montrera aimable, la mère, désespérée. Tout cela, par les courriers qu'elles échangeront.

C'est à ce moment que commence l'œuvre de Mme de Sévigné. Jusque-là, elle avait écrit des lettres, bien entendu, comme toute femme d'esprit et mondaine. Certaines ont été conservées : aux Coulanges, à Ménage qui était son soupirant, à M. de Pomponne à propos du procès Fouquet (avec qui il avait collaboré), à Bussy-Rabutin (qui très vite, les jugeant bien tournées, en garde copie, avec copie des siennes, et sera le premier à en publier). C'étaient des lettres brillantes, dans le registre « galant » alors en vogue, mais semblables à tant qui circulaient dans les salons, et pas si abondantes. Avec le départ de Mme de Grignan, le ton et le flux sont bouleversés : elle écrit énormément, deux fois par semaine usuellement, parfois davantage, et des lettres longues, où tout passe, des anecdotes et commérages de Paris et de la Cour aux confidences intimes, aux conseils et aux plaintes, surtout aux plaintes, aux incessants gémissements de la douleur d'être séparée de sa fille.

Pendant un quart de siècle, la vie de Mme de Sévigné se structure selon deux pôles : Paris (avec des séjours dans sa propriété des Rochers, l'été) et Grignan. Elle fait le voyage de Provence, sa fille vient parfois à Paris. Ces retrouvailles ne les satisfont pas vraiment. Mais dès qu'elles sont éloignées, la pluie du courrier reprend. Au total, Mme de Sévigné a écrit plus d'un millier de lettres (toutes n'ont pas été conservées), dont les trois quarts environ à sa fille. Ce flot est sans équivalent.

Sa vie, durant ce temps, reste celle d'une aristocrate. Elle se montre à la Cour, elle voit régulièrement la meilleure société. L'âge avançant, elle est plus soucieuse de dévotion ; et puis c'était de plus en plus dans l'air du temps. Sa vie mondaine, moins brillante qu'avant 1671, est constante cependant ; en tout cas, elle voit presque chaque jour les mêmes amis intimes. À Paris, elle s'est installée à l'Hôtel Carnavalet, tout près du quartier de la place Royale (place des Vosges), au cœur du Marais, où elle avait passé son enfance et passa, en fin de compte, sa vie. Elle séjournait aussi parfois aux Rochers, veillant à ses fermages en même temps qu'elle s'aérait. Son fils Charles, le chevalier de Sévigné, vivait sur le mode de la noblesse d'épée, servant à l'armée et se donnant joyeuse existence le reste du temps. Il eut un moment pour maîtresse la libertine Ninon de Lenclos, qui l'avait été de son père... Il eut aussi, en partie en même temps, l'actrice Champmeslé, qui par ailleurs, outre son mari, avait alors Racine dans sa vie. Sa mère s'efforçait de lui éviter le discrédit et la ruine. Mais, tout en le blâmant, en lui faisant des remontrances de morale chrétienne, elle fit preuve à son égard de compréhension et de patience, comme elle avait fait avec le père, et même elle riait parfois avec lui de ses frasques, ou, à ses dépens, de ses déboires ; on est loin d'une mentalité de bigoterie austère. Plus tard, il se rangea et sa fin de vie fut assez sérieuse et même, enfin, très chrétienne.

Un autre grand souci de Mme de Sévigné était le sort de sa fille. Le comte de Grignan achevait de se ruiner : non pas en menant une vie de débauché, mais en engageant des dépenses somptuaires pour tenir le rang qu'impliquait sa fonction. Il y avait aussi des problèmes de santé, les grossesses et les couches de Mme de Grignan. Les enfants qui survécurent étaient de complexion faible : hérédité syphilitique du côté Grignan semble-t-il. Sur ses vieux jours, Mme de Sévigné finit (1694) par aller s'installer auprès de sa fille.

Elle trouva les Grignan tout à fait ruinés, et Mme de Grignan très affaiblie. Pour arranger les affaires, on maria le fils avec la fille d'un richissime fermier des impôts du Languedoc, mais roturier, ce qui choquait dans ce milieu entiché de titres nobiliaires (en dépit des origines de Mme de Sévigné elle-même). La ruine était parée. Restait la santé de la fille. Mme de Sévigné la soigna avec angoisse et dévouement durant l'hiver 1695-96. Mme de Grignan se remettait, Mme de Sévigné envisageait de la ramener avec elle à Paris ; mais elle tomba malade à son tour et mourut en deux semaines, au printemps 1696.

Elle fut inhumée dans la collégiale de Grignan. La tombe fut ouverte et ses restes dispersés à la Révolution... Ses lettres, conservées dans les greniers de Grignan, allaient connaître, de leur côté, une histoire compliquée. Bussy-Rabutin, publiant ses *Mémoires* (1696) et ses *Lettres* (1697), y inclut celles qu'il avait reçues de sa cousine et copiées. C'était peu ; mais les descendants de la marquise prirent conscience de la valeur de cette correspondance. Une première édition, partielle, en sortit en 1726, et depuis elles furent rééditées, complétées, corrigées. Trente ans après sa mort, Mme de Sévigné commençait une destinée littéraire : elle lui valut d'accéder, très vite, dès le XVIIIe siècle, à une notoriété considérable, à une qualification d'écrivain qu'elle n'avait jamais eue de son vivant.

ALAIN VIALA.

RÉF. : B. Bray, « Le Système épistolaire de Mme de Sévigné », dans *RHLF*, mai-août 1961. — J. Cordelier, *Mme de Sévigné par elle-même*, Paris, 1967. — R. Duchêne, *Mme de Sévigné et la lettre d'amour*, Paris, 1970. — *Correspondance*, éd. par R. Duchêne, Paris, « La Pléiade », 1973-1978, 3 vol. — « La Lettre au XVIIe siècle », dans *RHLF*, décembre 1978. — R. Duchêne, *Mme de Sévigné ou la Chance d'être femme*, Paris, 1982 ; *Écrire au temps de Mme de Sévigné*, Paris, 1982.

Signe. Unité linguistique (morphème ou mot) qui entretient avec le référent des rapports pragmatiques de désignation et établit avec d'autres signes de la même classe sémiotique des rapports syntagmatiques (séquence de signes) ou paradigmatiques (associations de nature formelle : *arbre / marbre,* et sémantique : *arbre / feuille*). Ensemble complexe et psychique, il comporte deux faces indissociables : le *signifiant* (réalisations phonique et graphique, que Saussure nomme « images acoustiques », mais que les phonologues tiennent pour virtuelles et incorporelles) et le *signifié* (le contenu — le « concept » de Saussure — qu'on ne confondra pas avec le référent). Le caractérisent en outre : la *linéarité* (le signifiant se déroule dans le temps de la chaîne parlée), *l'immutabilité* (la communauté linguistique impose le code), la *variabilité* (évolution phonétique et sémantique), la *double articulation* (monèmes ou morphèmes formant des unités significatives minimales pourvues d'une forme et d'un sens ; phonèmes, unités minimales distinctives, non significatives). Au contraire d'autres systèmes de signes indiciel (fumée signalant le feu), iconique (signaux routiers) ou symbolique (balance de la justice), le signe linguistique exclut toute ressemblance entre signe et référent (*arbitraire du signe*), sauf dans les cas limites de l'onomatopée, de la motivation formelle (les séries morphologiques comme *perspicacité, sagacité*) ou sémantique (*œil de bœuf* est plus évocateur que *fenêtre*), et de la remotivation poétique ou littéraire qui, par divers procédés phonétiques, sémantiques, syntaxiques, etc., vient « rémunérer le défaut des langues », comme dit Mallarmé à propos du mot *nuit* dont il juge le phonétisme trop « clair ».

OLIVIER POT.

SIGOGNE Charles-Timoléon de Beauxoncles, sieur de. Poète satirique. Il naquit vers 1560, et mourut à Dieppe le 16 avril 1611. Soldat, il se battit dans les guerres civiles et succéda à son père comme gouverneur de Dieppe. Accueilli à la cour d'Henri IV, il favorisa les amours du roi et de Mme de Verneuil. S'il était apprécié pour ses bons mots, sa verve caustique lui attira néanmoins des inimitiés et nombre de soufflets et bastonnades. Accusé d'avoir courtisé pour son compte la marquise de Verneuil, il fut contraint de se retirer à Dieppe. Rentré en grâce auprès d'Henri IV, il ne demeura guère à la Cour, ayant pris goût à la vie facile qu'il menait à Dieppe. Objet de scandale pour ses mœurs homosexuelles, il exaspéra la population par ses prélèvements abusifs d'impôts. Aux abois après la mort d'Henri IV, il fut terrassé par une fièvre qui lui permit d'échapper à la vengeance de ses ennemis. Son rival, le satirique Motin, avait écrit contre lui de véritables invectives.

Les *Œuvres satyriques complètes* de Sigogne ont été rassemblées à partir de publications éparses dans les recueils collectifs, tels les *Muses gaillardes* (1609), les *Bigarrures* (1614), le *Cabinet satyrique* (1617), le *Parnasse des poètes satyriques* (1622). De tous les poètes satiriques de son temps, il fut le plus lu et exerça une influence prépondérante, au même titre que Mathurin Régnier. Pierre Louÿs le considérait comme le créateur en France de cette « poésie burlesque » qu'on retrouve notamment dans les *Lettres satyriques* de Cyrano de Bergerac.

DOMINIQUE BERTRAND.

Silence de la mer (Le). Récit publié clandestinement en 1942 par Vercors (pseud. de Jean Bruller, 1902-1991). L'hiver 1940. Dans une vieille maison, un vieil homme et sa nièce hébergent un officier allemand. Chaque soir, celui-ci descend dans la grande pièce où ses hôtes mènent une veillée silencieuse. Il parle de son pays, de la musique, de son amour de la France, de ses espoirs aussi ; il parle seul cependant, dans le silence, un silence qui n'est pas même hostile. Le jeune officier le sent bien, qui y puise presque un réconfort : « Je suis heureux d'avoir trouvé ici un vieil homme digne. Et une demoiselle silencieuse. Il faudra vaincre ce silence de la France. Cela me plaît. » Peu à peu, par ses longs monologues solitaires, l'officier arrache ses hôtes à l'indifférence. Certes, ils ne parlent toujours pas, ils ne sauraient parler, mais au moins écoutent-ils et commencent-ils à admirer tant d'obstination passionnée. Cependant, après une permission parisienne, l'officier cesse ses veillées. Six mois se passent. Lorsque un soir il redescendra, ce sera pour crier son désespoir : « Ils éteindront la flamme tout à fait. L'Europe ne sera plus éclairée par cette lumière ! » Il a vu à Paris ce que ses chefs s'apprêtaient à faire de la France, son âme de musicien-poète se révolte, est au bord même de prêcher la révolte à ceux qui sont malgré tout ses ennemis. Non. Il annonce son départ : « J'ai demandé à rejoindre une division en campagne. » C'est toujours dans le silence qu'il fera ses adieux ; mais cette fois-ci, la jeune fille lui répondra, un mince adieu presque inaudible mais suffisant cependant : « Il se redressa, et son visage et tout son corps semblèrent s'assoupir comme après un bain reposant. » Cette nouvelle sensible et digne, débordant à la fois de douleur et d'espoir, rendit son auteur célèbre. Elle fit, en 1948, l'objet d'une adaptation cinématographique par J.-P. Melville.

SIMENON Georges. Écrivain belge de langue française. Né à Liège le 13 février 1903, mort le 4 septembre 1989 à Lausanne. Fils de Désiré Simenon, employé dans une compagnie d'assurances, et d'Henriette Brüll, ménagère. À la fin de la Première Guerre mondiale, il interrompt ses études secondaires en raison de la grave maladie de son père, exerce durant quelques semaines les métiers d'apprenti pâtissier et de commis de librairie, avant d'entrer, à 15 ans, à *La Gazette de Liège*, où il commence par tenir la rubrique des « chiens écrasés » avant de composer des billets d'humeur quotidiens sur des sujets variés (784 articles répertoriés). Une excellente école pour le jeune Simenon dont le premier roman, *Au Pont des Arches*, paraît en septembre 1921.

Un an plus tard, il part à la conquête de Paris. Engagé comme garçon de courses pour une ligue d'Anciens Combattants dirigée par le romancier Binet-Valmer, puis comme secrétaire du marquis de Tracy, il produit, entre 1923, date de son mariage avec Régine Renchon, et 1936, de mille à onze cents contes écrits sous pseudonymes, destinés au *Matin*, où l'introduit Colette, ainsi qu'aux feuilles galantes qui font fureur à l'époque. Autre preuve de ses appétits de polygraphe, ses romans populaires, écrits sous les pseudonymes de Georges Sim, Christian Brulls ou Jean du Perry entre 1924 et 1934, tiennent en trois catégories différentes coulées dans le moule des collections populaires des éditeurs Prima, Tallandier ou Ferenczi : le roman sentimental, avec ses personnages typés, ses intrigues à l'eau de rose où l'amour finit toujours par triompher d'obstacles divers ; le roman léger, teinté de grivoiserie et d'un humour plutôt leste ; et enfin, le roman d'aventures aux épisodes débridés et dont certains titres participent parfois d'une idéologie de type raciste.

Il reste que Simenon n'a jamais renié cette abondante production (quelque 190 romans) aux titres de pacotille comme *Un viol aux Quat'z' Arts, Les Larmes avant le bonheur* ou *Se Ma Tsien le sacrificateur*, car elle lui a permis de faire ses gammes et d'acquérir le sens de la composition, la maîtrise des dialogues, l'efficacité narrative et le goût de l'évocation concrète. C'est d'ailleurs à cette époque que le personnage de Maigret prend peu à peu forme, jusqu'à sa mise au monde définitive dans *La Maison de l'inquiétude* (1929).

Ce succès de feuilletoniste lui permet de fréquenter le Tout-Paris des années folles, de passer ses loisirs en ripailles, voire en orgies, avec ses amis, peintres notamment, et à produire à un rythme effréné. Notons que le pouvoir de mystifier de celui que le caricaturiste Ralph Soupault appelle le « Citroën de la littérature » est étonnant, que ce soit dans les interviews ou dans le fameux épisode au cours duquel Simenon devait écrire un roman en vingt-quatre heures et en public, enfermé dans une cage de verre : en fait l'événement n'a pas eu lieu, mais quelques journalistes n'ont pas hésité à le relater. Quoi qu'il en soit, Simenon commence à bâtir lui-même son propre mythe.

Au-delà de cet aspect, Simenon possède un terrible appétit de la vie sous toutes ses formes, le besoin de mener mille existences jusqu'à l'épuisement afin de tout connaître « horizontalement, en prenant contact avec les pays et les races, avec le climat et les mœurs », mais aussi « verticalement, en ayant accès aux différentes couches sociales afin d'être à l'aise aussi bien dans un bistrot de pêcheurs que dans une foire aux bestiaux ou dans les salons d'un banquier ».

Après un tour de France par les canaux et les rivières et pendant un voyage maritime vers le nord de l'Europe, Simenon délaisse ses pseudonymes et aborde, en 1929, ce qu'il appelle la « semi-littérature », avec son policier fétiche, Jules Maigret, dont les enquêtes policières, publiées chez Fayard sous couverture photographique et lancées en février 1931 par une opération publicitaire tapageuse, un « bal anthropométrique » à la Boule blanche (Montparnasse), rencontrent un succès immédiat. Succès nourri par le rythme des parutions, par les traductions en une dizaine de langues et par les adaptations cinématographiques de Jean Renoir (*La Nuit du carrefour*), d'Abel Tarride (*Le Chien jaune*) et de Jean Duvivier (*La Tête d'un homme*). Dix-neuf enquêtes verront le jour durant la période « Fayard », considérée par certains comme l'âge d'or de Maigret.

Dans la foulée, toujours chez le même éditeur, paraissent *Le Relais d'Alsace, Les Fiançailles de Monsieur Hire*, *La Maison du canal*..., ses premiers romans « durs », appelés aussi « romans de la destinée » par Maurice Piron. Parallèlement à cette activité littéraire, les voyages en Afrique (1932), en Europe de l'Est (1933), autour du monde (1935), financés par les reportages qu'il donne à *Voilà*, au *Courrier Royal* ou à *France-Soir*, lui inspirent des romans exotiques comme *Le Coup de lune* (1933), *Les Gens d'en face* (1933), *Le Blanc à lunettes* (1937) ou *Touriste de bananes* (1938).

Dès 1933, Simenon entre chez Gallimard, auquel il donnera nombre de chefs-d'œuvre psychologiques comme *Le Locataire* (1934), *Les Pitard* (1935), *Les Sœurs Lacroix* (1938), *Le Bourgmestre de Furnes* (1939), *Les Inconnus dans la maison* (1940), *Le Voyageur de la Toussaint* (1941), *La Veuve Couderc* (1942) ou *La Vérité sur Bébé Donge* (1942). 1938 le verra s'installer en Vendée, où il restera durant toute la Seconde Guerre mondiale. Guerre dont on ne trouvera que peu de traces dans l'œuvre. À cette époque, André Gide lui conseille de réécrire *Je me souviens* (1945) sous une forme romanesque, ce qui donnera *Pedigree* (1948), l'œuvre matricielle de Simenon.

En 1945, il rompt avec Gallimard au profit des jeunes Presses de la Cité, fondées par Sven Nielsen, auxquelles il donnera cinquante-deux Maigret et quatre-vingt-douze romans « durs » parmi lesquels les inoubliables *Lettre à mon juge* (1947), *La neige était sale* (1948), *Le Temps d'Anaïs*, *Les Anneaux de Bicêtre* (1963), *Le Petit Saint* (1965)... De 1945 à 1955, Simenon séjourne aux États-Unis, où il épousera Denyse Ouimet, qui serviront de cadre à plusieurs romans tels *Trois chambres à Manhattan* (1946), *Feux Rouges* (1953) ou *L'Horloger d'Everton* (1954). Ensuite, il regagne l'Europe et s'installe définitivement en Suisse. En 1972, soit une année après la mort de sa mère (avec laquelle il aura toujours entretenu des rapports conflictuels), Simenon cesse d'écrire des fictions, quitte sa vaste demeure d'Épalinges et s'installe à Lausanne avec Térésa, sa dernière compagne. Muni d'un enregistreur, il entame ses 21 *Dictées*, puis, après le suicide de sa fille Marie Jo, rédige ses *Mémoires intimes* (1981) dans lesquels il livre tout de ses trajectoires conjugale, familiale et littéraire.

Largement adaptée au cinéma et à la télévision, traduite en cinquante-cinq langues, vendue à quelque cinq cent cinquante millions d'exemplaires, cette œuvre majeure n'en pose pas moins un problème à l'institution littéraire, en dépit des louanges adressées à Simenon par Henry Miller, Max Jacob ou André Gide, dont chacun connaît la sentence fameuse : « Simenon est le plus grand romancier de tous, le plus vraiment romancier que nous ayons en littérature. » Sa rapidité d'écriture, l'immensité de sa production, son succès mondial et son parcours de romancier populaire ayant investi la grande littérature ne correspondent pas à l'image traditionnelle de l'écrivain français telle que nous la présentent les instances de reconnaissance critiques, lesquelles ont toujours établi des distinctions entre les sphères de grande production et les publications destinées à un public choisi. Il n'empêche : en dépit de ces préjugés, liés aussi à l'image de marque qu'il a construite lui-même, Simenon a bâti un univers d'une extraordinaire authenticité, en prise directe sur la condition humaine. En effet, il apparaît clairement que l'enjeu majeur de cette œuvre réside dans la conquête d'une identité et dans la réintégration des personnages dans les champs familial, social ou géographique. En somme, dans la nécessité de retrouver sa « place » dans l'univers, le personnage simenonien n'est que rarement maître de sa destinée. Tout au plus s'empresse- t-il, avec les moyens du bord, d'accomplir le rôle social que la société lui a attribué.

Chez Simenon, l'espace psychosocial se trouve souvent cadenassé par les conventions et défendu par les figures castratrices de la mère et de l'épouse. Envahissantes et dominatrices, elles visent essentiellement au maintien de leur souveraineté et à la conquête illusoire de nouveaux champs sociaux. La mère, le plus souvent, est donc incapable d'envisager sérieusement l'existence d'autrui détaché d'elle-même. En somme, cette gardienne de la tyrannie domestique, image même de la propre mère de Simenon, fait en sorte de soumettre son entourage à sa vision du monde, ce qui entraîne des relations aliénantes avec le mari ou le fils. Certes, d'aucuns comme Hans Kupérus (*L'Assassin*, 1937) ou Kees Popinga, *L'Homme qui regardait passer les trains* (1938), accèdent parfois à un type de vie différente, à une existence pleine, à une évasion émancipatrice.

Mais, les moments d'euphorie passés, la situation se dégrade rapidement, de telle sorte qu'à leur retour dans la norme, ils retrouvent leurs aliénations initiales encore renforcées. Jacques Dubois (spécialiste du roman policier et sociologue de la littérature) l'a démontré : souvent la déviance s'accompagne d'une rentrée dans le rang. C'est donc que la tentative de marginalisation, au cours de laquelle le personnage devient l'acteur de sa propre vie au lieu d'en être le spectateur, peut aboutir à un retournement illusoire et non à une authentique libération : à prendre le contre-pied des valeurs en place pour exprimer son malaise existentiel, le rebelle simenonien demeure tributaire de son clan et se montre incapable d'échapper vraiment à l'autorité qui gouverne son destin.

Cette impuissance à exister s'exprime par des thèmes aussi variés que l'incommunicabilité (*Le Chat*, 1967), la solitude (*L'Homme au petit chien*, 1964), la marginalité (*Au bout du rouleau*, 1947), l'étrangeté face au réel (*Les Anneaux de Bicêtre*, 1963), l'abjection (*La neige était sale*, 1948), l'alcoolisme (*Le Fond de la bouteille*, 1949), le déclassement (*Touriste de bananes*, 1938), l'évasion (*L'Enterrement de monsieur Bouvet*, 1950), la culpabilité (*Les Volets verts*, 1950), la sexualité débridée et maintenant la femme dans un statut d'infériorité (*Lettre à mon juge*, 1947), la fuite initiatique (*La Fuite de monsieur Monde*, 1945), l'assassinat (*La Vérité sur Bébé Donge*, 1942)...

Ajoutons que la quête de « l'homme nu », dont l'écrivain a si souvent parlé, correspond souvent à la description de l'homme moderne en rupture avec lui-même, avec son milieu, avec l'univers, un homme hanté par le vide et ballotté par le monde sans savoir où il le mène. Car personne mieux que Simenon n'a senti la France profonde de l'entre-deux-guerres. Personne n'a mieux traduit les bouleversements provoqués par l'essor de la société marchande : l'émergence de la classe moyenne sur l'échiquier socioculturel, la destruction des espaces de référence traditionnels, l'éclosion de la culture de masse, la déshumanisation des rapports sociaux, le déracinement du citadin victime de l'exode rural. Toute son œuvre pose les jalons d'une représentation minutieuse des effets de cette situation sur des êtres en rupture, des bouleversements d'un monde qui a sacrifié sa véritable nature au profit des utopies modernistes.

Cette modernité a morcelé l'identité du sujet, creusé ses propres précipices, faisant surgir cet Autre en lui-même qu'il ne reconnaît pas. D'où cette impression de dissolution, voire même de ramollissement de la conscience, que seule peut combattre une incurable nostalgie de l'unité perdue.

D'un côté, Simenon chérit l'univers des origines « où chacun trouve sa place », la convivialité des « petites gens » et l'innocence enfantine ; de l'autre, il pourfend le progrès, les artifices, la bourgeoisie. La philosophie de son personnage fétiche, Maigret, repose d'ailleurs tout entière sur cette vision de l'existence où la nature s'oppose à la culture, ses faveurs se portant invariablement vers la première. Dès lors, ses enquêtes peuvent se lire comme des allégories qui mettraient en scène la lutte éternelle entre la tradition et le progrès, et plus largement entre le bien et le mal.

On le voit, Simenon s'est moins attaché aux faits historiques qu'à la représentation des effets de l'histoire sur les hommes. Il n'est pas le romancier du pourquoi, mais bien du comment. Ce qu'il reflète à l'intérieur de ses livres, c'est précisément le malaise historique qui atteint la classe moyenne — la sienne, donc — et par conséquent cette frange assez large de nouveaux lecteurs surgis avec l'école obligatoire.

Le climat poétique des œuvres de Simenon — mot qu'il préfère à celui d'atmosphère — ne dépend pas seulement des conditions météorologiques, comme il ne dépend pas non plus du décor, fût-il pittoresque ou sordide. En réalité, il tient surtout à la manière dont l'écriture rend compte d'une certaine liquidité inscrite dans la description. À la manière dont elle happe le lecteur jusqu'à l'immersion dans la matière rassurante des phrases. En somme, cet effet poétique ininterrompu provoque un glissement vers les vérités élémentaires, un ramollissement familier qui imprègne les sens et hèle l'inconscient. Cette mise sous hypnose en appelle, comme le notait Gide dans son *Journal*, à une sensation, celle de la plongée. Tout est en quelque sorte prévu pour se retrouver en terrain familier : au fur et à mesure de la descente dans l'abîme consolateur, le livre, par on ne sait quel miracle, éveille les sensations jusqu'à faire partager une impression d'intimité émotionnelle.

Cette capacité de produire de l'intimité compte sans nul doute parmi les raisons de son succès, au même titre que sa connaissance intime de l'homme du XXe siècle, qui lui a permis de mettre en scène et d'exorciser ses frustrations et ses désirs les plus élémentaires au moyen d'une langue dénuée d'effets spectaculaires, première garante de son authenticité.

ALAIN BERTRAND.

♦ *« Un Balzac sans les longueurs. »* Marcel Aymé. ♦ *« Ce qui me plaît en vous, c'est "l'homme dans la foule", cette manière unique de voir l'être dans la fourmilière humaine, qui ne peut venir que d'un très grand esprit... »* Max Jacob. ♦ *« Il reste le peintre souvent admirable de cette masse ballottée, indécise, indessinée, tiraillée d'aspirations inconciliables, oscillant d'un embourgeoisement désiré à une prolétarisation redoutée. »* Claude Roy. ♦ *« Toujours, j'ai considéré Georges Simenon comme un véritable écrivain. Quand Simenon décrit, peint un paysage, il a la sûreté d'un peintre japonais. C'est un psychologue, un policier de l'âme. »* Robert Kemp.

RÉF. : T. Narcejac, *Le Cas Simenon*, Paris, 1950. — B. de Fallois, *Georges Simenon*, Paris, 1961. — F. Lacassin et G. Sigaux, *Simenon*, Paris, 1973. — Cl. Gothot-Mersch, J. Dubois, J.-M. Klinkenberg, D. Racelle-Latin, Ch. Delcourt, *Lire Simenon*, Paris-

Bruxelles, 1980. — J. Fabre, *Enquête sur un enquêteur. Maigret. Un essai de sociocritique*, Montpellier, 1981. — *L'Univers de Simenon. Guide des romans et nouvelles (1931-1972)*, sous la dir. de M. Piron, Paris, 1983. — F. Bresler, *L'Énigme Georges Simenon*, Paris, 1985 (éd. anglaise, 1983). — A. Bertrand, *Georges Simenon*, Lyon, 1988. — M.-P. Boutry, *Les 300 vies de Simenon*, Paris, 1990. — M. Lemoine, *L'Autre Univers de Simenon. Guide complet des 20 romans populaires publiés sous pseudonymes*, Chaudfontaine, 1992. — P. Assouline, *Simenon*, Paris, 1992. — F. Lacassin, *La Vraie Naissance de Maigret*, Paris, 1992.

SIMON Claude. Romancier. Né le 10 octobre 1913 à Tananarive (Madagascar). Après ses études secondaires à Perpignan et au collège Stanislas, il suit les cours de l'académie de peinture André Lhote. Il est à Barcelone en juillet 1936 ; il visite ensuite l'Angleterre, l'Allemagne et l'U.R.S.S. Mobilisé en 1939, prisonnier en mai 40, évadé le même automne, il publie son premier roman en 1945. Le prix Nobel de littérature lui est attribué en 1985.

Les quatorze romans de Claude Simon donnent le sentiment d'une profonde unité. Celle d'un vécu dans lequel l'auteur a beaucoup puisé et dont certains épisodes (Barcelone en 36, la guerre 39-40) nourrissent plusieurs fictions successives. Avec des figures récurrentes : la mère tôt perdue, la grand-mère et l'oncle qui l'ont élevé, les deux tantes qui s'étaient sacrifiées pour permettre au père de faire des études. À quoi il faut ajouter les « archives » simoniennes : les papiers d'un ancêtre conventionnel, les cartes postales que le père, en poste aux colonies, écrivit à la mère durant leurs longues fiançailles. L'unité de l'œuvre, c'est aussi celle de thèmes récurrents : l'érotisme, la vieillesse, la mort ; la guerre et l'Histoire éprouvées comme un éternel recommencement ; le temps comme une espèce de piétinement immobile. C'est enfin la fréquence de certaines pratiques : la priorité accordée à la simple perception, les descriptions narratives, la tendance à figer le mouvement (« Achille immobile à grands pas ») mais aussi à animer des images immobiles (photos, cartes postales, tableaux, timbres-poste, etc.) pour produire ainsi des amorces de récits.

S'il y a un monde simonien, l'œuvre manifeste aussi une évolution sensible. À l'époque d'un scripturalisme volontiers terroriste, on opposait, comme exclusifs l'un de l'autre, le roman traditionnel (l'écriture d'une aventure) et le nouveau roman (l'aventure d'une écriture). Mais la langue, dit Claude Simon, « est toujours, à la fois et qu'on le veuille ou non, véhicule et structure. Seul le dosage varie ». C'est ce dosage variable qui caractérise les périodes successives de la création simonienne.

Dans *Le Tricheur* (1945), *Gulliver* (1952), *Le Sacre du printemps* (1954), *Le Vent* (1957), la part faite à l'intrigue et le souci de raconter une histoire sont encore prédominants. Romans pré-simoniens, mais dans lesquels apparaissent les germes de nouveaux modes romanesques. Ainsi le rapport du récit au « réel » dans *Le Vent*. Tout autant qu'il relate ce qu'il a appris sur Antoine Montès, le narrateur imagine, il invente le vécu du héros (« il me semblait le voir », « je cherchais à l'imaginer »). Et le roman propose moins un enchaînement d'événements qu'une succession de visions : *Tentative de restitution d'un retable baroque* (sous-titre du livre). *L'Herbe* (1958), *La Route des Flandres* (1960), *Le Palace* (1962), *Histoire* (1967), constituent le premier grand massif simonien. Au niveau des emprunts au vécu : la vieille tante et ses carnets de comptes (*L'Herbe*), la débâcle de mai 40 (*La Route des Flandres*), Barcelone en juillet 36 (*Le Palace*), les cartes postales du père (*Histoire*). Mais surtout au niveau de la nature de la fiction et de nouvelles pratiques d'écriture. Dans le vécu des personnages le « réel » n'est que ce que la mémoire en a fait. Comment distinguer, chez eux, entre les souvenirs véritables et les souvenirs imaginaires ? Comment isoler ce qui a réellement eu lieu de leurs rêveries sur ce qui fut peut-être ? Et ces rêveries produisent de singuliers phénomènes de contamination. C'est dire que le « réel » produit par l'écriture est problématique. Le statut du narrateur devient ambigu : qui parle ? Où se situe le narrateur par rapport à ce qu'il raconte ? À quelle espèce de narration avons-nous affaire ? Le moindre motif (un visage, un vêtement, un objet) déclenche une prolifération associative et métaphorique que l'écriture produit et contrôle (parenthèses emboîtées, retours au motif initial). Dans notre perception du monde et dans le surgissement du souvenir, tout est simultané, mais fragmentaire et chaotique. Pour surmonter son handicap, l'écriture substitue à la linéarité à la fois chronologique et événementielle une composition en marqueterie dans laquelle les articulations ou les sutures — d'une époque à l'autre, d'un personnage ou d'un motif à l'autre — s'opèrent par analogie, association ou bifurcation sur un mot. Contamination du réel par l'imaginaire, prolifération contrôlée, fragmentation des motifs et continuité scripturale, telles sont les caractéristiques de ces romans qui proposent deux lectures et deux plaisirs : celui qui naît des aventures même hypothétiques des personnages, et celui de voir au travail l'écriture simonienne.

Avec *La Bataille de Pharsale* (1969) commence la période formaliste de Claude Simon qui nous vaut *Les Corps conducteurs* (1971), *Triptyque* (1973) et *Leçon de choses* (1975). Les événements évoqués n'offrent guère d'intérêt en eux-mêmes. Seuls comptent leur aptitude à jouer l'un avec l'autre et le spectacle de l'écriture qui travaille ces motifs.

Les Géorgiques (1981) et *L'Acacia* (1989) marquent le retour magistral et bienvenu de Claude Simon à ce qui caractérisait sa seconde période : un équilibre entre la représentation de destins attachants et les aventures d'une écriture, c'est-à-dire le bonheur d'une double lecture. Ce sont deux sommes complémentaires qui réécrivent, désormais sans apport fictionnel, ce que les romans précédents avaient mis en fiction. *Les Géorgiques,* c'est le monde de la mère, l'évocation fascinante de l'ancêtre conventionnel, son destin historique monté en parallèle avec les souvenirs de l'écrivain vieilli : ceux de la guerre d'Espagne, ceux du combattant de 39-40. *L'Acacia,* c'est le monde du père, fils de paysan, élevé grâce aux sacrifices des deux sœurs ; ses longues fiançailles avec une jeune fille de la bonne société, leur brève vie commune, sa mort au front en août 1914, la longue recherche de sa tombe, en 1919, par la mère et l'enfant. Ces deux amples romans couronnent l'œuvre de Claude Simon qui s'impose comme l'une des créations majeures dans le roman d'après-guerre.

JEAN-LUC SEYLAZ.

♦ *« Les mots possèdent par contre ce prodigieux pouvoir de rapprocher et de confronter ce qui, sans eux, resterait épars. »* Claude Simon. ♦ *« Être lecteur, c'est être le double déchiffreur ; jamais entièrement fasciné par la fiction, jamais, non plus, entièrement fasciné par l'écriture. »* Gérard Roubichou. ♦ *« Après* Histoire, *le narrateur fictif [...] disparaît. Reste celui qui tient la plume et qui, à partir de son désir d'écrire et d'une relation avec un ou plusieurs objets hétéroclites, juxtaposés, inaugure un « texte », un tissage de mots qui se développe à la surface de la page par de complexes jeux d'associations, phoniques, sémantiques et métaphoriques. »* Germaine Brée. ♦ *« Ce roman* (Les Géorgiques) *totalise non seulement l'œuvre simonienne en son entier et les diverses virtualités du genre romanesque, mais aussi celles du littéraire comme tel. »* Lucien Dällenbach.

RÉF. : L. Janvier, *Une parole exigeante,* Paris, 1964. — *Claude Simon,* Colloque de Cerisy, Paris, 1975. — J. Starobinski et alii, *Sur Claude Simon,* Paris, 1987. — L. Dällenbach, *Claude Simon,* Paris, 1988. — *Entretiens,* n° 31, Rodez, 1972. — *Critique,* n° 414, Paris, 1981.

SIMONIN Albert (1905-1980) : v. **roman policier.**

Sizain ou **sixain.** Strophe de six vers. Le sizain est fréquemment pratiqué par Malherbe dans ses stances, par Hugo et par Verlaine.

CHRISTIAN DOUMET.

Soirées de Médan (Les). (1880). Ce recueil de nouvelles écrites, dans l'ordre de leur publication, par les écrivains Émile Zola (1840-1902) (*L'Attaque du moulin*), Guy de Maupassant (1850-1893) (*Boule de Suif*), Joris-Karl Huysmans (1848-1907) (*Sac au dos*), Henry Céard (1851-1924) (*La Saignée*), Léon Hennique (1851-1935) (*L'Attaque du Grand 7*), Paul Alexis (1847-1901) (*Après la bataille*) a pour sujet la guerre. L'intention des six auteurs est démythificatrice. Le titre initialement choisi, *L'Invasion comique,* l'explicite clairement. Il s'agit pour eux de réagir contre la littérature patriotique et revancharde qui a fleuri après 1870, exaltant le courage des soldats français, accablant la sauvagerie naturelle à la race allemande, préférant à la description de l'horreur des champs de bataille celle des petites luttes menées sur des points isolés par des francs-tireurs. Ils veulent appliquer la thérapeutique naturaliste de la vérité à ce qui était encore, après le traumatisme de 1870, un sujet tabou. *L'Attaque du moulin* raconte la défense, la perte, la reconquête d'un point stratégique. *Boule de suif,* la plus célèbre des nouvelles du recueil, critique violemment la bourgeoisie rouennaise, hypocrite, couarde : dans une voiture fuyant la ville se trouve rassemblé un échantillonnage de la population de la ville, dont une célèbre prostituée, Boule de suif. Bonne fille, elle partage ses provisions avec ses compagnons de route qui l'accablent de gentillesses. Mais la voiture est arrêtée à Tôtes. L'officier allemand ne la laissera repartir que si Boule de suif lui accorde ses faveurs. Elle refuse, par honneur patriotique. On se ligue pour la convaincre de céder, ce qu'elle finit par faire. On repart. Les voyageurs ont pensé à se munir de provisions, sauf Boule de suif. Tous s'écartent d'elle y compris deux « bonnes » sœurs, on la laisse pleurer sans rien lui donner. *Sac au dos* relate la « guerre » du narrateur (pour l'essentiel, l'auteur) qui a traîné d'hôpital en hôpital une dysenterie tenace. *La Saignée* évoque le siège de Paris, les amours du général commandant la place (un incapable) avec une intrigante et la décision qu'il prend de faire une sortie : ce sera une épouvantable saignée pour la ville. *L'Affaire du Grand 7* raconte comment deux cents soldats, parce qu'un de leurs camarades a été blessé à mort par le patron de l'établissement, saccagent la maison, tuent ses pensionnaires, le patron, un officier qui veut les retenir. *Après la bataille* : Édith de Plémoran va chercher sur les lieux du combat le corps de son mari. Elle trouve un blessé, le recueille. Ils deviennent amants à côté du cercueil de M. de Plémoran. Le jeune homme est prêtre.

Écrites par celui qui apparaissait comme le maître du naturalisme et par cinq jeunes auteurs qui le fréquentaient, *Les Soirées de Médan,* dont le titre fait référence à la maison que Zola venait d'acheter, sont apparues comme un manifeste de l'école naturaliste. Ce n'était pas l'intention de leurs auteurs, qui ont toutefois profité de cette publicité.

C. Be.

Solécisme. Désigne, dans la taxinomie des fautes de langue, une infraction aux règles de la grammaire ou de la syntaxe, comme par exemple l'accord fautif d'un participe passé. On distinguera le solécisme du *barbarisme* (v. ce mot) qui enfreint les règles de la morphologie. Des phrases comme « Y a dire » (Céline) ou « Têter soleil, Dodo à les seins dorloteurs des nuages » (Laforgue) ne comportent pas un seul barbarisme, mais plusieurs solécismes. Comme pour le barbarisme, l'appréciation du solécisme dépend de la conscience plus ou moins puriste que l'on a de la langue.

OLIVIER POT.

SOLLERS Philippe (pseud. de Philippe Joyaux). Romancier et essayiste. Né le 28 novembre 1936 à Bordeaux. Son père et son oncle possèdent en commun une usine d'émaillerie et de galvanisation. Les deux frères ont épousé deux sœurs d'une famille aisée de Paris et construit deux maisons identiques l'une à côté de l'autre près de l'usine. C'est dans ce monde à la symétrie fantasmagorique que Sollers passe les premières années de son enfance. Ordre parfait et désordre extrême : « L'un de mes plus anciens souvenirs, c'est celui de l'exode, c'est-à-dire non seulement l'entrée des Allemands, mais l'arrivée des flux de populations sur Bordeaux [...] c'est, dans les trois, quatre, cinq premières années, ce que je retrouve comme souvenirs, celui d'un très grand mélange de populations, de langues et de situations extrêmement perturbées... » (*Vision à New York,* 1981). Il y a aussi les chuchotements de ses deux sœurs aînées enfermées dans leur chambre, l'intimité quotidienne des deux familles, les travailleurs étrangers de l'usine, les domestiques, les premières lectures – à quatorze ans, Baudelaire, Poe, Montaigne, Montesquieu. Il y a encore ces maladies infantiles qui le gardent longtemps au lit et qui n'en finissent pas : « C'est à travers la maladie que je retrouve mes points d'ancrage de mémoire les plus nets par rapport à la réalité ambiante » (*ibid.*) L'adolescent est envoyé chez les jésuites à Versailles pour y préparer les grandes écoles, « d'où j'ai d'ailleurs été renvoyé pour indiscipline chronique et lecture de livres surréalistes » ; c'est l'époque où Sollers lit passionnément Lautréamont. Ses tentatives sérieuses d'écrire commencent en imitant et parodiant Proust en 1955 ; encouragé par Ponge, Sollers publie son premier roman, *Une curieuse solitude*, en 1958. Salué chaleureusement par Mauriac et Aragon, le livre connaît un succès immédiat et son auteur est d'emblée promu comme un chef de file de sa génération. Position embarrassante mais qui n'empêche nullement Sollers de poursuivre son travail à sa manière. D'ailleurs, dès son premier roman, il traçait sa vie solitaire : debout au milieu d'une cour, il essaie de capter le bruit des conversations multiples qui s'échappent des fenêtres de l'immeuble de six étages et s'entremêlent. « Et, brusquement, je sentis que c'était là ce qu'il me faudrait tâcher d'exprimer toute ma vie, ce sentiment d'inattendu vis-à-vis du monde et des corps, cette brusque assurance d'une harmonie et d'un bonheur incommunicables, certes, mais qui, pour moi-même, ne seraient parfaits que dans mon effort pour les redire. » « Les redire », voilà un vaste projet – l'écrivain au milieu de toutes les voix du monde –, qui le mènera à des expérimentations poussées, à des réalisations surprenantes. C'est donc le Sollers théoricien qui prend le relais et établit les principes de base de ses écrits. 1960 : en pleine guerre d'Algérie (1958-1962), la France se replie sur elle-même. Les tendances à l'académisme, la sclérose ne sont que trop visibles. Sollers et ses amis, s'insurgeant contre le somnambulisme général, fondent la revue *Tel quel* (*). Lieu de ralliement des exclus ou des oubliés – Bataille leur donne ses manuscrits – centre de protestation, base des anticonformistes mais aussi cellule secouée en permanence par les conflits internes et par son propre dynamisme, *Tel quel* continuera sa route pendant vingt-trois ans. C'est dans cette fébrilité, dans cette hyper-activité théorique des débuts que naîtront les romans suivants de Sollers. *Le Parc* (1961) garde la marque des années de solitude. La vraie danse commence avec *Drame* (1965). Auscultation du « sujet » qui écrit : est-il capable de capter les « bruits » du monde ou la nécrose « littéraire » l'a-t-elle rendu sourd ? Il faut l'assouplir, desserrer les mailles, lui faire oublier sa tradition monolithique. Le « sujet » est le seul sujet de ce roman ; la mise en scène du « sujet » est le seul drame. Deux autres romans, *Nombres* (1968) et *Lois* (1972), vont prolonger cette problématique. À l'intérieur du langage ou, mieux encore, à l'inter-croisement de tous les langages, le « sujet qui écrit » devient un « je » écrit – « je » ouvert à la souplesse et la légèreté des techniques algorithmiques (*Nombres*), « je » conglomérat momentanément formé de tous les tourbillons spéculatifs du passé et du présent (*Lois*). Sollers explique bien ses intentions, ses préoccupations, son « engagement » complet dans l'aventure de l'écriture dans une série d'articles et d'essais : *Logiques* (1968), *L'Écriture et l'expérience des limites* (1971), *Sur le matérialisme* (1974). Matérialiste pur, profondément anti-essentialiste, l'écrivain, qui se voit constitué par le produit de son travail, rencontre inévitablement le marxisme au bout de sa plume. Rencontre sans complaisance, cependant. Sollers entre dans le sérail marxiste à la façon d'un Saint-Simon : il en fait la radiographie. Cette posture « saint- simonienne » continuera à être la sienne par la suite, et tous les grands courants de cette fin de siècle auront droit à leur place dans la chronique sollersienne. Vers la fin des années 60 Sollers se met à étudier la Chine, au travers de sa langue tout d'abord. C'est l'époque des gardes rouges. Mais, plus que le maoïsme des stagiaires de la politique, plus que l'exotisme, c'est le mouvement des masses qui l'attire : humaines, graphiques, chromatiques. C'est aussi l'époque de l'approfondissement de ses grandes références ; Céline, Joyce, Sade. Auteurs de masses eux aussi : sonores, temporelles, érotiques. Toujours la même recherche fondamentale chez Sollers : transposer ces mouvements sur le papier et inventer le « je » qui doit y faire face. D'où *H* (1973), roman d'une seule phrase serpentine sans signes de ponctuation, derniers boulons gardant le « je » immobile. Laisser flotter les ensembles, laisser les vagues jouer. Ce n'est pas un hasard si c'est ici que d'autres voix s'intègrent au récit et que l'humour éclate au jour. Ce n'est pas un hasard non plus si ce roman tend à réaliser explicitement le rêve de

« plurilogue » de Giordano Bruno, ce penseur de masses cosmiques, ce grand oublié de l'Europe.

Au milieu des années 70 commence la marée basse des idéologies. On s'attend à voir Sollers à sec sur le sable. Mais il est déjà ailleurs avec *Paradis* (1981) et *Femmes* (1983). Dans *Paradis* qui prolonge l'expérience de *H,* les voix deviennent personnages, l'humour fait place à la bouffonnerie. Clown-espion au milieu du cirque animé, clown-espion qui aura pourtant besoin d'une pause : *Paradis II* (1986). Parallèlement aux *Paradis,* Sollers publie un trio de romans « classiques », *Femmes, Portrait du joueur* (1985), *Le Cœur absolu* (1987), romans en habit célinien et au cœur rabelaisien. Cibles explicites : la procréation artificielle, la féminisation et l'a-sexualisation du monde actuel, le retour fracassant de la déesse Mère. L'attaque générale sera soutenue d'un côté par un ensemble d'écrits théoriques et de souvenirs : *Théorie des exceptions* (1986) ; *Sade : contre l'Être suprême* (1989) ; *Carnet de nuit* (1989) ; *Improvisations* (1991). Et de l'autre côté par ses choix esthétiques et poétiques : *Rodin : dessins érotiques* (1987) ; *Les Surprises de Fragonard* (1987) ; *Photos licencieuses de la Belle Époque* (1987) ; *De Kooning, vite* (1988). C'est surtout ainsi que Sollers réconcilie dans ses trois derniers romans *Les Folies françaises* (1988), *Le Lys d'or* (1989) et *La Fête à Venise* (1991), le bouffon et le poète, les deux « daimons » qui le revendiquent depuis toujours. En 1983, année de *Femmes,* de son départ des éditions du Seuil pour joindre Gallimard, de la fin de *Tel quel,* Sollers fonde une nouvelle revue, *L'Infini,* et prend la direction d'une collection du même nom. Fouilles dans l'infini. Redécouverte des auteurs scandaleux et dissection du présent. Sur le blason de Sollers, un mot en exergue : diagonale. Ni sur les hauteurs ; ni sur le sol ; mais dans les couloirs obliques de l'art.

LAKIS PROGUIDIS.

RÉF. : Jacques Derrida, *La Dissémination,* Paris, 1972. — Marcelin Pleynet, « Dés, Tambours », in *Art et Littérature,* Paris, 1977. — Julia Kristeva, *Polylogue,* Paris, 1977. — Roland Barthes, *Sollers écrivain,* Paris, 1979. — Katherine C. Kurk, « Philippe Sollers. Le Défi, » in *South Atlantic Review,* novembre 1982.

Sonnet. Poème à forme fixe composé de quatorze vers répartis successivement en deux quatrains et deux tercets. Les rimes des quatrains sont homophones et embrassées ; celles des tercets, plates et embrassées, selon un schéma : *abba abba ccd eed.* La deuxième rime du sixain peut être croisée en : *ccd ede.*

Le sonnet apparaît vers 1230 en Sicile, issu sans doute d'une (ou plusieurs ?) formule de chanson populaire. C'est le poète Giacomo da Lentino qui lui donne sa forme. Elle se développera en Italie grâce à Pétrarque, et se diffusera en France et en Angleterre.

Le sonnet français, emprunté à Pétrarque, est introduit par Marot (sonnet dédié à la duchesse de Ferrare, 1536), Mellin de Saint-Gelais et les poètes de l'École lyonnaise. La rime du tercet 2 en *ede* constitue une innovation française, ainsi que l'alternance des rimes masculines et féminines, encore que le fait ne soit pas généralisé.

Le sonnet anglais, lui, est introduit au XVIe siècle, et abondamment illustré par les poètes élisabéthains et par Shakespeare. Sensiblement différent, il présente trois quatrains bâtis sur des rimes croisées, puis un distique à rime plate.

En France, le sonnet est isométrique (voir ce mot). Son mètre peut varier de une à quatorze syllabes. Les vers longs traditionnels restent cependant les plus fréquents. On rencontre quelques sonnets hétérométriques, comme le sonnet « À Raymond Maygrier » de Verlaine, ou, chez Baudelaire, « La Musique » ou « Le Chat » qui alternent décasyllabes et octosyllabes.

L'histoire du sonnet n'est autre que celle des libertés prises avec le schéma initial. Elles sont rares encore au XVIe siècle chez Ronsard (qui compose près de sept cents sonnets) ou chez Du Bellay. Le sonnet est alors, par prédilection, l'instrument d'une argumentation exemplaire : les quatrains présentent la comparaison, les tercets, la leçon qu'elle illustre. L'influence de la forme anglaise déterminera, chez Baudelaire ou chez Rimbaud, des sonnets où la pointe se concentre sur le dernier distique, voire le dernier vers. *Les Fleurs du mal* (*), sorte d'apothéose du sonnet français, explorent d'ailleurs toutes sortes d'irrégularités, comme le sonnet à deux rimes (« Sonnet d'automne »), les quatrains à rimes croisées (« À une Dame créole »), à rimes plates (« La Fontaine de sang »), le sonnet renversé (« Bien loin d'ici »)... Le *sonnet layé* (Rimbaud, « Rêvé pour l'hiver ») fait alterner vers longs et vers courts.

Au XXe siècle, le sonnet est contesté comme toutes les conventions poétiques. Avec le faux sonnet « Les Colchiques » d'Apollinaire, certains ont vu la mort du genre. Aragon, dans les années 50, a cependant soutenu et montré que « le sonnet français peut encore donner ses étranges et neuves réponses, comme une machine à penser qu'il est ».

La forme du sonnet n'a en tout cas cessé de hanter le travail des poètes, si l'on en croit le recueil e de Jacques Roubaud (1967) ou la *Liturgie* de Robert Marteau (1992).

CHRISTIAN DOUMET.

Sonnets de Labé. La poétesse Louise Labé (entre 1516 et 1523 - vers 1566) occupa dans la vie de Lyon, alors centre d'humanisme et de poésie, un rôle hors de pair. Elle tint salon, rassembla autour d'elle les femmes les plus jolies, les esprits les plus distingués et reçut toutes les personnalités des sciences et des lettres qui passaient par Lyon. Mais ce n'est pas seulement par son charme, sa culture et la distinction de son esprit que Louise Labé exerça une influence profonde, c'est aussi par son œuvre poétique qui la place à côté de

Maurice Scève dans cette école lyonnaise qui prit une part considérable à la renaissance poétique avant la Pléiade. L'œuvre de poésie de la Belle Cordière (ainsi appelée parce que son mari, Ennemond Perrin, était marchand cordier) comprend vingt-quatre sonnets et trois élégies. Les *Sonnets* sont l'ouvrage poétique le plus achevé de Louise Labé ; comme les *Élégies*, les *Sonnets* sont exclusivement consacrés aux plaintes, aux extases, aux heurs et aux malheurs de l'unique grand amour de sa vie pour le poète Olivier de Magny, qui semble avoir quelque peu négligé sa glorieuse égérie. Le premier sonnet est écrit en italien, témoignant ainsi de l'influence qu'exercèrent sur Louise Labé, et en général sur la poésie lyonnaise, les poètes italiens et singulièrement le pétrarquisme. Les lamentations de la Belle Cordière, si brûlantes, si harmonieuses, trouvent encore quelque écho dans les cœurs des hommes du XXe siècle. Ces *Sonnets* savent, avec une noble simplicité et un grand charme de style, évoquer l'aspect éternel de l'amour, ses délicieuses douleurs : « Car je suis tant navrée en toutes parts / Que plus en moi une nouvelle plaie / Pour m'empirer ne pourrait trouver place » (sonnet III), « Et si jamais ma pauvre âme amoureuse / Ne doit avoir de bien en vérité, / Faites au moins qu'elle en ait en mensonge » (sonnet IX). Le rêve qu'elle fait sans cesse, c'est celui du retour de son ami, de sa présence auprès d'elle : « Lorsque souef plus il me baiserait, / Et mon esprit sur ses lèvres fuirait, / Bien je mourrais, plus que vivante, heureuse » (sonnet XIII) ; elle se laisse aller aux plus tendres souhaits : « Baise m'encor, rebaise-moi et baise ; / Donne m'en un de tes plus savoureux, / Donne m'en un de tes plus amoureux : / Je t'en rendrai quatre plus chauds que braise » (sonnet XVIII). Enfin, dans le dernier sonnet (XXIV), le poète croit bon de s'excuser auprès de son auditoire féminin, non des libertés de style et d'expression qu'elle a prises, mais de son amour même : « Ne reprenez, Dames, si j'ai aimé, / Si j'ai senti mille torches ardentes, / Mille travaux, mille douleurs mordantes. / Si en pleurant j'ai mon temps consumé, / Las ! que mon nom n'en soit par vous blâmé. » Outre leur valeur intrinsèque, les *Sonnets* ont encore une grande importance historique. Le sonnet, précédemment expression toute conventionnelle d'une galanterie et d'une préciosité assez mièvres, devint avec Louise Labé le genre par excellence de la passion la plus sincère et la plus personnelle. On peut dire qu'avec Jean de Sponde, qui anima le genre d'un souffle philosophique, Louise Labé a rénové le sonnet en France au XVIe siècle. Par là, elle renouait avec la tradition classique, restée si vivace en Italie, par exemple, et se rattachait à ce vaste courant poétique qui remonte jusqu'aux *Odes* de Sappho. Les *Sonnets* et les *Élégies* furent rassemblés dans l'édition des *Œuvres* de Louise Labé, publiée par Jean de Tournes à Lyon en 1555. Cette édition est précédée d'une préface de l'auteur, qui y dédie son œuvre à Clémence de Bourges, son amie préférée.

Sophonisbe (La). Tragédie de l'auteur dramatique Jean de Mairet (1604-1686), rival quelque temps heureux de Pierre Corneille et dont celui-ci ne devait définitivement triompher qu'après *Le Cid* (*). Cette *Sophonisbe*, jouée en 1634, est imitée de celle du Trissin (1524). Elle a eu une très grande importance historique, car elle introduisit au théâtre des règles qui devaient devenir les fondements de la tragédie classique française. Sophonisbe, maîtresse de Massinisse, est obligée par son père à épouser Siphax. Lorsque Massinisse, ayant défait les armées de Siphax, entre en vainqueur à Cyrthe, il y retrouve la reine et l'épouse. Mais, en une scène dramatique, Scipion s'élève avec violence contre la conduite de Massinisse et lui fait comprendre que la gloire de Rome prime tout intérêt privé et donc que le remariage de Sophonisbe ne peut faire oublier qu'elle est la veuve du pire ennemi de Rome. Massinisse feint de se soumettre ; Rome cependant n'aura qu'un cadavre. Il poignarde Sophonisbe, puis s'empoisonne sur son corps. On trouve dans cette tragédie un mélange perpétuel du comique et du tragique, du ton le plus élevé et du style parlé côtoyant presque le trivial. L'amour ici ne dépasse pas la fade galanterie ; Mairet confond trop souvent le grand et le boursouflé, il est prodigue d'un esprit un peu facile, tout en jeux de mots et en pointes qui semblent assez déplacés dans une aussi sombre histoire. Mais *La Sophonisbe* de Mairet introduisait dans le théâtre français de grandes nouveautés. D'une part, elle rompait définitivement avec la tradition des chœurs, qui, dans les tragédies de la fin du XVIe et des débuts du XVIIe siècle, jouaient encore, comme dans le théâtre de Robert Garnier – v. *Les Juives* (*) –, un rôle essentiel ; mais, surtout, Mairet y observait rigoureusement la règle des trois unités : de temps, de lieu et d'action. Au cours d'un séjour qu'il avait fait en Italie, Mairet avait fréquenté Scaliger et Castelvetro, lesquels étaient à l'époque les partisans et les promoteurs les plus fervents des principes aristotéliciens. C'est probablement à leur contact qu'il comprit le profit qu'on pouvait tirer de ces principes pour rénover le théâtre français. En 1631, dans la préface demeurée fameuse à sa pastorale, *La Silvanire*, Mairet avait lancé une manière de manifeste en faveur des trois unités. Il y défendait aussi la nécessité de la vraisemblance, qui avait également été recommandée par Scaliger. Sa *Sophonisbe* est l'application de ces principes. Si l'on ajoute à cela le sujet historique de la pièce, la noblesse du ton, les analyses psychologiques qui expliquent et justifient les actes des personnages, on se rend compte que c'est à Mairet que revient de droit le mérite d'avoir fondé la tragédie classique et, en particulier, d'avoir ouvert la voie à Corneille.

SOREL Charles, sieur de Souvigny. Né et mort à Paris (1599 ou 1602-7 mars 1674). Ni son siècle ni même la postérité n'ont mis en sa vraie place ce romancier, critique, érudit, historien. Et ce pour plusieurs raisons dont la plus évidente est que Sorel n'a jamais signé ses œuvres, une autre qui n'est pas moins valable est qu'il écrivait sans soin et que presque toujours les réalisations n'étaient pas à la hauteur de ses desseins. Sorel, bourgeois de Paris, entre très tôt dans la carrière des lettres ; il n'a peut-être que quatorze ans quand il publie l'*Épithalame sur l'heureux mariage du très chrétien roi de France Louis XIIIe du nom...* (1616) ; dix-neuf, quand il donne son premier roman, l'*Histoire amoureuse de Cléagénor et de Doristée...* (1621) ; une vingtaine, lors de la parution de la première version du roman qui est considéré comme son chef-d'œuvre, l'*Histoire comique de Francion* (*). Il tente de faire carrière à la Cour ; on le voit tout jeune secrétaire du comte de Cramail, mais bien vite Sorel ne se trouve point fait pour ces manœuvres et il se contente du titre de premier historiographe de France qu'il a acheté à son oncle, Charles Bernard, charge dont la pension cessera de lui être payée en 1663. Aussi Sorel écrit-il pour vivre et pour vivre péniblement. Sa seule consolation, outre son labeur solitaire, sera l'amitié du fameux médecin Guy Patin, l'auteur des *Lettres*, qui lui demeurera toute sa vie fidèle. En littérature, il tente sa chance dans toutes les directions, le roman d'abord où il s'essaie à la peinture des histoires amoureuses avec l'*Histoire amoureuse de Cléagénor et de Doristée* et *Le Palais d'Angélie* (1622), puis aborde le roman réaliste avec *Francion*, avant d'écrire un antiroman, *Le Berger extravagant...* (1627), véritable parodie qui anticipe sur *Le Roman bourgeois* (*) de Furetière, sans pour autant négliger le roman pastoral à la mode du temps qu'il vient de critiquer dans *Le Berger extravagant* et l'*Anti-Roman ou l'Histoire du berger Lysis* (1633-1634), témoin l'*Ophryse de Chrysante, histoire cyprienne.* Finalement, c'est à un genre mixte qu'il s'arrête, mi-satirique mi-romanesque, mi-précieux mi-anti-précieux, genre qui englobe le roman et sa critique comme dans la *Vraie suite des aventures de la Polixène* (1634), *La Maison des jeux* (1642), *Le Parasite mormon, histoire comique* (1650). Parallèlement, Sorel faisait carrière d'historien et de penseur. En histoire, il est surtout un critique de ses prédécesseurs et contemporains ; ses recherches portent sur la manière de rassembler les documents et d'écrire l'histoire. À cet égard, des œuvres telles que l'*Avertissement sur l'histoire de la monarchie française depuis Pharamond* (1629), plus tard complété et publié en 1647 sous le titre *Histoire de France, la Science de l'histoire* (1665), ont une importance certaine. En revanche, les ouvrages qu'il écrivit en tant qu'historiographe n'ont que peu d'intérêt. Ses œuvres philosophiques, *La Science des choses corporelles* (1634), *La Science des choses spirituelles* (1637), réunies sous le titre de *La Science universelle* (1641) et complétées par la suite, s'attachent à définir la véritable science fondée sur la raison et sur l'expérience et par nature encyclopédique. Les hardiesses rationalistes de Sorel ne vont d'ailleurs pas sans contrepartie, il croit à l'existence de Dieu et à l'immortalité de l'âme. En 1637, Sorel avait publié *Le Jugement sur le Cid composé par un bourgeois de Paris ;* il y avait le mérite, dans un climat très polémique d'apprécier à sa valeur la pièce de Corneille. C'est par la perspicacité, la justesse de jugement, que se recommande également la *Bibliothèque françoise* (1664), recension exacte et précise, qui constitue une excellente introduction à l'étude des écrivains français du XVIIe siècle, jusqu'aux environs de 1660. Son dernier ouvrage, *De la connaissance des bons livres* (1672), constitue en quelque sorte « l'art poétique » de Sorel : ouvrage particulièrement intéressant car, en établissant la supériorité de la narration historique sur la fiction poétique, Sorel s'oppose à toute la tradition critique, d'inspiration aristotélicienne, qui dominait en Europe depuis un siècle et qui a fourni les principes de l'esthétique classique.

S'il existe dans l'œuvre de Charles Sorel une fâcheuse dispersion, une hâte d'écrire qui souvent fatigue, on y peut pêcher bien des passages intéressants et originaux, et ses réflexions en marge sont d'une grande importance pour qui veut connaître la vie intellectuelle de la première moitié du siècle.

JACQUES BROSSE.

♦ « *Jamais il n'y eut un homme plus médisant ni plus envieux ; il ne trouvait rien de bien fait à sa fantaisie. S'il eût été du conseil de la création, nous n'aurions rien vu de tout ce que nous voyons à présent.* » Furetière. ♦ « *Celui qui, vingt ans d'avance, a résumé les théories de la* Critique de l'École des femmes *et de* L'Impromptu de Versailles, *celui qui a touché à presque tous les sujets repris plus tard par Molière et qui lui a fourni des mots, des situations, des scènes, non pas une ou deux fois et par hasard, mais sans interruption, pour presque toutes ses pièces* [...] *celui-là n'était pas un auteur méprisable, et n'est point, aujourd'hui même, une simple curiosité littéraire.* » Émile Roy.

RÉF. : É. Roy, *La Vie et les Œuvres de Charles Sorel,* Paris, 1891 ; *Histoire comique de Francion,* éd. É. Roy, Paris, 1924-1931. – F. E. Sutcliffe, *Le Réalisme de Charles Sorel,* Paris, 1965 ; *Histoire comique de Francion* (1623), éd. Y Giraud, 1979. – H. Béchade, *Les Romans comiques de Charles Sorel,* Paris, 1981. – J. Serroy, *Romans et Réalités : Les Histoires comiques au XVIIe siècle,* Paris, 1981. – G. Verdier, *Charles Sorel,* Paris, 1984.

Soties. Les premières Soties dont le texte nous soit parvenu ne remontent guère au-delà de la seconde moitié du XVe siècle. Mais les origines du genre sont beaucoup plus anciennes : si la Sotie se rattache d'une part aux Fatrasies, ces courts poèmes du Moyen Âge sans tête ni queue, avec lesquels elle a en commun l'amour des traits décousus, des proverbes disparates et des coq-à-l'âne, elle emprunte le costume de ses acteurs, le mordant de ses sarcasmes, la licence de ses bons mots aux joyeuses compagnies de « fous » ou de « sots » gambadant à travers la ville pendant le carnaval, distribuant lazzis et saillies, daubant les maris trompés et les malheurs publics. Elle a dû être d'abord une simple « parade », laissée à l'improvisation des acteurs, pour attirer le public au spectacle qui la suivait. Elle n'est devenue que beaucoup plus tard une pièce composée ; les jeunes avocats, commis de procureurs, menus gens du Châtelet et du Parlement, qui formaient les « Clercs de la basoche », les joyeux drilles des « Enfants sans souci » à Paris, et les « Sobres Sotz », les « Conards », les « Syeurs d'ays », à Rouen, les « Bavards » de Lyon, les « Enfants du bon temps » de Genève, et autres confréries comiques, devaient tout naturellement trouver dans l'incohérence apparente de ces pitreries improvisées, dans leur verve souvent creuse, mais facile à remplir d'allusions, et encore plus dans le costume du « fou », qui autorise bien des audaces, la forme de théâtre la plus propre à exercer une satire souvent dangereuse. La Sotie conserve de l'ancienne « parade » sauts et culbutes acrobatiques, souvent suggérés par le texte. La forme est parfois élégante, étudiée : des triolets, des rondeaux, des ballades s'insèrent dans les vers de la pièce, se partagent entre les différents acteurs qui en disent chacun un mot ou un vers ; la répétition du refrain ajoute à l'agréable drôlerie de l'artifice. Quelquefois, une chanson connue ou un début de chanson sont chantés par un acteur. La Sotie est devenue un lever de rideau satirique, ouvrant le spectacle qui se poursuit ordinairement par un sermon joyeux – v. *Sermons joyeux* (*) –, une petite moralité – v. *Moralités* (*) – et une farce – v. *Farces* (*). Bien entendu, ceci n'est que schématique : les genres se confondent souvent. Il existe de nombreuses Moralités – et de nombreuses Farces qui, malgré leur nom, ont tous les caractères de la Sotie ; parfois la Sotie devient trop importante pour ne pas être la pièce principale du spectacle : c'est le cas de la *Sotie à dix personnages* (1514), attribuée à André de La Vigne (1470 ?-après 1515), comprenant près de mille six cents vers. Si leurs attaques satiriques valurent parfois aux auteurs et aux acteurs des Soties les rigueurs de la justice royale, Louis XI et surtout Louis XII permirent et peut-être même dirigèrent les flèches du théâtre comique pour entraîner l'opinion dans leur jeu politique. La Sotie de Pierre Gringore contre Jules II, en 1512, en est un exemple bien connu. Le succès des Soties dura pendant tout le XVIe siècle : on trouve encore un « prince des sots » à l'Hôtel de Bourgogne au début du XVIIe siècle.

La première pièce qui nous soit parvenue présentant bien les caractères de la Sotie, encore qu'elle se donne le titre de Farce, est du milieu du XVe siècle : *Les Trois Galants*, « farse joyeuse à cinq personnages, c'est à sçavoir Premier Galant, deuxième, troisième, le Monde que l'on faict paistre, l'Ordre » (Rouen, 1450 env.). La dispute entre les trois galants et le monde, qu'ils « veulent [...] menger toult cru » (dira celui-ci à Ordre, venu départager la question), est pleine d'obscurités et présente probablement des allusions qui nous échappent. Une pièce, postérieure d'une dizaine d'années, *Les Menus Propos* (Rouen, 1461), présente bien le type de la Sotie primitive, simple dialogue entre le Premier, le Second et le Tiers : les propos des trois sots sont riches en proverbes et dictons populaires, mais n'ont pas d'autre intérêt. Vers la même époque ou peu après, plusieurs pièces peuvent être classées aussi bien parmi les Soties que parmi les Moralités : la *Farce nouvelle moralisée des gens nouveaux* « qui mangent le monde, etc. » (Paris, 1461 env.) ; *La Farce de Folle Bombance* (Lyon, 1500 env.) – v. *Moralités*. Le sujet de la dernière rappelle celui d'une Sotie, œuvre de basochiens. *La Farce nouvelle nommée la Folie des Gorriers*, « à quatre personnages, les deux Gorriers, Folie et le Fol » (Paris, 1465 env.). Ruinés et endettés, deux compagnons rencontrent Folie, sans savoir qui elle est, et suivent ses conseils pour vivre au-dessus de leurs moyens. Habillés par elle selon la dernière mode, ils vivent leur nouvelle vie (symbolisée par une promenade sur la scène). Une autre Sotie, *Les Deux Gallans et une femme qui se nomme Sancté* (1485 env.), est surtout intéressante par les nombreuses chansons dont elle s'accompagne. *La Sotie nouvelle de l'astrologue* (Paris, 1498) montre un exemple de la satire politique sous Louis XII. Le prince des Sots et les Sots se lamentent : tout va de mal en pis ; les « Lombards » et les « Romains », qui sont bien en cour, n'auraient-ils pas « infecté » les astres ? Voici justement un astrologue qui pourra tirer l'horoscope du monde. Par des allusions parfois obscures, la satire vise le tout-puissant Georges d'Amboise, archevêque de Rouen, d'autres évêques, prêts à tout « pour avoir les rouges chapeaux » ; elle critique la politique de Charles VIII, daube enfin sur la Justice dont on craint les « eclypses » en Châtelet ou Parlement.

La *Sotie nouvelle à huit personnages*, attribuée à André de La Vigne (Toulouse, 1507 ?), comprenant près de mille cinq cent quatre-vingts vers, devait être jouée comme pièce principale. Abuz persuade le Monde de prendre du repos en suivant Plaisance Mondaine. Et avec l'aide des Sots : Sot dissolu, habillé en homme d'Église, Sot glorieux en gendarme, Sot corrompu en magistrat, Sot trompeur en marchand, le peuple enfin (Sot ignorant et Sotte folle), il entreprend de construire un Monde nouveau. Les anciens matériaux, Dévotion, Chasteté, Obédience, Noblesse, Vertu, Amour, Vérité, Droit, Patience, etc., sont rejetés ; on emploie Ypocrisie, Ribaudise, Apostazie, Lubricité, Confuzion, Pilherie, Menasses et Courroux, Faulceté, Usures, Murmurement, etc. Dans le désordre général, la construction s'écroule et les Sots retournent à Confusion d'où ils sont venus. L'ancien Monde revient et ne trouve plus personne. Une ballade finale conclut : « Ce n'est pas jeu que se fier au Monde / bien est deceu qui se fie en ce Monde. »

La célèbre *Sotie contre Jules II* (le pape Jules II venait de rompre la Ligue de Cambrai) de Pierre Gringore (1475 ?-1538 env.) a été jouée à Paris le 25 février 1512. Trois Sots exposent plaisamment la situation politique d'Europe. Le prince des Sots ne prétend « que donner paix à ses suppots ». Ils appellent à conseil « tous les seigneurs et les prelatz », le seigneur de Pont Allets, le prince des Nates, le seigneur de Joye, qui descendent des galeries du théâtre où ils se tenaient. Viennent ensuite les abbés et enfin le prince des Sots (en qui est représenté le roi Louis XII). Les Sots se plaignent des prélats ; la Sotte commune (le peuple) prévoit les pires malheurs. Et voilà Mère Sotte « habillée par-dessous en Mère Sotte et par-dessus son habit ainsi comme l'Église », accompagnée de Sotte Occasion et de Sotte Fiance (Bonne Foy, sa « sotte principalle », n'étant « plus entretenue » par l'Église). On la voit inciter les Sots à la révolte : tandis que les prélats la suivent, les seigneurs restent fidèles au prince. L'Église prend les armes. Après une bataille mettant aux prises prélats et princes, un doute effleure le souverain, qui se demande si c'est bien là l'Église. On découvre alors Mère Sotte sous son déguisement. Une autre Sotie attribuée à Pierre Gringore est la *Sotye nouvelle des chroniqueurs* (Paris, 1515), pleine d'allusions politiques dont l'audace s'appuie sur l'approbation, sinon sur l'inspiration du roi ; François Ier a hérité des idées de son prédécesseur et les Sots accusent l'Église, origine des maux de la France.

Nous citerons, de la même époque, *Les Sots nouveaulx farcez, couvez* (Rouen, 1513 env.), plus proches de l'esprit primitif de la Sotie, sans aucune intrigue, où trois fous racontent successivement comment ils ont été pondus, au milieu de plaisanteries grossières. Ils chantent une chanson bachique, racontent quelques grivoises aventures, cabriolent, puis se retirent. À Genève, en 1523, la confrérie des « Enfants de bon temps » joue la *Sotie des Béguins* à dix personnages, où des allusions voilées s'en prennent à la tyrannie des ducs de Savoie. L'année suivante, la même confrérie joue une autre Sotie, dont la satire est plus générale et probablement moins dangereuse : la Sotie met en scène Grand Mère Sottie, le Monde, le Prebstre, le Conseiller, l'Orphevre, le Cousturier, le Savetier, le Cuisinier, le Médecin ; aucun ne travaille comme le voudrait le Monde ; c'est que le Monde est fou, conclura le Médecin. De la même époque est la *Farce morale des troys pelerins et Malice* (Rouen, 1523) — v. *Moralités*. Citons encore *La Satyre pour les habitants d'Auxerre*, de Roger de Collerye, jouée en 1530 à Auxerre à l'occasion des réjouissances pour la libération des fils de François Ier, après le traité de Cambrai, et dont les personnages sont : Peuple François, Joyeuseté, le Vigneron, Bon Temps, Jenin ma Fluste (badin) ; une *Sotie nouvelle des Trompeurs* (env. 1530), obscur et laborieux débat entre Mère Sotte, Teste Verte, Fine Mine, Chascun et le Temps ; un *Moral de Tout le monde* (Rouen, 1535 env.) à quatre personnages (Trois Compaignons et Tout le monde) ; *Les Sobres Sotz entremellés avec les syeurs d'Ays*, « farce moralle et joyeuse à six personnages, c'est a sçavoir cinq Galans et le Badin » (Rouen ?, 1536), échange de plaisanteries et de coq-à-l'âne entre les cinq Galans et le Badin qui appartiennent aux deux confréries comiques de Rouen. Nous revenons à la satire religieuse, de tendance protestante cette fois, avec une *Farce nouvelle à cinq personnages*, jouée à Rouen en 1540 environ. Mère Sotte aspire à devenir Mère de Ville et son Varlet lui procure des Gardes ; le Garde Pot, habillé en sacristain, fort irrespectueux envers le pape et ses évêques ; le Garde Nape, en prêtre, non moins irrévérent ; le Garde Cul enfin, prêt à servir de paravent aux péchés des moines et des chanoines, contre une juste rétribution. Si cette dernière Sotie se raille des religieux, la *Farce à six personnages de la Réformeresse*, jouée également vers la même année, se moque des laïcs, et plus précisément des gens de théâtre : devant la Réformeresse qui veut corriger les mœurs, se confessent, amenés par le Badin (son valet), un Enfant sans souci, un Ménestrier, un Faiseur de farces et de rimes, tout pareillement débauchés, piliers de tavernes et de mauvais lieux.

Amusante et intéressante comme document, est la *Farce nouvelle très bonne et fort récréative pour rire des cris de Paris* (Rouen ?, 1540 env.), propos à bâtons rompus entre deux Gallands, coupés à tout moment par les cris des rues de Paris, que pousse le Sot, cris des petits métiers, cris de marchands ou d'artisans, venant à point pour servir de commentaire. La scène du début donne un excellent exemple des drôleries verbales dont s'accompagnent ces représentations : « *I Gall. :* Et puis ? / *II G. :* Et fontaines ? / *I G. :* Et rivieres. / Se sont toujours de tes manières : / tu te gaudis. / *II G. :* Je me gaudis / et en pauvreté m'esbaudis / en passant ma melencolie. / *I G. :* Melencolie n'est que follie. / *II G. :* Jamais charger ne t'en convient. / Comment te va ? / *I G. :* Comme il me vient. / *II G. :* Comment te vient ? / *I G. :* Comme il me va. / *II G. :* Jamais gallant mieulx ne resva. / Feras tu tousjours le mauvais ? / Comment te va ? / *I G. :* Comme je voys. / *II G. :* Comment vas tu ? / *I G. :* Comme je peulx. / *II G. :* Comment peulx tu ? / *I G. :* Comme je suis. / *II G. :* Comment es tu ? / *I G. :* Comme j'estoye. / *II G. :* Comme estoys tu ?... » — *La Sotie nouvelle du Roy des Sotz* (env. 1545) présente peu d'intérêt ; mais à peu près à la même époque, la « Farce joyeuse a quatre personnages » : *Les Trois Gallans et Phlipot* (Rouen, env. 1545), est l'une des plus divertissantes qui nous soient parvenues ; elle serait à classer parmi les Farces, si les personnages qui tourmentent le pauvre Phlipot n'étaient point des Gallans, l'une des dénominations habituelles des personnages des Soties (comme Compagnons, Pèlerins, Ermites, etc., et naturellement, Sots et Fous). Les trois Gallans poussent Phlipot, naïf et paresseux, à faire choix d'un métier. Dieu lui-même (qui n'est que l'un des trois joyeux compères) lui promet les dons requis pour l'état qu'il lui plaira d'élire ; il décide de se faire soldat, voyant deux des Gallans, déguisés en gens d'armes, rançonner le troisième, déguisé en vilain. Mais s'il apprécie les avantages du métier, il n'en goûte point les risques, dont on lui fait faire l'essai : l'ennemi est là ; Phlipot voudrait bien retourner chez lui. Le malheureux Phlipot réussira finalement à se cacher et, resté seul, prendra congé du public. Cette Sotie est une réplique scénique du *Franc Archier de Bagnolet*, du siècle précédent — v. *Sermons joyeux et monologues* (*). Arrêtons sur ce petit chef-d'œuvre notre rapide revue ; non sans rappeler pourtant la *Sotie pour les crys de la Bazoche* « es jours gras 1548 » (Paris, 1549), où — après quelques allusions politiques — on nous donne les potins croustillants du jour : deux moines paillards rossés, deux servantes mises à mal, rue de Saccalye et rue de la Serpente. Citons encore la *Farce à cinq personnages, c'est à sçavoir le pelerinage du mariage* (Rouen, 1556), qui finissait sur une parodie de procession se déroulant au chant de litanies, à ce point irrévérencieuses que le théâtre fut fermé par arrêt du Parlement. Les Jeux furent ensuite autorisés, mais à la condition de supprimer cette Farce ; celle-ci fut remaniée l'année suivante, ou peu après, par Claude Mermet, qui l'abrégea, dans sa *Farce joyeuse et recreative du Pelerin et de la Pelerine* (env. 1557). Dernière Sotie qui nous soit parvenue, voici la *Farce nouvelle à quatre personnages*, « c'est à sçavoir Trois Gallans et un Badin » (env. 1571), où ce dernier, ayant rêvé qu'il était le pape, puis Dieu-le-Père lui-même, décrit le pays de cocagne que deviendrait ce bas monde, si son rêve se réalisait.

La Sotie, surtout dans ses formes les plus caractéristiques : satire politique pleine de cocasserie ou pur badinage « loufoque », est spécifiquement française. Ne vit-elle pas encore aujourd'hui dans l'esprit et dans la verve de nos chansonniers politiques et dans la drôlerie, née de l'absurde, de certaines revues de cabaret ? Certaines Soties pourraient d'ailleurs êtres encore jouées presque sans retouches, avec le plus franc succès ! On ne trouve, pour ainsi dire, pas de pièces analogues dans le théâtre de l'époque, en dehors de la France. En revanche, le personnage du « fou » apparaît souvent dans le théâtre du Moyen Âge, même en dehors de la Sotie, comme personnage accessoire du Mystère ou du Miracle, mêlant parfois ses plus grossières plaisanteries au pieux langage des acteurs : non seulement en France, mais dans le théâtre religieux d'autres pays, par exemple la Bohême ou la Pologne. Il continuera d'ailleurs à vivre, en France et hors de France, plus ou moins transformé, en bouffon dans la comédie italienne, en clown dans le théâtre anglais, etc., personnage éminemment pathétique par suite du contraste qui s'établit entre ses saillies et le drame qui généralement l'environne. — Les *Soties* ont été éditées par E. Picot (Paris, Didot, 1902-1912, 3 vol.) et E. Droz (*Le Recueil Trepperel*, t. I, Paris, Droz, 1935) ; elles ont été étudiées récemment par J.-Cl. Aubailly (Paris, Champion, 1976).

Soulier de satin (Le) ou Le pire n'est pas toujours sûr. Œuvre dramatique en quatre journées de Paul Claudel (1868-1955). Composée de 1919 à 1924, publiée en 1929, elle ne fut représentée qu'en 1943. C'est l'œuvre capitale de Claudel, le réceptacle de tous ses thèmes poétiques et dramatiques. L'auteur a choisi l'époque la plus propre à traduire la démesure de son inspiration : la Renaissance et l'Espagne d'alors, centre du monde, centre aussi du christianisme qui se trouve enfin placé devant son exigence décisive : être universel, dans tous les sens du mot. Et d'abord étendre son règne à toute la planète ; ce dessein est bien fait pour tenter des hommes forts, comme le héros, don Rodrigue de Manacor, avide de gloire et de conquête. Mais l'universalité du christianisme est autre chose encore : elle demande aussi que tout l'homme, comme tout l'univers, soit à Dieu. C'est pourquoi le conquérant des Indes devra finalement abandonner sa conquête terrestre, parachever sa mission en finissant sa vie comme un esclave méprisé, sorte de bouffon grotesque, qui ne parle plus et ne comprend plus la langue des hommes. La médiatrice de la conquête, comme du renoncement, sera une femme : doña Prouhèze. Dès le début, Prouhèze aime Rodrigue. Mais déjà le sacrifice et la prière du frère de Rodrigue, un jésuite perdu en mer alors qu'il partait annoncer l'Évangile, ont introduit dans cette passion humaine le combat et les ruses de la grâce. Rodrigue, sur le chemin où il ne voudrait qu'aventures, amours et gloires, trouvera une passion si grande et si parfaite qu'elle ne pourra s'arrêter dans aucune créature : « Faites de lui un homme blessé parce qu'une fois en cette vie il a vu la figure d'un ange ! / Remplissez ces amants d'un tel désir qu'il implique à l'exclusion de leur présence dans le hasard journalier / L'intégrité primitive et leur essence même telle que Dieu les a conçus autrefois dans un rapport inextinguible... » Mais Prouhèze est folle de Rodrigue et, comme son mari, don Pélage, l'envoie sous bonne escorte à Cadix, elle prévient son gardien qu'elle fera tout pour aller retrouver l'homme qu'elle aime. Prouhèze, pourtant, a de l'honneur et, comme elle sent que le sentiment, en elle, l'emporte, elle pose son petit soulier de satin devant une statue de la Vierge en faisant ce vœu : « Quand j'essayerai de m'élancer vers le mal, que ce soit avec un pied boiteux ! La barrière que vous avez mise / Quand je voudrai la franchir, que ce soit avec une aile rognée !... » Prouhèze s'enfuit, gagne le château où l'on a transporté Rodrigue blessé. Mais don Pélage, son mari, survient, non pour la punir ou la reprendre, mais pour lui proposer une épreuve, un « devoir à la mesure de [son] âme » ; garder pour le roi la citadelle de Mogador, avec, pour compagnon, don Camille, qu'on soupçonne de trahir son prince et l'Église et qui, dès le début de l'action, a impérieusement déclaré son amour à Prouhèze, lui proposant, le premier, l'Afrique : « un lieu où il n'y a plus rien, un cœur où il n'y a pas autre chose que toi ! ». Quant à Rodrigue, le roi lui donne la vice-royauté des terres d'outre-mer. Mais, avant de partir, il devra revoir Prouhèze, s'en détacher librement. Il brûle d'ailleurs d'arracher la jeune femme aux tentations de don Camille. Prouhèze elle-même décide : « Je reste, partez », lui écrit-elle, et Rodrigue, en dépit de sa jalousie, accepte cet ordre, comprenant que le véritable amour ne doit point lui retirer le monde, mais au contraire lui en ouvrir les portes. Alors que commence la séparation matérielle, l'union spirituelle entre Rodrigue et Prouhèze s'affermit dans le renoncement. Prouhèze pour Rodrigue ne sera plus seulement une femme, mais la médiatrice absolument attachée à son destin terrestre et surnaturel. Cependant, don Pélage étant mort, Prouhèze est contrainte d'épouser don Camille, qui commence à renier le Christ et à se faire musulman. Au cours d'une scène pathétique, on le voit demander à sa femme l'abdication suprême : pour le sauver, lui Camille, elle doit entièrement oublier Rodrigue, sacrifier même leur union toute spirituelle. Dans un premier mouvement, Prouhèze proteste, refuse. « Mais alors, lui dit Camille, je suis damné, car mon âme ne peut être rachetée que par la vôtre, et c'est à cette condition seulement que je vous la donnerai. » Et, comme Prouhèze persiste : « Mourez donc par ce Christ en vous étouffé / Qui m'appelle avec un cri terrible et que vous refusez de me donner / (Prouhèze) : Non je ne renoncerai pas à Rodrigue ! / (Camille) : Mais d'où viendrait, autrement, cette lumière sur votre visage ? » Entre-temps, Rodrigue a reçu la lettre que dix ans auparavant, dans un moment d'angoisse, Prouhèze avait confiée à la mer pour l'appeler à son secours. Rodrigue quitte les Indes et arrive au large de Mogador ; don Camille, devenu le mahométan Ochiali, se croyant attaqué par les Espagnols, délègue sa femme à Rodrigue. Il serait prêt à abandonner Prouhèze pourvu que Rodrigue épargne la ville. Mais Prouhèze ne veut obtenir de Rodrigue, comme elle a obtenu d'elle-même, que le renoncement total : « Sois généreux à ton tour ! Ce que j'ai fait, ne peux-tu le faire à ton tour ? Dépouille-toi ! Jette tout ! Donne tout afin de tout recevoir... » Rodrigue accepte alors la charge de doña Sept-Épées, la fille de Prouhèze, née de Camille, mais faite à sa ressemblance spirituelle à lui, Rodrigue, et il laisse Prouhèze partir vers la mort. Il est maintenant un l omme renouvelé : un pauvre. Il peut proclamer pleinement sa mission : « Je suis venu pour élargir la terre... » ; mais il s'attire la punition du roi, dont il a accueilli par des conditions saugrenues la proposition de faire la conquête de l'Angleterre. Livré en esclave aux soldats, il obtient d'être donné en serviteur à une sœur chiffonnière, religieuse de l'ordre de Sainte-Thérèse, qui ne consent d'ailleurs à se charger de cet infirme (Rodrigue a perdu une jambe dans un combat contre les Japonais) qu'à la condition qu'on ne lui en demandera aucun paiement. La dernière journée de la pièce laisse une impression étrange et déconcertante. Mais c'est bien le dessein de l'auteur, qui veut ainsi suggérer l'étrangeté surnaturelle de Rodrigue, complètement libéré, donné à Dieu, qui ne comprend plus le langage de la terre et dont la conduite ne semble plus aux hommes que bouffonnerie.

La tentative de Claudel ne vise à rien de moins qu'à donner une synthèse de la destinée totale de l'homme. Les libertés qu'il prend avec les règles de l'art dramatique (l'unité de lieu et de temps en particulier) n'ont d'autre but que de suggérer cette impression de totalité, d'universalité ; ainsi l'auteur promènera-t-il ses personnages d'Europe en Afrique et en Asie, ainsi le théâtre devra-t-il représenter les lieux les plus divers, Cadix et la Sicile, Gênes ou Panama, Prague, Rome et l'Afrique, la mer enfin, symbole typiquement claudélien. Au point de vue dramatique, cette conception se rapproche de celle des grands dramaturges espagnols de la Renaissance, Lope de Vega, Calderon. Malgré le caractère d'abord symbolique de l'action, les personnages ne laissent pas d'être bien fixés dans leur époque : la fin du XVIe siècle. Rodrigue n'est pas seulement une âme et l'enjeu d'une lutte surnaturelle. Il se débat dans des passions qui sont celles d'un homme de son temps : c'est un conquistador, que les terres nouvelles attirent pour leurs promesses de gloire et de domination, aussi bien que comme lieux d'évangélisation. Quant aux deux figures de Prouhèze, l'Africaine, et de Rodrigue, le vice-roi des Indes, elles sont le symbole de la double vocation espagnole. La liberté que prend Claudel avec le temps et l'espace, le goût qu'il montre à mêler le grotesque au tragique, à susciter une foule de personnages accessoires destinés à donner l'illusion de la vie débordante, l'abondance des paroles, enfin l'extrême longueur de la pièce ont fait voir dans *Le Soulier de satin* une œuvre baroque et romantique. C'est d'abord un mystère chrétien : les innovations de l'auteur ont d'abord pour objet d'évoquer l'immensité de l'action divine. Et si le lieu de l'action est le monde, c'est plus encore l'âme de l'homme. Peut-être le thème central est-il le dogme de la communion des saints, vrai lien de cette multitude de personnages : par Prouhèze, liée à Rodrigue et à Camille, le monde tout entier est lié à la Vierge, gardienne du petit soulier symbolique. Ainsi Prouhèze, figure de la Femme par excellence, est-elle aussi une figure de la Vierge. À cette arête viennent se joindre toutes les cordées de l'œuvre claudélienne : comme dans *L'Otage*, il s'agit de libérer l'Église ; de conquérir le monde, comme dans *Tête d'or* ; et d'un amour impossible (*Partage de midi*) naît ici, comme dans *L'Annonce faite à Marie* (*), la joie divine jaillie du sacrifice.

SOUPAULT Philippe. Poète, romancier essayiste. Né à Chaville (Yvelines) le 2 août 1897, mort à Paris le 12 mars 1990. C'est grâce à Guillaume Apollinaire qu'il entre en relation avec André Breton dont il devient rapidement l'ami. Il publie en 1917 son premier recueil de poèmes, *Aquarium*, puis fonde en 1919, avec Breton et Aragon, la revue *Littérature*, titre ironique car, déclare Soupault, « la littérature existe mais dans le cœur des imbéciles ». Cette revue va jouer un rôle important dans la diffusion en France du mouvement Dada. Mais dès 1919 aussi, Philippe Soupault se livre avec André Breton aux premiers essais d'écriture automatique, exploration de la pensée et du langage au niveau de l'inconscient. Les textes ainsi obtenus seront groupés dans *Les Champs magnétiques* (1920). Philippe Soupault participe à toutes les manifestations dadaïstes, écrit dans la revue *Proverbe* de Paul Éluard. Mais dès 1921, Breton, Aragon, Éluard rompent avec le dadaïsme. De 1921 à 1923, il y eut selon Aragon une sorte d'interrègne « où l'on ne savait trop quel nom nous donner ». La presse les appelle surréalistes. Philippe Soupault fait partie de ce groupe et appartient même en 1924 au « Bureau des recherches surréalistes ». Mais, au moment où Aragon, Breton, Éluard, Benjamin Péret adhèrent au parti communiste, en 1927, Artaud, Soupault et Vitrac sont exclus du mouvement surréaliste en raison de leur tiédeur politique et parce qu'ils reconnaissent une valeur à l'activité littéraire — Soupault assurait notamment la direction de *La Revue européenne*. Philippe Soupault se met à voyager à travers l'Europe et donne des reportages sur les États-Unis, la Russie, l'Allemagne, l'Italie. Ce qui ne l'empêche pas de publier deux courts récits, *Le Nègre* (1927) et *Les Dernières Nuits de Paris* (1928), où le surréalisme est toujours présent. De 1938 à 1940, il crée Radio-Tunis où il s'élève contre le fascisme et le nazisme, ce qui lui vaut d'être interdit d'antenne en 1940. Arrêté, il fait six mois de prison, s'évade et rallie Alger. Il parcourt les deux Amériques avant de regagner la France à la Libération. Chargé de mission par l'U.N.E.S.C.O. en 1948, il parcourt le monde. Puis il se consacre à faire mieux connaître la jeune poésie par des émissions radiophoniques.

Il convient d'insister sur l'activité surréaliste de Philippe Soupault. D'abord, parce que trop souvent il semble vivre dans l'ombre d'André Breton alors qu'il possède un talent autonome. Ensuite, parce que le surréalisme a marqué toute son œuvre de son empreinte. Entre 1920 et 1930, il connaît une époque créatrice particulièrement faste. Sur la jeunesse d'après guerre, sur sa sensibilité, ses romans à la fois lyriques et incisifs — *Le Bon Apôtre* (1923), *Les Frères Durandeau* (1924), *Histoire d'un Blanc* (1927) — mais aussi ses nombreux essais — *William Blake* (1928), *Guillaume Apollinaire* (1928), *Lautréamont* (1929), *Charlot* (1930), *Baudelaire* (1931), *Eugène Labiche* (1944) — et ses *Écrits sur la peinture* (rassemblés en 1980) apportent un précieux témoignage. Son goût pour les voyages, teinté d'ironie, se retrouve dans *À la dérive* (1923) et *Le Voyage d'Horace Pirouelle* (1925) où se manifeste l'influence de Lautréamont. Mais c'est par la poésie que Philippe Soupault s'est exprimé le plus souvent. Après *Aquarium* où se perçoit l'influence d'Apollinaire, de Reverdy, de Cendrars, il conquiert sa voix propre dans *Rose des vents* (1920) et surtout avec *Georgia* (1936). Si dans *Westwego* (1922) il pouvait encore dire : « Je suis allé à Barbizon et j'ai relu les voyages du Capitaine Cook », il doit bientôt faire la dure expérience de la vie comme reporter. Expérience dont portent la trace les poèmes qu'il écrit vers 1930. Veine douloureuse qui transparaît dans *Il y a un océan* (1936), un an avant la publication de ses *Poésies complètes*. La poésie de Philippe Soupault va coller encore plus à l'événement quand il écrit en 1942 son *Ode à Londres bombarbée* « pour saluer ceux de mes amis de la B.B.C. qui nous avaient aidés à ne jamais désespérer. » De retour en France, marqué par les bouleversements de la Seconde Guerre mondiale, il publie *Le Temps des assassins* (1945), *Journal d'un fantôme* (1946), *Profils perdus* (1963) ; viendront ensuite *Mémoires de l'oubli 1914-1980* publiés en 1981 et 1986. La guerre finie, il s'est mis à écrire des poèmes qu'il appelle des *Chansons* (1949) parce qu'ils empruntaient leur naïveté à une veine populaire mélancolique. Il déclare : « Pour en revenir à l'insolite, il ne faut tout de même pas oublier qu'il y a des gens qui aiment les bulles de savon, d'autres qui les adorent. Je partage leur admiration, leur affection, leur adoration. Les bulles de savon sont *merveilleuses*. » La plaquette *Sans phrases* (1953) est suivie d'un long silence. Mais en 1973 paraît un recueil collectif de ses poèmes où se trouve l'équivalent d'une plaquette, *Crépuscules*, écrite entre 1960 et 1971 où déjà, poignant, apparaît le visage de la mort : « Elle regarde au loin / mais de plus en plus près / comme si elle connaissait celui qui l'attend. » Philippe Soupault prétend n'avoir jamais pris la littérature au sérieux et se moquer de la postérité. On peut supposer cependant que la littérature lui doit beaucoup et que la postérité ne se moquera pas de lui.

GUY LE CLEC'H.

RÉF. : H.-J. Dupuy, *Philippe Soupault,* Paris, 1957. — *Action poétique* n° 76 « Philippe Soupault », *Vingt mille et un jours,* entretiens de Philippe Soupault avec Serge Fauchereau. — B. Morlino, *Soupault,* Lyon, 1987. — *Le Surréalisme et ses insoumis. Philippe Soupault,* in *La Nouvelle Revue de Paris* n° 14, 1988. — S. Fauchereau, *Philippe Soupault, voyageur magnétique,* Paris, 1989.

SOUVESTRE Pierre : voir ***Fantomas.***

SOUZA Adélaïde Filleul, comtesse de Flahaut, puis marquise de. Romancière. Née et morte à Paris : 14 mai 1761-19 avril 1836. De famille bourgeoise proche de milieux influents grâce à sa sœur Mme de Marigny, après quelques années au couvent, Adélaïde Filleul épouse Alexandre de Flahaut bien plus âgé qu'elle. Dans leur logement du Louvre, elle mène une vie brillante, tient salon, intrigue. On lui connaît quelques liaisons : avec Talleyrand dont elle a un fils, Charles de Flahaut, futur aide de camp de Napoléon ; avec Gouverneur Morris, l'envoyé américain, comme on le lit dans son *Journal* ; avec lord Wycombe. En 1794, son mari est guillotiné. Elle s'était enfuie en 1792 avec son fils en Angleterre où des rivalités amoureuses et littéraires l'opposent à Mme de Staël ; puis de Suisse elle gagne l'Allemagne en compagnie du futur Louis-Philippe. Elle se fixe près de Hambourg, fabrique des chapeaux et écrit pour vivre. Elle rencontre M. de Souza, ambassadeur du Portugal, fin lettré, qu'elle retrouve après son retour d'émigration et épouse en 1802. Elle élève le fils que Charles de Flahaut a eu de la reine Hortense, le futur duc de Morny, tient de nouveau salon, et veuve, passe ses dernières années entourée d'un petit cercle d'amis.

Son œuvre la plus célèbre, *Adèle de Sénange* (Londres, 1794) connut un immense succès. Adèle, élevée au couvent, décrit ici comme un lieu idyllique, est mariée toute jeune à un homme très âgé, sensible et bon. Devenue veuve, elle épouse après beaucoup d'obstacles le jeune lord anglais dont les lettres forment le roman. *Émilie et Alphonse* (1799) se passe en partie dans un vieux château des Pyrénées. Les héros qui ont souffert trouvent le bonheur dans la bienfaisance. *Charles et Marie* (1802), petite idylle anglaise d'amour contrarié, est suivi d'*Eugène de Rothelin* (1808). Ce très bon roman, sur le même thème, avec un dénouement un peu forcé, traite aussi des relations père-fils. *Eugénie et Mathilde* (1811), remarquable récit de la difficile adaptation en émigration de la famille du comte de Revel, contient de belles descriptions, déjà romantiques, de paysages de la Baltique.

Mme de Souza écrivait avec grâce et distinction. On peut lui reprocher dans ses romans quelques coïncidences conventionnelles, mais ses personnages fins, nuancés, vivants, sont ceux des milieux qu'elle a connus. Sainte-Beuve la considérait comme « un esprit, un talent qui se rattachait tout à fait au XVIIIe siècle ». Barbey d'Aurevilly trouvait ses lettres « empreintes çà et là de cette exquise personnalité qu'on avait entrevue à travers les livres délicats qu'elle a publiés ».

ALIX DEGUISE.

Spleen de Paris (Le). Recueil de poèmes en prose de Charles Baudelaire (1821-1867). Il porta plusieurs titres successifs : *Poèmes nocturnes, Poèmes en prose*, ou encore *Le Spleen de Paris.* Cette tentative, absolument nouvelle dans la littérature française, fut suggérée à Baudelaire par le livre d'Aloysius Bertrand, *Gaspard de la nuit* (*), où l'auteur avait évoqué à la manière de Rembrandt et de Callot l'atmosphère des villes d'autrefois. Baudelaire voulut reprendre cet essai, mais en l'appliquant à la ville moderne. Les premières pièces furent écrites dès 1855 ; en 1862, Baudelaire avait rédigé une quarantaine de poèmes en prose, dont certains furent publiés dans *La Presse*, dans *Le Figaro* (qui, après les avoir acceptés, en interrompit bientôt la publication) et dans de petites revues. L'artiste mourut sans avoir vu paraître son livre et le premier recueil complet des *Petits poèmes en prose* ne fut publié qu'en 1869 (au tome IV des Œuvres complètes). Le titre *Le Spleen de Paris* a l'avantage d'exprimer parfaitement l'unité d'atmosphère du recueil, qui continue, mais avec plus de raillerie et de liberté, la partie des *Fleurs du mal* (*) intitulée : « Tableaux parisiens ». À la fin de son livre, Baudelaire se peint lui-même, en train de gravir les collines de Montmartre, pour contempler la capitale allongée en dessous de lui et crier, enivré de son « charme infernal » : « Je t'aime, ô capitale infâme ! » Le Paris de Baudelaire n'est pas celui des beaux quartiers, le Paris aristocratique et financier de Balzac, ni le Paris révolutionnaire de Hugo : il va des taudis aux maisons de prostitution et aux hôpitaux, peuplés de créatures vides et dolentes, ombres d'elles-mêmes, mendiants, filles, ratés et débauchés, rongés de souffrance et de vice, poursuivis par des rêves d'impossible évasion. Dans la ville immense, plus aucune communion humaine ; pas même le recours, propre aux romantiques, de donner sa douleur en spectacle. On méprise trop les hommes pour chercher à attirer leur attention. C'est bien le « spleen », douleur vague, sans motif autre que la vie elle-même, la monotonie d'une existence de prisonnier, qui peut accuser son milieu et son siècle, mais sait bien, au fond de lui, que sa maladie tient à sa plus profonde personnalité et que tout « ailleurs » lui est interdit. Tableau d'un Paris dont le mouvement de la vie moderne n'a fait qu'accentuer les traits, les « poèmes en prose » sont au surplus une confession de Baudelaire lui-même ; soit que le poète s'exprime à la première personne, soit qu'il use d'un semblant de masque. Confession toute poétique, certes. Mais Baudelaire ne nous en donne pas moins les causes du mal qui l'obsède. La grande ville, c'est d'abord cette foule de visages identiques, exempts de toute chaleur humaine : dans les quelques heures de répit que la nuit procure, le poète pourra enfin convoquer les âmes de ceux qu'il a aimés : « Enfin la tyrannie de la face humaine a disparu, et je ne souffrirai plus que par moi-même ! Enfin ! il m'est donc permis de me délasser dans un bain de ténèbres ! » (« À une heure du matin »). Il ne peut supporter le contact de la sottise : gens de lettres, journalistes, directeurs de théâtre que le culte de l'art laisse indifférents. Cette bienfaisante solitude ne sera pourtant qu'une halte : il s'agit moins pour Baudelaire de fuir une humanité vulgaire que de retrouver l'affection vraie dans un monde enfin habitable. Quand il est trop las de lui-même, il se résignera même à aller prendre son « bain de multitude », cherchant là, au milieu des foules, à se mêler à d'autres existences : « Celui-là qui épouse facilement la foule connaît des jouissances fiévreuses, dont seront éternellement privés l'égoïste, fermé comme un coffre, et le paresseux, interné comme un mollusque. Il adopte comme siennes toutes les professions, toutes les joies, et toutes les misères que la circonstance lui présente » (« Les Foules »). Mais dans la vie moderne, les hommes ne cherchent guère à se connaître ; l'amour même y est impossible, dont il faut bien trouver le symbole dans la prostitution, qui tient une grande place dans *Le Spleen de Paris*. Le poète est d'ailleurs plus solitaire que tout autre homme : il craint de rester toujours incompris, lorsqu'il jette un coup d'œil sur sa vie et qu'il voit que toutes ses attaches avec le monde sont brisées : l'« Étranger », c'est Baudelaire lui-même, brouillé avec sa famille et ses amis, sans argent et sans patrie.

À ce mal, il est pourtant quelques recours, très divers. Et d'abord, les plaisanteries scandaleuses, grâce à quoi, pour la seule satisfaction de jouir de soi-même et de sa puissance, on troublera, pour rien, une existence trop monotone : dans « Le Mauvais Vitrier », où nous voyons Baudelaire laisser tomber d'un sixième étage un pot de fleurs sur l'étalage d'un vitrier ambulant qui manquait de verres de couleur, on pourrait trouver, comme l'a fait Armand Hoog, quelque préfiguration de l'« acte gratuit » d'André Gide : Baudelaire y analyse froidement cet esprit de mystification, qui participe beaucoup d'une « ardeur de désir », suscitée par une humeur satanique, et « qui nous pousse sans résistance vers une foule d'actions dangereuses ou inconvenantes ». Exaltation de la puissance pure, que l'auteur commente avec ironie : « Ces plaisanteries nerveuses ne sont pas sans péril, et on peut souvent les payer cher. Mais qu'importe l'éternité de la damnation à qui a trouvé dans une seconde l'infini de la jouissance. » Peut-être encore, dans ce monde fermé, le poète saura trouver des minutes ou des lieux privilégiés qui l'introduiront un instant au sentiment d'un monde supérieur ; ainsi la chambre double « ressemble à une rêverie, une chambre vraiment spirituelle ». Comme déjà dans *Les Fleurs du mal*, Baudelaire ne cesse ici de caresser le rêve des mers infinies, au bout desquelles se trouvent des pays lointains que l'imagination sait parer de beaux prestiges : « Tu connais cette maladie fiévreuse qui s'empare de nous dans les froides misères, cette nostalgie du pays qu'on ignore, cette angoisse de la curiosité ! Il est une contrée qui te ressemble, où tout est beau, riche, tranquille et honnête, où la fantaisie a bâti et décoré une Chine occidentale, où la vie est douce à respirer, où le bonheur est marié au silence. » Mais Baudelaire sait bien que ce ne sont là que des rêves. Plus sûrs, s'ils sont moins exaltants, restent les remèdes de l'Art (car lorsqu'il contemple la Nature, il est donné au poète d'amener toutes choses à la pensée : voir « Le Confiteor de l'artiste »), ceux aussi de la pitié : les pièces les plus émouvantes de ce recueil sont pleines d'une intense charité pour les déshérités : le poète, dit Baudelaire, dédaigne de « visiter [...] la joie des riches », mais il se sent attiré « vers tout ce qui est faible, ruiné, contristé, orphelin » (« Les Veuves »). En se gardant de toute grandiloquence, Baudelaire est un des écrivains qui ont le mieux traduit la poésie des faubourgs, la grandeur des pauvres gens, la noblesse qui subsiste jusque dans l'être le plus déchu (voir « Le Vieux Saltimbanque »).

Inventer une prose poétique, sans rythme ni rime, docile à toutes les « ondulations de la rêverie », c'était en français une tentative absolument originale. Le plus remarquable, dans *Le Spleen de Paris*, est que les sensations les plus vagues y produisent le plus vif effet : l'art de Baudelaire consiste en effet à ramasser l'émotion dans un texte le plus bref possible, à ne jamais se contenter d'une image pour elle-même, mais en faire naître l'idée qu'elle suggère, sans la pousser toutefois en pleine lumière, à ne jamais abdiquer, par trop de réalisme scrupuleux, le droit du poète à transfigurer la réalité, à marquer le monde de son propre cœur.

SPONDE Jean de. Poète. Né à Mauléon (Basses-Pyrénées) en 1557, d'une famille d'origine espagnole convertie au protestantisme ; mort à Bordeaux le 18 mars 1595. Son éducation fut confiée à Jeanne d'Albret, dont son père était secrétaire (il devait être assassiné plus tard par les Ligueurs). Serviteur fidèle d'Henri IV, Sponde se convertit au catholicisme en même temps que le prince, au scandale de d'Aubigné. Nommé en 1592 lieutenant général de la sénéchaussée de La Rochelle, il ne put se maintenir longtemps dans ce poste, aux prises avec l'animosité de la population locale, qui le considérait comme un renégat. C'est de d'Aubigné que Sponde se rapproche le plus au point de vue littéraire ; humaniste comme lui, éditeur et traducteur en latin d'Homère (1583), d'Hésiode (1592), de la *Logique* d'Aristote (1591), et surtout comme lui âme tourmentée, dévorée par la double passion de l'amour et de la religion. Ce poète – le meilleur représentant en France de l'époque baroque – qui semble avoir mené une vie orageuse et dissipée, nous le voyons dans ses *Sonnets*, tour à tour, et avec la même émotion vraie, galant, enchanté par le corps de la femme, par les séductions du monde et obsédé par la mort. De là, dans sa forme, cet usage constant de l'antithèse, qui n'est nullement un procédé de style, mais traduit parfaitement les hésitations, les retours de son âme hypersensible qui ne peut goûter aucune jouissance sans songer à sa fragilité, et sans la transfigurer en sa réalité négative, le péché. À partir du XVIIe siècle, le poète tomba dans un oubli total jusqu'à sa découverte, de nos jours, par un érudit anglais, Alan Boase, puis par Thierry Maulnier et Marcel Arland.

JACQUES PATRY.

RÉF. : Marcel Arland, *L'Œuvre poétique de Jean de Sponde,* Paris, 1943. — F. Ruchon et Alan Boase, *La Vie et l'œuvre de Jean de Sponde,* Genève, 1949. — A. Boase, *Vie de Jean de Sponde,* Genève, 1977 ; *Œuvres littéraires,* éd. A Boase, Genève, 1978. — J. Rieu, *Jean de Sponde,*1987.

STAËL-HOLSTEIN Anne-Louise Germaine Necker, baronne de. Romancière, essayiste. Née et morte à Paris (22 avril 1766-13 juillet 1817). Fille du banquier Necker, ministre de Louis XVI, elle passe son enfance dans un milieu intelligent, modéré, grave par le fond mais singulièrement mondain et ambitieux. Elle brille dans le salon de sa mère où fréquentent Buffon, Marmontel, Grimm, Gibbon. Elle écrit des nouvelles et un drame, *Sophie ou les Sentiments secrets* (1786), dont la vive imagination compense les maladresses. À vingt ans, elle épouse l'ambassadeur de Suède à la cour de France, le baron de Staël-Holstein, de dix-sept ans son aîné. On a dit de la vie de Mme de Staël qu'elle constituait le meilleur de ses romans. De fait le rôle qu'elle joue, toute jeune mariée, dans son salon de la rue du Bac, le rayonnement qu'elle exerce à Coppet, l'exil auquel elle est contrainte, ses voyages en Allemagne, en Italie et en Russie, sa liaison mouvementée avec Benjamin Constant, sa fréquentation des plus beaux esprits de l'époque, lui donnent un prestige qui dépasse de beaucoup son œuvre même. Elle est attachée aux préoccupations politiques de son temps. J.-J. Rousseau a été son maître ; il reste son inspirateur et elle lui consacre son premier ouvrage important. Aussi accueille- t-elle avec joie la Révolution. Espère-t-elle y jouer un rôle ? C'est vraisemblable, puisqu'elle proposera à Montmorin un plan d'évasion du roi et qu'elle aura suffisamment d'influence pour faire donner le portefeuille des Relations extérieurs à Talleyrand. Il le paya d'ailleurs de la plus totale ingratitude, et elle se vengea plaisamment en le peignant sous les traits d'une vieille dame sèche, coquette et égoïste dans *Delphine* (1802). Pourtant, la situation de Mme de Staël à Paris devient intenable : repoussée par les républicains, elle se pose en égérie de la monarchie constitutionnelle et s'attire les sarcasmes de la noblesse ; effrayée par les massacres de septembre 1792, elle fuit, avec son mari, Paris pour la Suède, puis rejoint son père à Coppet. Le gouvernement modéré de 1794 la rassure ; elle revient à Paris et un grand changement s'opère en elle : sa générosité, son sens élevé de la justice et sa commisération profonde s'épanouissent. Son mariage n'a pas été heureux mais, considérant la réalité qui l'entoure, elle dépasse son propre personnage. Du reste, elle vise à la gloire ; elle ne s'en cache pas et, usant de toute son influence, elle exalte de plus en plus le libéralisme, au moment où le 18 Brumaire (novembre 1799) va mettre fin à son crédit : la nouvelle scène politique ne réserve pas de place aux femmes. Son salon devient le rendez-vous des mécontents ; le pouvoir s'inquiète ; Bonaparte se méfie ; Fouché prévient Mme de Staël qui n'en tient aucun compte ; elle est préoccupée par son livre : *De la littérature considérée dans ses rapports avec les institutions sociales* (1800), qui est unanimement critiqué. Seul Chateaubriand prend sa défense. De là date leur amitié. Opposés par le talent, les deux écrivains se retrouvent sur tous les autres plans.

1802 est une date importante pour Mme de Staël. C'est l'année où meurt son mari et celle où paraît *Delphine.* Le libéralisme foncier et tenace du livre augmente l'inquiétude du pouvoir. L'ouvrage de Necker : *Dernières vues de politique et de finance*, auquel on présumait qu'elle avait collaboré, est une occasion pour le gouvernement d'imposer à Mme de Staël, en 1803, une résidence à quarante lieues de Paris. C'est ainsi qu'elle devient grande voyageuse. L'hostilité de Napoléon lui vaut une notoriété certaine et lui attire des sympathies nouvelles. Benjamin Constant l'accompagnera en Allemagne et en Italie. Elle s'enthousiasme pour Goethe et pour Schiller, séduits eux- mêmes par cet esprit avide de tout comprendre. Après avoir reçu un accueil empressé à la cour de Prusse en 1804, elle est rappelée en Suisse par la mort de son père. Dès lors, elle y tient une espèce de cour qui a une grande célébrité sous l'Empire. Les habitués y sont Benjamin Constant, August Wilhelm von Schlegel, Sabran, Sismondi, Bonstetten, les barons de Voigt, de Balk, etc. Chaque année y reviennent Mathieu de Montmorency, Prosper de Barante, le prince Auguste de Prusse, Mme Récamier, une foule de gens du monde, de connaissances d'Allemagne et de Genève. On imagine l'ombrage que Napoléon pouvait prendre de ce succès et qu'il ait composé ou, plus vraisemblablement, fait composer une critique sévère de *Corinne ou l'Italie* (*) (1807), qui devint le livre par excellence de l'idéal et de l'amour pour toute une génération romantique. Ne se sentant plus en sécurité à Coppet, Mme de Staël retourne en Allemagne en 1808. De Vienne, elle demande à Talleyrand d'intervenir pour que lui soient remboursés deux millions prêtés par Necker à Louis XVI. Napoléon fait la sourde oreille. La première partie du traité *De l'Allemagne* (*) étant achevée, Mme de Staël vient incognito à Paris pour la publication. Fouché a vent de l'affaire, fait saisir l'édition entière et détruire les deux mille exemplaires prêts à figurer dans le commerce. L'œuvre la plus célèbre de Mme de Staël paraîtra à Londres trois ans plus tard (1813). En attendant, on assigne à l'auteur la résidence forcée de Coppet avec interdiction de s'en écarter de plus de deux lieues et, preuve du sérieux de cette mesure coercitive, on écrit à Schlegel en lui interdisant de revoir Mme de Staël ; on exile Mme Récamier et Mathieu de Montmorency pour avoir été ses hôtes. Mme de Staël traverse alors une période cruelle. Affectée des mesures prises par Fouché, l'âge l'assombrit. Elle a horreur de vieillir et tout lui devient âpre. Pourtant, en 1811, elle épouse un jeune officier suisse, M. de Rocca. L'année suivante, elle réussit à s'enfuir à Saint-Pétersbourg, puis en Suède et en Angleterre. Partout, elle tente de stimuler l'ardeur des ennemis de Napoléon. À Londres, elle rencontre le futur Louis XVIII, en qui elle veut voir l'homme capable de réaliser la monarchie constitutionnelle dont elle rêve. Mais elle pressent la désastreuse influence que vont avoir sur le roi les émigrés arrogants et butés : « Ils perdront les Bourbon », dit-elle. À la Restauration, elle se fixe définitivement en France. Devant les exigences contradictoires des partis, elle prône les ménagements et la prudence. Les divergences d'opinion se déclarent dans son entourage ; les amitiés se relâchent autour d'elle et elle éprouve un profond découragement. Elle court à Pise en 1816 soigner M. de Rocca malade, mais, atteinte elle-même d'un « mal incurable », elle regagne Paris et y meurt. Son corps est enterré à Coppet. Son œuvre comporte, outre les titres déjà cités : des essais de morale : *De l'influence des passions sur le bonheur des individus* (1796) ; *Réflexions sur le suicide* (1812) ; des romans ; des écrits politiques : *Réflexions sur le procès de la reine* (1793) ; *Du caractère de M. Necker et de sa vie privée* (1804) ; *Dix années d'exil* (1821) ; *Considérations sur les principaux événements de la Révolution française* (1817) ; des critiques littéraires : *Lettres sur le caractère et les écrits de Jean-Jacques Rousseau* (1788) ; *Essai sur les fictions* (1795).

DOMINIQUE RENARDET.

♦ *« C'est un être à part, un être supérieur tel qu'il s'en rencontre peut-être un par siècle, et tel que ceux qui l'approchent, le connaissent et sont ses amis, doivent ne pas exiger d'autre bonheur. »* Benjamin Constant. ♦ *« Son naturel et son sentiment valent mieux que sa métaphysique et sa belle intelligence touche à la puissance du génie. »* Schiller, 1803. ♦ *« Il faut reconnaître, après tout, que c'est une femme d'un très grand talent, fort distinguée, et de beaucoup d'esprit ; elle restera. »* Napoléon. ♦ *« Je ne connais pas de tête aussi complètement pervertie ; c'est l'opération infaillible de la philosophie moderne sur toute femme quelconque ; mais le cœur n'est pas mauvais du tout ; à cet égard, on lui a fait tort. Quant à l'esprit, elle en a prodigieusement, surtout lorsqu'elle ne cherche pas à en avoir. »* Joseph de Maistre. ♦ *« ... la femme la plus extraordinaire qu'on vît jamais, elle qui mena la conversation française et porta au plus haut degré de perfection l'art brillant de l'improvisation sur quelque sujet que ce fût... »* Stendhal, 1824. ♦ *« Elle s'était échauffée en France et vint apaiser en Allemagne son cœur bouillant et embrasé. Le chaste souffle des poètes la calma, la fraîcheur de la métaphysique lui fit du bien, l'Allemagne lui apparut comme un nébuleux pays d'esprits où des hommes sans corps et toute vertu se promènent sur des champs de neige. »* Heinrich Heine.

RÉF. : Sainte-Beuve, *Nouveaux lundis*, t. II, Paris, 1866. – Lady Blennerhassett, *Mme de Staël et son temps*, trad., 3 vol., Paris, 1890. – A. Sorel, *Mme de Staël*, Paris, 1890. – Dejob, *Mme de Staël et l'Italie*, Paris, 1890. – É. Faguet, *Politiques et Moralistes du XIXe siècle*, 1re série, Paris, 1891. – F. Œlion, *Les Idées philosophiques et religieuses de Mme de Staël*, Mâcon, 1911. – M. L. Pailleron, *Mme de Staël*, Paris, 1931. – Mme de Pange, *Mme de Staël et la découverte de l'Allemagne*, Malfère, 1929 ; *A.-G. Schlegel et Mme de Staël*, Paris, 1938. – P. de Lacretelle, *Mme de Staël et les hommes*, Paris, 1939. – M. Levaillant, *Une amitié littéraire : Mme de Staël et Mme Récamier*, Paris, 1956. – J. Balayé, *Les Carnets de Mme de Staël, contribution à la genèse de ses œuvres*, Genève, 1971 ; *Mme de Staël. Lumières et Liberté*, Paris, 1979. – G. de Diesbach, *Mme de Staël*, Paris, 1983. – *Actes* des colloques de Coppet, *Cahiers staëliens*, Lausanne, Institut B. Constant, Paris, 1988.

Stance. Emprunté à l'italien *stanza* au XVIe siècle, ce terme désigne, jusqu'au XIXe siècle, la strophe en général. Au XVIIIe siècle, il est parfois synonyme de *ode*. S'il a fait place généralement, aujourd'hui, à *strophe*, il peut garder cependant le sens spécifique d'une strophe au sujet lyrique ou religieux.

CHRISTIAN DOUMET.

STAROBINSKI Jean. Critique et écrivain suisse. Né à Genève le 17 novembre 1920. Jean Starobinski a suivi une double formation, de lettres et de médecine, puis a été professeur à l'université de Genève. À part un séjour aux États-Unis de 1953 à 1956, il a toujours vécu à Genève. Président des Rencontres internationales de Genève depuis 1964, figure marquante de la vie intellectuelle de cette ville, il est le représentant le plus éminent de ces critiques qu'on désigne parfois du nom d'« École de Genève » (Marcel Raymond, Jean Rousset, Albert Béguin, Georges Poulet), quoique eux-mêmes ne se soient jamais réclamés d'aucune « école », mais plutôt d'une même exigence intellectuelle et d'une affinité spirituelle et esthétique. Proche des écrivains et des artistes – Pierre Jean Jouve, Yves Bonnefoy, Michel Butor, Alberto Giacometti, Claude Garache –, il a su leur accorder son attention, leur ouvrant notamment les collections de l'éditeur d'art Albert Skira, avec lequel il a collaboré à plusieurs reprises. Son œuvre, consacrée par la reconnaissance universitaire et par de nombreux prix internationaux, est organisée par quelques grands axes. La critique littéraire d'abord, marquée par deux ouvrages : *Jean-Jacques Rousseau. La transparence et l'obstacle* (1957), et *Montaigne en mouvement* (1982). Bien d'autres écrivains ont été l'objet d'analyses brillantes : Montesquieu, Diderot, Stendhal, Baudelaire... Le critique affectionne également les longues perspectives historiques à partir d'un thème ou d'un problème : ainsi du discours flatteur ou du masque, du « téléphisme » (*Le Remède dans le mal*, 1989), de la folie, à l'occasion de laquelle sont rapprochés un texte biblique, un passage de l'*Iliade* et un tableau de Füssli (*Trois fureurs*, 1974), ou encore de la journée qui donne lieu à une vaste enquête littéraire, historique et anthropologique. L'histoire des idées, qui devient une histoire de la culture, des formes et des mentalités, constitue le deuxième axe de l'œuvre. Le travail de Starobinski prend appui sur les représentations concrètes — textuelles, plastiques, architecturales ; les « idées », les « sensibilités », les « mentalités » ne se séparent jamais, pour lui, des œuvres où elles se sont réalisées, ni des contextes où elles prennent sens. Les livres importants sont ici *L'Invention de la liberté* (1964) ; *1789 : les emblèmes de la Raison* (1973) ; et *Portrait de l'artiste en saltimbanque* (1970). Des études nombreuses montrent un intérêt persistant pour l'histoire de la mélancolie. Enfin, troisième perspective, la réflexion sur l'interprétation tient une place centrale dans deux ouvrages : *La Relation critique* (1970) et *Les Mots sous les mots* (1971), où Starobinski publie les recherches inédites menées par Ferdinand de Saussure sur les anagrammes, exemplaire échec de l'interprétation érudite. D'autres ouvertures sont présentes dans son œuvre (l'histoire de la médecine, la réflexion sur les sciences humaines, la stylistique...), qui s'affirme comme une vaste entreprise de savant et d'écrivain.

La pensée à la fois ferme et subtile de Starobinski est toujours historienne et philologique à son départ : soucieuse de construire un objet dans sa différence, comme trace d'une altérité qui s'est exprimée dans un temps donné et selon des formes analysables, qui a répondu aux questions posées à son époque et s'est réalisée en prenant possession de configurations esthétiques existantes pour les confirmer ou les bouleverser. S'il prend soin de ne jamais s'enfermer dans le solipsisme, Starobinski n'esquive pas le « pour moi » de l'interprète, et conçoit son travail comme une interrogation adressée à partir d'un souci qui lui est propre. L'enquête et le savoir sont ainsi doublement incarnés : parce qu'ils éclairent une altérité rendue opaque par le temps et parce qu'ils se représentent eux-mêmes comme acte d'un sujet historique. L'écriture de ce savoir, qui définit chez Starobinski l'art de l'essai, est toujours, selon une notion qu'il privilégie, relation. Il peut ainsi s'approprier sans allégeance plusieurs approches, venues de la phénoménologie de la psychanalyse ou de la psychologie, de la critique existentielle, de la thématique de l'imaginaire ou de la rhétorique. Mais le but ultime de ses recherches est toujours, dans une acception large du terme, anthropologique. S'il a trouvé dans les textes littéraires son domaine de prédilection, il a su aussi inscrire la littérature dans la mouvance plus large des représentations symboliques. Attentive à contrôler la validité de ses démarches, à éviter de durcir la pensée en système, cette œuvre est aimantée par une double universalité : une compréhension ouverte, toujours plus englobante, et une exigence d'approfondissement de ses motivations et de ses buts.

CLAUDE REICHLER.

Stèles. Recueil de poèmes de Victor Segalen (1878-1919), médecin de la marine, sinologue, archéologue, romancier et par-dessus tout poète. *Stèles*, publié en 1912 et 1914, apparaît extérieurement et intérieurement comme un recueil chinois d'estampages. Sur chaque page est tracé un rectangle feignant d'être la table de pierre portant l'inscription. La préface, sous le couvert d'une monographie de la stèle de pierre chinoise, présente en réalité dans une prose magnifique un véritable art poétique. À Jules de Gaultier il déclare : « ... aucune de ces proses dites *Stèles* n'est une traduction, quelques-unes, rares, à peine une adaptation. » À son ami Manceron il écrit : « ... tout le livre dans lequel le transfert de l'empire de Chine à l'empire du soi-même est constant [...] C'est seulement de m'exprimer que j'ai tenté là-dedans. » Voilà qui corrobore l'affirmation dans la préface que la stèle est « jour de connaissance au fond de soi ». La feinte chinoise est observée dans la composition du recueil : les stèles sont réparties selon les cinq directions de l'espace avec celle typiquement chinoise du Milieu qui, du coup, prend chez Segalen une importance capitale. Il y ajoute celle « du bord du chemin », inventée pour la circonstance, qui lui permet de transcrire son expérience de voyageur dans l'immense continent chinois. Au Midi sont groupées les stèles exprimant les sentiments du poète à l'égard de la Cité : religions, politique, mort ; au Nord les stèles dont l'amitié est le sujet ; à l'Orient celles de l'amour ; à l'Occident celles qui célèbrent la guerre avec son cortège de cruautés et d'héroïsme mongol et nietzschéen ; parmi les stèles « du bord du chemin », « Conseils au bon voyageur » est à la fois le fruit de l'expérience et une leçon d'éthique et d'esthétique : « Ne crois pas à la vertu d'une vertu durable : romps-la de quelque forte épice qui brûle et morde et donne un goût même à la fadeur. / Ainsi, sans arrêt ni faux pas, sans licol et sans étable, sans mérites ni peines, tu parviendras, non point, ami, au marais des joies immortelles, / Mais aux remous pleins d'ivresses du grand fleuve Diversité. »

C'est surtout dans la direction du Milieu que se trouvent les plus belles et les plus secrètes des stèles. « Cité violette interdite » évoque la citadelle intérieure du poète : « ... Je ne la décris pas ; je ne la livre pas ; j'y accède par des voies inconnues... » La stèle « Éloge et pouvoir de l'absence » rappelle en apparence des manies de l'empereur Che-houang, mais elle suggère aussi par des tournures qui font penser aux procédés de la théologie négative, l'Être, réalité ontologique suprême, que tous les écrits de Segalen déplorent de ne pouvoir atteindre et décrire. C'est que la figure de rhétorique favorite du poète, comme il l'affirme dans la stèle longtemps inédite « De la composition », est l'allégorie : « Mais pour l'allégorie, — oh !

tous les possibles sont permis : voici la peau qu'on assouplit, le parfum qui réveille, le son magique roulant ses fanfares jusqu'aux échos des nues, / Voici, d'un seul coup — sans grossières machines — deux profonds volets (créneaux) qui s'ébrasent, et, le temps d'un mot, ouvrent les marches d'arrière-monde. » L'allégorie est prise dans un sens très large, dans son sens étymologique qui est de dire autre chose, autre chose que ce qu'on veut dire et surtout qu'on peut dire. Ainsi se trouve rempli le programme suggéré dans la première stèle, « Sans marque de règne » : « Attentif à ce qui n'a pas été dit ; soumis par ce qui n'est point promulgué ; prosterné vers ce qui ne fut pas encore, / Je consacre ma joie et ma vie et ma piété à dénoncer des règnes sans années, des dynasties sans avènements, des noms sans personnes, des personnes sans noms, / Tout ce que le Souverain-Ciel englobe et que l'homme ne réalise pas. » « Inspecter l'invisible et entendre l'inouï », disait Rimbaud. On voit que Segalen se rattache à la lignée royale inaugurée par Baudelaire, celle de Mallarmé, Rimbaud, des grands poètes de l'ombre et des voleurs de feu consumés par la tentation de l'absolu.

H. B.

STENDHAL (pseud. de Marie-Henri Beyle). Romancier, essayiste. Né à Grenoble le 23 janvier 1783, mort à Paris le 23 mars 1842. Sa famille appartient à la bourgeoisie aisée : son grand-père maternel, Henri Gagnon, est médecin — et les Beyle ont la charge de procureur au parlement de Grenoble. Le petit Henri n'a pas sept ans lorsque disparaît sa mère, Henriette Gagnon, pour laquelle il éprouve une tendresse passionnée. Il ne pardonnera pas à son père, Chérubin Beyle, et à sa tante Séraphie d'être, à sa place, les témoins et les protecteurs de son enfance : il ressent à leur égard une antipathie violente, qu'il étend aux idées respectables qu'ils représentent, dans l'ordre politique et religieux, ainsi qu'au décor provincial de son enfance : Grenoble. Mais cette animosité est le fait d'une âme sensible, privée de la présence maternelle : et on le voit bien à l'affection qu'il voue à son grand-père Henri Gagnon et à sa sœur Pauline. La *Vie de Henry Brulard*, son autobiographie, retrace cette enfance, partagée entre le besoin de la tendresse et une haine cyniquement avouée, entre l'opposition systématique à tout ce que lui propose le milieu familial et, déjà, l'ambition tenace d'un avenir différent. Prenant le contre-pied des sentiments royalistes de son père, Henri se sent républicain, patriote, applaudit en secret à l'exécution du roi, et se réjouit même de l'arrestation (de brève durée) de son propre père. Un précepteur détesté, l'abbé Raillane, fait de lui un adversaire résolu de l'Église et de la religion.

En 1796, le jeune Beyle suit les cours de l'École centrale de Grenoble. En même temps, il s'éveille à l'amour qui sera, nous dit-il, la principale affaire de sa vie : l'arrivée au théâtre de la ville de l'actrice Virginie Kubly lui inspire ses premiers émois. À l'issue de sa troisième année d'études, en 1799, il obtient brillamment un premier prix de mathématiques, et il s'aperçoit que les mathématiques — qui répondent d'ailleurs à son goût instinctif d'analyse et de logique — peuvent lui donner le moyen de fuir Grenoble et de monter à Paris, seule ville à la hauteur de ses ambitions. Le 10 novembre, il arrive dans la capitale avec l'intention de se présenter au concours de l'École polytechnique. Mais, pris de mélancolie — il trouve désolant un paysage sans montagnes —, il tombe malade et renonce au concours. Pierre Daru, son parent et son protecteur, le fait travailler sous ses ordres au ministère de la Guerre. Le 7 mai 1800, Beyle quitte Paris pour l'Italie, où il sera nommé sous-lieutenant de cavalerie. Il reconnaît d'emblée dans l'Italie sa patrie d'élection. *Le Mariage secret* de Cimarosa, entendu dès les premiers jours, sera pour lui la révélation de la musique. Milan, surtout, l'enchante — dont il se considère désormais comme le citoyen, "milanese". Mais la carrière militaire qui le promène à travers la péninsule, comme aide de camp du général Michaud, l'ennuie fort. En décembre 1801, il obtient un congé de convalescence, part pour Grenoble, qu'il quitte bientôt pour Paris, à la suite de Victorine Mounier dont il est devenu amoureux. Il donne sa démission de sous-lieutenant — et il mène à Paris cette vie de liberté, de loisirs, d'intrigues amoureuses, de soirées dans les salons et dans les théâtres qui fera toujours son bonheur. Après Victorine Mounier, Adèle Rebuffet, Mme Rebuffet, l'actrice Mlle Duchesnois fixent son cœur momentanément. Il a des ambitions sociales : il veut faire fortune par le commerce et par la banque. Il a surtout des goûts et des ambitions littéraires : il lit Destutt de Tracy et les idéologues, il entreprend de se mieux connaître en tenant son journal, il veut enfin écrire « des comédies comme Molière ».

Il rencontre Mélanie Guilbert, une jeune actrice, dont il devient amoureux. Il la suit à Marseille où elle vient d'obtenir un engagement. De juillet à fin décembre 1805, c'est — à Marseille — une lune de miel, cependant que Beyle travaille chez un épicier exportateur. En 1806, Mélanie quitte Marseille, et c'est la rupture. De retour à Paris, Beyle fait sa cour à ses cousins Daru. Grâce à leur protection, il trouve du service dans l'Intendance, et suit l'armée, en Allemagne. Alors commence cette vie errante qui lui permettra de vivre dans le sillage de son héros, Napoléon, et surtout d'acquérir une incomparable expérience humaine : expérience de soi au contact des autres, épreuve de soi dans l'action. La petite ville allemande de Stendal lui fournit celui de ses nombreux pseudonymes auquel il finira par attacher sa gloire. Comme adjoint aux commissaires des guerres, il voit la bataille d'Iéna et l'« entrée triomphale » de l'empereur à Berlin. À Brunswick, de 1806 à 1808, il étudie la langue et la philosophie allemandes : il en conçoit « assez de mépris pour Kant, Fichte, etc., hommes supérieurs qui n'ont fait que de savants châteaux de cartes », et son goût pour la clarté des idéologues en est renforcé. En même temps, il fait une cour infructueuse, mais pleine d'agrément, à Wilhelmine de Griesheim. En novembre 1808, il est rappelé à Paris. L'année 1809 le voit, sous les ordres du comte Daru, à Strasbourg, à Vienne, à Linz. En 1810, il est à Paris, vivant l'une des années les plus brillantes de son existence. Il est nommé auditeur au conseil d'État, inspecteur du mobilier et des bâtiments de la Couronne ; il a une réputation de dandy et de brillant causeur, il fréquente les salons et les théâtres à la mode. Son attachement pour la comtesse Daru a pris peu à peu la forme de la tendresse amoureuse : mais leurs rapports resteront toujours ceux de l'amitié. En revanche, Beyle obtient les faveurs d'Angeline Bereyter, qui restera sa maîtresse jusqu'à la chute de l'Empire, et d'Angela Pietragrua, dont il rêvait depuis longtemps, et qu'il retrouve à Milan. Après un bref voyage en Italie (Bologne, Florence, Rome, Naples), Beyle se retrouve à Paris en 1812 et suit les armées napoléoniennes en Russie (23 juillet). Il rejoint le quartier général de l'empereur, séjourne à Moscou (14 septembre-16 octobre), traverse, pour regagner Paris, Dantzig, Berlin et Brunswick. Bien qu'il se flatte d'avoir « donné à l'armée, au retour, entre Orcha et Borizow, le seul morceau de pain qu'elle ait reçu », il ne reçoit d'autre récompense que sa nomination comme intendant de la province de Sagan en Silésie. Il est envoyé en mission dans le Dauphiné, pendant la campagne de France. Il ne revient à Paris que pour assister à la bataille de Montmartre et à la chute de Napoléon.

Dans un article nécrologique rédigé en 1837, Stendhal écrit de lui-même : « Le jour où les Bourbons rentrèrent à Paris, B. eut l'esprit de comprendre qu'il n'y avait plus en France que de l'humiliation pour qui avait été à Moscou. Il alla s'établir à Milan. » En effet, le 20 juillet 1814, Beyle quitte Paris pour Milan où il va vivre pendant sept ans sans autre interruption que trois brefs voyages : en 1817, à Paris « qui lui fit horreur » et à Londres, en 1819, à Grenoble où son père venait de mourir. Ce fut sans doute la période la plus heureuse de sa vie. Certes, sa vie sentimentale connaît des crises et des déboires. À la fin de 1815, il rompt avec Angela Pietragrua et son orageux amour. En 1818 et en 1819, sa vie est dominée par l'amour douloureux qu'il éprouve pour Métilde Dembowski : il quitte Milan à sa poursuite, il la cherche à Volterra, à Florence, et ne parvient pas à vaincre sa résistance. Mais l'exaltation de la « chasse au bonheur » l'emporte sur la mélancolie de l'amour déçu, et cette vie italienne l'enchante, qui lui permet d'unir son romantisme et son culte de l'énergie, son enthousiasme pour Cimarosa et sa sympathie pour les carbonari. Et c'est alors que commence sa carrière littéraire – bien qu'il n'eût guère cessé d'écrire depuis sa dix-huitième année. En 1814, il publie, sous le pseudonyme de L. A. C. Bombet, les *Vies de Haydn, de Mozart et de Métastase*, en 1817 l'*Histoire de la peinture en Italie*, par M. B. A. A. – et, la même année, *Rome, Naples et Florence* par M. de Stendhal – son premier essai personnel, les deux autres ouvrages n'étant guère que des compilations. Enfin, sa passion malheureuse pour Métilde lui inspire son premier ouvrage important. Après avoir songé à lui dépeindre sa passion par l'intermédiaire d'un roman, il décide d'en faire la théorie. Ce sera *De l'amour*, auquel il travaille à Milan pendant toute l'année 1820, cependant que Métilde se fait de plus en plus sévère. L'ouvrage paraît en 1822, et se présente comme « une description détaillée et minutieuse de tous les sentiments qui composent la passion nommée amour ». On y trouve la célèbre théorie de la « cristallisation » : processus par lequel l'esprit, modelant la réalité sur ses désirs, couvre de perfections l'objet aimé (ainsi, lorsqu'on jette un rameau d'arbre dans les mines de sel de Salzbourg et qu'on l'en retire quelques semaines plus tard, les plus petites branches sont couvertes d'une infinité de brillants cristaux). Puis Stendhal distingue différentes espèces d'amour selon les tempéraments, les régimes politiques, l'état des mœurs...

L'année précédente, Beyle a quitté Milan à la fois parce que le gouvernement autrichien le soupçonne de carbonarisme et parce qu'il a perdu l'espoir de vaincre la résistance de Métilde. Après un séjour à Londres, il a repris à Paris sa vie de dandy, fréquentant le grenier de Delécluze et collaborant, pour vivre, aux revues anglaises. En 1823, il publie la première partie de *Racine et Shakespeare*, véritable manifeste du « romanticisme » dont il propose une définition célèbre (« Le romanticisme est l'art de présenter aux peuples les œuvres littéraires qui, dans l'état actuel de leurs habitudes et de leurs croyances, sont susceptibles de leur donner le plus de plaisir possible »), mais qui passe presque inaperçu. Après avoir publié encore une *Vie de Rossini*, Beyle regagne l'Italie, séjourne quelque temps à Rome, où il retrouve des amis (J. J. Ampère, Delécluze), puis revient à Paris où il devient l'amant de la comtesse Curial. Il publie dans le *Journal de Paris* des articles sur le Salon de peinture et sur les représentations de l'Opéra italien. En mars 1825, il publie la seconde partie de *Racine et Shakespeare.* En mai, il apprend la mort de Métilde Dembowski. En 1826, il rompt avec la comtesse Curial, séjourne en Angleterre et, peut-être pour se consoler de cette rupture, écrit son premier roman *Armance*, qui paraît en 1827 – récit d'un amour arrêté par l'impuissance sexuelle, analyse dont l'ambiguïté atténue la hardiesse, et qui demeure, après tout, ouverte à d'autres interprétations ; l'ouvrage passe complètement inaperçu. Après la publication d'*Armance,* Beyle reprend la route d'Italie, il rencontre Lamartine à Florence, séjourne à Bologne, Ferrare, Venise. Quand il arrive à Milan, la police le refoule vers la France. À Paris, où il est en janvier 1828, il s'inquiète de sa situation matérielle. Sa collaboration aux journaux anglais ne lui permet plus de vivre et il sollicite vainement un poste de bibliothécaire adjoint à la Bibliothèque royale. En septembre 1829 paraissent les *Promenades dans Rome* ; la même année meurt le comte Daru. Beyle voyage dans le midi de la France (Bordeaux, Toulouse, Montpellier, Marseille). Dans la nuit du 25 au 26 octobre, il a « l'idée de Julien », et il se met à écrire *Le Rouge et le Noir* (*). Des nouvelles – *Vanina Vanini*, *Le Coffre et le Revenant, Le Philtre* – paraissent dans *La Revue de Paris.* Il devient l'amant de Giulia Rinieri, dont il demandera la main. Le 25 septembre 1830, par ordonnance royale, Beyle est nommé consul à Trieste – puis à Civitavecchia (le 31 mars). *Le Rouge et le Noir,* son premier chef-d'œuvre, paraît le 13 novembre 1830. C'est la chronique et la critique de la société française sous la Restauration, le roman de l'ambition, de l'énergie personnelles, et, déjà, de la lutte des classes. Le livre s'appelait d'abord *Julien,* et il est en effet dominé par l'inoubliable figure du jeune précepteur plébéien qui, après avoir séduit deux femmes de l'aristocratie, meurt sur l'échafaud pour avoir tenté de tuer sa première maîtresse. Le titre choisi est généralement considéré comme symbolisant les deux couleurs de l'ambition vers 1830 : l'habit militaire et la soutane. Remarqué par quelques esprits lucides, ce roman si neuf, aigu, impitoyable, noir et fougueux à la fois, se heurte à l'incompréhension générale.

À Civitavecchia, Beyle s'ennuie. Au cours des années 1831 et 1832, il est le plus souvent à Rome – où il copie les vieux manuscrits qui lui fourniront les *Chroniques italiennes* –, à Naples, à Florence, à Sienne (où il retrouve Giulia Rinieri). Il commence à écrire les *Souvenirs d'égotisme*. Il prend autant de congés qu'il le peut, le bonheur de sa vie étant, dit-il, d'écrire des romans dans un grenier, non de porter l'habit brodé des consuls. Mais il lui faut bien regagner son poste. En 1834, 1835, 1836, à Civitavecchia (et à Rome), son métier ne l'occupant guère, il écrit : il interrompt *Lucien Leuwen*, roman plus ironique, moins âpre que *Le Rouge,* d'une richesse et d'une nouveauté psychologiques admirables, pour commencer *La Vie de Henry Brulard* – incomparable autobiographie.

De 1837 à 1838, il retrouve Paris où il reprend sa vie mondaine, et les chères soirées au théâtre. Mais il s'occupe surtout de son œuvre : il entreprend *Le Rose et le Vert*, publie dans *La Revue des Deux Mondes* (*) quelques-unes de ses *Chroniques italiennes : Vittoria Accoramboni, Les Cenci, La Duchesse de Palliano.* Il parcourt la province française en vue d'écrire une relation de voyage : *Les Mémoires d'un touriste*, qui paraissent en juin 1838. C'est alors qu'il songe à tirer de la jeunesse d'Alexandre Farnèse une chronique italienne. Mais il a, très peu de temps après, l'idée de la transposer en une chronique contemporaine et de lui donner les dimensions d'un roman. Ce sera *La Chartreuse de Parme* (*), son second chef-d'œuvre, qu'il rédigera en deux mois, en une sorte d'improvisation passionnée. *La Chartreuse* paraît le 6 avril 1839, peu après *L'Abbesse de Castro* qu'il donne à *La Revue des Deux Mondes.* On peut préférer le dramatique serré du *Rouge* au romanesque abandonné de *La Chartreuse.* Mais il est évident que *La Chartreuse* nous livre Stendhal tout entier : tout ce qu'un homme a pensé et aimé se rassemble ici en une vision définitive où se dessinent toutes les pentes de la rêverie, tous les sillages du cœur. *La Chartreuse,* plus encore qu'un roman, est une confession poétique : livre inspiré (d'où la rapidité de sa composition) moins parce que l'auteur est ici au sommet de ses dons d'écrivain que parce qu'il a enfin ouvert la porte par où peuvent s'engouffrer tous ses souvenirs et ses rêves – Napoléon, l'énergie, l'aventure, l'amour, l'Italie... *La Chartreuse de Parme* n'obtient que peu de succès, mais inspire à Balzac un étonnant éloge (« M. Beyle a fait un livre où le sublime éclate de chapitre en chapitre »). L'étude parue dans *La Revue parisienne* contenant quelques reproches concernant le style, Stendhal s'emploie sans succès à le corriger. En août, il a regagné Civitavecchia, où il travaille à *Lamiel.* S'ennuyant de plus en plus, privé d'affections, le travail littéraire piétinant, il se distrait en fouillant la campagne. Une jeune Romaine, qu'il nomme Earline, sera son dernier amour. Sa santé faiblit : le 15 mars 1841, il a une attaque d'apoplexie (« Je me suis colleté avec le néant »). Le 8 novembre 1841, il arrive à Paris très fatigué. Au début de 1842, sentant ses forces revenir, il se remet au travail ; mais, le 22 mars, il est frappé d'apoplexie dans la rue et meurt le lendemain sans avoir repris connaissance. Le 24, après un service en l'église de l'Assomption, il est inhumé au cimetière Montmartre.

Nombreux sont les ouvrages de Stendhal qui furent publiés après sa mort : notamment *Lucien Leuwen, Lamiel, La Vie de Henry Brulard, Souvenirs d'égotisme* (inachevés), le *Journal* (qui couvre la période allant de 1801 à 1823), la *Correspondance*. L'érudition contemporaine a pieusement recueilli ses moindres écrits. C'est que Stendhal est l'exemple le plus éclatant des réhabilitations posthumes. Depuis la fin du XIXe siècle s'est instaurée à son profit une religion véritable qui n'eut jamais plus de fidèles que de nos jours. Le mot « beylisme » définit, au-delà d'une admiration littéraire, une attitude d'esprit et un mode de vie : « égotisme » (culte du moi), volonté de bonheur et culte de l'énergie, sincérité envers soi-même, alliance de lucidité sèche et de tendresse passionnée. Méconnu de ses contemporains, il a donné à la postérité un rendez-vous auquel elle n'a pas manqué : « Je mets un billet à la loterie dont le gros lot se réduit à ceci : être lu en 1935. » On conçoit cette incompréhension, et cette revanche. C'est que nul écrivain ne fut plus indépendant de son époque — n'acceptant aucun des cadres proposés. Romantique par la passion et le sens de l'actualité, il a eu horreur de l'éloquence, de l'outrance, de l'idéalisation ; il a prétendu écrire comme le *Code civil* ; sa seule règle fut d'être simple et clair. Par son souci du « petit fait vrai » et son goût de l'analyse, il annonce le réalisme — qui le découvrira ; mais la vérité qui l'intéresse est purement intérieure (« Je ne retiens que ce qui est peinture du cœur humain »). Son œuvre aussi bien possède le privilège d'une sorte d'inaltérable jeunesse. Stendhal a donné à la littérature française deux de ses plus grands romans. Mais le plus précieux en lui est peut-être ce style qui est avant tout un ton, l'accent d'une conversation — le style des romans ne diffère guère de celui des autobiographies ; celui des autobiographies, du *Journal* et de la *Correspondance* — où se livre une personnalité passionnée et lucide, énergique et rêveuse — avec un amical abandon qui commande l'amitié.

GAËTAN PICON.

♦ *« Je crois que la rêverie a été ce que j'ai préféré à tout. »* Stendhal. ♦ *« M. Beyle a fait un livre* [La Chartreuse de Parme] *où le sublime éclate de chapitre en chapitre... M. Beyle est un des hommes supérieurs de notre temps ; il est difficile d'expliquer comment cet observateur de premier ordre, ce profond diplomate qui, soit par ses écrits, soit pas sa parole, a donné tant de preuves de l'élévation de ses idées et de l'étendue de ses connaissances pratiques, se trouve seulement consul à Civita-Vecchia. »* Balzac, 1839. ♦ *« B[eyle], original en toutes choses, ce qui est un vrai mérite à cette époque de monnaies effacées, se piquait de libéralisme, et était au fond de l'âme un aristocrate achevé. Il ne pouvait souffrir les sots ; il avait pour les gens qui l'ennuyaient une haine furieuse ; et de sa vie il n'a pas su bien nettement distinguer un méchant d'un fâcheux... Toute sa vie, il fut dominé par son imagination, et ne fit rien que brusquement et d'enthousiasme. Cependant il se piquait de n'agir jamais que conformément à la raison. »* Mérimée. ♦ *« Le défaut de Beyle comme romancier est de n'être venu à ce genre de composition que par la critique, et d'après certaines idées antérieures et préconçues ; il n'a point reçu de la nature ce talent large et fécond d'un récit dans lequel entrent à l'aise et se meuvent ensuite, selon le cours des choses, les personnages tels qu'on les a créés ; il forme ces personnages avec deux ou trois idées qu'il croit justes et surtout piquantes et qu'il est occupé à tout moment à rappeler. Ce ne sont pas des êtres vivants, mais des automates ingénieusement construits ; on y voit, presque à chaque mouvement, les ressorts que le mécanicien introduit et touche par le dehors. »* Sainte-Beuve, 1854. ♦ *« Stendhal ouvre la série des romans naturalistes, qui suppriment l'intervention du sens moral et se moquent de la liberté prétendue...* [Il] *est le peintre fidèle qui ne s'émeut ni ne s'indigne et que tout amuse, le coquin et la coquine, comme le brave homme et l'honnête femme, mais qui n'a ni croyance, ni préférence, ni idéal. La littérature ici est subordonnée à l'histoire naturelle, à la science... »* Amiel, 1880. ♦ *« Personne n'a possédé à un degré pareil la mécanique de l'âme... Stendhal pour moi n'est pas un observateur qui part de l'observation pour arriver à la vérité grâce à la logique ; c'est un logicien qui part de la logique et qui arrive souvent à la vérité, en passant par-dessus l'observation. »* Émile Zola, 1881. ♦ *« Il présente ce très étrange phénomène de l'analyse dans l'action et dans la passion... et si nous aimons, nous, ses personnages, c'est qu'ils sont nos frères par ce mélange, presque impossible avant notre* XIX*e siècle, de naturel et de raffinement, de réflexion et de sincérité, d'enthousiasme et d'ironie. »* Paul Bourget, 1882. ♦ *« Le plus grand psychologue du siècle. »* Taine. ♦ *« Henry Beyle, ce singulier précurseur qui, à une allure vraiment napoléonienne, parcourut son Europe, et, avec plusieurs siècles d'avance, sut démêler et découvrir l'âme européenne. Il fallut deux générations pour parvenir à le rejoindre, pour deviner quelques-unes des énigmes qui tourmentaient et exaltaient ce curieux épicurien, cet interrogateur qui fut le dernier des grands psychologues français. »* Nietzsche. ♦ *« Stendhal, l'immortel Stendhal se range dès maintenant parmi les classiques de la moralité que nous devons maintenir. Classique, vous entendez bien, je ne dis pas par le style, mais classique d'âme... »* Maurice Barrès. ♦ *« Quand Stendhal aura son rang, qui est le premier de tous en son siècle, et l'un des premiers non seulement en France mais dans l'Europe de tous les temps, les hommes auront enfin compris la puissance et les séductions de l'intelligence au service du sentiment... Plus on admire Stendhal et plus on est intelligent. »* André Suarès. ♦ *« Ce qui frappe le plus dans une page de Stendhal, ce qui sur-le-champ le dénonce, attache ou irrite l'esprit, c'est le ton... Et de quoi ce ton est-il fait ? Je l'ai peut-être déjà dit : être vif à tous risques ; écrire comme on parle quand on est homme d'esprit, avec des allusions même obscures, des coupures brusques, des bonds et des parenthèses ; écrire presque comme on se parle ; tenir l'allure d'une conversation libre et gaie ; pousser parfois jusqu'au monologue tout nu ; toujours et partout fuir le style poétique, et faire sentir qu'on le fuit... Mais c'est une loi de la nature qu'on ne se défende d'une affectation que par une autre... »* Paul Valéry. ♦ *« Stendhal est... un don Quichotte qui « entreprend de se raconter », il cherche toujours le sublime ou l'extraordinaire, mais il ne le trouve jamais et tombe dans le grotesque, ce qui lui importe peu... C'est en cela que résident la force et la beauté de l'art de Stendhal, en cette faculté de se représenter lui-même avec ses aspirations vaines et l'ironie auxquelles elles donnent naissance, avec ses illusions et ses désillusions, sa cohérence et son incohérence. Il réussit ainsi à ne pas se donner pour plus qu'il n'était en réalité, un malade des nerfs : un malade qui se guérissait en se racontant, car ce qu'il dit est toujours infiniment limpide. »* B. Croce. ♦ *« Vanité, sottise, épaisseur, bruit ne le choquent pas moins dans un palefrenier que dans un duc. Lui-même était ingénument délicat et grossier selon l'occasion, d'après ce que l'on raconte ; manière d'être franc avec soi. Un tel homme plaît ; car nul n'estime en soi son costume de cour ; et chacun sait bien ce qu'il cherche dans un livre. Mais un tel homme déplaît, car on veut rester vêtu et fermé, que l'on soit seigneur ou paysan. On craint cette présence ; on craint ce juge ; on ne l'aime que mort, et dans le secret de la lecture. C'est pourquoi le critique bat les buissons. »* Alain. ♦ *« Le grand secret de Stendhal, sa grande malice, c'est d'écrire tout de suite... De là, quelque chose d'alerte, et de primesautier, de disconvenu, de subit et de nu qui nous ravit toujours à neuf dans son style. On dirait que sa pensée ne prend même pas la peine de se chausser pour courir... »* Gide. ♦ *« De froids simulateurs dans le genre de Stendhal... des œuvres dépourvues de toute valeur comme les romans de Stendhal. »* Paul Claudel.

RÉF. : L. Blum, *Stendhal et le beylisme,* 1914. – A. Thibaudet, *Stendhal,* 1924. – Alain, *Stendhal,* 1935. – J. Prévost, *La Création chez Stendhal,* 1942. – M. Bardèche, *Stendhal romancier,* 1947. – Cl. Roy, *Stendhal par lui-même,* 1952. – G. Blin, *Stendhal et les problèmes du roman,* 1954 ; *Stendhal et les problèmes de la personnalité,* 1958. – V. Del Litto, *La Vie intellectuelle de Stendhal,* 1962. – H. F. Imbert, *Les Métamorphoses de la liberté ou Stendhal devant la Restauration et le Risorgimento,* 1967. – A. Caraccio, *Stendhal,* 1970. – Ph. Berthier, *Stendhal et ses peintres italiens,* 1977. – Fr. Claudon, *L'Idée et l'influence de la musique chez quelques romantiques français,* 1979. – M. Crouzet, *La Poétique de Stendhal,* 1983-1986.

Stichomythie. Dans une pièce, cette suite de répliques courtes accentue l'aspect dramatique de la scène. La stichomythie, autant appréciée à l'époque classique que dans le répertoire naturaliste ou psychologique du XIXe siècle et chez certains contemporains, accélère le rythme, pousse la tension à son paroxysme, et transforme en duel l'échange verbal entre deux personnages. Cependant, des auteurs tels que Molière ou Labiche ont su également utiliser à des fins comiques cette « forme outrée du discours théâtral » (Patrice Pavis).

EVELYNE LECUCQ.

Strophe. Groupement de vers organisé selon une disposition qui détermine le nombre de vers, le mètre (voir *isométrique* et *hétérométrique*) et les homophonies finales. Ce groupement est ordinairement répété plusieurs fois dans un poème. Le choix de la disposition est libre, mais certains schémas se sont imposés (voir *tercet, quatrain, quintil, sizain*). On caractérise les strophes par des métaphores géométriques qui font référence à leur forme : *strophe carrée* (nombre de vers égal au nombre de syllabes de chaque vers) ; *strophe horizontale* (nombre de vers inférieur au nombre de syllabes de chacun) ; *strophe verticale.*

CHRISTIAN DOUMET.

SUARÈS André. Essayiste. Né le 12 juin 1868 à Marseille, mort le 7 septembre 1948 à Saint-Maur (Seine). Issu d'une famille juive aisée, il était d'ascendance catholique et bretonne par sa grand-mère maternelle, Alexandrine Favre, et Suarès attribuait à cette ascendance son grand amour de la Bretagne et son mysticisme chrétien. Ayant fait ses premières études en sa ville natale, il vint les poursuivre à Paris. Pensionnaire au collège Sainte-Barbe, il suivait les cours du lycée Louis-le-Grand. À dix-huit ans, il obtint le prix d'honneur de discours français au Concours général, avec pour sujet : *Éloge d'Homère par Ronsard.* Anatole France, ayant lu sa composition, la signala dans *Le Temps.* C'est à Sainte-Barbe que Suarès se lia avec Maurice Pottecher – le futur fondateur du Théâtre du Peuple de Bussang – d'une amitié qui ne se démentit jamais. Entré à l'École normale en 1886, Suarès y rencontra Romain Rolland, et leur commun amour de la musique les rapprocha dès les premiers jours. Suarès passa sa licence, mais, refusé à l'agrégation en 1889, il revint auprès de son père à Marseille. Il avait perdu sa mère à l'âge de sept ans, il vit mourir son père en 1892 et connut alors des heures difficiles. Il put les surmonter avec l'aide de son frère, officier de marine. La carrière littéraire de Suarès commence en 1893, avec *Les Pèlerins d'Emmaüs.* Parmi ses premiers écrits, on trouve les *Lettres d'un solitaire sur les maux du Temps,* publiées sous le pseudonyme d'André de Séipse. En 1901 parut son premier grand livre, *Images de la Grandeur. Le Livre de l'émeraude*, qui parut l'année suivante, retint l'attention de Brunetière et valut à Suarès le prix Montyon, en 1903. Installé définitivement à Paris, il poursuit sans relâche, dans la solitude, l'élaboration d'une œuvre considérable. *Sur la mort de mon frère,* paru en 1904, est un cri de douleur. Suarès connaît Péguy et donne aux *Cahiers de la Quinzaine* une suite d'œuvres dont la première est, en 1905, *La Tragédie d'Elektre et Oreste.* Il publie successivement : *Voici l'homme* (1906), *Le Bouclier du zodiaque* (1907), *Sur la Vie* (1909), essais qui formeront plus tard trois volumes. Attiré par l'Italie, Suarès s'y était rendu une première fois en 1892, sans ressources et faisant la route à pied. Dès cette époque, il avait conçu *Le Voyage du condottiere*, dont le premier volume *Vers Venise* paraît en 1910. Puis viennent *De Napoléon* (1912) ; *Cressida* (1913) ; *Idées et Visions* (1913) ; *Trois Hommes (Pascal, Ibsen, Dostoïevski)* (1913) ; *Portraits* (1914) ; *Amour* (1917) : *Les bourdons sont en fleur* (1917) ; *Remarques* (1917-18) ; *Poète tragique* (1921) ; *Debussy* (1922) ; *Puissance de Pascal* (1923) ; *Xénies* (1923) ; *Polyxène* (1925) ; *Présences* (1925) ; *Musique et poésie* (1928) ; *Poème du temps qui meurt* (avec vingt dessins originaux d'Antoine Bourdelle, 1929) ; *Variables* (1929) ; *Marsiho* (1931) ; *Musiciens* (1931) ; *Goethe le Grand Européen* (1932) ; *Vues sur Napoléon* (1933) ; *Cité, nef de Paris* (1933) ; *Portraits sans modèles* (1935). En 1935, Suarès reçoit coup sur coup le Grand prix de littérature de l'Académie française et le Grand prix de la Société des gens de lettres. Il publie encore *Valeurs* (1936), *Vues sur l'Europe* (1936) – dont la première édition fut presque entièrement passée au pilon –, *Trois grands vivants (Cervantès, Tolstoï, Baudelaire)* (1938), *Passion* – vaste poème illustré par Georges Rouault. Adversaire déclaré du nazisme, Suarès dut quitter Paris en 1940. Il se réfugia dans la Creuse, d'abord, puis à Antibes, et enfin à Pontcharra-sur-Turdine, aux environs de Lyon, chez Pierre de Massot qui, pour le soustraire aux recherches et aux représailles, lui offrit sa maison. Revenu à Paris après la Libération, Suarès trouva son appartement bouleversé, ses papiers mis au pillage, il vint alors habiter avec sa femme à La Varenne chez une amie. C'est là qu'il reçut, en 1948, le Grand prix de littérature de la Ville de Paris. C'est là qu'il mourut, quelques mois plus tard, après une cruelle agonie. Il laissait plusieurs ouvrages qui furent publiés à titre posthume : *Hélène chez Archimède* (1949) *Paris* (1949) ; *Rosalinde sur l'Eau* (1950) ; *Présentation de la France* (1950) ; *Minos et Pasiphaé* (1950) ; *Portraits de Léautaud* (1951) ; *Correspondance André Suarès-Paul Claudel* (1951) ; *Cette âme ardente, lettres de jeunesse de Suarès à Romain Rolland* (1954) ; *Ignorées du destinataire*, curieux recueil de lettres non envoyées (1955), plusieurs autres recueils de *Correspondances*, *Âmes et visages* (1989). Suarès eut, toute sa vie, autant de détracteurs que d'admirateurs fanatiques. Féru de grandeur humaine, mais sans illusion sur les hommes et peu soucieux de leur plaire, il fut contraint de tourner le dos à son siècle pour rester fidèle à lui-même. Cette attitude lui valut la pire représaille dont puisse souffrir un écrivain : la conspiration du silence. Il s'est fié à son étoile et a vécu dans un soliloque passionné dont l'accent est admirable. Pur de toute concession, il laisse une œuvre de penseur et de poète, vaste, profonde, variée, qui mérite de survivre, et qui survivra.

RÉF. : K. Haedens, *André Suarès dans la littérature,* Paris, 1943. — J. Benda, *La France byzantine ou le triomphe de la littérature pure,* Paris, 1945. — Yves-Alain Favre, *Rêverie et grandeur dans la poésie de Suarès,* Paris, 1973 ; *La Recherche de la grandeur dans l'œuvre de Suarès,* 1978. — Robert Parentié, *André Suarès l'insurgé,* Paris, 1990.

SUE Marie Joseph, dit **Eugène.** Romancier. Né à Paris le 10 décembre 1804 ; mort à Annecy le 3 août 1857. Descendant d'une famille de chirurgiens, et filleul de l'impératrice Joséphine et d'Eugène de Beauharnais, Eugène Sue fit ses études au lycée Bonaparte (actuellement lycée Condorcet) ; il s'engagea à vingt et un ans comme chirurgien sur un vaisseau de l'État et assista à la bataille de Navarin en 1828. Mais, à la mort de son père (1829), possesseur d'une belle fortune, il donna sa démission pour se consacrer au métier d'écrivain. Ses premières œuvres furent des romans d'aventures inspirés par les gens de la mer. Il donna successivement dans cette veine : *Kernock le pirate* (1830), *Plick et Plock* (1831), *Atar-Gull* (1831), puis en deux volumes, *La Salamandre* (1832), et en quatre, *La Cucaratcha* (1832-1834) et *La Vigie de Koatven* (1832) qui connurent un certain succès et valurent à leur auteur d'être comparé à Fenimore Cooper. À ces œuvres d'imagination s'ajoutèrent bientôt une *Histoire de la marine française* en cinq volumes (1835-37) restée inachevée, et une *Histoire de la marine militaire de tous les peuples* (1841), qui ne valent pas ses œuvres romanesques. Avec *Cécile* (1835), Sue change de genre et commence une nouvelle carrière, celle de romancier des mœurs mondaines, et compose également des romans sur des sujets historiques dans lesquels il s'efforce de faire revivre figures pittoresques oubliées et atmosphères du passé, tels *Latréaumont* (1837), *Arthur et Deleytar* (1838), *Le Marquis de Létorières* (1839), *Jean Cavalier ou les Fanatiques des Cévennes,* où, en quatre volumes, il narre les singulières aventures du chef des Camisards qui résista longtemps aux armées de Louis XIV, *Mathilde ou Mémoires d'une jeune femme* (1841), roman qui fut considéré comme son chef-d'œuvre mais dont les indiscrétions lui aliénèrent la clientèle du faubourg Saint-Germain. Dans le même genre, Sue devait encore donner en 1842 *Thérèse Dunoyer, Paula Monti* et *Le Morne au diable.*

Mais déjà, sans doute par réaction, il s'engageait alors dans une voie toute nouvelle, celle du roman-feuilleton populaire, dont il fut l'un des créateurs et qui convenait parfaitement à ses dons. Dans le *Journal des Débats* qui, en 1841, venait de donner, par épisodes, *Les Mémoires du diable* de Frédéric Soulié, furent publiés en 1842-43 *Les Mystères de Paris* (*). Depuis la Cour jusqu'au menu peuple, la France entière se passionna pour les aventures de Fleur-de-Marie, tout le monde lisait le feuilleton et demeurait en haleine jusqu'au suivant. On faisait queue aux *Débats* pour s'arracher les feuilles à peine sorties de presse, et l'auteur recevait des lettres implorantes le suppliant de mettre un terme au calvaire de son héroïne et de dévoiler les turpitudes de l'infâme Chouette. On raconte que Sue, ayant été condamné à l'emprisonnement pour avoir manqué son tour de garde — il servait dans la Garde nationale —, vit sa punition levée par le maréchal Soult, ministre de la Guerre, lecteur assidu des *Mystères,* pour avoir menacé d'interrompre son feuilleton. Cet immense succès, Sue le dut incontestablement à son habileté extraordinaire à ménager ses effets et à renouveler sans cesse l'intérêt de ses lecteurs, mais aussi à ce qu'il dénonçait avec un réalisme sans précédent, les dessous honteux d'une société pourrissante, et au ton socialisant de l'œuvre, inspiré par une idéologie humanitaire qui devait triompher un temps, avec les Révolutions de 1848. À peine *Les Mystères de Paris* publiés, en dix volumes, commençait dans *Le Constitutionnel* la parution du *Juif errant* (1844-45), dont le retentissement dépassa encore celui qui avait accueilli les *Mystères.* Les journaux *Les Débats, Le Constitutionnel, La Presse* se disputaient à des prix incroyables les feuilletons de Sue. Sa production fut à peu près ininterrompue : *Martin l'enfant trouvé,* publié ensuite en douze volumes en 1847 ; *Les Sept Péchés capitaux* (1847-49), seize volumes qui mettaient en scène quelques-uns des principes des théories de Fourier ; *Les Mystères du peuple ou Histoire d'une famille de prolétaires à travers les âges* (1849-56), seize volumes, œuvre qui fut condamnée par la cour d'assises de Paris comme immorale et séditieuse mais réimprimée à Bruxelles en 1865, en douze volumes ; *Les Misères des enfants trouvés* (1851), quatorze volumes ; *La Famille Jouffroy* (1854), sept volumes ; *Le Diable médecin* (1855-57), sept volumes ; *Les Secrets de l'oreiller* (1858), sept volumes. La plupart de ces romans furent traduits en plusieurs langues étrangères. Certains d'entre eux furent portés à la scène par Sue lui-même, parfois assisté de collaborateurs, sous la forme de drames à grand spectacle qui attirèrent des foules ; tel fut le cas, entre autres, pour *Latréaumont* (1842), *Les Mystères de Paris* (1843), *Mathilde* (1843), *Le Morne au diable* (1848), *Le Juif errant* (1849). La popularité extrême de Sue le fit se présenter aux élections ; en 1848, il fut élu à l'Assemblée législative où il siégea sur les bancs de la Montagne. Mais, après le coup d'État du 2 décembre 1851, il quitta la France pour s'installer en Savoie, alors italienne, où il mourut.

L'itinéraire de Sue est des plus singuliers : du dandy désabusé qui s'affiche comme membre du très sélect Jockey-Club à l'ardent défenseur du peuple s'épuisant au travail du fond de son exil, on assiste à une véritable conversion dont on peut retracer l'itinéraire fidèle au fil de ses publications. En fait, l'on pourrait presque dire que c'est l'œuvre qui fait l'homme ; il n'est pas dit que le succès des *Mystères de Paris* n'ait pas joué un rôle déterminant dans la nouvelle image que Sue avait (ou souhaitait donner) de lui-même. En revanche, l'on ne saurait douter de la sincérité de ses dernières œuvres, si bien qu'il est possible après coup de comprendre, sinon d'expliquer, cette étrange évolution : du cynisme mondain au scepticisme métaphysique (voir par exemple la préface de *Latréaumont*) ; puis d'un relativisme socialisant au socialisme humanitaire, dont Jean-Louis Bory a pu dire qu'il était comme la transfiguration des théories de jeunesse. Entre la « comédie maritime » évoquée en tête de *La Salamandre* et l'« odyssée du prolétariat » tentée par *Les Mystères du peuple,* il n'y a en ce sens que l'espace d'un engagement. Cet engagement, Sue le vivra pleinement, moulant son écriture aux nouveaux impératifs de sa mission. Il ne reste guère de la frénésie des premiers récits dans le didactisme vaguement moralisateur de l'ultime épopée, et l'on se surprend parfois — y compris dans *Les Mystères de Paris* ou dans *Le Juif errant* — à regretter l'ironique insouciance de *Kernok* ou d'*Atar-Gull.* Qu'il se préoccupe de plaire ou de convaincre, Sue reste néanmoins un conteur attachant, avec les qualités de ses défauts : une imagination intarissable, un sens particulier de la composition, une grande générosité de cœur.

RÉF. : J. Boulenger, *Sous Louis-Philippe. Les Dandys,* Paris, 1907. — A. Zévaes, *Les Procès littéraires au XIXe siècle,* Paris, 1924. — P. Ginisty, *Eugène Sue,* Paris, 1929. — E. Edler, *Eugène Sue und die deutsche Mysterienliteratur,* thèse, Berlin, 1932. — J. Moody, *Les Idées sociales d'Eugène Sue,* thèse, Paris, 1938. — P. Chaunu, *Eugène Sue et la Seconde République,* Paris, 1948. — J.-L. Bory, *Eugène Sue, le roi du roman populaire,* 1962.

SULLY PRUDHOMME (pseud. de René François Armand Prudhomme). Poète. Né à Paris le 16 mars 1839, mort à Châtenay-Malabry (Hauts-de-Seine) le 6 septembre 1907. Fils de commerçants très aisés, il fit ses études secondaires au lycée Bonaparte puis à la faculté des sciences. Il entra en qualité d'ingénieur aux établissements Schneider au Creusot. Bientôt déçu par le travail, il retourna à Paris pour y faire son droit. C'est à cette époque qu'il commença à écrire, puis, un stage chez un notaire l'ayant également rebuté, il renonça à se faire une situation, et se consacra exclusivement à la poésie. Il avait vingt-six ans lorsqu'il publia son premier recueil : *Stances et Poèmes* (1865). Ce livre, favorablement accueilli par Sainte-Beuve, eut un succès immédiat. *Le Vase brisé* était récité partout. Ce succès permit à Sully Prudhomme de collaborer au *Parnasse* fondé par Leconte de Lisle, collaboration qui accentua encore son souci de la perfection formelle. Avec *Les Solitudes* (1869), sa poésie, essayant de traduire les émotions de la pensée plutôt que celles du sentiment, commença à prendre un caractère philosophique. Cette préoccupation s'affirma par la publication d'une traduction en vers (1869) *De la nature des choses* de Lucrèce, précédée d'une ample préface où, tout en étudiant la pensée de l'auteur latin, il exposait l'orientation qu'il entendait donner à son œuvre poétique. Durant le siège de Paris, Sully Prudhomme s'enrôla dans la garde mobile, et le froid, les fatigues et les privations lui valurent une attaque de paralysie dont il ressentit les suites toute sa vie. Cette expérience et ses réflexions sur la guerre sont le thème d'un livre paru sous le titre : *Impressions de guerre.* Son œuvre de « poésie philosophique » se poursuivit avec *Les Destins* (1872), mais il revint un moment à une poésie plus intime et plus sentimentale avec *Les Vaines Tendresses* (1875). Il entreprit ensuite deux très longs poèmes qui devaient représenter sa somme philosophique. Le premier, qui s'intitule *La Justice* et fut publié en 1878, est une sorte d'enquête morale et sociale ; le second : *Le Bonheur* (1888), est une vaste épopée symbolique. Il avait eu l'ambition d'écrire le pendant de l'œuvre de Lucrèce, mais la préciosité de sa forme et de ses développements jurent à tel point avec sa pensée qu'on a l'impression que cette dernière s'efface au profit d'une virtuosité purement gratuite et dénuée de toute profondeur. Cette préciosité et ce verbalisme marquent pareillement ses deux autres recueils : *Le Prisme* et *La Révolte des fleurs* (1886). Son œuvre en prose est tout entière composée d'essais destinés, soit à préciser sa pensée, soit à l'illustrer. Elle comprend : *De l'expression dans les beaux-arts* (1884) ; un *Testament poétique* dont la réédition en 1902 parut augmentée de trois études sociologiques ; *Le Problème des causes finales* en collaboration avec Charles Richet (1902) ; *La Vraie Religion selon Pascal* (1905) qui est peut-être son meilleur ouvrage, et *Psychologie du libre arbitre* (in *Revue de métaphysique et de morale*, 1906). Sully Prudhomme fut élu à l'Académie française le 8 décembre 1881 et reçut, le 10 décembre 1901, le premier prix Nobel de littérature, dont il consacra le montant à la fondation d'un prix de poésie décerné sous l'égide de la Société des gens de lettres.

BERNARD NOËL.

♦ *« Sa Muse n'attire le regard ni par des joyaux d'or et de pierreries, ni par des guenilles, mais elle s'empare de vous et vous possède avant qu'on ait eu le temps de se défendre de son regard, attirant comme une eau limpide et céleste. »* Th. de Banville. ♦ *« On chercherait en vain un confident plus noble et plus doux des fautes du cœur et de l'esprit, un consolateur plus austère et plus tendre, un meilleur ami. »* Anatole France.

RÉF. : C. Hémon, *La Philosophie de Sully Prudhomme*, Paris, 1907. — E. Zyromski, *Sully Prudhomme*, Paris, 1908. — P. Flottes, *Sully Prudhomme et sa pensée*, Paris, 1913. — H. Morice, *L'Esthétique de Sully Prudhomme*, Vannes, 1920. — E. Estève, *Sully Prudhomme*, Paris, 1925. — H. de Régnier, *Nos Rencontres*, Paris, 1932. — É. Henriot, *Poètes français*, t. II, Paris, 1946.

SUPERVIELLE Jules. Poète, romancier et dramaturge. Né le 16 janvier 1884 à Montevideo (Uruguay). Mort à Paris le 16 mai 1960. La vie de Supervielle a été marquée par un double écart, temporel et géographique. Ayant perdu ses parents à l'âge de huit mois, il fut élevé par son oncle et sa tante, et n'apprit qu'à neuf ans qu'il était orphelin. Sa mémoire porte la marque d'un oubli irréversible, et le poids d'une mort présente dès l'origine. Élevé à moitié en Uruguay, à moitié en France, il a longtemps partagé son existence entre ces deux pays, et s'est parfois senti flotter entre deux espaces et deux cultures. À ces facteurs de dispersion, dont il a intimement ressenti le contrecoup aussi bien dans son esprit (guetté par la folie) que dans son corps (tôt menacé par la maladie), Supervielle n'a cessé d'opposer un profond désir d'unité et de stabilité, dont témoigne sa vie familiale, sociale, et littéraire. Il a eu six enfants de Pilar Saavedra, épousée en 1904, et fut toujours parfaitement intégré à la bonne société. Il a choisi résolument le français, mais il a su se faire l'ambassadeur de la littérature latino-américaine en France, et de la littérature française à Montevideo. Refusant de s'enfermer dans son trouble intérieur, il a su conquérir un public toujours plus large, en recourant aux formes d'expression les plus diverses.

Supervielle ne s'est révélé qu'assez tard, à lui-même et aux autres. Ses premiers essais poétiques (*Brumes du passé,* 1900 ; *Comme des voiliers,* 1910) restent fort académiques et empruntent beaucoup à la poésie parnassienne et postsymboliste. Le ton y est sincère, et la maîtrise du vers, réelle, mais Supervielle reste en deçà de sa vérité poétique, faute de moyens pour l'exprimer (« vivant à l'écart des milieux littéraires », il ne découvrira « Rimbaud, Mallarmé, Nerval, Whitman que vers trente-cinq, quarante ans »), et de la force nécessaire pour l'affronter : « la peur de la folie » lui fait « fuir les impressions étranges qui l'habitent ».

Supervielle trouvera dans l'humour un premier moyen d'exprimer ses hantises, tout en les tenant à distance : les *Poèmes de l'humour triste* (1919) témoignent de l'influence décapante de Laforgue. Plus personnelle apparaît, dans les *Poèmes* publiés la même année (avec une préface élogieuse de Paul Fort), la section consacrée aux « Paysages » : comme si l'évocation des espaces illimités de la mer ou de la pampa aidait la poésie de Supervielle à s'évader du carcan des formes traditionnelles et à prendre sa véritable dimension, cosmique.

Encouragée par un contexte littéraire favorable, aussi bien en Amérique latine qu'en France, grâce à l'influence de V. Larbaud, cette évolution aboutira à *Débarcadères* (1922), recueil dominé par le thème du voyage, où Supervielle s'essaie pour la première fois au vers libre et crée des images déroutantes, puis à *L'Homme de la pampa* (1923), roman fantastique et fantaisiste, dont le héros excessif incarne le nouveau tempérament littéraire de Supervielle.

Cette libération spectaculaire, qui s'autorise de Lautréamont, et vaut à Supervielle la sympathie de Michaux et de Max Jacob, laissait place à quelques facilités dans l'exotisme et dans l'hyperbole. Supervielle va s'efforcer d'intérioriser son propos et sa manière. *Gravitations* (1925) unit macrocosme et microcosme en un mythe personnel où Supervielle parvient enfin à exprimer ses obsessions les plus intimes, notamment son angoisse de la mort. Et ce sont des tentations secrètes qu'il exorcise, sur un ton apparemment détaché, dans deux récits de facture désinvolte mais sobre, où l'humour côtoie le tragique : *Le Voleur d'enfants* (1926) et *Le Survivant* (1928).

À mesure qu'il approche ainsi des zones les plus étranges de sa personnalité, il éprouve le besoin de donner à ses interrogations une forme plus aisément accessible, en se tournant vers le conte *L'Enfant de la haute mer*, (1931), le récit autobiographique *Boire à la source*, (1933), et le théâtre *La Belle au bois,* (1932). Il atteint cependant sa pleine maturité poétique, avec *Le Forçat innocent* (1930), et *Les Amis inconnus* (1934), où il réussit à donner au plus personnel valeur universelle, et à couler l'irrationnel dans un langage d'une rigueur et d'une densité presque classiques. Cette exigence de clarté confine parfois au didactisme dans *La Fable du monde* (1938), ambitieuse allégorie de la Création.

Retenu en Uruguay par la maladie, Supervielle vit la guerre comme un drame personnel et collectif, source d'une « double angoisse », qui lui inspire certains de ses poèmes les plus violents, *1939-1945* ou les plus mystiques, *À la nuit* (1947). Ne pouvant se maintenir à ces sommets d'intensité douloureuse ou extatique, et comme pour supporter l'épreuve de l'exil, il cultive des formes plus aimables : contes mythologiques, *Le Petit Bois* (1942) ; *Orphée*

(1946), *Premiers pas de l'univers* (1950) et comédies, *Robinson, Schéhérazade*.

Après guerre, ces œuvres plus faciles d'accès attirent à Supervielle une audience croissante, cependant que ses poèmes, dont il fait paraître en 1947 un *Choix,* lui valent des consécrations officielles (le prix des Critiques en 1949, pour *Oublieuse mémoire* ; celui de l'Académie française en 1955 pour l'ensemble de son œuvre). Trop sollicité, éprouvant du mal à se renouveler, Supervielle donne alors des œuvres inégales, où la fulguration côtoie une certaine facilité, et l'invention, la répétition, *Naissances* (1951) ; *L'Escalier* (1956). Il se rafraîchit en évoquant les débuts sentimentaux et poétiques du *Jeune Homme du dimanche* (1952-55), mais il se prépare à la mort avec une inquiétude spirituelle qui lui arrache certains de ses poèmes les plus beaux et les plus modernes — *Le Corps tragique* (1959).

Unanimement respecté par ses pairs, qui le sacrèrent Prince des poètes peu de temps avant sa mort, mais toujours en marge des modes littéraires, Supervielle occupe au XXe siècle une place originale : il s'est voulu « un conciliateur, un réconciliateur des poésies anciennes et modernes ». Dominée par les thèmes de l'oubli, de la mort, de la métamorphose et du dédoublement, son œuvre illustre la crise d'identité qui affecte le sujet contemporain. Mais ce vertige, Supervielle cherche à le « fixer » par une forme rigoureuse.

Il s'allie les puissances du « rêve », mais il en contrôle la « dérive », en « ordonnant » les « images » pour les « faire chanter juste », en les pliant parfois à « la logique » d'un récit : il espère ainsi éclairer le message de l'inconscient « sans lui faire perdre de sa force ». Pour le rendre plus communicable, il recourt au mythe, à l'humour, à la féerie théâtrale. Mais pour suggérer l'indicible, son instrument privilégié reste le vers, « libre » ou « libéré », dont la musicalité subtile et l'apparente simplicité cachent souvent des ambiguïtés et des dissonances, exprimant sans le découvrir un mystère toujours latent.

MICHEL COLLOT.

♦ « *C'est très beau, cela crée une continuité par-dessus des abîmes, je sens que cela ne s'arrête nulle part : vous êtes grand constructeur de ponts dans l'espace.* » R.-M. Rilke. ♦ *« L'accent de cette voix est un accent de mémoire, toujours retenu et parfois étouffé, réponse simple à ce qui fut vécu sous la pression de l'étrangeté. »* M. Blanchot. ♦ *« Peu de mots, et les plus simples, les plus familiers. Peu de variété dans les tons et les formes syntaxiques : presque toujours, c'est une plainte murmurée qui s'exhale, une interrogation timide qui va rejoindre le silence. »* Cl. Roy.

RÉF. : Tatiana W. Greene, *J. Supervielle,* Paris-Genève, 1958. — Etiemble, *Supervielle,* Paris, 1960. — James A. Hiddleston, *L'Univers de J. Supervielle,* Paris, 1965. — Robert Vivier, *Lire Supervielle,* Paris, 1971. — Ricardo Paseyro, *J. Supervielle, Le Forçat volontaire,* Monaco-Paris, 1987.

Surréalisme. Né vers 1920, en réaction contre le nihilisme de Dada, le surréalisme se refuse à être, au sens strict du terme, une école littéraire et artistique mais, se réclamant de Sade, Rimbaud et Lautréamont, aspire à promouvoir une révolution de la sensibilité et des modes de vie. Autour d'André Breton se constitue un groupe de poètes révoltés, parmi lesquels : Aragon, Soupault, Éluard, Péret. Découvrant l'œuvre de Freud, les surréalistes explorent systématiquement l'inconscient, notamment par le biais de l'écriture automatique (*Les Champs magnétiques* de Breton et Soupault, 1919). Dans son *Premier Manifeste* (1924), Breton définit le surréalisme : « automatisme psychique pur par lequel on se propose d'exprimer soit verbalement, soit par l'écrit, soit de toute autre manière, le fonctionnement réel de la pensée en l'absence de tout contrôle exercé par la raison, en dehors de toute préoccupation esthétique ou morale. » Le but du surréalisme est de « miner définitivement tous les autres mécanismes psychiques [pour] se substituer à eux dans la résolution des problèmes de la vie ».

Organisé sous la férule de Breton, le groupe expose ses expériences dans des revues successives : *Littérature, La Révolution surréaliste, Le Surréalisme au service de la Révolution, Minotaure.* « Sommeils provoqués », jeux (le « cadavre exquis »), récits de rêves et d'errances à la recherche de l'illumination participent également des recherches surréalistes. De nombreuses œuvres voient le jour qui témoignent d'un même désir de « changer la vie » : *Nadja* (*) (1928) et *L'Amour fou* (1937) de Breton, *Le Paysan de Paris* (*) (1926) et *Le Traité de style* (1928) d'Aragon, *Capitale de la douleur* (*) (1926) d'Éluard, *Deuil pour deuil* (1924) de Desnos... Le mouvement essaime dans divers pays et s'enrichit de l'apport de peintres (Ernst, Dali, Masson, Magritte...) et d'un cinéaste (Buñuel). Plusieurs expositions internationales et manifestations font scandale. En effet, peu soucieux de ménager une société qu'ils vilipendent, les surréalistes font acte de non-conformisme absolu, ne dédaignant pas la provocation. Souhaitant passer à l'action révolutionnaire, ils tentent en vain de se rapprocher du parti communiste. Ce flirt est houleux, et, si quelques-uns, comme Aragon, se convertissent au stalinisme, Breton et le reste du groupe, défendant l'indépendance du surréalisme, évoluent vers le trotskisme puis l'anarchisme.

L'intransigeance de Breton quant à la pureté du mouvement, fondée sur l'exaltation de l'amour, du rêve, de la poésie et de la révolution, amènera nombre de ruptures et d'exclusions. Après la Seconde Guerre mondiale, Breton et Péret, les seuls membres fondateurs demeurés dans le groupe, dirigent l'activité surréaliste, qui se manifeste par des revues (*Bief, La Brèche*), des expositions, des œuvres : *Arcane 17* de Breton (1947) et les poèmes de nouveaux venus comme Duprey ou Rodanski... Le décès de Breton (1966) scelle la fin du mouvement, qui se dissout en 1969.

Non seulement certains des meilleurs esprits du siècle sont passés par le surréalisme (Artaud, Aragon, Éluard...) ou ont gravité à sa périphérie (Bataille, Gracq...), mais encore ce mouvement a profondément influé sur la sensibilité contemporaine. S'il n'est peut-être pas parvenu à « changer la vie », le surréalisme en a du moins considérablement modifié la perception.

ALAIN QUESNEL.

Syllepse. Du grec *sullepsis* : « action de prendre ensemble. » Terme de grammaire s'appliquant à un accord selon le sens et non la fonction. Il peut concerner le nombre : « La noblesse de Rennes et de Vitré l'ont élu malgré lui » (Mme de Sévigné), où le sujet, « la noblesse », est au singulier, mais le verbe au pluriel, ou le genre : « Il avait les plus belles jambes et les plus beaux pieds qu'après le Roi j'aie jamais vues à personne, mais trop longues » (Saint-Simon, *Mémoires* [*]) ; le participe et l'adjectif « vues » et « longues », bien que se rapportant à la fois aux jambes et aux pieds, sont au féminin, car l'auteur consacre la suite de la phrase aux premières. La construction étant rompue, on peut rapprocher la syllepse de l'anacoluthe. Enfin, en rhétorique, elle désigne une sorte de métaphore prenant un même mot à la fois au sens propre et figuré : c'est la syllepse oratoire.

ARLETTE BOUÉ.

Syllogisme. Du grec *sullogismos* : « calcul, raisonnement ». Terme de logique désignant une opération qui, à partir de deux propositions, en déduit une troisième. Les deux premières, ou prémisses, sont respectivement qualifiées de majeure et mineure, celle-ci étant, le plus souvent, introduite par « or » ; la dernière, conséquence ou conclusion, est annoncée par « donc » : tous les hommes sont mortels, or Socrate est un homme, donc Socrate est mortel. Ce raisonnement est très rigoureux et ses règles ont été étudiées dès l'Antiquité par les philosophes, en particulier Aristote. Au fil des siècles, il fut diversement apprécié : ainsi, l'enseignement scolastique du Moyen Âge lui accorda une place de choix ; au XVIIe siècle, Leibniz le développa et, d'après Pascal, « les règles du syllogisme [...] sont tellement naturelles qu'on ne peut les ignorer » (*Pensées* [*]). Il fit, par la suite, l'objet de nombreuses critiques, sauf de la part de Hegel ; en effet, si la conclusion ne découle pas seulement des prémisses, si l'on se fie aux mots, sans penser à leurs différentes significations, en particulier au sens figuré, ou si l'on n'a pas, dans la mineure, le sujet et, dans la majeure, l'attribut de ce qui sera affirmé dans la conséquence, on obtient des aberrations, dont s'est moqué Ionesco dans *Rhinocéros,* à travers le personnage du Logicien : « Tous les chats sont mortels. Socrate est mortel. Donc Socrate est un chat. » Quand le syllogisme sort du domaine philosophique, il devient un simple argument oratoire, dont abusaient les sophistes, contemporains de Platon ; aussi désigne-t-il, au sens péjoratif, un raisonnement uniquement formel, oubliant tout rapport avec la réalité.

ARLETTE BOUÉ.

Symbolisme. Le symbolisme est sans doute une nébuleuse aux contours fort imprécis, mais il n'en représente pas moins un moment décisif dans la prise de conscience du fait littéraire. Lorsque, le 18 septembre 1886, Jean Moréas signe dans *Le Figaro* le manifeste du symbolisme, ce coup de trompette publicitaire pourrait paraître anecdotique s'il n'avait plutôt valeur de symptôme. À une époque où le positivisme est en crise, et particulièrement son avatar littéraire : le naturalisme, ce qui va cristalliser à travers le mouvement symboliste manifeste un regain, dans le monde des lettres, de l'idéalisme et des valeurs spirituelles, et le mot de symbole devient un signe de ralliement de tous les déçus du réel naturaliste ou parnassien qui réclament à l'art des au-delà. Ce néo-romantisme fin de siècle se pose en outre, comme son aîné de 1830, en libérateur non plus du théâtre, mais de la poésie : libérer le vers, telle est l'ambition de toute une génération qui regarde désormais, depuis que s'amplifie la mode des concerts et que le fantôme de Wagner commence à hanter le milieu artistique français, du côté de la musique – avec l'ambition avouée de lui reprendre son bien. « De la musique avant toute chose », l'art poétique de Verlaine devient un mot d'ordre à succès. En cette même année 1886, un an après la mort de Victor Hugo et la création de *La Revue wagnérienne* (véritable revue symboliste avant l'heure), René Ghil publie son *Traité du verbe,* qui prétend définir les lois d'une instrumentation verbale, tandis que Gustave Kahn, qui vient de publier dans *La Vogue* les *Illuminations* (*) et *Une saison en enfer* (*), revendique l'invention du vers libre. Idéalisme, liberté du vers et musicalité, tels sont les maîtres mots d'une génération qui ressuscite Rimbaud et consacre deux maîtres nouveaux jusque-là méconnus par le Parnasse triomphant : Verlaine et surtout Mallarmé. Dans cette consécration tardive, un livre a joué un rôle capital, *À rebours* (*) de Huysmans (1884). Roman naturaliste ou Bible de la décadence, ce livre révèle en tout cas une nouvelle modernité poétique, celle que Verlaine vient de baptiser dans *Les Poètes maudits* (1883-1884), et place cette modernité sous le patronage d'un Baudelaire nouveau, qui n'est plus seulement un parnassien marginal ni même un décadent, mais le Baudelaire symboliste de « Correspondances », initiateur d'un surnaturalisme poétique. C'est à Baudelaire aussi, en cela héritier de Poe, que le symbolisme emprunte son dogme majeur : l'autonomie de la littérature. Cette revendication d'autonomie peut s'analyser sans doute d'un point de vue sociologique : à une époque où la République encore toute neuve fait entrer la France, par le suffrage universel, l'instruction publique et le développement de la presse, dans ce qu'on appellera bientôt l'« ère des foules », bouleversant par là même le statut de l'écrivain désormais marginalisé s'il ne veut pas asservir sa plume au journalisme ni sacrifier aux facilités d'une littérature de grande consommation (vaudeville, roman-feuilleton), la poésie, parce qu'elle est le genre le moins public qui soit, devient le support d'un absolu littéraire, d'une véritable religion de la littérature qu'un hermétisme souvent délibéré réserve aux seuls initiés. À la fin d'un siècle qui voit l'effondrement des croyances traditionnelles, la littérature qui ne se vend pas offre un sacré de substitution à de jeunes poètes idéalistes qui rêvent d'une aristocratie de l'esprit et s'intronisent prêtres ou mages d'une religion ésotérique des lettres. Mais l'analyse sociologique ne suffit pas à rendre compte du phénomène symboliste, qui va bien au-delà de la simple revendication parnassienne de l'art pour l'art en ce qu'il manifeste aussi une prise de conscience nouvelle du fait littéraire et de ce qu'on n'appelle pas encore la « fonction poétique du langage ». C'est ainsi que Mallarmé, dans son « Avant-dire » au *Traité du verbe* de René Ghil, définit ce qu'il appelle le double état de la parole en distinguant un usage commercial ou utilitaire, celui de tous les réalismes, littéraires ou journalistiques, d'un usage intransitif qui fait de la poésie l'essence même du langage. Ce double état de la parole périme ainsi l'opposition purement formelle entre poésie et prose pour fonder une opposition plus essentielle entre la poésie, qui recouvre désormais tout le champ de la littérature, et l'usage courant qui fait de la langue un simple instrument de communication. Alors que le naturalisme tire la littérature du côté de la science, le symbolisme prétend ainsi la rendre à elle-même en refusant autant que possible les procédures traditionnelles de représentation du réel (récit et description) au profit d'un art de l'allusion ou de la suggestion. Il en résulte que, si le roman est le genre privilégié de tous les réalismes, le symbolisme, lui, consacre la primauté de la poésie, mais une poésie qui déborde largement ses limites conventionnelles pour phagocyter tous les autres genres. C'est ainsi que le roman symboliste, qui n'a pas donné de chef-d'œuvre mais qui permettra à Proust, à Gide ou encore à Joyce de réinventer le genre, s'efforce de fuir tout effet de réalisme pour donner, conformément au dogme schopenhauérien de l'idéalisme subjectif (« Le monde est ma représentation »), une vision interne et poétique du réel, qui aboutit à l'invention de techniques nouvelles, notamment celle du monologue intérieur (*Les lauriers sont coupés* d'Édouard Dujardin en 1887), ou réalise le vœu de des Esseintes, le héros d'*À rebours,* de faire du poème en prose l'idéal du roman (*Bruges-la-Morte* de Georges Rodenbach en 1892). Quant au théâtre symboliste, il aurait pu rester, selon le vœu de son plus illustre représentant, le Belge Maurice Maeterlinck, un théâtre poétique, et purement littéraire, si quelques jeunes gens n'avaient décidé de créer une scène pour cet anti-théâtre. Le théâtre d'Art de Paul Fort puis le théâtre de l'Œuvre d'Aurélien Lugné-Poe tentèrent ainsi d'imposer une autre logique de la représentation en transposant à la scène la poétique symboliste de la suggestion : dématérialisation des acteurs et de la scène même par un jeu hiératique et une mise en scène dépouillée. Ainsi furent montées les deux pièces emblématiques du théâtre symboliste, *Pelléas et Mélisande* de Maeterlinck en 1893 et *Axël* de Villiers de L'Isle-Adam en 1894, à une époque où les premières pièces de Claudel (*Tête d'or, La Ville, La Jeune fille Violaine*) étaient encore méconnues. En outre, le théâtre symboliste introduisit en France les grands dramaturges scandinaves (Ibsen, Strindberg), et donna une scène à l'*Ubu roi* (*) d'Alfred Jarry en 1896. Mais la poésie, au sens étroit du mot cette fois, reste bien le domaine essentiel du symbolisme, même si celui-ci s'est davantage illustré par ses intentions que par la qualité des œuvres, si l'on excepte évidemment Verlaine et Mallarmé, qui n'avaient pas attendu le manifeste de Moréas pour renouveler la poésie, et qui ont toujours gardé leurs distances vis-à-vis du mouvement. La plus notable des innovations poétiques du symbolisme fut sans conteste l'invention du vers libre que tentèrent d'illustrer, après le Rimbaud de « Marine » et de « Mouvement », révélé par la publication des *Illuminations* (*), et après certaines traductions par Jules Laforgue du poète américain Walt Whitman, Gustave Kahn, Henri de Régnier, Jean Moréas, Francis Vielé-Griffin, Édouard Dujardin et quelques autres, tandis que Claudel, dans son théâtre, lui donna la caution biblique du verset. Mais au-delà de cette « crise de vers », le symbolisme témoigne avant tout d'une crise plus générale de la littérature et de la représentation, notamment dans l'œuvre de Mallarmé, des *Poésies* (*) (1887) à *Un coup de dés* (*) (1897) qui fait de la page l'espace d'une nouvelle création : récuser le réalisme et le naturalisme, c'est dénoncer l'illusion référentielle et montrer que ce qu'on nomme le réel n'est jamais qu'une représentation construite par les mots. C'est le mot, désormais, qui est premier, et le symbolisme invente la poésie moderne en jouant des mots comme la peinture impressionniste des couleurs ou la musique des notes, et en détachant le langage de sa fonction traditionnelle de représentation. Crise de la représentation, et crise du sujet : de Baudelaire à Valéry, en passant par le « je est un autre » de Rimbaud, le moi poétique est désormais un moi divisé, et le symbolisme donne voix à ce qui émerge à la même époque dans le discours philosophique ou psychiatrique : l'inconscient.

Le symbolisme proprement dit ne dura guère que quelques années, puisque l'inventeur du mot, Jean Moréas, fondait dès 1891 l'École romane qui prétendait revenir aux sources du classicisme, mais, malgré les réactions diverses qui, à la fin du siècle, éloignèrent du mouvement, et de ses aspects les plus datés (imagerie fin de siècle et préciosité excessive), la plupart de ses adeptes, les grandes œuvres du premier xxe siècle, celles de Claudel, Gide, Proust, Valéry ou Apollinaire, lui doivent, par-delà leur diversité, une bonne part de leur modernité.

BERTRAND MARCHAL.

Synchronie. État de langue considéré à un moment donné et comme constituant un système immanent de règles de fonctionnement pensées en dehors de toute considération des problèmes d'évolution (ou de diachronie — v. ce mot). La description synchronique ou statique privilégie la perception actuelle des locuteurs : ainsi dans « un vieux décrépi » (Cendrars), le démon de l'analogie a poussé a rapprocher spontanément « décrépi » de « décrépit » malgré une origine étymologique différente.

OLIVIER POT.

Synecdoque. Du grec *sunekdokê* : « action de comprendre, de saisir ensemble ». Figure de rhétorique employant un terme à la place d'un autre ; ils sont liés par une relation très étroite, celui que l'on emploie faisant partie de celui auquel on le substitue, ce qui est rarement le cas pour la métonymie. Ainsi, dans « L'Albatros », célèbre poème des *Fleurs du mal* (*), Baudelaire remplace le pont du navire par « les planches », qui en sont une partie ; en outre, elles suggèrent d'autres idées, comme la souffrance de l'oiseau brutalement « déposé » sur ce support résistant, et la similitude avec un comédien qui, sur scène, serait hué. Grâce à ces valeurs expressives, la synecdoque est un procédé auquel recourent fréquemment les écrivains, en particulier les poètes ; le bras, qui porte les armes, symbolise la force, et est souvent substitué à l'homme : « Je le dis, vous pouvez vous confier, Madame, /À mon bras comme reine » (Victor Hugo, *Ruy Blas* [*]).

ARLETTE BOUÉ.

Synérèse. Prononciation en une seule syllabe de deux voyelles contiguës à l'intérieur d'un même mot, tendant à articuler la première comme une semi-consonne. Exemples : *pied, huile, chouette*... La synérèse est parfois utilisée dans la diction poétique par nécessité métrique. Ainsi, *san-gli-er* ne compte que deux syllabes dans ce vers de La Fontaine : « Mais beaux et bons san-gliers, daims et cerfs bons et beaux... ».

Le recours au procédé inverse, ou *diérèse,* est beaucoup plus fréquent en poésie.

CHRISTIAN DOUMET.

Synonymie. Du grec *sun* : « avec », et *numos* : « mot ». Désigne l'analogie de sens de mots de même nature appelés synonymes ; elle est parfois rendue par un groupe de mots ou périphrase. Cependant, ces significations ne sont presque jamais totalement équivalentes, aussi parle-t-on de synonymes absolus ou partiels. Des nuances distinguent ces derniers, c'est pourquoi il faut veiller à ne pas les employer sans discernement, pour ne pas fausser la pensée d'un auteur. Ainsi *périr* ne peut remplacer *mourir* que si la cause du décès est accidentelle. Placer l'un à côté de l'autre deux synonymes absolus est une faute appelée « pléonasme ».

ARLETTE BOUÉ.

Syntagme. Groupe d'unités qui se suivent dans la chaîne parlée et susceptibles d'être hiérarchisées en arbres depuis les morphèmes (ou constituants immédiats) jusqu'à la phrase, en passant par la proposition. La phrase : « L'élève de la classe a relu sa leçon », contient un syntagme nominal (SN) fonctionnant comme thème ou sujet (« L'élève de la classe »), un syntagme verbal ou prédicat (SV) (« a relu sa leçon »), eux-mêmes décomposables en syntagmes d'unités inférieures : par exemple le SN sujet comprend à nouveau un SN nominal (« L'élève ») et un SN prépositionnel (« de la classe ») ; le SV se subdivise en un SV (auxiliaire et verbe, celui-ci formant à son tour un syntagme de type infralexical avec le préfixe re-) suivi d'un SN (/sa/leçon/ comprend un déterminant et un nom), etc. Au contraire des relations *paradigmatiques,* les relations *syntagmatiques* affectent des éléments réalisés *in praesentia* dans la phrase, ce qui les situe a priori du côté de la *parole* bien que de nombreuses combinaisons syntagmatiques appartiennent à la *langue* (*avoir mal* formé sur le paradigme *avoir chaud*). On peut tourner la difficulté en opposant *compétence* (créativité gouvernée par les règles prédéterminées de la langue) et *performance* (créativité hors des règles et liée aux variations individuelles) : à ce titre, les régularités syntagmatiques relèveraient toutes du domaine de la compétence. Dans l'écriture surréaliste ou publicitaire, les syntagmes figés servent à générer des séries productives : « Un chasseur de corde et un danseur de têtes, Un cheval *in partibus* et un évêque de course » (Prévert).

OLIVIER POT.

T

TAHUREAU Jacques. Poète à la date et au lieu de naissance incertains (Le Mans ?, 1528 ?), mort en 1555. Fils cadet d'un lieutenant-général de la sénéchaussée du Maine, Jacques Tahureau, et de Marie Tiercelin, il appartient à la petite noblesse de robe provinciale. Bien que les documents fassent défaut, il semble plus que probable que Tahureau s'est vu obligé de se préparer pour une carrière administrative, et aussi qu'il a passé par l'université d'Angers, florissante à l'époque. L'absence de documents relatifs aux premières années de sa vie a contribué à la création de biographies plus ou moins fantaisistes, selon lesquelles il aurait passé quelques années en Italie ou encore participé aux guerres franco-impériales. En fait, on ne peut parler avec quelque certitude de sa vie que pour sa dernière période, c'est-à-dire pour sa période créatrice, qui englobe les années 1553-1555. Allié de Ronsard par le mariage du frère de celui-ci (Claude) avec une de ses cousines germaines (Anne Tiercelin), Tahureau a pu vite pénétrer dans l'intimité du grand poète. Divers morceaux en vers de sa main ou qui lui sont adressés en portent témoignage, et ce sont ces relations qu'il a mises en avant à Paris : pénétration à la Cour, choix de Louis de Lorraine, cardinal de Guise, comme patron, encouragements de Marguerite de France... C'est pourtant Poitiers, où il accompagne son ami Jean-Antoine de Baïf au printemps de 1554, et non Paris, qui a vu la publication de ses premiers exercices poétiques, les *Premières poésies* suivies des *Sonnets, odes, et mignardises amoureuses de l'Admirée* (mai 1554), double recueil mêlant les registres graves et amoureux. Il semble maintenant acquis que l'« Admirée » ne soit autre que la femme nivernaise que Tahureau épousera en septembre 1555, Marie Grené (future femme en secondes noces du frère de Théodore de Bèze, Nicolas). Entre-temps, Tahureau se tourne vers la composition d'un petit recueil comportant une *Oraison* adressée à Henri II : « De l'excellence de la langue française », et des pièces de vers dédiées à Marguerite de France, où prime surtout une note morale, plaquette publiée en avril 1555. C'est plus tard, mais au cours de cette même année, qu'il dépose chez les éditeurs parisiens Ambroise et Maurice de La Porte le manuscrit de l'ouvrage par lequel il est surtout connu de nos jours, les *Dialogues*, publiés seulement en 1565. Après son mariage, Tahureau n'a connu que quelques semaines de vie. Il a laissé derrière lui une œuvre restreinte et de qualité inégale mais qui laisse deviner un talent littéraire peu commun, méconnu en raison d'une disparition trop rapide.

TREVOR PEACH.

REF. : T. Peach, « Jacques Tahureau (1528-1555) : une synthèse biographique », in *Revue historique et archéologique du Maine,* troisième série, 6 (1986).

TAILLEMONT Claude de. Poète. Ses dates de naissance et de mort sont approximatives : 1526 ?-1560 ? Fils de notable famille lyonnaise, tôt orphelin de père, il est vivement marqué par le contact de l'Italie, et connaît à dix-huit ans l'éblouissement poétique quand paraît la *Délie* (*) de son voisin Maurice Scève (1544). Dès lors, ne concevant sa vie que dans la littérature et les arts, il cherche la protection des grands pour pouvoir mener vie de poète : il rencontre l'échec, l'incompréhension des siens et l'amertume. Assoiffé de réputation, il se fera le mystique champion des dames, au sein de cette « Querelle des femmes » qui divise alors les lettrés, et c'est dans cet esprit qu'il écrit les *Discours des Champs faëz*, œuvre insolite qui ne passe pas inaperçue mais est loin de lui apporter le succès espéré (1553). Trois ans après, il ne rencontre qu'indifférence avec *La Tricarite*, recueil pétrarquiste où il a mis tout l'effort de son génie. La dernière trace que nous ayons de lui est de 1559. Le mystère qui entoure sa disparition baigne en somme tout son destin. Car pourquoi cet écrivain superbement doué, au cœur du milieu lettré de la Renaissance lyonnaise (il participe à l'hommage poétique qui accompagne, en 1555, les *Œuvres* de Louise

Labé), n'est-il jamais cité par ses pairs ni par son maître Scève ? Outre les audaces de sa poétique et sa hautaine obscurité, on peut imaginer des motifs idéologiques (religieux ?), voire psychologiques, à la solitude de ce poète dont le frontispice des *Champs faëz* montre le visage tourmenté, et qui ne retrouve que ces temps-ci sa place dans l'histoire (éditions critiques de ses deux ouvrages en 1989 et 1991).

GABRIEL-ANDRÉ PÉROUSE.

TAINE Hippolyte Adolphe. Philosophe, historien et critique littéraire. Né le 21 avril 1828 à Vouziers, mort le 5 mars 1893 à Paris. Après avoir obtenu au concours général de 1847 le premier prix de composition française et poursuivi ses études à l'École normale supérieure, il se trouve, le coup d'État du 2 décembre étant survenu, en butte à l'hostilité de l'Empire autoritaire, qui persécute les intellectuels indépendants : lui-même, ses amis Edmond About, Sarcey, Challemel-Lacour, Prévost-Paradol. Nommé d'abord professeur de philosophie à Nevers, puis de rhétorique à Poitiers, il se voit relégué à une chaire de Besançon ; il abandonne alors l'enseignement. Il passe son doctorat ès lettres le 30 mai 1853, avec une thèse, non sur le sujet des « sensations », qui n'a pas eu l'agrément de l'Université, mais sur un sujet littéraire — *Essai sur les fables de La Fontaine* — auquel se joint une thèse latine intitulée *De personis platonicis.* Un voyage dans le sud-ouest de la France lui inspire le *Voyage aux Pyrénées* (1855) ; l'année suivante, l'*Essai sur Tite-Live*, écrit pour un concours de l'Académie française, subit une vive critique de la part de certains académiciens. Néanmoins, à partir de 1857, Taine devient un collaborateur assidu de *La Revue des Deux-Mondes* (*), de *La Revue de l'Instruction publique*, du *Journal des débats*, et se lie d'amitié avec Ernest Renan. Les *Essais de critique et d'histoire* témoignent, dès 1857, de la sûreté de son jugement ; mais il est attiré par la philosophie, et son ouvrage *Les Philosophes français du XIXe siècle* suscite, dans la même année, un intérêt considérable. En 1858, il séjourne en Angleterre ; il visite ensuite les Pays-Bas et l'Allemagne. Il soumet à une refonte complète l'*Essai sur les fables de La Fontaine*, le complétant par des articles parus dans le *Journal des débats* à l'occasion de la troisième édition de cette étude. En 1863, l'Empire évoluant vers un certain libéralisme, Taine est nommé examinateur d'histoire et de langue allemande à l'École militaire de Saint- Cyr, mais il est destitué en 1865. Toutefois, les protestations de l'opinion publique contraignent le gouvernement à le réintégrer dans ses fonctions. Viennent ensuite des années particulièrement fécondes. Son voyage en Angleterre l'a orienté définitivement vers la pensée, la littérature, les coutumes de ce pays dont le libéralisme l'attire. Il publie successivement *L'Idéalisme anglais. Étude sur Carlyle ; Le Positivisme anglais. Stuart Mill*, et une *Histoire de la littérature anglaise* (1864). Mais voici qu'en cette même année 1864 un voyage en Italie lui fait découvrir un monde complètement différent ; de cette révélation proviennent divers essais. Dans le *Voyage en Italie*, il rapporte ses impressions sur Naples, Rome, Florence, Venise ; l'année suivante paraît une *Philosophie de l'art en Italie*, à laquelle succèdent, sur les mêmes thèmes, *De l'idéal de l'art dans les Pays-Bas* (1868), *Philosophie de l'art dans les Pays-Bas*, et *Philosophie de l'art en Grèce,* ensemble qui sera réédité en 1882 en complément de la *Philosophie de l'art*, publiée en 1865. *De l'idéal dans l'art* lui permet de résumer, avec la méthode, l'ordre, la précision qui lui sont habituels, ses idées sur ce sujet ; il en fait aussi le thème d'un cours — toujours en 1864 — à l'École des beaux-arts de Paris, ce qui ne l'empêche pas de continuer à s'occuper de critique littéraire, car en 1865 paraissent les *Nouveaux essais de critique et d'histoire.* Nommé chevalier de la Légion d'honneur en 1866, il épouse, en 1869, la fille d'un architecte, Mlle Denuelle. Désormais, il est presque célèbre ; il prend part aux dîners des Goncourt qui réunissent Sainte-Beuve, Renan, Berthelot et, peu après, Zola et Tourgueniev. Il s'essaie à des sujets plus mondains, plus légers, et donne à la « Vie Parisienne » : *Vie et opinions de Frédéric-Thomas Graindorge, docteur en philosophie de l'université d'Iéna, principal associé commanditaire de la maison Graindorge et Cie (huile, porc salé à Cincinnati, U.S.A.).* À la même époque, il travaille à un roman qui restera inachevé : *Étienne Mayrau.* Entre-temps, il reprend, sous une forme plus systématique, les conceptions chères au sensualisme et à l'associationnisme anglais dans les deux volumes *De l'intelligence* (1870) ; il y défend la célèbre thèse sur « la race, le milieu, le moment », qui met en doute la liberté et n'accepte que la responsabilité sociale : thèse qui sera adoptée avec enthousiasme par Zola à partir du roman *Thérèse Raquin.* Les *Notes sur l'Angleterre* paraissent en 1872, faisant pressentir ce que sera son œuvre capitale, *Les Origines de la France contemporaine*, dont le premier volume (*L'Ancien Régime*) paraît en 1876, le second (*La Révolution*, subdivisé en trois tomes : *L'Anarchie, La Conquête jacobine, Le Gouvernement révolutionnaire*), de 1878 à 1884. La dernière partie de l'ouvrage demeurera inachevée (*Le Régime moderne*, tome I paru en 1891 ; tome II, *L'Empire*, publié en 1893 par Sorel). Après un échec en 1874, Taine avait été élu, le 4 novembre 1878, membre de l'Académie française.

Taine passe toute la fin de sa vie, à partir de 1870, à Paris, et dans sa retraite de Menthon-Saint-Bernard, sur le lac d'Annecy. En philosophie, son continuateur sera Théodule Ribot, tandis qu'en littérature Émile Zola et, en un premier temps, Paul Bourget s'inspireront de ses idées. Dans le domaine de l'histoire, il orientera Fustel de Coulanges, avant la rencontre de celui-ci avec l'œuvre de Vico.

J. CHAIX-RUY.

♦ *« Son art est de simplifier à la française en grandes masses éclatantes ; son défaut est le tendu, l'anguleux et le cassant. L'excellent est l'objectivité historique, le besoin de voir vrai. Du reste, vaste ouverture d'esprit, liberté de pensée et précision de langage. »* Amiel.
♦ « [Taine opère] *une constante anticipation métaphysique, une usurpation théologique ; sa méthode suppose que l'auteur a saisi le secret de fabriquer le génie, pénétré le sens de la nature et de l'homme, des pays et des peuples et des races, épuisé la création même* [...] *Renan n'avait guère anticipé que sur les attributions du Dieu tout connaissant ; Taine, plus têtu, plus docte, plus enfoncé, plus enfant aussi étant plus professeur, surtout plus entier, usurpe sur la création même, il entreprend sur Dieu créateur. »* Péguy.

RÉF. : P. Bourget, *Essais de psychologie contemporaine*, t. I, Paris, 1883. — V. Giraud, *Essai sur Taine, son œuvre et son influence*, Paris, 1901. — C. Evans, *Taine, essai de biographie intérieure*, Paris, 1975. — J. Th. Nordmann, *Taine*, 1992.

TALLEMANT DES RÉAUX Gédéon. Mémorialiste. Né à La Rochelle le 2 octobre 1619, mort à Paris le 10 novembre 1692. Issu d'une famille de richissimes banquiers protestants, il reçoit à Bordeaux une éducation de robin (latin, grec, histoire ancienne) en même temps qu'une éducation de type aristocratique (arts du corps, romans, littératures et langues européennes). Installé à Paris, il y devient vite un poète très répandu dans les salons de la haute finance protestante (Mme d'Harambure, Tallemant l'intendant, Puget de Montauron) ; il y rime de petites pièces de circonstance, le plus souvent pour une dame. En 1638, il part en Italie accomplir le traditionnel voyage d'humanités avec le futur cardinal de Retz ; il se lie d'amitié à Rome avec le libertin Claude Quillet et avec Voiture. Celui-ci l'introduit à l'Hôtel de Rambouillet où il commence à recueillir des anecdotes, des chansons et des textes satiriques : de ces matériaux il tirera ses *Historiettes,* terminées vers 1659 mais qu'il retouchera pendant plus de vingt ans. Il restera jusqu'à la fin un ami fidèle de la marquise, qui lui fournira de nombreuses informations (sur Henri IV et son entourage) et l'encouragera fort dans son entreprise : il était en effet célèbre pour ses dons de conteur. Il fréquenta tous les cercles importants de son siècle, de la maison de Conrart à la ruelle de Ninon en passant par les Samedis de Sapho, le salon de Mme de La Sablière et les divers milieux épicuriens (autour de Lhuillier et Chapelle, de Mme Deshoulières, des ducs de Vivonne et de Nevers). Certains de ses écrits laissent penser, même s'il ne l'afficha jamais, qu'il était libertin, ce que confirment ses fréquentations : il se convertit d'ailleurs, sans éclat mais sans difficulté, au catholicisme, peu avant la révocation de l'Édit de Nantes. Après 1661, sa vie fut assombrie par la faillite de la banque Tallemant et de graves revers financiers ; sa femme demanda la séparation et sa famille fut déchirée par les questions religieuses. Son œuvre, « destinée à ses plus particuliers amis », resta totalement inédite jusqu'en 1834 où Monmerqué la donna au public, dans une version expurgée qui fit cependant scandale. On mit même en doute l'authenticité de ces *Historiettes* car leur réalisme satirique correspondait peu à l'idée que l'époque se faisait du Grand Siècle : pourtant le travail de Tallemant rend compte à la perfection de la circulation de l'information ainsi que de la conversation mondaine de l'époque. Littérature semi-clandestine destinée à des groupes restreints, ces historiettes décrivent avec férocité et exactitude, souvent vus par le petit côté, les milieux parisiens influents sous les règnes de Louis XIII et de Louis XIV. Par sa position sociale très particulière – richissime mais huguenot, fils de partisan mais honnête homme accompli, d'une grande culture sans être un pédant – Tallemant traverse tous les milieux sans s'inféoder à aucun, gardant toujours un grand recul, et recueillant partout un maximum d'informations dont la véracité est sans défaut. Sa fortune lui permet de rester un amateur, échappant à l'obligation d'une carrière comme à celle du clientélisme : il demeure ainsi totalement indépendant des goûts du public comme du contrôle des instances académiques ou de la censure d'un mécène. En revanche, l'absence de reconnaissance publique et officielle explique que son œuvre soit encore aujourd'hui relativement sous-estimée et qu'on la considère plutôt comme une source d'informations anecdotiques sur le siècle que comme une véritable œuvre littéraire. Pourtant Tallemant possède un art maîtrisé du discours presque oral avec toute sa vivacité, un sens de la scène dialoguée, une technique sûre du portrait en quelques lignes, une science parfaite du détail signifiant, et le jugement pertinent d'un observateur détaché. Ses contemporains voyaient en lui un homme qui « avait la mémoire admirable, écrivait bien en prose et en vers, et avec une merveilleuse facilité » et qui « parlait en bons termes et facilement, et aussi bien qu'homme de France » (Maucroix). Il a d'ailleurs constitué avec Maucroix, Patru et le traducteur Perrot d'Ablancourt un groupe très influent en matière de langue dont on retrouve l'empreinte dans le dictionnaire de Richelet. Personnage d'une grande discrétion, totalement effacé derrière son œuvre, Tallemant a pâti de son absence d'insertion dans un genre reconnu, ce qui le fait considérer souvent comme un auteur mineur. Cependant, narrateur, piquant comme Mme de Sévigné, moraliste sceptique comme La Rochefoucauld, critique averti comme Saint-Évremond, il possède à la perfection l'art de bien dire et le « naturel » qui caractérisent par excellence l'écrivain mondain, le galant homme de son siècle. Il préparait des *Mémoires de la Régence* qu'il ne put mener à bien, et une tragédie restée à l'état de brouillon, *Œdipe.* Sainte-Beuve estime que « ce qu'il raconte est fort à prendre en considération, parce qu'il est naturel et judicieux, véridique et fin, sans aucune fatuité, sans aucune prétention [...] Il parle une langue excellente, d'une grande propriété d'acception, pleine d'idiotismes, familière, parisienne et qui sent son fruit ».

VINCENETTE MAIGNE.

RÉF. : Vincenette Maigne, *Tallemant des Réaux : le cabinet d'un amateur,* Paris, Klincksieck 1992.

Tapisserie de Notre-Dame (La). Recueil poétique et 10e cahier de la XIVe série des *Cahiers de la Quinzaine* (*) du poète Charles Péguy (1873-1914), publié le 11 mai 1913. C'est d'abord la présentation à Notre-Dame de Paris, montrée ici comme une « lourde nef », une « double galère » chargée du poids de nos péchés. La deuxième et la troisième partie sont liées au contraire au pèlerinage de Chartres accompli par Péguy l'année précédente. Par une riche et magnifique évocation de la plaine beauceronne, nous accompagnons le pèlerin sur la grand-route de la prière : Péguy célèbre d'abord la terre, immense comme une mer et dont mille ans de labeur ont fait un « réservoir sans fin pour les âges nouveaux » ; puis il se présente, paysan de l'Orléanais, homme de ce pays, né « pour vous au bord de ce plateau / Dans le recourbement de notre blonde Loire ». C'est enfin l'arrivée devant la cathédrale, la « tour beauceronne », « la flèche irréprochable et qui ne peut faillir », où le farouche combattant vient offrir son pèlerinage en rémission de ses péchés et pour gagner des grâces aux êtres qui lui sont chers. Cette « Présentation de la Beauce », que le poète regardait comme sa meilleure réussite, est suivie des quatre prières dans la cathédrale : la prière « de résidence », où l'on salue le vieil édifice, « jardin secret où l'âme s'ouvre toute » ; la prière « de demande », dont le pécheur n'attend rien, « Reine, que de garder sous vos commandements / Une fidélité plus forte que la mort » ; la prière « de confidence », où Péguy laisse un instant deviner le motif de son pèlerinage (et ce semble avoir été moins la guérison de ses enfants malades qu'une mystérieuse épreuve sentimentale qui venait de l'accabler). Il raconte à Notre-Dame comment, à l'heure du choix, il a préféré le regret d'une séparation au remords de la faute, non par vertu, s'empresse-t-il d'ajouter, mais « pour aller au plus dur et souffrir au plus creux », en gardant l'honneur chrétien ; la prière « de report », qui couronne toutes les autres, pleine de l'attente des grâces de bonheur demandées à la Vierge par Péguy, pour lui et ses enfants. Dans *La Tapisserie de Notre-Dame,* l'art de Péguy semble atteindre à sa perfection, en particulier avec le passage célèbre : « Étoile de la mer, voici la lourde nappe... » C'est le renoncement qui fait le thème majeur de ce petit livre, mais aussi l'humble fierté d'une épreuve surmontée, où, à l'imitation des héros cornéliens, Péguy a su préférer l'honneur au bonheur.

TARDIEU Jean. Poète et dramaturge. Né le 1er novembre 1903 à Saint-Germain-de-Joux (Ain), mort le 27 janvier 1995 à Paris. Après une enfance petite-bourgeoise, Tardieu va réaliser vers l'âge de dix-sept ans l'expérience capitale de sa vie : la rencontre de son « double » dans un miroir. Cet événement psychologique se traduit dans son œuvre par un imaginaire de la dépossession et de « l'inquiétante étrangeté ». « Je est un autre » : rarement la formule aura paru aussi décisive que dans le cas de Tardieu, poète du renversement et de la duplicité. Il a eu très tôt conscience d'une voix qui s'imposait à lui d'une façon tyrannique, tout en restant à jamais secrète. Cette voix fit naître les symptômes du repli sur soi, premiers signes d'une écriture liée au plus profond d'une exigence intérieure.

Il publie ses premiers poèmes en 1927, par l'intermédiaire de Jean Paulhan, avant d'effectuer un séjour en Indochine. Plus tard, il découvre Francis Ponge, et traduit *L'Archipel* de Hölderlin. Son premier recueil important, *Accents*, paraît en 1939. En 1944, il entre à la Radiodiffusion française, où il deviendra successivement directeur du « Club d'essai », du « Centre d'études », puis du programme « France-Musique ». Son activité de poète se poursuit avec *Le Témoin invisible* (1943), *Jours pétrifiés* (1947), et surtout *Monsieur Monsieur* (1951), où se côtoient le burlesque, le lyrique, et une certaine noirceur. *Monsieur Monsieur* introduit en littérature le même signe d'une évidence tragiquement absurde que le personnage créé par Michaux dans *Plume*. Monologue à plusieurs figurants, parodie philosophique et théâtrale, ce texte résume l'obsession majeure de Tardieu : la perte de l'identité. Dans ses deux principaux recueils, *Le Fleuve caché* (« Poésies : 1938-1961 ») et *L'Accent grave et l'Accent aigu* (« Poèmes : 1976-1983 »), il s'interroge sur la présence et l'absence des choses : « Tout ce que je touche a sa moitié de pierre et sa moitié d'écume. » Le monde de Tardieu oscille entre le réel et l'irréel ; tantôt cocasse, tantôt menaçant ou trouble, cet univers singulier se situe à la lisière de notre décor. Tout peut basculer à n'importe quel moment : il suffit d'ouvrir une porte pour se retrouver dans un couloir sans issue, ou d'imaginer, comme dans *La Première Personne du singulier* (1952), une nouvelle conception de l'espace aménagé, pour voir sa maison brusquement flotter dans le vide. Tardieu nous dévoile cette « part de l'ombre », d'où surgissent des visions insolites, voire cauchemardesques, restituant des paysages de plus en plus fantastiques (*La Part de l'ombre,* « Proses 1937-1967 »). Une vie grouillante, informe, parallèle, se manifeste dès que les mots soulèvent la croûte des apparences. Ce foisonnement de chimères donne naissance à des contrées prodigieuses, parfois tirées de certains tableaux (Hartung, Ernst, Magritte, Pisanello).

Jean Tardieu a surtout mené une recherche sur les possibilités offertes par le langage, lui aussi doté de pouvoirs mystérieux, susceptibles de faire craquer les cloisons : « Les mots visibles [...] sont comme des points de repère dans l'étendue. La signification de chacun d'eux est à la fois ponctuelle et tourbillonnante : le sens naît de leur rapprochement comme l'éclair du choc électrique des nuages. » *Obscurité du jour* (1974) nous conduit à travers les sentiers de cette subversion permanente, que Tardieu nomme « la loi de l'anti-sens ».

Autre aspect de sa démarche, le théâtre expérimental de Tardieu progresse entre le drame métaphysique de l'homme moderne, en proie à l'impossibilité de communiquer, et la « comédie de la comédie », où une forme théâtrale vient en démolir une autre, où la mise en voix du texte se joue des contraintes scéniques. À l'instar de Ionesco, de Beckett, Tardieu nous amène à une réflexion sur le grand délire contemporain. Les pièces souvent très courtes du *Théâtre de chambre* (1955) et de *Poèmes à jouer* (1960) constituent en fait un répertoire complet des possibilités théâtrales, « une sorte de "Clavecin bien tempéré" du théâtre ». Le « rire inquiet » de Jean Tardieu n'a pas fini de nous surprendre, comme en témoigne un livre de souvenirs dédié à une enfance retrouvée : *On vient chercher monsieur Jean* (1990).

OLIVIER HOUBERT.

RÉF. : Émilie Noulet, *Jean Tardieu,* Paris, 1964. — Jean Onimus, *Jean Tardieu : un rire inquiet,* Seyssel, 1985. — Jean-Pierre Vallotton, *Causeries devant la fenêtre,* Lausanne, 1988. — *Cahier de l'Herne,* nº 59, Paris, 1991.

Tartarin de Tarascon. C'est le livre le plus célèbre de l'écrivain Alphonse Daudet (1840-1897). Il a été publié en 1872 sous le titre : *Aventures prodigieuses de Tartarin de Tarascon.* L'auteur crée ici un type inimitable de méridional vaniteux et vantard, mythomane par excès de fantaisie, prompt à se lancer en imagination dans les plus folles aventures, et s'en tenant dans le réel à un bon sens fort prosaïque ; ce personnage, maintenant entré dans la légende, symbolise d'une manière évidemment fort caricaturale le caractère des Provençaux, braves gens, dont la cervelle est maintenue par un soleil féroce en ébullition perpétuelle, et pour qui les histoires les plus invraisemblables sont monnaie courante. Tartarin est un petit bourgeois de Tarascon, robuste, plein de feu, avec une tendance certaine à l'obésité ; il vit tranquillement dans sa petite maison pleine d'armes exotiques, au milieu d'un jardin où croît un célèbre baobab (qui n'a pas plus d'un mètre), faisant ses délices de Fenimore Cooper et rêvant aux plus extraordinaires aventures qui puissent arriver sur terre et sur mer. Sa réputation, qui est considérable, repose sur des récits plus ou moins inventés (à force de désirer un voyage à Shanghaï, il est arrivé, en toute bonne foi, à conter les épisodes de son séjour, et les attaques des brigands chinois). Mais enfin il se décide : grand chasseur comme tous les habitants de Tarascon (réduit cependant par le manque de gibier à tirer sur leurs casquettes après les avoir jetées en l'air), il ira à la chasse au lion en Afrique. Il s'embarque donc avec un fourniment extraordinaire — et, pour la circonstance, déguisé en Arabe. L'Algérie ne lui apporte que désillusions : ce pays est trop civilisé. Il voudrait s'enfoncer dans les terres, mais il se laisse prendre aux rets d'une belle femme voilée, dont il ne se défait qu'après maintes tribulations, et se lie d'amitié avec un faux prince qui l'escroquera. Il se met alors à la recherche des lions, et réussit à en tuer un, pauvre vieille bête aveugle qu'un mendiant avait accoutumé de montrer sur les places ; de sorte que la justice intervient pour constater ce bel exploit. Pendant ce temps, la peau du lion est arrivée à Tarascon, et a produit un véritable bouleversement. Si bien qu'au moment où Tartarin, assez déconfit, retourne dans sa ville natale, suivi d'un chameau qui l'a pris en affection et dont il ne peut plus se débarrasser, on l'accueille en triomphateur. Sa réputation d'explorateur est désormais assurée. Ce premier livre fut suivi de *Tartarin sur les Alpes* et de *Port-Tarascon,* mais reste le plus original, bien qu'il y ait plus de variété dans le second. Débordant de vie, animé d'un bout à l'autre par une joyeuse fantaisie et par un style des plus éclatants, le livre dissimule, sous ses apparences burlesques, l'amour que portait Daudet à la Provence et à ses habitants.

Tartuffe ou l'Imposteur. Comédie en cinq actes et en vers de Molière (1622-1673), créée, inachevée (en trois actes), le 12 mai 1664 à Versailles. Quinze jours avant la première représentation de *Tartuffe*, les plus actifs des dévots, les membres de la Compagnie du Saint-Sacrement, s'agitent pour faire interdire une pièce qui les joue et qui met une nouvelle fois en avant une morale tolérante et ouverte au monde. Au lendemain de la première représentation à Versailles dans le cadre des somptueuses fêtes des *Plaisirs de l'île enchantée*, la pièce — en trois actes — est interdite par le roi, sur requête de l'archevêque de Paris, et probablement de la reine mère, âme de la « vieille Cour », que fréquentaient les plus puissants des dévots. Tout en cherchant à obtenir la levée de l'interdiction, Molière prépare longuement, à partir d'un sujet à succès, un coûteux spectacle à machines et à décors multiples, qu'il crée en février 1665 : *Dom Juan* (*), véritable provocation pour ses ennemis, qui sera étouffé après cinq semaines de triomphe. Abandonnant *Dom Juan*, il continue de se battre pour *Tartuffe.* Quoique la pièce soit depuis novembre 1664 « parfaite, entière, achevée, en cinq actes » (*Préface* de 1682), il laisse croire qu'elle ne l'est toujours pas, annonce des remaniements, présente des requêtes, fait des lectures, puissamment soutenu par le Grand Condé, pour qui il donne plusieurs représentations privées. Fort d'un simple consentement verbal de Louis XIV qui guerroie dans les Flandres, il commet l'erreur de mettre la pièce à l'affiche en l'absence du roi, au mois d'août 1667. Ses adversaires ne sont abusés ni par le nouveau titre, *L'Imposteur*, ni par quelques adoucissements (Tartuffe devenu Panulphe, homme d'épée) : interdiction dès la première représentation (triomphale) par les autorités civiles parisiennes, suivie une semaine après d'une menace d'excommunication de l'archevêque de Paris contre quiconque voudrait « représenter, lire ou entendre réciter la susdite comédie, soit publiquement, soit en particulier, sous quelque nom et quelque prétexte que ce soit ». Grave mesure, qu'il faut nuancer cependant. Louis XIV avait entre-temps assuré deux des comédiens, aussitôt dépêchés dans les Flandres, qu'il ferait lever l'interdiction, et la menace d'excommunication paraît avoir été assez rapidement adoucie : Condé fait jouer *Tartuffe* dans son hôtel parisien en mars 1668, puis à nouveau en septembre dans son château de Chantilly, en présence de Monsieur, frère du roi, et de Madame, la plus bienveillante protectrice de Molière. Mais la levée de l'interdiction se fera encore attendre dix-huit mois. C'est à la faveur de la « paix de Clément IX » (réconciliation des jansénistes avec le pape), en janvier 1669, que l'interdiction est levée. Enfin, le 5 février 1669, est créé *Tartuffe ou l'Imposteur* dans une atmosphère de triomphe.

Pour comprendre les raisons qui ont pu inciter Molière à se lancer dans une aventure aussi risquée, il suffit de considérer l'appréciation qu'il fait porter sur le fou Moron, personnage burlesque de *La Princesse d'Élide*, rédigée et représentée conjointement avec *Tartuffe* : « Par son titre de fou tu crois le bien connaître ; / Mais sache qu'il l'est moins qu'il ne le veut paraître, / Et que, malgré l'emploi qu'il exerce aujourd'hui, / Il a plus de bons sens que tel qui rit de lui. / La princesse se plaît à ses bouffonneries ; / Il s'en est fait aimer par cent plaisanteries, / Et peut, dans cet accès, dire et persuader / Ce que d'autres que lui n'oseraient hasarder » (I, 1). Comme les « fous en titre d'office » des siècles passés, Molière estimait, en 1664, avoir acquis auprès de Louis XIV ce statut bien particulier du fou qui dit la sagesse, qui peut dénoncer à son roi les tares de son régime ou peut proclamer à la place du roi qu'il faut éradiquer les vices qui mettent en péril la bonne marche de la société. Humaniste de formation, protégé par le roi, applaudi par la jeune Cour, chéri par les cercles mondains, le Térence du XVIIe siècle, dans son entreprise de correction des mœurs, ne pouvait que s'en prendre à la Compagnie du Saint-Sacrement : ses représentants, présents dans tous les secteurs de la société et jusqu'à la Cour où ils entourent la reine mère, Anne d'Autriche, paraissaient autrement plus dangereux à Molière que les précieuses extravagantes et les marquis du bel air. On comprend parfaitement ainsi comment Louis XIV a pu accepter qu'au milieu des splendeurs des fêtes de Versailles apparaisse la silhouette sombre de Tartuffe, suborneur des esprits, dévoyeur des familles, clairement désigné par son langage comme le représentant d'un clan qui cherche partout, de la maison des bourgeois au palais du roi, à s'emparer du pouvoir au nom de la dévotion religieuse.

Il est aisé de suivre au fil des pièces, à partir de *L'École des maris*, l'engagement progressif de Molière. Théâtre moral à l'origine, et le mot « école » dans deux titres successifs en révèle l'ambition, la comédie de Molière devient un théâtre politique avec *Tartuffe*. Au début, il s'agissait seulement de ridiculiser les tenants de la morale traditionnelle en les montrant comme des maniaques aveugles, dont l'habillement rétrograde et la phobie du cocuage révélaient en fait une hostilité déclarée à toute évolution des mœurs. *L'École des femmes* (*) reprend exactement le même point de vue, mais l'impact de la dénonciation de ce vice moral est augmenté par le fait qu'elle s'inscrit cette fois dans une « grande comédie » qui fait courir tout Paris, et que le héros, plus nuancé, dissimule ses origines farcesques sous une attitude « naturelle », plus proche du comportement réel d'un bourgeois rétrograde. On comprend l'exceptionnelle violence des attaques que Molière dut essuyer lors de la querelle de *L'École des femmes* : elles étaient loin de n'avoir qu'une origine purement littéraire. Si *Tartuffe* peut être considéré comme une pièce politique, c'est que Molière a entrepris cette fois de dénoncer — toujours par le ridicule, seule arme de l'auteur comique — ceux-là mêmes qui prônent, inspirent, répandent cette mentalité archaïque et répressive, et mettent ainsi en péril la société tout entière. Ce passage de la morale à la politique, Molière l'a clairement énoncé dans la Préface de *Tartuffe* en 1669 : « Si l'emploi de la comédie est de corriger les vices des hommes, je ne vois pas pour quelle raison il y en aura de privilégiés. Celui-ci est, dans l'État, d'une conséquence bien plus dangereuse que tous les autres ; et nous avons vu que le théâtre a une grande vertu pour la correction. » Peut-on douter à ce compte que le raisonneur Cléante soit par instants le porte-parole de Molière ? Prônant la vraie dévotion, personnelle et discrète, il ne fait pas un éloge de circonstance de la religion qui serait un moyen de faire tolérer les attaques contre le parti dévot. En faisant l'éloge de ceux dont la « dévotion est humaine, est traitable », c'est la liberté de conscience qu'il réclame. Les ennemis de Molière s'acharneront à le traiter d'impie, de libertin, et à le vouer au bûcher. Mais il n'est rien dans le discours de ses personnages qui révèle en lui un libertin. Lui fera-t-on l'affront de croire que, dans une pièce où il dénonce l'hypocrisie religieuse, il se comporte lui-même en hypocrite, même si les libertins au XVIIe siècle étaient contraints de se dissimuler ? En fait, il ne parle pas pour ou contre la pratique de la religion. La question de la religion est extérieure au sujet de sa pièce, comme il l'explique lui-même à la fin de sa Préface de 1669, au moment précis où, enfin triomphant, il aurait pu lever le masque : « Huit jours après qu[e la comédie du *Tartuffe*] eut été défendue, on représenta devant la Cour une pièce intitulée *Scaramouche ermite* ; et le roi, en sortant, dit au grand prince que je veux dire : « Je voudrais bien savoir pourquoi les gens qui se scandalisent si fort de la comédie de Molière ne disent mot de celle de *Scaramouche* » ; à quoi le prince répondit : « La raison de cela, c'est que la comédie de *Scaramouche* joue le ciel et la religion, dont ces messieurs-là ne se soucient point ; mais celle de Molière les joue eux-mêmes ; c'est ce qu'ils ne peuvent souffrir. »

L'exposition de *Tartuffe* est une des plus soignées, une des plus habiles de toutes celles qu'on trouve dans le théâtre de Molière. Madame Pernelle, mère du bourgeois Orgon, s'apprête à quitter la maison de son fils, en proie à la plus vive indignation, non sans avoir réglé à chacun son compte. Le luxe qui y règne, les habitudes mondaines de la famille l'ont scandalisée. Comment ne se règle-t-on pas sur le modèle qu'on a, ce M. Tartuffe, cet « homme de bien », pour lequel son fils méprise sa famille et laisse tout aller à vau-l'eau. La femme, les enfants d'Orgon se récrient : ce Tartuffe est un « gueux », un « bélître », un « pied plat », un « cagot de critique ». Cléante, même, beau-frère d'Orgon et homme de sens pondéré, ne cache pas son dégoût pour le parasite. Madame Pernelle leur impose à tous silence ; elle ne peut cependant venir à bout de la servante, Dorine, maligne et raisonnable. Devant la peinture qu'elle fait de Tartuffe, la bonne dame n'a plus qu'à battre en retraite. Une conversation entre Dorine et Cléante (scène 2) nous apprend que le fanatisme de Madame Pernelle à l'égard de Tartuffe n'est rien auprès du culte qu'a pour lui Orgon : il le « choie, l'embrasse ». « Enfin, il en est fou ; c'est son tout, son héros ; / Il l'admire à tous coups, le cite à tout propos ; / Ses moindres actions lui semblent des miracles, / Et tous les mots qu'il dit sont pour lui des oracles. » Mais voici Orgon qui revient de voyage ; au lieu de demander des nouvelles des siens, c'est de Tartuffe qu'il s'informe. Dorine lui conte-t-elle les malaises qu'a eus Elmire ; l'autre, sans un mot pour sa femme, la presse : « Et Tartuffe ? » À tout ce qu'on lui dit sur sa bonne mine, sur son appétit d'ogre, sur sa paresse, il se contente de murmurer, béat : « Le pauvre homme ! » Après les railleries de sa servante, Orgon doit subir les remontrances raisonnables de son beau-frère, Cléante. Comme Cléante lui reproche l'affection singulière qu'il a vouée à Tartuffe, Orgon lui répond par une tirade qui montre admirablement jusqu'où va l'envoûtement dont il est la victime : « C'est un homme... qui... ha ! un homme... un homme enfin. / Qui suit bien ses leçons goûte une paix profonde. / Et comme du fumier regarde tout le monde. / Oui je deviens tout autre avec son entretien ; / Il m'enseigne à n'avoir affection pour rien. / De toutes amitiés il détache mon âme ; / Et je verrais mourir frère, enfants, mère et femme, / Que je m'en soucierais autant que de cela. » Puis Orgon décrit sa rencontre avec ce dévot exemplaire : « Il attirait les yeux de l'assemblée entière / Par l'ardeur dont au Ciel il poussait sa prière ; / Il faisait des soupirs, de grands élancements, / Et baisait humblement la terre à tous moments. » Cléante proteste contre cette attitude monstrueuse et, dans une éloquente tirade, distingue la vraie dévotion, qui est douce, humaine, pleine de charité à l'égard du prochain, de cette « sacrilège et trompeuse grimace » des hypocrites. Ceci déplaît fort à Orgon qui ne sait que répondre, et lorsque son beau-frère lui rappelle qu'il a décidé du mariage de Mariane avec Valère, il s'esquive sans lui répondre. On devine qu'il a, à ce sujet, des plans qui ne sont pas conformes aux promesses qu'il fit autrefois à Valère. Le début du IIe acte nous dévoile ce beau projet. Orgon prend à part Mariane et lui annonce son dessein de lui faire épouser Tartuffe. Mariane timide se récrie, mais elle n'ose aller de front contre les volontés de son père. Fort heureusement, l'impertinente Dorine n'était pas loin, elle intervient à temps ; elle démontre avec verve la folie et la cruauté d'un tel dessein, et Orgon doit se retirer, rouge de colère, sous ses sarcasmes, après avoir essayé en vain de souffleter la servante. Restée seule avec Mariane, Dorine la chapitre : pourquoi n'a-t-elle pas tenu tête à son père ? Avec ironie, elle la félicite d'avoir su attirer les regards d'un homme tel que Tartuffe et lui peint sous les plus sombres et dégoûtantes couleurs sa vie avec son promis. Valère survient sur ces entrefaites. Il est contrarié, jaloux ; et, persuadé que Mariane a consenti à cette horrible union, il l'accable des soupçons les plus injustes. La brouille semble irrémédiable entre les deux amants qui ne se comprennent plus. Une fois encore, Dorine intervient : elle réconcilie ces deux êtres si bien faits l'un pour l'autre, et prépare avec eux ses plans pour faire échouer les manœuvres qui risquent de les séparer à jamais. Enfin, Tartuffe paraît. Après une brève scène entre Damis, fils d'Orgon, et Dorine, où celle-ci lui conseille de ne pas en venir aux moyens violents qu'il projette pour débarrasser toute la famille de l'imposteur, le jeune homme décide de se cacher pour épier la conversation qui doit avoir lieu entre Elmire et Tartuffe. Les premiers mots que prononce Tartuffe, à son entrée en scène, sont tout un portrait du personnage : « Laurent, serrez ma haire avec ma discipline, / Et priez que toujours le Ciel vous illumine. / Si l'on vient pour me voir, je vais aux prisonniers / Des aumônes que j'ai partagé les deniers. » Tartuffe est abordé par Dorine, mais il ne la laisse pas parler et lui tend son mouchoir : « Couvrez ce sein que je ne saurais voir. » À quoi Dorine, qui, décidément, a réponse à tout, riposte : « Vous êtes donc bien tendre à la tentation,... moi, je ne suis point si prompte, / Et je vous verrais nu du haut jusques en bas, / Que toute votre peau ne me tenterait pas. » À peine se trouve-t-il seul avec Elmire qu'il profite de ce tête-à-tête pour lui avouer sa flamme. Poussant jusqu'au bout l'hypocrisie, il teinte cette déclaration de mysticisme, tandis qu'il se rapproche de la jeune femme et lui met la main sur le genou sous le prétexte de tâter son habit. Elmire ne répond que par une réserve méprisante ; et comme il la supplie de ne point le dénoncer, elle y consent mais à la condition expresse qu'il pressera le mariage de Mariane et de Valère. L'affaire s'arrangerait si Damis ne sortait de sa cachette et ne s'obstinait, malgré Elmire qui veut éviter tout éclat, à confondre l'imposteur. À Orgon qui survient, Damis raconte l'affaire ; mais Tartuffe, habilement, prend les devants : il s'accuse de n'être qu'un « malheureux pécheur, tout plein d'iniquités » et demande, les mains jointes, qu'on le chasse sur l'heure « comme un criminel ». Cette audace lui réussit. Orgon croit Tartuffe victime d'une machination odieuse ; il maudit son fils et le bâtonnerait si Tartuffe ne s'interposait. Damis chassé, Orgon tente de consoler son ami ; enfin il l'entraîne pour lui faire « donation entière » de tous ses biens, déshéritant ainsi tous les siens. Tartuffe feint de résister, puis il murmure : « La volonté du Ciel soit faite en toute chose. » Lorsque commence le IVe acte, l'hypocrite semble donc tout proche du triomphe le plus absolu. Vainement Cléante tente encore d'intervenir et demande à Tartuffe, s'il est honnête homme, de réconcilier le fils et le père, et de renoncer à une aussi extravagante donation. L'infâme coquin répond que « l'intérêt du ciel n'y saurait consentir » et il coupe court l'entretien, sous prétexte que « certain devoir pieux le demande là-haut ». Enfin Mariane réagit, mais il est trop tard, elle se jette aux pieds de son père en pure perte. Elmire, poussée à bout, est prête alors à tenter un grand coup. Elle obtient d'Orgon qu'il se cache sous une table, afin d'assister à l'entrevue qu'elle doit avoir avec Tartuffe. Orgon accepte, qu'a-t-il en effet à redouter ? Il est plus sûr de Tartuffe que de lui-même. L'hypocrite est d'abord défiant, Elmire ne l'a-t-elle pas vertement rabroué au cours de leur première conversation. Avec habileté, Elmire lui fait entendre que c'étaient là les ultimes résistances d'un cœur prêt à lui céder. Alors Tartuffe devient pressant ; qu'elle lui donne des preuves de sa complaisance. Qu'a-t-elle à craindre ? « Le Ciel défend, de vrai, certains contentements ; / Mais on trouve avec lui des accommodements. » D'ailleurs, « ce n'est pas pécher que pécher en silence. » Quant à Orgon, « c'est un homme, entre nous, à mener par le nez ; / De tous nos entretiens il est pour faire gloire, / Et je l'ai mis au point de voir tout sans rien croire. » Sous prétexte de vérifier si son mari n'est pas dans les parages, elle écarte Tartuffe ; Orgon sort de dessous sa table, il n'en demande pas plus : « Non, rien de plus méchant n'est sorti de l'enfer. » Mais Elmire veut pousser l'aventure jusqu'au bout. Tartuffe revient, Orgon l'arrête : « Dénichons de céans, et sans cérémonie. » Mais l'autre se redresse : « C'est à vous de sortir, vous qui parlez en maître : / La maison m'appartient, je le ferai connaître. » Puis il sort, Elmire interroge son mari : que veulent dire ces paroles ? Orgon confesse qu'il a fait donation de tous ses biens à Tartuffe. Au début de l'acte V, Orgon est atterré : non seulement Tartuffe peut lui réclamer tout son bien, mais il l'a mis en possession d'une cassette, à lui confiée par un ami exilé, et qui contient des papiers fort compromettants. Il suffirait que Tartuffe porte cette cassette au roi. Survient Madame Pernelle ; elle ne croit pas un mot du rapport qui lui est fait et soutient encore Tartuffe. Un huissier, M. Loyal, personnage fourbe et doucereux, paraît. Il vient signifier à Orgon et à sa famille d'avoir à quitter, dans les vingt-quatre heures, leur logis qui appartient dorénavant à Tartuffe. Valère survient et annonce une nouvelle catastrophe : la cassette est entre les mains du roi, il se propose pour faire fuir au plus vite Orgon. Mais Tartuffe lui-même, accompagné d'un exempt, vient arrêter son ancien ami. Un coup de théâtre inattendu remet tout en place. L'exempt se retourne contre Tartuffe ; c'est lui qu'il a ordre de conduire en prison. Le roi a découvert toute la fraude ; il va faire remettre la cassette à Orgon sans l'avoir ouverte. On apprend que Tartuffe est un noir scélérat, un récidiviste qui se cachait sous un faux nom. On l'emmène au milieu de la joie générale et Orgon consent au mariage de sa fille avec Valère.

Il est tout à fait capital que, à l'occasion de *Tartuffe*, Molière ait déplacé le lieu de l'action de la traditionnelle place publique vers l'intérieur d'une maison bourgeoise : en montrant comment le faux dévot parvient à s'impatroniser dans une famille, il proposait une lecture allégorique de sa pièce ; la famille d'Orgon, si complète — mère, femme, fils et fille, prétendant, beau-frère, suivante —, est une véritable petite société et apparaît comme le microcosme de la société française. La perspective allégorique éclaire, en effet, le sens de la pièce et celui de l'entreprise même de Molière ; et elle éclaire en premier lieu le dénouement.

Ce dénouement, si souvent critiqué pour son caractère artificiel, a été pourtant expressément voulu par le dramaturge. Finissant sur le triomphe complet du « scélérat », il a créé une situation complètement bloquée, qui ne pouvait être dénouée que sur un plan supérieur. Telle est la signification de l'intervention de l'exempt qui vient rapporter les paroles du roi. Nulle flagornerie, en effet, dans les vertus attribuées au « Prince » : ce « Prince ennemi de la fraude », « dont les yeux se font jour dans les cœurs », « que ne peut tromper tout l'art des imposteurs », « dont la grande âme est pourvue d'un fin discernement », « qui sur les choses toujours jette une droite vue », « qui donne aux gens de bien une gloire immortelle », et « qui a percé à jour par ses vives clartés les replis du cœur » de Tartuffe, ce prince, en un mot, possède très exactement les caractéristiques que les écrivains qui développent le thème du « théâtre du monde » prêtent au spectateur divin. Molière développe ici, en effet, une variante particulière de ce thème, assez proche par certains côtés des conceptions des moralistes pessimistes de cette deuxième moitié du XVIIe siècle (La Rochefoucauld, Pascal). Aux côtés de l'acteur aveugle et de l'acteur clairvoyant de la comédie du monde s'est fait jour un troisième type d'acteur, celui qui, au lieu de s'avancer aveuglément, mais à visage découvert, brouille les cartes en ne permettant pas que l'on sache quel rôle il joue. C'est cette tripartition que l'on trouve très précisément mise à plat dans *Tartuffe*, avec les rôles d'Orgon, de Cléante et de Tartuffe. Au-dessus d'eux se tient l'auteur-spectateur-juge dans sa version laïcisée : le roi. Il y a donc effectivement une intervention divine, mais elle n'est pas « de la machine ». Tandis que tout au long de la comédie s'agitaient les trois principaux acteurs, le spectateur-juge se tenait « dans le ciel de la pièce », attendant que chacun soit allé jusqu'au bout de son rôle pour intervenir, « Pour montrer que son cœur sait, quand moins on y pense, / D'une bonne action verser la récompense, / Que jamais le mérite avec lui ne perd rien, / Et que mieux que du mal il se souvient du bien » (v. 1941-1944).

Sur le plan dramaturgique, *Tartuffe* marque une nouvelle date dans la mise en place de l'esthétique moliéresque. *Tartuffe* perfectionne l'intégration de la structure de la farce dans la « grande comédie ». En apparence, en effet, il s'agit d'une grande comédie : le lieu de l'action quitte la traditionnelle place pour l'intérieur d'une maison bourgeoise ; l'attention se déplace d'un étroit noyau de personnages vers toute une famille selon une perspective réaliste ; et l'action paraît obéir à une classique intrigue à l'italienne : un couple d'amoureux contrariés par un père-obstacle qui veut marier sa fille à un prétendant choisi par lui. Mais en même temps la structure de la farce est clairement discernable : à travers les rapports entre Orgon, sa femme Elmire et le faux dévot Tartuffe, on retrouve clairement le trio de la farce médiévale, le mari, la femme et l'amant, qui est très souvent un moine ou un prêtre ; bien plus, le sommet de la pièce, qui consiste dans le piège tendu par Elmire à Tartuffe en présence d'Orgon caché sous la table, est très précisément une technique que l'on retrouve dans nombre de farces où la femme confie à son mari les convoitises sexuelles d'un tiers. La Fontaine lui-même avait inséré ce jeu, en 1659, dans une courte farce-ballet intitulée *Les Rieurs du Beau-Richard* – où la femme tousse comme Elmire pour prévenir son mari – avant de le reprendre dans le *Conte d'une chose arrivée à Château-Thierry* (1665). Une nouvelle fois c'est le personnage ridicule – dont le ridicule est comme toujours marqué par son opposition avec un raisonneur en début de pièce – qui assure la synthèse entre les deux dramaturgies, puisque le mari en puissance d'être trompé est en même temps l'obstacle au bonheur des amants, et que le prétendant qu'il a choisi est aussi celui qui veut le faire cocu. On voit ainsi comment le personnage de l'imposteur Tartuffe est, sous la superstructure du faux dévot, le résultat de la rencontre entre deux emplois d'origine différente, le prétendant burlesque de la comédie italienne et le larron concupiscent du trio de la farce. Chacun des personnages est ici défini avec soin ; il n'est pas seulement une pièce sur l'échiquier de l'action, chacun possède son caractère propre et vaut en soi. Mariane, timide et irrésolue, lorsqu'elle est poussée à bout tente de se défendre avec vigueur ; Damis, violent, emporté, bien sympathique au demeurant avec sa noble indignation ; Cléante, l'homme sage et raisonnable, comme on en trouve dans tant de comédies de Molière, mais dont le bon sens ne parvient pas à déjouer l'hypocrite, pas plus d'ailleurs que Dorine qui lutte avec obstination et non sans malice pour le triomphe de la bonne cause. Seule Elmire, charmante et courageuse, pourra confondre le traître. Il semble bien que Molière en elle ait voulu faire un portrait de l'honnête femme : elle est aimée et respectée des enfants de son mari (Elmire n'est que leur belle-mère), elle est dévouée, modeste et cependant sûre d'elle. C'est une des plus belles figures de femme de tout le théâtre de Molière. Il suffit de citer la figure haute en couleur, quelque peu vulgaire, de Madame Pernelle, avec ses violences de langage si pittoresques. Le personnage d'Orgon est fort singulier. Molière devait lui attacher une grande importance puisqu'il le jouait lui-même. Ce n'est pas seulement un benêt, une dupe : c'est un homme envoûté, c'est justement un de ces dévots sincères qui se laissent prendre aux apparences, un homme probe qui arrive, sous la direction d'un gredin, à commettre des actions peu délicates, insensées, et même malhonnêtes. C'est à de tels personnages (et ils devaient être nombreux autour de la reine mère) que Molière entendait faire la leçon, et ce sont eux plus que les tartuffes qui s'indignèrent.

Tartuffe, lui, est un personnage d'une grande complexité. Ce n'est pas seulement un faux dévot, c'est un scélérat ; d'un bout à l'autre de la pièce, il calcule son coup, il manœuvre au milieu des écueils et il triompherait si un deus ex machina ne survenait au bon moment. Ce qui le perd, c'est qu'il va trop vite et trop loin ; il commet des maladresses parce qu'il croit, trop tôt, que la partie est définitivement gagnée. Et c'est parce qu'il ne sait point se dompter jusqu'au bout qu'il devient un personnage comique, c'est par les failles de son jeu que peut jaillir le rire libérateur. Tartuffe n'est donc pas un traître de mélodrame, comme le fameux Bergasse de *La Mère coupable* de Beaumarchais, qui en est l'imitation. La Bruyère, qui n'était point homme de théâtre, n'a pas compris pourquoi Molière avait donné ces faiblesses à son Tartuffe. Dans le chapitre de la Mode – v. *Les Caractères* (*) –, il a opposé sa conception du faux dévot à celle de Molière. Le personnage de son dévot, Onuphre, dont il fait un long portrait, est une critique indirecte du *Tartuffe*. Le grand grief du moraliste, c'est que Tartuffe charge son rôle, que ses manifestations de piété sont exagérées et par là suspectes ; d'autre part, ses maladresses sont inexplicables : Onuphre, lui, a des manières plus discrètes et habiles. Il ne parle jamais de dévotion, mais il parvient à faire parler de lui comme d'un saint homme. Il ne courtise point la femme de son hôte, « s'il n'est aussi sûr d'elle que de lui-même » ; il ne s'attaque pas aux familles où il y a des héritiers directs, car il craint qu'ils sachent se défendre, il préfère s'attaquer aux vieillards « riches » et sans « enfants », dont il capte l'héritage. Onuphre est l'hypocrite impeccable. Sans doute le portrait de La Bruyère est fort réussi, mais, si Tartuffe était un hypocrite impeccable comme Onuphre, il n'y aurait pas de comédie. Tartuffe, contrairement à ce qu'en pensent ses interprètes habituels, n'est ni un traître de mélodrame ni un personnage de vaudeville ; c'est un personnage complexe, humain ; en lui, l'orgueilleux, l'homme sensuel détruisent, en un instant, le résultat de la comédie de l'hypocrisie.

Tautologie. Du grec *tautologia* : « redite ». Terme de rhétorique désignant une répétition inutile, elle est moins emphatique que la redondance, et légèrement différente du pléonasme, dans la mesure où elle repose, la plupart du temps, sur une reprise de mots : « Je crois ce que je crois » (Molière, *L'Avare* [*]). En logique, on l'appelle aussi truisme, proposition dont le prédicat n'ajoute rien au sujet. Cependant, elle peut présenter un intérêt, s'il s'agit d'une affirmation sous forme de maxime dont le premier et le dernier terme suggèrent des notions différentes, comme la simple désignation puis sa caractéristique principale : « Le passé est passé » (Paul Claudel, *Vers d'exil,* « L'ombre m'atteint... »). Molière en a souvent mis dans la bouche de ses personnages pédants pour se moquer de leur fatuité et de la vanité de leurs propos : « Le Docteur : Hé quoi ? toujours du bruit, du désordre, de la dissension, des querelles, des débats, des différends, des combustions, des altercations éternelles » (*La Jalousie du Barbouillé*).

ARLETTE BOUÉ.

TCHICAYA U TAM'SI (nom de plume de Gérald Tchicaya). Écrivain congolais. Né le 25 août 1931 à Mpili (Congo), il s'est éteint brusquement le 22 avril 1988, dans sa retraite campagnarde de Bazancourt, dans l'Oise. Fils de Jean-Félix Tchicaya, député du Moyen Congo sous la IVe République, il passe son enfance à Pointe-Noire, avant de rejoindre le lycée d'Orléans, puis Paris qui est pour lui un enchantement plein d'énigmes. Il fréquente un temps le lycée Jeanson-de-Sailly, mais très vite cet enfant rebelle aux études abandonne livres et famille pour courir l'aventure.

Si ses premiers recueils, *Le Mauvais Sang* (1955) et *Feu de brousse* (1957), reflètent encore l'influence des poètes français (« Je m'avoue une certaine parenté de corps avec un certain Arthur », confie-t-il dans « Le Forçat »), Tchicaya n'en affirme pas moins, déjà, un ton très personnel.

À partir de 1957 il s'engage dans une carrière de journalisme radiophonique, mais dès l'annonce de l'indépendance du Congo belge, il se précipite à Léopoldville, aux côtés de son éphémère leader, Patrice Lumumba.

Épitomé, le troisième recueil poétique, qui paraît en 1962, exprime toute la souffrance du poète au lendemain de la tragédie congolaise. Fasciné par la figure du Christ, avec laquelle il s'identifie en plus d'une page (« Épine pour épine / nous avons commune couronne d'épine »), Tchicaya atteint ici les sommets d'une poésie associant l'humour et la provocation à l'expression de la plus totale détresse.

De retour en France, après l'assassinat de Lumumba, Tchicaya travaillera pendant près de vingt ans à l'U.N.E.S.C.O., menant de front une action novatrice dans le domaine de l'enseignement et une carrière littéraire qui associe étroitement poésie, théâtre – *Le Zulu*, suivi de *Vwème le Fondateur* (1977), *Le Destin glorieux du maréchal Nnikon Nniku, Prince qu'on sort* (1979) – prose romanesque enfin avec la trilogie constituée par *Les Cancrelats* (1980), *Les Méduses* (1982) et *Les Phalènes* (1984), un recueil de nouvelles, *La Main sèche* (1980) et un dernier roman, *Ces fruits si doux de l'arbre à pain* (1987).

Tchicaya avait également publié cinq autres recueils poétiques, *À triche-cœur* (1961), *L'Arc musical* (1970), *Le Ventre* (1964), *La Veste d'intérieur*, suivi de *Notes de veille* (1977) et *Le Pain ou la cendre* (1978).

Enfin, tiré d'une nouvelle qui avait déjà fait l'objet de plusieurs lectures scéniques, *Le Bal de N'Dinga* a été monté à titre posthume en octobre 1988, au théâtre de la Tempête, dans une mise en scène de Gabriel Garran.

JACQUES CHEVRIER.

RÉF. : R. Godard, *Trois poètes congolais : M. N'Debeka, J.-B. Tati Loutard, Tchicaya U'Tam'Si*, Paris, 1985.

TEILHARD DE CHARDIN, père Pierre. Savant et philosophe français. Né à Orcines (Puy-de-Dôme) le 1er mai 1881, mort à New York le 10 avril 1955. Descendant d'une vieille famille aristocratique établie en Auvergne depuis des siècles, il passa toute son enfance à la campagne, dans la propriété de ses parents, se montrant déjà passionné par le spectacle de la nature. Aussitôt ses études secondaires terminées au collège des jésuites de Mongré, près de Lyon, il entra au noviciat des jésuites d'Aix-en-Provence. Les lois de Combes sur les congrégations ayant été promulguées, le jeune religieux, à partir de 1901, dut aller faire sa théologie à Jersey, et c'est en Angleterre, à Hastings, qu'il fut ordonné prêtre en 1905. À côté de sa vocation sacerdotale, mais liée à elle, la vocation scientifique de Teilhard de Chardin s'était éveillée dès l'adolescence. *Le Cœur de la matière*, texte encore inédit, écrit en 1950 (au cours d'un séjour en Égypte, de 1905 à 1908, Teilhard put se livrer à ses premières études de géologie sur les formations nummulitiques du Mokattan). Son intérêt essentiel allait cependant à la paléontologie : rentré en Angleterre, il participa à des recherches entreprises dans le Sussex qui devaient aboutir en 1912 à la découverte de l'« Eoanthropus Dawsoni » de Piltdown (il semble malheureusement que les savants aient été en cette occasion victimes d'une supercherie). Arrivé à Paris en 1912, Teilhard fut attaché au laboratoire de paléontologie du Museum, sous la direction de Marcellin Boule ; ses travaux jusqu'à la guerre porteront principalement sur les mammifères du tertiaire moyen et inférieur de l'Europe.

Mobilisé en 1914 comme caporal-brancardier dans un régiment nord-africain, Teilhard de Chardin fit une guerre magnifique (médaille militaire, Légion d'honneur). Jusque dans les tranchées de Champagne il continuait ses recherches, et ses découvertes sur la microfaune de Cernay lui fourniront le sujet de sa thèse en Sorbonne. Titulaire de la chaire de géologie de l'Institut catholique dès 1919, il passe son doctorat ès sciences en 1922. Un an plus tard il part pour la Chine, où il séjournera presque continuellement pendant plus de vingt ans. Après une première randonnée (1923-26) en Mongolie orientale, dans les Ordos et le désert de Gobi, Teilhard est nommé en 1929 conseiller du Service géographique national de la Chine. En 1930, il participe à l'expédition du Museum de New York dans le Centre-Asie et prendra une part importante dans la découverte du « Sinan- thropus ». D'avril 1931 à février 1932, il accompagne la grande mission transasiatique Haardt-Citroën (la fameuse « Croisière jaune »). Directeur des fouilles de Choukoutien, près de Pékin, en 1932, il part en 1935 dans l'Inde septentrionale et centrale avec la Yale Cambridge Expedition, et fait en 1936, 1937, 1938 des incursions à Java (recherches sur les dépôts originaires du « Pithecanthropus »). Teilhard passera toute la période de la guerre à Pékin et ne reviendra en France qu'en 1945. En 1947, il est nommé directeur de recherches à la Recherche nationale scientifique et, en 1950, élu à l'Académie des sciences. Installé en Amérique, à partir de 1951, en qualité d'attaché à la Wenner-Gren Foundation, il réussit encore, âgé de plus de soixante-dix ans, à faire deux expéditions en Afrique du Sud (1951-53). Ayant publié pendant toute sa vie de nombreuses études techniques dans les périodiques spécialisés, le grand chrétien qu'était Teilhard de Chardin fut très tôt préoccupé d'intégrer ses découvertes dans une perspective générale du « problème humain » accordée à la fois au dogme chrétien et aux exigences de la science moderne. Il consigna ses méditations dans un grand nombre d'écrits qui restaient pour la plupart inédits au moment de sa mort. Dès 1955 commença la publication des *Œuvres complètes*, sous le patronage de diverses personnalités scientifiques et philosophiques. Les volumes parus jusqu'à présent : *Le Phénomène humain* (1955), *Le Groupe zoologique humain* (1956), *L'Apparition de l'homme* (1956), *La Vision du passé* (1957), *Le Milieu divin* (1957), ont suscité l'inquiétude du Vatican et soulevé de vives oppositions dans certains milieux théologiques. Une trentaine de volumes restent encore à paraître. Signalons encore l'édition de ses *Lettres de voyage* (1956-57), de *L'Avenir de l'homme* (1959), d'*Hymne de l'univers* (1961) et de *Genèse d'une pensée (Lettres 1914-1915)* (1964).

MICHEL MOURRE.

RÉF. : Anonyme, *L'Évolution rédemptrice du P. Teilhard de Chardin*, Paris, 1950. — Louis Cognet, *Le Père Teilhard de Chardin et la pensée contemporaine*, Paris, 1952. — François-Albert Viallet, *L'Univers personnel de Teilhard de Chardin*, Paris, 1955. — *La Table Ronde*, numéro spécial, juin 1955. — Claude Tresmontant, *Introduction à la pensée de Teilhard de Chardin*, Paris, 1956. — Henri de Lubac, *Teilhard posthume*, Paris, 1977. — Claude Cuenot, *Teilhard de Chardin*, Paris, 1978. — Mary et Ellen Lukas, *Teilhard : l'homme, le prêtre, le savant*, Paris, 1980. — *Teilhard de Chardin : les origines et le devenir humain* (Cahiers du Rocher, 4), Monaco, 1987.

Tel Quel. Revue littéraire publiée de 1960 à 1982. *Tel Quel* naît l'année où meurt Camus : le premier numéro s'achève sur un hommage sibyllin au récent disparu. On y lit cette phrase qui pourrait tenir lieu d'exergue à l'ensemble de la revue : « On ne peut conserver sa pensée la plus audacieuse que par cette recherche du langage qui n'est pas le langage recherché. » Contre la littérature de ces aînés représentée par *La Nouvelle Revue française* (*), contre le pur engagement sartrien qu'illustrent *Les Temps modernes* (*), s'élève donc, portée par quelques jeunes écrivains rassemblés autour de Philippe Sollers, la revue *Tel Quel*. Dévouée à la littérature, à sa « fatalité », à « ses règles particulières », elle annonce à toute une génération : « L'écriture n'est plus concevable sans une claire prévision de ses pouvoirs, un sang-froid à la mesure du chaos où elle s'éveille, une détermination qui mettra la poésie à la plus haute place de l'esprit. Tout le reste "ne sera pas littérature". » Dont acte. Ponge sera le premier compagnon du groupe.

Les premiers numéros (1960-1970, autour de Jean Thibaudeau et de Jean-Edern Hallier) restent fidèles à cette profession de foi. Ainsi ne se contentent-ils pas de faire connaître de jeunes auteurs (Robbe-Grillet, Cayrol, Butor, Ollier, Deguy). Ils travaillent à la redécouverte de textes anciens (Blaise de Vigenère), d'auteurs étrangers (Trakl, Pound, Hopkins, Borges...). Ils participent surtout au renouvellement de la critique dans la perspective structuraliste (R. Jakobson, T. Todorov, U. Eco) et psychanalytique (M. de M'Uzan, Julia Kristeva). Des « territoires » de prédilection se dessinent cependant, avec Sade, Artaud, Genet et Joyce.

À partir de 1967, la revue s'orne d'un sous-titre, « science/littérature », qui signale sa rencontre avec le marxisme. Un article de Jean-Joseph Goux en 1968 (n° 33), « Marx et l'inscription du travail », achève de préciser l'orientation. Mais très vite, sous l'impulsion de Sollers, la thématique révolutionnaire, à laquelle un numéro de l'été 1968 est consacré, tourne à la critique maoïste du marxisme. Peu à peu apparaissent au sommaire des textes informatifs sur la situation chinoise (Chang Tung-Sun, « La Logique chinoise » n° 38). Au n° 40, Philippe Sollers « lit et traduit » dix poèmes de Mao Tsé-toung. Trois numéros successifs en 1972 (48, 49, 50) puis un numéro en 1974 (59) sont consacrés à la Chine. Le débat « littérature/philosophie/science [?]/politique » (c'est d'ailleurs le nouveau sous-titre à partir de 1970) prend une place prépondérante, en particulier avec la publication de textes de Jacques Derrida. C'est l'époque où, rompant de façon retentissante avec *Tel Quel,* Jean-Pierre Faye crée la revue *Change* que *Tel Quel* prendra un temps pour cible. Les membres les plus actifs sont alors Sollers, Pleynet et Julia Kristeva. Toute cette période ne reste pas insensible aux expériences de la modernité hors littérature : régulièrement, Pierre Boulez, Hubert Damisch, Jean-Luc Godard viennent témoigner d'une résonance « tel quelienne » dans leur spécialité. À partir de 1979 (n° 79), le sous-titre comportera d'ailleurs le mot « Art ». C'est enfin au cours de ces années (1974 à 1982) que Sollers publiera intégralement le texte de *Paradis* dans *Tel Quel.*

Dès 1975, la référence chinoise, et plus généralement le discours marxiste, se font moins insistants. *Tel Quel* s'ouvre aux « nouveaux philosophes ». En même temps, l'intérêt se tourne vers les États-Unis (un numéro double leur est consacré en 1977), vers le féminisme (Maria-Antonietta Macciochi, « Recherches féminines » in n° 74), vers l'Italie. Retour à la littérature et au « fond » traditionnel : Sade, Joyce (n° 83) et Bataille encore et toujours...

Lorsque *Tel Quel* disparaît, à la fin de 1982, il est bien difficile d'en reconnaître l'« orientation ». Peut-être la revue a-t-elle perdu, dans la disparité de ses sujets (le dernier numéro en témoigne), ce qui avait fait sa raison, et sa raison d'être : le souci d'une littérature qui à la fois pense et écrive le monde du présent.

Cette revue, d'une longévité exceptionnelle (94 numéros en 22 années) a exercé une influence considérable (allant parfois jusqu'au terrorisme) sur la vie intellectuelle en France. Sa disparition marque sans doute la fin d'une période assez particulière dans les rapports entre pensée politique et littérature.

C. D.

Temps modernes (Les). Revue politique et littéraire. Premier numéro en octobre 1945. Fondée par Jean-Paul Sartre, Simone de Beauvoir, Jean Paulhan, Merleau-Ponty, Raymond Aron, Albert Ollivier, Michel Leiris, qui proposa d'abord comme titre *Grabuge*, titre écarté parce que non constructif. Jean-Paul Sartre dans « Présentation des *Temps modernes* » a longuement expliqué les raisons qui ont nécessité le choix d'une revue à caractère phénoménologique, dont il est le directeur depuis sa création. L'homme qui a décidé d'écrire, de vivre de ses écrits, est en situation, il est responsable par son cri ou son silence, son approbation ou sa désapprobation, directement : de tout ce que les autres hommes ont en commun, le droit d'exister, de naître, de mourir sur leur terre, des événements intérieurs de la société dans laquelle il vit, d'une injustice sociale, d'une liberté compromise, de l'exploitation de l'homme par l'homme. Seule l'action est individuelle, et l'homme n'est libre que dans l'action. L'esprit d'analyse bourgeois séduit par la tentation de l'irresponsabilité, juge mais ne participe pas, il est en marge, il conçoit les individus en dehors de leur condition humaine. Chaque sommaire des *Temps modernes*, en serrant de près les événements sociaux, politiques et littéraires, en participant aux circonstances particulières du moment (guerres d'Indochine et d'Algérie, avènement du gaullisme, luttes ouvrières, problèmes des étudiants) par le reportage, le récit, le roman, les chroniques, les essais, parfois le poème, par des prises de position ouvertes (manifeste des 121), se veut de son époque dans l'ambition de construire l'homme total, totalement engagé et totalement libre. Principaux collaborateurs : Simone de Beauvoir, Francis Jeanson, André Gorz, Claude Lanzmann, Bernard Pingaud, J.-B. Pontalis, Jean Pouillon, Jacques-Laurent Bost, Jean-Paul Sartre, Eléna de la Souchère, Renée Saurel, Bernard Dort. Numéros spéciaux importants : « Textes antillais » (1950), « Sommes-nous en démocratie ? » (1952), « Viet-Nam » (1953), « Écrivains yougoslaves » (1958), « Algérie : mythes et réalités » (1959), « Le Temps du mépris » (1960), « Données et problèmes de la lutte ouvrière » (1962), « Le Conflit israélo-arabe » (1967). *Les Temps modernes* ont notamment publié des textes de : Juan Goytisolo, Césaire, Faulkner, Lévy-Strauss, Guillén, Frénaud, Asturias, Pavese, Hikmet.

Tercet. Groupement de trois vers. À proprement parler, le tercet n'est pas une strophe, puisque la strophe suppose un système complet d'homophonies finales. Or l'intérêt du tercet, pour la rime, réside précisément dans sa nécessaire finale en suspens (même lorsque la rime se présente sous la forme *aaa - bbb,* etc., comme dans l'« Adieu » des *Poèmes à Lou* chez Apollinaire), dans cet effet d'inachèvement strophique qu'exploitent certains poèmes (« Ribeira » de Théophile Gautier, par exemple) – voir aussi *tierce rime* ou *terza rima.*

CHRISTIAN DOUMET.

Théâtre de la foire. S'il marque une présence traditionnelle des tréteaux dans les lieux de rassemblement habituels des grandes foires (Saint-Laurent, pendant l'été, Saint-Germain, en hiver), ce théâtre subit un véritable essor au début du XVIIIe siècle, lorsque les Italiens furent interdits à Paris. Contraint à l'illégalité, il parvint néanmoins à imposer de nouvelles formes théâtrales (comme l'opéra-comique) et bénéficia de l'apport d'auteurs de talent, comme Lesage. Il lui fallait parfois jouer sans paroles, avec des écriteaux. On voit ainsi qu'il préparait l'éclosion des grands théâtres de boulevard, où s'illustreront, au XIXe siècle, un acteur comme F. Lemaître ou un mime comme Deburau.

EMMANUEL BURY.

Théâtre et son double (Le). Essai du poète Antonin Artaud (1896-1948), publié en 1938. Cette suite d'articles : « Le Théâtre et la Peste », « La Mise en scène et la Métaphysique », « Le Théâtre alchimique », « Théâtre oriental et Théâtre occidental », comprend surtout les deux manifestes sur « Le Théâtre et la Cruauté », qui avaient éveillé une grande attention lors de leur publication en revue, à partir de 1932. Dans une langue très colorée, surprenante, souvent ésotérique, Antonin Artaud traduit une attente partagée par la plupart des amateurs de théâtre de l'époque contemporaine : il ne s'agit de rien moins que de rendre à la scène sa dignité métaphysique. C'est-à-dire que le théâtre n'a de sens qu'autant qu'il est raccordé au drame, à la souffrance originels de l'homme. Antonin Artaud réagit contre l'excès de psychologie et souhaite l'avènement d'un drame métaphysique. Il remontera donc aux sources pures du théâtre, à la tragédie antique, aux mystères du Moyen Âge, comme aux formes dramatiques de l'art d'Extrême-Orient, vers « une utilisation magique et de sorcellerie de la mise en scène ». Il faudrait ressusciter dans le public l'expérience de la terreur : de là, par exemple, une surprenante mais ingénieuse assimilation du théâtre et de la peste, le théâtre étant, telle une grande calamité, « un formidable appel de forces qui ramène l'esprit, par l'exemple, à la source des conflits » ; de là un goût du mystérieux et de l'étrange pour eux-mêmes (et peut-être risquons-nous ici le mélodrame). Artaud donne en effet une part considérable, et qu'on a pu juger excessive, aux aspects « physiques » des sentiments que le théâtre doit faire éprouver à tout spectateur. Ceci n'affecte en rien la valeur du but visé : rendre au spectacle sa dignité de manifestation religieuse. Ce texte aura une grande influence sur le théâtre des années 60 et 70, plus de vingt ans après sa parution.

Théorèmes (Les). Œuvre de poésie religieuse du magistrat provençal Jean de La Ceppède (1550-1623). L'ouvrage publié à Toulouse en 1613, sous le titre *Les Théorèmes sur le sacré mystère de nostre redemption,* fut doté d'une suite, parue également à Toulouse, en 1621 : *La Seconde Partie des Théorèmes de M. J. de La Ceppède (...) sur les mysteres de la descente de Jesus aux Enfers, de sa Resurrection, de ses apparitions apres icelle, de son Ascension, & de la Mission du S. Esprit en forme visible, divisee en quatre livres.*

Les Théorèmes constituent la majeure partie de l'œuvre littéraire du magistrat qui n'a publié, à notre connaissance, que deux autres livres : *L'Idée de la Beauté,* en 1582, dont seul le titre nous est parvenu, et *L'Imitation des Psaumes de la Penitence de David,* modeste recueil paru à Lyon en 1594, dont les dernières pages offrent douze sonnets : ce sont *Douze meditations sur le sacré mystère de nostre redemption, prinses de l'œuvre entier des Théorèmes.* La publication de cet « œuvre entier » est annoncée pour bientôt : on l'attendra près de vingt ans.

Les Théorèmes, dont le titre est à recevoir au sens étymologique de « méditations », sont composés de trois livres, de cent sonnets chacun, et s'achèvent sur un sonnet final. Chaque poème est assorti d'annotations plus ou moins longues, destinées à garantir l'orthodoxie du poète ainsi qu'à guider le lecteur vers les passages de l'Écriture ou des Pères de l'Église qui peuvent nourrir sa méditation. Ces notes, en recueillant références, précisions ou justifications, permettent aussi à l'auteur de libérer le langage poétique et de préserver la densité, la richesse, la saveur des vers ou des images.

Cela nous vaut souvent de très beaux sonnets, d'une facture vigoureuse. Le poète met en œuvre des schémas poétiques éprouvés, empruntés à la Pléiade ; il part toujours d'un ou de plusieurs textes qui narrent ou évoquent la Passion et sont l'œuvre d'écrivains spirituels ou d'auteurs religieux récents : Grenade, Panigarole, Crespet, Bruno, Beauxamis... ce qui n'exclut pas la consultation d'auteurs plus anciens comme Ludolphe, saint Thomas d'Aquin, saint Augustin... Avec ce matériau, dont il voile généralement l'origine, le poète bâtit ses sonnets, condense, stylise, enlumine. Il rédige ses annotations plus tard, à l'aide de commentaires souvent empruntés à des jésuites renommés : Suarez, Maldonat, Tolet...

Le souci « baroque » d'une expressivité énergique, la présence du pathétique, voire du réalisme brutal, s'atténuent dans *La Seconde Partie* (quatre livres, deux cent dix-neuf sonnets et de copieuses annotations). Le goût du solennel en revanche s'y amplifie ainsi que la préoccupation didactique. On y relève, comme dans *Les Théorèmes* sur la Passion, le désir d'obéir aux recommandations du concile de Trente en mettant l'art au service de la foi.

Le sens du rythme et de la couleur, l'art de l'emprunt et le don de la synthèse caractérisent les plus belles réussites de La Ceppède. Il faut savoir gré à l'abbé Bremond d'avoir été le premier à faire resurgir la poésie parfois somptueuse des *Théorèmes* – voir son *Histoire littéraire du sentiment religieux en France*, t. 1, 1921.

Y. Q.

Thérèse Desqueyroux. Roman de François Mauriac (1885-1970), publié en 1927. Justement accusée de falsification d'ordonnances, Thérèse Desqueyroux vient de bénéficier d'un non-lieu. Pourtant, la justice n'a pas eu à connaître son véritable crime : l'empoisonnement de son mari, Bernard ; c'est cependant au témoignage favorable de ce dernier, soucieux de préserver l'honneur de la famille, qu'elle doit sa liberté. Se préparant à affronter sa victime, qui l'attend dans leur domaine landais d'Argelouse, la jeune femme tente de comprendre par quel « enchaînement confus de désirs..., d'actes imprévisibles », elle en est arrivée, jouet d'une « puissance forcenée » en elle et hors d'elle, à subir – bien plutôt que vouloir – son acte criminel. Le lecteur va donc refaire avec elle le chemin de cette « vie terrible ».

Orpheline dès sa naissance, Thérèse Larroque fut élevée par un père radical et, à ce titre, anticlérical forcené. Mais si elle a ainsi été privée, dès l'enfance, des garde-fous du christianisme, sa propre conscience a été son « unique et suffisante lumière », et son « orgueil d'appartenir à l'élite humaine » a fait s'efforcer à la vertu cet « ange plein de passions ». Ne lui fallait-il pas rivaliser de pureté avec son amie Anne de la Trave, élevée au Sacré-Cœur dans une puérile inconscience du mal ? Aux jours brûlants de l'été qui les ramenait toutes deux à Argelouse, la compagnie de cette adolescente qui n'avait aucun de ses goûts, n'aimant que « coudre, jacasser et rire », suscitait en Thérèse un « frêle bonheur imprécis », « une trouble lueur de joie », qui devait être « son unique part en ce monde ». Puis elle avait épousé le demi-frère d'Anne, bon parti, ni laid ni sot, connaissant ses limites et les acceptant. D'ailleurs Thérèse « avait toujours eu la propriété dans le sang » et les « deux mille hectares de Bernard ne l'avaient pas laissée indifférente ». Mais cette union était aussi pour elle un refuge, cette orpheline « s'incrustait dans un bloc familial... elle se sauvait ». Pourtant, cette nouvelle vie allait lui apparaître dès la nuit de noces et son « ineffaçable salissure » comme une prison de chair : « froide et les dents serrées » dans le lit conjugal, méprisant de toute sa lucide intelligence sa belle-famille, « cette cage tapissée d'oreilles et d'yeux », elle n'en avait pas moins, si grande était son indifférence envers ce milieu, joué sans effort l'épouse comblée, la bru déférente. Mais Anne s'était brusquement amourachée de Jean Azévédo, fils de riches voisins tenus à l'écart en raison de leur origine juive et d'une soi-disant phtisie héréditaire et, bouleversée par cet amour fou dont la jeune fille lui avait confié par lettre les plus intimes transports, Thérèse ne connut plus de repos qu'elle ne l'ait saccagé. Sa rencontre avec Jean Azévédo entraîne au contraire sa propre destruction : enfiévré de trouver en elle un auditoire à sa mesure, le jeune homme s'abandonne à un fascinant délire verbal, accumule les sophismes et les formules creuses. Il ne s'agit pour lui que d'une jonglerie ; pour Thérèse, c'est l'ouverture au monde de la pensée en accord avec les actes, ce monde auquel les appétits grossiers de son mari lui interdisent à jamais d'avoir part. Rien ne semble en apparence changé : elle accouche d'une petite fille, Marie, et continue à mener une vie extérieurement tout unie. Velléitaire, elle ne choisit pas, le hasard lui fournit l'arme : son mari, qui souffre du cœur, prend par inadvertance une dose trop forte de médicament, ce qui le rend très malade. Thérèse réitérera volontairement le même geste « pour voir » puis, de nouveau, afin de « sortir de ces ténèbres... d'atteindre l'air libre, vite ! ». Bernard frôle la mort, et tout alors se dénoue brutalement : le pharmacien produit des ordonnances falsifiées au moyen desquelles Thérèse s'est procuré des produits toxiques ; une instruction criminelle est ouverte, à laquelle met fin le non-lieu. Rentrée à Argelouse, où elle espère trouver le pardon, être enfin comprise et aimée, elle se voit confrontée à un justicier. L'honneur familial exige qu'elle demeure au domaine afin de sauver les apparences : son départ, qui accréditerait la thèse de l'empoisonnement, ferait échouer le mariage d'Anne avec un riche voisin, entacherait le destin de Marie. Reléguée dans une chambre à l'étage, elle y vivra trois mois empiégée dans une solitude totale, en proie aux rêves d'amour et de gloire les plus fous, jusqu'à ce que sa douleur devienne sa seule raison d'être et sa seule occupation. Amaigrie, dégradée, absente d'elle-même, elle attend la mort. C'est alors que Bernard lui rend la liberté, conduisant à Paris pour qu'elle s'y perde ou s'y trouve, cette femme qui demeurera pour lui une énigme. La question d'ailleurs est toujours ouverte : tour à tour victime ou bourreau, Thérèse reste rebelle à toute analyse, et son moindre charme n'est pas son mystère, soigneusement entretenu par un auteur qui ne fut jamais plus à l'aise dans les obscurités du cœur.

François Mauriac a donné, avec *La Fin de la nuit,* publiée en 1935, une suite à cette œuvre. Quinze ans se sont écoulés, durant lesquels Thérèse a pu enfin jouir de la liberté et de la solitude auxquelles elle aspirait. Rien d'épanoui pourtant dans cette « désespérée prudente », préoccupée de son cœur fragile, de la diminution de ses revenus, de ses fantômes sans cesse renaissants, enfermée « dans la prison de son acte ». Sur un coup de tête, sa fille Marie vient à Paris pour retrouver Georges Filhot qu'elle aime et qui lui échappe. Marie a dix-sept ans, Georges vingt-deux. Thérèse les domine de tout l'inconnu de sa vie passée. Cédant aux contradictions de sa propre nature, elle rend, en renonçant à sa fortune, leur mariage possible, tout en s'abandonnant à la joie de découvrir que Georges est amoureux d'elle. Sa raison ne résiste pas à ces excès intérieurs et cette dernière flambée d'un cœur s'achève dans le pathos. Thérèse retournera mourir à Saint-Clair, dans la maison de Bernard, crucifiée dans sa douleur, n'ayant plus la force que de faire le bien, c'est-à-dire de forcer plus ou moins Georges à épouser Marie, qui connaîtra ainsi le bonheur que la vie a refusé à sa mère.

Personnage épisodique dans *Ce qui était perdu* apparaissant encore dans deux nouvelles de *Plongées*, Thérèse Desqueyroux est une figure chère à un auteur aussi préoccupé des abîmes que de la salvation, et penché sur l'informel du cœur avec une toute chrétienne sollicitude.

THIBAUDET Albert. Critique littéraire. Né à Tournus (Saône-et-Loire) le 1er avril 1874, mort à Genève le 16 avril 1936. Il fit ses études secondaires au lycée de Lons-le-Saunier, puis à Louis-le-Grand, et sa philosophie à Henri-IV avec Bergson comme professeur. Licencié en philosophie en 1893, deux fois admissible à l'agrégation en 1895 et 1896, il enseigna dans divers collèges. En 1908, après avoir passé l'agrégation d'histoire et de géographie, il fut nommé professeur à Annecy, puis à Grenoble, Besançon et Clermont-Ferrand. Après la Grande Guerre, il fut attaché aux universités d'York, d'Upsal et enfin de Genève, où il occupa la chaire de littérature française jusqu'à sa mort. Il avait débuté dans les lettres par une gageure qui lui fit composer d'un trait un éloge de Ronsard pour le concours d'éloquence de l'Académie française, et lui valut de remporter le prix. Sa première œuvre, *Le Cygne rouge* (1897), est un mythe dramatique en prose mêlée d'alexandrins et de vers libres. Mais, c'est en 1908 que Thibaudet commença à tenir dans *La Phalange* une rubrique des livres : *Le Mois du littérateur.* Une note sur *La Porte étroite* d'André Gide, en octobre 1909, appela sur lui l'attention de l'équipe de *La Nouvelle Revue française* (*). Le 1er mars 1911, il donna son premier article dans cette revue, et, le 1er mars 1912, sa première chronique régulière sous le titre « La Littérature ». Elle deviendra bientôt « Réflexions sur la littérature » et le nom de l'auteur sera désormais présent à tous les sommaires.

Le premier ouvrage critique de Thibaudet fut consacré à *La Poésie de Stéphane Mallarmé* et parut en 1912. Il publia ensuite *Les Heures de l'Acropole* (1913). Toujours soucieux de l'autonomie de sa pensée, il ne s'embrigada jamais et dédaigna tous les honneurs. Il avait devant l'œuvre étudiée une attitude de biologiste ; il montrait les forces et les rythmes de son développement interne, faisait l'histoire de sa genèse et de son devenir. Il avait le goût des rapprochements imprévus, des parallèles et des analogies. Il aimait comprendre plutôt que juger. Mieux que personne d'autre en son temps, il a été celui qui fait la liaison entre la « littérature qui est faite et celle qui se fait », et cela avec un sens de la continuité qui lui permettait de vivre l'évolution du monde des idées, car il était « l'esprit qui à propos de chaque chose pense à tout ». Ses livres eurent un retentissement considérable.

Parmi les œuvres principales d'Albert Thibaudet, citons en premier lieu la fameuse trilogie intitulée *Trente ans de vie française* et qui comprend : *Les Idées de Charles Maurras* (1920), *La Vie de Maurice Barrès* (1921) et *Le Bergsonisme* (1923), puis de nombreux volumes de critique littéraire ou de psychologie tels que : *Gustave Flaubert* (1922), *La République des professeurs* (1927), *Amiel ou la Part du rêve* (1929), *Physiologie de la critique* (1930), *Mistral ou la République du soleil* (1930), *Les Idées politiques de la France* (1931), *Stendhal* (1931), etc. Thibaudet donna également de remarquables éditions critiques de Flaubert et de Montaigne. Après sa mort parurent plusieurs recueils de ses chroniques de *La Nouvelle Revue française : Réflexions sur le roman* (1938), *Réflexions sur la littérature* (1938), *Réflexions sur la critique* (1939) et une *Histoire de la littérature française de 1789 à nos jours* (1936).

BERNARD NOËL.

♦ *« Personne n'était mieux doué que lui pour l'art de créer des perspectives dans l'énorme forêt des lettres. »* Paul Valéry. ♦ *« Il voulait avant tout tenir compte, dans les œuvres et dans les hommes, de la spontanéité de la vie* [...] *Sa classification visait à faire passer d'un côté tout ce qui est classable, tout ce qui est réductible au déjà connu, tout ce qui se prête naturellement à une représentation conceptuelle, pour examiner alors de l'autre côté ce qui restait, je veux dire l'individuel et l'unique, qui est presque tout quand il s'agit d'une œuvre d'art. »* Henri Bergson.

RÉF. : *Hommage à Albert Thibaudet,* numéro spécial de *La Nouvelle Revue française,* t. 47. 1936. — Alfred Glauser, *Albert Thibaudet et la critique créatrice,* Paris, 1952. — John C. Davies, *L'œuvre critique d'Albert Thibaudet,* Genève, 1955.

Thibault (Les). Parmi les « romans-fleuves » qui se sont attachés à décrire dans tous leurs replis le destin d'un être ou d'une collectivité, et qui ont connu une grande vogue en France depuis le *Jean-Christophe* (*) de Romain Rolland (qui commença à paraître en 1904) jusqu'aux *Hommes de bonne volonté* de Jules Romains (dont le premier volume vit le jour en 1932), *Les Thibault* de Roger Martin du Gard (1881-1958) occupent le tout premier rang. Alors que Romain Rolland nous avait donné le panorama d'une existence exceptionnelle et que Jules Romains prétend faire se dérouler devant nos yeux toute l'évolution historique et collective d'un pays, sinon d'un continent entier, c'est le portrait en quelque sorte dynamique d'une famille bourgeoise que, tout comme Georges Duhamel dans la *Chronique des Pasquier*, nous présente Roger Martin du Gard. Mais, si le récit s'organise autour de deux protagonistes, Antoine et Jacques Thibault, comme entre deux pôles opposés ayant toutefois en commun qu'ils sont des Thibault, ce qui les distingue du reste de l'humanité, ce vaste roman est aussi l'histoire d'une crise politique et sociale qui trouve sa conclusion lamentable dans la guerre de 1914-1918. La parution de l'œuvre s'échelonna de 1922 à 1940, elle comprend neuf volumes. La première partie, « Le Cahier gris », est sans doute la plus attachante de tout le récit. Une tendre amitié unit deux collégiens, Jacques Thibault et Daniel de Fontanin ; la découverte par un de leurs professeurs d'une correspondance amoureuse entre les deux garçons provoque un drame. Les deux enfants, indignés qu'on puisse se méprendre sur la nature des sentiments qui les unissent l'un à l'autre et ne pouvant supporter l'idée d'une séparation, disparaissent. Nous les retrouvons à Marseille, où ils tentent vainement de s'embarquer. Leurs démarches ne sont pas sans attirer la méfiance et, sur le point d'être arrêtés, ils s'enfuient, chacun de leur côté. Au cours de cette nuit de vagabondage solitaire, Daniel accepte l'hospitalité d'une femme et se fait initier, bien malgré lui, à des mystères qu'il taira à Jacques retrouvé, non sans se rendre compte que ce secret crée maintenant entre son ami et lui une certaine distance. Les deux garçons tentent de gagner Toulon à pied ; ils logent dans une auberge où ils sont arrêtés. Le retour à Paris explique fort bien une des raisons qui ont motivé ce départ, décidé par Jacques. Alors que Daniel vit entouré de l'affection de sa mère et de sa jeune sœur, Jacques déteste et craint son père, un vieillard autoritaire, égoïste et brutal, homme d'œuvres à qui celles-ci ont procuré les honneurs, une bonne conscience et des droits à la sévérité et à l'incompréhension la plus obstinée à l'égard de ses proches. La famille de Fontanin n'est pas, elle non plus, à l'abri des drames. Jérôme de Fontanin, le père des enfants, a déserté le foyer conjugal où il ne fait que de rares apparitions. Après avoir séduit des domestiques, il vit avec une cousine de sa femme. Cette situation pèse d'autant plus à Mme de Fontanin, femme d'un esprit plein de noblesse et d'abnégation, qu'elle l'oblige à des mensonges continuels à cause des enfants. Le départ de Daniel a bouleversé sa petite sœur, Jenny, qui tombe gravement malade : les soins des médecins se révèlent impuissants. Sa mère, dans sa détresse, a recours à un ami de toujours, le pasteur Gregory, adepte et apôtre de la Christian Science. Celui-ci sauve la petite fille. La guérison de Jenny, le retour de Daniel suffisent à ramener le bonheur à la maison. Il n'en va pas de même chez les Thibault. Le père, bien qu'il rejette toute la responsabilité sur les protestants pour qui il professe des sentiments violents, ne traite son fils que comme un délinquant. Il décide d'employer les grands moyens, et comme dans les locaux d'une de ses œuvres, la fondation Oscar Thibault, maison de redressement pour garçons, existe un pavillon destiné aux insoumis et qui n'a pas encore été occupé, il décide d'expérimenter sur son fils l'ingénieuse méthode de traitement qu'il a inventée. Antoine est révolté par la rigueur de son père, mais les molles représentations des prêtres qui vivent dans l'orbite de la famille ne parviennent pas à faire changer celui-ci d'avis.

Lorsque commence la deuxième partie, « Le Pénitencier », quelques mois se sont passés. Antoine, qui n'a pas la permission de communiquer avec son frère, commence à s'inquiéter du silence où on le laisse. À l'insu de son père, il se rend à la fondation Oscar Thibault. La surprise que cause cette visite au directeur du pénitencier, l'état d'alerte dans lequel elle semble jeter toute la maison rendent Antoine méfiant ; mais plus encore l'attitude de Jacques. Ce violent est devenu trop poli, obéissant, impersonnel. Antoine, au cours d'une promenade, tente de gagner sa confiance, mais Jacques se dérobe jusqu'au moment où, sanglotant, il avoue sa misère : la solitude absolue dans laquelle on le maintient, la surveillance continuelle qu'on exerce sur lui, son oisiveté absolue, qu'on dissimule sous les dehors d'un travail régulier l'ont abruti. Il ne se plaint de rien, il n'accuse personne, son frère parvient à comprendre que ce malheureux enfant vit dans la crainte, qu'il ne souhaite même plus s'enfuir ni rentrer à la maison : il est maintenant au moins délivré de sa famille et il ne désire rien de plus que cet assoupissement où il est tombé. De retour à Paris, Antoine a une scène violente avec son père qui reste irréductible. Il intervient alors auprès du confesseur de son père, l'abbé Vécard, lequel n'obtiendra la délivrance de Jacques qu'en menaçant le vieillard des peines de l'enfer. Antoine, qui termine ses études de médecine, obtient de s'installer dans un petit appartement indépendant. Il offre à Jacques de le partager avec lui ; à sa manière, il tentera de le rééduquer, tout en évitant des contacts pénibles entre M. Thibault et son plus jeune fils. Cette cohabitation ne va pas sans heurts, Antoine ne parvient pas à gagner la confiance entière de son frère. Malgré les promesses qu'il a dû faire, Jacques écrit à Daniel. Antoine, ayant pris son parti de cette reprise des relations entre les deux garçons, ira même jusqu'à accompagner son frère chez les Fontanin. Quelques mois plus tard (troisième partie : « La Belle Saison »), Jacques est reçu à l'École normale ; Daniel, devenu un jeune séducteur et qui fréquente des milieux assez suspects, entraîne les deux frères dans une « boîte » où il est fort connu de toutes les filles, mais où Jacques se sent fortement mal à l'aise. Cette description des lieux de plaisirs avant la guerre de 1914 est loin d'être aussi prenante que les deux autres parties, et il est difficile de ne pas remarquer un certain fléchissement du récit. L'intérêt reprend, accru, lorsque l'auteur fait d'Antoine le centre de son récit. Conduit au chevet d'une petite fille écrasée, Antoine devient héroïque : il improvise sur-le-champ une opération avec les moyens les plus sommaires, et la lutte sans merci qui s'engage entre lui et la mort de cette enfant suscite l'admiration de ceux qui l'entourent. Une voisine qui l'avait aidé pendant l'opération, la belle Rachel, devient sa maîtresse. Grâce à elle, ce bourreau de travail s'humanisera quelque peu. Mais à Maisons-Laffitte où les villas des Fontanin et des Thibault se touchent, Jacques fréquente son ami et soudain, au cours d'une promenade, il dévoile son amour à la sœur de Daniel, Jenny. Celle-ci, surprise et épouvantée plus encore par ce qu'elle éprouve que par cet aveu, le repousse. Inconscient du drame qui se prépare, Antoine vit avec Rachel ; le passé de cette femme, qui lui demeure mystérieuse, l'inquiète. Peu à peu, il pénètre dans sa vie, découvre qu'elle a eu un enfant qui est mort, et qu'elle est la proie, quelquefois révoltée, quelquefois soumise, d'un curieux aventurier. Cet homme, horrible et séduisant, qui a été la cause de la mort du frère de Rachel, la fascine, et elle quittera Antoine pour le rejoindre au cœur de l'Afrique. Lorsque Antoine revient à Paris, il est trop tard : Jacques a de nouveau disparu. Son frère ne peut obtenir aucune explication de M. Thibault, qu'il trouve très déprimé et convaincu que son fils cette fois est parti pour se tuer.

La quatrième partie, « La Consultation », se borne à décrire une journée du jeune médecin, Antoine Thibault ; ce n'est pas de loin, cependant, la partie la moins captivante de l'œuvre. Martin du Gard, avec toute sa simplicité, toute sa franchise et son tact, sait à merveille évoquer les plus graves problèmes, celui de la souffrance, celui de la solitude intime des êtres, sans jamais perdre le souci d'un réalisme aussi consciencieux qu'efficace. Antoine, logicien un peu froid, homme naïvement raisonnable, prudent et pondéré dans ses jugements comme dans ses sentiments, est un guide d'une objectivité insoupçonnable dans ce dédale des misères sociales et individuelles. Mis en présence du problème de l'euthanasie, il refuse de céder aux instances des parents de l'enfant mourant, mais non sans trouble. Défini par ses gestes, ses réactions, son personnage s'impose à l'attention et à la sympathie du lecteur. Le plus homme de sciences des deux n'est peut-être pas ici Antoine, mais l'auteur, qui, avec une précision chirurgicale que vient tempérer ou plutôt compléter une chaude compréhension humaine, sait éviter les écueils du sentimentalisme comme du naturalisme. Mais M. Thibault tombe malade. Dès le début de la maladie, son fils ne se fait aucune illusion sur son issue. D'abord fort alarmé, le père, rassuré par Antoine, « se donne le spectacle d'une mort édifiante ». C'est en effet, lorsqu'il ne croit pas à la proximité de sa mort qu'il fait une fin de grand bourgeois, de chrétien convaincu d'avoir sacrifié toute son existence à faire du bien autour de lui. Une lettre, adressée à Jacques et ouverte par Antoine, semble révéler que Jacques n'est pas mort. L'auteur de la lettre, l'académicien Jalicourt, met Antoine sur la piste de son frère. Antoine, après enquête, parvient à apprendre que Jacques vit maintenant à Genève. La lecture d'un texte de son frère, publié dans une revue, *La Sorellina,* et qui semble être autobiographique, lui apprend quelles furent sans doute les raisons de son départ ; cependant, Antoine ne sait pas faire la distinction entre la fiction et la réalité. Jacques semble avoir aimé en même temps deux jeunes filles, Jenny, la sœur de Daniel, et Gise, petite fille recueillie par M. Thibault et considérée par lui comme un enfant adoptif et par les deux frères comme leur sœur. Mais la véritable raison du départ a été une violente altercation entre le père et le fils au cours de laquelle Jacques a lancé à la figure de M. Thibault qu'il aimait la protestante Jenny. À Lausanne, Antoine retrouve Jacques. Celui-ci, qui a mené pendant trois ans une existence misérable et errante avant de se fixer en Suisse, vit maintenant dans un groupe constitué d'adeptes socialistes de l'Internationale ouvrière. Malgré ses origines bourgeoises, il est parvenu à conquérir la confiance et l'estime de ses compagnons de lutte. Aussi se révolte-t-il violemment contre l'intrusion de son frère dans la nouvelle vie qu'il s'est faite. Il ne semble pas songer cependant à lui opposer un refus et se laisse docilement emmener à Paris (cinquième partie : « La Sorellina »). Quand il arrive rue de l'Université, il est déjà trop tard. M. Thibault, après avoir compris que sa fin était proche, d'abord révolté contre la mort, s'est enfin résigné grâce à son confesseur, mais il gît maintenant dans le coma. C'est ici le récit d'une interminable agonie, dont, à force de notations justes et grâce à un admirable sens dramatique, Martin du Gard nous fait vivre les atroces péripéties. La mort de son père, qu'il croyait n'avoir jamais aimé, bouleverse Antoine ; il découvre, parmi les papiers laissés par le défunt, quelques indices qui lui permettent de comprendre que cet être odieux fut un homme lui aussi, et qu'il incarnait cette puissance des Thibault dont lui et son frère ont reçu chacun leur part (sixième partie : « La Mort du père »).

Avec la septième partie : « L'Été 1914 », les événements se précipitent. Alors que, dans les volumes précédents, le récit discontinu sautait plusieurs semaines et même plusieurs mois, chaque journée occupe parfois ici plusieurs chapitres. Centré autour du personnage de Jacques, le récit évoque la vie du groupe cosmopolite et révolutionnaire auquel il appartenait en Suisse et qu'il a retrouvé après la mort de son père. L'auteur nous transporte au sein de ces réunions, nous faisant participer à ces discussions auxquelles se mêlent des personnages venus de toute l'Europe, exilés politiques, chefs syndicalistes, théoriciens révolutionnaires. Mais bientôt la révolution à venir cesse d'occuper le premier plan dans les préoccupations de ces hommes ; le spectre de la guerre, avec l'attentat de Sarajevo, se montre à l'horizon. Au milieu de l'inconscience des gouvernements et de l'opinion publique, ce petit groupe, qui étend ses ramifications sur un grand nombre de pays européens, ne se méprend pas sur la portée de ce geste et en entrevoit les immédiates conséquences. Jacques, chargé d'une mission à Vienne, en apprendra assez à ses compagnons pour que tous reconnaissent l'imminence d'une vaste conflagration européenne. Le seul moyen de lutte, c'est le refus des ouvriers syndiqués qui peut entraîner celui des masses populaires. Malheureusement, l'Internationale n'est pas encore assez organisée pour être sûre que les affiliés des syndicats refuseront la mobilisation dans tous les pays en cause. Au cours d'un séjour à Paris, Jacques tente de faire comprendre à Antoine l'urgence des problèmes auxquels il se consacre maintenant. Mais, une fois de plus, c'est sur une incompréhension réciproque que se quitteront les deux frères ; Antoine se voue entièrement à son métier ; son désir de soulager la souffrance se mêle chez lui à l'ambition. Il est devenu une des jeunes lumières de la médecine infantile ; il est au seuil d'une éclatante réussite. Au cours de son séjour, Jacques revoit Jenny qu'il n'avait plus rencontrée depuis son départ, mais dans des circonstances tragiques : Jérôme de Fontanin, ruiné et déshonoré par des spéculations malhonnêtes, a tenté de se suicider dans un hôtel. C'est au chevet d'un agonisant que se retrouvent les principaux personnages de l'histoire. La rencontre de Jacques et de Daniel est fort décevante, les deux jeunes gens comprennent qu'ils n'ont plus rien à se dire. Les journées se succèdent maintenant à un rythme affolant. Presque seul, Jacques se débat contre la guerre qui vient ; chargé de mission en France, en Belgique, en Allemagne, il va et vient d'un pays à un autre, assiste aux dernières manifestations pacifistes, participe à toutes les tentatives. Entre un meeting et une nuit d'angoisse passée à attendre les nouvelles à *L'Humanité*, Jacques entraîne dans sa ronde Jenny de Fontanin. L'assassinat de Jaurès, la veille de la mobilisation, désorganise les socialistes. Il est trop tard maintenant pour réagir, et ce monde usé glisse lentement d'abord, puis de plus en plus vite vers la catastrophe. La guerre est enfin déclarée ; mais Meynestrel, le chef du groupe genevois, et Jacques pensent qu'un geste est encore possible. Jacques rédige un tract qu'ils iront jeter dans les lignes des deux adversaires du haut d'un avion que pilotera Meynestrel. Parvenu au-dessus du secteur où l'on se bat, l'avion est abattu en flammes. Meynestrel meurt sur le coup, mais Jacques survit quelques heures, juste assez pour se voir traiter d'espion par la foule française et risquer d'être malmené. Il meurt, tué d'un coup de revolver, lors d'un repli des troupes françaises.

L'« Épilogue » nous transporte en 1918, Antoine, gazé, est en traitement dans une clinique militaire. À Maisons-Laffitte, où il passe quelques jours de permission, il retrouve Daniel mutilé à la suite d'une blessure, Mme de Fontanin à la tête d'un hôpital militaire, Jenny enfin qui élève l'enfant qu'elle a eu de Jacques, lequel n'a même pas su avant de mourir qu'elle était enceinte. Antoine éprouve une profonde émotion à retrouver les traits de son frère dans le visage du petit Jean-Paul. Pour lui qui sait qu'il ne se remettra jamais de son accident et qui vit au milieu de survivants condamnés comme lui, l'enfant symbolise la survie de sa famille et de lui-même. Afin de ne pas tout laisser perdre de cette vie qui, progressivement, lui échappe, Antoine rédige son journal. Il y note les progrès du mal, et surtout les amères leçons qu'il a tirées, trop tard, de sa vie. La maladie, la proximité de la mort le rapprochent sans cesse de ce frère qu'il n'a pas su comprendre, lui font mieux découvrir ses propres limites, élargissent le champ de son regard et le conduisent jusqu'à une compréhension nue et sans illusion du destin humain. C'est sur cette admirable méditation, qui, dans la pensée d'Antoine, constitue le testament destiné à cet enfant en qui se retrouvent toutes les possibilités, toute la grandeur des Thibault, et qui, pour le lecteur, constitue la pathétique et très humaine conclusion de l'œuvre entière, que se termine ce livre admirable.

Il y a certes des inégalités, des fléchissements sensibles dans ce roman en neuf volumes, mais sans doute peuvent-ils sembler inévitables si l'on considère que *Les Thibault* sont composés de deux parties distinctes : l'histoire d'une famille, qui constitue l'essentiel des quatre premiers volumes, et l'histoire d'un accès de fièvre du monde. C'est ainsi que des passages qui semblent des hors-d'œuvre, voire oiseux, dans la première partie, sont en fait essentiels pour annoncer le climat de la seconde. Peut-être le fait que cette publication s'est échelonnée sur dix-huit ans est-elle la principale cause de ce changement d'optique que l'auteur n'est pas, semble-t-il, parvenu à réduire et à unifier. On n'a pas manqué naturellement de faire des réserves sur le matérialisme, quelquefois un peu sommaire, il faut le reconnaître, de Martin du Gard. Il n'en reste pas moins que *Les Thibault*, l'un des grands romans de ce temps, ne sont pas loin d'être un chef- d'œuvre. Toute la puissance du romancier réside peut-être moins dans les tableaux d'ensemble, l'évocation des événements et des réactions qu'ils provoquent dans la collectivité – encore que l'auteur y fasse preuve d'une maîtrise, d'un sens de l'évocation, d'une netteté de vues qui, le plus souvent, forcent l'admiration –, que dans la pénétration avec laquelle il expose la manière dont les individus vivent ces événements, participent à cette évolution ou sont entraînés par elle. Si l'on peut discuter les vues de l'auteur, les idées sur lesquelles est construite cette œuvre considérable, Martin du Gard est inattaquable sur le terrain technique. Son style, strictement mesuré à l'effet qu'il doit produire, l'habileté souvent invisible qui préside à la mise en place et à la composition, l'aisance avec laquelle il impose un temps propre au roman sont hors de toute critique. Sans éclats de voix, évitant toute considération moralisante, Martin du Gard, avec une honnêteté et une discrétion exemplaires, conduit cependant par une sympathique compréhension de l'âme humaine et inspiré par un amour pathétique et sans illusion de l'homme, nous a donné, avec *Les Thibault,* dans le sens le plus complet du terme, un document humain d'une exceptionnelle valeur.

THIBAUT DE CHAMPAGNE. Comte de Champagne, roi de Navarre. Né le 30 mai 1201 en Champagne, mort à Pampelune le 7 juillet 1253. Thibaut de Champagne n'était pas un jongleur vagabond comme ses contemporains Rutebeuf et Colin Muset, dont nous ne savons de la vie que les traces qu'ils en ont laissées dans leurs œuvres. Ici, il s'agit d'un comte de Champagne, devenu même roi de Navarre, dont parlent les chroniques, mais qui voulut, tant la poésie des trouvères avait conquis les cours, la pratiquer lui-même. Au reste, elle était en honneur à la cour de cette Champagne, riche de ses foires internationales. Henri Ier dit le Libéral (vertu vantée par les chansonniers faméliques) et sa femme Marie, fille d'Éléonore d'Aquitaine, avaient été, dans les années 60 à 80 du XIIe siècle, les protecteurs de Chrétien de Troyes, qui introduisit dans le nord de la France la poésie courtoise des troubadours et fut le fondateur du roman, si français que le genre a pris le nom de notre langue. Ils protégèrent aussi Gace Brulé, et présidèrent des cours d'amour où se discutaient des cas de casuistique amoureuse dont le chapelain, André, fera un traité en latin. Cet Henri Ier eut deux fils, dont l'aîné, Henri II, mourut au siège de Saint-Jean-d'Acre, en 1197. Il n'y avait donc pas seulement, dans la maison de Champagne, le goût de la poésie, mais l'appétit d'aventures de la croisade, pour la délivrance du Saint-Sépulcre. De son mariage avec Isabelle de Jérusalem, veuve de Conrad, marquis de Montferrat, naquirent trois filles qui auraient pu hériter de son comté. Mais, en partant pour la Terre sainte, en l'année 1190, il avait fait jurer à ses vassaux de reconnaître, pour son successeur, son frère Thibaut, qui, deux ans après son avènement, épousa, en 1199, Blanche, fille de Sanche VI, roi de Navarre. Il n'y avait plus de Pyrénées.

Ce Thibaut, sur le point de quitter la France comme chef de la quatrième croisade (qui fut détournée par Baudouin IX de Hainaut vers Constantinople, où il fonda son royaume latin) mourut subitement, le 24 mai 1201, laissant sa femme mère d'une petite fille, Marie, et enceinte d'un autre enfant qui naquit le 30 mai et fut notre Thibaut IV, pour cette raison dit le Posthume. Le 27 juillet 1214, ce garçon était présent à la bataille de Bouvines, sous Philippe Auguste, où il fit ses premières armes. Comme en 1226, son successeur, Louis VIII, assiégeait Avignon, Thibaut, en tant que son vassal, y fut « semons », mais se retira après quarante jours, au grand mécontentement du roi, qui mourut à Montpensier le 8 novembre 1226. Aussi accuse-t-on Thibaut de l'avoir empoisonné, ceci à cause de son amour pour la reine Blanche de Castille. Question bien controversée de l'histoire, mais qui intéresse aussi la poésie. L'objection qui s'impose à la pensée est que la reine avait alors quarante-huit ans, ce qui fait difficulté quand il parle de l'« enfance » de sa dame ; et que lui en avait vingt-six. Il la dit bien « belle et blonde et coronée », mais c'est peut-être une fantaisie de copiste pour « colorée ». Appelé à succéder à son oncle maternel, Sanche le Fort, roi de Navarre, mort le 7 avril 1234, Thibaut est couronné le 7 mai à Pampelune. Ceci ne l'empêche pas de prendre la croix rouge sur le bliaut blanc, selon la tradition de son lignage et d'être le chef de la croisade qu'aurait dû diriger Frédéric II. Le 24 septembre 1240, il est à Jérusalem, ce qui le dispense d'accompagner son suzerain Louis IX, et Joinville le sénéchal, à la septième croisade, celle de 1248. Marié trois fois et laissant un fils qui fut Thibaut V, il mourut dans sa capitale navarraise de Pampelune, le 7 juillet 1253.

Malgré cette existence guerrière et politiquement mouvementée, il a laissé une œuvre poétique assez variée, comprenant : des chansons d'amour avec accompagnement musical, qui était de règle dans l'art des troubadours et, à leur imitation, des trouvères ; des « jeux-partis » ou débats entre des poètes, sur les sujets les plus variés et arbitrés par un troisième qu'ils choisissaient ; des « pastourelles », genre dont j'ai retrouvé des traces bien vivantes encore en Ardèche, où le chevalier poète fait la cour à une bergère, qui, la plupart du temps, lui résiste, préférant son Robin, ou parfois lui cède et le suit ; des chansons de croisade ; des poèmes religieux : serventois, lais ou chansons. Ses poésies ne sont pas sans charme et, très parfaites et étudiées, n'ont rien de la facture négligée d'un noble amateur. Un beau poète, en vérité, que celui qui, à ses heures de loisir et de rêverie, remplaçait la couronne comtale ou royale par celle de laurier de la poésie.

GUSTAVE COHEN.

♦ *« Je vois en Thibaut de Champagne le prince de nos trouvères. C'est le plus habile, le plus élégant et le plus nuancé, peut-être aussi le plus personnel. »* Marcel Arland.

RÉF. : Tarbé, *Recherches sur la vie littéraire et les œuvres de Thibaut de Champagne,* Reims, 1851. — A. Wallensköld, intro. aux *Chansons de Thibaut de Champagne, roi de Navarre,* Paris, 1925. — Germaine Maillet, *Les Jeux de l'amour et de la politique : Thibaut le chansonnier, comte de Champagne,* Paris, 1939. — G. Cohen, *Un roi chansonnier,* in *Revue des Deux Mondes,* 1955. — Cl. Taittinger, *Thibaut de Champagne,* Paris, 1986. — *Thibaut de Champagne, prince et poète au XIIIe siècle,* Lyon, 1987.

Tierce rime ou terza rima. Poème formé d'une succession de tercets (voir ce mot) dont les deux vers extrêmes riment entre eux, tandis que le deuxième vers fournit les rimes extrêmes du tercet suivant. Cette forme, venue d'Italie, reçut ses lettres de noblesse de Dante et de

Pétrarque. C'est elle qu'utilise Paul Valéry dans « La Fileuse ».

CHRISTIAN DOUMET.

TINAN Jean Le Barbier de. Romancier. Né et mort à Paris (19 janvier 1874-novembre 1898). Il fut l'un des personnages les plus en vue de la jeune école fin-de-siècle dont sa courte vie semble avoir résumé tout le dandysme et l'esthétisme. Ami de Pierre Louÿs, Debussy et Léautaud, il collabora assidûment au *Mercure de France* (*) et conquit une célébrité qui ne s'est pas encore tout à fait éteinte grâce à ses deux ouvrages : *Penses-tu réussir ? ou les Diverses Amours de mon ami Raoul de Vallonges* (1897) et *Aimienne ou le Détournement de mineure* (1898).

RÉF. : A. Lebey, *Jean de Tinan, Souvenirs de correspondance*, Paris, 1922.

Tirade. De *tirata,* mot italien, comme un certain nombre de termes appartenant à l'univers du spectacle. C'est le développement assez long et continu d'une même idée ; elle peut se référer, péjorativement, à une digression accumulant les lieux communs. Mais on l'emploie surtout à propos du théâtre, où elle désigne une longue suite de phrases, parfois en vers, récitées sans interruption par un seul personnage, comme la célèbre tirade des nez (Edmond Rostand, *Cyrano de Bergerac* [*]), ou celle d'Agrippine (Racine, *Britannicus* [*]) dans laquelle la mère de l'empereur Néron reproche, en vingt-sept vers, à son conseiller Burrhus de confisquer le pouvoir à son profit. Une tirade est une réplique, c'est-à-dire un élément du dialogue plus long que les autres, qui, contrairement au monologue, s'adresse à un interlocuteur.

ARLETTE BOUÉ.

***Tite et Bérénice*.** Comédie héroïque en cinq actes de Pierre Corneille (1606-1684), représentée sur la scène du Palais-Royal le 28 novembre 1670 par la troupe de Molière. L'empereur Tite aime Bérénice, mais il a promis à son père, Vespasien, d'épouser Domitie qui, très ambitieuse, tout en aimant et étant aimée de Domitian, frère de Tite, veut épouser ce dernier afin de parvenir à l'empire. Désespéré, Domitian veut rallumer la passion de son frère pour la Juive, aidé en cela par le retour à Rome de Bérénice, qui avait été renvoyée une première fois en Orient. Toujours hésitant entre son amour et son devoir, quand Domitian le prie de lui laisser Domitie, Tite affermit sa décision, déclare que le désir de son père mort correspond maintenant à sa volonté, et il lui conseille d'aimer et d'épouser une autre femme : Bérénice même. Domitie, invitée à choisir entre les deux, ne sait se décider. Arrive Bérénice, Tite est visiblement troublé : Domitie s'en aperçoit, et elle exige que l'empereur choisisse : elle ou l'étrangère, mais il élude la réponse. Domitian demande la main de Bérénice pour rendre Tite jaloux ; mais elle se refuse à la ruse qui répugnait aussi à Domitian. Du reste, l'empereur est déjà reconquis, et puisque Rome ne consentirait pas à ce qu'il épouse une reine, il semble prêt à abdiquer pour elle ; Bérénice le dissuade alors d'un tel sacrifice. Le sénat se réunit, et Bérénice, craignant que ne soit confirmée l'interdiction portée contre elle, voudrait que Tite, lui-même, l'envoie en exil loin de Rome. Le sénat au contraire autorise le mariage : maintenant, c'est Bérénice qui renonce généreusement, dans l'intérêt de Tite, pour éviter les malheurs que pourrait lui apporter une union contraire au sentiment des Romains. Tite est désespéré, mais il n'épousera pas Domitie qui, nous le pressentons, deviendra la femme de Domitian, associé par son frère à l'empire.

Cette tragédie de Corneille a pâti et continue de pâtir de la gageure réussie de Racine : l'extrême simplicité de sa *Bérénice,* le ton élégiaque de l'ensemble de la tragédie ont fait juger par contraste que la pièce de Corneille était froide et surtout compliquée à l'excès par l'ajout du couple Domitie-Domitian. On s'accorde pourtant aujourd'hui à juger qu'il s'agit d'une des grandes pièces de Corneille : conflits entre l'amour et la raison d'État, entre l'amour et l'amour-propre, accents amers d'un Tite tenté par le renoncement non seulement au pouvoir, mais même à la vie, *Tite et Bérénice* repose en outre sur une intrigue qui paraît compliquée uniquement parce qu'on la compare à la tragédie de Racine. Bien plus, la différence entre les intrigues des deux pièces ne résulte pas d'une volonté de complication de la part de Corneille, mais du fait que les deux poètes ne se sont pas tournés vers les mêmes sources historiques. La source de Corneille n'est pas Suétone, mais Dion Cassius, plus exactement l'abrégé du texte de Dion Cassius, perdu, effectué par un moine de Constantinople, Xiphilin. Or Corneille a été étonnamment fidèle au texte de l'historien : l'amour de Domitien pour Domitia, le fait que Titus lui-même avait « entretenu la femme de son frère nommée Domitia », comme dit pudiquement le traducteur français, l'amour de Titus pour Bérénice qui faisait murmurer Rome, son renvoi ; son retour après l'accession de Titus au principat et la fermeté de celui-ci qui sut lui résister. Ainsi, il ne faut pas dire que Corneille a plié à sa manière l'histoire de Titus et de Bérénice en dédoublant les amours et en inventant une sorte de chassé-croisé entre quatre personnages ; comme si Corneille, dans sa « vieillesse », avait une sorte d'obsession qui lui faisait ramener au même schéma tous ses sujets. En fait, dans la mesure où les quatre personnages existent dans le récit historique, de même que les visées de Titus sur Domitia, Corneille n'a rien dédoublé et n'a pas vraiment inventé le chassé-croisé. Et il s'est montré infiniment plus fidèle à l'histoire du couple légendaire que Racine.

TOCQUEVILLE Alexis Charles Henri Clérel de. Historien et essayiste politique. Né le 29 juillet 1805 à Paris, mort le 16 avril 1859 à Cannes. À cinq ans, au château de Verneuil-sur-Seine, Tocqueville pleurait en écoutant sa mère chanter des complaintes sur la mort de Louis XVI. Rien ne semblait prédestiner ce jeune aristocrate, issu d'un milieu fort conservateur de grande noblesse de robe par sa mère, de vieille noblesse d'épée par son père, à devenir le plus célèbre des ralliés à la démocratie et le plus grand des observateurs de l'Amérique. Arrière-petit-fils par sa mère de Malesherbes, le protecteur des philosophes, Tocqueville était le fils d'un préfet ultra de la Restauration, que la chute de Robespierre avait fait échapper de justesse à l'échafaud. De son milieu familial, Tocqueville hérita le sens du service public, le goût des lettres que Chateaubriand, parent par alliance, avait ravivé dans la famille, et surtout la certitude douloureuse que l'aristocratie était condamnée par l'histoire. L'expérience de la Restauration l'ancra dans cette certitude : nommé juge auditeur au tribunal de Versailles en 1827, Tocqueville put constater au fil des procès combien les haines contre les aristocrates restaient vivaces. En 1829-30, il alla en Sorbonne écouter Guizot qui brossait à grands traits le tableau des progrès corrélatifs de la liberté et de la bourgeoisie. La révolution de 1830, sanctionnant une monarchie qui croyait pouvoir renouer la chaîne des temps, ne le surprit donc pas. En 1830, comme en 1789, il fallait choisir entre l'Ancien Régime et la Révolution : la famille de Tocqueville choisit l'Ancien Régime et se resserra dans une retraite boudeuse. Tocqueville choisit le parti de la révolution et décida aussitôt de partir pour l'Amérique étudier la seule grande démocratie du temps. Le prétexte du voyage était une mission patronnée mais non financée par le gouvernement sur les prisons américaines ; Tocqueville en tirera un solide rapport, *Du système pénitentiaire aux États-Unis et de son application en France* (1833) écrit avec son compagnon de voyage Gustave de Beaumont. Mais l'objet véritable était de comprendre comment une grande démocratie pouvait échapper aux révolutions récurrentes que connaissait la France. Parti du Havre le 2 avril 1831, Tocqueville ne séjourna aux États-Unis que neuf mois, jusqu'au 20 février 1832. Ce bref voyage, limité à la côte Est, à une incursion sur les grands lacs jusqu'au Canada et à un rapide périple au sud jusqu'à La Nouvelle-Orléans, est pourtant resté la référence obligée de tous les voyageurs postérieurs. Non que Tocqueville ait fait de l'Amérique une peinture irréprochable : de l'Amérique industrielle, il n'a rien vu. En Amérique et surtout en Nouvelle-Angleterre, Tocqueville s'intéressa principalement au sentiment de l'égalité et aux ressorts de la vie politique locale. La première partie de *De la démocratie en Amérique*, parue le 23 janvier 1835, est tout entière un hymne au civisme américain et une invitation à se rallier à la démocratie. Tocqueville y montre, en étudiant les institutions américaines à la manière de Montesquieu, comment dans une démocratie bien tempérée les passions s'épurent et l'intérêt public se dégage des égoïsmes particuliers.

Après ce tableau des lois américaines, devenu d'emblée classique aux États-Unis comme en France, Tocqueville entreprend de peindre les mœurs. Au cours de la rédaction, il élargit son projet : d'une analyse des mœurs aux États-Unis, il glisse à une étude des traits généraux de la culture moderne, des idées, des passions, des sentiments démocratiques. C'est à cette peinture de l'Homme démocratique qu'est vouée la seconde partie de *La Démocratie*, publiée en avril 1840, qui place Tocqueville dans la lignée des moralistes classiques. Plus vaste dans son objet que la première partie, ce nouvel ouvrage est aussi plus sombre. Le spectacle de la vie politique française a tiédi l'enthousiasme du jeune admirateur de la démocratie aux États-Unis. Candidat malheureux à la députation en 1837 dans le Cotentin, à Valognes, près du château de ses ancêtres puis élu en mars 1839, Tocqueville prend en effet conscience que le civisme n'est pas une vertu aussi naturelle qu'il l'avait cru en 1835. En France, le repli sur les intérêts privés que Tocqueville nomme « individualisme » et le recours à la tutelle de l'État se renforcent mutuellement. Le goût de l'indépendance se renverse en servitude volontaire. Imaginant au terme de son ouvrage sous quels traits nouveaux le despotisme se produira dans les démocraties, Tocqueville en vient à redouter « un pouvoir immense et tutélaire », « absolu, détaillé, régulier, prévoyant et doux » qui ne travaille au bonheur des hommes que pour les réduire éternellement en enfance.

À court terme, pourtant, Tocqueville ne désespère pas de voir la France suivre l'exemple de la paisible démocratie américaine. Député (gauche dynastique) puis ministre des Affaires étrangères du 2 juin au 31 octobre 1849, il met tous ses efforts à défendre le pluralisme des opinions et de la presse, à moraliser la vie publique et à ranimer le civisme. Sans succès : ses *Souvenirs* de la seconde République, publiés à titre posthume en 1893, exhalent l'amertume d'un homme voué à la solitude. Le coup d'État de Louis Napoléon Bonaparte le 2 décembre 1851, en le rendant à la vie privée, le conduit à chercher dans l'histoire de France les raisons qui expliquent cet échec récurrent des tentatives libérales : les Français, comme tous les peuples démocratiques, ont un penchant corrélatif pour l'individualisme et le despotisme d'État. Mais chez eux, ce penchant est bien plus vif qu'ailleurs. De ce tempérament national, Tocqueville découvre vite l'unique responsable : c'est l'absolutisme, qui, depuis le XIVe siècle, a privé les Français de toute expérience de la gestion commune des affaires et les a dressés les uns contre les autres pour mieux les dominer. Par une enquête minutieuse et très moderne dans les documents administratifs de l'Ancien Régime, à Paris et à Tours, par une lecture étendue de brochures et de pamphlets, Tocqueville s'efforce alors de peindre les mentalités, les habitudes et les passions des Français à la veille de la Révolution. *L'Ancien Régime et la Révolution*, publié en juin 1856, donne les premiers résultats de cette enquête. Tocqueville, après avoir ainsi exposé les causes de la Révolution, voulait en suivre le déroulement. Une maladie des poumons, sans doute la tuberculose, l'emporta en 1859, alors qu'il avait à peine ébauché la suite de son ouvrage. Inachevé, *L'Ancien Régime et la Révolution* n'en est pas moins devenu le modèle de tous ceux qui s'efforcent de saisir la Révolution non comme un bloc isolé mais comme un événement inscrit dans la longue durée de l'histoire de France.

FRANÇOISE MELONIO.

♦ *« Tocqueville m'a tout l'air de s'attacher à la démocratie comme Pascal à la croix, en enrageant. »* Sainte-Beuve. ♦ *« Il a commencé à penser avant d'avoir rien appris, ce qui fait qu'il a quelquefois pensé creux. »* Sainte-Beuve. ♦ *« Il personnifie plus qu'aucun autre notre curiosité et nos doutes. »* Prévost- Paradol. ♦ *« Depuis la publication du* Contrat social, *le livre de Tocqueville est celui qui a exercé la plus funeste influence sur nos destinées. »* Le Play. ♦ *« Tocqueville est, comme Montesquieu, un esprit généralisateur et dogmatique : plus moraliste, au fond, que législateur, et surtout que politique. »* Albert Sorel.

RÉF. : Pierre Birnbaum, *Sociologie de Tocqueville*, Paris, 1970. – François Furet, *L'Atelier de l'Histoire*, Paris, 1982. – Pierre Manent, *Tocqueville et la nature de la démocratie*, Paris, 1982. – Jean-Claude Lamberti, *Tocqueville et les deux démocraties*, Paris, 1983. – André Jardin, *Alexis de Tocqueville*, Paris, 1984.

TOULET Paul-Jean. Poète et romancier. Né à Pau le 5 juin 1867, mort à Guéthary (Pyrénées Atlantiques) le 6 septembre 1920. Ses parents, qui possédaient des terres à l'Île Maurice, rentrèrent en France pour qu'il y naquît. Sa mère mourut très vite après sa naissance et l'enfant fut confié aux soins de son grand-père et de l'un de ses oncles, qui habitaient non loin de Pau, à Bilhères. Il fit ses premières études chez les Dominicains, puis aux lycées de Pau, de Bayonne et de Saintes dans les Charentes, où il obtint son baccalauréat en 1885. À la fin de cette année, il partit pour l'île Maurice, où il mena une vie de dandy désœuvré, goûta à quelques drogues, dont la gandia et l'opium, et n'écrivit guère. Il y demeura jusqu'en septembre 1888, date à laquelle il se rendit à Alger, via Tamatave, Zanzibar, Alexandrie, Le Caire et Marseille. Il y séjournera un an, écrivant des articles, des chroniques, des sonnets et des pièces en un acte. Après un retour au Béarn, où il mène une vie aisée – Pau est, à cette époque, une ville très cosmopolite dans la saison d'hiver –, il se rend en 1892 à Paris, où il fit, entre autres, la connaissance de Toulouse-Lautrec et de Charles Maurras. Mais ce n'est qu'à partir de 1898 qu'il s'y installera pour plusieurs années. Sa fortune s'est peu à peu épuisée. En compagnie de Curnonsky, le « prince des gastronomes », dont il partage l'appartement rue de Villersexel, puis place de Laborde, il mène une existence de noctambule boulevardier impénitent, fréquentant surtout le Weber, rue Royale, le bar de l'Élysée-Palace sur les Champs-Élysées, qu'il surnommera « le bain de cuir » et le bar de la Paix. Léon Daudet nous l'a décrit, en ces années-là : « On l'apercevait chez Weber, mince et moqueur, penché sur un verre de whisky and soda, avec un étincelant œil de biais, observant l'existence, tripotant sa barbiche et crispant ses mains fines, comme s'il allait s'étirer. Nous l'aimions pour son horreur de la foule, des préjugés démocratiques, de la niaiserie diffuse et des gens importants. Il s'exprimait par phrases courtes, sèches, péremptoires, luisantes et qui coupent. Il a la réponse prompte et la dent dure. » Daudet ajoute : « Proust donnait sur les nerfs de Toulet, qui, de son côté, l'agaçait. » Ils se ressemblaient. Bien plus tard, Pierre-Olivier Walzer parlera de « bohème distinguée de la rive droite ». Toulet collabore alors régulièrement à *La Vie parisienne* et, en 1898, publie *Monsieur du Paur, homme public*, que suivront, en 1902, *Le Mariage de Don Quichotte,* en 1904 *Les Tendres Ménages* et, en 1905, *Mon amie Nane*. Ses amis, ses compagnons de vie nocturne se nomment Jacques Boulenger, Edmond Jaloux, Jean-Louis Vaudoyer, Émile Henriot, Henri de Régnier, voire Claude Debussy qui jouera dans sa vie un rôle amical éminent. En 1899, un voyage à Londres lui permet de rencontrer Arthur Machen, dont il traduira un roman fantastique, *Le Grand Dieu Pan* (1901). De novembre 1902 à août 1903, il effectue, en compagnie du fidèle Curnonsky, une mission en Extrême-Orient afin de « couvrir » l'exposition de Hanoï. Ils visiteront Singapour, Canton, Hué, Saïgon, Hong-Kong, Ceylan, Pondichéry. Toulet en rapportera d'amères notes de voyage : « À Colombo, un de ces hôtels anglais vastes, sinistres et coûteux où la salle de bains manque d'eau, la cave de vin, où la brise de mer est remplacée par des moustiques, et le savoir-vivre par de la mauvaise cuisine. » Quelques autres brefs voyages le mènent à Bruges, Aix-la-Chapelle, Avignon ou Dinard, mais toujours avec l'insistante nostalgie des Grands Boulevards, de leurs journalistes, de leurs turfistes et de leurs jolies demi-mondaines. En 1908, à court d'argent, il devient le collaborateur, le « nègre », d'Henry Gauthier-Villars, dit Willy, qui, deux ans auparavant, avait divorcé de Colette. Paraissent alors *La Tournée du petit duc* (1908), *Lélie, fumeuse d'opium* (1911), *L'Implacable Siska* (1914), entre autres. Cette collaboration qui dut être, pour Toulet, comme la confirmation d'un échec littéraire et financier (malgré les nombreux articles et chroniques qu'il donne au *Soleil,* au *Damier,* à *La Vie parisienne,* au *Matin,* aux *Marges,* aux *Guêpes* ou à *La Grande Revue*) fut-elle, ajoutée aux excès d'alcool et d'opium, la goutte d'eau qui ruina sa santé et hâta son départ de Paris ? Perspicace, Willy lui écrit : « Car si j'aime tant vos livres, ce n'est pas uniquement pour leur beauté formelle, mais parce que, souvent, quand tout dort, j'y entends l'affreux soupir d'une détresse de trop bonne compagnie pour qu'elle consente à se montrer. » La toute-vigilante amitié de Mme Bulteau, qui tient salon avenue de Wagram, n'y pourra rien. Il y a là quelque secret. Debussy, avec qui il avait eu le projet d'un opéra tiré de *Comme il vous plaira* de Shakespeare, lui écrira bientôt : « Vous devez me croire si je ne suis pas encore habitué à ce départ de vous, qui ressemblait à une fuite de tout, et du reste ! Je ne vous ai jamais dit ce qu'il me paraissait cacher de sentiments froissés, de sensibilité meurtrie, car ce sont là des instants particuliers où les conseils aussi bien que les consolations ne servent pas à grand'chose. » En juillet 1912, Toulet quitta définitivement Paris et s'installa à Saint-Loubès, près de Libourne, chez sa sœur, puis à Guéthary, au pays basque. Sa gloire littéraire commençait à poindre. Quelques poètes, dont Francis Carco, le prirent pour maître et lui demandèrent de rassembler ses poèmes, *Les Contrerimes* (*). Ce mince recueil, unique dans l'histoire de la poésie française, devait paraître en 1913, puis en 1914 (mais la guerre l'en empêcha !) et ne sortit des presses que le 31 décembre 1920, quelques mois après la mort de Toulet. Il suffit à assurer sa gloire, avec les *Lettres à soi-même* et *Les Trois Impostures,* amères réflexions sur une vie de poète. Le 12 juin 1916, Toulet épousa la fille d'un restaurateur de Guéthary : « Ma famille, fatiguée de me soigner, m'a marié... Moi-même malgré mon horreur des cérémonies, je n'aurais trop rien dit, si je n'eusse pas été si directement en cause, et si on ne m'avait, sous ce prétexte, fait lever à une de ces heures dont on ne voudrait même pas pour mourir. » En 1920 paraît l'un de ses romans les plus célèbres, *La Jeune Fille verte*, dont le premier état datait de 1901. Toulet reçoit encore des visites d'amis : Debussy, Valéry. Il mourut le 6 septembre 1920, emporté par une hémorragie cérébrale, entouré de livres d'art et de catalogues de musées, laissant un ultime poème, inachevé : « Ce n'est pas drôle de mourir / Et d'aimer tant de choses / La nuit bleue et les matins roses / Le verger plein de glaïeuls roses / L'amour prompt / Les fruits lents à mûrir... / Enfance, cœur léger. »

BERNARD DELVAILLE.

♦ *« En dehors du temps et de la nature, Toulet, comme tous les lyriques, a abordé tous les grands thèmes de la poésie : l'amour et l'infidélité, l'ardeur des passions naissantes et la tristesse des passions qui s'achèvent. Il montre comment l'amour, s'infiltrant dans toutes les heures de la vie, les transfigure. »* Jean Mistler. ♦ *« Curieuse situation que celle de Paul-Jean Toulet poète. Ignoré de la plupart ou mis en marge, il est considéré par quelques-uns comme un des plus importants poètes français. »* Robert Sabatier.

RÉF. : Henri Martineau : *La Vie de Paul-Jean Toulet,* Paris, 1921. – Jacques Dyssord : *L'Aventure de Paul-Jean Toulet, gentilhomme de lettres,* Paris, 1928. – Pierre-Olivier Walzer : *Paul-Jean Toulet, l'œuvre, l'écrivain,* Paris, 1949. – Pierre-Olivier Walzer, *Paul-Jean Toulet,* Paris, 1954. – Daniel Aranjo : *Paul-Jean Toulet, la vie, l'œuvre,* 2 vol. Pau, 1980. – *Présence de Paul-Jean Toulet,* ouvrage collectif réalisé par Michel Bulteau, Paris, 1985.

Tour du monde en quatre-vingts jours (Le). Roman d'aventures de Jules Verne (1828-1905), publié en 1872. Ce roman compte parmi les meilleurs de l'écrivain. Un gentleman anglais, Phileas Fogg, parie avec des camarades de club qu'il effectuera le tour du monde en quatre-vingts jours. En compagnie de son fidèle domestique, Jean, dit Passepartout, il se met donc en route. Mais, soupçonné d'avoir dévalisé une banque anglaise, il se trouve de ce fait sous la surveillance d'un policier qui s'acharne à le suivre au cours de ses pérégrinations. Aux Indes, Fogg a l'occasion de sauver la vie d'Aude, jeune veuve d'un maharadjah, qui, selon la tradition hindoue, est destinée au bûcher. De nouvelles aventures l'attendent en Chine. Cependant, le policier continue de s'attacher aux pas du voyageur qui, accompagné d'Aude, poursuit son périple : il ne peut toutefois l'arrêter, le mandat d'amener tardant à lui parvenir en raison de ses déplacements incessants. Parvenu en Amérique, Fogg réussit à déjouer une attaque des Indiens Sioux dans le train qui relie la côte est à la côte ouest. Mais une violente tempête survient, qui cloue au port les navires en partance pour l'Europe ; Fogg n'hésite pas à fréter pour son compte personnel un bateau dont il se voit obligé de sacrifier la mâture, le combustible étant venu à manquer au cours de la traversée. Au terme de son périple, il est arrêté par le policier, qui a enfin reçu son mandat d'amener. Relâché, une fois la preuve faite de son innocence, Fogg, convaincu tout d'abord qu'il a un jour de retard sur l'horaire prévu, croit avoir perdu son pari ; mais il s'aperçoit bientôt que son voyage en direction de l'est lui a fait gagner vingt-quatre heures, et, par conséquent, son pari. Au comble de la joie, il demandera – et obtiendra – la main d'Aude. Dans ce roman, l'élément comique (poursuite obstinée du policier, figure du domestique Passepartout) se mêle constamment à l'élément romanesque proprement dit (les aventures de Fogg, les stratagèmes qu'il emploie pour tourner les obstacles qui s'opposent à la réalisation de son projet). L'intérêt du *Tour du monde en quatre-vingts jours* réside dans le contraste constant entre le flegme tout britannique de son héros et l'activité débordante qu'il déploie pour lutter contre les distances et le temps.

TOURNIER Michel. Romancier. Né le 19 décembre 1924 à Paris, dans une famille aisée, marquée par le catholicisme, le goût de la musique et de la culture allemande. De sa petite enfance, il retient deux événements majeurs : ablation des amygdales, ressentie comme une sanglante mutilation ; expérience du « premier exil » et du « sadisme enfantin » dans un home d'enfants. Sa vie agitée de lycéen s'achève avec un baccalauréat de philosophie. Enthousiasmé par cette matière, découverte à travers Bachelard, il se destine à l'enseigner. Durant les années de licence et de D.E.S., où il prépare parallèlement une licence en droit, il se lie avec Michel Butor, Gilles Deleuze et François Châtelet. Puis, pour approfondir ses connaissances, il se rend en Allemagne quatre années, entrecoupées de brefs séjours en France, où il prépare avec Claude Lévi-Strauss un certificat d'ethnographie. De retour en France, il se présente à l'agrégation... mais échoue. Très affecté, il renonce à l'enseignement.

Commencent alors une vingtaine d'« années d'apprentissage », où il vit de petits métiers : journalisme, traductions d'ouvrages allemands, émissions à la radio puis à la télévision sur la photographie — qui le mèneront à participer à la fondation des Rencontres internationales de photographie d'Arles —, enfin, charges diverses aux éditions Plon. L'expérience des médias, en particulier, lui fait découvrir sa propre voie : sans renoncer à sa vocation philosophique, s'adresser au grand public en opérant le « passage de la métaphysique au roman » par le biais du mythe. Celui de Robinson lui permet de mener à bien *Vendredi ou les Limbes du Pacifique*, en 1967, alors qu'il avait jusque-là abandonné de multiples tentatives romanesques. Sitôt publié, *Vendredi* est couronné par le grand prix du roman de l'Académie française, et ce succès est réitéré par celui du *Roi des aulnes* qui obtient le prix Goncourt en 1970, deux ans avant que l'auteur lui-même ne soit coopté dans cette académie.

Désormais, Michel Tournier peut se consacrer entièrement au « métier d'écrivain », dans son presbytère de la région parisienne, tout en faisant partie du comité de lecture des éditions Gallimard, en intensifiant sa présence dans les médias, et en effectuant de nombreux voyages, dont il utilise des éléments pour ses œuvres, en particulier *Les Météores*, son troisième roman, paru en 1975. En 1977 est publié *Le Vent Paraclet*, « autobiographie intellectuelle », où il analyse, notamment, ses trois premiers romans. À partir de là, à côté d'œuvres romanesques comme *Gaspard, Melchior et Balthazar* (1980), *Gilles et Jeanne* (1983), et *La Goutte d'or* (1985), il publie des recueils de contes et récits : *Le Coq de bruyère* (1978), *Le Médianoche amoureux* (1989), ainsi que des essais ou recueils d'essais portant principalement sur la littérature et l'image : *Le Vol du vampire* (1981), *Le Vagabond immobile* (1984), les *Petites proses* (1986), *Le Tabor et le Sinaï* (1988). Enfin, la réécriture, destinée à un jeune public, de *Vendredi ou les Limbes du Pacifique* (*Vendredi ou la Vie sauvage*, 1971) et de *Gaspard, Melchior et Balthazar* (*Les Rois mages*, 1983) traduit sa volonté d'écrire avec toujours plus de simplicité.

Dans *Le Vent Paraclet*, Michel Tournier précise ses ambitions littéraires : « Mon propos n'est pas d'innover dans la forme, mais de faire passer dans une forme aussi traditionnelle, préservée et rassurante que possible une matière ne possédant aucune de ces qualités. » Cette forme « traditionnelle », liée au jeu de différents registres — réalisme, mythe, philosophie — contribue à faire lire Tournier d'un vaste public, en France comme à l'étranger, et il est déjà considéré comme un « classique », étudié de l'école primaire à l'université, tandis que théâtre et cinéma adaptent ses œuvres. Celles-ci cependant suscitent des réactions très divergentes, attisées par les commentaires de l'écrivain, qui, volontiers provocateur, y jette tour à tour le soufre et l'eau bénite. Mais l'univers romanesque lui-même se révèle ambigu, peuplé de marginaux partagés entre la tentation de la folie ou de la mort et le désir de « changer sans déchoir ». Écriture réaliste et rationalisations philosophiques semblent alors destinées à rendre sensible et à légitimer un monde fantasmatique, énigmatique et déroutant.

FRANÇOISE MERLLIÉ.

RÉF. : Françoise Merllié, *Michel Tournier*, Paris, 1988.

Tragédie. Genre majeur de la tradition théâtrale française, la tragédie a été en fait redécouverte, à partir des sources antiques (grecques et latines), au XVIe siècle, et a dominé la production théâtrale jusqu'à la fin du XVIIIe siècle. On s'appuie alors sur la définition théorique de la *Poétique* d'Aristote, qui y voit avant tout l'imitation (*mimesis*) d'une « illustre infortune », c'est-à-dire qui met en scène des personnages héroïques, de haute lignée (princes, rois, princesses), subissant un destin tragique, aboutissant le plus souvent à la mort, et parfois à l'exil. Les œuvres de Sophocle, d'Euripide et d'Eschyle passaient pour les exemples accomplis de ce genre, repris à la Renaissance, d'abord par des poètes néo-latins, puis en français. Il existe aussi des tragédies d'inspiration biblique (voir *Abraham sacrifiant* de Théodore de Bèze, 1550), mais c'est surtout avec Robert Garnier que s'implante la tradition en France, notamment avec *Antigone* (1580) et *Les Juives* (*) (1583). La tragédie apparaît alors comme le genre le plus élevé dans l'ordre théâtral (par opposition à la comédie ou à la tragi-comédie), et comporte encore des chœurs à l'antique, ainsi que de longues tirades très proches du style épique. Pourtant, une crise sérieuse frappe le genre dans les premières années du XVIIe siècle, où la tragi-comédie semble un temps l'emporter, car elle donne plus de liberté à l'invention et au style ; cela conduit par exemple Jean de Schélandre à transformer sa tragédie régulière *Tyr et Sidon* en tragi-comédie, au nom de la variété des tons et de la fidélité à « la condition de la vie des hommes » (Ogier, préface à *Tyr et Sidon,* 1628). La première tragédie régulière, confirmant les analyses des « doctes » comme Chapelain (*Lettre sur les vingt-quatre heures,* 1630), sera la *Sophonisbe* (*) de Mairet (1634). Il s'y plie en effet – quoique avec encore quelques libertés – aux principales règles : unité de temps (vingt-quatre heures), unité de lieu et d'action. Toutefois, la tragédie des années 1630 a encore quelques progrès à faire du point de vue de la vraisemblance et de la bienséance (la scène demeure très violente, les tirades fort longues, et le recours aux procédés comme le songe ou la prophétie est encore fréquent). *Le Cid* (*) lui-même (1637) s'imposera malgré une grande liberté à l'égard des règles (du moins dans la première version, qui est une « tragi-comédie »). Aux formules de ce théâtre, Racine apportera quelques décennies plus tard d'autres nuances – rejetant de ce fait tout un courant cher à la tragédie romanesque, illustrée par Du Ryer, Thomas Corneille ou Quinault –, mais surtout avec une insistance sur la simplicité de l'intrigue (*Bérénice* (*), 1671) et la compassion qu'il veut provoquer. L'opposition entre Pierre Corneille et Jean Racine fonde toute la réflexion sur le genre au siècle suivant (v. *Les Commentaires sur Corneille* de Voltaire), qu'illustreront Crébillon (le père) et surtout Voltaire. Cette réflexion ne cessera pas avec le romantisme, mais ne donnera plus lieu à des œuvres « régulières », puisque tous, de Stendhal à Hugo, critiqueront la tragédie classique. Le tragique ne sera plus désormais du seul ressort de l'émotion théâtrale, mais prendra au contraire une ampleur s'étendant à tous les genres et à tous les styles.

EMMANUEL BURY.

Tragi-comédie. Le terme désigne un genre dramatique dont la vogue domina le théâtre français dans les premières décennies du XVIIe siècle, au point de menacer l'existence de la tragédie. Comme cette dernière, elle se caractérise par la mise en scène de personnages nobles, à la destinée élevée, mais qui sont parfois confrontés à des personnages de condition plus modeste. Son dénouement est heureux et, surtout, elle conserve une grande liberté par rapport aux règles : les lieux sont divers, l'action peut se dérouler sur plusieurs années. L'enchaînement des passions – parfois à la limite du vraisemblable –, le romanesque échevelé des situations, la représentation sur scène de batailles ou de duels sont les traits les plus frappants du genre, ce qui explique par contraste tout ce que les « doctes » rechercheront lorsqu'ils voudront revenir à la tragédie régulière. Pourtant, le genre eut ses défenseurs et ses réussites, surtout dans les années 1630-1640 : faut-il rappeler que *Le Cid* (*), dans sa première version, est une tragi-comédie ? D'autre part, François Ogier, dans la préface à la deuxième édition de *Tyr et Sidon* de Schélandre (1628), s'en prend à l'unité de temps qui impose, selon lui, des « bornes trop étroites » à l'action. C'est en fait au nom de la fidélité à la vie humaine et aux réalités qu'il défend la variété des actions et le mélange des conditions sociales. Enfin, le plaisir et le divertissement sont le seul but qu'il assigne au théâtre, contestant ainsi la fonction morale que, depuis Aristote, les théoriciens donnaient à la tragédie. En effet, les sujets de la tragi-comédie sont le plus souvent d'origine romanesque, les moments comiques alternent avec des épisodes pathétiques et l'amour est souvent au cœur de l'intrigue. Ce mélange des genres et des tons déplaira peu à peu au goût classique, mais, comme pour la pastorale, le romanesque survivra, notamment dans l'opéra et dans la tragédie galante (voir les œuvres de Quinault ou de Thomas Corneille) ; la tragédie à fin heureuse lui succédera, et la comédie héritera de bien des traits romanesques qu'elle offrait. Molière lui-même, en adaptant *Amphitryon* (*) à la scène française (1668), reprenait la pièce de Plaute qui fonda le genre dans l'Antiquité.

EMMANUEL BURY.

Tragiques (Les). « Poème héroïque » publié en 1616 par le poète Agrippa d'Aubigné (1552-1630), sous le cryptonyme L.B.D.D., « Le Bouc du désert », surnom qu'il acquiert dans les assemblées politiques protestantes, où il dut souvent porter la responsabilité (expiatoire) de ruptures de négociations. C'était bien là la liste des péchés de la communauté, la réponse indignée à la paix de Loudun, qui met fin à un soulèvement de Condé et des protestants. L'immense poème compte 9 302 alexandrins, répartis en sept livres ou chants. Il est accompagné d'un « Avis au lecteur » et d'une « Préface » en vers, tous deux rédigés par l'auteur, quoique le premier soit attribué à un fictif serviteur qui aurait dérobé l'œuvre comme Prométhée le feu du Ciel, et d'une Postface, éloge d'Henri IV : ces pièces sont l'occasion de se disculper de ses hardiesses poétiques et politiques. L'auteur même a indiqué deux dates à la composition des *Tragiques* : la blessure qui le sauve de la Saint-Barthélemy (racontée au livre V), la blessure au combat de Casteljaloux en 1577, deux occasions où la mort entrevue appelle à renoncer aux vues mondaines pour se consacrer à la vision divine. Mais, à la parution, il leur assigne un but ostensible : « émouvoir », c'est-à-dire rappeler aux générations tièdes de l'après-Henri IV les guerres et les souffrances de leurs aînés, dessiner sous l'histoire humaine le dessein de Dieu dans l'imminence du Jugement dernier. En fait, on décèle des remaniements constants, de 1577 (date probable des débuts), à 1589 (où une version manuscrite circule, dit-il), à 1616 et à l'édition augmentée de Genève (1623). Des attaques contre la Cour et les rois, commencées sous Henri III, sont ainsi complétées sous Henri IV et Louis XIII, à la fois anachroniques et toujours actuelles.

Comme l'explique l'Avis, sujets et styles des *Tragiques* suivent une progression logique et symphonique. Les livres I, II et III dépeignent les malheurs de la France en proie à la guerre (Livre I : « Misères »), s'automutilant, et les causes des ravages dans la dégénerescence politique de Rois impies et débauchés (Livre II : « Princes »), qui laissent les institutions aux mains des injustes, et pervertissent la Justice, loi fondamentale des royaumes, comme des êtres (Livre III : « Chambre dorée »). Les portraits abominables d'Henri III et de Catherine de Médicis valent les pires pamphlets. Cette première partie, à la fois satirique et hantée par la mort (figures dominantes de la Mère anthropophage et des invertis de la Cour), prépare par des allégories (débat de Fortune et Vertu, Tribunal des Vices) un changement de point de vue et de style : après les déplorations des humains, le regard de Dieu, qui vient constater la dénaturation de ce « monde à l'envers », mais aussi les justes combats de l'Église. D'Aubigné inaugure là une vaste fiction narrative et théâtrale, dans laquelle il raconte successivement les actes des martyrs (Livre IV : « Feux »), puis les combats du parti protestant tels que les Anges les peignent sur les voûtes du Ciel (Livre V : « Fers »), dans un style « moyen historial ». Les deux derniers livres tirent de l'Histoire la leçon complète : depuis la première faute, la justice et la vengeance de Dieu ont toujours trouvé lieu de se réaliser (Livre VI : « Vengeances ») et restent suspendues sur la tête des impies ; dans une vision ultime, où le style atteint le « tragique élevé », le texte décrit la venue du Christ vengeur et le partage des âmes entre Enfer et Paradis (Livre VII : « Jugement »), tandis que l'énonciateur « exstatique se pasme au giron de son Dieu ». Visionnaire, « prophétique », notre texte, malgré le titre qui rappelle par choix les tragédies auxquelles la vie des martyrs n'est que trop semblable, est un « poème héroïque » comme on le conçoit alors dans la poétique héritée de la Pléiade : l'enchâssement de tous les savoirs et tous les styles dans un « miroir de la vie » descriptif aussi bien que narratif, lyrique aussi bien que trivial s'il le faut, assujetti à un dessein de haute qualité, ici religieuse. L'influence des *Hymnes* et des *Discours* de Ronsard est fondatrice, mais une extrême tension en modifie les codes. « Ce siècle, autre en ses mœurs, demande un autre style. » Il n'est que d'en étudier les sources : Lucain, Ovide, mais l'*Histoire de mon temps* de de Thou, le *Livre des martyrs* de Crespin ; Juvénal, mais aussi Platon, Le Tasse, les Pères de l'Église. L'ensemble se caractérise par un archaïsme volontaire, et la violence d'imprécations dont le ton et les formules sont profondément nourris des prophéties bibliques. Contrastant avec la complexité des moyens, une certaine simplification (opposition sans nuance des Élus et des réprouvés sous la figure des protestants et des catholiques, antithèses, goût des extrêmes) dramatise une appréhension symbolique du monde et de l'histoire, nourrie d'une culture religieuse et laïque très étendue, où le mythe, la métaphore, et l'interprétation figurative de *La Bible* s'organisent en visions, en tableaux faits pour frapper les sens autant que l'intelligence.

Les Tragiques contribuent aux difficultés que l'auteur connaît alors, avec la condamnation de son *Histoire universelle*, dont les thèmes sont identiques, mais où il s'efforce à l'« équanimité ». On semble alors avoir reproché à l'auteur (il s'en défend) son ambiguïté politique : serviteur malcontent, il dit du mal des rois pour défendre le principe idéal du fonctionnement monarchique et le salut de l'Église : pour traditionnel qu'il soit, un tel message est fait pour être mal reçu à certains moments historiques. La difficulté de lecture, l'esprit partisan, le style aussi éloigné que possible d'un « classicisme », en rendent l'accès difficile ; bien qu'il prête à Baudelaire l'épigraphe des *Fleurs du mal* (*), ce poème reste méconnu jusqu'à ce que justice lui soit rendue au nom du « baroque », et actuellement pour l'immense richesse tant de la personnalité de son auteur que de son intensité poétique.

M.-M. F.

Très joyeuse, plaisante et récréative histoire du bon chevalier sans peur et sans reproche, gentil seigneur de Bayard. Cette belle *Histoire* de Pierre du Terrail, seigneur de Bayard (1473-1524), publiée très probablement par Jacques de Mailles (qui figurait en 1523 parmi les archers de l'illustre capitaine) qui se donne le nom de Loyal Serviteur, se rattache encore, au seuil de la Renaissance française, à une atmosphère, à un idéal médiévaux. On a voulu voir, dans ce modeste et distingué compagnon d'armes du chevalier sans peur et sans reproche, une figure comparable à celle de Joinville. Sans doute, comme Joinville le fit pour saint Louis, le Loyal Serviteur éleva-t-il dès sa mort un magnifique monument à celui qui avait été son maître, le guerrier incorruptible et courageux que fut Bayard. Mais, en dépit ou à cause de la naïveté de ton de cette hagiographie patriotique, on a pu suspecter l'exactitude du récit. Quoi qu'il en soit, il est incontestable que celui-ci est fort beau, conduit avec une réelle maîtrise et très émouvant. Il a, de tout temps, constitué une œuvre populaire et dans des adaptations modernes, n'a pas peu contribué jusqu'à nos jours à la formation de la légende de Bayard.

Trimètre. Vers à coupe ternaire. Désigne en particulier l'alexandrin romantique, coupé 4/4/4 : « L'ombre des tours / faisait la nuit / dans les campagnes. » (V. Hugo). Le trimètre hugolien conserve néanmoins une césure pour l'œil, comme dans l'exemple ci-dessus. Bien souvent, d'ailleurs, se superposent un rythme ternaire et un rythme binaire, qui offrent l'intérêt d'une double lecture : « Tu veux un Dieu, / de peur d'en per/dre l'habitude » (V. Hugo).

CHRISTIAN DOUMET.

Triolet. L'une des formes rangées sous la dénomination générale de *rondeau* (voir ce mot). Le triolet est un poème à forme fixe appelé également *rondel simple.* Il est composé de huit vers sur deux rimes selon une structure : *abaa abab.* Le premier vers (A) est repris à la fin du premier quatrain, les deux premiers (A, B), à la fin du deuxième quatrain, comme dans ce triolet d'Alphonse Daudet : « De tous côtés, d'ici, de là,/ Les oiseaux chantaient dans les branches, / En si bémol, en ut, en la. / De tous côtés, d'ici, de là, / Les prés en habit de gala / Étaient pleins de fleurettes blanches. / De tous côtés, d'ici, de là, / Les oiseaux chantaient dans les branches. »

CHRISTIAN DOUMET.

TRIOLET Elsa. Romancière d'origine russe. Née à Moscou le 25 septembre 1896, morte à Saint-Arnoult-en-Yvelines le 16 juin 1970. Belle-sœur de Maïakovski, dont elle traduira un volume de *Vers et Prose*, elle est encouragée dans la carrière littéraire par Maxime Gorki. Après un voyage à Tahiti, puis à Berlin avec son premier mari (André Triolet), elle rencontre Aragon (à Paris, en 1928), dont elle devient la compagne et l'inspiratrice : *Les Yeux d'Elsa*. Durant la Seconde Guerre mondiale, elle figure parmi les écrivains résistants et participe à la création du C.N.E., des *Lettres françaises*, etc. Depuis sa première œuvre en français *Bonsoir Thérèse* (1938), elle a composé de nombreux romans dont certains sont publiés en dialogue avec ceux d'Aragon *Œuvres romanesques croisées* (à partir de 1964). L'ensemble de son œuvre est une sorte de chronique romancée de notre temps tel que put le voir une jeune femme russe transplantée à Paris. *Le Rendez-Vous des étrangers* (1959) est un livre sur l'exil et le mal du pays mais aussi sur le patriotisme, le chauvinisme, l'internationalisme et le cosmopolitisme. Elsa Triolet s'attache à analyser le devenir de l'homme avec les problèmes politiques. *Le premier accroc coûte deux cents francs* (1944) rassemble des nouvelles nées de la Résistance, dans lesquelles l'écrivain dénonce, avec lucidité, la tristesse du lendemain. En quête d'un bonheur insaisissable – *Le Cheval blanc* (1943) –, elle combat l'idée que la consommation, la possession d'objets puissent être assimilables au vrai bonheur : *Roses à crédit* (1959). C'est ici qu'elle apparaît comme écrivain réaliste-socialiste ; elle définit d'ailleurs elle-même cette tendance comme n'étant ni une méthode ni une théorie, mais comme un « angle de vue » sur le monde. Elle croit à l'évolution scientifique, *Luna-Park* (1959) et à l'âme humaine, *L'Âme* (1963). Le mystère de l'homme est évoqué dans *Le Grand Jamais* (1965), réflexion sur la vérité historique, le temps et la mort, à laquelle fera écho *La Mise à mort* d'Aragon (1965).

DANIÈLE BOONE.

RÉF. : J. Madaule, *Ce que dit Elsa*, Paris, 1960. – Revue *Europe*, n° 454/455, 1967. – T. Lukusa Menda, *Écriture thématique et cohérence scripturale. Approche thématique du « Grand Jamais »*, thèse, Besançon, 1976. – F. M. S. Sharratt, *L'Œuvre romanesque d'Elsa Triolet*, thèse, univ. Edinburgh, 1980. – D. Desanti, *Les Clés d'Elsa. Roman vrai*, Paris, 1983. – *Faites entrer l'infini.* Journal de la Société des amis de Louis Aragon et Elsa Triolet, Paris, 1986. – L. Mackinnon, *The Lives of Elsa Triolet*, Londres, 1988.

***Tristan et Iseult*.** La légende de Tristan et Iseult est une de ces grandes créations de l'esprit où la fable unit ses symboles aux splendeurs de la foi. Fruit de la rencontre de civilisations diverses, elle ajoute aux nobles sentiments en honneur au Moyen Âge la note passionnée et très humaine d'un amour contre lequel lois et coutumes sont impuissantes. De siècle en siècle, elle ne cessera d'enchanter et de tourmenter le cœur des hommes. Voici cette légende, telle qu'elle nous est parvenue après des remaniements innombrables : Tristan, fils de Rivalen, roi du Léonois (Loonois), et de Blanchefleur, sœur du roi Marc de Cornouailles, est dès sa naissance voué au malheur. Son père a perdu sa couronne, et sa mère est morte en le mettant au monde. Parti à l'aventure, après avoir été élevé par Gorvenal, Tristan (le « triste »), âgé de quinze ans, arrive à la cour de son oncle le roi Marc, et fait l'admiration de tous, tant il est brave et sait jouer de la harpe. Mais, ayant tué le géant Morholt, beau-frère du roi d'Irlande, il est blessé par sa lance empoisonnée et on le laisse, seul, dans une barque à l'abandon, qui finit par aborder en Irlande, où Tristan se fait passer pour le jongleur Tantris. La reine, accourue à son chevet, le guérit par enchantement et lui confie sa fille, Iseult la Blonde, pour qu'il l'initie à la musique. Revenu en Cornouailles, les barons l'accusent de vouloir empêcher le mariage de son oncle. Alors Tristan offre d'aller chercher lui-même la seule femme que le roi Marc consente à épouser : cette Iseult dont il lui a tant parlé. Mais, d'après une autre légende, il s'agit de retrouver la jeune fille à laquelle appartient le cheveu d'or qu'une hirondelle laissa tomber aux pieds du roi. De nouveau en Irlande, Tristan abat un dragon terrible, puis demande Iseult en mariage pour le roi Marc. Or, celle-ci s'étant aperçue qu'un éclat trouvé dans la tête du géant Morholt provient de l'épée de Tristan, la jeune fille veut tuer ce dernier. Sa mère obtient qu'elle pardonne et lui remet un philtre qui l'unira amoureusement au roi Marc. Toutefois, au cours de la traversée, Tristan et Iseult, par une fatale erreur, boivent le philtre d'amour qui les enchaînera jusqu'à la mort. On célèbre bientôt les noces de Marc et d'Iseult ; mais, la nuit venue, elle se fait remplacer dans le lit nuptial par la fidèle Brangien (Brangaine). Tristan et Iseult, néanmoins, continuent de s'aimer, et les ennemis de Tristan (spécialement Andret) le font bannir de la Cour, bien que le roi ne parvienne pas à le croire coupable. Les deux amants, malgré tout, continuent de se voir ; ils se donnent rendez-vous la nuit, dans le jardin, sous un arbre près de la fontaine et, pour converser avec la jeune fille, Tristan jette dans cette fontaine des morceaux de bois (dans *Les Lais* de Marie de France, celui du « Chevrefoil ») qui sont autant de signes convenus entre eux. Dénoncés de nouveau par le méchant nain Frocin, ils sont condamnés au bûcher ; mais, sauvés par miracle, ils se réfugient dans la forêt où ils mènent une vie misérable. Enfin on les découvre : or, les voyant si chastement dormir avec, entre eux deux, l'épée de Tristan qui les sépare, le roi Marc, ému, respecte leur sommeil. Mais, voulant laisser une trace de son passage, il dépose sa propre épée à la place de celle de Tristan, met au doigt d'Iseult son anneau et, avec son gant, la préserve d'un rayon de soleil. Touchés par tant de générosité, Iseult reparaît à la Cour et Tristan part en exil pour la Bretagne, où il épouse la jolie fille du duc Hoël, Iseult aux Blanches Mains, et se lie d'amitié avec son frère Kaherdin. Tristan, cependant, n'approche pas sa femme et, par tous les moyens, tente de revoir Iseult la Blonde. Déguisé en lépreux, en pénitent, en fou, il mendie sur son chemin et, à son retour, assiste Kaherdin dans une périlleuse aventure d'amour. Kaherdin est tué et Tristan blessé à mort. Alors il invoque Iseult la Blonde qui seule peut le guérir ; elle se rend aussitôt à son appel. Cependant, Iseult aux Blanches Mains, jalouse, trompe le mourant en lui faisant croire que le navire arrive sans elle. Tristan expire désespéré, et Iseult la Blonde, à peine débarquée, s'écroule sur son corps et meurt. Le roi Marc, qui a appris en même temps la mort des amants et le secret du philtre, fait ensevelir les deux corps en Cornouailles, et bientôt de leur tombe vont surgir deux arbres qui s'entrelaceront indissolublement ; surtout que l'on ne s'avise point de les couper, car ils surgiraient plus vivants encore (dans d'autres versions, un arbre naît du cœur de Tristan et ses branches rejoignent la tombe d'Iseult). Pathétique et primitive, cette légende a jailli de l'âme celte. Certains érudits, comme Joseph Bédier, ont cru pouvoir l'attribuer à un seul et grand poète dont l'œuvre nous serait parvenue fragmentairement. On peut supposer néanmoins avec plus de vraisemblance que des chants brefs précédèrent les textes que nous connaissons. De ces chants appelés « lais », le plus ancien n'est pas *Tristrem*, de l'anglo-normand Thomas, composé vers 1173. Les cinq fragments conservés — soit trois mille vers environ — évoquent les rendez-vous des amoureux dans le jardin, leur séparation, le mariage de Tristan avec Iseult aux Blanches Mains, la mort enfin des amants, et il n'est pas question d'épisodes tels que Tristan se faisant passer pour fou ou pour lépreux, alors qu'on les retrouve, au contraire, dans les deux versions de la *Folie Tristan* (XIIe siècle), dans *Tristan moine*, poème allemand du XIIe siècle qui serait la traduction d'un poème français perdu, ainsi que dans le *Tristan ménestrel* de Gerbert de Montreuil, inséré à la suite du *Perceval* de Chrétien de Troyes. On a conservé en partie le *Tristan* du Normand Béroul (vers 1165-1170), poète authentique, mais négligent dans l'art de composer. Ce fragment d'environ quatre mille cinq cents vers montre Tristan et Iseult surpris, la nuit dans le jardin, mais ils n'en continueront pas moins à se voir en cachette. On possède en entier un roman en prose (*Tristan*) en français, composé vers 1230 et dont l'auteur disposait de plusieurs versions de la légende. Tristan et Iseult figurent également dans deux écrits gallois : les *Mabinogion* et les *Triades*. Mais, quelles que puissent être les variantes entre tant de récits divers, ils traitent toujours du même grand thème : la fatalité de l'amour, plus fort que le sang et que l'honneur. — L'on peut lire l'ensemble des *Tristan* français dans les éditions de J. Ch. Payen (Paris, Garnier, 2e éd., 1980) et de Ph. Walter (Paris, Le Livre de poche, 1990) ; le *Tristan* de Béroul dans l'édition d'E. Muret (Paris, Champion, 4e éd., 1947) et la traduction de P. Jonin (Paris, Champion, 1974) ; le *Tristan* de Thomas dans les éditions de J. Bédier (2 vol., Paris, Didot, 1902-1905) à de B. H. Wind (Genève, Droz, 1960) ; le *Tristan* en prose, t. I, dans l'édition et la traduction de Ph. Ménard et de M. L. Chênerie (Genève, Droz, 1987 et Paris, Champion, 1990).

★ C'est de l'esprit même de la légende dans ce qu'elle a de plus pur que s'inspira le compositeur allemand Richard Wagner (1813-1883) dans son drame musical en trois actes : *Tristan et Isolde* [*Tristan und Isolde*], livret écrit par le musicien lui-même, représenté à Munich le 10 juin 1865.

★ Justement célèbre est aussi la refonte en prose par Joseph Bédier (1864-1938) du *Roman de Tristan et Iseut*, publiée à Paris en 1900. L'éminent médiéviste y a reconstitué, en effet, l'antique légende d'amour et de mort en se reportant fidèlement aux vieux poètes Thomas, Eilhart d'Oberg, Gottfried de Strasbourg et particulièrement à Béroul. Béroul est d'ailleurs pour Bédier la source principale de sa reconstitution, celle d'où proviendra la partie centrale du récit. Comme l'a écrit Gaston Paris dans sa préface à l'ouvrage de son élève : « Il a commencé par traduire aussi fidèlement qu'il l'a pu le fragment de Béroul qui nous est parvenu et qui occupe à peu près le centre du récit ; s'étant ainsi bien pénétré de l'esprit du vieux conteur, s'étant assimilé sa façon naïve de sentir, sa façon simple de penser, jusqu'à l'embarras parfois enfantin de son exposition et la grâce un peu gauche de son style, il a refait à ce tronc une tête et des membres, non pas par une juxtaposition mécanique, mais par une sorte de régénération organique. » Le roman moderne, en effet, n'a rien de fragmentaire ni d'incomplet : puisque les diverses sources, savamment fondues et élaborées, ont permis à Bédier de ne laisser aucune lacune, même aux endroits où, à l'origine, il en subsistait. Le charme de l'œuvre réside dans le style à la fois archaïque et moderne, et partout d'une égale poésie. La doctrine sûre, le sens de l'art, l'inspiration poétique se sont rencontrés avec un singulier bonheur dans cette œuvre, qui est également précieuse aux savants et aux profanes.

TRISTAN L'HERMITE (François L'Hermite, sieur de Soliers, dit). Poète, romancier et dramaturge. Né en 1601 au château de Soliers (Creuse) ; mort le 7 septembre 1655 à Paris. Il était, dit-on, de la famille à laquelle appartint Pierre l'Hermite, qui prêcha la première croisade. Sa jeunesse fut aventureuse : vivant, en qualité de page, chez Henri de Bourbon, marquis de Verneuil, il eut à treize ans un duel où il tua son adversaire (1614). Contraint de prendre la fuite, il se réfugia en Angleterre, d'où il passa en Écosse et finalement en Norvège. Peu satisfait de ce climat, il eut l'idée d'aller vivre en Espagne. Incognito, il traversait la France, lorsque, à Loudun, il fut atteint par la maladie. Recueilli par Scévole de Sainte-Marthe, il vécut quelques mois en Poitou. C'est alors qu'il fut reconnu par un seigneur de la Cour (1620). Il en fut quitte pour la peur, car bientôt il obtint sa grâce. À partir de ces faits, racontés dans son roman, *Le Page disgracié* (1643), on perd quelque peu sa trace. « Tout ce qu'on sait, dit Pellisson, c'est qu'étant poète, joueur de profession et gentilhomme de Gaston d'Orléans, aucun de ces trois métiers ne parvint à l'enrichir. » Abandonné par Gaston d'Orléans, il entre quelques mois au service de la duchesse de Chaulnes, puis à celui du duc de Guise en 1646. En 1649, il n'en devint pas moins membre de l'Académie française. Il avait débuté en 1633 par un recueil de vers qui obtint un vif succès : *Les Plaintes d'Acante.* D'autres recueils suivirent : *Les Amours de Tristan* (1638), où se trouve l'ode intitulée *Le Promenoir des deux amants*, *La Lyre du sieur Tristan* (1641), *Les Vers héroïques du sieur Tristan l'Hermite* (1648) ainsi qu'un *Office de la Sainte Vierge* (1646). Ses vers amoureux, marqués de pétrarquisme, s'inspirent surtout de Marino et de Théophile de Viau, et célèbrent la belle matineuse, la belle en deuil, la belle esclave more ou la belle gueuse. Mais son originalité s'exprime dans son sentiment de la nature qu'accompagnent son goût marqué pour la rêverie et sa mélancolie. Ce n'est point pourtant comme poète lyrique qu'il marqua le plus en son temps. Passionné de théâtre, il avait fait représenter, en 1636, une tragédie dont le succès fut considérable : *Mariamne* (*). Il devait en composer d'autres : *Penthée* (1637), *La Mort de Sénèque* (1644), *La Mort de Chrispe* (1644) et *La Mort du grand Osman* (1647). Ajoutons-y une tragi-comédie, *La Folie du sage* (1644), une pastorale, *Amaryllis* (1652) et une comédie, *Le Parasite* (1653). Ce théâtre est loin d'être négligeable ; par certains aspects de son talent, Tristan L'Hermite peut être considéré comme un précurseur de Racine.

♦ *« Tristan me paraît la plus charmante et la plus personnelle expression de la société précieuse de son temps... »* Marcel Arland.

RÉF. : J. Madeleine, introduction et notes de l'édition des *Plaintes d'Acante,* Paris, 1909, et de *La Mort de Sénèque,* Paris, 1919. — A. Carriat, *Tristan ou l'Éloge d'un poète,* Limoges, 1955 ; *Bibliographie des œuvres de Tristan l'Hermite,* Limoges, 1955. — D. Dalla Valle, *Il Teatro di Tristan L'Hermite,* Turin, 1964. — Doris Guillumette, *La Libre Pensée dans l'œuvre de Tristan L'Hermite,* Paris, 1972. — C. Abraham, *Tristan L'Hermite,* Boston, 1980. — *Cahiers Tristan L'Hermite,* annuels depuis 1979.

Trois Aveugles de Compiègne (Les). Un des plus célèbres *Fabliaux* (*) du Moyen Âge dont l'auteur, trouvère du XIIIe siècle, se désigne, dans l'introduction, sous le nom de Cortebarbe ou Courtebarbe. Avisant trois aveugles sur son chemin, un clerc malicieux s'écrie : « Voici un besant pour vous trois. » Chacun croyant la pièce entre les mains de ses compagnons, les trois aveugles se rendent à la taverne pour fêter dignement l'aubaine. Mais, au moment de payer, ils s'aperçoivent de la supercherie dont ils ont été victimes. Intervient alors le clerc qui, pour apaiser la fureur du tavernier, assure que la somme sera réglée par le curé après la messe. Rassuré, le tavernier relâche les trois aveugles. Le clerc se précipite chez le curé et le prévient de l'arrivée prochaine d'un homme possédé du démon, qui viendra lui demander de l'argent, et qu'il s'agit d'exorciser en bonne et due forme. Après la messe, le tavernier en effet se présente chez le curé, auquel il réclame son dû. Mais le prêtre, qui attend de pied ferme l'énergumène en question, le fait aussitôt empoigner, ligoter et, après avoir prononcé force exorcismes, le renvoie chez lui, nanti, à défaut de l'argent réclamé, de sa bénédiction. Le thème de ce fabliau, qui a inspiré en France plus d'un conte, se retrouve dans une des comédies les plus originales du « Cinquecento » italien : *La Courtisane* de Pierre l'Arétin. — Ce fabliau a été édité par G. Gougenheim (Paris, Champion, 1932) et traduit par Jean Dufournet dans *Le Garçon et l'Aveugle* (Paris, Champion, 1989).

Trois contes. Avec cette œuvre, la dernière qu'il publia, Gustave Flaubert (1821-1880) donnait comme un résumé panoramique des aspects les plus variés de son art. Si les *Trois contes* ne virent le jour qu'à la fin de sa vie, c'est tout au début de sa longue carrière d'écrivain que remonte la conception du premier de ces contes (le second dans l'édition collective), *La Légende de saint Julien l'Hospitalier.* D'après les *Souvenirs littéraires* de Maxime Du Camp, c'est en voyant un vitrail représentant cette légende que Flaubert aurait conçu l'idée de son saint Julien, au début de l'année 1844, alors qu'il était à peine remis de la crise nerveuse qui l'avait empêché de continuer ses études. En fait, il connaissait depuis longtemps ce vitrail qui se trouve à la cathédrale de Rouen et qui illustre lui-même un roman antérieur au XIIIe siècle. Mais Flaubert ne put mettre tout de suite son projet à exécution : l'élaboration de la première version de *La Tentation de saint Antoine*, puis, après l'échec que cette œuvre avait subi devant le tribunal de ses amis, la laborieuse composition de *Madame Bovary* (*) l'en tinrent longtemps écarté. Enfin, en 1856, il reprend cette idée et se lance dans d'innombrables lectures, en vue de se documenter sur la vie au Moyen Âge qu'il avait précisément le dessein d'évoquer. Le procès de *Madame Bovary* le détourne une fois de plus de son *Saint Julien*. Il ne le reprend qu'en 1875, pour se délasser de la préparation épuisante de *Bouvard et Pécuchet*. À peine a-t-il terminé la *Légende* qu'il commence aussitôt *Un cœur simple*, « afin, dit-il, d'avoir un petit volume à publier à l'automne ». C'est qu'en effet, il est urgent pour lui de donner un texte à ses éditeurs ; les désastres financiers, survenus dans la famille de sa nièce, ont gravement compromis sa propre fortune. Aussitôt, Flaubert se rend sur les lieux où se déroulera son conte ; ce sont ceux où il a passé ses vacances étant enfant : Pont-l'Évêque et Trouville, dont il donnera une peinture si exacte qu'on a pu parfaitement reconstituer la topographie de son histoire et y reconnaître des personnages qui ont réellement existé. Naturellement, l'élaboration de cette nouvelle, où il ressuscite avec minutie un monde qui lui était familier, est très laborieuse. Il mit encore plus de temps à terminer le troisième conte : *Hérodias*. Pour évoquer la Syrie du temps de Jean-Baptiste, il accumule les lectures, et comme elles ne suffisent pas, il met à contribution de savants orientalistes. Mais il s'affole, il craint qu'*Hérodias* ne ressemble à *Salammbô* (*), il est « malade de peur ». En février 1877, *Hérodias* est terminée. Ce même printemps commence la publication des *Trois contes*, d'abord dans des périodiques : *Un cœur simple* et *Hérodias* dans *Le Moniteur universel* et *La Légende de saint Julien l'Hospitalier* dans *Le Bien Public*. Aussitôt après, le 24 avril 1877, l'éditeur Charpentier mit le volume en vente. Contrairement à ce qui s'était passé pour *La Tentation de saint Antoine*, les *Trois contes* connurent un immense succès de presse, mais non de vente ; c'est que les événements politiques détournaient quelque peu le public de l'actualité littéraire. La critique fut enthousiaste ; on retrouve sans cesse le mot de chef-d'œuvre dans les articles qui parurent alors. Théodore de Banville parlait de « chefs-d'œuvre absolus et parfaits » et il comparaît les contes aux tableaux de Delacroix ; même admiration de la part de Karl Steen (Mme Alphonse Daudet) et d'Édouard Drumont ; seul Brunetière boudait et attribuait la monotonie des *Trois contes* à « une imagination qui tarit ». C'était vraiment jouer du paradoxe, car la variété, la richesse de l'inspiration et la perfection du style, qui se renouvellent d'un conte à l'autre, en font l'œuvre la plus diverse de l'auteur.

Un cœur simple est l'histoire lamentable et tout unie d'un de ces êtres sacrifiés à la fois par la société et, semble-t-il, par le destin. Félicité, jeune paysanne, que son fiancé a trahie, se place comme servante chez une bourgeoise de Pont-l'Évêque, Mme Aubain, chez qui elle passera toute sa vie. C'est elle qui fait tout dans la maison, elle s'occupe même des deux enfants, Paul et Virginie. Levée dès l'aube, elle s'affaire la journée durant et s'endort le soir au coin de l'âtre. Son dévouement ne connaît pas de bornes ; il s'étend à son neveu Victor, qu'elle a retrouvé par hasard. Victor s'engage comme matelot à bord d'un navire qui part faire le tour du monde. Et un jour lui parvient la nouvelle de sa mort. À peine est-elle remise de ce coup que la petite Virginie meurt. Le deuil, la désolation s'abattent sur cette famille heureuse : Paul a quitté sa mère pour Paris où il poursuit ses études et les deux femmes vieillissent seules dans la maison devenue trop grande. Félicité devient sourde ; fort opportunément, un perroquet, donné en cadeau à Mme Aubain, fait son entrée dans la maison et Félicité reporte sur lui toute son affection. Mais Loulou meurt à son tour, et, sur les conseils de sa maîtresse, la vieille servante le fait empailler. À la mort de Mme Aubain, elle reste seule dans la maison qui tombe en ruine, avec son perroquet pour toute compagnie. Sur la foi d'une méchante gravure, elle en arrive à identifier son perroquet empaillé au Saint-Esprit, et s'éteint doucement, entourée de voisines, tandis que se déroule au-dehors la procession de la Fête-Dieu et que Loulou trône, selon son dernier souhait, sur le reposoir établi devant la maison. Par la perfection du détail, la justesse et la discrétion de l'évocation psychologique, Flaubert parvient ici à éveiller chez le lecteur l'émotion la plus poignante. Dans ce genre, qui lui est si inhabituel, il atteint et dépasse ceux mêmes qui s'y sont consacrés. On sait que c'est pour faire plaisir à George Sand, sa grande amie, qui, après la publication de *La Tentation de saint Antoine* lui avait dit : « Que vas-tu faire ? Encore de la désolation, et moi de la consolation ? », qu'il s'était mis à cette nouvelle ; George Sand mourut avant qu'il l'ait terminée. Ce qui frappe le plus dans ce conte, c'est, par-delà l'exactitude de l'évocation, le tact et la délicatesse de Flaubert.

C'est une tout autre atmosphère que nous trouvons dans *La Légende de saint Julien l'Hospitalier*. Sans doute la minutieuse précision des descriptions et l'évocation des personnages sont-elles ici tout aussi grandes ; mais il s'agit d'une légende et Flaubert raconte. Né de châtelains, qui ont voulu donner à leur fils la plus belle enfance qui se puisse rêver, Julien devient un jeune homme vigoureux et ardent, amoureux de la chasse. Après avoir massacré une horde de cerfs, il voit s'avancer vers lui le grand mâle qui la commandait, et celui-ci lui parle : « Maudit ! Un jour, cœur féroce, tu assassineras ton père et ta mère. » Effrayé par cette prophétie, Julien délaisse la chasse ; mais peu de temps après, il manque, en effet, de tuer accidentellement son père et sa mère. Il fuit alors le château paternel et mène une vie d'aventurier ; devenu bientôt un condottiere célèbre, il loue ses services aux principaux souverains d'Europe et traite avec eux d'égal à égal. Ne sachant comment le récompenser, l'empereur lui donne sa fille en mariage, et les deux jeunes gens vivent heureux, jusqu'au jour où Julien se laisse attirer par des animaux sauvages dans la forêt. Mais, cette fois, ses armes ne les atteignent plus et leur bande menaçante l'accompagne jusqu'à la porte du palais qu'il habite. Entre-temps sont arrivés ses vieux parents qui, ne le voyant pas revenir, étaient partis à sa recherche. Ils ont les plus grandes peines à se faire reconnaître par leur belle-fille, qui ne peut retrouver dans ces mendiants hâves les parents de Julien. Quand Julien rentre, les deux vieillards sont étendus sur son lit. Dans l'obscurité, Julien croit trouver sa femme en compagnie d'un amant et il les massacre. Le voilà de nouveau errant, menant l'existence d'un pèlerin ; il finit par s'établir au bord d'un fleuve où il fait fonction de passeur, jusqu'au jour où, en plein orage, un hideux lépreux l'appelle de l'autre rive. Au milieu des éléments déchaînés, Julien passe l'homme qui lui demande l'hospitalité. Il mange toutes les provisions de son hôte, s'installe dans son lit et, ne pouvant se réchauffer, demande à Julien de venir à côté de lui, puis tout contre jusqu'à ce que le corps et le visage de l'ermite s'étendent sur le sien. Tout à coup, le lépreux se métamorphose : c'est Jésus qui entraîne Julien à sa suite dans le ciel.

Hérodias, où les données archéologiques exactes se mêlent à l'affabulation, est l'histoire du festin d'Hérode-Antipas, au cours duquel Salomé, à l'instigation de sa mère, Hérodias, demande et obtient la tête de Iaokanann (saint Jean-Baptiste) qu'Hérode retenait prisonnier dans son palais-forteresse de Machaærous. Flaubert ne s'est pas seulement attaché à faire revivre ici le faste oriental de l'époque : les personnages des deux Vitellius, du proconsul et de son fils, des Pharisiens et des Sadducéens, de l'Essénien Phanuel, sont de véritables portraits. C'est par une suite de touches exactes et précises toute l'atmosphère politique, sociale et religieuse de la Palestine qui est évoquée. Cette description atteint son maximum d'intensité avec le portrait d'Hérode, puissant et lâche, tortueux mais superstitieux, pris entre la crainte d'être détrôné par les Romains et l'opprobre que font peser sur lui les rigoristes juifs. Il est encore avili par la complicité de sa femme, Hérodias, la maîtresse vieillie qui, pour ne point perdre l'influence qu'elle a acquise, fait naître en lui un véritable amour pour sa fille, la jeune Salomé. En face de ces personnages veules et repoussants, mais toujours humains, la figure de Jean paraît singulièrement grandie. Jean est partout présent et le fait qu'il n'apparaît qu'un court instant dans le récit donne à son visage, à sa parole, toute leur puissance. Là aussi, Flaubert a su éviter la tentation facile de l'évocation historique ; il a su, dans une certaine mesure, voir ces événements qui, dans la suite des temps, ont pris une signification qui les dépasse, comme s'il eût été un contemporain ; là, comme à propos de *Salammbô*, il faut citer l'expression si juste employée par Théophile Gautier pour définir l'art de Flaubert : « objectivité rétrospective ». Des *Trois contes*, c'est cependant celui qui fut le moins apprécié, sauf par Taine qui écrivait au romancier : « Ces quatre-vingts pages m'en apprennent plus sur les alentours, les origines et le fond du christianisme que l'ouvrage de Renan ; pourtant, vous savez si j'admire les *Apôtres*, son *Saint Paul*, et son *Antéchrist*. Mais la totalité des mœurs, des sentiments, du décor, ne peut être rendue que par votre procédé et par votre lucidité. » En faisant la part de l'exagération manifeste que contient ce jugement, il faut bien reconnaître que Flaubert a su ici esquiver les difficultés qui semblaient presque insurmontables dans un tel récit.

Trois Mousquetaires (Les). Roman historique d'Alexandre Dumas père (1802-1870), écrit en collaboration avec Auguste Maquet (1813-1888) et publié en 1844. Les héros de ces aventures sont quatre gentilshommes, amis inséparables, mousquetaires de Louis XIII : Athos, en réalité comte de la Fère, dont la vie a été brisée par un tragique mariage avec une aventurière ; il est devenu mousquetaire par désespoir, il a l'âme romantique, noble et hautaine ; Porthos, dont le véritable nom est du Vallon, est un géant débonnaire et vaniteux ; Aramis, ou le chevalier d'Herblay, arraché à sa vocation religieuse par une aventure galante, oscille continûment entre un vague mysticisme, une habileté dans les intrigues toute jésuitique, des amours secrètes et fort aristocratiques, et une bravoure pleine de fougue. Aux trois premiers compagnons vient se joindre d'Artagnan, un Gascon courageux et rusé, qui arrive de sa province natale, nanti des plus folles ambitions et d'un maigre pécule ; il deviendra le héros de l'histoire. Aspirant à devenir mousquetaire, il entre en relations avec les trois autres au moyen d'un triple duel, qui s'achève par un commun et victorieux assaut contre les gardes du cardinal de Richelieu, ennemis traditionnels des mousquetaires du roi. Le hasard met d'Artagnan aux prises avec un agent du cardinal, Milady, qui n'est autre que la première femme d'Athos ; de sorte que cette redoutable espionne se trouve mêlée aux affaires des trois mousquetaires et les poursuivra de ses vengeances. L'amour que d'Artagnan porte à Constance Bonacieux, fidèle femme de chambre d'Anne d'Autriche, donne naissance à l'épisode le plus important du roman : car la reine a offert à son amant, Buckingham, douze ferrets en diamant, présent du roi. Le cardinal veut perdre la reine : aussi conseille-t-il à Louis XIII de faire savoir à Anne d'Autriche qu'elle devra porter les bijoux au prochain bal de la Cour. Si bien que les quatre compagnons, aidés par la fidèle Constance, entreprendront un dangereux voyage en Angleterre, et déjoueront les ruses des gens à la solde du cardinal, pour retrouver les joyaux. Athos, Porthos et Aramis sont mis hors de combat : seul d'Artagnan mène à bien la mission qu'il a reçue. Sur les dernières aventures plane l'ombre terrible de Milady, qui tente d'empoisonner les mousquetaires, réussit à faire poignarder Buckingham par le fanatique Felton, et fait périr par le poison la malheureuse Constance Bonacieux ; elle tombe enfin entre les mains des quatre compagnons, auxquels s'est joint lord Winter, le frère de son second mari qu'elle a tué. Elle est condamnée à mort et exécutée. *Les Trois Mousquetaires* obtinrent un succès qui ne peut guère se comparer qu'à celui de *Robinson Crusoé*, plus d'un siècle auparavant. Au temps du rationalisme, le héros du jour était l'homme qui retrouvait en lui l'innocence de la Nature ; à l'époque de Dumas, seule la réunion de caractères fort divers (depuis la simplicité un peu bornée de Porthos et l'intelligence hardie de d'Artagnan, jusqu'à la subtilité d'Aramis et au noble désespoir d'Athos) répondait à un désir de vie intense, aventureuse, capable de satisfaire pleinement un siècle raffiné, désireux de s'attendrir et de s'enthousiasmer pour le sort d'autres hommes, et surtout pour un héros tour à tour victime et triomphateur. Tous les événements se déroulent dans une atmosphère de facilité, qui n'est cependant pas toujours aussi superficielle qu'elle le paraît. L'habileté avec laquelle cette œuvre est conduite ne se retrouve dans aucune autre du même genre. Le point de départ des *Trois Mousquetaires* peut aisément se reconnaître dans les *Mémoires de M. d'Artagnan,* œuvre de Courtilz de Sandras parue en 1700, au point que certains critiques dont Quérard, dans ses *Supercheries littéraires dévoilées,* n'ont voulu y voir qu'un indigne plagiat. En réalité, Dumas sut tirer une œuvre extraordinairement originale et vivante d'un fatras historico-romanesque qui serait tombé, sans lui, dans un total oubli. À côté du roman-feuilleton, qui venait d'apparaître avec *Les Mystères de Paris* (*) d'Eugène Sue, Alexandre Dumas créait un genre nouveau en exploitant l'attrait qu'avait l'histoire de France auprès du public et en profitant de la publication des chroniques et des mémoires entreprise à la suite du vaste mouvement qui avait créé l'histoire moderne en France au début du XIXᵉ siècle. Fondateur de ce genre, Dumas devait en rester le modèle ; il ne fallait rien moins que sa fougueuse vitalité, son imagination débordante et sa facilité d'écriture pour donner vie à ce genre hybride. Parmi les quelque deux cents volumes de romans, de mémoires et voyages de cet auteur, et les innombrables œuvres de ses successeurs, *Les Trois Mousquetaires* apparaissent comme un chef-d'œuvre inégalé et demeurent encore un des livres les plus lus dans le monde entier.

Le succès des *Trois Mousquetaires* fut si rapide et si complet que Dumas se vit à peu près contraint de leur donner une suite. Ce qu'il fit avec *Vingt ans après,* un an seulement après la parution des *Trois Mousquetaires.* Vingt ans ont passé depuis qu'Athos, Porthos, Aramis et d'Artagnan se livraient à de joyeuses prouesses ; à la domination de Richelieu a succédé une époque de transition, sous le signe de la ruse et de la diplomatie, où triomphe Mazarin. D'Artagnan, resté mousquetaire, est pressenti par ce dernier qui a besoin d'hommes fidèles et résolus. D'Artagnan espère reconstituer alors le fameux groupe des quatre, qu'ont dispersé le temps et les événements. Mais seul se joint à lui le débonnaire Porthos, devenu le riche baron du Vallon de Bracieux de Pierrefonds. Aramis, entré dans les ordres, est passé à la Fronde et ourdit des complots avec Mme de Longueville. Athos, qui a repris son titre de comte de la Fère, s'est retiré dans un petit château à la campagne, où il veille sur l'éducation de son fils Raoul, vicomte de Bragelonne, né de ses amours avec Mme de Chevreuse ; lui aussi accorde ses sympathies à la Fronde. Toute la première partie du roman s'attache à faire l'historique de ce grand soulèvement contre l'autorité royale : les désordres de la Fronde, la fuite de la Cour à Saint-Germain, fuite protégée et dirigée par d'Artagnan, la vie intime de Mazarin et d'Anne d'Autriche. Mais les quatre héros se retrouvent inopinément en Angleterre, d'Artagnan et Porthos envoyés auprès de Cromwell par Mazarin, Athos et Aramis venus là pour tenter de sauver de l'échafaud Charles Iᵉʳ. Les uns et les autres ne parviennent qu'à un échec et se trouvent exposés à la furie vengeresse d'un fils de Milady, Mordaunt, créature de Cromwell, qui les persécute implacablement. Au cours du voyage de retour, Mordaunt manque de peu de faire sauter le navire qui les transporte, mais nos héros s'enfuient sur une barque. Mordaunt cherche alors à entraîner dans un abîme le malheureux Athos, qui ne se sentirait guère en mesure de résister, si le souvenir de son fils ne l'obligeait à planter un poignard dans le cœur de son ennemi. De toute évidence, l'œuvre manque de cette ardeur toute juvénile dont s'empanachaient *Les Trois Mousquetaires.* Mais, en compensation, l'histoire s'enrichit de toute l'expérience des quatre héros : intrigues et intérêts personnels, infortunes suivies d'éclatants succès, ce qui donne à l'ensemble un accent de réalité plus profond et fait gagner en fidélité la reconstitution historique.

De 1848 à 1850, Alexandre Dumas complétait sa trilogie avec *Le Vicomte de Bragelonne.* Alors que le premier roman évoquait le tyrannique Richelieu, le second le cauteleux Mazarin et l'époque troublée de la Régence d'Anne d'Autriche, c'est ici dans la période fastueuse et dissipée des premières années du règne personnel de Louis XIV que nous sommes transportés. Le héros de l'histoire est encore d'Artagnan, arrivé maintenant à l'âge mûr. Il prend tout d'abord une résolution déconcertante : abandonnant les mousquetaires, il fait de la restauration des Stuart en Angleterre une affaire toute personnelle. Il capture le général Monk qu'il parvient à persuader de faciliter l'accession au trône de Charles II, sous les auspices de la France. Et ceci marquera le commencement de sa fortune : dès lors, il sera toujours aux côtés de Louis XIV, conservant un solide équilibre au milieu des intérêts et des passions dont la Cour est le théâtre. Le roman devient alors une grande chronique, relatant les amours du roi, la chute de Fouquet, l'ascension de Colbert et enfin, nouvel et audacieux artifice, la tentative d'Aramis, devenu général des jésuites : Aramis ne prétendant rien moins que de substituer à Louis XIV son frère jumeau, l'« homme au masque de fer », qui, pour des raisons d'État, était tenu au secret. Ce sera encore d'Artagnan qui sauvera la situation. L'histoire de Raoul de Bragelonne, fils d'Athos, se mêle à ces scènes d'épopée. Élevé avec Mlle de La Vallière, Raoul a nourri pour elle, depuis l'enfance, un sentiment profond ; lorsqu'elle devient la maîtresse du roi, le jeune homme se fait tuer dans une bataille, et Athos vieilli, dont il était l'unique préoccupation, ne tarde pas à le suivre dans la tombe. Porthos, que nous trouvons ici, comme dans *Vingt ans après,* à la suite de d'Artagnan, mettant au service de ce dernier son extraordinaire résistance physique, périt dans un combat. D'Artagnan, devenu maréchal de France, est tué par un coup de canon. Seul Aramis survit à tous ses compagnons. En tant que fresque historique, *Le Vicomte de Bragelonne* est peut-être le plus important des trois romans et le plus fidèle à l'atmosphère d'une époque. Les teintes fraîches et vigoureuses des *Trois Mousquetaires* se sont entourées de dominantes plus sombres, le jeu des caractères a perdu en pétulance, mais gagné en profondeur : l'auteur est passé lui-même dans le camp de ses personnages les plus mûrs, et il juge les faits avec un sérieux qui est le leur, tout comme il envisageait les choses, dans *Les Trois Mousquetaires,* avec l'impudente joie de vivre de ses jeunes héros. C'est pourquoi les jeunes gens, tels le sensible et bizarre frère du roi, l'ardent duc de Guise, le fougueux de Wardes, le frivole Saint-Aignan, restent des figures de second plan, et Raoul lui-même ne sera qu'un motif lyrique destiné à faire paraître sous un nouvel éclairage la noble figure d'Athos. On notera également qu'au fur et à mesure que Dumas s'avance dans cette énorme histoire, elle s'élargit. Alors que *Les Trois Mousquetaires* ne comptaient que deux volumes, comme *Vingt ans après, Le Vicomte de Bragelonne* en compte quatre. C'est que, peu à peu, l'histoire, qui n'était au début qu'une toile de fond sur laquelle se détachaient les exploits de ses héros, tend à prendre la première place ; il est donc probable que les derniers volumes sont au moins autant l'œuvre du collaborateur de Dumas, l'historien Auguste Maquet, que de lui-même. À vrai dire, on se soucie assez peu de ces « distinguo » lorsqu'on se plonge dans ce roman touffu, prolixe, mais toujours bien mené, bien écrit et dont l'efficacité n'est pas à démontrer.

Trophées (Les). Recueil de sonnets du poète d'origine cubaine José-Maria de Heredia (1842-1905), publié en 1893. Chacun de ces petits poèmes, inspiré d'un épisode ou d'une figure de l'histoire, est ciselé comme une médaille antique. L'ensemble forme une *Légende des siècles* (*), miniature, tout à la gloire du passé, qui comprend : « La Grèce et la Sicile », « Rome et les Barbares », « Le Moyen Âge et la Renaissance », « L'Orient et les Tropiques », « La Nature et le Rêve ». « La Naissance d'Aphrodité », notamment, décrit la radieuse apparition de la déesse surgissant des flots ; « Les Bergers », d'inspiration grecque, font paître leurs troupeaux « aux gorges de Cyllène » ; « La Source » limpide qui « goutte à goutte tombe » dans la solitude, c'est une nymphe pleurant « un éternel oubli » ; « La Dogaresse » est une évocation de Venise digne du Titien ; « Les Conquérants » — le plus fameux sonnet de Heredia — célèbre les premiers conquistadores espagnols, ces aventuriers, compagnons de Cortés et de Pizarre, qui étaient allés chercher fortune dans le Nouveau Monde, et parmi lesquels se trouvait un ancêtre du poète. Le sonnet « Fleurs de feu » (c'est ainsi que, tout d'abord, devait s'intituler le recueil) évoque un volcan dont le cratère, maintenant éteint, voit s'épanouir, « comme un coup de tonnerre au milieu du silence », « la fleur des cactus embrasés ». Citons aussi les trois poèmes en « terza rima » dont se compose « Romancero ». Inspirés des vieux « romances » espagnols, ils rapportent avec un souffle épique les hauts faits du Cid. L'ambition d'embrasser tous les siècles de l'histoire, comme aussi l'abondance des éléments descriptifs et la précision de la technique, font des *Trophées* une des œuvres les plus représentatives du Parnasse et de la théorie de l'« art pour l'art ». Quelques-uns de leurs vers, par la frappe et l'éclat, ne se peuvent oublier. Citons pour mémoire des vers tels que : « Dans le sang d'Oranos fleurit Aphrodité » (« Naissance d'Aphrodité ») ; « L'Etna mûrit toujours la pourpre et l'or du vin » (« Médaille antique ») ; « Toute une mer immense où fuyaient des galères » (« Antoine et Cléopâtre »).

Troubadour / trouvère. Le troubadour est en occitan celui qui « trouve », c'est-à-dire qui compose texte et mélodie de ses poèmes. Le premier troubadour connu est Guillaume IX d'Aquitaine ; il écrit en langue d'oc, dans un pays riche, pour une société qui a le goût du faste et de la vie aisée. Après lui, au XIIe et XIIIe siècle, on dénombre plus de trois cents troubadours ; ce sont de grands seigneurs, mais aussi des bourgeois ou des moines, parfois de pauvres hères, et l'on compte parmi eux une vingtaine de femmes. Ils sont pour la plupart des professionnels de l'art d'écrire paroles et musique. Ils ont créé la *fin'amor,* qui introduit dans la fiction et peut-être dans les mœurs un renversement complet de la société : le grand seigneur amoureux devient le vassal de sa dame ; il s'engage à la servir et lui doit l'hommage ; en échange de quoi, il attend ce que la générosité de la dame voudra bien lui octroyer. Mais cette attente, nourrie par la vue, la pensée ou le souvenir de la dame, provoque en lui un état d'exaltation heureuse, le *joi.* Au-delà des mots et de ce que le poète leur fait dire, c'est l'élaboration même du poème qui fait la joie du poète, le jaillissement d'un lyrisme où les conventions, la musique et l'accord d'une société raffinée jouent un rôle essentiel. Les trouvères, en pays d'oïl, diffusèrent dans les cours une poésie chantée sur le thème de la *fine amour,* à l'imitation des troubadours.

MICHEL ROUSSE.

TROYAT Henri (pseud. de Lev Tarassov). Romancier et biographe d'origine russe. Né le 1er novembre 1911 à Moscou où son père était négociant. Ses parents fuient la révolution de 1917 ; il arrive à Paris en 1920 et fait ses études au lycée Pasteur, à Neuilly. Après avoir obtenu sa licence en droit, il est rédacteur à la préfecture de la Seine de 1935 à 1941. Parallèlement, il aborde la littérature avec un roman : *Faux jour* en 1935 et obtient le prix populiste. Puis il publie *Vivier* (1935), *Grandeur nature* (1936). Deux autres prix lui sont attribués en 1938, le prix Goncourt avec *L'Araigne* et le prix Max Barthou de l'Académie française. L'année suivante, il publie des nouvelles d'inspiration fantastique, *La Fosse commune* (1939). Écrivain prolixe, il est un fervent admirateur des romanciers russes du XIXe siècle et écrit des biographies littéraires et historiques : *Dostoïevski* (1940), *Pouchkine* (1946), *L'Étrange Destin de Lermontov* (1952), *Tolstoï* (1965), *Gogol* (1971), *Catherine la Grande* (1978), *Pierre le Grand* (1979), *Alexandre Ier* (1981), *Ivan le Terrible* (1982), *Tchekhov* (1984), *Tourgueniev* (1985), *Gorki* (1986), *Flaubert* (1988), *Maupassant* (1989), *Alexandre II* (1990). Attaché au réalisme du XIXe siècle, mais tempéré par l'influence de Tolstoï, il compose aussi de grands cycles romanesques. Certains sont consacrés à la peinture de la Russie avant et après la révolution de 1917 et aux Russes réfugiés en France : *Tant que la terre durera*, en trois volumes (1947-1950) : *La Lumière des justes*, en cinq volumes (1959-1963), *Les Héritiers de l'avenir*, en trois volumes (1968-1970) et *Le Moscovite*, qui est également une trilogie (1974-1975). D'autres suites romanesques décrivent la société moderne à travers l'histoire de deux familles françaises, *Les Semailles et les Moissons* en cinq volumes (1953-1958), *Les Eygletières*, en trois volumes (1965-1967). On lui doit d'autres romans : *Grimboscq* (1976), *Le Front dans les nuages* (1976), *Le Pain de l'étranger* (1982), *Marie Karpovna* (1984), *Le Bruit solitaire du cœur* (1985), etc. Il a publié un nouveau cycle romanesque : *Viou* (1980), *À demain, Sylvie* (1986), *Le Troisième Bonheur* (1987), un recueil de souvenirs, *Un si long chemin* (1976), des essais, des œuvres dramatiques, des nouvelles. Henri Troyat, dont la production littéraire est très abondante, touche un large public. Fidèle à une technique narrative qui soigne la vraisemblance, habile à évoquer la vie quotidienne, il représente un heureux équilibre dans la rencontre de traditions diverses. Le grand prix littéraire du prince de Monaco lui est décerné pour l'ensemble de son œuvre en 1952. Il est membre de l'Académie française depuis 1959.

CHRISTINE DE CLINCHAMPS.

T'SERSTEVENS Albert. Écrivain belge d'expression française. Né à Vecle, près de Bruxelles, le 20 septembre 1886, mort à Paris le 21 mai 1974. Ce grand voyageur commence par visiter l'Égypte dès 1910 et publie son premier livre à Paris en 1911, *Poèmes en prose.* En 1919, paraît son premier roman, *Les Sept parmi les hommes,* qui s'inspire des « sept dormants d'Éphèse » et montre que la folie des sages consiste à s'occuper du bonheur des hommes ordinaires pour leur proposer d'utopiques doctrines sociales. Il parcourt l'Italie à pied, ce qui lui donne l'idée de son roman *Le Vagabond sentimental* (1923). Il se laisse aller dans *Béni Ier, roi de Paris,* à une verve rabelaisienne, reprend dans *Taïa* (1929) les drames de Mayerling et de Sarajevo sous un jour neuf. *Les Corsaires du roi* (1930) constituent un tableau de la flibuste sous Louis XIV. Thème qu'il transpose à l'époque moderne dans *L'Or du « Cristobal »* (1936). Avec *Gens de la mer* (1937), il s'élève contre le stéréotype du marin cher au cinéma. Il voyage en Espagne, en Yougoslavie, au Portugal et en rapporte *Trois Itinéraires.* Il part ensuite pour New York, l'Équateur, le Chili. Mais c'est à Tahiti, au Mexique, à la Grèce, à Istanbul qu'il consacre ses derniers livres.

GUY LE CLEC'H.

Turcaret. Comédie en cinq actes et en prose de l'écrivain Alain-René Lesage (1668-1747), publiée à Paris en 1708 et jouée en 1709. Disons tout de suite qu'elle demeure encore aujourd'hui un des chefs-d'œuvre de la comédie de mœurs telle que la conçoit le théâtre français. Voici sa donnée : Turcaret est un ancien laquais passablement sot, sans éducation, ni probité. À force d'usure et d'opérations malhonnêtes, il est parvenu à prendre rang parmi les traitants les plus opulents. Afin de donner libre cours à ses passions libertines, il maintient sa femme en province, lui servant une maigre pension, tandis qu'il comble de présents une jeune baronne dont il est épris et auprès de laquelle il s'est fait passer pour célibataire. Cette coquette à son tour dispense des largesses à un certain chevalier qu'elle aime, lequel cyniquement déclare qu'il ne lui rend des soins que pour l'aider à ruiner le traitant. Secondé d'abord dans ce joli jeu par son valet, un gredin nommé Frontin, et après avoir dépouillé Turcaret ainsi que sa maîtresse, le chevalier finit par devenir lui-même la proie de la canaille et se voit mis à sec tant par Frontin que par Lisette, une suivante habilement placée chez la baronne. Turcaret, arrêté pour exactions, est emprisonné, tandis que la bande, auteur de sa ruine, triomphe. Le plus fripouille de tous, Frontin, tire la conclusion de l'aventure en s'écriant : « Voilà le règne de M. Turcaret fini, le mien va commencer ! » *Turcaret* est peut-être l'œuvre dramatique qui se rapproche le plus des grandes créations de Molière. C'est la satire âpre et vigoureuse de la cupidité, des financiers qui drainaient les richesses de la France. Le traitant enrichi nous apparaît dans toute sa hideur morale. Lesage a mis à nu son insolence, sa bassesse, son ostentation, sa prodigalité, ses folies, ses débauches et surtout sa friponnerie. Il avait vu de près ce monde des agioteurs, où les soudaines faveurs de la fortune développent les plus viles passions de l'âme. Turcaret vit encore. Il est toujours au milieu de nous. Si le temps lui a ôté sa perruque et ses diamants, il lui a laissé sa suffisance, sa platitude et sa sottise. Le châtiment de Turcaret, c'est d'avoir affaire à des fripons qui sont bien décidés à lui reprendre une partie de ce qu'il a pris. Lesage eut une inspiration géniale en entourant le maltotier de voleurs. Il a le cadre et la compagnie qui lui conviennent. Il est plaisant de voir duper les dupeurs. La femme qui exploite le financier prodigue est exploitée à son tour par un aventurier, qui lui-même est escroqué par ses valets ; une revendeuse, aux crochets de ce milieu interlope, se trouve être la sœur de Turcaret, dont elle identifie la femme sous la défroque d'une pseudo-comtesse en quête d'intrigues équivoques ; un marquis, client de l'usurier, reconnaît en lui un ancien serviteur de son père et retrouve au doigt de sa maîtresse une bague précieuse confiée par lui en gage. Chacune de ces silhouettes suspectes est croquée sur le vif. Le dialogue est un modèle d'esprit, de verve, de naturel, de force et de gaieté. On admire l'exactitude de la peinture, la variété des incidents, la richesse des saillies, enfin l'animation de l'œuvre tout entière. En attaquant ces agioteurs qui étaient l'âme de la finance de l'époque, Lesage s'attira de graves ennuis. Sa pièce émut si fort les manieurs d'argent qu'ils mirent tout en branle pour en empêcher la représentation. On raconte même qu'ils offrirent jusqu'à cent mille livres à l'auteur pour qu'il retire sa pièce. Il ne fallut pas moins que l'intervention du Grand Dauphin, fils de Louis XIV, pour lever les obstacles et mettre fin aux difficultés. Ce fut en effet à la suite d'un ordre formel envoyé aux comédiens du Roi par Monseigneur, le 13 octobre 1708, que la comédie put être jouée devant le public. La première représentation eut lieu le 14 février 1709. Elle obtint un succès éclatant. On a fait grief à Lesage d'avoir composé une comédie satirique plutôt qu'une comédie de caractères, d'avoir peint des mœurs et non des caractères, bref, d'avoir développé une thèse générale plutôt que créé un portrait individuel. Ce défaut, commun à beaucoup d'autres comédies, est précisément ce qui différencie le plus le type inventé par Lesage de ceux de Molière. C'est là, à vrai dire, toute son originalité. Ajoutons à cela que le tableau de mœurs que nous offre *Turcaret* est quasiment unique dans le théâtre français.

TYARD Pontus de. Poète et prosateur. Né probablement en 1522, mort à Bragny le 23 septembre 1605. De bonne noblesse bourguignonne, après une enfance et des études dont nous ne savons presque rien, Pontus de Tyard fait son entrée dans le monde des lettres lyonnaises en 1549 avec la publication chez Jean de Tournes des *Erreurs amoureuses* dédiées à la mystérieuse Pasithée, dans lesquelles l'influence de la *Délie* (*) de son ami Maurice Scève s'allie à un néoplatonisme authentique, fortement marqué par les *Dialogues d'amour* de Léon L'Hébreu, dont Tyard donne une traduction en 1551. La *Continuation* de 1551 et le *Troisième livre* des *Erreurs* de 1555 témoignent cependant de l'intérêt croissant qu'il porte à la poésie de la jeune Brigade, ce qui lui vaut de figurer au nombre des « poètes sacrés » mentionnés par Ronsard en 1553 dans *L'Élégie à Jean de la Péruse.* Mais c'est avec Jacques Peletier, parmi les poètes de la future Pléiade, qu'il entretient les relations les plus étroites, en homme qui nourrit, comme lui, une double passion pour la poésie et pour les sciences. Dès 1552, dans le *Solitaire premier, ou Prose des Muses et de la fureur poétique* — le premier des dialogues qu'il rassemblera en 1587 sous le titre de *Discours philosophiques* —, l'exposé de la conception ficinienne de la « fureur » poétique lui fournit l'occasion d'une réflexion sur la possibilité d'introduire de l'ordre dans l'ensemble diversifié des connaissances humaines. La même préoccupation se retrouve dans le *Solitaire second, ou Prose de la musique* (1555) puis dans le *Discours du temps* (1556) et dans *L'Univers* (1557), où il entreprend une synthèse encyclopédique des connaissances de son temps. L'ensemble se clôt en 1558 avec *Mantice*, un débat contradictoire sur la question de l'astrologie qui souligne les limites de toute systématisation du savoir qui ne se fonde pas sur l'évidence mathématique.

Après un long silence, on retrouve Tyard en 1569 au service de Charles IX puis de Henri III — une lettre d'Amyot nous apprend en 1577 que le roi écoute le poète « discourir de la constitution et mouvement du ciel ». Il réédite en 1573, 1575 et 1578 *Mantice*, le *Solitaire premier* et *L'Univers*, avec des additions qui témoignent de la permanence de ses préoccupations scientifiques, et en 1573 ses *Œuvres poétiques* avec de nouveaux sonnets amoureux inspirés par Claude-Catherine de Clermont, comtesse de Retz. Sa nomination comme évêque de Chalon-sur-Saône en 1578 ouvre dans son existence une période nouvelle, où les préoccupations religieuses passent au premier plan (sa pratique de l'oraison dominicale donnera lieu à la publication d'*Homilies* en 1585, 1586 et 1587). Peut-être publie-t-il alors l'ensemble des *Discours philosophiques* (Paris, Abel L'Angelier, 1587) pour témoigner d'un monde en train de finir dans un contexte de luttes religieuses bourguignonnes où il s'efforce de concilier catholicisme, esprit de modération et fidélité monarchique (son hostilité aux excès de la Ligue lui dicte en 1591 le *Fragmentum Epistolae* contre les jésuites). Avec le *De recta nominum impositione* (1603), il revient peu avant sa mort à la tradition néoplatonicienne (Philon le Juif, Denys l'Aréopagite) qui avait été au principe de tous les développements ultérieurs de sa pensée.

SYLVIANE BOKDAM.

RÉF. : K. M. Hall, *Pontus de Tyard and his « Discours philosophiques »*, Oxford, 1963. – E. Kushner, « Qui est Päsithée ? », in *Il Rinascimento a Lione*, Rome, 1988.

TZARA Tristan (pseud. de Samuel Rosenstock). Poète d'origine roumaine. Né le 16 avril 1896 à Moinesti (Roumanie) et mort le 24 décembre 1963 à Paris. Son nom est principalement lié au mouvement Dada, qu'il lance pendant la guerre à Zurich avec quelques amis. Sa trajectoire le met ensuite en relation avec les surréalistes (Aragon, Breton, Soupault, Éluard) et des peintres comme Modigliani, Picasso et Kandinski. Périodiquement brouillé avec les surréalistes – et notamment avec Breton –, il défend peu à peu une poésie plus militante, et entre en 1937 au secrétariat du Comité pour la défense de la culture espagnole. Sa vie se confond dès lors avec son œuvre poétique et sociale, l'une des plus attachantes de ce siècle : *La Première Aventure céleste de monsieur Antipyrine* (1916), *Vingt- cinq poèmes* (1918), *Cinéma Calendrier du cœur abstrait Maisons* (1920), *Le Cœur à gaz* (1921), *Mouchoir de nuages* (1924), *Monsieur Aa l'antiphilosophe* (1916-1924), *Lampisteries* (1917-1922), *Minuits pour géants* (1924-1932), *Indicateur des chemins de cœur* (1928), *L'Arbre des voyageurs* (1930), *L'Homme approximatif* (1931), *Où boivent les loups* (1932), *Le Puisatier des regards* (1932), *Le Désespéranto* (1932- 1933), *L'Antitête* (1933), *Abrégé de la nuit* (1934), *Les Mutations radieuses* (1935-1936), *Midis gagnés* (1945-1938), *La Deuxième Aventure céleste de Monsieur Antipyrine* (1938), *Parler seul* (1950), *Le Poids du monde* (1951), *La Face intérieure* (1953), *À haute flamme* (1955), *Frère bois* (1957), *La Rose et le Chien* (1958), à quoi il faut ajouter divers recueils comme *Piège en herbe* (1930), *La Fonte des ans* (1931), *La Fuite* (1947), *De mémoire d'homme* (1950), une œuvre théâtrale importante et des essais comme *Les Sept Manifestes Dada* (1924), *La Dialectique de la poésie* (1947) et *Le Surréalisme et l'Après-guerre* (1947). Œuvre abondante, donc, mais marquée, à travers ses changements successifs, par une profonde fidélité à l'élan qui a présidé, en 1917, à la création de la revue *Dada*. « Je détruis les tiroirs du cerveau et ceux de l'organisation sociale... » écrit Tzara dans le *Manifeste Dada* de 1918. Dada est ce qu'on appellerait aujourd'hui une entreprise de subversion et de contestation radicale de l'ordre existant : en ce sens, explique Tzara, ce n'est pas – et ce sera là l'origine des heurts avec les surréalistes – un nouveau mouvement littéraire. « Dada n'est pas moderne. » Épris de primitivité (ils organisent plusieurs récitals de musique noire), les dadaïstes ne contestent pas seulement la société, dont ils perçoivent parfaitement en pleine guerre l'inhumanité : ils s'attaquent à son langage, dans la mesure où le langage est le ciment de l'ordre établi. « Liberté : Dada Dada Dada hurlement de couleurs crispées entrelacement des contraires et de toutes les contradictions, des grotesques, des inconséquences : la vie », proclame Tzara dans *Le Septième Manifeste Dada.* Dada (ce nom a été choisi par hasard dans un dictionnaire) est dérision, mais aussi affirmation de la vie. À ce titre, c'est sans doute l'un des mouvements de contestation les plus radicaux du XXe siècle.

Le poète Tzara se garde donc bien d'édifier une « œuvre littéraire » : tous ses recueils sont des jaillissements spontanés de mots et d'images, et Jean Cassou a pu qualifier *L'Homme approximatif* d'« extraordinaire poème primitif ». Parfaitement conforme à « l'esprit » surréaliste, la poésie de Tzara devient, à partir de 1936 (c'est-à-dire à partir de la guerre d'Espagne), de plus en plus engagée. Le fondateur de *Dada* déclarera en 1948 : « La poésie est action. » Mais Dada était aussi action... Bien qu'on puisse ranger Tzara aux côtés de Breton, d'Éluard, d'Aragon, et le classer – poétiquement parlant – dans la lignée des surréalistes, son œuvre se distingue jusqu'au bout par une fougue et une vitalité, par un déferlement d'images qui la rendent unique. Ce que le poète a su exprimer une fois dans un vers inoubliable : « Flamme seule je suis seul. »

ANTOINE BERMAN.

RÉF. : René Lacôte, *Tristan Tzara,* Paris, 1952. – Michel Sanouillet, *Dada à Paris,* Paris, 1965. – Micheline Tisou-Braun, *Tristan Tzara, inventeur de l'homme nouveau,* Paris, 1977.

U

Ubu roi. Alfred Jarry (1873-1907) n'avait que quinze ans, lorsqu'il composa cette pièce en cinq actes, à la fois légendaire et bouffonne, qui devait faire passer son nom à la postérité. Écrit d'abord pour les marionnettes (sous le titre *Les Polonais*) et représenté dès 1888 par des marionnettes sur une scène familiale, *Ubu roi* fut joué au Théâtre de l'Œuvre par la troupe de Lugné-Poe le 10 décembre 1896. D'après les témoins de cette présentation au public, ce fut une soirée mémorable. *Ubu roi* avait paru en juin de la même année en librairie, sous le titre complet de *Ubu roi. Drame en cinq actes en prose. Restitué en son intégrité tel qu'il a été représenté par les Marionnettes du Théâtre des Phynances en 1888,* au *Mercure de France.* Deux autres éditions furent publiées du vivant de l'auteur (1897 et 1900). La farce commence dès la dédicace à Marcel Schwob, qui est suivie de cette épigraphe : « Adonc le père Ubu hoscha la poire, dont fut depuis dénommé par les Anglois Shakespeare, et avez de lui sous ce nom maintes belles tragoedies par escript » ; farce aussi que la composition qui est donnée de l'orchestre, lequel comprend des cervelas, des oliphans verts, des sacquebutes et des galoubets. Le premier mot de la pièce est aussi énergique qu'imprévu : « Merdre ! » dit le père Ubu. Ce qui suscita de vives réactions des premiers spectateurs. Nous sommes en Pologne, où Ubu, ancien roi d'Aragon, et présentement capitaine des dragons, officier de confiance du roi Venceslas et décoré de l'ordre de l'Aigle rouge de Pologne, jouit d'une haute situation et de la faveur du roi. Mais sa femme, mère Ubu, n'est pas satisfaite de ce rang : elle aspire au trône et, pour convaincre son époux, trace ce tableau séduisant de la vie du souverain : « Tu pourrais augmenter indéfiniment tes richesses, manger fort souvent des andouilles et rouler carrosse par les rues. » Cette description idyllique fait réfléchir le gros homme : le voilà lancé. Il monte une conspiration avec le vaillant capitaine Bordure, au cours d'un somptueux festin où les côtes de rastron, les pâtés de chien et les croupions de dinde s'entassent sur les tables. Mais l'arrivée d'un messager du roi compromet la mâle résolution d'Ubu : « Oh ! merdre, jarnicoton bleu, de par ma chandelle verte, je suis découvert, je vais être décapité ! Hélas ! Hélas ! » Devant le roi, il passe aux aveux. Fort heureusement, personne ne comprend rien à son langage bredouillant et sibyllin ; et, sur un affront de l'héritier du trône, le jeune Bougrelas, qui le met hors de lui, il fuit la cour : « Et maintenant, je vais foutre le camp. Oh ! aïe ! au secours ! De par ma chandelle verte, je me suis rompu l'intestin et crevé la bouzine ! » À l'acte II, la reine confie à son époux ses inquiétudes, ses appréhensions : il ne reviendra pas vivant de la revue. L'attentat en effet réussit ; nous assistons au massacre de la famille royale et à l'accession au trône du père Ubu. Bougrelas a échappé à la mort ; réfugié dans une caverne, il attend l'occasion de prendre sa revanche. Devenu roi, Ubu agit avec une autorité innée, une brutalité qui étonne et qui inquiète même sa douce moitié. Celle-ci lui conseille de jeter de l'argent à la foule afin de lui permettre de payer ses impôts ; Ubu y consent. Cette mesure de haute politique prise, Ubu, à l'acte III, jouit des enivrements du pouvoir. Il s'est « flanqué une indigestion » et fait confectionner la magnifique capeline, en peau de mouton avec une agrafe et des brides en peau de chien, dont il rêvait. Décidé à prendre l'argent là où il est, il confisque les biens des nobles, qu'il fait passer dans la « trappe à nobles », où ceux-ci seront « décervelés », puis il se fait lire « la liste de ses biens ». Il prend ensuite les mêmes mesures énergiques et décisives avec les magistrats, puis avec les financiers ; enfin il instaure de nouveaux impôts, dont un sur les mariages et un sur les décès, « de quinze francs chacun ». Afin d'être sûr de ne pas se faire voler, il décide d'aller les collecter lui-même de village en village. Bordure, emprisonné aussitôt après l'attentat, s'évade et vient implorer l'aide du tsar pour rétablir la dynastie légitime : dans tout le pays la révolte gronde. Conseil de guerre au palais : Ubu tremble de peur ; enfin il consent à prendre la tête de ses armées, à condition de ne pas débourser un sou. Après avoir écrasé sous son poids deux chevaux, le roi de Pologne se sent plein d'énergie belliqueuse : « Corne physique, je suis à moitié mort ! Mais c'est égal, je pars en guerre et je tuerai tout le monde ! » Il prévoit même le traitement qu'il fera subir au tsar : « Torsion du nez et des dents, extraction de la langue et enfoncement du petit bout de bois dans les oreilles. » À l'acte IV, après le départ d'Ubu, la mère Ubu vole le trésor des rois de Pologne ; mais Bougrelas attaque la capitale et s'en empare. La toute récente souveraine doit s'enfuir en abandonnant ses richesses. Cependant, Ubu fait merveille sur le champ de bataille. Affolé par le moindre coup de canon, s'écroulant pour un rien, il a de terribles réveils de sauvagerie et ne rêve que sang et massacres. Défait, il se réfugie avec deux « palotins » dans une caverne, où ils reçoivent la visite d'un ours. Terreur d'Ubu qui trépigne de peur, puis, juché sur un rocher, débite des patenôtres. À l'acte V, nous retrouvons la mère Ubu, qu'un hasard providentiel a conduite dans la caverne où ronfle son respectable et énorme époux. Elle tente de se faire passer pour l'apparition d'un ange et commande à Ubu de pardonner à sa femme ses larcins. Celui-ci n'est pas dupe de la supercherie et s'apprête à lui faire subir un supplice aussi raffiné que complet : « Torsion du nez, arrachement des cheveux, pénétration du petit bout de bois dans les oreilles, extraction de la cervelle par les talons, lacération du postérieur, suppression partielle ou même totale de la moelle épinière... sans oublier l'ouverture de la vessie natatoire et finalement la grande décollation, renouvelée de saint Jean-Baptiste, le tout tiré des très saintes Écritures », lorsque Bougrelas à la tête de ses soldats entre dans la caverne. Ce n'est que grâce à leur vaillance que les deux Ubu parviennent à échapper au sort qui les menace. Nous les retrouvons sur le pont d'un navire, où Ubu se mêle de la manœuvre et manque de faire chavirer l'embarcation ; ils se rendent dans leur pays natal, en France, où père Ubu se fera nommer « Maître des Phynances » à Paris. Et le drame s'achève sur cette phrase lapidaire : « S'il n'y avait pas de Pologne, il n'y aurait pas de Polonais ! »

Ubu roi n'est pas seulement un « canular », une farce plaisante et féroce, une parodie loufoque des pièces à grand spectacle ; c'est une véritable création, l'entrée en scène d'un personnage dont le nom demeurera. Ubu, c'est Joseph Prudhomme et M. Perrichon, poussés jusqu'à l'absurde, jusqu'au délire, c'est le bourgeois devenu enragé, poltron et sauvage, le garde national mégalomane et ivre. *Ubu roi* est — même si Jarry ne l'a pas nettement voulu — une satire ; et jusque sous l'énormité sommaire des caractères et des situations, certains de ses mots portent fort loin. Jarry invente un langage qui n'est qu'à lui, mais qui, dans sa verdeur et sa cocasserie, s'impose. Par là, il n'est pas sans rappeler les *Soties* (*) du Moyen Âge, et même Rabelais. Mais *Ubu roi* est aussi un drame fort bien construit et fort soigneusement écrit. Il fallait à coup sûr quelque étincelle de génie à ce collégien de quinze ans pour faire de cette macabre et bizarre plaisanterie une œuvre caricaturale certes, mais puissante et humaine, trop humaine ; car par-delà le bourgeois, c'est l'homme que vise Jarry, l'homme dont il venait de mesurer l'indicible bêtise, la lâcheté et la sauvagerie.

Unanimisme. Du latin *unus* : « un seul », et *animus* : « esprit ». Il a été créé par Jules Romains pour désigner une doctrine littéraire selon laquelle un romancier ne peut se contenter d'esquisser le portrait de quelques personnages isolés, mais doit les montrer dans leurs rapports sociaux, présenter de grands groupes humains, afin de rendre compte des états d'âme collectifs, de « la vie unanime » ; cette expression est d'ailleurs le titre d'une de ses œuvres, publiée en 1908, qui glorifie la solidarité, considérée comme supérieure aux émois individuels. Les unanimistes se qualifiaient de « groupe fraternel d'artistes » : sans croire en Dieu, ils trouvaient une raison de vivre dans l'universalité spirituelle. Cette doctrine a suscité la création de « romans- fleuves », renouant avec la tradition chère aux précieux du XVIIe siècle, comme les vingt-sept tomes des *Hommes de bonne volonté* (1932- 1946) : Jules Romains y fait évoluer ses groupes humains non seulement dans de nombreux pays européens, mais aussi dans des milieux et activités divers. Cette association du réalisme et de l'idéalisme est également illustrée par les œuvres de Georges Duhamel : les cinq romans formant le cycle de *Salavin* (1920-1932), ou les dix titres de la *Chronique des Pasquier,* publiés de 1933 à 1945. Il se dégage de ce mouvement un humanisme fondamental qui, pour être trop lié à un moment précis de l'histoire — l'entre-deux-guerres —, a pris quelques rides.

ARLETTE BOUÉ.

Un coup de dés jamais n'abolira le hasard. Célèbre poème de Stéphane Mallarmé (1842-1898), dont une première version parut dans la revue *Cosmopolis* en 1897. La version définitive ne fut publiée qu'en 1914. S'agit-il d'un fragment du grand œuvre dont le poète avouait l'ambition dans sa lettre autobiographique de 1885 ? Selon le témoignage de Gustave Kahn, neuf poèmes semblables devaient lui faire suite. D'après Paul Claudel, « dans l'esprit de Mallarmé, ce travail n'était que le premier essai d'un grand poème, où il aurait voulu enfermer l'explication du monde ». Toujours est-il qu'avec ce poème, qui procède pour une large part du conte inachevé d'*Igitur* (*), dont le drame n'a plus pour cadre l'espace clos d'une chambre, mais la mer et le ciel d'un naufrage, Mallarmé ne rompt pas tellement avec les formes traditionnelles de la poésie qu'il ne vise à créer, à côté d'elles, un genre nouveau : « Le genre, que c'en devienne un comme la symphonie, peu à peu, à côté du chant personnel, laisse intact l'antique vers auquel je garde un culte et attribue l'empire de la passion et des rêveries ; tandis que ce serait le cas de traiter, de préférence (ainsi qu'il suit) tels sujets d'imagination pure et complexe ou intellect : que ne reste aucune raison d'exclure de la poésie — unique source. » Si Mallarmé se réfère à un modèle musical, il ne s'agit pas de reprendre à la musique, cette usurpatrice aux yeux du poète, des effets d'ordre mélodique ; il s'agit de lui reprendre une méthode de composition. Le poème, ici, se veut partition. Pour cela, le poète recourt à un procédé timidement expérimenté dans *L'Après-Midi d'un faune* — v. *Poésies* (*) de Mallarmé —, celui de la disposition typographique. Mais, alors que dans *L'Après-Midi d'un faune* les blancs n'avaient guère qu'une fonction de ponctuation, le choix des divers caractères et leur disposition sur une double page régissent la lecture et participent d'un symbolisme spatial irréductible à une signification linéaire. Ainsi la phrase qui donne le titre du poème est-elle imprimée en grands caractères, et divisée en quatre groupes selon la partition suivante : UN COUP DE DÉS / JAMAIS / N'ABOLIRA / LE HASARD. Chaque fois qu'un de ces groupes apparaît dans le corps du poème, il occupe une place particulière : ainsi répartis et disposés, ces quatre éléments de la phrase clé dessinent une sorte de mouvement ondulatoire, que certains commentateurs ont interprété comme le mouvement du temps. Il « constituerait la projection en plan d'un mouvement cyclique dont les quatre phases représenteraient les quatre âges traditionnels » (G. Michaud). Bien des exégèses ont été proposées (notamment par R. G. Cohn) de cette véritable pensée dans l'espace, considérée tantôt comme l'ultime message de Mallarmé, tantôt comme une œuvre somme, une moderne cosmogonie. Toujours est-il que ce poème, où les blancs « assument l'importance » et fondent une versification qui se propose comme une « mise en scène spirituelle exacte » de la pensée, a ouvert des perspectives nouvelles à l'écriture poétique en élevant, selon le mot de Valéry, « une page à la puissance du ciel étoilé ».

B. Ma.

URFÉ Honoré d'. Romancier. Né à Marseille le 10 février 1567 ; mort à Villefranche-sur-Mer près de Nice le 1er juin 1625. Issu d'une excellente famille du Forez par son père, apparenté par sa mère à la maison ducale de Savoie, neveu du gouverneur de la Provence, Honoré d'Urfé fut élevé au château de La Bastie en Forez, puis à Paris au collège de jésuites de Tournon, et fait profession dans l'ordre de Malte en 1581. C'est à La Bastie, semble-t-il, et dès 1584, qu'il commença à écrire le roman qui devait faire sa gloire, *L'Astrée où par plusieurs histoires et sous personnages de bergers et autres sont déduits les divers effets d'une honnête amitié* (*). Cette longue épopée amoureuse, nous en avons la confidence de l'auteur, « n'est véritablement que l'histoire de sa jeunesse ». Le jeune Honoré s'était en effet épris de sa belle-sœur, Diane de Châteaumorand, la femme de son frère aîné, Anne d'Urfé, qu'il devait épouser en 1600 — cette union ne fut d'ailleurs pas heureuse et les époux se séparèrent en 1614. Mais d'Urfé fut aussi un homme d'action et même un homme de guerre. Ayant pris très tôt parti pour la Ligue, il demeura fidèle, même lorsque celle-ci fut vaincue, au duc de Nemours. Arrêté deux fois, d'Urfé dut quitter le sol français et se réfugia en Savoie en 1595. C'est là qu'il écrivit *Siréine*, poème pastoral publié en 1604, allégorie de son unique amour, et des *Épîtres morales* (1598-1608) où, une fois de plus, avec beaucoup d'érudition mais dans un style assez embarrassé, il défend la théorie platonicienne de l'amour. Entré au service de son parent le duc de Savoie, d'Urfé participa à plusieurs campagnes militaires et vécut tantôt en Savoie, tantôt dans son pays natal, en Forez. En Savoie, il fréquentait saint François de Sales et Jean-Pierre Camus, ses amis. Il compose vers 1606 une épopée à la gloire de la maison de Savoie, *La Savoysiade*, qui restera inachevée. Il périt au cours d'une attaque des troupes du duc de Savoie contre l'armée de la république de Gênes, à Villefranche-sur-Mer. Outre qu'il est le premier de nos romanciers classiques, d'Urfé a exercé une influence profonde sur les mœurs fort rudes encore de son temps, il les a polies en exaltant une délicatesse de sentiments toute nouvelle alors. *L'Astrée*, dont la première partie avait vu le jour en 1607, ne fut complète qu'en 1627, année où paraît sa pastorale, *La Sylvanire*, après la mort de l'auteur.

RÉF. : O.-C. Reure, *La Vie et les œuvres d'Honoré d'Urfé*, Paris, 1910. — M. Magendie, *Du nouveau sur L'Astrée*, Paris, 1927 ; *L'Astrée d'Honoré d'Urfé*, Paris, 1929 ; *Le Roman français au XVIIe s., de L'Astrée au Grand Cyrus*, 1932. — J. Ehrmann, *Un paradis désespéré*, Paris, 1963. — *Colloque commémoratif du quatrième centenaire de la naissance d'Honoré d'Urfé*, *Bulletin de la Diana*, 1970. — M. Gaume, *Les Inspirations et les sources de l'œuvre d'Honoré d'Urfé*, Univ. Saint-Étienne, 1977. — L. K. Horowitz, *Urfé*, 1984. — M. Cuénin, *L'Idéologie amoureuse en France (1540-1627)*, Paris, 1987.

Utopie. Ce mot signifie au sens propre « nulle part ». Il a été forgé par l'Anglais Thomas More en 1516 pour décrire une république idéale et imaginaire située dans l'île d'Utopie. Rabelais s'en souvient dans le *Gargantua* (*) avec l'abbaye de Thélème, et le voyage même de Pantagruel se dirige vers un lieu de nulle part (*Quart Livre*). Ce type de fiction convient donc particulièrement pour décrire une organisation sociale imaginaire et idéale, au rebours de la société réelle que conteste l'écrivain. Les philosophes, depuis Platon, s'en servent volontiers ; l'Italien Campanella (*La Cité du soleil,* 1623) ou l'Anglais Bacon (*Nouvelle Atlantide,* 1627) poursuivirent cette tradition. On peut en trouver des traces dans l'*Autre Monde* – v. *Histoire comique* (*) de Cyrano de Bergerac, qui décrit les états de la Lune et du Soleil (1657-1662) –, mais c'est avec l'approche des Lumières que va s'épanouir le genre : *La Terre australe connue* de Gabriel de Foigny (1676), *L'Histoire des Sévarambes* de Denis Veiras (1679) en sont les premiers jalons, en plein classicisme. Les mœurs et les institutions de ces pays inconnus y sont décrites dans le détail, avec une curiosité « ethnographique » que la littérature de voyage avait mise à la mode. Fénelon lui-même sacrifie au genre en décrivant le royaume idéal de Salente dans ses *Aventures de Télémaque* (*) (1699). Au XVIIIe siècle, on rencontre encore des utopies bâties méthodiquement et abstraitement (de Gilbert, *Histoire de Calejava,* en 1700, à Mercier, *L'An 2440,* en 1770), mais elles voisinent avec un mode plus corrosif, à la façon du *Supplément au voyage de Bougainville* de Diderot (1796) ou de l'*Histoire des Ajaoiens* de Fontenelle (1768). Moyen paradoxal et extrême de construire intellectuellement ou de critiquer, l'utopie apparaît donc comme un lieu très favorable à la fiction littéraire. Déjà, la société idéale de *L'Astrée* (*) de d'Urfé (1607-1628), fondatrice de l'espace littéraire du classicisme, était pastorale, en retrait du monde ; Cyrano semblait inventer la science-fiction (v. ce mot), pour développer ses thèses matérialistes ; même Marivaux, à la fois philosophe social et dramaturge, fondera son *Île des esclaves* (1725) sur une utopie. Autant de marques qui indiquent la fécondité littéraire et philosophique de ces « voyages au pays de Nulle part » (R. Trousson).

EMMANUEL BURY.

V

VACHÉ Jacques. « Pohète » français. Né le 7 septembre 1895 à Lorient (Morbihan), mort le 6 janvier 1919 à Nantes. Blessé de guerre, il entre à l'hôpital de Nantes où André Breton est mobilisé. Jacques Vaché le subjugue très vite par un comportement qu'André Breton définit comme « un parti pris d'indifférence totale, au souci près de ne servir à rien ou plus exactement de *desservir* avec application » et par sa conception de l'umour « selon l'orthographe inspirée à laquelle il recourt, l'umour qui va prendre avec lui un caractère initiatique et dogmatique ». Fortement marqué par Jarry, Jacques Vaché définit l'umour — v. ses *Lettres de guerre* (1919) — comme une sensation [...] de l'« inutilité théâtrale (et sans joie) de tout », ce qui implique une condamnation générale de la littérature et de l'art. Position dadaïsante avant la lettre car, à en croire André Breton, Jacques Vaché ignora Dada. Le doute subsiste à cet égard car un texte poétique, *Blanche Acétylène,* et un début de nouvelle, *Le Sanglant Symbole*, laissent percer une influence dadaïste. Doute encore sur la cause de sa mort : suicide ou accident consécutif à une trop forte absorption d'opium ?

RÉF. : A. et O. Virmaux, *Cravan, Vaché, Rigaut*, Mézière-sur-Issoire (Haute-Vienne), 1983. — M. Carassou, *Jacques Vaché et le groupe de Nantes*, Paris, 1986.

VAILLAND Roger. Romancier. Né à Acy-en-Multien (Oise) le 16 octobre 1907, mort à Meillonnas (Ain) le 12 mai 1965. On peut reprendre, pour définir les moments essentiels de son existence, ce qu'il en dit lui-même : « En vérité, la vie ne m'apparaissait digne d'être vécue que dans la mesure où je parviendrais à la constituer en une succession de saisons si bien enchaînées qu'il ne resterait plus la moindre place pour la "vie quotidienne". »

Son enfance et son adolescence forment, en ce sens, une avant-saison. Il commence ses études primaires à Paris puis entre au lycée Henri-IV. Son père, architecte, s'installe à Reims. Roger Vailland s'y sent seul. Il cherche à tremper son caractère, apprend la géométrie pour se défaire de sa croyance en Dieu (alors qu'il était chrétien et scrupuleux), goûte à la boxe, à la poésie, à la drogue, le tout pour échapper à une société avec laquelle il est en désaccord. Au lycée de Reims, il se lie avec René Daumal, Roger Gilbert-Lecomte et Pierre Minet. En 1925, il prépare l'École normale supérieure mais ne se présente pas au concours. Il passe une licence de philosophie.

La première saison véritable dans l'existence de Roger Vailland commence avec la création en 1928 de la revue *Le Grand Jeu* qui groupe ses amis du lycée de Reims. Voici ce que dit de cette époque Claude Roy qui fut l'ami de Roger Vailland : « Petite secte hérétique ou marginale du mouvement surréaliste, société initiatique... *Le Grand Jeu,* en lui-même, sera une très brève aventure, mais extrêmement typique du mouvement central des idées de l'intelligentsia d'Europe occidentale au lendemain de la Première Guerre mondiale... Trois grandes voies utopiques de l'esprit humain convergent dans leur groupe, s'y nouent, s'y contredisent ou s'y déchirent. *Le Grand Jeu* est un creuset en fusion, où la poésie, les religions, les "paradis artificiels" et l'esprit révolutionnaire se fondent, se brouillent, se mêlent... » L'expérience du *Grand Jeu* durera un an. Quand il en sort, Roger Vailland fait le serment de « ne jamais abdiquer au profit d'aucune foi ». Il cherche refuge, pour combler le vide de l'entre-deux-guerres, dans l'opium puis dans l'amour fou. Exclu du groupe surréaliste pour avoir rédigé dans *Paris Soir,* où il est journaliste, un entrefilet élogieux pour le préfet de police Chiappe, il partage son temps entre les grands reportages (Balkans, Proche-Orient, Abyssinie) et la vie nocturne de Montparnasse.

Nouvelle saison avec son engagement dans la Résistance à la fin de 1942. Il se fait encore une trop haute idée de l'œuvre écrite pour oser s'y risquer. Au printemps 1944, il perd le contact avec son réseau et s'enferme à la campagne, à

Chavannes (Ain), où il écrit *Drôle de jeu* qui obtient le prix Interallié en 1945. Il rêve d'être à la fois Saint-Just et Valmont, de concilier les personnages les plus contradictoires.

Troisième saison : la passion politique. Il s'inscrit au parti communiste en 1952. Auparavant et jusqu'en 1956, il va écrire ses meilleurs romans : *Les Mauvais Coups* (1948), *Bon pied bon œil* (1950), *Un jeune homme seul* (1951), *Beau masque* (1954), *325 000 francs* (1955) et un essai, *Laclos par lui-même* (1953). Après le XXe Congrès du parti communiste soviétique et le soulèvement de Budapest, Roger Vailland reprend sa liberté. Il écrit *La Loi* qui obtient le prix Goncourt en 1957. Il rencontre celle qui va devenir sa femme. Il travaille beaucoup à Meillonnas où il s'est retiré. Il fait paraître un roman, *La Fête* (1960), un recueil d'études et d'articles, *Le Regard froid* (1963), qui contient notamment son « Éloge du cardinal de Bernis », puis un dernier roman, *La Truite* (1964).

L'œuvre proprement romanesque de Roger Vailland semble s'estomper derrière ses écrits intimes qui permettent de cerner les traits d'une sorte de héros de son temps. On le voit soucieux de mieux se connaître, de se former. « Je me crée peu à peu », écrit-il à sa sœur en 1944. « ... Je suis convaincu qu'un certain équilibre dans le développement des facultés mentales et physiques apporte le plus grand bonheur possible, tant pour l'individu que pour la collectivité. » C'est dans *Un jeune homme seul* que se font jour son enfance et son adolescence avec sa révolte contre une famille contraignante et déjà son goût avoué pour le bonheur. *Drôle de jeu* apporte la réponse à la question que se posait Roger Vailland adolescent : il est possible de sortir des idées reçues à sa naissance, d'accepter les plaisirs avec naturel, de transformer en éthique la désinvolture et l'insolence.

Adversaire décidé de la notion de « sacré » à quoi il rattache l'amour fou, cher à André Breton, il se veut libertin, c'est-à-dire esprit libre *(Les Mauvais Coups),* capable à l'occasion d'obéir à un impératif politique *(Bon pied bon œil)* et d'exalter un type d'homme nouveau, le militant communiste. *Beau masque,* considéré comme le chef-d'œuvre du roman « syndical », et *325 000 francs*, qui porte sur la condition ouvrière, témoignent de son ouverture sur le monde des travailleurs. La révélation des crimes staliniens provoque chez lui une crise qui se reflète dans *La Fête.* Il en sortira en écrivant *La Loi.* Désormais, Roger Vailland a éliminé tous les tabous. La chasse au bonheur est son seul espoir. L'amour est un plaisir temporaire mais soumis à la volonté des partenaires. Par là, il intéresse le fond même de l'homme.

GUY LE CLEC'H.

♦ *« Par l'allure du style, l'aigu de la démarche analytique, l'allégresse de l'imagination fortement contrôlée par la mémoire, et par l'œil, Roger Vailland est l'écrivain le plus clair qui soit. »* Claude Roy. ♦ *« Vailland ne cesse d'expliquer le texte de sa vie, le texte de notre époque. »* François Bott. ♦ *« Il est curieux de voir que l'un des très rares écrivains marxistes français oppose à la conception communiste de l'écrivain engagé... l'idéal, complexe et difficile, d'un jeu supérieur, où l'ardeur de l'action est constamment tempérée par le plaisir de se regarder agir. »* Dominique Fernandez.

RÉF. : F. Bott, *Les Saisons de Roger Vailland,* Paris, 1969. — J.-J. Brochier, *Roger Vailland,* Paris 1969. — J. Recanati, *Vailland, esquisse pour la psychanalyse d'un libertin,* Paris, 1971. — M. Picard, *Libertinage et tragique dans l'œuvre de Roger Vailland,* Paris, 1972. — R. Ballet et E. Vailland, *Roger Vailland,* Paris, 1973. — J. E. Flower, *Vailland, the Man and his Masters,* Londres, 1975. — J.-P. Tusseau, *Vailland,* Paris, 1976. — E. Vailland et Ph. Garbit, *Drôle de vie,* Paris, 1984. — J.-A. Mac Natt, *The Novels of Vailland,* New York, 1986. — Ch. Petr, *Le Devenir écrivain de Vailland, 1944-1955,* Paris/Lille, 1988.

VALÉRY Paul Ambroise Toussaint Jules. Poète et essayiste. Né à Sète le 30 octobre 1871, mort à Paris le 20 juillet 1945. D'origine italienne par sa mère, née Grassi, corse par son père, Barthélemy Valéry, qui occupait un poste à l'administration des douanes. Premières années ensoleillées, riches d'espace maritime, distraites par le trafic alors abondant du port de Sète. Il passe ses vacances à Gênes. On signale un voyage à Londres. À treize ans, il entre au collège de Montpellier. Travaille assez mal, s'y ennuie. Prend en horreur les mathématiques. Lit beaucoup : les romans de Victor Hugo (*Notre-Dame de Paris* (*) le jette dans une « extase gothique »), Zola, Gautier, Baudelaire, Edgar Poe. S'intéresse aux ouvrages de Viollet-le-Duc. Enfin, découvre *À rebours* (*) de J.-K. Huysmans. Et, par suite, Stéphane Mallarmé, dont il pressentait l'œuvre, sans peut-être la souhaiter aussi parfaite : « J'ai connu Mallarmé, après avoir subi son extrême influence et au moment même où je guillotinais intérieurement la littérature. J'ai adoré cet homme extraordinaire dans le temps même que j'y voyais la seule tête — hors de prix — à couper, pour décapiter toute Rome. Vous sentez la passion qui peut exister dans un jeune monsieur de vingt-deux ans, fou de désirs contradictoires, incapable de les amuser ; jaloux intellectuellement de toute idée qui lui semble comporter puissance et rigueur ; amoureux non d'"âmes", mais d'esprits, et des plus divers, comme d'autres le sont des corps... » Il fait ses études de droit. Fréquente Albert Coste, Gustave Fourment et Pierre Féline, qui nous a rapporté ceci : « De ma fenêtre, je le dominais et mon regard arrivait juste à sa table. Tous les jours, de grand matin, je voyais Paul s'y diriger en robe de chambre, le buste et la tête inclinés vers le sol, tel le jeune prêtre allant se recueillir devant son autel... » Son premier poème, *Rêve*, est publié — par son frère — dans *La Petite Revue maritime* de Marseille. Le 15 octobre de la même année 1889 paraît dans *Le Courrier libre* : *Élévation de la lune.* Période d'une grande chasteté, toute vouée au délire mental — l'amour peut en être un — ce dont témoigne avec éclat la correspondance qui va s'établir entre Valéry et Pierre Louÿs, qui ont fait connaissance à l'occasion d'un banquet. Les deux nouveaux amis, auxquels viendra bientôt s'adjoindre André Gide, se livrent à une débauche d'échanges épistolaires, qui vont permettre à Valéry, jeune « provincial », de se libérer sauvagement d'on ne sait quelle « féminité » d'esprit, propre au climat régnant. Le pur-sang qu'il se sent être brise tous les obstacles à grands coups de fouet dialectiques, et son intelligence éclaire alors, très violemment, un des plus beaux champs de sensibilité concevables.

Passons, quoiqu'il en fasse mention avec dégoût, sur l'époque militaire. En 1890, il écrit à Mallarmé, lui envoyant deux poèmes, *Le Jeune Prêtre* et *La Suave Agonie* : « Cher Maître, Un jeune homme perdu au fond de sa province, à qui de rares fragments par hasard découverts en des revues ont permis de deviner et d'aimer la splendeur secrète de vos œuvres, ose se présenter à vous... Pour se faire en quelques mots connaître, il doit affirmer qu'il préfère les poèmes courts, concentrés pour un éclat final, où les rythmes sont comme les marches marmoréennes de l'autel que couronne le dernier vers ! Non qu'il puisse se vanter d'avoir réalisé cet idéal ! Mais c'est qu'il est profondément pénétré des doctrines savantes du grand E. A. Poe, peut-être le plus subtil artiste de ce siècle... » Mallarmé répond presque aussitôt très attentivement. Valéry publie alors des poèmes dans *La Conque – Narcisse parle* – empruntant parfois le pseudonyme de Doris. En 1891 paraît le *Paradoxe sur l'architecte*. Puis, lors d'un séjour à Paris, un samedi d'octobre de la même année : « À 9 heures, chez Mallarmé. Il ouvre lui-même. Petit. L'impression d'un bourgeois tranquille et fatigué de quarante- six ans. Sous la lampe très faible, la mère et la fille brodent. Roses sur le ton brun d'une minuscule salle à manger. Des blancs Monet sur le mur. À l'angle un haut poêle en faïence. La pipe. Lui, un fauteuil à bascule. C'est d'abord calme (la fille est antique, charmante, un peu étrange, tête grecque-empire). Puis la mise en train se perçoit. D'abord province, félibres. Yeux mi-clos, parole morte, très basse, puis soudain grands yeux et haute phrase avec des aspirations. Cet homme devient savant sans une hésitation, puis épique, puis tragique. » En 1892, à Montpellier, il fait une conférence sur Villiers de L'Isle-Adam, la première d'une longue série. Les lettres qu'il continue d'envoyer à Louÿs et à Gide trahissent alors, pris au piège d'une lucidité galopante, les premiers signes d'un désarroi qui éclatera dans ce qu'on a appelé la « Nuit de Gênes » (4-5 octobre 1892). Une note, comme d'un marin en perdition mais très près de « sa » terre, dit la crise : « Gênes, Chambre blanche. À la chaux. Ancienne cellule, sans doute... Orage effroyable cette nuit. Je l'ai passé assis dans mon lit ; la chambre éblouissante par chaque éclair. Tout mon sort se jouait dans ma tête. Je suis entre moi et moi. Souffert énormément. Mais je veux. Je veux mépriser tout ce qui passe entre mes tempes... » On a pu écrire qu'il avait ce jour-là renoncé à la littérature. Il est probable que ce fut beaucoup plus simple et beaucoup plus complexe. Simple parce que les mutiples réseaux de sa sensibilité ne pouvaient pas ne pas faire sauter le trafic d'aiguillages élaboré dans la hâte d'une « première » vie. Complexe parce que cette décision qu'il prend là, il n'aura pas assez de toute sa vie pour en déterminer organiquement l'importance. En fait, il décide de « résister ». Dans l'anecdote, à toute sollicitation dépourvue de « mécanique », c'est-à-dire impossible à comprendre. Mentalement, il accepte le principe d'un système – les niant tous – qui permettrait à la spontanéité d'être tout entière la proie du hasard, système de préservation du moteur même qui meut les idées, dès lors indifféremment traitées. Il jure, avec toute la sublime ingénuité qui le caractérise alors, il jure de penser « tout seul », ce qui, en quelque sorte, revient à ne penser que ce qui se laisse penser. Fort ou faible de ce serment, il « monte » définitivement à Paris, pour l'essayer, ce serment, au contact des hommes d'esprit.

Rue Gay-Lussac, dans une petite chambre, il se livre aux mathématiques, pour durcir son sable. Mais il ne semble pas que l'élément panique disparaisse aussitôt. Il y a Mallarmé, tous les mardis. Mais pour le reste, à part quelques incursions dans les salons alors littéraires, où il se fait remarquer par sa timidité et ses soudains emballements, ses éclairs, pour le reste, c'est la solitude. Le problème de la femme commence à se poser, impérieusement. Aucun angélisme de sa part, dans ce domaine. Pour le reste, c'est l'ennui. Ses préférences amicales vont à Schwob, Fontainas, André Lebey. La « liaison » avec Pierre Louÿs est traversée d'orages. Celle avec Gide languit. Puis, décidément, Gide est un « écrivain ». Valéry cherche une politique de pensée. À ce point de vue, ses rapports avec un certain Kolbassine, professeur d'origine russe qu'il a connu à Montpellier, peuvent avoir été déterminants. En 1894, premier séjour mystérieux à Londres. Il y retourne en 1896, aux services de presse de la Chartered Company. Entre-temps, il publie l'*Introduction à la méthode de Léonard de Vinci*, qui lui est commandée par Juliette Adam, directrice de *La Nouvelle Revue*. Texte capital, clé de voûte de toute l'œuvre, dans laquelle il donne l'impression de jeter tout son matériel – de se finir. Le personnage idéal de cette « fin » sera *Monsieur Teste* (*) ; *La Soirée avec M. Teste* paraît en 1896, dans *Le Centaure*. Elle est dédiée à Kolbassine. Elle fait quelque bruit. Gide écrit : « Je cherche un mot pour M. Teste, je trouve "incomparable". Suffit. Ce qui m'étonne le plus, c'est que ce soit intéressant ; je veux dire qu'on s'y prenne et que ça ait un goût à en donner faim. On ne peut le lire que tout entier. Mais cela est si satisfaisant que je n'imagine ensuite rien d'autre, et je comprendrais qu'avec l'article sur Vinci et quatre ou cinq lettres de toi en façon de préface se closent tes " œuvres complètes ". » Curieuse réflexion, qui marque parfaitement l'absolue différence des deux esprits. Car il s'agissait bien de ne plus écrire pour Valéry. Mais pas le moins du monde comme Gide l'entendait. Au reste on n'arrête pas à volonté le goût d'être, et ce goût, chez Valéry, était intimement lié aux prestiges du langage.

En 1896, publication de *La Conquête allemande* – plus tard *Une conquête méthodique* – dans la *New Review*. Ce sera tout. À vingt-sept ans, Valéry a jeté la gourme première. Il ne va plus s'agir pour lui que d'en récupérer la matière essentielle, celle qui donne des pouvoirs, qui s'avère bonne conductrice de l'homme qui est dans l'homme, de l'esprit qui est inclus dans le langage ; que d'en dégager les vertus actives, on dirait concrètes, si l'ordre ici supposé ne contenait pas que de la pensée. Physiquement, on en parle comme d'un hypernerveux, on fait état de ses yeux saillants, comme de bourrache éblouie, dira la comtesse de Noailles ; de sa diction chantante, légèrement zézayante, et de son extraordinaire faculté de découdre n'importe quel problème. Ses meilleurs amis s'inquiètent de sa révolution, de son vœu de silence. Gide, on l'a vu, l'encourage plutôt. Mais la plupart, soudain oublieux des grands textes parus, y vont de leurs jugements. Nul doute que Valéry n'ait beaucoup souffert de ce renoncement à rebours. Et bien plus souffert encore d'en souffrir. Un raté, à peu de chose près, c'est un raté. Il a donné, mais c'est déjà fini. Votre Valéry n'était qu'un feu de paille... Et de piétiner les dernières étincelles. Nul doute que les façons de ces individus ne fassent que renforcer la décision de Valéry de s'installer une fois pour toutes à sa table de bord, sans autre but que celui de noter, dans l'ordre le moins prémédité qui soit, les oscillations, les habitudes, les constantes, les fantaisies, du bâtiment : « Je ne me suis jamais référé qu'à mon MOI PUR, par quoi j'entends l'absolu de la conscience, qui est l'opération unique et uniforme de se dégager automatiquement de "tout", et dans ce tout figure notre personne même, avec son histoire, ses singularités, ses puissances diverses et ses complaisances propres. » En 1897, il entre au ministère de la Guerre. Il y restera trois ans, évidemment sans plaisir. En 1898, Mallarmé meurt. Le Témoin. Peut-être existe-t-il en toute vie une mort plus sensible que toute autre. Une mort qui laisse l'ami plus seul, à jamais. Des paroles n'ont pas été échangées, que ce mort aurait été seul à prononcer, à provoquer. Valéry ressent très profondément cet événement, qui est comme le signe d'un nouveau « mur ». Cependant, ce qu'il ne consentira jamais à appeler son œuvre – ses poèmes, l'*Introduction, Teste* – va son chemin, travaille la nouvelle génération. Et Valéry le silencieux devient personnage de légende. Valery Larbaud écrit : « Des adolescents, des lycéens, des étudiants qui étaient nés dix ans après lui et qui découvraient à leur tour, dix ans après lui, la littérature contemporaine – et je peux bien ici revendiquer l'honneur d'avoir été de leur nombre – se récitaient, en pâlissant d'enthousiasme, des strophes et des poèmes de ce qui devait être un jour l'*Album des vers anciens*, alors copiés sur les petites revues où ils avaient paru. Ils prononçaient le nom de Paul Valéry d'un air de vénération et de mystère. »

Le 31 mai 1900, ce fantôme se marie avec Jeannie Gobillard, nièce de Berthe Morisot. Il change de rive, devient secrétaire particulier d'Édouard Lebey, directeur de l'agence Havas. Range sa vie. A-t-il cessé d'écrire ? Non. C'est, chaque matin, deux ou trois heures de « sport ». Il fait de l'exercice intellectuel comme d'autres de la culture physique. Il se « laisse faire par sa tête » : « Un cheval de course entraîné tous les matins, poussé à fond, retenu à temps, pesé, nourri savamment, est une bien belle chose. » Oui. Cette « habitude » le tiendra jusqu'au bout. Les années passent. Les enfants naissent. Aucun signe de renoncement. Puis c'est l'hiver 1912-1913. André Gide et Gallimard reviennent à la charge. Il s'agit de réunir les anciens poèmes, et d'en publier l'ensemble. Valéry rechigne, puis accepte. Une nouvelle « biographie » commence, presque une nouvelle vie. Il ne se doute pas du piège qu'il se tend. Ou fait comme si. Sous prétexte d'adieu à la poésie, il se propose de composer une vingtaine de vers. La guerre éclate. Il n'est pas mobilisable. Alors, ces vers, il les nourrit, les laisse pénétrer dans ses chambres noires. Il les développe. Après quatre ans et demi de labeur, il montre *La Jeune Parque*, étrange exercice. Étrange adieu. La sortie du monstre ne passa pas inaperçue. Ni son auteur, qui ne répugna pas à reprendre le chemin des salons, perdant du même coup l'audience passionnée des surréalistes, qui l'avaient considéré comme un corps glorieux. Et mort. Le vice délicieux de la conversation le reprend. Ce sont plutôt monologues, éblouissants, dit-on, que chauds échanges. Il n'est plus temps. Puis le charme opère si totalement ! Comment se refuser de plaire, quand il n'est plus d'autres obstacles que les siens, au secret de l'aube ? Si je est un autre, prouvons-le gracieusement. À partir de ce moment crucial, il ne cessera plus d'affirmer que si l'on n'était pas venu le chercher, le déranger, il serait resté dans sa chambre. Propos ambigu, qu'on lui a souvent reproché, propos évidemment paradoxal chez un être aussi sûr de sa volonté majeure. Mais propos qu'on peut prendre à la lettre, avec le poinçon de coquetterie qu'il suppose. Et c'est le régime de la commande qui s'institue, si toutefois l'on excepte la très belle suite de poèmes – v. *Poésies* (*) – qui profitent de cette mine de thèmes qu'est *La Jeune Parque*. Du *Cimetière marin*, Valéry dira qu'il est « ma pièce personnelle. Je n'y ai mis que ce que je suis. Ses obscurités sont les miennes. La lumière qu'il peut contenir est celle même que j'ai vue en naissant ». Et sans jeu de mots, Valéry nous apparaît dès lors comme un don Juan de l'esprit, avec la grave insouciance de l'emploi, mais don Juan sans commandeur concevable. Il parlera de tout et de rien : du suffrage des femmes, de l'acier, des parfums, du cinéma, etc. Il voudra bien tout ce qu'on voudra. Cette « moquerie » n'ira pas sans déportation, si légère soit-elle. Le langage a ses facilités. Toutefois, cette indifférence regrettable ne va pas jusqu'à lui faire trahir son ambition la plus haute, la plus absurde. Il entre même dans le principe de la commande comme un pacte de préservation quant à la lutte engagée contre tous les mythes concevables. (Mais l'homme en est un.) Et Valéry se fût-il interdit ses trop nombreuses déclarations au sujet de l'œuvre qu'on lui « trouve » — quelle vexation ! — et de ce qui l'intéresse au premier chef et ne regarde personne, nul n'aurait réagi. Après tout, il peut aussi écrire *Le Cimetière marin,* ce n'est pas incompatible mais, pour ainsi dire, logique. La littérature devenant le second métier, il est évident que ce métier doit être traité avec rigueur, froidement, délibérément. Et que, ce faisant, il « rapporte ».

En 1919 paraît *Note et digression*, texte important qui « juge » l'*Introduction à la méthode*. On y sent comme une nostalgie de l'ancien anarchisme, un sourd « j'ai osé penser ces choses ». Puis *Charmes* (1922). En 1923, *Eupalinos ou l'Architecte* (on lui avait commandé 115 800 lettres sur l'architecture), *L'Âme et la danse*, dont l'idée centrale doit tout à Mallarmé — Valéry ne s'en est pas caché —, en 1924, le premier recueil de *Variété*. En 1928, les intéressants *Entretiens* avec Frédéric Lefèvre, une réédition augmentée de *La Soirée avec M. Teste*. Valéry est maintenant un personnage officiel et très « européen ». En 1927, il est élu à l'Académie française. Dans son discours de réception, il omet volontairement de prononcer le nom de son prédécesseur, Anatole France. Léger acte de représailles, ce dernier ayant un jour prononcé des paroles sottement malheureuses sur Mallarmé. En 1929, *Léonard et les philosophes.* En 1931, *Amphion, Regards sur le monde actuel*, *Pièces sur l'art* ; *L'Idée fixe* en 1932 ; *Sémiramis* en 1934. En 1936, il est nommé président de la Coopération intellectuelle de la S.D.N. et professeur de poétique au Collège de France. En 1937, il publie *Degas, danse, dessin*. En 1941, *Mélange*, *Tel quel* et *Mon Faust*, œuvre très inégale, qui laisse deviner une grande fatigue. En 1942, *Mauvaises pensées et autres*. En 1945, *L'Ange*, très beau poème d'inspiration sans doute ancienne. Le 20 juillet 1945, il meurt à Paris, rue de Villejust. Funérailles nationales. Son corps repose à Sète, dans la terre du cimetière marin. Après sa mort sont publiés les recueils : *Vues* (1948) et *Histoires brisées*, variations sur le thème de Robinson (1950), *Lettres à quelques-uns* (1952), ainsi que la correspondance qu'il échangea avec Gide (1955) et Gustave Fourment (1957). Les *Cahiers*, qu'il a rédigés tous les matins de sa vie, dès qu'il se connut cherchant, ont été publiés une première fois de 1957 à 1961. Ils témoignent en faveur d'une des plus jalouses, des plus nerveuses intelligences possibles, d'une de celles qui ont fait dire à leur homme : « J'ai essayé de penser ce que je pensais et je l'ai fait avec une naïveté obstinée. On me dit "subtil" et c'est absurde. Je suis plutôt brutal, mais j'ai, ou j'ai eu, la folie de la précision. Une part immense de mon travail — à demi perdue, à demi utile — fut de me faire des définitions. Penser au moyen de mes propres définitions, ce fut pour moi une espèce de but. »

GEORGES PERROS.

♦ *« Ce qu'a fait Valéry devait être tenté. »* Bergson. ♦ *« Je le compare à un lion de pierre. Cet homme, petit, porte une tête redoutable par l'attention et le mépris, aussi par une gaieté de bon aloi remarquable par une puissance de tragique incomparable. Je ne connais pas de masque qui saisisse à ce point... Les gros yeux, brillants comme des diamants, refusent le petit objet et s'égalent à l'univers auquel ils sont tangents par leur courbure ; ils voient au loin et ils voient des rapports. Les sourcils menacent les naïfs. Il y a presque de l'indignation dans ce visage et la fixation d'un mètre et d'une rime au-devant de soi. »* Alain. ♦ *« ... Et le plus bel éloge que ses admirateurs puissent faire de ce disciple intellectualiste de Mallarmé est justement que, parfois, il nous fait songer à la sensualité épurée de Racine. Les cent vers de Valéry que conservera l'avenir vaudront pour cela. »* R. Brasillach. ♦ *« Yeats, Rilke et Eliot ont écrit des vers plus dignes de mémoire que ceux de Valéry ; Joyce et Stefan George ont accompli des changements plus profonds dans leur instrument... ; mais derrière l'œuvre de ces éminents artistes ne se trouve pas une personnalité comparable à celle de Valéry. Que cette personnalité soit, en quelque façon, une projection de l'œuvre, cette circonstance ne change rien au fait. Proposer aux hommes la lucidité dans une ère bassement romantique... telle est la mission méritoire qu'a accomplie (et accomplit encore) Valéry. »* J. L. Borges.

RÉF. : A. Thibaudet, *Paul Valéry*, in *Cahiers verts,* Paris, 1923. — Alain, commentaires de *Charmes*, Paris, 1929, et de *La Jeune Parque*, Paris, 1936. — H. Bremond, *Racine et Valéry*, Paris, 1930. — J. Wahl, *Sur la pensée de Paul Valéry*, in *N. R. F.*, 1er sept. 1933. — J. Benda, *La France byzantine ou le Triomphe de la littérature pure. Essai d'une psychologie originelle du littérateur*, Paris, 1945. — L.-P. Fargue, *Rue de Villejust*, Paris, 1946. — Divers auteurs, *Paul Valéry vivant*, numéro spécial des *Cahiers du Sud*, Paris, 1946. — H. Mondor, nombreux inédits de Valéry dans *Les Premiers Temps d'une amitié : Valéry et Gide*, Monaco, 1947 ; *L'Heureuse Rencontre : Mallarmé et Valéry,* Lausanne, 1948 ; *Précocité de Valéry*, Paris, 1957 ; et *Propos familiers de Paul Valéry*, Paris, 1957. — J.-P. Monod, *Regard sur Paul Valéry*, Paris, 1949. — É. Noulet, *Paul Valéry*, Bruxelles, 1950. — Agathe Rouart-Valéry, introduction biographique en tête des *Œuvres* de Paul Valéry, édition établie par Jean Hytier, Paris, 1957. — Marcel Raymond, *Paul Valéry et la tentation de l'esprit*, Neuchâtel, 1964. — Jean Bellarmin-Noël, *Les Critiques de notre temps et Valéry*, Paris, 1971. — Daniel Oster, *Monsieur Valéry*, Paris, 1981. — Jacques Charpier, *Paul Valéry*, Paris, 1989.

VALLÈS Jules. Journaliste et romancier. Né au Puy (Haute-Loire) le 11 juin 1832, mort à Paris le 14 février 1885. Il fit ses études au collège de Saint-Étienne, puis à celui de Nantes. Son enfance fut malheureuse et pauvre entre une mère bornée et violente et un père sévère, professeur froid et intransigeant. Il l'a décrite avec une émouvante sensibilité dans *L'Enfant* (1879), premier tome de sa célèbre trilogie *Jacques Vingtras.* Il vint à Paris en 1848 pour préparer l'École normale, mais son tempérament combatif ne pouvait se contenter d'une telle carrière. Le Paris qu'il trouve n'est pas encore calmé de la révolution de 1848. Cette atmosphère l'exalte. Il va même jusqu'à comploter l'enlèvement du prince-président, ce qui lui vaudra un bref séjour à la prison de Mazas. Tour à tour journaliste, professeur libre, chroniqueur de Bourse au *Figaro,* expéditionnaire à la mairie de Vaugirard, il connaît la vie de misère et d'aventures de la bohème littéraire. Il écrit des poèmes, amasse des ébauches de romans et de drames, mais il lui faut attendre 1860 pour donner sa mesure : son article fameux intitulé *Dimanche d'un jeune homme pauvre,* paru dans *Le Figaro,* lui ouvre plusieurs portes. Certes Vallès est un polémiste qui ne fait aucune concession, mais son talent l'impose et, de 1861 à 1865, il collaborera à *La Revue européenne, La Presse, La Liberté, L'Époque.* Ses principaux articles d'alors sont réunis dans *Les Réfractaires* (1866). Ils révèlent une verve pleine de sensibilité, un réel amour des prolétaires et de ceux qui les défendent ; son enthousiasme épouse entièrement la cause du peuple ; ce n'est pas la pensée d'un théoricien politique, mais une générosité passionnée qui cherche à réveiller les somnolents.

Sa situation s'améliore par sa collaboration à *L'Événement ;* peut-être l'aisance matérielle adoucit-elle son caractère : ses récits ont moins d'âpreté, mais il demeure un observateur ému des humbles. Il rassemblera ces articles dans *La Rue* (1867). Cette même année 1867, il fonde l'hebdomadaire *La Rue* et s'y livre à son ardeur de polémiste. Puis la guerre survient et, lors des troubles consécutifs aux défaites de Forbach et Reichshoffen, les antécédents de Vallès le rendent suspect aux autorités, et on l'enferme à Mazas. Libéré par la révolution du 4 septembre, il s'affilie à l'Internationale et participe à chaque manifestation de cette époque agitée. Après la formidable insurrection du 18 mars 1871, l'immense activité qu'a déployée Vallès et sa popularité lui valent d'être nommé membre de la Commune. À l'Assemblée, il se borne à prôner la paix et l'entente entre les classes, mais il entrevoit l'issue du conflit et sa colère véhémente communique à son fameux journal *Le Cri du peuple* un esprit de résistance qui en fait un des chefs de file de l'insurrection. À la fin de la lutte, Vallès resta l'un des derniers combattants sur les barricades du XIe arrondissement. Condamné à mort, il réussit à échapper aux recherches et à gagner Londres. Il y devint correspondant de plusieurs journaux parisiens, dont *Le Siècle,* y termine *L'Enfant* et rédige le deuxième volume de sa trilogie : *Le Bachelier* (1881), récit romancé de sa propre jeunesse, de ses luttes, de sa misère. Le troisième tome, *L'Insurgé,* permet de connaître le climat vibrant de la tragédie de la Commune. Après l'amnistie de 1880, Vallès regagne Paris. En 1883, il ressuscite *Le Cri du peuple* qui devient l'organe des revendications les plus violentes. Jusqu'à sa mort, Vallès reste le partisan passionné de la cause du peuple. Son œuvre, qui a été lue par des générations d'adolescents — v. encore *Le Tableau de Paris* (1882-83) —, sa vie passionnée en font, malgré ses violences et sa complaisance à se raconter, un des auteurs les plus attachants. De sa vie personnelle, il a su tirer une œuvre spontanée qui touche au plus vif et au plus noble de la sensibilité.

DOMINIQUE RENARDET.

RÉF. : L. Séché, *Jules Vallès, sa vie, son œuvre,* Paris, 1886. — J. Richepin, *Les Étapes d'un réfractaire,* Paris, 1896. — P. Bourget, *Portraits d'écrivains,* Paris, 1905. — L. Daudet, *Flammes, polémiques et polémistes... Jules Vallès,* Paris, 1930. — A. Zevaès, *Jules Vallès, son œuvre, Paris,* 1932. — F. Raynal, *Un Réfractaire, Jules Vallès,* Paris, 1938. — G. Gille, *Jules Vallès,* 2 vol., Paris, 1941. — N^{0} spécial d'*Europe,* décembre 1957, Paris. — M. Cl. Banquart, *Jules Vallès,* Paris, 1971. — R. Bellet, *Vallès journaliste,* Paris, 1975.

VAN LERBERGHE Charles. Poète belge d'expression française. Né à Gand le 21 octobre 1861, mort le 26 octobre 1907 à Bruxelles. Orphelin de père à sept ans, de mère à quatorze, il est confié par son tuteur (oncle de Maeterlinck) aux jésuites de Gand (Sainte-Barbe), où il a pour condisciples le futur auteur de *Pelléas* et Grégoire Le Roy, qui composera plus tard *La Chanson du pauvre.* Ses premiers vers se lisent en 1886 dans *La Pléiade,* cahiers parisiens qui groupent, sous l'égide de Banville, Maeterlinck, Mikhaël, Quillard, Saint-Pol Roux, Ajalbert, Le Roy... Il contribue ensuite au *Parnasse de la Jeune Belgique,* publié à Paris l'année suivante chez Vanier mais imprimé à Bruxelles ; tous ces poèmes ne seront pas repris dans son premier volume, *Entrevisions* (1898), en particulier la longue et admirable *Solyane,* qui fait le lien entre *L'Après-midi d'un faune* de Mallarmé et le *Narcisse* de Valéry. Il se lie avec Albert Mockel, et lui donne aussi des poèmes pour sa *Wallonie.* Un petit drame en prose, *Les Flaireurs,* paraît en 1889 à Liège, œuvre très proche parente de *L'Intruse* de Maeterlinck et qui sera représentée au Théâtre d'Art (1891) puis à l'Œuvre (1896). Ayant quitté Gand pour Bruxelles, où il se fait recevoir docteur en philosophie, Van Lerberghe recueille ses *Entrevisions,* qu'édite Lacomblez en 1898. Au cours d'un voyage en Italie succédant à des séjours à Londres et en Allemagne est commencée *La Chanson d'Ève*, qui sera l'un des chefs-d'œuvre du lyrisme belge : « poésie de l'ineffable », dira Mockel, merveille sans rivale du vers libre symboliste, qui paraîtra au *Mercure* (*) en 1904. En même temps, Van Lerberghe compose l'étrange et truculent drame satyrique de *Pan,* qui annonce la verve de Crommelynck. Mais sa santé, déjà frêle, est brusquement anéantie par une congestion cérébrale (1906). Transporté à l'hôpital Saint-Jean-et-Élisabeth, où Baudelaire avait été en traitement, le poète s'y éteint doucement, au même âge que l'auteur des *Fleurs du mal* (*).

YVES-GÉRARD LE DANTEC.

RÉF. : *Lettres de Charles Van Lerberghe à Fernand Séverin,* Paris et Bruxelles, s. d. – Albert Mockel, *Charles Van Lerberghe,* 1904. – *La Roulotte,* n° spécial, Bruxelles, 1904. – Fernand Séverin, *Charles Van Lerberghe, esquisse d'une biographie,* 1922. – *Lettres de Charles Van Lerberghe à une jeune fille,* publiées par Gustave Charlier, Bruxelles, 1953. – Hubert Juin, *Charles Van Lerberghe,* Paris, 1970.

Vaudeville. Genre théâtral comique des deux premiers tiers du XIXe siècle. Le mot serait la déformation de « vaudevire », titre générique de chansons satiriques anti-anglaises du temps de la guerre de Cent Ans. Puis, au XVIIIe siècle, on appela vaudeville l'air final à couplets des comédies, ou l'ensemble des chansons gaies des farces de la foire. C'est à l'époque de la Révolution que, se détachant de l'opéra-comique né au milieu du siècle, et dans lequel la part de la musique est à la fois plus riche et de composition originale, le vaudeville s'est constitué en un genre typé de petites pièces, le plus souvent en un acte, mêlées de couplets réutilisant des musiques à la mode, et dont le théâtre du Vaudeville (1792-1927) fut l'un des plus durables fiefs. On doit au vaudeville des types (Mme Angot, M. Dumollet, Jocrisse), des thèmes (la fille à marier, l'héritage, l'adultère – hérités de la comédie classique –, mais aussi l'actualité politique ou militaire, ou la parodie des succès des grands théâtres), des auteurs enfin : les deux plus célèbres sont Scribe, dès 1820, puis Labiche, après 1850 ; mais, avec ce second créateur, le vaudeville, abandonnant les couplets, évolue dans le sens de la comédie brillante, tandis que, parallèlement, Offenbach assure le triomphe d'un nouveau genre divertissant, l'opérette. Le succès, prolongé jusqu'à nos jours, et de l'opérette et de la comédie de boulevard peut être considéré comme le double héritage du vaudeville.

PATRICK BERTHIER.

VAUGELAS Claude Favre, baron de Pérouges, seigneur de. Grammairien. Né le 6 janvier 1585 à Meximieux en Bresse, mort en février 1650 à Paris. Ce sixième fils d'une famille de récente noblesse, attachée à la maison de Savoie, reçoit une éducation exceptionnelle : élevé sous la direction d'un père juriste, humaniste et poète à ses heures, il est suivi, à partir de 1597, par François de Sales ; à quatorze ans, il part continuer sa formation dans les deux centres culturels dont dépend la Savoie, Rome (trois ans), Paris (un an), et de retour à Annecy participe dès 1606 à l'Académie florimontane, fondée par son père et François de Sales pour l'« ornementation des langues ». À vingt-deux ans, devant s'établir, il entre au service d'un cadet de la maison de Savoie (clan des Orléans) qu'il suit à la cour de Turin puis à Paris, où il devient chambellan de Gaston d'Orléans. Cette fonction, jointe à sa connaissance de l'espagnol, lui permet de participer aux négociations du mariage de Louis XIII (1612) et de se faire apprécier comme traducteur des sermons de Fonseca à l'Hôtel de Rambouillet, où il fréquente Chapelain, Conrart, Guez de Balzac... puis introduit Marino. Ces activités, auxquelles s'ajoute à partir de 1615 une traduction de la *Vie d'Alexandre* de Quinte-Curce, inachevée mais vite réputée pour être la première œuvre en prose française correcte, sont récompensées (1619) par un brevet de gentilhomme entretenu de la maison du roi (deux mille livres de pension). Mais Vaugelas, suivant Gaston d'Orléans dans sa rébellion, s'attire le ressentiment de Richelieu qui lui coupe les vivres (1629) et, même après l'avoir accepté à l'Académie française (1634), le laisse sans ressources (l'académicien vit de délation). Ce n'est qu'en 1639 que sa pension lui est rendue, après qu'il a écrit des *Observations* (1637), ébauche des *Remarques sur la langue française* (*) (1647), et accepté l'ingrate charge du *Dictionnaire* de l'Académie. Il s'attelle alors à cette tâche, tout en poursuivant ses *Remarques* et en soulignant le rôle de la fonction royale pour l'équilibre de la langue (*Préface* des *Remarques*, 1646). Cependant, toujours dans le besoin, il accepte d'éduquer les enfants sourds-muets du prince de Savoie-Carignan (1648) et meurt endetté à soixante-cinq ans.

FANNY NÉPOTE-DESMARRES.

VAUQUELIN DE LA FRESNAYE Jean. Poète. Né probablement à La Fresnaye-au-Sauvage, près de Falaise (Calvados), vers 1535 ; mort à Caen en 1607. Vauquelin commença ses études à Paris ; à Poitiers, en 1555, il publia les deux premiers livres de ses *Foresteries,* imités des Anciens mais surtout des poètes de la Pléiade, de Ronsard qu'il admirait et de Baïf qui fut son ami. Fort cultivé, Vauquelin, outre le droit dont il fit son étude principale, connaissait plusieurs langues étrangères. Avocat du roi en 1568, lieutenant général du bailli de Caen en 1571, président au siège présidial de Caen en 1591, il fit une belle carrière de magistrat, sans négliger ses domaines campagnards et la versification. Dès 1574, sur la demande expresse du roi Henri III, il commença à travailler à son *Art poétique françois, où l'on peut remarquer la perfection et le défaut des anciennes et des modernes poésies*, où il entérinait les réformes accomplies par Ronsard et ses suivants mais où il donnait une place, qu'on n'était point accoutumé à faire alors, à la poésie du Moyen Âge. Cet *Art* *poétique* ne vit le jour qu'en 1605 en tête des *Diverses poésies* de Vauquelin de La Fresnaye et fut présenté à Henri IV. À côté des *Satires*, des *Idylles* et des autres poésies qui figurent dans ce recueil, Vauquelin avait publié quelques textes en prose, *Pour la monarchie de ce royaume contre la division* (1563) et l'*Oraison de ne pas croire légèrement la calomnie* (1587), qui sont les exhortations d'un bon citoyen, ému des troubles que traversait le royaume. En tant que poète, Vauquelin, inféodé à la Pléiade, est venu trop tard pour être original ; son ton cependant, par sa franchise et sa fraîcheur, par ses provincialismes mêmes qu'on lui a reprochés, est parfois personnel.

RÉF. : Julien Travers, introduction à Vauquelin de La Fresnaye, *Œuvres diverses*, Caen, 1872. – G. Mongrédien, « Quelques documents nouveaux sur Vauquelin de La Fresnaye », dans *Mélanges R. Lebègue*, Paris, 1969, p. 127-133.

VAUVENARGUES Luc de Clapiers, marquis de. Moraliste. Né à Aix-en-Provence le 5 août 1715, mort à Paris le 28 mai 1747. Pour présenter aujourd'hui Vauvenargues, on doit faire justice tant de la légende échafaudée à son sujet que des lectures réductrices de son œuvre. Sans nul doute, sa figure prêtait à l'affabulation. Une malchance persistante dans tous les domaines, affrontée néanmoins avec un courage hors du commun, une mort prématurée, voilà qui devait nourrir le mythe. Par ailleurs, l'imbroglio philologique des textes, la richesse d'une œuvre où les admirateurs du grand siècle mais aussi les défenseurs des Lumières trouvaient de quoi étayer leurs convictions, ont favorisé les interprétations partiales ou par trop marquées idéologiquement. Émergent à présent une figure moins héroïque, mais plus humaine, une pensée moins infaillible, mais plus complexe.

On ne sait rien de certain à propos de l'enfance, de l'adolescence et de l'éducation de Vauvenargues. Il est issu d'une famille de petite noblesse peu fortunée et aurait suivi des cours au collège d'Aix, sans véritable assiduité. De son propre aveu, la lecture de quelques textes anciens, dont les *Vies* de Plutarque, a encouragé son stoïcisme. En 1735, il choisit la carrière militaire et, lieutenant au régiment du roi, participe à la campagne d'Italie. L'année suivante, il rentre en France et connaît pendant cinq ans la vie ennuyeuse de garnison dans diverses villes de l'Est. Pendant ses congés, on le retrouve dans sa famille, à Aix et au château de Vauvenargues, mais l'autorité du père lui pèse. En 1737, il rédige un *Traité sur le libre arbitre*, ce qui semble indiquer que, loin d'avoir été choisies par dépit, comme le veut la tradition, les lettres ont été sa vocation première. Bientôt sa santé lui cause de sérieux ennuis. Il souffre des yeux au point qu'on doit lui faire la lecture. En 1742, il participe à la guerre de Bohême. Lors de la retraite de Prague, qui eut lieu en plein hiver dans des conditions épouvantables, Vauvenargues aurait eu les jambes gelées, mais le fait n'est pas prouvé.

En 1743, il envoie à Voltaire des observations à propos de Corneille et de Racine. Elles marquent le début d'un échange épistolaire avec son aîné. La même année, lassé des « emplois subalternes de la guerre », il entreprend des démarches en vue d'entrer dans la diplomatie. Celles-ci étant restées sans effet, il décide de démissionner de l'armée. La petite vérole, qui le laisse défiguré, achève d'enterrer ses projets diplomatiques. Encouragé par Voltaire, il monte à Paris où il vivra modestement, entouré de quelques amis fidèles. En 1746 paraît la première édition de l'*Introduction à la connaissance de l'esprit humain*, sans nom d'auteur. Sa santé ne cesse de se dégrader, mais il a le temps de préparer une seconde édition, après avoir bénéficié des remarques critiques de Voltaire. Elle paraîtra en 1747, quelques mois après sa mort.

Vauvenargues est attachant autant, sinon plus, par sa personnalité que par ses idées. Les témoignages et l'œuvre révèlent un individu d'un grand ascendant moral sur ses proches (vis-à-vis d'hommes plus jeunes que lui il jouera à plusieurs reprises le rôle de mentor) et d'une remarquable noblesse de cœur. Vauvenargues marie l'endurance et la tendresse, la force et la sensibilité. En ce sens, il incarne un stoïcisme à visage humain et laisse une œuvre à valeur de bréviaire. Un examen plus approfondi trahit un être mal à l'aise dans l'existence. Plutôt qu'un homme d'action qui n'a pu se réaliser en raison de sa mauvaise fortune, il apparaît comme un velléitaire, un introverti porté à la mélancolie et largement dépourvu de sens pratique. Mais cette complexité intérieure ne le rend que plus attachant aux yeux du lecteur moderne.

Vauvenargues est l'auteur d'une œuvre mince mais philosophiquement importante, qui participe aux débats d'idées de l'époque. Elle contribue au développement d'une critique littéraire fondée sur le sentiment et s'inscrit dans le courant de réhabilitation de la nature humaine propre aux Lumières, tout en révélant malgré elle les difficultés de l'entreprise. Celle-ci se développe par ailleurs à la faveur d'une polémique continuelle avec les moralistes pessimistes du XVIIe siècle, tels La Rochefoucauld, Pascal et La Bruyère, dont Vauvenargues adopte les moyens d'expression (maxime, réflexion, portrait...). Son style hésite entre la concision et l'ample développement oratoire, entre une netteté toute classique et l'effusion lyrique. À cheval sur deux époques, son œuvre marque de manière presque unique la continuité et la rupture entre le Grand Siècle et les Lumières.

DANIEL ACKE.

♦ *« Ce Vauvenargues ... / Un cœur stoïque et tendre et qui maître de lui, / Insensible à ses maux sentoit tous ceux d'autrui. »* Marmontel. ♦ *« Vauvenargues* [...] *demeure pour nous un symbole du drame qui est au cœur de la destinée humaine : le conflit de l'action et de la pensée. »* Michel Mohrt. ♦ *« C'est peut-être la véritable importance de Vauvenargues que d'avoir pressenti, dans quelques "saillies" de génie, certaines des contradictions contre lesquelles butera, après 1760, le naturalisme des Lumières...* » Jean Ehrard. ♦ « [*Vauvenargues*] *arrive pour clore la recherche des moralistes en l'obligeant à se retourner sur elle-même. Moins successeur que juge ; une sorte de conscience seconde ; en somme le moraliste des moralistes. Et venu le dernier, il finirait par apparaître comme le premier, le plus pur.* » Jean Dagen.

RÉF. : Sainte-Beuve, *Causeries du lundi,* articles de 1850 (t. III) et 1857 (t. XIV). — Gustave Lanson, *Le Marquis de Vauvenargues,* Paris, 1930. — Fernand Vial, *Une philosophie et une morale du sentiment, Luc de Clapiers, marquis de Vauvenargues,* Genève, 1938. — Corrado Rosso, *Virtù e critica della virtù nei moralisti francesi,* Pise, 1964.

VERCORS (pseud. de Jean Bruller). Dessinateur et écrivain. Né et mort à Paris : 26 février 1902-12 juin 1991. Il fait ses études secondaires à l'École alsacienne et il obtient par la suite un diplôme d'ingénieur électricien. Mais il se sent attiré par les arts, il entreprend une carrière de dessinateur satirico-philosophique et publie un recueil de dessins : *21 recettes de mort violente* (1926), qui sont suivies par d'autres albums, parmi lesquels *Un homme coupé en tranches* (1929), *Silences* (1932 ou 1937), *La Danse des vivants* (1938), suite de cent soixante estampes. Avec la Seconde Guerre mondiale et sa participation très active à la Résistance — qu'il racontera dans *La Bataille du silence* (1967) —, avec la fondation en 1941 (avec l'écrivain Pierre de Lescure) des Éditions de Minuit, avec la clandestinité enfin, Jean Bruller devient Vercors et passe du dessin à l'écriture, publiant sous le manteau son premier roman, *Le Silence de la mer* (*) (1942), dont le retentissement littéraire, politique et moral fut immense et qu'a traduit en images très fidèles au texte Jean-Pierre Melville dans un film bouleversant (1947). C'est une image de la Résistance par le silence obstiné qu'une fille et son père opposent à un officier allemand occupant qui vit dans leur maison, en province. Ce roman sera suivi de *La Marche à l'étoile* (1943), *Le Sable du temps* (1945), *Les Armes de la nuit* (1946), *Les Yeux et la Lumière* (1948), *Plus ou moins homme* (1950), *La Puissance du jour* (1951), où Vercors exprime avec une sobriété toute classique les tensions et les frémissements des conditions humaines déchirées par l'existence. Avec *Les Animaux dénaturés* (1952), il aborde un des thèmes centraux de son œuvre, celui de l'homme dont il est parfois difficile de connaître en quoi il est enfin homme et en quoi il est encore animal ; comment l'instinct se dégrade ou se conserve à mesure que progresse l'espèce humaine, dégradation ou conservation qui sont peut-être des dangers parce qu'elles brisent l'équilibre de la nature. De cette réflexion est d'abord né le roman, puis, quelques années plus tard, a été conçue une pièce de théâtre, *Zoo ou l'Assassin philanthrope* (1963), qui sera jouée par le Théâtre national populaire et reprise plus tard par le Théâtre de la Ville avec un succès qui montre bien que toutes les générations se retrouvent dans l'interrogation fondamentale que Vercors expose dans son drame. D'autres essais et réflexions suivront, *Questions sur la vie à Messieurs les biologistes* (1973), *Ce que je crois* (1975), œuvres dans lesquelles Vercors exprime à la fois sa lucidité et sa gravité, ainsi qu'un certain existentialisme qui fait de l'engagement et de l'action une nécessité qui permet à l'homme d'échapper aux morts et aux nuits de sa condition : la mort qui apparut fixée dans la fuite du temps à travers *Les Chevaux du temps* (1977), livre qui montre bien que l'œuvre de Vercors prend ses racines dans une réflexion de caractère tragique. Enfin, Vercors se tournera vers l'histoire : *Moi, Aristide Briand* (1981), premier tome de *Cent ans d'Histoire de France* qui comprend deux autres tomes : *Les Occasions perdues ou l'Étrange Destin* (1982), couvrant les années 1932-1942, *Les Nouveaux Jours. Esquisse d'une Europe,* sur les années 1942-1962. L'écrivain, grand voyageur, a fait une série de conférences en Grande-Bretagne, en Allemagne, en Amérique, en Chine, *Divagations d'un Français en Chine* (1956), en Union soviétique, en Afrique du Nord, en Italie, en Extrême-Orient, au Viêt-nam, etc. Il a acquis ainsi des expériences et des connaissances dont ses livres, ses essais, ses dessins, traduisent encore aujourd'hui la profondeur, la variété, et la richesse. Vercors est un écrivain chez lequel la force de la méditation, souvent dramatique, parfois baroque, se cache souvent derrière l'apparente sérénité des mots, et la sagesse du ton.

JOËL SCHMIDT.

RÉF. : R. Konstantinovič, *Vercors, écrivain et dessinateur,* Paris, 1969. — J. Bruller, *J. Bruller et Vercors,* in revue *Europe* N° 543/544, p. 573-590, juillet-août 1974.

VERHAEREN Émile. Poète belge d'expression française. Né le 21 mai 1855 à Saint-Amand (Belgique), mort accidentellement à Rouen le 27 novembre 1916. Fils de bourgeois drapiers, il passe toute son enfance dans la campagne flamande, sur les bords de l'Escaut. Il fait ses études au collège des jésuites Sainte-Barbe de Gand, puis à l'université de Louvain. Dès lors, Verhaeren est voué aux lettres ; s'il s'installe comme avocat stagiaire à Bruxelles, il fréquente aussi Rodenbach, le peintre Théo Van Rysselberghe, James Ensor, et débute déjà dans la critique d'art. C'est vers le naturalisme qu'il paraît s'orienter d'abord, dans ses premières poésies, *Les Flamandes.* Mais aussitôt après avoir ainsi restitué la Belgique sensuelle, Verhaeren se retourne vers la Belgique mystique, avec *Les Moines*, écrits en 1886 après un séjour à la trappe de Notre-Dame de Chimay. Cependant Verhaeren traverse bientôt une grave crise spirituelle, frôle le suicide et appelle même la folie comme une délivrance. Il a perdu sa foi naïve, et, augmentant encore sa souffrance par l'analyse psychologique, il est assailli par des visions d'épouvante et de désespoir ; dépassant le style mineur des « décadents » à la mode, il donne alors des recueils d'une morbidité exaspérée et fiévreuse, véritable « trilogie de la neurasthénie », *Les Soirs* en 1887, *Les Débâcles* en 1888, *Les Flambeaux noirs* en 1889. Il a déjà rencontré Marthe Massin, puis voyagé en Espagne, en Allemagne, et séjourné à Londres. Il y a cependant encore beaucoup de pessimisme dans *Les Apparus dans mes chemins* publiés en 1891, l'année de son mariage avec Marthe ; on y reconnaît aussi les premiers signes de la guérison. Verhaeren se tourne résolument vers les problèmes contemporains ; il va, vers 1893-95, chanter *Les Villes tentaculaires*, symboles du bouleversement moderne, de la désertion des campagnes et de la rupture des vieilles liturgies de la terre, du malaise social. Cependant Verhaeren découvre déjà les promesses d'un avenir meilleur. Il fréquente le leader ouvrier Vandervelde, collabore avec lui et, dans le socialisme, trouve une foi nouvelle, parfaitement adaptée à son insatiable soif de mouvement et de vie.

Sa renommée s'étend. *Le Mercure de France* (*) réédite ses premières œuvres. Il est devenu le poète des hauts fourneaux, des docks, du port et de la grande ville ; on peut dire qu'il a donné au monde moderne, sous son aspect le plus matériel et le plus brutal, droit de cité dans la littérature. Il célèbre le progrès qui délivrera les hommes des préjugés et fondera un jour l'universelle fraternité. Il est l'auteur des *Forces tumultueuses* en 1902. Mais il écrit aussi *Les Heures claires* qui, à trois époques de sa vie, diront le charme du foyer, l'amour pour Marthe Massin qui a rendu à Verhaeren le goût de vivre après la grande crise morale de sa jeunesse, sans que la mélancolie, à l'approche de la mort, puisse atteindre jamais cette joie profonde de la vie secrète. D'ailleurs, il n'est pas que le travail humain des grandes villes industrielles pour offrir des spectacles d'énergie ; dans les cinq recueils de *Toute la Flandre*, Verhaeren fait place aux éléments primitifs : le vent du nord balayant la plaine belge, les flots toujours sur le point de rompre les digues, mais il célèbre aussi le calme bourgeois des petites villes flamandes, avec leurs héros, leurs fêtes, la coquetterie saine de leurs intérieurs. Dans les dernières années de sa vie, le poète, ayant conquis une renommée européenne, fit de nombreuses conférences en Allemagne, en Suisse, en Russie même. La guerre le bouleversa, mais il refusa de se rendre aux appels de Romain Rolland qui l'engageait à se tenir, comme lui, « au-dessus de la mêlée ». Verhaeren voulait au contraire lier son destin à celui de sa patrie douloureuse. En 1916, venu à Rouen pour y faire une conférence, il allait connaître une mort tragique en roulant sous un train. Outre les œuvres déjà mentionnées, rappelons enfin, de Verhaeren : *Les Contes de minuit* (1885), *Les Bords de la route* (1895), *Les Visages de la vie* (1899), *Petites légendes* (1900), *Le Cloître* (1909), *Les Blés mouvants* (1912) et *Quelques chansons de village* (posth., 1924).

JACQUES PATRY.

♦ *« La poésie de M. Verhaeren manque d'intimité. Elle est tout objective. On dirait qu'il a mis en vers, en beaux vers âpres et un peu fous, des traités de sociologie qu'il n'a pas osé écrire. »* Remy de Gourmont. ♦ *« Un irrésistible élan l'entraînait sans cesse hors de lui, qu'aucune considération n'arrêtait, d'intérêt personnel, de protection, ni de prudence. »* André Gide. ♦ *« Ce que* [Verhaeren] *préconise et annonce, c'est une refonte totale, un élargissement merveilleux de la conscience de l'homme — de l'homme quotidien, non du métaphysicien — sous l'influence d'un sentiment nouveau de l'univers, perçu comme un ensemble où tout est lié, où la plus infime parcelle de matière contient toute la divinité qu'on adorait autrefois en quelques manifestations isolées. »* Léon Balzagette.

RÉF. : L. Balzagette, *Émile Verhaeren,* Paris, 1907. — S. Zweig, *Émile Verhaeren,* Paris, 1910 ; *Souvenirs et rencontres,* Paris, 1953. — J. de Smet, *Émile Verhaeren,* 2 vol., Malines, 1920. — R. Golstein, *Émile Verhaeren, la vie et l'œuvre, l'évolution des idées,* Bruxelles, 1924. — P. Valéry, *Discours sur Verhaeren,* Bruxelles, 1928. — Mabille de Poncheville, *Promenades avec Verhaeren,* Paris, 1930 ; *Vie de Verhaeren,* Paris, 1953. — F. Hellens, *Émile Verhaeren,* Paris, 1952. — L. Christophe, *Émile Verhaeren,* Paris-Bruxelles, 1955. — R. Bodart, *Verhaeren hier et aujourd'hui,* Tournai, 1966. — Ch. Maingon, *Verhaeren, critique d'art,* Paris, 1984. — *Émile Verhaeren, poète dramaturge et critique,* éd. P.E. Knabe et R. Trousson, Bruxelles, 1984.

VERLAINE Paul Marie. Poète. Né le 30 mars 1844 à Metz, mort à Paris le 8 janvier 1896. Son père, fils d'un notaire, était originaire (1798) de Bertrix, près de Paliseul, dans le Luxembourg belge, alors incorporé à la France. Sa mère, Élisa Dehée, était née aux environs d'Arras, à Fampoux, le 23 mars 1809. Après diverses garnisons — Metz, au 2e génie sous le colonel Niel, Montpellier, Nîmes, de nouveau Metz —, le capitaine Verlaine démissionne et installe son ménage à Paris, rue des Petites-Écuries, puis rue Saint-Louis (aujour- d'hui rue Nollet). Paul apprend à lire à l'école de la rue Hélène ; il est ensuite pensionnaire à l'institution Landry, rue Chaptal, d'où il va suivre les cours du lycée Bonaparte — devenu lycée Condorcet — (1845-1853). Il a en seconde pour condisciple Edmond Lepelletier, son futur et dévoué biographe. Reçu en 1862 au baccalauréat, il passe des vacances à Fampoux et dans les Ardennes, et s'inscrit dès la rentrée à l'école de droit. C'est l'époque de ses premières lectures de poésie et de prose modernes (Hugo, Baudelaire, Gautier, Sainte- Beuve, Maistre, Al. Bertrand, Pétrus Borel, Glatigny...) et de son premier poème conservé, *Chanson d'automne,* où il est déjà tout entier. Il en donne bientôt d'autres à la *Revue du Progrès,* fondée par L.-X. de Ricard, de qui la mère, générale et marquise, tient un salon littéraire boulevard des Batignolles ; il y rencontre Banville, Villiers de L'Isle-Adam, Heredia, Coppée, Chabrier, Catulle Mendès. Un poste dans les assurances, un autre à l'Hôtel de Ville pourvoient successivement à sa subsistance. Il collabore au *Hanneton,* la feuille républicaine d'Eugène Vermersch, à *L'Art,* de Ricard, qui insère quelques-uns de ses vers et sa longue et remarquable étude sur Baudelaire, que l'intéressé n'approuve pas. Il participe au *Parnasse contemporain, recueil de vers nouveaux* , fondé par Catulle Mendès ; il y voisine avec nombre de médiocrités, mais aussi avec Baudelaire (*Nouvelles Fleurs du mal*), Mallarmé, Villiers, Heredia (1866). Lors d'un voyage à Bruxelles, il est généreusement accueilli et félicité par Hugo, qui a appris des vers du jeune poète. Les *Poèmes saturniens* paraissent chez Alphonse Lemerre, éditeur des « Parnassiens », grâce aux subsides de sa cousine Élisa Dehée, et en même temps que *Les Exilés*, dernier grand livre de Banville ; un élogieux article, des lettres flatteuses leur viennent d'Anatole France, Sainte-Beuve, Banville. Verlaine est présenté par le compositeur Charles de Sivry aux parents de sa future femme, Mathilde Mauté de Fleurville. Il retrouve ses confrères du *Parnasse* rue Chaptal, chez Nina de Villard, excellente musicienne et poète, amie et inspiratrice de Charles Cros. À Bruxelles encore (ville décidément pour lui fatidique, on le verra plus loin), sous le manteau et le pseudonyme de Pablo de Herlagnez, Poulet-Malassis, l'éditeur des *Fleurs du mal* (*), imprime à cinquante exemplaires *Les Amies, scènes d'amour saphique* (1868), sonnets qui ne reparaîtront (avec quelques modifications) que vingt ans plus tard, en tête de *Parallèlement*. Lemerre édite *Fêtes galantes* (*), dont plusieurs pièces ont passé à *L'Artiste* d'Arsène Houssaye. Fiancé à Mathilde Mauté, Verlaine compose les premières pièces de *La Bonne Chanson* ; leur mariage est célébré le 11 août 1870, lendemain de la déclaration de guerre ; Verlaine est mobilisé dans la garde nationale.

Peu de jours après, Jean-Arthur Rimbaud prend connaissance des *Poèmes saturniens* et des *Fêtes galantes*, et communique son enthousiasme à Georges Izambard, son professeur à Charleville. Installé chez ses beaux-parents, rue Nicolet, Verlaine y reçoit le premier message de Rimbaud, accompagné de poèmes, et y répond par une invitation pressante à le joindre. L'arrivée du génial et sauvage adolescent (fin septembre 1871) ne contribue pas à l'entente du jeune ménage, déjà désuni et que ne raccommoderont ni la naissance du petit Georges (30 octobre), ni la mise en vente de *La Bonne Chanson,* que les événements ont contraint Lemerre à différer. En janvier 1872, après de violentes altercations auxquelles l'abus de l'alcool n'est point étranger, Verlaine quitte son foyer pour cohabiter avec Rimbaud, rue Campagne-Première, d'où celui-ci regagne Charleville, pour revenir à Paris au bout de quatre mois. Bien qu'ayant obtenu le pardon de Mathilde, Verlaine part en compagnie de son nouvel ami pour Arras, en est expulsé par la police, puis emmène Rimbaud vers les Ardennes et la Belgique. Ils séjournent deux mois à Bruxelles et à Charleroi avant de s'embarquer pour Londres. Une instance en séparation de corps est introduite. Pendant que Rimbaud est rentré à Paris et retourne à Charleville, Verlaine, tombé malade, appelle sa mère à son chevet. Les deux « compagnons d'enfer » reprennent à Londres leur vie commune et y vivent misérablement de leçons de français. Verlaine y laisse bientôt Rimbaud sans ressources, revient à Bruxelles, y fait venir sa mère et sa femme, puis Rimbaud. À la suite d'une querelle et de la menace d'abandon par ce dernier, il tire sur lui deux coups de revolver qui le blessent légèrement (10 juillet 1873). Arrêté sur déposition de la victime, Verlaine est écroué à la prison des Petits-Carmes et condamné à deux ans de détention par le tribunal correctionnel. Transféré à la prison de Mons, il y demeurera en cellule jusqu'au 16 janvier 1875. En octobre 1873, Rimbaud a fait imprimer à Bruxelles *Une saison en enfer* (*), transposition poétique de l'aventure. L'année suivante, les *Romances sans paroles*, d'abord intitulées *La Mauvaise Chanson,* sont tirées sur les presses d'un journal de Sens grâce à l'intervention de Lepelletier ; distribuées à la critique, elles sont tout à fait passées sous silence. En apprenant, fin avril 1874, la décision judiciaire de sa séparation d'avec Mathilde, Verlaine abjure ses erreurs dans le sein de l'aumônier de la prison, qui lui donne à lire le catéchisme et le fait communier. Il commence alors de composer sous l'exergue provisoire de *Cellulairement* les plus beaux vers alternativement mystiques et profanes qui figureront un jour dans *Sagesse*, *Jadis et Naguère*, *Parallèlement*. Sa peine purgée, il se retire à Fampoux et fait une retraite à la trappe de Chimay. Un essai de réconciliation avec Mathilde étant resté infructueux, il tente de renouer avec Rimbaud sous le prétexte de le convertir : une rencontre sans lendemain a lieu à Stuttgart (2 mars 1875). Il obtient ensuite un poste de professeur dans une école de Stickney (Lincolnshire) dirigée par Mr. Andrews ; il y exercera jusqu'à la fin de l'année scolaire 1875-76. Dans l'intervalle, des fragments de la future *Sagesse* sont écartés par le comité du *Parnasse contemporain,* que préside Anatole France, comme « mauvais vers » dus à un « auteur indigne » (on se demande de quoi...) ; Rimbaud demande en vain des subsides à Verlaine, qui lui écrit le 10 décembre 1875 pour la dernière fois.

Depuis la rentrée, Verlaine enseigne au St. Aloysius College de Bournemouth, tenu par Mr. Remington. Au bout d'un an, il remplace son ami Ernest Delahaye (autre futur biographe) comme professeur chez les jésuites de Rethel ; il occupera cette chaire sans incident jusqu'en juillet 1879. C'est durant cette période qu'il se prend d'un fort tendre attachement pour l'un de ses élèves, sans doute cérébralement peu doué, Lucien Létinois, fils de paysans ardennais. Il l'emmène par la suite outre-Manche, à Lymington, où il vient de trouver un nouvel emploi pédagogique chez Mr. Murdoch. Dès leur retour en France, à Coulommes, pays de Lucien, Verlaine, grâce aux subsides maternels, fait emplette de la ferme de Juniville et se lance dans une exploitation vouée à un rapide et désastreux échec. Rentré de Coulommes avec sa mère, le poète se met en rapport avec Victor Palmé, éditeur catholique de la rue des Saints-Pères, qui accepte d'imprimer *Sagesse* (toujours à compte d'auteur, soit cinq cents francs) ; malgré quelques articles élogieux (Lepelletier, Blémont – l'un de ses amis les plus dévoués –, Claretie...) et une active propagande de Verlaine auprès de la petite presse confessionnelle, le volume n'a aucun succès ; presque tout le tirage, mis en cave, en sera racheté en 1888 par Léon Vanier, devenu l'éditeur attitré. Ayant en vain sollicité, par l'entremise de Lepelletier, sa réintégration dans les bureaux de la ville, Verlaine obtient par Delahaye un poste de professeur à l'institution Esnault de Boulogne-sur-Seine, tandis que Létinois est casé dans un modeste emploi industriel, sa famille ayant émigré à Ivry. *Paris moderne,* que vient de fonder Vanier, insère alors plusieurs poèmes, dont l'extraordinaire *Art poétique*, en vers de neuf syllabes, composé à Mons en avril 1874 et qui s'affirme soudain comme l'un des actes de foi du Symbolisme naissant. Mais Lucien, atteint de typhoïde, meurt le 7 avril 1883 à l'hospice de la Pitié, entre les bras de son « pater dolorosus ». Ce cruel événement inspire à celui-ci, privé de son fils légitime, une suite d'élégies qui s'égalent, dans l'expression de la douleur, au thrène voué par Hugo à sa fille dans *Les Contemplations ;* elles seront le plus bel ornement du second recueil catholique de Verlaine : *Amour*.

Le nom du grand poète, jusque-là inconnu et bafoué, commence de se répandre, au-delà des milieux de la jeune poésie, jusque dans les salons littéraires et même parmi les universitaires. Le premier livre que Vanier consent à publier, et à ses frais, est un triptyque d'études en prose, *Les Poètes maudits*, consacrées à Tristan Corbière (que Verlaine vient de découvrir presque seul), à Mallarmé et à Rimbaud (1884) ; une réédition, accrue d'articles sur Marceline Desbordes-Valmore, Villiers de L'Isle-Adam et Pauvre Lelian (anagramme de Paul Verlaine), paraîtra quatre ans plus tard. Or le poète, à ce moment, mène une existence des plus troubles à Coulommes et à Attigny. Le divorce d'avec Mathilde, qui bientôt convolera pour devenir Mme Delporte, est prononcé en février 1885 et l'époux condamné à verser une pension alimentaire. Au printemps suivant, Verlaine, pris de boisson, a une violente querelle avec sa mère, tente de l'étrangler et, inculpé de coups et blessures, passe trois mois dans la prison de Vouziers ; il n'en continue pas moins aussitôt élargi ses « repues franches » (plutôt louches) dans la campagne avoisinante. Cependant, Vanier vient de donner *Jadis et Naguère*, l'avant-dernier beau livre, qui est formé d'éléments d'époques disparates, et qui apporte au moins le sonnet *Langueur,* autre credo des « Décadents », et *Crimen Amoris,* hymne à la gloire de Rimbaud, l'« époux infernal », et merveille du mètre de onze syllabes. Verlaine transporte ses pauvres pénates dans un galetas de la cour Saint-François, rue Moreau, étiqueté hôtel du Midi. Mais il fera par la suite de fréquents et longs séjours dans les hôpitaux, Broussais surtout, pour y soigner une vieille arthrite, favorisée par l'abus des alcools et les traces d'une affection vénérienne. La mort de sa mère, le 21 janvier 1886, accentue encore la précarité de son existence, secourue, il est vrai, par plusieurs amis, exploitée, en revanche, par deux pauvres créatures, plus misérables qu'intéressées, pas toujours insensibles au fait d'être les compagnes d'un grand homme déchu, mais déjà honoré : Eugénie Krantz et Philomène Boudin méritent, à ce titre, de passer à la postérité, plutôt que pour avoir inspiré les versiculets égrillards des *Chansons pour elle*, des *Odes en son honneur,* des *Élégies*. L'auteur des *Fêtes galantes,* des *Romances sans paroles* et de *Sagesse* jouit en effet d'une renommée et d'un respect désormais incontestés parmi les adeptes batailleurs mais fervents des récentes écoles, symbolistes et décadents de la première heure, cinq ans avant que ne lui surgisse un rival en la personne remuante de Jean Moréas, quand celui-ci publiera, à grand fracas, *Le Pèlerin passionné*. De garni en garni, d'hôpital en hôpital, de café en café, il traîne la jambe et, en somme, s'accommode assez bien, non sans humour gentil, de cette vie de bohème, en proie à des alternances de mysticisme et de lubricité également sincères. En 1888 et 1889 paraissent *Amour* et *Parallèlement* (dont les épreuves sont corrigées pendant une cure à Aix-les-Bains), qui reflètent cette déconcertante dualité de nature. *Parallèlement* est en partie constitué du reliquat de *Cellulairement,* le manuscrit des prisons ; cet ouvrage brille encore de pages de premier ordre (dont *Læti et Errabundi,* suprême écho d'une passion révolue).

La célébrité du poète dépasse nos frontières ; elle lui procure des tournées de conférences qui, sans l'enrichir, aident quelques mois à sa subsistance. C'est ainsi que, de novembre 1892 à décembre 1893, il est invité en Hollande, en Belgique (Charleroi, Liège, Bruxelles), en Lorraine (Nancy et Lunéville), en Angleterre (Londres, Oxford, Manchester), où il est chaleureusement accueilli par l'élite des jeunes écrivains. Un important *Choix de poésies,* paru chez Charpentier, a répandu le meilleur de son œuvre. Un banquet triomphal lui a été offert par *La Plume,* vaillante revue qui draine toute la littérature significative du temps. Succès qui l'enhardit au point de se présenter à l'Académie (fauteuil de Taine). Une compensation au retrait de cette candidature lui est donnée par son élection, en août 1894, au principat des Poètes à la mort de son vieil ennemi Leconte de Lisle. Un comité de quinze admirateurs, dont Maurice Barrès et Robert de Montesquiou, se fonde sous la présidence de la duchesse de Rohan afin de lui assurer une rente mensuelle. Il a encore pu rassembler plusieurs recueils de vers et de prose, le plus souvent circonstanciels et fort plats, de *Bonheur* et *Liturgies intimes*, très pâles séquelles de *Sagesse* et d'*Amour,* aux *Dédicaces* et aux *Épigrammes*, sans compter les petits livrets amoureux dont nous avons parlé ni les priapées, parues sous le manteau, de *Femmes,* dont l'étonnante virtuosité voile à demi l'audace. Enfin, une autobiographie, restée inachevée mais pleine de précieux souvenirs et de charmante bonhomie, paraît sous le titre de *Confessions.* Mais sa santé, déjà fort ébranlée, rongée par la misère et l'alcoolisme, décline de jour en jour. Hébergé depuis quelques mois au 39 de la rue Descartes, par Eugénie (qu'il avait failli épouser), il y est trouvé mort, le 8 janvier 1896, sur le carreau de sa misérable chambrette. On lui fait de fort belles funérailles à Saint-Étienne-du-Mont, puis au cimetière des Batignolles dans son caveau de famille ; le cortège comporte l'élite des lettres et des arts et une foule considérable en grande partie composée d'étudiants. Le deuil est conduit par Vanier et le jeune F.-A. Cazals, l'inlassable iconographe du grand poète, qui l'appelait « ma plus belle amitié, ma meilleure... ». D'émouvants discours sont prononcés par Mallarmé, Moréas, Barrès, Coppée, Gustave Kahn.

Pour la partie durable, c'est-à-dire vraiment neuve, de sa longue production — on la peut évaluer à un quart environ, et sans égard pour des proses pratiquement négligeables et le plus souvent dépourvues de style —, Paul Verlaine occupe dans la poésie française, et même, on peut l'affirmer, dans celle de tous les pays, une place éminente et sans équivalent. Il ne s'est pas borné, en effet, à une époque d'inquiétante déficience de notre lyrisme, soit aussitôt après la mort de Baudelaire et à l'heure où Hugo jetait ses derniers éclairs (les plus puissants, il est vrai), à vivifier, à réhabiliter notre poésie : il a créé une nouvelle sensibilité, une musique inouïe, tout un univers d'expression gratuite dans un art où la littérature, l'histoire, la morale ne devraient jamais s'immiscer sous peine de le dessécher ou de le corrompre. Il a été aussi peut-être, depuis Ronsard et après les conquêtes de Marceline Desbordes-Valmore, de Hugo, de Baudelaire et de Banville, notre plus étonnant et riche inventeur de rythmes, et a préparé, fût-ce à son corps défendant et même à regret, les voies de l'affranchissement de la prosodie, qui lui a succédé. Certes, il lui a manqué d'être aussi, comme le furent (pour ne mentionner que des artistes de son siècle) Vigny, Hugo, Musset, Baudelaire surtout, un grand écrivain. Mais, en vers, quand il se montre tout à fait original, nul d'entre ses aînés ou rivaux anciens et modernes, de son premier précurseur François Villon à ses égaux et contemporains Stéphane Mallarmé et Arthur Rimbaud, ne mérite de lui être préféré. S'il n'est pas niable que, des *Poèmes saturniens* à *Parallèlement,* il ait toujours subi, plus ou moins, l'emprise de ses maîtres (Baudelaire, Valmore, Banville et quelques autres), que *La Bonne Chanson* puisse être aisément confondue avec les meilleures pages des *Intimités* de Coppée, que *Sagesse* et *Amour* soient pour une bonne part gâtés par trop de mesquine et fausse théologie, un génie entièrement personnel, de ton parfaitement reconnaissable et authentique, de plus, çà et là, autochtone jusqu'à l'ingénuité de la poésie populaire, se manifeste et luit d'un éclat sans second dans *Les Sanglots longs...*, les *Fêtes galantes* tout entières, la majorité des *Romances sans paroles,* les lieder de *Sagesse* et de *Parallèlement,* et à maintes pages de *Jadis et Naguère* et d'*Amour.* C'est sur ce mot-là qu'il conviendrait de clore tout examen fervent et lucide d'un homme et d'une œuvre auxquels il faut tout pardonner parce qu'ils furent un moment incomparable de l'âme et de la chair transposées en la plus ingénue, la plus subtile, la plus secrète des mélodies.

YVES-GÉRARD LE DANTEC.

♦ *« Un Baudelaire puritain, combinaison funèbrement drolatique, sans le talent net de M. Baudelaire, avec des reflets de M. Hugo et d'Alfred de Musset ici et là : tel est M. Paul Verlaine. Pas un zeste de plus. »* Barbey d'Aurevilly, 1866. ♦ *« Parfois peut-être vous côtoyez de si près le rivage de la poésie que vous risquez de tomber dans la musique. Il est possible que vous ayez raison. »* Banville, à Verlaine, 1885. ♦ *« L'effroyable Verlaine : un Socrate moderne et un Diogène sali ; du chien et de l'hyène. »* Jules Renard, 1892. ♦ *« Ce qui était en lui essentiel, c'était sa puissance de sentir, l'accent communicatif de ses douleurs, ses audaces très nues, à la française, et ces beautés tendres et déchirantes qui n'ont d'analogue que, dans un autre art, l'*Embarquement pour Cythère. *»* Maurice Barrès. ♦ *« La poésie de P. Verlaine, forme et pensée, est toute spontanée ; c'est fondu à la cire perdue ; elle est ou n'est pas. Rien n'y indique la retouche. La matière ne change pas, que l'inspiration soit religieuse ou libertine ; c'est la même fluidité pure... et c'est presque la même sensualité. »* Remy de Gourmont. ♦ *« S'il n'avait point péché, il ne se fût pas repenti ; s'il n'avait point été tant déchu, il n'eût point élevé si haut sa prière : c'était son destin de vivre dégradé, pour revivre dans le plus bel amour, qui est la sphère de poésie, et là même où, s'en confessant le plus loin, elle aspire le plus à la sainteté du pardon et de l'innocence. »* André Suarès. ♦ *« ... Il fut le publicain dans le coin le plus sale de l'Église et le pécheur en larmes qui avoue. Dans ses meilleurs poèmes qui, il faut le reconnaître, ne sont pas nombreux, on a l'impression rare, non pas d'un auteur qui parle, mais d'une âme que l'auteur ne réussit pas à empêcher de parler. »* Paul Claudel. ♦ *« Ce naïf est un primitif organisé, un primitif comme il n'y avait jamais eu de primitif et qui procède d'un artiste fort habile et fort conscient. »* Paul Valéry.

RÉF. : J. Tellier, *Nos poètes,* Paris, 1888. — Ch. Morice, *Paul Verlaine, l'homme et l'œuvre,* Paris, 1888. — J. Lemaître, *Les Contemporains,* 4e série, Paris, 1889. — A. France, *La Vie littéraire,* 3e série, Paris, 1891. — St. Mallarmé, *Divagations,* Paris, 1897. — G. Kahn, *Symbolistes et Décadents,* Paris, 1902. — E. Lepelletier, *Paul Verlaine, sa vie, son œuvre,* Paris, 1907. — A. Séché et J. Bertaut, *La Vie anecdotique et pittoresque des grands écrivains, Paul Verlaine,* Paris, 1909. — F.-A. Cazals et G. Le Rouge, *Les Derniers Jours de P. Verlaine,* Paris, 1911. — E. Delahaye, *Verlaine,* Paris, 1922 ; *Souvenirs familiers sur Rimbaud, Verlaine et Nouveau,* Paris, 1925. — L. Aressy, *La Dernière Bohème, Verlaine et son milieu,* Paris, 1922. — M. Coulon, *Au cœur de Verlaine et de Rimbaud,* Paris, 1925 ; *Verlaine, poète saturnien,* Paris, 1929. — A. Van Bever et M. Monda, *Bibliographie et iconographie de P. Verlaine,* Paris, 1925. — A. Fontainas, *Verlaine-Rimbaud, ce qu'on présume de leurs relations, ce qu'on en sait,* Paris, 1931. — F. Porché, *Verlaine tel qu'il fut,* 1933. — J. Mouquet, *Rimbaud raconté par Verlaine,* Paris, 1934. — A. Fontaine, *Verlaine, Homme de lettres,* Paris, 1937. — C. Cuénot, *État présent des études verlainiennes,* Paris, 1938 ; *Le Style de Paul Verlaine,* thèse, Paris, 1951 ; *Nouvel État présent des études verlainiennes,* in *L'Information littéraire,* sept-oct. 1956 ; *Situation de P. Verlaine,* ibid., mai-juin 1957. — H. Mondor, *L'Amitié de Verlaine et de Mallarmé,* Paris, 1948. — L. Morice, *Sagesse,* édit. crit., Paris, 1948. — H. de Bouillane de Lacoste, *Bonheur,* édit. crit., Paris, 1949. — Jean-Marie Carré, *Du côté de Verlaine et de Rimbaud,* Paris, 1949. — A. Adam, *Verlaine,* 1953. — J.-H. Bornecque, *Lumières sur Fêtes galantes,* Paris, 1957. — J.-P. Richard, *Fadeur de Verlaine* in *Poésie et Profondeur,* Paris, 1955. — G. Zayed, Introduction et notes aux *Lettres inédites de Verlaine à Cazals,* Genève, 1957. — A. Fongaro, *Notes sur la genèse de « Cellulairement »* in *Revue des sciences humaines,* avril-juin 1957. — J. Richer, *Paul Verlaine,* Paris, 1957. — J.-H. Bornecque, *Verlaine par lui-même,* Paris, 1966. — O. Nadal, *Paul Verlaine,* Paris, 1961. — G. Zayed, *La Formation littéraire de Verlaine,* Genève, nlle. éd. 1970. — E. Noulet, *Le Ton poétique,* 1970. — P. Soulie-Lapeyre, *Le Vague et l'aigu dans la perception verlainienne,* 1975. — A. Vial, *Verlaine et les siens, heures retrouvées,* Paris, 1975. — P. Petitfils, *Verlaine,* Paris, 1981. — *La Petite musique de Verlaine,* recueil collectif, Paris, 1982. — J. Robichez, *Verlaine entre Rimbaud et Dieu,* Paris, 1982. — *Verlaine,* Cahiers de l'Association internationale des études françaises, 1991.

VERNE Jules. Romancier. Né à Nantes le 8 février 1828, mort à Amiens le 24 mars 1905. Il fit ses études secondaires dans sa ville natale. Il se rendit à Paris au mois de novembre 1848 pour y faire son droit, mais la gloire et le théâtre l'intéressaient davantage. Il fréquenta quelques salons, se lia avec Alexandre Dumas qui était alors propriétaire du Théâtre historique, et se mit à composer les pièces les plus diverses. Dumas accepta de monter *Les Pailles rompues*, un acte en vers, et la première eut lieu le 12 juin 1850. La critique fut indulgente, le succès relatif, et un ami fortuné paya l'édition en volume. Verne passa tout de même sa thèse, fut reçu, mais refusa de succéder à son père, avoué, et se mit en quête d'une occupation. Entretemps, au cours de nombreuses visites à la Bibliothèque nationale, il avait commencé à se passionner pour les multiples découvertes scientifiques qui, tout en lui montrant la possibilité proche d'un monde nouveau, se paraient encore de toute la poésie de l'inconnu. Dans le même moment, la fréquentation d'un explorateur devenu aveugle, Jacques Arago, chez qui il rencontrait de nombreux voyageurs et géographes, lui ouvrit la porte des pays lointains et des terres vierges. Il trouva néanmoins une situation comme secrétaire du Théâtre lyrique, et commença à publier des nouvelles dans *Le Musée des familles*, et un roman historique : *Martin Paz.* Il continuait aussi d'écrire pour le théâtre, et donna, le 20 avril 1853, une opérette, *Colin-Maillard*, qui bénéficia d'une presse extraordinaire et atteignit quarante représentations. Pendant ses loisirs il poursuivait des études systématiques de géographie, de mathématiques, de physique, et travaillait à acquérir un vocabulaire à la mesure du « roman de la science » qu'il commençait à rêver d'écrire. Il se maria le 10 janvier 1857 et, pour faire face à ses besoins d'argent, décida de devenir agent de change. Dès lors il se leva chaque matin à cinq heures, écrivit jusqu'à dix, et passa le reste de sa journée à la Bourse. Il y fit, dit-on, « plus de bons mots que de bonnes affaires ». Ce fut l'époque où il publia une étude sur Edgar Poe dans *Le Musée* et effectua un voyage en Écosse. Il fit représenter une opérette fantaisiste, *Monsieur de Chimpanzé*, aux Bouffes en 1860, et *Onze jours de siège* au Vaudeville en 1861.

En 1863 il apporta le manuscrit de *Cinq semaines en ballon* à Hetzel et celui-ci, absolument enthousiasmé, lui signa un contrat qui l'attacha à sa maison. Verne s'engagea à fournir deux volumes par an pendant vingt ans, ou bien quarante volumes dans un temps plus court. Il recevrait dix mille francs par volume. Hetzel refit cinq fois ce contrat, avec des conditions toujours plus brillantes pour « son » auteur. Le succès vint immédiatement, et le roman fut traduit dans toutes les langues d'Europe. Au cours d'un travail de quarante années, Jules Verne allait désormais donner cette œuvre énorme qui est à l'origine du roman scientifique, et qui n'a jamais cessé de passionner ceux pour lesquels l'imagination recule sans cesse les frontières du monde. Ses titres sont présents à toutes les mémoires : *Aventures du capitaine Hatteras* (1864), *Voyage au centre de la Terre* (1864), *De la Terre à la Lune* (1865), *Les Enfants du capitaine Grant* (1867-68), *Autour de la Lune* (1870), *Vingt mille lieues sous les mers* (1870). Le succès le plus universel accueillit *Le Tour du monde en quatre-vingts jours* (*) (1872). *Le Temps*, qui le publiait en feuilletons, vit son tirage monter comme par enchantement, les correspondants de presse américains télégraphiaient chaque jour les nouvelles péripéties à New York, les directeurs de compagnie maritime offraient à l'auteur des fortunes pour que son héros gagnât son pari grâce à l'un de leurs vaisseaux. Ce livre et son adaptation théâtrale, puis celle de *Michel Strogoff* amenèrent une véritable pluie d'or qui lui permit l'achat du *Saint-Michel III*, son troisième yacht, avec lequel il fit de nombreuses croisières jusqu'en 1886 où un accident le blessa à la jambe. Fixé à Amiens, pays de sa femme, depuis 1872, il y écrivit, entre autres, *L'Île mystérieuse* (*) (1874), *Mathias Sandorf* (1885), *Robur le*

Conquérant (1886), *L'Île à hélice* (1895), *Face au drapeau* (1896), *Le Sphinx des glaces* (1897).

Après le purgatoire obligé, Jules Verne connaît un renouveau et redevient ce qu'il n'a pas cessé d'être, un écrivain pour adultes. Il est l'auteur français le plus traduit. Son influence sur son époque, que d'aucuns nomment le siècle de Jules Verne, s'est exercée non seulement sur les hommes (Lyautey, Brazza, Charcot, Simon Lake, amiral Byrd), mais aussi sur les lettres. On sait le culte passionné que lui voua Raymond Roussel.

BERNARD NOËL.

RÉF. : M. Allotte de La Fuye, *Jules Verne, sa vie, son œuvre*, Paris, 1928 et 1955. — E. Marcucci, *Les Illustrateurs de Jules Verne*, Paris, 1956. — *Bulletin de la Société Jules Verne*, 1935-1938. — A. Jacobson et A. Antoni, *Des anticipations de Jules Verne aux réalisations d'aujourd'hui*, Paris, 1937. — B. Frank, *Jules Verne, d'après le livre de M. Allotte de La Fuye*, Paris, 1941. — R. Escaich, *Voyage à travers le monde de Jules Verne*, Paris, 1955. — J. Chesneaux, *Une lecture politique de J. Verne*, Paris, 1971. — M. Serres, *Jouvences sur Jules Verne*, Paris, 1974. — M. Soriano, *Le Cas Verne*, Paris, 1978. — S. Vierne, *Jules Verne*, Paris, 1986. — F. Raymond, *Jules Verne, émergence du fantastique*, Paris, 1987.

Vers. Unité d'expression constitutive du poème, définie par une structure interne perceptible entre des mesures rythmiques (voir *mètre*) et, éventuellement, par la structure externe (la série) à laquelle il appartient. La conscience du vers est liée soit à la structure interne (rapport des nombres syllabiques de ses *hémistiches* [voir ce mot] ou de ses mesures, *coupes binaires* ou *ternaires* [voir ces mots]), soit à la structure externe (*rimes* [voir ce mot], alternances métriques...). Différents types de vers : voir *pentasyllabe, hexasyllabe, heptasyllabe, octosyllabe, décasyllabe, hendécasyllabe, alexandrin.* Groupements de vers : voir *distique, tercet, quatrain, quintil, sizain, huitain, dizain, hétérométrique, isométrique, stance, strophe, laisse.*

CHRISTIAN DOUMET.

Vers blanc. Vers dont la finale ne rime avec aucune des finales de vers voisins. Le vers blanc se rencontre dans la poésie libre depuis Apollinaire. On nomme également *vers blanc* un octosyllabe, un décasyllabe, un alexandrin, etc., rencontrés dans un texte en prose. Une telle rencontre était considérée par Vaugelas comme une faute de style.

CHRISTIAN DOUMET.

Verset. Terme emprunté à la poétique scripturaire. Désigne une unité constitutive du discours poétique délimitée par l'alinéa, non rimée et d'une longueur telle qu'elle ne saurait être perçue globalement comme vers. Le verset peut être ou non métrique selon qu'on est ou non en mesure de le découper en mètres identifiables. Très souvent métrique chez Saint-John Perse (« Vents », « Amers »...), il constitue plutôt, chez Claudel, une unité respiratoire (*Cinq grandes odes* (*)) : « Soudain le coup sourd au cœur, soudain le mot donné, soudain le souffle de l'Esprit, le rapt sec, soudain la possession de l'Esprit ! » (L'Esprit et l'eau).

CHRISTIAN DOUMET.

Vers libre. Se dit d'un vers appartenant à une série hétérométrique rimée ou non rimée. D'un point de vue historique, l'origine du vers libre semble être liée à celle de l'opéra français, puisqu'on le reconnaît, au milieu du XVIIe siècle, dans les livrets de Quinault mis en musique par Lully, comme *Le Phantome amoureux* (1659). Mais déjà les versets chantés de l'*Andromède* de Corneille (1650) étaient écrits en vers irréguliers, de même que, chez Molière, les dialogues chantés du *Bourgeois gentilhomme.* Le cas de la *tragédie-ballet Psyché,* à laquelle collaborèrent Molière, Corneille et Quinault, offre déjà l'exemple parfait d'une écriture dramatique totalement conçue en vers irréguliers. C'est toutefois La Fontaine, dans ses *Nouvelles en vers* (1664) et surtout dans ses *Fables* (1668), qui exploita le principe du vers libre. Chez lui, les vers adoptent les mètres le plus en usage (hexasyllabe, octosyllabe, décasyllabe ou alexandrin) et conservent la rime. Mais leur disposition est irrégulière, comme dans ce passage de la fable *Les Animaux malades de la peste :*

Ne nous flattons donc point, voyons sans
[indulgence (12)
L'état de notre conscience. (8)
Pour moi, satisfaisant mes appétits
[gloutons, (12)
J'ai dévoré force moutons. (8)
Que m'avaient-ils fait ? Nulle offense. (8)
Même il m'est arrivé quelquefois de
[manger (12)
Le berger. (3)

On voit ici quel parti dramatique La Fontaine tire de l'irrégularité en redoublant la chute phrastique (« Le berger ») d'un effet de mise en relief. Ainsi le choix du mètre répond-il généralement à une intention de sens.

C'est le même principe qui conduira les poètes symbolistes, à la fin du XIXe siècle, à généraliser la pratique du vers libre. Déjà Rimbaud, en mai 1873, écrivait deux poèmes en vers libres, « Marine » et « Mouvement », destinés aux *Illuminations.* Gustave Kahn, qu'on donne à tort pour le premier praticien du « vers-librisme », en formule la théorie dans un article de *L'Événement* du 28 septembre 1886, puis dans la longue préface à une réédition de *Palais nomades,* en 1897 : « La soumission de la versification aux mouvements de la pensée et le souci constant d'assouplir le vers en préservant ses qualités musicales l'amènent à condamner l'enjambement, à justifier l'apocope du *e* muet devant consonne en cours de vers, à remplacer la rime par l'assonance, à libérer la configuration de la strophe. » Kahn a mis ces principes en pratique dans des recueils comme *Chansons d'amant* (1891), *Domaine de fées* (1895), *La Pluie et le beau temps* (1896), *Limbes et lumière* et *Le Livre d'images* (1897). Ces recueils ont eu une grande influence sur la poésie de leur temps pour les nouvelles solutions formelles qu'ils proposaient. Influence immédiatement sensible chez des contemporains comme Stuart Merrill, Remy de Gourmont, Jean Moréas, Henri de Régnier ou Francis Vielé-Griffin. Il n'est pas sûr que la voie ouverte par Kahn ne soit pas celle qu'empruntent encore, dans la scansion de leurs amples versets, Paul Claudel, Victor Segalen, Saint-Pol Roux et Saint-John Perse. Le vers libre serait donc à l'origine du vaste mouvement de libération de la forme poétique au XXe siècle. Les poètes les plus novateurs, depuis Apollinaire, n'ont cessé de lui payer leur tribut.

CHRISTIAN DOUMET.

VEUILLOT Louis François. Publiciste. Né à Boynes (Loiret) le 11 octobre 1813, mort à Paris le 7 mars 1883. Son père était un ouvrier tonnelier qui vint s'installer à Paris en 1818. Enfant, Veuillot reçut une très faible instruction, puis il fut clerc chez l'avoué Delavigne, frère de Casimir, qui l'introduisit dans les milieux littéraires. À dix-sept ans il fut attaché à la rédaction de l'*Écho de la Seine-Inférieure*, journal ministériel de Rouen, où se manifestèrent déjà ses talents de virulent polémiste. Après un emploi à la rédaction politique du *Mémorial de la Dordogne*, il fut rappelé à Paris où il collabora à *La Charte de 1830* et à *La Paix*. Ce n'est pourtant qu'après un séjour à Rome que Veuillot s'affirma dans une voie bien définie. Après une entrevue avec le pape, il se déclara converti, devint dès lors un écrivain ultramontain intransigeant, et se fit peu à peu le publiciste de la théocratie. Diverses publications donnent le ton de sa nouvelle tendance mais, après un passage au ministère de l'Intérieur et au secrétariat du général Bugeaud, ce fut sa rentrée en 1843 à *L'Univers religieux* qui marqua le véritable début de sa carrière de grand polémiste. Après la révolution de Février 1848, il devint rédacteur en chef de *L'Univers*, contribuant autant qu'il le put au soutien de l'expédition de Rome et de la loi Falloux. Par la suite, il fit l'apologie du régime césarien de Napoléon III, réclamant une politique de force contre les libéraux, mais se retourna contre l'Empire lorsqu'il soutint la révolution italienne. *L'Univers* fut alors supprimé. Veuillot se consacra à la publication d'une série d'ouvrages sur la question pontificale : *Le Pape et la Diplomatie* (1861), *L'Illusion libérale* (1866), etc., et il écrivit deux pamphlets, ses deux plus importants peut-être, *Le Parfum de Rome* (1861) et *Les Odeurs de Paris* (1866). Dans le premier, il souligne le rôle prééminent de la religion dans tous les domaines, stigmatisant la Révolution française, préconisant un ordre social dominé par l'administration papale qu'il admire et honnissant toute la science moderne, d'ailleurs vouée à sa perte. Le second est la condamnation sévère de la vie intellectuelle à Paris, depuis la presse jusqu'à l'université, où germent tous les miasmes de la corruption. Ces pamphlets, pour outrés qu'ils soient, témoignent du grand talent de Veuillot qui use d'un style dur et passionné, d'un vocabulaire puissant et toujours précis. *L'Univers* ayant pu reparaître en 1867, l'activité de Veuillot redoubla lors du concile du Vatican. Après la chute de l'Empire, espérant une démocratie cléricale, il s'efforça, mais en vain, d'entraîner Thiers et Broglie dans une politique ultramontaine pour laquelle il obtint toujours la caution de Pie IX. À partir de 1878, sa santé s'affaiblit et son action s'atténua considérablement jusqu'à sa mort. Veuillot est encore l'auteur de romans, d'études historiques, politiques et littéraires, et il a laissé une correspondance volumineuse. Il est certainement le plus grand pamphlétaire du XIXe siècle. Niant toute valeur révolutionnaire et progressiste, exclusivement soumis à l'autorité pontificale, il se voulut résolument réactionnaire, et son intransigeance, qu'il paya souvent de la prison, ne manque pas de grandeur et d'honnêteté.

RÉF. : E. A.-Astruc, *Les Juifs et Louis Veuillot*, Paris, 1859. — *Hommages à Louis Veuillot*, Paris, 1884. — E. Cornut, *Louis Veuillot, étude morale et littéraire*, Paris, 1891. — E. Veuillot, *Louis Veuillot*, 4 vol., Paris, 1899. — E. Tavernier, *Louis Veuillot, l'homme, le lutteur, l'écrivain*, Paris, 1913. — M. Vallet, *Louis Veuillot, sa vie*, Paris, 1913. — H. Talvart, *Louis Veuillot et la monarchie*, Paris, 1927. — A. Billy, *Les Écrivains de Combat*, Nevers 1931. — M. Mac Devitt, *Louis Veuillot d'après sa correspondance*, Paris, 1935. — F. Veuillot, *Louis Veuillot, sa vie, son âme, son œuvre*, Colmar, 1937. — E. Gauthier, *Le Vrai Louis Veuillot*, Paris, 1938. — J. Morienval, *Louis Veuillot*, Paris, 1941. — Cl. Foucart, *L'Aspect méconnu d'un grand lutteur : Louis Veuillot devant les arts et les lettres*, 1978. — B. Le Roux, *Louis Veuillot, un homme, un combat*, Paris, 1984.

VIALATTE Alexandre. Romancier et chroniqueur. Né le 22 avril 1901 à Magnac-Laval (Haute-Vienne), mort le 3 mai 1971 à Paris. Originaire d'Ambert où la famille était établie depuis plus d'un siècle, le père d'Alexandre Vialatte, officier démissionnaire pour des raisons de santé, vint s'y réinstaller peu avant la guerre de 1914 avec ses trois enfants. Alexandre avait commencé ses études primaires à Toulouse. Il entre alors au collège Blaise-Pascal d'Ambert et poursuit brillamment son cycle secondaire comme interne dans un établissement religieux du Jura. Il commence à écrire, entretient une correspondance avec Henri Pourrat dont il a fait la connaissance à Ambert et qui signalera ses premières publications (dans des revues régionales) à Jean Paulhan. Refusé au concours d'entrée à l'École navale à cause d'un œil déficient, Vialatte entreprend des études de lettres (langue allemande) à Clermont, occupe un poste de répétiteur à Thiers puis à Ambert, et c'est grâce à Paulhan qu'il part au début de 1922 pour l'Allemagne. Il y restera près de six ans, traducteur civil à Spire, interprète militaire à Berlin, rédacteur à *La Revue rhénane* éditée à Mayence. On y trouve ses premières traductions de Kafka, dont il est le véritable introducteur en France. *La Métamorphose* paraît aux éditions Gallimard en 1928. Suivront — parmi d'autres traductions : Goethe, Nietzsche, Thomas Mann — les principaux ouvrages de l'auteur du *Château*. De retour en Auvergne, Vialatte y achève son premier roman, *Battling le Ténébreux*, qui sort en septembre de la même année, et où se dessinent déjà nettement les thèmes de son œuvre marquée par la poésie du cocasse, voire de l'absurde, et de l'univers de l'adolescence. Il se marie en 1929, bientôt en conflit permanent avec sa femme, hostile à son goût du tabac. Vivant à Clermont, il s'y consacre à la traduction et au journalisme (notamment pour *Le Petit Dauphinois*) et poursuit cette double activité à Paris de 1934 à 1937, date de son départ pour Alexandrie comme professeur. De retour d'Égypte peu avant la guerre, il est mobilisé, fait prisonnier en 1940, libéré au début de 41 : l'expérience, qu'il a rapportée dans un roman largement autobiographique (*Le Fidèle Berger*, 1942), a failli ébranler sa santé mentale. Il passe le temps de l'Occupation à Saint-Amant-Roche-Savine, travaillant à plusieurs romans qui ne paraîtront, plus ou moins inachevés, que longtemps après sa mort : *La Dame du job* (1987), *La Maison du joueur de flûte* (1986), le seul de ses récits évoquant, dans une tonalité d'ailleurs toute personnelle, un climat comparable à celui de Kafka. Vialatte retrouve l'Allemagne, comme correspondant de presse, au début de 1945. Revenu en France, il y termine son gros roman *Les Fruits du Congo*, qui obtient en Suisse en 1950 — sur manuscrit — le prix Charles Veillon, et paraît l'année suivante à Paris. Le succès est modeste. Sans renoncer à de vieux projets, l'écrivain désormais s'enfonce dans le journalisme, s'y épanouit, en dépit de la fréquente incompréhension que les patrons de la presse (*Opéra, Paris-Match, Marie-Claire*, etc.), manifestent pour ses chroniques, dont près de mille paraîtront dans le quotidien *La Montagne* — les chroniques de Vialatte fourniront après sa mort la matière de près de dix volumes : *Dernières nouvelles de l'homme* (1978), *Et c'est ainsi qu'Allah est grand* (1979), *L'éléphant est irréfutable* (1980), *Almanach des quatre saisons* (1981), *Antiquité du grand chosier* (1984), *Bananes de Königsberg* (1985), *La Porte de Bath-Rabbim* (1986), *Éloge du homard et autres insectes utiles* (1987), *Les Champignons du détroit de Behring* (1988). Malgré les deuils de cette dernière période (mort de sa mère en 1961, de sa femme en 1962, de son père en 1964), jusqu'à sa propre disparition, Vialatte continuera de gagner ainsi un petit public fervent, qu'enchante son talent fait de bon sens et de paradoxe, de logique et d'extravagance, de poésie subtile ou nostalgique et d'humour pince-sans-rire ou hilarant. Au bout du compte : une œuvre, et des plus singulières de son époque.

JACQUES RÉDA.

RÉF. : Ferny Besson, *Alexandre Vialatte ou la Complainte d'un enfant frivole*, Paris, 1981.

VIAN Boris. Écrivain né à Ville-d'Avray le 10 mars 1920, mort à Paris le 23 juin 1959. Après des études de philosophie, il obtient son diplôme d'ingénieur en 1942. Après la guerre, il fréquente les cercles existentialistes de Saint-Germain-des-Prés, écrit des chansons, joue de la musique de jazz (ses écrits sur le jazz seront rassemblés après sa mort et publiés en 1967, sous le titre *Chroniques de jazz*), fait diverses expériences cinématographiques. En 1946, il publie sous le pseudonyme de Vernon Sullivan un roman : *J'irai cracher sur vos tombes,* qui provoque un grand scandale. Cette œuvre qui traite de la sexualité, de la violence et du racisme est bien éloignée des récits à la fois poétiques et humoristiques, toujours teintés de tendresse, que Vian va publier dans les années suivantes : *Vercoquin et le plancton* (1946), *L'Automne à Pékin* (1947), *L'Écume des jours* (1947), *L'Herbe rouge* (1950) et *L'Arrache-Cœur* (1953). Vian publie également des nouvelles, comme *Les Fourmis* (1949), des recueils de poèmes, *Cantilènes en gelée* (1950), des pièces, *L'Équarrissage pour tous* (1948), *Les Bâtisseurs d'empire* (1959) et *Le Goûter des généraux* (1951). Il écrit même un opéra pour Darius Milhaud, *Fiesta* (1958). Peu connu de son vivant, excepté par une minorité d'« élus » (Queneau et son Collège de pataphysique qui le nomme « Satrape transcendant »), Vian est devenu, après sa mort précoce, un véritable mythe, autant pour ses œuvres que pour sa vie passionnée et ses idées antimilitaristes. La diversité de ses talents aussi bien que son goût de vivre interdisent de le considérer purement et simplement comme un écrivain. C'est, au sens le plus noble du mot, un inventeur. Son plus beau roman, *L'Écume des jours,* témoigne d'ailleurs de cette inventivité. Raymond Queneau a pu dire qu'il s'agissait de l'« histoire d'amour la plus poignante de notre temps ». Mais *L'Écume des jours* est aussi le roman de la jeunesse et de la maladie. Grand vivant, Boris Vian connaissait bien la maladie, puisqu'il était malade du cœur et que cette maladie l'a emporté, lui aussi, trop tôt. Fort, peut-être, du pressentiment de cette mort qui couvait en lui, il a su créer un des récits les plus émouvants qui soient sur l'horreur de la mort et la beauté de la vie. Les chansons de Boris Vian, qui ont été interprétées notamment par Serge Reggiani, reprennent à leur manière les mêmes thèmes. Il faut considérer Boris Vian comme l'une des personnalités artistiques et littéraires les plus remarquables de l'après-guerre.

♦ *« Ce détachement, je ne me mêlerai pas de l'interpréter comme une protestation, comme l'expression d'un nihilisme fondamental ou d'une objection de conscience opposée à tout ce que la société prescrit, conseille ou sollicite. Je sais bien qu'il serait facile d'emprunter à ce qu'a publié Vian les éléments d'un traité de morale non-conformiste, et peut-être même la matière d'un recueil d'anti-pensées. Mais ce serait tirer arbitrairement, dans une direction qu'il n'a pas préférée à d'autres, un personnage d'exception qui se faisait un plaisir de varier ses conclusions...* » Pascal Pia.

RÉF. : Jean Clouzet, *Boris Vian,* Paris, 1973. – *Boris Vian,* colloque de Cerisy, 1977. – N. Arnaud, *Les Vies parallèles de Boris Vian,* Paris, 1981. – *Dictionnaire Vian,* Paris, 1982. – J. Duchâteau, *Boris Vian ou les Facéties du destin,* Paris, 1982. – M. Rybalka, *Boris Vian : essai d'interprétation et de documentation,* Paris, 1984.

VIAU Théophile de. Poète et dramaturge. Né entre mars et mai 1590, à Clairac-en-Agenais (Lot-et-Garonne), mort à Paris, le 24 septembre 1626. Une enfance bucolique à Boussères, au sein d'une famille protestante et de petite noblesse, des études au collège de Nérac, à l'académie de Montauban, au collège de médecine à Bordeaux, puis à Saumur, préludent à cette existence tragi-comique, digne des temps troublés qu'elle traverse. L'adolescent, au gré d'amitiés douteuses, s'initie à la débauche ; poète à gages, suit une troupe de comédiens errants ; « studiosus medicine », gagne en 1613 les Provinces-Unies avec Guez de Balzac. Une affaire obscure où Balzac reçoit du bâton et où son compagnon donne de l'épée provoque la rupture et le départ du couple. Retour de Leyde en 1615, Théophile entre au service du comte de Candale en qualité de secrétaire poétique. Dès lors, mêlé aux intrigues galantes et politiques des derniers féodaux, plus ingénument hardi et plus vulnérable que ses maîtres, il connaîtra les fortunes les plus diverses. Il a des façons impies et licencieuses qui flattent l'hostilité de l'aristocratie au despotisme croissant. Les applaudissements le poussent à la surenchère : il se damnerait pour un bon mot. Mais, dans le bonheur ou dans la disgrâce, l'inspiration jamais ne se dément. À travers les odes et les stances, les satires et les épigrammes du premier recueil de ses œuvres – publié en 1621 –, peu après son voyage en Angleterre, Théophile confesse son libertinage spirituel avec une telle candeur et un tel succès que la morale en vigueur s'en offense en la personne de deux zélés jésuites, les pères Garasse et Voisin, accoutumés à plus de discrétion dans le mal. Au reste, ce temps, qu'inquiète l'agitation protestante, n'est pas à la clémence. Théophile, au comble de la faveur, suivra son roi en Languedoc, assistera au siège de Clairac, sa ville natale, abjurera en 1622 la religion de son enfance. En vain. Il n'évitera ni le scandale qu'aggravent encore, en 1623, la publication du second recueil de ses œuvres et surtout celle du *Parnasse satyrique* (*), ni ses plus funestes conséquences : Théophile, en fuite, est jugé par contumace et condamné au bûcher. Le 19 août, l'effigie du poète et ses œuvres sont brûlées en place de Grève. Arrêté en septembre, conduit à la prison du Châtelet, il y vivra de 1623 à 1625 et y écrira quelques-unes de ses pièces les plus durables : la « Lettre de Théophile à son frère » et la « Maison de Sylvie », suite de dix odes commencée à Chantilly, chez son protecteur, Henri de Montmorency. Grâce à l'intervention de son ami bien-aimé, des Barreaux, et à la maladresse de ses adversaires, Théophile échappera au bûcher. Banni, puis gracié, il mourra des suites de sa captivité, un an après sa libération, à l'âge de trente-six ans.

Maintes fois rééditées, ses *Œuvres poétiques* connaîtront au XVIIe siècle un succès tel que la gloire de Malherbe même en pâlira. Symbole d'un temps mal assuré, fort de ses hésitations, qui prépare l'avènement de l'ordre classique, mais n'y a encore rien sacrifié, l'art de Théophile a les vertus et les limites de sa préciosité. L'univers borne ses horizons, consent à plus de transparence, de netteté, de divine humanité, pour se reconnaître dans les miniatures cosmiques du « Matin » ou de « Solitude ». L'auteur de l'« Élégie à une dame » manque de peu le secret de Jean de La Fontaine ; celui d'une paresse qui est disponibilité, d'une flânerie qui est docilité aux dieux. Il arrive aussi qu'un songe, un pressentiment fissurent telle ode, en lézardent le surnaturel de convention (ainsi le rêve prophétique de la « Maison de Sylvie »). Le meilleur Théophile est-il dans la prose dépouillée des lettres, de l'*Apologie au roi,* de la nouvelle latine *Larissa,* des *Fragments d'une histoire comique,* ou bien dans le lyrisme flamboyant de ses tragédies, *Pasiphaé* et *Pyrame et Thisbé* ? Plus musical que Racan, plus robuste que Tristan, l'oiseau Théophile traverse plus heureusement les siècles qu'il n'a fait son temps.

ANTOINE DUMINARET.

♦ « *À Malherbe, à Racan, préférer Théophile, / Et le clinquant du Tasse à tout l'or de Virgile.* » Boileau.
♦ « *Peut-être le seul esprit vraiment léger de son siècle, celui qui fait, par sa seule présence, que le mot* grâce *ne désigne pas uniquement telle opération de Dieu en l'homme, mais une qualité de cœur et de l'esprit, sensible dans le langage.* » Henri Thomas.

RÉF. : Théophile Gautier, *Les Grotesques,* Paris, 1844. – J. Andrieu, *Théophile de Viau, étude bio-bibliographique,* Bordeaux, 1887. – F. Lachèvre, *Le Libertinage au XVIIe siècle. Une seconde révision des œuvres du poète Théophile de Viau,* Paris, 1911. – A. Adam, *Théophile de Viau et la libre pensée française en 1620,* Paris, 1935. – M. Roques, *Autour du procès de Théophile de Viau,* Paris, 1951. – A. Adam, *Les Libertins au XVIIe siècle,* Paris, 1967. – *Théophile de Viau,* Colloque du quadricentenaire, Actes de Marseille, 1991.

Vicomte de Bragelonne (Le) d'Alexandre Dumas père : v. ***Trois Mousquetaires (Les).***

Victor ou les Enfants au pouvoir. Cette pièce de Roger Vitrac (1899-1952) fut montée par le théâtre Alfred-Jarry le 24 décembre 1928, dans une mise en scène d'Antonin Artaud. L'action se déroule de huit heures du soir à minuit durant la fête organisée pour les neuf ans de Victor. Les parents, M. et Mme Paumelle, les invités, M. et Mme Magneau, Esther, leur fille, et le général Lonségur. Une famille bourgeoise plus une autre famille bourgeoise, c'est un adultère ; un général, c'est la France et le goût de jouer à dada. Les grandes personnes font semblant d'être ce qu'elles ne sont pas et baptisent leur comédie : respectabilité. Quand les enfants s'aperçoivent de la comédie, leur jeu détraque toute la machine. Le bon Dieu, le patriotisme et les grands sentiments crèvent alors sous le souffle de la révolte et de la poésie. Le cocasse se mêle au tragique, la farce sent la mort (il y aura, à la fin, une mort et trois suicides), les phrases éclatent, éblouissent, les apparitions deviennent possibles, celles des personnages du feuilleton qu'on est en train de lire ou celle de la belle dame pétomane qui vient brusquer le drame. Pareil feu d'artifice ne peut se résumer. Il a conservé une magnifique vertu de « liquidation » qui l'apparente à *Ubu roi* (*).

Vie de saint Alexis. Après la *Cantilène de sainte Eulalie* (*) et la *Vie de saint Léger*, ce poème en laisses régulières de cinq vers décasyllabes assonancés est un des plus anciens monuments de la langue française. Postérieur aux deux poèmes cités, c'est déjà par sa concision, sa perfection soutenue, une véritable œuvre littéraire. Ce qui nous le rend particulièrement précieux, outre son incontestable valeur littéraire, c'est que nous possédons, à côté de l'original, des remaniements des XIIe, XIIIe et XIVe siècles, de telle sorte que nous pouvons suivre les transformations que subit le poème pour être mis au goût du temps, et il faut bien reconnaître qu'aucune version ne vaut l'original. La *Vie de saint Alexis* est datée du XIe siècle, et attribuée à un chanoine de Rouen, Thibaut de Vernon. Elle conte l'histoire d'Alexis, fils du sénateur romain Euphémien. Après avoir épousé une jeune fille noble et riche, il se sent attiré par une autre vocation et quitte sa femme pour se rendre en Syrie, où il vit, pendant dix-sept ans à Laodicée et Édesse, parmi les mendiants. Mais quand il voit que le peuple veut l'honorer comme un saint, il prend la fuite ; il s'embarque à Tarse et finit par aborder en Italie. Il revient à Rome, retrouve les siens dont il ne se fait pas reconnaître et obtient de loger sous un escalier dans le palais de son propre père. Là, il vit des reliefs de la table et est en butte aux outrages des valets. Sur le point de mourir, il écrit son histoire sur une charte qu'on ne trouve qu'après son décès. Au milieu de la douleur de son père et de sa mère qui déplorent amèrement de ne l'avoir pas reconnu, et de sa femme demeurée fidèle au souvenir de son époux, la ville de Rome tout entière acclame le nouveau saint, qui est enseveli en grande pompe dans l'église Saint-Boniface. Ce qui surprend ici, c'est l'extrême concision, la rigueur du récit, son intensité dramatique et déjà la noblesse de la langue. Aussi ce poème est-il loin de ne présenter qu'un intérêt historique : c'est un chef-d'œuvre de la langue française. C'est de ce poème qu'Henri Ghéon tira sa pièce *Le Pauvre sous l'escalier*. – *La Vie de saint Alexis* a été éditée par G. Paris (Paris, Champion, 1908) et par C. Storey (Genève, Droz, 1968).

VIELÉ-GRIFFIN Francis. Poète. Né à Norfolk (États-Unis, État de Virginie), le 26 mai 1864, mort à Bergerac (Dordogne), le 12 novembre 1937. Venu tout jeune en France, il s'y fixa et passa sa vie, toute consacrée au service de la poésie, soit à Paris, soit dans ses propriétés de Touraine qu'il a chantées en tant de vers. Ses premières pièces parurent en 1885 dans la revue *Lutèce* et furent réunies quelques mois plus tard dans une plaquette intitulée *Cueille d'avril*. Vielé-Griffin s'efforçait alors d'assouplir le vers parnassien ; mais déjà il fréquentait les fameux « mardis » de Mallarmé et, dans les recueils suivants : *Les Cygnes* (1887), *Les Joies* (1889), *Diptyque* (1891), *La Clarté de vie* (1897), ne cesse de s'affirmer dans les procédés d'écriture l'influence de plus en plus forte du maître de la rue de Rome. De 1890 à 1892 en compagnie de Bernard Lazare et de Paul Adam, Vielé-Griffin fit paraître *Les Entretiens politiques et littéraires,* une des revues importantes de l'histoire du mouvement symboliste. Avec moins de rigidité dogmatique que René Ghil, Vielé-Griffin y prenait parti pour le vers libre, dicté par le rythme intérieur que chacun porte en soi, ce qui ne l'empêchera point, dans ses recueils postérieurs, de conserver bien souvent la rime. C'est que sa poésie dédaigne tout préjugé d'école : elle va se rafraîchir aux sources populaires, aux vieux refrains, aux complaintes naïves, dont on trouve des échos dans *La Partenza* (1899), par exemple. Mais Vielé-Griffin a été également tenté par des compositions de plus grande envergure, inspirées par le folklore chrétien et les légendes germaniques : *La Chevauchée d'Yeldis* (1893), *La Légende ailée de Wieland le forgeron*, ou par la tradition homérique et pindarique : *La Lumière de Grèce* (1912), *La Voix d'Ionie* (1914). Si diverses qu'elles soient de forme, ses *Poésies* révèlent une unité d'inspiration : on y trouve de la tristesse, des plaintes, mais aucun relent de morbidesse « décadente ». Vielé-Griffin, poète du grand air et de la transparence, s'est voué à l'exaltation de la nature et de la vie.

RÉF. : Jean-Marc Bernard, in *Œuvres*, tome II, Paris, 1923. – Paul Souday, *Les Livres du temps*, Ire série, Paris, 1929. – Jean de Cours, *Francis Vielé-Griffin, son œuvre, sa pensée, son art*, Paris, 1930. – R. Kuhn, *The Return to Reality, A Study of Vielé-Griffin*, Genève, 1962. – H. de Paysac, *Francis Vielé-Griffin, poète symboliste et citoyen américain*, Paris, 1976. – R. Scalamandré, *F. Vielé- Griffin e il platonismo. Storia e miti di un poeta simbolista,* Rome, 1981.

Vie, poésies et pensées de Joseph Delorme. Œuvre de Charles Augustin Sainte-Beuve (1804-1869), publiée en 1829. L'auteur s'effaçait modestement derrière un certain Joseph Delorme, étudiant en médecine mort phtisique, dont il prétendait seulement recueillir et publier les poèmes et les pensées. Timidité d'un jeune écrivain qui craignait d'affronter le public : en fait, Joseph Delorme se confond avec Sainte-Beuve et ce n'est rien d'autre que la confession de sa jeunesse romantique que livrait le critique du *Globe* déjà connu pour son *Tableau historique et critique de la poésie française et du théâtre français au* XVI*e siècle*. Sainte-Beuve, ici, n'apparaît guère différent de toute la génération de 1820-1830. Lui aussi, comme tant d'autres à la même époque, se croyait bien destiné au malheur des génies : « Une main invisible m'a retranché du bonheur ; j'ai comme un signe sur le front, et je ne puis plus ici m'unir avec une âme. » Déjà pourtant apparaissent ce goût du confort, cette passion des intérieurs que Sainte-Beuve avait si prononcés et qui donnent à *Joseph Delorme* l'allure étrange d'un romantisme bourgeois, familier, qui n'a besoin, pour s'exprimer, que des simples décors de la vie quotidienne. Le désespoir du jeune étudiant est peut-être moins tragique que celui de ses prédécesseurs en romantisme : peut-être aussi est-il plus vrai. À l'influence de l'époque, car Joseph Delorme est une nouvelle figure de Werther, se joignent des traits qui appartiennent en propre à Sainte-Beuve ou auxquels il donne une note vraiment personnelle : rêve de la jeune fille idéale, qui s'accompagne de cette timidité particulière qui fera le malheur de l'Amaury de *Volupté* (*). Joseph Delorme, plutôt que de devoir, par la possession, blesser la pure image de l'être aimé, et craignant de ne pas être capable de faire le bonheur de la jeune fille, préfère éterniser les commencements de l'amour, rester toujours l'adorateur silencieux, réservé et obscur, de la sylphide de ses rêves. Une sorte d'adoration quasi religieuse de la femme se mêle ainsi avec les passions, souvent basses, qui s'agitent en lui. Joseph Delorme est déchiré entre ces deux pôles : c'est un faible, assez fidèle à l'image que Lamartine nous a laissée du Sainte-Beuve d'alors : « Pâle, blond, frêle, sensible jusqu'à la maladie, poète jusqu'aux larmes, ayant une grande analogie avec Novalis en Allemagne. » Ce Sainte-Beuve-là n'a pas encore trouvé sa voie. Si *Joseph Delorme* marquait son ralliement au romantisme, l'incertitude, la tristesse qui imprègnent ce livre font déjà deviner que ce ralliement devait être de courte durée. Quant à la forme, elle montre bien que Sainte-Beuve était encore moins poète que romancier : sans doute il réussit des tours de force de versification (comme dans l'« Ode à la Rime »), il se permet des inversions hasardeuses, des fantaisies (comme dans « Les Rayons jaunes », où tout est jaune), mais ce maniérisme allait jusqu'au ridicule assez souvent. C'est un amateur très habile, surtout très savant, que son étude des poètes du XVIe siècle venait d'initier à tous les tours de la métrique (et, de ce point de vue, les *Poésies de Joseph Delorme* eurent le mérite de faire revivre le sonnet).

VIGNY Alfred Victor, comte de. Poète, romancier et dramaturge. Né à Loches (Indre-et-Loire) le 27 mars 1797, mort à Paris le 17 septembre 1863. Il était très fier de la noblesse de sa famille dont les membres n'avaient cessé de s'illustrer dans les armées françaises. Son père avait participé à la guerre de Sept Ans. Plié en deux par d'anciennes blessures, devenu infirme, il avait une soixantaine d'années lors de la naissance d'Alfred Victor, tandis que sa femme, fille d'un officier de marine et descendante d'un condottiere piémontais, avait quelque trente ans de moins que lui : dans ce ménage assez mal assorti c'était elle qui détenait toute l'autorité. Les trois premiers enfants des Vigny étant morts en bas âge et les médecins tenant le « mauvais air » pour responsable, les deux époux, ne songeant qu'à sauver leur dernier-né, vinrent s'établir à Paris en 1799. Alfred de Vigny fut douloureusement marqué, dès sa première enfance et pour toute sa vie, par la pesante tristesse qui régnait dans la maison familiale ; les Vigny, qui avaient échappé à grand-peine à la Terreur, avaient été ruinés par la Révolution. Ils vivaient farouchement dans le passé et portaient le deuil solennel de la monarchie. Ce sentiment ne fit que s'accroître lorsque, en avril 1805, ses parents le placèrent à la pension Hix, dont les élèves suivaient les cours du lycée Bonaparte. Comme il remportait tous les prix, qu'il était frêle de constitution physique et hypersensible, qu'il était noble enfin, il devint le souffre-douleur de ses camarades. « Le temps le plus malheureux de ma vie fut celui du collège », devait-il écrire plus tard. Ce fut aussi cependant le temps de grands rêves. L'adolescent ne pouvait s'empêcher d'admirer et d'envier ses aînés de quelques années à peine qui, d'un bout à l'autre de l'Europe, étaient alors en train de se couvrir de gloire à la suite du « tyran ». Il lui sembla bientôt que la guerre était l'« état naturel » de la France. Il attendait donc fort impatiemment l'heure de faire ses preuves militaires, tout en préparant l'École polytechnique, lorsque l'Empire s'écroula. Mais le retour des Bourbons ne pouvait que confirmer le jeune royaliste Vigny dans sa vocation militaire. Il obtint le 6 juillet 1814 son admission dans le corps des mousquetaires rouges. Il avait dix-sept ans. Mais la première mission du mousquetaire ne fut guère glorieuse : il s'agissait en effet, en mars 1815, d'escorter jusqu'à Béthune Louis XVIII en fuite devant Napoléon débarqué de l'île d'Elbe... Lors de la seconde Restauration, la compagnie des mousquetaires rouges, jugée trop « ultra », ayant été supprimée, Vigny passa, le 4 avril 1816, dans le 5e régiment d'infanterie de la garde royale, avec le grade de sous-lieutenant, et il se remit, selon ses propres termes, « à attendre ces guerres que j'avais rêvées dans mon enfance et qui semblaient refusées à ma génération ». La politique pacifique de Louis XVIII n'offrait à l'impétueux et ambitieux officier que la monotonie de la vie de garnison et les grises perspectives de l'avancement à l'ancienneté. Vigny comprit qu'il avait pris l'épée au moment où elle devenait inutile, et c'est cette amertume qu'on retrouvera dans les nouvelles de *Servitude et grandeur militaires* (*) (1835). Était-il vraiment la victime d'une destinée manquée ? Se demandant s'il n'avait pas porté « dans une vie tout active une nature toute contemplative », il remit en question sa vocation. Il se retourna vers les livres, vers *La Bible* d'abord. Cependant, dans la bibliothèque bien garnie de son père, il avait aussi, depuis longtemps, découvert les philosophes du XVIIIe siècle et, autant que ses déceptions d'adolescence, ces lectures lui avaient fait perdre la foi chrétienne ; enfin il avait lu les poètes, les petits maîtres de l'époque précédente, un Millevoye et un Delille, mais également André Chénier, Homère et Chateaubriand, qui lui révéla les ressources du merveilleux biblique et l'amena à la lecture de Milton. Dès les années 1816-17, dans ses garnisons de Paris et des places de la banlieue, Vigny composa ses premiers poèmes ainsi que deux tragédies qu'il devait brûler par la suite. Puis son ancien condisciple du lycée Bonaparte, Émile Deschamps, le présenta au rédacteur en chef du *Conservateur littéraire*, un jeune homme âgé de dix-huit ans à peine : Victor Hugo. C'est celui-ci qui, en décembre 1820, publia dans sa revue le premier article de Vigny, consacré aux œuvres de Byron. Deux ans plus tard paraissait (anonymement) le premier recueil des *Poèmes* (mars 1822) qui devinrent en 1826 les *Poèmes antiques et modernes* et furent encore augmentés dans les éditions de 1826, 1829 et 1837. Quant au volume de 1822, il passa à peu près inaperçu.

Entre-temps, la carrière militaire se poursuivait avec une morne régularité. Passé, à l'ancienneté, au grade de lieutenant en juillet 1822, Vigny fut nommé en mars 1823 capitaine au 55e de ligne à Strasbourg. La guerre d'Espagne éclatant peu après raviva un instant ses espoirs de gloire militaire ; et sans doute son régiment se mit-il en marche vers le sud, mais un ordre supérieur l'arrêta avant même qu'il ait franchi les Pyrénées, et Vigny dut se contenter d'aller stationner pendant quelques mois en sentinelle dans de paisibles petites villes de la région béarnaise. Il resta en garnison à Pau pendant l'hiver 1824-25 et c'est là (bien qu'encore ému par une passion récente pour Delphine Gay, la future Mme de Girardin, qu'il dut renoncer à épouser devant l'opposition résolue de sa mère) qu'il fit la connaissance de miss Lydia Bunburry, une Anglaise fort peu sympathique, semble-t-il, avec laquelle il contracta cependant en février 1825 un mariage de raison et d'intérêt. Mais les espoirs de Vigny, en cette occasion comme en tant d'autres, furent bien déçus : son beau-père, ancien gouverneur de la Jamaïque, millionnaire, mais fantaisiste, feignit toujours d'ignorer jusqu'au nom de son gendre, et déshérita sa fille dont la dot consista donc essentiellement en une île de la Polynésie, « toute pleine d'anthropophages », nous dit le poète qui dut s'engager dans de longs et coûteux procès pour parvenir à récupérer une partie de la fortune de sa femme. Celle-ci était entichée de préjugés nationaux et aristocratiques : elle refusait avec affectation d'apprendre à parler correctement le français et ne cachait pas son mépris pour les relations littéraires de son mari. Vigny, depuis la publication de ses premières poésies, fréquentait en effet assidûment les salons littéraires, en particulier celui de Nodier, à l'Arsenal. Il était devenu l'ami de Hugo, de Delacroix, de Sainte-Beuve. Il collaborait à *La Muse française*, revue qui prit une part décisive dans la naissance du romantisme. Mais son mariage commença à l'isoler de ses camarades, qui ne lui pardonnaient guère de vouloir être à la fois homme de lettres et homme du monde. On affectait donc de le prendre pour un amateur.

Toutefois, en dépit des envies, Alfred de Vigny allait remporter en 1826 un éclatant succès littéraire avec *Cinq-Mars*, le premier roman historique qui se soit imposé au public français. Peu après, le poète décida de quitter définitivement l'armée ; ses supérieurs lui avaient d'ailleurs fait comprendre qu'il ne pouvait continuer à demander d'aussi fréquents congés ; sa mise à la réforme, pour « pneumonie chronique et hémoptysie assez fréquente », fut prononcée le 22 avril 1827. Pouvant se consacrer désormais entièrement à sa carrière littéraire, Vigny fut attiré par la gloire théâtrale ; ce furent d'abord des traductions en vers de Shakespeare, assez fades, mais d'une exactitude remarquable. La première, celle de *Roméo et Juliette*, fut refusée à la Comédie-Française en 1827, mais, deux ans plus tard, *Le More de Venise* était joué sur la scène du même théâtre. Se tournant alors vers ces premières années du XVIIe siècle qu'il avait déjà essayé de faire revivre dans *Cinq-Mars,* Vigny composa un drame en prose, *La Maréchale d'Ancre*, donné à l'Odéon le 25 juin 1831. Lors de la première, Mlle George tenait le rôle principal, mais, pour une reprise de la pièce au Théâtre Saint-Martin, l'héroïne fut interprétée par Marie Dorval : ce fut le début d'une des plus fameuses et des plus douloureuses passions romantiques, dans laquelle on vit le sceptique et si amer Vigny nourrir de curieuses illusions sur le compte d'une comédienne finalement assez coquette et vaine. Son mariage, il est vrai, n'avait pas été la moins douloureuse de ses déceptions : aussitôt après leur voyage de noces, sa « pauvre Lydia » avait été frappée d'une maladie nerveuse qui déroutait les médecins. Pendant plus de trente ans, Mme de Vigny allait passer la plus grande partie de son existence au lit, harcelée par des maux intermittents mais de toutes sortes, et la vie de Vigny s'écoula désormais entre le chevet de cette épouse devenue obèse et difforme, incapable de lui donner des enfants, et celui de sa vieille mère, paralysée mais toujours autoritaire ; lui-même enfin était d'une nature maladive ; dans sa jeunesse il avait eu des crachements de sang, et assez tôt il commença à souffrir de terribles migraines, d'insomnies, de crises d'estomac, annonciatrices du cancer dont il devait mourir. Il prit Marie Dorval pour un ange sauveur ; mais celle dont George Sand disait qu'elle « était le résumé de l'inquiétude féminine arrivée à sa plus haute puissance », après avoir tourmenté le poète par ses ambitions théâtrales, ses crises de jalousie, ses accès de mysticisme, ses infidélités surtout, finit par le ridiculiser publiquement. Au moins lui doit-on le proverbe intitulé *Quitte pour la peur*, que Vigny écrivit pour elle en 1833. C'est également Marie Dorval qui interpréta le rôle de Kitty Bell dans *Chatterton*, le chef-d'œuvre de Vigny au théâtre, dont la première représentation, le 12 février 1835, fut triomphale.

Ce n'est qu'en 1838 que le poète eut le courage de se séparer définitivement de la comédienne. Rupture difficile et qui laissa à l'amant, malgré d'autres liaisons passagères, une profonde blessure, comme suffisent à le prouver la terrible amertume exprimée dans *La Colère de Samson*, mais surtout le silence complet où Vigny, âgé de quarante ans seulement, en pleine maturité, s'enferma de 1835, date de la publication de *Servitude et grandeur militaires*, à 1843. Puis, jusqu'à sa mort, il publia seulement quelques poèmes isolés, espacés de plusieurs mois et souvent de plusieurs années. Aussi bien les deux tentatives qu'il fit encore pour se mêler au monde ne lui apportèrent que des humiliations : l'Académie française, après l'avoir fait attendre pendant plusieurs années, l'admit enfin le 8 mai 1845. Mais le 25 janvier de l'année suivante, jour de la réception, Vigny, après avoir fatigué l'assistance par un discours trop long, maladroit, et qui pouvait paraître prétentieux, dut subir sous les risées du public les impertinences que le comte de Molé s'était amusé à glisser dans sa réponse. Déboire analogue en politique : Vigny, qui avait vainement offert son épée à Charles X lors de l'émeute de juillet 1830, puis s'était intéressé au christianisme démocratique de Lamennais et au saint-simonisme, se présenta en 1849 devant les électeurs charentais qui restèrent insensibles à ses professions de foi d'un idéalisme pourtant majestueux. Le poète fut d'ailleurs beaucoup moins sensible à son échec politique qu'il ne l'avait été à l'accueil ironique de l'Académie. C'est à partir de cette époque qu'il cessa presque complètement de résider à Paris ; dans son domaine du Maine-Giraud, près de Blanzac, en Angoumois, il continua à tenir auprès de son épouse son rôle de prévenant garde- malade, se privant pour elle de toute distraction, de tout voyage de pur agrément. Enfermé dans sa « tour d'ivoire », tenant à l'« honneur de souffrir en silence », il écrivit alors quelques-uns de ses plus beaux poèmes, *La Bouteille à la mer* (1853), *Le Mont des oliviers* (1862), *Les Oracles* (1862), enfin son dernier, *L'Esprit pur* (10 mars 1863) ; certains avaient paru dans *La Revue des Deux Mondes* (*) ; ils furent réunis dans le volume posthume des *Destinées* (*) (1864). Tous expriment un profond nihilisme, dans lequel on pourrait voir le reflet de la vie du poète dans son œuvre. Mais n'était-ce point déjà la philosophie des *Poèmes antiques et modernes,* parus quarante ans plus tôt, et qui peut être résumée par une formule du *Journal d'un poète* : « La vérité sur la vie, c'est le désespoir. Il est bon et salutaire de n'avoir aucune espérance. » Pensée qui paraîtrait assez sommaire si on la réduisait en système mais que Vigny a vécue avec une singulière intensité, et qu'il n'a cessé d'affronter lucidement. À ce défi, que lui posaient les conclusions invinciblement amères de son intelligence, il répondit d'abord par une résignation méprisante et héroïque et en mettant une application rigoureuse à jouer son personnage social en dépit de l'absurdité de la vie, puis par la conscience quasi sacerdotale de sa mission de poète ; il en vint même à envisager une fraternité humaine fondée sur la primauté de l'esprit, rêve esquissé dès 1832 dans *Stello, les Consultations du docteur Noir*, puis repris et précisé plus tard dans des poèmes tels que *La Bouteille à la mer,* et surtout *L'Esprit pur.* Vigny n'était pas seulement trop pessimiste — ou trop lucide — pour plaire immédiatement à la foule, il avait aussi trop de dignité. Au contraire des autres romantiques, il a toujours refusé de se donner en spectacle dans son œuvre. Le *Journal d'un poète,* auquel on a joint quelques fragments de Mémoires, n'est en fait qu'un carnet de pensées, de jugements et de projets littéraires, nullement une confession intime ; il n'a d'ailleurs été publié qu'après la mort de Vigny, en 1867. En 1912 eut lieu une autre importante publication posthume, celle de *Daphné*, roman faisant suite à *Stello* et constituant le deuxième entretien du docteur Noir.

MICHEL MOURRE.

♦ *« Le style de M. de Vigny a des veines de bonheur. Il y a de l'invention dans sa grâce et son élégance. Mais la peur du commun le rend parfois obscur et bizarre. »* D. Nisard, 1829. ♦ *« Il est de cette élite de poètes qui ont dit des choses dignes de Minerve. »* Sainte-Beuve. ♦ *« Pauvre et cher Alfred de Vigny ! Il apparaît plus grand que les poètes de son temps qui ne sont que des poètes : car il fera l'effet d'une poésie – la poésie de ce désespoir silencieux qui ne se mettait pas de cendre sur la tête, mais qui en avait dans le cœur. »* Barbey d'Aurevilly. ♦ *« La nature de ce rare talent le circonscrit dans une sphère chastement lumineuse et hantée par une élite spirituelle très restreinte, non de disciples, mais d'admirateurs persuadés. »* Leconte de Lisle. ♦ *« Quel homme ! » Il cumule dans le sublime ! »* Verlaine. ♦ *« Nous trouvons dans toute sa gravité l'homme qui eut entre tous la religion de la dignité humaine... Cet homme calme n'était pas insensible ; il eut ses souffrances ; mais il garda toujours la suprême pudeur de les cacher. »* Anatole France. ♦ *« Le seul romantique qui ait eu des idées générales et surtout une conception de la vie raisonnée, personnelle, philosophique. »* Brunetière. ♦ *« Vigny, au milieu de sa poésie incertaine et techniquement inhabile, a eu le bonheur de créer cinq ou six vers qui sont entrés et qui restent dans toutes les mémoires ; mais quand on se reporte au texte, ils sont trop souvent encadrés d'expressions assez médiocres. Il traîne après lui trop d'images usées, serties dans le métal équivoque d'une fausse éloquence. »* Remy de Gourmont. ♦ *« Âme plus grande que le talent. »* Maurice Barrès.

RÉF. : M. Paléologue, *A. de Vigny,* Paris, 1891. — Dorison, *A. de Vigny, poète et philosophe,* Paris, 1892 ; *Un symbole social, A. de Vigny et la poésie politique,* Paris, 1894. — L. Séché, *A. de Vigny et son temps,* Paris, 1902 ; *A. de Vigny, sa vie littéraire, politique, religieuse et amoureuse, 2 vol.,* Paris, 1913. — E. Dupuy, *Alfred de Vigny, ses amitiés et son rôle littéraire,* 2 vol., Paris, 1910-12. F. Baldensperger, *A. de Vigny,* Paris, 1912 ; *A. de Vigny, essais critiques,* Paris, 1929. — B. de La Salle, *A. de Vigny,* Paris, 1940. — É. Lauvrière, *A. de Vigny, sa vie et son œuvre,* 2 vol., nouvelle édition augmentée, Paris, 1945. — H. Guillemin, *M. de Vigny, homme d'ordre,* Paris, 1956. — F. Germain, *L'Imagination d'Alfred de Vigny,* 1962. — P. Viallaneix, *Vigny par lui-même,* 1964. — M. Eigeldinger, *Vigny,* 1965. — J. Ph. Saint- Gérand, *L'Intelligence et l'émotion. Fragments d'une esthétique vignyenne,* 1988.

Villanelle. Poème à forme fixe, composé de tercets en nombre variable et entièrement bâti sur deux rimes. Sous sa version la plus courante, la villanelle reprend alternativement, au troisième vers de chaque strophe, le premier et le troisième vers de la première strophe. Le poème ajoute au dernier tercet (obligatoirement achevé par le premier refrain) le second refrain, de façon à s'achever, lui, sur un quatrain. Le nombre de strophes est donc nécessairement impair. Le schéma des rimes est fixe : $a^1 b a^2 / a b a^1 / a b a^2 / a b a^1$... On trouve également des villanelles formées de quatrains. Le refrain est alors constitué de deux vers, alternativement intervertis à la fin de chaque strophe. Le schéma de rime sera : $a b a^1 b^1 / a b b^1 a^1 / a b a^1 b^1$... La villanelle fait son apparition à la fin de la Renaissance. Elle est une expression savante de la veine pastorale.

CHRISTIAN DOUMET.

VILLEDIEU, Marie-Catherine Desjardins, dite Mme de. Femme de lettres née à Paris vers 1640, morte le 20 octobre 1683 à Clinchemore. D'origine modeste, elle vit avec sa mère à Paris après la séparation de ses parents et tente de faire carrière en fréquentant les milieux littéraires. Remarquée pour son poème *Jouissance* en 1658, elle publie un *Récit de la farce des précieuses* (1660) puis un *Recueil de poésies* (1662) au ton élégiaque et galant qui la font apprécier du public mondain. Protégée par d'Aubignac, elle écrit pour le théâtre *Manlius* (1662), *Nitetis* (1663), et *Le Favori*, représenté par Molière en 1665. Amoureuse du capitaine Antoine Boesset de Villedieu rencontré à dix-huit ans, elle échange avec lui une promesse de mariage en 1664 et le suit dans ses campagnes militaires jusqu'à sa mort en 1668. Mais celui-ci, pour se procurer l'argent nécessaire à son équipement, avait vendu au libraire Barbin les *Lettres et Billets galants* de sa fiancée, qui paraissent contre le gré de leur auteur (1668). Prenant le nom de Mme de Villedieu, elle s'attache au genre romanesque, cultivé dès *Alcidamie* (1661) et *Carmente* (1668), et particulièrement à la nouvelle historique et galante : *Cléonice* (1669), *Le Journal amoureux* (1669), les *Annales galantes* (1670), *Les Galanteries grenadines* (1673), *Le Portefeuille* (1674), les *Mémoires de la vie d'Henriette Sylvie de Molière* (1672-74), pseudo-autobiographiques. Après 1674, peut-être janséniste, elle mène une vie dévote et retirée et publie *Les Désordres de l'amour* (1675) pour illustrer les dangers des passions. En 1677, elle épouse Claude-Nicolas de Chaste de Châlons et se retire, ne publiant plus rien : *Le Portrait des faiblesses humaines* (1685) et *Les Annales galantes de Grèce* (1687) sont posthumes.

ALAIN GÉNETIOT.

RÉF. : M. Cuénin, *Roman et société sous Louis XIV, Mme de Villedieu,* 1978. — *Actes de Wake Forest,* Biblio 17, n° 37, 1987.

VILLEHARDOUIN Geoffroy de. Maréchal de Champagne et chroniqueur. Né vers 1150, certainement avant 1154 et probablement avant 1152, sans doute au château de Villehardouin, dont il ne reste plus que des ruines au village de même nom dans le canton de Piney, près de Troyes (Aube) ; mort après 1212 mais avant 1218, en Orient, on ne sait où. Geoffroy de Villehardouin était fils du premier seigneur de ce lieu, Vilain de Villehardouin, qui avait eu au moins huit enfants dont six fils. Le nom du chroniqueur apparaît pour la première fois en 1172 dans une liste des vassaux des comtes de Champagne. En 1185, Geoffroy portait le titre de maréchal de Champagne, ayant succédé dans cette charge à Érard d'Aulnay. Ses fonctions, les alliances de sa famille et les siennes propres — il fut marié deux fois — lui valurent d'avoir à s'occuper des affaires administratives et politiques du comté. On sait qu'il servit d'arbitre en plusieurs circonstances à partir de 1195 ; il devait participer plus tard aux négociations qui, en 1201, amenèrent le roi de France à prendre sous sa protection la comtesse de Champagne, veuve de Thibaut. Ce n'est toutefois qu'à partir de 1199 que la vie de Villehardouin nous est relativement bien connue et ce, grâce à sa chronique, *La Conquête de Constantinople*. Le 28 novembre 1199, au tournoi d'Écry, Thibaut de Champagne prit la croix. Villehardouin, qui était peut-être présent à ces fêtes, suivit immédiatement l'exemple de son suzerain. Et aussitôt, il eut, avec cinq autres commissaires, à régler les questions matérielles que posait le problème du transport des croisés en Orient. C'est à Venise que se rendit la commission et Villehardouin fut chargé de porter la parole devant l'assemblée du peuple vénitien dans l'église Saint-Marc. L'accord obtenu, Villehardouin revint en Champagne. La mort de Thibaut survenue le 24 mai 1201 plongea les croisés dans un grand embarras. On hésita longtemps avant de nommer un autre chef et on essuya plusieurs refus ; finalement Villehardouin suggéra le nom du marquis Boniface de Montferrat qui accepta. L'embarquement de la croisade était prévu pour le mois de juin 1202. Entre-temps, nous voyons Villehardouin prendre les dispositions nécessaires à sa longue absence. Afin sans doute de se procurer les ressources indispensables, il cède ses droits féodaux à plusieurs églises et abbayes. En avril 1202, au plus tard, il avait résigné ses fonctions de maréchal de Champagne. Nous connaissons par lui-même le rôle capital de négociateur qu'il joua lorsque les opérations eurent commencé. Bien qu'il n'ait au début commandé qu'en second, c'est à lui qu'on recourut constamment pour les missions diplomatiques difficiles. C'est ainsi qu'il fut envoyé auprès de Louis de Blois pour l'engager à rejoindre sans plus tarder l'expédition qu'il hésitait à rallier (1202), qu'il fut chargé d'obtenir de l'empereur byzantin Isaac la confirmation des conditions qui avaient été acceptées par son fils Alexis. Lorsque des contestations se furent élevées entre le nouvel empereur latin de Constantinople Baudouin et Boniface de Montferrat, on délégua Villehardouin auprès de ce dernier pour lui faire accepter l'accord qui avait été mis au point entre les chefs de l'expédition (1204). En 1205, et après la mort de Mathieu de Montmorency, sous lequel il avait jusque-là commandé, Villehardouin se vit placer à la tête d'une armée, celle qui fut envoyée par Baudouin vers Andrinople. La même année l'ancien maréchal de Champagne était nommé maréchal de Romanie, c'est-à-dire de tout l'Empire latin. On sait par lui qu'il participa à plusieurs autres campagnes, à celle qui alla délivrer Renier de Trit abandonné par les siens en 1206, à celle qui fut porter secours à la ville d'Équise menacée par Théodore Lascaris, à celle enfin que l'empereur Henri, successeur de Baudouin, dirigea contre les Bulgares. Après cette date, il ne semble pas que Villehardouin ait pris une part active aux opérations militaires, aucune mention en tout cas n'en est faite. Il est vrai que le maréchal de l'empire avait alors au moins cinquante-six ans. Bien que sa chronique s'arrête avant 1208, nous possédons quelques renseignements épars sur sa biographie pour les années 1208 à 1212. En 1207, Boniface, devenu roi de Salonique, avait fait son fidèle Villehardouin seigneur de Messinople. Cependant le maréchal ne quitta pas Constantinople et en 1208, lorsque l'empereur Henri se rendit à Salonique pour y affermir ses droits de suzeraineté remis en cause par la mort de Boniface, c'est à Villehardouin que fut confiée la garde de la capitale impériale. Nous savons qu'il était encore en Orient en 1212. Il semble donc probable que le maréchal ne revit pas la France. On ne connaît pas l'année de sa mort. Tout ce qu'on peut dire, c'est qu'elle eut lieu avant 1218.

On ne sait ni comment ni à quelle époque Geoffroy de Villehardouin entreprit de mettre par écrit ses souvenirs. Étant donné la très rigoureuse exactitude historique de son récit, il est à présumer qu'il s'inspira en l'écrivant, peut-être lorsqu'il cessa de prendre une part active aux combats, vers 1208, de notes bien antérieures. On peut affirmer également qu'il eut recours à de nombreuses pièces d'archives, car il cite tout au long les conventions signées durant la période dont il traite. Cette rigueur n'a pas empêché maints historiens de montrer quelque scepticisme quant à la bonne foi de l'auteur. Parce qu'il avait participé de très près aux tractations et siégé dans les conseils, on s'est demandé s'il n'avait pas voulu répondre par son *Histoire* aux accusations qu'on n'avait pas manqué de porter contre les chefs d'une croisade qui n'atteignit même pas la Terre sainte, qui ruina un empire chrétien bien que schismatique et eut apparemment pour principal effet de procurer de vastes domaines à quelques grands seigneurs et de les enrichir considérablement. Villehardouin aurait été plus ou moins complice de la rapacité de ceux-ci. À cela on peut répondre que les responsabilités mêmes de ce détournement de la croisade de son but sont singulièrement partagées et qu'elles ne sont pas certaines. Il est difficile ici de faire la part respective des circonstances et des hommes. Les censeurs les plus indulgents relèvent beaucoup de naïveté dans le caractère du chroniqueur et prétendent qu'il a été dupe, dupe des machinations du doge de Venise, Dandolo : dupe de Montferrat auquel il fut attaché jusqu'à la mort de ce dernier. Il conviendrait de ne pas confondre une naïveté qui est plus peut-être dans le langage et dans l'époque que dans l'homme Villehardouin. Car, enfin, celui à qui l'on confiait les négociations les plus ardues passait- il vraiment pour un naïf auprès de ses contemporains ? Au surplus, Villehardouin ne se montre pas particulièrement tendre pour ceux qui manquèrent le rendez-vous de Venise ; ce sont eux, estime-t-il, qui doivent être tenus pour responsables des accords désavantageux que le manque d'hommes et d'argent obligèrent les chefs de l'expédition à conclure ; il stigmatise énergiquement les déserteurs, les lâches, ceux qui n'écoutèrent que leur intérêt personnel, ceux qui manquèrent à la parole donnée. Mais surtout Villehardouin est un croyant convaincu, il voit en toutes choses la main de Dieu. Si la croisade a été détournée de son but sur Constantinople, c'est que la divine Providence voulait que fussent châtiés l'insolence des schismatiques, l'orgueil de la nation la plus riche de la Terre. Tout ainsi après coup s'expliquait et les malices des hommes ne pouvaient que servir les desseins de Dieu. C'est à travers son interprétation des événements que nous apparaît la personnalité du maréchal. Il se montre en son ouvrage comme un typique chevalier français de la fin du XIIe siècle, fidèle à Dieu et à sa parole, loyal mais avisé, mû par un sentiment intransigeant de l'honneur : « Bien mal fait, dit-il, qui par peur de mort fait chose qui lui sera reprochée à toujours. » Dans la composition de son œuvre se révèlent d'autres traits : la clarté d'esprit, le goût de l'ordre qui ne vont pas sans sécheresse ; de là ce style exact et net, cette simplicité, cette rudesse de bon aloi qui à la fin ne sont pas sans quelque agrément.

JACQUES BROSSE.

♦ *« Villehardouin, tel qu'il apparaît et se dessine dans son* Histoire, *est bien un homme de son temps, non pas supérieur à son époque, mais y embrassant tous les horizons ; pieux, loyal, croyant, crédule même, mais sans petitesse ; des plus capables d'ailleurs de s'entremettre aux grandes affaires ; homme de conciliation, de prudence et même d'expédients ; vivant avec suite à son but ; éloquent à bonne fin : non pas de ceux qui mènent, mais de première qualité dans le second rang, et sachant au besoin faire tête dans les intervalles ; attaché féalement, avec reconnaissance, mais sans partialité, à ses princes et seigneurs, et gardant sous son armure de fer, et du haut de ses châteaux de Macédoine ou de Thrace, des mouvements de cour et des attaches pour son pays de Champagne. »* Sainte-Beuve.

RÉF. : H. d'Arbois de Jubainville, *Nouvelles recherches sur le chroniqueur Geoffroy de Villehardouin,* in *Rev. des soc. sav.*, 3e série, t. 1, 1863. — Jaquot, *Étude sur Geoffroy de Villehardouin le chroniqueur et sur les Villehardouin, princes d'Achaïe,* in *Mémoires de la Soc. académique de l'Aube,* t. XXXIII, 1869. — A. Kressner, *Über den epischen Charakter der Sprache Villehardouins,* in *Archiv dür das Studium der neuer en Sprachen und Literat.*, t. LVII, 1877. — Ed. Sayous, *G. de V. : Du caractère moral de sa chronique,* in *Séances et trav. de l'Académie des sciences morales et politiques,* t. XXV, 1886. — H. Moeser, *Gottfried von V. und der Lateinerzug gegen Byzanz,* Breslau, 1897. — Ed. Faral, Introd. à l'édit. de *La Conquête de Constantinople,* Paris, 1938. — J. Dufournet, *Les Écrivains de la quatrième croisade. Villehardouin et Clari,* 2 vol., Paris, 1973. — J. Longnon, *Les Compagnons de Villehardouin,* Genève, 1978.

VILLEMAIN Abel François. Critique et homme politique. Né et mort à Paris (11 juin 1790-8 mai 1870). Esprit d'une étonnante précocité, Villemain venait à peine d'achever ses études au lycée Louis-le-Grand qu'il fut nommé par Fontane professeur de rhétorique au lycée Charlemagne : il n'avait pas encore vingt ans ! En 1816, il reçut la chaire d'éloquence de la Sorbonne, et en 1822, à trente-deux ans, il entrait à l'Académie française. Ses leçons, accueillies avec enthousiasme, lui fournirent la matière des six volumes de son *Cours de littérature française* (1828-29), puis de son *Tableau de la littérature française au* XVIIIe *siècle* (1838) et de son *Tableau de la littérature française au Moyen Âge* (1840). Il s'essaya également au genre historique dans son *Histoire de Cromwell* (1819) et dans *Lascaris ou les Grecs du* XVe *siècle* (1825). Directeur de la Librairie de 1815 à 1820, conseiller d'État en 1819, il entra dans la politique active à la suite de sa protestation contre les lois de censure de 1827 et, élu député deux ans plus tard, fit partie de l'opposition et signa l'« adresse des 221 ». Nommé pair de France en 1832, il fut ministre de l'Instruction publique de mars 1839 à mars 1840, puis d'octobre 1840 à 1844. L'intense activité qu'il déploya pour la réforme de l'enseignement (*Rapport sur l'instruction secondaire*, 1843) altéra brusquement sa santé et, atteint de troubles mentaux, Villemain dut donner sa démission en décembre 1844. Rétabli trois ans plus tard, il reparut à la Chambre des pairs, mais n'y joua plus un rôle de premier plan et abandonna complètement la politique lors de la révolution de 1848. Critique plus brillant que profond, Villemain a laissé encore de nombreux autres ouvrages, parmi lesquels : *Tableau de l'éloquence chrétienne au* IVe *siècle* (1846), *Études de littérature ancienne et étrangère* (1846), *Souvenirs contemporains d'histoire et de littérature* (1853), *Histoire de Grégoire VII* (1873), etc.

RÉF. : Mirecourt, *Villemain*, Paris, 1853. — Sainte-Beuve, *Causeries du Lundi*, tomes I et VI, Paris, 1853-54. — G. Vauthier, *Villemain, essai sur sa vie, son rôle et ses ouvrages*, Paris, 1913.

VILLIERS DE L'ISLE-ADAM Jean-Marie Mathias Philippe Auguste de. Romancier, nouvelliste, dramaturge. Né à Saint-Brieuc le 7 novembre 1838, mort à Paris le 19 août 1889. Il appartenait à l'une des familles les plus anciennes et les plus illustres de l'armorial français et pouvait se flatter de compter parmi ses ancêtres un maréchal de France et le fondateur de l'ordre de Malte. Sa famille, ruinée par la Révolution, ne disposait qu'à peine de l'aisance, mais il grandit dans la croyance absolue qu'une fortune et une gloire sans pareilles l'attendaient. Il fit des études très décousues à Saint-Brieuc, à l'institution Saint-Vincent-de-Paul de Rennes et au lycée de Laval. Maladif, solitaire, sensible, anxieux, il vivait presque continuellement dans son monde intérieur. Il fut marqué par un premier amour pour une jeune fille qui mourut quelques mois après leur rencontre, et il essaya de se consoler par un intense travail de création poétique. Un autre amour sans doute purement sensuel, pour une femme demeurée mystérieuse et qui le trahit, acheva de le marquer et de le vouer à une quête tantôt désabusée et tantôt désespérée de l'amour sublime. Au début de 1855, sa famille, persuadée de son génie, réalisa tous ses biens pour l'accompagner à Paris et lui permettre de tenter la gloire. Il débarqua aussitôt à la Brasserie des Martyrs, s'y lia avec Baudelaire, y rencontra Murger, Vallès, Banville, Courbet, Monet et Mendès, qui le fit collaborer à la *Revue fantaisiste*. À tous il donnait « l'impression du jeune homme le plus magnifiquement doué de sa génération » tandis qu'il expliquait à ses amis qu'il allait donner « une série d'œuvres où le rêve se baserait sur la logique, une littérature philosophique qui rénoverait les idées ». En juillet 1858, Villiers fit paraître *Deux Essais de poésie*. En février 1859, il alla à Lyon surveiller l'impression de ses *Premières Poésies* qui ne recueillirent aucun succès et qu'il rebaptisa plus tard *Les Sillons stériles.* Il était hanté par le désir de retrouver Paris où il se fixa vers la fin de 1860. Baudelaire lui révéla Poe avec lequel il se sentait de profondes affinités, mais son grand maître, celui auquel il doit toute l'armature de son œuvre, est Hegel ; avec lui il paria toute sa vie sur l'esprit, « substance infinie de toute réalité finie ».

En 1862 parut son premier roman, *Isis*, testament chaotique de son adolescence avide de penser, dans lequel Banville reconnut la « griffe du génie ». Fascinant pour tous ceux qui le rencontraient, Villiers ne cessa plus pendant vingt-cinq ans de poursuivre un rêve qui n'arriva pas à s'incarner dans la réalité, de poursuivre une gloire et une fortune également rebelles. Il compta parmi ses meilleurs amis Mallarmé et Charles Cros, il partagea, faute de mieux, leur gloire secrète. Ses premiers drames : *Ellen* (1865), *Morgane* (1866), ne furent pas même joués de son vivant ; rédacteur à la *Revue des lettres et des arts* d'octobre 1867 à mars 1868, il y publia ses premiers contes et découvrit ainsi l'une des voies où son génie devait le mieux s'exprimer. *La Révolte*, jouée au Vaudeville le 6 mai 1870, n'eut que cinq représentations, *Le Nouveau Monde*, écrit en 1875, ne trouva un théâtre qu'en 1883 et également pour cinq représentations. L'échec s'attachait à Villiers, l'obligeait à s'en tenir à son monde intérieur et à creuser en lui toujours plus loin. Sa grande œuvre le hantait sans trêve, le double dans lequel il se réaliserait : *Axël*, drame aux proportions goethéennes, sans doute unique dans la littérature française. La première partie d'*Axël* parut en 1872, la dernière version dans *La Jeune France* de novembre 1885 à juin 1886. Les dernières années de Villiers furent les plus fécondes. Il donna ses *Contes cruels* (*) en 1883, *L'Ève future*, son chef-d'œuvre, et *L'Amour suprême* en 1886 ; *Tribulat Bonhomet* en 1887 ; *Les Histoires insolites* et *Les Nouveaux Contes cruels* en 1888. Son œuvre, pour quelques-uns, prenait place au premier rang, mais la gloire et la fortune n'étaient pas venues. Toujours dans la gêne, Villiers passa les dernières années de sa vie avec une « pauvre servante » qui lui donna un fils en 1881. À lire *Axël* ou *L'Ève future*, on ne peut douter du génie de Villiers, et pourtant on n'arrive pas à se débarrasser d'une sensation d'échec. Le génie est là mais il ne trouve jamais pleinement sa force, il ne s'incarne pas avec une continuité suffisante pour marquer toute l'œuvre, et l'on dirait que l'absolu auquel il a tendu toute sa vie a été partout refusé et le demeure.

BERNARD NOËL.

♦ *« Génie, tôt en proie à la fatalité de sa glorieuse supériorité sur même l'élite. »* Verlaine. ♦ *« La langue, vraiment d'un Dieu partout. »* Mallarmé. ♦ *« N'ayant pas, comme le chrétien qu'il eût pu être et qu'il croyait être, une règle rigide, faussé par l'hégélianisme et saccagé par les curiosités les plus dangereuses, parfois incroyablement privé d'équilibre, je crois qu'il ne comprit jamais le pressentiment grandiose dont il suffoqua trente ou quarante ans. »* Léon Bloy.

RÉF. : Verlaine, *Les Poètes maudits*, Paris, 1888. — Mallarmé, *Villiers de L'Isle-Adam*, Bruxelles, 1892. — R. du Pontavice de Heussey, *Villiers de L'Isle-Adam, l'écrivain, l'homme*, Paris, 1893. — L. Bloy, *La Résurrection de Villiers de L'Isle-Adam*, Paris, 1906. — L. Deffoux, *Les Derniers Jours de Villiers de L'Isle-Adam*, Paris, 1930. — M. Daireaux, *Villiers de L'Isle-Adam, l'homme et l'œuvre*, Paris, 1936. — J. Bollery, *Biblio-Iconographie de Villiers de L'Isle-Adam*, Paris, 1939. — A. Lebois, *Villiers de L'Isle-Adam, révélateur du verbe*, Neuchâtel, 1952. — Allan W. Raitt, *Villiers de L'Isle-Adam et le mouvement symboliste*, Paris, 1965. — J.-P. Gourevitch, *Villiers de L'Isle-Adam*, Paris, 1971. — J. H. Bornecque, *Villiers de L'Isle-Adam créateur et visionnaire*, Lille, 1974. — J. Decottignies, *Villiers le taciturne*, Paris, 1983. — A. Néry, *Les Idées politiques et sociales de Villiers de L'Isle-Adam*, 1983. — Allan W. Raitt, *Villiers de L'Isle-Adam exorciste du réel*, 1987. — P.-G. Castex et J.-P. Avice, *Villiers de L'Isle-Adam*, catalogue d'exposition de la Bibliothèque historique de la Ville de Paris, 1990.

VILLON François. Le premier en date des poètes modernes, bien qu'il ait sa préfigure dans Rutebeuf au XIIIe siècle, né vers 1431 et mort après 1463. Cette fois, par exception, nous avons sur lui des renseignements biographiques, avec dates authentiques et précises, ce qui tient à ce que ce grand poète fut aussi un fort mauvais garçon dont la conduite n'a laissé que trop de traces dans les annales judiciaires où un historien, Auguste Longnon, et un lettré, Marcel Schwob, les ont découvertes. Cependant, il subsiste, dans sa passionnante biographie, bien des incertitudes, quand ce ne serait que sur sa date de naissance, qu'on peut placer entre le 1er avril 1431 (ancien style où l'année commençait à Pâques) et le 19 avril 1432 (transcrit en nouveau style). Le nom aussi est incertain, étant emprunté au professeur chanoine de Saint-Benoît-le-Bétourné, son « plus-que-père », peut-être son père naturel, Guillaume de Villon (il s'agit d'un village de l'Yonne, où ce lieu se prononce par l mouillé). Les premiers documents officiels qui le mentionnent le nomment François de Montcorbier, alias des Loges. En mars 1449, ledit François de Montcorbier est reçu bachelier à la faculté des arts (lettres) de l'université de Paris, grade d'enseignement conquis par lui à dix-huit ans. Ceci ne l'empêche pas de prendre part aux désordres qui, sur la montagne Sainte-Geneviève, accompagnent l'enlèvement et le transfert par les étudiants, de chez Mlle Bruyère, en son hôtel de Saint-Jean-des-Grèves, de la pierre du Pet au Diable, incident dont Villon dit avoir fait un roman, malheureusement, ou peut-être heureusement, perdu. Cependant, il poursuit ses études universitaires et la conquête, en 1452, des grades supérieurs de licencié et maître ès arts. En 1455, le 5 juin, dans une rixe au cloître de Saint-Benoît-le- Bétourné (près du jardin de l'hôtel de Cluny), il tue un prêtre, Philippe Chermoye (ou Sermoise), ce qui le force à quitter Paris en attendant les doubles lettres de rémission accordées, l'une à François de Montcorbier, maître ès arts, l'autre à « maître François des Loges, autrement dit Villon ».

1456. Vers Noël, ce fameux maître ès arts, donc professeur et non plus étudiant, perpètre, avec des complices, un vol par effraction, de cinq cents écus d'or, dans le collège de Navarre, mais, comme pour se créer un alibi, il compose à la même date son *Lai* qui commence ainsi : « L'an quatre cent cinquante six, / Je, François Villon, escolier, / En ce temps que j'ai dit devant / Sur le Noël, morte saison / Me vint un vouloir de briser / La très amoureuse prison / Qui soûlait mon cœur débriser. » Façon d'annoncer qu'il quitte Paris dans les derniers jours de décembre 1456, début de quatre ans d'errances à travers la France. On le trouve d'abord à Angers, où il va se préparer un nouveau vol aux dépens d'un vieil oncle, à Bourges, Blois, où il est reçu chez Charles d'Orléans, le poète, et où il célèbre la naissance de Marie, la fille du duc. — 1461. L'été le trouve condamné, pour un méfait inconnu, dans les prisons de Thibaut d'Aussigny, évêque d'Orléans, à Meung-sur-Loire, patrie d'un autre poète de la seconde moitié du XIIIe siècle : Jean de Meung. Vers le 2 octobre, Louis XI y passant l'en délivre et il va chercher refuge à Moulins, chez le duc de Bourbon. Mais Paris exerce sur lui son attirance natale, et dans le premier trimestre de 1462, c'est là qu'il compose et met au point son *Testament*, où il enchâsse beaucoup des petites pièces antérieures : *Ballades* ou rondeaux. *Le Débat du cœur et du corps* est écrit aux environs de Paris où il cherche refuge comme naguère, de nouveau, afin d'échapper à d'autres poursuites judiciaires. — 1462. Le 3 novembre, il se trouve encore en prison, cette fois au Châtelet, sous l'inculpation de vol. À la faculté de théologie qui déterre l'affaire du collège de Navarre, il signe une promesse de restitution de cent vingt écus d'or. Il sort de prison le 7 novembre. — 1463. Le voilà derechef attrait en justice à l'occasion d'une nouvelle rixe d'un soir, en la rue de la Parcheminerie, qui est celle des copistes et « stationnaires » (libraires), devant l'« escriptoire » de François Ferrebourg. « Le pauvre Villon » est comdamné par sentence du Châtelet à « être pendu et étranglé ». C'est alors qu'il compose le *Quatrain* et l'*Épitaphe* qu'on nomme parfois la *Ballade des pendus* (*). Il interjette appel et un arrêt du Parlement, en date du 5 janvier 1463 (nouveau style), annule le jugement, mais « eu égard à la mauvaise vie dudit Villon, bannit ce dernier, pour dix ans de la ville, prévôté et vicomté de Paris ». C'est à l'occasion de cette dernière sentence qu'il écrit la *Requête à la cour du Parlement,* pour demander un délai, et la Ballade : « Était-il lors temps de moi taire ? » Ensuite, on perd sa trace, à moins qu'il ne faille tenir pour authentique le témoignage de François Rabelais — *Quart Livre,* 67 — faisant allusion à un séjour du poète en Angleterre, sous le règne d'Édouard IV, en Belgique (mention de l'usage de Bruxelles) et en Poitou « sur ses vieux jours », à Saint-Maixent, où le grand satirique situe, mi-plaisante, mi-triste, l'histoire de la jument du frère Tappecoue — *Quart Livre,* XIII.

LE CAS VILLON. Pour qui y réfléchit, il y a ici un problème, le cas Villon, dont on cherche en vain dans l'histoire littéraire de toutes les nations l'équivalent. On peut bien penser au Verlaine de *Mes prisons* ou à Rimbaud, à l'Oscar Wilde de la *Ballade de la geôle de Reading*, à un Francis Carco qui se plaît à écrire une *Vie de François Villon* et étudia avec dilection le « milieu » mais sans y recueillir pour autant de casier judiciaire, cependant les différences restent grandes et essentielles, entre un inculpé ou condamné d'occasion et un récidiviste impénitent du vol et peut-être du crime, que la misère seule n'explique pas et dont l'attirance se traduit par la constante fréquentation des escarpes. On serait tenté de douter de la sincérité des aveux (il existe une forfanterie du vice), mais ceux-ci se rapportent aux peines encourues et non aux méfaits, que les archives judiciaires attestent sans discussion possible, avec des précisions chronologiques et topographiques incontestables. Or, en presque toutes ces scandaleuses aventures, il n'est jamais seul, il est entouré de complices, comme Tabarie, qui « mangea le morceau », Regnier de Montigny, Colin de Cayeux, encore un universitaire dévoyé, affilié à la compagnie des malfaiteurs des Coquillards, dont le procès de Dijon, en 1455, révéla l'existence et le jargon argotique que Villon, ayant la curiosité aussi bien de l'argot que du « vieil françois », fit sien au point d'en rédiger des *Ballades* pour nous peu compréhensibles. Quant à Colin de Cayeux, l'« amboureux » (bourreau) lui rompit le « suc » (cou) ; son sort tragique fait appréhender le même à François Villon et lui dicte sa *Ballade,* son épitaphe, plus connue sous le nom de *Ballade des pendus.* Voilà les mauvais compagnons, mais il en est d'autres, qui appartiennent aux plus hautes sphères universitaires. Le Tout-Paris de la rive gauche et de la cité : Pierre de Brézé, grand sénéchal, Nicolas de Louviers, échevin, receveur des aides, Jean de Bailly, procureur au Parlement, Robert d'Estouteville, prévôt de Paris, à l'épouse duquel il dédie une ballade dont le refrain est : « Et c'est la fin pourquoi sommes ensemble » (*Testament,* 1385). Un notaire au Châtelet, maître Jehan Cotart, un prévôt des marchands comme Denis Hesselin, des grands commerçants, des changeurs du Pont au Change, le capitaine des archers, le maître juré des rôtisseurs, et que sais-je ? S'il les a connus dans les frasques de la jeunesse dorée, il est cependant resté en relation avec la plupart, qui le protègent, lui faisant obtenir ses « lettres de rémission » qui rompent l'extrême rigueur de la justice. Le duc de Bourbon, à Moulins, le duc d'Orléans, aussi bien que le cruel Louis XI sont de connivence dans cette étonnante conspiration en faveur du « bon folâtre » et du « pauvre Villon ». Et les femmes ? Il en est de toutes vie et mœurs : la femme de Robert d'Estouteville et la Belle Heaulmière, dont une ballade transcrit les regrets et qui est la maîtresse de Nicolas d'Orgemont, archidiacre de Paris. Mais plus encore, il fréquente la grosse Margot : « En ce bourdeau où tenons notre état » (*Testament,* 1503), Marion d'Idole, la belle Gantière, Blanche la Savetière, Guillemette la Tapissière, la gente Saucissière, Jeanneton la Chaperonnière, Catherine la Boursine et la grande Jehanne de Bretagne.

Mais il y a surtout celles dont Villon fut vraiment amoureux et dont nous savons trop peu de chose, d'abord celle dont les rigueurs, à ce qu'affirme le début du *Lai* de 1456, le firent quitter Paris pour Angers. S'agit-il de celle qu'ailleurs il appellera Rose, « Ma demoiselle au nez tortu » (*Testament,* 939) ? C'est bien possible. Ou Catherine de Vaucelles (*ibid.,* 661), qui le fit « déshabiller et battre comme toile au ruisseau », ou Marthe ? Amoureux, il le fut (comment eût-il pu en être autrement ?), mais éconduit il le fut aussi, ce qui le fit s'appeler lui-même « l'amant remis [rejeté] et renié » (*ibid.,* 712). Quoi d'étonnant ? Il était petit, laid, on peut l'en croire, ce sont choses dont, généralement on ne se vante point : « sec et noir comme escouvillon [brosse] » (*Lais,* 316), rasé, tondu, surtout après sa prison de Meung, « comme un navet qu'on ret ou pêle » (*Testament,* 1897). Il devait donc être repoussé par les jeunes filles et femmes qui, sans exiger de l'homme la même beauté qui est leur privilège, le veulent cependant présentable. L'adoration, les mots dorés ne suffisent point, et pourtant comme il sait louer : « Corps féminin, qui tant est tendre / Poli, souef et précieux » (*ibid.,* 325-6). Elle s'étend même aux beautés du temps jadis, auxquelles il dédie le refrain mélancolique : « Mais où sont les neiges d'antan ? » (*ibid.,* 336). Beautés fugitives, dont, avant Ronsard, il a dit, dans ces vers ailés, la fragilité : « Un temps viendra qui fera dessécher / Jaunir, flétrir votre épanie fleur / Vieil je serai, vous, laide, sans couleur. » Par une de ces contradictions qui sont, comme nous le verrons, de son essence, il va jusqu'à louer ou, du moins, mentionner les charmes flétris et galvaudés de la grosse Margot, cette p... vers laquelle le dédain des prétendues honnêtes femmes le rejette (*ibid.,* 1600). Mais n'est-il pas davantage lui-même, quand il écrit pour le compte d'un autre, en un rondel (*ibid.,* 978-989) ce vers immortel : « Deux étions et n'avions qu'un cœur » ? La contradiction foncière qu'on pourrait nommer aussi le conflit entre « le pauvre Villon » et le « bon folâtre », comme il s'est lui-même appelé, à l'occasion, il l'a exprimée avec une prenante éloquence dans un *Débat du corps et du cœur,* que l'on comprend mieux si on l'imprime, comme j'ai fait dans ma *Vie littéraire en France au Moyen Âge* (2e éd. 1953, p. 362-5) en faisant précéder les répliques par le nom des interlocuteurs en petites capitales, comme pour une scène théâtrale, et c'en est une que celle qui met aux prises le corps et le cœur du poète, dualité retrouvée plus tard par Musset, où le premier représente les mauvais instincts et l'indolence auxquels il s'abandonne, et le cœur, sa conscience, qui les lui reproche. Ainsi est exposé par lui-même le paradoxe Villon.

Villon s'inspire de deux muses : Melpomène et Thalie, de la tragédie et de la comédie, unissant le sens le plus exquis de la poésie : « Sur le Noël, morte saison, / Que les loups se vivent de vent / Et qu'on se tient en sa maison, / Pour le frimas, près du tison » (*Lais,* 10-13), à l'observation aiguë de la réalité, surtout des vices, tics et travers de ses contemporains, en commençant par lui-même. Elle est à l'origine de ces legs comiques, dont il a emprunté l'idée à son prédécesseur de la seconde moitié du XIVe siècle, Eustache Deschamps, qui constituaient le thème essentiel de son *Lai* de 1456 auquel il refuse le nom de petit Testament, et de son *Testament* de 1462, faisant des dons « post mortem » d'autant moins de valeur (comme la rognure de ses cheveux à son barbier), qu'ils vont à des gens fortunés qui n'en feront compte. Il y a là une prodigalité d'ironie et d'esprit éblouissante que nous n'apercevons pas toujours, faute de connaître assez la condition des personnes que ses legs doivent combler, mais que le lecteur contemporain reconnaissait, comme nous faisons, aujourd'hui, de ceux que blasonnent nos chansonniers. Souvent, cependant, le ton s'élève, atteignant une mélancolie délicieuse comme dans la ballade développant le thème de dissertation scolaire : *Ubi sunt... ?* dont le refrain est (*Testament,* 336) : « Mais où sont les neiges d'antan ? », ou encore dans l'évocation du cimetière des Innocents (à l'emplacement de la fontaine de Jean Goujon, près des Halles) où les fresques des Macchabées (de là notre mot argotique) représentent la Danse des Morts, plus tard reprise par Holbein. D'ailleurs, tout le XVe siècle où elle était, pour ainsi dire, bradée, comme on dit dans le Nord, où elle traînait le long des chemins de la guerre de Cent Ans, des villes assiégées, affamées et pestilentielles, est sous le signe de la mort. Mais aucun poète, ni Pierre de Nesson, en ses *Vigiles des morts,* ni Jehan Régnier, en ses *Fortunes et Aversitez*, n'en a donné une vision plus réaliste qui rappelle plutôt celle du peintre Gheraert David, dans le supplice des juges prévaricateurs (*ibid.,* 313-328). Contre elle, il n'y a ni recours ni remède. Si, il y en a, la foi dans le pardon suprême de Dieu bon et dans les destinées éternelles. Ce mauvais garçon est un grand croyant, tel qu'on pouvait l'être dans le « moyen âge énorme et délicat », que chantera son successeur, Verlaine, dans un poème de *Sagesse*. Foi des simples, qu'il fait exprimer par sa pauvre mère « ancienne » et illettrée dans la célèbre ballade qu'il fit pour elle, pour célébrer Notre-Dame, dont le refrain est (*ibid.,* 882) : « En cette foi je veuil vivre et mourir. » Foi de théologien, rompu aux exercices et disputes de l'École dont sa jeunesse s'est imprégnée et qui l'ont initié au mystère du dogme de la Trinité (*ibid.,* 833) :

« Premier, je donne ma pauvre âme / À la benoite Trinité. » La doctrine augustinienne n'a pas de secrets pour lui et c'est un poème de la grâce que celui qu'on appelle improprement *La Ballade des pendus*.

Tort presque universel de la critique de s'attacher, avant tout, à la vie du poète, à son inspiration, à sa vision, à ses idées et à ses sentiments, et de négliger sa technique, qui est, pour lui, comme pour le peintre, l'essentiel, le reste n'étant souvent que l'occasion de les manifester. Ce métier, où l'avait-il appris ? Certes, point à la faculté des Arts (où arts veut dire sciences) où l'on n'entendait et ne pratiquait que la « verbocination latiale », c'est-à-dire le latin, souvent estropié. Plutôt par la lecture des bons auteurs auxquels lui donnait accès la « librairie » de ses amis haut placés, les d'Estouteville et les Cotart : auteurs de la seconde moitié du XIIIe siècle comme Jean de Meun, en sa continuation du *Roman de la Rose* (*), ou de la seconde moitié du XIVe siècle, comme Eustache Deschamps, auquel il emprunte l'idée des legs comiques et dont l'*Art de seconde rhétorique* lui a appris le secret de ces poèmes à forme fixe, rondel, rondeau, chant royal, lai, virelai et ballade, et de la première moitié du XVe : Alain Chartier, auteur de *La Dame sans merci*, sans parler de son contemporain, Charles d'Orléans, qui les pratiquait aussi. Puis il y avait l'éducation par l'oreille que lui donnait l'audition des « farces, jeux, moralités » (*ibid.*, 1705), des mystères auxquels il assistait à la Table de marbre des clercs du Palais, sans parler des harengères du Petit Pont (*ibid.*, 1522) : « Il n'est bon bec que de Paris. » Mais c'est en lui-même qu'il trouvait le secret de la métaphore (ou comparaison abrégée) que toutes ces œuvres-là ne pouvaient lui apprendre. L'octosyllabe, instru- ment traditionnel du roman, du théâtre et de la poésie, depuis le XIIe siècle, et qui peut être facilement monotone en sa fluidité, il l'a doté d'une solidité et d'une harmonie nouvelles, sans pourtant avoir découvert ce secret, faveur réservée à ces maîtres prosodistes que sont les grands rhétoriqueurs, ses successeurs immédiats comme Molinet de Valenciennes : l'alternance des rimes masculines et féminines que Ronsard, lui, n'arrive à imposer qu'à partir de sa *Continuation des Amours* (1555-1556) — v. *Les Amours* (*). Conscient de ses limites, il se dérobe aussi bien qu'au large poème à l'alexandrin, que pratique parfois Charles d'Orléans, mais accepte souvent le décasyllabe, traditionnel, des chansons de geste, se servant toutefois de la quadrature synaléphée, comme diront pédantesquement les mêmes, c'est-à-dire éliminant la césure épique qui traite la quatrième syllabe comme une fin de vers et permet de la faire suivre d'une syllabe dite « muette » et qui, d'ailleurs, ne l'était pas. Avant tout, il est, et pour jamais, le maître de la ballade. Il y acquit une telle supériorité sur celle du *Livre des cent ballades* (de 1935) qu'il donne l'impression d'une aisance et d'une facilité qui sont, en fait, le comble de l'art. J'en dirai autant de sa langue, si simple et si naturelle, qui ne doit pas même (sauf quelques termes et formes verbales) être traduite à l'intention du lecteur d'aujourd'hui, mais ceci ne doit pas non plus nous donner le change. Il n'en était peut-être point ainsi pour ses contemporains des années 60 du XVe siècle, où sa langue devait avoir les couleurs crues de la toile ou du panneau de bois sortant de l'atelier. Toutefois, il a renié et dédaigné l'accompagnement musical traditionnellement imposé à notre poésie lyrique, et il est un des premiers — est-ce un bien, est-ce un mal ? — à avoir prononcé la séparation de la musique et de la poésie, celle-ci se contentant, désormais, de son harmonie propre. Son « farfadet » comporte quelque deux mille vers dont on peut encore éliminer un grand nombre qui ne nous intéressent pas, parce que les allusions personnelles ou historiques nous empêchent de les comprendre. Imprimé, il tient dans le creux de la main ; aussi ces deux mille vers valent leur pesant d'or et défieront toute insulte du temps.

GUSTAVE COHEN.

♦ *« Le reste des œuvres de notre Villon... est de tel artifice, tant plein de bonne doctrine et tellement peint de mille belles couleurs que le temps qui tout efface jusqu'ici n'a pu l'effacer. »* Clément Marot. ♦ *« Villon sut le premier, dans ces siècles grossiers / Débrouiller l'art confus de nos vieux romanciers. »* Boileau. ♦ *« Je ne veux que mettre en garde sur un point : c'est de ne pas prêter à Villon plus de mélancolie qu'il n'en a eu, ni une tristesse plus amère. Ne venons pas à prononcer à son sujet le nom de Bossuet, ni même celui de Byron. »* Sainte-Beuve. ♦ *« Voilà une poésie qui est la résonance d'une pauvre âme, battue d'outrageuses misères, et qui n'est que cela : et dans cette voix bouffonne ou plaintive, qui crie son vice ou son mal, passe parfois le cri de l'éternelle humanité : nous, honnêtes gens, paisibles bourgeois, ce louche rôdeur du XVe siècle parle de nous, parle pour nous, nous le sentons, c'est ce qui le fait grand. »* G. Lanson. ♦ *« Quand on a passé en revue tous ces témoignages, toutes ces preuves de l'admiration provoquée et de l'influence exercée depuis quatre siècles par le mince recueil de Villon, on est émerveillé de cette intensité de succès de "pauvre petit écolier" qui osait à peine souhaiter qu'il restât de lui quelque mémoire. »* G. Paris. ♦ *« Villon est le premier poète à la moderne : le premier où l'on reconnaisse l'âme du poète étonnant, tel que la France l'a conçu, tel que Paris l'a créé, tel qu'il est resté, et tel qu'il devait être depuis maître François... Les émotions de Villon sont violentes et profondes. Mais elles ne le privent pas de raison, si elles le privent de volonté. »* André Suarès.

RÉF. : Gaston Paris, *François Villon*, Paris, 1901. — Pierre Champion, *François Villon, sa vie et son temps*, Paris, 1913. — Fernand Desonay, *Villon*, Paris, 1933. — Italo Siciliano, *François Villon et les thèmes poétiques du M. A.*, Paris, 1934. — Louis Cons, *État présent des études sur Villon*, Paris, 1936. — Brunelli, *Villon : le Rime, comment, et note*, s. l., 1953. — Armand Ziwès et Anne de Bercy, *Le Jargon de M. François Villon*, Paris, 1954. — Gustave Cohen, *Un poète vagabond : François Villon*, in *Revue générale de Belgique*, février 1955. — P. Le Gentil, *Villon*, Paris, 1967. — P. Demarolle, *Villon, un testament ambigu*, Paris, 1973. — J. Dufournet, *Villon et sa fortune littéraire*, Paris, 1970 ; *Recherches sur le Testament de*

Villon, 2 vol., Paris, 1971-1972 ; *Nouvelles Recherches sur Villon,* Paris, 1980 ; *François Villon, Poésies,* Paris, 1984. – Jean Favier, *François Villon,* Paris, 1982.

Vingt ans après d'Alexandre Dumas père : v. ***Trois Mousquetaires (Les).***

Virelai. Poème à forme fixe qui apparaît au XIIIe siècle et dont l'origine pourrait remonter à la poésie arabo-andalouse. Parmi les nombreuses versions du virelai, l'une des formes les plus courantes se présente comme un refrain initial de dimension variable (de quatre à sept vers), suivi, comme dans la ballade, de trois strophes. Mais la strophe adopte un schéma constant : après deux vers à rime plate quelconque, deux vers reprennent les rimes et mètres du refrain, lui-même réexposé à la fin de chaque strophe. Le schéma des rimes est donc : *A B – c c a b A B.* Le virelai peut être isométrique ou hétérométrique. Dans ce cas, il alterne deux mètres, dont l'un est très court (trois syllabes).

Le virelai est pratiqué au XIVe siècle par des poètes comme Eustache Deschamps, Guillaume de Machaut ou Jacques Legrand. Il disparaît au XVIe siècle.

CHRISTIAN DOUMET.

VITRAC Roger. Poète et dramaturge. Né à Puisac (Lot) le 17 novembre 1899, mort à Paris le 22 janvier 1952. Il vint à Paris, en 1910, avec son père, et entra au lycée Buffon où il fit ses études secondaires et commença à s'intéresser passionnément à la poésie et au théâtre, lisant Lautréamont et Alfred Jarry. Après une année d'études de médecine, il partit faire son service militaire, en 1920, et eut la chance de rencontrer à l'armée Marcel Arland, René Crevel, Georges Limbour et André Dhôtel, avec lesquels il fonda le groupe et la revue *Aventure*. En 1922, il participa à la manifestation Dada de Saint-Julien-le-Pauvre et se lia avec André Breton, qui le considérait comme l'un des plus doués de ses amis. En 1923, André Masson lui fit rencontrer Antonin Artaud, et il prit part, aux côtés d'Aragon, Breton et Morise, au fameux « voyage magique ». Il se rallia au surréalisme dès sa fondation et collabora aux premiers numéros de *La Révolution surréaliste*, mais fut exclu du groupe vers la fin de 1926. Ses œuvres théâtrales de cette époque, de courtes pièces comme *Mademoiselle Piège* et *Poison* (« drame sans paroles »), sont inédites. En 1927, il fit paraître deux recueils poétiques parmi les plus significatifs de cette période : *Cruautés de la nuit* et *Connaissance de la mort*, et fonda, avec Artaud et Robert Aron, le théâtre Alfred-Jarry, qui débuta par une représentation au théâtre de Grenelle de *Ventre brûlé ou la Mère folle*, d'Artaud. En 1928, le théâtre Alfred-Jarry donna à la Comédie des Champs-Élysées *Victor ou les Enfants au pouvoir* (*), qui est le chef-d'œuvre de Vitrac et probablement de tout le théâtre surréaliste. Il compose ensuite *Les Mystères de l'amour* et *Le Peintre*, sketch-farce représenté chez Lise Deharme en 1930. À partir de 1931, il collabore à *Comœdia* et à *L'Intransigeant*, et, bien que sa santé soit altérée, il continue à écrire des pièces pour rechercher un succès que ne lui apporteront ni *Le Coup de Trafalgar* (1934) dont la valeur n'est découverte que plus tard, ni *Le Camelot* (1936), ni *Les Demoiselles du large* (1938), ni *Le Loup-Garou* (1939), ni enfin *Le Sabre de mon père* (1951). Il se lie d'amitié avec Jean Anouilh tout au long de ces années. Vitrac fut aussi, dans un but alimentaire, l'auteur de quelques dialogues de films. Il réunit, peu de temps avant sa mort, un certain nombre de ses poèmes sous le titre *Dés-lyre*.

♦ *« Roger Vitrac pratique une merveilleuse chirurgie vitale. Il connaît vraiment la répartition de l'esprit. Il en élucide l'activité occulte et illogique avec le bonheur d'un théorème de la raison. Décalage des sentiments, des sensations, des actes avec leur signification générale, humaine, leur magie vitale. En même temps qu'il remonte l'esprit, il en fait vibrer la substance. Ce qu'il écrit a un caractère de révélation. Ce n'est pas le moyen, c'est l'acte élucidé, et de telle sorte que l'acte, en même temps qu'il s'explique, se détache de la confusion des phénomènes, de la virtualité des possibles, et vit. »* Antonin Artaud.

RÉF. : H. Béhar, *Roger Vitrac, un réprouvé du surréalisme*, Paris, 1966. – *R. Vitrac, théâtre ouvert sur le rêve*, Paris, 1981. – M. Antle, *Théâtre et poésie surréalistes, Vitrac et la scène virtuelle*, Birmingham, Alabama, 1988.

VIVANT DENON (pseud. de Dominique Vivant de Non). Né à Chalon-sur-Saône le 4 janvier 1747, mort à Paris le 2 avril 1825. Issu de la petite noblesse, le baron Dominique de Non adoptera pendant la Révolution le patronyme d'apparence roturière, sous lequel il est connu aujourd'hui en tant qu'artiste et écrivain. La chance, le charme, l'intelligence, le courage, et, sans aucun doute, un sens remarquable des relations sociales expliquent la triple carrière artistique, diplomatique et littéraire de ce séduisant personnage. Excellent dessinateur, il vient à Paris en 1769 pour y être graveur. Son esprit et ses belles manières, ses succès auprès des femmes lui ouvrent rapidement le chemin de Versailles. Il obtient de Louis XV la direction du Cabinet des Médailles créé pour la marquise de Pompadour. Il entre à l'Académie royale de peinture en 1787. Entre-temps, des missions diplomatiques l'ont conduit à Saint-Pétersbourg en 1774, en Suisse en 1775, ce qui lui permet de séjourner chez Voltaire, et à Naples en 1777, où il assiste à une éruption du Vésuve et s'intéresse aux fouilles de Pompéi. Il en rapporte un *Voyage pittoresque de Naples et de Sicile,* qui n'est pas son premier ouvrage littéraire. En 1769, il a donné à la Comédie-Française une pièce, *Julie ou le Bon Père,* qui est tombée lamentablement, et en 1777, sous les initiales impénétrables « M.D.G.O.D.R. », un chef-d'œuvre de la nouvelle libertine au XVIIIe siècle, *Point de lendemain*. Convaincu d'avoir déniché une rareté, Balzac insère ce texte, en l'attribuant à Dorat, dans sa *Physiologie du mariage*, en 1830. La Révolution de

1789 trouve Vivant Denon en Suisse, d'où il revient courageusement. Grâce à l'amitié de David, il est rayé de la liste des immigrés, obtient des commandes de la Convention, et de Robespierre le titre de « graveur national », ce qui le met à l'abri de la Terreur. En 1797, il fréquente le salon de Joséphine de Beauharnais, y attire l'attention de Bonaparte, qui lui permet de participer à l'expédition d'Égypte. En 1802, il publie, avec un grand succès, son *Voyage dans la Basse et la Haute-Égypte pendant les campagnes du général Bonaparte,* en deux volumes in-folio richement illustrés de ses propres dessins, que l'on peut considérer comme l'ouvrage fondateur de l'égyptologie en France. Nommé directeur des Musées nationaux, il accomplit au Louvre un remarquable travail d'organisation et de conservation. Il suit même les armées napoléoniennes en campagne, pour choisir avec un discernement remarquable, dans les villes occupées, les œuvres d'art qui orneront son musée. C'est pourquoi, maintenu dans son poste par Louis XVIII, il préfère, en 1815, démissionner plutôt que d'accepter, après Waterloo, la restitution de ces chefs-d'œuvre aux Alliés. Il achève sa vie au milieu de ses collections personnelles, rédigeant une *Histoire de l'art depuis les temps les plus reculés jusqu'au commencement du* XIX*e siècle.*

CATHERINE BONFILS.

VIVIEN Renée (pseud. de Pauline Mary Tarn). Femme de lettres d'expression française. Née à Londres de père anglais et de mère américaine, le 8 juin 1877, morte le 18 novembre 1909 à Paris. Après avoir passé son enfance entre l'Angleterre et le continent et fait, jeune fille, des voyages en Grèce et aux Indes, elle vécut presque constamment en France. À partir de 1901, sous son pseudonyme qui resta quelque temps mystérieux, elle commença à publier des volumes de vers, *Études et Préludes* (1901), *Cendres et Poussières* (1902), *Évocations* (1903), et des poèmes en prose, *Brumes de fjords* (1902), *Du vert au violet* (1903). Cependant, aux effets d'un tempérament nordique s'allie, chez Renée Vivien, le culte sensuel de la Grèce et avant tout de Sappho dont elle a traduit les œuvres, très librement, en 1903, ainsi que celles des autres poètes de Lesbos (*Les Kitharèdes,* 1904). Menant une vie élégante, toujours entourée de fleurs aux senteurs fortes, organisant chez elle des dîners de femmes, où vint en particulier Colette, Renée Vivien a vécu dans le souvenir d'une amie morte à Nice et semble bien s'être elle-même laissée mourir de faim, par désespoir sentimental. À ses premières *Poésies,* d'une langueur voluptueuse et morbide, d'un « baudelairisme profond, central, générateur », les recueils suivants : *À l'heure des mains jointes* (1906), *Les Flambeaux éteints* (1907), et surtout *Dans un coin de violettes, Le Vent des vaisseaux, Haillons,* œuvres posthumes parues en 1910, ajoutent une touche de mélancolie de plus en plus sincèrement religieuse. En 1917 furent publiés les *Vagabondages.*

RÉF. : Charles Maurras, *Le Romantisme féminin,* Paris, 1926. – Y.-G. Le Dantec, *Renée Vivien, femme damnée, femme sauvée,* Aix-en-Provence, 1930. – J. P. Goujon, *Tes blessures sont plus douces que leurs caresses. Vie de Renée Vivien,* Paris, 1986.

VOITURE Vincent. Poète et épistolier. Né le 24 février 1597 à Amiens, mort le 26 mai 1648 à Paris. Son père était un riche marchand de vins, fournisseur de la Cour. Voiture avait deux frères et deux sœurs, dont l'une épousa M. de Pinchesne, père de Martin de Pinchesne, lequel rassemblera et fera éditer les œuvres de Voiture. Voiture passa ses premières années à Amiens dans la maison de son père, puis, lorsque celui-ci vint s'installer à Paris (1605), on l'envoya aux collèges de Calvi et de Boncourt, où il reçut la meilleure éducation. Il eut pour condisciples des fils de nobles de la Cour, parmi lesquels le comte d'Avaux, qui devait l'aider plus tard de ses protections continuelles. Au physique, Voiture était petit et faible, d'expression mélancolique, et avait les traits féminins ; mais son esprit ravissait déjà maîtres et élèves. Après le collège, il alla étudier le droit à l'université d'Orléans. De retour à Paris, il entra au service du duc d'Orléans comme « contrôleur général de la maison ». Dès sa jeunesse, il se fit une réputation grâce à des poésies latines et à des stances adressées à Gaston d'Orléans, au service duquel il restera longtemps attaché et qui sera son bienfaiteur. Il fut introduit à l'Hôtel de Rambouillet en 1625 par M. de Chaudebonne, chambellan de la duchesse d'Orléans. Voiture y fut très fêté, très apprécié des dames, notamment de Mlle Paulet. Il fut nommé en 1628 Introducteur des ambassadeurs près de Gaston d'Orléans, et en 1629, celui-ci étant en disgrâce auprès de Richelieu, il le rejoignit sur les terres du duc de Lorraine. À Nancy, Voiture fut accueilli et fêté à l'envi, mais il s'ennuya pourtant. En 1630, le duc d'Orléans rentra en grâce et Voiture en profita pour revenir à Paris. Peu après, Gaston d'Orléans, incriminé de lèse-majesté, quitta de nouveau le royaume pour la Lorraine, puis le Languedoc, afin d'y rejoindre Montmorency, et Voiture, transformé en guerrier malgré lui, suivit toujours son maître. Après la bataille de Castelnaudary, où les troupes du roi défirent celles des nobles rebelles et où Montmorency fut fait prisonnier, Gaston d'Orléans passa en Belgique en 1631. De là, Voiture fut envoyé par lui en mission en Espagne en 1632, où il fut très bien reçu, et aussitôt introduit dans la société madrilène où il séjourna en qualité de résident de Monsieur. Mais il commença à souffrir de sa santé, s'occupa peu de politique et il se mit à écrire en espagnol. Il s'ennuya, décida de voyager à travers l'Espagne et passa même en Afrique du Nord, à Ceuta. Ses relations de voyages montrent qu'il sut voir clair sur la situation de l'Espagne, et découvrir, sous sa richesse, les premières traces de la décadence prochaine. De Lisbonne, Voiture s'embarqua pour l'Angleterre et les Flandres. Après la réconciliation de Monsieur avec la Cour (1633), Voiture rentra en grâce par une jolie lettre sur la prise de Corbie aux Espagnols (1636). Membre de l'Académie française dès sa fondation (1634), en 1638 il alla annoncer à Florence la naissance du fils de Louis XIII ; il voyagea alors à travers l'Italie et la Savoie. À son retour, après la conjuration de Cinq- Mars où il craignit de perdre toutes les faveurs, il devint maître d'hôtel du roi et de Madame, puis commis des finances. Entre-temps, il se brouilla avec Mlle Paulet, mais eut les grâces de Mme de Saintot et de Mme de Sablé. En 1646, il fut reçu membre de l'Académie des humoristes de Rouen. Il souffrait à nouveau de la goutte, ce qui ne l'empêcha pas de se battre en duel avec Chavaroche, intendant de Mme de Rambouillet, à cause d'une des filles de celle-ci. Quelque temps après, la fièvre le reprit et il mourut.

Voiture possédait au plus haut degré le bel esprit de l'époque, le goût des louanges et un charme tout particulier dans sa conversation. Richelieu et Anne d'Autriche n'échappèrent pas à sa séduction ; le moindre de ses mots, de ses quatrains était célèbre dans une société dont il était l'animateur. Il fut l'auteur du *Sonnet d'Uranie* que l'on opposa au *Sonnet de Job*, dont l'auteur était Benserade, lors de la célèbre querelle qui divisa les salons, la Cour et la ville au début de la Fronde (1648-1649). Bel esprit, qui rencontra partout le bonheur et la fortune, Voiture était souvent regardé comme le premier écrivain de son temps. Cependant, malgré la vogue dont il jouissait, il ne fit rien imprimer de son vivant. Il se considérait seulement comme un homme du monde et de salon. Il savait que ses *Lettres* étaient lues avec empressement et recherchées avec avidité. Son esprit fin a rendu d'incontestables services à la langue française. Il contribua à créer en France l'art de la conversation, qui commença à l'hôtel de la marquise de Rambouillet, pour atteindre la perfection chez Mmes de Coulanges, de La Fayette et de Sévigné.

♦ *« À la différence de tant d'hommes distingués et d'écrivains de renom, qui, ayant eu une partie de leur fortune viagère, en ont une autre partie durable et immortelle, Voiture a tout mis en viager : il n'a été qu'un charme et une merveille de société ; il a voulu plaire et il y a réussi, mais il s'y est consumé tout entier... »* Sainte-Beuve.

RÉF. : É. Magne, *Voiture et les origines de l'hôtel de Rambouillet, 1597-1635 ; Voiture et les années de gloire de l'hôtel de Rambouillet,* réédit. Paris, 1929. — R. Lathuillère, *La Préciosité,* Genève, 1969. — A. Génetiot, *Les Genres lyriques mondains (1630-1660),* Paris, 1990.

Vol de nuit. Roman d'Antoine de Saint-Exupéry (1900-1944), publié à Paris en 1931, avec une Préface d'André Gide. Son action se situe en Amérique du Sud, à l'époque héroïque de l'aviation commerciale. Saint-Exupéry, qui fut en 1929 directeur de l'Aéropostale d'Argentine, raconte la vie menée par le chef d'une compagnie aéropostale, Rivière, et par son équipe de pilotes. Le principal but que s'est fixé Rivière, le premier personnage du roman, est de prouver que l'avion est un moyen de transport plus rapide que le train, pour acheminer le courrier, à condition d'imposer aux pilotes les vols de nuit, extrêmement dangereux, qui permettent de ne pas perdre le temps gagné le jour. Fabien, un de ces pilotes, rapporte de l'extrême sud, vers Buenos Aires, le courrier de Patagonie ; mais, pris dans une tempête, il ne parviendra pas à rejoindre son port d'attache. Il se sera sacrifié, comme tant d'autres, pour que l'entreprise de Rivière réussisse. À terre, Rivière apprend à ses hommes à n'avoir pas peur de la mort et à rester fidèles à la mission qui leur a été confiée. Ils doivent agir « comme si quelque chose dépassait, en valeur, la vie humaine » : le courrier est sacré, il est indispensable qu'il arrive à destination chaque jour, à la même heure. Les pilotes en sont responsables, ils le savent, et c'est là leur raison de vivre. Impitoyable, Rivière dénonce les faiblesses et sanctionne les défaillances. Il lui est « indifférent de paraître juste ou injuste ». Il renvoie tel mécanicien dès qu'il a commis une erreur dans le montage d'un moteur, malgré ses vingt ans de service, humilie tel pilote qui a manqué d'audace, punit tel chef d'aéroplace pour n'avoir pas observé les instructions. Quand la femme de Fabien viendra le trouver pour avoir des nouvelles de son mari, il ne lui dira rien, et elle comprendra que, pour elle, l'attente est finie. Rivière pense alors que la vérité de l'amour et la vérité du devoir sont contradictoires, et pourtant aussi valables l'une que l'autre. Malgré la perte d'un équipage — ce qui est pour lui une grave défaite —, il ne suspend pas un seul départ, afin que la cause des vols de nuit ne soit pas perdue. Le témoignage de Saint-Exupéry sur la vie des pilotes de ligne est dépouillé de toute littérature. Il retrace une expérience vécue, et il montre comment lui-même et ses camarades aviateurs étaient prêts à renoncer à tout ce qui les touchait individuellement pour défendre une cause qui leur semblait légitime. Dans cet ouvrage, Saint-Exupéry a défini deux types d'homme : le chef, qui forge des volontés, et le sujet qui exécute les ordres, en acceptant les risques que comporte le métier qu'il a choisi. Entre eux, il n'y a pas de rapports de maître à esclave, mais d'homme à homme, la liberté consistant pour l'un et l'autre dans leur adhésion totale à une contrainte, dans leur soumission à un devoir. C'est en respectant cette contrainte qu'ils prennent conscience de leur grandeur, et c'est à travers l'action qu'ils sont en mesure de réaliser l'importance du devoir, quand l'action est orientée vers un but que l'on s'est fixé hors de soi. Telle est la morale qui se dégage de ce livre, et qui annonce les principes sur lesquels Saint- Exupéry fondera son éthique, telle qu'elle apparaît dans ses ouvrages postérieurs — v. *Terre des hommes* notamment.

VOLNEY Constantin François de Chasseboeuf, comte de. Érudit et écrivain. Né à Craon (Mayenne) le 3 février 1757 ; mort à Paris le 25 avril 1820. Après avoir commencé ses études de médecine à Paris, Volney se consacra bientôt à des travaux d'érudition. Il se fit connaître par un mémoire *Sur la chronologie d'Hérodote* (1781) qui lui valut l'amitié de d'Holbach et de se faire admettre dans la société de Mme Helvétius. Il entreprit en Orient un long voyage qui le conduisit au Liban, où il apprit l'arabe dans un couvent situé en territoire druze, en Syrie et en Égypte. De retour en France, il publia un *Voyage en Égypte et en Syrie* (1787), remarquable par l'exactitude des observations et qui lui valut une grande réputation, laquelle devait atteindre à la gloire lorsqu'il publia en 1791 *Les Ruines ou Méditations sur les révolutions des empires*. Élu en 1789 député du tiers par la sénéchaussée d'Anjou, Volney soutint les idées nouvelles à l'Assemblée constituante. Son petit ouvrage *La Loi naturelle ou Catéchisme du citoyen* (août 1793) eut un immense succès, mais, sous la Terreur, l'auteur fut accusé de royalisme et incarcéré à ce titre. Sauvé par le 9 Thermidor, Volney fut nommé en 1794 professeur d'histoire aux Écoles normales, et devint membre de l'Institut dès sa création. En 1795, il entreprit un voyage aux États-Unis et y fut bien accueilli grâce à son ami Franklin. Partisan du coup d'État du 18 Brumaire, Volney fut nommé membre du Sénat dont il fut par la suite vice-président. Mais, après s'être opposé au Concordat, à l'expédition de Saint-Domingue et à la proclamation de l'Empire, il disparut de la scène politique. Cette circonstance n'empêcha pas Napoléon de le créer comte d'Empire. La dernière partie de la vie de Volney fut exclusivement consacrée à ses travaux d'érudition. Il publia encore *Simplification des langues orientales* (1795) ; *Leçons d'histoire, professées à l'École normale* (1799) ; *Tableau du climat et du sol des États-Unis d'Amérique* (1803) ; *Recherches nouvelles sur l'histoire ancienne* (1804), qui contient son mémoire sur Hérodote ; *Histoire de Samuel, inventeur du sacre des rois* (1819) ; *L'Alphabet européen appliqué aux langues asiatiques* (1819), où il propose une transcription de ces langues plus simple que celle en usage ; *Discours sur l'étude philosophique des langues* (1820).

RÉF. : A. Bossange, *Notice sur la vie et les écrits de Volney*, Paris, 1821. — Eugène Berger, *Volney, étude sur sa vie et sur ses œuvres*, Paris, 1852. — Sainte-Beuve, *Causeries du lundi*, t. VII, Paris, 1854. — J. Barni, *Les Moralistes français au XVIIIe siècle*, Paris, 1873. — G. Chinard, *C. F. Volney et l'Amérique*, Paris, 1924. — J. Gaulmier, *L'Idéologue Volney*, Beyrouth, 1951 ; *Un grand témoin de la Révolution et de l'Empire : Volney*, Paris, Hachette, 1959.

VOLTAIRE (pseud. de François-Marie Arouet). Né et mort à Paris (21 novembre 1694 - 30 mai 1778). Voltaire assista au déclin du Grand Siècle. Son père, notaire, puis receveur à la Chambre des comptes où il avait son logement, était l'homme d'affaires des ducs de Richelieu et de Saint-Simon ; il avait connu le vieux Corneille ; il fréquentait Boileau- Despréaux et son frère l'abbé. Milieu de bourgeoisie frondeuse, janséniste, austère. Le frère aîné de François-Marie donnera dans les convulsions de Saint-Médard, contresignera des miracles du diacre Pâris. Bourgeoisie libertine aussi : le parrain de l'enfant, l'abbé de Châteauneuf, l'a présenté à Ninon de Lenclos, âgée de quatre-vingt-quatre ans ; François-Marie fut couché sur le testament de la vieille demoiselle pour une somme de mille francs. Il venait d'entrer au collège Louis-le-Grand, le meilleur établissement français des jésuites. Il y reçut une excellente éducation littéraire, toute fondée sur le latin. Voltaire conservera des relations avec ses anciens régents, les pères Porée et de Tournemine. Sa première œuvre fut imprimée par les soins des pères : une *Ode à sainte Geneviève*, imitée d'une ode latine de son professeur de rhétorique. Ce très brillant élève était déjà, au dire de son confesseur, « dévoré de la soif de la célébrité ». Au sortir du collège, il refuse de faire son droit et prétend se consacrer à la littérature. Exilé à Caen par décision paternelle, il y fait esclandre. Secrétaire de l'ambassadeur à La Haye, il s'amourache de Pimpette et est renvoyé à son père, qui veut le faire déporter en Amérique. Au début de 1714, il travaille quelque temps dans l'étude d'un notaire, où il rencontre Thiriot, qui devient son confident. Admis aux soupers du Temple, auprès du duc et du grand prieur de Vendôme et de leur intendant l'abbé de Chaulieu, fréquentant la société des Caumartin, le « petit Arouet » est l'amuseur de la Régence. On colporte ses épigrammes sur le Régent, on lui en attribue qui ne sont peut-être pas de lui. Ce qui lui vaut un exil à Sully-sur-Loire, chez son ami le duc (1716), puis un séjour de près d'un an à la Bastille (1717).

Mais cet évaporé a des ambitions sérieuses. Il fait jouer *Œdipe* (1718), tragédie philosophique et satirique, qui remporte un grand succès ; on salue Voltaire (c'est alors qu'il adopte ce pseudonyme) comme le successeur de Corneille et de Racine. Dans les années suivantes, il va « de château en château » : Sully, Le Bruel, Ussé, Richelieu... Il regarde du côté de l'Angleterre : il est reçu à l'ambassade, fait sa cour à lord Bolingbroke, envoie des vers au roi d'Angleterre. Songe-t-il à faire carrière dans la diplomatie ? Il flatte Dubois et lui offre ses services. Il continue cependant à tenter fortune dans les voies de la haute littérature. Il sera le Virgile qui manque à la France, grâce à sa *Henriade*, épopée polémique, dirigée contre le fanatisme de la Ligue : la première édition de cette adroite fabrication (1723) soulève l'enthousiasme. Ses succès littéraires l'introduisent à la Cour. Il est dans les bonnes grâces de

Mme de Prie, maîtresse régnante. Au mariage de Louis XV, on joue trois de ses pièces. La jeune reine l'appelle « mon pauvre Voltaire ». Il est en passe de devenir le poète attitré de la nouvelle Cour. Mais il est aussi, déjà, un philosophe militant. « À la toilette des jeunes seigneurs », il se moque de *La Bible*, des Apôtres, des Pères de l'Église. Il professe un déisme agressif : en 1722, à Bruxelles, il a lu à Jean-Baptiste Rousseau son *Épître à Uranie*, ardemment antichrétienne. Sur le conseil de Bolingbroke il s'applique à lire Locke. Un accident va précipiter cette évolution : il se querelle au théâtre avec le chevalier de Rohan, triste rejeton d'une illustre famille ; ce noble personnage fait bastonner le poète à la porte de l'hôtel de Sully. Courtisans et grands seigneurs trouvent l'aventure fort plaisante. Voltaire, furieux, veut provoquer en duel l'insulteur. Le cardinal de Rohan, par précaution, le fait embastiller. Voltaire sort de prison au bout de quelques jours à condition de partir pour l'Angleterre. La chute est profonde. Sa carrière de poète courtisan est brisée. Tout se réunit pour l'accabler. Les deux banquiers de Londres qui détiennent son argent font faillite. Coup sur coup, il apprend la mort de sa sœur aînée, qui l'avait élevé, et la trahison de son « janséniste de frère », qui profite de ses malheurs pour lui dérober sa part d'héritage. Seul en terre étrangère, malade, il paraphrase, dans une lettre à Thiriot, le monologue de *Hamlet* qu'il vient de voir jouer à Londres.

Mais à la fin de 1726 la crise est surmontée. En janvier, Voltaire est présenté à George Ier ; il prépare l'édition définitive de *La Henriade*, publiée à Londres par souscription, et dédiée à la reine d'Angleterre. Ces deux années d'exil restent mal connues. Il semble s'être brouillé avec Bolingbroke, son premier protecteur. Il a connu Pope, Swift, Samuel Clarke. Il est frappé surtout par la hardiesse et l'activité de la nation anglaise. Hôte du négociant Falkener, il comprend que l'Angleterre doit sa puissance à son commerce. La supériorité intellectuelle de ces ennemis traditionnels des Français est la conséquence de la tolérance religieuse et du rationalisme pratique des philosophes anglais. En comparaison, le royaume de Louis XV lui paraît un pays attardé, tout rempli de superstitions, agité de vaines querelles théologiques, incapable de progrès. Voltaire médite d'écrire une sorte de reportage sur cette « île de la Raison » pour faire honte à ses compatriotes : ce seront les *Lettres philosophiques* (1734). Rentré en France (fin de 1728 ou début de 1729), il met à profit la leçon anglaise. Il tente de faire passer dans ses tragédies quelque chose de l'énergie shakespearienne : *Brutus* (1730), *Zaïre* (1732), qui est un triomphe, *Adélaïde du Guesclin* (1734), *La Mort de César* (1735), *Alzire ou les Américains* (1736). Ce qui importe davantage, il fait ses débuts comme prosateur : jusqu'alors il n'était, il n'avait voulu être qu'un poète. Il publie l'*Histoire de Charles XII* (1731), histoire dramatique, mais aussi philosophique, qui oppose au héros conquérant le grand homme véritable (Pierre le Grand). Voltaire partage son temps entre Paris et Rome, où l'attendent Mme de Bernières, l'aimable Cideville, le philosophe Formont. Mais, en juin 1733, il rencontre Mme du Châtelet et commence avec elle une association qui ne sera rompue que par la mort de la « divine Émilie ».

La crise des *Lettres philosophiques* achève de classer Voltaire au nombre des auteurs subversifs. Le libraire Jore débite soudain le livre, imprimé depuis plusieurs mois (avril 1734). Scandale énorme. Un mandat d'arrêt est lancé. Voltaire se réfugie dans le château de Cirey que M. et Mme du Châtelet possèdent en Champagne. L'alerte passée, Voltaire pourra revenir à Paris, mais la capitale n'est plus pour lui un lieu sûr. À Cirey même, le cardinal de Fleury le fait surveiller. Après l'affaire du *Mondain*, petit poème effrontément épicurien diffusé en manuscrit (novembre 1736), Voltaire, qui a dû s'exiler quelques semaines en Hollande, est tenu à une grande prudence. En outre Cirey est un lieu assez solitaire, où les visiteurs sont rares. Toutes circonstances favorables au travail : c'est alors que Voltaire, encouragé par Mme du Châtelet, prend ses habitudes studieuses. Il compose un *Traité de métaphysique,* des *Éléments de la philosophie de Newton mis à la portée de tout le monde*, il commence *Le Siècle de Louis XIV* et cette histoire universelle connue sous le titre d'*Essai sur les mœurs et l'esprit des nations*. Mme du Châtelet se livre à de nombreux travaux de physique, traduit et commente *La Fable des abeilles*, rédige un commentaire très critique de *La Bible*, dont le manuscrit nous est parvenu. À Cirey et en partie grâce à son amie, Voltaire acquiert cette culture encyclopédique qu'il mettra bientôt au service de son action militante. Et pour se distraire il écrit *La Pucelle d'Orléans* ou broche des tragédies.

Cette période de retraite prend fin le 8 mai 1739 : Voltaire et Mme du Châtelet partent pour Bruxelles où les appelle un procès. Les dix années qui suivent se passent en voyages continuels entre la Belgique, Paris et Cirey. Voltaire est toujours suspect : l'édition des premiers chapitres du *Siècle de Louis XIV* est saisie (1739) ; la tragédie de *Mahomet — Le Fanatisme ou Mahomet le Prophète* — est interdite après la troisième représentation (1742). Pourtant, à Versailles, sa position s'améliore peu à peu. Depuis 1736, Voltaire correspond avec le prince royal de Prusse, le futur Frédéric II, grand admirateur de la culture française. Il dispose là d'un atout appréciable : pendant la guerre de Succession d'Autriche, le ministère français le charge de missions officieuses auprès de Frédéric II (1742 et 1743). Après l'entrée au ministère de son ancien condisciple le marquis d'Argenson, Voltaire, protégé par Mme de Pompadour, connaît la grande faveur. Il fait jouer *La Princesse de Navarre* au mariage du Dauphin, célèbre en alexandrins la victoire de Fontenoy, dédie son *Mahomet* au pape, qui lui envoie des médailles, entre à l'Académie. Voltaire est « arrivé ». Par des spéculations sur les vivres, il a accru considérablement la fortune amassée depuis son retour d'Angleterre. Il est bien accueilli à Nancy, Lunéville et Commercy, où Stanislas Leszczynski tient sa cour. À Versailles, il a été nommé historiographe et gentilhomme ordinaire de la chambre du roi. Après la première du *Temple de la gloire*, opéra en l'honneur de Louis XV, il demande, de façon à être entendu du roi : « Trajan est-il content ? » Mais « Trajan » le boude, et Voltaire a trop de pétulance pour faire un bon courtisan. Sa vie privée se complique : tout en restant à Mme du Châtelet, il devient l'amant de sa nièce, Mme Denis, veuve légère. Tant d'agitations l'usent : revenant de Paris à Commercy, en septembre 1748, il a failli mourir en route, dans une auberge. En octobre, il surprend Mme du Châtelet dans les bras de Saint-Lambert. L'humeur noire le ramène à la philosophie. Il cesse de croire au libre arbitre. Il écrit ses premiers contes, *Vision de Babouc, Zadig* (*), sur le thème du pessimisme. Cette période se termine par une crise où le tragique se mêle au ridicule : le 4 septembre 1749, Mme du Châtelet accouche d'un enfant dont la paternité officielle est attribuée à M. du Châtelet. Voltaire annonce la nouvelle en badinant. Mais, le 10, Mme du Châtelet meurt. À la porte de sa chambre, frappé par la terrible nouvelle, Voltaire tombe évanoui. En octobre, à Paris, dans la maison qu'il a naguère habitée avec son amie, il se lève la nuit et erre dans l'obscurité, appelant à voix haute son Émilie. Par surcroît, le public, las de ses succès, siffle ses pièces : *Oreste*, *Nanine ou le Préjugé vaincu*. Désemparé, Voltaire accepte l'offre que lui faisait depuis longtemps Frédéric II de se fixer à Berlin. Il quitte Paris le 28 juin 1750, et n'y reviendra qu'en 1778.

Une nouvelle génération entrait en scène, avec Diderot, d'Holbach, d'Alembert, Rousseau, génération encyclopédiste et préromantique, plus hardie, plus détachée de la tradition classique que la précédente. Les nouveaux venus aiment Richardson, la musique italienne, le drame bourgeois. Du point de vue de l'art, Voltaire se laisse distancer, malgré quelques tentatives pour se mettre au goût du jour : *L'Orphelin de la Chine* (1755), où pour la première fois les actrices jouent sans panier, *L'Écossaise* (1760), comédie dramatique, *Tancrède*, tragédie médiévale, pour laquelle la Comédie-Française déploie une importante mise en scène. Mais Voltaire, éloigné de Paris, a perdu le contact avec son public. Ses dernières pièces sont mal accueillies. Ses satires, épîtres, discours en vers — *La Loi naturelle* (1756), *Épître à Horace* (1772) —, d'allure toute classique, ne témoignent d'aucun effort de renouvellement. En revanche, dans le domaine de la pensée, Voltaire se maintient à l'avant-garde — v. *L'Ingénu* (*) et *Micromégas* (*). À Potsdam, il compte que son ami le roi appuiera de son pouvoir une campagne philosophique. Le *Sermon des cinquante*, le plus violent pamphlet antichrétien qui soit sorti de la plume d'un grand écrivain, a été rédigé avant 1753. Autour de Frédéric II, un cénacle de penseurs aventureux est rassemblé : d'Argens, La Mettrie, Maupertuis, directeur de l'Académie de Berlin, auxquels se joindra bientôt l'abbé de Prades, théologien de l'*Encyclopédie* (*), condamné par la Sorbonne. Au souper du roi, on dresse le plan d'un *Dictionnaire philosophique*. Mais ces projets n'aboutiront pas. Frédéric II méprise trop la canaille pour souhaiter l'éclairer. Voltaire s'aperçoit qu'il est l'amuseur et non le conseiller de Sa Majesté. On lui a rapporté le mot du maître : « On presse l'orange, et on jette l'écorce. » Tout se gâte, à la fin de 1752, quand une querelle le met aux prises avec Maupertuis. Le roi, furieux, fait brûler *La Diatribe du docteur Akakia*, où Voltaire a tourné en ridicule son adversaire, haut fonctionnaire de l'État prussien. Il faut sauver l'« écorce ». Non sans peine, Voltaire réussit à quitter Berlin (27 mars 1753). Mais Frédéric II se venge : à Francfort, ville impériale, Voltaire est emprisonné par ordre du résident prussien, ainsi que Mme Denis qui était venue à sa rencontre. Brimades, humiliations : il se peut que le résident ait outrepassé ses consignes, mais Frédéric II se garda bien de le désavouer.

Voltaire traverse la phase la plus critique de sa carrière : Paris lui est interdit, un retour en Allemagne serait périlleux ; l'impératrice Marie-Thérèse, le roi d'Angleterre, pressentis, déclinent l'honneur de l'héberger. Après une attente d'une année à Colmar, il découvre enfin le port de salut : il loue une maison à Lausanne, il achète dans la banlieue de Genève la propriété des Délices. En ces lieux qui paraissent sûrs, il reprend son activité philosophique. Voltaire collabore maintenant à l'*Encyclopédie*. Il se flatte de gagner à sa cause ses amis les calvinistes libéraux : Vernet, Vernes, Abauzit, Allamand. Mais, comme naguère à Potsdam, il lui faut en rabattre. Le Consistoire lui interdit de jouer des pièces de théâtre chez lui. On s'indigne qu'il ait osé, à propos de l'affaire Servet, qualifier d'« atroce » l'âme de Calvin. L'article *Genève* de l'*Encyclopédie*, concerté aux Délices avec d'Alembert, où il était dit que les pasteurs de cette ville étaient au fond de simples déistes, déchaîne la tempête. Voilà Voltaire au plus mal avec les « sociniens honteux » : Vernet, Vernes, et quelques autres. Cependant, à Paris, le parti dévot fait interdire l'*Encyclopédie* ; Rousseau rompt bruyamment avec Diderot ; d'Alembert, découragé, abandonne l'entreprise. Voltaire lui-même cesse sa collaboration et se retire à Ferney, dans le canton français de Gex (décembre 1760). Tandis que la guerre de Sept Ans fait rage, il « cultive son jardin » ; il écrit *Candide ou l'Optimisme* (*) (publié en janvier 1759). Mais Voltaire ne serait pas Voltaire s'il se résignait à l'inaction. En secret, il sert d'intermédiaire entre Frédéric II, avec lequel il a repris sa correspondance, et le ministère français : il juge, avec raison, que l'intérêt de la France exige le rétablissement rapide de la paix. Sa vie prend alors son orientation définitive. Seigneur de village, il construit, défriche, plante, installe des horlogers émigrés de Genève. Dans son château, il mène grand train ; des visiteurs viennent le voir de toutes les parties de l'Europe. Il continue d'avoir d'innombrables querelles avec ses curés, son évêque, les pasteurs de Genève, Rousseau, etc. Il dirige la campagne philosophique pour la réforme de la justice et de l'État, pour la liberté, et surtout pour la tolérance, et contre l'« infâme » ; il ne se propose rien moins que de réduire la religion chrétienne à un déisme étroitement subordonné à l'autorité politique. Contre le clergé, il cherche l'alliance des souverains et des ministres, en particulier celle du duc de Choiseul. L'offensive se développe surtout à partir de 1762 : tandis que les parlements font le procès des jésuites, Voltaire entreprend la réhabilitation de Calas, protestant de Toulouse, accusé sans preuve d'avoir assassiné son fils pour un motif de religion, et roué vif. L'affaire Calas, suivie de l'affaire assez semblable du protestant Sirven, fait admettre définitivement à l'opinion le principe de la tolérance religieuse. Voltaire, « don Quichotte des malheureux », jouit alors d'une immense popularité. Il a des correspondants — v. *Lettres* —, des admirateurs, des « séides », dans tous les milieux et dans tous les pays. Il veut exploiter son succès pour mener à bien son grand dessein : « écraser l'infâme ». Entre 1764 et 1770, les événements du Portugal, de Pologne, la politique du comte d'Aranda en Espagne, les conflits des Bourbons et de la cour de Vienne avec la papauté lui font espérer comme imminente la dislocation de l'Église catholique. Pour hâter le dénouement, Voltaire intensifie sa production littéraire. Un flot ininterrompu d'ouvrages sort de Ferney : facéties, contes, tragédies, œuvres historiques, dictionnaires... Mais, après ces furieux coups de boutoir, l'« infâme » est à peine entamée. C'est Voltaire qui faiblit. À partir de 1770, vieilli, aigri par la vogue de Jean-Jacques et par celle de Shakespeare, alarmé par la propagande athéiste du baron d'Holbach, Voltaire écrit moins. Il se replie sur la politique locale. Il obtient la suppression de la barrière douanière qui séparait le pays de Gex de Genève, son débouché naturel. Il réclame, sans l'obtenir, l'affranchissement des serfs du Jura. Voltaire aurait pu s'éteindre doucement dans son canton montagnard. Mais il fallait qu'il finît comme il avait vécu. L'envie lui prend soudain, au début de 1778, de revoir Paris, qu'il a quitté depuis plus d'un quart de siècle. C'est une apothéose ; il meurt épuisé par son triomphe, le 30 mai 1778. Sa dernière aventure fut son enterrement. Son neveu l'abbé Mignot, trompant le curé de Saint-Sulpice, l'archevêque de Paris, le lieutenant de police et le ministre de la maison du roi, lui procure, par surprise, une sépulture chrétienne dans la chapelle de Scellières. Mais Voltaire, qui aimait les redites, fut enterré une seconde fois, au Panthéon, le 11 juillet 1791, par la Révolution en corps constitué.

Voltaire a vu passer le père Bourdaloue, et il a rendu compte du premier livre de Marat. Par son art comme par sa pensée, il tient au passé autant qu'il annonce l'avenir. L'homme, mesquin et généreux à la fois, est capable du pire et du meilleur ; il a fait l'un et l'autre, au long d'une des existences les plus pleines qui aient été. L'œuvre immense qu'il a laissée a perdu peu à peu de son actualité au cours du XIXe siècle. Elle reste, en dépit de ses inégalités, le témoignage d'un esprit toujours en éveil. Dans ce style frémissant de vie, on aime sentir la présence d'une intelligence admirablement lucide et cultivée. À une humanité si différente de celle pour laquelle il écrivit, il continue d'enseigner à n'être point dupe, à ne point prendre pour des vérités essentielles ce qui n'est que mensonge, imposture, illusion du cœur, ou routine de la pensée.

RENÉ POMEAU.

XVIIIe siècle. ♦ *« C'est de Voltaire qui écrit pour cette malheureuse famille* [les Calas]. *Oh ! mon amie, le bel emploi du génie ! Il faut que cet homme ait de l'âme, de la sensibilité, que l'injustice le révolte, et qu'il sente l'attrait de la vertu. Eh ! que lui sont les Calas ? Qui est-ce qui peut l'intéresser pour eux ? Quelle raison a-t-il de suspendre des travaux qu'il aime, pour s'occuper de leur défense ? Quand il y aurait un Christ, je vous assure que Voltaire serait sauvé. »* Diderot.

XIXe siècle. ♦ *« Vous n'avez aucune idée de l'importance que Voltaire et ses illustres contemporains avaient au temps de ma jeunesse, de la souveraineté dont ils jouissaient dans le monde intellectuel. On ne voit pas assez clairement, d'après ma biographie, l'influence que ces hommes ont exercée sur ma jeunesse et combien il m'en a coûté de me défendre contre eux et de conquérir mon indépendance. »* Goethe. ♦ *« Sa merveilleuse variété dans les formes extérieures, loin de prouver la richesse de son esprit intérieur, la fait plutôt mettre en doute : car, malgré toutes ces formes, il n'en a pas trouvé « une » dans laquelle puisse s'exprimer un cœur. »* Schiller. ♦ *« Excepté dans quelques-uns de ses chefs-d'œuvre, il n'aperçoit que le côté ridicule des choses et des temps, et montre sous un jour hideusement gai l'homme à l'homme. Il charme et fatigue par sa mobilité, il vous enchante et vous dégoûte ; on ne sait quelle est la forme qui lui est propre : il serait insensé s'il n'était si sage, et méchant si sa vie n'était remplie de traits de bienfaisance. »* Chateaubriand. ♦ *« Voltaire, dans ses tragédies, est plein de boursouflure, de clinquant, toujours faux, ne connaissant ni les hommes, ni les choses, ni la vérité, ni les grandeurs, ni les passions. »* Napoléon Ier. ♦ *« Grand maître dans l'art de l'ironie, il sapa un culte solennel par un mépris réfléchi. »* Byron. ♦ *« Il ne donna pas de chef-d'œuvre littéraire à la langue, excepté dans le badinage, mais il lui donna la liberté de style, et avec la liberté dix langues pour une. Il lui donna l'instrument de la polémique... Il créa la langue improvisée, rapide, concise, du journalisme. »* Lamartine. ♦ *« Nommer Voltaire, c'est caractériser tout le* XVIIIe *siècle ; c'est fixer d'un seul trait la double physionomie historique et littéraire de cette époque qui ne fut, quoi qu'on en dise, qu'une époque de transition, pour la société comme pour la poésie. »*

V. Hugo. ♦ *« Le rire porte en lui quelque chose de révolutionnaire... Seuls les égaux rient entre eux. Le rire de Voltaire a détruit davantage que les pleurs de Rousseau. »* Herzen. ♦ *« Voltaire a fait plus de tort aux études historiques qu'une invasion de barbares... »* E. Renan. ♦ *« Voltaire fut le dernier des grands poètes dramatiques qui entrava par la mesure grecque son âme aux mille formes, née même pour les plus grands orages tragiques. Il pouvait ce qu'aucun Allemand ne pouvait encore, parce que la nature du Français est beaucoup plus parente de la grecque que la nature de l'Allemand ; de même qu'il fut aussi le dernier grand écrivain qui, dans le maniement de la langue de la prose, eut l'oreille d'un Grec, la conscience d'artiste d'un Grec, la simplicité et l'agrément d'un Grec... »* Nietzsche.

XXe siècle. ♦ *« Il est l'homme d'esprit par excellence ; le plus délié des humains, le plus prompt, le plus éveillé. Tous les autres semblent dormir ou rêvasser auprès de lui. Il passe à travers ses erreurs en homme capable de les exterminer aussi lestement qu'il les épouse. Il interroge en tous les domaines et il répond de toutes parts. Il prononce sur toutes choses, parfois à l'étourdie, toujours avec cette vivacité qui, chez lui, semble croître avec l'âge. Cet homme est une merveille physiologique. Il est la vitalité même, usant et abusant d'un corps fragile, corps toujours égrotant, en proie aux malaises, aux vapeurs, aux faiblesses et qui, de maux en maux et de reprises en reprises, le porte à l'extrême vieillesse, au décharnement le plus prononcé, mais possédant, jusqu'au dernier jour, des ressorts de réaction comme inépuisables. »* Paul Valéry. ♦ *« Il n'est pas malaisé de dire simplement des choses simples. Voltaire commence par simplifier sa pensée, il se fait la part trop belle... Sa plume est trop fine ; il ne réussit que les "déliés"... »* André Gide.

RÉF. : Frédéric II, *Éloge de Voltaire*, Berlin, 1778. – Duvernet, *La Vie de Voltaire*, Genève, 1786. – Collini, *Mon séjour auprès de Voltaire*, Paris, 1807. – Longchamp et Wagnière, *Mémoires sur Voltaire*, Paris, 1826. – G. Desnoiresterres, *Voltaire et la société française au XVIIIe siècle*, 8 vol., Paris, 1867-1876. – G. Bengesco, *Voltaire, La Bibliographie de ses œuvres*, 3 vol., Paris, 1822-1889. – G. Lanson, *Voltaire*, Paris, 1906. – N. L. Torrey, *The Spirit of Voltaire*, New York, 1938. – R. Naves, *Le Goût de Voltaire*, Paris, 1938. – I. O. Wade, *Studies on Voltaire*, Princeton, 1947. – V. P. Volguine, *Voltaire*, Moscou et Leningrad, 1948. – R. Pomeau, *La Religion de Voltaire*, Paris, 1956. – A. Delattre, *Voltaire l'Impétueux*, Paris, 1957. – I. O. Wade, *The Intellectual Development of Voltaire*, Princeton, 1969. – F. Diaz, *Voltaire storico*, Torino, 1958. – J. Van der Heuvel, *Voltaire dans ses contes*, Paris, 1967. – A. M. Rousseau, *L'Angleterre et Voltaire*, Oxford, Studies on Voltaire, 1976. – Ch. Mervaud, *Voltaire et Frédéric II, une dramaturgie des Lumières*, Oxford, Studies on Voltaire, 1985. – *Le Siècle de Voltaire*, 2 vol., Ch. Mervaud et S. Menant, Oxford, 1987. – R. Poneau et coll., *Voltaire en son temps* (biographie), 5 vol., 1985 sq. Consulter les Studies on Voltaire, Oxford.

Volucraire. Dans la littérature médiévale, traité de zoologie consacré à la description des oiseaux.

CHRISTIAN DOUMET.

Volupté. Roman de Charles Augustin Sainte-Beuve (1804-1869), publié en 1834. En route pour l'Amérique, un prêtre écrit le récit de sa jeunesse, pour que son exemple instruise un jeune homme. Amaury – c'est son prénom –, fils de noblesse bretonne, mais orphelin et élevé par son oncle, ébauche une amitié avec une toute jeune fille, Amélie de Liniers. Le bonheur qui commence pour lui est trop calme et naturel pour le satisfaire. Il a le goût du monde, qu'il ignore. Il craint de s'engager dans un lien. Au cours d'une partie de chasse, il fait la connaissance de M. de Couaën, chef des groupes royalistes de la province (le roman se déroule pendant le Consulat). Amaury devient un de ses familiers. Entre lui et Mme de Couaën s'établit bientôt une amitié amoureuse, que la dame, malgré quelques aveux, sait maintenir dans les limites de ses devoirs. Amaury se trouve pris dans les liens d'une passion vive, mais platonique. Il ne sait plus séparer son destin de celui des Couaën : quand le noble conspirateur est arrêté et amené à Paris et que sa femme va s'établir près du lieu où il est détenu, Amaury l'accompagne. Lentement, cet « amour immobile » continue : Amaury s'est laissé prendre par la vie parisienne. Si tous ses sentiments tiennent encore à Mme de Couaën – qui s'accommode et même ne pourrait plus se passer de l'amitié d'Amaury, mais refuse absolument d'aller plus loin –, ses sens cherchent une satisfaction impossible dans une débauche amère, vulgaire, désespérée. Bientôt, de ne recevoir aucune satisfaction, son affection pour Mme de Couaën diminue. Sa situation confuse auprès d'elle est devenue intolérable pour Amaury. Il se laisse donc attirer par une Mme R..., âme à coup sûr moins délicate que Mme de Couaën, et qui peut-être se donnerait à Amaury si elle n'était absorbée par le souci d'augmenter sa position dans le monde. En fait, cette femme de tête s'amuse du jeune homme romantique, donnant des billets, les reprenant, et obligeant l'infortuné soupirant à l'aller saluer chaque soir, à minuit, sous ses fenêtres ! Ayant trois fois essayé d'aimer, et trois fois sans succès, Amaury se décide enfin à choisir la voie religieuse. Il entre au séminaire et, plus tard, devenu prêtre et venu en pèlerinage sentimental sur la terre des Couaën, il confessera et assistera son ancienne amie au moment de sa mort.

Volupté marque une période décisive dans la vie de Sainte-Beuve. C'est le temps de sa liaison avec Mme Hugo et, de ce point de vue, *Volupté* est une confession, et Amaury n'est autre que Sainte-Beuve lui-même. Mais, comme avait fait Rousseau avec Mme d'Haudetot dans *Julie ou la Nouvelle Héloïse* (*), Sainte-Beuve rêve et refait son amour, mais en un sens, à vrai dire, inverse de celui qui liait Julie et Saint-Preux : en effet l'amitié d'Amaury et de Mme de Caouën est beaucoup plus chaste que ne furent les liens de Sainte-Beuve et de Mme Hugo. Ainsi apparaît le sens du roman : Sainte-Beuve est toujours dans la recherche nostalgique de la pureté, de la grâce, et surtout de la liberté des amours naissantes. La timidité de son héros, en fin de compte passif, n'est qu'un effort inutile pour faire durer les premiers temps de l'amour.

Que ce soit là un rêve impossible, que l'amour soit un démon qui demande à aller jusqu'à son terme, que sans ce couronnement il ne puisse finalement que mourir d'épuisement, c'est ce dont Amaury se rend bien compte, dès le début de sa troisième amitié, avec Mme R... Alors la conversion finale du héros et son entrée dans les ordres deviennent moins invraisemblables et moins choquantes : l'amour, tel que le rêve Amaury, ne peut trouver son accomplissement que dans la religion, et la religion catholique. Elle seule donne à la femme ce prix infini, fait d'elle un objet non plus seulement de désir, mais de respect, d'admiration, de piété. Et c'est ainsi que, dans son roman, Sainte-Beuve cherche à concilier les deux passions, en fait d'origines très différentes, qui l'agitaient alors : désir pour Mme Hugo, velléités religieuses qu'il devait en partie à son amitié avec Lamennais. *Volupté* est une date et dans la vie de Sainte-Beuve et dans le cours du siècle romantique ; mais, si les contemporains lui furent favorables – et Balzac s'en inspira beaucoup pour son *Lys dans la vallée* (*) –, son influence continue d'être des plus discrètes, presque nulle. Il est vrai que Sainte-Beuve n'y montre guère les dons d'un romancier : malgré tous ses efforts, l'action traîne, fatigue. Quant au style, pastiche de celui des messieurs de Port-Royal, il irrite par sa façon de baigner les passions amoureuses dans un air de sacristie. Mais on ne peut qu'admirer la vérité, parfois cruelle, de l'introspection psychologique de l'auteur.

Voyage au bout de la nuit. Roman de Louis-Ferdinand Céline (pseud. de Louis-Ferdinand Destouches, 1894-1961). C'est un de ces livres qui s'imposent d'emblée et qui font date dans l'histoire de la littérature. Le scandale qu'il provoqua lors de sa publication en 1932 tenait d'abord à ce que Céline s'y créait un style fondé sur le français oral et populaire que la littérature française avait pendant trois siècles pratiquement ignoré. Qui plus est, il mettait cette langue au service d'une vigoureuse dénonciation sociale qui en tirait une force inédite, et il en usait même pour une interrogation métaphysique sur l'homme et la condition humaine.

La première cible de la dénonciation est la guerre, en l'occurrence la guerre de 14. Le personnage narrateur, Bardamu, s'y trouve engagé par surprise, et il y découvre d'un seul coup l'horreur de la tuerie et la guerre interne que la hiérarchie militaire livre contre les sans-grade qu'elle envoie à la mort. Bardamu s'en tire grâce à une blessure, mais, soigné dans divers hôpitaux de la région parisienne, il y trouve le même antagonisme entre civils profitant de la guerre de mille manières et combattants réduits à l'état de chair à canon. Même les médecins ici, démentant leur vocation, se retrouvent auxiliaires de la mort. Le français populaire de Bardamu fait à chaque page justice de la rhétorique patriotique qui ici est dans toutes les bouches.

Bardamu réformé croit bien faire en fuyant loin du théâtre des opérations, en Afrique, dans la colonie de la Bambola-Bragamance. Il s'engage comme gérant d'un comptoir commercial situé en pleine forêt tropicale. Mais le voyage en bateau sur l'« Amiral-Bragueton », puis son séjour à Fort-Gono ont tôt fait de lui montrer que, sous d'autres formes, la guerre se poursuit là, comme il la retrouvera aussi bien dans d'autres étapes de ses pérégrinations. Partout les privilégiés exploitent les autres. De ce point de vue, la colonie offre le spectacle instructif d'un monde divisé en castes où les Blancs, tous également minés par un climat pour lequel leur organisme n'est pas fait, et exploités par les propriétaires parisiens de la Compagnie pordurière ou autres supérieurs, se briment les uns les autres en fonction de la hiérarchie, et maltraitent tous les Noirs qu'ils prétendent civiliser. Parvenu à son comptoir de Bikobimbo, Bardamu peut mesurer toute l'absurdité de cette situation. Il y retrouve inopinément en la personne de son prédécesseur un compatriote qu'il avait déjà rencontré par deux fois dans la guerre, Robinson, qui ne cessera de le hanter partout comme une sorte de double.

Malade, délirant, Bardamu est transporté jusqu'à la côte et embarqué sur ce qui lui paraît être une galère vers le Nouveau Monde qu'il désirait connaître. La première vision de New York, « ville debout », l'impressionne. Mais cet eldorado se protège, il n'est pas facile d'y pénétrer. Bardamu doit pour cela s'inventer agent compte-puces au bénéfice des services d'immigration. Les pauvres, aux États-Unis, ne vivent pas mieux qu'ailleurs. On a inventé pour eux, Bardamu le découvre à l'usine Ford de Detroit, une forme nouvelle d'esclavage qui est le travail à la chaîne. Bardamu ne devra de pouvoir s'y soustraire qu'à la tendresse intelligente d'une prostituée. Molly lui offre pour le reste de sa vie la perspective d'un bonheur tranquille qu'il ne parvient pas à accepter.

Le voici donc de retour à Paris. Le récit passe en quelques lignes sur les années d'études, au terme desquelles Bardamu se retrouve médecin. Installé en banlieue à « Rancy », il y découvre d'autres formes de la difficulté de vivre. Médecin de clientèle puis de dispensaire, confronté sans cesse par métier à la maladie et à la mort, il découvre à leur lumière un monde qui est d'abord celui de la petite bourgeoisie. Dans les personnages d'un couple de retraités, les Henrouille, ou de la mère d'une jeune femme mourant d'une fausse couche, l'esprit de calcul, la mesquinerie et la morale deviennent à leur tour des auxiliaires de la mort. La mort la plus insupportable est celle d'un enfant. La typhoïde finit par emporter le jeune Bébert, malgré les efforts désespérés de Bardamu. En cette occasion, la recherche médicale incarnée par le Dr Parapine, d'un Institut « Bioduret » que tout identifie à l'Institut Pasteur, s'est révélée une imposture.

Autour de Bardamu devenu sédentaire commence à se nouer une intrigue. Les Henrouille ont eu l'idée de se débarrasser d'une mère âgée, d'abord en la faisant interner, puis, Bardamu ayant refusé de se prêter à l'opération, en montant un accident qui doit l'éliminer. L'homme auquel ils ont recours pour cela n'est autre que Robinson, que Bardamu avait de nouveau rencontré à Detroit, et qui désormais rôde autour de lui à Rancy. Mais Robinson, posant un pétard sur une cage à lapin, ne réussit qu'à se blesser les yeux. Les Henrouille sont obligés de le recueillir aveugle. Un curé, l'abbé Protiste, les met à même, avec la complicité de Bardamu, de se débarrasser à la fois de la mère et de Robinson en procurant à ceux-ci à Toulouse la gestion d'un caveau d'église dont les momies font une attraction touristique.

Bardamu, cependant, a quitté Rancy. Il s'est fait engager un temps comme figurant au « Tarapout », music-hall des boulevards. La proximité et la facilité des girls lui ont fait une vie facile. À la même époque, il a encore élargi sa connaissance de la vie en fréquentant un proxénète du quartier des Batignolles, Pomone. Sa curiosité finit par le conduire à Toulouse, voir ce que deviennent Robinson et la vieille Henrouille. Il trouve celle-ci plus gaillarde que jamais. Robinson, lui, est encore presque aveugle, et dolent. Pourtant, un mariage se dessine avec la fille de la marchande de cierges de l'église, Madelon, qui ne se montre pas farouche avec Bardamu en lui faisant visiter le fameux caveau. Au cours de son séjour, Bardamu n'en a pas moins l'occasion, au cours d'une partie de campagne, de surprendre entre les deux fiancés un dialogue amoureux des plus passionnés. Deux jours plus tard, apprenant qu'un « accident » mortel vient d'arriver à la vieille Henrouille, il quitte Toulouse à l'instant.

Sa dernière étape est un établissement psychiatrique de la région parisienne, dans lequel il se fait embaucher et où il retrouve Parapine. Il devient le confident du propriétaire, le Dr Baryton, adversaire de la psychanalyse. Bardamu semble avoir trouvé le refuge idéal. Mais le solide Baryton, ayant eu l'idée de profiter de Bardamu pour étudier l'anglais, est saisi par l'instabilité. Il finit par quitter à jamais la clinique en la confiant à Bardamu. Sur ces entrefaites surgit une fois de plus Robinson, qui a recouvré la vue, mais qui n'a pu supporter l'idée d'une vie de bonheur conjugal et de commerce avec Madelon. Il a donc fui celle-ci, dont il connaît la vindicte et la ténacité, et il demande à Bardamu de le cacher dans la clinique. En effet, Madelon ne tarde pas à paraître à son tour, elle accuse Bardamu de tout et ressaisit Robinson. Bardamu, à cette époque, jouit des faveurs d'une infirmière slovaque de la clinique, Sophie. Pour se réconcilier avec Madelon, il a la maladresse de proposer une sortie à quatre à la fête des Batignolles. C'est la catastrophe. Dans le taxi qui les ramène à la clinique, Robinson résiste aux avances de Madelon, et finit par la provoquer en lui disant ce qu'il pense de l'amour dont elle le poursuit. Elle le tue avec un revolver. Ayant assisté à l'agonie de Robinson et témoigné au poste de police, Bardamu se retrouve à l'aube devant un canal. Il repense à la manière dont « ça a débuté » (c'étaient les premiers mots du roman). Un sifflement sur le canal le fait rêver d'un remorqueur qui traînerait derrière lui le monde entier, « qu'on n'en parle plus ».

Chemin faisant, Bardamu ne s'est pas contenté de dénoncer toutes les institutions et toutes les injustices de la société. À la guerre, face aux balles, il s'est reconnu une imagination de la mort et a fondé sur elle une lâcheté définitive et revendiquée. Ceux de ses camarades qui manifestaient du courage, ou seulement de l'obéissance, étaient des hommes à qui cette imagination faisait défaut. Mais, dans cette même guerre, Bardamu a aussi découvert en flagrant délit des hommes qui collaboraient avec la mort en envoyant leurs semblables se faire tuer. Et ceux-ci, était-ce seulement aliénation patriotique ou manque d'imagination qui les faisaient obéir ? Dans cette expérience fondamentale, Bardamu a conçu le soupçon qu'il puisse exister en l'homme des désirs, ordinairement masqués, de meurtre et même peut-être de mort. Autour du monde par la suite, dans chaque expérience ou situation nouvelles, il a poursuivi des éléments de réponse à ces questions qui ne laissaient plus de repos. Elles sont au principe d'une inquiétude qui lui interdit (et aussi bien à Robinson et à Baryton) de se satisfaire d'une vie stable, normale, dite heureuse. La mort presque recherchée de Robinson se situe pour finir dans la perspective de cette quête. Elle est de plus d'une manière l'aboutissement de ce qui avait débuté avec la guerre.

De la condition humaine et des hommes, sans distinction de classes, *Voyage au bout de la nuit* donne une vision singulièrement sombre. Est-ce antihumanisme, ou volonté de forcer les hommes à s'élever au-dessus d'eux-mêmes en leur présentant une image poussée au noir ? Plusieurs personnages du roman semblent la démentir, certains d'une façon encore conventionnelle, comme Molly ou ce sergent colonial qui se sacrifie pour une petite nièce, d'autres plus neufs, comme la vieille Henrouille, qui à toutes les attaques, à tous les maux et à la mort même oppose un insubmersible goût de vivre et la gaieté de son langage. Dans le texte même, au pessimisme des images et des assertions font partout contrepoids un comique sans cesse renaissant et la vigueur qu'infuse au style la langue populaire retrouvée.

H. G.

Voyages (récits de). De la première Renaissance jusqu'à nos jours, l'histoire des voyages et des récits de voyages recouvre plusieurs projets pragmatiques, épistémologiques et ontologiques, tels que l'exploration, la prise de possession de l'espace du monde terrestre, la projection et la « vérification » d'un objet de connaissance et d'un désir, ou la construction d'un sujet individuel confronté à l'autre et à l'étranger dès lors que sont levées les frontières d'une identité, mouvante et jamais définitive. Voyager, c'est tout à la fois s'aliéner pour se refaire, s'arracher pour s'attacher, perdre sa langue pour être pensé dans une autre langue, transiter d'un nom imposé au nom intime que l'on ne savait pas porter. Cette valeur et cette fonction initiatiques sont comprises dans le double sens métaphorique du mot « voyage », qui peut s'appliquer et à la vie (qui est un « long voyage ») et à la mort (qui est le « dernier voyage »).

Lorsque paraît *La Cosmographie universelle* d'André Thevet (Paris, 1575), l'histoire des voyages de découverte est déjà fort longue, et repose sur des motivations aussi diverses qu'ambiguës. La recherche de nouvelles routes commerciales (comme avec J. B. Tavernier et ses *Relations du Sérail...,* 1675) va souvent de pair avec un certain expansionnisme politique et militaire, attesté par toute l'histoire de la découverte de l'Amérique du Nord (les *Discours du voyage...* de Jacques Cartier paraissent à Rouen, en 1598). De même pour cet autre expansionnisme religieux, dont les jésuites sont les plus hardis représentants jusqu'à la fin du XVIIIe siècle, aussi bien en Amérique qu'en Asie : leurs *Relations,* au XVIIe siècle, puis leurs *Lettres édifiantes et curieuses,* un siècle plus tard, connaissent un succès public considérable. Bien vite pourtant, au repérage de nouveaux territoires succède et s'allie la volonté de connaissance, nourrie par une curiosité constamment en éveil pour les formes les plus diverses de la création : d'abord bricolages d'intérêts, dès le XVIIe siècle, de véritables expéditions scientifiques tentent de décrire systématiquement et de répertorier les nouveaux savoirs mis sous les yeux des voyageurs, de Bougainville (*Voyage autour du monde 1766-1769,* 1771) à Dumont d'Urville (*Voyage au pôle Sud et en Océanie, 1834-1840,* 1841-1854). Géographie, astronomie, botanique, zoologie, mais aussi une ethnographie embryonnaire constituent progressivement des domaines de savoirs spécifiques qui composeront les divers champs des sciences de la nature au XIXe siècle. L'élaboration d'outils de connaissance appropriés est constamment remise en question par la découverte des nouveaux objets du monde exotique. Les grandes expéditions collectives du XVIIIe et du XIXe siècle apparaissent comme des tentatives de constitution de savoirs encyclopédiques, aussi émouvantes que démesurées ; elles manifestent le rêve d'une conscience qui voudrait saisir la globalité de son objet aux dimensions de la Terre. D'autre part, depuis Montaigne au moins (*Journal de voyage 1580-1581,* 1770), les voyages et les récits de voyages vont fournir des appoints considérables pour la formation des idées philosophiques et politiques (Voltaire, Diderot, Montesquieu, etc.).

Cette réelle curiosité pour l'autre (qui débute sans doute avec Jean de Léry et son *Histoire d'un voyage fait en la terre du Brésil...,* 1578) ne manque pas cependant d'être ambiguë, quand elle est inséparable de la diffusion de modèles européens, qu'ils soient politiques, commerciaux, religieux, scientifiques, voire moraux et linguistiques. Son expansionnisme incessant vit un véritable traumatisme au tournant du XXe siècle, lorsqu'il semble que les limites du monde connaissable sont atteintes : la virginité édénique de la Terre est consommée, et la conscience individuelle et collective manque alors d'espaces nouveaux vers lesquels se projeter. Annoncée dès Alexandre de Humbolt, la « fin de l'exotisme » trouve en Segalen (*Équipées,* 1929 ; *Essai sur l'exotisme 1908,* 1978), Michaux (*Ecuador,* 1929 ; *Un barbare en Asie,* 1933), Leiris (*L'Afrique fantôme,* 1934) et Lévi-Strauss (*Tristes Tropiques,* 1955) ses expressions les plus poignantes, avec souvent un surprenant attachement à des valeurs néoromantiques, telles que l'innocence de l'autre, la recherche encore actuelle d'une forme de paradis terrestre, ou la conscience malheureuse du sujet européen.

Parallèlement, le voyage a constitué un élément important de formation et d'éducation individuelle et collective. L'expérience spirituelle des pèlerins médiévaux se prolonge dans l'expérience de Montaigne qui lie le souci de son corps physique et la stimulation de son esprit. Au *Grand Tour* éducatif des Anglais du XVIIIe siècle succède le voyage romantique comme épreuve du moi, dans des lieux marqués symboliquement, tels les Alpes, l'Italie et le Moyen-Orient (avec Hugo, Lamartine, Stendhal, Dumas, Sand, Gautier, les Goncourt, etc.). Au XXe siècle, les voyages en Amérique (avec Morand, Duhamel et d'autres), puis en Asie centrale et extrême-orientale (avec notamment David-Neel), prendront valeur de projection dans le futur et de renversement des habitudes mentales européennes traditionnelles, l'Asie substituant la notion d'éveil au monde à celle de connaissance. Ainsi, dès le XIXe siècle, avec Chateaubriand (*Itinéraire de Paris à Jérusalem...,* 1811) et Stendhal (*Rome, Naples et Florence,* 1817 ; *Promenades dans Rome,* 1829) surtout, le récit de voyage tend vers une autobiographisation massive : les récits de voyages d'écrivains sont de plus en plus nombreux, ils rendent manifeste combien l'observation du sujet voyageur-écrivain est privilégiée par rapport à l'observation du monde réel, qui avec Cendrars (*Bourlinguer,* 1948) fournit une ample matière à la fictionnalisation de soi, dans la tradition des récits de Stendhal et de Nerval (*Voyage en Orient,* 1851).

Cette évolution thématique des récits de voyages s'accompagne de transformations formelles qui permettent de caractériser le récit de voyage par son extrême ouverture et sa capacité à accueillir la plus grande diversité de modèles génériques d'écriture, jamais homogénéisables ni réductibles à une appellation. Simple journal de route et itinéraire ; lettre réellement envoyée ou élaborée après coup sur la base de notes éparses ; chronique historique ou compte rendu d'exploration scientifique ; chose vue ou fragment de journal intime ; poème ou planche gravée : toutes ces modalités formelles attestent une vitalité d'écriture qui défie l'histoire normative d'une forme et d'un genre littéraires ; leurs codifications successives apparaissent bien plus soucieuses de lever les restrictions et les interdits hérités du passé. Si le XXe siècle a pu décréter la « fin de l'exotisme » et la « fin des voyages » (Lévi-Strauss), c'est aussi le temps où l'invention formelle de Michel Butor propose des livres qui, véritables mondes à construire et à parcourir, suscitent la participation active du lecteur et invitent à rejouer, dans l'acte de lecture, la découverte et l'exploration du monde « lisible » (*Mobile,* 1962 ; *Boomerang,* 1978). Avec Butor, mais aussi avec Nicolas Bouvier et le réemploi de formes classiques (*L'Usage du monde,* 1963 ; *Le Poisson-Scorpion,* 1981), le récit de voyage ne vise plus un profit individuel ou collectif, spirituel ou politique, littéraire ou scientifique ; il devient une forme de don et d'hommage envers un monde dont toutes les entreprises humaines n'épuisent ni les ressources ni la générosité.

ADRIEN PASQUALI.

W

WEIL Simone. Philosophe et essayiste. Née le 3 février 1909 à Paris, morte en Angleterre à Ashford (comté de Kent) le 24 août 1943. De famille juive, mais assimilée dès la génération de ses parents, Simone Weil vit comme en exil de sa propre identité. (Durant la guerre, le statut des juifs, en octobre 1940, vient brutalement, trop tard sans doute, poser la question.) L'enfant connaît les déplacements dus à la guerre, et une certaine fragilité physique l'éloigne de temps à autre de l'école. Devant elle, il y a un frère aîné, à la fois un modèle d'intelligence et le complice de luttes intellectuelles et de défis. Bien que d'une intelligence très personnelle et ample, S. Weil refuse de se séparer des autres ou d'en être séparée. Elle rejette tout traitement particulier à son égard. En 1919, la famille retourne à Paris, S. Weil entre au lycée Fénelon. À quatorze ans (1923), S. Weil vit une crise décisive relative à ladite médiocrité de son intelligence. Désir de vérité et attention lui paraissent alors la seule voie. Après l'enseignement de Le Senne (1924) au lycée Victor-Duruy, elle entre en 1925 en « khâgne » au lycée Henri-IV. Suivent trois années de formation : Alain lui apprend à travailler les textes sans l'aide des commentaires, S. Weil approfondit l'héritage grec, change son écriture, rédige des « topos » pour Alain qui les reprend dans son journal *Libres propos*. Dès son admission à l'École normale supérieure en 1928, S. Weil prend part à des actions syndicales et antimilitaristes. L'année 1930 voit l'apparition de ces fameux maux de tête qui feront obstacle à son enseignement. Reçue agrégée de philosophie en 1931, elle est nommée professeur au Puy. À présent, S. Weil mène de front l'activité syndicaliste et la vie d'enseignante. Elle publie de nombreux articles dans *L'Effort* de Lyon ou dans *La Révolution prolétarienne* et dans les *Libres propos* (article sur Trotski). Son enseignement est moins une méthode qu'une réflexion. Elle est nommée à Roanne en octobre 1933 et collabore à *La Critique sociale* (revue de Boris Souvarine). Sa pensée politique la rapproche de Trotski, qu'elle rencontre et héberge en décembre. À travers le prisme de l'histoire ancienne, elle juge les dangers de la situation présente, et la Grèce constitue une sorte de norme et d'idéal qui la maintient hors du jeu communiste (fin 1933-début 1934, S. Weil donne deux conférences sur le marxisme). En fait, S. Weil porte son attention sur les conditions de vie, de travail, de développement de l'ouvrier, plus que sur sa fonction dans l'État. Elle considère l'individu en l'ouvrier et non le groupe auquel il appartient. Le 8 avril 1934, elle prend un congé de maladie, puis un « congé pour études personnelles ». La décision est prise. Elle achève la rédaction de *Réflexions sur les causes de la liberté et de l'oppression sociale* – ce qu'elle appelle son « grand œuvre » –, et fait l'expérience de l'usine (Alsthom, fin 1934, et Renault, juin à août 1935). Elle consigne son expérience dans les deux parties de *La Condition ouvrière*, à savoir son « Journal d'usine » et sa « Lettre ouverte à Jules Romains » écrite à la fin de cette année, lorsqu'elle enseigne à Bourges, et jamais envoyée. Elle s'engage en août 1936 dans la guerre d'Espagne, puis obtient un nouveau congé. C'est l'époque des premiers procès de Moscou. Dans les *Nouveaux Cahiers* fondés en mars 1937, S. Weil publie « Ne recommençons pas la guerre de Troie ». Elle part pour l'Italie et découvre à Assise, à l'âge de vingt-huit ans, un sentiment spirituel nouveau qui ouvre en elle un regard vers le christianisme. Fin septembre, elle assiste au congrès Bourbaki. Tout se précipite. Elle séjourne à Solesmes, découvre les poètes métaphysiques anglais (dont « Love » de George Herbert), part à nouveau pour l'Italie. Et les anciennes valeurs soudain basculent : fin décembre, elle connaît une expérience mystique et, après l'entrée des forces allemandes en Tchécoslovaquie (mars 1939), S. Weil écrit « Réflexions en vue d'un bilan », rompant ainsi avec le pacifisme. À l'automne elle entreprend « Quelques réflexions sur les origines de l'hitlérisme » et « L'*Iliade* ou le Poème de la force ». D'autres valeurs se mettent en place : au printemps 1940, S. Weil lit la *Bhagavad-gītā*, conçoit le plan de *Venise sauvée* et le « Projet d'une formation d'infirmières de première ligne ». Elle quitte Paris en juin et arrive à Marseille en septembre. C'est sans aucun doute la période la plus féconde de S. Weil. Elle prend contact avec les *Cahiers du Sud* dirigés par Jean Ballard. En janvier 1941, elle se met à l'étude du sanskrit avec René Daumal qu'elle retrouve à Marseille. Elle lit les textes sacrés de l'Inde, les philosophes taoïstes, réagit à la théorie des « quanta », commence la rédaction de ses *Cahiers* et, grâce au père Perrin, elle se fait vendangeuse. Dans cette période s'inscrivent « La Science et nous » et pendant l'hiver 1941-1942 un article pour « Le Génie d'oc », et « L'Avenir de la science ». Elle commente des textes grecs, publiés sous le titre d'*Intuitions préchrétiennes* et de *La Source grecque*, écrit des poèmes. De retour à Marseille, elle compose ce qui forme *L'Attente de Dieu* et son autobiographie spirituelle dans une lettre d'adieu au père Perrin (mai 1942). Elle gagne Oran, puis Casablanca et atteint New York en juillet 1942, mais ne reprendra qu'en septembre l'écriture de ses *Cahiers*, connus sous le nom de *Connaissance surnaturelle*. S. Weil arrive en Angleterre en novembre 1942. Le séjour est fructueux intellectuellement : elle compose *L'Enracinement* et ce qui constitue les *Écrits de Londres*, reprend l'étude et les traductions du sanskrit. Mais, alors qu'elle est rédactrice à la direction de l'Intérieur de la « France libre », elle n'obtient aucune mission en France : l'incompréhension qu'elle ressent et l'impossibilité d'agir semblent détourner toute valeur d'ici-bas et comme suspendre plus radicalement cette vie qu'elle sent menacée. Atteinte de tuberculose, elle est transférée dans un état grave au sanatorium d'Ashford, où elle s'éteint calmement peu de temps après, à l'âge de trente-quatre ans.

S. Weil attire les interprétations les plus contradictoires et les plus passionnées. Elle dérange, et le lecteur risque de vouloir la ramener à un modèle familier. D'aucuns la veulent chrétienne à travers une vie où s'inscrit la rupture. D'autres semblent étonnés de ne trouver nul système dans sa pensée, mais un inacceptable syncrétisme, ou considèrent sa démarche comme sans intérêt. Bien qu'ayant une formation universitaire, S. Weil mène sa pensée à la façon d'une autodidacte. Elle travaille avec une intelligence « à nu », selon les seules ressources de cette dernière qu'elle tend à la limite de son interrogation et sans jamais recourir à un quelconque enseignement traditionnel. Sa démarche, où prend place une expérience spirituelle qui dépasse la raison, montre combien la raison tendue à l'extrême porte un ordre qui n'est pas le sien, qu'elle assimile mais ne dicte pas. Que ce soit l'ordre grec où s'inscrit l'exil, ou le désir de transcendance qui verrait la fin de cet exil, S. Weil ne prend pas la voie simple d'un désir réalisé pour lui-même. Elle impose une exigence temporelle pleinement assumée qui diffère la satisfaction d'obtenir pour soi. S. Weil représente « l'autre », celui qui est insitué, extérieur et à sa propre tradition et à une tradition d'accueil, l'autre par rapport auquel on doit se situer, presque malgré soi. Aussi tente-t-elle de définir un lieu neuf à la pensée à partir d'une expérience de l'individu lié au monde. Dans son époque, elle repose la question de Dieu selon d'autres normes, sans le souci des preuves, mais selon la nécessité d'un autre discours qu'elle suggère par la recherche d'une méthode et de structures.

En observant attentivement son chemin, on ne peut qu'être frappé par la rigueur du questionnement. Tous les faits marquants de sa vie constituent alors de très précises étapes. L'origine se nomme « malheur » : c'est la condition d'homme dont le point extrême, donc le plus évident, est celui du travailleur. Malheur commun, sa fonction pourrait être rédemptrice. Le malheur de l'homme reconduit celui du monde, et lui seul permet un mouvement d'extension à l'univers. La condition du malheur se situe dans le « travail » : d'un travail servile que S. Weil a connu dans sa chair à l'usine (selon lequel il faut comprendre son engagement politique initial), auquel elle tente de redonner une autre dimension. La matière que l'homme méprise, et par laquelle il est méprisé, ne peut être purifiée sans la purification de notre regard. Il faut apprendre à lire, à transmuer le travail en force spirituelle, à contempler toutes choses selon l'ordre du monde (c'est l'idée grecque et le souci de la beauté du monde), à accomplir ce passage à l'éternité par le fait de ne pas se situer au centre de l'espace, à reconnaître l'espace en notre centre, mais un espace non défini selon nos lois. S. Weil veut bâtir et, pour cela, trace des plans, des « intermédiaires » (les « metaxu » grecs) de façon à réaliser une inscription consciente dans le temps. De là la troisième et la dernière étape, « l'action ». Agir sciemment, c'est apprendre à connaître. De l'action (n'oublions pas le temps de guerre) vécue contre un autre, d'une action qui impose immédiatement une réaction, S. Weil désire se dégager. Si, au départ, S. Weil veut délier l'homme de l'emprise destructrice de la machine et du machinisme, elle circonscrit ensuite le mécanisme qui enchaîne tout homme à une action-réaction pour considérer une certaine modalité de l'acte incluant l'autre (acte non-violent en soi) bien qu'efficace (et que le pacifisme ne permet pas). Il ne s'agit plus que l'homme privilégie des conditions favorables. Il nous faut inclure et définir toutes les conditions par lesquelles nous pré-agissons pour dégager une conscience enfin plus libre où l'homme n'agit plus selon lui et parvient à « manier la nécessité ».

Si S. Weil définit et ajuste un certain discours

à un mode de rapport entre l'homme et le monde — et que ce modèle semble être le modèle grec —, il ne faut cependant pas s'y tromper. S. Weil détermine une pensée dans son adéquation à un certain espace conçu comme un tout, mais elle ne clôt pas. Sa délimitation d'une pensée indique à la fois cet espace et simultanément, à qui veut lire, le « désenclavement » de cet espace qui, lui, exige la constitution d'un autre rapport, d'une pensée nouvelle où la relation de l'homme au monde serait pleinement réalisée et notre réalisation même.

ALYETTE DEGRÂCES.

♦ *« Une mathématicienne de Dieu. »* André Rousseaux. ♦ *« Il me paraît impossible d'imaginer pour l'Europe une renaissance qui ne tienne pas compte des exigences que Simone Weil a définies. »* Albert Camus. ♦ *« L'amour surnaturel de Dieu dans le christianisme de Simone Weil, s'il va au-delà de la compassion pour le malheur de la créature, ne peut signifier que l'amour du mal lui-même. »* Emmanuel Levinas. ♦ *« Elle constitue le lien entre Juifs de la société moderne qui ont un souci spirituel, sont tournés vers le monde, attendent le messie et sont engagés intellectuellement et moralement, et ceux qui ne peuvent accepter les normes de la religion, des rites et de la société. »* Rabbin Richard A. Freund.

RÉF. : J. M. Perrin et Gustave Thibon, *Simone Weil, telle que nous l'avons connue*, Paris, 1952. — M. M. Davy, *Introduction au message de Simone Weil*, Paris, 1954. — Karl Epting, *Der geistiche Weg des Simone Weil*, Stuttgart, 1955. — Eugène Fleuré, *Simone Weil ouvrière*, Paris, 1955. — Jacques Cabaud, *L'Expérience vécue de Simone Weil*, Paris, 1956. — Eulalie Piccard, *Simone Weil*, Paris, 1960. — Miklos Vetö, *La Métaphysique religieuse de Simone Weil*, Paris, 1971. — Simone Pétrement, *La Vie de Simone Weil*, Paris, 1973. — Philippe Dujardin, *Simone Weil : idéologie et politique*, Paris, 1975. — Paul Giniewski, *Simone Weil ou la haine de soi*, Paris, 1978. — Gilbert Kahn, *Simone Weil, philosophe, historienne et mystique*, Paris, 1978. — Domenico Canciani, *Simone Weil prima di Simone Weil*, Padoue, 1983. — Gabriella Fiori, *Simone Weil, une femme absolue*, Paris, 1987. — Bertrand Saint-Sernin, *L'Action politique selon S. Weil*, Paris, 1988. — Patricia Little, *Simone Weil, Waiting on Truth*, Oxford, 1988. — « Simone Weil, la soif de l'absolu », Revue *Sud*, nº 87/88, Marseille, 1990. — « Simone Weil et les langues », Revue *Philosophie et Langage*, nº 13, Grenoble, 1991.

À noter la parution trimestrielle des *Cahiers Simone Weil* publiés par *L'Association pour l'étude de la pensée de Simone Weil*, sous la direction de Michel Narcy.

Les *Œuvres complètes* de Simone Weil sont en cours de parution aux Éditions Gallimard. Seize volumes sont prévus selon le plan suivant : — Tome I : *Premiers écrits philosophiques.* — Tome II : *Écrits historiques et politiques* (1927-1940), 3 vol. — Tome III : *Poèmes et Venise sauvée.* — Tome IV : *Écrits de Marseille (Philosophie, science et religion / Civilisations inspiratrices)*, 2 vol. — Tome V : *Écrits de New York et de Londres (Questions politiques et religieuses / L'Enracinement)*, 2 vol. — Tome VI : *Cahiers*, 4 vol. — Tome VII : *Correspondance (familiale / générale)*, 3 vol.

Y

YOURCENAR Marguerite (pseud. de Marguerite de Crayencour). Romancière. Née à Bruxelles le 8 juin 1903 « d'un Français appartenant à une vieille famille du Nord, et d'une Belge dont les ascendants avaient été durant quelques siècles établis à Liège, puis s'étaient fixés dans le Hainaut » ; morte à Mount Desert Island (États-Unis) le 18 décembre 1987. Sa mère, qui appartenait à une famille de petits aristocrates terriens, mourut quelques jours après l'avoir mise au monde. Le père avait rompu avec les traditions bourgeoises. Jeune homme, il s'était engagé dans l'armée, avait déserté par deux fois et avait dû s'exiler. Il avait la passion du jeu et ne semblait pas devoir être un bon éducateur. Mais il ne voulut pas mettre sa fille en pension et lui assura une excellente éducation privée : c'est bien lui qui encouragea l'enfant Marguerite dans l'étude des langues anciennes et de la littérature. Sans doute lui donna-t-il aussi le goût des voyages. Avec lui, elle découvrit l'Italie, la Suisse, la Grèce. Elle ne suivit jamais de cours réguliers, mais n'en obtint pas moins, à seize ans, son baccalauréat, à Aix-en-Provence. C'est peu après qu'elle forme le projet d'écrire sur la vie de l'empereur Hadrien et sur le médecin Zénon. Ou peut-être faut-il simplement dire que, dès son adolescence, elle choisit ces deux grands personnages comme compagnons imaginaires et comme sujets de rêveries. Ils se développeraient en elle à mesure qu'elle-même engrangerait une moisson de connaissances et d'expériences. Yourcenar n'est pas un écrivain aux inspirations subites, mais un artiste qui laisse mûrir longuement ses œuvres. Au reste, elle ne considère jamais un de ses textes comme accompli. Les rééditions de ses ouvrages se présentent comme de nouvelles versions — et parfois assez différentes — des versions originales. C'est que Yourcenar considère qu'un écrivain ne doit cesser de creuser ses thèmes et d'affermir son style. Son premier roman, *Alexis ou le Traité du vain combat* (1929), s'inscrit dans la ligne des récits gidiens, et il en va de même pour *La Nouvelle Eurydice* (1931). Yourcenar fait ses débuts d'essayiste et de traductrice avec un *Pindare* (1932). L'histoire contemporaine lui inspire *Denier du rêve* (1934), qui se situe dans l'Italie mussolinienne. En 1934, le médecin Zénon apparaît pour la première fois dans une des nouvelles de *La mort conduit l'attelage* (1935). En 1936, Yourcenar publie *Feux*, un recueil de réflexions et de proses poétiques sur les passions, dont le style rappelle parfois Cocteau. En 1938, voici un nouveau recueil de nouvelles, *Nouvelles orientales*, et un essai, *Les Songes et les Sorts*. En 1939, un bref roman raconte le drame d'amours non partagées, au cours de la lutte antibolchevique dans les pays Baltes : *Le Coup de grâce*, qui est sans doute le chef-d'œuvre de la première époque de Yourcenar. À ce moment, elle a pourtant achevé une première version des *Mémoires d'Hadrien* (*). En 1937-1938, elle avait fait un premier voyage aux États-Unis. Elle y retourne après l'invasion de la France par les Allemands. Bien que dépourvue de diplômes et de toute expérience universitaire, elle occupe un poste de professeur, successivement dans deux collèges. C'est en 1950 qu'elle s'installe dans l'île des Monts Déserts, sur la côte atlantique, à l'extrémité nord des États-Unis. Ce sera désormais son port d'attache, qu'elle quittera d'ailleurs de moins en moins volontiers. Elle y vit en compagnie d'une amie et de plusieurs chiens. Sa seconde période littéraire commence en 1951 quand paraissent enfin les *Mémoires d'Hadrien* qui connaissent aussitôt un très vif succès. On découvrait avec surprise qu'on pouvait encore composer une œuvre humaniste de haute culture, traitant de problèmes éternels et capable de trouver des lecteurs fervents. Un deuxième roman historique, situé cette fois pendant la Renaissance, et constituant également un livre de sagesse, *L'Œuvre au noir*, parut en 1968. Il établit définitivement la renommée de Yourcenar. Entre ces deux romans, elle avait publié quelques pièces de théâtre, divers essais historiques et littéraires

(*Sous bénéfice d'inventaire*, 1962), d'admirables traductions du poète grec Cavafy et de « negro spirituals ». Tout cela montrait l'étendue et la variété de ses curiosités. Élue à l'Académie royale belge de langue et de littérature françaises, elle fut reçue le 19 mars 1971. Une troisième période s'ouvrit pour elle : elle allait devenir un de ces « monstres sacrés » que sont les écrivains considérés de leur vivant comme auteurs classiques. Elle s'était lancée dans une entreprise très originale : une espèce de « recherche du temps passé » qui se présente comme une enquête sur ses ascendants, *Le Labyrinthe du monde*. Le premier volume, intitulé *Souvenirs pieux* (1974), est consacré à la famille du côté maternel, et l'auteur essaie de remonter le cours de l'Histoire. Au contraire, dans *Archives du Nord* (1977), où il est question de la famille paternelle, le livre commence par une rêverie sur les origines de l'humanité. Un troisième volume devait être consacré aux souvenirs déterminants de l'auteur lui-même, *Quoi ? L'Éternité*, qui paraît posthumement en 1988. Le 6 mars 1980, Marguerite Yourcenar avait été élue à l'Académie française en remplacement de Roger Caillois. Après sa mort paraissent des recueils de textes : *En pèlerin et en étranger* (1989), *Le Tour de la prison* (1991).

JACQUES BRENNER.

♦ *« Mme Yourcenar connaît à merveille l'époque et la civilisation qu'elle retrace ; et tout ce que l'on peut connaître du héros qu'elle anime, nul doute qu'elle le connaisse aussi. Elle n'introduit rien dans son œuvre qui ne soit vraisemblable. »* Marcel Arland. ♦ *« Une œuvre poétique pleine d'érudition qui m'a enchanté. »* Thomas Mann. ♦ *« Marguerite Yourcenar fait partie de cette famille spirituelle pour qui les frontières étanches, imposées autrefois par la raison, peuvent et doivent être traversées, pour qui passé, présent et futur ne sont qu'une affaire de perspectives, pour qui l'imaginaire est une catégorie du réel. »* Jacques Brosse.

RÉF. : Josyane Savigneau, *Marguerite Yourcenar : l'invention d'une vie*, Paris, 1990.

Ysopet ou Isopet. Sous ce nom, les rattachant au fabuliste grec Ésope — v. *Fables ésopiques* —, étaient désignés en France les nombreux recueils de fables qui connurent un succès immense pendant tout le Moyen Âge. Ni les *Fables* d'Ésope, ni les *Fables* de Phèdre, leur imitation latine de l'époque d'Auguste, ne furent directement connues par les fabulistes du Moyen Âge ; Phèdre ne devait être mis au jour qu'au XVIe siècle par Pithou. Mais on en connaissait plusieurs rédactions remaniées, remontant pour la plupart au Xe siècle, origine des *Isopets* qui nous sont parvenus. De ce prototype dérivent de nombreux recueils : l'un d'eux, en anglo-latin, servit de modèle, dans sa traduction anglaise, à Marie de France pour son *Ysopet* (fin XIIe siècle). Un *Romulus* en distiques élégiaques latins est connu en diverses rédactions parmi lesquelles celle dite *de Walter l'Anglais*, ou *Romulus de Nivelet* (début XIIIe siècle), qui est à l'origine de tout un groupe d'*Isopets* français des XIIIe et XIVe siècles (*Isopet de Lyon ; Isopet I* et *III de Paris*). Un deuxième groupe (*Isopet II de Paris ; Isopet de Chartres*) dérive d'un autre recueil, le *Romulus d'Alexandre Neckam* ou *Novus Aesopus* (déb. XIIIe siècle), encore en vers élégiaques. Par ailleurs, les *Fables* d'Avianus, recueil de quarante-deux fables d'un médiocre fabuliste latin du IVe siècle (dont on connaît de nombreuses réductions et imitations en prose et en vers latins, quatre *Novus Avianus* et un *Anti-Avianus*), donnaient origine à une paraphrase française, du début du XIVe siècle : l'*Avionnet*, comprenant dix-huit de ses fables. Enfin, il faut signaler un *Isopet* en prose, composé au XVe siècle par Guillaume Tardif pour le roi Charles VIII, en traduisant cette fois les *Fables d'Ésope*, mises depuis peu de grec en latin par Laurent Valle.

★ *Ysopet* de Marie de France (seconde moitié du XIIe siècle), modelé sur la traduction anglaise d'un *Romulus anglo-latin* aujourd'hui perdu. Marie de France en attribue l'origine à Ésope et à Romulus, roi de Rome, et la traduction au roi Alfred. L'*Ysopet*, que Marie de France nous dit avoir composé par amour du comte Guillaume « ki flour est de chevalerie / e de sens e de courtesie » (peut-être Guillaume Longue-Épée, fils naturel du roi Henri II d'Angleterre), comprend cent trois fables en vers de huit syllabes à rimes accouplées, tirées pour la plupart du *Romulus* : quelques-unes sont de source orientale, d'autres originales. Les fables sont en général assez courtes, mais on en trouve de cinquante vers et plus, jusqu'à cent vingt-quatre vers (« De lupo regnante ») ; quelques-unes sont presque des lais ou des fabliaux transformés en apologues. Le style est simple, linéaire, un peu sec, mais attrayant par la netteté de son trait sans enjolivures : « De cane et umbra » : lorsque le chien vit son ombre dans l'eau, de surprise « la buche ovri, / et li furmages il chai ; / e umbre vit, e umbre fu, / e sun furmage ot il perdu ». Avec la même simplicité nue, l'auteur trace de petits tableaux d'une drôlerie charmante : « De catto infulato », « De vespertilione », « De asino et leone ». La morale de ses fables est souvent très courageusement exprimée sans ménagements ; elle est parfois désabusée, mais toujours pleine d'humour : la puce remercie le chameau de l'avoir portée et s'excuse de l'ennui qu'elle lui a causé ; mais le chameau ne s'en était même pas aperçu ; dans « De cornice et ove », la corneille arrache le poil de la brebis qui proteste ; fais une fois au chien ce que tu me fais ! — Pas si bête ! Je sais bien ceux auxquels je peux m'attaquer, répond l'oiseau. Par la finesse psychologique qui imprègne certaines de ces fables, telle « De presbitero et lupo », Marie de France semble dans sa conclusion devancer Freud et sa *Psychopathologie de la vie quotidienne*. — Les *Fables* de Marie de France ont été éditées par K. Warnke (Halle, Niemeyer, 1898) et par A. Ewert et R. C. Johnston (Oxford, Blackwell, 1942).

Pour connaître les *Ysopets* et les fables du

Moyen Âge, on utilisera les éditions de L. Hervieux, *Les Fabulistes latins depuis le siècle d'Auguste jusqu'à la fin du Moyen Âge* (5 vol., Paris, 2e éd., 1893-1899) ; de J. Bastin et P. Ruelle, *Recueil général des Isopets* (3 vol., Paris, Société des anciens textes français, 1929-1982) ; de K. McKenzie et W. A. Oldfather, *Ysopet-Avionnet* (Urbana, université de l'Illinois, 1921).

Yvain ou le Chevalier au lion : voir **CHRÉTIEN de Troyes.**

Z

Zadig ou la Destinée, histoire orientale. Lorsque Voltaire (François-Marie Arouet, 1694-1778) écrit ce petit roman, il est à Cirey auprès de Mme du Châtelet, mais ceci ne l'empêche pas de faire souvent le voyage de Paris et de prendre part aux fameuses « nuits blanches de Sceaux », fêtes que donnaient à la duchesse du Maine tous ceux qui formaient sa cour. Pendant ces fêtes, on organisait une loterie des lettres de l'alphabet ; celui qui tirait un C faisait une comédie, l'O imposait un opéra ; c'est pour s'acquitter d'une de ces obligations mondaines que Voltaire commença à écrire des contes. Après quelques essais plus ou moins heureux, il publie en 1747 : *Memnon, histoire orientale*, à Londres (en fait à Amsterdam). L'année suivante, le roman reparut sous le titre de *Zadig ou la Destinée, histoire orientale ;* on en connaît deux éditions de cette année, sans nom d'auteur et sans indication de ville. Voltaire se défendait d'avoir écrit ce conte. Dans une lettre à d'Argental, il déclare : « Je serais très fâché de passer pour l'auteur de *Zadig*, qu'on veut décrier par les interprétations les plus odieuses, et qu'on ose accuser de contenir des dogmes téméraires contre notre sainte religion. Voyez quelle apparence ! » C'est que Voltaire, qui venait d'être reçu à l'Académie française et qui, après un long exil, se voyait rentré en grâce, ne tenait nullement à se compromettre. Par la suite, l'auteur reprit à plusieurs reprises ce roman qui connut le plus vif succès ; déjà l'édition de 1748 compte quelques chapitres de plus que celle de 1747 : « Le Souper », « Les Rendez-Vous », « Le Pêcheur » ; celle qui parut en 1756 dans la *Collection complète des œuvres de M. de Voltaire* est augmentée d'un nouveau chapitre : « Les Disputes et les Audiences » ; enfin deux chapitres : « La Danse » et « Les Yeux bleus » ne virent le jour que dans les éditions posthumes de *Zadig*. L'œuvre est accompagnée d'une « Approbation » de la plus haute fantaisie : « Je soussigné, qui me suis fait passer pour savant, et même pour homme d'esprit, ai lu ce manuscrit, que j'ai trouvé, malgré moi, curieux, amusant, moral, philosophique, digne de plaire à ceux-mêmes qui haïssent les romans. Ainsi, je l'ai décrié, et j'ai assuré monsieur le cadi-esker que c'est un ouvrage détestable. » Même persiflage dans l'« Épître dédicatoire de Zadig à la sultane Sheraa (la Pompadour) par Sadi » ; « *Zadig* fut écrit d'abord en ancien chaldéen. On le traduisit en arabe pour amuser le célèbre sultan Ouloug-beb. C'était du temps où les Arabes et les Persans commençaient à écrire des *Mille et une nuits,* des *Mille et un jours.* Ouloug aimait mieux la lecture de Zadig, mais les sultanes aimaient mieux les Mille et un. – Comment pouvez-vous préférer, leur disait le sage Ouloug, des contes qui sont sans raison et qui ne signifient rien ? – C'est précisément pour cela que nous les aimons, répondirent les sultanes. »

Zadig est un jeune homme de bonne mine et, malgré son jeune âge, plein des meilleures dispositions. D'aventures en mésaventures, il se forme et devient un véritable sage ; c'est alors et alors seulement qu'il connaît le vrai bonheur. Le voici d'abord sur le point d'épouser la belle Sémire, le plus beau parti de Babylone. Un envieux veut faire enlever la jeune femme ; Zadig se porte à son secours ; mal lui en prend, il reçoit un coup dans l'œil qui le rend borgne, et Sémire, ne pouvant s'accoutumer à un mari borgne, le laisse pour son ravisseur (« Le Borgne »). Zadig décide alors d'épouser une jeune fille du commun, Azora. Voulant éprouver la constance de ses sentiments, il simule la mort ; on l'enterre. Cador, ami de Zadig, réussit à consoler la jeune femme et, d'accord avec son ami, feint de souffrir affreusement d'une crise de rate. Le seul remède, prétend-il, est de poser sur la partie malade le nez d'un homme qui vient de mourir, et voilà la veuve, un couteau à la main, qui se dirige vers le tombeau de son mari (« Le Nez »). Désabusé des femmes, Zadig se retire à la campagne. Pendant qu'il se promène, il rencontre des courtisans affolés, partis à la recherche du chien de la reine et du cheval du roi, qui ont disparu. Zadig, qui n'a pourtant pas rencontré les animaux, met les poursuivants sur la piste, au moyen de déductions savantes reposant sur de minuscules indices. Ceci ne lui rapporte que des ennuis avec la justice (« Le Chien et le Cheval »). Après quelques traverses, voilà Zadig devenu, grâce à sa sagesse et à sa générosité, le confident du roi et son premier ministre. Il fait régner quelque temps, à Babylone, une justice tempérée d'indulgence et de sagacité (« Le Ministre »). Malheureusement, la reine Astarté lui témoigne trop d'attentions et par là suscite la jalousie du roi ; Zadig doit s'enfuir en toute hâte de la Cour (« La Jalousie »). Sur le point d'arriver en Égypte, le jeune homme rencontre une femme éplorée, poursuivie par un mari furieux qui l'accable de reproches et de coups. Ému, Zadig intervient et est pris à partie par le brutal. Exaspéré, notre homme terrasse son adversaire mais, comme celui-ci profite de son indulgence pour le prendre en traître, exaspéré, Zadig le tue (« La Femme battue »). Jeté en prison, puis vendu comme esclave, Zadig est emmené par son maître en Arabie ; là, il fait abolir la coutume qui imposait aux veuves de périr sur un bûcher. Il assiste à un souper avec un Égyptien, un Indien, un « habitant du Cathay », un Grec et un Celte. Chacun prétend à l'excellence exclusive de sa religion ; on en viendrait aux coups si Zadig n'intervenait pour leur démontrer qu'ils adorent le même Dieu. Mais les prêtres d'Arabie, auxquels les veuves, en mourant, laissaient leurs biens, veulent faire un mauvais parti à Zadig ; celui-ci n'est sauvé que par les ruses de celle qu'il a délivrée de ce supplice. Désireux d'obliger son maître, Zadig se rend ensuite dans l'île de Serendib ; il n'y est pas longtemps sans être regardé par tous comme un homme extraordinaire. Le roi veut le voir et l'entendre. C'est à lui que Zadig enseigne le moyen, célèbre depuis, de découvrir un ministre intègre : il lui suffit de faire danser les prétendants à ce poste, devant les trésors de la couronne, pour trouver immédiatement celui qui est capable de désintéressement. Comblé de bienfaits, Zadig quitte l'île. En passant la frontière qui sépare l'Arabie de la Syrie, il tombe entre les mains d'un chef de brigands, Arbogad ; ce chef de bande a réussi à se rendre indépendant des deux États voisins. Zadig, là aussi, est traité avec beaucoup d'égards, à cause du courage qu'il a montré en se défendant contre les brigands. Au cours d'une conversation avec leur chef, Zadig apprend que le roi de Babylone est devenu fou, qu'il a été tué, que l'anarchie règne dans la ville ; quant à la belle Astarté, on ne sait de quel aventurier elle est devenue la proie. Zadig part aussitôt à sa recherche ; il parvient, après toutes sortes de péripéties, à la retrouver captive d'un seigneur hyrcanien nommé Ogul. Celui-ci est consumé par une maladie imaginaire. On lui a recommandé de manger un basilic dans de l'eau de rose ; comme seules les femmes peuvent toucher cet animal, les dames du palais se répandent dans la campagne pour en trouver un. Elles rentrent bredouilles au palais. Le roi est désespéré. Fort heureusement, Zadig paraît et lui annonce qu'il possède un remède plus puissant que tous les basilics de la terre. Et voilà Ogul et Zadig jouant au ballon. Ogul trouve ce remède pénible et fatigant, mais il persévère si bien que la cure fait son effet : un beau matin, il se trouve guéri. Grâce à cette petite leçon de culture physique, Zadig obtient la liberté d'Astarté qu'il renvoie à Babylone. Elle y est reçue avec les « transports qu'on a toujours pour une belle princesse qui a été malheureuse ». Le calme revient dans le pays et les Babyloniens déclarent qu'Astarté épousera celui qu'on choisira pour souverain. « On jura de reconnaître le roi le plus vaillant et le plus sage. » Zadig triomphe de tous ses rivaux par son adresse et son courage ; il devine seul les énigmes qui lui sont proposées, aussi est-il « reconnu roi d'un consentement unanime et surtout de celui d'Astarté, qui goûtait, après tant d'adversités, la douceur de voir son amant digne aux yeux de l'univers ».

Les ennemis de Voltaire, et surtout Fréron, n'ont pas manqué de remarquer que *Zadig* était fait de pièces et de morceaux cousus ensemble et empruntés aux contes orientaux et aux récits de voyage. Cela est exact, mais ce qui est de Voltaire, ici, c'est d'avoir incorporé ces récits et anecdotes dans l'histoire continue de la formation d'un sage, admiré des uns, haï des autres, en butte à tous les coups du destin, mais sachant toujours s'en tirer avec élégance, par sa sagacité et son honnêteté ; c'est aussi d'avoir truffé son récit d'allusions aux événements et aux personnages de son temps. *Zadig* est, par endroits, un livre à clef et, si nous ne sommes plus sensibles à toutes ces malices, nous ne pouvons pas ne pas être séduits par le mordant, la vivacité de ses attaques contre les défauts inévitables des souverains, contre la bassesse et la malhonnêteté de leur entourage ; contre les abus du clergé qui profite de la naïveté de tous et de la puissance de quelques-uns, en se faisant le plus sûr auxiliaire de l'injustice et de la tyrannie ; contre les femmes, presque toutes frivoles et sottes, quand ce ne sont pas des coquines fieffées. C'est ici une suite continue et sans monotonie de piqûres d'épingles, de coups de griffes, de satires malignes et légères, de portraits qui sont des caricatures. Le récit est enlevé avec brio et écrit dans un style admirable, aisé, souriant, épousant tous les méandres d'une pensée malicieuse où beaucoup de choses est dit en peu de mots. Si *Zadig* n'est pas un chef-d'œuvre comme *Candide* (*), c'est à coup sûr une des œuvres les plus plaisantes et les plus représentatives de Voltaire. Considérée par les contemporains comme une œuvre mineure, c'est une de celles de l'auteur qui survit le mieux.

Zazie dans le métro. Roman de l'écrivain Raymond Queneau (1903-1976), publié en 1959.

Zazie Lalochère, douze ans, berrichonne et délurée, vient passer deux jours à Paris chez son tonton Gabriel, colosse qui gagne sa vie comme danseuse de charme dans un cabaret montmartrois. Elle voudrait voir le métro, mais les RATPistes sont en grève, ce qu'elle considère comme une offense personnelle. C'est donc à pied, ou dans le taxi de l'ami Charles, qu'elle découvrira Paris. Elle y fait quelques rencontres singulières, dont celles de la veuve Mouaque et des différents avatars de l'inquiétant Trouscaillon.

Parmi les personnages pittoresques qui peuplent ce roman, il faut citer encore la douce Marceline et le perroquet Laverdure, dont le refrain « Tu causes, tu causes, c'est tout ce que tu sais faire » fut longtemps une scie à la mode.

Zazie dans le métro est le plus burlesque des romans de Queneau. C'est aussi le plus célèbre, et ceci n'est peut-être pas sans rapport avec cela. On y trouve pourtant, comme c'est toujours le cas chez cet écrivain, une leçon de morale. Ici, la leçon pourrait porter sur la contingence de l'existence des hommes, insaisissable à cause du jeu des apparences et de la fuite du temps. « On ne se lave jamais deux fois les pieds dans la même flotte », observe Gabriel, faisant de l'Héraclite sans le savoir, mais aussi : « L'être ou le néant, voilà le problème. Monter, descendre, aller, venir, tant fait l'homme qu'à la fin il disparaît. »

À cette agitation, la grève du métro s'oppose avec morgue : voilà que toute une capitale s'immobilise, dessous car les rames n'avancent plus, dessus car les embouteillages congèlent la circulation automobile.

Nous voici donc en présence d'un roman d'apprentissage. Bien que la vie ait prématurément mûri Zazie (sa mère, aidée de son coquin, a fendu, d'un coup de hache, le crâne de son papa, alcoolique libidineux), il lui reste beaucoup de choses à découvrir en dehors du métro. On lui offrira quelques monuments de Paris : la tour Eiffel, les Invalides, le marché aux puces, une brasserie de la République, le Sacré-Cœur et la caserne de Reuilly.

Juste pour la contrarier, à la seule question qui la préoccupe vraiment, savoir : si son tonton Gabriel est « hormosessuel », et qu'est-ce que ça veut dire au juste, elle n'obtiendra pas de réponse : tout comme le métro, l'éducation sessuelle est en grève.

Zazie n'aura cependant pas tout perdu. Quand, après quarante-huit heures de fièvre, sa mère lui demandera sur le quai de la gare : « Alors, qu'est-ce que t'as fait ? » « J'ai vieilli », lui répondra-t-elle, en portant toute la philosophie du monde sur ses jeunes épaules.

J. B.

ZÉVACO Michel. Romancier. Né à Ajaccio le 1er février 1860, mort à Paris le 8 août 1918. Après des études au lycée Saint-Louis à Paris, il est nommé, à 20 ans, professeur au collège de Vienne (Isère). Révoqué dix mois plus tard, il s'engage en avril 1882 dans l'armée. Peu soucieux de discipline, il en gardera pourtant un bon souvenir qu'il évoque dans *Le Boute-Charge* (1888) ; la même année, il se lance dans le journalisme politique, ayant rencontré les milieux militants de Guesde ou de Louise Michel. Il signe à *L'Égalité* de Jules Roques et adhère à la Ligue socialiste de ce dernier ; il se présente aux élections législatives de 1889, publie son premier feuilleton (*Roublard et Cie*, roman de propagande), fonde divers syndicats et multiplie les articles polémiques. Cela lui vaut sa première condamnation et un séjour de quatre mois à Sainte-Pélagie. De 1892 à 1896 il collabore au *Courrier français* où il côtoie Willette et Jean Lorrain ; ses sympathies marquées pour l'anarchisme lui valent d'autres démêlés judiciaires et un second emprisonnement. 1900 marque un tournant décisif dans sa carrière : désormais il se consacrera surtout au feuilleton, publiant sans relâche les titres qui lui ont valu la célébrité. À *La Petite République socialiste* de Jaurès, il propose *Borgia* (1900), *Triboulet* (1900-1901), *Le Pont des Soupirs* (1901), *Fleur de Paris* (1904) et *Les Mystères de la Tour de Nesles* (1905) ; c'est là surtout qu'il entame l'immense cycle des *Pardaillan*, sans conteste son plus grand succès. Il entre en 1905 au *Matin*, dont il devient le fournisseur attitré en romans de cape et d'épée : il y publie notamment *Le Capitan* (1906), *Nostradamus* (1907), *L'Héroïne* (1908), *L'Hôtel Saint-Pol* (1909). Sa dernière œuvre, *Le Pré-aux-Clercs*, paraît en guise d'hommage le 8 août 1918, tout juste un an après sa mort. Comparé à juste titre à Dumas pour sa fertilité autant que pour son imagination, Zévaco se révèle un maître au royaume du feuilleton historique, sachant allier précision documentaire et goût du mélodrame. Son originalité tient sans doute à son engagement politique, esquissé à travers quelques figures héroïques (dont l'inoubliable chevalier de Pardaillan) auxquelles il confie un idéal républicain volontiers anticlérical et libertaire.

LAURENT BAZIN.

ZOLA Émile. Romancier né et mort à Paris : 2 avril 1840-29 septembre 1902. Son père, ingénieur d'origine italienne, s'installe à Aix-en-Provence en 1843 pour y construire un système de canal et de barrages destiné à alimenter la ville en eau. Il mène la vie d'un bourgeois aisé. Mais il meurt le 27 mars 1847, alors que les travaux commencent. Il ne laisse que des dettes à son fils et à sa jeune femme, de famille modeste, épousée le 16 mars 1839 pour sa beauté : comme tous les ingénieurs civils de l'époque, il a dû s'endetter pour mettre au point ses projets. Ce père mort trop tôt laisse aussi à l'enfant l'image d'un héros du progrès, d'un de ces conquérants auxquels il donnera dans son œuvre une place capitale : de pensée saint-simonienne, passionné par son époque,

François Zola conçut des projets audacieux (percement de port, canaux d'irrigation, fortification de Paris ou de la plaine de la Mitidja), dont certains furent réalisés après sa mort. La famille affronte une situation matérielle de plus en plus difficile. Les parents de Mme Zola, de petits artisans beaucerons désargentés mais courageux, viennent vivre avec elle et leur petit-fils. Celui-ci entre, grâce à une bourse, au collège Bourbon. Il s'y lie avec Paul Cézanne, le futur peintre, et avec Jean-Baptistin Baille, futur polytechnicien et astronome. Il forme avec eux un trio d'inséparables. Les trois adolescents fuient la petite ville endormie – dont *La Fortune des Rougon* restitue l'atmosphère et les intrigues sournoises – et se réfugient dans la nature et la lecture. *L'Œuvre* évoque leurs longues promenades dans la campagne aixoise, dont Zola gardera la nostalgie et qu'il peindra souvent, et leur découverte des grands romantiques : Lamartine, Hugo et, surtout, Musset. Ils composent pièces de théâtre et vers. Zola rêve d'un avenir poétique.

Mais, s'estimant lésée par les anciens associés de son mari, sa mère décide de venir à Paris pour les poursuivre en justice. Pour l'adolescent, ce déménagement est un véritable arrachement, dont les conséquences ont été déterminantes. La vie de la famille est plus difficile à Paris qu'à Aix-en-Provence. « Être pauvre à Paris, c'est être pauvre deux fois », lit-on dans *La Curée*. Les Zola changent sept fois de domicile entre 1858 et 1862. Expérience de la pauvreté et des grandes maisons ouvrières qui nourrira des œuvres comme *L'Assommoir*, et explique son attitude à l'égard de l'argent qui a choqué des écrivains contemporains : sans relations, sans fortune, il s'est fait seul, sa plume est, comme il le dit, un outil avec lequel il gagne sa vie, non un passe-temps, conception toute moderne. Il entre comme boursier en seconde ès sciences au lycée Saint-Louis. D'excellent élève qu'il était, il devient médiocre. Il échoue aux deux sessions du baccalauréat en 1859. Il abandonne ses études pour ne plus être à la charge de sa mère. Il cherche, en vain, un emploi qui lui permettrait de concilier ses rêves de gloire poétique et la nécessité de gagner sa vie. 1860 et 1861 sont deux années difficiles. Il a le sentiment d'avoir trahi les espoirs mis en lui par sa mère. Son œuvre frappe par le nombre de pères faibles, inexistants ou mourant jeunes et par celui de mères autoritaires et ambitieuses pour leur(s) fils – ainsi Félicité dans *La Fortune des Rougon* ou Mme Chanteau dans *La Joie de vivre*, roman où Zola a mis beaucoup de lui. Cette période, toutefois, ne lui laisse pas de mauvais souvenirs. Il lit beaucoup, découvre en particulier *L'Amour* et *La Femme* de Michelet, son nouveau maître, les romans de George Sand. Il habite seul pendant quelques mois, fréquente avec de jeunes peintres aixois qu'il a retrouvés les ateliers de peinture, visite le Salon, fait « l'expérience de l'amour réel » (ce sont ses termes) avec une fille galante, Berthe, tout en composant des contes de fées et des centaines de vers imités de Musset, dans lesquels il rêve de créatures éthérées, d'amours idéales. Il conservera toujours ce goût des belles histoires, le désir de se réfugier dans l'utopie consolatrice – comme le montrent *Le Rêve* ou *Les Quatre Évangiles*, par exemple. Cinq années plus tard, il écrit *Thérèse Raquin* : c'est une véritable métamorphose.

Le 1er mars 1862, il entre comme employé à la librairie Hachette. Il devient très vite chef de la publicité. Il reste quatre ans dans cette maison spécialisée dans les livres scolaires, les journaux destinés aux enseignants et la vulgarisation scientifique. Il comprend l'importance de l'enseignement, qui deviendra un des leitmotive de son œuvre. Il pénètre les rouages du monde de l'édition et de la presse, se fait de nombreuses relations et des amitiés durables, se lie avec les auteurs de la maison : Sainte-Beuve, Taine, Littré, Duranty, voit fonctionner de l'intérieur une grande entreprise à la croissance extraordinaire, expérience dont il se souviendra pour *Au bonheur des dames*. Ces années passées dans ce foyer positiviste, d'opposition libérale et anticléricale ont été des années de grand enrichissement et d'intense activité. Il délaisse les vers pour la prose, écrit des contes, qu'il recueille en volume en 1864, *Contes à Ninon,* un roman, inspiré de son aventure avec Berthe, *La Confession de Claude* (1865), des articles de journaux, il s'essaie au théâtre, qui restera toute sa vie une grande tentation. Il reçoit chez lui le jeudi. En décembre 1865, il se lie avec Alexandrine Meley avec laquelle il se met en ménage. Grâce à Cézanne venu à Paris, il se lie avec Pissarro, Guillemet, Francisco Oller, un peu plus tard, en 1866, avec Manet, Monet, Renoir, Sisley... Il fréquente le café Guerbois, où se réunissent peintres et critiques défendant une nouvelle manière de voir en peinture. Finalement, il quitte la librairie Hachette le 31 janvier 1866 : il a décidé de vivre de sa plume.

Il se lance dans le journalisme, écrit régulièrement dans *Le Petit Journal, Le Salut public de Lyon, L'Événement,* où il tient une rubrique littéraire, « Livres d'aujourd'hui et de demain ». Il recueille un certain nombre de ces articles de critique littéraire sous le titre *Mes haines* (juin 1866). Il fait aussi, pour *L'Événement,* le compte rendu du Salon, articles qui font scandale parce qu'il y défend Manet et ses amis peintres. Il les reprend en volume sous le titre *Mon Salon* (juillet). Période faste ! Mais un second roman, *Le Vœu d'une morte,* n'a aucun succès *L'Événement* cesse de paraître, il doit espacer ses contributions au *Salut public.* Les positions qu'il a prises en faveur d'une certaine littérature et d'une certaine peinture le font craindre des directeurs de journaux. 1867 est, sur le plan matériel, une très mauvaise année. Pas sur le plan littéraire : il écrit le matin, « pour faire bouillir la marmite », un roman-feuilleton, *Les Mystères de Marseille,* histoire d'amour entre un plébéien républicain et la riche fille d'un aristocrate tout-puissant, sur fond de tripotages financiers et de Révolution de 1848, œuvre intéressante qui rassemble les thèmes à venir, et, l'après-midi, *Thérèse Raquin,* sa première grande réussite. En 1868, il compose un cinquième roman, *Madeleine Férat.* Une dernière expérience achève cette longue période d'apprentissage, qui, en quelque dix ans, a fait du poète idéaliste le futur maître du naturalisme et l'auteur des *Rougon-Macquart* : celle du journalisme politique et de l'action.

La presse étant libéralisée, de nouveaux journaux d'opposition à l'Empire sont créés : Zola entre dans les équipes de *La Tribune,* du *Rappel,* de *La Cloche.* Il y prend des positions très critiques contre le régime. On en retrouve l'écho dans les premiers *Rougon-Macquart,* contemporains et marqués par cette polémique journalistique : *La Fortune des Rougon, La Curée, Le Ventre de Paris.* Fils de veuve et myope, il n'est pas mobilisable. Le 7 septembre 1870, il quitte Paris avec sa mère et Alexandrine, qu'il a épousée le 31 mai précédent. Il va à Marseille, où il fonde un journal, *La Marseillaise,* qu'il revend peu après pour se rendre à Bordeaux où siège le gouvernement provisoire. Il souhaite obtenir un poste de sous-préfet à Aix-en-Provence ou dans la région. En attendant, il est secrétaire d'un des membres du gouvernement, âgé et sans influence, Glais-Bizouin. Quand l'Assemblée nouvellement élue se réunit à Bordeaux, il fait le compte rendu de ses séances pour *La Cloche.* Il revient avec elle à Paris le 14 mars 1871. Il assure ce travail de journaliste parlementaire jusqu'au 3 mai 1872, plus de huit cents articles ! Il acquiert ainsi une solide connaissance du monde politique, qui lui servira pour ses romans, en particulier pour *La Conquête de Plassans* et *Son Excellence Eugène Rougon*. Pour avoir vu de près, dans les équipes de journalistes ou dans les couloirs de l'Assemblée, la « cuisine » et les luttes entre « boutiques », il ne sera jamais tendre à l'égard des hommes politiques, et, particulièrement, à l'égard des républicains qui le déçoivent.

Le 22 juillet suivant, il signe contrat avec Georges Charpentier qui deviendra son grand ami. L'éditeur lui assure la sécurité matérielle : 500 francs par mois. 1872 marque ainsi le véritable point de départ de sa carrière de romancier. Il abandonne tout désir d'entrer dans l'administration pour se consacrer entièrement à la littérature avec laquelle sa vie se confond désormais : il publie sauf exception un roman par an ! De véritables travaux forcés littéraires. Il ne renonce pas pour autant, en effet, au journalisme, source de revenus non négligeable et, surtout, tribune d'où il peut affirmer, dans des centaines d'articles, ses idées sur les arts (sur la peinture en particulier), le théâtre, la littérature. Il écrit aussi pour le théâtre : il tire un drame de *Thérèse Raquin* (1873), compose *Les Héritiers Rabourdin* (1874), *Le Bouton de rose* (1876), deux échecs. Mais il s'est fait une place dans le monde des lettres. Il a de nouveaux amis : Flaubert, qu'il admire profondément, Goncourt, Daudet, Tourgueniev. Ses nombreux articles de critique littéraire dans lesquels il parle avec autorité, au nom de ses amis, et le succès étonnant de *L'Assommoir* (1877), le septième volume des *Rougon-Macquart,* attirent à lui de jeunes romanciers. Du chef d'école, il a les qualités d'initiative et de rassembleur. Ils fréquentent ses « jeudis » ou sa maison de Médan. Avec la notoriété, en effet, est venue l'aisance. Zola peut réaliser un de ses grands rêves : il achète, pour 9 000 francs, une maison sur les bords de la Seine, à Médan, une « cabane à lapins » à laquelle il fera ajouter deux ailes. Au fil des années, il acquiert les terrains avoisinants. Le petit village devient célèbre, il entre même en littérature : avec cinq de ses jeunes « fidèles », Alexis, Céard, Huysmans, Hennique, Maupassant, Zola publie *Les Soirées de Médan* (*) (1880).

Quelques grandes crises bouleversent cette vie tout entière consacrée au travail. N'a-t-il pas fait peindre sur le manteau de la cheminée de l'immense cabinet de travail qu'il s'est fait aménager à Médan : *Nulla dies sine linea ?* La première, en 1880 : les morts de Duranty et de Flaubert, puis celle de sa mère, qui, sauf quelques mois, a toujours vécu avec lui, surviennent lorsqu'il traverse un moment de grande fatigue physique et morale dont *La Joie de vivre* (1884) témoigne. Mais il s'anéantit dans le travail. Il publie cinq volumes d'articles déjà parus : *Le Roman expérimental* (octobre 1880), *Les Romanciers naturalistes, Le Naturalisme au théâtre, Nos auteurs dramatiques, Documents littéraires* (1881). Il multiplie les chefs-d'œuvre. Après *L'Assommoir* et *Une page d'amour* (1878), *Nana* (*) (1880), *Pot-Bouille* (1882), *Au bonheur des dames* (1883), *Germinal* (*) (1885), *L'Œuvre* (1886)... Ses œuvres sont traduites à l'étranger en même temps qu'elles paraissent en France. Le naturalisme triomphe en Europe en 1884-1885. Zola est vivement controversé mais il est accepté et célèbre. Il gagne désormais de 80 000 à 100 000 francs par an. Il court brocanteurs et antiquaires pour meubler ses domiciles d'objets, de meubles, de tableaux hétéroclites, où dominent, selon le goût du temps, le Moyen Âge et le religieux, de quoi satisfaire aussi son vieux fond romantique ! Il peut écrire à Van Santen Kolff le 30 décembre 1883 : « Il suffit de mettre sur une enveloppe : "Émile Zola, France", pour que cela arrive. » Mais il est jalousé. Cinq jeunes romanciers, probablement poussés par Goncourt et Daudet, publient un violent pamphlet contre *La Terre* (1887). Plus graves, quelques confessions échappées à sa plume dans le dossier du *Rêve* (1888) révèlent combien il est fatigué de la fresque des *Rougon-Macquart,* commencée en 1869, et du travail. Le groupe des *Soirées de Médan* s'est dispersé, Huysmans, par exemple, critique le naturalisme. Enfermé à Médan pendant de longs mois, attelé à une tâche énorme, Zola se sent seul, même si de nouveaux amis l'ont rejoint, parmi lesquels le musicien Alfred Bruneau qui met en musique deux de ses œuvres : *Le Rêve* (1891), et une nouvelle, *L'Attaque du moulin* (1893).

En 1888, autre grand bouleversement, il découvre l'amour et, peu après, la paternité : Jeanne Rozerot, une jeune et belle lingère, engagée par sa femme, lui donne deux enfants, Denise (20 septembre 1889) et Jacques (25 septembre 1891). Après une période très difficile, Mme Zola finit par accepter la situation. Elle s'occupera des deux enfants et leur donnera le nom de Zola après la mort du romancier. Celui-ci, qui a installé Jeanne rue Saint-Lazare et qui lui loue, l'été, une maison à proximité de Médan, vit cette double vie dans le déchirement, mais il est métamorphosé, il rajeunit : « Je me retrouve comme à vingt ans, lorsque je voulais manger les montagnes », confie-t-il à Charpentier. Les conséquences de cette double découverte sont déjà visibles dans *Le Docteur Pascal* (1893), le dernier des *Rougon-Macquart*, qui se termine sur l'image d'un jeune enfant sur les genoux de sa mère. Elle explique les dernière œuvres. *Les Rougon-Macquart* achevés, Zola, qui a retrouvé sa vigueur, se lance dans deux autres grands ensembles, *Les Trois Villes* (*Lourdes,* 1894, *Rome,* 1896, *Paris,* 1898), et *Les Quatre Évangiles* (*Fécondité,* 1899, *Travail,* 1901, *Vérité,* 1903, le quatrième, *Justice* étant resté inachevé). Il écrit des livrets d'œuvres lyriques, il découvre la photographie et prend des milliers de clichés tout à fait exceptionnels. Mais la fin de sa vie est bouleversée par sa courageuse prise de position en faveur du capitaine Dreyfus.

Il séjourne à Rome quand « l'Affaire » éclate. Il est indigné par le récit de la dégradation du capitaine, le 5 janvier 1895, dans la grande cour de l'École militaire, que Léon Daudet fait devant lui. Mais, pris par le travail, il se borne à cette réaction de générosité, assez rare à l'époque. Quelques mois plus tard, il dénonce dans des articles publiés dans *Le Figaro* les 25 décembre 1895, 9 et 16 mai 1896 les dangers que font courir à la France les campagnes de presse odieuses menées contre la République et les Juifs. Bernard Lazare vient le trouver sans le convaincre encore de s'engager réellement pour la défense de Dreyfus. Il va le faire lorsqu'il apparaîtra clairement que le vrai coupable est le commandant Esterhazy. Lorsque celui-ci, protégé par l'armée, est acquitté à l'unanimité le 11 janvier 1898, Zola, indigné, publie dans *L'Aurore* du 13 le fameux *J'accuse*, lettre adressée au président de la République, dans laquelle il attaque nommément les membres de l'état-major, cherchant à se faire inculper pour que la vérité éclate dans un procès. Il sera bien inculpé, mais, au terme de deux procès, condamné à un an d'emprisonnement et à 3 000 francs d'amende (la plus lourde peine). Il quitte la France le 18 juillet 1898 pour l'Angleterre d'où il ne reviendra que le 5 juin 1899. Il a été abreuvé d'injures, calomnié, radié de l'ordre de la Légion d'honneur, il n'a, malgré ce que l'on a ignominieusement insinué, rien touché d'un « syndicat » juif, mais, lui qui ne vit que de sa plume, il a perdu le calme propice au travail, et une grande partie de ses lecteurs. Il meurt, asphyxié, le 29 septembre 1902, sans avoir vu triompher la vérité pour la défense de laquelle il s'est engagé, la loi d'amnistie du 14 décembre 1900 visant tous les faits relatifs à l'Affaire, les coupables comme les défenseurs de Dreyfus ! Mais ce très grand écrivain, dont l'Académie française avait rejeté toutes les candidatures, avait su mettre en jeu son immense notoriété, accomplir un acte dont la valeur morale et sociale a été déterminante, et devenir un modèle pour les intellectuels épris de justice et de vérité.

COLETTE BECKER.

♦ *« Ceux qui vous accusent de n'avoir pas écrit pour le peuple se trompent, dans un sens, autant que ceux qui regrettent un idéal ancien ; vous en avez trouvé un qui est moderne, c'est tout... »* Mallarmé, lettre à Zola, 1877. ♦ *« M. Zola a magnifiquement rendu ce qu'il y a de fatal, d'aveugle, d'impersonnel, d'irrésistible dans un drame de cette sorte, la contagion des colères rassemblées, l'âme collective des foules, violente et aisément furieuse. »* J. Lemaître, à propos de *Germinal,* 1885. ♦ *« Le plaisir de puer... »* Nietzsche. ♦ *« J'ai pris Zola – et je n'ai pu qu'à grand-peine lire une telle laideur. Et l'on nous crie que Zola est une célébrité, un astre du réalisme... »* Dostoïevski. ♦ *« Soutenu par la force seule de son génie, par l'âpre ténacité de son courage, il a marché droit devant lui, et il a fait sa trouée magnifiquement. Il ne s'est abaissé à aucune concession, il n'est point entré dans le compromis, les soumissions, les grandes intrigues et les petites lâchetés dont se compose la vie des lettres. »* O. Mirbeau, 1885. ♦ *« L'œuvre de Zola est un des grands monuments de la littérature mondiale. »* Upton Sinclair. ♦ *« Je tiens le discrédit actuel de Zola pour une monstrueuse injustice qui ne fait pas grand honneur à nos critiques littéraires d'aujourd'hui. Il n'est pas de romancier français plus personnel ni plus représentatif. »* A. Gide. ♦ *« Émile Zola m'est toujours apparu comme l'un des représentants les plus fortement marqués, les plus exemplaires, du XIXe siècle. Jadis, il y a déjà des décennies, à l'effroi immotivé de mes compatriotes les Allemands, je l'ai comparé à Richard Wagner ; j'établissais un lien entre les* Rougon-Macquart *et* L'Anneau des Nibelungen. *Et ce lien n'existe-t-il pas ? La parenté de l'esprit des intentions, des moyens même, saute aujourd'hui aux yeux. Ce qui les relie* [...] *c'est avant tout un naturalisme qui rejoint le symbole et qui est en étroite connexion avec le mythe. Car comment méconnaître dans l'épopée de Zola le symbolisme et le penchant au mythe qui, malgré toute la force drastique et une brutalité autrefois scandaleuse au service de la vérité, hausse son univers jusqu'au surnaturel ? »* Thomas Mann. ♦ *« Beaucoup d'artistes illustres sont, dans un certain sens, des inconnus. J'estime que Zola est un grand poète, un grand lyrique inconnu. »* J. Cocteau.

RÉF. : P. Alexis, *Zola, Notes d'un ami,* 1882. – L. Tolstoï, *Zola, Dumas, Guy de Maupassant,* 1886. – L. Daudet, *Les Œuvres dans les hommes... Émile Zola ou le romantisme de l'égout,* 1922. – H. Barbusse, *Zola,* 1932. – A. Lanoux, *Bonjour, Monsieur Zola,*

1954. – R. Ternois, *Zola et son temps,* 1961. – H. Mitterand, *Zola journaliste,* 1963. – F. W. J. Hemmings, *Émile Zola,* 1966. – J. Borie, *Zola et les mythes,* 1971. – J. Lapp, *Les Racines du naturalisme. Zola avant les Rougon-Macquart,* 1972. – A. Dezalay, *Lectures de Zola,* 1973. – M. Serres, *Feux et signaux de brume. Zola,* 1975. – Ch. Jennings, *L'Éros et la femme chez Zola,* 1977. – H. Mitterand, *Le Discours du roman,* 1980. – J. Noiray, *Le Romancier et la machine* (t. I : *Zola*), 1981. – R. Ripoll, *Réalité et mythe chez Zola,* 1981. – A. Dezalay, *L'Opéra des Rougon-Macquart. Essai de rythmologie romanesque,* 1983. – Ph. Hamon, *Le Personnel du roman. Le système des personnages dans les Rougon-Macquart d'Émile Zola,* 1983. – C. Becker, *La fabrique de « Germinal »,* 1985. – H. Mitterand, *Zola et le naturalisme,* 1986 ; *Zola. L'histoire et la fiction,* 1990. – C. Becker, *Zola en toutes lettres,* 1990. – A. Pagès, *Émile Zola. Un intellectuel dans l'affaire Dreyfus,* 1991. – Colette Becker, Gina Gourdin-Servenière, Véronique Lavielle, *Dictionnaire de Zola,* 1993.

ACHEVÉ D'IMPRIMER POUR
LES ÉDITIONS ROBERT LAFFONT
SUR BOOKOMATIC
MAURY EUROLIVRES S.A.
45300 MANCHECOURT

Imprimé en France

DÉPÔT LÉGAL : MARS 1999

N° D'ÉDITEUR : L 08953